DIE ERZÄHLUNGEN
AUS DEN TAUSENDUNDEIN NÄCHTEN
BAND I

W0171655

DIE ERZÄHLUNGEN AUS DEN TAUSENDUNDEIN NÄCHTEN

VOLLSTÄNDIGE DEUTSCHE AUSGABE
IN SECHS BÄNDEN

ZUM ERSTEN MAL
NACH DEM ARABISCHEN URTEXT
DER CALCUTTAER AUSGABE
AUS DEM JAHR 1839
ÜBERTRAGEN
VON ENNO LITTMANN

BAND I

Lizenzausgabe für KOMET MA-Service und Verlagsgesellschaft mbH
Diese Ausgabe ist text- und seitenidentisch
mit der sechsbändigen gebundenen Ausgabe des Insel Verlages
© Copyright 1953 by Insel-Verlag Wiesbaden
Alle Rechte bei und vorbehalten durch
Insel Verlag Frankfurt am Main 1976
ISBN 3-89836-308-2

EINLEITUNG ZU DEM BUCHE GENANNT

DIE ERZÄHLUNGEN

DER TAUSENDUNDEIN NÄCHTE

VON

HUGO VON HOFMANNSTHAL

Wir hatten dieses Buch in Händen, da wir Knaben waren; und da wir zwanzig waren und meinten, weit zu sein von der Kinderzeit, nahmen wir es wieder in die Hand, und wieder hielt es uns – wie sehr hielt es uns wieder! In der Jugend unseres Herzens, in der Einsamkeit unserer Seele fanden wir uns in einer sehr großen Stadt, die geheimnisvoll und drohend und verlockend war, wie Baghdad und Basra. Die Lockungen und die Drohungen waren seltsam vermischt; uns war unheimlich zu Herzen und sehnsüchtig; uns grauste vor innerer Einsamkeit, vor Verlorenheit, und doch trieb ein Mut und ein Verlangen uns vorwärts und trieb uns einen labyrinthischen Weg, immer zwischen Gesichtern, zwischen Möglichkeiten, Reichtümern, Düften, halbverhüllten Mienen, halboffnen Türen, kupplerischen und bösen Blicken in dem ungeheuren Basar, der uns umgab: wie glichen wir diesen weit von der Heimat verirrten Prinzen, diesen Kaufmannssöhnen, deren Vater gestorben ist und die sich den Verführungen des Lebens preisgeben, wie meinten wir ihnen zu gleichen! Gleich einer magischen Tafel, worauf eingelegte Edelsteine, wie Augen glühend, wunderliche und unheimliche Figuren bilden, so brannte das Buch in unseren Händen: wie die lebendigen Zeichen dieser Schicksale verschlungen ineinanderspielten, tat sich in unserem Inneren ein Abgrund von Gestalten und Ahnungen, von Sehnsucht und Wollust auf. Nun sind wir Männer, und dieses Buch kommt uns zum dritten Mal entgegen, und nun sollen wirs erst wirklich besitzen. Was uns früher vor Augen gekommen ist, waren Bearbeitungen und Nacherzählungen; und wer kann ein poetisches Ganzes bearbeiten, ohne seine eigentümlichste Schönheit, seine tiefste Kraft zu zerstören? Das eigentliche Abenteuer freilich ist unverwüstlich und bewahrt, nacherzählt und wiederum nacherzählt, seine Kraft; aber hier sind nicht bloß Abenteuer und Begebenheiten, hier ist eine poetische Welt – und wie wäre uns, wenn wir den Homer nur aus der Nacherzählung seiner Abenteuer kennten? Hier ist ein Gedicht, woran freilich mehr als einer gedichtet hat; aber es ist wie aus *einer* Seele heraus, es ist ein Ganzes, es ist eine Welt durchaus. Und was für eine Welt! Der Homer möchte in manchen Augenblicken daneben farblos und unnaiv erscheinen. Hier ist Buntheit und Tiefsinn, Überschwang der Phantasie und schneidende Weltweisheit; hier sind unendliche Begebenheiten, Träume, Weisheitsreden, Schwänke, Unanständigkeiten, Mysterien; hier ist die kühnste Geistigkeit und die vollkommenste Sinnlichkeit in eins verwoben. Es ist kein Sinn in uns, der sich nicht regen müßte, vom obersten bis zum tiefsten; alles, was in uns ist, wird hier belebt und zum Genießen aufgerufen.

Es sind Märchen über Märchen, und sie gehen bis ans Fratzenhafte, ans Absurde; es sind Abenteuer und Schwänke, und sie gehen bis ins Groteske, ins Gemeine; es sind Wechselreden, geflochten aus Rätseln und Parabeln, aus Gleichnissen, bis ins Ermüdende; aber in der Luft dieses Ganzen ist das Fratzenhafte nicht fratzenhaft, das Unzüchtige nicht gemein, das Breite nicht ermüdend, und das Ganze ist nichts als wundervoll: eine unvergleichliche, eine vollkommene, eine erhabene Sinnlichkeit hält das Ganze zusammen.

Wirklich, wir kannten nichts, da wir nur die Begebenheiten aus diesem Buche kannten; sie konnten uns grausig und gespenstig scheinen; nur weil sie aus der Luft ihres Lebens gerissen waren. In diesem Buche ist kein Platz für Grausen: das ungeheuerste Leben erfüllt es durch und durch. Die ungeheuerste Sinnlichkeit ist hier Element. Sie ist in diesem Gedicht, was das Licht in den Bildern von Rembrandt, was die Farbe auf den Tafeln Tizians ist. Wäre sie irgendwo eingeschränkt, und durchbräche an einzelnen Stellen diese Schranken, so könnte sie beleidigen; da sie ohne Schranken dies Ganze, diese Welt durchflutet, ist sie eine Offenbarung.

Wir bewegen uns aus der höchsten in die niedrigste Welt, vom Kalifen zum Barbier, vom armseligen Fischer zum fürstlichen Kaufherrn, und es ist *eine* Menschlichkeit, die uns umgibt, mit breiter, leichter Woge uns hebt und trägt; wir sind unter Geistern, unter Zauberern, unter Dämonen und fühlen uns wiederum zu Hause. Eine nie hinfällige Gegenständlichkeit malt uns die herrlich mit Fliesen belegte Halle, malt uns den Springbrunnen, malt uns den von Ungeziefer wimmelnden Kopf einer alten Räubermutter; stellt den Tisch hin, deckt ihn mit schönen Schüsseln, tiefen Gefäßen, läßt uns die Speisen riechen, die fetten, die gewürzten und die süßen, und die in Schnee gekühlten Tränke aus Granatkernen, aus geschälten Mandeln, stark mit Zucker und duftendem Gewürz angesetzt; stellt mit der gleichen Lust uns den Buckel des Buckligen hin und die Scheußlichkeit böser alter Männer mit geiferndem Munde und schielenden Augen; läßt den Eseltreiber reden und den Esel, den verzauberten Hund und das eherne Standbild eines toten Königs, jeden voll Sinn, voll Weisheit, voll Wahrheit; malt mit der gleichen Gelassenheit, nein, mit dem gleichen ungeheuren Behagen das Packzeug eines abgetriebenen Esels, den Prachtzug eines Emirs und, von Gebärde zu Gebärde, schrankenlos, die erotische Pantomime der Liebenden, die nach tausend Abenteuern endlich ein erleuchtetes, starkduftendes Gemach vereinigt.

Wer möchte versuchen, ein durchaus wundervolles Gewebe wie dieses aufzutrennen? Und dennoch fühlen wir uns verlockt, dem Kunstmittel nachzuspüren, welches an tausend Stellen angewandt sein muß, daß eine so ungeheure Masse des Stoffes, mit der äußersten Realität behandelt, uns mit ihrer Wucht nicht beklemme, ja auf die Dauer unerträglich werde. Und das Gegenteil trifft ein: je länger wir lesen, desto schöner geben wir dieser Welt uns hin, verlieren uns im Medium der unfaßlichsten naivsten Poesie und besitzen uns erst recht; wie jemand, in einem schönen Wasser badend, seine Schwere verliert, das Gefühl seines Leibes aber als ein genießendes, zauberisches erst recht gewahr wird. Dies führt uns in die innerste Natur orientalischer Poesie, ja ins geheime Weben der Sprache; denn dies Geheimnisvolle, das uns beim höchsten gehäuften Lebensanschein von jeder Beklemmung, jeder Niedrigkeit entlastet, ist das tiefste Element morgenländischer Sprache und Dichtung zugleich: daß in ihr alles Trope ist, alles mehrfach deutbar, alles Ableitung aus uralten Wurzeln, alles schwebend. Die erste Wurzel ist sinnlich, primitiv, gedrungen, gewaltig; in leisen Überleitungen gehts von ihr weg zu neuen verwandten, kaum mehr verwandten Bedeutungen; aber auch in der entferntesten ‚tönt noch etwas nach vom Urklang des Wortes‘, schattet noch wie in einem trüben Spiegel das Bild der ersten Empfindung. Von diesem ihrem Wesen sehen wir die Sprache und die Poesie – auf dieser Stufe sind sie eins – hier den unbewußtesten und unbegrenztesten Gebrauch machen. In einer schrankenlosen Gegenständlichkeit der Schilderung scheint die Materie überwuchtend auf uns einzudringen: aber was uns so nahe kommt, daß es uns beleidigen könnte, wofern es nur auf den nächsten Wortsinn beschränkt wäre, löst sich vermöge der Vieldeutigkeit des Ausdrucks in einen Zaubernebel auf, daß wir hinter dem nächsten Sinn einen anderen ahnen, von dem jener übertragen ist; den eigentlichen, ersten verlieren wir deswegen nicht aus dem Auge; aber wo er gemein war, verliert er sein Gemeines, und oft bleiben wir mit dem aufnehmenden Gefühl in der

Schwebe zwischen dem, was er versinnlicht, und einem höheren dahinter, das bis zum Großartigen, zum Erhabenen uns blitzschnell hinleitet. Ich meine es einfach und möchte verstanden werden. Aber da ich von einer Trope, von einer übertragenen Bedeutung rede, so wird der Verstand des Lesers seine angewohnte Bahn gehen, und nicht dorthin, wo ich ihn haben will, und wird an einen transzendentalen Sinn, eine verborgene höhere Bedeutung denken, wo ich ein weit minder künstliches und weit schöneres, das ganze Gewebe dieser Dichtungen durchsetzendes Phänomen aufzeigen möchte: diese Sprache – und es ist die Sache einer vortrefflichen Übersetzung, daß wir durch sie hindurch die Nacktheit der Originalsprache müssen spüren können, wie den Leib einer Tänzerin durch ihr Gewand – diese Sprache ist nicht zur Begrifflichkeit abgeschliffen; ihre Bewegungsworte, ihre Gegenstandsworte sind Urworte, gebildet, ein grandioses, patriarchalisches Leben, ein nomadisches Tun und Treiben, lauter sinnliche, gewaltige, von jeder Gemeinheit freie, reine Zustände sinnlich und naiv, unbekümmert und kraftvoll hinzustellen. Von einem solchen urtümlichen Weltzustand sind wir hier weit entfernt, und Baghdad und Basra sind nicht die Gezelte der Patriarchen. Aber noch ist die Entfernung keine solche, daß nicht eine unverwüstete, von Anschauung strotzende Sprache diesen modernen Zustand an jenen uralten tausendfach zu knüpfen vermöchte. Um eine laszive Gebärde, einen frechen Griff nach der Schüssel, ein gieriges Fressen und Hinunterschlingen köstlicher Speisen, eine brutale Züchtigung, eine fast tierische Regung von Furcht oder Gier nur bloß auszudrücken, sind ihr keine anderen als jene Urworte und Wendungen zur Verfügung, an denen immer etwas Großartiges hängt, etwas Ehrfurchtgebietendes und Naives, etwas von geheiligter Natur, grandiosen Zuständen, ewiger

Reinheit. Es ist keine Ausschmückung gewollt, keine Hindeutung auf Höheres, kein Gleichnis; kein anderes Gleichnis zumindest als eines, das dienen solle, das Sinnliche noch sinnlicher, das Lebendige noch lebhafter zu malen: es wird nicht der Mund groß aufgetan, um eine höhere Welt herbeizurufen, es ist nur wie ein Atmen durch die Poren; aber wir atmen durch die Poren dieser naiv poetischen Sprache die Luft einer uraltheiligen Welt, die von Engeln und Dämonen durchschwebt wird und in der die Tiere des Waldes und der Wüste ehrwürdig sind wie Erzväter und Könige. So wird das Gemeine, die schamlose Einzelheit, ja das Schimpfwort nicht selten ein Fenster, durch das wir in eine geheimnisvoll erleuchtete Ahnenwelt, ja in noch höhere Geheimnisse hineinzublicken meinen.

Sehen wir so die grenzenlose Sinnlichkeit von innen her mit eigenem Lichte sich erleuchten, so ist zugleich dies Ganze mit einer poetischen Geistigkeit durchwoben, an der wir mit dem lebhaftesten Entzücken vom ersten Gewahrwerden zum vollen Begriff uns steigern. Eine Ahnung, eine Gegenwart Gottes liegt auf allen diesen sinnlichen Dingen, die unbeschreiblich ist. Es ist über dieser Wirrnis von Menschlichem, Tierischem und Dämonischem immer das strahlende Sonnenzelt ausgespannt oder der heilige Sternenhimmel. Und wie ein sanfter, reiner, großer Wind wehen die ewigen, einfachen, heiligen Gefühle, Gastlichkeit, Frömmigkeit, Liebestreue durch das Ganze hin. Da ist, um von tausend Seiten eine aufzuschlagen, in der Geschichte von 'Alî Schâr und der treuen Zumurrud ein Augenblick, den ich nicht für irgendeine erhabene Stelle unserer ehrwürdigsten Bücher tauschen möchte. Und es ist fast nichts. Der Liebende will seine Geliebte befreien, die ein böser alter Geist ihm gestohlen hat. Er hat das Haus ausgekundschaftet, er ist um Mitternacht unter dem Fenster, ein Zeichen ist verabredet, er soll es nur geben, doch muß er noch eine kurze Frist warten. Da überfällt ihn so ungelegen als unwiderstehlich, als hätte das Geschick aus dem Dunkel ihn lähmend angehaucht, ein bleierner Schlaf. ‚Doch da überfiel ihn die Schläfrigkeit,‘ heißt es, ‚und er schlief ein – herrlich ist Er der nimmer schläft!‘ Ich weiß nicht, welchen Zug aus Homer oder Dante ich neben diese Zeilen stellen möchte: so aus dem Nichts in ein wirres Abenteuer hinein das Gefühl Gottes aufgehen zu lassen wie den Mond, wenn er über den Rand des Himmels heraufkommt! Was aber wäre von den Weisheitsreden der Vögel und anderer Tiere zu sagen, von den tiefsinnigen Antworten der wunderbaren Jungfrauen, von den ans Herz gehenden Sprüchen und Wahrheiten, die sterbende Väter und alte weise Könige ins Ohr der jungen Menschen träufen, und von den unerschöpflichen Wechselreden, mit denen die Liebenden ihr Glück und die Last ihres Entzückens gleichsam von sich entfernen, über sich hinausheben, dem Dasein zurückgeben. Und wie sie ihr Glück über sich heben, indem sie es in den Worten der Dichter, in den Worten heiliger Bücher aussprechen, so hebt der Knabe seine Schüchternheit, der Bettler seine Armut, der Durstende seinen Durst über sich hinaus. Indem die frommen, reinen Worte der Dichter in jedem Munde sind, wie die Luft, an der jeder Anteil hat, ist von allen Dingen die Niedrigkeit genommen; über Tausenden verflochtener Geschicke schwebt rein und frei ihr Ewiges, in ewig schönen, unvergänglichen Worten ausgesprochen. Diese Abenteuer, deren ganzer Inhalt ein höchst irdisches Trachten ist, ein verworrenes Leiden und ein unbedingtes Genießen, scheinen nur um der erhabenen, über ihnen schwebenden Gedichte willen da – aber was wären diese Gedichte, was wären sie uns, wenn sie nicht aus einer Lebenswelt hervorstiegen?

Unvergleichlich ist diese Lebenswelt und durchsetzt von einer unendlichen Heiterkeit, einer leidenschaftlichen, kindlichen, unauslöschlichen Heiterkeit, die alles durcheinanderschlingt, alles zueinanderbringt, den Kalifen zum armen Fischer, den Dämon zum Hökerweib, die Schönste der Schönen zum buckligen Bettler, Leib zu Leib und Seele zu Seele. Wo hatten wir unsere Augen, da wir dies Buch ein Labyrinth und voll Unheimlichkeit fanden! Es ist unsäglich fröhlich. Noch das böse Tun, das böse Geschehen umgaukelt es mit unendlicher Heiterkeit. Der Liebende will seine Geliebte befreien; er ist um Mitternacht unter den Fenstern; sie, im Dunkeln, harrt seines Zeichens, da überfällt ihn ein bleierner Schlaf. Ein riesenhafter Kurde, der grausamste, schändlichste Räuber von vierzig, gerät in die Straße, sieht den Schlafenden, erlauscht die Harrende; er klatscht aufs Geratewohl in die Hände, die schöne Zumurrud läßt sich auf seine Schultern hinab, und er galoppiert dahin, die schöne leichte Last tragend, als wäre es nichts. Sie wundert sich seiner Kraft. Ist dies ʾAlî Schâr? fragt sie sich. ‚Die Alte sagte mir doch, du seiest schwach von Krankheit um meinetwillen; aber sieh da, jetzt bist du stärker als ein Roß.‘ Und er galoppiert dahin, und sie wird ängstlicher; und da er ihr nicht antwortet, fährt sie ihm mit der Hand ins Gesicht: ‚und sie fühlte seinen Bart, dem Palmbesen gleich, den man im Badhaus benutzt; als wäre er ein Schwein, das Federn verschluckt hat, deren Enden ihm wieder zum Halse herausgekommen sind.‘ Es ist frevelhaft, das einzelne so herauszureißen – aber diese Situation, diese Erwägung, dies Nachdenken der Schönen, während sie durch die Nacht hinsaust auf den Schultern des wüsten Räubers, dieser Augenblick der Entdeckung und dies unglaubliche Gleichnis, das uns mit eins in den hellen Tag, ins Gehöfte hinausweist und das man nicht vergißt – ich weiß nicht, wo Ähnliches zu finden wäre, außer dann und wann an den heitersten, naivsten, frechsten Stellen der Komödien des bezaubernden Lope de Vega. Wo hatten wir unsere Sinne, als wir dies Buch unheimlich fanden! Es ist ein Irrgarten, aber ein Irrgarten der Lust. Es ist ein Buch, das ein Gefängnis zum kurzweiligen Aufenthalt machen könnte. Es ist, was Stendhal davon sagte: Es ist das Buch, das man immer wieder völlig sollte vergessen können, um es mit erneuter Lust immer wieder zu lesen.

WAS SCHEHREZÂD DEM KÖNIG SCHEHRIJÂR
IN DER ERSTEN BIS
HUNDERTUNDSECHSTEN NACHT
ERZÄHLTE

DIE ERZÄHLUNG VON KÖNIG SCHEHRIJÂR
UND SEINEM BRUDER

Preis sei Allah, dem Herrn der Welten! Segen und Heil dem Herrn
der Gottesgesandten, unserem Herrn und Meister, Mohammed – Gott
segne ihn und gebe ihm Heil! – Segen und Heil, die bleiben sollen
immerdar bis zum Tage des Gerichts.

Nun siehe, das Leben der Alten ward zur Richtschnur für die
Späteren, auf daß der Mensch die Geschicke sehe, die anderen
zuteil geworden sind, und sie sich zur Warnung dienen lasse,
auf daß er die Geschichte der vergangenen Völker und was
ihnen widerfahren ist, betrachte und sich im Zaume halte. Lob
ihm, der die Geschichte der Alten zum warnenden Beispiel für
die späteren Geschlechter gemacht hat! Solche Beispiele sind
die Erzählungen, die da genannt wurden ,Tausend Nächte und
eine Nacht‘, mit all ihren wunderbaren Lebensschicksalen und
ihren Gleichnissen.

Es wird berichtet – Allah aber ist Allwisser Seiner verborgenen Dinge und Allherrscher und allgeehrt und allgnädig und
allgütig und allbarmherzig! – in den Erzählungen aus alter Zeit
und aus der Völker Vergangenheit, daß in früheren Tagen, die
weit in entschwundene Zeitalter ragen, ein König vom Geschlechte der Sasaniden im Inselreiche von Indien und China
lebte, ein Herr der Krieger und Mannen, der Diener und
Knechte. Er hinterließ zwei Söhne, einen im Mannesalter und
einen im Jünglingsalter; beide waren tapfere Ritter, doch war
der Ältere noch tapferer als der Jüngere. So ward er der König
des Landes und herrschte in Gerechtigkeit über die Untertanen,
und das Volk seines Landes und Reiches liebte ihn. Er hieß König
Schehrijâr; sein jüngerer Bruder aber hieß König Schâhzamân,
und dieser war König von Samarkand im Perserlande. Beide

waren immerdar in ihren Ländern, und ein jeder von ihnen herrschte in seinem Reiche gerecht über seine Untertanen, in hoher Freude und Glückseligkeit. In diesem Zustande lebten sie ununterbrochen zwanzig Jahre lang. Da bekam der ältere König Sehnsucht nach seinem jüngeren Bruder, und so befahl er seinem Wesir, er solle zu dem Bruder reisen und ihn herführen. Der Wesir antwortete ihm: »Ich höre und gehorche!« Dann reiste er fort, bis er glücklich ans Ziel kam. Er trat zu dem Bruder ein, überbrachte ihm den königlichen Gruß und tat ihm kund, daß sein Bruder sich nach ihm sehne und seinen Besuch wünsche. Jener erwiderte: »Ich höre und gehorche!« Alsbald rüstete er sich zur Reise, ließ seine Zelte, Kamele und Maultiere, Diener und Mannen hinausziehen und bestellte seinen Wesir als Herrscher in seinem Lande. Dann zog er aus, dem Lande seines Bruders entgegen. Aber um Mitternacht fiel ihm ein, daß er etwas in seinem Schlosse vergessen hatte. Deshalb kehrte er um und ging in sein Schloß; da fand er seine Gemahlin auf seinem Lager ruhend, wie sie einen hergelaufenen schwarzen Sklaven umschlungen hielt. Als er das sah, da ward ihm die Welt schwarz vor den Augen, und er sprach bei sich: ‚Wenn dies geschehen ist, während ich die Stadt noch nicht verlassen habe, wie wird diese Verruchte es erst treiben, wenn ich lange bei meinem Bruder in der Ferne weile?‘ Darauf zog er sein Schwert und schlug die beiden auf dem Lager tot. Zur selbigen Stunde kehrte er zurück, gab Befehl zum Aufbruch und reiste fort, bis er bei der Stadt seines Bruders ankam. Wie er sich der Stadt näherte, schickte er die Vorboten zu seinem Bruder mit der Nachricht von seiner Ankunft. Jener zog ihm entgegen, begrüßte ihn und hatte hohe Freude an ihm; und er ließ die Stadt ihm zu Ehren ausschmücken. Dann setzte er sich nieder mit ihm, um zu plaudern und froher Dinge zu sein. Aber König

20

Schâhzamân dachte an das, was ihm von seiner Gemahlin widerfahren war; tiefer Gram kam über ihn, seine Farbe ward bleich, und sein Leib ward krank. Als sein Bruder ihn in solchem Zustande sah, dachte er bei sich, das sei um der Trennung von seinem Lande und seinem Reiche willen. Darum ließ er ihn gewähren und fragte ihn nicht danach. Dann aber sprach er eines Tages zu ihm: »Bruder, ich sehe, wie dein Leib krank und deine Farbe bleich ist.« Jener antwortete ihm: »Bruder, ich habe eine Wunde in meinem Inneren.« Doch er tat ihm nicht kund, was er an seiner Gemahlin erlebt hatte. Schehrijâr fuhr fort: »Ich möchte, du zögest mit mir zur Jagd auf Hochwild und Kleinwild. Vielleicht wird sich dein Gemüt dann erheitern.« Aber Schâhzamân lehnte es ab, und so zog sein Bruder allein auf die Jagd. Nun waren im Schlosse des Königs Fenster, die auf den Garten führten. Schâhzamân blickte hinaus, und siehe, da öffnete sich die Tür des Schlosses, und heraus kamen zwanzig Sklavinnen und zwanzig Sklaven, und die Gemahlin seines Bruders, herrlich an Schönheit und Anmut, schritt in ihrer Mitten, bis sie zu einem Springbrunnen kamen. Dort zogen sie ihre Kleider aus, und die Sklavinnen setzten sich zu den Sklaven. Die Königin aber rief: »Mas'ûd!« Da kam ein schwarzer Sklave und umarmte sie, und auch sie schloß ihn in ihre Arme, und er legte sich zu ihr. Ebenso taten die Sklaven mit den Sklavinnen; und es war kein Ende des Küssens und Kosens, des Buhlens und Liebelns, bis der Tag zur Neige ging. Als nun der Bruder des Königs das sah, sprach er bei sich: ‚Bei Allah! Mein Leid ist leichter als dies Leid.‘ Da ward er frei von seiner Eifersucht und seinem Gram, und er sagte sich: ‚Dies ist noch ärger als das, was mir widerfahren ist.‘ Dann aß und trank er wieder. Darauf kam sein Bruder von dem Jagdzuge zurück, und die beiden begrüßten einander. König Schehrijâr blickte seinen Bruder, den König Schâhzamân, an und sah, daß jenem seine Farbe zurückgekehrt und sein Antlitz rot geworden war und wie er jetzt mit Wohlbehagen aß, während er früher so wenig gegessen hatte. Sein Bruder, der ältere König, sprach zu ihm: »Bruder, ich sah dich früher bleichen Angesichts, doch jetzt ist deine Farbe dir zurückgekehrt. Drum tu mir kund, wie es um dich steht!« Jener antwortete: »Über das Erbleichen meiner Farbe will ich dir berichten; aber erlaß es mir, dir zu sagen, wie es kam, daß meine Farbe zurückgekehrt ist!« Doch der andre fuhr fort: »Zuerst berichte mir, wie es kam, daß deine Farbe bleich und dein Leib krank ward, auf daß ich es höre!« Schâhzamân erzählte ihm nun: »Bruder, wisse, als du deinen Wesir zu mir geschickt hattest, der mich zu dir bitten sollte, da rüstete ich mich zur Reise, und ich war eben aus meiner Stadt hinausgezogen, da dachte ich plötzlich an die Perle in meinem Schlosse, die ich dir schenken wollte. So kehrte ich zu meinem Schlosse zurück und fand mein Weib mit einem schwarzen Sklaven auf meinem Lager ruhend: da erschlug ich sie alle beide. Dann kam ich zu dir; aber ich mußte immer an dies Erlebnis denken, und das war der Grund, daß meine Farbe bleich ward und daß ich erkrankte. Doch über die Wiederkehr meiner Farbe mit dir zu sprechen – das erlaß mir!« Als sein Bruder seine Worte gehört hatte, sprach er zu ihm: »Ich beschwöre dich bei Allah, tu mir kund, wie es mit der Wiederkehr deiner Farbe steht!« Da tat er ihm alles, was er gesehen hatte, kund. Schehrijâr aber sprach zu seinem Bruder Schâhzamân: »Ich will es mit eigenen Augen sehen!« Schâhzamân erwiderte: »Tu so, als ob du zur Jagd auf Hochwild und Kleinwild auszögest, und verbirg dich bei mir; dann wirst du es selbst mit ansehen und durch Augenschein Gewißheit darüber erlangen.« Zur selbigen Stunde ließ der König zum Aufbruch rufen;

die Soldaten zogen mit den Zelten vor die Stadt hinaus, und der König zog auch hinaus. Dann begab er sich ins königliche Zelt und sprach zu seinen Pagen: »Niemand soll zu mir hereinkommen!« Darauf verkleidete er sich und ging insgeheim zum Schlosse, in dem sein Bruder war, und er setzte sich an das Fenster, das auf den Garten führte, eine kurze Weile: da kamen die Sklavinnen und ihre Herrin heraus mit den Sklaven, und sie taten, wie sein Bruder gesagt hatte, bis zum Nachmittagsgebet gerufen wurde.

Als König Schehrijâr dies Treiben gesehen hatte, ward er wie von Sinnen, und er sprach zu seinem Bruder Schâhzamân: »Auf, laß uns fortziehen, so wie wir sind; wir brauchen keine Königswürde mehr, bis wir jemanden sehen, dem es wie uns ergangen ist! Sonst wäre der Tod besser für uns als das Leben.«

Dann gingen beide aus einer geheimen Tür des Palastes hinaus und zogen dahin, Tag und Nacht, bis sie zu einem Baume inmitten einer Wiese kamen und zu einer Quelle süßen Wassers nahe dem Salzmeer. Sie tranken von jener Quelle und setzten sich nieder, um auszuruhen. Als eine Stunde des Tages vergangen war, da erblickten sie, wie das Meer aufwallte und aus ihm eine schwarze Säule aufstieg, die sich emporreckte bis zum Himmel und auf jene Wiese zukam.

Als sie das sahen, fürchteten sie sich und stiegen in die Krone des Baumes, der sehr hoch war, hinauf, um zu schauen, was nun geschehen würde. Und siehe, es war ein Dämon von gewaltiger Größe, mit breiter Stirn und weiter Brust; der trug einen Kasten auf seinem Kopfe. Er stieg ans Land und kam zu dem Baume, auf dem die beiden waren; unter ihm setzte er sich nieder, öffnete den Kasten und holte aus ihm eine Schachtel hervor. Die öffnete er, und da kam aus ihr ein Mädchen her-

vor, schlank von Wuchs, strahlend, als sei sie die leuchtende
Sonne, wie der Dichter 'Atîja so schön gesungen hat:

> *Sie erhebt sich im Dunkeln – der Tag erwacht,*
> *Und die Haine erglühen in strahlender Pracht.*
> *Von ihrem Glanz leuchtet der Sonnen Licht;*
> *Die Monde beschämt ihr enthülltes Gesicht.*
> *Erscheint sie und schlägt den Schleier zurück,*
> *So beugt sich das Weltall vor ihrem Blick.*
> *Doch leuchten Blitze aus ihm hervor,*
> *So öffnen die Wolken den Tränen ihr Tor.*

Als der Dämon sie angeschaut hatte, sprach er: »O Herrin
der Keuschheit, die ich in der Hochzeitsnacht entführte, ich
möchte ein wenig schlummern.« Darauf legte der Dämon sein
Haupt auf den Schoß der Maid und schlief. Die Maid aber erhob ihr Haupt nach der Krone des Baumes und erblickte die
beiden Könige, wie sie oben im Baume saßen. Da lüpfte sie das
Haupt des Dämons von ihrem Schoße und legte es auf die Erde;
und sie richtete sich auf unter dem Baume und machte den
beiden ein Zeichen, das besagte: ,Kommt herab und fürchtet
euch nicht vor dem Dämon!' Doch sie erwiderten ihr: »Um
Allahs willen, erlaß uns dies!« Da sprach sie zu ihnen: »Wenn
ihr nicht herunterkommt, so wecke ich euch den Dämon auf,
und der wird euch elend zu Tode bringen.« Nun gerieten sie
noch mehr in Furcht und stiegen zu ihr hinab; da trat sie vor
die beiden hin und sagte: »Stechet einen starken Stich, sonst
wecke ich euch den Dämon auf!« In seiner Furcht sagte König
Schehrijâr zu seinem Bruder, dem König Schâhzamân: »Bruder, tu, was sie dir befohlen hat!« Der aber antwortete: »Ich tu
es nicht, du tuest es denn zuerst!« So winkte einer dem anderen zu, ihr zu Willen zu sein. Da sagte sie: »Was seh ich euch
einander zuwinken? Wenn ihr nicht beide vortretet und handelt, so wecke ich euch den Dämon auf.« Und in ihrer Angst

24

vor dem Dämon lagen sie ihr bei; und als sie beide ihr den Willen getan hatten, sprach sie zu ihnen: »Erhebt euch!« Dann holte sie aus ihrer Tasche einen Beutel, und aus ihm nahm sie ihnen eine Schnur heraus, an der fünfhundertundsiebzig Ringe waren, und sie fragte sie: »Wißt ihr, was diese bedeuten?« Sie erwiderten: »Nein, das wissen wir nicht.« Sie fuhr fort: »Die Besitzer aller dieser Ringe sind mir zu Willen gewesen und haben diesem Dämon Hörner aufgesetzt. Nun gebt auch ihr beiden Brüder mir eure Siegelringe!« Und sie gaben ihr ihre Ringe von ihren Händen. Da sprach sie zu ihnen: »Fürwahr, dieser Dämon hat mich in meiner Brautnacht entführt; dann hat er mich in eine Schachtel gesteckt und die Schachtel in einen Kasten, und vor den Kasten hat er sieben starke Schlösser gelegt, und so hat er mich auf den Boden des brausenden, wogengepeitschten Meeres gelegt. Aber er wußte nicht, daß eine jede von uns Frauen, wenn sie etwas durchsetzen will, sich durch nichts zurückhalten läßt, wie ein Dichter gesungen hat:

> *Glaube den Frauen nicht;*
> *Trau ihren Schwüren nicht!*
> *Ihr Zorn und ihre Gunst*
> *Hängen an ihrer Brunst.*
> *Lieb zeigen sie zum Schein:*
> *Trug hüllt sie ganz und gar ein.*
> *Joseph nimm dir zur Lehr;*
> *Findst ihrer List immer mehr.*
> *Schon Vater Adam, schau,*
> *Ward verjagt wegen der Frau.*

Und ein anderer sang:

> *Wehe, du tadelst den Sünder zu sehr;*
> *Mein Vergehen ist, so wie ich aufwuchs, nicht schwer.*
> *Wenn ich liebte, so hab ich nichts andres getan,*
> *Als vor mir einst tat schon so mancher Mann.*

Denn nur der Mann ist bewundernswert,
Der von Weiberlisten blieb unversehrt.«

Als die beiden Könige solche Worte von ihr vernommen hatten, wunderten sie sich gar sehr, und sie sprachen zueinander: »Da dieser ein Dämon ist, so ist ihm noch größeres Leid widerfahren als uns beiden; dies ist etwas, das noch keinem je widerfahren ist.« Darauf eilten sie zur selbigen Stunde von ihr fort und kehrten zur Stadt des Königs Schehrijâr zurück. Der aber ging in sein Schloß und schlug seiner Gemahlin und den Sklavinnen und den Sklaven den Kopf ab. Und von nun an nahm König Schehrijâr jede Nacht eine Jungfrau zu sich; der nahm er die Mädchenschaft, und dann tötete er sie, um seiner Ehre gewiß zu sein, und so trieb er es drei Jahre lang. Da geriet das Volk in Aufruhr und flüchtete mit den Töchtern, bis keine mannbare Jungfrau mehr in der Stadt war. Doch der König befahl dem Wesir, er solle ihm eine Jungfrau wie gewöhnlich bringen. Und der Wesir ging hin zu suchen, aber er fand keine Jungfrau. So begab er sich traurig und bedrückt nach Hause; denn er fürchtete für sein Leben wegen des Königs.

Nun hatte der Wesir zwei Töchter; die ältere hieß Schehrezâd, die jüngere aber Dinazâd. Die ältere hatte alle Bücher gelesen, die Annalen und die Lebensbeschreibungen der früheren Könige und die Erzählungen von den vergangenen Völkern; ja, es wird erzählt, sie habe tausend Bücher gesammelt, Geschichtsbücher, die von den entschwundenen Völkern und von den einstigen Königen handelten, und auch Dichterwerke. Die sprach zu ihrem Vater: »Was sehe ich dich so traurig und beladen mit Kummer und Sorgen? Es hat doch einst ein Dichter darüber gesungen:

Sage dem, der Sorgen trägt,
Daß die Sorgen niemals dauern!

Als der Wesir diese Worte von seiner Tochter vernommen hatte, erzählte er ihr, was ihm durch den König geschehen war, von Anfang bis zu Ende. Da erwiderte sie: »Bei Allah, mein Väterchen, vermähle mich mit diesem König! Dann werde ich entweder am Leben bleiben, oder ich werde ein Opfer sein für die Töchter der Muslime und ein Werkzeug zu ihrer Befreiung aus seinen Händen.« Er aber rief: »Ich beschwöre dich bei Allah, begib dich niemals in solche Gefahr!« Doch sie entgegnete ihm: »Es muß also geschehen!« Er darauf: »Ich fürchte für dich, daß es dir ebenso geht wie dem Esel und dem Stier mit dem Ackersmann!« Sie fragte: »Was ist das, was den beiden geschah?« Da begann er

DIE ERZÄHLUNG VON DEM STIER
UND DEM ESEL

Wisse, meine Tochter, es war einmal ein Kaufmann, der reich an Vermögen und Vieh war; er hatte auch eine Gemahlin und Kinder, und Gott der Erhabene hatte ihm die Gabe verliehen, die Sprachen der Tiere und Vögel aller Art zu verstehen, aber bei Strafe des Todes, wenn er diese Gabe verriet. Jener Kaufmann hatte seine Wohnung auf dem Lande, und in seinem Stalle hatte er einen Esel und einen Stier. Eines Tages kam der Stier zu dem Stand des Esels und sah, wie dieser Stand gefegt und gesprengt war, wie in des Esels Krippe gesiebte Gerste und gesiebtes Häcksel war, wie er selbst dalag und sich ausruhte, weil sein Herr ihn nur zuweilen ritt, wenn er irgend etwas zu besorgen hatte, und ihn dann wieder zu seinem Stand zurückbrachte. Und da hörte der Kaufmann eines Tages den Stier

zum Esel sagen: ‚Wohl bekomme dir das! Ich muß mich ab-
mühen, aber du kannst dich ausruhen, du kannst gesiebte Gerste fressen, und er läßt dich bedienen, reitet auf dir nur zuweilen und kehrt wieder heim. Aber ich muß immer pflügen und
die Mühle drehen!‘ Der Esel antwortete ihm: ‚Wenn du zum
Acker gehst und sie das Joch auf deinen Nacken legen wollen,
so wirf dich nieder; und wenn sie dich auch schlagen, so steh
nicht auf, sondern versuch zu stehen, und fall wieder hin. Wenn
sie dann mit dir heimkehren und dir das Bohnenstroh vorwerfen, so friß nicht; tu, als ob du krank seist, weigere dich zu fressen und zu trinken, ein bis zwei oder drei Tage lang. Dann
wirst du Ruhe haben vor Mühe und Arbeit.‘ Der Kaufmann
aber verstand ihre Rede.

Und als der Treiber dem Stier sein Futter brachte, da fraß er
nur ein klein wenig. Am nächsten Morgen wollte der Treiber
den Stier zum Pflügen holen, aber er fand ihn krank, und er
bedauerte ihn und sprach: ‚Das ist der Grund, weswegen er
gestern nur schlecht arbeiten konnte.‘ Darauf ging er zu dem
Kaufmanne und sprach zu ihm: ‚O Herr, der Stier ist krank;
er hat seit gestern abend kein Futter gefressen, hat nichts davon
angerührt!‘ Nun wußte der Kaufmann Bescheid, und so sprach
er: ‚Geh, hole den Esel und pflüge mit ihm an jenes Statt den
ganzen Tag!‘

Als der Esel gegen Abend zurückkam, nachdem er den ganzen Tag hatte pflügen müssen, dankte der Stier ihm für seine
Freundlichkeit, daß er ihm an diesem Tage Ruhe vor der Anstrengung verschafft habe. Aber der Esel gab ihm keine Antwort, sondern empfand nur bitterste Reue. Als der nächste
Morgen tagte, kam der Ackersmann, holte den Esel und pflügte
mit ihm bis gegen Abend. Und da kehrte der Esel zurück mit
geschundenem Nacken und halbtot vor Müdigkeit. Der Stier

betrachtete ihn und dankte ihm und lobte ihn; doch der Esel antwortete: ‚Ich lebte in Zufriedenheit, und verdarb es durch meine Geschwätzigkeit.' Dann fuhr er fort: ‚Wisse, ich gebe dir einen guten Rat! Denn ich habe gehört, wie unser Herr sagte: Wenn der Stier nicht von seinem Lager aufsteht, so bringt ihn zum Schlächter, daß er ihn schlachte und aus seinem Fell Stücke schneide! Ich fürchte also für dein Leben. Meinen Rat habe ich dir gegeben, und damit Gott befohlen!'

Als der Stier die Worte des Esels vernommen hatte, dankte er ihm und sprach: ‚Morgen werde ich mit den Leuten zur Arbeit gehen.' Dann fraß der Stier sein Futter ganz auf und leckte sogar noch die Krippe mit der Zunge aus. All das geschah, indem ihr Herr ihre Rede hörte. Und als der nächste Tag anbrach, gingen der Kaufmann und seine Frau zum Stalle und setzten sich dort hin. Dann kam der Treiber, um den Stier zu holen. Der kam heraus, und als er seinen Herrn sah, erhob er seinen Schwanz, ließ einen Wind streichen und fing an zu springen. Da lachte der Kaufmann so sehr, daß er auf den Rücken fiel. Seine Frau aber fragte ihn: ‚Weswegen lachst du so?' Er antwortete ihr: ‚Es ist ein Geheimnis, das ich gesehen und gehört habe! Das kann ich dir nicht offenbaren, sonst muß ich sterben.' Sie darauf: ‚Du mußt es mir unbedingt kundtun und ebenso den Grund deines Lachens, wenn du auch sterben solltest!' Er entgegnete: ‚Ich kann es dir nicht offenbaren aus Furcht vor dem Tode.' Nun behauptete sie: ‚Du lachst nur über mich.' Und dann hörte sie nicht auf, in ihn zu dringen und ihn zu quälen, bis daß er ihr nachgab und der Sache überdrüssig ward. Daher ließ er seine Kinder holen und sandte nach dem Kadi und den Zeugen, um sein Testament zu machen und ihr das Geheimnis zu offenbaren und danach zu sterben; denn er liebte sie gar sehr, da sie seine Base und sein eheliches Weib und die Mutter seiner Kinder war; und er hatte auch bereits einhundertundzwanzig Jahre gelebt. Dann sandte er auch nach seiner ganzen Sippe und Nachbarschaft, und er sprach zu ihnen von seiner Geschichte und daß er, wenn er irgendeinem sein Geheimnis kundtue, sterben müsse. Nun riefen ihr alle, die bei ihnen zugegen waren, zu: ‚Wir beschwören dich bei Allah, steh ab von diesem Vorhaben, damit dein Gatte, der Vater deiner Kinder, nicht sterben muß!‘ Aber sie beharrte darauf: ‚Ich will nicht davon ablassen, bis er es mir sagt; meinetwegen mag er sterben!‘ Da schwiegen sie. Doch der Kaufmann erhob sich und begab sich zum Waschraum im Stall, um die religiöse Waschung zu vollziehen, dann zu ihnen zurückzukehren, zu ihnen zu sprechen und zu sterben. Er hatte aber einen Hahn, und dieser hatte fünfzig Hennen unter sich; auch hatte er einen Hund. Nun hörte der Kaufmann, wie der Hund den Hahn anschrie und ihn schalt, indem er sagte: ‚Du bist so vergnügt, während doch unser Herr sterben soll!‘ Da fragte der Hahn den Hund: ‚Was ist denn das für eine Sache?‘ Und der Hund erzählte ihm die ganze Geschichte. Da rief der Hahn aus: ‚Bei Allah, unser Herr ist doch geringen Verstandes! Siehe, ich habe fünfzig Frauen; mit den einen gehts im Guten, mit den anderen im Bösen. Aber unser Herr hat nur eine einzige Frau und kann mit ihr seine Sache nicht regieren! Warum nimmt er denn nicht für sie ein paar Zweige vom Maulbeerbaum, geht mit ihr in seine Schatzkammer und schlägt sie, bis sie entweder tot ist oder bereut und ihn nie wieder nach etwas fragt!‘

Als der Kaufmann die Unterhaltung des Hahns mit dem Hunde gehört hatte, da tat er mit seiner Frau« – also sprach der Wesir zu seiner Tochter Schehrezâd – »das, was ich mit dir tun werde.« Sie fragte: »Was tat er denn?« Er fuhr fort: »Er ging mit ihr in die Schatzkammer; das heißt, nachdem er für sie ein paar Zweige vom Maulbeerbaum geschnitten und sie in der Schatzkammer verborgen hatte, ging er mit ihr dorthin, und er sagte zu ihr: ,Komm, ich will es dir drinnen in der Schatzkammer erzählen und dann sterben, ohne daß mich jemand sieht.' Da ging sie mit ihm hinein. Darauf verschloß er die Tür der Kammer hinter ihr und schlug auf sie ein, bis sie fast ohnmächtig ward und rief: ,Ich bereue!' Dann küßte sie ihm Hände und Füße und bereute und ging mit ihm hinaus. Da freute sich die Versammlung und ihre Sippe, und sie lebten in schönster Freude bis an ihr Ende.«

Als die Tochter des Wesirs die Erzählung ihres Vaters gehört hatte, sprach sie zu ihm: »Es muß doch geschehen!«So schmückte er sie denn bräutlich und ging zum König Schehrijâr. Sie hatte jedoch bereits ihrer jüngeren Schwester Anweisung gegeben und ihr gesagt: »Wenn ich mich zum Könige begeben habe, so werde ich nach dir senden. Und wenn du dann zu mir gekommen bist und siehst, daß der König mit mir die Hochzeit vollzogen hat, so sprich: ,O Schwester, erzähle mir eine Geschichte zur Unterhaltung, daß wir durch sie uns die wachen Stunden der Nacht verkürzen' – und dann werde ich dir eine Geschichte erzählen, durch die, so Gott der Erhabene will, die Rettung kommen wird.« Ihr Vater aber, der Wesir, ging mit ihr zum Könige. Als der ihn sah, freute er sich und sprach: »Bringst du mir, was ich wünsche?« Jener erwiderte: »Ja!« Alsbald wollte der König zu ihr eingehen, aber sie fing an zu weinen. Da fragte er sie: »Was fehlt dir denn?« Sie erwiderte: »O König, siehe, ich habe eine kleine Schwester, und von der möchte ich Abschied nehmen.« Der König sandte nach der Kleinen, und sie kam zu ihrer Schwester und umarmte sie und setzte sich zu Füßen des königlichen Lagers. Dann ging der König hin und nahm seiner Braut die Mädchenschaft. Darauf setzten sich alle nieder, um zu plaudern. Und die jüngere Schwester sprach zu Schehrezâd: »Ich bitte dich bei Allah, o Schwester, erzähle uns eine Geschichte, durch die wir uns die wachen Stunden dieser Nacht verkürzen können!« Jene erwiderte: »Mit größter Freude, wenn der vieledle König es mir erlaubt!« Wie der König, der auch schlaflos war, diese ihre Worte vernahm, freute er sich der Aussicht, eine Geschichte zu hören, und gab ihr die Erlaubnis. So begann Schehrezâd in der *Ersten Nacht*

DIE ERZÄHLUNG VON DEM KAUFMANN
UND DEM DÄMON

Es wird berichtet, o glücklicher König, daß einst ein Kaufmann lebte, der großen Reichtum besaß und in mancherlei Städten Handel trieb. Nun stieg er eines Tages zu Pferde und ritt fort, um in einigen Städten Gelder einzuziehen; da drückte ihn die Hitze gar sehr. Deshalb setzte er sich unter einen Baum, griff in seine Satteltasche und zog ein Stück Brot und eine Dattel heraus. Er aß das Stück Brot und die Dattel, und als er die Dattel aufgegessen hatte, warf er den Stein fort. Und siehe, da erschien ein Dämon von gewaltiger Größe; der hielt in seiner Hand ein gezücktes Schwert, ging auf den Kaufmann los und sprach: ‚Her mit dir, daß ich dich töte, wie du meinen Sohn getötet hast!‘ Der Kaufmann fragte: ‚Wie habe ich deinen Sohn getötet?‘ Jener antwortete: ‚Als du die Dattel aßest und den Stein wegwarfst, traf er meinen Sohn auf die Brust, wie er so dahinging; und er starb sofort.‘ Da rief der Kaufmann: ‚Wahrlich, wir sind Allahs Geschöpfe, und zu ihm kehren wir zurück. Es gibt keine Majestät und es gibt keine Macht außer bei Allah, dem Erhabenen, Allmächtigen! Wenn ich deinen Sohn getötet habe, so habe ich ihn nur aus Versehen getötet.

Ich bitte dich jetzt, vergib mir!' Doch der Dämon schrie: ‚Es hilft nichts, ich muß dich töten.' Darauf packte er ihn und warf ihn zu Boden und hob das Schwert, um ihn zu treffen. Da weinte der Kaufmann und sagte: ‚Ich stelle meine Sache Gott anheim', und sprach die Verse:

Die Zeit hat zweierlei Tage: froh die einen, die andern voll Sorgen:
Und zwiegeteilt ist das Leben: das Heute hell, trübe das Morgen.
Wer uns ob der Zeiten Wechsel schmäht, den sollst du befragen:
‚Ist's nicht der Edelmensch nur, den widrige Zeiten plagen?'
Siehst du nicht, wenn des Sturmes Winde mächtig erbrausen,
So sind es die hohen Bäume allein, um die sie sausen.
Und siehst du nicht, wie im Meere die Leichen nach oben treiben,
Die kostbaren Perlen aber tief unten im Grunde bleiben?
Und üben ihr grausames Spiel an uns die Hände der Zeiten,
Und will in ewigem Unglück die Trauer allein uns geleiten –,
So wisse: am Himmel stehen der Sterne unzählbare Scharen;
Doch Sonne und Mond allein sind bedroht durch finstre Gefahren.
Wie viel der Bäume, grüne und dürre, sind auf der Erden;
Doch nur die Fruchtbäume sind's, die in Steine geworfen werden.
An heiteren Tagen lebtest du nur in Gedanken der Freuden
Und fürchtetest nicht das böse Geschick der kommenden Leiden.

Als nun der Kaufmann diese Verse gesprochen hatte, sagte der Dämon zu ihm: ‚Kürze deine Worte; bei Allah, ich muß dich töten.' Aber der Kaufmann sprach: ‚Wisse, o 'Ifrît, ich habe noch eine Schuld abzutragen, und ich habe vielen Reichtum und Kinder und ein Weib und Unterpfänder; drum erlaube mir, nach Hause zu gehen und einem jeden, der ein Recht hat, sein Recht zukommen zu lassen; und ich will zu Beginn des neuen Jahres wieder zu dir kommen. Allah sei dir mein Zeugnis und meine Sicherheit, daß ich wieder zu dir komme; und dann kannst du mit mir tun, was du willst – Allah ist Bürge für das, was ich sage!' Der Dämon nahm ihm ein bindendes Versprechen ab und ließ ihn ziehen. So kehrte der Kaufmann in seine Stadt zurück, erledigte alle seine Geschäfte, gab einem jeden, was ihm gebührte; und er weihte seine Frau und seine Kinder ein, ernannte einen Verwalter und blieb bis zum Ende des Jahres bei ihnen. Dann aber ging er hin, vollzog die religiöse Waschung, nahm sein Leichentuch unter den Arm, sagte seiner Familie und seinen Nachbarn und allen seinen Anverwandten Lebewohl und zog widerstrebend davon. Da begannen sie über ihn zu weinen und zu klagen; er aber wanderte, bis er bei jenem Garten ankam, und jener Tag war der Beginn des neuen Jahres. Und als er dasaß und über sein Schicksal weinte, siehe, da kam ein sehr alter Scheich zu ihm, der eine gefesselte Gazelle führte; und er grüßte den Kaufmann dort und wünschte ihm langes Leben und fragte ihn: ,Weshalb sitzest du ganz allein an diesem Orte, der doch die Stätte böser Geister ist?' Der Kaufmann aber erzählte ihm, was ihm mit jenem Dämon begegnet war; und der Scheich, der Mann mit der Gazelle, staunte und sprach: ,Bei Allah, o Bruder, deine Treue ist wirklich eine überschwengliche Treue, und deine Geschichte eine gar seltsame Geschichte; würde sie mit Sticheln in die Augenwinkel gestichelt, sie wäre eine Warnung für jeden, der sich warnen ließe.' Darauf setzte er sich neben ihn und sagte: ,Bei Allah, o Bruder, ich will dich nicht mehr verlassen, bis ich sehe, was aus dir und jenem Dämon wird.' Als er sich nun zu ihm gesetzt hatte und beide miteinander sprachen, da befielen den Kaufmann Furcht und Schrecken und tiefer Gram und immer wachsende Sorge. Und wie so der Mann mit der Gazelle dicht neben ihm saß, siehe da kam zu ihnen ein zweiter Scheich, der zwei Hunde bei sich hatte, die beide schwarze Windhunde waren. Nachdem er sie begrüßt hatte, fragte und erkundigte er sich nach ihnen und sagte: ,Weshalb sitzet ihr an diesem Orte, der doch die Stätte böser Geister ist?' Und sie erzählten ihm die Geschichte von Anfang bis zu Ende. Und noch saßen sie nicht lange beisammen, als ein dritter Scheich zu ihnen kam, der eine hellbraune Mauleselin bei sich hatte; und er grüßte sie und fragte, weshalb sie an jenem Orte säßen. Also erzählten sie ihm die Geschichte von Anfang bis zu Ende – doch doppelt erklärt, das ist nichts wert, ihr Herren, die ihr dies hört! Da setzte er sich zu ihnen, und siehe, eine gewaltige Staubwolke kam heran, mitten in der Wüste dort. Und die Wolke tat sich auf, und siehe, da war der Dämon; er hielt ein gezücktes Schwert in der Hand, und seine Augen sprühten Funken. Und er trat zu ihnen und riß den Kaufmann aus ihrer Mitte und schrie: ‚Her mit dir, daß ich dich töte, wie du meinen Sohn, mein Herzblut, getötet hast!' Da klagte und weinte der Kaufmann, und die drei Scheiche begannen zu weinen und zu schreien und zu klagen; und der erste Scheich, der Mann mit der Gazelle, trat vor, küßte dem Dämonen die Hand und sagte: ‚O Dämon, du Krone der Könige der Dämonen! Wenn ich dir meine Erlebnisse mit dieser Gazelle erzähle und du findest sie wunderbar, gibst du mir dann ein Drittel vom Blute dieses Kaufmanns?' Da sprach der Dämon: ‚Ja, o Scheich, wenn du mir die Geschichte erzählst und ich finde sie wunderbar, so will ich dir ein Drittel seines Blutes geben.' Da begann der Alte

DIE GESCHICHTE DES ERSTEN SCHEICHS

Wisse, o Dämon, diese Gazelle ist meine Base, von meinem Fleisch und Blut; ich hatte mich mit ihr vermählt, als sie noch ein junges Mädchen war, und ich lebte mit ihr etwa dreißig Jahre; aber ich wurde nicht mit Kindern von ihr gesegnet. So nahm ich mir eine Nebenfrau, von der ich einen Knaben erhielt, lieblich wie der volle Mond, mit Augen und Brauen von vollkommener Schönheit. Er wuchs heran und ward groß und ward ein Bursche von fünfzehn Jahren; da wurde es nötig, daß ich in einige Städte reiste, und ich zog aus mit großem Vorrat an Waren. Aber meine Base, diese Gazelle, hatte seit ihrer Jugend die Zauberkunst und die Magie erlernt; und so verzauberte sie jenen Knaben in ein Kalb und jene Sklavin, seine Mutter, in eine Färse und übergab sie der Obhut des Hirten. Als ich dann nach langer Zeit von meiner Reise heimkehrte und nach meinem Sohn und seiner Mutter fragte, erwiderte sie mir: ‚Deine Kebse ist tot, und dein Sohn ist geflohen, und ich weiß nicht, wohin er gegangen ist.‘ So verbrachte ich ein ganzes Jahr mit bekümmertem Herzen und weinenden Augen, bis das große Fest Allahs herankam. Da schickte ich zu dem Hirten und hieß ihn mir eine fette Färse bringen; und er brachte mir eine fette Färse, das war meine Sklavin, die von dieser Gazelle verzaubert war. Ich schürzte mir Ärmel und Saum, nahm das Messer in meine Hand und wollte ihr den Hals durchschneiden, aber sie brüllte laut und weinte bittere Tränen. Darüber wunderte ich mich, und Mitleid erfaßte mich; und ich ließ ab von ihr und sagte dem Hirten: ‚Bringe mir eine andere her.‘ Da rief meine Base: ‚Schlachte diese, denn für mich gibt es keine schönere und fettere als diese!‘ Noch einmal ging ich hin, um sie zu schlachten, aber wieder brüllte sie laut, worauf ich abstand und jenem Hirten befahl, sie zu schlachten und abzuziehen. Er schlachtete sie und zog sie ab, aber er fand in ihr weder Fett noch Fleisch, nur Haut und Knochen; und ich bereute, daß sie geschlachtet war, als die Reue mir nichts mehr nutzte. Ich gab sie dem Hirten und sagte zu ihm: ‚Hole mir ein fettes Kalb‘; und er brachte mir meinen eigenen Sohn. Als aber jenes Kalb mich sah, zerriß es seine Fessel und lief auf mich zu, rieb seinen Kopf an mir und klagte und weinte, so daß mich

Mitleid mit ihm erfaßte und ich zu dem Hirten sagte: ‚Bringe mir eine Färse und laß dies Kalb laufen!' Da schrie meine Base, diese Gazelle, mich laut an und sagte: ‚Du mußt dies Kalb schlachten an diesem Tage; denn dies ist ein heiliger Tag und ein gesegneter, an dem nur geschlachtet wird, was ganz ohne Fehl ist; und wir haben unter unseren Kälbern kein fetteres noch schöneres als dieses!' Ich aber sprach: ‚Schau, wie es um die Färse stand, die ich auf dein Geheiß habe schlachten lassen! Wir sind doch durch sie enttäuscht, und wir haben in gar keiner Weise Nutzen von ihr gehabt; ich bereue es bitterlich, daß ich sie habe schlachten lassen: so will ich nun diesmal bei dem Opfer dieses Kalbes kein Wort von dir annehmen.' Da sprach sie zu mir: ‚Bei Allah, dem Allmächtigen, dem Erbarmenden, Erbarmungsreichen: du mußt es an diesem heiligen Tage töten, und wenn du es nicht tötest, so bist du mein Mann nicht mehr und ich bin nicht mehr deine Frau.' Als ich nun diese harten Worte von ihr hörte und doch ihr Ziel nicht kannte, da trat ich zu dem Kalb, das Messer in der Hand.' – –«

Da bemerkte Schehrezâd, daß der Morgen begann, und sie hielt in der verstatteten Rede an. Ihre Schwester aber sprach: »Wie schön ist deine Erzählung und wie entzückend, und wie lieblich und wie berückend!« Und Schehrezâd erwiderte ihr: »Was ist all dies gegen das, was ich euch in der nächsten Nacht erzählen könnte, wenn der König mein Leben zu schonen geruhte!« Da sprach der König zu sich selber: ‚Bei Allah, ich will sie nicht töten lassen, bis ich den Schluß ihrer Geschichte höre.' Darauf verbrachten sie den Rest jener Nacht in gegenseitiger Umarmung, bis der Tag vollends anbrach. Dann ging der König in die Regierungshalle hinüber, und dort stand der Wesir mit dem Leichentuch unter dem Arm. Darauf sprach der König Recht, setzte ein und setzte ab, bis der Tag zur Neige ging; dem Wesir aber geruhte er nichts von dem Geschehenen zu sagen. Darob nun geriet der Wesir in höchste Verwunderung. Und schließlich brach die Versammlung auf, und König Schehrijâr kehrte in seinen Palast zurück. Doch als die *Zweite Nacht* anbrach, sagte Dinazâd zu ihrer Schwester Schehrezâd: »Liebe Schwester, erzähle uns doch deine Geschichte von dem Kaufmann und dem Dämonen zu Ende«; und sie erwiderte: »Mit größter Freude, wenn der König es mir erlaubt.« Der König sprach: »Erzähle nur!«, und Schehrezâd begann mit diesen Worten:

»Es ist mir berichtet worden, o glücklicher König und rechtgläubiger Herrscher, als nun der Kaufmann das Kalb schlachten wollte, da hatte sein Herz Mitleid, und er sprach zu dem Hirten: ‚Laß dies Kalb bei der Herde bleiben!‘ All das erzählte der Scheich dem Dämonen, der sehr staunte über jene seltsamen Worte. Und der Mann mit der Gazelle fuhr fort: ‚O Herr aller Könige der Dämonen, all das geschah, während meine Base, diese Gazelle, zuschaute und sagte: ‚Schlachte das Kalb, denn wahrlich, es ist ein fettes!‘ Ich aber konnte es nicht übers Herz bringen, das Tier zu töten, und hieß den Hirten es wegführen; und er führte es weg und ging mit ihm fort. Als ich nun am nächsten Tage dasaß, siehe, da kam der Hirt, trat vor mich hin und sprach: ‚O Herr, ich will dir etwas sagen, worüber du dich freuen wirst und was mir den Lohn froher Botschaft eintragen soll.‘ ‚Gut‘, sprach ich, und er darauf: ‚O Kaufmann, ich habe eine Tochter, die hat in ihrer Jugend die Zauberkunst gelernt von einer alten Frau, die bei uns lebte. Gestern, als du mir das Kalb gegeben hattest, ging ich zu ihr ins Haus; meine Tochter schaute es an und verhüllte ihr Gesicht; dann weinte und lachte sie abwechselnd, und schließlich sagte sie: Väterchen, ist meine Ehre dir so billig geworden, daß du fremde Männer zu mir hereinführst? Ich aber fragte sie: Wo sind die fremden Männer, und weshalb lachtest und weintest du?, und sie erwiderte: Fürwahr, dies Kalb, das du bei dir hast, ist der Sohn unseres Herrn; aber er ist verzaubert, denn seine Stiefmutter hat ihn und seine Mutter verwandelt; das ist der Grund meines Lachens, der Grund meines Weinens aber ist seine Mutter, weil sein Vater sie hat töten lassen. Da geriet ich in höchste Verwunderung und konnte kaum das Tagesgrauen abwarten, bis ich zu dir kam, um es dir zu sagen.‘ Als ich nun, o Dämon, diese Worte von dem Hirten vernommen hatte, ging ich mit ihm hinaus, trunken ohne Wein von dem Übermaß der Freude und des Glücks, die mir zuteil geworden, bis ich sein Haus erreichte. Dort begrüßte mich die Tochter des Hirten und küßte mir die Hand; und alsbald kam das Kalb und rieb seinen Kopf an mir. Da sprach ich zu des Hirten Tochter: ‚Ist das wahr, was du von diesem Kalbe sagst?‘, und sie erwiderte: ‚Ja, o Herr, es ist wirklich dein Sohn, dein Herzblut.‘ Nun rief ich: ‚O Mädchen, wenn du ihn befreist, so soll dein sein, was von meinem Vieh und Besitz unter deines Vaters Obhut steht.‘ Doch sie lächelte und sprach: ‚O Herr, es verlangt mich nicht nach dem Besitz, sondern ich habe nur zwei Bedingungen; die erste ist, daß du mich deinem Sohne vermählest, und die zweite, daß ich die verzaubern darf, die ihn verzaubert hat, und sie gefangen setzen; sonst bin ich nicht sicher vor ihren Ränken.‘ Als ich nun, o Dämon, die Worte der Tochter des Hirten vernommen hatte, erwiderte ich: ‚Außer dem, was du verlangst, gehört all mein Vieh und all mein Besitz in deines Vaters Obhut dir, und das Blut meiner Base ist nach dem Rechte dein.‘ Und als sie meine Worte vernommen hatte, nahm sie eine Schale, füllte sie mit Wasser, sprach eine Zauberformel darüber und besprengte das Kalb mit dem Wasser, indem sie sagte: ‚Wenn du ein Kalb bist und als ein solches von Allah dem Erhabenen geschaffen, so bleib in dieser Gestalt und verwandele dich nicht; wenn du aber verzaubert bist, so kehre auf den Befehl Allahs des Erhabenen in deine einstige Gestalt zurück.' Und siehe, es zitterte und wurde ein Mensch. Da fiel ich ihm um den Hals und rief: ,Ich bitte dich bei Allah, erzähle mir alles, was meine Base an dir und deiner Mutter getan hat.' Nun erzählte er mir, was ihnen beiden widerfahren war, und ich sprach: ,O mein Sohn, Allah sandte dir eine, die dich entzaubern konnte und dir zu deinem Rechte verhelfen.' Und dann, o Dämon, vermählte ich ihm des Hirten Tochter, und sie verwandelte meine Base in diese Gazelle, indem sie sagte: ,Dies ist eine zierliche Gestalt, keine häßliche, von der die Blicke sich abwenden.' Danach lebte die Hirtentochter bei uns Tag und Nacht, Nacht und Tag, bis Allah sie zu sich nahm. Doch als sie entschlafen war, zog mein Sohn aus nach dem Lande Hind, und das ist das Land dieses Mannes, von dem dir widerfuhr, was geschehen ist. Und ich nahm dann diese Gazelle, meine Base, und wanderte mit ihr von Ort zu Ort, ausschauend nach Kunde von meinem Sohn, bis das Schicksal mich an diesen Ort trieb, wo ich den Kaufmann in Tränen sitzen sah. Das ist meine Geschichte.'

Da sprach der Dämon: ,Dies ist eine seltsame Geschichte, und daher schenke ich dir den dritten Teil seines Blutes.' Nun trat der zweite Scheich, der Mann mit den beiden Windhunden, vor und sprach zu dem Dämon: ,Wenn ich dir berichte, was mir widerfahren ist von meinen Brüdern, diesen beiden Hunden, und du siehest, daß dies eine noch seltsamere und erstaunlichere Geschichte ist, willst du auch mir ein Drittel von dieses Mannes Schuld gewähren?' Jener entgegnete: ,Wenn deine Geschichte noch seltsamer und erstaunlicher ist, so ist es dir gewährt.'

Und er begann also

Wisse, o Herr der Könige der Dämonen, daß diese beiden
Hunde meine Brüder sind, und ich bin der dritte. Als mein
Vater gestorben war und uns ein Erbe von dreitausend Goldstücken hinterlassen hatte, tat ich einen Laden auf, in dem ich
verkaufte und kaufte, und ebenso taten meine beiden Brüder
je einen Laden auf. Aber ich trieb mein Geschäft noch nicht
lange, da verkaufte mein älterer Bruder, einer von diesen beiden Hunden, den Vorrat seines Ladens für tausend Dinare; und
nachdem er Waren und Handelsgut gekauft hatte, zog er fort.
Ein ganzes Jahr blieb er fern von uns; aber eines Tages, als ich
in meinem Laden saß, siehe, da trat ein Bettler vor mich hin,
und ich sprach zu ihm: ‚Allah gebe dir! Da fragte er weinend:
‚Kennst du mich denn nicht mehr?‘ Und erst jetzt schaute ich
ihn sorgfältig an, und siehe, es war mein Bruder; da stand ich
auf und hieß ihn willkommen; dann bot ich ihm einen Platz in
meinem Laden an und fragte ihn, wie es ihm ergangen sei.
‚Frage mich nicht,‘ erwiderte er; ‚meine Waren waren, und
mein Stand schwand!‘ So führte ich ihn in das Bad, kleidete
ihn in eins meiner eigenen Gewänder und ließ ihn bei mir wohnen. Und als ich meine Rechnung und die Gewinne in meinem
Geschäft festgestellt hatte, da fand ich, daß ich tausend Dinare
gewonnen hatte, so daß das Grundkapital sich auf zweitausend
belief. Und ich teilte es zwischen meinem Bruder und mir und
sprach zu ihm: ‚Nimm an, du habest keine Reise gemacht und
seiest nicht in die Ferne gezogen!‘ Er nahm den Anteil in heller Freude hin und tat auch seinerseits wieder einen Laden auf;
und so vergingen einige Tage und Nächte. Danach aber machte
sich mein zweiter Bruder, jener andere Hund, auf und verkaufte seine Waren und all sein Gut und wollte auf Reisen

gehen; und er ließ sich, ob wir ihn auch zu halten suchten, nicht mehr halten. Er kaufte Handelsgut und zog mit den reisigen Leuten davon. Und er blieb ein volles Jahr fern von uns. Dann kam er zu mir, wie sein älterer Bruder zu mir gekommen war; und als ich zu ihm sagte: ‚Mein Bruder, riet ich dir nicht davon ab zu reisen?‘ da weinte er und rief: ‚Mein Bruder, dies ist eine Fügung des Schicksals: hier stehe ich, verarmt, ohne einen einzigen Dirhem zu besitzen, und nackt, ohne ein Hemd auf dem Leibe.‘ So nahm ich ihn, o Dämon, führte ihn in das Bad, zog ihm ein neues Gewand von meinen eigenen Kleidern an und brachte ihn in meinen Laden; dann aßen und tranken wir. Darauf sprach ich zu ihm: ‚Mein Bruder, ich pflege meine Rechnung bei jedem Jahresanfang aufzustellen; und was ich an Überschuß finde, soll zwischen mir und dir geteilt sein.‘ So machte ich mich denn, o Dämon, an die Abrechnung meines Geschäfts, und als ich den Betrag von zweitausend Dinaren fand, dankte ich dem Schöpfer – Preis sei ihm, dem Erhabenen! –, gab meinem Bruder tausend und behielt tausend für mich. Da ging er hin und tat einen Laden auf, und so lebten wir viele Tage. Nach einer Weile aber begannen meine Brüder mich zu drängen, ich solle mit ihnen reisen; doch ich lehnte es ab und sprach: ‚Was gewannet ihr durch eure Reise, daß ich durch sie gewinnen sollte?‘ Und da ich nicht auf sie hören wollte, so blieben wir jeder in seinem Laden und verkauften und kauften wie zuvor. Sie aber drängten mich zur Reise jedes Jahr, ohne daß ich eingewilligt hätte, bis sechs Jahre verstrichen waren; da endlich gab ich ihnen nach, indem ich sprach: ‚O meine Brüder, wohlan, ich will nun mit euch reisen; jetzt laßt uns sehen, wieviel Geld ihr besitzet!‘ Ich fand aber, daß sie keinen Deut mehr hatten; vielmehr hatten sie alles verschwendet, da sie sich dem Prassen und Trinken und den Vergnügungen hingegeben hatten. Aber ich sprach kein Wort zu ihnen, sondern ich stellte noch einmal die Rechnung meines Geschäfts auf und verkaufte all mein Gut und alle meine Waren; und als ich mich im Besitze von sechstausend Dinaren sah, war ich erfreut und teilte sie in zwei Hälften und sagte zu meinen Brüdern: ‚Diese dreitausend Dinare sind für mich und für euch zum Handel. Die anderen dreitausend Dinare will ich vergraben, für den Fall, daß es mir so ergehen sollte, wie es euch ergangen ist; dann werde ich kommen und die dreitausend Dinare holen, und wir können damit wieder unsere Läden auftun.' Damit waren beide zufrieden; und ich gab einem jeden seine tausend Dinare und behielt die gleiche Summe für mich, nämlich tausend Dinare. Dann kauften wir passende Waren ein, rüsteten alles zur Reise, mieteten ein Schiff, und nachdem wir unsere Waren eingeschifft hatten, zogen wir aus und fuhren Tag für Tag, einen ganzen Monat lang, bis wir in einer Stadt ankamen, wo wir unsere Waren verkauften; und für jedes Goldstück verdienten wir zehn. Und als wir uns wieder zur Reise wandten, fanden wir an der Meeresküste ein Mädchen in zerrissener und zerschlissener Kleidung; und sie küßte mir die Hand und sprach: ‚O Herr, leben in dir Freundlichkeit und Güte, die ich dir vergelten kann?' Und ich erwiderte: ‚Gewiß; siehe, ich liebe das Wohltun und gute Werke, auch wenn du sie nicht vergiltst.' Sie darauf: ‚Nimm mich zum Weibe, o mein Herr, und bringe mich in deine Stadt, denn ich habe mich dir ergeben; drum tue eine Freundlichkeit an mir, ich bin von denen, die taugen für gute Werke und Wohltat: ich will sie dir vergelten, und möge mein Aussehen dich nicht beirren!' Als ich ihre Worte hörte, neigte sich mein Herz ihr zu, denn also wollte es Allah, der Allmächtige und Glorreiche; und ich nahm sie und kleidete sie und bereitete ihr im Schiff eine schöne Lagerstatt und erwies ihr Achtung und Ehrerbietung. So segelten wir weiter, und mein Herz hing sich an sie mit inniger Liebe, und ich trennte mich von ihr weder Tag noch Nacht und dachte mehr an sie als an meine Brüder. Doch sie wurden eifersüchtig und neideten mir meinen Reichtum und die Fülle der Waren, die ich hatte, und ihre Augen verschlangen gierig meinen ganzen Besitz. Da berieten sie sich, mich zu ermorden und meinen Besitz an sich zu nehmen, und sagten: ,Wir wollen unsern Bruder töten, und all sein Gut ist unser'; und Satan zeigte ihnen diese Tat in so schönen Farben, daß sie mich ergriffen, während ich zur Seite meiner Frau schlief, und uns beide aufhoben und ins Meer hinabwarfen. Als aber meine Frau aus dem Schlaf erwachte, da schüttelte sie sich und wurde alsbald zu einer Dämonin. Und sie hob mich auf und brachte mich auf eine Insel und verließ mich auf kurze Zeit; dann am Morgen kehrte sie zurück und sagte: ,Hier bin ich, deine Sklavin, die dich mit Hilfe Allahs des Erhabenen aufgehoben und vom Tode gerettet hat. Wisse, ich bin ein Dämonenkind; als ich dich sah, liebte mein Herz dich nach dem Willen Allahs, denn ich glaube an Allah und seinen Propheten – Gott segne ihn und gebe ihm Heil! Daher kam ich zu dir, wie du mich sähest, und du vermähltest dich mit mir, und siehe, jetzt habe ich dich vor dem Versinken gerettet. Aber ich bin ergrimmt wider deine Brüder, und es ist mein fester Entschluß, sie zu töten.' Als ich nun ihre Geschichte hörte, staunte ich und dankte ihr für das, was sie getan hatte, und sprach dann zu ihr: ,Meine Brüder aber sollen nicht umkommen.' Darauf erzählte ich ihr alles, was mir mit ihnen begegnet war, von Anfang bis zu Ende; und als sie es vernommen hatte, sprach sie: ,Heute nacht will ich über ihr Schiff hinfliegen und es versenken und sie so umkommen lassen.' Doch ich sprach: ,Ich bitte dich bei Allah, tu das nicht,

44

denn das Sprichwort sagt: O du, der du Gutes tust an dem, der Böses getan, der Missetäter hat genug an seiner Tat. Und sie sind doch immer noch meine Brüder.' Sie antwortete: ‚Bei Allah, es ist mein fester Entschluß, sie zu töten.' Und ich bat sie flehentlich. Darauf hob sie mich empor und flog mit mir fort, bis sie mich schließlich auf dem Dache meines Hauses niedersetzte. Dann tat ich die Türen auf und holte hervor, was ich in der Erde vergraben hatte; und nachdem ich die Leute begrüßt hatte, tat ich meinen Laden wieder auf und kaufte mir Waren. Als nun der Abend kam, kehrte ich nach Hause zurück; dort fand ich diese beiden Hunde angebunden, und als sie mich sahen, sprangen sie auf mich zu und winselten und hängten sich an mich; aber ehe ich noch wußte, was geschehen war, sprach mein Weib zu mir: ‚Dies sind deine Brüder!' Da fragte ich: ‚Und wer hat ihnen das angetan?' und sie erwiderte: ‚Ich habe meiner Schwester eine Botschaft geschickt, und sie hat sie so verwandelt, und sie sollen erst nach zehn Jahren erlöst werden.' Und jetzt bin ich hier angekommen auf dem Wege zu jener Schwester, die sie erlösen wird, nachdem sie zehn Jahre in diesem Zustand zugebracht haben. Da sah ich diesen jungen Mann, der mir berichtete, was ihm widerfahren ist; und ich beschloß, nicht weiterzuziehen, bis ich gesehen hätte, was zwischen ihm und dir geschehen würde. Solches ist meine Geschichte.'

Da sprach der Dämon: ‚Wahrlich, dies ist eine seltsame Geschichte, und deshalb schenke ich dir ein Dritteil seines Blutes und seiner Schuld.' Nun hub der dritte Scheich, der Mann mit der Mauleselin, an: ‚Ich kann dir eine Geschichte erzählen, wunderbarer als diese beiden; willst du mir dann den Rest seines Blutes und seiner Schuld schenken, o Dämon?' Der erwiderte: ‚Jawohl.' Da begann der Alte

O Sultan und Oberhaupt der Dämonen, diese Mauleselin war
meine Frau. Nun geschah es, daß ich auf Reisen ging und ein
ganzes Jahr fern von ihr war; als ich dann meine Reise beendet
hatte, kam ich zu ihr bei Nacht und sah einen schwarzen Sklaven bei ihr auf dem Bette liegen; und sie plauderten und tändelten und lachten und küßten sich und spielten das Liebesspiel. Als sie mich aber sah, sprang sie auf und lief mit einem
Krug Wasser auf mich zu, sprach Zaubersprüche darüber und
besprengte mich, indem sie sagte: ‚Tritt heraus aus dieser Gestalt in die Gestalt eines Hundes‘; und ich wurde sofort ein
Hund. Dann trieb sie mich aus dem Zimmer hinaus, und ich
floh durch die Tür und hörte nicht auf zu laufen, bis ich zum
Laden eines Schlächters kam; dort trat ich heran und begann
zu fressen, was an Knochen herumlag. Als mich der Besitzer
des Ladens sah, nahm er mich auf und führte mich in sein Haus;
aber sowie seine Tochter mich erblickte, verschleierte sie ihr
Gesicht vor mir und rief: ‚Bringst du einen Mann zu mir und
trittst mit ihm bei mir ein?‘ Ihr Vater fragte: ‚Wo ist der Mann?‘
und sie antwortete: ‚Dieser Hund ist ein Mann, den seine Frau
verzaubert hat, und ich vermag ihn zu befreien.‘ Als ihr Vater
diese Worte hörte, sprach er: ‚Ich bitte dich bei Allah, o meine
Tochter, befreie ihn!‘ Da nahm sie einen Krug Wassers, murmelte darüber und sprengte etwas Wasser auf mich, indem sie
sagte: ‚Tritt heraus aus dieser Gestalt in deine frühere Gestalt!‘
Alsbald kehrte ich in meine frühere Gestalt zurück. Da küßte
ich ihr die Hand und rief: ‚Ich wollte, du verzaubertest meine
Frau, wie sie mich verzaubert hat.‘ Und sie gab mir etwas von
dem Wasser und sagte: ‚Sobald du sie schlafend findest, be-
sprenge sie mit diesem Wasser und sprich über sie einen Spruch

nach deinem Wunsche, so wird sie werden, was immer du willst.' Da nahm ich das Wasser und ging zu meiner Frau und fand sie schlafend; sofort besprengte ich sie mit den Worten: ‚Tritt heraus aus dieser Gestalt in die Gestalt einer Mauleselin!' Und sie wurde flugs zu einer Mauleselin; sie ist diese hier, die du mit deinen Augen siehest, o Sultan und Oberhaupt der Geisterkönige!' Da fragte der Dämon sie: ‚Ist das wahr?' Und sie nickte mit dem Kopf und erwiderte durch ein Zeichen, das bedeutete: ‚Ja, bei Gott, das ist meine Geschichte und was mir widerfahren ist.' Als nun der Alte seine Erzählung beendet hatte, schüttelte sich der Dämon vor Vergnügen und schenkte ihm den dritten Teil von des Kaufmanns Blut. – –«

Da bemerkte Schehrezâd, daß der Morgen begann, und sie hielt in der verstatteten Rede an. Dinazâd aber sprach: »O Schwester, wie schön ist doch deine Erzählung, und wie entzückend und wie lieblich und wie berückend!« Sie erwiderte: »Was ist all dies gegen das, was ich euch in der kommenden Nacht erzählen könnte, wenn der König mein Leben zu schonen geruhte!« Da dachte der König: ‚Bei Allah, ich will sie nicht töten lassen, bis ich den Schluß ihrer Geschichte höre, denn wahrlich, sie ist wunderbar.' Darauf verbrachten sie den Rest jener Nacht in gegenseitiger Umarmung, bis der Tag vollends anbrach. Dann aber ging der König in die Regierungshalle; und die Truppen und der Wesir traten ein, und der Hof füllte sich; der König sprach Recht, setzte ein und setzte ab, erließ Verbote und Befehle, bis der Tag zur Neige ging. Und schließlich brach die Versammlung auf, und König Schehrijâr kehrte in seinen Palast zurück. Doch als die *Dritte Nacht* anbrach und der König an der Tochter des Wesirs seinen Willen genossen hatte, sagte Dinazâd, ihre Schwester: »Erzähle uns, Schwester, deine Geschichte zu Ende«; und sie erwiderte: »Mit größter Freude! Es ist mir berichtet worden, o glücklicher König, als der dritte Scheich dem Dämon seine Geschichte erzählte, wunderbarer noch als die beiden früheren, da sei der Dämon in höchste Verwunderung geraten; und indem er sich vor Vergnügen schüttelte, rief er: ‚Siehe, ich schenke dir den Rest der Schuld des Kaufmanns, und ich gebe ihn euch frei.‘ Da trat der Kaufmann auf die Scheiche zu und dankte ihnen, und sie wünschten ihm Glück zu seiner Rettung und zogen davon, ein jeder in seine Stadt. Und doch ist dies alles nicht wunderbarer als die Geschichte des Fischers.« Da fragte der König: »Was ist das für eine Geschichte?« So erzählte sie denn

DIE GESCHICHTE VON DEM FISCHER
UND DEM DÄMON

Es ist mir berichtet worden, o glücklicher König, daß einst ein Fischersmann war, hochbetagt, der hatte ein Weib und drei Kinder und lebte in großer Armut. Nun war es seine Gewohnheit, sein Netz viermal am Tage auszuwerfen, doch nicht öfter. Eines Tages ging er um die Mittagszeit aus und kam zur Meeresküste, wo er seinen Korb hinlegte; und indem er sein Hemd aufschürzte, ging er ins Wasser, warf sein Netz aus und wartete, bis es zum Grunde sank. Dann faßte er die Stricke zusammen und zog, aber er fand das Netz sehr schwer; und so sehr er auch daran zerrte, er konnte es nicht heraufziehn. Da trug er die Enden ans Land und trieb einen Pfahl in den Boden und band das Netz daran. Dann entkleidete er sich und tauchte ins Wasser, rings um das Netz, und hörte nicht auf, daran zu zerren, bis er es heraufgebracht hatte. Erfreut stieg er wieder ans Land, zog seine Kleider an und trat zum Netze hin; aber er fand darin nur einen toten Esel, der ihm die Maschen zerrissen hatte. Als er das sah, rief er betrübt aus: ‚Es gibt keine Majestät und es gibt keine Macht außer bei Allah, dem Erhabenen, Allmächtigen!' Dann sprach der Fischer: ‚Dies ist eine sonderbare Art des täglichen Brotes'; und er begann in Versen zu sprechen:

> O der du tauchest ins Dunkel der Nacht und ins Verderben,
> Kürz deine Müh; denn durch Arbeit wirst du kein Brot erwerben.
> Du siehst das Meer, und du siehst den Fischer ums Brot sich mühn,
> Wenn die Gestirne der Nacht in flimmerndem Lichte erglühn.
> Jetzt taucht er mitten hinein, und die Wogen umpeitschen ihn wild;
> Doch er blickt stetig aufs Netz, wie es auf und nieder schwillt.
> Und saß er dann endlich einmal des Nachts froh über den Fang
> Eines Fisches, dem der Haken des Wehs in den Gaumen drang –
> Dann kauft ihn jemand ihm ab, der seine ganze Nacht
> Geschützt vor der Kälte behaglich in schönstem Wohlsein verbracht.
> Preis sei Ihm, dem Herrn, der geben und nehmen kann:
> Der Eine erjaget den Fisch, der Andre verspeiset ihn dann.

Darauf sprach er: ‚Auf und daran! Es muß ein Wunder geschehen, so Gott der Erhabene will'. Und er fuhr fort:

> Wirst du vom Unglück geplagt, so wappne dich dagegen
> Mit des Allgüt'gen Geduld; das stärket dich allerwegen.
> Klage es nicht den Menschen; dann würdest du doch nur klagen
> Über den Mitleidsvollen zu denen, die Mitleid versagen.

Nun machte er den toten Esel aus dem Netze frei, preßte das Netz aus, und breitete es dann aus; und er stieg von neuem ins Meer und sagte dabei: ‚Im Namen Allahs!' und warf es aus und wartete, bis es sich setzte. Darauf zog er daran, doch es war noch schwerer und lag noch fester als das erste Mal. Jetzt aber glaubte er, es seien Fische darin, und er befestigte das Netz, entkleidete sich, ging ins Wasser, tauchte und mühte sich ab und zerrte, bis er es losgemacht und aufs trockene Land hinaufgebracht hatte. Da fand er einen großen irdenen Krug darin, der voll Sand und Schlamm war; und als er das sah, war er bekümmert, und er sprach diese Verse:

> *O Mißgeschick, höre auf;*
> *Und hörst du nicht auf, so verschnauf!*
> *Ich ging und suchte mein Glück;*
> *Da fand ich, mein Glück blieb zurück.*
> *Manch Dummer hat seinen Stern;*
> *Und den Weisen bleibet er fern.*

Darauf warf er den Krug fort, preßte sein Netz aus, säuberte es, bat Allah den Erhabenen um Verzeihung und ging zum dritten Mal wieder zum Meer, um das Netz auszuwerfen; und er wartete, bis es sich setzte, und zog daran und fand Scherben, zerbrochenes Glas und Knochen darin. Da ward er sehr ärgerlich, weinte und sprach diese Verse:

> *So ist das Glück: du kannst es weder lösen noch binden;*
> *Bildung weder noch Kenntnisse lassen das Glück dich finden.*
> *Glück und Reichtümer sind allein vom Geschicke beschieden,*
> *Manches fruchtbare Land, manch dürres Land gibt es hienieden.*
> *Des Schicksals wechselnde Launen senken manch aufrechten Mann;*
> *Doch wer das Glück nicht verdient, den heben sie himmelan.*
> *O Tod, so komme zu mir, das Leben ist nichts mehr wert,*
> *Wenn der Falke versinkt und der Erpel wolkenwärts fährt.*
> *Kein Wunder darum, siehest du den Edlen ohn Hab und Gut,*
> *Den dürftigen Lumpen, wie er im Reichtum hervor sich tut.*
> *Der eine Vogel durchflieget die Welt von Ost bis West;*
> *Der andere gewinnt alles Glück, verließ er auch nie das Nest.*

Darauf hob er die Augen zum Himmel und sagte: ›O Allah! du weißt doch, ich werfe mein Netz täglich nur viermal aus; dreimal hab ich es jetzt geworfen, und mir ward nichts zuteil. Also gib mir diesmal, o Allah, das tägliche Brot.‹ Und nachdem er den Namen Gottes angerufen hatte, warf er nochmals das Netz ins Meer und wartete, bis es sich setzte; dann zog er daran, aber er konnte es wieder nicht heben, denn es war am Boden festgehakt. Da rief er aus: ›Es gibt keine Majestät und es gibt keine Macht außer bei Allah!‹ und dann sprach er:

Pfui über die Welt, die sich also benahm!
Ich lebe in ihr in Elend und Gram.
Ist des Menschen Leben auch morgens noch klar,
Sie reicht ihm abends den Leidenskelch dar.
Und doch, so war's einst: Fragte man sich:
,Wer lebet im Glück?', so wies man auf mich.

Da entkleidete er sich und tauchte zum Netz hinunter und
mühte sich, bis er es ans Land gebracht hatte. Dann öffnete er
das Netz und fand darin eine langhalsige Flasche aus Messing,
die mit etwas angefüllt war; die Öffnung war mit einem Blei-
verschluß versiegelt, und dieser trug das Siegel unseres Herrn
Salomo, des Sohnes Davids – über beiden sei Heil! Als der Fischer das sah, freute er sich und sagte: ,Die will ich auf dem
Kupfermarkt verkaufen, denn sie ist zehn Golddinare wert.'
Dann schüttelte er sie; er fand sie schwer und fest verschlossen,
und so fuhr er fort: ,Weiß der Himmel, was mag wohl in dieser Flasche sein! Ich will sie öffnen und sehen, was darin ist, und
dann will ich sie verkaufen.' Darauf zog er sein Messer und
schnitt an dem Blei, bis er es von der Flasche gelockert hatte.
Dann legte er sie seitwärts auf die Erde und schüttelte sie, damit
ihr Inhalt herausflösse. Aber es kam nichts heraus; da verwunderte er sich höchlichst. Plötzlich jedoch drang ein Rauch aus
der Flasche hervor, der bis hoch zum Himmel aufstieg und
dahinkroch über die Oberfläche der Erde; als der Rauch seine
volle Höhe erreicht hatte; zog er sich zusammen und verdichtete sich und geriet in Bewegung und ward zu einem Dämon,
dessen Scheitel die Wolken berührte, während die Füße auf
dem Boden standen. Sein Kopf aber war wie eine Kuppel,
seine Hände wie Worfschaufeln, seine Beine so lang wie Masten und sein Mund weit wie eine Höhle; seine Zähne glichen
großen Steinen, seine Nasenflügel Karaffen, seine Augen zwei

Lampen, und sein Blick war wild und finster. Als nun der Fischer den Dämonen sah, zitterten seine Muskeln, seine Zähne klapperten, sein Speichel trocknete ein, und er wußte nicht mehr, was er beginnen sollte. Da sah der Dämon ihn an und rief: ‚Es gibt keinen Gott außer Allah, und Salomo ist der Prophet Allahs‘; und er fügte noch hinzu: ‚O Prophet Allahs, töte mich nicht; siehe, nie wieder will ich dir im Wort widersprechen noch mich empören wider dich durch die Tat.‘ Der Fischer aber sprach: ‚O Mârid[1], nennst du Salomo den Propheten Allahs? Salomo ist doch tot seit tausendundachthundert Jahren, und wir leben jetzt am Ende der Zeiten! Was ist deine Geschichte und dein Erlebnis, und weshalb kamst du in diese Flasche?‘ Als nun der Mârid die Worte des Fischers hörte, sprach er: ‚Es gibt keinen Gott außer Allah; frohe Botschaft, o Fischer!‘ Da fragte der Fischer: ‚Was für eine frohe Botschaft bringst du mir?‘ Und er erwiderte: ‚Daß ich dich noch in dieser Stunde eines schlimmen Todes sterben lassen werde.‘ Nun rief der Fischer: ‚Du verdienst für diese frohe Botschaft, o Dämonenmeister, daß der Himmel dir deinen Schutz entzieht, o du Verruchter! Weshalb willst du mich töten, und weswegen verdiene ich den Tod, ich, der ich dich aus der Flasche befreit und dich aus der Tiefe des Meeres gerettet und aufs trockene Land gebracht habe?‘ Doch der Dämon sprach: ‚Wähle dir nur, welchen Tod du sterben und auf welche Art du ums Leben kommen willst.‘ Der Fischer fragte: ‚Welches ist mein Verbrechen, und wofür solche Strafe von dir?‘ Darauf der Dämon: ‚Höre meine Geschichte, o Fischer!‘ Der Fischer erwiderte: ‚Rede und sei kurz in deinen Worten, denn wahrlich, mein Lebensatem schwebt mir in der Nase!‘ Da sprach

1. Mârid ist ein gewaltiger Dämon, der in Gestalt einer Dunstwolke erscheint.

der Dämon: ‚Wisse o Fischer, ich bin einer von den ketzeri-
schen Dämonen, und ich empörte mich wider Salomo, den
Sohn Davids – über beiden sei Heil! – zusammen mit Sachr,
dem Dämon; darauf sandte der Prophet seinen Minister Asaf,
zu mir, den Sohn des Barachija; und der schleppte mich wider
meinen Willen und führte mich in Fesseln vor, wobei ich Angst
zeigte, ohne daß ich es wollte; und er stellte mich vor ihn
hin. Als Salomo mich sah, sprach er über mich die Beschwö-
rungsformel und hieß mich den wahren Glauben annehmen
und seinen Befehlen gehorchen; ich aber weigerte mich, und
da verlangte er nach dieser Flasche, schloß mich darin ein und
versiegelte sie mit Blei, in das er den höchsten Namen preßte,
und gab den Dämonen Befehl, mich fortzutragen und mich
mitten ins Meer zu werfen. Dort lag ich hundert Jahre, während ich in meinem Herzen sagte: ‚Wer immer mich befreit,
den will ich auf ewig reich machen.‘ Aber das ganze Jahrhundert verstrich, ohne daß mich einer befreite. Und als das zweite
Jahrhundert begann, sagte ich: ‚Wer immer mich erlöst, dem
will ich die Schätze der Erde öffnen.‘ Aber wieder befreite mich
niemand, und so verstrichen vierhundert Jahre. Da sprach ich:
‚Wer immer mich erlöst, dem will ich drei Wünsche erfüllen.‘
Aber niemand befreite mich. Da geriet ich in große Wut und
sprach zu mir selber: ‚Wer mich hinfort noch erlöst, den will
ich töten, und ich will ihm die Wahl geben, welchen Tod er
sterben will‘; und da nun also du mich erlöst hast, so gebe ich
dir die Wahl, welchen Tod du sterben willst.‘ Als der Fischer
diese Worte des Dämonen gehört hatte, rief er: ‚Gottes Wunder, daß ich gerade jetzt zu deiner Befreiung kommen mußte!‘
Dann bat er den Dämon: ‚Schone mein Leben, so wird Allah
dein Leben schonen; und töte mich nicht, daß nicht Allah jemandem Macht über dich gibt, der dich dann tötet!‘ Da er-

widerte der Mârid: ‚Es hilft nichts, sterben mußt du; so erwähle dir als eine Gnade von mir die Todesart, auf die du sterben willst!‘ Aber trotzdem der Fischer sah, daß der Dämon dazu entschlossen war, wandte er sich nochmals an ihn, indem er sprach: ‚Laß ab von mir zum Lohne dafür, daß ich dich befreit habe.‘ Der Dämon erwiderte: ‚Ich will dich doch gerade nur deshalb töten, weil du mich befreit hast.‘ ‚O Scheich der Dämonen,‘ sagte der Fischer, ‚ich tue dir Gutes und du vergiltst mir mit Bösem! Wahrlich, der alte Spruch lügt nicht, wenn er sagt:

> Wir taten Gutes; jedoch das Gegenteil ward unser Lohn.
> Bei meinem Leben, so handelt doch nur ein Hurensohn!
> Und wer unwürdigen Leuten wohltätige Hilfe leiht,
> Dem wird vergolten wie jenem, der die Hyäne befreit.‘

Als nun der Dämon diese Worte hörte, erwiderte er: ‚Säum nicht so lange; denn du mußt sterben!‘ Da sprach der Fischer bei sich selber: ‚Dies ist ein Dämon, und ich bin ein Mensch, und Allah hat mir gesunden Verstand gegeben; so will ich denn durch meine Schlauheit und meinen Verstand sein Verderben zuwege bringen, genau wie er sich von seiner List und seiner Bosheit leiten ließ.‘ Darauf fragte er den Dämon: ‚Bist du wirklich entschlossen, mich zu töten?‘ Und als jener antwortete: ‚Gewißlich‘, rief er aus: ‚Im allerhöchsten Namen denn, eingegraben in den Siegelring Salomos, des Sohnes Davids – über beiden sei Heil! –: wenn ich dich über etwas befrage, willst du mir eine wahrhaftige Antwort geben?‘ Der Dämon erwiderte: ‚Ja‘, aber weil er den höchsten Namen ausgesprochen hörte, geriet er in Aufregung und sprach zitternd: ‚Frag, und sei kurz!‘ Da sagte der Fischer: ‚Du willst in dieser Flasche gewesen sein, die doch nicht groß genug ist für deine Hand noch für deinen Fuß; wie konnte sie groß genug sein, dich ganz zu bergen?‘ Darauf der Dämon: ‚Du glaubst also nicht, daß ich darin war?‘

Und der Fischer rief: ‚Nein, nie werde ich es dir glauben, bis ich dich mit eigenen Augen darin sehe.‘ – –«

Da bemerkte Schehrezâd, daß der Morgen begann, und sie hielt in der verstatteten Rede an. Doch als die *Vierte Nacht* anbrach, sagte ihre Schwester zu ihr: »Erzähle uns doch deine Geschichte zu Ende, wenn du nicht schläfrig bist!« und so fuhr sie fort: »Es ist mir berichtet worden, o glücklicher König, als der Fischer zu dem Dämonen sagte: ‚Nein, nie werde ich es dir glauben, bis ich dich mit meinen eigenen Augen darin sehe‘, da schüttelte sich der Dämon und wurde ein Rauch über dem Meere, der sich verdichtete und langsam, langsam in die Flasche zog, bis er ganz darin war. Und siehe, da ergriff der Fischer in großer Hast die Bleikapsel, die das Siegel trug, und verstopfte damit den Hals der Flasche, und er rief den Dämon an mit den Worten: ‚Wähle dir als eine Gnade von mir die Todesart, auf die du sterben willst! Bei Allah, ich will dich ins Meer hinauswerfen, und hier will ich mir eine Hütte bauen; und wer immer hierher kommt, den will ich warnen, daß er nicht fische, und will ihm sagen: hier liegt ein Dämon im Meer, der jeden, der ihn herauf holt, vor die Wahl stellt, wie er sterben und zu Tode gebracht werden will.‘ Als nun der Dämon den Fischer also sprechen hörte und sich gefangen sah, wollte er entschlüpfen, aber er vermochte es nicht, denn das Siegel Salomos hinderte ihn; da wußte er, daß der Fischer ihn überlistet hatte, und er sprach: ‚Ich scherzte nur mit dir‘; aber der Fischer erwiderte: ‚Du lügst, o du schändlichster, gemeinster, elendester aller Dämonen!‘ und dann lief er mit der Flasche zum Meeresstrand. Rief der Dämon: ‚Nein, nein!‘, so rief der Fischer: ‚Doch, doch!‘ Und der böse Geist gab gute Worte, demütigte sich und sprach: ‚Was willst du mit mir tun, o Fischer?‘ ‚Ich will dich wieder ins Meer werfen‘, versetzte der; ‚wenn du eintausendundachthundert Jahre darin zugebracht hast, so will ich dich jetzt darin bleiben lassen bis zum Tage des Gerichts. Habe ich nicht zu dir gesagt: verschone mich, so wird Allah dich verschonen; töte mich nicht, sonst wird Allah dich töten? Aber du hörtest nicht auf meine Stimme und wolltest nicht anders als schlimm an mir handeln; nun hat Allah dich in meine Hände gegeben, und ich habe dich überlistet.' Wie der Dämon bat: ,Öffne mir, daß ich dir Gutes tue', rief der Fischer: ,Du lügst, Verfluchter, ich und du, wir stehen wie der Wesir des Königs Junân und der weise Dubân.' ,Und was ists mit dem Wesir des Königs Junân und dem weisen Dubân? Und wie ist ihre Geschichte?' sprach der 'Ifrît; und der Fischer begann

DIE ERZÄHLUNG VON DEM WESIR
DES KÖNIGS JUNÂN

Wisse, o Dämon, in früheren Tagen, die weit in entschwundene Zeitalter ragen, herrschte ein König namens Junân über die Stadt Fârs im Lande Rumân. Er besaß Reichtum und Heere und gewaltiges Ansehen, und seine Wachen waren aus aller Herren Ländern; aber sein Leib war mit einem Aussatz behaftet, den weder Ärzte noch weise Männer zu heilen vermochten. Er trank Heiltränke und schluckte Pulver und brauchte Salben, aber nichts half ihm, und keiner unter der Schar der Ärzte konnte ihn von der Seuche befreien. Schließlich kam in die Stadt des Königs Junân ein berühmter weiser Mann, der hochbetagt war; der hieß der weise Dubân. Dieser Greis war belesen in den Büchern, griechischen, persischen, römischen, arabischen und syrischen: und er war erfahren in der Heilkunst und in der Sternenkunde, er kannte die Grundsätze ihrer Wissenschaft sowohl wie die Regeln ihrer Anwendung, zum Nutzen und zum Schaden; auch kannte er alle Pflanzen, Gräser und Kräuter, die schädlichen und die nützlichen; und er verstand die Philosophie, und er umfaßte den ganzen Bereich der ärztlichen und aller anderen Wissenschaften. Als nun dieser Weise in die Stadt gekommen war und nur wenige Tage erst in ihr verbracht hatte, da hörte er, wie der König mit dem Aussatz behaftet war, durch den Allah ihn heimgesucht hatte, und wie all die Ärzte und Männer der Wissenschaften ihn nicht hatten heilen können. Als dem Weisen dies berichtet war, blieb er eine Nacht in tiefen Gedanken sitzen; doch wie der Morgen sich einstellte und die Welt mit seinem Licht und Glanz erhellte, da zog er seine stattlichsten Kleider an, ging zum König Junân und küßte vor ihm den Boden; dann flehte er zum Himmel in schönster Rede um die Dauer seiner Macht und seines Glücks, und er gab sich zu erkennen und sprach: ‚O König, ich vernahm von dem Leid, das dich durch das befiel, was an deinem Leibe ist; und wie sich so viele der Ärzte unvermögend zeigten, es zu bekämpfen. Siehe da, ich kann dich heilen, o König; und doch will ich dir keine Arznei zu trinken geben noch dich mit einer Salbe salben.‘ Als nun der König Junân seine Worte hörte, sprach er erstaunt zu ihm: ‚Wie willst du das beginnen? Bei Allah, wenn du mich heilest, so will ich dich reich machen bis auf deine Kindeskinder und dich mit Gnaden überhäufen; und was immer du wünschest, soll dein sein, und du sollst mein Tischgenosse und mein Freund sein.‘ Dann verlieh der König ihm ein Ehrenkleid und andere Geschenke und fragte: ‚Kannst du mich wirklich ohne Arznei und Salben von diesem Leiden heilen?‘ Und der Weise erwiderte: ‚Ja, ich kann dich heilen.‘ Der König geriet in höchste Verwunderung und sagte: ‚O Arzt, zu welcher Zeit soll dies sein, wovon du zu mir sprichst, und in wieviel Tagen soll es geschehen? Eile, mein Sohn!‘ Und Dubân

erwiderte: ‚Ich höre und gehorche; es soll morgen sein.‘ Damit
ging er zur Stadt hinunter und mietete sich ein Haus in der Stadt,
in das er seine Bücher und seine Arzneien und aromatischen
Wurzeln brachte. Dann wählte er die nötigen Arzneien und
Kräuter aus und stellte einen Schlegel her; den höhlte er aus
und machte einen Griff daran, und dazu machte er einen Ball
mit großer Kunst. Am nächsten Tage, als er alles hergerichtet
und fertiggestellt hatte, ging er zum König; und er küßte vor
ihm den Boden und hieß ihn hinausreiten zum Reitplatz, um
dort mit dem Ball und dem Schlegel zu spielen. Ihn begleiteten
die Emire, die Kammerherren, die Wesire und die Großen seines Reiches; und ehe die Gesellschaft sich auf den Reitplatz gesetzt hatte, trat der weise Dubân zum König, reichte ihm den
Schlegel und sagte: ‚Nimm diesen Schlegel und fasse ihn mit
diesem Griffe an; so! Jetzt reite auf den Platz und lehne dich gut
übers Pferd und schlage den Ball so lange, bis Hand und Körper dir feucht werden: dann wird die Arznei durch deine Handfläche dringen und deinen ganzen Leib durchziehen. Und wenn
du genug gespielt hast und die Arznei in deinen Körper gedrungen ist, so kehre in dein Schloß zurück, geh dann ins Bad,
wasch dich ganz ab und lege dich schlafen, so wirst du gesund
werden; und damit Gott befohlen!‘ Da nahm König Junân dem
Weisen den Schlegel ab und faßte ihn fest; dann bestieg er den
Renner und schlug den Ball vor sich her und jagte ihm nach;
bis er ihn erreichte, und dann schlug er wieder mit aller Kraft
und hielt derweilen den Griff des Schlegels fest in seiner Hand;
und er hörte nicht auf, den Ball zu treiben, hinter ihm herzu-
jagen und wieder zu treiben, bis seine Hand und sein ganzer
Körper feucht waren und die Arznei von dem Griffe aus eindrang. Da wußte der Weise, daß die Arznei seinen Leib durchzogen hatte, und er hieß ihn heimkehren zu seinem Schlosse
58

und unverzüglich ins Bad gehen; so kehrte denn König Junân alsbald heim und gab Befehl, das Bad für ihn allein ganz frei zu machen. Da ward das Bad für ihn frei gemacht; die Diener liefen, und die Sklaven eilten, und sie legten dem König ein frisches Gewand zurecht. Er trat ins Bad und wusch sich lange und gründlich; dann zog er im Bade seine Kleider an, trat hinaus und ritt in seinen Palast, wo er sich zum Schlaf niederlegte. Solches geschah mit König Junân; der weise Dubân aber ging nach Hause und blieb dort die Nacht über; und als der Morgen kam, begab er sich in den Palast und bat um eine Audienz. Der König befahl, ihn einzulassen; und nachdem er eingetreten war, küßte er vor ihm den Boden und trug dann mit feierlicher Stimme folgende Verse auf den König vor:

> Stolz hob die Tugend ihr Haupt, wardst du ihr Vater genannt;
> Und nennte man je einen andren, er hätte sich abgewandt.
> O Herr des Angesichtes, dessen strahlendes Licht
> Selbst des widrigsten Schicksals tiefes Dunkel durchbricht,
> Möge dein Antlitz leuchten und strahlen immerdar,
> Wenn auch des Schicksals Antlitz immer unfreundlich war!
> Du hast in deiner Huld mir solche Gaben beschert,
> Wie sie die Regenwolke dem sandigen Hochland gewährt.
> Du verschenktest dein Gut, wie der Tau in der Wüste fiel;
> Und so bist du jetzund auf der Menschheit Höhe am Ziel.

Als nun der Weise geendet hatte, sprang der König schnell auf die Füße und fiel ihm um den Hals; und er hieß ihn an seiner Seite Platz nehmen und legte ihm die kostbarsten Ehrenkleider an; denn als der König das Bad verließ, hatte er seinen Leib betrachtet und keine Spur des Aussatzes mehr gefunden: seine Haut war sauber wie blankes Silber. Darob hatte er eine übergroße Freude gehabt, und seine Brust hatte sich gedehnt vor lauter Glückseligkeit. Als es dann heller Tag geworden, war er in seinen Staatssaal gegangen und hatte sich auf den

Thron seiner Herrschaft gesetzt, und seine Kammerherren und die Großen seines Reiches waren hereingeströmt, und unter ihnen der weise Dubân. Wie er also den Weisen gehört, stand der König rasch auf, ihm zu Ehren, und ließ ihn an seiner Seite Platz nehmen; dann stellte man Tische auf mit den leckersten Speisen, und sie aßen gemeinsam; und der König ließ ihn den ganzen Tag nicht von der Seite. Am Abend aber gab er dem weisen Dubân zweitausend Goldstücke, außer den Ehrenkleidern und anderen Geschenken in Fülle; und er ließ ihn auf seinem eigenen Rosse nach Hause reiten. Aber der König war noch immer verwundert über seine Heilung und sagte: ‚Dieser Mann behandelte meinen Leib von außen und salbte mich auch mit keinerlei Salbe; bei Allah, wahrlich, dies ist nichts anderes als höchste Weisheit! Einem solchen Manne gebührt Lohn und Auszeichnung, und ich will ihn zum Gefährten und Freund für den Rest meiner Tage nehmen.‘ So verbrachte König Junân die Nacht in Freude und Lust, weil sein Leib gesundet und er von seiner Krankheit befreit war. Am nächsten Morgen kam der König Junân und setzte sich auf seinen Thron; und die Großen seines Reiches umstanden ihn, und die Emire und Wesire setzten sich zu seiner rechten Hand und zu seiner linken. Da fragte er nach dem weisen Dubân, und dieser trat ein und küßte vor ihm den Boden; aber der König stand auf vor ihm und hieß ihn an seiner Seite Platz nehmen und aß mit ihm und wünschte ihm langes Leben. Und er gab ihm Ehrenkleider und Geschenke und hörte nicht auf, sich mit ihm zu unterhalten, bis die Nacht sich nahte. Da wies ihm der König als Lohn fünf Ehrenkleider und tausend Dinare an; und voller Dankbarkeit gegen den König kehrte der Weise in sein Haus zurück. Als nun der König sich am nächsten Morgen wieder in den Staatssaal begab, umringten ihn seine Emire und Wesire und Kammerherren. Unter seinen Wesiren aber hatte der König einen, häßlich anzuschauen, eine Erscheinung von schlimmer Vorbedeutung; der war schlecht, geizig, neidisch und voll bösen Willens. Und als dieser Wesir sah, wie der König dem weisen Dubân solche Gunst erwies und ihm all die Geschenke gab, wurde er eifersüchtig auf ihn und sann nach, wie er ihm schaden könnte; sagt doch ein Spruch: ‚Neid lauert in jedem Leib‘; und ein anderer: ‚Gewalttat birgt sich in jeder Seele; die Macht zeigt sie, aber die Schwäche verschweigt sie.‘ So trat denn der Wesir vor den König Junân, küßte den Boden vor ihm und sagte: ‚O mächtigster König des Zeitalters, du, unter dessen Wohltaten ich herangewachsen bin, ich habe dir gewichtigen Rat zu bieten, und hielte ich ihn zurück, so wär ich ein Bastard; wenn du mir also befiehlst, ihn kundzutun, so sage ich ihn dir alsbald.‘ Da sprach der König, den die Worte des Wesirs beunruhigten: ‚Und welches ist dein Rat?‘ Jener darauf: ‚O erhabener König, die Alten haben gesagt: Wer nicht das Ende bedenkt, hat nicht das Schicksal zum Freund. Ich aber sehe den König auf unrechtem Wege; denn er ist huldvoll gegen seinen Feind, der es auf den Untergang seiner Herrschaft absieht; diesen Mann überhäuft er mit seiner Gunst und mit Ehrenbezeigungen ohne Grenzen und macht ihn zu seinem nächsten Vertrauten. Deshalb fürchte ich für des Königs Leben.‘ Der König, der sehr unruhig geworden war und die Farbe wechselte, fragte: ‚Wen verdächtigst du, und auf wen spielst du an?‘ Und der Wesir erwiderte: ‚Wenn du schläfst, so erwache; ich meine den weisen Dubân.‘ Da rief der König: ‚Pfui! Das ist mein treuer Freund, der mir lieber ist als alle Menschen, weil er mich geheilt hat durch etwas, was ich in der Hand hielt, und mich von meiner Krankheit befreit hat, gegen die alle Ärzte nichts vermochten; ja, seinesgleichen ist in unseren Tagen nicht zu finden – weder im Abendlande noch im Morgenlande, nicht in der ganzen Welt! Und von einem solchen Mann sagst du so harte Dinge! Von heut an setze ich ihm ein Gehalt und Einkünfte fest, jeden Monat tausend Goldstücke; und wollte ich auch mein Reich mit ihm teilen, es wäre noch geringer Lohn. Ich muß wohl glauben, du sprichst so nur aus Neid, wie man mir vom König Sindibâd berichtet.' — «

Da bemerkte Schehrezâd, daß der Morgen begann, und sie hielt in der verstatteten Rede an. Doch als die *Fünfte Nacht* anbrach, sagte ihre Schwester zu ihr: »Erzähle uns doch deine Geschichte zu Ende, wenn du nicht schläfrig bist«; und Schehrezâd fuhr fort: »Es ist mir berichtet worden, o glücklicher König, daß König Junân zu seinem Minister sagte: ,O Wesir, dich hat der Neid auf diesen Weisen gepackt, und du möchtest, daß er getötet werde; aber ich würde es nachher bereuen, genau wie König Sindibâd es bereute, daß er den Falken getötet hatte.' Da sprach der Wesir: ,Verzeih mir, o König unserer Zeit, wie war das?'

So begann der König

DIE GESCHICHTE VON KÖNIG SINDIBÂD

Es wird erzählt – Allah aber ist allwissend! –, daß einst unter den Königen der Perser einer war, der Vergnügen und Unterhaltung und die Jagd auf Großwild und Kleinwild liebte. Er hatte einen Falken aufgezogen, von dem er sich nie trennte, weder bei Tage noch bei Nacht, und den er die ganze Nacht auf der Hand behielt; und sooft er auf die Jagd ging, nahm er diesen Vogel mit; auch hatte er ihm ein goldenes Näpfchen machen lassen, das er ihm um den Hals hängte, um ihn daraus zu tränken. Eines Tages nun, als der König in seinem Palaste saß, da kam der Großfalkonier und sprach: ,O größter König

unserer Zeit, dies ist ein Tag, um zur Jagd auszuziehen.‘ Darauf
gab der König Befehl zum Aufbruch und nahm den Falken auf
die Faust; und sie zogen dahin, bis sie zu einem Flußtal kamen,
wo sie einen Kreis schlossen zum Kesseltreiben; und siehe, da
war eine Gazelle, die sich innerhalb des Kreises befand, und der
König rief: ,Wer immer diese Gazelle über seinen Kopf entschlüpfen läßt, den werde ich töten lassen.‘ Als sie dann den
Kreis enger um die Gazelle zusammenzogen, kam sie dorthin,
wo der König war; und indem sie auf den Hinterläufen stehen-
blieb, legte sie die Vorderläufe an die Brust, als wolle sie vor
dem König niederfallen und den Boden küssen. Da neigte der
König das Haupt, der Gazelle zum Gruß; die aber setzte über
seinen Kopf hinweg und jagte in die Wüste davon. Nun stand
der König da und sah, wie die Soldaten einander zublinzelten
und auf ihn zeigten, und er fragte: ,O Wesir, was sagen die
Soldaten?‘ Der erwiderte: ,Sie sagen, du habest verkündigt,
wer immer die Gazelle über seinen Kopf entschlüpfen lasse, der
solle getötet werden.‘ Da rief der König: ,Beim Leben meines
Hauptes! Ich will ihr folgen, bis ich sie wiederbringe.‘ So ritt
der König davon, auf der Spur der Gazelle, und gab die Verfolgung nicht auf, bis er zu einem Hügel des Berglandes kam;
da wollte die Gazelle in ihren Schlupfwinkel kriechen. Aber der
König warf seinen Falken hinter ihr drein, und der schlug ihr
die Sporen in die Augen und machte sie blind und hilflos. Darauf ergriff der König seine Keule und schlug die Gazelle auf
die Brust, daß sie zu Boden fiel. Dann saß er ab, durchschnitt
der Gazelle den Hals, zog ihr das Fell ab und hängte sie an das
Sattelhorn. Nun war es die Zeit der Mittagsruhe; aber das Land
war wüste, und nirgends war Wasser zu finden. Da ward der
König durstig und ebenso das Pferd; so ging er umher und erblickte einen Baum, von dem floß Wasser wie geschmolzene

Butter. Nun trug der König Handschuhe aus Wildleder, so daß ihn kein Tropfen berührte. Er nahm das Näpfchen von dem Halse des Falken, füllte es mit jenem Wasser und stellte es vor sich hin. Aber siehe da, der Falke schlug an das Näpfchen und warf es um. Da nahm er das Näpfchen zum zweiten Male und fing die herunterträufelnde Flüssigkeit darin auf, bis es voll war; denn er glaubte, der Falke sei durstig. Und so setzte er es ihm vor; aber wieder schlug der danach und warf es um. Da wurde der König zornig auf den Falken, und er ging ein drittes Mal und füllte das Näpfchen. Nun setzte er es dem Pferde vor, aber der Falke schlug es mit seinen Flügeln um. Der König rief: ,Allah strafe dich, o du unseligster der Vögel! Du hast mich und dich selbst und das Pferd des Trankes beraubt!' Und er schlug mit dem Schwerte nach dem Falken und schnitt ihm die Flügel ab; aber der Vogel hob den Kopf und sagte durch Zeichen: ,Sieh, was auf dem Baume ist!' Da hob der König die Augen auf, erblickte eine Vipernbrut auf dem Baum und erkannte, daß die träufelnde Flüssigkeit deren Gift war; nun reute es ihn, daß er dem Falken die Flügel abgeschlagen hatte; und er stieg auf sein Pferd und ritt mit der Gazelle davon, bis er mit seiner Beute im Lager ankam. Die Gazelle gab er dem Koch, indem er rief:, Nimm und brate sie!' Dann ließ der König sich auf dem Sessel nieder, während der Falke noch auf seiner Hand saß; da seufzte der Falke auf – er verschied. Aber der König schrie auf in Schmerz und Gram, weil er den Falken getötet hatte, der ihn doch vor dem Verderben gerettet hatte. Das ists, was dem König Sindibâd geschah.' – Als nun der Wesir die Worte des Königs Junân gehört hatte, sprach er zu ihm: ,O großmächtiger König, war das, was er tat, nicht eine Notwendigkeit? Ich sehe nichts Schlechtes an ihm. Und ich tue dies doch nur aus Sorge um dich, und damit du es als wahr erkennst.

Sonst wirst du umkommen, wie der Wesir umkam, der gegen einen der Könige treulos handelte.' Da fragte der König Junân: ‚Wie war denn das?' Und der Minister begann

DIE GESCHICHTE
VON DEM TREULOSEN WESIR

Wisse, o König, es war einmal ein König, der hatte einen Wesir und einen Sohn, der übermäßig dem Reiten und Jagen ergeben war; und dabei begleitete ihn der Wesir, dem sein Vater, der König, befohlen hatte, immer bei ihm zu sein, wohin er sich auch wende. Eines Tages nun zog der Jüngling aus zu reiten und zu jagen, und der Wesir seines Vaters zog mit ihm aus. Wie sie so zusammen dahintrabten, erblickten sie ein großes wildes Tier. Da rief der Wesir dem Prinzen zu: ‚Da hast du Wild, erjage es!' Der Prinz eilte ihm nach, bis er den Augen der anderen entschwand, und auch das Wild vor ihm in der Wüste entschwand. Nun wußte er nicht, wohin er gehen noch wohin er sich wenden sollte, als plötzlich eine Maid vor ihm erschien, die in Tränen war. Der Königssohn fragte sie: ‚Wer bist du?' und sie antwortete: ‚Ich bin die Tochter eines der Könige von Indien, und ich reise in der Wüste, als mich Mattigkeit überkam, und ohne es zu merken, fiel ich von meinem Tier; so bin ich von den Meinen abgeschnitten und in großer Not.' Als der Prinz ihre Worte hörte, hatte er Mitleid mit ihrem Zustande, hob sie auf den Rücken seines Tieres und ließ sie hinter sich reiten; dann zog er weiter, bis er zu einer Ruine kam; da sagte die Maid zu ihm: ‚O Herr, ich möchte ein Bedürfnis verrichten'; er setzte sie also bei der Ruine nieder, aber sie blieb so lange aus, daß der Königssohn dachte, sie verschwende ihre Zeit. Deshalb ging er ihr nach, ohne zu wissen, wer sie wirklich war; aber siehe, sie war eine Ghûla, die zu ihren Kindern sprach: ‚Ihr Kinder, heute bringe ich euch einen fetten Jüngling‘, worauf sie erwiderten: ‚Bringe ihn schnell, o Mutter, daß wir uns den Bauch mit ihm füllen!‘ Als der Prinz ihre Worte hörte, war er seines Todes gewiß; seine Muskeln zitterten aus Furcht um sein Leben, und er wollte fliehen. Da kam die Ghûla heraus; und als sie ihn in blassem Schrecken und zitternd dastehen sah, rief sie: ‚Was ist dir, daß du dich fürchtest?‘ Er erwiderte: ‚Ich habe einen Feind, den ich fürchte.‘ Da fragte die Ghûla: ‚Du sagst doch, du seiest ein Königssohn?‘ Und er antwortete: ‚Freilich.‘ Sie darauf: ‚Weshalb gibst du deinem Feinde nicht etwas Geld und befriedigst ihn so?‘ Doch er: ‚Der gibt sich mit Geld nicht zufrieden, sondern nur mit der Seele; ich fürchte mich vor ihm und bin verraten.‘ Nun sprach sie: ‚Wenn du verraten bist, wie du meinst, so rufe Allah um Hilfe an, er wird dich sicherlich schützen gegen das Unheil von dem Feinde und die Folgen des Unheils, vor dem du dich fürchtest!‘ Da hob der Prinz sein Haupt gen Himmel und rief: ‚O du, der du den Bedrängten erhörst, wenn er dich ruft, und das Böse an den Tag bringst, o Allah, gib mir den Sieg über meinen Feind, und wende ihn von mir; denn du vermagst alles, was du willst.‘ Als die Ghûla sein Gebet vernahm, wandte sie sich von ihm ab; der Prinz aber kehrte zu seinem Vater zurück und erzählte ihm die Geschichte von dem Wesir. Da verlangte der König nach dem Wesir und ließ ihn hinrichten. –

Auch du, o König, wirst, wenn du noch weiter diesem Arzte traust, den schlimmsten Tod durch ihn erleiden. Denn er, dem du Wohltaten erwiesen und den du zum Vertrauten gemacht hast, wird deinen Untergang bewirken. Siehst du nicht, wie er die Krankheit deines Leibes von außen heilte, durch etwas, was du in deiner Hand hieltest? Sei nicht zu sicher, daß er dich

nicht etwa durch etwas umbringe, was du ebenso gefaßt hältst!'
Da sprach König Junân: ‚Du sprichst die Wahrheit, o Wesir,
es kann wohl sein, wie du sagst, mein gutratender Minister;
und vielleicht ist dieser Weise nur als Spion gekommen in der
Absicht, mich umzubringen; denn wenn er mich heilte durch
etwas, das ich in meiner Hand hielt, so kann er mich umbringen durch etwas, das ich einatme.' Und König Junân fragte
seinen Wesir: ‚O Minister, was soll mit ihm geschehen?' und
der Wesir antwortete: ‚Schicke sofort nach ihm und fordere
ihn vor dich; und wenn er vor dir steht, schlag ihm den Kopf
ab; dann wirst du dich gegen seine Arglist schützen und Ruhe
vor ihm haben; verrate du ihn, ehe er dich verrät!' König
Junân sagte: ‚Du hast recht, o Wesir.' Dann schickte der König
zu dem Weisen. Der kam in freudiger Stimmung, ohne das
Schicksal zu ahnen, das ihm der Erbarmer bestimmt hatte; so
wie ein Dichter es sagt:

> O du, dem vor dem Schicksal bangt, sei unverzagt;
> Befiehl dem, der die Welt geschaffen, was dich plagt!
> Was das Geschick bestimmt, das hat Bestand allein;
> Vor dem, was nicht bestimmt ist, kannst du sicher sein.

Als der Arzt zum König eintrat, sprach er folgende Verse:

> Sollt ich einmal in Etwas dich nach Gebühr nicht preisen,
> So sag: Wem sing ich denn in Prosa und Vers meine Weisen?
> Du überhäuftest mich ja, eh daß ich fragte, mit Gaben,
> Die ohne Verzug und Zaudern von dir aus mich froh gemacht haben.
> Wär s denkbar, daß ich dir je gebührenden Dank nicht bringe,
> Wo ich doch geheim und offen stets deinen Geschenken Lob singe?
> Stets bin ich dir dankbar für das, was du mir liehest an Gnaden;
> Die lasten leicht auf der Lippe, wenn sie auch den Rücken beladen.

Und so heißt es ferner im Liede:

> Mit deinen Sorgen quäl dich nie,
> Vertrau dem Schicksal alle Müh!

> *Freu dich am Guten, das du hast,*
> *Vergiß dadurch vergangne Last.*
> *Manch Ding schaut sich erst mühsam an,*
> *Doch später hast du Freude dran.*
> *Denn Allah tut, was Er nur will,*
> *Und Seinem Willen beug dich still!*

Und weiter:

> *Befiehl dein Sach dem Gütigen, dem Weisen,*
> *Und laß dein Herz die Welt weit von sich weisen!*
> *Und wisse, daß, wie du willst, nichts gelinge,*
> *Nein, nur wie Allah will, der Herr der Dinge!*

Und schließlich:

> *Sei froh und freue dich und laß die Sorgen alle;*
> *Denn Sorgen bringen selbst den festen Sinn zu Falle.*
> *Was nützt dem schwachen Sklav ein sorgenvolles Streben?*
> *Laß ab davon: du wirst in stetem Wohlsein leben!*

Da sprach der König zu dem weisen Dubân: ‚Weißt du, weshalb ich dich rufen ließ?‘ Der Weise erwiderte: ‚Gott der Erhabene allein weiß die verborgenen Dinge!‘ Aber der König fuhr fort: ‚Ich ließ dich rufen, um dich töten zu lassen und deinem Leben ein Ziel zu setzen.‘ Darob geriet der weise Dubân in die höchste Verwunderung, und er fragte: ‚O König, warum willst du mich denn töten lassen, und welch Vergehen von mir wäre offenbar geworden?‘ Der König erwiderte ihm: ‚Es ist mir gesagt worden, daß du ein Spion bist, und daß du gekommen bist, um mich zu töten; und siehe, da will ich dich töten, ehe du mich tötest.‘ Darauf rief der König den Scharfrichter an, indem er sagte: ‚Schlag diesem Verräter den Kopf ab und befreie uns von seinem Unheil!‘ Aber der Weise sprach zum König: ‚Verschone mich, so wird Allah dich verschonen, und töte mich nicht, sonst wird Allah dich töten!‘ – Und er wiederholte diese Worte vor ihm, genau wie ich zu dir gesprochen habe, o Dämon; aber du wolltest ja nicht von mir lassen, sondern bestandest darauf, mich zu töten. – König Junân antwortete dem weisen Dubân: ‚Ich kann nicht sicher sein, wenn ich dich nicht töten lasse; denn wie du mich durch etwas heiltest, das ich in der Hand hielt, so bin ich nicht sicher, daß du mich nicht tötest durch etwas, das ich rieche, oder sonst etwas.' Da rief der Arzt: ‚Dies also, o König, ist meine Belohnung durch dich; du vergiltst Gutes mit Schlechtem.' Doch der König erwiderte: ‚Es hilft nichts, du mußt sterben, und zwar unverzüglich.' Als nun der Arzt gewiß war, daß der König ihn ganz sicher töten lassen würde, weinte er und bereute, daß er jemandem Gutes getan hatte, der es nicht verdiente. Darüber heißt es im Liede:

Maimûna hatte gar keinen Verstand,
Während ihr Vater sich unter den Klugen befand!
Geht einer auf trocknem oder schlüpfrigem Feld –
Er trete sorgsam auf, da er sonst fällt.

Danach trat der Scharfrichter vor, verband dem Weisen die Augen und entblößte sein Schwert, indem er zu dem König sagte: ‚Mit deiner Erlaubnis!' Derweilen weinte der Weise und rief: ‚Verschone mich, so wird Allah dich verschonen, und töte mich nicht, sonst wird Allah dich töten!' Und er sprach die Verse:

Ich war ehrlich und gewann nicht – sie betrogen und gewannen;
Meine Ehrlichkeit erwarb mir, daß mich Unheil trug von dannen.
Leb ich, bin ich nicht mehr ehrlich; sterb ich, so sollt ihr verfluchen
Alle, die nach mir dereinst noch Ehrlichkeit zu üben suchen.

Dann fuhr der Weise, zum König gewendet, fort: ‚Dieser Lohn von dir, den du mir zuteil werden lässest, ist der Lohn des Krokodils.' Da fragte der König: ‚Was ist das für eine Geschichte mit dem Krokodil?' Doch der Weise sprach: ‚Es ist mir unmöglich, sie dir in diesem Zustand zu erzählen; ich beschwöre

dich bei Allah, verschone mich, so wird Allah dich verschonen!'
Dann weinte er herzbrechend. Da hub einer der Vertrauten
des Königs an und sprach: ,O König, schenke mir das Blut
dieses Weisen; denn wir haben ihn nie gegen dich sündigen
sehen, sondern wir haben nur gesehen, daß er dich von deiner
Krankheit heilte, die allen Ärzten und weisen Männern trotzte.'
Der König aber antwortete: ,Ihr wißt den Grund nicht, weshalb ich diesen Arzt hinrichten lasse; es ist aber dieser: wenn ich
ihn schone, so bin ich dem sicheren Untergange geweiht; denn
einer, der mich von meiner Krankheit durch etwas heilte, das
ich in meiner Hand hielt, kann mich sicherlich auch durch etwas töten, das ich rieche; und ich fürchte, er wird mich um ein
Blutgeld töten, denn er ist nur ein Spion, der hierher kam, um
mich zu töten. Also hilft es nichts: sterben muß er; danach
werde ich meines Lebens sicher sein.' Und wieder rief der
Weise: ,Schone mich, so wird Allah dich schonen, und töte
mich nicht, sonst wird Allah dich töten!' Als nun der Weise, o
Dämon, sich überzeugt hatte, daß der König ihn sicher töten
würde, sprach er zu ihm: ,O König, wenn es nicht anders ist,
als daß du mich töten lässest, so gewähre mir eine kurze Frist,
damit ich in mein Haus hinuntergehen kann, um die Meinen
und meine Nachbarn zu beauftragen, mich zu begraben, und
um meine Verbindlichkeiten zu lösen und meine Bücher der
Heilkunst zu vermachen. Unter diesen habe ich eins, die selten-
ste Seltenheit, das möchte ich dir zum Geschenk machen, damit
du es als einen Schatz in deiner Schatzkammer aufbewahrest.'
Der König fragte den Weisen: ,Und was steht in dem Buch?'
Der Weise erwiderte: ,Dinge ohne Zahl; das geringste aber der
Geheimnisse darin ist dies: gleich wenn du mir den Kopf hast
abschlagen lassen, so schlage drei Blätter um und lies drei Zeilen der Seite zur Linken, und mein Kopf wird reden und auf

alles antworten, was du ihn zu fragen geruhst.' Der König geriet in höchste Verwunderung, schüttelte sich vor Freude und sagte: ‚O Arzt, wenn ich dir den Kopf abschlage, wirst du dann wirklich mit mir reden?' Und er erwiderte: ‚Ja, o König!' Da sprach der König: ‚Dies ist wirklich etwas Seltsames!' Dann schickte er ihn unter Bewachung in sein Haus, und der Weise erledigte seine Verbindlichkeiten an jenem Tage. Am nächsten Tage trat er wieder in die Regierungshalle des Königs, wo die Emire und Wesire versammelt waren, die Kammerherren, Statthalter und Großen des Reiches; und der Saal war bunt wie die Blumen des Gartens. Und siehe, der Arzt kam herein in den Saal, und er trat vor den König mit seinem Wächter und hielt ein altes Buch und ein Metallbüchschen mit Pulver in der Hand. Dann setzte er sich nieder und sprach: ‚Gebt mir ein Tablett!' Da brachten sie ihm ein Tablett, und er schüttete das Pulver darauf, glättete es und sagte zuletzt: ‚O König, nimm dies Buch, aber öffne es nicht, bis mein Kopf fällt; wenn er aber gefallen ist, so setze ihn auf dies Tablett und lasse ihn auf das Pulver drücken. Wenn du das getan hast, so wird alsbald das Blut aufhören zu fließen. Dann öffne das Buch!' Darauf gab der König den Befehl, daß sein Kopf abgeschlagen werden sollte, und er nahm das Buch von ihm. Und der Scharfrichter ging hin und durchschlug jenem den Hals. Da fiel sein Kopf mitten auf das Tablett, und er drückte ihn in das Pulver hinunter. Und das Blut hörte auf zu fließen, und der Weise Dubân schlug die Augen auf und sprach: ‚Öffne das Buch, o König!' Der König öffnete das Buch und fand, daß die Blätter zusammenhafteten; da führte er den Finger zum Munde, benetzte ihn mit seinem Speichel und wandte nun das erste Blatt, und ebenso das zweite und das dritte, aber die Blätter ließen sich nur mit Mühe wenden; und als er sechs Blätter umgewandt hatte, sah er sie an, und als er nichts darauf geschrieben fand, sprach er: ‚O Arzt, hier steht nichts geschrieben!' Der Weise aber erwiderte: ‚Wende noch mehr!' Und er wandte auf dieselbe Art noch drei um. Aber kaum war ein Augenblick vergangen, da durchdrang ihn sofort das Gift, mit dem das Buch vergiftet war. Und alsbald verfiel der König in starke Krämpfe, und er rief: ‚Gift hat mich durchdrungen!' Da sprach des weisen Dubân Kopf folgende Verse:

> Sie herrschten ungerecht, und so herrschten sie lange Zeit;
> Aber die Herrschaft geriet alsbald in Vergessenheit.
> Für Recht hätten sie auch Recht erfahren, allein
> Ihr Unrecht vergalt das Geschick mit Unrecht in Trauer und Pein.
> Und so geschah's, daß die Stimme des Schicksals zu ihnen spricht:
> Dies ist der Lohn für jenes! Man tadle das Schicksal nicht!

Kaum hatte der Kopf des Weisen zu reden aufgehört, so stürzte der König tot zu Boden.

Nun wisse, o Dämon, daß, wenn der König Junân den weisen Dubân verschont hätte, Allah auch ihn verschont haben würde; aber er weigerte sich dessen und bestand darauf, ihn zu töten, und so tötete ihn Allah; und auch du, o Dämon, hättest du mich verschont, wahrlich, so hätte dich Allah verschont.' – – «

Da bemerkte Schehrezâd, daß der Morgen begann, und sie hielt in der verstatteten Rede an. Doch als die *Sechste Nacht* anbrach, sagte ihre Schwester Dinazâd: »Erzähle uns doch deine Geschichte zu Ende«; und sie erwiderte: »Wenn der König es mir erlaubt.« »Erzähle!«, sagte der König; und so fuhr sie fort:

»Es ist mir berichtet worden, o glücklicher König, als der Fischer zu dem Dämonen sagte: ‚Hättest du mich verschont, so hätte auch ich dich verschont, aber du bestandest darauf, mich zu töten; so will ich dich jetzt sterben lassen, indem ich dich in dieser Flasche gefangen halte und dich hinausschleudere in dies

72

Meer', da brüllte der Mârid laut und schrie: ‚Ich beschwöre dich bei Allah, o Fischer, tu das nicht! Verschone mich und vergib mir, was ich getan habe; und wenn ich Böses getan habe, so tue du Gutes, denn in den Sprüchen, die im Volk umlaufen, heißt es: O du, der du Gutes tust dem, der Böses getan, der Missetäter hat genug an seiner Tat; und tue mir nicht, wie Umâma der 'Âtika tat.' Da fragte der Fischer: ‚Was hat denn Umâma der 'Âtika getan?' Doch der Dämon erwiderte: ‚Dies ist nicht die Zeit zum Erzählen, während ich in diesem Gefängnis sitze. Aber laß mich frei, und ich werde dir erzählen!' Darauf der Fischer: ‚Laß ab von solchen Reden; es hilft dir alles nichts, du wirst ins Meer geworfen, und es bleibt kein Weg, auf dem du je wieder herausgeholt werden könntest. Siehe, ich stellte mich unter deinen Schutz und demütigte mich vor dir, aber du wolltest mich unbedingt töten ohne ein Verschulden, wodurch ich das von dir verdient hätte; ja, ich tat dir doch nie etwas Böses, sondern einzig Gutes, da ich dich aus dem Gefängnis befreite. Weil du so an mir handeln wolltest, erkannte ich, daß du ein Übeltäter bist; und wisse, wenn ich dich in dies Meer zurückgeworfen habe, so will ich, damit jeder, der dich etwa herausholt, dich wieder zurückwirft, ihm erzählen, was mir von dir geschehen ist, und will ihn warnen; so sollst du hier in diesem Meere liegen bleiben, bis das Ende der Zeit ein Ende mit dir macht!' Aber der Dämon rief: ‚Setze mich in Freiheit! Dies ist eine Gelegenheit zum Edelmut, und ich schwöre dir, daß ich dir niemals etwas Schlechtes antun werde; ja, ich will dir helfen, daß du von der Not befreit wirst.'

Da nahm der Fischer ihm den Schwur ab, daß er, wenn er befreit sei, ihm nichts Böses, sondern nur Gutes tun würde; und nachdem er sich durch sein Gelöbnis gesichert und ihm im Namen Gottes des Allmächtigen einen feierlichen Eid abgenommen hatte, öffnete der Fischer ihm die Flasche. Da stieg die Rauchsäule empor, bis sie ganz in der Luft stand, und sie wurde nochmals zu einem Dämon von scheußlichem Anblick; und er gab alsbald der Flasche einen Fußtritt, so daß sie weit ins Meer flog. Als aber der Fischer sah, daß der Dämon die Flasche ins Meer hatte fliegen lassen, glaubte er sicher an seinen Tod; sein Wasser träufelte in sein Kleid, und er sprach bei sich selbst: ‚Das ist kein gutes Zeichen‘; aber er faßte sich ein Herz und rief: ‚O Dämon, Allah der Erhabene spricht: Haltet euren Vertrag; denn einst wird über die Erfüllung des Vertrages Rechenschaft gefordert. Du hast gelobt und geschworen, keinen Verrat an mir zu üben, damit Allah keinen Verrat an dir übe; denn wahrlich, er ist ein eifersüchtiger Gott, der dem Sünder Frist gibt, ihn aber nicht entschlüpfen läßt. Ich sage zu dir, wie der Weise Dubân zu König Junân sagte: Verschone mich, so wird Allah dich verschonen!‘ Der Dämon aber brach in Lachen aus, trat vor den Fischer und sprach zu ihm: ‚Folge mir!‘ und der Fischer schritt hinter ihm her, aber er war noch immer seines Entkommens nicht sicher. So schritt er, bis sie außerhalb der Stadt anlangten. Dann stieg er auf einen Berg und wieder hinab in eine weite Steppe, und siehe, da standen sie vor einem See. Der Dämon watete hinein und rief dem Fischer zu: ‚Folge mir!‘; der folgte ihm bis in die Mitte des Sees. Dort blieb der Dämon stehen und hieß den Fischer das Netz auswerfen und Fische fangen. Der Fischer nun blickte in den See und sah vielfarbige Fische darin, weiße und rote, blaue und gelbe, und er wunderte sich darüber. Dann nahm er das Netz, warf es aus und holte es ein und fand in ihm vier Fische, einen von jeder Farbe. Als der Fischer die sah, freute er sich; der Dämon aber sprach zu ihm: ‚Bringe die dem Sultan und setze sie ihm vor! Er wird dir genug geben, um dich zum rei-

chen Manne zu machen. Aber, um Allahs willen, entschuldige
mich jetzt; denn ich weiß heute keine andere Art, dir wohlzutun, zumal ich achtzehnhundert Jahre in jenem Meere gelegen
und das Angesicht der Erde erst in dieser Stunde wiedergesehen habe. Fische jedoch in diesem See nur einmal am Tage!'
Und er nahm Abschied von ihm, indem er sprach: ,Allah gebe,
daß wir uns wiedersehen!' Dann stampfte er mit einem Fuß auf
den Boden, und die Erde spaltete sich und verschlang ihn. Erstaunt über das, was ihm mit dem Dämon begegnet war, und
darüber, wie es geschehen war, nahm der Fischer die Fische und
machte sich auf den Weg zur Stadt; und sowie er nach Hause
kam, nahm er eine irdene Schüssel, füllte sie mit Wasser und
warf die Fische hinein, die alsbald im Wasser der Schüssel zu
zappeln begannen. Dann trug er die Schüssel auf dem Kopfe in
den Palast, wie ihm der Dämon befohlen hatte. Als er nun zum
König eingetreten war und ihm die Fische vorgesetzt hatte,
geriet dieser in höchstes Erstaunen über den Anblick; denn nie
in seinem Leben hatte er noch Fische gesehen wie diese, in Art
und Gestalt. So sagte er: ,Gib diese Fische der Sklavin Köchin!'
Diese Sklavin hatte ihm der König von Griechenland vor drei
Tagen geschenkt, und er hatte sie noch nicht in der Kochkunst
erprobt. Der Wesir befahl ihr, die Fische zu braten, indem er
sprach: ,O Mädchen, der König läßt dir sagen: Wir erproben
dich, o meine Träne, nur in der Zeit unserer Not[1]; zeige uns
heute deine Kunst und deine Fähigkeit, gut zu kochen! Denn
dem Sultan hat heute einer ein Geschenk gebracht.' Und nachdem der Wesir ihr genaue Anweisungen gegeben hatte, kehrte
er zum König zurück, der ihm befahl, dem Fischer vierhundert
Dinare zu geben. Der Wesir gab sie ihm, und der Fischer nahm

1. Das heißt: man erprobt etwas nur in der Zeit, in der man es braucht.

sie, tat sie in seinen Busen und ging eilends nach Hause; dabei fiel er hin, stand wieder auf und stolperte wieder, denn er hielt das Ganze für einen Traum. Er kaufte aber den Seinen alles, was sie brauchten, und schließlich ging er in heller Freude zu seinem Weibe.

So viel von dem Fischer! Was aber die Sklavin angeht, so nahm sie die Fische, säuberte sie, stellte die Pfanne aufs Feuer und ließ die Fische braten, bis die eine Seite gar war; dann wandte sie sie um auf die andere Seite. Und siehe, die Küchenwand spaltete sich, und heraus trat ein Mädchen, schön von Gestalt, mit runden Wangen, von vollendeter Anmut, mit tiefschwarz gefärbten Augenlidern. Sie trug ein seidenes Kopftuch mit blauen Fransen; an ihren Ohren hingen Ringe; die Handgelenke umschloß ein Paar Spangen, und Ringe mit unschätzbaren Edelsteinen waren auf ihren Fingern; in der Hand aber hielt sie eine Rute aus Bambusrohr. Sie stieß mit der Rute in die Pfanne und sagte: ,Ihr Fische, seid ihr getreu dem Vertrag?‘ Als die Köchin dies sah, da fiel sie in Ohnmacht. Das Mädchen aber wiederholte ihre Worte ein zweites Mal und ein drittes Mal, und schließlich hoben die Fische die Köpfe aus der Pfanne und sprachen in deutlicher Rede: ,Ja, ja!‘ und begannen diesen Vers zu sagen:

Kehrst du um, so kehren wir um; und bist du treu, so sind wir treu.
Sagst du aber dich los, so sind wir wie du des Versprechens frei.

Da stieß das Mädchen die Pfanne um und ging an der Stelle hinaus, an der sie hereingekommen war, und die Wand schloß sich hinter ihr. Als dann aber die Köchin aus ihrer Ohnmacht erwachte, sah sie die vier Fische schwarzgebrannt wie Holzkohle und rief aus: ,Im ersten Waffentanze zerbrach schon seine Lanze‘; und sie fiel wieder ohnmächtig hin. Während sie so dalag, kam der Wesir; und als er sie, die schwarze Perle, daliegen sah, die nicht imstande war, den Sabbat vom Donnerstag zu unterscheiden, stieß er sie mit dem Fuße an. Da wachte sie auf und weinte und erzählte ihm alles, wie es geschehen war. Der Wesir erstaunte sehr und rief: ‚Dies ist fürwahr höchst seltsam!‘ Alsbald schickte er nach dem Fischer; der wurde herbeigeholt, und da rief der Wesir ihn an, indem er sprach: ‚O Fischer, bringe uns vier Fische, denen gleich, die du zuvor gebracht.‘ Der Fischer begab sich zu dem See und warf das Netz aus; und als er es einzog, siehe, da waren darin vier Fische gleich den ersten. Die nahm er und trug sie sofort zum Wesir, und er brachte sie zur Sklavin hinein und sagte: ‚Wohlan, brate diese in meiner Gegenwart, damit ich diese Geschichte mitansehe.‘ Die Sklavin begann und säuberte sie, stellte die Pfanne über das Feuer und legte die Fische hinein; aber sie lagen kaum darin, da spaltete sich die Wand, und das Mädchen trat vor, in derselben Gestalt wie das erste Mal, und in der Hand hielt sie die Rute, mit der sie wiederum in die Pfanne stieß, und sagte: ‚Ihr Fische, ihr Fische, seid ihr getreu dem alten Vertrag?‘ Und siehe, alle Fische erhoben die Köpfe und sagten: ‚Ja, ja!‘, und sie sprachen denselben Vers wie vorher, und der hieß:

Kehrst du um, so kehren wir um; und bist du treu, so sind wir treu.
Sagst du aber dich los, so sind wir wie du des Versprechens frei.

Da bemerkte Schehrezâd, daß der Morgen begann, und sie hielt in der verstatteten Rede an. Doch als die *Siebente Nacht* anbrach, fuhr sie also fort: »Es ist mir berichtet worden, o glücklicher König, als die Fische gesprochen hatten und das Mädchen mit der Rute die Pfanne umstieß und an der Stelle hinausging, an der sie hereingekommen war, und die Mauer sich hinter ihr schloß, da hub der Wesir an und rief: ‚Dies ist etwas, das dem König nicht verborgen bleiben darf.‘ Dann ging er hin zum König und erzählte ihm, was geschehen war und sich vor seinen eigenen Augen ereignet hatte; worauf der König sprach:

‚Das muß ich unbedingt mit meinen eigenen Augen sehen.‘
Alsbald schickte er nach dem Fischer und befahl ihm, vier Fische
zu bringen, den ersten gleich, und sandte drei Leute zur Bewachung mit ihm. Der Fischer ging hin und brachte die Fische
alsbald; und der König befahl, ihm vierhundert Goldstücke zu
geben, wandte sich zu dem Wesir und sprach: ‚Auf, brate du
mir diese Fische hier vor meinen Augen!‘ Der Wesir sprach:
‚Ich höre und gehorche‘, und er ließ sich die Pfanne bringen,
machte die Fische zurecht, setzte die Pfanne aufs Feuer und
legte die Fische hinein. Und siehe, die Mauer spaltete sich, und
heraus sprang ein schwarzer Sklave, einem riesigen Felsen gleich
oder einem Überrest vom Stamme ’Âd[1], und in der Hand hielt
er den Ast eines grünen Baumes; und er rief in lautem Tone:
‚Ihr Fische, ihr Fische, seid ihr getreu dem alten Vertrag?‘ Und
die Fische hoben die Köpfe aus der Pfanne und sagten: ‚Ja, ja!
Wir halten fest an dem Vertrage.

> *Kehrst du um, so kehren wir um, und bist du treu, so sind wir treu.*
> *Sagst du aber dich los, so sind wir wie du des Versprechens frei.*‘

Da trat der Mohr an die Pfanne, stieß sie um mit dem Ast, den
er in der Hand trug, und ging an der Stelle hinaus, an der er hereingekommen war. Nun blickten der Wesir und der König auf
die Fische und sahen, daß sie schwarzgebrannt waren wie Holz-
kohlen. Der König erstaunte gewaltig und sprach: ‚Dies ist
etwas, über das man nicht Schweigen bewahren kann, und mit
diesen Fischen hat es irgendeine besondere Bewandtnis.‘ Dann
befahl er, den Fischer herbeizuholen; und als der gekommen
war, fragte er ihn: ‚Du da, sag, woher kommen diese Fische?‘
Der erwiderte: ‚Von einem See zwischen vier Höhen, unter-

---

1. Sagenhafte Ureinwohner Nordwest-Arabiens, die im Koran öfters
genannt werden; von ihren großen Bauten ist in Sure 26, Vers 128 die
Rede.

halb dieses Gebirges, das vor deiner Stadt liegt.' Da sprach der König, zu dem Fischer gewendet: ‚Wieviel Tage ist er entfernt?' und jener entgegnete: ‚O unser Herr Sultan, er ist nur eine halbe Stunde weit entfernt.' Da staunte der König und befahl sofort seinem Fußvolk zu marschieren und seinen Reitern aufzusitzen; und er zog hin mit dem Fischer, der ihn führte und den Dämon verwünschte, bis sie das Gebirge erklommen hatten und niederstiegen in eine große Wüste, die der Sultan und alle die Soldaten zeit ihres Lebens noch nicht gesehen hatten; und sie staunten sehr, als sie jene Wüste erblickten, und den See in ihrer Mitte zwischen den vier Höhen, und die Fische darinnen in vier Farben, in Rot und Weiß und Gelb und Blau. Der König stand da, vom Staunen gefesselt, und fragte seine Truppen und alle, die anwesend waren: ‚Hat einer unter euch je diesen See zuvor gesehen?', und alle gaben zur Antwort: ‚Niemals, größter König unserer Zeit, solange wir leben.' Sie fragten darauf die ältesten Einwohner, aber auch die antworteten: ‚Nie in unserem Leben haben wir diesen See an dieser Stätte gesehen!' Der König aber rief: ‚Bei Allah, ich will nicht in meine Hauptstadt zurückkehren noch auf dem Thron meiner Herrschaft sitzen, ehe ich nicht erfahre, was es mit diesem See und diesen Fischen für eine Bewandtnis hat.' Dann befahl er den Leuten, sich rings um diese Höhen zu lagern; und sie taten es. Darauf ließ er den Wesir kommen; der war ein Mann von Erfahrung, Verstand und Einsicht und wohlbewandert in allen Geschäften. Dieser nun trat vor den König hin, und der sprach zu ihm: ‚Siehe, ich wünsche etwas zu tun, davon ich dich unterrichten will; es ist mir in den Sinn gekommen, heute nacht allein auszuziehen und das Geheimnis dieses Sees und dieser Fische aufzuspüren. Nimm du den Platz an meiner Zelttür ein und sage den Emiren und Wesiren, den Kammerherren und Statthaltern und allen, die dich nach mir fragen: Der Sultan fühlt sich nicht wohl, und er hat mir befohlen, niemandem die Erlaubnis zum Eintritt zu geben. Doch verrate niemandem meinen Plan!' Und der Wesir konnte ihn nicht davon abbringen. Darauf verkleidete sich der König, gürtete sich mit seinem Schwerte und stieg auf eine der Höhen; und er zog den übrigen Teil der Nacht dahin bis zum Morgen. Dann wanderte er weiter den ganzen Tag hindurch, obwohl die Hitze schwer auf ihm lastete, da er doch Tag und Nacht wanderte. Und weiter zog er die zweite Nacht hindurch bis zum Morgen; da tauchte plötzlich in weiter Ferne ein schwarzer Punkt vor ihm auf. Und er freute sich und sprach zu sich selber: ,Vielleicht werde ich jemanden finden, der mir künden kann, was es mit dem See und den Fischen auf sich hat.' Und als er näher herankam, fand er einen Palast, gebaut aus schwarzen Steinen und belegt mit Eisenplatten; und einer der Flügel des Tores stand weit offen, während der andere geschlossen war. Hocherfreut trat der König an das Tor und klopfte leise; doch da er keine Antwort hörte, klopfte er ein zweites Mal und ein drittes; aber auch dann hörte er keine Antwort. Da pochte er sehr laut, aber noch immer antwortete ihm niemand. So sagte er sich: ,Ohne Zweifel steht er leer.' Nun faßte er sich ein Herz und schritt durch das Tor des Palastes in die große Vorhalle und rief dort laut: ,Ihr Bewohner des Palastes, hier ist ein Fremdling und ein Wandrer; habt ihr ein wenig Wegzehrung?' Und er wiederholte den Ruf ein zweites Mal und ein drittes, aber er hörte keine Antwort; nun stärkte er seinen Mut und festigte sein Herz und schritt durch die Vorhalle bis mitten in den Palast und fand keinen Menschen darin. Und doch war er ausgestattet mit Seidenteppichen und goldgestickten Stoffen; und die Vorhänge waren niedergelassen. In der Mitte des Schlosses aber war ein geräumiger Hof, auf den sich vier Hallen öffneten, mit einer erhöhten Estrade, eine der andern gegenüber; in der Mitte des Hofes war ein Bassin mit einem Springbrunnen; auf diesem standen vier Löwen aus rotem Golde, die aus ihren Mäulern Wasser spien, klar wie Perlen und Edelgestein. Rings im Palast aber flatterten Vögel, und darüber war ein Netz aus goldenem Draht gespannt, das sie hinderte hinauszufliegen; aber er sah keinen einzigen Menschen. Der König staunte und war doch traurig, weil er niemanden sah, der ihm Auskunft geben konnte über jene Wüste und den See, über die Fische, die Höhen und den Palast. Dann setzte er sich nachdenklich nieder zwischen den Türen, und siehe, da erklang eine Stimme der Schmerzen wie aus einem gramverzehrten Herzen, und diese Stimme sang ein Lied:

> *Ich barg, was mir von dir geschah, doch kam's an den Tag;*
> *Der Schlaf meines Auges wich, so daß ich schlummerlos lag.*
> *O Schicksal, quäle mich nicht immer, verwunde mich nicht;*
> *Sieh doch, wie mein armes Herz in Not und Gefahr zerbricht!*
> *Ihr habt kein Erbarmen mit dem Mächtigen, den die Lieb*
> *Erniedrigte, noch mit dem Reichen, den sie in Armut trieb.*
> *Dem Zephyr, der euch umwehte, mißgönnte ich einst sein Glück;*
> *Doch seit das Verhängnis herabkam, ist blind geworden der Blick.*
> *Was hilft die Stärke dem Schützen, wenn er mit dem Feinde sich mißt,*
> *Und beim Abschießen des Pfeiles die Sehne zerrissen ist?*
> *Und kommen der Sorgen viele und häufen sich auf ihn,*
> *Wohin kann der Held dem Geschicke und dem Verhängnis entfliehn?*

Als nun der Sultan die traurige Stimme hörte, sprang er auf die Füße; und indem er dem Klange folgte, fand er einen Vorhang, der vor einer Zimmertür niedergelassen war. Er hob den Vorhang auf und sah dahinter einen jungen Mann auf einem Sessel sitzen, der sich etwa eine Elle hoch über dem Boden erhob; es war ein Jüngling wunderschön, von Gestalt lieblich anzusehn, mit einer Stimme glockenrein, einer Stirne zart und fein, einer

Wange von rotem Schein, und einem Male mitten auf seiner Wange, wie ein Ambrakügelchen klein, wie der Dichter sagt:

> *Ein schlanker Jüngling, um dessen Stirn und lockiges Haar*
> *Die Menschheit in düsterer Trauer und heller Freude war!*
> *Schmähet das schöne Mal nicht, das seine Wange schmückt,*
> *Das zwiefach mit schwarzen Pünktchen die Blicke aller berückt!*

Der König freute sich, als er ihn sah, und grüßte ihn. Der Jüngling aber blieb sitzen in seinem Kaftan aus Seidenstoff, bestickt mit ägyptischem Golde, und mit seiner Krone auf dem Haupte, die mit kostbaren Edelsteinen besetzt war. Doch in seinem Gesicht waren die Spuren des Grams. Er erwiderte den Gruß des Königs auf die höflichste Art und sprach: ‚O mein Herr, deine Würde verlangt, daß ich aufstehe vor dir; doch ich bitte dich, mich zu entschuldigen.‘ Der König erwiderte: ‚Du bist entschuldigt, o Jüngling; ich bin dein Gast, der in einer wichtigen Sache zu dir kam. Ich möchte, du tätest mir kund, was es mit jenem See und jenen Fischen und mit diesem Palast auf sich hat, und warum du so allein in ihm sitzest und warum du weinest.‘ Als der Jüngling diese Worte hörte, flossen seine Tränen ihm über die Wangen, und er weinte bitterlich, bis seine Brust von Tränen naß war. Dann sprach er die Verse:

> *Dem, der schläft, derweil ihn Schicksalsstürme umtoben,*
> *Sagt: Wie viel’ haben sie erniedrigt, wie viele erhoben!*
> *Wenn du auch schläfst, so schlummert das Auge Allahs nie.*
> *Wen beglückten Geschick und Welt? Wem lächelten dauernd sie?*

Wieder seufzte er in tiefer Betrübnis und fuhr fort:

> *Laß nur in allen Dingen den Herrn der Menschen walten;*
> *Weis von dir alle Gedanken, die dich in Sorgen halten!*
> *Frag nicht bei jedem Geschehn, wie es also geschah:*
> *Denn alle Dinge sind doch nach Geschick und Verhängnis da!*

Der König staunte und fragte ihn: ‚Was macht dich weinen, o Jüngling?' Jener erwiderte: ‚Wie sollte ich nicht weinen, da es so mit mir steht?' Und er streckte die Hand nach dem Saum seines Gewandes und hob ihn auf, und siehe, der untere Teil seines Leibes war bis zu den Füßen hinab aus Stein, vom Nabel aber bis zum Haar seines Hauptes war er aus Fleisch. Als der König den Jüngling in diesem Zustande sah, erfaßte ihn großer Schmerz, und tief betrübt rief er: ‚Wehe! O Jüngling, du häufest Gram auf meinen Gram. Ich war auf der Suche nach den Fischen und ihrer Geschichte: jetzt aber muß ich nach ihrer Geschichte und nach der deinen fragen. Doch es gibt keine Majestät und es gibt keine Macht außer bei Allah, dem Erhabenen, Allmächtigen! Eile, o Jüngling, und tu mir alsbald die Geschichte kund!' Jener sprach: ‚Leih mir dein Ohr und dein Auge.' Der König entgegnete: ‚Mein Ohr und mein Auge sind bereit!' Da begann der Jüngling: ‚Fürwahr, diese Fische und ich haben eine wunderbare Geschichte; und würde sie mit Sticheln in die Augenwinkel gestichelt, sie wäre eine Warnung für jeden, der sich warnen ließe.' ‚Und wie ist sie?' fragte der König; da begann der Jüngling

DIE GESCHICHTE

DES VERSTEINERTEN PRINZEN

Wisse, hoher Herr, mein Vater war der König dieser Stadt; er hieß Mahmûd, Herr der Schwarzen Inseln, und sein Reich war im Gebiet dieser vier Hügel. Er herrschte siebzig Jahre; und als er dann zu Allahs Gnade einging, wurde ich Sultan an seiner Statt. Ich vermählte mich mit meiner Base, und sie liebte mich so gewaltig, daß sie, wenn ich ihr ferne war, nicht aß und nicht trank, bis sie mich wieder bei sich sah. Fünf Jahre lang lebten wir in dieser innigen Gemeinschaft. Da, eines Tages, ging sie zum Badehaus; und ich hieß den Koch sich daran machen, für uns das Nachtmahl zu bereiten. Dann trat ich in diesen Palast und legte mich dort nieder, wo ich zu schlafen gewohnt war, indem ich zwei Mädchen befahl, mich zu fächeln; die eine hieß ich mir zu Häupten, die andere zu meinen Füßen sitzen. Aber ich war besorgt wegen der Abwesenheit meines Weibes, und der Schlaf kam nicht zu mir; zwar waren meine Augen geschlossen, aber mein Geist war wach. Da hörte ich die Sklavin zu meinen Häupten zu der, die zu meinen Füßen saß, sagen: ‚O Mas'ûda, es ist ein Jammer um unseren Herrn und ein Jammer um seine Jugend! Wie traurig ergeht es ihm mit unserer elenden Herrin, der Metze!‘ Und die andere erwiderte ihr: ‚Ja, wahrlich; Allah verfluche alle treulosen und ehebrecherischen Weiber! Aber ein Mann wie unser Herr in seiner Jugend ist doch wirklich viel zu gut für diese Metze, die jede Nacht draußen schläft.‘ Da sprach die zu meinen Häupten: ‚Unser Herr ist doch stumm, wie einer, dem man einen Zaubertrank eingegeben hat, daß er sie nicht zur Rede stellt!‘ und die andere: ‚Schäme dich! Weiß unser Herr etwas davon, oder verläßt sie ihn mit seinem Willen? Ja, mischt sie ihm nicht jeden Abend den Trank, den sie ihm vor dem Schlafengehen zu trinken gibt, und tut das einschläfernde Bilsenkraut hinein? So schläft er ein und weiß nicht, was geschieht, noch erfährt er, wohin sie geht und ihre Schritte lenkt. Wenn sie ihm nun den Wein mit dem Schlaftrunk gereicht hat, legt sie ihre Gewänder an, besprengt sich mit Wohlgerüchen und verläßt ihn und bleibt bis zum Anbruch des Tages fort; dann aber kommt sie zu ihm und brennt unter seiner Nase etwas Räucherwerk ab, und er erwacht aus seinem Schlafe.‘ Als ich das Gespräch der Mädchen gehört hatte, wurde das Licht vor meinen Augen zur Finsternis, und ich konnte kaum warten, bis die Nacht anbrach.

Sobald meine Base zurückkam aus dem Badehause, breiteten wir das Tischtuch aus und aßen; darauf saßen wir noch eine Weile beisammen und unterhielten uns, so wie wir es gewohnt waren. Dann rief sie nach dem Wein, den ich vor dem Schlafengehen zu trinken pflegte, und reichte mir den Becher; ich leerte ihn und tat, als tränke ich ihn wie gewöhnlich, aber ich goß ihn aus in die Tasche auf meiner Brust; im selben Augenblick legte ich mich nieder und stellte mich, als ob ich schliefe. Und siehe, sie rief: ‚Schlaf durch die Nacht und steh nie wieder auf! Bei Allah, ich verabscheue dich, und ich verabscheue deine Gestalt, und meine Seele ist der Gemeinschaft mit dir überdrüssig; ich kann den Augenblick nicht mehr erwarten, da Allah dein Leben hinweggrafft.' Dann ging sie hin und legte ihre schönsten Kleider an, beräucherte sich mit Wohlgerüchen, nahm mein Schwert und gürtete sich damit; und sie öffnete die Tore des Palastes und ging hinaus. Ich aber stand auf und folgte ihr, wie sie den Palast verließ und durch die Straßen der Stadt zog, bis sie beim Stadttor anlangte. Dort sprach sie Worte, die ich nicht verstand; die Riegel fielen nieder, und das Tor tat sich auf. Sie ging hinaus, während ich ihr folgte, ohne daß sie es merkte, bis sie schließlich bei den Schutthügeln anlangte und zu einem Rohrzaun kam, in dem sich eine runde Hütte befand, aus Lehmziegeln gebaut und mit einer kleinen Tür versehen. Sie trat ein, ich aber stieg auf das Dach der Hütte und schaute ins Innere. Und siehe, meine Base war zu einem schwarzen Sklaven getreten, dessen eine Lippe wie ein Topfdeckel und dessen andere Lippe wie eine Schuhsohle war; ja, seine Lippe war so lang, daß er mit ihr den Sand vom Kiesflur der Hütte hätte auflesen können. Er war aussätzig und lag auf einer Streu vom Abfall des Zuckerrohrs, gehüllt in ein altes Laken und in Lumpen und Fetzen. Sie küßte den Boden vor ihm; da wandte jener Sklave seinen Kopf zu ihr und sprach: ‚Ha, du! Sag, warum bist du bis jetzt ausgeblieben? Hier sind ein paar meiner schwarzen Vettern bei mir gewesen, die haben ihren Wein getrunken, und jeder hatte seine Geliebte da; ich aber mochte um deinetwillen nicht trinken.' Doch sie rief: ‚Mein Herr und Geliebter, du Freude meiner Augen, weißt du nicht, daß ich meinem Vetter vermählt bin, dessen Gestalt ich verabscheue und dessen Gesellschaft ich hasse? Und fürchtete ich nicht um deinetwillen, ich ließe die Sonne nicht wieder aufgehn, bevor ich nicht diese Stadt in einen Trümmerhaufen verwandelt hätte, darinnen Eule und Rabe schreien und Füchse und Schakale hausen; ja, ihre Steine selbst hätte ich schon hinter den Berg Kaf geschafft.' Da schrie der Sklave: ‚Du lügst, Verfluchte! Nun schwöre ich einen Eid bei der Ehre der Mohren – und glaube nicht, unser Ehrgefühl sei so gering wie das Ehrgefühl der Weißen! –, wenn du von heute an noch einmal bis zu dieser Zeit ausbleibst, so will ich nicht mehr mit dir Gesellschaft pflegen, noch will ich meinen Leib an deinen kleben, du Verfluchte! Du spielst mit mir Scherbenwerfen; bin ich nur für deine Laune da? O du stinkende Hündin! Du Gemeinste der Weißen!' Als ich diese Worte von ihm hörte, und sah und schaute und vernahm, was zwischen beiden vorging, da ward die Welt dunkel vor meinen Augen, und ich wußte selber nicht, wo ich war. Aber meine Base stand weinend und demütig vor dem Sklaven und rief: ‚O mein Geliebter, Frucht meines Herzens, wenn du mir zürnst, wer wird mich dann zu sich nehmen? Und wenn du mich verstößest, wer wird mir dann eine Zuflucht gewähren, o mein Geliebter, o du Licht meiner Augen?' Und sie hörte nicht auf zu weinen und sich vor ihm zu erniedrigen, bis er sich mit ihr versöhnte. Da wurde sie froh, stand auf, legte ihre Gewänder ab, selbst ihre Beinkleider, und sprach:

‚O mein Herr, hast du nicht etwas für deine Sklavin zu essen?‘ ‚Nimm den Deckel vom Becken!‘ brummte er, ‚darin sind die Knochen von gekochten Mäusen, die iß; und dann geh zu dem Tonkrug da, drin ist ein Bierrest, den trink!‘ Sie aß nun und trank, wusch sich dann die Hände und den Mund und ging und legte sich neben dem Sklaven auf die Streu aus Zuckerrohr; und sie entblößte sich ganz und kroch zu ihm hinein in das schmutzige Laken und unter die Lumpen. Als ich aber mein Weib, meine Base, also tun sah, da verlor ich fast die Besinnung; ich stieg hinab vom Dach der Hütte, ging hinein und nahm das Schwert, das meine Base mitgebracht hatte, zückte es und wollte sie beide erschlagen. Zuerst führte ich einen Hieb nach dem Nacken des Sklaven und glaubte, daß es um ihn geschehen sei!‘ – – «

Da bemerkte Schehrezâd, daß der Morgen begann, und sie hielt in der verstatteten Rede an. Doch als die *Achte Nacht* anbrach, fuhr sie fort: »Es ist mir berichtet worden, o glücklicher König, daß der verzauberte Jüngling dem König erzählte: ‚Als ich den Sklaven mit dem Schwerte getroffen hatte, um ihm den Kopf abzuschlagen, da hatte ich ihm nicht die beiden Schlagadern durchschnitten, sondern nur die Luftröhre und die Haut und das Fleisch. Ich vermeinte aber, ich hätte ihn getötet, und er röchelte schwer. Da regte sich meine Base; ich trat zurück, stieß das Schwert wieder in die Scheide, ging in die Stadt und trat in den Palast ein und schlief auf meinem Lager bis zum Morgen. Da kam mein Weib und weckte mich; und siehe, sie hatte sich das Haar abgeschnitten und Trauerkleidung angelegt. Und sie sprach: ‚O mein Gemahl, tadle mich nicht um das, was ich tue! Mir ist soeben berichtet worden, daß meine Mutter entschlafen ist, daß mein Vater im heiligen Kriege gefallen, und einer meiner Brüder an einem Schlangenbiß gestorben ist, der andere aber sein Leben durch einen Absturz verloren hat. Darum geziemt es sich für mich, daß ich weine und traure.' Und als ich ihre Worte hörte, ließ ich sie gewähren, indem ich sprach: ‚Tu, wie du willst! Ich werde dich nicht hindern.' So saß sie trauernd und weinend und klagend ein ganzes Jahr lang von Anfang bis zu Ende; und nach dem Ablauf des Jahres sagte sie zu mir: ‚Ich möchte mir in deinem Palast ein Grab bauen, mit einer Kuppel, das will ich allein für die Trauer bestimmen, und ich will es das Haus der Klagen nennen.' Ich sprach wieder: ‚Tu, wie du willst!' Und sie baute sich ein Haus für die Trauer; über die Mitte setzte sie eine Kuppel, und darunter im Erdboden ließ sie eine Grabkammer herrichten. Dann ließ sie den Sklaven herbeischaffen und dort wohnen; aber er war nicht mehr imstande, ihr zu Diensten zu sein; er trank nur noch Wein und sprach seit dem Tage, an dem ich ihn verwundet hatte, kein Wort mehr und lebte doch weiter, weil seine bestimmte Stunde noch nicht gekommen war. Tag für Tag ging mein Weib am Morgen und am Abend zu dem Mausoleum, weinte und klagte über ihn, und gab ihm Wein und Brühen, morgens und abends, und ließ davon ein zweites Jahr hindurch nicht ab; und ich ertrug das voll Langmut und achtete ihrer nicht. Doch eines Tages trat ich unversehens bei ihr ein; und ich fand sie weinend, und hörte sie rufen: ‚Weshalb hast du dich meinem Blicke entzogen, o meines Herzens Wonne? Sprich zu mir, o mein Leben; rede mit mir, o mein Geliebter!' Und sie sprach die Verse:

Voll Ungeduld bin ich nach deiner Liebe: vergißt du mich,
So liebt doch mein Herz und mein ganzes Innre keinen als dich.
Nimm meinen Leib und meine Seele, wohin du nur eilst;
Begrabe mich neben der Stätte, wo du anhältst und weilst.
Ruf meinen Namen über mein Grab, so antwortet dir
Ein Seufzer meines Gebeins; es hört dich, rufst du nach mir.

Und sie sprach weiter unter Tränen:

Der Tag der Sehnsucht ist der Tag, da du vor mir stehst:
Der Tag des Unglücks aber der Tag, da du von mir gehst.
Verbringe ich auch die Nacht in Angst und von Unheil bedroht,
So ist deine Nähe doch süßer als Freisein von aller Not.

Und nochmals begann sie:

Besäß ich auch alle Güter der Welt und dazu der
Perserkönige Reich:
Und könnte mein Auge dein Antlitz nicht schaun –
sie wären dem Flügel der Mücke mir gleich.

Und als sie mit ihren Worten und ihrem Weinen innehielt,
sprach ich zu ihr: ‚O meine Base, laß dies dein Trauern genügen; denn das Weinen nützt dir nichts!‘ ‚Hindre mich nicht‘,
antwortete sie, ‚in dem, was ich tue; denn wenn du mich hinderst, so nehme ich mir das Leben!‘ Da ließ ich sie gewähren
und ihres eigenen Weges gehen; und sie hörte noch ein weiteres Jahr nicht auf zu trauern und zu weinen und zu klagen.
Nach Ablauf des dritten Jahres aber, eines Tages, als ich gerade
über irgendeine Sache, die mir zugestoßen war, ärgerlich war
und mir dies heulende Elend überhaupt schon zu lange gedauert hatte, trat ich ein und fand sie bei der Grabkammer im
Mausoleum, und ich hörte sie sagen: ‚O mein Herr, ich höre
nie ein einziges Wort von dir! Weshalb gibst du mir keine Antwort, o mein Gebieter?‘ Und sie sprach:

O Grab! O Grab! Schwand denn seine Schönheit jetzt dahin?
Und schwand dein Glanz, der sonst in herrlichem Licht erscheint?
O Grab, du bist doch weder Erde noch Himmel für mich;
Wie kommt's, daß in dir der Mond sich mit der Sonne vereint?

Doch als ich ihre Worte und ihre Verse hörte, häufte sich bei
mir Wut auf Wut; und ich rief: ‚Wehe! Wie lange soll diese
Trauer noch währen?‘, und ich sprach:

O Grab! O Grab! Schwand denn seine Häßlichkeit jetzt dahin?
Und schwand dein Glanz, der sonst in ekligem Lichte erscheint?
O Grab, du bist doch weder Grube noch Kessel für mich;
Wie kommt's, daß in dir der Ruß sich mit dem Schlamme vereint?

Wie sie jedoch meine Worte hörte, sprang sie auf die Füße und
rief: ‚Wehe über dich, du Hund, der du mir alles dies angetan
hast; du hast den Geliebten meines Herzens verwundet und
mir wehgetan, und du hast seine Jugend vernichtet, so daß er
schon seit drei Jahren weder tot noch lebendig ist!‘ Da aber
schrie ich sie an: ‚O du allergemeinste Dirne, du allerschmut-
zigste Buhlerin, Geliebte eines Negersklaven, die du dich weggeworfen hast! Jawohl, ich habe es getan!‘, und indem ich
mein Schwert aufgriff, zog ich es und zielte auf sie zu, um sie
niederzuschlagen. Aber als sie meine Worte hörte und mich
entschlossen sah, sie zu töten, lachte sie und sprach: ‚Zurück,
Hund, der du bist! Freilich, was vergangen ist, kehrt nicht wieder, und die Toten kommen nicht zurück. Jetzt aber hat Allah
den in meine Hand gegeben, der mir all dies antat: eine Tat,
die mir das Herz mit einem Feuer brannte, das nicht erlosch,
und mit einer Flamme, die sich nicht ersticken ließ!‘ Dann
stand sie auf, sprach ein paar Worte, die ich nicht verstand, und
sagte: ‚Kraft meiner Zauberkunst werde du halb Stein, halb
Mensch!‘ Darauf wurde ich, so wie du mich siehst, außerstande,
aufzustehen und zu sitzen, weder tot noch lebend. Nachdem
ich dann so verwandelt war, verzauberte sie die Stadt mit all
ihren Straßen und Gärten in einen See. Nun waren in unserer
Stadt vier Zünfte: Muslime, Christen, Juden und Feueranbeter;
die verzauberte sie in Fische, und die weißen sind die Muslime,
die roten die Feueranbeter, die blauen die Christen und die
gelben die Juden. Und die vier Inseln verzauberte sie in vier
Hügel, die den See umgeben. Seitdem schlägt und geißelt sie

mich jeden Tag mit hundert Hieben, so daß mein Blut fließt und meine Schultern Striemen haben; und zuletzt bekleidet sie mir die obere Hälfte mit einem härenen Hemd aus Hosentuch und wirft dann diese prächtigen Kleider darüber.' Wiederum begann der Jüngling zu weinen, und er sprach diese Verse:

> *Geduld gebührt deinem Spruche, o Gott, o Schicksal der Welt;*
> *Ich füge mich still darein, wenn es dir so gefällt.*
> *Sie übten Gewalt und Feindschaft an mir und grausamen Hohn;*
> *Aber vielleicht wird einst das Paradies mir zum Lohn.*
> *Ich lebte durch das Geschick, das mir zuteil ward, in Pein;*
> *Doch der reine Prophet, der Gott gefällt, tritt für mich ein.*

Nun wandte sich der König dem Jüngling zu und sagte: ‚O Jüngling, du hast mir Kummer auf Kummer gehäuft, nachdem du mir eine Sorge genommen hast; aber jetzt, o Prinz, wo ist sie? Und wo ist das Mausoleum, darin der verwundete Sklave liegt?' ‚Der Sklave liegt unter jener Kuppel in seiner Grabkammer', sprach der Jüngling, ‚und sie sitzt in jenem Zimmer gegenüber. Jeden Tag kommt sie mit Sonnenaufgang zuallererst zu mir und zieht mir meine Kleider aus und schlägt mich mit hundert Peitschenschlägen, und ich weine und schreie; doch ich habe keine Kraft der Bewegung mehr, um sie von mir abzuwehren. Dann, nachdem sie meine Folter beendet hat, bringt sie dem Sklaven Wein und Brühe hinunter und gibt ihm zu trinken. Auch morgen früh wird sie hier sein.' Da sprach der König: ‚Bei Allah, o Jüngling, ich will gewißlich eine gute Tat an dir tun, die man an mir rühmen und von der man erzählen wird bis zum Ende der Zeiten.' Darauf setzte der König sich neben den Jüngling und unterhielt sich mit ihm bis zum Einbruch der Nacht, und dann schliefen beide. Als aber das Morgengrauen sich zeigte, stand der König auf, und er legte seine Überkleider ab, zog sein Schwert und eilte an den Ort, wo der

Sklave lag. Da wurde er brennende Kerzen und Lampen gewahr, und den Duft von Weihrauch und Salben; und er ging geradewegs auf den Sklaven zu und hieb ihn mit einem Schlage nieder, der ihn tötete; die Leiche aber hob er auf seinen Rükken und warf sie in einen Brunnen des Schloßhofes. Sofort jedoch kehrte er zurück, zog sich die Kleider des Sklaven an und legte sich in der Grabkammer nieder, das gezückte Schwert längs seiner Seite. Und nach einer Weile kam die verfluchte Hexe; zuerst ging sie zu ihrem Gatten, zog ihm die Kleider ab, nahm eine Geißel und peitschte ihn, bis er aufschrie: ‚Ah! Genug sei dir an meinem Zustand, o meine Base! Habe Mitleid mit mir, o meine Base!‘ Sie aber rief: ‚Hattest du Mitleid mit mir und schontest du mir meinen Geliebten?‘ Und sie schlug ihn, bis sie müde war und das Blut von seinen Seiten floß; dann zog sie ihm das härene Hemd an und darüber das Linnengewand. Darauf ging sie mit einem Becher Weins und einer Schale voll Brühe in der Hand hinab zu dem Sklaven in das Mausoleum. Weinend und klagend rief sie: ‚O mein Herr, sprich zu mir! O mein Gebieter, rede mit mir!‘ Und sie sprach diese Verse:

> *Wie lange noch diese Härte und diese Lieblosigkeit?*
> *Hat meiner Tränen Flut dich immer noch nicht erweicht?*
> *Wie lange ziehst du die Trennung denn noch mit Absicht hinaus?*
> *Ist dein Ziel das meines Neiders, so hat er sein Ziel erreicht.*

Und wiederum weinte sie und sprach: ‚O mein Herr! Sprich zu mir! Rede mit mir.‘ Und der König dämpfte die Stimme und verrenkte die Zunge und sprach in der Art der Neger und sagte: ‚Ach! Ach! Es gibt keine Majestät und es gibt keine Macht außer bei Allah, dem Erhabenen, Allmächtigen!‘ Als sie aber diese Worte vernahm, jauchzte sie auf vor Freude und fiel bewußtlos zu Boden; wie sie dann wieder zur Besinnung zurückkam, fragte sie: ‚O mein Gebieter, ist dies wahr?‘ Und der König erwiderte mit leiser Stimme: ‚O du Teufelsmaid, verdienst du, daß jemand mit dir redet und zu dir spricht?‘ ‚Weshalb das?‘ versetzte sie; und er erwiderte: ‚Das Weshalb ist, daß du den lieben langen Tag deinen Gatten folterst; und er ruft immer um Hilfe, so daß er mir vom Abend bis zum Morgen den Schlaf geraubt hat, und er fleht und verwünscht mich und dich, so daß er mich unruhig gemacht und mir viel geschadet hat. Wäre das nicht, so wäre ich schon gesund, und darum konnte ich dir nicht antworten.‘ Da rief sie: ‚Mit deiner Erlaubnis will ich ihn von dem Zauber, der auf ihm liegt, befreien‘; und der König antwortete: ‚Befreie ihn und schaffe uns ein wenig Ruhe!‘ Mit den Worten: ‚Ich höre und gehorche!‘ erhob sie sich und ging hinaus aus dem Mausoleum in den Palast; dort nahm sie eine Schale, füllte sie mit Wasser und sprach gewisse Worte darüber, so daß die Schale aufkochte und sprudelte, wie ein Kessel über dem Feuer kocht. Und damit besprengte sie ihren Gatten, indem sie sprach: ‚Durch die Kraft dessen, was ich gemurmelt und gesprochen habe, tritt, wenn du so geworden bist durch meinen Zauber und meine Kunst, aus dieser Gestalt hervor und in deine frühere Gestalt zurück.‘ Und siehe da, der Jüngling schüttelte sich, sprang auf und freute sich seiner Befreiung und rief: ‚Ich bezeuge, daß es keinen Gott gibt außer Allah, und ich bezeuge, daß Muhammed sein Gesandter ist – Allah segne ihn und gebe ihm Heil!‘ Dann sprach sie zu ihm: ‚Geh fort und kehre nie hierher zurück; sonst werde ich dich töten‘; das schrie sie ihm ins Gesicht. So ging er vor ihr davon; sie aber kehrte in das Mausoleum zurück, stieg hinunter und sprach: ‚O mein Gebieter, komm doch heraus zu mir, daß ich deine schöne Gestalt anschaue!‘ Da sprach der König mit leisen Worten: ‚Was hast du getan? Du hast mich von dem Ast befreit und willst mich nicht von der Wurzel befreien?' Und sie fragte: ‚O mein Geliebter, o mein Negerchen! Welches ist die Wurzel?' Nun sagte er: ‚Weh dir, du Teufelsmaid! Die Bewohner dieser Stadt und der vier Inseln sind es! Jede Nacht, um Mitternacht, heben die Fische ihre Köpfe empor und flehen um Hilfe und verwünschen mich und dich; und das ist der Grund weshalb meinem Leib die Heilung versagt ist. Geh hin und setze sie eilends in Freiheit; dann komm zu mir und nimm meine Hand und richte mich auf, denn ein wenig meiner Kraft ist schon zurückgekehrt.' Und als sie die Worte des Königs hörte, den sie immer noch für den Sklaven hielt, rief sie in Freuden: ‚O mein Gebieter, herzlich gern! Im Namen Allahs!' Dann sprang sie auf, und voller Freude lief sie fort und hinaus zu dem See; dort nahm sie ein wenig von seinem Wasser. – –«

Da bemerkte Schehrezâd, daß der Morgen begann, und sie hielt in der verstatteten Rede an. Doch als die *Neunte Nacht* anbrach, sagte sie: »Es ist mir berichtet worden, o glücklicher König, als das junge Weib, die Zauberin, einiges von dem Wasser des Sees genommen und darüber Worte gesprochen hatte, die man nicht verstehen kann, da sprangen die Fische auf und hoben ihre Köpfe empor und standen im Nu als Menschen da. Denn der Zauber war von den Leuten der Stadt genommen, und die Stadt ward wieder bewohnt; die Händler verkauften und kauften, jedermann ging seinem Berufe nach, und die vier Hügel wurden wieder wie einst vier Inseln. Darauf kam das junge Weib, die Zauberin, sogleich zum König und sprach zu ihm: ‚O mein Geliebter, reiche mir deine herrliche Hand und steh auf!' ‚Komm näher zu mir!' sprach der König mit verstellter Stimme. Und als sie so nahe herantrat, daß sie ihn berührte, da nahm der König sein Schwert in die Hand und

94

stieß es ihr durch die Brust, so daß ihr die Spitze blitzend zum Rücken herausdrang; dann hieb er auf sie ein und spaltete ihren Leib, also daß sie in zwei Hälften zu Boden fiel. Danach ging er hinaus und fand den einst verzauberten Jüngling, wie er dastand und seiner harrte; er beglückwünschte ihn zu seiner Errettung, und der Prinz küßte ihm die Hand und dankte ihm. Als der König ihn fragte: ‚Willst du hier bleiben in deiner Stadt oder mit mir in meine Stadt ziehen?‘ sprach der Jüngling: ‚O größter König unserer Zeit, weißt du, welche Entfernung zwischen dir und deiner Stadt liegt?‘ ‚Zwei Tagemärsche und ein halber‘, erwiderte er; doch da rief der Jüngling: ‚O König, wenn du schläfst, so erwache! Zwischen dir und deiner Stadt liegt die Reise eines vollen Jahres für einen rüstigen Wandrer, und du wärest nicht in zweieinhalb Tagen hergekommen, wäre die Stadt nicht verzaubert gewesen. Ich aber, o König, will mich nie mehr von dir einen Augenblick trennen.‘ Da freute sich der König und sprach: ‚Dank sei Allah, der mir dich geschenkt hat! Von jetzt an bist du mein Sohn; denn mein Leben lang ward ich mit Nachkommen nicht gesegnet.‘ Darauf umarmten sie sich und freuten sich inniglich; und dann schritten sie gemeinsam zum Palaste. Dort befahl der König, der verzaubert gewesen war, den Großen seines Reiches, sich zur Reise bereitzuhalten und den Troß und alles Notwendige zu rüsten. Die machten sich an die Ausrüstung zehn Tage lang. Dann brach er auf mit dem Sultan, dessen Herz in Sehnsucht brannte nach seiner Stadt, der er noch so lange fernbleiben sollte. Und sie zogen dahin mit einem Geleit von fünfzig Mamluken und mit kostbaren Geschenken; ohne Aufenthalt reisten sie weiter, Tag und Nacht, ein volles Jahr lang, und Allah gewährte ihnen, daß sie unversehrt bis zur Hauptstadt des Sultans kamen: da entsandten sie Boten und taten dem

Wesir kund, daß der Sultan unversehrt angekommen sei. Alsbald zog der Wesir ihm mit den Truppen entgegen; sie hatten freilich schon die Hoffnung aufgegeben, den König je wiederzusehen. Nun aber küßten die Truppen vor ihm den Boden und beglückwünschten ihn zu seiner Rettung. Dann zog er ein und nahm Platz auf seinem Thron; der Wesir trat vor ihn hin, und der König tat ihm alles kund, was jenem jungen Fürsten widerfahren war. Als der Wesir das alles vernommen hatte, beglückwünschte er den Fremden zu seiner Rettung. Und als nun alles wieder zur Ruhe gekommen war, da gab der Sultan vielen seiner Untertanen Geschenke und sprach zum Wesir: ‚Hole mir den Fischer, der uns damals die Fische gebracht hat!‘ Der Wesir schickte alsbald nach dem Fischer, der die erste Ursache der Befreiung der Stadt und ihrer Einwohner gewesen war; und als der gekommen war, verlieh ihm der Sultan ein Ehrenkleid und fragte ihn nach seinem Wohlbefinden und ob er Kinder habe. Jener tat ihm kund, daß er zwei Töchter habe und einen Sohn; da schickte der König nach ihnen und nahm die eine der Töchter zur Gemahlin und gab die andere dem jungen Fürsten und machte den Sohn zu seinem Schatzmeister. Dann beauftragte er den Wesir und entsandte ihn als Sultan zu der Stadt des jungen Prinzen, die auf den Schwarzen Inseln lag, und sandte mit ihm die fünfzig Mamluken, die von dort mitgekommen waren, und gab ihm Ehrenkleider für alle Emire. Der Wesir küßte ihm die Hände, machte sich auf und zog alsbald dorthin, während der Sultan und der junge Fürst daheim blieben. Der Fischer aber wurde der reichste Mann seiner Zeit, und seine Töchter lebten als Gemahlinnen der Könige, bis der Tod zu ihnen kam.

Und doch ist dies nicht wunderbarer als ·

DIE GESCHICHTE DES LASTTRÄGERS
UND DER DREI DAMEN ·

Es war einmal ein Lastträger in der Stadt Baghdad; der war un-
verheiratet. Nun geschah es, als er eines Tages müßig auf der
Straße stand und sich auf seinen Lastkorb stützte, daß, siehe,
vor ihn eine Dame trat, bekleidet mit einem Mantel aus Musselin, einem Seidengewande, mit Schuhen aus Brokat, einem
goldgewirkten Saum und einer herunterfallenden Schärpe. Sie
lüftete ihren Schleier, und darunter zeigten sich zwei schwarze
Augen, mit zierlichen Wimpern auf den Lidern, mit weichen
Blicken und von vollkommener Schönheit. Und sie wandte
sich an den Lastträger und sagte in lieblicher und gewählter
Sprache: ‚Nimm deinen Korb und folge mir!' Kaum hatte der
Träger die Worte gehört, da nahm er in aller Eile den Korb
auf den Kopf und sprach bei sich selber: ‚O Tag des Glücks!
O Tag der göttlichen Gnade!' Und er ging ihr nach, bis sie vor
der Tür eines Hauses stehen blieb. Sie pochte an die Tür, und
alsbald kam ein Christ zu ihr herunter; dem gab sie ein Goldstück und erhielt von ihm dafür eine dunkelgrüne Flasche; sie
setzte diese in den Korb und sagte: ‚Heb auf und folge mir!'
Der Träger aber sprach: ‚Dies ist, bei Allah, ein gesegneter
Tag, ein Tag glücklich durch den Erfolg!' und hob den Korb
auf den Kopf und folgte ihr, bis sie vor dem Laden eines Frucht-
händlers stehen blieb, von dem sie syrische Äpfel kaufte, os-
manische Quitten und Pfirsiche aus Oman, Jasmin und Was-
serlilien aus Syrien, zarte kleine Herbstgurken, Zitronen, Sul-
tansorangen, duftende Myrten, Tamarinden, Chrysanthemen,
rote Anemonen, Veilchen, Granatapfelblüten und weiße Hek-
kenrosen; all das tat sie in den Korb des Lastträgers und sagte:
‚Trag es!' So trug er es und folgte ihr, bis sie bei einem Schläch-

ter stehen blieb und zu ihm sagte: ‚Schneid mir zehn Pfund Fleisch ab!' Der Schlächter schnitt es ab, und sie zahlte den Preis, wickelte das Fleisch in ein Bananenblatt und legte es in den Korb, indem sie sprach: ‚Trag es, o Träger!' Er hob den Korb und folgte ihr. Sie ging weiter und blieb bei dem Zukosthändler stehen; von ihm kaufte sie, was zum Nachtisch gehört, Pistazienkerne, arabische Rosinen und Mandeln. Dann sprach sie zu dem Träger: ‚Trag es und folge mir!' So nahm er seinen Korb auf den Kopf und folgte ihr, bis sie Halt machte bei dem Laden des Zuckerbäckers; und sie kaufte eine Schüssel und häufte darauf allerlei Süßigkeiten aus dem Laden, Waffeln, Törtchen mit Moschus zubereitet, Mandelkuchen, Zitronenfondants von mancherlei Art, Kämme der Zainab aus Zuckerwerk, Fingergebäck und Spritzkuchen; kurz, sie nahm von allen Arten der Süßigkeiten auf die Schüssel und stellte sie in den Korb. Da sprach der Träger zu ihr: ‚Das hättest du mich wissen lassen sollen; dann hätte ich mein Packpferd mitgebracht, dem du all diese guten Sachen aufladen könntest.' Sie lächelte und schlug ihm leise mit ihrer Hand auf den Nacken, indem sie sprach: ‚Spute dich zu gehen und laß das viele Reden; dein Lohn ist dir sicher, so Gott der Erhabene will!' Dann machte sie Halt bei einem Händler von Spezereien; und sie nahm von ihm zehn verschiedene Wasser, darunter Rosenwasser, Orangenblütenwasser, Lilienwasser und Weidenblütenwasser. Und sie kaufte auch zwei Zuckerlaibe, eine Flasche Rosenwasser mit Moschus, einige Stückchen Weihrauch, Aloeholz, Ambra, Moschus und alexandrinische Kerzen; und das Ganze legte sie in den Korb und sagte: ‚Nimm deinen Korb und folge mir!' Da hob er den Korb und ging ihr nach, bis sie zu einem schönen Hause kam, vor dem ein geräumiger Hof lag, einem hohen Bau mit ragenden Säulen; sein Tor hatte

98

zwei Flügel aus Ebenholz, eingelegt mit Platten roten Goldes. Die Dame blieb am Tore stehen, hob den Schleier von ihrem Antlitz und klopfte leise an; der Träger aber stand hinter ihr und dachte unaufhörlich an ihre Schönheit und Anmut. Die Tür ward geöffnet, und die beiden Flügel schlugen zurück. Da schaute der Träger hin, wer sie geöffnet hatte; und siehe, es war eine Dame von stattlichem Wuchs, etwa fünf Fuß hoch, mit schwellendem Busen, von Schönheit und Anmut, vollkommenem Liebreiz und ebenmäßiger Gestalt. Ihre Stirn war blütenweiß, ihre Wangen hellrot wie die Anemone, ihre Augen wie die der wilden Färse oder der Gazelle, und ihre Brauen wie der Neumond des gesegneten Fastenmonats; ihr Mund war wie der Ring Salomos, ihre Lippen korallenrot und ihre Zähnchen wie eine Schnur von Perlen oder wie Blätter der Chrysanthemumblüte. Ihr Hals glich dem der Antilope, ihr Busen einem Marmorbecken, und ihre Brüste glichen zwei Granatäpfeln; ihr Leib war weich wie Samt, und die Höhle ihres Nabels hätte eine Unze Benzoesalbe gefaßt. Kurz, jener glich sie, von der der Dichter sagt:

> Schaue sie an, die Sonne und Mond erbleichen macht,
> Sie, die Hyazinthe in strahlender Blütenpracht.
> Nie sah dein Auge Schwarz und Weiß so schön im Verein
> Wie ihre dunklen Haare über dem Antlitz so rein.
> Rosig sind ihre Wangen; und ihre Schönheit erzählt
> Immer von ihrem Namen, wenn ihr auch der Reichtum fehlt.
> Ich lächle ob ihrer Hüften, wenn sie im Gange sich wiegt;
> O Wunder, und wein' um den Leib, den schlanken, der fast zerbiegt.

Und als der Träger sie sah, war sein Verstand und sein Sinn gefangen, so daß ihm der Korb fast vom Kopfe fiel; dann sprach er bei sich selber: ,Nie sah ich in meinem Leben einen gesegneteren Tag als diesen!' Und die Pförtnerin sprach zu der Wirtschafterin: ,Tritt ein in das Tor und befreie den armen

Träger von seiner Last!' Da trat die Wirtschafterin ein, und die
Pförtnerin folgte ihr, und der Träger auch; und sie gingen
weiter, bis sie zu einer schönen, geräumigen Halle kamen, die
mit wunderbarer Geschicklichkeit erbaut war, mit allerlei Verzierungen, mit Arkaden, Erkern, Estraden, Nischen und Schrän-
ken, vor denen Vorhänge hingen. Und in der Mitte der Halle
war ein großes Bassin voll Wasser, und darin war ein Boot-
häuschen; an der Rückseite der Halle aber stand ein Lager aus
Wacholderholz, mit Edelsteinen besetzt, über dem ein Baldachin schwebte aus rotem Atlas, der mit Perlen aufgesteckt war,
so groß wie Haselnüsse und größer noch. Darinnen zeigte sich
eine Dame, von erlesener Schönheit, mit herrlichem Antlitz,
bezaubernden Augen und weisen Mienen, von Aussehen so
lieblich wie der Mond; und ihre Brauen waren gewölbt wie
Bogen, ihr Wuchs war aufrecht wie ein I, ihr Atem hauchte
Ambra, und ihre Lippen waren rot wie Karneole und süß wie
Zucker. Ihres Gesichtes Glanz beschämte die strahlende Sonne;
sie war wie einer der himmlischen Planeten, oder wie eine
vergoldete Kuppel, oder wie eine Braut in erlesenstem Schmuck
oder ein edles Mädchen Arabiens. So sang von ihr der Dichter:

> Es ist, als zeigte ihr Lächeln schneeweiße Perlenreihn,
> Wie Chrysanthemumblüten oder wie Hagelstein'.
> Locken hat sie, die fallen herab wie die schwarze Nacht,
> Sie, deren Schönheit das Licht des Morgens erbleichen macht.

Da stand die dritte Dame auf von dem Lager und trat langsam
vor mit wiegendem Gang, bis sie in die Mitte des Saales zu
ihren Schwestern kam; und sie sprach: ‚Was steht ihr da?
Nehmt die Last von dem Haupte des armen Trägers!' Alsbald
trat die Wirtschafterin vor ihn hin, und die Pförtnerin trat hinter ihn, und die dritte half ihnen beiden, und sie hoben den
Korb von des Trägers Kopf, leerten ihn und legten alles an

seinen Ort. Und schließlich gaben sie dem Träger zwei Goldstücke und sagten: ‚Zieh deines Weges, o Träger!‘ Aber er
blickte die Damen an und ihre große Schönheit und feinen
Züge; denn er hatte noch nie etwas Schöneres gesehen als sie
– doch es fand sich kein Mann bei ihnen. Und ferner blickte er
auf den Wein, die Früchte, die Blumen und alle die anderen
guten Dinge, die bei ihnen waren. So geriet er in höchstes Erstaunen und zögerte mit dem Gehen; da sprach die eine der
Damen: ‚Was ist dir? Warum gehst du nicht? Hältst du vielleicht den Lohn für zu gering?‘ Darauf wandte sie sich zu ihrer
Schwester und sprach: ‚Gib ihm noch einen Dinar!‘ Doch der
Träger erwiderte: ‚Bei Allah, Herrin, ich halte den Lohn nicht
für zu gering; mein Lohn beträgt kaum zwei Dirhems; nein,
mein Herz und meine Seele denken nur an euch. Wie kommt
es, daß ihr so allein seid, ohne einen Mann bei euch zu haben
oder irgend jemand, der euch Gesellschaft leiste? Ihr wißt doch,
daß der Turm der Moschee nur auf vier Grundmauern stehen
kann; aber euch fehlt der vierte! Das Vergnügen der Frauen
wird doch erst durch die Männer vollkommen, wie es im Liede
heißt:

> Siehst du nicht, zur Lust sind vier vonnöten:
> Harfe, Laute, Zither und die Flöten!
> Und vier Düfte müssen sie umkosen:
> Myrten, Levkojen, Anemonen und Rosen
> All dies wird nur durch vier andre hold:
> Wein und Jugend, Liebe und Gold.

Ihr seid drei und entbehret eines vierten, der ein verständiger
und kluger Mann sein muß, scharf von Witz und fähig, Geheimnisse zu bewahren.‘ Als sie seine Worte hörten, hatten sie
ihre Freude daran, und sie lachten über ihn und sagten: ‚Und
wer ist das für uns? Wir sind Jungfrauen, und wir fürchten uns,
unser Geheimnis jemandem zu vertrauen, der es nicht bewahrt,

denn wir haben in einer Erzählung gelesen, was der Dichter Ibn eth-Thumâm gesagt hat:

> *Bewahr dein Geheimnis mit Eifer! Tu es niemandem kund!*
> *Denn wer sein Geheimnis verrät, verliert es zur selbigen Stund.*
> *Und wenn deine eigene Brust dein Geheimnis nicht fassen kann,*
> *Wie kann dessen Brust es fassen, dem du es kundgetan?*

Und auch Abu Nuwâs sagte vortrefflich:

> *Wer den Menschen sein Geheimnis berichtet,*
> *Verdient, daß der Brand ihm die Stirne vernichtet.'*

Als aber der Träger ihre Worte hörte, erwiderte er: ‚Bei eurem Leben! Ich bin ein verständiger und zuverlässiger Mann, ich habe die Bücher gelesen und die Chroniken studiert; ich zeige das Schöne und verberge das Häßliche, wie es im Dichterwort heißt‘; und er sprach die Verse:

> *Es bewahrt das Geheimnis nur der verläßliche Mann;*
> *Und das Geheimnis ist bei dem besten Menschen versiegelt.*
> *Bei mir ist das Geheimnis in einem verschlossenen Haus;*
> *Die Schlüssel dazu sind verloren, und das Tor ist verriegelt.*

Als die Damen die Verse, und was er ihnen kundtat, gehört hatten, da sagten sie: ‚Du weißt, wir haben für diesen Bau eine große Summe Geldes verbraucht. Hast du etwas für uns zum Entgelt dafür? Denn wir werden dir nicht gestatten, daß du bei uns sitzest als unser Tischgenosse und in unsere reizenden, schönen Gesichter blickest, ohne daß du uns eine Summe Geldes zahlst. Kennst du nicht das Sprichwort: Liebe ohne einen Deut nützt keinen Deut?‘ Und die Pförtnerin fügte hinzu: ‚Bringst du etwas, mein Freund, so bist du etwas; bringst du nichts, zieh ab mit nichts!‘ Da aber sagte die Wirtschafterin: ‚Schwestern, laßt doch ab von ihm; denn, bei Allah, er hat uns heute nicht im Stich gelassen, und wäre er anders gewesen, er hätte nie mit uns Geduld gehabt. Was für Verpflichtungen ihn

102

auch treffen mögen, ich nehme sie auf mich.' Da freute sich
der Träger, küßte den Boden, dankte ihr und sprach: ,Bei
Allah, mein erstes Geld erhielt ich heute von dir aus.' Nun
sagten sie: ,Setze dich und sei uns willkommen!'; und die Dame
vom Thronsessel fügte hinzu: ,Bei Allah, wir können dich nur
unter einer Bedingung bei uns sitzen lassen, und die ist, daß du
keine Frage stellst über Dinge, die dich nichts angehn; und
wenn du dich doch einmischest, so bekommst du Prügel.' Da
rief der Träger: ,Einverstanden, o meine Herrin, mit der größten Freude. Sehet da, ich habe keine Zunge mehr!' Dann erhob sich die Wirtschafterin, schürzte ihr Kleid auf, ordnete die
Flaschen in Reihen, klärte den Wein und legte das Grün um
den Krug und machte alles bereit, was sie brauchten. Darauf
stellte sie den Wein vor sie und setzte sich, sie mit ihren Schwestern; auch der Träger setzte sich zu ihnen, aber er wähnte sich
im Traum. Nun nahm die Wirtschafterin die Weinkaraffe und
schenkte den ersten Becher voll und trank ihn aus, und ebenso
einen zweiten und dritten. Dann füllte sie wiederum und
reichte einer ihrer Schwestern, und schließlich füllte sie und
reichte dem Träger mit den Worten:

> *Trinke zum Wohle, zur Freude, zum Heile!*
> *Dieser Trank macht, daß die Krankheit enteile.*

Und er nahm den Becher in die Hand und dankte mit tiefer
Verbeugung und sprach aus dem Stegreif die Verse:

> *Der Becher wird nur getrunken mit dem vertrauten Freund,*
> *Dem Manne von edler Abkunft und altem Geschlechte, vereint.*
> *Der Wein ist wie der Wind: wenn der über Düfte weht,*
> *So duftet er; doch er stinkt, wenn er über Leichen geht.*

Und er fügte hinzu:

> *Trinke den Wein nie anders als aus den Händen des Schönen,*
> *Der zu dir spricht mit Feinheit der Rede und der ihr gleicht.*

Nachdem er diesen Vers gesprochen hatte, küßte er ihnen die Hände und trank und ward trunken, und wankend fuhr er fort, Verse zu sprechen:

> *Alle Dinge, darinnen Blut ist, sind verboten*
> *Zu trinken, außer allein dem Blute der Reben.*
> *Tränk mich, ich will für deine Augen, Gazelle,*
> *Mein Hab, mein Gut, mich selbst als Lösegeld geben!*

Da füllte die Wirtschafterin einen Becher und gab ihn der Pförtnerin, die ihn ihr aus der Hand nahm, dankte und trank. Dann schenkte sie wiederum ein und reichte der Dame des Thronsessels, und füllte wieder einen Becher und reichte ihn dem Träger. Der küßte den Boden vor ihr, dankte und trank und sprach die Verse:

> *Bring ihn, bei Allah, bringe – aus vollen Bechern, schnell!*
> *Gib mir einen Becher zu trinken; – das ist des Lebens Quell.*

Nun trat der Träger vor die Herrin des Hauses und sagte: ‚O Herrin, ich bin dein Sklave, dein Mamluk, dein Diener'; und er begann:

> *Am Tor steht einer von deinen Sklaven und preist*
> *Allzeit, was deine Gnade an Gaben ihm lieh.*
> *Darf er, o Herrin der Gaben, eintreten und schaun*
> *Deine Schönheit? Denn ich und die Liebe, wir trennen uns nie.*

Sie aber sagte: ‚Tu dir gütlich, trinke zum Wohle, und Gesundheit fließe in die Adern des Wohlseins!' Da nahm er den Becher, küßte ihr die Hand und sprach in singendem Tonfall diese Verse:

> *Ich gab ihr der Wangen Ebenbild, den Wein, so klar,*
> *Den alten, dessen Licht wie Flammen des Feuers war.*
> *Sie berührte ihn mit den Lippen, und lächelnd sprach sie dann:*
> *Wie bietest du Wangen der Menschen den Menschen zu trinken an?*
> *Ich sprach: Trink doch! Dies sind meine Tränen, mein Herzblut auch,*
> *Davon sie rot geworden; die mischte im Becher mein Hauch.*

Und sie erwiderte mit diesem Verse:

Hast du um meinetwillen Blut geweint,
So bring und tränk mich, herzlich gern, o Freund!

Da nahm die Dame den Becher und leerte ihn auf ihrer Schwester Wohl. So hörten sie nicht auf zu trinken mit dem Träger in ihrer Mitten; dabei tanzten sie und lachten und sangen Lieder, Verse und Strophengedichte. Der Träger aber begann mit ihnen zu tändeln; er küßte, biß, streichelte, befühlte, betastete sie und trieb allerlei Kurzweil. Und die eine schob ihm einen Leckerbissen in den Mund, und die andere streichelte ihn; und diese schlug ihn auf die Wange, und jene warf Blumen nach ihm; und er war bei ihnen in der höchsten Wonne, wie wenn er im Paradiese bei den schwarzäugigen Jungfrauen säße. Das trieben sie so weiter, bis ihnen der Wein zu Kopfe stieg und ihnen die Sinne verdunkelte; und als die Trunkenheit über sie herrschte, stand die Pförtnerin auf und zog ihre Kleider aus, bis sie ganz nackt war. Und sie ließ ihr Haar um ihren Leib herabfallen wie einen Vorhang und warf sich in das Bassin und spielte im Wasser, tauchte wie eine Ente und prustete, nahm Wasser in ihren Mund und spritzte es über den Träger; dann wusch sie sich die Glieder und zwischen den Schenkeln. Nun sprang sie heraus aus dem Wasser und warf sich dem Träger auf den Schoß und sagte: ‚O mein Herr, wie heißt dies?‘ indem sie auf ihren Schoß zeigte. Er antwortete: ‚Deine *rahim*.‘ Doch sie rief: ‚Wie? Schämst du dich nicht?‘, und sie faßte ihn am Hals und schlug ihn. Dann sagte er: ‚Deine *fardsch*‘; und sie schlug ihn nochmals und rief: ‚Pfui, pfui, wie häßlich! Schämst du dich noch nicht?‘ Er aber sagte: ‚Deine *kuss*‘; und sie rief: ‚Wie? Schämst du dich nicht aus Ehrgefühl?‘, und sie stieß mit der Hand und schlug ihn. Da rief der Träger: ‚Dein *zunbûr*‘; jetzt aber fiel die älteste Dame mit Schlägen über ihn

her und rief: ‚So darfst du nicht sagen!' Aber welchen Namen
nur immer er nannte, sie schlugen ihn immer mehr, bis ihm
der Hals anschwoll von all den Prügeln; und so machten sie
ihn zum Ziel des Gelächters untereinander. Schließlich aber
fragte er: ‚Und wie heißt es bei euch?' Und die Dame erwiderte: ‚Die Krauseminze des Kühnen!' Da rief der Träger:
‚Allah sei Dank für die Rettung; gut, o Krauseminze des Kühnen!' Dann ließen sie den Becher und die Schale kreisen, und
die zweite der Damen stand auf, legte ihre Kleider ab, warf
sich in das Bassin und tat, wie die erste getan hatte; und sie kam
aus dem Wasser heraus und warf sich in des Trägers Schoß,
wies auf ihr Gemächt und fragte: ‚O Licht meiner Augen, wie
heißt dies?' Er erwiderte: ‚Deine *fardsch*'; und sie versetzte: ‚Ist
das nicht häßlich von dir?', und sie schlug so, daß der Saal von
dem Schlage widerhallte. Dabei rief sie: ‚Pfui, o pfui, schämst
du dich denn nicht?' Er darauf: ‚Die Krauseminze des Kühnen'; aber sie rief: ‚Nein.' Und es setzte Prügel und Schläge
auf seinen Nacken, während er rief: ‚Deine *rahim*! Deine *kuss*!
Deine *fardsch*! Dein *nudûl*!' und die Mädchen immer antworteten: ‚Nein, nein!' So wiederholte er: ‚Die Krauseminze des
Kühnen'; und alle drei lachten, bis sie auf den Rücken fielen,
und sie schlugen ihn und sagten: ‚Nein, so heißt es nicht.' Er
aber rief: ‚O meine Schwestern, wie heißt es denn?', und sie erwiderten: ‚Der enthülste Sesam!' Darauf legte die Wirtschafterin ihre Kleider wieder an, und sie begannen von neuem zu
trinken. Aber der Träger stöhnte fortwährend ob seines Nak-
kens und seiner Schultern. Und der Becher kreiste bei ihnen
wieder eine Weile. Dann aber stand die älteste und schönste
der Damen auf und zog sich ihre Gewänder aus; und der Träger faßte mit der Hand nach seinem Nacken und rieb ihn und
sprach: ‚Mein Nacken und meine Schultern seien Allah anbe-

fohlen!' Als dann die Dame entkleidet war, warf sie sich in das Bassin, tauchte unter, spielte und wusch sich. Der Träger blickte auf ihren nackten Leib; der war wie ein Stück des Mondes, und ihr Antlitz glich dem vollen Monde oder der aufgehenden Morgenröte. Und er blickte auf ihre Gestalt und ihren Busen und jene runden Backen, die da bebten; denn sie war nackt, wie der Herr sie geschaffen hatte. Und er rief: ,Ah! Ah!' und redete sie in Versen an:

> *Wenn ich deinen Leib mit einem grünen Zweige vergleiche,*
> *Belade ich mich selbst mit Schuld und schwerem Vergehen;*
> *Der Zweig ist am schönsten, wenn wir im Kleide ihn finden,*
> *Du aber bist am schönsten, wenn wir dich nackend sehen.*

Als nun die Dame die Verse hörte, stieg sie heraus aus dem Bassin, kam und setzte sich auf seinen Schoß und zeigte auf ihr Ding und sagte: ,O mein Herrchen, was ist das?' Er antwortete: ,Die Krauseminze des Kühnen'; da rief sie: ,Ach geh!' Er darauf: ,Der enthülste Sesam'; sie aber: ,O nein!' Dann sagte er: ,Deine *rahim*!' Nun schalt sie ihn: ,Pfui, pfui! Schämst du dich nicht?', und sie schlug ihn auf den Nacken. Und welchen Namen er immer nannte, sie schlug ihn und rief: ,Nein, nein!', bis er schließlich sagte: ,Ihr Schwestern, wie heißt es denn?' Und sie erwiderte: ,Die Herberge des Abu Mansûr!', worauf der Träger rief: ,Allah sei gepriesen für die sichere Rettung! Ha, die Herberge des Abu Mansûr!' Und die Dame ging hin und zog ihre Kleider an. Nun kehrten sie zu ihrem Tun zurück, und der Becher kreiste unter ihnen eine Weile. Schließlich aber stand der Träger auf, zog seine Kleider aus, sprang in das Bassin, und sie sahen, wie er im Wasser schwamm; und er wusch sich unter dem bärtigen Kinn und unter den Armhöhlen, wie ja auch sie sich gewaschen hatten. Dann stieg er heraus und warf sich der ersten Dame in den Schoß, stützte die Arme auf den

Schoß der Pförtnerin und legte seine Füße und Schenkel auf den Schoß der Wirtschafterin. Dann zeigte er auf sein Glied und sagte: ‚O meine Herrinnen, wie heißt dies?' Alle lachten über seine Worte, bis sie auf den Rücken fielen, und eine sagte: ‚Dein *zubb*!' Aber er erwiderte: ‚Nein!' und biß zur Strafe eine jede. Dann sagten sie: ‚Dein *air*!' Er aber rief: ‚Nein!' und umarmte eine nach der andern. – – «

Da bemerkte Schehrezâd, daß der Morgen begann, und sie hielt in der verstatteten Rede an. Doch als die *Zehnte Nacht* anbrach, sprach ihre Schwester Dinazâd: »Erzähle uns deine Geschichte zu Ende«; und sie antwortete: »Mit größter Freude. – Es ist mir berichtet worden, o glücklicher König, daß die Damen immerfort zu dem Träger sagten: ‚Dein *zubb*! dein *air*! dein *chazûk*!', und dabei küßte und biß und umarmte er sie, bis sein Herz sich an ihnen Genüge getan hatte, und sie lachten alle miteinander. Schließlich sagten sie: ‚O unser Bruder, wie heißt es denn?' Und er fragte: ‚Wißt ihr nicht, wie es heißt?', und sie sagten: ‚Nein!' Er antwortete: ‚Dies ist das Maultier, das durch alles dringt, dem die Krauseminze des Kühnen als Weide winkt, das den enthülsten Sesam als Nahrung verschlingt und in der Herberge des Abu Mansûr die Nacht verbringt.' Da lachten sie, bis sie auf den Rücken fielen; und sie kehrten zum Gelage zurück und hörten nicht auf, bis die Nacht über sie hereinbrach.

Nun sagten sie zu dem Träger: ‚Gott befohlen, Freundchen, erheb dich und lege deine Sandalen an; zieh ab und zeige uns die Breite deiner Schultern!' Doch er sprach: ‚Bei Allah, ich könnte mich leichter von meiner Seele trennen als von euch; kommt, laßt uns die Nacht an den Tag anknüpfen, und morgen ziehe ein jeder von uns seines eigenen Weges!' ‚Bei meinem Leben,' sagte die Wirtschafterin, ‚laßt ihn bei uns bleiben, damit wir über ihn lachen können: wer wird so lange am Leben bleiben, bis wir seinesgleichen wieder treffen? Fürwahr, er ist ein lustiger und witziger Gesellschafter.' Darauf sagten sie: ,Du darfst die Nacht nur unter der Bedingung bei uns bleiben, daß du dich unseren Befehlen fügst und daß du, was du auch sehest, nicht danach fragst, noch nach den Gründen forschest.' ,Gut', erwiderte er, und sie geboten: ,Geh hin und lies die Inschrift über der Tür.' Da ging er hin zur Tür und fand dort in Gold gemalt die Worte geschrieben: *Wer da redet von dem, was ihn nichts angeht, wird hören, was ihm nicht angenehm ist!* Und der Träger sagte: ,Ihr sollt des Zeugen sein, daß ich nicht reden will über das, was mich nichts angeht.' Nun stand die Wirtschafterin auf und setzte ihnen zu essen vor, und sie aßen. Dann zündeten sie die Kerzen und die Lampen an und legten an die Kerzen Amber und Aloeholz; und nachdem sie jenen Saal mit einem anderen vertauscht und frische Früchte und Getränke aufgetragen hatten, setzten sie sich nieder zum Trinken und zum Liebesgespräch. Und sie hörten nicht auf, zu essen und zu trinken und zu plaudern und trockene Früchte zu knabbern und zu lachen und zu scherzen, eine volle Stunde lang. Da aber, siehe, ertönte ein Klopfen an der Tür. Doch das störte ihre Geselligkeit in keiner Weise; nur stand eine auf und ging zur Tür hin. Alsbald kehrte sie zurück und sagte: ,Wahrlich, unser Vergnügen soll heute nacht vollkommen werden.' ,Was gibts denn?' fragten sie; und sie erwiderte: ,Am Tore stehen drei persische Bettelmönche, deren Bart und Haupthaar und Augenbrauen abrasiert sind, alle drei blind auf dem linken Auge – und das ist wahrlich ein seltsamer Zufall. Sie sind gerade jetzt von der Reise angekommen und tragen sichtlich die Spuren der Reise an sich; sie haben eben erst Baghdad erreicht, und dies ist ihr erster Besuch in unserer Stadt; und daß sie an unserer

Tür klopften, geschah nur, weil sie keine Stätte zum Übernachten fanden. Sie sagten sogar: Vielleicht wird uns der Besitzer dieses Hauses den Schlüssel zu seinem Stalle geben, oder eine Hütte, darinnen wir die Nacht verbringen können – denn der Abend hatte sie überrascht, und da sie Fremdlinge waren, so wußten sie niemanden, bei dem sie Obdach finden würden, und, o meine Schwestern, ein jeder von ihnen hat auf seine Art eine komische Gestalt.' Und sie ließ nicht ab zu bitten, bis sie zu ihr sagten: ,Laß sie eintreten und erlege ihnen die Bedingung auf, daß sie nicht reden von dem, was sie nichts angeht, damit sie nicht hören, was ihnen nicht angenehm ist!' Da freute sie sich, ging hin und kehrte alsbald mit den drei Einäugigen zurück, deren Bärte und Schnurrbärte abrasiert waren. Die sprachen den Gruß der Muslime, bezeigten ihre Ehrfurcht und traten zurück; aber die Damen standen auf und hießen sie willkommen und wünschten ihnen Glück zu der sicheren Ankunft und hießen sie sich setzen. Nun erst sahen die Mönche vor sich eine schöne Stätte, einen sauberen Saal, mit Blumen geschmückt; sie sahen brennende Kerzen, aufsteigenden Weihrauch und Naschwerk, Früchte, Wein und drei jungfräuliche Damen, und da riefen sie wie mit einer Stimme: ,Bei Allah, hier ist es schön!' Dann wandten sie sich zu dem Träger und sahen, daß er in vergnügter Stimmung, aber ermattet und trunken war. Und sie dachten, er sei einer von den Ihren, und riefen: ,Das ist ein Bettelmönch wie wir! Ein Araber oder ein Fremder.' Wie aber der Träger diese Worte hörte, blickte er sie mit weitgeöffneten Augen an und sprach zu ihnen: ,Sitzet still und macht kein neugieriges Geschwätz! Habt ihr nicht gelesen, was über der Tür geschrieben steht? Das gibt's nicht, daß Bettler wie ihr, die zu uns kommen, auch noch ihre Zunge gegen uns loslassen.' ,Wir bitten dich um Verzeihung, o Fakir,' erwiderten sie; ‚unser Kopf liegt in deiner Hand.‘ Die Damen aber lachten und stifteten Frieden zwischen den Bettelmönchen und dem Träger und setzten den Bettlern Speise vor; und diese aßen. Und so saßen sie beisammen, und die Pförtnerin gab ihnen zu trinken; wie nun der Becher bei ihnen kreiste, sagte der Träger zu den Bettlern: ‚Und ihr, meine Brüder, habt ihr denn keine Geschichte oder eine Anekdote, die ihr uns erzählen könnt?‘ Da ihnen aber bereits der Wein zu Kopfe gestiegen war, so riefen sie nach Musikinstrumenten; und die Pförtnerin brachte ihnen ein Tamburin, eine Laute und eine persische Harfe. Und jeder der Bettler nahm eines der Instrumente und stimmte es, der eine das Tamburin, der andere die Laute und der dritte die Harfe; sie griffen in die Saiten und sangen, und die Damen begleiteten sie mit kräftiger Stimme, so daß es laut bei ihnen herging. Wie sie so ihr Wesen trieben, siehe, da pochte es abermals an die Tür, und die Pförtnerin ging hin, um nachzusehen, was es gäbe.

Nun, o König«, so sprach Schehrezâd, »war der Anlaß dieses Klopfens dieser: Der Kalif Harûn er-Raschîd war aus seinem Palast herabgekommen, Umschau zu halten und zu hören, was es Neues gäbe. Bei ihm waren Dscha'far, sein Wesir, und Masrûr, der Träger des Schwertes seiner Rache; doch er selbst pflegte sich bei solchen Gelegenheiten als Kaufmann zu verkleiden. Als er nun in jener Nacht hinunterging und die Stadt durchzog, führte ihr Weg sie auch zu jenem Hause, wo sie die Musik und den Gesang hörten. Da sprach der Kalif zu Dscha'far: ‚Ich wünsche, daß wir in dies Haus eintreten und diese Lieder hören, und sehen, wer sie singt.‘ Dscha'far erwiderte: ‚O Beherrscher der Gläubigen, das sind Leute, über die schon die Trunkenheit gekommen ist, und ich fürchte, daß uns von ihnen ein Unheil widerfährt.‘ ‚Ich will unbedingt hineingehen,‘

versetzte der Kalif, ‚und ich wünsche, daß du einen Vorwand findest, so daß wir hineinkommen.' Dscha'far antwortete: ‚Ich höre und gehorche!'; dann trat er vor und pochte an die Tür: Da kam die Pförtnerin heraus und öffnete. Dscha'far aber trat hervor, küßte den Boden und sagte: ‚O meine Herrin, wir sind Kaufleute aus Tiberias, wir sind in Baghdad vor zehn Tagen angekommen, und während wir im Chân der Kaufleute wohnten, haben wir unsere Waren verkauft. Nun hatte uns heute abend ein Kaufmann zu einem Gastmahl eingeladen; wir kamen in sein Haus, und er setzte uns Speise vor, und wir aßen; dann saßen wir noch eine Weile mit ihm zusammen und tranken, bis wir uns verabschiedeten; so zogen wir hinaus in die Nacht, und da wir Fremde sind, so verloren wir den Weg zu dem Chân, in dem wir wohnen. Vielleicht werdet ihr so gütig sein, uns diese Nacht bei euch aufzunehmen, damit wir ein Obdach haben; der Himmel vergelt's euch!' Da blickte die Pförtnerin sie an und sah, daß sie wie Kaufleute gekleidet waren und ein gesittetes Benehmen hatten. Sie kehrte zu ihren Schwestern zurück und erzählte ihnen Dscha'fars Geschichte; da hatten sie Mitleid mit den Fremden und sagten zu ihr: ‚Laß sie herein!' Sie öffnete ihnen die Tür wiederum, und jene fragten: ‚Dürfen wir mit deiner Erlaubnis eintreten?' ‚Kommt herein!' erwiderte sie; und der Kalif trat ein mit Dscha'far und Masrûr. Als die Mädchen sie sahen, standen sie auf, hießen sie sich setzen und bedienten sie, indem sie sprachen: ‚Ein herzliches Willkommen den Gästen, doch nur unter einer Bedingung.' ‚Wie ist die?' fragten sie, und jene erwiderten: ‚Redet von dem nicht, was euch nichts angeht; sonst höret ihr, was euch nicht angenehm ist!' ‚Gut', sagten sie; dann setzten sie sich zum gemeinsamen Trunk. Da erblickte der Kalif die drei Bettelmönche, und als er sah, daß sie alle blind auf dem linken

Auge waren, erstaunte er darüber. Dann sah er die Mädchen an, wie schön und anmutig sie waren, und geriet in Verwirrung und Verwunderung. Und jene fuhren fort zu zechen und sich zu unterhalten, und sie sagten zu dem Kalifen: ‚Trink!‘ doch der erwiderte: ‚Ich bin zur Pilgerfahrt entschlossen.‘ Da stand die Pförtnerin auf und breitete vor ihm ein Tischtuch aus, gewirkt mit Silber, und stellte darauf eine Schale aus Porzellan, in die sie Weidenblütenwasser goß, und tat hinein ein Häufchen Schnee und einen kleinen Laib Zucker. Und der Kalif dankte ihr und sprach zu sich selber: ‚Bei Allah, ich will ihr die gute Tat, die sie getan hat, morgen vergelten.‘ Die anderen aber begannen wieder ihren Umtrunk zu halten; und als der Wein Gewalt gewann über sie, stand die Hausherrin auf, verbeugte sich vor ihnen, nahm die Wirtschafterin bei der Hand und sagte: ‚Steh auf, meine Schwester, wir wollen unsere Pflicht erfüllen.‘ Und die beiden Schwestern versetzten: ‚Jawohl!‘ Sofort deckte die Pförtnerin den Tisch ab, warf Stückchen zur Erneuerung des Weihrauchs hin und räumte die Mitte des Saals. Danach ging sie voran und führte die Bettelmönche auf eine Estrade zur Seite der Halle, und den Kalifen und Dscha'far und Masrûr führte sie zu einer Estrade auf der anderen Seite; und sie rief den Träger und sagte: ‚Wie gering ist deine Anhänglichkeit! Du bist doch kein Fremder! Du gehörst zum Hause.‘ Da erhob er sich und gürtete sich und fragte: ‚Was befiehlst du?‘ Und sie erwiderte: ‚Bleib stehen auf deinem Platz!‘ Dann stand die Wirtschafterin auf und setzte mitten in den Saal einen niedrigen Stuhl, öffnete eine Kammer und rief dem Träger zu: ‚Komm, hilf mir!‘ Da sah er zwei schwarze Hündinnen mit Ketten um den Hals; und sie sagte zu ihm: ‚Die halte!‘ Und der Lastträger hielt sie und führte sie mitten in den Saal. Da stand die Herrin des Hauses auf und schob sich die

Ärmel bis über die Handgelenke empor, ergriff eine Geißel und sprach zu dem Träger: ‚Bringe eine der Hündinnen her!‘ Und er brachte sie, indem er sie an der Kette schleppte; aber die Hündin weinte und schüttelte gegen die Dame den Kopf. Da begann die Dame sie auf den Kopf zu schlagen, und obgleich die Hündin heulte, hörte sie nicht auf zu schlagen, bis ihr der Arm versagte. Dann warf sie die Geißel aus der Hand, drückte die Hündin an ihre Brust, wischte ihr mit eigener Hand die Tränen ab und küßte ihr den Kopf. Dann sprach sie zu dem Träger: ‚Nimm sie weg und bringe die zweite‘; und als er die gebracht hatte, tat sie mit ihr wie mit der ersten. Als der Kalif das sah, rührte sich ihm das Herz, und die Brust ward ihm beklommen, und voll Ungeduld verlangte ihn danach, zu erfahren, was es mit diesen beiden Hündinnen auf sich habe. Und er warf Dscha'far einen Blick zu, aber der wandte sich herum und sagte durch Zeichen: ‚Schweig!‘ Dann wandte sich die Dame zu der Pförtnerin und sprach zu ihr: ‚Auf, tu auch du deine Pflicht!‘, und die erwiderte: ‚Jawohl!‘ Nun setzte die Dame sich auf das Lager aus Wacholderholz, das mit Plättchen aus Gold und Silber belegt war, und sagte zu der Pförtnerin und der Wirtschafterin: ‚Bringt eure Sachen!‘ Da setzte die Pförtnerin sich auf einen niedrigen Schemel zu ihrer Seite; aber die Wirtschafterin trat in eine Kammer und holte einen Beutel hervor aus Atlas, mit grünen Bändern und zwei kleinen goldenen Sonnen. Und sie trat vor die Hausherrin, schüttelte den Beutel und zog eine Laute daraus hervor; sie stimmte die Saiten und drehte die Wirbel; und als sie gut gestimmt war, sang sie zu ihr diese Verse:

> *Du bist mein Wunsch, du bist mein Ziel;*
> *O du mein Liebster, seh ich dich,*
> *So ist es ewige Seligkeit,*

Doch fern von dir ist Hölle für mich.
Durch dich kommt mein Wahnsinn und durch dich
Mein tiefer Schmerz für lange Zeit.
Und welcher Tadel ruht auf mir,
Wenn ich meine Liebe dir geweiht?
Zerrissen ward der Schleier mein,
Als ich dir meine Liebe lieh:
Ja, immerdar zerreißt die Lieb
Die Ehre und häuft Schmach auf sie.
Das Kleid der Krankheit legt' ich an:
Klar zeigte sich's, wie ich gefehlt.
So hat in meiner Sehnsucht denn
Mein Herze dich sich auserwählt.
Es rannen meine Zähren herab;
Da ward mein Geheimnis offen und klar.
So ward mein Inneres offenbart
Durch die Träne mein, die vergossen war.
Heil' du das schwere Leiden mein:
Denn du bist Krankheit und Arzenei.
Doch wessen Arzenei bei dir ist,
Der wird doch nicht von Leiden frei.
Das Licht deiner Augen ist mir Qual.
Mein Tod kommt durch meiner Liebe Schwert.
Wie viele sind durch der Liebe Schwert
Gestorben, die einst hochgeehrt!
Ich lasse von meiner Sehnsucht nicht,
Noch wende ich zur Zerstreuung mich.
Die Liebe heilt mich, ist mein Gesetz,
Mein Schmuck geheim und öffentlich.
O selig ist das Aug, das lang
Dich anschaut und deinen Blick genießt.
Und ach, es ist das Herze mein,
Das doch in Angst und Not zerfließt.

Als die Pförtnerin dies Lied gehört hatte, rief sie: ‚Ach! Ach! Ach!‘ Dann zerriß sie ihr Gewand und fiel in Ohnmacht zu Boden; und der Kalif sah Wunden von Rutenhieben an ihr

und Striemen, und er geriet in höchstes Erstaunen. Da stand
die Wirtschafterin auf und sprengte Wasser über sie und brachte
ihr ein schönes Gewand und legte es ihr an. Als aber die Gäste
all das sahen, wurde ihnen wirr zu Sinn; denn sie ahnten nicht,
wie das anging und zusammenhing. So sagte der Kalif zu
Dscha'far: ,Sahst du nicht das Mädchen mit den Wunden auf
dem Leibe? Ich kann keine Ruhe finden, bis ich die Wahrheit
erfahren habe über die Geschichte dieses Mädchens und die
Geschichte der beiden schwarzen Hündinnen.' Aber Dscha'far
erwiderte: ,O unser Herr, sie haben es zur Bedingung gemacht,
daß wir nicht fragen sollten nach dem, was uns nichts angeht;
sonst werden wir hören, was uns nicht angenehm ist.' Da sagte
die Pförtnerin: ,Bei Allah, meine Schwester, erfülle an mir
deine Pflicht und komm zu mir!' Drauf sprach die Wirtschafterin: ,Mit größter Freude'; und sie nahm die Laute und lehnte
sie an ihren Busen, strich mit den Fingerspitzen über die Saiten
und sang:

Wenn wir klagen ob Trennung, was sollen wir sagen?
Oder quält uns die Sehnsucht, wohin uns wagen?
Oder senden wir Boten als Dolmetscher für uns,
Nicht bringen die Boten des Liebenden Klagen.
Oder bin ich geduldig, der Liebende schwindet
Nach Verlust des Geliebten gar bald von hinnen.
Ihm blühet nichts als Leiden und Schmerzen
Und Tränen, die ihm auf die Wangen rinnen.
O der da fern ist dem Blick meines Auges
Und der doch immer im Herzen mir weilet –,
Wird es dich sehen? Gedenkst du des Bundes?
Ach, er dauert wie Wasser, das rasch enteilet.
Oder hast du der Sklavin die Liebe vergessen,
Deren Tränen und Seufzer alle dir gelten?
Wenn mich die Liebe mit dir noch vereinet,
Will ich lange an dir deine Härte schelten.

Als die Pförtnerin dies zweite Lied gehört hatte, schrie sie laut auf und sagte: ‚Bei Allah, wie schön!‘ Und sie legte die Hand an ihre Gewänder und zerriß sie wie das erste Mal; dann fiel sie ohnmächtig zu Boden. Die Wirtschafterin aber legte ihr wieder ein neues Gewand an, nachdem sie sie mit Wasser besprengt hatte. Da erholte sie sich und setzte sich aufrecht. Dann sagte sie zu ihrer Schwester, der Wirtschafterin: ‚Fahre fort und erfülle deine Pflicht gegen mich; denn jetzt bleibt nur noch dieser eine Gesang.‘ Und von neuem nahm die Wirtschafterin die Laute zur Hand und begann diese Verse zu singen:

> *Wie lange noch soll diese Härte und diese Grausamkeit dauern?*
> *Genügen die Tränen dir nicht, von denen mein Aug überquillt?*
> *Wie lange noch willst du mir die Trennung mit Fleiß hinziehen?*
> *War deine Absicht die meines Neiders, so ist sie erfüllt.*
> *Wäre dem Liebenden gerecht das grausame Schicksal,*
> *Brauchte er nicht zu wachen, krank von der Liebe zu ihr.*
> *Habe Mitleid mit mir! Die Grausamkeit will mich erdrücken,*
> *O mein Herrscher, es ward Zeit zum Erbarmen mit mir.*
> *Wem soll ich meine Liebe verkünden, o der du mich tötest,*
> *Der du die Klagen nicht achtest, wenn so die Treue verweht?*
> *Es mehrt sich meine Liebe zu dir mit meinen Tränen,*
> *Und lang wird mir die Zeit der Härte, bis sie vergeht.*
> *O Muslime, erfüllt die Rache der Liebessklavin,*
> *Der Schlaflosen, der die Stätte ihrer Geduld zerstört!*
> *Ist's nach dem Rechte der Liebe erlaubt, o du meine Sehnsucht,*
> *Daß ich fern bin und daß eine andere die Gunst erfährt?*
> *Und welche Freude könnte ich denn bei ihm genießen?*
> *Wie müht er sich doch ab, er, der Verschwendung ehrt!*

Als aber die Pförtnerin dies dritte Lied hörte, schrie sie laut; und sie legte Hand an ihre Kleider und zerriß sie bis hinab zum Saum; und zum dritten Mal fiel sie ohnmächtig zu Boden, und wieder zeigte sie die Narben der Geißel. Da sprachen die Bettelmönche untereinander: ‚Wollte der Himmel, wir hätten

dies Haus nie betreten und lieber auf den Schutthaufen ge-
nächtigt! Denn wahrlich, unser Aufenthalt wird durch Dinge
getrübt, die das Herz zerreißen.' Und der Kalif wandte sich zu
ihnen und fragte: ‚Weshalb?', und sie erwiderten: ‚Unser Inneres wird beunruhigt durch diese Dinge.' Wie dann der Kalif
fragte: ‚Seid ihr denn nicht vom Hause?', antworteten sie:
‚Nein; wir haben auch diese Stätte nie gesehen vor dieser Stunde.'
Da staunte der Kalif und fragte: ‚Der Mann, der dort bei euch
sitzt, kennt vielleicht der das Geheimnis?' Nun winkte er den
Träger heran, und sie fragten ihn nach diesen Dingen; der erwiderte: ‚Bei Allah dem Allmächtigen, in der Liebe sind wir
alle gleich! Ich bin in Baghdad groß geworden; doch nie in
meinem Leben habe ich dies Haus betreten bis zum heutigen
Tage. Und wie ich zu ihnen kam, das ist eine seltsame Geschichte.' ‚Bei Allah,' versetzten sie, ‚wir hielten dich für einen
von ihnen; und jetzt sehen wir, du bist wie wir.' Dann sprach
der Kalif: ‚Wir sind sieben Männer, und sie nur drei Frauen
und sie haben keinen vierten; darum fragt sie nach ihrem
Schicksal; und geben sie uns gutwillig keine Antwort, so werden sie wider Willen antworten müssen.' Alle stimmten ihm
bei, nur Dscha'far sagte: ‚Das ist nicht meine Ansicht, laßt sie!
Wir sind ihre Gäste, und sie haben uns eine Bedingung auferlegt,
und wir haben ihre Bedingung angenommen, wie ihr wißt.
Darum ist es besser, wir schweigen von dieser Sache; und da
nur noch wenig von der Nacht verbleibt, so mag ein jeder von
uns seines eigenen Weges ziehen.' Dann winkte er dem Kalifen
und flüsterte ihm zu: ‚Es ist ja nur noch eine Stunde. Morgen
kann ich sie vor dich bringen; da kannst du sie nach ihrer Geschichte befragen.' Aber der Kalif erhob sein Haupt und rief
erzürnt: ‚Ich habe keine Geduld mehr, auf die Kunde von ihnen
zu warten; laß die Mönche sie alsbald befragen!' Dennoch
118

sprach Dscha'far: ‚Dies ist nicht mein Rat.' Darauf stritten sie und redeten hin und her, wer sie zuerst fragen sollte; und sie einigten sich auf den Träger. Doch die Dame fragte sie: ‚Ihr Leute, worüber redet ihr so laut?' Da erhob sich der Träger vor der Herrin des Hauses und sprach zu ihr: ‚O meine Herrin, diese Leute hier wünschen sehr, daß du ihnen von den beiden Hündinnen und ihrer Geschichte erzählst, und weshalb du sie so grausam züchtigest und dann weinest und sie küssest; ferner, daß du ihnen von deiner Schwester berichtest und davon, weshalb sie wie ein Mann mit Palmenruten gegeißelt wurde. Das sind ihre Fragen an dich; und damit basta!' Da sprach die Dame, die die Herrin des Hauses war, zu den Gästen: ‚Ist dies wahr, was er über euch sagt?', und alle erwiderten: ‚Ja'; nur Dscha'far bewahrte Schweigen. Als die Dame ihre Antwort vernahm, rief sie: ‚Bei Allah, o unsere Gäste, ihr habt uns die ärgste Kränkung angetan; denn wir haben euch zur Bedingung gemacht, wer immer rede von dem, was ihn nichts angeht, der solle hören, was ihm nicht angenehm ist. Genügt es euch nicht, daß wir euch in unser Haus aufnahmen und euch mit unserer Speise bewirteten? Aber die Schuld ist nicht so sehr euer wie dessen, der euch zu uns geführt hat.' Dann schob sie sich die Ärmel bis über die Handgelenke hinauf, schlug dreimal auf den Boden und rief: ‚Kommt schnell herbei!' Und siehe, eine Kammertür tat sich auf, und heraus traten sieben Negersklaven mit gezücktem Schwert in der Hand; und sie sagte zu ihnen: ‚Fesselt diese Schwätzer und bindet sie Rücken an Rücken!' Sie taten es und sagten: ‚O wohlbehütete Dame, befiehl uns, daß wir ihre Köpfe abschlagen!' Doch sie sprach: ‚Wartet noch eine Weile mit ihnen, daß ich sie frage, wer sie sind, ehe ihre Köpfe abgeschlagen werden!' ‚Allah schütze mich, o Herrin,' rief da der Träger, ‚töte mich nicht für anderer Sünde; all diese haben gefehlt und Schuld auf sich geladen, nur ich nicht. Denn, bei Allah, unsere Nacht wäre schön gewesen, wären wir nur von diesen Bettlern bewahrt geblieben! Wenn die in eine volkreiche Stadt einzögen, so würden sie sie zur Ruine machen.' Dann sprach er diese Verse:

> *Wie schön ist Verzeihung des Mächtigen doch,*
> *Zumal wenn sie dem gilt, dem Hilfe gebricht!*
> *Beim Bande der Liebe, das uns hier umschlingt,*
> *Verderbet den Anfang durchs Ende doch nicht!*

Als der Träger seine Verse geendet hatte, mußte das Mädchen lachen. – –«

Da bemerkte Schehrezâd, daß der Morgen begann, und sie hielt in der verstatteten Rede an. Doch als die *Elfte Nacht* anbrach, fuhr sie also fort: »Es ist mir berichtet worden, o glücklicher König, als die Dame, ihrem Zorn zum Trotz, hatte lachen müssen, da wandte sie sich der Gesellschaft zu und sagte: ‚Erzählt mir, wer ihr seid; denn ihr habt nur noch eine Stunde zu leben! Wäret ihr nicht Männer von Rang und Vornehme oder Herrscher eures Volks, so hättet ihr nicht so dreist geredet.‘ Da rief der Kalif: ‚Du da, Dscha'far, sage ihr, wer wir sind; sonst tötet sie uns aus Versehen. Doch rede gütlich mit ihr, ehe uns das Unheil befällt!‘ ‚Es ist, was du verdienst‘, erwiderte der Wesir; doch der Kalif schrie ihn an: ‚Der Scherz hat seine Zeit, und der Ernst hat seine Zeit; und die ist jetzt.‘ Die Herrin des Hauses aber trat auf die drei Mönche zu und fragte sie: ‚Seid ihr Brüder?‘, und sie erwiderten: ‚Nein, bei Allah, wir sind nur Fakire und Fremde.‘ Dann sprach sie zu einem von ihnen: ‚Wurdest du blind geboren auf einem Auge?‘, und er sagte: ‚Nein, bei Allah, es war eine sonderbare Begebenheit und ein merkwürdiges Geschick, da mir das Auge ausgestoßen wurde; und meine Geschichte ist so, daß, würde sie mit Sticheln in die Augenwinkel gestichelt, sie eine Warnung wäre für jeden, der sich warnen ließe.' Sie befragte auch den zweiten und den dritten Mönch, und beide antworteten wie der erste. Dann fuhren sie fort: ‚Bei Allah, o Herrin, wir kommen ein jeder aus einem anderen Lande, und wir waren alle drei Söhne von Königen, die über Länder und Untertanen herrschten'. Da schaute die Dame sie an und sprach: ‚Ein jeder von euch erzähle seine Geschichte und den Grund, weswegen er hierhergekommen ist; dann mag er zum Abschied die Hand zur Stirne heben und seines Weges ziehen!' Aber zuerst trat der Lastträger vor und sagte: ‚O meine Herrin, ich bin ein einfacher Lastträger. Diese Wirtschafterin gab mir eine Last zu tragen; sie führte mich erst zum Hause eines Weinhändlers; dann zu dem Laden eines Schlächters; und von dem Schlächterladen zum Fruchthändler; und von ihm zum Krämer; und von dem Krämer zum Zuckerbäcker und zum Spezereienhändler; und von dem hierher, und da habe ich mit euch erlebt, was ich erlebt habe. Das ist meine Geschichte, und damit basta!' Da lachte die Dame und sprach zu ihm: ‚Heb deine Hand zur Stirne und geh fort!' Er aber rief: ‚Bei Allah, ich gehe nicht fort, ehe ich die Geschichte meiner Gefährten gehört habe.' Nun trat einer der Mönche vor und begann

DIE GESCHICHTE
DES ERSTEN BETTELMÖNCHES

Wisse, o Herrin, die Ursache, weshalb ich meinen Bart abrasierte und das Auge mir ausgestoßen wurde, ist diese: Mein Vater war König, und er hatte einen Bruder. Dieser sein Bruder war König in einer anderen Stadt; und es traf sich, daß meine Mutter mich gebar am selben Tage, an dem mein Vetter geboren wurde, der Sohn meines Vatersbruders. Die Zeiten vergingen mit Jahr und Tag, bis wir aufgewachsen waren. Dann pflegte ich meinen Oheim von Zeit zu Zeit zu besuchen und eine bestimmte Anzahl von Monaten bei ihm zu bleiben. Mein Vetter empfing mich stets mit großen Ehren; er ließ Schafe für mich schlachten, klärte den Wein für mich, und wir saßen beim Trinken zusammen. Als nun einmal der Wein Gewalt über uns gewonnen hatte, sprach meines Oheims Sohn zu mir: ‚Mein Vetter, ich habe eine wichtige Bitte an dich, und ich möchte, daß du mich nicht hinderst in dem, was ich zu tun gedenke.‘ Ich erwiderte: ‚Mit größter Freude will ich dir zu Diensten sein.‘ Da ließ er mich die heiligsten Eide schwören und verließ mich zur selbigen Stunde; nachdem er eine kleine Weile fortgeblieben war, kehrte er zurück mit einer verschleierten Dame hinter sich, die von Wohlgerüchen duftete und die kostbarsten Seidenkleider trug. Er wandte sich zu mir, während die Dame hinter ihm stand, und sagte: ‚Nimm diese Dame mit dir und gehe mir voraus zu dem und dem Totenacker!‘ Und er beschrieb ihn mir so, daß ich ihn kannte. Dann fuhr er fort: ‚Tritt mit ihr in das Grabgewölbe und warte dort auf mich!‘ Ich konnte mich ihm nicht widersetzen, noch ihm seine Bitte abschlagen wegen des Eides, den ich geschworen hatte. So nahm ich denn die Frau mit mir und ging fort, bis ich mit ihr in das Grabgewölbe eingetreten war; kaum hatten wir uns gesetzt, so kam meines Oheims Sohn mit einer Schale Wasser, einem Sack voll Mörtel und einer Axthacke. Mit der Axt in der Hand ging er zu dem Grabe in der Mitte des Gewölbes, brach es auf und legte die Steine auf die Seite des Gewölbes; dann begann er mit der Hacke in das Erdreich des Grabes zu graben, bis eine eherne Platte von der Größe einer kleinen Tür in der Erde bloßgelegt war; und als er sie aufhob, zeigte sich darunter eine Wendeltreppe. Da wandte er sich zu der Dame um und sprach zu ihr: ‚Jetzt triff deine letzte Wahl!' Da stieg die Dame jene Treppe hinunter. Er aber wandte sich zu mir mit den Worten: ‚O Sohn meines Oheims, um deine Güte vollkommen zu machen, so schließe, wenn ich hinabgestiegen bin, die Falltür und häufe das Erdreich darauf genau so, wie es zuvor auf der Tür war; und um deine Güte ganz zu vollenden, mische den ungelöschten Kalk, der in diesem Sack ist, mit dem Wasser, das in der Schale ist; dann verkleide das Grab, wie es früher war, mit einer Steinwandung, so daß niemand, der sie siehet, sage: Dies ist eine neue Öffnung, doch das Innere ist alt. Ein ganzes Jahr lang habe ich mich hier mit etwas abgemüht, davon nur Allah weiß. Dies ist meine Bitte an dich.' Und er fügte noch hinzu: ‚Möge Allah uns deiner nicht lange berauben, o Vetter!' Darauf stieg er die Treppe hinab. Als er nun meinen Blicken entschwunden war, schloß ich die Falltür wieder und tat, was er von mir gewünscht hatte, bis das Grab wieder war wie zuvor; während alledem aber war ich noch unter dem Einfluß des Weines und trunken. Darauf kehrte ich in den Palast meines Oheims zurück; doch mein Oheim war zur Jagd ausgeritten. Ich schlief jene Nacht hindurch; aber als der Morgen dämmerte, dachte ich an den Abend vorher und was an ihm mit meinem Vetter geschehen war. Und als die Reue nichts mehr fruchtete, da bereute ich, was ich zusammen mit ihm getan hatte und daß ich seinem Wunsche Folge geleistet hatte. Und ich wollte mir einbilden, es sei nur ein Traum gewesen, und begann nach dem Sohn meines Oheims zu fragen; aber niemand vermochte mir Auskunft zu geben. Dann ging ich hinaus zu den Gräbern auf dem Totenacker und suchte nach jenem Grabgewölbe, aber ich konnte es nicht wiedererkennen. Unaufhörlich wanderte ich von Gewölbe zu Ge-

wölbe und von Grab zu Grab, bis die Nacht anbrach, ohne
daß ich es gefunden hätte. Dann kehrte ich zum Schlosse zurück; doch konnte ich weder essen noch trinken, denn meine
Gedanken waren immer bei meinem Vetter, da ich nicht wußte,
was aus ihm geworden war; und ich war sehr um ihn besorgt.
Dann legte ich mich nieder; aber ich verbrachte die Nacht in
Kummer bis zum Morgen. Da ging ich wieder auf den Totenacker, grübelnd über das, was mein Vetter getan hatte, und ich
bereute, auf ihn gehört zu haben; und schon war ich wieder
bei allen Gewölben umhergegangen, aber jenes Gewölbe und
jenes Grab hatte ich nicht wiedererkannt. Wieder befiel mich
Reue über alles; und in dieser Weise vergingen sieben Tage,
ohne daß ich den Weg zum Grabe gefunden hätte. Dann überwältigten mich die trüben Gedanken, bis ich fast wahnsinnig
wurde; und ich konnte mich nicht anders vor ihnen retten als
dadurch, daß ich abreiste, um zu meinem Vater zurückzukehren. Aber in dem Augenblick, als ich bei der Hauptstadt meines Vaters ankam, erhob sich beim Stadttor eine Schar wider
mich und fesselte mich. Ich geriet darüber in höchstes Erstaunen, da ich doch der Sohn des Sultans dieser Stadt war und
diese Leute meines Vaters Diener und meine eigenen Sklaven
waren. Und mich befiel große Furcht vor ihnen, und ich sprach
in meiner Seele: ‚Was mag wohl meinem Vater geschehen
sein?‘ Als ich nun die, so mich ergriffen hatten, fragte, weshalb sie also taten, gaben sie mir keine Antwort. Nach einer
Weile jedoch sagte einer von ihnen zu mir, und zwar einer, der
bei mir Diener gewesen war: ‚Siehe, das Glück ist deinem
Vater untreu geworden; die Truppen haben ihn verraten, der
Wesir hat ihn töten lassen und herrscht jetzt an seiner Statt;
wir aber mußten dir auf seinen Befehl auflauern.‘ Dann schleppten sie mich fort, während ich fast von Sinnen war wegen der

Trauerbotschaft, die ich über meinen Vater gehört hatte. Und nun stand ich vor dem Wesir.

Zwischen dem Wesir und mir aber herrschte eine alte Feindschaft, und der Grund jener Feindschaft war dieser: Ich liebte es sehr, mit der Armbrust zu schießen, und es geschah eines Tages, als ich auf dem Terrassendach des Palastes stand, daß sich auf das Dach des Hauses des Wesirs, während er dort stand, ein Vogel niederließ. Ich wollte nach dem Vogel schießen; aber da verfehlte das Geschoß sein Ziel, drang dem Wesir ins Auge und riß es ihm aus, wie es vom Schicksal bestimmt war. So heißt es in einem der alten Sprüche:

> *Wir gehen einen Pfad, der für uns vorgesehen;*
> *Und wem ein Pfad ist vorgeschrieben, der muß ihn gehen.*
> *Und wem an einer Stätte zuteil werden soll sein Verderben,*
> *Der wird an keiner Stätte als gerade an dieser sterben.*

Als nun dem Wesir das Auge ausgerissen war' – so fuhr der Bettelmönch fort – ‚konnte er mir kein Wort sagen, da mein Vater der König der Stadt war; so war es gekommen, daß Feindschaft zwischen ihm und mir herrschte. Wie ich aber mit gebundenen Händen vor ihm stand, befahl er, mir das Haupt abzuschlagen. Da fragte ich ihn: ‚Für welches Verbrechen lässest du mich töten?' Doch er erwiderte: ‚Welches Verbrechen ist größer als dieses?', und er zeigte auf seine leere Augenhöhle. Ich entgegnete: ‚Das habe ich aus Versehen getan'; doch er versetzte: ‚Wenn du es aus Versehen getan hast, so will ich es mit Absicht tun.' Dann rief er: ‚Führt ihn herbei!' Und sie führten mich dicht vor ihn hin, und er stieß mir den Finger ins linke Auge und drückte es aus; seit jener Zeit bin ich einäugig, wie ihr mich seht. Darauf ließ er mich gefesselt in eine Kiste legen und sprach zum Träger des Schwertes: ‚Nimm diesen da und zieh dein Schwert; nimm ihn und bringe ihn vor die Stadt hinaus. Dort töte ihn und laß ihn liegen, den wilden Tieren und Raubvögeln zum Fraß!' So zog der Schwertträger mit mir hinaus. Als er draußen vor der Stadt mitten auf freiem Felde war, nahm er mich aus der Kiste, an den Händen gefesselt und an den Füßen gebunden, wie ich war, und wollte mir die Augen verbinden, um mich erst dann zu töten. Aber ich weinte bitterlich, bis er mit mir weinen mußte; und ich sah ihn an und sprach diese Verse:

> Ich hielt euch für einen festen Panzer, um abzuwehren
> Der Feinde Pfeile von mir; doch ihr wart die Spitzen von ihnen.
> Ich pflegte auf euch zu hoffen einstmals in allen Gefahren,
> Wenn meine rechte Hand auch der linken sich mußte bedienen.
> Haltet euch doch weit ab von dem Gerede der Tadler
> Und lasset die Feinde allein ihre Pfeile auf mich anlegen!
> Wollet ihr denn nicht selbst mich vor den Feinden beschützen,
> So handelt doch weder für sie noch meinem Wohle entgegen.

Und ich fuhr fort:

> Brüder, die ich für Panzer hielt!
> Sie waren's – doch für die Feinde mein!
> Ich glaubte, sie seien treffsichre Pfeile.
> Sie waren's – doch trafen ins Herz mir hinein.

Als der Schwertträger, der schon der Schwertträger meines Vaters gewesen war und dem ich Wohltaten erwiesen hatte, meine Verse hörte, rief er: ,Ach, Herr, was kann ich tun, da ich doch nur ein Sklave bin, der einen Befehl erhalten hat?' Und er fügte hinzu: ,Flieh um dein Leben, und kehre nie wieder in dieses Land zurück; sonst wirst du zugrunde gehen und mich mit dir zugrunde richten, so wie ein Dichter sagt:

> Rette dein Leben, wenn dir vor Unheil graut!
> Lasse das Haus beklagen den, der es erbaut!
> Du findest schon eine Stätte an anderem Platz:

Für dein Leben findest du keinen Ersatz.
Mich wundert, wen es im Hause der Schmach noch hält –
So weit und frei ist doch die Gotteswelt!
Laß dich in wichtiger Sache auf Boten nicht ein;
In Wahrheit hilft die Seele sich selbst allein.
Des Löwen Nacken ist so kräftig nicht,
Solang es ihm an Selbstvertrauen gebricht.'

Da küßte ich ihm die Hände; denn ich hatte kaum noch an meine Rettung geglaubt. Und der Verlust meines Auges ward mir leicht, da ich dem Tode entronnen war. Ich zog aber fort, bis ich in meines Oheims Hauptstadt kam, trat zu ihm ein und erzählte ihm, was meinem Vater widerfahren war und wie mir das Auge ausgeschlagen ward. Da weinte er bitterlich und sprach: ‚Wahrlich, du hast mir Gram auf meinen Gram gehäuft und Kummer auf meinen Kummer; denn dein Vetter ist seit vielen Tagen verschwunden, und ich weiß nicht, was ihm begegnet ist, und niemand kann mir von ihm Nachricht geben.' Und er weinte, bis er ohnmächtig ward; ich aber trauerte schmerzlich um ihn. Und er wollte ein Heilmittel auf mein Auge legen; aber er sah, daß es wie eine leere Walnuß war. Da sprach er: ‚O mein Sohn, besser das Auge verloren als das Leben!'

Jetzt aber – so fuhr der Bettelmönch fort – konnte ich nicht mehr über meinen Vetter schweigen, der doch sein Sohn war; und so erzählte ich ihm alles, was geschehen war. Da freute mein Oheim sich gar sehr, als er hörte, was ich ihm von seinem Sohn erzählte, und er sagte: ‚Komm, zeige mir das Grabgewölbe'; ich aber erwiderte: ‚Bei Allah, mein Oheim, ich weiß seinen Ort nicht; ich bin zwar damals viele Male gegangen und habe danach gesucht, aber ich konnte seinen Ort nicht erkennen.' Dennoch gingen ich und mein Oheim auf den Totenacker, und ich spähte nach rechts und nach links; schließlich erkannte ich die Stätte wieder, und wir freuten uns beide gar sehr. Ich trat mit ihm in das Gewölbe, wir nahmen den Mörtel weg am Grabe und hoben die Falltür auf; dann stiegen wir etwa fünfzig Stufen hinunter, und als wir zum Fuße der Treppe kamen, siehe, da stieg ein Rauch vor uns auf, der unsere Blicke verdunkelte. Nun sprach mein Oheim den Spruch, der niemanden, der ihn ausspricht, zuschanden werden läßt: ‚Es gibt keine Majestät und es gibt keine Macht außer bei Allah, dem Erhabenen und Allmächtigen!' Darauf drangen wir vor, bis wir plötzlich in einen Saal kamen, der voll war von Mehl, Korn und Lebensmittel aller Art; und in der Mitte sahen wir einen Thronhimmel, unter dem sich ein Lager befand. Mein Oheim blickte auf das Lager und fand seinen Sohn und die Dame, die mit ihm hinabgestiegen war, einander in den Armen liegend; aber sie waren schwarz geworden wie verkohltes Holz, als hätte man sie in eine Feuergrube geworfen. Und als nun mein Oheim dies sah, spie er seinem Sohn ins Gesicht und rief: ‚Das verdienst du, du Ekel! Dies ist die Strafe in dieser Welt; aber es bleibt noch die Strafe in jener, eine härtere und schwerere.' – –«

Da bemerkte Schehrezâd, daß der Morgen begann, und sie hielt in der verstatteten Rede an. Doch als die *Zwölfte Nacht* anbrach, fuhr sie also fort: »Es ist mir berichtet worden, o glücklicher König, daß der Bettelmönch vor der Dame, während seine Gefährten und Dscha'far und der Kalif zuhörten, also weiter erzählte: ‚Mein Oheim schlug seinen Sohn mit dem Schuh, als er so dalag wie ein Haufen schwarzer Kohle. Und ich staunte über sein Tun und war traurig über meinen Vetter und darüber, daß er und die Dame zu schwarzen Kohlen geworden waren; und ich sprach: ‚Bei Allah, o mein Oheim, mache dein Herz frei von Zorn! Mein Inneres und meine Gedanken sind nur von Trauer erfüllt um das, was deinem Sohne widerfahren ist, wie er und diese Dame zu einem Haufen schwarzer Kohle geworden sind. Ist dies alles noch nicht genug für sie, so daß du ihn noch mit dem Schuh schlagen mußtest?' Er antwortete: ‚O Sohn meines Bruders, dieser mein Sohn war seit seiner Jugend von Liebe zu seiner eigenen Schwester entbrannt; und immer hielt ich ihn fern von ihr, obwohl ich mir sagte: sie sind noch Kinder. Als sie jedoch herangewachsen waren, begann zwischen ihnen die Sünde, und ich hörte davon; und ob ich es gleich kaum zu glauben vermochte, ergriff ich ihn und schalt ihn, indem auch die Diener auf ihn einredeten, mit heftigen Worten: Hüte dich vor so sündhaften Taten, die vor dir noch keiner beging und keiner nach dir begehen wird; sonst wird dein Name unter denen der Fürsten mit Schmach und Schande bedeckt sein bis ans Ende der Zeiten, und die Kunde von uns wird durch die Karawanen überall ruchbar werden. Darum hüte dich, daß solches Tun von dir ausgeht! Sonst fluche ich dir und lasse dich töten! Und hinfort schloß ich sie getrennt voneinander ein; aber das verruchte Mädchen liebte ihn mit leidenschaftlicher Liebe, und Satan hatte über die beiden Gewalt gewonnen und hatte ihnen ihr Tun in schönen Farben gezeigt. Und als mein Sohn nun sah, daß ich sie getrennt hatte, baute er diese Höhle unter der Erde, richtete sie ein und schaffte Lebensmittel dorthin, wie du siehest; und er benutzte meine Abwesenheit, als ich zur Jagd ausgezogen war, und kam mit seiner Schwester hierher. Aber ein Gottesgericht hat ihn und sie ereilt und sie beide verbrannt, und die Strafe im Jenseits wird noch härter und schwerer sein!' Dann weinte er, und ich weinte mit ihm; und er sah mich an und sprach: ‚Du bist mein Sohn an seiner Statt.' Ich sann eine Weile über die Welt und ihre Wechselfälle nach: wie der

Wesir mir den Vater erschlagen und sich auf seinen Thron gesetzt und mir das Auge ausgestoßen hatte; und wie mein Vetter durch das seltsamste Schicksal den Tod finden mußte. Und wiederum weinte ich, und mit mir weinte mein Oheim. Darauf stiegen wir hinauf, legten die eherne Platte wieder an ihre Stelle und häuften das Erdreich darüber; und als wir das Grab wiederhergestellt hatten, kehrten wir in unseren Palast zurück. Kaum aber hatten wir uns gesetzt, so hörten wir den Lärm von Trommeln, Trompeten und Zimbeln; und Lanzen von Kriegern schwirrten, Männer schrien, und Zäume klirrten, Rosse wieherten, und die Welt war bedeckt mit Staub und Sand, die von den Hufen der Pferde aufgewirbelt waren. Unser Verstand geriet in Verwirrung, und wir wußten nicht, um was es sich handelte. So fragten wir, und es ward uns gesagt, der Wesir, der meines Vaters Herrschaft an sich gerissen hatte, habe die eigene Kriegsmacht gerüstet und noch dazu wilde Beduinen in Dienst genommen, und er sei mit Heeren unterwegs, so zahlreich wie der Sand am Meere; ihre Menge konnte nicht gezählt werden, und vor ihnen konnte niemand standhalten. Die stürmten nun plötzlich auf die Stadt ein, und da die Bürger nicht imstande waren, sich ihnen zu widersetzen, so übergaben sie ihm die Stadt; mein Oheim fiel, und ich floh außerhalb der Stadt, da ich mir sagte: wenn du in seine Hände fällst, so wird er dich gewißlich töten. So begann mein Trauern von neuem. Ich grübelte nach über die Dinge, die meinem Vater und meinem Oheim widerfahren waren, und darüber, was ich tun sollte; denn wenn ich mich zeigte, so würden die Leute der Stadt und die Soldaten meines Vaters mich erkennen, und mein elender Tod wäre sicher; und ich fand keinen anderen Weg der Rettung als den, daß ich mir Kinn und Lippen glatt rasierte. Das tat ich also, zog auch andere Kleider an und verließ die Stadt. Und ich zog nach dieser Stadt, in der Hoffnung, es werde mir vielleicht einer zu dem Beherrscher der Gläubigen, dem Stellvertreter des Herrn der Welten, Eingang verschaffen, und ich würde ihm meine Geschichte, und was mir widerfahren ist, erzählen und berichten können. Erst gestern abend bin ich in dieser Stadt eingetroffen, und da stand ich nun ratlos, wohin ich mich wenden sollte, als plötzlich dieser zweite Bettelmönch dastand. Den grüßte ich und sprach zu ihm: ,Ich bin ein Fremder‘, und er erwiderte: ,Auch ich bin ein Fremder.‘ Während wir noch so sprachen, siehe, da kam dieser unser dritter Gefährte zu uns und grüßte uns und sagte: ,Ich bin ein Fremder‘, und wir erwiderten: ,Auch wir sind Fremde.‘ Dann gingen wir weiter, bis uns das Dunkel überfiel und uns das Schicksal zu euch führte. Das also ist der Grund, weshalb mein Kinn und meine Lippen rasiert sind und weshalb ich mein linkes Auge verlor.‘ Da sprach die Herrin des Hauses: ,Führe deine Hand zum Kopf und geh fort!‘; er sagte jedoch: ,Ich gehe nicht fort, bis ich die Geschichte der anderen gehört habe.‘ Alle aber waren erstaunt über seine Erzählung, und der Kalif sprach zu Dscha’far: ,Bei Allah, dergleichen, wie es diesem Bettelderwisch widerfahren ist, habe ich nie gehört noch gesehen.‘ Nun trat der zweite Bettelmönch vor; und er küßte den Boden und begann

DIE GESCHICHTE
DES ZWEITEN BETTELMÖNCHES

O Herrin, auch ich wurde nicht mit einem Auge geboren, und auch meine Geschichte ist seltsam; würde sie mit Sticheln in die Augenwinkel gestichelt, sie wäre eine Warnung für einen jeden, der sich warnen ließe. Und dies ist sie: Ich bin ein König, der Sohn eines Königs. Ich las den Koran nach sieben Traditionen, und ich las die gelehrten Bücher und trug sie den Männern der Wissenschaft vor; ich studierte die Sternenkunde und die Werke der Dichter, und ich übte mich auf allen Gebieten der Gelehrsamkeit, bis ich die Menschen meiner Zeit weit hinter mir ließ; die Schönheit meiner Schrift übertraf die aller Schreiber, und mein Ruhm verbreitete sich in allen Ländern und Reichen und bei allen Königen. So hörte auch der König von Indien von mir, und er schickte zu meinem Vater, um mich an seinen Hof zu laden; zugleich sandte er meinem Vater Geschenke und Kostbarkeiten, wie sie sich für Könige geziemen. Da rüstete mein Vater sechs Schiffe für mich; und wir fuhren einen ganzen Monat lang auf dem Meere und kamen dann ans Festland. Dort schifften wir Pferde aus, die wir bei uns auf den Schiffen hatten, und beluden zehn Kamele mit den Geschenken. Wir waren nur eine kleine Strecke weitergezogen: siehe, da wirbelte eine Staubwolke empor, bis das Auge den Blick in die Ferne verlor. Aber nach einer kurzen Spanne Zeit ward die Erde von der Staubwolke befreit, und unter ihr erschienen fünfzig Reiter, wie Löwen, deren Blick erschreckt, und mit schimmerndem Stahle bedeckt. Wir schauten nach ihnen aus, und siehe, es waren Beduinen, Wegelagerer. Als die sahen, daß wir nur wenige Leute waren und zehn Kamele mit den Geschenken für den König von Indien bei uns hatten, da stürmten sie mit eingelegter Lanze auf uns ein. Wir aber machten ihnen mit den Händen ein Zeichen, das besagen sollte: ‚Wir sind Boten des großen Königs von Indien, drum tut uns nichts zuleide!‘ Sie jedoch bedeuteten uns: ‚Wir sind nicht auf seinem Gebiet, noch sind wir unter seiner Herrschaft.‘ Dann erschlugen sie einige von den Sklaven; die anderen flohen, und so auch ich, nachdem ich schwer verwundet war. Die Beduinen aber achteten meiner nicht, da sie mit den Schätzen und den Geschenken, die wir mitgebracht hatten, beschäftigt waren. Nun wußte ich nicht, wohin ich mich wenden sollte; einst war ich mächtig gewesen, jetzt war ich machtlos geworden. So wanderte ich weiter, bis ich zum Gipfel eines Berges kam; dort fand ich Obdach in einer Höhle, bis daß der Tag anbrach. Dann zog ich immer weiter, bis ich zu einer sicheren, wohlbefestigten Stadt kam. Gerade hatte der Winter sich dort mit seiner Kälte von dannen gemacht, und der Frühling war eingezogen mit seiner Rosenpracht. Die Blumen dort begannen zu sprießen, und die Bächlein dort begannen zu fließen, während die Vögel ihr Lied erschallen ließen, wie der Dichter bei der Beschreibung einer Stadt gesagt hat:

> *Ein Ort, in dem es Furcht nicht gibt,*
> *Dem Sicherheit als Freund sich eint,*
> *Der, seinem Volk ein schöner Schutz,*
> *Mit seiner Wunderwelt erscheint.*

Ich freute mich, daß ich dort angekommen war; denn ich war müde vom Wege, und mein Gesicht war bleich von dem Kummer. Doch meine Lage war verzweifelt, und ich wußte nicht, wohin ich mich begeben sollte. So trat ich an einen Schneider heran, der in seinem Laden saß, und grüßte ihn; der erwiderte meinen Gruß, hieß mich mit Freuden willkommen, war freundlich zu mir und fragte mich nach dem Anlaß meiner Reise in die Fremde. Ich erzählte ihm alles, was mir widerfahren war, von Anfang bis zu Ende; da ward er traurig um meinetwillen und sagte: ‚O Jüngling, enthülle niemandem dein Geheimnis; denn ich fürchte für dich Gefahr von seiten des Königs dieser Stadt. Der ist der größte Feind deines Vaters, und es schwebt Blutrache zwischen ihnen.' Dann setzte er mir Speise und Trank vor, und wir aßen zusammen; und ich unterhielt mich mit ihm den Abend hindurch. Da räumte er mir willig einen Platz auf einer Seite seines Ladens ein und brachte mir, was ich nötig hatte: Teppich und Decke. Und ich blieb drei Tage lang bei ihm, bis er zu mir sagte: ‚Kennst du keinen Beruf, damit du dir den Unterhalt verdienen kannst?‘ ‚Ich bin gelehrt im Gesetz‘, erwiderte ich, ‚und ein Schriftgelehrter, ein Schreibkundiger, Rechenmeister und Kalligraph.‘ Er aber versetzte: ‚Deine Künste bringen hierzulande nichts ein; in unserer Stadt ist niemand, der etwas weiß von den Wissenschaften oder auch nur vom Schreiben, außer dem Geldverdienen.‘ Da sagte ich: ‚Bei Allah, ich weiß sonst nichts, als was ich dir nannte‘; und er erwiderte: ‚Gürte dich, nimm eine Axt und einen Strick, und schlage Brennholz in der Steppe, damit du dich ernähren kannst, bis Allah dir Errettung sendet; und sage niemandem, wer du bist, sonst wird man dich totschlagen.‘ Dann kaufte er mir eine Axt und einen Strick, brachte mich zu den Holzhackern und empfahl mich ihnen. So zog ich mit diesen hinaus und schlug Brennholz, den ganzen Tag hindurch, und kam zurück mit meinem Bündel auf dem Kopfe. Das verkaufte ich um einen halben Dinar; für einen Teil davon besorgte ich mir mein Essen, und den Rest legte ich beiseite. Mit solcher Arbeit verbrachte ich ein volles Jahr, und als es zu Ende war, ging ich eines Tages wie gewöhnlich in die Steppe hinaus; und da ich meine Gefährten verließ, kam ich in eine dicht bewachsene Niederung, in der viel Holz wuchs. Ich ging in die Niederung hinein und fand den Stamm eines dicken Baumes; da grub ich rings um ihn herum und schaffte das Erdreich weg. Plötzlich aber stieß die Axt auf einen kupfernen Ring. Den reinigte ich von der Erde, und siehe, der Ring war an einer hölzernen Falltür befestigt. Die hob ich auf und erblickte darunter eine Treppe. Nun stieg ich hinab bis zum Fuß der Treppe und erblickte dort eine Tür. Durch die ging ich und sah ein Schloß, in schönstem Bau aufgeführt und mit ragenden Säulen verziert. Und

134

drinnen fand ich eine Maid, gleich einer kostbaren Perle, die erlöste das Herz von Kummer und Gram und Leid; ihre Stimme heilte alles Bangen und nahm den Klugen und Weisen gefangen; ihr Wuchs war von zierlicher Art, fest standen die Brüste gepaart, ihre Wangen waren zart, von Farben glänzend rein und Haut so wunderbar fein; ihr Antlitz erstrahlte durch der Locken Nacht, und über den herrlichen Schultern glitzerte ihrer Zähne Pracht. So wie der Dichter von ihresgleichen sagt:

> *Mit schwarzen Locken und mit schlankem Leibe,*
> *Auf Dünen ragend wie ein Weidenzweig.*

Und ein anderer:

> *Noch nie war viererlei vereint so wie bei ihr,*
> *Für die ich all mein Herzblut gern vergießen würde:*
> *Der helle Glanz der Stirne und der Locken Nacht,*
> *Der Wangen Rosen und des Leibes schlanke Zierde.*

Als ich sie erblickte, warf ich mich nieder in Anbetung vor ihrem Schöpfer, weil er sie in solcher Schönheit und Anmut gebildet hatte; und sie schaute mich an und sagte: ‚Bist du ein Mensch oder einer aus der Geisterwelt?' ‚Ich bin ein Mensch', erwiderte ich. Da fragte sie: ‚Wer führte dich an diesen Ort, an dem ich seit fünfundzwanzig Jahren lebe, ohne je einen Menschen gesehen zu haben?' Ich fand ihre Stimme wundersüß, und sie drang mir tief bis ins innerste Herz, und so sprach ich: ‚O meine Herrin, mich führten meine Glückssterne, um mir Sorge und Gram zu vertreiben.' Und ich erzählte ihr, was mir widerfahren war, von Anfang bis zu Ende, und mein Geschick stimmte sie traurig. Sie weinte und sprach: ‚So will auch ich dir meine Geschichte erzählen. Ich bin die Tochter des Königs Ifitamûs, des Herrn der Ebenholzinseln. Er hatte mich mit meinem Vetter vermählt; aber in meiner Hochzeitsnacht ergriff mich ein Dämon namens Dschardscharîs ibn Radschmûs, der Sohn der Mutterschwester des Iblîs, des Teufels, und er flog mit mir davon und setzte mich nieder an dieser Stätte, und brachte hierher alles, was ich brauchte: Seidengewänder, Schmucksachen, feines Linnen, Vorräte an Speise und Trank und vieles andere. Alle zehn Tage kommt er einmal zu mir und schläft eine Nacht hier; dann geht er wieder seines Weges. Er hat mich nämlich ohne die Einwilligung der Seinen genommen; und er hat mit mir vereinbart, wenn ich je etwas nötig habe, bei Tag oder bei Nacht, so solle ich nur mit der Hand über jene zwei Zeilen streichen, die dort über der Nische eingegraben sind, und noch ehe ich die Finger wieder höbe, würde ich ihn bei mir sehen. Vier Tage sind jetzt verstrichen, seit er hier war; und da es noch sechs Tage sind, bis er kommt, so sage, willst du fünf Tage bei mir bleiben und am Tage vor seiner Ankunft davongehen?' Ich antwortete: ‚Ja, wie gern! Wenn die Träume zur Wahrheit werden.' Da freute sie sich und sprang auf und faßte mich bei meiner Hand, führte mich durch einen Torbogen und trat mit mir in ein schönes, prächtiges Bad. Als ich das sah, legte ich meine Kleider ab. Und auch sie legte ihre Kleider ab, ging ins Bad, kam wieder heraus und setzte sich auf einen Diwan. Sie hieß mich aber an ihrer Seite sitzen und brachte Scherbett mit Moschus und gab mir zu trinken. Dann setzte sie mir Speise vor, und wir aßen und unterhielten uns; darauf sagte sie zu mir: ‚Jetzt lege dich hin und ruhe dich aus; denn wahrlich, du mußt müde sein!' Ich hatte schon ganz vergessen, was mir widerfahren war, o Herrin; und ich dankte ihr und legte mich nieder. Als ich erwachte, fühlte ich, wie sie mir die Füße rieb und knetete; da flehte ich Gottes Segen auf sie herab, und wir setzten uns nieder, um uns eine Weile zu unterhalten. Sie sprach: ‚Bei Allah, mir war die Brust so eng während der fünfundzwanzig Jahre, in denen ich allein hier unter der Erde gewesen bin, ohne jemanden zu finden, der mit mir spräche; doch Preis sei Allah, der dich zu mir gesandt hat!' Dann fragte sie: ,O Jüngling, hast du Begehr nach Wein?', und ich erwiderte: ,Tu, wie du willst!' Da trat sie zu einem Wandschrank und nahm eine versiegelte Flasche alten Weines heraus, schmückte den Tisch mit Grün und sang:

> Hätten wir dein Kommen geahnt, wir hätten das Blut des Herzens
> Und das Schwarze der Augen freudig hingebreitet;
> Wir hätten auch unsere Wangen für deinen Empfang gerüstet,
> Damit dein Weg dich über die Augenlider geleitet.

Als sie ihr Lied geendet hatte, dankte ich ihr; und schon faßte die Liebe zu ihr Wurzel in meinem Herzen, und vergangen waren mir Sorge und Gram. Nun saßen wir beisammen beim Wein bis zum Abend; und die Nacht verbrachte ich mit ihr – nie erlebte ich je solch eine Nacht! Und am folgenden Tage knüpften wir Freude an Freude bis zum Mittag. Da aber war ich so trunken, daß ich nicht Herr meiner Sinne mehr war; und ich stand auf, schwankte nach rechts und nach links und sprach zu ihr: ,Komm, meine Schöne, ich will dich hinauftragen aus diesem unterirdischen Gefängnis und dich von dem Dämonen befreien!' Sie aber lachte und sagte: ,Sei genügsam und schweig; von zehn Tagen gehört dem Dämonen nur ein Tag, und dir gehören neun Tage.' Da rief ich – denn die Trunkenheit hatte mich ganz überwältigt –: ,Noch diesen Augenblick will ich die Nische da zertrümmern, über die jene Schrift eingegraben ist, und ich will den Dämon herbeirufen, daß ich ihn töte, denn ich bin es gewohnt, Dämonen zu töten!' Als sie aber meine Worte hörte, wurde sie bleich und sagte: ,Bei Allah, tu das nicht!' und sprach den Vers:

> Vor einer Tat, die dich selbst vernichtet,
> Mußt du dich selbst immerdar behüten.

Darauf sprach sie diese Verse:

> *Du, der die Trennung sucht, halt ein*
> *Das Roß, das allzu schnell will rennen!*
> *Geduld! Das Schicksal übt Verrat:*
> *Zum Schlusse müssen die Freunde sich trennen.*

Als sie diese Verse gesprochen hatte, achtete ich ihrer Worte doch nicht; ja, ich hob den Fuß und stieß gewaltig gegen die Nische.' – –«

Da bemerkte Schehrezâd, daß der Morgen begann, und sie hielt in der verstatteten Rede an. Doch als die *Dreizehnte Nacht* anbrach, fuhr sie also fort: »Es ist mir berichtet worden, o glücklicher König, daß der zweite Bettelmönch der Dame also weitererzählte: ,Als ich aber, o Herrin, mit dem Fuß gewaltig gegen die Nische gestoßen hatte, siehe, da wurde die Luft plötzlich dunkel, es donnerte und blitzte; die Erde bebte, und alles wurde unsichtbar. Alsbald verflog die Trunkenheit aus meinem Kopf, und ich rief ihr zu: ,Was ist?' Sie antwortete: ,Der Dämon ist bei uns! Habe ich dich nicht davor gewarnt? Bei Allah, du hast mich ins Verderben gestürzt! Rette du dein Leben und eile dort wieder hinaus, wo du hereingekommen bist!' Doch im Übermaß meiner Angst ließ ich meinen Schuh und meine Axt liegen. Und als ich zwei Stufen hinaufgestiegen war, wandte ich mich um und wollte nach ihnen schauen; aber siehe, die Erde spaltete sich, und heraus stieg ein Dämon von scheußlichem Anblick und rief: ,Was soll dieser Lärm, mit dem du mich störst? Was ist dir widerfahren?' ,Mir ist nichts widerfahren,' versetzte sie, ,nur wurde mir die Brust so eng, und da wollte ich etwas Wein trinken, um mir die Brust zu weiten. So nahm ich denn ein wenig zu mir; aber als ich aufstand, um ein Geschäft zu verrichten, war mir der Kopf schwer geworden, und ich fiel gegen die Nische.' ,Du lügst, du Buhldirne',

138

schrie der Dämon; und er blickte sich in dem Schlosse um, nach rechts und nach links. Da sah er den Schuh und die Axt und sagte: ‚Was sind diese Dinge anderes als Sachen von Menschen? Wer ist bei dir gewesen?‘ Sie erwiderte: ‚Nie habe ich sie bis zu diesem Augenblick gesehen; die sind wohl mit dir heraufgekommen.‘ Aber der Dämon schrie: ‚Das ist eine törichte Ausrede, die auf mich keinen Eindruck macht, du Dirne!‘ Dann zog er sie nackt aus, band sie mit Händen und Füßen an vier eiserne Pflöcke; dann folterte er sie und suchte sie zum Geständnis zu bringen. Doch es war mir nicht möglich noch erträglich, ihr Weinen anzuhören; daher stieg ich, bebend vor Furcht, die Treppe hinauf, und als ich oben ankam, legte ich die Falltür wieder hin, wie sie gewesen war, und deckte sie mit Erde zu. Ich bereute aber bitterlich, was ich getan hatte. Ich dachte an das Mädchen und an ihre Schönheit und daran, wie dieser Verfluchte sie folterte, auch daran, daß sie fünfundzwanzig Jahre so allein gewesen war; und alles, was ihr geschah, war um meinetwillen. Ich dachte an meinen Vater und sein Königtum und daran, daß ich ein Holzhacker geworden war; und wie mein Leben, nachdem mir das Glück gelächelt hatte, nun wieder trübe geworden war. Da weinte ich und sprach den Vers:

Wenn das Geschick dir eines Tages Unheil bringt,
Bedenk, ein Tag bringt Freude dir, der andre Leid.

Dann ging ich hin, bis ich zu meinem Freunde, dem Schneider, kam; und ich fand ihn um meinetwillen wie auf glühenden Kohlen sitzend, da er mich ängstlich erwartete. Er rief: ‚Die ganze Nacht hindurch war mein Herz bei dir; denn ich war besorgt um dich wegen irgendeines wilden Tieres oder eines anderen Unheils. Jetzt aber – Preis sei Allah für deine Rettung!‘ Ich dankte ihm für seine freundliche Sorge um mich und zog mich in meinen Winkel zurück und begann über das nachzusinnen, was mir begegnet war; und ich schalt mich um der großen Torheit willen, daß ich nach jener Nische getreten hatte. Während ich mich noch so zur Rechenschaft zog, siehe, da trat mein Freund, der Schneider, an mich heran und sprach zu mir: ‚O Jüngling, draußen steht ein Greis, ein Perser, der dich sucht; er hat deine Axt und deinen Schuh, die er zu den Holzhackern gebracht hat, indem er ihnen sagte: Ich ging aus um die Zeit, da der Muezzin zum Morgengebet zu rufen begann, und da fand ich diese beiden Dinge; nun weiß ich nicht, wem sie gehören: zeigt mir also ihren Eigentümer! Die Holzfäller erkannten deine Axt und wiesen ihn an dich; er sitzt im Laden, so geh und danke ihm und nimm deine Axt und deinen Schuh.‘ Als ich aber diese Worte hörte, wurde ich vor Schrecken bleich und ward wie von Sinnen; und wie ich so dasaß, siehe, da tat sich der Boden meines Zimmers auf, und empor stieg der Perser, das war der Dämon. Er hatte das Mädchen mit den schlimmsten Foltern gequält, aber sie hatte ihm nichts gestanden; da hatte er die Axt genommen und den Schuh und zu ihr gesagt: ‚Bin ich Dschardscharîs, aus dem Samen des Iblîs, so werde ich dir den hierherbringen, dem diese Axt und dieser Schuh gehören!‘ Dann war er in der genannten Verkleidung zu den Holzfällern gegangen und zu mir gekommen. Er gab mir keinen Aufschub, sondern ergriff mich und flog mit mir empor; darauf senkte er sich wieder und drang mit mir bis unter die Erde hinab, während ich immer ohne Besinnung war, und schließlich brachte er mich in den unterirdischen Palast, in dem ich gewesen war. Dort sah ich das Mädchen, nackt, die Glieder gefesselt an vier Pflöcke, und von ihren Seiten tropfte das Blut. Da liefen mir die Augen von Tränen über; der Dämon aber packte sie an und sagte: ‚Nun, Dirne, ist dies nicht dein Geliebter?‘ Sie sah mich an und sagte: ‚Ich kenne diesen nicht

und habe ihn nie gesehen bis zu dieser Stunde!' Da rief der
Dämon: ‚Was! Diese Folter und noch kein Geständnis?' Ruhig
sagte sie: ‚Ich habe diesen Mann niemals in meinem Leben gesehen; und es ist vor Allahs Augen unrecht, Lügen über ihn zu
sagen.' ‚Wenn du ihn nicht kennst,' erwiderte der Dämon, ‚so
nimm dies Schwert und schlag ihm den Hals durch.' Sie nahm
das Schwert in die Hand, kam und trat dicht zu mir heran; und
ich gab ihr ein Zeichen mit den Augenbrauen, während die
Tränen mir auf die Wange herabströmten. Sie aber verstand
mein Zeichen und winkte mir mit den Augen, als ob sie sagen
wollte: ‚Wie konntest du all dies über uns bringen?' Da gab
ich ihr zu verstehen: ‚Dies ist die Stunde der Verzeihung.' Und
es war, als ob meine Zunge spräche:

> *Mein Blick ist für meine Zunge ein Dolmetsch; du weißt es wohl.*
> *Er kündet die Liebe, die ich im Herzen verbergen soll.*
> *Und als wir einander begegneten und die Tränen rannen,*
> *Da schwieg ich, während die Blicke von dir zu reden begannen.*
> *Sie winkt mir, und ich weiß, was sie sagt mit ihrem Blick;*
> *Ich mache ihr mit den Fingern ein Zeichen, sie gibt es zurück.*
> *Wenn unsere Augenbrauen das, was wir wünschen, erfüllen,*
> *So schweigen wir still, und die Liebe redet nach unserem Willen.*

Und da, o Herrin, warf das Mädchen das Schwert aus der Hand
und rief: ‚Wie soll ich jemandem den Hals durchschlagen, den
ich nicht kenne und der mir kein Übel angetan hat? Das ist nach
meiner Religion nicht erlaubt.' Dann trat sie zurück. Der Dämon sprach: ‚Es wird dir schwer, den Geliebten zu töten; und
nur weil er eine Nacht bei dir zugebracht hat, erduldest du
diese Folter und machst kein Geständnis über ihn. Jetzt ist es
mir klar, daß nur Gleiches mit Gleichem Mitgefühl hat.' Dann
wandte der Dämon sich zu mir und sagte: ‚O Menschlein,
kennst du diese hier nicht?', worauf ich fragte: ‚Wer mag sie

wohl sein? Ich habe sie nie gesehen bis zu diesem Augenblick.'
,Dann', sprach er, ,nimm dies Schwert und schlag ihr den Hals
durch, so will ich dich gehen lassen und dir nichts antun; denn
dann bin ich sicher, daß du sie gar nicht kennst.' Ich erwiderte:
,Jawohl!', und ich nahm das Schwert, ging rasch auf sie zu und
hob die Hand. Sie aber winkte mir zu mit den Brauen, als ob
sie sagte: ,Ich habe dich nicht im Stiche gelassen. Und vergiltst
du sie mir so?' Da verstand ich ihre Blicke, und ich deutete ihr
mit den Augen an: ,Ich opfere meine Seele für dich.' Und es war,
als ob unsere Zunge diese Verse des Dichters gesprochen hätte:

> Wie mancher Liebende kündet mit seinen Augenbrauen
> Seiner Geliebten alles, was ihm auf dem Herzen liegt.
> Offen spricht zu ihr ein Blick aus seinem Auge:
> Siehe, ich weiß jetzt alles, wie es das Schicksal gefügt.
> Ach, wie schön ist es doch, nur in ihr Antlitz zu schauen!
> Und wie herrlich glänzet der Blick, wenn er verstand!
> Während der eine mit seinen Augenlidern noch schreibet,
> Hat der andre bereits mit seinem Augapfel erkannt.

Und meine Augen quollen über von Tränen, und ich warf das
Schwert aus der Hand und sagte: ,O du mächtiger Dämon, o
du Recke und Heldensohn, wenn eine Frau, die wenig Verstand und Religion besitzt, es schon für unrecht hält, mir den
Hals durchzuschlagen, wie sollte es für mich da recht sein, ihr
den Hals durchzuschlagen, da ich sie doch nie in meinem Leben
gesehen habe? Nein, das werde ich nie tun, wenn du mir
auch den Becher des Todes und des Verderbens zu trinken gibst.'
Da sprach der Dämon: ,Ihr beide zeigt ein Einverständnis untereinander; doch ich will euch zeigen, wie euer Tun bestraft
wird.' Und er nahm das Schwert, hieb auf die Hand des Mädchens und schlug sie ab; dann hieb er auf die andere Hand und
schlug sie ab, und er schlug ihr mit vier Hieben Hände und
142

Füße ab. Während alledem sah ich zu und war des Todes gewiß, nachdem sie mir mit sterbendem Auge ein Zeichen des Lebewohls gegeben hatte. Der Dämon aber schrie sie an: ‚Du hast mit deinem Auge gebuhlt!' Und er traf sie so, daß ihr Kopf davonflog. Dann aber wandte er sich zu mir und sagte: ‚O Menschlein, es ist gerecht nach unserer Satzung, wenn eine Frau die Ehe bricht, sie zu töten. Dieses Mädchen entführte ich in ihrer Brautnacht, als sie erst zwölf Jahre alt war; und sie hat niemanden kennen gelernt als mich allein. Alle zehn Tage kam ich zu ihr auf eine Nacht in der Gestalt eines persischen Mannes. Als ich nun aber sicher war, daß sie mich betrogen hatte, da erschlug ich sie. Ich bin nicht ganz sicher, ob du mich mit ihr betrogen hast; aber es geht nicht an, daß ich dich ohne Strafe ziehen lasse; also erbitte von mir eine Gnade.' Da war ich, o Herrin, höchlichst erfreut und fragte: ‚Welche Gnade soll ich mir von dir erbitten?' Er antwortete: ‚Wünsche dir, in welche Gestalt ich dich verwandeln soll! In die Gestalt eines Hundes oder eines Esels oder eines Affen.' Da ich hoffte, er würde mir verzeihen, erwiderte ich: ‚Bei Allah, schone mich, auf daß Allah dich verschone, weil du einen muslimischen Mann schontest, der dir niemals Unrecht tat!' Und ich flehte ihn demütig an, blieb vor ihm stehen und sagte: ‚Mir geschieht unrecht.' Er aber rief: ‚Mach jetzt keine langen Reden vor mir! Es ist mir ein leichtes, dich zu töten; doch ich gebe dir die Wahl.' Da sagte ich: ‚O Dämon, mir zu verzeihen würde dir besser anstehen; drum verzeih mir; wie der Beneidete dem Neider verzieh.' Er fragte: ‚Wie war denn das?' Da begann ich

Man erzählt, o 'Ifrît, daß in einer Stadt zwei Menschen lebten, die benachbarte Häuser mit einer gemeinsamen Mauer bewohnten; einer von den beiden beneidete den anderen und traf ihn mit bösem Blick und tat sein Äußerstes, um ihm zu schaden. Immerdar beneidete er ihn, und sein Neid nahm so zu, daß er wenig Speise nahm und der süße Schlaf kaum mehr zu ihm kam. Aber dem Beneideten ward das Glück immer holder; und je mehr der andere ihm zu schaden strebte, um so mehr gewann er, wuchs und gedieh. Doch er erfuhr von der Bosheit seines Nachbarn gegen ihn und von seinem Streben, ihm Schaden zu tun; so ging er fort aus dessen Nähe und verließ sein Land, indem er sprach: ‚Bei Allah, ich muß seinetwegen der Welt entsagen!‘ Er ließ sich in einer anderen Stadt nieder und kaufte sich dort ein Stück Landes, auf dem ein alter Ziehbrunnen stand. Dann baute er sich ein Bethaus, kaufte sich alles Notwendige und widmete sich in seiner Klause nur dem Gebet und dem Dienste Allahs des Erhabenen. Bald kamen Fakire und Arme zu ihm aus allen Ländern; und sein Ruhm verbreitete sich in jenem Lande. Auch seinen früheren Nachbar, den Neider, erreichte die Nachricht, welches Glück ihm zuteil geworden und wie die Großen des Landes zu ihm wallfahrteten. So ging er hin und trat in das Kloster ein; jener, der Beneidete, empfing ihn mit Willkommensgruß und mit Freundlichkeit und erwies ihm alle Ehren. Da sprach der Neider: ‚Ich habe dir ein Wort zu sagen, und das ist der Grund meiner Reise hierher; denn ich möchte dir gute Nachricht bringen, also komm und geh mit mir in dein Kloster.‘ Der Beneidete nun nahm den Neider bei der Hand, und sie gingen hinein in das Innerste des Klosters; aber der Neider sagte: ‚Sage deinen Fakiren, daß sie sich in ihre Zellen zurückziehen; denn ich möchte nur im geheimen mit dir sprechen, wo niemand uns hören kann.' Da sprach der Beneidete zu seinen Fakiren: ‚Zieht euch in eure Zellen zurück!' Und als alle getan, was er ihnen befohlen hatte, ging er mit seinem Gaste noch ein wenig weiter, bis sie zu dem alten Brunnen kamen. Dort stieß der Neider den Beneideten, von niemandem gesehen, in den Brunnen hinab; dann ging er hinaus und zog seiner Wege und glaubte, er habe ihn getötet. Nun aber war der Brunnen bewohnt von guten Geistern; die ließen ihn ganz allmählich niedergleiten und lagerten ihn auf dem Felsboden. Und die einen von ihnen fragten die anderen: ‚Wißt ihr, wer er ist?', und die erwiderten: ‚Nein.' Da sprach einer von ihnen: ‚Dieser Mensch ist der Beneidete, der vor seinem Neider floh, sich in unserer Stadt ansiedelte und dies Kloster begründete; und er erfreute uns durch seine Litaneien und durch sein Vorlesen aus dem Koran. Aber der Neider machte sich auf den Weg zu ihm, bis er bei ihm war; da überlistete er ihn und warf ihn zu euch hinab. Doch sein Ruhm ist heute abend zum Sultan dieser Stadt gedrungen, der beschlossen hat, ihn morgen um seiner Tochter willen zu besuchen.' ‚Was fehlt seiner Tochter denn?' fragte einer von ihnen, und ein anderer versetzte: ‚Sie ist besessen von einem Geist; denn der Dämon Maimûn, der Sohn des Damdam, ist in sie verliebt. Wenn aber dieser Fromme das Mittel wüßte, so wäre es das Allerleichteste, sie zu befreien und zu heilen.' ‚Was ist das für ein Mittel?' fragte einer von ihnen, und jener erwiderte: ‚Der schwarze Kater, der bei ihm in seinem Bethaus ist, hat am Ende seines Schwanzes einen weißen Fleck von der Größe eines Dirhems; daraus muß er sieben weiße Haare reißen, und die muß er über der Kranken verbrennen.

Dann wird der Mârid von ihr weichen und nie wieder zu ihr zurückkehren; sie wird zur selbigen Zeit gesund werden.' Diese ganze Unterhaltung, o Dämon, wurde geführt, während der Beneidete zuhörte. Als es nun Morgen ward und die Dämmerung emporstieg und heller ward, da kamen die Fakire, um den Scheich zu suchen, und trafen ihn, wie er aus dem Brunnen heraufstieg; und er wurde noch größer in ihren Augen. Weil nun allein der schwarze Kater das Heilmittel hatte, so zog er ihm die sieben Haare aus dem weißen Fleck am Schwanz und nahm sie mit sich. Und kaum war die Sonne aufgegangen, da kam der König mit seinem Gefolge; er selbst und die Großen seines Reiches gingen hinein, aber dem übrigen Gefolge befahl er, draußen stehenzubleiben. Und als der König zu dem Beneideten eintrat, bot dieser ihm den Willkommensgruß und bat ihn, an seiner Seite Platz zu nehmen, und fragte: ‚Soll ich dir sagen, weshalb du kommst?' Jener erwiderte: ‚Ja.' Da fuhr er fort: ‚Du kommst mit dem Vorwand, mich zu besuchen; aber es ist der Wunsch deines Herzens, mich über deine Tochter zu befragen.' Der König antwortete: ‚So ist es, heiliger Scheich'; und der Beneidete fuhr fort: ‚Schicke jemanden, sie zu holen; und ich hoffe, so Gott der Erhabene will, wird sie noch in dieser Stunde gesund werden.' Da freute sich der König und sandte nach seiner Tochter; und man brachte sie gebunden und gefesselt. Der Beneidete aber ließ sie sich niedersetzen, zog einen Vorhang vor sie, nahm die Haare und verbrannte sie über ihr; und der, so in ihr war, schrie auf und wich von ihr. Da war das Mädchen sofort bei Sinnen, verschleierte sich das Gesicht und sagte: ‚Was bedeutet dies alles, und wer hat mich hierher gebracht?' Da überkam den König eine Freude, wie es keine höhere geben kann, und er küßte der Tochter die Augen und dem heiligen Mann die Hände. Dann wandte er sich zu den Großen seines Reiches und sprach: ‚Was meint ihr? Was verdienet der, der meine Tochter heilte?‘, und die erwiderten: ‚Er verdient sie zum Weibe.‘ Der König sagte darauf: ‚Ihr habt recht!‘ Dann vermählte er sie mit ihm, und so wurde der Beneidete·der Eidam des Königs. Nach einer Weile starb der Wesir; da fragte der König: ‚Wen soll ich an seiner Stelle zum Wesir machen?‘ ‚Deinen Eidam‘, antworteten die Großen. Nun ward der Beneidete zum Wesir. Und wieder nach einer Weile starb der König; da fragten die Großen: ‚Wen sollen wir zum König machen?‘, und alle riefen: ‚Den Wesir.‘ So wurde der Wesir zum Sultan und zum herrschenden König. Eines Tages nun bestieg der König sein Roß, gerade als der Neider auf dem Wege vorbeikam. Wie der Beneidete so in der Herrlichkeit seiner Königswürde einherritt inmitten seiner Emire und Wesire und der Großen seines Reiches, da fiel sein Blick auf seinen Neider. Und er wandte sich zu einem der Minister und sagte: ‚Bringe jenen Mann herbei; doch ängstige ihn nicht!‘ Der ging hin und brachte den neidischen Nachbarn. Da sprach der König: ‚Gebt ihm tausend Goldstücke aus meinem Schatz, beladet ihm zwanzig Kamele mit Waren zum Handel und schickt einen Wächter mit ihm, der ihn bis zu seiner Stadt geleite.‘ Darauf bot er dem Neider Lebewohl und wandte sich ab von ihm, ohne ihn zu bestrafen für alles, was er ihm angetan hatte. Siehe, o Dämon, wie der Beneidete dem Neider verzieh, der ihn von Anfang an beneidet hatte! Der hatte ihm doch viel Schaden getan, war zu ihm gereist und vollendete sein Werk an ihm, indem er ihn in den Brunnen warf und töten wollte. Und doch vergalt jener ihm sein schlimmes Handeln nicht, sondern vergab und verzieh ihm.‘ Danach, o Herrin, hub ich so bitterlich zu weinen an, wie ein Mensch überhaupt nur weinen kann, und ich sprach die Verse:

Vergib den Schuldigen; denn die Weisen pflegen
Für Schuld der Schuldigen stets Vergebung zu hegen.
Ich habe zwar der Fehler viele begangen:
Mögest du die edle Kunst des Verzeihens umfangen!
Wer wünscht, der über ihm möge Vergebung ihm leihen,
Muß Fehler dessen, der unter ihm ist, verzeihen.

Doch der Dämon rief: ‚Ich will dich weder töten noch dir verzeihen. Aber sicherlich werde ich dich verzaubern.' Dann riß
er mich vom Boden und flog mit mir in die Luft, bis ich die
Erde nur noch wie eine Schüssel inmitten des Wassers sah. Darauf setzte er mich nieder auf einem Berge, nahm etwas Staub
in die Hand und murmelte Zauberworte darüber, bewarf mich
damit und sprach: ‚Verlasse diese Gestalt und geh in die Gestalt eines Affen ein!' Und im selben Augenblick wurde ich
zu einem Affen, der hundert Jahre alt war. Als ich mich in dieser häßlichen Gestalt sah, da weinte ich um mich; doch ich
schickte mich in die Grausamkeit des Schicksals, da ich ja
wußte, daß das Geschick niemandem treu bleibt. So stieg ich
hernieder vom Gipfel des Berges bis zu seinem Fuße; dort fand
ich eine weite Wüste. Die durchzog ich in der Zeit eines Monats,
bis ich zum Rande des Salzmeers kam. Nachdem ich dort eine
Weile gestanden hatte, sah ich mitten im Meere ein Schiff, das
vor einem günstigen Winde lief und auf die Küste steuerte;
und ich verbarg mich hinter einem Felsen am Strande und
wartete, bis das Schiff näher kam, und dann sprang ich hinauf.
Da rief einer von den Reisenden: ‚Werft das Unglücksvieh
über Bord!', und der Kapitän: ‚Wir wollen es töten!', und ein
anderer: ‚Ich will es mit diesem Schwerte umbringen.' Ich
aber ergriff den Saum der Kleidung des Kapitäns und weinte,
und meine Tränen flossen. Da hatte der Kapitän Mitleid mit
mir und sagte: ‚Ihr Kaufleute, dieser Affe hat um meinen

Schutz gebeten, und ich werde ihn schützen. Er steht unter meiner Obhut; und darum soll ihm keiner ein Leid antun noch ihn kränken!' Darauf behandelte er mich freundlich; und was er auch redete, verstand ich, und ich sorgte für all seine Bedürfnisse und war sein Diener auf dem Schiffe; so begann er mich zu lieben. Das Schiff hatte nun fünfzig Tage lang günstigen Wind; dann warfen wir Anker bei einer großen Stadt, darin so viele Menschen waren, daß nur Allah allein ihre Zahl zu zählen vermöchte. Als wir aber ankamen und unser Schiff festlag, siehe, da kamen zu uns Mamluken, gesandt von dem Könige der Stadt. Die stiegen auf unser Schiff hinauf, beglückwünschten die Kaufleute zur guten Ankunft und sagten: ‚Unser König heißt euch willkommen und sendet euch diese Rolle Papier, daß ein jeder von euch eine Zeile darauf schreibe. Der König hat nämlich einen Wesir gehabt, der ein Kalligraph war, und der ist gestorben; da hat der König einen feierlichen Eid geschworen, daß er nur jemanden zum Wesir machen wolle, der so schön schreibe wie jener.' Daraufhin reichten sie den Kaufleuten die Rolle Papier, die zehn Ellen lang war und eine breit, und alle Kaufleute, die schreiben konnten, bis zum letzten, schrieben jeder eine Zeile darauf. Da sprang ich auf, ich, der ich in Gestalt eines Affen war, und riß die Rolle aus ihren Händen. Sie aber fürchteten, ich würde sie zerreißen, und so wollten sie mich davon wegjagen. Doch ich gab ihnen durch Zeichen zu verstehen, daß ich schreiben könnte. Da bedeutete ihnen der Kapitän: ‚Laßt ihn schreiben; wenn er schlecht kritzelt, so jagen wir ihn davon; aber wenn er schön schreibt, so will ich ihn als Sohn annehmen; denn wahrlich, nie sah ich einen verständigeren Affen als ihn.' Dann nahm ich das Rohr, tauchte es in die Tinte im Tintenfäßchen und schrieb mit Kursivschrift:

> Schon hat die Zeit verzeichnet die Güte aller Edlen,
> Während nur deine Güte noch nicht verzeichnet ist;
> Gott lasse die Menschen nicht durch deinen Verlust verwaisen,
> Da du doch für die Güte Mutter und Vater bist.

Und dann schrieb ich in Schlankschrift:

> Er hat ein Rohr, des Nutzen die Länder erfüllet,
> Und dessen Gaben alle Welt erreichen;
> Nie ward ein Land beschenkt wie mit deinen Gaben,
> Die deine Hände allen Ländern reichen.

Darauf schrieb ich in Steilschrift:

> Es gibt keinen einzigen Schreiber, der nicht dereinst vergeht;
> Doch was seine Hand geschrieben, besteht in Ewigkeit.
> Drum schreibe mit deiner Hand nie etwas anderes als
> Was dich am Jüngsten Tage, wenn du es siehst, erfreut.

Darauf in runder Monumentalschrift:

> Als wir von Trennung hörten und als uns beiden
> Solch Los bestimmten die Wechselfälle der Zeit,
> Da ließen wir die Tinte wohl für uns klagen
> Mit Zungen des Rohres über der Trennung Leid.

Darauf in großer Dokumentenschrift:

> Die Herrschaft bleibt doch niemandem getreu;
> Wenn du's nicht zugibst, sag, wo sind die Alten?
> Von guten Taten pflanze Bäume dir;
> Gehst du dahin, die bleiben doch erhalten.

Darauf in großer Zierschrift:

> Öffnest du das Faß des Reichtums und der Gnaden,
> Nimm Tinte dir von Hochsinn und von Edelmut;
> Solange du es vermagst, schreib gute Dinge,
> Dann bleibet dir dein Ruf und der deiner Feder gut.

Darauf gab ich den Überbringern die Rolle; die nahmen sie und gingen mit ihr zum König. Und als der König die Rolle sah, gefiel ihm keine Schrift so gut wie meine; und er sagte zu den versammelten Großen: ‚Geht zu dem Schreiber dieser Zeilen, kleidet ihn in ein Ehrengewand, setzet ihn auf eine Mauleselin, geleitet ihn mit einer Musikkapelle hierher und führt ihn vor mich.' Als sie nun die Worte des Königs hörten, lächelten sie; aber der König ward zornig über sie und rief: ‚Ihr Elenden! Ich spreche mit euch von einem Befehle, und ihr lacht über mich?' ‚O König,' erwiderten sie, ‚unser Lachen hat einen Grund.' ‚Und was ist das für ein Grund?' fragte er; sie antworteten: ‚O König, du befiehlst uns, den vor dich zu führen, der diese Zeilen schrieb; nun ist aber der, der sie schrieb, ein Affe und kein menschliches Wesen; und er gehört dem Kapitän des Schiffes.' Da sprach er: ‚Ist das wahr, was ihr mir sagt?' Sie antworteten: ‚Ja, bei deiner Hoheit!' Und der König staunte über ihre Worte, schüttelte sich vor Vergnügen und sprach: ‚Ich möchte diesen Affen von dem Kapitän erwerben.' Dann schickte er seinen Boten auf das Schiff, mit der Mauleselin, dem Ehrengewand und der Musikkapelle; und er sagte: ‚Kleidet ihn trotzdem ein in dies Ehrengewand, und setzet ihn auf das Maultier; holt ihn vom Schiffe ab und bringt ihn her!' So gingen sie zum Schiff und nahmen mich dem Kapitän, kleideten mich in das Ehrengewand und setzten mich auf das Maultier. Und das Volk war verblüfft, und die Stadt war in Aufruhr um meinetwillen; denn alle wollten mich sehen. Als sie mich aber zum König brachten und er mich empfing, küßte ich dreimal den Boden vor ihm; dann hieß er mich sitzen, und ich ließ mich nieder auf Knie und Schienbein; und das Volk, das anwesend war, staunte ob meiner Höflichkeit, und am meisten von allen wunderte sich der König. Darauf befahl er dem Volk, sich zurückzuziehen; als sich alle zurückgezogen hatten und niemand mehr da war außer der Majestät des Königs, dem

Eunuchen und einem kleinen weißen Sklaven, befahl er, den Tisch mit den Speisen herbeizutragen; darauf befand sich, was da hüpft und fliegt und beim Paaren in den Nestern liegt, Flughühner und Wachteln und alle anderen Arten von Vögeln. Nun winkte der König mir, mit ihm zu essen; so stand ich auf, küßte vor ihm den Boden, setzte mich und aß mit ihm. Und als man abtrug, wusch ich mir die Hände siebenmal, nahm die Tintenkapsel und das Schreibrohr und schrieb diese Verse:

> *Kehr ein bei dem Geflügel an der Stätte der Pfannen*
> *Und klage, daß die Braten und Rebhühner zogen von dannen!*
> *Beweine die Töchter des Flughuhns, wie ich sie immer beweine,*
> *Mit den gebratenen Küken und dem Röstfleisch im Vereine!*
> *Wie traurig ist mein Herz doch über zwei Arten von Fischen,*
> *Die man auf Laiben von Brot in Stufen pflegt aufzutischen!*
> *Ach, wie reichlich war einst der Braten! O, welches Vergnügen,*
> *Wenn das Fett einsank in den Essig aus den Krügen! –*
> *Nie schüttelte mich der Hunger außer in einer Nacht,*
> *Die ich betend beim Brei im Lichte der Steine verbracht;*
> *Und ich dachte dabei an ein Essen mit seinem Duft,*
> *Der stieg von reichlich gedeckten Tischen aus in die Luft.*
> *O meine Seele, Geduld! Ein wunderlich Ding ist die Zeit:*
> *War sie uns einen Tag gram, am nächsten bringt sie uns Freud.*[1]

Dann stand ich auf und setzte mich in ehrerbietiger Entfernung nieder; der König blickte auf das, was ich geschrieben hatte, und als er es gelesen hatte, staunte er und rief: ‚O Wunder! Ein Affe, begabt mit solcher Beredsamkeit und Kunst des Schreibens! Bei Allah, dies ist das größte aller Wunder!‘ Darauf brachte man dem König erlesenen Wein in gläserner Flasche,

---

1. Dies Gedicht ist eine Parodie auf die altarabischen Kasîden, die mit der Klage um die ferne Geliebte beginnen, dann oft von nächtlichen Heldentaten erzählen und manchmal mit einem weisen Spruche enden. Es enthält im Original – was zu seinem Werte beiträgt – viele seltene und fast unverständliche Wörter.

und er trank; er reichte auch mir davon, und ich küßte den
Boden und trank und schrieb dann:

> *Sie brannten mich mit Feuer, um mich zum Reden zu bringen;*
> *Doch fanden sie, daß ich im Leiden geduldig bin.*
> *Deshalb wurde ich auch von ihnen auf Händen getragen,*
> *Und ich nahm den Kuß von den Lippen der Schönen hin.*

Und weiter:

> *Der Morgen rief der Nacht zu: Gib ihn mir zu trinken,*
> *Der den Weisen zum Toren macht, den klaren Wein!*
> *Beide sind so zart, so klar, daß ich nicht erkenne:*
> *Ist er's im Glas, oder ist es das Glas in seinem Schein?*

Da las der König die Verse und sagte mit einem Seufzer: ‚Wäre
diese feine Bildung in einem Menschen, so überträfe er alles
Volk seiner Zeit und seines Jahrhunderts.‘ Dann ließ er ein
Schachbrett bringen und fragte: ‚Willst du mit mir spielen?‘
und ich nickte mit dem Kopf ein Ja, trat vor, ordnete die Figuren und spielte mit ihm zwei Spiele, die ich beide gewann. Da
war der König sprachlos vor Staunen. Aber ich nahm die Tintenkapsel und das Schreibrohr und schrieb auf das Brett diese
Verse:

> *Zwei Heere bekämpfen einander den ganzen Tag;*
> *Und heftiger wird ihr Kampf mit jeder Stunde,*
> *Bis sie dann, wenn das Dunkel sie umhüllt,*
> *Auf gleichem Bette schlafen in trautem Bunde.*

Als der König diese beiden Verse gelesen hatte, wunderte er
sich und war entzückt und aufs höchste erstaunt, und er sprach
zu seinem Eunuchen: ‚Geh zu deiner Herrin, zu Sitt el-Husn,
und sage zu ihr: Der König läßt dich rufen, du möchtest kommen und dir diesen wunderbaren Affen ansehen!‘ Der Eunuch
ging hin und kehrte alsbald mit der Herrin zurück; kaum sah
sie mich, so verhüllte sie ihr Gesicht und rief: ‚O mein Vater!
Wie kommt es, daß es deinem Herzen gefällt, nach mir zu

senden und mich fremde Männer sehen zu lassen?' ‚O Sitt el-
Husn,' erwiderte er, ‚hier ist niemand, außer diesem kleinen
Mamluken, dem Eunuchen, der dich aufzog, und mir, deinem
Vater. Vor wem also verschleierst du dein Antlitz?' Da rief sie:
‚Siehe, dieser Affe ist ein Jüngling, der Sohn eines Königs; aber
er ist verzaubert, denn der Dämon Dschardscharîs, aus dem
Stamme des Iblîs, verzauberte ihn, nachdem er sein eigenes
Weib getötet hatte, die Tochter des Königs Ifitamûs, des Herrn
der Ebenholzinseln. Der aber, den du für einen Affen hältst, ist
ein kluger und verständiger Mann!' Und der König staunte
über die Worte seiner Tochter und fragte, indem er mich an-
blickte: ‚Ist das wahr, was sie von dir sagt?' Ich nickte mit dem
Kopfe ein Ja und weinte. Da fragte der König seine Tochter:
‚Woher weißt du, daß er verzaubert ist?', und sie antwortete:
‚Mein lieber Vater, in meiner Jugend war eine alte Frau um
mich, eine kluge Hexe, und sie lehrte mich die Zauberei und
ihre Ausübung; die behielt ich und lernte sie gründlich, und
ich habe im Gedächtnis einhundertundsiebzig Kapitel von
Zauberformeln, durch deren geringste ich die Steine deiner
Stadt fortschaffen könnte hinter den Berg Kaf, dann könnte
ich sie in einen Abgrund des Meeres verwandeln und ihre Bewohner in Fische, die darin schwimmen.' ‚O meine Tochter,'
rief ihr Vater, ‚ich beschwöre dich bei meinem Leben, entzau-
bere uns diesen Jüngling, auf daß ich ihn zu meinem Wesir
machen kann; denn er ist wahrlich ein feiner und klug‗r Jüngling.' ‚Mit größter Freude', erwiderte sie; dann nahm sie ein
Messer in die Hand und umschrieb einen Kreis. – –«

Da bemerkte Schehrezâd, daß der Morgen begann, und sie
hielt in der verstatteten Rede an. Doch als die *Vierzehnte Nacht*
anbrach, sprach sie: »Es ist mir berichtet worden, o glücklicher
König, daß der Bettelmönch der Dame also weiter erzählte: ‚O

meine Herrin, des Königs Tochter nahm in die Hand ein Messer, darauf hebräische Namen standen, und beschrieb einen weiten Kreis inmitten der Halle des Palastes; in diesen schrieb sie geheimnisvolle Namen und Talismane. Und sie murmelte Zauberformeln und sprach Worte, von denen man einige verstehen konnte, andere aber nicht. Nach einer kurzen Weile wurde die Welt vor unseren Augen dunkel, und siehe, der Dämon stieg auf vor uns in eigener Gestalt. Er hatte Hände wie Worfschaufeln, Beine wie Schiffsmasten und Augen wie Feuerbrände. Wir waren in großer Angst vor ihm; die Tochter des Königs aber rief: ‚Kein Willkommen für dich und keinen Gruß!' Da verwandelte der Dämon sich in die Gestalt eines Löwen und sagte: ‚Verräterin, du hast den Eid gebrochen! Haben wir einander nicht geschworen, daß keiner von uns dem andern je in den Weg treten sollte?' ‚O Verfluchter,' erwiderte sie, ‚kann es zwischen mir und deinesgleichen Verträge geben?' Da rief der Dämon: ‚Nimm hin, was über dich kommt'; und der Löwe stürzte mit offenem Rachen auf die Prinzessin zu. Aber sie war schneller als er, riß sich ein Haar von ihrem Haupte schwenkte es mit der Hand und murmelte dazu mit ihren Lippen. Alsbald wurde das Haar zu einem scharfen Schwert; mit dem hieb sie auf den Löwen, und er fiel in zwei Hälften auseinander. Sein Kopf aber verwandelte sich in einen Skorpion; da wurde die Prinzessin zu einer gewaltigen Schlange und sprang auf diesen Verfluchten los, der in der Gestalt eines Skorpions war; und die beiden rangen erbittert miteinander. Da plötzlich verwandelte sich der Skorpion in einen Adler, und die Schlange ward zu einem Geier; der verfolgte den Adler eine ganze Stunde lang. Darauf nahm der Adler die Gestalt eines schwarzen Katers an, das Mädchen aber ward aus einem Geier zu einem scheckigen Wolfshund; und wiederum kämpften sie miteinander dort im Palaste eine ganze Stunde lang. Nun sah der Kater sich besiegt, und da verwandelte er sich und ward zu einem großen roten Granatapfel, der sich mitten in das Springbrunnenbecken des Palastes legte. Der Wolfshund rannte darauf zu, aber der Granatapfel erhob sich in die Luft, fiel auf das Pflaster der Halle nieder, so daß er zerbrach und seine Kerne sich zerstreuten. Überall lag ein Kern für sich, und der Boden der Halle bedeckte sich mit Granatapfelkernen. Aber da schüttelte sich der Wolf und ward zu einem Hahn; der pickte jene Kerne auf, um keinen einzigen Kern mehr übrigzulassen. Durch eine Fügung des Schicksals jedoch hatte sich ein Kern unter dem Brunnenrand versteckt. Der Hahn begann zu krähen und mit den Flügeln zu schlagen und uns mit dem Schnabel Zeichen zu geben. Aber wir verstanden nicht, was er meinte, und er krähte uns so laut an, daß wir dachten, der Palast müsse auf uns stürzen. Und er lief hin und her auf dem Boden der Halle, bis er den Kern sah, der sich unter dem Brunnenrand versteckt hatte; und begierig eilte er darauf zu, um ihn zu picken. Doch siehe, der Kern sprang mitten in das Wasser des Springbrunnens, wurde zu einem Fisch und tauchte bis zum Grunde des Wassers. Da verwandelte auch der Hahn sich in einen großen Fisch, tauchte dem andern nach, und verschwand eine Weile; und siehe, wir hörten, wie ein Geschrei und Geheul sich erhob, und wir begannen zu zittern. Darauf stieg der Dämon aus dem Wasser empor als eine brennende Fackel; er machte seinen Mund auf und spie Feuer aus, und aus seinen Augen und seiner Nase quoll Feuer und Rauch. Alsbald kam auch die Prinzessin heraus als eine große feurige Kohle. Und die beiden kämpften miteinander, bis ihre Feuer über ihnen ganz ineinander aufgingen und der Rauch den Palast erfüllte. Wir verschwanden darin und wollten uns ins Wasser stürzen aus Furcht, wir würden verbrennen und zugrunde gehen. Da rief der König: ‚Es gibt keine Majestät und es gibt keine Macht außer bei Allah, dem Erhabenen und Allmächtigen! Wahrlich, wir sind Allahs, und zu ihm kehren wir zurück! O hätte ich doch meine Tochter nicht gedrängt, die Entzauberung dieses Affen zu versuchen! Denn so habe ich ihr all diese gewaltige Mühe gemacht mit diesem verfluchten Dämonen, gegen den alle die anderen Dämonen, die es in der Welt gibt, nichts vermögen. O hätte ich doch nie diesen Affen kennen gelernt! Allah möge ihn nicht segnen, noch die Stunde seiner Ankunft! Wir dachten eine gute Tat an ihm zu tun um Gottes des Erhabenen willen und ihn vom Zauber zu befreien, und nun vergehen wir vor Herzensangst.‘ Ich aber, o meine Herrin, war stumm und machtlos, ihm ein Wort zu sagen. Und plötzlich, ehe wir uns dessen versahen, heulte der Dämon unter den Flammen hervor, und er war neben uns, als wir in der Säulenhalle standen, und blies uns Feuer in das Gesicht. Die Prinzessin aber holte ihn ein und blies ihm ins Antlitz; und die Funken von ihr und von ihm trafen uns. Ihre Funken taten uns keinen Schaden, aber einer von seinen Funken traf mich ins Auge und zerstörte es, während ich noch in der Gestalt des Affen war. Und ein zweiter Funke traf den König ins Antlitz und verbrannte die Hälfte seines Gesichtes, seinen Bart und Unterkiefer und riß ihm die untere Zahnreihe aus; und ein dritter Funke fiel auf die Brust des Eunuchen; der verbrannte und starb zur selbigen Stunde. Da glaubten wir sicher an unser Verderben und verzweifelten am Leben. Und wie wir in solcher Bedrängnis waren, siehe, da rief eine Stimme: ‚Allah ist der Größte! Allah ist der Größte! Er hat Heil und Sieg verliehen und hat den zunichte gemacht, der da leugnet den Glauben Mohammeds des Erleuchters!‘ Und siehe, da stand die Tochter des Königs vor uns; die hatte den Dämon verbrannt, und er war zu einem Häuflein Asche geworden. Sie trat nun zu uns und sagte: ‚Reicht mir eine Schale Wassers!‘ Als man sie ihr gebracht hatte, sprach sie Worte darüber, die wir nicht verstanden; dann besprengte sie mich mit dem Wasser und rief: ‚Durch die Kraft des einzig wahren Gottes und durch die Kraft des allerhöchsten Namens Allahs! Kehre in deine einstige Gestalt zurück!‘ Da schüttelte ich mich, und siehe da, ich war ein Mensch wie zuvor, nur daß ich ein Auge völlig verloren hatte. Sie aber rief: ‚Das Feuer! Das Feuer! O mein Vater, ich werde nicht am Leben bleiben, denn ich bin nicht gewohnt, mit den Dämonen zu kämpfen; wenn er ein Mensch gewesen wäre, so hätte ich ihn gleich zu Anfang getötet. Ich war nicht in Not, bis der Granatapfel platzte und ich die Kerne pickte; denn ich vergaß den einen Kern, in dem die Seele des Dämonen stak. Hätte ich diesen aufgepickt, er wäre sofort gestorben. Aber das Schicksal bestimmte, daß ich ihn nicht sah; so fiel er über mich her, und zwischen ihm und mir entspann sich ein erbitterter Kampf unter der Erde und in der Luft und im Wasser. Sooft ich einen Zauber gegen ihn wirkte, wirkte er einen anderen Zauber gegen mich, bis er gegen mich den Zauber des Feuers anwandte. Selten kommt einer, gegen den der Zauber des Feuers angewandt wird, mit dem Leben davon. Aber das Schicksal stand mir bei gegen ihn; so kam ich ihm zuvor und verbrannte ihn, nachdem ich ihn gezwungen hatte, den islamischen Glauben zu bekennen. Ich aber muß sterben, und Allah tröste euch über meinen Tod!‘ Dann erflehte sie Hilfe vom Himmel und ließ nicht ab, um Hilfe gegen das Feuer zu beten; doch siehe, ein schwarzer Funke stieg empor zu ihrer Brust, und dann stieg er empor bis zu ihrem Gesicht. Als er ihr Gesicht erreicht hatte, da weinte sie und rief: ‚Ich bezeuge, es gibt keinen Gott außer Allah, und Mohammed ist der Prophet Allahs!' Dann aber sahen wir von ihr nur noch, daß sie ein Häuflein Asche geworden war, neben dem Häuflein Asche, das der Dämon gewesen war. Da waren wir tief betrübt um sie; und ich wünschte, daß ich an ihrer Stelle gewesen wäre und nicht gesehen hätte, wie jenes liebliche Antlitz, das mir so viel Gutes getan hatte, zu Asche wurde; aber es gibt keinen Widerspruch gegen den Willen Allahs. Als der König sah, daß seine Tochter zu einem Häuflein Asche geworden war, riß er sich aus, was von seinem Bart noch geblieben, schlug sich das Antlitz und zerriß sich seine Kleider; und ich tat das gleiche, und beide weinten wir über sie. Da kamen die Kammerherren und die Großen des Reiches, und sie sahen den König in Ohnmacht und die beiden Häuflein Asche; sie erschraken und standen um den König herum eine ganze Weile. Als er erwachte, erzählte er ihnen, was seiner Tochter von dem Dämon widerfahren war, und ihr Gram war sehr groß; die Frauen und Sklavinnen aber schrien und erhoben die Totenklage sieben Tage lang. Doch der König ließ über der Asche seiner Tochter ein großes, gewölbtes Grabgebäude errichten, und es wurden Wachskerzen und Totenlampen darin angezündet; die Asche des Dämonen aber streuten sie in alle Winde und wünschten den Fluch Allahs auf ihn herab. Darauf erkrankte der König an einer Krankheit, die ihn dem Tode nahe brachte; die Krankheit dauerte einen Monat, aber dann kehrte seine Gesundheit zurück, und sein Bart wuchs wieder. Nun ließ er mich rufen und sprach zu mir: ‚O Jüngling, wir hatten unsere Tage im glücklichsten Leben und sicher vor den Wechselfällen der Zeit hingebracht, bis du zu uns kamst. O hätten wir dich nie gesehen, noch auch den Tag deiner unglückseligen Ankunft! Wir haben um deinetwillen alles verloren. Erstlich habe ich meine Tochter verloren, die mir hundert Männer wert war; zweitens widerfuhr mir das Unheil von dem Feuer, und ich verlor meine Zähne, und dann starb auch noch mein Diener. Und dabei habe ich doch früher nie etwas von dir gesehen! Aber alles kommt von Allah, über dich und über mich, und Er sei gepriesen! Du bist es, den meine Tochter erlöst hat, du, der ihren Tod herbeigeführt hat. Mein Sohn, ziehe fort aus diesem Ort! Genug ist's, was um deinetwillen geschehen ist. Doch all das ist uns ja vom Schicksal bestimmt, mir sowohl wie dir. So ziehe hin in Frieden; doch wenn ich dich je wiedersehe, so werde ich dich töten lassen.' Und er schrie mich an. Dann zog ich fort von ihm, o Herrin; aber ich glaubte kaum an meine Rettung und wußte nicht, wohin ich mich wenden sollte. Alles stand mir vor Augen, was mir widerfahren war: wie man mich auf dem Wege verlassen hatte und ich so mich retten konnte; wie ich dann einen Monat lang gewandert und als Fremder in die Stadt gekommen war; wie ich den Schneider getroffen und das Mädchen unter der Erde gefunden hatte; wie ich dann dem Dämon entkommen war, trotzdem er beschlossen hatte, mich zu töten – alles was mein Herz erlebt hatte von Anfang bis zu Ende. Und ich dankte Allah und sagte: ‚Mein Auge, doch nicht mein Leben!' Ehe ich die Stadt verließ, ging ich ins Bad und ließ mir den Bart abrasieren; auch legte ich ein schwarzes, härenes Gewand an und begab mich dann sofort auf die Pilgerfahrt, o Herrin! Jeden Tag aber weine ich und denke an die Schicksalsschläge, die mich betroffen haben, und an den Verlust meines Auges. Und jedesmal, wenn ich daran denke, was mir widerfahren ist, weine ich und spreche folgende Verse:

> *Verwirrt bin ich. Bei Gott, kein Zweifel ist an meiner Lage:*
> *Ringsum ist Trauer; ich weiß nicht, woher sie auf mich dringt.*
> *Geduldig bin ich, bis Geduld ob meiner Geduld ermüdet;*

Geduldig bin ich, bis Gott meine Sache zu Ende bringt.
Geduldig bin ich, überwunden, doch ohne zu klagen, geduldig,
So wie ein dürstender Wandrer im heißen Tale ist.
Geduldig bin ich, bis Geduld es selber erfährt, daß ich
Geduldig war in einer Not, die bittrer als Aloe frißt.
Es gibt nichts, das wie Geduld so bitter wäre, und dennoch
Ist's bitterer als die beiden, wenn die Geduld mir bricht.
Meines Herzens Gedanken sind Dolmetsch meines Gewissens,
Wenn die innerste Stimme in dir so wie in mir spricht.
Hätten die Berge zu tragen, was ich trug, sie würden stürzen;
Das Feuer würde erlöschen, der Wind würde nicht mehr wehn.
Und wer da sagt: ,Siehe, das Leben hat doch viele süße Dinge',
Fürwahr, der wird einen Tag noch bittrer als Aloe sehn.

Dann begann ich zu reisen von einem Land zum andern und von Stadt zu Stadt zu wandern, und ich machte mich auf den Weg zur ,Stätte des Friedens', Baghdad, um dort vielleicht Eintritt zum Beherrscher der Gläubigen zu erlangen und ihm zu erzählen, was mir widerfahren ist. Ich kam heute abend in Baghdad an und traf diesen meinen ersten Gefährten, wie er ratlos dastand. Ich sprach zu ihm: ,Friede sei über dir!' und begann mit ihm zu plaudern, da trat unser dritter Gefährte an uns heran und sagte: ,Friede sei über euch! Ich bin ein Fremdling.' Wir antworteten: ,Auch wir sind Fremde und kamen hierher in dieser gesegneten Nacht.' Dann gingen wir weiter zu dritt, ohne daß einer unter uns die Geschichte des anderen gekannt hätte, bis uns das Schicksal an diese Tür führte und wir zu euch eintraten. Nun weißt du den Grund, weshalb mein Kinn und meine Lippen rasiert sind und ein Auge verloren ist.'

Da sprach die Herrin des Hauses: ,Wahrlich, deine Geschichte ist wunderbar; führe deine Hand zum Kopf und gehe deines Weges!' Aber er rief: ,Ich gehe nicht fort, bis ich die Geschichte meiner Gefährten gehört habe.' Da trat der dritte Mönch vor und sagte: ,Erlauchte Herrin! Meine Geschichte ist nicht wie die der Gefährten, sondern noch wunderbarer und erstaunlicher; und sie ist der Grund, weswegen mein Kinn rasiert und mein Auge verloren ist. Jene hat Schicksal und Verhängnis betroffen, aber ich habe das Schicksal mit eigener Hand herbeigezogen und Trauer über meine Seele gebracht. Und dies ist meine Geschichte.

DIE GESCHICHTE
DES DRITTEN BETTELMÖNCHES

Ich bin ein König, der Sohn eines Königs. Als mein Vater starb, übernahm ich die Herrschaft nach ihm. Und ich regierte in Gerechtigkeit und Wohlwollen gegen die Untertanen. Nun hatte ich eine Vorliebe dafür, zu Schiff auf dem Meere zu fahren; denn meine Stadt lag am Meere, und die See dehnte sich weit aus von dort. Um uns lagen viele große Inseln mitten im Meere; und ich hatte auf dem Wasser fünfzig Handelsschiffe, fünfzig kleinere Schiffe zu Lustfahrten und hundertundfünfzig Galeeren bereit zum Krieg und zum Glaubenskampf. Einmal wollte ich eine Lustfahrt zu den Inseln machen, und so zog ich mit zehn Schiffen aus und nahm Vorräte für einen ganzen Monat mit. Ich war schon an die zwanzig Tage auf der Fahrt, da, eines Nachts, erhoben sich widrige Winde gegen uns, und das Meer schwoll in ungeheuren Wogen gegen uns empor; die Wellen peitschten einander, und wir gaben uns schon verloren. Nun kam auch noch dichte Finsternis über uns, da rief ich aus: ‚Wer sich in Gefahr begibt, wird nicht gelobt, auch wenn er gerettet wird.‘ Und wir beteten zu Allah dem Erhabenen und flehten ihn an; aber die Winde hörten nicht auf, gegen uns zu wüten, noch die Wogen, uns zu peitschen, bis der Morgen anbrach; da legte sich der Wind, das Meer beruhigte sich, und es schien die Sonne. Dann erreichten wir eine Insel; wir stiegen
162

ans Land, kochten ein wenig zum Essen, verspeisten es und ruhten uns zwei Tage aus. Drauf stachen wir wieder in See und segelten wieder an die zwanzig Tage; da lief uns die Strömung zuwider, und dem Kapitän ward das Meer fremd. Wir aber sagten zu dem Wächter: ‚Steig in den Mastkorb und halt Umschau auf dem Meere!‘ Alsbald kletterte der Wächter den Mast hinauf und spähte aus und rief dem Kapitän zu: ‚O Kapitän, ich sehe zu meiner Rechten Fische auf der Oberfläche des Wassers, und mitten auf dem Meere sehe ich etwas Dunkles, das bald schwarz, bald weiß erglänzt.‘ Als der Kapitän die Worte des Wächters hörte, schleuderte er seinen Turban auf das Deck, riß sich den Bart aus und rief der Mannschaft zu: ‚Höret die frohe Botschaft von unser aller Untergang! Kein einziger von uns wird mit dem Leben davonkommen!‘ Und er begann zu weinen, und wir alle weinten um unser Leben; und ich sagte: ‚O Kapitän, tu uns kund, was der Wächter sah.‘ ‚O mein Gebieter,‘ erwiderte er, ‚wisse, daß wir den Kurs verloren an dem Tage, an dem die Winde sich gegen uns erhoben und die ganze Nacht bis zum Morgen wehten; dann hielten wir uns zwei Tage auf, verloren aber unseren Weg auf dem Meere. Jetzt fahren wir schon elf Tage seit jener Nacht in die Irre, und wir haben keinen Wind, der uns dorthin zurückbringt, wohin wir fahren wollen. Morgen abend werden wir zu einem Berge kommen aus schwarzem Stein, der heißt der Magnetberg; die Strömungen reißen uns, ob wir wollen oder nicht, hin zu seinem Fuße. Dort wird das Schiff bersten, und jeder Nagel des Schiffes wird zu dem Berge hinfliegen und sich an ihn heften; denn Allah der Erhabene hat den Magnetstein mit einer geheimnisvollen Kraft begabt, so daß alles, was Eisen ist, auf ihn zufliegt. An diesem Berge hängt so viel Eisen, daß niemand es zu zählen vermag als Allah der Erhabene; denn es sind seit uralten Zeiten viele Schiffe an jenem Berge zerbrochen. Über dem Meere aber erhebt sich eine Kuppel aus Messing, auf zehn Säulen errichtet; und auf der Kuppel steht ein Reiter, dessen Roß aus Kupfer ist. In der Hand jenes Reiters ist eine Lanze aus Kupfer, und auf seiner Brust hängt eine Tafel aus Blei, in die Namen und Talismane gegraben sind.' Und weiter sprach er zu mir: ,O König, kein anderer vernichtet die Menschen als jener Reiter auf dem Roß, und es gibt kein Entrinnen, als bis dieser Reiter von jenem Rosse stürzt.' Darauf, o meine Herrin, weinte der Schiffsführer bitterlich, und wir waren sicher, daß wir dem Untergange unrettbar verfallen waren; wir boten daher, ein jeder seinem Freund, Lebewohl und vertrauten ihm unser Testament, für den Fall, daß etwa er gerettet würde. Jene Nacht hindurch schliefen wir nicht; und als der Morgen anbrach, waren wir dem Berge schon näher gekommen, und die Wasser trieben uns mit Gewalt auf ihn zu. Als dann die Schiffe an seinem Fuße waren, barsten sie, die Nägel flogen heraus, und alles Eisen in ihnen strebte dem Magnetfelsen zu und haftete sich an ihn; und gegen Ende des Tages trieben wir rings um den Berg herum. Einige von uns ertranken, andere retteten sich. Aber derer, die von uns ertranken, waren mehr; und auch die, so mit dem Leben davonkamen, wußten nichts voneinander, denn die Wellen und die widrigen Winde hatten sie verschlagen. Mich aber, o meine Herrin, sparte Allah der Erhabene auf für all die Mühsal, Not und Pein, die Er mir bestimmt hatte. Ich kletterte auf eine der umherschwimmenden Planken, der Wind trieb sie dahin, und ich konnte mich an den Berg anklammern. Dort fand ich einen Weg, der zum Gipfel führte, einer Treppe gleich in den Fels gehauen. Und ich rief den Namen Allahs des Erhabenen an.' – –«

Da bemerkte Schehrezâd, daß der Morgen begann, und sie hielt in der verstatteten Rede an. Doch als die *Fünfzehnte Nacht* anbrach, sprach sie: »Es ist mir berichtet worden, o glücklicher König, daß der dritte Bettelmönch, während die übrigen Gäste festgebunden dasaßen und die Sklaven dabeistanden, die Schwerter über ihren Häuptern gezückt, der Dame also weitererzählte: ›Nachdem ich den Namen Allahs angerufen und inbrünstig zu ihm gebetet hatte, klammerte ich mich an die Stufen, die in den Stein gehauen waren, und langsam kam ich empor. Allah gebot, daß sich in diesem Augenblick die Winde beruhigten, und Er half mir beim Aufstieg, so daß ich unversehrt den Gipfel erreichte. Dort hatte ich nun keinen anderen Weg mehr als den zur Kuppel. Ich war hocherfreut über meine Rettung, trat in die Kuppel ein, vollzog die religiöse Waschung und warf mich zweimal anbetend nieder aus Dank gegen Allah, der mich errettet hatte. Dann schlief ich ein in der Kuppel und hörte im Traume eine Stimme, die sprach: ›O Sohn des Chadîb! Wenn du aus deinem Schlaf erwachst, so grabe zu deinen Füßen, und du wirst einen Bogen aus Messing finden und drei Pfeile aus Blei, auf die Talismane eingegraben sind. Nimm den Bogen und die Pfeile und schieß nach dem Reiter, der auf der Kuppel steht, und befreie die Menschen von diesem großen Unheil! Und wenn du den Reiter getroffen hast, so wird er ins Meer hinabstürzen; auch der Bogen wird dir aus der Hand fallen, aber heb ihn auf und vergrab ihn an seiner Stätte! Darauf wird das Meer anschwellen und steigen, bis es den Bergesgipfel erreicht, und auf ihm wird ein Boot erscheinen mit einem Mann aus Kupfer, einem anderen, als den du schossest. Er wird zu dir kommen mit einem Ruder in der Hand, und du steig ein zu ihm, aber nenne den Namen Allahs des Erhabenen nicht. Er wird rudern und mit dir fahren zehn

Tage lang, bis er dich in das Meer der Rettung bringt; wenn du dort angekommen bist, so wirst du jemanden finden, der dich in deine Heimat bringt. All dies wird sich dir erfüllen, wenn du den Namen Allahs nicht nennst.' Dann erwachte ich, erhob mich rasch und tat, wie mir die geheimnisvolle Stimme gesagt hatte. Ich schoß auf den Reiter und traf ihn. Da fiel er ins Meer, aber der Bogen fiel neben mir nieder; ich nahm ihn und vergrub ihn. Und alsbald brandete das Meer auf und stieg, bis es den Gipfel des Berges und mich erreichte; und ich hatte nicht lange zu warten, bis ich ein Boot von der hohen See her auf mich zukommen sah. Da dankte ich Allah dem Erhabenen. Und als das Boot näher kam, sah ich darin einen Mann aus Kupfer und auf seiner Brust eine Tafel aus Blei, beschrieben mit Zaubernamen und Talismanen; und schweigend, ohne ein Wort zu sprechen, stieg ich zu ihm ein. Nun ruderte der Mann mit mir fort, und ruderte den ersten Tag und den zweiten und den dritten, bis die zehn Tage vollendet waren. Da blickte ich auf und sah die Inseln der Rettung vor mir. Ich war hocherfreut, und im Übermaß meiner Freude nannte ich Allah; ich rief: ,Im Namen Gottes! Es gibt keinen Gott außer Allah! Gott ist der Größte!' Wie ich das getan hatte, kenterte das Boot und warf mich ins Meer; und es richtete sich wieder auf und versank in die Tiefe. Ich verstand aber zu schwimmen, und so schwamm ich jenen ganzen Tag hindurch bis zum Einbruch der Nacht. Da versagten meine Arme, und meine Schultern erlahmten; ich war ermattet und dem Ende nahe, und da ich den sicheren Tod vor Augen sah, sprach ich das Glaubensbekenntnis. Immer noch schwoll das Meer unter der Gewalt der Winde, und plötzlich kam eine Welle, so hoch wie eine mächtige Burg; die hob mich hoch empor und warf mich durch die Luft – da war ich auf trockenem Lande, nach dem Willen Allahs.

Nun kroch ich den Strand hinauf und preßte meine Kleider aus und breitete sie hin zum Trocknen; dann brachte ich die Nacht dort zu. Als es tagte, zog ich meine Kleider an und stand auf, um auszuspähen, wohin ich gehen sollte. Da fand ich eine Niederung, ging zu ihr hin und um sie herum und sah, daß die Stätte, an der ich mich befand, eine kleine Insel war, rings vom Meer umgeben. Und ich sprach zu mir selber: ‚Ich komme doch immer von einer Not in die andre!‘ Aber als ich noch nachsann über mein Schicksal und mir den Tod herbeiwünschte, siehe, da sah ich fern ein Schiff, in dem Menschen waren und das auf die Insel steuerte, auf der ich mich befand. Da machte ich mich auf und kletterte auf einen Baum. Denn schon landete das Schiff, und aus ihm heraus stiegen zehn schwarze Sklaven, die eiserne Hacken bei sich trugen. Sie gingen, bis sie zur Mitte der Insel kamen. Dort gruben sie in dem Erdboden und legten eine Platte bloß. Die Platte hoben sie auf, und das war nun eine offene Tür. Dann kehrten sie zum Schiffe zurück und brachten von dort Brot, Mehl, Butter, Honig, Schafe und Geschirr, alles, was man für eine Wohnung nötig hat. Immerfort liefen die Sklaven herbei und zogen wieder hinab zum Schiffe, kehrten zurück vom Schiffe und stiegen hinab in die Grube, bis sie alles, was auf dem Schiffe war, dorthin geschafft hatten. Darauf endlich kamen sie herbei mit den allerschönsten Kleidern, und in ihrer Mitte war ein uralter Mann. Der war zu dem geworden, was noch von ihm übrig war; denn die Zeit hatte ihn hart mitgenommen, und er sah aus, als ob er schon tot sei. Er trug ein Gewand, das aus blauen Fetzen bestand, durch das nach West und Ost der Wind hindurchpfiff. Von ihm sagt der Dichter:

> *Die Zeit erschreckt – o welch ein Schreck!*
> *Die Zeit hat Kraft und bleibt bestehn;*

Die Hand des Alten lag in der Hand eines Jünglings, der
schien, als sei er gegossen in der Form der Lieblichkeit, der Anmut und der Vollkommenheit, so daß seine Schönheit zum
Sprichwort ward weit und breit; wie ein Reis so zart war seine
Art, er bezauberte jedes Herz durch seine liebliche Gestalt, und
durch seinen zärtlichen Blick zwang er jeden Sinn in seine Gewalt. Wie der Dichter von ihm sprach, als er sang:

Man brachte die Schönheit, um ihn zu vergleichen;
Da senkte die Schönheit beschämt ihr Haupt.
Man sprach: O Schönheit, sahst du dergleichen?
Sie rief: Das zu sehn hätt ich nie geglaubt.

Sie gingen nun weiter, o Herrin, bis sie zu der Falltür kamen;
alle stiegen durch die Falltür hinab und blieben eine Stunde
oder noch länger verschwunden. Schließlich aber kamen die
Sklaven und der Greis wieder heraus, doch der Jüngling war
nicht bei ihnen. Dann legten sie die Platte wieder so hin, wie
sie vorher gewesen war, bestiegen das Schiff und schwanden
mir aus den Augen. Als sie nun fort waren, stieg ich vom Baum
herab, ging zu der zugeschütteten Stelle, grub in der Erde und
schaffte sie beiseite; aber ich mußte meine Geduld zügeln, bis
ich alle Erde weggeschafft hatte. Da ward die Falltür bloßgelegt; sie war aus Holz und von der Größe eines Mühlsteins;
und als ich sie aufhob, ward darunter eine steinerne Wendeltreppe sichtbar. Ich staunte darüber und stieg die Treppe hinab,
bis ich bei ihrem Ende anlangte, und fand eine schöne Halle,
ausgestattet mit allerlei Teppichen und Seidenstoffen. Dort
saß der Jüngling auf einem erhöhten Lager, gelehnt gegen ein
rundes Kissen, in der Hand einen Fächer und vor sich Blumen
und süßduftende Kräuter; doch er war ganz allein. Als er mich

sah, erbleichte er; ich aber grüßte ihn und sprach zu ihm: ‚Sei ruhigen Herzens und unbesorgt, nichts Arges soll dir nahen! Ich bin ein Mensch wie du und der Sohn eines Königs. Das Schicksal führte mich zu dir, um dich in deiner Einsamkeit aufzuheitern. Doch was ist dir geschehen, was ist dir widerfahren, daß du so allein unter der Erde wohnst?' Als er sicher war, daß ich wie er zum Menschengeschlecht gehörte, freute er sich, und seine Farbe kehrte zurück; und er bat mich, näherzutreten, und sagte: ‚Mein Bruder, meine Geschichte ist seltsam, und sie ist diese: Mein Vater ist ein Juwelenhändler und hat einen großen Handel und schwarze und weiße Sklaven; Kaufleute reisen für ihn auf Schiffen mit den Waren bis zu den fernsten Ländern, mit Kamelkarawanen und reichen Gütern; aber er wurde nie mit einem Kinde gesegnet. Nun träumte er einmal, ihm werde ein Sohn geschenkt werden, doch werde der nicht lange leben; und am nächsten Morgen wachte mein Vater weinend und klagend auf. In der folgenden Nacht empfing mich meine Mutter, und mein Vater schrieb sich den Tag ihrer Empfängnis auf. Als dann ihre Zeit erfüllet war, gebar sie mich; mein Vater freute sich und gab Gastmähler und speiste die Fakire und die Armen, weil er am Ende seines Lebens noch mit mir gesegnet wurde. Dann versammelte er die Sterndeuter und die Männer, die da die Stellungen der Planeten kannten, und die Weisen der Zeit und solche, die in Berechnungen und Horoskopen erfahren waren; die stellten mein Horoskop und sagten zu meinem Vater: ‚Dein Sohn wird bis zu seinem fünfzehnten Jahre leben, aber dann droht ihm Gefahr; wenn er sie übersteht, so wird er noch lange Zeit am Leben bleiben. Was ihm mit dem Tode droht, ist dieses: Im Meere der Gefahren erhebt sich der Magnetberg; auf seinem Gipfel befindet sich ein Reiter auf einem Rosse aus Kupfer, und auf der Brust des Reiters hängt eine Tafel aus Blei. Fünfzig Tage, nachdem dieser Reiter von seinem Rosse fällt, wird dein Sohn sterben, und töten wird ihn der, der den Reiter herabschießt, ein Fürst namens 'Adschîb, Sohn des Chadîb.' Da ward mein Vater sehr traurig; dann zog er mich auf und gab mir eine vortreffliche Erziehung, bis ich fünfzehn Jahre alt war. Nun erreichte ihn vor zehn Tagen die Nachricht, daß der Reiter ins Meer gefallen sei und daß der, der ihn herabschoß, 'Adschîb, Sohn des Königs Chadîb, heiße. Da fürchtete mein Vater, daß ich sterben müsse, und brachte mich an diesen Ort. Dies ist meine Geschichte und der Grund, weshalb ich allein bin.' Als ich seine Geschichte gehört hatte, war ich erstaunt und sprach zu mir selbst: ,Ich habe ja all dies getan; aber bei Allah, ich werde ihn nie und nimmer töten!' Dann sprach ich zu ihm: ,Mein Herr, ferne sei dir Krankheit und Unheil, und so Gott der Erhabene will, sollst du keine Sorge leiden, und Gram und Unruhe sollen dich meiden! Ich will bei dir bleiben und dir ein Diener sein und dann meines Weges ziehen; wenn ich dir also während dieser Tage Gesellschaft geleistet habe, mögest du mir ein Geleit von Mamluken geben, mit denen ich in mein Land zurückreise.' Darauf setzte ich mich zu ihm bis zum Abend; und dann erhob ich mich, zündete eine große Kerze an und richtete die Lampen. Wir setzten uns zusammen, nahmen etwas von den Speisen und aßen; dann holte ich etwas von den Süßigkeiten, und wir aßen auch davon. Nun blieben wir im Gespräch miteinander sitzen, bis der größere Teil der Nacht vergangen war; dann legte er sich nieder zur Ruhe, und ich deckte ihn zu und ging selber schlafen. Und am nächsten Morgen stand ich auf, wärmte Wasser und rief ihn leise, so daß er erwachte; dann brachte ich ihm das warme Wasser, und er wusch sich das Gesicht und sagte zu mir: ,Mögest du mit Gutem belohnt werden, o Jüngling! Bei Allah, wenn ich dieser Gefahr entgehe und gerettet werde vor dem, der da heißet 'Adschîb, Sohn des Chadîb, so werde ich meinen Vater bitten, dich zu belohnen; wenn ich aber sterbe, so liege mein Segen auf dir.' Ich antwortete ihm: ‚Möge es nie einen Tag geben, an dem dir Arges widerfährt; und möge Allah meinen letzten Tag vor deinem letzten Tag erscheinen lassen!‘ Darauf holte ich etwas von den Speisen, und wir aßen; dann bereitete ich ihm Weihrauch, und er nahm ein Rauchbad. Auch machte ich ein Steinchenspiel für ihn, und wir spielten miteinander. Nachher aßen wir etwas von den Süßigkeiten und spielten wieder bis zum Abend. Dann zündete ich die Lampen an, holte etwas von den Speisen, setzte mich nieder und erzählte ihm Geschichten, bis nur noch wenig von der Nacht übrig war. Schließlich legte er sich nieder zur Ruhe, und ich deckte ihn zu und ging selber schlafen. Und so fuhr ich fort, o meine Herrin, Tag und Nacht; ich gewann ihn von Herzen lieb und tröstete mich über meine Sorgen, indem ich bei mir sprach: ‚Die Sterndeuter haben gelogen; bei Allah, ich will ihn nicht töten.‘ Immerfort bediente ich ihn, aß mit ihm und erzählte ihm Geschichten, neununddreißig Tage lang. Am Abend vor dem vierzigsten Tage freute der Jüngling sich und rief: ‚Mein Bruder, Preis sei Allah, der mich vom Tode errettet hat, und das durch deinen Segen und den Segen der Begegnung mit dir; und ich bete zu Allah, daß er dich wieder in deine Heimat führe. Aber jetzt, mein Bruder, möchte ich, du wärmtest mir etwas Wasser, damit ich mich waschen und baden kann!‘ Ich rief: ‚Mit großer Freude‘; und ich wärmte Wasser in Menge, schüttete es über ihn, wusch ihm den ganzen Leib tüchtig mit schäumendem Lupinenmehl, salbte ihn und rieb ihn ab, wechselte ihm seine Kleider und breitete ein weiches Bett für ihn aus. Da erhob sich der Jüngling und legte sich nieder auf das

171

Bett, um nach dem Baden zu ruhen. Und er sagte zu mir: ,Mein Bruder, zerschneide uns eine Wassermelone und löse ein wenig Zuckerkand darin auf.' Ich ging in den Vorratsraum, sah dort eine schöne Melone, die auf einer Schüssel lag, und rief ihm zu: ,O mein Gebieter, hast du nicht ein Messer?' ,Hier ist es,' erwiderte er, ,auf der hohen Borte mir zu Häupten.' Ich eilte dorthin und nahm das Messer, indem ich es beim Griff faßte; aber als ich zurücktrat, stolperte mein Fuß, und ich stürzte schwer auf den Jüngling, mit dem Messer in der Hand. Und so erfüllte das Messer rasch das, was in der Ewigkeit geschrieben stand, und drang in das Herz des Jünglings. Er starb sofort, sein Leben war erloschen. Als ich sah, daß ich ihn getötet hatte, schrie ich laut auf, schlug mir das Gesicht, zerriß meine Kleider und sagte: ,Wahrlich, wir sind Allahs Geschöpfe, und zu ihm kehren wir zurück, o ihr Muslime! Dieser Jüngling war von dem Augenblicke der Gefahr, den die Sterndeuter und Weisen für den vierzigsten Tag angegeben hatten, nur noch durch eine Nacht getrennt; und der vorbestimmte Tod dieses Schönen sollte aus meiner Hand kommen. Wollte der Himmel, ich hätte nicht versucht, die Melone zu schneiden. Welch ein Unstern! Welche Trübsal! Doch Allah möge vollenden, was geschehen sollte!' – –«

Da bemerkte Schehrezâd, daß der Morgen begann, und sie hielt in der verstatteten Rede an. Doch als die *Sechzehnte Nacht* anbrach, fuhr sie fort: »Es ist mir berichtet worden, o glücklicher König, daß 'Adschîb der Dame also weiter erzählte: ,Und als ich sicher war, daß ich ihn getötet hatte, stand ich auf und stieg die Treppe empor, legte die Falltür wieder an ihre Stelle und bedeckte sie mit Erde. Dann blickte ich aufs Meer hinaus und sah das Schiff durch die Wasser schneiden und auf die Insel zuhalten. Und ich erschrak und sagte: ,Jetzt werden sie

172

kommen und den Jüngling tot antreffen; dann werden sie wissen, daß ich ihn getötet hatte, und ganz sicher werden sie mich töten.' Darum ging ich zu einem hohen Baum, kletterte hinauf und verbarg mich in seinen Blättern; und kaum saß ich auf dem Baume, da stiegen die Sklaven mit dem Greise, dem Vater des Jünglings, an Land und gingen auf die Stelle zu. Sie schaufelten die Erde beiseite, fanden die Falltür, stiegen hinab und sahen den Jüngling daliegen, das Antlitz noch strahlend vom Bade, gekleidet in reine Gewänder, und das Messer tief in der Brust. Da schrien sie laut und weinten, schlugen sich die Gesichter und riefen Weh und Verderben. Der Greis aber fiel in eine lange Ohnmacht, und die Sklaven glaubten, er würde seinen Sohn nicht überleben. Dann hüllten sie den Jüngling in seine Kleider und deckten ihn mit einem seidenen Leichentuch zu. Nun machten sie sich auf, um zum Schiffe zurückzukehren, und auch der Greis erhob sich. Als er aber seinen Sohn daliegen sah, sank er zu Boden und streute sich Staub auf den Kopf, schlug sich das Gesicht und raufte sich den Bart aus; und stärker nur wurde sein Weinen, als er des ermordeten Sohnes gedachte, und nochmals sank er in Ohnmacht. Dann kam ein Sklave und brachte eine seidene Decke; sie legten den Alten auf ein Polster und setzten sich zu seinen Häupten. All das geschah, während ich in dem Baume über ihnen saß und sah, was vorging; und das Herz wurde mir von dem Kummer und dem Schmerz, den ich erlitt, grau, ehe mein Haupt ergraute; und ich sprach die Verse:

> *Wie manche Gnade Allahs ist so tief versteckt,*
> *Daß der Verstand des Weisen selbst sie nicht entdeckt!*
> *Wie mancher Morgen hebt für dich mit Trauer an;*
> *Und doch – am Abend kommt zu dir die Freude dann!*
> *Wie manches Glück erscheint doch erst nach einem Schmerz,*
> *Befreiet dann von Kummer das bedrängte Herz!*

Aber der Alte, o meine Herrin, erwachte nicht aus seiner Ohnmacht bis nahe vor Sonnenuntergang; als er dann zu sich kam und auf seinen Sohn blickte und daran dachte, was geschehen war und was er gefürchtet hatte, da warf er sich auf ihn, und er schlug sich das Gesicht und das Haupt und sprach diese Verse:

Das Herz ist seit der Trennung von dem Geliebten zerbrochen;
Seht doch, wie meine Tränen mir aus den Augen rinnen!
Es schwand die Sehnsucht mit ihm in die Ferne und, ach, mein Leid!
Ich weiß nicht, was soll ich nun sagen, was soll ich beginnen?
O hätte ich ihn doch nie in meinem Leben gesehn!
Jetzt ist meine Kraft dahin, mir sind alle Wege verschlossen.
Wie kann ich denn einen Trost noch finden, da Feuerbrand
Der Liebe in mein Herz mit lodernder Flamme geflossen?
O hätte doch das Geschick des Todes ihn so ereilt,
Daß zwischen uns keine Trennung mehr sei für alle Zeiten!
Ich bitte dich, o Allah, sei du doch gütig mit uns,
Vereine mich mit ihm in alle Ewigkeiten!
Wie schön erging es uns, als dasselbe Dach uns umfing
Und wir in sorglosem Glück hinlebten innig verbunden,
Bis wir getroffen wurden vom Trennungspfeil, der uns schied!
Und wer ist's, den die Pfeile der Trennung nicht verwunden?
Ja, da traf den Liebsten der Menschen das böse Geschick;
Der einzige seiner Zeit lag da in Schönheit verkläret.
Ich sprach zu ihm, doch die Sprache des Schicksals kam mir zuvor:
Mein Sohn, o wäre doch nie ein solches Ziel uns bescheret!
Wo ist der Weg, auf dem ich dich eilends treffen kann?
O könnt ich für dich, mein Sohn, die Seele als Lösegeld zahlen!
Nenn ich dich Mond? Doch nein – des Mondes Licht vergeht.
Oder nenn ich dich Sonne? Doch nein – die Sonne verliert ihre Strahlen.
Ach, meine Trauer um dich, und ach, mein Schmerz ob der Zeit!
Dich kann mir keiner ersetzen! Wer wäre je deinesgleichen?
Dein Vater sehnt sich nach dir, und doch, seit dich der Tod
Umfangen hat, kann ich dich, ach, nie und nimmer erreichen!
Das Auge der Neider ist's, das heut uns getroffen hat.
Die ernten, was sie gesät. Weh über die schändliche Tat!

Dann tat er einen einzigen Seufzer, und seine Seele verließ seinen Leib. Da schrien die Sklaven laut: ‚Weh, unser Herr!‘, und sie warfen sich Staub auf den Kopf und weinten noch lauter. Und Seite an Seite trugen sie ihren Herrn und seinen Sohn zum Schiff hinab. Darauf setzten sie Segel und schwanden mir aus den Augen. Ich aber stieg von dem Baum, ging durch die Falltür hinab und gedachte des Jünglings; ich sah, was noch von seinen Sachen dort war, und sprach die Verse:

> *Ich sehe ihre Spuren, und ich vergehe vor Sehnsucht;*
> *An ihren verlassenen Stätten vergieße ich mein Zähren.*
> *Und ich bitte den, der meinen Weggang von ihnen beschlossen,*
> *Er möge eines Tages mir gnädig die Heimkehr gewähren.*

Und dann, o Herrin, ging ich durch die Falltür hinaus; bei Tage streifte ich auf der Insel umher, und bei Nacht kehrte ich in die unterirdische Halle zurück. So lebte ich einen Monat lang und sah oft auf die Seite der Insel hinaus, die gegen Westen lag. Denn dort pflegte an jedem Tage, der verging, das Meer trockener zu werden, bis des Wassers auf der Westseite ganz wenig ward und die Strömung aufhörte. Und als der Monat vorüber war, war das Meer in jener Richtung ganz ausgetrocknet. Da freute ich mich und fühlte mich meiner Rettung sicher. So stand ich auf und durchschritt das flache Wasser, das noch blieb, und kam zum Festland; dort aber traf ich auf große Haufen losen Sandes, in den selbst ein Kamel bis an die Knie eingesunken wäre. Doch ich faßte mir Mut und watete durch den Sand, und siehe, in der Ferne leuchtete mir mit blendendem Licht ein Feuer. Ich ging darauf zu, da ich hoffte, Hilfe zu finden, und sprach diese Verse:

> *Vielleicht, daß das Geschick noch seinen Zügel wendet*
> *Und doch noch Gutes bringet trotz der Zeiten Neid,*
> *Mir meine Hoffnung fördert, meinen Wunsch erfüllet,*
> *Und daß noch neue Freude sprießt aus altem Leid.*

Nun ging ich weiter auf das Feuer zu, und als ich nahe daran war, siehe, da war es ein Palast, dessen Tor aus Messing war; und wenn die Sonne daraufschien, leuchtete es weithin, so daß man es für ein Feuer halten konnte. Ich freute mich des Anblicks und setzte mich nieder, gegenüber dem Tor. Aber kaum hatte ich mich gesetzt, da traten zehn Jünglinge auf mich zu, in kostbare Gewänder gekleidet, und bei ihnen war ein uralter Greis; doch die zehn Jünglinge waren alle auf dem linken Auge blind. Ich wunderte mich darüber, was es mit ihnen für eine Bewandtnis haben möchte und warum sie alle so gleichmäßig blind waren. Als sie mich sahen, begrüßten sie mich und fragten mich nach mir und meiner Geschichte; und ich erzählte ihnen alles, was mir widerfahren und welches Maß des Unglücks an mir vollendet war. Da staunten sie ob meiner Erzählung und führten mich in den Palast; dort sah ich rings um die Halle zehn Lager gereiht, und ein jedes Lager hatte einen Teppich und eine Decke aus blauem Stoff. In der Mitte zwischen jenen Lagern stand ein kleineres Lager, auf dem wie bei den anderen alles blau war. Als wir eingetreten waren, nahm ein jeder der Jünglinge auf seinem Lager Platz, und der Alte setzte sich auf das kleinere Lager in der Mitte und sagte zu mir: ‚O Jüngling, nimm Platz in diesem Palaste und frage nicht nach uns, noch nach unserer Einäugigkeit.‘ Dann stand der Alte auf und setzte vor jeden Jüngling ein wenig Speise in einer Schüssel und Trank in einem Becher, und mir setzte er in gleicher Weise vor. Darauf lehnten sie sich zurück und fragten mich wieder nach meinen Abenteuern und nach allem, was mir widerfahren war; und ich erzählte ihnen bis weit in die Nacht hinein. Da sagten die Jünglinge: ‚Alter, willst du uns nicht bringen, was uns gebührt? Die Zeit ist da.‘ Er erwiderte: ‚Herzlich gern.‘ Dann stand er auf, trat in eine Kammer des Schlosses und verschwand; alsbald kam er zurück und trug auf dem Kopf zehn Platten, deren jede mit einem blauen Tuch bedeckt war. Einem jeden Jüngling setzte er eine Platte vor. Dann zündete er zehn Kerzen an und heftete an jede Platte eine Kerze. Darauf zog er die Decken weg, und siehe, auf den Platten darunter war nichts als Asche, Kohlenstaub und Kesselruß. Nun schlugen all die Jünglinge ihre Ärmel bis zu den Ellenbogen auf und begannen zu weinen und zu klagen; und sie schwärzten sich die Gesichter, zerrissen ihre Kleider und schlugen sich die Stirn und die Brust und riefen dabei: ‚Wir saßen in unserer Fülle da, doch unser Fürwitz war uns zu nah!‘ Das taten sie beständig, bis der Morgen herannahte; dann aber stand der Alte auf und wärmte Wasser für sie; und sie wuschen sich die Gesichter und legten andere Kleider an. Als ich nun dies sah, o meine Herrin, verließ mich der Verstand, mein Sinn ward verwirrt, und mein Inneres war mir voll Gedanken, bis ich vergaß, was vorher geschehen war, und nicht länger Schweigen bewahren konnte; ich mußte reden und sie fragen, und so sagte ich denn zu ihnen: ‚Was ist der Anlaß hierzu, nachdem wir so froh gewesen und müde geworden sind? Ihr habt doch, gottlob! noch gesunden Verstand, aber so etwas tun nur Verrückte. Ich beschwöre euch bei allem, was euch das Liebste ist, erzählt mir eure Geschichte und sagt mir den Grund, weshalb ihr jeder ein Auge verloren habt und euch die Gesichter schwärzt mit Asche und Ruß?‘ Da wandten sie sich zu mir und sprachen: ‚O Jüngling, laß dich durch deine Jugend nicht betören, sondern laß ab vom Fragen!‘ Dann erhoben wir uns miteinander, der Alte aber brachte uns ein wenig zu essen. Nachdem wir gegessen hatten und das Geschirr abgetragen war, saßen sie beisammen und unterhielten sich bis zum Einbruch der Nacht. Da stand der Alte auf, zündete die Wachskerzen und Lampen an und setzte Speise und

Trank vor uns hin. Und als wir damit fertig waren, saßen wir wieder beisammen, unterhielten uns und plauderten bis Mitternacht; da sprachen die Jünglinge zu dem Alten: ‚Bringe, was uns gebührt; denn die Stunde des Schlafes ist da!' Der Alte stand auf und brachte ihnen die Platten mit dem schwarzen Staub; und sie taten, wie sie in der vergangenen Nacht getan hatten. In dieser Weise blieb ich bei ihnen einen vollen Monat lang, und jede Nacht schwärzten sie sich die Gesichter mit Asche und dann wuschen sie sich und wechselten ihre Kleider. Doch ich wunderte mich darüber immer mehr, und die Versuchung trat immer särker an mich heran, so daß ich mich selbst der Speise und des Trankes enthielt. Und ich sprach zu ihnen: ‚Ihr Jünglinge, macht doch meiner Unruhe ein Ende und sagt mir, weshalb ihr euch so die Gesichter schwärzt?' Doch sie erwiderten: ‚Es wäre besser, unser Geheimnis zu bewahren.' Aber ich war ratlos über ihr Tun und enthielt mich des Essens und Trinkens, und zuletzt sagte ich zu ihnen: ‚Es hilft nichts, ihr müßt mir kundtun, was das alles bedeutet!' Sie antworteten: ‚Dies bringt Unheil über dich; denn du wirst werden wie wir.' Dennoch wiederholte ich: ‚Es hilft nichts; und wenn ihr nicht wollt, so laßt mich ziehen und zu meinem eigenen Volke zurückkehren, damit ich Ruhe habe vor dem Anblick dieser Dinge; denn das Sprichwort sagt: ‚Es ist wahrlich besser, wenn ich fern von euch bliebe, damit das Auge nicht schaue, das Herz sich nicht betrübe.' Da holten sie einen Widder, schlachteten ihn, häuteten ihn ab und sagten zu mir: ‚Nimm dies Messer und lege dich in dies Fell, so wollen wir dich einnähen; und alsbald wird ein Vogel kommen, geheißen der Vogel Roch, der wird dich hochheben und dich auf einem Berge niederlegen. Danach schneide das Fell auf und krieche heraus; der Vogel aber wird über dich erschrecken und davonfliegen und dich allein lassen. Dann wandere einen halben Tag lang, so wirst du vor dir einen Palast finden, der von wunderbarer Gestalt ist. Dort tritt ein, und dein Wunsch ist erfüllt; denn daß wir in den Palast getreten sind, ist der Grund, weshalb wir uns die Gesichter schwärzen und unser eines Auge verloren haben. Wollten wir jetzt dir unsere Geschichte erzählen, so würde es zu lange dauern; denn einem jeden von uns ist bei dem Verlust seines linken Auges etwas Besonderes widerfahren.' Ich freute mich über ihre Worte, und sie taten mit mir, was sie gesagt hatten; der Vogel trug mich davon und setzte sich mit mir auf einem Berge nieder. Ich aber kroch heraus aus dem Fell und wanderte, bis ich in den Palast kam. Siehe, da waren vierzig Mädchen, schön wie der Mond, an deren Anblick man sich nicht sattsehen konnte. Als sie mich erblickten, sprachen sie alle: ‚Herzlich willkommen, sei uns gegrüßt, o unser Herr! Einen ganzen Monat schon warteten wir deiner. Preis sei Allah, der uns einen sandte, unser wert, wie wir seiner wert sind!' Dann ließen sie mich auf einem hohen Diwan sitzen und sagten: ‚Heute bist du unser Herr und Gebieter, wir sind deine Dienerinnen und dir untertan; also befiehl uns nach deinem Gutdünken!' Ich aber staunte über sie. Sie brachten mir darauf Speise, und ich aß mit ihnen; auch setzten sie mir Wein vor. Alle umstanden mich dann, um mir aufzuwarten. Zuletzt machten fünf sich daran, eine Matte auszubreiten; darauf legten sie ringsum Blumen und Früchte und Naschwerk vielerlei Art, und dann brachten sie den Wein herbei. Nun setzten wir uns wieder zum Trinken; sie nahmen eine Laute und sangen Lieder zu ihr. Die Becher und Schalen kreisten bei uns, und mich überkam eine solche Freude, daß sie mich alle Sorgen der Welt vergessen ließ. Und ich sprach: ‚Dies ist das wahre Leben!' Und ich blieb bei ihnen, bis die Schlafenszeit kam. Da sagten sie: ‚Nimm mit dir, welche von uns du wünschest, auf daß sie dein Lager teile!' So wählte ich eine von ihnen, die hatte ein schönes Antlitz und dunkle Augen, schwarz war ihr Haar, zierlich der Lippen Paar, zusammengewachsen die Brauen, alles an ihr war wunderbar anzuschauen, sie war einem frischen Zweig oder dem Stengel des Myrrhenkrauts gleich, sie berückte das Herz und nahm es gefangen, so wie einst Dichter von ihr sangen:

> Verglich ich sie mit dem frischen Zweige – es wäre Torheit!
> Fern sei es, daß ich ihren Blick mit dem des Rehes vergleich!
> Woher hätte das zarte Reh ihre schlanken Glieder?
> Oder den Honigtrank ihrer Lippen, an Süße so reich?
> Oder ihr weites Auge, das tödliche Liebe entfachet
> Und das liebende Herz in Todesbande schlägt?
> Ich wandte mich ihr zu mit wilder, heidnischer Liebe;
> Kein Wunder ist's, wenn in dem Kranken sich rasende Leidenschaft regt.

Und ich wiederholte ihr die Worte des Dichters:

> Mein Auge soll immer nur auf deine Schönheit schauen;
> Kein Bild als deines allein soll in meinem Herzen schweben.
> Und alle meine Gedanken verehren nur dich, o Herrin;
> In Liebe zu dir will ich sterben und auferstehen zum Leben.

So verbrachte ich denn jene Nacht bei ihr; und nie habe ich eine schönere erlebt denn diese. Als aber der Morgen kam, führten die Mädchen mich in das Bad, ließen mich baden und kleideten mich in die prächtigsten Gewänder. Sie trugen Speise und Trank für uns auf, und wir aßen und tranken, und die Becher kreisten bei uns bis zum Einbruch der Nacht. Dann wählte ich wieder eine unter ihnen, an Schönheit reich, und mit Formen so weich, wie sie der Dichter beschrieb, als er sang:

> Ich sah auf ihrer Brust zwei Schreine, die waren versiegelt
> Mit Moschus, auf daß der Verliebte sie nicht berührt und verletzt.
> Sie behütet die beiden mit Pfeilen aus ihren Blicken;
> Sie trifft mit ihrem Pfeile den, der sich ihr widersetzt.

Und auch mit ihr verbrachte ich die schönste Nacht bis zum Morgen; und, um mich kurz zu fassen, o meine Herrin, ich blieb bei ihnen im herrlichsten Leben ein ganzes Jahr lang. Aber zu Anfang des zweiten Jahres sprachen sie zu mir: ‚Ach, hätten wir dich nie kennen gelernt! Doch wenn du auf uns hörst, so kannst du dadurch gerettet werden‘; und sie begannen zu weinen. Ich aber war erstaunt und fragte sie: ‚Was bedeutet dies?‘ Da antworteten sie: ‚Siehe, wir sind Töchter von Königen, und wir sind seit Jahren hier vereint. Wir bleiben vierzig Tage fort und bleiben ein Jahr hier, essen und trinken, ergötzen und freuen uns; aber dann müssen wir fortgehen. Das ist unsere Gewohnheit. Nun fürchten wir, daß du, wenn wir fort sind, unserem Befehle zuwiderhandelst. Siehe da, wir übergeben dir die Schlüssel des Schlosses; in ihm sind vierzig Zimmer. Du darfst diese neununddreißig Türen öffnen; aber hüte dich, die vierzigste Tür zu öffnen, sonst mußt du uns verlassen.‘ Ich rief: ‚Ich werde sie nicht öffnen, wenn das die Trennung von euch bedeutet!‘ Darauf trat eine von ihnen zu mir, umarmte mich und weinte und sprach die Verse:

> Vereinet uns die Nähe nach der Trennung wieder,
> So lächelt das Antlitz der Zeit, nachdem es in Runzeln hing.
> Und werden durch einen Blick von dir meine Augen geschmücket,
> Verzeih ich der Zeit die Sünden, die sie an mir beging.

Und ich sprach noch diese Verse:

> Als sie zum Abschied nahte, das arme Herz so erfüllet
> Von tiefer Sehnsucht und zugleich von wildem Leide,
> Weinte sie klare Perlen, und aus meinen Augen strömten
> Diamanten; auf ihrer Brust vereinten sie sich zum Geschmeide.

Als ich sie weinen sah, sprach ich: ‚Bei Allah, nie und nimmer will ich jene Tür öffnen!‘ und ich nahm Abschied von ihr. Sie alle gingen hinaus, und dann flogen sie davon; ich aber blieb allein in dem Palast. Als nun der Abend nahte, öffnete ich die Tür des ersten Zimmers, und ich trat ein und sah mich in einem Raum, der dem Paradiese glich. Darinnen war ein Garten, in dem so vielerlei Arten von grünen Bäumen standen, auf denen ganz zarte und reife Früchte sich fanden; die kleinen Vöglein sangen, und die reinen Bächlein sprangen. Dessen erfreute sich mein Gemüt, und ich schritt zwischen der Bäume Reihn, ich sog den Duft der Blumen ein und hörte den Gesang der Vögelein, wie sie Ihn priesen, der da allmächtig ist allein; auch sah ich die Farbe der Äpfel von rotgelbem Schein; so wie der Dichter sagt:

> *Ein Apfel, der in sich vereint zwei Farben, die da gleichen*
> *Der Wange der Geliebten und dem schüchternen Sehnsuchtsreichen.*

Dann sah ich die Quitten und atmete ihren Duft ein, der Moschus und Ambra beschämt, wie der Dichter sagt:

> *Die Quitte vereint in sich die Freuden der Menschen; sie ist*
> *Die Königin der Früchte ob ihrer Schönheit Gewalt:*
> *Wie Wein ihr Geschmack und wie eine Moschuswolke ihr Duft,*
> *Wie Gold ihre Farbe und rund wie der Vollmond ihre Gestalt.*

Dann sah ich noch Aprikosen vor mir, deren Schönheit das Auge entzückte wie geglätteter Saphir. Darauf verließ ich jenen Ort und verschloß die Tür des Zimmers, so wie sie zuvor gewesen war. Am nächsten Tage öffnete ich ein anderes Zimmer und trat hinein. Darinnen war ein weites Land, in dem ein hoher Palmenhain stand; dort rieselte ein Bächlein frisch, sein Ufer bedeckt mit Gebüsch von Rosen und Jasminen, Majoran und Eglantinen, Narzissen und Levkojen. Ein Windhauch strich über alle die duftenden Blumen dahin, und jener herrliche Wohlgeruch verbreitete sich nach rechts und nach links; das erfüllte mich mit vollkommener Freude. Darauf verließ ich jenen Ort und verschloß die Tür des Zimmers, wie sie zuvor gewesen war. Dann öffnete ich die Tür des dritten Zimmers und sah in ihm eine weite Halle, deren Boden belegt war mit buntem Marmor und vielerlei kostbaren und prächtigen Steinplatten; dort waren Käfige aus Sandel- und Aloeholz, voll von Singvögeln, Nachtigallen, Ringeltauben, Amseln, Kanarien und nubischen Sängern. Darüber ward mein Herz froh, und meine Sorgen wurden gelöst; und ich schlief an jenem Orte bis zum Morgen. Dann öffnete ich die Tür des vierten Zimmers. Darin fand ich einen großen Saal, und rings um ihn waren vierzig Kammern, deren Türen offen standen. In die trat ich ein, und dort sah ich Perlen, Saphire, Topase, Smaragde und so kostbare Edelsteine, wie sie keine Zunge beschreiben kann. Da ward mein Verstand entrückt durch diesen Anblick, und ich sagte zu mir: ,Diese Dinge, deucht mich, finden sich nicht einmal in der Schatzkammer eines wirklichen Königs.' Damals ward mein Sinn froh, und meine Sorgen schwanden, und ich sprach: ,Jetzt bin ich der größte König meiner Zeit, da mir durch Allahs Gnade alle diese Schätze zuteil wurden; und ich gebiete über vierzig Mädchen, die keinen anderen Herrn haben als mich.' Nun sah ich mir immerfort ein Zimmer nach dem anderen an, bis neununddreißig Tage vergangen waren. In dieser Zeit hatte ich alle Zimmer geöffnet außer dem einen Zimmer, dessen Tür zu öffnen mir die Prinzessinnen verboten hatten. Doch, o meine Herrin, mein Sinn dachte immer an jenes Zimmer, das die Vierzig voll machte, und Satan wollte zu meinem Verderben mich zwingen, daß ich es öffnete. So hatte ich keine Geduld mehr, um mich zu bezwingen, obgleich nur noch ein einziger Tag übrig blieb, bis die Zeit erfüllt war. Da ging ich denn zu jenem Zimmer, öffnete die Tür und trat ein. Darin war ein so starker Duft, wie ich ihn noch nie gerochen hatte, und der betäubte meine Sinne. Ich fiel ohnmächtig nieder und blieb eine ganze Weile so liegen. Danach aber faßte ich mir ein Herz, trat ein in das Zimmer und sah, daß sein Boden mit Safran bestreut war. Und ferner sah ich Lampen aus Gold und mit Blumen, die den Duft von Moschus und Ambra verbreiteten, und helles Licht ging von ihnen aus; auch sah ich zwei große Weihrauchbecken, die beide mit Aloe, Amber und Honigduftwerk angefüllt waren; und der Saal war erfüllt von ihrem Duft. Und da, o meine Herrin, erblickte ich ein edles Roß, schwarz wie das Dunkel der Nacht, wenn sie am dunkelsten ist; vor ihm standen zwei Krippen aus klarem Kristall, in einer war enthülster Sesam, und in der anderen war Rosenwasser mit Moschus zubereitet. Das Roß war gesattelt und gezäumt, und sein Sattel war aus rotem Golde. Als ich das sah, erstaunte ich und sprach zu mir selbst: ‚Mit diesem Tier muß es eine ganz seltsame Bewandtnis haben.‘ Und Satan verleitete mich, und ich führte es hinaus und bestieg es; aber es wollte sich nicht vom Flecke rühren. Da schlug ich ihm mit den Fersen in die Flanken, doch es bewegte sich nicht; nun nahm ich die Peitsche und gab ihm einen Schlag damit. Kaum jedoch verspürte es den Schlag, so wieherte es laut mit einem Klang wie der rollende Donner, und es entfaltete ein Paar Flügel und flog mit mir hoch zum Himmel empor, höher als irgendein Mensch zu blicken vermag. Nach einer Weile jedoch ließ es sich mit mir auf einer Dachterrasse nieder, warf mich vom Rücken, peitschte mich mit dem Schweif ins Gesicht und schlug mir das linke Auge aus, so daß es mir über die Wange rollte, und flog weg von mir. Da stieg ich hinab von dem Dach und befand mich bei den zehn einäugigen Jünglingen. Die riefen mir zu: ‚Sei nicht willkommen und sei nicht gegrüßt!‘ Ich aber antwortete: ‚Sehet, ich bin geworden wie ihr; und ich wünsche, ihr gäbet mir eine Platte voll Schwärze, mir das Gesicht zu schwärzen, und nähmet mich auf in eure Gesellschaft.‘ ‚Bei Allah,‘ sprachen sie,

‚du sollst nicht bei uns bleiben, heb dich hinweg von hier!'
Und da sie mich forttrieben trotz meiner Bedrängnis, wobei ich
an all das denken mußte, das über mein Haupt gekommen war,
verließ ich sie mit betrübtem Herzen und mit Tränen im Auge;
und leise sprach ich: ‚Ich saß in meiner Fülle da, aber mein Fürwitz war mir zu nah.' Dann rasierte ich mir Kinn und Lippen
und wanderte auf der Erde Allahs umher. Und Gott bestimmte,
daß ich wohlbehalten in Baghdad ankommen sollte zu Beginn
dieser Nacht. Hier aber traf ich diese beiden, wie sie ratlos standen; da grüßte ich sie und sprach: ‚Ich bin ein Fremder!' und
sie erwiderten: ‚Auch wir sind Fremde!' So trafen wir zusammen, wir, die drei Mönche, alle drei blind auf dem linken Auge.
Das, o meine Herrin, ist der Grund, weshalb ich mir den Bart
abrasierte und weshalb ich mein Auge verlor.' Da sprach die
Dame zu ihm: ‚Führe deine Hand zum Kopf und geh fort!' Er
aber rief: ‚Bei Allah, ich gehe nicht fort, bis ich die Geschichte
der anderen gehört habe.'

Darauf wandte die Dame sich zu dem Kalifen und zu Dscha'far
und Masrûr und sprach zu ihnen: ‚Erzählt mir eure Geschichte!'
Nun trat Dscha'far vor und erzählte ihr dieselbe Geschichte,
die er der Pförtnerin berichtet hatte, als sie das Haus betraten;
und als sie seine Worte angehört hatte, sagte sie: ‚Ich schenke
euch einander das Leben.' Da gingen alle hinaus; und als sie auf
der Straße standen, sprach der Kalif zu den Mönchen: ‚Ihr
Leute, wohin geht ihr jetzt, da doch der Morgen noch nicht
dämmert?' Sie antworteten: ‚Bei Allah, o unser Herr, wir wissen nicht, wohin wir gehen sollen.' ‚Kommt und verbringt den
Rest der Nacht bei uns!' sagte der Kalif zu ihnen; und zu
Dscha'far: ‚Nimm sie mit dir nach Hause, und morgen führe
sie vor mich, damit wir aufzeichnen, was ihnen widerfahren
ist!' Dscha'far tat, wie der Kalif ihm befohlen hatte; darauf ging

der Kalif in seinen Palast hinauf. Aber der Schlaf wollte in jener Nacht nicht zu ihm kommen.

Als nun der Morgen kam, setzte er sich auf den Thron seiner Herrschaft; und nachdem die Großen des Reiches sich versammelt hatten, wandte er sich an Dscha'far und sprach zu ihm: ‚Bringe mir die drei Damen und die beiden Hündinnen und die Bettelmönche.' Da ging Dscha'far hin und führte sie vor ihn; die Damen brachte er verschleiert herein. An diese wandte er sich, indem er sprach: ‚Wir vergeben euch, weil ihr zuvor euch freundlich zeigtet, ohne uns zu kennen; jetzt aber möchte ich euch zu wissen tun, daß ihr steht vor dem fünften der Nachkommen des ’Abbâs, vor Harûn er-Raschîd, dem Bruder des Kalifen Mûsa el-Hâdi, dem Sohne des Muhammed el-Mahdi, des Sohnes des Abu Dscha'far el-Mansûr, des Sohnes Muhammeds, des Bruders von es-Saffâh ibn Muhammed. Nun berichtet ihm nichts als lautere Wahrheit!' Als die Damen Dscha'fars Worte im Namen des Beherrschers der Gläubigen hörten, trat die älteste vor und sagte: ‚O Beherrscher der Gläubigen, mir ist es so ergangen, daß meine Geschichte, würde sie mit Sticheln in die Augenwinkel geschrieben, eine Warnung wäre für jeden, der sich warnen ließe, und guten Rat enthielte für den, der sich raten ließe.' – –«

Da bemerkte Schehrezâd, daß der Morgen begann, und sie hielt in der verstatteten Rede an. Doch als die *Siebenzehnte Nacht* anbrach, fuhr sie fort: »Es ist mir berichtet worden, o glücklicher König, daß die älteste Dame, als sie vor den Beherrscher der Gläubigen trat, zu erzählen begann

Ich habe eine seltsame Geschichte, und dies ist sie: Diese beiden schwarzen Hündinnen sind meine Schwestern; denn wir waren drei leibliche Schwestern, von dem gleichen Vater und der gleichen Mutter; die zwei anderen Mädchen aber, die eine mit den Narben und die andere, die Wirtschafterin, sind meine Schwestern von einer anderen Mutter. Als unser Vater starb, nahm eine jede ihr Teil von der Erbschaft. Nach einer Weile starb auch meine Mutter und hinterließ uns dreitausend Dinare; eine jede erhielt als ihr Erbteil tausend Dinare; ich aber war die jüngste unter ihnen. Meine Schwestern statteten sich aus und vermählten sich beide. Und nach einer Weile verschafften sich ihre beiden Gatten Waren, nachdem jeder von seiner Frau tausend Dinare erhalten hatte. Dann reisten sie alle miteinander ab und ließen mich allein. Sie waren fünf Jahre lang fort; während der Zeit verschwendeten die Gatten das Geld und wurden bankerott, und sie verließen ihre Frauen im fremden Lande. Nach den fünf Jahren kam meine älteste Schwester zu mir als Bettlerin, in zerfetzten Kleidern und einem schmutzigen alten Mantel; und sie war im elendesten Zustand. Als ich sie erblickte, war sie mir gänzlich fremd, und ich erkannte sie nicht; aber als ich sie dann erkannte, fragte ich sie: ‚Was bedeutet dies?‘ und sie antwortete: ‚O Schwester, Worte nützen jetzt nichts mehr; denn das Schicksal hat vollbracht, was uns zugedacht!‘ Da schickte ich sie ins Bad, kleidete sie in ein neues Kleid und sprach zu ihr: ‚Liebe Schwester, du ersetzest mir Vater und Mutter; Allah hat das Erbe, das mir zugleich mit euch zuteil ward, gesegnet, und ich lebe dadurch in Wohlstand. Ich habe großen Reichtum; darin will ich mich mit dir teilen.‘ So erwies ich ihr viel Gutes, und sie blieb bei mir ein ganzes Jahr; unsere Gedanken aber waren stets bei unserer anderen Schwester. Ganz kurze Zeit darauf, siehe, da kam sie plötzlich; doch sie war in noch elenderem Zustande als dem, in dem die ältere Schwester gekommen war. Ich aber erwies ihr noch mehr Gutes als der ersten, und beide hatten ihr Teil an allem, was mein war. Nach einer Weile jedoch sagten sie zu mir: ‚O Schwester, wir wünschen uns wieder zu vermählen; denn wir können es nicht ertragen, ohne Gatten dazusitzen.‘ Da erwiderte ich ihnen: ‚Ihr meine Augen, euch ist es bislang in der Ehe nicht gut gegangen; denn heutzutage ist ein vortrefflicher Mann selten zu finden. Darum sehe ich in eurer Rede keinen Nutzen; auch habt ihr ja schon die Ehe erprobt.‘ Aber sie wollten meinen Rat nicht annehmen und vermählten sich ohne meine Einwilligung; trotzdem gab ich ihnen von meinem Gelde Mitgift und Ausstattung; und so zogen sie davon mit ihren Männern. Doch nach einer kurzen Weile verrieten ihre Gatten sie und nahmen ihnen, was sie besaßen, gingen davon und ließen sie im Stich. Da kamen sie beschämt zu mir, und sie entschuldigten sich und sagten: ‚Zürne uns nicht! Du bist zwar jünger als wir an Jahren, aber vollkommener an Einsicht. Wir wollen hinfort nie wieder von Heirat reden; so mache uns zu deinen Dienerinnen, daß wir unsern Bissen essen können.‘ Da rief ich: ‚Willkommen, meine Schwestern! Mir ist nichts teurer als ihr.‘ Ich nahm sie auf und war nun doppelt freundlich. Und ein volles Jahr lang blieben wir so beisammen. Da aber beschloß ich, ein Schiff nach Basra auszurüsten; und ich befrachtete ein großes Fahrzeug und belud es mit Waren und Gütern für den Handel, und mit dem Proviant, der für eine Reise nötig ist. Und ich sprach zu meinen Schwestern: ‚Wollt ihr zu Hause bleiben, bis ich von meiner Reise zurückkehre,

oder begleitet ihr mich lieber?' Sie antworteten: ‚Wir wollen
mit dir reisen; denn wir ertragen die Trennung von dir nicht.'
So gestattete ich ihnen mitzukommen. Mein Geld aber teilte
ich in zwei gleiche Teile, von denen ich den einen mit mir
nahm, während ich den anderen aufbewahren ließ; denn ich
sagte mir: ‚Vielleicht trifft das Schiff ein Ungück, und wir bleiben dennoch am Leben, dann werden wir bei der Rückkehr
finden, was für uns von Nutzen ist.' Wir fuhren nun einige
Tage und Nächte hindurch. Aber das Schiff ging mit uns in
die Irre, da der Kapitän nicht auf den Weg geachtet hatte; und
so kam es in ein anderes Meer, als das wir suchten. Eine Weile
merkten wir das nicht; denn der Wind war uns günstig zehn
Tage lang, und als dann der Wächter hinaufstieg, um Ausschau zu halten, rief er: ‚Gute Nachricht!', stieg erfreut herunter und sagte: ‚Ich habe etwas gesehen wie eine Stadt; aber
es sieht aus wie eine Taube.' Da freuten auch wir uns, und ehe
noch eine Stunde verstrichen war, erschien uns in der Ferne
eine Stadt. Wir fragten den Kapitän: ‚Wie heißt diese Stadt,
die wir da vor uns sehen?' Doch er erwiderte: ‚Bei Allah, ich
weiß es nicht; denn ich sah sie noch nie zuvor, noch auch segelte
ich jemals in diesem Meere. Doch jetzt ist ja alles zu einem guten
Ende gekommen, und ihr braucht nur in diese Stadt hineinzugehen. Leget eure Waren aus; und wenn ihr verkaufen
könnt, so verkaufet und kaufet dafür ein, was nur immer dort
sein mag! Könnt ihr aber nicht verkaufen, so wollen wir nur
zwei Tage liegen bleiben, Vorrat einnehmen und dann weiter-
segeln.' Wir liefen alsbald in den Hafen ein, und der Kapitän
ging in die Stadt und blieb eine Weile weg; als er zu uns zurückkam, sagte er: ‚Auf! Geht in die Stadt und staunt ob der
Werke Allahs an seinen Geschöpfen und betet, daß ihr bewahrt bleibt vor seinem Zorn!' So gingen wir denn zur Stadt

hinauf, und als ich zum Stadttor kam, sah ich dort Menschen mit Stöcken in den Händen. Wie ich aber näher hinzutrat, zeigte es sich, daß sie durch Gottes Zorn zu Stein verwandelt waren. Dann gingen wir hinein in die Stadt und fanden alle ihre Einwohner in schwarzen Stein verwandelt. Darinnen war keine bewohnte Stätte noch jemand, der ein Feuer angeblasen hätte. Grauen faßte uns bei diesem Anblick, und wir gingen dahin durch die Basare; da fanden wir die Waren noch daliegen, und auch das Gold und das Silber, so wie alles verlassen war. Wir sahen es uns an und sagten: ,Mit alledem hat es wohl eine eigene Bewandtnis.' Nun verteilten wir uns in den Straßen der Stadt, und ein jeder verlor den anderen aus dem Auge beim Sammeln des Reichtums, des Geldes wie der kostbaren Stoffe. Ich selber aber ging zur Burg hinauf und fand, daß sie stark befestigt war. Dann trat ich in das Schloß des Königs ein und fand all die Geräte aus Gold und Silber. Auch sah ich den König dasitzen inmitten seiner Kammerherren, seiner Statthalter und seiner Minister; er trug Kleider, die durch ihre Kostbarkeit den Sinn verwirrten. Und als ich näher an den König herantrat, sah ich ihn auf einem Throne sitzen, der eingelegt war mit Perlen und Edelsteinen; sein Gewand war aus Goldtuch, und jeder Edelstein darauf blitzte wie ein Stern. Rings um ihn standen fünfzig Mamluken, gekleidet in mancherlei Seide, gezogene Schwerter in ihrer Hand. Als ich das sah, war ich starr vor Erstaunen; doch ich ging weiter und trat in das Frauengemach ein, dessen Wände behangen waren mit Vorhängen aus goldgestreifter Seide. Und hier sah ich die Königin liegen in einem Gewande, das mit klaren Perlen besetzt war; auf ihrem Haupte war ein Diadem mit vielerlei Edelsteinen, und um ihren Hals hingen Ketten und Geschmeide. Alles, was sie trug, Kleidung und Schmuck, war unberührt, aber sie selber war

190

durch Allahs Zorn zu schwarzem Stein geworden. Nun sah ich eine offene Tür, zu der ging ich; sie führte zu einer Treppe von sieben Stufen. Ich stieg hinauf und kam in einen Saal, getäfelt mit Marmor und ausgestattet mit goldgewirkten Teppichen; in der Mitte stand ein Thron aus Wacholderholz, eingelegt mit Perlen und Edelsteinen und besetzt mit zwei ganz großen Smaragden. Und dort war auch eine Nische, deren Vorhang an einer Perlenschnur herabgelassen war; und ich sah ein Licht aus der Nische hervorstrahlen, stieg hinan und fand einen Edelstein, so groß wie ein Straußenei, der am oberen Ende der Nische auf einem kleinen Throne lag; von dem ging ein helles, weithin scheinendes Licht aus. Jener Thron aber war belegt mit allerlei seidenen Stoffen, die den Beschauer durch ihre Schönheit verwirrten. Als ich all das erblickte, erstaunte ich sehr; doch dann sah ich an jenem Orte noch brennende Kerzen, und ich sagte zu mir: ‚Irgend jemand muß diese Kerzen angezündet haben.' Darauf ging ich weiter und kam in einen anderen Raum; und ich forschte und ging umher in allen Räumen. Dabei vergaß ich mich selbst vor dem Erstaunen über all diese Dinge, das mich gepackt hatte. Und so versank ich in Sinnen, bis die Nacht hereinbrach. Nun wollte ich hinausgehen; aber da ich das Tor nicht wußte, so verlor ich den Weg, und ich kehrte nach der Nische zurück, wo die brennenden Kerzen waren. Ich setzte mich auf das Lager und hüllte mich ein in eine Decke, nachdem ich ein paar Verse des Korans gesprochen hatte. Dann wollte ich schlafen, aber ich konnte es nicht; denn die Schlaflosigkeit verfolgte mich. Als es Mitternacht ward, hörte ich eine liebliche Stimme den Koran singen; aber die Stimme war ganz leise. Erfreut ging ich der Stimme nach, bis ich an eine Kammer kam, deren Tür ich angelehnt fand. Ich öffnete die Tür und schaute hinein: es war eine Kapelle mit einer Gebetsnische, die von Hängelampen und zwei Kerzen erhellt war. Ein Gebetsteppich war darin ausgebreitet, auf dem ein Jüngling saß, schön anzuschauen. Und vor ihm lag auf ihrem Gestell eine Abschrift des Korans, in der er las. Und ich staunte, daß er allein unter dem Volke der Stadt am Leben war, trat ein und grüßte ihn; und er hob die Augen auf und erwiderte meinen Gruß. Da sprach ich zu ihm: ‚Ich beschwöre dich bei dem, was du im Buche Allahs gelesen hast, antworte mir auf meine Frage!' Der Jüngling aber sah mich an, lächelte und sprach: ‚O Dienerin Allahs, tu mir kund, weshalb du hierhergekommen bist; dann will ich dir kundtun, was sowohl mir wie dem Volke dieser Stadt widerfahren ist und wie ich gerettet wurde.' Ich erzählte ihm also meine Geschichte, und er staunte darüber. Dann fragte ich ihn nach der Geschichte des Volkes dieser Stadt, und er antwortete: ‚Habe Geduld mit mir eine Weile, o meine Schwester!' Darauf schloß er das heilige Buch und barg es in einem Beutel aus Atlas. Er ließ mich dann an seiner Seite Platz nehmen, und ich sah ihn an: siehe, er war wie der Mond, wenn er in voller Schöne am Himmel thront, an Schönheit so reich, von Formen so weich; er war süß anzuschauen wie ein Laib von Zucker, ebenmäßig von Gestalt, wie der Dichter von seiner Art in diesen Versen gesungen hat:

> *Der Sterndeuter schaute einst, da erschien ihm in der Nacht*
> *Der liebreizende Jüngling in seiner Schönheit Pracht.*
> *Ihm hatte Saturn gegeben sein wunderbar schwarzes Haar*
> *Und ihm die Farbe des Moschus geschenkt für sein Schläfenpaar.*
> *Mars hatte sich beeilt, die Wange ihm rot zu schmücken,*
> *Und der Bogenschütz ihm gesandt die Pfeile aus seinen Blicken.*
> *Merkur hatte ihm verliehen den allerschärfsten Verstand,*
> *Der Große Bär von ihm die Blicke der Neider gewandt.*
> *Da stand der Deuter verwirrt ob dessen, was er erblickt;*
> *Und der Vollmond küßte die Erde vor ihm, der ihn ganz berückt.*

Ja wahrlich, Allah der Erhabene hatte ihn gekleidet in das Gewand der Vollkommenheit und hatte es auf seiner Wange umsäumt mit strahlender Lieblichkeit, wie der Dichter von ihm gesungen hat:

> *Ich schwöre beim Duft seiner Lider und bei seiner schlanken Gestalt,*
> *Und bei den Pfeilen, die er gefiedert mit Zaubergewalt;*
> *Bei seinen weichen Formen, seines Blickes zartem Licht;*
> *Bei seiner weißen Stirn, seinen Locken, so schwarz und dicht;*
> *Und bei der Braue, die mir den Apfel des Auges stiehlt,*
> *Die mich überwältigt, wenn sie verbietet oder befiehlt;*
> *Bei seinen rosigen Wangen, dem Haarflaum, so wunderbar fein,*
> *Und den korallenen Lippen, der Zähne Perlenreihn;*
> *Bei seinem Halse und bei seinem Leibe, der schön sich neigt,*
> *Und der auf seiner Brust Granatapfelblüten zeigt;*
> *Bei seinen schweren Hüften, die beben, mag er gehn*
> *Oder auch ruhn, und bei seinem Leibe, so schlank und schön;*
> *Bei seiner seidigen Haut und bei seinem Atem, so weich,*
> *Ja, bei alledem, was ihn an Schönheit machte so reich;*
> *Bei seiner mildtätigen Hand, seiner Zunge Redlichkeit,*
> *Und bei seiner edlen Geburt, seiner Macht, so hoch und weit:*
> *Der Moschus hat, wird er bereitet, von ihm nur seinen Duft;*
> *Von seinem Wohlgeruch kommt die Ambrawolke der Luft.*
> *So auch die strahlende Sonne: vor ihm muß sie erbleichen;*
> *Ja, sie kann nicht einmal dem Span seines Nagels gleichen!*

Und ich sah ihn an mit einem Blick, der tausend Seufzer der Sehnsucht in mir weckte; und mein Herz war von Liebe zu ihm ergriffen. Ich fragte ihn nun: ,O mein Gebieter, tue mir kund, wonach ich dich fragte.' Er antwortete: ,Ich höre und gehorche! Wisse, o Dienerin Allahs, diese Stadt war die Hauptstadt meines Vaters, des Königs, den du auf dem Throne sahest, verwandelt durch Allahs Zorn in schwarzen Stein; und die Königin, die du in der Nische sahest, ist meine Mutter. Sie und alles Volk der Stadt waren Magier, und sie beteten das Feuer an statt des Königs, dem alles untertan; sie schworen bei Feuer und Licht, bei Schatten und Sonnenbrand und bei dem kreisenden Firmament, das die Welt umspannt. Mein Vater aber hatte keinen Sohn, bis er gegen das Ende seines Lebens mit mir gesegnet wurde; und er zog mich auf, bis ich emporwuchs, und das Glück kam mir in allem entgegen. Nun aber lebte bei uns eine hochbetagte Frau, eine Muslimin, die im Innern an Allah und seinen Propheten glaubte, wenn sie sich äußerlich auch meinem Volke anschloß. Mein Vater setzte volles Vertrauen in sie, da er sie als zuverlässig und tugendhaft kannte, und behandelte sie mit immer wachsender Freundlichkeit; denn er vermeinte ja, daß sie seines Glaubens wäre. Als ich nun fast herangewachsen war, gab mich mein Vater in ihre Obhut und sagte: ‚Nimm ihn und erziehe und lehre ihn die Regeln unseres Glaubens; unterrichte ihn gut und pflege ihn sorgsam!‘ Da nahm die Alte mich zu sich und lehrte mich den Glauben des Islams und die göttlichen Vorschriften der Reinigung, der religiösen Waschung und des Gebets, auch ließ sie mich den Koran auswendig lernen und sagte: ‚Diene niemandem als Allah dem Erhabenen!‘ Und als ich dies alles in mich aufgenommen hatte, sagte sie zu mir: ‚Mein Sohn, verbirg diese Dinge vor deinem Vater und offenbare ihm nichts, damit er dich nicht töte.‘ So verbarg ich es vor ihm und blieb dabei, bis wenige Tage darauf die alte Frau starb. Das Volk der Stadt aber ward in seiner Gottlosigkeit und Anmaßung und seinem Irrtum nur noch ärger. Eines Tages jedoch, während sie noch immer so dahinlebten, siehe, da vernahmen sie einen Rufer, der mit lauter Stimme gleich brüllendem Donner schrie, daß alle nah und fern es hörten: ‚Ihr Leute dieser Stadt, laßt ab von der Anbetung des Feuers und betet zu Allah, dem allerbarmenden König!‘ Schrecken befiel die Leute der Stadt, und sie versammelten sich bei meinem Vater, der ja König der Stadt war, und fragten ihn: ,Was bedeutet diese Stimme des Schreckens, die wir gehört haben? Sie hat uns erschüttert durch das Übermaß ihres Grauens.' Er aber erwiderte ihnen: ,Lasset die Stimme euch nicht mit Furcht und Schrecken erfüllen oder euch von eurem Glauben abtrünnig machen!' Da beugten sich ihre Herzen vor den Worten meines Vaters, und sie ließen nicht ab, das Feuer anzubeten, sondern blieben verstockt in ihrem Götzendienst, bis ein volles Jahr vergangen war, nachdem sie die erste Stimme vernommen hatten. Da erscholl ihnen ein zweiter Ruf, und sie vernahmen ihn und noch einen dritten zu Anfang des dritten Jahres; so hörten sie ihn in jedem der drei Jahre einmal. Doch immer noch verharrten sie in ihrem Frevel, bis eines Tages mit dem Morgengrauen der Grimm und Zorn des Himmels über sie kam; da wurden sie alle in schwarzen Stein verwandelt, sie mitsamt ihren Haustieren, großen und kleinen. Und von den Einwohnern dieser Stadt wurde niemand verschont außer mir allein. Seit dem Tage, an dem das Furchtbare geschah lebe ich nun so, wie du mich siehst, beständig im Gebet und im Fasten, und mit dem Lesen des Korans beschäftigt; aber diese Einsamkeit, in der ich niemanden zur Gesellschaft habe, kann ich jetzt nicht mehr ertragen.' Darauf sprach ich zu ihm, der mein Herz gefangengenommen hatte: ,O Jüngling, willst du mit mir zur Stadt Baghdad ziehen und die Schriftgelehrten und Rechtsgelehrten besuchen, daß du wachsest an Weisheit, Verstand und Kenntnis des Glaubens? Und wisse, daß die Dienerin, die vor dir steht, eine Herrin ihres Volkes ist und über Mannen, Eunuchen und Diener gebietet. Ich habe bei mir ein Schiff, beladen mit Waren, und gewißlich trieb mich das Schicksal in diese Stadt, damit ich Kunde erhielt von diesen Dingen; denn es war vorherbestimmt, daß wir uns treffen sollten.' Und ich ließ nicht ab, ihn zur Reise zu überreden und mit sanften Worten in ihn zu dringen, bis er bereit war und einwilligte.' – –«

Da bemerkte Schehrezâd, daß der Morgen begann, und sie hielt in der verstatteten Rede an. Doch als die *Achtzehnte Nacht* anbrach, fuhr sie fort: »Es ist mir berichtet worden, o glücklicher König, daß die Dame nicht abließ, den Jüngling zu überreden, mit ihr zu ziehen, bis er darin eingewilligt hatte. ‚Ich schlief nun' – so sagte sie zum Kalifen – ‚in jener Nacht zu seinen Füßen, und ich wußte vor Freude kaum, wo ich war. Als aber der Morgen dämmerte, standen wir auf, traten in die Schatzgewölbe ein und nahmen alles, was nicht beschwert und doch von hohem Wert; dann gingen wir vom Schloß zu der Stadt hinab, wo wir die Sklaven und den Kapitän trafen, die nach mir suchten. Als sie mich sahen, freuten sie sich, und ich berichtete ihnen alles, was ich gesehen hatte; ich erzählte ihnen auch die Geschichte des jungen Prinzen und den Grund der Verwandlung dieser Stadt – kurz alles, was ihnen widerfahren war. Da staunten alle darüber; als aber meine Schwestern, diese beiden Hündinnen, mich an der Seite jenes Jünglings sahen, wurden sie eifersüchtig und zornig und planten Arges gegen mich. Wir gingen nun in Freuden an Bord; wir waren hocherfreut, weil wir so große Güter gewonnen hatten, doch meine größte Freude galt dem Jüngling. Dann warteten wir ab, bis der Wind uns günstig war, hißten die Segel und stachen in See. Meine Schwestern setzten sich zu mir, und wir plauderten; da fragten sie mich: ‚O Schwester, was willst du mit diesem schönen Jüngling tun?' und ich antwortete: ‚Ich will ihn zum Gemahl nehmen!' Darauf wandte ich mich zu ihm, trat auf ihn zu und sagte: ‚O mein Gebieter, ich will dir einen Vorschlag machen, indem ich keine Abweisung von dir erfahren möchte. Es ist aber dieser: wenn wir nach Baghdad kommen, meiner

Heimatstadt, so biete ich als deine Sklavin mich selbst dir zur heiligen Ehe, und du sollst mir Gemahl und ich will dir Gemahlin sein.' Er gab zur Antwort: ‚Ich höre und gehorche!' Und ich wandte mich zu meinen Schwestern und sprach zu ihnen: ‚Mir ist dieser Jüngling Genüge; jeder, der von meinem Gut besitzt, mag es behalten!' Sie erwiderten mir: ‚Du hast recht gehandelt'; aber sie planten Böses gegen mich. Wir segelten nun immerfort weiter bei günstigem Winde, bis wir aus dem Meere der Gefahr heraus und in das Meer der Sicherheit hineinfuhren. Dann waren wir nur noch wenige Tage unterwegs, bis wir nahe bei der Stadt Basra waren. Ihre Mauern lagen schon sichtbar vor uns, da sank der Abend über uns herein. Als uns nun der Schlaf umfangen hielt, erhoben sich meine Schwestern, trugen mich mit meinem Bett und warfen mich ins Meer; und sie taten das gleiche mit dem jungen Prinzen. Er aber konnte nicht gut schwimmen und ertrank; und Allah nahm ihn auf unter die Glaubenszeugen. Und ich, ach wäre ich doch mit ihm ertrunken! Aber Allah hatte bestimmt, daß ich gerettet wurde; denn als ich mich im Meere befand, ließ er mir einen Balken zuteil werden, den ich erkletterte; und die Wellen warfen mich hin und her, bis sie mich auf der Küste einer Insel landeten. Ich ging den Rest jener Nacht auf der Insel umher; und als der Morgen dämmerte, sah ich einen Pfad, so schmal, daß gerade ein Menschenfuß darauf treten konnte; der stellte eine Verbindung zwischen Insel und Festland her. Sobald nun die Sonne aufgegangen war, trocknete ich meine Kleider in der Sonnenwärme, aß von den Früchten der Insel und trank von ihrem Wasser; dann wanderte ich auf dem Fußpfad und ging so lange, bis ich dem Festlande nahe war. Als aber zwischen mir und der Stadt nur noch zwei Stunden Weges waren, siehe, da flog jählings eine große Schlange auf mich zu, so dick wie eine Dattelpalme; wie sie mir so entgegenkam, sah ich, daß sie bald nach rechts und bald nach links glitt, bis sie mir ganz nahe war; und ihre Zunge hing eine Spanne weit aus ihrem Maule zu Boden und fegte der Länge nach durch den Staub. Und hinter ihr war ein Drache, der verfolgte sie; er war lang und dünn, etwa von der Länge einer Lanze. Sie floh vor ihm und wandte sich nach rechts und nach links, aber schon packte er sie am Schwanz; da flossen ihre Tränen, und ihre Zunge hing noch weiter heraus, weil sie so eilig floh. Mich erfaßte Mitleid mit ihr, und so griff ich einen Stein auf und warf ihn nach dem Kopf des Drachen, der auf der Stelle verendete; da entfaltete die Schlange zwei Flügel und flog zum Himmel empor, bis sie mir aus den Augen schwand. Ich aber setzte mich voll Staunen über dieses Abenteuer nieder; denn ich war müde und schläfrig, und so schlief ich eine Weile ein. Doch als ich erwachte, sah ich ein Mädchen mir zu Füßen sitzen; sie hatte zwei schwarze Hündinnen bei sich und rieb meine Füße. Da schämte ich mich vor ihr, setzte mich auf und fragte sie: ‚Schwester, wer bist du?' Und sie erwiderte: ‚Wie bald du mich vergessen hast! Ich bin die, für die du eine gute Tat vollbrachtest; du sätest die Saat der Dankbarkeit und tötetest meinen Feind; denn ich bin die Schlange, die du von dem Drachen befreitest. Ich bin eine Dämonin, und dieser Drache war ein Dämon; er war mein Feind, und meine Rettung ist allein durch dich gekommen. Als du mich aber von ihm befreit hattest, flog ich auf dem Winde zu dem Schiff, aus dem dich deine Schwestern warfen, und ich trug alles, was darin war, in dein Haus. Das Schiff versenkte ich, und deine Schwestern verwandelte ich in diese beiden schwarzen Hündinnen; denn ich weiß alles, was dir von ihnen widerfahren ist; der Jüngling aber ist ertrunken.' Dann hob sie mich und die beiden Hündinnen empor

198

und brachte uns auf das Dach meines Hauses; im Innern des Hauses aber fand ich alle Güter, die auf dem Schiffe gewesen waren, ohne daß etwas verloren gegangen wäre. Dann sprach sie, die die Schlange gewesen, zu mir: ‚Bei den Zeichen, die auf dem Ringe unseres Herrn Salomo – über ihm sei Friede! – eingegraben sind: wenn du nicht jeden Tag einer jeden dieser zwei Hündinnen dreihundert Schläge austeilst, so will ich kommen und dich ebenso verzaubern wie jene.‘ Ich erwiderte: ‚Ich höre und gehorche!‘ Und seither, o Beherrscher der Gläubigen, habe ich nie unterlassen, ihnen die Zahl der Schläge auszuteilen; doch ich habe Mitleid mit ihnen, und sie wissen, daß es nicht meine Schuld ist, wenn sie gegeißelt werden, und verzeihen es mir. Dies ist meine Geschichte und meine Erzählung!‘

Der Kalif geriet darob in Erstaunen. Dann sprach er zu der zweiten Dame: ‚Und du, wie kamest du zu den Narben auf deinem Leibe?‘ Da begann sie

DIE GESCHICHTE DER PFÖRTNERIN

O Beherrscher der Gläubigen, ich hatte einen Vater, der mir bei seinem Tode großen Reichtum hinterließ. Ich blieb nach seinem Hinscheiden noch kurze Zeit ledig und vermählte mich dann mit einem Manne, der als der Glückseligste unter seinen Zeitgenossen galt. Ein Jahr lang lebte ich mit ihm zusammen; da starb auch er, und mein Anteil an seinem Erbe betrug nach dem heiligen Gesetz achtzigtausend Dinare in Gold. So wurde ich überreich, und mein Ruf verbreitete sich überall; und ich ließ mir zehn Kleider machen, von denen ein jedes tausend Dinare kostete. Eines Tages nun, als ich zu Hause saß, siehe, da trat ein altes Weib zu mir ein, mit Backen, die eingefallen waren, und Brauen arm an Haaren; ihre Augen quollen heraus, und ihre Zähne fielen aus; voll von Flecken war ihr Gesicht, trüb ihrer Augen Licht, und ihr Kopf war gleichsam verpicht; aschgrau war ihr Haar, ihr Leib voller Krätze gar, ihre Farbe wechselte immerdar; ihre Gestalt war schief, ihre Nase lief, wie einst der Dichter über sie rief:

> *Die Unglücksalte! Ihr wird ihre Jugendzeit nicht vergeben,*
> *Und an ihrem Todestage erfreut sie sich keiner Gnaden.*
> *Sie kann wohl an die tausend Maultiere, die flüchtig geworden,*
> *Kraft ihrer Listen lenken mit einem Spinnenfaden.*

Als die Alte eintrat, grüßte sie mich, küßte den Boden vor mir und sprach zu mir: ‚Ich habe daheim eine Waisentochter, und für heute nacht habe ich ihre Hochzeit und ihren Brautzug gerüstet. Wir sind aber fremd in dieser Stadt und kennen keinen ihrer Bewohner, und unser Herz ist gebrochen. So verdiene du dir den Lohn des Himmels und sei zugegen bei ihrem Brautzug; und wenn die Damen unserer Stadt vernehmen, daß du gekommen bist, so werden auch sie erscheinen; und du wirst ihren Kummer heilen, denn sie ist betrübten Sinnes, und sie hat niemanden außer Allah dem Erhabenen!‘ Und sie weinte und küßte mir die Füße und sprach diese Verse:

> *Dein Kommen ist uns eine Ehre,*
> *Und dieses wollen wir verkünden:*
> *Wenn du uns fernbleibst, werden wir,*
> *Dich zu ersetzen, keinen finden.*

Da faßte mich Mitleid und Erbarmen, und ich sagte: ‚Ich höre und willige ein!‘ Dann fuhr ich fort: ‚Ich werde, so Gott der Erhabene will, noch einiges mehr für sie tun; ich werde sie mit meinen Gewändern, meinem Schmuck und meiner Ausstattung ihrem Gemahl zuführen.‘ Da freute sich die Alte, und sie neigte den Kopf bis zu meinen Füßen, küßte sie und sagte: ‚Allah vergelte dir mit Gutem und tröste dein Herz, wie du das meine getröstet hast! Aber, o Herrin, sorge dich nicht, mir diesen Dienst zu dieser Stunde zu tun; sei bereit gegen Abend, dann will ich kommen und dich holen.' Und sie küßte mir die Hand und ging ihres Weges. Ich machte mich also zurecht; und dann stand auch schon die Alte, die zurückgekehrt war, vor mir und sprach: ,O meine Herrin, siehe, die Damen der Stadt sind gekommen; denn ich habe ihnen gesagt, daß du zugegen sein würdest, und da freuten sie sich. Jetzt erwarten sie dich und harren deiner Ankunft.' Da warf ich meinen Mantel um und nahm meine Mädchen mit mir; und ich ging, bis wir in eine Straße kamen, wohlbesprengt und sauber gefegt, und die Luft darin war von einem frischen Hauch bewegt. Dann traten wir ein in ein Tor, überwölbt mit einer Kuppel aus Marmorgestein, von festem Bau, und kamen zu dem Tor des Palastes, der ragte empor vom Erdboden, bis er sich in den Wolken verlor; und über dem Tor standen diese Verse geschrieben:

> *Ich bin ein Haus, erbaut für Freuden,*
> *Für Lust und Frohsinn all meine Zeit.*
> *In meinem Hofe fließt ein Brunnen*
> *Mit Wasser, das von Sorgen befreit;*
> *Drauf ruht von Anemonen und Myrten,*
> *Narzissen und Chrysanthemen ein Kleid.*

Als wir bei dem Tore ankamen, pochte die Alte, und uns wurde aufgetan. Wir traten ein und fanden eine Vorhalle, die mit Teppichen belegt war; dort hingen brennende Lampen, und dort standen Leuchter, besetzt mit Edelsteinen und Juwelen. Wir gingen durch die Vorhalle und traten dann in einen Saal ein, der seinesgleichen nicht hat. Er war behangen und ausgelegt mit seidenen Teppichen; dort hingen brennende Lampen, und dort standen Leuchter in doppelten Reihen; am oberen Ende des Saales aber stand ein Lager aus Wacholderholz, das eingelegt war mit Perlen und Edelsteinen und überdacht von einem Baldachin aus perlenbesetztem Atlas. Kaum hatten wir das gesehen, so trat aus dem Baldachin ein junges Mädchen hervor; ich blickte sie an, o Beherrscher der Gläubigen, und siehe, sie war vollkommener als der Mond, wenn er sich füllt, und ihre Stirn glich dem Lichte des Morgens, wenn es am Himmel aufquillt, so wie der Dichter sagte, als er sang:

Du wärest wohl bestimmt für das Brautgemach des Kaisers;
Unter des Perserkönigs Erwählten die züchtigste Maid! –
Sie trägt auf ihren Wangen die roten Blätter der Rose;
Wie schön sind doch jene Wangen im drachenblutfarbigen Kleid!
Schlank ist sie, und ihre Blicke erglänzen matt und versonnen;
Sie vereinet in sich allein aller Schönheiten Pracht.
Es ist, als ob ihre Locke über der Stirn ihr schwebte
Wie über dem Morgen der Freuden die sorgenvolle Nacht.

Da trat das Mädchen herab aus dem Baldachin und sagte zu mir: ,Willkommen und herzlichen Gruß meiner Schwester, der vielgeliebten, erlauchten!' Dann sprach sie diese Verse:

Wüßte das Haus, wer es besucht, es würde sich freuen
Und selig die Stätte küssen, die du betreten hast.
Es würde mit stummer Sprache reden und laut verkünden:
Herzlich willkommen sei der edle, hochherzige Gast!

Darauf setzte sie sich nieder und sagte zu mir: ,Meine Schwester, siehe, ich habe einen Bruder, der dich zuweilen bei Hochzeiten und auf Festen gesehen hat; er ist ein Jüngling, schöner als ich, und sein Herz ist in heißer Liebe zu dir entbrannt, denn das gütige Geschick hat in dir alle Schönheit und Anmut vereinigt. Er hat gehört, daß du eine Herrin bist unter deinem Volk, und auch er ist ein Herr unter seinem Volk. Darum möchte er sein Leben an das deine binden; und so ersann er diese List, um mich mit dir zusammenzuführen. Er wünscht sich mit dir zu vermählen nach der Vorschrift Allahs und seines Propheten; und in dem, was recht ist, liegt keine Schande.' Als aber ich ihre Worte hörte und sah, daß ich in dem Hause gefangen war, erwiderte ich: ,Ich höre und willige ein!' Sie war erfreut und klatschte in die Hände; und eine Tür tat sich auf, und heraus trat ein Jüngling, in der Jugend Blütezeit, angetan mit einem herrlichen Kleid; eine Gestalt, dem Ebenmaß geweiht, der Schönheit und Lieblichkeit, der Anmut und Vollkommenheit, der zartesten Freundlichkeit; mit Brauen gleich einem Bogen, der zum Pfeilschuß bereit, und Augen, die alle Herzen berücken durch Zauber, den ihnen die erlaubte Magie verleiht; so wie ein Dichter von seinesgleichen sagt:

> *Sein Antlitz ist dem des Neumondes gleich;*
> *Wie die Perle an strahlender Schönheit reich.*

Und wie herrlich sprach doch jener Dichter:

> *Der Schönheit Preis ist sein. Gepriesen ist Allah*
> *Und hocherhaben; denn Er schuf ihn und gab ihm Gestalt.*
> *Er hat aller Anmut Gaben in sich allein vereinet;*
> *Alle Menschen sind verwirrt ob seiner Anmut Gewalt.*
> *Die Schönheit selber schrieb ihm auf die Wange sein:*
> *Ich bezeuge, es gibt keinen Schönen außer ihm ganz allein.*

Als ich ihn ansah, neigte sich mein Herz ihm zu, und ich gewann ihn lieb. Er setzte sich mir zur Seite, und ich sprach eine Weile mit ihm. Dann klatschte das Mädchen wiederum in ihre Hände, und siehe, eine Seitentür tat sich auf, und es erschien der Kadi mit vier Zeugen. Sie grüßten uns, setzten sich und entwarfen den Ehevertrag zwischen mir und dem Jüngling und gingen wieder fort. Da wandte der Jüngling sich zu mir und sagte: ,Gesegnet sei unsre Nacht!' Dann fuhr er fort: ,Meine Herrin, ich muß dir eine Bedingung auferlegen.' Ich fragte: ,Mein Gebieter, was für eine Bedingung?' Da erhob er sich, brachte mir eine Abschrift des heiligen Buches und sprach: ‚Schwöre, daß du nie einen andern ansehn willst als mich, noch ihm deine Neigung schenken!‘ Das schwor ich ihm, und er war hocherfreut und umarmte mich, derweilen die Liebe zu ihm mein ganzes Herz ergriff. Dann setzte man die Tische vor uns hin, und wir aßen und tranken, bis wir gesättigt waren. Und als die Nacht gekommen war, führte er mich in das Brautgemach und küßte und umarmte mich immerfort bis zum Morgen. So lebte ich mit ihm ein Leben des Glücks und der Freude einen vollen Monat lang; da aber bat ich ihn um die Erlaubnis, in den Basar zu gehen und mir einige Stoffe zu kaufen, und er gab mir die Erlaubnis dazu. So zog ich mir den Mantel an, nahm die Alte mit und eine Sklavin, ging zum Basar und setzte mich dort in den Laden eines jungen Kaufmanns, den die Alte kannte; denn sie sprach zu mir: ‚Dieses Jünglings Vater starb, als er ein Kind war, und hinterließ ihm großen Reichtum; er hat einen großen Warenvorrat, und bei ihm wirst du finden, was du suchst, denn es hat niemand im ganzen Basar schönere Stoffe als er.‘ Darauf sagte sie zu ihm: ‚Zeig dieser Dame die kostbarsten Stoffe, die du besitzest!‘, und er versetzte: ‚Ich höre und gehorche!‘ Nun begann sie, sein Lob zu singen; doch ich sagte: ‚Wir verlangen nicht sein Lob von dir zu hören; wir wollen das, was wir brauchen, von ihm nehmen und nach Hause zurückkehren.‘ Er brachte mir also alles, was ich suchte; und ich bot ihm sein Geld, doch er weigerte sich, irgend etwas zu nehmen, und sagte: ‚Dies sei heute euer Gastgeschenk bei mir!‘ Ich aber sagte zu der Alten: ‚Wenn er das Geld nicht will, so gib ihm seine Stoffe zurück!‘ ‚Bei Allah,‘ rief er, ‚nichts will ich von dir nehmen; aber dies alles gebe ich hin für einen einzigen Kuß; denn der ist mir kostbarer als alles, was in meinem Laden ist.‘ Die Alte fragte: ‚Was soll der Kuß dir nützen?‘

Doch mir flüsterte sie zu: ‚Meine Tochter, hörst du, was dieser Jüngling sagt? Was soll es dir wohl schaden, wenn er einen Kuß von dir erhält und du so das bekommst, was du wünschest?‘ Ich aber sagte: ‚Weißt du nicht, daß ich durch einen Eid gebunden bin?‘ Sie gab zur Antwort: ‚Laß ihn dich küssen, doch sprich nicht mit ihm; so trifft dich keine Schuld, und du behältst dein Geld!‘ Und sie ließ nicht ab, mir die Sache schön vorzustellen, bis ich den Kopf in die Schlinge steckte und darein willigte. Dann verschleierte ich mir die Augen und verbarg mein Antlitz hinter der einen Seite meines Mantels vor den Leuten. Nun legte er unter meinem Schleier seinen Mund an meine Wange; aber als er mich küßte, biß er mich so scharf, daß er mir ein Stück Fleisch aus der Wange riß. Da ward ich ohnmächtig; doch die Alte fing mich in ihren Armen auf. Und als ich zu mir kam, sah ich den Laden verschlossen, und die Alte bezeugte mir ihre Trauer und sagte: ‚Allah hat noch Schlimmeres abgewendet!‘ Dann fuhr sie fort: ‚Komm, laß uns nach Hause gehen! Fasse dir ein Herz, ehe du ins Gerede kommst. Und wenn du zu Hause angelangt bist, so lege dich nieder und stelle dich krank; ich werde eine Decke über dich breiten und dir eine Arznei bringen, durch die du diesen Biß heilen und bald wieder gesund werden wirst!‘ So stand ich nach einer Weile auf, in äußerster Besorgnis; und Angst befiel mich, doch ich ging langsam weiter, bis ich das Haus erreichte; dort legte ich mich sofort wie krank nieder. Als aber die Nacht hereinbrach, kam mein Gatte herein und fragte: ‚Was ist's, das dir widerfuhr, meine Herrin, auf diesem Ausgang?‘ Ich erwiderte ihm: ‚Mir ist nicht wohl, mein Kopf schmerzt mich.‘ Er zündete jedoch eine Kerze an, trat nahe zu mir, sah mich an und sprach: ‚Was für eine Wunde ist das, die ich da auf deiner Wange sehe, und gerade im zartesten Teil?‘ Darauf sagte ich:

‚Als ich heute mit deiner Erlaubnis ausging, um die Stoffe zu kaufen, stieß mich ein mit Brennholz beladenes Kamel an, zerriß meinen Schleier und verwundete mir die Wange, wie du es siehest; denn wahrlich, die Straßen dieser Stadt sind eng.' ‚Morgen', rief er, ‚werde ich zu dem Statthalter der Stadt gehen und ihm sagen, er solle alle Holzverkäufer dieser Stadt an den Galgen hängen.' ‚Um Gottes willen,' sagte ich, ‚lade dir keine Schuld auf! In Wahrheit ritt ich auf einem Esel, und er stolperte mit mir, so daß ich zu Boden fiel; und ich stieß auf ein Stück Holz, das zerriß mir die Wange und brachte mir diese Wunde bei.' ‚Dann', sagte er, ‚will ich morgen zu Dscha'far, dem Barmekiden, gehen und ihm die Geschichte erzählen, so wird er alle Eseltreiber in dieser Stadt töten lassen.' ‚Willst du', sagte ich, ‚all diese Leute um meinetwillen vernichten? Was mir widerfahren ist, geschah doch durch die Schickung und Fügung Allahs.' Aber er versetzte: ‚Es geht nicht anders'; und indem er auf die Füße sprang, drang er mit Worten in mich, so lange, bis ich ihn verabscheute und heftige Worte gegen ihn gebrauchte. Da aber, o Beherrscher der Gläubigen, erkannte er, wie es um mich stand, und rief: ‚Du hast deinen Schwur gebrochen.' Und er stieß einen lauten Schrei aus; da tat sich eine Tür auf, und aus ihr traten sieben schwarze Sklaven heraus. Diesen befahl er, mich aus dem Bett zu reißen und mich mitten im Zimmer niederzuwerfen. Einem Sklaven befahl er darauf, mich bei den Schultern zu packen und sich mir zu Häupten hinzuhocken; und einem zweiten, sich auf meine Knie zu setzen und mir die Füße festzuhalten. Dann kam ein dritter mit einem Schwerte in der Hand; zu dem sprach er: ‚Mein Freundchen, triff sie und zerschlage sie in zwei Teile, und je einer nehme den einen Teil und werfe ihn in den Tigris, damit die Fische sie fressen! Dies ist der Lohn dessen, der den

206

Schwur und die Liebe bricht.' Und seine Wut stieg noch mehr,
und er sprach diese Verse:

> *Müßt ich mich in meine Liebe mit einem anderen teilen,*
> *Ich risse sie mir aus der Seele, stürbe ich gleich vor Leid.*
> *Und ich spräche zu ihr: ,O Seele, mein Tod ist edel!*
> *Nichts Gutes bringet die Liebe, liegt sie mit dem Gegner im Streit.'*

Darauf sagte er nochmals zu dem Sklaven: ,Triff sie, o Sa'd!'
Als so der Sklave des Befehles sicher war, neigte er sich zu mir
herab und sagte: ,O meine Herrin, sprich das Bekenntnis, und
wenn du noch irgendwelche Bestimmungen zu treffen wünschest, so nenne sie mir; denn wahrlich, dies ist deine letzte
Stunde.' ,Guter Sklave,' sagte ich, ,warte mit mir noch eine
kleine Weile, damit ich dir meine letzten Wünsche sagen
kann!' Dann hob ich den Kopf und sah, wie es nun um mich
stand und wie ich aus dem höchsten Glück in die tiefste Schmach
gestürzt war; da flossen meine Tränen, und ich weinte bitterlich. Mein Gatte aber sah mich mit den Augen des Zornes an
und sprach die Verse:

> *Sag ihr, die unsere Liebe verschmähte und uns verstieß,*
> *Und die einem anderen Freund ihre Huld zuteil werden ließ:*
> *,Wir haben genug von dir, eh du uns ein Gleiches getan;*
> *Was zwischen uns geschehen, widert schon längst mich an!'*

Als ich das hörte, o Beherrscher der Gläubigen, da weinte ich,
blickte ihn an und sprach diese Verse:

> *Du trenntest mich von der Liebe und ließest dich ruhig nieder;*
> *Du machtest die wunden Lider mir schlaflos und schliefest dann.*
> *Du ließest zu meinem Auge die wachen Nächte einkehren;*
> *Doch mein Herz vergaß dich nicht, und meine Träne rann.*
> *Du schlossest mit mir einen Bund, du würdest die Treue halten;*
> *Doch als du mein Herz besaßest, da verrietest du mich.*
> *Ich liebte dich wie ein Kind und wußte nichts von der Liebe;*
> *Darum töte mich nicht; ein Lehrling der Liebe bin ich!*

Ich bitte dich bei Allah, bin ich gestorben, so schreibe
Auf meines Grabes Tafel: ‚Ein Sklave der Liebe ruht hier.'
Vielleicht tritt ein Betrübter, der Liebesqualen kennet,
Zum Herzen der Liebenden einst und hat Erbarmen mit mir.

Als ich mein Lied geendet hatte, weinte ich von neuem; doch
als er das Lied hörte und mich weinen sah, packte ihn Wut
über Wut, und er sprach diese Verse:

Der Herzens Geliebte verließ ich nicht überdrüssig in Willkür.
Nein, sie beging ein Verbrechen, das führte die Trennung herbei.
Sie wollte in unserer Liebe noch einen Gefährten haben:
Doch meines Herzens Glaube neigt nicht zur Vielgötterei.

Als er seine Verse geendet hatte, weinte ich wiederum und
demütigte mich vor ihm; denn ich sagte zu mir selber: ‚Ich
will mit Worten auf ihn wirken; so wird er mir vielleicht doch
den Tod erlassen, wenn er mir auch alles nimmt, was ich habe.'
Also klagte ich ihm, was ich erlitten, und sprach die Verse:

Bei deinem Leben, wärst du gerecht, du ließest mich leben.
Doch ist die Trennung beschlossen, wird's keinen Gerechten geben.
Du ludest auf mich der Sehnsucht Qual, doch laß dir sagen:
Ich bin zu schwach und zu matt, mein eigenes Hemd zu tragen.
Ich staune nicht, daß ich sterben muß; nur das allein
Erstaunt mich, wird mein Leib ohne dich zu erkennen sein.

Als ich mein Lied geendet hatte, weinte ich wieder; doch er
sah mich an, schrie mich an und schmähte mich und sprach
diese Verse:

Du wandtest dich von mir zur Liebe eines andern,
Du hast die Trennung verursacht; doch nicht so handelte ich.
Ich werde dich verlassen, wie du mich zuerst verließest;
Und ich werde ohne dich leben, so wie du lebst ohne mich.
Eine andre werde ich lieben, wie du einen andern liebtest;
Den Bruch der Liebe lad ich nicht auf mich, sondern auf dich.

Als er seine Verse geendet hatte, rief er dem Sklaven nochmals zu: ‚Spalte sie und erlöse uns von ihr; denn sie gilt uns nichts mehr!' Doch während wir noch, o Beherrscher der Gläubigen, uns gegenseitig mit Versen anredeten und wie ich mich schon auf den Tod gefaßt gemacht, mit dem Leben abgeschlossen und meine Sache Gott anvertraut hatte, siehe, da kam die Alte hereingestürzt, warf sich meinem Gatten zu Füßen, küßte sie ihm, weinte und rief: ‚O mein Sohn, bei meiner Pflege an dir und bei meinem Dienst für dich, verzeih dieser Frau; denn wahrlich, sie hat keine Schuld begangen, die ein solches Schicksal verdiente. Du bist noch ein sehr junger Mann, und ich fürchte, du wirst durch sie eine Schuld auf dich laden; denn es heißt: Wer da tötet, der soll getötet werden. Was liegt an dieser buhlerischen Person? Laß sie von dir gehen und vertreib sie aus deinem Sinn und deinem Herzen!' Dann weinte sie und ließ nicht ab, in ihn zu dringen, bis er nachgab und sagte: ‚Ich vergebe ihr; aber ich muß ihr eine Spur aufprägen, die ihr Leben lang auf ihr bleiben soll.' Darauf befahl er den Sklaven, mich über den Boden zu schleifen, mir die Kleider herunterzureißen und mich auszustrecken; und während die Sklaven mich festhielten, holte der Jüngling einen Quittenzweig herbei, fiel damit über meinen Leib her und schlug immerfort auf Rücken und Flanken, bis ich die Besinnung verlor vor der Gewalt der Schläge und am Leben verzweifelte. Da nun befahl er den Sklaven, sie sollten mich gleich nach Einbruch der Dunkelheit forttragen, die Alte mitnehmen, die ihnen den Weg zeigen konnte, und mich in das Haus werfen, das ich früher bewohnt hatte. Und sie taten nach ihres Herrn Geheiß, warfen mich nieder in meinem Hause und gingen ihrer Wege davon. Ich aber blieb in meiner Ohnmacht liegen, bis der Tag anbrach; dann behandelte ich meine Wunden mit Pflastern und Arzneien und suchte meinen Leib zu heilen; aber meine Seiten behielten die Narben der Rute, wie du sie gesehen hast. Doch vier Monate lang lag ich krank und ans Bett gefesselt, bis ich mich endlich erholte und gesund wurde. Dann ging ich zu dem Hause, in dem mir all dies widerfahren war, und ich fand es verwüstet; die Straße war von Anfang bis Ende niedergerissen, und an der Stätte des Hauses lagen Schutthaufen; wie das geschehen war, konnte ich nicht erfahren. Da ging ich zu dieser meiner Schwester von Vaters Seite und fand bei ihr diese beiden schwarzen Hündinnen. Ich grüßte sie und berichtete ihr, was mir widerfahren war, und erzählte ihr meine ganze Geschichte; sie erwiderte: ,Liebe Schwester, wer ist's, der den Unbilden der Zeit entronnen wäre? Dank sei Allah, daß du mit dem Leben davongekommen bist.' Und sie sprach:

> Das Schicksal ist immer so. Ertrage es mit Geduld,
> Verlierst du dein Gut oder mußt du vom Geliebten dich trennen!

Dann erzählte sie mir ihre eigene Geschichte und alles, was ihr mit ihren Schwestern widerfahren war und wie sie verwandelt waren; und wir lebten zusammen, ohne daß wir je wieder von der Ehe sprachen. Nach einer Weile aber schloß sich uns diese Dame an, die Wirtschafterin, die jeden Morgen ausgeht und uns alle Dinge einkauft, deren wir für den Tag und die Nacht bedürfen; und so lebten wir bis zum gestrigen Tage. An ihm ging unsere Schwester wie gewöhnlich aus, um für uns einzukaufen; und dann geschah, was uns geschah, durch die Ankunft des Lastträgers und dieser drei Bettelmönche. Wir plauderten mit ihnen, ließen sie zu uns hereinkommen und bewirteten sie freigebig; doch es war erst ein kleiner Teil der Nacht verstrichen, da kamen drei ehrenwerte Kaufleute aus Mosul zu uns und erzählten uns ihre Geschichte. Wir plauderten mit ihnen, aber nur unter einer Bedingung, die sie verletzten; da behandelten wir sie gemäß ihrem Vertrauensbruch. Doch fragten wir sie alle nach ihren Erlebnissen; und sie berichteten uns ihre Geschichte und was ihnen widerfahren war. Daraufhin verziehen wir ihnen; so gingen sie von uns, und heute morgen wurden wir unerwartet vor dich geführt. Und das ist unsere Geschichte!'

Der Kalif aber staunte darüber und befahl, daß die Erzählung aufgezeichnet und in seinem Archiv niedergelegt würde. – – «

Da bemerkte Schehrezâd, daß der Morgen begann, und sie hielt in der verstatteten Rede an. Doch als die *Neunzehnte Nacht* anbrach, fuhr sie also fort: »Es ist mir berichtet worden, o glücklicher König, daß der Kalif befahl, diese ganze Geschichte in den Chroniken aufzuzeichnen und im königlichen Archiv niederzulegen. Dann aber fragte er das älteste Mädchen: ,Weißt du, wo die Dämonin ist, die deine Schwestern verzauberte?' Sie erwiderte: ,O Beherrscher der Gläubigen, sie gab mir eine Locke ihres Haares und sagte: Wenn du je wünschest, daß ich erscheine, so verbrenne eins von diesen Haaren, und ich werde unverzüglich bei dir sein, wäre ich auch jenseits des Berges Kaf.' Da sprach der Kalif: ,Bring mir das Haar!' Die Dame brachte es; und der Kalif nahm es und verbrannte es. Als aber der Duft des brennenden Haares aufstieg, da erbebte der Palast; man hörte ein Rauschen und Krachen, und siehe, da erschien die Dämonin. Da sie eine Muslimin war, so sprach sie: ,Friede sei mit dir, o Stellvertreter Allahs!'; und er erwiderte: ,Auch mit dir sei Friede und Allahs Gnade und sein Segen!' Dann fuhr sie fort: ,Wisse, dies Mädchen säte für mich die Saat der Güte, und ich kann es ihr nicht genug vergelten, denn sie rettete mich vom Tode und tötete meinen Feind. Nun hatte ich gesehen, wie ihre Schwestern gegen sie gehandelt hatten, und ich sah es als meine Pflicht an, Rache an ihnen zu nehmen. Erst wollte ich beide töten; doch ich besorgte, das könnte ihr zu schwer zu ertragen sein, und so verzauberte ich sie in Hündinnen. Jetzt aber, wenn du ihre Befreiung wünschest, o Beherrscher der Gläubigen, so will ich sie dir und ihr zu Gefallen befreien; denn ich gehöre zu den Muslimen.' Der Kalif antwortete: ,Befreie sie, und nachher wollen wir uns mit der Sache der geschlagenen Dame befassen und alles genau untersuchen; wenn sie sich als wahr erweist, so will ich an dem, der ihr unrecht tat, Vergeltung für sie üben.' Die Dämonin fuhr fort: ,O Beherrscher der Gläubigen, ich will sie befreien und will dir auch den entdecken, der an diesem Mädchen also handelte und ihr unrecht tat und ihr nahm, was sie besaß; denn er steht dir von allen Menschen am nächsten!' Darauf nahm die Dämonin eine Schale Wassers und sprach einen Zauber darüber und murmelte Worte, die ich nicht verstand; und sie besprengte die Gesichter der Hündinnen und sagte: ,Kehret in eure frühere menschliche Gestalt zurück!' Da kehrten sie in die Gestalt zurück, die sie früher gehabt hatten. Dann sprach die Dämonin: ,O Beherrscher der Gläubigen, wahrlich, der dieses Mädchen schlug, ist dein Sohn el-Amîn, der Bruder von el-Ma'mûn; er hatte von ihrer Schönheit und Anmut gehört, und er brauchte eine List gegen sie und vermählte sich mit ihr nach dem Gesetz. Ihm kann man keine Schuld vorwerfen, wenn er sie schlug; denn er erlegte ihr eine Bedingung auf und nahm ihr einen feierlichen Eid ab, eines nicht zu tun. Sie aber brach ihr Gelübde, und da wollte er sie töten; doch er fürchtete Allah den Erhabenen, geißelte sie in dieser Weise und schickte sie in ihr Haus zurück. Dies ist die Geschichte des zweiten Mädchens; doch Allah weiß es am besten.' Als der Kalif diese Worte der Dämonin hörte und erfuhr, wer das Mädchen geschlagen hatte, geriet er in höchstes Staunen und sagte: ,Preis sei Allah, dem

Erhabenen und Allmächtigen, der mir gnädig war und bewirkte, daß diese beiden Mädchen von der Verzauberung und der Folter befreit wurden, und der mich in Seiner Gnade bekannt machte mit der Geschichte dieses Mädchens! Jetzt will ich, bei Allah, eine Tat tun, die man nach meinem Tode aufzeichnen wird.' Darauf ließ er seinen Sohn el-Amîn holen und fragte ihn nach der Geschichte des zweiten Mädchens; und der erzählte alles der Wahrheit gemäß. Dann ließ der Kalif die Kadis und die Zeugen vor sich rufen, ebenso die drei Mönche und das erste Mädchen mit ihren Schwestern, die verzaubert gewesen waren; und er vermählte die drei mit den drei Bettelmönchen, die ja berichtet hatten, daß sie Könige wären, und ernannte diese zu Kammerherren an seinem Hofe und teilte ihnen Einkünfte zu und alles, dessen sie bedurften, und gab ihnen Wohnung im Palast zu Baghdad. Und das Mädchen mit den Narben gab er seinem Sohne el-Amîn zurück, und er erneuerte zwischen ihnen die Ehe und gab ihr großen Reichtum und ließ das Haus noch schöner als zuvor von neuem erbauen. Er selber jedoch nahm zur Gemahlin die Wirtschafterin und schlief in selbiger Nacht mit ihr; und am nächsten Tage bestimmte er ihr ein Haus und Sklavinnen zu ihrem Dienst, setzte Einkünfte für sie fest und gab ihr einen Platz unter seinen Gemahlinnen. Das Volk staunte ob der Großmut des Kalifen, seiner natürlichen Wohltätigkeit und seiner Weisheit; der Kalif aber wiederholte den Befehl, man solle alle diese Geschichten in seine Annalen eintragen.« – –

Da sprach Dinazâd zu ihrer Schwester Schehrezâd: »O Schwester, bei Allah, dies ist eine schöne und anmutige Geschichte, dergleichen man noch nie gehört hat. Doch, bitte, erzähle mir jetzt noch eine neue Geschichte, um den Rest der wachen Stunden dieser Nacht uns zu vertreiben!« Sie erwiderte: »Mit

größter Freude, wenn der König es mir erlaubt.« Der König
aber sagte: »Erzähle deine Geschichte, und erzähle sie bald!«
So begann Schehrezâd

DIE GESCHICHTE VON DEN DREI ÄPFELN

Man erzählt, o größter König der jetzigen Zeit, der dem Jahrhundert und Weltalter seinen Namen leiht, daß der Kalif
Harûn er-Raschîd eines Nachts seinen Wesir Dscha'far rufen
ließ und zu ihm sagte: ‚Ich möchte hinuntergehen in die Stadt
und die Leute des Volks befragen über die, so mit ihrer Leitung betraut sind; und jeden, über den sie klagen, wollen wir
seines Amtes entsetzen, und wen sie loben, den wollen wir be-
fördern.' Dscha'far erwiderte: ‚Ich höre und gehorche!' So zog
nun der Kalif mit Dscha'far und Masrûr hinab in die Stadt, und
sie gingen durch die Basare und Straßen. Und als sie durch
eine enge Gasse schritten, sahen sie einen sehr alten Mann mit
einem Fischnetz und einem Korb auf dem Kopfe und einem
Stab in der Hand; und indem er langsam dahinging, sprach er die
Verse:

> Sie sagen zu mir wohl: ‚Du bist in der Welt
> Durch dein Wissen gleichwie die mondhelle Nacht.'
> Ich sag: ‚Laßt mich mit euren Reden in Ruh;
> Das Wissen bedeutet doch nichts ohne Macht!
> Verpfändet man mich und mein Wissen mit mir,
> Dazu jedes Buch und das Tintengerät
> Um Brot eines Tages – das Pfand käm zurück,
> Man würf's zum Papier, darauf Abweisung steht.
> Der Arme –, o sehet, des Armen Geschick,
> Das Leben des Armen, wie trüb ist es doch!
> Im Sommer, da fehlt ihm das tägliche Brot,
> Im Winter wärmt er sich am Kohlentopf noch.
> Die Hunde der Straße stehn auf gegen ihn,
> Und jeder Gemeine schreit schimpfend ihn an;

Wenn er seine Lage bei jemand beklagt,
So tut ihn ein jeglich Geschöpf in den Bann.
Kommt nur solch ein Los auf den Armen herab,
So wär es das beste, er läge im Grab!'

Als der Kalif seine Verse hörte, sprach er zu Dscha'far: ‚Sieh diesen armen Mann und höre sein Lied; denn wahrlich, das deutet auf seine Not!' Dann wandte der Kalif sich zu dem Alten und fragte: ‚O Scheich, was ist dein Gewerbe?' Jener erwiderte: ‚O Herr, ich bin ein Fischer, und ich habe daheim Weib und Kind. Um Mittag ging ich von Hause fort und bin bis jetzt unterwegs; aber Allah hat mir nichts zuerteilt, womit ich den Meinen Brot schaffen könnte. Ich bin des Lebens überdrüssig und sehne mich nach dem Tode.' Da sprach der Kalif: ‚Willst du mit uns zum Tigris zurückkehren, am Ufer stehen und auf mein Glück hin dein Netz auswerfen? Was auch herauf kommt, ich will es um hundert Goldstücke von dir kaufen.' Der Alte freute sich, als er diese Worte hörte, und rief: ‚Gern will ich mit euch zurückgehen.' Darauf kehrte der Fischer mit ihnen zum Flusse zurück, warf sein Netz aus und wartete eine Weile; als er dann die Stricke einzog und das Netz ans Ufer holte, lag eine Kiste darin, verschlossen und schwer an Gewicht. Wie der Kalif die erblickte, faßte er sie an und fand, daß sie sehr schwer war. Da gab er dem Fischer hundert Dinare, und der ging seiner Wege; Masrûr und Dscha'far aber hoben die Kiste auf und trugen sie hinter dem Kalifen in den Palast. Dort zündeten sie Kerzen an. Und als nun die Kiste vor dem Kalifen stand, gingen Dscha'far und Masrûr daran und brachen sie auf; sie fanden darin einen Korb aus Palmblättern, der mit roten Wollfäden zugenäht war. Den schnitten sie auf und erblickten in ihm ein Stück Teppich; und als sie dies aufhoben, fanden sie einen Frauenmantel, und in ihm sahen sie einen jungen

Frauenkörper, der schön war wie ein Barren Silbers, aber tot und zerstückelt. Als der Kalif dies erblickte, war er tief betrübt, und die Tränen rannen ihm auf die Wange herab; er wandte sich aber zu Dscha'far und sagte: ‚Du Hund von Wesir, sollen da Menschen unter meiner Herrschaft ermordet und in den Fluß geworfen werden, so daß ich am Tage des Gerichts ihretwegen zur Verantwortung gezogen werde? Bei Allah, ich muß diese Frau an ihrem Mörder rächen, und ich will ihn des ärgsten Todes sterben lassen!' Und er sagte ferner zu Dscha'far: ‚So wahr ich von dem Kalifen aus dem Hause des 'Abbâs abstamme, wenn du uns den nicht bringst, der sie ermordet hat, damit ich sie an ihm rächen kann, so werde ich dich am Tore meines Palastes aufhängen lassen, dich und vierzig deiner Vettern.' Und der Kalif war von heftigem Zorn entflammt. Da trat Dscha'far vor ihm zurück und bat ihn: ‚Gib mir drei Tage Frist!' Der Kalif erwiderte: ‚Ich gewähre sie dir.' Nun ging Dscha'far betrübt zur Stadt hinab, indem er bei sich selber sprach: ‚Wie soll ich in Erfahrung bringen, wer diese Frau ermordet hat, daß ich ihn vor den Kalifen bringen kann? Bringe ich ihm einen andern als den Mörder, so werde ich dereinst für ihn zur Verantwortung gezogen werden. Ich weiß nicht, was ich tun soll.' Dann blieb er drei Tage zu Hause; und am vierten Tage schickte der Kalif einen der Kammerherren, um ihn zu holen. Und als er vor den Kalifen trat, fragte dieser: ‚Wo ist der Mörder der Frau?' Dscha'far erwiderte: ‚O Beherrscher der Gläubigen, bin ich der Hüter der Ermordeten, daß ich ihren Mörder kennen müßte?' Da ward der Kalif zornig und befahl, ihn vor dem Palaste aufzuhängen; ferner befahl er einem Rufer, in den Straßen von Baghdad auszurufen: ‚Wer da sehen möchte, wie Dscha'far, der Barmekide, der Wesir des Kalifen, mit vierzig der Barmekiden, seinen Vettern, vor dem Tore des

Kalifenpalastes gehängt wird, der möge kommen und es sich ansehen!' Das Volk strömte herbei aus allen Teilen der Stadt, um zu sehen, wie Dscha'far und seine Vettern gehängt würden; doch niemand wußte, warum sie hingerichtet werden sollten. Derweilen errichtete man die Galgen und stellte die Verurteilten unter ihnen zur Hinrichtung auf; man wartete nur noch darauf, daß der Kalif durch das bestimmte Zeichen den Befehl geben würde. Das Volk aber weinte um Dscha'far und seine Vettern. Da kam plötzlich ein Jüngling, schön von Angesicht und mit schneeweißen Kleidern angetan; sein Antlitz glich dem Mondenschein, sein Auge dem schwarzen Edelstein, seine Stirn war glänzend rein, rot seine Wangen, von zartgrauem Flaum umfangen, drin sah man ein Mal wie ein Amberkörnchen prangen. Er bahnte sich unermüdlich einen Weg durch die Menge, bis er vor Dscha'far stand; da rief er: ,Du bist gerettet aus dieser Pein, o du der Emire Herr, der Armen Hort und Wehr! Ich bin es, der jene, die ihr tot in der Kiste gefunden habt, ermordete. Man hänge mich auf und sühne sie an mir!' Als Dscha'far die Worte und das Geständnis des Jünglings hörte, freute er sich über seine eigene Rettung, aber er trauerte um den schönen Jüngling; und während sie noch sprachen, siehe, da drängte sich ein uralter, hochbetagter Greis durch die Menge, und er bahnte sich einen Weg durch die Massen, bis er zu Dscha'far und dem Jüngling kam. Er grüßte sie und sprach: ,O du Wesir, der Fürsten ragende Zier, glaube den Worten dieses Jünglings nicht! Denn niemand hat die Frau ermordet als ich; sühne sie an mir! So du es nicht tust, werde ich dich vor Allah dem Erhabenen zur Rechenschaft ziehen.' Aber der Jüngling sprach: ,O Wesir, dies ist ein alter Greis, der faselt und nicht weiß, was er sagt; ich bin es, der sie ermordet hat, also sühne sie an mir.' Der Alte rief: ,O mein Sohn, du bist jung und liebst die Welt, ich aber bin alt und bin der Welt überdrüssig; ich will mein Leben als Lösegeld für dich darbringen und für den Wesir und seine Vettern. Niemand hat die Frau ermordet als ich; darum beschwöre ich euch bei Gott, hängt mich sofort auf! Denn mir bleibt kein Leben, da ihres dahin ist.' Als der Wesir dies alles erlebte, erstaunte er, und er nahm den Jüngling und den Alten und führte sie beide vor den Kalifen. Er küßte den Boden und sprach: ,O Beherrscher der Gläubiger, ich bringe dir den Mörder der Frau!' Der Kalif fragte: ,Wo ist er?' Dscha'far antwortete: ,Dieser Jüngling sagt: ich bin der Mörder; doch dieser Alte straft ihn Lügen und sagt: ich bin der Mörder; und siehe, hier stehen die beiden vor dir!' Da sah der Kalif den Alten und den Jüngling an und fragte: ,Wer von euch hat jene Frau getötet?' Der Jüngling erwiderte: ,Ich'; und der Alte: ,Niemand hat sie getötet als ich.' Da befahl der Kalif dem Dscha'far: ,Nimm sie und laß sie alle beide aufhängen'; doch nun warf Dscha'far ein: ,Da nur einer von ihnen der Mörder ist, so wäre es ein Unrecht, den andern zu hängen.' Der Jüngling aber rief: ,Bei dem, der die Himmelsfeste errichtete und die Erde hinbreitete wie einen Teppich: ich bin es, der die Frau getötet hat! Und dies ist die Art, wie sie zu Tode kam.' Als er dann schilderte, was der Kalif gefunden hatte, war dieser überzeugt, daß der Jüngling der Mörder der Frau war. Er wunderte sich aber darüber, wie es um die beiden stehen mochte, und fragte: ,Aus welchem Grunde hast du diese Frau so unmenschlich zu Tode gebracht? Und aus welchem Grunde hast du den Mord eingestanden ohne Bastonade, bist selbst hierher gekommen und sprichst: sühnet sie an mir?' Da erwiderte der Jüngling: ,Wisse, o Beherrscher der Gläubigen, diese Frau war mein Weib und meine Base; und dieser Alte ist ihr Vater, er ist der Bruder meines Vaters. Ich vermählte mich

218

mit ihr, als sie noch Jungfrau war, und Allah segnete mich durch sie mit drei männlichen Kindern; sie liebte mich und diente mir, und ich sah nichts Arges in ihr, denn auch ich war ihr in herzlicher Liebe zugetan. An dem ersten Tage dieses Monats nun verfiel sie in eine schwere Krankheit, und ich rief Ärzte zu ihr; aber die Genesung kam nur ganz langsam. Dann wollte ich sie ins Bad führen, aber sie sagte: ‚Ich wünsche etwas, ehe ich in das Bad gehe, und ich habe danach ein großes Verlangen.‘ Ich sprach: ‚Ich höre und gehorche; was ist es?‘ Sie antwortete: ‚Mich verlangt nach einem Apfel, um an ihm zu riechen und ein bißchen davon zu beißen.‘ Auf der Stelle ging ich in die Stadt und suchte nach Äpfeln, aber ich konnte keine finden; und doch, hätte auch ein einziger ein Goldstück gekostet, ich hätte ihn gekauft. Da war ich betrübt, ging nach Hause und sagte: ‚O Tochter meines Oheims, bei Allah, ich kann keinen finden!‘ Und sie war sehr enttäuscht, denn sie war noch schwach, und ihre Schwäche nahm stark zu in jener Nacht; so verbrachte ich die Nacht in Sorgen. Als der Morgen dämmerte, ging ich wiederum von Hause fort, zog von Garten zu Garten, fand aber nirgends Äpfel. Schließlich traf ich einen alten Gärtner, den fragte ich nach Äpfeln, und er erwiderte: ‚Mein Sohn, diese Frucht ist selten zu finden, und jetzt fehlt sie hier ganz; sie findet sich nur noch in dem Garten des Beherrschers der Gläubigen zu Basra, wo der Gärtner sie für den Kalifen hält.‘ Nun kehrte ich nach Hause zurück; und meine große Liebe zu meinem Weibe trieb mich dazu, daß ich mich zur Reise entschloß und mich rüstete. Ich machte mich auf und wanderte fünfzehn Tage und Nächte hinaus und wieder nach Hause, und ich brachte ihr drei Äpfel, die ich von dem Gärtner in Basra für drei Dinare erstanden hatte. Aber als ich eintrat und sie ihr reichte, hatte sie keine Freude an ihnen und

219

ließ sie beiseite liegen; denn ihre Schwäche und ihr Fieber hatten zugenommen, und ihre Krankheit dauerte unvermindert noch zehn Tage lang, dann erst wurde sie langsam gesund. So verließ ich das Haus und begab mich in meinen Laden und saß dort beschäftigt mit meinem Kaufmannsberufe. Während ich nun um Mittag dasaß, siehe, da ging ein schwarzer Sklave an mir vorbei; der hielt in seiner Hand einen der drei Äpfel und spielte damit. Ich rief ihn an: ‚Mein guter Sklave, woher hast du diesen Apfel? Ich möchte mir einen gleichen kaufen.‘ Da lachte er und sagte: ‚Den habe ich von meiner Geliebten erhalten; denn ich war fortgewesen, und als ich wiederkam, fand ich sie krank und neben ihr drei Äpfel. Da sagte sie zu mir: ‚Mein Mann, der Hahnrei, hat ihretwegen eine Reise nach Basra gemacht und sie für drei Dinare erstanden. So nahm ich den einen davon.‘ Als ich diese Worte von dem Sklaven hörte, o Beherrscher der Gläubigen, da wurde die Welt mir vor den Augen schwarz; ich stand auf, verschloß meinen Laden und ging nach Hause, außer mir vor rasender Wut. Und ich sah nach den Äpfeln, fand aber nur zwei; da fragte ich mein Weib: ‚Wo ist der dritte?‘ Sie antwortete: ‚Ich weiß es wirklich nicht!‘ Da war ich überzeugt, daß der Sklave die Wahrheit gesprochen hatte; und ich nahm ein Messer und trat von hinten an sie heran, sagte kein Wort, sprang ihr auf die Brust, stieß ihr das Messer in den Hals und schnitt ihr den Kopf ab. Dann legte ich sie eilends in einen Korb, nachdem ich sie mit einem Frauenmantel bedeckt, ihn zugenäht und auch noch ein Stück Teppich auf sie gelegt hatte. Das Ganze tat ich in eine Kiste, verschloß sie und lud sie auf mein Maultier; und ich warf sie mit eigenen Händen in den Tigris. Ich beschwöre dich bei Allah, o Beherrscher der Gläubigen, laß mich sofort hängen! Denn ich fürchte, sie wird mich zur Verantwortung ziehen am Tage des

Gerichts. Als ich sie nämlich in den Tigris geworfen hatte, ohne daß jemand davon wußte, ging ich nach Hause und fand meinen ältesten Sohn in Tränen, und doch wußte er nichts von dem, was ich an seiner Mutter begangen hatte. Ich fragte ihn: ‚Worüber weinest du, mein Sohn?‘ Er erwiderte: ‚Ich hatte mir einen der Äpfel genommen, die bei der Mutter lagen, und ich ging mit ihm hinunter auf die Straße, um mit den Brüdern zu spielen; da kam ein langer schwarzer Sklave und riß ihn mir weg und sagte: ‚Woher hast du den?‘ Ich sagte: ‚Mein Vater hat eine Reise darum gemacht und ihn aus Basra geholt für meine Mutter, und die ist krank; er hat drei Äpfel für drei Dinare gekauft.‘ Er aber behielt den Apfel und kümmerte sich nicht um mein Bitten. Dann bat ich ihn zum zweiten und zum dritten Male; aber er kümmerte sich nicht um mich, ja, er schlug mich und ging mit dem Apfel davon. Doch ich hatte Angst, die Mutter würde mich um des Apfels willen schlagen, und so ging ich mit den Brüdern aus Furcht vor ihr zur Stadt hinaus und blieb dort, bis es Abend wurde; und ich habe immer noch Angst vor ihr. Bei Allah, o mein Vater, sag ihr nichts davon; sonst wird ihr Leiden wohl noch schlimmer!‘ Als ich aber hörte, was der Knabe sagte, da wußte ich, daß der Sklave mein Weib gemein verleumdet hatte; und es wurde mir zur Gewißheit, daß ich mit ihrer Ermordung ein großes Unrecht begangen hatte. Darauf weinte ich bitterlich; und alsbald trat dieser Alte, mein Vaterbruder und ihr Vater, zu mir ein. Ihm berichtete ich, was geschehen war; und er setzte sich neben mir nieder und weinte, und wir hörten nicht auf zu weinen bis Mitternacht. Seit fünf Tagen klagen wir um sie und trauern darüber, daß sie zu Unrecht getötet wurde. All das kommt nur von dem Sklaven her, und er ist die Ursache ihres Todes. Doch ich beschwöre dich bei der Ehre deiner Väter, töte mich sofort!

Ich mag nach ihrem Tode nicht mehr leben. Sühne sie an mir!' Als der Kalif die Worte des Jünglings hörte, staunte er und sprach: ‚Bei Allah, ich will niemand hängen lassen als den verfluchten Sklaven, und ich will eine Tat tun, die soll dem Kranken Heilung bringen und des allglorreichen Königs Gefallen erringen.' – – «

Da bemerkte Schehrezâd, daß der Morgen begann, und sie hielt in der verstatteten Rede an. Doch als die *Zwanzigste Nacht* anbrach, fuhr sie also fort: »Es ist mir berichtet worden, o glücklicher König, daß der Kalif schwur, er werde niemanden hängen lassen als den Sklaven; denn der Jüngling sei entschuldbar. Darauf wandte er sich zu Dscha'far und sprach zu ihm: ‚Schaff mir diesen verfluchten Sklaven zur Stelle, von dem dies Verhängnis ausgegangen ist! Schaffst du ihn nicht herbei, so wirst du an seiner Statt sterben.' Dscha'far ging weinend davon, indem er bei sich sprach: ‚Zwei Tode drohten mir schon, aber nicht alleweil bleibt der Krug heil. In dieser Sache wird menschliche Klugheit zuschanden; nur Er, der mich das erste Mal rettete, kann mich auch zum zweiten Male retten. Bei Allah, ich will drei Tage lang mein Haus nicht verlassen; dann mag die Gottheit tun, wie es ihr gefällt.' So blieb er drei Tage in seinem Hause, und am vierten Tage ließ er die Kadis rufen und die Zeugen, und er setzte seinen letzten Willen auf und nahm weinend Abschied von seinen Kindern. Doch alsbald trat der Bote des Kalifen bei ihm ein und sagte: ‚Der Beherrscher der Gläubigen ist im heftigsten Zorn; er hat nach dir gesandt und geschworen, er wolle diesen Tag nicht verstreichen lassen, ohne daß er dich gehängt sähe.' Als Dscha'far diese Botschaft hörte, weinte er, und seine Kinder und Sklaven und alle, die im Hause waren, weinten mit ihm. Und als er von allen Abschied genommen hatte, außer von seiner jüngsten Tochter, trat er zu ihr, um auch von ihr Abschied zu nehmen; die liebte er mehr als all seine andern Kinder. Er drückte sie an seine Brust und küßte sie und weinte, daß er sich von ihr trennen mußte; und dabei fühlte er in ihrer Tasche etwas Rundes und fragte sie: ‚Was hast du da in deiner Tasche?‘ ‚Väterchen,‘ erwiderte sie, ‚das ist ein Apfel, auf dem der Name unseres Herrn, des Kalifen, geschrieben steht. Raihân, unser Sklave, hat ihn mir vor vier Tagen gebracht, und er wollte ihn mir nicht geben, bis er von mir zwei Dinare dafür erhielt.‘ Wie Dscha'far von jenem Sklaven und dem Apfel hörte, freute er sich und griff mit der Hand in die Tasche seiner Tochter, zog den Apfel hervor, erkannte ihn und rief: ‚O du, dessen Hilfe so nahe war!‘ Darauf befahl er, den Sklaven zu bringen, und als dieser kam, sagte er zu ihm: ‚Heda, Raihân! Woher hattest du diesen Apfel?‘ ‚Bei Allah, Herr,‘ erwiderte er, ‚wenn die Lüge helfen kann, so kann die Wahrheit doch noch viel besser helfen! Ich habe diesen Apfel nicht aus deinem Palast gestohlen, noch aus dem königlichen Palaste, noch aus dem Garten des Beherrschers der Gläubigen. Die Sache ist so: Vor fünf Tagen ging ich aus, und als ich in eine der Gassen der Stadt kam, sah ich Knaben beim Spiel, und einer von ihnen hatte diesen Apfel. Ich riß ihn ihm weg und schlug ihn, und er weinte und rief: ‚Du Mann, dieser Apfel gehört meiner Mutter, und die ist krank. Sie hatte sich von meinem Vater einen Apfel gewünscht; da ist er nach Basra gereist und hat ihr drei Äpfel für drei Dinare gebracht. Einen davon habe ich mir genommen, um damit zu spielen.‘ Dann weinte er wieder, aber ich kümmerte mich nicht darum und nahm den Apfel und kam hierher; und meine kleine Herrin kaufte ihn mir ab um zwei Golddinare; das ist die ganze Geschichte.‘ Als Dscha'far diese Worte hörte, staunte er, daß der Mord des Mädchens und all dies Elend hatte durch seinen Sklaven verursacht werden können; und es tat ihm leid, daß es gerade sein Sklave war, aber er freute sich doch der eigenen Rettung und sprach die Verse:

Wenn ein Unheil kommt durch einen Sklaven,
Bringe ihn statt deiner ins Gericht!
Denn du wirst noch viele Diener finden,
Doch ein zweites Leben findst du nicht.

Dann nahm er den Sklaven bei der Hand und führte ihn vor den Kalifen und erzählte ihm die Geschichte von Anfang bis zu Ende; da geriet der Kalif in höchstes Staunen und lachte, bis er auf den Rücken fiel, und befahl, daß die Geschichte aufgezeichnet und dem Volk bekanntgegeben würde. Dscha'far aber sagte: ‚Staune nicht, o Beherrscher der Gläubigen, über dies Abenteuer, denn es ist nicht wunderbarer als die Geschichte des Wesirs Nûr ed-Dîn 'Alî von Ägypten.' Da sprach der Kalif: ‚Her damit! Aber was könnte seltsamer sein als dies Abenteuer?' Dscha'far erwiderte: ‚O Beherrscher der Gläubigen, ich erzähle sie dir nur unter der einen Bedingung, daß du meinen Sklaven vom Tode begnadigst.' Der Kalif darauf: ‚Wenn sie wunderbarer ist als das, was wir jetzt erlebt haben, so schenke ich dir sein Blut; doch wenn nicht, so werde ich deinen Sklaven töten lassen.' Da begann Dscha'far

DIE GESCHICHTE
DER WESIRE NÛR ED-DÎN UND SCHEMS ED-DÎN

Wisse, o Beherrscher der Gläubigen, es lebte in alter Zeit im Lande Ägypten ein Sultan, ein echtes Vorbild der Gerechtigkeit; den Armen war er ein Vater, die Gelehrten waren seine Berater; er hatte einen Wesir, verständig und klug, der für die Regierung weise Fürsorge trug. Dieser Wesir war ein sehr alter Mann, und er hatte zwei Söhne, die waren wie zwei Monde;

nie wurden ihresgleichen an Schönheit und Anmut gesehen. Der ältere hieß Schems ed-Dîn Mohammed und der jüngere Nûr ed-Dîn 'Alî; aber der jüngere übertraf den älteren an Zartheit und Lieblichkeit, so daß die Bewohner ferner Länder von ihm hörten und nach seinem Lande kamen, um seine Schönheit zu sehen. Nun begab es sich, daß ihr Vater starb; da trauerte der Sultan um ihn, und er bezeugte den beiden Söhnen sein Wohlwollen, zog sie an sich heran, kleidete sie in Ehrengewänder und sagte zu ihnen: ‚Ihr sollt an der Stelle eures Vaters stehen; seid in eurem Herzen nicht betrübt!‘ Jene freuten sich darob und küßten vor ihm den Boden, und sie hielten die Totenfeier für ihren Vater einen vollen Monat lang; dann aber traten sie ihr Amt als Wesire an, und die Macht ging in ihre Hände über, wie sie in der Hand ihres Vaters gelegen hatte. Sooft der Sultan zu reisen wünschte, reiste einer von den beiden mit ihm. Eines Abends nun, als die Reihe an dem Älteren war, mit dem Sultan zu reisen, geschah es, daß sie miteinander im Gespräch saßen; da sagte der Ältere zu dem Jüngeren: ‚Mein Bruder, es ist mein Wunsch, daß wir beide, ich und du, uns in derselben Nacht vermählen.‘ ‚Tu, wie du wünschest, mein Bruder,‘ erwiderte der Jüngere, ‚siehe, ich stimme allem bei, was du sagst.‘ So wurden sie sich darüber einig. Ferner aber sagte der Ältere zu seinem Bruder: ‚Wenn Allah es so bestimmt, daß wir uns mit zwei Mädchen verloben, uns mit ihnen in derselben Nacht vermählen und sie am selben Tage niederkommen, und wenn durch Allahs Willen dein Weib einen Sohn gebiert und mein Weib eine Tochter, so wollen wir sie einander vermählen, denn sie sind Bruderskinder.‘ Nun fragte Nûr ed-Dîn: ‚Mein Bruder, was verlangst du von meinem Sohne als Morgengabe für deine Tochter?‘ Jener antwortete: ‚Ich verlange von deinem Sohne für meine Tochter dreitausend Dinare und drei Gärten und drei Ackergüter; es wäre sehr ungehörig, wenn der Jüngling den Vertrag um weniger schlösse.' Als aber Nûr ed-Dîn diese Forderung hörte, sprach er: ,Eine solche Brautgabe kannst du dir doch nicht von meinem Sohne ausbedingen! Weißt du nicht, daß wir Brüder sind und durch Allahs Gnade Wesire von gleichem Amt? Es geziemte sich für dich, deine Tochter meinem Sohne ohne Morgengabe darzubieten; und wenn durchaus eine Morgengabe gemacht werden soll, so setze irgendeinen Scheinwert fest für das Auge der Welt. Denn du weißt gar wohl, daß der männliche Sproß wertvoller ist als der weibliche; mein Kind ist ein männliches, und unser Gedächtnis wird durch ihn fortgepflanzt, nicht durch deine Tochter.' ,Was ist mit ihr?' fragte Schems ed-Dîn. Nûr ed-Dîn antwortete: ,Unser Gedächtnis unter den Emiren wird nicht durch sie fortgepflanzt werden; aber du willst gegen mich handeln wie jener Mann, von dem erzählt wird, daß er zu seinem Freunde, der zu ihm kam und sich mit einer Bitte an ihn wandte, sagte: Im Namen Allahs, ich will deine Bitte erfüllen, aber morgen! Und als Antwort sprach der Bittsteller den Vers:

Wenn die Erfüllung der Bitten auf ,Morgen' verschoben wird,
Ist es für den, der versteht, einer Abweisung gleich.'

Da sprach Schems ed-Dîn: ,Ich sehe, du läßt es an Achtung fehlen, und du hältst deinen Sohn für wertvoller als meine Tochter; es ist kein Zweifel, dir gebricht es an Verstand und an Lebensart. Du erinnerst an das gemeinsame Amt, und doch ließ ich dich nur aus Mitleid am Ministeramt teilnehmen, damit du mir ein Gehilfe und Handlanger wärest, und um dich nicht zu kränken. Aber da du so redest, bei Allah, so will ich nie und nimmer meine Tochter mit deinem Sohne vermählen, nicht einmal, wenn du sie mit Gold aufwägen würdest.' Als Nûr ed-Dîn seines Bruders Worte hörte, ergrimmte er und sprach: ‚Auch ich werde nie und nimmer meinen Sohn mit deiner Tochter vermählen.' Schems ed-Dîn aber rief darauf: ‚Ich gäbe nie meine Zustimmung dazu, daß er ihr Gatte würde! Stände ich nicht im Begriff, eine Reise anzutreten, ich würde an dir ein Exempel statuieren; aber kehre ich von meiner Reise heim, so sollst du sehen, und ich will dir zeigen, was meine Würde erheischt.' Als Nûr ed-Dîn solche Worte von seinem Bruder hörte, ward er von Zorn erfüllt und wie von Sinnen; aber er verbarg seine Empfindungen. Beide Brüder verbrachten die Nacht getrennt voneinander. Als dann der Morgen dämmerte, zog der Sultan aus im Prunk und fuhr hinüber von Kairo nach Gîze und machte sich auf nach den Pyramiden, begleitet von dem Wesir Schems ed-Dîn. Was aber seinen Bruder Nûr ed-Dîn betrifft, so verbrachte er jene Nacht im grimmigsten Zorn; und als der Morgen dämmerte, erhob er sich, sprach das Morgengebet und ging zu seiner Schatzkammer. Dort nahm er eine kleine Satteltasche, füllte sie mit Gold, und indem er an die Worte seines Bruders und die Verachtung, die er ihm bezeugt hatte, dachte, sprach er diese Verse:

> *Reise! Du findest Ersatz für ihn, von dem du dich trennest.*
> *Mühe dich ab! Denn die Süße des Lebens besteht in der Mühe.*
> *Das Stillesitzen, deucht mich, bringt weder Ansehn noch Einsicht,*
> *Nein, nur ein kümmerlich Dasein; drum lasse die Heimat und ziehe!*
> *Ich habe gesehn, wie die Ruhe des Wassers ihm Fäule bringet;*
> *Doch fließt es, so ist es frisch; wo nicht, bleibt's trübe stehen.*
> *Nähme der Mond nicht ab, so würde das Auge des Menschen*
> *Nicht immerdar auf ihn schauen, um seine Zeichen zu sehen.*
> *Verließe der Löwe nicht sein Lager, er fänd keine Beute;*
> *Verließe der Pfeil nicht den Bogen, er würde sein Ziel nicht erreichen.*
> *Bleibet das Gold in der Mine, so gleicht es doch nur dem Staube;*
> *Und Aloe ist in der Erde dem Brennholze zu vergleichen.*
> *Doch geht dies in die Ferne, so ist es kostbar an Wert,*
> *Und Aloe wird in der Ferne noch höher als Gold geehrt.*

Als er sein Lied geendet hatte, befahl er einem seiner jungen Diener, er solle die nubische Maultierstute mit ihrem gepolsterten Sattel bedecken; sie war ein stahlgraues Tier, ihren Rükken sah man, einer hohen Kuppel vergleichbar, sich emporrecken; ihr Sattel war aus Gold, ihre Steigbügel waren aus Indien gebracht, auf ihr lag eine Schabracke von persischer Pracht, und sie glich einer Braut, geschmückt für die Hochzeitsnacht. Auch befahl er ihm, eine seidene Decke auf den Sattel zu legen und darüber einen Gebetsteppich, die Satteltaschen aber so, daß sie unter dem Gebetsteppich zu beiden Seiten herunterhingen. Darauf sagte er zu dem Diener und den Sklaven: ‚Ich gedenke einen Ausflug zu machen außerhalb der Stadt, und zwar will ich in die Gegend von Kaljûb reiten; drei Nächte werde ich draußen nächtigen, und keiner von euch folge mir, denn meine Brust fühlt sich beklommen!' Eilends bestieg er die Maultierstute und ritt, versehen mit etwas Wegzehrung, aus Kairo hinaus und in das offene Land hinein. Kaum war es Mittag, da zog er schon in die Stadt Bilbais ein, wo er abstieg, sich ausruhte, auch sein Maultier ruhen ließ und einiges von seiner Zehrung zu sich nahm. Und er kaufte in Bilbais Essen für sich und Futter für die Stute, und dann ritt er von neuem in die Wüste hinaus. Und kaum war es Nacht, da kam er in einen Ort, der es-Sa'dîje hieß; dort brachte er die Nacht zu. Er nahm ein wenig von seiner Wegzehrung und aß es; dann legte er die Satteltaschen als Kopfkissen hin, breitete die Decke aus und schlief im Freien, immer noch vom Zorne beherrscht. So verbrachte er die Nacht. Als aber der Morgen dämmerte, stieg er auf und ritt weiter auf seinem Maultier so lange, bis er die Stadt Aleppo erreichte, wo er in einer der Herbergen abstieg und drei Tage blieb, um sich und dem Maultier Ruhe zu gönnen und die Luft zu genießen. Dann entschied er sich, weiterzureisen, bestieg wiederum sein Maultier und zog dahin, ohne zu wissen, wohin er sich begab; er reiste ohne Aufenthalt, bis er die Stadt Basra erreicht hatte, aber er wußte nicht, wo er war. Er kehrte in einem Chân ein, nahm die Satteltasche von dem Maultier herunter und breitete den Teppich aus; das Tier übergab er samt dem Geschirr dem Pförtner, damit er es herumführe. Der nahm es und führte es herum. Nun aber traf es sich, daß der Wesir von Basra am Fenster seines Palastes saß; und er sah das Maultier und das kostbare Geschirr an ihm und glaubte, dies sei ein Parademaultier, wie Wesire und Könige es reiten; und er dachte darüber nach, und sein Sinn ward ganz bezaubert. Schließlich sagte er zu einem seiner Diener: ‚Bring mir den Pförtner da!‘ Der Diener ging und brachte den Pförtner; der trat heran und küßte den Boden vor dem Wesir, der ein hochbetagter Mann war. Darauf fragte dieser den Pförtner: ‚Wer ist der Besitzer dieses Maultiers, und was für ein Mann ist er?‘ Jener erwiderte: ‚O Herr, der Besitzer dieses Maultiers ist ein junger Mann von angenehmen Wesen, ein ernster und feiner, wohl von den Kaufleuten einer.‘ Als der Wesir die Worte des Pförtners gehört hatte, stand er flugs auf, bestieg sein Roß und ritt zum Chân, um den Jüngling zu besuchen. Wie aber Nûr ed-Dîn den Wesir kommen sah, stand er auf, ging ihm entgegen und begrüßte ihn. Der Wesir hieß ihn willkommen, stieg ab von seinem Roß, umarmte ihn, ließ ihn an seiner Seite sitzen und fragte: ‚Mein Sohn, von wannen kommst du, und was suchest du?‘ ‚Hoher Herr,‘ versetzte Nûr ed-Dîn, ‚ich komme aus der Stadt Kairo, in der mein Vater weiland Wesir war; aber er ist zu der Barmherzigkeit Allahs des Erhabenen eingegangen‘; und er erzählte ihm alles, was ihm widerfahren war, von Anfang bis zu Ende, und fügte hinzu: ‚Ich habe bei mir beschlossen, nie wieder heimzukehren, bis ich alle Städte und Länder besucht habe.' Als aber der Wesir seine Worte vernahm, sprach er zu ihm: ,Mein Sohn, höre nicht auf die Stimme der Leidenschaft, daß sie dich nicht ins Verderben stürze! Denn wahrlich, viele Länder sind wüste Strecken, und ich bin um dich besorgt wegen der Wechselfälle der Zeit.' Darauf ließ er die Satteltaschen, die Decke und den Teppich auf das Maultier laden und nahm Nûr ed-Dîn mit sich in sein eigenes Haus; dort gab er ihm ein schönes Zimmer und erwies ihm Ehren und Wohltaten, da er ihn sehr liebgewonnen hatte. Und er sagte zu ihm: ,Mein Sohn, hier lebe ich, ein alter Mann, und ich habe keinen Sohn, aber Allah hat mich mit einer Tochter gesegnet, die dir an Schönheit gleichkommt; und ich habe viele, die um sie freiten, abgewiesen. Aber die Liebe zu dir hat mein Herz erfaßt; willst du also meine Tochter als deine Dienerin annehmen und ihr Ehgemahl werden? Wenn du dazu bereit bist, so will ich mit dir hinaufgehn zum Sultan von Basra und will ihm sagen, daß du der Sohn meines Bruders bist, und ich werde dich ihm vorstellen, um dich zum Wesir an meiner Statt zu machen; ich selbst aber werde dann ruhig in meinem Hause bleiben, denn ich bin ein alter Mann geworden.' Als Nûr ed-Dîn die Worte des Wesirs von Basra vernommen hatte, neigte er bescheiden das Haupt und sagte: ,Ich höre und gehorche!' Da freute sich der Wesir und hieß seine Diener ein Festmahl richten und die große Empfangshalle schmücken, darin man die Hochzeiten der Emire zu feiern pflegte. Dann versammelte er seine Freunde und lud die Vornehmen des Reiches und die Kaufleute von Basra ein; und als alle vor ihm standen, sprach er zu ihnen: ,Ich hatte einen Bruder, der war Wesir im Lande Ägypten, und Allah segnete ihn mit zwei Söhnen, während er mir, wie ihr wohl wißt, eine Tochter schenkte. Nun hatte mein Bruder mir ans Herz gelegt, meine Tochter mit einem seiner

230

Söhne zu vermählen, und ich versprach es ihm; und als dann die Zeit zur Vermählung da war, schickte er mir einen seiner Söhne, diesen Jüngling hier. Da er nun also zu mir gekommen ist, bin ich bereit, den Ehevertrag zwischen ihm und meiner Tochter aufzusetzen und seine Hochzeit mit ihr in meinem Hause zu feiern; denn er steht mir näher als ein Fremder; und später soll er, wenn er will, bei mir bleiben, oder wenn er zu reisen wünscht, so will ich ihn und sein Weib zu seinem Vater senden.' Da erwiderten sie alle: ,Vortrefflich ist dein Entschluß'; sie sahen sich darauf nach dem Bräutigam um, und als sie ihn erblickten, fanden sie Gefallen an ihm. So schickte denn der Wesir nach den Kadis und den Zeugen, und sie setzten den Vertrag alsbald auf. Und die Diener beräucherten die Gäste mit Weihrauch, setzten ihnen Zuckerscherbett vor und sprengten Rosenwasser über sie hin; dann gingen alle ihres Weges. Der Wesir aber befahl seinen Dienern, Nûr ed-Dîn in das Bad zu führen, und er gab ihm eines seiner eigenen kostbaren Kleider, schickte ihm Tücher und Schalen und Räucherpfannen und alles, dessen er bedurfte. Als der Jüngling nach dem Bade heraustrat und das Kleid anlegte, da war er wie der Vollmond in der vierzehnten Nacht; draußen vor dem Badehause bestieg er sein Maultier und ritt geradeswegs bis zum Palaste des Wesirs. Dort stieg er ab, trat ein zu dem Wesir und küßte ihm die Hände, und jener hieß ihn willkommen. – – «

Da bemerkte Schehrezâd, daß der Morgen begann, und sie hielt in der verstatteten Rede an. Doch als die *Einundzwanzig-ste Nacht* anbrach, fuhr sie also fort: »Es ist mir berichtet worden, o glücklicher König, daß der Wesir sich erhob und ihn willkommen hieß und sagte: ,Wohlan, gehe heute nacht ein zu deinem Weibe; und morgen will ich dich zum Sultan bringen. Ich bitte Allah um alles Gute für dich.' Nûr ed-Dîn erhob sich darauf und ging ein zu seinem Weibe, der Tochter des Wesirs.

Lassen wir nun den Nûr ed-Dîn und wenden uns seinem Bruder zu! Der war lange mit dem Sultan auf Reisen, und als er zurückkam, fand er seinen Bruder nicht mehr vor; da fragte er die Diener nach ihm, und sie erwiderten: ‚An dem Tage, an dem du mit dem Sultan auf Reisen gingest, stieg dein Bruder auf sein Maultier, das geschirrt war wie zum Prunkzug, und sagte: Ich gehe in die Gegend von Kaljûb und werde ein bis zwei Tage fort sein; denn mir ist die Brust beklommen. Es soll mir aber niemand folgen. Und seit dem Tage, da er fortritt, bis heute haben wir keine Kunde mehr von ihm erhalten.‘ Schems ed-Dîn aber war in großer Sorge ob der Abreise seines Bruders, und er trauerte schmerzlich um seinen Verlust und sagte zu sich selber: ‚Dies kommt nur daher, daß ich ihn in jener Nacht gescholten habe; er hat es sich so zu Herzen genommen, daß er in die Ferne gezogen ist. Aber ich muß ihm jemanden nachschicken.‘ Darauf ging er hin zum Sultan und tat es ihm kund; und der schrieb Briefe, die er durch Läufer an seine Statthalter in allen Provinzen des Reiches entsandte. Nûr ed-Dîn jedoch war in den zwanzig Tagen, während derer jene fortgewesen waren, schon in ferne Länder gekommen; so suchten sie ihn, fanden aber keine Spur von ihm und kehrten heim. Und Schems ed-Dîn verzweifelte daran, seinen Bruder zu finden, und sagte: ‚Ich bin doch meinem Bruder gegenüber zu weit gegangen in dem, was ich ihm von der Vermählung unserer Kinder sagte. Wäre das nur nicht geschehen! All dies kommt von meinem Unverstand und meiner Unvorsichtigkeit.‘ Bald darauf aber freite er um die Tochter eines Kaufherrn in Kairo, und er schloß den Ehevertrag und ging ein zu ihr. Nun traf es sich so, daß die Nacht, in der Schems ed-Dîn zu seiner Gemahlin einging, auch die Hochzeitsnacht von Nûr ed-Dîn und seiner Gemahlin, der Tochter des Wesirs von Basra, war; denn also hatte Allah der Erhabene es bestimmt, auf daß Er an seinen Kreaturen seinen Willen erfülle. Und es geschah auch dies, wie es die beiden Brüder gesagt hatten: ihre beiden Frauen empfingen in derselben Nacht; und die Gemahlin des Schems ed-Dîn, des Wesirs von Ägypten, brachte eine Tochter zur Welt, schöner als man sie je in Kairo erblickt hatte; die Gemahlin des Nûr ed-Dîn aber gebar einen Knaben, schöner als man je einen gesehn zu seiner Zeit; wie einer der Dichter von seinesgleichen sagt:

> *Ein schlanker Jüngling, um dessen Stirn und lockiges Haar*
> *Die Menschheit in düsterer Trauer und heller Freude war.*
> *Schmähet das schöne Mal nicht, das seine Wange schmückt,*
> *Das zwiefach mit schwarzen Pünktchen die Blicke aller berückt!*

Und ein anderer:

> *Man brachte die Schönheit, um ihn zu vergleichen;*
> *Da senkte die Schönheit beschämt ihr Haupt.*
> *Man sprach: O Schönheit, sahst du dergleichen?*
> *Sie rief: Das zu sehn, hätt ich nie geglaubt.*

Man nannte den Knaben Bedr ed-Dîn Hasan, und sein Großvater, der Wesir von Basra, freute sich über ihn; und er veranstaltete Feste und Gastmähler, wie sie sich für Söhne von Königen geziemen würden. Dann nahm er den Nûr ed-Dîn mit sich und brachte ihn zum Sultan; und als jener vor den König trat, küßte er den Boden vor ihm. Er besaß aber große Redegewalt, sein fester Geist entschloß sich bald, er war gut im Tun und schön von Gestalt; und so sprach er diese Verse:

> *Lang mögen dir die Freuden dauern, o mein Herr!*
> *Mögest du so lange leben wie Nacht und Tageslicht!*
> *Es tanzt die Welt, die Zeit klatscht in die Hände,*
> *Wenn man von dir und deinem hohen Eifer spricht.*

Da erhob der Sultan sich, um die beiden zu ehren; er dankte dem Nûr ed-Dîn für seine Worte und fragte seinen Wesir: ‚Wer ist der Jüngling?‘ Da mußte der Wesir seine Geschichte von Anfang bis zu Ende erzählen. Zunächst antwortete er: ‚Dies ist meines Bruders Sohn.‘ Dann fragte der Sultan weiter: ‚Und wie kommt es, daß er dein Neffe ist und wir nie von ihm hörten?‘ Der Wesir antwortete: ‚O unser Herr und Sultan, ich hatte einen Bruder, der war Wesir im Lande Ägypten; und als er starb, hinterließ er zwei Söhne, von denen der ältere an seines Vaters Stelle Wesir wurde, während dieser, sein jüngerer Sohn, zu mir kam. Nun hatte ich geschworen, meine Tochter niemandem zu vermählen als ihm; und als er kam, vermählte ich ihn also meiner Tochter. Er ist noch jung, ich aber bin ein alter Greis geworden; mein Gehör hat abgenommen, und meine Tätigkeit ist zu Ende gekommen; und deshalb wollte ich unseren Herrn und Sultan bitten, ihn an meine Stelle zu setzen, denn er ist meines Bruders Sohn und Gatte meiner Tochter. Er verdient das Wesirat; denn er ist ein Mann von Einsicht und Umsicht.‘ Der Sultan blickte Nûr ed-Dîn an, und er gefiel ihm; und so gab er ihm das Amt, um das der Wesir für ihn bat. Und er ernannte ihn in aller Förmlichkeit und schenkte ihm ein prachtvolles Ehrengewand und eine Mauleselin aus seinem eigenen Gestüt; ferner verlieh er ihm Gehalt und Einkünfte. Nûr ed-Dîn aber küßte dem Sultan die Hand; und sie gingen hocherfreut nach Hause, er und sein Schwiegervater, und sagten: ‚All dies kommt durch das Glück des neugeborenen Hasan!‘ Darauf trat Nûr ed-Dîn am nächsten Tage vor den König, küßte den Boden und sprach die Verse:

> *Das Glück erneue sich mit jedem Tage,*
> *Ein guter Stern besieg des Neiders List.*

234

Da gebot ihm der Sultan, sich auf den Sessel des Wesirs zu setzen; und er setzte sich und übernahm die Pflichten seines Amtes und untersuchte die Angelegenheiten und Streitsachen der Untertanen, wie es die Gewohnheit der Wesire ist. Der Sultan sah ihm zu und wunderte sich darüber, wie er so bestimmt und verständig seine Anordnungen und Entscheidungen traf. Daher gewann er ihn lieb und zog ihn in sein Vertrauen. Als aber die Versammlung entlassen war, ging Nûr ed-Dîn nach Hause und erzählte seinem Schwiegervater, was geschehen war; der war hocherfreut darüber. Von da ab verwaltete Nûr ed-Dîn das Wesirat immerdar so, daß der Sultan sich Tag und Nacht nicht mehr von ihm trennen wollte. Und der Sultan erhöhte seine Einkünfte und Gehälter, bis Nûr ed-Dîn zu einem reichen Manne wurde und ihm Schiffe gehörten, die auf seinen Befehl Handelsreisen machten; auch hatte er schwarze und weiße Sklaven, und er legte viele Güter an mit Schöpfwerken und Gärten. Als aber sein Sohn Hasan vier Jahre alt war, da starb der alte Wesir, der Vater seiner Gattin; und er hielt eine prunkvolle Totenfeier für seinen Schwiegervater ab, ehe er ihn in den Staub bettete. Darauf befaßte er sich mit der Erziehung seines Sohnes; und als der Knabe größer wurde und sieben Jahre alt war, brachte er ihm einen Lehrer, damit der ihn in seinem eigenen Hause unterrichte; und er trug diesem auf, ihn zu lehren und ihm eine feine Bildung und gute Erziehung zuteil werden zu lassen. So unterrichtete der Meister den Knaben im Lesen, ließ ihn mancherlei nützliches Wissen lernen und las mit ihm den Koran wiederholt im Laufe einiger Jahre. Doch Hasan nahm auch noch immer mehr zu an Lieblichkeit und des Ebenmaßes Vollkommenheit; so wie der Dichter sagt:

235

Vollkommen wie ein Mond am Himmel seiner Anmut!
Die Sonne geht strahlend auf aus den Blüten seiner Wangen.
Er hat die ganze Anmut in sich vereint, und es ist,
Als hätten alle Geschöpfe von ihm ihre Schönheit empfangen.

Und der Lehrer erzog ihn in seines Vaters Palast; denn er verließ seit seiner Geburt nie das Ministerschloß. Doch eines Tages
nahm ihn sein Vater, der Wesir Nûr ed-Dîn, legte ihm seine
besten Kleider an, setzte ihn auf ein ausgewähltes Maultier und
führte ihn zum Sultan. Als er dort eintrat, sah der König den
Bedr ed-Dîn Hasan, den Sohn des Wesirs Nûr ed-Dîn, an,
und er hatte Gefallen an ihm und gewann ihn lieb. Das Volk
des Reiches aber verwunderte sich, als er mit seinem Vater zum
ersten Male an ihnen vorbeiging, auf dem Wege zum König,
ob seiner Schönheit; und sie setzten sich am Wege nieder und
warteten auf seine Rückkehr, um sich an ihm zu erfreuen, an
seiner Schönheit und Lieblichkeit und an seines Ebenmaßes
Vollkommenheit; wie es der Dichter in diesen Versen sagt:

Es schaute der Sterndeuter einst, da erschien ihm in der Nacht
Der Liebliche, verwirrend durch seiner Schönheit Pracht.
Orion blieb sinnend stehen, als so der Anmut Gewalt
An ihm sich entfaltete und strahlte aus seiner Gestalt.
Ihm hatte Saturn gegeben sein wunderbar schwarzes Haar
Und ihm die Farbe des Moschus geschenkt für sein Schläfenpaar.
Mars brachte seine Gabe, die Wange ihm rot zu schmücken;
Und der Bogenschütz sandte ihm die Pfeile aus seinen Blicken;
Merkur hatte ihm verliehen den allerschärfsten Verstand,
Der Große Bär von ihm die Blicke der Neider gewandt.
Da stand der Deuter verwirrt ob dessen, was er erblickt,
Und eilte und küßte den Boden vor ihm, der ihn ganz berückt.

Als der Sultan ihn angeschaut hatte, behandelte er ihn mit besonderer Gunst; denn er hatte ihn liebgewonnen. Und er sagte
zu seinem Vater: ,O Wesir, du mußt ihn unbedingt immer mit
dir bringen'; worauf jener versetzte: ,Ich höre und gehorche!'

Der Wesir ging dann mit seinem Sohne nach Hause und führte ihn immerdar zum Sultan, bis der Knabe sein fünfzehntes Jahr erreichte. Um diese Zeit aber erkrankte sein Vater, der Wesir Nûr ed-Dîn; und er ließ seinen Sohn kommen und sagte zu ihm: ‚Wisse, o mein Sohn, die irdische Welt ist ein Haus der Vergänglichkeit, aber die himmlische Welt ist ein Haus der Ewigkeit. Ich möchte dir jetzt einige Ermahnungen ans Herz legen; achte auf das, was ich sage, und richte deinen Sinn darauf!‘ Dann gab er ihm Anweisungen über die beste Art des Verkehrs mit den Menschen und über die Art, seine Geschäfte zu leiten. Darauf aber gedachte Nûr ed-Dîn seines Bruders und seiner Heimat und seines Landes, und er weinte ob seiner Trennung von den Freunden. Doch er trocknete seine Tränen und sprach die Verse:

> Wenn wir klagen ob Trennung, was sollen wir sagen?
> Oder quält uns die Sehnsucht, wohin uns wagen?
> Oder senden wir Boten als Dolmetscher für uns?
> Nicht bringen die Boten des Liebenden Klagen.
> Oder bin ich geduldig, – der Liebende schwindet,
> Nach Verlust des Geliebten gar bald von hinnen.
> Ihm bleibet jetzt nichts mehr als Leiden und Seufzen
> Und Tränen, die ihm auf die Wangen rinnen.
> O die da fern sind dem Blick meines Auges,
> Und die doch immer im Herzen mir weilen! –
> Wird es euch sehen? Doch wißt, meine Freundschaft
> Kann trotz langer Trennung sich niemals zerteilen.
> Oder habt ihr beim Fernsein die Liebe vergessen,
> Wo doch die Tränen und Seufzer euch gelten?
> Wenn mich das Leben mit euch noch vereinet,
> So will ich euch dort noch lange Zeit schelten!

Als er sein Lied und seine Klage beendet hatte, wandte er sich zu seinem Sohne und sprach: ‚Ehe ich dir meinen letzten Willen mitteile, erfahre, daß du einen Oheim hast; er ist Wesir von Ägypten, und ich habe mich von ihm getrennt und ihn ohne seine Zustimmung verlassen. Nimm nun ein Blatt Papier und schreib darauf, was ich dir sage!' Da nahm Bedr ed-Dîn Hasan ein Blatt Papier und begann darauf zu schreiben, wie ihm sein Vater sagte. Der diktierte ihm alles, was ihm begegnet war, von Anfang bis zu Ende. Auch ließ er ihn aufschreiben die Zeit seiner Vermählung und Hochzeit mit der Tochter des Wesirs und die Zeit seiner Ankunft in Basra und seines Zusammentreffens mit dem Wesir; ferner, daß er selbst noch nicht vierzig Jahre alt gewesen sei zur Zeit des Streites mit seinem Bruder. Und er fügte hinzu: ,All dies ist für ihn nach meinem Diktat geschrieben, und möge Allah mit ihm sein, wenn ich dahin bin!' Darauf faltete er das Papier, versiegelte es und sagte: ,O Hasan, mein Sohn, bewahre diese Urkunde; denn was darauf geschrieben steht, wird deine Herkunft und deinen Rang und deinen Stammbaum beweisen. Und wenn dir Arges widerfährt, so mache dich auf nach Ägypten, frage nach deinem Oheim, laß dich zu ihm führen und tu ihm kund, daß ich gestorben bin als ein Fremdling und voller Sehnsucht nach ihm.' Da nahm Bedr ed-Dîn Hasan die Urkunde und faltete sie; und er nähte sie zwischen Futter und Stoff seines Tarbusch ein und wand einen Seidenturban darum, indem er weinte, weil er sich schon so jung von seinem Vater trennen sollte. Nûr ed-Dîn aber sprach: ,Ich vermache dir jetzt fünf Weisungen. Die erste Weisung ist: Schließ dich an niemanden zu eng an, so wirst du sicher sein vor seiner Arglist! Denn die Sicherheit liegt in der Verschlossenheit und darin, daß du Gemeinschaft und nahen Verkehr meidest. Ich habe einen Dichter sagen hören:

> *In deinem Leben ist keiner, auf dessen Freundschaft du bauest;*
> *Nie wahrte ein Freund die Treue dem, den das Unglück schlug.*
> *So lebe für dich allein, verlaß dich auf keinen Menschen;*
> *Ich rate mit meinem Spruche dir gut; das sei genug!*

Die zweite Weisung ist diese, o mein Sohn: Sei gegen niemanden hart, auf daß das Schicksal nicht hart sei gegen dich! Denn das Geschick ist einen Tag für dich und den anderen Tag gegen dich. Die irdische Welt ist nur ein Darlehn, das man zurückzahlen muß. Und ich habe einen Dichter sagen hören:

> *Besinn dich und haste nie mit irgendeinem Plane,*
> *Hab Mitleid mit den Menschen, so wirst du durch Mitleid beglückt.*
> *Es gibt keine Macht der Welt, über der nicht Gottes Macht stände;*
> *Und jeder Tyrann wird noch durch einen Tyrannen bedrückt.*

Die dritte Weisung ist diese: Übe Schweigen und kümmere dich um deine eigenen Fehler eher als um die Fehler der anderen Menschen! Denn es heißt im Sprichwort: Wer Schweigen übt, gewinnt. Und auch darüber habe ich eines Dichters Verse gehört:

> *Das Schweigen ist ein Schmuck, und das Stillesein bringt Gewinn.*
> *Doch mußt du einmal reden, so meid es, ein Schwätzer zu sein.*
> *Denn wenn du dein Schweigen auch ein einziges Mal bereuest,*
> *So wirst du dein Reden doch noch viele Male bereun.*

Die vierte Weisung, o mein Sohn, ist diese: Ich warne dich, Wein zu trinken! Denn der Wein ist der Quell allen Übermuts, und der Wein macht den Verstand schwinden. Darum hüte dich, hüte dich, Wein zu trinken! Ich hörte auch hierüber einen Dichter sagen:

> *Ich meide den Wein und auch den, der ihn trinkt;*
> *Und wer ihn verdammt, dem stimme ich bei.*
> *Der Wein führt abseits vom Wege des Heils*
> *Und macht für das Böse die Tür weit und frei.*

Und die fünfte Weisung, o mein Sohn, ist diese: Erhalte deinen Besitz, und er wird dich erhalten; behüte deinen Besitz, und er wird dich behüten; und verschwende nicht, was du hast, damit du nicht die Geringsten der Menschen anzubetteln brauchst. Spare die Piaster, so hast du Pflaster! Und auch hier wieder habe ich einen Dichter sagen hören:

Hab ich kein Geld, so hab ich auch keinen Freund zum Gefährten;
Hab ich aber viel Geld, so find ich Freunde in allen.
Wie mancher Genosse wollte beim Geldausgeben mir helfen!
Wie mancher Gefährte ließ beim Mangel des Geldes mich fallen!'

So gab Nûr ed-Dîn seinem Sohne Bedr ed-Dîn Hasan viele
weise Ermahnungen, bis ihn das Leben verließ. Da herrschte
die Trauer in seinem Hause, und auch der Sultan und alle
Emire trauerten um ihn, und sie bestatteten ihn. Bedr ed-Dîn
aber blieb in Trauer um seinen Vater zwei Monate lang, während derer er nicht ausritt, nicht zur Ratsversammlung ging
noch auch dem Sultan nahte. Da ward der Sultan zornig über
ihn, ernannte an seiner Stelle einen seiner Kammerherren und
machte den zum Wesir, indem er zugleich Befehl gab, Beschlag auf alles zu legen, was dem Nûr ed-Dîn gehört hatte,
sein Vermögen, sein Haus und seine Landgüter. So zog der
neue Wesir aus, um dies zu tun und um Bedr ed-Dîn Hasan,
den Sohn des Verstorbenen, zu ergreifen, damit er ihn vor den
Sultan brächte, der dann nach seinem Gutdünken mit ihm verfahren sollte. Nun war unter den Soldaten ein Mamluk des verstorbenen Wesirs; als der diesen Befehl vernahm, trieb er sein
Pferd an und ritt in aller Eile zu Bedr ed-Dîn Hasan. Er fand
ihn, am Tore sitzend, mit gebeugtem Haupte, trauernd und gebrochenen Herzens; rasch sprang er ab, küßte ihm die Hand
und sagte: ,O mein Herr und Sohn meines Herrn, rasch, mache
dich auf; sonst ereilt dich des Verderbens Lauf!' Da begann
Hasan zu zittern und fragte: ,Was ist geschehen?' Jener erwiderte: ,Der Sultan zürnt dir und hat einen Haftbefehl gegen
dich erlassen; das Unheil kommt dicht hinter mir her auf dich
zu. Drum spring auf, um dein Leben zu retten!' Hasan fragte
weiter: ,Bleibt mir noch Zeit, in mein Haus hineinzugehen
und mir ein wenig weltliches Gut zu holen, zu dem ich auf der

Wanderschaft meine Zuflucht nehmen kann?' Aber der Sklave rief: ‚O mein Herr, steh augenblicklich auf, laß das Haus hinter dir und beeile dich!' Dann sprach er die Verse:

> Rette dein Leben, wenn dir vor Unheil graut;
> Lasse das Haus beklagen den, der es erbaut!
> Du findest schon eine Stätte an anderem Platz;
> Für dein Leben findest du keinen Ersatz.
> Laß dich in wichtiger Sache auf Boten nicht ein;
> In Wahrheit hilft die Seele sich ganz allein.
> Des Löwen Nacken ist so kräftig nicht,
> Solange es ihm an Selbstvertrauen gebricht.

Bei diesen Worten des Mamluken bedeckte Bedr ed-Dîn sich das Haupt mit dem Saum seines Gewandes und ging auf und davon, bis er vor den Toren der Stadt stand; und dort hörte er die Leute sagen: ‚Der Sultan hat den neuen Wesir in das Haus des verstorbenen Wesirs geschickt, um auf sein Vermögen und seinen Besitz Beschlag zu legen und seinen Sohn Bedr ed-Dîn Hasan zu ergreifen und vor ihn zu führen, damit er ihn töten lasse'; und alle riefen: ‚Wehe um seine Schönheit und Anmut!' Als er diese Reden der Leute hörte, floh er davon aufs Geratewohl, ohne zu wissen, wohin er ging; und er eilte ohne Aufenthalt weiter, bis ihn das Schicksal zu seines Vaters Grube führte. Er trat auf den Totenacker und suchte sich den Weg durch die Gräber; schließlich setzte er sich nieder am Grabe seines Vaters und nahm von seinem Haupte den Saum seines Gewandes herab, das eine goldgestickte Borte hatte, worauf diese Verse standen:

> O du, des Antlitz hell erstrahlt,
> Den Sternen gleich, wie der Tau so klar:
> Auf ewig daure deine Macht,
> Dein hoher Ruhm währe immerdar!

Während er so bei seines Vaters Grabe saß, siehe, da kam ein Jude zu ihm, der aussah wie ein Geldwechsler, und der ein

Paar Satteltaschen trug, in denen viel Gold war. Der Jude trat an Hasan el-Basri[1] heran und sprach zu ihm: ,O Herr, warum sehe ich dich so verändert?' ,Ich schlief vor noch nicht einer Stunde,' erwiderte Hasan, ,da erschien mir mein Vater und schalt mich, weil ich sein Grab noch nicht besucht hatte;sofort machte ich mich auf, zitternd vor Furcht, der Tag verstreiche, ohne daß ich ihn aufgesucht hätte, denn das wäre mir unerträglich gewesen.' ,Junger Herr,' versetzte der Jude, ,dein Vater hatte viele Kauffahrer auf See, und da jetzt einige fällig sind, so ist es mein Wunsch, dir die Ladung des ersten Schiffes, das in den Hafen einläuft, für diese tausend Golddinare abzukaufen.' Und der Jude nahm einen der Beutel voll Gold, zählte daraus tausend Dinare ab, gab sie Hasan, dem Sohn des Wesirs, und sagte: ,Schreib mir eine Kaufurkunde und siegle sie!' So nahm Hasan, der Sohn des Wesirs, ein Blatt Papier und schrieb darauf: ,Der Schreiber, Bedr ed-Dîn Hasan, Sohn des Wesirs Nûr ed-Dîn, hat Isaak, dem Juden, um tausend Dinare die ganze Ladung des ersten der Schiffe seines Vaters verkauft, das in den Hafen einläuft; und er hat den Preis im voraus erhalten.' Da nahm der Jude die Urkunde in Empfang; Hasan aber begann zu weinen, als er daran dachte, in welch hoher Stellung er eben noch gewesen war; und er sprach die Verse:

> *Das Haus ist, seit du, o Herrin, fortgingest, gar kein Haus;*
> *Der Nachbar kann, seit du gingest, mir nicht mehr Nachbar sein.*
> *Der Freund auch, mit dem ich einst in ihm den Bund geschlossen,*
> *Ist mir kein Freund mehr, ja, der Mond verlor seinen Schein.*
> *Du gingst und ließest beim Scheiden die Welt in Trauer zurück;*
> *Und Finsternis bedeckte sie danach weit und breit.*
> *Den unglückseligen Raben, der bei unsrer Trennung krächzte,*
> *Umschließe nie mehr ein Nest! Er verliere sein Federkleid!*
> *Nun mir die Geduld versagt, zehrt mir dein Abschied am Leibe;*

1. Der Held heißt von jetzt ab »el-Basri« nach seiner Vaterstadt.

Wie mancher Vorhang fiel bei der Trennung zerrissen nieder!
Wirst du die einstigen Nächte, wie wir sie gemeinsam verlebten,
Noch wiederkehren sehen? Vereint uns das Haus je wieder?

Dann weinte er bitterlich; und als die Nacht ihn überfiel, lehnte
er das Haupt gegen seines Vaters Grab und sank in Schlaf. Er
erwachte auch nicht, als der Mond aufging; doch sein Haupt
fiel von dem Grabe herunter, und er lag auf seinem Rücken
da, und hell glänzte sein Gesicht im Mondenschein.

Nun aber war der Totenacker eine Stätte der rechtgläubigen
Dämonen; und alsbald trat eine Dämonin hervor und sah den
schlafenden Hasan. Bei diesem Anblick staunte sie ob seiner
Schönheit und Anmut und rief: ‚Ehre sei Allah! Dieser Jüngling gleicht einem der Paradieseskinder!‘ Darauf flog sie him-
melwärts, um nach ihrer Gewohnheit durch die Lüfte zu kreisen. Dort traf sie einen fliegenden Dämon; der begrüßte sie,
und sie sprach zu ihm: ‚Von wannen kommst du?‘ Und er versetzte: ‚Aus dieser Gegend.‘ ‚Willst du mit mir kommen und
die Schönheit eines Jünglings betrachten, der dort auf dem
Totenacker schläft?‘ fragte sie; und er erwiderte: ‚Gern.‘ Da
flogen sie weiter und ließen sich schließlich bei dem Grab zur
Erde hinab. Sie fragte ihn: ‚Hast du je in deinem Leben seinesgleichen gesehen?‘ Der Dämon sah ihn an und rief: ‚Preis sei
Ihm, der ohnegleichen ist! Aber, o meine Schwester, soll ich
dir sagen, was ich gesehen habe?‘ Sie fragte: ‚Was ist es?‘ ‚Ich
sah‘, antwortete er, ‚das Gleichnis dieses Jünglings im Lande
Ägypten. Es ist die Tochter des Wesirs Schems ed-Dîn; sie ist
fast zwanzig Jahre alt, von ebenmäßiger Gestalt, ein Bild von
Schönheit und Lieblichkeit und von strahlender Vollkommenheit. Als sie dies Alter erreichte, hörte der Sultan von Ägypten
von ihr, schickte nach dem Wesir, ihrem Vater, und sagte zu
ihm: ‚Wisse, o Wesir, mir ist zu Ohren gekommen, du habest

eine Tochter, und ich will sie von dir zur Frau erbitten.' Der Wesir aber erwiderte: ,O unser Herr und Sultan, geruhe und nimm meine Bitte um Verzeihung an und habe Mitleid mit meinem Kummer! Denn du weißt, daß mein Bruder Nûr ed-Dîn uns verlassen hat, und wir wissen nicht, wo er jetzt ist. Er war ja mein Genosse im Wesirat; aber der Grund, daß er im Zorn fortging, war folgender: Ich saß einmal mit ihm zusammen, und wir sprachen über Heirat und über Kinder; da stritten wir, und er geriet in Zorn. Aber ich habe geschworen, ich wolle niemandem meine Tochter vermählen, außer dem Sohn meines Bruders; das geschah am Tage, da ihre Mutter sie gebar, und das ist jetzt etwa achtzehn Jahre her. Kürzlich nun vernahm ich, daß mein Bruder sich mit der Tochter des Wesirs von Basra vermählt hat; sie aber hat ihm einen Sohn geboren, und ich will meine Tochter niemandem als ihm vermählen, um meinen Bruder zu ehren. Ich habe auch die Daten meiner Hochzeit und der Empfängnis meines Weibes und der Geburt meiner Tochter verzeichnet. Sie also gebührt ihrem Vetter; für unseren Herrn, den Sultan aber gibt es Mädchen in Fülle.' Doch als der König die Worte des Wesirs vernommen hatte, ergrimmte er gewaltig und rief: ,Wenn meinesgleichen von deinesgleichen eine Tochter zur Ehe verlangt, da willst du sie vorenthalten und faule Ausreden machen? Beim Leben meines Hauptes, ich will sie dir zum Trotz mit dem Geringsten meiner Diener vermählen!' Nun war bei Hofe ein Stallknecht beschäftigt, bucklig auf Brust und Rücken; den ließ der Sultan holen und stellte ohne weiteres die Eheurkunde für ihn und die Tochter des Wesirs aus. Er hat befohlen, daß der Knecht heute nacht zu ihr eingehen solle und daß man ihm einen Hochzeitszug rüste. Ich habe ihn soeben verlassen, wie er unter den Mamluken des Sultans stand, die rings um ihn Fackeln angezündet

244

haben und sich über ihn lustig machen am Tor des Badehauses. Des Wesirs Tochter aber sitzt unter ihren Kammerfrauen und Zofen und weint, sie, die doch unter allen Menschen diesem Jüngling am meisten gleicht! Man hat sogar auch ihrem Vater den Zutritt zu ihr verboten. Nie, o meine Schwester, habe ich ein scheußlicheres Wesen als diesen Bucklingen gesehen; das Mädchen aber ist noch schöner als dieser Jüngling.' – ‹«

Da bemerkte Schehrezâd, daß der Morgen begann, und sie hielt in der verstatteten Rede an. Doch als die *Zweiundzwanzigste Nacht* anbrach, sprach sie: »Es ist mir berichtet worden, o glücklicher König, daß, als der Dämon der Dämonin berichtet hatte, wie der König den Ehevertrag zwischen dem bucklingen Knecht und der Jungfrau hatte aufsetzen lassen, die darüber tieftraurig war, und wie an Schönheit ihr nur dieser Jüngling gleichkomme, – daß da die Dämonin rief: ‚Du lügst! Dieser Jüngling ist der schönste Mensch seiner Zeit.‘ Doch der Dämon bestritt es ihr, indem er sprach: ‚Bei Allah, meine Schwester, das Mädchen ist schöner als dieser; doch niemand als er verdient sie, denn sie gleichen einander wie Geschwister oder Geschwisterkinder. Wie schade um sie, daß sie diesem Bucklingen gehören soll!‘ Da sprach die Dämonin: ‚Mein Bruder, laß uns doch unter den Jüngling kriechen und ihn emporheben und zu dem Mädchen bringen, von dem du redest; dann werden wir sehen, wer von ihnen beiden schöner ist.‘ Der Dämon antwortete ihr: ‚Ich höre und gehorche! Das ist ein richtiges Wort und der beste Vorschlag; ich selber will ihn tragen.‘ Darauf hob er ihn vom Boden auf und flog mit ihm davon in die Lüfte; die Dämonin aber hielt sich eng an seiner Seite, bis er ihn in der Stadt Kairo niederließ, auf eine steinerne Bank legte und weckte. Da fuhr Hasan aus dem Schlafe auf, und als er sah, daß er nicht mehr auf seines Vaters Grab im Lande von

Basra lag, blickte er um sich nach rechts und links, und erkannte, daß er in einer anderen Stadt war; fast hätte er aufgeschrien, doch der Dämon stieß ihn an. Der hatte ihm ein prächtiges Gewand mitgebracht, und er kleidete ihn darein, zündete ihm eine Fackel an und sagte: ‚Wisse, ich habe dich hierher gebracht und will um Allahs willen eine gute Tat an dir tun; also nimm diese Fackel, geh zu jenem Badehause und menge dich unter die Leute; dann geh immer weiter mit ihnen, bis du das Haus der Braut erreichst. Dort schreite geradeaus und tritt in den großen Saal; und fürchte niemanden, sondern stelle dich, wenn du eingetreten bist, zur rechten Seite des buckligen Bräutigams auf! Sooft dann von den Zofen, Kammerfrauen und Sängerinnen eine zu dir kommt, greife in deine Tasche, die du voll Gold finden wirst, nimm eine Handvoll und wirf es ihnen zu und sei unbesorgt; denn sooft du auch in die Tasche greifst, wirst du sie immer wieder voll Gold finden. Gib jedem, der zu dir kommt, eine ganze Handvoll und fürchte nichts, sondern traue auf Ihn, der dich erschuf! Denn dieses alles geschieht nicht durch deine eigene Kraft, sondern auf Befehl Allahs.‘ Als Bedr ed-Dîn Hasan diese Worte des Dämonen hörte, sagte er zu sich selber: ‚Ich möchte wohl wissen, was das für ein Mädchen ist und was diese Freundlichkeit bedeutet!‘ Dann ging er mit der brennenden Fackel dahin und kam zu dem Badehause, wo er den Buckligen hoch zu Roß vorfand. Da drängte er sich hin durch die Menge, so wie er war, eine herrliche Gestalt und schön gekleidet, wie wir berichtet haben: er trug Tarbusch und Turban und ein goldgesticktes Gewand mit langen Ärmeln. Und er ging immer weiter mit dem Hochzeitszug dahin, und sooft die Sängerinnen stillstanden, um von dem Volk Geschenke zu empfangen, griff er in seine Tasche; und da er sie angefüllt fand mit Gold, so nahm er eine

246

Handvoll heraus, warf es auf das Tamburin, das die Sängerin hinhielt, und füllte es mit Dinaren. Die Sängerinnen wurden ganz verwirrt, und das Volk verwunderte sich ob seiner Schönheit und Anmut. Er aber fuhr so fort, bis sie das Haus des Wesirs erreichten, wo die Kämmerlinge das Volk zurückhielten und abwiesen; aber die Brautführerinnen sagten: ‚Bei Allah, wir treten nicht ein, wenn nicht auch dieser Jüngling mit uns eintritt; denn er hat uns durch seine Freigebigkeit reich gemacht, und wir wollen die Braut nur putzen, wenn er zugegen ist.' Und alsbald nahmen sie ihn mit in die bräutliche Halle und ließen ihn sitzen, ob auch der bucklige Bräutigam böse Augen machte. Alle die Frauen der Emire, der Wesire und der Kammerherren standen in doppelter Reihe, und jede trug eine große brennende Kerze, und alle trugen dünne Schleier vor den Gesichtern; und die beiden Reihen erstreckten sich rechts und links vom Hochzeitsthron der Braut bis oben zum anderen Ende der Halle, neben dem Zimmer, aus dem die Braut herauskommen sollte. Als aber die Damen auf Bedr ed-Dîn Hasan blickten, auf seine Schönheit und Lieblichkeit und sein Antlitz, das da leuchtete wie der junge Mond, neigten alle Herzen sich ihm zu, und die Sängerinnen sagten zu den Damen, die anwesend waren: ‚Wisset, dieser Herrliche füllte uns die Hände mit lauter rotem Golde; drum laßt es an nichts fehlen in seiner Bedienung und gehorchet ihm in allem, was er sagt!' Da drängten sich all die Frauen um ihn mit ihren Fackeln und blickten auf seine Anmut und neideten ihm seine Schönheit; und eine jede hätte gern eine Stunde oder lieber noch ein Jahr an seiner Brust gelegen. Ja, sie ließen die Schleier von den Gesichtern fallen, da ihre Herzen so betroffen waren, und sagten: ‚Glücklich die, die diesen Jüngling besitzt oder deren Herr er ist!' Dann riefen sie Flüche herab auf den buckligen Knecht und auf den, der dessen Hochzeit mit dem schönen Mädchen veranlaßt hatte; und sooft sie nun Bedr ed-Dîn Hasan segneten, so oft fluchten sie dem Buckligen.

Darauf schlugen die Sängerinnen die Tamburine und bliesen die Flöten; und herein trat alsbald die Tochter des Wesirs, umgeben von ihren Zofen. Die hatten sie mit duftenden Spezereien erquickt, ihr das Haar mit Weihrauch beräuchert und schön geschmückt, und sie mit Kleinodien und Gewändern bedeckt, wie sie den Perserkönigen anstanden. Zu ihrer Kleidung gehörte aber ein Gewand, das über die andern Kleider herabfiel; das war bestickt mit rotem Golde und mit den Bildern von wilden Tieren und Vögeln geschmückt; ihren Hals hatten sie umgeben mit einem Halsband aus jemenischer Arbeit: das war Tausende wert und bestand aus lauter Edelgestein, dergleichen nannte noch kein König von Reicharabien und kein Kaiser sein. Und die Braut war wie der volle Mond, wenn er in der vierzehnten Nacht am Himmel thront; als sie eintrat, glich sie einer Paradiesesmaid – Preis sei Ihm, der sie in solchem Glanz der Schönheit erschuf! Die Damen umgaben sie wie die Sterne den Mond, wenn er die Wolken durchleuchtet. Nun aber saß Hasan el-Basri vor den Augen allen Volkes, als die Braut daherschritt mit wiegendem Gang; der bucklige Knecht aber wollte ihr entgegengehen, um sie in Empfang zu nehmen. Doch sie wandte sich ab von ihm und schritt weiter, bis sie vor ihrem Vetter Hasan stand. Da lachte die Menge, und als sie sahen, daß die Braut zu Bedr ed-Dîn gegangen war, erhoben sie lautes Beifallsgeschrei, und die Sängerinnen jubelten. Er aber griff mit der Hand in die Tasche, nahm eine Handvoll Goldes heraus und warf es mitten auf die Tamburine der Mädchen, und die freuten sich und riefen: ,Wir wünschen, diese Braut wäre die deine!' Da lächelte er, und alles Volk drängte

248

sich um ihn, der bucklige Knecht aber blieb allein und sah aus wie ein Affe; sooft sie eine Kerze für ihn entzündeten, ging sie aus, und so saß er elend und ohne ein Wort zu sagen im Dunkeln und sah nur sich selber. Vor Bedr ed-Dîn aber leuchteten die Fackeln in den Händen der Leute. Als er nun den Bräutigam allein im Dunkeln sitzen sah und dann auf sich selbst blickte, wie jene Leute ihn umdrängten und die Fackeln da brannten, wurde er verwirrt und wunderte sich sehr; doch als er seine Base ansah, da freute er sich und frohlockte. Dann schaute er ihr Gesicht, wie es im Licht erglänzte und strahlte, zumal da sie jenes Kleid aus roter Seide trug. Dies war das erste Brautgewand, in das die Zofen sie kleideten, während die Augen Hasans sich an diesem Anblicke weideten. Und sie wiegte sich im Gehen und neigte sich galant und raubte Frauen und Männern den Verstand, wie der Dichter die Worte erfand, der als vortrefflich bekannt:

> *Eine Sonne auf einem Stabe, gepflanzt auf einem Hügel,*
> *So erschien sie den Blicken, in dunkelrotem Mieder.*
> *Sie gab mir den süßen Wein ihrer Lippen zu trinken und schmückte*
> *Die Wange mit rosigem Feuer und verlöschte es wieder.*

Dann wechselten sie jenes Gewand und legten ihr ein blaues Kleid an; da erschien sie wie der volle Mond, wenn er über dem Horizont aufgeht; ihr Haar war der Kohle gleich, ihre Wange so weich; und ein liebliches Lächeln spielte um ihren Mund; ihre Brust hob sich über den schwellenden Seiten und den Hüften so rund. So zeigten sie sie in diesem zweiten Gewande, und sie war, wie ein Meister hoher Gedanken von ihresgleichen sang:

> *Sie kam in einem blauen Kleid,*
> *Wie der Himmel in azurner Farbenpracht.*
> *Ich sah auf das Kleid: in ihm erschien*
> *Ein Sommermond in der Winternacht.*

Darauf vertauschten sie auch dies Gewand mit einem neuen; und sie verschleierten ihr das Gesicht in der Fülle ihres Haares und lösten ihr die langen, schwarzen Locken; deren Schwärze und Länge war wie die dunkelste Nacht, und sie durchschoß die Herzen mit den Zauberpfeilen ihres Auges. So zeigten sie sie in dem dritten Gewande, und sie war, wie der Dichter von ihr sagt:

> *Es flossen die Haare ihr wie ein Schleier über die Wangen;*
> *Sie weckte in mir ein Verlangen, wie Feuersgluten wild.*
> *Ich sprach: Du hast den Morgen in Nacht gehüllt. Doch sie sagte:*
> *Nein, nur den vollen Mond hab ich in Dunkel gehüllt.*

Und sie zeigten sie im vierten Brautkleid; da trat sie vor wie die aufgehende Sonne, und sie wiegte sich hin und her in lieblicher Anmut und blickte nach rechts und nach links, wie es die Gazellen tun. Sie traf alle Herzen mit den Pfeilen ihrer Augen; so wie der Dichter sang, als er ihresgleichen beschrieb:

> *Als Sonne der Schönheit erschien sie den Menschen, die sie erblickten;*
> *Sie strahlte in lieblicher Anmut, verschönt durch Schamhaftigkeit.*
> *Als sie mit ihrem Antlitz und Lächeln der Sonne des Himmels*
> *Entgegentrat, hüllte jene sich in ihr Wolkenkleid.*

Und hervor trat sie im fünften Brautkleide, die liebliche Maid; sie war einem Weidenzweig oder einer dürstenden Gazelle gleich; ihre Flechten wallten, und ihre Reize begannen sich zu entfalten; ihre Hüften bebten, und ihre Locken schwebten. Wie einer der Dichter sang, als er ihresgleichen beschrieb:

> *Sie strahlt wie der volle Mond in einer Nacht des Glückes;*
> *Ihr Wuchs hat weiche Formen, ihr Leib ist schlank und zart.*
> *Ein Auge hat sie, das die Menschen durch Schönheit gefangennimmt;*
> *Die Röte auf ihren Wangen ist von des Rubinen Art.*
> *Und auf die Hüfte fällt ihr herab das Dunkel des Haares;*
> *Hüte dich vor den Schlangen in ihres Haares Gelock!*
> *Zwar sind so weich die Seiten; aber ihr Herz ist dennoch*
> *Trotz ihrer Weichheit härter als wie ein steinerner Block.*

Sie sendet den Pfeil des Blickes hervor unter ihrer Braue,
Er trifft; und sei es auch ferne, niemals fehlet ihr Blick.
Wenn wir einander umfassen und ich ihren Leib umschlinge,
So stößt ihre volle Brust mich von der Umarmung zurück.
Ja, ihre Schönheit ragt über alles Schöne empor;
Ja, ihr Leib ist schlanker als wie das zarteste Rohr.

Nun führten sie sie im sechsten Brautgewande, einem grünen Kleide, einher; und sie beschämte durch ihren Wuchs den braunen Speer. Sie übertraf durch ihre Anmut die Schönen in aller Welt, und ihr strahlendes Antlitz erglänzte reiner als der Vollmond, der den Himmel erhellt; sie erweckte aller Verlangen durch ihre Lieblichkeit, und sie übertraf die Zweige durch ihre Weichheit und Biegsamkeit, ja, durch all, was so herrlich an ihr war, brachte sie viel Herzeleid, wie ihm ein Dichter Ausdruck verleiht:

Ein Mädchen, mit Feinheit und Klugheit begabt;
Du siehst, wie die Sonn ihre Wange entleiht.
Sie kam im Gewande, dem grünen, daher,
Und glich der Granate, von Blättern umreiht.
Wir stellten die Frage: Wie heißt dies Gewand?
Da sprach sie die Worte mit klugem Verstand:
Es brach den beherztesten Männern die Herzen,
Drum nenne ich es den Zerbrecher der Schmerzen.

Schließlich zeigten sie sie im siebenten Kleid, dessen Farbe die Mitte hielt zwischen Saflor und Safran, wie einer der Dichter von ihr sagt:

Im Kleide, gefärbt mit Safran und Saflor, erscheint sie stolz,
Duftend nach Amber und Moschus und köstlichem Sandelholz,
Die Schlanke – wenn auch die Jugend ihr zurät: Schreite einher!
So sprechen doch ihre Hüften: Setz dich und gehe nicht mehr!
Und bitte ich um ihre Gunst, hör ich, wie die Schönheit spricht:
Gewähre! Doch ihre Scheu rät zierend: Tue es nicht!

Sooft nun die Braut ihre Augen auftat, sagte sie: ‚O Allah, mache diesen zu meinem Gatten und befreie mich von dem buckligen Knechte da!' So hatten sie die Braut in all den sieben Gewändern dem Bedr ed-Dîn Hasan el-Basri gezeigt, während der bucklige Knecht allein dasaß. Und als sie diesen Teil der Feier beendet hatten, entließen sie die Menge; alle, die bei der Hochzeit waren, Frauen und Kinder, gingen fort, und niemand blieb da außer Bedr ed-Dîn Hasan und dem buckligen Knecht. Darauf führten die Kammerfrauen die Braut hinein in ein inneres Gemach, wo sie ihr den Schmuck und die Gewänder abnahmen und sie für den Bräutigam bereitmachten. Nun trat der bucklige Knecht zu Bedr ed-Dîn Hasan und sagte: ,O mein Herr, du hast uns heute abend durch deine Gesellschaft erfreut und durch deine Güte überwältigt; doch willst du jetzt nicht aufstehn und davongehen?' Jener erwiderte: ,In Allahs Namen, so sei es!' Dann stand er auf und ging zur Tür hinaus; dort aber trat ihm der Dämon entgegen und sagte: ,Bleib, o Bedr ed-Dîn! Und wenn der Bucklige hinausgeht auf den Abtritt, so geh du hinein, zaudere nicht, sondern setze dich in die Kammer; doch wenn die Braut kommt, sprich zu ihr: ,Ich bin dein Gemahl; denn der König ersann diese List nur, weil er um dich besorgt war wegen des bösen Blicks. Der, den du sahest, ist nur einer von unseren Stallknechten. Dann tritt auf sie zu und entschleiere ihr Antlitz; denn uns beseelt der Eifer um dich in dieser Sache!' Während Hasan noch mit dem Dämon sprach, siehe, da ging der Knecht hinaus, und er trat in den Abtritt und setzte sich auf den Stuhl. Aber da kam der Dämon in Gestalt einer Maus aus dem Becken hervor, in dem das Wasser stand, und quietschte: ,Piep!' Der Bucklige rief: ,Was ist mit dir?' Da fing die Maus an zu wachsen, bis sie zu einer Katze wurde, und die schrie: ,Miau! Miau!' Und sie wuchs noch immer, bis sie zu einem Hunde wurde, und der bellte: ,Wau! Wau!' Als aber der Knecht das sah, erschrak er und rief aus: ‚Hinweg mit dir, du Unheilswesen!‘ Aber der Hund wuchs und schwoll, bis er zu einem Esel wurde; der brüllte und schrie ihm ins Gesicht: ‚Iah! Iah!‘ Da zitterte der Bucklige und rief: ‚Kommt mir zur Hilfe, ihr Leute vom Hause!‘ Aber siehe, der Esel wuchs und wurde so groß wie ein Büffel und versperrte ihm den Weg und sprach mit menschlicher Stimme: ‚Wehe dir, o du Buckliger, du Stinktier!‘ Den Knecht aber drängte der Leib, und er setzte sich mit seinen Kleidern auf das Abtrittloch, und seine Zähne schlugen klappernd aufeinander. Da sprach der Dämon zu ihm: ‚Ist die Welt so eng, daß du keine andere fandest zum Weibe als meine geliebte Herrin?‘ Als jener schwieg, fuhr der Dämon fort: ‚Antworte mir, oder ich mache die Erde zu deiner Wohnung!‘ ‚Bei Allah,‘ rief der Bucklige, ‚dies ist nicht meine Schuld; man hat mich dazu gezwungen. Ich wußte nicht, daß sie einen Geliebten unter den Büffeln hatte; aber jetzt bereue ich, zunächst vor Allah, und dann vor dir.‘ Darauf sprach der Dämon: ‚Ich schwöre dir: wenn du jetzt diesen Ort verlässest oder vor Sonnenaufgang nur ein Wort sprichst, so schlage ich dich tot. Wenn aber die Sonne aufgeht, so ziehe deines Weges und kehre nie in dieses Haus zurück!‘ Darauf packte der Dämon den buckligen Knecht, steckte ihn mit dem Kopf nach unten und den Füßen nach oben in das Abtrittloch hinein und sagte: ‚Ich lasse dich hier, aber ich bewache dich bis Sonnenaufgang!‘

Soweit der Bucklige! Was aber Bedr ed-Dîn Hasan angeht, so hatte er inzwischen die beiden ihrem Zank überlassen, war ins Haus gegangen und hatte sich mitten in die Kammer gesetzt; und siehe, herein trat die Braut, begleitet von einer alten Frau, die an der Tür stehen blieb und sagte: ‚O Vater des geraden Wuchses, steh auf und nimm, was Gott dir anvertraut!‘ Darauf ging die Alte fort, und die Braut, geheißen Sitt el-Husn, das ist die Herrin der Schönheit, trat in den inneren Teil der Kammer, gebrochenen Herzens, und sagte: ‚Bei Allah, ich will ihm nicht meinen Leib gewähren, sollte er mir auch das Leben nehmen!‘ Als sie aber weiterschritt, sah sie Bedr ed-Dîn Hasan und sprach: ‚Geliebter, sitzest du immer noch hier? Ich hatte schon zu mir selbst gesagt, ich möchte doch wenigstens dir und dem bucklichen Stallknecht zugleich angehören.‘ Er erwiderte: ‚Wie sollte wohl der Knecht zu dir Zutritt haben? Und wie käme es ihm zu, daß er sich mit mir in dich teilen dürfte?‘ Da fragte sie: ‚Und wer ist denn mein Gatte, du oder er?‘ ‚Sitt el-Husn,‘ versetzte Bedr ed-Dîn, ‚dies geschah ja nur zum Scherz und um ihn zu verspotten! Als die Zofen und die Sängerinnen und die Hochzeitsgäste deine Schönheit bei deiner Entschleierung vor mir zu Gesicht bekommen sollten, fürchtete dein Vater das böse Auge, und er mietete ihn um zehn Dinare, damit er es ablenken sollte; jetzt aber ist er seiner Wege gegangen.‘ Wie Sitt el-Husn von Bedr ed-Dîn diese Worte vernahm, lächelte sie und freute sich und lachte lustig auf. Und sie sprach zu ihm: ‚Bei Allah, du hast mein Feuer gelöscht, und um Allahs willen, nimm mich hin und drücke mich an deine Brust!‘

Da sie nun keine anderen Kleider mehr trug, hob sie das eine lange Gewand bis zu den Schultern empor, und da zeigten sich Schoß und Rundung der Hüften. Als Bedr ed-Dîn das sah, erwachte seine Begier, und alsbald legte er seine Kleider ab; den Beutel Goldes, den er von dem Juden erhalten hatte und in dem die tausend Dinare waren, wickelte er in seine Hose und steckte sie unter das Ende des Bettes. Auch nahm er den Turban ab und legte ihn auf einen Sessel; nur das feine, goldgestickte Hemd behielt er an. Und Sitt el-Husn zog ihn an sich und er sie. Und er nahm sie in seine Arme und ließ sich von ihr umschlingen, rüstete das Geschütz und legte das Bollwerk nieder. Und er fand, daß sie eine Perle war, unversehrt, und daß sie noch keinem je angehört. Er nahm ihr die Mädchenschaft und genoß ihre Jugend, die er ihr auf immer raubte. Er umarmte sie noch viele Male, und sie empfing von ihm. Und schließlich legte Bedr ed-Dîn seine Hand unter ihr Haupt, und ebenso tat sie ihm, und sie lagen einander in den Armen und schliefen so ein; wie ein Dichter von ihnen in diesen Versen singt:

> *Gehe zu der, die du liebst, und meide die Worte des Neiders;*
> *Denn der Neidhart ist doch niemals der Liebe gut!*
> *Der Barmherzige schuf nie einen schöneren Anblick*
> *Als ein liebend Paar, das auf einem Bette ruht.*
> *Sie liegen innig umschlungen, bedeckt vom Kleide der Freude,*
> *Und als Kissen dient einem des anderen Arm und Hand.*
> *Wenn die Herzen einander in treuer Liebe verbunden,*
> *Sind sie wie Stahl geschmiedet; kein Mensch zerschlägt das Band.*
> *Und wenn dir in deinem Leben je ein Getreuer begegnet,*
> *Trefflich ist solch ein Freund! Dann lebe für ihn allein!*
> *O der du wegen der Liebe das Volk der Liebenden tadelst,*
> *Kannst du dem kranken Herzen ein Arzt und Retter sein?*

Lassen wir nun Bedr ed-Dîn Hasan und Sitt el-Husn, seine Base, und wenden wir uns wieder zu dem Dämonen! Der sprach zu der Dämonin: ‚Auf, gleite unter den Jüngling und laß uns ihn wieder an seine Stätte bringen, ehe der Morgen über uns hereinbricht; denn die Zeit drängt.' Da schwebte sie hin und glitt unter den Saum seines Hemdes, während er schlief, hob ihn auf und flog mit ihm fort, so wie er war, nur mit dem Hemde bekleidet und ohne andere Kleider; sie flog mit ihm dahin, während der Dämon ihr zur Seite war, bis sie der Morgen auf halbem Wege überraschte und die Gebetsrufer riefen: ‚Eilet zum Heil!' Da ließ Allah es geschehen, daß seine Engel einen feurigen Stern auf den Dämon warfen, so daß er verbrannte; doch die Dämonin entkam, und sie ließ sich mit Bedr ed-Dîn nieder an der Stelle, wo der Stern den Dämon getroffen hatte, und trug den Jüngling nicht weiter, aus Sorge um sein Leben. Und wie es im Geschick vorherbestimmt war, kamen sie nach Damaskus in Syrien; da legte die Dämonin ihn an einem der Stadttore nieder und flog davon. Als nun der Tag erschien und man die Tore der Stadt auftat, sahen die Leute, die hinauszogen, einen schönen Jüngling in Hemd und Mütze, aller anderen Kleidung bar; und er war, müde von dem langen Wachen, in Schlaf versunken. Als nun die Leute ihn erblickten, sagten sie: ‚O die Glückliche, mit der dieser Jüngling die Nacht verbrachte! Aber hätte er sich doch die Zeit genommen, seine Kleider anzuziehen.‘ Und ein anderer sprach: ‚Der arme junge Herr! Vielleicht ist er eben nur aus der Schenke eines Bedürfnisses wegen hinausgegangen, da ist ihm der Wein zu Kopfe gestiegen, er hat den Ort, den er suchte, verfehlt und ist in die Irre gegangen, bis er zum Stadttor[1] kam; das hat er geschlossen gefunden und hat sich dann zum Schlafe niedergelegt.‘ Während die Leute so über ihn hin und her redeten, hauchte die Morgenbrise plötzlich über Bedr ed-Dîn hin und hob den Saum seines Hemdes bis zu seinem Leibe empor; und es zeigten sich ein Leib und ein Nabelgrübchen, Schenkel und Lenden wie von Kristall. Da rief das Volk: ‚Bei Allah, wie schön!‘ Bedr ed-Dîn aber erwachte und sah, daß er an einem Stadttor lag und daß viel Volks da war. Verwundert fragte er: ‚Wo bin ich, ihr guten Leute? Und weshalb seid ihr zusammengelaufen, und was habe ich mit euch zu tun?‘ Sie antworteten: ‚Wir fanden dich hier beim Ruf zum Morgengebet, im Schlafe liegend, und wir wissen sonst nichts. Wo aber hast du

1. Die Schenken befinden sich oft in einsamen Häusern außerhalb der Städte.

in dieser Nacht geschlafen?' Bedr ed-Dîn Hasan rief: ‚Bei Allah, ihr Leute, ich habe diese Nacht in Kairo geschlafen.' Einer sagte: ‚Du hast wohl Haschisch gegessen'; und ein anderer: ‚Bist du von Sinnen? Du verbringst die Nacht in Kairo und liegst am Morgen bei der Stadt Damaskus?' Er aber rief: ‚Bei Allah, meine guten Leute, ich lüge euch wirklich nicht an; ich war gestern nacht im Lande Ägypten, und gestern am Tage war ich in Basra.' Da meinte der eine: ‚Na, das ist aber gut!' und ein anderer: ‚Dieser Jüngling ist besessen!' Und sie klatschten ihn aus und redeten miteinander, indem sie sprachen: ‚Wie schade um seine Jugend! Bei Allah, kein Zweifel, er ist irre!' Dann mahnten sie ihn: ‚Nimm deinen Verstand zusammen und werde wieder vernünftig!' Aber Bedr ed-Dîn Hasan bestand darauf: ‚Ich war gestern Bräutigam im Lande Ägypten.' ‚Du hast wohl geträumt', erwiderten sie, ‚und das, was du erzählst, im Schlafe gesehen.' Da ward Hasan an sich selbst irre, aber dennoch sprach er zu ihnen: ‚Bei Allah, das kann kein Traum sein; und was ich erlebt habe, ist kein Schein! Ich bin sicher dort gewesen, und da hat man die Braut vor mir entschleiert, und noch ein Dritter war da, der Bucklige, der daneben saß. Bei Allah, meine Brüder, dies ist kein Traum, und wäre es ein Traum, wo fände sich denn der Beutel mit Gold bei mir, und wo mein Turban und mein Gewand und meine Hose?' Dann machte er sich auf, trat in die Stadt ein und ging durch die Straßen und durch die Gänge der Basare; das Volk aber drängte sich um ihn und lief hinter ihm her, bis er in den Laden eines Garkochs eintrat. Nun aber war dieser Koch gescheit, das heißt, er war ein Dieb gewesen; aber Allah hatte ihm die Sünden vergeben, und er hatte eine Garküche eröffnet. Alles Volk von Damaskus fürchtete ihn wegen seines gewaltigen Jähzorns, und als sie sahen, daß der Jüngling in den Laden des Garkochs eintrat, gingen sie aus Angst vor jenem auseinander. Der Koch aber sah Bedr ed-Dîn an; und als er seine Schönheit und Anmut bemerkte, gewann er ihn alsbald lieb. Er fragte ihn: ‚Von wannen kommst du, o Jüngling? Erzähle mir deine Geschichte; denn schon bist du mir lieber als mein Leben.‘ Da erzählte Hasan ihm alles, was ihm widerfahren war. Der Koch sagte darauf: ‚O mein Herr Bedr ed-Dîn, das ist eine wunderbare Geschichte, und dies sind seltsame Berichte. Mein Sohn, verbirg, was dir widerfahren ist, bis Allah deine Last von dir nimmt, und bleib derweilen hier bei mir; denn ich habe keinen Sohn und will dich an Kindes Statt annehmen.‘ Bedr ed-Dîn antwortete: ‚Gern, lieber Oheim!‘ Darauf ging der Koch in den Basar und kaufte ihm prächtige Kleider und ließ ihn sie anziehn; und er ging mit ihm zum Kadi und erklärte ihn in aller Form für seinen Sohn. Nun wurde Bedr ed-Dîn Hasan also bekannt in der Stadt Damaskus als der Sohn des Garkochs; und er saß bei ihm im Laden und nahm das Geld ein und lebte so eine Weile mit dem Koch zusammen.

Lassen wir jetzt den Bedr ed-Dîn und seine Erlebnisse, und wenden uns zu seiner Base Sitt el-Husn! Als der Morgen dämmerte und sie aus dem Schlafe erwachte, fand sie den Bedr ed-Dîn Hasan nicht mehr. Sie glaubte, er sei auf den Abtritt gegangen, und wartete eine Stunde lang auf ihn; da trat ihr Vater zu ihr ein. Er war trostlos ob all dessen, was ihm durch den Sultan widerfahren war; daß er ihn gezwungen und seine Tochter gewaltsam einem seiner Diener vermählt hatte, und noch dazu einem elenden buckligen Stallknecht. Und er hatte zu sich selber gesagt: ‚Ich will meine Tochter erschlagen, wenn sie sich diesem Verfluchten zu eigen gegeben hat.‘ So war er bis zum Brautgemach gegangen, an die Tür getreten und hatte gerufen: ‚O Sitt el-Husn!‘ Da antwortete sie: ‚Hier bin ich, o

mein Herr!' Dann kam sie heraus, noch unsicheren Fußes nach
all den Freuden der Nacht; und sie küßte den Boden, und ihr
Gesicht hatte an Glanz und Anmut noch zugenommen, seit
jener gazellengleiche Jüngling zu ihr in die Kammer gekommen. Als aber ihr Vater sie in diesem Zustande sah, da fragte er
sie:, O du Verfluchte, freust du dich so um dieses Pferdeknech-
tes willen?' Wie Sitt el-Husn die Worte ihres Vaters hörte,
lächelte sie und sagte: ,Bei Allah, genug an dem, was gestern
vorging, als die Gäste über mich lachten und mich mit dem
Knecht verglichen, der nicht einmal so viel wert ist wie ein
Span von dem Fingernagel meines Gemahls! Bei Allah, noch
nie in meinem ganzen Leben habe ich eine Nacht so schön wie
die von gestern verbracht. Darum spotte meiner nicht länger,
indem du mich an jenen Buckligen erinnerst.' Als ihr Vater
diese Worte von ihr hörte, entbrannte er vor Zorn, seine
Augen verfärbten sich, und er rief: ,Wehe dir, was für Worte
sind dies! Der bucklige Knecht verbrachte die Nacht bei dir!'
,Ich beschwöre dich bei Allah,' erwiderte sie, ,nenne ihn nicht
mehr, dessen Vater Allah verdamme! Und scherze nicht länger! Denn der Knecht war nur gedungen um zehn Dinare, und
er nahm seinen Lohn und ging seiner Wege. Ich aber trat in
das Brautgemach und fand meinen Gemahl dort sitzen, ihn,
dem mich zuvor die Sängerinnen entschleiert hatten; jener war
es, der rotes Gold unter sie ausgeteilt hatte, bis die Armen unter den Gästen reich geworden waren. Ich verbrachte die Nacht
an der Brust meines zarten Gatten mit den schwarzen Augen
und den zusammengewachsenen Brauen.' Und als ihr Vater
diese Worte gehört, wurde das Licht vor seinen Augen in
Dunkel zerstört, und er schrie sie an: ,O du Buhldirne, was
sagst du da? Wo blieb dein Verstand?' ,Väterchen,' erwiderte
sie, ,du brichst mir das Herz; genug, daß du so hart warst gegen

mich! Wahrlich, dieser mein Gatte, der mir die Mädchenschaft nahm, ist nur zum Abtritt gegangen; und ich fühle, daß ich von ihm empfangen habe.' Da ging ihr Vater in großer Verwunderung hin zum Abtritt und fand dort den buckligen Stallknecht mit dem Kopf im Loch und den Beinen in der Luft. Bei diesem Anblick wurde der Wesir ganz ratlos und sagte: ,Das ist er ja, der Bucklige!' Und er rief ihn an: ,He, Buckliger!' Doch der Knecht grunzte: ,Heb dich von dannen! Heb dich von dannen!' denn er glaubte, der da spräche, sei der Dämon. Und der Wesir rief nochmals und sagte: ,Sprich, oder ich werde dir mit diesem Schwert den Kopf abschlagen.' Da sprach der Bucklige: ,Bei Allah, o Scheich der Dämonen, seit du mich hier hineingesteckt hast, habe ich den Kopf noch nicht gehoben; ich beschwöre dich bei Allah, habe Mitleid mit mir!' Als aber der Wesir die Worte des Buckligen hörte, fragte er: ,Was redest du da? Ich bin der Vater der Braut, ich bin kein Dämon!' Jener erwiderte: ,Genug, daß du mir das Leben nehmen wolltest! Geh jetzt deines Weges, ehe der über dich kommt, der mich also zugerichtet hat. Konntet ihr mich nicht irgendeiner anderen vermählen als gerade der Geliebten von Büffeln und der Liebsten von Dämonen? Allah verfluche den, der mich mit ihr vermählt hat, und den, der das hier veranlaßt hat!' – –«

Da bemerkte Schehrezâd, daß der Morgen begann, und sie hielt in der verstatteten Rede an. Doch als die *Dreiundzwanzigste Nacht* anbrach, fuhr sie also fort: »Es ist mir berichtet worden, o glücklicher König, daß der bucklige Knecht zu dem Vater der Braut also sprach: ,Allah verfluche den, der das hier veranlaßt hat!' Da sprach der Wesir zu ihm: ,Steh auf und verlasse diesen Ort!' ,Bin ich verrückt,' rief der Knecht, ,daß ich ohne die Erlaubnis des Dämonen mit dir ginge, während der zu mir gesagt hat: Wenn die Sonne aufgeht, komm heraus und geh deines Weges. Ist die Sonne aufgegangen oder nicht? Ich kann diesen Ort nicht eher verlassen, als bis die Sonne aufgegangen ist.' Der Wesir fragte ihn: ‚Wer hat dich hierhergebracht?' Er antwortete: ‚Ich kam gestern abend hierher, um ein dringendes Bedürfnis zu verrichten; und siehe, da kam eine Maus aus dem Wasser und quietschte und wurde immer größer, bis sie die Gestalt eines Büffels erreicht hatte; der sprach Worte zu mir, die mir ins Ohr eingingen. Dann ließ er mich hier so und ging davon; Allah verfluche die Braut und den, der mich mit ihr vermählte!' Da trat der Wesir zu ihm und zog ihn aus dem Abtrittloch heraus; er aber lief eilends davon und glaubte noch kaum, daß die Sonne aufgegangen war, und er ging zum Sultan, dem er alles berichtete, was ihm mit dem Dämonen widerfahren war.

Der Wesir jedoch, der Vater der Braut, ging ins Haus zurück, in großer Sorge um seine Tochter, und er sprach: ‚Liebe Tochter, erkläre mir, wie es mit dir steht.' Sie antwortete: ‚Der Bräutigam, vor dem ich gestern entschleiert wurde, verbrachte die Nacht bei mir und nahm mir die Mädchenschaft, und ich habe von ihm empfangen. Wenn du mir nicht glaubst, so liegt dort sein Turban, gewunden noch, wie er war, auf dem Stuhl; und seine Hose liegt unter dem Bett, und darein ist etwas gewickelt, von dem ich nicht weiß, was es ist.' Als ihr Vater diese Worte hörte, ging er in die Brautkammer hinein und fand den Turban des Bedr ed-Dîn Hasan, des Sohnes seines Bruders; er nahm ihn sofort in die Hand, wandte ihn um und sprach: ‚Dies ist ein Turban, wie ihn Wesire tragen; denn er ist aus Musselin.' Dann erblickte er etwas wie ein Amulett, das in den Tarbusch eingenäht war; und er nahm ihn und trennte ihn auf. Er hob auch die Hose auf und fand den Beutel mit den tausend Dinaren und öffnete ihn, und darin sah er ein beschriebenes Papier.

Das las er, und er entdeckte so den Kaufbrief des Juden; der lautete auf den Namen des Bedr ed-Dîn Hasan, des Sohnes des Nûr ed-Dîn 'Alî, des Ägypters; und auch die tausend Dinare waren darin. Kaum aber hatte Schems ed-Dîn das Blatt gelesen, als er laut aufschrie und in Ohnmacht zu Boden fiel; und als er erwachte und das Ganze zu begreifen begann, da staunte er und rief: ‚Es gibt keinen Gott außer Allah, der allmächtig ist über alle Dinge! Weißt du, o meine Tochter, wer dein rechtmäßiger Gemahl geworden ist?‘ ‚Nein‘, sagte sie, und er: ‚Wahrlich, er ist der Sohn meines Bruders, dein Vetter, und diese tausend Dinare sind seine Morgengabe für dich. Preis sei Allah! Wüßte ich nur, wie all das gekommen ist!‘ Darauf öffnete er das eingenähte Amulett und fand darin ein beschriebenes Papier und darauf eine Unterschrift in der Hand seines Bruders Nûr ed-Dîn, des Ägypters, des Vaters von Bedr ed-Dîn Hasan. Als er die Handschrift sah, sprach er die Verse:

> Ich sehe ihre Spuren, und ich vergehe vor Sehnsucht,
> An ihren verlassenen Stätten vergieße ich meine Zähren.
> Aber ich bitte ihn, der mir die Trennung von ihnen brachte,
> Er möge eines Tages mir gnädig die Heimkehr gewähren.

Als er geendet hatte, las er die Urkunde und fand darin aufgeführt die Daten der Verlobung seines Bruders mit der Tochter des Wesirs von Basra und seiner Hochzeit mit ihr, und der Geburt des Bedr ed-Dîn Hasan, und die ganze Lebensgeschichte seines Bruders bis zum Tage seines Todes. Da staunte er sehr und zitterte vor Freude, und er verglich das, was sein Bruder erlebt hatte, mit dem, was ihm selbst widerfahren war; so fand er, daß alles genau übereinstimmte: die Zeit seiner Verlobung mit der seines Bruders, ebenso die seiner Hochzeit, und auch die Zeit der Geburt des Bedr ed-Dîn stimmte zu der seiner Tochter Sitt el-Husn. Da nahm er die Urkunde, ging damit zum Sultan und erzählte ihm von Anfang bis zu Ende, was geschehen war; und der König staunte und befahl, daß es sofort aufgezeichnet werden sollte. Dann erwartete der Wesir den ganzen Tag hindurch den Sohn seines Bruders, aber er kam nicht; und er wartete einen zweiten Tag und einen dritten, und so bis zum siebenten Tage, ohne daß Nachricht von ihm kam. Da sagte er: ‚Bei Allah, ich will eine Tat tun, wie sie vor mir noch niemand getan hat!' Er nahm Tintenkapsel und Rohrfeder und zeichnete auf ein Papier den Plan des ganzen Hauses; und er zeigte, wie die Kammer lag und wo ein Vorhang hing, und so mit allem, was in dem Hause war. Dann faltete er die Zeichnung zusammen; und er ließ die zurückgelassenen Sachen bringen, nahm Bedr ed-Dîns Turban und Tarbusch, Gewand und Beutel, trug das Ganze in sein Zimmer, schloß es ein mit eisernem Schlosse und setzte sein Siegel darauf, um es zu bewahren, wenn etwa sein Neffe Hasan el-Basri käme. Die Tochter des Wesirs aber gebar, als ihre Zeit erfüllet war, einen Sohn; der war wie der volle Mond, das Ebenbild seines Vaters an Schönheit und Vollkommenheit und strahlender Lieblichkeit. Sie durchschnitten ihm die Nabelschnur, schwärzten seine Augenlider mit Bleiglanz und übergaben ihn den Pflegerinnen; und sie nannten ihn 'Adschîb, das ist der Wunderbare. Er aber entwickelte sich, wie wenn bei ihm ein Tag wie ein Monat und ein Monat wie ein Jahr wäre; und als sieben Jahre über ihn dahingegangen waren, übergab ihn sein Großvater einem Lehrmeister, und dem trug er auf, ihn zu erziehen, lesen zu lehren und ihm die sorgfältigste Ausbildung zu gewähren. Er blieb in der Schule vier Jahre lang; da begann er mit seinen Mitschülern zu streiten und sie zu schelten, und er pflegte zu ihnen zu sagen: ‚Wer unter euch ist wie ich? Ich bin der Sohn des Wesirs von Ägypten!' Schließlich aber machten die Knaben sich auf und gingen gemeinsam zu dem Lehrer, um sich darüber zu beklagen, wie sie von 'Adschîb zu leiden hatten. Da sagte der Lehrer zu ihnen: ,Ich will euch etwas lehren, was ihr ihm morgen, wenn er zur Schule kommt, sagen sollt; dann wird er es aufgeben, in die Schule zu kommen. Wenn er nämlich morgen kommt, so setzt ihr euch rings um ihn hin und sagt einer zum andern: ,Bei Allah, dies Spiel soll niemand mit uns spielen, außer wer uns die Namen seines Vaters und seiner Mutter nennt; denn wer die Namen seines Vaters und seiner Mutter nicht weiß, der ist ein Bastard, und der soll nicht mit uns spielen.' Als es dann Morgen ward, kamen die Kinder in die Schule, und unter ihnen 'Adschîb; und sie scharten sich um ihn und sagten: ,Wir wollen ein Spiel spielen, aber niemand soll daran teilnehmen, der uns nicht den Namen seines Vaters und seiner Mutter nennen kann.' Und alle riefen: ,Bei Allah, gut!' Und einer sprach: ,Ich heiße Mâdschid, und meine Mutter heißt 'Alawîja und mein Vater 'Izz ed-Dîn.' Und ein zweiter sprach in derselben Weise, und dann ein dritter, bis die Reihe an 'Adschîb kam, und er sagte: ,Ich heiße 'Adschîb, und meine Mutter heißt Sitt el-Husn, und mein Vater Schems ed-Dîn, Wesir von Ägypten.' Da riefen sie: ,Bei Allah, der Wesir ist nicht dein Vater.' ,'Adschîb aber erwiderte: ,Der Wesir ist wirklich mein Vater.' Da verlachten die Knaben ihn und klatschten in die Hände und riefen: ,Er weiß nicht, wer sein Vater ist; geh weg von uns, denn niemand soll mit uns spielen, außer wer seines Vaters Namen weiß!' Sofort liefen die Knaben von ihm weg und lachten ihn aus; ihm aber wurde beklommen, und er erstickte fast vor Tränen. Da sagte der Lehrer zu ihm: ,Wir wissen, daß der Wesir dein Großvater ist, der Vater deiner Mutter Sitt el-Husn, aber nicht dein Vater. Doch deinen Vater kennst weder du, noch kennen wir ihn; denn der Sultan vermählte deine Mutter mit dem buckligen Knecht; aber ein Dämon kam und schlief bei ihr, und du hast keinen bekannten Vater. Darum höre auf, dich über die Kinder der Schule zu überheben, bis du erst einmal weißt, daß du auch einen rechtmäßigen Vater hast; sonst wirst du als ein Kind des Ehebruchs unter ihnen gelten! Weißt du nicht, daß selbst der Sohn eines Hökers seinen Vater kennt? Dein Großvater ist sogar der Wesir von Ägypten; aber deinen Vater kennen wir nicht, und so sagen wir, daß du keinen Vater hast. Also werde wieder vernünftig!' Als aber 'Adschîb gehört hatte, was der Lehrer und die Kinder sagten und welche Schmach sie ihm anhängten, lief er sofort davon, ging zu seiner Mutter Sitt el-Husn und klagte ihr weinend sein Leid; aber die Tränen hinderten ihn am Sprechen. Als seine Mutter hörte, wie er schluchzte und weinte, entbrannte ihr Herz um ihn wie von Feuer; und sie sprach: ‚Mein Sohn, warum weinest du? Sag mir, was dir widerfahren ist.' Da erzählte 'Adschîb ihr, was er von den Knaben und dem Lehrer gehört hatte, und fragte: ‚Mutter, wer ist denn mein Vater?' Sie erwiderte ihm: ‚Dein Vater ist der Wesir von Ägypten'; aber er rief: ‚Belüg mich nicht! Der Wesir ist dein Vater, nicht meiner. Wer ist denn mein Vater? Wenn du mir nicht die Wahrheit sagst, so töte ich mich mit diesem Dolche.' Doch als seine Mutter ihn von seinem Vater sprechen hörte, weinte sie; denn sie dachte an ihren Vetter und daran, wie sie dem Bedr ed-Dîn Hasan el-Basri in den Hochzeitskleidern gezeigt worden war, und an alles, was sie damals miteinander erlebt hatten, und sie sprach diese Verse:

> *Sie pflanzten die Leidenschaft in mein Herz und gingen,*
> *Jetzt sind die Zelte mit meiner Liebe so weit!*
> *Auch meine Geduld entschwand, seit sie entschwanden;*
> *Mich floh, mir wurde zu schwer die Festigkeit.*

Sie zogen fort, und mich verließen die Freuden;
Ach, eine Stätte der Ruhe finde ich nie.
Sie machten beim Abschied die Tränen des Auges mir rinnen,
Und immer bei ihrem Fernsein vergieße ich sie.
Sehne ich mich danach, sie dereinst zu sehen
Und wird das Seufzen nach ihnen und Warten mir lang,
So denk ich an ihre Gestalt, und in meinem Herzen
Wohnt Liebe und treues Gedenken und Sehnsucht so bang.
Ach, das Gedenken an euch ist mir ein Mantel,
Aus Liebe zu euch ist es ein Kleid mir zumal.
Wie lange noch dieses Fernsein und dies Entfliehn,
O meine Geliebten, wie lange noch diese Qual?

Dann weinte sie und schrie laut auf, und ihr Sohn tat desgleichen; und siehe, der Wesir trat zu ihnen herein, und als er sie
beide weinen sah, brannte ihm das Herz in der Brust, und er
fragte: ‚Worüber weinet ihr?' Da erzählte sie ihm, was sich
zwischen ihrem Sohn und den Kindern der Schule zugetragen
hatte; und er weinte auch. Er gedachte seines Bruders und dessen, was ihnen beiden widerfahren war, und dessen, was seine
Tochter erlebt hatte, und wie er in das Geheimnis von all dem
nicht hatte eindringen können. Sofort erhob er sich und ging
in die Regierungshalle und trat vor den König, tat ihm alles
kund und bat ihn um die Erlaubnis, nach Osten zu reisen, zur
Stadt Basra, um nach seines Bruders Sohn zu suchen. Auch bat
er den Sultan, ihm Briefe für andere Städte zu schreiben, damit
er seinen Neffen ergreifen könnte, wo immer er ihn finden
würde. Und er weinte vor dem Sultan; der hatte Mitleid mit
ihm und gab ihm Briefe für alle Länder und Städte. Darüber
war der Wesir froh, und er betete um Segen für den Sultan.
Dann nahm er Abschied von ihm, kehrte sofort in sein Haus
zurück und rüstete sich zur Reise, indem er alles mitnahm,
dessen er und seine Tochter und sein angenommener Sohn

'Adschíb bedurften. Und er brach auf und wanderte den ersten
Tag und den zweiten und den dritten, bis er in der Stadt Da-
maskus ankam. Und er sah sie vor sich, reich an Bäumen und
Strömen; wie der Dichter von ihr sagt:

Nach meinem Tage in Damaskus und meiner Nacht
Schwur das Geschick: Dort ist ein herrliches Wunder vollbracht!
Wir schliefen; die Tiefe der Nacht befreite von allen Sorgen.
Da kam mit lächelndem Antlitz in grauweißem Haare der Morgen.
Und der Tau erglänzte dort auf den Zweigen allen
Wie Perlen, die, vom Zephir geschüttet, auf sie gefallen.
Der See war wie ein Blatt, und die Vögel flogen dahin
Und lasen die Schrift des Windes mit Punkten der Wolken darin.

Der Wesir machte Halt auf Maidân el-Hasa; und er ließ die
Zelte aufschlagen und sagte zu seinen Dienern: ‚Hier werden
wir zwei Tage bleiben!' Da gingen die Diener in die Stadt, um
ihre Besorgungen zu machen, der eine, um zu verkaufen, der
andere, um zu kaufen, der eine ging ins Bad, der andere in die
Moschee der Omaijaden, derengleichen es in der Welt nicht
gibt. Und auch 'Adschíb ging mit seinem Diener in die Stadt,
um sie sich anzusehen, und der Diener folgte mit einem Knüttel so schwer, daß ein Kamel nicht wieder aufgestanden wäre,
wenn er es damit geschlagen hätte. Da erblickte das Volk von
Damaskus den 'Adschíb, seines Ebenmaßes Vollkommenheit,
seine strahlende Lieblichkeit; denn er war ein Knabe so fein
und lieblich, so zart und zierlich, weicher als des Nordens Ze-
phirwinde, süßer als des klaren Wassers Gründe für einen, der
vom Durst geplagt, und erfreuender als die Gesundheit für
einen, an dem die Krankheit nagt. Und es schloß sich ihnen
eine gewaltige Menge an, die einen liefen hinterher, und andere liefen ihnen voraus, um sich an den Weg zu setzen, bis er
vorüberkam; und schließlich blieb der Sklave, wie es das

Schicksal bestimmt hatte, vor dem Laden des Bedr ed-Dîn Hasan stehen, der ja der Vater des 'Adschîb war. Nun war sein Bart gewachsen, und sein Verstand war gereift während der zwölf Jahre; und da der Koch gestorben war, so hatte Bedr ed-Dîn Hasan dessen Laden und Besitz geerbt, dieweil er förmlich vor den Richtern und den Zeugen als sein Sohn anerkannt war. Als aber an jenem Tage sein Sohn mit dem Diener vor ihn trat, da blickte er den Knaben an, und als er sah, wie wunderbar schön er war, pochte ihm das Herz, und das Blut trieb ihn zum Blut, und sein Herz neigte sich ihm zu. Nun hatte er gerade verzuckerte Granatapfelkerne bereitet, und die vom Himmel gepflanzte Liebe regte sich mächtig in ihm; so rief er seinen Sohn 'Adschîb an und sagte:, Junger Herr, der du die Herrschaft über mein ganzes Herz gewonnen hast und nach dem sich mein innerstes Wesen sehnt, willst du eintreten in mein Haus und mein Herz erfreuen, indem du von meiner Speise issest?' Dann strömten ihm die Augen über von Tränen, ohne daß er es wollte, und er dachte an das, was er gewesen, und an das, was er nunmehr geworden war. Als 'Adschîb seines Vaters Worte hörte, sehnte sich auch sein Herz nach ihm. Er blickte auf den Diener und sagte zu ihm: ,Mein Herz sehnt sich nach diesem Koch; er ist wie einer, der sich von seinem Sohn hat trennen müssen; also laß uns bei ihm eintreten und ihm das Herz erfreuen, indem wir seine Gastfreundschaft annehmen! Wenn wir das tun, so wird vielleicht Allah mich mit meinem Vater vereinigen.' Als der Diener die Worte 'Adschîbs hörte, rief er: ,Bei Allah, das ist hübsch! Soll man Söhne von Wesiren in einer Garküche speisen sehen? Ich halte das Volk von dir ab mit diesem Knüttel, daß niemand dich anblickt, und ich kann niemals zulassen, daß du in diesen Laden eintrittst.' Als aber Bedr ed-Dîn Hasan die Rede des Dieners vernahm, da staunte er, und er wandte sich ihm zu, während Tränen ihm über die Wangen rannen; da sagte 'Adschîb: ‚Siehe, mein Herz liebt ihn!' Der Diener aber versetzte: ‚Laß ab von diesem Geschwätz; du darfst nicht hineingehen!' Nun wandte der Vater des 'Adschîb sich an den Diener und sagte: ‚Würdiger Herr, weshalb willst du mir nicht die Seele erfreuen, indem du eintrittst in meinen Laden? O du, der du bist wie eine Kastanie, dunkel von außen, aber weißen Herzens drinnen! O du, von dessengleichen einer der Dichter sagt…' Da lachte der Sklave und fragte: ‚Was sagst du? Sprich, bei Allah, und sei kurz.' Sofort sprach Bedr ed-Dîn diese Verse:

> *Wär nicht seine feine Bildung und seine schöne Treue,*
> *So hätte er nicht im Hause des Königs Herrschergewalt.*
> *Und für die Frauengemächer, o welch ein trefflicher Diener!*
> *Ob seiner Schönheit dienten die Engel des Himmels ihm bald!*

Der Eunuch staunte ob dieser Worte, und er nahm 'Adschîb an der Hand und trat in den Laden des Kochs ein. Bedr ed-Dîn Hasan aber füllte eine Schale mit Granatapfelkernen, die mit Mandeln und Zucker angerichtet waren, und sie kosteten beide davon. Darauf sprach Bedr ed-Dîn Hasan zu ihnen: ‚Ihr habt mich durch euren Eintritt geehrt, so esset denn, zu Glück und Gesundheit.' 'Adschîb aber sprach zu seinem Vater: ‚Setze dich und iß mit uns; vielleicht wird Allah uns mit dem vereinen, den wir suchen.' Da fragte Bedr ed-Dîn Hasan: ‚O mein Sohn, hast du in deinen zarten Jahren schon den Kummer der Trennung von denen erfahren, die du liebtest?' 'Adschîb antwortete: ‚So ist es, mein Oheim; mir brennt das Herz um den Verlust eines Geliebten, der kein anderer ist als mein Vater; ja, ich und mein Großvater, wir sind eben jetzt hinausgezogen, um die Länder nach ihm zu durchsuchen. O, daß ich doch wieder mit ihm vereint wäre!' Und er weinte bitterlich, und auch sein Vater weinte, da er ihn in seinem Trennungsschmerze weinen sah, zumal er zugleich daran dachte, daß er von den Lieben getrennt war und fern von Vater und Mutter lebte; auch der Diener empfand Trauer um ihn. Sie aßen nun zusammen, bis sie gesättigt waren; darauf standen 'Adschîb und der Sklave auf und verließen den Laden des Bedr ed-Dîn Hasan. Dem aber war es, als sei seine Seele aus seinem Leibe geflohen und ihnen gefolgt; und da er es nicht ertragen konnte, den Knaben so im Augenblick aus dem Gesicht zu verlieren, verschloß er den Laden und ging ihnen nach, obgleich er nicht wußte, daß 'Adschîb sein Sohn war. Er ging so schnell, daß er sie erreichte, ehe sie aus dem Großen Tore hinausgegangen waren. Da drehte der Eunuch sich um und fragte ihn: ‚Was hast du?‘ Bedr ed-Dîn Hasan erwiderte: ‚Als ihr von mir ginget, war es mir, als wäre meine Seele mit euch dahin; und da ich gerade in der Außenstadt vor dem Tore Geschäfte hatte, so dachte ich euch Gesellschaft zu leisten, bis ich sie erledigt hätte, und dann nach Hause zurückzukehren.‘ Der Eunuch aber wurde zornig und sagte zu 'Adschîb: ‚Ebendies war es, was ich fürchtete! Wir aßen den unseligen Bissen, der als Ehrenbezeigung für uns gedacht war, und jetzt folgt uns der Bursche von Ort zu Ort.‘ Da wandte 'Adschîb sich um, und als er den Koch dicht hinter sich sah, ergrimmte er, und sein Gesicht wurde rot vor Ärger, und er sagte zu dem Diener: ‚Laß ihn die Straße der Muslime ziehen! Aber wenn wir abbiegen zu unsern Zelten und sehen, daß er uns immer noch folgt, dann wollen wir ihn wegjagen.‘ Er senkte darauf den Kopf und ging weiter, und der Eunuch folgte ihm. Doch Bedr ed-Dîn Hasan ging ihnen nach bis zum Maidân el-Hasa; und als sie sich den Zelten näherten, sahen sie sich um und erblickten ihn dicht hinter sich. Da war 'Adschîb erzürnt, denn er fürchtete, der Eunuch werde seinem Großvater alles

270

berichten. Und er war durchdrungen von dem Zorn darüber, daß jener sagen könnte, er sei in eine Garküche getreten, und nachher sei ihm der Koch gefolgt. Er wandte sich also um und sah Hasans Augen auf seine eigenen Augen geheftet, denn jener war geworden wie ein Leib ohne Seele; und es schien 'Adschîb, als ob sein Auge das Auge eines Lüstlings und er ein Bastard wäre. Da nun sein Grimm noch stieg, griff er einen Stein auf und warf ihn nach seinem Vater. Bedr ed-Dîn Hasan sank ohnmächtig zu Boden, und sein Blut strömte über sein Gesicht; 'Adschîb und der Diener aber gingen zu den Zelten. Als Bedr ed-Dîn Hasan dann zu sich kam, wischte er sich das Blut ab, riß einen Streif vom Turban und verband sich den Kopf; und er schalt sich selber und sagte: ,Ich tat dem Knaben unrecht, indem ich meinen Laden verschloß und ihm folgte, denn er mußte glauben, daß ich ein Lüstling sei.' Dann kehrte er zu seinem Laden zurück und verkaufte weiter seine Speisen. Und er begann sich nach seiner Mutter, die in Basra war, zu sehnen, und er weinte um sie und sprach diese Verse:

Verlange kein Recht vom Schicksal, du tätest ihm doch nur Unrecht;
Und schilt es nicht, denn es hat mit Gerechtigkeit nichts zu tun.
Nimm, was sich dir beut, und lasse die Sorgen beiseite !
Bald ist es trüb in der Welt, bald hell. So ist's einmal nun.

Bedr ed-Dîn Hasan also blieb dabei, seine Speisen zu verkaufen; aber der Wesir, sein Oheim, blieb drei Tage in Damaskus, dann ritt er weiter in der Richtung nach Homs und kam dort an. Und er forschte auf seinem Wege überall nach, wohin er nur seinen Blick richtete, bis er Dijâr Bekr und Maridîn und Mosul erreichte. Dann reiste er immer weiter bis zur Stadt Basra und zog in sie ein. Sobald er dort sein Lager aufgeschlagen hatte, ging er zum dortigen Sultan und traf mit ihm zusammen. Der ließ ihm hohe Ehren zuteil werden und fragte ihn nach dem

Anlaß seines Kommens. Da erzählte jener ihm seine Geschichte, sowie daß der Wesir Nûr ed-Dîn 'Alî sein Bruder gewesen sei. Der Sultan rief aus: ‚Allah erbarme sich seiner!' und fügte hinzu: ‚O Herr, er war mein Wesir, und ich liebte ihn sehr. Vor fünfzehn Jahren ist er gestorben, und er hinterließ einen Sohn, der nach seines Vaters Tode nur noch einen einzigen Monat hierblieb; seither ist er verschwunden, und wir haben nie etwas von ihm erfahren. Aber seine Mutter, die Tochter meines früheren Wesirs, lebt noch unter uns.' Als der Wesir Schems ed-Dîn von dem König hörte, daß seines Neffen Mutter noch am Leben war, da freute er sich und sagte: ‚O König, ich möchte gern mit ihr zusammentreffen!' Alsbald gab ihm der Sultan die Erlaubnis dazu. Und er begab sich zu ihr in das Haus seines Bruders Nûr ed-Dîn; und er ließ dort seine Blicke überall umherschweifen und küßte die Schwelle. Und indem er seines Bruders Nûr ed-Dîn 'Alî gedachte, wie der in der Fremde gestorben war, weinte er, und er sprach die Verse:

> *Ich gehe vorbei an den Stätten, den Stätten des lieben Mädchens,*
> *Und küsse bald hier eine Wand und bald eine andere dort.*
> *Die Liebe zu den Stätten ist's nicht, die mein Herz entzündet,*
> *Nein, nur die Liebe zu ihr, die da wohnte an jenem Ort.*

Darauf schritt er durch das Tor zu einem weiten Hofe und zu einem gewölbten Torweg; der war aus Assuaner Granit erbaut und belegt mit Marmorplatten von allen Arten und Farbenschatten. Dort trat er ein und ging im Hause umher und ließ seinen Blick überall umherstreifen; da fand er den Namen seines Bruders Nûr ed-Dîn in goldenen Lettern auf die Wand gemalt. Und er trat hin zu der Inschrift und küßte sie und weinte und dachte daran, wie er von ihm getrennt worden war; und er sprach die Verse:

Ich frage die Sonne nach dir, sooft sie strahlend aufgeht;
Ich frage den Blitz nach dir, sooft er am Himmel flammt.
Zur Nachtzeit rollt die Sehnsucht mich mit ihren Händen zusammen,
Und rollt mich auf; doch ich klage nicht, daß ich zu Schmerzen verdammt.
Geliebter mein, wenn die Zeit so lang währt und wenn die Trennung
So ist, dann werd ich in Stücke zerrissen durch deinen Verlust.
Doch wenn du meinem Auge nur deinen Anblick gewährtest,
Ach, wie schön wär es dann, sänke ich dir an die Brust!
Glaube doch nicht, daß ich einen anderen gefunden hätte;
In meinem Herzen ist für andere Lieb keine Stätte!

Dann ging er weiter, bis er zu der Halle kam, in der die Witwe
seines Bruders, die Mutter des Bedr ed-Dîn Hasan el-Basri,
weilte. Sie hatte seit der Zeit, da ihr Sohn verschwunden war,
nicht aufgehört, Tag und Nacht hindurch zu weinen und zu
klagen; als die Jahre ihr lang zu werden begannen, da hatte sie
mitten in der Halle ein Marmorgrab für ihren Sohn erbaut,
und nun pflegte sie dort um ihn zu weinen, Tag und Nacht,
und sie schlief immer nur bei dem Grabe. Als der Wesir dorthin kam, wo sie weilte, vernahm er ihre Stimme; und er blieb
hinter der Tür stehen, während er sie das Grabmal also anspre-
chen hörte:

Bei Allah, o Grab, schwand denn deine Schönheit jetzt dahin?
Und ist jener Anblick verblaßt, der sonst so strahlend scheint?
O Grab, du bist doch weder Erde noch Himmel für mich;
Wie kommt's, daß sich in dir das Reis mit dem Monde vereint?

Während sie so klagte, siehe, da trat der Wesir Schems ed-Dîn
zu ihr ein, begrüßte sie und ließ sie wissen, daß er ihres Gatten
Bruder sei; und dann erzählte er ihr alles, was geschehen war,
und enthüllte ihr die ganze Geschichte, wie ihr Sohn Bedr ed-
Dîn Hasan vor über zehn Jahren eine ganze Nacht bei seiner
Tochter zugebracht hatte und morgens verschwunden gewesen war. Und er schloß mit den Worten: ‚Meine Tochter aber

273

hatte von deinem Sohne empfangen und einen Knaben geboren, der jetzt bei mir ist, und er ist doch auch dein Kind, der Sohn deines Sohnes von meiner Tochter.' Als sie aber hörte, daß ihr Sohn Bedr ed-Dîn Hasan noch lebte, und ihren Schwager sah, da stand sie auf und warf sich ihm zu Füßen, küßte sie und sprach die Verse:

> *Bei Allah, welch ein trefflicher Bote, der mir ihr Kommen kündet,*
> *Und der mit der allerfrohesten Botschaft zu mir kam!*
> *Wär er mit einem zeriss'nen Geschenke zufrieden, ich gäbe*
> *Ein Herz ihm, das beim Abschied in Stücke zerriß vor Gram.*

Darauf ließ der Wesir den 'Adschîb holen, und als er kam, fiel seine Großmutter ihm um den Hals und weinte. Schems ed-Dîn aber sprach: ‚Dies ist die Zeit nicht zum Weinen; dies ist die Zeit, dich bereitzumachen, um mit uns nach dem Lande Ägypten zu reisen; vielleicht vereinigt Allah mich und dich mit deinem Sohn und meinem Neffen.' Sie erwiderte: ‚Ich höre und gehorche!'; und sie erhob sich alsbald, sammelte ihr Gepäck und ihre Schätze und ihre Sklavinnen und machte sich sofort für die Reise zurecht. Der Wesir Schems ed-Dîn ging derweilen zum Sultan von Basra, um Abschied zu nehmen, und der übergab ihm Geschenke und Kostbarkeiten für den Sultan von Ägypten. Zur selbigen Stunde machte er sich auf und zog dahin, bis er zu der Stadt Damaskus kam; dort machte er in el-Kanûn Halt und ließ die Zelte aufschlagen. Und er sprach zu seinem Gefolge: ‚Wir wollen hier eine Woche bleiben und für den Sultan Geschenke und Kostbarkeiten kaufen.' 'Adschîb aber ging hinaus und sagte zu dem Eunuchen: ‚O Lâïk, ich möchte einen Spaziergang machen; komm, laß uns hinuntergehen in den Basar und in Damaskus umherwandeln und nachsehen, was aus jenem Koch geworden ist, bei dem wir Süßigkeiten aßen und dem wir nachher den Kopf verwundeten; er war doch freundlich gegen uns, und wir haben ihn schlecht behandelt.' Der Eunuch antwortete: ,Ich höre und gehorche!' Darauf verließ 'Adschîb mit dem Eunuchen die Zelte; denn das Band des Blutes zog ihn hin zu seinem Vater. Alsbald traten sie in die Stadt ein und gingen immer weiter, bis sie die Garküche erreichten; und sie sahen den Koch in seinem Laden stehen. Es war etwa um die Zeit des Nachmittagsgebetes, und zufälligerweise hatte er gerade Granatapfelkerne zubereitet. Als nun die beiden näher kamen und 'Adschîb ihn sah, da sehnte sich sein Herz nach ihm; er erblickte auch die Narbe von dem Steinwurf auf seiner Stirn, und er sprach: ,Friede sei mit dir, du da! Wisse, daß mein Herz mit dir ist!' Als aber Bedr ed-Dîn seinen Sohn sah, da erzitterte sein Innerstes, und sein Herz klopfte; er neigte den Kopf zur Erde und suchte seine Zunge im Munde zu bewegen, doch er konnte es nicht. Danach hob er den Kopf wieder zu seinem Knaben empor, demütig und flehend, und er sprach die Verse:

> *Ich sehnte mich nach ihm, den ich liebe; doch als ich ihn sah,*
> *Versagten mir Zunge und Blick, und ich wußte nicht, wie mir geschah.*
> *In tiefer Verehrung vor ihm verneigte ich mein Gesicht;*
> *Ich wollte verbergen, was in mir, und doch verbarg ich es nicht.*
> *Geraume Bände von Klagen hatte ich bei mir dort;*
> *Doch als wir zusammentrafen, sprach ich kein einziges Wort.*

Darauf sprach er zu ihnen: ,Heilt mir das gebrochene Herz und eßt von meinen Speisen; denn bei Allah, ich kann dich nicht ansehen, ohne daß mein Herz klopft! Ich wäre dir wahrlich damals nicht gefolgt, wenn ich nicht von Sinnen gewesen wäre.' ,Bei Allah, du liebst uns wirklich,' erwiderte 'Adschîb; ,wir haben damals einen Bissen bei dir gegessen, aber du folgtest uns danach und wolltest uns Schmach bringen; so wollen wir jetzt nur unter der Bedingung mit dir essen, daß du schwörst,

uns nicht nachzugehen noch uns zu verfolgen. Sonst werden
wir dich nicht mehr besuchen, solange wir in dieser Stadt sind;
denn wir werden eine Woche hier verweilen, bis mein Großvater Geschenke für den König gekauft hat.' Da erwiderte Bedr
ed-Dîn Hasan: ‚Das verspreche ich euch.' So traten 'Adschîb
und der Diener in den Laden ein, und sein Vater setzte ihnen
eine Schüssel Granatapfelkerne vor. 'Adschîb sagte: ‚Iß mit
uns, vielleicht wird Allah unseren Gram vertreiben.' Bedr ed-
Dîn aber freute sich und aß mit ihnen; doch er blickte ihm
starr ins Gesicht; denn sein Herz und sein ganzes Wesen hingen
an ihm. Schließlich sagte 'Adschîb zu ihm: ‚Denke daran! Habe
ich dir nicht gesagt, du seiest ein lästiger Liebhaber? Nun höre
doch auf, mir immer so ins Gesicht zu sehen!' Als aber Bedr
ed-Dîn seines Sohnes Worte hörte, sprach er diese Verse:

> *Für die Herzen hast du geheimnisvollen Zauber,*
> *Verborgenen, tief versteckten; nie wird er offenbar.*
> *O, der du den leuchtenden Mond durch deine Schönheit beschämest,*
> *Und dessen Anmut gleichet dem Morgenlichte so klar:*
> *In deines Antlitzes Licht sind unerreichbare Wünsche*
> *Und Zeichen der Liebe auf ewig, die wachsen und mehren sich schnell.*
> *Soll ich vor Hitze vergehn, obgleich dein Antlitz mein Eden?*
> *Und soll ich verdursten, obgleich deine Lippe der Lebensquell?*

Bedr ed-Dîn gab nun bald dem 'Adschîb einen Bissen, bald
dem Eunuchen; und sie aßen, bis sie gesättigt waren. Dann
standen sie auf, und auch Hasan el-Basri erhob sich und goß
ihnen Wasser über die Hände, löste einen seidenen Schal von
seinem Gürtel, trocknete sie damit ab und besprengte sie mit
Rosenwasser aus einer Flasche, die er bei sich führte. Dann
ging er aus dem Laden hinaus und kehrte zurück mit einem
Kruge voll Scherbett, gemischt mit Rosenwasser und Moschus;
den setzte er vor sie hin und sagte: ‚Macht eure Güte vollkommen!' Da nahm 'Adschîb, trank und reichte dem Diener; und

sie reichten einander, bis ihr Magen gefüllt war und sie so gesättigt waren, wie noch nie zuvor. Darauf gingen sie fort und eilten, die Zelte zu erreichen. Und 'Adschîb trat ein zu seiner Großmutter, der Mutter seines Vaters Bedr ed-Dîn Hasan; sie küßte ihn und dachte an ihren Sohn Bedr ed-Dîn Hasan, und sie seufzte und weinte und sprach die Verse:

> *Ich hoffte doch immer noch, mit dir vereint zu werden;*
> *Sonst hätte das Leben für mich keinen Reiz nach deinem Verlust.*
> *Ich schwöre: In meinem Herzen ist nichts als deine Liebe,*
> *Und Gott der Herr sieht ja die Geheimnisse in der Brust.*

Dann fragte sie 'Adschîb: ,Mein Sohn, wo bist du gewesen?' Er erwiderte: ,In der Stadt Damaskus.' Da stand sie auf und brachte ihm eine Schüssel mit Speise von Granatapfelkernen, die wenig gesüßt waren, und sagte zu dem Diener: ,Setze dich mit deinem Herrn!' Der Diener sprach bei sich selber: ,Bei Allah, wir haben kein Verlangen mehr zu essen'; dennoch setzte er sich nieder. Ebenso war dem 'Adschîb, als er sich niedersetzte, der Magen noch voll von dem, was er schon gegessen und getrunken hatte. Gleichwohl nahm er einen Brocken, tauchte ihn in die Granatapfelspeise und begann zu essen; aber er fand, daß sie nicht süß genug war, weil er schon übersatt war, und so sagte er: ,Pfui! Was ist dies für ein schlechtes Essen!' ,O mein Sohn!' rief seine Großmutter aus, ,tadelst du, was ich gekocht habe? Ich habe diese Speise selber bereitet, und kein Mensch vermag sie so gut zu kochen wie ich, außer deinem Vater Bedr ed-Dîn Hasan!' ,Bei Allah, Großmutter,' erwiderte 'Adschîb, ,diese Speise ist schlecht. Wir sahen noch eben in der Stadt Damaskus einen Koch, der die Granatapfelkerne so bereitet, daß ihrem Geruch sich das Herz öffnet; seine Speise erweckte Verlangen zu essen, aber deine Speise ist, mit jener verglichen, weder viel noch wenig wert.' Als seine Großmutter diese Worte hörte, geriet sie in heftigen Zorn, und sie blickte den Sklaven an. – –«

Da bemerkte Schehrezâd, daß der Morgen begann, und sie hielt in der verstatteten Rede an. Doch als die *Vierundzwanzig-ste Nacht* anbrach, fuhr sie also fort: »Es ist mir berichtet worden, o glücklicher König, daß 'Adschîbs Großmutter, als sie seine Worte hörte, zornig wurde und den Diener ansah und zu ihm sagte: ‚Wehe dir! Du hast meinen Sohn verführt und ihn in gemeine Garküchen gebracht?‘ Da erschrak der Eunuch und leugnete und sagte: ‚Wir sind nicht in den Laden gegangen, wir sind nur an ihm vorbeigekommen.‘ ‚Bei Allah,‘ rief 'Adschîb, ‚wir sind doch hineingegangen; und wir haben dort gegessen, und die Speise schmeckte besser als deine!‘ Nun aber ging seine Großmutter fort, erzählte es ihrem Schwager und erregte seinen Zorn wider den Sklaven; er ließ ihn rufen und fragte ihn: ‚Weshalb hast du meinen Sohn in eine Garküche gebracht?‘ Der Sklave versetzte in Angst: ‚Wir sind nicht hineingegangen.‘ Aber 'Adschîb sagte: ‚Wir sind doch hineingegangen, und wir haben von den Granatapfelkernen gegessen, bis wir satt waren; und der Koch hat uns auch Zuckerwasser mit Schnee zu trinken gegeben.‘ Da wurde die Entrüstung des Wesirs gegen den Sklaven noch größer, und von neuem befragte er ihn; und als er immer noch leugnete, sagte er: ‚Wenn du die Wahrheit sprichst, so setze dich und iß vor unsern Augen!‘ Daraufhin trat der Sklave vor und versuchte zu essen; aber er konnte es nicht und ließ den Bissen fallen und rief: ‚O Herr, ich bin noch von gestern her satt.‘ Jetzt war der Wesir überzeugt, daß er im Laden des Garkochs gegessen hatte; und er befahl den Sklaven, ihn zu Boden zu werfen; das taten sie, und er schlug ihn so heftig, daß der Sklave um Hilfe schrie und rief: ‚O Herr, schlag mich nicht mehr, ich will dir die volle

Wahrheit sagen!' Da hielt er mit dem Schlagen inne und sagte: ‚Jetzt sprich die Wahrheit!' Der Eunuch erwiderte: ‚Wisse, wir traten in den Laden des Kochs, als er gerade Granatapfelkerne bereitete, und er setzte uns etwas davon vor. Und bei Allah, nie in meinem Leben habe ich etwas gegessen, was sich damit vergleichen ließe; ich habe aber auch nie etwas Schlechteres gekostet als das, was jetzt vor uns steht.' Die Mutter des Bedr ed-Dîn Hasan aber wurde zornig und sagte: ‚Du mußt zu dem Koch gehen und uns eine Schüssel von seinen Granatapfelkernen bringen und sie deinem Herrn zeigen, damit er sage, welche besser und feiner sind.' Der Diener antwortete: ‚Jawohl!' Sofort gab sie ihm eine Schüssel und einen halben Dinar; und er ging hin zu dem Laden und sagte zu dem Koch: ‚Wir haben eine Wette abgeschlossen über deine Speise in meines Herrn Hause; denn die haben auch Granatapfelkerne. Gib mir von den deinen für diesen halben Dinar; aber paß auf, denn ich habe um deiner Kocherei willen eine schmerzhafte Tracht Prügel bekommen.' Hasan lachte und sprach: ‚Bei Allah, niemand vermag dies Gericht so gut zu bereiten wie ich und meine Mutter; sie ist aber jetzt in einem fernen Lande.' Darauf füllte er die Schüssel, nahm sie und tat noch Moschus und Rosenwasser daran; dann erhielt der Diener sie und eilte mit ihr davon, bis er bei den Zelten ankam. Nun nahm die Mutter Hasans die Schüssel und kostete davon; als sie aber den feinen Geschmack und die vortreffliche Zubereitung bemerkte, wußte sie, wer es gemacht hatte; und sie schrie auf und sank in Ohnmacht. Der Wesir erschrak und besprengte sie sofort mit Rosenwasser; nach einer Weile erholte sie sich und sagte: ‚Wenn mein Sohn noch von dieser Welt ist, so hat nur er allein diese Granatapfelkerne bereitet; das ist mein Sohn Bedr ed-Dîn Hasan selber. Daran ist kein Zweifel möglich, noch auch ein Irrtum; denn dies ist eine Speise, die nur er und ich zu bereiten verstehen, und ich habe ihn gelehrt, sie zu kochen.' Als der Wesir ihre Worte hörte, freute er sich sehr und sagte: ‚Oh, wie sehne ich mich nach dem Anblick meines Neffen! Ich möchte wissen, ob mich die Tage je wieder mit ihm vereinigen! Wir können nur zu Allah dem Erhabenen beten, daß Er mich mit ihm zusammenführe!' Noch im selben Augenblick ging der Wesir hinaus zu den Leuten, die bei ihm waren, und sprach: ‚Zwanzig Mann von euch sollen zu der Garküche gehen. Reißt den Laden nieder, fesselt dem Koch die Hände mit seinem Turban und schleppt ihn mit Gewalt zu mir, doch ohne daß ihm ein Leid geschieht!' Sie erwiderten: ‚Jawohl.' Dann ritt der Wesir sofort in den Palast und trat vor den Statthalter von Damaskus und zeigte ihm die Schreiben, die er vom Sultan bei sich hatte. Jener küßte sie, legte sie auf sein Haupt und sprach: ‚Wer ist dein Schuldner?' Der Wesir erwiderte: ‚Ein Koch.' Da befahl der Statthalter sofort seinen Wächtern, zu dem Laden zu gehen; und sie taten es, fanden ihn bereits zerstört und alles darin zerbrochen vor; denn als der Wesir in den Palast gegangen war, hatten seine Leute seinen Befehl ausgeführt. Nun saßen sie da und warteten auf die Rückkehr des Wesirs aus dem Palaste; Bedr ed-Dîn Hasan aber sagte: ‚Was haben die nur in den Granatapfelkernen gefunden, daß dies geschehen ist?' Als aber der Wesir von seinem Besuch bei dem Statthalter zurückkam, der ihm die Erlaubnis gegeben hatte, seinen Schuldner aufzugreifen und mit ihm davonzuziehen, und als er wieder im Zeltlager war, rief er nach dem Koch. Man führte ihn vor, gefesselt mit seinem Turban. Wie Bedr ed-Dîn Hasan seinen Oheim erblickte, weinte er bitterlich und fragte: ‚Hoher Herr, was ist mein Vergehen wider dich?' ‚Bist du der Mann, der die Granatapfelkerne bereitet hat?' fragte der

Wesir; und er antwortete: ‚Ja! Hast du denn etwas darin gefunden, das es nötig macht, mir den Kopf abzuschlagen?‘ Der Wesir sagte darauf: ‚Das wäre das Beste und die geringste deiner Strafen!‘ Da bat der Koch: ‚Hoher Herr, willst du mir nicht mein Vergehen kundtun?‘ Der Wesir erwiderte: ‚Jawohl, sofort!‘ Dann rief er den Dienern zu: ‚Bringt die Kamele her!‘ Und sie nahmen den Bedr ed-Dîn Hasan mit sich, steckten ihn in eine Kiste und legten ein Schloß davor. Dann brachen sie auf und zogen immer weiter, bis die Nacht hereinbrach. Da machten sie halt und aßen ein wenig Zehrung; den Bedr ed-Dîn Hasan nahmen sie aus seiner Kiste heraus und gaben auch ihm zu essen und schlossen ihn dann wieder ein. Darauf zogen sie weiter dahin, bis sie Kamra erreichten; dort nahmen sie den Bedr ed-Dîn Hasan aus der Kiste heraus, und der Wesir fragte ihn: ‚Bist du es, der die Granatapfelkerne bereitet hat?‘ Er antwortete: ‚Ja, Herr.‘ Der Wesir rief: ‚Fesselt ihn!‘ Da fesselten sie ihn und steckten ihn wieder in die Kiste und zogen weiter, bis sie Kairo erreichten; dort machten sie im Quartier er-Raidanîje halt. Der Wesir gab Befehl, den Bedr ed-Dîn Hasan aus der Kiste zu nehmen, ließ einen Zimmermann holen und sagte zu ihm: ‚Macht mir eine Holzfigur für diesen Burschen!‘ Da rief Bedr ed-Dîn Hasan aus: ‚Und was willst du damit tun?‘ Der Wesir antwortete: ‚Ich will dich an dieser Figur aufhängen und daran festnageln lassen, und dann will ich dich in der Stadt herumführen.‘ Jener darauf: ‚Weshalb willst du mir dies antun?‘ Der Wesir: ‚Wegen deiner elenden Zubereitung der Granatapfelkerne; wie konntest du sie ohne Pfeffer zubereiten?‘ Jener: ‚Und weil Pfeffer daran fehlte, willst du all dies an mir tun? Genügt es nicht, daß du mich eingesperrt und mir nur einmal am Tage zu essen hast geben lassen?‘ Der Wesir rief: ‚Der Pfeffer fehlte; drum kannst du nur mit dem Tode bestraft werden.' Da war Bedr ed-Dîn Hasan ratlos und trauerte um sein Leben; der Wesir aber fragte ihn: ‚Woran denkst du?' Er erwiderte: ‚An solche Dummköpfe, wie du einer bist; denn wenn du Verstand besäßest, hättest du mich nicht so behandelt!' Der Wesir sprach: ‚Es ist unsere Pflicht, dich zu strafen, damit du nicht wieder dergleichen tust!' Bedr ed-Dîn Hasan aber rief: ‚Wahrlich, das Geringste von dem, was du mir angetan hast, wäre Strafe genug für mich!' Doch der Wesir erwiderte: ‚Es geht nicht anders, ich muß dich hängen lassen!' All das geschah, während der Zimmermann das Holz zurechtmachte und Hasan ihm zusah; und so ging es, bis die Nacht anbrach. Da nahm ihn sein Oheim, ließ ihn in die Kiste werfen und sagte: ‚Morgen soll der Befehl ausgeführt werden!' Dann wartete er, bis er merkte, daß Bedr ed-Dîn eingeschlafen war, lud die Kiste auf und ritt selbst mit der Kiste vor sich hinein in die Stadt und weiter, bis er in sein Haus kam; dort sagte er zu seiner Tochter Sitt el-Husn: ‚Preis sei Allah, der dich mit deinem Vetter wieder vereint hat! Mache dich auf und richte das Haus, wie es in deiner Brautnacht war.' Da wurden die Kerzen angezündet; der Wesir aber nahm den Plan, den er von der Hochzeitskammer gezeichnet hatte, und ließ die Diener jedes Gerät wieder an seine Stelle rücken, so daß, wenn einer das sah, er nicht daran zweifeln konnte, daß es eben die Nacht der Hochzeit sei. Auch ließ er den Turban des Bedr ed-Dîn Hasan auf den Stuhl legen, wie er ihn mit eigener Hand hingelegt hatte, und ebenso seine Hose und den Beutel, die unter dem Bett gelegen hatten. Darauf sagte er seiner Tochter, sie solle sich entkleiden, wie sie in der Hochzeitsnacht in der Kammer gewesen sei; und er fügte hinzu: ‚Wenn dein Vetter zu dir eintritt, sage zu ihm: ‚Du bist mir lange ausgeblieben auf dem Abtritt!' und rufe ihn, daß er sich dir zur Seite lege, und halt ihn bis Tages-

anbruch im Gespräch; dann wollen wir ihm dies alles erklären.' Darauf ließ er Bedr ed-Dîn Hasan aus der Kiste nehmen
streifte ihm die Fesseln von seinen Füßen ab, zog ihm seine
Kleider aus, so daß er nur noch das feine Hemd anbehielt und
auch ohne Hosen war. All dies geschah, während er schlief und
nichts bemerkte. Nun geschah es, wie es das Schicksal bestimmt hatte, daß er sich auf die andere Seite legte und aufwachte; da fand er sich in einer erleuchteten Halle und sprach
bei sich selber: ,Ich wandle wohl in den Irrgängen von Träumen.' Dann stand er auf und schritt etwas weiter zu einer inneren Tür und blickte hinein, und siehe, das war ja die Halle, in
der die Braut vor ihm entschleiert war; und dort sah er die
bräutliche Kammer und den Stuhl und seinen Turban und all
seine Kleider. Als er das sah, war er ratlos; er trat mit einem
Fuß vor und mit dem andern zurück und sagte: ,Schlafe ich
oder wache ich?' Dann begann er sich die Stirn zu reiben und
sprach verwundert: ,Bei Allah, dies ist ja das Zimmer der
Braut, die vor mir entschleiert wurde! Wo bin ich denn? Ich
war doch eben noch in einer Kiste!' Wie er so mit sich selber
sprach, hob plötzlich Sitt el-Husn den Zipfel des Vorhangs und
sprach zu ihm: ,O mein Gebieter, willst du nicht kommen?
Du bist recht lange auf dem Abtritt geblieben.' Als er ihre
Worte hörte und ihr Gesicht erblickte, brach er in Lachen aus
und sagte: ,Wahrlich, ich wandle in den Irrgängen von Träumen!' Dann trat er seufzend ein und dachte an das, was ihm
geschehen war, und er war ratlos über seinen Zustand, und
seine Lage wurde ihm nur noch unerklärlicher, als er seinen
Turban sah und seine Hose und den Beutel mit den tausend
Dinaren. Da murmelte er: ,Allah ist allwissend! Ich wandle
wahrhaftig in den Irrgängen von Träumen.' Sitt el-Husn aber
sprach zu ihm: ,Was ist dir, daß du so erstaunt und ratlos bist?',

und sie fügte hinzu: ‚So warst du nicht während des ersten Teils der Nacht!‘ Er aber lachte und fragte sie: ‚Wie lange bin ich von dir fort gewesen?‘ Sie erwiderte: ‚Allah behüte dich, und sein Name umschirme dich! Du bist gerade fortgegangen, um ein Geschäft zu verrichten, und wolltest gleich wiederkommen. Dein Verstand scheint abhanden gekommen zu sein.‘ Als Bedr ed-Dîn Hasan ihre Worte hörte, lachte er wieder und sagte: ‚Du hast recht; doch als ich dich verlassen hatte, vergaß ich mich auf dem Abtritt, und ich träumte, ich sei Garkoch in Damaskus und wohne dort seit zehn Jahren; und zur mir käme ein Knabe, ein Kind vornehmer Leute, mit einem Eunuchen.‘ Darauf strich er sich mit der Hand über die Stirn, und als er die Narbe fühlte, rief er: ‚Bei Allah, o meine Herrin, es muß wahr gewesen sein; denn er traf meine Stirn mit einem Stein und spaltete sie mir; es muß doch im Wachen gewesen sein.‘ Dann sagte er wieder: ‚Aber vielleicht habe ich es doch geträumt, als ich in deinen Armen einschlief; mir träumte, ich sei ohne Tarbusch und Hose nach Damaskus gereist und sei dort ein Koch geworden.‘ Dann war er wieder eine Weile ratlos und sprach: ‚Bei Allah, mir ist auch, als hätte ich Granatapfelkerne zubereitet, ohne Pfeffer. Bei Allah, ich muß am stillen Örtchen eingeschlafen sein und das alles im Traum erlebt haben.‘ ‚Um Gottes willen,‘ rief Sitt el-Husn, ‚und was hast du sonst noch gesehen?‘ Da erzählte Bedr ed-Dîn Hasan ihr alles; und schließlich sagte er: ‚Bei Allah, wäre ich nicht erwacht, so hätten sie mich an eine Holzfigur genagelt!‘, Warum?‘ fragte sie; er sagte: ‚Weil an den Granatapfelkernen kein Pfeffer war; und mir ist, als hätten sie mir den Laden niedergerissen, meine Geräte zerschlagen und mich in eine Kiste gesteckt; und dann ließen sie den Zimmermann holen, um eine Holzfigur für mich zu zimmern, denn sie wollten mich hängen. Aber jetzt, Allah sei Dank, daß all dies nur im Schlafe und nicht im Wachen geschehen ist!' Da lachte Sitt el-Husn und zog ihn an ihre Brust, und er sie an seine; dann grübelte er von neuem und sagte: ,Bei Allah, es kann nur im Wachen gewesen sein; ich weiß wirklich nicht, was es auf sich hat.' Darauf legte er sich nieder, aber er war ratlos; bald sagte er: ,Ich habe geträumt', bald: ,Es war im Wachen!' Und so ging es bis zum Morgen. Da kam sein Oheim Schems ed-Dîn, der Wesir, zu ihm und grüßte ihn; als Bedr ed-Dîn Hasan den erblickte, rief er: ,Bei Allah, bist du nicht der, der mir die Hände fesseln und meinen Laden zertrümmern ließ, und der mich an das Holz nageln lassen wollte wegen der Granatapfelkerne, weil sie ohne Pfeffer waren?' Der Wesir sprach zu ihm: ,Wisse, mein Sohn, die Wahrheit ist nun offenbar geworden, und was verborgen war, ist an den Tag gekommen: du bist der Sohn meines Bruders. Ich habe dies alles nur getan, um mich zu vergewissern, daß du wirklich der bist, der in jener Nacht zu meiner Tochter eingegangen ist. Ich konnte dessen nicht eher gewiß sein, als bis ich sah, daß du das Zimmer erkanntest, und deinen Turban, deine Hose, dein Gold und die Papiere in deiner Handschrift und in der deines Vaters, meines Bruders; denn ich hatte dich nie zuvor gesehen und kannte dich nicht; deine Mutter aber habe ich mit mir aus Basra hierhergebracht.' Dann warf er sich seinem Neffen an die Brust und weinte. Als aber Bedr ed-Dîn Hasan von seinem Oheim diese Worte hörte, da geriet er in höchste Verwunderung, und er fiel ihm um den Hals und weinte auch im Übermaße der Freude. Darauf sprach der Wesir zu ihm: ,Mein Sohn, der einzige Anlaß für all dies ist das, was zwischen mir und deinem Vater vorfiel'; und er erzählte ihm, was das gewesen war und warum sein Vater nach Basra gezogen war. Und schließlich ließ der Wesir den Kna-

ben 'Adschîb holen; als sein Vater ihn sah, rief er: ‚Und dies
ist der, der mich mit dem Stein getroffen hat!' Der Wesir aber
sprach: ‚Dies ist dein Sohn!' Da warf sich Bedr ed-Dîn Hasan
an seines Sohnes Brust, und er sprach die Verse:

> *Ich habe lange geweint, weil das Geschick uns getrennt hat;*
> *Und immer rannen mir aus meinen Augen die Tränen.*
> *Ich gelobte, wenn je das Schicksal uns wieder vereinen sollte,*
> *Ich wolle nie wieder die Trennung mit meiner Zunge erwähnen.*
> *Die Freude ist plötzlich zu mir gekommen und hat über Nacht*
> *In ihrem Übermaße mich zum Weinen gebracht.*

Als er die Verse geendet hatte, siehe, da trat seine Mutter herein; sie warf sich an seine Brust und sprach die Verse:

> *Wenn wir uns treffen, klagen wir;*
> *Denn große Leiden tun wir kund.*
> *Die Klage aber ist nicht schön,*
> *Kommt sie aus eines Boten Mund.*

Dann erzählte seine Mutter ihm, wie es ihr seit seinem Aufbruch ergangen war; und er erzählte ihr, was er erduldet hatte.
Da dankten sie Allah dem Erhabenen für ihre Wiedervereinigung.

  Zwei Tage aber nach seiner Ankunft ging der Wesir Schems
ed-Dîn zum Sultan, und als er bei ihm eintrat, küßte er vor
ihm den Boden und grüßte ihn mit dem Gruße, der den Königen gebührt. Der Sultan freute sich über seine Rückkehr, und
sein Antlitz lächelte huldvoll; er ließ ihn dicht neben sich sitzen
und fragte ihn nach allem, was er auf seiner Reise erlebt hatte
und was ihm auf seinem Wege widerfahren war. Da erzählte
der Wesir ihm alles von Anfang bis zu Ende. Und der Sultan
sprach zu ihm: ‚Dank sei Allah für die Erfüllung deines Wunsches und für die sichere Heimkehr zu deinen Kindern und
deinem Volke! Ich muß aber auch den Sohn deines Bruders

sehen, Hasan el-Basri; bringe ihn morgen mit in die Halle des Empfanges!' Schems ed-Dîn erwiderte: ,Dein Sklave soll morgen vor dir stehen, so Gott der Erhabene es will.' Dann grüßte er ihn und ging fort; als er nach Hause zurückgekehrt war, berichtete er seinem Neffen von des Sultans Wunsch, ihn kennen zu lernen. Hasan el-Basri sagte darauf: ,Der Sklave gehorcht dem Befehl seines Herrn.' Also ging er mit seinem Oheim Schems ed-Dîn zu Seiner Majestät dem Sultan; und als er vor ihm stand, begrüßte er ihn mit den vollendetsten und höflichsten Worten des Grußes, und er sprach die Verse:

> Es küsset vor dir den Boden, wer eine mächtige Stellung
> Durch dich erhielt und so Erfüllung der Wünsche fand.
> Du bist der Herr des Ruhmes; Glück hat, wer auf dich hoffet
> Mit dem, was er wünscht; in der Welt hat er einen hohen Stand.

Der Sultan lächelte und winkte ihm zu, daß er sich setzen solle; da nahm er dicht neben seinem Oheime Schems ed-Dîn Platz. Dann fragte der Sultan ihn nach seinem Namen; und jener erwiderte: ,Der Geringste deiner Sklaven ist bekannt als Hasan von Basra, und er betet beständig für dich, Tag und Nacht.' Dem Sultan gefielen diese Worte; und da er seine Gelehrsamkeit und seine gute Erziehung prüfen wollte, so fragte er: ,Weißt du etwas zum Preise des Males auf der Wange?' Er antwortete: ,Jawohl' und sprach:

> Ach, der Geliebte! Immer wenn ich an ihn denke,
> Fließt mir die Träne, es seufzt die Liebessucht.
> Er hat ein Mal, das gleicht an Schönheit und Farbe
> Dem Augenstern oder der Blüte auf der Frucht.

Der König bewunderte die beiden Verse und sagte zu ihm: ,Zitiere noch einige; Allah läßt deinen Vater im Sohne sprechen! Möge er deine Zähne nie zerbrechen!' Da sprach Hasan die Verse:

Den Fleck des Males hat man verglichen mit einem Korne
Von Moschus; wundre dich nicht über den, der also sprach.
Nein, bewundre das Antlitz, das alle Schönheit vereinte,
Und dem von alle dem Schönen auch nicht ein Körnchen gebrach.

Da zitterte der König vor Freuden und sagte: ‚Sprich weiter!
Allah segne deine Tage!‘ Und er fuhr fort:

O du, auf dessen Wange ein wunderlieblich Mal
Dem Moschuskorne gleichet auf einem Rubinenstein,
Gewähre mir, zu dir zu kommen, und sei nicht hart,
O du sehnlichster Wunsch, du Speise des Herzens mein!

Da rief der König: ‚Du hast schön gesprochen, schöner Hasan!
Du hast alle Vortrefflichkeit übertroffen! Jetzt erkläre uns, wie
viele Bedeutungen das Wort *châl*[1] besitzt.‘ Er erwiderte: ‚Allah
erhalte die Macht des Königs! achtundfünfzig Bedeutungen;
einige aber sagen fünfzig.‘ Der König sprach: ‚Du sagst die
Wahrheit‘, und er fügte hinzu: ‚Verstehst du die Schönheit zu
beschreiben?‘ ‚Gewiß,‘ erwiderte Bedr ed-Dîn Hasan; ‚die
Schönheit besteht im Glanz des Gesichtes, in der Helle der Haut,
in der Wohlgestalt der Nase, in dem süßen Blick der Augen,
in der Schönheit des Mundes, in der Feinheit der Rede, in der
zierlichen Schlankheit des Leibes und der Vollkommenheit
aller schönen Eigenschaften. Aber die Vollendung der Schönheit liegt im Haare; wie denn esch-Schihâb, der Dichter aus
dem Hidschâz, alles dies vereinigte in einem Liede im jambi-
schen Versmaß, das also lautet:

Der Glanz gehört zum Antlitz, sprich, und zu der Haut
Gehört die Helle, die dein Blick so gerne schaut.
Die Nase wird beschrieben zu Recht durch Wohlgestalt;
Und an dem süßen Blicke kennt man die Augen bald.
Dem Mund gehört die Schönheit – trefflich, wer so spricht;
Versteh es wohl von mir; die Ruhe fehle dir nicht.

1. Eine der Bedeutungen von *châl* ist ‚Mal‘.

Feinheit gehört zur Rede, zum Leibe Zierlichkeit,
Und aller schönen Eigenschaften Vollkommenheit.
Doch die Vollendung aller Schönheit liegt im Haar.
Nun merke auf mein Lied; sprich mich des Tadels bar!

Hocherfreut war der Sultan über seine Worte, und er zog ihn in die Unterhaltung und fragte: ,Was ist der Sinn in dem Sprichworte: Schuraih ist schlauer als der Fuchs?' Hasan erwiderte: ,Wisse, o König – Allah der Erhabene erhalte deine Macht! –, der Richter Schuraih zog während der Tage der Pest nach Nedschef[1]; und sooft er im Gebet stand, kam ein Fuchs, stellte sich ihm gegenüber auf, machte ihm alles nach und lenkte ihn so von seiner Andacht ab. Als ihm das zu lästig wurde, zog er eines Tages sein Hemd aus, hängte es auf ein Rohr, zog die Ärmel heraus, setzte seinen Turban darauf, legte um die Mitte einen Gürtel und stellte das Ganze da auf, wo er zu beten pflegte. Als nun der Fuchs kam wie gewöhnlich und sich der Gestalt gegenüberstellte, schlich Schuraih sich von hinten an ihn heran und fing ihn. So ist das Sprichwort entstanden.' Wie der Sultan Bedr ed-Dîn Hasans Erklärung vernommen hatte, sprach er zu seinem Oheim Schems ed-Dîn: ,Wahrlich, dieser Sohn deines Bruders ist vollendet an feiner Bildung, und ich glaube nicht, daß sich seinesgleichen in Ägypten findet.' Hasan el-Basri aber küßte den Boden vor ihm und setzte sich nieder, wie ein Mamluk vor seinem Herrn sitzen muß. Nachdem also der Sultan sich all dessen vergewissert hatte, was Hasan el-Basri an feiner Bildung besaß, freute er sich

1. In Nedschef, westlich vom unteren Euphrat, nahe dem alten Kufa, ist das Grab 'Alîs, des 4. Kalifen und Haupttheiligen der Schiiten; die persischen Pilger schleppen oft die Pest ein, zumal sie ihre Toten mitbringen und dort begraben. Schuraih war ein berühmter Kadi von Kufa im 7. Jahrhundert n. Chr.

höchlichst, kleidete ihn in ein prächtiges Ehrengewand und gab ihm ein Amt, durch das er ein ausreichendes Einkommen erhielt. Hasan aber erhob sich, küßte den Boden vor ihm, wünschte ihm dauernde Macht und bat um die Erlaubnis, sich mit seinem Oheim, dem Wesir Schems ed-Dîn, zurückzuziehen. Der Sultan gab ihm die Erlaubnis, und so ging er mit seinem Oheim nach Hause; dort setzte man die Speisen vor sie, und sie aßen, was Allah ihnen gegeben hatte. Nach Beendigung der Mahlzeit ging Hasan in das Gemach seiner Gemahlin Sitt el-Husn, und er berichtete ihr, wie es ihm bei Seiner Majestät dem Sultan ergangen war; und sie sprach: ,Er wird dich sicher zu seinem Vertrauten machen und wird dich mit Geschenken und Gaben überhäufen; und du wirst, durch die Gnade Allahs, gleich dem größeren Licht, die Strahlen deiner Vollkommenheit aussenden, wo immer du seist, zu Lande oder zu Wasser.' Er sagte darauf: ,Ich will ein Lobgedicht auf ihn machen, damit seine Liebe zu mir in seinem Herzen noch zunehme.' ,Du hast mit deiner Absicht das Rechte getroffen,' erwiderte sie; ,drum wähle schöne Gedanken und füge die Worte sorgfältig, so werde ich gewißlich sehen, wie er dich in Gnaden aufnimmt.' Dann schloß Hasan el-Basri sich ein und schrieb Verse hin von feinem Bau und schönem Sinn, die also lauteten:

> Ich hab einen Helden, der hat die höchste Höhe erklommen;
> Er geht auf dem Wege, auf dem die Edlen und Mächtigen kommen.
> Die Lande hat rings gesichert seiner Gerechtigkeit Schwert,
> Und allen seinen Feinden hat es die Wege versperrt.
> Sprichst du von einem Löwen, der Kraft mit Frömmigkeit paart,
> Von König oder von Engel – er ist von derselben Art.
> Der Bettler kehret zurück von ihm als reicher Mann;
> So gütig ist er, daß kein Wort von dir ihn beschreiben kann.
> Er ist der leuchtende Morgen, wenn er Geschenke macht;
> Aber zur Zeit des Kriegs wie die finster dräuende Nacht.

Seine Güte umgibt mit Geschmeide unseren Hals;
Durch seine Wohltaten ist er für Freie ein König des Alls.
Möge Allah ihn uns noch viele Jahre erhalten,
Möge er ihn beschützen vor Fährnis finstrer Gewalten!

Als er die Verse geschrieben hatte, schickte er sie dem Sultan durch einen der Sklaven seines Oheims, des Wesirs Schems ed-Dîn; der König las sie, und sein Herz erfreute sich daran; dann las er sie denen vor, die bei ihm zugegen waren, und alle lobten sie sehr. Darauf ließ er den Schreiber holen und sagte zu ihm: ‚Du bist hinfort mein Vertrauter, und ich bestimme dir außer dem, was ich dir früher verliehen habe, noch einen monatlichen Sold von tausend Dirhems.‘ Hasan el-Basri küßte den Boden vor ihm dreimal und betete für ihn um dauernde Macht und ein langes Leben. So stieg nun Hasan el-Basri hoch in Ehren, und sein Ruhm verbreitete sich in vielen Ländern, und er blieb in aller Freude des Daseins und Ruhe des Lebens bei seinem Oheim und den Seinen, bis der Tod ihm nahte.‘

Als der Kalif Harûn er-Raschîd diese Geschichte aus dem Munde des Dscha'far gehört hatte, da staunte er sehr und sagte: ‚Es gebührt sich, daß solche Geschichten mit goldener Tinte aufgezeichnet werden.‘ Und er ließ den Sklaven frei und befahl, daß dem Jüngling ein monatlicher Sold bestimmt würde, von dem er gut leben könnte; auch gab er ihm eine seiner eigenen Sklavinnen und nahm ihn in den Kreis seiner Freunde auf.

Und doch ist diese Geschichte nicht wunderbarer als die Geschichte von dem Schneider und dem Buckligen und dem Juden und dem Verwalter und dem Christen und dem, was ihnen widerfuhr.« Der König fragte: »Und wie war das?« Und Schehrezâd begann mit diesen Worten

Es ist mir berichtet worden, o glücklicher König, daß in alter Zeit und in längst verschollener Vergangenheit in einer Stadt Chinas ein Schneidersmann lebte, mit offener Hand, der Scherz und Frohsinn liebte und sich gern mit seiner Frau von Zeit zu Zeit einmal öffentliche Vergnügungen ansah. Eines Tages gingen sie aus am frühen Morgen, und abends waren sie auf der Rückkehr zu ihrer Wohnung, als sie unterwegs einem Buckligen begegneten, dessen Anblick den Betrübten zum Lachen brachte und den Sorgen des Traurigen ein Ende machte. Da traten der Schneider und seine Frau an ihn heran, um ihn genauer zu sehen, und dann luden sie ihn ein, mit ihnen nach Hause zu gehen, um ihnen die Nacht hindurch Gesellschaft zu leisten. Er willigte ein und ging mit ihnen bis zu ihrem Hause; der Schneider aber ging in den Basar, als der Abend gerade begonnen hatte, und kaufte einen gebratenen Fisch, Brot, Zitronen und Molkenkuchen zum Nachtisch. Als er heimgekehrt war, setzte er dem Buckligen den Fisch vor, und sie aßen. Die Frau des Schneiders aber nahm ein großes Stück Fisch und stopfte es dem Buckligen in den Mund, hielt ihm die Hand davor und sagte: ‚Bei Allah, du mußt dies Stück mit einem einzigen Haps hinunterschlingen; und ich gebe dir keine Zeit, es zu kauen!' Er schluckte es also; aber es war eine dicke Gräte darin, die blieb ihm im Halse stecken, und da seine Stunde gekommen war, so starb er. – –«

Da bemerkte Schehrezâd, daß der Morgen begann, und sie hielt in der verstatteten Rede an. Doch als die *Fünfundzwanzigste Nacht* anbrach, fuhr sie also fort: »Es ist mir berichtet worden, o glücklicher König, als die Frau des Schneiders dem Buckligen das Stück Fisch in den Mund gestopft hatte, das seinen Tagen ein Ziel setzen sollte, da starb er im selben Augenblick. Doch der Schneider rief: ‚Es gibt keine Majestät und es gibt keine Macht außer bei Allah! Der Arme! Daß sein Tod so durch unsere Hände kommen mußte!' Die Frau aber sagte: ‚Was ist das für ein müßiges Gerede! Hast du nicht das Dichterwort gehört:

> *Ich kann doch meine Seele nicht mit Unmöglichem trösten!*
> *Ich finde ja keine Freunde, die meine Trauer tragen.*
> *Wozu das Sitzen auf Feuer, wenn es noch nicht erloschen?*
> *Das Sitzen auf Feuern bringt gefährliches Unbehagen.'*

Da fragte ihr Mann sie: ‚Und was soll ich mit ihm beginnen?' Sie erwiderte: ‚Mach dich auf, nimm ihn in die Arme und breite ein seidenes Tuch über ihn! Wir wollen noch in dieser Nacht hinausgehen, ich vorauf und du hinterher; dann sollst du sagen: ‚Dies ist mein Sohn und das seine Mutter; wir gehen zum Arzt, daß er ihn untersuche.' Als der Schneider diese Worte vernommen hatte, nahm er den Buckligen in die Arme, und seine Frau rief: ‚O mein Sohn, Allah behüte dich! Was tut dir weh, und wo haben dich die Pocken gefaßt?' Alle, denen sie begegneten, sprachen: ‚Die haben ein pockenkrankes Kind bei sich.' Sie aber gingen immer weiter und fragten nach einem Arzte, bis man sie zu dem Hause eines jüdischen Heilkundigen führte. Dort pochten sie an die Tür, und eine schwarze Sklavin kam herab und machte auf; und als sie einen Mann mit einem Kind im Arme sah und eine Frau bei ihm, fragte sie: ‚Was gibt es?' ‚Wir haben ein Kind bei uns', erwiderte die Frau des Schneiders, ‚und wir möchten, daß der Arzt es untersuche; nimm also diesen Vierteldinar und gib ihn deinem Herrn, und laß ihn herunterkommen und unseren Sohn besehen, denn er ist sehr krank!' Die Sklavin ging wieder hinauf; die Frau des Schneiders aber trat in den Treppenflur hinein und sagte zu ihrem Mann: ‚Laß den Buckligen hier, und laß uns unser Leben retten!' Da lehnte der Schneider ihn aufrecht gegen die Wand und lief mit seiner Frau davon. Derweilen aber ging die Sklavin zu dem Juden hinein und sagte zu ihm: ‚An der Tür steht ein Mann mit einer Frau und einem kranken Kind, und sie haben mir einen Vierteldinar für dich gegeben, damit du hinuntersteigest und dir das Kind ansehest und ihm ein passendes Mittel verschreibest.' Als der Jude den Vierteldinar sah, freute er sich, sprang eiligst auf und stieg ins Dunkel hinab; aber kaum hatte er einen Schritt getan, so stolperte er über den Bucklingen; und der war tot. Da rief er aus: ‚O Esra! O Moses und die zehn Gebote! O Aaron! O Josua, Sohn des Nun! Ich bin über diesen Kranken gestolpert, und da ist er hinuntergefallen, und nun ist er tot! Wie soll ich mit einem getöteten Menschen aus meinem Hause gehen?' So nahm er die Leiche, trug sie ins Haus und erzählte seiner Frau alles; die rief: ‚Was wartest du noch? Wenn du hier bis zum Tagesanbruch wartest, so sind wir beide des Todes, ich und du! Wir wollen ihn auf die Dachterrasse tragen und ihn in das Haus unseres Nachbarn, des Muslims, werfen.' Nun war dieser Nachbar ein Verwalter, der Aufseher über die Küche des Sultans, und er brachte oft Fett mit nach Hause; aber die Katzen und Ratten fraßen davon, oder wenn ein gutes Stück von einem fetten Schafschwanz da war, so kamen die Hunde herab von den nächsten Dächern und schleppten davon weg; und so hatten ihm die Tiere von alledem, was er mitgebracht hatte, schon viel vernichtet. Der Jude und seine Frau also trugen den Bucklingen zum Dach hinauf; dort ließen sie ihn an Händen und Füßen auf die Erde nieder, dicht an der Mauer entlang. Nachdem sie das getan hatten, gingen sie davon. Kaum aber hatten sie den Bucklingen hinuntergelassen, so kam der Verwalter nach Hause; er machte auf, und als er mit einer brennenden Kerze hinaufging, sah er einen Menschen stehen im Winkel unter dem Luftschacht. Da sagte der Verwalter zu sich selbst: ‚Ah! Bei Allah, ausgezeichnet! Wer mir immer meine Vorräte stiehlt, ist also ein Mensch!‘ Und er wandte sich zu jenem und sagte: ‚Du also nimmst mir immer das Fleisch und das Fett weg! Ich dachte, es wären die Katzen und Hunde! Ich habe schon manche von den Katzen und Hunden des Stadtviertels totgeschlagen und mich an ihnen versündigt. Nun bist du es, und du kommst vom Dache herunter.‘ Dann ergriff er einen schweren Hammer, sprang auf den Mann zu, hob den Hammer hoch und traf ihn voll auf der Brust. Da sah er ihn an und fand, daß er tot war, und erschrocken sagte er: ‚Es gibt keine Majestät und es gibt keine Macht außer bei Allah, dem Erhabenen und Allmächtigen!‘ Weil er für sein Leben fürchtete, fuhr er fort: ‚Allah verfluche das Fett, und die Hammelschwänze dazu! Warum mußte sich das Schicksal dieses Menschen gerade durch meine Hand erfüllen?‘ Darauf sah er sich die Leiche an und fand, daß es ein Buckliger war, und sagte: ‚Hattest du nicht an deinem Buckel genug und mußtest du auch noch ein Dieb sein und Fleisch und Fett stehlen? O Allbeschützer, beschütze mich mit deinem gnädigen Schutz!‘ Dann lud er ihn sich auf die Schulter und trug ihn aus seinem Hause gegen Ende der Nacht; und er schleppte ihn immer weiter bis dorthin, wo der Basar begann. Dort stellte er ihn auf seine Füße neben einen Laden, am Ende einer dunklen Straße, ließ ihn dort und ging davon. Siehe, da kam ein Nazarener einher, der Makler des Sultans, der war betrunken; er wollte nämlich ins Bad gehen, da seine Trunkenheit ihm sagte, der Messias sei nahe. So zog er denn schwankend dahin, bis er bei dem Buckligen ankam; und er hockte sich gerade vor ihm hin, um sein Wasser abzulassen. Zuvor aber tat er noch einen Blick um sich, und siehe, da stand jemand. Nun hatte dem Christen zu Anfang jener Nacht irgend jemand den Turban weggerissen; und als er den Buckligen jetzt so dastehen sah, glaubte er, der wolle ihm auch seinen Turban stehlen. Da ballte er die Faust, schlug den Buckligen auf den Nacken, so daß er zu Boden fiel. Indem nun der Christ nach dem Wächter des Basars rief, fiel er in seiner großen Betrunkenheit über den Buckligen her, prügelte ihn und würgte ihn an der Kehle. Der Wächter kam herbei, und wie er den Christen auf dem Muslim knien und ihn prügeln sah, fragte er: ‚Was ist mit dem?‘ Der Makler versetzte: ‚Der da wollte mir den Turban rauben.‘ ‚Steh auf von ihm!‘, befahl der Wächter. So stand er auf; und als der Wächter zu dem Buckligen trat und sah, daß er tot war, rief er aus: ‚Bei Allah, das ist ja herrlich! Ein Christ, der einen Muslim mordet!‘ Alsbald ergriff er den Makler und band ihm die Hände auf den Rücken und schleppte ihn zum Hause des Präfekten; und die ganze Zeit hindurch sprach der Nazarener vor sich hin: ‚O Messias! O Jungfrau! Wie ist es nur möglich, daß ich den da getötet habe? Und wie ist es nur so schnell gekommen, daß er an einem einzigen Schlage gestorben ist?‘ Sein Rausch war nun verschwunden, und es kamen die Sorgenstunden. Der christliche Makler blieb also mit dem Buckligen im Hause des Präfekten bis zum Morgen. Da kam der Präfekt und gab Befehl, den Mörder zu hängen, und hieß den Henker den Spruch verkündigen. Und alsbald errichtete man einen Galgen für den Christen und stellte ihn darunter auf; der Henker kam und warf ihm den Strick um den Hals und wollte ihn gerade hinaufziehen, als, siehe, der Verwalter vorbeikam und den Nazarener erblickte, wie er gehängt werden sollte; und er drängte sich durch das Volk und rief dem Henker zu: ‚Halt ein! Ich bin es, der den Buckligen getötet hat!‘ Der Präfekt fragte ihn: ‚Warum hast du ihn getötet?' Jener erwiderte: ‚Ich kam gestern nacht nach Hause, und da fand ich diesen Menschen, als er durch den Luftschacht herabgestiegen war, meine Vorräte zu stehlen; ich schlug ihn mit einem Hammer auf die Brust, und da war er tot. Dann hob ich ihn auf, trug ihn in den Basar und stellte ihn an dem Orte Soundso, bei der Gasse Soundso auf.' Dann sagte der Verwalter noch: ‚Ist es nicht genug für mich, daß ich einen Muslim getötet habe, soll ich auch noch einen Christen totmachen? Also hänge keinen als mich!' Als der Präfekt die Worte des Verwalters hörte, ließ er den christlichen Makler frei und sagte zum Henker: ‚Hänge den da auf sein Geständnis hin!' Da nahm der den Strick vom Halse des Nazareners und warf ihn um den des Verwalters; und er ließ ihn unter den Galgen treten und wollte ihn gerade hochziehen, als, siehe, der jüdische Arzt sich durch das Volk herbeidrängte und Volk und Henker anschrie, indem er rief: ‚Halt ein! Keiner hat ihn getötet als ich! Ich saß gestern abend zu Hause; da kamen ein Mann und eine Frau, die klopften an die Tür und hatten diesen Bucklingen, der krank war, bei sich. Sie gaben meiner Sklavin einen Vierteldinar; die meldete es mir und gab mir das Geld. Der Mann und die Frau aber trugen ihn ins Haus, setzten ihn auf die Treppe und gingen davon. Ich ging hinaus, um ihn zu untersuchen; aber da ich mich im Dunkeln befand, stolperte ich über ihn; er fiel die Treppe hinunter und war auf der Stelle tot. Da hoben wir ihn auf, ich und meine Frau, und trugen ihn auf die Dachterrasse; und da das Haus dieses Verwalters an meines anstößt, so ließen wir die Leiche des Bucklingen da durch den Luftschacht des Verwalters hinab. Als der nach Hause kam und den Bucklingen in seinem Hause fand, hielt er ihn für einen Dieb und schlug ihn mit einem Hammer, so daß jener zu Boden fiel, und er glaubte, er habe ihn erschlagen. Ist es nicht genug für mich, daß ich ohne meinWissen einen Muslim getötet habe, und soll ich mir wissentlich noch den Tod eines zweiten Muslims auf das Gewissen laden?' Als der Präfekt die Worte des Juden hörte, sprach er zu dem Henker: ,Laß den Verwalter und hänge den Juden!' Der Henker nahm ihn und legte ihm den Strick um den Hals, als, siehe, der Schneider sich durch das Volk herdrängte und dem Henker zurief: ,Haltet ein! Keiner hat ihn getötet als ich, und das ist so geschehen. Ich war bei Tage ausgegangen um mich zu vergnügen; und als ich am Abend nach Hause ging, traf ich auf diesen Bucklichen, der betrunken war und zu seinem Tamburin sang von einer Einladung. Da lud ich ihn ein, nahm ihn mit nach Hause, kaufte einen Fisch, und wir setzten uns zu Tisch. Meine Frau aber nahm ein Stück von dem Fisch, einen Bissen, und steckte ihn ihm in den Mund; aber ihm geriet ein Teil davon in die verkehrte Kehle, so daß er auf der Stelle erstickte. Da hoben wir ihn auf, ich und mein Weib, und trugen ihn in des Juden Haus, wo die Sklavin herabkam und uns die Tür aufmachte; zu der sagte ich: ,Sag deinem Herrn: an der Tür stehen ein Mann und eine Frau mit einem Kranken, komm und sieh ihn an!' Und ich gab ihr einen Vierteldinar, und sie ging hinauf zu ihrem Herrn; ich aber trug den Bucklichen bis oben auf die Treppe und lehnte ihn gegen die Wand und ging mit meiner Frau davon. Als dann der Jude herunterkam, stolperte er über ihn und glaubte, er habe ihn getötet.' Darauf fragte der Schneider den Juden: ,Ist das richtig?' und der Jude erwiderte: ,Jawohl.' Nun wandte der Schneider sich dem Präfekten zu und sagte: ,Laß den Juden frei und hänge mich!' Als der Präfekt die Erzählung des Schneiders hörte, staunte er über die Geschichte dieses Bucklichen und rief: ,Wahrlich, dies ist ein Abenteuer, das man in Büchern berichten sollte!' Dann sagte er zu dem Henker: ,Laß den Juden frei und hänge den

298

Schneider auf sein Geständnis hin!' Der Henker aber trat vor und sprach: ‚Ich bin der Sache überdrüssig; den einen muß ich hervorholen und den andern zurückstellen, und schließlich wird doch keiner gehängt!' Immerhin legte er dem Schneider den Strick um den Hals.

So weit also, was jene angeht! Was aber den Buckligen angeht, so wird berichtet, daß er der Hofnarr des Sultans war, der es nicht ertragen konnte, wenn er ihn nicht sah. Als der Bucklige sich nun betrunken hatte und in jener Nacht und am folgenden Tage bis Mittag fernblieb, da fragte der Sultan einige Anwesende nach ihm, und sie erwiderten: ‚O unser Herr, er ist tot zum Präfekten gebracht worden, und der hat Befehl erteilt, seinen Mörder zu hängen. Als der Präfekt aber zum Richtplatz gekommen war, um den Mörder hängen zu lassen, erschien ein zweiter und ein dritter, und ein jeder sagte: ‚Keiner hat ihn getötet als ich'; und jeder gab auch einen ausführlichen Bericht darüber, wie er ihn getötet hat.' Als der König das hörte, rief er laut dem diensttuenden Kammerherrn zu: ‚Geh hinunter zu dem Präfekten und bringe sie alle vier vor mich!' Der Kammerherr ging sofort hinunter und sah, wie der Henker gerade den Schneider hängen wollte; da rief er ihm zu: ‚Halt ein!' Und er meldete dem Präfekten den Befehl des Königs und führte ihn mit dem Buckligen, der getragen wurde, und dem Schneider, dem Juden, dem Christen und dem Verwalter, allesamt hinauf zum Sultan. Als der Präfekt vor dem Sultan stand, küßte er den Boden und berichtete ihm den ganzen Hergang, – doch doppelt erklärt, das ist nichts wert! Als der König die Geschichte gehört hatte, staunte er und mußte lachen und befahl, daß man alles mit goldener Tinte aufschreiben solle. Er fragte auch die Anwesenden: ‚Habt ihr je eine wunderbarere Geschichte gehört als die dieses Buckligen?' Da trat der Christ vor und sagte: ‚O mächtigster König unserer Zeit, mit deiner Erlaubnis will ich dir etwas erzählen, was mir begegnet ist; und es ist noch wunderbarer und seltsamer und köstlicher als die Geschichte des Buckligen.‘ Der König sprach: ‚Erzähle, was du zu erzählen hast!‘ Und er begann mit diesen Worten

DIE GESCHICHTE
DES CHRISTLICHEN MAKLERS

O mächtigster König unserer Zeit, als ich dies Land betrat, kam ich in Handelsgeschäften; aber das Schicksal hielt mich hier bei euch fest. Ich stamme aus Ägypten, und ich gehöre zu den Kopten; dort bin ich aufgewachsen, und dort war auch mein Vater schon ein Makler. Als ich zum Mann herangewachsen war, schied mein Vater aus diesem Leben, und ich wurde Makler an seiner Statt. Eines Tages nun, als ich so dasaß, siehe, da kam ein Jüngling, herrlich schön, der trug prächtige Kleider und ritt auf einem Esel. Als er mich sah, begrüßte er mich, und ich stand auf, ihm zu Ehren; da zog er ein Tuch hervor, in dem eine Sesamprobe war, und fragte: ‚Wieviel gilt davon der Ardebb¹?‘ Ich erwiderte: ‚Hundert Dirhems.‘ Er darauf: ‚Nimm Verlader und Wäger und komme in den Chân el-Dschawâli beim Tor des Sieges; dort wirst du mich finden.‘ Er verließ mich und ging fort, nachdem er mir die Sesamprobe in dem Tuch gegeben hatte. Ich aber machte bei meinen Kunden die Runde, und ich erzielte für jeden Ardebb einen Preis von hundertundzwanzig Dirhems. Dann nahm ich vier Verlader und ging mit ihnen zu dem Chân, wo ich den Jüngling auf mich wartend vorfand. Sowie er mich sah, ging er zum Magazin und öffnete

1. Etwa zwei Hektoliter.

es, und wir maßen das Korn, bis der Boden leer war; und es waren fünfzig Ardebb, das machte fünftausend Dirhems. Der Jüngling sprach: ‚Als Maklerlohn gebühren dir für jedes Ardebb zehn Dirhems; also nimm den Preis und heb mir viertausendundfünfhundert Dirhems auf! Wenn ich die andern Waren aus meinen Lagerhäusern verkauft habe, will ich zu dir kommen und das Geld abholen.‘ Ich war gern damit einverstanden, küßte ihm die Hand und ging davon; und so hatte ich an diesem einen Tage über tausend Dirhems verdient. Er aber blieb einen Monat lang aus; dann kam er und fragte mich: ‚Wo sind die Dirhems?‘ Ich stand auf, grüßte ihn und fragte: ‚Willst du nicht etwas in meinem Hause essen?‘ Doch er lehnte es ab und sagte: ‚Halte mir das Geld bereit, ich komme gleich wieder und hole es bei dir ab‘; dann ritt er davon. Ich holte also die Dirhems für ihn herbei, setzte mich hin und wartete auf ihn; doch er blieb wiederum einen Monat lang aus; schließlich kam er und fragte mich: ‚Wo sind die Dirhems?‘ Ich stand auf, grüßte ihn und fragte: ‚Willst du nicht etwas in meinem Hause essen?‘ Aber wiederum lehnte er es ab und fügte hinzu: ‚Halte mir das Geld bereit, ich komme gleich wieder und hole es von dir ab‘; dann ritt er davon. Ich holte also die Dirhems für ihn herbei, setzte mich hin und wartete auf ihn; doch er blieb wieder einen dritten Monat lang aus, und ich sagte: ‚Dieser Jüngling ist ja die vollendete Freigebigkeit.‘ Und nach Ende des Monats kam er auf einer Mauleselin geritten, angetan mit prächtigen Kleidern; und er war wie der Mond, wenn er in der Nacht seiner Fülle am Himmel thront; als komme er frisch aus dem Bade, – so war sein Antlitz dem Monde gleich, seine Wange rosig und weich, seine Stirn hellglänzend anzuschaun; und er hatte ein Mal wie ein Amberkörnchen braun; so wie von seinesgleichen der Dichter sagt:

Mond und Sonne vereinte im selben Sternbild ihr Lauf;
In höchster Vollendung der Schönheit und Anmut gingen sie auf.
Und heiße Liebe erfüllte den, der ihre Schönheit sah.
Und o, wie mancher Beter stand Freude erflehend da!
Von Schönheit und Lieblichkeit erstrahlte ihr Ebenbild;
Und Klugheit verschöne es noch, und Züchtigkeit leuchtete mild.
Gepriesen sei Allah, der solch ein Wunder vollbracht,
Der Herr der Höhe, der seine Geschöpfe, wie Er will, macht!

Als ich ihn erblickte, stand ich auf vor ihm, küßte seine Hände,
flehte Segen auf ihn herab und fragte: ‚O mein Herr, willst du
dein Geld nicht nehmen?' ‚Wozu die Eile?' erwiderte er. ‚Warte
doch, bis ich meine Geschäfte beendet habe, dann will ich es
bei dir abholen.' Darauf ritt er wieder davon; ich aber sagte zu
mir selber: ‚Bei Gott, wenn er das nächste Mal kommt, so muß
er mein Gast sein; denn ich habe mit seinen Dirhems Handel
getrieben und viel Geld dabei verdient.' Am Ende des Jahres
kam er wieder, noch prächtiger gekleidet als zuvor; und als ich
ihn beschwor, in meinem Hause abzusteigen und als mein Gast
bei mir zu essen, sagte er: ‚Nur unter der Bedingung, daß du
das, was du für mich ausgibst, von meinem Gelde nimmst, das
bei dir ist.' Ich erwiderte: ‚So sei es!'; und ich bat ihn, sich zu
setzen, und machte bereit, was nötig war an Speise und Trank
und allem anderen. Dann setzte ich alles vor ihn hin und lud ihn
ein mit den Worten: ‚Im Namen Gottes!' Er rückte zum Tisch,
streckte seine linke Hand aus und aß mit mir; darüber war ich
verwundert. Als wir fertig waren, goß ich ihm Wasser über
die Hand und gab ihm ein Tuch zum Abtrocknen. Dann setzten wir uns, um uns zu unterhalten, nachdem ich Süßigkeiten
vor ihn hingestellt hatte, und ich sagte: ‚O mein Herr, befreie
mich von einem Kummer und sage mir, weshalb du mit der Linken gegessen hast! Hast du an deiner anderen Hand vielleicht
Schmerzen?' Doch als er meine Worte hörte, sprach er die Verse:

Mein Freund, o frage mich nicht nach dem, was in meinem Herzen
An brennenden Leiden wohnt; offenbare nicht meine Schmerzen!
Nicht freiwillig wählte ich die ungeliebte Maid
Statt der geliebten – und doch, die Not hat den Entscheid.

Und er streckte den rechten Arm aus seinem Ärmel hervor, und siehe, die Hand war abgeschlagen, und es war ein Stumpf ohne Faust. Als ich darüber erschrak, sagte er: ‚Erschrick nicht und glaube also nicht, daß ich bei dir aus Hochmütigkeit mit meiner linken Hand gegessen habe; den Verlust meiner rechten Hand brachte ein seltsam Ding zustand!‘ Da fragte ich ihn: ‚Wie war das?‘, und er erwiderte: ‚Wisse, ich bin ein Baghdader Kind, und mein Vater gehörte zu den Vornehmen der Stadt. Als ich zum Manne herangewachsen war, hörte ich die Pilger und Wanderer und reisenden Kaufleute vom Lande Ägypten reden, und das behielt ich im Sinne, bis mein Vater starb. Dann aber nahm ich eine große Summe Geldes, ließ Waren einpakken, Stoffe aus Baghdad und Mosul, kaufte alles Nötige ein und brach von Baghdad auf; und Allah gewährte mir Sicherheit, bis ich in diese, eure Stadt einzog.‘ Dann weinte er und sprach die Verse:

Der Blinde geht an der Grube vorüber ohne Gefahr;
Wer Augenlicht hat, fällt hinein, sieht er auch noch so klar.
Der Tor entgeht seinen Worten, ist er auch noch so dumm,
Die Klugen und Weisen aber kommen durch sie um.
Und der Gläubige leidet bittere Hungersnot,
Doch der ungläubige Sünder findet reichliches Brot.
Was soll der arme Mensch beginnen? Was soll er tun?
Das Schicksal hat es beschlossen, und so ist es nun.

Als er die Verse gesprochen hatte, fuhr er fort: ‚So zog ich denn in Kairo ein, und ich entlud meine Lasten und lagerte meine Waren im Chân Masrûr. Und ich gab dem Diener ein paar Dirhems, damit er uns etwas zu essen kaufe, und legte mich ein wenig nieder, um zu schlafen. Als ich erwachte, ging ich in die Straße, die da heißt Bain el-Kasrain; doch ich kehrte alsbald zurück und blieb die Nacht über dort. Und als der Morgen kam, machte ich einen Ballen Stoff auf und sagte zu mir selber: ‚Ich will hinausgehen durch einige Basare und sehen, wie der Markt hier steht.‘ Ich nahm also etwas Stoff heraus, belud ein paar meiner Sklaven damit und zog aus, bis ich zu der Warenbörse des Dscharkas kam; und die Makler, die schon von meiner Ankunft wußten, kamen mir dort entgegen. Sie nahmen die Stoffe von mir hin und riefen sie aus zum Verkauf; doch sie konnten nicht einmal den Einkaufspreis erzielen. Das machte mir Sorgen; da sprach der Scheich der Ausrufer zu mir: ‚O mein Herr, ich will dir etwas sagen, wovon du Nutzen haben kannst. Du solltest tun, was die Händler tun, und deine Ware für eine bestimmte Anzahl von Monaten auf Kredit verkaufen unter Zuhilfenahme eines Schreibers, eines Zeugen und eines Wechslers; so wirst du an jedem Montag und jedem Donnerstag dein Geld erhalten und an jedem Dirhem zwei und mehr verdienen; und dabei hast du Zeit, dir Kairo und den Nil anzusehen.‘ Ich sprach: ‚Das ist ein guter Rat‘, und nahm die Makler mit mir in den Chân. Die nahmen meine Stoffe und gingen damit auf die Börse, und ich verkaufte sie, indem ich mir Verträge geben ließ. Diese Verträge hinterlegte ich bei einem Wechsler, der mir eine Quittung gab; und schließlich kehrte ich in den Chân zurück. Hier blieb ich eine ganze Weile: jeden Tag trank ich zum Frühstück einen Becher Weins und aß Lammfleisch und Süßigkeiten, bis die Zeit kam, da die Zahlungen fällig waren. Dann aber ging ich jeden Montag und Donnerstag zur Börse und setzte mich in den Laden dieses oder jenes Händlers, während der Schreiber und der Wechsler bis zur Zeit des Nachmittagsgebetes die Runde mach-

ten, um von den Kaufleuten das Geld einzuziehen; dann zählte
ich das Geld, versiegelte die Beutel und kehrte mit ihnen in
den Chân zurück. Eines Tages aber, es war ein Montag, ging
ich ins Badehaus und von dort in meinen Chân zurück; und
ich trat in mein Zimmer ein, trank zum Frühstück einen Becher Weins und schlief darauf ein wenig. Und als ich erwachte,
aß ich ein Huhn, besprengte mich mit Wohlgerüchen und ging
in den Laden eines Kaufmanns, der Bedr ed-Dîn el-Bustâni
hieß; wie der mich erblickte, hieß er mich willkommen, und
wir unterhielten uns eine Weile, bis der Basar eröffnet wurde.
Und siehe, da trat eine Dame von stattlicher Figur herbei mit
anmutig wiegendem Gang; die trug ein wunderschönes Kopftuch und duftete nach den süßesten Wohlgerüchen. Sie hob
den Schleier, so daß ich ihre herrlichen schwarzen Augen erblickte; dann grüßte sie Bedr ed-Dîn, und er gab ihren Gruß
zurück, stand auf und sprach mit ihr, und sowie ich ihre Stimme hörte, faßte die Liebe zu ihr mein Herz. Sie sprach zu Bedr
ed-Dîn: ,Hast du in deinem Laden ein Stück Seidenstoff, durchwoben mit Fäden reinen Goldes?' Da trug er ihr ein Stück herbei von denen, die er von mir gekauft hatte; und er verkaufte
es ihr für tausendundzweihundert Dirhems. Sie sprach aber zu
dem Kaufmann: ,Ich werde das Stück mit nach Hause nehmen,
und dir die Summe senden.' ,Das ist nicht möglich, meine
Herrin,' erwiderte der Händler; ,denn dies ist der Eigentümer
des Stoffes, und ich schulde ihm einen Anteil am Gewinn.'
,Pfui!' rief sie aus, ,nehme ich nicht immer große Stücke kostbarer Stoffe von dir für viele Dirhems und lasse dich mehr daran verdienen, als du erwartest, und sende dir das Geld?' ,Ja,'
sagte er, ,aber ich brauche das Geld gerade heute sofort.' Da
nahm sie das Stück und warf es ihm gegen seine Brust und rief:
,Eure Gilde schätzt niemanden nach seinem Werte ein' und

wandte sich zum Gehen. Doch mir war, als ginge meine Seele mit ihr; und so stand ich auf, hielt sie zurück und sprach zu ihr: ‚O meine Herrin, erweise mir das Almosen deiner Güte und wende deine geehrten Schritte um zu mir!' Da wandte sie sich lächelnd um zu mir und sagte: ‚Um deinetwillen komme ich zurück', und setzte sich mir gegenüber in den Laden. Nun sprach ich zu Bedr ed-Dîn: ‚Für wieviel hat man dir dies Stück verkauft?' Er darauf: ‚Elfhundert Dirhems.' Ich fuhr fort: ‚Du sollst noch hundert Dirhems daran verdienen; bringe mir ein Stück Papier, so will ich dir darauf den Preis aufschreiben!' Dann nahm ich den Stoff von ihm, schrieb ihm mit eigener Hand eine Urkunde, gab der Dame den Stoff und sagte: ‚Nimm es mit, und wenn du willst, so bringe mir den Preis am nächsten Tage des Basars; oder wenn du es anzunehmen geruhst, so möge der Stoff ein Gastgeschenk von mir für dich sein!' Sie antwortete: ‚Allah vergelte dir mit Segen, er beschenke dich mit meinem Gut und mache dich zu meinem Gatten und Gebieter!' Und Allah erhörte ihr Gebet. Darauf sprach ich zu ihr: ‚O meine Herrin, laß dies Stück Stoff dein eigen sein; und noch ein zweites, gleiches liegt für dich bereit, nur laß mich einmal dein Gesicht betrachten!' Als ich nur mit einem Blick ihr Antlitz sah, kamen mir tausend Seufzer der Sehnsucht, und mein Herz wurde so von der Liebe zu ihr gefangengenommen, daß ich nicht mehr Herr meines Verstandes war. Darauf ließ sie den Schleier wieder fallen, nahm den Stoff und sagte: ‚O mein Herr, laß mich deinen Anblick nicht zu lange entbehren!', und da war sie mir schon aus den Augen verschwunden. Ich aber blieb in der Börse, bis die Stunde des Nachmittagsgebetes vorüber war, wie geistesabwesend, da mich die Liebe so beherrschte; und die Gewalt meiner Leidenschaft trieb mich, den Kaufmann nach ihr auszuforschen, und er sagte mir: ‚Sie ist eine reiche Dame und die Tochter eines Emirs; ihr Vater ist gestorben und hat ihr ein großes Vermögen hinterlassen.' Dann nahm ich Abschied von ihm und kehrte in den Chân zurück; dort setzte man mir mein Nachtmahl vor, aber ich konnte nicht essen, weil ich immer an sie denken mußte. Und ich legte mich nieder; doch mir nahte kein Schlaf, sondern ich wachte bis zum Morgen. Da erhob ich mich, zog mir ein anderes Gewand an, trank einen Becher Weins und nahm einen kleinen Morgenimbiß, ging darauf in den Laden des Kaufmanns, grüßte ihn und setzte mich zu ihm. Und wie gewöhnlich kam die Dame, aber in einem noch prächtigeren Gewande als am Tage zuvor, und ihr folgte eine Sklavin; sie grüßte mich, ohne Bedr ed-Dîn zu beachten, und sagte in gewählten Worten und mit einer so süßen und lieblichen Stimme, wie ich sie noch nie gehört hatte: ,Sende jemanden mit mir, daß er die tausendundzweihundert Dirhems, den Preis des Stoffes, in Empfang nehme!' ,Wozu die Eile?' fragte ich; doch sie antwortete: ,Mögen wir dich nie verlieren!' und ließ mir das Geld reichen. Nun saß ich und sprach mit ihr; dann gab ich ihr stumme Zeichen, und sie verstand, daß ich mich sehnte, mit ihr vereint zu sein. Aber sie stand eilig auf, als ob sie es mir übelgenommen hätte. Da mein Herz an ihr hing, verließ ich den Basar und ging ihrer Spur nach. Plötzlich kam eine Sklavin zu mir und sagte: ,O mein Herr, komm und sprich mit meiner Gebieterin!' Ich war überrascht und sprach: ,Mich kennt hier doch niemand'; doch die Sklavin erwiderte: ,O mein Herr, wie schnell hast du sie vergessen! Meine Herrin ist dieselbe, die heute im Laden des Kaufmanns Soundso war.' So folgte ich ihr zum Wechsler; als die Dame mich dort erblickte, zog sie mich an ihre Seite und sagte: ,O mein Geliebter, du erfüllst meinen Sinn, und die Liebe zu dir hat mein Herz erfaßt; seit der Stunde, da ich dich sah, hat mir weder Schlaf, noch Speise, noch Trank behagt.' Ich erwiderte ihr: ,Mein Leiden ist das deine verdoppelt, und mein Zustand spottet jeder Klage.' Da flüsterte sie: ,O mein Geliebter, in deinem Hause oder in meinem?' ,Ich bin fremd hier, und ich habe keinen Ort, der mir Obdach bietet, als den Chân; so soll es, wenn du es gewährst, bei dir sein.' Sie sagte zu; aber sie sagte auch: ,Heute ist die Nacht auf Freitag, und so kann nichts geschehen vor morgen nach dem Gebet. Wenn du also gebetet hast, besteige deinen Esel und frage nach dem Quartier el-Habbanîja; und wenn du dort bist, so frage nach dem Hause des Oberaufsehers Barakât, der bekannt ist unter dem Namen Abu Schâma, denn dort wohne ich; doch komm nicht zu spät, ich werde deiner warten!' Da war meine Freude noch größer; ich trennte mich von ihr und kehrte in meinen Chân zurück, wo ich eine schlaflose Nacht verbrachte. Kaum aber war ich gewiß, daß der Morgen erschienen war, so stand ich auf und wechselte mein Kleid, besprengte mich mit süßen Wohlgerüchen, nahm fünfzig Dinare in einem Tuch mit mir und ging vom Chân Masrûr zum Tore der Zuwaila, wo ich einen Esel bestieg; zu dem Treiber sagte ich: ,Bringe mich ins Quartier el-Habbanîja.' Er lief mit mir und brachte mich im Augenblick in eine Straße, die bekannt ist unter dem Namen Darb el-Munkari; dort sagte ich zu ihm: ,Geh hinein und frage nach dem Hause des Aufsehers!' Und nachdem er ganz kurz fortgeblieben war, sagte er: ,Steig ab!' Ich aber sprach zu ihm: ,Geh du voraus!' und fügte hinzu: ,Komm morgen früh wieder hierher, um mich nach Hause zu bringen!' Der Treiber antwortete: ,Im Namen Allahs'; da gab ich ihm einen Viertelgolddinar, er nahm ihn und ging seiner Wege. Ich aber klopfte an die Tür, und da traten zu mir heraus zwei junge Mädchen mit jungfräulichen Busen, Monden gleich; und sie sagten zu mir: ,Tritt ein! Unsere Herrin erwartet dich, und sie hat die Nacht nicht geschlafen, da sie sich so sehr auf dich freute.' Nun trat ich in eine Halle mit sieben Türen; ringsum waren Fenster, die führten auf einen Garten mit Früchten von mancherlei Arten, in dem die Bächlein sprangen und die Vögel sangen. Die Halle selbst aber war mit Sultanistuck so glänzend geweißt, daß ein Mensch sein Antlitz darin sehen konnte; die Decke war mit Goldornamenten verziert, und ringsum lief ein Inschriftenband aus Lasurstein von mannigfaltiger Schönheit, das den Beschauer blendete; der Boden war bedeckt mit weißem Marmor, in den buntes Mosaik eingelegt war. In der Mitte befand sich ein Springbrunnen; und an den Ecken des Brunnens waren Vögel, die mit Perlen und Edelsteinen besetzt waren. Die Halle war belegt mit Teppichen und bunten Seidendecken, und an den Wänden waren Polsterbänke. Und als ich eintrat und mich setzte' – –«

Da bemerkte Schehrezâd, daß der Morgen begann, und sie hielt in der verstatteten Rede an. Doch als die *Sechsundzwanzigste Nacht* anbrach, fuhr sie also fort: »Es ist mir berichtet worden, o glücklicher König, daß der junge Kaufmann zu dem Christen sagte: ,Als ich eintrat und mich setzte, da trat auch sogleich die Dame ein, gekrönt mit einem Diadem, das mit Perlen und Juwelen besetzt war; ihre Hände waren mit rotem Henna geschmückt, ihre Augenbrauen und Wimpern mit schwarzem Bleiglanz gefärbt. Als sie mich sah, da lächelte sie mich an, nahm mich in die Arme und drückte mich an die Brust; und sie legte ihren Mund auf meinen Mund und sog an meiner Zunge, wie ich an der ihren, und sagte: ,Bist du wirklich zu mir gekommen?' Ich rief: ,Da bin ich, dein Sklave.' Sie hieß mich herzlich willkommen und sprach: ,Bei Allah, seit dem Tage, da ich dich sah, ist mir der Schlaf nicht mehr süß gewesen, noch hat die

Speise mir gemundet.' Ich sagte: ,So ging es auch mir.' Dann setzten wir uns nieder und unterhielten uns, indem ich den Kopf voll Scham zu Boden geneigt hielt; sie aber setzte mir alsbald einen Tisch vor, voll der köstlichsten Speisen: Rosinenfleisch, geröstete Pasteten, die mit Bienenhonig angemacht waren, und gefüllte Küken; und ich aß zusammen mit ihr, bis wir gesättigt waren. Darauf brachte man mir Becken und Kanne, und ich wusch meine Hände. Dann besprengten wir uns mit Rosenwasser und Moschus und setzten uns wieder, um uns zu unterhalten. Sie aber begann diese Verse zu sprechen:

> Hätten wir dein Kommen geahnt, wir hätten das Blut des Herzens
> Und das Schwarze der Augen freudig hingebreitet;
> Wir hätten auch unsere Wangen für deinen Empfang gerüstet,
> Damit dein Weg dich über die Augenlider geleitet.

Dann klagten wir uns gegenseitig all unser Leid; und die Liebe zu ihr faßte also Wurzel in meinem Herzen, daß mir mein ganzer Reichtum im Vergleich zu ihr nichts mehr wert war. Darauf begannen wir zu scherzen und zu kosen und uns zu küssen, bis die Nacht hereinsank. Nun setzten die Sklavinnen Speisen und Wein vor uns hin, ein vollkommenes Festmahl, und wir tranken bis zur Mitte der Nacht; dann legten wir uns nieder, und ich schlief bei ihr bis zum Morgen, und nie in meinem Leben habe ich eine Nacht wie jene Nacht erlebt. Doch als der Morgen kam, da stand ich auf, warf das Tuch, in dem die Dinare waren, unter die Polster und nahm Abschied von ihr. Als ich hinausging, weinte sie und sagte: ,Mein Gebieter, wann soll ich wieder auf dies liebliche Antlitz schauen?' Ich erwiderte ihr: ,Am Abend werde ich bei dir sein.' Wie ich draußen war, traf ich den Eseltreiber, der mich am Tage vorher hergebracht hatte, vor der Tür auf mich wartend. So bestieg ich seinen Esel und ritt in den Chân Masrûr; dort stieg ich ab, gab dem Treiber

einen halben Dinar und sagte zu ihm: ‚Sei mit Sonnenuntergang wieder da!‘ Das versprach er. Ich frühstückte und ging
aus, um das Geld für die Stoffe einzuziehen; danach kehrte ich
zurück. Nun hatte ich für sie ein geröstetes Lamm besorgt, und
ich kaufte einige Süßigkeiten, rief einen Träger herbei, tat ihm
die Vorräte in den Korb und gab ihm seinen Lohn. Bis Sonnenuntergang ging ich wieder meinen Geschäften nach; dann
aber holte der Eseltreiber mich ab. Ich nahm wieder fünfzig
Dinare, tat sie in ein Tuch und ritt zu ihrem Hause; dort fand
ich den Marmorboden gescheuert, das Messing geputzt, die
Lampen zurechtgemacht, die Kerzen brennend, die Speisen aufgetragen und den Wein geklärt. Als sie mich sah, warf sie mir
die Arme um den Hals und rief: ‚Du hast mich mit Sehnsucht
nach dir erfüllt.‘ Dann setzte sie die Tische vor mich hin, und
wir aßen, bis wir gesättigt waren; da nahmen die Sklavinnen
den Speisetisch fort und brachten den Wein. Nun tranken wir
ohne Unterlaß bis Mitternacht; und darauf gingen wir in das
Schlafgemach und lagen dort bis zum Morgen. Dann stand ich
auf und ließ ihr die fünfzig Dinare da wie zuvor; ich ging hinaus und fand den Eseltreiber, ritt zum Chân und schlief eine
Weile. Danach ging ich aus und kaufte das Nachtmahl ein; ich
nahm ein paar Gänse, dazu gepfefferten Reis, geröstete Kolo-
kasien, Früchte, Naschwerk und Blumen und schickte ihr alles zu. Und ich kehrte nach Hause zurück, nahm fünfzig Dinare in einem Tuch und ritt wie immer mit dem Eseltreiber
zu dem Hause. Dort trat ich ein, und wir aßen und tranken und
lagen bis zum Morgen zusammen. Dann erhob ich mich, warf
ihr das Tuch zu und ritt nach meiner Gewohnheit in den Chân
zurück.

So lebte ich eine Weile weiter, bis ich eines Morgens nach
einer solchen Nacht sah, daß ich keinen Dinar und keinen Dir-

hem mehr besaß. Da sagte ich zu mir: ‚All dies ist Satans Werk‘,
und sprach die Verse:

> *Wird arm der Reiche, so geht sein Glanz von hinnen*
> *So wie beim Untergang der Sonne Licht.*
> *Ist er in der Ferne, wird er von den Menschen vergessen;*
> *Doch ist er nahe, blüht ihr Glück ihm nicht.*
> *Verstohlen schleicht er sich durch die Basare;*
> *Und bittre Tränen weint er, ist er allein.*
> *Bei Gott, der Mensch kann unter dem eignen Volke,*
> *Drückt ihn die Armut, nur ein Fremdling sein.*

Dann verließ ich den Chân und ging durch die Straße Bain el-
Kasrain hin, immer weiter, bis ich zum Tor der Zuwaila kam;
dort traf ich auf ein großes Gedränge, und das Tor war versperrt von vielem Volk. Nun wollte es das Schicksal, daß ich
dort einen reitenden Söldner sah und ohne meinen Willen gegen ihn stieß. Da berührte meine Hand seine Tasche; ich fühlte
hin und merkte, daß ein Beutel in der Tasche war, auf der
meine Hand lag, und war mir bewußt, daß meine Hand jenem
Beutel nahe war. Rasch nahm ich ihn aus der Tasche. Aber der
Söldner merkte, daß seine Tasche leicht geworden war, steckte
seine Hand in die Tasche und fand sie leer; da wandte er sich
um nach mir, erhob seine Hand mit der Keule und schlug mich
aufs Haupt. Ich stürzte zu Boden, und das Volk schloß einen
Kreis um uns, griff dem Tier des Söldners in die Zügel und rief:
‚Gibst du diesem Jüngling einen solchen Schlag, einzig, weil
er dich anstieß?‘ Doch der Söldner schrie ihnen zu: ‚Das ist ein
verdammter Dieb!‘ Darauf kam ich wieder zu mir und hörte,
wie das Volk sagte: ‚Das ist ein schöner Jüngling, der hat nichts
gestohlen.‘ Die einen glaubten es, die anderen nicht; und es gab
ein großes Gerede hin und her. Das Volk zerrte an mir und
wollte mich von ihm befreien; doch da das Schicksal es so
bestimmt hatte, kam der Wali mit dem Aufseher und den Po-

lizisten durchs Tor herein; und als er das Volk um mich und den Soldaten sah, da fragte er: ‚Was gibt es hier?‘ ‚Bei Allah, Señor,‘ rief der Söldner, ‚das ist ein Dieb! Ich hatte einen blauen Beutel mit zwanzig Dinaren in der Tasche, den hat er gestohlen, als ich im Gedränge war.‘ Als der Wali fragte: ‚War jemand bei dir?‘, antwortete der Söldner: ‚Nein.‘ Da rief der Wali dem Aufseher zu, mich zu ergreifen; und nun mußte alles an den Tag kommen. Weiter befahl der Wali, mich zu entkleiden; und als sie es taten, fanden sie den Beutel in meinen Kleidern. Als sie nun den Beutel gefunden hatten, nahm der Wali ihn, öffnete ihn und zählte; und er fand zwanzig Dinare darin, wie der Söldner angegeben hatte. Da ward er zornig und befahl der Wache, mich vor ihn zu führen. Dann sagte er zu mir: ‚O Jüngling, sprich die Wahrheit: hast du diesen Beutel gestohlen?‘ Ich neigte den Kopf zu Boden und sprach zu mir selber: ‚Wenn ich sage, ich hätte ihn nicht gestohlen, so kann ich doch nicht leugnen, daß man ihn bei mir gefunden hat; wenn ich sage, ich habe ihn gestohlen, so ergeht es mir schlecht.‘ Dann hob ich den Kopf und sagte: ‚Ja, ich habe ihn genommen.‘ Als aber der Wali diese Worte von mir hörte, da war er erstaunt und ließ Zeugen herbeitreten, um mein Geständnis anzuhören. All das geschah am Tor der Zuwaila. Dann befahl der Wali dem Henker, mir die rechte Hand abzuschlagen, und er tat es; und er hätte mir auch noch den linken Fuß genommen[1], aber des Söldners Herz wurde weich, und er legte Fürbitte für mich ein. So ließ der Wali von mir ab und zog davon; das Volk aber umringte mich und gab mir einen Becher Wein zu trinken. Ja, der Söldner gab mir gar den Beutel und sagte:

1. Straßenraub wird nach muslimischem Gesetze mit Abhauen der rechten Hand und des linken Fußes bestraft.

‚Du bist ein schöner Jüngling, und es ziemt sich nicht für dich, ein Räuber zu sein.' Da sprach ich die Verse:

> O der du Vertrauen mir schenktest, bei Allah, ich bin kein Räuber,
> O du bester der Menschen, ich bin keiner von den Dieben!
> Nein, Wechselfälle des Schicksals haben mich rasch getroffen;
> Sorge, Versuchung und Armut waren es, die mich trieben.
> Nicht aus meiner Hand, von Gott ist der Pfeil gekommen,
> Der mir des Reichtums Krone von meinem Haupte genommen.

Auch der Söldner verließ mich und ging davon, nachdem er mir den Beutel gegeben hatte; ich aber ging meiner Wege, wickelte meine Hand in ein Stück Zeug und tat sie in meinen Busen. Mein ganzes Ansehen hatte sich verändert, meine Farbe war bleich geworden wegen dessen, was mit mir vorgegangen war. Langsam schritt ich weiter zum Hause meiner Geliebten, und dort warf ich mich verstört auf das Teppichlager. Als sie mich aber so verändert und bleich sah, fragte sie mich: ‚Was bedrängt dich, und weshalb muß ich dich in so verändertem Zustand sehen?' Ich antwortete: ‚Mich schmerzt der Kopf, und mir ist nicht wohl.' Da ward sie traurig und machte sich Sorge um mich und sagte: ‚Verbrenne mir nicht das Herz, mein Gebieter, sondern setze dich auf und hebe den Kopf und erzähle mir, was dir heute widerfahren ist; denn dein Gesicht redet zu mir eine eigene Sprache!' ‚Laß mich mit dem Gerede!' sagte ich; doch sie weinte und sprach: ‚Mir scheint, du bist meiner überdrüssig; denn ich sehe dich anders als sonst.' Ich aber schwieg; und sie redete auf mich ein, obgleich ich ihr keine Antwort gab, bis über uns die Nacht hereinbrach. Da setzte sie Speisen vor mich hin; doch ich rührte sie nicht an, weil ich besorgte, sie würde sehen, daß ich mit der linken Hand äße; und ich sagte: ‚Ich habe jetzt kein Verlangen zu essen.' Aber sie bat: ‚Erzähle mir, was dir heute widerfahren ist und warum du so traurig bist, gebrochen an Herz und Seele!' Ich erwiderte: ‚Gleich werde ich dir alles in Muße erzählen.' Dann brachte sie mir Wein und sagte: ‚Trink, das wird dir die Sorgen nehmen; ja, du mußt trinken und mir erzählen, was mit dir ist!' Ich fragte: ‚Muß ich dir wirklich erzählen?', und sie antwortete: ‚Jawohl.' Darauf sagte ich: ‚Wenn es denn sein muß, so gib mir mit deiner eigenen Hand zu trinken.' Sie füllte den Becher und trank ihn aus, füllte ihn wieder und reichte ihn mir. Ich nahm ihn mit der linken Hand entgegen, und während die Tränen aus meinen Augen rannen, sprach ich:

> Hat Allah einmal dem Menschen ein Unglück zuerkannt,
> Und besitzt dieser auch Gehör, Gesicht und Verstand,
> So macht Er die Ohren ihm taub und macht das Herz ihm blind,
> Und zieht gleich wie ein Haar den Verstand aus ihm geschwind,
> Bis daß, wenn Er an ihm seinen Willen vollendet hat,
> Er ihm den Verstand wiedergibt; dann geht jener mit sich zu Rat.

Als ich die Verse beendet hatte, weinte ich, den Becher in meiner linken Hand haltend; sie aber schrie laut auf und sprach: ‚Was ist der Anlaß deiner Tränen? Du verbrennst mir das Herz! Und weshalb nimmst du den Becher mit der linken Hand?' Ich antwortete ihr: ‚Ich habe auf der Rechten ein Geschwür.' Sie rief: ‚Zeig her, ich will es dir öffnen!' ‚Es ist noch zu früh, es zu öffnen,' erwiderte ich, ‚drum quäle mich nicht, ich kann die Hand jetzt noch nicht herausnehmen!' Darauf trank ich den Becher, und sie gab mir immer mehr zu trinken, bis die Trunkenheit mich überwältigte und ich einschlief, wo ich saß; da erblickte sie meinen Arm ohne Hand. Dann durchsuchte sie mich und fand bei mir den Beutel mit dem Golde. Da erfaßte sie ein solcher Schmerz, wie er sonst nie einen Menschen erfaßt, und bis zum Morgen klagte sie unaufhörlich um mich. Als ich aber erwachte, sah ich, daß sie mir eine Brühe berei-

tet hatte; die reichte sie mir, und siehe, es waren vier Küken
darin; und sie gab mir auch einen Becher Wein zu trinken. Ich
aß und trank, und legte ihr den Beutel hin und wollte gehen;
sie aber fragte: ‚Wohin willst du gehen?‘ und ich erwiderte:
‚Wohin mich mein Weg führt‘; doch sie bat: ‚Geh doch nicht
fort, setze dich!‘ Da setzte ich mich nieder, und sie begann:
‚Hat dich die Liebe zu mir dahin gebracht, daß du um meinetwillen all dein Geld ausgegeben und deine Hand verloren hast?
Ich rufe dich an zum Zeugen wider mich – doch Allah ist der
allwissende Zeuge –, daß ich mich nie von dir trennen will;
und du sollst sehen, daß meine Worte wahr sind.‘ Alsbald
schickte sie nach den Zeugen; die kamen, und sie sagte zu ihnen:
‚Schreibt meinen Ehevertrag mit diesem Jüngling und bezeugt,
daß ich die Morgengabe erhalten habe!‘ Nachdem sie meinen
Ehevertrag mit ihr ausgestellt hatten, sprach sie: ‚Seid meine
Zeugen, daß all mein Geld, das hier in der Truhe ist, und alle
Sklaven und Sklavinnen, die ich besitze, diesem Jüngling gehören!‘ Sie nahmen auch das urkundlich auf, und ich nahm die
Schenkung an. Dann gingen sie fort, nachdem sie die Gebüh-
ren erhalten hatten.

Meine Herrin aber faßte mich bei der Hand und führte mich
in eine Kammer, öffnete eine große Truhe und sprach zu mir:
‚Schau, was in der Truhe ist‘; ich schaute hin, und siehe, sie
war voller Tücher. Da sagte sie: ‚Dies ist dein Geld, das ich von
dir erhalten habe. Jedesmal, wenn du mir ein Tuch mit fünfzig
Dinaren gabst, rollte ich es zusammen und legte es in diese
Truhe hinein; so nimm, was dir gehört, denn es kehrt nur zu
dir zurück, und heute bist du ein reicher Mann geworden! Das
Schicksal hat dich um meinetwillen verfolgt, bis daß du deine
rechte Hand verloren hast; nie kann ich dir genug vergelten;
ja, gäbe ich mein Leben für dich hin, es wäre nur wenig, und

ich bliebe noch immer in deiner Schuld.' Dann wiederholte sie: ‚Nimm hin, was nur dir gehört!' Ich tat also den Inhalt ihrer Truhe in meine Truhe, und so wurden mein Vermögen und ihr Vermögen, das ich ihr gegeben hatte, eins; nun freute sich mein Herz, und es entschwand mein Schmerz. Dann stand ich auf, küßte sie und dankte ihr; sie aber sagte: ‚Du hast aus Liebe zu mir deine Hand gegeben, und wie könnte ich dir vergelten? Bei Allah, wenn ich mein Leben opferte aus Liebe zu dir, es wäre nur wenig und würde meine Schuld gegen dich nicht abtragen.' Darauf vermachte sie mir urkundlich alles, was sie besaß an Kleidern, Schmuck und anderem Besitz. Und erst nachdem ich ihr alles, was mir widerfahren war, genau berichtet hatte, legte sie sich, betrübt über meine Trauer, nieder; und ich verbrachte die Nacht bei ihr. Aber noch ehe wir einen Monat zusammen gelebt hatten, wurde sie sehr krank, und ihre Krankheit nahm immer noch zu. Schon nach fünfzig Tagen zählte sie zum Volke des Jenseits. Da bahrte ich sie auf, begrub ihren Leib in der Erde, ordnete Koranvorlesungen für sie an und gab den Armen viel Geld um ihretwillen; dann verließ ich die Grabstätte. Darauf stellte ich fest, daß sie viel hinterlassen hatte, Geld, Landgüter und Grundbesitz; unter ihren Vorratshäusern befand sich auch das Haus voll Sesam, aus dem ich dir verkauft habe. Daß ich mich aber so lange nicht um dich kümmern konnte, lag nur daran, daß ich den Rest der Vorräte und alles, was sich in den Magazinen befand, zuerst verkaufen mußte; und ich habe noch nicht all mein Geld eingezogen. Nun widersprich mir nicht in dem, was ich dir sagen werde: ich habe von deinem Brot gegessen, und so möchte ich dir das Geld für den Sesam, das noch bei dir ist, zum Geschenk machen. Dies also ist der Grund, weshalb ich mit der Linken esse, da mir die Rechte abgeschlagen wurde.' ‚Wahrlich,' sprach ich, du erweisest mir verschwenderische Güte.' Dann fragte er mich: ‚Willst du nicht mit mir reisen in mein Heimatland? Ich habe Waren aus Kairo und Alexandrien eingekauft. Sag, willst du mit mir ziehen?' Ich willigte ein und beredete mich mit ihm, zu Ende des Monats aufzubrechen. Dann verkaufte ich alles, was ich hatte, und kaufte dafür andere Waren, und wir reisten zusammen, ich und der Jüngling, in dieses euer Land; dort verkaufte er seine Waren, kaufte dafür anderes aus eurem Lande ein und zog wieder nach dem Lande Ägypten. Mein Los hat es gewollt, daß ich hier blieb und daß es mir gestern nacht hier in der Fremde so erging, wie es mir ergangen ist. Ist dies, o größter König unserer Zeit, nicht noch wunderbarer als die Geschichte des Bucklisten?' Der König rief aber: ‚Ihr müßt doch allesamt hängen.' – –«

Da bemerkte Schehrezâd, daß der Morgen begann, und sie hielt in der verstatteten Rede an. Doch als die *Siebenundzwanzigste Nacht* anbrach, fuhr sie fort: »Es ist mir berichtet worden, o glücklicher König, daß, als der König von China erklärte: ‚Ihr müßt doch hängen', der Verwalter der Küche des Königs vortrat und sagte: ‚Wenn du es mir erlaubst, so will ich dir eine Geschichte erzählen, die mir zu der Zeit widerfahren ist, kurz ehe ich diesen Bucklisten fand; und wenn sie wunderbarer ist als seine Geschichte, willst du uns dann unser Leben schenken?' Der König erwiderte: ‚Jawohl.'

Und er begann

DIE GESCHICHTE DES VERWALTERS

Wisse, o König, ich war gestern nacht in einer Versammlung, in der man den Koran las und in der die Gelehrten sich vereinigt hatten. Als die Vorleser mit ihrem Vortrage zu Ende waren, wurde der Tisch gedeckt, und unter anderen Dingen setzte

318

man uns auch ein Kümmelragout vor. Wir alle setzten uns und aßen davon; nur einer blieb zurück und weigerte sich davon zu essen. Wir beschworen ihn, zu essen, doch er schwor, er werde es nicht tun; dennoch drangen wir in ihn, bis er sagte: ‚Versucht nicht, mich zu zwingen! Mir genügt, was mir einmal widerfahren ist, weil ich von solcher Speise aß‘; dann sprach er den Vers:

Nimm einen Herrn auf deine Schulter und beginne den Lauf;
Wenn dir solche Schminke gefällt, so trag sie nur auf.

Als er geendet hatte, sagten wir zu ihm: ‚Um Gottes willen, aus welchem Grunde weigerst du dich, von dem Kümmelragout zu essen?‘ Jener erwiderte: ‚Wenn ich wirklich davon essen muß, so kann ich es nur tun, nachdem ich mir die Hände vierzigmal mit Seife, vierzigmal mit Pottasche und vierzigmal mit Kleie, im ganzen einhundertundzwanzigmal gewaschen habe.‘ Da befahl der Gastgeber seinen Dienern, Wasser zu bringen und alles, dessen er bedurfte; und jener wusch sich die Hände in der Weise, wie gesagt wurde. Dann kam der junge Mann widerwillig, setzte sich, streckte seine Hand gleichsam wie in Furcht aus, tauchte sie in das Ragout und begann zu essen, indem er sich großen Zwang antat. Wir gerieten darob in höchstes Staunen; seine Hand zitterte, und wir sahen, daß ihm der Daumen abgeschnitten war und daß er nur mit vier Fingern aß. Da sagten wir zu ihm: ‚Um Gottes willen, was ist mit deinem Daumen geschehen? Ist deine Hand so von Allah geschaffen, oder ist ihr ein Unfall begegnet?‘ ‚Meine Brüder,‘ erwiderte er, ‚es ist nicht nur mit diesem Daumen so, sondern auch mit dem andern und ebenso ist es an meinen beiden Füßen, wie ihr sehen sollt.‘ Darauf zeigte er seine linke Hand, und wir sahen, daß sie wie die rechte war; desgleichen zeigte er seine Füße, die ohne große Zehen waren. Als wir ihn so sahen, da wuchs unser Staunen noch, und wir sagten zu ihm: ‚Wir haben kaum die Geduld, auf deine Geschichte zu warten und zu hören, wie du deine Daumen verlorst und weshalb du dir die Hände einhundertundzwanzigmal wäschest.‘

‚Wisset denn,‘ erzählte er, ‚mein Vater war ein Großkaufmann, und er war Ältester der Kaufmannschaft in der Stadt Baghdad, zur Zeit des Kalifen Harûn er-Raschîd. Er liebte es leidenschaftlich, Wein zu trinken und das Spiel der Laute und der anderen Instrumente zu hören; und als er starb, hinterließ er nichts. Ich begrub ihn und ließ den Koran für ihn lesen und trauerte Tage und Nächte um ihn. Danach öffnete ich seinen Laden und fand, daß er wenig Waren hinterlassen hatte, während seiner Schulden viele waren. Doch ich vereinbarte mit seinen Gläubigern eine Frist und beschwichtigte sie. Nun begann ich Handel zu treiben und machte den Gläubigern von Woche zu Woche eine Abzahlung; in dieser Weise fuhr ich eine Weile fort, bis ich die Schulden bezahlt hatte und beginnen konnte, mein Kapital zu mehren. So schaffte ich Tag und Nacht. Eines Tages aber, als ich in meinem Laden saß, erschien ganz plötzlich eine junge Dame vor mir, wie sie mein Auge noch nie schöner gesehen hatte; sie trug Schmuck und prächtige Gewänder und ritt eine Mauleselin, vor ihr her ging ein Negersklave, und ein zweiter folgte ihr. Am Eingang der Börse ließ sie das Maultier stehen und trat ein, und ihr folgte ein Eunuch, der zu ihr sagte: ‚O meine Herrin, geh fort von hier und gib dich keinem zu erkennen, sonst wirst du unter uns ein Feuer entfachen!‘ Und er trat vor sie hin und schützte sie vor den Blicken, während sie nach den Läden der Kaufleute sah. Aber keinen Laden fand sie offen außer meinem, und so kam sie mit dem Eunuchen herbei, setzte sich in meinem Laden und grüßte mich; etwas Schöneres als ihre Rede oder Süßeres als ihre Stimme hatte ich noch nie gehört. Darauf entschleierte sie ihr Antlitz, und ich sah, daß es war wie der Mond. Ich aber schaute sie an mit einem Blick, der tausend Seufzer in mir aufsteigen ließ; mein Herz war gefangen in Liebe zu ihr, und ich blickte immer von neuem auf ihr Gesicht und sprach die Verse:

> Sprich zu der schönen Maid im taubenfarbenen Schleier:
> Fürwahr, der Tod allein befreit mich von meinem Leid!
> Gewähre mir Gunst, auf daß ich von meiner Krankheit genese,
> Ich strecke die Hand aus nach dem, was deine Hand mir leiht.

Und da sie meine Verse vernahm, entgegnete sie:

> Voll Ungeduld bin ich nach deiner Liebe; vergissest du mich,
> So liebt doch mein Herz und mein ganzes Innre keinen als dich.
> Wenn je mein Auge auf andres als deine Schönheit blickt,
> So sei es, weilest du fern, nie durch deine Nähe beglückt.
> Ich schwur einen Eid, nie solle die Liebe zu dir erblassen;
> Mein Herz ist traurig und kann von seiner Sehnsucht nicht lassen.
> Die Liebe hat mir einen Becher voll Liebesglut eingeschenkt:
> O möchte er auch dich tränken, so wie er mich getränkt!
> So nimm den Leib von mir mit dir, wohin du nur eilst;
> Begrab mich neben der Stätte, wo du anhältst und weilst.
> Ruf meinen Namen über mein Grab, so antwortet dir
> Ein Seufzer meines Gebeins; es hört dich, rufst du nach mir.
> Und sollte man mich nach meinem Wunsch an die Gottheit fragen,
> ‚Des Erbarmers Gnade und dann die deine!‘ würde ich sagen.

Als sie die Verse beendet hatte, fragte sie: ‚O Jüngling, hast du schöne Stoffe in deinem Laden?‘ Ich antwortete: ‚O meine Herrin, dein Sklave ist arm; aber habe Geduld, bis die Kaufleute ihre Läden öffnen, so will ich dir bringen, was immer du begehrst.‘ Darauf unterhielt ich mich mit ihr, versunken im Meere der Liebe zu ihr und verwirrt durch die Leidenschaft für sie bis die Kaufleute ihre Läden öffneten; da stand ich auf und kaufte ihr alles, was sie wünschte; aber der Preis dafür betrug fünftausend Dirhems. Sie reichte die Stoffe dem Eunuchen, und der nahm sie, und beide gingen zur Börse hinaus. Dort brachte man ihr die Mauleselin, und sie ritt davon, ohne mir auch nur zu sagen, von wannen sie kam, und ich schämte mich, von der Sache zu reden. Als aber die Kaufleute mich um den Preis mahnten, bürgte ich für die fünftausend Dirhems und ging nach Hause, trunken von Liebe zu ihr. Man setzte mir das Nachtmahl vor, und ich aß einen Bissen, aber ich dachte nur an ihre Schönheit und Anmut; dann versuchte ich zu schlafen, aber der Schlaf wollte mir nicht nahen. In diesem Zustande blieb ich eine ganze Woche, bis die Kaufleute ihr Geld von mir verlangten; ich aber überredete sie, noch eine Woche Geduld zu haben. Am Schluß dieser Woche erschien sie wieder, reitend auf ihrem Maultier, begleitet von einem Eunuchen und zwei Sklaven. Sie grüßte mich und sagte: ‚O Herr, wir haben dich lange warten lassen auf den Preis der Stoffe; aber jetzt hole den Wechsler und nimm das Geld.‘ Da kam der Wechsler, der Eunuch zählte vor ihm das Geld aus, und ich nahm es in Empfang. Dann unterhielt ich mich wieder mit ihr, bis der Basar eröffnet wurde; und als sie zu mir sprach: ‚Besorge mir dies und das!‘, da holte ich ihr von den Kaufleuten, was sie wünschte. Sie nahm es und ging davon, ohne mit mir über den Preis zu sprechen. Doch sobald sie fort war, bereute ich es; denn ich hatte das, was sie wünschte, für tausend Dinare gekauft. Als sie dann meinen Augen ganz entschwunden war, sagte ich zu mir selber: ‚Was ist das für eine Liebe? Sie hat mir fünftausend Dirhems gebracht und hat Waren genommen für tausend Dinare.‘ Ich fürchtete nun, zum Bettler zu werden wegen der Schulden an die Kaufleute, und sagte: ‚Die Kaufleute kennen niemanden als mich; diese Dame ist eine Schwindlerin, die mich mit ihrer Schönheit und Anmut betrogen hat. Sie hat gesehen, daß ich noch jung bin; und sie lacht mich sicher aus, daß

322

ich sie nicht nach ihrer Wohnung gefragt habe.' Diese Zweifel machten mir in einem fort zu schaffen, zumal sie länger als einen Monat ausblieb; die Kaufleute forderten ihr Geld von mir und drängten mich so, daß ich all meinen Besitz zum Verkauf ausschrieb und an meinen Untergang dachte. Als ich so eines Tages in Gedanken versunken dasaß, stieg sie plötzlich am Basartor ab und kam geradesswegs auf mich zu. Sobald ich sie erblickte, schwanden die Sorgen, und ich vergaß meine Notlage. Sie trat zu mir, grüßte mich mit ihrer lieblichen Stimme und sprach darauf: ‚Hole den Wechsler und laß dir dein Geld abwägen.' Da gab sie mir den Preis all der Waren, die ich ihr beschafft hatte, und mehr noch. Dann unterhielt sie sich vergnügt mit mir, bis ich vor Freude und Entzücken zu sterben meinte. Schließlich fragte sie mich: ‚Hast du ein Weib?' und ich erwiderte: ‚Nein, fürwahr, ich kenne kein Weib'; und ich vergoß Tränen. Als sie dann fragte: ‚Weshalb weinest du?' antwortete ich: ‚Laß es gut sein!' Darauf nahm ich ein paar Dinare, gab sie dem Eunuchen und bat ihn, den Vermittler zu spielen; er aber lachte und sagte: ‚Sie liebt dich mehr, als du sie; sie hat gar keine Verwendung für die Stoffe, die sie von dir gekauft hat, und sie tat all dies nur aus Liebe zu dir; also verlange von ihr, was immer du willst, und sie wird dir nichts verweigern.' Als sie sah, daß ich dem Eunuchen die Dinare gab, kehrte sie um und setzte sich wieder nieder; ich aber sagte: ‚Schenke deinem Sklaven das Almosen deiner Güte und vergib ihm, was er sagen will!' Dann sprach ich mit ihr von dem, was mich bewegte; sie gab mir ihr Einverständnis zu verstehen und sagte zu dem Eunuchen: ‚Du sollst ihm meine Botschaft überbringen', und zu mir: ‚Tu du, was immer der Eunuch dir sagt!' Darauf erhob sie sich und ging davon, und ich bezahlte den Händlern ihr Geld; die hatten ihren Verdienst, mir aber blieb nur das Bedauern über die Unterbrechung unseres Zusammenseins; und jene ganze Nacht vermochte ich nicht zu schlafen. Doch schon nach wenigen Tagen kam ihr Eunuch zu mir, und ich begrüßte ihn höflich und fragte ihn nach seiner Herrin. Er antwortete: ‚Wahrlich, sie ist krank vor Liebe.‘ Dann bat ich ihn, mir Auskunft über sie zu geben. Er sprach: ‚Die Herrin Zubaida, die Gemahlin des Kalifen Harûn er-Raschîd, hat sie in ihrem Hause aufgezogen, und sie gehört zu ihren Sklavinnen; sie hat ihre Herrin gebeten, frei aus und ein gehen zu dürfen, und sie ist jetzt wie eine Aufseherin. Sie hat auch zu ihrer Herrin von dir gesprochen und sie gebeten, dich ihr zu vermählen; die Herrin aber hat gesagt: ‚Das kann ich nicht tun, bis ich den Jüngling gesehen habe; wenn er deiner würdig ist, so will ich ihn dir vermählen.‘ Deshalb wollen wir dich jetzt in den Palast schaffen, und wenn es dir gelingt, hineinzukommen, so wirst du deinen Wunsch, sie zu besitzen, erreichen; doch wenn deine Sache offenbar wird, so wird dir der Kopf abgeschlagen. Und was sagst du dazu?‘ Ich rief: ‚Ich will mit dir gehen und alles, was du erzählst, über mich ergehen lassen.‘ Da fuhr der Eunuch fort: ‚Sowie es heute Nacht wird, geh in die Moschee, die die Herrin Zubaida am Tigris erbaut hat, bete und bleib die Nacht über dort.‘ ‚Herzlich gern‘, erwiderte ich. Als es nun Abend geworden war, ging ich in die Moschee, betete dort und blieb die Nacht hindurch. Wie aber das erste Tageslicht dämmerte, siehe, da kamen in einem Boot zwei Eunuchen mit leeren Kisten, die sie in die Moschee brachten; dann ging der eine fort, während der andere zurückblieb. Als ich ihn genauer betrachtete, siehe, da war er unser Vermittler. Nach einer kurzen Weile trat die Sklavin, meine Geliebte, herein und kam auf mich zu. Da eilte ich ihr entgegen und umarmte sie, und sie küßte mich unter Freudentränen. Nachdem wir uns eine Weile unterhalten hatten, ließ sie mich in die eine der Kisten steigen und verschloß sie über mir. Danach wandte sie sich an den Eunuchen, der viele Waren mit sich brachte; die ließ sie in die Kisten füllen, und dann verschloß sie eine nach der anderen, bis sie mit allen fertig war. Die Eunuchen trugen sie hinunter in das Boot und ruderten uns zum Palast der Herrin Zubaida. Doch inzwischen begannen mich Gedanken zu quälen, und ich sagte zu mir selber: ‚Ich bin des Todes um meiner Begier willen; werde ich mein Ziel erreichen oder nicht?‘ Und ich begann zu weinen, dort in der Kiste, und zu Allah zu beten, daß er mich aus meiner Not erretten möchte; doch sie zogen dahin, bis sie mit den Kisten das Tor des Palastes erreichten, und dort nahmen sie die Kisten heraus, darunter auch die, in der ich war. Dann trugen sie sie durch eine Schar von Eunuchen, Wächtern und Beamten des Harems hinein, bis sie zu dem Obereunuchen kamen, der aus seinem Schlummer emporfuhr und dem Mädchen zurief: ‚Was ist hier in diesen Kisten?‘ ‚Sie sind voll von Waren für die Herrin Zubaida!‘ ‚Öffnet eine nach der anderen, daß ich sehe, was in ihnen ist.‘ ‚Und weshalb willst du sie öffnen lassen?‘ Da schrie er sie an: ‚Mach keine langen Reden! Diese Kisten müssen geöffnet werden‘, und er sprang auf die Füße. Zuallererst wollte er die Kiste öffnen, in der ich war; als er sie berührte, da verlor ich meinen Verstand, und in meiner Angst ließ ich mein Wasser laufen, und das Wasser rann zu der Kiste heraus. Sie aber sagte zu dem Obereunuchen: ‚Meister, du hast meinen Tod verschuldet, und auch deinen, denn du hast Sachen beschädigt, die zehntausend Dinare wert sind. Diese Kiste enthält gefärbte Kleider und vier Krüge Zemzemwasser[1]; und jetzt sind sie aufgegan-

1. Zemzem ist ein heiliger Brunnen in Mekka. Sein Wasser gilt als heilkräftig.

gen, und das Wasser rinnt über die Kleider, die in der Kiste sind, und nun werden ihre Farben verderben.' Der Eunuch versetzte: ‚Nimm deine Kisten und scher dich zum Teufel!' Da trugen die Sklaven meine Kiste eilends weiter, und die anderen Kisten folgten. Doch während sie dahingingen, drang plötzlich eine Stimme an mein Ohr: ‚Wehe! Wehe! Der Kalif! Der Kalif!' Als ich das vernahm, da erstarb ich in meiner Haut und sprach einen Spruch, der keinen, der ihn spricht, zuschanden werden läßt: ‚Es gibt keine Majestät und es gibt keine Macht außer bei Allah, dem Erhabenen und Allmächtigen! Dies Unglück habe ich selbst über mich gebracht.' Dann hörte ich den Kalifen zu der Sklavin, meiner Geliebten, sagen: ‚Heda! Was ist in deinen Kisten da?' Sie antwortete: ‚In meinen Kisten sind die Kleider der Herrin Zubaida.' Er aber befahl: ‚So öffne sie vor mir!' Als ich das vernahm, da glaubte ich, völlig des Todes zu sein, und sagte zu mir: ‚Bei Allah, dies ist der letzte meiner Tage in dieser Welt! Wenn ich dies sicher überstehe, so werde ich mich mit ihr vermählen, ohne Umstände; aber wenn ich jetzt entdeckt werde, so fliegt mir der Kopf vom Halse!' Nun begann ich das Glaubensbekenntnis herzusagen: ‚Ich bezeuge, daß es keinen Gott gibt außer Allah, und daß Mohammed der Prophet Allahs ist!' – –«

Da bemerkte Schehrezâd, daß der Morgen begann, und sie hielt in der verstatteten Rede an. Doch als die *Achtundzwanzigste Nacht* anbrach, fuhr sie fort: »Es ist mir berichtet worden, o glücklicher König, daß der Jüngling, als er das Glaubensbekenntnis ausgesprochen hatte, also weitererzählte: ‚Ich hörte nun die Sklavin sagen: ‚In diesen Kisten ist mir anvertrautes Gut und einige Kleider für die Herrin Zubaida, und sie wünscht nicht, das irgend jemand sie ansehe.' ‚Einerlei,' sprach der Kalif, ‚sie sollen geöffnet werden, und ich will sehn, was darin ist.' Dann

rief er den Eunuchen zu: ‚Bringt die Kisten hier vor mich her!‘
Nun war ich meines Todes unbedingt sicher und sank in Ohnmacht. Die Eunuchen aber brachten die Kisten, eine nach der
anderen, herbei, und er sah in ihnen nur Essenzen und Stoffe
und schöne Kleider. Sie fuhren fort, die Kisten zu öffnen, während er in ihnen die Kleider und anderen Dinge erblickte, bis
nur noch die Kiste übrigblieb, in der ich mich befand. Schon
streckten sie die Hände aus, um sie zu öffnen; doch da ging die
Sklavin eilends zu dem Kalifen und sprach zu ihm: ‚Diese, die
vor dir steht, sollst du erst in Gegenwart der Herrin Zubaida
sehen; denn was in ihr ist, ist ihr Geheimnis.‘ Als er ihre Worte
vernahm, gab er Befehl, die Kisten hineinzutragen; da kamen
die Eunuchen und trugen mich mit der Kiste, in der ich mich
befand, und setzten mich mit den anderen Kisten mitten in die
Halle des Harems. Aber mir war der Speichel trocken geworden. Endlich ließ meine Geliebte mich heraus und sagte: ‚Sei
ohne Sorgen und ohne Furcht; weite deine Brust und sei guten
Muts und setze dich, bis die Herrin Zubaida kommt; hoffent-
lich werde ich dir zuteil werden!‘ Ich setzte mich, und nach
einer Weile traten zehn Sklavinnen ein, Jungfrauen, wie Monde
anzuschauen. Sie ordneten sich in zwei Reihen, fünf gegen
fünf; nach ihnen kamen zwanzig weitere Mädchen, mit jungfräulichen Busen, und in ihrer Mitte war die Herrin Zubaida,
die kaum gehen konnte vor dem Gewicht des Schmuckes und
der Kleider. Als sie eintrat, gingen die Sklavinnen auseinander,
und ich trat vor und küßte den Boden vor ihr. Sie winkte mir
zu, mich zu setzen; und als ich vor ihr saß, begann sie, mich
nach meiner Herkunft zu fragen. Ich beantwortete ihre Fragen,
und sie war erfreut darüber. So sagte sie zu meiner Geliebten:
‚Unsere Erziehung hat uns nicht an dir enttäuscht, o Mädchen!‘
und dann zu mir: ‚Wisse, uns ist diese Sklavin wie unser Kind,

und sie ist ein Pfand, das Allah dir anvertraut.' Noch einmal küßte ich vor ihr den Boden, und sie war mit unserer Vermählung einverstanden; darauf befahl sie, ich solle zehn Tage bei ihnen bleiben. Ich blieb also diese Zeit über dort, und derweilen sah ich meine Geliebte nicht, sondern nur einige Sklavinnen, die mir das Morgen- und Nachtmahl brachten. Danach beriet sich die Herrin Zubaida mit dem Kalifen über die Heirat ihrer Sklavin, und er gestattete sie und gab ihr eine Hochzeitsgabe von zehntausend Dinaren. Da ließ die Herrin Zubaida den Kadi holen und die Zeugen, und die schrieben meinen Ehevertrag mit ihr. Darauf bereiteten sie Süßigkeiten und feine Speisen, und verteilten sie in all den Gemächern. Darüber vergingen wiederum zehn Tage; und nach dem zwanzigsten Tage ging meine Geliebte in das Bad. Dann setzten sie den Tisch mit den Speisen vor mich hin; darunter befand sich auch eine Schüssel mit Kümmelragout, das war mit Zucker zubereitet, mit Moschus und Rosenwasser übergossen, und darin waren die Brüste von gebratenen Küken; dazu noch all die anderen Speisen, die den Sinn bezauberten. Und bei Allah, ich wartete nur so lange, bis ich das Tischgebet gesprochen hatte; dann aber machte ich mich an das Kümmelragout und aß, soviel ich vermochte. Ich wischte mir die Hände ab, doch vergaß ich, sie zu waschen; und ich blieb sitzen, bis es dunkel ward und die Kerzen angezündet wurden. Nun kamen die Sängerinnen herein mit ihren Tamburinen, und sie zeigten mir die Braut und gingen mit ihr, indem sie überall mit Goldstücken beschenkt wurden, umher, bis sie den ganzen Palast durchzogen hatten. Darauf brachten sie sie mir und entkleideten sie. Sowie ich mit ihr auf dem Lager allein war und sie umarmte, ohne noch recht an unsere Vereinigung glauben zu können, roch sie den Geruch des Kümmelragouts an meinen Händen; als sie das roch, tat sie

328

einen lauten Schrei, und die Sklavinnen kamen von allen Seiten gelaufen. Ich aber zitterte vor Schrecken, denn ich wußte nicht, was geschehen war. Die Mädchen fragten: ‚Was fehlt dir, o Schwester?‘ und sie rief: ‚Nehmt diesen Irren von mir weg! Und doch hielt ich ihn für einen Mann von Verstand!‘ Ich fragte: ‚Was für ein Zeichen von Irrsinn hast du an mir bemerkt?‘ Sie antwortete: ‚Wahnsinniger, wie kannst du Kümmelragout essen und dir nachher nicht die Hände waschen? Bei Allah, ich will dich strafen für dein Tun. Soll deinesgleichen zu meinesgleichen ins Bett zu kommen wagen?‘ Dann griff sie von ihrer Seite eine geflochtene Geißel auf und fiel damit über meinen Rücken her und über die Stelle, auf der ich sitze, bis ich durch die vielen Schläge ohnmächtig wurde; darauf sagte sie zu den Sklavinnen: ‚Nehmt ihn und schleppt ihn zum Polizeihauptmann, daß er ihm die Hand abschlage, mit der er das Kümmelragout aß und die er nachher nicht wusch.‘ Als ich aber das hörte, sprach ich: ‚Es gibt keine Majestät und es gibt keine Macht außer bei Allah! Willst du mir die Hand abschlagen, weil ich Kümmelragout aß und mich nicht wusch?‘ Auch die Sklavinnen baten sie und sprachen zu ihr: ‚O Schwester, laß ihm sein Tun für diesmal hingehen!‘, doch sie versetzte: ‚Bei Allah, es geht nicht anders, ich muß ihn etwas an den Seiten stutzen.‘ Darauf ging sie fort und blieb zehn Tage lang weg, ohne daß ich sie zu sehen bekam; nachdem aber die zehn Tage vorüber waren, kam sie wieder zu mir und sagte: ‚Schwarzgesicht! Ich will dich lehren, Kümmelragout essen, ohne dir die Hände zu waschen!‘ Dann rief sie den Sklavinnen zu, sie sollten mich fesseln; als die es getan hatten, nahm sie ein scharfes Rasiermesser und schnitt mir sowohl die Daumen wie die großen Zehen ab, wie ihr es an mir sehet, ihr Herren! Ich sank in Ohnmacht; sie aber streute mir ein Pulver aus Heilkräutern

auf die Wunden, bis das Blut gestillt war. Da sprach ich: ‚Nie
wieder will ich Kümmelragout essen, ohne mir die Hände vierzigmal mit Pottasche zu waschen, und vierzigmal mit Kleie,
und vierzigmal mit Seife!‘ Und sie nahm mir einen Eid ab, daß
ich nie wieder Kümmelragout essen würde, ohne mir nachher
die Hände so zu waschen, wie ich gesagt habe. Als ihr mir also
dies Kümmelragout brachtet, wechselte ich die Farbe und sagte
zu mir selber: ‚Eben dies Gericht war schuld, daß mir die Daumen und Zehen abgeschnitten wurden‘; und als ihr mich
drängtet, sagte ich: ‚Ich muß den Eid, den ich geschworen
habe, halten.‘ ‚Und was‘, so fragten die anderen Gäste, ‚widerfuhr dir dann?‘ Er antwortete: ‚Als ich ihr den Schwur geleistet
hatte, wurde ihr Herz wieder gut, und ich durfte bei ihr schlafen. So lebten wir eine Weile, bis sie eines Tages zu mir sagte:
‚Siehe, der Palast des Kalifen ist kein schöner Wohnort für uns;
niemand hat ihn je betreten außer dir, und auch du bist nur
durch die Gnade der Herrin Zubaida hereingekommen.‘ Darauf gab sie mir fünfzigtausend Dinare und sprach: ‚Nimm dies
Geld und geh hin und kaufe uns ein geräumiges Wohnhaus.‘
So ging ich hin und kaufte ein schönes, geräumiges Haus; dorthin ließ sie all ihren Reichtum schaffen, alles, was sie an Geld,
Stoffen und Kostbarkeiten aufgehäuft hatte. Dies also ist der
Anlaß, daß mir Daumen und Zehen abgeschnitten wurden.‘

Wir aßen nun – so sprach der Verwalter – und kehrten nach
Hause zurück; dann geschah mit dem Buckligen das, was geschehen ist. Dies also ist meine Geschichte, und damit bin ich am
Ende!‘ Doch der König sprach: ‚Diese Geschichte ist nicht ergötzlicher als die Geschichte des Buckligen; nein, die Geschichte
des Buckligen ist ergötzlicher als diese. Es geht also nicht anders, ihr müßt alle hängen.‘ Da trat der Jude hervor, küßte den
Boden und sagte: ‚O größter König unserer Zeit, ich will dir eine

330

Geschichte erzählen, wunderbarer als die des Buckligen.' ‚Her mit dem, was du weißt!' sagte der König von China; und er begann

DIE GESCHICHTE
DES JÜDISCHEN ARZTES

Wunderbar war ein Erlebnis, das mir in meiner Jugend begegnet ist. Ich lebte damals in Damaskus und studierte dort; als ich eines Tages dasaß, siehe, da kam zu mir ein Mamluk vom Haushalt des Statthalters von Damaskus und sagte: ‚Sprich mit meinem Herrn!' Ich folgte und ging mit ihm in das Haus des Vizekönigs, trat ein und sah am oberen Ende der großen Halle ein Lager aus Wacholderholz, belegt mit Goldplättchen; darauf lag ein kranker Mensch, ein Jüngling wunderschön, wie man nie einen schöneren geseln. Ich setzte mich nieder zu seinen Häuptern und betete für seine Heilung; er aber gab mir ein Zeichen mit den Augen, und so sagte ich zu ihm: ‚O Herr, reiche mir deine Hand, dir zur Genesung!' Er hielt mir die linke Hand hin, und ich staunte darob und sagte: ‚Gottes Wunder! Das ist ein schöner Jüngling, er stammt aus einem großen Hause und ist an Bildung gering; das ist ein wunderlich Ding!' Doch ich fühlte ihm den Puls und schrieb ihm eine Verordnung, und besuchte ihn zehn Tage lang, bis er genesen war und hinging, um ein Bad zu nehmen. Der Statthalter gab mir ein schönes Ehrengewand und ernannte mich zum Leiter des Hospitals, das in Damaskus ist. Als ich mit dem Jüngling in das Bad ging, das man für ihn geschlossen hatte, und als dann die Diener hereinkamen, ihn im Inneren des Badehauses entkleideten, so daß er nackt war, da sah ich, daß seine rechte Hand kurz vorher abgeschnitten war, und ebendies war der Grund seiner Schwäche. Bei diesem Anblick erstaunte ich, und ich war trau-

rig um seinetwillen; und als ich seinen Leib ansah, erblickte ich
die Narben von Geißelhieben, die mit Salben behandelt waren.
Darüber war ich ganz ratlos, und das zeigte sich auf meinem
Gesicht. Da sah der Jüngling mich an, verstand, was in mir vor-
ging, und sagte: ‚O größter Arzt unserer Zeit, staune nicht!
Ich will dir meine Geschichte erzählen, sobald wir das Bad ver-
lassen haben.' Als wir dann das Bad verlassen hatten, nach
Hause zurückgekehrt waren, das Mahl eingenommen und uns
ausgeruht hatten, fragte er mich: ‚Wollen wir uns nicht den
Söller ansehn?', und ich willigte gern ein. Dann befahl er den
Sklaven, die Kissen und Teppiche hinaufzutragen, uns ein
Lamm zu braten und Früchte zu bringen. Die Sklaven taten,
was er befohlen hatte; so aßen wir zusammen, er mit der linken Hand. Dann bat ich ihn, mir seine Geschichte zu erzählen.
Und er begann: ‚Höre also, o größter Arzt unserer Zeit, was
mir widerfahren ist. Wisse, ich gehöre zu den Söhnen Mosuls,
wo mein Großvater starb und zehn Söhne hinterließ, von denen mein Vater der älteste war. Alle wuchsen auf und nahmen
sich Frauen; da wurde ich meinem Vater geboren, während
seine neun Brüder nicht mit Kindern gesegnet wurden. So
wuchs ich auf unter meinen Oheimen, die große Freude an
mir hatten. Als ich dann größer geworden und zum Manne
herangereift war, ging ich eines Tages, an einem Freitag, mit
meinem Vater in die Moschee von Mosul, und wir beteten das
Freitagsgebet; dann ging alles Volk fort, aber mein Vater und
meine Oheime blieben dort sitzen und sprachen von den Wunderdingen in fremden Ländern und von den Merkwürdigkeiten ferner Städte. Und schließlich nannten sie Kairo, und einer
meiner Oheime sagte: ‚Die Reisenden berichten, es gäbe auf
der ganzen Erde nichts Schöneres als Kairo und den Nil'; als
ich diese Worte hörte, bekam ich Sehnsucht nach Kairo. Dann

sprach mein Vater: ,Wer Kairo noch nicht sah, der sah die Welt noch nicht. Seine Erde ist mit Gold gefüllt, sein Nil ist ein Zauberbild; seine Frauen sind wie Huris traut, seine Häuser wie Schlösser gebaut; seine Luft ist zart und weich, selbst der Weihrauch kommt ihrem Dufte nicht gleich. Wie sollte es auch nicht so sein, da es ja die ganze Welt in sich begreift?' Vortrefflich hat der Dichter gesagt:

> Soll ich von Kairo fortziehen und seinen herrlichen Wonnen?
> Welcher Ort wäre es, der dann mir noch Freude bringt?
> Und soll ich den Ort verlassen, wo den Atmenden umwehen
> Reine Lüfte, doch nicht, was aus engen Gassen dringt?
> Und wie denn? Durch seine Schönheit gleicht es dem Paradiese;
> Dort sind die Polster und Kissen ausgebreitet in Reihn.
> Eine Stadt, die Augen und Herzen durch ihren Glanz erfreuet;
> Was Fromme sich wünschen und Sünder, bietet es im Verein.
> Und das Verdienst vereint dort die treuen Freunde;
> Liebliche Gärten bieten ihnen die Stätten der Ruh.
> O ihr Volk von Kairo, wenn Allah mein Fernsein beschließet,
> Versprechen und Schwüre führen euch mich immerdar zu.
> Nennet sie nicht dem Zephir! Der Gärten Duft so weich
> Ist ja gleichwie der seine; er raubt ihn dann sogleich.

Dann sagte mein Vater noch: ,Sähet ihr Kairos Gärten, wenn die Sonne hinabgleitet und der Schatten sich über sie breitet, ihr würdet ein Wunder bezeugen und in Freuden euch zu ihm neigen.' So sprach er, und alle begannen, Ägypten und den Nil zu schildern. Als sie geendet und ich solche Schilderungen von Kairo gehört hatte, da blieben meine Gedanken an ihnen hängen; und als sie sich erhoben und ein jeder in seine Wohnung gegangen war, da legte ich mich zwar nieder, aber in jener Nacht konnte ich vor lauter Sehnsucht nach Ägypten nicht schlafen, und Speise und Trank mundeten mir fortan nicht mehr. Nach wenigen Tagen rüsteten meine Oheime sich zu einer Reise nach Ägypten, und ich trat vor meinen Vater und weinte, bis er Waren für mich besorgte und mich mit ihnen ziehen ließ; doch er sagte: ‚Laßt ihn nicht bis nach Kairo ziehen, sondern laßt ihn in Damaskus, seine Waren zu verkaufen!' Wir brachen also auf, ich nahm Abschied von meinem Vater, und wir zogen aus Mosul hinaus; wir reisten immer weiter, bis wir Aleppo erreichten, wo wir einige Tage blieben. Dann reisten wir weiter nach Damaskus, und wir sahen eine Stadt, von Bäumen grün, wo die Früchte blühn, wo die Bächlein springen und die Vögel singen, dem Paradiese gleich und an allen Früchten reich. Wir stiegen in einer der Herbergen ab, und meine Oheime blieben eine Weile, um zu verkaufen und zu kaufen. Sie verkauften auch meine Waren, und dabei ergab sich ein Gewinn, der für jeden Dirhem fünf Dirhems einbrachte, worüber ich sehr erfreut war. Nun ließen meine Oheime mich allein und zogen gen Ägypten, während ich zurückblieb. Ich nahm meine Wohnstatt in einem Hause so schön gebaut, daß keine Zunge es zu beschreiben sich traut; das hatte ich für zwei Dinare im Monat gemietet. Dort blieb ich, aß und trank, bis ich das Geld, das ich besaß, fast ausgegeben hatte. Eines Tages nun, als ich vor der Haustür saß, kam mir eine Dame entgegen, gekleidet in die kostbarsten Gewänder, wie sie meine Augen noch nie prächtiger gesehen hatten. Ich blinzelte ihr zu, und ohne Zögern trat sie ins Tor ein. Als sie eingetreten war, folgte ich ihr und schloß die Tür hinter uns; da hob sie ihren Schleier von ihrem Antlitz und warf den Mantel ab. Ich aber sah, daß sie von strahlender Schönheit war, und die Liebe zu ihr ergriff mein Herz. So ging ich hin und brachte einen Tisch, mit den köstlichsten Speisen und Früchten und allem, was der Anlaß erforderte; ich setzte ihn vor uns hin, und wir aßen, tranken, scherzten dann, bis uns der Wein zu Kopfe stieg. Und darauf verbrachte ich die schönste der Nächte mit ihr bis zum Morgen.

Nun wollte ich ihr zehn Dinare geben; doch sie blickte finster und zog die Brauen zusammen, und bebend vor Zorn rief sie aus: ‚Pfui über euch Mosulaner! Denkst du, ich wolle dein Geld?‘ Dann nahm sie aus der Tasche ihres Gewandes fünfzehn Dinare und legte sie vor mich hin und sagte: ‚Bei Allah, wenn du sie nicht nimmst, werde ich nie wieder zu dir kommen.‘ Als ich sie von ihr angenommen hatte, sprach sie zu mir: ‚O mein Geliebter, erwarte mich in drei Tagen; zwischen der Zeit des Sonnenuntergangs und des Nachtmahls werde ich bei dir sein; du aber rüste uns von diesem Gelde das gleiche Mahl wie gestern.‘ Und sie nahm Abschied von mir und ging davon; doch auch mein Verstand ging mit ihr. Nachdem die drei Tage vergangen waren, kam sie wieder, gekleidet in Stoffe aus Brokat, und in noch schönerem Schmuck und Gewand, als sie zuvor getragen hatte. Ich aber hatte alles gerüstet, ehe sie kam; wir aßen und tranken und verbrachten die Nacht wie das erste Mal bis zum Morgen. Dann gab sie mir fünfzehn Dinare und versprach, nach drei Tagen wieder zu mir zu kommen. Ich hielt alles für sie bereit, und zur erwarteten Zeit erschien sie, wiederum reicher gekleidet als das erste und auch als das zweite Mal, und sie sagte: ‚Bin ich nicht schön, mein Gebieter?‘ ‚Ja, bei Allah!‘ erwiderte ich; und sie fuhr fort: ‚Willst du mir erlauben, daß ich ein Mädchen mit mir bringe, schöner als ich und jünger an Jahren, daß sie mit uns spiele und daß du mit ihr scherzest, damit auch ihr Herz sich freue? Denn sie ist traurig gewesen seit langer Zeit, und sie bat mich, sie mitzunehmen, daß sie die Nacht mit mir verbringe.‘ Als ich ihre Bitte vernommen hatte, erwiderte ich: ‚Ja, bei Allah!‘ Dann tranken wir, bis uns der Wein zu Kopfe stieg, und schliefen bis zum Morgen. Da gab sie mir wiederum fünfzehn Dinare und sagte: ‚Schaffe uns etwas mehr Raum, da auch das Mädchen mit

mir kommt!' Darauf ging sie fort, und am vierten Tage machte
ich wie immer alles bereit, und nach Sonnenuntergang, siehe,
da kam sie, begleitet von einem Mädchen, das in einen Mantel
gehüllt war. Als sie eingetreten waren, setzten sie sich, und indem ich sie anblickte, sprach ich die Verse:

> *Wie herrlich ist unsere Zeit, wie schön,*
> *Wenn der Tadler fern ist und uns nicht sieht!*
> *Wenn Liebe und Freude und Trunkenheit*
> *Uns nah sind und wenn der Verstand entflieht;*
> *Wenn der Vollmond in einem Schleier erstrahlt*
> *Und der Zweig im zarten Gewande sich neigt,*
> *Die Rose sich taufrisch auf den Wangen,*
> *Die Narzisse im Auge sich mattglänzend zeigt.*
> *Wie ich's wünsche, leuchtet das Leben so klar,*
> *Im Verein mit der Liebsten, so wunderbar!*

Ich freute mich ihres Anblicks, entzündete die Kerzen und begrüßte sie voller Freude und Entzücken. Sie legten ihre Oberkleider ab, und das neue Mädchen entschleierte ihr Gesicht,
und ich sah, daß sie war wie der Mond in seiner Fülle; niemals
sah ich eine Schönere als sie. Dann setzte ich Speise und Trank
vor sie hin, und wir aßen und tranken; und ich gab dem zweiten Mädchen immerfort die besten Bissen, und ich füllte ihr
den Becher und trank mit ihr, bis die erste in ihrem Inneren
eifersüchtig wurde und mich fragte: ,Bei Gott, ist diese Maid
nicht schöner als ich?' und ich rief: ,Ja, bei Gott!' Jene darauf:
,Es ist mein Wunsch, daß du heute nacht bei ihr schlafest.' Ich
erwiderte: ,Herzlich gern will ich es tun.' Darauf erhob sie sich
und breitete das Lager für uns aus; ich aber ging zu dem jungen Mädchen und ruhte mit ihr bis zum Morgen. Da erwachte
ich und fühlte, daß ich ganz feucht war, wie ich glaubte, vom
Schweiß. Ich setzte mich auf und versuchte, das Mädchen zu
wecken; doch als ich an ihren Schultern rüttelte, rollte ihr Kopf

vom Kissen. Die Besinnung verließ mich, und ich schrie laut
auf, indem ich sprach: ‚O du trefflicher Schützer, leihe mir
deinen Schutz!' Ich sah, daß sie ermordet war, und sprang auf;
die Welt wurde mir schwarz vor den Augen. Nun suchte ich
nach meiner ersten Geliebten, aber ich konnte sie nicht finden.
Da wußte ich, daß sie jenes Mädchen aus Eifersucht ermordet
hatte, und ich sprach: ‚Es gibt keine Majestät und es gibt keine
Macht außer bei Allah, dem Erhabenen und Allmächtigen!
Was soll ich tun?' Ich überlegte eine Weile, zog meine Kleider
aus und grub in der Mitte des Hofes ein Loch; dann nahm ich
das Mädchen mit all ihrem Schmuck, legte sie in die Grube und
deckte darüber die Erde und das Marmorpflaster. Darauf wusch
ich mich, zog reine Kleider an und nahm, was mir an Geld
noch blieb. Das Haus verließ ich und verschloß es, ging zu seinem Eigentümer, faßte mir ein Herz und bezahlte ihm die Miete
für ein Jahr und sagte: ‚Ich will zu meinen Oheimen nach
Kairo ziehen.' Dann brach ich auf und zog nach Ägypten und
traf meine Oheime, die sich meiner freuten. Sie hatten gerade
alle ihre Waren verkauft, und sie fragten mich: ‚Was ist der
Grund deiner Reise?' Ich erwiderte: ‚Ich hatte Sehnsucht nach
euch'; aber ich ließ sie nicht wissen, daß ich noch Geld bei mir
hatte. Dann blieb ich ein Jahr lang bei ihnen, indem ich mir
Kairo und seinen Nil ansah; und ich legte meine Hand an den
Rest meines Vermögens und gab davon aus für Essen und Trinken, bis die Zeit des Aufbruchs für meine Oheime kam. Da
floh ich und verbarg mich vor ihnen. Sie suchten nach mir,
doch als sie nichts von mir hörten, sagten sie sich: ‚Er ist wohl
nach Damaskus zurückgekehrt.' Wie sie nun fort waren, kam
ich wieder zum Vorschein und blieb noch drei Jahre in Kairo,
bis von meinem Gelde nichts mehr übrig war. Inzwischen hatte
ich jedes Jahr dem Besitzer des Hauses in Damaskus den Miet-

zins eingeschickt, aber nach den drei Jahren wurde mir beklommen zumute, denn ich hatte nur noch genug Geld bei mir für die Miete eines Jahres. Da machte ich mich auf, bis ich in Damaskus ankam, und stieg in meinem Hause ab; der Besitzer sah mich mit Freuden wieder, und ich fand die Zimmer, wie ich sie verschlossen hatte. Ich öffnete sie und nahm die Sachen heraus, die darin waren; dabei fand ich unter dem Lager, auf dem ich mit dem ermordeten Mädchen in jener Nacht geruht hatte, ein goldenes Halsband mit eingelegten Edelsteinen. Ich nahm es auf, reinigte es von dem Blut des ermordeten Mädchens, sah es mir eine Weile an und weinte dabei. Dann blieb ich in dem Hause zwei Tage lang und ging am dritten ins Bad und wechselte meine Kleider. Ich hatte aber kein Geld mehr bei mir; und als ich eines Tages auf den Basar gehen wollte, flüsterte Satan mir die Versuchung ins Ohr, damit das Schicksal erfüllet würde. So nahm ich das Halsband mit den Edelsteinen, ging in den Basar und übergab es einem Makler. Der bat mich, an der Seite des Hausherrn Platz zu nehmen und zu warten, bis der Markt sich füllte; aber er nahm das Halsband ohne mein Wissen und heimlich, und bot es zum Verkauf aus. Der Schmuck ward auf zweitausend Dinare geschätzt; doch der Makler kehrte zu mir zurück und sagte: ‚Dieses Halsband ist aus Kupfer und nachgemacht, fränkische Arbeit; als Preis sind tausend Dirhems geboten worden.' Ich erwiderte: ‚Jawohl! Wir haben es für ein Mädchen machen lassen, das wir damit zum besten haben wollten; nun hatte mein Weib es geerbt, und so wollen wir es verkaufen; geh hin und nimm die tausend Dirhems!' — «

Da bemerkte Schehrezâd, daß der Morgen begann, und sie hielt in der verstatteten Rede an. Doch als die *Neunundzwanzigste Nacht* anbrach, fuhr sie also fort: ‚Es ist mir berichtet worden, o glücklicher König, daß, als der Jüngling zu dem Makler sagte: ‚Nimm die tausend Dirhems!', und als der Makler das hörte, er merkte, daß es eine verdächtige Geschichte war. So trug er das Halsband zu dem Vorsteher des Basars und gab es ihm; der brachte es dem Wali und sagte zu ihm: ‚Dieses Halsband ist mir aus meinem Hause gestohlen, und wir fanden den Dieb im Kleide eines Kaufmanns.' So hatte mich, ehe ich mich dessen versah, die Wache umringt; man nahm mich gefangen und schleppte mich vor den Wali, der mich nach jenem Halsband befragte. Ich erzählte ihm, was ich dem Makler berichtet hatte; er aber lachte und sagte: ‚Das ist nicht die Wahrheit.' Doch ehe ich noch wußte, wie mir geschah, wurden mir die Kleider vom Leibe gerissen, und ich wurde mit Geißeln auf die Seiten geschlagen. Unter den brennenden Schmerzen gestand ich: ‚Ich habe es gestohlen'; denn ich sagte mir: ‚Es ist besser, du sagst: ich habe es gestohlen, als zu sagen: die Besitzerin ist in meinem Hause ermordet, denn sie würden dich hinrichten.' So schrieben sie nieder, daß ich es gestohlen hätte, schnitten mir die Hand ab[1] und gossen siedendes Öl auf den Stumpf. Da sank ich in Ohnmacht; doch sie gaben mir Wein zu trinken, bis ich mich erholte. Dann nahm ich meine Hand und ging nach Hause; aber der Besitzer trat zu mir und sagte: ‚Weil dir dieses widerfahren ist, mußt du mein Haus verlassen und dich nach einer anderen Wohnung umsehn; denn du bist des Diebstahls überführt.' ‚O Herr,' erwiderte ich, ‚habe nur noch zwei bis drei Tage mit mir Geduld, bis ich mir eine andere Stätte suche!' Er war damit einverstanden, ging davon und verließ mich. Nun setzte ich mich hin und weinte und sprach: ‚Wie soll ich heimkehren zu den Meinen, da mir die Hand abgeschlagen wurde

1. Dem Diebe wird nach seinem ersten Diebstahl die rechte Hand abgehauen.

und sie nicht wissen, daß ich unschuldig bin? Doch vielleicht tut Allah nach alledem noch etwas für mich.' Ich weinte bitterlich, und da auch der Besitzer des Hauses von mir gegangen war, verfolgte mich tiefer Gram, und so blieb ich zwei Tage lang in arger Not; aber am dritten Tage kam plötzlich der Hausherr zu mir und mit ihm Leute der Wache und der Vorsteher des Basars, der mich beschuldigt hatte, das Halsband gestohlen zu haben. Ich ging zu ihnen hinaus und fragte, was es gäbe; sie aber fesselten mich unverzüglich und warfen mir eine Kette um den Hals und sagten: ,Es hat sich herausgestellt, daß das Halsband dem Statthalter von Damaskus gehört, dem Wesir, der über die Stadt gebietet'; und sie fügten hinzu: ,Es ist aus seinem Hause vor drei Jahren abhanden gekommen, zugleich mit seiner Tochter.' Als ich diese Worte von ihnen vernahm, sank mir das Herz, und ich sagte zu mir selber: ,Dein Leben ist ohne Rettung dahin! Bei Allah, ich muß dem Statthalter meine Geschichte erzählen; wenn er will, so wird er mich töten, und wenn es ihm gefällt, so kann er mir verzeihen.' Sobald wir bei dem Statthalter angekommen waren, führten sie mich vor ihn. Und als er mich sah, schaute er mich mit einem langen Blicke an und fragte die, so zugegen waren: ,Weshalb habt ihr diesem die Hand abgeschlagen? Er ist ein unglücklicher Mann, doch es ruht keine Schuld auf ihm; wahrlich, ihr habt ihm unrecht getan, als ihr ihm die Hand abschlugt.' Als ich diese Worte hörte, erstarkte mein Herz und kräftigte sich meine Seele, und so sprach ich: ,Bei Allah, hoher Herr, ich bin kein Dieb; man hat mich mit diesem schweren Verdacht verleumdet, mitten auf dem Markte mit Geißeln geschlagen und mich zum Geständnis gezwungen. So habe ich mich selbst fälschlich bezichtigt und mich zu dem Diebstahl bekannt, obgleich ich unschuldig daran bin.' Der Statthalter sagte: ,Dir soll kein Leid widerfahren.' Dann befahl er, den Vorsteher des Basars in den Kerker zu werfen, und sagte zu ihm: ‚Gib diesem Manne das Blutgeld für die Hand; sonst werde ich dich hängen lassen und dir alles, was du besitzest, nehmen.' Alsbald rief er die Wachen; die ergriffen ihn und schleppten ihn hinweg, und so blieb ich bei dem Statthalter. Dann lösten sie auf seinen Befehl die Kette von meinem Nacken und befreiten mir die Arme; und er sah mich an und sagte: ‚Mein Sohn, sage mir die Wahrheit und erzähle, wie dieses Halsband an dich gekommen ist!' Und er sprach den Vers:

> Verkünde die Wahrheit, und möge dich auch
> Die Wahrheit durch Feuer der Drohung verbrennen!

Darauf sagte ich: ‚Hoher Herr, ich will dir die Wahrheit sagen.' Dann berichtete ich ihm alles, was zwischen mir und dem ersten Mädchen vorgefallen war, und wie sie das zweite zu mir gebracht und es aus Eifersucht erschlagen hatte, und ich erzählte ihm alle Einzelheiten. Als er meine Worte gehört hatte, schüttelte er sein Haupt, schlug mit der rechten Hand auf die linke, legte ein Tuch über seinen Kopf und weinte; und schließlich sprach er die Verse:

> Ich sehe die Leiden der Welt so zahlreich über mich kommen;
> Und wer von ihnen betroffen ist, krankt bis an sein Ende.
> Sind zwei Freunde vereint, so müssen sie doch wieder scheiden;
> Wenige gibt es nur, die der Abschiedsschmerz nicht fände.

Darauf wandte er sich zu mir und sagte: ‚Wisse, mein Sohn, das ältere Mädchen war meine Tochter, die ich streng bewacht zu halten pflegte. Als sie herangewachsen war, schickte ich sie nach Kairo und vermählte sie mit meines Bruders Sohn. Aber er starb, und sie kehrte zu mir zurück. Sie hatte jedoch vom Volk von Kairo die Unzucht gelernt; und so suchte sie dich viermal auf und brachte zuletzt auch ihre jüngere Schwester zu dir. Die beiden waren leibliche Schwestern und hingen sehr aneinander; und als die ältere jenes Abenteuer hatte, enthüllte sie ihrer Schwester das Geheimnis, die nun wünschte, sie zu begleiten. Aber sie kehrte allein zurück; da fragte ich sie nach ihrer Schwester, doch sie weinte nur um sie. Dann erzählte sie ihrer Mutter insgeheim, während ich jedoch zugegen war, wie sie ihre Schwester ermordet hatte. Und sie weinte immer und sagte: ,Bei Allah, ich werde stets um sie klagen, bis ich sterbe.' Und so kam es denn auch. Siehe also, mein Sohn, was geschehen ist; und jetzt bitte ich dich, daß du mir nicht widersprichst in dem, was ich zu tun gedenke. Ich will dich mit meiner jüngsten Tochter vermählen; sie ist nicht eine leibliche Schwester der anderen beiden und ist noch Jungfrau. Ich will auch keine Morgengabe von dir nehmen, sondern vielmehr euch ein Jahrgeld aus meinem Vermögen geben, und du sollst mit mir in meinem Hause bleiben an Sohnes Statt.' Ich antwortete: ,So sei es! Wie hätte ich solches Glück noch erhoffen können?' Dann schickte er sofort zum Kadi und zu den Zeugen und ließ meinen Ehevertrag mit seiner Tochter schreiben, und ich ging ein zu ihr. Ja, er erzwang für mich von dem Vorsteher des Basars eine große Summe Geldes, und ich erhielt eine sehr hohe Stellung bei ihm. Doch in diesem Jahr ist mein Vater gestorben, und der Statthalter hat von sich aus einen Boten entsandt; der hat mir das Geld gebracht, das mein Vater hinterlassen hat, und so lebe ich jetzt in aller Freude des Lebens. Dies also ist der Grund, weswegen mir die rechte Hand fehlt.'

Darüber war ich sehr erstaunt – so fuhr der Jude fort –, und ich blieb drei Tage bei ihm; dann gab er mir viel Geld. Ich aber reiste fort von ihm und kam in diese eure Stadt; ich hatte hier ein gutes Leben, aber mit dem Buckligen ist mir widerfahren, was dir bekannt ist.' Da sprach der König von China: ,Dies ist

342

nicht wunderbarer als die Geschichte des Buckligen; es geht nicht anders, ihr müßt hängen. Freilich ist noch der Schneider übrig, der das ganze Elend veranlaßt hat'; und er fügte hinzu: ‚Schneiderlein, wenn du mir etwas erzählen kannst, was wunderbarer ist als die Geschichte des Buckligen, so will ich euch allen eure Schuld vergeben.' Da trat der Schneider vor und begann

DIE GESCHICHTE DES SCHNEIDERS

Wisse, o größter König unserer Zeit, am wunderbarsten ist, was mir begegnet und zugestoßen ist. Gestern morgen, bevor ich den Buckligen traf, war ich bei der Hochzeitsfeier eines meiner Genossen, der in seinem Hause an die zwanzig Leute dieser Stadt versammelt hatte; wir waren alle Handwerker, unter anderen Schneider, Seidenspinner und Zimmerleute und mehr noch vom gleichen Schlag. Als die Sonne aufgegangen war, setzte man uns Speisen vor, damit wir äßen; und siehe, der Herr des Hauses trat zu uns ein, und mit ihm ein fremder und anmutiger Jüngling aus dem Volk von Baghdad. Dieser Jüngling trug wunderschöne Kleider; und er war selbst so schön wie er nur sein konnte, aber er war lahm. Er trat zu uns und grüßte uns, und wir standen auf, ihm zu Ehren; doch als er sich gerade setzen wollte, erblickte er unter uns einen, der Barbier war. Da lehnte er es ab, sich zu setzen, und wollte uns verlassen. Aber wir hielten ihn fest; auch unser Wirt suchte ihn zu halten und beschwor ihn und fragte ihn: ‚Was ist der Grund, daß du eintrittst und sofort wieder gehen willst?' Jener erwiderte: ‚Bei Allah, mein Herr, tritt mir nicht in den Weg! Der Grund, weshalb ich zurückkehren will, ist jener Barbier arger Vorbedeutung, der dort sitzt.' Als der Hausherr diese Worte von ihm hörte, da geriet er in höchstes Erstaunen und sagte:

‚Wie kann dieser Jüngling aus Baghdad so in Verlegenheit wegen dieses Barbiers sein?' Dann sahen wir den Fremden an und sprachen: ‚Erkläre uns den Grund deines Zornes gegen diesen Barbier.' ‚Ihr edlen Herren,' sprach der Jüngling, ‚mir ist in Baghdad, meiner Heimatstadt, mit diesem Barbier ein Abenteuer begegnet; er war schuld, daß ich mein Bein brach und lahm wurde, und ich habe geschworen, nie wieder im gleichen Raum mit ihm zu sitzen, noch auch in einer Stadt zu bleiben, in der er weilt. Ich habe Baghdad verlassen und bin von dort fortgereist, um hier in eurer Stadt zu wohnen. Aber ich werde keine Nacht mehr hier zubringen, sondern weiterreisen.' Da baten wir ihn: ‚Um Allahs willen, erzähle uns deine Geschichte.' Der Jüngling also begann, während der Barbier erbleichte: ‚Ihr edlen Herren, wisset, mein Vater war einer der ersten Kaufleute der Stadt Baghdad, und Allah der Erhabene hatte ihm kein anderes Kind beschert als mich. Als ich nun aufwuchs und zum Manne herangereift war, ging mein Vater zur Gnade Allahs des Erhabenen ein und hinterließ mir Geld, Eunuchen und Diener; und ich pflegte mich gut zu kleiden und gut zu essen. Allah aber hatte mich zu einem Hasser der Frauen gemacht; und eines Tages, als ich durch die Straßen von Baghdad dahinging, kam mir eine Schar Frauen auf dem Weg entgegen. Ich floh und trat in eine Gasse, die keinen Ausgang hatte, und setzte mich am oberen Ende auf eine steinerne Bank. Kaum hatte ich eine Weile gesessen, so tat sich gegenüber der Stelle, an der ich war, ein Fenster auf, und aus ihm schaute eine junge Dame, schön wie der volle Mond, wenn er am schönsten ist; nie noch in meinem Leben sah ich ihresgleichen. Sie hatte Blumen auf dem Fensterbrett und die begoß sie; dann wandte sie sich nach rechts und nach links, schloß das Fenster und ging hinweg. In meinem Herzen aber brannte plötzliches Feuer;
344

meine Seele war von ihr gefangen, und der Haß verwandelte sich in Liebe. Ich blieb dort sitzen, der Welt verloren, bis zum Sonnenuntergang; und siehe, da kam der Kadi der Stadt vorbeigeritten, und ihm vorauf seine Sklaven und hinter ihm Eunuchen. Er stieg ab und trat in das Haus, aus dem das Mädchen herausgeschaut hatte. Da wußte ich, daß er ihr Vater war; dann ging ich traurig nach Hause und warf mich im Gram auf mein Lager. Meine Sklavinnen kamen herein und setzten sich um mich und wußten nicht, was mich bedrückte; ich aber sprach auch nicht zu ihnen, und sie weinten und klagten über mich. Da plötzlich trat eine alte Frau herein; die sah mich an, und mein Zustand blieb ihr nicht verborgen. Sie setzte sich mir zu Häupten und suchte mich zu beruhigen, indem sie sprach: ,Mein Sohn, erzähle mir alles, und ich will dich mit ihr vereinigen!' So erzählte ich ihr mein Erlebnis; und sie fuhr fort: ,Mein lieber Sohn, sie ist die Tochter des Kadis von Baghdad, der sie in strenger Abgeschlossenheit hält; und die Stelle, an der du sie sahest, liegt in ihrem Stockwerk, während ihr Vater einen großen Saal zu ebener Erde innehat. Sie sitzt dort oben allein, und ich komme viel in das Haus; also kannst du sie nur durch mich gewinnen. Drum sei guten Mutes!' So ward ich denn froh, als ich ihre Worte vernommen hatte, und die Meinen freuten sich darüber, daß ich an jenem Tage gesund wurde. Die Alte ging und kam wieder, doch mit betrübtem Antlitz; und sie sprach: ,Mein Sohn, frage nicht, was mir von ihr widerfahren ist! Als ich es ihr sagte, rief sie: ,Wenn du nicht mit solchen Reden still bist, du Unglücksalte, so werde ich dich behandeln, wie du es verdienst.' Aber ich will unbedingt noch einmal zu ihr zurückkehren.' Als ich das von ihr hörte, fügte es Leiden zu meinem Leiden; doch nach abermals einigen Tagen kam die Alte wieder und sagte: ,Mein Sohn, ich fordere von dir den Lohn für gute Botschaft.' Als ich das von ihr vernahm, kehrte mein Leben zu mir zurück, und ich sprach zu ihr: ‚Du sollst alles Beste erhalten.' Nun begann sie: ‚Gestern ging ich zu der Dame; und als sie sah, daß ich gebrochenen Herzens war und daß mir die Tränen aus den Augen stürzten, fragte sie: ‚Liebe Muhme, warum muß ich deine Brust so beklommen sehen?', und ich antwortete weinend: ‚O Herrin, ich komme gerade vom Hause eines Jünglings, der dich liebt und der um deinetwillen dem Tode nahe ist.' Da sprach sie, während ihr Herz weich wurde: ‚Woher ist dieser Jüngling, von dem du redest?', und ich erwiderte: ‚Er ist für mich wie ein Sohn und die Frucht meines Herzens. Er sah dich vor einigen Tagen am Fenster, als du deine Blumen begossest, und da er dein Antlitz erblickte, begann er dich leidenschaftlich zu lieben. Ich ließ ihn wissen, wie es mir das erste Mal mit dir erging, und da verschlimmerte sich sein Leiden; er liegt im Bett und ist des Todes, daran ist nicht zu zweifeln.' Erblassend fragte sie: ‚All das um meinetwillen?' Ich antwortete: ‚Ja, bei Gott! Was willst du, das ich tue?' Sie sprach: ‚Geh hin zu ihm und grüße ihn von mir und sage ihm, ich sei zweimal so krank als er. Am Freitag, vor dem Gebete, soll er hier zum Hause kommen; und wenn er kommt, werde ich selber hinabsteigen und die Tür öffnen. Ich will ihn in meine Kammer führen und eine Weile bei ihm bleiben und ihn von dannen schicken, ehe mein Vater vom Gebete zurückkehrt.' Als ich die Worte der Alten vernahm, hörten die Schmerzen, an denen ich litt, auf, und frohen Herzens nahm ich alle Kleider, die ich trug, und gab sie ihr. Dann ging sie mit den Worten: ‚Sei guten Mutes!' Ich erwiderte: ‚Keine Spur von Schmerzen ist mir geblieben.' Und meine Angehörigen und meine Freunde freuten sich meiner Genesung, und so wartete ich bis zum Freitag; siehe, da trat die Alte zu mir ein und fragte mich, wie es mir ginge, und ich antwortete ihr, ich sei gesund und wohl. Dann zog ich meine Kleider an und besprengte mich mit Wohlgerüchen und wartete nun, bis die andern zum Gebete gehen würden, damit ich zu ihr eilen könnte. Aber die Alte sagte: ‚Du hast reichlich Zeit; und also tätest du gut daran, ins Bad zu gehen und dir die Haare scheren zu lassen, besonders nach deiner schweren Krankheit.‘ ‚Das ist recht,‘ erwiderte ich; ‚aber ich will mir erst den Kopf scheren lassen und dann ins Bad gehen.‘ Darauf schickte ich nach dem Barbier, der mich scheren sollte, indem ich zu dem Diener sagte: ‚Geh in den Basar und hole mir einen Barbier, einen verständigen Burschen, der sich nicht in Dinge einmischt, die ihn nichts angehen, und der mir den Kopf nicht spaltet mit seinem übermäßigen Schwätzen!‘ Der Diener ging und kehrte alsbald mit diesem elenden Alten zurück. Als er eintrat, grüßte er mich, und ich erwiderte seinen Gruß; und er sprach: ‚Fürwahr, ich sehe dich mageren Leibes‘; und ich: ‚Ich war krank.‘ Da fuhr er fort: ‚Allah vertreibe deine Sorge und deinen Gram, Not und Trauer sollen von dir weichen!‘, Allah erhöre dein Gebet!‘ versetzte ich; und er: ‚Freue dich, o Herr, denn die Genesung ist schon zu dir gekommen! Wünschest du geschoren zu werden, oder soll ich dich zur Ader lassen? Wird doch durch Ibn ’Abbâs – Allah habe ihn selig! – berichtet, daß der Prophet gesagt hat: Wer sich sein Haar am Freitag schneiden läßt, von dem wendet Gott siebzig Krankheiten. Und berichtet wird auch, daß er sagte: Wer sich am Freitag schröpfen läßt, der ist sicher vor dem Verlust des Gesichts und vor vielen Krankheiten.‘ ‚Laß dies Gerede,‘ rief ich aus; ‚komm jetzt und scher mir den Kopf; ich bin ein kranker Mann!‘ Da streckte er seine Hand aus, holte ein Tuch hervor und entfaltete es, und siehe, es enthielt ein Astrolabium mit sieben Scheiben, das mit Silber überzogen war. Und er nahm es, ging in die Mitte des Hofes, hob den Kopf zu den Strahlen der Sonne und blickte eine lange Zeit hindurch. Dann sagte er zu mir: ‚Wisse, von diesem unserem Tage, der da ist ein Freitag, und zwar Freitag der zehnte Safar im sechshundertdreiundfünfzigsten Jahre seit der Hidschra des Propheten – über ihm sei herrlicher Segen und alles Heil! – und im siebentausenddreihundertundzwanzigsten Jahre der alexandrinischen Zeitrechnung, dessen Tagesgestirn nach den Regeln der Wissenschaft der Berechnung der Mars ist, sind verstrichen acht Grade und sechs Minuten. Nun aber trifft es sich so, daß in Konjunktion mit dem Mars Merkur steht, und das ergibt einen günstigen Augenblick für das Schneiden der Haare; mir ist aber auch offenbar, daß du mit jemandem vereint zu sein wünschest, der dadurch beglückt ist. Aber danach kommt ein Streit, der sich zutragen wird, und eine Sache, die ich dir nicht nennen will.' Ich aber rief: ‚Um Gottes willen, du ermüdest mich und verkürzest mir mein Leben und weissagst mir noch dazu Unglück. Ich habe dich holen lassen, damit du mir den Kopf scherst, und zu keinem Zwecke sonst; also auf, scher mir den Kopf und rede nicht länger!' Er darauf: ‚Bei Allah, wenn du nur wüßtest, was dir widerfahren wird, so würdest du heute nichts unternehmen, und ich rate dir, tu, wie ich dir nach der Berechnung der Konstellationen sage!' Ich sagte: ‚Bei Allah, nie noch sah ich einen Barbier, gelehrt in der Astrologie, wie dich; aber ich weiß sicher, daß du viel scherzest. Ich habe dich nur gerufen, damit du mir den Kopf scherst, aber du kommst zu mir mit diesem traurigen Geschwätz.' Da erwiderte der Barbier: ‚Und was willst du mehr? Allah gewährte dir in seiner Güte einen Barbier, der Astrolog ist, gelehrt in der Alchimie und der Chiromantie, in der Syntax, Grammatik und Lexikologie; in der Bedeutungslehre, Rhetorik und Logik; in der Arithmetik, Astronomie und Geometrie; in der Theologie, den Traditionen des Propheten und der Auslegung des Korans. Ich habe die Bücher gelesen und studiert und mich in den Dingen geübt und sie kapiert; ich habe die Wissenschaften behalten und gründlich bewältigt und habe die Praxis gelernt und mich so vervielfältigt; kurz, ich habe alle Dinge begriffen und in mir vereint. Dein Vater liebte mich ob meines Mangels an Aufdringlichkeit, und darum ist es mir eine religiöse Pflicht, dir zu dienen. Ich bin gar nicht aufdringlich, wie du wohl annimmst, und aus diesem Grunde bin ich sogar bekannt unter dem Namen: der würdevolle Schweiger. Und es geziemt sich also für dich, daß du Allah preisest und mich nicht hinderst; denn ich rate dir gut, und ich habe Mitleid mit dir. Ich wollte, ich stände ein volles Jahr in deinen Diensten, auf daß du mir mein Recht zuteil werden ließest; und ich würde dann keinen Lohn von dir verlangen.' Als ich das alles von ihm hatte anhören müssen, sprach ich: ,Fürwahr, du bringst mich heute sicher noch um.' – –«

Da bemerkte Schehrezâd, daß der Morgen begann, und sie hielt in der verstatteten Rede an. Doch als die *Dreißigste Nacht* anbrach, fuhr sie fort: »Es ist mir berichtet worden, o glücklicher König, daß, als der Jüngling sagte: ,Fürwahr, du bringst mich heute sicher noch um!', der Barbier antwortete: ,Junger Herr, mich nennen die Leute den Schweiger, dieweil ich so wenig Worte mache im Gegensatz zu meinen sechs Brüdern. Denn der älteste heißt el-Bakbûk, der Schwätzer; der zweite aber el-Haddâr, der Schreihals; und der dritte el-Fakîk, der Plapperer; doch des vierten Namen ist el-Kûz al-Uswâni, der Assuanar Krug mit dem ewig offenen Mund; der fünfte heißt el-Faschschâr, der Bramarbas; der sechste heißt Schakâschik, das Gefasel; doch der siebente heißt es-Sâmit, der Schweiger, und das bin ich selber!' Während der Barbier da noch immer mehr auf mich losschwatzte, glaubte ich, mir sei die Galle geplatzt. Ich sagte deshalb zu dem Sklaven: ,Gib ihm einen Vierteldinar und laß ihn in Gottes Namen weggehen; ich will mir heute den Kopf nicht mehr scheren lassen.' Da sagte dieser Barbier, als er meinen Befehl an den Sklaven hörte: ,Was für Worte, o mein Gebieter! Bei Allah, ich nehme keinen Lohn von dir, bevor ich dich nicht bedient habe. Ich muß dich doch bedienen; ja, es ist meine Pflicht, dich zu bedienen und deine Wünsche zu erfüllen; und ich frage auch nichts danach, wenn ich niemals Geld von dir erhalte. Wenn du auch meinen Wert nicht kennst, so kenne ich doch deinen Wert; und ich verdanke deinem seligen Vater – Allah der Erhabene erbarme sich seiner! – gar manche Wohltat, denn er war ein freigebiger Mann. Bei Allah, dein Vater ließ mich eines Tages holen, und es war ein Tag wie dieser gesegnete Tag, und ich kam zu ihm und fand Gesellschaft von Freunden bei ihm. Da sprach er zu mir: ,Laß mich zur Ader!' Ich aber zog mein Astrolabium hervor, nahm die Sonnenhöhe für ihn auf und stellte fest, daß das Gestirn ungünstig und daß ein Aderlaß zu der Zeit ungelegen war. Und ich tat ihm das kund, und er folgte meinem Rat und wartete. Da dichtete ich ihm zu Ehren diese Verse:

> Ich ging zu dem edlen Herrn, das Blut ihm abzuzapfen,
> Und fand, daß die Zeit dem Heile des Leibes nicht günstig war.
> Ich setzte mich hin und erzählte ihm mancherlei Wunderdinge;
> Das Wissen aus meinem Verstande legte ich vor ihm dar.
> Und es gefiel ihm, auf mich zu hören, und er sagte:
> Du hast die Höhe des Wissens erklommen, o Weisheitsquell!
> Doch ich sprach: Hättest du nicht, o du Gebieter der Menschen,
> Mir den Verstand geliehen, der meine versagte mir schnell.
> Du bist der Herr der Gnade, der Güte und Freigebigkeit,
> Der Menschen Hort und Wissen, Verstand und Entschlossenheit.

Dein Vater war ganz entzückt und rief dem Sklaven zu, indem er sprach: ‚Gib ihm einhundertunddrei Dinare und ein Ehrengewand!' Da gab der Diener mir das alles, und ich wartete, bis der günstige Augenblick kam, und dann ließ ich ihn zur Ader. Er widersprach mir nicht, nein, er dankte mir vielmehr; und alle Freunde, die zugegen waren, dankten mir auch und priesen mich. Doch als der Aderlaß vorüber war, konnte ich nicht mehr schweigen, sondern ich fragte ihn: ‚Bei Allah, mein Gebieter, was veranlaßt dich, zu dem Sklaven zu sagen: ‚Gib ihm einhundertunddrei Dinare?' Da erwiderte er: ‚Ein Dinar war für die astrologische Beobachtung, der zweite für deine Unterhaltung, der dritte für den Aderlaß, und die übrigen hundert und das Ehrengewand für deine Verse zu meinem Lobe.' ‚Möge Allah sich meines Vaters nicht erbarmen!' rief ich aus, ‚dieweil er deinesgleichen kannte!' Dieser Barbier aber lächelte und sprach: ‚Es gibt keinen Gott außer Allah, und Mohammed ist der Prophet Allahs! Preis sei Ihm, der wandelt, doch nicht verwandelt wird! Ich hatte dich für einen Mann von Verstand gehalten, aber du faselst jetzt in deiner Krankheit. Allah sprach in seinem hochheiligen Buch: Die da ihren Zorn im Zaume halten und den Menschen vergeben[1]; und auf jeden Fall bist du entschuldigt. Aber ich kann mir nicht denken, weshalb du so drängst; und du mußt wissen, dein Vater und dein Großvater taten nichts, ohne mich zuvor um Rat zu fragen; und es heißt im Spruche: Wer Rat erteilt, verdient Vertrauen; wer Rat sich holt, wird nicht enttäuscht, und ferner heißt es im Sprichworte: Wer das Alter nicht ehrt, ist des Alters nicht wert. Auch hat der Dichter gesagt:

> *Hast du eine Sache beschlossen, so frag*
> *Um Rat den Erfahrnen, und folge ihm stets.*

1. Koran 3, 128.

Du wirst nie einen finden, der erfahrener ist in den Dingen der Welt als ich, und hier stehe ich auf meinen Füßen, um dir zu dienen. Ich bin nicht böse auf dich; weshalb solltest du also böse auf mich sein? Ich werde Geduld mit dir haben, um der Güte willen, die mir dein Vater erwiesen hat.‘ ‚Bei Allah,‘ rief ich, ‚o du Eselsschwanz, du quälst mich immer noch mit deinem Schwätzen, und übergießest mich immer mehr mit deinem Gewäsch, und dabei will ich nur von dir, daß du mir den Kopf scherst und deiner Wege gehst!‘ Darauf seifte er mir den Kopf und sagte: ‚Ich sehe, du bist böse auf mich. Doch will ich es dir nicht übelnehmen; denn dein Verstand ist schwach, und du bist fast noch ein Kind; noch gestern nahm ich dich auf die Schulter und trug dich in die Schule.‘ ‚Bruder,‘ rief ich, ‚um Gottes willen, bleib nur, um deine Arbeit an mir zu verrichten, und geh deines Weges!‘ Und ich zerriß mir das Kleid. Als er sah, was ich getan hatte, nahm er das Messer und zog es ab, und er hörte nicht auf, es zu schärfen, bis mich beinah die Besinnung verließ; schließlich aber kam er herbei und rasierte mir einen Teil des Kopfes; dann hielt er inne und sprach: ‚Mein Gebieter: Die Eile fliegt uns vom Satan zu, doch vom Barmherzigen kommt die Ruh.‘ Dann sprach er diese Verse:

> Besinn dich und haste nie mit irgendeinem Plane;
> Hab Mitleid mit den Menschen, so wirst du durch Mitleid beglückt.
> Es gibt keine Macht der Welt, über der nicht Gottes Macht stände;
> Und jeder Tyrann wird noch durch einen Tyrannen bedrückt.

Darauf fuhr er fort: ‚Mein Gebieter, ich glaube gar, du kennst meinen Rang nicht; denn wahrlich, meine Hand ruht auf den Häuptern der Könige und Emire und Wesire und der Weisen und Gelehrten; und der Dichter sagt von einem meinesgleichen:

> Ein jedes Gewerbe ist gleichwie ein Schmuckstück;
> Doch dieser Barbier ist die Perle am Band.

Da sagte ich: ‚Laß das, was dich nichts angeht! Du machst mir
die Brust beklommen und erregst mein Gemüt.' Er aber sprach:
‚Mir scheint, du bist ein eiliger Mensch'; und ich rief: ‚Ja! ja!
ja!' Er fuhr fort: ‚Gedulde dich, denn die Eile ist des Teufels
Sach, sie bringt uns Reue und Ungemach. Und der Prophet –
auf ihm ruhe Segen und Heil! – hat gesagt: Das beste der Werke
ist das, darinnen Überlegung liegt. Ich aber, bei Allah, hege
Zweifel über dein Vorhaben, und so wollte ich, du ließest mich
wissen, was du beabsichtigst; denn ich fürchte, es ist nichts
weniger als gut.' Es waren nun noch drei Stunden bis zum Gebete übrig. Doch er sprach: ‚Ich wünsche nicht, im Zweifel
darüber zu sein; ja, ich muß die Zeit ganz genau wissen, denn
wahrlich: Wer nur in Vermutungen spricht, entgehet dem
Tadel nicht, – besonders ein Mensch wie ich, dessen Vorzüge
bei den Menschen bekannt und berühmt sind; und so ziemt es
mir nicht, aufs Geratewohl zu reden, wie es so die gewöhnlichen Astrologen tun.' Dann warf er das Messer aus der Hand
und nahm das Astrolabium; und er ging hinaus unter die Sonne
und blieb eine lange Weile dort stehen; und schließlich kehrte
er zu mir zurück und sagte: ‚Es bleiben bis zur Zeit des Gebets
noch drei Stunden, nicht mehr und nicht weniger.' Da rief ich:
‚Um Gottes willen, halte den Mund, du zerreißest mir das Herz.'
Und er nahm das Messer wieder auf, schärfte es, wie er vorher
getan hatte, und rasierte mir wieder an meinem Kopfe und
sprach: ‚Ich bin in Sorge wegen deiner Eile, und wirklich, du
tätest gut daran, mich ihren Grund wissen zu lassen, da du ja
weißt, daß weder dein Vater noch auch dein Großvater je das
geringste unternahmen, ohne mich vorher um Rat zu fragen.'
Als ich sah, daß es kein Entkommen gab, da sagte ich bei mir

selber: ‚Die Zeit des Gebetes naht, und ich möchte zu ihr gehen, ehe die Leute vom Gebet zurückkommen. Wenn ich noch länger aufgehalten werde, so weiß ich nicht mehr, wie ich zu ihr hineinkommen soll.' Und ich sprach laut: ‚Mach schnell und laß ab von deinem Geschwätz und deiner Aufdringlichkeit! Ich will zu einer Gesellschaft im Hause eines meiner Freunde gehen.' Als er mich von einer Gesellschaft reden hörte, rief er aus: ‚Dieser dein Tag ist ein gesegneter Tag für mich! Eben gestern lud ich mir eine Gesellschaft von Freunden ein, und ich habe vergessen, Speise für sie zu besorgen; jetzt denke ich wieder daran: o weh, die Schmach!' ,Darüber mache dir keine Sorge,' erwiderte ich; ‚sagte ich dir nicht, daß ich heute bei einer Gesellschaft bin? Also soll alles Trinkbare und Eßbare in meinem Hause dein sein, wenn du deine Arbeit beenden willst und dich beeilst, mir meinen Kopf zu rasieren.' Da sprach er: ‚Allah vergelte dir mit Gutem! Beschreibe mir doch, was du für meine Gäste hast, damit ich es weiß!' Ich erwiderte: ‚Fünf Arten von Fleisch, zehn gebratene Küken und ein geröstetes Lamm.' ‚Laß sie mir bringen,' sprach er, ‚damit ich sie sehe!' Da ließ ich ihm das alles bringen. Und als er es sah, da rief er: ‚Aber noch fehlt der Wein'; und ich: ‚Den habe ich auch!' Er darauf: ‚Laß ihn bringen!' Ich ließ ihn holen, und er rief aus: ‚Allah segne dich für deine Freigebigkeit! Doch es fehlt noch an Räucherwerk und Essenzen.' Da ließ ich ihm eine Schachtel bringen, mit Nadd, Aloe, Amber und Moschus, das Ganze im Wert von fünfzig Dinaren. Jetzt aber drängte die Zeit, und auch ich selbst fühlte mich bedrängt, und so sagte ich zu ihm: ‚Nimm alles und rasiere mir den Kopf zu Ende, beim Leben Mohammeds – Allah segne ihn und gebe ihm Heil!' Der Barbier jedoch sprach: ‚Bei Allah, ich will es nicht nehmen, bis ich alles sehe, was darin ist.' So befahl ich dem Sklaven, den

354

Kasten zu öffnen; der Barbier legte das Astrolabium aus der Hand, hockte sich nieder auf den Boden und drehte die Essenzen und das Räucherwerk und das Aloeholz in der Schachtel hin und her, bis ich ganz beklommen wurde. Schließlich trat er zu mir her, griff wieder zum Messer, rasierte meinen Kopf ein wenig und sprach die Verse:

> *Es wächst der Sohn heran, gleichwie sein Vater war;*
> *Denn siehe, aus den Wurzeln sproßt der Baum empor.*

Und er fuhr fort: ,Bei Allah, mein Sohn, ich weiß nicht, ob ich dir danken soll oder deinem Vater; denn heute kommt alles, womit ich meine Gäste bewirte, nur von deiner Güte und Wohltat; und wenn auch keiner meiner Gäste es wert ist, so habe ich doch eine Reihe ehrenwerter Männer zu Gaste: zum Beispiel Zaitûn, den Badbesitzer, und Salî', den Kornhändler, und Sîlat, den Bohnenverkäufer, und 'Ikrischa, den Grünkrämer, und Humaid, den Straßenkehrer, und Sa'îd, den Kameltreiber, und Suwaid, den Lastträger, und Abu Makârisch, den Badediener, und Kasîm, den Wächter, und Karîm, den Stallknecht. Und unter ihnen ist keiner, der stumpfsinnig wäre oder ein Schreihals, vom Trunk betört, noch auch ein Händelsucher oder jemand, der die Freude stört; und ein jeder von ihnen hat einen eigenen Tanz, den er tanzt, und ein paar Verse, die er singt; und was das beste an ihnen ist, sie sind, genau wie dein Diener, dein Sklave hier und verstehen nicht viel zu reden noch auch aufdringlich zu sein. Der Badbesitzer singt zum Tamburin ein bezauberndes Lied; er steht auf und tanzt und singt:

> *Ich geh zu meiner Mutter und fülle meinen Krug.*

Der Kornhändler steht höher in der Kunst als irgend sonst einer; er tanzt und singt:

> *O Heulweib, o Herrin, du kannst es so gut.*

Er läßt niemandem die Eingeweide heil, so muß man über ihn lachen. Aber der Straßenkehrer singt, daß die Vögel innehalten; und er tanzt und singt:

Was meine Frau weiß, steckt in einer Kiste!

Und er genießt Achtung, denn er ist ein netter Kerl; und von seinen Vorzügen sage ich immer:

Mein Leben geb ich für den Kehrer, zu dem ich in Liebe mich neige;
In seiner süßen Gestalt gleicht er dem schwankenden Zweige.
Das Schicksal schenkte ihn mir eines Abends, da sagte ich –
Und die immer wachsende Sehnsucht fraß und zermürbte mich –:
Du legtest dein Feuer ins Herz mir! Drauf sprach zu mir der Mann:
Kein Wunder ist's, zündet der Kehrer mal auch die Öfen an!

,Ein jeder von ihnen ist vollkommen in allem, was den Verstand mit Freude und Heiterkeit bezaubern kann'; und er fügte hinzu: ,Aber Hören ist noch nicht Sehen; wenn du dich entschlössest, zu uns zu kommen, das wäre erwünschter für dich und für uns; drum unterlaß es, zu deinen Freunden zu gehen, mit denen du dich verabredet hast! Die Spuren der Krankheit liegen noch auf dir, und vielleicht gehst du gar unter Leute, die große Schwätzer sind und die von Dingen reden, die sie nichts angehn; oder vielleicht ist unter ihnen ein aufdringlicher Kerl, der dir ein Loch in den Kopf redet, und dabei bist du erst halb von der Krankheit genesen!' ,Ein andermal soll es geschehen', sagte ich und lachte aus zornigem Herzen; ,tu deine Arbeit an mir! Dann will ich im Schutze Allahs des Erhabenen fortgehen, und du kannst dich zu deinen Freunden begeben; denn sie werden schon auf dich warten.' ,O mein Herr', erwiderte er, ,ich möchte dich nur mit diesen Burschen bekanntmachen, diesen grundgescheuten, den Söhnen von vornehmen Leuten, unter denen es keinen aufdringlichen Schwätzer gibt. Denn nie, seit ich herangewachsen bin, habe ich es ertragen können, mit einem Menschen zu verkehren, der nach dem fragt, was ihn nichts angeht, und ich habe mich nie mit andern befreundet als mit Leuten, die wie ich Menschen von wenig Worten sind. Wahrlich, wenn du mit ihnen verkehrtest oder sie auch nur einmal sähest, du würdest alle deine Freunde verlassen.' Ich sprach zu ihm: ,Allah mache dein Vergnügen mit ihnen vollkommen! Ich muß wirklich mal eines Tages zu ihnen gehen.' Aber er sagte: ,Ich wünschte, es wäre heute! Wenn du dich entschließen könntest, mit mir zu meinen Freunden zu gehen, so laß uns mit deinen Gaben zu ihnen gehen! Doch wenn du durchaus heute zu deinen Freunden gehen willst, so will ich diese guten Dinge, mit denen du mich beehrt hast, zu meinen Gästen bringen und ihnen sagen, daß sie essen sollen und trinken und nicht auf mich warten. Dann will ich zu dir zurückkehren und dich zu deinen Freunden begleiten; denn zwischen mir und meinen Freunden gibt es keine Förmlichkeiten, die mich hinderten, sie zu verlassen. Ich werde bald zurück sein und mit dir gehen, wohin du auch gehest.' Da schrie ich: ,Es gibt keine Majestät und es gibt keine Macht außer bei Allah, dem Erhabenen und Allmächtigen! Geh du zu deinen Freunden und vergnüge dich mit ihnen; und, bitte, laß mich zu meinen Freunden gehen und heute bei ihnen bleiben, denn sie erwarten mich!' Der Barbier aber rief: ,Allein laß ich dich nicht gehen!' Und ich: ,An dem Ort, zu dem ich gehe, darf niemand eintreten außer mir.' Er darauf: ,Ich glaube, du hast heute ein Stelldichein mit einer Frau; sonst würdest du mich mit dir nehmen. Und doch verdiente ich es am ehesten unter allen Menschen, und ich könnte dir zu dem Ziel verhelfen, das du erstrebst. Doch ich fürchte, du willst zu einer fremden Frau gehen und dein Leben verscherzen; denn in dieser Stadt Baghdad kann man nichts von solchen Dingen tun, besonders nicht an einem Tage wie diesem; dieser Wali von Baghdad ist ein sehr strenger Mann.' ‚Holla,' rief ich, ‚du schäbiger Scheich! Scher dich weg! Was sind das für Worte, mit denen du mir kommst?' ‚O du Tor,' rief er, ‚du sagst etwas, dessen man sich schämen sollte, und du verbirgst deine Absicht vor mir; aber ich habe es gemerkt, und ich weiß genau Bescheid. Was ich will, ist doch nur, daß ich dir heute nach Kräften helfe.' Nun fürchtete ich, meine Angehörigen und meine Nachbarn könnten das Gerede des Barbiers belauschen, und so schwieg ich lange. Inzwischen war die Zeit des Gebets gekommen, und die Predigt mußte schon folgen. Als er meinen Kopf zu Ende rasiert hatte, sprach ich zu ihm: ‚Geh mit Speise und Trank zu deinen Freunden; und ich will warten, bis du zurückkommst! Dann sollst du mit mir gehen.' So bemühte ich mich krampfhaft, den verdammten Kerl da zu beschwichtigen und zu überlisten, damit er mich bloß verließe; doch er sagte: ‚Du willst mich überlisten und allein zu deinem Stelldichein gehen; und du willst dich in eine Gefahr begeben, aus der es keine Rettung für dich gibt. Doch bei Allah, bei Allah! Geh nicht, bis ich bei dir zurück bin, daß ich dich begleiten kann und sehe, wie deine Sache ausläuft!' ‚Sei es so,' versetzte ich, ‚und bleibe mir nicht zu lange aus!' Da nahm er alles, was ich ihm gegeben hatte, Speisen und Getränke und die anderen Dinge, und ging aus meinem Hause davon; aber der verdammte Kerl übergab es einem Träger, um es in sein Haus zu tragen, und er selbst versteckte sich in einer der Gassen. Ich aber sprang sofort auf; denn die Gebetsrufer hatten schon den Salâm des Freitags ausgerufen, das ist den Segen über den Propheten.[1] Und ich zog mich in Eile an, ging allein hinaus, kam zu der Straße und

---

1. Eine halbe Stunde vor dem Mittagsgebet; bei diesem Rufe geht man zur Moschee.

stellte mich neben das Haus, darin ich das Mädchen gesehen hatte. Da sah ich die Alte an der Tür stehen und auf mich warten, und ich ging mit ihr hinauf ins obere Stockwerk, in dem das Mädchen wohnte. Aber kaum war ich dort eingetreten, da kehrte plötzlich der Herr des Hauses vom Gebet in seine Wohnung zurück, trat in den großen Saal und schloß die Tür. Und ich blickte vom Fenster hinunter, sah diesen gottverfluchten Barbier an der Tür sitzen und dachte bei mir: ‚Wie hat dieser Satan mich hier ausfindig gemacht?‘ Und in ebendiesem Augenblick geschah es, nach dem Willen Allahs, der beschlossen hatte, den Schleier meines Geheimnisses zu zerreißen, daß die Sklavin des Hausherrn einen Verstoß gegen ihn beging, für den er sie schlug. Sie schrie laut auf; da lief sein Sklave ins Zimmer, um ihr zu helfen, und der Kadi schlug auch ihn, und er schrie ebenfalls. Der verdammte Barbier aber vermeinte, ich würde geschlagen, und er schrie, zerriß sich die Kleider und streute sich Staub auf den Kopf und heulte immerfort und schrie um Hilfe, bis sich viel Volks um ihn gesammelt hatte; und dabei schrie er: ‚Mein Herr ist ermordet im Hause des Kadi!‘ Dann lief er schreiend davon zu meinem Hause, und all das Volk hinter ihm her, und er sagte es zu meinen Angehörigen und Sklaven, und ehe ich noch wußte, was geschah, kamen sie daher mit zerrissenen Gewändern und gelöstem Haar und klagten: ‚Wehe, unser Herr!‘ Und dieser Barbier lief ihnen voran in zerrissenen Kleidern, und er und das Volk schrie; meine Angehörigen schrien immerfort, und er ihnen voran, und sie heulten, indem sie riefen: ‚Wehe um den Ermordeten! Wehe um den Ermordeten!‘ Und sie alle liefen auf das Haus zu, in dem ich war. Als der Hausherr den Aufruhr und das Geschrei an seiner Tür hörte, sagte er zu einem seiner Diener: ‚Sieh nach, was es gibt!‘; und der Diener ging und kehrte zu seinem Herrn zurück und sagte: ‚O mein Herr, am Tore drängen sich mehr als zehntausend Seelen, Männer und Weiber, und schreien: Wehe um den Ermordeten! Und sie zeigen dabei auf unser Haus.' Wie der Kadi das hörte, da schien ihm die Sache ernst, und er ergrimmte; so machte er sich auf, öffnete die Tür und sah eine große Menge; und er staunte und sprach: ‚Ihr Leute, was gibt es?' ‚Verfluchter! Hund! Schwein!' riefen meine Diener; ‚du hast unseren Herrn ermordet!' Er fragte: ‚Ihr Leute, was hat denn euer Herr getan, daß ich ihn töten sollte?' – – «

Da bemerkte Schehrezâd, daß der Morgen begann, und sie hielt in der verstatteten Rede an. Doch als die *Einunddreißigste Nacht* anbrach, fuhr sie also fort: »Es ist mir berichtet worden, o glücklicher König, daß, als der Kadi zu den Dienern sagte: ‚Was hat euer Herr getan, daß ich ihn töten sollte? Mein Haus hier steht euch offen!', der Barbier rief: ‚Du hast ihn in diesem Augenblick mit Geißeln geschlagen, und ich hörte ihn schreien!' Der Kadi wiederholte: ‚Was hat er denn getan, daß ich ihn schlagen sollte? Und wer hat ihn in mein Haus geführt? Woher kam er, und wohin ging er?' ‚Sei kein alter Bösewicht!' rief der Barbier; ‚ich kenne die Geschichte; und die ganze Sache ist die, daß deine Tochter ihn liebt und er sie; und als du erfuhrst, daß er in deinem Hause war, da hießest du deine Sklaven ihn schlagen, und sie taten es; bei Allah, zwischen uns und dir soll niemand richten als der Kalif; oder aber führe du unsern Herrn heraus, damit seine Leute ihn in Empfang nehmen, ehe ich mit Gewalt eindringe und ihn aus deinem Hause reiße und du der Schande verfällst!' Da sprach der Kadi, indem er seine Zunge voller Scheu vor dem Volke im Zaume hielt: ‚Wenn du die Wahrheit redest, so komm herein und hole ihn!' Nun drängte der Barbier vorwärts und trat in das Haus; und als ich den Barbier eintreten sah, da spähte ich aus nach einem Mittel zu Flucht und Entrinnen, doch ich fand nichts, außer einer großen Kiste in dem oberen Zimmer, in dem ich war. In die sprang ich hinein und zog den Deckel herunter und hielt meinen Atem an. Jener kam in das Haus, aber kaum war er darin, so lief er nach mir, schaute sich in dem Zimmer um, in dem ich war, wandte sich nach rechts und nach links, trat an die Kiste heran, in der ich mich befand, und hob sie sich auf den Kopf; da verlor ich fast die Besinnung. Dann rannte er spornstreichs davon. Weil ich nun wußte, daß er nicht von mir lassen würde, faßte ich mir ein Herz, öffnete die Kiste und sprang hinaus auf die Erde. Dabei brach ich mir ein Bein; und da die Tür offen war, sah ich einen großen Volksschwarm draußen. Nun trug ich im Ärmel viel Gold bei mir, das ich für einen solchen Tag wie diesen und eine solche Gelegenheit vorgesehen hatte; das warf ich unter das Volk, um seine Aufmerksamkeit von mir abzulenken, und während sie danach griffen und sich damit beschäftigten, hinkte ich, so schnell ich konnte, durch die Gassen von Baghdad dahin und bog bald rechts ab und bald links ein. Aber dieser verdammte Barbier war hinter mir; und wohin ich nur ging, dieser Barbier lief mir nach und schrie laut: ‚Sie wollten mir meinen Herrn rauben! Preis sei Allah, der mir den Sieg verlieh wider sie und meinen Herrn aus ihren Händen befreit hat!' Und zu mir: ‚Du hast mich andauernd durch dein Tun betrübt, bis du schließlich dies über dich selbst gebracht hast! Hätte dir Allah nicht mich geschenkt, so wärst du nie aus dieser Not entkommen, in die du geraten warst; denn sie hätten dich so ins Unglück gestürzt, daß du dich niemals hättest befreien können. Wie lange verlangst du denn, daß ich noch für dich leben soll, um dich zu retten? Bei Allah, du hast mich durch dein törichtes Tun beinahe umgebracht, wie du allein dorthin gehen wolltest. Aber ich nehme dir deine Unwissenheit nicht übel; denn du bist so arm an Verstand und neigst so zur Überstürzung!' Ich fuhr ihn an: ‚Genügt dir noch nicht, was mir schon von dir widerfahren ist, daß du mir noch nachlaufen mußt und in den Straßen des Basars solche Reden gegen mich führen?' Und ich gab fast den Geist auf vor Wut gegen ihn. Dann flüchtete ich mich in den Laden eines Webers, inmitten des Basars, und suchte Schutz bei dem Eigentümer; der hielt den Barbier von mir fern. Als ich dort in einer Vorratskammer saß, da sagte ich zu mir selber: ‚Ich werde diesen verfluchten Barbier nie wieder loswerden, da er mich Tag und Nacht belagern wird; und ich kann doch seinen Anblick nicht mehr einen Atemzug lang ertragen.' Deshalb schickte ich sogleich nach Zeugen und schrieb meinen letzten Willen für meine Angehörigen; ich verteilte meine Habe und ernannte einen Aufseher über meine Leute, dem ich den Auftrag gab, mein Haus und meine Ländereien zu verkaufen; und ich übertrug ihm die Fürsorge für jung und alt. Dann machte ich mich alsbald auf und reiste, um von diesem Kuppler befreit zu werden; und ich ließ mich schließlich nieder in eurer Stadt, wo ich seit einiger Zeit schon lebe. Als ihr mich nun eingeladen hattet und ich hierhergekommen war, da sah ich diesen verfluchten Kuppler bei euch, der auf dem Ehrenplatz saß. Wie sollte denn mein Herz froh sein und heiter mein Aufenthalt in der Gesellschaft dieses Burschen, der all das über mich gebracht hat und die Ursache war, daß ich mir das Bein brach?'

Darauf lehnte der Jüngling es nochmals ab, sich zu setzen. Und als wir seine Erlebnisse mit dem Barbier gehört hatten – so fuhr der Schneider fort –, da sagten wir zu dem Barbier: ‚Ist das wahr, was dieser Jüngling von dir erzählt?' ‚Bei Allah,' erwiderte er, ‚ich handelte so an ihm dank meiner Erfahrung und meinem Verstand und meiner Großmut. Wäre ich nicht gewesen, er wäre umgekommen, und niemand war die Ursache seiner Rettung als ich allein. Es war doch gut, daß er nur am Bein litt und nicht am Leben! Wäre ich ein Mensch der vielen Worte gewesen, ich hätte nicht so gut an ihm gehandelt. Doch seht, jetzt will ich euch eine Geschichte erzählen, die mir widerfahren ist, damit ihr ganz sicher seid, daß ich ein Mensch bin, der wenig Worte macht, daß ich nicht aufdringlich bin, sondern ganz anders als meine sechs Brüder; und die Geschichte ist diese.

DIE GESCHICHTE DES BARBIERS

Ich lebte in Baghdad zur Zeit des damaligen Kalifen al-Mustansir-billâh[1], des Sohnes von al-Mustadî-billâh, eines Fürsten, der den Armen und Bedürftigen Liebe erwies und die Gelehrten und Frommen zu sich kommen ließ. Eines Tages nun geschah es, daß er wider zehn Leute ergrimmte und dem Präfekten von Baghdad befahl, sie am Tage eines Festes vor ihn zu führen; das waren nämlich Räuber, so die Wege unsicher machten. Da zog der Präfekt der Stadt aus, nahm sie gefangen und brachte sie auf ein Boot. Als ich sie erblickte, sagte ich mir: ‚Die haben sich sicher zu einem Ausflug versammelt; ich glaube, sie wollen diesen ganzen Tag in diesem Boot mit Essen und Trinken zubringen; da bin ich ja gerade der rechte Festgenosse für sie.‘ So stand ich auf, ihr Herren, und aus lauter Höflichkeit und verständiger Bescheidenheit stieg ich zu ihnen ins Boot und mischte mich unter sie. Sie ruderten hinüber zu dem anderen Ufer und landeten dort; doch die Schutzleute und Wachen kamen mit Ketten herbei und legten sie den Räubern um den

1. Dieser Kalif regierte nominell von 1226 bis 1242; er war aber nicht der Sohn, sondern der Urenkel von al-Mustadî-billâh (1170 bis 1180).

Hals. Und mit den anderen legten sie auch mir eine Kette um den Hals; und nun, ihr Herren, ist es nicht ein Beweis von meiner Höflichkeit und von meiner Wortkargheit, daß ich schwieg und nicht ein Wort sprach? In Ketten führten sie uns fort und brachten uns vor al-Mustansir-billâh, den Beherrscher der Gläubigen, und er befahl, den zehn Räubern den Kopf abzuschlagen. Nachdem nun der Henker uns alle vor sich auf das Blutleder gesetzt hatte, trat er vor, zog sein Schwert und schlug einem nach dem andern den Kopf ab, bis er die zehn hingerichtet hatte und nur noch ich zurückblieb. Da sah der Kalif mich an und fragte den Henker: ‚Was ist dir, daß du nur neun Köpfe abschlägst?‘ ‚Allah verhüte,‘ antwortete er, ‚daß ich nur neun abschlüge, wenn du mir befiehlst, zehn abzuschlagen!‘ Darauf der Kalif: ‚Mich dünkt, du hast nur die Köpfe von neunen abgeschlagen, und der da vor dir ist, das ist der zehnte.‘ ‚Bei deiner Huld!‘ erwiderte der Henker, ‚es sind aber doch zehn.‘ Da zählte man sie, und siehe, es waren zehn. Nun sah der Kalif mich an und sagte: ‚Was veranlaßt dich, in einer solchen Stunde zu schweigen, und wie kommst du in die Gesellschaft der Menschen des Blutes? Was ist der Grund von alledem? Du bist zwar ein alter Mann, aber dein Verstand ist gering.‘ Als ich die Worte des Beherrschers der Gläubigen hörte, sprach ich zu ihm: ‚Wisse, o Beherrscher der Gläubigen, ich bin der Scheich es-Sâmit, der Schweigsame; und ich habe sechs Brüder. Ich bin ein Mann von großer Gelahrtheit; und meine verständige Bescheidenheit und meine ausgezeichnete Vernünftigkeit und die Kargheit meiner Rede, all das ist ohne Grenzen, und von Beruf bin ich Barbier. Als ich gestern in der Frühe ausging, sah ich diese zehn, wie sie zu einem Boote gingen; und da ich glaubte, sie seien auf einem Ausfluge, so mischte ich mich unter sie und stieg mit ihnen ins Boot. Nach einer kurzen Weile aber kamen die Wachen und legten ihnen Ketten um den Hals, und mit den anderen legten sie auch mir eine Kette um den Hals; im Übermaß meiner Höflichkeit aber schwieg ich und sprach kein Wort; und das war nichts als Höflichkeit von meiner Seite. Sie nahmen uns mit und brachten uns vor dich; da gabst du Befehl, den zehnen den Kopf abzuschlagen; ich aber blieb vor dem Henker sitzen, ohne mich euch zu erkennen zu geben; und es geschah nur aus meiner übergroßen Höflichkeit, daß ich ihnen bei der Hinrichtung Gesellschaft leistete. Aber mein ganzes Leben lang habe ich so edel an den Menschen gehandelt, und sie vergelten es mir auf die schmählichste Weise!' Als der Kalif nun meine Worte hörte und erfuhr, daß ich reich an Höflichkeit und arm an Worten wäre und ganz und gar nicht so aufdringlich, wie dieser Jüngling behauptet, den ich doch aus Todesschrecken errettet habe, da lachte er unbändig, bis er auf den Rücken fiel. Dann sprach der Kalif zu mir: ‚O Schweiger, gleichen dir deine sechs Brüder an Weisheit und Wissen und Kargheit der Rede?', und ich erwiderte: ‚Sie sollen nicht leben und gesund sein, wenn sie mir gleichen! Du tust mir eine Schmach an, o Beherrscher der Gläubigen, und es geziemt dir nicht, mich mit meinen Brüdern auf die gleiche Stufe zu stellen; denn jeder von ihnen hat infolge der Fülle seiner Rede und infolge seines Mangels an Höflichkeit einen Makel davongetragen. Von ihnen ist einer bucklig, ein anderer gelähmt, der dritte blind, der vierte einäugig, dem fünften sind beide Ohren, dem sechsten beide Lippen abgeschnitten. Und glaube nicht, o Beherrscher der Gläubigen, daß ich viele Worte mache; aber ich muß es dir erklären, daß ich höflicher bin als sie. Ein jeder von ihnen hat seine Geschichte, die ihm den Makel eingebracht hat, und diese Geschichten will ich dir erzählen.

Wisse denn, o Beherrscher der Gläubigen, mein erster Bruder,
der Bucklige, übte in Baghdad das Schneidergewerbe aus, und
er nähte in einem Laden, den er von einem sehr begüterten
Manne gemietet hatte; jener Mann aber wohnte über dem Laden, und unten im Hause war noch eine Kornmühle. Eines
Tages nun, während mein Bruder, der Bucklige, in dem Laden
saß und schneiderte, hob er einmal den Kopf und sah in einem
Fenster des Hauses eine Dame, dem aufgehenden Monde gleich,
wie sie die Vorübergehenden betrachtete. Und als mein Bruder sie erblickte, wurde sein Herz von Liebe zu ihr erfaßt, und
jenen ganzen Tag lang starrte er sie an und vergaß darüber zu
schneidern, bis es Abend war. Am nächsten Morgen früh aber
öffnete er seinen Laden und setzte sich hin, um zu nähen; doch
sooft er einen Stich tat, blickte er hinauf zum Fenster und sah
sie wie zuvor; und seine Liebe und seine Leidenschaft zu ihr
wuchsen immer mehr. Und als er am dritten Tage wieder an
seiner gewohnten Stelle saß und sie anstarrte, erblickte die
Dame ihn, und da sie merkte, daß er von der Liebe zu ihr gefangengenommen war, lächelte sie ihm zu, und er lächelte zurück. Darauf verschwand sie und schickte alsbald ihre Sklavin
zu ihm mit einem Tuche, in dem sich ein Stück rotgeblümten
Stoffes befand. Die sprach ihn an und sagte: ‚Meine Herrin
grüßt dich und läßt dir sagen, du möchtest mit geschickter
Hand aus diesem Stoffe ein Hemd zuschneiden und es fein nähen.‘ Er antwortete: ‚Ich höre und gehorche!‘, schnitt ein Hemd
für sie zu und nähte es am selben Tage fertig. Und als der Morgen tagte, kam das Mädchen früh wieder zu ihm und sagte:
‚Meine Herrin grüßt dich und fragt, wie du die Nacht ver-

bracht hast; denn sie hat keinen Schlaf gefunden, weil ihr Herz mit dir beschäftigt war.' Darauf legte sie ein Stück gelben Atlas vor ihn hin und sagte: ‚Meine Herrin läßt dir sagen, du möchtest ihr ein Paar Hosen aus diesem Atlas zuschneiden und sie noch heute nähen.' ‚Ich höre und gehorche!' erwiderte er; ‚grüße sie von mir vielmals und sage ihr: Dein Sklave ist an deinen Befehl gebunden, und so befiehl ihm, was du willst!' Dann machte er sich ans Zuschneiden und nähte eifrig an den Hosen, und nach einer Weile erschien die Dame am Fenster und grüßte ihn durch Zeichen, bald senkte sie die Blicke und bald lächelte sie ihn an; da begann er zu glauben, daß er sie gewinnen würde. Dann entschwand sie seinem Blick, aber die Sklavin kam, und der übergab er die Hosen; sie nahm sie und ging ihrer Wege. Und als es Nacht war, da warf er sich auf sein Lager und wälzte sich bis zum Morgen hin und her; und bei Tagesanbruch stand er auf und setzte sich an seine Stätte. Da kam das Mädchen zu ihm und sagte: ‚Mein Herr verlangt nach dir.' Als er das hörte, geriet er in große Furcht; die Sklavin aber sagte, als sie seine Angst bemerkte: ‚Habe keine Furcht! Nichts als Gutes wartet dort auf dich. Meine Herrin hat meinen Herrn schon mit dir bekannt gemacht.' Des freute sich mein Bruder gar sehr und er ging sofort mit ihr; und als er vor ihren Herrn trat, den Gatten der Dame, da küßte er den Boden. Jener gab seinen Gruß zurück und reichte ihm dann ein großes Stück Leinen und sagte: ‚Schneide mir dies zu und nähe mir Hemden daraus.' Mein Bruder antwortete: ‚Ich höre und gehorche!' und schnitt ununterbrochen zu, bis er um die Zeit des Nachtmahls zwanzig Hemden beendet hatte; denn er nahm sich keine Zeit zum Essen. Dann fragte der Hausherr ihn: ‚Was ist der Lohn dafür?', und er erwiderte: ‚Zwanzig Dirhems.' Da rief der Herr der Sklavin zu: ‚Bringe zwanzig Dirhems her!' Mein

Bruder sprach kein Wort, aber die junge Frau machte ihm ein Zeichen, das bedeutete, er solle von dem Herrn nichts annehmen. Darum sagte er nun: ‚Bei Allah, ich werde nichts von dir nehmen.‘ Er nahm das Schneiderwerkzeug und ging hinaus, obgleich er sehr nötig Geld brauchte. Und nun blieb er drei Tage lang, indem er nur ganz wenig aß und trank, eifrig bei der Arbeit, die er für jene Leute zu machen hatte. Dann kam die Sklavin und sagte zu ihm: ‚Was hast du geschafft?‘ Er sprach: ‚Sie sind fertig‘, nahm sie und ging damit zu den Leuten hinauf. Und er übergab die Hemden dem Gatten der Dame und ging sofort wieder davon.

Nun hatte die junge Frau ihrem Gatten gesagt, wie es mit meinem Bruder stand, ohne daß dieser etwas davon ahnte; und die beiden hatten sich verabredet, ihn umsonst für sich Schneiderarbeit verrichten zu lassen und ihn zum besten zu haben. Am nächsten Morgen ging er in seinen Laden; da kam die Sklavin und sagte zu ihm: ‚Mein Herr läßt dich rufen.‘ Sofort ging er mit ihr, und als er vor jenem stand, sprach er zu ihm: ‚Ich möchte, daß du mir fünf Gewänder mit langen Ärmeln zuschneidest.‘ Und er schnitt sie zu, nahm den Stoff mit sich und ging davon. Dann nähte er jene Gewänder und brachte sie dem Herrn, und der lobte seine Arbeit und rief nach einem Beutel Silbers. Doch als er die Hand ausstreckte, machte die Dame, die hinter ihrem Gatten stand, ein Zeichen, er solle nichts annehmen, und so sprach er zu dem Manne: ‚O mein Herr, es hat keine Eile; dafür ist immer noch Zeit.‘ Und er verließ das Haus elender als ein Esel, denn fünf Dinge waren in ihm vereinigt: Liebe, Armut, Hunger, Blöße und Müdigkeit. Doch er raffte sich auf, und als er all ihre Arbeit vollendet hatte, da spielten sie ihm einen Streich und vermählten ihn ihrer Sklavin; und als er nachts zu ihr eingehen wollte, sagten sie zu ihm:

‚Bleib heute nacht in der Mühle bis morgen früh, das wird Glück bringen!' Und da mein Bruder glaubte, das sei wahr, so übernachtete er allein in der Mühle. Nun war der Gatte der Dame hingegangen und hatte den Müller angewiesen, die Mühle vom Schneider drehen zu lassen. Um Mitternacht also kam der Müller zu ihm herein und fing an zu reden: ‚Der Ochse da ist faul! Er steht still und will die Mühle heute nacht nicht drehen, und doch ist des Kornes bei uns viel!' Darauf trat er zum Mühlwerke und füllte den Trichter mit Korn; dann ging er mit einem Strick in der Hand zu meinem Bruder, band ihn ihm um den Hals und rief: ‚Hüh! Lauf herum um das Korn! Du willst wohl immer nur fressen und Dreck und Wasser machen!' Dann nahm er eine Peitsche in die Hand, schlug meinen Bruder damit, und der begann zu weinen und zu schreien; aber er fand keinen Beschützer, und so wurde bis kurz vor Tagesanbruch der Weizen gemahlen. Da kam der Hausherr und sah meinen Bruder ins Joch gespannt und ging wieder fort. Und am frühen Morgen kam die Sklavin und band ihn los und sagte: ‚Mir und meiner Herrin geht das, was dir widerfahren ist, sehr zu Herzen, und wir haben deinen Kummer mit dir getragen.' Doch ihm versagte nach all den Schlägen und der Arbeit die Zunge, um zu antworten. Darauf ging mein Bruder in seine Wohnung, und siehe, der Meister, der seinen Ehevertrag geschrieben hatte, trat ein[1], begrüßte ihn mit den Worten: ‚Friede sei mit dir!' und sagte: ‚Allah gewähre dir ein langes Leben! Dein Antlitz sagt mir, du hast die Nacht vom Abend bis zum Morgen in Wonne und Scherzen und Kosen verbracht.' ‚Allah gewähre dem Lügner keinen Frieden, o du tausendfacher Hahnrei!' rief mein Bruder; ‚bei Allah, ich habe bis zum Mor-

1. Der übliche Besuch in der Erwartung eines Geschenkes.

gen nichts getan als an Stelle des Ochsen die Mühle gedreht!' Jener bat: ,Erzähle mir deine Geschichte', und mein Bruder erzählte ihm alles, was ihm widerfahren war, worauf der Meister sagte: ,Dein Stern stimmt nicht zu ihrem Stern; doch wenn du willst, so will ich den Vertrag für dich ändern'; und er fügte noch hinzu: ,Nimm dich in acht, wenn ein neuer Betrug deiner harrt!' Dann verließ er ihn; mein Bruder aber ging in seinen Laden und wartete, daß jemand Arbeit brächte, durch die er sein täglich Brot verdienen könnte. Doch plötzlich kam die Sklavin zu ihm und sagte: ,Meine Herrin läßt dich rufen.' ,Geh von mir, o mein gutes Mädchen,' erwiderte er, ,zwischen mir und deiner Herrin gibt es keine Beziehungen mehr!' Und das Mädchen ging fort und berichtete ihrer Herrin diese Worte; doch ehe mein Bruder sich dessen versah, steckte die Dame den Kopf zum Fenster hinaus und sprach unter Tränen: ,Weshalb, o mein Geliebter, soll es zwischen mir und dir keine Beziehungen mehr geben?' Er aber gab keine Antwort. Da schwor sie ihm, das was ihm in der Mühle widerfahren war, sei gegen ihren Willen geschehen, und sie sei an alledem ohne Schuld. Und als mein Bruder auf ihre Schönheit und ihre Lieblichkeit blickte und ihre süße Stimme hörte, da wich der Gram, der ihn ergriffen hatte, von ihm, er ließ ihre Entschuldigung gelten und freute sich ihres Anblicks. Dann grüßte er sie und sprach mit ihr und saß wieder eine Weile bei seiner Schneiderarbeit; und schließlich kam die Sklavin zu ihm und sagte: ,Meine Herrin grüßt dich und teilt dir mit, daß ihr Gatte vorhat, die Nacht bei seinen Freunden zu verbringen. Wenn er also dorthin gegangen ist, so komm du zu uns und verbringe die Nacht mit meiner Herrin im herrlichsten Genusse bis zum Morgen.'

Nun aber hatte ihr Gatte sie gefragt: ,Wie sollen wir es anfangen, ihn von dir fortzutreiben?', und sie hatte gesagt: ,Laß

370

mich ihm noch einen anderen Streich spielen und ihn stadtbekannt machen!' Doch mein Bruder wußte nichts von der Arglist der Frauen. Und als es Abend war, kam die Sklavin zu ihm und führte ihn mit sich zurück; und wie die Dame meinen Bruder erblickte, da rief sie aus: ,Bei Allah, mein Gebieter, ich habe mich sehr nach dir gesehnt.' ,Um Allahs willen', erwiderte er, ,küsse mich schnell vor allem anderen!' Kaum aber hatte er das gesagt, so trat der Gatte der Dame aus dem nächsten Zimmer herein und schrie ihn an: ,Bei Allah, ich werde dich erst bei dem Hauptmann der Stadtwache wieder loslassen!' Nun bat mein Bruder ihn flehentlich; doch er wollte nicht auf ihn hören, sondern führte ihn vor den Präfekten, der ihn peitschen und auf ein Kamel setzen ließ, auf dem er durch die ganze Stadt geführt wurde, während die Leute ausriefen: ,Dies ist die Strafe für den, der in den Harem ehrenwerter Männer eindringt!' Er wurde aus der Stadt verbannt und zog aus, ohne zu wissen, wohin er sich wenden sollte; ich aber war um ihn besorgt und ging ihm nach, holte ihn ein und führte ihn zurück und nahm ihn auf in mein Haus, allwo er noch lebt.' Der Kalif lachte über meine Geschichte und sagte: ,Du hast gut gehandelt, o Schweiger, o Wortkarger!', und er ließ mir ein Geschenk geben und befahl mir, davonzugehen. Ich aber sagte: ,Ich will nichts von dir nehmen, es sei denn, daß ich dir zuvor erzähle, was meinen anderen Brüdern widerfahren ist; doch glaube nicht, ich sei ein Mann vieler Worte!

Wisse, o Beherrscher der Gläubigen, mein zweiter Bruder heißt der Plapperer, und er ist der Gelähmte. Es geschah eines Tages, als er ausging zu einer Besorgung, daß ein altes Weib ihm begegnete und zu ihm sprach: ‚Mann, bleib ein wenig stehen, damit ich dir einen Vorschlag machen kann! Wenn er dir zusagt, so führe ihn mir aus und bitte Allah um gutes Gelingen!‘ Da blieb mein Bruder stehen, und sie fuhr fort: ‚Ich will dir von etwas erzählen und dich dorthin führen, doch du darfst nicht viele Worte machen!‘ ‚Sprich dich aus!‘ sagte er; und sie: ‚Was meinst du zu einem schönen Hause und einem lieblichen Garten mit fließenden Wassern, Früchten und Wein und einem hübschen Gesicht, das du von Abend bis zum Morgen küssen darfst? Und wenn du tust, was ich dir rate, so wirst du dein Glück erleben.‘ Als mein Bruder ihre Worte vernahm, sprach er zu ihr: ‚O meine Herrin, wie kommt es, daß du unter allen Menschen gerade mir dies alles darbietest, und was gefällt dir so an mir?‘ Sie aber erwiderte meinem Bruder: ‚Habe ich dir nicht gesagt, du solltest nicht viele Worte machen? Schweig und komm mit mir!‘ Darauf wandte die Alte sich um, und mein Bruder folgte ihr, voll Verlangen nach dem, was sie ihm geschildert hatte, bis sie in ein geräumiges Haus mit vielen Dienern eintraten. Als sie ihn aus dem unteren Stockwerk in das obere führte, bemerkte mein Bruder, daß es ein vornehmes Schloß war. Und als die Leute des Hauses ihn sahen, fragten sie ihn: ‚Wer hat dich hierher gebracht?‘ Aber die Alte erwiderte ihnen: ‚Laßt ihn in Ruhe und stört ihn nicht; er ist ein Handwerker, und wir haben ihn nötig!‘ Dann führte sie ihn in ein geschmücktes Gemach, so schön, wie sein

Auge es noch nie gesehen. Als sie in das Gemach eintraten, erhoben sich die Frauen und hießen ihn willkommen und ließen ihn neben sich sitzen. Kaum hatte er dort einen Augenblick verweilt, da vernahm er ein lautes Geräusch, und herein trat eine Schar von Sklavinnen, die eine Dame umringten, dem Monde gleich in der Nacht seiner Fülle. Mein Bruder richtete seinen Blick auf sie, stand auf und verneigte sich vor ihr; und sie hieß ihn willkommen und winkte ihm, sich zu setzen. Als er sich gesetzt hatte, trat sie auf ihn zu und sprach zu ihm: ‚Allah bringe dich zu Ehren! Geht es dir gut?‘ ‚O meine Herrin,‘ versetzte er, ‚es geht mir sehr gut.‘ Darauf befahl sie Speisen zu bringen, und man setzte feine Speisen vor sie hin; und sie ließ sich nieder, um zu essen. Bei alledem hörte die Dame nicht auf zu lachen; aber sooft mein Bruder sie ansah, wandte sie ihren Blick ab zu ihren Sklavinnen hin, als ob sie über die lachte. Meinem Bruder aber machte sie Zeichen der Liebe und scherzte mit ihm. Und er, der Esel, merkte nichts; vielmehr, da die Leidenschaft ihn so ganz überwältigt hatte, bildete er sich ein, die Dame sei in ihn verliebt und werde ihm gewähren, was er wünschte. Als sie gegessen hatten, trug man den Wein auf; dann kamen der Mädchen zehn, wie Monde so schön, die trugen wohlgestimmte Lauten in den Händen und begannen mit wehmütig-schönen Stimmen zu singen. Da überwältigte meinen Bruder das Entzücken, und er nahm einen Becher aus der Hand der Dame und trank ihn vor ihr stehend aus. Darauf trank auch sie einen Becher Weins, und mein Bruder sagte: ‚Dein Wohl!‘, und verneigte sich. Dann reichte sie ihm einen zweiten Becher, und er trank auch ihn aus; sie aber gab ihm einen Streich auf den Nacken. Als mein Bruder dies von ihr erfuhr, lief er eiligst davon; aber die Alte folgte ihm und gab ihm Zeichen mit ihren Augen, daß er zurückkehren sollte. So kam er denn wieder, und die Dame hieß ihn sich setzen; und er ließ sich nieder und blieb sitzen, ohne ein Wort zu sagen. Und wieder schlug sie ihn ins Genick; und auch das genügte ihr noch nicht, sondern sie befahl sogar all ihren Sklavinnen, ihn zu schlagen, während er zu der Alten sagte: ‚Nie habe ich etwas Schöneres erlebt als dies.‘ Die Alte aber sagte immerfort: ‚Ach bei deinem Leben, o meine Herrin!‘ Doch die Mädchen schlugen ihn, bis er fast ohnmächtig wurde. Darauf stand mein Bruder auf, um ein Geschäft zu besorgen, aber die Alte holte ihn ein und sagte zu ihm: ‚Gedulde dich noch ein wenig, so wirst du erreichen, was du wünschest!‘ ‚Wie lange soll ich noch warten?‘ fragte mein Bruder; ‚von den Schlägen bin ich ja fast ohnmächtig geworden.‘ ‚Wenn sie trunken ist‘, erwiderte sie, ‚wirst du dein Ziel erreichen.‘ Also kehrte mein Bruder auf seinen Platz zurück und setzte sich; die Sklavinnen aber standen samt und sonders auf, und die Dame befahl ihnen, ihn mit Weihrauch zu beräuchern und ihm das Gesicht mit Rosenwasser zu besprengen. Jene führten den Befehl aus; die Dame aber sprach zu ihm: ‚Allah bringe dich zu Ehren! Du hast mein Haus betreten und meine Bedingungen eingehalten; denn wer mir zuwider handelt, den schicke ich hinweg; doch wer geduldig ist, erreicht sein Ziel.‘ ‚O meine Gebieterin,‘ sagte mein Bruder, ‚ich bin dein Sklave und in deiner Gewalt!‘ ‚So wisse,‘ fuhr sie fort, ‚mich hat Allah zu einer leidenschaftlichen Freundin lustiger Scherze gemacht; und wer mir gehorcht, der erhält, was er wünscht.‘ Dann befahl sie den Mädchen, mit lauter Stimme zu singen, so daß die ganze Gesellschaft entzückt war; und dann sprach sie zu einer von den Sklavinnen: ‚Nimm deinen Herrn und tu, was nötig ist, und bring ihn mir alsbald zurück!‘ Da nahm das Mädchen meinen Bruder, ohne daß er wußte, was sie mit ihm beginnen wollte; aber die Alte folgte

ihm und sagte: ‚Sei geduldig! Es bleibt nur noch wenig zu tun.‘
Und sein Gesicht hellte sich auf, und er wandte sich der Dame
wieder zu, während die Alte immerfort sagte: ‚Sei geduldig,
jetzt wirst du gleich erreichen, was du wünschest!‘ Da fragte
er sie: ‚Sage mir, was dieses Mädchen mit mir tun soll!‘ ‚Dort
harrt deiner nichts als Gutes,‘ erwiderte sie, ‚so wahr ich mich
für dich hingebe! Sie soll dir nur die Augenbrauen färben und
den Schnurrbart auszupfen.‘ Er sagte: ‚Die Farbe auf den Augenbrauen geht beim Waschen wieder ab, aber wenn man mir den
Schnurrbart auszupft, das tut weh.‘ ‚Nimm dich in acht,‘ rief
die Alte, ‚daß du ihr nicht zuwider handelst! Denn ihr Herz
hängt an dir.‘ Und so ließ mein Bruder sich geduldig die Brau-
en färben und den Schnurrbart auszupfen; und die Sklavin
kehrte zu ihrer Herrin zurück und sagte ihr Bescheid. Diese
sagte zu ihr: ‚Jetzt bleibt noch eins zu tun; du mußt ihm den
Bart scheren, daß er ganz glatt wird.‘ Die Sklavin ging darauf
zu ihm zurück und sagte ihm, was ihre Herrin ihr befohlen
hatte; und mein Bruder, der Dummkopf, erwiderte ihr: ‚Was
soll ich anfangen, wenn ich unter den Leuten zum Gespött
werde?‘ Doch die Alte sagte: ‚Sie will das nur tun, damit du
werdest wie ein bartloser Jüngling und damit nichts in deinem
Gesichte bleibt, was sie kratzt und sticht; denn ihr Herz ist in
leidenschaftlicher Liebe zu dir entbrannt. Also sei geduldig,
und du erreichst dein Ziel!‘ Und mein Bruder war geduldig,
gehorchte dem Mädchen und ließ sich den Bart rasieren; und
als er wieder vor die Dame geführt wurde, siehe, da waren ihm
die Brauen mit Farbe betupft, und der Schnurrbart war ihm
ausgezupft, das Kinn rasiert und die Wangen rot angestrichen.
Zuerst erschrak sie über ihn; dann lachte sie, bis sie auf den
Rücken fiel, und sagte nun: ‚Mein Gebieter, wahrlich, du hast
durch deine gute Natur mein Herz gewonnen!‘ Und sie be-

schwor ihn bei ihrem Leben, vor ihr zu tanzen, und er begann zu tanzen, während sie im Zimmer kein Kissen übrig ließ, das sie ihm nicht an den Kopf warf; und ebenso bewarfen ihn all die Sklavinnen, eine mit einer Orange, die andere mit einer Limone, die dritte mit einer Zitrone, bis er hinfiel, halb ohnmächtig von den Schlägen und Streichen auf seinen Nacken und von dem Bewerfen mit Kissen und Früchten. ‚Jetzt hast du dein Ziel erreicht,‘ sagte die Alte zu ihm, ‚wisse, nun harren deiner keine Schläge mehr, und nur noch eins bleibt zu tun übrig. Und das ist folgendes: sie pflegt sich im Rausche erst dann einem Manne zu ergeben, wenn sie ihre Kleider und Hosen abgelegt hat und splitternackt ist; sie wird dir befehlen, daß auch du deine Kleider ablegst und laufest, während sie vor dir herläuft, als ob sie vor dir fliehen wolle; du aber folge ihr von Ort zu Ort, bis deine Rute steht; dann wird sie sich dir ergeben‘; und sie fügte hinzu: ‚Zieh deine Kleider nur gleich aus!‘ Und er, der Welt entrückt, legte alle seine Kleider ab und stand ganz nackt da. – –«

Da bemerkte Schehrezâd, daß der Morgen begann, und sie hielt in der verstatteten Rede an. Doch als die *Zweiunddreißigste Nacht* anbrach, fuhr sie also fort: »Es ist mir berichtet worden, o glücklicher König, daß der Barbier von seinem zweiten Bruder also weiter erzählte: ‚Als die Alte zu meinem Bruder gesagt hatte, er solle seine Kleider ausziehen, und als er, der Welt entrückt, seine Kleidung abgelegt hatte und nackt dastand, sagte die Dame zu ihm: ‚Nun halt dich bereit zum Lauf; ich werde auch laufen!‘ Darauf entkleidete sie sich ebenfalls und rief ihm zu: ‚Wenn du etwas willst, so folge mir!‘ Und sie lief vor ihm her, und er lief ihr nach, und sie eilte von Zimmer zu Zimmer immer weiter; mein Bruder hinter ihr her, wie ein Verrückter, überwältigt von Begier und mit stehender Rute.

Und schließlich eilte sie vor ihm her in einen dunklen Raum und er ihr nach in rasendem Lauf; aber plötzlich trat er auf eine weiche Stelle, die unter ihm durchbrach; und ehe er sich dessen versah, befand er sich mitten auf der Straße im Basar der Lederhändler, die ihre Häute ausriefen und kauften und verkauften. Als die ihn in diesem Zustande sahen: nackt, mit stehender Rute, mit rasiertem Kinn, mit gefärbten Brauen und rot angestrichenem Gesicht, – da schrien sie und klatschten ihn aus und begannen mit den Häuten auf seinen nackten Leib zu schlagen, bis er ohnmächtig hinfiel. Und sie luden ihn auf einen Esel und führten ihn zu dem Präfekten. Der sprach zu ihnen: ‚Was ist dies?‘ Sie antworteten: ‚Der da fiel plötzlich in diesem Zustand aus des Wesirs Haus auf uns nieder.‘ Da ließ der Präfekt ihm hundert Peitschenhiebe verabfolgen und verbannte ihn aus Baghdad. Ich aber ging ihm nach und brachte ihn heimlich in die Stadt zurück und gab ihm ein Taggeld, damit er leben kann. Wäre ich nicht so großmütig, dann hätte ich seinesgleichen nicht ertragen.

DES BARBIERS ERZÄHLUNG
VON SEINEM DRITTEN BRUDER

Was nun meinen dritten Bruder betrifft, so heißt er el-Fakík, und er ist der Blinde. Eines Tages trieben ihn Schicksal und Verhängnis vor ein großes Haus, und er klopfte an die Tür, da er den Eigentümer sprechen wollte, um etwas von ihm zu erbetteln. Der Herr des Hauses rief: ‚Wer steht an der Tür?‘ Aber mein Bruder sprach kein Wort, und alsbald hörte er ihn mit lauter Stimme wiederholen: ‚Wer ist da?‘ Doch er gab wiederum keine Antwort, und jetzt hörte er, wie der Hausherr an die Tür kam, sie öffnete und fragte: ‚Was willst du?‘ Und mein

Bruder versetzte: ‚Etwas um Allahs des Erhabenen willen.‘
‚Bist du blind?‘ fragte ihn jener; und mein Bruder erwiderte:
‚Ja.‘ Der Hausherr sprach: ‚Reiche mir deine Hand!‘ Und mein
Bruder reichte ihm die Hand hin, denn er glaubte, jener werde
ihm etwas geben; der aber ergriff die Hand, führte ihn ins Haus
und brachte ihn hinauf von Treppe zu Treppe, bis sie oben auf
die Terrasse kamen; und mein Bruder glaubte derweilen, er
werde ihm sicherlich Geld oder etwas zu essen geben. Als er
nun oben war, fragte er: ‚Was begehrst du, o Blinder?‘ und
mein Bruder erwiderte: ‚Etwas um Allahs des Erhabenen willen.‘ ‚Allah öffne dir eine andere Tür!‘ ‚Mann! weshalb sagtest
du das nicht, als ich unten war?‘ ‚Du Lump, weshalb gabst du
mir keine Antwort, als ich dich zum ersten Mal fragte?‘ ‚Und
was willst du jetzt mit mir tun?‘ ‚Ich habe nichts für dich.‘ ‚So
führe mich die Treppen hinunter!‘ ‚Der Weg liegt vor dir.‘
Und mein Bruder machte sich auf und tastete sich die Treppen
hinunter, bis er der Tür auf zwanzig Stufen nahe war; da aber
glitt sein Fuß aus, und er fiel hinab der Tür zu und schlug sich
den Kopf auf.

Er ging hinaus und wußte nicht, wohin er sich wenden sollte;
da traf er auf zwei andere Blinde, Gefährten von ihm, und die
fragten ihn: ‚Was hast du heute verdient?‘ Nun erzählte er ihnen,
was ihm widerfahren war, und fügte hinzu: ‚O meine Brüder,
ich möchte etwas von dem Gelde nehmen, das ich zu Hause
habe, und es für mich verwenden.‘ Der Herr des Hauses aber
war ihm gefolgt und hörte, was er sagte; doch weder mein
Bruder noch auch seine Gefährten bemerkten den Kerl. So ging
mein Bruder in seine Wohnung, und der Hauseigentümer
folgte ihm unbemerkt; dann setzte mein Bruder sich nieder,
um seine Gefährten zu erwarten. Als die eingetreten waren
sagte er zu ihnen: ‚Verriegelt die Tür und durchsucht das Haus,
378

ob uns auch kein Fremder gefolgt ist.' Als jedoch der Fremde die Worte hörte, kletterte er an einem Strick hinauf, der von der Decke herabhing, während sie im ganzen Hause umhergingen und suchten, aber niemanden fanden. Dann kamen sie zurück, setzten sich neben meinen Bruder, zogen ihr Geld hervor und zählten es, und siehe, es waren zwölftausend Dirhems. Die legten sie in einen Winkel des Zimmers; ein jeder nahm, was er brauchte, und den Rest vergruben sie in der Erde. Dann trugen sie etwas zu essen auf und setzten sich nieder, um zu essen. Und plötzlich hörte mein Bruder neben sich ein fremdes Kauen und sagte zu seinen Freunden: ,Es ist ein Fremder unter uns'; und er streckte die Hand aus und stieß auf die des Hauseigentümers. Da fielen sie alle über ihn her und schlugen ihn; und als sie müde wurden, riefen sie: ,O ihr Muslime, ein Dieb ist unter uns gekommen, um uns unser Geld zu stehlen!' Und eine große Menge sammelte sich um sie; der Eindringling aber hielt sich dicht an sie und klagte mit ihnen, wie sie klagten; und er schloß seine Augen, so daß es aussah, als gehöre er zweifellos zu ihnen, und rief: ,O Muslime, ich rufe Allah und den Sultan an, ich rufe Allah und den Präfekten an, ich habe ihm einen wichtigen Rat zu geben!' Da kam auch schon die Wache, verhaftete die ganze Gesellschaft, darunter meinen Bruder, und trieb sie zum Hause des Präfekten, der sie vor sich kommen ließ und fragte: ,Was ist mit euch?' Der Eindringling rief: ,Sieh selbst zu! Aber du wirst es nur durch die Folter herausbekommen. Fang nur zuerst mit mir an und laß mich foltern; dann aber den da, meinen Anführer!' Und dabei zeigte er mit der Hand auf meinen Bruder. Nun warfen sie den Fremden hin und versetzten ihm vierhundert Streiche auf sein Hinterteil. Und wie die Schläge ihn schmerzten, öffnete er das eine Auge, und als sie ihn noch kräftiger schlugen, öffnete er auch das zweite. Da schrie der

Präfekt ihn an: ,Was machst du da, du Verfluchter?' und der bat: ,Begnadige mich! Wir vier stellen uns blind, und wir spielen den Leuten Streiche, indem wir in die Häuser eindringen und die Frauen zu sehen bekommen und durch Verführung Geld von ihnen erpressen; auf diese Weise haben wir bereits eine große Summe zusammengebracht, die beläuft sich auf zwölftausend Dirhems. Ich sprach zu meinen Gefährten: ,Gebt mir meinen Anteil, dreitausend'; aber sie fielen mit Schlägen über mich her und nahmen mein Geld weg, und nun rufe ich Allahs und deinen Schutz an; lieber sollst du meinen Anteil haben als sie. Wenn du wissen willst, ob meine Worte wahr sind, so schlage einen jeden von den andern, mehr noch als du mich geschlagen hast, so wird er die Augen auftun.' Da gab der Präfekt Befehl, die Folter mit meinem Bruder zu beginnen; und sie banden ihn an ein Marterbrett, und der Präfekt sprach zu ihnen: ,Ihr Schurken, verleugnet ihr die gütigen Gaben Allahs und tut, als wäret ihr blind?' ,Allah! Allah!' rief mein Bruder, ,bei Allah, unter uns ist niemand, der sehend ist.' Und sie schlugen ihn, bis er in Ohnmacht fiel; da rief der Präfekt: ,Laßt ihn, bis er zur Besinnung kommt, und dann schlagt ihn von neuem!' Und er ließ jedem der Gefährten mehr als dreihundert Streiche verabfolgen, während der Sehende ihnen unaufhörlich sagte: ,Tut die Augen auf, sonst werdet ihr von neuem geschlagen!' Und schließlich sagte der Fremde zu dem Präfekten: ,Schicke einen mit mir, daß er das Geld herbringe; denn diese Leute wollen die Augen nicht auftun aus Furcht vor der Schande unter den Leuten.' Da schickte der Präfekt aus, um das Geld zu holen; und er gab davon dem Fremden seinen angeblichen Anteil, dreitausend Dirhems, behielt den Rest für sich und verbannte die drei Blinden aus der Stadt. Ich aber, o Beherrscher der Gläubigen, zog hinaus, holte meinen Bruder ein und fragte ihn nach seinem Erlebnis; und er berichtete mir, was ich dir erzählt habe; und ich brachte ihn heimlich zurück in die Stadt und gab ihm ein Taggeld, daß er in aller Heimlichkeit essen und trinken kann.'

Der Kalif lachte über meine Geschichte und sprach: ‚Gebt ihm ein Geschenk und laßt ihn gehen!' Ich aber rief: ‚Bei Allah, ich will nichts nehmen, bis ich dem Beherrscher der Gläubigen erklärt habe, was meinen anderen Brüdern widerfahren ist; denn wahrlich, ich bin ein Mann von wenig Worten.'

Und dann redete er weiter.

DES BARBIERS ERZÄHLUNG
VON SEINEM VIERTEN BRUDER

Was nun meinen vierten Bruder angeht, o Beherrscher der Gläubigen, den Einäugigen, so war er Schlächter in Baghdad; und er verkaufte Fleisch und zog Lämmer auf, und die Großen und Reichen kauften ihr Fleisch von ihm, so daß er großen Reichtum gewann und Lasttiere und Häuser erwarb. So lebte er eine lange Zeit, bis eines Tages, als er bei seinem Laden saß, ein Greis mit langem Bart an ihn herantrat, der ihm einige Dirhems hinlegte und zu ihm sprach: ‚Gib mir Fleisch dafür!' Und er gab ihm Fleisch für sein Geld, und der Alte ging seiner Wege. Mein Bruder aber prüfte das Silber des Scheichs, und als er sah, daß die Dirhems weiß und glänzend waren, legte er sie an besonderer Stelle nieder. Fünf Monate lang kam der Alte regelmäßig wieder, und mein Bruder legte alles Geld, das er von ihm erhielt, in einen besonderen Kasten. Schließlich aber wollte er das Geld herausnehmen, um Schafe dafür zu kaufen. Er öffnete den Kasten und fand nichts darin als rundgeschnittene Stückchen Papier; da schlug er sich das Gesicht und schrie laut auf, so daß das Volk sich um ihn sammelte, und er erzählte ihnen seine Geschichte, und alle erstaunten darüber. Mein Bruder machte sich aber an seine gewohnte Arbeit, schlachtete einen Widder und hängte ihn in seinen Laden; und er schnitt ein wenig von dem Fleisch ab und hängte es draußen auf, indem er bei sich sagte: ‚O Allah, wenn doch der Unglücksalte käme!‘ Und es dauerte nicht lange, so kam der Scheich, mit dem Silber in der Hand. Da sprang mein Bruder auf, packte ihn und begann zu schreien: ‚Kommt mir zu Hilfe, ihr Muslime, und hört, was mir von diesem Schurken geschah. Wie der Alte seine Worte hörte, sagte er zu ihm: ‚Was ist dir lieber? Daß du von mir ablässest oder daß ich dich vor allem Volk bloßstelle?‘ ‚Wodurch könntest du mich bloßstellen?‘ ‚Dadurch, daß du Menschenfleisch für Hammelfleisch verkaufst!‘ ‚Du lügst, Verfluchter!‘ ‚Nein, nur der ist der Verfluchte, in dessen Laden ein Mensch aufgehängt ist.‘ ‚Wenn es so ist, wie du sagst, so soll mein Geld und mein Blut dir verfallen sein.‘ Da rief der Alte: ‚Ihr Leute, wenn ihr euch von der Wahrheit meiner Worte überzeugen wollt, so tretet in seinen Laden ein.‘ Da stürzte das Volk in den Laden meines Bruders, und alle sahen dort einen Menschen hängen, in den der Widder verwandelt war. Bei diesem Anblick fielen sie denn über meinen Bruder her und schrien ihn an: ‚O du Ungläubiger, du Schurke!‘, und seine besten Freunde begannen ihn zu schlagen und zu stoßen und sagten: ‚Gibst du uns das Fleisch von Menschenkindern zu essen?‘ Und der Alte schlug ihn gar auf das eine Auge, so daß es auslief.

Die Leute nun trugen jenen geschlachteten Menschen vor den Hauptmann der Stadtwache, und der Alte sagte zu ihm: ‚O Emir, dieser Bursche schlachtet Menschen und verkauft ihr Fleisch als Hammelfleisch, deshalb haben wir ihn vor dich geführt; wohlan, vollstrecke das Recht Allahs, des Allmächtigen und Glorreichen!' Mein Bruder wollte sich verteidigen; doch der Hauptmann hörte ihn nicht an, sondern verurteilte ihn zu fünfhundert Stockschlägen. Man nahm ihm auch all sein Geld; und wäre das Geld nicht gewesen, so hätte man ihn totgeschlagen. Da machte mein Bruder sich auf und wanderte alsbald fort, bis er in eine große Stadt kam, wo er es für das Beste hielt, sich als Schuhflicker niederzulassen; und er tat einen Laden auf und setzte sich hinein und arbeitete so viel, daß er davon leben konnte.

Doch eines Tages, als er in Geschäften ausging, hörte er Pferdegetrappel und er fragte nach dem Anlaß und erhielt zur Antwort, der König ziehe aus zu Hatz und Jagd; da blieb mein Bruder stehen, um sich die königliche Pracht anzusehen. Nun aber traf es sich, daß das Auge des Königs auf das leere Auge meines Bruders fiel; sofort senkte der König den Kopf und sprach: ‚Ich nehme meine Zuflucht zu Allah vor dem Unglück des heutigen Tages!' Er wandte die Zügel seines Rosses und kehrte mit allem Gefolge zurück. Dann gab er seinen Wachen Befehl; die ergriffen meinen Bruder und versetzten ihm so schmerzhafte Schläge, daß er halb tot war, ohne zu ahnen, weshalb das alles geschah. Darauf kehrte er, ganz gebrochen, nach Hause zurück. Dann ging er zu einem aus der Umgebung des Königs und erzählte ihm, was ihm widerfahren war; der andere lachte, bis er auf den Rücken fiel, und sagte: ‚Mein Bruder, wisse, der König kann es nicht ertragen, einen Einäugigen anzusehen, und besonders dann nicht, wenn er auf dem rechten Auge blind ist; dann läßt er ihn nicht gehen, ohne ihn durchprügeln zu lassen.' Als mein Bruder diese Worte hörte, beschloß er, sogleich aus jener Stadt zu entfliehen; so machte er sich denn auf, zog fort von da und wandte sich einer anderen

Gegend zu, wo ihn niemand kannte, und dort wohnte er eine lange Zeit.

Darauf nun ging mein Bruder eines Tages in Gedanken über seine Lage aus um sich zu zerstreuen; plötzlich hörte er Pferdegetrappel hinter sich und rief: ‚Allahs Gericht ist über mir!‘ Und er sah sich nach einem Versteck um, doch er fand keines. Schließlich bemerkte er eine geschlossene Tür und stemmte sich dagegen; und als sie umfiel, trat er ein und sah einen langen Gang, in dem er Zuflucht suchte; doch ehe er sich dessen versah, fielen zwei Männer über ihn her und schrien ihn an: ‚Allah sei Dank, der dich in unsere Hände gegeben hat, du Feind Gottes! Drei Nächte lang hast du uns Ruhe und Schlaf geraubt, so daß du uns fast den Tod hast kosten lassen!‘ Da fragte mein Bruder: ‚O ihr Leute, was ist's mit euch?‘ Und sie erwiderten: ‚Du täuschest uns und willst Schande über uns bringen, und du spinnst Ränke, um den Herrn des Hauses zu ermorden! Genügt es nicht, daß du ihn zum Bettler gemacht hast, du mit deinen Genossen? Aber jetzt gib uns das Messer, mit dem du uns jede Nacht bedrohst.‘ Und sie durchsuchten ihn und fanden in seinem Gürtel ein Messer; doch er sagte: ‚O ihr Leute, fürchtet Allah in meiner Sache; denn wisset, meine Geschichte ist höchst seltsam!‘ ‚Und wie ist deine Geschichte?‘ fragten sie; da erzählte er ihnen, was ihm widerfahren war, in der Hoffnung, sie würden ihn gehen lassen; aber sie hörten nicht auf die Worte meines Bruders und kümmerten sich nicht um ihn, sondern sie schlugen ihn und rissen ihm die Kleider herab; und als sie auf seinen Flanken die Narben der Ruten fanden, da sagten sie: ‚Verfluchter, diese Narben verraten dich!‘ Dann führten sie ihn vor den Präfekten, derweilen er zu sich selber sagte: ‚Jetzt werde ich für meine Sünden bestraft, und niemand kann mich befreien als Allah der Erhabene!‘ Der Präfekt aber sprach zu meinem Bruder: ‚Du Schurke, was trieb dich dazu, mit der Absicht des Mordes in dieses Haus einzudringen?‘ Und mein Bruder erwiderte: ‚Ich beschwöre dich bei Allah, o Emir, höre meine Worte an und sprich mir nicht übereilt das Urteil!‘ Doch der Präfekt rief: ‚Sollen wir auf die Worte eines Räubers hören, der diese Leute zu Bettlern gemacht hat und der auf dem Rücken die Narben von Streichen trägt?‘ und er fügte hinzu: ‚Man hat dir das gewißlich nur wegen eines schweren Verbrechens angetan.‘ Und er verurteilte ihn zu hundert Geißelhieben. Darauf erhielt mein Bruder hundert Geißelhiebe, und dann setzten sie ihn auf ein Kamel und riefen vor ihm aus: ‚Dies ist die Strafe, und zwar die geringste Strafe für den, der in der Leute Häuser einbricht!‘ Darauf trieben sie ihn auf Befehl des Präfekten zur Stadt hinaus, und mein Bruder wanderte aufs Geratewohl dahin. Als ich jedoch von seinem Geschick hörte, zog ich ihm nach und fragte ihn nach seinen Erlebnissen; er erzählte mir seine Geschichte und alles, was ihm widerfahren war. Und ich zog mit ihm umher, während die Leute ihn verspotteten, bis sie ihn endlich in Ruhe ließen. Dann führte ich ihn heimlich in diese Stadt zurück und gab ihm ein Taggeld, daß er essen und trinken kann.

DES BARBIERS ERZÄHLUNG
VON SEINEM FÜNFTEN BRUDER

Was nun meinen fünften Bruder angeht, den, dem beide Ohren abgeschnitten wurden, o Beherrscher der Gläubigen, so war er ein armer Mann, der sich abends von den Leuten zu erbetteln pflegte, wovon er tagsüber lebte. Als nun unser hochbetagter Vater, nachdem er uralt geworden war, krank wurde und starb, da hinterließ er uns siebenhundert Dirhems, und ein jeder von uns erhielt hundert Dirhems; doch als mein fünfter Bruder seinen Anteil empfing, da war er ratlos und wußte nicht, was er damit beginnen sollte. Und in dieser Verfassung kam ihm der Gedanke, für das Geld Glaswaren aller Art zu kaufen und daran zu verdienen. So kaufte er denn für die hundert Dirhems Glas, stellte es auf eine große Platte und setzte sich an einem Platze nieder, um es zu verkaufen; daneben befand sich eine Mauer, an die er sich lehnte. Wie er dort so in Gedanken dasaß, sagte er zu sich selber: ‚Siehe, mein Kapital in diesen Glaswaren beträgt hundert Dirhems. Die werde ich für zweihundert Dirhems verkaufen. Dann werde ich für zweihundert Dirhems Glaswaren einkaufen und sie wieder für vierhundert Dirhems verkaufen. So werde ich immer weiter verkaufen und kaufen, bis ich ganz viel Geld habe. Dafür werde ich dann alle möglichen Waren einkaufen, auch Edelsteine und Rosenöl, und damit noch viel mehr Geld gewinnen. Dann aber kaufe ich mir ein schönes Haus und weiße Sklaven und Pferde mit goldenen Sätteln; und ich will essen und trinken und keinen Sänger und keine Sängerin in der Stadt übriglassen, sondern alle in meinen Palast entbieten. Dann habe ich, so Allah will, wohl ein Kapital von hunderttausend Dirhems!‘ All dies überdachte er in seinem Geiste, derweilen die Platte mit dem Glase vor ihm stand. Und weiter sprach er bei sich: ‚Und wenn mein Kapital auf hunderttausend Dinare gestiegen ist, so will ich Brautwerberinnen entsenden, um die Töchter von Königen und Wesiren für mich zu Frauen zu begehren. Ich will um die Tochter des Wesirs freien; denn es ist mir berichtet worden, daß sie von vollendeter Schönheit und herrlicher Anmut ist. Als Brautgeschenk will ich ihr tausend Dinare geben; und wenn ihr Vater bereit ist, gut; doch wenn nicht, so nehme ich sie mir mit Gewalt, ihm zum Trotz. Und wenn sie dann in meinem Hause ist, dann will ich zehn kleine Eunuchen kaufen, und für mich ein Gewand, wie es Könige und Sultane tragen; und ich will mir einen goldenen Sattel machen lassen, der mit kostbaren Edelsteinen besetzt ist. Dan besteige ich mein Roß, und von meinen Mamluken begleitet, die vor mir zu meinen beiden Seiten und hinter mir laufen, reite ich dahin durch die Stadt, während das Volk mich grüßt und segnet; darauf trete ich ein zu dem Wesir, der des Mädchens Vater ist, vor mir und hinter mir und zu meiner Rechten und Linken umgeben von den weißen Sklaven. Und wenn er mich sieht, so erhebt der Wesir sich vor mir, läßt mich auf seinem Platze sitzen und setzt sich selber tiefer als ich, weil ich sein Eidam werden soll. Nun aber habe ich bei mir zwei Eunuchen, die tragen Beutel, und jeder enthält tausend Dinare; und von ihnen gebe ich ihm die einen tausend als Morgengabe für seine Tochter, und die anderen tausend mache ich ihm freiwillig zum Geschenk, damit er erkenne, daß ich großmütig und freigebig und von hohem Geiste bin und daß weltliches Gut in meinen Augen nichts bedeutet. Und auf zehn Worte, die er an mich richtet, gebe ich ihm nur zwei zur Antwort. Dann kehre ich zurück in mein Haus, und wenn dann jemand im Auftrag der Braut zu mir kommt, so gebe ich ihm ein Geldgeschenk und werfe ihm ein Ehrengewand über die Schulter; doch wenn er mir eine Gabe bringt, so gebe ich sie ihm zurück und weigere mich, sie von ihm anzunehmen, damit man erfahre, daß ich eine stolze Seele habe und daß ich mich nur mit dem mir gebührenden Platze zufrieden gebe. Dann gebe ich ihnen Anweisung, mich herrlich zu schmücken; und wenn sie das getan haben, befehle ich ihnen, die Braut im Hochzeitszug herzuführen, und ich lasse mein Haus strahlend schmücken. Und wenn dann die Zeit der Brautschmückung gekommen ist, lege ich meine prächtigsten Kleider an, und dann sitze ich da in einem Gewande aus Goldbrokat, zurückgelehnt, und blicke weder nach rechts noch nach links, in der Hoheit meines Geistes und der Würde meines Verstandes. Da, vor mir, steht meine Gemahlin in ihren Gewändern und ihrem Schmuck, lieblich wie der volle Mond; und ich werfe auf sie nur einen Blick voll Stolz und Erhabenheit, bis alle, die zugegen sind, mir sagen: ‚O Herr, deine Gemahlin und Sklavin steht vor dir; gewähre ihr einen Blick, denn es ermüdet sie, so dazustehen!‘ Dann küssen sie den Boden vor mir, viele Male; ich aber hebe die Augen auf und werfe einen einzigen Blick auf sie und wende das Antlitz wieder zur Erde. Und sie führen sie fort in das Brautgemach, und ich stehe auf und vertausche mein Kleid mit einem weit schöneren Gewand; und wenn sie die Braut zum zweiten Mal bringen, so geruhe ich nicht, ihr einen Blick zu gönnen, bis sie mich viele Male bitten; und dann sehe ich sie an und senke den Blick von neuem. Und so tue ich jedesmal, bis die Brautschmückung vorüber ist.‘—«

Da bemerkte Schehrezâd, daß der Morgen begann, und sie hielt in der verstatteten Rede an. Doch als die *Dreiunddreißigste Nacht* anbrach, fuhr sie also fort: »Es ist mir berichtet worden, o glücklicher König, daß des Barbiers fünfter Bruder also sprach: ‚Und ich senke den Kopf, und so tue ich jedesmal, bis die Brautschmückung vorüber ist. Und dann befehle ich einem meiner Eunuchen, mir einen Beutel mit fünfhundert Dinaren zu bringen; und wenn er ihn gebracht hat, gebe ich ihn den Kammerfrauen und befehle ihnen, mich ins Brautgemach zu führen. Sobald sie mich mit ihr allein gelassen haben, werfe ich keinen Blick auf sie, noch spreche ich zu ihr ein Wort, um meine Geringschätzung zu zeigen, damit es von mir heiße, daß ich eine stolze Seele habe. Und ihre Mutter kommt, küßt mir den Kopf und die Hand und spricht zu mir: ‚Mein Gebieter,

sieh deine Sklavin an, die sich danach sehnt, dir zu nahen; so
heile ihr das gebrochene Herz!' Ich aber gebe ihr keine Antwort;
und wenn sie das sieht, so küßt sie mir die Füße viele Male und
sagt: ,Mein Gebieter, siehe, meine Tochter ist ein schönes Mädchen, und sie hat noch keinen Mann gekannt; und wenn sie bei
dir diese Abneigung findet, so bricht ihr das Herz; also neige
dich ihr zu und sprich zu ihr!' Dann geht sie hin und holt für
mich einen Becher Weines; den nimmt ihre Tochter entgegen.
Aber wenn sie mir naht, so lasse ich sie vor mir stehen, während ich mich auf einem goldgestickten Kissen lässig zurück-
lehne, ohne sie anzusehen, in der Hoheit meines Geistes, so daß
sie mich wahrlich für einen großmächtigen Sultan hält. Dann
spricht sie zu mir: ,Mein Gebieter, um Allahs willen, verwei-
gere nicht, den Becher aus der Hand deiner Sklavin zu nehmen,
denn siehe, ich bin deine Magd!' Ich aber spreche nicht zu ihr,
und sie bittet mich inständig, ihn doch wirklich zu trinken;
und sie hält ihn mir an die Lippen. Ich aber schüttele ihr die
Faust vorm Gesicht und stoße sie mit dem Fuß und mache so!'
Da stieß er mit dem Fuße, und – das Glas mitsamt der Platte,
die auf einer Erhöhung lag, fiel zu Boden, und alles, was darauf
war, zerbrach in Scherben. Und mein Bruder schrie: ,Das
kommt alles von meinem Hochmut!' Darauf, o Beherrscher
der Gläubigen, schlug er sich ins Gesicht, zerriß seine Kleider,
fing an zu weinen und prügelte sich. Und die Leute, die zum
Freitagsgebet gingen, sahen ihn; und ein paar blickten ihn
wohl an und hatten Mitleid, aber andere kümmerten sich nicht
um ihn. Nun saß mein Bruder da in solcher Verfassung, sintemalen er Geld und Verdienst verloren hatte. Nachdem er eine
Weile in einem fort geweint hatte, siehe, da kam eine schöne
Dame, umgeben von vielen Dienern; sie ritt auf einem Maultier mit goldenem Sattel, Moschusduft strömte von ihr aus,

und sie war auf dem Wege zum Freitagsgebet. Als sie die Glasscherben sah und meinen weinenden Bruder, regte sich Mitleid mit ihm in ihrem Herzen, und sie fragte, was ihm fehle. Da wurde ihr gesagt: ‚Der hat eine Platte voll Glas besessen, durch dessen Verkauf er sich seinen Unterhalt zu verdienen hoffte; aber jetzt ist es zerbrochen, und so kam er in die Verfassung, in der du ihn siehst.‘ Sie aber rief einen ihrer Diener und sagte zu ihm: ‚Gib, was du bei dir hast, diesem armen Burschen!‘ Und er gab meinem Bruder einen Beutel, in dem sich fünfhundert Dinare befanden; wie der ihn in seiner Hand fühlte, starb er fast vor übergroßer Freude und rief allen Segen auf sie herab. Dann kehrte er in seine Wohnung zurück als wohlhabender Mann. Doch als er noch in Gedanken dasaß, klopfte es an die Tür. Er stand auf und öffnete und sah ein altes Weib, das er nicht kannte. ‚Mein Sohn,‘ sprach sie, ‚wisse, die Zeit des Gebetes ist nahe, und ich habe die religiöse Waschung noch nicht vorgenommen; nun möchte ich, daß du mir deine Wohnung zur Verfügung stellst, damit ich die kleine Waschung vollziehen kann.‘ Mein Bruder antwortete: ‚Ich höre und gehorche!‘ und er ging hinein und hieß sie folgen. So trat sie ein, und er brachte ihr eine Wasserkanne, damit sie sich waschen könne; er selber setzte sich, noch immer ganz außer sich vor Freuden über die Dinare. Dann knotete er sie in seinen Gürtel. Als er damit fertig war und die Alte ihre Waschung beendet hatte, kam sie zu der Stelle, an der er saß, betete zwei Rak'as[1] und flehte auf meinen Bruder schönen Segen herab; und indem er ihr dafür dankte, hob er die Hand zu den Dinaren und gab ihr zwei davon und sagte bei sich: ‚Dies ist mein freiwilliges Almosen.‘ Als sie aber das Gold sah, rief sie aus: ‚Ge-

---

[1] Eine Rak'a ist eine bestimmte Folge von Formeln und Bewegungen, die das liturgische Gebet ausmachen.

lobt sei Allah! Weshalb siehst du Leute, die dich lieben, so an, als wären sie Bettler? Nimm dein Geld, ich brauche es nicht, tu es in deinen Gürtel zurück! Aber wenn du wünschest, mit der vereint zu sein, die dir das Geld gegeben hat, so kann ich dich mit ihr vereinen; denn sie ist meine Herrin.' ,O Mütterchen,' fragte mein Bruder, ,wie kann ich zu ihr gelangen?' Und sie antwortete: ,Mein Sohn, sie hat eine Neigung zu dir gefaßt, doch sie ist das Weib eines reichen Mannes; nimm all dein Geld mit dir und folge mir, daß ich dich an das Ziel deiner Wünsche führe; und bist du mit ihr vereint, so wirst du, wenn du alle Liebenswürdigkeiten und schönen Worte ihr widmest, von ihren Reizen und ihren Schätzen alles erlangen, was du wünschest.' Mein Bruder nahm all das Gold, machte sich auf und folgte der Alten, ohne daran glauben zu können. Sie ging dahin, und mein Bruder folgte ihr, bis sie ein großes Tor erreichten, wo sie klopfte, und eine griechische Sklavin kam und tat ihnen auf. Die Alte trat ein und hieß meinen Bruder mit ihr eintreten; so trat er denn ein in ein großes Haus und darauf in ein großes Wohngemach, dessen Boden mit wunderbaren Teppichen belegt war und das mit Vorhängen ausgestattet war. Er setzte sich hin und legte das Gold vor sich und seinen Turban auf die Kniee. Doch ehe er sich dessen versah, trat eine junge Dame herein, so schön, wie sie noch nie jemand gesehen hatte, gekleidet in die prunkvollsten Gewänder; da stand mein Bruder auf, und als sie ihn erblickte, lächelte sie ihm zu, zeigte ihm ihre Freude und winkte ihm, sich zu setzen. Dann befahl sie die Tür zu schließen, und als das geschehen war, trat sie zu meinem Bruder und nahm ihn bei der Hand; sie gingen zusammen, bis sie zu einem abseits gelegenen Gemache kamen. Dort traten die beiden ein, und siehe, es war mit mancherlei Arten von goldgestickten Seidenteppichen ausge-

391

legt. Er setzte sich hin, sie setzte sich neben ihn und scherzte eine Weile mit ihm; schließlich stand sie auf und sagte: ‚Rühre dich nicht von deinem Sitz, bis ich zurück bin!‘ und verschwand. Und als er so dasaß, siehe, da trat ein schwarzer Sklave von riesenhafter Gestalt zu ihm ein, das gezogene Schwert in der Hand, und schrie: ‚Heda, wer hat dich hierher gebracht, und was machst du hier?‘ Als mein Bruder den ansah, konnte er ihm keine Antwort geben, denn er war vor Schrecken sprachlos; da packte ihn der Mohr, zog ihm die Kleider aus und schlug ihn immerfort mit der flachen Klinge seines Schwertes, bis er, ohnmächtig vor Schmerzen, zu Boden fiel. Als der elende Neger meinte, es sei mit ihm zu Ende, hörte mein Bruder ihn rufen: ‚Wo ist das Salzweib?‘ Da trat zu ihm eine Sklavin, die in der Hand eine große Platte mit vielem Salze hatte; und der Mohr rieb es in einem fort in die Wunden meines Bruders, der sich jedoch nicht rührte aus Furcht, der Sklave könnte merken, daß er noch lebendig war, und ihm dann völlig den Garaus machen. Das Salzmädchen ging, und der Neger rief: ‚Wo ist das Kellerweib?‘ Da kam die Alte zu meinem Bruder, schleppte ihn an den Füßen in einen Keller und warf ihn auf einen Haufen von Ermordeten. Hier lag er auf derselben Stelle zwei volle Tage lang; aber Allah machte das Salz zu einem Mittel, ihm das Leben zu erhalten, da es das Blut stillte. Als mein Bruder sich dann imstande fühlte, sich wieder zu rühren, machte er sich auf aus dem Keller, öffnete furchtsam die Luke und kroch ins Freie hinaus; und Allah schützte ihn, so daß er im Dunkeln vorwärts kam und sich bis zum Morgen in der Halle verbergen konnte. Bei Tagesanbruch zog jene verfluchte Alte aus auf die Suche nach neuer Jagdbeute. Er folgte ihren Spuren, ohne daß sie es merkte, und ging in seine Wohnung, wo er seine Wunden verband und sich pflegte, bis er gesund war. Der-

weilen aber beobachtete er die Alte und sah ihr zu allen Tageszeiten zu, wie sie einen Mann nach dem andern mit sich nahm
und in jenes Haus führte, ohne daß er ein Wort darüber sagte.
Dann, als er wieder gesund und kräftig war, nahm er ein Stück
Stoff und machte daraus einen Sack, füllte ihn mit Glasscherben und band ihn sich an den Gürtel. Und er gab sich ein
fremdes Aussehen, so daß ihn niemand erkennen konnte, zog
persische Kleidung an, nahm ein Schwert und verbarg es unter
seinen Gewändern. Als er die Alte sah, sagte er zu ihr mit persischer Aussprache: ‚Alte, ich bin ein Fremder und heute erst
in dieser Stadt angekommen, und ich kenne niemanden. Hast
du eine Waage, auf der ich neunhundert Dinare wägen kann?
Ich werde dir ein paar davon geben.‘ ‚Ich habe einen Sohn,‘ erwiderte die Alte, ‚einen Wechsler, der jede Art von Waagen
besitzt; komm mit mir, ehe er seinen Laden verläßt, und er
wird dir dein Gold abwägen!‘ Mein Bruder bat: ‚Führe mich!‘
Da schritt sie aus, mein Bruder hinter ihr her, bis sie zu der Tür
kam; sie klopfte an, und die junge Dame kam selber und
machte die Tür auf. Dabei lächelte ihr die Alte zu und sagte:
‚Ich bringe euch heute fettes Fleisch.‘ Die Dame aber nahm
meinen Bruder bei der Hand und führte ihn in das gleiche
Zimmer wie zuvor; sie saß eine Weile bei ihm, dann stand sie
auf und sagte zu ihm: ‚Rühre dich nicht, bis ich zurück bin!‘
Und sie ging fort, aber ehe mein Bruder sich dessen versah,
stand plötzlich der verfluchte Neger mit dem gezogenen
Schwert da und schrie ihn an: ‚Steh auf, Unseliger!‘ Er stand
auf; und als der Sklave vor ihm herging, ergriff er mit der
Hand das Schwert, das unter seinen Kleidern versteckt war,
und schlug dem Sklaven den Kopf vom Rumpfe. Und er
schleppte ihn an den Füßen in den Keller und rief: ‚Wo ist das
Salzweib?‘ Da kam die Sklavin mit der Platte und dem Salz,

und als sie meinen Bruder mit dem Schwert in der Hand erblickte, machte sie kehrt, um zu fliehen; er aber folgte ihr und schlug ihr den Kopf ab. Dann rief er laut: ‚Wo ist das Kellerweib?‘ Da kam die Alte, und er rief ihr zu: ‚Kennst du mich wieder, du Unglücksvettel?‘ ‚Nein, mein Gebieter‘, erwiderte sie; und er sprach zu ihr: ‚Ich bin der Mann mit den Dinaren, in dessen Haus du warst und die Waschung vollzogst und betetest, und den du hierher gelockt hast.‘ ‚Fürchte Allah und verschone mich!‘ rief sie; er aber kümmerte sich nicht um sie, sondern hieb auf sie ein, bis er sie in vier Stücke zerschlagen hatte. Dann ging er hin und suchte nach der jungen Dame; als die ihn sah, ward sie von Sinnen vor Schrecken und flehte um Gnade. Da verschonte er sie und fragte: ‚Was trieb dich zur Gemeinschaft mit diesem Mohren?‘ Und sie erwiderte: ‚Ich war Dienerin bei einem Kaufmann, und diese Alte suchte mich häufig auf, und ich schloß mich ihr an. Eines Tages nun sagte sie zu mir: ‚Wir haben ein Hochzeitsfest in unserem Hause, so schön, wie noch nie einer es erlebt hat, und ich möchte, daß du es dir ansähest.‘ Mit den Worten: ‚Ich höre und gehorche!‘ erhob ich mich und legte meine schönsten Gewänder und meinen Schmuck an; auch nahm ich einen Beutel mit mir, der hundert Dinare enthielt. Dann ging ich mit ihr, bis sie mich in dies Haus hineinführte. Als ich eingetreten war, packte mich, ehe ich mich versah, dieser Mohr, und drei Jahre habe ich durch die Tücke der verfluchten Vettel hier so verbringen müssen.‘ Mein Bruder fragte sie weiter: ‚Hat er irgendwelchen Besitz in diesem Hause?‘ und sie erwiderte: ‚Er hat großen Reichtum; wenn du ihn fortschaffen kannst, so tu es, und bitte Allah um seinen Segen!‘ Dann ging mein Bruder mit ihr, und sie öffnete ihm Truhen, in denen Geldbeutel lagen, so daß er vor Staunen sprachlos war; und sie sagte zu ihm: ‚Geh jetzt und

394

laß mich hier und hole Leute, um das Geld fortzuschaffen!' So ging er hin und mietete zehn Träger. Doch als er zur Tür zurückkam, fand er sie weit offen; die Dame sah er nicht, auch die Geldbeutel nicht, sondern nur ein wenig Kleingeld und die Stoffe. Da erkannte er, daß das Mädchen ihn überlistet hatte; und so nahm er das Geld, das noch da war, öffnete die Vorratsräume und ergriff, was darin war, und ließ nichts im Hause. Und er verbrachte die Nacht in Freuden; doch als der Morgen dämmerte, fand er vor der Tür an die zwanzig Schergen, die Hand an ihn legten und sagten: ‚Der Präfekt verlangt nach dir!' Mein Bruder flehte sie an, ihn nach Hause gehen zu lassen, aber sie ließen ihn nicht dorthin zurückkehren. Dann versprach er ihnen eine Summe Geldes, aber sie wiesen es zurück, banden ihn fest mit einem Strick und schleppten ihn fort. Unterwegs begegneten sie einem Freunde meines Bruders; und er klammerte sich an dessen Saum, flehte ihn an und bat ihn, er möchte ihm beistehen und ihm helfen, aus ihren Händen zu entkommen. Da blieb der Freund stehen und fragte sie, was es gäbe, und sie versetzten: ‚Der Präfekt hat uns befohlen, ihn vor ihm zu führen, und so bringen wir ihn jetzt.' Nun bat auch meines Bruders Freund sie, ihn freizulassen, und er bot ihnen fünfhundert Dinare und sagte: ‚Wenn ihr zum Präfekten kommet so sagt ihm, ihr hättet ihn nicht finden können!' Doch sie achteten nicht auf seine Worte, sondern nahmen meinen Bruder, indem sie ihn auf dem Gesichte liegend schleppten, bis sie ihn vor den Präfekten gebracht hatten. Als der ihn sah, fragte er ihn: ‚Woher hast du die Stoffe und das Geld?' Mein Bruder rief: ‚Ich bitte um Gnade!' Da reichte ihm der Präfekt das Tuch der Gnade[1], und so erzählte er ihm alles, was ihm wider-

1. Was man vom eigenen Körper nimmt und einem Angeklagten reicht, ist ein Versprechen der Gnade.

fahren war seit der Begegnung mit der Alten bis zur Flucht der Dame; und er schloß: ‚Was ich genommen habe, nimm davon, soviel du willst; doch laß mir das, womit ich mein Leben fristen kann!‘ Aber der Präfekt nahm die Stoffe und das Geld allesamt für sich; und da er fürchtete, die Geschichte könnte dem Sultan zu Ohren kommen, so rief er meinen Bruder heran und sprach zu ihm: ‚Zieh fort aus dieser Stadt, sonst lasse ich dich hängen.‘ ‚Ich höre und gehorche!‘ sprach mein Bruder, und er zog in eine andere Stadt. Unterwegs aber fielen die Räuber über ihn her, zogen ihn aus und schlugen ihn und schnitten ihm beide Ohren ab. Als ich dann von seinem Mißgeschick hörte, ging ich ihm nach, indem ich Kleider für ihn mitnahm; und ich brachte ihn heimlich in die Stadt zurück und gab ihm ein Taggeld, daß er essen und trinken kann.

DES BARBIERS ERZÄHLUNG
VON SEINEM SECHSTEN BRUDER

Was endlich meinen sechsten Bruder angeht, o Beherrscher der Gläubigen, den, dem beide Lippen abgeschnitten wurden, so war er in Armut geraten. Eines Tages nun ging er aus, um etwas zu erbetteln, mit dem er sein Leben fristen könnte; und unterwegs erblickte er plötzlich ein schönes Haus mit einem weiten und hohen Vorbau; und am Eingang saßen Eunuchen, die einließen und abwiesen. So fragte mein Bruder einen von denen, die dort herumstanden, und der sagte ihm: ‚Dieser Palast gehört einem Sprossen der Barmekiden‘; da ging er zu den Türhütern hin und bat sie um eine Gabe. Sie aber sprachen: ‚Tritt ein durch das Tor des Hauses, und unser Herr wird dir geben, was du wünschest!‘ Er trat also in die Vorhalle ein und ging eine Weile weiter und kam dann in ein Wohnhaus von höchster Schönheit und Pracht, gepflastert mit Marmor und behangen mit Teppichen, und in der Mitte war ein Blumengarten, dessengleichen er noch nie gesehen hatte. Da stand mein Bruder eine Weile sprachlos vor Staunen und wußte nicht, wohin er die Schritte lenken sollte; doch dann ging er zum oberen Ende des Saales und fand dort einen Mann mit schönem Antlitz und Bart. Als der meinen Bruder sah, da stand er auf, hieß ihn willkommen und fragte ihn, wie es ihm gehe; und er tat ihm kund, daß er in Not sei. Wie jener die Worte meines Bruders hörte, gab er ihm herzliches Mitleid zu erkennen, legte seine Hand an sein Kleid, zerriß es und rief: ‚Wie! Bin ich in einer Stadt, in der dich hungert? So etwas kann ich nicht ertragen!‘ Und er versprach ihm alles Gute und sagte: ‚Du mußt unbedingt mein Salz mit mir teilen.‘ ‚Guter Herr,‘ erwiderte mein Bruder, ‚ich kann nicht mehr warten, denn wahrlich, ich bin gewaltig hungrig.‘ Da rief er aus: ‚He, Knabe! Bringe Becken und Kanne!‘ und zu meinem Bruder gewandt: ‚Tritt vor, o mein Gast, und wasche dir die Hände!‘ Und mein Bruder ging hin, um sich die Hände zu waschen, aber er sah weder Kanne noch Becken; doch der Herr des Hauses machte Bewegungen, als ob er sich die Hände wüsche, und rief dann: Bringt den Tisch!‘ Aber wiederum sah mein Bruder nichts. Da sprach jener zu meinem Bruder: ‚Bitte, nimm von dieser Speise und sei nicht schüchtern!‘ Und er bewegte die Hand hin und her, als äße er, indem er zu meinem Bruder sagte: ‚Ich staune, daß du so wenig issest; du darfst mit dem Essen nicht zu kurz kommen, ich weiß doch, wie hungrig du bist.‘ Und mein Bruder begann zu tun, als äße er, derweilen der Gastgeber sagte: ‚Greif zu und achte besonders auf dies schöne Brot und auf seine Weiße!‘ Aber immer noch sah mein Bruder nichts. Dann sprach er bei sich: ‚Dieser Mensch

liebt es, die Leute zu Narren zu haben'; und er erwiderte: ,Guter
Herr, in meinem ganzen Leben habe ich nichts Schöneres gesehen als dies weiße Brot und auch nichts Süßeres gekostet.'
Jener sagte: ,Dies Brot ist von einer meiner Sklavinnen gebak-
ken, die ich für fünfhundert Dinare gekauft habe.' Dann rief
der Hausherr: ,He, Knabe! Bringe als erste Schüssel die Fleisch-
pastete, und tu recht viel Fett daran!' Und zu meinem Bruder
sprach er: ,O mein Gast, sage mir bei Allah, hast du je etwas
Besseres gesehen als diese Pastete? Bei meinem Leben, iß und
sei nicht schüchtern!' Und er rief wiederum: ,He, Knabe! Bringe
das Ragout von dem gemästeten Flughuhn', und sagte zu meinem Bruder: ,Wohlan, iß, o mein Gast, denn du bist hungrig
und hast dergleichen nötig!' Mein Bruder begann, die Kiefern
zu regen, und tat, als kaue er, derweilen der Herr des Hauses
ein Gericht nach dem anderen bestellte und ihm doch nichts
darbot als Mahnungen, zu essen. Und schließlich rief er: ,He,
Knabe! Bringe uns die Küken mit Pistazienfüllung', und sagte
zu meinem Bruder: ,Bei deinem Leben, o mein Gast, ich habe
diese Küken auch mit Pistazien gemästet; iß drum etwas, wie
du es noch nie gegessen hast!' ,O mein Herr,' erwiderte mein
Bruder, ,das ist etwas Gutes.' Und der Gastgeber machte mit
der Hand eine Bewegung, als schöbe er meinem Bruder einen
Bissen in den Mund, und in einem fort zählte er dem Hungrigen Gerichte auf und beschrieb sie, bis dessen Hunger so heftig
wurde, daß ihn sehnlichst nach einem Stück Gerstenbrot verlangte. Jener aber fragte: ,Hast du je etwas Besseres gesehen
als die Würzung dieser Speisen?' Mein Bruder sprach: ,Niemals,
o mein Herr!' ,Iß nach Herzenslust und sei nicht schüchtern!'
sprach jener; aber der Gast erwiderte: ,Ich habe genug gegessen.'
Da rief der Mann: ,Tragt ab und bringt die Süßigkeiten!' und zu
meinem Bruder sprach er: ,Nimm davon, es ist vortrefflich! Iß

von diesen Waffeln; bei meinem Leben, iß diese Waffel da, ehe
der Sirup von ihr abläuft!' ‚Möge ich deiner nie beraubt sein,
guter Herr!', erwiderte mein Bruder und fragte ihn nach der
Menge des Moschus in den Waffeln. ‚So lasse ich sie immer
machen', versetzte er; ‚man tut in jede Waffel ein halbes Lot
Moschus und ein viertel Lot Ambra.' Während alledem bewegte mein Bruder immer Kopf und Mund und schob die Kiefern hin und her. Jener sagte noch: ‚Iß von diesen Mandeln und
sei nicht schüchtern!' Doch mein Bruder antwortete: ‚O mein
Herr, ich bin wirklich satt, und ich kann kein Stück mehr essen.'
Darauf der Hausherr: ‚O mein Gast, wenn du essen und dir zugleich die schönen Dinge ansehen willst, so bleibe doch – o Gott!
o Gott! – nicht hungrig!' Aber mein Bruder entgegnete: ‚O
mein Herr, wer von all diesen Gerichten ißt, wie könnte der
hungrig bleiben?' Darauf sann er nach und sagte zu sich selber:
‚Ich will ihm einen Streich spielen, durch den ich ihn von solchem Tun abbringe!' Nun rief der Gastgeber: ‚Bringt uns den
Wein!' Und die Diener bewegten die Hände in der Luft, als
brächten sie den Wein. Danach reichte er meinem Bruder einen
Becher und sagte: ‚Nimm diesen Becher, und wenn er dir gefällt, so laß es mich wissen!' ‚O mein Herr,' erwiderte er, ‚er ist
vortrefflich; doch ich bin gewohnt, nur zwanzig Jahre alten
Wein zu trinken.' ‚So klopfe an diese Tür,' sprach der Wirt,
‚denn Besseres kannst du nicht trinken!' ‚Mit deiner gütigen
Erlaubnis', sagte mein Bruder und bewegte seine Hand, als
tränke er. ‚Zum Wohlsein und zur Gesundheit!' rief der Herr
des Hauses und machte eine Bewegung, als tränke er; darauf
reichte er meinem Bruder noch einen Becher, und der führte
ihn zum Munde und tat, als sei er betrunken. Und er faßte den
Gastgeber unversehens, hob den Arm, bis man die Blöße
seiner Armhöhlen sah, und versetzte ihm einen Schlag ins Ge-

nick, so daß der Raum davon hallte. Dann traf er ihn mit einem zweiten Schlage; aber da schrie der Gastgeber laut auf: ‚Was soll das, o du Abschaum der Erde?‘ ‚Guter Herr,‘ erwiderte mein Bruder, ‚du hast deinem Sklaven so viel Güte erwiesen, hast ihn in dein Haus eingelassen und ihm von deinen Speisen zu essen gegeben; und du hast ihm alten Wein zu trinken gegeben, bis er trunken wurde und ungebärdig gegen dich – aber du bist zu edel, um nicht seiner Torheit zu verzeihen und seinen Verstoß zu vergeben.‘ Als jener meines Bruders Worte hörte, da lachte er laut und sagte: ‚Lange habe ich die Menschen zum besten gehabt und meinen Freunden Streiche gespielt, aber nie noch habe ich einen getroffen, der Geduld und Witz genug hatte, auf all meine Launen einzugehen, außer dir. Darum verzeihe ich dir jetzt, und du sollst nun wirklich mein Genosse werden und mich nie verlassen.‘ Darauf befahl er, man solle die vorher genannten Arten von Speisen richtig auftragen; und er aß mit meinem Bruder, bis sie beide gesättigt waren. Dann gingen sie in das Trinkgemach hinüber und fanden dort Mädchen, Monden gleich, die allerlei Lieder sangen und allerlei Instrumente spielten. Dort blieben sie beim Trunke, bis die Trunkenheit Gewalt über sie gewann und der Herr des Hauses meinen Bruder wie einen vertrauten Freund behandelte, so daß er wie sein Bruder wurde; jener gewann ihn sehr lieb und verlieh ihm ein Ehrengewand. Am nächsten Morgen begannen die beiden von neuem zu prassen und zu zechen und lebten so weiter zwanzig Jahre lang. Da starb jener Mann, und der Sultan ergriff Besitz von all seinem Reichtum und preßte meinem Bruder seine Ersparnisse ab, bis er zum Bettler wurde, der nichts mehr besaß. Mein Bruder aber verließ die Stadt und floh hinaus aufs Geratewohl. Unterwegs nun fielen Beduinen über ihn her, banden ihn und schleppten ihn in ihr

Lager; und der ihn gefangen hatte, begann ihn zu foltern und sagte: ,Erkaufe dein Leben von mir mit deinem Gelde, sonst werde ich dich töten!' Mein Bruder begann zu weinen und rief: ,Bei Allah, ich habe nichts; aber ich bin dein Gefangener; also tu mit mir, wie du willst!' Alsbald zog der Beduine ein Messer, schnitt meinem Bruder die Lippen ab und verlangte immer dringender Geld. Nun aber hatte dieser Beduine eine schöne Frau; die hielt sich in ihres Gatten Abwesenheit in der Nähe meines Bruders auf und wollte ihn verführen; doch er hielt sich von ihr zurück. Eines Tages begann sie ihn wieder zu versuchen; da scherzte er mit ihr und ließ sie auf seinem Schoße sitzen, als plötzlich der Beduine hereintrat. Wie er meinen Bruder erblickte, schrie er ihn an: ,Weh dir, verfluchter Schurke, willst du mir jetzt noch meine Frau verführen?' Und er zog ein Messer hervor und schnitt meinem Bruder die Rute ab; dann lud er ihn auf ein Kamel, führte ihn in ein Gebirge und ließ ihn allein. Dort kamen Reisende an ihm vorbei; die kannten ihn, gaben ihm zu essen und zu trinken und brachten mir von seinem Zustand Nachricht. Sofort ging ich zu ihm, ließ ihn aufsitzen und brachte ihn in die Stadt zurück; dort setzte ich ihm so viel aus, daß er davon leben kann. Nun bin ich zu dir gekommen, o Beherrscher der Gläubigen, und da wollte ich doch nicht wieder zurückkehren, ehe ich dir alles erzählt hatte; das wäre ja unhöflich gewesen, wo ich sechs Brüder auf dem Halse habe, für die ich sorge!'

Als der Beherrscher der Gläubigen meine Geschichte gehört hatte und alles, was ich ihm von meinen Brüdern erzählte, da lachte er und sagte: ,Du sprichst die Wahrheit, o Schweiger, du bist wahrlich ein Mann von wenig Worten, und bei dir ist keine Aufdringlichkeit zu finden; jetzt aber zieh hinaus aus dieser Stadt und laß dich nieder in einer anderen!' Dann verbannte er mich und ließ mich unter Bewachung zur Stadt hinausschaffen. So zog ich fort in die Fremde und durchstreifte die Länder, bis ich von seinem Tode hörte und von der Thronbesteigung eines anderen Kalifen. Da kehrte ich nach der Hauptstadt zurück und fand meine Brüder tot und traf auf diesen Jüngling, dem ich die freundlichsten Dienste erwies; denn wäre ich nicht gewesen, so wäre er getötet worden. Aber jetzt sagt er mir etwas nach, was gar nicht in meiner Natur liegt; denn das, o ihr Herren, was er von Aufdringlichkeit über mich sagt, ist leeres Gerede. Ja, gerade um dieses Jünglings willen bin ich durch viele Länder gereist, bis ich in diese Gegend gekommen bin und ihn bei euch getroffen habe. Ist dieses, ihr werten Herren, nicht ein Zeichen meines würdigen Auftretens?'

DER SCHLUSS DER GESCHICHTE
DES SCHNEIDERS

Da sprach der Schneider zu dem König von China: ,Als wir die Geschichte des Barbiers gehört und seine Geschwätzigkeit erkannt hatten und nunmehr wußten, daß er diesem Jüngling sehr geschadet hatte, da legten wir Hand an ihn und schlossen ihn ein, und dann setzten wir uns in Frieden nieder und aßen und tranken, und das Festmahl nahm einen schönen Verlauf, bis der Ruf zum Nachmittagsgebet erscholl; dann ging ich fort und kam nach Hause. Meine Frau aber empfing mich mit sauren Blicken und sagte: ,Du machst dir immer Freude und Vergnügen, und ich sitze betrübt da. Wenn du mich jetzt nicht ausführst und mir für den Rest des Tages etwas Erholung bietest, so zerschneide ich die Schnur zwischen uns, und das bedeutet meine Trennung von dir.' Deshalb führte ich sie aus, und wir vergnügten uns bis zur Zeit des Nachtmahls; und auf dem Wege nach Hause trafen wir diesen Bucklinen, der übervoll des Weines war und die Verse trällerte:

Klar ist das Glas und klar ist der Wein;
Sie scheinen einander ganz gleich zu sein.
Erst ist es der Wein und nicht der Becher;
Dann ist es der Becher und nicht der Wein.

Und so lud ich ihn ein, mit uns zu speisen, und ging aus, gebratene Fische zu kaufen. Dann setzten wir uns nieder, um zu essen; und meine Frau nahm ein Stück Brot und einen Bissen Fisch und schob ihm beide in den Mund; er aber verschluckte sich und starb. Da trug ich ihn fort und brachte ihn mit List in das Haus dieses Arztes, des Juden; und der Arzt warf ihn mit List in das Haus des Verwalters; und der Verwalter warf ihn mit List dem christlichen Makler in den Weg. Dies ist meine Geschichte und was mir gestern widerfuhr. Und ist sie nicht wunderbarer als die Geschichte des Bucklinen?' Als der König von China die Erzählung des Schneiders gehört hatte, schüttelte er vor Freude den Kopf, zeigte sein Erstaunen und sagte: ,Die Geschichte von dem Jüngling und dem aufdringlichen Barbier ist wirklich ergötzlicher und schöner als die Geschichte von dem bucklinen Flunkerer.' Darauf befahl er einem der Kämmerlinge, mit dem Schneider zu gehen und den Barbier aus dem Gefängnis zu holen, und sagte: ,Ich wünsche, ihn sprechen zu hören, und das soll euer aller Rettung sein; dann aber wollen wir den Bucklinen begraben.' – –«

Da bemerkte Schehrezâd, daß der Morgen begann und sie hielt in der verstatteten Rede an. Doch als die *Vierunddreißigste Nacht* anbrach, fuhr sie also fort: »Es ist mir berichtet worden, o glücklicher König, daß der König von China befahl: ,Bringt mir den Barbier, und er soll eure Rettung sein; dann wollen wir diesen Bucklinen begraben, der seit gestern tot ist, und ihm ein Grabmal errichten.' Im selben Augenblick gingen der Kämmerling und der Schneider zu dem Gefängnis, holten den Barbier heraus und kehrten mit ihm vor den König zurück. Der sah ihn prüfend an, und siehe, er war ein uralter Mann von über neunzig Jahren, mit dunklem Gesicht, weißem Bart und weißen Brauen, mit kleinen Ohren und langer Nase und einem Gesicht von albernem und eingebildetem Ausdruck. Der König lachte über diesen Anblick und sagte: ,O Schweiger, ich wünsche, daß du mir ein wenig von deiner Geschichte erzählest.' Da sprach der Barbier: ,O größter König unserer Zeit, wie ist die Geschichte dieses Christen und dieses Juden und dieses Muslims und dieses Buckligen, der tot vor euch liegt? Und weshalb seid ihr hier alle versammelt?' Da sprach der König von China zu ihm: ,Und weshalb fragst du nach alledem?' Jener erwiderte: ,Ich frage nach ihnen, damit der König erkenne, daß ich nicht aufdringlich bin und daß sie mich zu Unrecht der Geschwätzigkeit bezichtigt haben; denn ich bin der, der da geheißen ist der Schweiger, und wahrlich, ich habe Glück mit meinem Namen, wie es der Dichter sagt:

> Selten schauen, wenn du forschest, deine Augen einen Mann,
> Dessen Name dir sein innres Wesen nicht erklären kann.'

Nun sprach der König: ,Erkläret dem Barbier die Geschichte dieses Buckligen und was ihm beim Nachtmahl widerfuhr, ferner auch, was der Christ, der Jude, der Verwalter und der Schneider erzählt haben!' – Doch hier noch einmal zu erzählen, würde die Hörer nur quälen. – Als der Barbier alles gehört hatte, schüttelte er den Kopf und sagte: ,Bei Allah, dies ist eine höchst seltsame Sache! Jetzt aber deckt mir diesen Buckligen auf.' Da nahmen sie das Laken von ihm und jener setzte sich ihm zu Häupten nieder, nahm dessen Kopf in seinen Schoß und sah ihm ins Gesicht; und er lachte, bis er auf den Rücken fiel, und sagte: ‚Ein Wunder ist jeglicher Tod, doch der Tod dieses Buckligen sollte mit Lettern aus flüssigem Golde verzeichnet werden!' Da waren alle Anwesenden ob der Worte des Barbiers erstaunt, und auch der König verwunderte sich darüber und fragte: ‚Was gibt es, Schweiger? Erzähle es uns!' Der Barbier aber rief: ‚O größter König unserer Zeit, bei deiner Huld, in dem buckligen Flunkerer ist noch Leben!' Darauf nahm er von seinem Gürtel eine Tasche, öffnete sie und holte ein Töpfchen Salbe hervor und salbte damit den Hals des Buckligen und seine Adern. Dann holte er eine eiserne Zange heraus und schob sie dem Buckligen in den Hals und zog das Stück Fisch mit der Gräte heraus; und als es draußen war, siehe, da war es mit Blut getränkt. Der Bucklige aber nieste, sprang auf, strich sich mit der Hand über das Gesicht und sagte: ‚Ich bezeuge, daß es keinen Gott gibt außer Allah und daß Mohammed der Prophet Allahs ist.' Der König und alle Anwesenden staunten über das, was sie sahen und mit eigenen Augen wahrnahmen; und dann lachte der König von China, bis er in Ohnmacht fiel, und ebenso taten die anderen alle. Da sprach der Sultan: ‚Bei Allah, wahrlich, dies ist eine wunderbare Geschichte! Nie habe ich etwas Merkwürdigeres erlebt! O ihr Muslime, o ihr Söldner alle, habt ihr je in eurem Leben einen Menschen gesehen, der verstarb und dann wieder lebendig wurde? Wahrlich, hätte ihm Allah nicht diesen Barbier geschickt, der ihn lebendig machte, er wäre des Todes!' Sie sprachen: ‚Bei Allah, dies ist ein wunderbares Wunder.' Dann befahl der König von China, daß diese Geschichte aufgezeichnet und verwahrt werden sollte in dem königlichen Archiv; darauf verlieh er dem Juden, dem Christen und dem Verwalter kostbare Ehrengewänder und hieß sie davongehen. Sie also zogen davon. Danach wandte der Sultan sich dem Schneider

zu, gab ihm ein Ehrengewand, ernannte ihn zu seinem Hof-
schneider und setzte ihm ein festes Jahrgeld aus; und er stiftete
Frieden zwischen ihm und dem Buckligen, und auch diesem
verlieh er ein kostbares Ehrengewand und ein festes Jahrgeld
und machte ihn zu seinem Tischgenossen. Schließlich bewies
er auch dem Barbier seine Huld, indem er ihm ein Ehrenkleid
und ein Gehalt verlieh und ihn zum Staatsbarbier und zu seinem Tischgenossen machte. Und sie lebten das schönste und
fröhlichste Leben, bis der Vernichter der Freuden und Trenner
der Freunde zu ihnen kam.

Und doch, o glücklicher König – so fuhr Schehrezâd fort –,
ist diese Geschichte nicht wunderbarer als die von den beiden Wesiren und Enîs el-Dschelîs.« Da sprach ihre Schwester zu
ihr: »Und wie mag sie wohl sein?« Und sie begann zu erzählen

DIE GESCHICHTE VON NÛR ED-DÎN 'ALÎ
UND ENÎS EL-DSCHELÎS

Es ist mir berichtet worden, o glücklicher König, daß einst in
Basra ein König lebte, der die Armen und die Bettler liebte
und gegen seine Untertanen gütig war und von seinem Reichtum allen schenkte, die an Mohammed glaubten – Allah segne
ihn und gebe ihm Heil! –; doch war er auch, wie ihn einer
der Dichter schildert:

> *Stürmen die dichten Scharen gegen den König heran,*
> *So schlägt er drein auf die Feinde mit dem schneidenden Schwert;*
> *Dann schreibt er auf ihre Brust eine Schrift im Sturmesbraus*
> *Am Tage, da du ihn siehst, wie er gegen die Reiter losfährt.*

Er hieß König Mohammed, der Sohn des Sulaimân ez-Zaini,
und er hatte zwei Wesire, deren einer el-Mu'în war, der Sohn
des Sâwa, der andere aber el-Fadl, der Sohn des Chakân. Nun

war el-Fadl ibn Chakân der edelmütigste der Menschen seiner
Zeit, ein Mann von rechtschaffenem Lebenswandel, so daß sich
alle Herzen zusammenfanden in der Liebe zu ihm und daß sich
die Menschen zu ihm drängten, ihn um Rat zu fragen; und die
Untertanen beteten für ihn um langes Leben, denn er hing dem
Guten an und tat das Schlechte und Böse in den Bann. Der
Wesir el-Mu'în ibn Sâwa dagegen haßte die Menschen und
liebte das Gute nicht und war ein Ausbund von Schlechtigkeit;
so wird von ihm gesagt:

> Geh zu den Edlen, den Söhnen der Edlen! Denn die Edlen,
> Die Söhne der Edlen sind's, die wiederum Edle erzeugen.
> Und laß die Gemeinen, die Söhne Gemeiner! Denn die Gemeinen,
> Die Söhne Gemeiner sind's, die wieder Gemeine erzeugen.

Und so sehr das Volk el-Fadl ibn Chakân liebte, so sehr haßte
es el-Mu'în ibn Sâwa.

Nun geschah es eines Tages nach der Bestimmung des Allmächtigen, daß König Mohammed ibn Sulaimân ez-Zaini auf
seinem Herrscherthrone saß, umgeben von seinen Würdenträgern, und daß er seinen Wesir el-Fadl ibn Chakân rufen ließ
und zu ihm sagte: ,Ich möchte eine Sklavin so schön, wie es
jetzt keine andere gibt, vollendet in Lieblichkeit, von ebenmäßiger Vollkommenheit und aller guten Gaben Vortrefflichkeit.' Da sprachen die Höflinge: ,Ein solches Mädchen ist nur
um zehntausend Dinare zu haben'; und der König rief seinem
Schatzmeister zu und sagte: ,Trag zehntausend Dinare in das
Haus von el-Fadl ibn Chakân.' Der Schatzmeister tat, wie der
Sultan befohlen hatte; und der Minister ging davon, nachdem
der Sultan ihm den Auftrag gegeben, sich jeden Tag auf den
Sklavenmarkt zu begeben und den Maklern die Sache ans Herz
zu legen. Auch erließ er den Befehl, es solle kein Mädchen, dessen Preis über tausend Dinare betrug, verkauft werden, ehe

man es dem Wesir gezeigt habe. So verkauften die Makler keine Sklavin mehr, ohne sie zuvor dem Minister zu zeigen; aber keine von allen Sklavinnen, die bei ihnen waren, gefiel ihm, bis eines Tages ein Händler zum Hause des Wesirs el-Fadl ibn Chakân kam, als dieser gerade zu Pferde stieg, um in den Palast zu reiten. Und der Händler ergriff seinen Steigbügel und sprach:

> *O du, der die Königswürde zu neuem Glanze gebracht,*
> *Du bist der Wesir, dem immer die Sonne des Glückes lacht;*
> *Du hast den erstorbenen Edelsinn unter den Menschen erweckt;*
> *Dein Eifer werde belohnt, immerdar durch Allahs Macht!*

Und er fuhr fort: ,Hoher Herr, das, wonach auf allerhöchsten Befehl gesucht wurde, ist endlich gefunden.' Der Wesir befahl: ,Bringe sie mir!' Da verschwand der Händler auf eine kurze Weile und brachte dann eine Maid, die war von edlem Wuchs und von schwellender Brust; ihr Blick von dunkler Gewalt, rund ihrer Wange Gestalt; ihr Leib war schmal, doch schwer die Hüften zumal; sie trug ein wunderschönes Gewand, und süßer als Honigwasser war ihrer Lippe Rand; ihre Gestalt war ebenmäßiger als die sich neigenden Zweige und ihre Rede zarter als der Zephir des Morgens, so wie einer von denen, die sie beschrieben, von ihr sagte:

> *Ein Wunder an Schönheit ist sie; ihr Antlitz ist wie der Vollmond;*
> *Und süßer ist sie den Menschen als Trauben und Früchtesaft.*
> *Ihr gab der Herr des Thrones Ehre und hohe Stellung,*
> *Liebreiz und klugen Sinn, einen Leib, so schlank wie ein Schaft.*
> *Am Himmel ihres Antlitzes stehen der Sterne sieben*
> *Als Wächter für die Wange und spähen von dort in die Ferne.*
> *Sollte ein Mensch einen Blick sich zu erhaschen suchen:*
> *Ihn würden Dämonen des Auges verbrennen mit einem Sterne.*[1]

1. Das Gedicht scheint schlecht komponiert und schlecht überliefert zu sein.

Als der Wesir sie erblickte, gefiel sie ihm außerordentlich, und er wandte sich zu dem Händler und fragte: ‚Wie hoch ist der Preis dieser Sklavin?' Der versetzte: ‚Ihr Marktwert steht auf zehntausend Dinare; doch ihr Besitzer schwört, die zehntausend Dinare deckten nicht einmal die Kosten der Küken, die sie gegessen, des Weines, den sie getrunken hat, und der Ehrengewänder, die ihren Lehrmeistern verliehen wurden; denn sie erlernte die Kunst der schönen Schrift, die Grammatik, die Wortkunde, die Auslegung des Korans, die Grundsätze der Rechtswissenschaft und der Theologie, der Heilkunde und der Zeitrechnung, und sie versteht die Musikinstrumente zu spielen.' Da sprach der Wesir: ‚Bring ihren Herrn her!' Der Händler holte ihn zur selbigen Stunde, und siehe, er war ein Perser, von dem nur noch wenig übrig war, den die Zeit abgenutzt und aufbewahrt hatte so manches Jahr; so wie der Dichter sagt:

> *Die Zeit erschreckt mich – o welch ein Schreck!*
> *Die Zeit hat Kraft und bleibt bestehn.*
> *Einst konnte ich gehn und war nicht krank;*
> *Heut bin ich krank und kann nicht gehn.*

Der Wesir fragte ihn nun: ‚Bist du es zufrieden, diese Sklavin dem Sultan Mohammed ibn Sulaimân ez-Zaini um zehntausend Dinare zu verkaufen?' Da erwiderte der Perser: ‚Bei Allah, wenn ich sie dem König umsonst anböte, es wäre nur meine Pflicht.' Sofort befahl der Wesir, das Geld zu bringen; und es wurde herbeigeschafft und vor dem Perser abgewogen. Dann trat der Sklavenhändler zu dem Wesir und sprach zu ihm: ‚Mit der Erlaubnis unseres Herrn, des Wesirs, ich habe etwas zu sagen.' Da rief der Wesir: ‚Heraus mit dem, was du willst!' ‚Ich halte dafür,' fuhr der Händler fort, ‚du solltest diese Sklavin dem König heute noch nicht bringen, denn sie kommt gerade von der Reise; der Luftwechsel hat ihr geschadet, und die Reise hat sie angegriffen. Sondern behalte sie zehn Tage hindurch ruhig in deinem Palaste, damit sie sich erhole und wieder werde, wie sie war. Dann aber schicke sie ins Badehaus und kleide sie in die schönsten Gewänder und führe sie zum Sultan; das wird dir mehr Glück bringen!' Der Wesir überlegte die Worte des Händlers und fand, daß es das Richtige war; so führte er sie in seinen Palast, wies ihr ein eigenes Zimmer an und ließ ihr an jedem Tag überreichen, wessen sie an Speise und Trank und anderen Dingen bedurfte. Also verblieb sie dort eine Weile.

Nun aber hatte der Wesir el-Fadl ibn Chakân einen Sohn, der war wie der Vollmond, wenn er aufgeht mit seiner Fülle von Licht; er hatte ein hellstrahlendes Angesicht, eine Wange von rosigem Schein, darauf ein Mal wie ein Ambratüpfelchen klein, mit Flaum schimmernd und fein, so wie ihn der Dichter besang in einem Liede von hohem Klang:

> *Ein Mond – mit seinen Augen entzückt er, wenn er blickt;*
> *Ein Zweig – mit seinem Wuchse berückt er, wenn er sich bückt.*
> *Wie Ebenholz sind seine Locken, seine Farbe wie helles Gold;*
> *Sein Leib gleicht einem Rohre: alle Schönheit ist ihm hold.*
> *O du, dessen Herze so hart ist und dessen Leib so zart,*
> *Warum geschah es nicht, daß eines dem anderen ward?*
> *Denn wenn des Leibes Zartheit in deinem Herzen wär,*
> *Du zeigtest dem Liebenden keine Härte noch Grausamkeit mehr.*
> *Und du, der du ob der Liebe mich tadelst – entschuldige mich!*
> *Denn Elend hat den überwältigt, der also leidet wie ich.*
> *Die Schuld trifft nur meine Augen und mein liebendes Herz:*
> *Drum hör mit den Vorwürfen auf und überlaß mich dem Schmerz!*

Nun wußte der Jüngling nicht, wie es mit dieser Sklavin stand; sein Vater aber hatte sie gewarnt und zu ihr gesagt: ‚Wisse, meine Tochter, ich habe dich als Bettgenossin für den König Mohammed ibn Sulaimân ez-Zaini gekauft; und ich habe einen Sohn, der läßt keine Jungfrau im Stadtviertel ungeschoren;

also sei auf der Hut vor ihm und laß ihn dein Gesicht nicht sehen noch auch deine Stimme hören!' ,Ich höre und gehorche!' hatte das Mädchen erwidert; und er hatte sie verlassen und war davongegangen. Eines Tages nun geschah es nach der Bestimmung des Schicksals, daß die Maid sich in das Bad begab, das im Hause war, wo ein paar der Sklavinnen sie badeten. Dann kleidete sie sich in prächtige Gewänder, so daß ihre Schönheit und Lieblichkeit noch herrlicher hervortraten, und ging hinein zu der Herrin, der Gemahlin des Ministers, und küßte ihr die Hand; und die sprach zu ihr: ,Möge das Bad dir wohltun, o Enîs el-Dschelîs! Ist unser Bad nicht schön?' ,O meine Herrin,' erwiderte sie, ,mir fehlte nichts als deine Gegenwart dort.' Da sprach die Herrin zu den Sklavinnen: ,Auf, laßt uns ins Bad gehen!' Sie entgegneten: ,Wir hören und gehorchen!' und alle standen auf mit ihr. Nun hatte sie zwei kleinen Sklavinnen aufgetragen, die Tür des Zimmers zu bewachen, in dem Enîs el-Dschelîs war, und hatte zu ihnen gesagt: ,Laßt niemanden zu dem Mädchen hinein!' Und die hatten ihren Gehorsam beteuert. Kaum aber ruhte Enîs el-Dschelîs in ihrem Gemach, so kam der Sohn des Wesirs, dessen Namen Nûr ed-Dîn 'Alî lautete, herbei und fragte nach seiner Mutter und der Familie, und die beiden Sklavinnen erwiderten: ,Sie sind im Bade.' Die Maid aber, Enîs el-Dschelîs, hatte von drinnen die Stimme des Nûr ed-Dîn 'Alî gehört, und sie sprach zu sich selber: ,Ich möchte doch wohl einmal wissen, was es mit diesem Jüngling ist, von dem der Wesir mir sagte, er ließe keine Jungfrau im Stadtviertel ungeschoren; bei Allah, es verlangt mich, ihn zu sehen!' Dann sprang sie auf, während noch die Frische des Bades auf ihr lag, ging zu der Tür hin und blickte auf Nûr ed-Dîn 'Alî und sah einen Jüngling, dem Monde gleich in seiner Fülle, und der Anblick weckte ihr tausend Seufzer. Doch auch der

Jüngling warf einen Blick auf sie und sah sie an, und der eine Blick weckte auch ihm tausend Seufzer. Und beide wurden in das Netz der Liebe zueinander verstrickt. Da trat er hin zu den beiden kleinen Sklavinnen und schrie sie an, so daß sie vor ihm flohen und in der Ferne stehen blieben, um ihn anzuschauen und zu sehen, was er beginnen würde. Und siehe, er trat an die Tür des Gemaches, öffnete sie, ging hinein zu der Sklavin und fragte sie: ,Bist du die, die mein Vater für mich kaufte?' Sie erwiderte: ,Ja!' Da trat der Jüngling, der im Zustande der Trunkenheit war, zu ihr und nahm ihre Beine und legte sie sich um den Leib, und sie wand ihre Arme um seinen Hals und empfing ihn mit Küssen und mit Seufzern und dem Spiel der Liebe. Und er sog an ihrer Zunge, und sie an seiner, und schließlich raubte er ihr die Mädchenschaft. Als aber die beiden kleinen Dienerinnen sahen, daß ihr junger Herr zu der Sklavin Enîs el-Dschelîs eingetreten war, da schrien sie laut und riefen; der Jüngling aber hatte schon seinen Willen an ihr getan, und nun lief er eilends davon und suchte zu entkommen aus Furcht vor den Folgen seiner Tat. Als die Gemahlin des Wesirs die Sklavinnen schreien hörte, sprang sie auf und kam aus dem Bade gelaufen, derweilen der Schweiß ihr das Gesicht herabbrann, und rief: ,Was soll dieser Lärm im Hause?' Und als sie zu den beiden kleinen Sklavinnen kam, die sie vor die Tür des Gemaches gesetzt hatte, fragte sie: ,Heda, was gibt es?' Die beiden antworteten: ,Siehe, unser Herr Nûr ed-Dîn 'Alî kam zu uns und schlug uns, und wir flohen vor ihm; er aber trat zu Enîs el-Dschelîs und umarmte sie, und wir wissen nicht, was er noch weiter tat; doch als wir dich riefen, floh er.' Darauf ging die Dame zu Enîs el-Dschelîs und sprach zu ihr: ,Was ist geschehen?' ,O meine Herrin,' entgegnete sie, ,während ich hier saß, siehe, da trat ein schöner Jüngling ein und fragte mich: ,Bist du die, die mein

Vater für mich kaufte?' Und ich erwiderte: ‚Ja!' denn bei Allah, o meine Herrin, ich glaubte, seine Worte seien wahr; und alsbald trat er zu mir und umarmte mich.' ‚Ist er dir sonst noch mit anderem genaht?' fragte die Dame; und sie erwiderte: ‚Doch; er hat mir drei Küsse geraubt.' ‚Er konnte dich also nicht verlassen, ohne dich zu entehren!' rief die Gemahlin des Wesirs und begann zu weinen und sich das Gesicht zu schlagen, und mit ihr taten es alle Sklavinnen; denn sie fürchteten, den Nûr ed-Dîn 'Alî würde sein Vater töten. Während sie so weinten, kam der Wesir herzu und fragte, was es gäbe; da sprach seine Gemahlin zu ihm: ‚Schwöre mir, daß du beachten willst, was immer ich dir sage!' Er sprach: ‚Ich will es.' Da erzählte sie ihm, was sein Sohn getan hatte, und er geriet in große Sorge, zerriß sich das Gewand, schlug sich das Gesicht und raufte sich den Bart aus. Seine Gemahlin aber sprach zu ihm: ‚Töte dich nicht, ich will dir ihren Preis, zehntausend Dinare, aus eigenem Gelde geben!' Da hob er den Kopf zu ihr hin und rief: ‚Weh dir! Nicht ihren Kaufpreis brauche ich; doch ich fürchte, mein Leben und mein Geld sind dahin.' ‚O mein Gebieter, wie sollte das wohl sein?' ‚Weißt du nicht, daß hinter uns jener Feind lauert, der da heißt el-Mu'în ibn Sâwa? Er wird, sobald er von dieser Sache vernimmt, zum Sultan gehen.' – –«

Da bemerkte Schehrezâd, daß der Morgen begann, und sie hielt in der verstatteten Rede an. Doch als die *Fünfunddreißigste Nacht* anbrach, fuhr sie also fort: »Es ist mir berichtet worden, o glücklicher König, daß der Wesir zu seiner Gemahlin sprach: ‚Weißt du nicht, daß hinter uns jener Feind lauert, der da heißt el-Mu'în ibn Sâwa? Er wird, sobald er von dieser Sache vernimmt, zum Sultan gehen und zu ihm sprechen: ‚Dein Wesir, von dem du glaubst, daß er dich liebte, nahm dir zehntausend Dinare ab und kaufte eine Sklavin, dergleichen niemand jemals sah; doch da sie ihm gefiel, sprach er zu seinem Sohne: ‚Nimm sie; du bist ihrer mehr wert als der Sultan!' Und so nahm der sie und raubte ihr die Mädchenschaft, und jetzt ist diese Sklavin bei ihm.' Der König wird zwar sagen: ‚Du lügst!' Aber er wird dem König antworten: ‚Mit deiner Erlaubnis will ich ihn unversehens überfallen und sie dir bringen.' Und der König wird ihm Vollmacht geben, und er wird herfallen über das Haus und wird die Sklavin nehmen und zum Sultan bringen, der sie ausfragen wird; dann wird sie nicht leugnen können. Und mein Feind wird sprechen: ‚Hoher Herr, du weißt, daß ich immer aufrichtig gegen dich bin, aber ich habe keine Gnade vor dir gefunden.' Dann wird der Sultan mich zum warnenden Beispiel machen, und ich werde zum Schaustück werden für alles Volk und das Leben verlieren.' Da sprach seine Gemahlin zu ihm: ‚Laß niemanden wissen von dieser Sache; sie ist ja heimlich geschehen. Stelle in dieser Angelegenheit alles Gott anheim!' Da beruhigte sich das Herz des Wesirs.

So weit der Wesir! Wenden wir uns nun zu Nûr ed-Dîn 'Alî; der blieb aus Furcht vor den Folgen der Sache den ganzen Tag lang in den Gärten. Erst gegen Ende der Nacht kehrte er in die Gemächer seiner Mutter zurück, wo er schlief, und vor Sonnenaufgang stand er wieder auf und ging in den Garten. So tat er einen Monat lang und zeigte sein Antlitz nie seinem Vater, bis schließlich seine Mutter zu seinem Vater sprach: ‚Mein Gebieter, sollen wir wie die Maid so auch unsern Knaben verlieren? Wenn es noch lange in dieser Weise mit dem Jungen weitergeht, so wird er uns entfliehen.' Der Wesir fragte sie: ‚Was ist denn zu tun?' Und sie erwiderte: ‚Bleib heute nacht auf, und wenn er kommt, so packe ihn, schließe Frieden mit ihm und gib ihm die Maid zur Frau; denn sie liebt ihn, wie er sie liebt! Ich aber will dir ihren Preis bezahlen.' Da wartete der Wesir bis zur Nacht, und als sein Sohn hereinkam, packte er ihn und tat, als wolle er ihm den Hals durchschneiden; doch seine Mutter kam herzu und fragte ihren Gatten: ‚Was willst du mit ihm beginnen?‘ Er versetzte: ‚Ich will ihn töten.‘ Da sprach der Sohn zu seinem Vater: ‚Ist denn mein Tod so leicht für dich?‘ Nun rannen die Tränen aus des Vaters Augen, und er rief: ‚O mein Sohn, wie leicht war für dich der Verlust meiner Habe und meines Lebens!‘ Darauf antwortete der Jüngling: ‚Höre, o mein Vater, was der Dichter sagt:

> *Vergib! Ich habe gefehlt! Stets pflegen die weisen Männer*
> *Vollkommene Verzeihung dem Sünder zu gewähren.*
> *Was soll dein Feind denn wohl erhoffen, solange er*
> *Im tiefsten Elend ist, du aber in hohen Ehren?‘*

Nun ließ der Wesir ab von der Brust seines Sohnes und sagte: ‚O mein Sohn, ich vergebe dir.‘ Denn sein Herz war weich geworden; und der Jüngling küßte seinem Vater die Hand, der zu ihm sprach: ‚Mein Sohn, wäre ich gewiß, daß du an Enîs el-Dschelîs recht handeln wolltest, so würde ich sie dir geben.‘ ‚O mein Vater, wie sollte ich nicht recht an ihr handeln?‘ ‚Ich gebiete dir, mein Sohn, kein anderes Weib als sie noch auch ein Nebenweib zu nehmen noch auch sie zu verkaufen.‘ ‚O mein Vater! Ich schwöre dir, daß ich kein anderes Weib als sie nehmen noch sie verkaufen will.‘ Als er so geschworen hatte, ging er in die Kammer der Sklavin und lebte mit ihr ein Jahr lang; den König aber ließ Allah der Erhabene die Sache mit der Sklavin ganz vergessen. Und was el-Muʾîn ibn Sâwa betraf, so war ihm zwar die Kunde hinterbracht worden; aber er durfte nicht davon sprechen, da el-Fadl bei dem Sultan in so hoher Gunst stand.

Als das Jahr zu Ende war, ging der Wesir Fadl ed-Dîn ibn Chakân in das Badehaus; wie er dann, noch schwitzend, hinaustrat, erkältete er sich in der rauhen Luft. So ward er an das Krankenlager gebunden, und es folgten die langen schlaflosen Stunden, und seine Krankheit nahm immer noch zu. Da rief er denn seinen Sohn Nûr ed-Dîn 'Alî, und als der vor ihm stand, sprach er zu ihm: ,Mein Sohn, wisse, dem Menschen ist sein Besitz zugeteilt, und bestimmt ist das Schicksal, das ihn ereilt; und alle Menschheit muß den Becher des Todes trinken.' Dann sprach er die Verse:

> Ich bin sterblich. Hocherhaben ist Er, der unsterblich ist.
> Und ich weiß, daß ich jetzt sicher sterben muß in kurzer Frist.
> Keinen König gibt es, der im Tode noch das Reich behält:
> Unvergänglich ist das Reich nur dessen, der unsterblich ist.

Dann fuhr er fort: ,Mein Sohn, ich habe keine andere Mahnung für dich, als daß du Allah fürchtest, stets das Ende bedenkest und dich der Sklavin Enîs el-Dschelîs annimmst.' ,O mein lieber Vater,' rief der Sohn, ,wer ist dir gleich! Wahrlich, du bist berühmt um deiner guten Taten willen, und die Prediger beten für dich auf den Kanzeln!' Dann sagte el-Fadl noch: ,O mein Sohn, ich hoffe, Allah der Erhabene werde mir die Aufnahme gewähren!' sprach die beiden Sätze des Glaubensbekenntnisses und ging ein zum Volke der Seligen. Der Palast aber hallte wider von Klagen, und die Nachricht von seinem Tode erreichte den König; und das Volk in der Stadt hörte von dem Hinscheiden des Wesirs el-Fadl ibn Chakân, und die Kinder in der Schule vergossen Tränen um ihn. Sein Sohn Nûr ed-Dîn 'Alî machte sich auf und rüstete zu seinem Begräbnis, und die Emire und Wesire und die Großen des Reiches und das Volk der Stadt erschienen zur Leichenfeier, und unter ihnen der Wesir el-Mu'în ibn Sâwa. Als der Leichnam aus dem Hause getragen wurde, begann einer aus der Menge diese Verse zu singen:

Am fünften Tag[1] habe ich mich getrennt von meinen Freunden;
Und da wuschen sie mich auf einem Stein an der Tür.
Sie nahmen die Kleider mir ab, die ich so lange getragen,
Und solche, die ich noch nie getragen, gaben sie mir.
Es trugen die Bahre mit mir vier Männer auf ihren Schultern
Zum Bethause hin, und mancher betete für mich dort.
Sie beteten ein Gebet, ohne sich zur Erde zu neigen;
Es beteten all meine Freunde für mich an jenem Ort.
In ein gewölbtes Gebäude legten sie mich darauf:
Die Zeit vergeht; aber ach, mein Tor tut sich nie wieder auf!

Als dann die Erde ihn verbarg und das Volk und die Freunde auseinandergegangen waren, da kehrte auch Nûr ed-Dîn nach Hause zurück und klagte unter Tränen; und die Zunge seiner Not sprach diese Verse:

Er ist von dannen gezogen am fünften Tage[1] gen Abend;
Wir sagten uns Lebewohl; und dann ließ er mich stehn.
Doch als er sich von mir wandte, da ging mit ihm die Seele.
Ich sagte: ,Kehre zurück!', doch sie: ,Wohin soll ich gehn?
Zum Leibe, in dem kein Leben und auch kein Blut mehr weilet,
In dem jetzt nichts mehr ist als klapperndes Gebein?'
Vom vielen Weinen sind meine Augen blind geworden,
Und meine Ohren sind taub, kein Laut dringt in sie ein.

Darauf blieb er eine lange Weile in tiefer Trauer um seinen Vater, bis es eines Tages, als er im Hause seines Vaters saß, an seiner Türe klopfte. Da stand Nûr ed-Dîn 'Alî auf und öffnete die Tür; und siehe, ein Mann von den Tischgenossen und Freunden seines Vaters trat herein, küßte ihm die Hand und sprach: ,O mein Herr, wer deinesgleichen hinterließ, der ist nicht tot; und dies ist der Weg, den auch der Prophet, der Herr der früheren und der kommenden Geschlechter, gegangen ist. Lieber Herr, sei wieder guten Muts und laß die Trauer!' Nûr

1. Der Donnerstag gilt im allgemeinen als Glückstag; aber man soll an ihm keine Reise antreten.

ed-Dîn 'Alî aber stand auf, ging in den Gastsaal und schaffte alles dorthin, dessen er bedurfte. Seine Freunde versammelten sich wieder bei ihm, und er nahm seine Sklavin wieder zu sich; und seine Gesellschaft bestand aus zehn Söhnen der Kaufleute. Er begann zu essen und Wein zu trinken, gab Gastmahl auf Gastmahl und streute seine Geschenke und Gunstbezeigungen aus. Schließlich aber kam eines Tages sein Verwalter zu ihm und sprach: ,O mein Herr Nûr ed-Dîn 'Alî, hörtest du nie den Spruch: Wer da ausgibt und rechnet nicht, der wird arm und merkt es nicht? Und der Dichter spricht:

> Ich spare meine Gelder und bewahre sie sorglich;
> Denn fürwahr, ich weiß, sie sind mir Schild und Schwert.
> Würde ich sie vergeuden an den schlimmsten der Feinde,
> So wendete ich mein Glück zum Unglück auf dieser Erd.
> Also eß ich davon und trinke davon zur Gesundheit
> Und gebe niemandem einen Heller davon hin;
> Ja, ich hüte mein Geld vor einem jeden Gesellen,
> Der meiner Freundschaft unwert und von niedrigem Sinn.
> Das ist mir doch lieber, als daß ich zum Lumpen sage:
> Leih mir einen Dirhem bis morgen, ich gebe dir fünf zurück,
> Und daß er sein Gesicht dann von mir wendet und umdreht
> Und ich einem Hunde gleich dasteh mit betrübtem Blick.
> Wie elend ergeht es doch dem Menschen ohne Geld,
> Wenn seine Tugend auch strahlt wie die Sonne in der Welt!

O mein Herr', fuhr er fort, ,diese reichlichen Ausgaben und großen Geschenke vernichten den Wohlstand.' Als Nûr ed-Dîn 'Alî diese Worte von seinem Verwalter hörte, sah er ihn an und rief: ,Von allem, was du gesagt hast, will ich kein Wort beachten, denn ich habe den Spruch des Dichters gehört, der da sagt:

> Wenn meine Hand Geld hat und ich davon nicht schenke,
> So soll meine Hand verdorren, mein Fuß soll nicht mehr gehn!
> Holt einen Geizhals, der durch seinen Geiz Ruhm erlangte;
> Einen Spender, der starb durch Spenden, holt her und lasset mich sehn!'

Dann fuhr er fort: ‚Wisse, o Verwalter, es ist mein Wunsch, daß du, solange du Geld für mein Frühstück behältst, mich nicht mit der Sorge um mein Nachtmahl quälst!‘ Da ging der Verwalter fort seines Weges; Nûr ed-Dîn 'Alî aber ergab sich den Freuden im schönsten Leben und blieb bei seinem Tun. Und sooft einer seiner Zechgenossen zu ihm sagte: ‚Dies ist ein hübsches Ding‘, rief er: ‚Es ist ein Geschenk für dich!‘ Oder wenn ein anderer sagte: ‚O Herr, das Haus dort ist hübsch‘, so rief er: ‚Es ist ein Geschenk für dich!‘ Und er gab ihnen ein Gastmahl am Morgen und ein Gastmahl am Abend, bis er in dieser Weise ein ganzes Jahr verbracht hatte. Darauf, gerade als die Gesellschaft versammelt war, kam die Sklavin Enîs el-Dschelîs und sprach diese Verse:

> Du dachtest gut von den Tagen, solange sie dir gut waren;
> Auf das drohende Unheil des Schicksals gabst du nicht acht.
> Von dem Frieden der Nächte ließest du dich umgaukeln;
> Aber oft kommt das Dunkel auch in sternklarer Nacht.

Als sie ihre Verse geendet hatte, siehe, da klopfte jemand an die Tür; Nûr ed-Dîn stand auf, und ohne daß er es bemerkte, folgte ihm einer seiner Zechgenossen. Als er geöffnet hatte, fand er seinen Verwalter und fragte ihn, was es gebe. Der antwortete: ‚O Herr, was ich für dich befürchtete, ist jetzt geschehen!‘ ‚Wie das?‘ ‚Wisse, in meiner Hand bleibt nicht mehr eines Dirhems Wert, weder mehr noch weniger. Hier hast du meine Bücher, in denen du die Ausgaben findest, die ich gemacht habe, und das Verzeichnis deines einstigen Besitzes.‘ Als Nûr ed-Dîn 'Alî diese Worte hörte, beugte er den Kopf nieder und sagte: ‚Es gibt keine Majestät und es gibt keine Macht außer bei Allah!‘ Doch als der Freund, der ihm heimlich gefolgt und hinausgegangen war, um zu spionieren, des Verwalters Worte hörte, kehrte er zu seinen Freunden zurück und sprach zu ihnen: ‚Seht zu, was ihr tun wollt, denn Nûr ed-Dîn 'Alî hat keinen Heller mehr.' Und als dann Nûr ed-Dîn selbst zu ihnen zurückkam, zeigte sich ihnen die Bestürzung auf seinen Zügen. Darauf erhob sich einer von den Tischgenossen, blickte den Nûr ed-Dîn an und sprach zu ihm: ,O mein Herr, gestattest du mir, mich zurückzuziehen?' ,Und weshalb heute so früh?' fragte er, und der andere versetzte: ,Mein Weib harrt ihrer Niederkunft, so darf ich ihr nicht fernbleiben; ich muß heimkehren und nach ihr sehen.' So ließ er ihn fort, und ein zweiter stand auf und sagte: ,O mein Herr Nûr ed-Dîn, ich möchte jetzt zu meinem Bruder gehen, denn er beschneidet heute seinen Sohn.' Kurz, ein jeder bat unter irgendeinem Vorwand um die Erlaubnis, fortzugehen, bis alle zehn den Nûr ed-Dîn 'Alî allein gelassen hatten. Da rief er seine Sklavin und sprach zu ihr: ,Enîs el-Dschelîs, siehst du, in welcher Lage ich bin?' Und er erzählte ihr, was der Verwalter ihm gesagt hatte. Sie antwortete: ,Mein Gebieter, schon viele Nächte trug ich mich damit, von diesen Dingen zu dir zu reden, aber ich hörte, wie du sagtest:

> Solang das Glück dir Gaben gibt, gib du davon
> Den Menschen allen, ehe es von dannen zieht!
> Denn Geben treibt es nicht davon, wenn es dir naht;
> Und Geiz hält es nicht fest, wenn es entflieht.

Als ich diese Verse von dir hörte, schwieg ich und wagte kein Wort an dich zu richten.' ,Enîs el-Dschelîs,' sagte da Nûr ed-Dîn 'Alî, ,du weißt, ich habe meinen Reichtum nur an meine Freunde verschwendet, die mich jetzt als Bettler zurückgelassen haben, aber ich denke, sie werden mich nicht ohne Unterstützung im Stiche lassen.' ,Bei Allah,' erwiderte sie, ,die werden dir nichts nützen.' Doch Nûr ed-Dîn sagte: ,Ich will auf der Stelle aufstehn und zu ihnen gehn und an ihre Türe klopfen; vielleicht erhalte ich von ihnen etwas, das mir zum Kapital dient, auf daß ich damit Handel treiben kann, wenn ich Scherz und Spiel beiseite lasse.' Dann stand er unverzüglich auf und ging fort, bis er in die Straße kam, in der all die zehn Freunde wohnten. Dort trat er an die erste Tür und klopfte; eine Sklavin kam heraus und fragte: ,Wer bist du?' Er antwortete: ,Sage deinem Herrn, Nûr ed-Dîn 'Alî stehe an der Tür und lasse ihm sagen: Dein Sklave küßt dir die Hand und harrt deiner Güte.' Da ging die Sklavin hinein und tat es ihrem Herrn kund; der aber schrie sie an: ,Geh zurück und sage ihm: Mein Herr ist nicht zu Hause!' Die Sklavin ging zurück zu Nûr ed-Dîn und sprach zu ihm: ,Mein Herr, siehe, mein Gebieter ist nicht zu Hause.' Da wandte jener sich ab und sagte zu sich selber: ,Wenn auch dieser ein Hurensohn ist und sich verleugnen läßt, so ist doch vielleicht ein anderer kein solcher Hurensohn.' Darauf ging er weiter zur nächsten Tür und sprach wie das erste Mal; aber auch der ließ sich verleugnen; so sprach Nûr ed-Dîn die Verse:

> Fort sind sie, die, standst du an ihrer Tür,
> Mit Fleisch und Braten einstmals dich beschenkt.

Und danach sprach er: ,Bei Allah, ich muß sie doch alle erproben; vielleicht, daß einer unter ihnen an ihrer aller Stelle tritt.' So machte er bei allen zehn die Runde; doch keiner war unter ihnen, der die Tür geöffnet oder sich ihm gezeigt oder einen Bissen Brotes mit ihm gebrochen hätte; da sprach er die Verse:

> Der Mensch ist in der Zeit des Glücks dem Baume gleich;
> Alle stehen um ihn, solang er an Früchten reich.
> Aber sie laufen fort, verliert er Früchte und Laub,
> Und überlassen ihn roh der Hitze und dem Staub.
> Verderben über sie alle, die Kinder unserer Zeit!
> Nicht einer unter zehnen besitzt noch Ehrlichkeit.

Dann kehrte er zu seiner Sklavin zurück, mit noch betrübterem Herzen, und sie sprach zu ihm: ,Mein Gebieter, habe ich nicht gesagt, daß sie dir nichts nützen würden?' Er versetzte: ,Bei Allah, keiner war unter ihnen, der mir sein Gesicht zeigte, und keiner wollte mich kennen!' ,Mein Gebieter,' sprach sie, ,verkaufe allmählich die Geräte und den Hausrat und lebe von dem Erlös, bis Allah der Erhabene uns hilft.' Da verkaufte er alles, was im Hause war, bis nichts mehr übrig blieb. Dann blickte er Enîs el-Dschelîs an und fragte sie: ,Was sollen wir nun beginnen?' Sie erwiderte ihm: ,Mein Gebieter, mein Rat ist der, daß du sofort aufstehst, mich in den Basar hinabführest und mich verkaufest. Du weißt, dein Vater kaufte mich um zehntausend Dinare: vielleicht, daß dir Allah einen ähnlichen Preis zuteil werden läßt; und wenn es sein Wille ist, uns wieder zusammenzubringen, so werden wir uns wiedersehen.' Er aber rief: ,O Enîs el-Dschelîs, bei Gott, es wird mir nicht leicht, mich auch nur auf eine Stunde von dir zu trennen!' Aber sie sprach: ,Bei Gott, mein Gebieter, auch mir wird es nicht leicht; doch die Not hat ihr eigen Gebot, so wie der Dichter sagt:

> Des Lebens Nöte zwingen den Menschen wohl dazu,
> Den Ausweg einzuschlagen, der guten Brauch nicht ehrt.
> Und wer sich dazu bringt, ein Mittel zu ergreifen,
> Tut's nur um eine Sache, die solchen Mittels wert.'

Da sprang er auf und ergriff sie, während ihm die Tränen, dem Regen gleich, die Wange niederliefen; und mit der Zunge seiner Not sprach er die Verse:

> Bleib! Gib mir einen Blick auf den Weg noch, eh du scheidest;
> Ich will ein Herze stärken, das fast beim Abschied bricht.
> Doch wenn in alledem du nur eine Qual empfindest,
> Laß mich in Schmerzen sterben, du aber quäl dich nicht!

Dann ging er mit ihr hinab in den Basar und übergab sie dem Makler und sagte zu ihm: ,O Hâddsch Hasan, erkenne den

Wert dessen, was du ausrufen sollst!' ‚O mein Herr Nûr ed-
Dîn,' versetzte der Makler, ‚die Herkunft ist unverkennbar!'
Und dann fuhr er fort: ‚Ist dies nicht Enîs el-Dschelîs, die einst
dein Vater von mir um zehntausend Dinare erstand?' ‚Sie ist
es', antwortete Nûr ed-Dîn. Da ging der Makler zu den Händlern und sah, daß noch nicht alle versammelt waren. Dann wartete er, bis sie alle kamen und bis der Markt sich füllte mit Sklavinnen aller Nationen, mit Türkinnen, Fränkinnen und Tscher-
kessinnen; mit Abessinierinnen, Nubierinnen und Negerinnen;
mit Griechinnen, Tatarinnen, Georgierinnen und vielen anderen.
Wie also der Markt sich gefüllt hatte, trat er hervor, blieb stehen
und rief: ‚O ihr Kaufleute all!
Ihr Herren des Geldes zumal!
Nicht alles, was rund ist, ist eine Nuß;
Nicht alles, was lang ist, eine Banane;
Nicht alles, was rot ist, ist ein Stück Fleisch;
Nicht alles, was weiß ist, Milch mit Sahne![1]
O ihr Kaufleute, ich bring diese kostbare Perle her,
Für die kein Preis genügend wär!
Für wieviel soll ich sie ausrufen?'

‚Rufe sie aus um viertausendfünfhundert Dinare!' antwortete
einer der Händler. Als nun der Makler zum ersten das Angebot
von viertausendfünfhundert Dinaren ausrief, siehe, da kam der
Wesir el-Mu'în ibn Sâwa durch den Basar, und da er Nûr ed-
Dîn 'Alî an dem einen Ende des Basars stehen sah, sprach er bei
sich: ‚Was steht der Sohn des Chakân hier herum? Hat dieser
Lümmel noch genug, um sich Sklavinnen zu kaufen?' Dann
blickte er sich um und hörte den Makler, der im Markte ausrief und den die Händler alle umstanden, und sprach bei sich:
‚Ich bin gewiß, er hat keinen Heller mehr und brachte die

1. Im Arabischen: Stück Fett. Um die Knüttelverse des Ausrufers zum
Ausdruck zu bringen, mußte hier im Reim geändert werden.

Sklavin Enîs el-Dschelîs her, um sie zu verkaufen. Ah, die tut meinem Herzen wohl!' Darauf rief er nach dem Makler, der zu ihm trat und vor ihm den Boden küßte; da sprach der Wesir zu ihm: ,Ich will diese Sklavin, die du zum Verkauf ausrufst.' Der Makler aber konnte nicht widersprechen, sondern sagte: ,O mein Herr, es sei, in Gottes Namen'; dann führte er die Sklavin herbei und zeigte sie ihm. Sie gefiel ihm, und er fragte: ,O Hasan, wieviel ist für sie geboten?' ,Viertausendfünfhundert Dinare als Angebot zum ersten!' El-Mu'în sprach: Viertausendfünfhundert Dinare sind mein Gebot.' Als die Händler das vernahmen, da wagte keiner von ihnen, einen Dirhem höher zu bieten, sondern sie hielten sich zurück, weil sie die Tyrannei des Wesirs kannten. Dann blickte el-Mu'în ibn Sâwa den Makler an und sprach: ,Was stehst du hier? Geh hin und biete für mich viertausend Dinare, und fünfhundert sollen für dich sein!' Da ging der Makler zu Nûr ed-Dîn und sagte: ,O mein Herr, deine Sklavin geht dir um ein Nichts dahin.' ,Wieso?' fragte er, und der Makler erwiderte: ,Wir hatten das Angebot mit viertausendfünfhundert Dinaren eröffnet; da kam dieser Tyrann da, el-Mu'în ibn Sâwa, und ging durch den Basar, und als er die Sklavin erblickte, gefiel sie ihm, und er rief mir zu: Biete für mich viertausend Dinare, und fünfhundert sollen für dich sein. Ich aber zweifle nicht daran, er weiß, daß das Mädchen dir gehört, und wenn er dir ihren Preis sofort auszahlen würde, so wäre alles gut. Doch ich kenne seine Tyrannei; er wird dir auf einen seiner Wechsler eine Anweisung geben und wird jemanden hinter dir herschicken und den Leuten sagen lassen: Bezahlt ihm nichts! Und sooft du hingehen wirst, um das Geld zu fordern, werden sie sagen: Wir zahlen dir bald! So werden sie Tag für Tag mit dir verfahren, trotzdem du stolzen Geistes bist! Und schließlich, wenn sie deines Drängens müde werden, so werden sie sagen: Zeig uns den Wechsel. Aber sobald sie ihn nur in den Händen haben, werden sie ihn zerreißen, und du hast den Preis des Mädchens verloren!' Als Nûr ed-Dîn 'Alî diese Worte des Maklers vernahm, sah er ihn an und fragte ihn: ‚Was soll ich jetzt tun?' Der antwortete ihm: ‚Ich will dir einen Rat geben, und wenn du ihn befolgst, so wird er dir von größtem Nutzen sein.' ‚Und der ist?' fragte Nûr ed-Dîn, worauf der Makler erwiderte: ‚Tritt sofort an mich heran, während ich mitten auf dem Markt stehe, nimm die Sklavin aus meiner Hand und gib ihr einen starken Schlag und sage zu ihr: ‚Du Metze, ich habe meinen Schwur gehalten und dich auf den Sklavenmarkt geschleppt, weil ich geschworen hatte, dich in den Basar zu bringen und dich von dem Makler zum Verkauf ausrufen zu lassen.' Wenn du das tust, so wird die List vielleicht auf den Wesir und das Volk Eindruck machen, und sie werden glauben, du habest sie nur auf den Markt gebracht, um deinen Schwur zu erfüllen.' Da sprach Nûr ed-Dîn: ‚Das ist das Beste.' Der Makler verließ ihn, kehrte mitten auf den Markt zurück, nahm die Sklavin bei der Hand und winkte dem Wesir el-Mu'în ibn Sâwa und sagte: ‚O mein Herr, dies hier ist ihr Besitzer!' Unterdessen trat Nûr ed-Dîn an den Makler heran, riß ihm die Sklavin aus der Hand, schlug ihr ins Gesicht und rief: ‚Heda, du Metze! Ich habe dich auf den Basar geschleppt, um mich von meinem Eid zu lösen; jetzt schere dich nach Hause und widersprich mir nicht mehr! Heda! Brauche ich deinen Preis, daß ich dich verkaufen sollte? Wenn ich mein Hausgerät verkaufen würde, so brächte es mir viele Male deinen Wert!' Doch als el-Mu'în ibn Sâwa den Nûr ed-Dîn erblickte, rief er: ‚Holla! Hast du überhaupt noch etwas zum Verkaufen und zum Kaufen?' Nun wollte der Wesir gewaltsam Hand an ihn legen, aber da blickten die Händler den Nûr ed-Dîn an, den sie

alle sehr gern hatten; und der Jüngling sprach zu ihnen: ‚Hier
bin ich in eurer Hand; ihr kennt ja seine Tyrannei.‘ ‚Bei Gott!‘
rief der Wesir, ‚wenn ihr nicht wäret, so hätte ich ihn totgeschlagen!‘ Da sahen alle den Nûr ed-Dîn mit bedeutsamen
Blicken an, als wollten sie sagen: ‚Rechne ab mit ihm! Nicht
einer von uns wird zwischen euch treten.‘ Da trat Nûr ed-Dîn
an den Wesir heran, und beherzt, wie er war, zog er ihn von
seinem Sattel herunter und warf ihn zu Boden. Nun befand
sich dort eine Grube[1] mit Lehm; in die fiel der Wesir mitten
hinein. Nûr ed-Dîn aber schlug und prügelte auf ihn ein, und
einer der Schläge traf auf seine Zähne, so daß sich sein Bart vom
Blute färbte. Bei dem Wesir waren zehn Mamluken, und als
die sahen, was mit ihrem Herrn geschah, legten sie ihre Hände
an die Schwertgriffe und wollten die Schwerter zücken, um
über Nûr ed-Dîn herzufallen und ihn niederzuhauen; aber die
Umstehenden riefen ihnen zu: ‚Der eine ist ein Wesir, der andere der Sohn eines Wesirs; vielleicht versöhnen sie sich eines
Tages wieder, und dann verwirkt ihr beider Gunst. Oder ein
Hieb trifft euren Herrn, so sterbt ihr alle des ärgsten Todes; daher wäre es besser, ihr mischtet euch nicht zwischen sie.‘ Als
dann Nûr ed-Dîn den Wesir nach seines Herzens Lust verprü-
gelt hatte, nahm er seine Sklavin und ging nach Hause. Auch
der Wesir ging sofort seiner Wege, und sein Gewand war in
drei Farben gefärbt: schwarz vom Lehm, rot vom Blut und
aschenfarben. Als er sich in diesem Zustand sah, da nahm er
eine Matte und legte sie sich um den Nacken; auch nahm er
zwei Büschel von Halfagras in die Hand und ging fort, bis er
unten vor dem Palast stand, in dem der Sultan war, und rief:
‚O größter König unserer Zeit, mir ist Gewalt angetan, mir ist

1. In der Grube werden Lehm und Asche zu Bausteinen zusammen-
gerührt.

426

Gewalt angetan!' Da führte man ihn vor den König; der schaute ihn an, und siehe, es war sein Großwesir. Sofort fragte er: ,O Wesir, wer hat solches an dir getan?' Da weinte der Wesir und schluchzte und sprach die Verse:

Soll mich die Welt bedrücken, während du in ihr weilst?
Sollen die Wölfe mich fressen, und du, der Löwe, bist hier?
Sollen die Durstigen alle aus deinem Brunnen trinken?
Und, wo du dem Regen gleichst, soll ich dursten bei dir?

,Hoher Herr,' fuhr er fort, ,jedem, der dich liebt und dir dient, wird es so ergehen!' Da rief der Sultan: ,Heda, rasch, sage mir, wie dies mit dir geschehen ist und wer solches an dir getan hat; deine Ehre ist ein Teil meiner Ehre!' Der Wesir antwortete: ,Wisse, hoher Herr, ich ging heute auf den Sklavenmarkt, mir eine Köchin zu kaufen, und da fand ich auf dem Basar eine Sklavin, so schön, wie ich sie in meinem ganzen Leben noch nicht gesehen habe; ich wollte sie für unsern Herrn, den Sultan, erstehen und fragte den Makler nach ihr und ihrem Besitzer, und der erwiderte: Sie gehört 'Alî, dem Sohne des el-Fadl ibn Chakân. Nun gab vor einiger Zeit unser Herr, der Sultan, seinem Vater zehntausend Dinare, damit er ihm dafür eine schöne Sklavin kaufte, und er kaufte jene Sklavin, die ihm gefiel; doch er mißgönnte sie unserem Herrn, dem Sultan, und gab sie seinem eigenen Sohne. Als dann der Vater gestorben war, verkaufte der Sohn, was er an Häusern und Gärten und Hausgerät besaß, und verschwendete alles, bis er nicht einen Heller mehr hatte. Schließlich führte er die Sklavin auf den Markt, um sie zu verkaufen, und übergab sie dem Makler, der sie ausrief; und die Händler boten immer höher auf sie, bis ihr Preis auf viertausend Dinare stieg; da sprach ich zu mir selber: Ich will sie für unseren Herrn, den Sultan, erwerben, denn sie wurde zuerst mit seinem Gelde bezahlt. So sprach ich zu Nûr ed-Dîn:

‚Mein Sohn, nimm von mir viertausend Dinare als Kaufpreis
für sie!' Doch als er meine Worte hörte, sah er mich an und
schrie: ‚Du Unheilsalter! Den Juden und Christen will ich sie
verkaufen, aber nicht dir!' ‚Ich kaufe sie nicht für mich,' erwiderte ich, ‚ich kaufe sie für unseren Herrn, den Sultan, der so
gütig gegen uns ist.' Als er gar diese Worte von mir hörte,
füllte ihn die Wut; und er riß mich hochbetagten Mann vom
Rosse herunter und schlug mich mit seinen Fäusten und hieb
auf mich ein, bis er mich liegen ließ, wie du mich siehest; und
all das geschah mir einzig, weil ich gekommen war, um die
Sklavin für dich zu kaufen!' Dann warf der Wesir sich zu Boden und fing an zu weinen und zu zittern. Als der Sultan seinen
Zustand gesehen und seine Geschichte gehört hatte, da schwoll
die Zornesader zwischen seinen Augen; darauf wandte er sich
nach den Großen des Reiches um, und siehe, schon standen
vierzig schwerttragende Mannen vor ihm. Zu denen sprach der
Sultan: ‚Geht sofort hinab zu dem Hause des 'Alî ibn Chakân,
plündert es und reißt es nieder und bringt mir ihn und die Sklavin gefesselt! Schleift sie beide auf ihren Gesichtern und bringt
sie so vor mich!' ‚Wir hören und gehorchen!', versetzten sie,
bewaffneten sich, gingen hinab und machten sich auf nach dem
Hause des 'Alî Nûr ed-Dîn. Nun hatte der Sultan einen Kämmerling, 'Alam ed-Dîn Sandschar, der ehemals bei el-Fadl ibn
Chakân, dem Vater des 'Alî Nûr ed-Dîn, als Mamluk gedient
hatte; dann hatte er eine andere Stelle gefunden, und schließlich hatte der Sultan ihn zu einem seiner Kämmerlinge gemacht.
Als er den Befehl des Königs hörte und sah, wie die Feinde
sich rüsteten, seines einstigen Herrn Sohn zu erschlagen, konnte er es nicht ertragen; so verließ er die Gegenwart des Königs,
stieg auf sein Roß, ritt zum Hause des Nûr ed-Dîn und pochte
an die Tür. Da kam Nûr ed-Dîn heraus, und als er ihn sah, er-

kannte er ihn und wollte ihn begrüßen; jener aber sagte: ‚O mein Gebieter, dies ist nicht die Zeit, um Grüße zu tauschen und Worten zu lauschen. Höre, was der Dichter sagt:

> *Rette dein Leben, wenn dir vor Unheil graut!*
> *Lasse das Haus beklagen den, der es erbaut!*
> *Du findest schon eine Stätte an anderem Platz;*
> *Für dein Leben findest du keinen Ersatz!'*

‚O 'Alam ed-Dîn, was gibt es?' fragte Nûr ed-Dîn; und der antwortete: ‚Steh auf und fliehe um dein Leben, du mit der Sklavin! Denn el-Mu'în hat für euch beide eine Falle gelegt, und wenn ihr ihm in die Hände fallt, so wird er euch töten lassen. Der Sultan hat bereits vierzig Schwertträger gegen euch ausgesandt, und ich rate euch, flieht, ehe euch das Unheil erreicht!' Dann griff Sandschar in seinen Beutel, und als er dort vierzig Dinare fand, nahm er sie, gab sie dem Nûr ed-Dîn und sagte: ‚O Herr, nimm dies und reise damit! Hätte ich noch mehr, ich gäbe es dir. Aber dies ist nicht die Zeit für Entschuldigungen.' Nun ging Nûr ed-Dîn zu der Sklavin hinein und tat ihr alles kund; fast lähmte der Schreck ihre Hände. Dann eilten die beiden sofort aus der Stadt hinaus, und Allah deckte sie mit dem Schleier seines Schutzes, so daß sie das Ufer des Stromes erreichten, wo sie ein Schiff vorfanden, das zur Ausfahrt bereit war. Der Kapitän aber stand mittschiffs und rief: ‚Wer noch etwas zu tun hat, sei es, Vorrat zu kaufen oder von den Seinen Abschied zu nehmen, oder wer etwas vergessen hat, der hole es sofort, denn wir stehn im Begriff zu segeln'; und da alle sagten: ‚Wir haben nichts mehr zu tun, o Kapitän!' rief er seiner Mannschaft zu: ‚Hallo! Löset die Taue und zieht die Pfähle aus!' Da fragte Nûr ed-Dîn: ‚Wohin, o Kapitän?' Der antwortete: ‚Nach der Stätte des Friedens, nach Baghdad.' – –«

Da bemerkte Schehrezâd, daß der Morgen begann, und sie

hielt in der verstatteten Rede an. Doch als die *Sechsunddreißigste Nacht* anbrach, fuhr sie also fort: »Es ist mir berichtet worden, o glücklicher König, daß, als der Kapitän sprach: ‚Nach der Stätte des Friedens, nach Baghdad‘, Nûr ed-Dîn ’Alî und die Sklavin an Bord gingen; und die Schiffer stießen ab und setzten die Segel. Da zog das Schiff dahin, als sei es ein Vogel auf seinen Schwingen; wie es so schön einer der Dichter sagt:

> *Schau auf ein Schiff! Sein Anblick nimmt deine Augen gefangen.*
> *Es überflügelt den Wind in seinem eiligen Flug.*
> *Es gleicht dem schwebenden Vogel, den die gebreitete Schwinge*
> *Aus dem Äther herab wohl auf das Wasser trug.*

So segelte nun das Schiff mit ihnen dahin, und der Wind war ihnen günstig.

Lassen wir jene und wenden wir uns zu den Mamluken! Die kamen zum Hause des Nûr ed-Dîn ’Alî und brachen die Türen auf, gingen hinein und durchsuchten alle Räume, doch fanden sie keine Spur von den beiden; so rissen sie das Haus nieder, kehrten zum Sultan zurück und erstatteten ihm Bericht. Da sprach er: ‚Sucht nach ihnen beiden, wo immer sie seien!‘ und sie antworteten: ‚Wir hören und gehorchen!‘ Dann ging der Wesir el-Mu’în ibn Sâwa nach Hause, nachdem ihm der Sultan ein Ehrengewand verliehen und sein Herz sich beruhigt hatte; denn der Sultan hatte gesagt: ‚Kein andrer als ich wird Blutrache für dich nehmen!‘, und der Wesir hatte ihm langes Leben und Gedeihen gewünscht. Dann ließ der Sultan in der Stadt verkünden: ‚O ihr Untertanen alle! Es ist der Wille unseres Herrn, des Sultans, daß, wer immer auf Nûr ed-Dîn ’Alî trifft, den Sohn des el-Fadl ibn Chakân, und ihn dem Sultan bringt, ein Ehrengewand empfangen soll und tausend Goldstücke; wer ihn aber verbirgt oder weiß, wo er ist, und es nicht meldet, der verdient die schwere Strafe, die ihn treffen wird.‘

430

Da begannen alle nach Nur ed-Dîn 'Alî zu suchen; aber niemand vermochte eine Spur oder Nachricht von ihm zu finden.

Lassen wir nun jene und wenden wir uns zurück zu Nûr ed-Dîn und seiner Sklavin! Die kamen wohlbehalten in Baghdad an; da sprach der Schiffsführer zu ihnen: ‚Baghdad heißt dieser Ort; es ist ein sicherer Hort. Von ihm zog der Winter mit seiner Kälte fort, doch das Frühjahr mit seinen Rosen hielt seinen Einzug dort. Die Bäume blühen all, und die Bächlein fließen zumal.' Da stieg Nûr ed-Dîn 'Alî mit seiner Sklavin aus dem Schiffe und gab dem Kapitän fünf Dinare; dann gingen sie ein wenig weiter, und das Geschick führte sie in die Gegend der Gärten hinein. Dort kamen sie zu einem Platze und sahen, daß er gefegt und gesprengt war; Bänke liefen an ihm entlang, und Krüge hingen dort, gefüllt mit Wasser. Oben war ein Gitterwerk aus Rohr über den ganzen Weg, und am oberen Ende des Weges war ein Gartentor, doch das war verschlossen. ‚Bei Gott,' sprach Nûr ed-Dîn zu der Sklavin, ‚dies ist ein herrlicher Ort!' Sie antwortete: ‚Mein Gebieter, laß uns eine Weile auf dieser Bank sitzen, damit wir ausruhen!' Also setzten sie sich auf die Bank; dann wuschen sie sich Gesicht und Hände, und ein kühler Luftzug hauchte über sie hin, und sie versanken in Schlaf; hocherhaben ist Er, der niemals schläft!

Nun hieß dieser Garten der Lustgarten, und darin stand ein Schloß, das hieß das Schloß der schönen Aussicht und der Bilder; und das Ganze gehörte dem Kalifen Harûn er-Raschîd, der diesen Garten und das Schloß zu besuchen und dort zu sitzen pflegte, wenn ihm die Brust beklommen war. Der Palast hatte achtzig vergitterte Fenster, und achtzig Lampen hingen darin mit einem großen, goldenen Kronleuchter in der Mitte. Wenn der Kalif dorthin kam, so befal er den Sklavinnen, die Fenster zu öffnen und mit seinem Tischgenossen Ishâk ibn

Ibrahîm Lieder zu singen, bis ihm die Brust weit ward und sein Kummer sich legte. Zum Garten aber gehörte ein Hüter, ein sehr alter Mann, der hieß Scheich Ibrahîm; und wenn er ausging an irgendwelche Geschäfte, so hatte er des öfteren am Gartentor Leute getroffen, die sich dort mit leichtfertigen Frauen vergnügten; und dann war er sehr zornig geworden. Doch er geduldete sich, bis eines Tages der Kalif zu ihm kam; dem berichtete er davon. Da sprach der Kalif: ‚Wen du nur triffst am Tore des Gartens, mit dem verfahre, wie du es für richtig hältst!‘ Als nun gerade an jenem Tage Scheich Ibrahîm, der Gärtner, ausging, um etwas zu besorgen, was er brauchte, fand er die beiden am Tore schlafend, bedeckt mit einem einzigen Mantel; da sagte er: ‚Bei Gott, eine schöne Geschichte! Die beiden wissen nicht, daß der Kalif mir erlaubt und gestattet hat, jeden zu töten, den ich hier ertappe; aber ich will diesem Paar eine kräftige Tracht Prügel geben, auf daß in Zukunft sich niemand mehr dem Tore nähere.‘ So schnitt er eine grüne Palmenrute ab, trat zu ihnen hin und hob den Arm, bis man das Weiße seiner Armhöhle sah, und wollte eben zuschlagen; doch er besann sich und sagte bei sich: ‚O Ibrahîm, willst du sie schlagen, ohne daß du weißt, wie es mit ihnen steht? Vielleicht sind sie Fremde oder Wandersleute, und das Geschick hat sie hierher getrieben. Ich will ihr Antlitz enthüllen und sie betrachten.‘ Da nahm er den Mantel von ihren Gesichtern und sagte: ‚Es ist ein hübsches Paar, und es wäre unrecht, wenn ich sie schlüge.‘ Darum deckte er ihre Gesichter wieder zu, beugte sich über den Fuß des Nûr ed-Dîn ’Alî und begann ihn zu reiben; nun schlug Nûr ed-Dîn seine Augen auf, und als er einen Greis von würdigem und ehrgebietendem Aussehen zu seinen Füßen sah, da schämte er sich und zog sie ein und setzte sich auf. Und er ergriff Scheich Ibrahîms Hand und küßte sie. Da

sprach der Alte: ‚Mein Sohn, woher bist du?‘ Und er erwiderte:
‚Lieber Herr, wir beide sind Fremde‘, und eine Träne rann ihm
aus dem Auge. ‚Mein Sohn,‘ sprach Scheich Ibrahîm, ‚wisse,
der Prophet – Allah segne ihn und gebe ihm Heil! – hat befohlen, den Fremden zu ehren; willst du nicht aufstehen, mein
Sohn, und in den Garten treten und dich trösten durch seinen
Anblick, daß dein Herz sich erfreue?‘ ‚Lieber Herr,‘ erwiderte
Nûr ed-Dîn, ‚wem gehört denn dieser Garten?‘ Jener antwortete: ‚Mein Sohn, ich habe diesen Garten von meiner Familie
geerbt.‘ Der Zweck, um dessentwillen Scheich Ibrahîm dies
sagte, war nur der, daß sie sich beruhigen und in den Garten
eintreten sollten. Als Nûr ed-Dîn diese Worte vernommen
hatte, dankte er ihm, und beide, er und die Sklavin, standen
auf und folgten dem Scheich in den Garten; und siehe, es war
ein Garten, doch welch ein Garten! Das Tor war gewölbt wie
eines Palastes Bogengang, darüber sich Wein mit Trauben von
vielerlei Farben schlang: die roten glichen Rubinen, während
die schwarzen wie Ebenholz schienen. Dann traten sie in eine
Laube, und dort fanden sie Bäume mit Früchten, die hingen
bald allein und bald zu zwein. Auf den Ästen die Vögelein sangen ihre Lieder so rein: die Nachtigall schlug ihre Weisen so
lang; der Kanarienvogel füllte den Garten mit seinem Sang;
der Amsel Flöten schien das eines Menschen zu sein; und der
Turteltaube Gurren klang wie das Stöhnen eines, der trunken
vom Wein. Die Bäume, die dichten, waren beladen mit reifen,
eßbaren Früchten und standen alle in doppelten Reihn: da
war die Aprikose weiß wie Kampfer, eine andere mit süßem
Kern, eine dritte aus Chorasân; die Pflaume war mit der Farbe
der Schönheit angetan; die Weißkirsche leuchtete heller als
wie ein Zahn; die Feigen sahen sich zweifarbig, rötlich und
weißlich, an. Und Blumen waren da, wie Perlen und Korallen

433

aufgereiht, die Rosen beschämten durch ihre Röte die Wangen der schönen Maid; die gelben Veilchen sahen aus wie Schwefel, über dem Lichter hängen zu nächtlicher Zeit; Myrten, Levkojen, Lavendel, Anemonen, mit Wolkentränen geschmückt ihr Blätterkleid; es lachte das Zahngeheg der Kamille; die Narzisse schaute die Rose an mit ihrer Augen schwarzer Fülle; Bechern glichen die Limonen, goldenen Kugeln die Zitronen; die Erde war mit Blumen aller Farben wie mit einem Teppich bedeckt; der Frühling war gekommen und hatte dort alles zu frohem Leben erweckt, den Bach zum Springen, die Vögel zum Singen, den Lufthauch zum Klingen in der allermildesten Jahreszeit.

Darauf führte Scheich Ibrahîm sie in den hohen Saal, und sie betrachteten seine Schönheit und jene Lampen hinter den vergitterten Fenstern. Da dachte Nûr ed-Dîn seiner früheren Gelage und rief: ‚Bei Allah, dies ist ein herrlicher Ort!‘ Dann setzten sie sich nieder; Scheich Ibrahîm brachte ihnen zu essen, und sie aßen, bis sie satt waren, und wuschen sich danach die Hände. Und Nûr ed-Dîn trat an eins der vergitterten Fenster und rief seine Sklavin zu sich; sie kam, und nun versanken beide in den Anblick der Bäume, der dichten, mit ihren mancherlei Früchten. Dann wandte er sich zu dem Gärtner und sprach: ‚O Scheich Ibrahîm, hast du nichts zu trinken? Denn die Menschen pflegen nach dem Essen zu trinken.‘ Da brachte der Scheich ihm frisches Wasser, kühl und angenehm; jener aber sagte: ‚O Scheich Ibrahîm, dies ist nicht der Trank, den ich begehre.‘ ‚Begehrst du etwa Wein?‘ ‚Ja, freilich, o Scheich!‘ ‚Davor behüte mich Allah; seit dreizehn Jahren habe ich solches nicht mehr getan, denn der Prophet – Allah segne ihn und gebe ihm Heil! – hat den verflucht, der ihn trinkt, keltert, verkauft oder kauft!‘ ‚So höre zwei Worte!‘ ‚Sprich!‘ ‚Wenn dieser verfluchte Esel hier verflucht wird, wird dich da etwas von seinem Fluche treffen?' ‚Nein.' So nimm hier den Dinar und die zwei Dirhems und steige auf diesen Esel und mache halt in weitem Abstand von einem Weinladen, und wen du dort beim Einkauf findest, den rufe herbei und sprich zu ihm: Nimm diese zwei Dirhems für dich, und für diesen Dinar kaufe Wein und setze ihn auf den Esel. So hast du ihn weder getragen noch gekauft, und kein Teil des Fluches wird auf dich entfallen.' Da lachte Scheich Ibrahîm über die Worte und sagte: ‚Bei Allah, mein Sohn, ein witzigerer Mann als du und feinere Worte als deine sind mir noch nicht begegnet.' Dann tat er, was Nûr ed-Dîn ihm gesagt hatte, und der dankte ihm dafür und sprach: ‚Wir sind jetzt deine Schutzbefohlenen, und es liegt dir daher ob, unsere Wünsche zu erfüllen; also bringe uns her, was wir brauchen.' ‚Mein Sohn, hier steht dir meine Vorratskammer zur Verfügung,' erwiderte jener und zeigte auf die Speisekammer des Beherrschers der Gläubigen, ‚geh hinein und entnimm daraus, was du willst! Es ist mehr darin, als du brauchst.' Nûr ed-Dîn trat also in die Kammer und erblickte darin Gefäße aus Gold und aus Silber und aus Kristall, besetzt mit allerlei Edelgestein. Und er nahm einige davon heraus, trug sie auf, goß den Wein in Krüge und Flaschen und freute sich des schönen Anblicks, derweilen Scheich Ibrahîm ihnen Früchte und Blumen brachte. Dann zog sich der Alte zurück und setzte sich fern von ihnen nieder, derweilen sie tranken und sich vergnügten, bis der Wein Gewalt über sie gewann; ihre Wangen röteten sich, ihre Augen blickten übermütig, und ihre Locken lösten sich, und ihr Glanz wurde immer höher. Da sprach Scheich Ibrahîm bei sich: ‚Warum sitze ich so fern? Und warum sollte ich mich nicht zu ihnen setzen? Wann werde ich wieder jemand bei mir haben wie diese beiden, die zwei Monden gleichen?'

So trat er vor und setzte sich nieder am Rand der Estrade, und Nûr ed-Dîn sprach zu ihm: ‚Lieber Herr, bei meinem Leben, komm näher herbei!‘ Da kam Scheich Ibrahîm zu ihnen heran, und Nûr ed-Dîn füllte einen Becher, sah den Scheich an und sprach zu ihm: ‚Trinke, damit du den Geschmack erprobest!‘ ‚Gott behüte mich davor!‘ erwiderte er, ‚dreizehn Jahre habe ich solches nicht mehr getan.‘ Nûr ed-Dîn aber tat, als vergäße er, daß Scheich Ibrahîm da war, und er trank den Becher aus und warf sich zu Boden, als habe die Trunkenheit ihn übermannt; da blickte Enîs el-Dschelîs ihn an und sprach: ‚O Scheich Ibrahîm, sieh, wie dieser Mann mich behandelt‘; und der fragte: ‚O meine Herrin, was ist mit ihm?‘ ‚So macht er es immer mit mir,‘ rief sie, ‚er trinkt eine Weile und schläft dann ein; so bleibe ich allein, und ich habe keinen Trinkgenossen, der mir bei meinem Becher Gesellschaft leistet und zu dessen Becher ich singen kann.‘ Durch diese Worte ward das Herz des Alten gerührt, und seine Seele neigte sich ihr zu, und er sprach: ‚Bei Allah, dies ist nicht gut!‘ Dann füllte sie einen Becher, sah den Alten an und sprach: ‚Bei meinem Leben, du mußt ihn nehmen und trinken, weise ihn nicht zurück, heile mein krankes Herz!‘ Da streckte Scheich Ibrahîm seine Hand aus, nahm den Becher und trank ihn aus; sie aber füllte einen zweiten Becher, hielt ihn gegen das Licht und sagte: ‚O mein Gebieter, hier ist noch ein zweiter für dich.‘ Doch er sprach: ‚Bei Allah, ich kann ihn nicht mehr trinken; was ich getrunken habe, ist für mich genug.‘ Sie aber entgegnete: ‚Nein, bei Allah, du mußt es doch tun!‘ Da nahm er den Becher und trank ihn aus; dann gab sie ihm den dritten, und er nahm ihn und wollte gerade trinken, doch siehe, Nûr ed-Dîn begann sich aufzurichten.--«

Da bemerkte Schehrezâd, daß der Morgen begann, und sie hielt in der verstatteten Rede an. Doch als die *Siebenunddreißigste*

Nacht anbrach, fuhr sie also fort: »Es ist mir berichtet worden, o glücklicher König, daß Nûr ed-Dîn sich aufrichtete und sagte: ‚O Scheich Ibrahîm, was ist dies? Habe ich dich nicht vor einer Weile beschworen? Und da hast du dich geweigert und gesagt, du hättest solches dreizehn Jahre lang nicht mehr getan!‘ ‚Bei Allah,‘ sprach der Scheich beschämt, ‚ich habe keine Schuld, sie hat mich gebeten.‘ Nûr ed-Dîn lachte, und sie saßen und tranken weiter, aber die Sklavin wandte sich zu ihrem Herrn und flüsterte ihm heimlich zu: ‚Mein Gebieter, trinke und nötige den Scheich Ibrahîm nicht, damit ich dir einen Scherz mit ihm zeigen kann.‘ Dann füllte sie ihres Herrn Becher und reichte ihn ihm, und er füllte den ihren und reichte ihn ihr, und also fuhren sie ein übers andere Mal fort, bis Scheich Ibrahîm sie schließlich ansah und sagte: ‚Was ist dies für eine gute Kameradschaft? Gott verfluche sie, die so gierig sind! Du reichst mir nicht den Becher, wenn ich an der Reihe bin, mein Bruder! Was ist denn das für ein Benehmen, du Mann Gottes?‘ Da lachten die beiden über seine Rede, bis sie auf den Rücken fielen; dann tranken sie und gaben ihm zu trinken und hörten nicht auf zu zechen, bis ein Drittel der Nacht verstrichen war. Nun sprach die Sklavin: ‚O Scheich Ibrahîm, mit deiner Erlaubnis will ich aufstehn und eine der Kerzen, die hier aufgereiht stehen, anzünden.‘ ‚Das tu,‘ erwiderte er, ‚doch zünde nicht mehr als eine an!‘ Da sprang sie auf und begann mit der ersten Kerze und zündete immer mehr an, bis alle achtzig brannten; dann setzte sie sich wieder hin. Darauf sprach Nûr ed-Dîn: ‚O Scheich Ibrahîm, was schenkst du mir? Willst du mir nicht erlauben, eine von diesen Lampen anzuzünden?‘ ‚Zünde eine an,‘ erwiderte er, ‚und störe auch du mich nicht weiter!‘ Da stand er auf und begann mit der ersten Lampe und zündete immer mehr an, bis alle achtzig brannten und der Palast mit den Lichtern zu tanzen schien. Da sprach der Scheich, den die Trunkenheit überwältigt hatte: ‚Ihr beiden seid kühner als ich!' Dann stand er auf und öffnete all die Fenster und setzte sich wieder; und sie begannen zu zechen und Verse zu sprechen, während der Saal im Lichtmeer um sie flimmerte.

Nun hatte Allah, der mächtig ist über alle Dinge und der für jede Ursache eine Wirkung festsetzt, es so gefügt, daß der Kalif sich in ebendiesem Augenblick das Mondeslicht anschaute und durch eines der Fenster blickte, die nach der Seite des Tigris lagen. Da sah er den Glanz der Lampen und Kerzen im Flusse widerstrahlen, und als er die Augen hob, sah er, daß das Gartenschloß im Glanz der Kerzen und Lampen flimmerte. Und er rief: ‚Her zu mir mit Dscha'far, dem Barmekiden!' Im selben Augenblick stand auch schon der Minister vor dem Beherrscher der Gläubigen, der ihn anschrie: ‚Du Hund von einem Wesir, willst du mir diese Stadt Baghdad wegnehmen, ohne mir ein Wort davon zu sagen?' ‚Was mögen diese Worte bedeuten?' fragte Dscha'far; und der Kalif erwiderte: ‚Wenn mir die Stadt Baghdad nicht genommen wäre, so wäre das Schloß der Bilder nicht erleuchtet mit Lampen und Kerzen, noch wären seine Fenster aufgetan. Weh dir! Wer sollte solches wagen, wenn mir nicht das Kalifat genommen wäre?' Das sprach Dscha'far mit zitternder Brust: ‚Wer hat dir kundgetan, daß das Schloß der Bilder erleuchtet ist und seine Fenster geöffnet sind?' ‚Tritt her und sieh!' erwiderte der Kalif; und Dscha'far trat an den Kalifen heran, und als er zu den Gärten hinabsah, sah er das Schloß durch das Dunkel der Nacht herstrahlen; und da er dachte, Scheich Ibrahîm, der Gärtner, habe es wohl aus einem geheimen Grunde erlaubt, so wollte er ihn entschuldigen und sprach: ‚O Beherrscher der Gläubigen, Scheich Ibrahîm sagte in der vergangenen Woche zu mir: O mein Herr
438

Dscha'far, ich möchte meinen Söhnen eine Freude machen, bei dem Leben des Beherrschers der Gläubigen und bei deinem Leben! Ich fragte ihn: Was verlangst du? Und er sagte: Verschaff mir die Erlaubnis von dem Beherrscher der Gläubigen, das Beschneidungsfest meiner Söhne im Gartenpalast zu feiern. Darauf sprach ich zu ihm: ‚Geh hin und beschneide sie, und ich will zum Kalifen gehn und es ihm sagen. Da ging er davon unter dieser Voraussetzung, und ich vergaß, es dir zu sagen.‘ ‚O Dscha'far,‘ sprach der Kalif, ‚zunächst hast du dich nur in einer Weise gegen mich vergangen, aber es sind zwei Vergehen daraus geworden. Du hast zwei Fehler begangen, erstlich weil du mir keinen Bericht erstattet hast, und zweitens, weil du dem Alten nicht gabst, wonach er verlangte; denn er kam und sprach so zu dir nur, um dir eine Bitte um etwas Geld zu unterbreiten, als Beitrag zu dem Aufwand; du aber hast ihm nichts gegeben und auch mich nicht in Kenntnis gesetzt.‘ ‚O Beherrscher der Gläubigen,‘ sprach Dscha'far, ‚ich habe es vergessen.‘ ‚Nun, bei meinen Ahnen und Vorfahren,‘ rief der Kalif, ‚ich will den Rest dieser Nacht nicht anders verbringen als in seiner Gesellschaft; denn wahrlich, er ist ein frommer Mann, der für die Glaubensmänner und die Armen sorgt und sie bewirtet: sie sind wohl jetzt versammelt, und vielleicht wird das Gebet von einem unter ihnen uns in dieser Welt und in der nächsten Gutes bringen. Und bei dieser Gelegenheit wird dem Alten meine Gegenwart Nutzen und Freude bereiten.‘ ‚O Beherrscher der Gläubigen,‘ sprach Dscha'far, ‚der größere Teil der Nacht ist verstrichen, und sie werden schon beim Aufbruch sein.‘ Der Kalif aber entgegnete: ‚Ich will doch auf jeden Fall zu ihm gehen.‘ Da schwieg der Wesir; denn er war ratlos und wußte nicht, was er beginnen sollte. Der Kalif stand auf und nahm Dscha'far mit sich und Masrûr, den Eunuchen, und die drei verließen verkleidet den Palast in der Stadt und zogen durch die Straßen als Kaufleute, bis sie das Tor jenes Gartens erreichten. Da trat der Kalif vor, und als er das Gartentor geöffnet sah, da staunte er und sagte: ‚Sieh, Dscha'far, wie Scheich Ibrahîm entgegen seiner Gewohnheit das Tor noch um diese Zeit offen gelassen hat!' Dann traten sie ein und gingen weiter, bis sie zum Ende des Gartens kamen und unten vor dem Palaste standen. Nun sprach der Kalif: ‚O Dscha'far, ich möchte sie belauschen, ehe ich zu ihnen hinaufgehe, damit ich sehe, was sie treiben, und die Glaubensmänner erblicke; denn bislang habe ich noch keinen Laut von ihnen vernommen noch auch, wie ein Fakir den Namen Gottes anruft.' Dann blickte er um sich und sah einen großen Walnußbaum und sprach zu Dscha'far: ‚Ich will auf diesen Baum steigen, denn seine Zweige reichen bis dicht an die Fenster, und so zu ihnen hineinsehn.' Darauf stieg er auf den Baum und kletterte von Ast zu Ast, bis er einen Zweig erreichte, der einem der Fenster gegenüberstand, und er setzte sich darauf und sah durch das Fenster. Da sah er ein Mädchen und einen Jüngling, zwei Monden gleich – Preis sei Ihm, der sie schuf und formte! –, und bei ihnen sah er den Scheich Ibrahîm sitzen, der einen Becher in der Hand hielt und rief: ‚Trinken ohne Singen kann keine Freude bringen; ja ich habe einen Dichter sagen hören:

Laß ihn kreisen, den Wein, in großen und kleinen Bechern,
Und nimm ihn aus der Hand des strahlenden Mondes, des Schenken!
Und trinke nie, ohne daß gesungen wird; denn ich schaute,
Wie selbst die Knechte pfeifen, wenn sie die Pferde tränken!'

Als aber der Kalif solches vom Scheich Ibrahîm erblicken mußte, da schwoll ihm die Ader des Zornes zwischen den Augen und er stieg hinab und rief: ‚O Dscha'far, noch niemals sah ich Fromme in solchem Zustand; so steige auch du auf diesen

440

Baum und sieh sie dir an, damit dir die Segnungen der Frommen nicht verloren seien!' Als Dscha'far die Worte des Beherrschers der Gläubigen vernahm, da wurde er verwirrt, und er stieg hinauf in die Krone des Baumes, blickte hinein und sah Nûr ed-Dîn und die Sklavin und den Scheich Ibrahîm, der einen Becher in der Hand hielt. Bei diesem Anblick war er des Todes gewiß, und er stieg hinab und trat vor den Beherrscher der Gläubigen, und der sprach zu ihm: ,O Dscha'far, Preis sei Gott, der uns die Vorschriften des Heiligen Gesetzes auch äußerlich befolgen läßt!' Dscha'far aber konnte vor lauter Bestürzung kein Wort sagen; dann sah der Kalif ihn an und sagte: ,Ich möchte wissen, wer sie hierher gebracht und wer sie in mein Schloß eingelassen hat! Aber nie noch sahen meine Augen solche Schönheit wie die dieses Jünglings und dieses Mädchens!' Dscha'far, der nun Hoffnung schöpfte, den Kalifen Harûn er-Raschîd zu besänftigen, erwiderte: ,Du sprichst die Wahrheit, o unser Herr und Sultan!' Jener darauf: ,Dscha'far, laß uns beide auf den Zweig da gegenüber dem Fenster steigen, damit wir an ihrem Anblick Vergnügen haben.' Da kletterten die beiden auf den Baum, spähten hinein und hörten Scheich Ibrahîm sagen: ,O meine Herrin, die Würde sank, da ich vom Weine trank; doch der ist nicht süß ohne Saitenklang!' ,Bei Allah,' erwiderte Enîs el-Dschelîs, ,o Scheich Ibrahîm, hätten wir nur ein Musikinstrument, so wäre unsere Freude vollkommen.' Als der Alte die Worte der Sklavin vernahm, stand er auf, und der Kalif sprach zu Dscha'far: ,Was wird er jetzt wohl tun?' Dscha'far erwiderte: ,Ich weiß es nicht.' Scheich Ibrahîm aber verschwand, und alsbald kehrte er mit einer Laute zurück; der Kalif sah sie an und erkannte sie als die des Abu Ishâk, seines Tischgenossen. ,Bei Allah,' sagte der Kalif, ,wenn dieses Mädchen schlecht singt, so lasse ich euch alle kreuzigen;

doch wenn sie gut singt, werde ich ihnen verzeihen und nur dich ans Kreuz schlagen lassen.' Da rief Dscha'far: ,O Allah, laß sie schlecht singen!' Der Kalif fragte: ,Weshalb?' und er antwortete: ,Wenn du uns alle kreuzigen läßt, so leisten wir einander Gesellschaft.' Da lachte der Kalif über seine Worte. Darauf nahm die Sklavin die Laute, sah sie an, stimmte sie und spielte eine Melodie, die alle Herzen in Sehnsucht nach ihr entflammte. Dann sang sie diese Verse:

> O du, die du dem armen Liebenden helfen kannst,
> Der Liebe und der Sehnsucht Feuer verbrennt mein Herz!
> Was du nur immer tuest, ich hab es wohl verdient
> Ich bin ja dein Schutzbefohlner; verspotte nicht meinen Schmerz!
> Ja, ich bin jetzt verlassen und in Elend versunken;
> Was du immer mir tuen willst, das tue an mir!
> Doch welch ein Ruhm wäre es, wenn du mich sterben ließest?
> Ach, ich fürchte ja nur, du sündigtest dann an mir!

Da sprach der Kalif: ,Bei Allah, das ist schön! O Dscha'far, in meinem Leben vernahm ich noch keine so entzückende Stimme.' ,Dann ist des Kalifen Zorn wohl gar verschwunden?' sagte Dscha'far; und Harûn er-Raschîd erwiderte: ,Ja, er ist weg.' Dann stiegen sie beide vom Baum herab, und darauf wandte sich der Kalif zu Dscha'far und sprach zu ihm: ,Ich möchte hineingehen und mich zu ihnen setzen und das Mädchen vor mir singen hören.' ,O Beherrscher der Gläubigen,' rief Dscha'far, ,wenn du zu ihnen hineingehst, so werden sie sicher erschrecken, und Scheich Ibrahîm wird vor Angst sterben.' Doch der Kalif entgegnete: ,Dscha'far, du mußt mir etwas ersinnen, wie ich sie durch eine List täuschen und zu ihnen hineingehen kann, ohne daß sie mich erkennen.' Dann gingen die beiden zum Tigris hinunter, indem sie sich die ganze Sache überlegten; und siehe, da stand ein Fischer, der unter den Fenstern des Schlosses fischte. Nun hatte vor einiger Zeit der Kalif den

Scheich Ibrahîm rufen lassen und ihn gefragt: ‚Was ist dies für ein Lärm, den ich unter den Fenstern des Schlosses höre?‘ Der hatte erwidert: ‚Es sind die Stimmen von Fischern, die Fische fangen.‘ Da hatte der Kalif befohlen: ‚Geh hin und verbiete ihnen diese Stelle!‘ So war den Fischern jener Ort verboten. In jener Nacht jedoch war ein Fischer namens Karîm vorbeigekommen, und da er die Gartentore offen sah, so sprach er bei sich selber: ‚Dies ist eine Zeit der Unachtsamkeit; ich will diese Gelegenheit benutzen und ein wenig fischen.‘ Dann nahm er sein Netz und warf es ins Meer, doch siehe, da stand mit einem Male der Kalif allein dicht vor ihm. Jener erkannte ihn und rief: ‚He, Karîm!‘ Als der Fischer seinen Namen rufen hörte und den Kalifen sah, zitterte seine Brust, und er rief aus: ‚Bei Allah, o Beherrscher der Gläubigen, ich tat es nicht, um den Befehl zu verhöhnen; nur die Armut und die Sorge um die Meinen trieben mich zu dieser Tat.‘ Da sprach der Kalif: ‚Tu einen Wurf in meinem Namen!‘ Da trat der Fischer froh ans Ufer und warf das Netz aus; und er wartete, bis es sich ganz ausgebreitet hatte und auf dem Grunde lag. Dann zog er es auf und fand mancherlei Fische darin. Darüber freute der Kalif sich und sprach: ‚Zieh dein Gewand aus, o Karîm!‘ Der legte also sein Gewand ab; was er trug, war ein Kittel aus grober Wolle, der an hundert Stellen geflickt war und von geschwänzten Läusen wimmelte, und einen Turban, den er seit drei Jahren nicht mehr aufgewickelt, an den er aber jeden Fetzen Stoffes genäht hatte, dessen er habhaft wurde. Als er nun Kittel und Turban abgelegt hatte, zog auch der Kalif zwei Gewänder aus, die waren von Seide aus Alexandrien und Baalbek, ferner ein loses Untergewand und einen langärmeligen Mantel. Dann sagte er zu dem Fischer: ‚Nimm das und zieh es an!‘ Er selber aber legte den Kittel und den Turban des Fischers an, und er zog die Enden des Kopftuchs als Schleier vor das untere Gesicht. Dann sagte er zu dem Fischer: ‚Jetzt geh deiner Wege!‘ Und der küßte ihm die Füße, dankte ihm und sprach die Verse:

> *Du erwiesest mir Gunst; laut will ich den Dank dafür künden;*
> *Du hast mich im Übermaße beschenkt mit allen Dingen.*
> *Ich will dir danken, so lang ich lebe; und bin ich gestorben,*
> *So soll mein Gebein im Grabe statt meiner dein Lob singen.*

Kaum aber hatte der Fischer seine Verse beendet, so begannen die Läuse dem Kalifen über die Haut zu kriechen; da hub er an, sie bald mit der Rechten und bald mit der Linken vom Halse wegzufangen und fortzuwerfen, und er rief: ‚O Fischer, weh dir! Das ist aber doch eine Fülle von Läusen in deinem Kittel!‘ ‚O Herr,‘ erwiderte der Fischer, ‚jetzt quälen sie dich noch, aber wenn eine Woche vergangen ist, fühlst du sie nicht mehr und denkst auch nicht mehr daran.‘ Der Kalif aber lachte und sagte zu ihm: ‚Mann! Soll ich diesen Kittel so lange auf dem Leibe behalten?‘ Da sprach der Fischer: ‚Ich möchte dir wohl noch was sagen!‘ Jener darauf: ‚Sprich, was du zu sagen hast!‘ ‚Es kam mir in den Kopf, o Beherrscher der Gläubigen,‘ sagte der Fischer, ‚da du das Fischen zu erlernen wünschest, damit du ein nützliches Handwerk verstehst, so paßt dir dieser Kittel recht gut.‘ Der Kalif lachte über seine Worte; dann ging der Fischer seiner Wege. Darauf nahm der Kalif den Korb mit den Fischen auf, legte ein wenig Gras darüber, ging damit zu Dscha'far und trat vor ihn hin. Dscha'far hielt ihn natürlich für Karîm, den Fischer, und da er um ihn besorgt war, so sagte er: ‚O Karîm, was hat dich hierher geführt? Flieh um dein Leben, denn der Kalif ist heute nacht in dem Garten; wenn er dich sieht, so ist es um deinen Hals geschehen!‘ Als der Kalif die Worte Dscha'fars vernahm, lachte er, und an dem Lachen erkannte dieser ihn, und er fragte: ‚Kann es sein, daß du es bist,

444

unser Herr, der Sultan?' Der Kalif antwortete: ‚Ja, Dscha'far, und du bist mein Wesir, und ich bin mit dir hierher gekommen; und dennoch kennst du mich nicht; wie also sollte Scheich Ibrahîm mich erkennen, der doch betrunken ist? Bleib hier, bis ich zu dir zurückkehre!' ‚Ich höre und gehorche!' sprach Dscha'far. Dann trat der Kalif an die Tür des Schlosses und pochte leise. Da sagte Nûr ed-Dîn: ‚Scheich Ibrahîm, es klopft dort jemand an die Tür.' ‚Wer ist an der Tür?' rief der Scheich, und der Kalif erwiderte: ‚Ich bin es, Scheich Ibrahîm!' ‚Wer bist du?' ‚Ich bin Karîm, der Fischer; ich höre, du hast Gäste, und ich habe dir ein paar Fische gebracht, und wahrlich, es sind gute Fische!' Als Nûr ed-Dîn hörte, daß von Fischen die Rede war, da freute er sich, er wie die Sklavin, und beide sagten zu dem Scheich: ‚O Herr, mach ihm die Tür auf und laß ihn uns seine Fische bringen!' So tat Scheich Ibrahim die Tür auf, und der Kalif trat ein in der Verkleidung des Fischers und begrüßte sie. Da sprach Scheich Ibrahîm: ‚Willkommen dem Räuber, dem Dieb, dem Spieler! Komm, laß uns deine Fische sehen!' Also zeigte er sie ihnen, und als sie sahen, daß die Fische noch lebendig waren und sprangen, rief die Sklavin: ‚Bei Allah, mein Herr, diese Fische sind wirklich gut; wenn sie nur gebraten wären!' Scheich Ibrahîm versetzte: ‚Bei Gott, meine Herrin, du hast recht.' Dann wandte er sich an den Kalifen: ‚O Fischer, weshalb brachtest du uns diese Fische nicht gebraten? Auf jetzt, brate sie für uns, und dann bringe sie uns!' ‚Zu Befehl!' erwiderte der Kalif, ‚ich will sie für euch braten und herbringen.' Sie riefen noch: ‚Mach schnell!' Da eilte der Kalif schon fort, bis er zu Dscha'far kam, den er anrief. Der antwortete: ‚Hier bin ich, o Beherrscher der Gläubigen; steht alles gut?' ‚Sie wollen die Fische gebraten', sprach der Kalif; und Dscha'far entgegnete: ‚O Beherrscher der Gläubigen, gib

445

sie mir her, ich will sie braten.' ,Bei den Gräbern meiner Ahnen und Vorväter,' sprach der Kalif, ,ich will sie allein mit eigener Hand braten!' Dann ging er in die Hütte des Gärtners, suchte nach und fand dort alles, dessen er bedurfte: Salz, Safran, Thymian, und was sonst nötig war. Er ging zum Kohlenbecken und setzte die Bratpfanne auf und briet ein schönes Gericht; und als es fertig war, legte er es auf ein Bananenblatt, holte aus dem Garten vom Wind abgeschüttelte Früchte, Limonen und Zitronen, und trug das Ganze hinauf und setzte es ihnen vor. Da begannen der Jüngling und das Mädchen und der Scheich Ibrahîm zu essen; und als sie mit dem Essen fertig waren, wuschen sie sich die Hände, und Nûr ed-Dîn sprach zu dem Kalifen: ,Bei Allah, o Fischer, du hast uns heute nacht eine rechte Wohltat erwiesen.' Und er griff in seinen Beutel und nahm drei von den Dinaren, die Sandschar ihm beim Abschied gegeben hatte, und sagte: ,O Fischer, entschuldige mich! Denn, bei Allah, hätte ich dich vor dem gekannt, was jetzt über mich gekommen ist, ich hätte dein Herz von der Bitterkeit der Armut befreit; doch nimm jetzt dies, es ist das Beste, was ich dir geben kann!' Dann warf er dem Kalifen die drei Goldstücke hin, und der nahm sie und küßte sie und steckte sie ein. Nun aber war sein einziges Ziel bei alledem, die Sklavin singen zu hören; und deshalb sprach er zu Nûr ed-Dîn: ,Du hast mich freigebig belohnt; doch ich erbitte eines noch von deiner grenzenlosen Güte, daß du nämlich dieses Mädchen singen lässest, damit ich es höre.' Da rief Nûr ed-Dîn: ,O Enîs el-Dschelîs!' Sie erwiderte ,Ja!' Und er fuhr fort: ,Bei meinem Leben, singe uns etwas um dieses Fischers willen; denn er möchte dich gern hören!' Als die Sklavin die Worte ihres Herrn vernommen hatte, griff sie zur Laute, stimmte sie, schlug die Saiten und sang die Verse:

Die Finger der zarten Maid griffen wohl in die Laute,
Und als sie die Saiten rührte, wurde die Seele entrückt.
Sie sang, und ihr Gesang brachte dem Tauben Heilung;
Und der Stumme sprach: Fürwahr, du hast uns beglückt.

Dann spielte sie von neuem und spielte so hinreißend, daß sie die Sinne bezauberte, und nun sang sie die Verse:

Es ward uns hohe Ehre, da du unser Land betratest;
Dein Glanz war es, der das Dunkel der finsteren Nacht vertrieb.
Darum geziemt es sich, daß ich meine Halle mit Moschus,
Mit Rosenwasser und Kampfer durchdufte dir zulieb.

Nun ward der Kalif so begeistert und so von Leidenschaft hingerissen, daß er sich im Übermaße des Entzückens nicht mehr beherrschen konnte, sondern ausrief: ,Bei Allah, ist das schön! Bei Allah, ist das schön! Bei Allah, ist das schön!' Da fragte Nûr ed-Dîn: ,O Fischer, gefällt dir dies Mädchen?' Der Kalif antwortete: ,Bei Allah, ja!' Und da sprach Nûr ed-Dîn: ,Sie ist ein Geschenk an dich, eine Gabe des Freigebigen, der sein Versprechen nicht zurücknimmt und der sein Geschenk nicht widerruft!' Dann sprang er auf die Füße und ergriff ein loses Gewand, das er über den Fischer warf, und hieß ihn die Sklavin nehmen und gehen. Sie aber sah ihn an und sprach: ,O mein Gebieter, gehst du ohne ein Lebewohl? Wenn es denn sein muß, so bleib nur, bis ich dir Lebewohl gesagt habe und meine Not verkünde.' Und sie begann diese Verse zu singen:

Es herrschen in mir die Sehnsucht und treues Gedenken und Kummer;
Des Schmerzes Allgewalt machte zum Schatten mich.
Mein Freund, o sage mir nicht, ich könnte dich je vergessen;
Denn Leiden bleibt doch Leiden; der Kummer währt ewiglich.
Könnte ein menschliches Wesen auf seinen Tränen schwimmen,
So wär ich die erste, die schwämme auf ihrer Tränen Flut.
O du, zu dem die Liebe mein ganzes Herz durchdringet,
Wie Wasser im Becher durchdrungen wird von des Mischweines Glut,

Dies ist die Trennung, die ich seit langem zitternd ahnte;
In meinem Inneren treibt deine Liebe ihr grausames Spiel.
O Ibn Chakân, du bist mein einziger Wunsch, meine Hoffnung,
Deine Liebe in meinem Herzen kennt weder Ende noch Ziel.
Einst vergingest du dich an unserem Herren und Fürsten
Um meinetwillen und zogest weit in die Ferne dahin.
Möge dich Gott mein Scheiden niemals gereuen lassen!
O gäbest du mich einem Edlen von untadligem Sinn!

Als sie ihr Lied geendet hatte, antwortete ihr Nûr ed-Dîn mit
diesen Versen:

Sie bot mir Lebewohl am Tage der Trennung und sagte,
Während die Tränen ihr rannen in der Sehnsucht Leid:
Was wirst du einst beginnen, wenn ich von dir geschieden?
Da sprach ich: Frage Den, der da ist in Ewigkeit.

Als der Kalif sie singen hörte: ‚O gäbest du mich einem Edlen‘,
da wuchs seine Neigung zu ihr, und es war ihm hart und schwer,
sie so zu trennen; darum sprach er zu dem Jüngling: ‚O Herr,
siehe, diese Sklavin sagte in ihren Versen, du habest dich an
ihrem Herrn vergangen und an dem, dem sie gehörte; also tu
mir kund, an wem hast du dich vergangen, und wer hat einen
Anspruch an dich?‘ ‚Bei Allah, o Fischer,‘ erwiderte Nûr ed-
Dîn, ‚mir und diesem Mädchen widerfuhr ein wunderbares
Erlebnis und ein seltsames Begegnis; und würde es mit Sticheln
in die Augenwinkel gestichelt, es wäre eine Warnung für
jeden, der sich warnen ließe.‘ Da rief der Kalif: ‚Willst du mir
nicht erzählen, was dir im Leben widerfuhr, und mir deine Erlebnisse kundtun? Das kann dir vielleicht helfen; denn Allahs
Hilfe ist nahe!‘ ‚O Fischer,‘ fragte Nûr ed-Dîn, ‚willst du unsere Geschichte in Prosa hören oder in Versen?‘ Der Kalif erwiderte darauf: ‚Prosa sind Worte nur, doch Verse sind eine
Perlenschnur.‘ Da senkte Nûr ed-Dîn den Kopf und sprach diese
Verse:

448

O ihr Freunde, seht, ich habe meinem Schlafe ganz entsagt,
Weil so fern von meinem Lande jetzt an mir der Kummer nagt.
Ja, ich hatte einen Vater, der so milden Herzens war.
Ach, der ist mir jetzt entschwunden; er weilt in der Toten Schar.
Über mich, nach seinem Scheiden, brausten Lebensstürme hin,
Und dadurch bin ich geworden ganz betrübt in meinem Sinn.
Er erwarb mir eine Sklavin, eine wunderschöne Maid,
Einem Zweig glich ihres Leibes zarte Ebenmäßigkeit.
Was an Vatersgut ich erbte, gab ich alles für sie aus,
Und ich spendete den guten Freunden damit manchen Schmaus.
Als ich sie verkaufen mußte, quälte mich der Kummer sehr,
Doch den Trennungsschmerz zu dulden, nein, das wurde mir zu schwer.
Wie der Rufer auf dem Markte zum Verkaufe sie hielt feil,
Sieh, da bot auf sie ein alter Graukopf, der war schlecht und geil.
Darob ist in meiner Seele ein gewalt'ger Zorn entbrannt;
Und sogleich riß ihre Hand ich hastig aus des Knechtes Hand.
Jener elende Halunke schlug nach mir in seiner Wut,
Und es brannte mächtig in ihm seines Ketzerzornes Glut.
Grimmig hieb ich mit der Rechten und der Linken auf ihn ein,
Und so heilte ich dann schließlich meines Herzens schwere Pein.
Doch von Angst erfüllet lief ich eilig in mein Haus zurück,
Und aus Furcht vor meinem Feinde barg ich mich vor seinem Blick.
Da befahl des Landes Herrscher, daß man mich ergreifen sollt;
Doch es kam der treugesinnte Kämmerer, der war mir hold;
Gab mir einen Wink, ich solle in die weite Ferne fliehn
Und zum Ärger meiner Feinde ihren Blicken mich entziehn.
Also zogen wir aus unsrem Haus davon in finstrer Nacht,
Und die Suche nach der Heimstatt hat uns gen Baghdad gebracht.
Jetzo habe ich, o Fischer, nichts an Schätzen hier bei mir,
Dir zu schenken – nur das eine! Und fürwahr, das gab ich dir.
Meines Herzens Allerliebste machte ich dir zum Geschenk.
Ja, ich gab für dich mein Herzblut – dessen sei du eingedenk!

Als er sein Lied beendet hatte, sprach der Kalif zu ihm: ‚O
mein Herr Nûr ed-Dîn, erzähle mir deine Geschichte genauer.‘
Da erzählte er ihm alles von Anfang bis zu Ende, und als der
Kalif alles vernommen hatte, sprach er zu ihm: ‚Wohin ge-

denkst du jetzt zu gehen?' ‚Gottes Welt ist weit', erwiderte er. Der Kalif aber sprach: ‚Wenn ich dir ein Schreiben an den Sultan Mohammed ibn Sulaimân ez-Zainî mitgebe, und wenn er es liest, so wird er dir keinerlei Leid antun.' – – «

Da bemerkte Schehrezâd, daß der Morgen begann, und sie hielt in der verstatteten Rede an. Doch als die *Achtunddreißigste Nacht* anbrach, fuhr sie also fort: »Es ist mir berichtet worden, o glücklicher König, daß der Kalif zu Nûr ed-Dîn also sagte: ‚Ich will dir ein Schreiben an den Sultan Mohammed ibn Sulaimân ez-Zainî mitgeben, und wenn er es liest, so wird er dir kein Leid antun.' Nûr ed-Dîn aber fragte: ‚Wie! Gibt es in der Welt einen Fischer, der mit Königen im Briefwechsel steht? Das ist etwas ganz Unmögliches!' Darauf erwiderte der Kalif: ‚Du sprichst die Wahrheit; aber ich will dir den Grund sagen. Wisse denn, ich lernte mit ihm in derselben Schule und unter demselben Lehrer, und ich war Klassenerster. Seither ist ihm das Glück hold gewesen, so daß er Sultan wurde, während Gott mich erniedrigte und mich zum Fischer machte; aber niemals sende ich zu ihm, ohne daß er meine Bitte erfüllt; ja, und wenn ich jeden Tag tausend Bitten an ihn senden würde, er würde sie alle erfüllen.' Als Nûr ed-Dîn seine Worte hörte, sagte er: ‚Gut! Schreibe, daß ich es sehe!' Da nahm der Kalif Tintenkapsel und Rohr und schrieb, was folgt: ‚Im Namen Allahs des Erbarmenden, Erbarmungsreichen! Des Ferneren: Dieser Brief ist von Harûn er-Raschîd ibn el-Mahdi an Seine Hoheit Mohammed ibn Sulaimân ez-Zainî, den von meiner Huld Umfangenen, den ich in einem Teil meines Reiches zu meinem Statthalter gemacht habe. Der Überbringer dieses Schreibens ist Nûr ed-Dîn 'Alî, der Sohn von el-Fadl ibn Chakân, dem Wesir. Und sobald es Dir zu Händen kommt, entkleide Dich der königlichen Würde und bekleide ihn damit.

450

Widersetze Dich meinem Gebote nicht, und Friede sei mit Dir!' Dann übergab er dies Schreiben dem Nûr ed-Dîn, und der nahm es und küßte es und legte es in seinen Turban und machte sich alsbald auf die Reise.

Lassen wir ihn nun dahinziehen und wenden wir uns wieder dem Kalifen zu! Scheich Ibrahîm sah ihn, der noch immer im Fischergewande war, groß an und rief: ‚Du gemeinster der Fischer, du hast uns ein paar Fische gebracht, die zwanzig Piaster wert waren, und hast drei Dinare dafür erhalten; und jetzt willst du auch das Mädchen noch nehmen?' Als der Kalif das hörte, schrie er ihn an und gab Masrûr ein Zeichen, der sich entdeckte und auf ihn zustürzte. Inzwischen aber hatte Dscha'far einen der Gärtnerburschen zum Pförtner des Palastes geschickt, um für den Fürsten der Gläubigen eins der königlichen Gewänder zu holen; und dieser kehrte mit dem Gewande zurück und küßte den Boden vor dem Kalifen. Und der warf ab, was er an Kleidern auf dem Leibe hatte, und legte jenes Gewand an. Scheich Ibrahîm saß noch immer auf seinem Stuhl, und der Kalif blieb stehen, um zu sehen, was geschehen werde. Doch Scheich Ibrahîm war fassungslos vor Bestürzung, und er vermochte nichts zu tun, als sich auf die Finger zu beißen und zu sagen: ‚Schlafe ich denn oder wache ich!' Der Kalif aber sah ihn an und rief: ‚O Scheich Ibrahîm, in welchem Zustand muß ich dich hier sehen?' Da wurde er plötzlich wieder nüchtern, warf sich zu Boden und sprach die Verse:

> *Vergib mir die Sünde, in die mein Fuß hineingeglitten!*
> *Der Sklave erwartet ja von seinem Herren die Huld.*
> *Ich habe nun gestanden, und das gebot mein Vergehen.*
> *Doch wo ist nun, was dir gebietet verzeihende Huld?*

Da verzieh der Kalif ihm und befahl, die Sklavin ins Stadtschloß zu bringen, und als sie dort angekommen war, teilte er ihr eigene Gemächer zu, bestimmte Dienerinnen für sie und sagte zu ihr: ,Wisse, ich habe deinen Herrn als Sultan nach Basra gesandt, und so Allah der Erhabene will, werde ich ihm das königliche Kleid entsenden und zugleich auch dich.'

Lassen wir nun jene und kehren wir zu Nûr ed-Dîn zurück! Der war immerfort weitergewandert, bis er Basra erreichte; und dort begab er sich in den Palast des Sultans und stieß einen lauten Schrei aus, so daß der Sultan ihn hörte und holen ließ. Als er vor ihn trat, da küßte er den Boden vor ihm, zog das Schreiben hervor und überreichte es. Als der Sultan die Aufschrift von der Hand des Beherrschers der Gläubigen sah, stand er auf und küßte sie dreimal; und als er gelesen hatte, sprach er: ,Ich höre und ich gehorche Allah dem Erhabenen und dem Beherrscher der Gläubigen!' Dann berief er die vier Kadis und die Emire, und er stand schon im Begriff, sich der königlichen Gewalt zu entledigen, siehe, da trat der Wesir el-Mu'în ibn Sâwa ein. Dem gab der Sultan das Schreiben, und als der es gelesen hatte, zerriß er es und steckte die Fetzen in den Mund, kaute sie und spie sie aus. Der Sultan aber rief zornig: ,Weh dir! Was trieb dich zu solcher Tat?' ,Bei deinem Leben! O unser Herr und Sultan,' erwiderte el-Mu'în, ,dieser Mensch ist nie bei dem Kalifen noch auch bei seinem Wesir gewesen; er ist ein Galgenstrick, ein Satan, ein Betrüger, der einen Fetzen fand, darauf der Kalif geschrieben hatte, ein nichtiges Blatt, und er hat es zu seinen Zwecken benutzt. Der Kalif hätte ihn nicht hergeschickt, um dir die Herrschaft zu nehmen, ohne einen Kabinettsbefehl und ohne Einsetzungsdiplom. Der da ist nicht vom Kalifen gekommen, niemals, niemals, niemals! Wenn die Sache wahr wäre, so hätte der Kalif einen Kammerherrn mit ihm geschickt oder einen Wesir; aber er ist allein gekommen.' ,Was ist zu tun?' fragte da der Sultan, und der

Minister erwiderte: ‚Überlasse mir diesen Burschen, ich will ihn unter meine Aufsicht nehmen und ihn unter der Obhut eines Kämmerlings nach der Stadt Baghdad senden. Wenn er die Wahrheit redet, so wird er uns den Kabinettsbefehl und das Diplom mitbringen; bringt er es nicht, so werde ich meine Forderung von diesem meinem Schuldner einziehn.' Als der Sultan des Ministers Worte hörte, sagte er: ‚Da hast du ihn!' So nahm der Wesir ihn vom König entgegen und führte ihn in sein Haus und rief seine Sklaven, die Nûr ed-Dîn zu Boden warfen und schlugen, bis er in Ohnmacht fiel. Und der Wesir ließ ihm schwere Fesseln um die Füße legen und führte ihn ins Gefängnis, wo er den Wächter rief, einen Mann namens Kutait, der heraustrat und vor ihm den Boden küßte. Zu dem sprach er: ‚O Kutait, ich wünsche, daß du diesen Burschen nimmst und ihn in eine der unterirdischen Zellen des Gefängnisses wirfst und ihn folterst bei Tag und bei Nacht.' ‚Ich höre und gehorche!' versetzte der Kerkermeister; dann führte er den Nûr ed-Dîn in das Gefängnis und schloß die Tür hinter ihm. Darauf ließ er eine Bank, die hinter der Tür stand, fegen und legte eine Decke darauf und ein Ledertuch und hieß Nûr ed-Dîn sich darauf setzen, löste ihm die Fesseln und behandelte ihn freundlich. Der Wesir schickte jeden Tag den Befehl, ihn zu schlagen, aber der Kerkermeister unterließ es; und so ging es vierzig Tage hindurch. Am einundvierzigsten aber kam ein Geschenk vom Kalifen; und als der Sultan es sah, gefiel es ihm, und er befragte die Minister darüber, und einer von ihnen sagte: ‚Vielleicht ist dieses Geschenk für den neuen Sultan bestimmt.' Da rief der Wesir el-Mu'în ibn Sâwa: ‚Es wäre besser gewesen, ihn gleich am Tage seiner Ankunft hinzurichten'; und der Sultan rief: ‚Bei Allah, du hast mich an ihn erinnert! Geh hinunter und hole ihn, so will ich ihm den Kopf abschlagen lassen.' ‚Ich höre und gehorche', sprach el-Mu'în; und er stand auf und sagte: ,Ich will in der Stadt verkünden lassen: Wer immer sich durch das Schauspiel ergötzen will, wie Nûr ed-Dîn ibn el-Fadl ibn Chakân enthauptet wird, der möge sich zum Palast begeben! Dann werden Herr und Knecht herbeiströmen, um zuzusehen; also heile ich mein Herz und bereite meinen Neidern Schmerz!' ,Tu, wie du willst!' sprach der Sultan. Nun ging der Wesir hocherfreut davon, begab sich zu dem Wachthauptmann und befahl ihm, den Aufruf so zu erlassen. Doch als die Leute den Ausrufer hörten, trauerten alle und weinten, die Kinder selbst in der Schule und die kleinen Kaufleute in ihren Läden; und einige wetteiferten, Plätze zum Zusehen zu finden, und andere gingen zum Gefängnis, um ihm das Geleit zu geben. Und alsbald kam der Wesir mit zehn Mamluken in das Gefängnis, und Kutait, der Kerkermeister, fragte ihn: ,Was wünschest du, o Herr Wesir?' Der erwiderte: ,Bring mir den Galgenstrick her!' Der Kerkermeister aber sagte: ,Er ist im traurigsten Zustand, weil ich ihn so viel geschlagen habe.' Dann trat er in das Gefängnis und hörte den Nûr ed-Dîn diese Verse sprechen:

> Wer ist es, der mir hülfe in meinem tiefen Elend,
> Das mir so schweres Leiden, doch keine Arznei gebracht?
> Verbannung hat mein Herz, meine Lebenskraft gebrochen;
> Die Zeit hat meine Freunde zu meinen Feinden gemacht.
> Ihr Leute, ist unter euch kein Freund, der Mitleid kennet,
> Der meine Not mitfühlt und der meinen Ruf erhört?
> Der Tod ist mir jetzt leicht mit allen seinen Ängsten,
> Und Hoffnung auf Lebensfreude habe ich mir verwehrt.
> O Herr, bei unserem Leiter, dem auserkornen Verkünder,
> Dem Ozean des Wissens, dem Herrn der Fürsprecher all,
> Ich bitte dich, befreie mich jetzt, verzeih meine Sünde,
> Und wende von mir ab mein Leiden und meine Qual!

Nun zog der Kerkermeister ihm die reinen Gewänder aus, legte ihm zwei schmutzige Kleider an und führte ihn vor den Wesir. Nûr ed-Dîn blickte ihn an und sah, daß es sein Feind war, der seinen Tod begehrte. Als er das sah, weinte er und sprach: ‚Bist denn du so sicher gegen das Geschick? Hast du nicht den Spruch des Dichters gehört:

> *Wo sind die Könige der Perser, die einstigen Helden?*
> *Sie häuften ihr Gut – es verging, und auch sie selber vergingen!*

Dann fuhr er fort: ‚O Wesir, denke daran, daß Allah – Preis sei Ihm, dem Erhabenen! – zu tun vermag, was er will!' ‚O 'Alî,' erwiderte jener, ‚glaubst du mich mit solchem Geschwätz zu schrecken, wo ich dir heute noch den Hals abschlagen lassen werde, dem Volk von Basra zum Trotz? Ich mache mir keine Gedanken; möge das Schicksal tun, was es will! Um deine Mahnung kümmere ich mich nicht, sondern ich halte mich an den Spruch des Dichters:

> *Laß nur die Tage, wie sie wollen, schalten*
> *Und füge dich in des Geschickes Walten!*

Und wie vortrefflich sagt doch ein anderer:

> *Ein Mann, der seinen Feind noch überlebt*
> *Um einen Tag, erreicht, was er erstrebt.'*

Dann befahl der Wesir seinen Dienern, Nûr ed-Dîn auf den Rücken eines Maultiers zu setzen; aber die Diener, denen dies hart ankam, sagten zu Nûr ed-Dîn: ‚Laß uns ihn steinigen und in Stücke hauen, wenn auch unser Leben daraufgeht!' Doch der rief: ‚Das sollt ihr nimmermehr tun! Habt ihr denn nicht des Dichters Wort gehört:

> *Ganz unverrückbar ist die Zeit, die mir bestimmet.*
> *Und sind einst ihre Tage zu Ende, so sterbe ich.*
> *Und schleppten mich auch die Löwen in ihr verstecktes Lager,*
> *Sie könnten die Tage nicht enden, bis meine Zeit verstrich.'*

Dann riefen sie vor Nûr ed-Dîn aus: ,Dies ist die geringste Strafe für den, der Könige mit Fälschungen betrügt.' Sie führten ihn so durch ganz Basra, und schließlich brachten sie ihn unter das Fenster des Palastes und setzten ihn dort auf das Blutleder. Nun trat der Henker an ihn heran und sagte: ,Lieber Herr, ich bin nur ein Sklave, dem dies befohlen ist; wenn du noch einen Wunsch hast, tu ihn mir kund, damit ich ihn erfülle, denn dir bleibt von deinem Leben nur noch die kurze Frist, bis der Sultan sein Gesicht am Fenster zeigt.' Da blickte Nûr ed-Dîn nach rechts und nach links und vor sich und hinter sich, und er sprach die Verse:

> Ich sehe das Schwert und den Henker, das Blutleder ist zur Stelle,
> Und rufe: O meine Not, mein furchtbares Mißgeschick!
> Seh ich denn keinen Freund, der mitfühlt, der mich rettet?
> Ich bitte euch flehentlich: O, gebt mir Antwort zurück!
> Die Zeit meines Lebens verstrich, und mein Verhängnis ist nahe;
> Find ich denn keinen Erbarmer, der Gotteslohn erstrebt?
> Der auf mein Elend blickt und auf meine Leiden schauet
> Und mir einen Wassertrunk reicht, der meine Qualen hebt?

Nun begann das Volk um ihn zu weinen. Der Henker aber ging hin, holte einen Trunk Wasser und reichte ihm den; doch der Wesir sprang auf, schlug mit der Hand nach dem Krug und zerbrach ihn; und er schrie den Henker an und befal ihm, Nûr ed-Dîn den Kopf abzuschlagen. Da verband er ihm die Augen, und das Volk schrie laut wider den Wesir, und Klagen erschollen und vieles Fragen von einem zum andern. In dem Augenblick wirbelte Staub empor, und eine Wolke legte Himmel und Erde einen Schleier vor; und als der Sultan, der im Palaste saß, das sah, rief er den Leuten zu: ,Seht nach, was es gibt!' Der Wesir sagte: ,Wir wollen doch erst diesem Burschen den Hals abschlagen!' Aber der Sultan befal: ,Warte, bis wir sehen, was dies bedeutet!'

Nun war jene Staubwolke der Staub, den Dscha'far, der Barmekide, der Wesir des Kalifen, mit seiner Schar aufwirbelte; und der Grund seines Kommens war dieser: Dreißig Tage lang hatte der Kalif nicht mehr an das Geschick des Nûr ed-Dîn 'Alî gedacht, und niemand hatte ihn daran erinnert, bis er eines Nachts an dem Gemache der Enîs el-Dschelîs vorüberkam und sie weinen und mit schöner, zarter Stimme diese Verse des Dichters singen hörte:

> *Dein Bild steht immer vor mir, ob nah oder fern du bist:*
> *Und meine Lippe nennt deinen Namen zu jeglicher Frist.*

Dann weinte sie noch lauter, und siehe, da öffnete der Kalif die Tür, trat in das Gemach ein und fand Enîs el-Dschelîs in Tränen. Kaum wurde sie des Kalifen gewahr, da warf sie sich zu Boden, küßte ihm dreimal die Füße und sprach diese Verse:

> *O du, dessen Ursprung so rein ist und dessen Geburt so edel,*
> *Du Zweig voll reifer Früchte, des edelsten Hauses Sproß,*
> *Ich mahne dich an das Versprechen, das deine hohe Güte*
> *Uns gab. Es sei doch ferne von dir, du sagest dich los!*

Da fragte der Kalif: ‚Wer bist du?‘ Sie antwortete: ‚Ich bin die, die 'Alî ibn el-Fadl dir zum Geschenk gemacht hat, und ich sehne mich danach, daß du dein Versprechen, das du mir gegeben hast, erfüllen und mich zu ihm mit der Ehrengabe schicken möchtest; jetzt bin ich hier seit dreißig Tagen, ohne die Süße des Schlafes gekostet zu haben.‘ Da ließ der Kalif den Barmekiden Dscha'far zu sich entbieten und sagte zu ihm: ‚Dscha'far, es sind dreißig Tage her, seit ich nichts von Nûr ed-Dîn 'Alî ibn el-Fadl gehört habe, und ich kann mir nichts anderes denken, als daß der Sultan ihn getötet hat; aber beim Leben meines Hauptes und bei den Gräbern meiner Väter und Ahnen, wenn ihm etwas Arges widerfahren ist, so will ich wahrlich den, der es veranlaßt hat, vernichten, und wäre er mir der teuerste von allen Menschen! Also wünsche ich, daß du aufbrechest nach Basra, noch in dieser Stunde, und mir Nachricht bringest von dem König Mohammed ibn Sulaimân ez-Zaini, wie er mit Nûr ed-Dîn 'Alî ibn el-Fadl verfahren ist.' Und er fügte noch hinzu: ‚Wenn du dich auf dem Wege länger aufhältst, als nötig ist, so will ich dir den Kopf abschlagen. Und ferner erzähle meinem Herrn Vetter die ganze Geschichte des Nûr ed-Dîn 'Alî und wie ich ihn mit meinen schriftlichen Befehlen entsandte; und wenn du siehst, o mein Vetter, daß der König anders gehandelt hat, als ich befahl, so bringe ihn und seinen Wesir el-Mu'în ibn Sâwa her, wie auch immer du sie antriffst. Bleib nicht länger unterwegs, als nötig ist!' ‚Ich höre und gehorche!', erwiderte Dscha'far, und er machte sich augenblicks bereit und zog fort, bis er nach Basra kam. Dort hatte die Nachricht von seinem Kommen bereits den König Mohammed ibn Sulaimân ez-Zaini erreicht. Und als nun Dscha'far bei seiner Ankunft das wilde Gedränge des Volkes sah, da fragte er: ‚Was hat dieser Trubel zu bedeuten?' Und man erzählte ihm, was mit Nûr ed-Dîn 'Alî geschah. Als Dscha'far das hörte eilte er zum Sultan und grüßte ihn und meldete ihm, weshalb er komme und daß der Kalif, falls dem Jüngling Arges widerfahren wäre, den Schuldigen umbringen werde. Dann nahm er den König und den Wesir Mu'în ibn Sâwa in Haft und ließ sie bewachen; und nachdem er befohlen hatte, Nûr ed-Dîn loszulassen, setzte er ihn an Stelle des Mohammed ibn Sulaimân als Sultan auf den Thron. Dann blieb er noch drei Tage lang in Basra, die Zeit der Gastpflicht, und am Morgen des vierten Tages wandte Nûr ed-Dîn 'Alî sich an ihn und sprach: ‚Mich verlangt nach dem Anblick des Beherrschers der Gläubigen.' Da sagte Dscha'far zu Mohammed ibn Sulaimân: ‚Mache dich fertig zur Reise, denn wir wollen das Morgengebet verrichten und alsbald nach Baghdad ziehen'; der erwiderte: ‚Ich höre und gehorche!' So beteten sie und ritten alle davon; und bei ihnen war auch der Wesir el-Mu'în ibn Sâwa, der zu bereuen begann, was er getan hatte. Nûr ed-Dîn ritt Dscha'far zur Seite, und sie zogen ohne Aufenthalt dahin, bis sie Baghdad, die Stätte des Friedens, erreichten. Darauf traten sie zu dem Kalifen ein und erzählten ihm die Geschichte des Nûr ed-Dîn, wie sie ihn am Rande des Todes getroffen hatten. Da nahte der Kalif sich dem Jüngling und sprach zu ihm: ‚Nimm dies Schwert und triff mit ihm den Nacken deines Feindes.' Der nahm das Schwert aus seiner Hand und trat an el-Mu'în heran; aber der sah ihn an und sagte: ‚Ich habe nach meiner Natur gehandelt, handle du nach deiner Natur!' Da warf Nûr ed-Dîn das Schwert aus der Hand, blickte den Kalifen an und sprach: ‚O Beherrscher der Gläubigen, er hat mich mit seinen Worten entwaffnet'; und er sprach den Vers:

Ich überlistete ihn durch Schlauheit, als er kam;
Denn den edlen Mann überlistet ein kluges Wort.

‚So laß ihn denn!' rief der Kalif; und er sprach zu Masrûr: ‚Du, Masrûr, geh hin und schlag ihm den Kopf ab!' Da ging Masrûr hin und schlug ihm den Kopf ab. Dann sprach der Kalif zu Nûr ed-Dîn 'Alî: ‚Erbitte dir eine Gnade von mir!' ‚Mein Gebieter,' erwiderte er, ‚ich trachte nicht nach der Königswürde von Basra, ich sehe meine Ehre nur darin, dir zu dienen und dein Angesicht zu schauen.' ‚Herzlich gern', sprach der Kalif. Dann ließ er Enîs el-Dschelîs rufen, und als sie vor ihm stand, überhäufte er sie beide mit seiner Gunst und gab ihnen einen seiner Paläste in Baghdad und verlieh ihnen jährliche Einkünfte; den Nûr ed-Dîn 'Alî machte er zu einem seiner Tischgenossen, so daß er immer bei dem Beherrscher der Gläubigen blieb und das schönste Leben genoß, bis ihn der Tod ereilte.

Und doch«, fuhr Schehrezâd fort, »ist diese Geschichte nicht wunderbarer als die Geschichte vom Kaufmann und seinen Kindern.« Der König fragte: »Wie ist die Geschichte?« Und Schehrezâd erzählte

DIE GESCHICHTE VON GHÂNIM IBN AIJÛB, DEM VERSTÖRTEN SKLAVEN DER LIEBE

Es ist mir berichtet worden, o glücklicher König, daß in alter Zeit und längst entschwundener Vergangenheit in Damaskus ein Kaufmann lebte, ein reicher Mann. Der hatte einen Sohn, dem Monde gleich in der Nacht seiner Fülle, und dazu von lieblicher Rede; dieser hieß Ghânim ibn Aijûb, genannt der verstörte Sklave der Liebe. Und der hatte eine Schwester, die hieß Fitna, ein Mädchen, einzig an Schönheit und Lieblichkeit. Und als ihr Vater starb, hinterließ er ihnen großen Reichtum. – –«

Da bemerkte Schehrezâd, daß der Morgen begann, und sie hielt in der verstatteten Rede an. Doch als die *Neununddreißigste Nacht* anbrach, fuhr sie also fort: »Es ist mir berichtet worden, o glücklicher König, daß der Kaufmann seinen beiden Kindern großen Reichtum hinterließ und unter anderm hundert Kamellasten von Seidenstoffen, Brokaten und Moschusblasen[1]; und auf jedem Ballen stand geschrieben: ,Dies ist bestimmt für Baghdad'; denn es war seine Absicht gewesen, die Reise nach Baghdad anzutreten, als ihn Allah der Erhabene zu sich rief. Nach einer Weile nahm sein Sohn diese Lasten und machte sich auf den Weg nach Baghdad. Das war in der Zeit des Kalifen Harûn er-Raschîd. Vor seiner Abreise bot er seiner Mutter und seinen Verwandten und den Leuten der Stadt Lebewohl und

1. Aus einem blasenartigen Sacke des Moschustieres wird das im Orient so geschätzte Parfüm gewonnen.

460

zog mit einer Schar von Kaufleuten davon im Vertrauen auf Allah den Erhabenen. Und Allah gewährte ihm eine glückliche Reise, so daß er sicher in Baghdad ankam. Dort mietete er sich ein schönes Wohnhaus, das er mit Teppichen und Kissen und Vorhängen ausstattete; und darin brachte er jene Ballen unter und in den Ställen seine Maultiere und Kamele, und dann ruhte er eine Weile. Alsbald erschienen die Kaufleute und die Vornehmen von Baghdad, um ihn zu begrüßen; darauf nahm er ein Bündel mit zehn Stücken kostbarer Stoffe, auf denen die Preise geschrieben standen, und ritt damit in den Basar der Kaufleute, wo sie ihn willkommen hießen und ihn begrüßten und ihm alle Ehre erwiesen; und sie ließen ihn absteigen von seinem Tier und gaben ihm einen Platz im Laden des Marktvorstehers, dem er das Bündel übergab. Der öffnete es, zog die Stoffe hervor und verkaufte sie mit einem Nutzen von zwei Dinaren auf jeden Dinar des Einkaufspreises. Darüber freute Ghânim sich und verkaufte seine seidenen Stoffe einen nach dem andern, und tat so ein volles Jahr lang. Am ersten Tage des folgenden Jahres ging er wie gewöhnlich zu der Kaufhalle, die im Basar war, und er fand das Tor geschlossen; und als er nach dem Grunde fragte, sagte man ihm: ‚Einer der Kaufleute ist gestorben, und all die anderen folgen seiner Bahre. Willst du dir nicht den Lohn der guten Tat verdienen und mit ihnen gehen?‘ Er erwiderte: ‚Gern‘, und dann fragte er nach der Stätte, an der das Begräbnis stattfand, und man sagte ihm Bescheid. Nun vollzog er die religiöse Waschung und begab sich mit den anderen Kaufleuten in die Gebetshalle, wo sie über dem Toten beteten; darauf schritten alle die Kaufleute vor der Bahre her bis zum Totenacker, und Ghânim blieb in seiner Höflichkeit bei ihnen. Sie zogen mit der Leiche aus Baghdad hinaus bis vor die Tore der Stadt und schritten zwischen den Gräbern dahin, bis sie die Grabstätte erreichten; dort sahen sie, daß die Verwandten des Verstorbenen über der Gruft ein Zelt errichtet und es mit Lampen und Wachskerzen versehen hatten. Dann versenkten sie die Leiche; die Vorleser aber setzten sich und lasen aus dem Koran über jenem Grabe. Da setzten sich auch die Kaufleute nieder, und Ghânim ibn Aijûb mit ihnen; denn die Höflichkeit beherrschte sein ganzes Wesen, und er sprach bei sich: ‚Ich kann sie nicht gut verlassen, sondern ich muß mit ihnen zurückgehen.‘ Und sie blieben und lauschten der Koranvorlesung bis zum Abend. Da brachte man ihnen Speisen und Süßigkeiten, und sie aßen, bis sie gesättigt waren; und sie wuschen sich die Hände und setzten sich wieder auf ihre Plätze. Aber Ghânims Geist war beschäftigt mit Gedanken an sein Haus und seine Waren, denn er war in Sorge wegen der Räuber und er sagte zu sich selber: ‚Ich bin ein Fremdling und gelte als reich; wenn ich die Nacht fern von meiner Wohnung verbringe, so stehlen die Räuber von dort das Geld aus dem Kasten und die Warenlasten.‘ Als er nun seine Sorge um sein Geld und Gut nicht länger beherrschen konnte, stand er auf und verließ die Versammlung, nachdem er um Erlaubnis gebeten hatte, einem dringenden Geschäfte nachzugehen; dann ging er weiter, indem er den Spuren des Weges folgte, bis er zum Stadttor kam. Doch es war um Mitternacht, und er fand das Stadttor geschlossen und sah keinen Menschen kommen oder gehen, noch hörte er einen anderen Laut als das Bellen der Hunde und das Geschrei der Schakale. Da rief er betroffen: ‚Es gibt keine Majestät und es gibt keine Macht außer bei Allah! Ich war besorgt um meinen Besitz und kehrte nur seinetwillen zurück; jetzt aber finde ich das Tor geschlossen, und ich bin in Furcht um mein Leben.‘ Darauf machte er kehrt und schaute nach einem Ort aus, an dem er bis zum Morgen schlafen könnte; und er fand ein Heiligengrab: vier Mauern schlossen es ein, drin war ein Palmbaum, und es hatte ein Tor aus hartem Stein. Und da das Tor offen stand, ging er hinein; dort wollte er schlafen, aber der Schlaf kam nicht zu ihm, denn ihn bedrückte die Angst und das Gefühl der Verlassenheit inmitten der Gräber. So stand er auf, öffnete das Tor und blickte hinaus, und siehe, in der Richtung des Stadttores in der Ferne schimmerte ein Licht; er ging ein wenig darauf zu und erkannte, daß dies Licht auf dem Wege war, der zu dem Grabe führte, bei dem er sich befand. Nun fürchtete Ghânim für sein Leben, schloß eilig das Tor, stieg in die Krone des Palmbaums hinauf und verbarg sich im Laube. Das Licht aber kam immer näher, bis es dicht bei dem Grabe war. Da blickte er das Licht genau an und entdeckte drei Sklaven, von denen zwei eine Kiste trugen, während der dritte eine Laterne und eine Axt in der Hand hielt. Als sie bei dem Grabe waren, sagte einer von denen, die die Kiste trugen: ,Was ist dir, Sawâb?' Und der andere fragte: ,Was ist dir, Kafûr?' Der erste wiederum: ,Als wir gegen Abend hier waren, haben wir da das Tor nicht offen gelassen?' Der andere: ,Ja, was du sagst, ist richtig.' Der erste: ,Jetzt ist es aber fest verschlossen!' Da rief der dritte, der Buchait hieß, das war der, der die Axt und das Licht trug: ,Wie dumm seid ihr! Wißt ihr nicht, daß die Besitzer der Gärten öfters von Baghdad aus hierher kommen? Wenn dann der Abend sie überrascht, so treten sie hier ein und schließen das Tor, aus Furcht, Schwarze wie wir könnten sie fangen und braten und verzehren.' ,Du hast recht,' erwiderten die beiden andern, ,aber bei Allah, wir sind nicht dümmer als du!' ,Ihr werdet mir nicht eher glauben', sprach Buchait, ,als bis wir hier eintreten und jemanden finden; ich glaube, als er das Licht erblickte und dann uns sah, da hat er sich aus Furcht vor uns auf die Palme dort geflüchtet.' Als aber Ghânim die Worte des Sklaven hörte, sprach er bei sich selber: ‚Verfluchter Sklave! Möge Allah dich nicht behüten, auch nicht um all dieser Schlauheit und Gerissenheit willen! Es gibt keine Majestät, und es gibt keine Macht außer bei Allah, dem Erhabenen und Allmächtigen! Was kann mich nun vor diesen Mohren retten?' Darauf sagten die beiden, die die Kiste trugen, zu dem mit der Axt: ‚Steig über die Mauer und öffne das Tor für uns, Buchait, denn wir sind es müde, die Kiste auf dem Nacken zu tragen; und wenn du uns das Tor geöffnet hast, so soll dir einer von denen gehören, die wir drinnen fanden, und wir wollen ihn dir so vortrefflich braten, daß kein Tröpfchen von seinem Fett verloren geht.' Buchait aber sagte: ‚Ich fürchte etwas, was mir mein schwacher Verstand eingibt: wir wollen doch lieber die Kiste über das Tor werfen, da sie unser Schatz ist.' ‚Wenn wir sie hinüberwerfen, so wird sie zerbrechen', erwiderten sie; doch er antwortete: ‚Ich fürchte, es sind Räuber dort drinnen, die Leute ermorden und ihnen ihre Habe rauben; denn wenn es Abend wird, so verstecken sie sich in solchen Orten und teilen ihre Beute.' ‚O du Dummkopf,' riefen die beiden, ‚können die denn hier hineinkommen?' Dann setzten sie die Kiste nieder, kletterten über die Mauer und öffneten das Tor, während der dritte Sklave, das heißt Buchait, mit der Axt, der Laterne und einem Korbe voll Mörtel draußen stand. Dann verschlossen sie das Tor wieder und setzten sich hin; und einer von ihnen sprach: ‚Brüder, wir sind müde vom Marsch und vom Tragen der Kiste und vom Öffnen und Schließen des Tores; jetzt ist es Mitternacht, und wir haben nicht mehr die Kraft, das Grab zu öffnen und die Kiste zu vergraben; also laßt uns hier zwei bis drei Stunden ruhen und dann aufstehen und unsere Arbeit tun. Derweilen soll einer den anderen erzählen, wie er entmannt wurde, und alles, was ihm widerfahren ist, von Anfang bis zu Ende, so daß wir uns heute nacht in Ruhe die Zeit vertreiben.' Da begann als erster der Mann mit der Laterne, der da Buchait hieß: ‚Ich will euch meine Geschichte erzählen.' ‚Erzähle!' erwiderten sie; und so erzählte er

DIE GESCHICHTE
DES EUNUCHEN BUCHAIT

Wisset, Brüder, als ich ein Knabe war und etwa fünf Jahre alt, da holte mich ein Sklavenhändler aus meiner Heimat fort und verkaufte mich an einen Unteroffizier. Und der Käufer hatte eine Tochter von drei Jahren, mit der zusammen man mich aufzog; und man lachte über mich und ließ mich mit ihr spielen und vor ihr tanzen und singen, bis ich zwölf Jahre alt wurde und sie zehn; und selbst jetzt hielt man uns noch nicht voreinander zurück. Doch eines Tages ging ich zu ihr und fand sie in einem Zimmer allein dasitzen; sie sah aus, als käme sie geradeswegs aus dem Bade, das sich im Hause befand; denn sie duftete von Essenzen und Weihrauch, und ihr Gesicht erstrahlte wie die Scheibe des Mondes in der vierzehnten Nacht. Nun begann sie mit mir zu spielen und ich mit ihr. Ich aber hatte eben das Alter der Reife; und so richtete sich mein Glied auf, bis es einem großen Schlüssel gleich ward. Sie stieß mich zu Boden, so daß ich auf den Rücken fiel, setzte sich mir rittlings auf die Brust und fing an sich auf mir herumzuwinden, bis mein Glied entblößt war. Als sie es aufrecht dastehn sah, nahm sie es in die Hand und begann damit vor ihrer Hose an den Lippen ihrer Scham zu reiben. Da regte sich heiße Begier in mir, und ich umschlang sie mit den Armen, und sie schlang mir die ihren um den Hals und drückte mich mit aller Kraft an sich; und ehe ich mich dessen versah, zerriß mein Glied ihr die Hose und vernichtete ihr Mädchentum. Und als ich das sah, da lief ich davon und flüchtete zu einem meiner Kameraden. Doch alsbald trat ihre Mutter bei ihr ein, und als sie ihren Zustand sah, verlor sie fast den Verstand. Doch sie ging klug vor; denn sie verbarg die Sache sorgfältig vor ihrem Vater und wartete mit ihr zwei Monate lang, während derer sie mich immer riefen und lockten, bis sie mich aus meinem Versteck herausholten. Sie sagten aber ihrem Vater doch nichts von der Sache, da sie mich lieb hatten. Dann vermählte ihre Mutter sie mit einem Jüngling, einem Barbier, der ihren Vater zu rasieren pflegte, und sie gab ihr aus eigenem Gelde ihre Mitgift und Ausstattung, ohne daß der Vater erfuhr, was vorgefallen war. Sie beschäftigten sich nur mit den Vorbereitungen für die Hochzeit; aber dabei packten sie mich unversehens und verschnitten mich; und als sie sie ihrem Bräutigam brachten, machten sie mich zu ihrem Eunuchen, damit ich vor ihr herzöge, wohin sie nur ging, ob ins Bad oder in ihres Vaters Haus. Ihren Zustand hatten sie verheimlicht, und in der Hochzeitsnacht schlachteten sie eine junge Taube und sprengten Blut in ihr Hemd. Lange blieb ich bei ihr und genoß ihre Schönheit und Lieblichkeit durch Küssen und Umarmen und Nachtruhe, bis sie starb; auch ihr Gatte und ihre Mutter und ihr Vater starben; da aber zogen sie mich ein für den königlichen Schatz. Und so kam ich hierher, wo ich euer Gefährte wurde. Dies also, o meine Brüder, ist der Grund, weshalb ich verschnitten wurde. Und damit Schluß!'

Da begann der zweite Sklave mit diesen Worten

Wisset, meine Brüder, als ich mit acht Jahren den Dienst begann, da pflegte ich den Sklavenhändlern jedes Jahr regelmäßig eine Lüge zu sagen, so daß sie miteinander in Streit gerieten, bis schließlich mein Herr mit mir die Geduld verlor, mich zum Makler führte und ihn ausrufen ließ: ‚Wer will diesen Sklaven trotz seinem Fehler kaufen?‘ Da fragte man ihn: ‚Worin besteht sein Fehler?‘ Und er erwiderte: ‚Er sagt jedes Jahr eine Lüge.‘ Nun trat ein Kaufmann herzu und fragte den Makler: ‚Wieviel ist für ihn mit seinem Fehler geboten?‘ ‚Sechshundert Dirhems‘, erwiderte der; und jener fügte hinzu: ‚Du sollst zwanzig Dirhems für dich selber haben.‘ Daraufhin einigten sich der Käufer und der Sklavenhändler; dieser erhielt von jenem das Geld, und der Makler brachte mich in das Haus jenes Kaufmanns, nahm seinen Maklerlohn und ging davon. Der Kaufmann kleidete mich gebührend ein, und ich blieb den Rest des Jahres in seinen Diensten, bis das neue Jahr aufs glücklichste begann. Es war eine gesegnete Zeit, reich an Erzeugnissen der Erde, und die Kaufleute pflegten täglich im Hause eines der Ihren ein Festmahl abzuhalten, bis auch mein Herr an der Reihe war, sie in einem Blumengarten außerhalb der Stadt zu bewirten. So ging er also mit den anderen Kaufleuten nach dem Garten hinaus und nahm alles mit, dessen sie an Speisen und sonstigen Dingen bedurften; und dort saßen sie bei Schmaus und Wein bis Mittag; da aber brauchte mein Herr irgend etwas aus seinem Hause und sagte zu mir: ‚Du Sklave, steig auf die Mauleselin, reite nach Hause und hole mir dies und das von deiner Herrin und kehre schnell zurück!‘ Ich gehorchte seinem Befehl und machte mich auf den Weg; doch als ich mich dem

Hause näherte, begann ich zu weinen und Tränen zu vergießen, bis die Leute des Viertels, groß und klein, sich um mich sammelten. Als meines Herrn Frau und Töchter mein Geschrei hörten, öffneten sie die Tür und fragten mich, was es gäbe. Ich sprach zu ihnen: ‚Mein Herr saß mit seinen Freunden unter einer alten Mauer, und die fiel auf sie! Wie ich sah, was ihnen widerfahren war, stieg ich auf das Maultier und bin in Eile hergekommen, es euch zu sagen.‘ Als meines Herrn Frau und Töchter das hörten, schrien sie auf, zerrissen sich die Gewänder und schlugen sich die Gesichter, während die Nachbarn sie umringten. Und die Frau meines Herrn warf die Einrichtung des Hauses um, eins übers andere, riß die Wandbretter herab und zerbrach die Fenster und Läden, beschmierte die Wände mit Lehm und blauer Farbe und rief: ‚Heda, Kafûr! Komm, hilf mir und reiß hier den Schrank um, zerbrich die Gefäße und dies Porzellan und alles andere dazu!‘ So trat ich zu ihr und riß mit ihr die Wandbretter herunter samt allem, was darauf war; ich ging auch auf dem Dache herum und überhaupt in jede Ecke und zerstörte alles, zumal was in dem Hause an Porzellan und ähnlichem Gerät vorhanden war, bis ich alles, aber auch alles zerschlagen hatte. Dabei rief ich unablässig: ‚Wehe! Mein Herr!‘ Dann zog meine Herrin aus, ohne Schleier vor dem Gesicht, nur mit einem Tuche auf dem Kopfe, und mit ihr gingen ihre Kinder, und sie sprachen zu mir: ‚O Kafûr, geh du vor uns her und zeige uns, wo dein Herr tot unter der Mauer liegt, damit wir ihn unter den Trümmern herausziehen und ihn auf eine Bahre legen und ihn nach Hause tragen und ihm ein schönes Begräbnis angedeihen lassen!‘ Ich also zog vor ihnen her und rief derweilen: ‚Wehe! Mein Herr!‘ Und sie folgten mir mit unverschleierten Gesichtern und unbedeckten Köpfen, und alle schrien: ‚Wehe, wehe um den Mann!‘ Nun blieb niemand im Viertel, weder Mann noch Frau, weder jung noch alt, sondern alle zogen mit uns und schlugen sich wie wir die Gesichter und weinten bitterlich, und ich führte sie durch die ganze Stadt. Da fragten die Leute sie, was es gäbe, und sie erzählten ihnen, was sie von mir vernommen hatten, und alle riefen: ‚Es gibt keine Majestät und es gibt keine Macht außer bei Allah!‘ Und einige von ihnen sagten: ‚Er war ein einflußreicher Mann; also laßt uns zum Präfekten gehen und es ihm berichten!‘ Als sie dann zum Präfekten kamen und es ihm berichteten‘ – –«

Da bemerkte Schehrezâd, daß der Morgen begann, und sie hielt in der verstatteten Rede an. Doch als die *Vierzigste Nacht* anbrach, fuhr sie also fort: »Es ist mir berichtet worden, o glücklicher König, daß Kafûr weiter erzählte: ‚Als sie zum Präfekten kamen und es ihm berichteten, da stand er auf, stieg zu Pferde, nahm mit sich Erdarbeiter mit Spaten und Körben und folgte mir mit viel Volks; ich ging vor ihnen her und schlug mir ins Gesicht und schrie, und hinter mir klagten meine Herrin und ihre Kinder. Dann aber lief ich ihnen weit voraus, indem ich schrie, mir Staub auf den Kopf streute und mir ins Gesicht schlug. Als ich nun in dem Garten ankam und mein Herr mich sah, wie ich mich schlug und rief: ‚Wehe, meine Herrin! Wehe! Wehe! Wehe! Wer soll jetzt noch Mitleid mit mir haben, da meine Herrin dahin ist? Hätte ich doch an ihrer Stelle mein Leben hingeben können!‘ da stand er erstarrt und wurde bleich und fragte: ‚Was ist dir, Kafûr? Was gibt es?‘ ‚O mein Herr‘, rief ich, ‚als du mich nach Hause sandtest und ich dort ankam, fand ich, daß die Saalwand eingestürzt war und meine Herrin und ihre Kinder alle bedeckte.‘ ‚Ist deine Herrin nicht gerettet?‘ ‚Nein, bei Allah, o mein Herr; nicht eine von ihnen ist gerettet; die erste, die starb, war meine Herrin, deine ältere Tochter!‘

‚Und auch meine jüngere Tochter ist nicht gerettet?‘ ‚Nein.‘
‚Und was ist aus der Mauleselin geworden, die ich zu reiten
pflegte? Ist sie gerettet?‘ ‚Nein, bei Allah, o mein Gebieter, die
Mauern des Hauses und des Stalles haben alles, was im Hause
war, begraben, sogar die Schafe, die Gänse und Hühner, und
alles ist zu einem Haufen Fleisches geworden, und die Hunde
haben es aufgefressen, nichts ist übriggeblieben.‘ ‚Und ist nicht
dein Herr, mein älterer Sohn, gerettet?‘ ‚Nein, bei Allah! Keiner ist gerettet; jetzt ist von Haus und Bewohnern nichts mehr
übrig, keine Spur; und die Schafe und Gänse und Hühner, die
sind ja von den Katzen und Hunden gefressen.‘ Als mein Herr
das hörte, da wurde das Licht vor seinen Augen zur Finsternis;
er verlor so die Herrschaft über sich und seinen Verstand, daß
er nicht mehr fest auf den Füßen stehen konnte: seine Glieder
waren wie verrenkt und sein Rücken wie gebrochen. Und er
zerriß seine Kleider und raufte sich den Bart, warf den Turban
zu Boden und schlug sich immerfort das Gesicht, bis ihm das
Blut hinablief; dabei rief er laut: ‚Wehe, meine Kinder! Wehe,
mein Weib! Wehe, meine Not! Wem ist je so etwas widerfahren, wie es mir widerfahren ist!‘ Auch die Kaufleute, seine
Freunde, schrien wie er, weinten mit ihm und beklagten sein
Elend; und auch sie zerrissen ihre Gewänder. Nun verließ mein
Herr jenen Garten, indem er in seinem gewaltigen Schmerze
sich das Gesicht mit solcher Gewalt schlug, daß er wankte wie
vom Weine trunken. Während er nun mit den Kaufleuten aus
dem Gartentor trat, da erblickten sie plötzlich eine große Staubwolke und vernahmen lautes Weinen und Klagen; und als sie
die Kommenden genauer ansahen, siehe, da war es der Präfekt
mit den Dienern und all dem Volk, das gekommen war, um
zuzusehen; und meines Herrn Familie folgte ihnen, schreiend
und klagend und immer jämmerlicher weinend. Und die ersten,

die mein Herr traf, waren seine Frau und seine Kinder; und als er sie sah, da war er zuerst sprachlos, dann lachte er, hielt inne und sprach: ‚Was ist mit euch allen? Was ist euch im Hause geschehen? Was ist euch zugestoßen?‘ Und als sie ihn sahen, da riefen sie: ‚Allah sei Dank, du bist gerettet!‘ Sie warfen sich auf ihn, und seine Kinder hängten sich an ihn und schrien: ‚Ach, unser Väterchen! Allah sei Dank, du bist gerettet, lieber Vater!‘ Seine Frau aber sprach zu ihm: ‚Bist du wirklich am Leben? Gelobt sei Allah, der uns dein Gesicht wohlbehalten hat sehen lassen!‘ Starr vor Erstaunen und wie von Sinnen, daß sie ihn erblickte, fragte sie: ‚Mein Gebieter, wie bist du gerettet worden, du mit deinen Freunden, den Kaufleuten?‘ Doch er fragte sie: ‚Wie war es mit euch im Hause?‘ Sie antworteten: ‚Wir alle sind wohl, gesund und heil, und uns ist im Hause nichts Schlimmes widerfahren, nur daß dein Sklave Kafûr zu uns kam, barhaupt, mit zerrissenen Kleidern, schreiend: ‚Wehe, der Herr! Wehe, der Herr!‘ Da fragten wir ihn: ‚Was gibt es, Kafûr?‘ Er antwortete: ‚Eine Gartenmauer ist auf unsern Herrn und seine Freunde, die Kaufleute, gestürzt, und sie sind alle tot.‘ ‚Bei Allah,‘ sagte mein Herr, ‚eben erst kam er zu mir und schrie: ‚Wehe, meine Herrin und die Kinder der Herrin! Ach, meine Herrin und ihre Kinder sind alle tot!‘ Dann sah er sich nach mir um; und als er mich erblickte, mit dem zerrissenen Turban auf dem Kopfe, wie ich heulte und bitterlich weinte und mir Staub aufs Haupt warf, schrie er mich an. Ich trat zu ihm, und er rief: ‚Weh dir, du Unglückssklave! Du Hurensohn! O du verdammte Brut! Was für Unheil hast du da angerichtet? Bei Allah, ich ziehe dir das Fell vom Leibe und hacke dir das Fleisch von den Knochen!‘ Ich aber erwiderte: ‚Bei Allah, du kannst mir nichts tun, denn du hast mich mit meinem Fehler gekauft, eben unter dieser Bedingung; und Zeugen, die dabei waren, können bestätigen, daß du mich mit meinem Fehler gekauft hast und daß du darum gewußt hast, nämlich, daß ich jedes Jahr eine Lüge sage. Dies ist nur eine halbe Lüge, aber am Ende des Jahres will ich dir die zweite Hälfte sagen, dann wird es eine ganze Lüge sein.' ,O Hund, Sohn eines Hundes!' rief mein Herr, ,verfluchtester der Sklaven, ist dies alles nur eine halbe Lüge? Wahrlich, ist es doch ein ganzes Unheil! Geh von mir, du bist frei in Allahs Namen!' ,Bei Allah!' erwiderte ich, ,wenn du mich auch freigibst, so gebe doch ich dich nicht frei, ehe das Jahr zu Ende ist und ich dir die halbe Lüge gesagt habe, die noch aussteht. Wenn ich mit ihr fertig bin, so geh mit mir zum Sklavenmarkt und verkaufe mich, wie du mich gekauft hast, mit meinem Makel; aber du darfst mich nicht freigeben, denn ich kenne kein Handwerk, durch das ich mir meinen Lebensunterhalt verdienen kann; und diese meine Forderung an dich ist gesetzlich, die Rechtsgelehrten haben sie im Paragraphen von der Freilassung aufgeführt.' Während wir so miteinander sprachen, kam die ganze Volksmenge herbei, und die Leute des Stadtviertels, Frauen und Männer, traten herzu, um ihr Beileid auszusprechen; dazu kam auch der Präfekt mit seinem Gefolge. Da trat mein Herr mit den anderen Kaufleuten auf sie zu, teilte ihnen das Geschehene mit und sagte, dies sei nur eine halbe Lüge; als sie das hörten, meinten sie, es sei doch eine sehr große Lüge, und sie waren sehr erstaunt. Dann verfluchten und schmähten sie mich, und ich stand lachend da und fragte: ,Wie kann mein Herr mich töten, da er mich doch mit diesem Fehler gekauft hat?' Als mein Herr nach Hause ging, fand er das Ganze in Trümmern und hörte, daß ich es war, der den größten Teil davon zerschlagen hatte; und ich hatte ja die Dinge zerbrochen, die viel Geld wert waren. Seine Frau nämlich sagte zu ihm: ,Kafûr ist es, der die Geräte und das Porzellan zerbrochen hat.' Da stieg seine Wut noch mehr, und er schlug die Hände zusammen und rief: ‚Bei Allah, in meinem Leben habe ich noch keinen solchen Hurensohn gesehen wie diesen Sklaven, und dabei sagt er, dies sei erst eine halbe Lüge! Was wäre wohl geschehen, wenn es eine ganze Lüge gewesen wäre? Dann hätte er eine Stadt oder gar zwei zerstört.' Darauf ging er in seiner Wut zum Präfekten, und der ließ mir ein schönes Prügelgericht verabreichen, bis ich die Besinnung verlor und ohnmächtig wurde. Da ließ mein Herr mich in meiner Ohnmacht und holte einen Barbier, der mich entmannte und die Wunde ausbrannte. Als ich dann wieder zu mir kam, fand ich mich als Eunuch vor, und mein Herr sagte zu mir: ‚Wie du mir um die Dinge, die mir die liebsten waren, das Herz verbrannt hast, so habe ich dir das Herz verbrannt um das Glied, das dir das liebste war!' Dann nahm er mich und verkaufte mich um einen hohen Preis, da ich jetzt Eunuch war. Ich aber stiftete in einem fort in den Häusern, in die ich verkauft wurde, Unfug; ich kam durch Verkauf und Kauf von einem Emir zum andern, von einem Vornehmen zum andern, bis ich in das Schloß des Beherrschers der Gläubigen kam. Jetzt aber ist mein Geist gebrochen, und meine Kraft versagt, meine Hoden sind dahin!'

Als die beiden Sklaven diese Geschichte gehört hatten, lachten sie über ihn und sagten: ‚Wahrlich, du bist ein Scheißkerl, der Sohn eines Scheißkerls. Du kannst doch ganz gemein lügen!' Dann sprachen sie zu dem dritten Sklaven: ‚Erzähle uns deine Geschichte!' Der sprach zu ihnen: ‚Ihr Vettern, alles, was ihr gesagt habt, ist gar nichts; ich will euch erzählen, wie ich meine Hoden verlor, und wahrlich, ich verdiente, noch mehr als das zu verlieren, denn ich habe sowohl meine Herrin wie den Sohn meines Herrn gemißbraucht. Aber meine Geschichte ist lang, und dies ist nicht die Zeit, sie zu erzählen; denn der Morgen ist nahe, meine Herrn Vettern, und wenn der Morgen uns überrascht, solange wir diese Kiste noch bei uns haben, dann sind wir verraten und des Todes. Also auf mit dem Tor! Wenn wir es geöffnet haben und dann wieder in unserem Palast sind, so will ich euch erzählen, warum mir meine Hoden abgeschnitten sind.' Darauf kletterte er über die Mauer und öffnete die Tür; und sie traten ein und setzten die Laterne nieder und gruben zwischen vier Gräbern ein Loch, so lang und breit wie die Kiste. Kafûr schaufelte, und Sawâb warf mit dem Korb die Erde beiseite, bis sie einen halben Klafter tief gegraben hatten. Dann senkten sie die Kiste in die Grube und warfen die Erde wieder darüber, und schließlich verließen sie die Grabstätte, schlossen das Tor und verschwanden dem Ghânim ibn Aijûb aus den Augen. Und als alles ruhig und still war und er sich vergewissert hatte, daß er allein war, beschäftigte ihn der Gedanke, was wohl die Kiste enthalten mochte, und er sprach bei sich selber: ‚Wenn ich nur wüßte, was in der Kiste ist!' Doch er wartete bis Tagesanbruch, bis der Morgen erschien und sein Licht erstrahlte; da aber stieg er alsbald von der Palme herab und kratzte die Erde mit den Händen weg, bis er die Kiste aufgedeckt und freigelegt hatte. Dann nahm er einen großen Stein und hämmerte an dem Schloß, bis es zerbrach. Nun hob er den Deckel auf und blickte hinein; und siehe da, in ihr lag eine schlafende Maid, die mit Bendsch betäubt war; sie lebte noch, denn ihre Brust hob und senkte sich. Schön und lieblich war sie anzuschauen, und sie trug Schmuck und goldenes Geschmeide und Halsketten aus Edelsteinen, die das Reich eines Sultans wert waren und die kein Geld bezahlen konnte. Als Ghânim ibn Aijûb sie erblickte, da wußte er, daß sie das Opfer eines Anschlags geworden und von jemandem betäubt war; sobald er sich dessen vergewissert hatte, nahm er sich ihrer an, zog sie aus der Kiste hervor und legte sie auf den Rükken. Als sie den Wind roch und die Luft ihr in Nase, Mund und Lungen drang, da nieste sie. Dann würgte und hustete sie, und aus ihrem Halse fiel eine Pille von kretischem Bendsch, so groß, daß ein Elefant, wenn er sie gerochen hätte, von einem zum anderen Abend in Schlaf versunken wäre. Und nun schlug sie die Augen auf und blickte sich um und sagte mit süßer Stimme und in anmutiger Rede: ‚Wehe dir, Wind, du erfrischest den nicht, der den Trank entbehrte, und dem Erfrischten bist du kein traut Gefährte. Wo ist Zahr el-Bustân?‘ Doch als niemand ihr Antwort gab, wandte sie sich um und rief: ‚He, Sabîha! Schadscharat ed-Durr! Nûr el-Huda! Nadschmat es-Subh! Seid ihr wach? Nuzha, Hulwa, Zarîfa, sprecht doch!‘ Aber niemand gab ihr Antwort, und so blickte sie sich im Kreise um und sagte: ‚Weh mir! Ich bin auf dem Gräberfeld! O du, der du weißt, was der Menschen Brust enthält, und der du am Tage der Auferstehung Vergeltung übst an aller Welt, wer brachte mich aus den verborgenen Gemächern fort und legte mich zwischen die vier Gräber dort?‘ Während alledem stand Ghânim neben ihr; jetzt aber sprach er: ‚O meine Herrin, denke nicht an des Schlosses und der Gemächer Pracht noch an die Grabesnacht! Hier ist dein Sklave in Liebe entbrannt, Ghânim ibn Aijûb genannt, den Er, der das Verborgene kennt, zu dir gesandt, daß er dich befreie von dieser Leiden Band und dich führe in deiner höchsten Wünsche Land!‘ Dann schwieg er. Als sie nun wußte, wie es um sie stand, rief sie: ‚Ich bezeuge, daß es keinen Gott gibt außer Allah und daß Mohammed der Gesandte Allahs ist!‘ Darauf wandte sie sich Ghânim zu und bedeckte das Gesicht mit den Händen und sagte mit lieblichster Stimme: ‚O gesegneter Jüngling, wer hat

475

mich hierher gebracht? Siehe, ich bin jetzt zu mir gekommen.'
,O meine Herrin,' erwiderte er, ,drei Eunuchen kamen mit
dieser Kiste hierher'; dann erzählte er ihr alles, was ihm widerfahren war, und wie der Abend ihn überfallen hatte und wie
das die Ursache ihrer Rettung geworden war, da sie sonst hätte
ersticken müssen. Und weiter fragte er sie, wie es um sie stehe
und was ihr widerfahren sei; doch sie antwortete: ,O Jüngling, Dank sei Allah, der mich in die Hände eines Mannes gleich
dir gab! Jetzt aber steh auf und lege mich in die Kiste zurück;
und dann geh hin auf die Straße und miete den ersten Kamel-
oder Maultiertreiber, den du findest, daß er diese Kiste auf-
lade und mich in dein Haus überführe. Wenn ich erst dort bin,
so wird alles gut sein; dann werde ich dir auch meine Geschichte
erzählen und meine Erlebnisse kundtun; und dann wird dir
durch mich Segen zuteil werden.' Da freute er sich und verließ die Grabstätte. Doch jetzt war die Sonne hell aufgegangen
und hatte das All mit ihrem Lichte umfangen, und die Menschen waren unterwegs; da mietete er einen Maultiertreiber,
brachte ihn zu dem Grabe und hob die Kiste, in der das Mädchen war, auf das Maultier. Schon glühte die Liebe zu ihr in
seinem Herzen, und er zog in Freuden mit ihr dahin; denn sie
war ein Mädchen, wert zehntausend Goldstücke, und trug
Schmuck und Gewänder, die ein großes Vermögen wert waren. Kaum hatte er sein Haus erreicht, so nahm er auch schon
die Kiste herunter und öffnete sie. – – «

Da bemerkte Schehrezâd, daß der Morgen begann, und sie
hielt in der verstatteten Rede an. Doch als die *Einundvierzigste
Nacht* anbrach, fuhr sie also fort: »Es ist mir berichtet worden,
o glücklicher König, daß Ghânim ibn Aijûb, als er mit der
Kiste nach Hause kam, sie öffnete und die Maid heraussteigen
ließ. Da schaute sie um sich und sah, daß es ein schönes Haus

war, belegt mit Teppichen und in heiteren Farben gehalten und mit schöner Einrichtung; auch sah sie die aufgespeicherten Stoffe und die Ballen und alles andere, und da wußte sie, daß er ein wohlhabender Kaufmann war und ein Mann von großem Reichtum. Nun enthüllte sie ihr Gesicht und sah ihn an, und siehe, er war ein schöner Jüngling; beim ersten Anblick gewann sie ihn lieb, und sie sprach zu ihm: ‚O mein Herr, bringe uns etwas zu essen!' Er antwortete: ‚Ich stehe ganz zu deinen Diensten!' Dann ging er hinab in den Basar und kaufte ein geröstetes Lamm, eine Schüssel Süßigkeiten, Naschwerk, Wachskerzen und Wein und alles, was nötig war, dazu auch die Wohlgerüche. Mit alledem kehrte er in sein Haus zurück; und als die Maid ihn sah, da lachte sie und küßte ihn und umschlang seinen Hals. Und sie begann ihn zu streicheln, so daß seine Liebe noch stärker wurde und sein Herz ganz beherrschte. Dann aßen und tranken sie bis zum Abend; und beide waren in Liebe zueinander entbrannt, denn beide waren eines Alters und von gleicher Schönheit. Als nun die Nacht anbrach, stand Ghânim, der verstörte Sklave der Liebe, auf und zündete die Wachskerzen und Lampen an, bis der ganze Raum vom Lichte strahlte; auch holte er das Trinkgeschirr und bereitete den festlichen Tisch. Dann setzte er sich mit ihr nieder; er füllte ihr den Becher und reichte ihn ihr, und sie schenkte ein und reichte ihm zu trinken; dabei spielten sie und scherzten und sprachen Verse; und ihre Freude ward immer größer, und sie hingen in immer engerer Liebe zusammen – Preis sei Ihm, der die Herzen eint! So fuhren sie fort bis kurz vor Tagesanbruch; da aber wurden sie schläfrig, und sie legten sich nieder, jeder für sich, und schliefen, bis es heller Morgen ward. Nun stand Ghânim ibn Aijûb auf, ging auf den Markt und kaufte ein, wessen sie an Speise und Trank bedurften, Gemüse, Fleisch, Wein und alles andere, und trug es in sein Haus; dann setzte er sich mit ihr zum Essen nieder. Sie aßen, bis sie gesättigt waren; und danach trug er den Wein auf. So tranken und scherzten sie miteinander, bis ihre Wangen rot wurden und ihre Augen dunkler; und es verlangte Ghânim ibn Aijûb in der Seele danach, die Maid zu küssen und bei ihr zu ruhen, und deshalb sprach er: ,O meine Herrin, gewähre mir einen Kuß von deinem Munde; vielleicht wird er das Feuer meines Herzens löschen.' ,O Ghânim,' erwiderte sie, ,warte, bis ich trunken bin und der Welt gestorben; dann stiehl mir einen Kuß, heimlich und so, daß ich es nicht merke!' Dann stand sie auf und legte ihr Obergewand ab, und setzte sich wieder in einem dünnen Hemd aus feinem Linnen und mit einem seidenen Kopftuch. Da entbrannte Ghânim in Leidenschaft, und er sagte zu ihr: ,Liebste Herrin, willst du mir nicht gewähren, um was ich dich bitte?' ,Bei Allah,' erwiderte sie, ,das steht dir nicht zu; denn auf der Schnur meiner Hose steht ein hartes Wort!' Da ward Ghânim ibn Aijûb gebrochenen Herzens; aber das Verlangen wuchs in ihm um so mehr, als ihm sein Wunsch versagt ward, und so sprach er diese Verse:

> Ich bat, die mich mit Schmerz erfüllt,
> Um einen Kuß, der Leiden stillt.
> ,Nein, nein,' rief sie, ,auf ewig nein!'
> Ich sprach zu ihr: ,Doch, es muß sein!'
> Sie drauf: ,Wenn ich will, nimm ihn hin,
> In Ehren, wenn ich freundlich bin!'
> Ich sprach: ,Gewaltsam!' Sie zu mir:
> ,Nur mit Verlaub geb ich ihn dir!' –
> Nun fraget nicht, was dann geschehn,
> Laßt mich Gott um Verzeihung flehn.
> Und denket von mir, was ihr wollt:
> Trotz dem Verdacht ist Liebe hold.
> Und darum kümmre ich mich nicht,
> Ob jetzt ein Feind schweigt oder spricht.

Dann ward seine Liebe noch stärker, und das Feuer loderte in seinem Herzen, während sie sich ihm versagte und sprach: ‚Du darfst mir nicht nahen!‘ Doch beide fuhren fort mit dem Liebesspiele und dem Umtrunk; Ghânim ibn Aijûb versank im Meer der Liebesglut, doch sie ward härter und war immer mehr auf der Hut; und endlich kam die Nacht mit der Dunkelheit und breitete über beide den Saum von des Schlafes Kleid. Da stand Ghânim auf, zündete die Lampen und Kerzen an, räumte das Zimmer und stellte den Tisch beiseite. Dann ergriff er ihre Füße und küßte sie; die waren weich wie frische Butter, und er drückte sein Gesicht auf sie und sprach zu ihr: ‚Liebste Herrin, habe Erbarmen! Gefangen nahm mich die Liebe zu dir; den Tod bringen deine Augen mir; und mein Herz wäre heil, wärest du nicht hier!‘ Dann weinte er ein wenig, doch sie sprach: ‚O mein Herr und Licht meiner Augen! Bei Allah, ich liebe dich wahrlich, und ich vertraue dir; aber ich weiß, daß du mir nie nahen wirst.‘ ‚Was steht denn im Wege?‘ fragte er, worauf sie antwortete: ‚Ich will dir ja heute nacht meine Geschichte erzählen, damit du meine Weigerung hinnimmst.‘ Dann warf sie sich ihm entgegen und schlang ihre Arme um seinen Hals, küßte und liebkoste ihn und versprach ihm ihre Gunst; und immerfort spielten und scherzten sie, bis die Liebe zueinander fest in ihren Herzen wurzelte. So lebten sie einen ganzen Monat und verbrachten die Nacht stets auf einem Lager; doch sooft er sie um Liebesvereinigung bat, wies sie ihn ab. Aber die Liebe zueinander ward immer stärker in ihren Herzen, und sie konnten sich kaum noch enthalten. Endlich, eines Nachts, als er neben ihr lag und beide vom Weine trunken waren, griff Ghânim mit der Hand nach ihrem Leib und streichelte ihn; und er glitt tiefer hinab bis zum Nabel. Da erwachte sie und setzte sich auf und fühlte nach ihrer Hose, und da sie sie festgebunden fand, so schlief sie wieder ein. Doch bald darauf betastete er sie noch einmal, und seine Hand glitt hinunter nach der Schnur ihrer Hose; und er zog daran. Da erwachte sie von neuem und setzte sich auf. Auch Ghânim setzte sich neben ihr auf, und sie fragte ihn: ,Was willst du?' ,Ich will bei dir schlafen,' erwiderte er, ,und wir wollen offen und ehrlich aneinander handeln.' Nun sprach sie: ,Ich will dir jetzt erklären, was mich angeht, damit du wissest, wie es um mich steht; dann wird mein Geheimnis dir offenbar und meine Weigerung dir klar.' ,So sei es!' erwiderte er. Darauf hob sie den Saum ihres Hemdes auf, zog ihr Hosenband hervor und sagte: ,Mein Lieber, lies, was hier auf dem Bande steht!' Ghânim nahm es in die Hand, schaute es an und sah in Gold gestickt diese Worte darauf: *Ich bin dein und du bist mein, o Nachkomme des Propheten!* Als er das las, da zog er die Hand zurück und sprach zu ihr: ,Offenbare mir, wer du bist!' ,Es sei!' erwiderte sie. ,Wisse, ich bin die Geliebte des Beherrschers der Gläubigen, und mein Name ist Kût el-Kulûb. Der Kalif ließ mich in seinem Palast aufziehen, und als ich erwachsen war, sah er, welcher Art ich war und wieviel Schönheit und Lieblichkeit mir der Schöpfer verliehen hatte. Da entbrannte er in großer Liebe zu mir, und er teilte mir ein eigenes Gemach zu, bestimmte zehn Sklavenmädchen zu meinem Dienst und gab mir dann all den Schmuck, den du an mir siehst. Eines Tages nun brach er in eine seiner Provinzen auf, und die Fürstin Zubaida kam zu einer der Sklavinnen in meinem Dienst und sagte zu ihr: ,Ich habe etwas von dir zu erbitten.' ,Was ist es, o meine Herrin?' fragte jene, und die Gemahlin des Kalifen erwiderte: ,Wenn deine Herrin Kût el-Kulûb im Schlafe liegt, so stecke ihr dies Stück Bendsch in die Nase oder wirf es ihr in ein Getränk, und du sollst so viel Geld von mir erhalten, daß du zufrieden bist.' ,Herzlich gern', antwortete die Sklavin und nahm das Stück Bendsch, erfreut über das Geld, und auch, weil sie früher zu den Sklavinnen der Zubaida gehört hatte. So ging sie hin und warf das Stück Bendsch in mein Getränk, und als es Nacht war, trank ich es aus; aber kaum befand sich das Gift in meinem Innern, da fiel ich zu Boden, und mein Kopf berührte meine Füße, und ich wußte nichts mehr von mir selbst, als daß ich in einer anderen Welt war. Als so ihre List gelungen war, ließ sie mich in diese Kiste legen und ließ insgeheim die Sklaven rufen und bestach sie; und ebenso machte sie es mit den Türhütern. Dann, in ebenjener Nacht, in der du auf dem Palmbaum saßest, ließ sie mich durch die Sklaven fortschaffen, und die machten mit mir, was du gesehen hast. So geschah meine Befreiung durch dich, und du brachtest mich in dies Haus und erwiesest mir lauter Gutes. Dies ist meine Geschichte und mein Erlebnis; aber ich weiß nicht, was während meiner Abwesenheit aus dem Kalifen geworden ist. Nun kennst du meinen Stand; doch mach meine Lage nicht bekannt!' Als Ghânim ibn Aijûb die Worte der Kût el-Kulûb vernahm und erfuhr, daß sie die Geliebte des Kalifen war, da wich er zurück; denn ihn befiel heilige Scheu vor der Kalifenmacht, und er setzte sich abseits von ihr in einem der Winkel des Raumes nieder. Er machte sich Vorwürfe und grübelte über seine Lage und suchte sein Herz zu beruhigen; denn er war in Not durch die Liebe zu einer, die er nicht besitzen konnte. Dann weinte er in seinem großen Liebesleid und klagte über die Ungerechtigkeit und die Tücke der Zeit – Preis sei Ihm geweiht, der die Herzen lenkt, so daß Liebe sich dem Geliebten schenkt! –

Und er sprach die Verse:

Des Liebenden Herz verzehrt sich in Sehnsucht nach der Geliebten;
Und ihre herrliche Schönheit raubt ihm den Verstand.
Einst ward ich gefragt: ‚Wie schmeckt die Liebe?' Ich gab zur Antwort:
‚Die Liebe ist süß, und doch knüpft sie an Leiden ihr Band.'

Da stand Kût el-Kulûb auf, umarmte ihn und küßte ihn; denn die Liebe zu ihm war fest gewurzelt in ihrem Herzen, so daß sie ihm ihr Innerstes enthüllte und alle Liebe, die sie empfand; und sie warf die Arme um Ghânims Nacken und küßte ihn immer und immer wieder. Er aber hielt sich zurück aus Scheu vor dem Kalifen. Dann sprachen sie lange miteinander, versunken im Meer ihrer gegenseitigen Liebe; und als der Tag anbrach, stand Ghânim auf und zog seine Kleider an. Er ging wie gewöhnlich in den Basar, kaufte alles, was er brauchte, und kehrte nach Hause zurück. Da fand er Kût el-Kulûb in Tränen; doch als sie ihn sah, hörte sie auf zu weinen und sagte lächelnd: ‚Du hast mich trostlos gemacht, Geliebter meines Herzens. Bei Allah, diese Stunde, in der du fern warst von mir, war einem Jahre gleich, weil ich von dir getrennt war. Ich habe dir im Übermaß meiner verlangenden Liebe meine Lage erklärt; doch jetzt wohlan, vergiß, was vergangen ist, und stille dein Begehr an mir!' Er aber unterbrach sie: ‚Ich nehme meine Zuflucht zu Allah! Das darf nie sein. Wie darf sich der Hund an des Löwen Stelle setzen? Was des Herrn ist, ist dem Sklaven verboten.' Und er wich von ihr und setzte sich abseits auf die Matte nieder. Doch ihre Liebe zu ihm wuchs dadurch, daß er sich von ihr zurückhielt. Dann setzte sie sich ihm zur Seite und trank und scherzte mit ihm, bis beide vom Weine trunken waren; nun verlangte sie leidenschaftlich danach, durch ihn verführt zu werden, und sang die Verse:

Das Herz des Liebenden ist fast ganz zerbrochen:
Bis wann soll diese Sprödigkeit dauern, bis wann?

O, der du dich von mir wendest ohne mein Verschulden,
Auch die Gazellen schmiegen einander sich an.
Spröde und Fernsein und eine ewige Trennung –
All das ist mehr, als ein Mensch ertragen kann.

Da weinte Ghânim ibn Aijûb, und sie weinte ob seiner Tränen;
und sie tranken weiter bis zur Nacht; da stand Ghânim auf und
breitete zwei Lager hin, ein jedes an seiner Stelle. ‚Für wen ist
dies zweite Lager?‘ fragte Kût el-Kulûb, und er antwortete:
‚Eins ist für mich, das andere für dich. Von dieser Nacht an
dürfen wir nur noch in dieser Weise schlafen; denn alles, was
des Herrn ist, das ist dem Sklaven verboten.‘ ‚O mein Gebieter,‘ rief sie, ‚laß uns davon schweigen; denn alle Dinge kommen durch das Schicksal und Verhängnis!‘ Er aber weigerte
sich, und das Feuer entbrannte in ihrem Herzen, und da ihr
Verlangen wilder wurde, klammerte sie sich an ihn und rief:
‚Bei Allah, wir wollen nur Seite an Seite schlafen!‘ ‚Allah verhüte!‘ erwiderte er und besiegte ihren Willen und ruhte allein
bis zum Morgen. Doch immer stärker ward in ihr der Liebe
Macht, und immer heißer ward das Verlangen in ihr entfacht.

So lebten sie drei lange Monate; sooft sie sich ihm zu nähern
suchte, hielt er sich von ihr zurück und sagte: ‚Alles, was dem
Herrn gehört, ist dem Knecht verboten.‘ Doch zu lang ward
ihr das Hoffen und Harren auf Ghânim ibn Aijûb, den verstörten Liebesnarren, zu schwer wurden ihr die Qualen und Schmerzen, und da sprach sie aus bedrücktem Herzen diese Verse:

Wie lange, du Bild der Schönheit, willst du mich noch quälen?
Wer hat dir denn gesagt, du sollest von mir gehn?
Du hast die Reize all in dir so ganz umschlossen,
Und jede Lieblichkeit vereintest du so schön!
Du hast in jedem Herzen die Leidenschaft erwecket;
Doch jedem Augenlide hast du den Schlummer geraubt.

Ich weiß, einst wurde, von dir, vom Zweige die Frucht gepflücket;
Doch jetzt, ein Dornenzweig, zeigst du dich mir entlaubt.
Ich kenne die Zeit, da waren Gazellen das Wild; doch was sehe
Ich nun bei dir? Sie machen jetzt auf den Jäger Jagd!
Das Wunderbarste von allem, was ich von dir verkünde,
Ist dies: ich schmachte, du aber gibst auf mein Stöhnen nicht acht.
Versage mir nur deine Nähe: ich kann dich dir nicht gönnen,
Wie sollte mich da nicht Mißgunst gegen mich beseelen?
Und immer werde ich rufen, solang ich am Leben bleibe:
Wie lange, du Bild der Schönheit, willst du mich noch quälen?

Und lange lebten sie so weiter, da die Furcht den Ghânim von ihr fernhielt.

Lassen wir nun Ghânim ibn Aijûb, den verstörten Sklaven der Liebe, und wenden wir uns zur Fürstin Zubaida! Sie wurde, als sie in des Kalifen Abwesenheit also an Kût el-Kulûb gehandelt hatte, besorgt, und sie sprach bei sich selber: ‚Was soll ich dem Kalifen sagen, wenn er zurückkehrt und nach ihr fragt? Welche Antwort kann ich ihm geben?' Und sie rief eine alte Frau aus ihrer Umgebung und enthüllte der ihr Geheimnis und fragte sie: ‚Wie soll ich handeln, nun Kût el-Kulûb eines so unzeitigen Todes gestorben ist?', ‚Wisse, meine Herrin,'sprach die Alte, als sie alles begriffen hatte, ‚die Zeit der Rückkehr des Kalifen ist nahe; schicke also nach einem Zimmermann und befiehl ihm, dir eine Holzfigur von der Gestalt einer Leiche zu machen! Wir wollen dann in der Mitte des Palastes ein Grab für sie graben und sie darein versenken; darüber laß du eine Bethalle bauen, und wir wollen darin Kerzen und Lampen anzünden, und alle Leute des Palastes sollen schwarze Kleidung tragen. Ferner befiehl deinen Sklavinnen und Eunuchen, daß sie, sobald sie die Rückkehr des Kalifen erfahren, Stroh über den Boden des Vestibüls streuen; und wenn der Beherrscher der Gläubigen eintritt und fragt, was es gebe, so laß sie sagen:

‚Kût el-Kulûb ist tot! Möge Gott dich einst um ihretwillen reichlich belohnen! Da unsre Herrin sie so sehr schätzte, hat sie sie in ihrem eigenen Palast begraben.' Wenn er das hört, so wird er weinen, und es wird ihm Schmerz bereiten; und er wird für sie den Koran lesen lassen, und er wird nachts an ihrem Grabe wachen. Und sollte er bei sich selber sagen: Meine Base Zubaida hat in ihrer Eifersucht den Tod Kût el-Kulûbs herbeigeführt – oder sollte ihn die Sehnsucht so überwältigen, daß er befiehlt, sie wieder aus dem Grabe zu nehmen, so fürchte dich nicht davor; denn wenn sie nachgraben, werden sie jene Figur erblicken, die einem Menschen gleicht und die in kostbare Leichentücher gehüllt ist. Will der Kalif die Laken abnehmen lassen, um sie zu sehen, so hindere du ihn daran und sage: ‚Der Anblick ihrer Nacktheit ist nicht erlaubt!' Dann wird er glauben, daß sie tot ist, und er wird die Figur an ihre Stelle legen lassen und dir danken für das, was du getan hast; und so Allah der Erhabene will, wirst du vor dieser Gefahr gerettet.' Als die Fürstin Zubaida ihre Worte vernommen hatte, glaubte sie, daß dies das Richtige sei, und gab ihr ein Ehrengewand und eine große Summe Geldes; und sie befahl ihr, alles zu tun, was sie gesagt hatte. Da machte sich die Alte sofort ans Werk und ließ den Zimmerer für sie die Figur so herstellen, wie sie gesagt hatte; und als sie fertig war, brachte sie sie der Fürstin Zubaida; die ließ sie einhüllen und begraben, und dann ließ sie im Grabgebäude Kerzen und Lampen anzünden und Teppiche ausbreiten. Auch legte sie schwarze Kleidung an und befahl den Sklavinnen, das gleiche zu tun. Nun wurde es im Palast bekannt, daß Kût el-Kulûb gestorben sei. Nach einer Weile aber kehrte der Kalif von seiner Reise zurück, und er kam in den Palast und dachte an nichts als an Kût el-Kulûb. Da sah er all die Diener und Sklaven und Sklavinnen schwarz gekleidet, und ihm bebte das Herz; wie er dann zur Fürstin Zubaida eintrat, fand er auch sie in schwarzer Gewandung. Er fragte nach dem Grunde, und man gab ihm Nachricht vom Tode Kût el-Kulûbs; da sank er in Ohnmacht zu Boden. Doch als er wieder zu sich kam, fragte er nach ihrem Grabe, und die Fürstin Zubaida sprach zu ihm: ‚Wisse, o Beherrscher der Gläubigen, ich habe sie, da ich sie so besonders schätzte, in meinem eigenen Palast begraben.' Sofort begab er sich im Reisegewand an das Grab der Kût el-Kulûb, um zu ihr zu wallfahrten. Und er fand die Teppiche gebreitet und die Kerzen und Lampen brennend. Als er das sah, da dankte er seiner Gemahlin für ihre gute Tat; doch er war ratlos, schwankend zwischen Unglauben und Glauben. Nachdem ihn also der Argwohn überwältigt hatte, gab er Befehl, das Grab zu öffnen und die Leiche herauszunehmen. Als er aber das Leichentuch sah und es aufheben wollte, um sie zu sehen, da hielt ihn die Furcht vor Allah dem Erhabenen zurück, und die Alte sagte: ‚Legt sie wieder zurück!' Dann ließ er sofort Geistliche holen und Koranleser und ließ an ihrem Grabe lesen und saß daneben und weinte, bis er ohnmächtig ward; und so saß er an ihrem Grabe einen vollen Monat lang. – – «

Da bemerkte Schehrezâd, daß der Morgen begann, und sie hielt in der verstatteten Rede an. Doch als die *Zweiundvierzigste Nacht* anbrach, fuhr sie also fort: »Es ist mir berichtet worden, o glücklicher König, daß der Kalif einen vollen Monat lang immerfort ihr Grab besuchte. Nun aber begab es sich, daß der Kalif zum Frauengemache ging, nachdem er die Emire und Wesire nach Haus entlassen hatte; dort legte er sich eine Weile zum Schlafen nieder. Zu seinen Häupten setzte sich eine Sklavin und fächelte ihm Kühlung zu, und zu seinen Füßen eine zweite, die sie rieb. Nachdem er von seinem Schlafe erwacht war, seine Augen geöffnet und wieder geschlossen hatte, hörte er, wie die Sklavin, die zu seinen Häupten saß, zu der anderen, die ihm zu Füßen saß, sagte: ‚Heda, Chaizurân!‘ Die andere rief: ‚Was willst du, Kadîb el-Bân?‘ ‚Fürwahr,‘ sagte die erste, ‚unser Herr weiß nichts von allem, was geschehen ist; und er sitzt und wacht bei einem Grabe, darinnen nichts ist als eine Holzpuppe, das Werk eines Zimmermannes!‘ Da fragte die andere: ‚Und Kût el-Kulûb – was ist mit ihr geschehen?‘ Die erste wiederum: ‚Wisse, die Fürstin Zubaida sandte ihr durch eine Sklavin ein Stück Bendsch, um sie zu betäuben; und als das Gift wirkte, ließ sie sie in eine Kiste legen und schickte sie fort mit Sawâb, Kafûr und Buchait, denen sie befohlen hatte, sie bei dem Heiligengrab zu versenken.‘ Chaizurân rief: ‚Wieso, Kadîb el-Bân, ist denn die Herrin Kût el-Kulûb nicht tot?‘ ‚Nein, bei Allah,‘ entgegnete sie, ‚und möge ihre Jugend noch lange vor dem Tode bewahrt sein! Doch ich habe die Fürstin Zubaida sagen hören, sie sei bei einem jungen Kaufmann aus Damaskus, genannt Ghânim ibn Aijûb; und sie ist jetzt seit vier Monaten bei ihm, derweilen unser Herr weint und nachts an einem Grabe wacht, darinnen keine Leiche liegt.‘ Und in dieser Weise sprachen sie weiter, indes der Kalif auf ihre Worte lauschte. Als die beiden Sklavinnen zu reden aufhörten und er nun alles wußte, nämlich, daß dieses Grab eine Lüge und ein Betrug war und daß Kût el-Kulûb seit vier Monaten bei Ghânim ibn Aijûb weilte, da ergrimmte er gewaltig, und er stand auf und berief die Emire des Reiches; und mit ihnen kam der Wesir Dscha'far el-Barmeki und küßte den Boden vor ihm. Zornig rief der Kalif: ‚Dscha'far, geh mit einer Schar Bewaffneter hinunter und frage nach dem Hause des Ghânim ibn Aijûb: fallt über das Haus her und bringt ihn her mit meiner Sklavin Kût el-Kulûb! Fürwahr, ich werde ihn bestrafen!‘ ‚Ich höre und gehorche!', sprach Dscha'far; dann brach er auf mit dem Präfekten und viel Volks, und sie begaben sich zum Hause Ghânims.

Der hatte gerade einen Topf voll Fleisch geholt, und er wollte die Hand ausstrecken, um zugleich mit Kût el-Kulûb davon zu essen. Die aber sah zufällig hinaus und erkannte das Unheil, das auf allen Seiten das Haus umringte; denn da waren der Wesir und der Präfekt und die Wächter und die Mamluken mit gezückten Schwertern und umgaben das Haus, wie das Weiße des Auges das Schwarze umgibt. Nun wußte sie, daß Kunde über sie ihren Herrn, den Kalifen, erreicht hatte; und sie war des Verderbens gewiß, ihre Farbe erblich, und ihre schönen Züge verzerrten sich. Alsbald blickte sie auf Ghânim und sprach zu ihm: ,O mein Geliebter, fliehe um dein Leben!' ,Was soll ich tun', fragte er, ,und wohin soll ich mich wenden, da doch all mein Geld und Gut in diesem Hause sind?' Aber sie erwiderte: ,Zögere nicht, damit du nicht zugleich mit dem Gelde auch das Leben verlierst!' ,O meine Geliebte und Licht meiner Augen,' rief er, ,was soll ich tun, um fortzukommen, da sie das Haus schon umringt haben?' Mit den Worten: ,Fürchte nichts!' zog sie ihm seine Kleider ab und legte ihm alte Gewänder an; und sie nahm den Topf, in dem das Fleisch war, tat ein Stück Brot sowie eine Schüssel mit Zukost dazu, legte das Ganze in einen Korb und setzte ihm den auf den Kopf und sagte: ,Geh hinaus in dieser Verkleidung und fürchte nicht für mich! denn ich weiß recht wohl, was ich von seiten des Kalifen in Händen habe.' Als Ghânim die Worte und den Rat der Kût el-Kulûb vernommen hatte, trat er hinaus unter die Leute, den Korb mit seinem Inhalt tragend; und der Allbehüter nahm sich seiner an, so daß er den Gefahren und Nöten entrann.

Inzwischen aber war der Wesir Dscha'far bei dem Hause angekommen und vom Roß gestiegen; er trat in das Haus und sah Kût el-Kulûb, die sich schön gekleidet und geschmückt hatte; sie hatte auch eine Kiste mit Gold gefüllt und mit Edelsteinen und Juwelen und Kleinodien, mit allem, was nicht beschwert und doch von hohem Wert. Als nun Dscha'far zu ihr eintrat und sie ansah, stand sie auf, küßte den Boden vor ihm und sagte: ,O Herr, das Rohr trug ein ins Buch der Zeit, was Allah bestimmt hat seit Ewigkeit.' ,Bei Allah, meine Herrin,' rief Dscha'far, ,es ist mir Befehl erteilt, Ghânim ibn Aijûb zu ergreifen'; doch sie erwiderte: ,Bester Herr, er hat seine Waren verladen und ist damit nach Damaskus aufgebrochen, und ich weiß nichts mehr von ihm; aber ich möchte, daß du mir diese Kiste in deine Obhut nimmst und sie fortschaffen lässest, bis du sie mir im Schlosse des Beherrschers der Gläubigen übergibst.' ,Ich höre und gehorche!', sagte Dscha'far; dann nahm er die Kiste in Empfang und befahl, sie mit Kût el-Kulûb ins Schloß des Kalifen zu bringen und das Mädchen mit aller Achtung zu behandeln. Nachdem sie dann das Haus Ghânims geplündert hatten, begaben sie sich zum Kalifen. Dort berichtete Dscha'far seinem Herrn alles, was geschehen war; der aber ließ Kût el-Kulûb in ein dunkles Zimmer bringen und gab ihr eine alte Frau zu ihrem Dienst; denn er war überzeugt, daß Ghânim sie verführt und bei ihr geschlafen hätte. Darauf schrieb er dem Emir Mohammed ibn Sulaimân ez-Zaini, seinem Statthalter in Damaskus, einen Brief folgenden Inhalts: ,Sowie dieses Schreiben eintrifft, ergreife Ghânim ibn Aijûb und sende ihn Uns!' Als der Statthalter das Schreiben erhielt, küßte er es und legte es auf sein Haupt; und er ließ in den Basaren verkünden: ,Wer plündern will, der gehe zum Hause des Ghânim ibn Aijûb.' So strömten sie dorthin und fanden die Mutter und die Schwester

Ghânims bei einem Grabe, das sie mitten im Hause für ihn errichtet hatten, sitzen und um ihn weinen; da ergriffen sie die beiden, plünderten das Haus, und ohne ihnen einen Grund zu sagen, schleppten sie sie vor den Sultan. Der fragte sie nach Ghânim, ihrem Sohn und Bruder, und beide erwiderten: ‚Seit einem Jahre oder länger noch haben wir nichts mehr von ihm gehört.‘ Da ließ er sie wieder in ihr Haus bringen.

Lassen wir sie und wenden wir uns zu Ghânim ibn Aijûb, dem verstörten Sklaven der Liebe! Als ihm sein Reichtum geraubt war und ihm seine Lage zum Bewußtsein kam, da weinte er über sich, bis ihm fast das Herz brach. Und er wanderte aufs Geratewohl dahin bis zum Schluß des Tages; doch der Hunger quälte ihn, und er wurde müde vom Wandern. Als er nun in ein Dorf kam, ging er hinein und begab sich in eine Moschee; dort setzte er sich auf eine Matte, mit dem Rücken an die Moscheemauer gelehnt; aber bald sank er in der Qual seines Hungers und seiner Ermattung zu Boden. Und dort blieb er bis zum Morgen liegen; aber das Herz zitterte ihm vor Hunger, und da er schwitzte, so liefen ihm die Läuse über die Haut, sein Atem wurde stinkend und sein ganzes Aussehen verändert. Als nun die Bewohner jenes Dorfes zum Frühgebet kamen, fanden sie ihn dort, liegend in Qualen, hager vom Hunger und doch noch mit den Zeichen einstigen Reichtums. Und als dann das Gebet vorüber war, traten sie zu ihm, und da sie sahen, daß ihn fror und hungerte, so gaben sie ihm einen alten Mantel mit zerfetzten Ärmeln und sagten: ‚O Fremdling, woher kommst du, und warum bist du so schwach?‘ Da schlug er die Augen auf und weinte, aber er gab keine Antwort; einer von ihnen jedoch, der merkte, daß er hungrig war, ging hin und holte eine Schüssel mit Honig und zwei Brote. So aß Ghânim ein wenig, und sie saßen bei ihm bis Sonnenaufgang, und dann gingen sie an ihre Arbeit. In dieser Weise blieb er bei ihnen einen vollen Monat lang, während die Schwäche und die Krankheit in ihm immer noch zunahmen; die Leute weinten um ihn und hatten Mitleid und berieten sich über seine Lage. Dann kamen sie dahin überein, ihn ins Hospital nach Baghdad zu schicken. Während sie so berieten, siehe, da kamen zwei Bettlerinnen zu ihm: das waren seine Mutter und seine Schwester; und als er sie sah, da gab er ihnen das Brot, das ihm zu Häupten lag. Die beiden schliefen in jener Nacht zu seiner Seite, aber er kannte sie nicht. Am nächsten Tage kamen die Dorfbewohner zu ihm, brachten ihm ein Kamel und sagten zu dem Treiber: ,Setze diesen Kranken auf das Kamel, und wenn du ihn nach Baghdad gebracht hast, setze ihn ab am Tor des Hospitals; so wird man ihn vielleicht behandeln und heilen, und du sollst deinen Lohn erhalten.' ,Ich höre und gehorche!' sagte der Treiber. Danach trugen sie Ghânam ibn Aijûb zur Moschee hinaus und legten ihn mitsamt der Matte, auf der er schlief, dem Kamel auf den Rücken; mit den anderen kamen auch seine Mutter und seine Schwester heraus, um ihn anzusehen, doch sie erkannten ihn nicht. Dann aber, als sie ihn lange und sorgsam betrachtet hatten, da sprachen sie: ,Wahrlich, er gleicht unserm Ghânim! Sollte er dieser Kranke sein?' Ghânim nun erwachte erst, als er merkte, daß er auf dem Kamele lag und mit Stricken festgebunden war, und da begann er zu weinen und zu klagen, und die Dorfbewohner sahen, wie auch seine Mutter und seine Schwester um ihn weinten, obgleich sie ihn nicht kannten. Dann zogen Mutter und Schwester weiter, bis sie nach Baghdad kamen; und auch der Treiber ging mit ihm dahin, bis er ihn am Tor des Hospitals niederlegte; dann nahm er sein Kamel und ging fort. Dort blieb Ghânim bis zum Morgen liegen; und als die Leute durch die Straßen zu gehen begannen, da erblickten sie ihn, der so dünn war wie ein Zahnstocher, und alle Leute sahen ihn sich an. Schließlich kam der Vorsteher des Basars, trieb die Leute davon und sagte: ‚Ich will mir durch dies arme Geschöpf das Paradies gewinnen; denn wenn sie ihn in das Hospital aufnehmen, so werden sie ihn in einem einzigen Tage töten.‘ Dann ließ er ihn durch seine Sklaven in sein Haus tragen, ließ ihm ein neues Bett bereiten, neue Kissen darauf legen und sagte zu seiner Frau: ‚Pflege ihn sorgsam!‘ und sie erwiderte: ‚Herzlich gern!‘ Und sie schlug sich die Ärmel auf und wärmte Wasser und wusch ihm die Hände und Füße und den Leib. Und sie kleidete ihn in das Gewand einer ihrer Sklavinnen und gab ihm einen Becher Weins zu trinken und sprengte Rosenwasser über ihn. Da kam er wieder zu sich und klagte; und er dachte an seine geliebte Kût el-Kulûb, worauf sich der Gram ihm noch tiefer ins Herze grub.

So weit Ghânim. Was aber Kût el-Kulûb angeht, so war sie, als der Kalif gegen sie ergrimmte – –«

Da bemerkte Schehrezâd, daß der Morgen begann, und sie hielt in der verstatteten Rede an. Doch als die *Dreiundvierzigste Nacht* anbrach, fuhr sie also fort: »Es ist mir berichtet worden, o glücklicher König, daß Kût el-Kulûb, als der Kalif gegen sie ergrimmte und sie in ein dunkles Zimmer bringen ließ, achtzig Tage lang darin blieb; und schließlich, als der Kalif eines Tages an jenem Ort vorbeikam, hörte er Kût el-Kulûb Verse sprechen und darauf diese Worte: ‚O mein Liebling, o Ghânim! Wie gut bist du und wie keusch deine Seele! Du handeltest gut an einem, der schlecht an dir gehandelt hat, und du hütetest die Ehre dessen, der deine Ehre zunichte gemacht hat; du hast seine Frau beschützt, während er dich und die Deinen ins Elend gejagt hat. Aber wahrlich, du wirst mit dem Beherrscher der Gläubigen noch vor einem gerechten Richter stehen, und du wirst dein Recht von ihm erhalten an dem Tage, an dem der Herr in seiner Majestät und Allgewalt der Richter ist und die Engel die Zeugen sind.' Als der Kalif ihre klagenden Worte vernahm, da wußte er, daß ihr unrecht geschehen war; sofort kehrte er in seinen Palast zurück und schickte den Eunuchen Masrûr nach ihr aus. Sie trat mit gesenktem Kopf und weinenden Augen und betrübtem Herzen vor ihn hin; und er sprach zu ihr: ,O Kût el-Kulûb, ich erfahre, du beschuldigest mich der Tyrannei und Unterdrückung und behauptest, ich habe schlecht an einem gehandelt, der gut an mir gehandelt hatte. Wer hat meine Ehre behütet, während ich seine Ehre beschimpft hätte? Wer hat meine Frau beschützt, während ich die Seinen ins Elend gejagt hätte?' ,Es ist Ghânim ibn Aijûb,' erwiderte sie; ,denn niemals ist er mir mit Unkeuschheit oder etwas Schlechtem genaht, das schwöre ich dir bei deiner Großmut, o Beherrscher der Gläubigen!' Da sprach der Kalif: ,Es gibt keine Majestät und es gibt keine Macht außer bei Allah! Erbitte dir eine Gnade, sie soll dir gewährt werden, Kût el-Kulûb!' Sie antwortete: ,Ich verlange von dir nur meinen geliebten Ghânim ibn Aijûb.' Sofort gewährte er ihre Bitte, und da sprach sie: ,O Beherrscher der Gläubigen, wenn ich ihn vor dich führe, willst du mich ihm dann schenken?' Er antwortete: ,Wenn er vor mich tritt, so will ich dich ihm schenken als das Geschenk eines Großherzigen, der seine Gabe nicht widerruft.' ,O Beherrscher der Gläubigen,' sagte sie, ,laß mich hingehen und nach ihm suchen; vielleicht wird Gott mich mit ihm vereinen'; und er erwiderte: ,Tu, was dir gut dünkt!' Da ging sie erfreut von dannen, nahm tausend Golddinare mit sich und besuchte die Ältesten der Gemeinde und verteilte Almosen in Ghânims Namen. Am nächsten Tage ging sie in den Basar der Kaufleute und gab dem Vorsteher Geld mit dem Auftrage, es als milde

Gabe an die Fremdlinge zu verteilen. Am darauffolgenden Freitag ging sie wiederum mit tausend Dinaren in den Basar, und sie trat in die Straße der Goldschmiede und Juweliere, rief den Vorsteher und gab ihm die tausend Dinare mit diesen Worten: ‚Gib das als milde Gabe den Fremdlingen!‘ Da sah der Vorsteher, der Älteste des Basars, sie an und sprach: ‚Herrin, willst du zu mir in mein Haus kommen und dir einen fremden Jüngling dort ansehen, der so schön und anmutig ist?‘ Nun war der Fremde Ghânim ibn Aijûb, der verstörte Sklave der Liebe; doch der Vorsteher kannte ihn nicht und hielt ihn für einen armen Schuldner, dem man seinen Reichtum genommen hatte, oder für einen Liebenden, der von seiner Geliebten getrennt war. Als sie seine Worte hörte, da klopfte ihr Herz, ihr Inneres erbebte, und sie sprach zu ihm: ‚Schicke einen mit mir, daß er mich zu deinem Haus führe!‘ Da gab er ihr einen kleinen Knaben mit, der sie zu dem Hause führen sollte, in dem der Fremde wohnte, und sie dankte ihm dafür. Als sie nun zu dem Hause kam, trat sie ein und grüßte die Frau des Vorstehers; die erhob sich und küßte den Boden vor ihr, denn sie kannte sie. Dann sprach Kût el-Kulûb: ‚Wo ist der Kranke, der hier bei dir wohnt?‘ Da weinte die Frau und erwiderte: ‚Hier ist er Herrin! Bei Allah, er stammt von guten Leuten und trägt die Spuren des Wohlstandes. Das ist er dort auf dem Bette.‘ Kût el-Kulûb wandte sich um und sah ihn an; und es schien ihr fast, als ob er es wirklich sei, doch er war ganz unkenntlich und abgemagert und so dürr wie ein Zahnstocher, so daß sie im Zweifel war über ihn und nicht glauben konnte, daß er es war. Sie fühlte aber Mitleid mit ihm und sprach unter Tränen: ‚Wahrlich, Fremdlinge sind unglücklich, auch wenn sie in ihrem eigenen Lande Fürsten waren.‘ So blieb sie im Zweifel über ihn und erkannte nicht, daß er Ghânim war. Da er ihr aber in der Seele leid tat, versah sie ihn mit Wein und Arznei und blieb eine Weile zu seinen Häupten sitzen; dann machte sie sich auf und kehrte in ihren Palast zurück. Nun erforschte sie einen Basar nach dem andern auf der Suche nach dem Geliebten.

Bald darauf kam der Vorsteher mit Ghânims Mutter und seiner Schwester Fitna zu Kût el-Kulûb und sprach zu ihr: ‚O Fürstin der wohltätigen Frauen, heute ist eine Frau mit ihrer Tochter in unsere Stadt gekommen; beide sind schön von Angesicht und tragen deutlich die Spuren des Wohlstandes und Glückes an sich, doch sind sie in härene Gewänder gekleidet und haben jede einen Brotbeutel um den Hals hängen; ihre Augen sind voller Tränen und ihre Herzen voll Betrübnis. So habe ich sie zu dir gebracht, auf daß du ihnen eine Zuflucht gebest und sie vor dem Betteln bewahrest; denn sie sind kein Bettelvolk, und so Gott will, werden wir um ihretwillen das Paradies erlangen.‘ Sie rief: ‚Bei Gott, guter Mann, du erweckst Sehnsucht in mir, sie zu sehen. Wo sind sie denn? Bringe sie mir sofort!‘ Da befahl er dem Eunuchen, sie hereinzuführen; so traten denn Fitna und ihre Mutter zu Kût el-Kulûb ein! Als diese sie erblickte und sah, daß beide von großer Schönheit waren, weinte sie um sie und sprach: ‚Bei Allah, dies sind Frauen von Stande, und sie tragen deutliche Spuren des Reichtums.‘ ‚O Herrin,‘ sagte die Frau des Vorstehers, ‚wir lieben die Armen und die Verlassenen um der Vergeltung willen; diesen Frauen haben vielleicht die Unterdrücker unrecht getan, haben ihnen ihren Reichtum genommen und ihre Häuser zerstört.‘ Da weinten die beiden Frauen bitterlich; denn sie dachten ihres einstigen Wohlstands und ihrer jetzigen Armut und Betrübnis; und ihre Gedanken verweilten bei Ghânim. Kût el-Kulûb aber weinte, weil sie weinten; und sie sprachen: ‚Wir flehen zu Allah, daß er uns mit dem vereine, den wir suchen; das ist unser Sohn

495

und Bruder Ghânim ibn Aijûb.' Als Kût el-Kulûb diese Worte vernahm, da wußte sie, daß diese Frau da die Mutter ihres Geliebten sei und die andere seine Schwester, und sie weinte, bis sie in Ohnmacht sank. Als sie aber wieder zu sich kam, da wandte sie sich ihnen zu und sprach: ,Seid getrost, denn dieser Tag ist der erste eures Glücks und der letzte eures Unglücks! Seid nicht mehr traurig!' – –«

Da bemerkte Schehrezâd, daß der Morgen begann, und sie hielt in der verstatteten Rede an. Doch als die *Vierundvierzigste Nacht* anbrach, fuhr sie also fort: »Es ist mir berichtet worden, o glücklicher König, daß Kût el-Kulûb, als sie die beiden getröstet hatte, dem Vorsteher befahl, sie in sein Haus zu führen und seiner Frau zu sagen, sie solle die beiden in das Bad bringen und sie in schöne Gewänder kleiden, für sie sorgen und ihnen alle Ehre erweisen; und sie gab ihm eine Summe Geldes. Am nächsten Tage ritt Kût el-Kulûb zu dem Hause des Vorstehers und trat zu seiner Frau ein; die erhob sich, küßte ihr die Hände und dankte ihr für ihre Güte. Und dort sah sie Ghânims Mutter und Schwester, die von der Frau des Vorstehers ins Bad geführt und neu gekleidet waren, so daß sich die Spuren ihres Standes deutlich zeigten. Sie setzte sich zu ihnen und sprach eine Weile mit ihnen; dann fragte sie nach dem kranken Jüngling, der in ihrem Hause war, und die Frau des Vorstehers erwiderte: ,Er ist noch unverändert.' Da sagte Kût el-Kulûb: ,Komm, laß uns gehn und ihn besuchen!' Nun standen sie auf, sie und des Vorstehers Weib und Ghânims Mutter und Schwester, gingen zu ihm und setzten sich an sein Lager. Ghânim ibn Aijûb aber, der verstörte Sklave der Liebe, hörte sie plötzlich den Namen Kût el-Kulûbs nennen; da kehrte das Leben in ihn zurück, obgleich sein Leib so mager und seine Knochen so dürr waren; und er hob sein Haupt vom Kissen und rief: ,Kût el-

Kulûb!' Da sah sie ihn an, erkannte ihn mit Gewißheit und schrie laut: ‚Ja, mein Geliebter!' ‚Komm dicht an mich heran!' sagte er, und sie erwiderte: ‚Bist du wirklich Ghânim ibn Aijûb?' Er sprach: ‚Ich bin es.' Da sank sie ohnmächtig zu Boden. Als Ghânims Mutter und seine Schwester Fitna die Worte der beiden gehört hatten, riefen sie: ‚O Freude!' und auch sie fielen ohnmächtig hin. Als sie darauf alle wieder zu sich gekommen waren, rief Kût el-Kulûb: ‚Preis sei Allah, der mich mit dir und deiner Mutter und deiner Schwester zusammengeführt hat!' Dann erzählte sie ihm alles, was zwischen ihr und dem Kalifen vorgefallen war, und sagte: ‚Ich habe dem Beherrscher der Gläubigen die Wahrheit kundgetan, und er hat meinen Worten geglaubt und Gefallen an dir gefunden; und jetzt wünscht er dich zu sehen.' Und sie fügte hinzu: ‚Er wird mich dir schenken.' Da war er hocherfreut; sie sagte noch: ‚Geht nicht von hier fort, bis ich wiederkomme!', stand flugs auf und begab sich in den Palast. Dort nun öffnete sie die Kiste, die sie aus Ghânims Hause mitgenommen hatte, holte Dinare heraus und gab sie dem Vorsteher mit den Worten: ‚Nimm dies Geld und kaufe für jeden von ihnen vier vollständige Anzüge aus den feinsten Stoffen, und zwanzig Tücher und alles, dessen sie sonst noch bedürfen!' Dann ging sie mit den beiden Frauen und mit Ghânim zum Badehause, befahl Bäder für sie herzurichten und ließ ihnen, nachdem sie gebadet und die neuen Kleider angelegt hatten, Brühen und Galgantwasser und Apfelsaft bereiten. Und sie blieb drei Tage lang bei ihnen, gab ihnen Kükenfleisch und Brühen zu essen und Scherbet aus feinstem Zucker zu trinken. Nach drei Tagen kehrten ihre Lebensgeister wieder; da führte sie sie von neuem ins Bad. Als sie zurückgekommen waren und die Kleider gewechselt hatten, ließ sie sie in dem Hause des Vorstehers, ging in den Palast und bat um Erlaubnis, den Kalifen zu sprechen. Der erteilte ihr die Erlaubnis; da trat sie ein, küßte den Boden vor ihm und erzählte ihm alles, auch daß ihr Herr Ghânim ibn Aijûb, genannt der verstörte Sklave der Liebe, und seine Mutter und Schwester in Baghdad seien. Als der Kalif die Worte der Kût el-Kulûb vernommen hatte, rief er den Dienern zu: ‚Bringt mir Ghânim sofort!‘ Da ging Dscha'far selbst, um ihn zu holen; Kût el-Kulûb aber eilte ihm voraus und ging zu Ghânim und tat ihm kund, daß der Kalif ausgeschickt habe, um ihn zu holen. Sie riet ihm, eine feine Sprache zu wählen, sein Herz zu stählen und mit lieblichen Worten zu erzählen. Und sie kleidete ihn in ein prächtiges Gewand und gab ihm viele Dinare und sagte: ‚Sei freigebig gegen das Gefolge des Kalifen, wenn du zu ihm hineingehst!‘ Siehe, da kam auch schon Dscha'far auf seinem nubischen Maultier; Ghânim erhob sich, ging ihm entgegen, um ihn zu begrüßen, und küßte den Boden vor ihm. Nun war der Stern seines Glückes aufgegangen, und er strahlte hell; Dscha'far nahm ihn mit, und sie eilten, er und der Minister, bis sie zu dem Beherrscher der Gläubigen eintraten. Und als er vor ihm stand, da blickte er auf die Wesire und Emire, die Kämmerlinge und Statthalter, die Großen des Reiches und die Machtwalter. Da ersann Ghânim liebliche Worte in gewählter Sprache, blickte den Kalifen an, neigte sein Haupt und sprach diese Verse:

Sei mir gegrüßt, o König von hocherhabener Würde,
Der du deiner Wohltat Gaben stets verteilest an alle!
Sie geben keinem andern als dir den Namen des Kaisers,
Dir, dem mächtigen Herrscher, dem Herrn der Ruhmeshalle.
Es legen die Könige, wenn sie dir grüßend nahen,
Der Kronen Edelsteine auf deine Schwelle hin,
Und wenn dann ihre Augen dein Antlitz nur erblicken,
So werfen sie sich zu Boden mit ehrfurchtsvollem Sinn.
O Majestät, du verleihest ihnen in deiner Gnade

Hohe Ehrenstellen und deiner Herrschaft Macht.
Zu eng für deine Heere wurden Erde und Menschheit;
Drum schlage deine Zelte hoch in der Sterne Pracht.
Dich möge der Könige König erhalten in seiner Liebe·
Dein sei ein festes Herz und dein ein trefflicher Rat!
Du breitetest deine Gerechtigkeit über die ganze Erde,
Bis sie den Fernen gleichwie den Nahen umfasset hat.

Als er seine Verse beendet hatte, war der Kalif entzückt, denn ihm gefiel die Feinheit seiner Sprache und die Lieblichkeit seiner Rede – –«

Da bemerkte Schehrezâd, daß der Morgen begann, und sie hielt in der verstatteten Rede an. Doch als die *Fünfundvierzigste Nacht* anbrach, fuhr sie also fort: »Es ist mir berichtet worden, o glücklicher König, daß der Kalif, dem an Ghânim die feine Sprache der Dichtung und die Lieblichkeit seiner Rede gefiel, zu ihm sprach: ‚Tritt nah zu mir her!‘ So trat jener nahe zu ihm, und da sagte der Kalif zu ihm: ‚Erzähle mir deine Geschichte und berichte mir dein Schicksal!‘ Da setzte Ghânim sich und erzählte ihm, was ihm in Baghdad widerfahren war, wie er im Grabe geschlafen und, nachdem die drei Sklaven gegangen waren, die Kiste geöffnet hatte; kurz, er berichtete ihm alles von Anfang bis zu Ende – doch zum zweiten Male erzählen würde die Hörer nur quälen. Als nun der Kalif sich überzeugt hatte, daß er die Wahrheit sprach, verlieh er ihm ein Ehrengewand und machte ihn zu seinem Vertrauten; und er sprach zu ihm: ‚Vergib mir meine Schuld!‘ Da vergab Ghânim ihm seine Schuld und sagte: ‚O unser Herr und Sultan, wahrlich, dein Sklave und alles, was er besitzt, gehört seinem Herrn!‘ Des freute sich der Kalif, und dann gab er Befehl, ihm einen Palast anzuweisen, und er verlieh ihm Gehälter, Einkünfte und Schenkungen, die sich auf eine hohe Summe beliefen. Darauf ließ er ihn mit seiner Mutter und seiner Schwester dort einziehen; und als der Kalif vernahm, daß seine Schwester Fitna an Schönheit eine wahre ‚fitna‘, das heißt eine Verführerin, sei, da erbat er sie von Ghânim zur Ehe, und der erwiderte: ‚Sie ist deine Sklavin, wie ich dein Sklave bin!‘ Der Kalif aber dankte ihm und gab ihm hunderttausend Dinare; und er ließ die Zeugen und den Kadi kommen, und an einem und demselben Tage schrieben sie die Verträge für den Kalifen und Fitna und für Ghânim ibn Aijûb und Kût el-Kulûb; und er und Ghânim feierten ihre Hochzeit in einer und derselben Nacht. Als es dann Morgen wurde, befahl der Kalif, die Geschichte von dem, was Ghânim widerfahren war, von Anfang bis zu Ende aufzuzeichnen und sie in den königlichen Archiven aufzubewahren, auf daß die, so nach ihm kämen, sie lesen könnten und staunend sich erbauen an des Schicksals Wechselfällen, und auf Ihn, der Nacht und Tag erschuf, ihr Vertrauen stellen. – –

Und doch ist diese Geschichte nicht wunderbarer als

DIE GESCHICHTE
DES KÖNIGS ʾOMAR IBN EN-NUʾMÂN UND
SEINER SÖHNE SCHARKÂN UND DAU EL-MAKÂN
UND DESSEN, WAS IHNEN WIDERFUHR
AN MERKWÜRDIGKEITEN UND SELTSAMEN
BEGEBENHEITEN

Der König fragte: »Wie ist denn ihre Geschichte?«, und sie erwiderte: »Es ist mir berichtet worden, o glücklicher König, daß in Baghdad vor dem Kalifat des ʾAbd el-Melik ibn Merwân ein König herrschte, der hieß ʾOmar ibn en-Nuʾmân; er gehörte zu den gewaltigen Recken, und er hatte die persischen Könige und die oströmischen Kaiser besiegt. Keiner konnte ihm nahen in seines Zornes Glühn; und niemand wagte es, wider ihn auf den Kampfplatz zu ziehn; wenn er ergrimmte, sah man aus seinen Nüstern Funken sprühn. Er war König aller Länder, und Gott hatte ihm alle Menschheit unterstellt, und sein Befehl galt überall in der ganzen Welt. Seine Heere waren bis in die fernsten Länder vorgedrungen; Ost und West und die Länder, die dazwischen lagen, waren seiner Herrschaft untertan: das nahe und das fernere Indien, China, das Land des Hidschâz und das Land Jemen, die Inseln von Hinterindien und China, das Land des Nordens mit Mesopotamien, der Sudan und die Inseln des Weltmeeres und auch die weitberühmten Ströme der Erde, wie der Jaxartes und der Oxus, der Nil und der Euphrat. Er schickte seine Gesandten in die fernsten Hauptstädte, auf daß sie ihm getreulich Bericht erstatteten. Die kehrten dann heim und brachten ihm Nachricht vom Walten der Gerechtigkeit, von der Botmäßigkeit und Sicherheit und von den Gebeten für den Sultan 'Omar ibn en-Nu'mân. Es war, o größter König unserer Zeit, seine Abkunft von hochedler Vornehmheit; Geschenke, Kleinodien und Tribut wurden ihm gebracht von weit und breit. Nun hatte er einen Sohn namens Scharkân, der von allen Menschen seinem Vater am meisten ähnlich war; denn er wuchs heran als ein Schrecken der Zeit, besiegte die Männer der Tapferkeit und vernichtete die Gegner im Streit. Darum brachte ihm sein Vater eine so große Liebe entgegen, wie sie nicht übertroffen werden konnte, und machte ihn zum Erben des Königreiches nach seinem Tode. Dieser Prinz wuchs also auf, bis er das Mannesalter erreicht hatte und zwanzig Jahre alt war; und Gott unterwarf ihm alle Kreatur, da er wie ein gewaltiges Unwetter im Streite herniederfuhr. Sein Vater, 'Omar ibn en-Nu'mân, hatte vier Frauen, die ihm rechtmäßig angetraut waren; aber ihm war von ihnen kein Sohn geschenkt, außer allein Scharkân, den er mit der einen von ihnen gezeugt hatte, während die anderen unfruchtbar waren und ihm kein einziges Kind schenkten. Ferner hatte er dreihundertundsechzig Nebenfrauen, nach der Zahl der Tage des koptischen Jahrés, und die waren von allen Nationen. Einer jeden von ihnen hatte er ein eigenes Zimmer herrichten lassen; und diese Zimmer waren in dem Bezirk seines Palastes. Denn er hatte nach der Zahl der Monate zwölf Schlösser bauen und in einem jeden Schlosse dreißig Zimmer herrichten lassen; so waren es im ganzen dreihundertundsechzig Zimmer, und jene Nebenfrauen wohnten in diesen Zimmern. Er teilte einer jeden von ihnen eine Nacht zu, die er bei ihr verbrachte, und dann kam er ein volles Jahr nicht wieder zu ihr; in dieser Weise lebte er eine lange Zeit. Derweilen nun wurde Scharkân in aller Welt berühmt, und sein Vater freute sich über ihn; er nahm zu an Macht, Übermut und Stolz und eroberte alle Festungen und Städte. Nun wurde nach dem Beschluß der Vorsehung eine der Sklavinnen des 'Omar ibn en-Nu'mân schwanger; als ihre Schwangerschaft im Harem gemeldet wurde und der König davon erfuhr, war er hocherfreut und sprach: ,Hoffentlich werden alle meine Nachkommen und Sprößlinge männlich sein!' Er verzeichnete den Tag ihrer Empfängnis und begann sie freundlich zu behandeln. Doch als auch Scharkân davon erfuhr, wurde er besorgt und nahm sich die Sache zu Herzen; denn er dachte: ,Jetzt wird einer zur Welt kommen, der mir die Herrschaft streitig machen wird!', und bei sich selber sagte er: ,Wenn diese Nebenfrau einen Knaben gebiert, so will ich ihn töten'; aber er hielt diese Absicht tief im Herzen verborgen. So also stand es um Scharkân. Mit dem Mädchen aber stand es so: Sie war eine Griechin, namens Sophia, und der König von Kleinasien und Herr von Cäsarea hatte sie dem König 'Omar als Geschenk geschickt, und mit ihr hatte er ihm viele kostbare

Geschenke übersandt. Sie war von allen Sklavinnen als die anmutigste und schönste anzuschauen, und sie hütete von allen am meisten die Ehre der Frauen; ihr Verstand war so durchdringend wie ihr Anblick bezwingend. Nun hatte sie, als sie den König in der Nacht, da er bei ihr weilte, bediente, zu ihm gesagt: ,O König, ich bete zum Gott des Himmels, daß er dir heute nacht von mir einen Knaben schenke, damit ich ihn vortrefflich erziehe und ihn an feiner Bildung und Ehrgefühl vollkommen mache!' Darüber hatte der König sich gefreut, und jene Worte hatten ihm gefallen. Sie aber fuhr so fort, bis ihre Monde erfüllet waren und sie auf dem Geburtsstuhle saß; während der ganzen Zeit ihrer Schwangerschaft übte sie Frömmigkeit, war immer eifrig im Gottesdienst und bat Gott, ihr einen frommen Sohn zu schenken und ihr die Geburt zu erleichtern. Und Gott erhörte ihr Gebet. Der Kalif hatte ihr aber einen Eunuchen zugewiesen, der ihm melden sollte, ob das Kind, das sie zur Welt bringen würde, ein Knabe oder ein Mädchen sei; und ebenso hatte Scharkân einen geschickt, der es ihm kundtun sollte. Als dann Sophia ihr Kind zur Welt brachte, untersuchten die Wehefrauen es, und sie fanden, daß es ein Mädchen war mit einem Antlitz, leuchtender als der Mond. Das meldeten sie allen, die da anwesend waren, und des Königs Bote ging hin und brachte ihm die Nachricht; auch Scharkâns Bote tat es ihm kund, und der freute sich sehr. Doch als die beiden gegangen waren, sprach Sophia zu den Wehefrauen: ,Wartet noch eine Weile bei mir; denn mir ist, als sei noch etwas in meinem Schoße.' Dann schrie sie auf, und von neuem packten sie die Wehen; aber Gott machte es ihr leicht, und sie gebar ein zweites Kind. Die Wehefrauen sahen es an, und sie fanden, daß es ein Knabe war, dem vollen Monde gleich, mit einer Stirne strahlend rein und Wangen von rosenrotem Schein. Da war die Mutter hocherfreut und mit ihr die Eunuchen und Diener und alle, die zugegen waren; und während Sophia von der Nachgeburt entbunden wurde, drangen die Rufe der Freude durch den Palast. Die andern Nebenfrauen hörten es und beneideten sie; alsbald erreichte die Nachricht auch 'Omar ibn en-Nu'mân, und der freute sich über die Glücksbotschaft. Er erhob sich, ging zu ihr und küßte ihr das Haupt; dann sah er den Knaben an und beugte sich über ihn und küßte ihn, derweilen die Mädchen die Tamburine schlugen und Musikinstrumente spielten; und der König befahl, daß der Knabe Dau el-Makân[1] und seine Schwester Nuzhat ez-Zamân[2] genannt werden sollte. Da führten sie seinen Befehl aus, indem sie sprachen: ‚Wir hören und gehorchen!' Der König aber bestimmte zur Pflege von Mutter und Kindern Ammen, Eunuchen, Diener und Wärterinnen und setzte fest, was sie erhalten sollten an Zucker, Getränken, Salben und vielem andern, dessen Beschreibung die Zunge ermüden würde. Als nun das Volk von Baghdad hörte, daß Gott den König mit Kindern gesegnet hatte, schmückte es die Stadt und verkündete die gute Botschaft mit Pauken und Trompeten; und die Emire und Wesire und die Großen des Reiches kamen in den Palast und wünschten dem König 'Omar ibn en-Nu'mân Glück zu seinem Sohn Dau el-Makân und zu seiner Tochter Nuzhat ez-Zamân. Der König dankte ihnen dafür und verlieh ihnen Ehrengewänder, und darüber hinaus ehrte er sie durch andere Gnadenbeweise und bezeigte auch den Anwesenden, hoch und niedrig, seine Gunst. So tat er, bis vier Jahre verstrichen waren; und alle paar Tage schickte er einen Boten, um sich nach Sophia und ihren Kindern zu erkundigen. Am Ende der vier Jahre aber ließ er

1. Das Licht des Hauses. – 2. Die Wonne der Zeit.

ihr Juwelen, Schmuck, Gewänder und viel Geld überbringen und empfahl ihr, den beiden eine gute Erziehung und Ausbildung zu geben. Alles dies geschah, während Scharkân nicht wußte, daß seinem Vater 'Omar ibn en-Nu'mân auch ein Knabe geboren war; denn er hatte nur von der Geburt der Nuzhat ez-Zamân erfahren. Man enthielt ihm auch die Kunde von Dau el-Makân vor, bis Jahr und Tag verstrichen waren, während er nur daran dachte, mit den Helden zu streiten und gegen die Ritter zum Zweikampf zu reiten.

Nun traten eines Tages, als König 'Omar ibn en-Nu'mân in seinem Palaste saß, die Kämmerlinge zu ihm ein, küßten den Boden vor ihm und sprachen: ‚O König, es sind Gesandte zu uns gekommen vom König von Griechenland, dem Herrn Konstantinopels, der mächtigen Stadt, und sie wünschen, zu dir einzutreten und vor dir stehend deine Befehle entgegenzunehmen: wenn der König ihnen erlaubt einzutreten, so werden wir sie hereinführen, und wenn nicht, so gibt es keinen Einspruch gegen seinen Willen.' Da erlaubte er ihnen einzutreten; und als sie kamen, wandte er sich ihnen zu und empfing sie höflich und fragte sie nach ihrem Befinden und nach dem Anlaß ihrer Reise. Sie küßten den Boden vor ihm und sprachen: ‚O Königliche Majestät, deren Herrschaft in weite Fernen geht! Wisse, der uns zu dir entsandte, ist König Afridûn, Herr der griechischen Meere und der christlichen Heere, der Herrscher, dessen Hauptstadt Konstantinopel, die Hehre; er läßt dir sagen, daß er jetzt einen grimmigen Krieg führt gegen einen hartnäckigen Tyrannen, den Fürsten von Cäsarea; und der Anlaß dieses Krieges ist der folgende: Einer der Könige der Araber war in vergangenen Zeiten bei seinen Eroberungszügen auf einen Schatz aus der Zeit Alexanders gestoßen und hatte unermeßlichen Reichtum davongeschleppt, und unter anderem drei runde Juwelen, so groß wie Straußeneier, aus feinstem reinen und weißen Edelgestein, dergleichen sonst nie gefunden wird. Und auf jedem stand in griechischer Schrift eine geheimnisvolle Inschrift eingegraben, und sie haben viele nutzbringende Kräfte, und unter anderen die, daß ein neugeborenes Kind, dem man eins der Juwelen umhängt, von keinem Übel heimgesucht wird; solange es das Juwel trägt, wird es nicht klagen noch von Krankheit heimgesucht werden. Als nun der König der Araber sie erbeutete und ihr Geheimnis kennenlernte, da schickte er dem König Afridûn Geschenke, bestehend aus Kostbarkeiten und Gold, darunter auch die drei Juwelen. Er rüstete zu diesem Zwecke zwei Schiffe aus, von denen eins die Schätze tragen sollte und das andere Mannen, um die Geschenke zu hüten, wenn irgend jemand auf hoher See ihnen entgegenzutreten wagte; freilich war er überzeugt, daß niemand wagen würde, seine Schiffe zu kapern, da er doch König der Araber war und zumal der Kurs der Schiffe mit den Geschenken über Meere führte, die dem König von Konstantinopel unterworfen waren, zu dem sie ja auch fuhren; noch auch bewohnten jene Küsten andere Völker als Untertanen des großen Königs Afridûn. Als die beiden Schiffe ausgerüstet waren, stachen sie in See und segelten, bis sie sich unserem Lande zu nähern begannen; da aber fielen plötzlich Piraten aus jenem Lande über sie her und unter ihnen Truppen des Fürsten von Cäsarea; und sie raubten alles, was sich auf den beiden Schiffen an Kostbarkeiten, Gold und Schätzen befand, darunter auch die drei Juwelen, und erschlugen die Mannschaft. Als aber unser König davon hörte, da schickte er ein Heer gegen sie aus, doch sie schlugen es; und er entsandte ein zweites Heer, stärker als das erste, aber auch dieses warfen sie in die Flucht, so daß der König ergrimmte und schwor, er werde nur noch in eigener Person und an der Spitze seiner ganzen Streitmacht gegen sie ausziehen; und er werde nicht eher aus ihrem Lande heimkehren, als bis er das armenische Cäsarea in Trümmer gelegt und das Land und alle Städte, über die ihr Fürst gebot, verwüstet habe. Jetzt bittet er den Herrn unseres Jahrhunderts und unserer Zeit, den König 'Omar ibn en-Nu'mân, den König von Baghdad und Chorasân, er möge uns mit einem Heere zu Hilfe kommen, auf daß ihm Ruhm zuteil werde; er hat auch durch uns einige Geschenke verschiedener Art entsandt, und er erbittet von des Königs Huld, daß er sie nehme und ihm freundwillige Hilfe leiste.' Dann küßten die Gesandten den Boden vor ihm. – –«

Da bemerkte Schehrezâd, daß der Morgen begann, und sie hielt in der verstatteten Rede an. Doch als die *Sechsundvierzigste Nacht* anbrach, fuhr sie also fort: »Es ist mir berichtet worden, o glücklicher König, daß die Gesandten des Königs von Konstantinopel und ihr Gefolge, als sie vor König 'Omar ibn en-Nu'mân gesprochen und vor ihm den Boden geküßt hatten, ihm die Geschenke darbrachten. Die bestanden aus fünfzig der erlesensten Mädchen aus Griechenland und aus fünfzig Mamluken in Gewändern aus Brokat und mit Gürteln aus Silber und Gold; jeder Mamluk trug in seinem Ohr einen goldenen Ring mit einer Perle, die tausend Goldstücke wert war. Die Mädchen waren gleichfalls geschmückt, und sie trugen Stoffe, die sehr viel Geld wert waren. Als der König sie sah, nahm er sie erfreut an; und er befahl, daß die Gesandten ehrenvoll behandelt würden. Dann berief er seine Wesire, um sich mit ihnen über das zu beraten, was er nun zu tun habe. Und unter ihnen erhob sich ein Wesir, ein hochbetagter Mann, Dandân geheißen; der küßte vor dem König den Boden und sprach: ‚O König, in dieser Sache läßt sich nichts Besseres tun, als daß du ein starkes Heer ausrüstest und deinen Sohn mit uns als seinen

Hauptleuten an seine Spitze stellst. Dieser Rat empfiehlt sich mir aus zweierlei Gründen; zunächst, weil der König von Griechenland deine Hilfe erbeten und dir Geschenke gesandt hat, die du angenommen hast; und zweitens, weil jetzt der Feind unser Land nicht bedroht. Wenn dann dein Heer dem König von Griechenland hilft und sein Feind besiegt wird, so wird das dir zum Ruhme angerechnet werden. Dann wird sich die Kunde davon in allen Gegenden und Ländern ausbreiten; und wenn insbesondere die Nachricht die Inseln des Ozeans erreicht und die Bewohner des Westlandes sie hören, so werden sie dir Gaben und Kostbarkeiten und Schätze bringen.' Als der König die Worte des Wesirs vernahm, gefielen sie ihm, und er billigte seinen Rat und verlieh ihm ein Ehrengewand und sprach zu ihm: ‚Von deinesgleichen sollten die Könige sich Rates holen, und es erscheint mir angebracht, daß du die Vorhut des Heeres führest, während mein Sohn Scharkân die Nachhut befehligt.' Darauf schickte er nach seinem Sohn, und der kam, küßte vor ihm den Boden und setzte sich. Da erzählte der König ihm alles und berichtete ihm, was die Gesandten und der Wesir Dandân gesagt hatten; und er befahl ihm, das Kriegszeug zu holen und sich für den Feldzug auszurüsten und dem Wesir Dandân in seinem Tun nicht zu widersprechen. Er befahl ihm auch, aus seinem Heere zehntausend Reiter auszuwählen, vollgerüstet und gewöhnt an Sturm und Kriegsnot. Scharkân gehorchte dem Befehle seines Vaters, machte sich alsbald auf, wählte zehntausend Reiter aus seinem Heere aus und kehrte in den Palast zurück. Er musterte seine Schar und verteilte Geld unter sie und sprach: ‚Ihr habt drei Tage Zeit.' Sie küßten die Erde vor ihm, in Gehorsam gegen seinen Befehl, gingen hin und begannen sich zu rüsten und mit Vorrat zu versehen. Scharkân ging darauf in die Waffenlager und nahm sich an

Rüstungen und Waffen, was er brauchte, und dann in die Ställe, wo er sich gekennzeichnete Pferde und andere aussuchte. Als die drei Tage verstrichen waren, zog das Heer aus in die Vororte der Stadt Baghdad; und König 'Omar ibn en-Nu'mân kam heraus, um von seinem Sohne Scharkân Abschied zu nehmen; der küßte vor ihm den Boden und nahm von dem König sieben Beutel Geldes in Empfang. Nun wandte der König sich zu dem Wesir Dandân und empfahl das Heer seines Sohnes seiner Fürsorge; der Wesir küßte vor ihm den Boden und erwiderte: ‚Ich höre und gehorche!' Zuletzt empfahl der König seinem Sohne, den Wesir in allen Angelegenheiten um Rat zu fragen; der versprach es. Der König kehrte in die Stadt zurück, und Scharkân befahl den Hauptleuten, ihre Truppen in Schlachtordnung zu mustern. Sie taten es, und es ergab sich die Zahl von zehntausend Reitern, außer dem Fußvolk und dem Troß. Darauf luden sie ihr Gepäck auf; die Kriegstrommel schlug, und die Trompeten schmetterten, und die Banner und Standarten wurden entrollt, während der Königssohn Scharkân zu Pferde stieg, und neben ihm der Wesir Dandân, so daß die Banner über ihren Köpfen flatterten. So zog das Heer immer weiter, mit den Gesandten an der Spitze, bis der Tag vorüber war und die Nacht hereinbrach; da stiegen sie ab, ruhten aus und blieben die Nacht über dort. Und als Gott es Morgen werden ließ, saßen sie auf und eilten unaufhörlich weiter, geführt von den Gesandten, zwanzig Tage lang; dann, am Abend des einundzwanzigsten Tages, kamen sie zu einem Flußtal, geräumig und weit, voller Bäume und Büsche im Blätterkleid. Hier befahl Scharkân, abzusitzen und drei Tage haltzumachen; da stiegen die Soldaten ab, schlugen die Zelte auf und verteilten sich nach rechts und links. Der Wesir Dandân und die Gesandten des Königs Afridûn lagerten in der Mitte jenes Tales.

Scharkân aber blieb, als die Soldaten ankamen, eine Weile hinter ihnen zurück, bis alle abgestiegen waren und sich über die Hänge des Tals zerstreut hatten; dann ließ er seinem Rosse die Zügel schießen, da er das Tal auskundschaften und in eigener Person die Wache übernehmen wollte. Denn er dachte an die Ermahnung seines Vaters und daran, daß sie sich im Grenzgebiet des griechischen Landes und auf feindlichem Boden befanden. So befahl er seinen Mannschaften und seinen Leibwächtern, in der Nähe des Wesirs Dandân zu lagern, und ritt allein auf seinem Rosse dahin, am Rande des Tals entlang, bis ein Viertel der Nacht verstrichen war; da wurde er müde, und Schläfrigkeit überkam ihn, so daß er das Roß nicht mehr mit der Ferse anzuspornen vermochte. Nun war er es gewohnt, im Reiten zu schlafen, und als ihn die Müdigkeit übermannte, schlief er ein; aber das Pferd ging ruhig mit ihm weiter bis um Mitternacht. Da kam es in eins jener Dickichte, in denen üppiges Strauchwerk wuchs; doch Scharkân erwachte nicht eher, als bis das Pferd mit dem Huf auf den Boden schlug. Plötzlich fuhr er auf und fand sich inmitten der Bäume; der Mond war hoch über ihm aufgegangen und ließ sein Licht nach Osten und Westen hin erstrahlen. Scharkân erschrak, als er sich dort allein sah, und sprach den Spruch, der keinen, der ihn spricht, zuschanden werden läßt: ‚Es gibt keine Majestät und es gibt keine Macht außer bei Allah dem Erhabenen und Allmächtigen!‘ Doch als er in der Furcht vor wilden Tieren weiterritt, siehe, da goß der Mond sein Licht über eine Wiese, die einer Wiese des Paradieses glich; und er vernahm liebliche Stimmen und lautes Gespräch und Lachen, wie es die Sinne der Männer gefangen nimmt. Da saß König Scharkân ab von seinem Rosse, band es an einen der Bäume und ging ein wenig weiter, bis er zu einem Bach mit fließendem Wasser kam und eine Frau auf arabisch sagen hörte: ‚Beim Messias, nein, das ist von euch nicht fein! Aber jede, die noch ein Wort spricht, werfe ich zu Boden und binde ihr die Hände auf dem Rücken mit ihrem eigenen Gürtel zusammen.' Währenddem ging Scharkân in der Richtung des Schalles weiter, bis er an den Rand des Dikkichts kam; und siehe da, ein Bach floß dahin, die Vöglein hüpften in munterem Sinn, Gazellen spielten in trautem Verein, Wildkühe grasten friedlich am Rain, und die Vöglein all sangen muntere Weisen von mancherlei Art mit frohem Schall. Der ganze Ort war wie mit einem bunten Blumenteppich bedeckt, wie ein Dichter es in diesen Versen beschreibt:

> Die Erde ist nur schön in ihrem Blütenschmuck,
> Wenn Wasser drüberhin in frohem Laufe eilt.
> In seiner Allmacht schuf sie der erhabne Gott,
> Der alle Gaben, alles Gute zuerteilt.

Als Scharkân dort umherschaute, erkannte er ein Kloster, aus dessen Mauern eine Burg hoch in die Lüfte im Mondenschein aufragte. Mitten im Kloster war auch ein Bach, der in jene Wiesen hinabfloß; dort saß eine Frau, und vor ihr standen zehn Mädchen, Monden gleich, angetan mit mancherlei Schmuck und Gewändern reich, wunderbar anzuschauen, alle Jungfrauen, wie sie in diesen Versen beschrieben sind:

> Die Wiese strahlt in herrlichem Glanze
> Der weißen, keuschen Jungfrauen dort.
> Noch lieblicher wird ihre Schönheit und Anmut
> Durch sie, der herrlichen Tugenden Hort.
> Jede der Jungfrauen nimmt gefangen
> Durch zarte Bewegung und Blicke so weich.
> Sie lassen Haare herunterhangen
> Dichten Trauben der Reben gleich.
> Sie bezaubern mit ihren Augen,
> Senden treffsichre Pfeile aus.

> *Sie schreiten dahin, und sie besiegen*
> *Mannenführer, erprobt im Strauß.*

Scharkân sah jene zehn Mädchen an und erblickte unter ihnen
eine Maid, die dem vollen Monde glich: mit lockigem Haar
und einer Stirne, weiß und klar, mit dunklen, großen Augen
und mit gekräuselten Schläfenlocken, vollendet in Wesen und
Art, wie der Dichter von ihr sang in Versen zart:

> *Sie blickte mich strahlend an mit ihren leuchtenden Augen,*
> *Und ihr herrlicher Wuchs beschämte den Schaft der Lanze.*
> *Also stand sie vor uns mit ihren roten Wangen,*
> *Darinnen jegliche Schönheit lag mit lieblichem Glanze.*
> *Ihrer Locken Fülle erschien ob ihrem Gesicht*
> *Wie die Nacht, wenn der Freudenmorgen aus ihrem Dunkel bricht.*

Nun hörte Scharkân sie zu den Mädchen sagen: ‚Kommt,
auf daß ich mit euch ringe, ehe der Mond untergeht und der
Morgen kommt!' Da trat eine nach der anderen von ihnen vor,
und sie warf sie flugs zu Boden und fesselte sie mit ihren Gürteln. Sie hörte nicht eher auf mit ihnen zu ringen und sie zu
Boden zu werfen, bis sie sie alle besiegt hatte. Da aber wandte
sich ein altes Weib, das vor ihr stand, an sie und sagte wie im
Zorn zu ihr: ‚Du Metze, freust du dich, wenn du die Mädchen
zu Boden wirfst? Siehe, ich bin ein altes Weib, und doch
habe ich sie vierzigmal geworfen! Was hast du also zu prahlen?
Aber wenn du die Kraft hast, mit mir zu ringen, so tu es; dann
werde ich dich fassen und dir den Kopf zwischen die Füße legen!'
Da lächelte die Maid äußerlich, aber innerlich war sie voll Zorn,
und sie sprang auf und fragte die Alte: ‚Frau Dhât ed-Dawâhi [1],
beim Messias, willst du wirklich mit mir ringen, oder scherzest
du? Jene erwiderte: ‚Ja.' – –«

---

[1] Die Frau des Unheils.

Da bemerkte Schehrezâd, daß der Morgen begann, und sie hielt in der verstatteten Rede an. Doch als die *Siebenundvierzigste Nacht* anbrach, fuhr sie also fort: »Es ist mir berichtet worden, o glücklicher König, daß Dhât ed-Dawâhi, als die Maid sie fragte: ‚Beim Messias, willst du wirklich mit mir ringen, oder scherzest du?‘, erwiderte: ‚Jawohl, ich will wirklich mit dir ringen!‘ Bei alledem sah Scharkân zu. Nun rief die Maid: ‚Wohlan zum Ringkampfe, wenn du die Kraft dazu hast!‘ Wie die Alte das hörte, geriet sie in heftige Wut, und die Haare auf ihrem Leibe richteten sich auf wie die Borsten eines Stachelschweins. Als dann die Maid ihr aufrecht entgegentrat, sagte die Alte zu ihr: ‚Beim Messias, ich will mit dir nur ringen, wenn ich nackend bin, du Metze!‘ Dann holte die Alte ein seidenes Tuch, band sich die Hose auf, griff mit der Hand unter ihre Kleider und riß sie sich vom Leibe; das Tuch aber faltete sie zusammen und wand es sich um den Rumpf, so daß sie aussah wie ein kahlköpfiges Teufelsweib oder eine Schlange mit fleckigem Leib. Dann beugte sie sich vor und sagte zu der Maid: ‚Tu du desgleichen!‘ Währenddem schaute Scharkân den beiden zu, sah sich die häßliche Gestalt der Alten an und lachte. Nachdem die Alte dies getan hatte, nahm die Maid gemächlich ein jemenisches Tuch und wand es sich zweimal um den Leib; und sie schürzte ihre Hose auf und zeigte zwei Schenkel aus Alabaster mit einem kristallenen Hügel darüber, glatt und rund, und einen Leib, der Moschus aus seinen Fältchen hauchte und wie ein Anemonenbeet war, und ihre Brust bot dem Blicke zwei Hügelchen dar, die glichen einem Granatapfelpaar. Wieder beugte die Alte sich vor, und nun packten die beiden einander; Scharkân aber hob das Haupt gen Himmel und betete zu Gott, daß die Schöne die Vettel besiegen möchte. Plötzlich neigte die Maid sich unter die Alte, packte sie mit der Linken an dem Gürteltuch, mit der Rechten um Nacken und Hals und hob sie mit beiden Händen hoch; die Alte aber rang, um sich aus ihren Händen zu befreien, und dabei fiel sie auf den Rükken. Da ragten ihre Beine hoch in die Luft, und deutlich waren ihre Haare im Mondenschein zu sehen; und sie ließ zwei gewaltige Winde fahren, von denen der eine den Staub auf der Erde aufwirbelte, während der andere bis zum Himmel dampfte. Da lachte Scharkân, bis er zu Boden fiel. Dann sprang er wieder auf und zog sein Schwert und blickte sich um nach rechts und links; doch er sah niemanden als die Alte, die auf dem Rücken lag, und er sprach bei sich: ‚Wer dich Dhât ed-Dawâhi nannte, hat nicht gelogen! Du kanntest doch ihre Kraft nach dem, was sie an den anderen getan hatte.‘ Dann trat er näher an sie heran, um zu hören, was zwischen ihnen vorging. Die Maid aber trat an die Alte heran, warf ihr einen dünnen Seidenschal über, zog ihr ihre Kleider wieder an und entschuldigte sich mit den Worten: ‚Frau Dhât ed-Dawâhi, ich wollte dich nur zu Boden werfen, nicht all das andere, was dir passiert ist; aber du versuchtest dich meinen Händen zu entwinden. Doch Gott sei Dank ist alles gut gegangen!‘ Die aber gab keine Antwort, sondern stand auf und ging beschämt davon, bis sie dem Blicke entschwand. Als nun die Mädchen dort gefesselt am Boden lagen und die Maid allein dastand, sprach Scharkân bei sich: ‚Jeder Zufall hat seinen Grund. Es war doch nur mein Glück, daß mich der Schlaf überfiel und das Roß mich hierher trug; vielleicht sollen diese Maid und die anderen, die bei ihr sind, noch meine Beute werden.‘ Also ging er zu seinem Pferd, saß auf und spornte es an; da schoß es mit ihm dahin wie ein Pfeil vom Bogen. In der Hand hielt er sein Schwert, der Scheide entblößt, und er stieß den Kriegsruf aus: ‚Allah ist der Größte!‘ Als die Maid ihn sah, sprang sie auf und faßte am

Ufer des Baches, der sechs volle Ellen breit war, festen Fuß und sprang mit einem einzigen Satz auf die andere Seite; dort richtete sie sich hoch auf und rief mit lauter Stimme: ‚Wer bist du, Bursche, daß du unser Vergnügen störst, und das mit gezücktem Schwert, als griffest du ein Heer an? Woher kommst du, und wohin gehst du? Rede wahr, denn die Wahrheit wird dir mehr Nutzen bringen; lüge nicht, denn Lügen ist die Art gemeiner Kerle! Kein Zweifel, du bist heute nacht vom Wege abgeirrt, daß du an diesen Ort kamst, von dem das Entrinnen für dich die beste Beute wäre; denn du stehst hier auf einer Wiese, auf der uns viertausend Ritter zu Hilfe kommen, wenn ich nur einen einzigen Schrei ausstoße. Sag an, was willst du? Wünschest du, daß wir dich auf den rechten Weg bringen, so wollen wir es tun; oder wünschest du Hilfe, so wollen wir sie dir gewähren.‘ Als Scharkân ihre Worte hörte, erwiderte er: ‚Ich bin ein Fremder und ein Muslim, und ich bin heute nacht allein ausgezogen, um nach Beute zu suchen. Doch keine schönere Beute konnte ich in dieser mondhellen Nacht finden als die zehn Mädchen da; die will ich nehmen und mit ihnen zu meinen Gefährten heimkehren.‘ Da sprach sie: ‚Wisse, daß du keine Beute erreichst; die Mädchen sollen, bei Gott, niemals deine Beute werden. Sagte ich dir nicht, daß die Lüge gemein ist?‘ Er antwortete: ‚Der Weise ist's, der sich an anderen eine Warnung nimmt.‘ Sie darauf: ‚Beim Messias, fürchtete ich mich nicht davor, deinen Tod auf dem Gewissen zu haben, ich stieße einen Schrei aus, der die Wiese mit Schlachtrossen und Helden wider dich füllen würde; aber ich habe Mitleid mit dem Fremdling. Wenn du jetzt also Beute willst, so fordere ich dich auf, von deinem Rosse abzusteigen und mir bei deinem Glauben zu schwören, daß du dich mir nicht mit irgendeiner Waffe nahen willst, und dann wollen wir ringen, ich und du. Wenn du mich niederwirfst, so setze mich auf dein Roß und nimm uns alle als Beute; aber wenn ich dich werfe, so habe ich Gewalt über dich. Schwöre mir das, denn ich fürchte deinen Verrat, und es ist ein bekannter Spruch: Wo Verrat ist angeboren, da ist jedes Vertrauen verloren! Wenn du also schwören willst, so will ich hinüberkommen und zu dir treten.' Scharkân, der schon begierig war, sie zu fangen, sprach bei sich: ,Sie weiß nicht, daß ich ein gewaltiger Held bin.' Und so rief er ihr zu: ,Nimm mir einen Eid ab, wie du ihn willst und für bindend hältst, daß ich dir mit nichts nahe, bis du bereit bist und sagest: Tritt herzu, auf daß ich mit dir ringe! Dann erst werde ich dir nahen. Wenn du mich niederwirfst, so habe ich Geld, um mich loszukaufen; und wenn ich dich werfe, so ist mir das die schönste Beute!' Das Mädchen sprach: ,Ich bin es zufrieden!' Scharkân aber erstaunte darüber und sagte: ,Beim Propheten – Allah segne ihn und gebe ihm Heil! –, auch ich bin es zufrieden!' Da sprach sie: ,Schwöre mir bei Ihm, der das Leben in den Körper gegeben und von dem die Menschheit ihre Gesetze bekam, du wollest, wenn du mir mit Bösem nahest, außer zum Ringkampf, sterben ohne den Glauben des Islam!' Scharkân erwiderte: ,Bei Allah, wenn mich ein Kadi vereidigte, und wäre er auch der Oberkadi, er würde mir keinen solchen Eid auferlegen!' Dann schwor er es ihr bei allem, was sie verlangte, und band sein Roß an einen Baum; doch er war versunken in ein Meer von Gedanken und sprach zu sich selber: ,Preis sei Ihm, der sie aus einem Tropfen verächtlichen Wassers[1] schuf!' Darauf gürtete er sich und machte sich bereit zum Ringkampf und rief der Maid zu: ,Komm über den Fluß zurück!' Sie rief darauf: ,Nicht an mir ist es, zu dir zu kommen; wenn du willst, so

1. Vgl. Koran, Sure 22, 5.

komm du zu mir!' ‚Das kann ich nicht', sprach er; und sie:
‚O Jüngling, ich komme zu dir.' Dann schürzte sie ihren Saum
und sprang zu ihm auf die andere Seite des Flusses hinüber;
und er trat zu ihr und beugte sich vor und klatschte in die
Hände. Doch ihre Schönheit und Lieblichkeit machte ihn verwirrt; denn er sah eine Gestalt, die durch die Hand der Allmacht mit den Farbblättern der Feen gefärbt und von der Hand
der Vorsehung gepflegt war, die der Zephir des Glückes geküßt und deren Geburt einst ein glücklicher Stern begrüßt.
Nun trat die Maid zu ihm und rief ihn an: ‚O Muslim, herbei,
und laß uns ringen, ehe der Morgen anbricht!' und streifte
den Ärmel von einem Arm in die Höhe, der frischem Rahm
gleich war, so daß die ganze Wiese durch seine Weiße hell
ward; und Scharkân war geblendet. Doch wieder beugte er
sich vor und klatschte in die Hände; sie tat das gleiche, und so
packten sie einander. Beide umfaßten und umschlangen einander und rangen. Doch als seine Hand auf ihren schlanken
Rumpf glitt und seine Fingerspitzen die weichen Falten ihres
Leibes berührten, da wurden seine Glieder schlaff, er stand da
wie vom Unglück gerüttelt, sein Leib war wie vom Fieber geschüttelt, er begann zu zittern wie das persische Rohr im brausenden Sturm. Da hob sie ihn auf und warf ihn zu Boden und
setzte sich auf seine Brust, mit Hinterbacken, die Sandhügeln
glichen; und seine Seele verlor die Herrschaft über seinen Verstand. Sie fragte ihn: ‚O Muslim! Christen zu töten gilt bei
euch als erlaubt; was sagst du nun dazu, wenn ich dich töte?'
Er entgegnete: ‚O Herrin, was du davon sagst, du könntest mich
töten, ist unerlaubt; denn Mohammed, unser Prophet, – Allah
segne ihn und gebe ihm Heil! – hat uns verboten, Frauen und
Kinder, Greise und Mönche zu erschlagen!' ‚Wenn eurem
Propheten solches offenbart ist,' sprach sie, ‚so ziemt es sich,

daß wir Gleiches mit Gleichem vergelten. Steh auf! Ich schenke dir dein Leben. Denn eine Wohltat ist nicht verloren an denen, die vom Weibe geboren.' Dann erhob sie sich von seiner Brust; Scharkân stand auf und schüttelte den Staub von seinem Kopfe gegen die Geschöpfe aus der krummen Rippe.[1] Doch sie neigte ihr Haupt und sprach zu ihm: ,Schäme dich nicht! Wie aber ist es möglich, daß einer, der in das Land der Griechen zieht auf der Suche nach Raub und der Königen wider Könige helfen will, nicht Kraft genug hat, um sich gegen ein Geschöpf der krummen Rippe zu wehren?' Darauf entgegnete er: ,Das geschah nicht aus Mangel an Kraft bei mir! Du hast mich nicht durch deine Kraft zu Boden geworfen, nein, deine Schönheit hat mich besiegt. Wenn du mir einen zweiten Gang gewähren willst, so wäre das ein Geschenk deiner Gunst.' Sie lachte und sprach: ,Ich erfülle dir diesen Wunsch; aber die Mädchen da sind lange gefesselt gewesen, und ihre Arme und Seiten sind müde, und es ist nur recht, daß ich sie löse, denn der neue Gang wird vielleicht länger dauern.' Darauf trat sie zu den Mädchen, löste ihre Fesseln und sagte zu ihnen in griechischer Sprache: ,Geht an einen sicheren Ort, bis dieses Muslims Verlangen nach euch sich legt!' Jene gingen davon, während Scharkân ihnen nachsah; aber sie blieben da, wo sie den beiden zuschauen konnten. Dann traten die beiden Gegner aufeinander zu, und er stemmte seine Brust gegen ihre, doch als sein Leib ihren Leib berührte, da verließ ihn seine Kraft; und als sie das merkte, hob sie ihn schneller als der blendende Blitz und warf ihn zu Boden. Er fiel auf den Rücken, und sie sprach zu ihm: ,Steh auf! Ich schenke dir dein Leben zum zweiten Male. Das erste Mal verschonte ich dich um deines Propheten willen, da er

1. Vgl. 1. Mose 2, 21, 22.

nicht erlaubt hat, Frauen zu töten; das zweite Mal tue ich es um deiner Schwäche und deiner jungen Jahre willen, und weil du ein Fremdling bist; aber ich fordere dich auf, wenn es in dem muslimischen Heere, das 'Omar ibn en-Nu'mân ausgesandt hat, um dem König von Konstantinopel zu helfen, einen gibt, der stärker ist als du, so schicke ihn zu mir und sage ihm von mir! Denn im Ringkampf gibt es verschiedene Arten, Künste und Kniffe, wie die Finte, den Vorgriff, den Armgriff, den Fußgriff, den Schenkelbiß, den Fußstoß und den Beinverschluß.' Da rief Scharkân, während ihm der Zorn gegen sie schwoll: ,Bei Allah, meine Herrin, wäre es Meister es-Safadi oder Meister Mohammed Kaimâl oder Ibn es-Saddi in seiner Glanzzeit, ich würde diese Künste, von denen du sprichst, nicht beachten. Doch du, o Herrin, hast mich – bei Gott! – nicht durch deine Kraft besiegt, sondern als du mir durch dein Gesäß die Sinne bestricktest; denn wir Männer aus Mesopotamien lieben den vollen Schenkel sehr, und so blieb mir weder Verstand noch Einsicht. Aber wenn du willst, so sollst du jetzt mit mir ringen, während ich meinen Verstand bei mir habe; dies ist nun der letzte Gang für mich nach den Regeln der Kunst; auch habe ich nun meine Frische zurückgewonnen.' Als sie seine Worte hörte, sprach sie: ,Was erwartest du noch von diesem Ringen, Besiegter? Komm nur; doch wisse, dies ist der letzte Gang!' Dann beugte sie sich vor und forderte ihn zum Kampfe heraus; auch Scharkân beugte sich vor, und er rang mit allem Ernst und nahm sich vor dem Unterliegen in acht; so rangen die beiden eine Weile. Die Maid spürte eine Kraft in ihm, die sie vorher nicht bemerkt hatte, und sprach: ,O Muslim, jetzt bist du auf der Hut.' ,Ja,' erwiderte er, ,du weißt, mir bleibt nur dieser eine Gang mit dir, und danach wird ein jeder von uns seines Weges gehen.' Da lachte sie, und auch er lachte ihr ins Gesicht; als das geschah, griff sie ihm über den Schenkel, packte ihn unversehens und warf ihn zu Boden, so daß er auf dem Rücken lag. Jetzt verhöhnte sie ihn mit den Worten: Bist du ein Kleiefresser? Oder eine Beduinenkappe, die bei jeder Berührung fällt, oder ein Vater der Winde[1], den ein Lufthauch umbläst? Pfui, Erbärmlicher!' Dann fügte sie noch hinzu: ‚Geh zurück zum muslimischen Heere und schicke uns andere, als du bist; denn dir fehlt die Kraft. Laß unter den Arabern und Persern, den Türken und Dailamiten ausrufen, wer Kraft in sich spüre, der solle zu uns kommen!' Darauf sprang sie auf die andere Seite des Flusses und rief Scharkân lachend zu: ‚Die Trennung von dir wird mir schwer, o mein Herr! Geh vor Sonnenaufgang zu deinen Gefährten, damit dich die Christenritter nicht finden und auf die Speere spießen. Du hast nicht die Kraft dich gegen Frauen zu wehren, wie könntest du dich gegen mannhafte Ritter halten?' Scharkân rief ihr bestürzt nach, während sie, ihm abgewandt, auf das Kloster zuging: ‚O meine Herrin, willst du fortgehen und den armen Fremdling verlassen, den Sklaven der Liebe, dem das Herz brach?' Da wandte sie sich lachend um und rief: ‚Was willst du? Ich will dir deine Bitte erfüllen.' ‚Nachdem ich den Fuß in dein Land gesetzt und die Süße deiner Huld gekostet habe, wie könnte ich da heimkehren, ohne von deiner Speise zu genießen? Sieh, ich liege als Sklave zu deinen Füßen!' Sie erwiderte: ‚Nur der Gemeine weigert die freundliche Güte. Beehre uns in Gottes Namen, das sei dir herzlich gern gewährt! Steig auf dein Roß und reit mir gegenüber am Flusse entlang, denn jetzt bist du mein Gast.' Da freute Scharkân sich, eilte zu seinem Pferde, stieg auf und ritt ihr gegenüber dahin, während sie auf der anderen Seite

1. Ein Kinderspielzeug.

weiterging, bis sie zu einer Zugbrücke kamen, gebaut aus Pappelholz, die an stählernen Ketten in Rollen hing und mit Haken und Schlössern befestigt war. Als Scharkân auf die Brücke schaute, siehe, da waren dort die zehn Mädchen, mit denen sie gerungen hatte, und warteten auf ihre Herrin. Als diese zu ihnen kam, sagte sie zu einer von ihnen in griechischer Sprache: ‚Geh hin und fasse die Zügel seines Pferdes und führe ihn herüber ins Kloster!' So ritt Scharkân über die Brücke, von ihr geführt. Er war aber verwirrt von alledem, was er sah, und sprach bei sich selber: ‚O, wäre nur der Wesir Dandân hier bei mir, damit seine Augen diese schönen Mädchen sehen könnten!' Dann wandte er sich zu der Maid und sagte: ‚O Wunder der Lieblichkeit, jetzt habe ich ein doppeltes Anrecht an dich; zunächst das Anrecht der Kameradschaft, und zweitens weil ich in dein Haus gekommen bin und deine Gastfreundschaft empfangen habe. Ich stehe jetzt unter deinem Befehl und deiner Leitung; möchtest du mir noch die eine Gunst gewähren, mit mir in das Land des Islams zu ziehen; dort sähest du manchen Ritter, wie Löwen kühn, und du würdest erfahren, wer ich bin.' Als sie aber seine Worte vernahm, zürnte sie ihm und sprach: ‚Beim Messias, du hast dich an mir als ein Mann von scharfem Witz erwiesen; aber jetzt habe ich erkannt, welches Unheil in deinem Herzen lauert. Wie kannst du dich vermessen, Worte auszusprechen, die deine verräterische Absicht offenbaren? Wie könnte ich das tun, da ich doch weiß, daß ich nie wieder frei werde, wenn ich zu eurem König 'Omar ibn en-Nu'mân komme? Denn wahrlich, er hat nicht meinesgleichen in den Mauern seiner Festen, noch auch in seinen Palästen, wenn er gleich Herr von Baghdad und Chorasân ist, er, der sich zwölf Schlösser erbaut hat, nach der Zahl der Monate des Jahres, und in jedem Nebenfrauen hat nach der Zahl der Tage des Jahres! Wenn ich zu ihm käme, so würde er gegen mich keine Zurückhaltung üben; denn nach eurem Glauben stände ich zu eurer Verfügung, wie es in euren Schriften geschrieben steht, wo es heißt: Oder solche, die eure rechte Hand als Sklavinnen hält.[1] Wie also kannst du so zu mir sprechen? Und wenn du sagst, ich solle die Helden der Muslime sehen, – beim Messias, so sprichst du die Unwahrheit; denn ich habe euer Heer gesehen, als es in unser Land einzog, vor zwei Tagen. Als ihr kamt, habe ich nicht bemerkt, daß ihr einherzogt wie ein königliches Heer, sondern wie Horden, die sich zusammengerottet haben. Und wenn du weiter sagst, ich solle erfahren, wer du bist, – so wisse, ich erweise dir keinerlei Freundlichkeit, um dich zu ehren, sondern ich tue es nur aus Stolz. Deinesgleichen sollte so nicht zu meinesgleichen reden, und wärst du auch Scharkân, der Sohn des Königs 'Omar ibn en-Nu'mân, der sich als der Held unserer Zeit hervorgetan!' ‚Kennst du Scharkân?' fragte er; und sie erwiderte: ‚Ja, und ich weiß, daß er mit einem Heere kommt, das zehntausend Reiter zählt; und daß er von seinem Vater gesandt ist, um mit dieser Streitmacht dem König von Konstantinopel zum Siege zu helfen.' ‚O meine Herrin,' sprach er, ‚ich beschwöre dich bei deinem Glauben, sage mir, was all dies bedeutet, damit ich das Wahre vom Falschen scheiden kann und weiß, wer daran schuld ist.' ‚Bei deinem Glauben,' erwiderte sie, ‚fürchtete ich nicht, es könne von mir bekannt werden, daß ich zu den Töchtern der Griechen gehöre, so würde ich es wagen und allein ausziehen gegen die zehntausend Reiter, und ihren Führer erschlagen,

---

1. Koran, Sure 4, Vers 3, 28, 29. Die Stellen beziehen sich darauf, daß ein Mohammedaner seine Sklavinnen zu Konkubinen nehmen darf. Abrîza fürchtet, daß sie als Christin einer kriegsgefangenen Sklavin gleichgeachtet würde.

den Wesir Dandân, und ihren Helden Scharkân besiegen. Und dabei würde ich mich nicht zu schämen brauchen; denn ich habe die Bücher gelesen und die Regeln feiner Bildung in arabischer Sprache mir angeeignet. Doch ich brauche dir meine Tapferkeit nicht zu beschreiben, zumal du meine Kunst und Geschicklichkeit im Ringkampf und meine Überlegenheit selbst erfahren hast. Wäre Scharkân heute nacht an deiner Statt hier gewesen und wäre ihm gesagt: Spring über diesen Bach! – er hätte es nicht gekonnt; ich wollte nur, daß der Messias ihn in meine Hände gäbe, in ebendiesem Kloster, dann träte ich in Manneskleidung ihm entgegen und würde ihn gefangen nehmen und in Fesseln legen.' – – «

Da bemerkte Schehrezâd, daß der Morgen begann, und sie hielt in der verstatteten Rede an. Doch als die *Achtundvierzigste Nacht* anbrach, fuhr sie also fort: »Es ist mir berichtet worden, o glücklicher König, daß Scharkân, als die Christenmaid so sprach und er vernahm, sie träte, wenn er in ihre Hände fiele, ihm in Manneskleidung entgegen und wolle ihn in Fesseln und Ketten legen, nachdem sie ihn vom Sattel heruntergerissen –, daß er nach diesen Worten von Stolz und Ehrgefühl und ritterlicher Eifersucht gepackt war. So verlangte es ihn, sich ihr zu erkennen zu geben und sie zu ergreifen; doch ihre Anmut hielt ihn zurück, und er sprach die Verse:

> *Und hat die Schöne einen einz'gen Fehl begangen,*
> *So treten ihre Reize als tausend Fürsprech ein.*

Dann ging sie hinauf, und Scharkân folgte ihr; da blickte er auf den Rücken der Maid und sah ihre Hüften, die wogten hin und her wie die Wellen im rollenden Meer, und er sprach diese Verse:

> *In ihrem Antlitz ist ein Fürsprech, der löscht ihre Schuld*
> *Aus den Herzen und gewinnt durch seinen Spruch aller Huld.*
> *Als ich sie kaum gesehen, rief ich: O wunderbar,*

Der Mond ist aufgegangen, der Vollmond, hell und klar.
Und sollte selbst der Dämon der Bilkîs[1] mit ihr ringen,
Sie würde im Augenblick seine Riesenkraft bezwingen.

Und die beiden gingen weiter, bis sie zu einem Tor gelangten,
über dem sich ein marmorner Bogen wölbte. Sie öffnete das
Tor und führte Scharkân in eine lange Halle, überdeckt von
zehn untereinander verbundenen Bogen, und in jedem Bogen
hing eine kristallene Lampe, die wie ein Feuerfunke glitzerte.
Am oberen Ende traten ihr die Dienerinnen entgegen, wohlriechende Wachskerzen in den Händen und auf den Köpfen
Stirnbänder, eingelegt mit Edelsteinen aller Art; die gingen
vor ihr her, und Scharkân folgte ihr, bis sie das Innere des Klosters erreichten. Dort sah er Ruhebänke rings an den Wänden,
immer eine der anderen gegenüber, alle mit goldgestickten
Vorhängen überhangen. Der Boden des Klosters war gepflastert mit vielfarbigem Marmormosaik, und in der Mitte stand
ein Becken mit vierundzwanzig goldenen Speibrunnen, aus
denen, geschmolzenem Silber gleich, das Wasser rann; am
oberen Ende aber sah er einen Thron, belegt mit seidenen Stoffen, wie sie sich nur für Könige ziemen. Da sprach die Maid zu
ihm: ‚O mein Herr, steig auf diesen Thron!‘ Scharkân stieg
auf den Thron hinauf, doch die Maid ging weg und blieb eine
Weile fort. Als Scharkân die Dienerinnen nach ihr fragte, gaben sie ihm zur Antwort: ‚Sie ist in ihr Schlafgemach gegangen; doch wir werden dich bedienen, wie sie es befohlen hat.‘
Dann setzten sie Speisen von seltener Art vor ihn hin, und er
aß, bis er gesättigt war; schließlich brachten sie ihm eine goldene Schale und eine silberne Kanne, und er wusch sich die
Hände. Seine Gedanken aber schweiften zu seinem Heere, denn

1. Bilkîs, die Königin von Saba; ein Dämon trug ihren Thron zu
Salomo.

524

er wußte nicht, was dem in seiner Abwesenheit widerfahren war; und er dachte auch daran, daß er seines Vaters Ermahnungen vergessen hatte; so überkam ihn Unruhe und Reue über das, was er getan, bis schließlich der Morgen graute und der Tag erschien. Da klagte er und seufzte über sein Tun und versank im Meer der Sorgen und sprach:

> *Es fehlt mir nicht an Festigkeit, allein*
> *Ich bin verwirrt und weiß nicht aus noch ein.*
> *Nähm' einer von mir meine Leidenschaft,*
> *Ich würd' gesund durch meine eigne Kraft.*
> *Mein Herz ist, ach, vom Liebeswahn betroffen –*
> *Auf Gott nur kann in meiner Not ich hoffen.*

Wie er diese Verse gesprochen hatte, siehe, da kam ihm ein wunderbar schöner Reigen entgegen: mehr als zwanzig Mädhen, Mondsicheln gleich; die umgaben jene Maid wie die Sterne den vollen Mond und hüteten sie. Ihr Kleid war aus Brokat, wie er für Könige paßt; um den Leib trug sie einen feingewebten Gürtel, der mit vielerlei Edelsteinen besetzt war und sie eng umgab, so daß ihre Hüften hervortraten; die glichen einem kristallenen Hügel unter einem silbernen Schaft, über dem die Brüste wie ein Granatäpfelpaar prangten. Als Scharkân sie ansah, da war er vor Freuden fast von Sinnen; er vergaß sein Heer und seinen Wesir. Und er erblickte ihr Haupt, auf dem ein Perlennetz lag, besetzt mit mancherlei Edelsteinen. Und Dienerinnen trugen rechts und links ihre Schleppe, während sie im Stolze der Schönheit anmutig sich neigend einherschritt. Er aber sprang auf, da er ihre Schönheit und Lieblichkeit sah, und rief: ‚Hab acht, hab acht vor dieses Gürtels Pracht!‘ Dann sprach er diese Verse:

> *Mit schweren Hüften, ein schwankendes Reis,*
> *Mit zarten Brüsten geht sie dahin.*
> *Sie birgt das Verlangen, das in ihr wohnt:*

Ich verheimliche nicht, was in meinem Sinn.
Die Sklavinnen schließen sich hinter ihr an,
Der Fürstin, die lösen und binden kann.

Sie aber sah ihn lange an und immer wieder, bis sie ihrer Sache
sicher war und ihn erkannt hatte. Da trat sie herzu und sprach
zu ihm: ‚Fürwahr, der Sitz wird geehrt und erleuchtet durch
dich, o Scharkân. Wie hast du die Nacht verbracht, o Held,
nachdem wir gegangen waren und dich allein gelassen hatten?‘
Dann fügte sie hinzu: ‚Wahrlich, die Lüge ist bei Königen gemein und eine Schande, vor allem bei den großen Königen im
Lande! Du bist Scharkân, der Sohn des Königs ’Omar ibn en-
Nu’mân; mache denn hinfort kein Geheimnis mehr aus dir
und deinem Rang, und laß mich jetzt nur noch die Wahrheit
vernehmen! Denn die Lüge zeugt nur Haß und Feindschaft.
Dich durchbohrte des Schicksals Pfeil, drum ist jetzt stille Ergebung dein Teil!‘ Als sie so gesprochen hatte, konnte er nicht
mehr leugnen, und so bekannte er die Wahrheit und sagte:
‚Ich bin Scharkân ibn ’Omar ibn en-Nu’mân, den das Schicksal geschlagen und an diesen Ort getragen. Verfahre mit mir
jetzt nach deinem Behagen!‘ Lange senkte sie den Kopf zu
Boden; dann wandte sie sich ihm zu und sagte: ‚Sei guten Mutes
und getrost! Denn du bist mein Gast. Brot und Salz haben uns
verbunden; so stehst du unter meinem Schutz und Schirm und
kannst sicher sein. Beim Messias, wenn die Leute dieses Landes
dir ein Leids tun wollten, sie würden nicht an dich herankommen, es sei denn, daß um deinetwillen das Leben meinen Leib
verlassen hätte: du stehst unter dem Schutz des Messias und
meinem Schutz.‘ Und sie setzte sich ihm zur Seite und scherzte
mit ihm, bis seine Besorgnis wich und er einsah, daß sie ihn in
der vorigen Nacht getötet hätte, wenn sie das hätte tun wollen. Dann sprach sie in griechischer Sprache zu einer ihrer Die-

nerinnen, die auf kurze Zeit davonging und alsbald mit einem Becher und einem Tisch voll Speisen zurückkam; Scharkân aber zögerte zu essen, da er sich sagte: ‚Vielleicht hat sie etwas in jene Speise hineingetan.' Sie erriet seine Gedanken, wandte sich zu ihm und sprach: ‚Beim Messias, so steht es nicht! In diesen Speisen ist nichts von dem, was du argwöhnst! Hätte ich dich töten wollen, ich hätte es längst getan!' Dann trat sie an den Tisch und aß von jeder Schüssel einen Bissen; da aß Scharkân auch. Die Maid freute sich und aß mit ihm, bis sie beide gesättigt waren; dann wuschen sie sich die Hände. Darauf stand sie auf und befahl einer Dienerin, süßduftende Kräuter zu bringen, Trinkbecher aus Gold, Silber und Kristall und Weine von verschiedenen Farben und Arten. Die Dienerin brachte das alles. Dann füllte die Maid den ersten Becher und trank ihn aus, ehe sie ihm reichte, genau wie sie es mit den Speisen getan hatte; darauf füllte sie einen zweiten und reichte ihm den. Er trank ihn aus, und sie sagte: ‚O Muslim, schau, wie du hier in aller Freude und Lust des Lebens weilest!' Und sie trank weiter mit ihm und schenkte ihm ein, bis er die klare Besinnung verlor. – – «

Da bemerkte Schehrezâd, daß der Morgen begann, und sie hielt in der verstatteten Rede an. Doch als die *Neunundvierzigste Nacht* anbrach, fuhr sie also fort: »Es ist mir berichtet worden, o glücklicher König, daß die Maid weiter mit Scharkân trank und ihm einschenkte, bis er die klare Besinnung verlor durch den Wein und den Liebesrausch. Nun sprach sie zu der Dienerin: ‚O Mardschâna, bringe uns Musikinstrumente!' ‚Ich höre und gehorche!' sprach die Dienerin, ging einen Augenblick fort und kehrte zurück mit einer Damaszener Laute, einer persischen Harfe, einer tatarischen Flöte und einer ägyptischen Zither. Und die Maid griff in die Laute, stimmte die Saiten und

begann zu ihrem Spiel mit sanfter Stimme zu singen, weicher als
des Zephirs Schwingen, süßer als die Wasser, die im Paradiese
springen, und aus freiem Herzen ließ sie diese Verse erklingen:

> Verzeihe Gott deinen Augen, die so viel Blut vergossen,
> Und deinen feurigen Blicken, die so viel Pfeile geschossen!
> Ich preise den Liebenden, der gegen den Liebenden hart,
> Dem alle Milde und alles Mitleid verwehret ward.
> Heil dem Auge, das schlaflos um deinetwillen wacht,
> Und wohl dem Herzen, das du zum Sklaven der Liebe gemacht!
> Du hast mir den Tod verhängt, mein Gebieter! Zum Lösegeld
> Geb ich mein Leben dem Richter, der dieses Urteil gefällt.

Dann nahm ein jedes der Mädchen ein Instrument zur Hand
und spielte und sang Verse in griechischer Sprache. Scharkân
aber war ganz bezaubert. Dann sang auch die Herrin, und sie
fragte ihn: ‚O Muslim, verstehst du, was ich sage?' Er antwortete: ‚Nein, ich bin durch die Schönheit deiner Fingerspitzen
bezaubert.' Da lachte sie und sprach: ‚Wenn ich arabisch vor
dir sänge, was würdest du dann tun?' Er darauf: ‚Ich würde
nicht mehr Herr meines Verstandes sein.' Sie aber griff zu einem Instrument und begann in anderem Rhythmus zu singen:

> Der Trennung Geschmack ist bitter!
> Wie kann ich das ertragen?
> Dreierlei hat mich betroffen:
> Verstoßung, Fernsein, Entsagen.
> Ich liebe den Schönen; er fing mich
> Durch Schönheit. Ach, Trennung bringt Klagen!

Als sie ihr Lied beendet hatte, sah sie Scharkân an; doch der
war dem Leben entrückt, und lange lag er zwischen den Mädchen dahingestreckt. Dann kam er wieder zu sich, dachte an
den Gesang und neigte sich vor Entzücken. Und nun kehrten
beide zum Weine zurück und scherzten und spielten immerdar, bis der Tag sich zur Neige wandte und die Nacht ihre

Fittiche ausspannte. Da ging die Maid in ihr Schlafgemach, und als Scharkân nach ihr fragte, da sagte man ihm: ‚Sie ist in ihr Schlafgemach gegangen‘; und er erwiderte: ‚Unter Gottes Schutz und Hut!‘ Doch als es Morgen ward, kam eine Dienerin zu ihm und sagte: ‚Meine Herrin entbietet dich zu sich!‘ Da erhob er sich und folgte ihr, und als er sich ihrem Aufenthalt nahte, da begrüßten die Dienerinnen ihn mit Zimbeln und Flöten und führten ihn zu einer großen Elfenbeintür, die mit Perlen und Edelsteinen besetzt war. Dann traten sie in eine weite Halle, an deren oberem Ende eine breite Estrade war, belegt mit seidenen Decken von mancherlei Art und umgeben von offenen Gitterfenstern, durch die man auf Bäume und Bäche sah. Rings um den Saal aber standen in Menschengestalt geschnitzte Figuren, und wenn der Wind durch sie hinstrich, so gerieten Instrumente in Schwingung, die darin verborgen waren, und der Beschauer vermeinte, sie sprächen. Dort saß die Maid, versunken im Anschauen der Figuren; doch als sie Scharkân erblickte, da erhob sie sich und ergriff ihn bei der Hand und ließ ihn neben sich sitzen und fragte ihn, wie er die Nacht verbracht hätte. Er dankte ihr mit einem Segenswunsch, und beide setzten sich, um zu plaudern. Dann fragte sie ihn: ‚Weißt du irgend etwas über Liebende und Sklaven der Liebe?‘ Er antwortete: ‚Ja; ich kenne einiges in Versen.‘ ‚Laß mich hören!‘ bat sie, und er sprach:

> *Heil und gesund und fern von aller quälenden Krankheit*
> *Sei ’Azza, wenn sie es nicht für recht hielte, mich zu scheuen!*
> *Allein bei Gott, wenn ich nahe, ist sie in die Ferne entschwunden.*
> *Grausam: je mehr ich verlange, je weniger will sie mich freuen.*
> *Ach meine Liebe zu ’Azza! Hab ich einmal beseitigt,*
> *Was zwischen uns war, und sie ging dann beiseite schon,*
> *So gleich ich dem Wandrer, der auf den Schatten der Wolke hoffet,*
> *Doch tritt er dort ein, zu ruhen, dann ist die Wolke entflohn.*

Als sie das hörte, sprach sie: ‚Wahrlich, Kuthaijir sprach schön und war keusch, und er pries 'Azza am höchsten in diesen Versen:

> *Wenn 'Azza die Morgensonne, die strahlende, entböte*
> *Zum Richter über die Schönheit, er teilte den Preis ihr zu.*
> *Wohl kamen Frauen zu mir gelaufen, um sie zu tadeln;*
> *Doch deren Wangen machte Gott für 'Azza zum Schuh.'*

Dann fuhr sie fort: ‚Man sagt, 'Azza sei ein Wunder an Schönheit und Anmut gewesen', und fragte Scharkân: ‚O Prinz, wenn du noch ein paar Verse des Dschamîl an Buthaina weißt, so trage sie uns vor!' Er antwortete: ‚Gewiß; ich kenne sie besser als irgendein anderer', und begann:

> *Sie sagen: Zieh aus, Dschamîl, zum heiligen Krieg auf Beute! –*
> *Doch welcher Krieg wäre jemals außer mit Schönen mein Ziel?*
> *Jedem Geplauder mit ihnen winkt allerzarteste Freude;*
> *Und ein Märtyrer ist ein jeder, der bei ihnen fiel.*
> *Frage ich: ‚O Buthaina, was ist diese quälende Liebe?'*
> *‚Die ist beständig und wächst noch immerdar!' antwortet sie.*
> *Sage ich: ‚Gib mir zurück ein Teilchen Verstand, um zu leben*
> *Bei den Menschen!', so sagt sie: ‚Das erreichest du nie.'*
> *Du wünschest meinen Tod, du wünschest nur ihn allein;*
> *Und doch kann ich keinem anderen Ziele als dir mich weihn.*

Als sie das hörte, sagte sie: ‚Du hast schön gesprochen, o Königssohn, und auch Dschamîl sprach schön. Was aber mag Buthaina ihm haben antun wollen, daß er diesen Halbvers dichten konnte:

> *Du wünschest meinen Tod, du wünschest nur ihn allein.*

‚O meine Herrin,' erwiderte Scharkân, ‚sie wollte ihm antun, was du mir antun willst, und auch das kann dir noch nicht genügen.' Da lachte sie ob seiner Worte, und sie tranken weiter, bis der Tag entschwand und die Nacht erschien in des Dunkels Gewand. Da stand sie auf und ging in ihr Schlafgemach und legte sich zum Schlummer nieder; und Scharkân schlief, wo er war, bis der Morgen dämmerte. Doch als er erwachte, kamen die Dienerinnen wie sonst zu ihm mit den Zimbeln und anderen Musikinstrumenten; und sie küßten den Boden vor ihm und sagten: ‚Im Namen Gottes, komm mit uns, unsere Herrin entbietet dich vor sich!' Scharkân erhob sich und ging mit den Dienerinnen, die ihn umringten, ihre Zimbeln schlugen und auf ihren Instrumenten spielten, bis sie jenen Saal verlassen hatten und in eine andere, noch geräumigere Halle eintraten; darin waren Bilder und Figuren von Vögeln und Tieren, so schön, daß man sie nicht beschreiben kann. Da staunte Scharkân über all die Kunst, die er dort sah, und sprach:

> *Es ließ mein Wächter pflücken von den Früchten des Halsbands*
> *Eine Perle der Brust, gefaßt in reines Gold.*
> *Sie hat eine Stirn, die glänzet so hell wie Barren von Silber;*
> *Im topasgleichen Antlitz die Rosenwangen so hold!*
> *Der Farbe des Veilchens gleichen die Augen, die dunkelblauen;*
> *Mit Spießglanz reich gefärbt sind ihre Wimpern und Brauen.*

Als die Maid Scharkân sah, da stand sie ihm zu Ehren auf, nahm ihn bei der Hand und ließ ihn neben sich sitzen und fragte: ‚O Sohn des Königs 'Omar ibn en-Nu'mân, bist du gewandt im Schachspiel?' ‚Ja,' erwiderte er, ‚aber sei du nicht so, wie der Dichter gesagt hat:

> *Ich redete, doch die Leidenschaft wühlte in meinem Innern;*
> *Ein Trank von den Honiglippen nur konnte den Durst mir stillen.*
> *Ich saß am Schachbrett mit ihr, die ich liebte, und sie spielte*
> *Mit schwarzen und weißen Figuren, ohn meinen Wunsch zu erfüllen.*
> *Es war, wie wenn der König nahe beim Turme stände*
> *Und suchte nach einem Zuge hin zu den Königinnen.*
> *Aber wenn ich den Sinn ihrer Augen ergründen wollte,*
> *Machte das Spiel ihrer Blicke, ihr Leute, mich ganz von Sinnen.'*

Dann brachte sie das Schachbrett und spielte mit ihm; aber wenn Scharkân auf ihre Schachzüge blicken wollte, so blickte er auf ihr Antlitz, und er setzte den Springer statt des Läufers und den Läufer statt des Springers. Da lachte sie und sprach: ‚Wenn du so spielst, so verstehst du nichts.‘ ‚Dies ist ja unser erstes Spiel,‘ versetzte er, ‚nach ihm darfst du nicht urteilen.‘ Und als sie ihn geschlagen hatte, da stellte er die Figuren wieder auf und spielte noch einmal mit ihr; aber sie schlug ihn zum zweiten und dritten und vierten und fünften Male. Da wandte sie sich zu ihm und sagte: ‚Du bist in allem geschlagen‘; und er erwiderte: ‚Ach, meine Herrin, wie sollte jemand, der mit deinesgleichen spielt, nicht geschlagen werden?‘ Darauf ließ sie Speisen bringen, und sie aßen und wuschen sich danach die Hände; schließlich trug man den Wein für sie auf, und sie tranken. Nun griff sie zur Zither, denn ihre Hand war gewandt im Spiel, und sie sang zu der Begleitung diese Verse:

> Unser Schicksal schwankt zwischen Enge und zwischen Weite;
> Bald scheint es, als geh es vor, und bald, als geh es zurück.
> Drum trinke auf seine Schönheit, solange das dir vergönnt ist,
> Auf daß du nicht von mir scheidest mit unbefriedigtem Blick!

Dann tranken sie weiter, bis die Nacht hereinsank; und dieser Tag war noch schöner gewesen als der Tag vorher. Als es dann dunkel ward, ging die Maid in ihr Schlafgemach und ließ ihn mit den Dienerinnen allein; er aber legte sich nieder und schlief bis zum Morgen, bis daß die Dienerinnen wie immer mit den Zimbeln und Musikinstrumenten kamen. Als er das sah, sprang er eilig auf, und sie führten ihn zu ihrer Herrin. Wie die ihn erblickte, erhob sie sich, nahm ihn bei der Hand und ließ ihn neben sich sitzen. Und auf ihre Frage, wie er die Nacht verbracht habe, antwortete er, indem er ihr langes Leben wünschte; sie aber nahm die Laute und sang aus dem Stegreif diese Verse:

> Denke nicht an das Scheiden!
> Ach, es bringt bitteres Leiden:

Während sie sich also die Zeit vertrieben, da erhob sich plötzlich ein großer Lärm, und ein Haufe von Christenrittern und Knechten stürzte herein, gezückte, blinkende Schwerter in den Händen, und sie riefen in griechischer Sprache: ,Du bist uns in die Hände gefallen, o Scharkân, also sei des Todes gewiß!' Als er das hörte, sagte er zu sich selber: ,Bei Allah, diese Maid hat mich in eine Falle gelockt und mich hingehalten, bis ihre Mannen gekommen sind. Dies sind die Ritter, mit denen sie mir drohte; aber ich habe mich selber in solche Not gestürzt.' Dann wandte er sich ihr zu, um ihr Vorwürfe zu machen; doch er sah, wie ihr Antlitz verändert und erblaßt war. Sie aber sprang auf und fragte die Menge: ,Wer seid ihr?' ,O huldreichste Prinzessin und unvergleichliche Perle,' entgegnete der Anführer der Ritter, ,weißt du nicht, wer jener Mann da bei dir ist?' ,Nein,' erwiderte sie, ,ich kenne ihn nicht. Wer ist er denn?' Jener Ritter aber rief: ,Das ist der Verwüster der Länder, der Führer der Reiterscharen, das ist Scharkân, Sohn des Königs 'Omar ibn en-Nu'mân! Er ist es, der die Burgen bezwang, der in jede unnahbare Feste drang! Nachricht von ihm erreichte deinen Vater König Hardûb durch die alte Herrin Dhât ed-Dawâhi; und dein Vater, unser König, hat sich von der Wahrheit des Berichtes der Alten überzeugt. Siehe, du hast das Heer der Griechen gerettet, indem du diesen gefährlichen Löwen gefangen nahmst.' Als sie aber dies hörte, sah sie den Ritter an und fragte ihn: ,Wie lautet dein Name?' Und er versetzte: ,Ich heiße Masûra, der Sohn deines Sklaven Mausûra, des Sohnes des Kaschardah, der Ritter aller Ritter.' ,Und wie', fragte sie, ,wagst du ohne Erlaubnis vor mich zu treten?' Er antwortete: ,O Herrin, ich trat ans Tor heran, doch weder Kämmerling noch

Pförtner hielt mich an, sondern alle Türhüter standen auf und gingen wie immer vor uns her; wenn jemand anders kommt, freilich, so lassen sie ihn am Tore stehen und fragen, ob sie ihn einlassen dürfen. Aber dies ist nicht die Zeit für lange Reden, denn der König wartet, daß wir wiederkehren mit diesem Prinzen, dem Stachel des Heeres der Muslims, damit er ihn töte und seine Leute zurücktreibe, dahin, woher sie kamen, ohne erst schwere Schlachten mit ihnen zu kämpfen.' ‚Das sind keine guten Worte,' entgegnete die Prinzessin; ‚Frau Dhât ed-Dawâhi hat gelogen und eitles Zeug geschwätzt, dessen Wahrheit sie nicht kennt. Beim Messias, dieser, der da bei mir ist, ist nicht Scharkân, noch auch ist er gefangen, sondern er ist ein Fremder, der zu uns kam und uns um Gastfreundschaft bat, und die haben wir ihm gewährt. Wären wir aber auch des gewiß, daß er Scharkân in eigener Person ist, und wäre es uns bewiesen, daß er es ohne Zweifel ist, so würde es doch meiner Ehre übel anstehn, wenn ich den in eure Hände gäbe, der unter meinem Schutz trat. Drum macht mich nicht zum Verräter an meinem Gast und zur Schmach unter den Menschen! Du also kehre zurück zum König, meinem Vater, küsse den Boden vor ihm und tu ihm kund, daß die Sache sich anders verhält, als Frau Dhât ed-Dawâhi berichtet hat.' ‚O Abrîza,' erwiderte Ritter Masûra, ‚ich kann zum Könige nicht ohne seinen Feind zurückkehren.' Da rief sie zornig: ‚Du da, kehre mit meiner Antwort zu ihm zurück, und es soll kein Tadel auf dich fallen!' Doch Masûra sagte: ‚Ich kehre nur mit ihm zurück!' Da verfärbte sich ihr Antlitz, und sie rief ihm zu: ‚Mach nicht soviel törichte Worte! Denn wahrlich, dieser Mann wäre nicht zu uns gekommen, wäre er nicht seiner selbst gewiß, daß er allein hundert Reitern gegenübertreten könnte! Wenn ich zu ihm sagen würde: Du bist Scharkân, der Sohn des Königs 'Omar

534

ibn en-Nu'mân, so würde er entgegnen: Ja. Aber ihr seid nicht imstande, ihm in den Weg zu treten; denn wenn ihr es tut, so wird er nicht von euch lassen, bis er alle erschlagen hat, die in diesem Raume sind. Ja, da steht er bei mir! Ja, ich will ihn vor euch treten lassen, Schwert und Schild in seiner Hand!' ‚Wäre ich auch sicher vor deinem Zorn,' erwiderte Ritter Masûra, ‚so bin ich doch nicht sicher von dem deines Vaters, und wenn ich ihn sehe, so gebe ich den Rittern ein Zeichen, daß die ihn gefangen nehmen, und dann führen sie ihn mit Schimpf und Schande vor den König!' Als sie das hörte, sprach sie zu ihm: ‚So soll es nicht sein, denn das wäre grelle Torheit. Dieser ist nur ein einzelner Mann, und ihr seid hundert Ritter: wenn ihr ihn also angreifen wollt, so tretet einzeln vor, auf daß der König sehe, wer von euch der Tapferste ist'. – –«

Da bemerkte Schehrezâd, daß der Morgen begann, und sie hielt in der verstatteten Rede an. Doch als die *Fünfzigste Nacht* anbrach, fuhr sie also fort: »Es ist mir berichtet worden, o glücklicher König, daß Prinzessin Abrîza zu dem Ritter sagte: ‚Dieser ist nur ein einzelner Mann, und ihr seid hundert: wenn ihr ihn also angreifen wollt, so tretet einer nach dem anderen vor, damit der König erkenne, wer von euch der Tapferste ist.' Da antwortete Ritter Masûra: ‚Beim Messias, du sprichst recht, und kein anderer als ich selber soll als erster ihm gegenübertreten.' Sie erwiderte: ‚Wartet, daß ich zu ihm gehe, ihm kundtue, was wir besprochen haben, und höre, welche Antwort er darauf hat! Willigt er ein, so soll es sein. Doch wenn er sich weigert, so könnt ihr auf keine Weise an ihn kommen; denn ich und meine Dienerinnen und alle, die im Kloster sind, treten dann für ihn ein.' Dann ging sie zu Scharkân und berichtete ihm alles; da lächelte er und erkannte, daß sie niemandem etwas von ihm gesagt hatte, sondern daß die Kunde von ihm im

Lande sich verbreitet hatte, bis sie gegen ihren Willen auch zum König gedrungen war. Und er machte sich nochmals Vorwürfe und sprach: ‚Wie konnte ich mein Leben aufs Spiel setzen im Land der Griechen?' Doch als er den Vorschlag der Prinzessin hörte, sprach er: ‚Würden sie mir alle einzeln entgegentreten, so wäre das eine Belästigung für sie. Wollen sie nicht zu je zehn mit mir kämpfen?' ‚Solche Vermessenheit wäre unrecht,' erwiderte sie; ‚nein, einer gegen einen!' Als er das hörte, sprang er auf und eilte mit dem Schwert und in Kriegsrüstung hinaus; da sprang auch Ritter Masûra auf und stürzte auf ihn los. Aber Scharkân trat ihm wie ein Löwe entgegen und hieb ihm mit dem Schwert auf die Schulter, so daß ihm die Klinge glitzernd zum Rücken und zu den Eingeweiden herausfuhr. Als die Prinzessin das sah, da wuchs Scharkâns Kraft in ihren Augen, und sie erkannte, daß sie ihn im Ringkampf nicht durch ihre Stärke, sondern durch ihre Schönheit und Anmut besiegt hatte. Dann wandte sie sich zu den Rittern und rief ihnen zu: ‚Nehmt Rache für euren Führer!' Nun trat der Bruder des Erschlagenen hervor, ein trotziger Recke, und er stürzte auf Scharkân zu; doch der zögerte nicht und hieb ihm mit dem Schwert auf die Schulter, so daß die Klinge ihm glitzernd aus den Eingeweiden herausfuhr. Da rief die Prinzessin: ‚Auf, ihr Diener des Messias, rächt euren Gefährten!' So griffen sie ihn ohne Unterlaß an, einer nach dem anderen; doch Scharkân ließ sein Schwert gegen sie tanzen, bis er von ihnen fünfzig Ritter erschlagen hatte; und die Prinzessin sah ihm derweilen zu. Nun hatte Allah einen solchen Schrecken in die Herzen der übrigen geworfen, daß sie sich vom Einzelkampf zurückhielten und ihm nicht mehr einzeln entgegenzutreten wagten, sondern ihn insgesamt auf einmal überfielen. Er aber stürzte los auf sie mit einem Herzen, fester als Felsen, bis daß er sie zermahlen und zerdroschen und ihnen Sinne und Leben geraubt hatte. Da rief die Prinzessin laut ihren Dienerinnen zu: ‚Wer ist noch im Kloster?' Sie erwiderten: ‚Niemand außer den Torwächtern.' Dann trat die Prinzessin zu Scharkân und zog ihn an ihre Brust, und er kehrte mit ihr in den Palast zurück, nachdem er den Kampf beendet hatte. Nun waren aber noch ein paar Ritter übrig, die sich vor ihm in den Klosterzellen verborgen hielten. Als die Prinzessin jene gewahrte, da erhob sie sich von Scharkâns Seite; dann kehrte sie zu ihm zurück, gekleidet in einen engmaschigen Ringpanzer, und in der Hand ein indisches Schwert. Und sie sprach: ‚Beim Messias, ich will meinem Gast gegenüber nicht mit mir geizen; noch will ich ihn im Stiche lassen, ob ich auch dadurch im Lande der Griechen zur Schmach werde.' Dann musterte sie die Toten und fand, daß achtzig der Ritter erschlagen und zwanzig von ihnen entflohen waren. Und als sie sah, wie mit den Mannen verfahren war, da sprach sie zu ihm: ‚Ein Mann wie du ist der Ritter Ruhm; Preis sei, o Scharkân, deinem Heldentum!' Dann stand er auf, wischte das Blut der Erschlagenen von seiner Klinge und sprach diese Verse:

> *Wie viele Scharen hab ich im Kampfe geschlagen*
> *Und ihre Helden den Wölfen zum Fraß gelassen!*
> *Fraget nach mir und ihnen, wie ich daherfuhr*
> *Auf all das Volk, am Tage, da Kämpfer sich fassen!*
> *Ich ließ ihre Leuen im Kampfe auf heißem Sande*
> *Dahingestreckt dort liegen im weiten Lande.*

Als er sein Lied beendet hatte, trat die Prinzessin lächelnd zu ihm und küßte ihm die Hand; und sie legte den Harnisch ab, den sie trug, und er fragte: ‚O Herrin, weshalb legtest du die Rüstung da an und zogst dein Schwert?' ‚Um dich vor jenen Elenden zu schützen', antwortete sie. Dann ließ sie die Torwächter rufen und fragte sie: ‚Wie kamt ihr dazu, des Königs

Ritter ohne meine Erlaubnis in meine Wohnstätte einzulassen?'
Sie erwiderten: ,O Prinzessin, es war nicht unsere Gewohnheit,
daß wir dich bei den Boten des Königs erst um Erlaubnis bitten
mußten, und besonders nicht, wenn der Oberste der Ritter dabei ist.' Da sprach sie: ,Ich glaube, ihr wollt mir nur Schande
und meinem Gast den Untergang bringen'; und sie hieß Scharkân ihnen die Köpfe abschlagen. Während er das tat, rief sie
ihren übrigen Dienern zu: ,Wahrlich, sie hatten noch mehr als
das verdient!' Dann wandte sie sich Scharkân zu mit den Worten: ,Jetzt, da dir offenbar geworden ist, was verborgen war,
will ich dir meine Geschichte kundtun. Wisse denn, ich bin die
Tochter des Königs Hardûb von Kleinasien; ich heiße Abrîza,
und die Alte, die da Dhât ed-Dawâhi heißt, ist meine Großmutter von des Vaters Seite her. Sie ist es, die meinem Vater
von dir erzählt hat, und sicherlich wird sie eine List ersinnen,
um mich zu Tode zu bringen, zumal du auch meines Vaters
Ritterschaft erschlagen hast und es bekannt ward, daß ich mich
von den Meinen getrennt habe und für sie zu den Muslimen
verloren gegangen bin. Darum wäre es klüger, wenn ich nicht
mehr hier bliebe, solange Dhât ed-Dawâhi auf meiner Spur ist;
und ich verlange von dir die gleiche Freundlichkeit, wie ich sie
dir erwiesen habe; denn es wird sich alsbald um deinetwillen
zwischen mir und meinem Vater Feindschaft erheben. Drum
versäume nichts von dem, was ich dir sage; all dies ist ja nur
durch dich gekommen!' Als Scharkân ihre Worte hörte, ward
er fast von Sinnen vor Seligkeit, und seine Brust ward ihm vor
Freuden weit; und er rief: ,Bei Allah, dir soll niemand nahe
kommen, solange noch Leben in meiner Brust ist! Aber hast
du den Mut, die Trennung von deinem Vater und deiner Sippe
zu ertragen?' ,Ja!' erwiderte sie, und Scharkân schwur ihr, und
die beiden schlossen ein Gelöbnis darauf. Da sagte sie: ,Jetzt ist

538

mein Herz beruhigt; aber noch bleibt eine andere Bedingung für dich.' ‚Wie ist die?' fragte er, und sie erwiderte: ‚Du mußt mit deinem Heer in dein Land zurückkehren.' Er aber sagte darauf: ‚O Herrin, siehe, mein Vater 'Omar ibn en-Nu'mân hat mich ausgesandt, um gegen deinen Vater Krieg zu führen, wegen des Schatzes, den er geraubt hat, und bei dem sich die drei großen Juwelen von hohen Wunderkräften befinden.' Nun sprach sie: ‚Sei guten Muts und getrost! Ich will dir die ganze Geschichte erzählen sowie den Grund unseres Zwistes mit dem König von Konstantinopel. Wir feiern nämlich alljährlich ein Fest, das heißt das Klosterfest, und bei ihm versammeln sich die Könige aus allen Gauen wie auch der Vornehmen und Kaufherren Töchter und Frauen; die Gäste bleiben dort sieben Tage lang zusammen. Und früher gehörte ich immer zu ihnen; aber als sich zwischen uns Feindschaft erhob, verbot mir mein Vater für den Zeitraum von sieben Jahren, daran teilzunehmen. Da traf es sich in einem der Jahre, daß mit den Töchtern der Vornehmen, die sich wie gewöhnlich von fern her zu dem Feste ins Kloster begaben, auch die Tochter des Königs von Konstantinopel dorthin kam, ein schönes Mädchen namens Sophia. Sie blieben sechs Tage lang im Kloster und gingen am siebenten Tage ihrer Wege; aber Sophia sagte: Ich will nur zu Wasser nach Konstantinopel kehren. So rüstete man ihr ein Schiff aus, in dem sie sich mit ihrem Gefolge einschiffte; als sie nun Segel gesetzt hatten und abgefahren waren, faßte sie unterwegs ein widriger Wind und warf das Schiff aus seinem Kurs. Dort traf es nach dem Willen des Schicksals und Verhängnisses auf ein christliches Fahrzeug, das von der Kampferinsel kam und eine Mannschaft von fünfhundert bewaffneten Franken trug, die schon lange umhergekreuzt waren. Als diese die Segel des Schiffes sichteten, in dem Sophia mit ihren

Frauen war, stürzten sie in aller Hast darauf los, und in weniger als einer Stunde holten sie es ein und legten die Enterhaken an und nahmen es ins Schlepptau. Dann hielten sie mit allen Segeln auf ihre eigene Insel; und sie waren ihr schon sehr nahe gekommen, als plötzlich der Wind umschlug. Dieser Gegenwind aber jagte sie einem Riffe zu und warf sie mit zerrissenen Segeln auf unsere Küste gegen ihren Willen. Da fuhren wir zu ihnen hinaus, und weil wir sie als eine Beute ansahen, die das Schicksal uns zutrieb, so nahmen wir sie in Besitz; wir töteten die Mannschaft und fanden jene Schätze und Kostbarkeiten sowie auch vierzig Mädchen, und unter ihnen die Tochter des Königs, Sophia. Wir nahmen die Schätze und schleppten die Prinzessin mit ihren Frauen vor meinen Vater; doch wußten wir nicht, daß sich die Tochter des Königs Afridûn von Konstantinopel unter ihnen befand. Mein Vater wählte zehn von ihnen für sich, darunter auch die Prinzessin; den Rest verteilte er unter seine Umgebung. Dann sonderte er fünf Mädchen aus, und unter ihnen des Königs Tochter, und schickte sie als Geschenk an deinen Vater 'Omar ibn en-Nu'mân nebst Manteltuchen, wollenen Stoffen und griechischen Seidenstoffen. Dein Vater aber nahm sie an, und er wählte aus den fünf Mädchen für sich Sophia, die Tochter des Königs Afridûn. Zu Beginn dieses Jahres schrieb ihr Vater einen Brief an meinen Vater in Worten, die ich hier lieber nicht wiederhole, und drohte ihm und machte ihm Vorwürfe: ‚Vor zwei Jahren habt Ihr eins unserer Schiffe erbeutet, das sich in der Gewalt von Räubern aus einer fränkischen Piratenbande befand und in dem meine Tochter Sophia mit ungefähr sechzig Mädchen war. Ihr habt mir nun keinen einzigen Boten gesandt, um mich davon zu benachrichtigen; ich aber konnte doch die Sache nicht öffentlich bekanntmachen, da ich fürchtete, es könnte auf meine Ehre bei den Königen ein

Schatten fallen, wenn ich meine Tochter bloßstellte. So verbarg ich denn meinen Verlust bis zu diesem Jahre, und jetzt habe ich an einige fränkische Seeräuber geschrieben und sie gebeten, sie möchten sich bei den Königen der Inseln über meine Tochter erkundigen. Die haben mir sagen lassen: Bei Gott, wir haben sie nicht aus deinem Reich entführt; doch wir haben gehört, daß König Hardûb sie einigen Piraten abnahm. Und sie haben mir den Hergang berichtet.' Dann fügte er in seinem Schreiben an meinen Vater hinzu: ‚Wenn Ihr nicht wünscht, mit mir in Zwist zu geraten, und wenn Ihr mich nicht entehren und meine Tochter bloßstellen wollt, so werdet Ihr meine Tochter, sowie meine Botschaft Euch erreicht, an mich zurücksenden. Wenn Ihr aber mein Schreiben mißachtet und meinem Befehl nicht gehorcht, so will ich Euch Euer schmähliches Verfahren und Euer schlechtes Gebaren entgelten lassen.' Als dies Schreiben bei meinem Vater eingetroffen war und er es gelesen und seinen Inhalt begriffen hatte, war ihm die Angelegenheit sehr peinlich, und er bedauerte, daß er Sophia, die Tochter des Königs Afridûn, unter jenen Mädchen nicht erkannt und ihrem Vater zurückgeschickt hatte; und er war in Verlegenheit, was er tun sollte, denn nach so langer Zeit konnte er nicht mehr an König 'Omar ibn en-Nu'mân schreiben, um sie sich wiedergeben zu lassen, zumal wir nach kurzer Zeit vernommen hatten, daß ihm durch seine Sklavin, die man Sophia, die Tochter des Königs Afridûn, zu nennen pflegte, Nachkommen geschenkt seien. Als wir nun all das bedachten, da erkannten wir, daß dieser Brief sehr großes Unglück bedeutete. Und mein Vater fand keinen Ausweg als den, daß er dem König Afridûn eine Antwort schrieb, in der er sich bei ihm entschuldigte und ihm unter Eiden beteuerte, er habe nicht gewußt, daß seine Tochter unter der Schar der Mädchen auf jenem Schiffe gewesen sei; dann setzte er ihm auseinander, daß er sie dem König 'Omar ibn en-Nu'mân geschickt habe, und daß dieser durch sie mit Nachkommen gesegnet worden sei. Als das Schreiben meines Vaters bei König Afridûn in Konstantinopel eintraf, da sprang er auf, setzte sich wieder, tobte, schäumte und rief: ,Was! Hat er meine Tochter gefangen genommen und sie mit Sklavinnen auf eine Stufe gestellt, so daß sie von Hand zu Hand weitergegeben und Königen als Gabe gesandt ist, die ohne Ehevertrag bei ihr liegen? Beim Messias und beim wahren Glauben,' sprach er, ,ich will nicht ruhen, bis ich Blutrache genommen und meine Schande getilgt habe; wahrlich, ich will eine Tat tun, von der man nach meinem Tode singen und sagen soll!' Nun wartete er seine Zeit ab, bis er einen Plan ersonnen und große Ränke geschmiedet hatte; da schickte er eine Gesandtschaft zu deinem Vater 'Omar ibn en-Nu'mân und ließ ihm sagen, was du gehört hast. Schließlich rüstete dein Vater dich und das Heer mit dir aus und schickte dich dem König Afridûn zu Hilfe, der nun dich und dein Heer dazu gefangen nehmen will. Was er aber deinem Vater von den drei Edelsteinen sagen ließ, als er ihn um seine Hilfe bat, daran war kein wahres Wort, denn sie waren im Besitz seiner Tochter Sophia; mein Vater nahm sie ihr ab, als er sie und ihre Mädchen gefangen nahm; er gab sie mir zum Geschenk, und ich habe sie noch. Also geh du zu deinem Heere und sende es zurück, ehe es noch tiefer ins Land der Franken und Griechen eindringt! Denn wenn ihr ins Innere geratet, werden sie euch die Wege einengen, und ihr werdet euch aus ihren Händen nicht retten können bis zum Tage der Vergeltung und der Rache. Ich weiß, deine Truppen halten noch an ihrer Lagerstatt, weil du ihnen drei Tage Rast anbefahlest; doch sie haben dich die ganze Zeit her vermißt und wissen nicht, was sie tun sollen.' Als aber

Scharkân diese Worte hörte, da versank er eine Weile in Gedanken; dann küßte er der Prinzessin Abrîza die Hand und sagte: ‚Preis sei Gott, der dich mir in Seiner Gnade sandte und dich zur Ursache meiner Rettung und der Rettung aller machte, die mit mir sind! Doch es wird mir schwer, mich von dir zu trennen, und ich weiß nicht, was dir widerfahren wird, wenn ich fort bin.‘ ‚Geh jetzt zu deinem Heere‘, erwiderte sie, ‚und laß es umkehren! Wenn aber die Gesandten noch dort sind, so halt sie fest, auf daß euch die Wahrheit offenbar wird. Das muß geschehen, solange ihr noch in der Nähe eures Landes seid. Nach drei Tagen werde ich euch einholen, und wir wollen alle gemeinsam in Baghdad einziehen.‘ Als er sich dann wandte, um zu gehen, sagte sie zu ihm: ‚Vergiß das Gelöbnis nicht, das zwischen mir und dir besteht!‘ Darauf erhob sie sich und trat zu ihm, um ihm Lebewohl zu sagen und ihn zu umfassen und das Feuer des Verlangens erlöschen zu lassen; so nahm sie denn Abschied von ihm, schlang ihm die Arme um den Hals, weinte bitterlich und sprach die Verse:

> Ich sagte ihr Lebewohl: meine Rechte wischte die Tränen,
> Die Linke umschlang sie und preßte sie an das Herze mein.
> Sie fragte: ‚Fürchtest du nicht die Schande?‘ ‚Nein!‘ gab ich zur Antwort,
> ‚Der Tag des Abschieds ist der Liebenden Schande allein.‘

Dann trennte Scharkân sich von ihr und ging hinab aus dem Kloster. Man brachte ihm sein Roß, und er stieg auf und ritt fort in der Richtung der Brücke; dort angelangt, ritt er über sie und kam in den Baumgarten. Wie er auch den hinter sich hatte und über die Wiese ritt, da erschienen plötzlich drei Reiter; auf der Hut vor ihnen, zog er sein Schwert und ritt vorsichtig weiter. Doch als sie nahe an ihn herangekommen waren und sie einander genauer ansahen, da erkannten sie ihn; und er blickte auf sie, und siehe, einer von ihnen war der Wesir Dan-

543

dân und die anderen beiden zwei Emire, die ihn begleiteten. Als sie ihn aber erblickt und erkannt hatten, stiegen sie vor ihm ab und grüßten ihn, und der Wesir fragte nach dem Grunde seiner Abwesenheit; da erzählte er ihnen alles, was zwischen ihm und der Prinzessin Abrîza vorgefallen war, von Anfang bis zu Ende. Und der Wesir dankte Allah dem Erhabenen für all seine Gnade. Dann sprach er zu Scharkân: ,Laß uns sofort dies Land verlassen; denn die Gesandten, die mit uns kamen, sind davongegangen, um dem König unser Nahen zu melden, und vielleicht werden sie bald über uns herfallen, um uns gefangen zu nehmen.' Da befahl Scharkân seinen Leuten, aufzubrechen; sie taten es, und alle zogen ohne Unterbrechung eiligst dahin, bis sie die Sohle des Tals erreichten.

Inzwischen waren die Gesandten wirklich zu ihrem König gezogen und hatten ihm Scharkâns Nahen gemeldet; und Afridûn rüstete sofort ein Heer aus, um ihn und alle, die ihn begleiteten, zu ergreifen. Lassen wir die aber vorläufig und kehren wir zu Scharkân, dem Wesir Dandân und den beiden Emiren zurück! Als die vier zu ihrem Heere zurückgekommen waren, riefen sie ihm laut zu: ,Auf, auf zum Marsch!' Sofort wurde aufgebrochen, und sie zogen den ersten und zweiten und dritten Tag hindurch und unaufhörlich weiter, bis sie nach fünf Tagen in ein wohlbewaldetes Tal gelangten, wo sie ein wenig rasteten. Danach brachen sie von neuem auf und zogen fünfundzwanzig Tage lang, bis sie an die Grenze ihres eigenen Landes kamen. Und da sie sich hier für sicher hielten, so machten sie halt, um auszuruhen; und das Landvolk brachte Gastgeschenke, Futter für die Tiere und Proviant. Dort lagerten sie zwei Tage lang; während nun die übrigen wieder aufbrachen, um in die Heimat zu ziehen, blieb Scharkân mit hundert Reitern hinter ihnen zurück, nachdem er dem Wesir Dandân den

544

Oberbefehl übergeben hatte, damit das Haupttheer unter ihm heimkehre.

Einen Tag nach dem Aufbruch des Heeres beschloß Scharkân, weiterzuziehen, und so saß er mit seinen hundert Rittern auf. Als sie etwa zwei Parasangen zurückgelegt hatten, kamen sie in eine Schlucht zwischen zwei Bergen, und siehe, da erhob sich vor ihnen eine Wolke von Sand und Staub. Nun hielten sie ihre Renner eine Weile an, bis die Wolke zerstob: da traten hundert Reiter aus ihr heraus, die sahen wie grimme Löwen aus, mit eisernen Panzern gerüstet zum Strauß. Sobald sie an Scharkân und seine Leute herangekommen waren, riefen sie: ,Bei Johannes und Maria, wir haben erreicht, was wir wünschten! Wir sind euch in Eilmärschen gefolgt, Tag und Nacht, bis wir euch an dieser Stelle überholt haben. Nun steigt ab, liefert uns eure Waffen aus und gebt euch selbst gefangen, auf daß wir euch das Leben schenken!' Als Scharkân das hörte, da traten ihm die Augen aus dem Schädel, und seine Wangen wurden rot, und er rief: ,Was, ihr Christenhunde, ihr wagt es, in unser Land zu kommen und unseren Boden zu betreten? Und genügt euch das noch nicht, so daß ihr auch noch euer Leben aufs Spiel setzet und uns so anzureden euch erkühnt? Denkt ihr, ihr werdet unserer Hand entrinnen und je in eure Heimat zurückkehren?' Dann rief er seinen hundert Reitern zu: ,Auf diese Hunde! Denn sie sind euch gleich an Zahl!' Und darauf zog er sein Schwert und stürzte sich mit den Seinen auf sie, doch die Franken traten ihnen entgegen mit Herzen, fester als Felsen: nun traf Mann auf Mann, und Ritter stürmte auf Ritter heran; es entbrannte ein heftiger Strauß, voll Ungestüm zog einer gegen den andern hinaus; da mehrte sich Schrecken und Graus, und mit vielem Gerede war es aus; sie fochten und stritten ohne Aufenthalt, sie kreuzten die Klingen mit voller Gewalt, bis der

Tag entschwand und die Nacht kam in des Dunkels Gewand. Da zogen sie sich voneinander zurück, und Scharkân sammelte seine Leute und fand, daß keiner verwundet war außer nur vieren, und auch die hatten nur leichte Wunden davongetragen. Nun sprach er zu ihnen: ‚Bei Allah, mein Leben lang watete ich in des Kampfes tosendem Meer, und ich kämpfte mit manchem tapferen Mann: doch nie fand ich einen standhafter im Kampf und in der Männerschlacht als jene Helden in ihrer Macht.‘ ‚Wisse,‘ sagten sie, ‚o Prinz, unter ihnen ist ein fränkischer Ritter, der ist ihr Führer, ein tapferer Held, dessen Speere durchdringen. Doch bei Allah, er schont uns allesamt, groß und klein; denn wer in den Weg kommt, den läßt er gehn und bekämpft ihn nicht. Bei Allah, hätte er es gewollt, er hätte uns alle erschlagen.‘ Als Scharkân hörte, was der Ritter getan hatte und in wie hohem Ruf er stand, war er bestürzt und sprach: ‚Morgen früh wollen wir uns in Schlachtreihe aufstellen und Mann gegen Mann kämpfen, denn wir sind hundert gegen ihre hundert; und wir wollen vom Herrn der Himmel den Sieg über sie erflehen.‘ So ruhten sie in jener Nacht mit diesem Entschluß. Doch auch die Franken sammelten sich um ihren Führer und sprachen: ‚Wahrlich, heute haben wir an ihnen unser Ziel nicht erreicht‘; und der erwiderte ihnen: ‚Morgen früh wollen wir uns in Schlachtreihe aufstellen und Mann gegen Mann kämpfen.‘ Da ruhten auch sie mit diesem Entschluß. Beide Lager hielten Wache, bis Allah der Erhabene das Licht des Morgens sandte. Da saßen Prinz Scharkân und seine hundert Reiter auf und ritten mitsamt zur Walstatt hinab, wo sie die Franken in Schlachtordnung fanden; und Scharkân sprach zu seinen Leuten: ‚Unsere Feinde stehen schon wieder bereit; also auf und greift sie an!‘ Nun trat ein Herold der Franken hervor und rief: ‚Heute soll keine allgemeine Schlacht

546

zwischen uns sein, sondern nur Zweikampf: je ein Kämpfer von euch trete vor gegen einen von uns!' Da stürmte ein Reiter aus Scharkâns Reihen hervor, ritt in die Mitte zwischen beiden Reihen und rief: ,Wer tritt auf den Plan? Wer wagt sich heran? Doch mir komme heute kein träger noch schwächlicher Mann!' Kaum aber hatte er ausgeredet, so ritt ein Ritter von den Franken gegen ihn aus, bewaffnet von Kopf bis zu Fuß und angetan mit einem goldgewirkten Mantel; er ritt ein graues Roß, und seine Wangen zeigten keinen Flaum. Und er lenkte sein Roß bis zur Mitte des Schlachtfelds, und die beiden begannen den Kampf mit Hieb und Stich. Doch es dauerte nicht lange, so hatte der Franke den Muslim mit der Lanzenspitze getroffen und warf den aus dem Sattel; und er nahm ihn gefangen und führte den Niedergeschlagenen davon. Da freuten die Seinen sich ihres Gefährten; doch sie hielten ihn zurück, nochmals auf den Kampfplatz zu ziehen, und schickten einen anderen aus, dem ein zweiter Muslim entgegentrat, ein Bruder des Gefangenen. Beide ritten auf die Walstatt und kämpften eine Weile miteinander; da wandte der Franke dem Muslim den Rücken zu, um ihn irrezuführen, traf ihn mit dem unteren Lanzenende, warf ihn vom Roß und nahm ihn gefangen. Dann ritten die Muslime einer nach dem andern vor, und die Franken nahmen sie gefangen, ohne Unterlaß, bis der Tag entschwand und die Nacht kam in des Dunkels Gewand. Da hatten sie zwanzig Reiter der Muslime gefangen genommen; und als Scharkân das bemerkte, war er bekümmert, sammelte seine Leute und sprach: ,Was für ein Unheil hat uns da befallen! Morgen früh will ich selber auf den Kampfplatz reiten und ihrem Führer Einzelkampf anbieten und erfahren, weshalb er in unser Land eingebrochen ist, und ihn warnen, mit uns zu kämpfen. Wenn er nicht nachgibt, so bekämpfen wir ihn; doch ist er friedfertig, so schließen wir Frieden mit ihm.' So nächtigten sie, bis Allah der Erhabene das Licht des Morgens sandte; da saßen beide Seiten auf und zogen zur Schlacht zuhauf. Und Scharkân wollte zur Walstatt reiten, aber siehe, mehr als die Hälfte der Franken saß ab und ging zu Fuß vor einem Ritter her, bis sie die Mitte des Schlachtfeldes erreichten. Nun sah Scharkân sich jenen Ritter an, und siehe, es war ihr Führer. Er war bekleidet mit einem Mantel aus blauem Atlas; und sein Gesicht war wie der volle Mond, wenn er aufgeht. Er trug einen engmaschigen Kettenpanzer, und in der Hand hielt er ein indisches Schwert; und er ritt ein schwarzes Roß mit einer Blesse auf der Stirn, wie ein Dirhem so groß; auf den Wangen jenes fränkischen Ritters aber zeigte sich kein Flaum. Er trieb nun sein Roß an, bis er in der Mitte des Feldes stand. Dort winkte er den Muslimen zu und rief in gewähltem Arabisch: ,O Scharkân! O Sohn des 'Omar ibn en-Nu'mân! O du, der du die Festen bezwungen und die Länder zu Wüsten gemacht, auf zum Kampf und zur Schlacht! Jetzt auf, zum Zweikampf geeilt gegen den, der das Feld mit dir teilt! Du bist der Fürst deines Volks, ich bin der Fürst meines Volks; und wer von uns seinen Gegner überwindet, dem sollen des anderen Mannen huldigen!' Kaum aber hatte er geendet, so sprengte Scharkân daher, das Herz vom Zorne schwer, und er trieb sein Roß bis nahe an den Franken auf den Plan und fiel ihn gleich einem wütenden Löwen an. Da trat ihm der Franke standhaft entgegen und bekämpfte ihn wie ein erfahrener Degen. Und sie begannen zu stechen und zu schlagen, und sie ließen nicht ab von Ansturm und Abwehr, von Hieb und Gegenhieb, wie zwei Berge, die aufeinanderfallen, oder zwei Meere, die zusammenprallen. Und sie hörten nicht auf zu kämpfen, bis der Tag entschwand und die Nacht kam in des Dunkels Gewand.

Da erst ließen sie voneinander ab und kehrten zu ihrem Volk zurück. Doch als Scharkân bei seinen Gefährten war, sprach er: ‚Noch nie habe ich einen Ritter gesehen wie diesen. Nur habe ich eine Eigenschaft an ihm bemerkt, die ich noch bei keinem gefunden habe, nämlich diese: wenn er an seinem Gegner eine Blöße für den Todesstoß sieht, so kehrt er seine Lanze um und stößt mit dem unteren Ende! Wahrlich, ich weiß nicht, was aus ihm und mir werden wird; aber ich wollte, wir hätten in unserem Heere einen wie ihn oder Leute wie die Seinen.‘ Darauf legte Scharkân sich zur Ruhe. Doch als es Morgen wurde, da zog der Franke gegen ihn aus und ritt mitten auf den Plan, und ihm entgegen trat Scharkân. Nun begannen sie wieder den Streit und zogen die Ringe des Kampfes weit, und sie reckten ihre Hälse gegeneinander und hörten nicht auf zu kämpfen und zu ringen und mit den Lanzen aufeinander einzudringen, bis der Tag zur Neige ging und die Nacht alles mit Dunkel umfing. Dann trennten sie sich und kehrten zu ihrem Volk zurück; und jeder erzählte seinen Gefährten, was ihm im Zweikampf widerfahren war; schließlich sagte der Franke zu seinen Mannen: ‚Morgen soll die Entscheidung sein!‘ Nun ruhten sie beide in jener Nacht bis zum Tagesanbruch; dann saßen sie auf, und sie stürmten aufeinander ein und hörten bis zum Mittag nicht auf zu kämpfen. Da wandte der Franke eine List an; er jagte das Roß vorwärts und hielt es dann plötzlich mit dem Zügel zurück, so daß es strauchelte und seinen Reiter abwarf. Rasch beugte Scharkân sich über ihn und wollte ihn mit dem Schwerte erschlagen aus Furcht, noch länger kämpfen zu müssen; aber da rief ihm der Franke zu: ‚O Scharkân! Das steht den Rittern nicht an! So handelt der von Frauen besiegte Mann!‘ Als Scharkân von jenem Ritter solche Worte hörte, da hob er die Augen auf zu dem Franken, und als er ihn genau anschaute, erblickte er in ihm Prinzessin Abrîza, mit der er jenes Abenteuer im Kloster erlebt hatte. Sowie er sie erkannt hatte, warf er das Schwert aus der Hand, küßte den Boden vor ihr und fragte sie: ,Was trieb dich zu solchen Taten?' Sie erwiderte: ,Ich wollte dich im Felde erproben mit List und schauen, ob du im Kampf und im Turniere standhaft bist. Diese dort bei mir sind meine Dienerinnen, und sie alle sind Jungfrauen; und doch haben sie im offenen Kampf deine Reiter besiegt; und wäre nicht mein Roß mit mir gestrauchelt, hättest du meine Kraft im Kampfe erkannt.' Da lächelte Scharkân ob ihrer Worte und sprach zu ihr: ,Preis sei Allah für die Rettung und für die Wiederver-einigung mit dir, o herrliche Königin unserer Zeit!' Dann rief sie ihren Dienerinnen zu, sie sollten hinreiten und die zwanzig Gefangenen von den Leuten des Scharkân loslassen und danach absitzen. Sie gehorchten ihrem Befehle; dann traten sie herzu und küßten den Boden vor ihr und vor Scharkân, und der sagte zu ihnen: ,Euresgleichen bewahren Könige sich für die Stunde der Not.' Darauf winkte er seinen Gefährten, daß sie die Prinzessin begrüßen sollten; alle sprangen ab und küßten den Boden vor ihr, denn sie wußten, was geschehen war. Dann saßen die zweihundert Ritter auf und zogen dahin, Tag und Nacht, sechs Tage hindurch, bis sie sich der Heimat näherten. Nun bat Scharkân die Prinzessin Abrîza und ihre Dienerinnen, ihre fränkischen Gewänder abzulegen. – –«

Da bemerkte Schehrezâd, daß der Morgen begann, und sie hielt in der verstatteten Rede an. Doch als die *Einundfünfzigste Nacht* anbrach, fuhr sie also fort: »Es ist mir berichtet worden, o glücklicher König, daß Scharkân die Prinzessin Abrîza und ihre Dienerinnen ihre fränkischen Gewänder ablegen und die Kleidung der Töchter Griechenlands anziehen ließ. Als sie das getan hatten, entsandte er eine Abteilung seiner Gefährten nach

550

Baghdad, um seinen Vater 'Omar ibn en-Nu'mân von seiner Ankunft zu benachrichtigen und ihm zu melden, daß er begleitet werde von der Prinzessin Abrîza, der Tochter des Königs Hardûb, des Fürsten von Kleinasien; das geschah, damit er Leute schicke, um sie zu empfangen. Zur selbigen Stunde saßen sie ab an der Stelle, an der sie waren, und ruhten bis zum Morgen; und als Allah der Erhabene den Morgen dämmern ließ, da saßen Scharkân mit den Seinen und Prinzessin Abrîza mit den Ihren auf und ritten zur Stadt. Und siehe, unterwegs kam ihnen der Wesir Dandân entgegen, der auf besonderen Befehl des Königs 'Omar ibn en-Nu'mân mit tausend Reitern ausgezogen war, um Scharkân und Abrîza zu empfangen. Und als sie sich den beiden näherten, gingen sie auf sie zu und küßten vor ihnen den Boden; dann stiegen sie wieder auf und geleiteten sie als ihr Gefolge, bis sie in die Stadt einzogen und zum Palaste kamen. Scharkân ging sofort zu seinem Vater hinein; der erhob sich ihm entgegen, umarmte ihn und fragte ihn nach dem Stande der Dinge. Da berichtete er ihm alles, was Abrîza ihm gesagt hatte und was zwischen ihnen vorgefallen war, und wie sie sich von ihrem Vater und von ihrem Lande getrennt habe. ‚Ja,‘ so erzählte er, ‚sie hat sich entschlossen, mit uns zu ziehen und bei uns zu bleiben. Der König von Konstantinopel hatte wegen seiner Tochter Sophia Arges gegen uns im Sinn; denn der Fürst von Kleinasien hatte ihn mit ihrer Geschichte bekannt gemacht und ihm berichtet, warum er sie dir geschenkt hatte; er, der Fürst von Kleinasien, habe ja nicht gewußt, daß sie die Tochter des Königs Afridûn von Konstantinopel sei; und hätte er es gewußt, so hätte er sie dir nicht gegeben, sondern sie ihrem Vater zurückgeschickt.‘ Dann schloß Scharkân den Bericht an seinen Vater mit den Worten: ‚Wir sind aus diesen Gefahren nur durch diese Maid, durch Abrîza, errettet, und wir haben noch nie einen tapfereren Helden gesehen als sie.' So schilderte er seinem Vater von Anfang bis zu Ende alles, was sich zwischen ihnen begeben hatte, von den Ringkämpfen an bis zu der Einzelschlacht. Als König 'Omar die Erzählung seines Sohnes Scharkân gehört hatte, stand Abrîza in seinen Augen hoch und herrlich da, und er wünschte sie zu sehen; deshalb verlangte er nach ihr, um sie zu befragen. Da ging Scharkân hinaus zu ihr und sagte: ‚Der König ruft dich'; und sie erwiderte: ‚Ich höre und gehorche!' So führte er sie hinein zu seinem Vater, der auf seinem Throne saß und, da er seine Würdenträger entlassen hatte, nur noch seine Eunuchen bei sich hatte. Nachdem die Prinzessin eingetreten war, küßte sie den Boden vor dem König 'Omar ibn en-Nu'mân und begrüßte ihn in gewähltester Rede. Er aber staunte ob ihrer Beredsamkeit, dankte ihr für das, was sie an seinem Sohne Scharkân getan hatte, und hieß sie sich setzen. Sie also setzte sich nieder und entschleierte ihr Antlitz; und als der König sie ansah, da war er wie verwirrt durch ihre Schönheit. Dann ließ er sie nähertreten, bezeigte ihr seine Gunst, schenkte ihr einen eigenen Palast für sich und ihre Mädchen und bestimmte ihnen Jahresgelder. Nun begann er sie nach jenen drei Juwelen zu fragen, von denen früher erzählt ist, und sie erwiderte: ‚Ich habe sie bei mir, o König unserer Zeit!' Sofort erhob sie sich, ging in ihr Gemach und öffnete ihr Gepäck und zog eine Schachtel daraus hervor und aus der Schachtel eine goldene Büchse. Und sie öffnete die Büchse und nahm die drei Juwelen heraus, küßte sie und gab sie dem König. Doch als sie davonging, nahm sie sein Herz mit sich.

Kaum aber war sie fort, so ließ der König seinen Sohn Scharkân rufen und gab ihm eins von den drei Juwelen; und als Scharkân nach den beiden anderen fragte, erwiderte er: ‚Mein

Sohn, eins will ich deinem Bruder Dau el-Makân geben und das andere deiner Schwester Nuzhat ez-Zamân.' Als aber Scharkân hörte, daß er einen Bruder hatte, der Dau el-Makân hieß, während er bisher nur von einer Schwester gewußt hatte, da wandte er sich zu seinem Vater und fragte ihn: ‚O König, hast du außer mir noch einen Sohn?' Der König antwortete: ‚Gewiß, er ist jetzt sechs Jahre alt', und er fügte hinzu, daß er ihn Dau el-Makân, und seine Schwester Nuzhat ez-Zamân genannt habe, und daß die beiden Zwillingsgeschwister seien. Das kam Scharkân hart an; doch er bewahrte seine innersten Gedanken und sagte zu seinem Vater: ‚Der Segen Allahs des Erhabenen liege auf ihnen!' Das Juwel aber warf er aus der Hand und schüttelte den Staub von seinen Kleidern. Da sprach der König zu ihm: ‚Wie kommt es, daß ich dein Wesen so verändert sehe, nachdem du dies gehört hast, obgleich du nach mir der Erbe des Königreichs bist? Denn die Truppen haben dir den Eid geleistet, und die Emire des Reiches haben dir die Nachfolge zugeschworen, und dieses eine der drei Juwelen ist dein.' Da neigte Scharkân das Haupt zu Boden, denn er schämte sich, mit seinem Vater zu streiten; deshalb nahm er das Juwel und ging davon, aber er wußte vor dem Übermaß des Ingrimms nicht, was er beginnen sollte. Er machte erst halt, als er in den Palast der Prinzessin Abrîza eingetreten war. Und als er auf sie zuging, da kam sie ihm entgegen, dankte ihm für alles, was er getan hatte, und flehte Segen auf ihn und seinen Vater herab. Dann setzte sie sich und ließ ihn sich neben sie setzen; doch als er saß, da merkte sie den Grimm in seinem Antlitz und befragte ihn, und er erzählte ihr, daß sein Vater von Sophia zwei Kinder erhalten habe, einen Knaben und ein Mädchen, und daß er den Knaben Dau el-Makân und das Mädchen Nuzhat ez-Zamân genannt hätte, und fügte hinzu: ‚Die beiden anderen Juwelen hat er für sie behalten und für mich hat er nur eins hergegeben; und so wollte ich es liegen lassen. Bis jetzt habe ich von alledem nichts gewußt, erst in diesem Augenblick habe ich es gehört; und die beiden sind jetzt schon sechs Jahre alt. Als ich das erfuhr, da packte mich der Grimm. Nun habe ich dir den Grund meines Zorns gesagt und dir nichts verborgen; aber jetzt fürchte ich, mein Vater könnte dich zur Frau nehmen, denn er liebt dich, und ich sah an ihm die Zeichen des Verlangens nach dir: was wirst du dann sagen, wenn er solches wünscht?' Sie antwortete: ,Wisse, o Scharkân, dein Vater hat keine Gewalt über mich, und er kann mich nicht ohne meine Einwilligung nehmen; wenn er mich aber mit Gewalt nimmt, so gebe ich mir selber den Tod. Was jedoch die drei Juwelen angeht, so wollte ich gar nicht, daß er irgendeines davon einem seiner Kinder geben sollte, und ich dachte nicht anders, als daß er sie in seine Schatzkammer zu seinen anderen Kostbarkeiten legen werde; aber jetzt erhoffe ich von deiner Güte, daß du mir das Juwel, das er dir gab, zum Geschenk machst, wenn du es angenommen hast.' ,Ich höre und gehorche!', erwiderte Scharkân und gab es ihr. Und sie sprach: ,Fürchte nichts!', und plauderte eine Weile mit ihm und fuhr fort: ,Ich fürchte, mein Vater wird hören, daß ich bei euch bin, und er wird meinen Verlust nicht geduldig ertragen, sondern versuchen, mich wieder zu gewinnen. Zu dem Zwecke wird er sich vielleicht mit dem König Afridûn über dessen Tochter Sophia einigen; dann werden beide mit Heeren über dich herfallen, und es wird großen Aufruhr geben.' Als Scharkân diese Worte hörte, da sprach er zu ihr: ,O Herrin, wenn es dir gefällt, bei uns zu bleiben, so denke nicht an sie, ob sich auch alle wider uns versammeln, die auf dem Lande und auf dem Meere sind.' ,Hoffentlich geht alles gut,' erwiderte sie; ,wenn ihr gut an mir handelt, so bleibe ich bei euch, doch wenn ihr schlecht an mir handelt, so ziehe ich davon.' Dann befahl sie ihren Sklavinnen, Speise zu bringen; die setzten den Tisch vor sie hin, und Scharkân aß ein wenig. Doch bald ging er voll Sorgen und Gram in sein eigenes Haus.

Lassen wir ihn dort und wenden wir uns wieder seinem Vater 'Omar ibn en-Nu'mân zu! Der stand auf, als sein Sohn Scharkân ihn verlassen hatte, und ging mit den beiden anderen Juwelen zu seiner Sklavin Sophia; als sie ihn erblickte, erhob sie sich und blieb stehen, bis er sich setzte. Alsbald kamen auch seine beiden Kinder, Dau el-Makân und Nuzhat ez-Zamân; wie er die sah, küßte er sie und hängte einem jeden eins der Juwelen um den Hals. Die beiden freuten sich darüber und küßten ihm die Hände. Und sie gingen zu ihrer Mutter, die sich mit ihnen freute und dem König langes Leben wünschte. Nun sprach er zu ihr: ‚Weshalb hast du mir all die Zeit her nicht gesagt, daß du die Tochter des Königs Afridûn bist, des Herrn von Konstantinopel? Ich hätte dich noch mehr geehrt und deine Würde gemehrt und erhöht.' Als Sophia dies vernahm, erwiderte sie: ‚O König, was sollte ich mir denn Größeres oder Höheres wünschen als diesen Rang, den ich bei dir einnehme? Du überhäufest mich ja mit deiner Gunst und deiner Wohltat, und Allah hat mich durch dich mit zwei Kindern gesegnet, einem Sohn und einer Tochter.' Ihre Antwort gefiel dem König, und als er sie verlassen hatte, da bestimmte er für sie und ihre Kinder einen wunderbar schönen Palast. Auch ernannte er Eunuchen und Diener für sie, und Rechtsgelehrte, Philosophen, Astrologen, Ärzte und Chirurgen, deren Obhut er sie anvertraute; er ehrte sie noch mehr und ließ ihnen die höchsten Gunstbezeigungen zuteil werden. Dann kehrte er in den Palast seiner Herrschaft zurück und in die Halle, in der er für seine Untertanen Recht sprach.

So stand es also um sein Verhalten zu Sophia und ihren Kindern; wie er sich aber zur Prinzessin Abrîza stellte, werden wir jetzt sehen. Der König 'Omar ibn en-Nu'mân war ja in Liebe zu ihr entbrannt, und das Verlangen nach ihr quälte ihn Tag und Nacht. Jeden Abend ging er zu ihr und plauderte mit ihr und machte ihr Andeutungen mit Worten; aber sie ging nicht darauf ein, sondern sagte nur: ‚O größter König unserer Zeit, ich habe jetzt kein Verlangen nach einem Manne.‘ Und als er sah, daß sie sich ihm versagte, da erstarkte in ihm die Leidenschaft, und noch heftiger kam über ihn der heißen Liebe Kraft, bis er dessen müde wurde und seinen Wesir Dandân rufen ließ; dem vertraute er an, welche Liebe zu der Prinzessin Abrîza, der Tochter des Königs Hardûb, in seinem Herzen verborgen war, und er sagte ihm, daß sie seinen Wünschen nicht nachgeben wollte und daß ihn das Verlangen nach ihr fast getötet habe, da er nicht ihre Gunst gewinnen könne. Als der Wesir diese Worte hörte, sprach er zu dem König: ‚Sowie die dunkle Nacht gekommen ist, nimm ein Stück Bendsch, etwa im Gewicht eines Mithkâls[1], geh zu ihr und trinke etwas Wein mit ihr. Und wenn die Zeit naht, da das Gelage endet, so fülle ihr den letzten Becher, wirf das Bendsch hinein und gib ihn ihr zu trinken; und ehe sie ihr Schlafgemach erreicht, wird das Gift an ihr seine Wirkung tun. Dann gehe du ihr nach und bleibe bei ihr und stille dein Verlangen nach ihr! Dies ist der Rat, den ich dir gebe.‘ ‚Was du mir anrätst, ist vortrefflich‘, sprach der König, und er begab sich in seine Schatzkammer und holte ein Stück von starkem Bendsch heraus, von dessen Geruch sogar ein Elefant von einem Jahr ins andere geschlafen hätte. Er tat es in die Tasche auf seiner Brust und wartete, bis ein kleiner Teil der

1. Das sind ungefähr 4½ Gramm.

556

Nacht verstrichen war; dann ging er zu der Prinzessin Abrîza in ihren Palast. Als sie ihn erblickte, erhob sie sich vor ihm; er aber hieß sie sich setzen. Sie setzte sich also, und er setzte sich neben sie und begann, mit ihr vom Wein zu plaudern; da richtete sie den Trinktisch her und stellte die Becher und Krüge vor ihn hin. Auch zündete sie die Kerzen an und befahl, Naschwerk, Süßigkeiten und Früchte zu bringen und alles, was zum Trinken gehört. Dann begannen sie zu trinken; und der König trank ihr so lange zu, bis ihr die Trunkenheit in den Kopf stieg. Als er das bemerkte, nahm er das Stück Bendsch aus der Tasche, und indem er es zwischen den Fingern hielt, füllte er ihr mit eigener Hand einen Becher und trank ihn aus. Dann füllte er ihn zum zweiten Mal und sagte: ,Auf deine Freundschaft!' Damit ließ er das Stück in den Becher fallen, ohne daß sie es bemerkte. Sie nahm ihn und trank ihn aus; dann ging sie in ihr Schlafgemach. Als noch keine Stunde vergangen war, da war er sicher, daß der Schlaftrunk seine Wirkung ausgeübt und sie der Besinnung beraubt hatte, und so ging er zu ihr und fand sie auf ihrem Rücken liegend; sie hatte die Hose ausgezogen, und ein Lufthauch hob den Saum ihres Hemdes. Wie der König sie so daliegen sah und zu ihren Häupten eine brennende Kerze fand und zu ihren Füßen eine zweite, die da beleuchtete, was ihre Lenden umschlossen, da verließ ihn sein Verstand, Satan führte ihn in Versuchung, und er konnte sich nicht mehr beherrschen; sondern er zog das Kleid aus, fiel über sie her und nahm ihr die Mädchenschaft. Dann stand er auf, ging zu einer ihrer Frauen, Mardschâna mit Namen, und sagte: ,Geh zu deiner Herrin; sie läßt dich rufen!' Die Sklavin lief hinein und fand ihre Herrin bewußtlos auf dem Rücken liegend, während ihr das Blut an den Beinen herabrann; da nahm sie eins von ihren Tüchern und wischte ihr das Blut ab und blieb die Nacht hindurch bei ihr. Doch als Allah der Erhabene den Tag grauen ließ, da wusch die Sklavin Mardschâna ihrer Herrin das Gesicht, die Hände und die Füße; dann brachte sie Rosenwasser und wusch ihr damit das Gesicht und den Mund. Da plötzlich nieste Prinzessin Abrîza, gähnte und würgte das Stück Bendsch herauf, so daß es aus ihrem Inneren herausfiel wie eine Pastille. Dann wusch sie sich Hände und Mund und sprach zu Mardschâna: ‚Sage mir, was mir widerfahren ist!' Da erzählte sie ihr alles das, was vorgegangen war. Die Prinzessin wußte nun, daß der König 'Omar ibn en-Nu'mân bei ihr gelegen und seinen Anschlag gegen sie ausgeführt hatte. Tief betrübt darüber zog sie sich in ihre Gemächer zurück und sagte zu ihren Mädchen: ‚Haltet jeden zurück, der zu mir kommen will, und sagt, ich sei krank, bis ich sehe, was Gott mit mir vorhat!' Die Nachricht von ihrer Krankheit erreichte auch den König, und er schickte ihr Scherbette und Zuckergebäck. So lebte sie einige Monate lang in der Einsamkeit, und unterdessen kühlte das Feuer des Königs sich ab, und sein Verlangen nach ihr erlosch, so daß er sich ihrer enthielt.

Nun hatte sie von ihm empfangen, und als die Monate dahingingen, wurde ihre Schwangerschaft sichtbar; ihr Leib schwoll an, und die Welt ward ihr zu eng. So sprach sie zu ihrer Dienerin Mardschâna: ‚Wisse, nicht die Welt hat unrecht an mir gehandelt, sondern ich habe mich gegen mich selbst versündigt, weil ich meinen Vater und meine Mutter und mein Land verlassen habe. Jetzt bin ich des Lebens überdrüssig, denn mein Mut ist gebrochen, und mir bleibt weder Kraft mehr noch Mut. Wenn ich früher auf mein Roß stieg, so bezwang ich es; jetzt aber bin ich außerstande zu reiten. Wenn ich hier bei ihnen niederkomme, so werde ich vor meinen Dienerinnen entehrt sein, und jeder im Palaste wird wissen, daß der König mir auf dem Wege der Schande das Mädchentum nahm; und wenn ich heimkehre zu meinem Vater: mit welchem Gesicht soll ich ihm entgegentreten, und mit welchem Gesicht soll ich überhaupt zurückkehren? Wie recht spricht der Dichter:

> *Gibt es Trost für den, der kein Land und keine Heimatstatt,*
> *Keinen Freund und keinen Becher, ja auch kein Dach mehr hat?'*

Mardschâna antwortete: ‚Du hast zu befehlen, und ich gehorche'; und Abrîza sprach: ‚Ich möchte diese Stadt sofort heimlich verlassen, so daß niemand von mir weiß als du, und zu meinem Vater und meiner Mutter heimkehren; denn wenn das Fleisch stinkend geworden ist, so bleibt ihm nichts als seine eigene Sippe, und Gott soll mit mir tun, was er will.' ‚O Prinzessin,' erwiderte Mardschâna, ‚was du tun willst, ist trefflich.'
Dann machte Abrîza alles bereit, bewahrte ihr Geheimnis und wartete ein paar Tage, bis der König auf die Jagd auszog und sein Sohn Scharkân sich zu den Burgen begab, um dort eine Zeit lang zu bleiben. Da ging sie zu Mardschâna und sprach zu ihr: ‚Ich möchte heute nacht aufbrechen; wie aber soll ich gegen das Schicksal kämpfen? Schon fühle ich die Wehen der Geburt, und wenn ich noch vier oder fünf Tage bleibe, so werde ich hier niederkommen und außerstande sein, die Reise in mein Land zu machen. Aber dies war mir auf der Stirn geschrieben.' Dann überlegte sie eine Weile und sprach: ‚Suche uns einen Mann, der mit uns geht und der uns unterwegs bediene; denn ich habe nicht die Kraft, die Waffen zu tragen!'
‚Bei Gott,' erwiderte Mardschâna, ‚meine Herrin, ich weiß keinen als einen schwarzen Sklaven namens el-Ghadbân[1]; der gehört zu den Sklaven des Königs 'Omar ibn en-Nu'mân und ist ein tapferer Kerl, und er hält Wache am Tore unseres Pa-

---

1. Der Zornige.

lastes. Der König ernannte ihn zu unserem Dienst, und wir haben ihn mit unserer Gunst überschüttet; daher will ich hingehn und mit ihm darüber reden. Ich will ihm etwas Geld versprechen und ihm sagen, wenn er bei uns bleiben wolle, so würde ich ihm die Frau geben, die er sich wünsche. Er hat mir früher einmal erzählt, er sei ein Wegelagerer gewesen; und wenn er bereit ist, so werden wir unser Ziel erreichen und in unser Land gelangen.‘ Sie entgegnete: ‚Rufe ihn zu mir, daß ich mit ihm rede!‘ Da ging Mardschâna hin und rief: ‚O Ghadbân, Gott gebe dir Glück, wenn du einwilligst in das, was meine Herrin dir sagen wird!‘ Und sie nahm ihn bei der Hand und führte ihn zu der Prinzessin. Als er sie sah, küßte er ihr die Hände; doch als sie ihn erblickte, da erschrak ihr Herz vor ihm, und sie sprach bei sich selber: ‚Wahrlich, die Not gibt ihr eigenes Gesetz.‘ Und sie trat zu ihm, um mit ihm zu reden; und obwohl ihr Herz vor ihm erschrocken war, sprach sie dennoch zu ihm: ‚O Ghadbân, sprich, willst du uns gegen die Tücke des Schicksals helfen und mein Geheimnis bewahren, wenn ich es dir entdecke?‘ Wie der Sklave sie nur anschaute, wurde sein Herz von ihr gewonnen, und er entbrannte sofort in Liebe zu ihr; so konnte er nur entgegnen: ‚O Herrin, wenn du mir etwas befiehlst, will ich davon nicht weichen.‘ Da sprach sie: ‚Ich will, daß du noch in dieser Stunde mich und diese meine Dienerin nimmst, daß du uns zwei Kamele sattelst, und zwei von des Königs Pferden, und daß du auf jedes Pferd eine Satteltasche mit Geld und Zehrung legst und mit uns ziehst in unser Land; und wenn du dann bei uns bleiben willst, so will ich dich mit einer meiner Sklavinnen verheiraten, die du dir aussuchen sollst. Wenn du aber lieber in dein eigenes Land zurückkehren willst, so wollen wir dich verheiraten und dir geben, was du verlangst; dann kannst du in dein Land heimkehren, nachdem du so viel Geld erhalten hast, daß du damit zufrieden bist.' Als el-Ghadbân diese Worte hörte, freute er sich sehr und sprach: ‚O Herrin, ich will euch beiden herzlich gern dienen und mit euch ziehen; die Pferde will ich gleich satteln.' So ging er freudig fort und sprach bei sich selber: ‚Ich werde schon meinen Willen an ihnen durchsetzen; und wenn sie mir nicht zu Willen sind, dann töte ich sie beide und nehme ihr Geld.' Diese Absicht verbarg er tief in seinem Innern, ging dahin und kehrte alsbald mit zwei Kamelen und drei Pferden zurück, von denen er eines selber ritt. Dann trat er zur Prinzessin Abrîza und brachte ihr ein Pferd, und sie stieg auf und ließ Mardschâna auf das dritte Pferd steigen. Aber die Prinzessin litt große Schmerzen durch die Wehen und konnte sich vor übergroßer Qual kaum noch beherrschen. Nun zog der Sklave mit ihnen dahin, Tag und Nacht, durch das Land zwischen den Bergen, bis nur noch ein einziger Tagesmarsch zwischen ihnen und ihrem Lande lag. Da aber kamen die Wehen über die Prinzessin, und sie konnte sie nicht mehr zurückhalten; so sprach sie zu el-Ghadbân: ‚Laß mich absteigen, denn die Wehen haben mich gepackt'; und der Mardschâna rief sie zu: ‚Steig ab und setze dich zu mir und entbinde mich!' Alsbald stieg Mardschâna ab von ihrem Pferde, und el-Ghadbân tat desgleichen; sie banden die Zügel der beiden Pferde fest und halfen der Prinzessin absteigen, die fast bewußtlos war vor dem Übermaß der Schmerzen. Als aber el-Ghadbân sie auf dem Boden sah, da drang Satan in ihn ein, und er zog sein Schwert vor ihrem Antlitz und sagte: ‚O Herrin, gewähre mir deine Gunst.' Doch als sie seine Worte hörte, da sah sie ihn an und sagte: ‚Es bliebe nur noch übrig, daß ich mich Negersklaven hingäbe, nachdem ich mich Königen und Helden verweigert habe!' – –«

Da bemerkte Schehrezâd, daß der Morgen begann, und sie hielt in der verstatteten Rede an. Doch als die *Zweiundfünfzigste Nacht* anbrach, fuhr sie also fort: »Es ist mir berichtet worden, o glücklicher König, daß Prinzessin Abrîza, während sie zu dem schwarzen Sklaven el-Ghadbân sagte: ,Es bliebe nur noch übrig, daß ich mich Negersklaven hingäbe, nachdem ich mich Königen und Helden verweigert habe!' vor Zorn entbrannte und dann rief: ,Pfui über dich! Was für Worte redest du da zu mir? Pfui! Nimm so etwas nicht in den Mund in meiner Gegenwart! Wisse, nie werde ich etwas von dem gewähren, was du verlangst, und müßte ich auch den Becher des Todes leeren. Warte, bis ich das Ungeborene und mich selbst befreit habe und von der Nachgeburt entbunden bin; wenn du dann noch dazu imstande bist, so tu mit mir, was du willst. Doch wenn du jetzt nicht dein geiles Reden lässest, so werde ich mich wahrlich mit eigener Hand erschlagen und von der Welt scheiden; dann habe ich Ruhe vor alldem.' Und sie sprach die Verse:

> Ghadbân, laß ab von mir! Genug hab ich gelitten
> Vom Unbill der Geschicke und der grausamen Zeit.
> Unzüchtiges Gebaren hat Gott der Herr verboten;
> Er sprach: ,Wer mir nicht folgt, ist dem Höllenfeuer geweiht.'
> Fürwahr, ich werde nie zu schlechtem Tun mich neigen;
> Nein, das verachte ich. Laß mich, sieh mich nicht an!
> Lässest du mich mit deiner Gemeinheit nicht in Ruhe
> Und wahrst nicht meine Ehre um Gottes willen, dann
> Ruf ich mit aller Kraft die Mannen meines Volkes
> Und hole sie alle, die Nahen, und auch die Fernen herbei.
> Und würde ich auch zerschlagen mit einem jemenischen Schwerte,
> Nie zeigte ich einem gemeinen Kerle mein Antlitz frei,
> Keinem von allen Freien und Leuten aus edlem Geschlecht –
> Und wieviel weniger noch einem Bastard und elenden Knecht!

Als el-Ghadbân diese Verse hörte, da ergrimmte er gewaltig;
seine Augen wurden rot vor Wut, und seine Farbe wurde fahl;
seine Nüstern schwollen, seine Lippen quollen, und doppelt
widerwärtig wurde sein Angesicht. Und da sprach er auch
noch dieses Gedicht:

> *O du, Abrîza, weh, laß mich doch nicht alleine!*
> *Mich tötete die Liebe durch deinen Schwerterblick.*
> *Mein Herz ist schon zerschnitten, weil du dich grausam weigerst,*
> *Mein Leib ist dünn geworden, Geduld weicht mir zurück.*
> *Dein Auge hat die Herzen durch Zauberei gefangen;*
> *Und mein Verstand rückt aus, die Sehnsucht naht sich mir.*
> *Und holtest du auch die Fülle der Erde als Heer zusammen,*
> *Ich tue meinen Willen in diesem Augenblick, hier!*

Wie Abrîza diese Worte hörte, weinte sie bitterlich und sprach
zu ihm: ,Pfui über dich, Ghadbân! Wie darf deinesgleichen
ein solches Ansinnen an mich stellen? Du Bastardbrut und Tunichtgut! Glaubst du, die Menschen sind alle gleich schlecht?'
Beim Anhören dieser Worte wurde der elende Knecht nur
noch zorniger, und seine Augen wurden noch röter; er trat zu
ihr hin und schlug mit seinem Schwert in ihre Halsadern und
verwundete sie zu Tode. Dann nahm er das Geld, ritt mit ihrem
Pferd eiligst davon und entfloh in das Gebirge.

Lassen wir ihn und sehen wir zunächst, wie es der Prinzessin
Abrîza erging! Sie gebar einen Knaben, dem Monde gleich,
und Mardschâna nahm das Kind und verrichtete die notwendigen Dienste und legte ihn seiner Mutter zur Seite; und siehe,
das Kind klammerte sich an die Brust seiner sterbenden Mutter!
Da stieß Mardschâna einen lauten Schrei aus, zerriß ihr Kleid,
streute sich Staub auf das Haupt und schlug sich die Wangen,
bis das Blut von ihrem Gesicht herabfloß, und rief: ,Weh,
meine Herrin! Wehe, der Jammer! Du stirbst durch die Hand
eines unwürdigen schwarzen Sklaven, und das bei all deiner

ritterlichenTapferkeit!' Und sie weinte immerfort. Da plötzlich stieg eine Staubwolke auf zum Himmelszelt und verdunkelte weit und breit das Feld; als sie sich dann teilte, zeigte sich klar unter ihr eine zahlreiche Reiterschar.

Nun war dies das Heer des Königs Hardûb, des Vaters der Prinzessin Abrîza, und er kam, weil er vernommen hatte, daß seine Tochter und ihre Dienerinnen nach Baghdad entflohen waren und bei König 'Omar ibn en-Nu'mân weilten; er war ausgezogen mit seinem Gefolge, um bei den Reisenden nach ihr zu fragen, ob sie sie vielleicht bei dem König gesehen hätten. Und als er einen Tagesmarsch von seiner Hauptstadt entfernt war, da erblickte er in der Ferne drei Reiter, und er hielt auf sie zu, um sie zu fragen, woher sie kämen, und um sich bei ihnen nach seiner Tochter zu erkundigen. Diese drei nun, die er in der Ferne sah, waren seine Tochter und ihre Dienerin und der Sklave el-Ghadbân gewesen; und er ritt auf sie zu, um sich bei ihnen Auskunft zu holen. Der Sklave aber hatte sie kommen sehen und hatte, da er für sein Leben fürchtete, Abrîza getötet und war geflohen. Als jene näher an sie herankamen, sah König Hardûb, wie seine Tochter tot dalag und ihre Dienerin über ihr weinte; er warf sich vom Roß und fiel in Ohnmacht zu Boden. Da sprangen all die Ritter in seinem Gefolge, die Emire und Wesire, ab und schlugen sofort in dem Gebirge die Zelte auf; für den König errichteten sie ein großes Rundzelt, und die Großen des Reiches traten draußen vor das königliche Zelt hin. Als aber Mardschâna ihren Herrn sah, da erkannte sie ihn auf der Stelle und weinte noch heftiger; doch als der König aus seiner Ohnmacht erwachte, fragte er sie nach dem, was geschehen sei. Sie berichtete ihm den Hergang und schloß mit den Worten: ,Siehe, der Mörder deiner Tochter ist ein schwarzer Sklave, der dem König 'Omar ibn en-Nu'mân gehört', nachdem sie ihm auch mitgeteilt hatte, wie dieser König an der Prinzessin Abrîza gehandelt hatte. Da wurde dem König Hardûb die Welt vor den Augen schwarz, und er weinte bitterlich. Dann rief er nach einer Bahre und legte die tote Tochter darauf, kehrte nach Cäsarea zurück und ließ sie in den Palast tragen. Darauf ging er zu seiner Mutter Dhât ed-Dawâhi und sagte zu ihr: ‚Sollen die Muslime so meine Tochter behandeln? Da raubt der König 'Omar ibn en-Nu'mân ihr mit Gewalt die Ehre, und einer seiner schwarzen Sklaven ermordet sie dann! Aber beim Messias, ich will, so wahr ich hier stehe, das Blut meiner Tochter rächen und den Fleck der Schande von meiner Ehre waschen; sonst nehme ich mir mit eigener Hand das Leben.' Dann weinte er bitterlich. Doch seine Mutter sprach: ‚Niemand hat deine Tochter getötet als Mardschâna'; denn sie haßte sie insgeheim. Und dann fuhr sie fort: ‚Mache dir keine Sorge um die Blutrache für deine Tochter! Denn beim Messias, ich werde von König 'Omar ibn en-Nu'mân nicht ablassen, bis ich ihn und seine Söhne zu Tode gebracht habe; fürwahr, ich werde eine Tat an ihm tun, daneben die Unheilbringer und Helden verblassen werden und davon man in allen Ländern und an jedem Orte singen und sagen soll. Aber du mußt in allem, was ich sage, mein Geheiß vollführen; wer fest im Auge hat, was er will, der erreicht auch, was er will.' ‚Beim Messias,' erwiderte er, ‚ich will dir nie in dem, was du sagst, widersprechen.' Sie fuhr fort: ‚Bringe mir eine Anzahl von Mädchen, hochbrüstige Jungfrauen, und berufe die Weisen der Zeit. Die laß die Mädchen unterrichten in der Philosophie und im feinen Benehmen vor Königen, in der Kunst der Unterhaltung und des Dichtens; und laß sie ihnen wissenschaftliche und erbauliche Vorträge halten! Aber die Weisen müssen Muslime sein, damit sie die Sprache und die Überlieferung der Araber lehren, sowie die Geschichte der Kalifen und die Annalen der früheren Könige des Islams; tun wir vier Jahre lang dergleichen, so werden wir unser Ziel erreichen. Also fasse deine Seele in Geduld und warte; denn einer der Araber sagt: Wird die Blutrache nach vierzig Jahren genommen, so ist das eine kurze Zeit. Wenn wir jene Mädchen all das gelehrt haben, so werden wir imstande sein, unseren Willen an unserem Feinde durchzusetzen; denn die Liebe zu den Mädchen ist seine schwache Seite. Er hat dreihundertundsechzig Kebsweiber, zu denen noch hundert aus der Blüte deiner Dienerinnen kommen, die deine Tochter begleiteten, sie, die zu Gottes Barmherzigkeit eingegangen ist. Wenn nun also diese Mädchen so unterrichtet sind, wie ich dir gesagt habe, dann will ich sie nehmen und selber mit ihnen ausziehn.' Als König Hardûb die Worte seiner Mutter Dhât ed-Dawâhi vernommen hatte, da stand er hocherfreut auf und küßte ihr das Haupt; dann entsandte er sofort Boten und Gesandte in alle Länder, um ihm muslimische Weise herbeizuholen. Sie gehorchten seinem Befehle und zogen in ferne Gegenden und brachten ihm, seinem Wunsche gemäß, die Weisen und Gelehrten heim. Und als diese vor ihn traten, da erwies er ihnen hohe Ehren, verlieh ihnen Ehrengewänder, setzte ihnen Gehälter und Jahrgelder fest und versprach ihnen viel Geld, wenn sie die Mädchen unterrichtet hätten. Alsdann ließ er die Mädchen zu ihnen führen. – – «

Da bemerkte Schehrezâd, daß der Morgen begann, und sie hielt in der verstatteten Rede an. Doch als die *Dreiundfünfzigste Nacht* anbrach, fuhr sie also fort: »Es ist mir berichtet worden, o glücklicher König, daß der König Hardûb den Weisen und Gelehrten, als sie vor ihn getreten waren, hohe Ehren erwies und die Mädchen zu ihnen führen ließ. Und er trug ihnen auf, den Mädchen Wissen, Philosophie und feine Bildung zu übermitteln. Sie also taten seinem Befehle gemäß.

So weit König Hardûb! Was aber König 'Omar ibn en-Nu'mân angeht, so hatte er, als er von der Jagd zurückkam und seinen Palast betrat, nach der Prinzessin Abrîza gesucht; doch er fand sie nicht, und keiner konnte ihm Nachricht von ihr geben noch ihm die Sache aufklären. Da beunruhigte er sich und sprach: ,Wie kann eine Frau den Palast verlassen, ohne daß jemand sie bemerkt? Wenn es so in meinem Königreiche aussieht, so ist es schlimm darum bestellt, und niemand ist da, um Ordnung in ihm zu halten! Ich will in Zukunft nicht mehr auf die Jagd ausziehen, ehe ich zu den Toren Leute geschickt habe, die für ihre Bewachung verantwortlich sind.' Er war sehr traurig, und seine Brust ward beklommen ob dem Verluste der Prinzessin Abrîza. Inzwischen kehrte sein Sohn Scharkân von seiner Reise zurück; und der Vater erzählte ihm, was geschehen war und wie die Prinzessin entflohen sei, während er auf der Jagd gewesen. Darüber war der Prinz tief bekümmert. König 'Omar aber begann nun, seine Kinder täglich zu besuchen und ihnen seine Huld zu beweisen; er brachte ihnen Gelehrte und Weise, um sie zu unterrichten, und setzte ihnen Jahrgelder aus. Doch als Scharkân das sah, geriet er in große Wut, und er beneidete seinen Bruder und seine Schwester deswegen; schließlich wurden die Zeichen des Zorns in seinem Gesicht erkennbar, und er siechte hin vor Ingrimm. Da sprach eines Tages sein Vater zu ihm: ,Woher kommt es, daß ich sehe, wie dein Leib immer kränker und deine Farbe immer bleicher wird?' ,Mein Vater,' erwiderte Scharkân, ,sooft ich sehe, wie du meinen Bruder und meine Schwester liebkosest und beschenkst, packt mich die Eifersucht, und ich fürchte, sie wird so stark in mir werden, daß ich sie umbringe und daß du aus

Rache mich erschlägst. Dies also ist der Grund, weshalb mein Leib krank und meine Farbe bleich ist. Aber jetzt erbitte ich von dir die Gnade, daß du mir eine deiner Burgen, die abseits von den anderen liegt, gibst, damit ich dort den Rest meines Lebens verbringe. Es heißt ja im Sprichworte: Trennung vom Freunde ist besser für mich und geziemender; denn was das Auge nicht sieht, tut dem Herzen nicht weh.' Und er neigte das Haupt zu Boden. Als aber König 'Omar ibn en-Nu'mân seine Worte hörte und erfuhr, was der Grund seiner Niedergeschlagenheit war, da beruhigte er ihn und sagte: ,O mein Sohn, ich gewähre es dir, und ich habe in meinem Reich keine größere Burg als die von Damaskus; dort sollst du hinfort regieren.' Alsbald berief er die Staatssekretäre und befahl ihnen, die Bestallung seines Sohnes Scharkân als Statthalter von Damaskus in Syrien auszufertigen. Nachdem dies geschehen war, rüstete man ihn aus; und er nahm auch den Wesir Dandân mit sich. Dem übertrug sein Vater die Regierung und die Leitung der Politik, kurz, er beauftragte ihn mit allen Angelegenheiten bei dem prinzlichen Statthalter. Dann nahm er Abschied von Scharkân, die Emire und die Großen des Reiches taten desgleichen, und der Prinz zog aus mit seiner Schar gen Damaskus. Als er dort ankam, da schlugen die Bewohner der Stadt die Trommeln, und sie bliesen die Trompeten und zogen ihm, nachdem sie die Stadt geschmückt hatten, in einem großen Festzuge entgegen; in ihm gingen die Würdenträger, die rechts vom Throne stehen, zur Rechten und die der Linken zur Linken.

Lassen wir nun Scharkân und kehren wir zu seinem Vater 'Omar ibn en-Nu'mân zurück! Nach der Abreise seines Sohnes kamen die Gelehrten zu dem König und sprachen: ,Herr, deine Kinder haben jetzt alles Wissen gelernt, und sie sind wohlbewandert in der Philosophie, der feinen Bildung und den Regeln der Zeremonien.' Darüber freute der König sich sehr; und er bezeugte den Gelehrten seine Gnade. Er sah, wie Dau el-Makân herangewachsen und aufgeblüht war und sich zu Rosse tummelte. Der Prinz stand jetzt im Alter von vierzehn Jahren, und er widmete sich der Frömmigkeit und dem Gottesdienste; denn er liebte die Armen, die Gelehrten und Männer des Korans, so daß ihn alles Volk von Baghdad liebgewann, Männer wie Frauen. Eines Tages nun zog der Pilgerzug mit dem heiligen Seidenteppich aus dem Irak durch Baghdad, auf seiner Fahrt nach Mekka und zu dem Grabe des Propheten – Allah segne ihn und gebe ihm Heil! Als Dau el-Makân den Pilgerzug sah, da ergriff ihn die Sehnsucht, auch ein Pilger zu werden; und so ging er zu seinem Vater und sagte: ,Ich komme, um dich zu bitten, daß ich die Pilgerfahrt machen darf.' Sein Vater aber schlug ihm die Bitte ab, indem er sprach: ,Warte bis nächstes Jahr, dann gehe ich mit dir!' Doch der Prinz fühlte, daß ihm dies zu lange dauern würde, und so ging er zu seiner Schwester Nuzhat ez-Zamân, die er im Gebete fand. Als die ihre Andacht beendet hatte, sprach er zu ihr: ,Ich vergehe vor Sehnsucht nach der Pilgerfahrt zum heiligen Hause Allahs in Mekka und zum Grabe des Propheten – über ihm sei Segen und Heil! Ich habe meinen Vater um Erlaubnis gebeten, aber er hat meine Bitte abgeschlagen; deshalb will ich nun einiges Geld an mich nehmen und mich heimlich ohne sein Wissen auf die Pilgerschaft machen.' ,Ich bitte dich um Allahs willen,' rief sie aus, ,nimm mich mit und versage mir nicht die Pilgerfahrt zum Grabe des Propheten – Allah segne ihn und gebe ihm Heil!' Da sagte er: ,Wenn es ganz dunkel geworden ist, komm von hier heraus, ohne irgend jemandem etwas davon zu sagen.' Also stand sie um Mitternacht auf, nahm ein wenig Geld an sich und verkleidete sich im Gewand eines Mannes; dann ging sie zum Tor des Palastes und fand dort Dau el-Makân mit Kamelen zur Reise bereit. Er half ihr aufsteigen und stieg dann selber auf; und so zogen die beiden in der Nacht dahin, holten die Pilgerkarawane ein und zogen weiter, bis sie sich bei den Pilgern aus dem Irak befanden. Dann pilgerten sie immer weiter dahin, und da Gott ihnen Heil vorausbestimmt hatte, so erreichten sie das hochheilige Mekka, verweilten am Berge 'Arafât und vollzogen alle Pilgerpflichten. Dann gingen sie nach Medina zum Grabe des Propheten – Allah segne ihn und gebe ihm Heil! –, besuchten es und wollten nun mit den Pilgern in ihre Heimat zurückkehren. Aber Dau el-Makân sprach zu seiner Schwester: ‚Liebe Schwester, mich verlangt danach, Jerusalem zu besuchen und Abraham, den Freund Gottes – Friede sei über ihm!‘ ‚Auch ich habe diesen Wunsch‘, entgegnete sie; so einigten sie sich darüber.

Dann ging er hin und mietete sich und seine Schwester ein bei der Karawane der Jerusalempilger; sie machten sich bereit und brachen mit dem Pilgerzug auf. Gerade in jener Nacht aber hatte die Schwester einen Anfall von kaltem Fieber und wurde schwer krank; doch sie erholte sich schnell. Allein dann wurde auch der Bruder krank. Da pflegte sie ihn in seiner Krankheit, die während ihrer ganzen Reise bis nach Jerusalem andauerte; doch die Krankheit wurde immer schlimmer, und er wurde immer schwächer. Sie stiegen dort in einem Chân ab und mieteten sich ein Zimmer, in dem sie wohnten; aber Dau el-Makâns Krankheit faßte ihn immer heftiger, bis er ganz abgemagert und fast bewußtlos war. Da war seine Schwester Nuzhat ez-Zamân sehr bekümmert und rief aus: ‚Es gibt keine Majestät und es gibt keine Macht außer bei Allah dem Erhabenen und Allmächtigen! Dies ist Allahs Ratschluß!‘ Sie blieben nun eine Zeit lang dort, während seine Schwäche zunahm und sie ihn pflegte und das Notwendige einkaufte für sich und ihn, bis alles Geld, das sie hatte, ausgegeben war und sie so arm war, daß ihr kein Dirhem mehr blieb. Da schickte sie einen Diener des Châns mit einigen ihrer Kleider in den Basar; der verkaufte sie, und sie verwandte das Geld für ihren Bruder. Dann verkaufte sie mehr, und allmählich verkaufte sie alle ihre Habe, ein Stück nach dem andern, bis ihr nichts mehr blieb als ein zerrissenes Stück Zeug. Da weinte sie und rief aus: ,Allah ist der Gebieter über das Vergangene und das Zukünftige!' Ihr Bruder aber sprach zu ihr: ,Schwester, ich spüre jetzt die Genesung, und mich verlangt nach etwas gebratenem Fleische.' ,Bei Gott, lieber Bruder,' erwiderte sie, ,ich habe nicht die Stirn zum Betteln; aber morgen will ich in das Haus eines Reichen gehen und durch Dienst etwas erwerben, von dem wir beide leben können.' Darauf sann sie eine Weile nach und sagte: ,Wahrlich, es ist nicht leicht für mich, dich in diesem Zustand zu verlassen, aber ich muß mich dazu zwingen fortzugehen!' Er entgegnete: ,Das verhüte Gott! Du wirst ins Elend geraten; aber es gibt keine Majestät und es gibt keine Macht außer bei Allah!' Dann weinten sie beide miteinander, und sie sprach: ,Bruder, wir sind Fremde, die seit einem vollen Jahr hier wohnen, aber noch hat niemand an unsere Tür gepocht. Sollen wir denn Hungers sterben? Ich weiß keine Hilfe, als daß ich ausgehe und diene und dir einiges bringe, von dem wir uns nähren können, bis du von deiner Krankheit geheilt bist; dann wollen wir in unsere Heimat reisen.' Sie blieb noch eine Weile weinend bei ihm, während er auf seinem Krankenlager auch Tränen vergoß. Dann aber stand Nuzhat ez-Zamân auf, verhüllte ihr Haupt mit einem härenen Lappen, der zu den Tüchern der Kameltreiber gehörte und den sein Besitzer bei ihnen vergessen und zurückgelassen hatte; sie küßte ihrem Bruder die Stirn, umarmte ihn und ging weinend davon, ohne zu wissen, wohin sie sich wenden sollte. So ging sie immer weiter, während ihr Bruder auf sie wartete, bis die Zeit des Nachtmahls nahe war; da kam sie noch nicht, und nun wachte er, bis der Morgen dämmerte, aber noch immer kehrte sie nicht zu ihm zurück. Das ging so weiter zwei Tage lang. Darum war er in großer Sorge, und sein Herz zitterte für sie, und der Hunger bedrängte ihn sehr. Schließlich aber verließ er das Zimmer und rief den Diener des Châns und bat ihn, er möchte ihn zum Basar führen. Der führte ihn zum Basar und legte ihn dort nieder; alsbald sammelte sich das Volk von Jerusalem um ihn, und alle waren zu Tränen gerührt, als sie seinen Zustand sahen. Da machte er ihnen Zeichen, daß er etwas essen möchte; und sie holten für ihn einiges Geld von den Kaufleuten, die sich im Basar befanden, und kauften Nahrung und speisten ihn damit; dann trugen sie ihn in einen Laden, wo sie eine Matte aus Palmblättern für ihn ausbreiteten, und setzten ihm zu Häupten eine Kanne Wassers hin. Als die Nacht hereinsank, gingen alle die Leute fort, obgleich sie in schwerer Sorge um ihn waren; doch um Mitternacht dachte er an seine Schwester, und da wurde seine Krankheit wiederum heftiger, so daß er von da ab nicht mehr aß noch trank und das Bewußtsein verlor. Nun gingen die Leute im Basar hin und sammelten unter den Kaufleuten dreißig Silberdirhems, mieteten ein Kamel für ihn und sagten zu dem Treiber: ‚Bringe diesen Kranken nach Damaskus und lasse ihn dort im Hospital; vielleicht wird er geheilt und wieder gesund.‘ ‚Gern!‘ erwiderte der Treiber; doch bei sich selber sprach er: ‚Wie soll ich diesen Kranken, der dem Tode nahe ist, nach Damaskus bringen?‘ So schaffte er ihn an einen Ort, wo er sich bis zum Einbruch der Nacht mit ihm verbarg; dann aber warf er ihn auf den Misthaufen bei dem Heizraum eines Badehauses und ging seiner Wege.

Als nun der Morgen dämmerte, kam der Heizer des Bades zu seiner Arbeit, und als er Dau el-Makân dort liegen sah, rief er aus: ‚Warum wirft man diese Leiche gerade hierher?‘ Und er trat mit dem Fuße nach ihm, so daß er sich bewegte; da sprach der Heizer: ‚Na ja, so'n Kerl wie du frißt Opium und wirft sich dann hin, wo es gerade trifft.‘ Doch als er ihm ins Gesicht blickte und seine bartlosen Wangen und seine Schönheit und Anmut sah, da hatte er Mitleid mit ihm und erkannte, daß er ein kranker Fremdling war. So rief er: ‚Es gibt keine Majestät und es gibt keine Macht außer bei Allah! Wahrlich, ich habe gegen diesen Jüngling gesündigt, denn der Prophet – Allah segne ihn und gebe ihm Heil! – hat befohlen, den Fremdling zu ehren, vor allem, wenn der Fremdling krank ist.‘ Da trug er ihn in sein Haus, brachte ihn zu seiner Frau und sagte ihr, sie solle ihm eine Decke hinlegen und ihn pflegen. Die breitete ihm also eine Decke zum Schlafen aus, legte ihm ein Kissen unter den Kopf, wärmte Wasser für ihn und wusch ihm Hände, Füße und Gesicht. Inzwischen ging der Heizer auf den Markt, holte etwas Rosenwasser und Zucker und besprengte ihm das Gesicht mit dem Wasser und gab ihm von dem Scherbett zu trinken. Auch holte er ihm ein sauberes Hemd und zog es ihm an. Dau el-Makân aber sog den Zephir der Genesung ein, und die Gesundheit wandte sich ihm wieder zu; und er richtete sich auf, gegen das Kissen gelehnt. Des freute der Heizer sich und rief: ‚Preis sei Allah für die Gesundung dieses Jünglings! O Gott, ich flehe dich an bei deinem verborgenen Geheimnis, daß du diesen Jüngling durch meine Hand errettest!‘ – –«

Da bemerkte Schehrezâd, daß der Morgen begann, und sie hielt in der verstatteten Rede an. Doch als die *Vierundfünfzig-*

ste Nacht anbrach, fuhr sie also fort: »Es ist mir berichtet worden, o glücklicher König, daß der Heizer ausrief: ‚O Gott, ich flehe dich an bei deinem verborgenen Geheimnis, daß du diesen Jüngling durch meine Hand errettest!‘ Und dann sorgte er für ihn unermüdlich drei Tage lang; er gab ihm Zuckerscherbett zu trinken und Weidenblütenwasser und Rosenwasser; und er erwies ihm jeglichen Dienst und jede Freundlichkeit, bis die Gesundheit in seinen Leib zurückkehrte und Dau el-Makân die Augen wieder aufschlug. Da trat der Heizer zu ihm herein, und als er ihn sitzen sah, unter den Zeichen der Besserung, sprach er zu ihm: ‚Wie geht es dir jetzt, mein Sohn?‘ ‚Preis sei Allah,‘ erwiderte Dau el-Makân, ‚ich werde bald wohl und gesund sein, so Gott der Erhabene will.‘ Der Heizer pries den Herrn, ging eilends auf den Markt und kaufte zehn Küken für ihn. Die brachte er seiner Frau und sagte: ‚Jeden Tag schlachte zwei für ihn, eins am Morgen und eins am Abend!‘ Da schlachtete sie ein Küken für ihn, kochte es und brachte es ihm, gab ihm das Fleisch zu essen und ließ ihn die Brühe trinken. Als er gegessen hatte, holte sie ihm heißes Wasser, und er wusch sich die Hände und legte sich auf das Kissen zurück; sie bedeckte ihn mit einem Mantel, und er schlief bis um die Zeit des Nachmittagsgebetes. Da kochte sie ihm ein zweites Küken, brachte es ihm, zerlegte es und sprach: ‚Iß, mein Sohn!‘ Und während er aß, siehe, da trat ihr Mann ein, und als er sah, wie sie ihm zu essen gab, da setzte er sich ihm zu Häupten und fragte: ‚Wie geht es dir jetzt, mein Sohn?‘ ‚Preis sei Allah für die Genesung,‘ erwiderte er; ‚möge Allah dir deine Freundlichkeit an mir vergelten!‘ Der Heizer war froh darüber, ging aus und kaufte Veilchenscherbett und Rosenwasser und ließ ihn das trinken. Nun verdiente jener Heizer durch seine Arbeit im Badehause jeden Tag fünf Dirhems; und er kaufte täglich für einen Dirhem Zucker, Rosenwasser, Veilchenscherbett und Weidenblütenwasser, und für einen zweiten kaufte er Küken. Einen ganzen Monat lang pflegte er ihn so sorgsam, bis die Spuren der Krankheit von ihm gewichen waren und Dau el-Makân wieder ganz gesund war. Nun freuten der Heizer und seine Frau sich über die Genesung des Kranken, und der Heizer fragte ihn: ‚Mein Sohn, willst du mit mir ins Bad gehn?‘ Als dieser es gern bejahte, ging er in den Basar und holte einen Eseltreiber, setzte Dau el-Makân auf den Esel und stützte ihn im Sattel, bis sie im Bad ankamen. Dort ließ er ihn sich setzen und wies dem Treiber im Heizraum einen Platz an; er selbst ging auf den Markt und kaufte Lotusblätter und Lupinenmehl, kehrte ins Bad zurück und sprach zu Dau el-Makân: ‚Lieber Herr, im Namen Allahs, geh hinein! ich will dir deinen Leib waschen.‘ So betraten sie den inneren Raum des Bades, und der Heizer begann Dau el-Makân die Füße zu reiben und ihm mit den Blättern und dem Mehl den Leib zu waschen; da aber kam ein Badediener, den der Herr des Bades für Dau el-Makân gesandt hatte. Als der sah, wie der Heizer ihn wusch und rieb, trat er an ihn heran und sprach: ‚Das ist ein Eingriff in die Rechte des Herrn des Bades.‘ Der Heizer erwiderte: ‚Bei Allah, der Herr überwältigt uns mit seiner Gunst!‘ Da machte der Diener sich daran, Dau el-Makân den Kopf zu rasieren; dann badeten Dau el-Makân und der Heizer, und darauf kehrte der Heizer mit jenem nach Hause zurück. Dort kleidete er ihn in ein Hemd aus feinem Stoffe und gab ihm eins seiner eigenen Gewänder, ferner einen schönen Turban und einen feinen Gürtel, und er legte ihm ein seidenes Tuch um den Hals. Inzwischen hatte die Frau des Heizers wieder zwei Küken geschlachtet und gekocht, und nachdem Dau el-Makân hinaufgegangen war und sich auf sein Lager gesetzt hatte, löste der Mann für ihn Zucker in

Weidenblütenwasser und gab ihm das zu trinken. Dann setzte er den Speisetisch vor ihn hin, zerlegte die Küken, gab ihm das Fleisch zu essen und die Brühe zu trinken, bis Dau el-Makân gesättigt war. Der wusch sich darauf seine Hände, dankte Allah dem Erhabenen für die Genesung und sprach zu dem Heizer: ‚Du bist es, mit dem Allah der Erhabene mich begnadet und durch dessen Hand er mich errettet hat!‘ ‚Laß solche Reden!‘ versetzte der andere. ‚Sage uns lieber, weshalb du in diese Stadt gekommen bist und woher du stammst! Denn ich sehe in deinem Gesichte Spuren des Wohlstandes.‘ ‚Sage mir, wie du mich zuerst gefunden hast!‘ sprach Dau el-Makân; ‚und nachher will ich dir meine Geschichte erzählen.‘ Da erzählte der Heizer: ‚Was mich angeht, so wisse, als ich am frühen Morgen an meine Arbeit ging, fand ich dich auf dem Misthaufen liegen bei der Tür zum Heizraume, und ich wußte nicht, wer dich dort hingeworfen hatte. Da habe ich dich mitgenommen; das ist meine ganze Geschichte.‘ Dau el-Makân erwiderte: ‚Preis sei Dem, der die Gebeine wiedererweckt, wenn sie auch schon vermodern! Wahrlich, mein Bruder, du hast deine Güte an keinen Unwürdigen verschwendet, und du wirst die Früchte dafür ernten.‘ Dann fügte er hinzu: ‚Aber in welchem Lande bin ich jetzt?‘ ‚Du bist in der Stadt Jerusalem‘, erwiderte der Heizer; und da erinnerte Dau el-Makân sich daran, daß er in der Fremde war, und er dachte der Trennung von seiner Schwester und weinte. Nun enthüllte er dem Heizer sein Geheimnis und erzählte ihm seine Geschichte und sprach die Verse:

> *Sie haben mich in der Liebe über die Kraft beladen;*
> *Um ihretwillen kam über mich das schwerste Leid.*
> *O ihr, die ihr mich fliehet, fühlt doch mit meinem Herzblut;*
> *Sogar jeder Neidhart erbarmt sich meiner Verlassenheit.*
> *Versagt mir nicht einen Blick, der meine Schmerzen lindert,*

Die Leidenschaft auch, die mir zu schwer zu ertragen ward!
Ich bat mein Herz, es möchte mit euch Geduld noch haben;
Es sprach: ,Laß mich in Ruh! Geduld ist nicht meine Art.'

Dann weinte er noch stärker, bis der Heizer zu ihm sprach:
,Weine nicht, sondern preise vielmehr Allah den Erhabenen
für die Rettung und Genesung!' Nun fragte Dau el-Makân:
,Wie weit ist es von hier bis Damaskus?' Jener antwortete:
,Sechs Tagereisen.' Weiter fragte Dau el-Makân: ,Willst du
mich dorthin senden?' ,Lieber Herr,' sprach der Heizer, ,wie
kann ich dich allein reisen lassen, dich, einen fremden Jüngling? Wenn du nach Damaskus reisen willst, so werde ich mit
dir gehen; und wenn meine Frau auf mich hören und mir gehorchen und mich begleiten will, so will ich dort meinen Wohnsitz aufschlagen; denn es wird mir zu schwer, mich von dir zu
trennen.' Dann sprach er zu seiner Frau: ,Willst du mit mir
nach Damaskus, der Hauptstadt von Syrien, reisen, oder willst
du hier bleiben, wenn ich diesen meinen Herrn dorthin geleite und dann zu dir zurückkehre? Denn er will nach Damaskus ziehen, und bei Allah, es wird mir zu schwer, mich von
ihm zu trennen, und ich bin um ihn wegen der Straßenräuber
besorgt.' Sie erwiderte: ,Ich will mit euch beiden gehen'; und
er sprach: , Allah sei gepriesen, daß wir einig sind!' Somit war
die Reise beschlossen, und der Heizer machte sich daran, all
seine Habe und die seiner Frau zu verkaufen. – – «

Da bemerkte Schehrezâd, daß der Morgen begann, und sie
hielt in der verstatteten Rede an. Doch als die *Fünfundfünfzigste
Nacht* anbrach, fuhr sie also fort: »Es ist mir berichtet worden,
o glücklicher König, daß der Heizer und seine Frau mit Dau
el-Makân übereinkamen, mit ihm nach Damaskus zu ziehen.
Dann verkaufte der Heizer seine Habe und die seiner Frau;
und er kaufte ein Kamel und mietete für Dau el-Makân einen

Esel zum Reiten. Sie brachen auf und zogen ohne Aufenthalt dahin sechs Tage lang, bis sie Damaskus erreichten. Dort kamen sie gegen Abend an; und der Heizer ging aus und kaufte, wie er es gewohnt war, ein wenig zu essen und zu trinken. So verbrachten sie zunächst fünf Tage; aber da erkrankte die Frau des Heizers, und nach kurzem Siechtum ging sie ein zur Gnade Allahs des Erhabenen. Das war für Dau el-Makân ein schwerer Schlag, denn er hatte sich an sie und ihre Pflege gewöhnt; auch der Heizer trauerte sehr um ihren Tod. Nun wandte der Prinz sich zu dem Heizer, und da er ihn in Trauer versunken sah, sagte er zu ihm: ‚Trauere nicht, denn wir alle müssen durch dies Tor gehen!‘ Da blickte der Heizer auf und sprach zu ihm: ‚Allah lohne es dir, mein Sohn! Allah der Erhabene wird uns in seiner Gnade trösten und die Trauer von uns nehmen. Willst du, mein Sohn, mit mir ausgehen, daß wir uns Damaskus ansehen, damit dein Gemüt sich aufheitere?‘ Dau el-Makân erwiderte: ‚Du hast zu bestimmen.‘ Da erhob sich der Heizer und legte seine Hand in die des Prinzen, und beide gingen dahin, bis sie zu den Ställen des Statthalters von Damaskus kamen, wo sie Kamele fanden, beladen mit Kisten und Teppichen und brokatenen Stoffen, und gesattelte Pferde und baktrische Trampeltiere; Negersklaven und Mamluken und anderes Volk liefen aufgeregt hin und her. Da sprach Dau el-Makân: ‚Wem gehören wohl diese Diener und Kamele und Stoffe!‘ Und er fragte einen der Eunuchen: ‚An wen geht die Sendung?‘ Der Gefragte erwiderte: ‚Es sind Geschenke, die der Emir von Damaskus mit dem Tribut von Syrien dem König ’Omar ibn en-Nu’mân sendet.‘ Als aber Dau el-Makân diese Worte hörte, da liefen ihm die Augen über vor Tränen, und er sprach diese Verse:

> *O die ihr fern dem Blicke meines Auges,*
> *Und die ihr doch in meinem Herzen weilt:*

Fern ist mir eure Schönheit, und mein Leben
Ist bitter, meine Sehnsucht nicht geheilt.
Wenn Gott bestimmt, daß wir uns wieder finden,
Will ich das Leid in langen Mären künden.

Und da er weinte, als er geendet hatte, sprach der Heizer zu
ihm: ‚Mein Sohn, du bist ja kaum genesen; also fasse dir ein
Herz und weine nicht, denn ich fürchte einen Rückfall für
dich!‘ Und so ließ er nicht ab, ihn zu trösten und aufzuheitern;
aber Dau el-Makân seufzte und klagte, daß er in der Fremde
sei und fern von seiner Schwester und von seinem Lande. Tränen strömten ihm aus den Augen, und er sprach die Verse:

Such Zehrung in dieser Welt; denn siehe, du mußt sie verlassen!
Bedenke: dem unerbittlichen Tode entfliehst du nie!
Dein Wohlsein in der Welt ist doch nur Trug und Sorge;
Dein Leben in der Welt ist törichte, eitle Müh.
Wahrlich, die Welt ist nur wie der Rastort des reisigen Mannen:
Am Abend ruht er sein Tier; am Morgen zieht er von dannen.

Dann begann er wieder ob seiner Fremdlingschaft zu weinen
und zu klagen, und auch der Heizer weinte um den Verlust
seiner Frau; doch der ließ nicht ab, Dau el-Makân zu trösten,
bis der Morgen dämmerte. Und als die Sonne aufging, da
sprach er zu ihm: ‚Es ist, als ob du an deine Heimat dächtest.‘
‚Ja,‘ erwiderte Dau el-Makân, ‚und ich kann hier nicht länger
verweilen; drum will ich dich in Allahs Hände befehlen und
mit diesen Leuten da aufbrechen und langsam dahinziehen, bis
ich in meine Heimat komme.‘ Da sprach der Heizer: ‚Und ich
mit dir; denn ich kann mich nicht von dir trennen. Ich habe
dir eine Freundlichkeit erwiesen, und nun will ich dir bis zuletzt dienen.‘ Dau el-Makân erwiderte: ‚Allah vergelte dir!‘
Denn er freute sich darüber, daß der Heizer mit ihm reisen
wollte. Dann ging der Heizer sofort davon, verkaufte das Ka-

mel und kaufte einen zweiten Esel; und er lud seinen Mundvorrat auf und sagte zu Dau el-Makân: ‚Reite auf diesem Esel
unterwegs, und wenn du des Reitens müde bist, so kannst du
absteigen und gehen!‘ Der Prinz antwortete: ‚Allah segne dich
und helfe mir, es dir zu vergelten! Wahrlich, du hast mir mehr
Güte erwiesen als ein Bruder dem andern.‘ Dann wartete er,
bis es dunkle Nacht war; da legten sie ihre Vorräte und ihr Gepäck auf den Esel und brachen auf.

Lassen wir nun Dau el-Makân und den Heizer und kehren
wir zu seiner Schwester Nuzhat ez-Zamân zurück! Als sie sich
von ihrem Bruder getrennt hatte, verließ sie den Chân, der
ihnen in Jerusalem als Herberge diente, mit dem härenen Lumpen bedeckt, und ging aus, um bei jemandem Dienst zu suchen,
damit sie für ihren Bruder das gebratene Fleisch, nach dem er
Verlangen trug, kaufen könnte. Weinend ging sie dahin, ohne
zu wissen, wohin sie sich wenden sollte. Ihre Gedanken waren
bei ihrem Bruder, bei den Ihren und in der Heimat, und demütig flehte sie zu Gott, er möchte all dieser Not ein Ende machen; und sie sprach diese Verse:

> Schwarz fällt die Nacht, es regt sich die Liebe mit ihren Schmerzen,
> Und Sehnsucht rüttelt grausam an allem meinem Leid.
> Die bittre Qual der Trennung wohnt jetzt in meinem Innern,
> Und all das schwere Leiden macht mich zum Tode bereit.
> Die Liebe raubt mir den Schlaf, die Sehnsucht verbrennt mich wie Feuer,
> Die Tränen künden an, was heimlich in mir weilt.
> Ich kenne keinen Weg zu einem Wiedersehen,
> Das mich von meinem Elend und meiner Krankheit heilt.
> Das Feuer meines Herzens wird an der Sehnsucht entzündet,
> Mich peinigt Höllenglut wie Strafe für schwere Schuld.
> Genug, der du mich tadelst ob dem, was mich betroffen!
> Was mir vorherbestimmt ward, trage ich in Geduld.
> Ich schwöre bei der Liebe, nie werde ich mich trösten –
> Und Schwüre der Liebenden sind als hoch und heilig bekannt.

Dann ging sie weinend weiter, und während sie sich nach rechts und nach links umwandte, kam ein Scheich aus der Wüste mit fünf anderen Beduinen dahergezogen. Jener Alte betrachtete sie und sah, daß sie schön war, obwohl sie doch auf dem Kopfe einen härenen Lumpen trug; und er staunte ob ihrer Schönheit und sprach bei sich selber: ,Die da ist bezaubernd schön; aber sie sieht heruntergekommen aus. Ob sie vom Volke dieser Stadt ist oder eine Fremde, ich muß sie haben.' Dann folgte er ihr langsam, bis er ihr in einer engen Gasse entgegentrat und ihr den Weg versperrte; da rief er sie an, um sie auszufragen, und sprach: ,Töchterchen, bist du eine Freie oder eine Sklavin?' Als sie das hörte, blickte sie ihn an und bat ihn: ,Bei deinem Leben, erneuere mir nicht meinen Kummer!' Er aber fuhr fort: ,Ich hatte sechs Töchter, aber fünf von ihnen sind mir gestorben, und nur eine ist mir geblieben, die jüngste; nun wollte ich dich fragen, ob du zum Volk dieser Stadt gehörst oder eine Fremde bist; denn ich möchte dich mitnehmen und zu ihr bringen, damit du ihr Gesellschaft leistest und sie durch dich die Trauer um ihre Schwestern vergißt. Wenn du also keine Sippe hast, so will ich dich wie eine Tochter halten, und du sollst mir wie ein eigen Kind sein.' Wie Nuzhat ez-Zamân seine Worte vernahm, sprach sie bei sich selber: ,Vielleicht kann ich mich diesem Alten anvertrauen.' Dann senkte sie verschämt den Kopf und sprach: ,Lieber Oheim, ich bin ein fremdes Arabermädchen, und ich habe einen kranken Bruder; unter einer Bedingung will ich dich zu deiner Tochter begleiten, daß ich nämlich nur den Tag bei ihr zu verbringen brauche und nachts zu meinem Bruder zurückkehren darf. Wenn du damit einverstanden bist, so will ich mit dir gehen; denn ich bin eine Fremde, und ich stand einst hoch in Ehren in meinem Stamm, doch ich ward arm und verachtet. Ich kam mit meinem Bruder aus dem Lande des Hidschâz, und ich fürchte, er weiß nicht, wo ich bin.' Als der Beduine das hörte, da sprach er bei sich selber: ,Bei Allah, ich habe mein Ziel erreicht!' Darauf wandte er sich zu ihr und sprach: ,Niemand soll mir teurer sein als du; ich möchte nur, daß du meiner Tochter tagsüber Gesellschaft leistest, und mit Einbruch der Nacht kannst du zu deinem Bruder gehen. Oder wenn es dir lieber ist, so bringe ihn her, daß er bei uns wohne.' In dieser Weise fuhr der Beduine fort, sie zu trösten und ihr freundlich zuzureden, bis sie sich von ihm betören ließ und einwilligte, ihm zu dienen. Er ging vor ihr her, und als sie ihm folgte, da gab er seinen Leuten ein Zeichen. Daraufhin eilten sie voraus, schirrten die Dromedare auf, beluden sie und legten auch die Wasserschläuche und die Vorratssäcke darauf, um bei seiner Ankunft sofort mit den Kamelen aufbrechen zu können. Nun war dieser Beduine ein Bastard und Straßendieb, der Verrat gegen den Feind betrieb, ein Räuber, ein listiger und verschlagener Kerl, der weder Sohn noch Tochter hatte, ein richtiger Wegelagerer; er hatte aber dies arme Mädchen getroffen, da Allahs Wille es so bestimmt hatte. Unterwegs redete er unaufhörlich auf sie ein, bis sie außerhalb der Stadt Jerusalem waren; dort traf er seine Genossen bei den reisefertigen Dromedaren. Nun stieg der Beduine auf ein Kamel, und er ließ Nuzhat ez-Zamân hinter sich reiten; und sie zogen die ganze Nacht hindurch weiter. Da erkannte sie, daß die Worte des Beduinen ein Vorwand gewesen waren und daß er sie betrogen hatte; und sie weinte und schrie die ganze Nacht hindurch, während die Räuber aus Angst, daß irgend jemand sie sehen könnte, ihren Weg auf die Berge zu nahmen. Als aber der Morgen nahte, saßen sie von den Kamelen ab, und der Beduine trat zu Nuzhat ez-Zamân und fuhr sie an: ‚Was soll das Heulen, du Stadtfräulein? Bei Allah, wenn du nicht aufhörst zu heulen, so schlage ich dich tot, du Dirne aus der Stadt!‘ Als sie das hörte, da mochte sie nicht mehr leben, sondern sehnte den Tod herbei; und so rief sie ihm zu: ‚Elender Alter, Graubart der Hölle, wie konntest du mich, die ich dir vertraute, verraten, und willst mich jetzt quälen?‘ Wie er ihre Worte vernahm, schrie er sie an: ‚Du Dirne, wagst du es, mir Widerworte zu geben?‘ Und er trat zu ihr mit einer Peitsche, schlug sie und sprach: ‚Wenn du nicht still bist, so töte ich dich!‘ Sie verstummte eine Weile; aber dann gedachte sie ihres Bruders und ihres einstigen Glücks, und sie weinte heimlich. Am nächsten Tage darauf wandte sie sich zu dem Beduinen und sprach: ‚Wie konntest du mich so betrügen und mich in diese Bergwüste locken, und was hast du mit mir vor?‘ Aber durch diese Worte wurde sein Herz nur noch mehr verhärtet, und er sprach: ‚Du elende Dirne, wagst du es, mir Widerworte zu geben?‘ Sofort nahm er die Peitsche und schlug sie damit auf den Rücken, bis sie fast ohnmächtig wurde. Nun neigte sie sich über seine Füße und küßte sie; da ließ er ab, sie zu schlagen, und schmähte sie und sprach: ‚Bei meiner Kappe, wenn ich dich wieder heulen sehe oder höre, so schneide ich dir die Zunge ab und stopfe sie in dein Loch, du Dirne aus der Stadt!‘ Da verstummte sie und gab ihm keine Antwort mehr; und da die Schläge sie schmerzten, kauerte sie sich nieder und senkte den Kopf auf die Brust. Dabei dachte sie an ihre Not und Erniedrigung nach ihrem einstigen Glück und an die Schläge, die sie erlitten hatte; auch gedachte sie ihres Bruders und seiner Krankheit und Einsamkeit und ihrer beider Verlassenheit. Die Tränen liefen ihr die Wangen herab, und still weinend sprach sie die Verse:

So ist des Glückes Art: bald flieht es, bald kehrt es wieder,
Und keinem Sterblichen bleibt es auf die Dauer getreu.
Ein jeglich Ding in der Welt hat seine Zeit hienieden,
Und aller Menschen Fristen gehn doch einmal vorbei.
Wie lange noch soll ich das Unheil und den Schrecken ertragen?
Weh über ein Leben, das ganz aus Unheil und Schrecken bestand!
Gott segne nicht die Tage, die kurzes Glück mir brachten,
Ein Glück, in dessen Falten sich schon das Elend befand.
Mein Wunsch ist zuschanden geworden, die Hoffnung ist abgeschnitten,
Und durch die Trennung ist ein Wiedersehen versagt.
O der du an dem Hause, in dem ich weilte, vorbeigehst,
Künd ihm von mir, die immer Tränen vergießet und klagt!

Als sie geendet hatte, trat der Beduine zu ihr und neigte sich über sie; und da er Mitleid mit ihr empfand, wischte er ihr die Tränen ab. Und er gab ihr ein Gerstenbrot und sagte: ‚Ich liebe es nicht, wenn mir jemand in meinem Zorn Widerworte gibt; also gib mir in Zukunft keine solche frechen Antworten mehr! Ich will dich an einen guten Mann, wie ich es bin, verkaufen, der dich freundlich behandelt, wie ich es getan habe.‘ Sie erwiderte: ‚Was du tust, ist recht.‘ Dann, als die Nacht ihr lang ward und der Hunger sie quälte, aß sie ein klein wenig von jenem Gerstenbrot. Und um Mitternacht gab der Beduine den Befehl zum Aufbruch. – – «

Da bemerkte Schehrezâd, daß der Morgen begann, und sie hielt in der verstatteten Rede an. Doch als die *Sechsundfünfzigste Nacht* anbrach, fuhr sie also fort: »Es ist mir berichtet worden, o glücklicher König, daß Nuzhat ez-Zamân, als der Beduine ihr das Gerstenbrot gab und ihr versprach, er wolle sie an einen trefflichen Mann verkaufen, wie er es sei, ihm antwortete: ‚Was du tust, ist recht.‘ Und um Mitternacht, als der Hunger sie quälte, aß sie ein klein wenig von dem Gerstenbrot, und dann gab der Beduine seinen Leuten den Befehl zum Aufbruch; so luden sie die Lasten auf, und er bestieg ein Kamel und ließ Nuzhat ez-Zamân hinter sich reiten. Sie ritten dahin drei Tage lang ohne Aufenthalt, bis sie in die Stadt Damaskus kamen; dort stiegen sie im Sultans-Chân ab, nahe dem Statthaltertore. Nuzhat ez-Zamân aber war bleich geworden vor Kummer und durch die Mühen der Reise, und sie weinte über ihr Unglück. Deshalb trat der Beduine zu ihr und sprach: ‚Du Stadtdirne, wenn du nicht aufhörst, so zu heulen, bei meiner Kappe, dann werde ich dich nur an einen Juden verkaufen!‘ Darauf nahm er sie bei der Hand, führte sie in eine Kammer und ging in den Basar. Dort begab er sich zu den Kaufleuten, die mit Sklavinnen handelten, und redete mit ihnen, indem er sprach: ‚Ich habe eine Sklavin mitgebracht; aber ihr Bruder ist krank, und ich habe ihn zu meinen Leuten in Jerusalem geschickt, damit sie ihn pflegen, bis er geheilt ist. Nun will ich sie verkaufen; doch seit ihr Bruder krank geworden ist, weint sie, und die Trennung von ihm fiel ihr sehr schwer. Darum möchte ich, daß, wer sie von mir zu kaufen gewillt ist, ihr sanft zurede und sage, daß ihr Bruder krank bei ihm in Jerusalem liege; dann will ich ihm ihren Preis niedrig ansetzen‘. Da trat einer der Händler heran und fragte: ‚Wie alt ist sie?‘ Er antwortete: ‚Sie ist eine Jungfrau und eben mannbar, und sie besitzt Verstand, feine Bildung, Witz, Schönheit und Anmut. Aber seit dem Tage, da ich ihren Bruder nach Jerusalem sandte, verzehrt sich ihr Herz in Sehnsucht nach ihm, so daß ihre Schönheit geschwunden und ihr Aussehen verändert ist.‘ Als nun der Händler das hörte, da brach er mit dem Beduinen auf und sagte: ‚Höre, du Araberscheich, ich will mit dir gehen und von dir das Mädchen kaufen, dessen Verstand, feine Bildung, Schönheit und Anmut du so sehr preisest; und ich will dir ihren Preis bezahlen, doch nur unter bestimmten Bedingungen. Wenn du sie erfüllst, so zahle ich dir ihren Preis; doch wenn du sie nicht erfüllst, so gebe ich sie dir zurück.' Der Beduine erwiderte: ‚Wenn du willst, so führe sie zum Sultan und stelle mir jede Bedingung, die du wünschest! Bringst du sie nämlich zu ihm, dem König Scharkân, dem Sohn des Königs 'Omar ibn en-Nu'mân, des Herrn von Baghdad und Chorasân, so wird sie ihm vielleicht gefallen, und dann zahlt er dir ihren Preis und noch einen guten Gewinn für dich dazu.' Da sagte der Händler: ‚Ich habe ihn auch gerade um etwas zu bitten, nämlich darum, daß mir in der Kanzlei eine Zollbefreiungsurkunde ausgestellt werde und daß er mir einen Empfehlungsbrief an seinen Vater 'Omar ibn en-Nu'mân schreiben lasse. Wenn er mir also das Mädchen abkauft, so werde ich ihren Preis sofort auswägen.' ‚Ich nehme diese Bedingung an', entgegnete der Beduine. Nun gingen sie beide zu der Stätte, an der Nuzhat ez-Zamân war; und der Beduine trat an die Kammertür und rief und sagte: ‚Nâdschija!' denn so hatte er sie benannt. Doch als sie ihn hörte, weinte sie und gab ihm keine Antwort. Darauf wandte er sich zu dem Händler und sprach zu ihm: ‚Da sitzt sie; da hast du sie! Geh zu ihr, sieh sie dir an und sprich freundlich zu ihr, wie ich es dir ans Herz gelegt habe!' Der Händler trat höflich hinein und sah, daß sie wunderbar schön und anmutig war; besonders erfreute es ihn, daß sie die arabische Sprache beherrschte. Da sagte er zu dem Beduinen: ‚Sie ist, wie du gesagt hast; und ich werde von dem Sultan für sie bekommen, was ich will.' Und er redete zu ihr: ‚Friede sei mit dir, Töchterchen, wie geht es dir?' Sie wandte sich nach ihm hin und sprach: ‚Auch dies war im Buche des Schicksals verzeichnet.' Dann warf sie einen Blick auf ihn und sah, daß er ein Mann von ehrenwertem Aussehen war und schön von Angesicht, und sie sprach bei sich selber: ‚Ich glaube, dieser kommt, um mich zu kaufen'; dann überlegte sie weiter: ‚Wenn ich mich von ihm zurückhalte, so werde ich bei jenem Tyrannen bleiben, und der wird mich zu Tode schlagen. Auf jeden Fall ist doch dieser ein Mann von schönem Angesicht, und ich kann hoffen, daß ich es besser bei ihm haben werde als bei dem rohen Beduinen da. Vielleicht kommt er jetzt, um mich reden zu hören; so will ich ihm denn eine freundliche Antwort geben.' Ihre Augen aber waren während dieser Zeit zu Boden gesenkt, und nun hob sie ihren Blick zu ihm empor und sagte mit lieblicher Stimme: ‚Auch mit dir sei Friede, mein Herr, und Allahs Gnade und Segen! So[1] hat es der Prophet befohlen – Allah segne ihn und gebe ihm Heil! Du fragst, wie es mir gehe; doch kenntest du mein Los, du würdest ein solches nur deinen Feinden wünschen.' Dann verstummte sie. Als aber der Händler ihre Worte hörte, da wurde er vor Freuden fast von Sinnen; rasch wandte er sich zu dem Beduinen und fragte: ‚Wie hoch ist ihr Preis? Denn wahrlich, sie ist edel.' Da wurde der Beduine zornig und rief: ‚Du verdrehst mir der Sklavin mit solchem Geschwätz den Kopf! Warum sagst du, sie sei edel, da sie doch vom Abschaum der Sklavinnen ist und aus dem niedrigsten Gesindel? Ich verkaufe sie dir nicht!' An diesen Worten merkte der Händler, daß der Mann schwach von Verstand war, und er sagte: ‚Beruhige dich! Denn ich will sie mit den Fehlern, die du da erwähnst, von dir kaufen.' ‚Und wieviel willst du für sie zahlen?' fragte der Beduine. Der Händler versetzte: ‚Nur der Vater benennt das Kind. Stelle deine Forderung!' Darauf der Beduine: ‚Du allein sollst den Preis nennen.' Nun sagte der Händler bei sich selber: ‚Dieser Beduine ist ein Schreihals und ein Dickkopf. Bei Allah, ich weiß keinen Preis für sie; ich weiß nur, daß sie durch ihre

1. Koran, Sure 4, 88.

feinen Worte und ihre Schönheit mein Herz gewonnen hat. Wenn sie lesen und schreiben kann, so wäre das für sie und ihren Käufer das höchste Glück. Aber dieser Beduine kennt ihren Wert nicht.‘ Dann redete er ihn an: ‚Araberscheich, ich will dir in barem Gelde, ohne Abzug für die Steuer und für die Abgaben an den Sultan, zweihundert Goldstücke geben.‘ Als aber der Araber das hörte, geriet er in heftige Wut, schrie den Händler an und sagte: ‚Heb dich hinweg und geh deiner Wege! Bei Allah, wenn du mir für diesen härenen Lumpen, den sie trägt, zweihundert Dinare bötest, ich würde ihn dir nicht verkaufen. Jetzt will ich sie nicht mehr verkaufen, sondern will sie bei mir behalten, daß sie Kamele hütet und Korn mahlt.‘ Darauf schrie er sie an und sagte: ‚Komm her, du Stinkvieh, ich verkaufe dich nicht!‘ Dann wandte er sich wieder an den Händler und sagte: ‚Ich hielt dich für einen Mann von Verstand, aber bei meiner Kappe, wenn du dich nicht von mir fortscherst, so lasse ich dich hören, was dir nicht gefällt!‘ Der Händler aber sprach bei sich: ‚Wahrlich, dieser Beduine ist wahnsinnig und kennt ihren Wert nicht, und ich will vorläufig nicht mehr von ihrem Preise reden; denn bei Allah, wenn er bei Verstande wäre, so würde er nicht sagen: bei meiner Kappe! Bei Allah, sie ist das Reich des Perserkönigs wert, und ich habe ihren Preis nicht bei mir; doch selbst wenn er noch mehr verlangt, ich gebe ihm, was er fordert, und wäre es mein ganzes Hab und Gut.‘ Von neuem wandte er sich an den Beduinen und sprach zu ihm: ‚Araberscheich, gedulde und beruhige dich und sage mir, was sie an Kleidern bei dir hat!‘ Da schrie der Beduine: ‚Was soll diese Dirne mit Kleidern? Bei Allah, diese Lumpen, in die sie gehüllt ist, reichen aus für sie.‘ ‚Mit deiner Erlaubnis‘, sagte der Händler, ‚will ich ihr Gesicht entschleiern und sie untersuchen, wie man Sklavinnen untersucht, die man zu kaufen gedenkt.' Jener erwiderte: ,Nur zu, tu, was du willst! Allah wird deine Jugend behüten! Untersuche sie von außen und von innen, und wenn du willst, zieh ihr die Kleider aus und sieh sie an, wenn sie nackt ist.' Aber der Händler rief: ,Das verhüte Allah! Ich will nur ihr Gesicht betrachten.' Dann trat er zu ihr und war verwirrt von ihrer Schönheit und Lieblichkeit. – –«

Da bemerkte Schehrezâd, daß der Morgen begann, und sie hielt in der verstatteten Rede an. Doch als die *Siebenundfünfzigste Nacht* anbrach, fuhr sie also fort: »Es ist mir berichtet worden, o glücklicher König, daß der Händler zu Nuzhat ez-Zamân trat und verwirrt war von ihrer Schönheit und Lieblichkeit; dann setzte er sich neben sie und fragte sie: ,Herrin, wie heißt du?' Sie antwortete: ,Fragst du nach meinem jetzigen Namen oder nach dem früheren?' Da fragte der Händler: ,Hast du denn zwei Namen, einen jetzigen und einen früheren?' ,Ja,' erwiderte sie, ,früher war mein Name Nuzhat ez-Zamân[1], aber jetzt ist mein Name Ghussat ez-Zamân[2].' Als der Händler das hörte, da liefen ihm die Augen über vor Tränen, und er sprach: ,Hast du nicht einen kranken Bruder?' ,Ja, bei Allah, o Herr,' sprach sie, ,aber das Schicksal hat ihn und mich getrennt, und er liegt krank in Jerusalem.' Der Händler war verwirrt ob der Lieblichkeit ihrer Sprache, und er sagte bei sich selber: ,Der Beduine hat die Wahrheit gesprochen.' Nuzhat ez-Zamân aber dachte an ihren Bruder und an seine Krankheit und daran, daß sie sich von ihm hatte trennen müssen, während er krank in der Fremde daniederlag, zumal sie nicht wußte was ihm widerfahren war; auch dachte sie an alles, was sie bei dem Beduinen hatte durchmachen müssen, und an die Tren-

1. Die Wonne der Zeit. – 2. Das Entsetzen der Zeit.

nung von ihrer Mutter und ihrem Vater und ihrer Heimat;
da rannen ihr die Tränen in großen Tropfen die Wangen
herab, und sie begann:

> Wo du auch seiest, möge der Herr dich hüten,
> Wanderer, du, der mein Herze gefangen hält!
> Gott sei dir, wo du auch gehst, ein Beschützer,
> Der dich behütet vor Unglück und Not der Welt!
> Du entschwandest: mein Auge ersehnt deine Nähe,
> Ach, meine Tränen fließen in Strömen herab.
> Wüßte ich doch, in welchem Lande der Erde
> Dir ein Haus oder Stamm ein Obdach gab!
> Ob du jetzt lebendiges Wasser trinkest
> Wie eine Rose, während die Träne mich tränkt?
> Ob du den Schlaf genießest, während ich wache
> Auf meinem Lager, wie von Kohlen versengt?
> Alles andere, außer daß du mir fern,
> Ist mir leicht – alles ertrage ich gern.

Wie der Händler ihre Verse hörte, weinte er und streckte die
Hand aus, um ihr die Tränen von der Wange zu wischen; sie
aber bedeckte ihr Antlitz und sagte: ‚Das sei fern, o Herr!‘ Der
Beduine aber saß da und schaute sie an, wie sie ihr Gesicht vor
dem Händler verhüllte, als er ihr die Tränen von den Wangen
wischen wollte; und er glaubte, sie habe sich dagegen wehren
wollen, daß er sie ansehe; da sprang er auf und lief zu ihr hin
und versetzte ihr mit einer Kamelhalfter, die er in der Hand
hielt, einen so heftigen Schlag auf die Schultern, daß sie mit dem
Gesicht auf den Boden stürzte. Da traf ein Stein auf der Erde
gegen ihre Braue und durchschnitt sie, und das Blut lief auf ihr
Antlitz herab; sie stieß einen lauten Schrei aus, weinte bitterlich und sank ohnmächtig hin. Auch der Händler weinte, und
er sagte sich: ‚Ich kann nicht anders, ich muß diese Sklavin
kaufen, und wäre es um ihr Gewicht in Gold, damit ich sie
von diesem Tyrannen befreie.‘ Und er begann den Beduinen

zu schelten, während Nuzhat ez-Zamân ohnmächtig dalag. Als sie wieder zu sich kam, wischte sie sich die Tränen und das Blut aus dem Gesicht und verband sich den Kopf; und sie hob ihren Blick gen Himmel und flehte aus bekümmertem Herzen zu ihrem Herrn, indem sie sprach:

> *Erbarmen für sie, die in Ehren stand,*
> *Und die das Unglück in Not gebracht!*
> *Sie weint; es strömt ihrer Tränen Flut.*
> *Sie fragt: Hilft nichts gegen Schicksalsmacht?*

Danach wandte sie sich zu dem Händler und sagte flüsternd: ‚Ich beschwöre dich, laß mich nicht bei diesem Tyrannen, der Allah den Erhabenen nicht kennt! Wenn ich diese Nacht noch hier verbringen muß, so töte ich mich mit eigner Hand; rette mich vor ihm, so wird Gott dich vor dem Feuer der Hölle retten!‘ Da sprach der Händler zu dem Beduinen: ‚Araberscheich, dies Mädchen ist nichts für dich; verkaufe sie mir, um welchen Preis du willst!‘ ‚Nimm sie,‘ sprach der Beduine, ‚und zahle mir ihren Preis! Sonst führe ich sie in das Lager zurück und lasse sie dort die Kamele hüten und ihren Mist sammeln.‘ Also sprach der Händler: ‚Ich gebe die fünfzigtausend Dinare.‘ ‚Biete höher!‘ erwiderte der Beduine. ‚Siebzigtausend Dinare‘, sagte der Händler. ‚Biete höher!‘ wiederholte der Beduine. ‚Das ist noch nicht das Kapital, das ich in sie gesteckt habe; denn sie hat bei mir Gerstenbrot im Werte von neunzigtausend Goldstücken gegessen.‘ Der Händler aber versetzte: ‚Du und die Deinen und dein ganzer Stamm, ihr habt in eurem ganzen Leben noch nicht für tausend Dinare Gerste verzehrt; aber ich will dir noch ein einziges Wort sagen, und wenn du damit noch nicht zufrieden bist, so bringe ich dir den Statthalter von Damaskus auf den Hals, und er wird sie dir mit Gewalt entreißen.‘ Der Beduine: ‚Sprich!‘ ‚Hunderttausend‘, sagte der Händler.

‚Ich verkaufe sie dir um diesen Preis,' entgegnete der Beduine;
‚ich werde Salz dafür kaufen können.' Über die Worte lachte
der Händler, ging in seine Wohnung, holte das Geld und gab
es dem Beduinen; der nahm es, indem er bei sich selber sagte:
‚Ich muß nach Jerusalem gehen; vielleicht finde ich dort ihren
Bruder, den will ich hierher bringen und auch verkaufen.' So
saß er auf und ritt dahin, bis er in Jerusalem ankam; und er ging
in den Chân und fragte nach Dau el-Makân, doch er fand ihn
nicht mehr vor.

So weit also der Beduine! Doch bleiben wir bei dem Händler und Nuzhat ez-Zamân. Als er sie in Empfang genommen
hatte, warf er ihr ein paar seiner Kleider über und führte sie in
seine Wohnung. – –«

Da bemerkte Schehrezâd, daß der Morgen begann, und sie
hielt in der verstatteten Rede an. Doch als die *Achtundfünfzig-
ste Nacht* anbrach, fuhr sie also fort: »Es ist mir berichtet worden, o glücklicher König, daß der Händler, als er Nuzhat ez-
Zamân von dem Beduinen empfangen, sie in seine Wohnung
geführt und in prächtige Gewänder gekleidet hatte, dann mit
ihr hinab in den Basar ging und ihr jeglichen Schmuck kaufte,
den sie begehrte; den tat er in ein seidenes Tuch, legte es vor
sie hin und sprach zu ihr: ‚All dies ist dein, und ich verlange
nichts von dir, als daß du dem Sultan, dem Statthalter von
Damaskus, wenn ich dich vor ihn führe, den Preis nennst, für
den ich dich gekauft habe, ob er auch im Vergleich zu deinem
Wert gering ist; und wenn du bei ihm bist, nachdem er dich
von mir gekauft hat, so erzähle ihm, wie ich an dir gehandelt
habe, und bitte ihn für mich um einen königlichen Freibrief
mit einer schriftlichen Empfehlung, die ich vor seinen Vater
bringen kann, den König 'Omar ibn en-Nu'mân, den Herrscher von Baghdad, des Inhalts, daß er verbieten möge, mir

Zölle auf meine Stoffe und auf alle Waren, mit denen ich handle, abzunehmen.' Als sie seine Worte hörte, weinte sie und schluchzte, und der Kaufmann sprach zu ihr: ‚Herrin, ich bemerke, sooft ich Baghdad erwähne, stehen deine Augen voll Tränen; lebt dort jemand, den du liebst? Wenn es ein Kaufmann oder sonst jemand ist, so sage es mir; denn ich kenne alle Kaufleute und andere Leute dort. Und wenn du ihm eine Botschaft senden möchtest, so will ich sie überbringen.' Sie sprach: ‚Bei Allah, ich habe dort keine Bekannten unter den Kaufleuten oder anderen Leuten! Ich kenne niemanden dort als König 'Omar ibn en-Nu'mân, den Herrscher von Baghdad.' Wie der Händler das vernahm, lachte er, und hocherfreut sprach er bei sich selber: ‚Bei Allah, ich habe mein Ziel erreicht.' Dann sprach er zu ihr: ‚Bist du ihm früher einmal gezeigt worden?' Sie antwortete: ‚Nein, doch ich wurde mit seiner Tochter aufgezogen; er hatte mich gern, und ich stehe hoch in Ehren bei ihm. Wenn du also möchtest, daß dir der König die gewünschte Urkunde ausstellt, so gib mir Tintenkapsel und Papier, daß ich für dich einen Brief schreibe; und wenn du in der Stadt Baghdad ankommst, so gib den Brief eigenhändig an König 'Omar ibn en-Nu'mân ab und sage zu ihm: Die Wechselfälle von Nächten und Tagen haben deine Sklavin Nuzhat ez-Zamân mit Keulen geschlagen; sie ward von Ort zu Ort zum Verkaufe getragen; und sie läßt dir ihre Grüße sagen. Wenn er dich dann weiter nach mir fragt, so sage ihm, daß ich jetzt bei dem Statthalter von Damaskus bin!' Da staunte der Kaufmann ob ihrer Beredsamkeit, und seine Liebe zu ihr wuchs, und er sprach zu ihr: ‚Ich kann es mir nicht anders denken, als daß die Menschen dich betört und dann für Geld verkauft haben. Sage mir, kennst du den Koran auswendig?' ‚Ja,' erwiderte sie; ‚und ich kenne auch die Philosophie, die Heilkunde, die Propädeutik der Wissenschaft und den Kommentar des Arztes Galen zu den Schriften des Hippokrates, und ich habe ihn auch selber kommentiert. Ferner habe ich die Tazkira gelesen und den Burhân kommentiert; und ich habe Schriften des Ibn el-Baitâr über die Heilkräuter studiert, und ich vermag über den Mekka-Kanon des Avicenna[1] zu reden. Ich kann Rätsel lösen und Probleme stellen, ich kann über die Geometrie reden und bin bewandert in der Anatomie. Ich habe die Bücher der Schafiiten gelesen, die Überlieferungen des Propheten und die Grammatik; und ich kann mit den Gelehrten disputieren und über alle anderen Wissenschaften sprechen. Auch bin ich gewandt in der Logik und Rhetorik, der Arithmetik und der Astronomie; und ich kenne die Geheimwissenschaften und die Kunst der Berechnung der Gebetszeiten – alle diese Wissenschaften verstehe ich.' Dann fuhr sie fort, zu dem Händler gewandt: ,Bringe mir Tintenkapsel und Papier, damit ich für dich einen Brief schreibe, der dir behilflich sei auf deiner Reise nach Baghdad, so daß du ohne Pässe durchkommst!' Als aber der Händler das hörte, da rief er: ,Bravo! Bravo! Glücklich der, in dessen Palast du leben wirst!' Dann holte er für sie Papier und Tintenkapsel und eine Feder aus Messing, und als er mit diesen Dingen vor ihr stand, küßte er den Boden, um sie zu ehren. Und sie nahm das Blatt, ergriff die Feder und schrieb darauf diese Verse:

> *Ich fühle, wie der Schlaf von meinen Augen fliehet.*
> *Bist du's, der durch sein Fernsein von mir den Schlummer trieb?*
> *Wie zündet Gedenken an dich das Feuer in meinem Herzen!*
> *Denkt jeder Liebende denn stets so an seine Lieb?*
> *Wie süß waren unsere Tage, die einst von Gott begnadet;*
> *Sie gingen, eh ich in ihnen die rechte Erquickung fand.*
> *Jetzt flehe ich zum Winde, er möchte Kunde bringen*

1. Fast lauter medizinische Schriften.

Zu mir, der Sklavin der Liebe, von euch im fernen Land.
Dir klagt ein Liebender; einen Helfer findet er nicht.
Und ach, die Trennung bringt Weh, das selbst den Stein zerbricht.

Als sie nun diese Verse geschrieben hatte, fügte sie hinzu: ‚Diese Worte kommen von der, die das Gedenken krank gemacht und die in quälender Sehnsucht wacht; in ihrem Dunkel erstrahlt ihr kein Licht, die Nacht kennt sie vom Tage nicht; sie wälzt sich auf dem Lager der Trennung und schminkt ihre Lider mit den Stiften der Schlaflosigkeit; nach den Sternen schaut sie aus, doch ihr droht des Dunkels Graus; Kummer und Qual lassen sie hinschwinden, doch zu lang wäre es, all ihr Elend zu künden; nur die Träne ist's, die ihr Hilfe leiht, und sie klagt in diesen Versen ihr Leid:

Wenn die Taube gurrt auf dem Zweige früh im Morgenstrahl,
So regt sich in meinem Herzen die tödliche Liebesqual.
Und seufzt in banger Sehnsucht froh ein liebend Herz,
So wird um meine Lieben noch bitterer mein Schmerz.
Ich klage dem meine Not, der kein Erbarmen kennt. –
Wie oft hat die Leidenschaft schon Leib und Seele getrennt!'

Da quollen ihre Augen über vor Tränen, und sie schrieb noch diese Verse:

Am Tage der Trennung schlug die Liebe mir tiefe Wunden;
Und seit du fern bist, hat mein Lid keinen Schlummer gefunden.
So abgehärmt ist mein Leib, so anders mein Gesicht:
Wenn ich nicht zu dir spräche, erkenntest du mich nicht.

‚Wiederum vergoß sie Tränen und schrieb am Ende des Blattes: Von ihr, die fern von den Ihren und dem Heimatland, deren Herz und Sinnen von Trauer gebannt, – von Nuzhat ez-Zamân ist dieser Brief gesandt.' Schließlich faltete sie das Blatt und reichte es dem Kaufmann, der es nahm und küßte, nachdem er seinen Inhalt erfahren hatte, und er rief erfreut aus: ‚Ehre sei Ihm, der dich erschuf!' – –«

Da bemerkte Schehrezâd, daß der Morgen begann, und sie hielt in der verstatteten Rede an. Doch als die *Neunundfünfzigste Nacht* anbrach, fuhr sie also fort: »Es ist mir berichtet worden, o glücklicher König, daß Nuzhat ez-Zamân den Brief schrieb und ihn dem Kaufmann reichte; der nahm ihn und las ihn, verstand den Inhalt und rief aus: ‚Ehre sei Ihm, der dich erschuf!‘ Nun war er doppelt freundlich gegen sie und erwies ihr den ganzen Tag hindurch lauter Güte. Als dann der Abend kam, ging er in den Basar und brachte ihr etwas zu essen; darauf führte er sie ins Badehaus, holte die Wärterin und sprach zu ihr: ‚Wenn du mit dem Baden fertig bist und ihren Kopf gewaschen hast, so lege ihr die Kleider an und dann schicke zu mir und laß es mir sagen!‘ Jene erwiderte: ‚Ich höre und gehorche!‘ Er aber holte für sie Speisen und Früchte und Wachskerzen und setzte alles auf die Bank in der äußeren Halle des Bades. Und als die Wärterin sie gewaschen hatte, legte sie ihr die Kleider an; und Nuzhat ez-Zamân verließ den Baderaum und setzte sich auf die Bank. Nun schickte die Wärterin zu dem Kaufmann und ließ ihm Bescheid sagen; die Prinzessin aber ging hin und fand den Tisch gedeckt und aß, zusammen mit der Wärterin, von den Speisen und den Früchten, und den Rest gab sie den Dienern und dem Wächter des Bades. Dann schlief sie bis zum Morgen, und der Händler schlief getrennt von ihr in einem andern Zimmer. Als er vom Schlaf erwacht war, weckte er sie und brachte ihr ein Hemd aus feinem Stoff, ferner ein Kopftuch im Wert von tausend Dinaren, ein Gewand mit türkischer Stickerei, und Schuhe, durchwirkt mit rotem Golde und besetzt mit Perlen und Edelsteinen. Auch hängte er an jedes ihrer Ohren einen goldenen Ring mit einer Perle im Werte von tausend Dinaren, und um den Hals legte er ihr eine goldene Kette, die bis zwischen die Brüste reichte, und eine

Kette aus Bernsteinkugeln, die über die Brust bis oberhalb des Nabels herabhing. An dieser Kette hingen zehn Kugeln und neun Halbmonde, und jeder der Halbmonde trug in der Mitte einen roten Hyazinthstein und jede Kugel einen Ballasrubin; der Wert der Kette betrug dreitausend Dinare, und jede der Kugeln kostete zwanzigtausend Dirhems, so daß das Gewand und der Schmuck, mit denen er sie ausstattete, insgesamt eine ungeheure Summe wert waren. Als sie all das angelegt hatte, hieß der Händler sie sich schmücken; da schmückte sie sich wunderbar schön und ließ einen kostbaren Schleier über die Augen fallen. Und dann ging sie mit dem Kaufmann, der ihr vorausschritt, fort. Wie aber die Leute sie sahen, da staunten sie ob ihrer Schönheit und riefen: ‚Hochgepriesen ist Gott, der herrlichste Schöpfer! O glücklich der Mann, in dessen Hause sie ist!‘ Der Händler ging weiter, während sie ihm folgte, bis sie in den Palast des Sultans Scharkân traten; als er zum König eingelassen war, küßte er den Boden vor ihm und sprach: ‚O glücklicher König, ich bringe dir eine seltene Gabe, ohnegleichen in dieser Zeit und reich begabt mit Schönheit und Güte.‘ Der König sagte: ‚Laß mich sie sehen!‘ Da ging der Kaufmann hinaus und holte sie, und sie folgte ihm, bis sie vor König Scharkân stand. Doch sobald der sie erblickte, ward Blut zu Blut hingezogen, obgleich sie schon seit ihrem ersten Lebensjahre von ihm getrennt gewesen war; er hatte sie nie gesehen, ja erst lange nach ihrer Geburt davon gehört, daß er eine Schwester habe, namens Nuzhat ez-Zamân, und einen Bruder, namens Dau el-Makân, denn er war wegen der Thronfolge auf die beiden eifersüchtig. Das war der Grund, weshalb er so wenig von ihnen wußte. Als sie nun vor ihm stand, da sagte der Händler: ‚O größter König unserer Zeit, ist sie schon einzig in ihren Tagen durch ihre Schönheit und Lieblichkeit, so ist sie auch noch bewandert in allen Wissenschaften, geistlichen und weltlichen, politischen und mathematischen.' Darauf der König: ,Nimm ihren Preis, wie du sie kauftest, laß sie hier und geh deiner Wege.' ,Ich höre und gehorche!, sprach der Händler, ,doch, bitte, schreib mir einen Freibrief des Inhalts, daß ich auf immer von dem Zehnten für meine Waren befreit bin.' Der König antwortete: ,Das will ich sofort tun, doch nenne mir den Preis, den du für sie bezahlt hast.' Der Händler: ,Ich habe für sie hunderttausend Dinare bezahlt und für ihre Kleider nochmals hunderttausend Dinare.' Als der Sultan diese Worte vernommen hatte, sagte er: ,Ich will dir einen noch höheren Preis für sie zahlen.' Dann rief er den Schatzmeister und sagte zu ihm: ,Gib diesem Kaufmann dreihundertundzwanzigtausend Dinare, so hat er einhundertundzwanzigtausend Dinare Verdienst.' Darauf ließ der Sultan die vier Kadis[1] kommen, ließ ihm in ihrer Gegenwart den Preis übergeben und sprach: ,Ich nehme euch zu Zeugen, daß ich diese meine Sklavin freilasse und sie zur Gemahlin zu nehmen gedenke.' Da schrieben die Kadis die Urkunde der Freilassung und den Ehevertrag; und der Sultan streute viel Geld aus über die Köpfe derer, die zugegen waren, und die Sklaven und Eunuchen sammelten es auf. Als dann Scharkân dem Kaufmann sein Geld überreicht hatte, ließ er ihm einen dauernden königlichen Freibrief schreiben des Inhalts, daß er von allen Zehnten und Zöllen für seine Waren auf immer befreit sei und daß ihn im ganzen Reichsgebiete niemand irgendwie schädigen dürfe; und zuletzt verlieh er ihm ein glänzendes Ehrengewand. – –«

Da bemerkte Schehrezâd, daß der Morgen begann, und sie hielt in der verstatteten Rede an. Doch als die *Sechzigste Nacht*

---

1. Die Vertreter der vier orthodoxen Rechtsschulen.

anbrach, fuhr sie also fort: »Es ist mir berichtet worden, o glücklicher König, daß König Scharkân dem Kaufmann, nachdem er ihm sein Geld überreicht hatte, einen dauernden königlichen Freibrief schreiben ließ, des Inhalts, daß er vom Zehnten für seine Waren befreit sei und daß ihn im ganzen Reichsgebiete niemand schädigen dürfe, und ihm schließlich ein prunkvolles Ehrengewand verlieh. Dann gingen alle, die bei ihm waren, fort, und es blieben nur noch die Kadis und der Kaufmann; da sprach der König zu den Richtern: ‚Ich möchte, daß ihr von dieser Jungfrau einen Vortrag anhört, der euch ihr Wissen und ihre Bildung in all den Dingen beweise, die der Kaufmann ihr zuspricht, auf daß wir die Wahrheit seiner Worte feststellen.‘ Sie antworteten: ‚Das wollen wir gern tun!‘ So befahl er, zwischen ihm und den Seinen auf der einen Seite und der Prinzessin und ihren Begleitern auf der anderen Seite einen Vorhang herabzulassen; und alle Frauen, die hinter dem Vorhang die Prinzessin umgaben, wünschten ihr Glück und küßten ihr Hände und Füße, als sie erfuhren, daß sie die Gemahlin des Königs geworden war. Dann traten sie um sie und nahmen ihr die Kleider ab, um ihr die Last der Gewänder zu erleichtern, und schauten auf ihre Schönheit und Anmut. Nun aber hörten auch die Frauen der Emire und der Wesire, daß König Scharkân eine Sklavin gekauft habe, ohnegleichen an Schönheit und Gelehrsamkeit in der Philosophie und der Mathematik, und bewandert in allen Zweigen des Wissens; ferner, daß er dreihundertundzwanzigtausend Dinare für sie bezahlt und sie freigelassen und den Ehevertrag mit ihr geschlossen und die vier Kadis berufen habe, um sie zu prüfen, wie sie ihre Fragen beantworten und mit ihnen disputieren werde. So erbaten sie von ihren Gatten die Erlaubnis und begaben sich in den Palast, wo Nuzhat ez-Zamân war. Als sie zu ihr eintraten, standen die

Eunuchen vor ihr; und sowie sie die Frauen der Emire, der Wesire und der Großen des Reiches eintreten sah, stand sie auf, kam ihnen höflich entgegen, während ihre Sklavinnen hinter ihr blieben, und hieß sie willkommen. Dabei lächelte sie sie an, so daß sie ihre Herzen eroberte; und sie wünschte ihnen alles Gute und setzte sie dem Range nach, als wäre sie mit ihnen gemeinsam aufgezogen. Alle staunten ob der Klugheit und feinen Bildung, die sie mit ihrer Schönheit und Anmut verband, und sagten zueinander: ‚Dies ist keine Sklavin, sondern eine Königin, die Tochter eines Königs.' Und wie sie so dasaßen, priesen sie ihren Wert, indem sie sprachen: ‚O Herrin, unsere Stadt ist durch dich erleuchtet; unserm Lande und unsren Häusern, unsrer Heimat und unserm Reich ist eine Ehre widerfahren. Das Reich ist dein Reich, der Palast ist dein Palast, und wir alle sind deine Sklavinnen; bei Gott, versage uns nicht deine Gunst noch den Anblick deiner Schönheit!' Darauf dankte sie ihnen. Während dieser ganzen Zeit war der Vorhang hingehängt zwischen Nuzhat ez-Zamân mit den Frauen auf der einen Seite und König Scharkân, den vier Kadis und dem Kaufmann auf der andern. Da aber rief König Scharkân sie an und sprach: ‚O Königin, Ruhm deiner Zeit, dieser Kaufmann hat dich als gelehrt und fein gebildet geschildert; und er behauptet, du seiest bewandert in allen Zweigen des Wissens, selbst in der Astronomie: also laß uns ein wenig hören von alldem, was er aufgezählt hat, und halt uns einen kurzen Vortrag über solche Themen.' Auf diese Worte erwiderte sie: ‚O König, ich höre und gehorche! Im ersten Kapitel will ich sprechen von der Regierungskunst und den Pflichten der Könige, ferner von dem, was den Hütern der religiösen Gesetze obliegt, sowie den guten Eigenschaften, die sie besitzen müssen. Wisse denn, o König, die guten Eigenschaften der Menschen lassen sich zusammenfassen in solche, die sich auf das religiöse Leben beziehen, und solche, die das weltliche Leben betreffen. Niemand kommt zur Religion, es sei denn durch diese Welt; denn sie ist der rechte Weg zum Jenseits. Nun aber wird das Wirken dieser Welt nur durch die Tätigkeiten ihrer Menschen geordnet, und der Menschen Tätigkeiten zerfallen in vier Gruppen: in die Regierung, den Handel, den Ackerbau und das Handwerk. Die Regierung aber erfordert vollendete Verwaltung und gerechtes Urteil; denn die Regierung ist die Achse im Bau der Welt, die ja der Weg zum Jenseits ist. Allah der Erhabene hat die Welt für die Menschen erschaffen, gleichsam als Wegzehrung des Wanderers zur Erreichung seines Zieles: ein jeder Mensch also soll von ihr ein solches Maß erhalten, wie es ihn zu Gott zu bringen vermag, doch darf er hierin nicht seinem eigenen Sinn und Gelüste folgen. Nähmen die Menschen die Dinge der Welt in Gerechtigkeit hin, so gäbe es keine Streitigkeiten; doch sie nehmen von ihnen mit Gewalt nach dem Trieb ihrer eigenen Begierde, und durch ihre Hartnäckigkeit entstehen die Streitigkeiten. Daher bedürfen sie des Sultans, damit er ihnen Recht spreche und ihre Angelegenheiten ordne; und hielte der König seine Untertanen nicht voneinander ab, so würde der Starke den Schwachen überwältigen. Daher sagt Ardaschîr[1]: ‚Religion und Königtum sind Zwillingsgeschwister; die Religion ist ein verborgener Schatz, und der König ist sein Wächter.‘ Die göttlichen Gebote sowohl wie des Menschen Verstand führen darauf, daß es dem Volke gebührt, einen Sultan anzunehmen, der den Bedrücker vom Bedrückten zurückhält und dem

---

[1]. Ardaschîr I., der Begründer der Sasaniden-Dynastie, der 226 bis 240 regierte und der wegen seiner gerechten Regierung im Orient später viel gerühmt wurde.

Schwachen zu seinem Recht verhilft wider den Starken und der die Gewalttat des Stolzen und der Rebellen eindämmt.

Wisse ferner, o König: der Trefflichkeit des Charakters des Sultans entspricht auch seine Zeit. Denn der Prophet Allahs – Er segne ihn und gebe ihm Heil! – hat gesagt: ‚Wenn zwei Arten von Menschen gut sind, so ist auch das ganze Volk gut; und sind sie schlecht, so ist das Volk schlecht: die Gelehrten und die Fürsten.' Und einer der Weisen hat gesagt: ‚Es gibt drei Arten von Königen: den König des Glaubens; den König, der das Heilige schützt; und den König seiner eigenen Lüste. Der König des Glaubens zwingt seine Untertanen, ihrem Glauben zu folgen, und es geziemt sich, daß er der treueste sei im Glauben, denn nach ihm richten sie sich in den Dingen des Glaubens; und es geziemt dem Volke, ihm zu gehorchen in allem, was er den göttlichen Verordnungen gemäß befiehlt; doch soll er den Unzufriedenen ebensosehr achten wie den Zufriedenen, denn es gilt nur die Unterwerfung unter die Bestimmungen des Schicksals. Der König aber, der das Heilige schützt, sorgt für die Dinge des Glaubens und der Welt und zwingt das Volk, dem göttlichen Gesetz zu folgen und das Ehrgefühl zu hüten. Er verbindet Feder und Schwert; denn wer da abweicht von dem, was die Feder schrieb, dessen Fuß gleitet aus, und der König macht das Krumme an ihm mit der Schärfe des Schwertes gerade und verbreitet Gerechtigkeit über die ganze Menschheit. Der König seiner eigenen Lüste endlich kennt keine Religion, als daß er seiner Begierde folgt; auf den Zorn seines Herrn gibt er keine Acht, dessen, der ihn zum Herrscher gemacht; so endet im Untergange sein Thron, und das Haus der Vernichtung ist seines Stolzes Lohn.' Die Weisen sagen: ‚Der König braucht viele Untertanen, aber sie brauchen nur einen König; deshalb geziemt es sich, daß er mit ihrem

Wesen wohlbekannt sei, damit er Eintracht aus ihrer Zwietracht mache, damit er sie in seiner Gerechtigkeit alle umfasse und mit seiner Güte überschütte.'

Wisse, o König: Ardaschîr, genannt die feurige Kohle, der dritte der Könige von Persien, eroberte die ganze Welt, teilte sie in vier Teile ein und ließ sich vier Siegelringe machen, einen für jeden Teil. Das erste Siegel war das des Meeres, der Sicherheit im Lande und des Rechtsbeistandes, und darauf stand geschrieben: Staatsdienste. Das zweite Siegel war das Siegel der Steuern und der Geldeinkünfte, und darauf stand: Kultur. Das dritte war das Siegel der Ernährung, und darauf stand: Fülle. Das vierte aber war das Siegel der Bedrückungen, und darauf stand: Gerechtigkeit. Und diese Einrichtung blieb gültig in Persien, bis der Islam offenbart wurde. Und ein Perserkönig schrieb an seinen Sohn, der beim Heere war: ‚Sei nicht zu freigebig gegen deine Truppen; sonst werden sie so reich, daß sie dich entbehren können!' – –«

Da bemerkte Schehrezâd, daß der Morgen begann, und sie hielt in der verstatteten Rede an. Doch als die *Einundsechzigste Nacht* anbrach, fuhr sie also fort: »Es ist mir berichtet worden, o glücklicher König, daß ein Perserkönig seinem Sohne schrieb: ‚Sei nicht zu freigebig gegen deine Truppen; sonst werden sie so reich, daß sie dich entbehren können; doch sei auch nicht zu geizig gegen sie, sonst werden sie gegen dich murren! Verteile Gaben im rechten Maße und Geschenke, wie es angemessen ist; sei freigebig zur Zeit der Fülle, und sei nicht geizig in der Zeit der Not!' Es wird erzählt, daß einst ein Wüstenaraber zu dem Kalifen el-Mansûr[1] kam und zu ihm sagte: ‚Laß deinen Hund hungern, so wird er dir folgen!' Über diese Worte des Arabers

1. Der zweite Abbaside (754 – 775).

war el-Mansûr erzürnt, doch Abu 'l-'Abbâs aus Tûs fiel ein: ‚Ich fürchte aber auch, wenn ihm ein anderer als du ein Stück Brot hinhält, so wird der Hund ihm folgen und dich verlassen.' Da legte sich el-Mansûrs Zorn, und er erkannte, daß die Worte nicht sündhaft waren, und er wies dem Araber ein Geschenk an.

Wisse, o König: 'Abd el-Malik ibn Marwân[1] schrieb seinem Bruder 'Abd el-'Azîz, als er ihn nach Ägypten sandte: ‚Gib acht auf deine Schreiber und Kämmerlinge, denn die Schreiber machen dich mit dem Bestehenden bekannt und die Kämmerlinge mit dem Zeremoniell; aber wer von dir kommt, macht dich mit deinen Truppen bekannt.' Und 'Omar ibn el-Chattâb[2] – Allah habe ihn selig! – pflegte jedem Diener, den er annahm, vier Bedingungen zu stellen: erstens daß er nicht auf den Packtieren ritte; zweitens daß er keine feinen Kleider trüge; drittens daß er nicht von der Beute äße; und viertens, daß er das Gebet nie über die bestimmte Stunde hinaus verschöbe.

Wie man sagt, gibt es kein höheres Gut als den Verstand: der rechte Verstand aber besteht aus Umsicht und Festigkeit, die rechte Festigkeit ist Gottesfurcht, der Weg zu Gott sind gute Eigenschaften, das rechte Maß ist die Gesittung, der rechte Nutzen ist der göttliche Segen, das rechte Geschäft sind gute Werke, der rechte Gewinn ist Gottes Lohn, die rechte Mäßigung das Beharren bei den Geboten der heiligen Überlieferung, die rechte Wissenschaft ist die Meditation, der rechte Gottesdienst die Erfüllung seiner Gebote, der rechte Glaube die Bescheidenheit, der echte Adel ist die Demut, die echte Ehre das Wissen. Also bewache das Haupt und was darin ist, doch

---

1. Der fünfte Omaijadenkalif (685 – 705).
2. Der zweite Kalif (634 – 644).

auch den Bauch und was er umfaßt; denke an den Tod und an die Heimsuchung!'Alî[1] – Allah erhalte ihm seine hohe Ehrenstellung! – hat gesagt: ‚Nehmt euch in acht vor den Tücken der Weiber und seid auf der Hut vor ihnen; fragt sie nie um Rat; aber karget nicht mit Gefälligkeiten gegen sie, auf daß sie nicht nach Listen trachten.' Ferner hat er gesagt: ‚Wer den Pfad der Mäßigkeit verläßt, dem verwirrt sich der Verstand.' Er hat auch noch andere Weisheitssprüche verfaßt, die wir, so Gott will, später mitteilen werden. Und 'Omar – Allah habe ihn selig! – hat gesagt: ‚Es gibt drei Arten von Frauen: erstens die gläubige, gottesfürchtige, treu liebende, fruchtbare, die ihrem Gatten wider das Schicksal, nie aber dem Schicksal wider ihren Gatten hilft; zweitens die, die sich nur um die Kinder kümmert, sonst aber um nichts; und drittens die, so da eine Fessel ist, die Allah wem er will auf den Nacken legt. Und auch der Männer gibt es drei Arten: den weisen, der sich nach dem eigenen Urteil richtet; den weiseren, der da, wenn ihm etwas widerfährt, dessen Ausgang er nicht überblickt, Wohlberatene aufsucht und nach ihrem Rate handelt; und schließlich den kopflosen, der weder den rechten Weg kennt noch auch auf den rechten Führer hört.' Die Gerechtigkeit ist unentbehrlich in allen Dingen; selbst Sklavinnen bedürfen der Gerechtigkeit. Man führt als Beispiel dafür die Straßenräuber an, die davon leben, daß sie die Menschen vergewaltigen; denn wären sie nicht billig untereinander und ließen sie nicht bei der Verteilung Gerechtigkeit walten, so zerfiele die Ordnung unter ihnen. Kurz, die Fürstin unter den edlen Eigenschaften ist die Großmut, verbunden mit der Güte; und wie trefflich sind die Verse des Dichters:

1. Der vierte Kalif (656 – 661).

> *Durch Freigebigkeit und Milde lenkte der Held sein Volk;*
> *So sei du auch wie er; denn das ist leicht für dich!*

Und eines anderen:

> *Die Milde bringt Sicherheit, und das Verzeihen bringt Achtung,*
> *Die Wahrheit ist eine Zuflucht für den aufrechten Mann.*
> *Und wer durch seinen Reichtum hohe Ehren erreicht,*
> *Kommt im Wettlauf des Ruhmes durch Milde als erster an.'*

Dann sprach Nuzhat ez-Zamân von der Regierungskunst der Könige, bis alle, die zugegen waren, sagten: ‚Nie haben wir jemanden gesehen, der über das Kapitel der Regierungskunst so zu sprechen wußte wie diese Jungfrau! Vielleicht läßt sie uns auch noch etwas aus einem anderen Kapitel hören.' Sie vernahm ihre Worte und verstand sie, und dann sprach sie: ‚Das Kapitel von der feinen Bildung umfaßt ein weites Feld, da es den Inbegriff der Vollkommenheit enthält.

Es geschah eines Tages, daß zu dem Kalifen Mu'âwija[1] einer seiner Gefährten kam, der vom Volke von Irak sprach und von der Trefflichkeit ihres Verstandes, während die Gemahlin des Kalifen, Maisûn, die Mutter des Jazîd, ihrer Unterhaltung zuhörte. Als er fortgegangen war, sprach sie: ‚O Beherrscher der Gläubigen, ich hätte es gern, wenn du ein paar der Leute von Irak zu dir eintreten ließest, auf daß sie mit dir reden und ich ihren Vortrag höre.' Da sprach Mu'âwija zu seinen Dienern: ‚Seht nach, wer an der Tür steht!' Sie antworteten: ‚Die Banu Tamîm.' ‚Sie sollen eintreten', sprach er. So kamen sie herein, und unter ihnen el-Ahnaf, der Sohn des Kais. Und Mu'âwija sprach: ‚Tritt heran zu mir, Vater des Bahr!' Zwischen ihm und seiner Gemahlin aber war ein Vorhang gezogen, so daß sie ihre Unterhaltung ungesehen hören konnte. Dann fuhr der

---

1. Der fünfte Nachfolger Mohammeds, Begründer der Omaijadendynastie; er regierte von 661 – 680.

Kalif fort: ‚O Vater des Bahr, was für einen Rat hast du für mich?' Jener erwiderte: ‚Scheitele dir das Haar, stutze dir den Lippenbart, beschneide dir die Nägel, zupfe dir die Armhöhlen leer und rasiere dir die Scham; benutze stets den Zahnstocher, denn darin liegen zweiundsiebenzig Vorzüge, und Freitags nimm die vollkommene Waschung vor, um alles zu sühnen, was zwischen einem Freitag und dem anderen geschehen ist!' – –«

Da bemerkte Schehrezâd, daß der Morgen begann, und sie hielt in der verstatteten Rede an. Doch als die *Zweiundsechzigste Nacht* anbrach, fuhr sie also fort: »Es ist mir berichtet worden, o glücklicher König, daß el-Ahnaf ibn Kais auf Mu'âwijas Frage erwiderte: ‚Benutze stets den Zahnstocher, denn darin liegen zweiundsiebenzig Vorzüge, und Freitags nimm die vollkommene Waschung vor, um alles zu sühnen, was zwischen einem Freitag und dem anderen geschehen ist!' Dann fragte Mu'âwija: ‚Was für einen Rat hast du für dich selber?' ‚Ich setze meinen Fuß fest auf den Boden, hebe ihn vorsichtig und achte auf ihn mit meinen Augen.' ‚Und wie verhältst du dich, wenn du zu einem Vornehmen deines Volkes eintrittst, der nicht zu den Fürsten gehört?' ‚Ich senke bescheiden die Augen und grüße zuerst; ich kümmere mich nicht um das, was mich nicht angeht, und mache wenig Worte.' ‚Und wie, wenn du zu deinesgleichen gehst?' ‚Ich höre auf sie, wenn sie sprechen, und greife sie nicht an, wenn sie in Wut ausbrechen.' ‚Und wie, wenn du zu euren Häuptlingen gehst?' ‚So grüße ich ohne Geste und harre der Antwort; heißen sie mich herantreten, so tue ich es, und heißen sie mich zurücktreten, so gehorche ich.' ‚Und wie hältst du es mit deiner Frau?' Da erwiderte el-Ahnaf: ‚Erlaß mir dies, o Beherrscher der Gläubigen!' Doch Mu'âwija rief: ‚Ich beschwöre dich, tu es mir kund!' Und so sprach er: ‚Ich bin freundlichen Sinnes, zuvorkommend im Umgang und gebe viel aus; denn das Weib ward aus einer krummen Rippe erschaffen.' ,Und wie, wenn du bei ihr zu ruhen gedenkst?' ,Ich plaudere mit ihr, bis sie sich mir zuneigt, und küsse sie, bis sie von Verlangen erfüllt ist; und wenn es dann ist, wie du weißt, so bette ich sie auf den Rücken. Und wenn der Same in ihrem Schoße ist, so sage ich: Allah, segne ihn, und laß kein Unheil aus ihm werden, sondern gib ihm die schönste Gestalt! Darauf erhebe ich mich zur Waschung; erst gieße ich mir Wasser über die Hände und dann über den Leib, und zuletzt preise ich Gott um der Gnade willen, die er mir verliehen hat.' Da sprach Mu'âwija: ,Deine Antworten waren vortrefflich; nun sage dein Begehren!' Jener erwiderte: ,Mein Begehren ist, daß du die Untertanen in der Furcht Gottes beherrschest und gegen alle in gleicher Weise gerecht bist.' Dann erhob er sich und verließ den Audienzsaal Mu'âwijas; und als er fort war, sagte Maisûn: ,Wäre im Irak nur dieser Eine, es wäre genug.'

Darauf fuhr Nuzhat ez-Zamân fort: ,Dies ist ein ausgewähltes Stück aus dem Kapitel von der feinen Bildung. Wisse, o König: Mu'aikib war unter dem Kalifat des 'Omar ibn el-Chattâb Verwalter des Staatsschatzes.' – –«

Da bemerkte Schehrezâd, daß der Morgen begann, und sie hielt in der verstatteten Rede an. Doch als die *Dreiundsechzigste Nacht* anbrach, fuhr sie also fort: »Es ist mir berichtet worden, o glücklicher König, daß Nuzhat ez-Zamân weiter sprach: ,Wisse, o König: Mu'aikib war unter dem Kalifat des 'Omar ibn el-Chattâb Verwalter des Staatsschatzes. Nun traf es sich eines Tages, daß er 'Omars Sohn sah, und da gab er ihm einen Dirhem aus den Geldern des Schatzes. ,Dann aber', so berichtet Mu'aikib, ,ging ich in mein Haus; und wie ich dort saß, siehe, da kam ein Bote von 'Omar zu mir. Ich geriet in Sorge und begab mich zum Kalifen; da lag jener Dirhem in seiner Hand. Und er sprach zu mir: ,Weh dir, Mu'aikib! Ich habe etwas gefunden, was deine Seele angeht.' Ich aber fragte: ,Was ist das?' Er antwortete: ,Du wirst mit der Gemeinde Mohammeds – Allah segne ihn und gebe ihm Heil! – am Tage der Auferstehung um diesen Dirhem rechten müssen.' 'Omar hatte damals an Abu Mûsa el-Asch'ari[1] einen Brief dieses Inhalts geschrieben: ,Wenn dieser mein Brief dich erreicht, so gib dem Volke, was des Volkes ist, und sende mir den Rest!' Und der hatte es getan. Als nun aber 'Othmân im Kalifat gefolgt war, richtete er ein ebensolches Schreiben an Abu Mûsa; der gehorchte und sandte den Tribut durch Zijâd. Als dieser den Tribut vor 'Othmân niederlegte, kam der Sohn des Kalifen und nahm einen Dirhem; Zijâd aber begann zu weinen. 'Othmân fragte: ,Warum weinest du?' Und Zijâd erwiderte: ,Einst brachte ich den gleichen Tribut zu 'Omar ibn el-Chattâb, und sein Sohn nahm sich auch einen Dirhem, doch 'Omar ließ ihm den aus den Händen reißen. Nun hat dein Sohn davon genommen, aber ich habe nicht gesehen, daß ihm jemand etwas gesagt oder ihm das Geld entrissen hat.' Da rief 'Othmân: ,Wo wolltest du 'Omars gleichen finden!'

Zaid ibn Aslam berichtet von seinem Vater, daß er sagte: ,Ich ging eines Nachts mit 'Omar aus, und wir kamen zu einem hellen Feuer. Da sprach 'Omar: ,O Aslam, ich denke, das sind Reisende, die unter der Kälte leiden. Komm, laß uns zu ihnen gehen!' Wir gingen also weiter, bis wir zu ihnen kamen, und siehe, da war eine Frau, die unter einem Kessel ein Feuer entzündet hatte, und bei ihr waren zwei kleine Knaben, die jammerten. 'Omar sprach: ,Friede sei mit euch, ihr Leute des

---

1. Statthalter im Irak unter 'Omar und seinem Nachfolger.

Lichts!' – denn er scheute sich zu sagen ,Leute des Feuers'[1] –, ,was fehlt euch?' Sie antwortete: ,Wir leiden von Nacht und Kälte.' Weiter fragte er: ,Und was fehlt den Kleinen, daß sie jammern?' Sie erwiderte: ,Vor Hunger schreien sie.' Dann fragte er: ,Und was ist's mit diesem Kessel?' ,Damit beruhige ich sie', gab sie zur Antwort; ,Gott wird 'Omar ibn el-Chattâb am Tage der Auferstehung deswegen zur Rechenschaft ziehen.' Er darauf: ,Wie kann 'Omar etwas von ihnen wissen?' Und sie: ,Wie kann er das Volk regieren und sich nicht um sie kümmern?' Da wandte 'Omar sich mir zu – also fuhr Aslam fort – und rief: ,Laß uns gehen!' So liefen wir davon und eilten zur Ausgabestelle des Schatzhauses; er holte einen Sack mit Mehl und einen Topf voll Fett und sprach zu mir: ,Das lad mir auf den Rücken!' Doch ich rief: ,O Beherrscher der Gläubigen, ich will es für dich tragen.' Er aber sprach: ,Willst du auch am Tage der Auferstehung meine Last für mich tragen?' So lud ich es ihm auf, und wir eilten zurück, bis wir jenen Sack neben ihr niederwarfen. Dann nahm er etwas vom Mehl heraus, sagte zu der Frau: ,Überlaß es mir!' und begann das Feuer unter dem Kessel anzufachen. Nun hatte er einen langen Bart; und ich sah den Rauch zwischen den Haaren seines Bartes aufsteigen, während er kochte und ein wenig von dem Fett nahm und es hineinwarf. Dann sagte er zu der Frau: ,Gib du ihnen zu essen, ich will es für sie abkühlen!' Das taten sie nun so lange, bis die Kinder gegessen hatten und satt waren; den Rest überließ er ihr. Darauf wandte er sich zu mir und sagte: ,O Aslam, ich sah, es war wirklich der Hunger, der sie weinen machte, und ich wollte doch nicht eher weitergehen, als bis ich wußte, was es mit dem Lichte, das ich sah, auf sich hatte.' - –«

1. Das könnte eine Anspielung auf das Höllenfeuer sein.

Da bemerkte Schehrezâd, daß der Morgen begann, und sie hielt in der verstatteten Rede an. Doch als die *Vierundsechzigste Nacht* anbrach, fuhr sie also fort: »Es ist mit berichtet worden, o glücklicher König, daß Nuzhat ez-Zamân weiter sprach: ‚Es wird erzählt, daß ’Omar bei einem Mamluken vorbeikam, der Schafe hütete, und von ihm ein Schaf zu kaufen versuchte. Jener sagte jedoch: ‚Sie gehören nicht mir.‘ Da sprach ’Omar: ‚Du bist der rechte Mann‘, kaufte ihn und ließ ihn dann frei. Der Mamluk aber rief: ‚O Allah, wie du mir die geringere Freilassung gewährt hast, also gewähre mir auch die größere Befreiung[1]!‘

Ferner wird erzählt, daß ’Omar ibn el-Chattâb den Dienern frische Milch zu geben pflegte, während er selber derbe Kost aß, und daß er sie in feine Gewänder kleidete, während er selber grobe Kleidung trug. Er gab allen Leuten, was ihnen gebührte, und sogar noch mehr. So gab er einst einem Manne viertausend Dirhems und legte ihm noch tausend hinzu; da fragte man ihn: ‚Lege doch auch deinem Sohne zu wie diesem!‘ Doch er antwortete: ‚Der Vater dieses Mannes stand fest am Tage der Schlacht am Ohod[2].‘

El-Hasan erzählt, daß ’Omar einst mit großer Beute zurückkam und daß Hafsa[3] zu ihm trat und sagte: ‚O Beherrscher der Gläubigen, den Anteil der Verwandtschaft!‘ ‚O Hafsa,‘ erwiderte er, ‚Gott hat zwar befohlen, der Verwandtschaft ihren Anteil zu geben, doch nicht von dem Gute der Gläubigen. Nein, Hafsa, du erfreust wohl die Deinen, doch deinen Vater erzürnest du.‘ Da ging sie mit beschämter Miene fort.

’Omars Sohn erzählt: ‚Einmal im Laufe der Jahre flehte ich zum Herrn, mich meinen toten Vater wieder sehen zu lassen.

1. Vom Feuer der Hölle.
2. Bei Medina; die Schlacht am Berge Ohod war im Jahre 625.
3. ’Omars Tochter, eine der Frauen Mohammeds.

Schließlich erschien er mir, indem er sich den Schweiß von der Stirne wischte, und auf meine Frage: ‚Wie geht es dir, mein Vater?' antwortete er: ‚Ohne die Barmherzigkeit des Herrn wäre dein Vater verdorben.'

Dann fuhr Nuzhat ez-Zamân fort: ‚Höre, o glücklicher König, den zweiten Abschnitt des ersten Kapitels aus den Lebensbeschreibungen der Nachfolger des Propheten und der anderen Heiligen. El-Hasan el-Basri sagt: ‚Keine Seele eines Menschenkindes geht dahin aus der Welt, ohne drei Dinge zu beklagen: daß sie nicht genoß, was sie gesammelt hatte; daß sie nicht erreichte, was sie erhoffte; und daß sie sich nicht mit der genügenden Wegzehrung[1] versah für die Wanderung an ihr Ziel.'

Man fragte Sufjân: ‚Kann jemand fromm sein und dennoch Reichtum besitzen?' Und er erwiderte: ‚Ja, wenn er im Leid geduldig ist und für Gottes Gaben dankbar ist.'

Als 'Abdallah ibn Schaddâd auf dem Sterbebett lag, schickte er nach seinem Sohne Mohammed und ermahnte ihn, indem er sprach: ‚Mein Sohn, ich sehe, daß mich der Bote des Todes ruft; nun also, fürchte Allah, insgeheim und vor aller Augen, danke Ihm für Seine Gaben und sei wahrhaftig in deiner Rede! Denn der Dank bringt wachsendes Gedeihen, und die Gottesfurcht ist die beste Zehrung für die himmlische Welt, wie einer der Dichter sagt:

> *Ich sehe nicht das Glück im Schätzehäufen;*
> *Allein dem Frommen wird das Glück zuteil.*
> *Denn Gottesfurcht ist wahrlich beste Zehrung;*
> *Bei Gott gewinnt der Frömmste höchstes Heil.'*

Dann fuhr Nuzhat ez-Zamân fort: ‚Möge der König auch noch folgenden Stücken aus dem zweiten Abschnitt des ersten

---

1. Das heißt: gute Werke.

Kapitels sein Ohr leihen!' Da fragte man sie: ‚Wie lauten diese?‘
Sie antwortete: ‚Als ’Omar ibn ’Abd el-’Azîz[1] im Kalifat folgte,
ging er zu seinen Angehörigen, nahm alles, was sie besaßen,
und legte es in den Staatsschatz. Da flohen die Omaijaden um
Hilfe zu seines Vaters Schwester Fâtima, der Tochter des Marwân; die sandte zu ihm und ließ ihm sagen: ‚Ich muß dich
sprechen.‘ Dann kam sie zu ihm bei Nacht, und er half ihr von
ihrem Maultier absteigen; als sie nun ihren Sitz eingenommen
hatte, sprach er zu ihr: ‚Muhme, du hast zuerst zu reden, da du
ein Anliegen hast; tu mir also dein Begehren kund!‘ Sie erwiderte: ‚O Beherrscher der Gläubigen, dir steht es an, zuerst
zu reden, denn dein Scharfsinn ergründet, was dem Verstande
anderer verborgen bleibt.‘ Da sprach ’Omar ibn ’Abd el-’Azîz:
‚Wahrlich, Allah der Erhabene sandte Mohammed als einen Segen für die einen und als eine Strafe für die andern; dann erwählte Er für ihn die, so bei ihm waren, und nahm ihn zu sich.‘ – – «

Da bemerkte Schehrezâd, daß der Morgen begann, und sie
hielt in der verstatteten Rede an. Doch als die *Fünfundsech-
zigste Nacht* anbrach, fuhr sie also fort: »Es ist mir berichtet
worden, o glücklicher König, daß Nuzhat ez-Zamân sagte:
‚Da sprach ’Omar ibn ’Abd el-’Azîz: ‚Wahrlich, Allah sandte
Mohammed – Er segne ihn und gebe ihm Heil! – als einen
Segen für die einen und als eine Strafe für die andern; dann erwählte Er für ihn die, so bei ihm waren, und nahm ihn zu sich
und hinterließ den Menschen einen Strom, davon sie trinken
konnten. Nach ihm wurde dann Abu Bakr, der Wahrhaftige,
Kalif, und er ließ den Strom, wie er war, und er tat, was Allah
wohlgefällig war. Dann aber erhob sich ’Omar und schuf ein
gewaltiges Werk und kämpfte im heiligen Kriege, wie keiner

1. Der achte Omaijade (717–720).

es je tun könnte. Doch als 'Othmân zur Macht gelangte, da lenkte er ein Bächlein von dem Strome ab; dann folgte Mu'âwija, und er lenkte mehrere Bächlein von ihm ab. Und dann lenkten Jazîd und die Nachkommen des Marwân, wie 'Abd el-Malik und el-Walîd und Sulaimân, in gleicher Weise immer mehr Wasser vom Strome ab, und der Hauptlauf trocknete ein, bis die Herrschaft auf mich kam, und ich bin gesonnen, den Strom in sein altes Bett zurückzuführen.' Darauf erwiderte Fâtima: ,Ich kam nur mit dem Wunsch, zu dir zu reden und mich mit dir zu besprechen; aber wenn deine Rede so ist, dann habe ich dir nichts zu sagen.' Und sie kehrte zu den Omaijaden zurück und sagte zu ihnen: ,Kostet nun, wie die Folgen davon schmecken, daß ihr mit 'Omar durch Verwandtschaft verbunden seid!'

Man erzählt, daß 'Omar ibn 'Abd el-'Azîz, als er auf dem Sterbebette lag, seine Kinder um sich versammelte. Da sagte Maslama ibn 'Abd el-Malik zu ihm: ,O Beherrscher der Gläubigen, wie kannst du deine Kinder arm zurücklassen, da du doch ihr Hüter bist? Solange du lebst, kann niemand dich hindern, ihnen aus dem Staatsschatze so viel zu geben, wie ihnen genügt; und das wäre besser, als daß du ihn dem überläßt, der nach dir regieren wird.' 'Omar aber sah ihn an mit einem Blick des Zornes und der Verwunderung und sprach dann: ,O Maslama, ich habe sie all die Tage meines Lebens hindurch von dieser Sünde ferngehalten; wie sollte ich nach meinem Tode durch sie elend werden? Wahrlich, meine Söhne sind von zweierlei Art: entweder sie gehorchen Allah dem Erhabenen, dann wird Er sie fördern; oder sie sind ungehorsam, und dann will ich sie in ihrem Ungehorsam nicht noch unterstützen. O Maslama, ich war zugegen wie du, als einer von den Söhnen Marwâns begraben wurde; da trug mich mein Auge im Geiste zu ihm, und ich schaute ein Gesicht, wie er einer der Strafen

614

Allahs des Allmächtigen und Glorreichen übergeben wurde. Und ich erschrak und begann zu zittern, und ich gelobte Allah, nicht zu handeln wie jener, wenn ich zur Regierung käme. Ich habe mein ganzes Leben lang danach gestrebt, und ich hoffe, zu der Gnade des Herrn einzugehen.' Maslama erwiderte: ,Es starb einmal ein Mann, bei dessen Begräbnis ich zugegen war; da trug mich mein Auge im Geiste fort, und wie ein Schläfer einen Traum sieht, schaute ich ihn in einem Garten mit fließendem Wasser und gekleidet in lichte Gewänder. Der trat zu mir und sprach: Maslama, solchen Lohn sollten die Menschen bei ihren Taten im Auge haben.'

Gleicher Beispiele gibt es viele, und ein Gewährsmann sagt: ,Ich pflegte unter dem Kalifat des 'Omar ibn 'Abd el-'Azîz die Schafe zu melken, und eines Tages traf ich einen Schäfer, unter dessen Schafen ich einen Wolf oder mehrere Wölfe sah. Ich hielt sie für Hunde, denn ich hatte Wölfe bis dahin noch nie gesehen, und so fragte ich ihn: ,Was machst du mit diesen Hunden?' ,Das sind keine Hunde,' erwiderte der Schäfer, ,sondern Wölfe.' Da sagte ich: ,Können Wölfe bei Schafen sein, ohne ihnen etwas anzutun?' Er antwortete: ,Wenn der Kopf gesund ist, so ist es auch der Leib.'

Einst predigte 'Omar ibn 'Abd el-'Azîz von einer Kanzel aus Lehm, und nachdem er Allahs des Erhabenen Lob und Preis verkündet hatte, sprach er drei Mahnungen aus, indem er sagte: ,O ihr Menschen, macht euer innerstes Herz lauter, damit euer äußeres Leben vor euren Brüdern lauter sei; macht euch frei von den Sorgen um euer Leben in dieser Welt, und wisset, daß zwischen jedem einzelnen Menschen und Adam kein Toter wieder lebendig geworden ist! Tot sind 'Abd el-Malik und alle, die vor ihm waren, und sterben werden 'Omar und alle, die nach ihm kommen.'

Maslama fragte: ‚O Beherrscher der Gläubigen, sollen wir dir ein Kissen hinlegen, damit du dich etwas anlehnen kannst?‘ Doch 'Omar erwiderte: ‚Ich fürchte, es könnte dadurch eine Schuld entstehen, die mir am Auferstehungstage auf dem Nakken liegen wird.‘ Dann röchelte er und fiel ohnmächtig zurück; Fâtima aber rief und sagte: ‚Marjam, Muzâhim! Ihr Leute, seht nach diesem Mann!‘ Und sie ging hin und goß weinend Wasser über ihn, bis er aus seiner Ohnmacht erwachte. Als er sie in Tränen sah, da sprach er: ‚Weshalb weinest du, o Fâtima?‘ Sie antwortete: ‚O Beherrscher der Gläubigen, ich sah dich leblos vor uns liegen, und da dachte ich daran, wie du im Tode vor Allah dem Erhabenen liegen würdest, wie du die Welt verlassen und dich von uns trennen müßtest. Deshalb weinte ich.‘ Er darauf: ‚Genug, o Fâtima, du übertreibst.‘ Dann wollte er sich erheben, doch er fiel wieder nieder; und Fâtima drückte ihn an sich und sagte: ‚Du bist mir wie mein Vater und meine Mutter, o Beherrscher der Gläubigen! Wir alle können nun nicht mehr mit dir reden.‘

Darauf sprach Nuzhat ez-Zamân zu ihrem Bruder Scharkân und den vier Kadis: ‚Hier endet der zweite Abschnitt des ersten Kapitels.‘ – – «

Da bemerkte Schehrezâd, daß der Morgen begann, und sie hielt in der verstatteten Rede an. Doch als die *Sechsundsechzigste Nacht* anbrach, fuhr sie also fort: »Es ist mir berichtet worden, o glücklicher König, daß Nuzhat ez-Zamân zu ihrem Bruder Scharkân, ohne ihn zu erkennen, in Gegenwart der vier Kadis und des Kaufmanns sagte: ‚Hier endet der zweite Abschnitt des ersten Kapitels.‘

Es begab sich einmal, daß 'Omar ibn 'Abd el-'Azîz an die Festteilnehmer zu Mekka schrieb: ‚Ich bezeuge vor Allah im heiligen Monat, in der heiligen Stadt und am Tage der großen

Pilgerfahrt, daß ich unschuldig bin an eurer Unterdrückung und an dem Unrecht, das euch getan wird; ich habe dies weder befohlen noch beabsichtigt, noch hat mich bislang eine Nachricht davon erreicht, noch habe ich irgend etwas davon erfahren; und ich hoffe, es werde für mich ein Grund zur Verzeihung sein, daß niemand von mir ermächtigt ist, irgend jemanden zu bedrücken; denn ich werde Rechenschaft ablegen müssen für jeden Bedrückten. Fürwahr, wenn einer meiner Statthalter vom Rechte abweicht und anders handelt, als es im Heiligen Buch und in der Sunna steht, so braucht ihr ihm nicht zu gehorchen, auf daß er zum Rechten zurückkehre!' Und er, den Allah selig haben möge, sagte auch: ,Ich möchte nicht vom Tode befreit sein; denn er ist das Letzte, wofür der Gläubige belohnt wird.'

Einer der Gewährsmänner berichtet: ,Ich ging zum Beherrscher der Gläubigen, zu 'Omar ibn 'Abd el-'Azîz, der damals Kalif war, und ich sah zwölf Dirhems vor ihm liegen; die befahl er im Staatsschatz niederzulegen. Da sprach ich zu ihm: ,O Beherrscher der Gläubigen, du machst deine Kinder arm und zu einer Familie von Bettlern. Wenn du ihnen doch durch ein Testament ein weniges hinterlassen wolltest, und ebenso denen, die unter den Mitgliedern deines Hauses arm sind!' ,Tritt nahe zu mir her!' erwiderte er; da trat ich zu ihm, und er sagte: ,Wenn du sagst, ich machte meine Kinder arm, darum solle ich ihnen und denen, die unter den Mitgliedern meines Hauses arm sind, ein weniges durch ein Testament hinterlassen, so ist das nicht recht; Allah wird mich bei meinen Kindern ersetzen und bei den Armen meines Hauses, und Er wird ihr Hüter sein. Sie sind von zweierlei Art: für den, der Allah fürchtet, wird Er auch den guten Ausgang sichern; aber den, der in der Sünde verharrt, den will ich nicht noch in seiner Sünde wider Allah bestärken.' Darauf berief er seine zwölf Söhne zu sich, und als er sie erblickte, da strömten ihm Tränen aus den Augen, und er sprach: ‚Euer Vater steht zwischen zwei Dingen; entweder werdet ihr wohlhabend sein, und euer Vater wird zum Höllenfeuer eingehen, oder ihr müßt arm sein, und euer Vater wird in das Paradies kommen; eurem Vater aber ist es lieber, daß er ins Paradies kommt, als daß ihr reich werdet. Gehet hin, und Allah schütze euch, denn Ihm vertraue ich eure Sache an!'

Châlid, der Sohn des Safwân, erzählte: ‚Einst begleitete mich Jûsuf ibn 'Omar zu Hischâm ibn 'Abd el-Malik[1], und als ich zu ihm kam, zog er gerade aus mit seiner Sippe und seiner Dienerschaft. Da machte er halt, und man schlug ihm ein Zelt auf. Als alle Platz genommen hatten, ging ich auf den Teppich zu, auf dem er saß, und sah ihn an; und als meine Augen in seinen Augen ruhten, sprach ich zu ihm also: ‚Gott vollende Seine Güte an dir, o Beherrscher der Gläubigen! Er führe diese Dinge, mit denen Er dich betraut hat, zum Rechten und lasse deine Freude nicht durch Leid getrübt werden! Ich weiß keinen besseren Rat für dich, o Beherrscher der Gläubigen, als die Erzählung von einem der Könige, die vor dir waren!' Nun setzte er sich auf, während er sich vorher zurückgelehnt hatte, und sagte zu mir: ‚Gib her, was du hast, o Sohn des Safwân!' Ich begann: ‚O Beherrscher der Gläubigen, in der Zeit vor dieser deiner Zeit zog einer der Könige, die vor dir waren, in dieses Land und sagte zu seinen Gefährten: ‚Habt ihr je eine Macht gleich meiner gesehen, und ist jemals einem verliehen, was mir verliehen ist?' Nun aber war bei ihm einer von den Besten derer, die Zeugnis ablegen, die das Recht stützen und auf seiner Straße

1. Der zehnte Omaijadenkalif (724 – 743).

618

wandeln; und der sprach zu ihm: ‚O König, du stellst eine große Frage. Willst du mir erlauben, darauf zu antworten?‘ ‚Ja!‘ erwiderte der König; und der andere sprach: ‚Hältst du deine gegenwärtige Macht für unvergänglich oder für vergänglich?‘ ‚Sie ist vergänglich‘, sprach der König. Jener darauf: ‚Wie ist es möglich, daß ich dich frohlocken sehe über etwas, das dir nur kurze Zeit gehört, über das du aber lange Zeit wirst Rechenschaft ablegen müssen, und bei dessen Verrechnung du als Geisel dastehen wirst?‘ Da rief der König: ‚Wohin soll ich flüchten und worauf mein Streben richten?‘ Der andere entgegnete: ‚Du sollst in deinem Königtum bleiben und im Gehorsam gegen Allah den Erhabenen regieren oder Lumpen anziehen und deinem Herrn dienen, bis deine Stunde dir naht! Morgen früh will ich wieder zu dir kommen.‘ Dann, am nächsten Morgen, so erzählte Châlid weiter, klopfte jener Mann an die Tür, und siehe, der König hatte die Krone abgelegt und sich gerüstet, Einsiedler zu werden; also hatte die Mahnung auf ihm gelastet. Da weinte Hischâm ibn ’Abd el-Malik so heftig, daß ihm der Bart naß ward; und er befahl, ihn seines Prunkes zu entkleiden, und schloß sich in seinem Palast ein. Nun kamen, so schloß Châlid ibn Safwân, die Freigelassenen und Diener zu mir und sagten: ‚Wie konntest du das dem Beherrscher der Gläubigen antun? Du hast ihm die Lust verdorben und das Leben verbittert!‘

Darauf sprach Nuzhat ez-Zamân zu Scharkân: ‚Wie viele Ermahnungen stehen nicht noch in diesem Kapitel! Doch ich kann nicht in einer einzigen Sitzung alle anführen, die hierher gehören.‘ – –«

Da bemerkte Schehrezâd, daß der Morgen begann, und sie hielt in der verstatteten Rede an. Doch als die *Siebenundsechzigste Nacht* anbrach, fuhr sie also fort: »Es ist mir berichtet worden, o glücklicher König, daß Nuzhat ez-Zamân zu Scharkân sprach: ‚Wisse, o König, wie viele Ermahnungen stehen nicht noch in diesem Kapitel! Doch ich kann nicht in einer einzigen Sitzung alle anführen, die hierher gehören. Aber im Laufe der Tage, o größter König unserer Zeit, möge es geschehen!' Da sprachen die Kadis: ‚O König, wahrlich, diese Jungfrau ist das Wunder der Zeit und die Perle des Jahrhunderts weit und breit! Nie haben wir von ihresgleichen gehört, weder aus alter Vorzeit noch in unserem ganzen Leben!' Dann riefen sie Segen auf den König herab und gingen davon. Nun wandte Scharkân sich zu seinen Dienern und sagte: ‚Macht euch daran, die Hochzeitsfeier zu rüsten, und bereitet Speisen jeglicher Art!' Alsbald gehorchten sie seinem Befehle und bereiteten alle Speisen. Der König aber hieß die Frauen der Emire und Wesire und der Großen des Reiches bleiben bis zur Zeit der Entschleierung der Braut bei der Hochzeitsfeier. Kaum aber war die Zeit des Nachmittagsgebetes gekommen, so wurden die Tische aufgetragen mit allem, was nur das Herz begehrt und was nur das Auge erfreut an geröstetem Fleisch und an Gänsen und Hühnern; und alle aßen, bis sie gesättigt waren. Man hatte auch nach allen Sängerinnen von Damaskus gesandt; die waren gekommen samt den Sklavinnen des Königs und der Vornehmen, die da singen konnten, und alle waren in den Palast hinaufgegangen. Als der Abend kam und es dunkel wurde, zündete man Kerzen an zur Rechten und zur Linken, vom Tore der Burg bis hin zum Tore des Palastes. Und die Emire und Wesire und Großen traten vor König Scharkân hin, während die Sängerinnen und die Kammerfrauen die Maid fortführten, um sie zu schmücken und anzukleiden; doch sie fanden, daß sie keines Schmuckes bedurfte. Inzwischen aber ging König Scharkân ins Bad, und als er zurückkam, nahm er den Prunksitz ein, und in sieben verschiedenen Kleidern stellten sie die Braut vor ihm zur Schau; dann nahmen sie ihr die Last ihrer Kleider ab und gaben ihr die Ermahnungen, die man Jungfrauen in ihrer Hochzeitsnacht zu geben pflegt. Und Scharkân ging zu ihr ein und nahm ihr das Mädchentum; und sie empfing in selbiger Nacht, und als sie es ihm sagte, da freute er sich sehr, und er befahl den Gelehrten, die Zeit der Empfängnis zu verzeichnen.

Am nächsten Morgen aber ging er aus und setzte sich auf seinen Thron, und die Großen des Reiches kamen zu ihm und wünschten ihm Glück. Da rief er seinen Reichsschreiber und ließ ihn ein Schreiben an seinen Vater 'Omar ibn en-Nu'mân richten, des Inhalts, er habe eine Jungfrau gekauft, die Gelehrsamkeit und feine Bildung besitze und alle Zweige des Wissens beherrsche; er müsse sie unbedingt nach Baghdad schicken, damit sie seinen Bruder Dau el-Makân und seine Schwester Nuzhat ez-Zamân besuche; und er habe sie freigelassen, ihr den Ehebrief ausgestellt und sich mit ihr vermählt, und sie habe durch ihn empfangen. Er pries ihren Verstand und grüßte seine Geschwister und den Wesir Dandân und alle die Emire. Dann versiegelte er das Schreiben und sandte es durch einen Eilboten an seinen Vater. Der Bote blieb einen vollen Monat aus und kehrte dann mit einer Antwort zurück und überreichte sie. Scharkân nahm sie und las sie, und siehe, da stand nach der Anrufung Allahs: ‚Dieses Schreiben kommt von ihm, der versunken in Kummer und Gram, dem das Geschick seine Kinder nahm, der seine Heimat von sich getan, von dem König 'Omar ibn en-Nu'mân, an seinen Sohn Scharkân. Wisse, seit Du mich verlassen, ist mir die Welt zu eng geworden, so daß mir Geduld und Kräfte fehlen, mein Geheimnis länger zu verhehlen. Der Grund ist dieser: ich ritt einmal zur Jagd aus, nachdem Dau el-Makân mich vorher gebeten hatte, ihm die Pilgerfahrt nach dem Hidschâz zu gestatten, ich ihm aber aus Furcht vor den Wechselfällen der Zeit die Erlaubnis zur Reise bis zum nächsten oder übernächsten Jahre versagt hatte. Als ich dann auf der Jagd war, blieb ich einen vollen Monat aus.' – –«

Da bemerkte Schehrezâd, daß der Morgen begann, und sie hielt in der verstatteten Rede an. Doch als die *Achtundsechzigste Nacht* anbrach, fuhr sie also fort: »Es ist mir berichtet worden, o glücklicher König, daß König 'Omar ibn en-Numân in seinem Schreiben sagte: ,Als ich dann auf die Jagd zog, blieb ich einen vollen Monat aus, und wie ich heimkehrte, erfuhr ich, daß Dein Bruder und Deine Schwester ein wenig Geld genommen hatten und heimlich mit der Pilgerkarawane zur Pilgerfahrt aufgebrochen waren. Als ich das vernahm, da wurde die weite Welt rings um mich eng. Doch, mein Sohn, ich wartete die Rückkehr der Karawane ab, in der Hoffnung, sie würden vielleicht mit ihr heimkehren. Und nachdem die Pilger gekommen waren, fragte ich nach den beiden, allein niemand konnte mir Nachricht von ihnen geben; so legte ich um ihretwillen Trauer an – mein Herz ist schwer, ich finde keinen Schlummer mehr, und ich versinke in den Tränen meiner Augen.' Dazu schrieb er die Verse:

> *Ihr Bild entschwindet nie, nicht eine einz'ge Stunde;*
> *Im Herzen wies ich ihm den Platz der Ehren zu.*
> *Wär Hoffnung nicht auf Heimkehr, ich lebte keine Stunde;*
> *Wär nicht das Bild des Traumes, ich fände keine Ruh.*

Und ferner schrieb er in dem Briefe: ,Ich grüße Dich und die Deinen und tue Dir zu wissen, daß Du nichts versäumen sollst, Nachforschungen anzustellen; denn dies ist eine Schande für uns.' Als Scharkân das Schreiben gelesen hatte, da grämte er sich um seinen Vater, aber er freute sich über den Verlust seines Bruders und seiner Schwester. Und er nahm den Brief und

622

ging damit zu seiner Gemahlin Nuzhat ez-Zamân; er wußte ja nicht, daß sie seine Schwester war, noch ahnte sie, daß er ihr Bruder war, obgleich er sie oft bei Tag und bei Nacht besuchte, bis ihre Monde erfüllet waren und sie auf dem Geburtsstuhle saß. Allah aber machte ihr die Entbindung leicht, und sie gebar eine Tochter und schickte nach Scharkân; und als sie ihn sah, da sagte sie zu ihm: ‚Dies ist deine Tochter, nenne sie, wie du willst.‘ Er entgegnete: ‚Es ist der Brauch unter den Menschen, ihre Kinder am siebenten Tage nach der Geburt zu benennen.‘ Dann neigte er sich über seine Tochter und küßte sie: da fand er an ihrem Halse ein Juwel hängen, – eins von den dreien, die Prinzessin Abrîza aus Griechenland mitgebracht hatte. Und als er das Juwel, das am Halse seiner Tochter hing, erkannte, da ward er wie von Sinnen, Zorn packte ihn, und er riß seine Augen weit auf; er überzeugte sich noch einmal, daß es wirklich das Juwel war, dann blickte er Nuzhat ez-Zamân an und rief: ‚Woher hast du dies Juwel, du Sklavin?‘ Als sie das hörte, erwiderte sie: ‚Ich bin deine Herrin und Herrin über alle in deinem Palast! Schämst du dich nicht, mich Sklavin zu nennen? Ich bin eine Prinzessin und die Tochter eines Königs, und jetzt sei dem Verbergen ein Ziel gesetzt, und es sei öffentlich kundgetan, ich bin Nuzhat ez-Zamân, die Tochter des Königs ’Omar ibn en-Nu’mân!‘ Als er diese Worte von ihr hörte, faßte ihn ein Zittern, und er ließ den Kopf zu Boden hängen. – – «

Da bemerkte Schehrezâd, daß der Morgen begann, und sie hielt in der verstatteten Rede an. Doch als die *Neunundsechzigste Nacht* anbrach, fuhr sie also fort: »Es ist mir berichtet worden, o glücklicher König, als Scharkân diese Worte hörte, da erbebte sein Herz, seine Farbe erbleichte, es faßte ihn ein Zittern, und er ließ den Kopf zu Boden hängen; denn nun wußte er, daß sie seine Schwester war und den gleichen Vater hatte.

Er verlor die Besinnung, und als er erwachte, erschrak er über sich, doch entdeckte er sich seiner Schwester nicht, sondern fragte sie: ‚Meine Herrin, bist du wirklich die Tochter des Königs ʼOmar ibn en-Nuʼmân?ʻ ‚Ja!ʻ erwiderte sie, und er fuhr fort: ‚Erzähle mir, weshalb du deinen Vater verlassen hast und als Sklavin verkauft worden bist!ʻ Da erzählte sie ihm alles, was ihr widerfahren war, von Anfang bis zu Ende, und berichtete ihm, wie sie ihren Bruder krank in Jerusalem zurückgelassen und wie der Beduine sie entführt und an den Händler verkauft hatte. Durch ihre Worte ward er nun völlig gewiß, daß sie seine Schwester war von Vaters Seite her, und er sprach bei sich selber: ‚Wie kann ich meine Schwester zum Weibe haben? Nein, bei Allah, ich muß sie mit einem meiner Kammerherren vermählen; und wenn es laut wird, so will ich erklären, ich habe mich von ihr geschieden, ehe ich zu ihr einging, und sie meinem obersten Kammerherrn vermählt.ʻ Dann hob er den Kopf und sagte seufzend: ‚O Nuzhat ez-Zamân, du bist in Wirklichkeit meine Schwester, und ich rufe: Ich suche Zuflucht bei Allah vor dieser Sünde, der wir verfallen sind. Denn ich bin Scharkân, der Sohn des Königs ʼOmar ibn en-Nuʼmân.ʻ Da blickte sie ihn an und erkannte ihn, und als sie wußte, daß er es war, war sie wie von Sinnen, weinte, schlug sich das Gesicht und rief: ‚Es gibt keine Majestät und es gibt keine Macht außer bei Allah! Wir sind in eine Todsünde verfallen! Was soll ich tun, und was soll ich meinem Vater und meiner Mutter sagen, wenn sie mich fragen: woher hast du deine Tochter?ʻ Scharkân antwortete: ‚Mein Rat ist der, daß ich dich mit dem Kammerherrn vermähle und dich meine Tochter bei ihm in seinem Hause aufziehen lasse, damit niemand erfahre, daß du meine Schwester bist. Dies ist uns von Gott nach seinem Ratschlusse auferlegt; und nichts kann uns schützen, als daß du dich mit diesem Kammerherrn vermählst, ehe jemand etwas erfährt.' Dann begann er sie zu trösten und küßte ihr Haupt, und sie fragte ihn: ,Wie willst du die Tochter nennen?',Nenne sie Kudija-Fakân¹', erwiderte er. Darauf vermählte er sie mit dem Oberkammerherrn und brachte sie mit der Tochter in dessen Haus; und sie zogen das Kind auf mit Hilfe der Sklavinnen und pflegten es mit Säften und allerlei Pulvern. All dies geschah, während ihr Bruder Dau el-Makân noch bei dem Heizer in Damaskus weilte.

Doch eines Tages kam zu König Scharkân ein Bote von seinem Vater 'Omar ibn en-Nu'mân, mit einem Schreiben. Er nahm es und las es, und siehe, da stand nach der Anrufung Gottes: ,Wisse, geliebter König, ich bin tief betrübt, daß die Kinder fortgegangen; ich kann keinen Schlaf erlangen, und Ruhelosigkeit hält mich gefangen. Ich sende Dir dieses Schreiben, auf daß Du, sowie es eintrifft, das Geld und den Tribut bereitmachst und ihn uns sendest, zusammen mit der Sklavin, die Du kauftest und zum Weibe nahmst; denn mich verlangt danach, sie zu sehen und ihre Rede zu hören. Ferner ist aus dem Lande der Griechen eine alte fromme Frau zu uns gekommen, und bei ihr sind fünf Mädchen, hochbusige Jungfrauen, die beherrschen das Wissen und die feine Bildung und die Zweige der Wissenschaft, kurz alles, was den Menschen zu kennen ansteht. Meine Zunge vermag diese alte Frau und ihre Gefährtinnen nicht zu beschreiben; fürwahr, sie sind vollendet in allen Arten des Wissens, der Tugend und der Weisheit. Und sowie ich die Mädchen erblickte, liebte ich sie, und ich wünschte, sie in meinem Palast und im Bereich meiner Hand zu haben; denn keiner von allen Königen hat ihresgleichen. Ich fragte also die alte

1. Es war bestimmt und es geschah.

Frau nach ihrem Preise, und sie erwiderte: ‚Ich verkaufe sie nur um den Tribut von Damaskus.' Und bei Allah, mir schien dieser Preis nicht zu hoch; denn eine jede von ihnen ist den ganzen Preis für sich allein schon wert. So willigte ich denn ein und nahm sie in meinen Palast, und sie sind in meinem Besitz. Also sende Du uns bald den Tribut, damit die Frau in ihre Heimat zurückkehren kann; und schicke uns die Sklavin, auf daß sie mit ihnen disputiere vor den Gelehrten! Wenn sie sie besiegt, so will ich sie Dir mit dem Tribut von Baghdad zurücksenden.' – –«

Da bemerkte Schehrezâd, daß der Morgen begann, und sie hielt in der verstatteten Rede an. Doch als die *Siebenzigste Nacht* anbrach, fuhr sie also fort: »Es ist mir berichtet worden, o glücklicher König, daß König 'Omar ibn en-Nu'mân in seinem Schreiben sagte: ‚Und schicke uns die Sklavin, auf daß sie mit ihnen disputiere vor den Gelehrten! Wenn sie sie besiegt, so will ich sie dir mit dem Tribut von Baghdad zurücksenden.' Als Scharkân von dem Inhalt Kenntnis genommen hatte, ging er zu seinem Schwager und sagte zu ihm: ‚Bringe die Sklavin her, mit der ich dich vermählt habe!' Als sie dann kam, zeigte er ihr das Schreiben und sprach: ‚Schwester, was rätst du mir, das ich auf dieses Schreiben antworten soll?' Sie antwortete: ‚Dein Rat entscheidet.' Doch da sie sich nach den Ihren und nach ihrer Heimat sehnte, fügte sie hinzu: ‚Schicke mich mit dem Kammerherrn, meinem Gatten, nach Baghdad, damit ich meinem Vater meine Geschichte erzähle und ihm berichte, was mir von dem Beduinen widerfuhr, der mich an den Händler verkaufte, und ferner, wie der Händler mich an dich verkaufte, du mich aber freiließest und dann mit dem Kammerherrn vermähltest.' ‚So sei es!' erwiderte Scharkân. Da nahm Scharkân seine Tochter Kudija-Fakân und übergab sie den Ammen und

626

denEunuchen,und eilig machte er denTribut bereit undübergab ihn dem Kammerherrn; dann befahl er ihm, mit der Prinzessin und dem Tribut nach Baghdad zu reisen. Und er bestimmte für sie zwei Reisesänften, eine für ihn und die andere für seine Gemahlin. DerKammerherr antwortete,er höre und gehorche. Nun versammelte Scharkân Kamele und Maultiere, schrieb einen Brief, übergab ihn dem Kammerherrn und nahm von seiner Schwester Nuzhat ez-Zamân Abschied, nachdem er ihr das Juwel abgenommen und an einer Kette von reinem Golde seiner Tochter um den Hals gehängt hatte. Noch in selbiger Nacht brach der Kammerherr auf.

Nun traf es sich, daß Dau el-Makân und der Heizer ausgegangen waren und in der überdachten Halle dem Schauspiele zusahen; da erblickten sie Kamele, baktrische Trampeltiere, beladene Maultiere, brennende Fackeln und Laternen. Dau el-Makân erkundigte sich nach jenen Lasten und ihrem Besitzer, und man sagte ihm, es sei der Tribut von Damaskus, der entsandt werde zu König 'Omar ibn en-Nu'mân, dem Herrscher in der Stadt Baghdad. Weiter fragte er: ‚Wer ist der Führer der Karawane?‘ Da hieß es: ‚Der Oberkammerherr, der Gemahl des Mädchens, das Wissenschaft und Philosophie studiert hat.‘ Da weinte Dau el-Makân heftig; denn er gedachte seiner Mutter und seines Vaters und seiner Schwester und seiner Heimat, und er sagte zu dem Heizer: ‚Ich kann nicht mehr hier bleiben; nein, ich will mich dieser Karawane anschließen und allmählich mit ihr dahinziehen, bis ich in meiner Heimat ankomme.‘ Der Heizer sagte darauf: ‚Ich habe dich nicht von Jerusalem nach Damaskus allein reisen lassen; wie sollte ich dich nun ruhig nach Baghdad ziehen lassen? Nein, ich will mit dir gehen und bei dir bleiben, bis du dein Ziel erreicht hast.‘ ‚Das freut mich herzlich‘, erwiderte Dau el-Makân. Dann rüstete der Heizer zu der Reise, sattelte einen Esel, legte die Sattel- taschen darauf und tat etwas Zehrung hinein; schließlich gür- tete er sich selber, machte sich fertig und wartete, bis die La- stenkarawane und der Kammerherr, der auf einem Reitkamel ritt, umgeben von seinen Dienern, vorübergezogen waren. Dau el-Makân aber stieg auf den Esel des Heizers und sagte zu seinem Gefährten: ‚Steig du hinter mir auf!‘ Doch der erwi- derte: ‚Nein, ich will dir nur zu Diensten sein.‘ Dau el-Makân bestand darauf: ‚Du mußt unbedingt eine Weile reiten!‘, Gut,‘ erwiderte der Heizer, ‚wenn ich müde werde.‘ Darauf sprach Dau el-Makân: ‚Mein Bruder, bald wirst du sehen, wie ich an dir handeln werde, wenn ich zu den Meinen komme.‘ So zo- gen sie dahin, bis die Sonne aufging. Und als die Stunde der Mittagsrast da war, befahl der Kammerherr haltzumachen; da lagerten die Leute sich, ruhten aus und tränkten ihre Kamele. Dann gab er von neuem das Zeichen zum Aufbruch, und nach fünf Tagen kamen sie zu der Stadt Hama[1], wo sie sich nieder- ließen und drei Tage lang ruhten. – –«

Da bemerkte Schehrezâd, daß der Morgen begann, und sie hielt in der verstatteten Rede an. Doch als die *Einundsieben- zigste Nacht* anbrach, fuhr sie also fort: »Es ist mir berichtet worden, o glücklicher König, daß sie drei Tage in der Stadt Hama blieben; dann zogen sie unaufhörlich weiter, bis sie zu einer anderen Stadt gelangten, wo sie wiederum drei Tage halt- machten. Darauf setzten sie die Reise fort, bis sie nach Dijâr- Bekr kamen. Hier wehte ihnen schon der Wind von Baghdad entgegen; und da dachte Dau el-Makân an seine Schwester Nuzhat ez-Zamân, seinen Vater, seine Mutter und seine Heimat, und wie er zu seinem Vater ohne die Schwester heimkehrte.

1. Am Orontes, nördlich von Damaskus.

Deshalb weinte und seufzte und klagte er, und der Kummer lastete schwer auf ihm; da sprach er diese Verse:

> *Mein Lieb, wie lange soll ich in diesem Dulden verharren?*
> *Kein Bote kommt zu mir mit Kunde von dir her.*
> *Ach sieh, die Zeit des Nahseins war nur von kurzer Dauer;*
> *O daß die Zeit der Trennung doch auch so kurz nur wär!*
> *Ergreife meine Hand, nimm ab das Kleid und schaue:*
> *Verzehrt ist mir der Leib – und dennoch zeigt ich's nicht.*
> *Sagt jemand, ich solle mich trösten in meiner Liebe, dem sag ich:*
> *Bei Gott, ich kann mich nicht trösten bis zum Jüngsten Gericht.*

Da sprach der Heizer zu ihm: ‚Laß dies Weinen und Seufzen, denn wir sind dicht bei dem Zelte des Kammerherrn.' Dau el-Makân aber sprach: ‚Ich muß ein paar Verse sprechen, vielleicht wird dadurch das Feuer meines Herzens gelöscht.' ‚Ich beschwöre dich bei Allah,' rief der Heizer, ‚laß das Trauern, bis du in deine Heimat kommst; danach tu, was du willst! Ich aber will bei dir bleiben, wo du auch immer seist.' Dau el-Makân erwiderte jedoch: ‚Bei Allah, ich kann es nicht lassen.' Dann wandte er sein Antlitz in die Richtung nach Baghdad, während der Mond hell schien und das Lager mit seinem Licht übergoß. Nuzhat ez-Zamân aber vermochte in jener Nacht nicht zu schlafen, sondern war rastlos, dachte an ihren Bruder Dau el-Makân und weinte. Und während ihr die Tränen niederströmten, hörte sie plötzlich Dau el-Makân weinen und folgende Verse sprechen:

> *Es leuchtet hell der Blitz im Süden –*
> *Mich packt des Kummers tiefste Not*
> *Um meinen Freund, der bei mir weilte,*
> *Der mir den Freudenbecher bot.*
> *Denke mein, der du mich triebest*
> *In das Leid der Einsamkeit!*
> *O du Strahl des Blitzes, kehret*
> *Einst zurück des Nahseins Zeit?*

Du, der mich tadelt, laß dein Tadeln;
Sieh, mich strafte Gottes Hand
Durch das Fernsein eines Freundes
Und Unglück, das mich überwand.
Fern ist meines Herzens Wonne,
Seit mein Schicksal sich gewandt,
Lauter Leid auf mich gehäuft hat,
Mir den bittren Kelch gesandt.
O mein Lieb, ich seh mich selber
Tot, eh wir uns wieder nah. –
O Geschick, kehr mit der Liebe
Wieder, die uns fröhlich sah!
Bringe Freude, bringe Schutz mir
Gegen Not, die ich erlebt!
Ach, wer hilft dem armen Fremdling,
Dessen Herze bang erbebt?
Er ist in der Trauer einsam,
Fern ist ihm die ‚Wonne der Zeit‘.
Über uns herrscht, uns zum Ekel,
Die Hand des Volks der Niedrigkeit.

Nach diesen Versen schrie er auf und fiel ohnmächtig zu Boden.

Sehen wir nun weiter, was mit Nuzhat ez-Zamân geschah! Sie war ja wach in jener Nacht, da sie an jener Stätte ihres Bruders gedachte. Und als sie jene Stimme in der Stille der Nacht hörte, da wurde ihr Herz ruhig, und sie rief in ihrer Freude den Eunuchen; der sprach zu ihr: ‚Was ist dein Begehr?‘ Sie antwortete: ‚Geh hin und bringe mir den, der solche Verse spricht!‘ Der Eunuch aber erwiderte: ‚Wahrlich, ich habe ihn nicht gehört.‘ – – «

Da bemerkte Schehrezâd, daß der Morgen begann, und sie hielt in der verstatteten Rede an. Doch als die *Zweiundsiebenzigste Nacht* anbrach, fuhr sie also fort: »Es ist mir berichtet worden, o glücklicher König, daß Nuzhat ez-Zamân, als sie die Verse ihres Bruders hörte, den Obereunuchen rief und zu

ihm sprach: ‚Geh, bringe mir den, der solche Verse spricht!‘
Jener aber erwiderte: ‚Wahrlich, ich habe ihn nicht gehört,
und ich kenne ihn nicht; auch liegt jetzt alles Volk im Schlafe.‘
Sie darauf: ‚Wen immer du wachend findest, der ist es, der
diese Verse vorträgt.‘ Da suchte er herum, doch er fand niemanden wach als den Heizer; denn Dau el-Makân lag noch besinnungslos da. Als der Heizer den Eunuchen zu seinen Häupten stehen sah, fürchtete er sich vor ihm. Der Eunuch fragte
ihn: ‚Bist du es, der hier eben Verse sprach, und den unsere
Herrin gehört hat?‘ Der Heizer aber glaubte, die Prinzessin sei
über das Vortragen der Verse erzürnt, und voller Angst rief er:
‚Bei Allah, ich war es nicht!‘ Weiter fragte der Eunuch: ‚Wer
war es denn? Zeige ihn mir! Du mußt es wissen, da du ja wachst.‘
Der Heizer aber war in Sorge um Dau el-Makân und sagte bei
sich selber: ‚Vielleicht wird der Eunuch ihm etwas antun‘; und
so erwiderte er: ‚Bei Gott, ich weiß es nicht.‘ Darauf der Eunuch: ‚Bei Allah, du lügst, denn hier sitzt niemand wach als du!
Also mußt du es wissen.‘ ‚Bei Allah,‘ entgegnete der Heizer,
‚ich sage dir die Wahrheit! Der die Verse sprach, war ein Wandersmann, der vorüberging; der hat auch mich gestört und mir
den Schlaf geraubt, Gott strafe ihn!‘ Nun sagte der Eunuch:
‚Wenn du ihn noch sehen solltest, so zeige ihn mir, und ich
will ihn ergreifen und ihn an die Tür der Sänfte unserer Herrin
bringen; oder ergreife du ihn mit eigener Hand!‘ Der Heizer
erwiderte: ‚Geh nur, ich will ihn dir bringen.‘ Da verließ ihn
der Eunuch und ging fort zu seiner Herrin; er brachte ihr die
Kunde und sprach: ‚Niemand kennt ihn; es muß ein Wanderer
gewesen sein, der vorüberzog.‘ Sie aber schwieg.

Doch als Dau el-Makân wieder zu sich gekommen war, sah
er, daß der Mond die Mitte des Himmels erreicht hatte; und der
Hauch der Morgenbrise strich über ihn dahin und erregte

ihm das Herz in Kummer und Sorge. Da klärte er seine Stimme und wollte von neuem Verse sprechen; aber der Heizer fragte ihn: ‚Was willst du beginnen?' Er antwortete: ‚Ich will einige Verse sprechen, um das Feuer meines Herzens damit zu löschen.' Jener darauf: ‚Du weißt nicht, was mir widerfahren ist! Ich bin dem Tode nur dadurch entgangen, daß ich den Eunuchen beruhigte.' ‚So sage mir, was geschehen ist!' erwiderte Dau el-Makân. Da erzählte der Heizer: ‚Mein Lieber, als du in Ohnmacht lagst, kam der Eunuch mit einem langen Stab aus Mandelholz in der Hand und schaute all den Schläfern ins Gesicht auf der Suche nach dem, der die Verse gesprochen habe; und da er niemanden wach fand außer mir, fragte er mich. Ich aber gab ihm zur Antwort, es sei ein vorübergehender Wandersmann gewesen; so ging er davon, und Gott befreite mich von ihm, sonst hätte er mich getötet. Doch er sagte noch zu mir: wenn du ihn wieder hörst, so bringe ihn zu uns!' Als Dau el-Makân das hörte, da weinte er und sprach: ‚Wer sollte mir verbieten, Verse zu sprechen? Ich tue es doch, komme, was da kommen will; denn ich bin dicht bei meiner Heimat und kümmere mich um niemand!' Und auf die Worte des Heizers: ‚Du willst dich nur selbst ins Verderben stürzen', erwiderte er: ‚Ich kann nicht anders, ich muß Verse sprechen.' Da sagte der Heizer: ‚Jetzt müssen wir uns hier trennen, obgleich ich dich nicht verlassen wollte, bis du in deine Heimatstadt gekommen wärest und dich wieder mit deinem Vater und deiner Mutter vereinigt hättest. Du bist nun einundeinhalbes Jahr mit mir zusammen gewesen, und niemals ist dir von mir etwas Böses widerfahren. Was ficht dich an, daß du durchaus Verse sprechen willst, da wir doch ganz müde sind vom Wandern und Wachen und da alle Leute schlummern, um sich von ihrer Mühe auszuruhen? Sie haben den Schlaf nötig!' Dau el-Makân aber sagte: ‚Ich lasse mich von meiner Absicht nicht abbringen.' Danach überkam ihn die Traurigkeit, und er kündete das verborgene Leid, indem er diese Verse sprach:

> *Weil' an den Stätten und grüße die Spuren der Zelte, die fern sind!*
> *Rufe sie! Ja, vielleicht antworten sie dir dann.*
> *Wenn dich eine Nacht umhüllt mit allen ihren Schrecken,*
> *Zünde von deiner Sehnsucht im Dunkel ein Feuer dir an.*
> *Wenn zischend die Natter ihr Maul aufbläht, so ist es kein Wunder,*
> *Daß ich – will sie mich beißen – küsse der Liebsten Mund,*
> *O Paradies, dem die Seele zu ihrem Schmerze fern ist,*
> *Wär nicht der Trost im Himmel, ich stürbe vor Gram zur Stund.*

Dann sprach er noch diese Verse:

> *Wir lebten dahin; uns waren die Tage Diener des Glückes,*
> *Im schönsten Lande umfing uns innigste Einigkeit.*
> *Wer kann das Haus meiner Liebe mir wiederbringen, darinnen*
> *,Das Licht des Ortes' weilte und auch ,die Wonne der Zeit?'*[1]

Nach diesen Versen schrie er laut dreimal; dann fiel er ohnmächtig zu Boden. Der Heizer aber erhob sich und deckte ihn zu.

Als nun Nuzhat ez-Zamân die ersten Verse hörte, da dachte sie an ihren Vater, ihre Mutter und ihren Bruder. Und als sie die zweiten Verse hörte, die von ihrem Namen und dem Namen ihres Bruders und ihrer beider Freundschaft sprachen, da weinte sie und rief den Eunuchen und sprach zu ihm: ,Weh dir! Der da das erste Mal sprach, hat nochmals gesprochen, und ich habe ihn dicht neben mir gehört. Bei Allah, wenn du ihn mir nicht bringst, so wecke ich den Kammerherrn; der wird dich schlagen und fortjagen. Doch nimm diese hundert Dinare und gib sie dem Sänger und führe ihn sanft zu mir her und tu ihm nichts an! Und wenn er sich weigert, so reiche ihm diesen Beutel mit tausend Dinaren und laß ihn; erforsche nur,

1. Dau el-Makân und Nuzhat ez-Zamân.

wo er ist, was für ein Handwerk er hat und aus welchem Lande er stammt. Dann kehre schnell zurück und halte dich nicht auf!'--«

Da bemerkte Schehrezâd, daß der Morgen begann, und sie hielt in der verstatteten Rede an. Doch als die *Dreiundsiebenzigste Nacht* anbrach, fuhr sie also fort: »Es ist mir berichtet worden, o glücklicher König, daß Nuzhat ez-Zamân den Eunuchen entsandte, nach dem Sänger zu suchen, und zu ihm sprach: ‚Nimm dich in acht, daß du nicht zu mir zurückkehrst mit den Worten: ich konnte ihn nicht finden.' So ging der Eunuch denn hinaus, sah die Leute an und trat in die Zelte; doch er fand niemanden wach, da alle Leute vor Müdigkeit schliefen, bis er zu dem Heizer kam, den er mit unbedecktem Kopfe dasitzen sah. An den trat er heran, ergriff ihn bei der Hand und sagte: ‚Du hast die Verse gesprochen!' Der Heizer aber fürchtete für sein Leben und rief: ‚Nein, bei Allah, o Haushofmeister, ich war es nicht!' Doch der Eunuch erwiderte: ‚Ich lasse dich nicht, bis du mir den zeigst, der die Verse gesprochen hat; denn ich fürchte mich vor meiner Herrin, wenn ich zu ihr ohne ihn zurückkehre.' Als nun der Heizer die Worte des Eunuchen hörte, da fürchtete er für Dau el-Makân und weinte heftig; und er sprach zu dem Eunuchen: ‚Bei Allah, ich war es nicht, und ich kenne ihn nicht. Ich hörte nur einen Wandersmann, der vorüberging und Verse sprach; begehe du nicht eine Sünde an mir, denn ich bin ein Fremdling, und ich komme aus Jerusalem. Abraham, der Freund Gottes, sei mit euch!' ‚Steh auf und komme mit mir', sagte der Eunuch, ‚und sage das meiner Herrin mit eigenem Munde; denn ich habe niemanden wachend gefunden als dich.' Da sprach der Heizer: ‚Bist du nicht gekommen und hast mich am gleichen Ort gefunden, an dem ich gesessen habe, und kennst du nicht meinen Platz? Es darf sich

634

doch niemand vom Flecke rühren, weil ihn die Wächter sonst ergreifen. Also gehe zu deiner Stätte, und wenn du von jetzt ab noch einmal jemanden Verse sprechen hörst, mag er fern sein oder nah, so bin ich es oder jemand, den ich kenne, und nur durch mich sollst du von ihm erfahren.' Darauf küßte er dem Eunuchen das Haupt und sprach ihm gut zu, bis der ihn verließ. Aber der Eunuch machte nur eine Runde und verbarg sich dann hinter dem Heizer; denn er fürchtete sich, unverrichteter Dinge zu seiner Herrin zurückzukehren. Der Heizer aber trat zu Dau el-Makân, weckte ihn und sagte zu ihm: ‚Komm, setz dich auf, damit ich dir erzähle, was geschehen ist!' So richtete Dau el-Makân sich auf, und sein Gefährte erzählte ihm, was geschehen war; doch der Prinz erwiderte: ‚Laß mich; ich will nicht daran denken, und ich kümmere mich um niemand, denn ich bin meiner Heimat nah.' Da sprach der Heizer: ‚Weshalb gehorchst du deinem Eigenwillen und dem Teufel? Wenn du niemanden fürchtest, so fürchte ich für dich und für mein Leben. Ich beschwöre dich bei Allah, sprich keine Verse mehr, bis du in deiner Heimat bist! Wahrlich, ich hätte dich nicht für so ungebärdig gehalten. Weißt du denn nicht, daß diese Dame die Gemahlin des Kammerherrn ist und daß sie dich züchtigen lassen will, weil du ihr den Schlaf geraubt hast? Vielleicht ist sie krank oder rastlos von der Ermüdung der langen Reise, und dies ist schon das zweite Mal, daß sie den Eunuchen geschickt hat, um dich zu suchen.' Dau el-Makân aber achtete nicht auf seine Worte, sondern schrie ein drittes Mal auf und begann diese Verse zu sprechen:

> Ich weise jeden Tadler zurück;
> Denn sein Tadel quälte mich.
> Er schilt mich, aber das weiß er nicht:
> Durch sein Gebaren reizte er mich.

Verleumder sprachen: ,Er fand Trost.'
,Durch Liebe zur Heimat', sagte ich.
Sie fragten: ,Was ist schön an ihr?'
Ich sprach: ,Was trieb zur Liebe mich?'
Sie fragten: ,Was macht sie so wert?'
Ich sprach: ,Was trieb ins Elend mich?'
Von ihr zu lassen – das sei fern,
Und tränkte der Kelch des Leidens mich!
Auf einen Tadler höre ich nicht,
Schilt er wegen der Liebe mich.

Nun aber hatte der Eunuch von seinem Verstecke aus ihn gehört; und kaum hatte der Prinz seine Verse bis zu Ende gesprochen, so trat jener auf ihn zu. Wie der Heizer das sah, lief
er weg und blieb in einiger Entfernung stehen, um zu sehen,
was zwischen ihnen vorgehen würde. Da sprach der Eunuch
zu Dau el-Makân: ,Friede sei mit dir, o Herr!' ,Auch mit dir
sei Friede', erwiderte Dau el-Makân, ,und Gottes Gnade und
Segen!' ,O Herr,' fuhr der Eunuch fort – –«

Da bemerkte Schehrezâd, daß der Morgen begann, und sie
hielt in der verstatteten Rede an. Doch als die *Vierundsiebzig-
zigste Nacht* anbrach, fuhr sie also fort: »Es ist mir berichtet
worden, o glücklicher König, daß der Eunuch zu Dau el-
Makân sagte: ,O Herr, ich bin in dieser Nacht schon dreimal
nach dir ausgegangen; denn meine Herrin entbietet dich zu
ihr.' Da rief Dau el-Makân: ,Woher ist denn diese Hündin, die
nach mir sucht? Gott verfluche sie und verfluche mit ihr ihren
Gatten!' Und er begann auf den Eunuchen zu schimpfen; aber
der konnte ihm nicht antworten, weil seine Herrin ihm befohlen hatte, dem Sänger nichts anzutun, sondern ihn nur mit seiner eigenen Einwilligung zu bringen und, wenn er nicht kommen wolle, ihm die tausend Dinare zu geben. Deshalb begann
der Eunuch ihm gütig zuzureden, indem er sprach: ,O Herr,
636

nimm dies da und komm mit mir! Wir wollen uns nicht an dir vergehen, mein Sohn, noch dir ein Leid zufügen. Ich wünsche nichts, als daß du mit mir deine geehrten Schritte zu meiner Herrin lenkest, um ihre Antwort entgegenzunehmen und sicher und wohlbehalten zurückzukehren; du wirst bei uns ein schönes Geschenk empfangen, wie einer, der gute Nachricht brachte.' Als Dau el-Makân diese Worte hörte, machte er sich auf und schritt dahin zwischen den Leuten und trat über sie hinweg; der Heizer aber schlich hinter ihm her und behielt ihn im Auge, indem er bei sich selber sprach: ‚Wehe um seine Jugend! Morgen werden sie ihn hängen.' Und er folgte ihm immer weiter, bis er sich ihrer Stätte näherte, ohne daß sie ihn bemerkten. Dann blieb er stehen und sagte: ‚Wie gemein wäre es von ihm, wenn er sagte, ich hätte ihm gesagt, er sollte die Verse sprechen!'

So weit der Heizer. Doch bleiben wir bei Dau el-Makân! Der ging mit dem Eunuchen, bis sie die Stätte erreichten. Nun trat der Eunuch zu Nuzhat ez-Zamân ein und sagte: ‚O Herrin, ich binge dir den, den du suchtest; er ist ein Jüngling, schön von Angesicht, und er trägt die Spuren des Wohlstands.' Als sie das hörte, pochte ihr Herz, und sie rief: ‚Laß ihn ein paar Verse sprechen, damit ich ihn aus der Nähe höre, und dann frage ihn nach seinem Namen und seiner Heimat.' Da ging der Eunuch hinaus zu Dau el-Makân und sagte zu ihm: ‚Sprich ein paar Verse, die du kennst! Denn die Herrin ist ganz in der Nähe, um dich zu hören. Dann will ich dich nach deinem Namen und deiner Heimat und deinem Stande fragen.' Der erwiderte: ‚Herzlich gern! Doch wenn du mich nach meinem Namen fragst, so ist er ausgelöscht, und meine Spur ist getilgt und mein Leib verzehrt. Ich habe eine Geschichte, doch ihr Anfang ist nicht bekannt, noch auch wird das Ende genannt; und siehe, ich bin wie ein Trunkener, der zu viel des Weines trank, der sich nicht schonte und ins Elend sank; dessen Geist in die Irre geht und der vor seinem Schicksal ratlos steht, versunken im Meere der Gedanken.' Als Nuzhat ez-Zamân das hörte, weinte und schluchzte sie noch heftiger als zuvor und sprach zu dem Eunuchen: ‚Frage ihn, ob er getrennt ist von jemandem, den er liebt, wie Vater oder Mutter.' Und der Eunuch fragte, wie sie befohlen hatte; darauf erwiderte Dau el-Makân: ‚Ja, ich bin von allen getrennt; aber die liebste von ihnen war mir meine Schwester, die mir das Schicksal entriß.' Als Nuzhat ez-Zamân seine Worte hörte, schwieg sie eine Weile, dann rief sie aus: ‚Allah der Erhabene vereinige ihn wieder mit der, die er liebt!' – – «

Da bemerkte Schehrezâd, daß der Morgen begann, und sie hielt in der verstatteten Rede an. Doch als die *Fünfundsiebenzigste Nacht* anbrach, fuhr sie also fort: »Es ist mir berichtet worden, o glücklicher König, daß Nuzhat ez-Zamân, als sie die Worte ihres Bruders hörte, sagte: ‚Allah vereinige ihn wieder mit der, die er liebt!' Dann sprach sie zu dem Eunuchen: ‚Sage ihm, er soll mich einiges über die Trennung von den Seinen und seiner Heimat hören lassen!' Der Eunuch tat, wie ihm seine Herrin befohlen hatte; da stiegen dem Prinzen die Seufzer empor, und er trug diese Verse vor:

> *Schwören bei ihrer Liebe nicht die Verliebten alle?*
> *Preisen will ich ein Haus, das Hind, die Schöne, betrat!*
> *Keine andere Liebe als ihre kennen die Menschen,*
> *Sie ist's, die vor sich und nach sich nie ihresgleichen hat.*
> *Es ist, als dufte der Boden des Tales von Moschus und Ambra,*
> *Wenn Hind nur eines Tages über die Stätte geeilt.*
> *Heil über die Geliebte, den Stolz des ganzen Lagers,*
> *Die Zierde des Volkes! Ihr dienet ein jeder, der bei ihr weilt.*

Darauf hob Nuzhat ez-Zamân den Saum des Vorhangs von
der Sänfte und sah ihn an. Und als ihr Blick auf seine Züge fiel,
erkannte sie ihn und wußte, daß er es war, und sie rief: ‚O
mein Bruder! O Dau el-Makân!' Da sah auch er sie an und erkannte sie und rief: ‚O meine Schwester! O Nuzhat ez-Zamân!'
Sie aber warf sich ihm entgegen, und er riß sie an die Brust,
und beide fielen ohnmächtig nieder. Als der Eunuch die beiden
so sah, da staunte er, warf eine Decke über sie und wartete, bis
sie wieder zu sich kamen. Wie sie dann aus ihrer Ohnmacht
erwachten, war Nuzhat ez-Zamân hocherfreut; von ihr wichen Sorge und Leid; Freude erfüllte ihren Sinn und sie sprach
diese Verse vor sich hin:

> *Das Schicksal schwor, es wolle mich immerdar betrüben –*
> *Gebrochen ward dein Schwur, so schaffe Sühnung, o Zeit!*
> *Das Glück ist genaht, und der Freund ist hilfreich mir zur Seite –*
> *Drum geh dem Rufer der Freude entgegen, gürte dein Kleid!*
> *Ich glaubte nicht an die alten Märchen, an ein Paradies,*
> *Bis mich die rote Lippe den Nektar kosten ließ.*

Als Dau el-Makân das hörte, preßte er seine Schwester an die
Brust; im Übermaße der Freude strömten aus seinen Augen
die Zähren, und er ließ diese Verse hören:

> *Lange schon hab ich bereut, daß wir uns trennen mußten;*
> *Vor Reue flossen herab aus meinen Augen die Tränen.*
> *Und ich gelobte, wenn je das Schicksal uns wieder vereinte,*
> *Ich wolle ‚Trennung' niemals mit Worten wieder erwähnen.*
> *Nun ist die Freude auf mich hereingestürmt, so daß sie*
> *Zum Weinen mich gebracht hat im Übermaße der Lust.*

1. In der Übersetzung sind zwei Verse weggelassen; die Heimat wird
hier in herkömmlicher Weise als eine Wüstenlandschaft geschildert, die
Geliebte als ein Beduinenmädchen.

O Auge, dir ist die Träne jetzt so vertraut geworden,
Daß du vor Trauer und auch vor Freuden weinen mußt.[1]

Nun saßen sie eine Weile an der Tür der Sänfte; dann sprach sie zu ihm: ‚Komm mit herein und erzähle mir, was dir widerfahren ist, und ich will dir erzählen, was mir widerfahren ist!‘ So traten sie ein, und Dau el-Makân sagte: ‚Beginne du mit dem Erzählen!‘ Da erzählte sie ihm alles, was ihr begegnet war, seit sie sich im Chân getrennt hatten; wie es ihr mit dem Beduinen und mit dem Händler, der sie von jenem kaufte, ergangen war und wie dieser sie zu ihrem Bruder Scharkân führte und sie an ihn verkaufte; wie der sie freiließ, gleich nachdem er sie erwarb, und den Ehevertrag mit ihr schloß, und wie er zu ihr einging, und wie schließlich der König, ihr Vater, von ihr hörte und zu Scharkân sandte, um sie kommen zu lassen. Dann rief sie: ‚Preis sei Allah, der dich mir geschenkt hat! Ebenso wie wir einst unseren Vater gemeinsam verlassen haben, so kehren wir auch gemeinsam zu ihm zurück!‘ Zum Schlusse fügte sie hinzu: ‚Mein Bruder Scharkân hat mich mit diesem Kammerherrn vermählt, auf daß er mich zu meinem Vater bringe. Dies ist meine ganze Geschichte; nun erzähle du mir, wie es dir ergangen ist, seit ich dich verlassen habe!‘ Da erzählte er ihr alles, was ihm widerfahren war, von Anfang bis zu Ende: wie Gott ihm den Heizer gesandt, wie der mit ihm reiste und sein Geld für ihn ausgab und ihn bediente Tag und Nacht. Sie pries den Heizer dafür, und Dau el-Makân fügte noch hinzu: ‚Fürwahr, Schwester, dieser Heizer hat also liebevoll an mir gehandelt wie keiner je an einem Freunde noch auch ein Vater an seinem Sohn; denn er hungerte, während er

1. Da die beiden hier in der Calcuttaer Ausgabe stehenden Verse gar nicht passen, habe ich die entsprechenden Verse der Cairoer Ausgabe eingesetzt; so auch schon Burton.

mir zu essen gab, und er ging zu Fuß, während er mich reiten ließ; so verdanke ich ihm mein Leben.' Nuzhat ez-Zamân sprach: ,So Gott der Erhabene will, wollen wir ihm nach Kräften alles vergelten.' Dann rief sie den Eunuchen; der trat ein und küßte Dau el-Makân die Hand. Und sie sprach: ,Nimm den Lohn der frohen Botschaft, du Glücksgesicht! Durch deine Hand bin ich mit meinem Bruder wiedervereinigt worden; daher sei der Beutel, den du noch bei dir hast, samt seinem Inhalt dein. Jetzt aber geh und führe deinen Herrn rasch zu mir!' Der Eunuch freute sich, eilte zu dem Kammerherrn, trat ein, rief ihn zu seiner Herrin und führte ihn dorthin. Der trat ein zu seiner Gemahlin, und als er ihren Bruder Dau el-Makân bei ihr fand, fragte er sie, wer das sei. Da erzählte sie ihm alles, was ihnen beiden widerfahren war, und fügte hinzu: ,Wisse, o Kammerherr, du hast keine Sklavin zur Frau genommen, sondern die Tochter des Königs 'Omar ibn en-Nu'mân; denn ich bin Nuzhat ez-Zamân, und dies ist mein Bruder Dau el-Makân.' Als der Kammerherr die Geschichte gehört hatte, ward er von ihren Worten überzeugt, und die reine Wahrheit wurde ihm offenbar; nun war er gewiß, daß er der Schwiegersohn des Königs 'Omar ibn en-Nu'mân geworden, und so sprach er bei sich selber: ,Mein Geschick wird sein, daß ich Vizekönig werde in irgendeiner Provinz.' Dann trat er zu Dau el-Makân und wünschte ihm Glück zu seiner Rettung und zu seiner Wiedervereinigung mit seiner Schwester. Darauf befahl er sofort seinen Dienern, ihm ein Zelt aufzuschlagen und ihm eins der besten Rosse als Reittier zu geben. Da sprach Nuzhat ez-Zamân: ,Wir sind jetzt nahe bei unserer Heimat, und ich möchte allein bleiben mit meinem Bruder, damit wir uns miteinander erholen und genug voneinander haben, ehe wir unsere Stadt erreichen; denn wir sind lange Zeit getrennt gewesen.'

›Es sei, wie ihr wünscht!‹, erwiderte der Kammerherr. Dann ließ er ihnen Wachskerzen und allerlei Süßigkeiten holen, ging davon und sandte drei der prächtigsten Gewänder für Dau el-Makân. Und nun ging er zurück, bis er wieder zu der Sänfte kam, und zeigte sich in seiner eigenen Würde. Da sprach Nuzhat ez-Zamân zu ihrem Gemahl: ‚Laß den Eunuchen kommen und befiehl ihm, daß er den Heizer bringe! Dem soll er ein Pferd zum Reiten geben und morgens und abends einen Tisch mit Zehrung zubereiten, und ferner ihm verbieten, daß er uns verlasse.‘ Daraufhin ließ der Kammerherr den Eunuchen kommen und gab ihm die Befehle; und der erwiderte: ‚Ich höre und gehorche!‘ Dann nahm er seine Sklaven mit und ging auf die Suche nach dem Heizer, bis er ihn am Ende der Karawane fand, wo er gerade seinen Esel sattelte und sich zur Flucht rüstete. Ihm rannen die Tränen auf die Wangen aus Furcht um sein Leben und aus Gram ob der Trennung von Dau el-Makân; und er sprach bei sich selber: ‚Ich habe ihn doch um Allahs willen gewarnt, aber er wollte nicht auf mich hören; ach, wie mag es ihm nun ergehen!‘ Doch ehe er noch ausgesprochen hatte, stand der Eunuch schon vor ihm, und die Sklaven umringten ihn. Wie der Heizer sah, daß der Eunuch vor ihm stand, und die Sklaven rings um sich erblickte, da wurde er bleich vor Angst. – –«

Da bemerkte Schehrezâd, daß der Morgen begann, und sie hielt in der verstatteten Rede an. Doch als die *Sechsundsieben-zigste Nacht* anbrach, fuhr sie also fort: »Es ist mir berichtet worden, o glücklicher König, daß der Heizer, als er seinen Esel sattelte, um zu fliehen, und bei sich selber sprach: ‚Ach, wie mag es ihm nun ergehen!‘ und als dann, ehe er noch ausgesprochen hatte, der Eunuch vor ihm stand und die Sklaven rings um ihn, und als er aufblickte und den Eunuchen vor sich

642

stehen sah und vor Schrecken erbebte, – daß er da mit lauter Stimme rief: ‚Wahrlich, er kennt nicht den Wert der guten Dienste, die ich ihm erwiesen habe! Ich glaube, er hat den Eunuchen und diese Sklaven auf mich gehetzt, und er hat mich zum Genossen seiner Schuld gemacht.‘ Da schrie der Eunuch ihn an und sagte: ‚Wer hat die Verse gesprochen? Du Lügner, weshalb sagtest du: ich habe die Verse nicht gesprochen, und ich weiß nicht, wer sie gesprochen hat, während es doch dein Gefährte war? Jetzt aber will ich dich von hier bis Baghdad nicht mehr verlassen, und was deinen Genossen trifft, das soll dich auch treffen.‘ Wie der Heizer das hörte, sprach er bei sich: ‚Was ich befürchtete, ist über mich gekommen.‘ Dann sprach er diesen Vers:

> *Was ich fürchtete, brachte das Geschick –*
> *Doch wir alle kehren zu Gott zurück!*

Dann rief der Eunuch den Sklaven zu: ‚Nehmt ihn vom Esel herunter!‘ Da nahmen sie ihn von seinem Esel herunter und brachten ihm ein Pferd. Das bestieg er, und er zog nun mit der Karawane, umgeben von den Sklaven, dahin. Der Eunuch aber sprach zu den Dienern: ‚Für jedes Haar, das von ihm verloren geht, verliert einer von euch sein Leben.‘ Heimlich jedoch befahl er ihnen, ihn ehrenvoll zu behandeln und ihn nicht zu beleidigen. Wie nun der Heizer sich von den Sklaven umringt sah, da verzweifelte er an seinem Leben und wandte sich an den Eunuchen und sprach: ‚O Meister, ich bin weder der Bruder dieses Jünglings noch aus seiner Familie; er ist nicht mit mir verwandt, und ich bin nicht mit ihm verwandt, sondern ich war Heizer in einem Badehause, und ich habe ihn krank auf einem Düngerhaufen gefunden.‘ Nun zog die Karawane weiter, während der Heizer weinte und sich tausend Gedanken machte; dabei schritt der Eunuch an seiner Seite dahin und klärte ihn nicht auf, sondern sprach zu ihm: ‚Du hast unserer Herrin durch deine Verse den Schlaf geraubt, du und dieser Jüngling; aber fürchte nichts für dich!' – und insgeheim machte er sich über ihn lustig. So oft aber die Karawane haltmachte, wurde ihnen das Essen gebracht; und der Eunuch aß mit dem Heizer aus einer Schüssel. Und wenn sie gegessen hatten, befahl jener den Dienern, einen Krug mit Zuckerscherbett zu bringen; dann trank er daraus und reichte ihn dem Heizer, der ebenfalls trank. Doch niemals trockneten seine Tränen; denn er fürchtete für sein Leben, und er grämte sich ob der Trennung von Dau el-Makân und ob dem, was ihnen beiden in der Fremde widerfahren war. So zogen sie beide mit der Karawane dahin. Und der Kammerherr ritt bald an der Tür der Sänfte seiner Gemahlin, um den Prinzen Dau el-Makân und seine Schwester zu bedienen, bald behielt er den Heizer im Auge; Nuzhat ez-Zamân aber und ihr Bruder unterhielten sich und klagten sich gegenseitig ihr Leid. So reisten sie ohne Aufenthalt weiter, bis sie sich der Stadt Baghdad auf drei Tagesmärsche genähert hatten. Hier machten sie abends halt und ruhten, bis der Morgen anbrach; und als sie erwachten und eben die Kamele beladen wollten, siehe, da tauchte in der Ferne eine große Staubwolke auf, die das Firmament verdunkelte, bis es schwarz war wie die finstere Nacht. Da rief der Kammerherr: ‚Haltet ein und ladet nicht auf!' Und er saß auf mit seinen Mamluken, und sie ritten in der Richtung auf die Staubwolke davon. Als sie ihr näher kamen, erschien darunter ein gewaltiges Heer, gleich dem flutenden Meer, mit Flaggen und Standarten und Trommeln, Reitern und starken Mannen. Da staunte der Kammerherr; und als die Truppen ihn sahen, da löste sich eine Schar von etwa fünfhundert Reitern von ihnen ab, die auf ihn zustürmten und auf sein Gefolge und sie in fünffacher Übermacht umringten. Der Kammerherr rief ihnen zu: ‚Was gibt es, und woher sind diese Truppen, daß ihr so an uns handelt?' Sie fragten ihn: ‚Wer bist du, und woher kommst du, und wohin willst du?' Er antwortete: ‚Ich bin der Kammerherr des Emirs von Damaskus, Königs Scharkân, des Sohnes des Königs 'Omar ibn en-Nu'mân, des Herrn von Baghdad und Chorasân, und ich komme von ihm her mit dem Tribut und den Geschenken, die ich seinem Vater in Baghdad bringen soll.' Sowie die Reiter seine Worte hörten, da ließen sie ihre Kopftücher über die Gesichter fallen und weinten und sprachen zu ihm: ‚Siehe, König 'Omar ibn en-Nu'mân ist tot, und er starb nur durch Gift. Doch reite weiter! Dir soll nichts geschehen, bis du zu seinem Großwesir kommst, dem Wesir Dandân.' Als aber der Kammerherr diese Kunde vernahm, da weinte er heftig und rief: ‚O über unsere traurige Reise!' Und er klagte mit seinem ganzen Gefolge, bis sie zum Kern der Truppen gelangten und Zutritt suchten zum Wesir Dandân. Der Minister gewährte ihm eine Unterredung und befahl, seine Zelte aufzuschlagen; dann setzte er sich nieder auf einen Thron mitten in seinem Zelte und befahl dem Kammerherrn, sich zu setzen. Nachdem der sich niedergelassen hatte, bat er ihn, Auskunft über sich zu geben. Jener berichtete ihm, er sei der Kammerherr des Emirs von Damaskus, entsandt mit Geschenken und mit dem Tribut von Syrien. Als der Wesir das vernahm, weinte er im Gedenken an König 'Omar ibn en-Nu'mân; dann sprach er: ‚König 'Omar ibn en-Nu'mân ist durch Gift gestorben, und bei seinem Tode ward das Volk uneinig darüber, wen sie zu seinem Nachfolger machen sollten; und fast hätten sie sich darüber gegenseitig erschlagen, wenn nicht die Großen und die Vornehmen und die vier Kadis sich ins Mittel gelegt hätten. Doch so kam alles Volk überein, sich der Entscheidung der vier Kadis ohne Widerspruch zu fügen. Und es wurde bestimmt, daß wir nach Damaskus ziehen sollten, zu seinem Sohne, König Scharkân, um ihn zu holen und ihn zum Sultan über seines Vaters Reich zu machen. Einige aber unter ihnen wollten seinen zweiten Sohn haben: sie sagten, er heiße Dau el-Makân, und er habe eine Schwester namens Nuzhat ez-Zamân; aber die beiden sind nach dem Lande des Hidschâz gezogen, und nun sind fünf Jahre vergangen, ohne daß jemand von ihnen eine Kunde erhalten hätte.' Als der Kammerherr das hörte, da wußte er, daß seine Gemahlin ihm über ihre Erlebnisse die Wahrheit gesagt hatte; und er grämte sich sehr um den Tod des Sultans, zugleich aber war er hocherfreut über die Heimkehr des Dau el-Makân, denn jetzt mußte dieser an seines Vaters Stelle Sultan von Baghdad werden. – –«

Da bemerkte Schehrezâd, daß der Morgen begann, und sie hielt in der verstatteten Rede an. Doch als die *Siebenundsiebenzigste Nacht* anbrach, fuhr sie also fort: »Es ist mir berichtet worden, o glücklicher König, daß der Kammerherr des Scharkân betrübt war, als er vernahm, was der Wesir Dandân über das Schicksal des Königs 'Omar ibn en-Nu'mân berichtete, daß er sich aber freute um seiner Gemahlin und ihres Bruders Dau el-Makân willen, weil dieser jetzt an seines Vaters Stelle Sultan von Baghdad werden mußte. Dann redete er den Wesir Dandân an und sprach: ,Wahrlich, Euer Bericht ist ein Wunder der Wunder! Wisse, o Großwesir, Allah hat Euch hier, wo Ihr auf mich getroffen seid, Ruhe verliehen von aller Mühe, und Euer Ziel ist auf die einfachste Art erreicht; denn Allah hat Euch Dau el-Makân und seine Schwester Nuzhat ez-Zamân zurückgegeben. So ist alles in schönster Ordnung.' Als der Minister diese Worte hörte, war er hocherfreut; dann sprach er: ,O Kammerherr, erzähle mir die Geschichte der beiden, und

646

was ihnen widerfahren ist, und weshalb sie so lange fortgeblieben sind.' Da erzählte er ihm die Geschichte der Nuzhat
ez-Zamân und sagte ihm, daß sie seine Gemahlin sei; auch berichtete er ihm Dau el-Makâns Erlebnisse von Anfang bis zu
Ende. Wie er geendet hatte, ließ der Wesir Dandân die Emire
und Wesire und die Großen des Reiches kommen und machte
sie mit allem bekannt; die waren darüber hocherfreut und
wunderten sich ob dieses Zusammentreffens. Danach gingen
sie alle gemeinsam zu dem Kammerherrn, stellten sich huldi-
gend vor ihm auf und küßten den Boden vor ihm; und alsbald
begab sich auch der Wesir zu dem Kammerherrn und trat vor
ihn hin. Nun hielt der Kammerherr noch am selben Tage eine
große Ratsversammlung ab; er und der Wesir Dandân nahmen Platz auf Thronen, und alle Emire und Großen und Würdenträger standen ihrem Rang entsprechend vor ihnen da. Dann
tauchten sie Zucker in Rosenwasser und tranken; darauf setzten die Emire sich nieder, um Rats zu pflegen. Dem übrigen
Heere gaben sie Befehl, zusammen aufzubrechen und langsam
voraufzuziehen, bis sie mit ihrer Besprechung zu Ende wären
und sie wieder einholen würden. Da küßten die Hauptleute
den Boden vor dem Kammerherrn, saßen auf und ritten dahin,
mit den Kriegsstandarten an der Spitze. Als aber die Großen
ihre Beratung beendet hatten, stiegen auch sie zu Pferde und
holten das Heer wieder ein. Dann begab sich der Kammerherr
zu dem Wesir Dandân und sagte: ,Ich halte dafür, daß ich vor-
ausreite und vor Euch eintreffe, damit ich eine angemessene
Stätte für den Sultan herrichte und ihm Eure Ankunft melde
und ihm kundtue, daß Ihr ihn zum Sultan gewählt habt statt
seines Bruders Scharkân.' ,Gut ist dein Rat', erwiderte der
Wesir. Darauf erhob sich der Kammerherr, und auch Dandân
erhob sich, um ihn zu ehren, ließ ihm Geschenke bringen und

beschwor ihn, sie anzunehmen. Ebenso taten die Emire und Großen und Würdenträger; sie brachten ihm Geschenke und riefen Segen auf ihn herab und sprachen zu ihm: ‚Vielleicht sprichst du zu dem Sultan Dau el-Makân von uns, damit er uns in unserer Würde belasse.‘ Der Kammerherr versprach, was sie wünschten, und befahl darauf seinen Sklaven, sich marschbereit zu machen; doch der Wesir Dandân sandte Zelte mit ihm und befahl den Zeltdienern, sie eine Tagereise vor der Stadt aufzuschlagen. Und sie taten seinem Befehle gemäß. So saß der Kammerherr auf, ritt dahin voller Freude und sprach bei sich selber: ‚Welch eine gesegnete Reise!‘ Seine Gemahlin aber und Dau el-Makân standen in seinen Augen groß da. In aller Eile zog er dahin, bis er einen Ort erreichte, der eine Tagereise von Baghdad entfernt war; dort befahl er haltzumachen, um auszuruhen und für den Sultan Dau el-Makân, den Sohn des Königs 'Omar ibn en-Nu'mân, eine Stätte herzurichten. Dann begab er sich abseits mit seinen Mamluken und befahl den Eunuchen, für ihn bei ihrer Herrin Nuzhat ez-Zamân um Zutritt zu bitten. Sie taten es, und die Prinzessin gewährte ihn; so trat er bei ihr und ihrem Bruder ein. Er erzählte ihnen vom Tode ihres Vaters, berichtete, wie die Häupter des Volks Dau el-Makân an seines Vaters Stelle zum König gemacht hatten, und wünschte ihnen beiden Glück zur Königswürde. Doch sie weinten um den Verlust ihres Vaters und fragten nach der Ursache seines Todes; aber der Kammerherr erwiderte: ‚Die Nachricht bleibe dem Wesir Dandân vorbehalten; der wird morgen mit seinem ganzen Heere hier sein. Dir, o König, bleibt nur übrig, zu tun, was sie dir raten, da sie dich einstimmig zum Sultan gewählt haben; denn wenn du es nicht tust, so wählen sie einen andern, und du wirst deines Lebens nicht sicher sein vor dem, der statt deiner zur Herrschaft kommt. Er

648

kann dich töten, oder es erhebt sich Zwietracht zwischen euch, und das Königtum entgeht euch beiden.' Da neigte Dau el-Makân eine Weile das Haupt; dann sprach er: ‚Ich nehme es an.' Denn er konnte sich dem nicht entziehen, und er war überzeugt, daß der Kammerherr mit seinen Worten das Rechte getroffen hatte. Doch er fügte noch hinzu: ‚Oheim, was soll ich mit meinem Bruder Scharkân tun?' ‚Mein Sohn,' erwiderte der Kammerherr, ‚dein Bruder wird Sultan von Damaskus sein, du aber Sultan von Baghdad; so gürte dich mit Festigkeit und mache dein Sach bereit!' Dau el-Makân war damit einverstanden; darauf reichte der Kammerherr ihm das königliche Gewand, das der Wesir Dandân mitgebracht hatte, und übergab ihm den kurzen Säbel, verließ ihn und befahl den Zeltdienern, eine erhöhte Stätte auszusuchen und dort ein geräumiges und hohes Zelt für den Sultan aufzuschlagen, auf daß er darin sitzen könnte, wenn die Emire vor ihm erschienen. Ferner befahl er den Köchen, kostbare Speisen zu bereiten und sie aufzutragen, und er befahl den Wasserträgern, die Wasserbehälter aufzustellen. Und nach einer Weile wirbelte eine Staubwolke empor, die legte der Welt einen Schleier vor; doch bald darauf tat jene Staubwolke sich auf, und darunter erschien ein gewaltiges Heer, das glich dem flutenden Meer. – – «

Da bemerkte Schehrezâd, daß der Morgen begann, und sie hielt in der verstatteten Rede an. Doch als die *Achtundsiebenzigste Nacht* anbrach, fuhr sie also fort: »Es ist mir berichtet worden, o glücklicher König, daß die Zeltdiener, als der Kammerherr ihnen befahl, ein geräumiges Zelt aufzuschlagen, um die Untertanen aufzunehmen, die sich beim König versammelten, ein großes Zelt errichteten, wie es sich für Könige schickte. Und wie sie ihre Arbeit beendet hatten, siehe, da wirbelte eine

Staubwolke empor; dann vertrieb sie der Wind, und ein gewaltiges Heer trat unter ihr hervor. Und das erwies sich als die Streitmacht von Baghdad und Chorasân, geführt von dem Wesir Dandân; alle aber waren erfreut über die Thronbesteigung von Dau el-Makân. Der hatte die königlichen Kleider angelegt und sich mit dem Prunkschwert gegürtet. Nun brachte der Kammerherr ihm sein Roß, und er saß auf; dann zog er dahin, umgeben von den Mamluken und all den Leuten aus den Zelten, die mitliefen, um ihm zu huldigen, bis er zu dem großen Pavillon kam. Dort setzte er sich nieder und legte den Säbel über seine Schenkel; der Kammerherr aber stellte sich zu seiner Dienstleistung vor ihm auf, und seine Mamluken traten mit gezückten Schwertern in die Vorhalle des Zeltes. Dann zogen die Kriegerscharen und Heerhaufen auf und baten um Einlaß; da trat der Kammerherr zu Dau el-Makân und bat ihn um Erlaubnis; und der befahl, sie in Gruppen zu je zehn hereinzulassen. Der Kammerherr tat es ihnen zu wissen, und sie erwiderten: ‚Wir hören und gehorchen!‘ und alle stellten sich vor dem Tor der Vorhalle auf. Dann traten je zehn, vom Kammerherrn eingeteilt, in die Vorhalle ein; und er führte sie vor Sultan Dau el-Makân, und als sie ihn erblickten, schauten sie ihn voll Ehrfurcht an; er empfing sie in huldvoller Güte und versprach ihnen alles Gute. Sie aber wünschten ihm Glück zu seiner wohlbehaltenen Heimkehr und flehten Gottes Segen auf ihn herab; und sie leisteten ihm den Treuschwur, daß sie nie seinem Befehle zuwiderhandeln wollten, küßten den Boden vor ihm und zogen sich zurück. Nun traten zehn andere ein, und er behandelte sie, wie er die anderen behandelt hatte; so kamen sie herbei, immer zu je zehn, bis niemand mehr übrig war als der Wesir Dandân. Der trat zuletzt ein und küßte den Boden vor ihm; aber Dau el-Makân kam ihm entgegen und sprach zu ihm: ‚Willkommen, o Wesir und hochgeehrter Vater, du bist der vieledle Berater, und geleitet wird das Land durch des gütigen, kundigen Mannes Hand.' Dann befahl er dem Kammerherrn, alsbald hinauszugehen und die Tische breiten und alle Soldaten herankommen zu lassen. Die kamen und aßen und tranken. Ferner sprach König Dau el-Makân zu dem Wesir Dandân: ‚Befiehl den Soldaten, zehn Tage zu rasten, auf daß ich mit dir allein sein kann und du mir die Ursache des Todes meines Vaters berichten kannst!' Den Worten des Sultans gehorsam, sprach der Wesir: ‚Es soll geschehen.' Dann begab er sich in die Mitte des Lagers und befahl den Soldaten, zehn Tage zu rasten. Sie gehorchten seinem Befehl, und er gab ihnen Erlaubnis, sich zu vergnügen, und ordnete an, daß keiner der diensttuenden Herren dem König während der nächsten drei Tage aufwarten sollte. Alle Leute bezeugten ihre Untertänigkeit und wünschten dem König ewigen Ruhm. Dann ging der Wesir zu ihm und erstattete ihm Bericht über das, was geschehen war. Nachdem Dau el-Makân bis zum Abende gewartet hatte, ging er zu seiner Schwester Nuzhat ez-Zamân hinein und fragte sie: ‚Kennst du die Ursache des Todes unseres Vaters? Oder weißt du nicht, wie es geschehen ist?' ‚Ich weiß es nicht', erwiderte sie. Dann zog sie einen seidenen Vorhang vor sich hin; vor den setzte Dau el-Makân sich und befahl, den Wesir Dandân zu holen. Als dieser vor ihm stand, sprach er zu ihm: ‚Ich wünsche, daß du mir in allen Einzelheiten erzählest, wie mein Vater, König 'Omar ibn en-Nu'mân zu Tode gekommen ist!' ‚Wisse denn, o König,' erwiderte Dandân, ‚als König 'Omar ibn en-Nu'mân von seinem Jagdritt heimkehrte und in die Hauptstadt kam, da fragte er nach euch beiden, und als er euch nicht fand, wußte er, daß ihr zur Pilgerfahrt davongezogen waret; darüber war er sehr bekümmert und erzürnt, und die Brust ward ihm eng. Ein halbes Jahr blieb er dabei, jeden Forteilenden und jeden Verweilenden nach euch zu fragen, doch keiner konnte ihm über euch Nachricht geben. Eines Tages aber, als wir vor ihm standen, ein volles Jahr, seit er euch vermißte, siehe, da kam eine alte Dame zu uns, die den Anschein einer Frommen erweckte, und bei ihr waren fünf Mädchen, hochbusige Jungfrauen, Monden gleich anzuschauen, begabt mit solcher Schönheit und Lieblichkeit, daß keine Zunge sie zu schildern vermag; doch nicht nur waren sie so wunderbar schön, sondern sie konnten den Koran lesen und waren bewandert in der Philosophie und in der Kunde von den Altvorderen. Jene Alte bat, zum König eintreten zu dürfen; er gestattete es, und so trat sie vor ihn hin und küßte den Boden vor ihm, während ich ihm zur Seite saß. Als sie aber sich vor ihm befand, ließ er sie näher treten; denn er sah an ihr die Zeichen der Kasteiung und der Andachtsübung. Als dann die Alte ihren Platz eingenommen hatte, wandte sie sich an ihn mit den Worten: ‚Wisse, o König, bei mir sind fünf Mädchen, derengleichen kein einziger König besitzt. Sie sind nicht nur begabt mit Verstand und Lieblichkeit, mit Schönheit und Vollkommenheit, nein, sie lesen auch den Koran nach den Traditionen, und sie sind bewandert in allerlei Gelehrsamkeit und in der Geschichte der vergangenen Geschlechter. Sie stehen hier vor dir, um dir zu dienen, o größter König unserer Zeit! Ist ein Mensch erprobt, dann wird er getadelt oder gelobt.‘ Da sah dein seliger Vater die Mädchen an, und ihr Anblick erfreute ihn; und so sprach er zu ihnen: ‚Eine jede von euch mag mich etwas hören lassen, das sie kennt aus der Geschichte der Menschen früherer Zeit und der Völker der Vergangenheit!‘ – – «

Da bemerkte Schehrezâd, daß der Morgen begann, und sie hielt in der verstatteten Rede an. Doch als die *Neunundsieben-*

zigste Nacht anbrach, fuhr sie also fort: »Es ist mir berichtet worden, o glücklicher König, daß der Wesir Dandân zu König Dau el-Makân sprach: ‚Da sah dein seliger Vater die Mädchen an, und ihr Anblick erfreute ihn, und so sprach er zu ihnen: ‚Eine jede von euch mag mich etwas hören lassen, das sie kennt aus der Geschichte der Menschen früherer Zeit und der Völker der Vergangenheit!' Nun trat eine von ihnen vor und küßte den Boden vor ihm und sprach: ‚Wisse, o König, dem Wohlerzogenen geziemt es, daß er die Vordringlichkeit meide und sich mit der Vortrefflichkeit schmücke, daß er die göttlichen Gebote halte und die Todsünden meide; und danach sollte er streben so beharrlich wie einer, der bei jedem Schritt vom Wege dem Verderben verfällt; denn die Grundlage guter Erziehung sind edle Sitten. Und wisse, der Sinn und das Wesen des irdischen Lebens liegt in dem Streben nach dem ewigen Leben, und der rechte Weg zum ewigen Leben ist der Dienst Allahs. Daher geziemt es dir, daß du gütig mit dem Volke umgehst und nicht abweichest von dieser Richtschnur; denn je mächtiger die Menschen durch ihre Stellung sind, um so mehr bedürfen sie der Einsicht, und die Könige bedürfen ihrer mehr als die Menge, da die Menge sich auf die Dinge stürzt, ohne den Ausgang zu bedenken. Gib in der Sache Allahs dein Leben und deinen Besitz hin! Und wisse, wenn ein Feind mit dir streitet, so kannst du mit ihm streiten und ihn mit Beweisen widerlegen und vor ihm auf der Hut sein; doch zwischen deinem Freunde und dir kann kein anderer Richter entscheiden als Rechtlichkeit. Daher wähle dir selbst deinen Freund, nachdem du ihn erprobt hast! Gehört er zur Brüderschaft des Jenseits, so sei er eifrig in der Befolgung der äußeren Dinge des heiligen Gesetzes und bewandert in seinem innern Sinn, soweit er es vermag. Doch wenn er von der Brüderschaft dieser Welt ist, so sei er edelgeboren, aufrichtig, kein Tor und kein schlechter Kerl; denn der Tor verdient, daß selbst seine Eltern vor ihm fliehen, und ein Lügner kann kein wahrer Freund sein. Denn das Wort für Freund[1] ist abgeleitet von dem für Wahrhaftigkeit[2], die da aufquillt aus dem Grunde des Herzens; und wie kann das sein, wenn er die Lüge auf der Zunge trägt? Wisse ferner, die Befolgung des Gesetzes nützt dem, der sie übt; so liebe deinen Bruder, wenn er also handelt, und stoße ihn nicht von dir, wenn du auch an ihm findest, woran du Ärgernis nimmst! Denn ein Freund ist nicht wie ein Weib, von dem man sich scheiden und das man zurücknehmen kann; nein, sein Herz ist wie Glas: einmal gesprungen, wird es nie wieder heil. Wie vortrefflich sagte der Dichter:

> *Strebe danach, den Herzen Verletzungen zu ersparen;*
> *Nach der Entfremdung ist die Umkehr ihnen so schwer.*
> *Denn sind die Herzen einmal der Liebe erst entfremdet,*
> *Sind sie dem Glase gleich – gesprungen, heilt es nicht mehr.'*

Dann schloß das Mädchen diese Rede mit einem Hinweis auf die Worte der Weisen: ,Der beste der Brüder ist der, der den besten Rat erteilt; die beste Handlung ist die, so den schönsten Ausgang hat; und das beste Lob ist nicht das im Munde der Menschen.

Ferner heißt es: Dem Menschen steht es nicht an, den Dank an Allah zu vergessen, zumal für zwei Gnadengaben: Gesundheit und Verstand.

Ferner heißt es: Wem seine Seele lieb ist, dem ist seine Begierde verächtlich; und wer viel Wesens macht aus seinen kleinen Leiden, den schlägt Allah mit noch größeren.

Wer seiner Neigung folgt, der untergräbt die göttlichen

---

1. Arabisch *sadîk*. – 2. Arabisch *sidk*.

Rechte[1]; und wer auf den Verleumder hört, der verliert den wahren Freund.

Wer gut von dir denkt, dessen Vorstellung von dir mache wahr!

Wer im Streite kein Maß hält, der sündigt; und wer sich gegen Unrecht nicht wehrt, der ist nicht sicher vor dem Schwert.

Nun will ich dir einiges sagen von den Pflichten der Kadis. Wisse, o König, ein Urteil dient der Sache der Gerechtigkeit nur, wenn es durch Beweisaufnahme gesichert ist; und der Richter muß alle Leute gleich behandeln, so daß der Mächtige nicht nach Unterdrückung giert, noch auch der Schwache an der Gerechtigkeit verzweifelt. Und ferner soll er dem Kläger den Beweis und dem Leugner den Eid auferlegen. Die Einigung ist zulässig zwischen Muslimen, mit Ausnahme einer solchen, durch die das Verbotene erlaubt und das Erlaubte verboten werden soll. Wenn du heute über etwas im Zweifel bist, so geh darüber mit deinem Verstande zu Rate und suche darin das zu erkennen, was dir den rechten Weg zeigt, auf daß du in ihm zum Rechte zurückkehrst; denn das Recht ist eine religiöse Pflicht, und zum Rechte zurückzukehren ist besser als im Unrecht zu verharren. Und weiter, lerne die früheren Beispiele kennen und die Rechtsbestimmungen verstehen; entscheide zwischen den Parteien in Gerechtigkeit, laß deinen Blick stets auf das Recht gerichtet sein und stelle deine Sache Allah dem Allmächtigen und Glorreichen anheim! Erlege den Beweis dem Kläger auf, und wenn er ihn beibringt, so laß ihn gebührenden Vorteil daraus ziehen; und wenn nicht, so laß den Beklagten schwören; denn so hat Allah es verordnet!

1. Die göttlichen Rechte beziehen sich hauptsächlich auf Unterlassung von Unzucht, Weintrinken, Diebstahl und Straßenraub.

Nimm das Zeugnis entgegen von zuverlässigen Muslimen, eines gegen das andere; denn Allah der Erhabene hat den Richtern befohlen, nach äußeren Dingen zu richten, während er selber auf die verborgenen Gedanken achtet.

Es geziemt dem Richter, daß er kein Urteil fälle, wenn er unter Schmerzen oder Hunger leidet, und daß er in seinen Entscheidungen zwischen den Menschen das Angesicht Allahs des Erhabenen suche; denn der, dessen Absicht rein ist und der mit sich selber im Frieden lebt, dem wird Allah helfen in dem, was zwischen ihm und den Menschen steht.

Es-Zuhri sagt: ,Um dreier Dinge willen soll ein Kadi, so man sie bei ihm findet, des Amtes enthoben werden: wenn er die Gemeinen ehrt, wenn er das Lob liebt und wenn er die Absetzung fürchtet.' 'Omar ibn 'Abd el-'Azîz[1] setzte einst einen Kadi ab; und als der ihn fragte: ,Weshalb hast du mich abgesetzt?' da erwiderte er: ,Es ist mir berichtet worden, daß deine Rede höher geht als dein Rang.'

Es wird auch erzählt, daß Alexander zu seinem Kadi sagte: ,Ich habe dich mit einem Amt bekleidet und dir mit ihm meine Seele, meine Ehre und meine Manneswürde anvertraut; also behüte dies Amt mit deiner Seele und deinem Verstand!' Und zu seinem Koch sprach er: ,Du bist zum Herrn gesetzt über meinen Leib; also pflege ihn wie dein eigenes Selbst!' Und zu seinem Schreiber sprach er: ,Du bist der Aufseher meines Verstandes; also hüte mich in allem, was du für mich schreibst!'

Dann trat das erste Mädchen zurück, und ein zweites trat vor, – –«

Da bemerkte Schehrezâd, daß der Morgen begann, und sie hielt in der verstatteten Rede an. Doch als die *Achtzigste Nacht*

1. Siehe Anmerkung S. 613.

anbrach, fuhr sie also fort: »Es ist mir berichtet worden, o glücklicher König, daß der Wesir Dandân zu Dau el-Makân sagte: ,Dann trat das erste Mädchen zurück, und ein zweites trat vor, küßte den Boden vor dem König, deinem Vater, siebenmal und sagte: ,Der weise Lokmân[1] sprach zu seinem Sohne: ,Drei Menschen gibt es, die sich nur in drei verschiedenen Lagen erkennen lassen: den Gütigen erkennst du nur im Zorne, den Tapfern nur in der Schlacht und deinen Freund nur in der Not.'

Es heißt, der Bedrücker wird einst sein Tun bereuen, wenn ihn das Volk auch preist, und der Bedrückte wird unversehrt bleiben, wenn ihn das Volk auch schmäht.

Allah der Erhabene sagt[2]: ,Glaube nicht, daß die, so sich ihrer Taten freuen und gelobt zu werden wünschen für das, was sie nicht getan haben – glaube nicht, daß sie ihrer Strafe entronnen sind: ihnen wird eine schmerzliche Strafe zuteil.'

Der Prophet – über ihm sei Segen und Heil! – hat gesagt: ,Die Handlungen richten sich nach den Absichten, und jedem wird zuteil, was er beabsichtigt hat.'

Er, über dem Heil sei, sagte auch: ,Es gibt im Leibe einen Teil; wenn der gesund ist, so ist auch der ganze Leib gesund, und ist er ungesund, so ist der ganze Leib ungesund: es ist das Herz. Das Wunderbarste von all dem, was im Menschen ist, ist sein Herz; denn es ordnet sein ganzes Wirken: wenn die Begierde sich in ihm regt, so verdirbt ihn die Lust; und gewinnt der Kummer in ihm die Herrschaft, so tötet ihn die Qual; wütet der Zorn darinnen, so kommt das Verderben über ihn; ist es mit Zufriedenheit beglückt, so ist er sicher vor Verdruß; überfällt es die Furcht, so quält ihn die Trauer; und wird es von

1. Der arabische Äsop. – 2. Koran, Sure 3, 185.

Unglück betroffen, so überkommt ihn das Leid. Wenn aber ein Mensch Reichtum gewinnt, so wird es dadurch leicht abgelenkt von dem Gedenken an seinen Herrn; packt ihn die Armut, so wird es von Sorge geplagt; wird es von Kummer gequält, so bringt ihn die Schwäche zu Fall. So hilft ihm in jedem Falle nichts, als daß er an Gott denke und nur danach strebe, in dieser Welt sein Leben zu verdienen und sich im Jenseits seinen Platz zu sichern.'

Einst wurde ein Weiser gefragt: ,Wer ist unter den Menschen in der frohesten Lage?' Er antwortete: ,Der, dessen Mannheit seine Lüste überwältigt, während sein Geist sich hoch aufschwingt, so daß sich sein Wissen erweitert und jede Entschuldigung schwindet'; und wie vortrefflich hat Kais gesungen:

> *,Ich bin von allen Menschen am fernsten doch dem Heuchler,*
> *Der andere irren sieht und kennt den Weg selber nicht.*
> *Reichtum und Geistesgaben sind ja nur ein Darlehn:*
> *Was jeder im Herzen verbirgt, stehet ihm im Gesicht.*
> *Gehst du in eine Sache von falscher Seite hinein,*
> *So irrst du; doch du gehst recht, trittst du zur rechten Tür ein.'*

Dann fuhr das Mädchen fort: ,In den Erzählungen von den Frommen spricht Hischâm ibn Bischr: ,Ich fragte einst 'Omar ibn 'Obaid: ,Was ist wahre Frömmigkeit?' Er erwiderte mir: ,Der Gesandte Allahs – Er segne ihn und gebe ihm Heil! – erklärte sie mit diesen Worten: Der Fromme ist der, der weder das Grab noch das Unglück vergißt und der das Bleibende dem Vergänglichen vorzieht; der nicht das Morgen unter seine Tage zählt, sondern sich zu den Toten rechnet.'

Man erzählt, daß Abu Dharr zu sagen pflegte: ,Die Armut ist mir lieber als der Reichtum, Krankheit lieber als die Gesundheit.' Da rief einer der Hörer: ,Gott habe Abu Dharr selig! Ich sage vielmehr: wer darauf vertraut, daß Allah der Erhabene richtig gewählt hat, der sollte zufrieden sein mit dem Stande, den Er ihm zugeteilt.'

Einer von den Gewährsmännern sagte: ‚Einst betete Ibn Abi Aufa mit uns das Morgengebet und sprach dabei: O du Verhüllter! und so weiter, bis er zu der Stelle kam, wo der Höchste sagt: Und wenn in die Posaune gestoßen wird[1]; da aber fiel er tot zu Boden.'

Es wird berichtet, daß Thâbit el-Bunâni weinte, bis er fast das Augenlicht verlor. Man brachte ihn aber zu einem Manne, der ihn heilen sollte, und der sprach: ‚Ich werde dich heilen unter der Bedingung, daß du mir gehorchst.' Da fragte Thâbit: ‚Worin?' Der Arzt erwiderte: ‚Darin, daß du nicht mehr weinst!' ‚Was soll ich mit meinen Augen,' antwortete Thâbit, ‚wenn sie nicht weinen?'

Einmal sagte ein Mann zu Mohammed, dem Sohne des 'Abdallâh: ‚Gib mir einen Rat!' – –«

Da bemerkte Schehrezâd, daß der Morgen begann, und sie hielt in der verstatteten Rede an. Doch als die *Einundachtzigste Nacht* anbrach, fuhr sie also fort: »Es ist mir berichtet worden, o glücklicher König, daß der Wesir Dandân zu Dau el-Makân sprach: ‚Also redete die zweite Sklavin vor deinem seligen Vater 'Omar ibn en-Nu'mân: ‚Einmal sagte ein Mann zu Mohammed, dem Sohne des 'Abdallâh: ‚Gib mir einen Rat!' Und der erwiderte: ‚Ich gebe dir den Rat, in bezug auf diese Welt ein enthaltsamer Herr, in bezug auf die zukünftige aber ein gieriger Sklave zu sein.' ‚Wie meinst du das?' fragte der andere; und Mohammed entgegnete: ‚Wer enthaltsam ist in dieser Welt, gewinnt zugleich sie und die zukünftige Welt!'

---

1. Das ist der Anfang der 74. Sure, einer der ersten Offenbarungen Mohammeds.

Ghauth, der Sohn des 'Abdallâh, erzählte: ,Es waren zwei Brüder unter den Kindern Israel, von denen der eine zu dem andern sagte: ,Welches ist die schlimmste Tat, die du begangen hast?' Da antwortete der Bruder: ,Ich ging einmal bei einem Nest junger Vögel vorbei; da nahm ich einen heraus und setzte ihn wieder ins Nest, aber an eine Stelle, von der ich ihn nicht weggenommen hatte. Das ist die schlimmste Tat, die ich begangen habe; welches aber ist die schlimmste Tat, die du begangen hast?' Jener erwiderte: ,Die schlimmste Tat, die ich tue, ist die: wenn ich mich zum Gebet erhebe, so fürchte ich, ich könne es nur um des Lohnes willen tun.' Ihr Vater aber hörte ihre Worte, und er rief aus: ,O Gott, wenn sie die Wahrheit reden, so nimm sie zu dir!' Und einer der Weisen sprach: ,Wahrlich, das waren die tugendhaftesten Kinder.'

Sa'îd ibn Dschubair erzählte: ,Einst war ich zusammen mit Fudâla ibn 'Obaid und sprach zu ihm: ,Gib mir einen Rat!' Er antwortete: ,Behalt von mir diese beiden Dinge: verehre keine anderen Götter neben Allah, und tue keiner der Kreaturen Allahs ein Leid an!' Und er sprach diese Verse:

> Sei, wie du willst, denn siehe, Gott ist ein gütiger Herr;
> Verscheuche nur die Sorgen, und kein Ding sei dir schwer.
> Allein es gibt zwei Dinge, die meide jederzeit:
> Treib keine Vielgötterei, tu keinem Menschen ein Leid!

Wie trefflich sagt auch der Dichter:

> Wenn Zehrung der Frömmigkeit dich einstens nicht geleitet,
> Und triffst du nach deinem Tode einen, der die sich bereitet,
> So wirst du bereuen, daß du nicht tatest, so wie er tat,
> Und daß du dich nicht gerüstet, wie er sich gerüstet hat.'

Dann trat das zweite Mädchen zurück, und das dritte trat vor und sprach: ,Wahrlich, das Kapitel von der Frömmigkeit ist sehr ausgedehnt; doch ich will aus ihm erzählen, was mir von den Frommen vergangener Zeiten gegenwärtig ist.

Einer von denen, die Gott kannten, sprach: ‚Ich wünsche mir Glück zum Tode, obwohl ich nicht sicher weiß, ob er Ruhe bringt; nur das eine weiß ich, daß der Tod zwischen den Menschen und seine Werke tritt; und so hoffe ich, er werde die guten Werke verdoppeln und die schlechten Werke hinwegtun.'

Sooft 'Atâ es-Sulami eine Mahnung beendet hatte, zitterte er und bebte und weinte heftig; und als man ihn fragte, weshalb er das tue, erwiderte er: ‚Ich will mich an eine ernste Aufgabe machen: ich will vor Allah den Erhabenen treten, um meiner Mahnung entsprechend zu handeln.'

Und ähnlich pflegte 'Alî Zain el-'Abidîn ibn el-Husain zu zittern, wenn er sich zum Gebet erhob. Und als man ihn deswegen befragte, erwiderte er: ‚Wißt ihr denn nicht, vor wem ich mich erhebe und zu wem ich sprechen will?'

Man erzählt, daß in der Nähe von Sufjân eth-Thauri ein Blinder lebte, der mit dem Volke auszog und betete, sooft der Monat Ramadân gekommen war; doch schwieg er und blieb hinter den anderen zurück. Sa sagte Sufjân: ‚Am Tage der Auferstehung wird er mit dem Volke des Korans kommen, und sie werden durch höhere Ehre vor den anderen ausgezeichnet werden.'

Sufjân hat gesagt: ‚Wohnte die Seele im Herzen, wie es sein sollte, so flöge es davon vor Freuden und vor Sehnsucht nach dem Paradiese, und vor Trauer und Furcht vor dem Höllenfeuer.'

Ferner wird von Sufjân eth-Thauri berichtet, daß er gesagt hat: ‚Auf das Angesicht eines Tyrannen zu blicken ist Sünde.'

Hierauf trat das dritte Mädchen zurück, und das vierte trat vor und sprach: ‚Hier stehe ich, um einiges, was mir von den Erzählungen über fromme Männer gegenwärtig ist, vorzutragen.

Es wird berichtet, daß Bischr el-Hâfi sagte: ‚Einst hörte ich Châlid sagen: Hütet euch vor der heimlichen Vielgötterei! Da fragte ich ihn: Was ist die heimliche Vielgötterei? Er antwortete: Daß einer von euch im Gebet sich so lange verneigt und niederwirft, bis ihn eine Unreinheit überkommt.‘

Einer von denen, die Gott kennen, sprach: ‚Gute Werke sühnen böse.‘

Ibrahîm erzählte: ‚Ich flehte Bischr el-Hâfi an, mich mit einigen geistlichen Mysterien bekannt zu machen; er aber sagte: ‚Mein lieber Sohn, es geziemt sich nicht, daß wir solches Wissen einen jeden lehren; vom Hundert immer nur fünf, ganz so wie beim Almosen von Geld.‘ ‚Mir schien‘, so fuhr Ibrahîm ibn Adham fort, ‚diese Antwort vortrefflich, und ich billigte sie. Während ich dann betete, siehe, da betete Bischr auch; so stand ich hinter ihm und machte die Verbeugungen des Gebetes bis zum Rufe des Muezzin. Da aber erhob sich ein Mann in zerlumpten Kleidern und sagte: ‚Ihr Leute, hütet euch vor der Wahrheit, die Schaden bringt! Denn nichts Arges ist eine Lüge, so sie Nutzen bringt. Not kennt kein Gebot; und Worte helfen nicht, wo die guten Eigenschaften fehlen, noch schadet das Schweigen, wo sie vorhanden sind.‘

Ferner erzählte Ibrahîm: ‚Ich sah einmal, wie Bischr einen Dânik[1] verlor; da ging ich zu ihm und gab ihm einen Dirhem dafür wieder. Doch er sprach: ‚Den nehme ich nicht an.‘ Ich sagte: ‚Das ist doch völlig erlaubt‘; aber er entgegnete mir: ‚Ich kann nicht die Güter dieser Welt in Güter der zukünftigen Welt umtauschen.‘

Es wird berichtet, daß die Schwester von Bischr el-Hâfi einmal zu Ahmed ibn Hanbal ging‘ – –«

---

1. Ein Dânik = $^1/_6$ Dirhem.

Da bemerkte Schehrezâd, daß der Morgen begann, und sie hielt in der verstatteten Rede an. Doch als die *Zweiundachtzigste Nacht* anbrach, fuhr sie also fort: »Es ist mir berichtet worden, o glücklicher König, daß der Wesir Dandân dem Dau el-Makân weiter erzählte: ‚Das Mädchen sprach zu deinem Vater: ‚Die Schwester von Bischr el-Hâfi ging einmal zu Ahmed ibn Hanbal und sagte zu ihm: ‚O Leuchte des Glaubens, wir sind Leute, die bei Nacht spinnen und am Tage für unser Brot arbeiten; und oftmals kommen die Fackeln der Wachen von Baghdad vorüber, und wir spinnen auf dem Dache bei ihrem Licht. Ist uns das etwa verboten?‘ Da fragte er sie: ‚Wer bist du?‘ ‚Ich bin die Schwester von Bischr el-Hâfi‘, sagte sie; und Ahmed sprach: ‚Ihr vom Hause des Bischr, ich sehe doch immerdar Frömmigkeit in euren Herzen verborgen.‘

Einer von denen, die Gott kennen, sprach: ‚So Gott seinem Diener wohlwill, öffnet er ihm das Tor der Tat.‘

Mâlik ibn Dinâr pflegte, sooft er durch den Basar ging und etwas sah, wonach ihn verlangte, zu sagen: ‚Fasse dich in Geduld, o Seele, denn ich werde dir deinen Wunsch nicht gewähren.‘ Und er – den Gott selig haben möge – sagte auch: ‚Das Heil der Seele liegt darin, daß man ihr widersteht, und ihr Verderben darin, daß man ihr folgt.‘

Mansûr ibn ’Ammâr sprach: ‚Ich machte eine Pilgerfahrt und zog über Kufa gen Mekka; und in einer finsteren Nacht hörte ich aus den Tiefen des Dunkels eine Stimme rufen: ‚Mein Gott, bei deiner Macht und deiner Herrlichkeit, ich wollte mich nicht durch meinen Ungehorsam an dir vergehen; denn wahrlich, ich verkenne dich nicht; aber meine Schuld hattest du von Uranbeginn her schon bestimmt; drum vergib mir meine Übertretung, denn ich war nur aus Unwissenheit gegen dich ungehorsam!‘ Nach diesem Gebete sprach die Stimme den

Vers der Schrift: ‚O ihr Gläubigen, rettet eure Seele und die der Euren vor dem Feuer, dessen Brennstoff Menschen und Steine[1] sind!' Und ich hörte einen Fall, ohne zu wissen, was es war; dann ging ich weiter. Als es aber Morgen ward und wir unseres Weges gingen, siehe, da trafen wir auf einen Leichenzug; dem folgte eine alte Frau, deren Kräfte schon versagten. Ich fragte sie nach dem Toten, und sie erwiderte: ‚Dies ist der Leichenzug eines Mannes, der gestern an uns vorübergekommen ist, während mein Sohn im Gebete stand; nach dem Gebete sprach mein Sohn einen Vers aus dem Buche Allahs des Erhabenen; da platzte dem Fremden vor Schreck die Galle, und er fiel tot zu Boden.'

Darauf trat das vierte Mädchen zurück, und das fünfte trat vor und sprach: ‚Auch ich will etwas erzählen von dem, was mir aus Erzählungen der Frommen in alten Zeiten gegenwärtig ist.'

Maslama ibn Dinâr pflegte zu sagen: ‚Machst du die geheimsten Gedanken rein, so werden die kleinen und großen Sünden dir vergeben sein; und wenn der Mensch entschlossen ist, von der Sünde zu lassen, so kommt der Sieg zu ihm.'

Ebenso sagte er: ‚Jedes weltliche Gut, das dich nicht Gott näher bringt, ist ein Unheil; denn ein wenig von dieser Welt lenkt viel von jener ab, und viel von dieser Welt läßt dich auch das Wenige von jener vergessen.'

Man fragte Abu Hâzim: ‚Wer ist der glücklichste der Menschen?' Er antwortete: ‚Ein Mann, der sein Leben in Gehorsam gegen Gott verbringt.' Dann fragte man: ‚Und wer ist der törichtste der Menschen?' Er antwortete: ‚Ein Mann, der seine zukünftige Welt verkauft für das irdische Gut der anderen.'

Es wird berichtet, daß Moses – Friede sei über ihm! –, als er

1. Das heißt Götzenbilder; Sure 66, 6.

zum Wasser Midians kam, ausrief: ‚Herr, ich bin bedürftig des Guten, das du auf mich herabsendest.'[1] So bat Moses seinen Herrn, nicht die Menschen. Und es kamen die beiden Mädchen; da schöpfte er Wasser für sie und ließ die Hirten nicht vor ihnen schöpfen. Als die beiden dann heimkehrten, da erzählten sie es ihrem Vater Schu'aib[2] – Friede sei über ihm! –, und der sprach: ‚Vielleicht ist er hungrig.' Dann sagte er zu einer von ihnen: ‚Geh zurück zu ihm und lad ihn ein!' Und als sie zu Moses kam, da verschleierte sie ihr Gesicht und sagte: ‚Mein Vater lädt dich ein, damit er dich belohne, weil du Wasser für uns geschöpft hast.' Doch er mochte es nicht tun und wollte ihr nicht folgen. Nun hatte sie aber ein dickes Gesäß; und da der Wind ihr Kleid hob, so konnte Moses ihr Gesäß sehen. Da senkte er seinen Blick, und dann sprach er zu ihr: ‚Tritt hinter mich, ich will vor dir hergehen!' So folgte sie ihm, bis er eintrat in das Haus des Schu'aib – Friede sei über ihm! –, wo das Nachtmahl bereit war.' – –«

Da bemerkte Schehrezâd daß der Morgen begann, und sie hielt in der verstatteten Rede an. Doch als die *Dreiundachtzigste Nacht* anbrach, fuhr sie also fort: »Es ist mir berichtet worden, o glücklicher König, daß der Wesir Dandân dem Dau el-Makân weiter erzählte: ‚Das fünfte Mädchen sprach also zu deinem Vater: ‚Moses – Friede sei über ihm! – trat nun in das Haus des Schu'aib ein, wo das Nachtmahl bereit war; da sagte Schu'aib zu ihm: ‚Moses, ich möchte dir den Lohn geben dafür, daß du Wasser für diese beiden geschöpft hast.' Doch Moses erwiderte: ‚Ich gehöre zu einem Hause, das nichts von der zukünftigen Welt verkauft um irdisches Gold oder Silber.' Da sagte Schu'aib: ‚Jüngling, du bist doch mein Gast und es ist

1. Sure 28, 24. – 2. In der Bibel: Jethro.

mein und meiner Väter Brauch, den Gast durch eine Speisung zu ehren.' So setzte denn Moses sich und aß. Dann nahm Schu'aib ihn in Dienst für acht Pilgerfahrten, das heißt, acht Jahre, und als Lohn dafür bestimmte er ihm eine seiner beiden Töchter zum Weibe und Moses' Dienst bei ihm sollte die Brautgabe für sie sein. Wie denn der Höchste in der Schrift von ihm sagt: ,Siehe, ich will dir eine von diesen meinen beiden Töchtern zum Weibe geben unter der Bedingung, daß du mir acht Pilgerfahrten lang dienest; und wenn du zehn erfüllst, so steht das bei dir; denn ich will dich nicht quälen.'[1]

Einst sagte jemand zu einem seiner Freunde, den er lange Zeit nicht gesehen hatte: ,Du hast mich trostlos gemacht, da ich dich so lange nicht gesehen habe.' Jener erwiderte: ,Ich ward durch Ibn Schihâb von dir abgehalten. Kennst du ihn?' ,Jawohl,' gab der andere zur Antwort, ,er ist mein Nachbar seit dreißig Jahren, aber ich habe noch nie mit ihm gesprochen.' Da sagte der Freund zu ihm: ,Wahrlich, du vergissest Gott, wenn du deinen Nachbarn vergissest! Liebtest du Gott, du würdest auch deinen Nachbarn lieben. Weißt du nicht, daß ein Nachbar ein Anrecht hat an seinem Nachbarn, dem Rechte der Verwandtschaft gleich?'

Hudhaifa erzählte: ,Wir zogen mit Ibrahîm ibn Adham in Mekka ein, und Schakîk el-Balchi machte in ebendiesem Jahre gleichfalls eine Pilgerfahrt. Nun begegneten wir uns beim Umzug um die Kaaba, und Ibrahîm sprach zu Schakîk: ,Wie haltet ihr's in eurem Lande?' Da antwortete Schakîk: ,Haben wir Brot, so essen wir; und müssen wir hungern, so gedulden wir uns.' Ibrahîm aber rief: ,So tun ja auch die Hunde von

1. Sure 28, 27. Hier ist Jakob mit Moses und Jethro mit Laban verwechselt.

Balch; wir jedoch, haben wir Brot, so geben wir anderen davon ab; und müssen wir hungern, so danken wir Gott.' Da setzte Schakîk sich vor Ibrahîm nieder und sprach: ,Du bist mein Meister.'

Mohammed ibn 'Imrân erzählte: ,Einst fragte jemand Hâtim den Tauben: ,Was gibt dir dein Vertrauen auf Allah den Erhabenen?' ,Zweierlei Dinge,' erwiderte er; ,ich weiß, daß niemand als ich mein tägliches Brot essen wird, und so ist meine Seele ruhig darüber; und ich weiß, daß ich nicht ohne Allahs Wissen erschaffen bin, und also stehe ich beschämt vor ihm.'

Nun trat das fünfte Mädchen zurück, und die Alte trat vor, küßte den Boden vor deinem Vater neunmal und sprach: ,Du hast gehört, o König, was diese alle über die Frömmigkeit gesagt haben; ich will ihrem Beispiel folgen und dir etwas von dem erzählen, was mir über die großen Männer der Vorzeit berichtet worden ist. Es wird erzählt, daß der Imâm esch-Schâfi'i die Nacht in drei Teile teilte, den ersten für die Wissenschaft, den zweiten für den Schlaf und den dritten für die Übungen der Frömmigkeit. Und auch der Imâm Abu Hanîfa pflegte die halbe Nacht zu durchwachen. Einmal wies ein Mann beim Vorübergehen auf ihn und sagte zu einem anderen: ,Dieser Mensch wacht die ganze Nacht hindurch.' Doch als Abu Hanîfa das hörte, sagte er: ,Ich muß mich vor Allah schämen, weil man von mir etwas behauptet, was ich nicht tue.' Von da ab verbrachte er die ganze Nacht wachend.

Er-Rabî' berichtet, daß esch-Schâfi'i während des Monates Ramadân den ganzen Koran siebenzigmal zu sprechen pflegte, und zwar in seinen täglichen Gebeten.

Esch-Schâfi'i – Allah habe ihn selig! – erzählt: ,Zehn Jahre lang aß ich mich niemals satt am Gerstenbrot; denn die Sattheit verhärtet das Herz, raubt den Verstand, lockt den Schlaf und schwächt den Leib, so daß er nicht aufstehen mag, um zu beten.'

Von 'Abdallâh ibn Mohammed es-Sukkari wird berichtet, daß er sagte: ‚Einst sprach ich mit 'Omar, und er bemerkte: ‚Nie sah ich einen gottesfürchtigeren und beredteren Mann als Mohammed ibn Idrîs esch-Schâfi'i. Es traf sich eines Tages, daß ich ausging mit el-Hârith ibn Labîb es-Saffâr, der ein Jünger von el-Muzani war; der hatte eine schöne Stimme, und er sprach die Worte des Höchsten: ‚Das wird ein Tag sein, an dem sie nicht reden werden und sich nicht entschuldigen dürfen.'[1] Da sah ich, wie esch-Schâfi'i die Farbe wechselte, wie seine Haut fröstelnd schauderte, und er in heftiger Erregung ohnmächtig zu Boden fiel. Und als er erwachte, da sprach er: ‚Ich nehme meine Zuflucht zu Allah vor der Stätte der Lügner und den Haufen der Leichtsinnigen! O Gott, vor dem sich die Herzen der Weisen demütigen, o Gott, schenke mir in deiner Güte Vergebung meiner Sünden und schmücke mich mit deinem Schutze und verzeih mir meine Schwäche in deiner Großmut!' Dann stand ich auf und ging davon.'

Einer der Gewährsmänner erzählt: ‚Als ich in Baghdad einzog, war esch-Schâfi'i in der Stadt. Ich setzte mich nieder am Ufer, um vor dem Gebet die Waschung zu vollführen; und siehe, es ging jemand an mir vorbei und sagte: ‚O Jüngling, verrichte deine Waschung gut, so wird Allah dir Gutes tun in dieser Welt und in jener.' Da wandte ich mich um, und siehe, dort stand ein Mann, dem ein Haufen Volks folgte. So beendete ich eilends meine Waschung und ging ihm nach. Er aber sah sich nach mir um und fragte: ‚Wünschest du etwas?' ‚Ja,'

1. Sure 77, Vers 35, 36.

erwiderte ich, ‚lehre mich etwas von dem, was Allah der Erhabene dich gelehrt hat!' Da sprach er: ‚Wisse denn, wer an Allah glaubt, der wird gerettet werden, und wer seinen Glauben sorgsam hütet, der wird vom Verderben befreit werden, und wer da Enthaltsamkeit übt in dieser Welt, dessen Augen werden dereinst getröstet werden. Soll ich dir noch mehr sagen?' Ich erwiderte: ‚Gewiß'; und er fuhr fort: ‚Sei enthaltsam in dieser Welt und trachte nach der zukünftigen; sei wahrhaftig in all deinen Handlungen; so wirst du gerettet werden mit den Genossen des Heils.' Darauf ging er weiter; nun erkundigte ich mich nach ihm, und es ward mir gesagt, daß er der Imâm esch-Schâfi'i war.'

Der Imâm esch-Schâfi'i pflegte zu sagen: ‚Ich habe es gern, wenn die Menschen aus meiner Gelehrsamkeit Nutzen ziehen, wenn nur mir nichts davon zugeschrieben wird.' – –«

Da bemerkte Schehrezâd, daß der Morgen begann, und sie hielt in der verstatteten Rede an. Doch als die *Vierundachtzigste Nacht* anbrach, fuhr sie also fort: »Es ist mir berichtet worden, o glücklicher König, daß der Wesir Dandân dem Dau el-Makân weiter erzählte: ‚Die Alte sprach also zu deinem Vater: ‚Der Imâm esch-Schâfi'i pflegte zu sagen: ‚Ich habe es gern, wenn die Menschen aus meiner Gelehrsamkeit Nutzen ziehen, wenn nur mir nichts davon zugeschrieben wird.' Ebenso sagte er: ‚Ich habe nie mit jemandem gestritten, es sei denn in dem Wunsche, daß Allah der Erhabene ihn zur Wahrheit leite und ihm hülfe, sie zu verbreiten; noch auch stritt ich je mit einem zu anderem Zweck, als die Wahrheit offenbar zu machen, und es war mir gleich, ob Allah sie durch meine Zunge offenbarte oder durch seine.'

Ebenso sagte er – Allah habe ihn selig! –: ‚Wenn du fürchtest, durch dein Wissen eingebildet zu werden, dann denke daran, nach wessen Huld du strebst und nach welchem Segen du dich sehnest und vor welcher Strafe du dich fürchtest!'

Zu Abu Hanîfa sagte man, daß der Beherrscher der Gläubigen, Abu Dscha'far el-Mansûr, ihn zum Kadi ernannt und ihm ein Gehalt von zehntausend Dirhem festgesetzt habe; aber er wollte es nicht nehmen. Als nun der Tag kam, an dem er erwartete, daß ihm das Geld gebracht würde, da betete er das Morgengebet; darauf hüllte er sich ganz in sein Gewand und sprach kein Wort. Dann kam der Bote des Beherrschers der Gläubigen mit dem Gelde; aber als er zu dem Imâm eintrat und ihn anredete, gab der keine Antwort. So sagte der Bote des Kalifen zu ihm: ,Dies Geld ist dein rechtmäßiges Gut.' ,Ich weiß,' erwiderte er, ,daß es mein rechtmäßiges Gut ist: doch es widerstrebt mir, daß die Liebe zu den Tyrannen sich in mein Herz senke.' Der Bote darauf: ,Geh doch zu ihnen und nimm dich vor der Liebe zu ihnen in acht!' Aber er antwortete: ,Kann ich sicher sein, daß meine Kleider nicht naß werden, wenn ich ins Meer hineinsteige?'

Zu den Sprüchen von esch-Schâfi'i – Allah der Erhabene habe ihn selig! – gehört auch dieser Vers:

> Willst du, o Seele, meinen Rat befolgen
> Und reich an Ehren sein in Ewigkeit,
> Wirf von dir die Begierden und die Wünsche!
> Wie mancher Wunsch schon brachte Todesleid.

Unter den Worten des Sufjân eth-Thauri, mit denen er 'Alî ibn el-Hasan es-Sulami ermahnte, waren auch diese: ,Übe Wahrhaftigkeit und meide Lüge, Verrat, Heuchelei und Hoffart! Denn Allah macht um einer von diesen Sünden willen deine guten Werke zunichte. Sei keines Schuldner außer des Einen, der da barmherzig ist gegen Seine Schuldner; und dein Freund sei, wer dich der Welt entsagen lehrt! Stets denke an den Tod, und sei beständig im Gebet um Vergebung der Sünden und bitte Allah um Frieden für den Rest deines Lebens! Berate jeden Gläubigen, wenn er dich fragt nach den Dingen des Glaubens; und hüte dich, einen Gläubigen zu verraten, denn wer einen Gläubigen verrät, der verrät Allah und seinen Gesandten! Meide Streit und Zank! Laß, was dir zweifelhaft ist, fahren zugunsten dessen, was dir nicht zweifelhaft ist[1], so wirst du mit dir im Frieden leben! Befiehl Wohlwollen und verbiete Übelwollen, so wird Allah dich lieben! Schmücke deinen inneren Menschen, so wird Allah deinen äußeren Menschen schmücken! Nimm die Entschuldigung dessen an, der sich bei dir entschuldigt, und hasse keinen der Muslime! Sei freundlich gegen den, der dich zurückstößt, und verzeihe dem, der dir Unrecht tut, so wirst du zum Freunde der Propheten! Stelle deine Sache Gott anheim, im Geheimen und im Offenen; fürchte Gott, so wie ihn der fürchtet, der da weiß, daß er stirbt und auferweckt wird und dahinziehen muß zum Jüngsten Gericht, um sich vor dem Gewaltigen zu stellen; und bedenke, daß deine Reise zu einem von zweien Orten führt, entweder zum Paradies in der Höhe oder zum brennenden Höllenfeuer!'

Darauf setzte die Alte sich zu den Mädchen.

Als nun dein seliger Vater ihrer aller Reden gehört hatte, da erkannte er, daß sie zu den Trefflichsten ihrer Zeit gehörten; und da er ihre Schönheit und Lieblichkeit und die große Feinheit ihrer Bildung bewunderte, so bezeugte er ihnen seine Gunst. Der Alten aber erwies er besondere Ehren; und er bestimmte für sie und für die Mädchen den Palast, den Prinzessin Abrîza, die Tochter des Königs von Kleinasien, bewohnt hatte. Dorthin ließ er alles bringen, dessen sie zur Annehmlichkeit

1. Das ist der Koran; vgl. Sure 2, 1.

des Lebens bedurften. So blieben sie zehn Tage lang bei ihm, und mit ihnen die Alte; doch sooft der König sie besuchte, fand er sie im Gebet versunken; denn sie wachte des Nachts und fastete des Tages. Da gewann er sie von Herzen lieb, und er sagte zu mir: ‚O Wesir, wahrlich, diese Alte gehört zu den Frommen, und die Ehrfurcht vor ihr ist stark in meinem Herzen.‘ Nun besuchte der König sie am elften Tage, um ihr den Preis für die Mädchen zu zahlen; aber sie sprach zu ihm: ‚O König, wisse, der Preis dieser Mädchen übersteigt die Schätzung der Menschen; siehe, ich verlange für sie weder Gold noch Silber noch Edelsteine, weder viel noch wenig.‘ Wie dein Vater ihre Worte vernahm, da staunte er und fragte sie: ‚O Herrin, was ist denn ihr Preis?‘ Da erwiderte sie: ‚Ich verkaufe sie dir nur um den Preis, daß du einen vollen Monat lang fastest, und zwar so, daß du tagsüber fastest und die Nacht hindurch wachest um Allahs des Erhabenen willen; wenn du das tust, so sind sie dein Eigentum in deinem Palaste, und du kannst mit ihnen tun, was du willst.‘ Da staunte der König über ihre vollendete Frömmigkeit, Entsagung und Demut; und sie stand in seinen Augen noch größer da. So sprach er denn: ‚Allah segne uns durch diese fromme Frau!‘ Dann vereinbarte er mit ihr, einen Monat zu fasten, wie sie es ihm zur Bedingung gemacht hatte; und sie sprach zu ihm: ‚Ich will dir mit meinen Gebeten für dich zur Seite stehen; jetzt aber bringe mir einen Krug Wasser!‘ Nachdem er ihr den Krug hatte bringen lassen, nahm sie ihn und murmelte Sprüche darüber; eine Stunde lang saß sie da, indem sie in einer Sprache redete, von der wir nichts verstanden noch kannten. Darauf bedeckte sie den Krug mit einem Stück Tuch, versiegelte ihn und gab ihn deinem Vater mit den Worten: ‚Wenn du die ersten zehn Tage gefastet hast, so trink in der elften Nacht den Inhalt dieses Krugs! Denn er wird die Liebe zur Welt aus deinem Herzen reißen und es anfüllen mit Licht und Glauben. Morgen will ich zu meinen Brüdern ziehen, den unsichtbaren Geistern, denn ich sehne mich nach ihnen. Danach will ich zu dir zurückkehren, wenn die ersten zehn Tage verstrichen sind.' Da nahm dein Vater den Krug, erhob sich und suchte für ihn eine Kammer seines Palastes aus. Dorthin brachte er den Krug; den Türschlüssel aber nahm er mit sich in seiner Tasche. Am nächsten Tage also fastete der König, und die Alte ging ihrer Wege.' – –«

Da bemerkte Schehrezâd, daß der Morgen begann, und sie hielt in der verstatteten Rede an. Doch als die *Fünfundachtzigste Nacht* anbrach, fuhr sie also fort: »Es ist mir berichtet worden, o glücklicher König, daß der Wesir Dandân dem Dau el-Makân weiter erzählte: ,Am nächsten Tage also fastete der König, und die Alte ging ihrer Wege. Doch als der König zehn Fasttage vollendet hatte, öffnete er am elften den Krug, trank seinen Inhalt und fand, daß er seinem Herzen wohltat. Während der zweiten zehn Tage des Monats aber kam die Alte zurück, mit Süßigkeiten, die in grüne Blätter, ungleich anderen Baumblättern, gehüllt waren. Sie ging zu deinem Vater und grüßte ihn; und als er sie sah, da stand er auf vor ihr und sagte: ,Willkommen, fromme Herrin!' ,O König,' erwiderte sie, ,die unsichtbaren Geister grüßen dich; denn ich habe ihnen von dir erzählt, und sie freuten sich deiner und schicken durch mich diese süße Speise, die von den Süßigkeiten des Jenseits stammt. Iß sie, wenn der Tag zu Ende ist!' Des freute der König sich gar sehr, und er rief: ,Preis sei Allah, der mir Brüder unter den unsichtbaren Geistern verliehen hat!' Dann dankte er der Alten und küßte ihr die Hände; und er erwies ihr und den Mädchen die höchsten Ehren. Darauf ging sie wieder davon auf eine Zeit von zehn Tagen, während derer dein Vater fastete. Nach Ablauf der Zeit kehrte die Alte zu ihm zurück und sprach zu ihm: ‚Wisse, o König, ich habe den unsichtbaren Geistern von der Freundschaft zwischen dir und mir gesprochen und ihnen gesagt, daß ich die Mädchen bei dir gelassen habe; da freuten sie sich, daß die Jungfrauen bei einem König wie dir sind; denn sooft sie sie sehen, widmen sie ihnen eifrige Gebete, die immer erhört werden. So möchte ich sie gern zu den unsichtbaren Geistern führen, damit ihr Hauch sie berührt, und vielleicht werden sie gar mit Schätzen der Erde zu dir zurückkehren, so daß du nach Vollendung deines Fastens für ihre Ausstattung sorgen und das Geld, das sie dir bringen werden, ganz nach deinen Wünschen verwenden kannst.‘ Als dein Vater ihre Worte hörte, da dankte er ihr und sprach: ‚Wenn ich nicht fürchten müßte, dir zu widersprechen, so würde ich weder den Schatz noch irgend etwas sonst annehmen; aber wann willst du mit ihnen fortziehen?‘ Sie antwortete: ‚In der siebenundzwanzigsten Nacht; und ich bringe sie dir wieder am Ende des Monats. Denn dann hast du dein Fasten vollendet, und sie haben ihre Reinigung gehabt; so werden sie dir gehören und dir gehorchen. Bei Allah, jede von ihnen ist viele Male dein Königreich wert!‘ Er darauf: ‚Ich weiß es, o fromme Herrin!‘ Und die Alte: ‚Du mußt aber auch unbedingt jemanden aus dem Palaste mit ihnen senden, der dir teuer ist, auf daß er Trost finde und sich den Segen der unsichtbaren Geister hole.‘ Da sagte er: ‚Ich habe eine griechische Sklavin namens Sophia, und durch sie wurden mir zwei Kinder geschenkt, ein Mädchen und ein Knabe; doch sie sind mir seit Jahren verloren. Nimm Sophia mit dir, auf daß ihr der Segen zuteil werde!‘ – –«

Da bemerkte Schehrezâd, daß der Morgen begann, und sie hielt in der verstatteten Rede an. Doch als die *Sechsundachtzigste Nacht* anbrach, fuhr sie also fort: »Es ist mir berichtet worden, o glücklicher König, daß der Wesir seine Erzählung vor Dau el-Makân also schloß: ‚Als die Alte die Mädchen von deinem Vater verlangte, sprach er zu ihr: ‚Ich habe eine griechische Sklavin namens Sophia, und durch sie wurden mir zwei Kinder geschenkt, ein Mädchen und ein Knabe; doch sie sind mir seit Jahren verloren. Nimm Sophia mit dir, auf daß ihr der Segen zuteil werde, und vielleicht werden die unsichtbaren Geister Allah für sie bitten, daß er ihr die beiden Kinder wiederbringe und sie mit ihr vereine!' Die Alte erwiderte: ‚Du hast schön gesprochen' – das war nämlich gerade ihr höchster Wunsch gewesen. Als nun dein Vater nahe daran war, sein Fasten zu vollenden, sprach die Alte zu ihm: ‚Mein Sohn, ich begebe mich jetzt zu den unsichtbaren Geistern; bringe mir also Sophia!' Da ließ er sie rufen; sie kam sofort, er übergab sie der Alten, und die nahm sie zu den Mädchen. Dann aber ging die Alte in ihre Kammer und kam zum König mit einem versiegelten Becher, den sie ihm mit diesen Worten reichte: ‚Am dreißigsten Tage begib dich ins Bad, und dann, wenn du von dort zurückkehrst, geh in eine der Kammern deines Palastes und trink diesen Becher aus! Danach lege dich schlafen, und du wirst dein Ziel erreichen; und dies ist mein Abschiedsgruß an dich!' Da freute der König sich, dankte ihr und küßte ihr die Hände. Sie sagte noch: ‚Ich befehle dich in Allahs Hand'; und er fragte sie: ‚Wann werde ich dich wiedersehen, fromme Herrin? Wahrlich, ich möchte mich nicht von dir trennen.' Sie aber rief Segen auf ihn herab und brach auf mit den fünf Mädchen und der Prinzessin Sophia. Drei Tage fastete nun der König noch, bis zum Neumond; dann stand er auf und ging ins Bad, und als er von dort zurückkam, ging er in eine Kammer seines Palastes, befahl, daß niemand zu ihm hereintreten sollte, und verschloß die Tür. Dann trank er den Inhalt des

Bechers und legte sich schlafen; und wir erwarteten ihn bis zum Abend. Er aber kam nicht aus der Kammer heraus, und so sagten wir: ‚Vielleicht ist er müde vom Bade und vom Wachen bei Nacht und vom Fasten bei Tage, und deshalb schläft er.‘ Also warteten wir auf ihn am nächsten Tage; aber noch immer kam er nicht heraus. So traten wir an die Tür der Kammer und riefen mit lauter Stimme, daß er erwachen möchte und fragen, was es gäbe. Doch das geschah nicht; so hoben wir schließlich die Tür aus, und als wir zu ihm eintraten, fanden wir ihn mit zerrissenem und zerfetztem Leib und mit zerbrökkelten Knochen daliegen. Und als wir ihn also sahen, da waren wir erschüttert; und wir nahmen den Becher und fanden in seinem Deckel ein Stück Papier, darauf stand geschrieben: ‚Wer da Arges tut, hinterläßt keine Trauer; und dies ist der Lohn dessen, der Königstöchter überlistet und sie schändet! Allen, die dieses Blatt in die Hände nehmen, sei hiermit kundgetan, daß Scharkân unsere Prinzessin Abrîza verführte, als er in unser Land gezogen kam; und auch das genügte ihm noch nicht: er mußte sie uns nehmen und zu euch bringen. Dann schickte er sie fort im Geleit eines schwarzen Sklaven, der sie erschlug, und wir fanden sie tot in der Wüste, auf dem Erdboden dahingestreckt. Das ist kein königlich Handeln, und der so handelte, hat nun den verdienten Lohn erhalten. Aber faßt keinen falschen Verdacht wider irgend jemand; denn niemand hat ihn zu Tode gebracht als einzig die kundige Zauberin, die da heißt Dhât ed-Dawâhi. Seht, ich habe auch Sophia genommen, die Gemahlin des Königs, und habe sie zu ihrem Vater geführt, zu Afridûn, dem König von Konstantinopel. Und nun ist nichts anderes möglich, als daß wir euch mit Krieg überziehen und euch töten und euer Land euch nehmen; vernichtet sollt ihr werden bis auf den letzten Mann, keine Menschenseele bleibt von euch übrig dann, keiner, der ein Feuer anblasen kann, es sei denn, er bete das Kreuz und den Gürtel[1] an.'

Als wir dies Blatt gelesen hatten, wußten wir, daß die Alte uns betrogen hatte und daß ihr Anschlag gegen uns gelungen war; da schrien wir laut und schlugen uns das Gesicht und weinten, doch das Weinen nutzte uns nichts mehr. Die Truppen aber entzweiten sich darüber, wen sie zum Sultan über sich machen sollten; einige wollten dich und andere deinen Bruder Scharkân. Einen ganzen Monat lang verharrten sie in dieser Uneinigkeit; dann tat sich ein Teil von uns zusammen, und wir wollten zu deinem Bruder Scharkân ziehen. Und so waren wir auf der Reise, bis wir dich trafen. Also verhält es sich mit dem Tode des Sultans 'Omar ibn en-Nu'mân.'

Als nun der Wesir Dandân seine Erzählung beendet hatte, weinten Dau el-Makân und seine Schwester Nuzhat ez-Zamân; und auch der Kammerherr weinte. Dann sprach der Wesir zu Dau el-Makân: ,O König, das Weinen wird dir nichts helfen; dir frommt jetzt nur, daß du dein Herz festigst und deinen Entschluß kräftigst und deine Herrschaft sicherst; und wer einen Sohn wie dich hinterlassen hat, der ist nicht tot.' Da ließ Dau el-Makân vom Weinen ab, und er befahl, seinen Thron außerhalb der Vorhalle aufzustellen. Dann gab er Befehl, daß die Truppen in Parade vor ihm vorüberziehen sollten. Der Kammerherr stellte sich ihm zur Seite auf, alle Palastoffiziere hinter ihm, der Wesir Dandân vor ihm, und alle Emire und Großen des Reiches stellten sich je nach ihrem Range auf. Dann sprach Dau el-Makân zu dem Minister: ,Gib mir Auskunft über die Schätze meines Vaters!'; und der antwortete: ,Ich höre und gehorche!'; so gab er ihm Auskunft über die Schatzhäuser und

---

1. Der Gürtel war das Kennzeichen der Andersgläubigen.

über ihren Inhalt an Geldern und Juwelen, und ferner legte er ihm Rechenschaft ab über die Gelder seiner Kasse. Da verteilte Dau el-Makân Geschenke an die Soldaten, und dem Wesir Dandân gab er ein kostbares Ehrengewand mit den Worten: ‚Du bleibst in deinem Amte.' Der aber küßte den Boden vor ihm und wünschte ihm langes Leben. Darauf verlieh er auch den Emiren Ehrengewänder, und dann sprach er zum Kammerherrn: ‚Zeige mir, was du an Tribut von Damaskus bei dir hast.' Der zeigte ihm die Kisten mit Geld und Kostbarkeiten und Juwelen, und er nahm sie und verteilte sie unter die Truppen – – «

Da bemerkte Schehrezâd, daß der Morgen begann, und sie hielt in der verstatteten Rede an. Doch als die *Siebenundachtzigste Nacht* anbrach, fuhr sie also fort: »Es ist mir berichtet worden, o glücklicher König, daß Dau el-Makân dem Kammerherrn befahl, ihm zu zeigen, was er an Tribut von Damaskus mitgebracht hatte; der zeigte ihm die Kisten mit Geld und Kostbarkeiten und Juwelen, und er nahm sie und verteilte sie unter die Truppen, bis gar nichts mehr übrigblieb. Die Emire aber küßten den Boden vor ihm und wünschten ihm langes Leben und sagten: ‚Niemals sahen wir einen König solche Gaben austeilen.' Dann gingen alle in ihre Zelte; und als der Morgen kam, gab er Befehl zum Aufbruch. So zogen sie drei Tage lang dahin, und am vierten Tage erblickten sie Baghdad. Als sie darauf in die Stadt einzogen, da fanden sie sie geschmückt, und der Sultan Dau el-Makân zog in den Palast seines Vaters ein und setzte sich auf den Thron, und die Emire des Heeres und der Wesir Dandân und der Kammerherr von Damaskus stellten sich vor ihm auf. Da befahl er seinem Sekretär, an seinen Bruder Scharkân einen Brief zu schreiben, in dem er ihm alles, was vorgefallen war, kundtat; und er schloß: ‚Sowie Du diesen Brief gelesen hast, mache Dich bereit und stoße zu uns mit Deinem Heere; dann ziehen wir aus zum Krieg gegen die Ketzerlande, dann rächen wir unseren Vater und tilgen unsere Schande!'Darauf faltete er das Schreiben und versiegelte es und sprach zu dem Wesir Dandân: ,Dies Schreiben soll keiner als du überbringen; und du mußt meinem Bruder freundliche Worte geben und zu ihm sagen: Wenn du die Herrschaft deines Vaters begehrst, so ist sie dein, und dein Bruder wird statt deiner Vizekönig in Damaskus sein; denn also lautet mein Auftrag.' Da ging der Wesir davon und machte sich bereit zur Reise. Dann befahl Dau el-Makân, für den Heizer eine prächtige Wohnung herzurichten und sie aufs schönste auszustatten; dieser Heizer hat aber noch eine lange Geschichte.

Bald darauf ritt Dau el-Makân auf die Jagd. Und als er nach Baghdad zurückkehrte, brachte ein Emir ihm so edle Rosse und so schöne Sklavinnen als Geschenk, wie sie keine Zunge zu beschreiben vermag. Da gefiel ihm eine der Sklavinnen; und so zog er sich mit ihr zurück und ruhte noch in derselben Nacht bei ihr, und sie empfing durch ihn zur selben Stunde.

Nach einer Weile kehrte der Wesir Dandân von seiner Reise zurück, und er brachte ihm Nachricht von seinem Bruder Scharkân, der zu ihm unterwegs war; und Dandân sagte: ,Es wäre gut, wenn du ihm entgegenzögest.' Dau el-Makân erwiderte: ,Ich höre und willige ein.' Da ritt er mit seinen Garden eine Tagereise weit von Baghdad fort und schlug dort seine Zelte auf, um seinen Bruder zu erwarten. Und am nächsten Morgen erschien König Scharkân mit dem Heere von Syrien, ein Ritter und Vorkämpfer in der Schlacht, ein Löwe dräuend in seiner Macht, und ein Held, der große Taten vollbracht. Wie nun die Schwadronen näher zogen und die Staubwolken in die Lüfte flogen, wie die Fahnen sich ihnen entgegen bewegten und die Paradestandarten im Winde sich regten, da ritten

Scharkân und seine Mannen zur Begrüßung heran. Und als Dau el-Makân seinen Bruder sah, da wollte er vor ihm vom Pferde springen; aber Scharkân beschwor ihn, das nicht zu tun, sondern saß vielmehr selber ab und ging ihm zu Fuß entgegen. Sobald er vor ihm stand, warf sich Dau el-Makân auf ihn, und Scharkân zog ihn an seine Brust; und beide weinten laut und sprachen einander Trost zu. Dann saßen sie wieder auf und ritten dahin mit ihren Truppen, bis sie nach Baghdad kamen; dort machten sie halt, und dann zog Dau el-Makân mit seinem Bruder Scharkân hinauf zum Königspalast, wo sie beide jene Nacht zubrachten. Doch als der Morgen kam, ging Dau el-Makân hinaus und befahl, die Truppen von allen Seiten zu sammeln und den Kampf und heiligen Krieg zu verkünden. Dann warteten sie ab, bis die Truppen aus allen Teilen des Reiches erschienen; und jeden, der da kam, behandelten sie ehrenvoll, und sie versprachen ihm das Beste; damit ging ein voller Monat hin, und die Krieger kamen Schar auf Schar.

Nun sagte Scharkân zu seinem Bruder: ‚Bruder, erzähle mir deine Geschichte!‘ Der erzählte ihm nun alles, was ihm widerfahren war, von Anfang bis zu Ende, und auch, was ihm der Heizer Gutes getan. Und als Scharkân ihn fragte: ‚Hast du ihm seine Güte nicht vergolten?‘ antwortete er: ‚Bruder, ich habe ihn bis jetzt noch nicht belohnt, doch so Gott der Erhabene will, werde ich ihn belohnen, sobald ich von diesem Kriegszug heimkehre‘ – –«

Da bemerkte Schehrezâd, daß der Morgen begann, und sie hielt in der verstatteten Rede an. Doch als die *Achtundachtzigste Nacht* anbrach, fuhr sie also fort: »Es ist mir berichtet worden, o glücklicher König, daß Scharkân seinen Bruder fragte: ‚Hast du dem Heizer seine Güte nicht vergolten?‘ und daß er antwortete: ‚Bruder, ich habe ihn bis jetzt noch nicht belohnt, aber, so Gott der Erhabene will, werde ich ihn belohnen, sobald ich von diesem Kriegszug heimkehre und Zeit dazu finde.' Nun war Scharkân gewiß, daß seine Schwester, die Prinzessin Nuzhat ez-Zamân, in allem wahr gesprochen hatte; doch er verschwieg, was zwischen ihnen vorgefallen war, und ließ ihr seinen Gruß durch den Kammerherrn, ihren Gatten, überbringen. Da sandte auch sie ihm ihren Gruß, indem sie Segen auf ihn herabrief und sich nach ihrer Tochter Kudija-Fakân erkundigte; und Scharkân ließ ihr sagen, das Mädchen sei wohl und in bester Gesundheit. Da pries sie Allah den Erhabenen und dankte ihm. Scharkân aber kehrte zu seinem Bruder zurück, um sich mit ihm über den Aufbruch zu beraten; und Dau el-Makân sagte: ‚Bruder, sowie die Heere versammelt und die Araber von allen Seiten eingetroffen sind, wollen wir ins Feld ziehen.' Dann befahl er, Proviant und Kriegsgeräte zu beschaffen. Alsdann ging er zu seiner Gattin, die seit fünf Monaten schwanger war; und er stellte ihr Gelehrte und Astrologen zur Verfügung, denen er Gehälter und Einkünfte bestimmte. Und drei Monate nach der Ankunft des syrischen Heeres, als die Araber und die gesamten Truppen aus allen Richtungen eingetroffen waren, brach er auf, begleitet von den Kriegern und Heerhaufen.

Nun war der Name des Führers der Dailamiten Rustem, und der des Führers der Türken Bahrâm. Dau el-Makân aber befand sich in der Mitte der Truppen, und ihm zur Rechten ritt sein Bruder Scharkân und ihm zur Linken sein Schwager, der Kammerherr. So zogen sie einen vollen Monat immer weiter; doch in jeder Woche machten sie an einer Lagerstätte halt und ruhten drei Tage lang aus, da sie viel Volks waren. In dieser Weise rückten sie unaufhörlich vor, bis sie in das Land der Griechen kamen. Da liefen die Bewohner der Dörfer und Weiler und die Bettler fort und flohen nach Konstantinopel.

Als aber ihr König Afridûn die Kunde von ihnen vernahm,

erhob er sich und begab sich zu Dhât ed-Dawâhi, derselben, die jene List ersonnen hatte und nach Baghdad gezogen war, um den König 'Omar ibn en-Nu'mân zu töten; denn als sie ihre Sklavinnen und die Prinzessin Sophia entführt hatte, war sie mit ihnen allen in ihre Heimat zurückgekehrt. Und als sie wieder bei ihrem Sohne, dem König von Kleinasien, war und sich sicher fühlte, da sagte sie zu ihm: ‚Sei getrost! Ich habe die Schmach deiner Tochter Abrîza gerächt, ich habe König 'Omar ibn en-Nu'mân getötet und Sophia mit mir gebracht. Jetzt geh zum König von Konstantinopel, bring ihm seine Tochter Sophia zurück und erzähle ihm, was geschehen ist, auf daß wir alle auf unsrer Hut sind und unsre Streitmacht rüsten! Ich will selbst mit dir zu König Afridûn, dem Herrn von Konstantinopel, reisen, denn ich glaube, die Muslime werden nicht auf unsern Angriff warten.‘ Ihr Sohn aber, der König Hardûb, sprach: ‚Warte, bis sie sich unserm Lande nähern, damit wir uns inzwischen rüsten!‘ Dann begannen sie, ihre Mannen zu sammeln und sich zu rüsten, und als die Kunde vom Nahen der Muslime sie erreichte, da waren sie kriegsbereit und versammelt; Dhât ed-Dawâhi jedoch eilte mit dem Vortrab voraus nach Konstantinopel. Als sie dort ankamen, hörte der Großkönig, der Herrscher dieser Stadt, Afridûn, von dem Nahen des Hardûb, des Königs von Kleinasien; da zog er ihm entgegen, und bei ihrem Zusammentreffen fragte er ihn, wie es ihm gehe und weshalb er komme. Nun erzählte ihm Hardûb von der List seiner Mutter Dhât ed-Dawâhi: wie sie den König der Muslime getötet und ihm die Prinzessin Sophia genommen habe; und er fügte hinzu: ‚Die Muslime haben ihre Heere versammelt und sind in unser Land gekommen; drum wollen wir beide uns zusammentun und ihnen entgegentreten.‘ Da freute König Afridûn sich über die Rückkehr seiner Tochter und über den Tod des Königs 'Omar ibn en-Nu'mân; und er schickte in alle Länder und bat um Hilfe, indem er ihnen bekanntgab, weshalb König 'Omar ibn en-Nu'mân getötet sei. So eilten die Truppen der Christen zu ihm. Kaum waren drei Monate verstrichen, so war das Heer der Griechen versammelt, und zu ihnen stießen die Franken aus all ihren Ländern: Franzosen, Deutsche, Ragusaner, Zaranesen, Venezianer, Genuesen und all die Heerscharen der Bleichgesichter; und als alle beisammen waren, wurde das Land zu eng für sie wegen ihrer Menge. Da befahl der Großkönig Afridûn, von Konstantinopel fortzuziehen; und so brachen sie auf; aber es dauerte zehn Tage, bis eine Schar nach der andern aufgebrochen war. Und sie zogen dahin, bis sie im Mohntale haltmachten, einer breiten Senke, dicht bei dem Salzmeer, und dort rasteten sie drei Tage. Am vierten Tage aber, als sie gerade wieder aufbrechen wollten, erreichte sie die Nachricht, daß die islamischen Scharen, die Hüter der Religion Mohammeds, des Besten der Menschen, vorgerückt waren. So rasteten sie nochmals drei Tage lang, und am folgenden Tage sahen sie eine Staubwolke, die stieg empor und legte der Welt einen Schleier vor; doch kaum verging eine Stunde von des Tages Lauf, da tat sich jene Staubwolke auf und stieg in Fetzen zum Himmel hinauf. Ihr Dunkel erblich vor den Sternen der Lanzenspitzen und vor der hellen Schwerter Blitzen; und unter ihr erschienen die Fahnen, die islamischen, und die Feldzeichen, die mohammedanischen. Dann kamen die Reiter wie das brandende Meer, gekleidet in Panzer, wie um Monde gedrängt der Wolken Heer. Und nun begannen die beiden Heere aufeinander zu fallen wie zwei Meere, die zusammenprallen. Auge fiel auf Auge, und der erste, der zum Kampfe vortrat, war der Wesir Dandân, mit dem syrischen Heere von dreißigtausend Mann. Ihm folgten der Führer

der Türken und der Führer der Dailamiten, Rustem und Bahrâm, und zwanzigtausend Reitersmann; hinter ihnen kam noch
das Fußvolk vom Salzmeere heran, gekleidet in eherne Panzer,
Vollmonden gleich, auf ihrer Bahn in finsteren Nächten am
Himmelsplan. Nun erhoben die Christen ihr Feldgeschrei: ‚O
Jesus, o Maria, o Kreuz!‘ – das verdammet sei –, und dann stürmten sie gegen den Wesir Dandân und seine syrischen Heere heran. Dies alles aber geschah gemäß einer Kriegslist der alten
Dhât ed-Dawâhi; denn der König hatte sich vor seinem Aufbruche an sie gewendet und sie gefragt: ‚Was ist zu tun? Welcher Plan wird gemacht? Du hast uns ja in dies Elend gebracht!‘
Und sie hatte geantwortet: ‚Wisse, o König, mächtiger Herr,
du Priester von hoher Ehr, ich will dir eine Sache raten, die
selbst der Teufel nicht planen kann, riefe er auch seine gefallenen Scharen zur Hilfe heran!‘ – –«

Da bemerkte Schehrezâd, daß der Morgen begann, und sie
hielt in der verstatteten Rede an. Doch als die *Neunundachtzigste Nacht* anbrach, fuhr sie also fort: »Es ist mir berichtet worden, o glücklicher König, daß all das gemäß einer Kriegslist
der Alten geschah; denn der König hatte sich vor seinem Aufbruche an sie gewendet und sie gefragt: ‚Was ist zu tun? Welcher Plan wird gemacht? Du hast uns ja in dies Elend gebracht!‘
Und sie hatte geantwortet: ‚Wisse, o König, mächtiger Herr,
du Priester von hoher Ehr, ich will dir eine Sache raten, die
selbst der Teufel nicht planen kann, riefe er auch seine gefallenen Scharen zur Hilfe heran. Dieser Plan ist folgender: Entsende fünfzigtausend Mann, die in Schiffen über das Meer fahren, bis sie zum Berge des Rauchs kommen; dort sollen sie
bleiben und sich nicht von der Stelle rühren, bis die Standarten
des Islams euch nahen; dann kämpft miteinander. Darauf sollen
die Truppen vom Meere her den Muslimen in den Rücken

fallen, während wir sie vom Lande her fassen. So wird nicht einer von ihnen entkommen; dann endet unser Leid, und wir haben Frieden in Ewigkeit.' Die Rede der Alten gefiel dem König Afridûn, und er antwortete: ‚Ein guter Rat ist dein Rat, du Herrin der alten Frauen, die listig betrügen, und Zuflucht der Priester, die in Fehden der Rache liegen!'

Als aber das Heer des Islams sie in jenem Tal überfiel, da standen, ehe sie sichs versahen, die Zelte in Flammen, und die Schwerter hieben die Leiber zusammen. Dann stoben heran die Heere von Baghdad und Chorasân, einhundertundzwanzigtausend Reiter, und an der Spitze Dau el-Makân. Doch als das Heer der Ungläubigen, das am Meere lag, sie sah, fiel es ihnen in den Rücken. Wie Dau el-Makân sie erkannte, rief er seinen Mannen zu: ‚Macht gegen die Ungläubigen kehrt, ihr Leute, die ihr den erwählten Propheten verehrt! Streitet wider die ungläubigen Massen, die den Dienst des barmherzigen Erbarmers hassen!' Da machten sie kehrt und kämpften gegen die Christen. Nun rückte aber auch Scharkân mit einer anderen Schar des Heeres der Muslime heran, mit ungefähr hundertundzwanzigtausend Mann, während die Ungläubigen nahe an sechzehnhunderttausend zählten. Doch als die Muslime vereinigt waren, da festigte sich ihr Herz, und sie schrien laut und riefen: ‚Allah hat uns den Sieg verheißen und den Ungläubigen die Niederlage bestimmt!' Dann prallten sie zusammen mit Schwert und Speer; und Scharkân brach durch die Reihen daher; er tobte unter den Tausenden und stritt, so furchtbar anzuschauen, daß Säuglingen davon die Haare ergrauen; und er ließ nicht ab, auf die Ungläubigen einzudringen und das scharfe Schwert zu schwingen, mit dem Rufe: ‚Allâhu Akbar!'[1]

---

1. Gott ist der Größte!

bis das Heer an die Meeresküste zurückgedrängt war. Da versagte ihnen die Leibeskraft, und Allah gab den Sieg der islamischen Glaubensritterschaft, während Mann gegen Mann kämpfte, trunken ohne Rebensaft. Von den Ungläubigen fielen in diesem Kampfe fünfundvierzigtausend; von den Muslimen aber fielen nur dreitausendfünfhundert.

In jener Nacht schlief weder der Löwe des Glaubens, König Scharkân, noch auch sein Bruder Dau el-Makân, sondern sie teilten dem Kriegsvolk die frohe Siegeskunde mit, sorgten für die Verwundeten und beglückwünschten sie zu Heil und Sieg und Lohn am Jüngsten Tage vor Allahs Thron.

So weit die Muslime. Wenden wir uns nun zu König Afridûn von Konstantinopel und zu dem König von Kleinasien und der alten Dhât ed-Dawâhi! Die sammelten die Emire des Heeres und sprachen zueinander: ‚Wahrlich, wir hätten unseren Wunsch erfüllt und unseres Herzens Verlangen gestillt, doch wir bauten zu sehr auf unsere Menge, und das allein trieb uns in die Enge.‘ Da sprach die alte Dhât ed-Dawâhi zu ihnen: ‚Euch hilft nur noch eins: tretet vor des Messias Angesicht, und setzt auf den wahren Glauben eure Zuversicht! Denn beim Messias, die ganze Kraft der Muslime liegt in diesem Satan, dem König Scharkân.‘ König Afridûn erwiderte: ‚Ich habe beschlossen, morgen die Schlachtreihen wieder aufzustellen und jenen ruhmreichen Ritter wider sie zu entsenden, Lukas, den Sohn des Schamlût; denn wenn er gegen König Scharkân zum Einzelkampf auszieht, so wird er ihn fällen, und mit ihm die anderen Ritter der Muslime, bis keiner von ihnen mehr übrig ist. Ferner habe ich beschlossen, heute nacht euch alle mit dem heiligen Weihrauch zu weihen.‘ Als die Emire seine Worte vernahmen, da küßten sie vor ihm den Boden. Der Weihrauch aber, den er meinte, bestand aus den Exkrementen

686

des Großpatriarchen, des Lügners und Leugners; und man begehrte ihn so leidenschaftlich und schätzte seinen Wert so hoch, daß die mächtigsten der griechischen Patriarchen ihn, mit Amber und Moschus vermischt, in seidenen Hüllen nach allen Provinzen ihres Landes zu senden pflegten. Wenn die Könige davon hörten, so zahlten sie tausend Dinare für jedes Quentchen; ja, sie schickten Leute, ihn zu holen, um Bräute damit zu beräuchern. Die Patriarchen vermengten ihn mit ihren eigenen Exkrementen, da die des Großpatriarchen für zehn Provinzen nicht genügten. Und die mächtigsten Könige taten ein wenig davon in die Augensalbe und heilten damit Krankheit und Kolik. Als nun der Morgen kam und leuchtete mit seinem hellen Glanze, eilten die Ritter zum Kampf mit der Lanze – – «

Da bemerkte Schehrezâd, daß der Morgen begann, und sie hielt in der verstatteten Rede an. Doch als die *Neunzigste Nacht* anbrach, fuhr sie also fort: »Es ist mir berichtet worden, o glücklicher König, als der Morgen kam und leuchtete mit seinem hellen Glanze, eilten die Ritter zum Kampf mit der Lanze, und König Afridûn berief seine hohen Ritter und die Großen seines Reiches und kleidete sie in Ehrengewänder; nachdem er ihnen das Zeichen des Kreuzes auf die Stirn gezogen hatte, beräucherte er sie mit dem zuvor erwähnten Weihrauch, den Exkrementen des Großpatriarchen und Heresiarchen. Dann ließ er Lukas, den Sohn des Schamlût, rufen, den man ,Das Schwert des Messias' nannte; und er beräucherte ihn mit dem Mist, rieb ihm den Gaumen damit, gab ihm davon zu schnupfen, schmierte ihn auf seine Wangen und strich ihm den Rest auf den Schnauzbart. Nun gab es im Lande der Griechen keinen stärkeren Mann als diesen verruchten Lukas, und keinen, der am Tage der Walstatt besser den Pfeil zu schießen, das Schwert zu schwingen oder mit der Lanze zu stechen verstand.

Doch er war scheußlich anzusehen; denn sein Gesicht war das eines Esels, und seine Gestalt die eines Affen, sein Blick der einer giftigen Schlange; seine Nähe machte mehr Kummer als die Trennung von der Geliebten; von der Nacht hatte er seine finstere Farbe, vom Löwen seinen stinkenden Odem, vom Panther seine Tücke, und das Brandmal des Unglaubens trug er auf der Stirn. Er trat also vor König Afridûn hin, küßte ihm die Füße und blieb vor ihm stehen. Da sprach der König zu ihm: ‚Ich wünsche, daß du zum Kampfe auszieht wider Scharkân, den König von Damaskus und den Sohn des 'Omar ibn en-Nu'mân; dann verläßt uns dies Unheil und wird abgetan.' Lukas antwortete: ‚Ich höre und gehorche!' Dann zog der König ihm das Zeichen des Kreuzes auf der Stirn und glaubte, nun sei der Sieg ihm nahe. Darauf verließ Lukas den König Afridûn; und der Verfluchte bestieg ein fuchsrotes Roß. Er trug ein rotes Gewand, seine Brust war von einem goldenen Harnisch voll Edelgestein umspannt, er hielt eine dreizackige Lanze in der Hand, und er glich dem verfluchten Höllendämon am Tage der Rebellion. Er ritt dahin mit seiner ungläubigen Schar, als zögen sie ins Höllenfeuer gar. Und bei ihnen war ein Herold, der laut in arabischer Sprache rief: ‚O ihr Leute des Mohammed – Allah segne ihn und gebe ihm Heil! –, kein anderer von euch trete vor als euer Ritter, das Schwert des Islams, Scharkân genannt, der Herr von Damaskus im Syrerland!' Kaum hatte er seine Worte beendet, da stieg ein Getöse im Felde empor, das schallte allem Volke ins Ohr; und Galoppgedröhn ward zwischen den Schlachtreihen vernommen, als sei der Tag des Jammers gekommen. Da erbebten die Feiglinge, und die Hälse wandten sich dem Getöse zu, und siehe, es war Scharkân, der Sohn des Königs 'Omar ibn en-Nu'mân. Denn als sein Bruder Dau el-Makân jenen Verfluchten über das Schlachtfeld sprengen sah und den Herold hörte, da hatte er sich zu Scharkân gewandt und gesagt: ‚Siehe, sie suchen nach dir.' Der hatte erwidert: ‚Wenn es so ist, dann ist mir nichts lieber.' So vergewisserten sie sich darüber und lauschten, als der Herold rief: ‚Es trete keiner zu mir auf den Plan, außer allein Scharkân!' Nun wußten sie also, daß dieser Verruchte der Held des Griechenlandes war und daß er geschworen hatte, er wolle das Land von den Muslimen befrein oder selbst aufs schmählichste verloren sein; denn er war es ja, der die Herzen erfüllte mit Schmerzen, vor dem die Heere in Schrecken gerieten, Türken und Kurden und Dailamiten. Jetzt aber sprengte Scharkân nach vorn, gleichwie ein Löwe in seinem Zorn, hoch auf seinem edeln Roß, das wie die flüchtige Gazelle dahinschoß; auf Lukas zu lenkte er es, bis er vor ihm stand, und er schüttelte die Lanze in seiner Hand, daß sie sich wie eine Schlange wand, und er rief diese Verse ins Land:

> Ich hab ein rotes Roß, das wird gar leicht gelenkt,
> Einen Renner, der seine Kräfte willig dem Reiter schenkt.
> Und einen graden Speer mit einer schlanken Spitze,
> Es ist, als ob der Tod auf seinem Holze sitze.
> Und auch ein stählern Schwert, ein scharfes; wer es zieht,
> Der meint, daß er beim Ziehen feurige Blitze sieht.

Aber Lukas, der den Sinn seiner Worte nicht verstand noch auch die Gewalt der Verse empfand, faßte sich, dem Kreuz zu Ehren, das darauf gezeichnet war, an die Stirn und küßte dann die Hand; darauf legte er die Lanze ein wider Scharkân und sprengte auf ihn los. Dann warf er den Speer in die Luft mit der einen Hand, daß er den Augen der Zuschauenden entschwand, doch mit der anderen fing er darauf ihn, wie Gaukler tun, wieder auf. Dann warf er ihn auf Scharkân. Und er entsprang seiner Hand gleich einem leuchtenden Meteor, und das

Volk schrie auf und fürchtete für Scharkân; doch als der Speer ihm nahe kam, fing er ihn im vollen Flug, so daß Entsetzen die Zuschauer schlug. Dann schüttelte Scharkân ihn mit der Hand, mit der er ihn von dem Christen aufgefangen hatte, bis er ihn fast zerbrach, warf ihn zum Himmel empor, daß er dem Blicke entschwand, und fing ihn mit der anderen Hand wieder auf, schneller als ein Augenblick; und aus innerstem Herzen stieß er einen Schrei aus und rief: ‚Bei dem Schöpfer der sieben Himmel, ich mache zu Schanden diesen Verfluchten in allen Landen!' Dann schleuderte er den Speer ab; und Lukas gedachte zu tun, wie Scharkân getan hatte; denn er reckte die Hand nach dem Speere aus, um ihn mitten im Fluge aufzufangen. Aber Scharkân kam ihm mit einem zweiten Speer zuvor; den schleuderte er wider ihn, und der traf ihn mitten auf das Zeichen des Kreuzes, das auf seiner Stirn war, worauf Gott seine Seele in das Höllenfeuer stieß, hinein in das grause Verlies. Doch als die Ungläubigen sahen, daß Lukas, der Sohn des Schamlût, tot niedersank, da schlugen sie sich ins Gesicht und riefen: ‚Wehe! Unheil ist geschehen!' und begannen die Klosterpatriarchen um Hilfe anzuflehen – –«

Da bemerkte Schehrezâd, daß der Morgen begann, und sie hielt in der verstatteten Rede an. Doch als die *Einundneunzigste Nacht* anbrach, fuhr sie also fort: »Es ist mir berichtet worden, o glücklicher König, daß die Ungläubigen, als sie Lukas, den Sohn des Schamlût, tot daliegen sahen, sich ins Gesicht schlugen und riefen: ‚Wehe! Unheil ist geschehen', und begannen, die Klosterpatriarchen um Hilfe anzuflehen und zu rufen: ‚Wo sind die Kreuze, die uns retten?' und die Mönche begannen zu beten. Dann vereinten sich alle wider Scharkân und zeigten ihm Schwert und Lanze, und sie stürmten zum Streite und blutigen Tanze. Heer stieß auf Heer in Kampfeslust, und Huf trat auf Brust; Lanzen und Schwerter hatten zu schaffen, Arme und Hände fingen an zu erschlaffen, und die Rosse sahen aus, als seien sie ohne Beine erschaffen; und der Kampfesherold rief immerdar, bis jede Hand ermattet war und der Tag zur Rüste ging und die Nacht alles mit Dunkel umfing. Da aber trennten die Heere sich; und es war, als ob jeder Held einem Trunkenen glich, ermattet von Schwerthieb und Lanzenstich. Der Boden war übersät mit Leichen, und furchtbar waren die Wunden; doch keiner, der fiel, wußte, durch wen er den Tod gefunden. Darauf vereinte sich Scharkân mit seinem Bruder Dau el-Makân und dem Kammerherrn und dem Wesir Dandân. Und also sprach er zu den beiden: ‚Siehe, Allah öffnete ein Tor zum Verderben der Heiden. Lobpreis soll Allah gelten, dem Herrn der Welten!‘ Da erwiderte Dau el-Makân seinem Bruder: ‚Ewig lasset uns Allah preisen mit lautem Schalle, der da von Not befreite die Perser und Araber alle! Davon werden die Menschen reden, Geschlecht auf Geschlecht, wie du uns an dem verruchten Lukas, dem Fälscher des Evangeliums, gerächt, wie du den Speer auffingst mitten im Flug, und wie deine Hand den Feind Allahs erschlug. Bis zum Ende der Zeit hört dein Ruhm nimmer auf.‘ Doch Scharkân sagte darauf: ‚Höre, du großer Kammerherr, du Held von hoher Ehr!‘ Und der erwiderte: ‚Ich bin zur Stelle.‘ Da fuhr Scharkân fort: ‚Nimm mit dir den Wesir Dandân und zwanzigtausend Reiter, und führe sie sieben Parasangen weit hinab zum Meer; und eilt euch, bis ihr der Küste nahe seid an einer Stelle, wo zwischen euch und den Feinden nur eine Entfernung von zwei Parasangen ist. Dort legt euch in den Falten des Geländes nieder, bis ihr den Lärm vernehmt, wenn die Ungläubigen aus ihren Schiffen kommen; dann werdet ihr von beiden Seiten das Kriegsgeschrei hören, sobald der Kampf der Schwerter zwi-

schen uns begonnen hat; und wenn ihr unsere Truppen zurückweichen seht, als seien sie geschlagen, und wenn dann die Ungläubigen von allen Seiten, auch vom Meere und vom Zeltlager her, ihnen nachdrängen, so bleibt doch ruhig im Hinterhalt liegen; sowie ihr aber das Banner seht mit der Inschrift:
‚Es gibt keinen Gott außer Allah, und Mohammed ist der Gesandte Allahs‘ – Er segne ihn und gebe ihm Heil –, dann herauf
mit der grünen Standarte! Erhebt das Kriegsgeschrei Allâhu
Akbar![1] und fallt ihnen in den Rücken; doch achtet darauf,
daß die Ungläubigen nicht zwischen den Fliehenden und dem
Meere ausbrechen!‘ Der Kammerherr erwiderte: ‚Ich höre
und gehorche!‘ So wurde alles zur selbigen Stunde verabredet.
Dann zogen sie gerüstet davon, und der Kammerherr nahm,
wie König Scharkân befohlen hatte, den Wesir Dandân und
zwanzigtausend Reiter mit.

Als nun der Morgen dämmerte, da ritten die Feinde heran,
die Schwerter gezückt, die Lanzen fest an sich gedrückt, in voller Rüstung zumal; und die Scharen ergossen sich über Hügel
und Tal. Die Priester sangen feierlich, und aller Häupter entblößten sich. Hoch flatterten die Kreuzessegel von den Schiffen her über das Land, und die Mannen eilten von allen Seiten
her an den Strand; die Rosse wurden ans Land gebracht, und
vorwärts gings in die wogende Schlacht. Wie die Haufen sich
so dahinwälzten, leuchteten der Schwerter Klingen; und die
Lanzen ließen feurige Blitze sprühen von der Kettenpanzer
Ringen. Die Mühle des Todes wirbelte über den Häuptern
von Reisigen und berittenen Mannen; und die Köpfe flogen
über die Leiber von dannen. Stumm blieben die Zungen stehen;
die Augen konnten nicht mehr sehen; es platzten die Gallen-

1. Siehe Anmerkung S. 685.

blasen. Und die Schwerter begannen zu rasen; Schädel wurden hinweggeweht, und Handgelenke abgemäht. Die Rosse wateten in Lachen von Blut, und die Bärte wurden gepackt in Wut. Da fingen die muslimischen Heere an zu schrein: ‚Segen und Heil über Ihm, dem Herrn der Menschen allein! Preis sei dem Erbarmungsreichen ob seiner Gnaden ohnegleichen!' Die Heere der Ungläubigen aber schrien: ‚Preis soll dem Kreuze und Gürtel sein, dem Rebensaft und dem, der da keltert den Wein, den Priestern und den Eremiten, dem Palmsonntag und dem Metropoliten!'

Nun zogen Dau el-Makân und Scharkân sich zurück, und ihre Truppen wichen in scheinbarer Flucht vor dem Feinde; doch die Heere der Ungläubigen drängten nach, da sie vermeinten, die Muslime seien geschlagen, und sie rüsteten sich zu Hieb und Stich. Da erhoben die Gläubigen die Stimme und sprachen die ersten Verse von der zweiten Sure; und derweilen wurden die Toten unter den Hufen der Rosse zertreten, und der Herold der Griechen rief: ‚O ihr Diener des Messias all, ihr Männer des rechten Glaubens zumal, ihr, die ihr vor dem Patriarchen euch beugt – wohlan, euch hat sich der Sieg gezeigt. Seht, wie die Heere des Islams sich zur Flucht anschikken; drum kehrt ihnen nicht den Rücken! Taucht tief eure Schwerter in ihre Nacken, und laßt nicht ab, sie im Rücken anzupacken! Sonst seid ihr verstoßen vom Messias, Mariä Sohn, der da redete in der Wiege schon!'

Nun glaubte Afridûn, der König von Konstantinopel, die Heere der Ungläubigen seien siegreich; denn er wußte nicht, daß dies nur eine kluge List der Muslime war, und so schickte er dem König von Kleinasien Glückwünsche zum Siege und ließ ihm sagen: ‚Uns half nur der heilige Unrat des Großpatriarchen, denn sein Duft entströmte nah und fern aus den Kinnbärten und Schnauzbärten aller Diener des Kreuzes; und ich schwöre bei den Wundern des Messias und bei deiner Tochter Abrîza, der Nazarenerin und Mariä Dienerin, und bei den Wassern der Taufe: ich habe im Sinn, keinen einzigen Kämpfer des Islams auf der Erde zu lassen und diese grimme Absicht fest ins Auge zu fassen.' So begab sich der Bote mit dieser Botschaft dahin, während die Ungläubigen einander zuriefen: ‚Nehmt Blutrache für Lukas!' – –«

Da bemerkte Schehrezâd, daß der Morgen begann, und sie hielt in der verstatteten Rede an. Doch als die *Zweiundneunzigste Nacht* anbrach, fuhr sie also fort: »Es ist mir berichtet worden, o glücklicher König, daß die Ungläubigen einander zuriefen: ‚Nehmt Blutrache für Lukas!' Aber der König von Kleinasien rief laut aus: ‚Auf, zur Rache für Abrîza!' Und nun rief König Dau el-Makân: ‚O ihr Diener des Königs, der da belohnt, treffet das Volk, in dem Unglauben und Ungehorsam wohnt, mit den Klingen, die funkeln, und den Lanzen, den dunkeln!' Da stürmten die Muslime wieder auf die Ungläubigen ein, und sie hieben auf sie mit der scharfen Klinge drein. Und der Herold der Muslime begann zu rufen: ‚Auf, wider die Feinde des Glaubens, jeder, der den Propheten, den Auserwählten, liebt! Dies ist die Zeit, die euch bei dem Gütigen und Verzeihenden Gnade gibt! O der du hoffst, der gefürchtete Tag des Gerichts werde dir Rettung bringen, wisse, das Paradies liegt unter dem Schatten der Klingen!' Und siehe, Scharkân und seine Mannen stürmten wider die Ungläubigen daher und ließen ihnen keinen Weg zum Rückzug mehr; und er wütete unter ihren Reihen mit grauser Gewalt – da erschien plötzlich ein Ritter von herrlicher Gestalt; der schlug sich durch die Heere der Ungläubigen eine Bahn, fuhr zwischen die Ketzer mit Hieb und Stich und füllte mit Köpfen und Rümpfen den

Plan. Und die Ungläubigen, die über sein Toben erschraken, beugten bei seinem Stechen und Hauen ihre Nacken. Er war gegürtet mit zwei Schwertern, seinem Blick und seinem Stahl; und er hatte zwei Lanzen, einen Rohrschaft und seinen schlanken Leib zumal; und sein wallendes Haar ersetzte ihm eine große Kriegerschar, wie von ihm der Dichter sagt:

> Schön ist das lange Haar nur, wenn es flattert
> Um die Schläfen am Tage der Schlacht
> Dem Jüngling, der seiner ragenden Lanze
> Bärtige Männer zum Trinkopfer macht.

Und ein anderer singt:

> Ich sprach zu ihm, als er sich gürtete mit seinem Schwert:
> ‚Die Schwerter des Blickes genügen; drum leg den Stahl aus der Hand.‘
> Er sprach: ‚Meiner Blicke Schwert ist für die Leute der Liebe;
> Mein Stahl für den, der die Süße der Liebe niemals gekannt.‘

Doch als Scharkân ihn erblickte, rief er: ‚Ich beschwöre dich bei dem Koran und den Versen, die der Erbarmer kundgetan! Wer bist du, o allerkühnster Reitersmann? Fürwahr, du hast durch dein Tun erfreut den König, der Vergeltung schenkt und den kein Ding von einem anderen ablenkt; du hast das Volk des Unglaubens und Ungehorsams ins Verderben versenkt!‘ Da rief der Ritter ihm zu und sprach: ‚Du bist's, der dich gestern mit mir verbunden – und doch, wie rasch bin ich dir entschwunden!‘ Dann nahm er den Schleier von seinem Gesicht, und seine Schönheit erstrahlte im schönsten Licht. Ja, er war es, Dau el-Makân; des freute sich Scharkân. Doch war er besorgt um ihn, wenn die Mannen stürmten und die Heerhaufen sich um ihn türmten; und zwar aus zwei Gründen, denn erstlich schützte sein zartes Alter ihn nicht vor dem bösen Blick, und zweitens bedeutete sein Leben für das Reich das größere Glück. So sprach er denn zu ihm: ‚O König, du gefährdest dein Leben, drum bleibe dein Roß mit dem meinen vereint, denn ich fürchte für dich von dem Feind! Mögest du dich nicht von diesen Scharen wenden, und laß uns deinen treffsicheren Pfeil von hier gegen die Feinde entsenden!' Doch Dau el-Makân erwiderte: ,Ich möchte es dir gleichtun im Kampfgefild; denn mit dem Leben vor dir in der Schlacht zu geizen, bin ich nicht gewillt.' Nun brachen die Heere des Islams über die Ungläubigen herein und schlossen sie von allen Seiten ein; sie stritten mit ihnen im heiligen Gottesstreit und brachen die Macht des Unglaubens und der Verstockung und der Gottlosigkeit. Der Christenkönig aber seufzte, als er erblickte, welch ein Unheil die Griechen bedrückte; denn sie hatten sich schon umgewandt und waren flüchtig davongerannt in der Richtung der Schiffe. Doch plötzlich stürmten vom Meere die Scharen gegen sie heran unter Führung des Wesirs Dandân; der warf nieder das mutige Heer und zog gegen sie mit Schwert und Speer. Ebenso auch der Emir Bahrâm, der mit den syrischen Garden kam, mit zwanzigtausend grimmigen Leu'n; und nun schlossen die Heere des Islams ihren Feind von vorn und hinten ein. Aber ein Teil der Muslime wandte sich dann gegen jene, die noch in den Schiffen waren, und brachten Verderben über sie; und die warfen sich ins Meer. Doch eine große Schar von ihnen ward getötet, im ganzen mehr als hunderttausend Vornehme, und keiner ihrer Recken, ob jung oder alt, entging dem Verderben. Und die Muslime nahmen auch die Schiffe weg, bis auf zwanzig, samt all dem Geld und den Schätzen und der Ladung, und sie machten an jenem Tage eine Beute, so groß, wie sie noch nie jemand gemacht hatte in vergangenen Jahren; noch auch hatte je ein Ohr von gleichem Schwert- und Lanzenkampf erfahren. Unter der Beute waren allein fünfzigtausend Rosse, außer den Schätzen und anderen Beutestücken, in Zahlen und Ziffern nicht auszudrücken; und der Muslime Freude war uneingeschränkt darüber, daß Allah ihnen Sieg und Hilfe geschenkt.

Wenden wir uns nun zu den Geschlagenen! Die erreichten bald Konstantinopel, bei dessen Bewohnern die Nachricht eingetroffen war, daß König Afridûn die Muslime besiegt habe; da hatte die alte Dhât ed-Dawâhi gesagt: ‚Ich wußte es: mein Sohn, der König von Kleinasien, läßt sich nicht in die Flucht schlagen; er fürchtet sich nicht vor den islamischen Heeren, ja, er wird die ganze Welt zum Christenglauben bekehren.‘ Darauf hatte die Alte den Großkönig Afridûn geheißen, die Stadt schmücken zu lassen. Nun begann das Volk fröhlich zu sein und schwelgte in Wein, doch niemand sah, daß das Verhängnis so nah. Aber mitten in ihren Freuden krächzte über sie der Rabe der Trauer und Leiden. Denn da kamen die zwanzig flüchtigen Schiffe, bei denen sich auch der König von Kleinasien befand. König Afridûn von Konstantinopel zog ihnen bis zum Strande entgegen, und sie berichteten ihm alles, was ihnen von den Muslimen widerfahren war, und sie weinten heftig und klagten laut; da wurden die Botschaften der Freude umgekehrt zu bitterem Leide. Auch berichteten sie ihm, Lukas, der Sohn des Schamlût, sei vom Schicksal ereilt, und der sichere Pfeil des Todes habe ihn getroffen. Da stürmte auf König Afridûn das Grauen des Jüngsten Tages ein, und er wußte, ihr Verlust würde nie wieder gutzumachen sein. Nun huben bei ihnen die Trauerfeiern an, und alle Entschlossenheit zerrann; die Klagefrauen ließen ihren Gesang ertönen, und auf allen Seiten erscholl Weinen und Stöhnen. Als aber der König von Kleinasien zu König Afridûn trat, da berichtete er ihm die Wahrheit: wie die Flucht der Muslime nur eine List und Täuschung gewesen war; und er schloß: ‚Erwarte keine Reste des

Heeres zu sehen, außer denen, die schon hier bei dir sind!' Bei diesen seinen Worten jedoch fiel König Afridûn ohnmächtig zu Boden, so daß seine Nase unter seinen Füßen lag; und als er erwachte, rief er aus: ‚Vielleicht hat der Messias ihnen gezürnt, daß er die Muslime über sie kommen ließ!' Und traurig kam der Großpatriarch herbei, und der König sprach zu ihm: ‚O unser Vater, die Vernichtung hat unser Heer ereilt, und der Messias hat uns gestraft!' Da erwiderte der Patriarch: ‚Grämt euch nicht und macht euch keine Sorge! Denn es kann nicht anders sein, als daß einer von euch gegen den Messias gesündigt hat, und für seine Sünde wurden wir alle gezüchtigt; aber jetzt wollen wir für euch in den Kirchen Gebete lesen, auf daß die mohammedanischen Heere sich von euch wenden.' Darauf trat die alte Dhât ed-Dawâhi zu Afridûn und sprach: ‚O König, siehe, die Scharen der Muslime sind zahlreich, und wir können ihnen nur durch List beikommen; deshalb habe ich beschlossen, eine schlaue List anzuwenden und mich in dies islamische Heer zu begeben; vielleicht, daß ich an ihrem Führer mein Ziel erreiche und ihn töte, wie ich seinen Vater getötet habe. Und wenn meine List an ihm gelingt, so soll nicht einer von all seinen Kriegern in seine Heimat zurückkehren; denn sie alle sind nur durch ihn stark. Ich möchte also ein paar christliche Syrer haben, wie sie allmonatlich und alljährlich ausziehn, um ihre Waren zu verkaufen, damit sie mir helfen; denn durch sie kann mein Plan gelingen.' Da sprach der König: ‚So sei es, wann immer du willst.' Nun befal sie, hundert Leute zu holen, gebürtig aus Nedschrân in Syrien; und als diese zum Könige gebracht wurden, fragte er sie: ‚Habt ihr vernommen, was den Christen durch die Muslime widerfahren ist?' ‚Ja', erwiderten sie; und er fuhr fort: ‚Wisset, diese Frau hat ihr Leben dem Messias geweiht, und sie will ausziehn mit

698

euch, verkleidet als Mohammedaner, um eine List auszuführen, die uns nützen und die Muslime von uns fernhalten soll: sagt, wollt auch ihr euch dem Messias weihen, wenn ich euch einen Zentner Goldes gebe? Wer davonkommt von euch, der soll das Geld erhalten, und wer da stirbt, den wird der Messias lohnen.' ‚O König,' erwiderten sie, ‚wir wollen unser Leben dem Messias weihen und für dich dahingeben.' Nun nahm die Alte alles, dessen sie bedurfte an aromatischen Wurzeln, tat sie in Wasser und kochte sie über dem Feuer, bis ihr schwarzer Saft ausgezogen war. Dann wartete sie, bis die Brühe kalt war, tauchte den Zipfel eines langen Tuches hinein und färbte sich das Gesicht damit. Auch legte sie über ihren Kleidern eine lange Kutte an, mit gesticktem Saum, und in die Hand nahm sie einen Rosenkranz. Darauf ging sie zu König Hardûb; doch weder er noch einer von den Anwesenden erkannte sie, bis sie sich selbst zu erkennen gab; alle aber priesen sie um ihrer Listen willen; und ihr Sohn sprach hocherfreut: ‚Möge der Messias dich nie verlassen!' Dann zog sie mit den Christen aus dem syrischen Nedschrân fort auf dem Wege zu dem baghdadischen Heere. – –«

Da bemerkte Schehrezâd, daß der Morgen begann, und sie hielt in der verstatteten Rede an. Doch als die *Dreiundneunzigste Nacht* anbrach, fuhr sie also fort: »Es ist mir berichtet worden, o glücklicher König, als König Afridûn jene Botschaft gehört hatte, da sei er in Ohnmacht gefallen, so daß ihm die Nase unter den Füßen lag; und als er erwacht war, hatte vor Furcht sein Magensack gebebt, und er hatte der alten Dhât ed-Dawâhi sein Leid geklagt. Nun war aber jene Verfluchte eine schlimme Zauberin, im Hexen und Täuschen eine Meisterin; sie war eine liederliche Lügnerin, eine ausschweifende Betrügerin; sie roch aus dem Munde wie Kot; ihre Augenlieder waren rot; ihre Wange bleich wie der Tod; ihres Gesichtes Farbe war dumpf; ihr Blick war trübe und stumpf; ihr Leib war räudig, ihr Haar war gräulich, ihr Rücken buckelig; welk sah ihre Haut sich an, und ihr Nasenschleim rann. Aber sie hatte die Schriften des Islams studiert und die Pilgerfahrt zum heiligen Hause von Mekka ausgeführt, und alles das nur, um die Sitten der Mohammedaner zu sehen und die wundertätigen Verse des Korans zu verstehen; auch hatte sie sich zwei Jahre lang in Jerusalem zum Judentum bekannt und die Zeit zur Erlernung der Magie über Menschen und Dämonen verwandt; sie war darum eine der schlimmsten Plagen, das größte Unheil, mit dem der Himmel die Menschen geschlagen; allem Glauben war sie verloren und auf keine Religion eingeschworen. Bei ihrem Sohne aber, dem König Hardûb von Kleinasien, blieb sie hauptsächlich um der jungfräulichen Sklavinnen willen; denn sie war der sapphischen Liebe ergeben, und wenn die ihr fern war, konnte sie nicht leben; wenn ihr also ein Mädchen gefiel, so lehrte sie es die Kunst, und sie rieb es mit Safran ein, dann sank sie vor dem Übermaß der Wollust in Ohnmacht. Wenn eine ihr gehorchte, so war sie ihr wohlgesinnt und machte ihr ihren Sohn geneigt; doch wenn eine ihr nicht zu Willen war, so sann sie auf deren Verderben. Das war auch Mardschâna und Raihâna und Utruddscha bekannt, den Sklavinnen der Abrîza. Und die Prinzessin verabscheute die Alte, und sie mochte nicht mit ihr zusammen schlafen, weil ihre Armhöhlen abscheulich rochen und weil ihre Winde noch ärger stanken als Leichengeruch, und obendrein war ihre Haut rauher als Palmenfaser. Sie bestach alle, die mit ihr dem Laster frönten, durch Juwelen und durch Unterweisungen; doch Abrîza hielt sich ihr fern und suchte Zuflucht bei dem Allmächtigen und Allwissenden; denn, bei Gott, recht sprach der Dichter:

O der du vor dem Reichen demütig dich erniedrigst,
Doch über den Armen dich erhebst mit stolzem Gesicht,
Der du deine Häßlichkeit durch Sammeln von Groschen schmückest –
Der Wohlgeruch von Üblem verdeckt sein Stinken nicht.

Doch nun zurück zu der Geschichte ihrer Kriegslist und ihren argen Werken! Sie brach also auf und nahm mit sich die Führer der Christen und ihre Scharen und wandte sich dem islamischen Heere zu. Derweilen aber ging König Hardûb zu König Afridûn und sagte zu ihm: ‚O König, wir brauchen nicht mehr den Großpatriarchen noch seine Gebete, sondern wir wollen nach dem Rat meiner Mutter Dhât ed-Dawâhi handeln und abwarten, was sie mit ihrer unendlichen List wider das Heer der Muslime ausrichten kann; denn schon rücken sie mit all ihrer Macht auf uns los, und bald werden sie über uns sein und uns von allen Seiten umringen.‘ Als König Afridûn das hörte, da faßte großer Schrecken sein Herz, und er schrieb unverzüglich Botschaften nach allen christlichen Provinzen, dieses Inhalts: ‚Es geziemt sich, daß niemand von christlicher Art und dem Volke, das um das Kreuz sich schart, sich fernhalte, besonders von den Besatzungen der Festen und Burgen: mögen sie alle zu uns eilen, zu Fuß und zu Roß, mit der Weiber und Kinder Troß; denn schon steht das Heer der Muslime auf unserem Boden. Also eilet! Eilt! Ehe die Not bei uns weilt!‘

Was nun aber die alte Dhât ed-Dawâhi angeht, so war sie bereits zur Stadt hinausgezogen mit ihren Gefährten; die hatte sie als muslimische Kaufleute verkleidet; auch hatte sie sich versehen mit hundert Maultieren, die da Stoffe aus Antiochia trugen, golddurchwirkte Seide und Königsbrokat und anderes mehr. Ferner hatte sie sich vom König Afridûn ein Schreiben geben lassen, dieses Inhalts: ‚Dies sind Kaufleute aus dem Lande Syrien, die auf unserem Gebiet waren; also möge niemand sie hindern oder schädigen, noch auch den Zehnten von ihnen nehmen, bis sie ihre Heimat erreichen und in Sicherheit sind; denn durch die Kaufleute blüht das Land, und diese sind nicht Männer von Krieger- oder Räuberstand.' Da sprach die verfluchte Alte zu ihren Begleitern: ,Fürwahr, ich will eine List durchführen, die den Muslimen Verderben bringt.' Jene antworteten: ,O Königin, befiehl uns, was du willst; wir gehorchen dir. Möge der Messias dein Unternehmen nicht fehlschlagen lassen!' So legte sie ein Gewand an aus feiner, weißer Wolle, und sie rieb sich die Stirn, bis ein großes Brandmal darauf entstand, und sie salbte sie mit einer selbstgemachten Salbe, bis daß sie hell leuchtete. Nun war aber die verfluchte Alte hageren Leibes und hatte einen stechenden Blick. Und sie umband sich die Beine oberhalb ihrer Knöchel eng mit Stricken, und ging weiter, bis sie sich dem Lager der Muslime näherte; dann löste sie die Stricke, die tiefe Spuren auf ihren Waden hinterließen; darauf bestrich sie die Striemen mit Drachenblut und befahl ihren Begleitern, sie heftig zu geißeln und sie in eine Kiste zu setzen, und sprach: ,Rufet den Ruf des Bekenntnisses aus, euch entsteht kein ernstlicher Schaden hieraus!' Sie aber riefen: ,Wie können wir dich schlagen, da du doch unsere Herrin Dhât ed-Dawâhi bist, die Mutter des Königs, der da ruhmreich ist?' Doch sie sprach: ,Tadel und Schelten wird nicht geübt an dem, der sich auf den Abort begibt; denn die Not bricht das Verbot. Wenn ihr mich in die Kiste gesetzt habt, so nehmt sie wie einen Ballen und ladet sie auf den Rücken eines Maultiers; dann zieht mit allem durch das Lager der Muslime dahin, ohne Furcht vor Tadel in eurem Sinn! Und wenn euch einer von den Muslimen zu hindern sucht, so laß ihm die Tiere und ihre Lasten und begebt euch zu ihrem König Dau el-Makân, fleht um seinen Schutz und sagt:

‚Wir waren im Lande der Ungläubigen, und sie haben uns nichts genommen, sondern uns einen Paß geschrieben, auf daß niemand uns behindern soll. Wie könnt ihr nun unsere Waren nehmen wollen? Hier ist der Brief des Königs von Kleinasien, der besagt, daß niemand uns mit Gewalt behindern soll!‘ Und wenn er fragt: ‚Was habt ihr mit euren Waren im Lande der Griechen gewonnen?‘ so gebt ihm zur Antwort: ‚Unser Gewinn ist die Befreiung eines frommen Mannes, der seit fünfzehn Jahren in einem unterirdischen Keller lag und um Hilfe schrie, und dem doch niemand half. Ja, die Heiden folterten ihn bei Tag und Nacht. Doch wir wußten das nicht, obgleich wir eine lange Weile in Konstantinopel blieben, unsere Waren verkauften und andere dafür einkauften. Als wir uns dann bereit gemacht hatten und zur Rückkehr in unser Land entschlossen waren, verbrachten wir die letzte Nacht im Gespräch über unsere Reise, und als der Tag anbrach, da sahen wir plötzlich an der Wand eine gemalte Gestalt; und wie wir näher an sie herantraten und sie genau betrachteten, siehe, da bewegte sie sich und sprach: ‚O ihr Muslime, ist einer unter euch, der sich den Lohn des Herrn der Welten erwerben möchte?‘ ‚Wie das?‘ fragten wir; und jene Gestalt erwiderte: ‚Seht, Allah läßt mich zu euch sprechen, auf daß euer Vertrauen sich festige und euer Glaube euch kräftige; bleibt im Lande der Heiden nicht mehr, gehet hin zu der Muslime Heer! Denn bei ihm ist das Schwert des Erbarmungsreichen, der Held, dem jetzt keine anderen gleichen, König Scharkân, durch den er Konstantinopel erwerben wird und das Volk der Christen verderben wird. Und wenn ihr drei Tage gewandert seid, so werdet ihr eine Einsiedelei finden, die da bekannt ist als die Einsiedelei von Matruhina, und die eine Zelle enthält; die suchet reines Herzens auf und strebet durch die Kraft eures Willens hineinzugelangen. Denn es lebt darinnen ein Mönch aus der heiligen Stadt Jerusalem namens 'Abdallâh; der hat unter den Menschen die höchste Stufe der Frömmigkeit erreicht, und er kann Wunder verrichten, vor denen jeglicher Zweifel weicht. Doch einige Mönche haben ihn hintergangen und setzten ihn in einen Keller, in dem er schon lange Zeit weilt, gefangen. Seine Befreiung ist eine Tat, die den Herrn der Welten erfreut, und seine Erlösung das beste Werk im Glaubensstreit.'

Als nun die Alte solches mit ihren Begleitern vereinbart hatte, sprach sie: ,Sowie König Scharkân euch sein Ohr geliehen hat, so berichtet ihm: ,Als wir diese Worte von jener Gestalt vernahmen, wußten wir, jener Heilige' – –«

Da bemerkte Schehrezâd, daß der Morgen begann, und sie hielt in der verstatteten Rede an. Doch als die *Vierundneunzigste Nacht* anbrach, fuhr sie also fort: »Es ist mir berichtet worden, o glücklicher König, daß die alte Dhât ed-Dawâhi, als sie solches mit ihren Begleitern vereinbart hatte, sprach: ,Sowie König Scharkân euch sein Ohr geliehen hat, so berichtet ihm: ,Als wir diese Worte von jener Gestalt vernahmen, wußten wir, jener Heilige war einer von den größten Frommen und von den Dienern Gottes, die reines Herzens zu ihm kommen; so zogen wir denn drei Tage dahin, bis wir jene Einsiedelei zu Gesicht bekamen. Dort bogen wir ab und kehrten ein und verbrachten den Tag, indem wir kauften und verkauften, wie es Kaufleute tun. Und sowie der Tag zur Rüste ging und die Nacht alles mit Dunkel umfing, begaben wir uns zu der Zelle, darinnen sich der Keller befand, und wir hörten den Heiligen, nachdem er ein paar Koranverse gesprochen hatte, in diesen Versen klagen:

> *Ich kämpfe den Seelenkampf, und meineBrust wird enge;*
> *Das Meer der Sorge kam wogend und ertränkte mein Herz.*

Wenn keine Rettung ist, dann lieber ein schnelles Ende;
Denn siehe, der Tod ist milder als der ewige Schmerz.
O Blitz, wenn du in die Heimat und zu ihrem Volke eilest
Und du dann dort den Strahl einer frohen Hoffnung siehst –
Wie kann ich dahin gelangen, wo jetzo doch die Kriege
Uns trennen und wo das Tor der Hilfe sich mir verschließt?
Laß du zu meinen Freunden den Gruß und die Worte gelangen,
Ich sei im Kloster der Griechen weit in der Ferne gefangen.'

‚Und wenn ihr mich nur erst in das Lager der Muslime gebracht habt', fuhr die Alte fort, ‚und ich unter ihnen bin, so werdet ihr auch sehen, wie ich es beginne, um sie zu betrügen und bis auf den letzten Mann zu töten.' Als aber die Christen ihre Worte vernommen hatten, küßten sie ihr die Hände, schlugen sie heftig und schmerzhaft, um ihr zu gehorchen, und legten sie in die Kiste; denn sie begriffen, daß es ihre Pflicht war, ihr Gehorsam zu leisten. Und schließlich brachen sie mit ihr zum Lager der Muslime auf.

Inzwischen nun hatten die muslimischen Krieger, als Allah ihnen den Sieg über ihre Feinde verliehen hatte, alles Geld und alle Vorräte, die in den Schiffen waren, geplündert, und dann setzten sich alle, um miteinander zu plaudern; und Dau el-Makân sprach zu seinem Bruder Scharkân: ‚Siehe, Allah hat uns den Sieg verliehen um unsres gerechten Wandels und unserer Eintracht willen; deshalb, o Scharkân, gehorche in Unterwerfung unter den Willen Allahs des Allmächtigen und Glorreichen auch weiter meinem Befehl; denn ich will zehn Könige töten zur Rache für meinen Vater, und ich will fünfzigtausend Griechen hinrichten und dann einziehen in Konstantinopel.' Da antwortete Scharkân: ‚Mein Leben sei dein Lösegeld vom Tode! Ich werde sicherlich im heiligen Kriege ausharren, und müßte ich auch noch viele Jahre in ihrem Lande bleiben. Doch, Bruder, ich habe in Damaskus eine Tochter namens Kudija-Fakân, und ich liebe sie von Herzen, denn sie ist eins der Wunder der Zeit und wird berühmt werden weit und breit.' Dau el-Makân darauf: Auch ich verließ mein Weib; damals war sie schwanger und nahe ihrer Zeit; doch ich weiß nicht, was Allah mir durch sie beschert hat. Versprich mir, Bruder, daß du mir, wenn Gott mir einen Sohn schenkt, deine Tochter für ihn zur Frau gibst; darauf verpfände du mir dein Wort.' ‚Herzlich gern', erwiderte Scharkân; und er hielt seinem Bruder die Hand hin und sprach: ‚Wenn dir ein Sohn geboren wird, so will ich ihm meine Tochter Kudija-Fakân zur Frau geben.' Darüber freute sich Dau el-Makân, und sie wünschten einander Glück zu dem Siege über den Feind. Und auch der Wesir Dandân wünschte den beiden Brüdern Glück und sprach: ‚Wisset, o Könige, Allah hat uns den Sieg verliehen, weil wir Ihm, dem Allmächtigen und Glorreichen, unser Leben geweiht haben; denn wir haben Haus und Herd verlassen. Nun geht mein Rat dahin, daß wir den Feind verfolgen, ihn bedrängen und nochmals bekämpfen; dann wird uns Allah vielleicht unser Ziel erreichen lassen, so daß wir unsere Feinde mit Stumpf und Stiel ausrotten. Wenn es euch so genehm ist, besteigt ihr die Schiffe und fahrt zur See, während wir zu Lande dahinziehn und in blutigen Turnieren Kampf und Gefecht weiterführen.' Und dann spornte der Wesir Dandân sie zum Kampfe an in einem fort, und er sprach das Dichterwort:

> Das höchste Glück ist doch, den Feind zu erschlagen,
> Auf dem Rücken der Renner dahinzujagen;
> Und ein Bote, der Kunde vom Freunde bringet,
> Und ein Freund, der da kommet, ohn es zu sagen.

Und diese Worte eines andern:

> Wenn ich am Leben bleibe, so mach ich den Krieg zur Mutter,
> Die Lanze zu meinem Bruder, zu meinem Vater das Schwert,

Mit jedem bärtigen Mann, der lächelnd den Tod begrüßet,
Als sei ihm durch seinen Tod ein eigener Wunsch gewährt.

Und dann schloß der Wesir Dandân: ‚Preis sei Ihm, der uns
seine mächtige Hilfe geschickt und uns durch Beute an Silber
und Gold beglückt.'

Darauf gab Dau el-Makân den Befehl zum Aufbruch, und
sie zogen in Eilmärschen auf Konstantinopel, bis sie zu einer
weiten Ebene kamen, voll von allerlei schönen Dingen, von
Wild, das sich ergötzte im Springen, und von Gazellen, die
sich weidend ergingen. Nun hatten sie große Wüsten durchquert und sechs Tage lang waren sie ohne Wasser gewesen;
doch als sie sich dieser Wiese nahten, fanden sie hier Wasser
quellend und Früchte schwellend, und das Land war wie das
Paradies, das sich in seinem schönsten Schmucke sehen ließ.
Trunken vom jungen Weine des Taus wiegten sich die Zweige;
dort war der süße Nektar auch, vereint mit des Zephirs sanftem Hauch. Bezaubert waren Auge und Geist, so wie der
Dichter im Liede preist:

Blick auf die lachende Wiese; ist es nicht,
Als sei ein grüner Mantel auf sie gebreitet?
Siehst du mit dem leiblichen Auge, dann schaust du nur
Einen See, in dem das Wasser sich wiegend gleitet.
Siehst du mit der Seele in seine Baumkronen hinein,
So schwebt über deinem Haupte ein Glorienschein.

Und wie es ein andrer sagt:

Der Bach ist eine Wange, vom Sonnenstrahl gerötet,
Darauf bewegt sich vom Schatten der Weiden ein Flaum so weich;
Das Wasser ist an den Füßen der Stämme gleichwie Spangen
Aus Silber, und die Blumen sind Königskronen gleich.

Wie nun Dau el-Makân jene Wiese erblickte, die durch ihren
Hain von Bäumen und ihre blühenden Blumen und ihre

zwitschernden Vögel das Herz erquickte, da rief er seinen Bruder Scharkân und sagte: ‚Bruder, in Damaskus ist nichts, was diesem Orte gliche. Wir wollen erst nach drei Tagen weiterziehen, damit wir rasten können und die Krieger des Islams Kräfte gewinnen, so daß ihr Mut stark werde, um den Kampf gegen die elenden Heiden zu beginnen.'

Da machten sie halt. Und während sie dort lagerten, siehe, da vernahmen sie Stimmen aus der Ferne, und als Dau el-Makân danach fragte, sagte man ihm, es habe dort eine Karawane von Kaufleuten aus dem Syrerlande Rast gemacht; vielleicht habe das Heer sie überfallen und ihnen von den Waren, die sie aus dem Lande der Ungläubigen brächten, etwas abgenommen. Und nach einer Weile kamen die Kaufleute herbei, und schreiend baten sie den König um Hilfe. Dau el-Makân aber gab, als er das sah, Befehl, sie vor ihn zu führen; und als sie kamen, sprachen sie: ‚O König, wir waren im Lande der Ungläubigen, und sie haben uns nichts geraubt; wie können unsere muslimischen Brüder unsere Waren wegnehmen, zumal wir in ihrem Lande sind? Siehe, als wir eure Truppen sahen, da gingen wir auf sie zu, und sie nahmen uns, was wir bei uns hatten. So, nun haben wir dir berichtet, was uns widerfahren ist.' Dann zogen sie das Schreiben des Königs von Konstantinopel hervor, und Scharkân las es; darauf sagte er: ‚Wir werden euch alsbald zurückgeben lassen, was euch genommen ist; doch es war nicht recht von euch, Waren in das Land der Ungläubigen zu bringen.' Sie antworteten: ‚Hoher Herr, siehe, Gott hat uns in ihr Land gebracht, auf daß wir etwas gewönnen, was keiner von den Glaubenskämpfern gewonnen hat, auch ihr nicht auf all euren Zügen.' Nun fragte Scharkân: ‚Was habt ihr denn gewonnen?' Und sie erwiderten: ‚Das können wir nur im geheimen sagen; denn wenn diese Sache laut wird unter den Leuten, so könnte es auch einem Unberufenen zu Ohren kommen, und dann würde es die Ursache werden zu unserem Verderben und zum Verderben aller Muslime, die ins Land der Griechen ziehen.' Nun hatten sie die Kiste, darin die verfluchte Dhât ed-Dawâhi war, verborgen. Da führten Dau el-Makân und Scharkân sie an einen geheimen Ort, wo sie den beiden die Geschichte des Heiligen offenbarten und weinten, bis sie die beiden Könige auch zum Weinen brachten – –«

Da bemerkte Schehrezâd, daß der Morgen begann, und sie hielt in der verstatteten Rede an. Doch als die *Fünfundneunzigste Nacht* anbrach, fuhr sie also fort: »Es ist mir berichtet worden, o glücklicher König, daß die Christen im Gewand der Kaufleute den Königen Dau el-Makân und Scharkân an einem geheimen Orte die Geschichte des Heiligen offenbarten und weinten, bis sie die beiden auch zum Weinen brachten; und sie berichteten ihnen alles, was die alte Hexe sie gelehrt hatte. Da hatte Scharkâns Herz Mitleid mit dem Heiligen, ihn faßte Erbarmen mit ihm, und Eifer für den Dienst Allahs des Erhabenen entflammte ihn. Deshalb sprach er: ,Habt ihr diesen Heiligen befreit, oder ist er noch in der Einsiedelei?' Sie antworteten: ,Wir haben ihn befreit, und wir haben den Klosterherrn totgeschlagen aus Furcht für unser Leben; dann aber liefen wir in Todesangst rasch davon; doch ein glaubhafter Mann erzählte uns, daß in diesem Kloster Zentner von Gold und Silber und Edelsteinen liegen.' Dann brachten sie die Kiste und holten jene Verruchte aus ihr heraus, und die glich in ihrer Hagerkeit und Schwärze einer Kassiaschote; und sie war noch immer mit jenen Fesseln und Ketten beschwert. Als aber Dau el-Makân und die Umstehenden sie sahen, da glaubten sie, es sei ein Diener Allahs, ein reiner und von den frömmsten Asketen einer, insbesondere weil ihre Stirn von der Salbe leuchtete, mit der sie sich das Gesicht gesalbt hatte. Da weinten Dau el-Makân und sein Bruder bitterlich; dann standen sie auf und küßten ihre Hände und Füße und schluchzten laut; sie jedoch winkte ihnen zu und sprach zu ihnen: ‚Laßt das Weinen und hört auf meine Worte!‘ Gehorsam ihrem Befehle hörten sie auf zu weinen, und sie sprach: ‚Wisset, ihr beiden, ich war zufrieden mit dem, was mein Herr mir antat, denn ich wußte, daß die Trübsal, die über mich gekommen, eine Prüfung durch den Allmächtigen und Glorreichen war; und wer nicht in der Trübsal und Heimsuchung Geduld zeigt, der gehet nicht ein zu den Gärten der Seligkeit. Freilich hatte ich zu Ihm gefleht, ich möchte heimkehren dürfen in mein Land, nicht weil ich die Trübsal, die über mich gekommen war, zu schmerzlich empfand, sondern damit ich sterben könnte unter den Hufen der Rosse der Glaubenskämpfer, die da nach ihrem Tode in der Schlacht nicht sterben, sondern zum ewigen Leben eingehen.‘ Und sie sprach die Verse:

> *Da ist der Berg Sinai; das Feuer der Schlacht ist entzündet;*
> *Und du bist Moses, und jetzo ist es die richtige Zeit.*
> *Wirf hin den Stab, er verschlinget alles, was sie geschaffen;*
> *Zag nicht! Vor den Stricken der Menschen, den Schlangen, bist du gefeit.*[1]
> *Und lies die Zeilen vom Feinde am Tage der Schlacht als Suren;*
> *Dein Schwert ist's, das auf den Nacken Verse an Verse reiht.*

Als die Alte die Verse gesprochen hatte, flossen ihr die Tränen über das Gesicht, und ihre Stirn strahlte unter der Salbe wie leuchtendes Licht. Und Scharkân erhob sich vor ihr, küßte ihr die Hand und ließ ihr Speisen bringen; sie aber lehnte sie ab und sprach: ‚Ich habe seit fünfzehn Jahren tagsüber gefastet; wie also sollte ich mein Fasten brechen zu einer Zeit, da der

---

1. Die Stricke der Ägypter wurden zu Schlangen; aber der Stab Mosis verschlang sie: Koran, Sure 20, Vers 68 ff.

Herr mich in seiner Güte aus der Gefangenschaft der Ungläubigen befreit und etwas von mir genommen hat, das schlimmer ist als des Höllenfeuers Leid! Ich will bis zum Untergang der Sonne warten.' Als aber die Zeit des Nachtmahles herankam, da begaben Scharkân und Dau el-Makân sich zu ihr, brachten ihr Zehrung und sprachen: ‚Iß, o Asket!' Doch sie sagte: ‚Dies ist nicht die Zeit zum Essen, es ist die Zeit, den vergeltenden König anzubeten.' Dann trat sie in die Gebetsnische und betete, bis die Nacht verstrichen war; und drei Tage und Nächte ließ sie nicht von diesem Tun ab, und sie setzte sich nur beim Aussprechen der Grußformeln am Schluß der Gebete. Als nun Dau el-Makân sie also sah, da faßte ein fester Glaube an sie in seinem Herzen Wurzel, und er sprach zu Scharkân: ‚Laß für diesen Heiligen ein Zelt aus rotem Leder errichten und bestimme einen Diener zu seinem Dienst!' Doch am vierten Tage rief sie nach Speisung, und man brachte ihr allerlei gute Dinge, die das Herz erfreuen und das Auge entzücken konnten; aber von all dem aß sie nur ein Gerstenbrot und Salz. Dann begann sie von neuem zu fasten, und als die Nacht kam, erhob sie sich zum Gebet; Scharkân aber sprach zu Dau el-Makân: ‚Dieser Mann treibt wirklich die Weltentsagung bis zum höchsten Grade, und wäre nicht der heilige Krieg, so schlösse ich mich ihm an und diente Allah als sein Jünger, bis ich vor Ihm stünde. Jetzt aber möchte ich zu ihm ins Zelt treten und eine Weile mit ihm plaudern.' Da sprach Dau el-Makân: ‚Das möchte ich auch; und da wir morgen zum Kampf gegen Konstantinopel ziehen, werden wir nicht wieder so gelegene Zeit finden.' Nun sprach der Wesir Dandân: ‚Auch ich wünsche nicht minder, diesen Asketen zu sehen; vielleicht wird er für mich beten, damit ich in diesem heiligen Kriege falle und vor Gott den Herrn treten kann, denn ich bin der Welt müde geworden.' So begaben sie sich, als die Nacht über sie hereinsank, in das Zelt jener Hexe Dhât ed-Dawâhi. Und da sie sie im Gebete stehen sahen, traten sie zu ihr und begannen zu weinen aus Mitleid mit ihr; sie aber achtete ihrer nicht, bis die Mitte der Nacht vorbei war und sie ihr Gebet mit der Grußformel beschloß. Dann wandte sie sich ihnen zu, grüßte sie und fragte: ‚Weshalb kommt ihr?' Da antworteten sie: ‚O du Heiliger, hast du nicht gehört, wie wir bei dir weinten?' Sie darauf: ‚Wer vor Gott steht, hat keine irdische Wesenheit mehr, so daß er die Stimme eines Menschen hören oder ihn sehen könnte!' Dann baten sie: ‚Wir möchten, daß du uns erzählest, weshalb du gefangen warst, und daß du heute nacht für uns betest; denn das wird besser für uns sein als die Einnahme von Konstantinopel.' Als sie nun ihre Worte vernahm, da sprach sie: ‚Bei Allah, wäret ihr nicht die Beherrscher der Gläubigen, ich würde euch niemals etwas davon erzählen; denn ich beklage mich einzig vor Gott. Aber euch will ich berichten, wie ich gefangen genommen wurde. Wisset denn, ich lebte in Jerusalem mit einigen Heiligen und verzückten Derwischen, und ich brüstete mich nicht unter ihnen; denn Allah der Gepriesene und Erhabene hatte mich mit Demut und Entsagung begabt. Nun fügte es sich, daß ich eines Nachts zum Meere hinabging und auf dem Wasser wandelte. Da trat, ich weiß nicht woher, der Stolz in mich ein, und ich sagte zu mir selber: Wer kann wie ich auf dem Wasser wandeln? Und hinfort verhärtete sich mein Herz, und Gott suchte mich heim mit der Sucht zu reisen. So wanderte ich nach Kleinasien, und ein Jahr lang besuchte ich dort alle Gegenden, bis kein Ort mehr übrig war, an dem ich nicht zu Gott gebetet hätte. Als ich nun in diese Gegend kam, stieg ich auf den Berg dort und fand eine Einsiedelei, in der ein Mönch namens Matruhina wohnte; und wie er mich sah, kam er zu mir heraus, küßte mir Hände und Füße und sprach: ‚Ich habe dich gesehen, seit du das Land der Griechen betratest, und du hast mich mit Sehnsucht nach dem Lande des Islams erfüllt.‘ Dann nahm er meine Hand und führte mich in jene Klause und brachte mich in einen dunkeln Raum; und als ich ihn betreten hatte, da verschloß er unversehens die Tür hinter mir und ließ mich dort vierzig Tage ohne Speise und Trank; denn so wollte er mich langsam sterben lassen. Nun geschah es eines Tages, daß ein Ritter in jene Klause kam, namens Dakianus, begleitet von zehn Knappen und seiner Tochter, Tamathîl genannt, die war die Schönste im ganzen Land. Und als sie die Einsiedelei betraten, erzählte ihnen der Mönch Matruhina von mir, und der Ritter sprach: ‚Führe ihn heraus! Denn sicher hat er nicht mehr Fleisch genug an sich, um einen Vogel zu speisen.‘ So öffneten sie die Tür jenes dunkeln Raumes und fanden mich, wie ich in der Nische stand und betete, den Koran sprach, Allah den Erhabenen pries und mich vor ihm demütigte. Als sie mich bei solchem Werke sahen, rief Matruhina aus: ‚Dieser Mann ist wahrlich ein Erzzauberer!‘ Und sobald sie seine Worte hörten, traten sie alle zu mir herein, Dakianus und seine Begleiter, und sie schlugen mich so grausam, daß ich mich nach dem Tode sehnte und mir Vorwürfe machte und sprach: ‚Dies ist der Lohn für den, der sich überhebt und sich brüstet mit dem, was ihm Allah gewährt hat über die eigene Kraft hinaus! Und du, o meine Seele, in dich haben sich Stolz und Hoffart hineingeschlichen. Weißt du nicht, daß der Hochmut Gott erzürnt und das Herz verhärtet und den Menschen ins Höllenfeuer bringt?‘ Darauf legten sie mich in Fesseln und warfen mich zurück in meinen Raum, der ein unterirdisches Verlies in jenem Gebäude war. Und jeden dritten Tag ließen sie zu mir ein Gerstenbrot und einen Trunk Wassers herab; und jeden Monat oder jeden zweiten kam der Ritter in die Einsiedelei. Nun war seine Tochter Tamathîl herangewachsen; denn sie war neun Jahre alt, als ich sie zuerst erblickte, und fünfzehn Jahre waren in der Gefangenschaft über mich dahingegangen, so daß sie ihr vierundzwanzigstes Jahr erreicht hatte. Es gibt aber weder in unserem Lande noch in dem der Griechen eine, die schöner wäre als sie, und ihr Vater fürchtete, der König würde sie ihm nehmen. Denn sie hatte sich dem Messias geweiht; doch sie ritt als Ritter verkleidet mit ihm einher, so daß niemand, der sie erblickte, trotz ihrer unvergleichlichen Schönheit ein Mädchen in ihr erkannte. Und ihr Vater hatte seinen Reichtum in dieser Einsiedelei verborgen, da ein jeder, der etwas an kostbaren Schätzen besitzt, es dort zu hinterlegen pflegt; ich habe dort allerlei Gold und Silber und Edelsteine und kostbare Gefäße und Seltenheiten gesehen, deren Zahl nur Allah der Erhabene zu ermessen vermag. Nun seid ihr dieses Reichtums würdiger als die Ungläubigen da; darum legt die Hand auf alles, was sich in der Einsiedelei befindet, und verteilt es unter die Muslime, zumal unter die Glaubenskämpfer! Als diese Kaufleute nach Konstantinopel kamen und ihre Waren verkauft hatten, sprach jene Gestalt an der Wand zu ihnen vermöge eines Wunders, das Allah mir gewährte; da machten sie sich auf nach der Einsiedelei und erschlugen den Patriarchen Matruhina, nachdem sie ihn zuerst grimmig gefoltert und am Bart dahingeschleift hatten, bis er ihnen zeigte, wo ich war; und sie befreiten mich, doch es bot sich ihnen kein Ausweg dar, als zu flüchten aus Furcht vor Gefahr. Nun wird morgen abend Tamathîl wie gewöhnlich in die Klause kommen, und ihr Vater und seine Knappen werden ihr folgen, da er um sie besorgt ist: wenn ihr also von all dem Zeugen sein wollt, so nehmt mich mit, und ich will euch das Geld und den

Schatz des Ritters Dakianus übergeben, der sich auf jenem Berge befindet; denn ich sah, wie sie goldene und silberne Gefäße hervorholten, um daraus zu trinken, und ich gewahrte bei ihnen auch ein Mädchen, das ihnen auf arabisch vorsang – ach, wenn jene schöne Stimme doch den Koran vortrüge! Wenn ihr denn wollt, so verbergt euch in jener Klause, bis Dakianus und seine Tochter kommen; nehmt sie gefangen, denn sie gebührt allein dem größten König unserer Zeit Scharkân oder dem König Dau el-Makân.'

Als die drei ihre Rede vernommen hatten, freuten sich die beiden Könige, aber der Wesir Dandân nicht, denn er glaubte ihr nicht recht, und ihre Worte wollten ihm nicht in den Sinn; dennoch fürchtete er sich, mit ihr zu reden, aus Scheu vor dem Könige, obwohl er von ihren Worten betroffen war und die Spuren des Mißtrauens auf seinem Antlitze sich zeigten. Da sprach die alte Dhât ed-Dawâhi: ,Seht, ich fürchte, der Ritter wird kommen, und wenn er die Truppen hier auf der Wiese gelagert findet, so wird er die Einsiedelei nicht zu betreten wagen.' So gab der Sultan Dau el-Makân den Truppen Befehl zum Marsch auf Konstantinopel und sprach: ,Ich habe beschlossen, hundert Reiter und viele Maultiere mit mir zu nehmen und auf jenen Berg zu ziehen, um die Schätze aus der Einsiedelei zu holen.' Und zur selbigen Stunde schickte er nach dem Oberkammerherrn; ihn und die Führer der Türken und Dailamiten ließ er zu sich kommen und sprach: ,Mit Tagesanbruch macht euch auf den Marsch gen Konstantinopel; du, o Kammerherr, sollst im Rate und in der Leitung meinen Platz einnehmen; du aber, o Rustem, sollst im Felde meines Bruders Stellvertreter sein. Doch laßt niemanden wissen, daß wir nicht bei euch sind! Nach drei Tagen werden wir wieder zu euch stoßen.' Dann wählte er hundert der tapfersten Ritter aus und

brach mit Scharkân und dem Wesir Dandân und der Reiterschar auf; sie nahmen auch die Maultiere und Kisten mit sich,
um die Schätze aufzuladen. – –«

Da bemerkte Schehrezâd, daß der Morgen begann, und sie
hielt in der verstatteten Rede an. Doch als die *Sechsundneun-*
zigste Nacht anbrach, fuhr sie also fort: »Es ist mir berichtet
worden, o glücklicher König, das Scharkân mit seinem Bruder
Dau el-Makân und dem Wesir Dandân und den hundert Reitern aufbrach nach dem Kloster, das die verruchte Dhât ed-
Dawâhi ihnen beschrieben hatte, und daß sie auch die Maultiere und die Kisten mit sich nahmen, um die Schätze aufzuladen.

Sowie nun der Morgen dämmerte, ließ der Kammerherr im
Lager den Befehl zum Aufbruch verkünden. Und die Soldaten
brachen auf in dem Glauben, daß die beiden Könige und der
Wesir Dandân mit ihnen zögen; denn sie wußten nicht, daß
jene nach dem Kloster geritten waren.

Lassen wir nun das Heer dahinziehen, und sehen wir zu, was
mit Scharkân und Dau el-Makân und dem Wesir Dandân geschah! Die blieben bis zum Ende des Tages heimlich zurück.
Die Ungläubigen aber, die bei Dhât ed-Dawâhi waren, machten sich insgeheim davon, nachdem sie bei ihr gewesen waren,
ihr die Hände und die Füße geküßt und sie um Erlaubnis zum
Aufbruch gebeten hatten. Und sie hatte ihnen nicht nur die
Erlaubnis gegeben, sondern ihnen auch ihren eigenen listigen
Plan mitzuteilen geruht. Als es dann dunkle Nacht war, sagte
sie zu Dau el-Makân und seinen Gefährten: ‚Wohlan, laßt uns
auf den Berg gehen, und nehmt ein paar Bewaffnete mit euch!‘
Sie gehorchten und ließen fünf Reiter am Fuße des Berges,
während der Rest vor Dhât ed-Dawâhi dahinritt, die im Übermaß der Freude neue Kräfte gewann, so daß Dau el-Makân

ausrief: ‚Preis sei Ihm, der diesen Heiligen gestärkt hat, dessengleichen wir noch nie gesehen haben!' Nun hatte die Hexe dem König von Konstantinopel auf den Schwingen eines Vogels eine Botschaft zugesandt; darin machte sie ihn bekannt mit allem, was geschehen war, und sie schloß: ‚Ich wünsche, daß Du mir zehntausend der tapfersten Reiter der Griechen sendest; die sollen sich vorsichtig am Fuße des Berges entlang schleichen, damit das Heer des Islams sie nicht bemerkt; und wenn sie die Einsiedelei erreichen, so mögen sie sich dort in den Hinterhalt legen, bis ich mit dem König der Muslime und seinem Bruder bei ihnen bin. Denn ich habe sie in die Falle gelockt: ich komme mit ihnen und mit dem Wesir und mit nur hundert Reitern und werde ihnen die Kreuze übergeben, die sich in der Einsiedelei befinden. Ich habe beschlossen, den Mönch Matruhina zu töten, da sich mein Plan nicht ausführen läßt, ohne daß ich ihm das Leben nehme. Wenn aber die List gelingt, so soll nicht einer von den Muslimen in seine Heimat zurückkehren, nein, kein einziger Mann, nicht einmal einer, der das Feuer anblasen kann; und Matruhina sei als Opfer dargebracht für die christliche Gemeinde und die Kreuzesritterschaft, und Preis sei dem Messias von Anfang bis zu Ende.' Als dieses Schreiben nach Konstantinopel kam, da trug es der Taubenwächter zum König Afridûn; und wie der es gelesen hatte, ließ er alsbald die Soldaten aufbrechen, ausgerüstet mit je einem Roß, einem Reitkamel und einem Maultier und mit Mundvorrat, indem er ihnen befahl, sich zu jener Einsiedelei zu begeben und, wenn sie die Festung, die dort war, erreicht hätten, sich darin zu verbergen.

Nun zurück zu König Dau el-Makân und seinem Bruder Scharkân und dem Wesir Dandân und ihrer Schar! Als sie die Einsiedelei erreichten, traten sie ein und trafen auf den Mönch

Matruhina, der ihnen entgegenkam, um zu sehen, wer sie seien. Da rief der Heilige, das heißt Dhât ed-Dawâhi: ‚Erschlagt diesen Verruchten!‘ So hieben sie auf ihn mit den Schwertern drein und flößten ihm den Becher des Todes ein. Dann führte die alte Hexe sie in die Kammer der Weihgaben, und sie schleppten aus ihr an Kostbarkeiten und Schätzen mehr heraus, als sie ihnen geschildert hatte; und nachdem sie all das gesammelt hatten, taten sie die Beute in Kisten und luden sie auf die Maultiere. Tamathîl aber und ihr Vater kamen aus Furcht vor den Muslimen nicht; so blieb Dau el-Makân dort, um sie zu erwarten, und er blieb den ganzen Tag und auch den nächsten und noch einen dritten, bis Scharkân zu ihm sprach: ‚Bei Allah, ich bin in Sorge um das Heer des Islams; denn ich weiß nicht, was aus ihm geworden ist.‘ Sein Bruder antwortete: ‚Da wir nunmehr diesen großen Schatz gewonnen haben und nicht mehr hoffen können, daß Tamathîl oder sonst irgend jemand zu diesem Kloster kommen wird, nachdem solches Unheil dem Heere der Griechen widerfahren ist, so wollen wir uns mit dem begnügen, was uns Allah gegeben hat, und jetzt aufbrechen; vielleicht wird Er uns helfen, Konstantinopel zu erobern.‘ Dann ritten sie den Berg hinunter; Dhât ed-Dawâhi aber konnte ihnen nicht widersprechen, aus Furcht, ihren Betrug zu verraten. Nun zogen sie dahin, bis sie zu dem Engpaß kamen, in dem die Alte ihnen mit den zehntausend Reitern einen Hinterhalt gelegt hatte. Sowie nun diese die Muslime sahen, umringten sie sie von allen Seiten mit eingelegten Lanzen und ließen vor ihnen die blinkenden Schwerter tanzen; und dann fingen die Heiden an, ihres Unglaubens Ruf zu schrein, und legten die Pfeile ihrer Tücke ein. Als aber Dau el-Makân und sein Bruder Scharkân und der Wesir Dandân diese Schar erblickten, sahen sie, daß es ein zahlreiches Heer war, und spra-

chen: ‚Wer hat diesen Truppen von uns Kunde gegeben?' Doch
Scharkân rief: ‚Bruder, dies ist nicht die Zeit, daß Reden fließen; dies ist die Zeit, mit dem Schwert zu schlagen und Pfeile
zu schießen. Also stärket euren Mut und festigt euer Herz, denn
diese Enge ist wie eine Straße mit zwei Toren! Bei dem Herrn
der Araber und Perser: wäre der Weg nicht so schmal, ich
würde sie vernichten, auch wenn es hunderttausend Reiter
wären!' Da sprach Dau el-Makân: ‚Hätten wir dies gewußt,
wir hätten fünftausend Reiter mitgenommen'; und der Wesir
Dandân: ‚Wenn wir auch zehntausend Reiter hätten, sie nützten uns doch nichts in dieser Enge; aber Allah wird uns wider
sie helfen. Ich kenne diesen Engpaß, und ich weiß, es gibt darinnen vielerlei Zufluchtsorte; denn ich war schon einmal auf
einem Kriegszuge hier, als ich mit dem König 'Omar ibn en-
Nu'mân Konstantinopel belagerte. Wir rasteten dort, und es
ist Wasser vorhanden, kühler als Schnee. Also auf, laßt uns aus
dem Paß hinausstürmen, ehe die Heere der Heiden zahlreicher
andrängen und uns zuvorkommen mit einem Sturm auf den
Bergesgipfel und von dort Felsen auf uns niederwälzen, so daß
wir gegen sie hilflos sind!' Da begannen sie vorwärts zu drängen, um aus der Schlucht herauszukommen; aber der Heilige,
jene Dhât ed-Dawâhi, blickte sie an und sagte: ‚Was fürchtet
denn ihr, die ihr euch der Sache Allahs des Erhabenen geweiht
habt? Bei Allah, ich lag fünfzehn Jahre unter der Erde gefangen, doch niemals widersprach ich dem Allmächtigen in dem,
was er mir antat! Kämpfet für die Sache Allahs! Ein jeder von
euch, der da fällt, wird im Paradiese wohnen; und wer da erschlägt, den wird sein Ruhm belohnen.' Als sie den Asketen
also sprechen hörten, fiel alle Sorge und Angst von ihnen ab,
und sie standen fest, bis die Ungläubigen von allen Seiten auf
sie niederstürmten, während die Schwerter auf ihren Nacken

spielten und der Becher des Todes bei ihnen kreiste. Da begannen die Muslime im Dienste Allahs ein gewaltiges Ringen, und sie schwangen gegen seine Feinde die Speere und die Klingen; seht, wie Dau el-Makân den Arm gegen die Mannen reckte und die Helden zu Boden streckte! Er schlug ihnen die Köpfe ab, zu fünfen immer und zu zehnen, bis er eine unzählbare Zahl und eine unendliche Menge getötet hatte. Während seines Kampfes aber sah er, wie die verfluchte Alte ihnen mit dem Schwerte zuwinkte und ihnen Mut zusprach. Und jeder, den die Furcht ankam, floh zu ihr um Hilfe; sie aber gab zugleich den Ungläubigen ein Zeichen, Scharkân zu töten. So stürmte denn Schar auf Schar wider ihn an, um ihn zu erschlagen; doch jede Schar, die ihn angriff, griff er wieder an und schlug sie in die Flucht; und wenn eine neue zum Angriff kam, so schlug er sie zurück und schwang das Schwert wider ihre Rücken. Dabei glaubte er, der Segen des Heiligen gäbe ihm den Sieg, und er sprach bei sich selber: ‚Wahrlich, auf diesem Heiligen hat das gnädige Auge Allahs geruht, und durch die Reinheit seiner Absicht stärkte er wider die Heiden meinen Mut; ich sehe, wie sie mich fürchten und mir nicht zu nahen wagen, ja, sooft sie mich angreifen, wenden sie den Rücken und können ihr Heil nur in der Flucht erblicken!' Dann kämpften sie weiter, bis der Tag zu Ende war; und als die Nacht hereinbrach, suchten die Muslime Zuflucht in einer Höhle jener Schlucht; denn sie waren müde von der Kampfesnot und von den Steinwürfen, und fünfundvierzig von ihnen waren an diesem Tage gefallen. Und als sie sich gesammelt hatten, suchten sie nach dem Heiligen, doch sie fanden keine Spur von ihm; das war ihnen schmerzlich, und sie sprachen: ‚Vielleicht ist er als Märtyrer gefallen.' Scharkân sprach: ‚Ich sah, wie er die Reiter mit göttlichen Zeichen stärkte und durch Verse des

Barmherzigen beschützte.' Während sie noch also sprachen, siehe, da stand die verfluchte Alte, Dhât ed-Dawâhi, plötzlich vor ihnen, und in der Hand hielt sie den Kopf des obersten Ritters, des Feldherrn über Zwanzigtausend, eines Recken voll Mut und Teufels voll Wut. Einer der Türken hatte ihn mit einem Pfeil getötet, und Allah hatte seine Seele rasch ins Höllenfeuer entsandt; und als die Ungläubigen sahen, was jener Muslim ihrem Führer angetan hatte, da fielen sie alle über ihn her, brachten das Verderben über ihn und hackten ihn mit den Schwertern in Stücke, doch Allah führte ihn alsbald ins Paradies. Die verfluchte Alte aber schlug jenem Ritter den Kopf ab, und jetzt brachte sie ihn und warf ihn Scharkân und Dau el-Makân und dem Wesir Dandân vor die Füße. Wie Scharkân sie erblickte, da sprang er eilig auf und rief: ‚Preis sei Allah für deine Rettung, da wir dich wiedersehen, o Heiliger und frommer Glaubenskämpfer!' Sie antwortete: ‚Mein Sohn, ich habe heute das Martyrium gesucht, und ich habe mich mitten unter die Scharen der Heiden geworfen, aber sie wichen in Furcht vor mir zurück. Als ihr euch zerstreutet, da entbrannte ein heiliger Zorn in mir um euretwillen; so stürzte ich denn auf ihren obersten Ritter, obgleich er wohl tausend Reitern gewachsen war, und ich traf ihn also, daß sein Kopf vom Rumpfe flog. Keiner der Heiden konnte mir nahen; und jetzt bringe ich euch seinen Kopf' – –«

Da bemerkte Schehrezâd, daß der Morgen begann, und sie hielt in der verstatteten Rede an. Doch als die *Siebenundneunzigste Nacht* anbrach, fuhr sie also fort: »Es ist mir berichtet worden, o glücklicher König, daß die verruchte Hexe, Dhât ed-Dawâhi, nachdem sie den Kopf jenes Ritters, des Feldherrn über zwanzigtausend Ungläubige, an sich genommen hatte, ihn brachte und ihn Dau el-Makân und seinem Bruder Scharkân und dem Wesir Dandân vor die Füße warf und zu ihnen sagte: ‚Als ich sah, wie es euch erging, da entbrannte ein heiliger Zorn in mir um euretwillen; so stürzte ich mich denn auf den obersten Ritter und traf ihn mit dem Schwerte also, daß sein Kopf davonflog. Keiner der Heiden konnte mir nahen; und jetzt bringe ich euch seinen Kopf, damit eure Seelen sich stärken zum Glaubensstreit und ihr mit euren Schwertern dem Herrn der Gläubigen dienstbar seid. Doch nun will ich euch bei dem Glaubenskampf lassen, und ich will zu eurem Heere gehen, stehe es auch an den Toren von Konstantinopel, und will mit zwanzigtausend Reitern zurückkehren, um diese Ungläubigen zu vernichten.‘ Da fragte Scharkân: ‚Wie willst du zu ihnen durchdringen, o du Heiliger, während doch das Tal auf allen Seiten von den Heiden eingeschlossen ist?‘ Die verfluchte Alte aber antwortete: ‚Allah wird mich vor ihren Augen verbergen, so daß sie mich nicht sehen; und selbst wenn einer mich sieht, so wird er nicht wagen, mir zu nahen; denn ich werde dann ganz in Allah entschwunden sein, und Er wird seine Feinde von mir abhalten.‘ ‚Du sprichst die Wahrheit, o Heiliger‘, erwiderte Scharkân, ‚denn wahrlich, dessen bin ich selber Zeuge gewesen; wenn du also zu Anfang der Nacht davonkommen kannst, so wird das für uns das beste sein.‘ Doch sie sagte: ‚Ich will noch in dieser Stunde aufbrechen, und wenn du mit mir kommen willst, ohne daß dich jemand sieht, so mache dich auf! Und wenn auch dein Bruder mit uns gehen will, so wollen wir ihn mitnehmen, aber sonst niemanden; denn der Schatten eines Heiligen kann nur zwei Menschen bedecken.‘ Darauf sprach Scharkân: ‚Was mich angeht, so will ich meine Gefährten nicht verlassen; doch wenn mein Bruder einwilligt, so steht nichts im Wege, daß er mit dir gehe und aus dieser Bedrängnis befreit werde; denn er ist die Burg der Muslime und das Schwert des Herrn der Welten; und wenn er will, so mag er auch den Wesir Dandân mitnehmen oder wen immer er wählt; und dann soll er uns zehntausend Reiter senden zu Hilfe wider diese Elenden.' So kamen sie denn überein, und darauf sagte die Alte: ‚Laßt mir Zeit, daß ich vor euch ausziehe und mir ansehe, wie es mit den Ungläubigen steht, ob sie wachen oder schlafen!' Doch sie entgegneten: ‚Wir wollen nur mit dir gehen und unsere Sache Gott anheimstellen.' ‚Wenn ich euch den Willen tue,' erwiderte sie, ‚so tadelt nicht mich, sondern tadelt euch selber! Denn mein Rat ist, daß ihr auf mich wartet, bis ich die Feinde ausgekundschaftet habe.' Da sprach Scharkân: ‚Geh zu ihnen hinaus und bleib uns nicht zu lange fort; wir wollen auf dich warten!' Nun zog Dhât ed-Dawâhi aus, und Scharkân redete darauf seinen Bruder an und sagte: ‚Wäre dieser Heilige nicht ein Wundertäter, so hätte er nie jenen gewaltigen Ritter erschlagen. Dies ist Beweis genug für die Macht dieses Asketen; und wahrlich, die Macht der Ungläubigen ist durch den Tod dieses Ritters gebrochen, denn er war ein Recke voll Mut und ein Teufel voll Wut.' Während sie so über die Wundertaten des Asketen sprachen, siehe, da trat die verruchte Dhât ed-Dawâhi schon wieder zu ihnen ein und verhieß ihnen den Sieg über die Ungläubigen; sie aber dankten ihr, da sie nicht wußten, daß all dies Lug und Trug war. Dann fragte die verruchte Alte: ‚Wo ist der König unsrer Zeit, Dau el-Makân?' ‚Hier bin ich', erwiderte er; und sie fuhr fort: ‚Nimm deinen Wesir mit dir und folge mir, damit wir nach Konstantinopel ziehen!' Nun hatte sie den Ungläubigen den Plan, den sie geschmiedet hatte, verraten; und die waren darüber hocherfreut gewesen und hatten gesagt: ‚Wir werden uns nicht eher zufriedengeben, als bis wir ihren König erschlagen haben zur Rache für den Tod des Ritters; denn wir hatten keinen größeren Helden als ihn.' Und dann hatten sie der Unglücksalten noch gesagt, als sie ihnen kundgetan, sie würde mit dem König der Muslime zu ihnen kommen: ‚Wenn du ihn zu uns bringst, so wollen wir ihn dem König Afridûn überliefern.' Nun zog die Alte aus, und mit ihr zogen Dau el-Makân und der Wesir Dandân. Sie ging ihnen voran, indem sie sprach: ‚Ziehet dahin mit dem Segen Allahs des Erhabenen!' Sie folgten ihrem Geheiß; denn der Pfeil des Schicksals und des Verhängnisses hatte sie getroffen. Die Alte aber zog mit ihnen dahin, bis sie mitten im Lager der Griechen waren und zu dem schon genannten Engpaß gelangten, von dem aus die Ungläubigen sie beobachteten, doch ohne ihnen ein Hindernis in den Weg zu legen; denn das hatte die verfluchte Alte ihnen befohlen. Wie nun Dau el-Makân und der Wesir Dandân die Soldaten der Ungläubigen erblickten und wußten, daß jene sie zwar sahen, aber doch nicht behinderten, sprach der Wesir: ‚Bei Allah, dies ist ein Wunder des Heiligen; kein Zweifel, er gehört zu den besonderen Freunden Gottes.' Dau el-Makân erwiderte: ‚Bei Allah, ich glaube nicht anders, als daß die Ungläubigen blind sind, denn wir sehen sie, und sie sehen uns nicht.' Und während sie noch den Heiligen priesen und von seinen Wundern sprachen und von seiner Frömmigkeit und seinen frommen Werken, da stürmten auch schon die Ungläubigen auf sie ein, umringten und ergriffen sie und fragten: ‚Ist noch einer bei euch beiden, daß wir auch ihn ergreifen?' Der Wesir Dandân rief: ‚Seht ihr nicht jenen dritten Mann dort vor uns?' Doch die Heiden erwiderten: ‚Beim Messias und bei den Eremiten, beim Primas und beim Metropoliten: wir sehen niemanden als euch!' Da sprach Dau el-Makân: ‚Bei Allah, unser Geschick ist eine Strafe, die der Erhabene über uns verhängt hat!' – –«

724

Da bemerkte Schehrezâd, daß der Morgen begann, und sie hielt in der verstatteten Rede an. Doch als die *Achtundneunzigste Nacht* anbrach, fuhr sie also fort: »Es ist mir berichtet worden, o glücklicher König, daß die Heiden, als sie Dau el-Makân und den Wesir Dandân ergriffen hatten, fragten: ‚Ist noch einer bei euch beiden, daß wir auch ihn ergreifen?‘ Da rief der Wesir Dandân: ‚Seht ihr nicht jenen dritten Mann dort bei uns?‘ Doch sie erwiderten: ‚Beim Messias und bei den Eremiten, beim Primas und beim Metropoliten: wir sehen niemanden als euch.‘ Dann legten sie ihnen Ketten an die Füße und stellten Wachen neben sie für die Nacht, während ihnen Dhât ed-Dawâhi aus den Blicken entschwand. So begannen sie zu klagen und sprachen zueinander: ‚Fürwahr, Ungehorsam gegen die Heiligen bringt noch schlimmeres Unheil als dies; die Not, in der wir uns befinden, ist unsere gerechte Strafe.‘

Wenden wir uns nun wieder zu König Scharkân! Nachdem er die Nacht über geruht hatte und der Morgen angebrochen war, da sprach er das Morgengebet. Und dann machte er sich mit seinen Leuten bereit zur Schlacht wider die Ungläubigen, und er sprach ihnen Mut zu und verhieß ihnen alles Gute. Dann zogen sie aus, bis sie dicht zu den Heiden kamen, und als diese sie aus der Ferne sahen, riefen sie ihnen zu: ‚Ihr Muslime, wir haben euren Sultan und euren Wesir, der mit der Leitung eurer Angelegenheiten betraut ist, gefangen genommen; und wenn ihr nicht ablaßt, wider uns zu kämpfen, so werden wir euch bis auf den letzten Mann erschlagen; doch wenn ihr euch ergebt, so wollen wir euch vor unseren König führen, der mit euch Frieden schließen wird unter der Bedingung, daß ihr unser Land verlaßt und in euer Land heimkehrt und daß wir uns gegenseitig keinerlei Schaden zufügen. Wenn ihr das annehmt, so wird es euer Glück sein; wenn ihr es aber ablehnt, so bleibt euch nichts als der Tod. Nun haben wir es euch kundgetan, und dies ist unser letztes Wort an euch.' Als Scharkân das hörte und der Gefangennahme seines Bruders und des Wesirs gewiß war, da drückte ihn der Schmerz nieder, und er weinte; seine Kraft erlahmte, er machte sich auf den Tod gefaßt und sprach bei sich: ‚Wenn ich nur wüßte, weshalb sie gefangen genommen wurden! Ließen sie es an Achtung vor dem Heiligen fehlen, oder waren sie ihm ungehorsam, oder was war es sonst?' Dann sprangen sie auf zum Kampf wider die Ungläubigen und erschlugen viel Volks von ihnen. An jenem Tage schied sich der Feige vom Mutigen; rot leuchteten Schwert und Lanze, die blutigen. Und die Heiden schwärmten auf sie ein, wie die Fliegen auf den Trank, in dichten Reihn; doch Scharkân und seine Mannen kämpften wie einer, der keine Todesfurcht kennt, und den kein Hindernis von der Verfolgung des Sieges trennt, bis schließlich die Täler vom Blute rannen und das Feld übersät war mit erschlagenen Mannen. Und als die Nacht hereinsank, da trennten die beiden Heere sich, und ein jedes zog an seine Lagerstätte. Die Muslime gingen wieder in die Höhle dahin, und da offenbarte sich ihnen Verlust und Gewinn; wenige von ihnen waren unversehrt, und denen blieb nur das Vertrauen auf Allah und auf das Schwert. Von ihnen waren Ritter, vornehme Emire, gefallen fünfunddreißig an Zahl; doch von den Ungläubigen hatte ihr Schwert Tausende getötet, Fußkämpfer und Reiter zumal. Als Scharkân das sah, fragte er beklommen seine Gefährten: ‚Was sollen wir tun?' Die antworteten: ‚Nur was Allah der Erhabene will, wird geschehen!' Am Morgen des zweiten Tages aber sprach Scharkân zu dem Rest seiner Truppe: ‚Wenn ihr in den Kampf hinauszieht, so wird nicht einer von euch am Leben bleiben; wir haben auch nur noch wenig Wasser und Zehrung. Ich halte es daher für das richtige, daß ihr euch mit gezücktem Schwert an den Ausgang der Höhle stellt, um jeden, der eindringen will, abzuwehren. Vielleicht hat der Heilige das Heer der Muslime erreicht, und dann kommt er mit zehntausend Reitern zu uns, um uns im Kampf wider die Ungläubigen zu helfen; denn die Heiden werden ihn und seine Gefährten nicht bemerkt haben.' Und sie entgegneten: ‚Dieser Rat ist der rechte allein, und an seiner Trefflichkeit kann kein Zweifel sein.' Dann gingen die Krieger hin und besetzten den Eingang der Höhle, indem sie sich zu beiden Seiten aufstellten; und einen jeden der Ungläubigen, der einzudringen suchte, erschlugen sie. Und sie hielten die Heiden von dem Eingang zurück und ertrugen geduldig alle Angriffe der Feinde, bis der Tag zur Neige ging und die Nacht alles mit Dunkel umfing. – –«

Da bemerkte Schehrezâd, daß der Morgen begann, und sie hielt in der verstatteten Rede an. Doch als die *Neunundneunzigste Nacht* anbrach, fuhr sie also fort: »Es ist mir berichtet worden, o glücklicher König, daß die muslimischen Krieger den Eingang der Höhle besetzten, indem sie sich zu beiden Seiten aufstellten und die Ungläubigen abwehrten; und jeden, der zu ihnen einzudringen versuchte, erschlugen sie; und sie ertrugen geduldig alle Angriffe der Feinde, bis der Tag zur Neige ging und die Nacht alles mit Dunkel umfing. König Scharkân aber hatte jetzt nur noch fünfundzwanzig seiner Mannen. Da sprachen die Ungläubigen untereinander: ‚Wann sollen diese Schlachttage ein Ende nehmen? Wir sind des Kampfes mit den Muslimen müde.' Einer von ihnen rief: ‚Auf zum Sturm wider sie, denn es sind nur noch fünfundzwanzig Mann von ihnen übrig! Wenn wir sie nicht im Kampfe bezwingen können, so wollen wir sie durch ein Feuer ausräuchern. Wenn sie dann anschmoren und sich uns ergeben, so wollen wir sie gefangen nehmen; wenn sie sich doch noch weigern, so lassen wir sie wie Holz im Feuer ganz verbrennen, so daß sie den Verständigen als warnendes Beispiel dienen können. Dann soll der Messias ihren Vätern sein Mitleid verwehren und ihnen dort, wo die Christen sind, keine Stätte gewähren!' Sie schleppten also Brennholz an den Ausgang der Höhle und zündeten es an, so daß Scharkân und seine Gefährten des Verderbens gewiß waren und sich ergaben. Und als jene sich nun in solcher Lage befanden, siehe, da sprach der befehlshabende Ritter zu denen, die rieten, sie zu töten: ,Ihr Tod steht nur in der Hand des Königs Afridûn, damit er seinen Rachedurst lösche. Also müssen wir sie als Gefangene bei uns lassen; und morgen wollen wir mit ihnen nach Konstantinopel ziehen und sie dem König Afridûn überliefern, auf daß er mit ihnen tue, was er will.' Da sprachen sie: ,Dieser Rat ist der rechte!' Dann gab man Befehl sie zu fesseln, und setzte Wachen über sie. Doch als es finstre Nacht ward unterdessen, begannen die Ungläubigen zu feiern und zu essen; und sie riefen nach Wein und tranken, bis sie alle auf dem Rücken lagen. Nun waren Dau el-Makân und sein Bruder Scharkân in gemeinsamer Haft mit den Rittern, ihren Gefährten. Da blickte der ältere den jüngeren Bruder an und sprach zu ihm: ,Bruder, wie können wir die Freiheit erlangen?' ,Bei Allah,' versetzte Dau el-Makân, ,ich weiß es nicht, wir sind wie Vögel in einem Käfig gefangen.' Da ergrimmte Scharkân, und er seufzte im Übermaß seines Zornes und reckte sich, bis seine Fesseln sprangen; und als er frei war von seinen Banden, trat er zu dem Hauptmann der Wache, zog ihm die Schlüssel zu den Fesseln aus der Tasche und befreite Dau el-Makân und den Wesir Dandân und die übrigen Gefangenen. Dann wandte er sich zu den beiden und sagte: ,Ich will drei von den Wächtern töten; dann können wir drei ihre Kleider nehmen und anlegen, so daß wir wie Griechen aussehen und zwischen ihnen dahingehen, ohne daß sie uns erkennen. So wollen wir uns zu unserem Heere begeben.' Doch Dau el-Makân erwiderte: ‚Dieser Rat ist nicht gut; denn wenn wir sie töten, so fürchte ich, wird jemand ihr Röcheln hören, und so werden die Heiden wach und werden uns niedermachen. Das Richtige ist, daß wir aus der Schlucht hinauszukommen suchen.' Darin pflichteten die anderen ihm bei; und als sie nun aufgebrochen waren und den Paß ein wenig hinter sich hatten, sahen sie angebundene Pferde, deren Reiter schliefen, und Scharkân sprach zu seinem Bruder: ‚Wir müssen uns ein jeder eins von den Rossen da nehmen.' Nun waren sie fünfundzwanzig Mann, also nahmen sie fünfundzwanzig Pferde; Allah aber hatte den Ungläubigen Schlaf gesandt, um eines Ratschlusses willen, den Er kannte. Und Scharkân raffte von dem ungläubigen Heere Waffen zusammen, Schwerter und Speere, so viele, bis er genug hatte; seine Gefährten jedoch bestiegen die Rosse, die sie genommen hatten, und ritten davon. Aber die Ungläubigen hatten vermeint, keiner könne Dau el-Makân und seinen Bruder und seine Waffengefährten befreien, und es sei ihnen unmöglich, zu entkommen. Als jene nun alle aus der Gefangenschaft befreit und vor den Ungläubigen sicher waren, eilte Scharkân seinen Gefährten nach und er fand sie, wie sie auf ihn warteten, aber wie auf Kohlen standen und um seinetwillen keine Ruhe fanden. Da wandte er sich zu ihnen und sprach: ‚Habt keine Angst, denn Allah schützt uns! Ich habe einen Vorschlag, der wohl das Richtige trifft.' ‚Wie ist der?' fragten sie, und er entgegnete: ‚Steigt ihr auf den Berg hinauf und erhebt alle auf einmal das Kriegsgeschrei ‚Allâhu Akbar!' und ruft dann: ‚Das Heer des Islams ist über euch!' und dann wollen wir alle mit einer Stimme rufen: ‚Allâhu

Akbar!' Auf diese Weise werden sie alle zersprengt, und sie
werden in ihrer Trunkenheit nicht wissen, was sie tun sollen;
sie werden sicher glauben, die Truppen der Muslime hätten sie
auf allen Seiten umringt und sich unter sie gemischt: so werden sie mit den Schwertern übereinander herfallen in der Verwirrung der Trunkenheit und des Schlafes; und wir wollen sie
mit ihren eigenen Schwertern in Stücke hauen, die Klinge soll
bis zum Morgen unter ihnen kreisen.' Doch Dau el-Makân
sagte: ,Dieser Plan ist nicht gut; wir täten besser daran, zu unserm Heere zu eilen, ohne ein Wort zu sprechen; denn wenn
wir rufen: ,Allâhu Akbar!', so werden sie erwachen und über
uns herfallen, und keiner von uns wird entkommen.' Da rief
Scharkân: ,Bei Gott, und wenn sie erwachen, so macht es nichts
aus! Ich wünsche, daß ihr meinem Plan zustimmt; es kann nur
Gutes daraus entstehen!' So pflichteten sie ihm denn bei und
stiegen auf den Berg und schrien: ,Allâhu Akbar!' Und Berge
und Bäume und Felsen stimmten aus Furcht vor Allah in ihren
Ruf ein. Als aber die Heiden das Feldgeschrei hörten, schrien
sie – –«

Da bemerkte Schehrezâd, daß der Morgen begann, und sie
hielt in der verstatteten Rede an. Doch als die *Hundertste Nacht*
anbrach, fuhr sie also fort: »Es ist mir berichtet worden, o
glücklicher König, daß Scharkân also sprach: ,Ich wünsche,
daß ihr meinem Plan zustimmt; es kann nur Gutes daraus entstehen.' So pflichteten sie ihm denn bei und stiegen auf den
Berg und schrien: ,Allâhu Akbar!' Und Berge und Bäume und
Felsen stimmten aus Furcht vor Allah in ihren Ruf ein. Als aber
die Heiden das Feldgeschrei hörten, schrien sie einander zu,
legten ihre Waffen an und sprachen: ,Der Feind ist über uns,
beim Messias!' Dann schlugen sie von ihren eigenen Leuten so
viele tot, daß nur Allah der Erhabene ihre Zahl kennt. Und als

es Tag wurde, suchten sie nach den Gefangenen, fanden aber keine Spur von ihnen, und ihre Hauptleute sagten: ‚Die solches angerichtet haben, das sind die Gefangenen, die unter uns waren! Darum auf und ihnen nach, bis ihr sie einholt; dann laßt sie den Becher des Verderbens leeren; doch euch soll weder Furcht noch Schrecken betören!' Darauf bestiegen sie ihre Rosse und ritten den Flüchtigen nach; und es handelte sich nur um einen Augenblick, so hätten sie sie gefaßt und umringt. Als Dau el-Makân das sah, ergriff ihn wachsende Angst, und er sprach zu seinem Bruder: ‚Was ich befürchtete, ist über uns gekommen, und jetzt bleibt uns kein Ausweg mehr, als für den Glauben zu kämpfen.' Scharkân aber schwieg. Und nun stürmte Dau el-Makân hernieder von der Höhe des Berges und schrie: ‚Allâhu Akbar!' Und seine Leute wiederholten den Kriegsruf und schickten sich an zum Glaubenskampfe, um ihr Leben im Dienste des Herrn der Gläubigen dahinzugeben; und siehe, in diesem Augenblick hörten sie viele Stimmen rufen: ‚Es gibt keinen Gott außer Allah! Gott ist der Größte! Segen und Heil dem Freudenverkünder und dem Warner der Sünder!' Und als sie sich der Richtung des Schalles zuwandten, erblickten sie Scharen von Muslimen, Krieger, die den einen Gott bekennen, ihnen entgegen rennen. So bald sie die erblickten, wurden ihre Herzen fest, und Scharkân griff die Ungläubigen an und rief: ‚Es gibt keinen Gott außer Allah! Gott ist der Größte!' und alle Bekenner der Einheit Gottes, die bei ihm waren, stimmten ein. Da erdröhnte die Erde wie bei einem Erdbeben, und die Scharen der Heiden zerstoben in die Berge; die Muslime aber verfolgten sie mit Hieb und Stich, so daß manchen von ihnen der Kopf vom Rumpfe wich. Und Dau el-Makân und seine Kampfgenossen hieben auf die Nacken der Heiden unverdrossen, bis der Tag zur Rüste ging und die Nacht alles mit Dunkel umfing. Dann rückten die Muslime zusammen und verbrachten die ganze Nacht in großer Freude; doch als der Morgen sich erhob und mit seinen feurigen Strahlen die Welt durchwob, sahen sie Bahrâm, den Hauptmann der Dailamiten, und Rustem, den Hauptmann der Türken, wie sie mit zwanzigtausend Reitern, gleich grimmigen Löwen, zu ihnen stießen. Und sowie die Reiter Dau el-Makân erblickten, saßen sie ab, begrüßten ihn und küßten den Boden vor ihm. Da sprach er zu ihnen: ‚Freut euch, daß die Muslime gesiegt und das Volk der Ungläubigen am Boden liegt!‘ Dann wünschten sie einander Glück zu ihrer Errettung und zum herrlichen Lohn am Tage der Auferweckung.

Nun war der Grund, weshalb jene dorthin kamen, der folgende. Als der Emir Bahrâm und der Emir Rustem und der Oberkammerherr mit den Truppen der Muslime, deren wehende Banner hoch in der Luft sich breiteten, vor Konstantinopel ankamen, da sahen sie, daß die Ungläubigen auf die Mauern gestiegen waren; die hielten jene Türme und Kastelle fest in der Hand und hatten jede Feste mit Verteidigern bemannt; denn sie wußten vom Nahen der Heere, der islamischen, und der Feldzeichen, der mohammedanischen, ja, sie hörten das Waffengeklirr und das Stimmengewirr. Da blickten sie hin und sahen die Muslime, und sie hörten, wie unter der Staubwolke das Rossegetrappel hervorscholl; und plötzlich erschienen jene wie ein Heuschreckenschwarm so dicht, oder wie eine Wolke, die in Platzregen zerbricht. Nun hörten sie auch die Stimmen der Muslime den Koran singen und dem Barmherzigen Preis darbringen. Daß die Ungläubigen aber darum wußten, hatte die alte Dhât ed-Dawâhi, die falsche Dirne, mit ihrer List und Verschlagenheit zuwege gebracht. Nun kamen die Scharen daher wie das flutende Meer; so zahlreich waren die Mannen zu

Fuß und zu Roß und der Weiber- und Kindertroß. Da sprach der Hauptmann der Türken zum Hauptmann der Dailamiten: ‚O Emir, fürwahr, uns droht Gefahr von der Menge der Feinde dort auf den Wällen! Sieh jene Bollwerke an und die Menschheit dort ringsumher, gleich dem tosenden, wogengepeitschten Meer! Diese Heiden sind uns an Zahl wohl hundertfach überlegen, und wir sind nicht vor Spionen sicher, die ihnen melden können, daß wir ohne Sultan sind. Wahrlich, uns droht Gefahr von diesen Feinden, deren Zahl niemand zählt und denen es nicht an Hilfsmitteln fehlt, zumal König Dau el-Makân und sein Bruder Scharkân und der erlauchte Wesir Dandân nicht bei uns sind. Wenn die Feinde das erfahren, so werden sie den Mut finden, uns anzugreifen, und mit dem Schwert werden sie uns bis auf den letzten Mann vernichten; nicht einer von uns wird mit dem Leben davonkommen. Daher ist mein Rat, daß du zehntausend Reiter von den Mesopotamiern und den Türken mit dir nimmst und zum Kloster des Matruhina und zur Wiese des Maluchina ziehst, um unsere Brüder und Gefährten zu suchen. Und wenn ihr nach meinem Rate handelt, so werdet ihr euch vielleicht als ihre Retter erweisen, falls sie nämlich von den Ungläubigen hart bedrängt sind; folgt ihr aber meinem Rate nicht, so trifft mich kein Tadel. Doch wenn ihr geht, so müßt ihr schnell zu uns zurückkehren; denn der Argwohn gehört zur Klugheit.' Der genannte Emir nun stimmte seinen Worten zu; und so wählten die beiden Emire zwanzigtausend Reiter aus und zogen, indem sie alle Straßen füllten, in der Richtung nach der Wiese, die genannt ist, und dem Kloster, das bekannt ist.

So also war es gekommen, daß jene dort eintrafen. Was aber die alte Dhât ed-Dawâhi angeht, so war sie, sobald sie den Sultan Dau el-Makân und seinen Bruder Scharkân und den Wesir

Dandân den Ungläubigen hatte in die Hände fallen lassen, auf ein schnelles Roß gestiegen und hatte zu den Heiden gesagt: ‚Ich will zu dem Heer der Muslime stoßen, das vor Konstantinopel liegt, und seine Vernichtung bewirken; denn ich will ihnen sagen, daß ihre Führer tot sind, und wenn sie das von mir hören, dann löst sich ihr Zusammenhalt, es zerreißt ihr Band, und ihre Scharen zerstreuen sich ins Land. Darauf will ich zum König Afridûn, dem Herrn von Konstantinopel, gehen und zu meinem Sohne, König Hardûb, dem Herrscher von Kleinasien, und will ihnen beiden alles berichten. Sie werden dann mit ihren Truppen gegen die Muslime ins Feld ziehen und jene bis auf den letzten Mann vernichten.' So war sie denn fortgeritten und hatte auf jenem Renner die ganze Nacht über das Land durcheilt. Als dann der Tag zu grauen begann, da tauchten die Scharen Bahrâms und Rustems vor ihr auf. Sie aber schlug sich seitwärts in ein Gebüsch und verbarg ihr Roß dort; danach kam sie wieder heraus und ging eine Weile zu Fuß, indem sie bei sich selber sprach: ‚Vielleicht kehren die Scharen der Muslime schon zurück, weil sie beim Sturm auf Konstantinopel abgeschlagen worden sind.' Doch als sie näher an sie herankam und sie genauer sehen konnte, da erkannte sie, daß ihre Feldzeichen und Banner nicht gesenkt waren; und also kamen sie nicht als Besiegte, sondern aus Sorge um ihren König und um ihre Gefährten. Sobald sie sich davon überzeugt hatte, lief sie eilends zur Stell', wie ein rebellischer Teufel, so schnell; als sie bei ihnen war, rief sie: ‚Eilt, eilt, ihr Krieger des Barmherzigen, in den heiligen Streit wider das Volk, das dem Satan geweiht!' Wie Bahrâm sie erblickte, stieg er ab, küßte den Boden vor ihr und fragte: ‚O Freund Allahs, was liegt hinter dir?' Sie erwiderte: ‚Fragt nicht nach den traurigen Dingen, die so entsetzlich klingen! Denn als unsere Gefährten den Schatz

734

aus dem Kloster des Matruhina geholt hatten und nach Konstantinopel aufbrechen wollten, da fiel eine gewaltige kühne Schar der Heiden über sie her.' Dann erzählte die verfluchte Alte ihnen die Geschichte, um sie mit Angst und Schrecken zu erfüllen, und fügte hinzu: ‚Die meisten von ihnen sind tot, und nur noch fünfundzwanzig Mann sind übriggeblieben.' Da fragte Bahrâm weiter: ‚O Heiliger, wann hast du sie verlassen?' ‚In dieser Nacht', erwiderte sie. ‚Ruhm sei Allah!' rief er aus, ‚Ihm, der die weite Erde sich vor dir zusammenfalten hieß, und der dich auf deinen Füßen, wie auf eine Palmrippe gestützt, gehen ließ! Doch du gehörst zu den Heiligen, die durch die Lüfte eilen geschwind, wenn sie durch die Offenbarung des Zeichens begeistert sind.' Dann stieg er auf sein Roß, ganz verwirrt durch das, was er von der Lügnerin und Betrügerin gehört hatte, und er sprach: ‚Es gibt keine Majestät und es gibt keine Macht außer bei Allah! Wahrlich, unsere Mühe ist verloren, und das Herz ist uns schwer, denn unser Sultan ist mit seinen Gefährten gefangen.' Darauf ritten sie querfeldein, in die Länge und Breite, Tag und Nacht; und als der Morgen dämmerte, da kamen sie an den Eingang der Schlucht und hörten, wie Dau el-Makân und Scharkân riefen: ‚Es gibt keinen Gott außer Allah! Gott ist der Größte! Segen und Heil dem Freudenverkünder und dem Warner der Sünder!' Da griff Bahrâm mit den Seinen die Ungläubigen an, und sie kamen gegen sie dahergerannt wie ein Gießbach durch den Wüstensand; und sie erhoben wider sie ein Geschrei, das selbst die Helden zum Aufschreien brachte und die Felsen zerspringen machte. Und als der Morgen sich erhob und die Welt mit seinen feurigen Strahlen durchwob, wehte ihnen von Dau el-Makân her süßer Duft entgegen, und sie erkannten einander, wie schon berichtet. Sie küßten den Boden vor dem König und vor Scharkân, der ihnen erzählte, was ihnen in der Höhle widerfahren war. Jene erstaunten darob; und dann sprachen alle zueinander! ‚Laßt uns gen Konstantinopel eilen, denn wir haben dort unsere Gefährten zurückgelassen, und unser Herz ist bei ihnen!‘ So brachen sie denn eilig auf und befahlen sich in die Hand des Gütigen und Allwissenden; und Dau el-Makân feuerte die Muslime zur Ausdauer an, indem er die Verse zu sprechen begann:

> Dir sei Lob, o du, dem Preis und Dank gebühret immerdar,
> Du, o Herr, des Hilfe niemals meiner Sach versaget war.
> Ich wuchs auf in fremdem Lande; doch du warst zu jeder Zeit
> Mir ein Retter, und du zeigtest dich, Allmächt’ger, hilfsbereit.
> Ja, auch Reichtum und Besitz und Wohlstand gabest du mir dann;
> Und das Schwert des Mutes und des Sieges legtest du mir an.
> Mit dem königlichen Schatten hast du mich fortan geehrt,
> Und du hast mir deine Güte reich im Übermaß gewährt.
> Und aus jeder Not, die mich erschreckte, hast du mich befreit
> Durch den Rat des Großwesires, jenes Helden seiner Zeit.
> Du gewährtest uns, daß wir uns auf die Griechen stürzten wild:
> Doch sie kehrten fechtend wieder, in ihr rot Gewand gehüllt.
> Darauf tat ich so, als ob ich in die Flucht geschlagen sei,
> Und dann eilte ich aufs neue wie ein grimmer Leu herbei.
> Alle ließ ich liegen in des Tales Grund dahingerafft,
> Trunken von des Todes Becher, aber nicht vom Traubensaft.
> Die gesamte Zahl der Schiffe fiel darauf in unsre Hand,
> Unsre Herrschaft ward errichtet auf dem Wasser und zu Land.
> Und es kam zu uns der fromme, gottesfürchtige Asket,
> Dessen Wunderruf durch alle Wüsten und Gefilde geht,
> Ja, wir zogen aus zur Rache an den Heiden allzumal:
> Meiner Taten Ruhm ist jetzt verkündet bei den Menschen all.
> Helden von uns sind gefallen; doch ihr Lager ist bereit
> In den Lauben an den Bächen droben in der Ewigkeit.

Als Dau el-Makân sein Lied beendet hatte, wünschte sein Bruder Scharkân ihm Glück zu seiner Rettung und dankte ihm für die Taten, die er verrichtet hatte; und dann brachen sie in Eilmärschen auf. – –«

Da bemerkte Schehrezâd, daß der Morgen begann, und sie hielt in der verstatteten Rede an. Doch als die *Hundertunderste Nacht* anbrach, fuhr sie also fort: »Es ist mir berichtet worden, o glücklicher König, daß Scharkân seinem Bruder Dau el-Makân Glück wünschte zu seiner Rettung und daß er ihm dankte für die Taten, die er verrichtet hatte; und dann brachen sie in Eilmärschen zu ihrem Heere auf.

Sehen wir nun weiter, was die alte Dhât ed-Dawâhi tat! Nachdem sie mit dem Heere des Bahrâm und des Rustem zusammengetroffen war, kehrte sie in das Gebüsch zurück und holte sich ihr Roß; und sie saß auf und ritt eilends dahin, bis sie dem muslimischen Heere nahe war, das Konstantinopel belagerte; da stieg sie ab und führte ihr Roß zum Zelte des Oberkammerherrn. Als der sie sah, erhob er sich ihr zu Ehren, winkte ihr, indem er sein Haupt neigte, und sprach: ‚Willkommen, o frommer Asket!' Dann befragte er sie nach allem, was geschehen war, und sie wiederholte ihm ihre beängstigenden Lügereien und ihre verderblichen Betrügereien und sagte: ‚Wahrlich, ich fürchte für den Emir Bahrâm und für den Emir Rustem; ich traf sie mit ihrem Heere unterwegs und schickte sie weiter zum König und seinen Gefährten. Nun haben sie nur zwanzigtausend Reiter, während die Ungläubigen ihnen an Zahl überlegen sind; darum möchte ich wünschen, du schicktest ihnen sofort einen Heerhaufen so schnell wie möglich nach, damit sie nicht bis auf den letzten Mann umkommen.' Und sie rief ihnen zu: ‚Eilet! Eilt!' Als aber der Kammerherr und die Muslime diese Worte von ihr vernahmen, da sank ihnen der Mut, und sie weinten; doch Dhât ed-Dawâhi sprach: ‚Bittet Allah um Hilfe und ertraget dies Unglück in

Geduld! Denn ihr habt das Beispiel derer, die vor euch lebten in der Gemeinde Mohammeds; und für die, so als Märtyrer sterben, hat Allah das Paradies mit seinen Palästen bereitet; sterben muß ein jeder hienieden, doch dem Tode im Glaubenskampfe ist höchster Ruhm beschieden!' Wie der Kammerherr die Worte der verfluchten Alten hörte, da rief er nach dem Bruder des Emirs Bahrâm, einem Ritter namens Tarkâsch; und er wählte zehntausend Reiter, trutzige Recken, für ihn aus, und befahl ihm, aufzubrechen. So zog er denn aus und ritt den ganzen Tag dahin und auch die ganze folgende Nacht, bis er den Muslimen nahe war. Als nun der Morgen dämmerte, sah Scharkân jene Staubwolke da über ihnen und war um die Gläubigen besorgt. Und er sprach: ‚Entweder sind diese Krieger eine islamische Schar, und dann ist unser Sieg offenbar; oder sie gehören zum Heere der Heiden, und dann müssen wir das Geschick ohne Widerspruch erleiden.' Darauf wandte er sich zu seinem Bruder Dau el-Makân und sprach zu ihm: ‚Fürchte nichts; denn ich will dich mit meinem Leben loskaufen vom Tode! Ist das dort ein islamisches Heer, so wäre unseres Glückes noch mehr; wenn sie aber unsere Feinde sind, so müssen wir wider sie kämpfen. Und doch möchte ich vor meinem Tode den Heiligen noch einmal sehen und ihn bitten, daß er zu Gott flehe, ich möge nur als Märtyrer sterben.' Während die beiden noch so sprachen, siehe, da erschienen die Banner, auf denen geschrieben stand: ‚Es gibt keinen Gott außer Allah, und Mohammed ist der Gesandte Allahs!' Da rief Scharkân: ‚Wie steht es mit den Muslimen?' ‚Alle sind wohlbehalten und gesund,' erwiderten sie, ‚wir kommen nur aus Sorge um euch.' Der Führer der Schar stieg ab, küßte den Boden vor Scharkân und fragte: ‚O Herr, wie geht es dem Sultan und dem Wesir Dandân und Rustem und meinem Bruder Bahrâm; sind sie

738

alle in Sicherheit?' Scharkân antwortete: ‚Sie sind alle wohl‘; und fragte dann: ‚Wer hat dir Nachricht von uns gebracht?‘ Jener darauf: ‚Der Heilige sagte uns, daß er meinem Bruder Bahrâm und Rustem begegnet sei und daß er die beiden zu euch geschickt habe, und er versicherte uns auch, daß die Ungläubigen euch umzingelt hätten und euch in großer Zahl bedrängten; ich aber sehe nur das Gegenteil davon und daß ihr gesiegt habt.‘ Nun fragten sie: ‚Und wie hat der Heilige euch erreicht?‘ Da ward ihnen zur Antwort: ‚Er war zu Fuß, und er hatte in einem Tag und in einer Nacht einen Weg gemacht, für den ein eiliger Reiter zehn Tage braucht.‘ ‚Er ist doch wirklich ein Heiliger Allahs,‘ rief Scharkân; ‚aber wo ist er jetzt?‘ Jene erwiderten: ‚Wir ließen ihn bei unseren Truppen, dem Volk des Glaubens, wie er sie zum Kampfe gegen die Rebellen und Ungläubigen anfeuerte.‘ Darüber freute Scharkân sich, und alle dankten Allah für die eigene Befreiung und für die Rettung des Asketen; und sie befahlen ihre Toten der Gnade Allahs und sprachen: ‚So stand es im Buche geschrieben.‘ Dann brachen sie in Eilmärschen auf; doch unterwegs wirbelte plötzlich eine Staubwolke empor und legte der Welt einen Schleier vor, so daß auch der Tag sein Licht verlor. Scharkân aber blickte hin und sprach: ‚Wahrlich, ich fürchte, dies sind Ungläubige, die das Heer des Islams geschlagen haben; dieser Staub da hat Osten und Westen verhüllt, und die Welt gen Aufgang und Untergang erfüllt.‘ Doch da trat unter jener Staubwolke eine dunkle Säule heraus, schwärzer als des finstersten Tages Graus. Und näher und näher kam jene hohe Gestalt, furchtbarer als des Jüngsten Tages grausige Gewalt. Reiter und Mannen eilten herbei, um zu sehen, was die Ursache dieses Schreckens sei. Da erblickten sie den Asketen, den wir ja kennen, und sie begannen zum Handkuß zu rennen, wäh-

rend er rief: ‚O Volk, das sich um den Besten der Menschen
eint, um ihn, der als Licht durch das Dunkel scheint, wisset,
die Heiden legten den Muslimen eine Falle, und sie kamen über
die Schar der Bekenner des einigen Gottes alle! Rettet sie aus
den Händen der Heiden, der Elenden! Sie fielen über sie her in
den Zelten und brachten über sie bitteres Leid, während jene
sich dort wähnten in Sicherheit.‘ Als Scharkân diese Worte
vernahm, da zitterte und bebte ihm das Herz in der Brust, und
er sprang von seinem Rosse vor Schrecken wie unbewußt;
dann küßte er dem Heiligen Hände und Füße. Und ebenso
taten sein Bruder Dau el-Makân und alle anderen Kämpfer zu
Fuß und zu Rosse, nur nicht der Wesir Dandân. Der stieg nicht
vom Pferde herunter, sondern sagte: ‚Bei Allah, mein Herz
schreckt zurück vor diesem Asketen; denn immer nur seh ich
Unheil entstehen von solchen, die übermäßig beten. Drum
laßt ihn und eilet zu euren Glaubensgenossen geschwind; denn
dieser gehört zu denen, die vom Gnadentore des Weltenherrn
ausgeschlossen sind! Wie viele Streifzüge hab ich hier schon
mit König 'Omar ibn en-Nu'mân unternommen, und wie oft
bin ich zu den Gefilden dieses Landes gekommen!‘ Aber Scharkân sprach: ‚Laß ab von diesem bösen Verdacht! Sahst du
nicht diesen Gottesmann in der Schlacht? Da feuerte er die
Gläubigen an und gab auf Schwerter und Pfeile keine Acht!
Verleumde ihn nicht, denn die Verleumdung ist tadelnswert
und der Frommen Fleisch ist giftig für den, der es begehrt! Sieh
doch, wie er uns anfeuerte zum Kampf wider unsere Feinde!
Wenn Allah der Erhabene ihn nicht liebte, so hätte er nicht vor
ihm zusammengefaltet die weite Erde, nachdem er ihn früher
gebracht in Mühe und Beschwerde.‘ Dann ließ Scharkân eine
nubische Mauleselin bringen, die der Asket reiten sollte, und
sprach zu ihm: ‚Sitze auf, o Asket, fromm und standhaft im

Gebet!' Doch jener weigerte sich zu reiten und spielte den Entsagungsreichen, um sein Ziel zu erreichen; sie aber wußten nicht, daß dieser Betrüger im Asketengewand ein solcher war, für den der Dichter die Worte fand:

Er übte Beten und Fasten, hatte er ein Ziel im Sinn;
Doch als er das Ziel erreichte, war Beten und Fasten dahin.

Unaufhörlich zwischen den Reitern und dem Fußvolk schritt der Asket, wie ein Fuchs, dessen Sinn auf Verderben steht; er erhob seine Stimme und sprach den Koran, und er sang den Erbarmer mit Lobpreis an, bis sie sich dem Heere des Islams näherten; da fand Scharkân sie in Verworrenheit und den Kammerherrn zu Rückzug und Flucht bereit, während das Schwert der Griechen unter den Gläubigen, den Reinen und Gemeinen, seine blutige Arbeit tat. – –«

Da bemerkte Schehrezâd, daß der Morgen begann, und sie hielt in der verstatteten Rede an. Doch als die *Hundertundzweite Nacht* anbrach, fuhr sie also fort: »Es ist mir berichtet worden, o glücklicher König, als Scharkân das Heer der Muslime traf in Verworrenheit und den Kammerherrn zu Rückzug und Flucht bereit, während das Schwert unter den Gläubigen, den Reinen und Gemeinen, eine blutige Arbeit tat, da sei der Grund für ihre Niederlage folgender gewesen. Als die verfluchte Dhât ed-Dawâhi, die Feindin des Glaubens, gesehen hatte, daß Bahrâm und Rustem mit ihrem Heere zu Scharkân und seinem Bruder Dau el-Makân zogen, da war sie zum Hauptheere der Muslime gegangen und hatte die Entsendung des Emirs Tarkâsch veranlaßt, wie oben schon erzählt ist; ihre Absicht dabei war, das Heer der Muslime zu teilen, auf daß es schwächer würde. Dann aber hatte sie sie verlassen und war gen Konstantinopel gezogen und hatte die Ritter der Griechen mit lauter Stimme aufgerufen und gesagt: ,Laßt mir einen Strick herab,

damit ich dieses Schreiben daran binde! Tragt es dann zu eurem
König Afridûn, damit er und mein Sohn, der König von Kleinasien, es lesen und tun, was darin befohlen und verboten wird!'
So ließen sie einen Strick zu ihr herab, und sie band daran ein
Schreiben dieses Inhalts: ,Von der größten Unheilbringerin
und gewaltigsten Schreckenerregerin, von Dhât ed-Dawâhi,
an den König Afridûn. Wisse nun, ich habe euch eine List ersonnen, um die Muslime zu vernichten; also mögt ihr ruhig
sein. Ich habe ihren Sultan und ihren Wesir mit deren Begleitern gefangen genommen, dann habe ich mich zu ihrem Lager
begeben und habe ihnen das kundgetan; da brach ihre Kraft,
und ihr Mut ward erschlafft. Ferner habe ich die Belagerer vor
Konstantinopel beschwatzt, so daß sie unter dem Emir Tarkâsch zehntausend Reiter entsandten, um den Gefangenen zu
Hilfe zu kommen; es sind also nur noch wenige von ihnen hier.
Nun wünsche ich, daß ihr im Laufe des heutigen Tages mit
allen euren Kräften einen Ausfall wider sie macht und sie in
ihren Zelten überfallt. Zieht aber nur alle auf einmal hinaus,
und tötet sie bis auf den letzten Mann! Denn der Messias schaut
euch gnädig an, und die heilige Jungfrau ist euch zugetan; und
ich hoffe zum Messias, daß er es mir nicht vergessen wird, was
ich getan habe.' Als aber ihr Schreiben den König Afridûn erreichte, war er hocherfreut; und er schickte sofort zum König
von Kleinasien, dem Sohn der Dhât ed-Dawâhi, und wie der
kam, las er ihm das Schreiben vor, so daß Hardûb sich freute
und sprach: ,Sieh meiner Mutter List! Fürwahr, sie macht die
Schwerter entbehrlich, und sie anzuschauen wirkt wie des
Jüngsten Tages Grauen.' Da sprach Afridûn: ,Möge der Messias uns nie des Anblickes deiner Mutter berauben!' Dann befahl er den Rittern, verkünden zu lassen, daß ein Ausfall aus
der Stadt gemacht werden solle, und die Kunde verbreitete

sich in Konstantinopel. Da zogen hinaus die christlichen Heerhaufen all, die Schar der Kreuzesritter zumal; sie zückten der
Schwerter scharfe Klingen und ließen den Ruf des Unglaubens
und der Ketzerei erklingen, verleugnend den Herren der Menschen. Als der Kammerherr das sah, rief er: ‚Seht, die Griechen sind über uns! Sicherlich haben sie erfahren, daß unser
Sultan fern ist; so sind sie nun gegen uns ausgezogen, während
der größere Teil unserer Truppen dem König Dau el-Makân
zu Hilfe geeilt ist!‘ Und voller Wut schrie er: ‚Ihr muslimischen Reiter, des wahren Glaubens Streiter, wenn ihr flieht, so
ist es um euch geschehen; doch der Sieg ist euer, bleibet ihr
stehen! Wisset, die Tapferkeit besteht in Ausdauer für kurze
Zeit, und selbst die engste Bedrängnis wird durch Allahs Gnade
weit. Allah segne euch und blicke nieder auf euch mit dem
Auge des Erbarmens!‘ Doch ‚Allâhu Akbar!‘ riefen die Muslimen alle; so stürmten die Bekenner der Einheit Gottes vor mit
lautem Schalle, und die Mühle des Kampfes ward herumge-
trieben mit Stichen und Hieben; Schwerter und Lanzen schafften voll Wut, Täler und Felder füllten sich mit Blut. Die Priester und Mönche ministrierten, indem sie die Kreuze hoch-
hoben und die Gürtel schnürten; da riefen die Muslime den
vergeltenden König an und sangen Verse aus dem Koran. Und
seht, wie des Erbarmenden Schar und Satans Schar zusammenprallen, wie die Köpfe von den Leibern fallen! Da schwebten
die Engel, die guten Wesen, über dem Volk des Propheten,
der von allen auserlesen. Und das Schwert ruhte nicht von
seiner Arbeit, bis der Tag zur Rüste ging und die Nacht alles
mit Dunkel umfing. Die Ungläubigen aber hatten die Muslime
umzingelt in dichten Reihn und glaubten nun aller bedrücken-
den Not entronnen zu sein. Und die Dreigötterverehrer schauten gierig auf das Volk des Glaubens drein, bis die Morgenröte

aufging mit hellem Schein; da saß der Kammerherr mit seinen Mannen auf, hoffend, Allah werde ihm den Sieg verleihn. Nun vermischte Heerschar mit Heerschar sich wieder, der Kampf stand fest auf den Füßen, und die Köpfe flogen hernieder; die Tapferen hielten stand und rückten vor, dieweil der Feigen Schar sich auf der Flucht verlor. Der Todesrichter entschied und richtete: da sanken von ihren Sätteln die Recken, und der Anger begann sich mit Toten zu bedecken. Doch ach, die Muslime mußten weichen, und die Heiden konnten ihre Zelte und Stellungen erreichen. Schon wandten die Muslime den Rükken und wollten sich zur Flucht anschicken –: in dem Augenblicke trat Scharkân mit den muslimischen Heeren und den Bannern der Einheitsbekenner auf den Plan. Und als er bei ihnen war, da griff er die Ungläubigen an; und ihm folgte Dau el-Makân; und danach kamen der Wesir Dandân und die Emire von Dailam, Bahrâm und Rustem, und sein Bruder Tarkâsch. Als aber die Feinde das sahen, da waren sie wie von Sinnen, und ihr Verstand floh von hinnen, und die Staubwolken stiegen empor, bis sich die Welt im Dunkel verlor; da konnten die guten Gläubigen sich vereinen mit ihren Gefährten, den reinen. Nun traf auch Scharkân mit dem Kammerherrn zusammen und dankte ihm für seine standhafte Wacht; und dieser beglückwünschte den König, daß er Hilfe und Sieg gebracht. Da wurden die Muslime froh, und sie faßten wieder Mut und stürmten auf die Feinde ein und weihten sich Allah im Kampf für den Glauben. Doch als das Auge der Heiden die Banner der Mohammedaner fand, auf denen das Bekenntnis des reinen Glaubens geschrieben stand, da riefen sie: ‚Weh, um uns ist's geschehen!‘ und begannen die Klosterpatriarchen um Hilfe zu flehen. Dann erhoben sie ihr Feldgeschrei: ‚Johannes, Maria, o Kreuz!‘ – das verdammet sei –, und ihre Hände

744

ließen vom Kampfe ab. König Afridûn aber eilte zum König von Kleinasien; denn sie standen ein jeder an der Spitze je eines Flügels, rechts und links. Nun war bei ihnen auch ein berühmter Ritter, Lâwija mit Namen, der das Zentrum befehligte, und so zogen sie in Schlachtordnung aus, doch sie waren voll Schrecken und Graus. Derweilen aber stellten die Muslime ihre Reihen wieder her, und Scharkân ritt zu seinem Bruder Dau el-Makân und sagte: ‚O größter König unsrer Zeit, sicher wollen sie im Einzelkampf fechten, und das ist auch mein höchster Wunsch; aber ich will die beherztesten unserer Kämpfer in die erste Reihe stellen; denn Klugheit ist das halbe Leben.‘ Da antwortete der Sultan: ‚Sage mir nun, mein guter Berater, was willst du tun?‘ ‚Ich möchte‘, fuhr Scharkân fort, ‚den Ungläubigen in der Mitte gegenüberstehen und den Wesir Dandân zur Linken und dich zur Rechten haben, während der Emir Bahrâm den rechten und der Emir Rustem den linken Flügel führt. Du aber, o mächtiger König, sollst unter den Feldzeichen und Bannern bleiben; denn du bist es, auf den wir bauen und nächst Allah allein vertrauen. Dich wollen wir vor allen Gefahren mit unserem eigenen Leben bewahren.‘ Dau el-Makân dankte ihm dafür; doch schon hörte man den Schlachtruf erklingen, und aus den Scheiden flogen die Klingen. Da plötzlich kam aus dem Heere der Griechen ein Reiter hervor. Als er näher kam, sahen sie, daß er auf einer langsam gehenden Mauleselin ritt, die mit ihrem Reiter heraus aus dem Sturme der Schwerter schritt. Eine Decke aus weißer Seide lag auf ihr, und darauf ein Teppich aus Kaschmir; auf ihrem Rücken saß ein schöner, grauhaariger alter Mann, dem sah man seine Würde an; er trug aus weißer Wolle ein langes Gewand, und er trieb zur Eile unverwandt, bis er dicht vor dem Heere der Muslime stand. Da rief er: ‚Ich bin zu euch allen gesandt; und ein Gesandter hat nur zu überbringen, also gewährt mir freies Geleit, daß ich euch die Botschaft kundtue in Sicherheit!' Scharkân erwiderte ihm: ,Freies Geleit ist dir gewährt; fürchte dich nicht vor Lanzenstoß oder Hieb mit dem Schwert!' Da saß der Alte ab, nahm das Kreuz vom Halse, legte es vor den Sultan hin, und bezeugte vor ihm, auf Wohlwollen hoffend, demütigen Sinn. Die Muslime fragten: ,Welche Kunde bringst du?' Und er antwortete: ,Ich bin ein Gesandter vom König Afridûn; ich riet ihm, davon abzustehen, daß all diese Menschengebilde und Tempel des Erbarmers zugrunde gehen. Und ich machte ihm klar, daß es das beste sei, man halte mit dem Blutvergießen ein, und lasse es auf den Kampf zweier Ritter eingeschränkt sein. Da stimmte er mir bei und läßt euch sagen: ,Ich will mein Heer loskaufen mit meinem Leben; also möge der König der Muslime tun wie ich und sein Heer loskaufen mit seinem Leben. Wenn er mich tötet, so wird meinem Heer keine Stütze mehr bleiben, und wenn ich ihn töte, so wird dem Heer der Muslime keine Stütze mehr bleiben!' Als Scharkân das hörte, sprach er: ,O Mönch, ich willige darin ein; denn es ist gerecht, und es kann kein Widerspruch dagegen sein. Siehe da, ich bin bereit, ihm entgegenzutreten zum Streit; denn ich bin der Mohammedaner Ritter, wie er der Ungläubigen Ritter. Tötet er mich, so krönt der Sieg ihn, und dem Heere der Muslime bleibt nichts übrig, als davonzuziehn. Also kehre zu ihm zurück, o Mönch, und sage ihm, daß der Einzelkampf morgen stattfinden soll, denn heute sind wir von unserem Ritt gekommen und sind noch ermattet; doch nach der Ruhe sei weder Tadel noch Vorwurf gestattet!' Erfreut kehrte der Mönch zum König Afridûn und zum König von Kleinasien zurück und richtete ihnen beiden seinen Auftrag aus. Da war König Afridûn hocherfreut, und von ihm wichen Kummer und Leid; und er sprach bei sich selber: ‚Ohne Zweifel ist dieser Scharkân ihr bester Mann im Werfen der Lanze und im Schwertertanze; doch wenn ich ihn töte, erlahmt ihre Kraft, und ihr Mut erschlafft.' Nun hatte Dhât ed-Dawâhi dem König Afridûn geschrieben und ihm gesagt, Scharkân sei der mutigste Reiter und tapferste Streiter, und sie hatte ihn vor ihm gewarnt. Doch auch Afridûn war ein gewaltiger Held; er kannte die Kampfesweisen all, Steinwurf und Pfeilschuß zumal, er schwang die Eisenkeule mit Geschick und schreckte nicht vor der größten Gefahr zurück. Als er nun den Bericht des Mönches hörte, daß Scharkân in den Zweikampf gewilligt hatte, da war ihm, als müsse er fliegen vor Freuden; denn er hatte viel Selbstvertrauen und wußte, daß ihm keiner widerstehen konnte. So verbrachten die Ungläubigen die Nacht in Freude und Fröhlichkeit und vertrieben sich mit Weintrinken die Zeit. Doch als es Morgen ward, zogen die Ritter aus mit den Lanzen, den dunkeln, und den Klingen, die funkeln.

Und siehe, da ritt ein Reiter allein auf den Plan, und er saß auf einem Roß von reinstem Blut, für den Kampf und für das Getümmel gut, und es hatte starke Glieder; der Ritter trug ein ehernes Panzermieder, das gerüstet war gegen die größte Gefahr; auf der Brust hatte er einen Spiegel, der aus Edelsteinen bestand, die schneidende Klinge hielt er in der Hand, dazu aus Chalandsch-Holz einen Speer, ein seltenes Stück Arbeit von den Franken her. Nun enthüllte der Ritter sein Antlitz und rief: ‚Wer mich kennt, der hat genug von mir, fürwahr! Und wer mich nicht kennt, nun, dem wird bald es klar! Ich bin Afridûn, ich bin durch den Segen der scharfen Augen von Dhât ed-Dawâhi geschützt allerwegen!' Aber ehe er noch seine Worte beendet hatte, trat ihm Scharkân, der Ritter der Muslime, entgegen; er saß auf einem edlen braunen Pferd, das war tausend rote Goldstücke wert; er trug eine Rüstung besetzt mit Perlen und Edelsteinen zumal, und ein juwelenbesetztes Schwert aus indischem Stahl, das die Nacken durchschlug, und das Schwere wurde vor ihm leicht genug. Er trieb seinen Renner zwischen den beiden Heeresreihen dahin, und die Reiter hoben den Blick auf ihn; dann rief er dem König Afridûn zu: ‚Wehe dir, Verfluchter du! Glaubst du, ich sei wie irgendein Reiter, den du zufällig gesehen, und könne dir auf dem Kampfplatze nicht widerstehen?‘ Und nun glichen die beiden zwei Bergen, die aufeinanderfallen, oder zwei Meeren, die zusammenprallen. Bald waren sie nah, bald entfernten sie sich; bald hingen sie zusammen, bald trennten sie sich; und so kämpften sie unverwandt, bald angreifend, bald zurückgewandt, spielend und in ernstem Ringen, mit Lanzenstichen und Hieben der Klingen. Die beiden Heere aber schauten zu, und einige sagten: ‚Scharkân wird siegen!‘ und andere: ‚Afridûn wird siegen!‘ Ohne Unterlaß kämpfte das Ritterpaar, bis das Gerede hüben und drüben verstummet war, bis der Staub aufstieg und der Tag sich neigte und die Sonne im Sinken erbleichte. Da aber rief König Afridûn dem Scharkân die Worte zu: ‚Beim Glauben an den heiligen Christ und bei der Religion, die die wahre ist, zwar bist du ein kühner Reiter und ein kampfgewohnter Streiter; doch du bist ein falscher Held, deine Art ist nicht der Art der Edlen gesellt. Ich sehe, dein Tun ist nicht preiswert, dein Kampf ist nicht wie der eines Fürsten bewährt, sieh, wie dein Volk dich gleich einem Sklaven ehrt! Da bringen sie dir ja ein anderes Roß, damit du es besteigest und in den Kampf zurückkehrst. Doch bei meinem Glauben, der Kampf mit dir ermüdet mich, und dein Hauen und Stechen ermattet mich; wenn du denn heute abend noch einmal mit mir kämpfen willst, so ändere nichts an deiner Rüstung oder deinem Rosse, auf daß du

748

den Rittern deinen hohen Mut und deine Kampfeskraft beweisest.' Als Scharkân diese Worte hörte, ergrimmte er über seine Leute, die ihn zu den Sklaven rechneten, und er wandte sich nach ihnen um, und wollte ihnen ein Zeichen geben, daß sie ihm weder eine neue Rüstung noch ein neues Roß bringen sollten; doch siehe, da schwang Afridûn seinen Wurfspieß und schleuderte ihn wider Scharkân. Der aber hatte sich umgewandt und hatte niemanden der Seinen in der Nähe erblickt, und so wußte er, daß dies nur eine List des verfluchten Heiden war; eilend wandte er sich zurück, und siehe, der Wurfspieß flog schon daher, doch er wich ihm aus, so daß sein Kopf das Sattelhorn berührte. Da aber Scharkân eine hohe Brust hatte, so streifte der Speer seine Haut und riß sie auf, und mit einem einzigen Schrei sank er in Ohnmacht. Darüber freute sich der verfluchte Afridûn, denn er glaubte, er habe ihn getötet; und so rief er den Ungläubigen zu, sie sollten sich freuen. Da geriet das Volk der Rebellen vor Erregung außer sich; doch das Volk des Glaubens weinte bitterlich. Als Dau el-Makân seinen Bruder im Sattel schwanken sah, so daß er beinahe fiel, da entsandte er Reiter, und die Helden sprengten ihm zu Hilfe. Nun stürmten die Ungläubigen auf die Muslime ein; die beiden Heere trafen sich, und die beiden Schlachtreihen mischten sich; das scharfe jemenische Schwert aber tat gute Arbeit. Der erste nun, der Scharkân erreichte, war der Wesir Dandân – –«

Da bemerkte Schehrezâd, daß der Morgen begann, und sie hielt in der verstatteten Rede an. Doch als die *Hundertunddritte Nacht* anbrach, fuhr sie also fort: »Es ist mir berichtet worden, o glücklicher König, daß König Dau el-Makân seinen Bruder Scharkân für tot hielt, als er sah, wie der verfluchte Heide ihn mit dem Wurfspieß traf; so entsandte er Reiter zu ihm, und der erste, der ihn erreichte, war der Wesir Dandân, und mit ihm Bahrâm, der Emir der Türken, und Rustem, der Emir der Dailamiten. Als sie bei ihm waren, sank er gerade zur Seite, und so hielten sie ihn im Sattel und kehrten mit ihm zu seinem Bruder Dau el-Makân zurück; dann übergaben sie ihn den Dienern, um ihn zu pflegen, und kehrten zurück zum Kampfe mit Speer und Degen. Da entbrannte der Kampf mit neuer Gewalt, die Speere flogen, und alles Gerede verstummte bald. Da sah man das Feld von Blut getränkt und die Nacken gesenkt; in einem fort sauste das Schwert auf die Nacken nieder, und der Streit entbrannte immer wieder, bis der größte Teil der Nacht vergangen war; nun riefen, matt von des Kampfes Graus, beide Heere einen Waffenstillstand aus. Und beide Heere kehrten zu ihren Zelten zurück. Alle Ungläubigen aber begaben sich zu ihrem König Afridûn und küßten den Boden vor ihm. Die Priester und Mönche beglückwünschten ihn zum Sieg, der ihm über Scharkân verliehn. Da zog der König Afridûn nach Konstantinopel und setzte sich auf den Thron seiner Herrschaft, und König Hardûb trat zu ihm und sagte: ‚Möge der Messias deinem Arm Kraft verleihn und immerdar dein Helfer sein und die Gebete erhören, die meine fromme Mutter, Dhât ed-Dawâhi, für dich betet! Wisse, ohne Scharkân vermögen die Muslime nicht standzuhalten.‘ Da rief Afridûn: ‚Morgen ist der letzte Strauß! Dann ziehe ich zur Schlacht hinaus und fordere Dau el-Makân zum Zweikampf heraus. Wenn ich ihn dann töte, so fluten ihre Heere zurück und suchen in der Flucht ihr Glück.‘

Also sah es bei den Ungläubigen aus; aber auf der anderen Seite, im Heere der Gläubigen, da konnte Dau el-Makân, als er ins Lager zurückgekehrt war, an nichts anderes denken als an seinen Bruder. Und als er zu ihm eintrat, fand er ihn in arger Not und vom Schlimmsten bedroht. Nun berief er den Wesir

Dandân und Rustem und Bahrâm zur Beratung. Als sie gekommen waren, ging ihr Rat dahin, die Ärzte zu berufen, damit sie Scharkân behandelten; dann weinten sie und sprachen: ‚Seinesgleichen hat die Welt nie hervorgebracht!' Und die ganze Nacht hindurch wachten sie bei ihm, bis in den späteren Stunden der Heilige weinend zu ihnen kam. Als Dau el-Makân ihn erblickte, stand er vor ihm auf; und der Fromme strich mit der Hand über Scharkâns Wunde, dabei sang er aus dem Koran und sprach Verse des Erbarmers als Talisman. Ununterbrochen wachte er bei Scharkân bis zum Morgen; da kam der Verwundete zu sich, öffnete die Augen, bewegte die Zunge im Munde und sprach. Darüber freute Dau el-Makân sich und sagte: ‚Der Segen des Heiligen hat gewirkt!' Und Scharkân sprach: ‚Preis sei Allah für die Genesung; ja, jetzt ist mir ganz wohl! Jener Verruchte hat mich überlistet; und hätte ich mich nicht schneller als der Blitz zur Seite geworfen, so hätte der Speer meine Brust durchbohrt. Darum Preis sei Allah, der mich gerettet hat! Und wie steht es mit den Muslimen?' Dau el-Makân erwiderte: ‚Sie weinen um dich!' Da sprach Scharkân: ‚Ich bin wohlauf und gesund; doch wo ist der Asket?' Der aber saß neben ihm und sagte: ‚Zu deinen Häupten.' Da wandte der Fürst sich ihm zu und küßte ihm die Hand; doch jener sprach: ‚Mein Sohn, übe rechte Geduld, dann lohnt Allah dich mit reichlicher Huld! Denn der Lohn wird nach dem Werke bemessen.' Nun bat Scharkân: ‚Bete für mich!' und er betete für ihn. Doch als der Morgen sich erhob und die Welt mit rotem Schein durchwob, da zogen die Muslime ins Feld zur Schlacht, und auch die Ungläubigen hatten sich zu Stich und Hieb bereitgemacht. Zuerst rückte das islamische Heer vor und erbot sich zu Kampf und Streit, und es hielt die Waffen bereit. Und König Dau el-Makân und Afridûn wollten sich im Zweikampfe messen. Siehe, da ritt Dau el-Makân hinaus auf den Plan; und mit ihm ritten der Wesir Dandân und der Kammerherr und Bahrâm, und sie sprachen zu ihm: ‚Wir wollen unser Leben für dich hingeben!‘ Aber er antwortete ihnen: ‚Beim heiligen Hause, beim Zemzem-Brunnen[1] und Abrahams Klause[2], ich lasse nicht vom Streite gegen jene ungläubige Meute!‘ Und als er sich auf der Walstatt befand, spielten Schwert und Speer in seiner Hand, so daß er die Ritter erschrecken machte und beide Heere zum Staunen brachte; rechts griff er an und tötete zwei ihrer Ritter, dann links, und tötete auch dort zwei Ritter. Dann hielt er mitten im Felde und rief: ‚Wo ist Afridûn? Dem will ich schmachvolle Strafe zu kosten tun!‘ Und als nun der Verfluchte auf ihn loszustürzen suchte, da sah ihn der König Hardûb und beschwor ihn, nicht auszuziehn, indem er sprach: ‚O König, gestern hast du gekämpft; doch heute bin ich zum Kampfe bereit, und ich mache mir nichts aus seiner Tapferkeit!‘ Dann stürmte er los, das Schwert in der Hand, auf einem Hengste, der glich dem Abdschar, dem Rosse des ’Antar[3]; der war ein Rappe unverzagt, so wie von ihm der Dichter sagt:

> Schneller als ein Blick eilt er auf edelem Renner;
> Der läuft, als ob er die Zeit im Laufe einholen wollt’.
> Sein dunkles Fell erglänzet von rabenschwarzer Farbe:
> Das ist gleichwie die Nacht, wenn die Nacht am finstersten grollt.
> Sein lautes Wiehern erfreut einen jeden, der es höret,
> Das ist gleichwie der Donner, der in den Lüften rollt.
> Lief er mit dem Wind um die Wette, er käme vor ihm ans Ende;
> Ihn holt der Blitz nicht ein, durchzuckend die Wolkenwände.

1. Wundertätiger Brunnen bei der Kaaba in Mekka. – 2. Nahe der Kaaba in Mekka. – 3. Ein berühmter altarabischer Held aus der Zeit vor dem Islam.

Nun stürmten beide aufeinander ein, wichen vor den Hieben zur Seit, und zeigten des Leibes wunderbare Geschicklichkeit; sie sprengten vor und wichen zurück, und die Zuschauer, die mit beklommener Brust harrten, konnten den Ausgang kaum noch erwarten. Doch da stieß Dau el-Makân den Schlachtruf aus, stürzte sich auf Hardûb, den König des armenischen Kleinasien, und traf ihn mit einem Streich, der ihm den Kopf abhieb, so daß kein Leben mehr in ihm blieb. Als die Heiden das sahen, griffen sie ihn geschlossen an und stürzten sich auf ihn, Mann für Mann; doch er trat ihnen auf der Walstatt entgegen, und wieder begann Hieb und Stoß sich zu regen, bis das Blut in Strömen rann auf allen Wegen. Die Muslime schrien: ‚Gott ist der Größte! Es gibt keinen Gott außer Allah! Segen über den Freudenverkünder und Warner der Sünder!' Und sie kämpften einen heißen Kampf, bis Allah den Gläubigen den Sieg herabbrachte, die Ungläubigen aber zuschanden machte. Und da rief der Wesir Dandân: ‚Nehmt Rache für König ’Omar ibn en-Nu’mân, Rache auch für seinen Sohn Scharkân!' Er entblößte sein Haupt und feuerte die Türken an. Nun waren ihm zur Seite mehr als zwanzigtausend Reiter; die stürmten alle wie ein Mann mit ihm vor. Und da konnten die Ungläubigen ihr Heil nur in der Flucht erblicken, darum wandten sie den Rücken; doch jene fuhren fort, das schneidende Schwert gegen sie zu zücken. Die Muslime erschlugen an die fünfzigtausend Reiter, und mehr noch nahmen sie gefangen; und viele wurden noch erschlagen, als sie in die Tore eilten, denn das Gedränge war groß. Dann verriegelten die Griechen das Tor und stiegen aus Furcht vor dem Sturm auf die Mauern empor. Und schließlich kehrten die Scharen der Muslime siegreich und ruhmreich in ihre Zelte zurück. Dau el-Makân aber ging zu seinem Bruder; den fand er in höchster Freude wieder, und voll Dank warf er sich vor dem Gütigen, Erhabenen nieder. Dann trat er zu ihm und wünschte ihm Glück zur Genesung. Da sprach Scharkân: ‚Wahrlich, wir stehen alle unter dem Segen dieses büßenden Asketen; er allein hat euch den Sieg verschafft mit seinen gottgefälligen Gebeten; denn er hat den ganzen Tag im Gebete für die Muslime zugebracht.‘ – –«

Da bemerkte Schehrezâd, daß der Morgen begann, und sie hielt in der verstatteten Rede an. Doch als die *Hundertundvierte Nacht* anbrach, fuhr sie also fort: »Es ist mir berichtet worden, o glücklicher König, als Dau el-Makân bei seinem Bruder Scharkân eintrat, da habe er ihn an der Seite des Heiligen sitzend angetroffen; erfreut trat er zu ihm und wünschte ihm Glück zu seiner Genesung. Da sprach Scharkân: ‚Wahrlich, wir stehen alle unter dem Segen dieses Asketen, und ihr habt nur um seiner Gebete willen gesiegt; denn er ließ heute nicht ab vom Gebet für die Muslime. Und als ich euer ‚Allâhu Akbar!‘ vernahm, da fühlte ich wieder Kraft in mir; denn da wußte ich, daß ihr über eure Feinde gesiegt hattet. Doch jetzt erzähle mir, mein Bruder, was dir widerfahren ist.‘ Da erzählte er ihm alles, was zwischen ihm und dem verfluchten Hardûb vorgegangen war, und er berichtete, wie er ihn erschlagen hatte, und wie jener zum Fluche Allahs eingegangen sei; Scharkân aber pries ihn und lobte seinen Heldenmut. Wie nun Dhât ed-Dawâhi, die ja im Gewande des Asketen war, von dem Tode ihres Sohnes, des Königs Hardûb, hörte, da wurde ihr Antlitz bleich, und aus ihren Augen flossen die Tränen überreich; doch sie verbarg ihren Schmerz und tat vor den Muslimen hocherfreut, als ob sie Tränen der Freude weine. Doch dann sprach sie bei sich selber: ‚Beim Messias, mein Leben ist nichtig, wenn ich ihm nicht durch seinen Bruder Scharkân das Herz verbrenne, wie er mir das Herz verbrannt hat durch König Hardûb, ihn, der die Stütze der Kreuzesritterschar und der ganzen christlichen Gemeinde war!' Doch sie bewahrte ihr Geheimnis. Nun blieben der Wesir Dandân und König Dau el-Makân und der Kammerherr bei Scharkân sitzen, bis man ihm die Wunde gesalbt und verbunden hatte; dann reichten sie ihm Arznei und die volle Gesundheit kehrte in ihn zurück. Hocherfreut darüber, verkündeten sie es den Truppen, die sich gegenseitig die frohe Botschaft mitteilten und sprachen: ,Morgen wird er mit uns reiten und die Belagerung selbst in die Hand nehmen.' Darauf sprach Scharkân zu denen, die bei ihm waren: ,Ihr habt den ganzen Tag hindurch gestritten und seid kampfesmüde; drum ist es besser, ihr geht in eure Zelte und schlaft, und wachet nicht.' Sie fügten sich seinem Rat und begaben sich ein jeder in sein Staatszelt; und niemand blieb bei Scharkân außer einigen Dienern und der alten Dhât ed-Dawâhi. Einen Teil der Nacht plauderte er mit ihr; doch dann streckte er sich aus, um zu ruhen, und seine Diener taten desgleichen; und über alle kam der Schlaf, so daß sie dalagen wie die Toten.

Nun laßt uns weiter sehen, was die alte Dhât ed-Dawâhi tat! Sie allein blieb wach, als die anderen im Zelte schliefen, und sie blickte auf Scharkân und sah, wie er in Schlummer versunken war. Da sprang sie auf, als sei sie ein grindiges Bärenweib oder eine Viper mit fleckigem Leib; und sie nahm aus ihrem Gürtel einen Dolch, der so vergiftet war, daß er einen Fels geschmolzen hätte, wenn er darauf gelegt wäre. Dann zog sie ihn aus der Scheide und schlich sich zu Scharkâns Kopf; und sie zog ihn über seinen Hals, durchschnitt ihm die Kehle und trennte den Kopf vom Rumpfe. Und noch einmal sprang sie auf und ging herum bei den schlafenden Dienern und schnitt auch ihnen die Köpfe ab, damit sie nicht erwachten. Dann verließ sie das Zelt und schlich zu den Zelten des Königs; doch da sie sah, daß die Wachen nicht schliefen, schlich sie zu dem des Wesirs Dandân. Nun aber las er im Koran, und als sein Auge auf sie fiel, da sprach er: ‚Willkommen, o frommer Asket!‘ Als sie das hörte, zitterte ihr das Herz, und sie sprach zu ihm: ‚Ich komme hierher um diese Stunde, weil ich die Stimme eines der Heiligen Allahs vernahm, und ich bin auf dem Wege zu ihm.‘ So machte sie kehrt, doch der Wesir Dandân sprach bei sich selber: ‚Bei Allah, heute nacht will ich diesem Asketen folgen!‘ So stand er auf und ging ihr nach; doch als die verfluchte Alte seine Schritte hörte, wußte sie, daß er ihr folgte; da fürchtete sie, entdeckt zu werden, und sprach bei sich: ‚Wenn ich ihn nicht überliste, so werde ich entdeckt.‘ Deshalb wandte sie sich nach ihm um und rief ihm von ferne zu: ‚O Wesir! Ich gehe auf die Suche nach diesem Heiligen, um zu sehen, wo er ist; wenn ich ihn gefunden habe, will ich ihn bitten, daß du ihn besuchen darfst, und will zu dir zurückkehren und es dir sagen. Denn ich fürchte, wenn du ohne die Erlaubnis des Heiligen mit mir kommst, wird er mir zürnen, sobald er dich bei mir sieht.‘ Als der Wesir das hörte, schämte er sich zu sehr, um ihr zu antworten; und er verließ sie und kehrte in sein Zelt zurück und wollte schlafen; aber der Schlaf war ihm nicht hold, und ihm war, als sei die Welt auf ihn getürmt. So stand er auf und verließ sein Zelt und sprach bei sich selber: ‚Ich will zu Scharkân gehen und bis zum Morgen mit ihm plaudern.‘ Doch als er zu Scharkâns Zelt kam und dort eintrat, fand er, wie das Blut in Strömen rann, und er sah die Diener mit durchschnittenen Kehlen daliegen. Da stieß er einen Schrei aus, der alle Schläfer weckte; das Volk strömte herbei, und als es das strömende Blut sah, hub es laut an zu weinen und klagen. Nun erwachte der Sultan Dau el-Makân und fragte, was es gäbe, und man sagte ihm: ‚Scharkan, dein Bruder, und seine Diener sind ermordet!' Da sprang er eilig auf und lief in das Zelt, und dort fand er den Wesir Dandân in lauten Klagen, und er sah seines Bruders kopflose Leiche. Ohnmächtig sank er hin, und all die Krieger schrien und weinten und standen um ihn so lange, bis er wieder zu sich kam. Dann sah er Scharkân an und weinte bitterlich, und der Wesir und Rustem und Bahrâm taten desgleichen. Doch der Kammerherr schrie so sehr und klagte immer mehr, bis daß er begehrte fortzuziehn; so verwirrte der Jammer ihn.

Nun sprach Dau el-Makân: ‚Wißt ihr nicht, wer diese Tat an meinem Bruder begangen hat? Und warum sehe ich den Heiligen nicht, ihn, den nichts Irdisches mehr anficht?' Da rief der Wesir: ‚Wer anders brachte all dies Leid, als jener Satan im Heiligenkleid? Bei Allah, mein Herz verabscheute ihn vom ersten bis zum letzten Augenblicke; denn ich weiß, jeder Frömmler ist gemein und voll Tücke!' Und er erzählte dem König sein Erlebnis, wie er dem Mönch hatte folgen wollen und wie er es ihm unmöglich gemacht. Dann weinten und klagten sie laut, Mann für Mann, und flehten den allzeit Nahen, den Erhörer, demütig an, daß er jenen Asketen, der Allahs Wunder nicht anerkennen wollte, in ihre Hände fallen lassen sollte. Dann bahrten sie Scharkân auf und begruben ihn im Gebirge dort und trauerten ob seiner weitberühmten Tugenden immerfort. – – «

Da bemerkte Schehrezâd, daß der Morgen begann, und sie hielt in der verstatteten Rede an. Doch als die *Hundertundfünfte Nacht* anbrach, fuhr sie also fort: »Es ist mir berichtet worden, o glücklicher König, daß sie Scharkân aufbahrten und ihn begruben im Gebirge dort und ob seiner weitberühmten Tugenden trauerten immerfort. Dann aber erwarteten sie, daß das

Tor der Stadt geöffnet werden sollte; doch es wurde nicht geöffnet, und niemand zeigte sich auf den Mauern, worüber sie sich sehr wunderten. König Dau el-Makân aber sagte: ‚Bei Allah, ich will mich nicht von ihnen wenden, und müßte ich viele Jahre hier sitzen, bis ich Blutrache nehme für meinen Bruder Scharkân; dann will ich Konstantinopel verwüsten und dann töte ich den König der Christen, wenn auch der Tod sich zu mir gesellt und mir Ruhe schafft vor dieser elenden Welt!‘ Darauf befahl er, ihm den Schatz zu bringen, den sie dem Kloster des Matruhina entnommen hatten, versammelte die Truppen und verteilte das Geld unter sie, und ließ nicht einen an der Stätte, den er nicht beschenkt und zufriedengestellt hätte. Und ferner ließ er aus jeder Abteilung dreihundert Reiter vor sich kommen und sprach zu ihnen: ‚Schickt euren Familien Geld! Denn ich will jahrelang vor dieser Stadt bleiben, bis ich Blutrache nehme für meinen Bruder Scharkân, und sterbe ich auch hier auf dem Plan.‘ Als die Krieger seine Worte vernommen und das Geld empfangen hatten, antworteten sie: ‚Wir hören und gehorchen!‘ Nun berief er Boten und übergab ihnen Schreiben und befahl ihnen, sie abzugeben und zugleich das Geld den Angehörigen der Krieger zu überbringen und ihnen mitzuteilen, daß alle wohlbehalten und guter Dinge seien; und sie sollten zu ihnen sagen: ‚Wir lagern vor Konstantinopel, und wir werden es entweder zerstören oder sterben; und wenn wir auch viele Monate und Jahre dort bleiben müßten, wir wollen nicht aufbrechen, bis wir es genommen haben.‘ Dann befahl er dem Wesir Dandân, an seine Schwester Nuzhat ez-Zamân zu schreiben, und sprach zu ihm: ‚Teile ihr mit, was uns widerfahren ist und in welcher Lage wir sind, und befiehl ihr mein Kind! Denn meine Gemahlin war, als ich zum Kriege auszog, der Entbindung nahe und muß jetzt schon längst geboren haben; und

758

wenn sie einen Knaben geboren hat, wie ich es habe sagen hören, so soll der Bote rasch zurückkehren und mir die frohe Nachricht bringen.' Dann gab er ihnen einiges Geld; sie nahmen es und machten sich zur selbigen Stunde reisefertig. Alle Leute aber drängten sich herbei, um Abschied von ihnen zu nehmen und ihnen ihr Geld anzuvertrauen. Nach ihrem Aufbruch nun wandte Dau el-Makân sich an den Wesir Dandân und gab Befehl, das Heer nahe an die Mauern heranrücken zu lassen. So rückten die Truppen vor, doch sie fanden zu ihrem Staunen niemanden auf den Wällen; Dau el-Makân aber war bekümmert darüber, und in Trauer um den Verlust seines Bruders Scharkân und empört gegen den verräterischen heiligen Mann. Und drei Tage lang blieben sie dort, ohne irgend jemanden zu sehen.

So weit die Muslime; was nun aber die Griechen anlangt, so war der Grund, weswegen sie während dieser drei Tage dem Kampfe fernblieben, der folgende. Sowie Dhât ed-Dawâhi Scharkân ermordet hatte, lief sie eilends fort und kam zu den Mauern von Konstantinopel, wo sie den Wachen in griechischer Sprache zurief, sie sollten ihr ein Seil herabwerfen. Sie fragten: ,Wer bist du?' Und sie erwiderte: ,Ich bin Dhât ed-Dawâhi.' Da erkannten sie sie und ließen das Seil zu ihr hinunter; sie band sich daran fest, und jene zogen sie herauf. Als sie dann oben angekommen war, ging sie zum König Afridûn und sprach zu ihm: ,Was höre ich da von den Muslimen? Sie sagen, mein Sohn Hardûb sei tot?' Wie er das bejahte, schrie sie auf und weinte so lange, bis Afridûn und alle, die zugegen waren, mit ihr weinten. Dann erzählte sie dem König, wie sie Scharkân und dreißig seiner Diener umgebracht habe; darüber freute er sich, und er dankte ihr, küßte ihr die Hände und betete für sie um Trost über den Verlust ihres Sohnes. Da rief sie: ‚Beim Messias, ich will mich nicht damit begnügen, daß ich jenen einen Hund von Muslim getötet habe als Blutrache für meinen Sohn, einen König unter den Königen unserer Zeit! Jetzt muß ich eine List ersinnen und einen Trug ausführen, der den Tod bringt dem Sultan Dau el-Makân und dem Wesir Dandân und dem Kammerherrn und Rustem und Bahrâm und zehntausend Rittern aus dem Heere vom Islam! Nimmermehr soll meines Sohnes Haupt durch Scharkâns Kopf bezahlt sein! Nie und nimmer!‘ Dann sprach sie zu König Afridûn: ‚Wisse, o König unserer Zeit, es ist mein Wunsch, für meinen Sohn die Trauerfeier anzusagen, den Gürtel zu zerschneiden und die Kreuze zu zerschlagen.‘ Afridûn erwiderte: ‚Tu, wie du willst; ich werde dir in nichts widersprechen! Und trauertest du auch eine lange Weil, das wäre nur ein geringes Teil. Siehe, wenn auch die Muslime uns viele Jahre belagern wollen, so werden sie doch nie ihr Ziel erreichen noch anderes von uns gewinnen als Mühsal und Trübsal.‘ Da nahm die Verruchte, die nun zu Ende war mit dem Unheil, das sie vollbracht, und den Schmählichkeiten, die sie sich ausgedacht, Tintenkapsel und Papier und schrieb: ‚Von Dhât ed-Dawâhi, der scharfäugigen Alten, an die Muslime, die sich hier aufhalten. Wisset, daß ich in euer Land eingedrungen bin und durch meine Verschlagenheit eure Fürsten getäuscht habe; zuerst tötete ich inmitten seines Palastes den König 'Omar ibn en-Nu'mân. Dann brachte ich durch die Schlacht am Bergespaß bei der Höhle viele eurer Krieger ums Leben, und die letzten, die ich tötete, waren Scharkân und seine Diener. Wenn aber das Schicksal mir Hilfe leiht und der Satan mir seinen Gehorsam weiht, so töte ich sicher auch euren Sultan und den Wesir Dandân. Ja, ich bin die, die euch nahte im Gewande des Frommen; und von mir sind die Ränke und Listen über euch gekommen.

Wollt ihr nunmehr in Sicherheit leben, so weichet vor mir; doch wollt ihr euer eigenes Verderben, so bleibet hier! Aber wenn ihr auch viele Jahre bleiben solltet, ihr erreicht von uns nie, was ihr wolltet. Und damit schließe ich nun!' Nachdem sie diesen Brief geschrieben hatte, trauerte sie drei Tage lang um König Hardûb; am vierten Tage aber rief sie einen Ritter und befahl ihm, das Schreiben zu nehmen und an einen Pfeil zu befestigen und in das Lager der Muslime zu schießen. Dann ging sie in die Kirche und überließ sich dem Weinen und Klagen um den Verlust ihres Sohnes; und sie sprach zu dem, der nach ihm König geworden war: ,Unbedingt muß ich noch Dau el-Makân und alle Fürsten der Muslime ums Leben bringen.'

So viel von Dhât ed-Dawâhi! Die Muslime ihrerseits brachten diese drei Tage hin mit sorgenvollem und betrübtem Sinn; doch als sie am vierten auf die Mauern blickten, siehe, da stand dort ein Ritter mit einem Pfeil in der Hand, an dem sich ein Schreiben befand. Sie warteten, bis er es zu ihnen geschossen hatte; und da befahl der Sultan dem Wesir Dandân, es zu lesen. Als jener es verlesen und der König den Inhalt angehört und verstanden hatte, strömten seine Augen von Tränen über, und er schrie auf vor Schmerz ob ihrer Tücke; und der Wesir sprach: ,Bei Allah, mein Herz schrak immer schon vor ihr zurück!' Nun rief der Sultan: ,Wie konnte dies gemeine Weib uns zweimal überlisten? Doch bei Allah, ich will nicht eher fortziehen, als bis ich ihr geschmolzenes Blei in die Scheide gegossen und sie wie einen Vogel im Käfig eingeschlossen! Darauf will ich sie bei ihrem Schopfe fassen und am Tor von Konstantinopel kreuzigen lassen!' Dann aber gedachte er seines Bruders und weinte bitterlich. Doch als Dhât ed-Dawâhi unter die Ungläubigen trat und ihnen alles erzählte, was geschehen war, da freuten sie sich, daß Scharkân getötet, Dhât ed-Dawâhi aber in Sicherheit war. Danach kehrten die Muslime zum Tore von Konstantinopel zurück, und der Sultan versprach ihnen, wenn die Stadt genommen werde, so wolle er all ihre Schätze zu gleichen Teilen unter sie teilen. Doch während alledem trockneten seine Tränen nicht, aus Kummer um seinen Bruder, bis Magerkeit seinen Leib beschlich und er nur noch einem Zahnstocher glich. Da trat der Wesir Dandân zu ihm ein und sprach: ‚Hab Zuversicht und quäl dich nicht! Siehe, dein Bruder mußte sterben, weil seine Stunde gekommen war; und dies Trauern fruchtet nichts. Wie gut sagt der Dichter:

> *Was nicht geschehen soll, geschieht auch nie durch List;*
> *Doch was geschehen soll, das wird geschehen.*
> *Ja, was geschehen soll, geschieht zu seiner Zeit;*
> *Allein ein Tor kann es doch nie verstehen.*

Drum laß das Weinen und Klagen, und stärke dein Herz, um die Waffen zu tragen!' Er aber antwortete: ‚O Wesir, mein Herz ist bekümmert um den Verlust meines Vaters und meines Bruders und um unser Fernsein von unserer Heimat; mein Geist ist besorgt um meine Untertanen.' Da weinten der Wesir und die zugegen waren; aber viele Tage hindurch blieben sie dabei, Konstantinopel zu belagern. Doch siehe, eines Tages kam durch einen der beauftragten Emire Nachricht aus Baghdad zu ihnen, daß die Gemahlin des Königs Dau el-Makân mit einem Knaben gesegnet sei, und daß seine Schwester Nuzhat ez-Zamân ihn Kân-mâ-kân[1] genannt habe. Und ferner, daß der Knabe verspräche, ein berühmter Mann zu werden, da man schon jetzt erstaunliche und wunderbare Dinge an ihm gesehen habe; sie habe den Ulemas und den Predigern befohlen, für König und Heer von den Kanzeln zu beten, der Gottesdienst sei wohl-

---

1. Was geschehen ist, ist geschehen.

bestellt, alle daheim seien wohl und munter; das Land erfreue sich reichlichen Regens; und sein Gefährte, der Heizer, lebe in Herrlichkeit und Freuden, umgeben von Dienern und Sklaven, doch er wisse noch nicht, was aus Dau el-Makân geworden sei; und sie sende ihren Gruß. Da rief Dau el-Makân: ‚Jetzt ist mein Rücken stark geworden; denn mir ist ein Sohn geschenkt, des Name Kân-mâ-kân ist.‘ – –«

Da bemerkte Schehrezâd, daß der Morgen begann, und sie hielt in der verstatteten Rede an. Doch als die *Hundertundsechste Nacht* anbrach, fuhr sie also fort: »Es ist mir berichtet worden, o glücklicher König, daß König Dau el-Makân, als die Nachricht von der Geburt eines Sohnes ihn erreichte, hocherfreut war und rief: ‚Jetzt ist mein Rücken stark geworden; denn mir ist ein Sohn geschenkt, des Name Kân-mâ-kân ist.‘ Dann sprach er zu dem Wesir Dandân: ‚Ich will jetzt mein Trauern lassen, und man soll für meinen Bruder den Koran lesen und zu seinem Andenken fromme Stiftungen machen.‘ Der Wesir erwiderte: ‚Dein Vorhaben ist trefflich.‘ So ließ er Zelte errichten über dem Grabe seines Bruders, und man versammelte aus dem Heere alle, die den Koran rezitieren konnten; nun begannen einige das Heilige Buch herzusagen, während andere den Namen Allahs in Litaneien anriefen; und also taten sie bis zum Morgen. Dann ging der Sultan Dau el-Makân zum Grabe seines Bruders Scharkân, vergoß Tränen und sprach die Verse:

> Sie trugen ihn fort – doch alle, die weinend ihm folgten, erschraken
>   Wie Moses, als der Sinai bebend stieg himmelwärts –,
> Bis sie eine Gruft erreichten; da schien es, als wäre gegraben
>   Für ihn das rechte Grab in der Einheitsbekenner Herz.
> Ich hatte nie geglaubt, vor deinem Begräbnis, ich würde
>   Mein Liebstes auf Händen von Männern dahingetragen sehn.
> Nein, niemals hab ich gedacht, vor deiner Bestattung zur Erde,
>   Die leuchtenden Sterne könnten im Staube untergehn.

> *Ist der Bewohner des Grabes ein Pfand für eine Stätte,*
> *Darinnen heller Glanz und Licht sein Antlitz verklärt?*
> *Der Ruhm hat sein Wort gegeben, er wolle ins Leben ihn rufen;*
> *Es ist, als sei der Begrabne ins Leben zurückgekehrt.*

Und als er geendet hatte, weinte er, und mit ihm weinten all die Krieger; dann trat er zum Grabe und warf sich in wildem Schmerz darüber, und der Wesir sprach die Worte des Dichters:

> *Du ließest das, was vergeht, und erreichtest, was ewig bestehet;*
> *Wie dir ging es vielen Menschen, deren Schicksal dem deinen glich.*
> *Du schiedest von deiner Behausung ohne jedweden Tadel,*
> *Und statt der irdischen Welt erfreust du der künftigen dich.*
> *Du warst es, der gegen die Feinde immerdar Schutz gewährte,*
> *Sobald die Pfeile des Krieges schwirrten in eiligem Flug.*
> *Ich sehe, die irdische Welt ist trügerisch und eitel:*
> *Hoch war das Streben der Menschen, wenn es zu Gott sie trug.*
> *Dich lasse der Herr des Thrones das Paradies gewinnen;*
> *Dir gebe dort wahre Heimat Er, der unser Führer ist!*
> *Ich gehe jetzt dahin um dich in bitterem Schmerze;*
> *Ich sehe Osten und Westen in Trauer, seit du nicht mehr bist.*

Als der Wesir geendet hatte, weinte er bitterlich, und eine Tränenflut rann von seinen Augen, die einer Perlenschnur glich. Dann trat einer vor, der gehörte zu Scharkâns vertrauten Genossen, und er weinte, bis seine Zähren wie Bäche flossen. Und er pries, wie Scharkân durch seine Tugenden alle überragte, indem er in diesen Versen klagte:

> *Wo ist Geben, seit die Hand deiner Güte im Staube ruht?*
> *Mein Leib ist nach deinem Tode verbrannt von Schmerzensglut.*
> *O Schützer der edlen Frauen – Gott freue dich –, siehst du nicht,*
> *Wie meine Tränen Furchen schrieben in mein Gesicht?*
> *Achtest du darauf? Kann dir der Anblick Freude gewähren?*
>
> *Bei Gott, ich habe niemals verraten, was du mir vertraut;*
> *Ja, niemals hat mein Inn'res auf deine Größe geschaut,*

Ohn daß mein Auge verwundet ward von der Tränenflut.
Und wenn mein Blick jemals auf einem anderen ruht,
So lasse der Schmerz meine Augen den Schlummer ewig entbehren!

Als der Mann geendet hatte, weinten Dau el-Makân und der
Wesir Dandân, und das ganze Heer klagte laut. Dann kehrten
sie in das Lager zurück, und der König wandte sich zu dem
Wesir, um mit ihm über die Führung des Krieges zu beraten.
Tage und Nächte verharrten die beiden in dieser Weise, und
Dau el-Makân blieb niedergedrückt von Kummer und Trauer,
bis er schließlich sagte: ‚Ich sehne mich danach, Geschichten
von Menschen, Abenteuer von Königen und Erzählungen
von Sklaven der Liebe zu hören; vielleicht wird Allah dann
den schweren Kummer aus meinem Herzen verjagen, so daß
von mir weichen Weinen und Klagen.‘ Da sprach der Wesir:
‚Wenn nichts deinen Kummer zu vertreiben vermag als das
Hören merkwürdiger Geschichten und Abenteuer von Königen und der Erzählungen von Sklaven der Liebe aus alter Zeit
und dergleichen, so ist das eine leichte Sache; denn zu Lebzeiten deines seligen Vaters hatte ich nichts anderes zu tun, als ihm
Geschichten zu erzählen und Verse vorzutragen. Noch heute
nacht will ich dir die Geschichte vom Liebenden und der Geliebten erzählen, auf daß die Brust sich dir wieder weite.‘ Da
nun Dau el-Makân diese Worte des Wesirs vernahm, sehnte
sich sein Herz sehr nach dem, was jener ihm versprochen hatte,
und er tat nichts als nur auf den Einbruch der Nacht zu warten,
damit er höre, was der Wesir Dandân ihm erzählen würde von
Mären aus alter Zeit, von Königen und Menschen, die sich der
Liebe geweiht. Kaum aber war die Nacht angebrochen, so ließ
er auch schon Wachskerzen und Lampen anzünden und alles
bringen, wessen sie bedurften an Speise und Trank und Wohlgerüchen. Nachdem das alles gebracht war, sandte er nach dem

Wesir Dandân, und der kam zu ihm; ferner sandte er nach den Emiren Rustem und Bahrâm und Tarkâsch und dem Oberkammerherrn. Und wie nun alle vor ihm standen, wandte er sich zu dem Minister und sprach zu ihm: ‚Schau, o Wesir, wie die Nacht herangleitet und ihre Schleier auf uns senkt und breitet! So wünschen wir denn, daß du uns jene Geschichten erzählest, die du uns versprochen hast.‘ Der Wesir antwortete: ‚Herzlich gern!‘ – – «

Da bemerkte Schehrezâd, daß der Morgen begann, und sie hielt in der verstatteten Rede an.

INHALT

DIE ERZÄHLUNGEN
AUS DEN TAUSENDUNDEIN NÄCHTEN
BAND II

DIE ERZÄHLUNGEN AUS DEN TAUSENDUNDEIN NÄCHTEN

VOLLSTÄNDIGE DEUTSCHE AUSGABE IN SECHS BÄNDEN

ZUM ERSTEN MAL
NACH DEM ARABISCHEN URTEXT
DER CALCUTTAER AUSGABE
AUS DEM JAHR 1839
ÜBERTRAGEN
VON ENNO LITTMANN

BAND II

Lizenzausgabe für KOMET MA-Service und Verlagsgesellschaft mbH
Diese Ausgabe ist text- und seitenidentisch
mit der sechsbändigen gebundenen Ausgabe des Insel Verlages
© Copyright 1953 by Insel-Verlag Wiesbaden
Alle Rechte bei und vorbehalten durch
Insel Verlag Frankfurt am Main 1976
ISBN 3-89836-308-2

WAS SCHEHREZÂD DEM KÖNIG SCHEHRIJÂR
IN DER HUNDERTUNDSIEBENTEN BIS
ZWEIHUNDERTUNDSIEBENZIGSTEN NACHT
ERZÄHLTE

Als nun die *Hundertundsiebente Nacht* anbrach, fuhr Schehrezâd also fort: »Es ist mir berichtet worden, o glücklicher König, daß König Dau el-Makân, als er den Wesir und den Kammerherrn und Rustem und Bahrâm berufen hatte, sich zu dem Minister Dandân wandte, indem er sprach: ,Wisse, o Wesir, die Nacht ist gekommen und hat ihre Schleier über uns gesenkt und gebreitet, und wir wünschen, daß du uns jene Geschichten erzählest, die du uns versprochen hast.' Da antwortete der Wesir: ,Herzlich gern! Wisse, o glücklicher König, ich vernahm die Geschichte von einem Liebenden und seiner Geliebten, von ihren Gesprächen und allem, was ihnen widerfuhr an Merkwürdigkeiten und seltsamen Begebenheiten – eine Geschichte, die den Kummer aus den Herzen bannt und selbst über Schmerzen hinwegtrösten würde, wie sie der Erzvater Jakob empfand; das ist:

DIE ERZÄHLUNG VON TÂDSCH EL-MULÛK
UND DER PRINZESSIN DUNJA:
DEM LIEBENDEN UND DER GELIEBTEN

In längst vergangenen Zeiten stand hinter den Bergen von Ispahan eine Stadt, geheißen die Grüne Stadt, und darinnen lebte ein König namens Sulaimân Schâh. Der war freigebig und wohltätig, gerechten und aufrechten Sinnes, großmütig und huldreich; und zu ihm kamen die Reisenden aus allen Ländern, und sein Name wurde in allen Gegenden und Städten genannt, und er herrschte lange Zeit in Macht und Glück, doch er besaß weder Frauen noch Kinder. Nun hatte er einen Wesir, der es ihm gleichtat in Güte und Großmut, und eines Tages geschah es, daß er ihn zu sich berief und zu ihm sprach: ,Mein Wesir, meine Geduld ist dahin, und mein Herz ist schwer, und ich finde meine Kraft nicht mehr, denn ich habe weder Weib noch Kind. Das ist nicht nach anderer Könige Art, die da herrschen über alle Menschen, über Fürsten und Bettler; denn sie suchen ihre Freude darin, daß sie Kinder hinterlassen, durch die sie ihre Zahl und Kraft verdoppeln. Spricht doch der Prophet – Allah segne ihn und gebe ihm Heil! –: ‚Vermählet euch und mehret euch, damit ich mich am Tage der Auferstehung eurer Überlegenheit vor den Völkern zu rühmen vermag!‘ Welches ist dein Rat, o Wesir? Rate mir, was am besten zu tun ist!‘ Als der Minister diese Worte hörte, rannen ihm die Tränen in Strömen aus den Augen, und er erwiderte: ‚Fern sei es von mir, o größter König unserer Zeit, daß ich über etwas rede, was der Erbarmende sich vorbehielt! Willst du, daß ich durch des allmächtigen Herren Groll in das höllische Feuer kommen soll? Kaufe dir eine Sklavin.‘ Da sprach der König: ‚Wisse, o Wesir, wenn ein König eine Sklavin kauft, von der er weder Rang noch Herkunft kennt, so kann er nicht wissen, ob sie niederen Ursprungs sei, damit er sich ihrer enthalte, oder vornehmen Blutes, damit er vertrauten Umgang mit ihr pflege. Wohnt er ihr also bei, so empfängt sie wohl gar, und ihr Sohn ist vielleicht ein Heuchler, ein Tyrann und Blutvergießer. Ja, eine solche Frau ist wohl einem trockenen Salzsee zu vergleichen, der da, obgleich gute Saat auf ihn gesät wird, doch nur wertloses Wachstum treibt, das nicht dauernd bleibt; und vielleicht widersetzt sich jener Sohn dem Zorne des Herren und tut nicht, was Er gebietet, noch enthält er sich dessen, was Er untersagt. Dazu will ich nie den Anlaß geben, indem ich mir eine Sklavin kaufe; nein, es ist mein Wunsch, daß du für mich um die Tochter eines der Könige freiest, deren Herkunft man kennt und die man weithin ob ihrer Schönheit nennt. Kannst du mir unter den Töchtern der Herrscher des Islams ein Mädchen von Geburt und Frömmigkeit nennen, so will ich sie zur Gemahlin verlangen und sie mir vor Zeugen vermählen, so daß ich mir dadurch die Gunst des Herren der Menschen erwerbe.' ‚Allah hat dir deinen Wunsch erfüllt und dich an dein Ziel gebracht,' entgegnete der Wesir, ‚denn wisse, o König, mir ist kund geworden, daß der König Zahr Schâh, der Herr des Weißen Landes, eine Tochter hat von herrlicher Schönheit, deren Liebreiz nicht Wort noch Rede auszudrücken vermag; sie hat nicht ihresgleichen in unserer Zeit, denn sie ist von höchster Vollkommenheit, ihr Wuchs von geradester Ebenmäßigkeit, ihr Blick ist tiefschwarz wie die Nacht, lang ihrer Locken Pracht, ihr Leib ist zart, schwer sind die Hüften gepaart; ihr Kommen bringt berückende Freud, doch ihr Gehen tödliches Herzeleid; Herz und Augen nimmt sie gefangen, so wie von ihr die Dichter sangen:

> Die Schlanke – durch ihren Wuchs beschämt sie das Reis der Weide;
> Vor ihrem Gesichte verlieren Sonne und Mond ihren Schein.
> Ihr Speichel ist so süß wie Honig, der vermischt ward
> Mit edelem Wein; ihre Zähne erglänzen wie Perlenreihn.
> Und, ach, so zart ist ihr Leib; die Paradiesesjungfrauen
> Liehen ihr alle Schönheit; ihr Blick ist zauberisch klar.
> Wie viele hat sie getötet, die vor Kummer gestorben!
> Ja, auf dem Weg ihrer Liebe lauert Angst und Gefahr.
> Leb ich, so ist sie mein Tod; drum schweige ich von ihr.
> Und sterbe ich ihr ferne – nichts war das Leben mir!'

Als der Wesir nun jene Jungfrau also beschrieben hatte, sprach er zum König Sulaimân Schâh: ‚Es ist mein Rat, o König, daß du an ihren Vater einen verständigen Gesandten schickst, der in den Geschäften erfahren und in allen Schicksalsfällen erprobt ist; der soll sie höflich von ihrem Vater für dich zur Gemahlin erbitten, denn wahrlich, sie hat auf Erden nicht ihresgleichen, weder fern noch nah. So wird dir durch ihr schönes Antlitz

Freude beschieden, und der Herr der Herrlichkeit ist mit dir zufrieden; denn es wird berichtet, daß der Prophet – Allah segne ihn und gebe ihm Heil! – sagte: Im Islam gibt es keine Möncherei.' Da ward der König hocherfreut, und seine Brust ward ihm leicht und weit, Sorge und Not waren nun tot; und er wandte sich zu dem Wesir, indem er sprach: ‚Wisse, mein Wesir, kein anderer soll diesen Auftrag übernehmen als du mit deiner vollendeten Einsicht und deiner trefflichen Erziehung: also geh nach Hause und tu alles, was du zu tun hast, und morgen halte dich bereit, für mich um diese Jungfrau, mit der du mir den Sinn erfüllt hast, zu freien; und kehre nicht zurück ohne sie!' Der Wesir erwiderte: ‚Ich höre und gehorche!' Darauf eilte er nach Hause und befahl, Geschenke zu rüsten, wie sie sich für Könige schicken, Edelsteine, Kostbarkeiten und allerlei, was nicht beschwert und doch von hohem Wert; und ferner arabische Rosse und Panzer, wie David sie machte, und Schatztruhen, dergleichen menschliche Worte nicht zu beschreiben vermögen. Dann ward das alles auf Kamele und Maultiere geladen, und der Wesir brach auf, begleitet von hundert Mamluken und hundert schwarzen Sklaven und hundert Sklavinnen, und Flaggen und Banner flatterten ihm zu Häupten. Der König aber trug ihm auf, nach wenigen Tagen zurückzukehren; und nachdem er fortgezogen war, da war es, als ob König Sulaimân Schâh auf feurigen Kohlen lag, denn die Liebe zu der Prinzessin quälte ihn Nacht und Tag.

Derweilen nun zog der Wesir dahin Tag und Nacht, indem er Steppen und Wüsten durchmaß, bis nur noch eines Tages Marsch zwischen ihm und seinem Ziele lag. Dort ließ er am Ufer eines Flusses haltmachen; und er berief einen seiner Vertrauten und befahl ihm, zum König Zahr Schâh vorauszueilen und ihm seine Ankunft zu melden. Jener Mann rief: ‚Ich höre und gehorche!' und ritt eiligst zu der Stadt. Es traf sich aber, daß der König gerade in einem seiner Lustgärten vor den Toren der Stadt saß, als der Bote sich näherte; sobald er ihn erblickte, erkannte er, daß es ein Fremder war, und befahl, ihn herbeizuführen. So trat der Bote vor ihn hin und meldete ihm, es nahe der Wesir des Großkönigs Sulaimân Schâh, des Herrn des Grünen Landes und der Berge von Ispahan. Da freute der König sich und hieß ihn willkommen. Und er führte ihn in seinen Palast und fragte: ,Wo hast du den Wesir verlassen?' Der Bote antwortete: ,Ich verließ ihn früh am Morgen am Ufer des und des Flusses, und morgen wird er dich erreichen. Allah erhalte dir seine Gunst und erbarme sich deiner Eltern!' Da befahl der König Zahr Schâh einem seiner Wesire, den größeren Teil der Gardehauptleute und Kammerherren, der Statthalter und Großen des Reiches mit sich zu nehmen und dem Gesandten zu Ehren des Königs Sulaimân Schâh entgegenzuziehen; denn dessen Herrschaft erstreckte sich auch über dies Land.

So weit Zahr Schâh. Der Wesir aber blieb an seiner Lagerstätte bis Mitternacht; dann brach er auf nach der Stadt. Als nun der Morgen kam mit hellem Strahl und die Sonne schien über Berg und Tal, sah er plötzlich, wie der Wesir des Königs Zahr Schâh mit dessen Kammerherren und mit den Großen und Gardehauptleuten des Reiches ihm entgegenkam, und beide Scharen trafen ein paar Parasangen vor der Stadt zusammen. Da war der Wesir des Erfolges seiner Sendung gewiß, und er begrüßte die Ankommenden, die nun vor ihm herzogen, bis sie des Königs Palast erreichten; dort ritten sie vor ihm durch das Tor bis zur siebenten Halle, die niemand zu Pferde betreten durfte, da sie nahe dem Sitz des Königs war. So saß der Minister ab und ging weiter zu Fuß, bis er in einen hohen Saal kam, an dessen oberem Ende ein marmorner Thron stand, mit Perlen und Edelsteinen besetzt und auf vier elfenbeinernen Füßen ruhend. Darauf lag ein Polster aus grünem Atlas, bestickt mit rotem Golde, und darüber hing ein Baldachin, geschmückt mit Perlen und Edelsteinen. Dort thronte der König Zahr Schâh, und vor ihm standen die Großen seines Reiches, ihres Amtes wartend. Als nun der Wesir zu ihm eintrat und vor ihm stand, da faßte er sich Mut und löste seiner Zunge Band; er begann mit der Wesire Beredsamkeit und sprach in der Rede der Wortgewandtheit. – –«

Da bemerkte Schehrezâd, daß der Morgen begann, und sie hielt in der verstatteten Rede an. Doch als die *Hundertundachte Nacht* anbrach, fuhr sie also fort: »Es ist mir berichtet worden, o glücklicher König, als der Wesir des Königs Sulaimân Schâh vor dem König Zahr Schâh stand, da faßte er sich Mut und löste seiner Zunge Band; er begann mit der Wesire Beredsamkeit und sprach in der Rede der Wortgewandtheit, und mit vollendeter Höflichkeit sprach er diese Verse, dem König geweiht:

> *Er kommt heran, er naht, im Prachtgewand sich neigend,*
> *Er schenkt den Tau der Huld der Ernte und dem Schnitter.*
> *Er ist ein Zaubrer; doch nicht Talisman noch Zauber*
> *Noch Schwarzkunst wehret ab der Augen Ungewitter.*
> *O sage doch den Tadlern: Wollet mich nicht tadeln;*
> *Denn sehet, seiner Liebe weih ich mich immer gern.*
> *Mein Herz hat mich verraten und ist zu ihm gegangen;*
> *Ja, auch der Schlaf neigt sich ihm zu und bleibt mir fern.*
> *O Herz, du bist ja nicht allein in deiner Liebe;*
> *Weckst du in mir auch Sehnsucht – bleibe ihm stets nah!*
> *Nichts gibt es, das mein Ohr mit seinem Klang erfreuet,*
> *Als wenn ich Lieder höre zum Preis für Zahr Schâh.*
> *Und würdest du dem König dein ganzes Leben opfern*
> *Für einen Blick seiner Augen, fürwahr, es reute dich nicht.*
> *Doch willst du seinem Heile ein fromm Gebet darbringen,*
> *So findest du bald Genossen und den, der Amen spricht.*

Als der Wesir geendet hatte, hieß der König Zahr Schâh ihn
näher treten und erwies ihm die höchsten Ehren; er ließ ihn
neben sich sitzen und lächelte ihm zu und gab ihm huldreich
Antwort. Und also plauderten sie bis zur Zeit des Morgen-
mahles; dann brachten die Diener die Tische in den Saal, und
alle aßen, bis sie gesättigt waren. Darauf trug man die Tische
wieder fort, und alle Versammelten zogen sich zurück, nur die
Vertrauten des Königs blieben da. Als nun der Minister das sah,
stand er auf und pries den König zum zweiten Mal, küßte den
Boden vor ihm und sprach: ‚O mächtiger Herr und König von
hoher Ehr! Ich habe die Reise hierher gemacht und bin zu dir
gekommen in einer Sache, die dir Heil, Glück und Segen bringen möge. Denn ich nahe dir als Gesandter und Brautwerber,
um deine Tochter, die edle und erlauchte Jungfrau, zur Gemahlin zu erbitten für Sulaimân Schâh, den Fürsten gerechten
und aufrechten Sinnes, großmütig und huldreich, den Herrn
des Grünen Landes und der Berge von Ispahan; er sendet dir
Geschenke und Kostbarkeiten in Hülle und Fülle, denn er
wünscht, dein Eidam zu werden. Und bist du ihm wohlgeneigt wie er dir?‘ Dann schwieg er, der Antwort harrend. Als
König Zahr Schâh diese Worte vernommen hatte, sprang er
auf und küßte ehrfurchtsvoll den Boden, so daß alle, die zugegen waren, staunten ob seiner Demütigung vor dem Gesandten und sich selber nicht mehr kannten. Dann pries der
König Ihn, der da ist der Herr der Herrlichkeit und der Ehre,
und erwiderte, indem er aufrecht stehen blieb: ‚Erlauchter
Reicheshüter und hochgeehrter Gebieter, höre du an, was ich
sage! Siehe, wir zählen für König Sulaimân Schâh unter die
Zahl seiner Untertanen, und durch die Verbindung mit ihm,

die wir glühend wünschen, fühlen wir uns geehrt; denn meine Tochter ist gleich einer seiner Sklavinnen, und es ist mein teuerster Wunsch, daß er mein Hort und meine verläßliche Stütze werde.' So berief er die Kadis und Zeugen, auf daß sie bezeugten, daß König Sulaimân Schâh seinen Wesir als Bevollmächtigten entsandt habe, damit er die Ehe schließe, und daß König Zahr Schâh den Bund mit seiner Tochter freudig begrüße. Nun schlossen die Kadis den Ehevertrag und flehten zum Himmel für das Glück und das Wohlergehen des Paares; alsdann ließ der Wesir die Gaben und die seltenen und kostbaren Geschenke, die er gebracht hatte, holen und breitete sie alle vor dem König Zahr Schâh aus.

Darauf begann der König sich mit der Aussteuer seiner Tochter zu befassen, und derweilen überhäufte er den Wesir mit Ehren und gab Feste für hoch und niedrig; zwei Monate lang dauerte die Freudenzeit, und nichts ward vergessen, was Herz und Auge erfreut. Doch als dann alles bereit war, wessen die Braut bedurfte, da ließ der König die Zelte hinausschaffen und vor der Stadt ein Lager aufschlagen; dort packten sie die Stoffe der Braut in Kisten, und sie rüsteten die griechischen Dienerinnen und die türkischen Sklavinnen, und der König versah die Prinzessin mit kostbaren Schätzen und wertvollen Edelsteinen. Und ferner ließ er eine Sänfte aus rotem Golde für sie machen, die mit Perlen und Juwelen besetzt war, und bestimmte zwanzig Maultiere für ihre Reise; jene Sänfte aber war wie eine der Kammern in einem Palaste, und wenn die Braut darin saß, dann sah sie aus, als wäre sie eine liebliche Huri in einem Paradieseshaus. Und als sie die Schätze und all das Gut in Ballen gepackt und auf die Maultiere und Kamele geladen hatten, da zog König Zahr Schâh drei Parasangen weit mit ihnen hinaus; dort bot er ihr und dem Wesir und seinem

Geleit Lebewohl und kehrte in Freude und Glück nach Hause zurück. Der Wesir aber zog mit der Königstochter immer weiter dahin, von Station zu Station und durchmaß die Wüsten. – –«

Da bemerkte Schehrezâd, daß der Morgen begann, und sie hielt in der verstatteten Rede an. Doch als die *Hundertundneunte Nacht* anbrach, fuhr sie also fort: »Es ist mir berichtet worden, o glücklicher König, daß der Wesir mit der Königstochter immer weiter dahinzog von Station zu Station und die Wüsten durchmaß, Tag und Nacht eilend ohne Unterlaß, bis zwischen ihm und seiner Stadt nur noch drei Tagemärsche lagen. Da schickte er einen Vorboten zum König Sulaimân Schâh, der ihm die Ankunft der Braut melden sollte. Und der Bote eilte zum König und brachte ihm die frohe Kunde. Darüber war Sulaimân Schâh hocherfreut und verlieh dem Boten ein Ehrengewand; er befahl seinen Truppen, in großem Aufzug auszuziehen, um die Prinzessin und ihr Geleit ehrenvoll einzuholen; ihr Zug solle einer prächtigen Parade gleichen, und sie sollten die Banner über ihren Häuptern entrollen. Und sie gehorchten seinem Befehl. Des ferneren aber ließ er durch einen Ausrufer in der ganzen Stadt verkünden, keine verschleierte Maid, keine vornehme Dame im Ehrenkleid, keine Greisin, gebrochen von der Zeit, solle es unterlassen, der Braut entgegenzuziehen. So zogen sie alle hinaus, um sie zu begrüßen, und die Vornehmen unter ihnen wetteiferten in ihrem Dienste, und sie kamen überein, sie am Abend in des Königs Palast zu führen. Die Großen des Reiches aber beschlossen, den Weg zu schmücken und sich zu beiden Seiten aufzustellen, wenn die Braut dahinzöge, geführt von ihren Eunuchen und Dienerinnen, und gekleidet in das Prachtgewand, das ihr Vater ihr gegeben hatte. Und als sie nun erschien, geleiteten die Truppen sie zur Rechten und zur Linken, und die Sänfte zog mit ihr dahin, bis sie sich dem Palaste nahten; und keiner blieb zurück, sondern alle kamen, um die Prinzessin zu sehen. Die Trommeln dröhnten, Speere wurden geschwungen, die Hörner schmetterten, Flaggen wehten, Rosse tänzelten, und Wohlgerüche ergossen ihren Duft, bis sie das Tor des Palastes erreichten und die Sklaven mit der Sänfte in die Pforte des Harems einzogen. Dort strahlte und glänzte alles von ihrer Schönheit und ihrer herrlichen Anmut. Als nun die Nacht kam, öffneten die Eunuchen die Tür zum Brautgemach, und sie stellten sich zu beiden Seiten des Eingangs auf; dann kam die Braut, und inmitten ihrer Mädchen glich sie dem Monde unter den Sternen oder der einen großen Perle unter all den anderen auf der Schnur. Dann trat sie in das Brautgemach, wo man ihr ein Ruhebett von Alabaster bereitet hatte, das mit Perlen und Edelsteinen besetzt war. Und wie sie sich dort gesetzt hatte, trat der König ein, und Allah füllte sein Herz mit der Liebe zu ihr, so daß er ihr das Mädchentum nahm und alle seine Sorge und Unruhe ein Ende hatten. Einen Monat lang blieb er bei ihr, doch in der ersten Nacht schon hatte sie empfangen; und als der Monat verstrichen war, da verließ er sie und setzte sich auf den Thron seiner Herrschaft und sprach Recht unter seinen Untertanen, bis die Monde seiner Gemahlin erfüllet waren. Am letzten Tage des neunten Monats kamen gegen Tagesanbruch die Wehen über sie; so setzte sie sich auf den Schemel der Entbindung, und Allah machte ihr die Geburt leicht, und sie brachte einen Knaben zur Welt, der alle Zeichen des Glückes an sich trug. Als nun der König von der Geburt des Sohnes hörte, war er hocherfreut, und er belohnte den Bringer der frohen Botschaft mit großen Schätzen; und in seiner Freude trat er ein zu dem Kinde und küßte es zwischen den Augen und staunte ob seiner glänzenden Schönheit; denn an ihm ward der Spruch des Dichters wahr:

16

Allah schenkte den ragenden Burgen in ihm einen Löwen,
Und den Himmeln der Herrschaft gab er einen leuchtenden Stern.
Es jauchzten bei seinem Aufgang die Speere, es jauchzten die Throne
Und die Gazellen all, die Kampfstätten und Kriegesherrn.
Leget ihn nicht an die Brust; denn siehe, er wird sich erspähen
Auf den Rücken der Rosse den Sitz, der ihm süßer dünkt!
Entwöhnet ihn des Säugens; denn siehe, er wird sich erspähen
In dem Blute der Feinde den Trank, der ihm süßer winkt!

Darauf nahmen die Wehefrauen den neugeborenen Knaben
und durchschnitten die Nabelschnur und salbten ihm die Augen
und nannten ihn Tâdsch el-Mulûk[1] Charân. Er wurde gesäugt
an den Brüsten der Zärtlichkeit und aufgezogen im Schoße der
Seligkeit; und die Tage entwichen, und die Jahre verstrichen,
bis er sein siebentes Jahr erreichte. Da berief Sulaimân Schâh
die Weisen und Gelehrten und befahl ihnen, seinen Sohn zu
unterrichten im Schreiben, in den Wissenschaften und in der
feinen Bildung. Das taten sie denn einige Jahre lang, bis er das
gelernt hatte, was ihm vonnöten war; und als er nun alles
wußte, was der König verlangte, da nahm er ihn den Erziehern
und Lehrern und übergab ihn einem geschickten Meister, der
den Knaben die Reitkunst lehrte, bis er sein vierzehntes Jahr
erreichte; und sooft er zu irgendeinem Gange den Palast verließ, waren alle, die ihn sahen, von ihm entzückt. – –«

Da bemerkte Schehrezâd, daß der Morgen begann, und sie
hielt in der verstatteten Rede an. Doch als die *Hundertundzehnte*
Nacht anbrach, fuhr sie also fort: »Es ist mir berichtet worden,
o glücklicher König, daß Tâdsch el-Mulûk Charân, der Sohn
des Sulaimân Schâh, ein vollendeter Reiter wurde und alle
seine Zeitgenossen übertraf, und wenn er zu irgendeinem
Gange den Palast verließ, so waren alle, die ihn sahen, von seiner herrlichen Schönheit entzückt, ja man sang Lieder auf ihn,

1. Die Krone der Könige.

und selbst vornehme Damen wurden von der Liebe zu ihm
berückt; denn er war von strahlender Lieblichkeit, wie ihm ja
der Dichter das Lied geweiht:

Ich hielt ihn im Arm und ward trunken von dem lieblichen Dufte,
Ihn, das zarte Reis, vom Hauche des Zephirs genährt –
Trunken, doch nicht wie einer, der Wein geschlürfet, nein trunken
Vom Wein des Honigtaus, den mir seine Lippe gewährt.
Die Schönheit hat sich ganz offenbart in seiner Gestalt;
Und darum zwang er auch die Herzen in seine Gewalt.
Bei Allah, niemals komme Vergessen mir in den Sinn,
Solange ich an die Fessel des Lebens gebunden bin.
Leb ich, so lebe ich nur seiner Liebe; doch sterbe ich
In sehnender Liebe zu ihm – o welch ein Glück für mich!

Und als er das achtzehnte Lebensjahr erreichte, sproßte zarter
Flaum auf seiner Wange, die verschönt war durch ein Mal von
rosigem Schein und durch ein zweites wie ein Ambratüpfelchen
klein. Er nahm Verstand und Auge gefangen, so wie von ihm
die Dichter sangen:

Er ist an Josephs Statt Kalife in der Schönheit;
Die Liebenden alle verzagen bei seiner Herrlichkeit Strahl.
Verweile mit mir und schaue auf ihn, damit du siehest
Das schwarze Kalifenpanier, seiner Wange Schönheitsmal.

Und ein anderer sang:

Nie schauten deine Augen einen schöneren Anblick
Unter den Dingen allen, die auf der Erde sind,
Als das dunkele Mal, das auf der roten Wange
Unter dem schwarzen Auge alle Herzen gewinnt.

Und ein dritter:

Ich staune über das Mal, das deiner Wangen Feuer
Anbetet und, wie ein Heide so dunkel, doch nicht verbrennt.
O Wunder, dein Auge gleichet dem eines Gottesgesandten,
Der wahre Wunder wirkt, wiewohl er Zauberei kennt.

Und ach, seiner Wange Flaum, der zart und frisch erscheint,
Getränkt von all den Tränen, die um ihn geweint!

Und ein vierter:

Fürwahr ich wundere mich, daß die Menschen danach fragen,
In welchem Lande wohl das Wasser des Lebens fließt.
Ich sehe es doch im Munde des Zarten, Gazellengleichen,
Dem schon ein dunkeler Flaum, ob rosiger Lippe sprießt.
Wie wunderbar, daß Moses einst im fernen Land
Nicht abließ, als er dort das Wasser fließen fand!

Als er dann zum Manne herangewachsen war, ward seine Schönheit noch immer mehr offenbar. Und so gewann Tâdsch el-Mulûk Charân viele Freunde; ein jeder aber, der ihm nahe kam, wünschte, daß der Prinz nach seines Vaters Tode Sultan, er selber aber einer seiner Emire würde.

Nun gab er sich leidenschaftlich der Jagd hin, so daß er kaum eine Stunde davon ablassen mochte. Sein Vater, König Sulaimân Schâh, wollte ihn davon zurückhalten, weil er um ihn wegen der Gefahren der Wüste und der wilden Tiere besorgt war; doch er achtete nicht darauf. So geschah es einmal, daß er zu seinen Dienern sagte: ‚Nehmt für zehn Tage Vorrat und Futter mit!' Als sie seinem Befehle nachgekommen waren, brach er mit seinem Gefolge auf zu Jagd und Hatz, und sie ritten hinaus in die Wüste. Vier Tage waren sie unterwegs, bis sie zu einem grünen Gelände kamen, und dort sahen sie ein liebliches Bild von grasendem Wild, von Bäumen mit reifen Früchten behangen und Quellen, die lustig sprangen. Da sprach Tâdsch el-Mulûk zu seinen Gefährten: ‚Stellt hier die Jagdnetze auf, steckt sie in weitem Ringe fest, und dort am Eingang des Kreises sei unser Sammelplatz!' Sie gehorchten seinem Befehl und stellten die Netze in weitem Ringe auf. Darin fand sich eine große Menge von allerlei wilden Tieren und Gazellen zusammen, die erschrocken aufschrien und angesichts der Pferde flüchteten; nun ließ er die Hunde und Jagdleoparden und Falken los, und die Jäger schossen das Wild mit Pfeilen nieder und trafen es an den tödlichen Stellen. Als sie dann zum hinteren Ende des Netzrings kamen, hatten sie schon eine große Zahl der Tiere erlegt, nur die letzten flohen. Darauf saß Tâdsch el-Mulûk am Rande des Wassers ab und befahl, daß man ihm die Beute bringe; und nachdem er die besten Tiere für seinen Vater zurückgelegt und sie ihm geschickt und auch für die Großen des Reiches einige beigefügt hatte, verteilte er die übrigen. Dort blieb er nun noch die Nacht hindurch; und als der Morgen dämmerte, kam eine große Karawane von Sklaven, Dienern und Kaufleuten herbei und machte am Wasser auf dem grünen Gelände halt. Als aber Tâdsch el-Mulûk sie sah, sprach er zu einem seiner Gefährten: ,Bring mir Nachricht von den Männern dort und frage sie, weshalb sie hier haltgemacht haben!' Da ging der Bote zu ihnen und rief sie an: ,Sagt mir, wer ihr seid, und gebt mir unverzüglich Antwort.' Sie erwiderten: ,Wir sind Kaufleute, und wir haben hier haltgemacht, um zu rasten; denn die nächste Station ist zu weit für uns. Wir haben uns aber auch deshalb an dieser Stätte gelagert, weil wir Vertrauen haben zu König Sulaimân Schâh und zu seinem Sohne; denn wir wissen, daß alle, die in ihr Land kommen, Sicherheit und Ruhe finden; ferner haben wir kostbare Stoffe bei uns, die wir dem Prinzen Tâdsch el-Mulûk bringen.' Da kehrte der Bote zum Königssohne zurück und berichtete ihm den Sachverhalt, indem er ihm mitteilte, was er von den Kaufleuten gehört hatte. Der Prinz sagte darauf: ,Wenn sie etwas für mich gebracht haben, so will ich nicht in die Stadt einziehen noch von dieser Stelle gehen, ehe ich es mir habe vorlegen lassen.' Dann bestieg er sein Roß und ritt dahin, begleitet von seinen Mam-

20

luken, bis er die Karawane erreichte. Da erhoben die Kaufleute sich vor ihm und beteten für ihn um Gottes Hilfe und Segen, um dauernde Macht und Gnade allerwegen; und sie schlugen ein Zelt für ihn auf aus rotem Atlas, bestickt mit Perlen und Juwelen; darinnen aber breiteten sie auf einem seidenen Teppich einen königlichen Diwan, der vorn mit Smaragden besetzt war. Dort ließ Tâdsch el-Mulûk sich nieder, derweilen sich seine Diener vor ihn stellten, und er schickte hin und befahl den Kaufleuten, alles zu bringen, was sie bei sich hatten. So trugen sie ihre Waren herbei, und er sah alles an und nahm davon, was ihm gefiel, und zahlte ihnen den Preis. Dann saß er wieder auf, und schon wollte er fortreiten, da sah er sich nach der Karawane um, und sein Blick fiel auf einen Jüngling, der war der Jugend schönstes Bild, in ein schneeweißes Gewand gehüllt und von lieblicher Gestalt; seine Stirn war blütenrein, sein Antlitz erstrahlte wie der Vollmondschein; aber seine Schönheit schien zu verwelken, denn seine Wangen waren bleich wegen der Trennung von seinen Lieben. – –«

Da bemerkte Schehrezâd, daß der Morgen begann, und sie hielt in der verstatteten Rede an. Doch als die *Hundertundelfte Nacht* anbrach, fuhr sie also fort: »Es ist mir berichtet worden, o glücklicher König, daß Tâdsch el-Mulûk sich nach der Karawane umsah und daß sein Blick auf einen Jüngling fiel, der war der Jugend schönstes Bild, in ein schneeweißes Gewand gehüllt und von lieblicher Gestalt; aber seine Schönheit schien zu verwelken, denn seine Wangen waren bleich wegen der Trennung von seinen Lieben; und er begann laut zu schluchzen und zu stöhnen, und von seinen Lidern rannen die Tränen, während er diese Verse sprach:

Lang ward die Trennung, und immer währen Sorge und Schmerzen,
Während aus meinem Auge, o Freund, die Träne rinnt.

Von meinem Herzen nahm ich Abschied am Tage der Trennung;
Jetzt bin ich allein, da Herz und Hoffnung entschwunden sind.
Bis ich von ihr, deren Worte Krankheit und Leiden heilen,
Abschied genommen, mein Freund, wolle bei mir verweilen!

Als nun der Jüngling geendet hatte, weinte er eine Weile und
fiel dann ohnmächtig nieder; und Tâdsch el-Mulûk sah ihn an
und staunte über ihn. Doch als er wieder zu sich kam, hob er
den verstörten Blick und sprach die Verse:

Hütet euch vor ihrem Blicke, der da zaubern kann,
Dessen Strahlen noch keiner unversehrt entrann!
Denn das schwarze Auge, wenn es gleich träumerisch blickt,
Zerschneidet die funkelnden Schwerter, die zum Hiebe gezückt.
Laßt euch nicht fangen, wenn ihr der Stimme Zauberklang hört!
Sie ist wie des Weines Stärke, die den Verstand betört.
Zart ist ihr Leib – berühret die Seide nur ihre Haut,
Sie ließe ihr Blut entströmen; gehet zu ihr und schaut!
Vom Knöchel bis zum Halse ein hohes, schlankes Bild –
Und ach, der Wohlgeruch, der die Luft um sie erfüllt!

Dann schluchzte er laut auf und sank in Ohnmacht. Als aber
Tâdsch el-Mulûk ihn also sah, da war er bestürzt, und er trat
auf ihn zu; und sobald der Jüngling wieder zu sich kam und
den Königssohn zu seinen Häupten stehen sah, da sprang er auf
und küßte den Boden vor ihm. Doch Tâdsch el-Mulûk fragte
ihn: ‚Weshalb hast du uns nicht deine Waren vorgelegt?‘ und
er antwortete: ‚Hoher Herr, unter meinem Vorrat ist nichts,
was deiner erhabenen Durchlaucht wert sein könnte.‘ Da sagte
der Prinz: ‚Du mußt mir doch zeigen, was du hast, und mich
mit deinem Schicksal bekannt machen; denn ich sehe dich mit
Tränen im Auge und betrübten Herzens. Wenn dir Unrecht
geschehen ist, so wollen wir deinem Leid ein Ende machen;
und wenn du in Schulden bist, so wollen wir deine Schulden
bezahlen. Denn mir brennt das Herz um deinetwillen, seit ich

dich gesehen.' Dann ließ Tâdsch el-Mulûk zwei Sitze bereiten, und man brachte ihm einen Stuhl aus Elfenbein und Ebenholz, belegt mit einem Gewebe aus Gold und Seide; und davor breitete man einen seidenen Teppich aus. Nun setzte er sich auf den Stuhl, befahl dem Jüngling, sich auf den Teppich zu setzen, und sprach: ‚Jetzt zeige mir deine Waren!' Da wiederholte der junge Kaufmann: ‚Hoher Herr, sprich nicht davon zu mir; denn meine Waren sind deiner nicht wert!' Aber Tâdsch el-Mulûk beharrte darauf und befahl seinen Sklaven, die Waren zu bringen. So brachten sie sie wider des Jünglings Willen; und als der sie sah, da flossen seine Tränen von neuem, und er weinte und seufzte und klagte; und schluchzend sprach er die Verse:

> Bei deiner Wimpern schwarzglänzender Lieblichkeit,
> Bei deines Leibes sich wiegender Zierlichkeit,
> Bei deiner Lippen berauschendem Honigtau,
> Bei deines Sinnes unendlicher Gütigkeit,
> Du meine Hoffnung, mir ist dein Erscheinen im Traum
> Süßer als Schutz vor allem quälenden Leid.

Darauf öffnete der Jüngling seine Ballen und breitete einzeln, Stück für Stück, seine Waren vor dem Prinzen aus, und unter ihnen nahm er auch ein Gewand aus Atlas hervor, das mit Gold durchwirkt und das zweitausend Dinare wert war. Doch als er es entfaltete, da fiel ein Stück Linnen heraus, das der junge Kaufmann eilig aufgriff und unter seinem Schenkel barg; und der Welt entrückt in seinem Sinn, sprach er diese Verse vor sich hin:

> Wann werden durch dich geheilet meines Herzens Qualen?
> Ach, der Plejaden Gestirn ist näher, als du mir bist!
> In Fernsein und Verbannung, Sehnsucht und Liebesnöten,
> In Aufschub und Vertröstung vergeht meines Lebens Frist.
> Kein Wiedersehen belebt mich, die Trennung will mich nicht töten;
> Ich nahe nicht aus der Ferne, und du kommst nicht zu mir.
> Gerechtigkeit kennst du nicht, du kennest kein Erbarmen:

Du leihest keine Hilfe, es gibt keine Flucht vor dir.
Denn ach, die Liebe zu dir schloß alle Wege mir zu;
Ich weiß nicht, wohin ich mich wende, ich finde keine Ruh!

Ob dieser Verse staunte Tâdsch el-Mulûk, denn er wußte keine Ursache für sie. Aber da der Jüngling nach dem Linnen gegriffen und es unter dem Schenkel geborgen hatte, fragte er: ‚Was ist es mit diesem Linnen?‘ ‚Hoher Herr,‘ erwiderte der Kaufmann, ‚dies Linnen hat nichts mit dir zu tun.‘ Da sprach der Königssohn: ‚Zeige es mir!‘ doch jener erwiderte: ‚Hoher Herr, nur um dieses Stückes Linnen willen weigerte ich mich, dir meine Waren zu zeigen; denn ich kann es dich nicht sehen lassen.‘ – –«

Da bemerkte Schehrezâd, daß der Morgen begann, und sie hielt in der verstatteten Rede an. Doch als die *Hundertundzwölfte Nacht* anbrach, fuhr sie also fort: »Es ist mir berichtet worden, o glücklicher König, daß der Jüngling zu Tâdsch el-Mulûk sprach: ‚Nur um dieses Stückes Linnen willen weigerte ich mich, dir meine Waren zu zeigen; denn ich kann es dich nicht sehen lassen.‘ Da entgegnete Tâdsch el-Mulûk: ‚Ich muß und will es sehen!‘ und er drang in ihn und ward zornig. Nun zog der Jüngling es weinend und seufzend und klagend unter seinem Knie hervor, worauf er wieder in Seufzer ausbrach und diese Verse sprach:

Tadle den Freund doch nicht; denn das Tadeln tut ihm wehe!
Ich rief: ‚Gerechtigkeit!‘ Allein er hörte es nicht.
In Gottes Schutz stelle ich meinen Mond, der dort im Tale
Des Stammes aus Wolkenkleidern aufgeht in hellem Licht.
Ich schied von ihm; doch ich wünsche, daß selbst das Schönste im Leben
Von mir sich trennen möchte, hätte ich ihn nur hier.
Wie trat er für mich ein am Trennungstage frühmorgens,
Und ach, die Tränen benetzten das Antlitz ihm und mir!
Gott strafe nicht Lügen! Das Kleid der Entschuldigung ist zerrissen,
Da ich mich von ihm trennte; allein ich flicke es nun.

Ach, mir bleibt keine Stätte, darauf ich ruhen könnte;
Und seit ich dahingegangen, kann auch er nicht ruhn.
Jetzt hat das Schicksal uns mit harter Hand zerrissen,
Und es versagt uns beiden alle Freude und Lust.
Es goß nur lauter Leid, als es den Becher füllte,
Aus dem er nun getrunken, wie ich ihn trinken mußt.

Und als er geendet hatte, sprach Tâdsch el-Mulûk: ‚Ich sehe in
deinem Verhalten keine Klarheit; so sage mir, weshalb du beim
Anblick dieses Linnens weintest!‘ Der junge Kaufmann aber
seufzte bei der Erwähnung des Linnens und sprach: ‚Hoher
Herr, meine Geschichte ist wunderbar und mein Schicksal seltsam gar, soweit es mit diesem Stück Linnen zusammenhängt
und mit der, die es besaß und die diese Figuren und Zeichen
gestickt hat.‘ Dann breitete er die Leinwand aus, und siehe, man
erblickte auf ihr die Gestalt einer Gazelle, in Seide gestickt und
durchwirkt mit rotem Golde, und ihr gegenüber stand eine
zweite Gazelle, in Silber gestickt, mit einem Halsring aus rotem Golde, an dem drei Chrysolithenröhrchen hingen. Als
Tâdsch el-Mulûk das Linnen mit der kunstvollen Arbeit erblickte, rief er aus: ‚Preis sei Allah, der den Menschen lehrte,
was er zuvor nicht wußte!‘ [1] Und sein Herz sehnte sich danach,
die Geschichte dieses Jünglings zu hören, und so sprach er zu
ihm: ‚Erzähle mir dein Erlebnis mit ihr, von der diese Gazellen
sind!‘ Da sprach der Jüngling: ‚Vernimm denn, hoher Herr,

DIE GESCHICHTE VON ’AZÎZ UND ’AZÎZA

Mein Vater war ein großer Kaufmann, doch Allah hatte ihm
kein anderes Kind beschert als mich. Nun hatte ich eine Base
namens ’Azîza, mit der ich im Hause meines Vaters erzogen
wurde; denn ihr Vater war tot, und vor seinem Tode hatte er

1. Koran, Sure 96, Vers 5.

mit meinem Vater vereinbart, daß ich mit ihr vermählt werden sollte. Als wir nun beide herangewachsen waren, ich zum Manne und sie zur Jungfrau, trennte man uns beide nicht, bis schließlich mein Vater zu meiner Mutter sprach und sagte: ,Noch in diesem Jahre wollen wir den Ehevertrag zwischen 'Azîz und 'Azîza schließen.' Nachdem er sich hierüber mit meiner Mutter geeinigt hatte, begann er für das Hochzeitsfest Vorräte aufzuspeichern. Immer aber schliefen wir noch auf demselben Lager, denn wir wußten nichts von den Dingen; doch war sie klüger, verständiger und kenntnisreicher als ich.

Als nun mein Vater die Vorbereitungen für das Fest beendet hatte und nichts mehr zu tun blieb, als daß der Vertrag aufgesetzt wurde und ich die Hochzeit mit meiner Base vollzog, da bestimmte er für die Niederschrift des Vertrages die Zeit nach dem Freitagsgebet. Dann machte er die Runde bei seinen Freunden unter den Kaufleuten und anderen und teilte es ihnen mit; und meine Mutter ging aus und lud ihre Freundinnen und ihre Verwandten ein. Als der Freitag kam, säuberte man den Saal, der für das Fest bestimmt war, wusch den Marmorboden, breitete überall in unserm Hause Teppiche aus und stellte alles Erforderliche auf, nachdem man auch die Wände mit golddurchwirktem Brokat geschmückt hatte. Die Gäste hatten ihr Erscheinen nach dem Freitagsgebete zugesagt; und also ging mein Vater hin und befahl, Süßigkeiten und Schüsseln mit Zuckerwerk herzurichten, so daß nichts mehr fehlte, als daß der Vertrag geschrieben würde. Nun hatte meine Mutter mich ins Bad geschickt, und mir nach sandte sie ein neues, sehr prächtiges Gewand; und als ich den Baderaum verließ, da legte ich jenes prächtige Kleid an, das mit Wohlgerüchen getränkt war, und wie ich es trug, durchduftete es den ganzen Weg. Ich hatte damals die Absicht, mich in die große Moschee zu begeben, doch ich erinnerte mich an einen meiner Freunde, und so kehrte ich um, auf der Suche nach ihm, damit auch er bei der Schließung des Vertrages zugegen wäre; und ich sprach bei mir selber: ‚Das wird gerade bis zur Zeit des Gebetes dauern.' Dann trat ich in eine Gasse ein, die ich noch nie betreten hatte; ich schwitzte aber infolge des Bades und der neuen Kleidung, die ich trug, und der Schweiß rann mir herab, während meine Kleidung Wohlgerüche ausströmte. Da breitete ich am oberen Ende der Straße ein gesticktes Tuch, das ich bei mir hatte, über eine Steinbank und setzte mich darauf, um auszuruhen. Mehr und mehr jedoch bedrückte mich die Hitze, so daß mir die Stirn naß war und Tropfen über meine Wangen rannen; aber ich konnte mir das Gesicht mit dem Tuche nicht abwischen, weil es unter mir lag. Gerade wollte ich da den langen Ärmel meines Festgewandes fassen, um mir die Wangen abzuwischen, als unerwartet von obenher ein weißes Tuch auf mich herabfiel, das sich weicher anfühlte als der Zephir und dem Auge lieblicher schien als dem Kranken die Heilung. Ich ergriff es mit der Hand und hob die Augen auf, um zu sehen, wo dies Tuch heruntergefallen sei; da traf mein Blick auf den Blick der Besitzerin dieses Gazellenbildes.' – –«

Da bemerkte Schehrezâd, daß der Morgen begann, und sie hielt in der verstatteten Rede an. Doch als die *Hundertunddreizehnte Nacht* anbrach, fuhr sie also fort: »Es ist mir berichtet worden, o glücklicher König, daß der Jüngling zu Tâdsch el-Mulûk sprach: ‚Ich hob die Augen auf, um zu sehen, wo dies Tuch heruntergefallen sei, da traf mein Blick auf den Blick der Besitzerin dieses Gazellenbildes. Sie schaute durch die Öffnung eines messingenen Gitterfensters, nie haben meine Augen eine schönere als sie geschaut, kurz, meine Worte können sie nicht beschreiben. Als sie merkte, daß ich sie ansah, da steckte sie

ihren Daumen in den Mund und legte Mittelfinger und Zeigefinger zusammen auf ihren Busen zwischen die Brüste; dann
zog sie den Kopf zurück, schloß das Fenster und ging davon.
In meinem Herzen aber brach ein Feuer aus, und es ward eine
lodernde Flamme daraus; dieser eine Blick ließ tausend Seufzer in mir zurück, und ich blieb ratlos sitzen, da ich kein Wort
von ihr vernahm, noch auch ihre Zeichen verstand. Noch einmal blickte ich zu dem Fenster empor, doch ich fand es verschlossen; und geduldig wartete ich bis zum Untergang der
Sonne, doch ich hörte keinen Laut und sah niemanden. Als ich
nun daran verzweifelte, sie nochmals zu sehen, stand ich auf,
nahm das Tuch und öffnete es; und ihm entströmte ein Moschusduft, der mich mit solch hoher Wonne durchschauerte,
daß ich im Paradiese zu sein glaubte. Dann breitete ich es vor
mir aus, und heraus fiel ein feines Briefchen; und als ich das
Papier entfaltete, entströmte ihm köstlicher Wohlgeruch, und
ich fand auf ihm den folgenden Spruch:

> *Ich sandte ihm einen Brief, klagend ob Liebeskummer,*
> *Geschrieben in feiner Schrift – denn Schrift ist von mancherlei Art.*
> *Da sagte mein Freund: Warum hast du denn so geschrieben?*
> *Kaum kann ich die Zeichen erkennen, so fein sind sie und zart!*
> *Ich sprach darauf: Weil ich selber so schmächtig bin und fein.*
> *Der Liebenden Schrift soll immer also geartet sein.*

Nachdem ich die Verse gelesen hatte, warf ich einen Blick auf
die Schönheit des Tuches, und da sah ich, daß auf einem Rand
noch dieser Doppelvers geschrieben stand:

> *Es schrieb sein Wangenflaum – o welch ein herrlicher Schreiber! –*
> *Zwei Zeilen auf sein Antlitz in Schrift, so fein und schlank.*
> *Verwirrt sind Sonne und Mond vor ihm, wenn er erscheinet;*
> *Wenn er sich neigt, beschämt er die Zweige dünn und schwank.*

Und auf dem anderen Rande standen diese beiden Verse geschrieben:

Es schrieb sein Wangenflaum in Perlenschrift mit Ambra
Zwei Zeilen, wie mit Gagat gemalt auf Äpfelfein.
Er tötet mit den Blicken der träumerischen Augen,
Und seine lieblichen Wangen berauschen, doch ohne Wein.

Als ich die Verse auf dem Tuche las, da entbrannten Feuerflammen in meinem Herzen, und sehnendes Sinnen erfüllte mich mit Schmerzen. Und ich nahm das Tuch und den Brief und ging damit nach Hause; denn ich wußte kein Mittel, zu ihr zu gelangen, und ich war in der Auslegung der Liebessprache noch unbefangen. Doch ich kam zu Hause erst an, als bereits ein Teil der Nacht verstrichen war, und sah meine Base in Tränen dasitzen. Sowie sie mich aber erblickte, wischte sie sich die Tränen ab, trat auf mich zu, nahm mir die Überkleider ab und fragte mich nach dem Grunde meines Ausbleibens und erzählte mir: ,All die Emire, die Vornehmen, die Kaufleute und die übrigen Gäste hatten sich in unserem Hause versammelt; und auch der Kadi und die Zeugen waren da. Sie aßen und blieben noch eine Weile sitzen, um dich zu erwarten und dann den Vertrag zu schreiben; doch als sie an deinem Kommen verzweifelten, da gingen sie auseinander und ihrer Wege. Dein Vater aber geriet in heftigen Zorn wegen all dessen, und er hat geschworen, er wolle den Ehevertrag jetzt erst im nächsten Jahre schreiben lassen, dieweil er viel Geld auf diese Festlichkeit verwendet hat.' Und schließlich fragte sie: ,Was ist dir heute widerfahren, daß du so lange ausgeblieben bist und daß dies alles wegen deines Fernseins geschehen mußte?' Ich antwortete: ,Liebe Base, frage nicht nach dem, was mir widerfahren ist!' Doch ich sprach ihr von dem Tuche und erzählte ihr alles, was vorgefallen war, von Anfang bis zu Ende. Da

29

nahm sie den Brief und das Tuch und las, was darin geschrieben stand, und ihr rannen die Tränen die Wangen herab, und sie sprach die Verse:

Wer sagt, der Liebe Anfang sei ein freies Wählen,
Dem sage nur: Du lügst; nein, sie ist nichts als Zwang.
Und wer gezwungen ist, den trifft doch keine Schande.
Der Liebe Echtheit kündet auch ein rechter Klang. –
Als falsch erklärt man nicht die Münzen, die da echt.

Und wenn du willst, so sage auch: Ein süßes Leiden,
Ein wunder Schmerz im Leibe oder auch ein Schlag,
Ja, eine Gnade oder Plage oder ein Verhängnis,
Dran sich die Seele trösten oder quälen mag –
Ach, zwischen Leid und Freud find ich mich nicht zurecht.

Und doch, der Liebe Tage sind wie frohe Feste,
Ein immerwährend Lächeln einer schönen Maid,
Ein unbeschreiblich Fächeln süßer Wohlgerüche,
Und sie entrückt uns fern von aller Häßlichkeit,
Nie suchte sie ein Herz sich aus, das feig und schlecht.

Dann fragte sie mich: ‚Was hat sie dir denn gesagt, und was für Zeichen hat sie dir gemacht?‘ Ich erwiderte: ‚Sie hat nichts gesagt, sondern sie hat nur ihren Daumen in den Mund gesteckt, dann Zeigefinger und Mittelfinger zusammengetan und auf ihre Brust gelegt und nach unten gedeutet. Darauf hat sie ihren Kopf wieder zurückgezogen und das Fenster geschlossen, und ich habe sie nicht mehr gesehen. Aber sie hat mein Herz mit sich genommen. Bis zum Sonnenuntergange habe ich noch dort gesessen und gewartet, daß sie wieder aus dem Fenster schauen möchte; allein sie tat es nicht. Zuletzt verließ ich in meiner Verzweiflung jenen Ort und kam nach Hause. Das ist meine Geschichte. Nun bitte ich dich, hilf mir in meinem Elend!‘ Da hob sie ihr Haupt zu mir empor und sagte: ‚Lieber Vetter, selbst wenn du mein Auge verlangtest, so würde ich es für dich mir unter den Lidern herausreißen. Ich kann nicht anders, ich muß dir zu deinem und ihr zu ihrem Ziele verhelfen. Denn wisse, sie ist in Liebe zu dir entbrannt wie du zu ihr!' ‚Wie sind denn ihre Zeichen zu deuten?' fragte ich. 'Azîza antwortete: ‚Daß sie den Daumen in den Mund steckte, bedeutet, du seist bei ihr so viel wert wie ihre Seele im Vergleich zu ihrem Leibe, und sie sei fest entschlossen, sich mit dir zu vereinen. Das Tuch bedeutet den Gruß der Liebenden an die Geliebten, das Blatt ist ein Zeichen dafür, daß ihre Seele ganz an dir hängt. Dadurch aber, daß sie die beiden Finger auf ihren Busen zwischen die Brüste legte, will sie dir sagen: Komm nach zwei Tagen hierher, auf daß mein Leid bei deinem Anblick weiche! Wisse nämlich, mein Vetter, sie liebt dich, und sie vertraut auf dich. So weit kann ich ihre Zeichen deuten. Ja, könnte ich frei ein und aus gehen, so würde ich euch beide gar bald vereinen und den Saum meines Gewandes über euch decken.'

‚Als ich dies von ihr vernahm – so fuhr der Jüngling fort –, dankte ich ihr für ihre Worte und sprach bei mir selber: ‚Ich will zwei Tage warten.' So blieb ich denn zwei Tage zu Hause und ging weder aus noch ein; ich aß und trank auch nicht, sondern ich legte mein Haupt auf den Schoß meiner Base, während sie mich tröstete mit den Worten: ‚Sei gefaßt und entschlossen, hab Zuversicht und guten Mut!' – –«

Da bemerkte Schehrezâd, daß der Morgen begann, und sie hielt in der verstatteten Rede an. Doch als die *Hundertundvierzehnte Nacht* anbrach, fuhr sie also fort: »Es ist mir berichtet worden, o glücklicher König, daß der Jüngling dem Tâdsch el-Mulûk des weiteren erzählte: ‚Als nun die beiden Tage verstrichen waren, sprach meine Base zu mir: ‚Hab Zuversicht und quäl dich nicht! Lege entschlossen dein Gewand an und geh zu ihr gemäß der Verabredung!' Dann ging sie hin und holte mir neue Gewänder und beräucherte mich mit duftenden Spezereien. Ich aber nahm mich zusammen, faßte mir ein Herz und trat hinaus; und ich ging dahin, bis ich in jene Gasse kam, und dort setzte ich mich eine Weile auf die Bank. Und siehe da, das Fenster tat sich auf, und ich erblickte sie mit meinem Auge. Doch wie ich sie sah, da sank ich ohnmächtig nieder. Als ich dann erwachte, nahm ich meine Kraft zusammen und faßte mir ein Herz, und wieder schaute ich sie an; allein die Sinne entschwanden mir. Wie ich aber dann wieder zu mir kam, erblickte ich in ihrer Hand einen Spiegel und ein rotes Tuch. Und indem sie mich anschaute, streifte sie die Ärmel von ihren Vorderarmen zurück, spreizte die fünf Finger ihrer einen Hand und schlug sich auf die Brust mit der Handfläche und den fünf Fingern. Dann hob sie ihre beiden Hände auf und hielt den Spiegel zum Fenster hinaus; hierauf nahm sie das rote Tuch und trat damit ins Zimmer zurück. Alsbald kam sie wieder und hielt das Tuch aus dem Fenster nach der Gasse zu hinunter; dreimal senkte und hob sie das Tuch, darauf rang sie es mit der Hand und legte es wieder zusammen, indem sie ihr Haupt neigte. Schließlich zog sie es zurück, schloß das Fenster und entschwand meinem Blick, ohne daß sie ein Wort zu mir gesprochen hätte. Ja, sie ließ mich allein in meiner Ratlosigkeit; denn ich wußte doch nicht, was sie mir angedeutet hatte. So blieb ich da, bis es Nacht ward. Erst gegen Mitternacht kam ich heim, und da fand ich meine Base, wie sie die Wange auf ihre Hand stützte und ihr die Tränen aus den Augen rannen. Und sie sprach diese Verse:

Was geht der Tadler mich an, der um deinetwillen mich schmähet?
Wie gäb es einen Trost über dich, du Zweig so zart?
O Antlitz, das mein Herz mir raubte und dann sich wandte,

Vor dir hat keine Zuflucht die Liebe von Asras[1] Art!
Mit deinen Türkenblicken verwundest du die Herzen,
Wie nie die scharfe Klinge dem Feinde Wunden schlug.
Du ludest auf mich die Last der Liebe; doch ich Armer,
Ich habe zum Tragen des Hemdes nicht einmal Kraft genug!
Ja, ich hab Blut geweint, als meine Tadler sagten:
Aus deiner Liebsten Augen dräut dir ein tödlich Schwert.
O wäre doch mein Herz wie dein Herz, aber wehe,
Schmal wie dein schlanker Leib ist mir mein Leib verzehrt.
Du hast, Gebieterin, für die Schönheit einen Wächter,
Der hart ist gegen mich, einen Hüter, der Milde verneint.
Falsch ist's, wenn einer sagt, alle Schönheit sei in Joseph[2], –
Wie viele Josephs sind in deiner Anmut vereint!
Ich mühe mich ja so sehr, um deinen Blick zu meiden,
Aus Furcht vor den Augen der Späher. Welch Mühe voller Leiden!

Als ich ihre Verse vernahm, da wuchs mein Leid, und es mehrte
sich meine Traurigkeit, so daß ich in einem Winkel des Hauses
niedersank. Da aber eilte sie zu mir, hob mich auf, nahm mir
die Überkleider ab und trocknete mein Gesicht mit ihrem
Ärmel. Dann fragte sie mich nach dem, was mir widerfahren
sei; und ich erzählte ihr alles, was ich erlebt hatte. Da sprach
sie: ‚Lieber Vetter, ihr Zeichen mit der Hand und den fünf
Fingern bedeutet, daß du nach fünf Tagen kommen sollst. Daß
sie aber den Spiegel zeigte, das rote Tuch senkte und hob und
ihr Haupt zum Fenster hinaus neigte, dies bedeutet: Warte bei
dem Färberladen, bis mein Bote zu dir kommt.‘ Als ich ihre
Worte hörte, da flammte das Feuer in meinem Herzen auf,
und ich rief: ‚Bei Allah, liebe Base, du hast recht mit dieser
Deutung; denn ich habe in der Gasse einen jüdischen Färber

1. ‚Und mein Stamm sind jene Asra, welche sterben, wenn sie lieben'
(Heine, Der Asra). Die Asra (eigentlich 'Udhra) waren ein arabischer
Stamm. Vgl. unten 383. bis 384. Nacht.
2. Joseph gilt als Urbild aller Schönheit.

gesehen.' Wieder brach ich in Tränen aus, doch meine Base sprach: ‚Fasse dich und sei festen Herzens! Sieh, andere werden jahrelang von Liebesgluten verzehrt und ertragen geduldig all das Feuer der Leidenschaft. Du aber hast nur eine einzige Woche zu warten; warum denn bist du so ungeduldig?' So tröstete sie mich mit Worten, und dann brachte sie mir Speise. Ich nahm einen Bissen und wollte ihn essen; doch es war mir nicht möglich, ja Speise und Trank widerstanden mir, sogar auch der süße Schlummer floh mich. Nun ward meine Farbe bleich, und meine Schönheit schwand dahin; denn ich hatte vordem noch nie geliebt, noch das Feuer der Leidenschaft gekostet – dies war das erste Mal! Ich ward krank, und auch meine Base ward krank um meinetwillen. Und sie begann mir von den Schicksalen der treu Liebenden zu erzählen, um mich zu trösten, jede Nacht, bis ich einschlief; wenn ich dann aufwachte, so fand ich, daß sie um meinetwillen wach geblieben war und daß ihr die Tränen über die Wange strömten. Dieser Zustand dauerte fort, bis die fünf Tage vorübergegangen waren. Da ging meine Base hin, wärmte Wasser für mich und wusch mich damit. Dann legte sie mir meine besten Gewänder an und sprach zu mir: ‚Geh hin zu ihr! Allah erfülle deinen Wunsch und gewähre dir, was du von deiner Geliebten erstrebst!' So ging ich fort und schritt dahin, bis ich zum Eingang der Gasse kam. Nun war jener Tag ein Sabbat, und daher fand ich, daß der Laden des Färbers geschlossen war. Ich setzte mich dort nieder, bis der Ruf zum Nachmittagsgebet erscholl, bis die Sonne erbleichte, bis zum Sonnenuntergangsgebet gerufen ward, ja bis die Nacht anbrach, ohne daß ich ein Zeichen von ihr sah, noch einen Laut oder eine Nachricht von ihr vernahm. Da fürchtete ich um mein Leben, wie ich so allein saß, und ich erhob mich und ging dahin wie ein Trunkener, bis ich nach Hause kam. Wie ich eintrat, erblickte ich meine Base 'Azîza: sie stand da und hielt sich mit ihrer einen Hand an einem Pflock, der in die Wand geschlagen war, und hatte die andere Hand auf ihre Brust gelegt. Tiefe Seufzer entrangen sich ihr, und sie sprach diese Verse vor mir:

> *Das Heimweh der Araberin, die fern von ihrem Stamme*
> *Vor Sehnsucht nach Arabiens Weiden und Myrten stöhnt,*
> *Wenn sie bei der reisigen Schar verweilt und die ihr das Leiden*
> *Durch gastlich Feuer, die Tränen durch kühlen Trank verschönt –*
> *Es kann nicht größer sein als meiner Liebe Weh! …*
> *Mein Lieb denkt aber nur, daß ich eine Schuld begeh.*

Als sie geendet hatte, wandte sie sich zu mir und blickte mich an; dann trocknete sie ihre Tränen und die meinen mit ihrem Ärmel, lächelte mich an und sprach: ‚Mein lieber Vetter, Gott lasse dich genießen, was er dir gegeben hat! Doch warum bist du nicht die Nacht über bei deiner Geliebten geblieben und hast dein Verlangen an ihr nicht gestillt?' Als ich das hörte, trat ich ihr mit dem Fuße gegen die Brust. Sie aber fiel auf die Estrade nieder, und ihre Stirn traf auf deren Kante, wo ein Pflock eingeschlagen war; der drang ihr in die Stirn. Wie ich sie dann anblickte, sah ich, daß ihr das Blut über das zerschlagene Antlitz rann.' – –«

Da bemerkte Schehrezâd, daß der Morgen begann, und sie hielt in der verstatteten Rede an. Doch als die *Hundertundfünfzehnte Nacht* anbrach, fuhr sie also fort: »Es ist mir berichtet worden, o glücklicher König, daß der Jüngling dem Tâdsch el-Mulûk des weiteren erzählte: ‚Als ich meiner Base mit dem Fuße gegen die Brust getreten hatte, fiel sie auf die Kante der Estrade nieder, und da drang ihr der Pflock in die Stirn, so daß ihr das Blut über das zerschlagene Antlitz rann. Darauf schwieg sie still und sprach keinen Laut mehr. Aber alsbald erhob sie sich, brannte die Wunde mit einem glühenden Lappendocht aus, legte sich eine Binde um und wischte das Blut auf, das auf den Teppich geträufelt war. Als ob nichts geschehen sei, trat sie dann lächelnden Antlitzes auf mich zu und sprach zu mir mit sanfter Stimme: ‚Bei Allah, lieber Vetter, ich habe diese Worte nicht gesagt, um dich oder sie zu verhöhnen. Ich war von Kopfschmerzen gequält, und ich hatte schon im Sinne, mich zur Ader zu lassen. Jetzt aber sind mir Kopf und Stirn leicht geworden; so berichte mir denn, wie es dir heute ergangen ist!' Da erzählte ich ihr alles, was mir von dem Mädchen an jenem Tage widerfahren war. Nachdem ich gesprochen hatte, weinte ich. Doch sie sagte: ‚Lieber Vetter, vernimm die frohe Botschaft, daß du dein Ziel erreichen und deine Hoffnung erfüllt sehen wirst. Denn siehe, das war ein Zeichen, daß sie dich erhört hat. Und durch ihr Fortbleiben will sie dich nur auf die Probe stellen, auf daß sie erfahre, ob du in der Liebe zu ihr ausdauernd und aufrichtig bist oder nicht. Geh nur morgen wieder zu ihr an dieselbe Stätte wie vorher, und sieh, was für Zeichen sie dir geben wird. Jetzt ist deine Freude nah, und das Ende deiner Trauer ist da!' Mit solchen Worten suchte sie mich in meinem Schmerze zu trösten, aber mein tiefer Gram nahm immer noch zu. Darauf brachte sie mir Speisen; aber ich stieß mit dem Fuße dagegen, so daß die Schüsseln nach allen Seiten hin umfielen, und ich rief: ‚Jeder, der liebt, ist von einem Wahne befangen! Speise lockt ihn nicht, Schlaf erquickt ihn nicht!' ‚Bei Allah,' sprach meine Base 'Azîza, ‚lieber Vetter, dies sind fürwahr die Zeichen der Liebe.' Unter Tränen sammelte sie die Scherben der Schüsseln, wischte die Speisen auf und setzte sich wieder, um mit mir zu plaudern, während ich zu Gott betete, es möchte Morgen werden. Wie dann der Morgen sich einstellte und die Welt mit seinem Licht und Glanz erhellte, da eilte ich hin zu ihr; ich trat eilends in jene Gasse ein und setzte mich auf jene Bank nieder. Und siehe da, das Fenster war geöffnet, und sie steckte lachend ihren Kopf heraus. Dann verschwand sie, kehrte aber alsbald zurück mit einem Spiegel, einem Beutel und einem Blumentopfe voll grüner Pflanzen, während sie in der einen Hand eine Lampe trug. Das erste, was sie tat, war, daß sie den Spiegel in die Hand nahm und in den Beutel legte; dann band sie ihn zu und warf ihn ins Zimmer. Darauf ließ sie ihre Haare über ihr Antlitz fallen, setzte die Lampe einen Augenblick auf die Pflanzen, und dann nahm sie alles zusammen auf, ging damit fort und schloß das Fenster zu. Doch mein Herz war zerrissen von diesem Elend, von ihren Zeichen, die so geheimnisvoll waren, und ihren Andeutungen, den sonderbaren, bei denen sie kein Wort gesprochen hatte. Darum wuchs meine Leidenschaft, und immer stärker ward meiner Liebe wilde Kraft. Doch ich kehrte wieder um, mit Tränen in den Augen und betrübten Herzens, bis daß ich ins Haus eintrat. Dort sah ich meine Base mit dem Gesichte der Wand zugekehrt sitzen; ihr brannte ja das Herz vor Kummer und Gram und Eifersucht, aber ihre Liebe hielt sie zurück, und sie verriet mir nichts von ihren Gefühlen, denn sie sah den wilden Sturm der Leidenschaft mein Herz durchwühlen. Als ich sie nun ansah, erblickte ich auf ihrem Haupte zwei Binden, die eine über der Wunde auf ihrer Stirn, die andere über ihrem Auge, das ihr von dem heftigen Weinen schmerzte; sie war wirklich im tiefsten Elend, und unter Tränen sprach sie diese Verse:

> *Ich zähle all die Nächte, ich zähle sie Nacht für Nacht;*
> *Einst hab ich, ohne die Nächte zu zählen, das Leben verbracht.*
> *Ihr meine Freunde, fürwahr, ich kann es nimmer begreifen,*

Was Gott mit Leila[1] beschlossen, noch, was er mir zugedacht.
Er bestimmte sie einem andern, mir gab er die Liebe zu ihr:
Was gäbe es andres als Leila, das mir noch Schmerzen macht?

Als sie geendet hatte, blickte sie nach mir; aber während sie mich ansah, weinte sie. Dann trocknete sie ihre Tränen und trat auf mich zu; doch sie konnte in ihrem Liebesweh kein Wort hervorbringen. Noch eine ganze Weile verharrte sie im Schweigen, dann hub sie an: ‚Mein lieber Vetter, tu mir kund, wie es dir diesmal mit ihr ergangen ist!‘ Wie ich ihr alles berichtet hatte, sprach sie: ‚Gedulde dich, denn die Zeit deiner Vereinigung mit ihr ist wirklich da, und du bist der Erfüllung deines Hoffens nah. Das Zeichen, das sie dir mit dem Spiegel gab, und wie sie ihn in den Beutel steckte, bedeutet, du mögest bis zum Sonnenuntergange warten. Daß sie ihr Haar über ihr Antlitz fallen ließ, heißt: Wenn die Nacht naht und tiefes Dunkel sich über das Licht des Tages herabläßt, dann komm. Und das Zeichen, das sie dir mit dem Blumentopfe und den Pflanzen darin gab, bedeutet: Wenn du kommst, so tritt in den Garten ein, der hinter der Gasse liegt. Ihr Zeichen mit der Lampe aber sagt dir: Wenn du in den Garten eingetreten bist, so geh weiter, und wo du eine Lampe leuchten siehst, dorthin geh und setze dich unter ihr nieder: erwarte mich, denn die Liebe zu dir bringt mich ums Leben!‘ Als ich diese Worte meiner Base vernommen hatte, schrie ich auf im Übermaß der Leidenschaft und sagte: ‚Wie lange noch willst du mir Versprechungen machen? Wie oft soll ich noch zu ihr gehen, ohne mein Ziel zu erreichen und ohne einen wahren Sinn in deinen Deutungen zu finden?‘ Da lachte meine Base und erwiderte: ‚Nur noch so lange brauchst du zu warten, bis der Rest dieses

1. Leila ist ein typischer Name für die Geliebte geworden, nach zwei altarabischen Liebesgeschichten.

Tages vorübergeht, bis der lichte Tag sich senkt und die Nacht alles mit ihrem Dunkel umfängt. Dann wird dir ja die Vereinigung zuteil, und deine Hoffnungen werden erfüllt. Diese Worte sind wahr und ohne Falsch!' Dann sprach sie diese beiden Verse:

> Laß die Tage immer nur enteilen,
> In die Sorgenhäuser tritt nicht ein!
> Manches Ziel erscheint noch in der Ferne –
> Dennoch ist die nahe Freude dein.

Dann trat sie auf mich zu und begann mich mit sanften Worten zu trösten; aber sie wagte nicht, mir mit Speisen zu nahen, denn sie fürchtete, ich würde ihr zürnen, und hoffte im stillen, ich würde meine Neigung ihr zuwenden. So tat sie denn nichts anderes, als daß sie mir die Überkleider abnahm; dann sprach sie: ,Lieber Vetter, setze dich, ich will dich unterhalten, damit du dich über die Zeit bis zum Abend hinwegtröstest! So Gott der Erhabene will, wirst du bei deiner Geliebten sein, wenn kaum die Nacht anbricht.' Ich achtete aber nicht auf sie, sondern wartete nur auf das Kommen der Nacht und sprach: ,Ach Herr, laß es doch bald Nacht werden!' Als es dann Abend ward, weinte meine Base bitterlich und gab mir ein Körnchen reinen Moschus mit den Worten: ,Lieber Vetter, nimm dies Körnchen in den Mund; und wenn du mit deiner Geliebten vereint bist und wenn du dann dein Begehren von ihr erreicht hast und sie dir deinen Wunsch gewährt hat, so sprich diesen Vers zu ihr:

> O ihr Liebenden, bei Allah, saget an:
> Wenn ihn die Liebe plagt, was tut der Mann?'

Dann küßte sie mich und beschwor mich, ihr diesen Vers erst zu sagen, wenn ich von ihr fortginge. ,Ich höre und gehorche!' erwiderte ich. Darauf ging ich zur Abendzeit fort und schritt dahin, bis ich zu dem Garten kam. Seine Tür fand ich offen, und als ich eingetreten war, erblickte ich in der Ferne ein Licht. Auf das ging ich zu, und wie ich es erreicht hatte, fand ich eine große überdachte Laube; darauf war eine Kuppel aus Elfenbein und Ebenholz, aus deren Mitte die Lampe herabhing. Der Boden der Laube war mit seidenen Teppichen belegt, die mit Gold und Silber durchwirkt waren, und unter der Lampe stand dort eine große brennende Kerze in einem goldenen Leuchter. In der Laube befand sich auch ein Brunnenbecken, das mit allerlei Bildern geschmückt war; und daneben stand ein Tisch, über dem ein seidenes Tuch lag, ihm zur Seite ein großer Krug aus Porzellan, der mit Wein gefüllt war, und ein Kristallbecher mit goldenem Schmuck, und neben dem allem lag eine große silberne Platte, die zugedeckt war. Ich deckte sie auf und erblickte auf ihr alle Arten von Früchten, Feigen, Granatäpfeln, Weintrauben, Orangen, Limonen und Zitronen; dazwischen lagen mancherlei duftende Blumen, Rosen, Jasmin, Myrtenblüten, Eglantinen, Narzissen und viele andere wohlriechende Kräuter. Von jenem Orte ward ich ganz hingerissen, und ich war hocherfreut, von mir wichen Kummer und Leid; doch ich fand an der Stätte keine einzige lebende Seele.' – –«

Da bemerkte Schehrezâd, daß der Morgen begann, und sie hielt in der verstatteten Rede an. Doch als die *Hundertundsechzehnte Nacht* anbrach, fuhr sie also fort: »Es ist mir berichtet worden, o glücklicher König, daß der Jüngling dem Tâdsch el-Mulûk des weiteren erzählte: ,Von jenem Ort ward ich ganz hingerissen, und ich war hocherfreut; doch ich fand an ihm keine einzige lebende Seele, weder Knecht, noch Magd, noch jemanden, der sich um jene Dinge kümmerte oder alles das bewachte. Da setzte ich mich in der Laube nieder, um die Ankunft meiner Herzensliebsten zu erwarten, bis die erste

Stunde der Nacht verstrichen war; dann verstrich eine zweite Stunde, eine dritte Stunde, aber immer noch kam sie nicht. Da packte mich nagender Hunger; denn ich hatte ja lange Zeit in meiner heftigen Leidenschaft keine Speise angerührt. Nun aber, als ich jenen Ort gesehen hatte und als ich erkannte, daß meine Base in der Deutung der Zeichen meiner Geliebten wahr gesprochen hatte, da fand ich Ruhe, da spürte ich den nagenden Hunger. Auch hatten die Düfte der Speisen, die auf dem Tische lagen, mein Verlangen erweckt, als ich dorthin gekommen war und meine Seele sich über die Vereinigung mit der Geliebten beruhigt hatte. So begehrte ich denn zu essen, trat an den Tisch heran, nahm die Decke ab und fand auf ihm eine große Schüssel aus Porzellan: darauf lagen vier geröstete und wohlgewürzte Küken. Und um die Schüssel herum waren vier Teller, einer mit türkischem Honig, ein anderer mit Granatapfelkernen, ein dritter mit Nußtörtchen, ein vierter mit Honiggebäck; was auf diesen Tellern lag, war teils süß und teils sauer. Nun begann ich zu essen; ich nahm von dem Honiggebäck und ein Stück Fleisch; dann ging ich zu den Nußtörtchen über und aß davon, soviel ich vermochte; darauf machte ich mich an den türkischen Honig und aß ein, zwei, drei oder vier Löffel voll davon, zuletzt aß ich noch ein Küken und einen Bissen Brot. Nun war aber mein Magen voll, meine Glieder erschlafften, und ich wurde so schläfrig, daß ich nicht mehr wach bleiben konnte. Nachdem ich mir die Hände gewaschen hatte, legte ich mein Haupt auf ein Kissen, und der Schlaf übermannte mich; was danach mit mir geschah, davon merkte ich nichts. Ich wachte erst wieder auf, als die Sonnenglut auf mir brannte; denn ich hatte ja seit mehreren Tagen keinen Schlaf gekostet. Als ich aber aufwachte, fand ich auf meinem Leibe Salz und Kohle. Da sprang ich auf und schüt-

41

telte meine Kleider, blickte nach rechts und links, fand aber
niemanden; und ich entdeckte auch, daß ich auf dem Marmorpflaster ohne Decke geschlafen hatte. Nun war ich ratlos und
tief betrübt; Tränen rannen über meine Wangen, und Trauer
um mein Los nahm mich ganz gefangen. So ging ich nach
Hause, und als ich dort ankam, fand ich meine Base, wie sie
mit der Hand gegen ihre Brust schlug und Tränen gleich Re-
genschauern vergoß; und dabei sprach sie diese Verse:

> Vom fernen Lande weht ein Zephirwind
> Und facht mit seinem Hauch die Liebe an.
> Du lieber Zephir, komme doch zu uns!
> Vom Schicksal hat sein Los, wer liebgewann.
> Ach, könnten wir in Liebe uns umfangen,
> So wie ein liebend Paar sich eng umschlingt.
> Doch Gott versagt mir, seit der Liebste fern,
> Ein Dasein, dem die Lebensfreude winkt.
> Ach, wüßte ich, ob sein Herz wie mein Herz
> Verzehrt wird von der Liebe Glut und Schmerz!

Doch als sie mich erblickte, stand sie rasch auf, trocknete ihre
Tränen und redete mich mit sanften Worten an: ‚Ach, mein
Vetter, Allah ist dir in deiner Liebe gnädig gewesen, da sie,
die du liebst, auch dich lieb hat, während ich über die Trennung von dir weine und klage, und du mich noch dazu tadelst
und schiltst; doch Allah zürne dir nicht um meinetwillen!‘
Dann lächelte sie mir vorwurfsvoll ins Antlitz und liebkoste
mich, nahm mir die Überkleider ab und breitete sie aus mit den
Worten: ‚Bei Allah, dies ist nicht der Duft dessen, der sich der
Geliebten erfreut hat! So berichte mir denn, wie es dir ergangen ist, lieber Vetter!‘ Da erzählte ich ihr alles, was mir widerfahren war. Sie aber lächelte zum zweiten Male vorwurfsvoll
und sprach: ‚Ach, mein Herz ist voll Leid; aber wer deinem
Herzen wehe tut, der soll nicht leben! Diese Frau benimmt

42

sich sehr übermütig gegen dich. Bei Allah, mein Vetter, ich bin wahrlich für dich um ihretwillen in Sorge. Wisse denn, Sohn meines Oheims, das Salz hat zu bedeuten, daß du in Schlaf versunken warst und dadurch einer faden Speise gleich wardst, die man verabscheut, und daß du erst gesalzen werden mußt, damit die Natur dich nicht wieder von sich gibt. Denn du machst zwar den Anspruch darauf, zu den Leuten der echten und edlen Liebe zu gehören; aber der Schlaf ist doch den Liebenden versagt, und dein Anspruch auf die Liebe ist falsch. Allein ihre Liebe zu dir ist ebenso falsch, da sie dich nicht geweckt hat, als sie dich schlafen sah; wäre ihre Liebe echt, so hätte sie dich aufgeweckt. Das Zeichen mit der Kohle aber bedeutet: Allah schwärze dein Angesicht, da du fälschlich auf Liebe Anspruch gemacht hast! Du bist doch nur ein Kind, und der Sinn steht dir nur nach Essen und Trinken. Dies ist die Deutung ihrer Zeichen. Allah der Erhabene möge dich von ihr befreien!' Als ich ihre Worte vernommen hatte, schlug ich mit den Händen gegen meine Brust und rief aus: ,Bei Allah, das ist wahr! Ich habe ja geschlafen, aber die Liebenden schlafen nie. Nun habe ich gegen mich selbst gesündigt! Was konnte mir schädlicher sein als Essen und Schlafen? Was soll ich nun beginnen?' Nun begann ich laut zu weinen, und ich sprach zu meiner Base: ,Rate mir etwas, das ich tun kann! Erbarme dich meiner, auf daß Allah sich deiner erbarme! Sonst muß ich sterben.' Meine Base liebte mich leidenschaftlich. – –«

Da bemerkte Schehrezâd, daß der Morgen begann, und sie hielt in der verstatteten Rede an. Doch als die *Hundertundsiebenzehnte Nacht* anbrach, fuhr sie also fort: »Es ist mir berichtet worden, o glücklicher König, daß der Jüngling dem Tâdsch el-Mulûk des weiteren erzählte: ,Und ich sprach zu meiner Base: ,Rate mir etwas, das ich tun kann! Erbarme dich meiner, auf daß Allah sich deiner erbarme! Sonst muß ich sterben.' Meine Base liebte mich leidenschaftlich, und so antwortete sie: ‚Herzlich gern! Doch, mein lieber Vetter, ich habe dir schon mehrere Male gesagt: Könnte ich frei ein und aus gehen, so würde ich euch beide gar bald vereinen und den Saum meines Gewandes über euch decken. Ich tue ja dies alles für dich nur, um dir gefällig zu sein. So Gott der Erhabene will, werde ich die größte Mühe aufwenden, um euch beide zu vereinen. Nun höre auf mein Wort und folge meiner Weisung: geh noch einmal an dieselbe Stätte und warte dort; wenn es dann Abend wird, so setze dich wieder in die Laube, in der du gewesen bist. Aber hüte dich, etwas von den Speisen zu essen; denn das Essen macht schläfrig. Gib acht, daß du nicht einschlafest! Denn sie kommt erst zu dir, wenn ein Viertel der Nacht verstrichen ist. Allah schütze dich vor ihrer Arglist!'

Als ich ihre Worte vernommen hatte, freute ich mich, und ich begann zu Gott zu beten, es möchte bald Abend werden. Sowie es dunkel ward, wollte ich fortgehen; da sprach meine Base zu mir: ‚Wenn du mit ihr vereint bist, so sage ihr den Vers, den ich früher genannt habe, doch erst in dem Augenblicke, da du Abschied nimmst.' ‚Herzlich gern!' erwiderte ich. Nachdem ich dann fortgegangen und zum Garten gekommen war, fand ich den Raum wieder so hergerichtet, wie ich ihn vorher gesehen hatte; dort war, was man sich nur wünschen konnte an Speise und Trank, an duftenden Blumen und Naschwerk und dergleichen Dingen. Ich trat in die Laube und sog den Duft der Speisen ein; da gelüstete es mich nach ihnen, aber ich widerstand viele Male der Versuchung, sie anzurühren, bis ich es schließlich nicht mehr vermochte. Und so trat ich denn an den Tisch heran und nahm die Decke ab: wieder fand ich eine Schüssel mit Küken und um sie herum vier Teller mit Gerichten von viererlei Art. Ich nahm von allem je einen Bissen und aß von dem türkischen Honig, soviel mir bekömmlich war, auch verzehrte ich ein Stück Fleisch und trank von dem Scherbett. Der gefiel mir sehr, und so nahm ich löffelweise immer mehr davon, bis ich satt und mein Magen gefüllt war. Darauf sanken mir die Augenlider zu, ich nahm ein Kissen und legte es unter meinen Kopf, indem ich bei mir dachte: ‚Ich will mich nur anlehnen, ohne einzuschlafen.‘ Ich schloß aber doch die Augen und schlief ein.

Erst als die Sonne aufgegangen war, wachte ich wieder auf. Da fand ich auf meinem Leibe einen Knochenwürfel, ein Schnellholz, den Stein einer unreifen Dattel und einen Johannisbrotkern. Doch in dem Raume lagen keine Teppiche, noch war sonst etwas darin, und es schien, als ob auch am Tage vorher gar nichts dort gewesen wäre. Ich sprang auf, schüttelte alles von mir ab und ging zornig davon, bis ich zu Hause ankam. Dort traf ich meine Base, wie sie in Seufzer ausbrach und diese Verse sprach:

> Der Leib schwindet hin, und das Herz ist verwundet,
> Und auf die Wangen strömt der Tränen Flut.
> Unnahbar ist der Geliebte, und dennoch –
> All, was die Schönheit tut, das ist auch gut.
> Du, Vetter, hast mein Herz mit Leid erfüllt,
> Mein Aug ist durch die Tränen schmerzverhüllt.

Da tadelte ich meine Base und schalt sie, bis sie weinte. Doch sie trocknete ihre Tränen, trat auf mich zu, küßte mich und wollte mich an ihre Brust drücken, während ich mich fern von ihr hielt und mir selbst Vorwürfe machte. ‚Lieber Vetter,‘ sprach sie, ‚es scheint, du hast auch in dieser Nacht geschlafen!‘ ‚Ja,‘ erwiderte ich ‚doch als ich aufwachte, fand ich einen Knochenwürfel, ein Schnellholz, den Stein einer unreifen Dattel und einen Johannisbrotkern; und ich weiß nicht, warum sie das getan hat.' Dann begann ich zu weinen und wandte mich an sie mit den Worten: ‚Erkläre mir doch, was dies ihr Tun zu bedeuten hat; sage mir, was ich tun soll, und hilf mir in meinem Elend!' ‚Das will ich herzlich gern tun,' antwortete sie; ‚der Knochenwürfel und das Schnellholz, die sie dir auf die Brust gelegt hat, sollen dir sagen: Du bist hier, aber dein Herz ist fern. Und es ist, als ob sie zu dir spräche: So ist die Liebe nicht; drum zähle du dich nicht unter die Liebenden! Durch den Stein der unreifen Dattel deutet sie dir an: Wärest du wirklich ein Liebender, so wäre dein Herz von Leidenschaft entbrannt, und du hättest die Wonne des Schlafes nicht gekannt; denn die Dattel ist der süßen Liebe Bild, die das Herz mit glühendem Feuer erfüllt. Doch der Johannisbrotkern offenbart, daß des Liebenden Herz müde ward; und sie sagt dir: Ertrag unsere Trennung mit einer Geduld von Hiobs Art!'

Als ich diese Deutung von ihr vernommen hatte, da brannten die Feuer in meinem Herzen, und es wuchsen in meiner Seele die Schmerzen. Laut schrie ich auf: ‚Allah sandte mir den Schlaf, da ich ein Unglückskind bin!' Dann sprach ich zu ihr: ‚Liebe Base, so wert dir mein Leben ist, verschaffe mir ein Mittel, wie ich zu ihr gelangen kann!' Unter Tränen erwiderte sie: ‚O 'Azîz, du Sohn meines Oheims, siehe, mein Herz ist schwer von Trauer, und ich kann kaum reden. Doch geh heut abend wieder an jene Stätte und hüte dich einzuschlafen; dann wirst du dein Ziel erreichen. Dies ist mein Rat, und damit Gott befohlen!' Ich sagte darauf: ‚So Gott will, werde ich nicht schlafen; ich will nur das tun, was du mich heißest.' Nun ging meine Base hin und brachte mir Speisen mit den Worten: ‚Iß dich jetzt satt, damit du nachher nicht mehr daran denkst!' So aß ich mich denn satt; und als es Abend ward, holte meine Base mir ein prächtiges Gewand, das sie mir anlegte; dabei ließ sie mich schwören, ich wolle der Maid den genannten Vers sagen, und sie warnte mich noch einmal davor, einzuschlafen. Dann verließ ich sie und begab mich zu dem Garten, trat in jene Laube ein und schaute immer nur in den Garten; dabei hielt ich mir die Augen mit den Fingern offen und bewegte den Kopf hin und her, während die Nacht immer dunkler ward.' – –«

Da bemerkte Schehrezâd, daß der Morgen begann, und sie hielt in der verstatteten Rede an. Doch als die *Hundertundachtzehnte Nacht* anbrach, fuhr sie also fort: »Es ist mir berichtet worden, o glücklicher König, daß der Jüngling dem Tâdsch el-Mulûk des weiteren erzählte: ‚Ich ging in den Garten, trat in jene Laube ein und schaute immer nur in den Garten; dabei hielt ich mir die Augen mit den Fingern offen und bewegte den Kopf hin und her, während die Nacht immer dunkler ward. Schließlich wurde ich hungrig von dem Wachen, und da der Duft der Speisen zu mir drang, ward mein Hunger noch heftiger. So trat ich denn an den Tisch heran, nahm die Decke ab und aß von jedem Gericht einen Bissen, dazu ein Stück Fleisch. Dann nahm ich den Weinkrug und dachte bei mir: ‚Ich will nur einen Becher trinken.' Den trank ich auch; aber dann trank ich einen zweiten und einen dritten, bis es im ganzen zehn geworden waren. Da traf mich ein Lufthauch, und ich sank zu Boden wie ein erschlagener Kämpfer. So blieb ich liegen, bis es Morgen ward. Wie ich aber aufwachte, fand ich mich außerhalb des Gartens, mit einem scharfen Dolchmesser und einem runden Eisenplättchen auf der Brust. Zitternd vor Erregung nahm ich beides und ging damit nach Hause. Dort traf ich meine Base, wie sie klagte: ‚Fürwahr, ich bin in diesem Hause elend und voll Betrübnis; denn ich habe keinen Helfer als die Tränen!' Doch kaum war ich eingetreten, so fiel ich der Länge nach zu Boden; dabei warf ich das Messer und das Plättchen aus der Hand und sank in Ohnmacht. Als ich aus meiner Ohnmacht wieder zur Besinnung kam, berichtete ich ihr, was mir widerfahren war, und rief: ‚Sieh, ich habe mein Ziel doch nicht erreicht!‘ Und wie sie meine leidenschaftlichen Tränen sah, ward sie noch tiefer betrübt um mich und sprach: ‚Ich habe mit meiner Warnung vor dem Schlafe keinen Erfolg; denn du hast nicht auf meinen Rat gehört, und so nützen meine Worte dir nichts.‘ Darauf sprach ich zu ihr: ‚Ich bitte dich um Allahs willen, erkläre mir das Zeichen mit dem Messer und dem runden Eisenplättchen!‘ Sie antwortete: ‚Durch das runde Eisenplättchen deutet sie auf ihr rechtes Auge, und sie spricht bei ihm diesen Schwur aus: Bei dem Herrn der Welten und bei meinem rechten Auge, wenn du noch einmal wiederkommst und einschläfst, so werde ich dich mit diesem Messer töten! Darum bin ich besorgt um dich, lieber Vetter, wegen ihrer Tücke, und mein Herz ist voll Trauer um deinetwillen. Ich kann jetzt nichts mehr sagen. Wenn du dich selbst genau genug kennst, um sicher zu sein, daß du bei deiner Rückkehr zu ihr nicht einschläfst, so geh wieder hin und hüte dich einzuschlafen; dann wirst du dein Ziel erreichen. Wenn du aber, wissend, daß du bei deiner Rückkehr zu ihr doch wieder wie gewöhnlich einschläfst, trotzdem zu ihr gehst und in Schlaf versinkst, so wird sie dich töten.‘ ‚Was soll ich nun tun?‘ sprach ich; ‚liebe Base, ich bitte dich um Allahs willen, hilf mir in dieser Not!‘ ‚Das will ich herzlich gern tun,‘ gab sie zur Antwort, ‚ja, wenn du auf meine Worte hörst und meine Weisung befolgst, so wirst du deinen Wunsch erfüllt sehen.‘ Da rief ich: ‚Fürwahr, ich will auf deine Worte hören und deine Weisung befolgen.‘ ‚Wenn es Zeit ist zum Gehen, will ich es dir sagen‘, sprach sie und zog mich an ihren Busen. Darauf legte sie mich aufs Lager und knetete mich so lange, bis mich die Müdigkeit übermannte und ich in tiefen Schlaf versank. Dann nahm sie einen Fächer, setzte sich mir zu Häupten und fächelte mein Antlitz, bis der Tag sich neigte. Da weckte sie mich auf, und als ich die Augen aufschlug, fand ich sie mit dem Fächer in der Hand mir zu Häupten sitzen, weinend und ihre Kleider von ihren Tränen benetzt. Sobald sie sah, daß ich wach war, trocknete sie ihre Tränen und brachte mir etwas zu essen. Ich wollte es zurückweisen, doch sie sagte: ,Hab ich dir nicht gesagt, du solltest mir gehorchen? So iß denn!' Ich aß und widersetzte mich ihr nicht. Dabei gab sie mir die Bissen in den Mund, und ich kaute, bis ich satt war. Dann gab sie mir gezuckerten Brustbeerenscherbett zu trinken, wusch mir die Hände, trocknete sie mit einem Tuche und besprengte mich mit Rosenwasser. Erfrischt setzte ich mich zu ihr. Als es nun bald dunkel ward, legte sie mir meine Kleider an und sagte: ,Lieber Vetter, wache die ganze Nacht, schlafe nicht! Denn sie wird in dieser Nacht erst gegen Morgen zu dir kommen. So Gott will, wirst du heute nacht endlich mit ihr vereinigt werden. Vergiß aber meinen Auftrag nicht!' Dann brach sie in Tränen aus, und das Herz tat mir weh um ihretwillen, da sie so sehr weinte. Auf meine Frage: ,Was ist das für ein Auftrag, den du mir gegeben hast?' antwortete sie: ,Wenn du von ihr Abschied nimmst, so sag ihr den Vers, den ich dir früher genannt habe.'

Erfreut ging ich von dannen, begab mich zu dem Garten und trat in die Laube ein. Da ich gesättigt war, so setzte ich mich nieder und wachte, bis ein Viertel der Nacht vergangen war. Aber die Nacht kam mir so lang vor wie ein Jahr; dennoch blieb ich wach, bis drei Viertel der Nacht verstrichen waren und die Hähne bereits krähten. Da kam ein heftiges Hungergefühl über mich, weil ich so lange gewacht hatte; und so ging

49

ich zu dem Tische und aß, bis ich satt war. Schon wurde mir der Kopf schwer, und ich wollte gerade einschlafen, als ich plötzlich in der Ferne ein Licht kommen sah. Sogleich sprang ich auf, wusch mir Hand und Mund und raffte mich zusammen. Und im nächsten Augenblick kam sie mit zehn Dienerinnen; in ihrer Mitte erschien sie wie der Vollmond unter den Sternen, und sie trug ein grünseidenes Prachtgewand, darauf sich Stickerei aus rotem Golde befand. Sie war, wie der Dichter sagt:

> Stolz ist sie gegen die Liebenden, in ihren grünen Gewändern,
> Den wallenden, und im Haare, das frei herab ihr hängt.
> Ich fragte sie: Wie heißt du? Sie sprach: Ich bin die Schöne,
> Die aller Liebenden Herzen mit glühenden Kohlen versengt.
> Ich klagte ihr, was ich leide in meiner heißen Liebe.
> Sie sagte: Du klagst dem Felsen und wußtest nichts davon.
> Da rief ich: Wenn dein Herz ein Felsen ist, so wisse:
> Gott ließ aus Fels entspringen den allerklarsten Bronn.

Als sie mich erblickte, sagte sie lächelnd: ‚Wie kommt es, daß du wach bist und dich nicht vom Schlafe hast übermannen lassen? Nun, da du die Nacht hindurch wach geblieben bist, weiß ich, daß du ein wahrhaft Liebender bist. Denn daran werden die Liebenden erkannt, daß sie die Nächte hindurch in ihrer Sehnsuchtsqual wachen.‘ Darauf wandte sie sich den Dienerinnen zu und gab ihnen ein Zeichen. Die entfernten sich; doch sie selbst trat auf mich zu, zog mich an ihren Busen und küßte mich. Auch ich küßte sie, und sie sog an meiner Oberlippe, während ich an ihrer Unterlippe sog. Dann legte ich meine Hand um ihren Leib und streichelte sie. Und alsbald ruhten wir beide gemeinsam auf dem Boden; da band sie ihre Hose auf, die ihr bis zu den Knöcheln hinabglitt. Nun begannen wir zu tändeln und uns zu umschlingen, zu kosen und zu flüstern von zarten Dingen, zu beißen und Leib an Leib zu legen, und

50

im Umlauf um das heilige Haus und seine Pfeiler uns zu bewegen, bis ihre Glieder erschlafften und sie dahinsank und der Welt entrückt ward. Fürwahr, jene Nacht war eine Freude für das Herz und ein Trost für das Auge, so wie der Dichter von ihr gesagt hat:

> *Die schönste Nacht, die ich in der Welt verlebte, war jene,*
> *In der ich bei dem Becher verweilte für und für.*
> *In ihr hielt ich den Schlummer fern von meinen Augen;*
> *Doch Ohrgehenk und Spange vereinte ich bei mir.*

Eng umschlungen lagen wir da bis zum Morgen; als ich dann fortgehen wollte, hielt sie mich fest mit den Worten: ‚Warte, damit ich dir noch etwas sage!' – –«

Da bemerkte Schehrezâd, daß der Morgen begann, und sie hielt in der verstatteten Rede an. Doch als die *Hundertundneunzehnte Nacht* anbrach, fuhr sie also fort: »Es ist mir berichtet worden, o glücklicher König, daß der Jüngling dem Tâdsch el-Mulûk des weiteren erzählte: ‚Als ich fortgehen wollte, hielt sie mich fest mit den Worten: ‚Warte, damit ich dir noch etwas kundtue und dir einen Auftrag gebe!' So blieb ich denn stehen, während sie ein Tuch entfaltete, dies Stück Leinwand daraus hervornahm und vor mir ausbreitete; darauf sah ich das Bild von Gazellen, wie sie sich hier darstellen. In höchster Verwunderung nahm ich es hin; und nachdem ich mit ihr verabredet hatte, daß ich jede Nacht zu ihr in jenen Garten kommen wolle, ging ich hocherfreut davon. In meiner Freude aber vergaß ich an den Vers zu denken, den meine Base mir aufgetragen hatte. Denn als meine Geliebte mir das Linnen gab, auf dem das Gazellenbild war, sagte sie zu mir: ‚Dies ist die Arbeit meiner Schwester.' Auf meine Frage: ‚Wie heißt denn deine Schwester?' antwortete sie: ‚Sie heißt Nûr el-Huda. Bewahre dies Linnen gut auf!' Darauf hatte ich ihr Lebewohl gesagt und war hocherfreut davongegangen. Nun ging ich also nach Hause, trat bei meiner Base ein und fand sie auf dem Lager ruhend. Doch als sie mich erblickte, erhob sie sich mit Tränen im Auge. Dann kam sie auf mich zu, küßte mir die Brust und fragte: ‚Hast du meinen Auftrag ausgeführt und ihr den Vers gesagt?‘ ‚Fürwahr,‘ rief ich aus, ‚das habe ich vergessen. Nur das Bild dieser Gazellen hat es mich vergessen lassen!‘ Und ich warf das Stück Linnen vor sie hin!‘ Dann setzte sie sich wieder, doch sie konnte nicht mehr an sich halten; sie ließ ihren Tränen freien Lauf und sprach diese Verse:

> *Der du die Trennung suchst, gemach!*
> *Laß die Umarmung dich nicht trügen.*
> *Gemach! Des Schicksals Art ist Trug:*
> *Das Glück muß sich der Trennung fügen.*

Als sie geendet hatte, bat sie mich: ‚Lieber Vetter, gib mir dies Stück Linnen!‘ Ich gab es ihr; da nahm sie es hin, breitete es aus und schaute das Bild darauf an.

Wie es nun wieder Zeit für mich ward zu gehen, sprach meine Base zu mir: ‚Geh jetzt hin, Friede geleite dich! Wenn du dann jedoch von ihr scheidest, so sage ihr den Vers, den ich dir früher genannt habe, an den du aber nicht gedacht hast!‘ Da bat ich sie, ihn zu wiederholen; und sie tat es. Darauf ging ich zum Garten, trat in die Laube ein und fand die Maid auf mich wartend. Sobald sie mich erblickte, erhob sie sich, küßte mich und ließ mich an ihrem Busen ruhen. Dann aßen und tranken wir und stillten unser Verlangen, wie in der Nacht vorher. Als es aber Morgen ward, sagte ich ihr den Vers:

> *O ihr Liebenden, bei Allah, saget an:*
> *Wenn ihn die Liebe plagt, was tut der Mann?*

Doch wie sie das hörte, flossen ihre Augen von Tränen über, und sie sprach:

Er hütet seine Lieb, birgt sein Geheimnis treu
Und harrt geduldig aus in allem, was es sei!

Ich prägte mir den Vers ein und war nun froh, daß ich den Wunsch meiner Base erfüllt hatte. Dann ging ich heim, doch als ich bei ihr eintrat, fand ich sie auf ihrem Lager; meine Mutter saß ihr zu Häupten und weinte über ihr Elend. Kaum war ich eingetreten, so rief meine Mutter mich an: ‚Verderben über einen solchen Vetter, wie du es bist! Wie konntest du deine Base in ihrem elenden Zustande verlassen, ohne nach ihrer Krankheit zu fragen?' Doch als meine Base mich erblickte, hob sie ihr Haupt, richtete sich auf und fragte mich: ‚Azîz, hast du ihr den Vers gesagt, den ich dich gelehrt habe?' ‚Jawohl,' antwortete ich; ‚und als sie ihn hörte, weinte sie und sprach einen anderen Vers, den ich mir eingeprägt habe.' Da bat sie mich, ich solle ihn ihr vortragen; und als ich das getan hatte, weinte sie heftig. Dann sprach sie diese beiden Verse:

Wie kann er die Liebe hüten, wenn sie ihm das Leben raubt,
Und wenn das Herz ihm täglich in tausend Stücke springt?
Wohl hat er die rechte Geduld gesucht, doch fand er nichts
Als nur ein Herz, das immer mit quälender Sehnsucht ringt!

Und sie fügte hinzu: ‚Wenn du wieder wie gewöhnlich zu ihr gehst, so sage ihr diese beiden Verse, die du gehört hast.' ‚Das will ich gern tun', antwortete ich und ging dann um die gewohnte Zeit zu ihr in den Garten. Dort erlebte ich mit ihr, was keine Zunge beschreiben kann. Wie ich mich aber zum Gehen wandte, sagte ich ihr jene beiden Verse; doch ihr rannen beim Hören die Tränen aus den Augen, und sie sprach das Dichterwort: *Wenn die Kraft, um sein Geheimnis zu hüten, sich ihm nicht bot,*
So weiß ich keinen Rat für ihn als nur den Tod!

Nachdem ich mir auch dies gemerkt hatte, ging ich heim. Doch wie ich zu meiner Base eintrat, fand ich sie ohnmächtig da-

liegen und meine Mutter ihr zu Häupten sitzen. Sobald sie
meine Stimme vernahm, schlug sie die Augen auf und rief:
‚'Azîz, hast du ihr die beiden Verse gesagt?', ‚Jawohl,' erwiderte
ich; ‚und als sie sie hörte, weinte sie und sprach einen anderen
Vers.' Diesen Vers wiederholte ich ihr; wie aber meine Base
ihn hörte, sank sie von neuem in Ohnmacht. Als sie dann wieder zu sich kam, sprach sie diese beiden Verse:

> *Ich habe gehört und gehorcht; dann bin ich gestorben. Nun bringe*
> *Von mir einen Gruß zu ihr, die mir das Liebesglück stahl!*
> *Jene, die glücklich sind, möge ihr Glück erfreuen –*
> *Dem armen Liebenden blieb ein Kelch der bitteren Qual!*

Als es dann wieder Abend ward, ging ich zum Garten wie gewöhnlich. Dort fand ich die Maid auf mich wartend; wir setzten uns, aßen und tranken, genossen unser Glück und schliefen
bis zum Morgen. Und wie ich mich zum Gehen wandte, sagte
ich ihr die Verse, die meine Base gesprochen hatte. Aber als sie
die hörte, schrie sie laut auf und rief entsetzt: ‚Wehe, wehe!
Bei Allah, die diese Verse gesprochen hat, ist jetzt tot!' Dann
weinte sie und fuhr fort: ‚Ach, die diese Verse gesprochen hat,
steht dir doch nicht nahe?' Ich antwortete: ‚Sie ist meine Base.'
Da rief sie: ‚Du lügst! Bei Allah, wäre sie deine Base, du hättest sie ebenso lieb gehabt wie sie dich! Du hast sie getötet.
Möge Allah dir den Tod geben, wie du ihn ihr gegeben hast!
Bei Allah, hättest du mir kundgetan, daß du eine Base hast,
ich hätte dich mir nicht nahen lassen.' Ich entgegnete ihr: ‚Sie
hat mir doch die Zeichen erklärt, die du mir immer gabst! Sie
hat mir doch gezeigt, wie ich zu dir gelangen könnte und was
ich tun sollte! Wäre sie nicht gewesen, so wäre ich nie zu dir
gelangt.' ‚Wußte sie denn um uns?' fragte sie; und ich gab zur
Antwort: ‚Jawohl.' Darauf sagte sie nur noch: ‚Allah lasse dich
deine Jugend beklagen, wie du sie ihre Jugend beklagen lie-

ßest! Geh, sieh nach ihr!' So ging ich denn kranken Herzens fort und schritt dahin, bis ich in unsere Gasse kam. Da hörte ich schon Wehklagen, und als ich danach fragte, sagte man mir: ‚Wir haben 'Azîza tot hinter der Tür gefunden!' Dann trat ich ins Haus; doch als meine Mutter mich erblickte, rief sie: ‚Du hast an ihr gesündigt! Die Verantwortung lastet auf deinen Schultern. Gott verzeihe dir ihr Blut nie!' – –«

Da bemerkte Schehrezâd, daß der Morgen begann, und sie hielt in der verstatteten Rede an. Doch als die *Hundertundzwanzigste Nacht* anbrach, fuhr sie also fort: »Es ist mir berichtet worden, o glücklicher König, daß der junge 'Azîz dem Tâdsch el-Mulûk des weiteren erzählte: ‚Dann trat ich ins Haus; doch als meine Mutter mich erblickte, rief sie: ‚Du hast an ihr gesündigt! Die Verantwortung lastet auf dir. Gott verzeihe dir ihr Blut nie! Verderben über einen solchen Vetter, wie du es bist!' Dann kam mein Vater, und wir versahen ihre Leiche, trugen sie hinaus und geleiteten sie zum Friedhofe. Dort begruben wir sie; wir ließen auch den Koran über ihrem Grabe lesen und blieben drei Tage lang bei der Gruft. Danach kehrten wir heim. Und wie ich, tief betrübt um meine Base, ins Haus trat, kam meine Mutter mit den Worten auf mich zu: ‚Ich möchte wissen, was du ihr angetan hast, so daß ihr die Galle ins Blut drang. Mein Sohn, ich habe sie doch so oft nach dem Grunde ihres Leidens gefragt; aber sie hat mir kein Wort verraten. Drum bitte ich dich um Allahs willen, sage mir, was du ihr angetan hast, so daß sie sterben mußte!' Da gab ich zur Antwort: ‚Ich habe gar nichts getan.' Doch sie sprach: ‚Allah räche sie an dir! Fürwahr, sie hat mir nichts gesagt, sondern ihr Geheimnis bis zu ihrem Tode verborgen. Aber sie verzeiht dir; denn ich war bei ihr, und ehe sie starb, schlug sie die Augen auf und sagte: ‚Frau meines Oheims, Allah vergebe deinem Sohne mein Blut und strafe ihn nicht für das, was er mir angetan hat! Sieh, jetzt führt Allah mich aus der vergänglichen irdischen Wohnstatt zu der ewigen Stätte im Jenseits.' ‚Liebe Tochter,' rief ich da, ‚der Himmel erhalte dich und deine Jugend!' Und ich fragte sie nach der Ursache ihres Leidens. Doch sie gab mir keine Antwort darauf, sondern lächelnd sagte sie nur noch: ‚Frau meines Oheims, sage deinem Sohne, wenn er dorthin gehen will, wohin er jeden Tag geht, er solle beim Abschied diese beiden Worte sprechen: Treue ist trefflich – Verrat ist häßlich. Dies sage ich aus Sorge um ihn, und so will ich ihm Zeichen meiner Fürsorge nicht nur im Leben, sondern auch nach meinem Tode geben.' Dann gab sie mir etwas für dich und ließ mich schwören, es dir nicht eher zu geben, als bis ich dich um sie hätte weinen und klagen sehen. Ich habe es bei mir, und wenn ich dich so sehe, wie sie gesagt hat, dann gebe ich es dir.' Ich bat sie: ‚Zeige es mir!' aber sie wollte es nicht tun.

Nun gab ich mich ganz den Wonnen meiner Liebe hin und dachte gar nicht mehr an den Tod meiner Base; denn ich war leichtfertigen Sinnes und wünschte in meinem Herzen, daß ich nicht nur die Nacht, sondern auch den Tag über immer bei meiner Geliebten weilen könnte. Ich konnte kaum warten, bis die Nacht anbrach, da eilte ich auch schon in den Garten, wo ich die Maid vor Ungeduld wie auf Kohlen sitzend traf. Kaum hatte sie mich erblickt, so flog sie mir entgegen, hängte sich an meinen Hals und fragte mich nach meiner Base. ‚Sie ist tot!' antwortete ich, ‚wir haben für sie beten und den Koran lesen lassen. Das geschah vor vier Nächten, und dies ist die fünfte Nacht seit ihrem Tode.' Als sie das hörte, schrie sie auf und weinte; dann sprach sie: ‚Habe ich dir nicht gesagt, daß du sie getötet hast? Hättest du mich vor ihrem Tode um sie wissen lassen, so hätte ich ihr das Gute vergolten, das sie an mir getan hat. Sie hat mir doch einen großen Dienst erwiesen und dich mit mir vereinigt; ja, wäre sie nicht gewesen, wir wären nie zueinander gekommen. Aber nun fürchte ich, daß dich ein Unheil treffen wird, da du dich an ihr versündigt hast!' Ich antwortete: ‚Sie hat mir vor ihrem Tode verziehen', und erzählte ihr dann, was meine Mutter mir berichtet hatte. ‚Um Allahs willen,' rief sie, ‚wenn du zu deiner Mutter gehst, so suche zu erfahren, was sie hat!' Darauf fuhr ich fort: ‚Meine Mutter hat mir auch gesagt, daß meine Base ihr, ehe sie starb, einen Auftrag für mich gegeben hat des Inhalts: Wenn dein Sohn dorthin geht, wohin er gewöhnlich geht, so lehre ihn diese beiden Worte: Treue ist trefflich, Verrat ist häßlich.' Wie die Maid das vernahm, sprach sie: ‚Allah der Erhabene erbarme sich ihrer! Sie hat dich vor mir gerettet; ich hatte dir ein Unheil zugedacht, aber jetzt will ich dir kein Leids und nichts Böses antun.' Erstaunt fragte ich sie: ‚Was hattest du denn bisher im Sinne mir anzutun, wo wir doch einander lieb haben?' Sie erwiderte: ‚Du bist ganz vernarrt in mich; aber du bist noch jung und unerfahren, dein Herz ist frei von Arglist, und du ahnst nichts von unserer Tücke und Falschheit. Wenn sie noch am Leben wäre, so wäre sie dir eine Helferin; sie allein ist die Ursache deiner Rettung, und sie hat dich vor dem Untergang bewahrt. Jetzt aber warne ich dich: Sprich mit keiner Frau, rede keine unseres Geschlechts an, weder jung noch alt! Hüte dich, und nochmals: hüte dich! Du bist noch unerfahren und kennst die Falschheit und List der Frauen nicht. Sie, die dir die Zeichen erklärte, lebt nicht mehr, und ich befürchte für dich, daß du in Unheil gerätst und dann niemanden findest, der dich daraus befreit, seit deine Base gestorben ist.' – –«

Da bemerkte Schehrezâd, daß der Morgen begann, und sie hielt in der verstatteten Rede an. Doch als die *Hundertundein-*

undzwanzigste Nacht anbrach, fuhr sie also fort: »Es ist mir berichtet worden, o glücklicher König, daß der Jüngling dem Tâdsch el-Mulûk des weiteren erzählte: ‚Da sprach die Maid zu mir: ‚Ich befürchte für dich, daß du in ein Unheil gerätst und dann niemanden findest, der dich daraus befreit. Welch ein Jammer um deine Base! Ach, hätte ich sie doch vor ihrem Tode kennen gelernt, daß ich zu ihr hätte gehen und ihr das Gute vergelten können, das sie an mir getan hat! Allah der Erhabene erbarme sich ihrer! Sie hat ihr Geheimnis verborgen, sie hat nichts von dem, was sie litt, offenbart. Ja, wäre sie nicht gewesen, du wärest nie zu mir gekommen! Nun habe ich noch eine Bitte an dich.‘ ‚Wie ist die?‘ fragte ich. Sie antwortete: ‚Die ist, daß du mich zu ihrem Grabe führest; so kann ich sie an der Stätte aufsuchen, wo sie in der Erde ruht, und Verse auf ihren Grabstein schreiben.‘ ‚Morgen, so Gott will!‘ erwiderte ich. Dann ruhte ich bei ihr in jener Nacht, während sie von Stunde zu Stunde klagte: ‚Ach, hättest du mir doch von deiner Base erzählt, ehe sie starb!‘ Doch als ich sie fragte: ‚Was bedeuten diese beiden Worte, die sie gesprochen hat: Treue ist trefflich, Verrat ist häßlich?‘ da gab sie mir keine Antwort.

Wie es Morgen ward, erhob sie sich, nahm einen Beutel mit Goldstücken und sprach zu mir: ‚Wohlan, zeige mir ihr Grab, auf daß ich zu ihm wallfahrte! Ich will Verse auf den Grabstein schreiben und eine Kuppel über der Stätte erbauen lassen, ich will zu Gott flehen, daß er sich ihrer erbarme, und diese Goldstücke als Almosen für ihre Seele verteilen.‘ ‚Ich höre und gehorche!‘ erwiderte ich und ging vor ihr her, während sie mir folgte und unterwegs Almosen verteilte; jedesmal, wenn sie eine Gabe austeilte, sprach sie: ‚Dies ist ein Almosen für die Seele der ’Azîza; sie hat, bis sie den Todeskelch trank, ihr Geheimnis bewahrt und ihre geheime Liebe nie offenbart!‘ So

58

gab sie ohn Unterlaß Almosen aus dem Beutel mit den Worten: ‚Für die Seele der 'Azîza!' bis das Geld zu Ende war und
wir zu dem Grabe kamen. Wie sie dann die Grabstätte erblickte,
weinte sie und warf sich darauf. Dann nahm sie einen Stichel
aus Stahl und einen zierlichen Hammer hervor und grub mit
dem Stichel auf den Stein, der zu Häupten des Grabes stand, in
feiner Schrift diese Verse ein:

> Ich kam zu einem verfallenen Grabe in einem Garten;
> Von sieben Anemonen war drauf ein Blütenstrauß.
> Da sprach ich: Wes Grab ist dies? Die Erde gab mir zur Antwort:
> Vernimm in Ehrfurcht, dies ist eines Liebenden Totenhaus.
> Dann rief ich: Möge der Herr dich schützen, du Opfer der Liebe!
> Im Paradiese droben halt' er deine Stätte bereit!
> Unselige Geschöpfe sind doch die Leute der Liebe,
> Daß ihre Gräber noch der Staub des Elends entweiht.
> Vermöchte ich es, ich legte ein Blumenbeet um dich an
> Und mit der Flut meiner Tränen tränkte ich es dann.

Dann ging sie weinend in den Garten zurück, und ich mit ihr.
Dort sprach sie zu mir: ‚Ich bitte dich um Allahs willen, verlaß mich nie!' ‚Ich höre und gehorche!' war meine Antwort.

   Nun gab ich mich wieder ganz der Liebe zu ihr hin und besuchte sie immerfort. Und sooft ich eine Nacht bei ihr verbrachte, nahm sie mich freundlich auf und bewirtete mich
ehrenvoll; dabei fragte sie mich dann stets nach den beiden
Worten, die meine Base 'Azîza meiner Mutter gesagt hatte,
und ich wiederholte sie ihr. So lebte ich denn dahin in frohem
Behagen: ich dachte nur an Essen und Trinken, an Küssen und
Umarmen und daran, immer neue feine Kleider zu tragen, bis
ich dick und fett wurde und, frei von Sorge und Trauer, meine
Base ganz vergaß.

   Ein ganzes Jahr hatte ich so zugebracht; da, am Neujahrstage,
ging ich ins Badehaus, erquickte mich dort und legte ein präch-

tiges Gewand an. Als ich herauskam, trank ich einen Becher Wein und sog den Duft meines Gewandes ein, das mit allerlei Wohlgerüchen durchtränkt war. Da ward mir die Brust so weit; denn ich wußte noch nichts von des Schicksals Tücke noch von den Wechselfällen der Zeit. Wie es nun Abend ward, machte ich mich voll Sehnsucht auf zu meiner Geliebten; doch ich war trunken und wußte nicht, wohin ich ging. So ließ mich denn auf meinem Wege zu ihr mein Rausch in eine Gasse geraten, die da die Vorstehersgasse heißt. Während ich also in jener Gasse dahinschritt, blickte ich einmal auf, und siehe, da war ich nah bei einer alten Frau, die ihres Weges ging, in der einen Hand eine brennende Kerze und in der anderen ein gefaltetes Schreiben.' – –«

Da bemerkte Schehrezâd, daß der Morgen begann, und sie hielt in der verstatteten Rede an. Doch als die *Hundertundzweiundzwanzigste Nacht* anbrach, fuhr sie also fort: »Es ist mir berichtet worden, o glücklicher König, daß 'Azîz, der junge Kaufmann, dem Tâdsch el-Mulûk des weiteren erzählte: ,Als ich in die Gasse, die da die Vorstehersgasse heißt, gekommen war, blickte ich einmal auf, und siehe, da war ich nahe bei einer alten Frau, die ihres Weges ging, in der einen Hand eine brennende Kerze und in der anderen ein gefaltetes Schreiben. Als ich an sie herantrat, weinte sie und sprach diese Verse:

> *Sei mir, du freundlicher Bote, aufs allerschönste willkommen!*
> *Wie süß sind deine Worte für mich! Wie freuen sie mich!*
> *O der du kommst von ihm, dem ich alles Gute wünsche, –*
> *Solange der Ostwind wehet, segne der Himmel dich!*

Als sie mich erblickte, fragte sie mich: ,Mein Sohn, kannst du wohl lesen?' In meinem Übereifer erwiderte ich: ,Jawohl, mein gutes Mütterchen!' Mit den Worten: ,So nimm diesen Brief und lies ihn mir vor!' reichte sie mir das Schreiben. Ich

nahm es hin, öffnete es und las es ihr vor. Es war aber ein Brief
in der Ferne geschrieben, mit vielen Grüßen an die Lieben. Als
sie den Inhalt vernahm, freute sie sich der guten Botschaft und
flehte Segen auf mein Haupt herab mit den Worten: ‚Allah
vertreibe deine Sorgen, wie du meine Sorge vertrieben hast!‘
Dann nahm sie den Brief wieder und ging einige Schritte vorauf. Mich aber drängte ein Bedürfnis; und so hockte ich mich
nieder, um Wasser zu lassen. Dann stand ich auf, brachte meine
Kleider in Ordnung, ließ das Obergewand herunterfallen und
wandte mich zum Gehen. Doch siehe, da kam die Alte wieder
auf mich zu, beugte sich über meine Hand, küßte sie und sprach:
‚Lieber Herr, Gott gebe dir Freude an deiner Jugend! Ich bitte
dich, komm einige Schritte mit mir bis zu jener Tür! Ich hab
den Leuten gesagt, was du mir aus dem Briefe vorgelesen hast,
aber sie wollten mir nicht glauben. Komm ein paar Schritte
mit mir und lies ihnen den Brief drinnen vor! Nimm von mir
im voraus die Fürbitte einer rechtschaffenen Frau entgegen!‘
Auf meine Frage: ‚Was ist es denn mit diesem Briefe?‘ antwortete sie: ‚Mein Sohn, dieser Brief kommt von meinem
eigenen Sohne, der seit zehn Jahren fern von mir weilt. Er zog
mit Waren aus und blieb so lange in der Fremde, daß wir die
Hoffnung auf seine Rückkehr schon aufgegeben hatten und
glaubten, er sei gestorben. Jetzt, nach dieser langen Zeit, ist
dieser Brief von ihm zu uns gekommen. Nun hat er eine
Schwester, die Tag und Nacht immerdar um ihn weint. Ich
habe ihr gesagt, daß er wohlauf sei; aber sie hat es mir nicht
glauben wollen, sondern sie hat gesagt: ‚Du mußt mir jemanden bringen, der diesen Brief in meiner Gegenwart vorliest,
auf daß mein Herz Ruhe finde und meine Seele sich tröste.‘
Du weißt ja, mein Sohn, die Liebenden denken immer an
Schlimmes; darum erweise mir die Güte, mit mir zu kommen

und ihr diesen Brief vorzulesen. Du sollst dann draußen vor dem Vorhange stehen, während seine Schwester, wenn ich sie gerufen habe, von drinnen zuhört; so wirst du unseren Kummer stillen und unseren Wunsch erfüllen. Hat doch auch der Gesandte Allahs – Er segne ihn und gebe ihm Heil! – gesagt: Wer einen Bekümmerten von einer Kümmernis dieser Welt befreit, den wird Allah von hundert Kümmernissen befreien. Und nach einer anderen Überlieferung: Wer seinen Bruder von einer Kümmernis dieser Welt befreit, den wird Allah von zweiundsiebzig Kümmernissen des Jüngsten Gerichts befreien. Ich habe mich vertrauensvoll an dich gewandt; drum enttäusche mich nicht!' ,Ich höre und gehorche,' antwortete ich, ,geh nur voraf!' So schritt sie voran, und ich folgte ihr eine Weile, bis sie zu dem Tor eines schönen, großen Hauses kam, wo die Tür mit rotem Kupfer beschlagen war. Ich blieb hinter der Tür stehen, während die Alte etwas in fremder Sprache rief. Und ehe ich mich dessen versah, kam mit leichtem und behendem Schritt eine Maid herbei. Sie hatte ihre Hosen bis zu den Knien aufgeschlagen, so daß ich an ihr ein Paar Waden erblickte, das Geist und Auge in Verwirrung bringt; und sie selbst war, wie der Dichter von ihr singt:

> *Die du den Schenkel entblößest, auf daß du dem Verliebten*
> *Ihn zeigest, und daß man ahne, wie schön der ganze Leib sei,*
> *Die du mit einem Becher zu deinem Geliebten eilest:*
> *Der Becher und der Schenke treibt Menschen zur Raserei.*

Nun waren ihre Beine, die zwei Säulen aus Alabaster glichen, mit goldenen, edelsteinbesetzten Fußspangen geziert, und die Maid hatte ihre Ärmel bis unter die Achseln emporgerafft und ihre Arme entblößt, so daß ich ihre weißen Handgelenke sehen konnte. An ihren Armen trug sie ein Paar Spangen, deren Schlösser mit großen Perlen besetzt waren; um ihren Hals hing eine

Kette aus kostbaren Edelsteinen; an ihren Ohren glitzerten Perlengehänge; und auf ihrem Haupte lag ein Tuch aus feinem Seidengewebe, das mit edlen Steinen besetzt war. Den Saum ihres Hemdes aber hatte sie unter die Schnur ihrer Hose geschoben, als ob sie geschäftig bei der Hausarbeit wäre. Als ich sie erblickte, stand ich sprachlos vor ihr; denn sie glich der strahlenden Sonne. Doch sie sagte in feiner Sprache und mit einer so süßen Stimme, wie ich sie noch nie gehört hatte: ‚Mütterchen, ist dies der Mann, der gekommen ist, um uns den Brief vorzulesen?‘ Die Alte bejahte es und streckte mir die Hand mit dem Schreiben entgegen, während sie etwa vier Schritt von der Tür entfernt stand. Da streckte auch ich meine Hand aus, um den Brief von ihr entgegenzunehmen, und ich neigte Kopf und Schultern in das Tor hinein, um den Brief mehr aus der Nähe vorlesen zu können. Doch ehe ich wußte, was geschah, legte die Alte ihren Kopf auf meinen Rücken und stieß mich, mit dem Schreiben in der Hand, hinein. Und dann fand ich mich denn plötzlich drinnen im Hause und blieb in der Vorhalle stehen. Die Alte aber lief schneller als ein Blitzstrahl hinein und hatte nichts Eiligeres zu tun, als die Tür zu verschließen.‘ – –«

Da bemerkte Schehrezâd, daß der Morgen begann, und sie hielt in der verstatteten Rede an. Doch als die *Hundertunddreiundzwanzigste Nacht* anbrach, fuhr sie also fort: »Es ist mir berichtet worden, o glücklicher König, daß der junge ’Azîz dem Tâdsch el-Mulûk des weiteren erzählte: ‚Als die Alte mich hineingestoßen hatte, fand ich mich plötzlich drinnen in der Vorhalle; die Alte aber lief schneller als ein Blitzstrahl hinein und hatte nichts Eiligeres zu tun, als die Tür zu verschließen. Sowie nun die Maid mich in der Halle sah, kam sie auf mich zu, zog mich an ihre Brust und warf mich auf den Boden; dann setzte sie sich rittlings auf meine Brust und preßte meinen Leib

mit ihren Händen, bis ich fast die Besinnung verlor. Darauf
faßte sie mich bei der Hand, ohne daß ich mich von ihr hätte
losmachen können, da sie mich so fest an sich zog. Und dann
ging sie mit mir weiter ins Haus, während die Alte mit der
brennenden Kerze voranschritt; und als sie mich durch sieben
Hallen geführt hatte, trat sie schließlich mit mir in einen großen Saal mit vier Estraden, in dem ein Reiter hätte Schlagball
spielen können. Zuletzt ließ sie mich los und sagte zu mir: ‚Öffne
deine Augen!‘ Ich tat es, aber ich war noch ganz schwindlig,
da sie mich so fest an sich gezogen und meinen Leib gepreßt
hatte. Nun sah ich, daß der ganze Saal aus feinstem Alabaster
und Marmor erbaut war; alle Teppiche darin waren aus Seide
und Brokat, sogar auch die Kissen und Polster. Dort waren auch
zwei Bänke aus Messing und ein Lager aus rotem Golde, besetzt mit Perlen und Edelsteinen, ferner andere Gemächer und
ein Staatsraum, der nur einem König deinesgleichen gebührt.
Dann fragte sie mich: ‚Sprich, ’Azîz, was ist dir lieber, der Tod
oder das Leben?‘ ‚Das Leben‘, erwiderte ich. ‚Wenn also das
Leben dir lieber ist,‘ fuhr sie fort, ‚so vermähle dich mit mir!‘
Ich rief aber: ‚Es ist mir zuwider, mich mit einer, wie du es
bist, zu vermählen!‘ Da sprach sie: ‚Wenn du dich mit mir vermählst, so wirst du sicher sein vor der Tochter der listigen
Ränkeschmiedin.‘ Nun fragte ich sie: ‚Wer ist die Tochter der
listigen Ränkeschmiedin?‘ Lächelnd antwortete sie: ‚Sie ist es,
in deren Freundschaft du jetzt ein Jahr und vier Monate verbracht hast – Allah der Erhabene vernichte sie und suche sie
heim durch einen, der noch stärker ist als sie! Doch, bei Allah,
es gibt niemanden, der listenreicher wäre als sie! Wie viele
Männer hat sie schon vor dir getötet und wie viele Untaten hat
sie schon vollbracht! Wie bist du denn ihren Händen entronnen, nachdem du so lange Zeit in Freundschaft mit ihr gelebt
64

hast, ohne daß sie dich tötete oder dir ein Leids antat?' Als ich ihre Worte vernommen hatte, verwunderte ich mich gar sehr, und ich fragte sie: ,O Herrin, wer hat dir denn von ihr berichtet?' Sie antwortete: ,Ich kenne sie, wie das Schicksal seine Wechselfälle kennt. Aber jetzt wünsche ich, daß du mir alles erzählst, was dir bei ihr begegnet ist, auf daß ich auch erfahre, auf welche Weise du aus ihren Händen gerettet wurdest.' Also erzählte ich ihr alles, was ich mit jenem Mädchen und auch mit meiner Base 'Azîza erlebt hatte. Doch wie sie von 'Azîzas Tod hörte, rief sie: ,Allah erbarme sich ihrer!' und Tränen entströmten ihren Augen, und sie schlug in Trauer ihre Hände aufeinander. Dann sprach sie: ,In Aufopferung schwand ihre Jugend dahin. Möge Allah dir ihren Verlust in seiner Güte ersetzen! Wahrlich, 'Azîz, sie ist nun dahingegangen und war doch die Ursache deiner Rettung aus den Händen der Tochter der listigen Ränkeschmiedin! Wäre sie nicht gewesen, so wärest du umgekommen. Und auch jetzt noch bin ich um dich besorgt, wegen der List und der Bosheit der anderen. Aber meine Zunge versagt mir, und ich kann nicht mehr sprechen.' ,Ja, bei Allah!' seufzte ich, ,es ist alles so gekommen.' Sie aber schüttelte den Kopf und sprach: ,Wie 'Azîza gibt es heute keine mehr!' Dann fügte ich hinzu: ,Und bei ihrem Tode hat sie mir noch aufgetragen, jenem Mädchen nur diese beiden Worte zu sagen: Treue ist trefflich, Verrat ist häßlich.' Als sie das hörte, sprach sie zu mir: ,Bei Allah, 'Azîz, diese beiden Worte sind es, die dich aus ihrer Gewalt und vor dem Tode durch ihre Hand gerettet haben. Jetzt ist mein Herz nicht mehr ihretwegen um dich besorgt; sie wird dich nicht mehr töten. Ja, deine Base war dein Schutzengel zu ihren Lebzeiten und nach ihrem Tode. Aber weißt du, bei Allah, ich habe Tag für Tag nach dir verlangt, doch ich konnte dich bis zu dieser Stunde nicht in meine

Gewalt bringen; erst jetzt hat die List, die ich gegen dich ersann, über dich Erfolg gehabt. Du bist ja noch unerfahren und kennst weder die Listen der jungen Frauen noch das Unheil der alten.' ,Nein, bei Allah!' rief ich; und sie fuhr fort: ,Sei getrost und gutes Muts! Wer tot ist, findet Erbarmen; und wer lebt, erfährt Güte. Du bist ein schöner Jüngling, und ich verlange nach dir nur gemäß dem Gesetze Allahs und seines Propheten – Er segne ihn und gebe ihm Heil! Was du nur immer wünschest an Geld und Gut, das soll dir bald zuteil werden; niemals werde ich dir irgendeine Ausgabe verursachen. Auch habe ich immer gebackenes Brot genug, und das Wasser ist im Krug. Ich will nichts von dir, als daß du mit mir tust, wie der Hahn tut.' ,Was ist denn das, was der Hahn tut?' fragte ich. Da lachte sie, klatschte in die Hände und fiel vor lauter Lachen auf den Rücken. Dann richtete sie sich wieder auf und sagte lächelnd: ,Du Licht meines Auges, kennst du denn nicht das Geschäft des Hahnes?' ,Nein, bei Allah,' rief ich, ,ich kenne das Geschäft des Hahnes nicht!' Da entgegnete sie: ,Das Geschäft des Hahnes ist, daß er ißt und trinkt und tritt!' Wie sie das gesagt hatte, fragte ich in meiner Verlegenheit: ,Ist dies das Geschäft des Hahnes?' ,Jawohl,' erwiderte sie; ,und ich verlange von dir jetzt nur das eine: gürte deine Lenden und stähle deinen Willen, und mögest du nach Kräften die eheliche Pflicht erfüllen!' Wiederum klatschte sie in die Hände und rief: ,Mütterchen, bringe die, so bei dir sind!' Und siehe, da kam die Alte mit vier rechtmäßigen Zeugen und mit einem seidenen Tuch in der Hand. Darauf zündete sie die vier Kerzen an; und als die Zeugen eingetreten waren, mich begrüßt und sich gesetzt hatten, legte die Maid einen großen Schleier um und beauftragte einen von ihnen, den Ehevertrag aufzusetzen. Dann ward der Vertrag niedergeschrieben, und sie selbst bezeugte, daß sie die ganze Mitgift erhalten habe, die erste und die zweite, und daß ich Anspruch auf zehntausend Dirhems von ihrem Vermögen hätte.' – –«

Da bemerkte Schehrezâd, daß der Morgen begann, und sie hielt in der verstatteten Rede an. Doch als die *Hundertundvierundzwanzigste Nacht* anbrach, fuhr sie also fort: »Es ist mir berichtet worden, o glücklicher König, daß der Jüngling dem Tâdsch el-Mulûk des weiteren erzählte: ,Als der Ehevertrag niedergeschrieben ward, bezeugte sie selbst, daß sie die ganze Mitgift erhalten habe, die erste und die zweite, und daß ich Anspruch auf zehntausend Dirhems von ihrem Vermögen hätte. Darauf gab sie den Zeugen ihren Lohn, und die gingen dorthin, von wo sie gekommen waren. Nun legte die Maid ihre Gewänder ab und kam herbei in einem feinen Hemde, das mit golddurchwirkten Spitzen besetzt war. Weiter legte sie auch ihre Hosen ab, nahm mich bei der Hand und führte mich zu dem Lager, indem sie sprach: ,Im Erlaubten ist keine Sünde!' Und sie ließ sich auf dem Lager nieder, legte sich auf den Rükken und zog mich an ihre Brust. Dann seufzte sie tief, wand sich und zog das Hemd bis über ihre Brust hinauf. Doch als ich sie so daliegen sah, konnte ich mich nicht mehr halten, sondern umarmte sie unter heißen Küssen, während sie seufzte und verschämt die Augen schloß und weinte, ohne daß eine Träne floß. Und wie sie mir zuflüsterte: ,Geliebter, tu es!' erinnerte sie mich sofort an eines Dichters Wort:

Als ich das Gewand aufhob vom Dache ihres Leibes,
Fand ich, sie war so eng, wie mein Sinn und mein Geld bedrängt.
Das Werk begann ich; sie seufzte. Da fragte ich: ,Warum das?'
Sie sprach: ,Ich seufze danach, daß man das Ganze mir schenkt!'

Und weiter flüsterte sie: ,Geliebter, tu dein Bestes! Ach, ich bin deine Sklavin. Wohlan, tu es ganz! Bei meinem Leben, laß es

mich mit der Hand bis in mein Inneres hineintun!' So ließ sie
mich ohne Unterlaß kosende Worte und Stöhnen und Seufzen
hören, indem sie dazwischen mich küßte und in die Arme
nahm, bis unter Liebesgestammel unser Glück zur höchsten
Vollendung kam. Dann schliefen wir bis zum Morgen. Da
wollte ich fortgehen, aber siehe, sie trat mir lächelnd in den
Weg mit den Worten: ,Oh! Oh! Meinst du, daß man das Badehaus ebenso verlassen kann, wie man es betritt?[1] Ich glaube fast,
du denkst, du denkst, ich sei wie die Tochter der listigen Ränkeschmiedin!
Hüte dich vor solchen Gedanken! Du bist jetzt wirklich mein
Gatte nach Ehevertrag und Gesetz. Wenn du trunken bist, so
werde wieder nüchternen Verstandes; denn dies Haus, in dem
du bist, öffnet sich nur alljährlich an einem einzigen Tage. Geh
hin und schau dir das große Tor an!' Da ging ich zu dem großen Tore hin und fand es verriegelt und vernagelt; und ich
kehrte zurück und tat ihr kund, was ich gesehen. Nun sprach
sie zu mir: ,'Azîz, wir haben hier Mehl, Korn, Granatäpfel und
andere Früchte, Zucker, Fleisch, Schafe, Hühner und andere
Lebensmittel, die uns auf viele Jahre hin genügen. Von jetzt ab
wird sich dies Tor erst wieder nach einem Jahre auftun; und
ich weiß, daß du dich erst nach dieser Zeit außerhalb dieses
Hauses sehen wirst.' Ich erwiderte nur: ,Es gibt keine Macht,
und es gibt keine Majestät außer bei Allah!' ,Was quält dich
denn?' fragte sie mich; ,du kennst ja nun das Geschäft des Hahnes, das ich dich gelehrt habe!' Darauf lächelte sie, und auch
ich lächelte; und so fügte ich mich denn ihrem Befehle. Ich
blieb bei ihr, indem ich die Pflicht des Hahnes tat, indem ich aß
und trank und trat, bis ein volles Jahr von zwölf Monaten bei
uns verstrichen war. Während dieser Zeit ward sie von mir
schwanger, und ich wurde durch sie mit einem Kinde geseg-

1. Beim Verlassen des Badehauses wird bezahlt.

net. Doch am Neujahrstage hörte ich, wie das Tor sich öffnete; und siehe, da traten Männer herein mit Kuchen aus Mehl und Zucker. Rasch wollte ich hinausgehen, aber sie befahl mir: ‚Warte bis zur Abendzeit! Wie du hereingekommen bist, so sollst du auch wieder hinausgehen.‘ So wartete ich denn bis zur Abendzeit und wollte nun endlich hinausgehen, zitternd vor Angst. Aber siehe da, sie rief: ‚Bei Allah, ich laß dich nicht hinaus, es sei denn, du schwörest mir, daß du noch in dieser Nacht zurückkehrest, ehe das Tor geschlossen wird!‘ Das versprach ich ihr, und so ließ sie mich feierliche Eide schwören, bei dem Schwerte und bei dem Heiligen Buche und bei der Scheidung, daß ich zu ihr zurückkehren würde. Dann verließ ich sie und ging zu dem Garten meiner einstigen Freundin. Als ich den wie gewöhnlich offen fand, ward ich zornig und sprach bei mir: ‚Nun bin ich ein ganzes Jahr lang diesem Orte fern gewesen, und wie ich jetzt unvermutet hierherkomme, finde ich ihn offen wie gewöhnlich! Ist die Maid wohl noch da wie früher, oder nicht? Ich muß doch einmal hineingehen und nachsehen, ehe ich zu meiner Mutter gehe, zumal es jetzt gerade Abendzeit ist!‘ Ich ging also in den Garten hinein.‘ – –«

Da bemerkte Schehrezâd, daß der Morgen begann, und sie hielt in der verstatteten Rede an. Doch als die *Hundertundfünfundzwanzigste Nacht* anbrach, fuhr sie also fort: »Es ist mir berichtet worden, o glücklicher König, daß ’Azîz dem Tâdsch el-Mulûk des weiteren erzählte: ‚Ich ging also in den Garten hinein und schritt weiter, bis ich zu der Laube kam. Dort fand ich die Tochter der listigen Ränkeschmiedin sitzen, den Kopf über die Kniee gebeugt und die Wange in die Hand geschmiegt; ihre Farbe war fahl, und ihre Augen waren eingesunken. Sowie sie mich erblickte, rief sie: ‚Preis sei Allah für deine glückliche Wiederkehr!‘ Und sie wollte sich erheben; aber sie sank vor

Freuden wieder zu Boden. Beschämt senkte ich mein Haupt
vor ihr; dann trat ich auf sie zu, küßte sie und fragte sie: ‚Wie
wußtest du, daß ich in dieser Nacht zu dir kommen würde?'
‚Ich wußte es nicht,' antwortete sie, ‚bei Allah, ich habe ein
ganzes Jahr lang den Schlaf nicht gekannt noch seine Süßigkeit
gekostet, sondern jede Nacht gewacht, um auf dich zu warten.
So steht es um mich seit dem Tage, da du mich verließest und
ich dir das Gewand aus neuem Linnen gab, und da du mir ver-
sprachest, nur ins Badehaus zu gehen und dann wiederzukommen! Ich saß da, um auf dich zu warten, die erste Nacht, die
zweite Nacht, die dritte Nacht und so fort, bis du endlich nach
dieser langen Zeit zu mir gekommen bist, während derer ich
immer nur auf deine Wiederkehr harrte. So ergeht es den Liebenden. Jetzt bitte ich dich, erzähle mir, warum du dies ganze
Jahr lang mir fern geblieben bist!' Da erzählte ich es ihr. Doch
als sie vernahm, daß ich vermählt war, erblich sie. Ich fuhr
dann fort: ‚Siehe, ich bin heute nacht zu dir gekommen, aber
ich muß noch vor Tagesanbruch wieder scheiden.' Da rief sie:
‚Ist es ihr nicht genug, daß sie sich durch eine List mit dir vermählt und dich ein ganzes Jahr bei sich gefangen gehalten hat?
Mußte sie dir auch noch den Eid bei der Scheidung schwören
lassen, daß du noch in dieser Nacht vor Tagesanbruch zu ihr
zurückkehren würdest? Mußte sie dich auch noch hindern, dich
mit deiner Mutter oder mit mir in Ruhe zu unterhalten? War
es denn so schwer für sie, daß du eine einzige ganze Nacht fern
von ihr bei einer von uns bleiben solltest? Wie steht es denn
um die, von der du ein ganzes Jahr fern gewesen bist und die
dich eher gekannt hat als sie? Doch Allah erbarme sich deiner
Base ’Azîza! Ihr widerfuhr, was noch niemandem widerfahren
ist, und sie ertrug, was noch niemand ertragen hat! Sie ist gestorben, da du so grausam an ihr handeltest; und doch war sie
70

es, die dich vor mir schützte. Ich glaubte damals, du liebtest mich, und so ließ ich dich deines Weges gehen, obgleich ich imstande war, dich nicht heil und gesund fortgehen zu lassen, und dich hätte gefangen halten und verderben können!' Dann weinte sie heftig und ward zornig; ihre Haare sträubten sich vor meinem Angesicht, und sie blickte mich mit grimmigen Augen an. Als ich sie in solcher Verfassung sah, erbebte ich aus Furcht vor ihr; denn sie glich einem drohenden Dämone, ich aber einer Bohne über dem Feuer. Darauf sprach sie zu mir: ,Du bist jetzt zu nichts mehr nütze, seit du vermählt bist und ein Kind hast. Du taugst jetzt nicht mehr für meine Gesellschaft; denn nur ein Junggeselle paßt für mich, während der Ehemann mir nichts nützt. Du hast mich zwar für jenen Haufen Dreck verkauft, aber, bei Allah, ich werde der Metze schon um deinetwillen Herzeleid bereiten; du sollst weder mir noch ihr erhalten bleiben!' Dann stieß sie einen lauten Schrei aus, und ehe ich mich dessen versah, kamen zehn Sklavinnen und warfen mich zu Boden. Während ich nun unter deren Händen dalag, ging sie hin, holte ein Messer und rief: ,Fürwahr, ich werde dich schlachten wie einen Ziegenbock. Und das ist noch nicht Strafe genug für das, was du an mir und vorher an deiner Base getan hast!' Wie ich mich so in der Gewalt der Sklavinnen am Boden erblickte, mein Gesicht von Staub beschmutzt, und wie ich sie das Messer wetzen sah, war ich des Todes gewiß.' – –«

Da bemerkte Schehrezâd, daß der Morgen begann, und sie hielt in der verstatteten Rede an. Doch als die *Hundertundsechsundzwanzigste Nacht* anbrach, fuhr sie also fort: »Es ist mir berichtet worden, o glücklicher König, daß der Wesir Dandân zu Dau el-Makân sprach: ,Darauf erzählte der junge ʾAzîz dem Tâdsch el-Mulûk des weiteren: ,Wie ich mich so in der Gewalt der Sklavinnen am Boden erblickte, mein Gesicht von

Staub beschmutzt, und wie ich sie das Messer wetzen sah, war ich des Todes gewiß, und da flehte ich sie um Gnade an. Aber sie ward nur noch hartherziger und befahl den Sklavinnen, mir die Hände zu fesseln. Die taten es, warfen mich dann ausgestreckt auf den Rücken, setzten sich auf meinen Leib und packten meinen Kopf; zwei Sklavinnen aber setzten sich auf meine Fußknöchel, und zwei andere packten mich bei den Händen. Schließlich kam sie mit zwei Sklavinnen herbei; denen befahl sie, mich zu schlagen. Da schlugen die beiden mich so lange, bis ich in Ohnmacht fiel und mir die Stimme versagte. Als ich wieder zu mir kam, sprach ich bei mir selber: ‚Wenn ich sofort mit dem Schlachtmesser getötet wäre, wäre es besser und leichter für mich gewesen, als so geschlagen zu werden!' Dabei mußte ich an die Worte meiner Base denken, die sie mir zu sagen pflegte: ‚Möge Allah dich vor ihrer Bosheit beschützen!' Und ich schrie auf und weinte, bis mir die Stimme versagte und ich weder einen Laut hervorbringen noch atmen konnte. Dann wetzte sie das Messer von neuem und sprach zu den Sklavinnen: ‚Deckt ihn auf!' Aber da gab mir der Herr ein, die beiden Worte zu sprechen, die meine Base mir gesagt und ans Herz gelegt hatte. So sprach ich denn: ‚O Herrin, weißt du nicht: Treue ist trefflich, Verrat ist häßlich?' Als sie das hörte, schrie sie auf und rief: ‚Allah erbarme sich deiner, o 'Azîza! Allah gebe ihr das Paradies für ihre verlorene Jugend! Ja, sie ist es, die dir zu ihren Lebzeiten und nach ihrem Dahinscheiden gedient hat, die dich durch diese beiden Worte aus meiner Gewalt befreit hat. Aber ich kann dich jetzt nicht so davonlassen, nein, ich muß an dir eine Spur hinterlassen, zum Schmerze für jene schamlose Metze, die dich von mir ferngehalten hat.' Dann rief sie den Sklavinnen zu und befahl ihnen, meine Füße mit einem Seil festzubinden. Weiter befahl sie: ‚Setzt euch wieder

72

auf ihn!' und sie taten es. Darauf ging sie von mir fort, holte eine kupferne Pfanne, hängte sie über dem brennenden Kohlenbecken auf, goß Sesamöl hinein und briet Käse darin, während ich wie von Sinnen dalag. Danach trat sie wieder auf mich zu, löste mir die Hosen und band einen Strick um meine Hoden; die Enden des Stricks nahm sie in die Hand, reichte sie zwei Sklavinnen und befahl ihnen, daran zu ziehen. Als die das taten, sank ich wieder in Ohnmacht, und vor Übermaß der Schmerzen war es mir, als versänke ich in eine andere Welt. Nun trat sie mit einem scharfen Rasiermesser an mich heran und schnitt mir das Glied ab, so daß ich nunmehr wie ein Weib war. Dann brannte sie mir die Wunde mit dem siedenden Öl aus und rieb sie mit einem Pulver ein, während ich in Ohnmacht dalag. Als ich aber wieder zu mir kam, war das Blut bereits gestillt. Da befahl sie den Sklavinnen, mich loszubinden, und sie gab mir einen Becher Wein zu trinken. Und dann sprach sie zu mir: ,Nun geh hin zu ihr, mit der du dich vermählt hast, zu ihr, die dich mir nicht einmal eine einzige Nacht gönnte! Möge Allah sich deiner Base erbarmen, die dich gerettet und die ihr Geheimnis nie offenbart hat! Ja, hättest du mich nicht ihre beiden Worte hören lassen, so hätte ich dich getötet. Geh in diesem Augenblick fort, zu wem du willst! Ich wollte von dir nur das, was ich dir abgeschnitten habe; jetzt brauche ich nichts mehr von dir. Ich habe auch keinerlei Verlangen mehr nach dir. Auf denn, lege deine Hand auf deinen Kopf und flehe zu Allah um Erbarmen für deine Base!' Darauf gab sie mir einen Tritt mit ihrem Fuße. So erhob ich mich, und kaum imstande zu gehen, wankte ich ganz langsam dahin, bis ich zu unserer Haustür kam. Die fand ich offen; und da warf ich mich fassungslos ins Haus. Nun kam meine Gattin herbei und trug mich in die Halle hinein; da entdeckte sie, daß ich einem Weibe gleich geworden war. Ich aber versank in einen tiefen Schlaf. Als ich dann wieder aufwachte, fand ich mich beim Gartentor liegen.' – –«

Da bemerkte Schehrezâd, daß der Morgen begann, und sie hielt in der verstatteten Rede an. Doch als die *Hundertundsiebenundzwanzigste Nacht* anbrach, fuhr sie also fort: »Es ist mir berichtet worden, o glücklicher König, daß der Wesir Dandân vor König Dau el-Makân seine Geschichte in dieser Weise fortführte: ,Darauf erzählte der junge 'Azîz dem Tâdsch el-Mulûk des weiteren: ,Als ich dann wieder aufwachte, fand ich mich beim Gartentor liegen. Da erhob ich mich, seufzend und von Schmerzen gepeinigt, und begab mich zu meinem Elternhause. Nachdem ich dort eingetreten war, sah ich meine Mutter, wie sie um mich weinte und klagte: ,Ach, wer weiß, in welchem Lande du weilst, mein Sohn!' Ich ging auf sie zu und warf mich ihr entgegen. Doch als sie mich sah und mich genau anblickte, erkannte sie, daß ich krank war; denn mein Gesicht war bleich und gelb. Nun dachte ich wieder an meine Base und an all das Gute, das sie mir erwiesen hatte, und nur zu spät sah ich ein, daß sie mich wahrhaft geliebt hatte. Und wie ich um sie weinte, weinte auch meine Mutter. Dann sprach sie zu mir: ,Mein Sohn, wisse, dein Vater ist gestorben!' Da ward ich noch heftiger erregt, und ich weinte, bis ich in Ohnmacht sank. Als ich wieder zu mir kam, fiel mein Blick auf die Stätte, an der meine Base zu sitzen pflegte. Von neuem mußte ich weinen, und fast wäre ich im Übermaße meiner Tränen wieder in Ohnmacht gesunken. Und so weinte und klagte ich ohn Unterlaß bis Mitternacht. Da sprach meine Mutter zu mir: ,Wisse, dein Vater ist vor zehn Tagen gestorben!' ,Ach,' rief ich, ,ich werde nie mehr an jemand anders denken können als an meine Base. Ja, ich verdiene all das, was mir widerfahren ist; denn ich habe ihrer nicht geachtet, während sie mich so treu liebte!' ‚Was ist dir denn widerfahren?' fragte meine Mutter. Da erzählte ich ihr, was ich erlebt hatte. Eine Weile weinte sie still; doch dann ging sie hin und brachte mir etwas Speise und Trank. Ich aß und trank ein wenig; darauf wiederholte ich ihr meine Geschichte und tat ihr alles kund, was über mich hereingebrochen war. ‚Preis sei Allah,' rief sie, ‚daß dir nur dies widerfahren ist und daß sie dich nicht getötet hat!' Dann hegte und pflegte sie mich, bis ich gesund wurde; und als meine Genesung vollkommen war, sprach sie zu mir: ‚Mein Sohn, jetzt will ich dir holen, was deine Base mir für dich anvertraut hat; denn es gehört dir, und sie hat mich schwören lassen, es dir nicht eher zu geben, als bis ich sähe, daß du ihrer gedächtest und um sie weintest und deine Verbindung mit der anderen gelöst hättest. Jetzt sehe ich, daß diese Bedingungen bei dir erfüllt sind.' Nun ging sie hin, öffnete eine Truhe und nahm daraus dies Stück Linnen, auf dem diese Gazellen abgebildet sind und das ich ihr einst gegeben hatte. Als ich es nahm, fand ich darin ein Blatt mit diesen Versen:

> *O Herrin der Schönheit, wer hat zur Härte dich verleitet,*
> *Zum Tode für den, dessen Herz in Liebe zu dir zerbricht?*
> *Wenn du auch meiner nicht mehr gedenkst, seit wir uns trennten,*
> *So ist doch Gott mein Zeuge: ich vergesse dich nicht!*
> *Du quältest mich zu Unrecht; und süß ist das mir dennoch.*
> *Gewähre mir nur einmal die Huld, daß ich dich seh!*
> *Erst jetzt kann ich begreifen, daß Liebe Schmerzen bringet*
> *Und Seelenqualen, seit ich in Sehnsucht nach dir vergeh.*
> *Ja, heftige Leidenschaft entflammte mein Herz, und ich schmachte,*
> *In Liebesbanden gefangen durch deiner Augen Strahl.*
> *Der Tadler selbst hatte Mitleid mit mir in meiner Liebe*
> *Und klagte; doch du, o Hind[1], klagst nicht um meine Qual.*
> *Bei Gott, müßt ich sterben, ich bliebe dir treu, du mein Augenlicht.*
> *Ja, wenn ich vor Sehnsucht zerfließe, ich vergesse dich nicht.*

1. Ein altarabischer Mädchenname.

Als ich diese Verse las, weinte ich heftig und schlug mir ins Gesicht. Dann faltete ich das Blatt auseinander und fand darin ein zweites verborgen. Als ich auch das öffnete, siehe, da stand auf ihm geschrieben: ‚Wisse, mein lieber Vetter, ich spreche dich frei von meinem Blut, und ich bete zu Allah, daß er dich mit der, die du liebst, einträchtiglich vereine. Doch wenn dir etwas Böses widerfährt von der Tochter der listigen Ränkeschmiedin, so kehre nicht zu ihr zurück; geh weder zu ihr noch zu einer anderen, sondern ertrage dein Leid! Wäre dir nicht eine lange Lebenszeit bestimmt, so wärest du längst zu Tode gekommen. Aber Preis sei Allah, der meinen Todestag dem deinen vorausgehen ließ! Nun grüße ich dich zum letzten Male. Hab acht auf dies Tuch mit dem Bilde der Gazellen und trenne dich nie von ihm; denn es war mein trauter Gefährte, wenn du mir fern warst!‘ – –«

Da bemerkte Schehrezâd, daß der Morgen begann, und sie hielt in der verstatteten Rede an. Doch als die *Hundertundachtundzwanzigste Nacht* anbrach, fuhr sie also fort: »Es ist mir berichtet worden, o glücklicher König, daß der Wesir Dandân vor König Dau el-Makân seine Geschichte in dieser Weise fortführte: ‚Darauf erzählte der junge 'Azîz dem Tâdsch el-Mulûk des weiteren: ‚Ich las, was meine Base für mich geschrieben und mir ans Herz gelegt hatte, und ihre Worte lauteten: ‚Hab acht auf dies Tuch mit den Gazellen und trenne dich nie von ihm; denn es war mein trauter Gefährte, wenn du mir fern warst! Ich beschwöre dich bei Gott, wenn das Schicksal dich mit der zusammenführt, die diese Gazellen gestickt hat, so bleib ihr fern, laß sie dir nicht nahe kommen, vermähle dich nicht mit ihr! Wenn es aber nicht geschieht, daß das Schicksal dich mit ihr zusammenführt, und wenn du den Weg zu ihr nicht findest, so nahe dich dann nie mehr einer aus dem Geschlechte der Frauen. Wisse, sie, die diese Gazellen gestickt hat, stickt ein solches Gazellenpaar alljährlich und schickt es in die fernsten Länder, damit ihr Ruf und ihre schöne Kunst, in der ihr kein Mensch gleichkommt, überall bekannt werde. Deiner Geliebten aber, der Tochter der listigen Ränkeschmiedin, kam dies Gazellentuch zu Händen, und sie pflegte damit den Menschen vor Augen zu treten und es ihnen zu zeigen, indem sie sprach: ,Ich habe eine Schwester, die solches stickt.' Aber sie log mit ihren Worten – Allah zerreiße ihren Schleier! Und dies ist nun mein letztes Vermächtnis an dich, das ich dir vermache, weil ich weiß, daß nach meinem Tode die Welt dir zu eng werden wird; vielleicht wirst du deshalb in die Fremde ziehen und auf der Erde umherschweifen, und wenn du dann von der Künstlerin dieses Bildes hörst und dich danach sehnst, sie kennen zu lernen, so wirst du an mich denken; aber es wird dir nichts nützen, ja, meinen wahren Wert wirst du erst nach meinem Tode erkennen. Wisse denn, die Maid, die diese Gazellen gestickt hat, ist die Tochter des Königs der Kampferinseln, und sie ist eine edle Herrscherin.' Als ich dies Blatt gelesen und seinen Inhalt verstanden hatte, da weinte ich, und meine Mutter weinte mit mir. Immer mußte ich das Blatt ansehen und weinen, bis die Nacht anbrach. Und dabei blieb ich ein ganzes Jahr lang. Dann, im folgenden Jahre, rüsteten diese Kaufleute aus meiner Vaterstadt sich zur Reise, diese Kaufleute da, in deren Karawane ich mich befinde. Da riet meine Mutter mir, ich solle mich auch ausrüsten und mit ihnen reisen, da ich mich so vielleicht trösten und meine Trauer vergessen könnte; sie sprach zu mir: ,Sei fröhlich und laß von dieser Trauer ab; zieh in die Ferne, ein Jahr lang oder zwei oder gar drei, bis die Karawane heimkehrt! Vielleicht wird dein Herz sich freuen und dein Kummer sich zerstreuen.' Mit solchen Worten sprach sie mir immer freundlich zu, bis ich meine Waren zurüstete und mit ihnen fortreiste. Doch meine Tränen sind während der ganzen Reise bisher nie getrocknet; jedesmal, wenn wir Rast machen, entfalte ich dies Tuch und schaue darauf diese Gazellen an, und dann denke ich an meine Base und weine um sie, wie du es eben gesehen hast. Ach, sie hat mich ja so innig geliebt; sie ist gestorben, da ich so grausam an ihr handelte. Ich habe ihr nur Böses getan, doch sie hat mir nur Gutes getan. Wenn diese Kaufleute nun von ihrer Reise heimkehren, so will auch ich mit ihnen nach Hause ziehen; denn dann bin ich ein volles Jahr in der Fremde gewesen. Aber meine Trauer hat nur noch zugenommen, und Kummer und Trübsal sind nicht von mir gewichen. Freilich bin ich zu den Kampferinseln mit dem Kristallschlosse gekommen. Das sind sieben Inseln, und über sie herrscht ein König namens Schehrimân. Der hat eine Tochter, Dunja genannt; und es ward mir gesagt, daß sie es ist, die die Gazellen stickt. Auch diese Gazellen da vor dir sind ein Zeichen ihrer Kunst. Als ich das damals hörte, da nahm meine Sehnsucht immer noch zu, und ich versank im Meere der Gedanken, die ließen mir keine Ruh. Auch beweinte ich mein Unglück, daß ich wie ein Weib geworden war, keine Kraft mehr hatte und das nicht mehr besaß, was zum Manne gehört. Seit dem Tage, an dem ich die Kampferinseln verließ, weint mein Auge und trauert mein Herz. So lange schon bin ich in diesem Elend, und ich weiß auch gar nicht, ob es mir möglich sein wird, in meine Heimat zurückzukehren und bei meiner Mutter zu sterben oder nicht. Ach, ich bin der Welt überdrüssig geworden!'

Dann weinte der junge Kaufmann von neuem, und seufzend und klagend blickte er auf das Bild der Gazellen; die Tränen rannen in Strömen auf seine Wangen, und er sprach diese beiden Verse:

Wie mancher sagte zu mir: ‚Die Freude muß doch kommen!'
Ich drauf: ‚Wie oft beim Kummer heißt es: die Freude muß kommen!'
‚Nach einer Weile!' sprach er; ich sagte: ‚Es nimmt mich wunder;
Wer bürgt mir für mein Leben? O du, dessen Gründe nichts frommen!'

Und ferner sprach er:

Gott weiß es ja, ich habe, seitdem du von mir schiedest,
So lange geweint, bis daß ich mir die Tränen lieh!
Da sprach zu mir mein Tadler: ‚Geduld! du wirst sie gewinnen.'
Ich rief: ‚O der du mich tadelst, Geduld – wie find ich die?'

Dies ist, o König, meine Geschichte! Hast du je eine seltsamere als sie gehört?'

Da war Tâdsch el-Mulûk aufs höchste erstaunt, und während er der Erzählung des jungen Kaufmanns zugehört hatte, ward in seinem Herzen Liebesfeuer entzündet durch den Bericht von der Anmut der Herrin Dunja.' – –«

Da bemerkte Schehrezâd, daß der Morgen begann, und sie hielt in der verstatteten Rede an. Doch als die *Hundertundneunundzwanzigste Nacht* anbrach, fuhr sie also fort: »Es ist mir berichtet worden, o glücklicher König, daß der Wesir Dandân vor Dau el-Makân weiter erzählte: ‚Als Tâdsch el-Mulûk die Geschichte des jungen Kaufmanns gehört hatte, war er aufs höchste erstaunt, und Liebesfeuer ward in seinem Herzen entzündet, wie er von der Anmut der Herrin Dunja vernahm und wußte, daß sie es war, die das Gazellenpaar gestickt hatte; und seine leidenschaftliche Sehnsucht ward immer heftiger. Zu dem jungen Kaufmann aber sprach er: ‚Bei Allah, dir ist widerfahren, desgleichen noch nie einem anderen Menschen widerfahren ist. Doch dir ist eine Lebensdauer bestimmt, die du erfüllen mußt. Nun möchte ich dich noch nach etwas fragen!' Als 'Azîz erwiderte: ‚Was ist das?' fuhr jener fort: ‚Erzähle mir, wie du jene Dame zu sehen bekamst, die dies Gazellenpaar gestickt hat!'

‚O mein Gebieter,' antwortete 'Azîz, ‚ich fand durch eine List Zutritt zu ihr, und zwar auf diese Weise. Als ich mit der Karawane in ihre Stadt gekommen war, ging ich aus und wanderte dort in den Gärten umher, die voll von hohen Bäumen waren. Der Wächter jener Gärten aber war ein alter, hochbetagter Mann. Den fragte ich: ‚Alterchen, wem gehört dieser Garten hier?' Er antwortete mir: ‚Er gehört der Prinzessin, der Herrin Dunja. Und wir stehen hier unten bei ihrem Palaste. Wenn sie sich ergehen will, so öffnet sie die geheime Pforte, wandelt im Garten umher und erfreut sich am Dufte der Blumen.' Darauf bat ich ihn: ‚Erweise mir die Gunst und laß mich in diesem Garten sitzen, bis sie kommt und an mir vorbeigeht; vielleicht habe ich dann das Glück, einen Blick von ihr zu erhaschen!' Der Alte erwiderte: ‚Darin liegt nichts Böses'; und nachdem er so gesprochen, gab ich ihm ein paar Dirhems mit den Worten: ‚Kaufe uns etwas zu essen!' Erfreut nahm er das Geld, machte das Gartentor auf und führte mich mit sich hinein; dort gingen wir immer weiter, bis wir an eine liebliche Stätte kamen, wo er mir sagte: ‚Bleib hier sitzen, bis ich wieder zu dir zurückkehre!' Vorher aber hatte er mir ein wenig Obst gegeben. Nun verließ er mich und blieb eine Weile fort; als er zurückkam, hatte er ein geröstetes Lamm bei sich, und von dem aßen wir, bis wir satt waren. Bei alledem jedoch sehnte mein Herz sich nach dem Anblick der Dame. Während wir beide so dasaßen, tat sich plötzlich die Tür auf, und der Alte sagte zu mir: ‚Auf, verbirg dich!' Als ich das getan hatte, siehe, da steckte ein schwarzer Eunuch seinen Kopf aus der Tür und rief: ‚Alter, ist jemand bei dir?' ‚Nein!' erwiderte der; da fuhr der Eunuch fort: ‚Schließ das Gartentor zu!' Und wie nun der Alte das Gartentor verriegelt hatte, siehe, da trat die Herrin Dunja aus der geheimen Pforte hervor. Bei ihrem Anblicke vermeinte ich, der Mond sei am Horizonte aufgegangen und erstrahle hell. Eine ganze Stunde war ich in ihren Anblick versunken, und ich verlangte nach ihr, wie der Durstige nach frischem Wasser verlangt. Als aber die Stunde vorüber war, verschwand sie wieder, nachdem sie die Pforte verschlossen hatte. Da ging auch ich aus dem Garten hinaus und suchte meine Herberge auf, wohl wissend, daß ich nie zu ihr gelangen würde und daß ich auch nicht ein Mann für sie war, zumal ich wie ein Weib geworden war und das nicht mehr besaß, was zum Manne gehört; auch war sie ja eine Königstochter, ich aber nur ein Kaufmann. Wie sollte ich also mit ihresgleichen oder mit irgendeiner anderen Maid vereint werden können? Als dann meine Gefährten dort sich zum Aufbruch rüsteten, machte ich mich gleichfalls reisefertig und zog mit ihnen fort; ihr Ziel war diese Stadt, und so gelangten wir schließlich an diese Stätte und trafen mit dir zusammen. Du hast mich befragt, und ich habe dir berichtet. Dies ist die Geschichte von dem, was mir widerfahren ist – und damit Gott befohlen!'

Als Tâdsch el-Mulûk jenen Bericht gehört hatte, wurden sein Sinn und seine Gedanken ganz von der Liebe zu der Herrin Dunja gefangen genommen, und er wußte nicht, was er tun sollte. Doch er erhob sich, bestieg sein edles Roß, nahm den 'Azîz mit sich und kehrte mit ihm zu der Stadt seines Vaters zurück. Dort bestimmte er für 'Azîz ein eigenes Haus und versorgte ihn darin mit allem, dessen er an Speise und Trank und Kleidung bedurfte. Dann verließ er ihn und begab sich zu seinem Schlosse, während die Tränen ihm auf die Wangen herniederrannen; denn oft kann das Hören den gleichen Eindruck wie Sehen und Begegnen gewähren. Und in dieser Verfassung blieb Tâdsch el-Mulûk immerdar, bis einmal sein Vater zu ihm eintrat und sah, daß seine Farbe erblichen, sein Leib abgezehrt und seine Augen voll Tränen waren; da wußte er, daß sein Sohn in Kummer war wegen etwas, das über ihn gekommen sein mußte, und so fragte er ihn denn: ‚Lieber Sohn, tu mir dein Leid kund; sag mir, was ist dir widerfahren, so daß deine Farbe erblichen und dein Leib abgezehrt ist?‘ Nun erzählte er ihm alles, was er erlebt hatte, was er von der Geschichte des ’Azîz und von dem Berichte über die Herrin Dunja gehört hatte, und ferner, daß er sie liebe, nur weil er von ihr gehört habe, ohne sie von Angesicht gesehen zu haben. Doch sein Vater sprach zu ihm: ‚Lieber Sohn, siehe, sie ist die Tochter eines Königs, dessen Land fern von dem unseren ist. Deshalb laß ab davon und geh in den Palast deiner Mutter!‘ – –«

Da bemerkte Schehrezâd, daß der Morgen begann, und sie hielt in der verstatteten Rede an. Doch als die *Hundertunddreißigste Nacht* anbrach, fuhr sie also fort: »Es ist mir berichtet worden, o glücklicher König, daß der Wesir Dandân vor Dau el-Makân des weiteren erzählte: ‚Der Vater des Tâdsch el-Mulûk sprach zu ihm: ‚Lieber Sohn, siehe, ihr Vater ist ein König, dessen Land fern von dem unseren ist. Deshalb laß ab davon und geh in den Palast deiner Mutter! Dort sind fünfhundert Mädchen, Monden gleich; und welche nur immer von ihnen dir gefällt, die nimm. Oder wir wollen für dich um eine Königstochter werben, die noch schöner ist als die Herrin Dunja.‘ Allein Tâdsch el-Mulûk erwiderte: ‚Lieber Vater, ich will niemals eine andere als sie, die Künstlerin der Gazellen, die ich gesehen habe; ich muß sie gewinnen, sonst werde ich in den Wüsten und Einöden umherirren und um ihretwillen den Tod suchen.‘ Da sprach sein Vater zu ihm: ‚Gib mir eine kurze Frist, bis ich zu ihrem Vater sende und um sie bei ihm werbe und dich an dein Ziel gelangen lasse, wie ich es selbst bei deiner Mutter erreicht habe. Vielleicht wird Allah dir zu

deinem Wunsche verhelfen. Wenn aber ihr Vater nicht einwilligt, so werde ich ihm sein Land erschüttern durch ein Heer,
dessen Nachhut noch hier bei mir ist, während der Vortrab
schon bei ihm steht.' Dann ließ er den jungen 'Azîz rufen und
sprach zu ihm: ‚Mein Sohn, kennst du den Weg zu den Kampferinseln?‘ Als der die Frage bejahte, fuhr der König fort: ‚Ich
wünsche, daß du mit meinem Wesir dorthin reisest.‘ 'Azîz erwiderte: ‚Ich höre und gehorche, o größter König unserer Zeit!‘
Nun ließ der König seinen Wesir kommen und sprach zu ihm:
‚Ersinne mir einen Plan für die Sache meines Sohnes, einen
Plan, der das Rechte trifft. Zieh hin zu den Kampferinseln und
wirb um die Tochter ihres Königs für meinen Sohn!‘ Der Wesir beteuerte seinen Gehorsam; Tâdsch el-Mulûk aber kehrte
zu seinem Hause zurück, von übergroßer Leidenschaft krank,
und die Zeit erschien ihm endlos lang. Und als die Nacht ihn
mit ihrem Dunkel umfing, begann er zu weinen und zu seufzen und zu klagen, und er sprach diese Verse:

> Schwarz fällt die Nacht, und meine Tränen rinnen wieder,
> Da Liebe in meinem Innern wie heißes Feuer loht.
> Fraget die Nächte nach mir, sie werden euch erzählen,
> Daß ich nichts anderes kenne als Sorge und bittere Not.
> Ich sehe in meinem Kummer des Nachts, wie die Sterne sinken;
> Gleich Hagelkörnern fallen die Tränen auf mein Gesicht.
> So lieg ich einsam da und habe keinen Helfer,
> Gleichwie ein Liebender, dem es an Volk und Freunden gebricht.

Als er die Verse zu Ende gesprochen hatte, sank er auf lange
Zeit in Ohnmacht; und erst als es Morgen ward, kam er wieder zu sich. Da kam der Kammerdiener seines Vaters herein,
trat ihm zu Häupten und entbot ihn zum König. So ging er
denn mit dem Diener. Als aber sein Vater ihn erblickte und sein
bleiches Antlitz sah, ermahnte er ihn zur Geduld und versprach
ihm, er werde ihn mit der geliebten Prinzessin vereinigen. Dann

rüstete er 'Azîz und den Wesir aus und gab ihnen die königlichen Geschenke mit. Jene reisten nun Tag und Nacht, bis sie in der Nähe der Kampferinseln ankamen; dort machten sie halt am Ufer eines Flusses, und der Wesir entsandte einen Boten an den König, um ihm ihre Ankunft zu melden. Der Bote ging, und kaum war eine Stunde verflossen, da kamen auch schon der Kammerherr und die Wesire des Königs ihnen entgegen. Eine Parasange weit von der Hauptstadt entfernt trafen sie mit den fremden Gästen zusammen, begrüßten sie und gaben ihnen das Ehrengeleit, bis sie mit ihnen vor den König traten. Da brachten die Fremden ihm die Geschenke dar und verblieben drei Tage als seine Gäste. Am vierten Tage aber machte der Wesir sich auf, ging zum König, trat vor ihn hin und berichtete ihm, weswegen er gekommen war. Der König wußte nicht, was er ihm antworten sollte; denn seine Tochter liebte die Männer nicht und verlangte nicht nach der Ehe. So senkte er denn eine Weile sein Haupt, dann hob er es wieder, rief einen der Eunuchen und sprach zu ihm: ,Geh zu deiner Herrin Dunja und wiederhole ihr, was du gehört hast und weswegen dieser Wesir gekommen ist!' Der Eunuch ging dahin, und nachdem er eine Weile fortgeblieben war, kehrte er zum König zurück und berichtete ihm: ,O größter König unserer Zeit, siehe, als ich zu der Herrin Dunja eingetreten war und ihr meinen Auftrag kundgetan hatte, da ward sie sehr zornig, kam mit einem Stock auf mich zu und wollte mir den Kopf entzweischlagen. Rasch wich ich vor ihr zurück; sie aber rief: ,Wenn mein Vater mich zur Ehe zwingt, so werde ich den töten, mit dem ich vermählt werde!' Da sprach ihr Vater zu dem Wesir und zu 'Azîz: ,Ihr habt es beide gehört, und nun wißt ihr es. Berichtet es dem König und überbringt ihm meinen Gruß! Sagt ihm, meine Tochter liebe die Männer nicht und verlange nicht nach der Ehe!' – –«

84

Da bemerkte Schehrezâd, daß der Morgen begann, und sie hielt in der verstatteten Rede an. Doch als die *Hundertundein-unddreißigste Nacht* anbrach, fuhr sie also fort: »Es ist mir berichtet worden, o glücklicher König, daß der König Schehrimân zum Wesir und zu ʾAzîz sprach: ,Überbringt dem König meinen Gruß! Und berichtet ihm, wie ihr gehört habt, daß meine Tochter nicht nach der Ehe verlangt!' So kehrten sie unverrichteter Sache um und zogen dahin, bis sie wieder vor ihren König traten. Als sie ihm berichteten, was geschehen war, befahl er sofort den Hauptleuten, die Heere zusammenzurufen, auf daß sie zu Krieg und Feldzug auszögen. Der Wesir aber sprach zu ihm: ,O Herr König, geruhe, das nicht zu tun! Jenen König trifft keine Schuld. Denn als seine Tochter von dem Antrage erfuhr, schickte sie eine Botschaft des Inhalts: ,Wenn mein Vater mich zur Ehe zwingt, so werde ich den töten, mit dem ich vermählt werde, und danach werde ich mir selbst den Tod geben.' Die Weigerung kommt also nur von ihr.' Als der König die Worte des Ministers vernahm, war er um Tâdsch el-Mulûk besorgt und sagte sich: ,Wenn ich gegen ihren Vater zu Felde ziehe und dann auch die Prinzessin in meine Gewalt bringe, sie aber sich den Tod gibt, so nützt mir das nichts.'

Dann tat der König seinem Sohne Tâdsch el-Mulûk kund, wie es stand; und wie es der gehört hatte, sprach er zu seinem Vater: ,Lieber Vater, ich kann das Leben ohne sie nicht ertragen! Ich will zu ihr gehen, ich will durch eine List versuchen, mit ihr vereint zu werden, sollte ich auch dabei den Tod finden. Nichts anderes als dies will ich tun!' ,Wie willst du denn zu ihr gehen?' fragte sein Vater; und er antwortete: ,Ich will in der Verkleidung eines Kaufmanns gehen.' Darauf sagte der König: ,Wenn du denn durchaus gehen mußt, so nimm den

85

Wesir und 'Azîz mit dir!' Dann ließ er ihm Geld aus seinem Schatzhause holen und beschaffte ihm Waren für hunderttausend Dinare; und er verabredete den Plan mit 'Azîz und dem Wesir. Doch als es Nacht wurde, ging Tâdsch el-Mulûk mit 'Azîz in dessen Wohnung; dort blieben die beiden jene Nacht über. Tâdsch el-Mulûk aber hatte das Herz voll Wunden; Speise und Schlaf wollten ihm nicht munden; ja, trübe Gedanken stürmten auf ihn ein, und die Sehnsucht nach der Geliebten rüttelte ihn auf, und er bat den Schöpfer flehentlich: ‚Gewähre mir die Vereinigung gnädiglich!' Und er weinte und seufzte und klagte und sprach die Verse:

> *Wird mir Vereinigung zuteil wohl nach der Trennung?*
> *Dann klag ich dir dereinst mein Liebesleid und sag:*
> *‚Ich dachte deiner, als die Nacht mich ganz vergessen;*
> *Du hieltest wach mich, als die Welt im Schlummer lag.'*

Darauf weinte er bitterlich, und auch 'Azîz weinte mit ihm; denn der gedachte seiner Base. So weinten beide ohn Unterlaß, bis der Morgen anbrach. Dann erhob Tâdsch el-Mulûk sich und ging zu seiner Mutter, gekleidet in Reiseausrüstung. Als sie ihn fragte, wie es um ihn stehe, berichtete er ihr alles. Da gab sie ihm fünfzigtausend Dinare und nahm Abschied von ihm. Wie er dann hinausging, betete sie, er möchte sicher ans Ziel gelangen und mit der Geliebten vereinigt werden. Darauf ging er zu seinem Vater und bat ihn um Erlaubnis zum Aufbruch. Der gewährte ihm die Erlaubnis und gab ihm ebenfalls fünfzigtausend Dinare; auch gab er Befehl, daß man für den Prinzen draußen vor der Stadt ein Prachtzelt aufschlage. Als das geschehen war, blieb Tâdsch el-Mulûk noch zwei Tage in dem Zelte. Dann brach er auf, froh darüber, daß er den 'Azîz zum Gefährten hatte, und er sprach zu ihm: ‚Bruder, ich werde mich nie von dir trennen können!' Da antwortete 'Azîz: ‚Auch ich denke so; ja, ich würde gern zu deinen Füßen sterben. Doch ach, mein lieber Bruder, mein Herz ist in Sorge um meine Mutter!' ‚Wenn wir unser Ziel erreichen,' fuhr Tâdsch el-Mulûk fort, ‚so wird alles gut sein.' So zogen sie dahin; der Wesir ermahnte ihn, nicht zu verzagen; doch 'Azîz pflegte ihn des Abends zu unterhalten, ihm Verse aufzusagen und ihm Geschichten und Erzählungen vorzutragen. Eiligst zogen sie dahin, Tag und Nacht, zwei volle Monate lang, bis dem Tâdsch el-Mulûk der Weg zu lang ward; und als die Liebesflammen mit neuer Heftigkeit in ihm brannten, sprach er die Verse:

> Der Weg ist lang: es werden so schwer mir Kummer und Sorgen,
> Und in meinem Herzen brennet von neuem die Liebesglut.
> Ich schwöre, o du meine Sehnsucht, o du Ziel meiner Hoffnung,
> Bei dem, der den Menschen erschuf aus einem Tropfen Blut:[1]
> Ich habe durch dich, du mein Wunsch, solche Liebeslast getragen,
> Die hohe Berge nicht trügen, – in mancher schlaflosen Nacht.
> O Herrin meiner Welt, die Liebe hat mich vernichtet,
> Sie hat mich zu einem Toten ohn Lebenshauch gemacht.
> Beseelte mich nicht die Hoffnung, mit dir vereint zu werden,
> Mein Leib hätte nicht die Kraft, zu wandern auf dieser Erden!

Als er zu Ende gesprochen hatte, weinte er wieder, und 'Azîz weinte mit ihm, da auch er wunden Herzens war. Das Herz des Wesirs aber ward durch ihr Weinen gerührt, und er sprach: ‚O Herr, sei froh und wohlgemut; alles wird gut werden!' Doch Tâdsch el-Mulûk erwiderte: ‚O Wesir, die Reise wird mir zu lang. Tu mir kund, wie weit wir noch von der Stadt entfernt sind!' ‚Es bleibt noch ein kurzer Weg', sagte 'Azîz. Dann setzten sie ihre Reise fort und durchmaßen Berg und Tal, Wüsten und Steppen zumal. Eines Nachts nun, als Tâdsch el-Mulûk im Schlafe lag, siehe, da erblickte er im Traum seine Geliebte bei sich, während er sie umarmte und an seine Brust

1. Vgl. Koran, Sure 96, Vers 2.

87

zog; in wildem Schreck und fast wie von Sinnen wachte er auf, und dann sprach er die Verse:

Ihr Freunde, das Herz ist voll von Liebe, die Tränen fließen;
Heiß glüht meine Leidenschaft, und ihr Gefährte heißt Gram.
Ich klage wie die Mütter, die ihre Kinder verloren;
Ja, wie die Tauben klag ich, wenn nächtliches Dunkel kam.
Und wenn aus deinem Lande die Winde zu mir wehen,
So fühle ich, wie Kühlung sich auf die Erde legt.
Dich grüße ich immerdar, soft der Zephir säuselt,
Sooft die Tauben girren, den Vogel sein Fittich trägt.

Als Tâdsch el-Mulûk seine Verse beendet hatte, trat der Wesir auf ihn zu und sprach: ,Freue dich, dies ist ein glückliches Vorzeichen! Sei gutes Muts und getrost; du wirst sicher dein Ziel erreichen!' Auch 'Azîz trat an ihn heran, sprach ihm Mut zu und begann ihn durch Plaudern und durch Erzählen von Geschichten abzulenken. Und so zogen sie weiter in angestrengten Märschen ununterbrochen Tag und Nacht, wiederum zwei Monate lang. Da, eines Tages, bei Sonnenaufgang leuchtete ihnen aus der Ferne etwas Weißes entgegen, und Tâdsch el-Mulûk fragte sofort den 'Azîz: ,Was ist das Weiße dort?' ,Mein Gebieter,' antwortete 'Azîz, ,das ist das Weiße Schloß, und dort ist die Stadt, die dein Ziel ist!' Darüber freute der Prinz sich, und so zogen sie rasch weiter, bis sie der Stadt nahe waren. Und wie sie dort ankamen, war Tâdsch el-Mulûk hocherfreut, und es wichen von ihm Sorgen und Leid. Darauf zogen sie ein, als Kaufleute verkleidet, der Prinz aber in Gestalt eines vornehmen Kaufherrn; und sie kamen zu einer Stätte, die bekannt war als Herberge der Kaufleute, einem großen Chân. Als Tâdsch el-Mulûk fragte: ,Ist dies die Stätte der Kaufleute?' erwiderte 'Azîz: ,Jawohl, dies ist der Chân, in dem ich einst gewohnt habe.' So machten sie dort halt, ließen ihre Kamele niederknien, nahmen ihnen die Lasten ab und schafften ihre

Waren in die Speicher. Vier Tage lang ruhten sie sich aus; dann riet der Wesir ihnen, sich ein großes Haus zu mieten. Sie waren damit einverstanden, und so mieteten sie sich ein Haus mit großen Räumen, das für Festlichkeiten geeignet war; dort schlugen sie ihren Wohnsitz auf. Nun begannen der Wesir und 'Azîz Pläne für Tâdsch el-Mulûk zu machen; denn der Prinz selbst war ratlos und wußte nicht, was er tun sollte. Und da der Wesir keinen anderen Platz finden konnte als den, daß der Prinz sich als Kaufmann in der Halle des Tuchmarktes niederlasse, so wandte er sich an Tâdsch el-Mulûk und 'Azîz mit den Worten: ‚Wisset, wenn wir so untätig hier bleiben, werden wir unser Ziel nicht erreichen und gar nichts ausrichten. Mir ist nun etwas in den Sinn gekommen; und so Gott will, werden wir dadurch auf den rechten Weg geführt.‘ Da sprachen Tâdsch el-Mulûk und 'Azîz: ‚Tu, was dir gut dünkt! Denn Segen ruht auf alten Männern, zumal auf dir, der du in allen Dingen erfahren bist. Drum sage uns, was dir in den Sinn gekommen ist!‘ ‚Ich bin der Meinung,‘ sprach er zu Tâdsch el-Mulûk, ‚daß wir für dich einen Laden im Tuchbasar mieten, in dem du dann Handel treiben kannst. Denn alle Leute, Vornehme und Geringe, haben Tuch und Kleiderstoffe nötig. Wenn du geduldig in jenem Laden ausharrst, dann wird, so Allah der Erhabene will, deine Sache gut werden, besonders da du von schöner Gestalt bist. Mache aber 'Azîz zu deinem Geschäftsführer und laß ihn drinnen im Laden sitzen, damit er dir die Stoffe und Tuche reiche!‘ Als Tâdsch el-Mulûk diese Worte vernommen hatte, sagte er: ‚Dies ist ein rechter und trefflicher Rat!‘ Zugleich holte er einen prächtigen Kaufmannsanzug heraus, legte ihn an und machte sich auf den Weg; seine Diener folgten ihm, und er gab einem von ihnen tausend Dinare, um damit die Einrichtung des Ladens zu bestreiten. Sie gingen dahin, bis sie zum Tuchbasar kamen. Als aber die Kaufleute den Tâdsch el-Mulûk erblickten und ihre Augen auf seiner wunderbaren Schönheit ruhen ließen, wurden sie verwirrt, und die einen sagten: ‚Seht, Ridwân, der Hüter des Paradieses, hat die Tore geöffnet und unbewacht gelassen, so daß dieser Jüngling von so herrlicher Schönheit entweichen konnte!‘ Und ein anderer sagte: ‚Vielleicht ist dies einer von den Engeln.‘ Wie jene dann in den Kreis der Kaufleute eingetreten waren, fragten sie nach dem Laden des Marktvorstehers, und als man ihnen den Weg dorthin gewiesen hatte, gingen sie alsbald zu ihm und begrüßten ihn. Da erhoben sich der Vorsteher und alle Kaufleute, die bei ihm waren, ließen die Fremden sitzen und ehrten sie um des Wesirs willen; denn sie sahen, daß er ein betagter und ehrfurchtgebietender Mann war und von den Jünglingen Tâdsch el-Mulûk und ’Azîz begleitet wurde. Und sie sagten zueinander: ‚Sicherlich ist dieser Greis der Vater dieser beiden Jünglinge!‘ Nun fragte der Wesir: ‚Wer unter euch ist der Vorsteher des Basars?‘ Da riefen die Leute: ‚Dort ist er!‘ und als der dann vortrat, schaute der Wesir ihn an und betrachtete ihn genau; er sah, daß der Vorsteher ein hochbetagter Mann war, von ernstem und würdigem Aussehen, und daß er von Dienern und Burschen und schwarzen Sklaven umgeben war. Nun begrüßte der Vorsteher sie wie Freunde und empfing sie mit hohen Ehrenbezeugungen. Er ließ sie neben sich sitzen und sprach zu ihnen: ‚Habt ihr vielleicht ein Anliegen, das wir euch erfüllen könnten?‘ ‚Ja,‘ erwiderte der Wesir; ‚ich bin ein alter, hochbetagter Mann, und ich habe diese beiden Jünglinge bei mir, mit denen ich alle Gebiete und Länder durchreist habe. Jedesmal, wenn ich in eine große Stadt komme, so bleibe ich ein volles Jahr dort, damit die beiden sich in ihr umsehen und ihre Bewohner kennen lernen können. Seht, ich bin jetzt in diese eure Stadt gekommen und habe mich entschlossen, in ihr zu verweilen; und so erbitte ich von dir einen schönen Laden an bester Stätte, damit ich die beiden darin sitzen lasse. Sie sollen Handel treiben, sich aber auch in dieser Stadt umsehen und sich den Gebräuchen ihrer Bewohner anpassen, indem sie lernen, wie man hier kauft und verkauft, bietet und nimmt.' Der Vorsteher gab zur Antwort: ‚Das soll gern geschehen!' Dann aber blickte er die beiden Jünglinge an, freute sich über sie und ward von heftiger Liebe zu ihnen entzündet. Dieser Vorsteher nämlich ward hingerissen von bezaubernden Blicken, und er ließ sich von der Neigung zu Knaben mehr als von den Mädchen berücken; und so gab er sich der Knabenliebe hin. Jetzt sprach er bei sich: ‚Dies ist ein schönes Wild. Preis sei Ihm, der sie aus verächtlichem Wasser geschaffen und gebildet hat!'[1] Bei alledem stand er, der Vorsteher, vor ihnen, um gleichwie ein Bedienter ihnen aufzuwarten. Dann aber ging er hin und machte den Laden für sie bereit; der befand sich mitten in der großen Kaufhalle, und es gab keinen stattlicheren und geschätzteren Laden im ganzen Basar als gerade diesen, denn er war geräumig und verziert, und in ihm waren Borten aus Elfenbein und Ebenholz. Dann übergab er dem Wesir, der ja wie ein betagter Kaufmann aussah, die Schlüssel mit den Worten: ‚Nimm hin, werter Herr; möge Allah den Laden zu einer gesegneten Stätte für deine beiden Söhne machen!' Nachdem der Wesir die Schlüssel hingenommen hatte, gingen die drei zu dem Chân, indem sie ihre Waren aufgespeichert hatten, und befahlen den Dienern, alles, was sie an Waren und Tuchen bei sich hatten, in jenen Laden zu schaffen. – –«

Da bemerkte Schehrezâd, daß der Morgen begann, und sie hielt in der verstatteten Rede an. Doch als die *Hundertundzwei-*

1. Vgl. Koran, Sure 32, Vers 7.

unddreißigste Nacht anbrach, fuhr sie also fort: »Es ist mir berichtet worden, o glücklicher König, daß der Wesir, nachdem er die Schlüssel des Ladens hingenommen hatte, zusammen mit Tâdsch el-Mulûk und 'Azîz zum Chân ging und daß sie den Dienern befahlen, alles fortzuschaffen, was sie an Waren, Tuchen und Kostbarkeiten bei sich hatten; und das war eine sehr große Menge, die Schätze Goldes wert war. Die Diener führten den Befehl aus. Dann gingen sie selbst zu dem Laden, und nachdem sie die Waren in ihm untergebracht hatten, begaben sie sich zur Nachtruhe. Am andern Morgen aber führte der Wesir die beiden Jünglinge mit sich ins Badehaus. Dort badeten sie, säuberten sich, legten prächtige Gewänder an, die von Wohlgerüchen dufteten, und genossen so alle Annehmlichkeit des Bades. Beide Jünglinge waren von strahlender Lieblichkeit, und im Badehaus schien es, als habe der Dichter ihnen die Worte geweiht:

> *Wohl seinem Badediener, wenn dessen Hand berühret*
> *Den Leib, der wie aus Wasser und Licht geschaffen ward!*
> *Ohn Unterlaß übt er sein Handwerk fein behutsam,*
> *Dann ist's, als gewönne er Moschus vom Leibe wie Kampfer so zart.*

Darauf verließen sie das Badehaus. Der Vorsteher aber hatte sich, als er hörte, sie seien zum Bade gegangen, hingesetzt, um auf sie zu warten. Und siehe, da kamen sie beide, schön wie Gazellen; ihre Wangen röteten sich mild; ihre Augen waren von dunklem Glanze erfüllt, ihr Antlitz war der strahlenden Schönheit Bild. Sie glichen zwei Monden, die im Glanze sich zeigen, oder zwei fruchtbeladenen Zweigen. Sowie er sie erblickte, sprang er auf und sprach: ‚Meine Söhne, möge euer Bad euch immer gut bekommen!' Da sagte Tâdsch el-Mulûk mit lieblicher Stimme: ‚Allah erweise dir Gutes, würdiger Vater, warum bist du nicht mit uns gekommen, um gemein-

sam zu baden?' Dann beugten die beiden sich über die Hand
des Vorstehers, küßten sie und gingen vor ihm her, bis sie zu
dem Laden kamen. Das taten sie aus Höflichkeit und um ihn
zu ehren, da er ja das Oberhaupt der Kaufleute im Basar war
und ihnen zuvor eine Güte erwiesen hatte, als er ihnen den
Laden gab. Nun sah er ihre Hüften sich bewegen, und da begann die Leidenschaft sich in ihm immer stärker zu regen; er
schnaubte und schnaufte und konnte sich kaum noch beherrschen, er wollte sie mit den Augen verschlingen und begann
diese Verse zu singen:

> Das Herz liest das Kapitel alleinigen Besitzes;
> Den Abschnitt über die Teilung mit anderen schlägt es nicht auf.
> Kein Wunder ist's, wenn es ob solcher Last erbebet;
> Bewegen sich doch am Himmel die Sphären in ihrem Lauf!

Und ferner sprach er:

> Mein Aug erblickte zwei, die auf die Erde traten –
> Die beiden liebe ich auch, wenn sie ins Aug mir träten!

Als sie solches von ihm hörten, beschworen sie ihn, mit ihnen
wieder ins Bad zu gehen. Obgleich er seinen Ohren kaum
traute, eilte er doch hin zu dem Badehause, und die beiden
gingen dann mit ihm hinein; der Wesir aber hatte das Bad
noch nicht verlassen. Als der von des Vorstehers Kommen
hörte, ging er hin, begrüßte ihn mitten in der Vorhalle und lud
ihn zum Eintritt ins Bad ein. Wie jener das ablehnte, faßte
Tâdsch el-Mulûk ihn an der einen Hand und 'Azîz an der anderen, und so geleiteten sie ihn in eine besondere Kammer. Jener unreine Alte ließ sich von ihnen führen, und dabei ward
seine Erregung immer stärker. Nun schwor Tâdsch el-Mulûk,
kein anderer als er selbst dürfe den Vorsteher waschen; und
'Azîz schwor, kein anderer als er dürfe das Wasser auf ihn gie-

ßen. Obgleich der Alte gerade dies wünschte, lehnte er es doch ab; da sprach der Wesir zu ihm: ‚Siehe, die beiden sind deine Söhne, laß sie dich waschen und säubern!‘ ‚Gott bewahre sie dir!‘ rief der Vorsteher, ‚bei Allah, Segen und Glück ließen sich in unserer Stadt nieder, als ihr mit den Eurigen kamt!‘ Und dann sprach er diese beiden Verse:

> Du kamst, und es ergrünten bei uns die Hügel,
> Sie zeigten sich dem Beschauer im Blumenkleid.
> Es rief die Erde und alle, die auf ihr wohnen:
> Ein herzlicher Gruß sei dir, dem Gaste, geweiht!

Sie dankten ihm für diese Worte; und Tâdsch el-Mulûk fuhr fort, ihn zu waschen, während ’Azîz das Wasser über ihn goß; er aber glaubte ins Paradies entrückt zu sein. Als sie schließlich ihren Dienst an ihm vollendet hatten, wünschte er ihnen den Segen des Himmels und setzte sich dann neben den Wesir, um mit ihm zu plaudern, während er dabei die Jünglinge ansah. Darauf brachten die Diener ihnen die Tücher; sie rieben sich ab, legten ihre Kleider wieder an und verließen das Bad. Der Wesir aber wandte sich an den Vorsteher mit den Worten: ‚Werter Herr, siehe, das Bad ist doch ein Paradies auf Erden!‘ Jener antwortete darauf: ‚Allah lasse es dir und deinen Söhnen zur Gesundheit gereichen und schütze die beiden vor dem bösen Blick! Habt ihr vielleicht etwas von dem, was die Meister der Sprache zum Lobe des Bades gesagt haben, in Erinnerung?‘ Da sprach Tâdsch el-Mulûk: ‚Ich will dir zwei Verse vortragen‘, und er trug vor:

> Siehe, das Leben im Bade ist wohl das schönste Leben,
> Doch ach, wir weilen darinnen immer nur kurze Zeit –
> Ein Paradies, in dem uns länger zu bleiben verwehrt ist,
> Ein Höllenfeuer, in das wir treten mit Freudigkeit!

Als Tâdsch el-Mulûk seine Verse gesprochen hatte, hub ’Azîz

an: ‚Auch ich weiß zwei Verse zum Lobe des Bades.‘ Da bat
der Vorsteher ihn, sie vorzutragen, und so sprach er:

> Ein Haus, geschmückt mit Blumen auf großen Marmorblöcken,
> Ein schönes Haus – wenn rings die Feuer es umglühn,
> So hältst du es für die Hölle, doch ist’s in Wahrheit der Himmel,
> Daran so viele Sonnen und Monde vorüberziehn.

Die Verse, die ’Azîz sprach, gefielen dem Vorsteher, und indem
er auf die Schönheit der Jünglinge schaute und sich an ihrer
Beredsamkeit erbaute, rief er: ‚Bei Allah, ihr vereinet in euch
Beredsamkeit und Lieblichkeit. Nun hört auch mir zu!‘ Dann
begann er die Melodei und sang diese Verse dabei:

> O Schönheit des Höllenfeuers und Qual des Paradieses –
> Zum Leben erweckt es wieder die Seelen und das Gebein.
> So staune über ein Haus, des Freuden sich immer erneuern,
> Und unter dem doch lohen die Flammen im Feuerschein!
> Ein Leben der Freude für jeden, der seinen Schritt zu ihm lenkt,
> Und doch haben es die Wasser mit ihren Tränen getränkt.

Dann ließ er den Blick seines Auges in den Gärten ihrer Schönheit weiden, und wieder sprach er Verse, und zwar diese beiden:

> Ich ging zu seiner Stätte, und dort erblickte ich Hüter,
> Die sahen mich immerdar mit lächelndem Antlitz an.
> Ich trat in sein Paradies, besuchte sein Höllenfeuer
> Und dankte der Güte des Mâlik, dankte auch dem Ridwân.[1]

Als die anderen dies gehört hatten, waren sie über solche Verse
verwundert. Nun lud der Vorsteher sie in sein Haus, doch sie
lehnten ab und kehrten heim, um sich nach der großen Hitze
des Bades auszuruhen. Nachdem sie das getan hatten, aßen sie
und tranken und verbrachten die Nacht in ihrer Wohnung

1. Mâlik ist der Höllenwächter, Ridwân der Paradieseswächter; das
kalte Bad wird mit dem Paradiese, das warme mit der Hölle verglichen.

vollkommen glücklich und zufrieden. Am andern Morgen aber erhoben sie sich aus dem Schlafe, vollzogen die religiöse Waschung, sprachen die Gebetsformeln und tranken den Morgentrunk. Sobald die Sonne höher am Himmel stand und die Läden und Basare geöffnet wurden, machten sie sich auf, verließen ihre Wohnstatt und begaben sich zum Basar, um den Laden zu eröffnen. Den hatten die Diener bereits aufs schönste eingerichtet: sie hatten Wollteppiche und Seidenteppiche darin ausgebreitet und zwei Diwane aufgestellt, deren jeder hundert Dinare wert war; und auf jeden Diwan hatten sie eine Lederdecke gelegt, die mit goldener Tresse umsäumt war, wie sie sich für Könige ziemte. Mitten in dem Laden war das feinste Hausgerät aufgestellt, dem vornehmen Raume entsprechend. Da setzte Tâdsch el-Mulûk sich auf den einen Diwan, 'Azîz aber auf den anderen, und der Wesir ließ sich in der Mitte des Ladens nieder, während die Diener sich vor ihnen aufstellten. Bald hörte auch das Volk der Stadt überall von ihnen und eilte in Scharen herbei, so daß sie von ihren Waren und ihren Stoffen mancherlei verkauften; denn in der ganzen Stadt verbreitete sich die Kunde von der Schönheit und Anmut des Tâdsch el-Mulûk. Mehrere Tage gingen so dahin, und dabei eilte das Volk jeden Tag in immer größerer Menge herbei. Darauf trat der Wesir an Tâdsch el-Mulûk heran, empfahl ihm, sein Geheimnis zu bewahren, und legte 'Azîz ans Herz, dem Prinzen treu zu dienen; er selbst aber ging in die Wohnung, um mit sich allein zu sein und über einen Plan nachzudenken, der ihnen von Nutzen sein könne. Derweilen begannen die beiden Jünglinge zu plaudern, und Tâdsch el-Mulûk sprach zu 'Azîz: ‚Vielleicht kommt bald jemand von der Herrin Dunja.‘ Doch er wartete Tage und Nächte darauf; das Herz war ihm schwer, Schlaf und Schlummer fand er nimmermehr. Denn die Sehnsucht nahm ihn ganz gefangen, und immer stärker ward sein leidenschaftliches Verlangen, so daß er die Süße des Schlafs nicht mehr kannte, ja Speise und Trank von sich verbannte; dennoch blieb er wie der herrliche Mond, der in der Nacht seiner Fülle am Himmel thront. Während er so dasaß, siehe, da kam einst ein altes Weib auf ihn zu. – –«

Da bemerkte Schehrezâd, daß der Morgen begann, und sie hielt in der verstatteten Rede an. Doch als die *Hundertunddrei-unddreißigste Nacht* anbrach, fuhr sie also fort: »Es ist mir berichtet worden, o glücklicher König, daß der Wesir Dandân vor Dau el-Makân des weiteren erzählte: ,Während Tâdsch el-Mulûk so dasaß, siehe, da kam einst ein altes Weib auf ihn zu und trat an ihn heran. Begleitet von zwei Sklavinnen, war sie geradenwegs dahergekommen, bis sie vor dem Laden des Tâdsch el-Mulûk stillstand. Da erblickte sie seine ebenmäßige Gestalt und seiner Schönheit liebliche Gewalt, und vor lauter Erstaunen über sein herrliches Aussehen näßte sie ihre Hose und rief aus: ,Preis sei Ihm, der dich aus verächtlichem Wasser hervorgebracht[1] und dich zu einer Versuchung für das Auge gemacht!' Dann schaute sie ihn lange an und sprach: ,Das ist kein sterbliches Wesen, nein, das ist ein überirdischer Engel!' Darauf trat sie näher zu ihm und grüßte ihn; er aber gab ihr den Gruß zurück, indem er sich erhob und sie anschaute mit lächelndem Blick, wie ihm 'Azîz durch einen Wink geraten hatte. Und alsbald ließ er sie zu seiner Seite sitzen und begann ihr mit einem Fächer Kühlung zuzufächeln, bis sie sich erfrischt und ausgeruht hatte. Da sprach die Alte, zu Tâdsch el-Mulûk gewendet: ,Mein Sohn, der du so vollkommen bist an Gestalt und an Geist, bist du aus diesem Lande?' Mit Worten von gewählter Reinheit und mit einer Stimme von süßer Feinheit erwiderte

1. Koran, Sure 32, Vers 7.

er: ,Bei Allah, edle Herrin, noch nie in meinem Leben betrat mein Fuß diese Landstriche vor dieser Zeit; auch habe ich hier nur haltgemacht, auf daß ich mich umschaue.' Da sprach sie: ,Glückauf zu deiner Ankunft in einem Lande des Segens! Was hast du denn an Stoffen bei dir? Zeige mir etwas Schönes; der Schöne bringt nur das Schöne!' Als Tâdsch el-Mulûk ihre Worte vernahm, pochte sein Herz, aber er verstand den Sinn ihrer Rede nicht. Doch als 'Azîz ihm ein Zeichen zuwinkte, sprach er: ,Ich habe bei mir alles, was du nur wünschest; ja, ich habe Sachen, die nur Königen und Prinzessinnen zukommen. So tu mir kund, für wen und was du kaufen willst, auf daß ich dir jedes Stück vorlege, das dem, für den es bestimmt ist, zukommt!' Das sagte er, um den Sinn ihrer Worte zu verstehen. Darauf antwortete sie: ,Ich wünsche einen Stoff, wie er sich für die Herrin Dunja, die Tochter des Königs Schehrimân, geziemt.' Wie aber Tâdsch el-Mulûk den Namen des Mädchens hörte, das er liebte, war er hocherfreut und sprach zu 'Azîz: ,Bring mir den Ballen dort her!' Da brachte 'Azîz ihn her und öffnete ihn vor dem Prinzen; der sagte nun zu der Alten: ,Wähle aus, was ihr geziemt! Sieh, dies ist etwas, das sich nur bei mir findet.' Nun wählte sie etwas aus, das tausend Dinare wert war, und fragte nach dem Preise. Dabei plauderte sie mit ihm und rieb sich zwischen den Schenkeln mit der flachen Hand. Tâdsch el-Mulûk aber rief: ,Soll ich mit deinesgleichen um diesen geringen Preis feilschen? Allah sei gepriesen, daß er mich mit dir bekannt gemacht hat!' ,Allahs Name behüte dich!' antwortete die Alte, ,dein schönes Antlitz stelle ich in den Schutz des Herrn der Morgenröte![1] Ach, das Antlitz ist so fein und die Stimme so rein! Glücklich die, die an deinem Busen ruhen und deine schlanke Gestalt umschlingen und sich

[1]. Koran, Sure 113, Vers 1.

deiner Jugend erfreuen darf, zumal wenn sie ebenso schön und lieblich ist wie du!' Da lachte Tâdsch el-Mulûk, bis er fast auf den Rücken fiel, und sprach bei sich: ‚O Herr, du lässest die Wünsche gewinnen durch die alten Kupplerinnen; sie sind der Wünsche Erfüllerinnen!' Als sie dann fragte: ‚Mein Sohn, wie heißt du?' erwiderte er: ‚Ich heiße Tâdsch el-Mulûk.'[1] Die Alte sprach: ‚Das ist wahrlich ein Name für Könige und die Söhne von Königen! Aber du bist gekleidet wie ein Kaufmann!' Da fiel 'Azîz ein: ‚Weil seine Eltern und Verwandten ihn lieb hatten und ihn so sehr wertschätzten, haben sie ihn so genannt.' Mit den Worten: ‚Du hast recht. Möge Allah euch vor dem bösen Blick behüten und vor der Gefahr von Feinden, die voll Neid auf euch sehen, wenn auch die Herzen vor euren Reizen vergehen!' nahm sie den Stoff und ging fort, immer noch voll Bewunderung ob seiner Schönheit und Lieblichkeit und seines Wuchses Ebenmäßigkeit.

Eilends schritt sie dahin, bis sie bei der Herrin Dunja eintrat; und sie sprach zu ihr: ‚Hohe Herrin, ich bringe dir einen schönen Stoff.' ‚Zeige ihn mir!' gebot die Prinzessin. Die Alte sprach: ‚Hohe Herrin, hier ist er! Wende ihn nur um, mein Augapfel, und sieh ihn dir an!' Als dann die Herrin Dunja ihn sah, erstaunte sie und rief: ‚Liebes Mütterchen, das ist ja wirklich ein schöner Stoff! Den habe ich noch nie in unserer Stadt gesehen.' Die Alte aber fuhr fort: ‚Liebe Herrin, sein Verkäufer ist noch schöner als er. Man könnte glauben, Ridwân hätte die Tore des Paradieses geöffnet und hätte nicht mehr daran gedacht, und dann wäre ein Jüngling daraus entwichen, eben der, der diesen Stoff verkauft. Ach, ich wünschte, er könnte noch in dieser Nacht bei dir ruhen und an deiner Brust liegen. Denn er, der mit kostbaren Stoffen in deine Stadt gekommen

1. Die Krone der Könige.

ist, um sich dort umzusehen, er ist eine Versuchung für jedes Auge!' Die Herrin Dunja aber lächelte über die Worte der Alten und sprach: ,Allah strafe dich, du Unglücksalte! Du redest töricht und hast keinen Verstand mehr.' Doch dann fügte sie hinzu: ,Bring mir den Stoff wieder, damit ich ihn genau ansehe!' Als die Alte ihn ihr gereicht hatte und die Prinzessin ihn wiederum betrachtete und sah, daß es zwar ein kleines Stück, aber von sehr hohem Werte war, da hatte sie großes Gefallen an ihm; denn sie hatte nie in ihrem Leben etwas Ähnliches gesehen. Und wieder rief sie aus: ,Bei Allah, wahrlich, das ist ein schöner Stoff!' Doch die Alte hub wieder an: ,Liebe Herrin, bei Allah, wenn du den sähest, von dem er stammt, du würdest erkennen, daß er der schönste Jüngling ist, den es auf Erden gibt.' Nun fragte die Herrin Dunja: ,Hast du ihn vielleicht gefragt, ob er irgendeinen Wunsch hat, den er uns wissen lassen könnte, damit wir ihm den erfüllen?' Da sprach die Alte und schüttelte den Kopf: ,Gott erhalte dir deinen Scharfsinn! Bei Allah, er hat einen Wunsch. Mögest du deine Klugheit immer behalten! Ist denn irgend jemand frei und ledig von Wünschen?' ,So geh hin zu ihm,' erwiderte die Prinzessin, ,grüße ihn und sage ihm, er habe durch sein Kommen unser Land und unsere Hauptstadt geehrt, und wenn er irgendwelche Wünsche habe, so wollten wir sie ihm gern erfüllen!' Alsbald kehrte die Alte zu Tâdsch el-Mulûk zurück. Doch wie er sie erblickte, ward er vòr lauter Freude fast wie von Sinnen; er sprang auf vor ihr, ergriff ihre Hand und bat sie, sich an seine Seite zu setzen. Als sie sich dann gesetzt und ausgeruht hatte, berichtete sie ihm, was die Herrin Dunja ihr gesagt hatte. Und nachdem er das vernommen hatte, war er hocherfreut, und die Brust ward ihm froh und weit; Glückseligkeit erfüllte sein Herz, und er sprach bei sich: ,Jetzt ist mein Wunsch in Erfüllung gegangen!' Dann sagte er zu der Alten: ‚Vielleicht bist du so gütig, eine Botschaft von mir für sie in Empfang zu nehmen und mir ihre Antwort zu überbringen?' ‚Ich höre und gehorche!' entgegnete sie. Sofort rief er dem 'Azîz zu: ‚Bringe Tintenkapsel und Schreibpapier und ein Schreibrohr aus Messing her zu mir!' Als der ihm diese Dinge gebracht hatte, nahm Tâdsch el-Mulûk das Schreibrohr in die Hand und schrieb diese Verse:

> *Ich schreibe einen Brief für dich, o Ziel meiner Hoffnung,*
> *Mit all dem Trennungsschmerze, der sich mir geweiht.*
> *Die erste Zeile erzählt vom Feuer in meinem Herzen,*
> *Die zweite von meiner Liebe und sehnsuchtsvollem Leid.*
> *Die dritte besagt: Mein Leben und meine Geduld ist geschwunden.*
> *Die vierte: All die Qual der Leidenschaft bleibt bestehn.*
> *Die fünfte: Wann wird mein Auge jemals dich erblicken?*
> *Die sechste: Wann ist der Tag, da wir vereint uns sehn?*

Dann schrieb er als Unterschrift: Dieser Brief kommt von dem Gefangenen der sehnsüchtigen Leidenschaft,* der da gebunden ist in der Neigung Haft,* daraus es für ihn keine Befreiung gibt,* es sei denn die Vereinigung mit ihr, die er liebt, * nachdem er so lang in der Ferne Entsagung geübt; * denn durch das Fernsein der Geliebten erträgt er zumal,* die allerbitterste Liebesqual.*
Da ward sein Auge von Tränen benetzt, und diese beiden Verse schrieb er noch zuletzt:

> *Ich schrieb dir diese Zeilen, während die Tränen rannen:*
> *Ja, unaufhörlich strömten aus dem Auge die Zähren.*
> *Doch ich verzweifle nicht an meines Gottes Güte;*
> *Ich hoffe, ein Tag wird einst die Vereinigung gewähren.*

Darauf faltete er den Brief, versiegelte ihn und übergab ihn der Alten mit den Worten: ‚Bring ihn der Herrin Dunja!' Sie sagte nur: ‚Ich höre und gehorche!' Dann gab er ihr tausend Dinare und sagte: ‚Liebe Mutter, nimm dies als ein Geschenk

von mir und als Zeichen der Zuneigung an!' Sie nahm beides
hin, flehte Gottes Segen auf ihn herab und wandte sich zum
Gehen. Ohne Aufenthalt schritt sie dahin, bis sie bei der Herrin
Dunja eintrat. Als die sie erblickte, fragte sie: ‚Nun, Mütterchen, was für Wünsche hat er, daß wir sie ihm erfüllen?' ‚Hohe
Herrin,' antwortete sie, ‚schau, er sendet diesen Brief durch
mich, und ich weiß nicht, was darin steht.' Darauf reichte sie
der Prinzessin das Schreiben; die nahm es entgegen, aber als sie
es gelesen und seinen Sinn verstanden hatte, rief sie aus: ‚Woher kommt es und wohin führt es, daß dieser Kaufmann mir
Briefe durch Boten sendet?' Und dann schlug sie sich ins Angesicht und rief: ‚Woher bin ich denn, daß ich zum Volke hinabsteigen und mich mit ihm vereinen sollte? Wehe, wehe!'
Und weiter sprach sie: ‚Bei Allah, wenn ich mich nicht vor
dem Allmächtigen fürchtete, ich würde ihn totschlagen und an
seinem Laden kreuzigen lassen!' Da fragte die Alte: ‚Was steht
denn in diesem Briefe, daß er dein Herz so erregt und deinen
Sinn so verstört hat? Enthält er etwa eine Klage über Bedrük-
kung oder die Forderung des Preises für den Stoff?' ‚Wehe dir!'
entgegnete die Prinzessin, ‚dergleichen steht nicht darin, nein,
nur Gerede von Liebe und Zuneigung. Das alles kommt nur
von dir her. Woher sollte dieser Teufel mich denn sonst kennen?' Darauf erwiderte die Alte: ‚Hohe Herrin, du bist in deinem hochragenden Schlosse: niemand kann zu dir eindringen,
nicht einmal die Vögel der Luft! Gott bewahre dich und deine
Jugend vor Schimpf und Tadel! Was geht das Bellen der Hunde
dich an, da du doch eine Fürstin, die Tochter eines Fürsten
bist? Sei mir drum nicht böse, wenn ich dir diesen Brief überbracht habe, ohne zu wissen, was darin steht! Dennoch möchte
ich der Ansicht sein, du könntest ihm eine Antwort senden, in
der du ihm mit dem Tode drohst und ihm dies törichte Ge-

schwätz verbietest; dann wird er doch sicher ein Einsehen haben und dergleichen nicht wieder tun!' Aber die Herrin Dunja
sprach: ‚Wenn ich ihm schreibe, so muß ich befürchten, daß
er noch heftiger nach mir verlangt.' Dagegen sagte die Alte:
‚Sieh, wenn er erfährt, daß ihm mit Strafe gedroht wird, so
wird er von seinem Gebaren ablassen.' Da rief sie: ‚Bringt
Tintenkapsel und Papier und das Schreibrohr aus Messing her
zu mir!' Und als man ihr diese Dinge gebracht hatte, schrieb
sie diese Verse:

Der du die Liebe begehrst und die Qual der wachen Nächte
Und alle die Leidenschaft, die in Gedanken verzehrt,
Erstrebst du, dich zu vereinen, Vermessener, mit dem Monde –
Ja, wird denn je einem Menschen sein Wunsch vom Monde gewährt?
Wohlan, ich rate dir ab von dem, was du dir wünschest,
Laß ab davon; denn siehe, es birgt für dich Gefahr!
Doch kommst du noch einmal mit solchen Worten, so wisse,
Dir naht von mir eine Strafe voll schweren Leides, fürwahr!
Bei Ihm, der aus geronnenem Blute den Menschen erschaffen,
Der Licht von Sonne und Mond erstrahlen ließ zu ihrer Frist –
Wenn du noch einmal kommst mit dem, was du gesagt hast,
So will ich dich kreuzigen lassen am hölzernen Gerüst!

Dann faltete sie den Brief und übergab ihn der Alten mit den
Worten: ‚Gib ihm dies und sage ihm, er solle aufhören mit
solchem Gerede!' ,Ich höre und gehorche!' antwortete die Alte,
nahm den Brief erfreut entgegen und ging zu ihrer Wohnung;
so verbrachte sie die Nacht in ihrem Hause. Am andern Morgen aber begab sie sich zu dem Laden des Tâdsch el-Mulûk,
der, wie sie sah, schon auf sie wartete. Sobald er sie erblickte,
ward er fast wie von Sinnen vor Freude; doch als sie an ihn
herantrat, sprang er auf vor ihr und bat sie, an seiner Seite
Platz zu nehmen. Nun holte sie das Schreiben hervor und
reichte es ihm mit den Worten: ,Lies, was darin steht!' Dann

fügte sie hinzu: ‚Wisse, die Herrin Dunja ward zornig, als sie deinen Brief las. Aber ich habe sie besänftigt und mit ihr gescherzt, bis ich sie zum Lächeln brachte und bis sie Mitleid mit dir hatte und dir die Antwort schickte!‘ Tâdsch el-Mulûk dankte ihr dafür und befahl dem ’Azîz, ihr tausend Dinare zu geben. Doch wie er dann den Brief gelesen und verstanden hatte, weinte er heftig. Da hatte die Alte herzliches Mitleid mit ihm, und es ward ihr schwer, ihn weinen und klagen zu hören. So sprach sie denn zu ihm: ‚Mein Sohn, was steht denn in diesem Schreiben, daß du so weinen mußt?‘ ‚Ach,‘ erwiderte er, ‚sie droht mir mit dem Tode am Kreuze und verbietet mir, ihr Botschaften zu senden. Aber wenn ich ihr keine Botschaft senden darf, so ist der Tod mir lieber als das Leben. Nimm doch noch die Antwort auf ihr Schreiben mit dir, und dann laß sie tun, was sie will!‘ Da rief die Alte: ‚Bei deiner Jugend, ich kann nicht anders, ich muß mein Leben für dich wagen; ich muß dich zu deinem Ziele gelangen lassen und dir zu dem verhelfen, was dir am Herzen liegt!‘ ‚Was du auch tust,‘ sprach Tâdsch el-Mulûk darauf, ‚ich will es dir vergelten. Mögest du es durch sorgsames Abwägen finden; denn du verstehst es, die Dinge zu fügen, und du kennst die Bücher der Intrigen. Alles was man schwer erreicht, ist für dich leicht, und Allah ist mächtig über alle Dinge!‘ Dann nahm er ein Blatt und schrieb darauf diese Verse:

> *Sie hat mir mit dem Tode gedroht – o wehe mein Elend!*
> *Doch mir ist Sterben Erlösung; der Tod ist vom Schicksal bestimmt.*
> *Der Tod ist für den Liebenden schöner als langes Leben,*
> *Wenn es ihm Unheil bringt und ihm alle Hoffnung nimmt.*
> *Bei Allah, so kommet doch zum Freunde, der hilflos ist!*
> *Ich bin ja Euer Knecht – und Knechte liegen in Banden.*
> *O Herrin, habt Mitleid mit mir in meiner Liebe zu Euch!*
> *Denn wer die Edelen liebt, der wird doch nicht zuschanden.*

Dann seufzte er in tiefer Betrübnis und weinte, bis auch die Alte zu weinen begann. Darauf nahm sie das Blatt von ihm in Empfang und sprach: ‚Hab Zuversicht und quäl dich nicht! Ich werde dich sicherlich zu deinem Ziele gelangen lassen.‘ – –«

Da bemerkte Schehrezâd, daß der Morgen begann, und sie hielt in der verstatteten Rede an. Doch als die *Hundertundvierunddreißigste Nacht* anbrach, fuhr sie also fort: »Es ist mir berichtet worden, o glücklicher König, daß die Alte, als Tâdsch el-Mulûk weinte, zu ihm sprach: ‚Hab Zuversicht und quäl dich nicht! Ich werde dich sicherlich zu deinem Ziele gelangen lassen.‘ Dann machte sie sich auf und ließ ihn wie auf feurigen Kohlen zurück. Sie begab sich zur Herrin Dunja, und da sah sie, wie deren Antlitz immer noch von Zorn über das Schreiben des Tâdsch el-Mulûk verfärbt war. Dennoch reichte sie ihr den neuen Brief. Aber da ward die Prinzessin noch zorniger, und sie fuhr die Alte an: ‚Hab ich dir nicht gesagt, daß er noch heftiger nach mir verlangen würde?‘ Und als die Alte fragte: ‚Was ist denn das für ein Hund, daß er nach dir verlangen sollte?‘ erwiderte die Herrin Dunja: ‚Geh hin zu ihm und sage ihm: Wenn du ihr noch eine Botschaft zu senden wagst, so schlägt sie dir den Kopf ab!‘ Darauf bat die Alte: ‚Schreib mir diese Worte in einem Briefe auf! Den will ich dann mit mir nehmen, damit seine Furcht noch größer wird.‘ Die Prinzessin nahm ein Blatt und schrieb darauf diese Verse:

O der du um die Schläge des Schicksals dich nicht kümmerst,
Dir ist der Weg, der zur Vereinigung führet, versagt!
Ja, glaubst du denn, Vermeßner, du könnest Suhâ[1] *gewinnen,*
Und kannst den Mond nicht erreichen, der hell am Himmel ragt?

1. Der kleine Stern fünfter Größe, bei dem mittleren Sterne im Schwanze des Großen Bären, den nur Leute mit guten Augen erkennen können.

Wie kannst du nur auf mich hoffen und denken, dich mir zu nahen,
Auf daß die Freude den schlanken Leib zu umfangen dir blüht?
Laß ab von diesem Plan aus Furcht vor meinem Zorne
An einem finsteren Tage, der graue Scheitel zieht!

Dann faltete sie den Brief und reichte ihn der Alten. Die nahm
ihn hin und ging damit zu Tâdsch el-Mulûk. Als er sie sah,
stand er auf und rief: ‚Allah lasse mich nie den Segen deines
Kommens entbehren!' Die Alte erwiderte: ‚Da, nimm die Antwort auf deinen Brief!' Er nahm das Blatt, doch als er es gelesen hatte, begann er heftig zu weinen und rief: ‚Ach, jetzt
sehne ich mich nach jemandem, der mir den Tod gibt, auf daß
ich Ruhe finde. Denn Sterben ist mir leichter als dies
Ungemach, das ich jetzt erdulde!' Darauf nahm er Tintenkapsel, Schreibfeder und Papier und schrieb einen Brief, dem
er diese beiden Verse anvertraute:

O du meine Sehnsucht, laß ab, dich grausam zu versagen,
Komm zu dem Liebenden doch, der in der Liebe ertrinkt!
Glaub nicht, ich könne dies Leben voll grausen Leides ertragen;
Siehe, wie fern der Geliebten mein Geist dem Leibe entsinkt!

Darauf faltete er den Brief und gab ihn der Alten mit den
Worten: ‚Sei mir nicht böse, daß ich dir nutzlose Mühe gemacht habe!' Dem ’Azîz aber befahl er, ihr tausend Dinare aus-
zuzahlen. Dann fuhr er fort: ‚Liebe Mutter, jetzt ist nichts anderes mehr möglich; auf diesen Brief folgt entweder der Vereinigung Seligkeit oder der ewigen Trennung Leid.' Doch die
Alte sagte: ‚Lieber Sohn, bei Allah, ich wünsche dir nur Gutes;
ja, es ist mein Ziel, dich mit ihr zu vereinen. Denn du bist wie
der Mond an strahlendem Lichte so reich, und sie ist der aufgehenden Sonne gleich. Wenn ich euch beide nicht zusammenführe, so ist auch mein Leben nichts nütze. Ich habe doch mein
Leben in List und Trug verbracht, bis ich neunzig Jahre alt ge-

worden bin; wie sollte ich da nicht zwei vereinen können, auch wenn es eine Sünde ist?' Dann nahm sie Abschied von ihm, indem sie seinem Herzen Mut zusprach, und wandte sich zum Gehen. Geradenwegs schritt sie dahin, bis sie bei der Herrin Dunja eintrat; den Brief aber hatte sie in ihrem Haare versteckt. Als sie nun bei der Prinzessin saß, kratzte sie sich auf dem Kopfe und sprach: ‚Hohe Herrin, vielleicht bist du so gütig, mir das Haar zu lausen; denn ich bin seit langer Zeit nicht im Bade gewesen.' Da entblößte die Herrin Dunja ihre Arme bis über die Ellenbogen, löste das Haar der Alten und begann ihr die Strähnen zu lausen, bis plötzlich das Blatt von ihrem Kopfe herabfiel. Als die Prinzessin das sah, fragte sie: ‚Was ist das für ein Blatt?' Und die Alte erwiderte: ‚Es ist mir so, als ob es an mir hängen blieb, wie ich beim Laden des Kaufmannes saß. Gib es mir her, damit ich es ihm wieder zustelle! Vielleicht steht eine Abrechnung darauf, die er nötig braucht.' Aber die Herrin Dunja öffnete es, las es und verstand, was es bedeutete; da rief sie: ‚Dies ist wieder eine von deinen Listen! Wenn du mich nicht aufgezogen hättest, so würde ich dich jetzt, in diesem Augenblicke, unbarmherzig schlagen. Allah hat mich wirklich mit diesem Kaufmann heimgesucht; und an allem, was mir von ihm widerfahren ist, bist du allein schuld! Ich weiß nicht einmal, aus welchem Lande er zu uns gekommen ist. Kein einziger anderer Mann als er würde es auch wagen, so kühn gegen mich zu werden. Nun muß ich doch auch fürchten, daß meine Sache ruchbar wird, und noch dazu mit einem Manne, der nicht zu meinem Volke gehört und nicht meinesgleichen ist.' Da trat die Alte zu ihr heran und sprach: ‚Kein Mensch würde es wagen, davon zu reden, aus Furcht vor deinem Zorn und aus Ehrfurcht vor deinem Vater. Es liegt doch nichts Böses darin, wenn du ihm antwortest!' ‚Mütterchen', erwiderte die Prinzessin, ,dies ist ein Satan! Wie kann er es wagen, solche Worte zu führen, ohne vor des Sultans Zorn Furcht zu spüren? Jetzt weiß ich schon nicht mehr, was ich mit ihm machen soll: gebe ich Befehl, ihn zu töten, so wäre das nicht recht; lasse ich ihn aber ungehindert, so wird er nur noch kühner.' Nun riet die Alte ihr: ,Schreib ihm doch einen Brief; vielleicht läßt er sich dadurch einschüchtern!' So verlangte die Prinzessin denn nach Papier, Tintenkapsel und Schreibfeder und schrieb ihm diese Verse:

> *Trotz allem Schelten verführt dich das Übermaß der Torheit.*
> *Wie oft verbot ich es dir durch Verse von eigener Hand!*
> *Doch dem Verbot zu Trotz wird dein Verlangen noch stärker.*
> *Und jetzt befehle ich: Mache Verborgenes nicht bekannt.*
> *Verbirg du deine Liebe, laß nie von ihr verlauten!*
> *Sprichst du ein Wort davon, so schone ich dich nicht mehr.*
> *Wenn du mir solche Briefe jetzt nur noch einmal sendest,*
> *Naht dir der Trennungsrabe und krächzet ,Tod' vor dir her.*
> *Dann wird alsbald der Tod dich plötzlich überfallen,*
> *Und deine Heimstatt wird das Grab in der Erde dort.*
> *Dann lässest du die Deinen, Vermessener, in Trauer*
> *Um deinen Tod, und sie beklagen dich immerfort.*

Darauf faltete sie das Blatt und übergab es der Alten. Die nahm es hin, begab sich zu Tâdsch el-Mulûk und händigte es ihm aus. Wie er es las, erkannte er, daß die Prinzessin harten Herzens war und daß er nie zu ihr gelangen würde. So klagte er dem Wesir sein Leid und bat ihn um den Rat seiner Erfahrenheit. ,Wisse,' sprach der Wesir zu ihm, ,bei ihr kann jetzt nichts mehr fruchten, als daß du ihr einen Brief schreibst, in dem du sie verfluchest.' Da rief der Prinz:,'Azîz, mein lieber Bruder, schreib du ihr in meinem Namen, so gut du es verstehst!' So nahm 'Azîz ein Blatt und schrieb darauf diese Verse:

Herr, rette mich, ich flehe dich an bei den fünf Planeten![1]
Und ihr, durch die ich leide – mein Elend sende ihr!
Du weißt es ja, daß ich in feuriger Liebe vergehe:
Und doch, mein Lieb ist hart, hat kein Erbarmen mit mir.
Wie lange soll ich sie in meinem Schmerz noch schonen?
Wie lange soll sie mich Schwachen noch quälen mit Tyrannei?
Ich werde ja gepeinigt von Qualen ohne Ende,
Und finde keinen Helfer; o Herr, wer stände mir bei?
Wie sehnlich wünsche ich meine Liebe zu ihr zu vergessen!
Und doch, wie kann ich vergessen? Mir fehlt die Kraft im Leid.
Doch du, die du mir das Glück der Liebesnähe versagest,
Bist du denn gegen Unglück und Schicksalsschläge gefeit?
Lebst du nicht noch in Freuden? Ich aber bin verbannt
Um deinetwillen und ferne von Volk und Heimatland.

Darauf faltete 'Azîz den Brief und reichte ihn dem Tâdsch el-
Mulûk. Der las ihn und hatte Gefallen daran, und dann reichte
er ihn der Alten. Da nahm die Alte ihn hin, begab sich mit ihm
zu der Herrin Dunja und überreichte ihn ihr. Doch als die ihn
gelesen und seinen Inhalt verstanden hatte, da ward sie sehr
zornig und rief: ‚An allem, was mir widerfährt, ist diese Unglücksalte schuld!' Dann rief sie nach den Sklavinnen und den
Eunuchen und gebot: ‚Packt diese verfluchte Alte, die Ränkespinnerin, und schlagt mit euren Sandalen auf sie ein!' Da fielen
die über sie her und schlugen sie mit den Sandalen, bis sie in
Ohnmacht sank. Als sie dann wieder zu sich kam, sprach die
Prinzessin zu ihr: ‚Bei Allah, du Unheilsvettel, fürchtete ich
nicht den Erhabenen, so hätte ich dich totschlagen lassen!' Und
wiederum rief sie: ‚Schlagt sie von neuem!' Da schlugen sie
sie, bis sie wieder in Ohnmacht sank. Dann befahl sie ihnen, sie
zu schleifen und vor die Tür zu werfen. Nun schleiften sie die
Alte auf dem Gesicht dahin und warfen sie vor die Tür.

1. Merkur, Venus, Mars, Jupiter, Saturn.

Als sie sich erholt hatte, erhob sie sich und wankte dahin; doch sie mußte sich beim Gehen immer wieder hinsetzen. Endlich kam sie in ihre Wohnung, und dort blieb sie bis zum Morgen. Dann machte sie sich auf und ging zu Tâdsch el-Mulûk, dem sie alles berichtete, was ihr widerfahren war. Darüber war er sehr betrübt, und so sprach er zu ihr: ,Liebe Mutter, was dir widerfahren ist, lastet schwer auf mir. Doch alles ist durch das Schicksal vorherbestimmt.' Sie erwiderte darauf: ,Hab Zuversicht und quäl dich nicht! Ich werde nicht ruhen, bis ich dich mit ihr vereint habe, bis ich dich mit dieser Metze, die mich durch Schläge gepeinigt hat, verkuppelt habe.' Nun fragte Tâdsch el-Mulûk sie: ,Sage mir doch, was ist der Grund ihres Hasses gegen die Männer!' Als sie antwortete: ,Sie hat einen Traum gesehen, der dies verursacht hat', fragte er weiter: ,Was war denn das für ein Traum?' Da erzählte sie ihm: ,Eines Nachts sah sie im Traum einen Vogelsteller, der ein Netz auf der Erde ausspannte und ringsherum Weizenkörner streute. Dann setzte er sich in der Nähe hin; und alle die Vögel dort gingen in das Netz. Unter anderem sah sie ein Taubenpaar, ein Männchen und ein Weibchen. Während nun das Weibchen das Netz anschaute, verfing sich der Fuß des Männchens darin, und es begann zu zappeln. Da erschraken alle die anderen Vögel und flogen davon. Das Weibchen aber flatterte über dem Männchen hin und her, flog dann herunter zu dem Netz, während der Vogelsteller nicht aufpaßte, pickte nach der Masche, in die der Fuß des Männchens gefangen war, und begann mit seinem Schnabel daran zu zupfen, bis es den Fuß aus dem Netze befreit hatte. Dann flogen beide davon. Bald darauf kam der Vogelsteller, besserte das Netz aus und setzte sich weit davon nieder. Nach einer Weile kamen die Vögel wieder, und diesmal blieb das Netz am Weibchen hängen. Da flogen alle Vögel erschrokken von dannen, mit ihnen auch der Täuber; der aber kehrte nicht wieder zu seinem Weibchen zurück. Nun kam der Vogelsteller, nahm die Taube und schlachtete sie. Da wachte die Prinzessin erschrocken aus ihrem Traume auf und sprach: ‚Ein jeder Mann ist wie dieser Täuber; an ihm ist nichts Gutes, und an allen Männern ist nichts Gutes für die Frauen!'

Wie die Alte ihre Erzählung beendet hatte, sprach Tâdsch el-Mulûk zu ihr: ‚Liebe Mutter, ich möchte sie nur ein einziges Mal sehen, und wenn das auch meinen Tod bedeutet. Bitte, ersinne mir eine List, daß ich sie schauen kann!' ‚Wisse,' erwiderte sie, ‚sie hat einen Garten unterhalb ihres Schlosses; der dient ihr zur Zerstreuung. Dorthin geht sie einmal in jedem Monat durch eine geheime Pforte. Jetzt gerade nach zehn Tagen ist die Zeit, daß sie sich wieder dort ergeht. Wenn sie also hingehen will, dann komme ich zu dir und tue es dir kund, damit auch du dorthin gehen und ihr begegnen kannst. Hüte dich aber, den Garten rasch wieder zu verlassen! Denn wenn sie deine Schönheit und Anmut erblickt, so wird ihr Herz vielleicht von der Liebe zu dir ergriffen. Ist doch die Liebe das stärkste Mittel der Vereinigung.' ‚Ich höre und gehorche!' antwortete der Prinz. Dann verließ er den Laden zusammen mit 'Azîz; und sie beide nahmen die Alte mit sich zu ihrer Wohnung und zeigten sie ihr. Darauf sprach Tâdsch el-Mulûk zu 'Azîz: ‚Lieber Bruder, ich habe den Laden nicht mehr nötig; ich habe meinen Zweck mit ihm erreicht. Darum schenke ich ihn dir mit allem, was darin ist; denn du bist mit mir in die Fremde gezogen und hast dich von deiner Heimat getrennt.' 'Azîz nahm dies Geschenk von ihm an, und dann saßen die beiden im Gespräche beisammen. Der Prinz fragte seinen Freund nach seinen Abenteuern und Erlebnissen, und der erzählte ihm, was ihm alles begegnet war. Darauf gingen die beiden zum

Wesir, berichteten ihm, was Tâdsch el-Mulûk beschlossen hatte, und fragten ihn, wie sie es ausführen sollten. Er antwortete nur: ‚Auf, laßt uns zu dem Garten gehen!‘ Da zog nun ein jeder von ihnen seine prächtigsten Kleider an, und sie gingen fort, begleitet von drei weißen Sklaven. Sie begaben sich zu dem Garten, und sahen dort viele Bäume sprießen und zahlreiche Bäche fließen. Den Gärtner aber fanden sie am Tore sitzen. Als sie ihn grüßten, erwiderte er ihren Gruß. Dann reichte der Wesir ihm hundert Dinare mit den Worten: ‚Nimm, bitte, dies Geld und hole uns dafür etwas zu essen! Wir sind nämlich Fremdlinge, und ich möchte diesen beiden Jünglingen, die bei mir sind, die Sehenswürdigkeiten zeigen.‘ Der Gärtner nahm die Goldstücke und sprach zu ihnen: ‚Tretet in den Garten ein und sehet euch um; er ist ganz der eure. Setzt euch auch, bis ich euch zu essen bringe!‘ Während er zum Basar ging, traten der Wesir, Tâdsch el-Mulûk und ’Azîz in den Garten ein, in der Abwesenheit des Wächters. Nach einer Weile aber kam er zurück und brachte ein geröstetes Lamm und schneeweißes Brot. Das setzte er vor sie hin, und sie aßen und tranken. Danach brachte er ihnen Süßigkeiten; auch davon aßen sie, und dann wuschen sie sich die Hände. Nun saßen sie plaudernd beisammen, und da sprach der Wesir: ‚Erzähle uns von diesem Garten! Gehört er dir oder hast du ihn gepachtet?‘ Der Alte gab zur Antwort: ‚Er gehört nicht mir, sondern der Tochter des Königs, der Herrin Dunja.‘ Weiter fragte der Wesir: ‚Wieviel Lohn erhältst du im Monat?‘ ‚Einen einzigen Dinar, sonst nichts‘, war die Antwort des Alten. Dann schaute der Wesir den Garten genauer an und entdeckte darin ein hohes Bauwerk, das aber schon alt war. Darauf sagte er: ‚Alterchen, ich möchte hier etwas Gutes tun, das dich an mich erinnern soll.‘ Der andere fragte: ‚Hoher Herr, was für ein gutes Werk willst du denn tun?' ‚Nimm diese dreihundert Dinare!' antwortete der Wesir. Als aber der Gärtner von Gold reden hörte, rief er: ‚Hoher Herr, tu, was du nur willst!' Nun gab jener ihm die Dinare mit den Worten: ‚So Allah der Erhabene will, werden wir an dieser Stätte ein gutes Werk tun!' Dann verließen sie den Alten, begaben sich in ihre Wohnung und brachten dort die Nacht zu. Am nächsten Morgen berief der Wesir einen Anstreicher, einen Maler und einen geschickten Goldschmied zu sich und ließ für sie alle Werkzeuge, die sie nötig hatten, herbeischaffen. Dann ging er mit ihnen in den Garten und befahl ihnen, das Gebäude weiß anzustreichen und mit allerlei Malereien zu schmücken. Ferner ließ er Gold- und Lazurfarbe zubereiten und sprach zu dem Maler: ‚Male auf der Wand im Hintergrunde der Halle die Gestalt eines menschlichen Wesens, eines Vogelstellers, wie er sein Netz ausgebreitet hat, in das schon die Vögel hineingeflogen sind, und dann eine Taube, die sich mit ihrem Schnabel in den Maschen gefangen hat!' Als der Maler auf der einen Seite ein solches Bild fertiggemalt hatte, sprach der Wesir zu ihm: ‚Male auf der anderen Seite ein ähnliches Bild, doch stelle die Taube allein im Netze dar, den Vogelsteller aber, wie er die Taube packt und ihr das Messer an den Hals legt. Und schließlich male auf der dritten Seite einen großen Raubvogel, der den Täuber erjagt hat und seine Krallen in ihn schlägt!' Als dieser Befehl ausgeführt war und die Männer mit den Aufträgen, die der Wesir ihnen gegeben hatte, fertig waren, und als dieser ihnen dann ihren Lohn gegeben hatte, gingen sie davon. Auch der Wesir mit seinen Gefährten wandte sich zum Gehen und nahm Abschied von dem Gärtner; sie begaben sich in ihre Wohnung und setzten sich dort zum Plaudern nieder. Tâdsch el-Mulûk aber sprach zu 'Azîz: ‚Lieber Bruder, sing mir doch ein Lied, auf daß meine Brust sich weitet und dies quälende Sinnen von mir zieht und auch in meinem Herzen die feurige Flamme nicht mehr so heiß glüht!' Da hub 'Azîz an zu singen, und er ließ dies Lied erklingen:

> *All das, was die Liebenden je an bitterem Leid erduldet,*
> *Das trug ich ganz allein, bis mir die Geduld entschwand.*
> *Wenn du eine Tränke suchest, sieh, meine Zähren flossen,*
> *Daß draus für Wassersucher ein weites Meer entstand.*
> *Und willst du sehen, was die Hände der Liebe getan*
> *Am Volke, das da liebt, sieh meinen Leib nur an!*

Da brachen ihm die Tränen aus den Augen hervor, und weiter trug er diese Verse vor:

> *Wer nicht den Gazellenhals liebt und Antilopenaugen,*
> *Doch sagt, er kenne die Wonne der Welt, der spricht nicht wahr.*
> *Denn in der Liebe liegt ein Glück, das unter den Menschen*
> *Nur der erreicht, der selber gehört zu der Liebenden Schar.*
> *Gott befreie mein Herz niemals von der Liebe Macht,*
> *Geb' keinen Schlaf dem Auge, das um die Geliebte wacht!*

Darauf hub er von neuem an zu singen, und nun ließ er dies Lied erklingen:

> *Es meinte Avicenna bei Leitsätzen seiner Lehre,*
> *Für Liebeskrankheit wäre die Arzenei der Sang,*
> *Die Nähe einer Maid, die der Geliebten gleiche,*
> *Dazu ein schöner Garten, Naschwerk und edler Trank.*
> *So nahm ich denn einmal eine andre als dich, zur Genesung,*
> *Als Zeit und Möglichkeit mir ihren Beistand liehn:*
> *Doch ich erkannte, die Liebe ist eine tödliche Krankheit,*
> *Und nur Gefasel ist Avicennas Medizin.*

Als 'Azîz seine Verse beendet hatte, wunderte Tâdsch el-Mulûk sich über seine Beredsamkeit und die Schönheit seines Vortrags, und er sprach: ‚Du hast meinen Schmerz schon etwas gelindert.' Da hub der Wesir an: ‚Ja, die Alten haben manches gekannt, was die Hörer in seinen Zauber bannt.' ‚Wenn dir etwas Ähnliches gegenwärtig ist,' rief der Prinz, ,so laß mich hören, was du von solchen zarten Versen kennst, und unterhalt uns weiter!' Nun begann auch der Wesir zu singen, und er ließ dies Lied erklingen:

Ich lebte im Glauben dahin, deine Gunst sei zu erkaufen
Durch reichliche Geschenke und Gaben von Kostbarkeit;
Ich Tor vermeinte, die Liebe zu dir sei etwas Leichtes –
Ach, zarte Seelen litten um sie viel bitteres Leid –:
Bis ich erkannte, daß du erwählest und dem gehörest,
Den du freiwillig beglückst mit Liebeshuld so reich.
Da wußte ich, du bist durch List nicht zu gewinnen,
Und barg mein Haupt im Schutze des Fittichs, dem Vogel gleich;
So machte ich mir im Nest der Liebe einen Hort,
Und alle Tage und Nächte verbringe ich nur dort.

Lassen wir nun jene und wenden wir uns wieder zu der Alten! Die hatte sich in ihrem Hause eingeschlossen. Inzwischen aber ward die Prinzessin von der Sehnsucht danach erfüllt, sich im Garten zu ergehen, und da sie nur in Begleitung der Alten auszugehen pflegte, so ließ sie sie kommen, besänftigte und begütigte sie und sprach zu ihr: ,Siehe, ich möchte mich zu dem Garten begeben, auf daß ich mich am Anblick seiner Bäume und Früchte erfreue und daß meine Brust beim Dufte seiner Blumen sich von Kummer befreie.' ,Ich höre und gehorche!' antwortete die Alte; ,aber ich möchte noch in mein Haus gehen und mich umkleiden, ich bin dann sofort wieder bei dir.' Da sagte die Prinzessin: ,Geh in dein Haus, doch bleib mir nicht zu lange fort!' In Wirklichkeit aber ging die Alte, als sie fort war, zu Tâdsch el-Mulûk und sprach zu ihm: ,Mach dich bereit, zieh deine prächtigsten Gewänder an und geh zu dem Garten! Tritt zuerst beim Gärtner ein und begrüße ihn; dann verbirg dich zwischen den Bäumen!' Der Prinz rief: ,Ich höre und gehorche!' Nun verabredete sie noch ein Zeichen mit ihm, und dann begab sie sich zur Herrin Dunja. Nachdem sie fortgegangen war, kleideten der Wesir und 'Azîz den Tâdsch el-Mulûk in ein prächtiges Königsgewand, das fünftausend Dinare wert war, und legten ihm einen goldenen Gürtel um, der mit Juwelen und Edelmetall besetzt war. Dann begaben sie sich zu dem Garten. Wie sie beim Gartentor ankamen, fanden sie den Gärtner dort sitzen; und sobald der den Prinzen erblickte, stand er schon auf seinen Füßen, um ihn mit Achtung und Ehrerbietung zu begrüßen. Indem er das Tor öffnete, sprach er: ‚Tritt ein und ergehe dich in dem Garten!' Aber der Gärtner wußte nicht, daß die Prinzessin an jenem Tage in den Garten kommen würde. Als nun Tâdsch el-Mulûk eingetreten war und sich kaum eine Stunde lang dort aufgehalten hatte, hörte der Gärtner ein Geräusch, und ehe er sich dessen versah, waren schon die Eunuchen und die Dienerinnen aus der geheimen Pforte hervorgetreten. Bei deren Anblick ging er zu Tâdsch el-Mulûk, tat ihm kund, daß die Prinzessin nahe, und fragte ihn: ‚Hoher Herr, was ist jetzt zu tun? Die Prinzessin, die Herrin Dunja, ist hier!' Doch der Prinz erwiderte: ‚Sorge dich nicht! Siehe, ich werde mich an irgendeiner Stätte im Garten verbergen.' Nachdem der Gärtner ihm ans Herz gelegt hatte, er möge sich so sorgsam wie möglich verstecken, verließ er ihn und ging fort.

Als nun die Prinzessin mit ihren Dienerinnen und der Alten im Garten war, sprach die Alte bei sich: ‚Solange die Eunuchen bei uns sind, werden wir unser Ziel nicht erreichen.' Dann wandte sie sich an die Prinzessin mit den Worten: ‚Hohe Herrin, ich möchte dir etwas raten, was deinem Herzen wohltun könnte.' ‚Sprich, was du meinst!' erwiderte die Herrin Dunja. Da fuhr die Alte fort: ‚Hohe Herrin, sieh, jene Eunuchen da sind uns zu dieser Stunde nicht vonnöten; und deine Brust fühlt sich nicht frei, solange sie bei uns verweilen. Schick sie nur fort von uns!' ,Du hast recht', sagte die Prinzessin, und sie entließ sie. Alsbald begann sie umherzuwandeln, während Tâdsch el-Mulûk sie in ihrer herrlichen Schönheit erblicken konnte, ohne daß sie darum wußte. Doch sooft er sie nur sah, wurde er durch den Anblick ihres strahlenden Liebreizes ohnmächtig. Währenddessen aber leitete die Alte sie im Gespräch unbemerkt bis zu dem Gebäude, das der Wesir hatte ausschmükken lassen. Dort trat die Prinzessin ein und schaute sich die Malereien an. Wie sie die Vögel und den Vogelsteller und die Tauben gewahrte, rief sie aus: ,Allah sei gepriesen! Das ist ja die Darstellung dessen, was ich im Traume gesehen!' Dann begann sie die Figuren genauer anzusehen, die Vögel, den Vogelsteller und das Netz, und ward von Bewunderung erfüllt. ,Liebes Mütterchen,' rief sie, ,sieh, ich pflegte die Männer zu tadeln und zu hassen, aber nun schau einmal an, der Vogelsteller schlachtet das Weibchen, und das Männchen war entkommen und wollte herbeieilen, um das Weibchen zu befreien, doch da ist der Raubvogel ihm in den Weg gekommen und hat es zerrissen!' Die Alte tat ihr gegenüber, als wisse sie nichts davon, und hielt sie weiter im Gespräch fest, bis sie beide in die Nähe der Stätte kamen, an der Tâdsch el-Mulûk verborgen war. Da machte sie ihm ein Zeichen, er sollte unter den Fenstern des Gebäudes umherwandeln. Und während die Herrin nun dahinschritt, da fiel ihr Blick auf ihn: sie sah ihn an und betrachtete seine Lieblichkeit und seines Wuchses Ebenmäßigkeit. ,Mütterchen,' rief sie, ,woher kommt dieser schöne Jüngling?' Die Alte antwortete: ,Ich weiß nichts von ihm. Doch ich glaube, er ist der Sohn eines mächtigen Königs; denn er ist vollendet schön und so wunderbar lieblich anzusehn!' Nun entbrannte die Herrin Dunja in Liebe zu ihm; es lösten sich die Bande des Zaubers, der sie gefangen hielt, und ihr Sinn ward berückt durch seine Schönheit und Lieblichkeit und seines Wuchses Ebenmäßigkeit, so daß sich heißes Verlangen nach ihm in ihr regte. Und sie sprach: ,Mütterchen, wahrlich, dieser Jüngling ist schön!' Die Alte aber erwiderte nur: ,Du sprichst die Wahrheit, hohe Herrin', und dann machte sie dem Prinzen ein Zeichen, er solle nach Hause gehen. Und er, vom Feuer der Liebe entbrannt, er, der nur noch die heftigste Leidenschaft empfand, ging fort, ohne zu verweilen. Von dem Gärtner nahm er Abschied und begab sich zu seiner Wohnung; er war ja so sehr von der Sehnsucht erregt, und doch wagte er der Alten nicht zu widersprechen. Als er dann dem Wesir und 'Azîz berichtete, die Alte habe ihm ein Zeichen gemacht, daß er fortgehen solle, begannen sie ihm Mut zuzusprechen, und sie sagten: ,Hätte die Alte nicht gewußt, daß es von Vorteil sei, wenn du heimkehrtest, so hätte sie dir das Zeichen nicht gegeben.'

Lassen wir nun Tâdsch el-Mulûk und den Wesir und 'Azîz, und wenden wir uns wieder zur Prinzessin, der Herrin Dunja! Die war von Sehnsucht nach ihm entbrannt, so daß sie nur noch die heftigste Leidenschaft empfand, und sie sprach zu der Alten: ,Ich weiß nicht, wie ich mit diesem Jüngling vereinigt werden kann außer allein durch dich.' Da rief die Alte: ,Ich nehme meine Zuflucht zu Allah vor dem verfluchten Teufel! Du wolltest nichts von Männern wissen; wie kommt's, daß bangende Liebe zu diesem dich hat ergreifen müssen? Doch bei Allah, keiner als er ist deiner Jugendschönheit wert!' Die Herrin Dunja aber fuhr fort: ,Liebes Mütterchen, steh mir bei, hilf mir, daß ich mit ihm vereinigt werde! Tausend Dinare sollen dir von mir zuteil werden und ein Ehrenkleid, das tausend Dinare wert ist. Wenn du mir aber nicht zur Begegnung mit ihm verhilfst, siehe, so muß ich sterben, das steht fest.' Darauf erwiderte die

118

Alte: ‚Geh du in dein Schloß! Ich will auf Mittel und Wege sinnen, euch beide zu vereinen, ja ich will mein Leben für euer Glück opfern!' So ging denn die Herrin Dunja zu ihrem Schlosse, aber die Alte begab sich zu Tâdsch el-Mulûk. Kaum erblickte er sie, da stand er schon vor ihr auf den Füßen, um sie mit Achtung und Ehrerbietung zu begrüßen. Nachdem er sie zu seiner Seite sich hatte setzen lassen, sprach sie zu ihm: ‚Wisse, die List ist geglückt!' und erzählte ihm, wie es ihr mit der Herrin Dunja ergangen war. Auf seine Frage: ‚Wann wird die Zusammenkunft sein?' antwortete sie: ‚Morgen.' Da gab er ihr tausend Dinare und ein Gewand, das ebensoviel wert war; sie nahm beides und wandte sich zum Gehen. Dann ging sie geradenwegs zur Herrin Dunja, und die empfing sie mit den Worten: ‚Mütterchen, welche Kunde bringst du von dem Geliebten?' Die Alte erwiderte: ‚Ich weiß jetzt, wo er wohnt, und morgen bin ich mit ihm bei dir.' Erfreut darüber gab die Herrin Dunja ihr tausend Dinare und ein Gewand, das ebensoviel wert war; da nahm die Alte beides mit sich und begab sich in ihre Wohnung, wo sie bis zum anderen Morgen blieb. Dann machte sie sich wieder auf und begab sich zu Tâdsch el-Mulûk, kleidete ihn in Frauengewänder und sprach zu ihm: ‚Geh hinter mir her mit wiegendem Gang; doch geh nicht zu rasch und sieh dich nicht um, wenn jemand dich anredet!' Nachdem sie ihm diese Weisung gegeben hatte, ging sie hinaus, während er ihr im Frauengewand folgte. Unterwegs sprach sie ihm Mut zu, damit er keinerlei Furcht habe. Und so gingen die beiden, sie vorauf und er hinterdrein, geradenwegs zum Tore des Schlosses. Dort trat sie ein und ging dem Prinzen voran durch Türen und Hallen hindurch, bis sie mit ihm durch sieben Türen gekommen war. Vor der siebenten Tür aber hatte sie zu Tâdsch el-Mulûk gesagt: ‚Sei mutigen Herzens! Wenn ich dich rufe

mit den Worten: ‚Mädchen, tritt ein!‘ so sei nicht säumig, sondern spring herbei! Bist du dann in die Halle eingetreten, so
schau nach links, dort wirst du einen Saal mit vielen Türen erblicken. Zähle fünf Türen ab, und tritt in die sechste ein: denn
siehe, dort ist das Ziel deiner Sehnsucht!‘ Und auf seine Frage:
‚Wohin gehst du denn?‘ hatte sie geantwortet: ‚Ich gehe nirgend hin, außer daß ich vielleicht hinter dir zurückbleibe, wenn
der Obereunuch mich aufhält, und mit ihm rede.‘ So ging sie
ihm denn weiter voran, bis sie zu der Tür kam, bei der sich der
Obereunuch befand. Als der den Tâdsch el-Mulûk in der Gestalt einer Dienerin erblickte, rief er die Alte an: ‚Was ist's mit
diesem Mädchen, das du bei dir hast?‘ Die Alte gab zur Antwort: ‚Das ist eine Sklavin; die Herrin Dunja hat von ihr gehört, daß sie gut zu arbeiten versteht, und sie will sie kaufen.‘
Der Eunuch aber sagte: ‚Ich weiß weder von einer Sklavin
noch von sonst etwas. Hier darf niemand eintreten, ohne daß
ich ihn untersuche, so wie der König mir befohlen hat.‘ – –«

Da bemerkte Schehrezâd, daß der Morgen begann, und sie
hielt in der verstatteten Rede an. Doch als die *Hundertundfünf-
unddreißigste Nacht* anbrach, fuhr sie also fort: »Es ist mir berichtet worden, o glücklicher König, daß der Türhüter zu der
Alten sprach: ‚Ich weiß weder von einer Sklavin noch von
sonst etwas. Hier darf niemand eintreten, ohne daß ich ihn
untersuche, so wie der König mir befohlen hat.‘ Da sagte die
Alte, indem sie sich zornig stellte: ‚Ich kannte dich als einen
Mann von Verstand und von guter Erziehung; aber wenn deine Art sich geändert hat, so werde ich es der Herrin berichten
und ihr kundtun, daß du ihrer Sklavin in den Weg getreten
bist.‘ Darauf rief sie Tâdsch el-Mulûk mit den Worten: ‚Tritt
ein, Mädchen!‘ Also trat er in die Halle ein, wie sie ihm befohlen hatte; der Eunuch aber schwieg still und sagte kein Wort.

Nun zählte Tâdsch el-Mulûk fünf Türen ab und trat in die sechste ein. Dort fand er die Herrin Dunja, wie sie dastand und auf ihn wartete. Und sowie sie ihn erkannte, zog sie ihn an ihre Brust, und auch er umarmte sie innig. Darauf trat die Alte zu den beiden ein; vorher hatte sie listigerweise die Sklavinnen fortgeschickt, da sie fürchtete, daß die Sache ruchbar würde. Nun sprach die Herrin Dunja zu ihr: ‚Sei du unsere Türhüterin!‘ Und dann blieb sie mit Tâdsch el-Mulûk allein; sie ruhten mit den Armen umwunden und innigst verbunden bis zur Zeit der Morgendämmerung. Als es aber hell ward, ging sie fort und schloß ihn ein. Sie selbst begab sich in ein anderes Zimmer und setzte sich nach ihrer Gewohnheit nieder. Da kamen auch die Sklavinnen; und sie erledigte, was sie mit ihnen zu tun hatte, und plauderte eine Weile mit ihnen. Dann sprach sie zu den Sklavinnen: ‚Geht nun fort von mir! Ich möchte mich für mich allein vergnügen.‘ Als die Sklavinnen sie verlassen hatten und sie wieder zu Tâdsch el-Mulûk gegangen war, da trat auch die Alte zu den beiden ein und brachte ihnen etwas Speise. Sie aßen davon und gaben sich wieder der Liebeständelei hin bis zum Morgengrauen. Am dritten Tage verschloß die Prinzessin wieder die Tür wie am Tage vorher. Und in dieser Weise blieben sie einen vollen Monat beieinander.

So stand es nun mit Tâdsch el-Mulûk und der Herrin Dunja. Was aber den Wesir und ’Azîz angeht, so waren sie, als Tâdsch el-Mulûk sich in das Schloß der Prinzessin begeben hatte und nun diese ganze Zeit über fortblieb, der festen Meinung, daß er nie wieder herauskommen würde und daß er sicherlich dort den Tod gefunden hätte. Da sprach ’Azîz zum Wesir: ‚Mein Vater, was sollen wir tun?‘ Der antwortete: ‚Mein Sohn, die Lage ist jetzt schwierig. Wenn wir nicht zu seinem Vater heimkehren und ihm berichten, so wird er uns deswegen tadeln.‘

Zur selbigen Stunde machten die beiden sich bereit und begaben sich nach dem Grünen Lande und zu den beiden Säulen und zum Thronsitze des Königs Sulaimân Schâh; Tag und Nacht durchquerten sie die Flußtäler, bis sie endlich zum König eintraten. Dem berichteten sie, wie es seinem Sohne ergangen war, und daß man, seit er das Schloß der Prinzessin betreten, nichts mehr von ihm gehört habe. Da war er von Schrecken wie erschlagen, und bitteres Leid begann an ihm zu nagen; und er gab Befehl, man solle in seinem Lande zum Heiligen Kriege ausrufen. Dann ließ er die Truppen vor die Stadt ziehen und dort ein Lager für sie aufschlagen. Er selbst aber ließ sich in seinem Prachtzelte nieder und wartete, bis die Heerhaufen aus allen Gegenden sich versammelt hatten; denn sein Volk liebte ihn wegen seiner großen Gerechtigkeit und Mildtätigkeit. Und nun brach er auf, mit einem Heere so groß, daß es den Horizont versperrte, und zog aus auf der Suche nach seinem Sohne Tâdsch el-Mulûk.

Das also geschah von ihrer Seite. Tâdsch el-Mulûk und die Herrin Dunja aber lebten so weiter ein halbes Jahr lang; und dabei nahm ihre Liebe zueinander mit jedem Tage zu. In des Prinzen Herzen wühlte immer mehr der sehnenden Liebe Kraft und die allerwildeste Leidenschaft, bis daß er ihr schließlich seine geheimen Gedanken offenbarte und zu ihr sprach: ,Wisse, o du Geliebte meines innersten Herzens, je länger ich bei dir verweile, desto mehr wächst in mir die Leidenschaft und der Sehnsucht Kraft, denn ich habe mein Ziel noch nicht ganz erreicht.' Sie erwiderte: ,Was wünschest du noch, o du Licht meines Auges, du mein Herzallerliebster? Wenn du noch etwas anderes willst, als daß wir ruhen mit den Armen umwunden und innig verbunden, so tu, was dir gefällt; denn vor Gott hat niemand teil an uns in der Welt.' Doch er fuhr fort: ,Danach steht nicht mein Begehr. Nein, ich möchte dir die Wahrheit über mich selbst kundtun. Wisse denn, ich bin kein Kaufmann, sondern ich bin ein König, der Sohn eines Königs. Mein Vater heißt der großmächtige König Sulaimân Schâh; er ist's der den Wesir als Gesandten zu deinem Vater geschickt hat, daß er um dich für mich werbe. Aber damals, als die Kunde davon zu dir kam, hast du nicht eingewilligt.' Dann erzählte er ihr die ganze Geschichte von Anfang bis zu Ende – doch hier noch einmal erzählen, würde die Hörer nur quälen –, und er schloß mit den Worten: ,Jetzt möchte ich mich zu meinem Vater begeben und ihn bitten, einen Gesandten an deinen Vater zu schicken, der bei ihm um dich werbe, auf daß wir in Ruhe leben können.' Als sie diese Worte vernahm, war sie hocherfreut; denn das war auch gerade ihr Wunsch. Und mit diesem Entschlusse begaben sie sich zur Ruhe.

Nun aber traf es sich nach der Bestimmung des Schicksals, daß der Schlaf in jener Nacht mehr Gewalt über sie gewann als in den anderen Nächten und daß sie schlummerten, bis die Sonne aufging. Um jene Zeit saß König Schehrimân auf dem Throne seiner Herrschaft, während die Emire seines Reiches vor ihm standen. Da kam zufällig der Vorsteher der Goldschmiedezunft zu ihm herein, mit einer großen Schachtel in der Hand. Er trat vor, öffnete sie vor dem König und nahm aus ihr ein feines Kästchen heraus, das hunderttausend Dinare wert war; denn darin befanden sich Edelsteine, Rubine und Smaragde so viele, wie sie keiner der Könige aus aller Welt sich hätte verschaffen können. Wie der König die sah, staunte er ob ihrer Schönheit, und sogleich sah er sich nach dem Obereunuchen um, eben dem, der mit der Alten jenes Erlebnis gehabt hatte, und gebot ihm: ,Kafûr, nimm dies Kästchen und bringe es der Herrin Dunja!' Da nahm der Eunuch das Kästchen in

Empfang und schritt dahin, bis er zu dem Gemache der Prinzessin kam. Als er dort die Tür verschlossen und die Alte auf der Schwelle schlafend fand, rief er: ‚Ihr schlaft noch um diese Stunde?' Doch wie die Alte die Stimme des Eunuchen hörte, erwachte sie aus ihrem Schlafe und rief erschrocken: ‚Warte, bis ich dir den Schlüssel bringe!' und lief davon, so schnell sie konnte.

Überlassen wir die ihrem Schicksal, und sehen wir, was der Eunuch weiter tat! Der hatte nämlich erkannt, daß die Alte ratlos war. Und so hob er die Tür aus den Angeln, trat in das Gemach ein und fand die Herrin Dunja und Tâdsch el-Mulûk wie sie eng umschlungen schliefen. Als er das sah, wußte er nicht, was er tun sollte. Gerade wollte er zum König zurückkehren, da wachte die Herrin Dunja auf. Beim Anblick des Eunuchen verfärbte sich ihr Antlitz und erblich; und sie sprach: ‚Kafûr, verbirg, was Allah verborgen hat!' Doch er antwortete: ‚Ich darf vor dem König nichts verheimlichen.' Dann schloß er die beiden ein und kehrte zum König zurück. Der fragte ihn: ‚Hast du das Kästchen deiner Herrin überreicht?' Da erwiderte der Eunuch: ‚Nimm das Kästchen zurück, hier ist es! Ich darf vor dir nichts verheimlichen. Wisse denn, ich habe bei der Herrin Dunja einen schönen Jüngling gesehen, der bei ihr auf demselben Lager schlief, und beide hielten einander umarmt.' Sogleich befahl der König, die beiden herzuschaffen. Und wie sie dann vor ihm standen, rief er ihnen zu: ‚Was ist das für ein Unterfangen!' In seinem heftigen Zorn ergriff er eine Geißel und wollte Tâdsch el-Mulûk schlagen. Aber die Herrin Dunja warf sich über ihn und rief ihrem Vater zu: ‚Töte mich zuvor!' Da schalt der König seine Tochter und befahl, man solle sie in ihre Kammer zurückführen. Doch dann fuhr er Tâdsch el-Mulûk an mit den Worten: ‚Weh dir! Wo-

124

her kommst du? Wer ist dein Vater? Was brachte dich zu solcher Kühnheit gegen meine Tochter?' ‚Wisse, o König,' erwiderte Tâdsch el-Mulûk, ‚wenn du mich töten lässest, so bist du verloren; ihr werdet es bereuen, du und alle Untertanen deines Reiches!' Der König fragte: ‚Warum denn? Da gab Tâdsch el-Mulûk zur Antwort: ‚Wisse, ich bin der Sohn des Königs Sulaimân Schâh! Ehe du dich dessen versiehst, wird er mit seinen Rossen und Mannen über dich herfallen!' Als König Schehrimân diese Worte vernahm, wollte er seine Hinrichtung aufschieben und ihn ins Gefängnis werfen, um zu sehen, ob seine Worte wahr wären. Aber sein Wesir sprach zu ihm: ‚O größter König unserer Zeit, ich halte dafür, daß du diesen Galgenstrick sofort hinrichten lässest, ihn, der sich an Prinzessinnen vergreift!' So befahl der König denn dem Scharfrichter: ‚Schlag ihm den Kopf ab; denn er ist ein Verbrecher!' Da packte der Scharfrichter ihn an und schnürte ihn in Fesseln; dann hob er seinen Arm auf, indem er die Emire anblickte, als wolle er sie um Rat fragen, einmal, zweimal; denn er gedachte dadurch Zeit zu gewinnen. Doch der König schrie ihn an: ‚Wie lange willst du noch um Rat fragen? Tust du es noch ein einziges Mal, so lasse ich auch dir den Kopf abschlagen!' Nun also hob der Scharfrichter seinen Arm so hoch, bis das Haar unter seiner Achsel sichtbar ward, und wollte wirklich den Hals des Prinzen durchschlagen. – –«

Da bemerkte Schehrezâd, daß der Morgen begann, und sie hielt in der verstatteten Rede an. Doch als die *Hundertundsechsunddreißigste Nacht* anbrach, fuhr sie also fort: »Es ist mir berichtet worden, o glücklicher König, daß der Scharfrichter seinen Arm so hoch hob, bis das Haar unter seiner Achsel sichtbar ward, und den Hals des Prinzen wirklich durchschlagen wollte; doch da erschollen plötzlich laute Schreie, und die

Leute schlossen ihre Läden. Der König rief dem Scharfrichter zu: ‚Halt ein!‘ und schickte sofort einen Boten, der ihm berichten sollte, was es gäbe. Der Bote ging und kam zurück mit der Nachricht: ‚Ich sah ein Heer gleich dem tosenden wogengepeitschten Meer. Die Reiter sprengten dahin, daß die Erde unter ihnen erdröhnte. Doch ich weiß nicht, was es mit ihnen zu bedeuten hat.‘ Da erschrak der König und war besorgt, sein Reich könne ihm entrissen werden. Und so wandte er sich an den Wesir mit den Worten: ‚Sind denn keine von unseren Truppen diesem Heere entgegengezogen?‘ Doch kaum hatte er diese Worte ausgesprochen, da kamen auch schon seine Kammerherren herein mit den Gesandten des Königs, der da herannahte, und unter ihnen befand sich auch der Wesir. Als dieser zuerst den Gruß aussprach, erhob der König sich vor den Fremden, bat sie näher zu treten und fragte sie nach dem Grunde ihres Kommens. Nun trat der Wesir aus ihrer Reihe hervor, näherte sich dem König und sprach zu ihm: ‚Wisse, daß er, der in dein Land eingefallen ist, kein König ist wie die Herrscher aus früherer Zeit noch wie die Sultane der Vergangenheit!‘ ‚Wer ist er denn?‘ fragte Schehrimân. Der Wesir antwortete: ‚Er ist der Herrscher voll Treue und Gerechtigkeit, dessen hohen Sinn die reisigen Leute verkünden weit und breit, Sultan Sulaimân Schâh, der Herr des Grünen Landes und der beiden Säulen und der Berge von Ispahan, er, der da eintritt für Recht und Gerechtigkeit, der aber abhold ist aller Tyrannei und Ungerechtigkeit! Er läßt dir sagen, sein Sohn sei bei dir in deiner Hauptstadt, er, den er innigst und von Herzen liebt. Wenn er ihn nun wohlbehalten antrifft, so ist erreicht, was er gewollt, und dir wird Lob und Dank gezollt; ist er aber in deinem Lande verloren gegangen oder hat ihn irgendein Leid betroffen, so mache dich gefaßt aufs Sterben und auf des

Landes Verderben, ja, dann soll dein Reich zur Wüste werden, darinnen die Raben krächzen. Siehe da, ich habe dir die Botschaft ausgerichtet und bin am Ende.'

Als König Schehrimân diese Worte von dem Gesandten vernommen hatte, geriet sein Herz in Sorgen, und er fürchtete für sein Königtum. Sofort berief er die Großen seines Reiches, die Wesire, die Kammerherren und die Statthalter; und als sie erschienen waren, sprach er zu ihnen: ‚Ihr da, geht hin und suchet nach jenem Jüngling!' Der war noch unter dem Arme des Scharfrichters, und durch das furchtbare Grauen, das ihn gepackt hatte, war sein Aussehen ganz verändert. Doch wie der Wesir nur einen Blick auf ihn warf und den Sohn seines Königs auf dem Blutleder sicher wiedererkannte, da warf er sich über ihn; ebenso taten auch die anderen Gesandten. Dann machten sie sich daran, seine Fesseln zu lösen, und küßten ihm Hände und Füße. Als aber Tâdsch el-Mulûk die Augen aufschlug und den Wesir seines Vaters und seinen Freund 'Azîz erkannte, da sank er in Ohnmacht, von Freude überwältigt.

König Schehrimân jedoch wußte nicht, was er tun sollte, und war in großer Angst, als er dessen gewiß war, daß jenes Heer nur wegen dieses Jünglings gekommen war. So ging er denn hin zu Tâdsch el-Mulûk, küßte ihm das Haupt, mit Tränen in den Augen, und flehte ihn an: ‚Mein Sohn, sei mir nicht böse, sei dem Missetäter wegen seines Tuns nicht böse! Hab Mitleid mit meinen grauen Haaren und laß mein Reich nicht verwüstet werden!' Da trat Tâdsch el-Mulûk zu ihm, küßte ihm die Hand und sprach: ‚Sorge dich nicht! Du bist für mich gleichwie mein Vater. Doch verhüte, daß meiner geliebten Herrin Dunja irgendein Leid zustoße!' ‚Hoher Herr,' erwiderte der König, ‚befürchte nichts für sie; nichts als Freude soll ihr zuteil werden!' und er fuhr fort, sich bei ihm zu entschuldigen und den Wesir des Königs Sulaimân Schâh zu begütigen, indem er ihm viel versprach, wenn er das, was er gesehen, dem König verheimlichen würde. Dann befahl er den Großen seines Reiches, den Prinzen Tâdsch el-Mulûk ins Bad zu geleiten, ihn in eines seiner eigenen prächtigsten Gewänder zu kleiden und dann alsbald mit ihm zurückzukehren. Diesem Befehle gemäß führten sie ihn ins Bad, legten ihm das Gewand an, das König Schehrimân für ihn bestimmt hatte, und kehrten dann mit ihm in die Regierungshalle zurück. Als der Prinz eintrat, erhob der König sich vor ihm und ließ alle Großen seines Reiches sich bei ihm aufstellen, ihm zu Diensten. Darauf setzte Tâdsch el-Mulûk sich nieder, um mit dem Wesir seines Vaters und mit 'Azîz über seine Erlebnisse zu plaudern. Die beiden erzählten ihm: ‚Wir sind inzwischen zu deinem Vater gezogen und haben ihm berichtet, du seiest in den Palast der Prinzessin gegangen und nicht wieder herausgekommen, und da seien wir über dein Schicksal in Sorge gewesen. Als er das hörte, rüstete er die Heere, und wir kamen in dies Land. Unser Kommen hat dir Erlösung aus äußerster Not und hohe Freude gebracht.‘ Da sprach er: ‚Lauter Gutes ist immer durch eure Hände gekommen von Anfang bis zu Ende.‘

Inzwischen aber ging König Schehrimân zu seiner Tochter, der Herrin Dunja, und er fand sie jammernd und weinend um Tâdsch el-Mulûk. Ja, sie hatte ein Schwert genommen, es mit dem Heft in den Boden gestoßen und die Spitze gerade auf ihr Herz mitten zwischen ihre Brüste gerichtet. Schon neigte sie sich vornüber und war im Begriff, sich auf das Schwert zu stürzen, indem sie ausrief: ‚Es muß sein, ich muß mich töten; ich kann meinen Geliebten nicht überleben!‘ Da trat ihr Vater zu ihr ein, und als er sah, was sie tat, rief er mit lauter Stimme: ‚O Herrin der Prinzessinnen, halt ein, hab Mitleid mit deinem

Vater und dem Volke deines Landes!' Dann eilte er auf sie zu mit den Worten: ,Ich flehe dich an, verhüte, daß deinem Vater um deinetwillen Leid widerfahre!' Und weiter erzählte er ihr alles, daß nämlich ihr Geliebter, der Sohn des Königs Sulaimân Schâh, sich ihr vermählen wolle, und er schloß mit den Worten: ,Siehe, die Verlobung und die Vermählung hängen nur von deinem Ermessen ab!' Lächelnd erwiderte sie ihm: ,Hab ich dir nicht gesagt, daß er der Sohn eines Sultans ist? Bei Allah, jetzt muß ich ihn gewähren lassen, wenn er dich an ein hölzernes Kreuz schlägt, das zwei Dirhems wert ist!' ,O Tochter,' rief der König, ,hab Erbarmen mit mir! Dann wird Allah mit dir Erbarmen haben.' Darauf befahl sie ihm: ,Auf, spute dich, geh und bring ihn mir sogleich, ohne Verzug!' Er sagte nur: ,Herzlich gern!' ging dann eilends von ihr fort, trat zu Tâdsch el-Mulûk ein und flüsterte ihm ins Ohr, was sich ereignet hatte. Der sprang auf und ging mit dem König, und beide begaben sich zur Prinzessin. Wie sie den Geliebten erblickte, fiel sie ihm um den Hals vor den Augen ihres Vaters, hängte sich an ihn und küßte ihn und rief: ,Wie hab ich mich nach dir gesehnt, da du fern warst!' Dann sprach sie, zu ihrem Vater gewendet: ,Hast du je einen gesehen, der sich an einer so herrlichen Gestalt hätte vergreifen können? Dazu ist er noch ein König, der Sohn eines Königs, ein Edelmann, dem alles Gemeine fernliegt!' Da ging König Schehrimân hinaus und schloß mit eigener Hand die Tür hinter sich. Und er begab sich zu dem Wesir des Königs Sulaimân Schâh und den Gesandten, die bei ihm waren, und er hieß sie ihrem Könige Bericht erstatten, daß sein Sohn in Wohlsein und Freude mit seiner geliebten Prinzessin das herrlichste Leben führe; sie zogen also zu ihrem Könige dahin, um ihm dies kundzutun. Darauf befahl König Schehrimân, den Truppen des Königs Sulaimân Schâh Geschenke zu bringen, ihre

Tiere mit Futter zu versorgen und sie selbst zu bewirten. Als der Befehl ausgeführt war, ließ er hundert Renner, hundert edle Dromedare, hundert Mamluken, hundert Odalisken, hundert Sklaven und hundert Sklavinnen bringen und sandte sie alle als Geschenk voraus. Er selbst aber ritt inmitten der Großen seines Reiches und seiner Garden dahin, bis sie außerhalb der Stadt waren. Doch als Sultan Sulaimân Schâh die Kunde davon erhielt, machte er sich auf und ging ihm gemessenen Schrittes entgegen. Denn der Wesir und 'Azîz hatten ihm bereits Bericht erstattet, und erfreut hatte er gerufen: ‚Preis sei Allah, der meinem Sohne seinen Wunsch erfüllt hat!‘ Und nun umarmte König Sulaimân Schâh den König Schehrimân und ließ ihn an seiner Seite auf dem Throne sitzen. Dann plauderten die beiden miteinander und freuten sich ihrer Unterhaltung. Darauf ward auch das Mahl für sie aufgetragen, und sie aßen, bis sie gesättigt waren; zum Nachtisch wurden ihnen süße Speisen, Früchte und Naschwerk gebracht, und sie ließen sich alles munden.

Nach einer kurzen Weile aber trat Tâdsch el-Mulûk vor sie hin, in Prachtgewand und Prunkwaffen. Sowie sein Vater ihn erblickte, stand er auf, schloß ihn in seine Arme und küßte ihn. Mit ihm waren aber auch alle, die da saßen, aufgestanden. Und nun setzten die beiden Könige ihn zwischen sich; darauf plauderten sie zu dritt eine Weile. Dann sprach König Sulaimân Schâh zu König Schehrimân: ‚Wisse, ich möchte den Ehevertrag zwischen meinem Sohne und deiner Tochter vor den Zeugen aufzeichnen lassen, auf daß ihre Vermählung kundgegeben werde, nach Brauch und Herkommen.‘ ‚Ich höre und gehorche!‘ antwortete König Schehrimân, und er sandte nach dem Kadi und den Zeugen. Die kamen alsbald herbei und zeichneten den Ehevertrag des Tâdsch el-Mulûk mit der Herrin

Dunja auf. Darauf wurden Geldgeschenke und Zuckerwerk verteilt, Weihrauch und Wohlgerüche wurden gestreut, und das war ein Tag der Freude und Fröhlichkeit, darob waren Führer und Mannen erfreut.

Während nun König Schehrimân die Aussteuer seiner Tochter herzurichten begann, sprach Tâdsch el-Mulûk zu seinem Vater: ‚Siehe, der Jüngling da, ’Azîz, ist ein edler Mensch. Er hat mir einen großen Dienst geleistet, er hat alle Mühen mit mir geteilt, er ist mit mir gereist und hat mich an das Ziel meiner Wünsche geführt; er hat mit mir ausgeharrt und hat mich im Ausharren gestärkt, bis ich erreichte, was ich erstrebte. Jetzt ist er schon zwei Jahre lang bei mir, fern von seiner Heimat. Drum möchte ich, daß wir ihm Waren von hier aus zurüsten; dann kann er leichten Herzens von dannen ziehen. Denn sein Land ist nahe.‘ ‚Trefflich ist deine Absicht‘, erwiderte sein Vater. Da rüsteten sie ihm hundert Lasten der prächtigsten und kostbarsten Stoffe aus; Tâdsch el-Mulûk aber ging zu ihm und überreichte ihm zum Abschied ein fürstliches Geldgeschenk mit den Worten: ‚Lieber Bruder und Freund, nimm diese Lasten hin und empfange sie von mir als ein Geschenk und ein Zeichen der Liebe, und ziehe in Frieden dahin nach deiner Heimat!‘ ’Azîz nahm alles von ihm hin, küßte den Boden vor dem Prinzen und seinem Vater und nahm Abschied von ihnen. Doch Tâdsch el-Mulûk ritt mit ’Azîz, bis er ihn drei Meilen weit begleitet hatte; da bot ’Azîz ihm Lebewohl und beschwor ihn, nunmehr umzukehren, und fügte hinzu: ‚Bei Allah, mein Gebieter, wäre nicht meine Mutter, so würde ich mich nicht von dir trennen; doch, guter Herr, laß mich nicht ohne Nachrichten von dir sein!‘ ‚So sei es!‘ versprach ihm der Prinz. Darauf kehrte Tâdsch el-Mulûk wieder um, während ’Azîz dahinzog, bis er sein Heimatland erreichte. Dort zog er ohne Aufenthalt weiter, bis er zu seiner Mutter kam. Er sah, daß sie mitten in der Halle ein Grabmal für ihn errichtet hatte, bei dem sie immer weilte. Und gerade, als er in die Halle eintrat, fand er die Mutter, wie sie ihr Haar gelöst und über das Grab gebreitet hatte, und wie sie weinend diese Verse sprach:

> *Wohl hab ich die Kraft, um alles, was da geschieht, zu tragen –*
> *Und dennoch, gilt es Trennung, so bricht mir fast das Herz.*
> *Wer hätte wohl die Geduld, den Lieben fern zu weilen?*
> *Wer fühlte bei plötzlicher Trennung nicht allertiefsten Schmerz?*

Dann schluchzte sie auf und sprach noch diese Verse:

> *Wie ging ich denn vorbei an Gräbern dort und grüßte*
> *Des Freundes Ruhestatt, ohn daß mir Antwort ward?*
> *Es sprach der Freund: ‚Wie kann dir eine Antwort werden?*
> *Ich bin doch jetzt ein Raub für Staub und Felsen hart!*
> *Der Staub fraß meine Schönheit, da vergaß ich dich;*
> *Und ach, von meinem Volk und Freunden trennt' ich mich!'*

Während sie so trauerte, kam plötzlich 'Azîz und trat auf sie zu. Doch als sie ihn sah, sank sie im Übermaß der Freude ohnmächtig nieder. Er aber sprengte ihr Wasser aufs Antlitz; so kam sie wieder zu sich, erhob sich, schloß ihn in ihre Arme und preßte ihn an sich. Auch er umarmte sie innig und sprach: ‚Friede sei über dir!' Da rief sie: ‚Auch über dir sei Friede!' und fragte ihn, warum er so lange in der Ferne gewesen sei. Nun berichtete er ihr alles, was er erlebt hatte, von Anfang bis zu Ende, und erzählte ihr auch, wie Tâdsch el-Mulûk ihm Geld und hundert Lasten an Stoffen gegeben hatte; und darüber war sie hocherfreut. Darauf blieb 'Azîz bei seiner Mutter in seiner Heimatstadt und trauerte über das Unheil, das ihm von der Tochter der listigen Ränkeschmiedin widerfahren war, von ihr, die ihn entmannt hatte.

Das ist die Geschichte von 'Azîz. Hören wir nun noch von

dem weiteren Schicksale des Tâdsch el-Mulûk! Der ging zu seiner geliebten Gemahlin ein und nahm ihr das Mädchentum. Inzwischen machte König Schehrimân sich daran, seine Tochter für die Reise mit ihrem Gemahl und ihrem Schwiegervater auszurüsten. Er befahl, Reisevorrat zu bringen, auch Geschenke und allerlei Kostbarkeiten. So ließen sie denn aufladen und brachen auf. Der König Schehrimân aber gab ihnen das Ehrengeleit drei Tage lang; da bat König Sulaimân Schâh ihn inständigst, wieder umzukehren. Jener kehrte also zurück; doch Tâdsch el-Mulûk und sein Vater und seine Gemahlin zogen mit dem Heere ohne Unterlaß dahin, Tag und Nacht, bis sie sich ihrer Hauptstadt nahten. Da verbreitete sich die Kunde von ihrem Kommen, und die Stadt schmückte sich. – –«

Da bemerkte Schehrezâd, daß der Morgen begann, und sie hielt in der verstatteten Rede an. Doch als die *Hundertundsiebenunddreißigste Nacht* anbrach, fuhr sie also fort: »Es ist mir berichtet worden, o glücklicher König, als Sulaimân Schâh sich seiner Hauptstadt näherte, da habe die Stadt sich geschmückt, ihm und seinem Sohne zu Ehren. So zogen sie denn ein; der König setzte sich auf den Thron seiner Herrschaft, mit seinem Sohne Tâdsch el-Mulûk zur Seite, verteilte Gaben und Geschenke und ließ die Gefangenen frei. Dann bereitete er seinem Sohne eine zweite Hochzeit. Es erscholl Gesang und Saitenklang einen ganzen Monat hindurch, und die Kammerfrauen schmückten die Herrin Dunja mit immer neuen Hochzeitsgewändern; dabei wurde sie nicht müde, sich in ihrem Schmuck zu zeigen, während jene nicht müde wurden, sie anzublicken. Nachdem nun Tâdsch el-Mulûk so wieder mit Vater und Mutter vereint war, ging er auch wieder zu seiner Gemahlin ein; und sie lebten hinfort immerdar herrlich und in Freuden, bis der Zerstörer aller Wonnen zu ihnen kam.

Darauf sprach Dau el-Makân zu dem Wesir Dandân: ‚Fürwahr, nur ein Mann wie du kann ein bekümmertes Herze trösten und Königen ein trauter Gefährte sein und ihnen seinen Rat in der schönsten Weise leihn!‘ All dies geschah, während sie Konstantinopel belagerten. Doch als schon vier Jahre darüber vergangen waren, da sehnten sie sich nach ihrem Heimatlande; die Truppen murrten, müde der langen Belagerungswacht und des ewigen Kämpfens bei Tag und bei Nacht. Nun berief König Dau el-Makân den Bahrâm und Rustem und Tarkâsch zu sich; und als sie gekommen waren, sprach er zu ihnen: ‚Wisset, all diese Jahre haben wir hier verweilt, ohne unser Ziel zu erreichen, vielmehr sind unsere Sorge und Not nur noch gewachsen. Wir kamen damals, um Blutrache zu nehmen für den König 'Omar ibn en-Nu'mân; aber da ward uns mein Bruder Scharkân ermordet, und so wurde unser Schmerz verdoppelt und ein Unglück an das andere gekoppelt! All das kam durch die alte Dhât ed-Dawâhi; denn sie ist es, die den Sultan in seiner Haupstadt vergiftete, und die seine Gemahlin, die Königin Sophia, mit sich nahm. Ja, nicht einmal das war ihr genug, sondern sie spann auch noch ihre Ränke um uns und schlachtete meinen Bruder ab. Darum habe ich mich durch einen heiligen Eid gebunden, nicht zu rasten, ehe ich Blutrache genommen habe. Was meinet ihr? Erwäget dies, was ich euch kundgetan, und gebt mir eure Antwort dann!‘ Da senkten sie das Haupt und sprachen: ‚Es ist an dem Wesir Dandân, zuerst seine Meinung zu sagen!‘ So trat denn der Wesir vor den König hin und hub an: ‚Wisse, o größter König unserer Zeit, unser Verweilen hier hat uns nichts genützt. Deshalb geht meine Meinung dahin, wir sollten jetzt aufbrechen und der Heimat zueilen, und dort zunächst eine Spanne Zeit verweilen; dann aber ziehen wir wieder von hinnen, um von neuem den Kampf gegen die Götzendiener zu beginnen!' ‚Trefflich ist dieser Rat,' erwiderte der König; ‚denn die Leute sehnen sich danach, die Ihrigen wiederzusehen. Und auch mich quält die Sehnsucht nach meinem Sohne Kân-mâ-kân und nach meines Bruders Tochter Kudija-Fakân; sie ist ja noch in Damaskus, und ich weiß nicht, was aus ihr geworden ist!'

Als die Truppen von diesem Beschlusse hörten, waren sie erfreut, und sie beteten für den Wesir Dandân. Dann gebot König Dau el-Makân dem Herold, zu verkünden, daß nach drei Tagen aufgebrochen werden solle. Da begannen alle, sich bereit zu machen, und am vierten Tage wurden die großen Trommeln geschlagen, die entrollten Banner wurden getragen, und der Wesir Dandân zog an der Spitze des Heeres voran, während der König in der Mitte ritt, zu seiner Seite der Großkammerherr. So zogen die Heerhaufen dahin, ohne Unterlaß, bei Tag und bei Nacht, bis sie in der Stadt Baghdad ankamen. Da freute sich alles Volk über ihr Kommen, und Sorge und Kummer ward von ihnen genommen. Die Daheimgebliebenen scharten sich um die Heimkehrenden; und jeder Emir ging in sein Haus.

Der König aber zog zu seinem Schlosse hinauf und begab sich zu seinem Sohne Kân-mâ-kân, der nun schon sein siebentes Lebensjahr vollendet hatte und bereits auszureiten pflegte. Nachdem er sich dann von der Reise ausgeruht hatte, ging er mit seinem Sohne ins Bad; und als er wiederkehrte, setzte er sich auf den Thron seiner Herrschaft nieder. Nun trat der Wesir Dandân vor ihn hin, und alle Emire und Vornehmen des Reiches fanden sich ein und stellten sich auf, ihm zu Diensten. Da verlangte Dau el-Makân nach seinem Gefährten, dem Heizer, der ihm einst zur Zeit seiner Fremdlingsschaft so viel Gutes erwiesen hatte. Man brachte ihn, und als er vor den König trat, erhob der sich, ihm zur Ehre, und ließ ihn zu seiner Seite sitzen. Dem Wesir aber hatte er schon früher erzählt, wieviel Wohltaten und Freundlichkeit ihm der Heizer erwiesen hatte; und darum hatten Emire und Wesir ihn mit Ehrerbietung empfangen. Nun war jedoch der Heizer dick und fett geworden durch das gute Essen und das ruhige Leben, so daß sein Nacken wie der eines Elefanten war, und sein Gesicht wie der Bauch eines Delphinen gar. Auch war er stumpfen Geistes geworden, da er sich nie von der Stätte, an der er sich befand, gerührt hatte; so erkannte er denn den König nicht an seinem Aussehen. Der aber wandte den Blick nach ihm und lächelte ihm zu, indem er ihn auf das herzlichste begrüßte und zu ihm sprach: ‚Wie rasch hast du mich vergessen!‘ Da ward der Heizer aufgerüttelt, starrte den König an, und als er ihn sicher erkannt hatte, sprang er auf die Füße und rief: ‚Mein Freund, wer hat dich zum Sultan gemacht?‘ Während Dau el-Makân über ihn lachte, trat der Wesir an den Heizer heran und erklärte ihm alles, indem er mit den Worten schloß: ‚Sieh, er war dein Bruder und Gefährte, aber jetzt ist er der König des Landes geworden. Dir wird sicherlich viel Gutes von ihm zuteil. Darum rate ich dir, wenn er zu dir sagt, du möchtest dir etwas von ihm wünschen, so wünsche dir nur etwas ganz Großes; denn du bist ihm sehr lieb.‘ Der Heizer sprach: ‚Ich fürchte, wenn ich mir etwas von ihm wünsche, so wird er es mir nicht gewähren oder nicht dazu imstande sein!‘ Doch der Wesir erwiderte: ‚Alles, was du nur wünschest, wird er dir geben; sei nur nicht schüchtern!‘ ‚Bei Allah,‘ rief nun der Heizer, ‚ja, ich werde mir das von ihm wünschen, was mir im Sinne liegt und von dem ich jede Nacht träume. Und ich hoffe zu Allah dem Erhabenen, daß er es mir

gewähren wird.' Darauf der Wesir: ‚Sei gutes Muts! Bei Allah,
wenn du auch verlangst, an Stelle seines Bruders Statthalter
von Damaskus zu werden, so wird er deinen Wunsch erfüllen
und dich mit diesem Amt bekleiden.' Nun stand der Heizer
wieder auf, aber Dau el-Makân winkte ihm zu, er solle sitzen
bleiben. Doch jener weigerte sich dessen, indem er sprach:
‚Das verhüte Gott! Die Tage sind vorüber, da ich in deiner
Gegenwart sitzen bleiben durfte.' ‚Nein,' entgegnete der König,
‚sie dauern vielmehr immer noch fort; denn dir habe ich mein
Leben zu verdanken. Bei Allah, wenn du von mir erbittest, was
du nur willst, ich werde es dir geben. Doch erbitte es zuerst
von Gott, dann von mir!' Da begann er: ‚Hoher Herr, ich
fürchte…' ‚Fürchte dich nicht!' rief der König dazwischen. So
fuhr jener fort: ‚Ich fürchte, wenn ich um etwas bitte, so wirst
du es mir nicht gewähren.' ‚Was ist es denn?' fragte der König
lächelnd und fügte hinzu: ‚Wenn du um die Hälfte meines
Reiches bätest, so würde ich mich mit dir in die Herrschaft
teilen. Also erbitte, was du nur willst, und mach keine langen
Reden!' Wieder begann der Heizer: ‚Ich fürchte…' ‚Du sollst
dich doch nicht fürchten!' unterbrach ihn der König. Da fuhr
jener fort: ‚Ich fürchte, wenn ich um etwas bitte, so wirst du
es mir nicht gewähren können!' Nun aber rief der König zornig: ‚Erbitte, was du willst!' Endlich sagte der Heizer: ‚Ich erbitte – zunächst von Gott – und dann von dir –, daß du mir
eine Bestallung ausfertigen lässest zum Vorsteher aller Heizer
in der Stadt Jerusalem!' Da lachten der König und alle, die anwesend waren, und Dau el-Makân sprach: ‚Wünsche dir etwas
anderes!' ‚Hoher Herr,' erwiderte der Heizer, ‚habe ich dir
nicht gesagt, daß ich fürchte, wenn ich etwas erbäte, so würdest
du es mir nicht gewähren oder nicht dazu imstande sein?' Da
stieß ihn der Wesir an, und nochmals und zum dritten Male,

und bei jedem Male fing er an: ‚Ich erbitte von dir…‘ ‚Erbitte schnell!‘ rief der Sultan. Endlich sagte er: ‚Ich erbitte von dir, daß du mich zum Oberhaupt der Straßenkehrer in der Stadt Jerusalem oder in der Stadt Damaskus machst!‘ Da fielen alle Anwesenden um vor Lachen, und der Wesir gab ihm einen leichten Schlag. Der Heizer wandte sich um und sprach zum Wesir: ‚Was ist dir, daß du mich schlägst? Ich habe keine Schuld; du hast mir doch selbst gesagt, ich sollte mir etwas ganz Großes wünschen.‘ Und dann rief er aus: ‚Laßt mich in meine Heimat ziehen!‘ Nun erkannte der Sultan, daß er scherzte, und nachdem er eine kleine Weile auf seine Antwort gewartet hatte, wandte er sich an ihn mit den Worten: ‚Lieber Bruder, nun wünsche dir etwas Großes, das unserer Würde entspricht!‘ ‚O größter König unserer Zeit,‘ antwortete der Heizer, ‚ich erbitte zunächst von Gott, und dann vom König, daß du mich zum Statthalter von Damaskus einsetzest, an Stelle deines Bruders!‘ Wie der König dann sprach: ‚Allah hat deine Bitte erhört!‘ küßte der Heizer den Boden vor ihm. Dann gebot der König, man solle einen Sessel für ihn hinstellen, seinem Range entsprechend, und er bekleidete ihn mit dem Statthaltergewande. Ferner ließ er ihm die Bestallung für das Amt ausfertigen und setzte sein Siegel darunter. Dann sprach er zu dem Wesir Dandân: ‚Kein Geringerer als du soll ihn geleiten. Und wenn du heimkehren willst und wieder hierherkommst, so bringe meines Bruders Tochter Kudija-Fakân mit dir!‘ ‚Ich höre und gehorche!‘ antwortete der Wesir; dann ging er mit dem Heizer aus dem Schlosse hinab zur Stadt und rüstete sich zur Reise. Ferner befahl der König, man solle Diener und Gefolge für den Heizer auswählen und ihm eine neue Sänfte mit fürstlicher Ausstattung bringen; zu den Emiren aber sprach er: ‚Wer mich lieb hat, der erweise diesem Manne Ehre und bringe

138

ihm ein großes Geschenk!' So brachten denn die Emire ihm
Geschenke, ein jeder nach seinem Vermögen. Und der König
gab ihm den Namen Sultan ez-Ziblikân[1] und den Ehrennamen
ed-Mudschâhid[2]. Wie dieser nun alle seine Sachen bereit hatte,
begab er sich mit dem Wesir Dandân hinauf ins Schloß zu dem
König, um von ihm Abschied zu nehmen und ihn um Erlaubnis zum Aufbruch zu bitten. Der König erhob sich vor ihm,
umarmte ihn und ermahnte ihn zur Gerechtigkeit gegen die
Untertanen; ferner befahl er ihm, sich nach zwei Jahren für
den Kampf gegen die Ungläubigen bereit zu halten. Dann
nahmen sie schließlich Abschied voneinander; und er, Fürst
el-Mudschâhid, genannt ez-Ziblikân, zog von dannen. Aber
vorher hatte König Dau el-Makân ihm noch einmal das Wohl
der Untertanen ans Herz gelegt, und die Emire hatten ihm die
Mamluken und Diener gebracht, fünftausend an der Zahl, die
nun hinter ihm ritten. Der Oberkammerherr stieg auch zu Roß
und ebenso Bahrâm, der Hauptmann der Dailamiten, und Rustem, der Hauptmann der Perser, und Tarkâsch, der Hauptmann der Araber; und sie gaben ihm das Ehrengeleit. Drei
Tage lang zogen sie mit ihm dahin; dann kehrten sie nach Baghdad zurück. Sultan ez-Ziblikân aber und der Wesir Dandân
zogen mit ihren Truppen ohne Unterlaß weiter, bis sie nach
Damaskus kamen. Nun war jedoch schon auf Vogelschwingen
die Nachricht dort eingetroffen, daß König Dau el-Makân
einen Sultan des Namens ez-Ziblikân über Damaskus eingesetzt und ihm den Ehrennamen el-Mudschâhid gegeben habe.
Wie er also bei Damaskus anlangte, schmückte sich die Stadt

1. Der Name ist in scherzhafter Weise nach dem berühmten alten Namen ez-Zibrikân gebildet; *zibl* bedeutet ‚Mist‘ und spielt darauf an,
daß der Heizer früher mit trockenem Mist geheizt hatte. – 2. ‚Der
Glaubensstreiter‘, Beiname großer Kriegshelden.

für ihn, und alle Einwohner der Stadt gingen hinaus, um ihn zu sehen. So zog denn der neue Sultan in Damaskus mit großem Gepränge ein, ritt zur Burg hinauf und setzte sich auf den Sessel seiner Herrschaft nieder; doch der Wesir Dandân stand vor ihm, seiner Befehle gewärtig, und machte ihn mit Stellung und Rang der Emire bekannt, die eintraten, dem Herrscher die Hand küßten und auf ihn den Segen des Himmels herabflehten. König ez-Ziblikân trat auf sie zu und verteilte Ehrengewänder, Gaben und Geschenke. Dann öffnete er die Schatzkammern und nahm daraus Geldgeschenke für alle Krieger, für hoch und niedrig; auch sprach er Recht und richtete in Gerechtigkeit. Und dann begann er die Tochter des Sultans Scharkân, die Herrin Kudija-Fakân, für die Reise auszustatten und ließ für sie eine Sänfte aus Halbseide herstellen. Ferner rüstete er den Wesir aus und bot ihm eine große Summe Geldes zum Geschenk; der aber weigerte sich, indem er sprach: ‚Du bist erst kurze Zeit in der Herrschaft, und vielleicht hast du das Geld bald nötig. Später werden wir es von dir annehmen, wenn wir zu dir senden und dich um Geld bitten für den Heiligen Krieg oder einen anderen Zweck!'

Als nun der Wesir Dandân zur Reise bereit war, stieg Sultan el-Mudschâhid zu Roß, um ihm das Geleit zu geben; auch ließ er Kudija-Fakân kommen und in die Sänfte einsteigen, und er gab ihr zehn Mädchen mit, die ihrer warten sollten. Nachdem der Wesir Dandân aber aufgebrochen war, kehrte König el-Mudschâhid zurück, um sich den Regierungsgeschäften zu widmen, und beschäftigte sich mit der Kriegswehr, der Zeit gewärtig, da König Dau el-Makân zu ihm senden würde.

Lassen wir nun den Sultan ez-Ziblikân, und wenden wir uns wieder zu dem Wesir Dandân! Der legte ohne Unterlaß einen Tagesmarsch nach dem andern mit Kudija-Fakân zurück und

zog dahin, bis er nach Ablauf eines Monats in er-Ruhbe ankam. Dann setzte er die Reise fort, und als er sich Baghdad näherte, ließ er dem König sein Kommen melden. Dau el-Makân
aber bestieg alsbald sein Roß und ritt ihm entgegen. Da wollte
der Wesir Dandân absitzen, aber der König bat ihn inständigst,
es nicht zu tun, ja, er lenkte selbst sein Roß, bis er dem Wesir
zur Seite ritt, und fragte ihn nach ez-Ziblikân el-Mudschâhid.
Der Wesir berichtete ihm, jener sei wohlauf, und tat ihm ferner kund, daß Kudija-Fakân, die Tochter seines Bruders Scharkân, mitgekommen sei. Erfreut sagte der König: ,Nun pflege
der Ruhe von den Mühen der Reise drei Tage lang; danach
komm zu mir!' ,Herzlich gern!' antwortete der Wesir und begab sich dann zu seiner Wohnung, während der König zum
Schlosse hinaufritt. Dort ging er zu der Tochter seines Bruders,
Kudija-Fakân, die jetzt acht Jahre alt war. Wie er sie erblickte,
hatte er seine Freude an ihr, aber auch die Trauer um ihren
Vater erwachte wieder in ihm; und er ließ Kleider für sie machen, schenkte ihr Geschmeide und kostbaren Schmuck und
gebot, daß man sie zusammen mit seinem Sohne Kân-mâ-kân
wohnen lassen solle. Die beiden Kinder wuchsen heran zu den
klügsten und tapfersten Menschen ihrer Zeit; nur zeigte es sich,
daß Kudija-Fakân umsichtig und verständig war und auf den
Ausgang der Dinge achtete, während Kân-mâ-kân großherzig
und freigebig war und nie an den Ausgang einer Sache dachte.
Sie wurden nun älter, und als sie ihr zehntes Lebensjahr vollendet hatten, begann Kudija-Fakân sich zu Rosse zu tummeln;
und dann ritt sie mit ihrem Vetter aufs Feld hinaus und schweifte
dort weit umher. Beide lernten auch, mit dem Schwerte zu
schlagen und mit der Lanze zu stechen. Doch als sie beide das
Alter von zwölf Jahren erreicht hatten, beendete der König die
Vorbereitungen und vollendete die Rüstungen und Vorkeh-

rungen, die er für den Heiligen Krieg traf. Darauf ließ er den Wesir Dandân kommen und sprach zu ihm: ‚Wisse, ich habe etwas beschlossen, das ich dir mitteilen will. Ich wünsche, daß du es dir überlegst und mir bald deine Antwort sagst.‘ ‚Was ist das, o größter König unserer Zeit?‘ fragte der Wesir, worauf der König fortfuhr: ‚Ich habe beschlossen, meinen Sohn Kânmâ-kân zum Sultan einzusetzen, auf daß ich noch zu meinen Lebzeiten Freude an ihm habe, und ich will ihm voraus in den Streit ziehen, bis mich der Tod ereilt. Was ist deine Meinung darüber?‘ Der Wesir küßte den Boden vor dem König und sprach: ‚Wisse, o König im Herrscherkleid, du größter Fürst des Jahrhunderts und aller Zeit, was du im Sinne hast, ist vortrefflich; nur ist jetzt nicht die Zeit dafür, aus zwei Gründen. Erstlich ist dein Sohn Kân-mâ-kân noch sehr jung, und zweitens lehrt die Erfahrung, daß, wer seinen Sohn zu seinen eigenen Lebzeiten als Herrscher einsetzt, dann nur noch kurze Zeit am Leben bleibt. Dies habe ich zu antworten.‘ ‚Vernimm, o Wesir,‘ sagte der König darauf, ‚wir wollen zum Vormund über ihn den Oberkammerherrn bestellen, der ja wie einer von uns geworden ist und zu uns gehört, da er mit meiner Schwester vermählt und mir gleichsam ein Bruder ist.‘ Der Wesir erwiderte: ‚Tu, was dir gut dünkt! Wir gehorchen deinem Befehle!‘ Da schickte der König nach dem Oberkammerherrn und ließ ihn zu sich kommen, desgleichen auch die Großen seines Reiches, und er sprach zu ihnen: ‚Ihr wisset, dieser mein Sohn Kân-mâ-kân ist der größte Held unter seinen Zeitgenossen, und keiner ist ihm gleich im Schwerterschlagen und Lanzenstoßen. So habe ich ihn drum zum Sultan über euch eingesetzt, und der Oberkammerherr, sein Oheim, ist zu seinem Vormund bestellt!‘ Der Kammerherr hub darauf an: ‚O größter König unserer Zeit, ich bin nur ein Reis, gepflanzt von deiner Huld!' Der König aber fuhr fort: ‚O Kammerherr, mein Sohn Kân-mâ-kân und meines Bruders Tochter Kudija-Fakân sind Geschwisterkinder: jetzt vermähle ich sie miteinander und nehme die Anwesenden dafür zu Zeugen!'

Darauf überwies er seinem Sohne so viel Schätze, wie die Zunge sie nicht einmal beschreiben kann, und trat zu seiner Schwester Nuzhat ez-Zamân ein, um ihr alles kundzutun. Erfreut sprach sie: ‚Siehe, die beiden sind ja meine Kinder. Allah erhalte dich ihnen und lasse dich für sie noch lange Zeit leben!' ‚Schwester,' erwiderte er, ‚siehe, ich habe in der Welt vollbracht, was mir am Herzen lag, und ich habe Vertrauen zu meinem Sohne; doch es wäre gut, wenn du auf ihn und auf seine Mutter dein Auge richtetest!' So legte er dem Kammerherrn und Nuzhat ez-Zamân die Sorge um seinen Sohn und um seines Bruders Tochter und um seine Gemahlin ans Herz, Tag und Nacht. Er selbst aber sah den Becher des Todes schon vor sich und war an sein Lager gebannt; doch der Kammerherr widmete sich der Regierung von Volk und Land. Nach einem Jahre berief der König seinen Sohn Kân-mâ-kân und den Wesir Dandân zu sich und sprach: ‚Mein Sohn, siehe, dieser Wesir wird dein Vater sein nach meinem Tode; denn wisse, ich gehe jetzt dahin aus dem Lande der Vergänglichkeit in das Land der Ewigkeit. Ich habe an der Welt mein Verlangen gestillt; doch es bleibt in meinem Herzen eine Sorge, die Allah durch deine Hand von mir nehmen möge!' Sein Sohn fragte: ‚Was ist denn das für eine Sorge, lieber Vater?' ‚Mein Sohn,' antwortete er, ‚es ist die Sorge, daß ich sterben könnte, ohne für deinen Großvater 'Omar ibn en-Nu'mân und deinen Oheim Scharkân Rache genommen zu haben an einer Alten, die da heißt Dhât ed-Dawâhi. So Allah dir Hilfe gewährt, säume nicht, die Blutrache an den Ungläubigen zu vollstrecken und unsere Schmach

zuzudecken! Doch sei auf der Hut vor der Tücke der alten
Vettel, und nimm stets den Rat an, den der Wesir Dandân dir
gibt; denn er ist die Stütze unseres Reiches von alters her!'
Sein Sohn versprach ihm, danach zu handeln. Dann aber flossen
dem König die Augen von Tränen über, und die Krankheit
fiel ihn noch heftiger an. Die Regierung des Reiches ruhte
nun ganz in den Händen des Kammerherrn, seines Schwagers;
der war ja ein erfahrener Mann, er sprach Recht, erließ Befehle
und Verbote und wirkte so wiederum ein volles Jahr, während
Dau el-Makân von seiner Krankheit geplagt ward. Vier Jahre
lang ließ die Krankheit nicht ab in ihm zu wüten, und während
dieser ganzen Zeit regierte der Oberkammerherr zur Zufriedenheit der Landesbewohner und der Großen des Reiches; ja
das ganze Land segnete ihn.

Sehen wir nun, was während dessen mit dem Prinzen Kân-
mâ-kân geschah! Der war nur damit beschäftigt, die Rosse zu
tummeln, die Lanze zu schwingen und mit Pfeilen zu schießen;
seine Base Kudija-Fakân aber zog gleichfalls mit ihm aus vom
frühen Morgen bis zum Abend. Dann ging sie zu ihrer Mutter,
während er sich zu seiner Mutter begab, die er immer zu Häupten seines Vaters weinend sitzen fand; und er pflegte den Vater
bis zum andern Morgen. Darauf zogen er und seine Base nach
ihrer Gewohnheit wieder aus. Dau el-Makân aber ward unruhig ob der langen Schmerzenszeit, und so klagte er in diesen
Versen sein Leid:

> Verzehrt ist meine Kraft, die Zeit ist abgelaufen.
> Ich bin, wie ihr mich seht – ja, schauet mich nur an!
> Am Tag der Ehre war ich der Erste meines Volkes,
> Ich war es, der vor ihnen allen das Ziel gewann.
> O könnt ich vor dem Tode doch meinen Sohn noch sehen,
> Wie er statt meiner das Volk beherrscht, ein König groß,
> Und wie er auf die Feinde einherstürzt, Rache zu nehmen,

Mit seines Schwertes Schlag und mit der Lanze Stoß!
Mich hat Enttäuschung jetzt in Scherz und Ernst ereilt,
Wenn mir nicht Gott der Herr das wunde Herze heilt.

Wie er so gesprochen hatte, lehnte er sein Haupt auf das Kissen zurück, die Augen fielen ihm zu, und er schlummerte ein. Im Traume sah er eine Gestalt, die zu ihm sprach: ‚Freue dich, denn dein Sohn wird als König im Lande Gerechtigkeit walten lassen, und die Menschen werden ihm untertan sein!‘ Da erwachte er aus seinem Traume, erfreut über diese frohe Kunde, die ihm geworden war. Dann aber nach wenigen Tagen suchte der Tod ihn heim.

Durch sein Hinscheiden ward das Volk von Baghdad mit tiefer Trauer geschlagen, und alle, hoch und niedrig, begannen um ihn zu klagen. Aber die Zeit ging an ihm vorbei, als ob er nie gewesen sei. Auch die Lage Kân-mâ-kâns ward gar anders; denn das Volk von Baghdad setzte ihn ab und wies ihm und den Seinen eine Stätte der Verbannung an. Als Kân-mâ-kâns Mutter das erleben mußte, ward sie tief betrübt und sprach: ‚Ich muß jetzt den Oberkammerherrn aufsuchen und auf die Gnade des Allgütigen und Allweisen hoffen.‘ So ging sie denn fort von ihrer Wohnstatt, bis sie zum Hause des Kammerherrn kam, der nun Sultan geworden war. Sie fand ihn auf seinem Teppich sitzen und trat dann zu seiner Gemahlin Nuzhat ez-Zamân ein. Dort weinte sie bitterlich und sprach: ‚Wahrlich, der Tote hat keinen Freund! Möge Allah euch niemals Mangel leiden lassen, all eure Jahre und all eure Zeit, und möget ihr immerdar über reich und arm herrschen in Gerechtigkeit! Deine Ohren haben es gehört, und deine Augen haben es gesehen: einst waren wir von Herrschaft und Macht, von Würde und Reichtum umgeben, und unser Dasein war das schönste Leben; jetzt aber wandte sich unser Geschick, verraten haben uns Zeit und Glück und sind uns genaht mit feindlichem Blick. Nun komme ich zu dir und muß dich um Wohltaten anflehen, ich, die ich selbst einst Wohltun übte. Denn ach, wenn der Mann gestorben ist, so werden Frauen und Töchter, die er hinterläßt, verachtet.' Dann sprach sie diese Verse:

> *Dein Trost sei, daß der Tod uns unbegreiflich scheinet;*
> *Was uns im Leben weit war, ist nun nicht mehr weit!*
> *Die Tage dieses Lebens sind nur Lagerstätten,*
> *Und deren Tränken sind gemischt mit bittrem Leid.*
> *Ach, nichts quält so mein Herz, wie Edle zu verlieren,*
> *Wenn sie die grausen Schläge des Schicksals uns entführen!*

Als Nuzhat ez-Zamân diese Worte hörte, gedachte sie ihres Bruders Dau el-Makân und seines Sohnes Kân-mâ-kân, und indem sie liebevoll an sie herantrat, sprach sie: ,Jetzt bin ich, bei Gott, reich und du arm. Aber, bei Allah, wir haben es nur deshalb unterlassen, dich aufzusuchen, weil wir fürchteten, deinem Herzen weh zu tun; wir wollten nicht, daß es dir schiene, als ob wir dir Almosen darböten, obgleich doch all unser Gut von dir und von deinem Gatten kommt. Unser Haus ist dein Haus, unsere Stätte ist deine Stätte, all unser Hab und Gut gehört auch dir!' Darauf gab sie ihr prächtige Ehrenkleider und bestimmte für sie im Schlosse eine eigene Wohnung, die an die ihre anschloß; dort blieb die Witwe nun mit ihrem Sohne Kân-mâ-kân bei ihnen und hatte ein schöneres Leben. Auch dem Sohne gab Nuzhat ez-Zamân königliche Kleider, und sie teilte ihnen beiden Sklavinnen zu für ihren Dienst. Nach einer kurzen Weile erzählte sie dann ihrem Gatten von der Witwe ihres Bruders Dau el-Makân; da rief er mit Tränen im Auge: ,Willst du wissen, wie die Welt nach deinem Tode ist, so schau, wie sie nach eines anderen Tode ist! Gib der Armen eine würdige Wohnstatt!' – –«

146

Da bemerkte Schehrezâd, daß der Morgen begann, und sie hielt in der verstatteten Rede an. Doch als die *Hundertundachtunddreißigste Nacht* anbrach, fuhr sie also fort: »Es ist mir berichtet worden, o glücklicher König, daß der Kammerherr, als Nuzhat ez-Zamân ihm von der Witwe ihres Bruders erzählte, zu ihr sprach: ‚Gib der Armen eine würdige Wohnstatt und mache sie reich in ihrer Not!'

Lassen wir nun jene und wenden wir uns zu Kân-mâ-kân und seiner Base Kudija-Fakân! Die beiden wuchsen heran und erblühten, wie zwei Zweige, die an Früchten reich, oder zwei strahlenden Monden gleich; und so vollendeten sie ihr fünfzehntes Lebensjahr. Kudija-Fakân war das schönste unter den Mädchen, die treulich behütet werden: lieblich war sie anzusehn; ihre Wangen waren rund und schön; ihr Leib war schmal, die Hüften schwer zumal; die ganze Gestalt war fein, ihre Lippen süßer als edler Wein; ihr Speichel glich dem Nektar; sie war, wie ein Dichter ihresgleichen in diesen beiden Versen beschrieben hat:

> *Es ist, als sei ihr Speichel klarer junger Wein,*
> *Als pflücke man Trauben ab von ihrer Lippe süß;*
> *Sie gleicht der schwanken Rebe, die sich biegend neigt –*
> *Preis Ihm, dem Hocherhabnen, der sie werden ließ!*

Ja, Allah der Erhabene hatte in ihr alle Reize vereint; ihr Wuchs beschämte die schlanken Zweige; es war, als ob die Rose um Nachsicht flehend sich vor ihrer Wange neige; und ihr Speichel gar spottete selbst des Weines, der stark und edel war. Sie war es, die Herz und Auge mit Freude durchdrang, so wie der Dichter einst von ihr sang:

> *Schön ist sie anzuschaun; vollkommen sind ihre Reize.*
> *Ihr dunkles Auge macht das Schwärzen mit Schminke zuschand.*
> *Es ist, als träfe ihr Blick das Herze des, der sie liebet,*
> *Dem Schwerte gleich in 'Alî's, des Fürsten der Gläubigen, Hand.*

Doch auch Kân-mâ-kân war von wunderbarer Lieblichkeit und von herrlicher Vollkommenheit, und an Gaben und Schönheit glich ihm niemand weit und breit; zwischen seinen Augen leuchtete die Tapferkeit und war immerdar für ihn zu zeugen bereit. Die härtesten Herzen sogar neigten sich ihm zu, der dunkeläugig und vollkommen an Anmut war. Doch als dunkler Flaum ihm sproßte auf Lippe und Wangen, da waren ihrer viele, die ihn besangen:

Erst dann verzieh man mir ob seiner, als Flaum ihm sproßte,
Als auf des blühenden Jünglings Wange sich Schatten gelegt.
Ein Reh – doch wenn die Augen auf seine Schönheit starren,
So zückt sein Blick einen Dolch, der ihnen Wunden schlägt.

Und ein anderer sprach:

Die Seelen der Liebenden malten auf seine Wang eine Zeichnung,
Ameisengleich, die dem roten Blute Schönheit verleiht.
O Wunder, selige Märtyrer weilen im Höllenfeuer,
Und ihr Gewand ist dort noch das grüne Seidenkleid.

Nun traf es sich an einem der Festtage, daß Kudija-Fakân ausging, um einigen ihrer Verwandten am Hofe ihre Glückwünsche zum Fest darzubringen. Sie war umgeben von ihren Dienerinnen, Anmut hüllte sie ein, die Rosen ihrer Wange beneideten ihr schönes Mal, eine Narzisse lächelte aus ihrem blitzenden Zahngeheg: da begann Kân-mâ-kân um sie herum zu eilen und warf seinen Blick auf sie, die wie der leuchtende Mond war. Doch schließlich festigte er sein Gemüt und löste seine Zunge zu einem Lied, indem er sprach:

Wann wird das Herz des Betrübten geheilt vom Schmerze des Fernseins?
Wann lächelt des Wiedersehns Mond? Wann hat die Trennung ein End?
O wüßte ich doch, ob ich je einmal eine Nacht verbringe
Nahe der Lieben, die selbst einen Teil meiner Qualen kennt!

Als Kudija-Fakân diese Verse hörte, blickte sie ihn tadelnd und vorwurfsvoll an; stolz und mit zorniger Miene sprach sie zu

Kân-mâ-kân: ‚Nennst du mich in deinen Versen, um mich bei deinem Volke bloßzustellen? Bei Allah, wenn du von diesem Gerede nicht abläßt, so werde ich über dich Klage führen bei dem Oberkammerherrn, dem Sultan von Chorasân und Baghdad, der in Recht und Gerechtigkeit herrscht! Dann wird Schmach und Verachtung dich treffen.‘ Kân-mâ-kân schwieg zornig und kehrte in seinem Grimm nach Baghdad zurück. Dann begab Kudija-Fakân sich zu ihrem Schlosse und führte Klage über ihren Vetter bei ihrer Mutter; die aber sprach zu ihr: ‚Liebe Tochter, er wollte dir wohl nichts Böses tun. Er ist doch nur eine Waise, und er hat doch auch nichts gesagt, was dir Schande bringt! Aber hüte dich, irgend jemandem etwas davon zu berichten. Denn sollte die Kunde davon zum Sultan dringen, so würde er seinem Leben ein frühes Ziel setzen, ja, er würde sein Andenken auslöschen und ihn machen wie den gestrigen Tag, dessen Andenken heute vergessen ist!‘ Dennoch wurde in Baghdad die Liebe Kân-mâ-kâns zu Kudija-Fakân bekannt, und die Frauen begannen darüber zu reden. Ihm aber ward die Brust enge, seine Geduld erlahmte, und seine Kraft versagte. Er konnte den Leuten seinen Zustand nicht verheimlichen, und er sehnte sich danach, den Schmerz des Fernseins, der in seinem Herzen brannte, kundzutun; aber immer fürchtete er den Tadel und den Zorn der Prinzessin. So dichtete er denn die Verse:

> *Bin ich einen Tag nur in Furcht vor dem Tadel*
> *Von ihr, deren reines Gemüt er erregt,*
> *So duld ich um sie, wie der Mann es erduldet,*
> *Der heilsuchend auf sich das Brenneisen legt. – –«*

Da bemerkte Schehrezâd, daß der Morgen begann, und sie hielt in der verstatteten Rede an. Doch als die *Hundertundneununddreißigste Nacht* anbrach, fuhr sie also fort: »Es ist mir berichtet worden, o glücklicher König, als der Oberkammerherr Sultan wurde, da habe man ihn König Sasân genannt. Er hatte den Thron der Herrschaft bestiegen und waltete bei dem Volke trefflich seines Amtes. Während er nun eines Tages auf dem Throne saß, da wurden auch ihm die Verse Kân-mâ-kâns hinterbracht. Jetzt bereute er, was geschehen war, ging zu seiner Gemahlin Nuzhat ez-Zamân und sprach: ‚Halfa-Gras und Feuer zu vereinen, fürwahr, – das birgt in sich die größte Gefahr. Man soll den Männern die Frauen nicht anvertrauen, solange die Augen noch blicken und die Lider noch nicken. Siehe, deines Bruders Sohn Kân-mâ-kân ist zum Mann herangewachsen, und man soll ihm den Eintritt vorenthalten zu den Frauen, die hinter den Vorhängen walten. Und erst recht soll man deine Tochter vor den Männern zurückhalten, da ihresgleichen sorgsam gehütet werden muß.‘ Sie erwiderte: ‚Du hast recht gesprochen, weiser König!‘

Am nächsten Morgen kam Kân-mâ-kân nach seiner Gewohnheit und trat zu seiner Muhme Nuzhat ez-Zamân ein. Er sprach den Gruß, und sie gab ihn ihm zurück. Dann fügte sie hinzu: ‚Mein Sohn, ich habe etwas auf dem Herzen, das ich nicht gern ausspreche. Dennoch will ich es dir mitteilen, obgleich es mir schwer wird!‘ ‚Sprich!‘ erwiderte er; und so fuhr sie fort: ‚Wisse denn, dein Oheim, der Kammerherr, der Vater Kudija-Fakâns, hat gehört, was für Verse du an sie gerichtet hast, und er hat befohlen, sie dir fernzuhalten. Wenn du also, mein Sohn, wieder etwas von uns wünschest, so werde ich es dir hinter der Tür heraussenden. Du wirst Kudija-Fakân nicht wiedersehen und von jetzt ab auch nicht mehr hier eintreten.‘ Als er aber ihre Worte vernommen hatte, ging er auf und davon, ohne nur ein Wort zu sagen. Er begab sich zu seiner Mutter und tat ihr kund, was seine Muhme zu ihm gesagt hatte. Die Mutter erwiderte: ‚Das ist nur von deinem vielen Reden gekommen. Du weißt doch, daß die Kunde von deiner Liebe zu Kudija-Fakân ruchbar geworden ist und sich überall verbreitet hat. Wie, du willst ihr Brot essen und hernach mit ihrer Tochter eine Liebschaft haben?‘ Da rief er: ‚Wer anders soll sie denn haben als ich? Sie ist meines Oheims Tochter, und ich habe das meiste Recht auf sie!‘ Aber seine Mutter entgegnete: ‚Laß ab von diesem Geschwätz! Schweig, damit die Kunde davon nicht zu König Sasân dringt! Sonst wird es durch dich dahin kommen, daß du sie ganz verlierst, dich selbst zugrunde richtest und deine Trauer nur noch mehrst. Schon heute abend haben sie uns kein Nachtmahl gesandt, von dem wir essen könnten; wir werden noch Hungers sterben. Ja, wenn wir in einem anderen Lande wären, so wären wir schon umgekommen vor nagendem Hunger oder vor dem Elend des Bettelns.‘ Wie Kân-mâ-kân diese Worte von seiner Mutter hörte, ward er noch betrübter; seine Augen füllten sich mit Tränen, er seufzte und klagte, und sprach diese Verse:

> *Laß ab doch von dem Tadel, der immer mich verfolget!*
> *Nach ihr, die mich gefangen nahm, steht nur mein Sinn.*
> *Verlange nicht Geduld von mir, nicht die geringste:*
> *Denn meine Geduld ist jetzt – beim Gotteshaus! – dahin.*
> *Wenn mir die Tadler Verbot aufzwingen, leist ich nicht Folge:*
> *Hier steh ich, mit meinem Anspruch auf Liebe hab ich recht!*
> *Sie wollten mir mit Gewalt versagen, daß ich sie besuche:*
> *Hier steh ich, – beim Gnadenreichen! –, mein Handeln ist nicht schlecht.*
> *Wenn ich sie nennen höre, so zittern meine Gebeine,*
> *Gleichwie die Vögel zittern, wenn sie der Sperber jagt.*
> *Wohlan, sag allen denen, die meine Liebe schelten,*
> *Daß ich meine Base liebe – das sei vor Gott gesagt!*

Als er diese Verse gesprochen hatte, sagte er zu seiner Mutter: ‚Mir bleibt bei meiner Muhme und bei den Leuten da keine

Stätte mehr; nein, ich will das Schloß verlassen und am äußersten Ende der Stadt wohnen.' Da verließ seine Mutter das Schloß zusammen mit ihm; sie kamen in die Gegend, wo armes Volk wohnte, und ließen sich dort nieder. Die Mutter aber ging von Zeit zu Zeit hinauf in das Schloß des Königs Sasân und holte von dort Nahrung für sich und ihren Sohn. Bald darauf ging Kudija-Fakân mit der Mutter Kân-mâ-kâns beiseite und sprach zu ihr: ,Ach, liebe Muhme, wie steht es um deinen Sohn?' ,Meine Tochter,' antwortete sie, ,siehe, sein Auge weint, sein Herz ist schwer, und er ist in das Netz der Liebe zu dir verstrickt!' Und sie wiederholte ihr seine Verse. Weinend sprach darauf Kudija-Fakân: ,Bei Allah, ich wies ihn nicht ab um seiner Worte willen noch auch aus Abneigung gegen ihn, sondern nur, weil ich wegen der Feinde um ihn besorgt war. Denn sieh, meine Sehnsucht nach ihm ist doppelt so groß wie die seine nach mir; ach, meine Zunge kann meine Leidenschaft für ihn gar nicht beschreiben. Hätte seine Zunge, wie das Herz ihm klopfte, nicht so unvorsichtig geklagt, dann hätte mein Vater ihm nicht seine Güte versagt, noch auch Trennung und Fernsein über ihn zu verhängen gewagt! Doch die Tage der Menschen rollen im Wechsel dahin, und das beste in allen Dingen ist ein geduldiger Sinn. Vielleicht wird er, der uns bestimmte, einander fern zu sein, uns gnädig gewähren, daß wir uns wiederfinden in trautem Verein.' Dann sprach sie diese beiden Verse:

> O meines Oheims Sohn, ich trag in meiner Sehnsucht
> Das gleiche, was dein Herz erträgt in bittrer Pein.
> Doch ich verbarg den Menschen meine heiße Liebe –
> Warum verbargest du nicht auch die Liebe dein?

Als die Mutter Kân-mâ-kâns das von ihr hörte, dankte sie ihr und flehte den Segen des Himmels auf sie herab. Dann ging sie fort und erzählte ihrem Sohne alles. Da ward sein Verlangen nach ihr noch stärker, und er faßte wieder Mut, nachdem er schon alle Hoffnung aufgegeben und fast abgeschlossen hatte mit dem Leben. Und nun rief er: ‚Bei Allah, ich will keine andere als sie!' und er sprach die Verse:

> *Weg mit dem Tadel! Ich höre nicht auf des Tadlers Worte.*
> *Ich machte das Geheimnis, das ich einst barg, offenbar.*
> *Ach, jetzt ist sie mir fern, der ich zu nahen hoffte;*
> *Sie ruht in süßem Schlummer – mein Auge wacht immerdar.*

Dann vergingen Nacht und Tag, während er wie auf glühenden Kohlen lag, bis er ein Alter von siebenzehn Jahren erreicht hatte. Nun war er vollkommen schön und herrlich anzusehn. Eines Nachts aber, als er wach dalag, sprach er zu sich selber: ‚Was soll's, daß ich mich hier in Schweigen hülle, bis ich vergehe, ohne mein Lieb zu sehen? Ich habe keinen anderen Fehler als die Armut. Doch bei Allah, ich will jetzt dies Land verlassen; ich will davoneilen in die Wüsten und Einöden. Denn mein Dasein in dieser Stadt ist eine Folter; ich habe in ihr ja auch keinen Freund, keinen Gefährten, der mich trösten könnte. So will ich denn Trost für mich selbst suchen, fern vom Heimatlande, bis ich sterbe und Ruhe finde von all dieser Trübsal und Schande.' Dann kleidete er seine Gedanken in Verse und hub an:

> *Laß nur mein Inneres noch immer mehr erbeben!*
> *Die Feigheit vor dem Feinde ist nicht seine Art.*
> *Verzeihe mir, denn sieh, mein Herz gleicht einem Buche,*
> *Dem sicherlich die Träne zu seiner Aufschrift ward!*
> *Ja, meine Base gleicht einer Huri, die vom Himmel*
> *Herabkam, als der Wächter sie gütig uns gesandt.*
> *Wer Blicke der Augen wünscht und deren Schwertern trotzet,*
> *Bleibt doch nicht ungestraft, wenn sie von Zorn entbrannt. –*
> *Jetzt will ich Gottes Welt durchstreifen ohne Säumen,*
> *Auf daß ich mir mein Brot auch suche fern von ihr.*
> *Ich will die weite Welt durchstreifen und meine Seele*

Befrein und sie beschenken, – doch ach, so fern von ihr!
Dann will ich frohen Herzens heimkehren, wohlbehalten,
Wenn ich mit Recken stritt auf ihrem Kampfesfeld.
Dann will ich auf der Heimkehr die Beute vor mich treiben,
Wenn ich im Kampfe siegte über so manchen Held.

Dann zog Kân-mâ-kân davon, ohne Schuhe, zu Fuß; gekleidet
in ein Hemd, daran kurze Ärmel waren, auf dem Haupte eine
Filzkappe von sieben Jahren; er hatte nur einen trockenen Brot-
laib bei sich, der war drei Tage alt, und so zog er hinaus in des
Dunkels finstere Gewalt. Er kam zum Arkadentore in Baghdad
und blieb dort stehen. Als dann das Stadttor geöffnet wurde,
war Kân-mâ-kân der erste, der hindurchging. Und er zog aufs
Geratewohl umher in den Wüsten, Tag und Nacht.

Als es nun an jenem Tage Abend geworden war, suchte seine
Mutter ihn; doch sie fand ihn nirgends. Da ward es ihr enge in
der weiten Welt, und sie hatte an nichts mehr Freude, was sonst
den Menschen gefällt. Sie wartete auf ihn, einen Tag, zwei
Tage, drei Tage, bis schließlich zehn Tage vergangen waren,
ohne daß sie Nachricht über ihn erhielt. Da krampfte sich ihr
die Brust zusammen, sie schrie auf und rief mit Tränen im
Auge: ‚Mein Sohn, mein trauter Gefährte, du hast meine
Trauer von neuem erregt. Ich trug genug des Kummers schon,
nun bist du auch noch der Heimat entflohn. Da du fort bist,
will ich Speise scheun, am Schlummer will ich mich nicht mehr
freun; nichts bleibt mir, als daß ich traure und wein'. Mein
Sohn, in welchem Land kann mein Ruf dich ereilen? In welcher Stadt magst du jetzt weilen?' Dann begann sie in Seufzer
auszubrechen, und sie hub an, diese Verse zu sprechen:

Ich wußte wohl, daß ich nach deinem Fortgehn leide,
Da Trennungsbogen Pfeile wider mich entsandt. –
Jetzt hat er mich verlassen, seit er den Sattel schnallte;

Ich leide Todesqual, zieht er durch Wüstensand.
Zur Nacht drang an mein Ohr geheimnisvolles Girren
Der Ringeltaube klagend, bis ich ‚Halt ein!‘ gebot.
Bei deinem Leben, wäre ihr Schmerz gleich meinem Kummer,
Sie trüge keinen Ring, der Fuß wäre ihr nicht rot.[1]
Fort ist mein trauter Freund, und seit er von mir schied,
Lernt ich, daß mich die Sorge des Kummers nimmer mied.

Dann begann sie der Speise und dem Trank zu entsagen und überließ sich bitterem Weinen und Klagen. Durch Leute, die sie sahen, ward ihr Weinen bekannt, und es weinte mit ihr alles Volk in Stadt und Land. Die Leute begannen zu rufen: ‚Wo ist dein Auge, o Dau el-Makân?‘ Und klagend über die Härte des Schicksals sprachen sie: ‚Was widerfuhr wohl dem Kân-mâ-kân, daß er seine Heimat verließ, von hier verbannt, während durch seinen Vater jeder Hungernde Sättigung fand, und jener einst mit Gerechtigkeit und Güte herrschte im Land?‘ Doch seine Mutter weinte und klagte immer mehr, bis daß die Kunde auch zu König Sasân drang. – –«

Da bemerkte Schehrezâd, daß der Morgen begann, und sie hielt in der verstatteten Rede an. Doch als die *Hundertundvierzigste Nacht* anbrach, fuhr sie also fort: »Es ist mir berichtet worden, o glücklicher König, daß dem König Sasân die Kunde über Kân-mâ-kân von den großen Emiren hinterbracht wurde, die ihm sagten: ‚Siehe, er, der Sohn unseres Königs und der Enkel des Königs ’Omar ibn en-Nu’mân, er hat sich, wie uns berichtet ist, aus der Heimat in die Fremde begeben.‘ Als König Sasân ihre Worte vernommen hatte, ergrimmte er wider sie, und er befahl, einen von ihnen am Galgen aufzuhängen. Da befiel das Grauen die Herzen aller anderen Großen, und

1. Der rote Fuß der Taube wird hier einer mit Henna gefärbten Hand verglichen. In Zeiten der Trauer trägt man keinen Schmuck und unterläßt das Färben.

keiner von ihnen wagte mehr zu reden. Doch als König Sasân wieder daran dachte, wie Dau el-Makân ihm so viel Gutes erwiesen und wie er ihm seinen Sohn ans Herz gelegt hatte, ward er um Kân-mâ-kân betrübt und sprach: ,Ich muß doch in allen Landen nach ihm suchen lassen.' Dann ließ er den Tarkâsch kommen und befahl ihm, hundert Reiter auszuwählen und mit ihnen auf der Suche nach Kân-mâ-kân umherzuziehen. Der zog aus und blieb zehn Tage lang fort; aber dann kehrte er zurück und berichtete: ,Ich habe keine Kunde über ihn vernommen, ich bin auf keine Spur von ihm gestoßen, und niemand ist mit Nachricht über ihn zu mir gekommen.' Da ward König Sasân betrübt über das, was er dem Jüngling angetan hatte. Seine Mutter aber fand keine Ruh noch Rast, auch die Geduld war nicht mehr ihr Gast, und zwanzig Tage vergingen ihr unter der Sorge Last.

Lassen wir jene nun, und wenden wir uns wieder zu Kân-mâ-kân! Als der Baghdad verlassen hatte, war er ratlos und wußte nicht, wohin er sich wenden sollte. Drei Tage lang zog er dort draußen allein umher, ohne einen Fußgänger oder einen Reiter zu sehen. Der Schlaf wollte sich ihm nicht mehr schenken, Schlummer sich nicht mehr auf seine Lider senken; denn er mußte immer an die Seinen und an die Heimat denken. Er begann sich von den Kräutern der Erde zu nähren, und er trank aus den Bächen; und er suchte Ruhe im Schatten der Bäume, wenn die Hitze zu stechen anfing. Dann verließ er die Richtung, in der er ging, und schlug eine andere ein; ihr folgend zog er wiederum drei Tage lang dahin. Am vierten Tage aber kam er in ein Gelände grünender Auen, mit bunten Gewächsen und mit Gebüsch lieblich anzuschauen. Dies Gelände hatte aus den Bechern der Wolken getrunken, als die Donnerschläge klirrten und die Wildtauben girrten; da waren die Hänge dort grün geworden, und den Auen entströmte süßer Duft. Nun mußte Kân-mâ-kân wieder an seine Vaterstadt Baghdad denken, und in seinem großen Leid sprach er die Verse:

> Ich zog in die Ferne, auf Wiederkehr hoffend;
> Und dennoch, ich Armer, ich weiß nicht das ‚Wann!'
> Ich hab in der Liebe zu ihr, die unnahbar,
> Den Weg mir verbaut, der zum Heil führen kann.

Nachdem er so gesprochen hatte, weinte er. Dann trocknete er seine Tränen, aß von jenen Früchten, um seinen Hunger zu stillen, nahm die religiöse Waschung vor und sprach die vorgeschriebenen Gebetsformeln, die er in dieser Zeit versäumt hatte. Und nun setzte er sich nieder und ruhte sich den ganzen Tag über an jener Stätte aus. Als es aber Nacht war, schlummerte er ein, und er schlief weiter bis Mitternacht: da wachte er auf und hörte eine menschliche Stimme, die diese Verse sprach:

> Was ist das Leben denn, wenn nicht ein Blitz mir lächelt
> Vom Zahngeheg der Geliebten, noch auch ein Antlitz klar?
> Es beteten für sie Bischöfe in den Klöstern;
> Wetteifernd brachten sie ihr auf Knien Verehrung dar!
> Der Tod ist mir noch leichter als Sprödigkeit einer Geliebten,
> Wenn nicht einmal zur Nacht ihr Traumbild zu mir eilt.
> O Freude der Genossen, wenn sie sich froh vereinen
> Und wenn dort die Geliebte bei dem Liebenden weilt!
> Zumal zur Frühlingszeit, wenn seine Blüten prangen,
> Da tut die Jahreszeit ihr ganzes Füllhorn auf.
> O Zecher des Weines, du! da hast du vor dir liegen
> Die wunderschöne Welt und des Wassers rauschenden Lauf.

Als Kân-mâ-kân diese Verse hörte, regte sich in ihm heftiger Schmerz; Tränen rannen ihm in Strömen über die Wange, und eine Feuerflamme drang ihm ins Herz. Dann erhob er sich, um nach dem Sprecher dieser Verse zu sehen; aber da er im Dunkel der Nacht niemanden erkennen konnte, so ward er noch leidenschaftlicher erregt, Schrecken und Unruhe ergriffen ihn, und er ging von der Stätte, an der er war, hinab bis zur Sohle des Tales; dort ging er am Ufer des Baches entlang und hörte denselben, den er vorher vernommen, nun in Seufzer ausbrechen und diese Verse sprechen:

Wenn du auch das Geheimnis der Liebe sorgsam hütest,
So laß am Trennungstage den Tränen freien Lauf.
Das hab ich der Geliebten mit Schwüren der Treue versprochen:
In Sehnsucht ihrer zu harren höre ich nimmer auf.
Mein Herz gedenket ihrer in Zärtlichkeit; mich freuet
Der kühle Zephir, wenn die Sehnsucht wieder brennt.
O du mein Freund, denkt wohl die Trägerin der Spangen
An Treuschwur und Gelöbnis, seit wir uns getrennt?
Kehren denn wohl die Nächte des trauten Beisammenseins wieder,
In denen ein jeder dem andren von seinen Leiden erzählt?
Sie sprach: ,Dich quält die Torheit der Liebe zu mir.' Ich sagte:
,Wie viele Liebende hast du – Gott schütze dich! – schon gequält!'
Gott laß mein Auge nie ihre Schönheit wiedersehen,
Sollt es der süße Schlaf je fern von ihr umfangen!
O Wunde meines Herzens, ich weiß dir keine Heilung,
Als, mit der Lieben vereint, an ihrem Mund zu hangen.

Als Kân-mâ-kân nun auch diese Verse von jener Stimme vernommen hatte, ohne jemanden zu sehen, wußte er, daß der Sprecher ein Liebender sein müsse wie er selbst, dem die Vereinigung mit der Geliebten versagt war. Und so sprach er zu sich: ,Es wäre recht, daß dieser sein Haupt neben mein Haupt legte und daß ich ihn zu meinem Gefährten machte hier in der Fremde!' Dann räusperte er sich und rief: ,O du, der du in der dunkeln Nacht dahinwanderst, komm zu mir heran und erzähle mir deine Geschichte; vielleicht wirst du in mir einen Helfer gegen dein Ungemach finden!' Als aber der andere, der jene Verse gesprochen hatte, diese Worte vernahm, rief er: ,O du, der du auf meine Klage geantwortet hast und der du meine

Geschichte hören willst, was bist du für ein Held? Bist du ein Geisterwesen oder ein Mensch dieser Welt? Sprich jetzt zu mir unverweilt, eh dich der Tod ereilt! Denn siehe, ich ziehe bald zwanzig Tage in dieser Einöde umher, ohne daß ich je einen Menschen gesehen oder eine Stimme gehört hätte außer der deinen!' Wie Kân-mâ-kân diese Worte hörte, sprach er bei sich: ‚Diesem ist es ergangen wie mir. Auch ich wandere schon zwanzig Tage umher, ohne einen Menschen gesehen oder eine Stimme gehört zu haben.' Aber er sagte sich noch weiter: ‚Ich will ihm nicht eher antworten, als bis der Tag anbricht.' Dann schwieg er still; aber der andere rief wieder: ‚O du, der du gerufen hast, bist du ein Dschinn, so geh in Frieden dahin! Bist du aber ein Mensch wie wir, so bleib noch eine Weile hier, bis des Tages Licht aufsteigt und die Nacht mit ihrem Dunkel entweicht!' Der Rufer blieb an seiner Stätte, und so blieb auch Kân-mâ-kân, wo er war. Und beide trugen abwechselnd unter heißen Tränen Verse vor, bis die Nacht sich mit ihrem Dunkel verlor: da stieg das Tageslicht empor. Nun blickte Kân-mâ-kân den anderen an, und er sah, daß es einer von den Arabern der Wüste war; der war noch jung an Jahren, mit alten Kleidern angetan und trug in seinem Gehenk ein rostiges Schwert; und die Spuren der Liebesqual waren an ihm zu erkennen. Er ging auf ihn zu, trat an ihn heran und sprach den Gruß. Der Beduine erwiderte ihm den Gruß und wünschte ihm freundlich ein langes Leben; aber er hatte keine Achtung vor ihm, da er sah, daß der Prinz noch sehr jung war und so ärmlich aussah. Dann fuhr er fort: ‚Jüngling, von welchem Stamme bist du und zu welcher Sippe unter den Arabern rechnest du dich? Was ist's mit dir, daß du in der Nacht umherwanderst, wie die Helden es tun, und daß du zu nächtlicher Zeit Worte an mich gerichtet hast, wie sie nur ein Held verwegen und ein löwengleicher Degen spricht? Jetzt ist dein Leben in meiner Hand; aber ich will Mitleid mit deinen jungen Jahren haben und dich zu meinem Gefährten machen, und du sollst als mein Diener bei mir bleiben!'

Als Kân-mâ-kân so freche Worte vernommen von demselben, der ihm vorher mit schönen Versen entgegengekommen, da wußte er, daß jener keine Achtung vor ihm hatte und ihn in seine Gewalt bringen wollte; und so erwiderte er mit sanften und gewählten Worten: ,O Häuptling der Araber, laß uns nicht davon sprechen, daß ich noch so jung bin; tu du mir lieber kund, warum du nachts dich durch die Wüsten schlägst und die Verse vorträgst. Ich höre, wie du sagst, ich sollte dir dienen. Ja, wer bist du denn, und was veranlaßt dich zu solcher Rede?' Jener antwortete: ,Höre, Knabe, ich bin Sabbâh ibn Rammâh ibn Hammâm[1], und mein Stamm gehört zu den Arabern von esch-Schâm[2]. Ich habe eine Base, die heißt Nadschma; und wer sie erblickt, ist von ihr entzückt. Mein Vater ist gestorben, und ich wurde im Hause meines Oheims, des Vaters der Nadschma erzogen. Doch als ich älter ward und auch meine Base zur Jungfrau heranwuchs, hielt mein Oheim uns voneinander fern; denn ich war arm in der Welt und besaß wenig Geld. Da stellte ich mich in den Schutz der Großen unter den Arabern und der Stammesfürsten und bat sie, für mich bei ihm einzutreten. Vor denen scheute er sich, und so antwortete er, er wolle mir meine Base geben, aber er machte mir als Morgengabe für sie zur Bedingung fünfzig Rosse, fünfzig starke Reitkamelinnen, fünfzig Lastkamele mit Weizen beladen und ebenso viele mit Gerste beladen, zehn Sklaven und zehn Sklavinnen; so legte er mir eine Last auf, die ich nicht

1. Alte Beduinennamen, die hier etwas hochtrabend klingen. – 2. Das ist die Syrische Wüste.

tragen kann, indem er eine zu große Morgengabe von mir verlangte. Ich ziehe nun aus Syrien nach dem Irak und bin seit
zwanzig Tagen unterwegs, ohne daß ich jemand gesehen hätte
als dich. Mein Plan geht dahin, mich nach Baghdad zu begeben und dort aufzupassen, wer von den reichen Kaufleuten,
die etwas bedeuten, auszieht; dann folge ich ihrer Spur alsbald,
nehme ihnen ihr Hab und Gut mit Gewalt, ihr Geleite töte ich
dort und treibe die Kamele mit den Lasten fort. Was für ein
Mensch aber bist denn du?' Kân-mâ-kân erwiderte: ‚Mir ist es
ergangen gleichwie dir; allein mein Leid ist noch schlimmer
als das deine. Denn meine Base ist eine Prinzessin; und den
Ihren genügt das nicht, was du genannt hast, nein, dergleichen
stellt sie nicht zufrieden!' Da rief Sabbâh: ‚Du bist wohl von
Sinnen, oder die heftige Liebe trieb deinen Verstand von hinnen! Wie kann deine Base eine Prinzessin sein, wo nichts von
königlicher Art an dir ist und du nichts weiter als ein Bettler
bist?' ‚Häuptling der Araber,' antwortete Kân-mâ-kân, ‚laß
dich dies Aussehen nicht befremden! Vergangen ist vergangen.
Willst du eine Erklärung von mir, so wisse: ich bin Kân-mâ-
kân, der Sohn des Königs Dau el-Makân, des Sohnes Königs
’Omar ibn en-Nu’mân, des Herrn von Baghdad und des Landes Chorasân! Mir hat das Geschick schweres Unrecht getan:
denn als mein Vater starb, da bestieg den Thron der König Sasân. Da mußte ich Baghdad verlassen, heimlich, damit kein
Mensch mich sähe – nun hab ich dir die Erklärung kundgetan.
Seit zwanzig Tagen habe ich niemanden gesehen als dich. Mir
ist's wie dir ergangen; und mein Ziel ist wie dein Ziel!'

Wie Sabbâh dies hörte, rief er aus: ‚O Freude! Mein Wunsch
ist erfüllt. Ich brauche nun keine andere Beute mehr als dich.
Bist du von königlichem Stand und zogst aus in einem Bettler-
gewand, so suchen die Deinen nach dir alsbald, und finden sie

dich in eines anderen Gewalt, so werden sie dich loskaufen mit vielem Gelde. Wohlan, wende deinen Rücken um, mein Bürschchen, und geh vor mir her!' ,Tu das nicht, du Araberbruder!' bat Kân-mâ-kân, ,denn die Meinen werden mich nicht loskaufen, weder um Silber noch um Gold, ja nicht einmal um einen roten Heller. Ich bin ein armer Mann, der weder viel noch wenig zahlen kann; drum laß ab von diesem Gebaren und nimm mich zu deinem Gefährten an! Komm, laß uns aus dem Lande Irak fortziehen und die Welt nach allen Seiten durchqueren! Vielleicht wird das Glück uns die Morgengabe, die wir brauchen, bescheren und uns Freude an unseren Basen durch Kuß und Umarmung gewähren.' Bei diesen Worten ergrimmte Sabbâh; ja, es wuchsen sein anmaßender Mut und seine Zornesglut und er schrie ihn an: ,Du da, du widersprichst mir schon, du allergemeinster Hundesohn? Kehr mir den Rücken zu, sonst zahl ich dir bitteren Lohn!' Da lächelte Kân-mâ-kân und sprach: ,Wie sollte ich dir den Rücken zukehren? Willst du mir nicht mein Recht gewähren? Will es dich vor der Schande bei den Arabern nicht bangen, wenn du einen Mann wie mich vor dir hertreibst, in Schmach und Elend gefangen, ohne ihn auf dem Kampfplatze erprobt zu haben, um ihn zu erkennen als tapferen Ritter oder als feigen Knaben?' Lachend erwiderte Sabbâh: ,Gottes Wunder! Du bist noch ein Knabe an Jahren, aber im Reden bist du gut erfahren; solche Worte kommen nur von Helden kühn in Gefahren! Was für ein Recht verlangst du denn?' Nun sagte Kân-mâ-kân: ,Wenn du mich als Gefangenen und als deinen Diener mit dir schleppen willst, so wirf deine Waffen hin, lege deine Oberkleider ab, tritt zu mir heran und ring mit mir! Wer dann von uns beiden den Gegner wirft, der kann mit ihm nach Gutdünken handeln und ihn zu seinem Sklaven verwandeln!'

Wieder lachte Sabbâh und sprach: ‚Da du so reich an Worten bist, mein' ich, daß der Tod dir nahe ist.‘

Dann warf er seine Waffen fort, schürzte sein Gewand und trat auf Kân-mâ-kân zu; auch der trat auf ihn zu, und so packten die beiden einander. Aber da merkte der Beduine, daß der Prinz ihm überlegen war und ihn aufschnellen ließ wie in der Waage ein Zentner einen Dinar. Und nun blickte er auf seine Beine, die fest auf dem Boden standen; er fand, sie waren wie zwei Türme, von festen Grundmauern getragen, oder wie zwei Pflöcke, die in den Boden geschlagen, oder auch zwei Berge, die steil in die Lüfte ragen. Da fühlte er sich selber der Kräfte bar, und er bereute, daß er zum Ringkampfe mit ihm herangetreten war. Und er sprach bei sich: ‚Hätte ich ihn nur mit meinen Waffen bekämpft!‘ Darauf packte Kân-mâ-kân ihn mit eisernem Griffe an und schüttelte ihn. Der Beduine aber fühlte, daß ihm die Eingeweide im Leibe zerrissen, und er schrie: ‚Halt ein, o Knabe!‘ Allein der achtete seiner Worte nicht, sondern schüttelte ihn weiter, hob ihn vom Boden empor und ging mit ihm dem Flusse zu, um ihn hineinzuwerfen. Da rief der Beduine: ‚O du Held, was hast du vor?‘ Der Prinz entgegnete: ‚Ich will dich in diesen Fluß werfen. Der wird dich in den Tigris tragen, und der Tigris wird dich zum 'Îsa-Kanal[1] bringen, der 'Îsa-Kanal aber zum Euphrat, und der Euphrat wird dich in deiner Heimat landen: dann soll dein Stamm dich sehen und erkennen, dann sollen sie wissen, was für ein starker Mann du bist und wie echt deine Liebe ist!‘ Sabbâh aber schrie auf und rief: ‚O du Held im Blachgefild, handle nicht so roh und wild; laß mich los, beim Leben deiner Base, der Schönheit Bild!‘ Sofort legte Kân-mâ-kân ihn auf

1. Heute Nahr es-Saklâwîje, zwischen Tigris und Euphrat, nördlich von Baghdad.

die Erde; doch als jener sich frei merkte, lief er zu seinem Schwert und Schild, nahm beide in die Hände und setzte sich nieder, sinnend, wie er sich heimtückisch auf seinen Gegner stürzen könnte. Kân-mâ-kân las ihm seine Gedanken von den Augen ab und sprach zu ihm: ‚Ich weiß wohl, was in deinem Herzen vorgeht, seit du dein Schwert und deinen Schild in der Hand hast. Du, dem zum Ringkampfe der starke Arm und die Kraft fehlt, du meinst, wärst du nur hoch zu Roß und stürmtest mit deinem Schwerte auf mich einher, dann lebte ich schon längst nicht mehr. Wohlan, ich will dir gewähren, wozu es dich treibt, auf daß in deinem Herzen keine Enttäuschung bleibt. Gib mir den Schild und kämpfe gegen mich mit deinem Schwerte; sei es, daß du mich tötest oder ich dich!‘ ‚Da ist er!‘ rief der Beduine und warf ihm den Schild hin, zückte sein Schwert und stürmte auf Kân-mâ-kân los. Der aber fing den Schild mit der Rechten auf und begann sich mit ihm zu wehren. Sabbâh aber schlug auf ihn ein und rief bei jedem Hieb: ‚Dieser macht jetzt den Garaus!‘ – doch der ging ohne zu töten aus. Denn Kân-mâ-kân fing ihn mit dem Schilde auf, so daß er immer verloren ging; er selbst aber schlug nicht zurück, da er nichts zum Schlagen hatte. Dennoch hieb Sabbâh immer weiter mit dem Schwerte, bis sein Arm ermattete; als sein Gegner das an ihm bemerkte, da stürzte er auf ihn los, umschlang ihn mit den Armen, schüttelte ihn und warf ihn zu Boden. Dann drehte er ihn um, fesselte ihm die Hände auf dem Rücken mit dem Schwertriemen und schleifte ihn an den Füßen zum Flusse hin. Wieder rief Sabbâh ihn an: ‚Was willst du mit mir tun, o du Jüngling, du edelster Ritter unserer Zeit, du Held der Walstatt weit und breit?‘ Der Prinz erwiderte: ‚Habe ich dir nicht gesagt, daß ich dich auf dem Flusse zu deiner Sippe und deinem Stamme senden will, damit du dich

164

nicht grämest noch sie um dich sich grämen, wenn du auch zur Hochzeit mit deiner Base dich verspätest!' Da packte den Sabbâh Todesgraus, und er weinte und schrie laut aus: ,Tu's nicht, du edelster Ritter unserer Zeit! Laß mich los; ich bin dir als ein Sklave zu dienen bereit!' Und wieder weinte er und klagte und sprach diese Verse:

> Fern bin ich meinem Volk; ach, lang ist die Verbannung.
> O wüßte ich doch nur, ob ich als Fremdling sterbe,
> Ja, sterb, ohn daß mein Volk weiß um die Todesstätte,
> Und ob ich, ohn mein Lieb zu sehen, fern verderbe!

Da hatte Kân-mâ-kân Mitleid mit ihm, und er sprach: ,Schwöre mir heilige Eide, mich immer als guter Freund zu geleiten und mich auf allen Wegen zu begleiten!' Darin willigte der Beduine ein und schwor es ihm. Nun ließ Kân-mâ-kân ihn los; Sabbâh aber sprang auf und wollte ihm die Hand küssen. Als der Prinz ihn davon zurückhielt, öffnete er seinen Sack und holte drei Gerstenbrote daraus hervor, legte sie vor Kân-mâ-kân hin und setzte sich neben ihm am Ufer des Flusses nieder; da aßen die beiden miteinander. Wie sie dann mit dem Essen fertig waren, vollzogen sie die religiöse Waschung, sprachen das Gebet und setzten sich wieder und erzählten, was sie von ihrem Volke und von den Wechselfällen der Zeit zu erdulden gehabt hatten. Darauf fragte Kân-mâ-kân: ,Wohin willst du gehen?' Und Sabbâh antwortete: ,Ich will nach Baghdad gehen, deiner Heimatstadt, und dort bleiben, bis mir Allah die Morgengabe zuteil werden läßt!' Da sagte der Prinz: ,Dort liegt die Straße vor dir; ich will hier bleiben.' Also nahm der Beduine Abschied von ihm und schlug die Straße nach Baghdad ein, während Kân-mâ-kân zu sich selber sagte: ,Ach, meine Seele, wer hätte die Stirn, als armer Bettler heimzukehren? Nein, bei Allah, ich will nicht mit leeren Händen heimkehren;

es muß doch noch alles gut für mich werden, so Allah der Erhabene will.' Dann trat er an den Fluß heran, nahm die religiöse Waschung vor und sprach die Gebetsformeln. Nachdem er sich niedergeworfen und seine Stirn auf die Erde gelegt hatte, sandte er ein Bittgebet zum Herrn empor und sprach: ‚O Gott, der du uns den Regen gewährst und auch den Wurm im Gestein ernährst, ich bitte dich, gewähre mir meine Nahrung in deiner Allmächtigkeit und deiner gütigen Barmherzigkeit!' Dann sprach er noch den Gruß an die Engel als Schluß der Gebetsformeln. Wie ihm nun aber jeder Ausweg versperrt schien und er so dasaß, indem er nach rechts und nach links blickte, da kam plötzlich ein Reiter auf dem Rücken eines edlen Rosses mit hängenden Zügeln dahergeritten. Kân-mâ-kân richtete sich im Sitze auf; doch erst nach einer Weile kam der Reiter bei ihm an, ein Mann, in den letzten Atemzügen, dem Tode nahe, da er schwer verwundet war. Wie der nun bei ihm war, flossen ihm die Tränen über die Wange wie aus Wasserschläuchen, und er sprach zu Kân-mâ-kân: ‚Häuptling der Araber, nimm mich, solange ich noch lebe, dir zum Freunde! Denn du wirst meinesgleichen nicht finden. Gib mir jetzt ein wenig Wasser zu trinken, wenn es auch für einen Verwundeten nicht gut sein mag, Wasser zu sich zu nehmen, zumal wenn das lebendige Blut noch rinnt! Bleibe ich am Leben, so werde ich dir schenken, was deine Armut und Not heilen wird; sterbe ich aber, so bist du gesegnet um deiner guten Absicht willen.' Nun ritt jener Reiter einen schönen Hengst von edelstem Schlag, den keine Zunge zu beschreiben vermag, und dessen Beine wie Marmorpfeiler dastanden. Kaum hatte Kân-mâ-kân den Mann und jenen Hengst erblickt, da ward er von heftigem Verlangen berückt; und er sprach bei sich: ‚Wahrlich, ein Hengst, der diesem ähnlich wär, findet sich zu unserer Zeit nicht mehr!' Dann half er dem Reiter beim Absteigen, nahm sich seiner freundlich an und ließ ihn ein wenig Wasser einschlürfen. Nachdem er noch gewartet hatte, bis der Reiter ausgeruht war, wandte er sich an ihn mit den Worten: ‚Wer ist's, der solch ein Werk an dir vollbracht hat?' ‚Ich will dir die Wahrheit sagen,' antwortete der Reiter; ‚ich bin ein Pferdedieb, der alles unsicher macht; mein ganzes Leben lang stehle und raube ich Pferde bei Tag und bei Nacht. Ich bin Ghassân genannt und als Plage aller edlen Stuten und Hengste bekannt. Ich hörte von diesem Hengste im Lande der Griechen beim König Afridûn; der hatte ihn el-Katûl[1] benannt, mit dem Beinamen el Madschnûn[2]. So zog ich um seinetwillen nach Konstantinopel und lauerte ihm auf; und während ich so wartete, da kam eine alte Vettel, die bei den Griechen hoch in Ehren steht und deren Befehl bei ihnen überall gilt; sie ist Schawâhi Dhât ed-Dawâhi genannt und als Meisterin in jedem Truge bekannt. Die hatte dies Roß bei sich und außerdem nur noch zehn Sklaven als Diener für sie und für das Roß. Ihr Ziel war Baghdad und Chorasân, und sie war auf dem Wege zu König Sasân, um von ihm Frieden und Sicherung zu erlangen; doch ich folgte ihrer Spur, denn ich hatte nach dem Hengste Verlangen. Ich ging ihnen immer weiter nach, aber ich kam doch nicht an ihn heran; denn die Sklaven nahmen sich seiner zu eifrig an. Schließlich, als sie dies Land betraten und ich schon fürchtete, sie möchten doch in die Stadt Baghdad hineingeraten, und als ich gerade überlegte, wie ich den Hengst rauben könnte, da stieg plötzlich vor ihnen eine Staubwolke empor und legte der Welt einen Schleier vor. Doch als die Wolke sich wieder verlor, da traten fünfzig Reiter, vereint zum Überfall auf die Kaufleute, unter ihr hervor. Ihr Anführer, Kahardâsch

1. Der Töter. – 2. Der Tolle, das ist Tollkühne.

geheißen, glich dem reißenden Löwen, ein Held ruhmbedeckt; er war im Kampfe wie ein Leu, der die Mannen wie Teppiche auf den Boden streckt.' – –«

Da bemerkte Scheherezâd, daß der Morgen begann, und sie hielt in der verstatteten Rede an. Doch als die *Hundertundein- undvierzigste Nacht* anbrach, fuhr sie also fort: »Es ist mir berichtet worden, o glücklicher König, daß der verwundete Reitersmann dem Kân-mâ-kân des weiteren erzählte: ,Nun sprengte Kahardâsch gegen die Alte und ihre Begleiter heran, stürzte auf sie und griff sie unter lautem Kriegsgeschrei an. Und es währte nur einen Augenblick, so hatte er die zehn Sklaven und die Alte in Fesseln gelegt; den Hengst nahm er ihnen fort, und dann zog er mit ihnen froh von dort. Da sprach ich bei mir selbst: ,Meine Mühe ging verloren, und ich erreichte nicht das Ziel, das ich mir erkoren.' Dann wartete ich, um zu sehen, wie die Dinge laufen würden. Als nämlich die Alte sich in Gefangenschaft sah, sprach sie weinend zu dem Hauptmann Kahardâsch: ,O du Ritter verwegen, du löwengleicher Degen, was willst du mit der Alten und mit den Sklaven beginnen, da es dir doch gelang, das Roß, das du suchtest, zu gewinnen?' Darauf begann sie, sich listig mit sanften Worten an ihn zu wenden, und schwor ihm, sie wolle ihm Rosse und Kamele senden. So ließ er denn sie und die Sklaven frei, und zog dann mit seinen Leuten weiter. Ich aber folgte ihnen, bis sie in diese Lande kamen; dabei hatte ich immer den Hengst im Auge und ging ihm nach. Endlich, als ich eine Gelegenheit dazu fand, stahl ich ihn, sprang auf ihn, holte eine Gerte aus meinem Sack und schlug auf ihn ein. Als jene das merkten, eilten sie mir nach, umringten mich überall und schossen nach mir mit Pfeilen und warfen mit Speeren zumal. Ich aber blieb fest auf ihm sitzen, und er schlug mit seinen Hufen nach vorn und rückwärts, um mich zu schützen, bis er schließlich mit mir aus ihrer Mitte durchbrach wie ein Pfeil, der von der Sehne schnellt, oder wie ein Stern, der vom Himmel fällt. Doch ich hatte bei des heftigen Kampfes Walten mehrere schwere Wunden erhalten; und jetzt bin ich seit drei Tagen auf seinem Rücken, ohne mich an Schlaf oder Speise zu erquicken; nun ist meine Kraft verzehrt, und das Leben ist mir nichts mehr wert. Du hast Gutes getan an mir und Erbarmen gehabt mit mir; doch ich sehe an dir ein dürftiges Kleid und deutliche Zeichen von bitterem Leid, und dennoch sind Spuren des früheren Wohlstandes an dir zu erkennen. Sag an, wer bist du? Woher kommst du? Wohin ziehst du?' Da erwiderte der Prinz: ‚Ich heiße Kân-mâ-kân, Sohn des Königs Dau el-Makân, des Sohnes Königs 'Omar ibn en-Nu'mân. Aber da mein Vater starb, wuchs ich als Waisenkind auf; und nach seinem Tode begann ein elender Kerl zu regieren und über hoch und gering die Herrschaft zu führen.' Dann erzählte er ihm seine ganze Geschichte von Anfang bis zu Ende. Der Pferdedieb aber, der Mitleid mit ihm hatte, sprach zu ihm: ‚Bei Allah, dein Stamm ist hehr und von hoher Ehr; eine Stellung der Macht ist für dich bereit, und du wirst der erste Ritter unserer Zeit! Vermagst du es, mich wieder aufs Roß zu heben, und bringst du mich, hinter mir reitend, wieder in mein Heimatland, so werde dir Ehre in dieser Welt und Lohn am Jüngsten Tage zuerkannt; denn siehe, ich habe keine Kraft mehr, um mich selbst aufrecht zu halten. Wenn aber das Jenseits mich ruft, so bist du dieses Rosses mehr wert als irgendein anderer.' ‚Bei Allah,' rief Kân-mâ-kân, ‚wenn ich dich auf meinen Schultern tragen oder meine Lebenszeit mit dir teilen könnte, ich täte es auch ohne das Roß. Denn ich bin aus einem Geschlecht, das Wohltun übt und den Bedrängten zu helfen liebt; und eine gute Tat um Allahs des Erhabenen willen hält von dem Täter siebenzig Heimsuchungen fern. Drum halte dich bereit zu reisen und vertrau auf den Allgütigen und Allweisen!' Schon wollte der Prinz ihn auf das Roß heben und die Reise antreten im Vertrauen auf Allah, der allen hilft, die zu ihm beten, da sprach der Pferdedieb zu ihm: ‚Warte noch ein wenig!' Nun schloß er seine Augenlider, hob seine Hände auf und sprach dann wieder: ‚Ich bezeuge, daß es keinen Gott gibt außer Allah, und ich bezeuge, daß Mohammed der Gesandte Allahs ist!' und fügte hinzu: ‚O allmächtiger Gott, sprich mich von der Todsünde rein; denn nur der Allmächtige kann die Todsünde verzeihn!' Darauf machte er sich zum Tode bereit und klagte in diesen Versen sein Leid:

> Ich quälte die Menschen, durchstreifte die Länder
> Und brachte mein Leben mit Weintrinken hin;
> Durchwatete Ströme, um Rosse zu stehlen,
> Zerstörte die Häuser mit listigem Sinn.
> Die Beute war reichlich, die Sünde gewaltig;
> Und doch war Katûl mir der höchste Gewinn.
> Ich hoffte, ich würd alle Wünsche erreichen
> Durch ihn, jenen Hengst, – da erlahmte mein Glück.
> Mein lebelang hab ich die Rosse gestohlen,
> Jetzt sandte die Allmacht mein Todesgeschick.
> Als Letztes nun laß ich den Preis meiner Mühe
> Dem Fremdling, dem armen, verwaisten, zurück.

Nachdem er diese Verse gesprochen hatte, schloß er die Augen, öffnete den Mund, röchelte noch einmal und schied dann von der Welt. Da ging Kân-mâ-kân hin, grub ein Grab für den Pferdedieb und barg ihn im Sande. Dann trat er an das Roß, küßte es und streichelte sein Gesicht und rief hocherfreut aus: ‚Niemand hat solch einen Hengst im Stall, ja auch König Sasân nicht einmal!'

So stand es also um Kân-mâ-kân. Wenden wir uns nun wieder zu König Sasân! Zu dem war die Kunde gedrungen, daß der Wesir Dandân mit der Hälfte des Heeres sich gegen ihn empört und daß sie geschworen hatten, sie wollten keinen anderen König haben als Kân-mâ-kân; dann hatte der Wesir den Truppen feierliche Eide abgenommen und war mit ihnen bis zu den Indischen Inseln, bis zum Berberlande und bis in den Sudan gekommen; dort sammelte sich um ihn ein gewaltiges Heer; das glich dem tobenden Meer, und man kannte bei ihm Anfang und Ende nicht mehr. Mit all diesen Truppen beschloß der Wesir auf Baghdad loszudringen, jenes Land unter seine Gewalt zu zwingen und alle Menschen, die ihm widerstän\-den, umzubringen; dazu schwor er, nicht eher das Kriegsschwert wieder in die Scheide zu stoßen, als bis er Kân-mâ-kân auf den Thron gesetzt habe. Als die Kunde davon zu König Sasâns Ohren drang, war ihm, als ob er im Meere der Sorgen versank; denn er hatte auch erkannt, daß hoch und niedrig im Reiche sich gegen ihn gewandt. So lastete auf ihm der Kummer schwer, und seiner Betrübnis ward noch mehr. Und da öffnete er die Schatzkammern, verteilte die Gelder unter die Großen seines Reiches und wünschte, Kân-mâ-kân möchte zu ihm kommen, auf daß er sein Herz durch Güte und Wohltaten an sich zöge; er wollte ihn dann zum Emir über die Truppen machen, die ihm treu geblieben waren, um durch ihn den Funken zu ersticken, ehe er das Feuer entzündete.

Als all das dem Kân-mâ-kân durch reisende Kaufleute berichtet war, begann er, von seinem Rosse getragen, eilends gen Baghdad heimzujagen. König Sasân hörte, während er gerade ratlos auf seinem Throne dasaß, von dem Nahen des Kân-mâ-kân, und da befahl er, alle Truppen und alle Vornehmen von Baghdad sollten hinausziehen, um ihn zu empfangen. So zog denn ganz Baghdad aus und holte ihn ein; und alle gingen ihm vorauf zum Schlosse, wo sie die Schwellen küßten.

Die Sklavinnen und die Eunuchen eilten zu seiner Mutter und brachten ihr die frohe Botschaft von der Heimkehr ihres Sohnes. Da kam sie zu ihm und küßte ihn auf die Stirn. Er aber sprach: ‚Liebe Mutter, laß mich zu meinem Oheim gehen, dem König Sasân, der mich mit Huld überhäuft und mir so viel Gutes getan!' Schon waren die Gemüter aller Leute im Schlosse und bei Hofe durch die Schönheit jenes Hengstes wie berückt, und sie riefen: ‚Kein Mensch ward je durch solchen Besitz beglückt!' Darauf trat Kân-mâ-kân zu König Sasân ein und begrüßte ihn; der erhob sich vor ihm, aber Kân-mâ-kân küßte ihm Hände und Füße und brachte ihm den Hengst als Geschenk dar. Nun hieß der König den Prinzen willkommen mit den Worten: ‚Herzlich gegrüßt sei mir, mein Sohn Kân-mâ-kân! Bei Allah, die Welt ward mir zu enge, als du fern warest! Gott sei gepriesen ob deiner glücklichen Heimkehr!' Kân-mâ-kân antwortete ihm mit einem Segenswunsch. Danach blickte der König auf jenen Hengst mit Namen el-Katûl, und er erkannte, daß es derselbe war, den er gesehen hatte in dem und dem Jahr, damals als er die Kreuzesverehrer belagerte mit des Prinzen Vater Dau el-Makân und zur Zeit der Ermordung seines Oheims Scharkân. Und er sprach zu Kân-mâ-kân: ‚Hätte dein Vater es vermocht, so hätte er ihn um tausend edle Rosse erworben. Doch jetzt möge die Ehre heimkehren zu dem, der ihrer wert ist! Das Geschenk, das ich empfangen habe, sei nunmehr dein als meine Gabe! Mehr als irgendeinem anderen gebührt er dir; denn du bist aller Ritter Zier.' Dann befahl der König, man solle Ehrenkleider für den Prinzen bringen; auch machte er ihm Reitpferde zum Geschenk, bestimmte die Hauptgemächer im Schlosse für ihn, ließ ihm Ehre und Freude zuteil werden, gab ihm viel Geld und Gut, kurz, er überhäufte ihn mit den höchsten Ehren, da er um den Ausgang der Unter-

nehmung des Wesirs Dandân besorgt war. Darüber war Kân-
mâ-kân hocherfreut, und frei von der früheren Schmach und
Niedrigkeit, begab er sich in sein Haus und trat auf seine Mutter zu mit den Worten: ‚Liebe Mutter, wie steht es um meine
Base?‘ ‚Bei Allah, mein Sohn,‘ erwiderte sie, ‚meine Sorge um
dein Fernsein hat mich von allem anderen abgelenkt, sogar von
deiner Geliebten, zumal sie der Grund war, weshalb du fortgingst und mich verließest.‘ Da klagte er ihr sein Leid und bat
sie: ‚Liebe Mutter, geh doch zu ihr, sei freundlich zu ihr! Vielleicht gewährt sie meine Bitte, sie zu sehn; dann wird diese
Pein von mir gehn.‘ Sie aber entgegnete: ‚Von Begierden werden die Nacken der Männer gebeugt; also laß ab von dem,
was Unheil erzeugt! Fürwahr, ich werde nicht zu ihr gehen,
noch ihr mit solchen Worten nahen.‘ Als er das von seiner
Mutter vernahm, berichtete er ihr, was der Pferdedieb ihm
gesagt hatte, daß nämlich die alte Dhât ed-Dawâhi in ihr Land
gekommen sei und nach Baghdad kommen wolle; und er
fügte hinzu: ‚Sie ist es, die meinen Oheim und meinen Großvater ermordet hat. Jetzt will ich, fürwahr, die Rache vollstrecken und unsere Schande zudecken!‘

Darauf verließ er seine Mutter und begab sich zu einer Unglücksalten, einer Kupplerin und listigen Betrügerin, des Namens Sa'dâna; der klagte er sein Leid und alles, was er um der
Liebe zu seiner Base Kudija-Fakân willen erduldete, und er bat
sie, zu ihr zu gehen und sie ihm geneigt zu machen. ‚Ich höre
und gehorche!‘ erwiderte die Alte, verließ ihn und ging in den
Palast der Kudija-Fakân. Nachdem sie deren Herz für ihn gewonnen hatte, kehrte sie zu ihm zurück und tat ihm kund,
Kudija-Fakân lasse ihn grüßen und habe ihr das Versprechen
gegeben, daß sie um Mitternacht zu ihm komme. – –«

Da bemerkte Schehrezâd, daß der Morgen begann, und sie

hielt in der verstatteten Rede an. Doch als die *Hundertundzweiundvierzigste Nacht* anbrach, fuhr sie also fort: »Es ist mir berichtet worden, o glücklicher König, daß die Alte zu Kân-mâ-kân ging und ihm berichtete, seine Base lasse ihn grüßen und werde um Mitternacht zu ihm kommen. Hocherfreut darüber setzte Kân-mâ-kân sich hin, um zu warten, bis seine Base Kudija-Fakân ihr Versprechen erfülle. Und kaum war es Mitternacht, da kam sie schon zu ihm, gehüllt in einen Mantel aus schwarzer Seide, trat an ihn heran und weckte ihn aus dem Schlafe, indem sie zu ihm sprach: ,Wie kannst du nur sagen, du liebest mich, wo du doch freien Herzens bist und guter Dinge des Schlafes genießt?' Er sprang auf und rief: ,Bei Allah, o du meines Herzens Wunsch, ich schlief nur, weil ich mich danach sehnte, daß dein Traumbild mich besuche!' Da tadelte sie ihn mit sanften Worten, indem sie diese Verse sprach:

> *Wärest du treu in der Liebe, du hättest*
> *Dich dem Schlummer nicht hingegeben!*
> *Der du behauptest, auf Pfaden der Liebe*
> *Leidenschaftlich voll Sehnsucht zu leben –*
> *Ja, bei Gott, mein Vetter, der Schlaf kann*
> *Augen der wahrhaften Lieb nie umweben!*

Als Kân-mâ-kân dies von seiner Base hören mußte, schämte er sich vor ihr und begann sie um Verzeihung zu bitten. Nun umarmten sie einander und klagten über den Schmerz, den die Trennung bereitete, und blieben so beieinander, bis die Morgendämmerung aufstieg und sich an den Rändern des Himmels ausbreitete. Als dann Kudija-Fakân sich zum Gehen wandte, begann Kân-mâ-kân zu weinen und in Seufzer auszubrechen, und er hub an, diese Verse zu sprechen:

> *O die mir jetzt genaht, nachdem sie mich lange gemieden,*
> *In deren Munde von Perlen ein blitzend Geschmeide sich zeigt, –*

Ich küßte sie tausendmal, ich durfte den Leib umschlingen
Und bei ihr verweilen, die Wange an ihre Wange geneigt,
Bis daß der Morgen kam, der nun uns beide trennet,
Hell wie die Klinge des Schwertes, das blinkend der Scheide entsteigt!

Nachdem er so gesprochen hatte, nahm Kudija-Fakân Abschied von ihm und kehrte in ihr Gemach zurück. Dort vertraute sie ihr Geheimnis einigen Sklavinnen an; aber eine von diesen ging zum König und verriet es ihm. Der begab sich sogleich zu ihr, trat in ihr Gemach, zückte sein Schwert gegen sie und wollte sie töten. In dem Augenblicke stürzte ihre Mutter Nuzhat ez-Zamân herein und rief: ,Um Gottes willen, tu ihr kein Leid an! Wenn du ihr aber ein Leid antust, so wird die Kunde davon sich unter dem Volk verbreiten, und du wirst ein Schandfleck sein unter den Königen unserer Zeit. Wisse doch, Kânmâ-kân ist kein Bastard! Sie ist ja mit ihm erzogen, und er ist ein Mann von Ehre und hohem Sinn, und er tut nichts, was man ihm zum Vorwurf machen könnte. Halt ein, übereile dich nicht! Denn bei den Leuten im Palaste und bei allem Volke von Baghdad ist schon die Kunde verbreitet, der Wesir Dandân habe die Truppen aus aller Herren Länder herbeigeholt und nahe nun mit diesen Heeren, um Kân-mâ-kân zum König zu erklären.' Sasân aber sprach: ,Bei Allah, ich bringe ihn noch in solche Not, daß die Erde ihn nicht mehr stützt und der Himmel ihn nicht mehr schützt. Ich habe ihm doch nur deswegen so viel Huld erwiesen und ihn zu gewinnen gesucht, damit meine Untertanen und die Großen meines Reiches sich nicht ihm zuwendeten. Jetzt sollst du aber sehen, was geschehen wird!' Dann verließ er sie, um sich seinen Regierungsgeschäften zu widmen.

Lassen wir den König Sasân dahingehen, und wenden wir uns zu Kân-mâ-kân! Der ging am nächsten Tage wieder zu seiner Mutter und sprach zu ihr: ‚Liebe Mutter, ich habe mich entschlossen, auf Raub auszureiten, die Wege zu belagern und Rosse, Kamele, Neger und weiße Sklaven zu erbeuten. Hab ich dann viel Geld und Gut und wieder Ansehen in der Welt, so werbe ich um meine Base Kudija-Fakân bei meinem Oheim König Sasân.‘ Doch seine Mutter antwortete: ‚Mein Sohn, die Güter der Menschen laufen nicht frei für dich umher; nein, sie stehen im Schutze von Schwertgeklirr und Lanzengeschwirr, von Männern, die sich gegen Raubtiere wehren und blühende Länder verheeren, die Löwen erjagen und Panther als Beute heimtragen.‘ Kân-mâ-kân aber rief: ‚Fern sei es, daß ich von meinem Plane abstehe, ehe ich mich am Ziel meiner Wünsche sehe!‘ Alsbald schickte er die Alte zu Kudija-Fakân und ließ ihr sagen, er wolle ausziehen, um eine Morgengabe für sie zu gewinnen, die ihrer wert sei; zugleich trug er der Alten auf, die Prinzessin zu bitten, daß ihm eine Antwort von ihr zuteil werde. Die Alte ging mit den Worten: ‚Ich höre und gehorche!‘ fort und kehrte mit der Antwort zu ihm zurück, die Prinzessin werde um Mitternacht zu ihm kommen. So blieb er wach bis zur halben Nacht, und schon wollte die Unruhe ihn packen, siehe, da trat sie, ehe er sich dessen versah, zu ihm ein und sprach zu ihm: ‚Mein Leben sei dir ein Lösegeld für das Wachen!‘ Nun sprang er auf und rief: ‚O du meines Herzens Wunsch, mein Leben sei dir ein Lösegeld von allem Unglück!‘ Dann tat er ihr kund, was er beschlossen hatte; und wie sie weinte, sprach er zu ihr: ‚Weine nicht, liebe Base, ich will zu Ihm, der unsere Trennung bestimmt hat, flehen, daß Er uns gnädiglich vereine und wir uns wiedersehen.‘

Darauf rüstete Kân-mâ-kân sich zur Abreise, ging zu seiner Mutter und nahm Abschied von ihr. Dann ging er vom Palaste hinab, gürtete sich mit seinem Schwerte, legte Turban und

Schleier an und bestieg seinen Hengst el-Katûl. So ritt er durch die Stadt, dem Vollmonde gleich, bis er zum Stadttore von Baghdad kam. Da war aber auch sein Freund Sabbâh ibn Rammâh, der gerade aus der Stadt hinausging. Wie der ihn sah, lief er hin und ergriff seinen Steigbügel und begrüßte ihn. Der Prinz erwiderte seinen Gruß, und sofort fragte Sabbâh: ‚Bruder, wie bist du zu diesem edlen Roß gekommen und zu diesem Schwert und zu den Gewändern, während ich doch jetzt nichts besitze als mein Schwert und meinen Schild?' Kân-mâ-kân antwortete: ‚Der Jäger kehrt nur mit solcher Beute heim, wie sie seiner Willenskraft entspricht. Nachdem wir uns getrennt hatten, kam bald das Glück zu mir. Willst du nun mit mir kommen, vereint mit mir den Willen zur Tat machen und mich in diese Wüste da begleiten?' Da rief jener: ‚Beim Herrn der Kaaba, jetzt will ich dich nur noch meinen Herrn nennen!' Dann lief er vor dem Rosse her, das Schwert über die Schulter gehängt und den Sack auf dem Nacken, während Kân-mâ-kân hinter ihm ritt. Vier Tage lang zogen sie bis tief in die Wüste hinein, indem sie vom Fleische der Gazellen aßen und vom Wasser der Quellen tranken. Am fünften Tage aber erblickten sie einen hohen Hügel; an dessen Fuße befanden sich Frühlingslager der Nomaden und ein Teich mit fließendem Wasser zumal; Kamele, Rinder, Kleinvieh und Rosse erfüllten Berg und Tal, und ihre Jungen spielten um die Hürden überall. Kaum sah Kân-mâ-kân dieses Bild, da war er herzlich froh, und seine Brust ward von Freude erfüllt; und er beschloß den Angriff zu wagen, um Kamelstuten und Hengste als Beute davonzutragen. So sprach er denn zu Sabbâh: ‚Wohlan, vorwärts auf diese Herden geschwind, die von ihrem Volke allein gelassen sind! Ziehe mit mir gegen nah und fern in den Streit, bis das Geschick uns den Gewinn der Herden verleiht!' Aber

Sabbâh erwiderte: ‚Mein Gebieter, siehe, die Besitzer dieser Herden sind ein großes Volk; unter ihnen sind Degen, zu Roß und zu Fuß verwegen. Lassen wir uns auf diese schwierige Sache ein, so werden wir um ihrer Schrecken willen in großen Gefahren sein. Dann kehrt keiner von uns zu seinem Volke zurück, und von seiner Base wird er getrennt durch ein einsam Geschick.‘ Da mußte Kân-mâ-kân lachen fürwahr, denn er merkte, daß der andere ein Feigling war. Drum ließ er ihn stehen und stürmte den Hügel hinab im Tatendrang, indem er laut schrie und diese Verse sang:

> O Volk des Nu'mân! Wir sind die Männer der Tat,
> Ein Volk der Herren, das feindliche Scharen schlägt;
> Ein Stamm, der, wenn sich das Kampfgetümmel ihm naht,
> Dort, wo es heiß ist, in tapferem Mute sich regt.
> Es schläft das Auge des Armen bei ihnen sanft,
> Er nimmt der Armut häßliches Bild nicht wahr.
> Nun seht, ich hoffe auf Hilfe vom gütigen Herrn,
> Dem Weltenschöpfer, der mächtig regiert immerdar!

So stürmte er auf jene Kamelinnen los wie ein brünstiger Kamelhengst und trieb alles vor sich dahin: Kamele, Rinder, Kleinvieh und Rosse. Dann aber eilten die Sklaven auf ihn her mit blitzender Klinge und langem Speer; und an ihrer Spitze befand sich ein türkischer Reiter, gewaltig im Schlachtentanze, erprobt im Schwingen der funkelnden Klingen und der braunen Lanze. Der drang auf Kân-mâ-kân ein, laut rufend: ‚Wehe dir! Wüßtest du, wem all diese Herden gehören, du ließest dich nicht zu solchem Tun betören. Vernimm, sie gehören der griechischen Schar, den Helden vom Meer und dem tscherkessischen Heer; und das sind lauter grimme Recken zumal, hundert Ritter an der Zahl; sie haben allen Herrschern den Gehorsam abgeschworen, und ihnen ging ein Hengst durch Raub verloren. Da gelobten sie, nicht ohne ihn heimzukehren.‘

178

Kaum drang diese Rede an Kân-mâ-kâns Ohr, so stieß er laut rufend die Worte hervor: ‚Ihr Schurken, dies ist der Hengst, den ihr meint, und den zu suchen ihr euch vereint, um den mit mir zu kämpfen euch erstrebenswert scheint. Tretet nur alle insgesamt gegen mich vor und tut, was sich euer Wille erkor!‘ Dann stieß er einen Schrei aus zwischen den Ohren von el-Katûl, und der schoß auf die Feinde los wie ein Ghûl[1]. Kân-mâ-kân aber lenkte ihn auf den Reiter zu, den durchbohrte er und warf ihn vom Rosse im Strauß; und jenem quollen die Nieren heraus. Weiter wandte er sich gegen einen zweiten, einen dritten und einen vierten, und allen raubte er das Leben. Bei diesem Anblick erschraken die Sklaven vor ihm, und er rief ihnen zu: ‚Ihr Bastardbrut, treibt Herden und Rosse herbei, sonst färbe ich meine Lanze mit eurem Blut!‘ Als sie die Herden herbeigetrieben hatten und sich schon davonmachen wollten, da kam auch Sabbâh herbei mit einem lauten Freudengeschrei. Doch nun wirbelte eine Staubwolke empor und legte der Welt einen Schleier vor; dann traten unter ihr hundert Ritter heraus, die sahen wie grimmige Löwen aus. Sabbâh aber floh in eiligem Lauf, verließ das Kampffeld und stieg auf den Hügel hinauf, und er begann dem Kampfesgrauen aus der Ferne zuzuschauen, indem er sprach: ‚Mein Heldenherz schlägt nur bei Spiel und Scherz!‘ Die hundert Reiter umringten den Kân-mâ-kân und drängten sich von allen Seiten und Richtungen um ihn heran. Einer von ihnen ritt hervor und rief: ‚Wohin des Wegs mit diesen Herden?‘ Kân-mâ-kân erwiderte: ‚Die nehm ich als meine Beute mit mir, und ihnen zu nahen verbiete ich dir. Doch wohlan zum Streit, hier steht vor ihnen ein dräuender Löwe bereit, ein gewaltiger Held, und ein Schwert, das da trifft, wo es nur niederfährt!‘ Als jener Reiter

1. Ein gefürchteter Wüstendämon.

179

diese Worte vernahm, blickte er den Prinzen an, und ihm ward offenbar, daß er ein löwengleicher Ritter war; doch sein Antlitz glich dem vollen Mond, der in der vierzehnten Nacht am Himmel thront, und die Tapferkeit leuchtete ihm aus den Augen. Nun war jener Reiter der Anführer der hundert Mannen, und sein Name war Kahardâsch. Und als er den Kân-mâkân anblickte in seiner vollendeten Ritterlichkeit und seiner strahlenden Schönheit, da verglich er seine Anmut mit der einer Maid, die er liebte, des Namens Chatûn. Ihr war von Gott verliehen solche Schönheit und Lieblichkeit, der Eigenschaften Vornehmheit, und eine so wunderbare Wesensart, daß die Zunge sie nicht beschreiben konnte und daß jedes Mannes Herz von ihr bezaubert ward. Doch die Ritter ihres Volkes fürchteten ihren hochgemuten Sinn, und die Recken jenes Landes gaben sich scheuer Achtung vor ihrer Hoheit hin. Und sie hatte geschworen, sie wolle sich nur dem als Gemahlin zu eigen geben, der sie im Kampfe besiege. Kahardâsch aber gehörte zu ihren Freiern. Als sie nun zu ihrem Vater gesagt hatte: ‚Keiner soll mir nahn, es sei denn, er bezwinge mich im Kampfe mit Schwert und Lanze auf dem Plan!‘ und als dem Kahardâsch diese Worte berichtet wurden, da scheute er sich doch davor, mit einem Mädchen zu kämpfen; denn er fürchtete die Schmach. Zwar hatte einer seiner vertrauten Freunde zu ihm gesagt: ‚Dich ziert höchste Vollkommenheit an Schönheit und Lieblichkeit. Und kämpftest du mit ihr, so würdest du sie, selbst wenn sie stärker wäre als du, dennoch bezwingen. Denn sobald sie deine Schönheit und Anmut sieht, wird sie vor dir weichen, so daß du sie überwindest; das Trachten der Frauen ist ja den Männern zugewandt, und all das ist dir nicht unbekannt!‘ Trotzdem hatte Kahardâsch sich geweigert und es abgelehnt, mit ihr zu kämpfen; vielmehr hatte er auf dieser

180

seiner Weigerung bestanden, bis er und Kân-mâ-kân sich so zusammenfanden. Er glaubte also, jener sei seine geliebte Chatûn, und er ward von Furcht erfüllt, obgleich sie ihn liebte, da sie von seiner Schönheit und Tapferkeit gehört hatte. Nun ritt er auf Kân-mâ-kân zu und rief: ‚Du da, o Chatûn, du bist zu mir gekommen, um mich deine Tapferkeit erfahren zu lassen! Doch steig ab von deinem Roß, auf daß ich mit dir plaudere; denn ich habe diese Herden eingebracht, ich habe die Freunde verraten, ich habe für Ritter und Männer großer Taten die Straßen unsicher gemacht – all das nur um deiner Schönheit und Anmut willen, die ohnegleichen ist. So vermähle dich mir nun, auf daß die Prinzessinnen dir dienen und du die Königin dieser Länder wirst.‘ Kaum drangen diese Worte an Kân-mâ-kâns Ohr, da lohten die Feuer seines Zornes in ihm empor, und er rief: ‚Wehe, du persischer Hund! Weg mit Chatûn und mit dem, was du fälschlich vermutest! Zum Kampfe mit Speer und Schwert komm heran, auf daß ich dich bald in den Staub werfen kann!‘ Dann ritt er zum Strauß, umkreiste den Gegner und holte weit aus. Als aber Kahardâsch ihn genauer ansah, erkannte er in ihm einen Ritter verwegen, einen löwengleichen Degen; und sein Irrtum ward ihm klar, als er einen zartgrauen Flaum auf seiner Wange sah gleich Myrten, die inmitten von roten Rosen sprossen. Erschrocken ob seines Ansturms rief er seinen Mannen zu: ‚Ihr da! Einer von euch greife ihn an und zeige ihm des Schwertes schneidende Kraft und der Lanze bebenden Schaft! Wisset, der Kampf vieler gegen einen ist eine Schande, sei er auch ein Ritter voll Tapferkeit und ein Held unbesiegbar im Streit!‘ Da stürmte auf Kân-mâ-kân ein löwengleicher Ritter los, der saß auf einem schwarzen Roß mit weißen Hufen und einer Blesse auf der Stirn wie ein Dirhem groß; es verwirrte Augen und

Geist, als sei es el-Abdschar, das Roß des 'Antar, von dem es im Liede heißt:

Es kam zu dir der Renner, der in den Kampf gezogen,
Der frohe, der oben und unten Hell mit Dunkel vermählt,
Als habe der weiße Morgen ihn auf die Stirn getroffen
Und habe von dort durch den Leib den Weg zu den Hufen gewählt.

Er stürmte auf Kân-mâ-kân ein wie der Wind, und beide tummelten eine Weile umeinander im Kampf, Hieb wider Hieb austeilend, daß aller Sinne sich verwirrten und die Augen wie geblendet irrten. Als erster aber traf Kân-mâ-kân den Gegner mit einem wuchtigen Heldenhieb, der ihm Turban und Stahlhaube durchschlug und seinen Kopf erreichte; da fiel er vom Roß, wie wenn ein Kamel zu Boden stürzt. Darauf trat ein zweiter vor und sprengte auf ihn los, ebenso ein dritter und ein vierter und ein fünfter; doch er tat allen das gleiche wie dem ersten. Da stürmten alle übrigen auf ihn ein, überwältigt von Kampfeswut und in mächtiger Zornesglut; aber es dauerte nicht lange, bis er sie alle mit der Spitze seiner Lanze eingeheimst hatte. Als Kahardâsch diese Heldentaten sah, fürchtete er, das Ende sei nah; denn er erkannte in dem Jüngling die feste Entschlossenheit und war überzeugt, daß er einzig sei unter den Helden und Rittern weit und breit. Drum rief er Kân-mâ-kân zu: ‚Ich schenke dir dein Blut und das Blut meiner Gefährten; nimm von den Herden so viel, wie du willst, und zieh deines Weges dahin! Denn ich habe Erbarmen mit dir wegen deiner Jugendschönheit; du hast ein größeres Recht, am Leben zu bleiben.‘ Kân-mâ-kân erwiderte: ‚An Großmut der Edlen gebricht es dir nicht; doch laß dies Geschwätz, eile um dein Leben und sei unbesorgt um das, was der Tadel spricht! Laß dich aber nicht danach gelüsten, die Beute wieder zu fangen, sondern geh den graden Weg, um deine Rettung zu erlangen!‘

Da entbrannte Kahardâsch von gewaltiger Wut, und in den Tod trieb ihn seiner Leidenschaft Glut; und er sprach zu Kân-mâ-kân: ‚Weh dir! Wüßtest du, wer ich bin, du würdest mir auf dem Kampfesplan nicht mit solchen Worten nahn. Frage nach mir: ich bin als der starke Löwe bekannt, Kahardâsch genannt, der gegen die großen Könige Raubzüge machte, der den Reisenden die Wege versperrte und die Waren der Kaufleute heimbrachte! Dies Roß da, auf dem du sitzest, das suche ich; und ich wünsche, daß du mir kundtust, wie du zu ihm kamst und es an dich nahmst!' Jener erwiderte: ‚Wisse, dies Roß war auf dem Wege zu meinem Oheim, dem König Sasân, geführt von einer hochbetagten alten Frau, die zehn Sklaven zu ihrem Dienste bei sich hatte. Da fielst du über sie her und nahmst ihr das Roß ab. Zwischen uns und jener Alten aber besteht Blutfehde wegen meines Großvaters, des Königs 'Omar ibn en-Nu'mân, und meines Oheims, des Königs Scharkân.' ‚Du da', rief Kahardâsch, ‚wer ist dein Vater, du, der du keine freie Mutter hast?' ‚Wisse denn', erwiderte er, ‚ich bin Kân-mâ-kân, der Sohn von Dau el-Makân, des Sohnes von 'Omar ibn en-Nu'mân!' Als Kahardâsch diese Worte vernahm, sprach er: ‚Es läßt sich nicht leugnen, du besitzest Vollkommenheit, und du vereinest Anmut und Ritterlichkeit', und dann fuhr er fort: ‚Ziehe hin in Frieden; denn durch deinen Vater ward uns manche Güte und Wohltat beschieden!' Doch Kân-mâ-kân antwortete: ‚Bei Allah, ich gebe dir keine Ehre, du verächtliches Gebild, bis ich dich besiege auf dem Blachgefild!' Da ergrimmte der Beduine. Und nun sprengten beide aufeinander los mit lautem Kampfgeschrei, während ihre Rosse die Ohren anlegten und die Schweife hoben. So prallten sie denn mit solcher Macht zusammen, daß sie beide vermeinten, der Himmel sei geborsten. Darauf kämpften sie wie stößige Widder im harten

Strauß und holten abwechselnd immer wieder zu Lanzenstichen aus; schließlich führte Kahardâsch einen Lanzenstich gegen
seinen Gegner, aber Kân-mâ-kân wich ihm aus. Dann wandte
er sich rasch gegen ihn zurück und durchbohrte dem Kahardâsch die Brust, so daß die Lanzenspitze ihm zum Rücken her-
ausstak. Alsbald sammelte er die Pferde und die Beute und rief
die Sklaven an: ‚Auf, treibt, so rasch ein jeder kann!' Nun kam
auch Sabbâh herab und trat auf Kân-mâ-kân zu mit den Worten: ‚Du fochtest einen wackeren Streit, du größter Ritter unserer Zeit! Siehe, ich habe für dich gebetet, und der Herr hat
mein Flehen erhört.' Dann schnitt Sabbâh den Kopf des Kahardâsch ab; Kân-mâ-kân aber sprach lächelnd: ‚Du da, Sabbâh, ich hatte gedacht, du wärest ein Ritter in Kampf und
Schlacht!' Der Beduine erwiderte: ‚Vergiß deinen Sklaven
nicht bei dieser Beute; vielleicht kann ich es dadurch erreichen,
daß ich mich mit meiner Base Nadschma vermähle.' ‚Gewiß,'
sprach Kân-mâ-kân, ‚du sollst deinen Anteil daran erhalten.
Jetzt aber sei Wächter über die Beute und die Sklaven!'

Dann machte Kân-mâ-kân sich auf den Weg dem Heimatlande zu und zog Tag und Nacht dahin ohne Ruh, bis daß er
bei der Stadt Baghdad ankam, wo das ganze Heer von ihm
vernahm; und die Soldaten sahen, welche Beute und wie große
Herden er mitgebracht hatte, und wie der Kopf des Kahardâsch auf der Lanze Sabbâhs stak. Auch die Kaufleute erkannten jenen Kopf und sprachen erfreut: ‚Nun hat Allah die Welt
von ihm befreit; denn er war ein Wegelagerer.' Und sie wunderten sich über seinen Tod und beteten für den, der ihn getötet hatte. Das Volk von Baghdad aber kam zu Kân-mâ-kân
und fragte ihn nach seinen Erlebnissen; und er erzählte den
Leuten, was ihm widerfahren war. Da blickten ihn alle Männer voll Ehrfurcht an, ja, selbst die Ritter und Helden wurden

184

von Furcht vor ihm angetan. Er aber trieb alles, was er bei sich hatte, bis unter die Mauern des Palastes. Dort pflanzte er die Lanze, auf deren Spitze der Kopf des Kahardâsch stak, beim Schloßtor auf, machte dem Volke Geschenke und gab ihm die Pferde und Kamele, so daß die Einwohner von Baghdad ihn lieb gewannen und ihre Herzen sich ihm zuneigten. Darauf trat er an Sabbâh heran, wies ihm eine geräumige Wohnung an und gab ihm einen Anteil an der Beute. Und schließlich ging er zu seiner Mutter hinein und berichtete ihr, was er auf seiner Fahrt erlebt hatte.

Inzwischen war die Kunde von ihm zum König gedrungen. Der erhob sich von seinem Thron, schloß sich mit seinen Vertrauten ein und sprach zu ihnen: ‚Höret zu, ich will euch mein Geheimnis klarlegen und euch kundtun, welche Dinge mich im Verborgenen bewegen! Wisset, Kân-mâ-kân allein wird die Ursache unserer Vertreibung aus diesen Landen sein. Denn er hat Kahardâsch getötet, trotzdem die Stämme der Kurden und Türken bei jenem waren; und uns drohen von ihm die größten Gefahren. Doch am meisten müssen wir uns vor seinen Freunden fürchten; ihr habt ja gehört von dem Treiben des Wesirs Dandân; der hat meine Wohltaten verleugnet, nachdem ich ihm Gutes getan, ja er verriet mich und machte die Treue zum Wahn. Wie mir berichtet ward, führt er Truppen aus allen Provinzen heran; und den Kân-mâ-kân zum Sultan zu machen, das ist sein Plan. Denn die Herrschaft gehörte ja einst seinem Vater und seinem Großvater. Und es besteht kein Zweifel, daß er mich töten will; das ist ganz gewiß.‘ Als die Vertrauten seines Thrones diese Worte von ihm vernahmen, sprachen sie zu ihm: ‚O König, wahrlich, er ist dem nicht gewachsen. Und wüßten wir nicht, daß er von dir erzogen ist, so würde sich keiner von uns um ihn kümmern. Wisse, wir stehen dir zu Befehl. Willst du seinen Tod, so töten wir ihn; willst du seine Verbannung, so schaffen wir ihn fort.' Darauf erwiderte der König: ,Sein Tod ist allein das Richtige. Doch ich muß euch darauf einen Eid abnehmen.' So schworen sie denn, den Kânmâ-kân gewißlich zu töten; wenn dann der Wesir Dandân käme und von dem Tode des Prinzen hörte, so würde er sein Vorhaben nicht mehr ausführen können. Wie sie nun den feierlichen Eid darauf geleistet hatten, erwies er ihnen die höchsten Ehren und begab sich dann in seine eigenen Gemächer. Aber die Hauptleute sagten sich von ihm los, und die Truppen weigerten sich, den Waffendienst zu tun, bis sie gesehen hätten, was sich begeben würde; denn sie sahen ja, daß der größere Teil des Heeres bei dem Wesir Dandân war.

Inzwischen drang die Nachricht davon auch zu Kudija-Fakân. Da ward sie von tiefem Kummer erfüllt, und sie sandte alsbald zu der Alten, die sonst mit Botschaften von ihrem Vetter zu ihr zu kommen pflegte. Wie die bei ihr war, befahl sie ihr, zu ihm zu gehen und ihm die Kunde zu hinterbringen. Als jene Alte zu ihm kam, sprach sie den Gruß aus, worüber er seine Freude bezeigte; dann hinterbrachte sie ihm die Kunde. Nachdem er sie vernommen hatte, sagte er: ,Überbringe meiner Base meinen Gruß und sprich: Siehe, die Erde ist Allahs, des Allgewaltigen und Glorreichen; er gibt sie zum Erbe, wem er will von seinen Dienern.[1] Wie schön ist doch das Wort des Dichters:

> *Gott herrschet! Wer sich vermißt, sein Ziel allein zu erreichen,*
> *Den stößt er zurück mit Macht, daß die Seele im Höllenpfuhl sei.*
> *Besäße ich oder ein andrer nur einen Finger breit Landes,*
> *Der Allah nicht gehört – das wäre Vielgötterei.'*

Da kehrte die Alte zu seiner Base zurück und berichtete ihr, was er ihr gesagt hatte, und erzählte ihr auch, daß Kân-mâ-kân

[1]. Koran, Sure 7, Vers 125.

in der Stadt weile. König Sasân aber wartete nur darauf, daß er aus Baghdad hinausziehen würde, um dann jemand hinter ihm her zu senden, der ihn ermorden sollte.

Nun traf es sich, daß Kân-mâ-kân zu Jagd und Hatz auszog, zusammen mit Sabbâh, der sich Tag und Nacht nie von ihm trennte. Und da erjagte er zehn Gazellen, unter ihnen eine mit dunklen Augen, die ängstlich nach rechts und links blickte. Die ließ er los: Sabbâh aber fragte ihn: ‚Warum hast du diese Gazelle losgelassen?‘ Lächelnd ließ Kân-mâ-kân auch die anderen frei und sprach: ‚Die Mannesehre gebietet, Gazellen freizulassen, die Junge haben. Die Gazelle da blickte nur deshalb hin und her, weil sie Junge hat. Darum habe ich sie freigelassen und mit ihr die übrigen, ihr zu Ehren.‘ Nun bat Sabbâh: ‚Laß auch mich frei, auf daß ich zu meinem Volke gehe!‘. Lächelnd stieß Kân-mâ-kân ihm mit dem unteren Lanzenende gegen die Brust, so daß er zu Boden fiel und sich wand wie eine Schlange. In demselben Augenblicke, siehe, da türmte sich eine Staubwolke auf, Pferdegetrappel erscholl, und unter der Wolke traten Ritter und Kämpen hervor. Solches begab sich, weil Leute dem König Sasân berichtet hatten, daß Kân-mâ-kân zu Jagd und Hatz ausgezogen war, und weil der König dann einen Emir der Dailamiten, namens Dschâmi’, mit zwanzig Rittern ausgesandt, ihnen Geld gegeben und den Kân-mâ-kân zu ermorden befohlen hatte. Als sie nahe an ihn herangekommen waren, stürmten sie auf ihn ein; doch auch er drang auf sie ein und tötete sie bis auf den letzten Mann. Plötzlich kam auch König Sasân angeritten; aber als er zu seinen Leuten stieß und sie alle erschlagen fand, erschrak er und kehrte wieder um. Doch die Einwohner der Stadt ergriffen ihn und legten ihn in feste Bande.

Kân-mâ-kân war inzwischen von jener Stätte weiter geritten, zusammen mit dem Beduinen Sabbâh. Und während er so dahinzog, sah er unterwegs einen Jüngling bei der Tür eines Hauses; den begrüßte er. Der Jüngling aber ging, nachdem er seinen Gruß erwidert hatte, in das Haus und kehrte alsbald mit zwei Schüsseln zurück; in der einen war saure Milch, in der anderen lagen Brotbrocken und Fleischstücke, um die geschmolzene Butter brodelte. Die beiden Schüsseln setzte er vor Kân-mâ-kân hin mit den Worten: ‚Erweise uns die Ehre und iß von unserer Speise!‘ Doch Kân-mâ-kân lehnte es ab, zu essen; und da fragte der Jüngling ihn: ‚Was ist dir, Mann, daß du nicht essen willst?‘ ‚Wisse, ein Gelübde lastet auf mir‘, erwiderte Kân-mâ-kân. Als der Jüngling dann weiter fragte: ‚Was war der Anlaß zu deinem Gelübde?‘ antwortete der Prinz: ‚Vernimm, König Sasân hat mir die Herrschaft geraubt in feindseliger Tyrannei, obgleich jene Herrschaft meinem Vater und meinem Großvater vor mir gehörte. Er hat sich ihrer mit Gewalt bemächtigt nach dem Tode meines Vaters, indem er mich wegen meiner jungen Jahre beiseite schob. Da habe ich ein Gelübde getan, von niemandes Speise zu essen, bis ich meinem Herzen Rache an meinem Widersacher verschaffe.‘ ‚Freue dich,‘ rief der Jüngling, ‚Allah hat schon dein Gelübde vollendet. Denn wisse, er ist in einem Hause gefangen, und mich dünkt, er wird bald sterben.‘ Als Kân-mâ-kân fragte, in welchem Hause er eingekerkert sei, erwiderte der Jüngling: ‚In jenem hohen Kuppelbau.‘ Da erblickte der Prinz einen hohen Kuppelbau und sah, wie das Volk dort eindrang, um auf Sasân loszuschlagen, während er Todesqualen kostete. Alsbald ging Kân-mâ-kân dorthin, bis er den Bau erreichte und mit eigenen Augen sah, was in ihm vorging. Dann kehrte er zu dem Hause zurück, setzte sich bei dem Essen nieder und aß sich satt; was von dem Fleisch noch übrig blieb, tat er in seinen Sack. Darauf blieb er an jener Stätte sitzen, bis es dunkle Nacht ward und der Jüngling, bei dem er zu Gaste war, einschlief. Alsdann begab Kân-mâ-kân sich zu dem Kuppelbau, in dem Sasân gefangen lag. Ringsum waren Hunde, die ihn bewachten, und einer von ihnen sprang auf den Prinzen los. Dem warf er ein Stück Fleisch aus seinem Sacke zu. Ebenso warf er auch den anderen Hunden Fleischstücke zu, bis er an den Bau herankam und zu König Sasân vordrang; dem legte er die Hand auf den Kopf. ‚Wer bist du?‘ schrie jener mit lauter Stimme. Da antwortete der Prinz: ‚Ich bin Kân-mâ-kân, dem du nach dem Leben trachtetest; doch Allah hat dich in deinen bösen Plänen zu Fall gebracht. Genügte es dir nicht, daß du mir mein Reich, das Reich meines Vaters und Großvaters, genommen hast? Mußtest du mir auch noch nach dem Leben trachten?‘ Nun schwor Sasân den falschen Eid, er habe ihn nicht töten lassen wollen und das Gerede davon sei nicht wahr. Da vergab Kân-mâ-kân ihm und sprach: ‚Folge mir!‘ Jener erwiderte: ‚Ich kann keinen einzigen Schritt tun, so schwach bin ich.‘ ‚Wenn es so steht,‘ erwiderte Kân-mâ-kân, ‚so wollen wir uns zwei Pferde verschaffen und zusammen hinausreiten.‘ Dann tat er, wie er gesagt hatte; er und Sasân saßen auf und ritten dahin bis zum Morgen. Da beteten sie das Morgengebet und zogen wieder weiter, bis sie zu einem Garten kamen; dort setzten sie sich nieder, um zu plaudern. Nun hub Kân-mâ-kân an und sprach zu Sasân: ‚Hast du im Herzen noch irgend etwas gegen mich?‘ ‚Nein, bei Allah!‘ antwortete Sasân. Darauf kamen sie überein, nach Baghdad zurückzukehren, und der Beduine Sabbâh sprach: ‚Ich will euch vorauseilen, um den Leuten die frohe Botschaft zu bringen!‘ So ritt er denn voraus und meldete Männern und Frauen die frohe Kunde; da zog das Volk mit Trommeln und Flöten ihm entgegen. Auch Kudija-Fakân erschien, dem Vollmonde gleich, der das Dunkel der Welt mit

seinem strahlenden Lichte erhellt. Als Kân-mâ-kân auf sie
zutrat, da sehnte sich Seele nach Seele, und Leib verlangte
nach Leib. Nun redete das Volk der Welt immer nur noch
von Kân-mâ-kân weit und breit, und die Ritter bezeugten
von ihm, er sei der tapferste Held seiner Zeit; und sie sprachen: ,Keiner darf über uns Sultan sein außer Kân-mâ-kân
allein, und die Herrschaft seines Großvaters werde wieder
wie ehedem sein!'

Was nun aber Sasân anlangt, so trat er zu Nuzhat ez-Zamân
ein. Die sprach zu ihm: ,Wahrlich, ich sehe, wie das Volk von
nichts anderem redet als von Kân-mâ-kân und von ihm sagt,
er habe Eigenschaften, die keine Zunge beschreiben kann.'
,Hörensagen und Augenschein ist nicht dasselbe', antwortete
Sasân; ,ich habe ihn gesehen, aber ich habe keine von all den
Eigenschaften der Vollkommenheit an ihm bemerkt. Es wird
ja auch nicht alles gesagt, was man hört; aber das Volk äfft
einer dem andern nach in dem Lob für ihn und der Liebe zu
ihm, und Allah hat seinen Ruhm über die Zungen der Menschen laufen lassen, daß die Herzen des Volks von Baghdad sich
ihm zugeneigt haben und auch dem Wesir Dandân, dem verräterischen, treulosen Mann; der führte Truppen aus allen Provinzen für ihn heran. Wer kann denn Herrscher der Länder
sein und sich damit zufrieden geben, unter der Gewalt eines
verwaisten, wertlosen Gebieters zu leben?' Als Nuzhat ez-Zamân dann fragte: ,Was hast du denn zu tun beschlossen?' erwiderte er: ,Ich habe beschlossen, ihn zu töten; dann soll der
Wesir Dandân seinen Plan vereitelt sehen, sich wieder meinem
Befehle unterwerfen und mir Gehorsam schwören, da ihm
nichts mehr übrig bleibt, als daß seine Dienste mir gehören.'
Aber Nuzhat ez-Zamân entgegnete ihm: ,Wahrlich, Verrat
ist gegen Fremde nicht schön; wieviel weniger gegen die, so

190

uns nahe stehn! Das Richtige wäre, du vermähltest ihn mit deiner Tochter Kudija-Fakân und hörtest auf das, was uns in Versen der Vorzeit kundgetan:

Hat das Geschick über dich einen andren Mann erhoben,
Wenngleich du würdiger bist, und fällt es dir auch schwer,
So gib ihm doch das Recht der Würde, die ihm gebühret:
Er würde dich ja erreichen, ob nah, ob fern er wär!
Und red auch nicht von dem, was du über ihn erfahren;
Sonst wärest du ein Mensch, der Vorteil fern von sich hält.
Wie viele im Frauengemach sind schöner als die Gattin;
Und doch hat das Geschick die Gattin hochgestellt!'

Als Sasân diese Worte von ihr vernahm und der Sinn dieser Verse ihm zum Bewußtsein kam, sprang er zornig von ihrer Seite auf und rief: ‚Tät es nicht Schimpf und Schande eintragen, dich zu erschlagen, fürwahr, ich hiebe dir den Kopf mit dem Schwerte ab und brächte dich alsbald ins Grab!‘ Da antwortete sie: ‚Während du gegen mich ergrimmst, scherze ich doch nur mit dir!‘ Dann erhob sie sich rasch, küßte ihm Haupt und Hände und sprach: ‚Was du meinst, ist das Rechte. Wir wollen nun gemeinsam ein Mittel zu finden suchen, durch das wir ihn zu Tode bringen.‘ Über diese ihre Worte freute er sich und sprach: ‚Suche eiligst nach dem Mittel und befreie mich von meinem Kummer! Denn mir ist das Tor der Mittel und Wege zu eng geworden.‘ Da fuhr sie fort: ‚Ich werde dir sicher eine List ersinnen, um seinem Leben ein Ende zu machen.‘ ‚Auf welche Weise?‘ fragte er, und sie gab ihm zur Antwort: ‚Durch unsere Sklavin, Bakûn genannt; denn die ist in allen Listen gewandt.‘ Jene Sklavin aber war eine der ärgsten aller Unheilstifterinnen, und nach ihrer Religion wäre es Sünde, keine Schlechtigkeit zu ersinnen; sie hatte Kân-mâ-kân und Kudija-Fakân erzogen, ja, Kân-mâ-kân war ihr herzlich zugetan und pflegte in seiner großen Verehrung für sie zu ihren Füßen zu schlafen. Als König Sasân diese Worte seiner Gemahlin vernommen hatte, sprach er: ‚Ja, dieser Rat ist der rechte.‘ Dann ließ er die Sklavin Bakûn kommen, erzählte ihr, was vorgefallen war, und befahl ihr, dem Prinzen nach dem Leben zu trachten, indem er ihr allerlei Schönes versprach. ‚Deinem Befehle wird gehorcht,‘ erwiderte sie, ‚doch ich wünsche, o mein Herr, du möchtest mir einen Dolch geben, der mit dem Wasser des Todes getränkt ist, damit ich ihn dir desto rascher umbringen kann.‘ Sasân willfahrte ihr gern und holte für sie einen Dolch, der dem Todesgeschick zuvorkommen konnte.

Nun hatte diese Sklavin Geschichten und Verse vernommen und seltsame Berichte und Erzählungen in sich aufgenommen; und wie sie den Dolch empfangen hatte, ging sie aus dem Hause und dachte, wie sie ihm wohl den Garaus machte. Sie kam also zu Kân-mâ-kân, wie er dasaß und auf die Zusage einer Begegnung mit der Herrin Kudija-Fakân wartete. So geschah es, daß in jener Nacht seine Gedanken sich zu seiner Base wandten und die Flammen der Liebe zu ihr in seinem Herzen brannten. In dem Augenblicke trat plötzlich Bakûn zu ihm ein und sprach: ‚Jetzt ist es Zeit, zur Vereinigung zu gelangen; denn die Tage der Trennung sind vergangen.‘ Als er das hörte, fragte er: ‚Wie steht es mit Kudija-Fakân?‘ ‚Wisse, sie denkt nur an deine Liebe‘, antwortete Bakûn. Da sprang Kân-mâ-kân auf, legte seine Obergewänder ab und gab sie ihr und versprach ihr alles Schöne. Sie aber fuhr fort: ‚Höre, ich will diese Nacht bei dir verbringen; ich will dir etwas von dem, was ich gehört habe, erzählen und dich trösten durch Geschichten von Liebeskranken, die sich in ihrer Sehnsucht quälen.‘ Doch Kân-mâ-kân erwiderte: ‚Erzähle mir eine Geschichte, die mein Herz erfreut, und die mich von meinem Kummer befreit!‘ Mit den Worten: ‚Herzlich gern!‘ setzte sie sich an seiner Seite nieder, während jener Dolch in ihren Kleidern verborgen war, und fuhr dann fort: ‚Wisse, das Heiterste, was meine Ohren je vernahmen, ist

DIE GESCHICHTE VOM HASCHISCHESSER

Es war einmal ein Mann, der die Schönen liebte und für sie sein Geld ausgab, bis er ganz verarmte und nichts mehr besaß. Da ward die Welt ihm zu enge, und er begann, in den Straßen umherzuirren, um etwas zu suchen, wodurch er sich ernähren könnte. Und während er so umherwanderte, siehe, da drang ihm ein alter Nagel in eine Zehe, so daß sein Blut floß. Er setzte sich hin, wischte das Blut ab und verband sich die Zehe. Dann ging er schreiend weiter, bis er zu einem Badehause kam; in das ging er hinein und legte seine Kleider ab. Und wie er sich drinnen umsah, fand er, daß es ein sauberes Bad war. Nun setzte er sich auf das Becken des Springbrunnens und ließ sich in einem fort das Wasser über den Kopf rinnen, bis er müde ward.‘ – –«

Da bemerkte Schehrezâd, daß der Morgen begann, und sie hielt in der verstatteten Rede an. Doch als die *Hundertunddreiundvierzigste Nacht* anbrach, fuhr sie also fort: »Es ist mir berichtet worden, o glücklicher König, daß der Mann sich auf das Becken des Springbrunnens setzte und sich in einem fort das Wasser über den Kopf rinnen ließ, bis er müde ward. Dann ging er zu dem Kaltwasserraum, und da er dort niemanden vorfand, setzte er sich in eine stille Ecke, holte ein Stück Haschisch heraus und schluckte es hinunter. Als es ihm zu Kopfe gestiegen war, fiel er rücklings auf den Marmorboden hin. Und nun gaukelte das Haschisch ihm vor, ein vornehmer Kammerherr knete ihn und zwei Sklaven ständen ihm zu Häupten, der eine mit einer Schale, der andere mit den übrigen Badegeräten und dem, was ein Badewärter sonst noch braucht. Als er das sah, sagte er sich im Traume: ‚Es scheint, die irren sich in mir, oder es sind Leute von unserer Zunft, Haschischesser!‘ Dann streckte er seine Füße aus und glaubte zu hören, wie der Bademeister sagte: ‚O Herr, die Zeit ist nahe, daß du hinaufgehst; und heute bist du an der Reihe.‘ Lächelnd sagte er zu sich selber: ‚Wunderbar, o Haschisch!‘ Dann setzte er sich schweigend auf, träumte, daß der Bademeister kam, ihn bei der Hand nahm und ihm ein schwarzseidenes Tuch um den Leib legte. Die beiden Sklaven gingen hinter ihm mit den Schalen und den Geräten. So geleiteten sie ihn, bis sie ihn in eine Kammer führten, wo sie Weihrauch anzündeten. Dann sah er, wie der Raum voll war von allerlei Früchten und duftenden Blumen. Man schnitt eine Wassermelone für ihn auf und ließ ihn auf einem Stuhl von Ebenholz sitzen. Der Bademeister aber stand da und wusch ihn, während die beiden Sklaven Wasser über ihn gossen. Dann rieben sie ihn gut ab und sprachen: ‚O unser Herr Gebieter, Wohlergehen auf ewig!‘ Dann gingen sie wieder hinaus und machten die Tür zu. Wie er all dies geträumt hatte, nahm er das Tuch von seinem Leibe und fing an zu lachen, bis er fast in Ohnmacht fiel. Eine lange Weile lachte er weiter; dann aber sprach er bei sich: ‚Was ist’s mit ihnen, daß sie mich wie einen Wesir anreden und ‚unser Herr Gebieter‘ zu mir sagen? Vielleicht haben sie jetzt einen Irrtum begangen; aber bald werden sie mich erkennen und sagen: ‚Das ist ein Taugenichts‘, und dann werden sie mir sattsam den Nacken verprügeln.‘ Da er sich nun heiß fühlte, so öffnete er die Tür, worauf er weiter träumte, ein kleiner Mamluk und ein Eunuch träten zu ihm ein. Der Mamluk hatte ein Bündel bei sich; das machte er auf und nahm drei seidene Tücher aus ihm hervor.

Das erste legte er ihm über den Kopf, das zweite um die Schultern, und das dritte gürtete er ihm um die Hüften. Der Eunuch aber brachte ihm Stelzsandalen, und die zog er an. Nun traten Mamluken und Eunuchen herein und führten ihn stützend, während er immerfort lachte, bis er hinaustrat und in die Halle hinaufstieg. Die fand er mit großen Teppichen ausgestattet, wie sie sich nur für Könige ziemen. Alsbald eilten die Diener auf ihn zu und setzten ihn auf einen Diwan; dann begannen sie ihn zu kneten, bis ihn der Schlaf übermannte. Und weiter sah er im Traume eine Jungfrau an seinem Busen; die küßte er und legte sie zwischen seine Schenkel; dann kniete er vor ihr, wie der Mann vor der Frau zu knien pflegt, nahm seine Rute in die Hand und zog und preßte die Jungfrau an sich. Mit einem Male rief jemand ihm zu: ‚Wach auf, du Taugenichts! Es ist schon Mittag, und du schläfst immer noch!' Da schlug er die Augen auf und fand sich am Rande des Kaltwasserbeckens liegen, mitten unter einer Schar von Leuten, die ihn auslachten, und dabei war sein Glied aufrecht, und das Tuch war von seinem Leib heruntergefallen. Nun ward es ihm klar, daß dies alles nur Irrgänge von Träumen und Täuschungen des Haschisch gewesen waren. Traurig blickte er den an, der ihn geweckt hatte, und sprach: ‚Ach, hätte ich doch zu Ende träumen können!' Aber die Leute riefen: ‚Schämst du dich nicht, du Haschischesser, hier nackt mit aufrechter Rute zu schlafen?' Und sie schlugen ihn, bis ihm der Nacken rot geworden war. Er aber war hungrig und hatte doch den Vorgeschmack der Glückseligkeit gekostet.'

*

Als Kân-mâ-kân diese Erzählung der Sklavin gehört hatte, lachte er, bis er auf den Rücken fiel. Und er sprach zu Bakûn: ‚Amme, das ist ja eine wunderbare Geschichte; ich habe noch nie etwas gehört wie diese Erzählung. Weißt du vielleicht noch eine andere?', ,Ja freilich', erwiderte sie. Und nun erzählte die Sklavin Bakûn dem Kân-mâ-kân ohne Unterlaß märchenhafte Begebenheiten und lustige Seltsamkeiten, bis der Schlaf ihn übermannte. Jene Sklavin aber blieb zu seinen Häupten sitzen, bis der größte Teil der Nacht vergangen war; da sprach sie bei sich selber: ,Dies ist die Zeit, um die Gelegenheit auszunützen!' Rasch sprang sie auf, zückte den Dolch, stürzte sich auf Kân-mâ-kân und wollte ihm die Kehle durchschneiden. Doch siehe da, die Mutter des Prinzen trat zu ihnen herein, und sowie Bakûn sie erblickte, eilte sie ihr entgegen; aber die Furcht kam über sie, und sie begann zu zittern, als hätte das Fieber sie gepackt. Verwundert ob ihres Anblicks weckte die Mutter des Kân-mâ-kân ihren Sohn aus dem Schlafe; und wie der erwachte, fand er seine Mutter zu seinen Häupten sitzen. So ward ihr Kommen der Anlaß zu seiner Rettung; und der Grund ihres Kommens war, daß Kudija-Fakân die Kunde von dem Plane zu seiner Ermordung vernommen und zu seiner Mutter gesagt hatte: ,O Gattin meines Oheims, eile zu deinem Sohne, ehe die Hexe Bakûn ihn ermordet!' Und dann hatte sie ihr alles, was geschehen war, von Anfang bis zu Ende erzählt. Da war die Mutter fortgeeilt, ohne sich zu besinnen und ohne irgend etwas abzuwarten, und war gerade in dem Augenblick eingetreten, in dem Bakûn sich wider den Schlafenden erhob und ihm die Kehle durchschneiden wollte. Wie er nun aufwachte, sprach er zu seiner Mutter: ,Du bist zur rechten Zeit gekommen, liebe Mutter; denn meine Amme Bakûn ist auch gerade bei mir in dieser Nacht.' Dann wandte er sich der Sklavin zu und fragte sie: ,Bei meinem Leben, weißt du noch eine Geschichte, schöner als die andern, die du mir erzählt hast?' Bakûn erwiderte: ,Was ist denn das, was ich dir vorher erzählt habe, im Vergleiche zu dem, was ich dir jetzt noch erzählen könnte! Das ist noch viel heiterer. Aber ich muß es dir zu anderer Zeit erzählen.' Dann machte sie sich auf, kaum noch an ihre Rettung glaubend, obwohl er ihr ein Lebewohl zurief; denn sie hatte in ihrer Schlauheit bemerkt, daß seine Mutter Kunde hatte von dem, was vorgefallen war.

Jene ging also ihres Weges. Aber seine Mutter sprach zu ihm: ‚Lieber Sohn, dies ist eine gesegnete Nacht, da Allah der Erhabene dich von dieser Verfluchten gerettet hat.' ‚Wie denn das?' fragte er, und sie berichtete ihm den Hergang von Anfang bis zu Ende. Da sprach er zu ihr: ‚Liebe Mutter, siehe, wer am Leben bleiben soll, für den gibt es keinen Mörder; und selbst wenn die Mörderhand ihn trifft, so stirbt er doch nicht. Allein es ist das beste für uns, wenn wir von diesen Feinden fortziehen; doch Allah tut, was er will.'

Am andern Morgen verließ Kân-mâ-kân die Stadt und vereinigte sich mit dem Wesir Dandân. Nach seinem Fortgange aber ereigneten sich Dinge zwischen König Sasân und Nuzhat ez-Zamân, die auch sie zwangen, die Stadt zu verlassen. So kam sie denn gleichfalls zu ihnen, und ebenso vereinigten sich mit ihnen alle Reichswürdenträger des Königs Sasân, die auf ihre Seite hinüberneigten. Nun saßen sie zu einem Kriegsrat nieder, und man einigte sich auf den Plan, einen Raubzug gegen den König von Kleinasien zu machen und Rache an ihm zu nehmen. So brachen sie denn auf zum Kriege gegen die Romäer; aber sie fielen in die Gefangenschaft des Königs Rumzân, des Herrschers von Kleinasien, nachdem sich noch manche andere Dinge zugetragen hatten, die hier zu berichten zu weit führen würde, wie aus dem folgenden hervorgeht. Am Tage darauf befahl König Rumzân, Kân-mâ-kân und der Wesir Dandân und ihre Begleiter sollten zu ihm kommen. Und als sie dann vor ihn traten, ließ er sie neben sich sitzen und befahl die Tische mit den Speisen zu bringen. Als das geschehen war, aßen und tranken sie und beruhigten sich, nachdem sie bereits den sicheren Tod vor Augen gesehen hatten; denn als er sie kommen ließ, hatten sie zueinander gesagt: ‚Er hat nur deshalb nach uns geschickt, weil er uns töten lassen will.‘ Wie sie sich also nun sicher fühlten, sprach der König zu ihnen: ‚Ich habe einen Traum gesehen, und ich habe ihn den Mönchen erzählt, aber die sagten, keiner könne ihn mir deuten als der Wesir Dandân.‘ Da sagte der Wesir: ‚Gutes mögest du gesehen haben, o größter König unserer Zeit!‘ Der König aber fuhr fort: ‚O Wesir, ich sah mich selbst in einer Grube, die wie ein düsteres Brunnenloch aussah, und da waren Scharen von Leuten, die mich folterten. Ich wollte hinaufspringen; aber als ich hochsprang, fiel ich wieder auf meine Füße zurück, und es war mir unmöglich, aus jener Grube hinauszukommen. Dann blickte ich mich um und sah in ihr einen goldenen Gürtel; nach dem streckte ich die Hand aus, um ihn zu ergreifen; doch wie ich ihn von der Erde aufhob, sah ich, daß es zwei Gürtel waren. Als ich mir nun die beiden umlegte, siehe, da waren die beiden wieder nur ein Gürtel. Dies, o Wesir, ist mir im Traume geschehn, das ist's, was ich im süßen Schlummer gesehn.‘ ‚Wisse, o unser Herr und Sultan,‘ erwiderte Dandân, ‚dein Traumgesicht deutet darauf, daß du einen Bruder hast oder einen Bruderssohn, oder eines Oheims Sohn, oder irgendeinen, der zu deinem Hause, zu deinem Fleisch und Blut gehört, der jedenfalls einer eurer Edelsten ist.‘ Nachdem der König diese Deutung vernommen hatte, blickte er auf Kân-mâ-kân, Nuzhat ez-Zamân, Kudija-Fakân, den Wesir Dandân und die anderen Gefangenen, indem er bei sich selber sprach: ‚Wenn ich denen da den Kopf abschlagen lasse, so wird der Mut ihrer Truppen schwinden, da ja dann die Führer dahin sind, und ich kann bald in mein Land zurückkehren, auf daß die Herrschaft mir nicht verloren gehe!' Wie nun dieser Entschluß bei ihm feststand, ließ er den Henker rufen und befahl ihm, Kân-mâ-kân auf der Stelle den Hals zu durchschlagen. Doch siehe, im selben Augenblick trat die Amme des Königs vor und fragte ihn: ‚O glückseliger König, was hast du da beschlossen?' Er antwortete: ‚Ich habe beschlossen, diese Gefangenen, die in meiner Macht sind, töten zu lassen: dann will ich ihre Köpfe zu ihren Gefährten hinüberwerfen lassen und selbst mit meinen Truppen im Vollangriffe über sie herfallen; wir werden einen Teil töten und die übrigen in die Flucht schlagen, und dies wird die Entscheidungsschlacht sein. So werde ich bald in mein Land zurückkehren können, ehe sich in meinem Reiche schwerwiegende Ereignisse vollziehen.' Als die Amme von ihm diese Worte vernahm, trat sie an ihn heran und sagte in fremder Sprache: ‚Wie kann es dich gut dünken, den Sohn deines Bruders, deine Schwester und die Tochter deiner Schwester töten zu lassen?' Bei diesen Worten der Amme ergrimmte der König gewaltig, und er schrie sie an: ‚O du Verfluchte, hast du nicht berichtet, daß meine Mutter erschlagen wurde und daß mein Vater durch Gift umkam? Du gabst mir doch ein Juwel und sagtest, das habe meinem Vater gehört! Warum hast du mir denn nicht die Wahrheit gesagt?' Da antwortete sie: ‚Alles, was ich dir berichtet habe, ist wahr; aber mit uns beiden ist es eine seltsame Sache, und unser beider Geschick ist wunderbar. Nun denn, ich heiße Mardschâna, und deine Mutter hieß Abrîza. Sie war voller Schöne und Lieblichkeit, ihr Mut ward im Sprichworte gefeiert, und sie war selbst unter den Helden berühmt ob ihrer Tapferkeit. Dein Vater war der König 'Omar ibn en-Nu'mân, der Herrscher von Baghdad und Chorasân; das ist gewißlich wahr

und allen Zweifels bar. Er schickte einstmals seinen Sohn Scharkân auf einen Raubzug zusammen mit diesem Wesir Dandân,
und von ihnen ward manche Tat getan. Nun war dein Bruder,
der König Scharkân, den Truppen vorausgeritten und hatte
sich von seinem Heere getrennt: da traf er mit deiner Mutter,
der Prinzessin Abrîza, in ihrem Schlosse zusammen. Wir waren
nämlich mit ihr an eine einsame Stätte gegangen, um zu ringen; dort stieß er auf uns, während wir gerade bei dem Kampfe
waren. Und er rang mit deiner Mutter; aber sie besiegte ihn
durch ihre strahlende Schönheit und ihre Tapferkeit. Dann behielt sie ihn fünf Tage lang als Gast in ihrem Schlosse; aber das
wurde ihrem Vater hinterbracht durch seine Mutter, die alte
Schawâhi, mit dem Beinamen Dhât ed-Dawâhi. Nachdem
deine Mutter den Islam angenommen hatte von deinem Bruder
Scharkân, führte er sie mit sich und geleitete sie heimlich nach
der Stadt Baghdad. Nur ich und Raihâna und zwanzig andere
Mädchen waren bei ihr; und auch wir hatten alle den Islam von
König Scharkân angenommen. Als wir dann zu deinem Vater,
dem König 'Omar ibn en-Nu'mân, kamen und er deine Mutter, die Prinzessin Abrîza, erblickte, da erfüllte die Liebe zu ihr
sein Herz; und eines Nachts ging er zu ihr und blieb mit ihr
allein, da wurde sie mit dir schwanger. Deine Mutter aber hatte
drei Juwele, und die schenkte sie deinem Vater; er gab eins
seiner Tochter Nuzhat ez-Zamân, das zweite deinem Bruder
Dau el-Makân und das dritte deinem anderen Bruder, dem
König Scharkân. Dies nahm die Prinzessin Abrîza ihm wieder
ab und bewahrte es für dich auf. Als dann die Zeit ihrer Niederkunft nahte, sehnte deine Mutter sich nach den Ihren, und sie
offenbarte mir ihr Geheimnis. Da begab ich mich zu einem
schwarzen Sklaven namens el-Ghadbân, teilte ihm heimlich
unseren Plan mit und veranlaßte ihn, daß er mit uns reise. Je-

ner Sklave führte uns aus der Stadt hinaus und floh mit uns, während deine Mutter ihrer Entbindung schon nahe war. Als wir gerade den Anfang unseres Landes erreicht hatten, an einer einsamen Gegend, da überfielen deine Mutter die Wehen der Geburt. Doch der Sklave hatte sich in Gedanken mit Gemeinheit beschäftigt, und so kam er nah an sie heran und verlangte das Schändliche von ihr. Da schrie sie ihn laut an und schauderte vor ihm zurück; und in ihrem großen Schrecken gebar sie dich sogleich. In dem Augenblicke aber kam aus der Richtung unseres Landes eine Staubwolke hervor, die stieg auf und wirbelte empor, bis sich die Welt im Dunkel verlor. Da fürchtete der Sklave für sein Leben, und in seiner Wut hieb er auf die Prinzessin Abrîza mit seinem Schwerte ein und tötete sie; dann stieg er zu Pferde und ritt davon. Wie er nun aber entwichen war, tat die Staubwolke sich auf, und es erschien dein Großvater, König Hardûb, der Herrscher von Kleinasien. Kaum hatte er deine Mutter, seine Tochter, entdeckt, wie sie dort tot lag, auf den Boden hingestreckt, da erfüllte ihn bitteres Leid und tiefe Traurigkeit. Er fragte mich, wie sie zu Tode gekommen sei und warum sie heimlich das Land ihres Vaters verlassen habe. Da erzählte ich ihm alles von Anfang bis zu Ende. Dies ist auch der Grund der Feindschaft zwischen dem Volke des Landes der Griechen und dem Volke des Reiches von Baghdad. Dann trugen wir deine ermordete Mutter fort und legten sie ins Grab; ich aber hatte dich bereits an mich genommen, und ich zog dich auf, und das Juwel, das die Prinzessin Abrîza gehabt hatte, hängte ich dir um den Hals. Als du später herangewachsen warst und das Mannesalter erreicht hattest, war es mir nicht möglich, dir den wahren Sachverhalt mitzuteilen; denn hätte ich ihn dir berichtet, so wären alsbald wieder Kriege unter euch ausgebrochen. Auch hatte dein Großvater mir Schweigen auferlegt, und ich konnte doch dem Befehle des Königs Hardûb, des Herrschers von Kleinasien, nicht zuwiderhandeln. Dies ist der Grund, weshalb ich dir diese Dinge verborgen und dir nicht gesagt habe, daß König 'Omar ibn en-Nu'mân dein Vater ist. Als du zur Herrschaft kamst, erzählte ich dir einen Teil der Wahrheit, aber das Ganze habe ich dir erst zu dieser Stunde berichten können, o größter König unserer Zeit; ich habe das Verborgene dir offenbar gemacht und den Beweis dafür erbracht. Dies ist es, wovon ich Kunde erhalten; mögest du nun deines Rates walten!' Die Gefangenen aber hatten alles gehört, was die Sklavin Mardschâna, die Amme des Königs, gesagt hatte; und nun schrie Nuzhat ez-Zamân plötzlich laut auf und rief: ,So ist denn dieser König Rumzân mein Bruder von seiten meines Vaters 'Omar ibn en-Nu'mân, und seine Mutter war die Prinzessin Abrîza, die Tochter des Königs Hardûb, des Herrschers von Kleinasien! Ich erkenne auch diese Sklavin Mardschâna ganz deutlich.' Wie nun König Rumzân all das hörte, ergriff ihn heftige Erregung, und er war ratlos über sich selbst. Doch ließ er sofort Nuzhat ez-Zamân zu sich kommen, und als er sie ansah, da ward Blut zu Blut hingezogen. Er fragte sie nach ihren Lebensschicksalen, und sie erzählte ihm alles. Und was sie sagte, stimmte überein mit dem, was seine Amme Mardschâna berichtet hatte. Also ward der König dessen gewiß, daß er sicher und ohne Zweifel vom Volke des Irak abstammte und daß König 'Omar ibn en-Nu'mân sein Vater war. Und im Augenblicke löste er die Fesseln seiner Schwester Nuzhat ez-Zamân. Die trat auf ihn zu und küßte ihm die Hände mit Tränen in den Augen. Und da sie weinte, mußte auch der König weinen; brüderliche Zärtlichkeit erfüllte ihn, und sein Herz neigte sich dem Sohne seines Bruders zu, dem Sultan Kân-mâ-kân. Rasch sprang er auf

202

und nahm dem Henker das Schwert aus der Hand. Nun glaubten die Gefangenen, ihre letzte Stunde sei gekommen, als sie ihn das tun sahen. Er aber befahl, sie nahe heranzuführen, und durchschnitt selber ihre Fesseln, indem er seiner Amme Mardschâna zurief: ‚Tu du deine Geschichte, die du mir erzählt hast, allen diesen noch einmal kund!‘ Da antwortete sie: ‚Wisse, o König, dieser Alte da ist der Wesir Dandân, und er ist der beste Zeuge für mich; denn er weiß, wie sich alles in Wahrheit zugetragen hat.‘ Dann hub sie an zur selbigen Stunde vor den Gefangenen und vor den Königen der Griechen und der Franken, die dort zugegen waren, und tat ihnen jene Geschichte kund, während die Königin Nuzhat ez-Zamân und der Wesir Dandân und alle anderen Gefangenen sie ihr bestätigten. Doch gerade wie die Sklavin Mardschâna ihre Erzählung beendigte, fiel ihr Blick auf das dritte Juwel, das Ebenbild der beiden, die einst Prinzessin Abrîza besessen hatte; das entdeckte sie am Halse des Sultans Kân-mâ-kân, und als sie es erkannte, tat sie einen lauten Schrei, von dem der Raum widerhallte. Zum Könige aber sprach sie: ‚O mein Sohn, wisse, jetzt, in diesem Augenblicke, bin ich noch fester von der Wahrheit überzeugt worden, denn das Juwel da, das sich am Halse dieses Gefangenen befindet, ist das gleiche, wie ich es dir um den Hals gelegt habe, ja, es ist sein Ebenbild. So ist denn dieser Gefangene der Sohn deines Bruders, er ist wirklich Kân-mâ-kân!‘ Dann wandte Mardschâna sich an Kân-mâ-kân selbst mit den Worten: ‚Laß mich dies Juwel sehen, o größter König unserer Zeit!‘ Der nahm es von seinem Halse, reichte es jener Sklavin, der Amme des Königs Rumzân, und die nahm es hin. Dann bat sie Nuzhat ez-Zamân um das dritte Juwel, und die gab es ihr. Als dann die beiden Edelsteine sich in der Hand der Sklavin befanden, reichte sie ihrerseits sie dem König Rumzân. Dem ward dadurch der wahrhafte Beweis kundgetan; und er war nunmehr überzeugt, er sei der Oheim des Sultans Kân-mâ-kân, und sein eigener Vater sei der König 'Omar ibn en-Nu'mân. Sogleich ging er auf den Wesir Dandân zu und umarmte ihn, dann umarmte er den König Kân-mâ-kân; und die beiden schrieen laut auf vor Freuden. Zur selbigen Stunde verbreitete sich die frohe Kunde; Pauken und Trommeln wurden geschlagen, Schalmeien wurden geblasen, und die Freude ward allgemein. Auch die Heere aus dem Irak und aus Syrien vernahmen den Freudenlärm bei den Griechen; so saßen sie denn allesamt auf, und mit ihnen der König ez-Ziblikân, der bei sich sprach: ‚Was mag wohl der Grund sein zu diesem Freudengeschrei beim Heere der Griechen und Franken?‘ Und das irakische Heer zog herbei, als ob es zum Kampfe entschlossen sei; es rückte auf das Blachgefild, die Stätte, die dem Kampfe mit Schwert und Lanze gilt. Da blickte König Rumzân auf und sah die anrückenden Scharen, die zum Kampfe gerüstet waren. Rasch fragte er, was das bedeute, und als man ihm Bericht erstattet hatte, befahl er, Kudija-Fakân, die Tochter seines Bruders Scharkân, solle ohne Verzug zum Heere von Syrien und dem Irak hinübereilen, um ihnen das seltsame Zusammentreffen der Ereignisse mitzuteilen, und daß es sich erwiesen habe, der König Rumzân sei der Oheim des Sultans Kân-mâ-kân. So eilte denn Kudija-Fakân selbst dahin und schlug sich Leid und Trauer aus dem Sinn, bis sie zum König ez-Ziblikân gelangte. Sie begrüßte ihn und tat ihm kund, wie seltsam die Ereignisse zusammengetroffen waren, und daß es sich erwiesen habe, der König Rumzân sei ihr Oheim und der Oheim von Kân-mâ-kân. Als sie bei ihm eingetreten war, hatte sie ihn vor Furcht um das Leben der Emire und Fürsten weinend gefunden. Aber als sie ihm die Dinge von Anfang bis zu Ende berichtet hatte, waren alle hocherfreut,

und es schwand ihr Leid. Da saßen sie auf, der König ez-Ziblikân zumal, und mit ihm die Großen und Fürsten all. Voran ritt
die Prinzessin Kudija-Fakân, und sie führte sie zum Prunkzelte
des Königs Rumzân; und wie sie bei ihm eintraten, fanden sie
ihn beisammen mit seinem Neffen Kân-mâ-kân. Der und auch
der Wesir Dandân hatten mit ihm beraten über den König ez-
Ziblikân. Sie waren übereingekommen, ihm die Stadt Damaskus in Syrien weiterhin anzuvertrauen und ihn als Unterkönig
dort zu belassen, wie er es zuvor gewesen war, während sie
selbst ins Irak ziehen wollten. So setzten sie denn den König ez-
Ziblikân als Statthalter von Damaskus in Syrien ein, und dann
befahlen sie ihm, dorthin zu ziehen; er brach darum mit seinen
Truppen nach jener Stadt auf, während sie ihm eine Strecke
weit zum Abschied das Geleit gaben. Darauf kehrten sie an
ihre Lagerstätte zurück und ließen den Truppen verkünden,
sich zum Aufbruch in das Land des Irak zu rüsten; die beiden
Heere vereinigten sich also miteinander. Die Könige aber sagten einer zum andern: ‚Nie werden unsere Herzen Ruhe finden, noch auch wird unsere Zornesglut schwinden, als bis wir
die Rache vollstrecken und die Schande zudecken durch Bestrafung der alten Schawâhi, genannt Dhât ed-Dawâhi!‘ Dann
brach König Rumzân mit seinen Vertrauten und den Großen
seines Reiches auf; und der Sultan Kân-mâ-kân war erfreut
über seinen Oheim König Rumzân, und er segnete die Sklavin
Mardschâna, weil sie sie einander zu erkennen gegeben hatte.

So zogen sie alle ohne Aufenthalt dahin, bis sie ihr Land erreichten. Dort hörte der Oberkammerherr Sasân von ihnen;
drum zog er aus und küßte die Hand des Königs Rumzân, und
der verlieh ihm ein Ehrengewand. Darauf setzte sich König
Rumzân und ließ seinen Neffen, den Sultan Kân-mâ-kân, neben sich sitzen. Als aber Kân-mâ-kân zu seinem Oheim sprach:

‚Lieber Oheim, dies Königreich gebührt nur dir allein!‘ antwortete jener: ‚Das verhüte Gott, daß ich dir dein Reich streitig mache!‘ Doch der Wesir Dandân riet ihnen beiden, miteinander die Herrschaft zu teilen, indem ein jeder abwechselnd je einen Tag regiere; und dem stimmten beide zu. – –«

Da bemerkte Schehrezâd, daß der Morgen begann, und sie hielt in der verstatteten Rede an. Doch als die *Hundertundvierundvierzigste Nacht* anbrach, fuhr sie also fort: »Es ist mir berichtet worden, o glücklicher König, daß die beiden Könige dahin überein kamen, ein jeder solle abwechselnd je einen Tag regieren. Dann veranstalteten sie Gastmähler, für die sie viele Tiere schlachten ließen, und ihre Freude ward immer größer. Eine Weile lebten sie so dahin, während Sultan Kân-mâ-kân die Nächte bei seiner Base Kudija-Fakân verbrachte. Danach aber, als sie eines Tages dasaßen, erfreut über ihr Leben und die gute Wendung des Schicksals, da trat fern eine Staubwolke hervor, die stieg auf und wirbelte empor, bis sich die Welt im Dunkel verlor. Fast im selben Augenblick kam auch ein Kaufmann zu ihnen, der schrie und flehte laut um Hilfe, indem er rief: ‚O ihr größten Könige unserer Zeit, wie kommt es, daß ich im Lande der Ketzer sicher leben kann, in eurem Lande aber geplündert werde, dem Lande der Gerechtigkeit und Sicherheit?‘ Da trat König Rumzân an ihn heran und fragte ihn, was mit ihm sei. Jener erwiderte: ‚Ich bin ein Kaufmann und bin, der Heimat weit, umhergezogen seit einer langen Spanne Zeit; ja, fast auf die Dauer von zwanzig Jahren bin ich in der Welt umhergefahren. Und ich habe einen Freibrief aus der Stadt Damaskus, den mir der selige König Scharkân ausgestellt hat, weil ich ihm eine Sklavin zum Geschenk gemacht hatte. Als ich nun mit hundert Lasten von indischen Kostbarkeiten in dies Land kam und schon nahe bei Baghdad war, das doch euer unverletzliches Gebiet und die Stätte eures Schutzes und eurer Gerechtigkeit ist, da überfielen mich Banden, Araber und Kurden, zusammengewürfelt aus allen Landen; die erschlugen meine Dienerscharen und raubten mir meine Waren. Dies ist's, was mir widerfahren!' Dann fing der Kaufmann vor König Rumzân an zu weinen und brach klagend zusammen; der König aber hatte Mitleid und Erbarmen mit ihm, und ebenso bemitleidete ihn sein Neffe, der König Kân-mâ-kân, und beide schworen, sie wollten wider die Räuber zu Felde ziehen. So zogen sie denn aus wider sie mit hundert Rittern, von denen ein jeder so viel wie tausend Mannen zählte. Jener Kaufmann eilte ihnen voran, um sie auf den rechten Weg zu führen. Sie ritten ohne Unterlaß den Tag über und die ganze Nacht bis zum Morgengrauen; da befanden sie sich bei einem Tale, in dem sahen sie zahlreiche Bäche fließen und viele Bäume sprießen. Und sie entdeckten, daß die Räuber sich in jenem Tale zerstreut hatten; die Lasten des Kaufmanns hatten sie unter sich verteilt, und nur ein Teil war noch übrig. Nun stürmten die hundert Ritter ringsum auf sie ein und griffen sie von allen Seiten an. Den Kriegsruf erhob König Rumzân, und ebenso tat sein Neffe Kân-mâ-kân. Und es währte nicht lange, da hatten sie alle gefangen; das waren dreihundert Reiter, lauter zusammengelaufenes Beduinengesindel. Nach der Gefangennahme entrissen sie ihnen, was sie von den Waren des Kaufmanns noch bei sich hatten; dann legten sie ihnen starke Fesseln an und schleppten sie nach der Stadt Baghdad. Darauf setzte sich König Rumzân gemeinsam mit seinem Neffen, dem König Kân-mâ-kân, auf demselben Throne nieder. Dann ließen die beiden sich all die Leute vorführen und fragten sie nach ihrem Treiben und nach ihren Anführern. Jene antworteten: ,Wir haben keine Anführer außer drei Männern, und zwar denen, die uns aus allen Gegenden und Ländern zusammengebracht haben!' ‚Zeigt uns eure Häuptlinge!' befahlen die Könige. Als jene das getan hatten, befahlen sie weiter, man solle die drei festhalten, die übrigen Gesellen aber freilassen, nachdem man ihnen alles Gold, das sie bei sich hatten, abgenommen und es dem Kaufmanne übergeben habe. Nun untersuchte der Kaufmann seine Stoffe und sein Geld, und er fand, daß ihm der vierte Teil verloren gegangen war; da versprachen sie ihm, sie wollten ihm alles ersetzen, was ihm abhanden gekommen sei. Schließlich zog er noch zwei Schreiben hervor, das eine in der Handschrift von Scharkân, das andere in der von Nuzhat ez-Zamân. Denn eben dieser Kaufmann war es ja gewesen, der Nuzhat ez-Zamân von dem Beduinen kaufte, als sie noch Jungfrau war, und sie ihrem Bruder zuführte; und dann war zwischen beiden geschehen, was berichtet ist. Hierauf prüfte König Kân-mâ-kân die beiden Schreiben, erkannte die Schrift seines Oheims Scharkân und vernahm die Geschichte seiner Muhme Nuzhat ez-Zamân. Alsdann begab er sich zu ihr mit jenem zweiten Schreiben, das sie für den später ausgeplünderten Kaufmann geschrieben hatte; auch erzählte er ihr die Geschichte des Kaufmanns von Anfang bis zu Ende. Nuzhat ez-Zamân erinnerte sich seiner wieder und erkannte ihre eigene Schrift; da ließ sie Gastgeschenke für ihn hinausbringen und empfahl ihn ihrem Bruder König Rumzân und ihrem Neffen König Kân-mâ-kân. Die geruhten ihm wegen seiner guten Dienste Geld, Sklaven und Diener zu schenken. Auch Nuzhat ez-Zamân sandte ihm noch hunderttausend Dirhems und fünfzig Lasten Waren und andere kostbare Geschenke. Dann ließ sie ihn holen, und als er kam, ging sie zu ihm hinaus, begrüßte ihn und tat ihm kund, sie sei die Tochter des Königs 'Omar ibn en-Nu'mân, ihr Bruder sei König Rumzân und ihr Neffe König Kân-mâ-kân. Hocherfreut darüber beglückwünschte er sie, daß sie wohlbehalten heimgekehrt und mit ihrem Bruder wieder vereinigt war, küßte ihr die Hände und dankte ihr für das, was sie an ihm getan hatte; dann schloß er mit den Worten: ‚Bei Gott, an dir war die gute Tat nicht verloren.' Darauf zog sie sich in ihr Gemach zurück, während der Kaufmann noch drei Tage bei ihnen blieb. Dann nahm er Abschied von ihnen und machte sich auf nach dem Syrerlande.

Danach ließen die Könige jene drei Raubgesellen kommen, die der Wegelagerer Häuptlinge gewesen waren, und fragten sie nach ihrem Treiben. Einer von ihnen hub an und sprach: ‚Wisset, ich bin ein Beduine, der am Wege zu lauern pflegte, um die kleinen Kinder und Jungfrauen aufzuheben und sie an die Händler für Geld weiterzugeben. So trieb ich es eine lange Spanne Zeit, bis noch zu diesen Tagen; aber da mußte der Satan mich plagen, daß ich mich diesen beiden Schurken hier anschloß, um mit ihnen das Gesindel der Araber und anderer Völker zusammenzubringen für Räuberei und Wegelagerei.' Da befahlen die Könige ihm: ‚Erzähle uns das Wunderbarste, was du bei deinem Raub von Kindern und Jungfrauen erlebt hast!' Er antwortete darauf: ‚Das Wunderbarste, was mir widerfahren ist, o ihr größten Könige unserer Zeit, ist dies. Vor zweiundzwanzig Jahren raubte ich eines Tages eine von den Töchtern Jerusalems; jene Maid war schön und lieblich, doch sie war eine Dienstmagd und trug zerlumpte Kleider, und auf ihrem Kopfe lag ein Fetzen von einem Mantel aus Kamelshaaren. Ich sah sie, wie sie aus dem Chân kam, sofort entführte ich sie mit List, setzte sie auf ein Kamel und eilte fort mit ihr. Zwar hatte ich im Sinne, sie zu meinem Volke in die Steppe zu führen und sie bei mir die Kamele hüten und den Mist im Tale sammeln zu lassen. Aber da sie so heftig weinte, machte ich mich an sie und versetzte ihr jämmerliche Hiebe; dann nahm ich sie und brachte sie nach der Stadt Damaskus. Dort sah ein Händler sie bei mir; der war fast wie von Sinnen, als er sie erblickte. Auch gefiel ihm ihre feine Rede, und so wollte er sie von mir kaufen und bot mir einen immer höheren Preis für sie, bis ich sie ihm schließlich um hunderttausend Dirhems verkaufte. Während ich sie ihm übergab, vernahm ich aus ihrem Munde wunderbar feine Worte; und nachher ist mir berichtet worden, daß der Händler ihr ein schönes Gewand anzog, sie dem König, dem Statthalter von Damaskus, zum Geschenk anbot, und daß der ihm das Doppelte von der Summe gab, die der Mann mir bezahlt hatte. Dies, o größte Könige unserer Zeit, ist das Wunderbarste, was mir widerfahren ist. Aber, bei meinem Leben, jener Preis war zu niedrig für das Mädchen!' Als die Könige diese Geschichte hörten, verwunderten sie sich. Doch wie Nuzhat ez-Zamân vernahm, was der Beduine erzählte, ward das Licht vor ihren Augen zur Finsternis, sie schrie auf und rief ihrem Bruder Rumzân zu: ,Siehe, dies ist derselbe Beduine, der mich aus Jerusalem entführt hat, daran ist kein Zweifel!' Dann erzählte Nuzhat ez-Zamân ihnen alles, was sie auf ihrer Wanderschaft in der Fremde durch ihn zu leiden gehabt hatte, Not und Schläge, Hunger und Schmach und Verachtung; und sie schloß mit den Worten: ,Jetzt steht mir das Recht zu, ihn zu töten!' Darauf zückte sie das Schwert und trat an den Beduinen heran, um ihn zu töten. Er aber schrie auf und rief: ,O ihr größten Könige unserer Zeit, laßt nicht zu, daß sie mir das Leben nimmt, ehe ich euch noch andere seltsame Abenteuer erzählt habe, die mir widerfahren sind!' Nun sprach ihr Neffe Kân-mâ-kân zu ihr: ,Liebe Muhme, laß ihn uns eine Geschichte erzählen; danach tu, was du willst!' Da ließ sie von ihm ab; und die Könige befahlen: ,Jetzt erzähle uns eine Geschichte!' ‚O ihr größten Könige unserer Zeit,' bat er darauf, ‚wenn ich euch eine wunderbare Geschichte erzähle, wollt ihr mir dann verzeihen?' Als die Könige ihm das zusagten, begann der Beduine ihnen das seltsamste Erlebnis, das ihm widerfahren war, zu erzählen.

DIE GESCHICHTE DES BEDUINEN HAMMÂD

Wisset, vor kurzer Zeit war ich eines Nachts von arger Schlaflosigkeit gequält, und ich glaubte schon gar nicht mehr, daß es noch Morgen werden könne. Als es aber wirklich Morgen ward, stand ich im selben Augenblick auf, gürtete mich mit meinem Schwerte, bestieg meinen Renner, legte die Lanze ein und zog aus zu Jagd und Hatz. Unterwegs begegnete mir eine Schar von Leuten; die fragten mich nach meinem Ziele. Nachdem ich es ihnen gesagt hatte, sprachen sie: ‚Wir wollen deine Gesellen sein.' So zogen wir denn alle zusammen weiter, und während wir unseres Weges dahineilten, siehe, da tauchte plötzlich ein Strauß vor uns auf. Wir jagten ihm nach, aber er entkam uns, indem er seine Flügel ausbreitete. Immerfort flüchtete er dahin, während wir ihm nachsetzten bis zum Mittag; da führte er uns in eine Wüste, in der kein Strauch und kein Wasser war und in der wir nichts hörten als das Zischen der Schlangen, das Klagen der Dschinnen und das Schreien der Ghûlinnen[1]. Als wir dort angekommen waren, entschwand der Strauß unseren Blicken, und wir wußten nicht, ob er gen Himmel geflogen oder ob die Erde ihn eingesogen. Nun lenkten wir unsere Pferde um und wollten von dort wegreiten; aber wir sahen, daß es nicht gut noch ratsam war, zu jener Zeit der drückenden Hitze umzukehren. Denn die heiße Tageszeit

1. Ghûle und Ghûlinnen sind dämonische Unholde der Wüste.

lastete schwer auf uns, wir wurden von brennendem Durste
gequält, und unsere Pferde blieben stehen, so daß wir schon
des Todes gewiß waren. In dieser Not erblickten wir plötzlich
in der Ferne eine Wiese, die weit ausgedehnt war, mit einer
fröhlich springenden Gazellenschar. Dort war auch ein Zelt
aufgeschlagen; und neben dem Zelte befanden sich ein Pferd,
das angebunden war, und eine Lanze mit schimmernder Spitze,
die aufrecht in der Erde stand. Da schöpften wir neuen Lebens-
mut, nachdem wir schon fast alle Hoffnung aufgegeben hatten; und so lenkten wir unsere Pferde nach jenem Zelte, indem
wir auf Wiese und Wasser losritten. Alle meine Gefährten, ich
an ihrer Spitze, eilten dorthin, und wir machten nicht eher halt,
als bis wir die Wiese erreicht hatten; bei einer Quelle hielten
wir an, tranken und tränkten unsere Pferde. Mich aber ergriff
eine heidnische Neugier, und so begab ich mich zur Tür jenes
Zeltes. In ihm erblickte ich einen Jüngling, auf dessen Wangen
noch kein Bart sproßte, und er war schön wie der junge Mond;
zu seiner Rechten stand eine Maid, schlank wie ein Weidenzweig. Kaum hatte ich sie erblickt, so ward mein Herz von
Liebe zu ihr erfüllt. Ich begrüßte jenen Jüngling, er erwiderte
meinen Gruß, und dann fragte ich ihn: ‚Araberbruder, sag,
wer bist du, und was ist dir jene Maid, die bei dir steht?‘ Der
Jüngling senkte sein Haupt zu Boden; doch nach einer Weile
hob er es wieder auf und sprach: ‚Sag du mir, wer du bist, und
was jene Reiter bedeuten, die bei dir sind!‘ Da antwortete ich:
‚Ich bin Hammâd ibn el-Fazâri, der hochberühmte Ritter, der
unter den Arabern so viel gilt wie fünfhundert Reitersmann-
nen. Wir zogen aus unserem Lande fort zu Jagd und Hatz;
doch da überkam uns der Durst, und deshalb bin ich an die Tür
dieses Zeltes herangeritten, ob ich wohl bei euch einen Trunk
Wasser fände.‘ Wie er diese Worte von mir vernahm, wandte

er sich an die schöne Maid und sprach: ‚Bring diesem Manne
Wasser und was an Speise vorhanden ist!‘ Da erhob sich die
Maid; ihre Kleider rauschten über den Boden, die goldenen
Spangen klirrten an ihren Füßen, und ihre Glieder verwirrten
sich in ihrem langen Haare. Eine Weile blieb sie fort; dann
kehrte sie zurück, in der rechten Hand eine silberne Schale voll
kühlen Wassers, in der linken eine Schüssel mit Datteln, Milch
und dem, was an Wildbret vorhanden war. Aber ich konnte
weder Speise noch Trank von ihr hinnehmen in meiner glühenden Liebe zu ihr; so kleidete ich meine Gedanken in diese
beiden Verse, die ich sprach:

> *Es ist, als sei die dunkle Schminke ihrer Hände*
> *Ein Rabe, der auf einem beschneiten Felde steht.*
> *Du siehst, wie neben ihrem Angesicht die Sonne*
> *Den Glanz verliert und wie der Mond in Furcht vergeht.*

Als ich nun dennoch gegessen und getrunken hatte, sprach ich
zu dem Jüngling: ‚Höre, o Araberfürst, ich habe dir wahrheits-
getreu von mir berichtet; nun möchte ich, daß du mir von dir
selbst erzählest und mir wahrheitsgemäß von dir berichtest!‘
Der Jüngling erwiderte: ‚Was diese Maid betrifft, so ist sie
meine Schwester.‘ Da fuhr ich fort: ‚Ich wünsche, daß du sie
mir gutwillig vermählest; wo nicht, so schlage ich dich tot und
nehme sie mit Gewalt.‘ Wieder senkte der Jüngling sein Haupt
zu Boden; doch nach einer Weile hob er seinen Blick zu mir
auf und sprach: ‚Du sprichst die Wahrheit, wenn du sagst, du
seiest ein Ritter, bekannt in der Welt, und ein weitberühmter
Held; denn fürwahr, du bist der Löwe der Wüste. Allein, wenn
ihr alle hinterrücks über mich herfallt und mich tötet mit Gewalt, und dann meine Schwester raubt, so wird das ein Schandfleck auf eurer Ehre sein. Ist es aber, wie ihr sagt, daß ihr Ritter, die man zu den Helden rechnet, seid, und fürchtet ihr euch

nicht vor Kampf und Waffenstreit, so lasset mir ein wenig
Zeit: inzwischen lege ich meine Rüstung an, gürte mich mit
meinem Schwert, ergreife die Lanze und besteige mein Pferd.
Dann wollen wir, ich und ihr, auf das Schlachtfeld reiten; gewinne ich den Sieg über euch, so töte ich euch alle bis auf den
letzten Mann; doch wenn ihr mich besiegt und mich erschlagt,
so gehört diese Maid, meine Schwester, euch.' Als ich diese
Worte von ihm vernahm, sprach ich zu ihm: ,Fürwahr, das ist
nur billig und recht; dem zu widersprechen stände uns schlecht!'
Darauf lenkte ich mein Pferd wieder um; doch die rasende
Glut meiner Liebe zu der Maid ward immer stärker in mir entfacht. Wie ich dann zu meinen Gefährten zurückgekehrt war,
beschrieb ich ihnen ihre Schönheit und Anmut, auch die Schönheit des Jünglings, der bei ihr war, seine Tapferkeit und seine
Seelenstärke, und wie er sich rühme, es mit tausend Rittern aufnehmen zu können. Ferner berichtete ich meinen Genossen
von all den Schätzen und Kostbarkeiten, die sich in dem Zelt
befanden, und fügte hinzu: ,Wisset, der Jüngling dort lebte
nicht so einsam in diesem Lande, wäre er nicht ein Mann von
großer Tapferkeit. Nun schlage ich euch vor, wer immer den
Jüngling tötet, der soll seine Schwester erhalten!' Sie antworteten: ,Wir sind es zufrieden.' Darauf legten also meine Gefährten ihre Kriegsrüstungen an, bestiegen ihre Rosse und ritten
dem Jüngling entgegen; und sie trafen ihn, wie auch er sich gewappnet hatte und im Sattel saß. Seine Schwester aber war
auf ihn zugeeilt und hatte sich an seinen Steigbügel gehängt. Ihr
Schleier war von ihren Tränen benetzt, und in ihrer Angst um
ihren Bruder rief sie: ,Wehe!' und ,O Herzeleid!' und sie klagte
ihre Not in diesen Versen:

> *Vor Allah klage ich von Leiden und von Kummer,*
> *Auf daß der Gott des Thrones sie mit Schrecken schlägt,*

Sie, die mit Fleiß dich töten wollen, liebster Bruder,
Wo doch kein Grund zum Streit noch Blutschuld sie erregt.
Es wissen's alle Helden, du bist ein edler Ritter,
Der tapferste von allen in Ost und Westen fern.
Du hütest treu die Schwester, die wenig Kraft besitzet,
Du bist ihr Bruder ja; sie fleht für dich zum Herrn.
So lasse denn die Feinde nicht meine Seele knechten,
Mich rauben mit Gewalt, noch fesseln hart und wild.
Nie werde ich, bei Gott, an einer Stätte weilen,
Wenn du nicht auch dort bist, sei sie auch freuderfüllt.
Ich will in Lieb zu dir gern mich dem Tode weihn
Und in den Staub mich betten und dann im Grabe sein.

Als ihr Bruder ihre Verse vernahm, weinte er heftig, lenkte den
Kopf seines Pferdes nach seiner Schwester um und antwortete
auf ihr Lied, indem er sprach:

Bleib hier und sieh von mir heut wunderbare Taten,
Wenn wir zusammentreffen und ich sie niederstrecke!
Tritt auch der Löwen Fürst hervor aus ihren Reihen,
Der allertapferste und allerkühnste Recke –
Ich lasse einen Hieb von Väterart ihn kosten
Und bohre bis zum Ende den Speer in seine Seite.
Wenn ich für dich nicht kämpfe, o Schwester, läg ich lieber
Erschlagen da und wäre den Geiern Fraß und Beute!
Doch nein, solang ich kann, kämpf ich um deinetwillen –
Und das ist eine Mär, die wird einst Bücher füllen.

Nach diesen Versen fuhr er fort: ‚Liebe Schwester, höre auf
das, was ich dir sage und was ich dir ans Herz lege!‘ ‚Ich höre
und gehorche!‘ erwiderte sie. Dann sprach er weiter: ‚Wenn
ich falle, so laß niemanden dich besitzen!‘ Da schlug sie sich
ins Antlitz und rief: ‚Das verhüte Gott, lieber Bruder, daß ich,
wenn ich dich dahingestreckt sehe, die Feinde mich besitzen
lasse!‘ Da streckte der Jüngling seine Hand zu ihr hin und hob
den Schleier von ihrem Antlitz: und uns leuchtete ihr Bild entgegen wie die Sonne aus dem Gewölk. Dann küßte er sie auf

die Stirn und nahm Abschied von ihr. Darauf wandte er sich uns zu und rief: ‚Ihr Rittersleut, seid ihr Gäste heut, oder wünscht ihr Schwertkampf und Lanzenstreit? Kommt ihr als Gäste, so freut euch des gastlichen Mahles; wenn ihr aber den leuchtenden Mond begehret, so tretet Ritter für Ritter wider mich auf das Blachgefild, die Stätte, da Schwerthieb und Lanzenstich gilt!‘ Nun ritt ein tapferer Ritter wider ihn vor; dem rief der Jüngling zu: ‚Wie heißest du, und wie heißt dein Vater? Denn wisse, ich habe einen Eid geschworen, niemanden zu töten, der denselben Namen hat wie ich, und dessen Vatersname dem Namen meines Vaters gleich ist. Sollte das bei dir also sein, so will ich dir die Maid übergeben.‘ Der Ritter rief: ‚Ich heiße Bilâl[1]‘; da antwortete ihm der Jüngling, indem er sprach:

> Du lügst, wenn du von Wohltat sprichst
> Und kommst mit List und Tücke an!
> Bist du ein Held, so hör mein Wort:
> Ich strecke Helden auf den Plan;
> Scharf wie der Neumond ist mein Stahl,
> Mein Stoß erschüttert Berg und Tal.

Nun stürmten beide aufeinander los, und der Jüngling durchbohrte die Brust seines Gegners, daß die Lanzenspitze ihm zum Rücken herausfuhr. Dann trat ein zweiter vor; dem rief der Jüngling zu:

> O Hund, du Mißgeburt von Dreck,
> Wie kann man hoch und niedrig gleichen?
> Der Löwe nur aus edlem Blut
> Braucht nicht vor mir im Feld zu weichen.

Und der Jüngling zauderte nicht lange mit ihm, sondern ertränkte ihn alsbald in seinem eigenen Blut; dann rief er weiter: ‚Will noch einer vortreten?‘ Da kam ein anderer Ritter hervor und sprengte auf den Jüngling ein, indem er rief:

1. Bilâl bedeutet ‚Wohltat‘.

> *Dir nahe ich, das Herz voll Zornesglut;*
> *Die ruft die Freunde mein zu Kampfeswut.*
> *Den Herrn der Araber erschlugst du heut;*
> *Drum wirst du heut vom Unheil nicht befreit.*

Doch als der Jüngling seine Verse hörte, erwiderte er mit diesen Worten:

> *Du lügst, gemeiner Satan, du!*
> *Du kamst mit Lug und Trug zu mir.*
> *Heut trifft die rasche Spitze dich*
> *Bei Schwerterkampf und Speerwurf hier.*

Darauf durchbohrte er ihn mit der Lanze, so daß die Spitze ihm zum Rücken herausfuhr. Und weiter rief er: ‚Will noch einer vortreten?‘ Da ritt ein vierter hervor; den fragte der Jüngling nach seinem Namen. Und als der Ritter erwiderte: ‚Ich heiße Hilâl[1]!‘ sprach der Jüngling diese Verse:

> *Du irrest, wenn du meinst in meinem Blut zu waten,*
> *Du kamest ja mit Lug und allem Falsch ins Land.*
> *Ich hier, aus dessen Mund du diese Verse hörest,*
> *Ich raube dir das Leben, wiewohl dir unbekannt.*

Dann stürmten die beiden aufeinander los und führten jeder einen Hieb gegen den anderen. Aber der Hieb des Jünglings kam dem des Ritters zuvor und streckte ihn zu Boden. Und nun tötete er alle, die gegen ihn heraussprengten. Wie ich aber meine Gefährten erschlagen daliegen sah, sprach ich bei mir selbst: ‚Wenn ich wider ihn in den Kampf ziehe, so werde ich ihn nicht überwinden; und wenn ich fliehe, so werde ich zu einem Schandfleck unter den Arabern. ‘ Doch der Jüngling ließ mir keine Zeit, sondern sauste auf mich nieder, packte mich bei der Hand und riß mich aus dem Sattel. Ich fiel ohnmächtig zu Boden; schon hob er sein Schwert, um mir den

1. Neumond.

Kopf abzuschlagen, da klammerte ich mich an den Saum seines Gewandes, und er hob mich mit seiner Hand auf, wie wenn ich im Vergleiche zu ihm ein Sperling wäre. Als die Jungfrau das sah, freute sie sich über die Heldentaten ihres Bruders, trat auf ihn zu und küßte ihn auf die Stirn. Dann übergab er mich seiner Schwester mit den Worten: ‚Da hast du ihn! Sorge gut für ihn, denn er hat sich unter unseren Schutz begeben!‘ Nun faßte die Maid mich am Kragen meines Panzerhemdes und führte mich fort wie einen Hund. Ihrem Bruder aber nahm sie die Kriegsrüstung ab, legte ihm ein Gewand an und stellte einen Stuhl aus Elfenbein hin. Auf den setzte er sich, und sie sprach: ‚Allah lasse deine Ehre hell erstrahlen und schütze dich vor den Wechselfällen des Schicksals!‘ Da antwortete er ihr mit diesen Versen:

> *Es sprach zu mir die Schwester, als sie im Kampfe sah,*
> *Wie meines Ruhmes Strahlen dem Sonnenlichte gleichen:*
> *‚Fürwahr, du bist der kühnste und wunderbarste Held,*
> *Vor dessen Schwert die Löwen im Talesdickicht weichen.‘*
> *Drauf sagt ich: ‚Frage du die Recken nur nach mir,*
> *Wenn sie, die Schlachtenkämpfer, besiegt den Rücken wenden.*
> *Ich bin durch Glück und Sieg auf Erden weitberühmt;*
> *Hoch fliegen meine Pläne bis zu des Weltraums Enden.*
> *Ja du, Hammâd, du lagest mit einem Leu im Streit,*
> *Der einer Viper gleich dich rasch dem Tode weiht.‘*

Als ich seine Verse hörte, war ich ratlos, was ich tun sollte; ich überdachte meine Lage und wie ich nun in Gefangenschaft geraten war, und ich kam mir selbst verächtlich vor. Dann aber blickte ich auf die Maid, die Schwester des Jünglings, und auf ihre Schönheit, und ich sprach zu mir selber: ‚Sie ist die Ursache des Unheils.‘ Und voll Bewunderung ob ihrer Lieblichkeit begann ich in Tränen auszubrechen und hub an, diese Verse zu sprechen:

218

Mein Freund, laß ab vom Tadel und vom Schelten;
Denn sieh, auf Tadel achte ich nicht mehr.
Ich liebe eine Zarte, deren Anblick
Mein Herz erfüllt mit Liebesnöten schwer.
Und in der Liebe ward mir zum Gefährten
Ihr Bruder, jener Held so hoch und hehr.

Dann brachte die Jungfrau Speise für ihren Bruder, und er lud mich ein, mit ihm zu essen. Darüber war ich froh; denn nun war ich sicher, daß er mich nicht töten würde. Als er mit dem Essen fertig war, brachte sie ihm einen Krug Wein. Dem sprach er zu, und er trank, bis ihm der Rausch zu Kopfe stieg und sein Antlitz sich rötete. Da wandte er sich zu mir und rief: ‚Du da, Hammâd, weißt du, wer ich bin, oder nicht?‘ Ich erwiderte: ‚Bei deinem Leben, ich weiß es immer weniger.‘ Er fuhr fort: ‚O Hammâd, ich bin 'Abbâd ibn Tamîm ibn Tha'laba. Siehe, Allah hat dir dein Leben geschenkt und dich für deine künftige Hochzeit aufgespart.‘ Dann reichte er mir einen Becher auf mein Wohl, und ich trank ihn aus; auch einen zweiten, einen dritten und einen vierten reichte er mir, und ich leerte sie alle. So machte er mich zu seinem Zechgenossen, und er ließ mich schwören, daß ich nie treulos an ihm handeln wolle. Ich schwor ihm tausendundfünfhundert Eide, daß ich niemals Verrat an ihm begehen, sondern ihm stets ein treuer Freund sein wolle. Darauf befahl er seiner Schwester, mir zehn seidene Ehrenkleider zu bringen; sie tat es und legte sie mir über – dies Kleid, das ich jetzt am Leibe trage, ist eins von ihnen. Und weiter befahl er ihr, mir eine der schönsten Kamelinnen zu bringen; da brachte sie mir eine Kamelstute, beladen mit Kostbarkeiten und Wegzehrung. Schließlich befahl er ihr noch, mir einen Fuchshengst herbeizuholen; auch das tat sie. Und das alles machte er mir zum Geschenk. Damals blieb ich drei Tage lang bei ihnen, bewirtet mit Essen und Trinken; und was er mir schenkte, ist noch heute in meinem Besitz. Am vierten Tage aber sprach er zu mir: ‚Bruder Hammâd, ich will jetzt etwas schlafen und mich ausruhen; dir vertraue ich mein Leben an. Wenn du aber Reiter heranstürmen siehst, so fürchte dich nicht vor ihnen; denn wisse, die sind vom Stamme Tha'laba und suchen nur mit mir Händel.' Dann legte er sein Schwert als Kopfkissen unter sein Haupt und schlief ein. Doch wie er ganz fest schlief, flüsterte der Teufel mir den Plan ein, ihn zu ermorden. Rasch zog ich ihm das Schwert unter dem Kopfe weg und versetzte ihm einen Hieb, der ihm das Haupt vom Rumpfe rollen ließ. Als seine Schwester sah, was ich getan hatte, stürzte sie von der anderen Seite des Zeltes herbei, warf sich über ihren Bruder, zerriß ihre Kleider und klagte in diesen Versen ihr Leid:

Verkünde nun dem Stamm die schlimmste Trauermäre –
Dem Ratschluß des Allweisen kann doch kein Mensch entfliehn –
Da liegst du hingestreckt, o Bruder mein, am Boden:
Noch gleicht dem vollen Mond dein Antlitz schön und kühn.
Das war der Tag des Unheils, der Tag, da du sie trafest
Und da dein Speer zerbrach nach mancher harten Schlacht.
Seit du gefallen, freut kein Reiter sich der Rosse,
Vom Weib wird nie ein Knabe dir gleich zur Welt gebracht.
Denn heute ist Hammâd an dir zum Mörder worden;
Er machte Treu zum Wahn, zur Lüge, was er schwor.
Wohl will er sein Begehren durch diese Tat erreichen –
Doch was der Satan riet, log er ihm alles vor.

Und nach diesen Versen schrie sie mir zu: ‚O du Sohn verfluchter Ahnen, warum hast du meinen Bruder so tückisch ermordet? Er wollte dich doch in deine Heimat zurücksenden mit Wegzehrung und Geschenken, ja, er wollte mich auch mit dir vermählen am Ersten des Monats!' Dann zog sie ein Schwert hervor, das sie bei sich hatte, pflanzte es aufrecht in die Erde, mit der Spitze gegen ihre Brust, und stürzte sich hinein, so daß es ihr zum Rücken wieder herausfuhr und sie tot zu Boden sank. Trauer um sie erfüllte mich, und ich bereute, als die Reue nichts mehr fruchtete, und ich begann zu weinen. Dann aber trat ich eilig ins Zelt, nahm alles, was nicht beschwert und doch von hohem Wert, und ging meiner Wege; in meiner Angst und meiner Hast dachte ich gar nicht mehr an meine Gefährten, ja, ich begrub nicht einmal die Jungfrau noch den Jüngling. Dies Erlebnis ist noch seltsamer als das erste mit der jungfräulichen Sklavin, die ich aus Jerusalem entführte.'

Als Nuzhat ez-Zamân diese Rede des Beduinen gehört hatte, wurde das helle Tageslicht finster vor ihrem Angesicht. – –«

Da bemerkte Schehrezâd, daß der Morgen begann, und sie hielt in der verstatteten Rede an. Doch als die *Hundertundfünfundvierzigste Nacht* anbrach, fuhr sie also fort: »Es ist mir berichtet worden, o glücklicher König, als Nuzhat ez-Zamân diese Rede des Beduinen gehört hatte, sei das helle Tageslicht finster geworden vor ihrem Angesicht; und sie sprang auf, zückte das Schwert und holte damit gegen den Beduinen Hammâd aus, stieß es in seine Schulter und trieb es wieder zur Brust hinaus. Als aber die, so zugegen waren, sie fragten: ‚Warum hast du ihn so eilig getötet?' antwortete sie: ‚Allah sei gepriesen, der mich so lange leben ließ, bis ich mit eigener Hand Rache nehmen konnte!' Darauf befahl sie den Sklaven, die Leiche an den Füßen hinauszuschleifen und sie den Hunden vorzuwerfen.

Nun wandten sie sich den beiden anderen der drei Räuberhauptleute zu. Einer von ihnen war ein schwarzer Sklave, und zu dem sprachen sie: ‚Wie heißt du da? Sag uns die Wahrheit!' ‚Ich heiße el-Ghadbân', antwortete er, und dann berichtete er ihnen sein Erlebnis mit der Prinzessin Abrîza, der Tochter des

Königs Hardûb, des Herrschers von Kleinasien, wie er sie getötet habe und dann geflohen sei. Kaum aber hatte der Neger seine Worte beendet, so hieb ihm König Rumzân mit dem Schwerte die Kehle durch und rief: ‚Allah sei gepriesen, der mich am Leben ließ, daß ich mit eigener Hand meine Mutter rächen konnte!' Dann erzählte er ihnen, was seine Amme Mardschâna ihm von eben diesem Sklaven, der da el-Ghadbân hieß, berichtet hatte.

Schließlich wandten sie sich dem dritten zu, und das war der Kameltreiber, den die Leute von Jerusalem gemietet hatten, um Dau el-Makân auf seinem Tiere nach dem Krankenhause in Damaskus zu bringen; er war aber damals hingegangen, hatte ihn bei dem Warmbade niedergeworfen und war dann seiner Wege gezogen. Zu ihm also sprachen sie: ‚Berichte du uns jetzt von deinem Leben und sag uns die Wahrheit!' Da erzählte der Mann alles, was er mit dem Sultan Dau el-Makân erlebt hatte; wie er in Jerusalem den kranken Jüngling auf sein Tier geladen hatte, um ihn nach Damaskus ins Krankenhaus zu bringen; wie die Leute von Jerusalem ihm Geld gegeben hatten, wie er es genommen hatte und dann, nachdem er den Jüngling auf den Misthaufen bei dem Ofen des Badehauses geworfen hatte, weggelaufen sei. Und kaum hatte der seine Rede beendet, so ergriff der Sultan Kân-mâ-kân das Schwert, holte aus und hieb ihm den Kopf ab mit den Worten: ‚Allah sei gepriesen, der mich am Leben ließ, bis ich diesem Schurken vergelten konnte, was er an meinem Vater getan hat! Denn ich habe diese selbe Geschichte von meinem Vater, dem Sultan Dau el-Makân, gehört.'

Nunmehr sprachen die Könige zueinander: ‚Jetzt bleibt uns nur noch die alte Schawâhi, genannt Dhât ed-Dawâhi. Die Ursache all dieser Not war sie allein; denn sie brachte uns in das Unglück hinein. Wer kann sie uns bringen, auf daß wir an ihr die Rache vollstrecken und die Schmach zudecken?' Da sprach selbst der König Rumzân zu seinem Neffen König Kânmâ-kân: ,Das ist gewiß, sie muß hierher geschafft werden.' Zur selbigen Stunde schrieb König Rumzân einen Brief und sandte ihn an seine Großmutter, die alte Schawâhi, genannt Dhât ed-Dawâhi; darin tat er ihr kund, er habe die Reiche von Damaskus und Mosul und Irak erobert, die Macht der muslimischen Heere gebrochen und ihre Könige gefangen genommen, und dann fügte er hinzu: ,Es ist mein Wille, daß du zu mir kommst, zusammen mit der Königin Sophia, der Tochter des Königs Afridûn, des Herrschers von Konstantinopel, und solchen Vornehmen der Christenheit, die du bei dir zu haben wünschest; bring aber kein Heer, denn das Land ist ruhig, da es in unserer Gewalt ist!' Als das Schreiben bei der Alten eingetroffen war, und als sie es gelesen und die Handschrift des Königs Rumzân erkannt hatte, da war sie hocherfreut und rüstete sich alsbald zur Reise, zusammen mit der Königin Sophia, der Mutter Nuzhat ez-Zamâns, und mit ihren übrigen Begleitern. Sie zogen immer weiter dahin, bis sie vor Baghdad ankamen. Da eilte ein Bote vorauf und meldete ihr Nahen. Nun sprach Rumzân: ,Die Klugheit erfordert, daß wir uns in fränkische Gewänder kleiden und dann der Alten entgegengehen, damit wir vor ihren Ränken und Listen sicher sind.' Die anderen sprachen: ,Wir hören und gehorchen!' Dann legten sie fränkische Gewänder an, und als Kudija-Fakân das sah, rief sie: ,Bei dem Herrn, den wir anbeten, wenn ich euch nicht kennte, so hätte ich gesagt, ihr wäret Franken!' Nun zogen sie aus, König Rumzân an der Spitze, mit tausend Reitern, um die Alte zu empfangen. Als er sie von Auge zu Auge erblickte, sprang er von seinem Rosse herunter und eilte auf sie zu. Und wie sie ihn sah und erkannte, ging auch sie ihm zu Fuße entgegen und umarmte ihn. Doch er drückte mit dem Arme so fest auf ihre Rippen, daß er sie fast zerbrach. Da rief sie: ‚Was soll das bedeuten, mein Sohn?' Kaum aber hatte sie diese Worte ausgesprochen, da nahten schon Kân-mâ-kân und der Wesir Dandân, und die Ritter eilten mit Kriegsgeschrei gegen ihre Mägde und Knappen herbei, nahmen sie alle gefangen und kehrten mit ihnen nach Baghdad zurück. Rumzân gab Befehl, die Stadt zu schmücken, und das tat das Volk drei Tage lang. Dann aber führte man die alte Schawâhi, genannt Dhât ed-Dawâhi, umher, angetan mit einer roten Zipfelmütze aus Palmblättern, die mit Eselsmist gekrönt war, und vor ihr rief ein Herold aus: ‚Dies ist der Lohn derer, die sich an Königen und Königskindern zu vergreifen wagen!' Dann ward sie beim Stadttore von Baghdad ans Kreuz geschlagen. Als ihre Begleiter sahen, was mit ihr geschah, da traten sie allesamt zum Islam über. Kân-mâ-kân aber und sein Oheim Rumzân und Nuzhat ez-Zamân und der Wesir Dandân waren von Staunen ergriffen über diese wunderbaren Erlebnisse, und sie befahlen den Schriftgelehrten, sie in den Büchern aufzuzeichnen, damit auch spätere Geschlechter sie lesen könnten. Dann verlebten sie den Rest ihrer Tage im schönsten Lebensglück, bis Der zu ihnen kam, der die Freuden schweigen heißt und der die Freundesbande zerreißt.

Hier endet die Überlieferung von den wechselvollen Schicksalen des Königs 'Omar ibn en-Nu'mân und seiner Söhne Scharkân und Dau el-Makân und seines Enkels Kân-mâ-kân und seiner Tochter Nuzhat ez-Zamân und deren Tochter Kudija-Fakân.«

Da sprach der König Schehrijâr zu Schehrezâd: ‚Ich wünsche, daß du mir eine Geschichte aus dem Leben der Vögel erzählst.«

Ihre Schwester aber sagte zu ihr: »Noch nie in all dieser Zeit habe ich den König so fröhlichen Sinnes gesehen wie in dieser Nacht. Und so hoffe ich denn, daß dein Geschick bei ihm zu einem glücklichen Ende führen möge.« Nun kam die Müdigkeit über den König, und er schlief ein. – – Da bemerkte Schehrezâd, daß der Morgen begann, und sie hielt in der verstatteten Rede an. Doch als die *Hundertundsechsundvierzigste Nacht* anbrach, fuhr sie fort und erzählte

DIE GESCHICHTE VON DEN TIEREN
UND DEM MENSCHEN

Es ist mir berichtet worden, o glücklicher König, daß in alter Zeit und in längst entschwundener Vergangenheit ein Pfau am Meeresgestade mit seinem Weibchen wohnte. Jene Gegend war die Heimat vieler Löwen, auch wohnten dort alle anderen wilden Tiere, doch war sie reich an Bäumen und an Bächen. Darum pflegte jener Pfau des Nachts mit seinem Weibchen auf einem der Bäume dort seine Zuflucht zu nehmen aus Furcht vor den wilden Tieren; am Morgen jedoch flogen die beiden fort, um den Tag über ihre Nahrung zu suchen. So lebten sie dahin, bis schließlich ihre Furcht so groß ward, daß sie nach einer anderen Wohnstätte suchten, zu der sie sich flüchten könnten. Und während sie nun auf der Suche nach einer solchen Wohnstatt waren, da tauchte plötzlich vor ihnen eine Insel auf, reich an Bäumen und Bächen. Dort, auf jener Insel, ließen sie sich nieder; sie aßen die Früchte der Bäume, die dort sprossen, und tranken aus den Bächlein, die dort flossen. Und während sie so friedlich lebten, kam plötzlich eine Ente auf sie zu; die war in großer Angst und lief rasch dahin, bis sie zu dem Baume kam, auf dem die beiden Pfauen saßen, dann ward sie ruhiger. Da nun der Pfau nicht zweifelte, daß es mit jener Ente irgendeine sonderbare Bewandtnis habe, so fragte er sie, was es mit ihr sei und warum sie solche Angst habe. Sie antwortete: ‚Ach, ich bin krank aus Kummer und Furcht vor dem Menschen! Darum hütet euch, und noch einmal, hütet euch vor den Menschenkindern!' Da sagte der Pfau: ‚Fürchte dich nicht mehr, seit du bei uns bist!' ‚Allah sei gepriesen,' rief die Ente, ‚Er, der Kummer und Gram jetzt bei euch von mir nahm, da ich um eure Freundschaft zu gewinnen zu euch kam!' Als sie ihre Worte beendet hatte, flog das Pfauenweibchen zu ihr hinab und sprach zu ihr: ‚Herzlich willkommen, sei uns gegrüßt und sei ohne Sorge! Wie sollte der Mensch zu uns gelangen können, da wir auf dieser Insel mitten im Meere sind? Hier vermag vom Lande her niemand zu uns zu kommen, und vom Meere aus kann uns keiner erkennen. Also sei gutes Muts, erzähle uns, was dir vom Menschen widerfahren und zugestoßen ist!' ‚Wisse, o Pfauin,' erwiderte die Ente, ‚ich habe auf dieser Insel mein lebelang in Sicherheit gewohnt, ohne daß mir etwas Widriges begegnet wäre. Aber neulich eines Nachts, als ich schlief, da sah ich im Traume die Gestalt eines Menschen; der redete mich an, und ich gab ihm Antwort. Doch dann hörte ich eine Stimme mir zurufen: ‚O du Ente, hüte dich vor dem Menschen, und laß dich nicht betören durch seine Worte und Einflüsterungen! Denn siehe, er ist voller Lug und Trug; drum hüte dich, ja, hüte dich, so sehr du kannst, vor seiner Arglist, denn er ist und bleibt voller Falsch und Verrat, so wie der Dichter von ihm gesungen hat:

> *Er gibt dir auf die Zunge Süßigkeiten;*
> *Doch er beschleicht dich wie ein schlauer Fuchs.*

Wisse auch, daß der Mensch den Fischen listig nachstellt und sie aus dem Meere herausholt, daß er die Vögel mit Lehmkugeln schießt und selbst die Elefanten durch seine List zu Falle bringt. Vor dem Unheil, das vom Menschen kommt, ist niemand sicher, und keiner entgeht ihm, weder Vogel noch Tier des Feldes. Nun habe ich dir zu wissen getan, was ich über den Menschen gehört habe!' Da erwachte ich aus meinem Traume mit Furcht und Zittern, und bis zu dieser Stunde kennt mein Herz keine Freude mehr, da ich immer in Todesangst bin, der Mensch könnte mich durch seine List zu Falle bringen und mich fangen mit seinen Schlingen. Als es dann Abend ward, erlahmte meine Kraft, und mein Mut ward erschlafft. Da es mich aber nach Speise und Trank verlangte, so ging ich betrübten Sinnes und bedrückten Herzens weiter. Als ich zu jenem Berge dort kam, traf ich beim Eingang einer Höhle einen jungen Löwen von gelber Farbe. Der freute sich sehr, als er mich sah; ihm gefiel mein buntes Farbenkleid und meiner Gestalt Anmutigkeit, und so rief er mich an und sprach: ‚Komm her zu mir!' Als ich zu ihm gekommen war, fragte er mich: ‚Wie heißt du, und zu welchem Stamme gehörst du?' ‚Ich heiße Ente,' erwiderte ich, ‚und ich gehöre zum Stamme der Vögel.' Dann fuhr ich fort: ‚Warum sitzest du zu dieser Zeit an diesem Orte?' Der Löwe antwortete mir: ‚Das tu ich, weil mein Vater, der Löwe, mich vor einigen Tagen vor dem Menschen gewarnt hat. Und gerade in der letzten Nacht habe ich im Traume die Gestalt eines Menschen gesehen.' Nun erzählte mir der junge Löwe das gleiche, was ich dir erzählt habe. Als ich seine Worte vernommen hatte, sprach ich zu ihm: ‚O Löwe, siehe, ich nehme meine Zuflucht zu dir, auf daß du den Menschen tötest und fest bleibst in deinem Entschlusse, ihm den Garaus zu machen. Ich bin ja in furchtbarer Angst vor ihm um mein Leben, und meine Furcht ist noch fürchterlicher geworden, da du dich sogar vor ihm fürchtest, obgleich du der König der wilden Tiere bist.'

Ohne Unterlaß, liebe Schwester, warnte ich den Jungleu vor dem Menschen und legte ihm ans Herz, ihn zu töten, bis er schließlich jählings von seiner Lagerstätte aufsprang, dahinlief, während ich ihm folgte, und den Rücken mit dem Schwanze peitschte. So liefen wir immer weiter, er voran und ich hinterdrein, bis zu einer Wegkreuzung. Da sahen wir, wie eine Staubwolke aufstieg, und als dann der Staub sich weiter emporhob, erschien darunter ein Esel, der ohne Sattel und Zaum entlaufen war; bald sprang er und lief, bald wälzte er sich auf der Erde. Wie der Löwe ihn sah, rief er ihn an. Da kam der Esel demütig herbei, und der Löwe sprach zu ihm: ‚O du dummes Vieh, zu welchem Stamme gehörst du, und warum bist du hierher gelaufen?‘ Jener antwortete: ‚Königssohn, ich bin vom Stamme der Esel, und ich bin hierher gelaufen, um mich vor dem Menschen zu flüchten.‘ Da fuhr der junge Löwe fort: ‚Fürchtest du denn, daß der Mensch dich tötet?‘ ‚Das nicht, o Königssohn,‘ erwiderte der Esel, ‚aber ich fürchte, daß er mich überlistet und mich reitet. Denn er hat etwas, das nennt er Sattel, und das will er mir auf den Rücken legen; und etwas, das nennt er Gurt, und das schnürt er mir um den Bauch; und etwas, das nennt er Schwanzriemen, und das legt er mir unter den Schwanz; und etwas, das nennt er Zaum, und das legt er mir ins Maul. Auch macht er für mich einen Stachel, mit dem sticht er mich und zwingt er mich, daß ich über meine Kraft laufe. Wenn ich strauchle, verflucht er mich; und wenn ich brülle, schimpft er mich. Und wenn ich dann alt werde und nicht mehr laufen kann, legt er auf mich einen Packsattel aus Holz und überliefert mich den Wasserholern; die laden dann Wasser aus dem Flusse auf meinen Rücken in Schläuchen und ähnlichen Dingen, wie Krügen. So lebe ich immer dahin in Niedrigkeit, Verachtung und Mühsal, bis ich sterbe; dann wirft man mich auf die Schutthaufen zum Fraße für die Hunde. Was kann schlimmer sein als solches Leid? Welches Unglück größer als dies?'

Als ich, o Pfauin, die Worte des Esels gehört hatte, überlief es mich wie eine Gänsehaut beim Gedanken an den Menschen, und ich sprach zu dem jungen Löwen: ‚Hoher Herr, der Esel ist wahrlich zu entschuldigen, und seine Worte haben meine Angst noch furchtbarer gemacht.' Der junge Löwe aber fragte den Esel: ‚Wohin läufst du denn jetzt?' ‚Wisse,' erwiderte der Esel, ‚ich erblickte den Menschen vor Sonnenaufgang aus der Ferne, da floh ich eilends vor ihm. Jetzt suche ich die Freiheit; ich will in meiner großen Furcht vor ihm immer weiter davonlaufen, vielleicht finde ich dann eine Stätte, die mir gegen den treulosen Menschen Schutz gewährt.'

Während jener Esel noch mit solchen Worten zu dem Jungleuen sprach, um von uns Abschied zu nehmen und dann weiterzulaufen, da stieg wieder eine Staubwolke vor uns auf. Nun brüllte der Esel und schrie, schaute nach der Richtung der Staubwolke hin und ließ einen lauten Wind streichen. Nach einer Weile aber zerteilte sich die Staubwolke und enthüllte einen Rappen, ein edles Roß, mit einer Blesse wie ein Dirhem groß; lieblich und zart waren die weißen Flecken jenes Rappen auf Stirn und an den Hufen, schön waren seine Beine und sein wieherndes Rufen. Er hörte nicht eher auf zu rennen, als bis er vor dem Welfen, dem Sohne des Löwen, stand. Als der ihn anschaute, bewunderte er seine Größe und sprach zu ihm: ‚Von welchem Stamme bist du, du herrliches wildes Tier, und weshalb rennst du so ziellos in der weiten, breiten Steppe hier?' ‚O Herr der wilden Tiere,' erwiderte jener, ‚ich bin ein Roß, vom Stamme der Pferde; und ich renne so ziellos, weil ich vor dem Menschen fliehe.' Verwundert über diese Worte des Rappen rief der Jungleu: ‚Sprich doch nicht solche Worte, denn die sind eine Schmach für dich, da du so groß und stark bist! Wie kannst du dich denn nur vor dem Menschen fürchten, obgleich du einen so starken Leib hast und so schnell läufst? Ich, der ich so klein bin, ich war entschlossen, dem Menschen entgegenzutreten, mich auf ihn zu stürzen und sein Fleisch zu fressen, auf daß ich der Angst dieser armen Ente ein Ende mache und sie in Frieden in ihrer Heimat wohnen lasse! Doch nun, da du hierher gekommen bist, hast du mir durch deine Worte das Herz zerrissen und hast mich von meinem Vorhaben abgebracht; denn dich hat der Mensch trotz deiner Stärke überwältigt, ja, er hat sich vor deiner Größe und Breite nicht gefürchtet, obwohl du ihn mit einem Schlage deines Hufes töten und ihm den Todesbecher zu trinken geben könntest, ohne daß er etwas wider dich vermöchte.' Wie der Rappe diese Worte des jungen Löwen vernahm, lachte er und sprach: ,Bei weitem, bei weitem kann ich ihn nicht überwinden, o Sohn des Königs! Meine Größe, meine Breite, meine Stärke mögen dich nicht über den Menschen täuschen! In seiner großen Arglist und Tücke macht er mit mir etwas, das nennt er Fußfesseln; und dann legt er an meine vier Beine ein Paar Fesseln aus Palmfaserstricken, die mit Filz umwunden sind, und ferner bindet er mich mit meinem Kopfe an einen hohen Pflock, so daß ich gebunden stehen bleiben muß, ohne daß ich mich hinlegen und schlafen kann. Wenn er auf mir reiten will, so legt er sich eiserne Dinge an seine Füße, die heißen Steigbügel, und auf meinen Rücken legt er etwas, das er Sattel nennt und das er durch zwei Gurte unter meinem Bauche festbindet, und in meinen Mund legt er ein eisernes Ding, das er Gebiß nennt und an dem er ein ledernes Ding befestigt, das Zügel heißt. Reitet er dann auf meinem Rücken im Sattel, so packt er den Zügel mit der Hand und lenkt mich damit und drückt mir die Spitzen der Steigbügel in die Flanken, bis sie bluten. Frage nicht, o Sohn des Sultans, nach alledem, was ich von dem Menschen erdulden muß! Wenn ich alt werde und mein Rücken abmagert und ich nicht mehr rasch laufen kann, so verkauft er mich dem Müller, auf daß er mich die Mühle drehen lasse; dann muß ich immerfort, Tag und Nacht, um die Mühle laufen, bis ich ganz altersschwach bin. Schließlich verkauft er mich an den Schinder, der mich dann schlachtet, mir das Fell abzieht und mir den Schwanz auszieht und beides den Verfertigern der groben und feinen Siebe verkauft, während er selbst mein Fett ausschmilzt.' Als der junge Löwe die Worte des Pferdes gehört hatte, ward er noch zorniger und erregter, und er fragte: ,Wann hast du den Menschen verlassen?' Das Pferd antwortete: ,Ich habe ihn um Mittag verlassen, und er folgt meiner Spur.'

Während der Jungleu sich noch in dieser Weise mit dem Rappen unterhielt, da wirbelte plötzlich eine neue Staubwolke auf. Alsbald aber zerteilte sie sich, und aus ihr trat ein wildgewordenes Kamel hervor; das brüllte und schlug mit seinen Hufen auf die Erde und hörte damit erst auf, als es bei uns anlangte. Wie der junge Löwe sah, daß es so groß und stark war, vermeinte er, es sei der Mensch, und er wollte schon gerade darauflos springen, aber da rief ich ihm zu: ,O Sohn des Sultans, dies ist nicht der Mensch! Dies ist ein Kamel, und es scheint, daß es vor dem Menschen flieht.' Während ich, liebe Schwester, so zu dem jungen Löwen sprach, trat das Kamel vor ihn hin und begrüßte ihn. Jener gab ihm den Gruß zurück und fragte dann: ,Weshalb kommst du hierher?' Das Kamel erwiderte: ,Ich komme hierher auf der Flucht vor dem Menschen.' Da hub der Löwe an: ,Du, bei deiner mächtigen Gestalt und bei deiner Größe und Breite, wie kannst du dich vor dem Menschen fürchten? Du könntest ihm doch mit einem einzigen

Tritt deines Hufes den Garaus machen!' ,Sohn des Sultans,'
antwortete das Kamel, ,wisse, der Mensch hat Listen, die niemand kennt, und nichts überwindet ihn als der Tod. Er zieht
mir einen Strick durch die Nase, den nennt er Nasenring, wirft
mir ein Halfter über den Kopf und übergibt mich dem kleinsten seiner Kinder; dann zieht mich das kleine Kind an dem
Stricke dahin, trotzdem ich so groß und kräftig bin. Auch legt
man mir die schwersten Lasten auf und macht weite Reisen
mit mir, und man verwendet mich Tag und Nacht hindurch
als schwergeplagtes Arbeitstier. Bin ich aber alt und schwach
geworden, oder ist meine Kraft gebrochen, so behält er mich
nicht mehr bei sich, sondern verkauft mich an den Schlachter,
der mir dann den Hals abschneidet und mein Fell an die Gerber
und mein Fleisch an die Garköche verschachert. Drum frage
nicht mehr nach dem, was ich von dem Menschen erdulden
muß!' Nun fragte der Löwe: ,Zu welcher Zeit hast du den
Menschen verlassen?' Das Kamel erwiderte:,Zur Zeit des Sonnenunterganges. Und ich glaube, wenn er nach meiner Flucht
kommt und mich nicht findet, so wird er mich eilends suchen.
Also laß mich, o Sohn des Sultans, in die Steppen und Wüsten
flüchten!' ,Warte ein wenig, o Kamel,' sagte der Löwe darauf,
,auf daß du siehst, wie ich ihn zerreiße und dir von seinem
Fleisch zu essen gebe, seine Knochen zerbreche und sein Blut
trinke!' Doch das Kamel sprach: ,Sohn des Sultans, ich bin um
dich besorgt wegen des Menschen, denn er ist voll Tücke und
Verschlagenheit.' Dann fügte es noch das Dichterwort hinzu:

> *Kehrt der Bedrücker ein in eines Volkes Land,*
> *So bleibet den Bewohnern nichts als fortzuziehn.*

Während das Kamel diese Worte zu dem jungen Löwen sprach,
stieg wiederum Staub auf. Nach einer Weile verzog er sich,
und da erschien ein alter Mann, klein und von hagerer Gestalt,

232

der auf seiner Schulter einen Korb mit Zimmermannsgerät und auf dem Kopfe einen Ast und acht Bretter trug, und der kleine Kinder an der Hand führte. Er trottete seines Weges dahin und blieb erst stehen, als er nahe bei dem Löwen war. Doch wie ich ihn erblickte, liebe Schwester, da fiel ich vor Schrecken um; aber der junge Löwe machte sich auf und ging ihm entgegen, und als er bei ihm war, lächelte der Zimmermann ihn an und sprach zu ihm mit beredter Zunge: ‚O Königliche Majestät, deren Herrschaft in weite Fernen geht, möge Allah dir Glück am heutigen Abend geben und in all deinem Streben, er mehre deine Tapferkeit und stärke dein Leben! Schütze mich vor dem, was mich ereilt hat und mir ein schweres Los zugeteilt hat! Denn ich habe keinen Helfer außer dir.‘ So stand der Zimmermann vor dem Löwen und weinte, seufzte und klagte. Als aber der Jungleu sein Weinen und Klagen hörte, sprach er zu ihm: ‚Ich will dich schützen gegen das, was du fürchtest. Wer hat dir denn unrecht getan? Und was bist du, o Tier, dessengleichen ich noch nie in meinem Leben gesehen habe, du, der du die schönste Gestalt und die beredteste Zunge hast, die mir je begegnet sind? Was ist’s mit dir?‘ Da antwortete der Zimmermann: ‚O Herr der wilden Tiere, ich selbst bin ein Zimmermann; der aber, der mir unrecht getan hat, das ist der Mensch. Der wird am Morgen, der auf diese Nacht folgt, auch bei dir sein, hier an dieser Stätte!‘ Als der junge Löwe diese Worte von dem Zimmermann vernahm, ward das helle Tageslicht finster vor seinem Angesicht, und er pfauchte und schnaubte, seine Augen sprühten Funken, und er brüllte laut: ‚Bei Allah, ich will diese Nacht hindurch bis zum Morgen wachen, und ich will nicht eher wieder zu meinem Vater gehn, als bis ich die Erfüllung meines Zieles gesehn!‘ Zu dem Zimmermann gewandt aber sprach er: ‚Fürwahr, ich sehe, daß deine Schritte kurz sind. Es ist mir aber nicht möglich, dich zu betrüben, da ich großmütig bin; und weil ich nun meine, daß du mit den wilden Tieren nicht Schritt halten kannst, so sage mir, wohin du gehst!' ,Wisse,' erwiderte der Zimmermann, ,ich bin auf dem Wege zum Wesir deines Vaters, dem Panther; denn als ihm berichtet wurde, daß der Mensch diese Gegend betreten habe, geriet er in große Furcht um sein Leben, und er schickte eins der wilden Tiere als Boten zu mir, damit ich ihm ein Haus mache, in dem er wohnen und eine Zuflucht finden könne, und das ihn vor seinem Feinde schütze, so daß keines der Menschenkinder ihm zu nahen vermöge. Und als der Bote zu mir kam, nahm ich diese Bretter und machte mich auf den Weg zu ihm.' Bei diesen Worten des Zimmermanns packte den Löwen der Neid gegen den Panther, und er rief: ,Bei meinem Leben, es geht nicht anders, du mußt mir aus diesen Brettern ein Haus machen, ehe du dem Panther sein Haus machst. Wenn du dann mit der Arbeit für mich fertig bist, so geh zum Panther und mache für ihn, was er haben will!' Wie der Zimmermann den Löwen also sprechen hörte, fuhr er fort: ,O Herr der wilden Tiere, ich darf jetzt nichts für dich machen; erst wenn ich für den Panther gemacht habe, was er verlangt, dann werde ich kommen, um dir zu Diensten zu sein, und werde dir ein Haus zimmern, das dich vor deinem Feinde beschützt.' Aber der Junglöwe rief: ,Bei Allah, ich lasse dich nicht von dieser Stätte gehen, bis du mir aus diesen Brettern ein Haus machst!' Darauf duckte er sich vor dem Zimmermann, sprang auf ihn zu und wollte mit ihm scherzen; dabei schlug er mit seiner Tatze nach ihm und warf den Korb von seiner Schulter herunter. Ohnmächtig fiel der Zimmermann nieder; da lachte der Löwe über ihn und sprach: ,Du Zimmermann da, du bist wirklich schwach und hast keine Kraft; darum ist es auch entschuldbar, wenn du dich vor dem Menschen fürchtest.' Wie aber der Zimmermann auf den Rücken gefallen war, ergrimmte er heftig; doch er ließ es den Löwen nicht merken aus Furcht vor ihm, und so erhob er sich wieder, lächelte den Löwen an und sprach zu ihm: ,Siehe da, ich will dir das Haus machen.' Darauf nahm er die Bretter, die er bei sich hatte, und nagelte das Haus zusammen, und zwar machte er es so groß, daß es gerade für das Maß des Löwen paßte. Die Tür ließ er auf; denn er hatte das Ganze nach Art einer Kiste gemacht, in der er eine weite Öffnung gelassen hatte, und für diese Öffnung machte er einen großen Deckel, durch den er viele Löcher bohrte. Nachdem er dann noch neue Nägel durch die Löcher getrieben hatte, sprach er zu dem Löwen: ,Geh durch diese Öffnung in das Haus da hinein, damit ich es deiner Größe anpasse!' Erfreut trat der Löwe an jene Öffnung heran, doch er fand, daß sie eng war. Da sagte der Zimmermann zu ihm: ,Geh nur hinein, aber kauere dich nieder auf deine vier Füße!' Das tat der Löwe; doch als er in der Kiste war, blieb sein Schwanz zuletzt draußen. Nun wollte er wieder rückwärts hinauskriechen; aber der Zimmermann rief: ,Warte und gedulde dich, bis ich sehe, ob nicht auch dein Schwanz noch bei dir Platz hat!' Der junge Löwe gehorchte der Weisung; darauf rollte der Zimmermann den Löwenschwanz auf, stopfte ihn in die Kiste, und eilends legte er den Deckel über die Öffnung und nagelte ihn fest. Da schrie der Jungleu: ,Zimmermann, was ist das für ein enges Haus, das du für mich gemacht hast? Laß mich wieder hinaus!' Aber der Zimmermann rief: ,Das sei ferne, ferne gar sehr! Wenn etwas geschehen ist, nützt Reue nichts mehr. Du wirst aus dieser Kiste nicht wieder herauskommen.' Dann lachte er auf und fuhr fort: ,Fürwahr, du bist in den Käfig gegangen! Du kommst nie wieder heraus aus dem engen Haus, du gemeinstes aller

wilden Tiere!' ‚Lieber Bruder,' erwiderte jener, ‚was sind das
für Worte, die du an mich richtest?' Doch der Zimmermann
fuhr fort: ‚Wisse, du Hund der Wüste, du bist dem Schicksal
verfallen, das du fürchtetest. Das Unheil ist über dich gekommen, und Vorsicht wird dir nicht mehr frommen.' Als der
junge Löwe seine Worte vernahm, da wußte er, o meine Schwester, daß jener der Mensch war, vor dem ihn sein Vater im
Wachen und die geheimnisvolle Stimme im Traume gewarnt
hatte; und auch ich war gewiß, daß er es war – das stand fest,
und daran war kein Zweifel. Nun war ich um seinetwillen sehr
um mein Leben besorgt; ich entfernte mich ein wenig von ihm
und begann zu beobachten, was er mit dem jungen Löwen tun
würde. Da sah ich, liebe Schwester, wie der Mensch eine Grube
grub, dort an jener Stätte, dicht bei der Kiste, darin der Jungleu war; die warf er dann in die Grube, legte Brennholz darüber und verbrannte alles im Feuer. Ach, meine Schwester,
da wurde meine Furcht gewaltig groß, und jetzt fliehe ich in
meiner Angst schon seit zwei Tagen vor dem Menschen.'

Als aber die Pfauenhenne diese Worte von der Ente vernommen hatte, – –«

Da bemerkte Schehrezâd, daß der Morgen begann, und sie
hielt in der verstatteten Rede an. Doch als die *Hundertundsieben-
undvierzigste Nacht* anbrach, fuhr sie also fort: »Es ist mir berichtet worden, o glücklicher König, daß die Pfauenhenne, als
sie diese Worte von der Ente vernahm, sich über die Maßen
verwunderte und sprach: ‚Schwester, hier bist du sicher vor
dem Menschen; denn wir leben auf einer Insel des Meeres, zu
der es für den Menschen keinen Weg gibt. So wähle denn deinen Wohnsitz bei uns, bis Allah dein und unser Schicksal erleichtert!' Doch die Ente erwiderte: ‚Wahrlich, ich fürchte,
daß mich ein Unglück ereilt zu nächtlicher Zeit – ach, vom

Schicksal wird niemand, wenn er auch flüchtet, befreit!' ,Bleib nur bei uns,' bat die Pfauenhenne, ,und sei wie wir!' Und sie ließ nicht eher von ihr ab, als bis sie wirklich blieb. Da sagte die Ente: ,Liebe Schwester, du weißt ja, wie wenig Ausdauer ich habe; hätte ich dich nicht hier getroffen, ich wäre nicht geblieben.' Die Pfauenhenne aber sagte: ,Wenn uns etwas auf der Stirn geschrieben steht, so muß es sich an uns erfüllen. Und wenn unser letztes Stündlein naht, wer will uns dann retten? Doch keine Seele stirbt, bevor sich ihr Maß an Glück und Lebenszeit erfüllet!'

Während die beiden in dies Gespräch vertieft waren, da stieg wiederum vor ihnen eine Staubwolke auf. Bei diesem Anblick schrie die Ente laut auf, lief zum Meere hinab und rief: ,Seid auf der Hut, seid auf der Hut –, auch wenn es kein Entrinnen gibt vor dem, was dem Geschicke beliebt!' Nach einer Weile aber tat die Staubwolke sich auf, und es trat eine Antilope aus ihr hervor. Da beruhigten die Ente und die Pfauenhenne sich, und die Pfauin sprach zu der Ente: ,Liebe Schwester, das, was du sahst und vor dem du warntest, ist ja eine Antilope; sieh, dort kommt sie auf uns zu, und von ihr droht uns nichts Böses. Denn sie frißt nur von den Gräsern, die auf der Erde wachsen, und wie du zum Stamme der Vögel gehörst, so gehört sie zum Stamme der Tiere des Feldes. Drum beruhige dich und sei unbesorgt; denn die Sorge verzehrt den Leib!' Noch hatte die Pfauin ihre Worte nicht beendet, da kam die Antilope schon bei ihnen an, um sich im Schatten des Baumes auszuruhen. Als sie aber die Pfauenhenne und die Ente sah, begrüßte sie die beiden und sprach zu ihnen: ,Seht, ich bin erst heute zu dieser Insel gekommen, und noch nie habe ich eine Gegend gesehen, die reicher an Graswuchs oder schöner zu bewohnen wäre.' Darauf bat sie die beiden, mit ihr gut Freund zu werden. Als die Ente und die Pfauin ihre Freundlichkeit gegen sie sahen, traten sie beide an sie heran und begannen zu wünschen, mit ihr befreundet zu werden. Nun schworen sie alle einander treue Freundschaft; und hinfort brachten sie die Nächte an derselben Stätte zu, und sie aßen und tranken gemeinsam. Und immerdar aßen und tranken sie in Sicherheit, bis eines Tages ein Schiff dort vorbeikam, das auf dem Meere seinen Kurs verloren hatte. Es ging nahe bei ihnen vor Anker, die Mannschaft ging an Land und zerstreute sich auf der Insel. Bald erblickten jene Leute die Antilope, die Pfauenhenne und die Ente beieinander und gingen auf sie zu. Als die Pfauenhenne sie sah, flog sie auf den Baum hinauf und dann durch die Luft davon; die Antilope flüchtete in die Steppe, nur die Ente blieb wie gelähmt stehen. Da jagten die Leute sie, bis sie sie gefangen hatten; sie aber rief: ,Die Vorsicht hat mir nichts gefrommt gegen das Verhängnis, das vom Schicksal kommt.' Dann gingen sie mit ihr zu ihrem Schiffe zurück. Als die Pfauenhenne sah, was der Ente widerfahren war, wollte sie die Insel verlassen; denn sie sagte sich: ,Ich sehe, das Unheil lauert doch auf jeden einzelnen. Wäre dies Schiff nicht gewesen, so wäre die Trennung nicht zwischen mich und diese Ente getreten; ach, sie war ja die treueste Freundin!' Dann flog sie davon und traf wieder mit der Antilope zusammen; jene begrüßte sie, wünschte ihr Glück zur Errettung und fragte sie nach der Ente. Da gab sie zur Antwort: ,Der Feind hat sie ergriffen; jetzt mag ich nicht mehr auf dieser Insel bleiben, seit sie dahin ist.' Dann weinte sie über ihre Trennung von der Ente und sprach den Vers:

> *Fürwahr, der Trennungstag hat mir das Herz zerrissen.*
> *Zerreiße Allah nun das Herz dem Trennungstage!*

Darauf sprach sie noch diesen Vers:

> *Ich wünsch, das Wiedersehn mög eines Tages kommen;*
> *Dann will ich ihm erzählen, was die Trennung tat.*

Die Antilope ward nun tief betrübt; doch sie erreichte es durch ihre Bitten, daß die Pfauenhenne ihren Entschluß, fortzuziehen, aufgab und bei ihr blieb. Beide aßen und tranken darauf wieder in Sicherheit; doch trauerten sie immerdar um die Trennung von der Ente. Einst sprach die Antilope zur Pfauin: ‚Liebe Schwester, du weißt ja, die Leute, die zu uns aus dem Schiffe kamen, die haben unsere Trennung von der Ente und ihren Tod verursacht. Sei also stets auf der Hut vor ihnen, und nimm dich in acht vor der Arglist und der Tücke der Menschenkinder!' Doch die Pfauenhenne sprach: ‚Ich weiß bestimmt, daß sie nur deshalb umkam, weil sie es unterließ, Gott zu preisen. Ich habe ihr doch gesagt: Sieh, ich bin um dich besorgt, weil du Gott nicht preisest; denn jedes Geschöpf Allahs preist Ihn, und das Unterlassen des Lobpreises wird mit dem Tode bestraft.' Als die Antilope die Worte der Pfauenhenne vernommen hatte, rief sie aus: ‚Allah lasse deine Gestalt immerdar schön sein!' Dann begann sie Gott zu preisen und ließ keine Stunde mehr davon ab. Es wird aber gesagt, daß die Antilope bei ihrem Lobpreise ruft: ‚Preis sei Ihm, der da straft und belohnt, der in Macht und in Herrlichkeit thront!'

Es wird auch überliefert

DIE GESCHICHTE VON DEM EINSIEDLER
UND DEN TAUBEN

Es war einmal ein Knecht Gottes; der pflegte Gott auf einem Berge zu dienen. Und auf jenem Berge hatte auch ein Taubenpaar sein Nest. Jener Einsiedler aber hatte sein täglich Brot in zwei Teile geteilt. – –«

Da bemerkte Schehrezâd, daß der Morgen begann, und sie hielt in der verstatteten Rede an. Doch als die *Hundertundacht-*

undvierzigste Nacht anbrach, fuhr sie also fort: »Es ist mir berichtet worden, o glücklicher König, daß der Einsiedler sein
täglich Brot in zwei Teile geteilt hatte; die eine Hälfte davon
hatte er für sich, die andere Hälfte für jenes Taubenpaar bestimmt. Auch betete er für die beiden um zahlreiche Nachkommenschaft; und so mehrten sich denn die Tauben und nisteten immer bei dem Berge, auf dem der Einsiedler wohnte.
Der Grund aber, weshalb die Tauben sich zu dem Gottesmanne
gesellten, war ihr Eifer im Lobpreise Gottes. Und es wird gesagt, daß die Tauben bei ihrem Lobpreise rufen: ,Preis sei Ihm,
der die Geschöpfe erschaffen, der die Nahrung verteilt, der den
Himmel aufgebaut und die Erde hingebreitet hat!' Jenes Taubenpaar führte mit seinen Nachkommen immerdar ein sorgen-
loses Leben, bis der Einsiedler starb; da ward das traute Beisammensein der Tauben gestört, und sie zerstreuten sich in die
Städte und Dörfer und Berge.

Und weiter wird berichtet

DIE GESCHICHTE VON DEM FROMMEN HIRTEN

Einst lebte auf einem Berge ein Hirte; der war ein frommer,
verständiger und keuscher Mann. Er hatte Herden von Schafen
und Ziegen, die er hütete und durch deren Milch und Wolle
er seinen Unterhalt gewann. Jener Berg aber, auf dem der
Hirte zu Hause war, hatte viele Bäume, Weideplätze und Raubtiere; doch jene wilden Tiere konnten weder dem Hirten noch
seinen Herden etwas zuleide tun. So lebte er denn immerdar in
Sicherheit auf seinem Berge, und die Dinge dieser Welt kümmerten ihn nicht, da er glückselig war und sich seinem Gebete
und seinem Gottesdienste widmete. Nun fügte es Allah, daß
er in eine heftige Krankheit verfiel; da zog der Gottesmann sich

in die Höhle des Berges zurück, die Herden aber gingen bei Tage allein auf ihre Weide und kehrten am Abend zu der Höhle heim. Und weiter wollte Allah der Erhabene den Hirten prüfen und seinen Gehorsam und seine Standhaftigkeit auf die Probe stellen; darum schickte er einen Engel zu ihm. Der Engel trat in der Gestalt einer schönen Frau zu ihm ein und setzte sich vor ihm nieder. Als nun der Hirte diese Frau bei sich sitzen sah, erschauerte er vor ihr am ganzen Leibe und rief ihr zu: ‚O du Weib, was ist's, das dich getrieben hat, hierher zu kommen? Ich habe doch kein Verlangen nach dir, und zwischen mir und dir ist nichts, das dich nötigt, bei mir einzutreten!' Da gab sie ihm zur Antwort: ‚O du Mann, siehst du nicht meine Schönheit und Anmut, spürst du nicht meinen süßen Duft? Weißt du nicht, daß die Frauen der Männer bedürfen, gleichwie die Männer der Frauen? Was ist es denn, das dich von mir zurückhält? Ich habe es mir doch gewünscht, dir nahe zu sein; ich habe die Gemeinschaft mit dir ersehnt, und ich bin zu dir gekommen, dir zu gehorchen und mich dir nicht zu versagen! Es ist ja auch niemand bei uns, den wir zu fürchten brauchten; so will ich denn bei dir bleiben, solange du auf diesem Berge verweilst, und dir eine traute Gefährtin sein. Ich selbst biete mich dir an, weil du der weiblichen Dienste bedarfst; und wenn du mir beiwohnst, so wird deine Krankheit von dir weichen, deine Gesundheit wird wieder zu dir zurückkehren, und du wirst es bereuen, daß dir bisher in deinem Leben so viel vom Verkehr mit den Frauen entgangen ist. Fürwahr, ich gebe dir einen guten Rat; nimm ihn an und nahe dich mir!' ‚Hebe dich hinweg von mir,' sprach der Hirte, ‚o du tückisches, trügerisches Weib; ich traue dir nicht, und ich will dir nicht nahen! Ich trage kein Verlangen nach deiner Nähe und deinem Umgang; denn wer dich begehrt, entsagt dem Jenseits, doch wer das Jenseits begehrt, entsagt dir; ja, du hast die Männer zu allen Zeiten verführt. Allah der Erhabene ist gegenüber seinen Dienern auf der Wacht[1], und wehe dem, der durch den Umgang mit dir sich hat betören lassen!' Doch sie fuhr fort: ‚O du, der du abseits vom Wahren stehst und fern vom rechten Wege in die Irre gehst, wende dein Antlitz mir zu, sieh meine Reize an und nutze die Gelegenheit, daß ich dir nahe bin, wie es die Weisen vor dir getan haben. Die hatten doch mehr Erfahrung und ein richtigeres Urteil als du, und trotzdem verschmähten sie es nicht, sich der Frauen zu erfreuen, sondern sie begehrten Liebesgenuß und Nähe der Frauen, anders als du, der du dem allem entsagt hast; dennoch schadete es ihnen weder in geistlichen noch in weltlichen Dingen. Also laß ab von deinem Bestreben, und du wirst einen schönen Ausgang erleben!' Aber der Hirte erwiderte: ‚Alles, was du sagst, verdamme und verabscheue ich; alles, was du mir bietest, verschmähe ich; denn du bist tückisch und falsch, bei dir ist weder Treu noch Glauben. Wieviel Häßliches birgst du unter deiner Schönheit! Wie viele Fromme hast du schon verführt, so daß ihr Ende Reue und Elend war! Drum hebe dich weg von mir, du, die du dich schmückst, um andere zu verderben!' Damit warf er seinen Mantel über sein Gesicht, um ihr Antlitz nicht zu sehen, und begann den Namen des Herrn anzurufen. Als nun der Engel seinen trefflichen Gehorsam gegen Gott erkannte, ging er von ihm fort und stieg zum Himmel empor.

Nun befand sich nicht weit von dem Hirten ein Dorf, darin ein Gottesmann lebte, der die Stätte des Hirten nicht kannte; der vernahm einmal im Traum, wie eine Stimme zu ihm sagte: ‚In deiner Nähe, an der und der Stätte lebt ein frommer Mann; geh zu ihm und gehorche seinem Befehle!' Als es Morgen

1. Vgl. Koran, Sure 89, Vers 13.

ward, machte er sich auf den Weg zu ihm; wie dann die Hitze des Tages ihn bedrückte, kam er zu einem Baume, bei dem sich ein Quell sprudelnden Wassers befand. Dort machte er Rast und setzte sich in den Schatten jenes Baumes; da erblickte er, wie die wilden Tiere und die Vögel zu dem Quell kamen, um aus ihm zu trinken. Doch als sie den Gottesmann dort sitzen sahen, erschraken sie vor ihm, kehrten um und liefen davon. Der Fromme aber sprach: ‚Es gibt keine Macht und es gibt keine Majestät außer bei Allah! Ich ruhe hier nur zum Schaden für diese Tiere und Vögel.' Dann erhob er sich, indem er sich selbst Vorwürfe machte, und sprach: ‚Fürwahr, es war ein Schaden für diese Lebewesen, daß ich heute an dieser Stätte saß. Wie kann ich dereinst bestehen vor meinem Schöpfer, der auch diese Vögel und Tiere geschaffen hat? Denn ich war doch die Ursache, weshalb sie von ihrer Tränke und von ihrem täglichen Brote und ihrer Weide fortliefen. Wehe, wie werde ich beschämt dastehen vor meinem Herrn am Tage, an dem er die ungehörnten Schafe an den gehörnten rächen wird!'[1] Dann weinte er und sprach diese Verse:

> *Fürwahr, so ist es, bei Allah, wenn die Menschen wüßten,*
> *Warum sie geschaffen, sie würden nicht sorglos sein und schlafen!*
> *Erst kommt der Tod, und dann die Erweckung, dann der Gerichtstag*
> *Mit seinem Tadel und mit den furchtbaren Schrecken der Strafen.*
> *Wir sind, wenn wir Verbote oder Gebote machen,*
> *Gleichwie die Höhlengefährten[2] – wir schlafen und wir wachen.*

Darauf weinte er wieder, weil er unter dem Baume bei dem Quell gesessen und die Tiere und Vögel von ihrer Tränke vertrieben hatte; und er wandte sich ab und ging eilends davon, bis er zu dem Hirten kam. Zu ihm trat er ein und begrüßte ihn;

1. Vgl. Matthäus 25, 32 und 33.
2. Die Siebenschläfer; vgl. Koran, Sure 18.

der gab ihm den Gruß zurück, umarmte ihn und sprach unter Tränen: ‚Was hat dich zu dieser Stätte geführt, an der noch kein Mensch bei mir eingetreten ist?' Der Gottesmann erwiderte: ‚Ich schaute im Traume jemanden, der mir deine Stätte beschrieb und mir gebot, zu dir zu gehen und dich zu begrüßen; so bin ich denn zu dir gekommen, gehorsam dem Befehle, der mir zuteil ward.' Da küßte der Hirte ihn, und seine Seele freute sich über die Vereinigung mit ihm, und beide blieben auf dem Berge zusammen, indem sie Allah in jener Höhle dienten. Schön war ihrer beider Gottesdienst, und sie widmeten sich dort immerdar dem Dienste ihres Herrn, indem sie sich von dem Fleische und der Milch ihrer Herden nährten und weder Reichtum noch Kinder begehrten, bis die letzte Gewißheit zu ihnen kam. Und dies ist das Ende ihrer Geschichte.«

* * *

Da sprach der König: »O Schehrezâd, du hast mich nun schon gelehrt, meine Königsherrschaft für eitlen Tand zu erachten und die Hinrichtung so vieler Frauen und Mädchen zu bereuen! Sag, weißt du noch eine Geschichte von den Vögeln?« »Jawohl!« erwiderte sie und begann

DIE GESCHICHTE VOM WASSERVOGEL UND DER SCHILDKRÖTE

Man erzählt, o König, daß einst ein Vogel hoch gen Himmel flog und sich dann auf einem Felsen mitten im Wasser niederließ; das war aber ein fließendes Gewässer. Und wie er dort so saß, erblickte er den Leichnam eines Menschen, den die Strömung dahintrieb und auf jenen Felsen warf; der war angeschwollen und aufgetrieben. Nun lief der Vogel an die Leiche heran, betrachtete sie genauer und sah, daß es ein menschlicher Leichnam war, an dem sich Spuren von Schwerthieben und Lanzenstichen befanden. Da sprach der Wasservogel bei sich selber: ‚Ich glaube, dieser Erschlagene war ein Missetäter; da hat sich wohl eine Schar von Leuten gegen ihn zusammengetan und ihn getötet, so daß sie nun vor ihm und seiner Schlechtigkeit Ruhe haben.‘ Verwundert und staunend blieb er dort. Aber da flogen plötzlich Geier und Adler rings von allen Seiten auf jene Leiche zu. Als der Wasservogel das sah, erschrak er heftig und sagte sich: ‚An dieser Stätte kann ich nicht länger bleiben.‘ Dann flog er davon, um sich eine Stätte zu suchen, an der er bleiben wollte, bis die Leiche aufgefressen wäre und die Raubvögel sie verlassen hätten. Und so flog er weiter, bis er einen Fluß fand, in dessen Mitte ein Baum wuchs. Auf dem ließ er sich nieder, tief bekümmert und betrübt, daß er seine Heimat verlassen hatte, und er sprach zu sich selber: ‚Die Trauer verfolgt mich doch immer! Da saß ich nun so ruhig, als ich jene Leiche sah, und freute mich schon so sehr darüber, weil ich mir sagte, das wäre Nahrung, die Gott mir gesandt hätte; aber nun ward meine Freude zu Leid, und zu Kummer und Gram meine Fröhlichkeit. Denn die Raubvögel haben mir die Nahrung genommen und weggefressen und mir so meine Beute fortgeschnappt. Wie darf ich nun noch hoffen, daß ich in dieser Welt vor Trübsal sicher sein werde und mich auf sie verlassen kann? Es heißt ja im Sprichwort: Die Welt ist die Stätte dessen, der keine Stätte besitzt, und nur der läßt sich von ihr betören, der keinen Verstand besitzt. Ja, der vertraut ihr sein Hab und Gut, seine Kinder, sein Volk und seinen Stamm an. Wer von ihr betört ist, der verläßt sich immerdar auf sie und lebt in seinem Wahne auf der Erde dahin, bis er unter ihr liegt, und bis die den Staub auf ihn streuen, die ihm unter den

Menschen die liebsten und nächsten waren. Aber dem echten Manne steht nichts besser an als auszuharren in den Sorgen und Trübsalen der Welt. So habe ich denn auch meine Stätte und mein Heimatland verlassen, wiewohl es mir schwer fiel, von meinen Brüdern zu scheiden und Freunde und Gefährten zu meiden.'

Während er in seine Gedanken vertieft war, da kam ein Schildkrötenmännchen im Wasser herangeschwommen, nahte sich dem Wasservogel, begrüßte ihn und sprach: ‚Mein Herr, was ist's, das dich in die Verbannung getrieben und weit von deiner Stätte fortgeführt hat?' Jener gab zur Antwort: ‚Die Feinde haben sich dort niedergelassen; und der Weise kann die Nähe seines Feindes nicht ertragen. Wie trefflich lautet doch das Dichterwort:

> *Kehrt der Bedrücker ein in eines Volkes Land,*
> *So bleibet den Bewohnern nichts als fortzuziehn!'*

Da sprach die Schildkröte: ‚Wenn es so ist, wie du sagst, und die Lage sich so verhält, wie du sie schilderst, so will ich immerdar bei dir bleiben und mich nicht mehr von dir trennen, auf daß ich dir deine Wünsche erfülle und mich deinem Dienste widme. Denn es heißt, daß niemand sich verlassener fühlt als der Fremdling, der von seinem Volke und seiner Heimat getrennt ist; und ferner heißt es, daß der Trennung von den Guten kein einziges anderes Unglück gleich zu achten ist. Aber der beste Trost für den Verständigen ist in der Fremde die Geselligkeit und bei Unglück und Kummer die Beharrlichkeit. Und so hoffe ich denn, daß du es mir danken wirst, wenn ich dir Gesellschaft leiste; denn ich will dir ein Diener und Helfer sein.' Als der Wasservogel die Worte der Schildkröte vernommen hatte, sprach er zu ihr: ‚Fürwahr, du hast recht mit deinen Worten! Denn, bei meinem Leben, ich leide immer Schmerz und Kummer, seit ich meiner Stätte fern bin, seit ich von meinen Brüdern geschieden und meine Freunde gemieden. In der Trennung liegt auch eine Lehre für die, so sich lenken lassen, und sie gibt denen zu denken, so Gedanken erfassen. Und wenn der echte Mann keinen Freund findet, der ihn tröstet, so bleibt das Glück ihm fern in alle Ewigkeit, und er ist auf immer dem Unglück geweiht. Ja, der Verständige sucht nur bei dem treuen Gefährten Trost gegen die Sorgen in allen Lebenslagen, und er wappnet sich mit Geduld und Ausdauer; denn das sind zwei hochgepriesene Eigenschaften, sie schützen gegen das Unglück und die Wechselfälle der Zeit, und in allen Dingen vertreiben sie Angst und Leid.' ‚Leid sei dir fern!' erwiderte die Schildkröte, ‚denn es macht dir dein Leben zur Qual, und es raubt dir die Mannhaftigkeit.' So sprachen sie noch immer weiter miteinander, bis schließlich der Wasservogel zur Schildkröte sprach: ‚Ich werde doch immer in Furcht leben vor den Wechselfällen der Zeit und vor des Schicksals Unbeständigkeit!' Wie die Schildkröte diese Worte des Wasservogels hörte, kroch sie an ihn heran, küßte ihn auf die Stirn und sprach zu ihm: ‚Immerdar war das Volk der Vögel durch dich gesegnet und ließ sich durch deinen Rat zum Guten belehren; wie könntest du dich da mit Gram und Kummer beschweren?' So fuhr sie fort das Herz des Wasservogels zu beruhigen, bis er seinen Frieden wiedergefunden hatte.

Darauf flog der Wasservogel wieder zu der Stätte, an der die Leiche angetrieben war; und als er dort ankam, sah er nichts mehr von den Raubvögeln, und von jenem Leichnam entdeckte er nur noch die Knochen. Da kehrte er zurück und berichtete der Schildkröte, daß die Feinde seine Wohnstätte verlassen hätten; und er fügte hinzu: ‚Wisse, ich möchte doch zu meiner alten Wohnstätte zurückkehren, um die Gesellschaft meiner Freunde nicht mehr zu entbehren. Fürwahr, der Verständige erträgt es nicht, seiner Heimat fern zu sein.' Nun begaben sich die beiden an jenen Ort; und ihnen widerfuhr nichts von dem, was sie befürchtet hatten. Da sprach der Wasservogel die Verse:

> *Wie manches Unglück gibt es, gegen das dem Manne*
> *Die Kraft versagt, und wo bei Gott die Hilfe steht!*
> *Schwer war's –, wie seine Maschen sich immer enger schlossen,*
> *Kam Rettung. Ach, ich glaubte, die Rettung sei zu spät!*

Darauf lebten die beiden zusammen auf jener Insel. Doch während der Wasservogel in Freuden und in Sicherheit lebte, sandte plötzlich das Geschick einen hungrigen Falken gegen ihn. Der schlug ihm seine Krallen in den Leib und tötete ihn. Und so hatte ihm auch die Vorsicht nicht mehr genützt, als seine Zeit erfüllet war. Der Grund aber, weshalb er getötet wurde, war der, daß er es versäumte, Gott zu preisen. Es heißt, daß sein Lobpreis also lautet: ,Preis sei unserem Herrn, dieweil Er bestimmt und lenkt! Preis sei unserem Herrn, die weil Er Reichtum und Armut schenkt!' Dies ist es, was mit dem Wasservogel und den Raubvögeln geschah.«

* * *

Da sprach der König: »O Schehrezâd, du hast mir durch deine Erzählung noch mehr Ermahnungen und Lehren zuteil werden lassen. Weißt du auch etwas von den Geschichten über die Tiere des Feldes?« »Jawohl!« erwiderte sie, und sie begann

DIE GESCHICHTE VOM WOLF
UND VOM FUCHS

Wisse, o König, einst lebten ein Fuchs und ein Wolf in derselben Höhle; dort hausten sie miteinander und dort schliefen
sie des Nachts, aber der Wolf behandelte den Fuchs grausam.
Eine ganze Weile lebten sie so dahin; aber da geschah es doch
einmal, daß der Fuchs den Wolf ermahnte, milde zu sein und
von dem bösen Tun abzulassen, indem er sprach: ‚Wisse, wenn
du in deiner Anmaßung beharrst, so ist es leicht möglich, daß
Allah dem Menschen über dich Macht verleiht. Denn der ist
voller Listen, Schlauheit und Falschheit; er fängt die Vögel aus
der Luft und die Fische aus dem Meere, er zerbricht die Berge
und versetzt sie von einem Orte zu dem andern, und all das
kommt von seinen Listen und von seiner Schlauheit. Drum
übe du Milde und Billigkeit, und laß ab von Bosheit und Ungerechtigkeit! Das ist besser für dein Leben!‘ Doch der Wolf
kümmerte sich nicht um seine Worte, sondern gab ihm eine
harte Antwort, indem er sprach: ‚Wie kommst du dazu, über
große und wichtige Dinge zu reden?‘ Dann gab er dem Fuchs
einen Schlag auf die Backe, daß er bewußtlos niederfiel. Als
dieser dann wieder zu sich kam, lächelte er dem Wolfe freundlich zu und trat an ihn heran, indem er ihn mit diesen beiden
Versen wegen der unziemlichen Worte um Verzeihung zu
bitten begann:

> *Hab ich denn eine Sünde früher einmal begangen*
> *Aus Liebe zu dir, und hab ich getan denn, was nicht frommt,*
> *So reut mich mein Vergehen, und möge deine Verzeihung*
> *Den Sünder umfassen, wenn er Vergebung erbittend kommt.*

Da nahm der Wolf seine Abbitte an und hörte auf, ihn zu
mißhandeln; doch er sprach zu ihm: ‚Rede nicht von dem,

was dich nichts angeht; sonst mußt du hören, was dir widersteht!' – – «

Da bemerkte Schehrezâd, daß der Morgen begann, und sie
hielt in der verstatteten Rede an. Doch als die *Hundertundneun-
undvierzigste Nacht* anbrach, fuhr sie also fort: »Es ist mir berichtet worden, o glücklicher König, daß der Wolf zum Fuchse
sagte: ‚Rede nicht von dem, was dich nichts angeht; sonst
mußt du hören, was dir widersteht!' ‚Ich höre und gehorche!'
antwortete der Fuchs, ‚hinfort will ich unterlassen, was dir
mißfällt. Denn der Weise spricht: ‚Rede nicht von dem, wonach du nicht gefragt bist; antworte nicht, wenn du nicht auf-
gefordert bist; laß ab von dem, was dich nichts angeht, und
kümmere dich nur um das, was dich angeht; verschwende guten Rat nicht an die Bösen, denn sie werden dir mit Bösem
vergelten!'

Als der Fuchs nun die Worte, die ihm der Wolf zur Antwort
gab, gehört hatte, lächelte er ihm wieder freundlich zu; aber
in seinem Herzen sann er auf eine List wider ihn und sprach
bei sich: ‚Wahrlich, ich muß mir Mühe geben und bewirken,
daß dieser Wolf ins Verderben stürzt.' So trug er geduldig
weitere Mißhandlungen vom Wolfe, indem er bei sich sprach:
‚Hochmut und arge Reden führen zum Tod und stürzen in
Not. Ja, es heißt: Übermut tut selten gut; wer töricht ist, bereut, doch wer vorsichtig ist, wird vom Unheil befreit. Gerechtigkeit ist der Edelen Kleid; und vornehmer Sinn ist der
edelste Gewinn. Ich will mich nun vor diesem Tyrannen verstellen; dann muß er sicherlich zu Falle kommen.' Darauf
sprach der Fuchs zum Wolfe: ‚Siehe, der Herr verzeiht seinem
Diener, der da fehlt, und vergibt seinem Knechte, wenn er
Sünden begangen hat. Ich bin nur ein armer Knecht; und daß
ich dir Rat erteilte, war von mir nicht recht. Wüßtest du, wel-

cher Schmerz mich durch deinen Schlag getroffen hat, so wüßtest du auch, daß selbst ein Elefant ihn nicht ertragen und aushalten könnte. Doch ich beklage mich nicht über den Schmerz dieses Schlages um der Freude willen, die mir durch ihn widerfahren ist; denn wenn er für mich auch etwas gewaltig Schweres war, so ist sein Ergebnis doch Freude. Der Weise spricht: ‚Der Schlag des Erziehers schmerzt anfangs sehr, aber zuletzt ist er süßer als geklärter Honig.‘ Der Wolf aber sagte: ‚Ich habe dir deine Schuld vergeben und deinen Fehltritt verziehen. Nun nimm dich vor meiner Stärke in acht und bekenne dich als meinen Knecht; du hast erfahren, wie streng ich bin gegen den, der sich mir feindlich zeigt.‘ Da warf sich der Fuchs in Verehrung vor ihm nieder und sprach zu ihm: ‚Allah gebe dir ein langes Leben! Mögest du immerdar deine Feinde überwinden!‘ Und so fuhr der Fuchs fort, in seiner Furcht vor dem Wolfe ihn heuchlerisch zu umschmeicheln.

Eines Tages nun kam der Fuchs zu einem Weinberge und sah dort in der Mauer ein Loch. Mißtrauisch sprach er zu sich selber: ‚Dies Loch hat sicher einen besonderen Grund. Heißt es doch im Sprichwort: Wer eine Grube in der Erde sieht und nicht zur Seite geht und nicht vorsichtig an sie herantritt, der täuscht sich selbst und setzt sich dem Verderben aus. Es ist ja bekannt, daß einige Menschen das Abbild eines Fuchses im Weinberge aufstellen, ja, sogar Weintrauben auf Tellern vor ihn hinsetzen, auf daß ein Fuchs es sehe, herankomme und ins Verderben renne. Fürwahr, ich sehe dies Loch als eine Falle an. Im Sprichworte heißt es: Vorsicht ist die Hälfte der Klugheit. Aus Vorsicht also muß ich dies Loch einmal erst genauer untersuchen, um zu sehen, ob ich bei ihm eine Falle finde, die zum Verderben führt. Die Gier soll mich nicht dazu verleiten, daß ich mich selbst in das Unheil stürze.‘ Dann ging er näher an das Loch heran, schlich vorsichtig drum herum und schaute es genau an; und siehe da, es war eine tiefe Grube, die der Herr des Weinbergs gegraben hatte, um die Tiere darin zu fangen, die ihm die Reben verdarben. Da sprach der Fuchs zu sich selber: ‚Nun bist du ans Ziel gekommen, das du dir vorgenommen!' Weiter erblickte er auf ihr eine dünne, feine Decke, und dann trat er zurück mit den Worten: ‚Preis sei Allah, daß ich mich vor ihr in acht genommen habe! Aber ich hoffe, daß mein Feind, der Wolf, der mein Leben so elend gemacht hat, in sie hineinfällt; dann steht mir der Weinberg frei und gehört mir allein, und ich kann in Sicherheit dort leben.' Darauf schüttelte er den Kopf, lachte laut und sang:

> Säh ich doch zu dieser Stunde
> Einen Wolf da in der Falle!
> Lang hat er mein Herz verbittert,
> Grausam mich getränkt mit Galle.
> Blieb ich doch hinfort am Leben!
> Stürbe doch der Wolf noch heute!
> Dann ist frei von ihm der Weinberg,
> Und ich hab drin meine Beute!

Darauf lief er eiligst zurück, bis er wieder zum Wolf kam, und dem rief er zu: ‚Fürwahr, Allah hat dir den Weg zu dem Weinberge leicht und mühelos gemacht. Das ist ein Zeichen deines Glücks. Wohl bekomme dir jene leichte Beute und das reichliche Futter, das Allah dir erschlossen und ohne Anstrengung zugänglich gemacht hat!' Der Wolf aber fragte: ‚Was führt dich zu deiner Behauptung?' ‚Wisse,' erwiderte der Fuchs, ‚ich kam zu dem Weinberge, und da fand ich, daß sein Herr tot ist; ein Wolf hat ihn zerrissen. So ging ich in den Garten hinein und sah an den Reben herrliche Früchte schweben!' Der Wolf zweifelte nicht an den Worten des Fuchses, die Gier packte ihn, und er machte sich auf, bis er zu dem Loche kam, ganz betört von seiner Lüsternheit. Der Fuchs aber blieb stehen, warf sich zu Boden, so daß er wie ein Toter dalag, und sprach diesen Vers:

> *Begehrst du von der jungen Maid ein Stelldichein?*
> *Wohlan, die Lüste lasten auf der Männer Nacken!*

Wie nun der Wolf dicht vor dem Loche stand, rief der Fuchs ihm zu: ‚Geh hinein in den Weinberg! Dir ist sogar die Mühe erspart, hinüberzuklettern, oder in die Gartenmauer ein Loch zu graben; nun steht bei Allah die Vollendung der guten Gaben!‘ So ging der Wolf einige Schritte weiter, um in den Weinberg einzudringen; aber als er mitten auf der Decke war, die über dem Loche lag, fiel er hinein. Da schüttelte der Fuchs sich gewaltig vor lauter Freuden; denn nun war es zu Ende mit seinen Sorgen und Leiden. Er ließ ein Lied erklingen und begann diese Verse zu singen:

> *Das Schicksal hat sich meiner Qual erbarmet;*
> *Es hatte Mitgefühl mit meiner Not*
> *Und schenkte mir, was ich so sehr begehrte,*
> *Und wandte von mir ab, was mich bedroht.*
> *Ich will ihm wahrlich alle Schuld vergeben,*
> *Die es an mir verbrach in früher Zeit. –*
> *Der Wolf da kann jetzt nimmermehr entrinnen*
> *Aus der Gefahr, die ihn dem Tode weiht.*
> *Mein ist der Weinberg jetzt, mein ganz allein!*
> *Kein Dummkopf teilt sich mehr mit mir darein!*

Dann blickte er in die Grube, und wie er den Wolf aus Reue und Gram um sich selber weinen sah, weinte er mit ihm. Da hob der Wolf seinen Kopf zum Fuchs empor und fragte ihn: ‚Weinst du aus Mitleid mit mir, Herr Reineke?‘[1] ‚Nein, bei dem, der dich in diese Grube gestürzt hat,‘ rief der Fuchs, ‚ich

1. Im Arabischen ‚Vater der kleinen Burg‘, ein Beiname des Fuchses nach seinem Bau; hier als höfliche Anrede gebraucht.

weine, weil du schon so lange gelebt hast, und ich traure, weil du nicht schon vor diesem Tage in die Grube da gefallen bist. Wärest du früher hineingefallen, ehe wir zusammentrafen, so hätte ich Ruhe und Frieden gehabt; doch du wurdest aufgespart, bis deine Stunde kam und deine Zeit erfüllet ward.' Da sprach der Wolf zu ihm, als ob er scherze: ,Du böser Bube, geh zu meiner Mutter und sage ihr, was mir widerfahren ist, damit sie auf meine Befreiung sinne!' Aber der Fuchs antwortete ihm: ,Deine große Begehrlichkeit und deine gewaltige Lüsternheit haben dich ins Verderben gestürzt; ja, du bist in eine Grube gefallen, aus der du nicht entrinnen kannst. Weißt du denn nicht, du dummer Wolf, daß es im Sprichwort heißt: Wer die Folgen nicht bedenkt, dem wird vom Geschick keine Freundschaft geschenkt, und sein Weg wird nicht an den Gefahren vorbeigelenkt.' Nun bat der Wolf: ,Lieber Herr Reineke, einst hast du mir Liebe gezeigt und warst meiner Freundschaft geneigt; und meine gewaltige Kraft hielt dich in banger Haft. Hasse mich doch nicht so grimmig wegen dessen, was ich dir antat! Denn wer Macht hat und doch verzeiht, der erhält seinen Lohn von Allah. Sagt doch auch der Dichter:

> *Säe die Saat des Guten, wenngleich auf unrechtem Felde!*
> *Nie geht das Gute verloren, wo es nur immer gesät.*
> *Denn mag die Zeit auch noch so lange darüber vergehen,*
> *Das Gute erntet immer allein, wer es gesät.'*

Da erwiderte der Fuchs: ,O du dümmstes Raubtier der Welt und albernstes aller Tiere im Feld, hast du denn deinen Hochmut und deine Anmaßung und deine Überhebung vergessen, wo du doch das Recht der Freundschaft nicht achtetest und dich nicht durch das Dichterwort warnen lassen wolltest:

> *Tu kein Unrecht, auch wenn die Macht dazu dir gegeben;*
> *Denn Rache lauert immer auf den, der das verbricht.*

> *Dein Auge mag wohl schlafen; doch der Bedrückte wachet*
> *Und flucht dir, und das Auge Allahs schlummert nicht.'*

Wieder bat der Wolf: ‚Lieber Herr Reineke, trag mir die
Schuld nicht nach, die ich früher verübt; denn vom Edlen er-
wartet man, daß er vergibt, und gute Taten sind der beste
Schatz. Wie schön sagt der Dichter:

> *Tu Gutes schnell, wenn es in deiner Macht;*
> *Denn nicht zu jeder Zeit hast du die Macht.'*

So bat der Wolf demütig den Fuchs immer weiter und fügte
hinzu: ‚Vielleicht vermagst du etwas zu tun, was mich vor
dem Verderben rettet.' Aber der Fuchs sprach: ‚Du dummer,
betrogener Wolf, du Übeltäter und Verräter, verlange nicht
mehr zu entrinnen; denn dies ist Lohn und Vergeltung für
dein ruchloses Beginnen.' Dann begann er zu lachen aus offenem Rachen, und er sprach diese beiden Verse:

> *Glaub nicht, mich zu überlisten;*
> *Denn dein Ziel erreichst du nie.*
> *Was du wünschest, ist unmöglich.*
> *Du sätest Qual – nun ernte sie!*

Da sprach der Wolf: ‚O du sanftmütiges unter den Tieren, das
traue ich dir nicht zu, daß du mich in dieser Grube lässest!' Dann
weinte er und klagte, aus seinen Augen begannen die Tränen
hervorzubrechen, und er hub an, diese Verse zu sprechen:

> *O der du mehr als einmal mir deine Hilfe geliehen*
> *Und dessen Gabenreichtum schier unermeßlich ist,*
> *Nie hat in meinem Leben mich ein Leid getroffen,*
> *Bei dem ich nicht gefunden, daß du mein Retter bist.*

‚O du einfältiger Feind,' rief der Fuchs, ‚wie kommst du jetzt
zu Demut und Unterwürfigkeit, zu Erniedrigung und Nachgiebigkeit, nach all der Verachtung und Großtuerei, dem Hochmut und der Tyrannei. Fürwahr, aus Furcht vor deiner Feind-

schaft trat ich dir freundlich entgegen, und ich schmeichelte dir, ohne Hoffnung auf deine Güte zu hegen. Doch jetzt hat dich die Rache ereilt, so daß die zitternde Angst bei dir weilt.' Dann sprach er diese beiden Verse:

> *O der du immer nur auf Trug bedacht,*
> *Du kamst durch deinen bösen Plan zu Fall.*
> *So koste nun das Leid der bittren Not*
> *Und bleibe fern den andren Wölfen all!*

Und wiederum bat der Wolf: ,O du Milder, sprich doch mit Feindeszunge nicht, noch schau mit feindlichem Gesicht; erfülle die Pflicht der Freundschaft, die uns verbindet, ehe die Zeit zur Hilfe entschwindet. Mach dich auf und suche mir nach einem Strick; dann binde das eine Ende an einen Baum und laß das andere zu mir herunter, damit ich mich daran festhalten kann! Vielleicht kann ich so aus meiner Not befreit werden, und dann will ich dir alle Schätze geben, die ich besitze!' Doch der Fuchs erwiderte: ,Du hast schon viel zu viel von dem geredet, was dir doch nicht die Rettung bringt; drum hoffe nicht mehr darauf, denn du wirst niemals das von mir erhalten, wodurch du dich retten kannst. Denke vielmehr an das Böse, das du mir früher getan hast, an all die Tücke und Arglist, die du wider mich ersonnen hast! Wie nahe bist du jetzt dem Tode durch Steinigung! Wisse, jetzt wird deine Seele die Welt verlassen, von ihr scheiden und aus ihr fortziehen; dann soll sie ins Verderben eilen, an einer grausen Stätte weilen und immer ein furchtbares Schicksal teilen!' ,Lieber Herr Reineke,' hub der Wolf wieder an, ,kehre doch bald zurück zur Freundlichkeit und beharre nicht in grollender Feindseligkeit! Wisse, wer eine Seele aus dem Verderben errettet, der erhält sie am Leben; und wenn einer nur eine einzige Seele am Leben erhält, so ist es, als hätte er die ganze Menschheit am Leben erhalten.[1] Folge nicht dem Bösen; denn die Weisen haben es verboten. Und es ist doch klar, daß es nichts Böseres gibt, als wenn ich hier in der Grube sitze und Todesqualen herunterschlucke und den Untergang vor Augen habe, während es in deiner Macht steht, von des Unglücks Ketten mich zu erretten. Ach, nimm es doch ernst mit meiner Befreiung und handle gütig an mir!' ‚O du dummer Tölpel,‘ rief da der Fuchs, ‚siehe, wenn du nach außen schöntust und sprichst, aber Gemeines ersinnst und verbrichst, so vergleiche ich dich mit dem Falken bei dem Rebhuhn und bemesse dein Tun nach ihm.‘ ‚Wie war denn das?‘ fragte der Wolf. Da erzählte der Fuchs

DIE GESCHICHTE VOM FALKEN
UND VOM REBHUHN

Eines Tages kam ich in einen Weinberg, um von seinen Trauben zu fressen; und wie ich gerade dort war, erblickte ich einen Falken, der auf ein Rebhuhn niederschoß. Schon hatte er es gepackt und hielt es in den Klauen, da entkam es ihm dennoch, schlüpfte in sein Nest und verbarg sich darin. Aber der Falke folgte ihm und rief ihm zu: ‚O du Tor, ich sah dich im Felde hungrig, da hatte ich Mitleid mit dir; und ich pickte ein paar Körner für dich auf und hielt dich fest, damit du fressen solltest. Du aber bist mir davongelaufen, und ich sehe keinen Grund für dein Fortlaufen, als daß du die Gabe nicht annehmen wolltest. Nun komm doch heraus, nimm die Körner, die ich dir gebracht habe, und friß sie – mögen sie dir wohl bekommen!' Als das Rebhuhn die Worte des Falken hörte, glaubte es ihm und kam hervor. Doch da schlug der Falke ihm die Krallen in den Leib und packte es ganz fest. Das Rebhuhn schrie: ‚Ist dies,

1. Koran, Sure 5, Vers 35.

was du mir vom Felde mitgebracht hast, wie du sagtest, und das du mir botest mit den Worten: Friß es, möge es dir wohl bekommen? Du hast mich belogen; möge Allah das, was du von meinem Fleische frissest, in deinem Magen zu einem tödlichen Gifte machen!' Als nun der Falke das Rebhuhn gefressen hatte, fielen ihm die Federn aus, seine Kraft verfiel, und er starb auf der Stelle.'

*

Dann fuhr der Fuchs fort: ‚Wer seinem Bruder eine Grube gräbt, fällt in dies Grab bald selbst hinab. Du hast zuerst treulos an mir gehandelt.' Da sprach der Wolf zum Fuchs: ‚Laß ab, solche Reden zu führen und Sprichwörter zu zitieren. Erinnere mich nicht an meine früheren Missetaten, ich habe doch genug an der Not, in die ich jetzt geraten! Ich bin jetzt an einer Stätte, an der selbst ein Feind mich bemitleiden würde, wieviel mehr ein Freund! Ersinne mir lieber ein Mittel, durch das ich frei werden kann; sei du jetzt meine Rettung! Und wenn dir das beschwerlich fällt, so bedenke, daß der Freund für den Freund oft die größte Mühe auf sich lädt, ja daß er sein Leben wagt um das, worin für jenen die Rettung aus der Gefahr besteht. Es heißt sogar, daß ein Freund, der nicht versagt, einen leiblichen Bruder an Wert überragt. Wenn du mir zur Rettung verhilfst und ich wirklich gerettet werde, so will ich dir eine Kenntnis sammeln, die dir zur Rüstung dienen wird; und ich will dich seltene Künste lehren, die dir die reichsten Weinberge öffnen, so daß du die Früchte von den Reben pflücken kannst. Darum hab Zuversicht und quäl dich nicht!' Lachend erwiderte der Fuchs: ‚Wie schön ist, was die Gelehrten von einem so großen Dummkopf, wie du es bist, gesagt haben!' ‚Was haben die Gelehrten denn gesagt?' fragte der Wolf. Der Fuchs gab zur Antwort: ‚Die Gelehrten haben erklärt, in einem groben Leibe wohne auch eine grobe Natur, und die sei fern dem Verstand, doch nahe dem Unverstand. Wenn du meinst, du betrogener, törichter Betrüger, der Freund solle Mühe auf sich laden, um seinen Freund zu befreien, so ist das richtig, wie du es sagst; aber laß mich doch trotz deiner Dummheit und Torheit wissen, wie ich in dir einen Freund sehen kann, da du so treulos bist! Hältst du mich noch für deinen Freund, wo ich dir ein schadenfroher Feind bin? Und dies ist ein Wort, das ist schlimmer als Pfeilschuß und Mord, wenn du das verstehen kannst. Wenn du nun weiter sagst, du wollest mir eine Kenntnis verschaffen, die mir zur Rüstung dienen werde, und du wollest mich Künste lehren, durch die ich in die reichsten Weinberge gelangen und die Früchte von den Reben pflücken könnte, wie kommt es denn, o du Verräter und Betrüger, daß du kein Mittel weißt, um dem Verderben zu entrinnen? Wie weit bist du davon entfernt, dir selber helfen zu können, und wie weit bin ich davon entfernt, deinen Rat anzunehmen! Hast du ein Mittel, so wende es für dich selber an zu deiner Rettung aus dieser Not, in der du – so bete ich zu Allah – noch lange sein mögest. Nun schau, du Tor, ob du noch ein Mittel hast, und rette dich dadurch vor dem Tode, ehe du deine Lehren an einen anderen verschwendest! Allein bei dir geht's wie bei einem Manne, den eine Krankheit befallen hatte; zu dem kam einer, der an derselben Krankheit litt, um ihn zu heilen, und sprach zu ihm: ‚Soll ich dich von deiner Krankheit heilen?‘ Da fragte der Mann: ‚Warum hast du nicht damit angefangen, dich selbst zu heilen?‘ ließ ihn stehen und ging davon. Du törichter Wolf, bei dir ist es genau so; drum bleib in deinem Loch zurück und ertrage dein Geschick!‘

Als der Wolf die Worte des Fuchses vernommen hatte, erkannte er, daß er nichts Gutes von ihm zu erwarten hatte, und so weinte er über sein Unglück und sprach: ‚Einst lebte ich unbekümmert um mein Geschick; doch wenn Allah mich jetzt aus dieser Not errettet, so will ich von meiner Anmaßung gegen den, der schwächer ist als ich, ablassen, will eine härene Kutte anlegen und will auf die Berge steigen, um Allah den Erhabenen anzurufen und in Furcht vor seiner Strafe zu leben; ja, ich will mich von allen Tieren des Feldes absondern und will immerdar die Glaubensstreiter und die Armen speisen.‘ Dann weinte und klagte er weiter. Da ward das Herz des Fuchses gerührt, und wie er die demütigen Worte des Wolfes vernahm und sein Gelöbnis, von Stolz und Übermut abzulassen, war es, als ob ihn das Mitleid mit ihm ergriff. Fröhlich sprang er auf, trat an den Rand der Grube heran, setzte sich auf seine Hinterbeine und ließ seinen Schwanz in die Grube hinabhängen. Aber da machte sich der Wolf ans Werk, streckte eine Vorderpfote nach dem Schwanze des Fuchses aus und zog ihn an sich, bis er bei ihm unten in der Grube war. Und nun sprach der Wolf zu ihm: ‚O Fuchs, der du kein Mitleid kennst, wie konntest du über mich frohlocken, du, der du einst mein Gefährte warst und unter meiner Macht standest? Jetzt bist du zu mir in die Grube gefallen, und die Strafe hat dich rasch ereilt. Haben doch die Weisen gesagt: Wenn einer von euch seinen Bruder schmäht, weil er an den Zitzen einer Hündin saugt, so soll er auch daran saugen. Und wie schön spricht der Dichter:

> *Wenngleich das Schicksal lange Zeit auf Menschen lastet,*
> *Ereilt es doch zuletzt auch andere als uns.*
> *Drum sag den Schadenfrohen, die uns höhnen: Wachet!*
> *Die Schadenfrohen trifft dieselbe Not wie uns.*

Der gemeinsame Tod ist doch das Schönste. So will ich dir denn ein rasches Ende machen, ehe du siehst, wie ich sterbe!‘ Da sprach der Fuchs bei sich selber: ‚Ach, ach! Jetzt bin ich

doch mit diesem Tyrannen zu Fall gekommen! Diese Lage erfordert List und Trug; denn es heißt: Die Frau bereitet ihren
Schmuck für den Tag des Festes; und im Sprichwort sagt man:
Meine Träne, dich halt ich zurück für ein schweres Mißgeschick.[1] Wenn ich jetzt dies grausame Raubtier nicht überliste,
so komme ich unweigerlich um. Wie schön ist doch das Dichterwort:

> Leb durch Verrat! Dies ist eine Zeit,
> Deren Söhne wie Löwen des Dickichts sind.
> Laß strömen die Bäche der Tücke, auf daß
> Des Lebens Mühle sich drehe geschwind.
> Und pflücke die Früchte; doch nimm vorlieb
> Mit Gras, wenn jene zu hoch für dich sind!'

Alsdann sprach er zum Wolfe: ,Beeile dich nicht, mich zu töten; denn das ist nicht der rechte Lohn für mich. Du würdest
es sonst bereuen, o Held unter den Tieren, den Kraft und gewaltige Tapferkeit zieren! Wenn du ein wenig wartest und
genau auf das achtest, was ich dir erzählen will, so wirst du den
Plan verstehen, den ich ersonnen habe. Doch wenn du mich
eilends tötest, so wirst du nichts mehr in der Hand haben, und
wir werden hier beide den Tod finden.' ,O du Verräter und
Betrüger,' rief der Wolf, ,was für eine Rettung erhoffst du
noch für mich und für dich, so daß du mich bittest, ich solle
mich mit dir gedulden? Sprich und berichte mir von deinem
Plane, den du ersonnen hast!' Da erwiderte der Fuchs: ,Was
meinen Plan angeht, den ich erdacht habe, so ist es gar nicht
nötig, daß du mich schön für ihn belohnst. Sieh, als ich hörte,
was du versprachst und wie du dein früheres Tun beichtetest
und es bedauertest, nicht schon früher Buße und gute Werke
getan zu haben, und als ich dann weiter vernahm, was du zu
tun gelobtest, wenn du aus deiner Not befreit würdest, daß du

1. Vgl. Band I, Seite 75, Anmerkung 1.

nämlich aufhören wolltest, deinesgleichen und andere zu quälen, daß du keine Trauben noch irgendwelche anderen Früchte mehr essen wolltest, daß du dich der Demut hingeben, deine Krallen beschneiden, deine Hauer ausbrechen, die Kutte anlegen und Allah dem Erhabenen Opfer darbringen wolltest, da ergriff mich Mitleid mit dir – und wahre Worte sind die besten –, trotzdem ich vorher dein Verderben herbeigesehnt hatte. Also wie ich vernahm, daß du Buße tatest, und was du zu tun gelobtest, wenn Allah dich erretten würde, da hielt ich es für meine Pflicht, dich aus deiner Not zu befreien; so ließ ich denn meinen Schwanz zu dir hinunterhängen, damit du dich an ihm festhalten und dich retten könntest. Aber du konntest doch von deiner gewohnten Gewalttätigkeit und Roheit nicht lassen und wolltest nicht durch Milde Rettung und Heil gewinnen; nein, du zogst so heftig, daß ich glaubte, mein Leben hätte mich verlassen, und so sind wir nun beide an die Stätte des Verderbens und des Todes geraten. Jetzt kann uns beide nur noch eines retten, und wenn du mir darin folgst, so werden wir befreit; danach aber geziemt es dir, daß du dein Gelübde erfüllest, und ich will dann dein Gefährte sein.' ,Was ist's, darin ich dir folgen soll?' fragte der Wolf. Der Fuchs erwiderte: ,Stell dich aufrecht auf deine Hinterbeine, dann will ich auf deinen Kopf steigen, so daß ich nahe der Erdoberfläche komme. Darauf will ich hochspringen, und wenn ich oben bin, will ich fortgehen und dir etwas holen, an dem du dich festhalten kannst, so daß auch du schließlich gerettet wirst.' Aber der Wolf entgegnete ihm: ,Ich kann mich auf deine Worte nicht verlassen. Denn die Weisen sagen: Wer Vertrauen übt, wo er hassen sollte, geht fehl; und wer auf einen, der kein Vertrauen verdient, baut, wird betrogen; wer es mit einem, den man durch Versuche kennen gelernt hat, noch ein-

mal versucht, bei dem kehrt die Reue ein, und seine Tage gehen nutzlos dahin; wer nicht zwischen den verschiedenen Lagen unterscheiden kann und nicht jeder Lage das zuerteilt, was
ihr gebührt, sondern alle Dinge nach einem einzigen Falle be-
urteilt, der hat wenig Glück und viel Unglück. Wie gut sagt der
Dichter: *Immer denke nur an Schlechtes;*

Argwohn ist der beste Rat.

Nichts bringt so den Mann ins Unheil

Wie Vertraun und gute Tat.

Und ein anderer:

Glaub fest an schlechte Meinung, so wirst du stets gerettet;
Wer wachsam lebt, den wird das Unglück immer fliehn.
Begegne deinem Feind mit lächelndem, offenem Antlitz,
Und rüste in deinem Herzen ein Heer zum Kampf wider ihn!

Und ein dritter:

Dem du am meisten traust, der ist dein schlimmster Feind;
Drum hüte dich vor Menschen; sei heuchlerisch ihr Freund!
Du leidest doch nur Schaden, denkst du vom Schicksal gut;
So denke schlecht von ihm, sei vor ihm auf der Hut!'

Darauf erwiderte ihm der Fuchs: ,Argwohn ist nicht lobens-
wert zu jeder Zeit; nein, gute Meinung ist ein Zeichen der Vollkommenheit, und sie ist es, die schließlich von Furcht befreit.
Dir geziemt nun, o Wolf, ein Mittel zur Errettung aus deiner
Not zu finden, so daß wir beide heil entkommen; das ist doch
besser, als wenn wir sterben. Also laß ab von Argwohn und
Haß! Wenn du gut von mir denkst, so kann nur eins von zwei
Dingen geschehen; entweder ich bringe dir etwas, an dem du
dich festhalten kannst, so daß du aus deiner Not gerettet wirst,
oder ich handle treulos an dir, indem ich mich selbst rette und
dich deinem Schicksale überlasse. Dies aber ist unmöglich;
denn ich bin dann nicht sicher davor, daß ich ebenso heim-

gesucht werde wie du; und das wäre dann die gerechte Strafe
für die Treulosigkeit. Es heißt ja auch im Sprichwort: Treue
ist trefflich; Verrat ist häßlich. Also geziemt es sich für dich,
daß du mir vertraust; denn ich bin nicht ganz unerfahren in
den Wechselfällen des Schicksals. Darum warte nicht länger
damit, unsere Rettung möglich zu machen; die Sache drängt
zu sehr, als daß wir noch lange Reden darüber führen könnten!' Nun sagte der Wolf: ‚Obgleich ich nur wenig Vertrauen
zu deiner Treue habe, so wußte ich doch, was in deinem Innern
vorging, nämlich daß du mich befreien wolltest, weil du von
meiner Reue hörtest; und ich sprach bei mir: Wenn er mit
seinen Worten die Wahrheit sagt, so wird er seine Sünde wieder gutmachen; wenn er aber die Unwahrheit sagt, so steht
seine Bestrafung in der Hand des Herrn. Ich will dir also in
dem folgen, was du mir geraten hast. Aber verrätst du mich, so
wird der Verrat dich ins Verderben bringen.' Darauf richtete
der Wolf sich in der Grube auf seinen Hinterbeinen empor und
ließ den Fuchs auf seine Schultern klettern, so daß er in gleicher Höhe mit der Oberfläche der Erde war; der Fuchs sprang
von den Schultern des Wolfes aus in die Höhe und erreichte
den Erdboden. Doch wie er nun außerhalb der Grube war,
sank er zuerst ohnmächtig hin. Als der Wolf dann rief: ‚Lieber Freund, vergiß meine Not nicht und säume nicht, mich zu
befreien!' da brach der Fuchs in ein schallendes Gelächter aus
und sprach: ‚O du Betrogener, nur deshalb fiel ich dir in die
Hände, weil ich meinen Scherz und Spaß mit dir trieb. Das war
nämlich so: als ich von deiner Reue hörte, da kam solch fröh-
liche Heiterkeit über mich, daß ich aufsprang und lustig tanzte,
und dabei geriet mein Schwanz in die Grube; du aber zogst
mich daran zu dir hinunter. Dann hat Allah der Erhabene mich
wieder aus deiner Hand befreit. Warum sollte ich jetzt nicht
264

dabei behilflich sein, dich zu Tode zu bringen, dich, der du zum Volke Satans gehörst? Höre, gestern sah ich mich im Traume auf deiner Hochzeit tanzen; da erzählte ich den Traum einem Deuter, und der sagte mir: Du wirst in einen Abgrund stürzen, aber du wirst auch wieder aus ihm gerettet werden. Jetzt weiß ich, daß dies die Erfüllung meines Traumgesichtes ist, wie ich in deine Hand gefallen und doch wieder entkommen bin. Und du weißt doch, du betrogener Tor, daß ich dein Feind bin; wie kannst du nur in deiner Dummheit und Torheit noch verlangen, daß ich dich befreien soll, zumal du meine harten Worte vernommen hast? Warum sollte ich mich denn bemühen, dich zu retten? Sagen doch die Gelehrten: Der Tod eines Übeltäters schafft den Menschen Ruhe und reinigt die Erde. Und dennoch, müßte ich nicht fürchten, daß ich durch Treue gegen dich noch größeres Leid mir zuziehen würde als durch Verrat, so würde ich noch Mittel finden, dich zu befreien.' Wie der Wolf diese Worte des Fuchses hörte, biß er sich vor Reue in die Vorderpfoten. – –«

Da bemerkte Schehrezâd, daß der Morgen begann, und sie hielt in der verstatteten Rede an. Doch als die *Hundertundfünfzigste Nacht* anbrach, fuhr sie also fort: »Es ist mir berichtet worden, o glücklicher König, daß der Wolf sich vor Reue in die Vorderpfoten biß, als er die Worte des Fuchses vernahm. Dann gab er ihm gute Worte, aber das half und nützte ihm nichts. Schließlich sprach er zu ihm mit leiser Stimme: ‚Ihr Volk der Füchse gehört doch zu den Leuten, die die süßeste Zunge haben und den feinsten Scherz treiben. Dies ist ja nur ein Scherz von dir; aber doch nicht zu jeder Zeit sind Spiel und Scherz angebracht.' ‚Du Tor,' erwiderte der Fuchs, ‚der Scherz hat eine Grenze, die der Spötter nicht überschreiten darf. Glaube doch nicht, Allah werde dir noch einmal wieder Gewalt über mich geben, nachdem er mich aus deinen Händen befreit hat!' Nun bat der Wolf: ‚Um unserer früheren Brüderschaft und Freundschaft willen ist es doch deine Pflicht, mich zu befreien zu suchen. Und wenn du mich wirklich befreist, so will ich dir sicherlich einen schönen Lohn zuteil werden lassen.' Der Fuchs gab zur Antwort: ‚Die Weisen sagen: Nimm den boshaften Tor nicht zum Bruder; denn er macht dir Beschwer, doch keine Ehr. Nimm auch den Lügner nicht zum Bruder; denn, wenn an dir etwas Gutes ist, so wird er es verschweigen, doch wenn an dir etwas Schlechtes ist, so wird er es zeigen. Ferner sagen die Weisen: Gegen alles gibt es ein Mittel, nur nicht gegen den Tod; alles läßt sich heilen, nur nicht die Verdorbenheit des inneren Wesens; alles läßt sich abwehren, nur nicht das Schicksal. Wenn du aber sagst, du wollest mir einen Lohn zuteil werden lassen, den ich um dich verdient hätte, so vergleiche ich dich bei deinem Lohnen mit der Schlange, die dem Beschwörer entfloh. Ein Mann sah sie in ihrer Angst und fragte sie: ‚Was ist dir, o Schlange?' Sie antwortete: ‚Ich bin dem Beschwörer entflohen, und jetzt sucht er mich. Wenn du mich vor ihm rettest und mich bei dir verbirgst, so will ich dir einen schönen Lohn zuteil werden lassen und dir lauter Gutes tun!' Da der Mann den Lohn gewinnen wollte und das Entgelt begehrte, so nahm er sie und tat sie in seine Busentasche. Als nun der Beschwörer vorbei und seines Weges gegangen war und die Schlange keine Ursache zur Furcht mehr hatte, sagte der Mann zu ihr: ‚Wo ist der Lohn? Jetzt habe ich dich vor dem gerettet, was du befürchtetest und besorgtest.' Doch die Schlange erwiderte ihm: ‚Sage mir, in welches Glied und an welcher Stelle ich dich beißen soll. Du weißt ja, das ist der höchste Lohn, den wir verleihen.' Dann versetzte sie ihm einen Biß, an dem er starb. Dich aber, du Dummkopf, vergleiche ich mit jener Schlange, wie sie an dem Manne handelte. Hast du nicht das Dichterwort gehört:

> *Trau keinem Mann, wenn du ihm Groll ins Herz gesenket,*
> *Glaub nimmer, daß der Groll verging und nicht mehr trifft;*
> *Sieh auf die Schlangen: wenn sie auch weich sich anfühlen lassen,*
> *Sie zeigen geschmeidige Falten und bergen das tödliche Gift.'*

Da hub der Wolf wieder an: ,O du, der so fein spricht, du Schöngesicht, sei nicht im unklaren darüber, wer ich bin und wie die Menschen sich vor mir fürchten! Du weißt doch, daß ich Burgen bezwinge und den Weinbergen die Stämme mit den Wurzeln entringe. Tu, was ich dir befehle, und diene vor mir wie der Knecht vor seinem Herrn!' Aber der Fuchs rief: ,O dummer Narr, der du bist, und der du erstrebst, was unmöglich ist, ich wundere mich doch wirklich über deine Torheit und deine eherne Stirn, daß du mir noch befehlen willst, dir zu dienen und dir aufzuwarten, als wäre ich dein Knecht, den du mit deinem Gelde gekauft hättest; aber du wirst bald sehen, was sich hier zuträgt, wie man dir den Schädel mit Steinen zertrümmert und dir die treulosen Hauer ausschlägt!'

Dann stellte der Fuchs sich auf einem Hügel auf, der den Weinberg überragte, und rief den Besitzern des Weinbergs ohne Unterlaß, bis er sie auf sich gelenkt hatte und sie ihn erblickten und alle zusammen eiligst auf ihn zuliefen. Er selbst aber blieb so lange stehen, bis die Leute in seine Nähe kamen und auch nahe bei der Grube waren, darinnen der Wolf sich befand, und dann machte er sich auf und davon. Da blickten die Leute des Weinbergs in die Grube, und als sie den Wolf darin sahen, fielen sie mit schweren Steinen über ihn her und drangen immerfort mit Steinen und Knütteln auf ihn ein und stachen nach ihm mit Speeren, bis sie ihm den Garaus gemacht hatten; dann gingen sie fort. Der Fuchs aber kehrte noch ein-

mal zu jener Grube zurück und trat neben die Stätte, wo der
Wolf getötet war. Wie er ihn nun tot daliegen sah schüttelte
er den Kopf in übermäßig frohem Sinn und sprach dann diese
Verse vor sich hin:

> *Das Schicksal nahm die Seele des Wolfes hinweg, sie entschwebte –*
> *Weit, weit sei diese Seele, die jetzt ihr Ende fand!*
> *Wie hast du dich, o Wolf, gemüht, mich zu verderben –*
> *Heut kam zu dir das Unheil und bleibt an dich gebannt.*
> *Du fielst in eine Grube, in die niemand gerät,*
> *Ohn daß er spürt, wie dort der Hauch des Todes weht.*

Darauf lebte der Fuchs allein im Weinberg sicher und ohne
Furcht vor Gefahr, bis daß der Tod zu ihm kam. Das ist die Geschichte vom Wolf und vom Fuchs. Doch ferner erzählt man

DIE GESCHICHTE
VON DER MAUS UND DEM WIESEL

Einst hatten eine Maus und ein Wiesel ihre Wohnung bei einem
Bauern; jener Bauer aber war ein armer Mann, und einer seiner Freunde war erkrankt. Als dem der Arzt enthülsten Sesam
verschrieb, bat der Bauer einen seiner Bekannten um Sesam,
damit er ihn für den Kranken enthülse. Jener gab ihm ein Maß
voll Sesam zum Enthülsen, und der arme Bauer brachte ihn
seiner Frau und befahl ihr, ihn herzurichten. Sie weichte ihn
ein, breitete ihn aus, enthülste ihn und machte ihn zurecht. Als
das Wiesel den Sesam sah, kam es herbei und schleppte unaufhörlich den ganzen Tag lang Körner davon in sein Loch, bis es
das meiste fortgeschafft hatte. Nun aber kam die Frau wieder
herzu und sah deutlich, daß der Sesam abgenommen hatte.
Verwundert blieb sie stehen; dann setzte sie sich hin, um aufzupassen, wer dorthin käme, und um zu erfahren, warum das
268

Korn abnahm. Als das Wiesel wieder herbeikam, um wie gewöhnlich Körner fortzuschleppen, und die Frau dort sitzen sah, merkte es, daß sie es beobachtete, und sprach bei sich: ,Fürwahr, dies Tun könnte einen schlimmen Ausgang haben; ich fürchte, daß die Frau dort mich beobachtet. Wer die Folgen nicht bedenkt, dem wird vom Schicksal keine Freundschaft geschenkt. Ich muß also eine gute Tat tun, durch die ich meine Unschuld beweise und alles Böse, was ich getan habe, wieder abwasche.' Dann fing es an, die Körner, die in seinem Loche waren, wieder fortzuschleppen; es brachte sie heraus und legte sie zu dem Reste. Die Frau beobachtete es, und wie sie das Tun des Wiesels ansah, sprach sie bei sich: ,Dies Tier ist nicht die Ursache des Verlustes; denn es bringt ja den Sesam aus dem Loche dessen, der ihn gestohlen hat, und legt ihn zu dem anderen. Es handelt wirklich gut an uns, daß es das Korn zurückbringt. Und wer Gutes tut, dem muß auch mit Gutem gelohnt werden. Dies Tier hat wirklich dem Sesam nicht geschadet. Ich will aber weiter aufpassen, bis der Räuber kommt und ich erfahre, wer er ist.' Das Wiesel nun erriet, was für Gedanken der Frau gekommen waren, und darum lief es zu der Maus und sprach zu ihr: ,Schwester, an dem ist nichts Gutes, der die Pflichten der Nachbarschaft verabsäumt und in der Freundschaft unbeständig ist.' Die Maus erwiderte: ,Jawohl, lieber Freund, Gott segne dich und deine nachbarliche Freundschaft! Doch was bewegt dich zu diesen Worten?' ,Wisse,' entgegnete das Wiesel, ,der Hausherr hat Sesam mitgebracht; nun hat er mit den Seinen davon gegessen, sie sind satt und brauchen ihn nicht mehr, und so haben sie noch viel übrig gelassen. Alle Lebewesen haben schon davon genommen; wenn du jetzt auch davon nimmst, so bist du seiner eher wert als die anderen, die davon gegessen haben.' Da quietschte die Maus vor Vergnügen und tänzelte, spitzte die Ohren und schwänzelte, und von der Gier nach dem Sesam verführt, machte sie sich sofort auf und kam aus ihrem Loche heraus. Nun sah sie den getrockneten und enthülsten Sesam so hell schimmern, während die Frau noch dort saß und aufpaßte. Aber die Maus dachte nicht an die Folgen; und obgleich die Frau einen Knittel zurechtgelegt hatte, konnte die Maus sich nicht mehr bezwingen, sondern lief auf den Sesam zu, wühlte ihn durcheinander, warf die Körner hin und her und begann davon zu fressen. Da hieb die Frau mit dem Knittel auf sie ein und zerschlug ihr den Kopf; so kam sie um, weil sie gierig war und auf den Ausgang der Dinge nicht achtete.«

* * *

Da sprach der König: »O Schehrezâd, bei Allah, dies ist eine schöne Geschichte! Weißt du aber auch noch eine Erzählung von der Schönheit der treuen Freundschaft und davon, wie sie in der Not aushält, so daß sie aus dem Verderben errettet?« »Jawohl!« erwiderte sie, »mir ist auch berichtet worden

DIE GESCHICHTE
VOM RABEN UND VON DER KATZE

Einst hatten ein Rabe und eine Katze Brüderschaft geschlossen. Und während die beiden nun zusammen unter einem Baume saßen, erblickten sie plötzlich einen Panther, der gerade auf jenen Baum zulief; doch sie hatten ihn nicht eher bemerkt, als bis er in der Nähe des Baumes war. Da flog der Rabe hoch in den Baum, die Katze aber blieb erschrocken stehen und rief dem Raben zu: ‚Lieber Freund, weißt du ein Mittel mich zu retten, wie ich es von dir erhoffe?‘ Der Rabe antwortete ihr: ‚Man erwartet von Brüdern, daß sie im Falle der Not nach einem Ausweg suchen, wenn das Unglück über sie hereinbricht. Wie schön sagt doch der Dichter:

> *Der ist der echte Freund, der bei dir bleibt,*
> *Sich schadet, um dir Vorteil zu bereiten;*
> *Der, wenn des Schicksals Laune dich vertreibt,*
> *Sich für dich hingibt, um dich heim zu leiten.*

Es waren aber in der Nähe des Baumes Hirten, die Hunde bei sich hatten; nun flog der Rabe fort und schlug dabei mit den Flügeln auf die Erde, krächzte und schrie. Dann näherte er sich den Hirten, schlug mit seinem Flügel einem Hunde ins Gesicht und flog wieder ein wenig in die Höhe, während die Hunde ihm nachsetzten und ihn verfolgten. Da erhob auch ein Hirte sein Haupt und sah einen Vogel, der nahe dem Erdboden auf und nieder flog; so folgte auch er ihm. Der Rabe aber flog immer nur so weit, daß er den Hunden gerade noch entrinnen konnte und sie doch gierig machte, ihn zu zerreißen; dann stieg er wieder ein wenig auf, und die Hunde liefen hinter ihm her. So kam er schließlich zu dem Baum, unter dem sich der Panther befand. Als jedoch die Hunde den Panther erblickten, sprangen sie auf ihn los; und der wandte sich zur Flucht, nachdem er bereits vermeint hatte, er würde die Katze fressen. So wurde die Katze durch die List ihres Freundes, des Raben, gerettet.

Und diese Geschichte, o König, zeigt, daß die Liebe der lauteren Brüder vor Not und Tod behütet und bewahrt.

Ferner wird erzählt

Einst bewohnte ein Fuchs einen Bau im Gebirge; und jedesmal, wenn ihm ein Junges geboren wurde und dann fett geworden war, fraß er es vor Hunger auf. Denn hätte er es nicht
gefressen, sondern bei sich bleiben lassen und es gehütet und
gepflegt, so wäre er Hungers gestorben. Aber das schmerzte
ihn doch. Nun hatte auf dem Gipfel jenes Gebirges ein Rabe
sein Nest, und der Fuchs sprach bei sich selber: ‚Ich will mit
diesem Raben Freundschaft schließen und ihn zum Gefährten
in der Einsamkeit machen, der mir hilft, mein täglich Brot zu
suchen; denn er vermag in solchen Dingen manches, was mir
unmöglich ist.‘ So machte sich der Fuchs auf den Weg zum
Raben, bis er so nahe bei ihm war, daß jener seine Worte vernehmen konnte; da begrüßte er ihn und fuhr fort: ‚Lieber
Nachbar, ein Muslim hat auf seinen muslimischen Nachbar
zweierlei Anrecht, erstlich das Recht der Nachbarschaft und
zweitens das Recht des islamischen Glaubens. Wisse nun, mein
Freund, ich bin dein Nachbar, und du hast einen Anspruch auf
mich, den ich erfüllen muß, zumal wir schon so lange Zeit
Nachbarn sind, und da in meiner Brust so viel Liebe zu dir aufgespeichert ist, die mich dazu trieb, freundlich zu dir zu reden,
und mich veranlaßte, um deine Brüderschaft zu werben. Was
hast du mir darauf zu antworten?‘ Der Rabe erwiderte dem
Fuchs: ‚Wahre Rede ist die beste Rede. Vielleicht sprichst du
mit deiner Zunge etwas, das nicht in deinem Herzen ist. Ich
fürchte, deine Brüderschaft ist nur mit der Zunge äußerlich,
und Feindschaft wohnt dir im Herzen innerlich; denn du bist
ein Fresser, ich aber einer, der gefressen wird. Es ist daher richtiger für uns, daß wir uns nicht in Liebe und Freundschaft ver-

binden. Was hat dich denn bewogen, zu erstreben, was du nicht erreichen kannst, und zu wünschen, was unmöglich ist? Du gehörst ja zum Stamm der Raubtiere, ich aber zu dem der Vögel. Eine solche Brüderschaft führt nicht zu einem guten Ende.' Da hub der Fuchs wieder an: ,Wer die Stätte der trefflichen Dinge kennt und eine gute Wahl trifft in dem, was er von ihnen auswählt, der wird am ehesten dazu kommen, daß er den Brüdern nützt. Ich habe den Wunsch, dir nahe zu sein, und ich habe dich zum Gefährten gewählt, damit wir beide einander zu unseren Zielen verhelfen und unsere Freundschaft uns Gewinn bringt. Ich kenne Geschichten von der Trefflichkeit guter Freundschaft, und wenn du es wünschest, will ich sie dir gern erzählen.' Der Rabe entwortete: ,Ich erlaube dir, sie mitzuteilen; sprich und erzähle mir davon, auf daß ich sie höre und verstehe und ihren Zweck erkenne.' ,Höre, mein Freund,' so sprach der Fuchs, ,vom Floh und von der Maus wird etwas erzählt, durch das bewiesen wird, was ich dir sagte.' Als der Rabe fragte: ,Wie war das?' begann der Fuchs

DIE GESCHICHTE
VOM FLOH UND VON DER MAUS

Man erzählt, daß einst eine Maus im Hause eines Kaufmannes lebte, der eine große Menge von Waren und viel Geld besaß. Eines Nachts nun kroch ein Floh in das Bett jenes Kaufherrn; da fand er, daß der Mann einen zarten Leib hatte, und weil er selbst durstig war, so trank er von dessen Blut. Aber da der Flohstich ihn schmerzte, so erwachte der Kaufmann aus dem Schlafe, richtete sich im Sitze empor und rief seine Sklavinnen und einen seiner Diener. Die kamen eilends herbei, schürzten ihre Ärmel auf und suchten nach dem Floh. Als der aber merkte, daß man nach ihm suchte, wandte er sich zur Flucht, traf auf ein Mauseloch und hüpfte hinein. Wie die Maus ihn sah, fragte sie ihn: ,Was führt dich zu mir, dich, der du weder von meiner Art noch von meinem Stamme bist, den nichts vor Grobheit, Mißhandlung und Gewalttat sichert?' Der Floh gab ihr zur Antwort: ,Sieh, ich bin in deine Wohnung geflohen, um mich vor dem Tode zu retten; ich bin als Schutzflehender zu dir gekommen, es gelüstet mich nicht nach deinem Hause, dir soll von mir nichts Böses widerfahren, das dich aus deiner Wohnung vertreiben könnte. Nein, ich hoffe vielmehr, dir deine Güte gegen mich aufs beste zu lohnen; dann sollst du erleben und preisen, wie meine Worte sich erfüllen.' Auf diese Worte des Flohs – –«

Da bemerkte Schehrezâd, daß der Morgen begann, und sie hielt in der verstatteten Rede an. Doch als die *Hundertundeinund-fünfzigste Nacht* anbrach, fuhr sie also fort: ,Es ist mir berichtet worden, o glücklicher König, daß die Maus auf diese Worte des Flohes erwiderte: ,Wenn die Sache so ist, wie du sie beschrieben und erzählt hast, so bleib in Sicherheit hier, dir soll nichts Böses widerfahren; du sollst nur das erleben, was dir Freude macht, nur das soll dir begegnen, was auch mir begegnet. Ich will dich mit meiner Liebe überschütten; du brauchst es nicht zu bereuen, wenn dir das Blut des Kaufmanns entgeht, noch darüber zu trauern, daß du früher bei ihm Nahrung fandest. Begnüge dich mit dem, was dir an Lebensunterhalt sich bietet; das ist sicherer für dich. Ich habe vernommen, o Floh, daß einer der lehrhaften Dichter einmal diese Verse sprach:

> *Ich gab mich zufrieden, mein Leben war einsam;*
> *Mit dem, was sich darbot, verbracht ich die Zeit:*
> *Mit trockenem Brote, mit Wasser zum Trinken,*
> *Mit körnigem Salz und mit schäbigem Kleid.*

Erleichtert mir Allah das Leben, so freut's mich.
Wo nicht, so genügt mir, was Er mir verleiht.

Als der Floh die Worte der Maus vernommen hatte, sprach er: ‚Schwester, ich höre auf deine Ermahnung und füge mich dir in Gehorsam, ich habe auch keine Kraft dir zu widersprechen, bis die Aufgabe des Lebens in dieser guten Absicht erfüllet wird.' Die Maus erwiderte darauf: ‚Für die echte Freundschaft genügt die aufrichtige Absicht.' So ward das Band der Freundschaft zwischen ihnen beiden geknüpft; und darauf lebte der Floh des Nachts im Bette des Kaufmanns, ohne mehr zu nehmen, als er gerade zum Leben notwendig hatte, am Tage aber lebte er bei der Maus in ihrem Loche. Nun begab es sich, daß der Kaufmann eines Abends viele Goldstücke mit nach Hause brachte und sie genau anzusehen begann. Wie die Maus den Klang der Dinare hörte, steckte sie den Kopf aus ihrem Loche heraus und sah sie an, bis schließlich der Kaufmann das Geld unter ein Kissen barg und sich zum Schlafe niederlegte. Da sprach sie zum Floh: ‚Siehst du nicht die Gelegenheit, die sich darbietet, und den großen Glücksfall? Weißt du ein Mittel, das uns in den Stand setzt, jene Dinare dort zu gewinnen?' Doch der Floh erwiderte: ‚Wenn einer ein Ziel erstrebt, so muß er ihm auch gewachsen sein; ist er aber zu schwach dazu, so gerät er in eine Lage, vor der er sich hüten sollte, und er erreicht seinen Wunsch nicht, eben weil ihm die Kraft dazu fehlt, mag auch alle Stärke des Listenreichen aufgewandt werden; dann gleicht er dem Sperling, der Körner picken will, aber dabei ins Netz fällt, so daß der Vogelsteller ihn fängt. Du hast doch nicht die Kraft, die Dinare zu nehmen und aus dem Hause zu schleppen, und auch ich habe nicht die Fähigkeit dazu, ja, ich kann nicht einmal einen einzigen von den Dinaren tragen. Was gehen dich also die Goldstücke an?'

Da sagte die Maus: ‚Sieh, ich habe in meinem Loche hier siebenzig Ausgänge hergestellt, aus denen ich hinausschlüpfen kann, wann ich nur will; und ferner habe ich für die Vorräte einen sicheren Platz bereitet. Gelingt es dir, ihn durch eine List aus dem Hause hinauszutreiben, so glaube ich an den Erfolg mit Sicherheit, wenn nur das Geschick mir seine Hilfe leiht.‘ ‚Ich übernehme es dir, ihn aus dem Hause zu treiben‘, sprach der Floh, hüpfte alsbald auf das Lager des Kaufmanns und stach ihn so furchtbar, wie jener es zuvor noch niemals von ihm erlebt hatte; dann eilte er davon an einen Ort, an dem er vor dem Manne sicher war. Der Kaufmann erwachte und suchte nach dem Floh, fand ihn aber nicht; da legte er sich auf die andere Seite und schlief weiter. Aber der Floh biß ihn noch einmal, noch schmerzhafter als vorher. Nun verlor der Kaufmann die Geduld, verließ sein Lager und ging hinaus zu einer Bank neben der Haustür; dort legte er sich nieder und wachte nicht wieder auf bis zum Morgen. Inzwischen hatte die Maus sich daran gemacht, die Goldstücke wegzuschleppen, bis sie nichts mehr von ihnen übrig gelassen hatte. Als es aber Morgen geworden war, lenkte der Verdacht des Kaufmanns sich auf die Leute, und er machte sich allerlei Gedanken.‘

*

Nach dieser Geschichte sprach der Fuchs weiter zum Raben: ‚Wisse, daß ich dir dies nur erzählt habe, o Rabe voller Einsicht, begabt mit der Erfahrung und des Verstandes Licht, damit der Lohn deiner Güte gegen mich dir zuteil werde, wie die Maus ihren Lohn für die Güte gegen den Floh erhielt. Sieh nur, wie er ihr vergalt und ihr den schönsten Lohn zuteil werden ließ!‘

Doch der Rabe entgegnete: ‚Wenn der Wohltäter will, so erweist er Güte oder auch nicht; man braucht auch nicht dem

eine Güte zu erweisen, der eine Wohltat um den Preis der Trennung von den Lieben verlangt. Wenn ich dir Gutes tue, der du
doch mein Feind bist, so hat das zur Folge, daß ich mich von
den Meinen trennen muß; und dazu bist du, o Fuchs, voller
Lug und Trug. Und jemandem, dessen Natur Lug und Trug
ist, kann man auch auf einen Eid hin nicht trauen; wem man
aber nicht einmal auf einen Eid hin trauen darf, der ist ganz
ohne Treu und Glauben. Vor kurzem ist mir doch über dich
berichtet worden, wie du an einem deiner Freunde, dem Wolf,
treulos und verräterisch gehandelt hast, so daß du ihn durch
deine Tücke und List ins Verderben stürztest; und du hast so
an ihm gehandelt, obgleich er von deinem Stamme war und
du lange Zeit mit ihm befreundet warst. Hast du ihn nicht einmal verschont, wie soll ich da an deine Aufrichtigkeit glauben
können? Wenn du so an deinem Freunde, der von deinem
eigenen Stamme war, gehandelt hast, wie wirst du dann erst an
deinem Feinde handeln, der nicht von deinem Stamme ist? Ich
kann dich und mich nur dem Sakerfalken und den Raubvögeln
vergleichen.' Als der Fuchs fragte: ,Wie war denn das?' erzählte der Rabe

DIE GESCHICHTE VOM SAKERFALKEN
UND VON DEN RAUBVÖGELN

Es war einmal ein Sakerfalk, ein trotziger Tyrann.' – –«

Da bemerkte Schehrezâd, daß der Morgen begann, und sie
hielt in der verstatteten Rede an. Doch als die *Hundertundzweiundfünfzigste Nacht* anbrach, fuhr sie also fort: »Es ist mir berichtet worden, o glücklicher König, daß der Rabe sagte: ,Man
erzählt, es sei einmal ein Sakerfalke gewesen, der in den Tagen
seiner Jugendkraft ein trotziger Tyrann war; darum fürchteten

ihn die Raubvögel und die wilden Tiere, und niemand war vor seiner Bosheit sicher. Ja, es gab viele Fälle von seiner Tyrannei und Gewalttätigkeit; denn es war seine Gewohnheit, alle anderen Vögel zu quälen. Doch als die Jahre über ihn dahingingen, versagte seine Kraft, und seine Stärke erlahmte, und er mußte oft hungern; so mußte er sich desto mehr anstrengen nach dem Schwinden seiner Kraft. Darum beschloß er, den Versammlungsort der Vögel aufzusuchen, um dort die Überreste zu fressen; da beruhte denn seine Kraft auf List, nicht mehr auf wirklicher Stärke.

*

Du bist ebenso, o Fuchs; wenn deine Kraft versagt, so versagt deine List doch nicht. Ich zweifle nicht daran, daß dein Streben nach meiner Freundschaft für dich nur ein Vorwand ist, um Nahrung zu finden. Auch gehöre ich nicht zu denen, die ihre Hand hinhalten und in die deine legen; denn Allah hat mir Stärke der Schwingen, Vorsicht des Geistes und scharfen Blick des Auges verliehen, und ich weiß, wer sich stärker stellt, als er ist, der ermüdet und kommt wohl gar um. Ich fürchte nur, daß es dir, wenn du dich stärker stellst, als du wirklich bist, ebenso ergehen wird wie dem Sperling.' ‚Wie erging es denn dem Sperling?' fragte der Fuchs und bat: ‚Um Allahs willen erzähle mir doch seine Geschichte!' Da erzählte der Rabe

DIE GESCHICHTE

VOM SPERLING UND VOM ADLER

Es ist mir berichtet worden, daß einmal ein Sperling zu einer Schafhürde flog. Wie er nun jene Hürde anschaute und sitzen blieb, um sie zu betrachten, da stieß plötzlich ein Adler auf ein junges Lamm nieder, packte es mit seinen Krallen fest und flog davon. Als der Sperling das sah, schlug er mit den Flügeln und rief: ‚Ich will tun, wie der da getan hat!‘ Und in seinem Eigendünkel glaubte er einem gleich zu sein, der größer war als er. Alsbald flog er davon und setzte sich auf einen fetten Widder mit dichtem Vlies, dessen Wolle verfilzt und klebrig war, weil er immer in seiner Jauche und seinem Dunge gelegen hatte. Und sowie er sich auf dem Rücken des Tieres niedergelassen hatte, schlug er mit seinen Flügeln, aber seine Füße verwickelten sich in die Wolle. Nun wollte er davonfliegen, aber er konnte sich nicht wieder frei machen. All dies geschah vor den Augen des Hirten; der hatte gesehen, was zuerst mit dem Adler vor sich ging und dann mit dem Sperling. Ergrimmt eilte er auf den Sperling zu, packte ihn, riß ihm die Flügelfedern aus und band ihm die Füße mit einer Schnur zusammen; dann brachte er ihn seinen Kindern und warf ihn vor sie hin. ‚Was ist dies?‘ fragte eins der Kinder. Da antwortete er: ‚Dies ist einer, der es einem Höheren gleichtun wollte und dadurch ins Verderben geriet.‘

*

‚Dir könnte es ebenso ergehen, o Fuchs! Ich warne dich, es einem gleichtun zu wollen, der stärker ist als du, auf daß du nicht ins Verderben gerätst. Das ist’s, was ich dir zu sagen hab, und nun zieh in Frieden ab!‘ Da der Fuchs nun keine Hoffnung mehr hatte, die Freundschaft des Raben zu gewinnen, so wandte er sich zum Gehen; dabei stöhnte er in seinem Leid und knirschte mit den Zähnen vor Grimmigkeit. Doch als der Rabe sein Weinen und Stöhnen vernahm, so daß ihm der Schmerz und die Trauer des Fuchses zum Bewußtsein kam, sprach er: ‚O Fuchs, was ist dein Leid, das dir Zähneknirschen leiht?‘ Der Fuchs rief: ‚Ich knirsche nur deshalb mit den Zähnen, weil ich gesehen habe, daß du ein größerer Halunke bist

als ich!' Dann lief er eiligst fort, kehrte zurück zum Heimats-
ort und begab sich in seine Höhle dort. Und dies ist die Geschichte von den beiden, o König!«

* * *

Da sprach der König: »O Schehrezâd, wie schön und trefflich sind diese Geschichten! Weißt du wohl noch eine ähnliche
von erbaulichen Erzählungen?« Sie gab zur Antwort: »Man
erzählt auch

DIE GESCHICHTE

VOM IGEL UND VON DEN HOLZTAUBEN

Einst schlug ein Igel seine Wohnung neben einer Palme auf,
die ein Holztauber mit seiner Täubin sich erwählt hatte; die
beiden hatten sich dort ihr Nest gebaut, und sie führten auf ihr
ein behagliches Leben. Nun sprach der Igel bei sich selbst:
‚Sieh da, der Tauber und die Täubin essen die Datteln von der
Palme, während ich nicht zu ihnen gelangen kann. So bleibt
mir nichts übrig, als eine List gegen die beiden anzuwenden.'
Darauf grub er unter der Palme ein Loch und machte es zur
Wohnung für sich und sein Weibchen; daneben aber richtete
er eine Betstätte her. In die zog er sich zurück und trug Frömmigkeit, Gottesdienst und Weltentsagung zur Schau. Wie der
Tauber ihn nun in Gottesdienst und Gebet versunken sah,
ward er durch so viel Selbstentsagung gerührt, und er sprach
zu dem Igel: ‚Wieviel Jahre lebst du schon so?' ‚Dreißig Jahre
lang', antwortete der Igel. ‚Und was ist deine Nahrung?' ‚Was
von der Palme herabfällt.' ‚Und was ist deine Kleidung?' ‚Sta-
cheln, deren Rauheit mir von Nutzen ist.' ‚Warum hast du dir
denn gerade eine solche Lebensweise hier ausgesucht und keine
andere?' ‚Ich habe sie jedem anderen Lebenswege vorgezogen,

um die Irrenden rechtzuleiten und die Unwissenden zu belehren.' Nun sagte der Tauber: ,Ich hatte gedacht, daß du anders lebtest als so; doch nun verlangt es mich nach deinem Wandel.' Aber der Igel erwiderte: ,Ich fürchte, daß deine Rede deinem Tun widersprechen wird; dann wirst du wie der Säemann sein, der zur Zeit der Aussaat es unterließ zu säen, indem er sprach: ,Ich fürchte, die Tage reichen nicht mehr hin, um mich zum Ziele zu führen; und so würde ich nur beginnen, meine Habe fortzuwerfen, wenn ich mit dem Säen eile.' Doch als die Erntezeit kam und er sah, wie die Leute die Ernte einbrachten, da packte ihn Reue über das, was ihm durch seine Säumigkeit entgangen war; und er starb vor Kummer und Ärger.' Weiter sprach der Tauber zum Igel: ,Was soll ich denn tun, um mich von den Banden der Welt zu befreien und mich ganz dem Dienste des Herrn hinzugeben?' Der Igel gab ihm zur Antwort: ,Beginne damit, dich zu rüsten für das künftige Leben und dich mit karger Nahrung zufrieden zu geben!' ,Wie kann ich das tun?' fragte der Tauber, ,ich bin doch ein Vogel, und ich kann die Palme, auf der meine Nahrung wächst, nicht verlassen. Ja, könnte ich es auch tun, so wüßte ich doch keine Stätte, an der ich wohnen könnte.' Darauf antwortete ihm der Igel: ,Du kannst dir von den Datteln der Palme so viele herunterschütteln, daß sie als Mundvorrat für dich und dein Weibchen ein Jahr lang genügen. Dann kannst du in einem Neste unter dem Baume wohnen und beten, der Schönheit des rechten Weges teilhaftig zu werden. Dann wende dich zu den abgeschüttelten Früchten, trag sie alle fort und speichere sie auf als Vorrat für die Zeit der Not. Hast du sie dann aufgezehrt und dauert die Zeit lange, so begnüge dich mit karger Nahrung.' Da sprach der Tauber: ,Gott vergelte dir mit Gutem deine treffliche Absicht; denn du hast mich auf das künftige

Leben vorbereitet und mich auf den rechten Weg geleitet!'
Dann mühten sich der Tauber und sein Weibchen so lange
damit ab, die Datteln hinunterzuwerfen, bis keine Frucht mehr
auf der Palme übrig geblieben war. Der Igel aber hatte nun
sein Futter gefunden, und hocherfreut füllte er seine Wohnung
mit den Datteln und speicherte sie als Vorrat für sich auf, indem er bei sich sprach: ‚Der Tauber und sein Weibchen werden, wenn sie Nahrung nötig haben, mich darum bitten und
nach dem verlangen, was ich in Besitz habe; denn sie vertrauen
darauf, daß ich enthaltsam und fromm bin. Und wenn sie dann
meinen guten Rat und meine Ermahnungen hören, so werden
sie nahe an mich herankommen; ich aber will sie packen und
auffressen, und dann gehören dieser Ort und alle Datteln, die
von der Palme herabfallen, mir ganz allein, und daran habe
ich genug.'

Nun kamen der Tauber und die Täubin von der Palme herunter, nachdem sie alle Früchte abgeschüttelt hatten. Als sie
aber die Datteln nicht fanden, die der Igel alle in seine Höhle
geschafft hatte, sprach der Tauber zu ihm: ‚O Igel, frommer
Vater, du Prediger und Berater, wir finden keine Spur mehr
von den Datteln, und wir kennen keine anderen Früchte, von
denen wir uns nähren könnten.' Der Igel erwiderte: ‚Vielleicht
haben die Winde sie davongeweht; doch die Abkehr von der
Nahrung und die Einkehr zu dem Ernährer sind es, darin das
rechte Heil besteht. Und Er, der die Mundwinkel gespalten,
wird ihnen die Nahrung nicht vorenthalten.' Und so ließ er
sie weiter dergleichen Ermahnungen hören und fuhr fort, sie
mit seiner Frömmigkeit und mit schönen Worten zu betören,
bis sie ihm Vertrauen schenkten und ihren Weg zu ihm lenkten. So traten sie in das Tor seiner Höhle ein, ohne zu fürchten,
er könnte ein Betrüger sein. Er aber sprang an das Tor und

streckte fletschend die Zähne hervor. Als der Tauber nun gewahrte, wie sich des Igels Falschheit offenbarte, rief er ihm zu: ‚Welch ein Unterschied zwischen heute abend und dem gestrigen Tage! Weißt du nicht, daß ein Helfer für die Unterdrückten lebt? Hüte dich vor Lug und Trug, auf daß es dir nicht ergehe, wie es einst den beiden Gaunern erging, die den Kaufmann überlisten wollten!‘ ‚Wie war denn das?‘ fragte der Igel. Da erzählte der Tauber

DIE GESCHICHTE VOM KAUFMANN
UND VON DEN BEIDEN GAUNERN

Es ist mir berichtet worden, daß es einmal einen Kaufmann gab, der aus einer Stadt namens Sinda stammte und der großen Reichtum besaß. Der schnürte eines Tages seine Kamellasten, rüstete seine Waren und zog mit dem allem zu einer anderen Stadt, um sie dort zu verkaufen. Es folgten ihm aber zwei Leute, die zu den Schelmen gehörten; die hatten das, was ihnen gerade an Gütern und Waren zur Hand war, aufgeladen, und indem sie sich dem Kaufmanne gegenüber auch als Kaufleute ausgaben, zogen sie mit ihm dahin. Wie sie nun am ersten Rastorte haltmachten, verabredeten die beiden sich, ihn zu überlisten und ihm seine Habe zu nehmen. Zugleich aber sann jeder von beiden auf Lug und Trug wider den anderen; denn ein jeder sagte sich: ‚Wenn ich meinen Gefährten hinterrücks beiseite schaffen kann, so wird es mir wohlergehen, und ich erhalte dann all diesen Reichtum allein.‘ Dann schmiedeten sie einen argen Plan widereinander, und ein jeder von beiden nahm etwas Speise und tat Gift hinein. Der eine tat das gleiche wie der andere; ein jeder setzte dem andern die vergiftete Speise vor. Dann aßen beide davon und starben zumal. Vorher hatten sie bei dem Kaufmann gesessen und mit ihm geplaudert; doch als sie ihn verlassen hatten und lange ausblieben, suchte er nach ihnen, um zu erfahren, was mit ihnen geschehen sei. Da fand er beide tot, und so erkannte er, daß sie Ränkeschmiede waren, die ihn hatten überlisten wollen, deren List sich aber wider sie selbst gewandt hatte. So wurde der Kaufmann gerettet, und er erhielt auch noch, was die beiden besessen hatten.«

* * *

Da sprach der König: »O Schehrezâd, du hast meine Andacht auf alles gelenkt, was ich außer acht gelassen hatte. Nun erzähle mir noch mehr solche Gleichnisse.« Da erzählte sie

DIE GESCHICHTE
VOM DIEB MIT DEM AFFEN

Es ist mir berichtet worden, o König, daß ein Mann einmal einen Affen besaß; dieser Mann aber war ein Dieb, der nie einen Marktplatz der Stadt, darinnen er wohnte, betrat, ohne daß er ihn mit großer Beute wieder verließ. Nun traf es sich, daß er eines Tages einen Mann sah, der alte Kleider zum Verkaufe feilhielt und sie auf dem Markte ausrief; aber niemand fragte nach ihrem Preise, während jeder, dem er sie anbot, sich weigerte, sie zu kaufen. Und weiter traf es sich, daß der Dieb, der den Affen bei sich hatte, bemerkte, wie der Mann mit den alten Kleidern diese in ein Bündel tat und sich müde niedersetzte, um auszuruhen. Da ließ er den Affen vor dem Manne seine Kunststücke machen, um seinen Blick durch das Schauspiel abzulenken, und dann stahl er ihm jenes Bündel. Alsbald nahm er den Affen und ging an eine einsame Stätte, wo er das Bündel öffnete. Wie er dann die alten Kleider sah, legte er sie in ein

kostbares Tuch und ging damit zu einem anderen Markte. Dort
hielt er das Tuch mit seinem Inhalte feil; er machte es zur Bedingung, daß es nicht vorher geöffnet würde, doch er lockte
die Leute durch den billigen Preis an. Nun erblickte ein Mann
es, und das kostbare Tuch gefiel ihm; so kaufte er es unter jener
Bedingung und ging damit nach Hause, in dem Glauben, er
habe einen guten Kauf gemacht. Doch als seine Frau es sah,
fragte sie: ‚Was ist das?‘ Er antwortete: ‚Ein kostbarer Stoff,
den ich unter Preis gekauft habe; ich will ihn verkaufen und
den Gewinn daraus einstecken.‘ ‚Du Narr,‘ rief sie, ‚wird etwa
dieser kostbare Stoff unter Preis verkauft, es sei denn, daß er
gestohlen ist? Weißt du nicht, daß, wer etwas kauft, ohne es zu
prüfen, schlecht fährt und dem Weber gleicht.‘ Als er nun
fragte: ‚Was ist das für eine Geschichte mit dem Weber?‘ erzählte sie ihm

DIE GESCHICHTE
VOM TÖRICHTEN WEBER

Es ist mir berichtet worden, daß einst ein Weber in einem
Dorfe lebte, der schwer arbeitete und nur mit Mühe seinen
Lebensunterhalt verdiente. Nun begab es sich, daß einer der
reichen Leute in der Nähe seines Dorfes ein Gastmahl gab; dazu lud er alles Volk ein, und so kam auch der Weber dorthin.
Als er aber sah, wie den Gästen, die feine Gewänder trugen, die
auserlesensten Speisen vorgesetzt wurden und wie der Hausherr sie besonders ehrte, weil er ihre schöne Kleidung bemerkt
hatte, da sprach er bei sich selbst: ‚Wenn ich dies Handwerk
mit einem anderen vertauschte, das weniger Mühe macht, das
höher geachtet und besser bezahlt wird, so würde ich viel Geld
ansammeln und mir auch prächtige Gewänder kaufen, um
mehr geachtet zu werden; ja, dann stände ich in den Augen

der Menschen groß da und würde sein wie diese Leute hier.'
Dann sah er, wie einer der Gaukler, die bei dem Feste zugegen
waren, auf eine hoch emporragende Mauer kletterte, sich von
dort auf den Boden hinabstürzte und doch auf seine Füße zu
stehen kam. Da sprach der Weber wieder bei sich: ‚Was der
tut, das muß ich auch tun; das wird mir sicher möglich sein.'
Alsdann kletterte er auf die Mauer und stürzte sich hinunter;
doch als er auf den Boden fiel, zerbrach sein Genick, und er
war auf der Stelle tot.

*

Ich erzähle dir dies nur, damit du dir dein Brot in einer Weise
verdienst, die du verstehst und genau kennst; sonst wird die
Gier dich packen, und du wirst nach Dingen trachten, denen
du nicht gewachsen bist.' Aber ihr Mann erwiderte: ‚Nicht jeder Weise wird gerettet durch seine Weisheit, noch gerät jeder
Tor ins Verderben durch seine Torheit. Habe ich es doch erlebt, wie manch ein Schlangenbeschwörer, der die Tiere genau
kannte und verstand, dennoch von der Schlange gebissen wurde
und starb, während ein anderer, der sie nicht kannte und ihre
Art nicht verstand, dennoch ihrer Herr ward.' So hörte er denn
nicht auf seine Frau, sondern fuhr fort, Waren zu erstehen, und
gewöhnte sich daran, von den Dieben unter Preis zu kaufen,
bis daß Verdacht auf ihn fiel und er umkam.

* * *

DIE GESCHICHTE VOM PFAU
UND VOM SPERLING

Zur Zeit jenes Webers lebte ein Sperling, der jeden Tag einen
der Könige der Vögel zu besuchen pflegte und immerdar des
Morgens und des Abends bei ihm war; denn er war der erste,

der früh zu ihm kam, und der letzte, der ihn spät verließ. Nun begab es sich, daß eine Schar von Vögeln sich auf einem hohen Berge versammelte, und daß sie dort zueinander sprachen: ‚Wir sind jetzt unser viele geworden, und viel Streit ist unter uns entstanden. Darum müssen wir einen König haben, der für unsere Angelegenheit sorgt; dann werden wir einig sein, und der Streit wird bei uns aufhören.‘ Jener Sperling kam gerade bei ihnen vorüber, und er riet ihnen, den Pfau zum König zu machen; denn das war der König, den er zu besuchen pflegte. So erwählten sie denn den Pfau und machten ihn zum König über ihre Schar. Da erwies er ihnen allerlei Wohltaten, und er machte jenen Sperling zu seinem Sekretär und Wesir. Dieser pflegte nun bisweilen seinen Dienst zu verlassen und sich nach dem, was sonst vorging, umzuschauen. Eines Tages aber blieb er lange aus, und da geriet der Pfau in große Unruhe; doch während er so ungeduldig wartete, kam plötzlich der Sperling zu ihm herein. Da rief der Pfau: ‚Was hat dich so lange aufgehalten, dich, der du mir von meinen Dienern der nächste bist, und der mir von allen der liebste ist?‘ Der Sperling gab zur Antwort: ‚Ich habe etwas gesehen, das mich mit Grauen erfüllte und mich erschreckte.‘ ‚Was hast du denn gesehen?‘ fragte der Pfau; und der Sperling erwiderte: ‚Ich habe einen Mann gesehen, der ein Netz hatte; das stellte er dicht bei meinem Neste auf, dann schlug er ringsum die Pflöcke fest, streute Körner mitten hinein und setzte sich abseits nieder. Da blieb ich dort, um zu sehen, was er beginnen würde; und während ich so wartete, kam ein Kranich mit seinem Weibchen, getrieben vom Schicksal und Verhängnis, und beide fielen mitten in das Netz und begannen zu schreien. Da sprang der Vogelsteller auf und fing die beiden. Das hat mich tief bekümmert, und darum bin ich lange fortgeblieben, o größter König unserer

Zeit. Ich will auch nicht mehr in dem Neste dort wohnen, da ich vor dem Netz auf der Hut sein muß.' Der Pfau aber sagte: ‚Verlaß deine Stätte nicht; denn alle Vorsicht schützt dich gegen das Schicksal nicht!' Gehorsam dem Befehle seines Herrn antwortete der Sperling: ‚Ich will ausharren und nicht weichen, um dem Könige zu gehorchen!' Doch er blieb weiter auf seiner Hut und waltete seines Amtes: er holte Speise für den Pfau, und der aß, bis er satt war, und trank Wasser nach dem Essen; dann ging der Sperling fort.

Wie er nun eines Tages wieder Ausschau hielt, da erblickte er zwei Sperlinge, die auf der Erde miteinander stritten. Nun sprach er bei sich selbst: ‚Wie kann ich der Wesir des Reiches sein und zusehen, wie die Sperlinge vor meinen Augen miteinander kämpfen! Bei Allah, ich muß Frieden zwischen ihnen stiften.' Rasch flog er zu ihnen, um sie zu versöhnen. Aber da warf der Vogelsteller sein Netz über sie alle hin; und so fiel auch jener Sperling hinein. Nun trat der Vogelsteller heran, ergriff ihn und gab ihn seinem Gefährten, indem er sprach: ‚Gib gut acht auf ihn; der ist fett. Ich habe noch nie einen schöneren als ihn gesehen!' Aber der Sperling sprach bei sich selbst: ‚Nun bin ich dem verfallen, was ich befürchtete; daß ich mich sicher fühlte, lag nur am Pfau. So half mir denn die Vorsicht gegen den Schlag des Schicksals nicht. Ach, auch für den Vorsichtigen gibt es vor dem Verhängnisse keinen Zufluchtsort; und wie schön ist doch das Dichterwort:

> *Was nicht geschehen soll, geschieht auch nie durch Listen;*
> *Doch was geschehen soll, das wird geschehen.*
> *Ja, was geschehen soll, geschieht zu seiner Stunde;*
> *Allein ein Tor kann es doch nie verstehen.«*

* * *

Da sprach der König: »O Schehrezâd, erzähle mir noch mehr solche Geschichten!« Sie gab zur Antwort: »In der kommenden Nacht, wenn der König, dem Allah Macht verleihe, mich am Leben läßt! – –«

Da bemerkte Schehrezâd, daß der Morgen begann, und sie hielt in der verstatteten Rede an. Doch als die *Hundertunddreiundfünfzigste Nacht* anbrach, erzählte sie

DIE GESCHICHTE VON 'ALÎ IBN BAKKÂR UND SCHAMS EN-NAHÂR

Es ist mir berichtet worden, o glücklicher König, daß in alten Zeiten und in längst entschwundenen Vergangenheiten unter dem Kalifate des Harûn er-Raschîd ein Kaufmann lebte, der einen Sohn hatte des Namens Abu el-Hasan 'Alî ibn Tâhir. Jener Kaufmann besaß viel Geld und war reich gesegnet mit den Gütern der Welt; sein Sohn aber war schön von Gestalt und bei allen Menschen beliebt, ja, er durfte ohne Erlaubnis den Palast des Kalifen betreten, da alle Nebenfrauen und Sklavinnen des Herrschers ihn gern hatten. Zudem war er des Königs Tafelgenosse und pflegte ihm Lieder aufzusagen und seltsame Geschichten vorzutragen; doch trotzdem pflegte er auch Handel zu treiben und auf dem Basar der Händler zu bleiben. Und bei seinem Laden pflegte ein Jüngling, ein Prinz aus dem Königshause der Perser, namens 'Alî ibn Bakkâr, zu sitzen, um sich mit ihm zu unterhalten. Jener Jüngling war von schönem Wuchs, von lieblicher Gestalt und vollkommener Schönheit; er hatte rosenrote Wangen und Brauen, die sich ineinander schlangen; seine Rede war süß, sein Mund lächelte, und er liebte Frohsinn und Heiterkeit.

Nun begab es sich, daß die beiden wieder einmal plaudernd

und lachend beieinander saßen; da kamen plötzlich zehn Jungfrauen, wie Monde anzuschauen, und eine jede von ihnen besaß Schönheit und Lieblichkeit und des Wuchses Ebenmäßigkeit. Unter ihnen aber war eine Maid, die ritt auf einer Mauleselin mit silberbeschlagenem Sattel und goldenen Steigbügeln;
sie trug einen Überwurf aus feinem Gewebe und um ihren
Leib einen seidenen Gürtel, der mit Gold gewirkt war, und sie
selbst war, wie der Dichter von ihr sagt:

> Sie hat eine Haut, die ist wie Seide, und eine Stimme
> Von weichem Klange, die nie viel plaudert noch auch schwätzt;
> Und Augen, von denen sprach Allah: Werdet! und siehe, sie wurden;
> Ein Augenpaar, das die Herzen wie Wein in Rausch versetzt.
> O Liebe zu ihr, quäl mich allnächtlich mit neuer Pein;
> Am Jüngsten Tag erst möge der Liebesqual Ende sein!

Als die Mädchen den Laden des Abu el-Hasan erreichten,
stieg jene Maid von der Mauleselin ab und setzte sich bei dem
Laden nieder, begrüßte den Kaufmann, und er erwiderte ihren
Gruß. Doch als 'Alî ibn Bakkâr sie erblickte, ward er von ihrer
Schönheit berückt und wollte sich erheben. Da sprach sie zu
ihm: ‚Bleib sitzen, wo du bist! Wir sind zu dir gekommen,
und du willst nun fortgehen? Das wäre doch nicht recht.‘ ‚Bei
Allah,‘ rief er, ‚hohe Herrin, ich fliehe vor dem, was ich geschaut habe. Sagt doch die Stimme der Verzückung:

> Sie ist eine Sonne, ihr Thron ist am Himmel:
> So tröste mit mannhaftem Troste das Herz!
> Nie kann sie zu dir auf die Erde sich neigen,
> Nie steigst du im Fluge zu ihr himmelwärts.‘

Als sie das hörte, lächelte sie und fragte Abu el-Hasan: ‚Wie
heißt dieser Jüngling? Und von wannen ist er?‘ Der Kaufmann
erwiderte: ‚Er ist ein Fremdling.‘ Und als sie weiter fragte:
‚Aus welchem Lande?‘ fuhr er fort: ‚Er ist ein persischer Prinz,

und sein Name ist 'Alî ibn Bakkâr; es geziemt sich, den Fremdling zu ehren.' Da sprach sie: ,Wenn meine Sklavin zu dir kommt, so bringe ihn zu mir.' ,Herzlich gern!' erwiderte Abu el-Hasan. Dann erhob sie sich und ging ihres Weges.

Solches geschah von ihrer Seite. Doch was 'Alî ibn Bakkâr anging, so hatte er vor Verwirrung die Sprache verloren. Nach einer Weile aber kam die Sklavin zu Abu el-Hasan und sprach zu ihm: ,Meine Herrin verlangt nach dir und deinem Freunde.' Da stand er auf und nahm 'Alî ibn Bakkâr mit sich; und beide folgten der Sklavin nach dem Palaste des Harûn er-Raschîd. Dort führte sie sie in ein Gemach und bat sie, sich zu setzen. Eine Weile plauderten die beiden miteinander; da wurden die Speisetische vor sie hingesetzt, und sie aßen und wuschen sich danach die Hände. Dann brachte man ihnen Wein, und sie wurden trunken. Schließlich hieß sie sie aufstehen, und nachdem sie das getan hatten, führte sie sie in ein anderes Gemach; das wölbte sich über vier Säulen, es war mit vielerlei Teppichen und Decken ausgestattet und mit so viel Schmuck verziert, wie wenn es ein Paradiesesgemach wäre; da staunten sie ob all der Pracht, die sie sahen. Und während sie noch alle diese kostbaren Seltenheiten betrachteten, da kamen zehn Jungfrauen wie Monde anzuschauen, in bezauberndem, schwebendem Gange, die Blicke entzückend und die Sinne berückend, und sie reihten sich auf gleich den schwarzäugigen Jungfrauen des Paradieses. Nach einer kurzen Weile aber kamen zehn andere Mädchen und begrüßten die beiden Jünglinge; diese Mädchen trugen Lauten und andere Musikinstrumente in der Hand. Alle setzten sich nieder, stimmten die Saiten und begannen vor den Gästen die Lauten zu schlagen, zu singen und Lieder vorzutragen; und wahrlich, eine jede von ihnen war eine Versuchung für die Diener Gottes. Unterdessen kamen aber noch zehn andere Mädchen, wie jene hochbusig und vom gleichen Alter, mit schwarzen Augen und rosigen Wangen, mit zusammenge- wachsenen Brauen und versonnenen Blicken, eine Versuchung für die Männer der Frömmigkeit und für die Augen ein Bild der Lieblichkeit; und sie trugen Gewänder von vielfarbiger Seide und Schmuck, der den Verstand bezauberte und ver- wirrte. Die blieben bei der Tür stehen. Und nach ihnen kamen noch einmal zehn Mädchen, die noch schöner waren als jene, und die trugen so prächtige Gewänder, wie sie niemand be- schreiben kann. Auch sie blieben an der Tür stehen. Zuletzt aber traten zwanzig Mädchen zur Tür hinein, und in ihrer Mitte war eine Maid des Namens Schams en-Nahâr, dem Monde gleich unter den Sternen. Die wiegte sich in bezaubern- dem, schmiegsamem Gange, umwallt von ihrem reichen Haare; sie trug ein blaues Gewand und einen Mantel aus Seide, der mit Borten von Gold und Edelsteinen besetzt war; und auch der Gürtel, der ihren Leib schmückte, war mit mancher- lei Edelsteinen geziert. So schritt sie dahin in stolzem, wiegen- dem Gange, bis sie sich auf das Prunklager niedersetzte. Doch als 'Alî ibn Bakkâr sie erblickte, sprach er diese Verse:

> Siehe, sie ist der Anfang meines Leidens;
> Sie bringt unendlich Weh und lange Pein.
> Bei ihr fühl ich, wie meine Seele hinschmilzt
> Im Liebesbrand; verzehrt wird mein Gebein.

Nach diesen Versen sprach er zu Abu el-Hasan: ‚Wenn du gut an mir gehandelt hättest, so hättest du mir dies alles kundgetan, ehe ich hier eingetreten wäre; denn dann hätte ich mich damit vertraut machen und meine Seele gegen das, was sie betroffen hat, mit Geduld wappnen können.' Dann weinte er und stöhnte und klagte. Abu el-Hasan aber sprach zu ihm: ‚Lieber Bruder, ich wollte dir doch nur Gutes tun; allein ich scheute mich, dir

dies zu sagen, damit durch die Leidenschaft nicht etwas ge-
geschähe, was dich vor ihr zurückhalten und euch beide trennen könnte. Doch hab Zuversicht und quäl dich nicht! Denn
wisse, ihre Gunst ist dein; und sie sinnt darauf, mit dir vereint
zu sein.' ,Wie heißt diese Maid?' fragte 'Alî ibn Bakkâr nun.
Da antwortete ihm Abu el-Hasan: ,Sie heißt Schams en-Nahâr.[1]
Sie ist eine der Odalisken des Beherrschers der Gläubigen
Harûn er-Raschîd, und dieser Ort hier ist das Kalifenschloß.'
Schams en-Nahâr aber saß da und schaute auf die Schönheit
des 'Alî ibn Bakkâr, während er ihre Reize bewunderte; und
so entbrannten die beiden in Liebe zueinander. Dann befahl sie
den Sklavinnen, sich zu setzen, eine jede von ihnen an ihre
Stätte auf einem Diwan; und wie sich dann eine jede vor einem
Fenster gesetzt hatte, befahl sie ihnen zu singen. Da griff eine
von ihnen zur Laute und begann zu singen:

> *Verkünde die Botschaft immer aufs neue;*
> *Hör offen die Antwort, die sich dir bot! –*
> *Ich stehe vor dir, o du König der Schönen,*
> *Und klage dir meine bittere Not.*
> *Du mein Gebieter, mein teures Herze,*
> *O du mein Leben, du kostbare Zier,*
> *Gewähre mir einen Kuß zum Geschenke;*
> *Wo nicht, so gib ihn als Darlehen mir!*
> *Ich geb ihn dir wieder, ohn daß du verlierest,*
> *Genau wie er war, ganz unversehrt.*
> *Und wenn du dann noch mehr verlangest,*
> *So nimm ihn, wie ihn dein Herz begehrt!*
> *O der du mir anlegst die Tracht von Leid,*
> *Dich freue stets der Gesundheit Kleid!*

'Alî ibn Bakkâr war entzückt, und er rief ihr zu: ,Sing mir
noch mehr solche Lieder vor!' So griff sie denn wieder in die
Saiten und sang diese Verse:

1. Die Sonne des Tages.

> *Durch lange Trennung, o du mein Lieb,*
> *Gabst du meinen Augen der Tränen viel;*
> *O Glück meines Auges, o mein Begehr,*
> *O du mein Glaube, mein höchstes Ziel,*
> *Hab Mitleid mit ihr, deren Blick versinkt*
> *Und in Tränen des Liebesleids ertrinkt!*

Als sie ihren Gesang beendet hatte, sprach Schams en-Nahâr zu einer anderen Sklavin: ,Laß du uns etwas hören!' Da begann sie zu singen und ließ dies Lied erklingen:

> *Ich ward berauscht von seinem Blick, doch nicht von edlem Wein,*
> *Und zwischen Schlaf und Auge schlich sein stolzer Gang sich ein.*
> *Sein lockig Haar berückte mich, doch nicht der Rebensaft;*
> *Nicht Traubenblut, sein hoher Mut hat mich dahingerafft.*
> *Die Schläfe mit der Locken Zier hat meine Kraft gewandt;*
> *Durch das, was sein Gewand verhüllt, verschwand mir der Verstand.*

Als Schams en-Nahâr den Gesang der Sklavin hörte, seufzte sie lange Zeit, und das Lied ging ihr zu Herzen. Darauf befahl sie einer dritten Sklavin zu singen; und die griff zur Laute und hub an:

> *Ein Antlitz, gleich der Leuchte des Himmels strahlend hell,*
> *Auf dem die Jugendschöne erglänzt wie ein sprudelnder Quell!*
> *Der Flaum beschrieb seine Wangen mit einer Schrift so zart,*
> *In deren Gekräusel sich der Liebe Sinn offenbart.*
> *Die Schönheit rief von ihm: Ich wußte, als ich ihn erblickt,*
> *Nur Gottes Hand hat solch ein feines Gewebe gestickt.*

Als auch sie ihr Lied gesungen hatte, sprach 'Alî ibn Bakkâr zu einem Mädchen neben ihm: ,Jetzt sing du, o Maid, und laß uns etwas hören!' Da ergriff sie die Laute und hub an:

> *Zu kurz ist der Begegnung Zeit*
> *Für all die lange Sprödigkeit;*
> *Wie lang der quälende Verzicht!*
> *Das ziemt den Edelmenschen nicht.*
> *Ergreifet drum des Glückes Zeit*
> *Und der Begegnung Seligkeit!*

Als sie geendet hatte, brach 'Alî ibn Bakkâr in strömende Tränen aus. Doch wie Schams en-Nahâr sah, daß er weinte und stöhnte und klagte, ward sie ergriffen von der sehnenden Liebe Kraft und verzehrt von heftigster Leidenschaft. Sie erhob sich von ihrem Lager und ging zu der Tür der Kammer; doch auch 'Alî ibn Bakkâr erhob sich und trat ihr entgegen. Da schlangen sie die Arme umeinander und sanken, der Welt entrückt, ohnmächtig an der Kammertür nieder. Die Sklavinnen aber eilten herbei, hoben die beiden auf und trugen sie in die Kammer hinein; dort besprengten sie sie mit Rosenwasser. Als die beiden dann wieder zu sich kamen, fanden sie Abu el-Hasan nicht mehr; denn er hatte sich neben einem Lager versteckt: Da rief die Dame: ,Wo ist Abu el-Hasan?' Nun zeigte er sich ihr neben dem Lager; und sie begrüßte ihn und sprach: ,Ich bitte Allah, daß er Es mir ermögliche, dir zu lohnen, du Gütiger.' Dann wandte sie sich zu 'Alî ibn Bakkâr und sprach zu ihm: ,O mein Gebieter, die Liebe hat in dir ihre höchste Kraft entfaltet, und doch ist sie in mir noch doppelt so stark. Allein es bleibt uns nichts, als geduldig zu ertragen, was uns betroffen hat.' Da rief er: ,Bei Allah, meine Herrin, die Begegnung mit dir beruhigt mich nicht; auch erlischt nicht die Flamme in meinem Herzen, erblicke ich dein Angesicht. Die Liebe zu dir ist in meinem Herzen so fest, daß sie nicht eher aufhört, als bis mich das Leben verläßt.' Dann begann er wieder zu weinen, und seine Tränen rannen auf seine Wange hinab wie lose Perlen. Und wie Schams en-Nahâr ihn weinen sah, begann sie mit ihm zu weinen. Da sprach Abu el-Hasan: ,Bei Allah, mich wundert euer Gebaren, und ich staune ob dessen, was euch widerfahren! Ja, euer Zustand ist seltsam anzusehn, und euer Gebaren ist kaum zu verstehn. Da weinet ihr so, wo ihr doch vereint seid; wie soll es erst werden, wenn ihr getrennt und fern voneinander seid?' Dann fuhr er fort: ‚Dies ist doch nicht die Zeit, zu trauern und zu weinen; nein, es ist die Zeit der Vereinigung und der Freude. So freut euch denn, seid froh und weinet nicht!' Darauf winkte Schams en-Nahâr einer Sklavin; die ging fort und kehrte mit anderen Sklavinnen zurück, die einen Tisch voll silberner Schüsseln mit allerlei köstlichen Speisen trugen. Nachdem diese den Tisch vor den beiden niedergesetzt hatten, begann Schams en-Nahâr zu essen und gab 'Alî ibn Bakkâr die Bissen in den Mund, so lange, bis sie gesättigt waren. Dann wurde der Tisch hinweggenommen, und sie wuschen sich die Hände. Nun brachte man ihnen die Räuchergefäße mit allerlei Weihrauch von Aloeholz und verschiedenen Arten von Ambra, ferner auch die Fläschchen zum Sprengen von Rosenwasser; und sie besprengten und beräucherten sich. Darauf wurden ihnen Schalen aus ziseliertem Golde vorgesetzt, darinnen sich mancherlei Scherbets, Früchte und Naschwerk befanden, alles, was das Herz begehrt und die Augen erquickt. Schließlich brachte man ihnen eine Schale aus Karneol, die mit Wein gefüllt war. Schams en-Nahâr wählte zehn Sklavinnen zu ihrem Dienste aus und dazu zehn Sängerinnen, während sie die übrigen Mädchen in ihre Gemächer zurücksandte. Nun befahl sie einigen von denen, die geblieben waren, die Lauten zu schlagen, und die taten nach ihrem Befehl. Und eine von ihnen begann zu singen:

Mein Leben geb ich für den, der lächelnd wiedergrüßte,
Der Hoffnung auf Gunst mir weckte, als ich verzweifelt war.
Jetzt haben der Sehnsucht Hände, was ich verbarg, enthüllet;
Sie machten mein innerstes Herze den Tadlern offenbar.
Die Tränen des Auges traten jetzt zwischen ihn und mich,
Als liebten die Tränen des Auges ihn ebenso wie ich.

Als die Sängerin ihr Lied beendet hatte, füllte Schams en-Nahâr
den Becher und trank ihn aus; dann füllte sie ihn wieder und
reichte ihn 'Alî ibn Bakkâr. – –«

Da bemerkte Schehrezâd, daß der Morgen begann, und sie
hielt in der verstatteten Rede an. Doch als die *Hundertundvier-
undfünfzigste Nacht* anbrach, fuhr sie also fort: »Es ist mir berichtet worden, o glücklicher König, daß Schams en-Nahâr
den Becher füllte und ihn 'Alî ibn Bakkâr reichte; dann befahl
sie einer anderen Sklavin zu singen, und die hub an und trug
diese Verse vor:

> *Es gleichet meine Träne im Rinnen meinem Weine;*
> *Mein Auge vergießt das gleiche, was in dem Becher blinkt.*
> *Bei Gott, ich weiß nicht, ob der Wein von meinen Lidern*
> *Geflossen, oder mein Mund von meinen Tränen trinkt.*

Nach diesem Gesange trank 'Alî ibn Bakkâr seinen Becher aus
und gab ihn Schams en-Nahâr zurück. Sie füllte ihn wieder
und reichte ihn nun Abu el-Hasan, und der leerte ihn. Dann
griff sie selbst zur Laute und sprach: ‚Keiner soll zu meinem
Becher singen als ich selbst!‘ Darauf stimmte sie die Saiten und
begann mit ihrem Spiele diese Verse zu begleiten:

> *Der Tränen seltsam Strom fließt über seine Wangen;*
> *In seiner Brust entbrennt die Glut der Liebesqual.*
> *Er weint in ihrer Nähe aus Furcht, er müsse scheiden:*
> *Ob nah er oder fern, die Träne rinnt zumal.*

Und ferner die Verse eines anderen:

> *Mein Leben geb ich für dich, o Trinkgenoß, den die Schönheit*
> *Vom leuchtenden Scheitel hinab bis zu den Füßen umhüllt!*
> *In deinen Händen der Becher glänzt wie die Sonne, im Munde*
> *Plejadengleich die Zähne, darüber des Vollmondes Bild!*
> *Und siehe da, deine Becher, die mir die ganze Besinnung*
> *Geraubt, sie kreisen gleichsam aus deinen Augen hervor.*
> *Und ist es nicht sonderbar, daß du ein voller Mond bist*

In Fülle strahlend, und daß der Liebenden Glanz sich verlor?
Du neigst dich und du meidest, so wie es dir beliebet –
Bist du ein Gott, der tötet oder lebendig macht?
Nach deinem Bild allein hat Gott die Schönheit erschaffen
Und hat aus deinem Wesen des Zephirs Duft entfacht.
Du bist kein menschlich Wesen aus diesem Erdenland,
Du bist ein Engel, von deinem Schöpfer herabgesandt.

Als 'Alî ibn Bakkâr und Abu el-Hasan und die anderen, so zugegen waren, das Lied der Schams en-Nahâr vernahmen, war es ihnen, als würden sie vor Entzücken hoch emporgehoben; und sie scherzten und lachten miteinander. Doch während sie so fröhlich waren, da trat plötzlich eine Sklavin herein, zitternd vor Furcht, und rief: ‚Gebieterin, die Eunuchen des Beherrschers der Gläubigen stehen an der Tür, 'Afîf, Masrûr und Mardschân und noch andere, die ich nicht kenne!' Wie sie die Worte der Sklavin hörten, wären sie vor Angst fast gestorben. Schams en-Nahâr aber lächelte und sprach: ‚Fürchtet euch nicht!' Dann sagte sie zu der Sklavin: ‚Steh du ihnen Rede, während wir diesen Ort verlassen!' Sie hieß 'Alî und Abu el-Hasan in der Kammer bleiben, verschloß die Türen und ließ die Vorhänge vor ihnen herunter; nachdem sie auch die Tür der Halle verschlossen hatte, ging sie durch die geheime Pforte hinaus in den Garten. Dort setzte sie sich auf ihr Lager, befahl einer Sklavin, ihr die Füße zu kneten, und hieß die anderen Sklavinnen in ihre Gemächer gehen. Und nun befahl sie der Sklavin, die Leute an der Tür hereinzurufen. Da traten Masrûr und die, so bei ihm waren, herein; es waren zwanzig Eunuchen, mit Schwertern in ihren Händen. Nachdem sie vor Schams en-Nahâr den Gruß gesprochen hatten, fragte sie sie: ‚Weshalb seid ihr gekommen?' Sie antworteten: ‚Der Beherrscher der Gläubigen läßt dir seinen Gruß entbieten. Er sehnt sich nach deinem Anblick, und er läßt dir sagen, er habe heute viel Freude und Glück erlebt, und er wünsche seine Freude dadurch zu krönen, daß du jetzt bei ihm seiest. Willst du nun zu ihm gehen, oder soll er zu dir kommen?' Da küßte sie den Boden und sprach: ‚Ich höre und gehorche dem Befehle des Beherrschers der Gläubigen!' Dann gab sie Befehl, die Wirtschafterinnen und Sklavinnen herbeizurufen; und als diese gekommen waren, tat sie ihnen kund, daß sie dem Befehle des Kalifen nachkomme. Nun war zwar die Stätte in allem aufs beste hergerichtet, aber sie sprach dennoch zu den Eunuchen: ‚Gehet hin zum Beherrscher der Gläubigen und saget ihm, daß ich ihn nach einer kurzen Weile erwarte, damit ich ihm vorher ein Lager mit Teppichen und allem Zubehör herrichten kann!' So gingen denn die Diener eiligst zum Beherrscher der Gläubigen; Schams en-Nahâr aber legte ihre Obergewänder ab und begab sich rasch zu ihrem Geliebten 'Alî ibn Bakkâr. Sie zog ihn an ihre Brust und nahm Abschied von ihm, während er bitterlich weinte und rief: ‚Gebieterin, dieser Abschied vernichtet mein Selbst und raubt mir das Leben! Doch ich will Allah bitten, daß Er mir Geduld verleihe, alles zu ertragen, womit Er mich durch meine Liebe heimgesucht hat.' Doch sie erwiderte: ‚Bei Allah, vernichtet werde nur ich! Denn du wirst wieder zum Basar hinausziehen und dich mit Freunden vereinen, die dich trösten; dann bist du geborgen, und deine Liebe bleibt verborgen. Ich aber, ich werde in Not und Qual geraten, und ich werde keinen finden, der mich tröstet, zumal ich dem Kalifen schon versprochen habe, bei ihm zu sein. Daraus kann mir die größte Gefahr erwachsen, weil ich mich nach dir sehne und dich liebe und voll Leidenschaft zu dir hingerissen werde und ob der Trennung von dir traurig bin. Mit welcher Zunge soll ich singen und mit welchem Herzen soll ich dem Kalifen nahen? Mit welchen Worten soll ich den Beherrscher der Gläu-

bigen unterhalten und mit welchem Blick soll ich auf die Stätte
schauen, an der du nicht bist? Wie kann ich bei einem Feste
sein, bei dem du nicht bist, und mit welchem Geschmack soll
ich Wein trinken, wenn du nicht zugegen bist?' Da sprach Abu
el-Hasan zu ihr: ,Sei nicht ratlos, fasse dich in Geduld und versäume es nicht, den Beherrscher der Gläubigen heute abend zu
unterhalten; zeige ihm auch keine Mißachtung, sondern harre
aus in Festigkeit!' Kaum hatte er so zu ihr gesprochen, da kam
schon eine Sklavin und meldete: ,O Herrin, die Pagen des Beherrschers der Gläubigen kommen!' Sogleich hub sie an und
sagte zu der Sklavin: ,Nimm Abu el-Hasan und seinen Freund
und führe sie zu dem oberen Balkon, der auf den Garten schaut.
Dort lasse sie, bis die Dunkelheit anbricht; dann finde Mittel
und Wege, daß sie hinausgehen können!' Die Sklavin nahm
die beiden, führte sie auf den Balkon hinauf, schloß die Tür
hinter ihnen zu und ging ihrer Wege. Doch als die beiden sich
gesetzt hatten und auf den Garten niederschauten, kam auch
schon der Kalif; vor ihm schritten gegen hundert Eunuchen
mit Schwertern in den Händen, und rings um ihn waren zwanzig Mädchen, Monden gleich, angetan mit den prächtigsten
Gewändern. Eine jede von ihnen trug ein Diadem auf dem
Haupte, das mit Juwelen und Saphiren besetzt war, und eine
jede hielt eine brennende Fackel in der Hand. Der Kalif schritt
mit majestätischem Gange in ihrer Mitte dahin, während die
Jungfrauen ihn auf allen Seiten umgaben und Masrûr, 'Afîf
und Wasîf vor ihm hergingen. Da erhob sich Schams en-Nahâr
mit allen ihren Sklavinnen; und sie empfingen ihn am Gartentore und küßten den Boden vor ihm. Dann gingen auch sie vor
ihm her, bis er sich auf das Lager niederließ; und nun stellten
sich alle Sklavinnen und Eunuchen, die in dem Garten waren,
vor ihm auf. Dann kamen die schönen Mädchen und die Sän-

gerinnen, die trugen in ihren Händen brennende Kerzen, Geräte mit Wohlgerüchen und Weihrauch und die Musikinstrumente. Nun befahl der Herrscher den Sängerinnen, sich zu
setzen, und eine jede von ihnen ließ sich an ihrem Platze nieder.
Auch Schams en-Nahâr kam und setzte sich auf einen Schemel
neben dem Lager des Kalifen und plauderte mit ihm. All das
geschah, indem Abu el-Hasan und 'Alî ibn Bakkâr zuschauten
und zuhörten; der Kalif aber sah sie nicht. Dann begann er mit
Schams en-Nahâr zu scherzen und zu tändeln, und sie waren
froh und guter Dinge. Hierauf befahl der Herrscher, den Pavillon zu öffnen; nachdem das geschehen war, machte man
auch die Fenster auf und zündete die Kerzen an, so daß der
Raum im Dunkeln hell war wie der Tag. Dann schafften die
Eunuchen die Trinkgeräte herbei, von denen Abu el-Hasan
später erzählte: ‚Da sah ich Trinkgeräte und Meisterwerke,
wie mein Auge sie noch nie geschaut hatte, und Schalen aus
Gold und Silber und allen anderen edlen Metallen mit Edelsteinen, unbeschreiblich schön, so daß ich zu träumen vermeinte, da ich ob alledem, was ich sah, so gewaltig erstaunte.‘
'Alî ibn Bakkâr aber hatte seit dem Augenblicke, da Schams
en-Nahâr ihn verließ, bewußtlos am Boden gelegen im Übermaß der Leidenschaft und Sehnsucht; als er nun wieder zu sich
kam, erblickte er all diese Dinge, die so einzigartig waren, und
er sprach zu Abu el-Hasan: ‚Bruder, ich fürchte, daß der Kalif
uns sieht oder von unserer Sache erfährt; am meisten aber gilt
meine Sorge dir. Denn sieh, was mich angeht, so weiß ich, daß
ich sicher sterben muß; und daß ich dahingehe, geschieht durch
der sehnenden Liebe Kraft und das Übermaß der heftigen Leidenschaft, und weil ich von der Geliebten Abschied nahm,
nachdem ich ihr so nahe kam. Doch ich flehe zu Gott, daß er
uns aus dieser Gefahr errette.‘ Nun schauten 'Alî ibn Bakkâr

und Abu el-Hasan vom Balkon hinab auf den Kalifen und das Glück, das ihm beschieden war, bis das Mahl vor ihm völlig hergerichtet war.

Darauf wandte der Kalif sich zu einer der Sklavinnen und sprach: ‚Gharâm, laß uns etwas von deinen bezaubernden Liedern hören!' Da griff sie zur Laute, stimmte sie und begann zu singen:

Das Heimweh der Araberin, die fern von ihrem Stamme
Vor Sehnsucht nach Arabiens Weiden und Myrten stöhnt,
Wenn sie bei der reisigen Schar verweilt und die ihr Leiden
Durch das gastliche Feuer, die Tränen durch Trank verschönt –
Es kann nicht größer sein als meiner Liebe Weh! . . .
Mein Lieb denkt aber nur, daß ich eine Schuld begeh.

Als Schams en-Nahâr diese Verse hörte, glitt sie von dem Schemel, auf dem sie saß, hinab und sank ohnmächtig zu Boden und ward der Welt entrückt; da kamen die Sklavinnen und hoben sie auf. Doch auch 'Alî ibn Bakkâr sank in Ohnmacht, als er sie vom Balkon aus sah. Abu el-Hasan aber sprach: ‚Fürwahr, das Schicksal hat die Leidenschaft zu gleichen Teilen unter euch beide verteilt!' Während dann die beiden miteinander sprachen, kam die Sklavin, die sie auf den Balkon geführt hatte, zu ihnen und sprach: ‚Abu el-Hasan, erheb dich mit deinem Freunde! Geht beide hinunter; denn die Welt ist uns eng geworden, und ich fürchte, daß alles ruchbar wird oder daß der Kalif von euch beiden erfährt. Wenn ihr nicht in diesem Augenblicke hinuntergeht, so sind wir des Todes!' Abu el-Hasan erwiderte: ‚Wie soll dieser Jüngling sich mit mir erheben, er, der nicht die Kraft hat, um aufzustehen?' Da sprengte die Sklavin Rosenwasser auf ihn, bis er aus seiner Ohnmacht erwachte. Nun hob Abu el-Hasan ihn auf, und die Sklavin stützte ihn; so führten die beiden ihn vom Balkon hinunter und gingen eine kurze Strecke weiter, bis die Sklavin eine kleine eiserne Tür auftat und die beiden Freunde dort hinausließ. Diese erblickten draußen eine Bank am Ufer des Tigris und setzten sich auf sie. Die Sklavin aber klatschte in die Hände; da kam zu ihr ein Mann in einem kleinen Boote. Zu dem sprach sie: ‚Nimm diese beiden jungen Männer und lande sie auf dem anderen Ufer!' Dann stiegen sie in das Boot; doch als der Fährmann mit ihnen fortruderte und sie sich von dem Garten getrennt hatten, blickte 'Alî ibn Bakkâr zum Kalifenschlosse und zu dem Pavillon und dem Garten zurück und sagte ihnen mit diesen beiden Versen Lebewohl:

> *Zum Abschied streck ich aus die eine schwache Hand;*
> *Die andre ist dem Feuer im Herzen zugewandt.*
> *Mög dies doch nicht das Ende von unsrem Glücke sein!*
> *Sei diese Zehrung nicht die letzte Zehrung mein!*

Dann sprach die Sklavin zu dem Fährmann: ‚Fahr sie rasch dahin!' Und er begann kräftig zu rudern, während die Sklavin noch bei ihnen war. – –«

Da bemerkte Schehrezâd, daß der Morgen begann, und sie hielt in der verstatteten Rede an. Doch als die *Hundertundfünfundfünfzigste Nacht* anbrach, fuhr sie also fort: »Es ist mir berichtet worden, o glücklicher König, daß der Fährmann die beiden zum anderen Ufer ruderte, während die Sklavin noch bei ihnen war. Wie sie nun jenseits angekommen waren, das Festland erreicht hatten, gelandet und ausgestiegen waren, da nahm die Sklavin von ihnen Abschied mit den Worten: ‚Ich hatte euch nicht verlassen wollen; aber ich darf nicht weiter mit euch gehen als bis zu dieser Stätte.' Dann kehrte sie wieder zurück. 'Alî ibn Bakkâr aber war vor Abu el-Hasan niedergesunken und lag ausgestreckt auf dem Boden, und er konnte sich nicht erheben. Da sprach Abu el-Hasan zu ihm: ‚Dieser Ort ist nicht sicher, und wir müssen fürchten, daß wir hier unser Leben verlieren, wegen der Räuber und Banditen und Diebe.' Da stand 'Alî ibn Bakkâr auf und ging eine kurze Strecke dahin; aber er konnte kaum noch weitergehen. Nun hatte Abu el-Hasan Freunde in jener Gegend; und so ging er zu einem von ihnen, auf den er sich verlassen konnte und der ihm vertraut war, und pochte an seine Tür. Eilends kam der Freund heraus, und als er die beiden sah, hieß er sie willkommen und führte sie in sein Haus, hieß sie sich setzen, plauderte mit ihnen und fragte sie, wo sie gewesen wären. Da antwortete Abu el-Hasan: ‚Wir sind zu dieser Zeit ausgegangen wegen eines Mannes, mit dem ich Geschäfte abgeschlossen hatte und der mir Geld schuldet. Ich hatte nämlich gehört, er wolle mit meinem Gelde abreisen; deshalb ging ich heute abend aus, um ihn aufzusuchen, und zur Gesellschaft nahm ich diesen meinen Freund, 'Alî ibn Bakkâr, mit mir. Doch als wir kamen, um ihn zu sehen, da verbarg er sich vor uns, und wir fanden ihn nicht; so mußten wir mit leeren Händen ohne Geld umkehren. Allein es war uns lästig, zu dieser Nachtzeit heimzukehren; und da wir nicht wußten, wohin wir gehen sollten, kamen wir zu dir, da wir deine Freundschaft und deine gewohnte Güte kennen.' ‚Herzlich willkommen!' sagte drauf der Hausherr und bemühte sich, ihnen alle Ehre anzutun; und sie blieben den Rest der Nacht bei ihm. Als es aber Morgen ward, verließen sie ihn und kehrten ohne Verzug zur Stadt zurück, gingen hinein und kamen zum Hause des Abu el-Hasan. Der bat seinen Freund 'Alî ibn Bakkâr inständigst, einzutreten, führte ihn in sein Haus, und beide legten sich eine Weile aufs Bett, um zu ruhen. Als sie wieder aufwachten, befahl Abu el-Hasan seinen Dienern, das Haus mit den prächtigsten Teppichen zu schmücken; und sie taten es. Er sagte sich nämlich: ‚Ich muß doch diesen Jüngling trösten und von seinem Kummer ablenken; denn ich

304

kenne seine Not besser als irgendein anderer.' Dann rief er
nach Wasser für 'Alî ibn Bakkâr; und als man es gebracht
hatte, erhob sich dieser, vollzog die religiöse Waschung, sprach
die vorgeschriebenen Gebete, die er am Tage und in der Nacht
vorher versäumt hatte, und setzte sich nieder, um sich durch
das Plaudern mit Abu el-Hasan zu trösten. Als jener das bemerkte, trat er auf ihn zu und sprach zu ihm: ,Lieber Herr, es
wäre das beste für deinen Zustand, wenn du diese Nacht über
bei mir bliebest, auf daß deine Brust sich weite und die Qual
der Sehnsucht, die dich verzehrt, gelindert werde und du dich
bei mir zerstreuest; dann wird das Feuer, das in deinem Herzen
brennt, gelöscht werden.' 'Alî ibn Bakkâr erwiderte: ,Tu, o
Bruder, was dir gut dünkt! Ich kann doch in keiner Weise dem
entrinnen, was mich betroffen hat. Drum tu, was du willst!'
So rief denn Abu el-Hasan seine Diener, ließ einige seiner besten Freunde einladen und sandte nach Sangeskundigen und
Musikanten. Als alle gekommen waren, ließ er ihnen Speise
und Trank bereiten; und sie setzten sich, aßen und tranken und
waren guter Dinge, den ganzen Tag hindurch bis zum Abend.
Dann zündeten sie die Kerzen an, und die Becher der Freundschaft und guten Kameradschaft kreisten bei ihnen; wie ihnen
nun so wohl war, griff die Sängerin zur Laute und begann
zu singen:

> Ich ward vom Schicksal getroffen mit dem Geschoß eines Blickes,
> Der warf mich nieder. Ich hab vom Liebsten Abschied genommen.
> Das Schicksal ward mir feind, und meine Geduld versagte.
> Doch ahnte ich zuvor, es müsse also kommen.

Wie 'Alî ibn Bakkâr die Worte der Sängerin vernahm, sank
er ohnmächtig zu Boden; und in seiner Ohnmacht blieb er liegen, bis die Morgendämmerung aufstieg, so daß Abu el-Hasan
fast an ihm verzweifelte. Doch als der Tag anbrach, kam er

wieder zu sich und verlangte nach Hause zu gehen. Abu el-
Hasan hinderte ihn nicht, da er befürchtete, es würde mit ihm
schlecht enden. So ließ er denn seine Diener ihm eine Mauleselin bringen, und die ließen ihn aufsitzen. Darauf ritt er fort,
während Abu el-Hasan und einige der Diener mit ihm gingen,
bis sie ihn in seine Wohnung gebracht hatten. Als er sich dann
in seinem Hause beruhigt hatte, dankte Abu el-Hasan Gott für
seine Errettung aus dieser Gefahr und blieb noch eine Weile bei
ihm sitzen, um ihn zu trösten; 'Alî aber vermochte sich nicht
zu fassen, da die Leidenschaft und die Sehnsucht in ihm übermächtig waren. Doch schließlich erhob Abu el-Hasan sich,
nahm Abschied von ihm und wandte sich, um in sein eigenes
Haus zurückzukehren. – –«

Da bemerkte Schehrezâd, daß der Morgen begann, und sie
hielt in der verstatteten Rede an. Doch als die *Hundertundsechs-
undfünfzigste Nacht* anbrach, fuhr sie also fort: »Es ist mir berichtet worden, o glücklicher König, daß Abu el-Hasan von
'Alî ibn Bakkâr Abschied nahm; und da sprach dieser zu ihm:
‚Lieber Bruder, laß mich nicht ohne Nachricht!' ‚Ich höre und
gehorche!' erwiderte jener, verließ ihn und ging zu seinem
Laden. Den öffnete er und begann auf Nachricht von Schams
en-Nahâr zu warten; doch niemand brachte sie ihm. Die Nacht
über blieb er in seinem Hause, und als es Morgen ward, ging
er fort, bis er zum Hause des 'Alî ibn Bakkâr kam. Er trat zu
ihm ein und fand ihn auf seinem Bette liegen, während seine
Freunde um ihn standen und die Ärzte bei ihm waren; und ein
jeder von ihnen verschrieb ihm etwas, und alle fühlten seinen
Puls. Doch als Abu el-Hasan eingetreten war und er ihn sah,
lächelte er; dann grüßte Abu el-Hasan ihn, fragte ihn, wie es
ihm gehe, und blieb bei ihm sitzen, bis die Leute fortgegangen
waren. Nun fragte er: ‚Was bedeutet dies alles?' Da erwiderte

'Alî ibn Bakkâr: ‚Es hatte sich über mich das Gerücht verbreitet, ich sei krank, und meine Freunde hörten davon. Ich aber hatte nicht Kraft genug, um aufzustehen und hinauszugehen, so daß ich den, der da sagte, ich sei krank, hätte Lügen strafen können. Ich mußte vielmehr auf meinem Bette liegen bleiben, so wie du mich hier siehst; da kamen denn meine Freunde, um mich zu besuchen. Doch sag, Bruder, hast du die Sklavin gesehen oder hast du Kunde von ihr vernommen?‘ Jener antwortete: ‚Seit sie uns am Ufer des Tigris verließ, habe ich sie nicht mehr gesehen‘, und dann fügte er hinzu: ‚Lieber Bruder, hüte dich davor, daß du ins Gerede kommst, und laß dies Weinen!‘ Aber 'Alî ibn Bakkâr sprach: ‚Ach, Bruder, ich kann mich nicht fassen!‘ Dann hub er an, diese Verse zu sprechen:

> *Sie schenkte ihrer Hand Gewalt, die meine Hand nie hatte.*
> *Die Zeichnung auf dem Handgelenk hat meine Kraft gebannt.*
> *Sie fürchtete für ihre Hand die Pfeile ihres Auges;*
> *Drum legte sie, dem Panzer gleich, sich Streifen um die Hand.*
> *Aus Torheit fühlte meinen Puls der Arzt, dieweil ich sagte:*
> *Die Krankheit ist in meinem Herz, laß meine Hand in Ruh!*
> *Sie sagte zu dem Traumgebild, das kam und dann entschwebte:*
> *Bei Gott, beschreib ihn, laß nichts aus und füge nichts hinzu!*
> *Der Traum darauf: Ich lasse ihn, und mag vor Durst er sterben.*
> *Ich rief: Steh ab vom Wasserquell! Da trat er nicht heran.*
> *Sie träufte Perlen aus Narzissenwangen, und sie tränkte*
> *Die Rosen, und mit Hagelkorn biß sie auf Lotos dann.*[1]

Nach diesen Versen sprach er: ‚Abu el-Hasan, ich bin von einem Schicksalsschlage heimgesucht, vor dem ich mich sicher

---

1. Das Gedicht scheint aus allerlei allegorischen Wendungen, stehenden Ausdrucksweisen und Bildern zusammengestoppelt zu sein. Die Mädchen färben die Hände mit Henna und tätowieren sie mit Indigo. Im letzten Verse sind die Rosen natürlich die Wangen; das Hagelkorn sind die weißen Zähne, der Lotos (eigentlich ‚Brustbeeren‘) ist das Zahnfleisch.

wähnte, und die schönste Ruhe, die es für mich gibt, ist der Tod.' Doch Abu el-Hasan erwiderte: ‚Hab Geduld! Allah wird dir Genesung geben.' Dann verließ er seinen Freund, ging wieder zu seinem Laden und öffnete ihn. Kaum aber hatte er dort eine kleine Weile gesessen, da kam die Sklavin zu ihm und sprach den Gruß. Er gab ihr den Gruß zurück, und wie er sie anblickte, sah er, daß ihr das Herz pochte und daß sie in Sorgen war und die Zeichen des Kummers an sich trug. Dann sprach er zu ihr: ‚Sei willkommen! Wie steht es um Schams en-Nahâr?' Sie gab zur Antwort: ‚Ich werde dir gleich über sie berichten; doch wie steht es um 'Alî ibn Bakkâr?' Da berichtete er ihr alles, was geschehen war, und wie es um ihn stand; sie aber klagte schmerzlich und seufzte und war erstaunt ob dessen, was geschehen. Dann sprach sie: ‚Wisse, meiner Herrin ergeht es noch seltsamer. Nachdem ihr fortgegangen wart und euch auf den Weg gemacht hattet, kehrte ich um, mit pochendem Herzen in Sorge um euch; denn ich glaubte kaum noch an eure Rettung. Wie ich dann zurückgekehrt war, fand ich meine Herrin in dem Pavillon liegen; sie sprach nicht und gab niemandem eine Antwort. Der Beherrscher der Gläubigen aber saß ihr zu Häupten; er fand niemand, der ihm ihr Leid erklärte, und wußte nicht, was ihr fehlte. Bis Mitternacht verharrte sie in ihrer Ohnmacht; dann kam sie wieder zu sich, und der Beherrscher der Gläubigen fragte sie: ‚Was ist's, das dich betroffen hat, o Schams en-Nahâr? Was ist's, das dich in dieser Nacht so überwältigt hat?' Wie sie die Worte des Kalifen vernahm, küßte sie seine Füße und sprach zu ihm: ‚O Beherrscher der Gläubigen, Allah mache mich zum Lösegeld für dich! Ein Mischgericht hat mich krank gemacht und Feuer in meinem Leib entzündet; da ward ich ohnmächtig vor dem Übermaß meiner Schmerzen, und ich wußte nicht, wie mit mir geschah.'

‚Was hast du denn heute zu dir genommen?' fragte der Kalif. Da antwortete sie: ‚Ich habe zum Frühstück etwas gegessen, was ich noch nie genossen habe.' Dann tat sie, als sei sie wieder zu Kräften gekommen, und verlangte nach etwas Wein, trank ihn und bat den Herrscher, er möchte wieder frohen Mutes sein. So setzte er sich denn wieder auf sein Lager im Pavillon, und das Fest begann von neuem. Doch als ich zu ihr kam, fragte sie mich, wie es euch ergehe; und ich berichtete ihr, was ich mit euch getan hatte, und wiederholte ihr die Verse, die 'Alî ibn Bakkâr beim Abschied gesprochen hatte. Da weinte sie heimlich, und hernach ward sie wieder ruhig. Der Kalif aber, der sich gesetzt hatte, befahl einer Sklavin zu singen, und sie hub an:

> *Fürwahr, mein Leben ist nichts wert, seit du geschieden.*
> *Ach käme aus der Ferne ein Bote doch von dir!*
> *Es ziemet sich, daß ich nun Tränen Blutes weine,*
> *Wenn du jetzt Tränen weinest, weil du fern von mir!*

Als meine Herrin diese Verse hörte, sank sie ohnmächtig auf das Lager zurück.' – –«

Da bemerkte Schehrezâd, daß der Morgen begann, und sie hielt in der verstatteten Rede an. Doch als die *Hundertundsiebenundfünfzigste Nacht* anbrach, fuhr sie also fort: »Es ist mir berichtet worden, o glücklicher König, daß die Sklavin zu Abu el-Hasan sagte: ‚Als meine Herrin diese Verse hörte, sank sie ohnmächtig auf das Lager zurück; da ergriff ich ihre Hand und sprengte Rosenwasser auf ihr Antlitz, bis sie wieder zu sich kam. Dann sprach ich zu ihr: ‚Stelle doch dich und all, was dein Schloß enthält, nicht bloß vor der Welt! Beim Leben deines Geliebten, fasse dich!' Doch sie erwiderte: ‚Kann all dies mir Schlimmeres bringen als den Tod, den ich doch suche, und in dem – bei Allah! – meine Ruhe liegt?' Während wir so miteinander sprachen, sang eine Sklavin die Dichterworte:

Vielleicht, so sagten sie, folgt der Geduld die Ruhe.
Ich sprach: Wo ist Geduld geblieben, seit er ging?
Die Stricke der Geduld entzwei zu schneiden – also
Ward zwischen uns beschlossen, als er mich umfing.

Kaum hatte sie diese Verse beendet, da sank Schams en-Nahâr
von neuem ohnmächtig nieder. Als der Kalif das sah, kam er
eilends zu ihr, befahl, den Wein fortzutragen und hieß alle
Sklavinnen in ihre Kammern gehen. Er selbst aber blieb die
übrige Nacht bei ihr, bis es Morgen ward. Da ließ der Beherrscher der Gläubigen die Ärzte und die Männer der Heilwissen-
schaft kommen und befahl ihnen, sie zu pflegen, ohne zu wissen, daß sie an Liebe und Sehnsucht krankte. Und ich blieb so
lange bei ihr, bis ich glaubte, ihr Zustand habe sich gebessert;
und dies ist's, was mich verhinderte, zu euch zu kommen. Dann
aber ließ ich einige ihrer vertrautesten Dienerinnen, die sehr
um sie besorgt sind, bei ihr, als sie mir befahl, zu euch zu gehen,
um Kunde von 'Alî ibn Bakkâr zu bringen, und alsbald zu ihr
zurückzukehren.' Wie Abu el-Hasan ihre Worte vernommen
hatte, war er erstaunt und sprach: ›Bei Allah, ich habe dir alles
von ihm berichtet; so kehre denn zu deiner Herrin zurück,
grüße sie, ermahne sie eindringlich zur Geduld und sprich zu
ihr: Hüte das Geheimnis! Sage ihr auch, ich wisse um ihre Not,
die ein schwierig Ding ist und sorgsamer Überlegung bedarf.‹
Da dankte die Sklavin ihm, sagte ihm Lebewohl und kehrte zu
ihrer Herrin zurück.

Lassen wir sie dahineilen, und sehen wir, was Abu el-Hasan
tat! Er blieb in seinem Laden, bis der Tag zur Neige ging; und
wie es dann dunkel geworden war, erhob er sich, trat aus dem
Laden hinaus, verschloß ihn und ging zum Hause des 'Alî ibn
Bakkâr. Nachdem er dort angeklopft hatte, kam einer der Diener heraus und ließ ihn ein. Doch als er zu seinem Freunde ein-

trat, lächelte dieser, hocherfreut über sein Kommen, und sprach zu ihm: ‚Ach, Abu el-Hasan, du hast mich heute durch dein Ausbleiben mit Sehnsucht nach dir erfüllt; meine Seele ist dir ja mein ganzes Leben lang verpfändet!‘ Abu el-Hasan aber erwiderte: ‚Laß diese Worte! Wenn deine Heilung in meiner Hand stände, ich würde sie dir in reichem Maße bringen, ehe du mich darum bätest; ja, könnte ich dein Lösegeld sein, ich würde dich mit meinem Leben loskaufen! Heute ist die Sklavin Schams en-Nahârs zu mir gekommen und hat mir berichtet, daß sie nur deshalb nicht eher habe kommen können, weil der Kalif bei ihrer Herrin weilte. Sie hat mir auch berichtet, wie es ihrer Herrin ergangen ist.‘ Dann erzählte er ihm alles, was er von der Sklavin gehört hatte. ’Alî ibn Bakkâr aber ward tief betrübt und weinte. Dann wandte er sich zu Abu el-Hasan und sprach zu ihm: ‚Ich bitte dich um Allahs willen, lieber Bruder, hilf mir in der Not, von der ich heimgesucht bin, und tu mir kund, wie ich aus ihr einen Ausweg finden kann. Und ferner bitte ich, sei so gut und bleib diese Nacht über bei mir, damit ich durch deine Gesellschaft Trost finde!‘ Abu el-Hasan fügte sich seiner Bitte und versprach ihm, er wolle bei ihm nächtigen; so blieben sie denn jene Nacht über beieinander und plauderten. Und als es ganz finstere Nacht geworden war, da seufzte ’Alî ibn Bakkâr und weinte und klagte. Dann begann er in heiße Tränen auszubrechen und hub an, diese Verse zu sprechen:

> Dein Bild in meinem Auge, dein Name auf meinen Lippen,
> Deine Stätte in meinem Herzen – wie wärest du da fern?
> So traure ich denn nur, dies Leben könnte enden,
> Ohn daß zum Wiedersehn uns führt des Glückes Stern.

Und dann sprach er diese Verse eines anderen Dichters:

> *Sie brach mit dem Schwerte des Blicks die Schutzwehr meines Helmes,*
> *Zerriß mir den Panzer der Fassung mit dem Speer der Gestalt.*
> *Sie zeigte mir unter dem Moschus des Males ihrer Schönheit*
> *Den Kampfer des Morgenrots, das den Amber der Nacht durchwallt.*
> *Doch als sie erschrak, da biß sie auf Karneole mit Perlen*[1]*,*
> *Den kostbaren, die im Meere des süßen Zuckers stehn.*
> *Sie seufzte in ihrem Gram; und als ihre Hand sich preßte*
> *Auf ihre Brust, da sah ich, was ich noch nie gesehn:*
> *Denn Federn von Korallen schrieben dort mit Amber*
> *Auf die kristallne Platte fünf zarte Zeilen hin. –*
> *Du Träger des rechten Schwertes, ich warne dich, wenn sie schauet,*
> *Hab ihres versonnenen Auges gefährlichen Blick im Sinn.*
> *Und hüte dich, Mann des Speeres, wohl vor des Stoßes Kraft,*
> *Wenn sie dir einstens naht mit des Wuchses schlankem Schaft!*

Nachdem 'Alî ibn Bakkâr diese Verse beendet hatte, stieß er einen lauten Schrei aus und sank ohnmächtig nieder. Schon glaubte Abu el-Hasan, seine Seele sei aus seinem Körper entwichen: denn 'Alî verharrte in seiner Ohnmacht, bis der Morgen aufging. Dann aber kam er wieder zu sich und begann mit Abu el-Hasan zu plaudern, und dieser blieb bei ihm sitzen, bis der frühe Vormittag vorüber war. Darauf verließ er ihn und ging zu seinem Laden; und kaum hatte er ihn geöffnet, da kam auch schon die Sklavin zu ihm und trat an seine Seite. Als er sie erblickte, machte sie ihm ein Zeichen des Grußes; er grüßte sie wieder, und dann überbrachte sie ihm den Gruß ihrer Herrin und fragte: ‚Wie steht es um 'Alî ibn Bakkâr?' Er gab ihr zur Antwort: ‚O Mädchen, frage nicht danach, wie es ihm ergeht, noch nach der heißen Sehnsucht, die ihn ergriffen hat! Denn er schläft nicht bei Nacht und ruht nicht bei Tage; das Wachen hat ihn ausgezehrt, und die Sorge hat ihn ganz verstört, und er ist in einem Zustande, der keinen Freund erfreuen

1. Vgl. Seite 307, Anmerkung.

kann.' Doch sie fuhr fort: ‚Meine Herrin läßt dich und ihn grüßen. Sie hat ihm auch einen Brief geschrieben, sie, der es noch schlimmer ergeht als ihm, und den hat sie mir mit den Worten übergeben: ‚Komm nur mit einer Antwort darauf wieder zu mir, und tu, was ich dir befohlen habe!' Hier ist nun der Brief bei mir; willst du mit mir zu ihm gehen, auf daß wir die Antwort von ihm erhalten?' ‚Ich höre und gehorche!' sprach Abu el-Hasan, schloß den Laden und nahm die Sklavin mit sich; doch er ging mit ihr einen anderen Weg als den, auf dem er gekommen war, und er führte sie weiter, bis sie beim Hause des 'Alî ibn Bakkâr ankamen. Dort bat er sie, an der Tür stehen zu bleiben, und trat ein. – –«

Da bemerkte Schehrezâd, daß der Morgen begann, und sie hielt in der verstatteten Rede an. Doch als die *Hundertundachtundfünfzigste Nacht* anbrach, fuhr sie also fort: »Es ist mir berichtet worden, o glücklicher König, daß Abu el-Hasan mit der Sklavin zum Hause des 'Alî ibn Bakkâr ging, sie bat, an der Tür stehen zu bleiben, und dann selbst in das Haus eintrat. Sowie 'Alî ibn Bakkâr ihn erblickte, freute er sich über sein Kommen. Abu el-Hasan aber sprach zu ihm: ‚Der Grund meines Kommens ist, daß jemand eine Sklavin zu dir geschickt hat mit einem Briefe, der seinen Gruß an dich enthält und in dem er dir sagen läßt, er habe bisher nicht zu dir kommen können, da irgendein Grund ihn verhindert habe. Die Sklavin steht an der Tür. Willst du ihr erlauben einzutreten?' 'Alî sprach: ‚Führt sie herein!' denn Abu el-Hasan hatte ihm ein Zeichen gemacht, daß sie die Sklavin der Schams en-Nahâr war, und er hatte das Zeichen verstanden. Als er sie dann sah, erbebte er vor Freuden und fragte sie durch ein Zeichen: ‚Wie geht's dem Herrn? Allah gebe ihm Heilung und Gesundheit!' Sie erwiderte: ‚Er ist wohlauf', zog den Brief hervor und übergab ihn ihm; er nahm ihn hin, küßte und öffnete ihn und las ihn. Dann reichte er ihn dem Abu el-Hasan, der diese Verse darin geschrieben fand:

> *Der Bote mein soll dir jetzt Kunde von mir bringen;*
> *Solang du mich nicht schaust, genüge dir sein Wort.*
> *Mit Leidenschaft für dich hast du dein Lieb erfüllet;*
> *Sein müdes Auge muß nun wachen immerfort.*
> *So will ich mit Geduld das schwere Leid ertragen –*
> *Ein Mensch greift niemals in den Lauf des Schicksals ein.*
> *Sei froh; denn du wirst nie aus meinem Herzen weichen*
> *Und keinen Augenblick fern meinen Augen sein!*
> *Sieh, wie dein Leib verzehrt ist; denk, was ihm geschehn;*
> *Und aus den Zeichen schließ, wie mir es mag ergehn!*

Und ferner: ‚Ohne Finger schreib ich einen Brief dir hier, * und ohne Zunge sprech ich zu dir. * Um dir meinen Zustand ganz zu schildern, so hab ich ein Auge, das keinen Schlummer kennt, * und ein Herz, von dem der Kummer sich niemals trennt. * Denn mir ist, als hätte ich nie von Freude gewußt, * und als wiche die Sorge nie aus meiner Brust; * als hätte ich nie auf etwas Fröhliches geblickt * und sei niemals durch ein heiteres Leben erquickt. * Ach, mir ist, als sei mein ganzes Wesen nur Leidenschaftlichkeit * und Liebeskummer und bitteres Leid. * Krankheit quält mich immerdar, * und die Sehnsucht doppelt sich gar. * Es wachsen des Verlangens Schmerzen, * und heiße Liebe regt sich in meinem Herzen.[1] * Und ich bitte zu Gott, daß Er uns ein baldiges Wiedersehen gebe, * auf daß der Kummer sich von dem Herzen hebe. * Nun wünsche ich, daß du mir ein Wort von dir senden möchtest, durch das ich mich trösten kann. Dir aber geziemt es, rechte Geduld zu üben, bis Allah Hilfe gewährt. Und damit Gott befohlen!‘

1. Von hier ab bis zu den nächsten Versen befindet sich eine Lücke in der zweiten Kalkuttaer Ausgabe sowie in den Kairoer Ausgaben; ich habe sie nach der ersten Kalkuttaer Ausgabe ergänzt.

Nachdem 'Alî ibn Bakkâr diesen Brief ganz gelesen hatte, sprach er: ‚Mit welcher Hand kann ich zu schreiben wagen? Und mit welcher Zunge soll ich mein Leiden klagen?‘ So quälte der Jüngling sich selbst; dann setzte er sich auf, nahm ein Blatt in seine Hand und schrieb: ‚Im Namen Allahs, des barmherzigen Erbarmers! Dein Brief kam an, o Herrin; und er gab Ruhe einem Geiste, den die Liebessehnsucht verzehrte, * und brachte Heilung einem zerrissenen Herzen, das die Krankheit mit Wunden beschwerte. *Dein abgezehrter Sklave verstand * all die gütigen Worte, die du ihm gesandt. * Und bei deinem Haupt, o meine Herrin, siehe, mir geht es so, wie der Dichter sprach:

> *Das Herz ward enge, doch der Kummer weit;*
> *Das Auge wachet, und der Leib erschlafft.*
> *Geduld entfloh, die Trennung währt so lang;*
> *Der Geist ward irr, das Herz hinweggerafft.*

Wisse, wenn das Feuer der Sorge entbrannt, * wird es durch die Klage nicht gebannt. * Doch besänftigt sie den Kummer dessen, den die Sehnsucht plagt * und an dem der Trennungsschmerz nagt. * So will ich mich trösten durch das Wörtlein: ‚Auf Wiedersehn.‘ * Und der Dichter sagte doch schön:

> *Wäre nicht in der Liebe immer Freud und Leid,*
> *Wo bliebe da der Boten und Briefe Süßigkeit?‘*

Als Abu el-Hasan diesen Brief las, erfüllten die Worte darin ihn mit tiefem Schmerz, und ihr Sinn verwundete ihm das Herz. Dann reichte er ihn der Sklavin, und als sie ihn hingenommen hatte, sprach 'Alî ibn Bakkâr zu ihr: ‚Überbring meinen Gruß der Herrin dein; künde ihr meine Sehnsucht und meine Pein, und wie die Liebe mir durchdrang Fleisch und Gebein. Sag ihr, daß ich einer Seele bedarf, die mich errettet aus diesem Meere von Leid und mich von all meiner Qual befreit.

Das Schicksal mit seinen Schlägen drängte wider mich heran; ach, gibt es noch einen Helfer, der mich von seinem Unheil befreien kann?' Dann weinte er, und die Sklavin weinte mit ihm, nahm Abschied von ihm und verließ ihn. Abu el-Hasan ging mit ihr hinaus und sagte ihr Lebewohl. So kehrte sie denn wieder heim, während Abu el-Hasan zu seinem Laden ging; den öffnete er und setzte sich dort nieder wie gewöhnlich. – –«

Da bemerkte Schehrezâd, daß der Morgen begann, und sie hielt in der verstatteten Rede an. Doch als die *Hundertundneunundfünfzigste Nacht* anbrach, fuhr sie also fort: »Es ist mir berichtet worden, o glücklicher König, daß Abu el-Hasan der Sklavin Lebewohl sagte und zu seinem Laden ging; den öffnete er und setzte sich dort nieder wie gewöhnlich. Doch wie er so dasaß, fühlte er, daß sich ihm das Herz zusammenkrampfte und die Brust ihm enge ward; da war er ratlos über seine Lage und blieb den ganzen Tag und die Nacht hindurch in sorgenvollen Gedanken. Am nächsten Tage ging er zu 'Alî ibn Bakkâr und setzte sich bei ihm nieder, bis sich die anderen Leute entfernten. Dann fragte er ihn, wie es ihm ergehe. Da begann 'Alî zu klagen über der sehnenden Liebe Kraft und über seine heftige Leidenschaft, und er sprach die Dichterworte:

> *Es klagten über die Schmerzen der Sehnsucht die Menschen schon früher;*
> *Ja, Toten und Lebenden wurde durch Trennung der Sinn verstört.*
> *Aber ein solches Gefühl, wie meine Rippen umschließen,*
> *Habe ich nie gesehen und nie davon gehört.*

Und ferner die Worte eines anderen Dichters:

> *In Liebe zu dir ertrug ich, was Kais, dem Liebesbetörten,*
> *Durch seine Liebe zu Lubna nie beschieden ward.* [1]

[1.] Kais ibn Dharîh war berühmt durch seine Liebe zu Lubna wie der noch bekanntere Kais ibn el-Mulauwah, mit dem Beinamen Madschnûn, durch seine Liebe zu Laila; beide lebten im 7. Jahrhundert n. Chr. Wahrscheinlich ist auch hier Laila zu lesen.

Ich jagte doch auch nie die wilden Tiere der Wüste,
Wie Kais es tat; und Torheit ist ja von mancherlei Art.

Da sprach Abu el-Hasan zu ihm: ,Ich habe noch nie gesehen
oder gehört, daß einer so von Liebe ergriffen war, wie du es
bist! Wie ist eine solche Leidenschaft und ein solches Hinsie-
chen nur möglich, da du doch mit einer Geliebten verbunden
bist, die deine Liebe erwidert? Ja, wie wäre es erst, wenn du
ein Mädchen liebtest, das Abneigung gegen dich hätte und
dich verriete, so daß dein Geheimnis offenbar würde?' Da war
– so erzählte Abu el-Hasan – 'Alî ibn Bakkâr zufrieden mit
meinen Worten; und er ward durch sie beruhigt und dankte
mir dafür. Nun hatte ich einen Freund, dem es bekannt war,
wie es um mich und 'Alî stand; er wußte, daß wir beide eines
Sinnes waren, aber niemand außer ihm kannte unser Geheimnis. Der pflegte zu mir zu kommen und mich zu fragen, wie
es 'Alî ibn Bakkâr erginge. Nach einer Weile aber fragte er
mich auch nach der geliebten Maid; da ersann ich eine List
gegen ihn und sprach: ,Sie hat ihn zu sich eingeladen; und es
ist zwischen beiden nicht mehr geschehen, als jetzt geschehen
kann. So viel, was die beiden angeht; ich aber habe mir einen
wohlüberlegten Plan ausgedacht, den ich dir unterbreiten
möchte.'

Als der Freund nun fragte, was das für ein Plan sei, antwortete Abu el-Hasan: ,Wisse, Bruder, ich bin ein Mann, der dafür bekannt ist, daß er viel zwischen Männern und Frauen ver-
mittelt; und ich fürchte, lieber Bruder, wenn die Sache mit
den beiden ruchbar wird, so wird es dazu kommen, daß ich
selbst zugrunde gehe, daß mein Besitz weggenommen wird
und daß meine Ehre und die Ehre der Meinen verloren geht.
Darum habe ich beschlossen, mein Hab und Gut beisammen-
zuschaffen, mich auszurüsten und nach der Stadt Basra zu zie-

hen; dort will ich so lange bleiben, bis ich sehe, was aus ihnen beiden wird, aber ohne daß irgend jemand etwas von mir weiß. Denn die Liebe hat über die beiden Gewalt gewonnen, und es gehen Botschaften zwischen ihnen hin und her. Jetzt steht es so, daß eine Sklavin zwischen ihnen die Vermittlerin ist; noch verbirgt sie ihr Geheimnis, aber ich fürchte, die Angst könnte sie überwältigen, so daß sie es jemandem offenbart. Dann würde die Sache mit den beiden bekannt werden, und das würde zu meinem Verderben und meinem Untergang führen; ich würde ja auch keine Entschuldigung vor der Welt haben.' Da antwortete ihm sein Freund: ,Du hast mir da eine gefährliche Sache verkündet, vor derengleichen der verständige und erfahrene Mann Furcht empfindet. Allah behüte dich vor dem Unheil dessen, was dich zu Sorge und Schrecken bewegt, und errette dich vor dem, dessen Ausgang Furcht in dir erregt! Dieser Plan ist der richtige.' So kehrte denn Abu el-Hasan in sein Haus zurück und begann seine Angelegenheiten zu ordnen und sich zur Reise nach Basra zu rüsten. Kaum waren drei Tage vergangen, da hatte er schon alles geordnet, und er machte sich auf die Reise nach der Stadt Basra. Nach wiederum drei Tagen kam sein Freund, um ihn zu besuchen; da er ihn aber nicht fand, fragte er die Nachbarn nach ihm, und die antworteten ihm: ,Er hat sich vor drei Tagen nach Basra begeben; denn er hat Geschäfte mit den Kaufleuten dort. Er ist dorthin gereist, um von seinen Schuldnern Geld einzufordern; aber er wird bald wiederkommen.' Da war der Mann ratlos und wußte nicht, wohin er sich wenden sollte. Und er sprach: ,Ach, hätte ich mich doch nie von Abu el-Hasan getrennt!' Dann ersann er einen Weg, auf dem er zu Alî ibn Bakkâr Zutritt erlangen könnte; er ging zu dem Hause des Jünglings und sprach zu einem seiner Diener: ,Bitte deinen Herrn um Erlaubnis, daß ich eintreten und ihn begrüßen darf!' Der Diener ging hinein und meldete es seinem Herrn; dann kam er wieder heraus und bat den Gast einzutreten. Der ging also hinein und fand 'Alî ibn Bakkâr auf die Kissen hingestreckt. Er begrüßte ihn, und jener gab ihm den Gruß zurück und hieß ihn willkommen. Darauf entschuldigte sich der fremde junge Mann, daß er so lange ausgeblieben sei, und fügte hinzu: ,O Herr, zwischen Abu el-Hasan und mir besteht aufrichtige Freundschaft; ich pflegte ihm meine Geheimnisse anzuvertrauen und niemals eine Stunde ihm fern zu sein. Nun mußte ich aber in Geschäften mit einer Anzahl meiner Freunde einige Tage lang abwesend sein. Als ich dann wieder zu ihm ging, fand ich seinen Laden geschlossen; da fragte ich die Nachbarn nach ihm, und die sagten, er habe sich nach Basra begeben. Ich weiß, daß er keinen zuverlässigeren Freund hat als dich; darum bitte ich dich um Gottes willen, tu mir kund, was es mit ihm ist!' Als 'Alî ibn Bakkâr seine Worte vernommen hatte, verfärbte sich sein Antlitz, er ward unruhig und sprach: ,Bis zu diesem Tage wußte ich nichts von seiner Abreise, und wenn es ist, wie du sagst, so ist mir Leid widerfahren.' Dann sprach er die Verse:

> *Einst pflegte ich zu weinen um vergangne Freuden,*
> *Als meine Freunde all an meiner Seite weilten.*
> *Doch heute hat mein Schicksal sie von mir geschieden;*
> *Nun weine ich um die, so meine Liebe teilten.*

Darauf senkte 'Alî ibn Bakkâr in Gedanken sein Haupt; doch nach einer Weile hob er es wieder, zu einem seiner Diener gewendet, und sprach zu ihm: ,Geh zum Hause des Abu el-Hasan und frage, ob er dort weilt oder auf Reisen ist. Und wenn man dir sagt, er sei auf Reisen, so erkunde, wohin er sich begeben hat.' Der Diener ging und blieb eine Weile fort; als er dann wieder zu seinem Herrn kam, berichtete er: ,Als ich nach Abu el-Hasan fragte, taten seine Leute mir kund, er sei nach Basra gereist; aber ich fand eine Sklavin an der Tür stehen, und als die mich sah, erkannte sie mich, obwohl ich sie nicht kannte, und sie sprach zu mir: ‚Bist du nicht der Diener des ’Alî ibn Bakkâr?‘ Wie ich das bejahte, fuhr sie fort: ‚Ich habe eine Botschaft an ihn von jemandem, der ihm der liebste unter den Menschen ist.‘ Dann kam sie mit mir, und jetzt steht sie an der Tür.‘ Da sprach ’Alî ibn Bakkâr: ‚Führe sie herein!‘ Der Diener ging hinaus und führte sie herein; der Fremde aber, der bei ’Alî war, schaute die Sklavin an und fand, daß sie von lieblichem Aussehen war. Nun trat sie auf den Sohn des Bakkâr zu und begrüßte ihn. – – «

Da bemerkte Schehrezâd, daß der Morgen begann, und sie hielt in der verstatteten Rede an. Doch als die *Hundertundsechzigste Nacht* anbrach, fuhr sie also fort: »Es ist mir berichtet worden, o glücklicher König, daß die Sklavin, nachdem sie zu ’Alî ibn Bakkâr hereingekommen war, auf ihn zutrat, ihn begrüßte und leise mit ihm sprach; doch während ihrer Rede schwor und beteuerte er von Zeit zu Zeit, er habe nicht davon gesprochen. Dann nahm sie Abschied von ihm und ging fort.

Es war aber jener Mann, der Freund des Abu el-Hasan, ein Juwelier. Und als die Sklavin von dannen gegangen war, fand er Gelegenheit zum Reden und sprach zu ’Alî ibn Bakkâr: ‚Sicherlich und ohne Zweifel hat der Haushalt des Kalifen eine Forderung an dich, oder du hast Geschäfte mit ihm.‘ ‚Wer hat dir davon berichtet?‘ fragte ’Alî. Jener erwiderte: ‚Ich weiß es durch diese Sklavin; denn sie dient der Schams en-Nahâr, und sie kam vor einiger Zeit zu mir mit einem Blatte, auf dem geschrieben stand, sie wünsche ein Halsband aus Juwelen, und da schickte ich ihr ein kostbares Halsband.‘ Wie ’Alî ibn Bakkâr das hörte, ward er so sehr erregt, daß der Juwelier fürchtete, es gehe mit ihm zu Ende. Doch er faßte sich wieder und sprach: ‚Lieber Bruder, ich bitte dich um Gottes willen, sag, woher kennst du sie?‘ Der Juwelier erwiderte: ‚Dränge mich nicht mit dieser Frage!‘ Aber ’Alî fuhr fort: ‚Ich lasse dich nicht, es sei denn, daß du mir die Wahrheit sagest!‘ Nun sagte der Juwelier: ‚Ich will es dir sagen, wenn du kein Mißtrauen gegen mich hegst und meine Worte dich nicht zur Zurückhaltung bewegen. Ich will dir kein Geheimnis verhehlen, sondern dir die ganze Wahrheit offenbaren, doch nur unter der Bedingung, daß du mir kundtust, wie es in Wirklichkeit um dich steht und was der Grund deiner Krankheit ist.‘ Nun erzählte einer dem andern die Wahrheit. Dann sagte ’Alî: ‚Bei Allah, mein Bruder, ich habe mein Geheimnis nur deshalb vor allen anderen verborgen, weil ich fürchtete, die Leute könnten voreinander die Schleier lüften.‘ Da sprach der Juwelier zu ihm: ‚Ich wünschte nur deshalb mit dir zusammenzutreffen, weil ich dir große Liebe entgegenbringe und in allen Dingen eifrig um dich besorgt bin und mit deinem Herzen Mitleid habe, da die Trennung es quält. Vielleicht kann ich dir ein Tröster sein an Stelle meines Freundes Abu el-Hasan, solange er in der Ferne weilt; nun hab Zuversicht und quäl dich nicht!‘ ’Alî ibn Bakkâr dankte ihm für seine Worte und sprach dann diese beiden Verse:

> Spräch ich: Ihr Fernsein will ich in Geduld ertragen,
> So würden Trän’ und Seufzer mich der Lüge zeihn.
> Wie könnt ich Tränen bergen, die herniederströmen
> Auf meiner Wangen Schalen, fern der Geliebten mein?

Darauf schwieg ’Alî ibn Bakkâr eine Weile, und dann sprach er zu dem Juwelier: ‚Weißt du, was die Sklavin mir zugeflüstert hat?‘ Als jener erwiderte: ‚Nein, bei Allah, lieber Herr!‘ fuhr er fort: ‚Sie glaubte, ich hätte dem Abu el-Hasan geraten, nach Basra zu reisen, und ich hätte so eine List ersonnen, um den Wechsel der Briefe und das Zusammentreffen zu verhindern. Ich aber schwor ihr, daß dem nicht also sei; dennoch glaubte sie mir nicht, sondern sie ging zu ihrer Herrin fort, indem sie auf ihrer bösen Meinung beharrte. Denn sie war dem Abu el-Hasan zugetan und geneigt.' Da sprach der junge Juwelier: ‚Lieber Bruder, ich habe das aus dem Benehmen der Sklavin entnommen und geschlossen; aber so Gott der Erhabene will, werde ich dir zu deinem Ziele verhelfen!' Doch 'Alî ibn Bakkâr erwiderte ihm: ‚Wer kann mir denn dazu verhelfen? Was willst du mit ihr tun, da sie doch scheu ist wie ein Wild der Wüste?' Jener aber rief: ‚Bei Allah, ich will mir sicherlich alle Mühe geben, dir zu helfen, und all meine List aufwenden, zu ihr zu gelangen, ohne daß ich das Geheimnis verrate und Schaden anstifte.' Darauf bat er, fortgehen zu dürfen, und 'Alî ibn Bakkâr bat ihn noch einmal: ‚Lieber Bruder, sorge, daß du das Geheimnis hütest!' Dann blickte er ihn mit Tränen im Auge an. Und nun nahm der Juwelier Abschied von ihm und wandte sich zum Gehen. – –«

Da bemerkte Schehrezâd, daß der Morgen begann, und sie hielt in der verstatteten Rede an. Doch als die *Hundertundein-undsechzigste Nacht* anbrach, fuhr sie also fort: »Es ist mir berichtet worden, o glücklicher König, daß der Juwelier von ihm Abschied nahm und sich zum Gehen wandte, ohne daß er wußte, wie er es beginnen sollte, dem 'Alî ibn Bakkâr zu helfen. Und wie er so in Gedanken über sein Tun weiter dahinging, sah er auf dem Wege einen Brief liegen. Den nahm er, blickte die Aufschrift an und las sie; die lautete: ‚Von der Liebenden, der verachteten, an den Geliebten, den hochgeachteten.' Dann öffnete er den Brief und fand in ihm diese beiden Verse geschrieben:

Es kam der Bote, der mich einlud, dir zu nahen;
Doch glaubte ich immer nur, er sei vom Wahn betört.
Drum freute ich mich nicht, nein, ward noch mehr bekümmert;
Ich wußte, daß mein Bote dein Wort nicht recht gehört.

Des ferneren: ,Wisse, mein Gebieter, ich kenne den Grund nicht, weshalb der Briefwechsel zwischen dir und mir abgebrochen ist. Müßte ich dich grausam schelten, so will ich dir doch mit Treue vergelten. Und schwand die Liebe dir aus dem Sinn, so will ich sie bewahren, auch wenn ich in der Ferne bin. Und ich will gegen dich so sein, wie der Dichter sagt:

Sei stolz: ich trag's! Verzeih: ich wart! Sei hoch: ich beug mich!
Geh fort: ich komme! Sprich: ich hör! Befiehl: ich horche!'

Als er das Blatt gelesen hatte, kam ihm plötzlich die Sklavin entgegen, die sich beim Gehen nach rechts und nach links umsah. Sobald sie den Brief in der Hand des Juweliers erblickte, sprach sie zu ihm: ,O Herr, dieser Brief ist mir entfallen!' Er gab ihr keine Antwort, sondern ging weiter; und die Sklavin ging hinter ihm her, bis er zu seinem Hause kam. Dort trat er ein, die Sklavin hinter ihm; nun hub sie wieder an: ,O Herr, gib mir diesen Brief; gib ihn mir zurück, denn er ist mir entfallen!' Er sprach darauf, zu ihr gewendet: ,Gute Sklavin, sei ohne Furcht und unbetrübt! Denn Allah behütet mit Seinem Schutze und sieht es gern, wenn das Geheimnis gehütet wird. Drum tu mir alles kund, der Wahrheit gemäß; denn ich kann Geheimnisse bewahren. Aber ich bitte dich, schwöre mir einen Eid, daß du mir nichts verbergen willst von allem, was deine Herrin angeht! Vielleicht wird Allah mir beistehen, um ihr zum Ziele zu verhelfen und das Schwere durch meine Hand leicht machen.' Auf seine Worte entgegnete die Sklavin: ,O Herr, ein Geheimnis, das du hütest, geht nicht verloren, und ein Vorhaben, um dessen Ausführung du dich mühst, schlägt nicht fehl. Wisse, mein Herz fühlt sich zu dir hingezogen, und ich will dir mein Geheimnis offenbaren; du aber gib mir den Brief!' Darauf berichtete sie ihm alles, was geschehen war, und fügte hinzu: ,Allah ist Zeuge für das, was ich sage!' Er gab ihr zur Antwort: ,Du sagst die Wahrheit; ich selbst habe sichere Kenntnis von diesen Dingen.' Dann erzählte er ihr die Geschichte von 'Alî ibn Bakkâr und wie er dessen Geheimnis erfahren hatte, kurz, er berichtete ihr alles von Anfang bis zu Ende. Als sie das hörte, war sie erfreut. Dann kamen die beiden überein, daß sie den Brief nehmen solle und ihn dem 'Alî ibn Bakkâr geben; dann solle sie zu dem Juwelier zurückkehren und ihm über alles, was geschehen, berichten. Er gab ihr also den Brief; sie nahm ihn hin und versiegelte ihn wieder, wie er vorher gewesen war, indem sie sprach: ,Meine Herrin Schams en-Nahâr hat ihn mir versiegelt übergeben. Wenn er ihn gelesen hat und mir eine Antwort mitgibt, will ich sie dir bringen.' Dann verabschiedete die Sklavin sich und begab sich zu 'Alî ibn Bakkâr. Den traf sie, wie er sehnsüchtig wartete, und sie gab ihm den Brief. Als er ihn gelesen hatte, schrieb er einen Brief als Antwort und übergab ihn ihr. Sie nahm ihn hin und kehrte mit ihm zu dem Juwelier zurück. Rasch ergriff er das Schreiben, brach das Siegel auf und las den Inhalt. Und er fand darin geschrieben:

> Der Bote, bei dem einstens unsre Briefe
> Verborgen waren, hat im Zorn versagt.
> Drum wähl mir einen treuen Freund als Boten,
> Der Wahrheit liebt und nicht zu lügen wagt.

Des ferneren: ,Wisse, ich habe nichts Falsches gesprochen, ✴ und ich habe die Treue nicht gebrochen. ✴ Von mir kam keine Grausamkeit, ✴ und ich hab das gegebene Wort nicht entweiht. ✴ Den Liebesbund zerriß ich nicht, ✴ und das Band der Liebe zerschnitt ich nicht. * Ach, ich bin der Trauer nie entronnen, * und seit der Trennung hab ich nichts als schweres Leid gewonnen. * Von dem, was du sagst, weiß ich nichts, * und außer dem, was du liebst, lieb ich nichts. * Bei dem, der das Geheime und Verborgene kennt, ich sehne mich ganz allein * danach, mit ihr, die ich liebe, vereint zu sein! * Meine einzige Sorge ist, die Leidenschaft zu verhehlen, * obgleich mich heftige Schmerzen quälen. * So künde ich meine Not unverhohlen * und damit Gott befohlen!'

Als nun der Juwelier diesen Brief gelesen und seinen Inhalt verstanden hatte, weinte er heftig. Die Sklavin aber sprach zu ihm: ‚Verlaß diesen Ort nicht, bis ich wieder zu dir zurückkehre! Zwar hat er mich eines schweren Vergehens beschuldigt; aber er selbst ist entschuldigt. Ich will dich jetzt mit meiner Herrin Schams en-Nahâr zusammenführen und dabei jede List anwenden, die mir nur immer möglich ist; ich verließ sie auf ihrem Lager liegend, und sie erwartet, daß ich ihr eine Antwort bringe.' Dann kehrte die Sklavin zu ihrer Herrin zurück; der Juwelier aber verbrachte die Nacht mit sorgenvollem Sinne. Als der Morgen anbrach, betete er das Frühgebet und setzte sich nieder, um auf ihr Kommen zu warten. Bald kam sie auch schon mit freudiger Miene und trat zu ihm ein. ‚Wie steht es, o Mädchen?' fragte er. Da erwiderte sie: ‚Ich begab mich von dir zu meiner Herrin und überreichte ihr den Brief, den ’Alî ibn Bakkâr geschrieben hatte. Als sie ihn gelesen und seinen Sinn verstanden hatte, ward sie bestürzt; ich aber sprach zu ihr: ‚Hohe Herrin, fürchte nicht, daß alles für euch beide verloren sei, weil Abu el-Hasan fort ist! Denn ich habe einen Mann gefunden, der an seine Stelle tritt, der noch besser und vornehmer ist als er, und der die Geheimnisse wohl zu hüten versteht.' Und ich erzählte ihr, wie du zu Abu el-Hasan stehst und wie du sein Vertrauen und das des 'Alî ibn Bakkâr gewonnen hast; ferner auch, wie mir jener Brief entfallen war und wie du ihn fandest; und zuletzt teilte ich ihr mit, was zwischen uns beiden verabredet ist.' Der Juwelier war sehr überrascht; sie aber fuhr fort: ‚Meine Herrin wünscht deine eigenen Worte zu hören, auf daß sie dadurch über den Bund, der zwischen euch beiden besteht, sich vergewissere. Drum entschließe dich, sogleich mit mir zu ihr zu gehen!' Doch als der Juwelier die Worte der Sklavin vernommen hatte, da fühlte er, daß dies ein gewagtes Unterfangen war und eine große Gefahr, in die man sich nicht rasch und übereilt stürzen soll. So sprach er denn zu der Sklavin: ‚Schwester, sieh, ich bin nur ein Mann des Volkes, und ich bin nicht wie Abu el-Hasan, der von hohem Stande ist und großes Ansehen genießt; er pflegt auch im Palaste des Kalifen ein und aus zu gehen, da man dort seine Ware braucht. Ja, wenn Abu el-Hasan zu mir redet, so stehe ich zitternd vor ihm, aus Furcht vor seinen Worten. Wenn nun deine Herrin mit mir zu sprechen wünscht, so muß es anderswo sein als im Palaste, fern von der Stätte des Beherrschers der Gläubigen, denn mein Verstand rät mir, deinen Worten nicht zu folgen.' Also weigerte er sich, mit ihr zu gehen. Die Sklavin aber versprach, für seine Sicherheit zu bürgen, und sagte: ‚Fürchte dich nicht und sei ohne Sorgen vor Unheil!' Das wiederholte sie mehrere Male; und dennoch, als er sich schließlich erhob, um mit ihr zu gehen, knickten seine Beine zusammen, und seine Hände zitterten. Da rief er: ‚Gott verhüte, daß ich mit dir gehe! Ich habe keine Kraft dazu.' Doch die Sklavin erwiderte: ‚Beruhige dein Herz! Wenn es dir zu schwer fällt, zu dem Palast des Kalifen zu gehen, und wenn es dir unmöglich ist, mich zu begleiten, so will ich sie bewegen, zu dir zu kommen. Verlaß du deine Wohnung nicht, bis ich mit ihr zu dir zurückkehre!' Dann ging die Sklavin, und kaum war sie eine kurze Weile fort geblieben, da kehrte sie schon wieder zu ihm zurück und sagte zu ihm: ‚Gib acht, daß kein anderer bei dir ist, kein Diener und keine Sklavin!‘ Er antwortete ihr: ‚Ich habe nur eine hochbetagte schwarze Sklavin bei mir, die mir dient.‘ Da ging sie hin, verriegelte die Tür zwischen der Dienerin des Juweliers und ihm und schickte seine Diener aus dem Hause. Darauf ging die Sklavin fort, und als sie zurückkehrte, folgte ihr eine Dame, die mit ihr in das Haus des Juweliers eintrat und die Stätte mit dem Dufte von Wohlgerüchen erfüllte. Als der Juwelier sie sah, sprang er auf und legte ihr Polster und Kissen zurecht. Sie setzte sich darauf, und er ließ sich vor ihr nieder. Eine Weile wartete sie, ohne zu sprechen, bis sie sich ausgeruht hatte; dann entschleierte sie ihr Antlitz, und es deuchte dem Juwelier, die Sonne sei in seinem Hause aufgegangen. Dann sprach sie zu ihrer Sklavin: ‚Ist dies der Mann, von dem du mir gesprochen hast?‘ Jene erwiderte: ‚Jawohl!‘ Nun wandte die Dame sich zu dem Juwelier und fragte ihn, wie es ihm gehe. ‚Es geht mir gut,‘ erwiderte er, ‚und ich bete für dein Wohlergehen und das Wohlergehen des Beherrschers der Gläubigen!‘ Und sie fuhr fort: ‚Du hast mich bewogen, zu dir zu kommen und dich in mein Geheimnis einzuweihen.‘ Darauf fragte sie ihn nach seiner Frau und seinen Kindern, und er tat ihr alles kund, was ihn anging und wie es um ihn stand. Er sagte ihr auch: ‚Ich habe noch ein anderes Haus außer diesem hier; das habe ich für die Zusammenkünfte mit den Freunden und Gefährten bestimmt, und darin befindet sich nur die Sklavin, von der ich deiner Dienerin erzählt habe.‘ Dann fragte sie ihn weiter, wie er zuerst von der Sache erfahren habe, wie es um Abu el-Hasan stehe und weshalb er fortgereist sei. So erzählte er ihr denn, was jenem in den Sinn gekommen war und ihn zu der Reise veranlaßt hatte. Da seufzte

327

sie, weil Abu el-Hasan nun fern war, und sie sprach zu dem Juwelier: ‚Freund, wisse, die Seelen der Menschen werden durch die Wünsche zusammengeführt, und die Menschen mit den Menschen. Keine Tat wird ohne Worte vollendet, kein Ziel wird ohne Mühe erreicht, keine Ruhe wird ohne Anstrengung gewonnen.‘ – –«

Da bemerkte Schehrezâd, daß der Morgen begann, und sie hielt in der verstatteten Rede an. Doch als die *Hundertundzweiundsechzigste Nacht* anbrach, fuhr sie also fort: »Es ist mir berichtet worden, o glücklicher König, daß Schams en-Nahâr zu dem Juwelier sprach: ‚Keine Ruhe wird ohne Anstrengung gewonnen. Und der Erfolg kommt nur durch die Hilfe eines Hochherzigen. Nun habe ich dir unser Geheimnis offenbart, und es steht in deiner Hand, uns bloßzustellen oder uns zu schützen; mehr sage ich nicht, da du ein hochherziger Mann bist. Du weißt auch, daß diese meine Sklavin mein Geheimnis bewahrt; deswegen steht sie bei mir in hohen Ehren, und ich habe sie auserwählt, meine wichtigsten Angelegenheiten zu führen. Darum sei sie auch dir werter als alle anderen, weihe sie in deine Geheimnisse ein und sei gutes Muts; du bist sicher vor dem Unglücke, das du um unsertwillen fürchtest. Jeden Ort, der dir verschlossen ist, wird sie dir öffnen. Sie wird dir von mir Botschaften für ’Alî ibn Bakkâr bringen; so sei du denn der Vermittler zwischen uns beiden!‘

Darauf erhob Schams en-Nahâr sich, obwohl sie kaum imstande war aufzustehen, und ging davon; der Juwelier aber schritt vor ihr her, bis sie zur Haustür kam. Dann kehrte er zurück und setzte sich an seine Stätte; von der Schönheit, die er an ihr gesehen, war er entzückt; von der Stimme, die er von ihr vernommen, war er berückt; von der Anmut und feinen Art, die er an ihr wahrgenommen, war er beglückt. Und so blieb er sitzen in Gedanken an all ihre Schönheit, bis seine Seele sich beruhigte. Nun verlangte er nach Speise, und er aß gerade genug, um seinen Hunger zu stillen. Schließlich wechselte er die Kleider, verließ das Haus, begab sich zu dem Jüngling 'Alî ibn Bakkâr und klopfte an seine Tür. Eiligst kamen die Diener herbei, ließen ihn ein und gingen vor ihm her bis zu ihrem Herren. Den fand er auf seinem Lager liegend, und wie der den Juwelier erblickte, sprach er zu ihm: ‚Du hast mich lange auf dich warten lassen und hast mir Sorge auf Sorge gehäuft.‘ Darauf schickte er die Diener hinaus und befahl, die Türen zu schließen. Und nun sprach er zu dem Juwelier: ‚Lieber Bruder, ich habe kein Auge geschlossen, seit du von mir gegangen bist. Gestern kam auch die Sklavin zu mir mit einem versiegelten Briefe von ihrer Herrin Schams en-Nahâr‘; und er erzählte ihm alles, was zwischen ihnen vorgefallen war, und fügte noch hinzu: ‚Bei Allah, ich weiß nicht, was ich tun soll, und meine Geduld versagt. Früher hatte ich doch Abu el-Hasan zum trauten Gefährten, und der kannte die Sklavin!‘ Wie der Juwelier seine Worte vernommen hatte, lächelte er; aber 'Alî ibn Bakkâr sprach zu ihm: ‚Wie kannst du über meine Worte lachen, du, dessen Kommen ich als ein glückliches Vorzeichen ansah und den ich mir zu einer Rüstung wider die Wechselfälle des Schicksals machte?‘ Dann seufzte er und weinte und sprach diese Verse:

> *Gar mancher lachte wohl beim Anblick meiner Tränen –*
> *Er hätte auch geweint, ertrüg er, was ich trug!*
> *Niemand hat Mitgefühl mit des Geplagten Leiden,*
> *Als wer wie er vom Unglück gequält ward lang genug.*
> *Mein Lieben, Sehnen, Seufzen, mein Denken und mein Trauern*
> *Gilt alles der Geliebten, die mir im Herzen weilt.*
> *Sie wohnt im Herzen mir und geht niemals von dannen,*
> *Und doch, wie selten ist's, daß sie selbst zu mir eilt!*

Ich hab kein Lieb zur Freude als einzig sie allein,
Und niemand wählte ich als sie, mir Freund zu sein.

Als der Juwelier diese Worte von ihm vernommen und den Sinn der Verse verstanden hatte, weinte er mit ihm und berichtete ihm, was zwischen ihm, der Sklavin und ihrer Herrin vorgefallen war, seit er ihn verlassen hatte. 'Alî ibn Bakkâr lauschte auf seine Erzählung; doch bei jedem Worte, das er von ihm vernahm, ward die Farbe in seinem Antlitze abwechselnd bleich und rot, und seine Brust wogte auf und nieder. Und als der Bericht ganz zu Ende war, weinte 'Alî ibn Bakkâr und sprach: ,Lieber Bruder, ich bin doch sicherlich dem Untergange geweiht. O, daß doch mein Ende nahe wäre; dann hätte ich Ruhe vor dieser Not! Dennoch bitte ich dich, du wollest in deiner Güte mein Helfer und Tröster bei allen Dingen sein, bis Allah erfüllt, was er mit mir vorhat; ich will dir auch mit keinem Worte widersprechen.' Da antwortete ihm der Juwelier: ,Nichts kann dieses Feuer in dir auslöschen als die Vereinigung mit ihr, die du liebst. Doch das muß an einem anderen Orte als an dieser gefährlichen Stätte sein. Nein, das muß bei mir an der Stätte sein, an der die Sklavin und ihre Herrin zu mir gekommen sind; das ist ja der Ort, den sie sich selbst erwählt hat. Dort also sollt ihr beiden zusammentreffen und einander klagen, was ihr an Schmerzen der Liebe erlitten habt!' ,Lieber Herr,' erwiderte 'Alî ibn Bakkâr, ,tu, was du willst! Allah wird es dir lohnen. Und was du für richtig hältst, das vollende; doch tue es bald, damit ich nicht in diesem Leid umkomme!' Nun blieb ich – so erzählte der Juwelier – in jener Nacht bei ihm und unterhielt ihn, bis es Morgen ward und der Tag anbrach. – –«

Da bemerkte Schehrezâd, daß der Morgen begann, und sie hielt in der verstatteten Rede an. Doch als die *Hundertunddrei-*

undsechzigste Nacht anbrach, fuhr sie also fort: »Es ist mir berichtet worden, o glücklicher König, daß der Juwelier erzählte: ‚Nun blieb ich in jener Nacht bei ihm und unterhielt ihn, bis der Tag anbrach. Dann betete ich das Frühgebet, verließ ihn und begab mich zu meiner Wohnung. Kaum aber hatte ich dort ein wenig verweilt, da kam auch schon die Sklavin zu mir und grüßte mich. Ich gab ihr den Gruß zurück und berichtete ihr, wie es mir mit ’Alî ibn Bakkâr ergangen war. Da sagte die Sklavin: ‚Wisse, der Kalif hat uns verlassen, und in unserem Hause ist jetzt niemand; dort ist es sicherer und auch schöner für uns.‘ Ich erwiderte ihr: ‚Du hast zwar recht; aber dort ist es doch nicht so wie in dieser meiner Wohnung, die paßt noch besser und ist noch sicherer für uns.‘ Die Sklavin sagte darauf: ‚Es sei, wie du es für gut befindest. Ich gehe jetzt zu meiner Herrin, um ihr zu berichten, was du mir mitgeteilt hast, und ihr deinen Plan zu unterbreiten.‘ Dann ging sie fort und trat zu ihrer Herrin ein; der unterbreitete sie jene Worte; und wie sie dann zu meiner Wohnung zurückkehrte, sprach sie zu mir: ‚Es soll so sein, wie du gesagt hast. Nun richte die Stätte für uns her und erwarte uns!‘ Dann entnahm sie ihrer Tasche einen Beutel mit Goldstücken und sagte: ‚Meine Herrin läßt dich grüßen und dir sagen, du möchtest dies nehmen und dafür besorgen, was die Gelegenheit erfordert.‘ Ich aber schwor, ich würde nichts davon annehmen; und da nahm die Sklavin den Beutel, kehrte zu ihrer Herrin zurück und sprach zu ihr: ‚O Herrin, er hat das Geld nicht angenommen, sondern mir zurückgegeben.‘ ‚Es ist gut so‘, erwiderte jene.

Nachdem nun die Sklavin fortgegangen war – so erzählte der Juwelier weiter – machte ich mich auf und ging in mein anderes Haus. Dorthin schaffte ich alles, was die Gelegenheit erforderte, prächtige Gefäße und Teppiche; ich ließ Geschirr

331

aus Porzellan und Glas, aus Silber und Gold dorthin bringen und rüstete alles, was an Speise und Trank nötig war. Als die Sklavin wiederkam und sah, was ich getan hatte, gefiel es ihr, und sie hieß mich 'Ali ibn Bakkâr bringen. Ich aber sprach: ‚Niemand anders soll ihn bringen als du allein!' So ging sie denn zu ihm und führte ihn herbei, in bestem Befinden und in strahlender Schönheit. Ich ging ihm entgegen und hieß ihn willkommen; dann bot ich ihm einen Sitz auf einem Lager, das sich für ihn geziemte, und stellte vor ihm einige duftende Blumen hin in Gefäßen aus Porzellan und Kristall von mancherlei Farben. Darauf trug man einen Tisch auf mit Speisen aller Art, deren Anblick das Herz erfreut. Und schließlich setzte ich mich zu ihm, um mit ihm zu plaudern und ihn zu trösten. Die Sklavin aber ging wieder von dannen und blieb bis zum Abend fort. Erst nach Sonnenuntergang kam sie zurück mit Schams en-Nahâr und nur zwei anderen Dienerinnen. Sobald sie 'Alî ibn Bakkâr erblickte und er sie, erhob er sich und umarmte sie, und auch sie umarmte ihn, und dann sanken beide ohnmächtig zu Boden. Nach einer langen Weile kamen sie wieder zu sich, und nun klagten sie einander die Schmerzen der Trennung. Darauf setzten sie sich und plauderten miteinander in zarten, süßen und feinen Worten und besprengten sich mit Wohlgerüchen. Alsdann huben sie an und dankten mir für das, was ich an ihnen getan hatte; ich aber fragte sie: ‚Wünschet ihr etwas zu essen?' Da sie es bejahten, setzte ich ihnen etwas Speise vor, und sie aßen, bis sie gesättigt waren, und wuschen sich dann die Hände. Darauf führte ich sie in ein anderes Zimmer und brachte ihnen Wein; und sie tranken und wurden trunken und neigten sich einander zu. Da sprach Schams en-Nahâr zu mir: ‚Lieber Herr, mache deine Güte vollkommen und bringe uns eine Laute oder ein anderes Musikinstrument, auf daß unsere

Freude zu dieser Stunde vollkommen werde.' ,Herzlich gern!'
erwiderte ich, ging hin und brachte eine Laute. Die nahm sie
und stimmte sie; dann legte sie sie auf ihren Schoß und schlug
sie so wunderbar schön, daß sie die Trauernden berückte und
die Betrübten entzückte, und dann sang sie diese beiden Verse:

> *Ich wachte, bis es schien, als liebte ich das Wachen;*
> *Ich schmolz – es schien, die Krankheit sei das Wesen mein.*
> *Auf meine Wangen flossen die Tränen, und sie brannten –*
> *Wüßt ich, wird nach der Trennung ein Wiedersehen sein?*

Dann begann sie wieder Lieder zu singen, bis daß die Gedanken sich zu verwirren anfingen; ja, sie sang mannigfaltige Weisen und liebliche Lieder, so daß die Hörer fast zu tanzen begannen vor der Freude Macht, erstaunt ob all der Schönheit,
die sie ihnen gebracht; uns blieb keine Vernunft und kein Gedanke mehr. Eine Zeit lang hatten wir so im Sitzen verweilt,
und die Becher waren unter uns kreisend geeilt, da begann die
Sklavin zu singen, und sie ließ diese Verse erklingen:

> *Mein Lieb versprach zu kommen; er hat sein Wort gehalten*
> *In einer Nacht, die mir gleich vielen Nächten zählt.*
> *O Freudennacht, die uns ein gütig Schicksal schenkte,*
> *In der uns kein Verleumder und kein Tadler quält!*
> *Mit seiner rechten Hand hielt mich mein Lieb umschlungen;*
> *Erfreut umschlang ich ihn mit meiner Linken dann.*
> *Ich herzte ihn und sog den Wein von seinen Lippen;*
> *Und ich genoß den Honig und den Honigmann.*

Während wir im Meer der Freude versunken waren – so erzählte der Juwelier weiter –, da trat plötzlich eine kleine Sklavin zu uns herein, die zitterte und rief: ,O Herrin, sieh, wie du
fortkommst! Die Leute haben euch umringt, sie sind über euch
gekommen; wir wissen nicht, was das zu bedeuten hat!' Als
ich diese Worte hörte, sprang ich erschrocken auf, da kam
auch schon eine Sklavin, die rief: ,Das Unheil hat euch ereilt!'

Nun ward die weite Welt mir eng; ich sah nach der Tür, aber ich fand keinen Ausweg. Und so sprang ich vom Dache aus in den Hof eines Nachbarn hinüber und verbarg mich dort. Dann hörte ich, wie die Leute in mein Haus eindrangen, und wie durch sie ein gewaltiger Lärm entstand; ich glaubte daher, unsere Sache sei dem Kalifen zu Ohren gekommen und er habe den Wachhauptmann geschickt, um über uns herzufallen und uns zu ihm zu bringen. So war ich ratlos und blieb bis Mitternacht dort, ohne daß ich mich von der Stelle, an der ich war, rühren konnte. Dann aber bemerkte mich der Herr des Hauses und erschrak; ja, er geriet meinetwegen in große Angst, eilte aus dem Hause und kam auf mich zu, das gezückte Schwert in der Hand, und rief: ‚Wer ist das, der da bei uns ist?‘ Ich antwortete: ‚Ich bin's, dein Nachbar, der Juwelier!‘ Da er mich erkannte, ließ er ab von mir; dann kam er mit einem Lichte, trat auf mich zu und sprach zu mir: ‚Lieber Bruder, was dir heute nacht widerfahren ist, tut mir herzlich leid.‘ ‚Bruder,‘ rief ich, ‚sage mir, wer sind die Leute, die in meinem Hause waren, die dort eindrangen und die Tür erbrachen, so daß ich zu dir fliehen mußte? Ich weiß nichts von allem.‘ Er antwortete mir: ‚Die Räuber, die gestern bei unseren Nachbarn einbrachen und den und den totschlugen und seine Habe raubten, die hatten gestern auch gesehen, wie du deine Sachen holtest und in dies Haus brachtest. Darum brachen sie ein, raubten, was du besitzest, und schlugen deine Gäste tot.‘

Darauf begab ich mich mit meinem Nachbarn in das Haus; wir fanden es ganz leer, nichts war mehr darin. Ich war nun völlig ratlos, und ich sprach: ‚Um den Verlust der Sachen gräme ich mich nicht, wenngleich ich einige unter ihnen von meinen Freunden geliehen habe. Die sind nun auch dahin, aber das schadet nichts; denn meine Freunde wissen, daß ich keine

Schuld habe, da mein Besitz geraubt, mein Haus geplündert ist. Aber ich fürchte, daß die Liebe zwischen 'Alî ibn Bakkâr und der Odaliske des Beherrschers der Gläubigen bekannt wird und mir den Tod bringt.' Dann wandte ich mich zu meinem Nachbarn und sprach zu ihm: ‚Du bist mein Bruder und mein Nachbar, und du wirst meine Blöße bedecken. Was rätst du mir nun zu tun?' Der Mann antwortete mir: ‚Ich rate dir abzuwarten; denn die Leute, die in dein Haus eingedrungen sind und dir das Deine geraubt haben, die haben auch eine vornehme Gesellschaft aus dem Hause des Kalifen getötet; ferner haben sie auch einige von den Leuten des Wachhauptmanns erschlagen. Jetzt suchen die Palastwachen nach ihnen auf allen Wegen, und wenn sie sie finden, so erreichst du dein Ziel, ohne daß du dich abmühst.' Als der Juwelier diese Worte gehört hatte, ging er zu seinem anderen Hause zurück, zu dem, das er bewohnte. – –«

Da bemerkte Schehrezâd, daß der Morgen begann, und sie hielt in der verstatteten Rede an. Doch als die *Hundertundvierundsechzigste Nacht* anbrach, fuhr sie also fort: »Es ist mir berichtet worden, o glücklicher König, daß der Juwelier, als er die Worte gehört hatte, zu seinem anderen Hause, zu dem, das er bewohnte, zurückging, indem er bei sich sprach: ‚Was mir widerfahren ist, das ist es, was Abu el-Hasan befürchtete und weshalb er nach Basra ging. Jetzt ist es über mich gekommen!'

Nun wurde die Plünderung seines Hauses bei den Leuten bekannt, und sie kamen von allen Seiten und von allen Orten herbei. Unter ihnen waren solche, die über ihn schadenfroh waren, doch auch solche, die ihm seinen Kummer tragen helfen wollten; er aber klagte ihnen seine Not und verschmähte in seinem Kummer Speise und Trank. Während er so betrübt dasaß, trat einer von seinen Dienern zu ihm herein und sprach zu ihm: ‚Es steht jemand an der Tür, der dich sprechen will und den ich nicht kenne.‘ Da ging der Juwelier zu ihm hinaus und begrüßte ihn; aber auch er kannte den Menschen nicht. Der Mann flüsterte ihm zu: ‚Ich habe dir etwas unter vier Augen zu sagen.‘ Da führte er ihn ins Haus und fragte: ‚Was hast du mir zu sagen?‘ Der Mann gab zur Antwort: ‚Komm mit mir zu deinem anderen Hause!‘ Als der Juwelier weiter fragte: ‚Kennst du denn mein anderes Haus?‘ erwiderte jener: ‚Ich kenne deine ganze Geschichte, und ich habe auch das Mittel, durch das Allah dich von deinem Kummer befreien wird.‘ Da sprach ich bei mir selber – so erzählte der Juwelier –: ‚Ich will mit ihm gehen, wohin er will‘; und so machten wir uns auf den Weg, bis wir zu dem Hause kamen. Aber als der Mann das Haus sah, sprach er: ‚Es hat ja keine Tür und keinen Türhüter; darin können wir nicht sitzen. Wir wollen anderswohin gehen.‘ Dann ging der Mann immer weiter von Ort zu Ort, und ich folgte ihm, bis die Nacht hereinbrach; doch ich richtete keine Frage an ihn. Und dann gingen wir immer noch weiter, bis wir auf das offene Feld kamen. Da sprach er: ‚Folge mir!‘ und begann rascher zu gehen, während ich hinter ihm her eilte und mir zum Laufen Mut machte, bis wir den Strom erreichten; dort stiegen wir in ein Boot, und der Fährmann ruderte uns an das andere Ufer. Er stieg aus dem Boote und ich stieg nach ihm aus. Dann faßte der Mann mich bei der Hand und führte mich in eine Gasse, in die ich mein ganzes Leben lang noch nicht gekommen war; ich wußte auch nicht, in welcher Gegend sie lag. Endlich blieb der Mann an der Tür eines Hauses stehen, öffnete sie, ging hinein, indem er mich mit sich führte, und schloß die Tür mit einem eisernen Riegel. Darauf ging er mit mir durch eine Halle, und wir traten zu zehn Männern ein, die alle wie ein und derselbe Mann aussahen, da sie

Brüder waren. Wir begrüßten sie, und sie gaben uns den Gruß zurück; dann baten sie uns niederzusitzen, und wir taten es. Ich aber war fast tot vor übergroßer Müdigkeit, und daher brachten sie Rosenwasser und sprengten es mir ins Gesicht; auch gaben sie mir Wein zu trinken und setzten mir Speise vor. Und da einige von ihnen mit mir aßen, sagte ich mir: ,Wenn in der Speise etwas Schädliches wäre, so würden sie nicht davon mit mir essen.' Nachdem wir uns dann die Hände gewaschen hatten, kehrte ein jeder von uns zu seinem Platze zurück. Nun fragten sie: ,Kennst du uns?' Ich erwiderte: ,Nein, ich hab euch in meinem ganzen Leben noch nicht gesehen. Ich hab auch weder den, der mich zu euch gebracht hat, noch diesen Ort je gesehen.' Dann fuhren sie fort: ,Erzähle uns deine Geschichte, aber sage in nichts die Unwahrheit!' ,Vernehmet,' erwiderte ich, ,ein seltsam Los ward mir zugeteilt, und ein wunderbares Geschick hat mich ereilt! Wisset ihr denn etwas über mich?' Sie antworteten: ,Ja; wir sind es, die gestern nacht deine Habe geraubt und deinen Freund mit der, die bei ihm sang, entführt haben.' Da rief ich: ,Allah lasse seinen Schleier tief über euch herabfallen! Wo ist mein Freund und die, so bei ihm sang?' Sie deuteten mit den Händen nach einer Seite hin und sprachen: ,Dort! Aber, bei Allah, ihr Geheimnis ist niemandem von uns bekannt, sondern nur dir; und seit wir sie hierher gebracht haben, bis zu diesem Augenblick, haben wir sie nicht angesehen, auch haben wir sie nicht gefragt, wie es um sie stehe, da wir sahen, daß sie Leute von vornehmem und hohem Stande sind. Das hat uns auch davon abgehalten, sie zu töten. Nun erzähle du uns die Wahrheit über sie; du sollst deines und ihres Lebens sicher sein!'

Als ich diese Worte vernahm – so erzählte der Juwelier –, wäre ich beinahe vor Angst und Schrecken gestorben; und ich

337

sprach zu ihnen: ‚Ihr Brüder, wenn der Edelmut verloren ist, so wird er doch noch bei euch allein gefunden; und wenn ich ein Geheimnis habe, dessen Enthüllung ich befürchte, so wird es nur in eurer Brust geborgen sein.' Mit solchen überschwenglichen Redensarten sprach ich zu ihnen; aber dann fand ich doch, daß es nützlicher und besser war, ihnen bald alles zu erzählen, als damit zurückzuhalten. Und so berichtete ich ihnen alles, was mir widerfahren war, bis ich die Erzählung beendet hatte. Nachdem sie meine Geschichte gehört hatten, fragten sie: ‚Also dieser Jüngling ist ’Alî ibn Bakkâr, und diese Dame ist Schams en-Nahâr?' Wie ich das bejahte, machte es ihnen Sorge, und sie gingen hin und entschuldigten sich bei den beiden. Zu mir aber sprachen sie: ‚Von dem, was wir aus deinem Hause genommen haben, ist ein Teil bereits dahin; doch hier ist der Rest.' Dann gaben sie mir den größten Teil meiner Habe zurück und versprachen, die Dinge wieder an ihre Stätte in meinem Hause zu bringen, ja sogar auch das Fehlende zu ersetzen. Da ward mein Herz beruhigt; doch sie spalteten sich in zwei Parteien, die einen waren für mich, die anderen wider mich. Danach verließen wir jenes Haus.

So weit, was mir geschah. Was aber ’Alî ibn Bakkâr und Schams en-Nahâr anging, so waren sie vor übergroßer Furcht dem Tode nahe. Ich war darum inzwischen zu ’Alî ibn Bakkâr und zu Schams en-Nahâr herangetreten, hatte sie begrüßt und sie gefragt: ‚Was mag wohl aus der Sklavin und den beiden Dienerinnen geworden sein? Und wo sind sie?' Doch sie erwiderten: ‚Wir wissen nichts von ihnen.' Darauf machten wir uns also auf den Weg und zogen dahin, bis wir zu der Stelle kamen, an der das Boot lag. Man ließ uns einsteigen, und wir bemerkten, daß es dasselbe war, mit dem wir am Tage vorher übergesetzt waren. Der Fährmann ruderte uns bis zum anderen

Ufer hinüber; aber kaum hatten wir uns dort niedergesetzt, als Reiter von allen Seiten wie Raubvögel auf uns losstürmten und uns umzingelten; da sprangen die Leute, die bei uns waren, rasch wie Adler auf, das Boot kehrte zu ihnen zurück, sie sprangen hinein, und der Fährmann ruderte mit ihnen fort; so gelangten sie mitten in den Strom und entkamen. Wir jedoch blieben auf dem Festlande am Ufer des Stromes und vermochten weder fortzugehen noch stille zu stehen. Als die Reiter uns fragten: ‚Woher seid ihr?‘ wußten wir nicht, was wir antworten sollten. Ich aber – so berichtete der Juwelier – sprach zu ihnen: ‚Jene da, die ihr bei uns gesehen habt, sind Schurken; wir kennen sie nicht. Wir sind Sänger; und sie wollten uns entführen, damit wir vor ihnen singen sollten. Wir konnten uns von ihnen durch milde und sanfte Worte befreien, und sie haben uns gerade in diesem Augenblick losgelassen. Was weiter mit ihnen geschah, habt ihr ja gesehen.‘ Da blickten die Reiter auf Schams en-Nahâr und ’Alî ibn Bakkâr und sprachen zu mir: ‚Du hast mit deinen Worten nicht die Wahrheit gesagt! Doch nun sei aufrichtig und tu uns kund, wer ihr seid, woher ihr seid, wo euer Haus ist und in welchem Viertel ihr wohnt!‘ Ich wußte nicht, was ich ihnen antworten sollte; aber Schams en-Nahâr sprang auf, ging auf den Anführer der Reiter zu und sprach leise zu ihm. Da saß er von seinem Rosse ab und ließ sie reiten, ergriff den Zügel und führte sie weiter. Ebenso tat ein anderer mit dem Jüngling ’Alî ibn Bakkâr und ein dritter mit mir. So führte der Anführer der Reiter uns immer weiter, bis zu einer Stelle am Ufer des Flusses; dort rief er in fremder Sprache, und es kamen zu ihm eine Anzahl von Leuten, die zwei Boote bei sich hatten. In das eine stieg der Anführer mit uns, in das andere stiegen seine Gefährten. Man ruderte uns davon, bis wir zum Kalifenschloß gelangten; doch dabei erlitten wir Todesqualen vor übergroßer Furcht. Schams en-Nahâr stieg dort aus, wir aber fuhren weiter, bis wir zu der Stelle kamen, von der ein Weg zu unserer Wohnstätte führte. Wir landeten also und gingen zu Fuß weiter, wobei einige der Reiter uns Gesellschaft leisteten, bis wir nach Hause kamen. Nachdem wir dort eingetreten waren, nahmen wir Abschied von den Reitern, die uns geleitet hatten, und sie machten sich auf den Weg. Wir aber, die wir doch nun in unser Haus eingetreten waren, wir konnten uns nicht von der Stelle rühren und konnten den Morgen nicht vom Abend unterscheiden. In diesem Zustande verharrten wir, bis es Morgen ward. Und als es dann wieder Abend ward, sank 'Alî ibn Bakkâr ohnmächtig nieder. Und Frauen und Männer weinten um ihn, wie er so regungslos dalag. Dann kamen einige der Seinen zu mir, rüttelten mich auf und sprachen: ,Erzähle uns, was unserem Sohne widerfahren ist und was dieser Zustand, in dem er sich befindet, zu bedeuten hat!' Ich erwiderte: ,Ihr Leute, höret meine Worte!'--«

Da bemerkte Schehrezâd, daß der Morgen begann, und sie hielt in der verstatteten Rede an. Doch als die *Hundertundfünfundsechzigste Nacht* anbrach, fuhr sie also fort: »Es ist mir berichtet worden, o glücklicher König, daß der Juwelier erzählte: ,Ich erwiderte ihnen: ,Ihr Leute, höret meine Worte; zwingt mich nicht mit Gewalt, sondern wartet ab! Er wird bald wieder zu sich kommen und euch seine Erlebnisse selbst erzählen.' Darauf bestand ich, und ich erregte in ihnen Furcht vor dem öffentlichen Ärgernis, das unter uns entstehen würde. Während wir noch also redeten, bewegte 'Alî ibn Bakkâr sich plötzlich auf seinem Lager. Da waren die Seinen erfreut, die anderen Leute aber entfernten sich; doch seine Angehörigen hinderten mich, ihn auch zu verlassen. Dann sprengten sie Rosenwasser auf sein Antlitz, und als er zu sich kam und die Luft einatmete, fragten sie ihn, wie es ihm ergangen sei; er wollte zu ihnen sprechen, aber seine Zunge konnte nicht rasch antworten. So winkte er ihnen zu, sie sollten mich fortlassen, auf daß ich zu meinem Hause gehen könnte. Da erst ließen sie mich gehen; ich zog dahin, kaum noch an meine Rettung glaubend, und kam nach Hause, gestützt auf zwei Leute, bis ich schließlich wieder bei den Meinen war. Als die mich in diesem Zustande sahen, begannen sie zu weinen und sich ins Antlitz zu schlagen; ich machte ihnen jedoch mit der Hand ein Zeichen, sie möchten stille sein. Da wurden sie denn ruhig, und die beiden Männer gingen ihrer Wege. Dann sank ich auf mein Lager nieder und blieb dort die ganze Nacht hindurch liegen; erst am Vormittag wachte ich wieder auf, und da sah ich die Meinen um mich versammelt. Die fragten mich: ,Welch Unheil hat dich denn bedroht und brachte dich in solche Not?' Ich sprach: ,Bringt mir etwas zu trinken!' Da brachten sie mir zu trinken, und ich trank, bis ich meinen Durst gelöscht hatte. Dann sprach ich: ,Was geschehen ist, ist geschehen!' Darauf gingen sie ihrer Wege. Nun entschuldigte ich mich bei meinen Hausgenossen und fragte sie, ob von dem, was aus meinem Hause geraubt war, etwas zurückgekommen sei. Sie antworteten: ,Einiges ist zurückgebracht. Denn ein Mensch kam und warf es in die Haustür, ohne daß wir ihn sahen.' So tröstete ich mich denn und blieb zwei Tage lang auf meinem Lager, ohne mich von der Stelle rühren zu können. Danach faßte ich wieder Mut und ging fort, um mich ins Bad zu begeben. Doch ach, ich war in großer Sorge, und mein Herz war bekümmert um 'Alî ibn Bakkâr und Schams en-Nahâr; denn ich hatte die ganze Zeit hindurch keine Kunde von ihnen vernommen, und ich konnte weder in das Haus des 'Alî ibn Bakkâr gehen noch auch in meinem eigenen Hause Ruhe finden, aus Furcht um mein Leben. Da bereute ich vor Gott dem Erhabenen alles, was ich getan hatte, und pries Ihn für meine Rettung. Nach einer Weile gab meine Seele mir ein, in jener Richtung weiterzugehen und dann nach einer Stunde etwa heimzukehren. Doch gerade, als ich weitergehen wollte, sah ich dort eine Frau stehen; ich schaute sie genauer an, es war die Sklavin der Schams en-Nahâr. Sowie ich sie erkannte, lief ich fort, in großer Eile; doch sie folgte mir, und Schrecken vor ihr befiel mich. Ja, sooft ich mich nach ihr umsah, packte mich die Angst vor ihr aufs neue, während sie rief: ‚Bleib stehen, auf daß ich dir etwas sage!' Ich kümmerte mich aber nicht um sie, sondern eilte weiter bis zu einer Moschee in einer Gegend, in der keine Menschen wohnten. Dort sprach sie: ‚Tritt in diese Moschee ein, auf daß ich dir ein Wort sage! Fürchte nichts!' Und weil sie mich inständigst beschwor, trat ich in die Moschee ein und sie hinter mir. Nachdem ich zwei Rak'as[1] gebetet hatte, ging ich auf sie zu und sprach seufzend: ‚Was wünschest du?' Da fragte sie mich, wie es mir ergangen sei; ich erzählte ihr darauf, was über mich gekommen war, und berichtete ihr auch, was dem 'Alî ibn Bakkâr widerfahren war. Und dann fragte ich sie: ‚Was hast du zu melden?' ‚Wisse,' erwiderte sie, ‚als ich sah, wie die Männer die Tür deines Hauses erbrachen und eindrangen, erschrak ich vor ihnen, und ich fürchtete, es seien Leute vom Kalifen, die mich und meine Herrin holen wollten, und daß wir nun alsbald des Todes sein würden. Da floh ich über die Dächer zusammen mit den beiden Dienerinnen; an einer hohen Stelle sprangen wir hinunter, doch wir kamen zu Leuten, bei denen wir Zuflucht fanden und die uns zum Kalifenpalaste zurückbrachten, während wir uns in einem argen Zustande befanden. Aber wir verbargen unsere Not, und wir lagen wie auf Kohlen,

1. Siehe Band 1, Seite 390, Anmerkung.

bis es wieder dunkle Nacht war. Dann öffnete ich das Flußtor und rief den Fährmann, der uns in der Nacht zuvor gefahren hatte; zu ihm sprach ich: ‚Wir haben keine Kunde von unserer Herrin; drum nimm mich ins Boot, ich will den Strom entlang fahren und nach ihr suchen; vielleicht erfahre ich etwas von ihr.‘ Er nahm mich in das Boot und fuhr mit mir immerfort auf dem Strome umher, bis es Mitternacht ward. Da sah ich, wie ein anderes Boot in der Richtung nach dem Flußtore fuhr; in ihm war ein Mann, der ruderte, und ein anderer, der aufrecht stand, doch zwischen beiden lag eine Frau dahingestreckt. Der Mann ruderte bis ans Ufer, und als die Frau ausstieg, sah ich sie genau an: es war Schams en-Nahâr selbst. Rasch sprang auch ich ans Land zu ihr hin, ganz von Sinnen vor Freuden, daß ich sie wiedersah, nachdem ich schon alle Hoffnung für sie aufgegeben hatte.‘ – –«

Da bemerkte Schehrezâd, daß der Morgen begann, und sie hielt in der verstatteten Rede an. Doch als die *Hundertundsechsundsechzigste Nacht* anbrach, fuhr sie also fort: »Es ist mir berichtet worden, o glücklicher König, daß die Sklavin dem Juwelier des weiteren erzählte: ‚Ich war ganz von Sinnen vor Freuden, nachdem ich schon alle Hoffnung für sie aufgegeben hatte. Und als ich dann vor sie hintrat, befahl sie mir, dem Manne, der sie gebracht hatte, tausend Goldstücke zu geben. Darauf trugen wir sie hinein, ich und die beiden Dienerinnen, und legten sie auf ihr Lager. Sie verbrachte die Nacht dort in tiefer Trauer; und als es Morgen ward, verbot ich den Dienerinnen und den Eunuchen, zu ihr hineinzugehen und während jenes ganzen Tages ihr zu nahen. Am Tage darauf erholte sie sich wieder von ihrer Trauer; doch wie ich sie sah, schien es mir, als sei sie aus dem Grabe auferstanden. Da sprengte ich Rosenwasser auf ihr Antlitz, wechselte ihre Kleider, wusch ihre

Hände und Füße und redete ihr mit sanften Worten zu, bis ich ihr ein wenig zu essen und zu trinken geben durfte, obwohl sie zu nichts davon Lust verspürte. Sobald sie aber die frische Luft eingeatmet hatte und ihre Kraft zurückgekehrt war, begann ich sie zu tadeln, indem ich sprach: ,O Herrin, schau, hab Mitleid mit dir selbst! Du hast doch gesehen, was uns widerfahren ist. Und auch über dich ist so viel Leid gekommen, daß es wahrlich genug ist; ja, du warst sogar dem Tode nahe.' Sie gab mir zur Antwort: ,Bei Allah, gutes Mädchen, der Tod wäre mir leichter als das, was mir widerfahren ist; ich hatte ja auch schon den sicheren Tod vor Augen. Denn als die Räuber uns aus dem Hause des Juweliers geraubt hatten, fragten sie mich: ,Wer bist du?' Ich antwortete: ,Ich bin eine Sängerin'; und das glaubten sie mir. Dann befragten sie 'Alî ibn Bakkâr über seine Person, indem sie sprachen: ,Wer bist du und was treibst du?' Und er gab zur Antwort: ,Ich bin ein Mann des niederen Volkes.' Dann schleppten sie uns immer weiter, bis sie mit uns zu ihrer Behausung gelangten; wir zogen mit ihnen in großer Furcht eilends dahin. Als sie aber mit uns in ihrem Hause anhielten, betrachteten sie mich und sahen, was für Kleider, Halsbänder und Edelsteine ich an mir trug; da schöpften sie Verdacht gegen mich und sprachen: ,Diese Halsbänder gehören nicht irgendeiner Sängerin. Sei ehrlich gegen uns und sage uns die Wahrheit! Was ist's mit dir?' Ich gab ihnen keinerlei Antwort, da ich bei mir sprach: ,Jetzt werden sie mir wegen des Schmucks und der Gewänder, die ich trage, das Leben nehmen'; und so sagte ich kein Wort. Dann wandten die Räuber sich zu 'Alî ibn Bakkâr und sprachen zu ihm: ,Und du, wer bist du und woher bist du? Du siehst nicht aus wie ein Mann des niederen Volks!' Auch er schwieg, und wir wahrten unser Geheimnis; doch wir weinten. Da rührte Allah die Herzen der Räuber zu

Mitleid mit uns, und sie sprachen: ‚Wer ist der Besitzer des Hauses, in dem ihr beiden waret?' Wir antworteten: ‚Ein Freund von uns, der und der, ein Juwelier.' Nun rief einer von ihnen: ‚Den kenne ich gut, und ich kenne auch das andere Haus, in dem er wohnt. Ich will ihn noch in dieser Stunde zu euch bringen.' Sie kamen überein, mich in ein Zimmer für mich allein zu bringen und den 'Alî ibn Bakkâr in ein anderes, auch für sich allein. Zu uns aber sprachen sie: ‚Ruhet euch aus und fürchtet nicht, daß euer Geheimnis verraten werde! Vor uns seid ihr sicher.' Darauf ging der eine von ihnen zu dem Juwelier und brachte ihn herbei. Der offenbarte ihm unser Geheimnis, und wir wurden wieder mit ihm vereinigt. Dann holte einer von ihnen ein Boot; sie ließen uns einsteigen und fuhren mit uns zum anderen Ufer hinüber, setzten uns an Land und gingen wieder fort. Aber da kamen Reiter von den Wachtruppen und fragten uns, wer wir seien; nun sprach ich mit dem Wachhauptmann und sagte zu ihm: ‚Ich bin Schams en-Nahâr, die Odaliske des Kalifen; ich hatte Wein getrunken und war ausgegangen, um einige Bekannte unter den Frauen der Wesire zu besuchen. Aber die Räuber kamen, entführten mich und brachten mich an diese Stätte; erst als sie euch erblickten, flohen sie eiligst. Ich bin imstande, dich zu belohnen.' Als der Wachhauptmann meine Worte hörte, erkannte er mich und stieg von seinem Reittier ab. Mich aber ließ er aufsitzen; und ebenso ließ er dem 'Alî ibn Bakkâr und dem Juwelier ein Reittier geben. Doch jetzt brennt in meinem Herzen eine Feuerflamme der Sorge um sie, besonders auch um den Juwelier, den Freund des 'Alî ibn Bakkâr. So geh denn hin zu ihm, grüße ihn und suche bei ihm Kunde über 'Alî ibn Bakkâr!' Aber ich begann zu ihr zu reden, ich tadelte sie wegen dessen, was durch sie geschehen war, und warnte sie, indem ich sprach: ‚O Herrin, fürchte für dein Leben!' Da schrie sie mich an und zürnte mir ob meiner Worte; so verließ ich sie denn und wollte zu dir kommen, aber ich konnte dich nicht finden. Und da ich mich scheute, zu dem Sohne des Bakkâr zu gehen, so blieb ich stehen und wartete auf dich, um dich nach ihm zu fragen und um zu erfahren, wie es um ihn steht. Nun bitte ich dich, sei so gut und nimm ein wenig Geld von mir an! Denn du hast doch sicher manches von deinen Freunden geliehen, das dir verloren gegangen ist, so daß du den Leuten ihren Verlust an den Geräten ersetzen mußt.' Da gab ich – so erzählte der Juwelier – zur Antwort: ,Ich höre und gehorche; geh voran!' Und ich ging mit ihr weiter, bis wir in die Nähe meiner Wohnung kamen. Dort sprach sie: ,Warte hier, bis ich wieder zu dir zurückkomme!' – – «

Da bemerkte Schehrezâd, daß der Morgen begann, und sie hielt in der verstatteten Rede an. Doch als die *Hundertundsiebenundsechzigste Nacht* anbrach, fuhr sie also fort: »Es ist mir berichtet worden, o glücklicher König, daß die Sklavin, nachdem sie zu dem Juwelier gesagt hatte: ,Warte hier, bis ich wieder zu dir zurückkomme!' fortging und alsbald mit dem Gelde zurückkehrte. Sie überreichte es mir mit den Worten: ,O Herr, an welchem Orte können wir dich wiedertreffen?' Ich erwiderte ihr: ,Sofort will ich gehen und mich zu meinem Hause begeben, und ich will um deinetwillen das Schwerste auf mich nehmen und auf Mittel sinnen, wie du zu ihm gelangen kannst; denn jetzt ist es fast unmöglich, ihn zu erreichen.' Als sie bat: ,Tu mir den Ort kund, an dem ich zu dir kommen kann!' antwortete ich: ,In meinem Hause.' Darauf verabschiedete sie sich von mir und ging fort. Ich nahm das Geld und brachte es in meine Wohnung; dort zählte ich es und fand, daß es fünftausend Dinare waren. Alsbald gab ich einige davon den Meinen;

346

und allen, von denen ich etwas geliehen hatte, ersetzte ich ihre Verluste. Dann nahm ich meine Diener mit und ging mit ihnen zu dem Hause, aus dem die Sachen geraubt waren; ich ließ Maurer, Zimmerleute und Baumeister kommen, und die richteten es wieder so her, wie es gewesen war. Ferner brachte ich meine Sklavin dorthin; und nun vergaß ich, was mir widerfahren war. Danach machte ich mich auf und ging zum Hause des 'Alî ibn Bakkâr. Wie ich dort ankam, trat mir einer seiner Sklaven entgegen und sprach zu mir: ,Der Herr läßt nach dir suchen Tag und Nacht; ja, er hat uns versprochen, wer nur immer dich zu ihm brächte, den wolle er freilassen. Sie streifen umher und suchen dich, aber sie wissen nicht, wo du bist. Unser Herr hat jetzt seine Kraft wiedergewonnen; doch es ist so, daß er abwechselnd zu sich kommt und das Bewußtsein verliert. Jedesmal aber, wenn er bei Besinnung ist, nennt er deinen Namen und sagt: Ihr müßt ihn zu mir bringen, wenn auch nur auf einen Augenblick, und dann sinkt er wieder in seine Bewußtlosigkeit zurück.' Nun ging ich mit dem Sklaven zu ihm hinein und fand ihn außerstande zu sprechen. Als ich ihn so sah, setzte ich mich ihm zu Häupten; da öffnete er die Augen, und sobald er mich erblickte, sprach er: ,Sei herzlich willkommen!' Dann richtete ich ihn auf, so daß er saß, und drückte ihn an meine Brust. Er aber fuhr fort: ,Wisse, lieber Bruder, seit ich mich gelegt habe, bis zu diesem Augenblicke, habe ich mich noch nicht wieder aufrichten können. Dank sei Allah, daß ich dich wiedersehe!' Darauf hob ich ihn weiter empor, bis er auf den Füßen stand, und ich führte ihn einige Schritte und wechselte seine Kleider, und er trank auch etwas Wein; all das geschah, damit er wieder Zuversicht gewönne. Als ich nun die Zeichen der wiederkehrenden Kraft an ihm bemerkte, erzählte ich ihm, was ich mit der Sklavin erlebt hatte, ohne daß jemand zuhörte, und dann fügte ich hinzu: ‚Fasse Mut und nimm deine Kraft zusammen; ich weiß ja, was du leidest!' Als er lächelte, fuhr ich fort: ‚Du wirst jetzt nur noch erleben, was dich freut und dir Heilung bringt.' Darauf befahl 'Alî ibn Bakkâr, Speise zu holen; und als das geschehen war, gab er seinen Dienern einen Wink, und sie entfernten sich. Zu mir sprach er: ‚Lieber Bruder, hast du gesehen, was mir widerfahren ist?' und er bat mich um Verzeihung und fragte mich, wie es mir in all dieser Zeit ergangen sei. Ich erzählte ihm alles, was ich erlebt hatte, von Anfang bis zu Ende. Er war erstaunt und befahl dann den Dienern, dies und jenes zu bringen; sie brachten kostbare Dekken und Teppiche und andere wertvolle Dinge von Gold und Silber, mehr als ich verloren hatte, und er schenkte mir das alles. Ich schickte es in mein Haus und blieb die Nacht über bei ihm. Als der Morgen zu dämmern begann, sprach er zu mir: ‚Wisse, alles hat ein Ende; und das Ende der Liebe ist der Tod oder die Vereinigung. Ich aber bin dem Tode näher; ach, wäre ich doch nur gestorben, ehe all dies geschehen mußte! Und wäre Allah uns nicht gnädig gewesen, so wären wir der Schande verfallen. Ich weiß jetzt auch nicht mehr, was mich aus meiner Not befreien kann; und wenn ich nicht Gott fürchtete, so würde ich meinen eigenen Tod bald herbeiführen. Wisse, lieber Bruder, ich bin wie ein Vogel im Käfig, und meine Seele geht gewißlich dem Untergange entgegen ob all der Nöte. Dennoch hat sie eine festgesetzte Zeit und ein bestimmtes Ziel, dem sie geweiht.' Dann weinte er und klagte und sprach die Verse:

> *Genug der Tränen sind dem Liebenden geflossen,*
> *Und Gram erregt ihn so, daß er Geduld nicht kennt.*
> *Einst hatte Gott, der Hüter geheimer Lieb, verbunden:*
> *Nun aber hat sein Aug, was er verband, getrennt.*

Als er die Verse zu Ende gesprochen hatte, sagte der Juwelier zu ihm: ‚Lieber Herr, vernimm, ich habe mich entschlossen, in mein Haus zu gehen, da mir die Sklavin vielleicht Kunde zurückbringt.‘ 'Alî ibn Bakkâr erwiderte: ‚Das sei dir nicht verwehrt! Geh und komm eilends zu mir zurück, um mir die Kunde zu melden; du kennst ja meine Not!‘ Da nahm ich Abschied – so erzählte der Juwelier – und begab mich nach Hause. Und kaum hatte ich mich gesetzt, da kam auch schon die Sklavin, in Tränen erstickend. Wie ich sie fragte, warum das sei, gab sie zur Antwort: ‚O Herr, wisse, jetzt kam über uns, was kommen mußte, das, was wir befürchteten! Als ich gestern von dir fortgegangen war, da traf ich meine Herrin zornig über eine der beiden Sklavinnen, die in jener Nacht bei uns waren; und sie befahl, die Sklavin zu schlagen. Die aber geriet in Angst, entlief ihrer Herrin und eilte hinaus; dort traf sie einer der Türhüter, der griff sie auf und wollte sie zu ihrer Herrin zurückbringen. Doch da machte sie ihm Andeutungen, und er tat zärtlich zu ihr und fragte sie so lange über alles, was sie anging, bis sie ihm erzählte, was wir erlebt haben. Nun drang die Kunde zum Kalifen; der befahl, meine Herrin Schams en-Nahâr und all ihren Hausrat in sein Schloß zu schaffen, und setzte eine Wache von zwanzig Eunuchen über sie. Bis jetzt bin ich noch nicht wieder bei ihr gewesen; ich habe ihr auch den Grund nicht mitteilen können, doch ich vermute, daß dies der Grund ist, und ich bin in Sorge um mein Leben. Ach, Herr, ich bin ratlos, und ich weiß nicht, was ich tun soll, ich sehe keinen Ausweg für mich noch für sie; sie hat niemanden, der ihr Geheimnis treuer und besser hütet als ich.‘ – –«

Da bemerkte Schehrezâd, daß der Morgen begann, und sie hielt in der verstatteten Rede an. Doch als die *Hundertundachtundsechzigste Nacht* anbrach, fuhr sie also fort: »Es ist mir berichtet worden, o glücklicher König, daß die Sklavin zum Juwelier sprach: ‚Meine Herrin hat niemanden, der ihr Geheimnis besser und treuer hütet als ich. Nun geh du und begib dich, o Herr, eilends zu ’Alî ibn Bakkâr; tu ihm dies kund, damit er sich bereit hält und auf seiner Hut ist! Wenn alles entdeckt wird, so wollen wir auf ein Mittel sinnen, durch das wir unser Leben retten können.‘ Darüber ergriff mich – so erzählte der Juwelier – schwere Sorge, und das Weltall ward finster vor meinen Augen ob der Worte der Sklavin; als sie sich erhob, um zu gehen, sprach ich zu ihr: ‚Was meinst du? Es ist ja keine Zeit mehr zu verlieren!‘ Sie antwortete: ‚Ich meine, daß du zu ’Alî ibn Bakkâr eilen solltest, wenn er wirklich dein Freund ist und wenn du ihn zu retten wünschest. Dir liegt es ob, ihm unverzüglich diese Kunde zu bringen; nicht mehr zu zögern und ihm keinen Augenblick mehr fernzubleiben; meine Pflicht aber ist es, eifrig nach neuen Nachrichten zu spüren.‘ Dann verabschiedete sie sich von mir und ging fort. Und als die Sklavin fort war, machte ich mich auf und verließ nach ihr mein Haus; ich ging zu ’Alî ibn Bakkâr und fand ihn, wie er in seiner Sehnsucht nur an das Wiedersehen dachte und sich unmögliche Hoffnungen machte. Als er aber sah, daß ich rasch zu ihm zurückgekehrt war, sprach er zu mir: ‚Ich sehe, du bist schon zurück; du bist ja auf der Stelle gekommen.‘ Ich erwiderte ihm: ‚Halt ein! Hör auf, dem unnützen Zeug nachzuhängen, und laß von den Gedanken ab, die dich bedrängen! Jetzt ist etwas geschehen, ein Ereignis, das dich dein Leben und dein Gut kosten kann.‘ Als er diese Worte hörte, erblaßte er, und in großer Erregung fragte er mich: ‚Bruder, sag, was ist geschehen?‘ ‚O Herr,‘ erwiderte ich, ‚wisse, das und das ist geschehen; du bist sicher des Todes, wenn du bis zum Abend in diesem deinem Hause bleibst.‘ Da war ’Alî ibn Bakkâr entsetzt,

und fast hätte sein Geist den Leib verlassen. Dann sprach er.
‚Wir sind Allahs Geschöpfe, und zu Ihm kehren wir zurück!‘
und fragte mich: ‚Was soll ich tun, lieber Bruder, was ist dein
Rat?‘ Ich antwortete: ‚Mein Rat ist der: nimm von deiner
Habe mit dir, so viel du vermagst, und von deinen Sklaven
solche, denen du traust; dann laß uns in ein anderes Land ziehen, ehe dieser Tag zu Ende geht!‘ ‚Ich höre und gehorche!‘
erwiderte er und sprang auf; aber er war verstört und ratlos,
und bald ging er aufrecht, bald sank er zusammen. Dann nahm
er, so viel er vermochte, verabschiedete sich bei den Seinen,
gab ihnen seine letzten Aufträge, nahm drei beladene Kamele
mit sich und bestieg sein Reittier, während ich das gleiche tat.
Heimlich und verkleidet zogen wir davon und ritten immer
weiter dahin, den Rest des Tages und die Nacht hindurch; erst
gegen Ende der Nacht luden wir ab, banden unsere Kamele
fest und legten uns zum Schlafe nieder. Aber weil die Müdigkeit uns überkommen hatte, hielten wir keine Wache. Und da
überfielen uns die Räuber: sie raubten alles, was wir bei uns
hatten, und töteten die Sklaven, als die uns verteidigen wollten.
Dann ließen sie uns zurück, wo wir waren, im größten Elend,
da sie uns ja alles genommen hatten; sie trieben die Tiere davon und zogen ab. Nachdem wir uns dann erhoben hatten,
gingen wir zu Fuß, bis es Morgen ward. Da erreichten wir ein
Dorf und gingen hinein; wir begaben uns zur Moschee und
traten dort ein, nackt wie wir waren. Dann hockten wir in
einer Ecke der Moschee jenen ganzen Tag über, und als es
Abend geworden war, blieben wir auch die Nacht hindurch
dort, ohne zu essen und zu trinken. Und als es dann Morgen
geworden war, beteten wir das Frühgebet und setzten uns wieder. Da aber kam ein Mann herein, grüßte uns und betete zwei
Rak'as. Dann wandte er sich zu uns und fragte: ‚Ihr Leute, seid

ihr Fremdlinge?', ,Jawohl,' antworteten wir, ,die Räuber haben uns unterwegs überfallen und uns nackt ausgezogen. Dann sind wir in dies Dorf gekommen; wir kennen aber niemanden hier, bei dem wir Unterkunft suchen könnten.' Der Mann fuhr fort: ,Wollt ihr mit mir in mein Haus kommen?' Da sprach ich – so erzählte der Juwelier – zu 'Alî ibn Bakkâr: ,Wohlan, laß uns mit ihm gehen! Dann sind wir vor zweierlei sicher: erstlich davor, daß wir fürchten müssen, es könne jemand zu uns in diese Moschee kommen, der uns kennt und uns dann der Öffentlichkeit preisgeben würde; und zweitens davor, daß wir, die wir Fremdlinge sind, kein Obdach finden.' 'Alî ibn Bakkâr erwiderte: ,Tu, was du willst!' Nun fragte der Mann uns zum zweiten Male: ,Ihr armen Leute, erfüllt mir die Bitte und kommt mit mir in mein Haus!' ,Wir hören und gehorchen!' gab ich zur Antwort. Darauf legte der Mann etwas von seinen Kleidern ab und bedeckte uns damit, indem er sich bei uns entschuldigte und uns freundlich zusprach. Dann gingen wir mit ihm zu seinem Hause; er pochte an die Tür, und es kam ein kleiner Sklave, der die Tür öffnete. Jener Mann, der Herr des Hauses, trat ein, und wir folgten ihm; darauf befahl er ein Bündel von Kleidern und Musselin zu bringen. Und er legte uns beiden Kleider an und gab uns auch jedem ein Stück Musselin, das wir uns als Turban ums Haupt wanden. Wie wir uns gesetzt hatten, kam eine Sklavin zu uns mit einem Tische; den stellte sie vor uns hin, indem sie sprach: ,Esset!' Da aßen wir ein wenig, und nachdem der Tisch wieder abgetragen war, blieben wir bis zum Abend bei ihm.

Nun begann 'Alî ibn Bakkâr zu seufzen, und er sprach zu dem Juwelier: ,Wisse, lieber Bruder, ich gehe dem sicheren Tode entgegen; so will ich dir ein Vermächtnis anvertrauen. Wenn du siehst, daß ich tot bin, so geh zu meiner Mutter und melde es ihr, und bitte sie, hierher zu kommen, auf daß sie die Trauerfeier für mich abhalte und bei der Waschung meines Leichnams zugegen sei. Sprich ihr auch Trost zu, daß sie meinen Verlust in Geduld ertrage!' Dann sank er ohnmächtig nieder, und als er wieder zu sich kam, hörte er in der Ferne ein Mädchen singen und Verse vortragen. Er hörte ihr zu und lauschte auf ihre Stimme, dabei war er bald bewußtlos, bald bei klarem Verstande, und er weinte aus Leid und Trauer über sein Elend. So hörte er denn, wie jenes Mädchen, das da sang, diese Verse vortrug:

> Der Abschied kam so schnell und schied uns voneinander
> Nach treulicher Gemeinschaft im trautesten Verein.
> Das Wechselspiel der Nächte hat uns jetzt geschieden.
> O wüßt ich doch, wann wird das Wiedersehen sein?
> Wie bitter ist doch nach Zusammensein die Trennung!
> O brächte sie dem Liebespaar nie solchen Schmerz!
> Kurz ist der Todeskampf, und dann ist er zu Ende;
> Doch Trennung vom Geliebten quälet lang das Herz.
> Ach, könnten wir doch nur den Weg zur Trennung finden –
> Wir ließen bald die Trennung den Trennungsschmerz empfinden!

Als 'Alî ibn Bakkâr den Gesang des Mädchens vernommen hatte, tat er einen tiefen Seufzer – sein Geist verließ seinen Leib. Als ich sah, daß er tot war – so erzählte der Juwelier –, übergab ich seine Leiche der Obhut des Hausherrn mit den Worten: ,Wisse, ich gehe jetzt nach Baghdad, um seiner Mutter und seinen Verwandten die Kunde zu bringen, auf daß sie kommen und sein Begräbnis ausrichten.' Ich begab mich also nach Baghdad, trat in mein Haus und wechselte meine Kleider und ging dann zum Hause des 'Alî ibn Bakkâr. Als seine Diener mich sahen, kamen sie zu mir und fragten nach ihm. Ich aber bat sie, mir die Erlaubnis zum Eintritt bei seiner Mutter zu erwirken. Sie gab mir die Erlaubnis, und nachdem ich bei ihr eingetreten war und den Gruß gesprochen hatte, sagte ich: ‚Allah bestimmt das Leben der Menschen nach seinem Befehl. Und wenn er etwas beschlossen hat, so gibt es kein Entrinnen vor seinem Beschlusse. Keine Seele kann in den Tod gehen ohne Erlaubnis Allahs gemäß einer ewigen festgesetzten Vorherbestimmung.' Aus diesen Worten erriet die Mutter des 'Alî ibn Bakkâr, daß ihr Sohn gestorben war; sie weinte laut und sprach dann: ‚Um Gottes willen, sag mir, ist mein Sohn gestorben?' Doch ich konnte ihr vor Tränen und übergroßer Trauer keine Antwort geben; und wie sie mich in dieser Verfassung sah, erstickte sie vor Tränen und sank ohnmächtig zu Boden. Als sie dann wieder zu sich kam, fragte sie: ‚Was ist mit meinem Sohne geschehen?' Ich antwortete: ‚Möge Gott dich einst um seinetwillen reichlich belohnen!' und ich erzählte ihr alles, was mit ihm geschehen war, von Anfang bis zu Ende. Sie fragte auch, ob er mir einen Auftrag gegeben habe; das bejahte ich und erzählte ihr, was er mir ans Herz gelegt hatte, und fügte noch hinzu: ‚Beeile dich, sein Begräbnis auszurichten!' Nachdem die Mutter des 'Alî ibn Bakkâr meine Worte gehört hatte, sank sie von neuem in Ohnmacht; und als sie dann wieder zu sich kam, entschloß sie sich, den Auftrag auszuführen. Ich aber ging zu meinem Hause, und unterwegs dachte ich nach über seine Jugendschönheit, die nun dahin war; doch während ich in solche Gedanken versunken war, ergriff plötzlich eine Frau meine Hand. – –«

Da bemerkte Schehrezâd, daß der Morgen begann, und sie hielt in der verstatteten Rede an. Doch als die *Hundertundneunundsechzigste Nacht* anbrach, fuhr sie also fort: »Es ist mir berichtet worden, o glücklicher König, daß der Juwelier erzählte: ‚Da ergriff plötzlich eine Frau meine Hand; ich schaute sie an, und es war die Sklavin, die von Schams en-Nahâr zu kommen pflegte, doch der Gram schien sie überwältigt zu haben. Als wir einander erkannten, weinten wir beide gemeinsam, bis wir das Haus erreichten. Dort sprach ich zu ihr: ‚Hast du schon die Kunde von dem Jüngling ʾAlî ibn Bakkâr vernommen?‘ ‚Nein, bei Allah‘, erwiderte sie; und so meldete ich ihr die Kunde von ihm und erzählte, was mit ihm geschehen war, während wir beide weinten. Dann fragte ich sie: ‚Wie steht es um deine Herrin?‘ Und nun erzählte sie mir: ‚Der Beherrscher der Gläubigen wollte in seiner großen Liebe zu ihr keines Menschen Wort gegen sie hören, sondern legte alles, was sie anging, in gutem Sinne aus. Denn er sprach zu ihr: ‚Schams en-Nahâr, du bist mir teuer, und ich halte zu dir, deinen Feinden zum Trotz.‘ Ferner befahl er, ihr ein Gemach mit goldenem Schmuck und eine schöne Kammer einzurichten; und sie lebte bei ihm nun infolge solcher Güte in aller Freude des Lebens und in hoher Gunst. Dann traf es sich, daß er eines Tages nach seiner Gewohnheit beim Weine saß, während seine Odalisken bei ihm waren; die ließ er sich nach ihrem Range setzen, und Schams en-Nahâr hieß er an seiner Seite sitzen. Doch sie kannte Geduld nicht mehr, und ihre Not war ihr zu schwer. Da befahl er einer der Sklavinnen zu singen; die griff zur Laute, stimmte die Saiten, schlug sie erst leise und dann lauter und begann zu singen:

> *Ein Liebender bat mich um Liebe; da hab ich ihn erhöret;*
> *Doch meine Tränen schreiben mir Leid ins Angesicht.*
> *Es ist, als ob die Tränen des Auges von uns sprechen,*
> *Berichten, was ich verhehle, verhehlen, was ich bericht.*
> *Was such ich Heimlichkeit und will die Lieb verbergen?*
> *Das Übermaß der Sehnsucht nach dir enthüllt ja mein Leid.*
> *Jetzt ward der Tod mir lieb, seit der Geliebte fehlet;*
> *O wüßt ich doch, was ihn nach meinem Tode freut!*

Als Schams en-Nahâr den Gesang der Sklavin vernommen hatte, vermochte sie nicht mehr aufrecht zu sitzen, sondern sank ohnmächtig nieder. Da warf der Kalif den Becher fort, zog sie an sich und schrie laut auf; und auch die Sklavinnen erhoben ein Geschrei. Der Beherrscher der Gläubigen nun wandte sie und bewegte sie; doch sie war tot. Und in heftigem Schmerze um ihr Hinscheiden befahl er, alle Geräte, alle Lauten und alle anderen Musikinstrumente, die in dem Saale waren, zu zerbrechen. Dann trug er ihren Leichnam in ihre Kammer und blieb die Nacht über bei ihr. Als es aber Tag ward, rüstete er ihr Leichenbegängnis; er befahl, sie zu waschen, sie in das Leichenhemd zu kleiden und beizusetzen. Er trauerte tief um sie, ohne zu fragen, was mit ihr geschehen sei oder was sie betroffen habe.' Dann setzte die Sklavin noch hinzu: ‚Ich bitte dich um Allahs willen, lasse mich den Tag wissen, an dem die Leiche des ’Alî ibn Bakkâr ankommt, auf daß ich bei seinem Begräbnis zugegen sein kann!' Ich gab ihr zur Antwort: ‚Mich kannst du überall finden, wo du willst; aber wo soll ich dich finden, und wer kann dir dort, wo du bist, nahen?' Darauf fuhr sie fort: ‚Als Schams en-Nahâr gestorben war, ließ der Beherrscher der Gläubigen noch am selben Tage ihre Sklavinnen frei; zu ihnen gehöre auch ich, und wir weilen jetzt bei ihrem Grabe an der und der Stätte.' Da ging ich mit ihr und kam zu der Grabstätte; so erwies ich Schams en-Nahâr die letzte Ehre und ging dann meiner Wege. Dann wartete ich, bis der Leichenzug des ’Alî ibn Bakkâr kam, und zog mit dem Volke von Baghdad hinaus, ihm entgegen; unter den Frauen sah ich auch die Sklavin, die am tiefsten von allen trauerte. Niemals ist in Baghdad ein größeres Leichenbegängnis gewesen. Wir zogen in dichtem Gedränge immer weiter, bis wir zum Friedhofe kamen; dort bestatteten wir ihn zur Gnade

Allahs des Erhabenen. Und ich besuche immer noch sein Grab und das Grab der Schams en-Nahâr.'

Dies also ist die Geschichte der beiden – Allah der Allmächtige erbarme sich ihrer! – –

Und doch ist diese Geschichte nicht wunderbarer als die von König Schehrimân.« Da fragte der König sie: »Wie ist denn die?« – –

Da bemerkte Schehrezâd, daß der Morgen begann, und sie hielt in der verstatteten Rede an. Doch als die *Hundertundsiebenzigste Nacht* anbrach, fuhr sie also fort:

DIE GESCHICHTE VON KAMAR EZ-ZAMÂN

Es lebte in alten Zeiten und in längst entschwundenen Vergangenheiten ein König des Namens Schehrimân, dem waren viele Truppen und Diener und Wachen untertan; doch war er hochbetagt, und sein Gebein war schwach, und er hatte keinen Sohn. Darüber machte er sich viele Gedanken, er ward traurig und unruhig, und so klagte er einst einem seiner Wesire seine Not, indem er sprach: ,Ich fürchte, wenn ich sterbe, wird mein Reich verloren gehen; denn ich habe keinen Sohn, der es nach meinem Tode verwalten könnte.' Jener Wesir antwortete ihm: ,Vielleicht wird Gott doch noch etwas geschehen lassen. Drum vertraue auf Allah, o König, und bete zu ihm inständigst!' Da ging der König hin, vollzog die religiöse Waschung, betete zwei Rak'as und flehte zu Allah dem Erhabenen in reiner Absicht. Dann ließ er seine Gemahlin zu seinem Lager kommen und ruhte mit ihr zur selbigen Stunde. Sie aber empfing von ihm durch die Macht Allahs des Erhabenen. Und als ihre Monate erfüllet waren, gebar sie einen Knaben, der so

schön war wie der Mond in der Nacht seiner Fülle. Den nannte
er Kamar ez-Zamân[1], und hocherfreut über ihn, ordnete er ein
Freudenfest an. Da ward die Stadt sieben Tage lang geschmückt,
die Trommeln wurden geschlagen, und Boten eilten mit der
Freudennachricht durch die Lande. Ammen und Wärterinnen
wurden für ihn bestellt, und er wurde mit Sorgfalt und Liebe
erzogen, bis er fünfzehn Jahre alt war. Und er übertraf alle
durch Schönheit und Lieblichkeit und seines Wuchses Ebenmäßigkeit; sein Vater aber liebte ihn so sehr, daß er sich Tag
und Nacht nicht von ihm trennen konnte. Im Übermaße seiner Liebe klagte er einst einem seiner Minister: ‚Wesir, ich bin
in Sorge um meinen Sohn Kamar ez-Zamân wegen der Wechselfälle der Zeit und der Schicksale, und ich möchte ihn noch
zu meinen Lebzeiten vermählen.‘ Der Wesir antwortete ihm:
‚Wisse, o König, die Eheschließung ist eine der trefflichsten
Handlungen; es ist recht und billig, daß du deinen Sohn bei
deinen Lebzeiten vermählst, ehe du ihn zum Herrscher machst.‘
Da sprach König Schehrimân: ‚Man bringe meinen Sohn
Kamar ez-Zamân!‘ Der trat nun vor ihn und senkte sein Haupt
aus Ehrfurcht vor seinem Vater zu Boden. Sein Vater redete
ihn an: ‚Kamar ez-Zamân, ich will dich vermählen und mich
deiner noch zu meinen Lebzeiten erfreuen.‘ ‚Lieber Vater,‘ erwiderte er, ‚wisse, ich trage kein Verlangen danach, mich zu
vermählen, und meine Seele neigt sich nicht den Frauen zu;
denn ich habe über ihre List und Tücke viel gelesen und gehört,
wie ja auch ein Dichter sagt:

> *Wenn ihr mich nach den Frauen fragt, so wisset:*
> *Ich kenn die Art der Frauen alleweil.*
> *Ergraut des Mannes Haupt und schmilzt sein Geld,*
> *Hat er an ihrer Liebe keinen Teil.*

1. Der Mond der Zeit.

Und ein anderer sagt:

Den Frauen leiste nicht Folge; das ist der schönste Gehorsam.
Ein Mann, der seinen Halfter den Frauen gibt, hat kein Glück.
Wenn er auch tausend Jahre sich um das Wissen bemühet –
Sie halten ihn vor Vollendung des hohen Zieles zurück.'

Nach diesen Versen fuhr er fort: ,Lieber Vater, das Heiraten ist etwas, das ich niemals tun werde, auch wenn ich den Becher des Todes trinken müßte!' Als aber der Sultan Schehrimân diese Worte aus dem Munde seines Sohnes vernommen hatte, da ward das helle Licht finster vor seinem Angesicht, und er war tief betrübt. – –«

Da bemerkte Schehrezâd, daß der Morgen begann, und sie hielt in der verstatteten Rede an. Doch als die *Hundertundein-undsiebenzigste Nacht* anbrach, fuhr sie also fort: »Es ist mir berichtet worden, o glücklicher König, daß dem König Scheh-rimân, als er diese Worte aus dem Munde seines Sohnes vernommen hatte, das helle Licht finster ward vor dem Angesicht und daß er tief betrübt war, weil sein Sohn Kamar ez-Zamân den Rat sich zu vermählen, den er ihm gegeben hatte, nicht befolgen wollte. Aber in seiner großen Liebe zu ihm wollte er seinen Rat nicht wiederholen, und er zürnte ihm nicht, sondern er trat zu ihm und sprach ihm freundlich und gütig zu mit aller Liebe, die ein Herz gewinnen kann. Derweilen aber nahm Kamar ez-Zamân mit jedem Tage zu an Schönheit und Lieblichkeit, Anmut und Zierlichkeit. Nun wartete König Schehrimân ein ganzes Jahr; und da sah er, daß sein Sohn in Reinheit und Feinheit der Rede vollkommen war. Alle Welt ward berauscht von seiner Herrlichkeit; jedes hauchende Lüft-chen kündete von seinem Liebreiz weit und breit. Er ward eine Verführung für die Liebenden durch seine Lieblichkeit, und eine blühende Aue für die Sehnsuchtsvollen durch seine Vollkommenheit. Seine Rede war wie ein zartes Gedicht; den Vollmond beschämte sein Angesicht. Sein Wuchs war von vollkommener Ebenmäßigkeit, von Liebreiz und Zierlichkeit, als wäre er ein Weidenzweig oder dem Rohre des Schilfes gleich. Seine Wange stand durch ihrer Röte Schein für Rose und Anemone ein. Er war aller Schönheit Hort, wie es von ihm hieß in des Dichters Wort:

> Er kam, und alle riefen: Gepriesen sei Allah,
> Der Hocherhabene; denn Er schuf ihn und gab ihm Gestalt!
> Allüberall ist er allein der Fürst der Schönen;
> Sie alle haben sich gebeugt vor seiner Gewalt.
> In seinem Lippentau ist zarter, süßer Honig;
> Und seine Zähne sind wie Perlen aufgereiht.
> An Lieblichkeit ist er, nur er allein vollkommen;
> Ja, alle Welt verwirrt sich ob seiner Lieblichkeit.
> Die Schönheit selber schrieb ihm auf die Wange sein:
> Ich bezeuge, es gibt keinen Schönen außer ihm ganz allein.

Als dann Kamar ez-Zamân ein weiteres Jahr vollendet hatte, berief ihn sein Vater zu sich und sprach zu ihm: ‚Mein Sohn, willst du nicht auf mich hören?' Da fiel Kamar ez-Zamân vor seinem Vater in Ehrfurcht und Bescheidenheit zu Boden und antwortete: ‚Lieber Vater, wie sollte ich nicht auf dich hören, da doch Allah mir geboten hat, dir zu gehorchen und mich dir nicht zu widersetzen?' König Schehrimân fuhr nun fort: ‚Mein Sohn, wisse, ich will dich vermählen und noch bei meinen Lebzeiten meine Freude an dir haben; und dann will ich dich, ehe ich sterbe, zum Herrscher über mein Reich machen.' Wie der Prinz diese Worte von seinem Vater vernahm, senkte er eine Weile sein Haupt; dann hob er es wieder und sprach: ‚Lieber Vater, dies ist etwas, das ich niemals tun werde, auch wenn ich den Becher des Todes trinken müßte. Ich weiß gewiß, daß Allah der Erhabene es mir zur Pflicht gemacht hat, dir zu gehorchen; aber um Gottes willen, quäle mich nicht mit dem Heiraten und glaube nicht, daß ich mich zeit meines Lebens vermählen werde! Denn ich habe Bücher von den Alten und den Neuen gelesen und habe daraus gelernt, wie die Männer durch die Frauen verführt und ins Elend geraten sind, wie ihre Tücke endlos ist, und welches Unheil durch sie entsteht zu jeglicher Frist. Wie schön sagt doch der Dichter:

> *Wen die dreisten Dirnen fingen,*
> *Der sieht keine Rettung mehr,*
> *Baut er sich auch tausend Burgen*
> *Bleiumgossen ringsumher.*
> *Ja, ihr Bau ist ganz vergeblich,*
> *Unnütz stehn die Festen da;*
> *Denn die Frauen überlisten*
> *Jeden Mann, ob fern, ob nah –*
> *Sie, die ihre Finger färben,*
> *Die das Haar in Zöpfe drehn,*
> *Sie, die ihre Wimpern schminken,*
> *Die auf Gifttrank sich verstehn!*

Wie vortrefflich sagt auch ein anderer:

> *Die Frauen sind, wenngleich man sie ob Keuschheit rühmt,*
> *Nur Kehricht, bei dem die Geier schweben, um zu wühlen.*
> *Zwar gestern galt noch dir allein ihr lispelnd Wort;*
> *Doch morgen wird ihre Wade und Hand ein andrer fühlen –*
> *Ein Gasthaus, in dem du wohnst, von dem du dich morgens trennst,*
> *In dem nach dir ein andrer wohnt, den du nicht kennst.*

Nachdem König Schehrimân diese Worte von seinem Sohne Kamar ez-Zamân vernommen, und nachdem der Sinn seiner Verse ihm zum Bewußtsein gekommen, gab er in seiner übergroßen Liebe zu ihm keine Antwort; vielmehr war er nur noch huldvoller und gütiger gegen ihn. Er ließ auch die Versammlung alsbald auseinandergehen; und nachdem man sich getrennt hatte, rief der König seinen Minister, zog sich mit ihm zurück und sprach zu ihm: ‚Wesir, sage mir, was soll ich mit meinem Sohne Kamar ez-Zamân tun in Dingen der Ehe?‘ — — «

Da bemerkte Schehrezâd, daß der Morgen begann, und sie hielt in der verstatteten Rede an. Doch als die *Hundertundzwei-undsiebenzigste Nacht* anbrach, fuhr sie also fort: »Es ist mir berichtet worden, o glücklicher König, daß der König seinen Minister rief, sich mit ihm zurückzog und zu ihm sprach: Wesir, sage mir, was soll ich mit meinem Sohne Kamar ez-Zamân tun in Dingen der Ehe? Ich habe dich doch über seine Vermählung um Rat gefragt, und du bist es, der mir geraten hat, ihn zu vermählen, ehe ich ihn zum Herrscher mache. Nun habe ich ihm schon mehrere Male von der Ehe gesprochen, aber er hat sich mir widersetzt. Gib mir jetzt deinen Rat, Wesir, was soll ich tun?‘ Da antwortete der Minister: ‚Großer König, warte noch ein Jahr mit ihm; und wenn du dann mit ihm darüber reden willst, so sprich nicht heimlich mit ihm, sondern rede zu ihm an einem Regierungstage, wenn alle Emire und Wesire anwesend sind und alle Krieger vor dir stehen. Wenn also alle diese versammelt sind, so schicke alsbald nach deinem Sohne Kamar ez-Zamân und laß ihn kommen! Und wenn er dann gekommen ist, so sprich mit ihm über die Vermählung in Gegenwart der Wesire, der Großen im Lande und der Männer von Stande! Dann wird er sich vor ihnen schämen und in ihrer Gegenwart dir nicht mehr widersprechen können.‘ Über diese Worte des Wesirs war König Schehrimân hocherfreut; er hieß diesen Rat gut und verlieh dem Minister ein prächtiges Ehrengewand.

Noch ein weiteres Jahr geduldete sich König Schehrimân mit seinem Sohne Kamar ez-Zamân. Und der nahm mit jedem Tage zu an Schönheit und Lieblichkeit, an Anmut und Vollkommenheit, bis er fast zwanzig Jahre alt war. So kleidete ihn

Allah in das Gewand der Lieblichkeit und krönte ihn mit der Krone der Vollkommenheit; da war sein Blick ein größerer Zauberer als Harût[1], und das Spiel seiner Augen war verführerischer als et-Taghût[2]. Seine Wangen erglänzten in rosigem Kleide, und seine Wimpern beschämten des Schwertes Schneide. Die Weiße seiner Stirn war gleich wie des Mondes Pracht, und die Schwärze seines Haares war wie die finstere Nacht. Sein Leib war schmaler als ein Faden im Gewand, und seine Hüften waren schwerer als Hügel von Sand. Die Sinne wurden verwirrt durch die weichen Formen seiner Gestalt, und sein zarter Leib beklagte sich ob seiner Hüften schwerer Gewalt. Ja, seine Reize entzückten alle Welt, so wie ein Dichter von ihm in diesen Versen sprach:

Ich schwöre bei seiner Wange und bei seinem lächelnden Mund,
Und bei den Pfeilen, die er gefiedert, mit Zauber im Bund;
Bei seinen weichen Formen, seines Blickes zartem Licht;
Bei seiner weißen Stirn, seinen Locken, so schwarz und dicht;
Und bei der Braue, die mir den Apfel des Auges stiehlt,
Die mich überwältigt, wenn sie verbietet oder befiehlt;
Bei seiner Locken Fülle, die um seine Schläfen weht,
Die bald die Liebenden tötet, wenn er von dannen geht;
Bei seinen rosigen Wangen, dem Haarflaum, so wunderbar fein,
Und den korallenen Lippen, der Zähne Perlenreihn;
Bei seinem duftenden Atem und bei dem Tau so rein,
Der in seinem Munde fließet, süßer als alter Wein;
Bei seinen schweren Hüften, die beben, mag er gehn
Oder auch ruhn, und bei seinem Leibe, so schlank und schön;
Bei seiner mildtätigen Hand, seiner Zunge Redlichkeit,
Und bei seiner edlen Geburt, seiner Macht, so hoch und weit:

1. Die Kairoer Ausgabe hat hier ‚Harût und Marût'. Das sind zwei gefallene Engel, die sich von irdischen Frauen verführen ließen und die Menschen in der Zauberei unterrichteten; vgl. Koran, Sure 2, Vers 96.
2. Taghût wird als Name eines altarabischen Götzen oder als Bezeichnung des Teufels angesehen.

Der Moschus ist ein Abglanz von seinem Wangenmal;
Von seinem Hauche duften die Wohlgerüche zumal.
So auch die strahlende Sonne; vor ihm muß sie erbleichen;
Der Mond kann nicht einmal dem Span seines Nagels gleichen.

Der König Schehrimân, der den Rat des Wesirs gutgeheißen hatte, wartete also noch ein weiteres Jahr bis zu einem
Festtage. – –«

Da bemerkte Schehrezâd, daß der Morgen begann, und sie
hielt in der verstatteten Rede an. Doch als die *Hundertunddrei-
undsiebenzigste Nacht* anbrach, fuhr sie also fort: »Es ist mir berichtet worden, o glücklicher König, daß der König Schehrimân, der den Rat des Wesirs gutgeheißen hatte, noch ein weiteres Jahr wartete bis zu einem Festtage. Das war ein Regie-
rungstag, und an ihm füllte sich die Halle des Königs mit den
Emiren und Wesiren, mit den Großen im Lande, den Kriegern und den Männern von Stande. Da sandte er nun nach seinem Sohne Kamar ez-Zamân; und als der gekommen war,
küßte er dreimal den Boden vor seinem Vater und trat dann
vor ihn, indem er seine Arme auf dem Rücken gekreuzt hielt.
Nun sprach sein Vater zu ihm: ‚Wisse, mein Sohn, ich habe
dich diesmal vor diese Versammlung und vor all die Großen
des Reiches, die hier bei uns sind, entboten, damit ich dir einen
Befehl erteile, dem du nicht widersprechen sollst. Der ist, daß
du dich vermählest; denn ich wünsche dir eine Prinzessin zur
Frau zu geben, damit ich an dir meine Freude habe, ehe ich
sterbe.‘ Als Kamar ez-Zamân dies von seinem Vater vernommen hatte, senkte er sein Haupt eine Weile zu Boden. Aber
dann ergriff ihn plötzlich die Torheit der Jugend und kindische
Unvernunft, und er sprach: ‚Niemals werde ich mich vermählen, auch wenn ich den Becher des Todes trinken müßte. Du
bist ein Mann von großem Alter, aber von keinem Verstand.

364

Hast du mich nicht früher schon zweimal vor diesem Male über die Ehe befragt, ohne daß ich dir darin willfahrt bin?' Darauf löste Kamar ez-Zamân die Arme von seinem Rücken, streifte in seiner Wut die Ärmel vor seinem Vater bis zu den Ellbogen auf und redete viele Worte vor ihm gestörten Geistes. Zuerst war sein Vater beschämt und verlegen, weil dies vor den Großen seines Reiches geschah und vor den Kriegsmannen, die zu der Festversammlung erschienen waren. Dann aber ergriff ihn königlicher Zorn, und er schrie seinen Sohn an, daß er zitterte. Und den Mamluken, die vor ihm standen, rief er zu: ‚Packt ihn!' Da stürzten sie auf ihn zu, ergriffen ihn und führten ihn vor den Thron. Nun befahl der König ihnen, ihm die Hände auf dem Rücken zu fesseln; sie taten es, und so stand er gebunden vor dem König, indem er sein Haupt vor Furcht und Angst senkte, und die Schweißtropfen glänzten wie Perlen auf seiner Stirn und auf seinem Antlitz, und Scham und Verwirrung bedrückte ihn schwer. Sein Vater aber schalt und schmähte ihn, indem er sprach: ‚Wehe dir, du Bastardblut, du schändliche Brut! Wie darfst du mir so antworten vor meinen Kriegern und meinem Heere? Freilich, bisher hat dich noch niemand gezüchtigt.' – –«

Da bemerkte Schehrezâd, daß der Morgen begann, und sie hielt in der verstatteten Rede an. Doch als die *Hundertundvierundsiebenzigste Nacht* anbrach, fuhr sie also fort: »Es ist mir berichtet worden, o glücklicher König, daß König Schehrimân zu seinem Sohne Kamar ez-Zamân sprach: ‚Wie darfst du mir so antworten vor meinen Kriegern und meinem Heere? Freilich, bisher hat dich noch niemand gezüchtigt. Weißt du nicht, daß dies, was du getan hast, eine Schande gewesen wäre, wenn einer aus dem gemeinen Volke es getan hätte?' Darauf befahl der König den Mamluken, seine Fesseln zu lösen und ihn in einen

Turm der Festung einzusperren. Da ergriffen die Mamluken ihn und brachten ihn zu einem alten Turm; dort befand sich ein verfallener Saal und mitten in dem Saale ein alter, bröckliger Brunnen. Doch zuvor fegten sie ihn aus und säuberten den Boden; dann setzten sie für Kamar ez-Zamân eine Lagerstatt hinein, bedeckten sie mit einer Matratze und einer Lederdecke und legten ihm ein Kissen hin. Auch brachten sie ihm eine große Laterne und eine Wachskerze, da jener Ort auch am Tage dunkel war. Nachdem die Mamluken nun den Kamar ez-Zamân dorthin gebracht hatten, stellten sie bei der Tür des Saales einen Eunuchen auf. Und nun legte der Prinz sich auf das Lager, gebrochenen Geistes und betrübten Herzens, und machte sich selbst Vorwürfe; und er bereute, was er seinem Vater angetan hatte, jetzt, wo die Reue nichts mehr nützte. Und er sprach: ‚Allah verfluche das Heiraten und die falschen Mädchen und Frauen! Hätte ich doch nur auf meinen Vater gehört und mich verheiratet! Wenn ich das getan hätte, so wäre es besser für mich gewesen als dieser Kerker!'

So weit Kamar ez-Zamân. Was aber seinen Vater anlangt, so blieb er den Tag über bis zur Zeit des Sonnenuntergangs auf seinem Throne. Dann zog er sich mit dem Minister zurück und sprach zu ihm: ‚Wisse, Wesir, du bist die Ursache von alledem, was zwischen mir und meinem Sohne vorgefallen ist; denn du hast mir damals den Rat gegeben. Was rätst du mir aber jetzt zu tun?' ‚Großer König,' erwiderte er, ‚laß deinen Sohn vierzehn Tage lang im Kerker! Dann laß ihn vor dich bringen und befiehl ihm, sich zu vermählen; fürwahr, er wird dir nie mehr widersprechen!' – –«

Da bemerkte Schehrezâd, daß der Morgen begann, und sie hielt in der verstatteten Rede an. Doch als die *Hundertundfünfundsiebenzigste Nacht* anbrach, fuhr sie also fort: »Es ist mir berichtet worden, o glücklicher König, daß der Wesir zu König Schehrimân sprach: ‚Laß deinen Sohn vierzehn Tage lang im Kerker! Dann laß ihn vor dich bringen und befiehl ihm, sich zu vermählen; fürwahr, er wird dir nie mehr widersprechen!' Der König nahm den Rat des Wesirs an, und in jener Nacht legte er sich, unruhigen Herzens um seines Sohnes willen, zum Schlafe nieder; denn er liebte ihn innig, da er keinen anderen Sohn als ihn hatte, und bis dahin hatte er niemals einschlafen können, wenn er nicht vorher seinen Arm unter den Hals des schlafenden Kamar ez-Zamân gelegt hatte. So verbrachte er denn die Nacht sorgenvollen Sinnes um seinetwillen und warf sich von der einen Seite auf die andere, als ob er auf Kohlen vom Holze der Wüstensträucher läge. Böse Gedanken kamen ihm, und er konnte die ganze Nacht über nicht schlafen; seine Augen vergossen Tränen, und er sprach die Verse:

> *Die Nacht wird mir so lang, und die Verleumder schlafen.*
> *Genug sei dir ein Herz, das Trennungsweh zerbricht!*
> *Und wie die Nacht den Gram so lange hinzieht, ruf ich:*
> *Kehrst du denn niemals wieder, schönes Morgenlicht?*

Dann sprach er die Worte eines anderen Dichters:

> *Ich sah, wie die Plejaden die Blicke von ihm wandten,*
> *Und wie der Nordstern ihm mit Schlaf die Augen band,*
> *Und wie der Bahre Töchter[1] in Trauer weiterzogen –*
> *Da wußt ich, daß ihr Morgen auf immerdar entschwand.*

Lassen wir nun den König Schehrimân und wenden uns zu seinem Sohne Kamar ez-Zamân! Als die Nacht über ihn hereinbrach, setzte der Eunuch die Laterne vor ihn hin, zündete

---

1. ‚Die Töchter der Bahre' sind ursprünglich die drei in einer Reihe stehenden Sterne des ‚Großen Bären' oder ‚Großen Wagens', da der bei den Arabern als Bahre gedacht wird; dann ist der Name auch auf das ganze Sternbild übertragen.

367

die Kerze an und steckte sie in einen Leuchter; auch setzte er ein wenig Speise vor ihn hin. Da aß der Prinz; doch er machte sich immer Vorwürfe darüber, daß er sich so ungebührlich gegen seinen Vater benommen hatte, und er sprach zu seiner Seele: ‚O Seele, weißt du nicht, daß der Mensch an seine Zunge gebunden ist, und daß die menschliche Zunge es ist, die ihn ins Verderben stürzt?‘ Und seine Augen vergossen Tränen, und er weinte über das, was er getan hatte, aus betrübtem Herzen und einem Innern voll Schmerzen; ja, er bereute bitterlich, was er seinem Vater angetan hatte. Und er sprach die Verse:

> *Es stirbt der Mensch allein durch Straucheln seiner Zunge;*
> *Der Tod wird ihm durch Stolpern des Fußes nicht zuteil.*
> *Das Straucheln mit dem Munde büßt er mit seinem Kopfe;*
> *Doch fehlt er mit dem Fuße, wird er gemächlich heil.*

Als Kamar ez-Zamân dann mit dem Essen fertig war, bat er um Wasser, sich die Hände zu waschen. Da wusch der Eunuch ihm die Speisereste von den Händen; dann vollzog er selber die religiöse Waschung, sprach das Abendgebet und dann auch das Nachtgebet und setzte sich nieder. – –«

Da bemerkte Schehrezâd, daß der Morgen begann, und sie hielt in der verstatteten Rede an. Doch als die *Hundertundsechsundsiebenzigste Nacht* anbrach, fuhr sie also fort: »Es ist mir berichtet worden, o glücklicher König, daß Kamar ez-Zamân, nachdem er das Abendgebet und dann auch das Nachtgebet gesprochen hatte, sich auf seine Lagerstatt niedersetzte und den Koran rezitierte. Er sprach die folgenden Suren: die Kuh, das Haus ’Imrân, die Sure Jasîn, der Barmherzige, ‚Gepriesen ist der Herrscher‘, das reine Bekenntnis, und die beiden Talisman-suren[1]; dann schloß er mit der Anrufung[2], stellte sich in den

---

1. Das heißt: die 2., 3., 36., 55., 67., 112., 113., 114. Sure. – 2. Wahrscheinlich ist die 1. Sure gemeint.

Schutz Gottes, indem er sprach: ‚Ich nehme meine Zuflucht zu Gott vor dem verfluchten Teufel', und legte sich auf die Lagerstatt nieder; auf ihr lag eine Matratze, die auf beiden Seiten mit Satin aus Ma'dan[1] überzogen und mit Seide aus dem Irak gefüllt war, und unter seinem Haupte hatte er ein Kissen aus Straußendaunen. Doch ehe er sich zum Schlafen niederlegte, warf er die Obergewänder ab, zog die Hosen aus und schlief in einem Hemde aus feiner Wachsleinwand, während sein Haupt mit einem blauen Kopftuch aus Merw bedeckt war. So lag nun Kamar ez-Zamân zu jener Stunde in jener Nacht da und war gleichwie der volle Mond, wenn er in der vierzehnten Nacht am Himmel thront. Dann hüllte er sich in eine seidene Decke ein und versank in Schlummer, während die Laterne zu seinen Füßen und die Kerze zu seinen Häupten brannten. Ruhig schlummerte er weiter, das erste Drittel der Nacht hindurch, und wußte nicht, was im Schoße der Zukunft verborgen war und was Allah, der alle Geheimnisse kennt, ihm bestimmt hatte.

Nun wollten es das Schicksal und das vorherbestimmte Verhängnis, daß dieser Turm und diese Halle alt und seit vielen Jahren verlassen waren, und daß sich in der Halle ein römischer Brunnen befand, bewohnt von einer Dämonin, die ihn zum Aufenthalt gewählt hatte; sie war aus dem Geschlechte des Iblîs[2], des Verfluchten, und sie hieß Maimûna, die Tochter von ed-Dimirjât, einem berühmten Geisterkönig. – –«

Da bemerkte Schehrezâd, daß der Morgen begann, und sie hielt in der verstatteten Rede an. Doch als die *Hundertundsiebenundsiebenzigste Nacht* anbrach, fuhr sie also fort: »Es ist mir berichtet worden, o glücklicher König, daß jene Dämonin Maimûna hieß, die Tochter von ed-Dimirjât, einem berühmten

1. Das ist wahrscheinlich eine Stadt in Persien oder Nordmesopotamien.
2. Iblîs = Diabolos = Teufel.

Geisterkönig. Als Kamar ez-Zamân das erste Drittel der Nacht geschlafen hatte, stieg jene Dämonin aus dem römischen Brunnen empor und wollte gen Himmel fliegen, um unbemerkt zu lauschen. Doch wie sie oben im Brunnen war, sah sie, ganz gegen die Gewohnheit, ein Licht im Turme leuchten; sie hatte ja schon eine lange Reihe von Jahren in dem Brunnen gewohnt, und als sie nun den Lichtschein bemerkte, verwunderte sie sich sehr und sprach bei sich: ,So etwas habe ich doch hier noch nie erlebt.' Sie dachte sich, daß dies einen besonderen Grund haben müsse, und so bewegte sie sich in der Richtung des Lichtes weiter. Da sah sie, daß es aus der Halle kam. Dann fand sie den Eunuchen an der Tür schlafen, und wie sie noch weiter in der Halle vorgedrungen war, fand sie ein Lager aufgeschlagen, auf dem eine menschliche Gestalt ruhte, und eine brennende Kerze zu ihren Häupten und eine brennende Laterne zu ihren Füßen. Erstaunt über das Licht schlich die Dämonin Maimûna ganz langsam heran; sie senkte ihre Flügel, blieb vor dem Lager stehen, nahm die Seidendecke vom Antlitze des Kamar ez-Zamân und blickte ihn an. Von seiner Schönheit und seiner Anmut überwältigt, blieb sie eine lange Weile dort stehen, und sie sah, wie das Licht seines Antlitzes heller war als das der Kerze, ja, sein Angesicht strahlte von hellem Licht; selbst im Schlafe erweckten seine Augen Liebespein, seine Augäpfel waren von dunklem Schein, rötlich glühten die Wangen sein, seine Lider waren müd anzuschauen, gewölbt wie Bogen waren seine Brauen; süß wie Moschus duftete sein Hauch, und so sagt von ihm der Dichter auch:

> *Ich küßte ihn, da wurden noch schwärzer seine Augen,*
> *Die zaubernden, und die Wangen erglühten rot und schön.*
> *O Herze, wenn die Tadler behaupten, seinesgleichen*
> *Gäb es an Schönheit wieder, sprich: Laßt mich ihn sehn!*

Wie die Dämonin Maimûna, die Tochter von ed-Dimirjât, ihn sah, pries sie Allah und sprach: ‚Gesegnet ist Allah, der herrlichste Schöpfer!' Jene Dämonin gehörte nämlich zu den gläubigen Geistern. Nachdem sie so eine Weile dagestanden und das Antlitz des Kamar ez-Zamân angeschaut hatte, indem sie Gottes Einheit bekannte und den Jüngling um seine Schönheit und Anmut beneidete, sprach sie bei sich selber: ‚Bei Allah, ich will ihm nichts antun und ihn vor Schaden durch andere bewahren, ja, ich will ihn behüten vor allen Gefahren; denn dieses liebliche Angesicht verdient nur, daß man es anschaut und zum Lobe Gottes von ihm spricht. Aber wie konnten die Seinen es über sich gewinnen, ihn hier an diesem öden Ort zu lassen? Wenn einer von unseren Mârids[1] jetzt zu ihm aufstiege, er würde ihn sicherlich umbringen.' Darauf neigte die Dämonin sich über ihn und küßte ihn auf die Stirn; dann zog sie die Decke wieder über sein Antlitz und verhüllte es, öffnete ihre Flügel und flog gen Himmel empor. Als sie über den Söller jener Halle emporgestiegen war, flog sie in der Luft immer weiter und stieg immer höher in den Wolken, bis sie den untersten Himmel erreicht hatte; da hörte sie plötzlich Flügelschläge in der Luft. Sie flog jenem Schalle entgegen, und als sie ihm nahe kam, sah sie, daß es ein Dämon war, namens Dahnasch. Nun schoß sie wie ein Sperber auf ihn herab, und als Dahnasch sie bemerkte und erkannte, daß sie Maimûna, die Tochter des Geisterkönigs war, erschrak er vor ihr, und seine Glieder erbebten. Und so flehte er sie um Gnade an, indem er sprach: ‚Ich beschwöre dich bei dem allerhöchsten Namen, dem geehrten, und bei dem Talisman, dem hochverehrten, der auf dem Siegel Salomos eingegraben ist, sei gütig zu mir und tu mir nichts zuleide!' Als Maimûna diese Worte von

1. Vgl. Band I, Seite 52, Anmerkung.

Dahnasch vernommen hatte, empfand ihr Herz Mitleid mit ihm, und sie sprach: ‚Du hast mich mit einem mächtigen Schwur beschworen, du Verfluchter; aber trotzdem lasse ich dich nicht frei, bis du mir sagst, woher du zu dieser Zeit kommst.‘ ‚Hohe Herrin,‘ erwiderte er, ‚wisse, ich komme vom äußersten Ende des Landes China und mitten von den Inseln dort her, und ich will dir ein Wunder kundtun, das ich in dieser Nacht erlebt habe. Wenn du findest, daß meine Worte wahr sind, so laß mich meiner Wege ziehen und schreib mir mit deiner eigenen Hand einen Freibrief, daß ich dein Freigelassener bin, damit keiner von den Scharen der Dämonen mir entgegentritt, sei er von denen, die oben in der Höhe fliegen, oder von denen, die unten in der Tiefe hausen, oder von denen, die ins Meer tauchen!‘ Maimûna aber entgegnete ihm: ‚Was ist’s, das du heute nacht gesehen hast, du Lügner, du Verfluchter? Tu es mir kund; doch lüge nicht, wenn du etwa vermeinst, du könntest meiner Hand durch Lüge entrinnen! Denn ich schwöre dir bei dem Zeichen, das in den Stein des Siegelringes Salomos, des Sohnes Davids, – über beiden sei Heil! – eingegraben ist, wenn deine Worte nicht wahr sind, so rupfe ich dir mit meiner eigenen Hand deine Federn aus, reiße dir die Haut ab und zerbreche dir deine Knochen!‘ Der Dämon Dahnasch ibn Schamhûrisch, der Geflügelte, sprach: ‚Hohe Herrin, ich nehme diese Bedingung an.‘ – –«

Da bemerkte Schehrezâd, daß der Morgen begann, und sie hielt in der verstatteten Rede an. Doch als die *Hundertundachtundsiebenzigste Nacht* anbrach, fuhr sie also fort: »Es ist mir berichtet worden, o glücklicher König, daß Dahnasch zu Maimûna sprach: ‚Hohe Herrin, ich nehme diese Bedingung an.‘ Dann fuhr er fort: ‚Wisse, meine Gebieterin, ich komme heute nacht von den äußersten Inseln des Landes China; das ist des

Königs el-Ghajûr Land, und er ist als Herr der Inseln und der Meere und der sieben Schlösser bekannt. Und dort sah ich eine Tochter jenes Königs, so schön, wie Allah keine zu ihrer Zeit erschaffen hat. Ich kann sie dir nicht beschreiben; denn meine Zunge vermag sie nicht so zu schildern, wie es sich gebührt. Trotzdem will ich dir etwas von ihren Reizen berichten und will der Wahrheit nahezukommen versuchen. Ihr Haar ist dunkel wie die Nächte des Scheidens und Voneinandergehens, ihr Antlitz aber ist hell wie die Tage des seligen Wiedersehens; und schön hat der Dichter von ihr gesungen:

Sie löste eines Nachts drei Locken ihres Haares –
Und zeigte mir, wie nun vier Nächte draus entstanden.
Sie blickte auf zum Mond am Himmel mit ihrem Antlitz,
Und zeigte mir, wie sich zwei Monde zugleich verbanden.

Ihre Nase ist wie des gefegten Schwertes Schneide; ihre Wangen sind wie Purpurwein, ja, wie rote Anemonen sind sie beide. Ihre Lippen scheinen Korallen und Karneole zu sein; der Tau ihres Mundes ist lieblicher als alter Wein, und sein Geschmack löscht die Feuerpein. Ihre Zunge bewegt ein reicher Verstand; stets ist ihr eine Antwort zur Hand. Ihr Busen berückt einen jeden, der ihn erblickt – Preis sei Ihm, der ihn geschaffen und gebildet hat! – Und an ihn schließen sich zwei runde Arme an, deren Lob einst der verzückte Dichter kundgetan:

Zwei Arme – hätten sie nicht an Spangen ihren Halt,
So flössen sie aus den Ärmeln mit eines Stromes Gewalt.

Und sie hat zwei Brüste wie Kästchen aus Elfenbein, von deren Glanze Sonne und Mond ihr Licht entleihn; und einen Leib mit Falten so zart wie ein koptisches Gewebe von ägyptischer Art, gewirkt mit einer Faltenzier gleich dem gekräuselten Papier. Der schließt sich an einen schlanken Rumpf, undenkbar dem menschlichen Verstand, über Hüften gleich Hügeln aus Wüstensand; die ziehen sie nieder, wenn sie aufstehen will, und wecken sie, wenn sie schlafen will, wie der Dichter so trefflich von ihnen singt:

Die Hüften hängen ihr an einem zarten Rumpfe,
Und diese Hüften handeln schlecht gegen sie und mich.
Sie halten stets mich fest, wenn ich nur an sie denke,
Und ziehen sie herab zum Boden, erhebt sie sich.

Und diese Hüften werden getragen von zwei Schenkeln, rund und weich, und zwei Waden, Perlensäulen gleich. All dies wiederum ruht auf zwei zarten Füßen, schlank und scharf wie die Spitzen von Spießen, dem Werke Gottes, dessen Schutz und Vergeltung wir genießen. Und immer staune ich deswegen, wie sie in ihrer Kleinheit all das, was darüber ist, zu tragen vermögen. Ich habe meine Beschreibung kurz gemacht, weil ich fürchte, sie würde sonst zu lange dauern.' – –«

Da bemerkte Schehrezâd, daß der Morgen begann, und sie hielt in der verstatteten Rede an. Doch als die *Hundertundneunundsiebenzigste Nacht* anbrach, fuhr sie also fort: »Es ist mir berichtet worden, o glücklicher König, daß der Dämon Dahnasch ibn Schamhûrisch zu der Dämonin Maimûna sagte: ‚Ich habe meine Beschreibung kurz gemacht, weil ich fürchte, sie würde sonst zu lange dauern.' Wie Maimûna die Beschreibung jenes Mädchens und ihrer Schönheit und Anmut gehört hatte, war sie erstaunt. Dahnasch aber fuhr fort: ‚Der Vater des Mädchens ist ein König voll Macht, ein Ritter zum Kampfe entfacht, der durch das Schlachtengetümmel watet bei Tag und bei Nacht, der dem Tode ins Auge schaut und der sich vor dem Verderben nicht graut; denn er ist ein herrischer Tyrann und ein gewalttätiger, siegreicher Mann, der da herrscht über Krieger und Heere, über Länder und Inseln im Meere, über Städte und Dörfer im Land, König el-Ghajûr genannt, als der Herr der Inseln und der Meere und der sieben Schlösser bekannt.

374

Er liebt seine Tochter, diese Maid, die ich dir beschrieben habe, heiß und innig, und in seiner Liebe zu ihr hat er die Schätze aller Könige aufgespeichert und ihr damit sieben Schlösser erbaut, ein jedes von besonderer Art; das erste aus Kristall, das zweite aus Marmor, das dritte aus chinesischem Stahl, das vierte aus Edelsteinen und Juwelen, das fünfte aus Mosaik von Ton und buntem Achat, das sechste aus Silber, und das siebente aus Gold. Und all die sieben Schlösser hat er mit kostbarem Hausrat angefüllt, mit seidenen Teppichen, mit Gefäßen aus Gold und Silber und mit allen Geräten jeglicher Art, wie Könige sie brauchen. Und er gebot seiner Tochter, in jedem Schlosse einen Teil des Jahres zu wohnen und dann in ein anderes zu ziehen. Ihr Name aber ist Prinzessin Budûr.[1]

Als nun ihre Schönheit bekannt wurde und ihr Ruhm sich im Lande verbreitete, schickten alle Könige zu ihrem Vater und freiten bei ihm um sie. Da sprach er mit ihr über die Ehe und wollte sie überreden; aber sie hatte eine Abneigung dagegen und sprach zu ihrem Vater: ,Lieber Vater, mich verlangt es ganz und gar nicht danach, vermählt zu werden; sieh, ich bin Herrin und Gebieterin und Prinzessin, ich herrsche über die Menschen, und ich will nicht, daß ein Mann über mich herrscht.' Doch jedesmal, wenn sie eine Werbung abwies, ward das Verlangen der Freier nach ihr nur noch größer. So schickten denn schließlich alle Könige der fernen Inseln Chinas Geschenke und Kostbarkeiten an ihren Vater und bewarben sich um sie in ihren Briefen. Da sprach ihr Vater wiederum mit ihr über die Ehe viele Male: aber sie willfahrte ihm nicht. Endlich ward sie seiner sogar überdrüssig und sprach zu ihm in ihrem Zorne: ,Vater, wenn du nur noch einmal mir von der Ehe redest, so gehe ich in den Palast, nehme ein Schwert, stecke es aufrecht

1. Vollmonde.

in den Boden und setze mir die Spitze auf den Leib; dann werfe ich mich darauf, so daß es mir zum Rücken wieder herausfährt und ich so meinem Leben ein Ende mache.' Als der König solche Worte von ihr vernommen hatte, da ward das helle Licht finster vor seinem Angesicht, und sein Herz entbrannte heftig aus Sorge um sie; denn er fürchtete nun, sie würde sich das Leben nehmen, und er war ratlos, was er mit ihr und mit den Königen, die um sie freiten, tun solle. So sprach er zu ihr: ‚Wenn es dein fester Wille ist, dich nicht zu vermählen, so gehe nicht mehr aus noch ein!' Dann führte ihr Vater sie in den Palast, schloß sie darin ein, setzte zehn alte Weiber als Aufseherinnen für sie ein und verbot ihr, in die sieben Schlösser zu gehen; ja, er tat, als sei er zornig wider sie, und schickte Briefe an alle die Könige und ließ sie wissen, sie sei mit Umnachtung des Verstandes geschlagen. Seit einem Jahre nun lebt sie in Abgeschlossenheit.' Dann sagte der Dämon Dahnasch noch zu der Dämonin Maimûna: ‚Ich aber, hohe Herrin, gehe jede Nacht zu ihr, schaue sie an und habe meine Freude an ihrem Antlitz; und ich küsse sie auf die Stirn, während sie schläft, aber weil ich sie so lieb habe, füge ich ihr keinen Schaden und kein Leid zu, noch auch schlafe ich bei ihr. Ihre Jugend ist so schön und ihre Anmut so herrlich; und jeder, der sie sieht, entbrennt in eifersüchtiger Liebe zu ihr. Ich beschwöre dich, Herrin, kehre mit mir zurück, schau ihre Schönheit und Lieblichkeit und ihres Wuchses Ebenmäßigkeit; und dann, wenn du willst, so züchtige mich oder laß mich binden; tu, was du willst, denn du kannst gebieten und verbieten.' Darauf senkte der Dämon Dahnasch sein Haupt zu Boden und ließ seine Flügel hängen. Die Dämonin Maimûna aber lachte über seine Worte, spie ihm ins Angesicht und sprach: ‚Was für ein Ding ist das Mädchen, von dem du sprichst? Das ist doch nur eine Topfscherbe zum Abwischen von Unrat! Pah, pah! Bei Allah, ich dachte, du kämest mit wunderbaren Dingen und würdest mir eine seltsame Kunde überbringen, du Verfluchter! Wie wäre es erst, wenn du meinen Geliebten erblicktest! Ich habe heute nacht einen jungen Menschen gesehen, wenn du den auch nur im Traume sähest, so würdest du vor Bewunderung gelähmt, und der Speichel würde dir laufen.' Da fragte Dahnasch sie: ‚Was ist's mit diesem Jüngling?' ‚Wisse, Dahnasch,' erwiderte sie, ‚diesem Jüngling ist es ebenso ergangen, wie deiner Geliebten von der du mir erzählt hast. Sein Vater hat ihm viele Male befohlen, er solle sich vermählen; aber er weigerte sich dessen. Und da er nicht gehorchte, ward sein Vater zornig über ihn und schloß ihn in dem Turme ein, in dem ich wohne. Heute nacht stieg ich dort empor und erblickte ihn.' Dahnasch sagte darauf: ‚Hohe Herrin, zeig mir diesen Jüngling, auf daß ich sehe, ob er schöner ist als meine Geliebte, die Prinzessin Budûr, oder nicht. Denn ich kann nicht glauben, daß in unserer Zeit jemand gefunden wurde, der ihr gleicht.' Maimûna aber rief: ‚Du lügst, du Verfluchter, du elendester Mârid und gemeinster Satan! Ich bin sicher, daß sich in dieser Welt niemand findet, der meinem Geliebten gleich wäre.' – –«

Da bemerkte Schehrezâd, daß der Morgen begann, und sie hielt in der verstatteten Rede an. Doch als die *Hundertundachtzigste Nacht* anbrach, fuhr sie also fort: »Es ist mir berichtet worden, o glücklicher König, daß die Dämonin Maimûna zum Dämon Dahnasch sprach: ‚Ich bin sicher, daß sich in dieser Welt niemand findet, der meinem Geliebten gleicht. Bist du denn verrückt, daß du deine Geliebte mit meinem Geliebten vergleichen willst?' ‚Ich beschwöre dich bei Allah, Gebieterin,' bat er, ‚komm mit mir und schau meine Geliebte an; dann will ich mit dir zurückkehren und deinen Geliebten ansehen!' Sie gab ihm zur Antwort: ‚Das soll sicherlich geschehen, du Verfluchter, denn du bist ein listiger Satan. Aber nur dann will ich mit dir und sollst du mit mir kommen, wenn wir eine Wette machen. Die soll so sein: Wenn deine Geliebte, die du so sehr liebst und deren du dich mir gegenüber rühmst, wirklich schöner ist als mein Geliebter, von dem ich dir erzählt habe, den ich so sehr liebe und dessen ich mich dir gegenüber rühme, so hast du die Wette gegen mich gewonnen. Wenn aber mein Geliebter schöner ist, so habe ich die Wette gegen dich gewonnen.‘ ‚Hohe Herrin,‘ erwiderte Dahnasch, ‚ich nehme diese Wette von dir an und bin mit ihr einverstanden. Komm mit mir zu den Inseln!‘ Doch Maimûna rief: ‚Nein! Die Stätte meines Geliebten ist näher als der Ort, an dem deine Geliebte weilt; hier unter uns ist sie. Also flieg du mit mir hinunter, damit du zuerst meinen Geliebten siehst; danach wollen wir zu deiner Geliebten fliegen.‘ Dahnasch entgegnete: ‚Ich höre und gehorche!‘ Dann schwebten die beiden hinab und kamen in die Halle, die in dem Turme war. Dort ließ Maimûna den Dahnasch neben dem Lager stehen, streckte ihre Hand aus und zog die seidene Decke von dem Antlitz des Kamar ez-Zamân, des Sohnes des Königs Schehrimân, und sein Angesicht glänzte und gleißte, schien und schimmerte hell. Maimûna blickte es an, wandte sich im selben Augenblick zu Dahnasch und sprach: ‚Wohlan, du Verfluchter, dorthin geblickt! Sei doch nicht ganz und gar verrückt! Eine Jungfrau bin ich, und doch bezaubert er mich.‘ Da schaute Dahnasch ihn an und betrachtete ihn eine lange Weile; dann schüttelte er sein Haupt und sprach zu Maimûna: ‚Bei Allah, Gebieterin, du bist entschuldbar. Aber du mußt noch etwas anderes erwägen, nämlich, daß ein Mädchen und ein Jüngling von verschiedener Art sind. Bei Allah, dieser dein Geliebter gleicht am ehesten von aller Kreatur meiner Gelieb-

378

ten an Schönheit und Lieblichkeit, an Anmut und Vollkommenheit; und es ist, als wären sie beide zugleich in derselben Form der Herrlichkeit gegossen.' Als Maimûna diese Worte aus dem Munde des Dahnasch vernahm, ward das helle Licht dunkel vor ihrem Angesicht, und sie schlug ihm mit ihrem Flügel so heftig auf den Kopf, daß er fast daran gestorben wäre. Dann sprach sie zu ihm: ,Ich beschwöre dich beim Lichte seines glorreichen Angesichtes, eile fort, du Verfluchter, in diesem Augenblick, heb deine Geliebte, die du so sehr liebst, empor und bringe sie rasch hierher, auf daß wir beide nebeneinander legen und sie anschauen können, während sie Seite an Seite schlafen; dann wird sich uns zeigen, wer von beiden herrlicher und schöner ist. Führst du meinen Befehl nicht sofort aus, du Verfluchter, so laß ich meine Funken wider dich sprühen und dich in meinem Feuer verglühen; dann zerreiße ich dich in Stücke und werfe dich in den Wüstensand, zur Warnung für jeden, der da wohnt und wandert im Land!' ,Hohe Herrin,' erwiderte Dahnasch, ,dein Befehl ist mir Pflicht. Ich weiß aber, daß meine Geliebte schöner und lieblicher ist.' Dann flog der Dämon Dahnasch unverzüglich davon; Maimûna aber flog mit ihm, um ihn zu bewachen. Eine Weile blieben sie fort, danach kehrten sie zurück, indem sie die Prinzessin trugen; sie war gekleidet in ein feines venetianisches Hemd mit zwei goldenen Säumen und bestickt mit den feinsten Stickereien; und auf den Rändern der Ärmel waren diese Verse gewirkt:

> *Drei Dinge haben sie gehindert, zu uns zu kommen*
> *Aus Furcht vor Spähern und vor des Neiders böser Gewalt:*
> *Der helle Glanz der Stirn und ihrer Spangen Klirren,*
> *Der süße Ambraduft entströmend ihrer Gestalt.*
> *Bedeckt sie mit dem Zipfel des Ärmels die Stirne auch,*
> *Mag sie den Schmuck abtun – wie schön bleibt doch ihr Hauch!*

So trugen Dahnasch und Maimûna die Prinzessin dahin, bis sie sie niederließen und zur Seite des Jünglings Kamar ez-Zamân auf das Lager legten. – –«

Da bemerkte Schehrezâd, daß der Morgen begann, und sie hielt in der verstatteten Rede an. Doch als die *Hundertundein-undachtzigste Nacht* anbrach, fuhr sie also fort: »Es ist mir berichtet worden, o glücklicher König, daß der Dämon Dahnasch und die Dämonin Maimûna die Prinzessin Budûr dahintrugen, bis sie sich niederließen und sie zur Seite des Kamar ez-Zamân auf das Lager legten. Dann enthüllten sie die Gesichter der beiden, und sie waren einander von allen Menschen am ähnlichsten, als ob sie Zwillinge oder einzige Geschwister wären; ja, beide waren eine Verführung für die Gottesfürchtigen, wie von ihnen der Dichter in seinen klaren Worten sagt:

> *Mein Herz, o liebe nicht nur eine einz'ge Schöne,*
> *Sonst bringet sie dir Not in Liebesspiel und Pein:*
> *Umfaß mit deiner Liebe die Schönen all, du findest,*
> *Wenn eine dich verschmäht, wird doch die andre dein!*

Und ein anderer sagt:

> *Ich sah mit meinem Auge zwei Schlafende am Boden;*
> *Auch wenn sie auf dem Auge mir lägen, liebt ich sie.*

Nun sahen Dahnasch und Maimûna die beiden eine Weile an; dann sprach Dahnasch: ,Bei Allah, vortrefflich, Gebieterin, meine Geliebte ist doch schöner!' Aber Maimûna sprach: ,Nein, mein Geliebter ist schöner! Wehe dir, Dahnasch, du bist blind an Augen und Verstand, du kannst zwischen zart und grob nicht unterscheiden. Willst du die Wahrheit verbergen? Siehst du nicht seine Schönheit und Lieblichkeit und seines Wuchses Ebenmäßigkeit? Wehe dir, höre, was ich dir über meinen Geliebten sagen will! Und wenn du deine Geliebte in Wahrheit liebst, so sing du ebenso von ihr wie ich von meinem Geliebten.' Dann küßte Maimûna den Kamar ez-Zamân viele Male auf die Stirn, und sie sang auf ihn dies Lied:

Was geht der Tadler mich an, der um deinetwillen mich schmähet?
Wie gäb es einen Trost über dich, du Zweig, so zart?
Du hast ein dunkles Auge, das von Zauber sprühet,
Vor dir hat keine Zuflucht die Liebe von Asras[1] Art.
Mit deinen Türkenblicken verwundest du die Herzen,
Wie nie die scharfe Klinge dem Feinde Wunden schlug.
Du ludest auf mich die Last der Liebe; doch ich Arme,
Ich hab zum Tragen des Hemdes nicht einmal Kraft genug!
Du weißt, wie ich dich liebe; die Sehnsucht ist mein Wesen,
Und Lieb zu einem andren als dir ist mir verwehrt.
O wäre doch mein Herz wie dein Herz, ja, dann wäre
Schmal wie dein schlanker Leib mir nicht mein Leib verzehrt.
Doch ach, er ist ein Mond mit aller seiner Anmut
Im Kreise der Menschenkinder, er ist der Schönheit Zier.
Die mich ob Liebe tadeln, sprachen: Wer ist denn jener,
Um den du also leidest? Ich sprach: Beschreibt ihn mir!
Du hartes Herze sein, o lerne doch die Zartheit
Von seinem Wuchs; dann wirst du mild und mir geneigt.
Du hast, Geliebter mein, für die Schönheit einen Wächter,
Der hart ist gegen mich, der keine Milde zeigt.
Falsch ist's, wenn einer sagt, alle Schönheit sei in Joseph;[2]
Wie viele liebliche Josephs sind vereint in dir!
Die Geister fürchten mich, wenn ich nur vor sie trete;
Und doch, wenn ich dich sehe, erbebt das Herze mir.
Ich mühe mich, aus Ehrfurcht deinen Blick zu meiden,
Und doch, zu dir zieht's mich. Welch Mühe voller Leiden![3]

Als Dahnasch das Lied der Maimûna zum Preise ihres Geliebten hörte, geriet er in höchstes Entzücken und in die größte Verwunderung. – –«

1. Vgl. Seite 33, Anmerkung 1. – 2. Vgl. Seite 33, Anmerkung 2. – 3. Der Schlußvers, der offenbar ein Zusatz ist und den Zusammenhang stört, ist in der Übersetzung weggelassen.

Da bemerkte Schehrezâd, daß der Morgen begann, und sie hielt in der verstatteten Rede an. Doch als die *Hundertundzwei-undachtzigste Nacht* anbrach, fuhr sie also fort: »Es ist mir berichtet worden, o glücklicher König, daß der Dämon Dahnasch, als er das Lied der Maimûna zum Preise ihres Geliebten hörte, vor lauter Entzücken zitterte und sprach: ‚Du hast ein Lied über ihn, den du liebst, gesungen und du hast ihn schön beschrieben. So muß denn auch ich mir wohl alle Mühe geben, so viel ich vermag, und etwas zum Preise meiner Geliebten singen.‘ Darauf trat Dahnasch zu der Prinzessin Budûr, küßte ihre Stirn, blickte Maimûna an und dann wieder seine geliebte Budûr, und dann sang er dies Lied, obwohl die Dichtung ihn sonst mied:

> *Sie tadeln wegen der Liebe zur Schönen, und sie schelten;*
> *Die Toren sind ungerecht, ja, sie sind ungerecht.*
> *Gewähre dem Sklaven der Liebe, daß er dich wiedersehe;*
> *Denn muß er Trennung kosten und fern sein, geht's ihm schlecht.*
> *Ich bin gequält in Sehnsucht durch meine Tränenströme,*
> *Die blutgleich sind, von denen mein Auge überquillt.*
> *Es ist kein Wunder um das, was ich in Liebe leide;*
> *O Wunder, nach deinem Scheiden kennt man mein Leibesbild!*
> *Nie will ich dich wiedersehn, wenn Argwohn mich beseelt*
> *Oder mein Herz die Liebe vergißt oder sich drum quält.*

Dann sprach er noch diese Verse:

> *Ich ging an ihren Stätten vorbei am Rande des Tales;*
> *Ich ward erschlagen; der Zahler des Blutpreises war nicht dort.*
> *Ich wurde trunken vom Weine der Sehnsucht, und da tanzte*
> *Das Auge der Tränen mir zum Hirtenlied immerfort.*
> *Ich strebe nach dem Glücke des Wiedersehns, doch mir ziemet,*
> *Daß bei den vollen Monden[1] das Glück sich offenbart.*
> *Ich weiß nicht, über welches von dreien ich mich beklage –*
> *So zähle ich sie auf; hör du, was aufgezählt ward:*

1. Budûr.

Ihr Blick, der Träger des Schwertes? Ihr Leib, der Lanzenschwinger?
Oder ist's ihr Schläfenhaar, dem Kettenpanzer gleich?
Ich fragte nach ihr einen jeden, der mir nur immer begegnet
Von Leuten in der Stadt oder in der Wüste Reich.
Sie sprach: Ich bin in deinem Herzen; schau hinein,
Du siehst mich dann. Ich sprach: Wo mag mein Herz wohl sein?

Als Maimûna diese Verse von Dahnasch vernahm, sprach sie:
,Das hast du gut gemacht, Dahnasch! Aber sag, wer von diesen beiden ist am schönsten?' Er antwortete: , Meine Geliebte
Budûr ist schöner als dein Geliebter.' Da rief Maimûna: ,Du
lügst, Verfluchter! Nein, mein Geliebter ist schöner als deine
Geliebte.' Aber er wiederholte: ,Meine Geliebte ist schöner.'
So stritten sie weiter mit Worten, bis schließlich Maimûna den
Dahnasch anschrie und auf ihn dreinschlagen wollte; da demütigte er sich vor ihr, mäßigte seine Worte und sprach: ,Möge
die Wahrheit dich nicht verletzen! Laß uns mit Rede und Gegenrede aufhören; denn jeder von uns bezeugt, daß sein Lieb
am schönsten ist! So möge jeder von uns sein Wort zurücknehmen; wir wollen jemanden suchen, der gerecht zwischen
uns entscheidet, und an seinen Spruch wollen wir uns halten.'
,Ich bin damit einverstanden', sprach Maimûna und klopfte
mit der Hand auf die Erde. Da kam ein Dämon heraus, der
hatte ein blindes Auge, war buckelig und krätzig; seine Augen
waren der Länge nach durch sein Gesicht geschlitzt, er hatte auf
dem Kopfe sieben Hörner, und vier Haarsträhnen hingen ihm
bis auf die Knöchel; seine Hände waren wie Worfschaufeln,
seine Beine wie Masten, er hatte Klauen wie die eines Löwen
und Hufe wie die eines Wildesels. Als jener Dämon aus der
Erde emporgestiegen war und Maimûna erblickte, küßte er
den Boden vor ihr und blieb stehen, indem er die Hände auf
dem Rücken kreuzte; und er fragte: ,Was ist dein Begehr, o
Herrin und Königstochter?' Sie erwiderte: ,Kaschkasch, ich

wünsche, daß du zwischen mir und dem verfluchten Dahnasch
da entscheidest.' Dann erzählte sie ihm alles von Anfang bis zu
Ende. Nun schaute der Dämon Kaschkasch das Antlitz des
Jünglings und das Antlitz der Jungfrau an, und er sah die beiden schlafend daliegen, wie sie einander umschlungen hielten,
da jeder von beiden seinen Arm unter den Hals des anderen
gelegt hatte; sie waren einander gleich an Schönheit und Lieblichkeit und einander ebenbürtig an Holdseligkeit. Erstaunt
ob ihrer Herrlichkeit und Anmut schaute Kaschkasch sie an;
dann wandte er sich zu Maimûna und Dahnasch, nachdem
er den Jüngling und die Jungfrau lange betrachtet hatte, und
er sprach diese Verse:

> *Gehe zu der, die du liebst, und meide die Worte des Neiders;*
> *Denn der Neidhart ist doch niemals der Liebe gut.*
> *Der Barmherzige schuf nie einen schöneren Anblick*
> *Als ein liebend Paar, das auf Einem Bette ruht.*
> *Sie liegen innig umschlungen, bedeckt vom Kleide der Freude,*
> *Und als Kissen dient einem des anderen Arm und Hand.*
> *Wenn die Herzen einander in treuer Liebe verbunden,*
> *Sind sie wie Stahl geschmiedet; kein Mensch zerschlägt das Band.*
> *Und wenn dir in deinem Leben je ein Getreuer begegnet,*
> *Trefflich ist solch ein Freund! Drum lebe für ihn allein![1]*
> *O der du wegen der Liebe das Volk der Liebenden tadelst,*
> *Kannst du dem kranken Herzen Arzt und Retter sein?*
> *Vereine uns, o Herr, in deiner Barmherzigkeit,*
> *Eh daß wir sterben, sei's auch nur eines Tages Zeit!*

Dann wandte der Dämon Kaschkasch sich von neuem zu Maimûna und Dahnasch und sprach zu ihnen: ‚Bei Allah, wenn
ihr die Wahrheit hören wollt, so sage ich euch offen, die beiden
sind gleich an Schönheit und Lieblichkeit, an Anmut und Vollkommenheit, und es ist kein Unterschied zwischen beiden, nur

---

1. Die Reihenfolge der Verse ist hier nach Band I, Seite 255, geändert.

daß sie verschiedenen Geschlechtes sind. Doch ich habe noch einen anderen Gedanken, und der ist, daß wir je einen von den beiden aufwecken, ohne daß der andere es weiß; und wer dann von heißerer Liebe zu dem anderen entzündet wird, der soll ihm an Schönheit und Anmut unterlegen sein.' Maimûna sprach: ,Der Rat ist gut', und Dahnasch: ,Ich bin damit einverstanden.' Nun verwandelte Dahnasch sich in die Gestalt eines Flohes und biß den Kamar ez-Zamân; der aber fuhr erschrocken aus seinem Schlafe auf. – –«

Da bemerkte Schehrezâd, daß der Morgen begann, und sie hielt in der verstatteten Rede an. Doch als die *Hundertunddreiundachtzigste Nacht* anbrach, fuhr sie also fort: »Es ist mir berichtet worden, o glücklicher König, daß Dahnasch sich in die Gestalt eines Flohes verwandelte und den Kamar ez-Zamân biß, und daß dieser erschrocken aus seinem Schlafe auffuhr. Dann kratzte er die Stelle des Bisses an seinem Nacken, weil der Schmerz ihn so sehr brannte, und dabei bewegte er sich zur Seite. Und da sah er neben sich etwas liegen, dessen Hauch süßer als duftiger Moschus und dessen Leib weicher als Rahm war. Darüber wunderte Kamar ez-Zamân sich gar sehr, und so setzte er sich auf und schaute auf jenes Wesen, das an seiner Seite ruhte; und er sah, daß es eine Jungfrau war, strahlend wie ein kostbarer Edelstein oder wie eine hohe Kuppel im Sonnenschein, ihre Gestalt war wie eine Linie aufrecht und fein; ihr Wuchs war zierlich klein, ihr Busen schwellend und ihre Wange von rosenrotem Schein, wie der Dichter von ihr sagt:

> Noch nie war viererlei vereint so wie bei ihr,
> Für die ich all mein Herzblut gern vergießen würde:
> Der helle Glanz der Stirne und der Locken Nacht,
> Der Wangen Rosen und des lächelnden Mundes Zierde.

Und ein anderer sagt:

Sie kommt wie ein Mond und neigt sich gleichwie ein Zweig der Weide;
Sie blickt wie eine Gazelle, ihr Hauch ist Ambra fein.
Es ist, als sei der Gram mir fest ins Herz geschmiedet;
Wenn sie von dannen geht, so findet er sich ein.

Als Kamar ez-Zamân die Prinzessin Budûr, die Tochter des Königs el-Ghajûr, erblickte und sie in ihrer Schönheit und Anmut an seiner Seite ruhen sah, und weiter sah, daß sie nur ein venetianisches Hemd trug ohne Hosen, daß auf ihrem Haupte ein goldgesticktes, juwelenbesetztes Tuch lag, daß in ihren Ohren ein Paar von Ringen war, die wie Sterne leuchteten, und daß um ihren Hals eine Kette lag von einzigartig kostbaren Perlen, wie sie kein König besaß, – als er das mit eigenen Augen sah, da verwirrte sich ihm der Verstand, und es regte sich in ihm die natürliche Begierde, und Allah erfüllte ihn mit dem Verlangen nach der Umarmung. So sprach er bei sich: ,Was Allah will, das geschieht; doch was er nicht will, das geschieht nicht.' Dann streckte er seine Hand aus und wendete sie um und öffnete den Halssaum ihres Hemdes: da ward ihr Busen ihm sichtbar, und er erblickte ihre Brüste wie zwei Kästchen aus Elfenbein, und nun ward seine Liebe zu ihr noch heißer, und es verlangte ihn übermächtig nach ihr. Er wollte sie wecken, doch sie wachte nicht auf, weil Dahnasch sie in einen tiefen Schlaf versenkt hatte. Da schüttelte er sie hin und her und sprach: ,Mein Lieb, erwache und sieh mich an; ich bin Kamar ez-Zamân!' Dennoch erwachte sie nicht, ja, sie bewegte nicht einmal ihr Haupt. Eine lange Weile sann er über sie nach und sprach bei sich selber: ,Wenn ich recht vermute, so ist dies die Jungfrau, mit der mein Vater mich vermählen wollte – und drei Jahre lang habe ich mich dessen geweigert! Aber, so Gott will, wenn der Morgen kommt, will ich zu meinem Vater sagen: Vermähle mich mit ihr! Dann will ich sie genießen, und damit soll es sein Bewenden haben.' – –«

Da bemerkte Schehrezâd, daß der Morgen begann, und sie hielt in der verstatteten Rede an. Doch als die *Hundertundvierundachtzigste Nacht* anbrach, fuhr sie also fort: »Es ist mir berichtet worden, o glücklicher König, daß Kamar ez-Zamân bei sich selber sprach: ‚Bei Allah, morgen früh will ich zu meinem Vater sagen: Vermähle mich mit ihr! Und ich will keinen halben Tag vergehen lassen, bis mich die Vereinigung mit ihr erfreut; dann genieße ich ihre Schönheit und Lieblichkeit.' Darauf neigte Kamar ez-Zamân sich über Budûr, um sie zu küssen. Die Dämonin Maimûna aber begann zu zittern und stand beschämt da, während der Dämon Dahnasch vor Freude verging. Doch als Kamar ez-Zamân sie auf den Mund küssen wollte, kam die Scheu vor Allah dem Erhabenen über ihn, und er wandte sein Haupt ab, und indem er sein Antlitz nach der anderen Seite neigte, sprach er zu seinem Herzen: ‚Fasse dich in Geduld!' Und weiter dachte er nach, indem er sich sagte: ‚Ich will mich gedulden; vielleicht hat mein Vater, als er auf mich erzürnt war und mich in diesen Kerker schickte, auch diese Jungfrau hierher gebracht, ihr geboten zu schlafen, damit er mich durch sie auf die Probe stelle, und ihr aufgetragen, sie solle nicht sogleich aufwachen, wenn ich sie wecken wolle, und ihr gesagt: Was Kamar ez-Zamân auch mit dir tut, das laß mich wissen. Vielleicht steht mein Vater gar irgendwo verborgen, wo er mich erblicken kann, ohne daß ich ihn sehe, und alles sieht, was ich mit dieser Jungfrau tue. Dann würde er mich morgen schelten und rufen: Wie konntest du sagen, du habest kein Verlangen nach der Ehe, wo du doch diese Jungfrau geküßt und umarmt hast? Darum will ich mich ihrer enthalten, auf daß ich nicht vor meinem Vater bloßgestellt werde;

das Rechte ist, daß ich diese Jungfrau zu dieser Stunde nicht berühre und sie nicht mehr anschaue; nur will ich etwas von ihr nehmen, das mir ein Zeichen und eine Erinnerung an sie sein soll; dann wird ein Erkennungszeichen für mich und sie bestehen.' Dann hob Kamar ez-Zamân die Hand der Prinzessin und nahm von ihrem kleinen Finger einen Siegelring, der viel Geld wert war, da sein Stein aus dem kostbarsten Juwel bestand; um ihn aber waren diese Verse eingegraben:

> *Glaub nicht, ich könne je den Bund mit dir vergessen,*
> *Und weilest du mir fern auch noch so lange Zeit.*
> *Gebieter mein, erweise mir Großmut doch und Güte:*
> *Mein Kuß sei deiner Wange und deinem Mund geweiht.*
> *Bei Allah, ich will niemals von deiner Seite gehn,*
> *Magst du auch in der Liebe die Grenzen übersehn.*

Jenen Siegelring zog Kamar ez-Zamân von dem kleinen Finger der Prinzessin Budûr und schob ihn auf seinen eigenen; dann wandte er ihr den Rücken zu und begann wieder zu schlummern. Als nun die Dämonin Maimûna das sah, war sie erfreut, und sie sprach zu Dahnasch und Kaschkasch: ‚Habt ihr beiden gesehen, wie keusch mein Geliebter Kamar ez-Zamân an dieser Jungfrau gehandelt hat? So ist denn dies die Vollendung seiner Vortrefflichkeit. Seht doch, wie er diese Jungfrau in ihrer Schönheit und Anmut betrachtete, und sie doch nicht umarmte noch küßte und seine Hand nicht nach ihr ausstreckte, sondern ihr den Rücken zuwandte und wieder einschlief!' Beide antworteten: ‚Ja, wir haben gesehen, wie vollkommen schön er gehandelt hat.' Nun aber verwandelte Maimûna sich und nahm die Gestalt eines Flohes an; dann drang sie in das Gewand der Budûr, der Geliebten des Dämonen, ein, kroch auf ihre Wade und dann weiter auf ihren Schenkel, und als sie vier Fingerbreit unterhalb ihres Nabels war, da stach sie sie. Alsbald

388

öffnete die Prinzessin ihre Augen und setzte sich aufrecht; und sie sah einen Jüngling an ihrer Seite ruhen, der in seinem Schlafe tief atmete, das schönste der Geschöpfe Allahs des Erhabenen, dessen Augen die schönen Paradiesesjungfrauen beschämten; seiner Lippen Tau war von süßem Geschmack und heilsamer als Theriak; es schien, als wäre sein Mund wie das Siegel Salomonis rund, seine Lippen waren von der Korallen Art, und seine Wangen wie rote Anemonen zart, wie ihn ein Dichter in diesen Versen schildert:

> Mein Herz hat sich ob Zainab[1] und Nawâr[1] getröstet
> Um zarten Flaumes willen auf rosenroten Wangen.
> Jetzt liebe ich ein Reh in duftigem Gewande
> Und habe keine Lieb zur Maid im Schmuck der Spangen.
> Mein Freund ist in der Halle und auch in meiner Kammer,
> Und er ersetzt die Freundin mir im Hause traun.
> Der du mich schiltst, daß ich Zainab und Hind[1] verlassen –
> Was mich bewog, ist klar wie Licht im Morgengraun.
> Willst du, ich soll Gefangner einer Gefangnen sein,
> Die hinter Schloß und Riegel ist und Mauerstein?

Als die Prinzessin Budûr den Kamar ez-Zamân so anblickte, ergriffen sie die Leidenschaft und der sehnenden Liebe Kraft. – – «

Da bemerkte Schehrezâd, daß der Morgen begann, und sie hielt in der verstatteten Rede an. Doch als die *Hundertundfünfundachtzigste Nacht* anbrach, fuhr sie also fort: »Es ist mir berichtet worden, o glücklicher König, daß die Prinzessin Budûr, als sie den Kamar ez-Zamân sah, von Leidenschaft und der sehnenden Liebe Kraft ergriffen ward und zu sich selber sprach: ,O Schmach, da ist ein fremder Jüngling, den ich nicht kenne! Wie kommt es, daß er an meiner Seite auf demselben Lager ruht?' Dann sah sie ihn noch einmal an und betrachtete seine

1. Mädchennamen.

Schönheit und Anmut. Nun sprach sie: ‚Bei Allah, er ist ein schöner Jüngling; und fast wird mir das Herz von Verlangen nach ihm zerrissen. Ach, wie gerate ich durch ihn in Schande! Bei Allah, wenn ich wüßte, daß dieser Jüngling es ist, der um mich bei meinem Vater geworben hat, ich hätte ihn nicht zurückgewiesen, nein, ich hätte mich mit ihm vermählt und hätte seine Anmut genossen!‘ Und wieder blickte sie auf sein Antlitz und sprach: ‚Mein Gebieter, du mein Augenlicht, wach auf aus dem Schlafe, erfreue dich meiner Schönheit und Lieblichkeit!‘ Dann bewegte sie ihn mit der Hand; doch Maimûna, die Geisterfürstin, hatte ihn in einen tiefen Schlaf versenkt und drückte mit ihrem Flügel auf sein Haupt, so daß er nicht aufwachen konnte. Darauf begann die Prinzessin Budûr ihn mit der Hand zu schütteln, indem sie rief: ‚Bei meinem Leben, höre doch auf mich! Wach auf aus deinem Schlafe! Sieh die Narzisse und ihren zarten Flaum! Erfreue dich meines Leibes und seiner Geheimnisse! Kose und tändle mit mir von jetzt an bis zum Morgen! Ich beschwöre dich bei Allah, erhebe dich, mein Gebieter, lehne dich gegen das Kissen, schlaf doch nicht!‘ Aber Kamar ez-Zamân gab ihr keine Antwort, sondern atmete tief in seinem Schlafe. Da rief sie: ‚Ach, ach! Du bist stolz auf deine Schönheit und Lieblichkeit, deine Anmut und Zierlichkeit. Aber so schön, wie du bist, bin ich auch. Was bedeutet denn solch ein Benehmen von dir? Hat man dich gelehrt, du sollest spröde gegen mich sein? Oder hat mein Vater, der unselige Alte, mit dir geredet und dir einen Eid abgenommen, in dieser Nacht nicht mit mir zu sprechen?‘ Aber Kamar ez-Zamân tat den Mund nicht auf und erwachte nicht. Da ward ihre Liebe zu ihm nur noch heißer, und Allah erfüllte ihr Herz mit Leidenschaft zu ihm. Und sie sah ihn mit einem Blicke an, der tausend Seufzer in ihr erweckte; ihr Herz pochte, ihr ganzes

Inneres geriet in Aufregung, und ihre Glieder zitterten. Nun sprach sie zu Kamar ez-Zamân: ‚Mein Gebieter, sprich doch mit mir! Mein Lieb, sag mir ein Wort! Mein Geliebter, gib mir eine Antwort! Sage mir, wie du heißest! Du hast mir den Verstand geraubt.' Doch während alledem blieb Kamar ez-Zamân in Schlaf versunken und erwiderte ihr mit keinem Worte. Da seufzte die Prinzessin Budûr und rief: ‚Ach, ach! Weshalb bist du so hoffärtig?' Doch als sie ihn dann wieder rüttelte und seine Hand umwandte, erblickte sie ihren Siegelring an seinem kleinen Finger. Da stieß sie einen Schrei der Verwunderung aus, und dann blickte sie ihn liebevoll an, indem sie sprach: ‚Ach, ach! Bei Allah, du bist mein Geliebter und du liebst mich! Aber nun zierst du dich wohl und tust spröde gegen mich, obgleich du, mein Lieb, zu mir gekommen bist, während ich schlief und nicht wußte, was du tatest, und mir den Siegelring genommen hast; doch ich will ihn dir nicht wieder vom Finger ziehen.' Darauf öffnete sie den Busen seines Hemdes, neigte sich über ihn und küßte ihn; dann streckte sie ihre Hand aus und suchte, ob sie an ihm etwas fände, das sie mitnehmen könnte; aber sie fand nichts. Und nun griff sie mit der Hand auf seine Brust, und da seine Haut so glatt war, glitt ihre Hand bis auf seinen Leib, bis auf seinen Nabel und fiel auf sein Glied; da erschauerte und bebte ihr Herz, und die Begierde ward heftig in ihr, denn das Verlangen der Frauen ist stärker als das der Männer. Doch sie schämte sich ihrer selbst. Dann nahm sie ihm seinen Siegelring vom Finger und schob ihn auf den ihren an Stelle dessen, den er ihr genommen hatte; und sie küßte seinen Mund, küßte seine Hände und bedeckte seinen ganzen Leib mit Küssen. Zuletzt aber preßte sie sich an ihn, zog ihn an ihren Busen, umarmte ihn, indem sie ihm den einen Arm unter den Nacken, den anderen unter seine Achsel legte, schmiegte sich an ihn und schlief wieder an seiner Seite ein. – –«

Da bemerkte Schehrezâd, daß der Morgen begann, und sie hielt in der verstatteten Rede an. Doch als die *Hundertundsechsundachtzigste Nacht* anbrach, fuhr sie also fort: »Es ist mir berichtet worden, o glücklicher König, daß die Prinzessin Budûr an der Seite des Kamar ez-Zamân einschlief, nachdem sie getan hatte, was erzählt worden ist. Nun sprach Maimûna zu Dahnasch: ‚Hast du gesehen, du Verfluchter, wie stolz und zurückhaltend mein Geliebter gehandelt hat, und wie leidenschaftlich sich deine Geliebte an meinen Geliebten gedrängt hat? Kein Zweifel, mein Geliebter ist schöner als deine Geliebte; doch ich vergebe dir.' Dann schrieb sie ihm einen Freibrief, wandte sich zu Kaschkasch und sprach zu ihm: ‚Schlüpfe mit Dahnasch unter seine Geliebte, heb sie mit ihm empor und hilf ihm sie wieder an ihre Stätte zurückzubringen; denn die Nacht ist fast vergangen, und es ist nur noch eine kleine Weile von ihr übrig.' ‚Ich höre und gehorche!' erwiderte Kaschkasch. Da traten Kaschkasch und Dahnasch zu der Prinzessin Budûr, schlüpften unter sie, hoben sie empor und schwebten mit ihr davon, bis sie sie wieder an ihre Stätte gebracht hatten; dort legten sie sie auf ihr Lager nieder. Maimûna aber blieb zurück, versunken in den Anblick des schlummernden Kamar ez-Zamân, bis die Nacht fast ganz verstrichen war; dann verschwand sie wieder.

Als nun die Morgendämmerung anbrach, erwachte Kamar ez-Zamân aus seinem Schlafe; er wandte sich nach rechts und links, aber er fand kein Mädchen an seiner Seite. Da sprach er zu sich selber: ‚Was hat das zu bedeuten? Es schien, als wollte mein Vater in mir das Verlangen erwecken, mich mit der Jungfrau, die bei mir war, zu vermählen; und nun hat er sie heimlich wieder weggenommen, damit mein Verlangen nach der Ehe noch wachse!' Dann schrie er den Eunuchen, der an der Tür schlief, mit den Worten an: ‚Du verfluchter Kerl da, steh auf!' Der Eunuch aber, vom Schlafe noch wirr im Kopfe, sprang auf und brachte Becken und Kanne. Da begab Kamar ez-Zamân sich zum Abort, verrichtete seine Notdurft und kam wieder zurück; dann vollzog er die religiöse Waschung, betete das Frühgebet und setzte sich nieder, indem er Allah den Erhabenen pries. Darauf blickte er nach dem Eunuchen, und als er ihn dienstbereit vor sich stehen sah, rief er: ‚Du da, Sawâb, wer ist hierher gekommen und hat die Jungfrau von meiner Seite genommen, während ich schlief?' ‚Hoher Herr,' fragte der Eunuch, ‚was für eine Jungfrau?' Kamar ez-Zamân erwiderte: ‚Die Jungfrau, die heute nacht an meiner Seite ruhte!' Über diese Worte erschrak der Eunuch, und er sprach: ‚Bei Allah, bei dir ist keine Jungfrau gewesen noch irgend jemand anders. Wie hätte eine Jungfrau zu dir eintreten können, da ich doch an der Tür schlief und die Tür verriegelt war? Bei Allah, hoher Herr, zu dir ist weder ein Mann noch eine Frau eingetreten!' Da rief Kamar ez-Zamân: ‚Du lügst, elender Sklave! Wie kannst du dich auch noch unterstehen, mich zu betrügen und mir zu verheimlichen, wohin die Jungfrau, die heute nacht bei mir geruht hat, gegangen ist, und mir zu verschweigen, wer sie von mir fortgenommen hat!' Nun sagte der Eunuch, der immer noch erschrocken war: ‚Bei Allah, hoher Herr, ich habe weder eine Jungfrau noch einen Jüngling gesehen.' Kamar ez-Zamân aber ergrimmte über die Worte des Eunuchen und sprach zu ihm: ‚Du Verfluchter, mein Vater hat dich das Betrügen gelehrt. Komm her!' Nun trat der Eunuch an Kamar ez-Zamân heran; der packte ihn an seinem Kragen und warf ihn zu Boden, wobei dem Erschrockenen ein Wind entfuhr. Dann kniete der Prinz auf ihm nieder, stieß ihn mit dem Fuße und würgte ihn, bis er in Ohnmacht fiel. Darauf schleppte er ihn hinaus, band ihn an das Brunnenseil und ließ ihn in den Brunnen hinab, bis er das Wasser erreichte, und senkte ihn hinein. Nun war es aber gerade die kühle Jahreszeit und kaltes Winterwetter; doch Kamar ez-Zamân tauchte den Eunuchen ins Wasser, zog ihn hoch, tauchte ihn wieder ein, und so ließ er ihn immerfort auf und nieder tauchen, bis der Eunuch um Hilfe rief und jämmerlich schrie, während der Prinz sagte: ,Bei Allah, du Verfluchter, ich ziehe dich nicht eher aus diesem Brunnen heraus, bis du mir alles genau über diese Jungfrau berichtest und mir sagst, wer sie fortgenommen hat, während ich schlief.' – –«

Da bemerkte Schehrezâd, daß der Morgen begann, und sie hielt in der verstatteten Rede an. Doch als die *Hundertundsiebenundachtzigste Nacht* anbrach, fuhr sie also fort: »Es ist mir berichtet worden, o glücklicher König, daß Kamar ez-Zamân zu dem Eunuchen sprach: ,Bei Allah, ich ziehe dich nicht eher aus diesem Brunnen heraus, als bis du mir alles über diese Jungfrau erzählst, und mir sagst, wer sie fortgenommen hat, während ich schlief.' Jener, der bereits den Tod vor Augen gesehen hatte, erwiderte: ,Hoher Herr, laß mich los, dann will ich dir die Wahrheit sagen und dir alles berichten!' Da zog er ihn aus dem Brunnen empor; doch der Eunuch war wie von Sinnen wegen der großen Kälte, die er hatte aushalten müssen, wegen der Pein des Untertauchens, der Angst vor dem Ertrinken und der Schläge. Er zitterte wie ein Rohr im Sturmwinde, seine Zähne waren krampfhaft aufeinander gepreßt, seine Kleider waren naß, und sein Leib war besudelt und zerrissen von den rauhen Wänden des Brunnens; und so war er in einem jammervollen Zustande. Wie Kamar ez-Zamân ihn so sah, tat er ihm leid; doch als der Eunuch sich auf ebener Erde sah, sprach er: ‚Hoher Herr, laß mich fortgehen, damit ich meine Kleider ausziehe, sie presse und in der Sonne ausbreite; ich will andere anziehen und dann rasch wieder zu dir kommen und dir die volle Wahrheit berichten.' ‚Du nichtsnutziger Sklave,' erwiderte Kamar ez-Zamân, ‚hättest du nicht den Tod vor Augen gesehen, so hättest du nie die Wahrheit bekannt und nicht so zu mir gesprochen; nun geh hin, vollende, was du tun willst, und kehre rasch zu mir zurück, und dann sage mir die Wahrheit!' Da lief der Eunuch hinaus, aber er glaubte kaum noch an seine Rettung; bald lief er, bald fiel er hin und stand wieder auf, bis er zum König Schehrimân, dem Vater des Kamar ez-Zamân, eintrat. Den traf er, wie er mit seinem Wesir im Gespräche über Kamar ez-Zamân dasaß. Gerade sagte der König zu dem Minister: ‚Ich habe diese Nacht nicht schlafen können, da mein Herz um meinen Sohn Kamar ez-Zamân besorgt war. Ach, ich fürchte, es könnte ihm in dem alten Turm ein Unheil zustoßen. Was nützt es überhaupt, daß er im Kerker ist?' Da antwortete der Minister: ‚Sei unbesorgt um ihn! Bei Allah, ihm wird gar nichts Böses widerfahren. Laß ihn einen Monat lang im Kerker, bis sein Sinn milder, sein Widerstand gebrochen und sein Geist ruhiger wird!' Während sie so miteinander sprachen, da kam plötzlich der Eunuch zu ihnen hereingestürzt, in einem solchen Zustande, daß der König über ihn erschrak. Und der Eunuch rief: ‚O unser Herr und Sultan, dein Sohn ist von Sinnen geworden, er ist wahnsinnig geworden, er hat mir das und das angetan, so daß ich in dem Zustande bin, in dem du mich siehst, und dabei sagte er immer: ‚Eine Jungfrau ist in dieser Nacht bei mir gewesen und ist heimlich wieder fortgegangen. Wo ist sie?' Und er drang in mich, ich sollte es ihm sagen und ihm auch melden, wer sie fortgenommen hätte. Ich habe aber doch weder eine Jungfrau noch einen Jüngling gesehen. Die Tür war die ganze Nacht hindurch geschlossen, und ich schlief bei der Tür und hatte den Schlüssel unter meinem Kopfe, und mit eigener Hand habe ich heute früh geöffnet.' Als der König Schehrimân solches über seinen Sohn Kamar ez-Zamân hörte, schrie er auf und rief: ,Wehe um meinen Sohn!' Zugleich aber ward er sehr zornig gegen den Wesir, der die Ursache von alledem gewesen war, und er befahl ihm: ,Packe dich und kläre mir die Sache mit meinem Sohne auf! Sieh, was seinem Geiste widerfahren ist!' Sofort machte der Wesir sich auf und eilte hinaus; doch dabei stolperte er über die Säume seiner Gewänder in seiner Angst vor dem Zorne des Königs. Und er ging mit dem Eunuchen zu dem Turme, als die Sonne bereits am Himmel stand.

Der Wesir trat nun zu Kamar ez-Zamân ein und fand ihn auf dem Lager sitzend, indem er den Koran rezitierte; da grüßte er ihn und setzte sich an seiner Seite nieder, indem er sprach: ,Hoher Herr, dieser nichtsnutzige Eunuch brachte uns eine Nachricht von dir, die uns beängstigte und erschreckte und über die der König erzürnt ward.' Kamar ez-Zamân aber fragte: ,Was hat er euch denn von mir gesagt, daß mein Vater sich Sorge machen konnte? In Wahrheit hat er nur mir Sorge gemacht.' Da gab der Wesir zur Antwort: ,Er kam in einem unkenntlichen Zustande zu uns und sagte zu deinem Vater etwas, von dem der Himmel dich behüten möge. Der Sklave hat uns etwas vorgelogen, was sich von dir zu erzählen nicht geziemt. Gott bewahre dir deine Jugend, er bewahre dir deines Verstandes Vortrefflichkeit und deiner Zunge Beredsamkeit. Es sei ferne, daß von dir etwas Unschönes komme!' ,Wesir,' fragte Kamar ez-Zamân, ,was hat denn dieser elende Sklave von mir gesagt?' Da erwiderte der Minister: ,Er hat uns berichtet, dein Verstand sei geschwunden; denn du habest ihm gesagt, in der vergangenen Nacht sei eine Jungfrau bei dir gewesen, und du seiest in ihn gedrungen, er solle dir sagen, wohin sie gegangen sei, und du habest ihn deswegen sogar gefoltert.' Wie Kamar ez-Zamân diese Worte hörte, ergrimmte er gewaltig, und er sprach zu dem Wesir: ,Jetzt ist es mir klar geworden, daß ihr den Eunuchen angewiesen habt, so zu tun, wie er tat.' – –«

Da bemerkte Schehrezâd, daß der Morgen begann, und sie hielt in der verstatteten Rede an. Doch als die *Hundertundachtundachtzigste Nacht* anbrach, fuhr sie also fort: »Es ist mir berichtet worden, o glücklicher König, daß Kamar ez-Zamân, als er die Worte des Wesirs hörte, gewaltig ergrimmte und dann zu ihm sprach: ,Jetzt ist es mir klar geworden, daß ihr den Eunuchen angewiesen habt, so zu tun, wie er tat, und daß ihr ihm verboten habt, mir etwas über die Jungfrau, die heute nacht bei mir geruht hat, zu sagen. Du aber, Wesir, bist verständiger als der Eunuch; also sage mir auf der Stelle, wohin ging die Jungfrau, die in dieser Nacht an meinem Busen geruht hat? Denn ihr habt sie doch zu mir geschickt und habt ihr gesagt, sie solle an meinem Busen ruhen. Wir haben auch bis zum Morgen nebeneinander geschlummert; aber als ich aufwachte, fand ich sie nicht mehr vor. Wo ist sie jetzt?' Da sprach der Wesir zu ihm: ,Mein Gebieter Kamar ez-Zamân, der Name Allahs umschirme dich! Bei Gott, wir haben in dieser Nacht niemanden zu dir geschickt. Du hast allein geschlafen, die Tür ist verschlossen gewesen, und vor ihr hat der Eunuch geschlafen. Niemand ist zu dir gekommen, weder eine Jungfrau noch auch irgend jemand anders. Nun kehre doch wieder zu deinem klaren Verstande zurück, hoher Herr, und mache dir keine Sorgen mehr!' Voll Zorn über diese Worte rief Kamar ez-Zamân: ‚Wesir, jene Jungfrau ist meine Geliebte, die Schöne mit den schwarzen Augen und den roten Wangen, die ich diese ganze Nacht hindurch in meinen Armen gehalten habe.‘ Der Wesir war ob der Worte des Prinzen erstaunt und fragte ihn: ‚Hast du jene Jungfrau in dieser Nacht mit deinen Augen im Wachen oder im Traum gesehen?‘ ‚O du Unglücksalter,‘ erwiderte Kamar ez-Zamân, ‚meinst du, ich hätte sie mit meinen Ohren gesehen? Ich habe sie mit meinen leibhaftigen Augen im Wachen gesehen, ich habe sie mit meiner eigenen Hand umgewendet, ich habe die Hälfte einer vollen Nacht bei ihr gewacht, und dabei schaute ich auf ihre Schönheit und Lieblichkeit, auf ihre Anmut und Zierlichkeit. Ihr aber hattet sie angewiesen und beauftragt, daß sie kein Wort mit mir reden sollte; darum stellte sie sich schlafend, und ich schlief an ihrer Seite bis zum Morgen; da wachte ich aus meinem Schlafe auf und fand sie nicht mehr.‘ Da sprach der Wesir zu ihm: ‚Mein Gebieter Kamar ez-Zamân, vielleicht hast du dies alles im Schlafe gesehen; es müssen Irrgänge von Träumen sein oder Phantasien, die dadurch entstanden sind, daß du Speisen von zu verschiedener Art gegessen hast, oder endlich auch Einflüsterungen der gemeinen Satane.‘ ‚O du Unglücksalter,‘ rief wiederum Kamar ez-Zamân, ‚wie kannst du mich auch noch verspotten und sagen, dies seien Irrgänge von Träumen, während doch dieser Eunuch mir die Jungfrau bereits eingestanden hat, als er soeben zu mir sagte, er wolle zu mir zurückkehren und mir von ihr berichten?‘ Und im selben Augenblick sprang Kamar ez-Zamân auf, stürzte auf den Wesir los und packte mit der Hand seinen langen Bart; den hielt er fest, wickelte ihn um seine Hand, riß den Wesir von dem Lager und warf ihn zu Boden. Schon fühlte der Wesir, wie ihm seine Lebensgeister schwanden, da sein Bart so heftig gezerrt ward. Doch Kamar ez-Zamân fuhr fort, ihn mit Füßen zu stoßen, gegen die Brust und die Rippen zu schlagen und ihm mit der Hand Hiebe auf den Kopf zu versetzen, bis er ihn fast umgebracht hatte. Nun sagte sich der Wesir: Wenn der Sklave, der Eunuch, sich durch eine Lüge aus den Händen dieses wahnsinnigen Jünglings befreit hat, so steht es mir noch eher als ihm zu, mein Leben gleichfalls durch eine Lüge zu retten; sonst bringt er mich um. Jetzt will ich also lügen und mich aus seinen Händen befreien. Er ist ja wahnsinnig, ohne Zweifel ganz wahnsinnig.' Also wandte der Wesir sich an Kamar ez-Zamân und sprach zu ihm: ‚Hoher Herr, sei mir nicht böse, dein Vater hat mir befohlen, dir nichts von dieser Jungfrau zu sagen. Jetzt aber bin ich schwach und erschöpft, und die Schläge schmerzen mich; denn ich bin ein alter Mann, und es fehlt mir an Mark und Kraft, noch mehr Schläge zu ertragen. Drum hab ein wenig Geduld mit mir, ich will dir gern alles von dem jungen Mädchen erzählen und berichten!' Als Kamar ez-Zamân diese Worte von ihm vernahm, hörte er auf, ihn zu schlagen und sprach: ‚Warum hast du mir nicht von dem Mädchen berichtet, eh daß ich dir Schmach antun und dich schlagen mußte? Nun steh auf, du Unglücksalter, und erzähle mir von ihr!' Der Wesir gab zur Antwort: ‚Du fragst doch nach jener Jungfrau mit dem schönen Antlitz und dem vollendeten Wuchs?' ‚Jawohl,' erwiderte Kamar ez-Zamân, ‚sage mir, Wesir, wer hat sie zu mir geführt und sie an meiner Seite ruhen lassen, und wer hat sie in der Nacht wieder von mir genommen? Und wo ist sie zu dieser Stunde? Ich will selbst zu ihr gehen; und wenn mein Vater, der König Schehrimân, mir dies angetan hat, um mich durch diese schöne Jungfrau zu prüfen, auf daß ich mich mit ihr vermähle, so bin ich bereit, die Ehe mit ihr einzugehen und meiner Qual ein Ende zu machen. Denn er hat mir das alles ja nur deshalb angetan, weil ich mich weigerte zu heiraten. Aber jetzt willige ich ein, mich zu vermählen, und noch einmal, ich willige ein, mich zu vermählen. Tu das meinem Vater kund, Wesir, und rate ihm, mich jener Jungfrau zu vermählen! Denn ich will keine andere haben, und mein Herz liebt keine andere als sie. Steh auf, eile zu meinem Vater und rate ihm, mich eilends zu vermählen; und dann bringe mir die Antwort auf der Stelle zurück!' ‚Gern!' sprach der Wesir; aber er glaubte kaum noch, daß er aus seinen Händen entrinnen könnte. Dann verließ er ihn und eilte aus dem Turme hinaus; aber er stolperte beim Gehen im Übermaß von Furcht und Angst, und er lief ohne Aufenthalt, bis er bei König Schehrimân eintrat. – –«

Da bemerkte Schehrezâd, daß der Morgen begann, und sie hielt in der verstatteten Rede an. Doch als die *Hundertundneunundachtzigste Nacht* anbrach, fuhr sie also fort: »Es ist mir berichtet worden, o glücklicher König, daß der Wesir aus dem Turme hinauseilte und ohne Aufenthalt lief, bis er bei König Schehrimân eintrat. Und wie er dort war, rief der König ihn an: ‚Wesir, was ist denn über dich gekommen, und wer hat dich durch seine Bosheit so hart mitgenommen? Warum seh ich dich so jämmerlich, daß du voller Entsetzen zu mir kommst?' Doch jener sprach: ‚Mein König, ich bringe dir eine frohe Botschaft!' ‚Wie lautet die?' fragte der König. Der Wesir gab zur Antwort: ‚Wisse, dein Sohn Kamar ez-Zamân hat den Verstand verloren und ist wahnsinnig geworden.' Als der König diese Worte aus dem Munde des Wesirs vernahm, da ward das Tageslicht finster vor seinem Angesicht; und er sprach: ‚Wesir, erkläre mir die Art seines Wahnsinnes!' ‚Hoher Herr, ich höre und gehorche!' erwiderte der Wesir und tat ihm kund, daß es ihm so und so mit dem Prinzen ergangen war, und berichtete ihm, wie die Sache bei ihm schließlich ausgelaufen

400

war. Da sprach der König: ‚Freue dich, o Wesir! Für die frohe Botschaft von dem Wahnsinn meines Sohnes teile ich dir die Freudennachricht mit, daß ich dir den Kopf abschlagen und dir meine Gunst entziehen werde, du elendester der Wesire, du schändlichster der Emire! Ich weiß, daß du von Anfang an der Anlaß zum Wahnsinn meines Sohnes gewesen bist, als du deine Meinung sagtest und mir jenen unseligen, unheilvollen Rat gabst. Bei Allah, wenn mein Sohn wirklich von Leid oder Wahnsinn betroffen ist, so lasse ich dich an die Hochwand meines Palastes nageln und gebe dir Trübsal zu kosten.' Dann sprang der König auf, ging mit ihm zu dem Turme und trat dort zu Kamar ez-Zamân ein. Als die beiden ankamen, stand Kamar ez-Zamân eilends auf und erhob sich von dem Lager, auf dem er saß; er küßte den Boden vor seinem Vater, trat zurück und senkte den Kopf zu Boden, indem er die Arme auf seinem Rücken kreuzte; so stand er eine ganze Weile vor seinem Vater. Dann hob er das Haupt wieder zu ihm auf, und während die Tränen ihm aus den Augen flossen und sich auf seine Wangen ergossen, sprach er die Verse:

> Hab ich vor dieser Zeit mich gegen dich versündigt
> Und hab ich etwas, das sich nicht geziemt, getan,
> So will ich meine Schuld bereun, und deine Gnade
> Mög jetzt den Frevler, da er naht, umfahn!

Da umarmte der König seinen Sohn Kamar ez-Zamân, küßte ihn auf die Stirn und ließ ihn zu seiner Seite auf dem Lager sitzen. Dann wandte er sich zu dem Wesir, blickte ihm mit zornigem Auge an und sprach: ‚Du Hund von Wesir, wie konntest du von meinem Sohne sagen, es stehe so und so um ihn, und mein Herz seinetwillen in Schrecken setzen?' Darauf wandte der König sich wieder seinem Sohne zu und fragte ihn: ‚Mein Sohn, wie heißt der heutige Tag?' Jener antwortete:

‚Heute ist Samstag, morgen ist Sonntag, dann kommt Montag und dann Dienstag und dann Mittwoch und dann Donnerstag und zuletzt Freitag.' Da sprach der König: ‚Mein Sohn, mein Kamar ez-Zamân, Allah sei gepriesen, der dir den Verstand bewahrt hat! Wie heißt nun aber der Monat, in dem wir jetzt stehen, auf arabisch?' Der Prinz erwiderte: ‚Er heißt Dhu el-Ka'da, dann kommt Dhu el-Hiddscha und dann el-Muharram und dann Safar und dann der erste Rabî' und dann der zweite Rabî' und dann der erste Dschumâda und dann der zweite Dschumâda und dann Radschab und dann Scha'bân und dann Ramadân und dann Schauwâl.' Darüber freute der König sich sehr; und er spie dem Wesir ins Gesicht und sprach: ‚Du elender Alter, wie konntest du behaupten, mein Sohn sei wahnsinnig geworden. Jetzt hat es sich gezeigt, daß du allein wahnsinnig bist!' Da schüttelte der Wesir den Kopf und wollte reden; doch er besann sich und wollte noch ein wenig warten, um zu sehen, was ferner geschehen würde. Nun fragte der König weiter: ‚Mein Sohn, was ist's mit den Worten, die du zu dem Eunuchen und dem Wesir gesagt hast, als du zu ihnen sprachest: In dieser Nacht habe ich neben einer schönen Jungfrau geruht. Und was ist's mit der Jungfrau, von der du da redest?' Kamar ez-Zamân aber lachte über die Worte seines Vaters und sprach zu ihm: ‚Vater, wisse, ich habe nicht mehr Kraft genug, um Spott zu ertragen; drum füge nichts mehr hinzu und sage kein Wort mehr darüber! Ich habe durch all das, was ihr mir antut, die Geduld verloren. Nun sei dessen gewiß, lieber Vater, daß ich bereit bin, mich zu vermählen, doch nur unter der Bedingung, daß du mich mit jener Jungfrau vermählst, die in dieser Nacht an meiner Seite geruht hat. Denn ich weiß bestimmt, du hast sie zu mir geschickt und in mir die Sehnsucht nach ihr erweckt, und danach hast du noch vor

402

Tagesanbruch jemanden zu ihr geschickt und sie wieder von meiner Seite fortführen lassen.' Da rief der König: ,Der Name Allahs umschirme dich, mein Sohn! Allah bewahre deinen Verstand vor dem Wahnsinn!' – –«

Da bemerkte Schehrezâd, daß der Morgen begann, und sie hielt in der verstatteten Rede an. Doch als die *Hundertundneunzigste Nacht* anbrach, fuhr sie also fort: »Es ist mir berichtet worden, o glücklicher König, daß König Schehrimân zu seinem Sohne Kamar ez-Zamân sprach: ,Der Name Allahs umschirme dich, mein Sohn! Allah bewahre deinen Verstand vor dem Wahnsinn! Was für ein Wesen ist denn diese Jungfrau, die ich, wie du sagst, in dieser Nacht zu dir geschickt und dann vor Tagesanbruch wieder von deiner Seite habe fortführen lassen? Bei Allah, mein Sohn, ich weiß davon nichts. Ich beschwöre dich um Gottes willen, sage mir, sind das Irrgänge von Träumen oder Phantasien infolge schlechter Nahrung? Sieh, du bist diese Nacht hindurch von Gedanken über die Ehe geplagt und von dem Gerede über sie beunruhigt gewesen – Gott verdamme die Heirat und ihre Stunde und den, der sie mir anriet! Es ist also gar kein Zweifel, daß dein Geist wegen der Ehe getrübt war, und daß du im Traume gesehen hast, wie eine schöne Jungfrau dich umarmte; und nun glaubst du, du hättest sie im Wachen gesehen. All das, lieber Sohn, sind nur Irrgänge von Träumen.' Doch Kamar ez-Zamân erwiderte: ,Laß ab von diesem Gerede! Schwöre mir bei Allah, dem Schöpfer, dem Allwissenden, der die stolzen Tyrannen richtet und die Perserkönige vernichtet, daß du nichts von der Jungfrau noch von der Stätte, da sie sich aufhält, weißt!' Da sprach der König: ,Bei Allah, dem Allmächtigen, dem Gotte des Moses und des Abraham, ich weiß nichts davon, ich habe keine Kunde darüber; das ist nur durch Irrgänge von Träumen geschehen, die du im Schlafe gesehen!' Doch Kamar ez-Zamân fuhr fort: ‚Ich will dir ein Gleichnis vorlegen und dir dadurch beweisen, daß es im Wachen geschehen ist.' – –«

Da bemerkte Schehrezâd, daß der Morgen begann, und sie hielt in der verstatteten Rede an. Doch als die *Hundertundeinundneunzigste Nacht* anbrach, fuhr sie also fort: »Es ist mir berichtet worden, o glücklicher König, daß Kamar ez-Zamân zu seinem Vater sprach: ‚Ich will dir ein Gleichnis vorlegen und dir dadurch beweisen, daß es im Wachen geschehen ist. Also ich frage dich, ist es jemals einem Menschen begegnet, daß er im Traume sah, wie er einen schweren Kampf kämpfte, und daß er danach aus dem Schlafe erwachte und ein blutbesudeltes Schwert in seiner Hand fand?' Der König erwiderte: ‚Nein, bei Allah, mein Sohn, das ist noch nie vorgekommen.' Da sprach Kamar ez-Zamân weiter zu seinem Vater: ‚Ich will dir erzählen, was mir begegnet ist. Wisse denn, mir war in dieser Nacht, als ob ich aus dem Schlafe erwachte, gerade um Mitternacht, und da fand ich an meiner Seite eine Jungfrau ruhen, die den gleichen Wuchs und die gleiche Gestalt wie ich hatte. Ich umarmte sie und wendete sie mit meiner eigenen Hand um; dann nahm ich ihren Siegelring und schob ihn auf meinen Finger, während sie meinen Ring nahm und auf ihren Finger schob. Und ich ruhte an ihrer Seite, doch ich enthielt mich ihrer aus Scheu vor dir und aus Furcht davor, du könntest sie zu mir geschickt haben, um mich durch sie zu prüfen; ja, ich glaubte, du wärest an irgendeiner Stelle verborgen, um zu sehen, was ich mit ihr tun würde. Deswegen scheute ich mich auch, sie auf den Mund zu küssen, immer noch in Gedanken an dich; denn ich vermeinte, du wolltest in mir das Verlangen zur Ehe erwecken. Als ich dann aber bei Tagesanbruch aus meinem Schlafe erwachte, fand ich von der Jungfrau keine Spur mehr und vermochte auch keine Kunde mehr über sie zu erlangen; darauf kam es zwischen mir und dem Eunuchen und dem Wesir zu dem, was geschehen ist. Wie kann nun all dies Traum und Täuschung sein, während der Ring doch eine Wirklichkeit ist? Wäre der Ring nicht da, so würde ich alles für einen Traum halten. Aber hier ist ja der Ring an meinem kleinen Finger! O König, sieh dir doch den Ring an, wie wertvoll er ist!' Darauf reichte Kamar ez-Zamân den Ring seinem Vater, und der nahm ihn, betrachtete ihn und drehte ihn um. Und zu seinem Sohne gewendet, sprach er: ,Mit diesem Ringe hat es eine seltsame Bewandtnis, und an ihm hängt ein gewaltiges Geheimnis! Und was dir in dieser Nacht mit jener Jungfrau begegnet ist, das ist ein großes Rätsel; ich weiß auch nicht, von wannen dieser Gast zu uns gekommen ist. Doch die Ursache dieser ganzen Verwirrung ist nur der Wesir. Nun beschwöre ich dich bei Allah, mein Sohn, fasse dich in Geduld, bis der Herr dich von dieser Not befreit und dir die große Freude bringt; so sagt auch ein Dichter:

> Vielleicht, daß das Geschick noch seine Zügel wendet
> Und doch noch Gutes bringet trotz des Schicksals Neid,
> Mir meine Hoffnung fördert, meinen Wunsch erfüllet,
> Und daß noch neue Freude sprießt aus altem Leid!

Mein Sohn, jetzt bin ich überzeugt, daß du nicht wahnsinnig bist; aber dein Erlebnis ist seltsam, und nur Allah der Erhabene kann es dir entschleiern.' Da rief Kamar ez-Zamân: ,Ich beschwöre dich bei Allah, lieber Vater, erweise mir die Güte und laß für mich nach jener Jungfrau forschen, laß sie eilends zu mir kommen; sonst muß ich vor Kummer sterben und unbekannt verderben!' Und dann zeigte der Prinz seine Leidenschaft, indem er, zu seinem Vater gewendet, diese Verse sprach:

Hat dein Versprechen, daß du selber kämst, getrogen,
So nah dem Sehnenden als Traumgebilde bei Nacht! –
Man sprach: Wie kann ein Traumbild dem Aug des Jünglings nahen,
Wenn es vom Schlaf gemieden wird und immer wacht?

Nachdem Kamar ez-Zamân diese Verse gesprochen hatte,
blickte er seinen Vater verzagt und gebrochenen Herzens an;
er begann in Tränen auszubrechen und hub an, diese Verse zu
sprechen: – –«

Da bemerkte Schehrezâd, daß der Morgen begann, und sie
hielt in der verstatteten Rede an. Doch als die *Hundertund-*
zweiundneunzigste Nacht anbrach, fuhr sie also fort: »Es ist mir
berichtet worden, o glücklicher König, daß Kamar ez-Zamân,
als er jene Verse gesprochen hatte, weinte und klagte und seufzte,
da sein Herz verwundet war. Dann sprach er weiter in Versen:

Nehmt euch in acht vor ihrem zauberischen Blicke,
Vor dessen Strahlen keiner jemals Rettung fand!
Und laßt euch nicht verführen durch ihre zarte Rede;
Denn seht, der starke Wein berauschet den Verstand!
Berührte je die Rose der zarten Maid die Wange,
Sie weinte und ihr Auge wär an Tränen reich.
Und käme durch ihr Land der Zephir nur im Traume,
Er wich' aus ihrem Lande, der Zephir, hold und weich.
Ihr Halsband klaget ob des Klingens ihres Gürtels,
Stumm wird der Klang der Reifen an ihrer Hände Paar.
Und will der Fußring ihr das Ohrgehänge küssen,
So wird dem Blick der Liebe Geheimes offenbar.
Der mich ob Liebe tadelt, kennet keine Nachsicht.
Was nützten denn die Blicke, wär nicht das Verstehn?
Dich, Tadler, strafe Gott, du übest keine Milde!
Die Schönheit dieses Rehes blendet, die es sehn.[1]

1. Burton hat dies Gedicht nicht übersetzt, weil es keinen Sinn gebe und
den Zusammenhang störe. Es ist aber in der Kalkuttaer Ausgabe wie in
Kairoer Ausgaben enthalten. Freilich hätte Kamar ez-Zamân zum Preise
seiner Geliebten ein passenderes und klareres Gedicht wählen sollen trotz

Nach diesen Versen sprach der Wesir zum König: ‚O größter König unserer Zeit, wie lange willst du bei deinem Sohne verweilen, während du von deinem Heere getrennt bist? Vielleicht wird gar die Ordnung in deinem Lande gestört, weil du den Großen deines Reiches fern bist. Der verständige Mann wird, wenn er verschiedene Wunden an seinem Leibe hat, zuerst die gefährlichste von ihnen heilen. Daher bin ich der Meinung, du solltest deinen Sohn von dieser Stätte fortführen und zu dem Schlosse bringen, das bei dem Palaste ist und aufs Meer schaut; dort schließe dich mit deinem Sohne ein, doch zwei Tage in der Woche, jeden Montag und Donnerstag, behalte für die Ratsversammlungen und für die Truppenschau vor! An diesen beiden Tagen empfange die Emire und Wesire, die Kammerherren und Statthalter, die Großen des Reiches und die Würdenträger des Landes, dazu die übrigen Krieger und die Untertanen; sie mögen dann ihre Anliegen dir unterbreiten, so daß du über alles, was sie angeht, entscheidest; sprich ihnen Recht, nimm und gib, gebiete und verbiete! Die übrigen Tage der Woche kannst du dann bei deinem Sohne Kamar ez-Zamân zubringen, so lange, bis Allah dir und ihm Trost schenkt. Fühle dich, o König, nicht zu sicher vor den Launen des Glücks und den Wechselfällen des Geschicks; denn der Weise ist immer auf der Hut, und wie trefflich sagt der Dichter:

Du dachtest gut von den Tagen, solange sie dir gut waren,
Auf das drohende Unheil des Schicksals gabst du nicht acht.
Von dem Frieden der Nächte ließest du dich umgaukeln;
Aber oft kommt das Dunkel auch in sternklarer Nacht.

seiner Verzweiflung! – Nach anderer Überlieferung von 1001 Nacht wird hier erzählt, daß der Prinz in ein Zimmer im Schlosse gebracht wurde und dort krank zu Bette lag, während sein Vater Tag und Nacht bei ihm blieb; erst von hier aus kam der Prinz in das Schloß im Meere.

Ihr Menschenkinder alle, ist die Zeit auch gut
Für einen unter euch, er sei doch auf der Hut!'

Als der Sultan diese Worte aus dem Munde des Wesirs vernommen hatte, sah er ein, daß sie richtig waren und daß sein Rat
ihm Nutzen brachte; sie machten tiefen Eindruck auf ihn, und
er begann zu fürchten, daß die Ordnung des Reiches gestört
werden könne. So erhob er sich denn auf der Stelle und befahl,
seinen Sohn von jener Stätte nach dem Schlosse beim Palaste,
das aufs Meer schaute, zu bringen. Jenes Schloß stand mitten im
Meere, und man gelangte zu ihm auf einem Damme, der zwanzig Ellen breit war; auf allen Seiten waren Fenster, die den Ausblick auf das Meer gewährten. Der Boden war mit buntem
Marmor getäfelt; die Decke war mit vielen prächtigen Gemälden bemalt und mit Gold und Lasur verziert. Jetzt stattete man
es für Kamar ez-Zamân auch mit kostbaren Seidenteppichen
und gestickten Decken aus, bedeckte die Wände mit ausgesuch-
tem Brokat und hängte Vorhänge auf, die mit Edelsteinen besetzt waren. Dorthin brachte man für Kamar ez-Zamân ein
Lager aus Wacholderholz, das mit Perlen und kostbaren Steinen
ausgelegt war, und auf ihm setzte der Prinz sich nieder. Aber
ach, durch seine große Sorge um die Jungfrau und durch seine
heftige Liebe zu ihr war seine Farbe erblichen und sein Leib abgezehrt, und er konnte weder essen noch trinken noch schlafen;
ja, er ward wie einer, der seit zwanzig Jahren krank ist. Nun
setzte sein Vater sich ihm zu Häupten und grämte sich sehr um
ihn. An jedem Montag und Donnerstag empfing der König die
Emire und die Kammerherren, die Statthalter und die Großen
des Reiches, die Krieger und die Untertanen in jenem Schlosse;
die traten dann vor ihn, verrichteten ihre verschiedenen Dienste
und blieben bis zum Abend bei ihm. Darauf gingen sie ihrer
Wege, während der König wieder zu seinem Sohne in jenes
408

Zimmer trat und sich Tag und Nacht nicht von ihm trennte; und dabei blieb er viele Tage und Nächte hindurch.

So stand es um Kamar ez-Zamân, den Sohn des Königs Schehrimân. Aber die Prinzessin Budûr, die Tochter des Königs el-Ghajûr, des Herren der Inseln und der sieben Schlösser, – die hatte, als die Dämonen sie fortgetragen und wieder auf ihr Lager gelegt hatten, weiter geschlafen, bis der Morgen dämmerte. Da erwachte sie aus ihrem Schlafe, setzte sich auf und blickte nach rechts und nach links, aber sie fand den Jüngling, der an ihrem Busen gelegen hatte, nicht mehr. Da erbebte ihr Innerstes, sie ward wie von Sinnen, und sie stieß einen lauten Schrei aus, der alle ihre Sklavinnen, Wärterinnen und Aufseherinnen weckte. Sie eilten herbei, und die Älteste von ihnen trat vor und sprach: ‚Hohe Herrin, was ist dir widerfahren?' Da antwortete sie: ‚Du elende Alte, wo ist mein Geliebter, der schöne Jüngling, der in dieser Nacht an meinem Busen ruhte? Sag mir, wohin ist er gegangen?' Wie die Aufseherin diese Worte aus ihrem Munde vernahm, ward das helle Tageslicht finster vor ihrem Angesicht; und in großer Furcht vor ihrem Zorne sprach sie: ‚Herrin Budûr, was sollen diese unziemlichen Worte!' Doch die Prinzessin Budûr rief: ‚Weh dir, du elende Alte, wo ist mein Geliebter, der schöne Jüngling, von Antlitz so lieblich, von Gestalt so zierlich, mit den schwarzen Augen und den zusammengewachsenen Brauen, der in dieser Nacht vom Abend bis fast zum Anbruch des Tages an meiner Seite geruht hat?' ‚Bei Allah,' erwiderte sie, ‚ich habe weder einen Jüngling noch sonst irgend jemanden gesehen. Ich beschwöre dich, hohe Herrin, treib nicht solchen Scherz, der über das Maß hinausgeht und der uns das Leben kosten kann! Denn vielleicht kommt dieser Scherz deinem Vater zu Ohren; und wer wird uns dann aus seiner Hand erretten?' – –«

Da bemerkte Schehrezâd, daß der Morgen begann, und sie hielt in der verstatteten Rede an. Doch als die *Hundertunddreiundneunzigste Nacht* anbrach, fuhr sie also fort: »Es ist mir berichtet worden, o glücklicher König, daß die Aufseherin zu der Prinzessin Budûr sprach: ,Ich beschwöre dich, hohe Herrin, treib nicht solchen Scherz, der über das Maß hinausgeht! Denn vielleicht kommt dieser Scherz deinem Vater zu Ohren; und wer wird uns dann aus seiner Hand erretten?' Aber die Prinzessin bestand darauf: ,Ein Jüngling hat in dieser Nacht an meiner Seite geruht, der hat von allen Menschen das schönste Antlitz.' Da rief die Aufseherin: ,Der Herr behüte deinen Verstand! Niemand hat bei dir in dieser Nacht geruht.' Nun blickte Budûr auf ihre Hand und sah den Ring des Kamar ez-Zamân an ihrem Finger; ihren eigenen Ring aber fand sie nicht. Und sie sprach zu der Aufseherin: ,Weh dir, du Verfluchte, du Betrügerin! Willst du mich belügen und mir einreden, es habe niemand bei mir geruht, und willst du mir noch bei Allah falsch schwören?' Doch die Aufseherin gab zur Antwort: ,Bei Allah, ich habe dich nicht belogen, und ich habe nicht falsch geschworen!' Da ward die Prinzessin Budûr von Zorn über sie gepackt, sie zückte ein Schwert, das sie bei sich hatte, traf die Aufseherin damit und schlug sie tot. Der Eunuch aber und die Sklavinnen und Nebenfrauen schrien über sie, eilten zu ihrem Vater und taten ihm kund, was mit ihr geschehen war. Unverzüglich ging der König zu seiner Tochter, der Prinzessin Budûr, und sprach zu ihr: ,Liebe Tochter, was ist dir?' Doch sie rief: ,Vater, wo ist der Jüngling, der in dieser Nacht an meiner Seite geruht hat?' Nun ward sie von Sinnen, sie blickte mit den Augen nach rechts und nach links und zerriß ihr Kleid bis zum Saume. Und wie ihr Vater das sah, befahl er den Sklavinnen, sie festzuhalten; die ergriffen sie, fesselten sie und legten ihr eine eiserne Kette um den Hals, mit der sie sie an ein Fenster des Palastes anschlossen, und sie ließen sie dort.

So weit die Prinzessin Budûr. Ihrem Vater aber, dem König el-Ghajûr, ward die Welt zu enge, als er sah, was seiner Tochter widerfahren war; denn er liebte sie, und ihr Schicksal ging ihm sehr zu Herzen. Deshalb berief er die Ärzte, die Sterndeuter und die Talismanschreiber und sprach zu ihnen: ‚Wer meine Tochter von dieser ihrer Krankheit heilt, dem will ich sie zur Gemahlin geben und die Hälfte meines Reiches schenken; wenn aber einer zu ihr geht und sie nicht heilt, so lasse ich ihm den Hals durchschlagen und seinen Kopf vor dem Tore des Palastes aufpflanzen.‘ Und so geschah es denn, daß er alle, die zu ihr gingen und sie nicht heilten, enthauptete und ihre Köpfe vor dem Tore des Palastes aufpflanzen ließ, bis er um ihretwillen vierzig Ärzte hatte köpfen und vierzig Sterndeuter hatte kreuzigen lassen; da hielten sich alle von ihr fern, kein Arzt vermochte sie zu heilen, die Künste aller Gelehrten und Talismanschreiber versagten bei ihr. Der Prinzessin Budûr aber mehrte sich die heftige Leidenschaft, und sie ward bedrängt von der sehnenden Liebe Kraft; da begann sie in Tränen auszubrechen und hub an, diese Verse zu sprechen:

> Mein Mond, die Liebe zu dir ist stets an meiner Seite,
> Und der Gedanke an dich, mein Gefährte, im Dunkel der Nacht.
> Dann loht im Herzen mir bei Nacht eine heiße Flamme,
> Und ihre Glut ist gleich des höllischen Feuers Macht.
> Bedrückt vom Übermaße der brennenden Liebesmüh,
> Die mich so peinigt, bin ich von Schmerzen krank in der Früh.

Dann seufzte sie und sprach weiter diese Verse:

> Mein Gruß gilt dem Geliebten, wo er nur immer weilet,
> Und immer sehn' ich mich nach dem Geliebten mein.
> Doch ist mein Gruß an dich kein Gruß des Abschiednehmens;
> Mein Gruß soll immer schöner und immer lieber sein.

Denn sieh, ich liebe dich, ich liebe auch dein Land,
Und doch bin ich jetzt fern von meinem Lieb verbannt.

Als die Prinzessin Budûr diese Verse gesprochen hatte, weinte sie, bis ihr die Augen wund waren und ihre Wangen erblichen. Und in diesem Zustande blieb sie drei Jahre lang.

Nun hatte sie einen Milchbruder, des Namens Marzuwân, der war in die fernsten Länder gereist und war während jener ganzen Zeit nicht bei ihr gewesen. Er liebte sie inniger, als Geschwister einander zu lieben pflegen, und als er heimkehrte, ging er sofort zu seiner Mutter und fragte sie nach seiner Schwester, der Prinzessin Budûr. Sie gab ihm zur Antwort: ‚Mein lieber Sohn, deine Schwester ist vom Wahnsinn betroffen, und sie trägt schon seit drei Jahren eine eiserne Kette um den Hals. Kein Arzt und kein Mann der Wissenschaft hat sie heilen können.‘ Wie Marzuwân diese Worte gehört hatte, sprach er: ‚Ich muß sofort zu ihr gehen; vielleicht entdecke ich, was ihr fehlt, und vermag sie zu heilen.‘ Doch da wandte die Mutter ein: ‚Du sollst sie sicherlich besuchen; aber warte bis morgen, auf daß ich dir durch eine List dazu verhelfe.‘ Darauf ging sie zu Fuß zum Schlosse der Prinzessin Budûr und begann ein Gespräch mit dem Eunuchen, der die Torwache hatte; sie gab ihm ein Geschenk und sagte: ‚Ich habe eine Tochter, die ist mit der Prinzessin aufgezogen, und ich habe sie seitdem vermählt; da aber deiner Herrin solches Unheil widerfahren ist, denkt meine Tochter immer an sie. Nun möchte ich dich bitten, sei so gut und laß meine Tochter auf eine kurze Weile zu ihr gehen, damit sie sie selbst sieht; dann soll sie dorthin zurückkehren, von wo sie gekommen ist, ohne daß jemand etwas davon weiß.‘ Der Eunuch antwortete: ‚Das kann nur bei Nacht geschehen; wenn dann der Sultan gekommen ist, um seine Tochter zu sehen, und wieder fortgegangen ist, dann tritt du mit deiner Tochter ein.' Da küßte die alte Frau dem Eunuchen die Hand, ging nach Hause und wartete bis zum Abend des nächsten Tages; und als es Zeit war, erhob sie sich unverzüglich und führte ihren Sohn Marzuwân, den sie in Frauentracht gekleidet hatte, an der Hand zum Schlosse. Dort ging sie mit ihm weiter, bis sie ihn zu dem Eunuchen gebracht hatte, gerade wie der Sultan von seiner Tochter fortgegangen war. Als der Eunuch sie sah, stand er auf und sprach: ‚Geh hinein, doch komm bald wieder!' Nachdem die alte Frau mit ihrem Sohne eingetreten war, nahm sie ihm die Frauenkleider ab; nun sah Marzuwân die Prinzessin Budûr in ihrem traurigen Zustande an und begrüßte sie. Dann nahm er die Zauberbücher, die er mitgebracht hatte, zündete eine Kerze an und begann einige Beschwörungsformeln zu lesen. Die Herrin Budûr aber erkannte ihn, sobald sie ihn erblickte, und sie sprach zu ihm: ‚Lieber Bruder, du bist lange auf Reisen gewesen, und wir haben keine Nachricht von dir gehabt.' Er antwortete ihr: ‚Das ist wahr; doch Allah hat mich wohlbehalten heimkehren lassen. Nun wollte ich wieder auf Reisen gehen; aber die Nachrichten, die ich über dich hören mußte, haben mich zurückgehalten, und mein Herz ist um dich entbrannt. So bin ich denn zu dir gekommen, um dich von deiner Krankheit zu erlösen.' ‚Ach Bruder,' rief sie, ‚glaubst du denn wirklich, daß es Wahnsinn sei, was über mich gekommen ist?' Als er das bejahte, sprach sie: ‚Nein, bei Allah, es ist nur, wie der Dichter sagt:

> Sie sprachen: Du rasest in Liebe; da gab ich ihnen zur Antwort:
> Ja, nur die Rasenden kennen des Lebens Süßigkeit.
> Wer liebt, kann dem Geschicke niemals Halt gebieten;
> Und wenn der Wahnsinn trifft, geschieht es zu seiner Zeit.
> Jawohl, ich rase. Bringt ihn, um den ich rase, mir her!
> Und heilt er meinen Wahnsinn, so tadelt mich nicht mehr!'

Nun erkannte Marzuwân, daß sie liebeskrank war, und er sprach zu ihr: ‚Erzähle mir dein Erlebnis und alles, was dir widerfahren ist! Vielleicht steht es in meiner Hand, etwas zu tun, das dich erlösen kann.' – –«

Da bemerkte Schehrezâd, daß der Morgen begann, und sie hielt in der verstatteten Rede an. Doch als die *Hundertundvierundneunzigste Nacht* anbrach, fuhr sie also fort: »Es ist mir berichtet worden, o glücklicher König, daß Marzuwân zur Prinzessin Budûr sprach: ‚Berichte mir dein Erlebnis und alles, was dir begegnet ist! Vielleicht zeigt Allah mir ein Mittel, durch das ich dich erlösen kann.' ‚Lieber Bruder,' erwiderte sie, ‚höre nun mein Erlebnis! Wisse denn, ich erwachte eines Nachts aus dem Schlafe, es war im letzten Drittel der Nacht, und richtete mich auf; da sah ich an meiner Seite den schönsten Jüngling, den es gibt, und den keine Zunge beschreiben kann; er war wie ein Weidenzweig so zart, oder wie von des Schilfrohres Art. Da glaubte ich, mein Vater habe ihm dies befohlen, um mich durch ihn auf die Probe zu stellen; denn er hatte mich zur Ehe veranlassen wollen, als die Könige bei ihm um mich warben. Und dieser Gedanke hielt mich auch davon zurück, ihn zu wecken, da ich fürchtete, es würde meinem Vater hinterbracht werden, wenn ich etwas täte oder ihn umarmte. Am Morgen aber sah ich seinen Siegelring statt meines eigenen, den er mir genommen hatte, an meiner Hand. Das ist meine Geschichte und die Ursache meines Wahnsinns. Ach, Bruder, mein Herz hängt an ihm, seit ich ihn gesehen habe, mich plagt die Liebe und Sehnsucht so sehr, ich koste die Süße des Schlafes nicht mehr; ich kann nichts mehr tun als weinen und klagen und meine Leiden Tag und Nacht in Verse kleiden.' Dann begann sie in Tränen auszubrechen und hub an, diese Verse zu sprechen:

414

Gibt es denn, seit ich liebe, für mich noch süße Wonnen?
Ach, der Gazellengleiche ist mir stets im Sinn.
Das Blut der Liebenden macht ihm nur gar leichte Sorge,
Der Liebeskranken Herzblut fließt um ihn dahin.
Um ihn beneide ich mein Auge und mein Denken;
Ein Teil von mir will über den andren Wächter sein.
Doch seine Augen senden mörderische Pfeile,
Die treffen, und sie dringen mir tief ins Herz hinein.
Werd ich vor meinem Tode ihn noch wiedersehen,
Solange noch mein Fuß auf dieser Erde wallt?
Ich berge mein Geheimnis; aber meine Tränen
Verraten, was ich fühle; der Späher sieht es bald.
Das Wiedersehn ist fern, wenn du mir nahe bist;
Bist fern du, weilt dein Geist bei mir zu jeder Frist.

Dann sprach die Prinzessin Budûr weiter zu Marzuwân: ‚Sieh
zu, lieber Bruder, wie du mir in meiner Not helfen kannst!'
Da neigte Marzuwân sein Haupt eine Weile zu Boden, verwundert und ratlos, was er tun solle. Doch schließlich hob er
sein Haupt wieder empor und sprach zu ihr: ‚Es ist alles richtig, was dir widerfahren ist, wenn auch die Geschichte mit diesem Jüngling über meinen Verstand hinausgeht. Dennoch will
ich durch alle Länder ziehen und nach dem suchen, was dich
heilen kann; vielleicht wird Allah es so fügen, daß du durch
meine Hand geheilt wirst. Fasse dich in Geduld und ängstige
dich nicht!' Dann sagte Marzuwân ihr Lebewohl, betete für
sie um Standhaftigkeit und ging fort von ihr, während sie
diese Verse sprach:

Dein Bild kehrt immerdar zu meinem Herzen wieder,
Wallt auch der Pilgerschritt in fernem Land und Reich.
Die Wünsche bringen dich doch meinem Herzen nahe.
Wie wäre selbst ein Blitz dem Geisteslichte gleich?
O sei nicht fern! Denn du bist meiner Augen Licht.
Doch bist du fort, so schminke ich sie in Trauer nicht.

Darauf begab Marzuwân sich in das Haus seiner Mutter und verbrachte dort die Nacht. Am nächsten Morgen aber machte er sich reisefertig; und dann brach er auf und zog unablässig von Land zu Land und von Insel zu Insel, einen ganzen Monat lang, bis er zu einer Stadt kam, die et-Tairab hieß. Dort ging er umher, um bei den Einwohnern nach Neuigkeiten zu forschen; denn er dachte, er könne vielleicht ein Heilmittel für die Prinzessin Budûr finden. Sooft er in eine Stadt kam oder an ihr vorbeizog, hatte er gehört, daß die Prinzessin Budûr, die Tochter des Königs el-Ghajûr, den Verstand verloren habe. Doch wie er in der Stadt et-Tairab ankam, hörte er von Kamar ez-Zamân, dem Sohne des Königs Schehrimân, daß er erkrankt sei und daß Trübsinn und Wahnsinn über ihn gekommen seien. Nun fragte Marzuwân nach dem Namen der Stadt des Prinzen. Da sagte man ihm: ,Er ist auf einer der Inseln von Chalidân, und die ist von dieser unserer Stadt zur See einen vollen Monat entfernt, zu Lande aber sechs Monate.' Da bestieg Marzuwân ein Schiff, das nach den Inseln von Chalidân fuhr; das fuhr bei günstigem Winde einen Monat lang, bis sie die Inseln von Chalidân in Sicht bekamen. Und wie sie schon so weit waren und ihnen nichts mehr übrig blieb als an den Strand zu gelangen, da erhob sich plötzlich ein Sturmwind wider sie, warf die Masten um und zerriß die Leinwand, so daß die Segel ins Meer fielen und das Schiff mit Mannschaft und Ladung kenterte. – –«

Da bemerkte Schehrezâd, daß der Morgen begann, und sie hielt in der verstatteten Rede an. Doch als die *Hundertundfünf-undneunzigste Nacht* anbrach, fuhr sie also fort: »Es ist mir berichtet worden, o glücklicher König, daß, als das Schiff mit seiner ganzen Ladung gesunken war, ein jeder sich selbst zu retten suchte; den Marzuwân aber trieben die Wogen dahin, bis sie ihn unterhalb des Königspalastes, in dem Kamâr ez-Zaman

war, gegen das Ufer warfen. Nun fügte es sich, nach der Bestimmung des Schicksals, daß dies der Tag war, an dem sich
bei König Schehrimân seine Würdenträger und die Großen
seines Reiches versammelten, um seine Befehle entgegenzunehmen; und der König saß da, während sein Sohn Kamar ez-
Zamân das Haupt auf seinen Schoß gelegt hatte und ein Eunuch
ihm die Fliegen verscheuchte. Der Prinz hatte zwei Tage lang
nicht gesprochen und weder gegessen noch getrunken, so daß
er dünner als eine Spindel geworden war. Der Wesir stand zu
seinen Füßen, nahe dem Fenster, das auf das Meer führte; und
wie er seinen Blick hob, sah er den Marzuwân, wie er in der
Brandung fast den Tod gefunden hatte und kaum noch atmen
konnte. Da ward das Herz des Wesirs von Mitleid mit ihm
bewegt, und so trat er vor den König, neigte sein Haupt vor
ihm und sprach: ‚Ich bitte dich, o König, erlaube mir, daß ich
zum Hofe des Palastes hinuntergehe und die Pforte dort öffne!
Denn ich möchte einen Menschen retten, der fast im Meere ertrunken ist, und ihm Hilfe in seiner Not bringen; vielleicht
wird Allah um dessen willen deinen Sohn aus seiner Not befreien.‘ Doch der König antwortete: ‚O Wesir, es ist genug an
dem, was meinem Sohn durch dich und um deinetwillen widerfahren ist. Es kann sein, daß dieser Halbertrunkene, wenn
du ihn gerettet hast, unser Elend sieht und meinen Sohn in dieser seiner Not erblickt und dann an mir seine Schadenfreude
hat. Aber ich schwöre bei Allah, wenn dieser Halbertrunkene
kommt und meinen Sohn sieht und dann fortgeht und irgend
jemandem unser Geheimnis verrät, so lasse ich zuerst dir und
dann ihm den Kopf abschlagen; denn du, Wesir, bist die Ursache all dessen, was uns widerfahren ist, von Anfang bis zu
Ende. Nun tu, was dir gutdünkt!‘ Da machte der Wesir sich
auf, öffnete die geheime Pforte des Palastes, die zum Meere

führte, und ging am Ufersteig zwanzig Schritte entlang; dann
ging er zum Meere hinab und fand den Marzuwân, wie er mit
dem Tode rang. Darauf streckte er seine Hand aus, ergriff den
Ertrinkenden beim Schopfe und zog ihn daran empor. Jener
kam nun aus dem Meere heraus, in bewußtlosem Zustande,
den Leib voll Wasser und mit hervorquellenden Augen. Der
Wesir wartete eine Weile, bis Marzuwân wieder zu sich kam;
dann zog er ihm die Kleider aus und legte ihm neue an, und
nachdem er ihm den Turban eines seiner Diener um den Kopf
gewunden hatte, sprach er zu ihm: ‚Wisse, ich bin die Ursache
deiner Errettung von dem Ertrinken gewesen, sei du nun nicht
die Ursache meines und deines Todes!‘ – –«

Da bemerkte Schehrezâd, daß der Morgen begann, und sie
hielt in der verstatteten Rede an. Doch als die *Hundertundsechs-
undneunzigste Nacht* anbrach, fuhr sie also fort: »Es ist mir berichtet worden, o glücklicher König, daß der Wesir, als er sein
Rettungswerk an Marzuwân vollendet hatte, zu ihm sprach:
‚Wisse, ich bin die Ursache deiner Errettung von dem Ertrinken gewesen; sei du nun nicht die Ursache meines und deines
Todes!‘ Da fragte Marzuwân: ‚Wie wäre denn das?‘ ‚Du wirst‘,
so sprach der Wesir, ‚noch in dieser Stunde hinaufgehen und
unter Emire und Wesire treten, die alle schweigen und kein
Wort reden wegen Kamar ez-Zamân, des Sohnes des Sultans.‘
Sobald Marzuwân den Namen Kamar ez-Zamân hörte, wußte
er, daß jener es war, von dem er in den Landen hatte reden
hören und den er suchte. Aber er stellte sich unwissend und
fragte den Wesir: ‚Und wer ist Kamar ez-Zamân?‘ Der Minister gab ihm zur Antwort: ‚Er ist der Sohn des Sultans Schehrimân, und er liegt krank dahingestreckt auf seinem Lager; er
hat keine Ruhe, er ißt nicht, trinkt nicht und schläft nicht,
weder bei Nacht noch bei Tage; ja, er ist dem Tode nahe, und

wir haben die Hoffnung aufgegeben, daß er am Leben bleiben wird, da wir seines Todes gewiß sind. Nimm dich davor in acht, ihn zu lange anzusehen oder irgendwo anders hinzublicken als auf die Stelle, auf die du deinen Fuß setzest! Sonst ist es um dein und mein Leben geschehen.' ‚Um Gottes willen, o Wesir,' rief Marzuwân, ‚ich bitte dich, sei so gütig und erzähle mir mehr von diesem Jüngling, den du da beschreibst; aus welchem Grunde befindet er sich in einem solchen Zustande?' Da gab der Wesir zur Antwort: ‚Ich kenne nur diesen einen Grund: seit drei Jahren hat sein Vater von ihm verlangt, er solle sich vermählen, aber er wollte es nicht tun. Schließlich ward sein Vater zornig auf ihn und setzte ihn gefangen. Am andern Morgen aber glaubte der Jüngling, er habe, während er auf seinem Lager ruhte, eine Jungfrau neben sich gesehen, die von strahlender Anmut war und deren Schönheit keine Zunge zu beschreiben vermag. Und er erzählte uns, er habe ihren Ring von ihrem Finger gestreift und ihn sich selbst angelegt, und seinen eigenen Ring habe er ihr auf den Finger gesteckt. Wir aber wissen nicht, was es in Wirklichkeit mit dieser Sache auf sich hat. Um Gottes willen, mein Sohn, wenn du mit mir zum Schlosse hinaufgehst, so blicke nicht auf den Prinzen, sondern geh deiner Wege! Denn das Herz des Sultans ist von Grimm wider mich erfüllt.' Nun sagte Marzuwân sich: ‚Bei Allah, dies ist der, den ich suche!' Dann ging er hinauf, hinter dem Wesir her, bis er im Schlosse ankam. Dort setzte der Wesir sich zu Füßen des Prinzen Kamar ez-Zamân. Marzuwân aber konnte nichts anderes tun, als zum Prinzen zu gehen, bis er vor ihm stand, und ihn anzustarren. Der Wesir starb fast vor Schrecken bei lebendigem Leibe und begann, den Marzuwân anzustarren und ihm Zeichen zu machen, er solle seiner Wege gehen. Doch der tat, als sähe er das nicht, und blickte den Kamar ez-Zamân so lange an, bis er die Gewißheit hatte, daß er es war, den er suchte. – –«

Da bemerkte Schehrezâd, daß der Morgen begann, und sie hielt in der verstatteten Rede an. Doch als die *Hundertundsieben-undneunzigste Nacht* anbrach, fuhr sie also fort: »Es ist mir berichtet worden, o glücklicher König, daß Marzuwân, nachdem er den Kamar ez-Zamân angeblickt und so erkannt hatte, daß er es war, den er suchte, ausrief: ‚Preis sei Allah, Ihm, der seine Gestalt gleich ihrer Gestalt, seine Wange gleich ihrer Wange, seine Farbe gleich ihrer Farbe geschaffen hat!‘ Da schlug Kamar ez-Zamân die Augen auf und lauschte mit den Ohren auf seine Rede. Und als Marzuwân sah, daß der Prinz auf die Worte, die er zu ihm sprach, lauschte, trug er diese Verse vor:

> *Ich seh dich tief erregt, bekümmert, voller Klagen,*
> *Und wie dein Ohr sich neigt, sprech ich von Schönheit zart.*
> *Hat Liebe dich verwundet? Bist du vom Pfeil getroffen?*
> *Nur wer verwundet ward, der ist von solcher Art!*
> *Wohlan, so tränk mich denn mit Bechern Weins und tue*
> *Mir Lieder von Suleima, Rabâb und Tan'um[1] kund!*
> *Der Weinbergssonne ist ein Krug ihr Himmelszeichen,*
> *Der Schenke ist ihr Aufgang, ihr Untergang ist mein Mund.*
> *Mich packt die Eifersucht auf ihrer Kleider Falten,*
> *Wenn sie den schlanken Leib mit den Gewändern schmückt;*
> *Ja, ich beneide Becher, deren Rand sie küsset,*
> *Wenn sie, gleichwie zum Kusse, sie an die Lippen drückt.*
> *Glaubt nicht von mir, ich sei vom scharfen Schwert verwundet,*
> *Nein, Blicke trafen mich mit ihrer Pfeile Kraft.*
> *Als sie mir nahte, sah ich ihre Fingerspitzen*
> *So rot gefärbt wie von des Drachenblutes Saft.*
> *Ich sprach: ‚Du schmücktest so die Hand, ob ich gleich fern war!*
> *Ist das der Lohn für ihn, den Leidenschaft erfüllt?‘*
> *Da warf sie mir ins Herz die heiße Glut der Liebe*
> *Und sprach, wie einer spricht, der Liebe nicht verhüllt:*

1. Altarabische Mädchennamen.

,Dies ist, bei deinem Leben, nicht Schminke, mit der ich färbte;
Drum schilt mich nicht ob Härte und ob Verstellungslist!
Nein, wahrlich, als ich damals dich scheiden sehen mußte,
Dich, der du mir doch Arm und Hand und Knöchel bist,
Da habe ich Blut geweint in meiner Trennungsnot,
Und wischte es ab mit der Hand; vom Blute ward sie rot.' –
Hätt ich doch nur vor ihr geweint in meiner Sehnsucht,
Eh ich bereuen mußte, so wäre mein Herz geheilt.
Und doch sie weinte vor mir; da mußte ich mit ihr weinen
Und sprechen: Der Preis sei dem, der vorangeht, zuerteilt.
Drum tadelt mich doch nicht, weil ich sie liebe; denn wahrlich,
Beim Geiste der Liebe, ich bin durch sie an Schmerzen reich.
Ich weine nur um sie, deren Wange die Schönheit schmücket,
Und ihr ist bei den Persern und Arabern keine gleich.
Sie hat das Wissen Lukmâns[1], die schöne Gestalt von Joseph,
Die Sangeskunst von David, Marias Züchtigkeit.
Doch ich hab Jakobs Trauer, die Kümmernis des Jonas,
Den Fluch von Adam her und Hiobs bittres Leid.
Sterb ich aus Liebe zu ihr, so gebt ihr nicht den Tod;
Nein, fragt sie, wer das Recht an meinem Blut ihr bot!

Als Marzuwân dies Lied vorgetragen hatte, kam heilende Kühlung in das Herz des Kamar ez-Zamân; er seufzte, wandte die Zunge in seinem Munde und sprach zu seinem Vater: ,Lieber Vater, laß diesen Jüngling kommen und zu meiner Seite sitzen!' – –«

Da bemerkte Schehrezâd, daß der Morgen begann, und sie hielt in der verstatteten Rede an. Doch als die *Hundertundachtundneunzigste Nacht* anbrach, fuhr sie also fort: »Es ist mir berichtet worden, o glücklicher König, daß Kamar ez-Zamân zu seinem Vater sprach: ,Lieber Vater, laß diesen Jüngling kommen und zu meiner Seite sitzen!' Als der Sultan dies von seinem Sohne Kamar ez-Zamân vernahm, war er hocherfreut, obgleich sein Herz zuerst gegen Marzuwân eingenommen war und er be-

1. Ein altarabischer Weiser.

reits bei sich beschlossen hatte, ihm das Haupt abschlagen zu lassen. Doch nun, wie er seinen Sohn reden hörte, entschwand sein Zorn, er stand auf und führte den Jüngling Marzuwân heran und ließ ihn neben Kamar ez-Zamân sitzen. Dann hub der König an und sprach zu dem Fremdling: ‚Preis sei Allah für deine wohlbehaltene Ankunft!' Jener erwiderte: ‚Allah erhalte dir deinen Sohn!' Und er rief den Segen des Himmels auf den König herab. Nun fragte der König ihn: ‚Aus welchem Lande bist du?' Jener gab zur Antwort: ‚Von den Inseln des inneren Meeres, aus dem Lande des Königs el-Ghajûr, des Herrn der Inselfesten, der Meere und von den sieben Palästen.' Und weiter sprach der König Schehrimân: ‚Möge dein Kommen für meinen Sohn ein Segen sein, und möge Allah ihn von seiner Not befreien!' Jener erwiderte: ‚So Allah der Erhabene will, wird nur Gutes geschehen!' Darauf neigte Marzuwân sich über Kamar ez-Zamân und flüsterte ihm ins Ohr, ohne daß der König und die Würdenträger es merkten: ‚Hoher Herr, sei stark, hab Zuversicht und quäl dich nicht! Sie, um deren willen du in diesem Elend bist – frage nicht nach ihrer Not um deinetwillen! Du hast dein Geheimnis gehütet und bist krank geworden; aber sie hat ihr Geheimnis offenbart, und man sagte von ihr, sie sei irre geworden; und jetzt schmachtet sie im Gefängnis, um ihren Hals trägt sie eine eherne Kette, und sie ist im größten Elend. Doch, so Allah der Erhabene will, sollt ihr beide durch meine Hand geheilt werden.' Als Kamar ez-Zamân diese Worte vernahm, kam neue Lebenskraft über ihn, sein Herz ward stark, und ein Schauer der Freude durchlief ihn; und er gab seinem Vater ein Zeichen, daß er ihn aufrichten möge. Der König ward vor Freude fast wie von Sinnen, und er eilte zu seinem Sohne und richtete ihn auf. Nachdem nun Kamar ez-Zamân sich aufrecht gesetzt hatte, schwenkte der

König aus Sorge um seinen Sohn sein Taschentuch; da entfernten sich alle Emire und Wesire; und er legte zwei Kissen für den Prinzen zurecht, an die er sich beim Sitzen anlehnen konnte. Ferner befahl der König, daß man den Palast mit Safran durchduften solle; dann gab er Befehl, die Stadt zu schmükken, und zu Marzuwân sprach er: ‚Bei Allah, mein Sohn, dein Kommen hat Glück und Segen gebracht!‘ Darauf erwies er ihm die höchsten Ehren und ließ Speisen für ihn bringen. Als die gebracht waren, trat Marzuwân heran, indem er zu Kamar ez-Zamân sprach: ‚Tritt herzu und iß mit mir.‘ Der gehorchte ihm, trat herzu und aß mit ihm. Derweilen aber rief der König den Segen des Himmels auf Marzuwân herab und sprach: ‚Wie schön ist es doch, daß du gekommen bist, mein Sohn!‘ Und wie der Vater nun seinen Sohn essen sah, ward er noch froher und glücklicher, und er ging alsbald fort und berichtete es der Mutter und dem ganzen Hause. So ward die frohe Botschaft von der Genesung des Prinzen im Palaste verkündet, und da der König die Schmückung der Stadt befohlen hatte, nahm auch das Volk an der Freude teil, und es war ein hoher Festtag. Marzuwân aber verbrachte die Nacht bei Kamar ez-Zamân, und auch der König blieb bei den beiden in seiner Freude und seinem Glück. – –«

Da bemerkte Schehrezâd, daß der Morgen begann, und sie hielt in der verstatteten Rede an. Doch als die *Hundertundneunundneunzigste Nacht* anbrach, fuhr sie also fort: »Es ist mir berichtet worden, o glücklicher König, daß König Schehrimân in jener Nacht bei den beiden blieb, hocherfreut über die Genesung seines Sohnes. Als es dann Morgen geworden und der König gegangen war und Marzuwân mit Kamar ez-Zamân allein blieb, erzählte er ihm alles von Anfang bis zu Ende. Er begann mit den Worten: ‚Wisse, ich kenne sie, mit der du vereint gewesen bist.

Sie heißt Prinzessin Budûr, die Tochter des Königs el-Ghajûr.' Und dann berichtete er ihm alles, was der Prinzessin Budûr widerfahren war, von Anfang bis zu Ende. Auch erzählte er ihm von ihrer großen Liebe zu ihm, und er schloß, indem er sprach: ,So ist es denn ihr gerade so mit ihrem Vater ergangen wie dir mit deinem Vater. Du bist ohne Zweifel der, den sie liebt, wie sie die ist, die du liebst. Nun sei stark und hab Zuversicht; denn ich will dich zu ihr führen und dich bald mit ihr wieder vereinen, und ich will an euch handeln, wie der Dichter gesagt hat:

> Wenn je ein Freund der Freundin abhold ward
> Und immer in der Abkehr noch beharrt,
> So eine und verbinde ich die beiden,
> Gleichwie der Zapfen in der Schere Schneiden.'

Und dann fuhr Marzuwân fort, Kamar ez-Zamân zu ermutigen, zu stärken und zu trösten und ihm zuzureden, er möchte essen und trinken. Nachdem der Prinz darauf die Speisen gegessen und den Wein getrunken hatte, kehrte seine Lebenskraft zu ihm zurück, neuer Mut erfüllte ihn, und so ward er von seinem Elend befreit. Währenddessen unterhielt Marzuwân ihn durch Lieder und Erzählungen, bis Kamar ez-Zamân sogar aufstand und ins Badehaus zu gehen verlangte. Darauf führte Marzuwân ihn an der Hand, und beide gingen ins Badehaus, wo sie den Leib badeten und sich wuschen. – –«

Da bemerkte Schehrezâd, daß der Morgen begann, und sie hielt in der verstatteten Rede an. Doch als die *Zweihundertste Nacht* anbrach, fuhr sie also fort: »Es ist mir berichtet worden, o glücklicher König, daß damals, als Kamar ez-Zamân, der Sohn des Königs Schehrimân, ins Bad ging, sein Vater aus Freude darüber befahl, die Gefangenen freizulassen, den Großen seines Reiches prächtige Ehrenkleider verlieh, den Armen Almosen spendete und die Stadt schmücken ließ; so prangte

424

denn die Hauptstadt sieben Tage lang im Schmuck. Nun aber sagte Marzuwân zu Kamar ez-Zamân: ‚Wisse, hoher Herr, ich bin nur zu Einem Zwecke von der Prinzessin Budûr gekommen, und nur Ein Grund hat mich zu meiner Reise veranlaßt; der ist, daß ich sie von ihrem Leid befreie. So bleibt uns denn nur noch übrig, daß wir auf ein Mittel sinnen, zu ihr zu gelangen. Und da dein Vater die Trennung von dir nicht zu ertragen vermag, so meine ich, du solltest ihn morgen um die Erlaubnis bitten, zur Jagd in die Steppe ziehen zu dürfen. Dann nimm zwei Satteltaschen voll Geld mit dir, besteige einen Renner und führe ein Handpferd an der Leine mit; ich will dann dasselbe tun wie du und mit dir ausreiten. Deinem Vater sage, du wollest dich in der Steppe erholen, jagen, dich des Blickes in die weite Ferne erfreuen und dort eine Nacht zubringen. Wenn wir dann aber fortgeritten sind, wollen wir unserer Wege ziehen; dann laß auch keinen von den Dienern uns begleiten!‘ ‚Der Rat ist gut‘, erwiderte Kamar ez-Zamân und freute sich sehr darüber. Und da er sich nun stark fühlte, ging er zu seinem Vater und erzählte ihm von dem Plane. Der König gab ihm die Erlaubnis, auf die Jagd zu gehen, indem er zu ihm sprach: ‚Lieber Sohn, an tausend Tagen! Gesegnet sei Er, der dich wieder so stark gemacht hat! Ich habe nichts dagegen; doch bleib nur eine einzige Nacht fort, komme morgen wieder zu mir! Du weißt ja, mein Leben hat nur durch dich Wert für mich; ich kann es auch noch kaum glauben, daß du von deiner Krankheit genesen bist. Denn du bist für mich wie der, von dem der Dichter sang:

> *Besäß ich auch jederzeit Salomons Teppich*
> *Und dazu der Perserkönige Reich:*
> *Und könnte mein Auge dein Antlitz nicht schauen –*
> *Sie wären dem Flügel der Mücke nur gleich.‘*

Darauf rüstete der König seinen Sohn Kamar ez-Zamân und mit ihm den Marzuwân aus: er gab Befehl, für sie vier Rosse zu schirren, dazu ein Dromedar für das Geld und ein Lastkamel, das die Zehrung und das Wasser tragen sollte. Und Kamar ez-Zamân gab Anweisung, daß niemand mit ihm hinausziehen solle, um ihn zu bedienen. Dann nahm sein Vater Abschied von ihm, indem er ihn an seine Brust drückte und ihn küßte und zu ihm sprach: ‚Ich bitte dich um Allahs willen, bleib nicht länger fern von mir als eine einzige Nacht; in ihr wird der Schlaf mich fliehen, denn mir geht es, wie der Dichter sprach:

> Bist du mir nah, bin ich glücklich, ja glücklich;
> Doch weil' ich dir fern, bin ich traurig, ja traurig.
> Für dich möcht ich sterben! Ist Lieb ein Verbrechen,
> So ist mein Verbrechen gar schaurig, ja schaurig.
> Brennt Lohe der Liebe in dir wie in mir?
> Ich leide die Qualen der Höllenglut hier.‘

Der Prinz erwiderte: ‚Lieber Vater, so Gott will, bleibe ich nur eine Nacht fort.‘ Dann sagte er ihm Lebewohl und ging fort. Und nun machten Kamar ez-Zamân und Marzuwân sich auf, bestiegen die Rosse, führten das Dromedar mit dem Gelde und das Kamel mit dem Wasser und der Zehrung mit sich und zogen der Steppe entgegen. – –«

Da bemerkte Schehrezâd, daß der Morgen begann, und sie hielt in der verstatteten Rede an. Doch als die *Zweihundertunderste Nacht* anbrach, fuhr sie also fort: »Es ist mir berichtet worden, o glücklicher König, daß Kamar ez-Zamân und Marzuwân aufbrachen und der Steppe entgegenzogen. So ritten sie dahin von Tagesanbruch bis zum Abend; da stiegen sie ab, aßen und tranken, fütterten ihre Tiere und ruhten eine Weile aus. Dann saßen sie wieder auf und ritten weiter. Drei Tage zogen sie so dahin; doch am vierten Tage kamen sie in ein weites Gelände, in dem sich ein Dickicht befand. Dort stiegen sie ab; und nun nahm Marzuwân ein Kamel und ein Pferd, schlachtete beide, schnitt ihr Fleisch in Stücke und legte ihre Knochen bloß. Auch nahm er Hemd und Hose von Kamar ez-Zamân, zerschnitt sie und besudelte sie mit dem Blute des Pferdes. Und schließlich nahm er den Rock des Prinzen, zerriß ihn und tränkte ihn mit dem Blute und warf dann alles auf die Wegkreuzung. Als sie danach gegessen und getrunken hatten, wieder aufgesessen waren und weiterritten, fragte Kamar ez-Zamân seinen Begleiter nach dem, was er getan hatte, indem er sprach: ‚Lieber Bruder, was bedeutet dies, was du getan hast? Was soll uns das nützen?' Jener gab zur Antwort: ‚Wisse, dein Vater, der König Schehrimân, wird, wenn wir noch eine zweite Nacht nach dem Tage, an dem wir von ihm Abschied genommen haben, ausbleiben und nicht sogleich wieder zu ihm kommen, alsbald aufsitzen und unserer Spur nachreiten. Und wenn er dann zu jener Stätte kommt, an der ich das Blut vergossen habe, und dein Hemd und deine Hose zerrissen und blutbefleckt sieht, so wird er denken, dir sei von den Wegelagerern oder von den wilden Tieren ein Leid widerfahren. So wird er nicht mehr hoffen, dich zu finden, sondern er wird in die Stadt zurückkehren; und wir werden durch diese List unser Ziel erreichen.' Da rief Kamar ez-Zamân: ‚Bei Allah, das ist eine treffliche List. Was du getan hast, ist gut.' Dann ritten die beiden Tag und Nacht weiter; doch während dieser ganzen Zeit klagte Kamar ez-Zamân immer, wenn er mit sich allein war, und weinte, bis er endlich nahe dem Ziele wieder froh ward, und da sprach er diese Verse:

> *Erweisest du Härte dem Freunde, der deiner stündlich denket?*
> *Nachdem du seiner begehrtest, versagst du dich ihm schon?*

Verriet ich dich je in der Liebe, so sei mir die Huld verwirket!
Und habe ich je gelogen, so sei die Trennung mein Lohn!
Ich habe keine Schuld, daß ich die Härte verdiente;
Doch wenn ich je gefehlt, so hab ich es längst bereut.
Es ist ein Wunder der Zeit, daß du dich von mir trennest –
Doch immer neue Wunder bringt uns ja die Zeit!

Als Kamar ez-Zamân diese Verse gesprochen hatte, rief Marzuwân: ‚Sieh, das sind die Inseln des Königs el-Ghajûr dort vor uns!‘ Da freute Kamar ez-Zamân sich sehr, und er dankte dem Marzuwân für alles, was er getan hatte, küßte ihn auf die Stirn und drückte ihn an sich. – –«

Da bemerkte Schehrezâd, daß der Morgen begann, und sie hielt in der verstatteten Rede an. Doch als die *Zweihundertundzweite Nacht* anbrach, fuhr sie also fort: »Es ist mir berichtet worden, o glücklicher König, daß Kamar ez-Zamân, als Marzuwân zu ihm sprach: ‚Sieh, das sind die Inseln des Königs el-Ghajûr‘, sich freute und ihm für alles, was er getan hatte, dankte, ihn küßte und an seine Brust drückte. Und als sie die Inseln erreicht hatten, zogen sie in die Hauptstadt ein, und Marzuwân führte den Prinzen in einen Chân; dort ruhten sie sich drei Tage lang von der Reise aus. Darauf nahm Marzuwân ihn bei der Hand und ging mit ihm in das Badehaus; und dann legte er ihm Kaufmannskleider an. Ferner versah er ihn mit einer goldenen geomantischen Tafel, mit allem Zubehör und mit einem vergoldeten Astrolabium aus Silber. Und dann sprach er zu ihm: ‚Wohlan, hoher Herr, nimm deinen Stand unterhalb des Königspalastes und ruf aus:

Ich bin der Berechner, der schreibkundige Mann!
Ich bin's, der das Gesuchte und den Suchenden erkennen kann!
Ich bin der Weise, klug und gewandt!
Ich bin der Sterndeuter, überall bekannt!
Wo ist der, der da sucht?

Wenn der König dich hört, so wird er nach dir schicken und dich zu seiner Tochter, der Prinzessin Budûr, die du liebst, hineinführen. Und wenn du dann zu ihr eingetreten bist, so sprich zu ihm: ‚Gewähre mir eine Frist von drei Tagen; ist sie dann wieder gesund, so gib sie mir zur Frau; ist sie es aber nicht, so tu mit mir, wie du mit denen vor mir getan hast!‘ Der König wird es dir bewilligen; und sobald du mit ihr allein bist, gib dich ihr zu erkennen. Dann wird sie wieder zu Kräften kommen, wenn sie dich sieht, ihr Wahnsinn wird von ihr weichen, und sie wird in einer einzigen Nacht genesen; darauf gib ihr zu essen und zu trinken! Ihr Vater aber wird dich in seiner Freude über ihre Genesung mit ihr vermählen und sein Reich mit dir teilen; denn das hat er sich selbst zur Bedingung gemacht. Und nun Glück auf!‘ Als Kamar ez-Zamân diese Worte vernommen hatte, sprach er: ‚Möge deine Güte mir nie fehlen!‘ Und er nahm die Geräte von ihm entgegen und verließ den Chân, gekleidet und ausgerüstet, wie wir erzählt haben. Er schritt dahin, bis er unten am Palast des Königs el-Ghajûr stand, und begann zu rufen:

> Ich bin der Berechner, der schreibkundige Mann!
> Ich bin's, der das Gesuchte und den Suchenden erkennen kann!
> Ich schlage das Zauberbuch auf
> Und berechne der Dinge Lauf!
> Ich kann den Sinn der Träume künden
> Und das Verlorene durch Talismane wiederfinden!
> Wo ist der, der da sucht?

Als die Leute der Stadt diesen Ausruf hörten, kamen sie zu ihm; denn sie hatten seit langer Zeit keinen Schreibkundigen und keinen Sterndeuter gesehen. So standen sie denn um ihn herum, begannen ihn zu betrachten und sahen ihn in der Blüte der Schönheit, der Anmut und vollkommensten Lieblichkeit; und während sie so dastanden, in Verwunderung über seine Schönheit und Herrlichkeit und seines Wuchses Ebenmäßigkeit, trat einer an ihn heran und sprach zu ihm: ‚Um Allahs willen, du schöner junger Mann, der so gewählt reden kann, setze doch dein Leben nicht aufs Spiel, begib dich nicht selbst in Todesgefahr im Streben nach der Vermählung mit der Prinzessin Budûr, der Tochter des Königs el-Ghajûr! Sieh nur mit deinen eigenen Augen auf die Häupter, die dort hängen! Die, denen sie gehörten, sind alle aus diesem Grunde getötet worden.' Doch Kamar ez-Zamân hörte nicht auf sein Wort, sondern fuhr fort, mit lauter Stimme zu rufen:

> *Ich bin der Weise, der schreibkundige Mann!*
> *Ich bin der Sterndeuter, der berechnen kann!*

Darauf wollte das Volk ihn von seinem Tun zurückhalten; allein er kümmerte sich gar nicht um die Leute, sondern er sprach bei sich: ‚Nur wer die Sehnsucht leidet, kennt sie.' Und weiter rief er mit lauter Stimme: ‚Ich bin der Weise, ich bin der Sterndeuter!' – –«

Da bemerkte Schehrezâd, daß der Morgen begann, und sie hielt in der verstatteten Rede an. Doch als die *Zweihundertunddritte Nacht* anbrach, fuhr sie also fort: »Es ist mir berichtet worden, o glücklicher König, daß Kamar ez-Zamân sich um das Gerede der Leute aus der Stadt nicht kümmerte, sondern zu rufen fortfuhr:

> *Ich bin der schreibkundige Mann!*
> *Ich bin's, der berechnen kann!*
> *Ich bin der Sterndeuter!*

Da wurden alle Leute der Stadt ärgerlich über ihn, und sie sprachen: ‚Du bist doch nur ein törichter, eigensinniger, dummer Jüngling! Hab Mitleid mit deiner Jugend, deinem zarten Alter, deiner Schönheit und Anmut!' Dennoch rief Kamar ez-Zamân immer weiter: ‚Ich bin der Sterndeuter, der Berechner! Ist einer da, der sucht?' Während er so rief und das Volk

430

ihn zurückhalten wollte, hörte plötzlich der König el-Ghajûr seine Stimme und das Lärmen des Volkes; und er sprach zum Wesir: ‚Geh hinab und bring uns diesen Sterndeuter!' Da ging der Wesir eilends hinab, holte Kamar ez-Zamân mitten aus der Volksmenge heraus und führte ihn zum König hinauf. Als dieser nun vor dem Herrscher stand, küßte er den Boden und sprach die Verse:

> *Der Zierden acht hast du zum Ruhm in dir vereint,*
> *Und durch sie diene dir das Schicksal allezeit:*
> *Dein Wissen, Frömmigkeit, dein Ruhm und Edelmut,*
> *Dein Wort und tiefer Sinn, dein Sieg, die Herrlichkeit.*

Nachdem der König el-Ghajûr ihn angeblickt hatte, ließ er ihn neben sich sitzen und wandte sich an ihn mit den Worten: ‚Um Gottes willen, mein Sohn, wenn du kein Sterndeuter bist, so setze dein Leben nicht aufs Spiel und geh nicht auf meine Bedingung ein! Denn ich habe es mir zur Bedingung gemacht, daß ich einem jeden, der zu meiner Tochter hineingeht und sie nicht heilt, den Kopf abschlagen lasse; aber wer nur immer sie gesund macht, den will ich mit ihr vermählen. Laß dich durch deine Schönheit und Anmut nicht irreführen; bei Gott, bei Gott, wenn du sie nicht heilst, so werde ich dir den Kopf abschlagen lassen!' Da antwortete Kamar ez-Zamân: ‚Das steht dir frei, und ich willige ein; ich habe es vorher gewußt, ehe ich zu dir kam.' Darauf ließ der König el-Ghajûr die Kadis kommen, um sie als Zeugen wider ihn zu haben, und übergab ihn dem Eunuchen mit den Worten: ‚Führe diesen zur Prinzessin Budûr!' Da nahm der Eunuch ihn bei der Hand und ging mit ihm in die Vorhalle; aber Kamar ez-Zamân eilte ihm voraus, und der Eunuch begann zu laufen und rief ihm zu: ‚Du da, eile doch nicht in dein eigenes Verderben! Ich habe noch nie einen Sterndeuter so wie dich in sein eigenes Unheil rennen sehen. Du weißt aber ja nicht, welche Nöte dir bevorstehen!' Nun wandte Kamar ez-Zamân sein Antlitz von dem Eunuchen ab. – –«

Da bemerkte Schehrezâd, daß der Morgen begann, und sie hielt in der verstatteten Rede an. Doch als die *Zweihundertundvierte Nacht* anbrach, fuhr sie also fort: »Es ist mir berichtet worden, o glücklicher König, daß der Eunuch zu Kamar ez-Zamân sprach: ,Gedulde dich, eile nicht so!' Nun wandte der sein Antlitz von ihm ab und begann diese Verse zu sprechen:

> *Ich bin ein Weiser, doch vor deiner Schönheit töricht;*
> *Ich weiß nicht, was ich sagen soll, verwirrt im Sinn.*
> *Nenn ich dich Sonne, – deine Schönheit schwindet niemals*
> *Vor meinem Blicke; doch die Sonnen sinken hin.*
> *Dich schmückt vollkommne Zier, die der beredte Mann*
> *Nicht künden und von der kein Sänger singen kann.*

Dann hielt der Eunuch den Kamar ez-Zamân vor dem Vorhange über der Tür an, und der Prinz sprach zu ihm: ,Was von beiden ist dir lieber: soll ich deine Herrin von hier aus behandeln und heilen, oder soll ich zu ihr hineingehen und sie hinter dem Vorhange genesen machen?' Verwundert über seine Worte entgegnete der Eunuch: ,Wenn du sie von hier aus heilest, so ist das ein größerer Beweis deiner Vortrefflichkeit.' Und nun setzte Kamar ez-Zamân sich vor dem Vorhange nieder, nahm Tintenkapsel, Rohrfeder und Papier und schrieb darauf diese Worte: ,Dies ist der Brief dessen, in dem die Leidenschaft schwelt, * den die Liebe quält, * und dessen Tage der Kummer zählt. * Wehe dem, dessen Lebenshoffnung verloren geht, * und dem der sichere Tod vor Augen steht! * Sein Herze ist von Trauer schwer, * und es hat keinen Retter noch Helfer mehr. * Und von seinem wachen Blick * hält kein Tröster den Gram zurück. * Der Tag vergeht ihm, von Flammen entfacht, * und in bitterer Qual die Nacht. * Sein Leib ist von Hagerkeit entstellt, * seit er von ihr, die er liebt, keine Kunde erhält.' Darauf schrieb er diese Verse:

> Ich schreibe, und mein Herze begehrt nur dein zu denken,
> Das Auge ist mir wund vom Blute, das es weint.
> Den Leib bedeckt das Feuer der Sehnsucht und der Trauer
> Mit einem Hemd der Hagerkeit, dem Leid sich eint.
> Ich klag die Liebe an bei dir, seit sie mich peinigt
> Und der Geduld in mir die Stätte weggerafft:
> Sei huldvoll, hab Erbarmen, bezeuge deine Neigung;
> Mein Herze ist zerrissen durch der Liebe Kraft.

Und unter die Verse schrieb er diese gereimten Worte: ‚Die Herzen genesen * beim Anblick der geliebten Wesen. * Wem von der Geliebten Unrecht geschah, * dessen Arzt ist Allah. * Wer von euch oder uns Verrat begeht, * erreicht nicht, wonach sein Begehren steht. * Es gibt nichts Schöneres als einen Liebenden, der in Treue harrt * einer Geliebten, durch die er gepeinigt ward.'

Als Unterschrift aber schrieb er: ‚Von ihm, der von Leidenschaft betört, * der von Liebe verstört, * dem der Schlaf verscheucht ward durch der sehnenden Liebe Kraft, * der gefangen ward von rasender Leidenschaft, * von Kamar ez-Zamân,* dem Sohne des Schehrimân, * an die schönste Perle ihrer Zeit,* die auserlesene Paradiesesmaid, * die Herrin Budûr, * die Tochter des Königs el-Ghajûr. * Wisse, daß ich zur Nachtzeit wache; und bei Tage mir quälende Sorgen mache; * an mir zehren immer mehr Krankheit und Hagerkeit, * Liebe und Sehnsuchtsleid. * Meiner Seufzer sind viel; * der Tränen ist kein Ziel. * Ich bin von der Liebe gebannt, * die Leidenschaft brachte mich an des Grabes Rand, * und der Trennungsschmerz hat mein Herz verbrannt. * Wie ein Schuldner bin ich der Sehnsucht geweiht, * ich bin ein Weggenosse dem Leid. * Ich bin der Schlaflose, dessen Auge sich nimmer schließt, * der Liebessklave, dessen Träne immer fließt. * Nie erlischt das Feuer in meinem Herzen, * nie ruhen meiner Sehnsucht glühende Schmerzen.'

An den Rand aber schrieb er diesen schönen Vers:

> *Ein Gruß, der aus den Schätzen der Huld des Herren eilt*
> *Zu ihr, bei der mein Herz und meine Seele weilt.*

Und dazu schrieb er noch diese Verse:

> *Gewähre mir Kunde von dir; vielleicht wird deine Botschaft*
> *An mir Erbarmen üben, dem Herzen Tröstung leihn.*
> *In meiner Leidenschaft zu dir und meiner Liebe*
> *Erscheint gering mir, was ich dulde, Leid und Pein.*
> *Behüte Gott ein Volk, des Wohnstatt mir so fern ist;*
> *Ich schloß die Lieb zu ihm im festen Schreine ein.*
> *Jetzt hat das Schicksal mich mit seiner Huld begnadet*
> *Und warf mich in den Staub am Tor der Liebsten mein.*
> *Ich sah Budûr an meiner Seite auf dem Lager,*
> *Der Mond meiner Zeit[1] erglänzte durch ihrer Sonne Schein.*

Nachdem Kamar ez-Zamân dann den Brief versiegelt hatte, schrieb er als Aufschrift diese Verse:

> *Frag meinen Brief nach dem, was hier mein Schreibrohr schrieb;*
> *Die Züge künden dir mein Leiden und meine Lieb!*
> *Beim Schreiben brachen Tränen aus meinem Auge hervor,*
> *Und ach, die Sehnsucht klagte dem Blatte durch mein Rohr.*
> *Nie hält die Träne ein, aufs Blatt hinabzufließen;*
> *Wenn meine Tränen trocknen, will ich mein Blut vergießen.*

Und zuletzt schrieb er auf die Rückseite des Briefes:

> *Ich sende deinen Ring, den ich einst eingetauscht,*
> *Als wir uns nahe waren; schick du mir deinen Ring!*

Darauf legte Kamar ez-Zamân den Ring der Prinzessin Budûr in den gefalteten Brief und übergab ihn dem Eunuchen; der nahm ihn und trat mit ihm zu seiner Herrin ein. – –«

1. Mond = kamar, Zeit = zamân.

Da bemerkte Schehrezâd, daß der Morgen begann, und sie hielt in der verstatteten Rede an. Doch als die *Zweihundertundfünfte Nacht* anbrach, fuhr sie also fort: »Es ist mir berichtet worden, o glücklicher König, daß Kamar ez-Zamân den Ring in den Brief legte und ihn dem Eunuchen übergab, und daß der ihn darauf nahm und mit ihm zur Prinzessin Budûr eintrat. Sie nahm das Schreiben aus der Hand des Eunuchen entgegen, öffnete es und fand darin ihren eigenen Ring. Dann las sie das Blatt, und als sie den Inhalt verstanden hatte, erkannte sie, daß es von ihrem Geliebten kam und daß er selbst es war, der vor dem Vorhange stand. Und da ward sie vor Freude fast wie von Sinnen, da schwoll und weitete sich ihre Brust vor lauter Jubel, und sie sprach diese Verse:

> Ich habe lange getrauert, weil das Geschick uns trennte,
> Und immer rannen mir aus meinen Augen die Tränen.
> Ich schwor, wenn je das Schicksal uns wieder vereinen sollte,
> Ich wolle nie wieder die Trennung mit meiner Zunge erwähnen.
> Die Freude ist plötzlich zu mir gekommen und hat über Nacht
> Durch die Größe dessen, was mich erfreut, mich zum Weinen gebracht.
> O Auge, dich geleiten die Tränen zu jeder Zeit;
> Sie rinnen in meiner Freude und auch in meinem Leid.

Nach diesen Worten erhob sich die Herrin Budûr alsbald, preßte ihre Füße fest gegen die Mauer und zerrte mit ihrer ganzen Kraft an dem eisernen Ring, bis sie ihn am Halse zerbrochen und auch die Kette zerrissen hatte. Dann eilte sie hinter dem Vorhange hervor, warf sich Kamar ez-Zamân entgegen und küßte ihn auf den Mund, gleichwie die Tauben sich schnäbeln. Und sie umarmte ihn mit allem Ungestüm ihrer Leidenschaft und ihrer Sehnsucht und rief: ,Mein Geliebter, wache ich oder träume ich? Hat Allah uns wirklich in seiner Güte vereint, nachdem wir so lange getrennt waren? Preis sei

Ihm, der uns zusammengeführt hat, nachdem wir schon verzweifelt waren!'

Als der Eunuch sie also sah, lief er eilends zum König el-Ghajûr, küßte den Boden vor ihm und sprach: ‚Hoher Herr, wisse, dieser Sterndeuter ist der Oberste und der Weiseste aller Sterndeuter! Er hat deine Tochter geheilt, während er vor dem Vorhange stand, ohne zu ihr hineinzugehen!' Der König aber sprach: ‚Sieh genau zu, ob diese Kunde wahr ist!' ‚O Herr,' antwortete der Eunuch, ‚erhebe dich und schau sie an, wie sie die Kraft gefunden hat, die eisernen Ketten zu zerbrechen, wie sie zu dem Sterndeuter hinauseilte, ihn küßte und umarmte!' Nun erhob sich der König el-Ghajûr und ging zu seiner Tochter; als sie ihn erblickte, sprang sie auf, verhüllte ihr Haupt und sprach diese beiden Verse:

> Ich liebe siwâk, den Zahnreiber, nicht; denn wenn ich ihn nenne,
> So sage ich siwâk, das heißt, einen andren als dich.
> Doch liebe ich arâk, den Strauch; denn wenn ich ihn nenne,
> So sage ich arâk, das heißt, ich sehe dich.[1]

Da freute ihr Vater sich so sehr über ihre Genesung, daß er fast den Verstand verlor, und er küßte sie auf die Stirn; denn er hatte sie sehr lieb. Dann wandte der König el-Ghajûr sich an Kamar ez-Zamân, erkundigte sich nach seinem Wohlergehen und fragte ihn: ‚Aus welchem Lande kommst du?' Der Prinz berichtete ihm darauf von seiner Herkunft und seinem Stande und tat ihm kund, daß der König Schehrimân sein Vater sei. Dann erzählte er ihm seine ganze Geschichte von Anfang bis zu Ende und berichtete ihm alles, was er mit der Herrin Budûr erlebt hatte, und berichtete somit auch, wie er den Ring

---

1. Wortspiele mit siwâk ‚Zahnreiber' und siwâ-k ‚ein anderer als du'; arâk ‚Salvadora Persica' und arâ-k ‚ich sehe dich'. Die Zahnreiber werden aus den Zweigen des arâk-Strauches gemacht.

von ihrem Finger genommen und ihr seinen Ring angelegt hatte. Voll Erstaunen über dies alles rief der König el-Ghajûr: ‚Eure Geschichte verdient in den Büchern aufgezeichnet zu werden, auf daß sie noch nach eurem Tode gelesen werde von Geschlecht zu Geschlecht!' Dann ließ er alsbald die Kadis und die Zeugen kommen und ließ die Eheurkunde schreiben für die Herrin Budûr und Kamar ez-Zamân. Ferner gab er Befehl, die Stadt sieben Tage lang zu schmücken, und die Diener breiteten die Tische mit allerlei Speisen aus. So ward ein Freudenfest gefeiert, die Stadt ward geschmückt, alle Krieger legten ihre prächtigsten Gewänder an, und die Freudenbotschaft ward überall unter Trommelklang verkündet. Kamar ez-Zamân aber ging zur Herrin Budûr ein. Ihr Vater freute sich über ihre Genesung und ihre Vermählung und dankte Gott, daß er sie in Liebe mit einem schönen jungen Prinzen vereint hatte. Nun ward die Braut vor ihm entschleiert, und beide glichen einander an Schönheit und Lieblichkeit, an Anmut und Zierlichkeit. Und in selbiger Nacht ruhte Kamar ez-Zamân bei ihr und erreichte bei ihr das Ziel seiner Wünsche; und auch sie stillte ihr Verlangen nach ihm und genoß seine Schönheit und Anmut. Bis zum Morgen blieben sie in enger Umarmung vereint. Am nächsten Tage aber ließ der König ein Festmahl bereiten und lud alles Volk zu ihm ein, von den Inseln im Binnenmeer und im Meere draußen. Da brachte man die Tische mit den auserlesensten Speisen, und einen vollen Monat lang blieben die Tische gedeckt.

Nachdem Kamar ez-Zamân so seine Sehnsucht gestillt und das Ziel seiner Wünsche erreicht hatte, und nachdem er in seinem Glück eine lange Weile bei der Herrin Budûr gewesen war, da mußte er seines Vaters, des Königs Schehrimân, gedenken; er sah ihn im Traum, wie er zu ihm sprach: ‚Mein

Sohn, kannst du mir dies antun?' Und dann sprach der Vater
diese Verse im Traume zu ihm:

> *Der Mond, der im Dunkel schien, erschreckte mich durch sein Schwinden*
> *Und ließ so meine Augen nur noch die Sterne sehn.*
> *Gemach, meine Seele! Vielleicht wird er bald wiederkehren.*
> *Ertrag, mein Herz, geduldig, was dir durch ihn geschehn!*

Als Kamar ez-Zamân seinen Vater, der ihm Vorwürfe machte,
im Traum gesehen hatte, wachte er am Morgen betrübt und
traurig auf. Und wie dann die Herrin Budûr ihn nach dem
Grunde fragte, tat er ihr kund, was er gesehen hatte. – –«

Da bemerkte Schehrezâd, daß der Morgen begann, und sie
hielt in der verstatteten Rede an. Doch als die *Zweihundertund-
sechste Nacht* anbrach, fuhr sie also fort: »Es ist mir berichtet
worden, o glücklicher König, daß Kamar ez-Zamân, nachdem
er der Herrin Budûr kundgetan hatte, was er im Traum gesehen, mit ihr zu ihrem Vater ging, und daß die beiden ihm
davon erzählten und ihn um Erlaubnis baten, fortreisen zu dürfen. Als er dem Prinzen diese Erlaubnis gegeben hatte, sprach
die Herrin Budûr: ,Lieber Vater, ich kann es nicht ertragen,
mich von ihm zu trennen.' ,So reise denn mit ihm!' erwiderte
ihr Vater und gab ihr die Erlaubnis, ein volles Jahr mit ihrem
Gemahl fortzubleiben und dann jedes Jahr einmal zu kommen,
um den Vater zu besuchen. Da küßte sie ihrem Vater die Hand,
und ebenso tat Kamar ez-Zamân. Darauf begann der König
el-Ghajûr seine Tochter und ihren Gemahl für die Reise auszurüsten; er versah sie mit Wegzehrung und mit allen Dingen,
die zur Reise nötig waren, ließ für sie Rosse kommen, die durch
Brandmarken ausgezeichnet waren, ferner Dromedare, und
für seine Tochter eine Sänfte, ließ Maultiere und Lastkamele
für sie beladen und gab ihnen Sklaven und andere Leute zur
Bedienung mit. So ließ er ihnen alles, was sie für die Reise

brauchten, herbeischaffen. Am Tage des Aufbruchs aber, als König el-Ghajûr von Kamar ez-Zamân Abschied nahm, verlieh er ihm zehn prächtige Ehrenkleider, die mit Gold bestickt und mit Edelsteinen besetzt waren; dazu gab er ihm zehn Rosse, zehn Kamelinnen und einen Schatz Goldes, und er empfahl seine Tochter, die Herrin Budûr, seinem Schutze. Nachdem er sie noch bis zum Ende des Inselreiches begleitet hatte, nahm er von Kamar ez-Zamân Abschied, trat zu seiner Tochter, der Herrin Budûr, die in ihrer Sänfte war, heran, zog sie an seine Brust und küßte sie; dann sprach er unter Tränen:

> *Der du die Trennung suchst, gemach!*
> *Umarmung ist der Liebe Lohn.*
> *Gemach! Des Schicksals Art ist Trug;*
> *Dem Glücke winkt die Trennung schon.*

Dann ging er von seiner Tochter fort, trat wieder zu ihrem Gemahl Kamar ez-Zamân und nahm noch einmal Abschied von ihm und küßte ihn. Schließlich aber trennte er sich von den beiden und kehrte mit seinem Heere in seine Hauptstadt zurück, nachdem er ihnen den Befehl zum Aufbruch gegeben hatte.

Nun zogen Kamar ez-Zamân und seine Gemahlin, die Herrin Budûr, und ihr Gefolge dahin, den ersten, den zweiten, den dritten und vierten Tag; und nachdem sie so einen ganzen Monat hindurch immer weiter gereist waren, machten sie bei einer Wiese halt, einem weiten Land, in dem sich viel Futterkraut befand. Dort schlugen sie ihre Zelte auf, aßen und tranken und gingen zur Ruhe. Auch die Herrin Budûr legte sich nieder, und als Kamar ez-Zamân zu ihr ins Zelt trat, fand er sie schlafend daliegen; sie war in ein Hemd aus aprikosenfarbener Seide gekleidet, das ihre ganze Gestalt erkennen ließ, und auf ihrem Haupte lag ein goldgewirktes Kopftuch, das mit Perlen und

Edelsteinen besetzt war. Plötzlich hob der Lufthauch ihr Hemd hoch und wehte es bis über den Nabel hinaus, so daß auch ihre Brüste entblößt wurden und an ihr ein Leib sichtbar ward, der weißer als Schnee war; in jeder seiner Falten hätte eine Unze von Behennußöl Platz gefunden. Da wurde er von noch heftigerer Liebesleidenschaft ergriffen, und er sprach:

> Spräch man zu mir, wenn eine heiße Flamme glüht
> Und wenn ein brennend Feuer durch Herz und Brust mir zieht:
> Verlangt es dich denn mehr, mit ihr vereint zu sein
> Als kühles Wasser trinken? – ich riefe: Sie allein!

Dann legte Kamar ez-Zamân seine Hand auf die Schnur ihrer Hose, zog daran und löste sie, da sein Herz nach ihr verlangte. Plötzlich erblickte er einen Edelstein, rot wie Drachenblut, der an der Schnur befestigt war. Er band ihn los, schaute ihn an und sah, daß auf ihm zwei Reihen von Namen in einer Schrift, die er nicht lesen konnte, eingegraben waren. Verwundert sprach er bei sich: ‚Wäre dieser Stein nicht ein großes Kleinod für sie, so hätte sie ihn nicht in dieser Weise an die Schnur ihrer Hose festgebunden und ihn nicht an der sichersten Stelle bei sich verborgen, um ihn nicht zu verlieren. Was mag sie wohl damit tun? Und was für ein Geheimnis mag an ihm hängen?‘ Dann nahm er den Stein und verließ das Zelt, um ihn bei Licht zu betrachten. – –«

Da bemerkte Schehrezâd, daß der Morgen begann, und sie hielt in der verstatteten Rede an. Doch als die *Zweihundertundsiebente Nacht* anbrach, fuhr sie also fort: »Es ist mir berichtet worden, o glücklicher König, daß er den Stein nahm, um ihn bei Licht zu betrachten; und wie er ihn so in der Hand hielt und genau anschaute, da stieß ein Vogel auf ihn herab, riß ihm den Stein aus der Hand, flog damit fort und ließ sich dann wieder auf die Erde nieder. In seiner Sorge um den Stein lief er hinter dem Vogel her; der aber flog mit derselben Schnelligkeit, wie Kamar ez-Zamân lief, vor ihm dahin. Der Prinz folgte ihm immer weiter von Ort zu Ort und von Hügel zu Hügel, bis es Abend ward und die Dunkelheit anbrach. Da setzte sich der Vogel auf einen hohen Baum; Kamar ez-Zamân blieb ratlos unter ihm stehen, und seine Kräfte verließen ihn vor Hunger und Erschöpfung. Schon gab er sich verloren und wollte wieder umkehren, doch er kannte den Weg nicht mehr, auf dem er gekommen war, und so brach dort die Finsternis über ihn herein. Da rief er: ‚Es gibt keine Majestät und es gibt keine Macht außer bei Allah dem Erhabenen und Allmächtigen!‘ Dann legte er sich unter dem Baume, auf dem der Vogel saß, nieder und schlief bis zum Morgen. Als er darauf aus seinem Schlafe erwachte, sah er, wie auch der Vogel aufgewacht war und gerade von dem Baume fortflog. Nun ging Kamar ez-Zamân hinter ihm her, und jener Vogel flog langsam weiter, mit derselben Schnelligkeit, wie der Prinz ging. Da mußte er lächeln, und er sprach: ‚Gottes Wunder! Gestern flog dieser Vogel so rasch, wie ich lief; und heute weiß er, daß ich müde aufgewacht bin und nicht mehr so rasch laufen kann wie vorher, und darum fliegt er so langsam, wie ich gehe. Bei Allah, das ist seltsam! Doch ich muß diesem Vogel folgen, mag er mich zum Leben oder zum Tode führen. Ich will hinter ihm her gehen, wohin er sich auch wenden mag; denn er wird sicherlich in einem bewohnten Lande sich aufhalten.‘ So ging denn Kamar ez-Zamân weiter, während der Vogel über ihn flog und jede Nacht auf einem Baume zubrachte; zehn Tage lang folgte er ihm, und dabei nährte er sich von den Früchten der Erde und trank vom Wasser ihrer Bäche. Am elften Tage jedoch kam er zu einer bewohnten Stadt; da plötzlich flatterte der Vogel davon, so rasch wie ein Augenlid zuckt, flog in jene

Stadt hinein und entschwand den Blicken des Prinzen. Der verstand nicht, was das bedeutete, und wußte nicht, wohin der Vogel entschwunden war; und verwundert rief er aus: ,Preis sei Allah, der mich behütet hat, bis ich zu dieser Stadt gekommen bin!' Dann setzte er sich an einem Bache nieder, wusch sich Hände, Füße und Gesicht und ruhte eine Weile aus. Dabei dachte er an sein früheres Leben in Sorglosigkeit und Glück und in Vereinigung mit der Geliebten, und betrachtete seinen jetzigen Zustand, Ermattung, Sorgen, Einsamkeit in der Fremde, Hunger und Trennungsschmerz. Die Tränen rannen ihm aus den Augen, und er sprach:

> Ich barg, was mir von dir geschah; doch es kam an den Tag.
> Der Schlaf meines Auges wich, so daß es schlummerlos lag.
> Ich rief, wenn mir das Elend mein Herze fast zerbricht:
> O Schicksal, quäle mich nicht immer, verwunde mich nicht.
> Seht doch, wie meine Seele in Not und Fährlichkeit schwebt!
>
> Wenn nur der Herr der Liebe gerecht mit mir verfährt,
> So wäre meinem Auge der Schlummer nicht verwehrt.
> O Herrin, erbarm dich dessen, den Sehnsucht krank gemacht,
> Sei gnädig dem mächtigen Manne, den Liebe ins Elend gebracht,
> Ihm, der einst reich gewesen und jetzt in Armut lebt!
>
> Die Tadler quälten dich, ich folgte ihnen nicht;
> Ich machte taub die Ohren und stumm mein Angesicht.
> Sie sprachen: Du liebst eine Schlanke. Und meine Antwort war:
> Ich wählte sie unter vielen und ließ die andere Schar.
> Laßt ab, das Auge wird blind, wenn das Schicksal Unheil webt!

Nachdem er so gesprochen, ruhte Kamar ez-Zamân sich wiederum aus; dann erhob er sich und ging langsam weiter, bis er in die Stadt kam. – –«

Da bemerkte Schehrezâd, daß der Morgen begann, und sie hielt in der verstatteten Rede an. Doch als die *Zweihundertundachte Nacht* anbrach, fuhr sie also fort: »Es ist mir berichtet

worden, o glücklicher König, daß Kamar ez-Zamân, nachdem er so gesprochen, sich ausruhte und dann in das Tor der
Stadt eintrat, ohne zu wissen, wohin er sich wenden sollte. So
wanderte er durch die Stadt von einem Ende bis zum anderen;
durch das Landtor war er eingetreten, und dann war er immer
weiter gegangen, bis er zum Meerestor kam, ohne daß ihm
einer von ihren Bewohnern begegnete. Die Stadt lag nämlich
an der Küste des Meeres. Nachdem er nun durch das Meerestor
hinausgegangen war, schritt er weiter dahin, bis er zu den
Gärten und Hainen der Stadt gelangte. Dort trat er ein und
ging unter den Bäumen weiter; schließlich kam er zu einem
Garten, vor dessen Tor er stehen blieb. Da trat der Gartenwächter zu ihm heraus und grüßte ihn. Als der Prinz den Gruß
zurückgegeben hatte, hieß der Gärtner ihn willkommen und
sprach zu ihm: ‚Preis sei Allah, daß du vor den Bewohnern
dieser Stadt entkommen bist, ohne Schaden zu nehmen! Tritt
schnell in diesen Garten ein, ehe dich einer von ihnen sieht!‘
Ganz erstaunt trat Kamar ez-Zamân in den Garten ein und
fragte den Gärtner: ‚Was ist es denn mit den Bewohnern dieser Stadt, und wie steht es um sie?‘ Jener gab zur Antwort:
‚Wisse, die Einwohner der Stadt sind alle Magier. Doch um
Gottes willen, sage mir, wie bist du zu dieser Stätte gekommen? Weshalb hast du überhaupt unser Land betreten?‘ Nun
berichtete Kamar ez-Zamân dem Gärtner alles, was er erlebt
hatte, von Anfang bis zu Ende. Hocherstaunt sprach jener darauf: ‚Wisse, mein Sohn, das Land der Muslime ist weit von
hier entfernt. Zwischen ihm und uns liegt eine Reise von vier
Monaten zur See, zu Lande aber dauert sie ein ganzes Jahr. Wir
haben ein Schiff, das jedes Jahr in See sticht und mit Waren
nach dem ersten muslimischen Lande fährt; von hier fährt es
in das Meer der Ebenholzinseln und von dort nach den Chali-

443

dân-Inseln, über die der König Schehrimân herrscht.' Nun dachte Kamar ez-Zamân eine Weile nach und kam zu der Erkenntnis, daß es das beste für ihn sei, in dem Garten bei dem Gärtner zu bleiben und ihm als Tagelöhner zu dienen. So sprach er denn zu ihm: ,Willst du mich als Tagelöhner in diesem Garten annehmen?',Ich höre und willfahre!', sprach jener und lehrte ihn alsbald, wie man das Wasser zu den Beeten leitet. Dann begann Kamar ez-Zamân das Wasser dorthin zu leiten und das Unkraut mit der Hacke herauszuschlagen. Der Gärtner gab ihm einen kurzen blauen Rock, der ihm bis an die Knie reichte. Doch während Kamar ez-Zamân bei dem Gärtner die Bäume bewässerte, weinte er Ströme von Tränen; und da er so allein in der Fremde war, konnte keine Nacht und kein Tag ihm Ruhe bringen, und er begann, Lieder über seine Geliebte zu singen, darunter auch dies Lied:

> *Ihr gabt uns ein Versprechen; habt ihr es nicht gehalten?*
> *Ihr gabt uns euer Wort; habt ihr's nicht wahr gemacht?*
> *Wir wachten um der Liebe willen, und ihr schliefet.*
> *Und wer da schläft, ist doch nicht dem gleich, der da wacht.*
> *Wir schworen euch, wir wollten die Liebe heimlich halten;*
> *Euch reizte der Verleumder; er sprach, da sprachet ihr.*
> *O meine Freunde ihr, in Leiden und in Freuden,*
> *Allzeit seid ihr allein das Ziel der Wünsche mir.*
> *Bei einem von den Menschen weilt mein gefoltert Herze;*
> *Hätt er doch Huld und Mitleid mit meiner Not gekannt!*
> *Nicht jedes Auge ist gleich meinem Aug verwundet;*
> *Nicht jedes Herze ist gleich meinem Herz gebannt.*
> *Ihr tatet unrecht, spracht: Die Liebe tut das Unrecht.*
> *Ja, ihr habt wahrlich recht; denn also ist die Welt.*
> *Fragt den Verliebten, der die Treue allzeit wahret,*
> *Auch wenn ein lodernd Feuer sein Herz in Flammen hält!*
> *Wenn über mich mein Gegner in der Liebe richtet,*
> *Bei wem beklag ich mich? Wem künd ich dann mein Leid?*

So stand es um Kamar ez-Zamân, den Sohn des Königs Schehrimân; seine Gemahlin aber, die Herrin Budûr, die Tochter
des Königs el-Ghajûr, suchte, wie sie aufwachte, nach ihrem
Gatten, doch fand sie ihn nicht. Nun sah sie, daß ihre Hose geöffnet war; da suchte sie nach dem Knoten, in dem sich der
Edelstein befand, doch sie bemerkte, daß er gelöst war und daß
der Stein fehlte. Und sie sprach bei sich selbst: ‚Gottes Wunder! Wo ist mein Gemahl? Es ist, als hätte er den Stein genommen und wäre fortgegangen; aber er kennt doch das Geheimnis nicht, das er birgt. Wohin mag er denn nur gegangen sein?
Es muß eine seltsame Sache sein, die ihn veranlaßt hat fortzugehen; denn er konnte es nicht ertragen, sich auch nur eine
Stunde von mir zu trennen. Allah verfluche den Stein und jene
Stunde!‘ Darauf sann die Herrin Budûr nach, indem sie sich
sagte: ‚Wenn ich zu den Dienern hinausgehe und ihnen kundtue, daß mein Gemahl verschwunden ist, so werden sie meiner
begehren; darum muß ich eine List anwenden.‘ Alsdann zog
sie Gewänder ihres Gatten Kamar ez-Zamân an, band sich einen
Turban um ihr Haupt, der dem seinen glich, zog die Stiefel an
und band den Schleier vor Kinn und Mund; in der Sänfte aber
ließ sie eine Sklavin sitzen. Nun trat sie aus ihrem Zelte hervor
und rief die Reitknechte; als die ihr das Roß gebracht hatten,
saß sie auf und gab Befehl, die Lasten zu schnüren. Nachdem
das geschehen war, gebot sie aufzubrechen. Darauf setzte die
Karawane ihren Marsch fort; die Prinzessin aber wußte sich so
gut zu verstellen, daß niemand zweifelte, sie sei Kamar ez-
Zamân selber, und sie glich ihm ja auch an Gestalt und Antlitz.
So zog sie mit ihrem Gefolge dahin, Tag und Nacht, bis sie zu
einer Stadt kam, die am Salzmeere lag. Dort ließ sie vor den

Toren haltmachen und ihre Zelte aufschlagen, um auszuruhen. Dann fragte sie nach jener Stadt, und es ward ihr gesagt: ‚Dies ist die Ebenholzstadt. Über sie herrscht der König Armanûs, und er hat eine Tochter des Namens Hajât en-Nufûs.' – –«

Da bemerkte Schehrezâd, daß der Morgen begann, und sie hielt in der verstatteten Rede an. Doch als die *Zweihundertund-neunte Nacht* anbrach, fuhr sie also fort: »Es ist mir berichtet worden, o glücklicher König, daß damals, als die Herrin Budûr vor den Toren der Ebenholzstadt haltmachen ließ, um auszuruhen, der König Armanûs einen Boten aussandte, um zu erfahren, welcher König dort vor den Toren seiner Hauptstadt lagerte. Als der Bote bei den Zelten ankam, fragte er die Leute, und die berichteten ihm, es sei ein Prinz, der von dem Wege abgeirrt sei; er ziehe aber nach den Chalidân-Inseln zum König Schehrimân. Da kehrte der Abgesandte zu König Armanûs zurück und erstattete ihm Bericht; und als der König seine Worte vernommen hatte, zog er mit den Großen seines Reiches aus, dem Fremden entgegen. Wie er bei den Zelten ankam, stieg die Herrin Budûr von ihrem Rosse, und auch der König Armanûs saß ab. Sie begrüßten einander, und er führte sie in die Stadt hinein, stieg mit ihr zu seinem Schlosse hinauf und befahl, die Tische auszubreiten und die Schüsseln mit vielerlei Speisen aufzutragen; auch gab er Befehl, das Gefolge der Herrin Budûr in das Gästehaus zu bringen. So blieb man drei Tage dort. Darauf begab der König sich zu der Herrin Budûr; sie war aber an jenem Tage im Bade gewesen, und nun leuchtete ihr Angesicht wie von des vollen Mondes Licht, so daß alle Welt durch sie berückt ward und das Herz der Menschen bei ihrem Anblicke entzückt ward. Als König Armanûs zu ihr eintrat, trug sie ein Seidengewand, das mit Gold gewirkt und mit Edelsteinen besetzt war. Und er sprach zu ihr: ‚Mein Sohn, sieh, ich bin ein alter, schwacher Greis, und ich bin nie mit einem Sohne gesegnet worden, sondern nur mit einer Tochter, die dir an Schönheit und Anmut gleicht. Ich habe jetzt nicht mehr die Kraft, das Reich zu lenken; drum soll sie dein sein, mein Sohn, und wenn dies mein Land dir gefällt und du hier bleiben und hier wohnen willst, so will ich dich mit ihr vermählen und dir mein Königreich geben, auf daß ich ruhen kann.' Da senkte die Herrin Budûr ihr Haupt, und vor Verlegenheit perlte ihre Stirn von Schweißtropfen, und sie sprach bei sich selbst: ,Was soll ich arme Frau tun? Wenn ich nicht einwillige, sondern ihn verlasse, so bin ich nicht sicher vor ihm; dann wird er wohl ein Heer hinter mir hersenden und mich töten lassen. Wenn ich ihm aber willfahre, so wird mein Geheimnis an den Tag kommen. Nun habe ich auch noch meinen geliebten Kamar ez-Zamân verloren, und ich weiß nicht, was aus ihm geworden ist. So kann ich mich denn nur dadurch retten, daß ich schweige und einwillige und bei ihm bleibe, bis Allah vollendet, was geschehen soll.' Dann hob die Herrin Budûr ihr Haupt, und indem sie sich dem König Armanûs fügte, sprach sie: ,Ich höre und gehorche!' Erfreut darüber befahl der König dem Ausrufer, auf den Ebenholzinseln bekanntzugeben, man solle ein Freudenfest feiern und die Häuser schmücken. Und er versammelte die Kammerherren, die Statthalter, die Emire, die Wesire, die Großen des Reiches und die Kadis der Stadt; dann entsagte er der Herrschaft, setzte die Herrin Budûr als Sultan ein und legte ihr das Gewand der Königswürde an. Darauf traten alle Emire vor die Herrin Budûr in dem festen Glauben, er sei ein Jüngling; und ein jeder von ihnen, der sie anblickte, ward durch das Übermaß ihrer Schönheit und Anmut so erregt, daß er seine Hosen näßte. Als nun König Budûr zum Herrscher eingesetzt war und die Trommeln

schlugen, um diese Freudenbotschaft zu verkünden, und als sie
sich dann auf ihren Thron niedergesetzt hatte, da machte sich
der König Armanûs an die Ausstattung seiner Tochter Hajât
en-Nufûs. Und nach einigen Tagen ward die Herrin Budûr zu
Hajât en-Nufûs hineingeführt; da waren sie wie zwei Monde,
die zu gleicher Zeit aufgehen, oder zwei Sonnen, die vereint
am Himmel stehen. Nachdem man dann die Kerzen für sie angezündet und das Lager für sie ausgebreitet hatte, wurden die
Türen geschlossen und die Vorhänge herabgelassen. Nun setzte
sich die Herrin Budûr mit der Prinzessin Hajât en-Nufûs nieder; da dachte sie an ihren geliebten Kamar ez-Zamân und
ward von bitterem Leide angetan. Sie weinte, weil er von ihr
getrennt und fern war, und sie sprach:

> Du Ferner, um den mein Herz sich immer schmerzlicher sorget,
> Kein Hauch blieb mir im Leibe, seit du mir nicht mehr nah.
> Einst hatte ich ein Auge, das ob des Wachens klagte;
> Jetzt schmolzen es die Tränen. Ach, wär das Wachen noch da!
> Als du von dannen gingst, blieb mir das zarte Sehnen –
> Nun fragt nach ihm, welch Los er in der Fremde fand!
> Wenn meine Augen nicht von Tränen überströmten,
> Dann würde von meinen Flammen die weite Erde verbrannt.
> Ich klage zu Gott um den Freund, den ich verloren habe,
> Der meinem Liebeskummer kein Erbarmen weiht.
> Ich tat ihm nichts zuleide, als daß ich mich nach ihm sehne;
> Den Menschen bringt die Liebe doch immer Freud und Leid.

Als die Herrin Budûr diese Worte gesprochen hatte, küßte sie
die Prinzessin Hajât en-Nufûs, die neben ihr saß, auf den Mund.
Dann erhob sie sich sofort, nahm die religiöse Waschung vor,
und betete so lange, bis die Prinzessin einschlummerte. Darauf
legte sie sich zu ihr auf das Lager und blieb, indem sie ihr den
Rücken zuwandte, bis zum Morgen bei ihr. Als aber der Tag
anbrach, kamen der König und seine Gemahlin zu ihrer Toch-

ter und fragten sie, wie es ihr ergangen sei. Da erzählte sie ihnen, was sie erlebt und welche Verse sie gehört hatte.

Während so Hajât en-Nufûs mit ihren Eltern sprach, war die Königin Budûr inzwischen hinausgegangen und hatte sich auf ihren Herrscherthron gesetzt. Nun kamen die Emire und all die Häuptlinge und die Großen des Reiches zu ihr und wünschten ihr Glück zu ihrer Herrschaft; sie küßten den Boden vor ihr und flehten den Segen des Himmels auf sie herab. Sie aber schaute sie lächelnd an, gab ihnen Ehrengewänder, verlieh den Emiren und Großen des Reiches höhere Würden und größere Lehen und beschenkte die Truppen; da gewannen sie sie lieb, und alles Volk betete für eine lange Dauer ihrer Herrschaft, indem sie glaubten, sie sei ein Mann. Sie erteilte Gebote und Verbote, sprach Recht, befreite die Gefangenen und schaffte die Gebühren ab; so saß sie in der Regierungshalle, bis die Nacht einbrach. Dann ging sie wieder in das Gemach, das für sie bereitet war, und fand dort die Prinzessin Hajât en-Nufûs auf dem Lager sitzend. Sie setzte sich zu ihr, streichelte ihr den Rücken, liebkoste sie und küßte sie auf die Stirn. Dann aber sprach sie diese Verse:

> Nun wurde mein Geheimnis durch die Tränen ruchbar;
> Mein hagrer Leib auch machte mein Sehnen offenbar.
> Ich barg die Lieb, sie wurde kund am Trennungstage
> Den Neidern durch mein Elend, das nicht verborgen war.
> Der du die Lagerstatt verlassen hast, du brachtest
> Die Krankheit meinem Leibe und meinem Geiste Not.
> Du wohnest tief im Herzen, und meine Augen strömen
> Von Tränen, meine Wimpern sind vom Blute rot.
> Mein Herzblut geb ich hin für ihn, der ferne weilet,
> Auf immerdar; und meine Sehnsucht ist ihm kund.
> Ich hab ein Auge, das aus Lieb zu ihm dem Schlafe
> Entsagt hat; allezeit ist es von Tränen wund.
> Die Feinde glaubten wohl, ich würde es ertragen;
> Doch nein, mein Ohr soll ihnen niemals Beachtung leihn.

Ihr Glaube ward zuschanden an mir, und ich erreichte
Durch Kamar ez-Zamân das Ziel der Wünsche mein.
Er hat die Tugenden vereint, die vor ihm niemals
Ein König aus der Vorzeit so wie er besaß.
Durch seine Huld und Güte vergaßen jetzt die Menschen
Die Großmut Ibn Zâïdas[1], die Huld Muâwijas[2].
Wär nicht die Zeit zu kurz, versagte mein Gesang
Vor deiner Schönheit nicht – ich priese dich noch lang.

Dann erhob die Königin Budûr sich, wischte ihre Tränen ab,
nahm die religiöse Waschung vor und betete. Wiederum betete sie so lange, bis der Schlaf die Prinzessin Hajât en-Nufûs
übermannte, so daß sie einschlummerte. Darauf ging die Herrin
Budûr hin und schlief an ihrer Seite bis zum Morgen. Nun erhob sie sich, sprach das Frühgebet und setzte sich auf ihren
Herrscherthron nieder. Sie erließ Gebote und Verbote, sprach
Recht und Gerechtigkeit.

Während sie damit beschäftigt war, kam inzwischen der
König Armanûs zu seiner Tochter und fragte sie, wie es ihr ergangen sei. Da berichtete sie ihm alles, was sie erlebt hatte; sie
wiederholte ihm auch die Verse, die die Königin Budûr gesprochen hatte, und schloß mit den Worten: ‚Lieber Vater, ich
habe noch nie einen verständigeren und bescheideneren Mann
gesehen als meinen Gatten; nur weint und seufzt er immer.'
Ihr Vater erwiderte ihr: ‚Meine Tochter, gedulde dich mit ihm
noch diese dritte Nacht. Wenn er dann nicht zu dir eingeht
und dir das Mädchentum nimmt, so ist es an uns, zu erwägen
und zu handeln; dann werde ich ihn der Herrschaft entkleiden

1. Ma'n ibn Zâïda, berühmt durch Freigebigkeit und Edelmut, lebte
im 8. Jahrhundert n. Chr. unter den letzten Omaijaden und den ersten
Abbasiden. – 2. Muâwija I., der erste omaijadische Kalif, regierte 661
bis 680; er war ein kluger Politiker und behandelte auch manchmal
seine Feinde mit Milde, um sie für sich zu gewinnen.

und ihn aus unserem Lande verjagen.' Nachdem er diesen Plan mit seiner Tochter verabredet hatte, verbarg er sein Vorhaben bei sich. – –«

Da bemerkte Schehrezâd, daß der Morgen begann, und sie hielt in der verstatteten Rede an. Doch als die *Zweihundertund-zehnte Nacht* anbrach, fuhr sie also fort: »Es ist mir berichtet worden, o glücklicher König, daß König Armanûs, nachdem er diesen Plan mit seiner Tochter verabredet hatte, sein Vor-haben bei sich verbarg. Als dann die Nacht kam, erhob sich die Königin Budûr von dem Throne der Herrschaft und begab sich zum Schlosse. Dort trat sie in das Gemach ein, das für sie bereitet war. Sie sah, wie die Kerzen brannten und wie die Herrin Hajât en-Nufûs dasaß. Und wieder mußte sie an ihren Gatten denken und an all das, was ihnen jene kurze Zeit an Trennungsschmerz gebracht hatte. Da begann sie zu weinen und zu klagen und in Seufzer auszubrechen, und sie hub an, diese Verse zu sprechen:

> *Die Kunde von mir hat, ich schwör's, die Welt durchdrungen,*
> *Gleichwie die Sonne auf der ganzen Steppe brennt.*
> *Es sprachen ihre Zeichen, allein ihr Sinn war dunkel;*
> *Und darum wächst mein Sehnen und findet nie ein End.*
> *Ich hasse nun die schöne Geduld, seitdem ich liebe.*
> *Hast du je den Verliebten die Liebe hassen sehn?*
> *Ein Blick, der krank macht, hat mit Ungestüm getroffen.*
> *Und wer vom Blicke krank ward, um den ist's rasch geschehn.*
> *Er ließ die Locken wallen und senkte seinen Schleier;*
> *Da sah ich hell und dunkel die Schönheit der Gestalt.*
> *In seinen Händen stehen mir Krankheit und Genesung;*
> *Nur, wer die Krankheit schuf, heilt Liebesleiden bald.*
> *Der Gürtel ruht berauscht an ihrem weichen Rumpfe,*
> *Und voller Neid erheben sich die Hüften nicht.*
> *Die Lockenpracht an ihrer hellen Stirne gleichet*
> *Der dunklen Nacht, durchbrochen von des Morgens Licht.*

Nachdem sie diese Verse gesprochen hatte, wollte sie wieder zu beten beginnen; aber Hajât en-Nufûs ergriff sie an ihrem Saume und hielt sie fest, indem sie rief: ‚O mein Gebieter, hast du vor meinem Vater, der dir doch so viel Gutes getan hat, keine Scheu, daß du mich bis jetzt allein lässest?' Als Budûr solches von ihr vernahm, blieb sie an derselben Stätte aufrecht sitzen und fragte: ‚Mein Lieb, was sagst du da?' ‚Ich sage,' antwortete jene, ‚daß ich noch nie jemanden gesehen habe, der so hochmütig ist wie du! Muß denn ein jeder, der schön ist, auch so hochmütig sein? Doch ich sage dies nicht, um in dir Verlangen nach mir zu erwecken, sondern nur, weil ich um dich wegen des Königs Armanûs besorgt bin. Denn er hat beschlossen, wenn du nicht heute nacht zu mir eingehst und mir das Mädchentum nimmst, dich morgen früh abzusetzen und dich aus seinem Lande zu vertreiben. Ja, vielleicht wird der Zorn in ihm so mächtig werden, daß er dich töten läßt. Sieh, mein Gebieter, ich habe Mitleid mit dir, und darum warne ich dich. Nun kannst du deinen Entschluß fassen.' Wie die Herrin Budûr diese Worte aus ihrem Munde vernommen hatte, senkte sie ihr Haupt zu Boden, ratlos, was sie tun sollte. Dann sprach sie bei sich selber: ‚Wenn ich mich weigere, bin ich verloren; und wenn ich willfahre, so wird mein Geheimnis ruchbar. Da bin ich jetzt Königin über alle Ebenholzinseln, und sie unterstehen meiner Herrschaft; und nur hier kann ich wieder mit Kamar ez-Zamân vereint werden, da er keinen anderen Weg zu seinem Lande hat als über die Ebenholzinseln. Ach, ich bin ratlos, was soll ich tun? Ich will meine Sache in Allahs Hände befehlen; denn er ist der beste Lenker. Ich bin doch kein Mann, daß ich diese Jungfrau öffnen könnte!' Darauf sprach die Königin Budûr zu Hajât en-Nufûs: ‚Mein Lieb, daß ich dich allein gelassen und mich dir versagt habe, ist ganz gegen meinen Willen geschehen.' Und dann erzählte sie ihr, was sie erlebt hatte, von Anfang bis zu Ende, zeigte sich ihr und bat sie: ‚Ich flehe dich um Gottes willen an, verrate mich nicht, bewahre mein Geheimnis, bis Allah mich mit meinem geliebten Kamar ez-Zamân wieder vereinigt. Dann komme, was kommen mag.' – –«

Da bemerkte Schehrezâd, daß der Morgen begann, und sie hielt in der verstatteten Rede an. Doch als die *Zweihundertundelfte Nacht* anbrach, fuhr sie also fort: »Es ist mir berichtet worden, o glücklicher König, daß die Herrin Budûr der Hajât en-Nufûs ihre Geschichte kundtat und sie um Schweigen bat. Als diese nun ihre Worte vernommen hatte, war sie über die Erlebnisse der Königin sehr verwundert; und sie hatte Mitleid mit ihr, flehte zum Himmel, daß sie wieder mit ihrem geliebten Kamar ez-Zamân vereinigt werden möchte, und sagte: ‚Liebe Schwester, sei unbesorgt und ohne Furcht! Hab nur Geduld, bis Allah vollendet, was vorher bestimmt ist!' Darauf sprach sie die Verse:

> *Bei mir ist das Geheimnis in einem verschlossenen Hause;*
> *Sein Schlüssel ist verloren; und das Haus ist verriegelt.*
> *Nur der verläßliche Mann bewahret das Geheimnis;*
> *Und das Geheimnis ist bei den besten Menschen versiegelt.*

Nach diesen Versen fuhr sie fort: ‚Schwester, es ist der edle Mann, in dessen Brust das Geheimnis wie im Grabe ruhen kann. Ich werde dein Geheimnis nie verraten.' Dann scherzten sie miteinander, umarmten und küßten sich und schliefen fast bis zur Zeit des Rufes zum Frühgebet. Da erhob sich Hajât en-Nufûs, holte eine junge Taube, schlachtete sie über ihrem Hemde und befleckte sich mit dem Blute; und nachdem sie ihre Hose abgelegt hatte, rief sie laut. Da eilten ihre Dienerinnen zu ihr und stimmten die Freudenrufe an. Nun kam auch ihre Mutter zu ihr herein, fragte sie, wie es ihr ergangen sei, pflegte sie und blieb bis zum Abend bei ihr. Die Königin Budûr aber ging, als es Morgen ward, ins Bad, wusch sich und betete das Frühgebet; dann begab sie sich in die Regierungshalle, setzte sich auf den Herrscherthron und sprach Recht unter dem Volke. Wie nun König Armanûs die Freudenrufe hörte, fragte er, was es gebe; da ward ihm berichtet, daß seine Tochter zur Frau gemacht sei. Darüber freute er sich, und seine Brust schwoll vor lauter Jubel; er ließ ein großes Festmahl bereiten, bei dessen Feier das Volk lange Zeit verweilte.

Lassen wir nun die beiden und wenden wir uns zu König Schehrimân! Er hatte, nachdem sein Sohn mit Marzuwân zu Jagd und Hatz ausgeritten war, wie zuvor berichtet wurde, gewartet, bis die Nacht hereinbrach; als aber sein Sohn dann noch nicht kam, verbrachte er die Nacht schlaflos, ja, die Nacht ward ihm lang, quälende Unruhe bedrängte ihn, seine Erregung ward immer stärker, und er glaubte, es würde nie Tag werden. Als aber der Morgen gekommen war, wartete er bis zum Mittag auf seinen Sohn; und wie er auch dann noch nicht heimkehrte, da ahnte sein Herz die Trennung schon, und es entbrannte in Sorge um seinen Sohn. Laut rief er: ‚Wehe, mein Sohn!‘ Dann weinte er, bis die Tränen seine Gewänder näßten und aus zerrissenem Herzen sich die Worte preßten:

> *Das Volk der Liebe hab ich immerdar getadelt;*
> *Da mußte ihre Süße und Bitterkeit mir nahn.*
> *Ich trank in vollen Zügen den Becher ihrer Härte;*
> *Und ihrem Herrn und Diener ward ich ein Untertan.*
> *Das Schicksal schwor, es wolle ob unsrer Trennung walten;*
> *Und jetzo hat das Schicksal seinen Schwur gehalten.*

Nachdem er diese Verse gesprochen hatte, trocknete er seine Tränen und ließ den Truppen durch einen Herold den Befehl zum Aufbruch mitteilen, und er gebot, sie sollten sich zu einer langen Reise beeilen. Da saß das ganze Heer auf, und der Sultan zog aus, das Innere von Sorge um seinen Sohn Kamar ez-Zamân entbrannt, und mit einem Herzen, das nur noch Trauer empfand; und man zog in Eilmärschen dahin. Nun teilte der König sein Heer in sechs Teile, einen rechten und einen linken Flügel, die Vorhut und den Nachtrab und dazu zwei mittlere Abteilungen, und ließ ihnen sagen, daß alle am nächsten Tage an dem Kreuzwege zusammentreffen sollten. Da trennten sich die Heeresabteilungen, setzten den Marsch fort und zogen den Rest des Tages hindurch immer weiter, bis die Nacht anbrach. Aber auch die ganze Nacht hindurch ritten sie dahin, bis sie am folgenden Mittag alle an jene Stelle kamen, an der vier Wege zusammenliefen. Sie wußten nun nicht, welchen Weg der Prinz eingeschlagen hatte, aber sie sahen alsbald die Überreste der zerrissenen Kleider und das zerfetzte Fleisch; auch erblickten sie die noch vorhandenen Blutspuren und beschauten jedes Stück von den Kleidern und von dem Fleische auf allen Seiten. Als der König Schehrimân das sah, stieß er aus dem Grunde seines Herzens einen lauten Schrei hervor und rief: ‚Wehe, mein Sohn!‘ Und er schlug sich ins Gesicht, raufte sich den Bart, zerriß seine Kleider, und da er ja fest an den Tod seines Sohnes glaubte, so weinte und klagte er immer lauter. Auch die Krieger weinten mit ihm; denn sie alle glaubten, daß Kamar ez-Zamân umgekommen sei, und sie streuten sich Staub auf das Haupt. Dann brach die Nacht über sie herein, während sie noch weinten und klagten, bis sie der Verzweiflung nahe waren. Das Herz des Königs aber war von brennenden Seufzern entflammt, und er sprach diese Verse:

> O tadelt den Betrübten nicht ob seiner Trauer;
> Ihm ward genug zuteil an kummervoller Not.
> Er weint im Übermaß der Sorge und des Schmerzes;

Und seine Qualen künden, welch Feuer in ihm loht.
O glücklich, wer da liebt, wenn ihm das Leid geschworen,
Sein Auge solle niemals ohne Tränen sein.
Er zeigt das Leid, da ihn der helle Mond verlassen,
Der schöner als die andren erstrahlt mit seinem Schein.
Ach, ihm gab jetzt der Tod den vollen Kelch zu trinken
Am Tag, da jener ging und aus der Heimat schwand.
Ja, er verließ das Land und zog von uns ins Elend
Und bot auch keinem Bruder zum Abschied noch die Hand.
Er aber brachte uns nur Trennungsschmerz und Kummer
Und lauter Pein und Sorge, da er uns verließ.
Jetzt ist er fortgegangen und ist von uns geschieden;
Der Herr beschenkte ihn mit Seinem Paradies.

Als König Schehrimân diese Verse gesprochen hatte, kehrte er mit seinen Truppen in seine Hauptstadt zurück. – –«

Da bemerkte Schehrezâd, daß der Morgen begann, und sie hielt in der verstatteten Rede an. Doch als die *Zweihundertundzwölfte Nacht* anbrach, fuhr sie also fort: »Es ist mir berichtet worden, o glücklicher König, daß König Schehrimân, als er diese Verse gesprochen hatte, mit seinen Truppen in seine Hauptstadt zurückkehrte; er war ja sicher, daß sein Sohn umgekommen war, und nahm an, daß entweder ein wildes Tier oder ein Wegelagerer über ihn hergefallen sei und ihn in Stücke gerissen hätte. Dann ließ er auf den Chalidân-Inseln ausrufen, daß die Bewohner aus Trauer um seinen Sohn Kamar ez-Zamân sich schwarz kleiden sollten; auch ließ er zu seinem Gedächtnisse ein Gebäude errichten, das er ,das Haus der Trauer' nannte. Und nun pflegte er nur jeden Montag und Donnerstag in seiner Regierungshalle über seine Krieger und seine Untertanen Recht zu sprechen, während er an den übrigen Tagen der Woche in das Trauerhaus ging und dort nur trauerte und in Klageliedern seinem Schmerze Ausdruck lieh. Und so sprach er:

Der Tag der Sehnsucht ist der Tag, da du vor mir stehst;
Der Tag des Unglücks aber der Tag, da du von mir gehst.
Verbringe ich auch die Nacht in Angst und von Unheil bedroht,
So ist deine Nähe mir süßer als Freisein von aller Not.

Und ferner sprach er:

Mein Leben gab ich hin für ihn, der durch sein Gehen
Die Herzen tief verletzte, sie quälte und zerbrach.
So mag die Freude denn die Witwenfrist erfüllen,
Seit ich bei seinem Fortgang ihr dreifache Scheidung sprach.

So stand es um den König Schehrimân. Doch die Königin
Budûr, die Tochter des Königs el-Ghajûr, war als Herrscherin
im Ebenholzlande geblieben; und dort pflegte das Volk mit
den Fingern auf sie zu weisen und zu sagen: ‚Das ist der Eidam
des Königs Armanûs!' Und jede Nacht ruhte sie zusammen mit
der Herrin Hajât en-Nufûs und klagte unter Tränen um ihre
Sehnsucht nach ihrem Gemahle Kamar ez-Zamân; dann pflegte
sie ihr seine Schönheit und Anmut zu schildern und wünschte
mit ihm vereint zu sein, wäre es auch nur im Traume. Und
dabei sprach sie:

Gott weiß es ja, ich habe, seitdem du von mir schiedest,
So lange geweint, bis daß ich mir die Tränen lieh.
Da sprach zu mir mein Tadler: ‚Geduld! Du wirst sie gewinnen.'
Ich rief: ‚O der du mich tadelst, Geduld – wie find ich die?'

Lassen wir nun die Königin Budûr, und wenden wir uns
wieder zu Kamar ez-Zamân! Der war schon eine ganze Weile
bei dem Gärtner dort im Garten geblieben. Aber er weinte
Tag und Nacht und klagte in Versen um die vergangenen Tage
der Glückseligkeit und Nächte der Fröhlichkeit. Dann pflegte
der Gärtner zu ihm zu sagen: ‚Am Ende des Jahres wird das
Schiff nach dem Lande der Muslime fahren.' In solchen Gedanken lebte der Prinz dahin, bis er eines Tages sah, wie das

Volk sich versammelte. Als er sich darüber wunderte, kam gerade der Gärtner zu ihm und sagte: ,Mein Sohn, laß heute die Arbeit ruhen und leite kein Wasser mehr zu den Bäumen; denn heute ist ein Feiertag, und die Leute besuchen einander! Also ruhe dich aus, doch hab ein Auge auf den Garten; denn ich will für dich nach dem Schiffe Ausschau halten! Es ist ja nur noch eine kurze Weile, bis ich dich in das Land der Muslime heimsenden kann.' Darauf verließ er den Garten, während Kamar ez-Zamân allein dort zurückblieb. Nun dachte er von neuem über seine Lage nach; da brach ihm schier das Herz, und seine Tränen rannen. Ja, er weinte so heftig, daß er in Ohnmacht sank. Als er dann wieder zu sich kam, erhob er sich und ging im Garten umher; und er dachte, verstört und voll Leid, an die Unbilden der Zeit und an die lange Fremdlingsschaft und Einsamkeit. Plötzlich aber strauchelte er und fiel vornüber; seine Stirn schlug auf eine hervorstehende Baumwurzel und ward von ihr aufgerissen, das Blut floß von der Stirn herab und mischte sich mit seinen Tränen. Da wischte er sich das Blut ab, trocknete seine Tränen und verband sich die Stirn mit einem Stück Zeug. Dann wanderte er in jenem Garten weiter, nachdenklich und trüben Geistes. Und zufällig traf sein Blick auf einen Baum, in dessen Krone sich zwei Vögel stritten; der eine von beiden fiel über den anderen her, schlug den Schnabel in seinen Hals und riß ihm den Kopf vom Leibe; dann flog er mit dem Kopfe von dannen, während der Leib des toten Vogels vor Kamar ez-Zamân auf den Boden fiel. Und wie er so dalag, ließen sich zwei große Vögel zu ihm hernieder, und der eine blieb bei seinem Kopfende, der andere bei seinem Schwanzende stehen; beide senkten ihre Flügel und ihre Schnäbel über ihn, reckten ihre Hälse nach ihm aus und weinten. Da mußte auch Kamar ez-Zamân weinen, wie er die beiden Vögel um ihren Gefährten trauern sah; denn er dachte an die Trennung von seiner Gemahlin und an seinen Vater. – –«

Da bemerkte Schehrezâd, daß der Morgen begann, und sie hielt in der verstatteten Rede an. Doch als die *Zweihundertunddreizehnte Nacht* anbrach, fuhr sie also fort: »Es ist mir berichtet worden, o glücklicher König, daß Kamar ez-Zamân, wie er die beiden Vögel um ihren Gefährten trauern sah, ob der Trennung von seiner Gemahlin und seinem Vater weinen mußte. Und als er dann die beiden Vögel weiter beobachtete, sah er, daß sie ein Grab gruben und den getöteten Vogel darin bestatteten. Dann flogen sie in die Lüfte davon und blieben eine Weile seinem Blicke entschwunden; aber bald darauf kehrten sie mit dem Mörder zurück und ließen sich mit ihm auf das Grab des Getöteten nieder. Dort hockten sie auf dem Mörder, bis sie ihn getötet hatten, rissen ihm den Leib auf, zerrten seine Eingeweide heraus und ließen sein Blut auf das Grab des getöteten Vogels fließen; dann zerpickten sie sein Fleisch, rissen seine Haut in Stücke, holten alles, was in seinem Leibe war, heraus und verstreuten es nach verschiedenen Seiten hin. Das alles geschah, während Kamar ez-Zamân zuschaute und sich verwunderte; und wie er so die Stätte betrachtete, an der die beiden den anderen Vogel getötet hatten, fiel sein Blick auf etwas, das er glitzern sah. Er trat hinzu und fand den Kropf des Vogels; den nahm er auf, und als er ihn öffnete, fand er darin den Edelstein, der die Ursache der Trennung von seiner Gemahlin gewesen war. Doch als er ihn erblickte und erkannte, fiel er vor Freuden ohnmächtig zu Boden. Nachdem er dann wieder zu sich gekommen war, rief er: ,Preis sei Allah! Dies ist ein gutes Zeichen, das mir die Wiedervereinigung mit meiner Geliebten verkündet.' Dann betrachtete er ihn genau, führte ihn über die Augen, band ihn an seinen Arm und freute sich über sein Glück. Darauf ging er wieder umher und wartete auf den Gärtner bis zum Abend; aber der kam nicht. So legte sich Kamar ez-Zamân an seiner gewohnten Stätte nieder und schlief bis zum Morgen. Da machte er sich an seine Arbeit, band sich einen Strick aus Palmfasern um den Leib, nahm Axt und Korb, ging durch den Garten, und als er zu einem Johannisbrotbaum kam, hieb er mit der Axt auf seine Wurzeln. Da es klang, als ob der Schlag auf Metall stieße, räumte er die Erde an der Stelle hinweg, und nun entdeckte er eine Falltür; die öffnete er. – –«

Da bemerkte Schehrezâd, daß der Morgen begann, und sie hielt in der verstatteten Rede an. Doch als die *Zweihundertundvierzehnte Nacht* anbrach, fuhr sie also fort: »Es ist mir berichtet worden, o glücklicher König, daß Kamar ez-Zamân, nachdem er die Falltür geöffnet hatte, einen Eingang und eine Treppe fand. Auf ihr stieg er hinab, und da entdeckte er einen alten Saal aus der Zeit der ’Âd und Thamûd[1], der aus dem Felsen herausgehauen war und eine gewölbte Decke hatte. Er sah, daß sie voll war von leuchtendem rotem Golde, und sprach bei sich: ‚Jetzt hat die Not ein Ende; Glück und Freude sind zu mir gekommen!‘ Dann stieg er wieder hinauf aus dem Gewölbe in den Garten, legte die Falltür so hin, wie sie vorher gewesen war, ging zu seiner Arbeitsstätte zurück und leitete Wasser zu den Bäumen, bis der Tag zur Neige ging. Da kam auch der Gärtner und sprach zu ihm: ‚Mein Sohn, freue dich, du wirst bald in die Heimat zurückfahren können. Die Kaufleute haben sich für die Reise gerüstet, und das Schiff wird nach drei Tagen zur Ebenholzstadt unter Segel gehen; das ist die erste muslimische Stadt. Wenn du dort angelangt bist, mußt du noch sechs Monate zu Lande weiter reisen, bis du die Chalidân-Inseln,

1. Vgl. Band I, Seite 78, Anmerkung.

über die der König Scheherimân herrscht, erreichest.' Erfreut
sprach Kamar ez-Zamân:

> *Laßt nicht von ihm, der niemals von euch lassen konnte,*
> *Macht's ihm, der schuldlos ist, durch Härte nicht so schwer!*
> *Ein anderer als ich hätt seit der langen Trennung*
> *Wohl seine Art geändert und kennte euch nicht mehr!*

Darauf küßte Kamar ez-Zamân dem Gärtner die Hand und
sprach zu ihm: ,Mein Vater, wie du mir eine frohe Botschaft
bringst, so will auch ich dich durch eine große Freudennachricht erfreuen.' Darauf erzählte er ihm von der Halle, die er
gefunden hatte, und der Gärtner sprach erfreut: ,Mein Sohn,
seit achtzig Jahren bin ich in diesem Garten, und ich habe noch
nie etwas entdeckt; du aber bist noch nicht ein Jahr lang bei
mir und hast schon diesen Schatz gefunden. Er ist eine Gabe
des Himmels für dich, er wird jetzt deiner Not ein Ende machen, und er wird dir helfen, daß du zu den Deinen zurückkehren kannst und mit deinen Lieben wieder vereinigt wirst.'
Doch Kamar ez-Zamân erwiderte: ,Wir müssen ihn unter uns
teilen!' Dann führte er den Gärtner zu jener Stätte und zeigte
ihm das Gold, das sich in zwanzig Krügen befand; zehn davon
nahm er, und zehn nahm der Gärtner, indem er sprach: ,Mein
Sohn, fülle dir Schläuche mit den Sperlingsoliven, die in diesem Garten wachsen; solche gibt es nur in unserem Lande, und
die Kaufleute führen sie nach allen Ländern aus. Tu sie mit dem
Golde hinein und nimm sie als Deckmantel, indem du zuerst
das Gold in die Schläuche legst und dann die Oliven auf das
Gold. Dann verschließe die Schläuche und nimm sie mit dir
auf das Schiff.' Nun machte Kamar ez-Zamân sich sofort daran, fünfzig Schläuche zu füllen; er tat das Gold hinein und versteckte es, indem er die Oliven, die er auf das Gold legte, als
Deckmantel benutzte; auch den Edelstein legte er in einen der

Schläuche. Darauf setzte er sich mit dem Gärtner nieder, um zu plaudern; und da er jetzt die Gewißheit hatte, daß er mit den Seinen wieder vereint und bald bei ihnen sein würde, sprach er bei sich selber: ,Wenn ich zu der Ebenholzinsel komme, will ich von dort nach dem Lande meines Vaters reisen; und überall will ich nach meiner geliebten Budûr fragen. Ach, wüßte ich nur, ob sie in ihr Land zurückgekehrt oder ob sie nach dem Lande meines Vaters weitergezogen ist, oder ob ihr auf dem Wege etwas zugestoßen ist!' Und dann sprach er:

> Sie pflanzten mir Liebe ins Herz und zogen fort;
> Jetzt ist das Haus der Geliebten am fernen Ort.
> Mich haben die Zelte verlassen und ihre Bewohner;
> Die Einkehrstätte, die mich nicht kennt, ist weit.
> Auch meine Geduld entschwand, seit sie entschwanden;
> Mich flohen der Schlummer und meine Festigkeit.
> Seit sie mich verließen, verließen mich die Freuden;
> Ach, eine Stätte der Ruhe finde ich nie.
> Sie machten beim Abschied die Tränen des Auges mir rinnen,
> Und immer ob ihres Fernseins vergieße ich sie.
> Sehne ich mich danach, sie dereinst zu sehen,
> Und wird das Seufzen zu viel, das Warten zu lang,
> So denk ich an ihre Gestalt, und in meinem Herzen
> Wohnt Liebe und treues Gedenken und Sehnsucht so bang.

Während Kamar ez-Zamân nun noch dort blieb, um das Ende der drei Tage zu erwarten, erzählte er dem Gärtner die Geschichte von den Vögeln und alles, was mit ihnen geschehen war; und jener verwunderte sich darüber. Darauf legten beide sich nieder und schliefen bis zum Morgen. Am nächsten Morgen aber erkrankte der Gärtner; zwei Tage lang lag er krank danieder, doch am dritten Tage ward die Krankheit in ihm so heftig, daß man an seiner Genesung verzweifelte und Kamar ez-Zamân um ihn tief bekümmert ward. Da kam plötzlich der Kapitän mit den Seeleuten, und sie fragten nach dem Gärtner;

man sagte ihnen, er sei krank. Dann fragten sie weiter: ‚Wo ist denn der Jüngling, der mit uns nach der Ebenholzinsel fahren will?‘ ‚Dies ist euer Diener, der vor euch steht‘, erwiderte Kamar ez-Zamân und wies sie an, die Schläuche nach dem Schiffe zu bringen. Die nahmen sie auf und sagten noch zu dem Prinzen: ‚Beeile dich; denn der Wind ist günstig!‘ ‚Ich höre und gehorche!‘ gab er zurück. Dann brachte er seinen Reisevorrat aufs Schiff und begab sich noch einmal zu dem Gärtner, um ihm Lebewohl zu sagen. Aber er fand ihn schon im Todeskampf, und so setzte er sich ihm zu Häupten und drückte ihm die Augen zu. Und als dann seine Seele den Leib verlassen hatte, versah er den Leichnam und bestattete ihn zur Erde, indem er die Seele der Barmherzigkeit Allahs des Erhabenen empfahl. Wie er dann aber wieder zu dem Schiffe kam, fand er, daß es bereits Segel gesetzt hatte und abgefahren war; und er sah es immer weiter in See fahren, bis es seinen Blicken entschwand. Nun ward Kamar ez-Zamân bestürzt und ratlos, wie einer, der vergeblich auf Antwort sinnt und auch selbst nicht zu reden beginnt. So ging er zum Garten zurück und setzte sich nieder, von Sorgen gebückt und von Kummer bedrückt; er streute sich Staub aufs Haupt und schlug sich ins Gesicht. – –«

Da bemerkte Schehrezâd, daß der Morgen begann, und sie hielt in der verstatteten Rede an. Doch als die *Zweihundertundfünfzehnte Nacht* anbrach, fuhr sie also fort: »Es ist mir berichtet worden, o glücklicher König, daß Kamar ez-Zamân, als das Schiff abgefahren war, zu jenem Garten zurückkehrte und sich niedersetzte, von Sorgen gebückt und von Kummer bedrückt. Dann aber mietete er den Garten von seinem Besitzer und stellte einen Mann an, der unter seiner Leitung ihm beim Bewässern der Bäume half. Darauf begab er sich zu der Falltür, stieg in das Gewölbe hinab, füllte das übrige Gold in fünfzig Schläuche, legte Oliven darauf und fragte nach dem Schiffe. Als man ihm sagte, es fahre in jedem Jahre nur einmal, da wuchs seine Unruhe, und er seufzte über sein Mißgeschick, besonders darüber, daß er den Stein verloren hatte, der von der Herrin Budûr war, und er begann zu weinen in den Nächten und an den Tagen und sein Leid in Gedichten zu klagen.

Lassen wir nun Kamar ez-Zamân hinter uns und folgen wir dem Schiff! Das fuhr bei günstigem Winde dahin und erreichte die Ebenholzinsel. Nun geschah es, wie es vom Schicksale bestimmt war, daß die Königin Budûr an dem Fenster saß, das auf das Meer führte, und daß sie das Schiff erblickte, wie es am Strande vor Anker ging. Da klopfte ihr das Herz, und sie stieg sofort mit den Emiren und Kammerherren und Statthaltern zu Pferde, ritt an den Strand und machte bei dem Schiffe halt, als die Waren gerade ausgeladen und in die Speicher gebracht wurden. Dann ließ sie den Kapitän zu sich kommen und fragte ihn, was er bringe. Der erwiderte ihr: ‚O König, ich bringe in diesem Schiffe Drogen, Augenschminken, Heilpulver, Salben, Pflaster, allerlei kostbare Güter und Waren, prächtige Stoffe und Tücher aus jemenischem Leder, in solchen Mengen, daß Kamele und Maultiere sie nicht zu tragen vermögen, dazu Essenzen, Gewürze, sumatranisches Aloeholz, Tamarinden und Sperlingsoliven, die es in diesem Lande nur selten gibt.‘ Als die Königin Budûr von Sperlingsoliven reden hörte, begehrte ihr Herz danach, und sie fragte den Schiffsführer: ‚Wieviel Oliven hast du mitgebracht?‘ Er antwortete: ‚Ich habe fünfzig Schläuche voll mitgebracht; ihr Besitzer aber ist nicht mit uns gekommen. Der König möge so viel von ihnen nehmen, wie er will!‘ Nun befahl sie: ‚Bringt sie an Land, damit ich sie sehe!‘ Da rief der Kapitän die Seeleute an, und sie brachten die fünfzig Schläuche. Die Königin öffnete einen, sah die Oliven an und sprach: ‚Ich will diese fünfzig Schläuche nehmen und euch den Preis dafür zahlen, wie hoch er auch sein mag.' Der Kapitän gab darauf zur Antwort: ‚Diese Oliven haben in unserem Lande keinen Wert; der die Schläuche damit gefüllt hat, ist hinter uns zurückgeblieben, und er ist ein armer Mann.' Darauf fragte sie weiter: ‚Und wieviel beträgt ihr Wert hier?' ‚Tausend Dirhems', erwiderte der Mann. Nun sagte sie: ‚Ich will sie für tausend Dirhems nehmen', und sie befahl, die Schläuche ins Schloß zu bringen. Als es dann Nacht geworden war, befahl sie, einen Schlauch bringen zu lassen, und sie öffnete ihn, während niemand im Zimmer war außer ihr und Hajât en-Nufûs. Sie stellte eine Schüssel vor sich hin und schüttete den Schlauch auf sie aus, und plötzlich fiel auch ein Haufen roten Goldes in die Schüssel hinein. Da sagte sie zu der Herrin Hajât en-Nufûs: ‚Dies ist ja lauter Gold!' Alsbald ließ sie alle anderen Schläuche bringen, untersuchte sie und fand sie alle fast voll von Gold, während alle Oliven zusammen kaum einen einzigen Schlauch füllten. Während sie nun in dem Golde umhersuchte, fand sie den Stein in ihm; sie nahm ihn in die Hand, betrachtete ihn genau, und siehe da, es war der Stein, der früher an der Schnur ihrer Hose befestigt gewesen war und den Kamar ez-Zamân mitgenommen hatte. Als sie dessen sicher war, stieß sie einen Freudenschrei aus und sank ohnmächtig zu Boden. – –«

Da bemerkte Schehrezâd, daß der Morgen begann, und sie hielt in der verstatteten Rede an. Doch als die *Zweihundertundsechzehnte Nacht* anbrach, fuhr sie also fort: »Es ist mir berichtet worden, o glücklicher König, daß die Königin Budûr, als sie den Stein sah, einen Freudenschrei ausstieß und ohnmächtig zu Boden sank. Nachdem sie dann wieder zu sich gekommen war, sprach sie bei sich selber: ‚Dieser Stein war die Ursache meiner

Trennung von meinem geliebten Kamar ez-Zamân; aber er ist jetzt ein Vorbote des Glücks.' Und zu der Herrin Hajât en-Nufûs sagte sie, daß die Auffindung des Steines ein Vorzeichen der Wiedervereinigung sei. Als es aber Morgen geworden war, setzte sie sich auf den Herrscherthron und ließ den Schiffsführer kommen; und wie dieser vor sie trat, küßte er den Boden vor ihr, und sie fragte: ,Wo hast du den Besitzer dieser Oliven gelassen?' ,O größter König unserer Zeit,' erwiderte er, ,wir haben ihn im Lande der Magier zurückgelassen; er ist ein Gärtner.' Da fuhr sie fort: ,Wenn du ihn mir nicht bringst, so ahnst du nicht, welches Unheil dir und deinem Schiffe widerfahren wird.' Dann ließ sie die Warenhäuser der Kaufleute versiegeln und sprach zu ihnen: ,Wisset, der Besitzer dieser Oliven ist mein Schuldner, und ich habe Geld von ihm zu beanspruchen. Wenn ihr ihn mir nicht herbeischafft, so lasse ich euch alle töten und ziehe eure Waren ein.' Jene nun begaben sich zu dem Kapitän und versprachen ihm, die Miete für sein Schiff zu ersetzen, wenn er zurückfahre und ein zweites Mal komme, indem sie noch hinzufügten: ,Mache, daß wir von diesem ungerechten Tyrannen loskommen!' Da ging der Kapitän an Bord und ließ die Segel spannen; Allah aber hatte ihm eine günstige Fahrt vorherbestimmt, und so kam er eines Nachts bei der Insel an und ging sofort zu dem Garten hinauf. Kamar ez-Zamân, dem die Nacht zu lang geworden war und der an seine Geliebte denken mußte, saß da und weinte über sein Geschick und sprach:

> *Wie manche Nacht, in der die Sterne stille stehen,*
> *Kam über ihn, der Sorgen nicht ertragen kann.*
> *Gleichwie den Auferstehungstag in ferner Zukunft*
> *So wacht er sehnsuchtsvoll das Tageslicht heran.*

Da klopfte der Kapitän an das Tor; Kamar ez-Zamân öffnete es und ging zu ihm hinaus. Sofort ergriffen ihn die Seeleute und brachten ihn an Bord; dann spannten sie die Segel und fuhren ab. Tag und Nacht segelten sie dahin; und da Kamar ez-Zamân nicht wußte, weshalb dies alles geschah, fragte er sie nach dem Grunde. Sie gaben ihm zur Antwort: ‚Du bist ein Schuldner des Königs, der über die Ebenholzinseln herrscht, des Eidams des Königs Armanûs; du willst ihm sein Geld stehlen, du elender Kerl!‘ ‚Bei Allah,‘ rief er, ‚mein Lebelang bin ich noch nicht in dem Lande gewesen; ich kenne es nicht.‘ Doch sie fuhren weiter mit ihm, bis sie bei den Ebenholzinseln ankamen; und dort brachten sie ihn alsbald zur Herrin Budûr. Sowie sie ihn nur sah, erkannte sie ihn, und sie rief: ‚Laßt ihn bei den Eunuchen; sie sollen ihn ins Bad führen!‘ Dann hob sie die Sperre über die Kaufleute auf und schenkte dem Kapitän ein Ehrengewand, das zehntausend Dinare wert war. Und als sie an jenem Abend in den Palast kam, erzählte sie der Herrin Hajât en-Nufûs, was geschehen war, und fügte hinzu: ‚Bewahre das Geheimnis, bis ich mein Ziel erreiche und eine Tat tue, die aufgezeichnet werden und nach meinem Tode Königen und Untertanen vorgelesen werden soll!‘

Wie sie befohlen hatte, man solle Kamar ez-Zamân ins Bad führen, hatten die Diener es getan und ihm ein königliches Gewand angelegt. Und als der Prinz aus dem Bade kam, war er wie ein Weidenzweig so zart, oder wie ein Stern, durch dessen Glanz das Licht von Sonne und Mond übertroffen ward; und seine Lebensgeister kehrten wieder in ihn zurück. Dann machte er sich auf den Weg zu ihr und trat in den Palast ein. Als sie ihn erblickte, zwang sie ihr Herz sich zu gedulden, bis sie ihr Vorhaben ausgeführt hätte. Zunächst schenkte sie ihm weiße Sklaven und Eunuchen, Maultiere und Kamele, und gab ihm einen Schatz Geldes. Dann ließ sie ihn von Würde zu Würde aufsteigen, bis sie ihn zum Schatzmeister gemacht und ihm die

Staatsgelder anvertraut hatte. So erwies sie ihm ihre Huld und machte ihn zu ihrem Vertrauten und machte die Emire mit seiner hohen Ehrenstellung bekannt; da gewannen sie alle ihn lieb. Und die Königin Budûr mehrte ihm seine Einkünfte jeden Tag; doch Kamar ez-Zamân wußte nicht, weshalb sie ihn so auszeichnete. Aus der Fülle seines Reichtums begann er zu schenken und Freigebigkeit zu üben, und er widmete seine Dienste dem König Armanûs, so daß dieser ihn hochschätzte und die Emire und alles Volk, hoch und gering, ihn lieb gewannen und bei seinem Leben schworen. Bei alledem mußte Kamar ez-Zamân immer wieder staunen, wie die Königin Budûr ihn so sehr auszeichnete; und so sprach er bei sich selber: ‚Bei Allah, diese große Zuneigung muß doch einen Grund haben; vielleicht erweist dieser König mir solche sich immer noch häufenden Ehren nur, weil er etwas Böses vorhat. Jetzt muß ich ihn bitten, daß er mir die Erlaubnis gibt, aus seinem Lande fortzureisen.‘ Darauf begab er sich zu der Königin Budûr und sprach zu ihr: ‚O König, du hast mir überreiche Ehren erwiesen; aber du wirst das Maß deiner Güte voll machen, wenn du mir erlaubst fortzureisen, indem du mir alles wieder nimmst, was du mir gnädig geschenkt hast.‘ Die Königin Budûr lächelte und sprach zu ihm: ‚Was treibt dich dazu, nach Reisen zu trachten und der Gefahren nicht zu achten? Du stehst doch jetzt in hohen Ehren und genießest Wohltaten, die sich immer mehren!‘ Da antwortete Kamar ez-Zamân ihr: ‚O König, diese Gunst ist, wenn sie keinen Grund hat, das größte Wunder, zumal du mir Würden verliehen hast, wie sie nur für einen alten Mann berechtigt sind, und ich bin doch fast noch ein kleines Kind.‘ Nun sprach die Königin Budûr: ‚Der Grund davon ist, daß ich dich liebe, weil deine Anmut so übergroß ist und weil du von so strahlender, herrlicher Schönheit bist. Und

468

wenn du mir gewährst, was ich von dir verlange, so will ich dich noch höher ehren und Gaben und Gunstbezeugungen dir mehren. Ja, ich will dich zum Wesir machen, trotz deiner Jugend, wie mich die Leute hier zum Sultan über sich eingesetzt haben, als ich im selben Alter war. Es ist kein Wunder heute, wenn die Jungen herrschen; wie vortrefflich hat doch der Dichter gesagt:

> *Es scheint, daß unsere Zeit dem Volke Lots gehöre;*
> *Sie zeiget große Lust, die Kleinen zu befördern.'*

Als Kamar ez-Zamân diese Worte hörte, schämte er sich, und seine Wangen wurden rot, bis sie zu flammen schienen. Und er sprach: ,Es verlangt mich nicht, in dieser Gunst zu stehen, die dahin führt, Sünde zu begehen. Ich will so leben, daß ich arm an weltlichen Gütern bin, doch reich an Tugend und mannhaftem Sinn.' Doch die Königin Budûr erwiderte: ,Ich lasse mich durch deine Zurückhaltung, die aus Stolz und Sprödigkeit geboren ist, nicht täuschen. Denn trefflich sprach der Dichter:

> *Ich sprach ihm von der Zeit der Liebe; doch er sagte:*
> *Wie lange willst du dich mit schmerzhaft Wort bemühn?*
> *Da zeigte ich ihm Gold, und er hub an zu sprechen:*
> *Wohin soll ich vor des Geschickes Allmacht fliehn?'*

Als Kamar ez-Zamân diese Worte vernahm und auch zum Verständnis der Verse kam, sprach er: ,O König, ich bin nicht gewöhnt, solche Dinge zu tun; und ich bin nicht stark genug dazu, daß solche Lasten auf mir ruhn, die selbst ein älterer als ich kaum tragen kann, geschweige denn ich ganz junger Mann!' Über diese Worte lächelte die Königin Budûr, und dann sprach sie: ,Das ist doch ganz sonderbar, wo das richtige Urteil fehlt, zeigt sich der Irrtum klar! Wenn du noch jung bist, wie kannst du da befürchten, sündhaft zu sein, und dich des Vergehens zeihn? Du bist ja ein Knabe, der noch nicht im Alter der Verantwortlichkeit steht; und ein Kind wird doch nicht gescholten oder getadelt, wenn es sich vergeht! Du zwingst dich ja nur selbst zu einem Wortgefecht; doch dich zu genießen habe ich ein Recht. Drum höre nun auf, dich zu sträuben und auszuweichen; denn Allahs Befehl ist ein vorherbestimmtes Zeichen. Ich muß mich doch am meisten von allen fürchten, in Irrtum zu verfallen. Schön sprach der Dichter:

> *Mein Speer war groß; da sprach zu mir der Knabe:*
> *Stich mir ins Herz und sei ein starker Mann!*
> *Ich sprach: Das ist nicht recht. Er gab zur Antwort:*
> *Bei mir ist's recht. Und rasch folgt ich ihm dann.'*

Als Kamar ez-Zamân diese Worte hören mußte, da verwandelte sich das helle Tageslicht zur Finsternis vor seinem Angesicht, und er rief aus: ,O König, du hast bei dir schöne Sklavinnen und Frauen, und ihresgleichen sind in unserer Zeit nicht zu schauen. Können die dir nicht genug auch ohne mich sein? Tu mit ihnen, was du willst, und laß mich allein!' Da erwiderte sie: ,Du hast recht gesprochen; und doch werden ihm, der dich liebt, durch sie Schmerz und Kummer nicht gebrochen. Denn wenn Natur und Neigung verdorben sind, so gehorchen sie bösem Rate geschwind. Drum wirf die Gegengründe fort und höre auf das Dichterwort:

> *Siehst du nicht auf dem Markte die Früchte aufgereiht?*
> *Die Feigen dem, und jenem die Sykomorenfrucht!*

Und ein anderer sprach:

> *Bei mancher ist die Spange stumm, doch hell erklingt ihr Gürtel;*
> *Der eine ist ein reicher Mann; der andre klagt ob Not.*
> *Du willst, ich soll durch ihren Reiz in Torheit dich vergessen.*
> *Ich will kein Ketzer sein, seit ich mein Herz dem Glauben bot.*
> *Beim Wangenflaum, der ihr Gelock bald in den Schatten stellt,*
> *Mich trennt von deiner Liebe nicht die reinste Maid der Welt.*

470

Und wieder ein anderer:

> O du, der Schönheit Perle, ich glaub an deine Liebe;
> Als einziges Bekenntnis hab ich dich erkoren.
> Ich ließ die Frauen nur allein um deinetwillen;
> Die Menschheit glaubt, ich sei ein Mönch, der Welt verloren.

Und wieder ein anderer:

> Vergleich den zarten Knaben nicht mit einer Maid,
> Hör nicht auf den Verleumder, der dich des Unrechts zeiht!
> Ein Mädchen, dem das Antlitz die Füße küsset, ist
> Doch fern von einem Rehe, das den Boden küßt!

Und wieder ein anderer:

> Für dich geb ich mein Leben; ich hab nur dich erwählt,
> Weil nie der Frauen Leid noch Niederkunft dich quält.
> Doch wollte ich den Frauen meine Neigung weihn,
> Dann wär für meine Kinder die weite Welt zu klein.

Und wieder ein anderer:

> Sie hatte mich gebeten, und es geschah doch nie;
> Da rief sie denn erzürnt ob ihrer Liebesmüh:
> Erfüllest du an mir nicht deine Mannespflicht,
> So tadle, wenn du morgen gehörnt aufwachst, mich nicht![1]

Und wieder ein anderer:

> Sie sprach zu mir, als ich bei ihr nicht ruhen wollte:
> Einfältger Narr, du bist der größte Tor der Welt!
> Zu mir die rechte Richtung hat dir nicht gefallen;
> Ich zeig dir eine Richtung, die dir wohlgefällt!

Und wieder ein anderer:

> Sie bot die zarte Lende mir;
> Ich sprach: Ich komme nicht zu dir.
> Da wandte sie sich ab und sprach:

1. Ein Vers der Kalkuttaer Ausgabe, der in dem Kairoer Druck vom Jahre 1325 d. H. fehlt, ist auch hier ausgelassen.

> *Wer töricht ist, der lieget brach.*
> *Wie man es tat in alter Zeit,*
> *Das hat man ganz vergessen heut.*
> *Sie drehte sich, da schaute ich*
> *Das, was geschmolz'nem Silber glich.*
> *O Herrin, das war gut getan,*
> *Ja, gut; mich ficht kein Kummer an!*
> *Du tatest gut, du schenkest mehr,*
> *Als wenn es Gottes Gnade wär.*

Und wieder ein anderer:

> *Der Mann erhebt die Hände zum Gebet;*
> *Die Frau erhebt die Füße, wenn sie fleht.*
> *O, welch ein fromm Beginnen ist es doch;*
> *Und Gott erhebt es in der Tiefe hoch.'*

Als Kamar ez-Zamân all diese Verse von ihr gehört hatte und nun sicher war, daß er ihrem Begehren nicht ausweichen konnte, da sprach er: ‚O König unserer Zeit, wenn es denn sein muß, so versprich mir, daß du dergleichen nur ein einziges Mal mit mir tust, obschon das kaum dazu dienen wird, deine verdorbene Natur zu bessern. Aber danach sollst du es nie wieder von mir verlangen; vielleicht wird Allah dann die Schuld von mir nehmen.‘ Sie erwiderte: ‚Das verspreche ich dir; und ich hoffe, daß Allah Verzeihung an uns übt und uns in seiner Gnade die schwere Sünde vergibt. Denn der Himmelsgürtel der Verzeihung ist nicht so eng, daß er nicht auch uns umfaßt, uns entsühnt von der schweren Sündenlast, und uns zum Lichte der rechten Leitung hinausführt, aus der Finsternis des Irrtums fort! Und wie schön ist doch das Dichterwort:

> *Das Volk verdächtigt uns und hat darauf bestanden*
> *Mit seiner Seele, seinem Herzen, immerdar aufs neue.*
> *Komm, was sie denken, laß uns tun und so das Unrecht,*
> *Das sie uns tun, verhüten, doch einmal nur – dann Reue!'*

Darauf gab sie ihm das feste Versprechen und schwur ihm einen Eid bei der Existenz Gottes, daß dies nur einmal zwischen ihnen geschehen solle, einmal für alle Zeiten, möge auch das Verlangen nach ihm ihr Tod und Verderben bereiten. Unter dieser Bedingung ging er mit ihr zu einem Gemach, das sie allein kannte, damit sie das Feuer löschte, das in ihr brannte. Er aber sprach: ‚Es gibt keine Majestät und es gibt keine Macht außer bei Allah, der erhaben und allmächtig ist! Dies ist von dem Glorreichen und Allweisen vorherbestimmt seit langer Frist.‘ Darauf löste er seine Hosen, von Scham übergossen, während vor übergroßer Angst die Tränen aus seinen Augen flossen. Doch lächelnd hieß sie ihn mit ihr zum Lager gehen, und sprach: ‚Nach dieser Nacht sollst du nie mehr etwas Widerwärtiges sehen.‘ Und sie neigte sich zu ihm und küßte ihn, indem sie sich eng an ihn schmiegte und dabei Wade zu Wade fügte. Dann sprach sie zu ihm: ‚Lege deine Hand zwischen die Schenkel an die Stelle, die dir bekannt; vielleicht, daß es dann, nachdem es lag, wieder aufstehen kann!‘ Doch er weinte und sprach: ‚Ich verstehe nichts von dergleichen Dingen.‘ ‚Bei Allah,‘ rief sie, ‚wenn du tust, was ich dir befohlen habe, so wird dir daraus Freude erwachsen!‘ Nun streckte er die Hand aus, doch ihm erbebten die Eingeweide; und er fand ihren Schenkel weicher als Rahm und zarter als Seide. Doch da durch die Berührung in ihm die Lust erweckt wurde, so führte er die Hand hierhin und dorthin, bis sie zu einer Kuppel kam, die reich an Segnungen und Bewegungen war. Darauf sprach er bei sich selber: ‚Ist es möglich, daß dieser König ein Zwitter sein kann, weder ein Weib noch ein Mann?‘ So sagte er dann laut: ‚O König, ich finde bei dir kein Werkzeug, wie es ein Mann sonst hat. Was trieb dich denn zu solcher Tat?‘ Da lachte die Königin Budûr, bis sie auf den Rücken fiel, und rief: ‚O du mein Geliebter, wie schnell hast du die Nächte vergessen, die wir zusammen verlebten!' Darauf gab sie sich ihm zu erkennen, und er wußte nun, daß sie seine Gemahlin war, die Prinzessin Budûr, die Tochter des Königs el-Ghajûr, des Herrn der Insel und der Meere. Er drückte sie an sich, und auch sie umarmte ihn; er küßte sie, und sie küßte ihn wieder. Dann legten sie sich auf das Lager der Vereinigung nieder, und sie sprachen die Dichterworte:

Als ihn der schlanke Arm in meine Nähe lockte,
Zum weichen Leibe hin mit heißer Liebespein,
Und ihm das harte Herz mit seiner Zartheit tränkte,
Da willigt' er nach langem Sträuben endlich ein.
Aus Furcht, die Tadler möchten ihn sehen, wenn er käme,
Erschien er, von der Rüstung geschützt und fest umfaßt.
Der Rumpf klagt ob der Hüften, die auf die Füße drücken
Bei ihrem Schreiten, wie auf das Kamel die Last.
Gegürtet ist er mit dem Schwerte seiner Blicke,
Gepanzert in der Locken Pracht, die dunkel glüht.
Sein Duft verkündet mir die Freude seines Kommens,
Ich fliege wie ein Vogel, der aus dem Käfig flieht.
Die Wange breit' ich hin zum Wege seiner Schuhe;
Er heilt mir mit dem Pulver des Staubs der Augen Leid.
Der Liebe Banner knüpf ich, wenn ich ihn umarme;
Des Glückes Knoten lös ich; ach, einst war's mir so weit.
Nun rüste ich ein Fest, er folget seinem Rufe
Voll Freuden; fern ist ihm des grauen Alters Not.
Der Vollmond streut die Sterne der Zähne in dem Munde,
Sie tanzen in dem Antlitz, das wie von Wein so rot.
Ich aber geb mich in der Nische ihrer Freuden
Ganz dem hin, dessen Tun selbst Sündern Reue lieh.
Ich schwöre bei den Versen des Lichts[1] in seinem Antlitz:
Die Sure vom Bekenntnis[2] vergeß ich bei ihm nie.

1. Anspielung auf Sure 93, die ‚Sure des lichten Tags'. – 2. Sure 112 ist die ‚Sure der Reinigung' oder ‚Sure des Einheitsbekenntnis'. Durch sie ‚reinigt' der Muslim sich von der Vielgötterei und bekennt sich zum einigen Gott; so ‚bekennen' sich hier die Liebenden allein zueinander.

Darauf erzählte die Königin Budûr dem Prinzen Kamar ez-Zamân alles, was sie erlebt hatte, von Anfang bis zu Ende; und auch er berichtete ihr alle seine Erlebnisse. Doch danach begann er zu schelten, indem er zu ihr sprach: ‚Was hat dich denn nur zu dem veranlaßt, was du mir heute nacht angetan hast?‘ Sie antwortete: ‚Sei mir nicht böse! Das ist nur zum Scherze geschehen, und um Lust und Freude noch zu erhöhen.‘ Als dann der helle Tag sich erhob und die Welt mit seinen feurigen Strahlen durchwob, sandte die Königin Budûr zum König Armânûs, dem Vater der Prinzessin Hajât en-Nufûs; sie tat ihm kund, wie es sich mit ihr in Wahrheit verhielt, berichtete ihm, daß sie die Gattin des Kamar ez-Zamân sei, erzählte ihm, was sie beide erlebt hatten und wodurch sie voneinander getrennt wurden, und ließ ihn wissen, daß seine Tochter Hajât en-Nufûs noch immer eine Jungfrau sei. Wie König Armânûs, der Herrscher über die Ebenholzinseln, die Geschichte der Königin Budûr, der Tochter des Königs el-Ghajûr, vernommen hatte, war er über sie höchlichst erstaunt, und er befahl, daß man sie mit goldenen Lettern aufzeichne. Dann wandte er sich zu Kamar ez-Zamân und fragte ihn: ‚Prinz, willst du mein Eidam werden und dich mit meiner Tochter Hajât en-Nufûs vermählen?‘ Der gab zur Antwort: ‚Laß mich zuerst die Königin Budûr um Rat fragen; denn ihr verdanke ich ungezählte Wohltaten.‘ Und als er sich mit ihr beriet, sagte sie: ‚Das ist ein guter Plan! Drum vermähle dich mit ihr, und ich will ihr eine Dienerin sein; denn ich bin in ihrer Schuld für mancherlei Wohltat, Güte und Huld. Denke auch zumal daran, daß wir hier in ihrem Palaste sind und daß ihr Vater uns mit Güte überhäuft hat.‘ Da Kamar ez-Zamân nun sah, daß die Königin Budûr jenen Plan billigte und keine Eifersucht gegen Hajât en-Nufûs hegte, so kam er hierin mit ihr überein. – –«

Da bemerkte Schehrezâd, daß der Morgen begann, und sie hielt in der verstatteten Rede an. Doch als die *Zweihundertundsiebenzehnte Nacht* anbrach, fuhr sie also fort: »Es ist mir berichtet worden, o glücklicher König, daß Kamar ez-Zamân mit seiner Gemahlin, der Königin Budûr, hierin übereinkam; so berichtete er denn dem König Armanûs, was sie gesagt hatte, daß sie nämlich dem Plane zustimme und der Hajât en-Nufûs eine Dienerin sein wolle. Als König Armanûs diese Worte aus dem Munde des Kamar ez-Zamân vernahm, war er hocherfreut. Dann ging er hin und setzte sich auf seinen Herrscherthron, ließ alle Wesire und Emire, Kammerherrn und Großen des Reiches kommen und verkündete ihnen die Geschichte von Kamar ez-Zamân und seiner Gemahlin, der Prinzessin Budûr, von Anfang bis zu Ende; und er fügte hinzu, er wolle seine Tochter Hajât en-Nufûs mit Kamar ez-Zamân vermählen und ihn an Stelle seiner Gemahlin, der Prinzessin Budûr, zum Sultan über sie einsetzen. Da sprachen sie alle: ‚Dieweil Kamar ez-Zamân der Gemahl der Prinzessin Budûr ist, die vorher Sultan über uns war, während wir glaubten, sie sei der Eidam unseres Königs Armanûs, so wollen wir ihn als Sultan über uns anerkennen und seine Untertanen sein und ihm stets die Treue wahren.‘ Darüber freute König Armanûs sich sehr. Dann berief er die Kadis und die Zeugen und die höchsten Würdenträger des Reiches zu sich, und er ließ das Ehebündnis zwischen Kamar ez-Zamân und der Prinzessin Hajât en-Nufûs schließen. Nun ließ er Freudenfeste feiern und prunkvolle Gastmähler herrichten; er verlieh prächtige Ehrenkleider an alle Emire und Hauptleute des Heeres, ließ Almosen an die Armen und Bedürftigen verteilen und befreite alle Gefangenen. Das Volk freute sich über die Thronbesteigung des Königs Kamar ez-Zamân und wünschte ihm lange Dauer des Ruhms, der

Glückseligkeit und der Herrlichkeit. Wie nun Kamar ez-Zamân Sultan geworden war, hob er die Abgaben auf und entließ die Leute, die noch in Gefangenschaft geblieben waren. Und er herrschte, gepriesen von seinen Untertanen, und lebte mit seinen beiden Gemahlinnen in Glück und Seligkeit, in Treue und Fröhlichkeit, indem er abwechselnd je eine Nacht bei jeder von beiden verbrachte. So blieb es auch lange Zeit; fern waren ihm Sorgen und Traurigkeit, und selbst sein Vater, der König Schehrimân, geriet bei ihm in Vergessenheit, ja auch die Ehre und Gunst, deren er sich einst bei ihm erfreut. Da segnete Allah der Erhabene ihn mit zwei Knaben, die seine Gattinnen ihm gebaren, und die wie zwei leuchtende Monde waren. Der ältere von beiden war der Sohn der Königin Budûr und erhielt den Namen el-Malik el-Amdschad; der jüngere aber war ein Sproß der Königin Hajât en-Nufûs und ward el-Malik el-As'ad genannt. Und el-As'ad war noch schöner als el-Amdschad. Die beiden wuchsen auf, von Glanz und zärtlicher Liebe umgeben und in der Erziehung zum vornehmen Leben; sie lernten die Schreibkunst und die Wissenschaften, die Staatskunst und das Rittertum, und sie wurden so zu einem Bilde der Vollkommenheit und der höchsten Schönheit und Lieblichkeit, und sie erregten das Entzücken der Frauen wie der Männer weit und breit. Sie blieben eng miteinander verbunden, bis sie siebenzehn Jahre alt waren; sie aßen zusammen und tranken zusammen und trennten sich nie, zu keiner Zeit und zu keiner Stunde, so daß alle Menschen sie darum beneideten. Nachdem sie das Mannesalter erreicht hatten und in allem vollkommen geworden waren, pflegte ihr Vater, wenn er auf Reisen ging, sie abwechselnd in der Regierungshalle seinen Platz einnehmen zu lassen; und dann sprach ein jeder von ihnen je einen Tag Recht unter dem Volke. Nun wollte es das Schicksal, dem keiner entgeht, und das Verhängnis, das fest geschrieben steht, daß die Liebe zu el-As'ad, dem Sohne der Hajât en-Nufûs, das Herz der Königin Budûr, der Gemahlin seines Vaters, entzündete; und ebenso drang die Liebe zu el-Amdschad, dem Sohne der Königin Budûr, in das Herz der Hajât en-Nufûs, der Gemahlin seines Vaters. Und so begann eine jede von den beiden Frauen mit dem Sohne ihrer Eheschwester zu tändeln, ihn zu küssen und an die Brust zu ziehen; und wenn seine rechte Mutter das sah, so glaubte sie, das seien nur Zeichen der Neigung und Liebe, wie sie Mütter zu ihren Kindern haben. Ja, die Liebe hatte sich so tief in die Herzen der beiden Frauen eingedrückt, und sie wurden von den Jünglingen so berückt, daß eine jede von ihnen, sobald der Sohn ihrer Eheschwester zu ihr eintrat, ihn sogleich an die Brust zog und sich nie von ihm trennen wollte. Doch schließlich, als es ihnen zu lange währte, zu hangen und zu bangen, und als sie keinen Weg sahen, um an das Ziel ihrer Wünsche zu gelangen, wiesen sie Trank und Speise zurück und trennten sich von des Schlummers süßem Glück. Nun ritt der König wieder einmal auf die Jagd und befahl seinen beiden Söhnen nach ihrer Gewohnheit je einen Tag abwechselnd an seiner Stelle zu sitzen, um Recht zu sprechen. – –«

Da bemerkte Schehrezâd, daß der Morgen begann, und sie hielt in der verstatteten Rede an. Doch als die *Zweihundertund-achtzehnte Nacht* anbrach, fuhr sie also fort: »Es ist mir berichtet worden, o glücklicher König, daß der König wieder einmal auf die Jagd ritt und seinen beiden Söhnen befahl, nach ihrer Gewohnheit je einen Tag abwechselnd an seiner Stelle zu sitzen, um Recht zu sprechen. So setzte sich denn am ersten Tage el-Amdschad, der Sohn der Königin Budûr, auf den Herrscherthron, erließ Gebote und Verbote, setzte ein und setzte ab, gab und versagte. Da schrieb ihm die Königin Hajât en-Nufûs, die Mutter des Prinzen el-As'ad, einen Brief, in dem sie um seine Neigung bat; sie offenbarte ihm, daß sie ihn leidenschaftlich liebe, sie warf die Hülle der Scham ab und ließ ihn wissen, daß sie wünsche, mit ihm in Liebe vereint zu sein. Sie nahm ein Blatt und schrieb darauf diese Zeilen: ‚Von der Elenden, die vor Liebe brennt, * der Betrübten, die von dir getrennt, * deren Jugend durch die Liebe zu dir hinschwindet * und die sich um deinetwillen in endlosen Qualen windet! * Wollte ich dir die langen Leiden zu schildern wagen, * und was ich alles an Trübsal ertragen * – wie die Leidenschaften an mir nagen, * welch Leiden mir Weinen und Seufzen flicht, * wie mein betrübtes Herz zerbricht, * wie der Gram mich begleitet * und die Sorge mich geleitet, * was ich leide, von dir getrennt zu sein * an Kümmernis und brennender Pein, * so würden der Worte im Briefe zu viel, * und ich käme nicht an der Beschreibung Ziel. * Himmel und Erde engen mich ein, * und meine einzige Hoffnung bist du allein. * Den Tod mußte ich schon vor mir schauen, * und ich rang mit der Vernichtung Grauen. * In mir wächst die brennende Qual, * der Schmerz um Fernsein und Trennung zumal. * Wollt ich schildern, welche Wunden die Sehnsucht mir schlug, * so wären der Blätter nie genug. * Und im Übermaße von Unglück und zehrendem Leid * hab ich dir diese Verse geweiht:

> *Wenn ich dir schildern wollte, welch Feuer ich erdulde,*
> *Welch Siechtum, welche Unruh und welche Leidenschaft,*
> *So würde auf der Erde Schreibrohr, Papier und Tinte,*
> *Ja, auch ein jedes Blatt gar bald hinweggerafft.'*

Dann hüllte die Königin Hajât en-Nufûs dies Blatt in ein Stück kostbarer Seide, das mit Moschus und Ambra getränkt war, und legte dazu einige ihrer seidenen Haarbänder, die Schätze wert waren; dann schlug sie das Ganze in ein Tuch und übergab es einem Eunuchen, dem sie befahl, es dem Prinzen el-Amdschad zu bringen. – –«

Da bemerkte Schehrezâd, daß der Morgen begann, und sie hielt in der verstatteten Rede an. Doch als die *Zweihundertundneunzehnte Nacht* anbrach, fuhr sie also fort: »Es ist mir berichtet worden, o glücklicher König, daß sie das Blatt mit der Botschaft dem Eunuchen übergab, dem sie befahl, es dem Prinzen el-Amdschad zu bringen. Da ging jener Eunuch fort, ohne zu wissen, was für ihn in dem geheimnisvollen Schoße der Zukunft verborgen war; doch Er, der die geheimen Dinge kennt, lenkt alles, wie es Ihm gefällt! Wie nun der Eunuch zum Prinzen el-Amdschad eingetreten war, küßte er den Boden vor ihm, überreichte ihm das Tuch und überbrachte ihm so die Botschaft. Der Prinz nahm das Tuch aus den Händen des Eunuchen entgegen, öffnete es, sah den Brief, öffnete auch den und las ihn. Und als er seinen Inhalt verstanden hatte, erkannte er, daß die Gemahlin seines Vaters in ihrem innersten Wesen eine Verräterin war und daß sie seinen Vater Kamar ez-Zamân in ihrem Herzen betrogen hatte. Da ergrimmte er gewaltig, und er schalt die Frauen wegen ihres Tuns, indem er rief: ,Allah verfluche die Frauen, die Verräterinnen, die keinen Verstand und keinen Glauben haben!' Dann zog er sein Schwert und schrie den Eunuchen an: ,Weh dir, du elender Mohr! Bringst du da die Botschaft, die Verrat birgt, von der Frau deines Herrn? Bei Allah, an dir ist nichts Gutes, du Schwarzgesicht, dessen schwarze Taten im Himmelsbuche stehen, du Kerl von häßlichem, törichtem Wesen und eklig anzusehen!' Und alsbald traf er ihn mit dem Schwert auf den Nacken und trennte ihm den Kopf vom Rumpfe. Dann faltete er das Tuch wieder über seinem Inhalte zusammen und steckte es in seine Tasche, ging zu seiner Mutter und erzählte ihr, was geschehen war. Dabei schmähte und beschimpfte er sogar auch sie, indem er sprach: ‚Von euch ist jede einzelne immer noch elender als die andere. Bei Allah dem Allmächtigen, wenn ich nicht befürchtete, gegen meinen Vater Kamar ez-Zamân und meinen Bruder el-Malik el-As'ad unrecht zu handeln, so würde ich hingehen und ihr den Kopf abschlagen, wie ich ihrem Eunuchen den Hals durchschlagen habe.' Dann verließ er seine Mutter, die Königin Budûr, in überschäumender Wut. Als aber der Königin Hajât en-Nufûs, der Gemahlin seines Vaters, berichtet wurde, was er mit ihrem Eunuchen getan hatte, da verwünschte und verfluchte sie ihn und spann Ränke wider ihn. Krank vor Wut, Zorn und Sorgen, verbrachte el-Malik el-Amdschad jene Nacht und fand auch keine Freude mehr an Speise, Trank und Schlaf.

Am nächsten Morgen ging sein Bruder, el-Malik el-As'ad, hin und setzte sich auf den Thron seines Vaters, um unter dem Volke Recht zu sprechen. Doch seine Mutter, Hajât en-Nufûs, erwachte ganz krank, da sie ja wußte, daß el-Malik el-Amdschad den Eunuchen erschlagen hatte. Wie nun el-Malik el-As'ad sich an jenem Tage niedergesetzt hatte, sprach er Recht und Gerechtigkeit, setzte ein und ab, erließ Gebote und Verbote, gab und spendete; und so saß er auf dem Herrscherthron bis um die Zeit des Nachmittagsgebetes. Da schickte die Königin Budûr, die Mutter des Prinzen el-Malik el-Amdschad, zu einer listigen alten Frau und offenbarte ihr, was sie in ihrem Herzen empfand; und sie nahm ein Blatt, um ihm eine Botschaft an el-Malik el-As'ad, dem Sohne ihres Gemahles, anzuvertrauen. Und indem sie ihm das Übermaß ihrer leidenschaftlichen Liebe zu ihm klagte, schrieb sie ihm diese Worte: ‚Von ihr, die vor Liebe und Sehnsucht zugrunde geht, * an ihn, der

unter den Menschen als schönster und edelster dasteht, * der
sich brüstet mit seiner Lieblichkeit * und stolz ist auf seine
Zierlichkeit, * der kein Gehör dem Wunsche nach Liebesvereinigung mit ihm leiht, * der mit seiner Gunst die nicht beglückt, * die sich vor dem Grausamen, Harten demütig bückt,
* von ihr, die der Liebeskummer bannt, * zu el-Malik el-As'ad's
Hand, * an den Jüngling im herrlichen Schönheitskleid, * geschmückt mit strahlender Lieblichkeit, * einem mondhellen
Angesicht, * und einer Stirn von glänzendem, schimmerndem
Licht. * Dies ist mein Brief an ihn, der durch seine Liebe meinen Leib hinschwinden heißt, * der mir Haut und Gebein zerreißt. * Wisse, meine Geduld ist dahin, * und ich bin ratlos in
meinem Sinn. * Sehnsucht und Wachen quälen mich, * Geduld
und Schlummer fliehen mich, * Kummer und Schlaflosigkeit
verzehren mich. * Sehnsüchtige Liebe brennt in mir, * Krankheit und Siechtum weilen in mir. * Mein Leben sei dir dargebracht, * und wenn der Tod einer zärtlich Liebenden dir
Freude macht, * so möge Allah dir ein langes Leben verleihn *
und dich von allem Übel befrein!' Und nach diesen Zeilen
schrieb sie noch diese Verse:

> Das Schicksal hat bestimmt, daß ich dich lieben solle;
> Ach, deine Schönheit ist dem hellen Monde gleich.
> Du trägst die Zartheit und der Rede Wohllaut in dir;
> Du bist vor allen Menschen am Glanz der Schönheit reich.
> Ich gebe mich zufrieden, daß du mir Qual bereitest;
> Vielleicht gewährst du mir noch einen einz'gen Blick.
> Ja, glücklich, wer den Tod durch Liebe zu dir findet;
> Wer Lieb und Sehnsucht nicht empfindet, kennt kein Glück!

dazu fügte sie noch diese Verse:

> Dir, As'ad, klage ich die Flammenglut der Liebe;
> Erbarm dich der Betörten, in der die Sehnsucht loht.
> Wie lange soll die Hand des Leidens mit mir spielen,

Die Liebe und die Sorge, das Wachen und die Not?
Bald sink ich wie ins Meer, bald klage ich, o Wunder,
Ob Feuersglut im Herzen, du Ziel der Wünsche mein! –
Der du mich tadelst, laß den Tadel, flieh die Liebe;
Sonst würd dein Auge bald ein Tränenrinnsal sein!
Wie viele Male rief ich im Schmerz der Trennung: Wehe!
Und doch, das Weherufen, es tat mir niemals gut.
Du machst mich krank durch Härte; ich kann sie nicht ertragen;
Du bist der Arzt, hilf mir mit dem, was nötig tut.
O Tadler, laß das Tadeln, nimm dich davor in acht,
Daß dich die Liebeskrankheit nicht trifft und elend macht!

Darauf tränkte die Königin das Blatt der Botschaft mit stark duftendem Moschus und umwand es mit Bändern aus ihrem Haare; die waren aus irakischer Seide und hatten Troddeln aus smaragdgrünen Streifen, die mit Perlen und Edelsteinen besetzt waren. Darauf übergab sie das Ganze der Alten und befahl ihr, es dem Prinzen el-Malik el-As'ad, dem Sohne ihres Gemahls, des Königs Kamar ez-Zamân, zu überbringen. Die Alte ging, ihr zu Gefallen, hin und trat alsbald zu el-Malik el-As'ad ein, der sich in seinem eigenen Gemache befand, als sie kam. Sie überreichte ihm das Blatt mit dem, was es enthielt, und blieb eine Weile stehen, um auf eine Antwort zu warten. Da las el-Malik el-As'ad den Brief und verstand seinen Inhalt; dann umwand er es wieder mit den Haarbändern und steckte es in seine Tasche. Doch er ergrimmte gar sehr, sein Zorn kannte keine Grenzen mehr, und er fluchte den trügerischen Weibern. Und so sprang er auf, zog sein Schwert aus der Scheide, traf die Alte im Nacken und trennte ihr den Kopf vom Rumpfe. Dann machte er sich auf und ging zu seiner Mutter Hajât en-Nufûs; die fand er auf ihrem Lager liegen, krank durch ihr Erlebnis mit el-Malik el-Amdschad, und er schmähte sie und fluchte ihr. Darauf verließ er sie, begab sich zu seinem

Bruder el-Malik el-Amdschad und erzählte ihm, was er von seiner Mutter, der Königin Budûr, hatte erleben müssen. Auch berichtete er ihm, daß er die Alte, die mit der Botschaft zu ihm gekommen war, totgeschlagen hatte, und fügte hinzu: ‚Bei Allah, lieber Bruder, wenn ich mich nicht vor dir gescheut hätte, so wäre ich im selben Augenblick zu ihr geeilt und hätte ihr den Kopf von den Schultern geschlagen!' ‚Bei Allah, lieber Bruder,' erwiderte el-Malik el-Amdschad, ‚wisse, gestern, als ich auf dem Herrscherthrone saß, ist mir dasselbe widerfahren wie dir heute. Deine Mutter schickte mir eine Botschaft, die ähnliche Worte enthielt.' Und so erzählte er ihm alles, was er mit der Königin Hajât en-Nufûs erlebt hatte, indem er hinzufügte: ‚Bei Allah, mein Bruder, wenn ich mich nicht vor dir gescheut hätte, so wäre ich zu ihr geeilt und hätte mit ihr dasselbe getan wie mit dem Eunuchen.' Dann blieben die beiden den Rest der Nacht hindurch im Gespräche beisammen und fluchten den treulosen Weibern. Aber sie verpflichteten sich gegenseitig, diese Sache geheimzuhalten, damit ihr Vater, der König Kamar ez-Zamân, nicht davon höre und die beiden Frauen nicht töte. So verbrachten sie die Nacht in Betrübnis bis zum Morgen.

Am nächsten Morgen kam der König mit seinem Heere von der Jagd zurück und setzte sich eine Weile auf seinen Herrscherthron. Dann entließ er die Emire und begab sich in den Palast; dort fand er seine beiden Gemahlinnen schwerkrank auf ihren Lagern. Aber sie hatten bereits Ränke gegen ihre Söhne gesponnen und hatten sich verabredet, sie zu Tode zu bringen, da sie sich ja ihnen gegenüber bloßgestellt hatten und befürchteten, daß sie nun in ihrer Gewalt sein würden. Doch als der König sie in diesem Zustande erblickte, fragte er sie, was ihnen fehle. Da erhoben sie sich vor ihm, küßten ihm die Hände und sagten, indem sie die Sache umkehrten: ‚Wisse, o König, deine beiden Söhne, die doch in deiner Güte aufgewachsen sind, haben sich an deinen Frauen vergangen und haben dich verraten und mit Schmach befleckt.‘ Als Kamar ez-Zamân diese Worte von seinen Frauen hören mußte, ward das helle Tageslicht finster vor seinem Angesicht, und er entbrannte von so gewaltiger Wut, daß er vor Übermaß des Zornes fast den Verstand verlor. Er fuhr seine Frauen an: ‚Erklärt mir diese Sache näher!‘ Da sprach die Königin Budûr: ‚Wisse, o größter König unserer Zeit, dein Sohn el-As'ad, der Sproß von Hajât en-Nufûs, sendet mir seit geraumer Zeit Botschaften und Briefe und will mich zum Ehebruch verleiten; ich verbot es ihm, aber er ließ sich nicht hindern. Als du nun fortgezogen warst, stürzte er sich trunken mit einem gezückten Schwerte in der Hand auf mich; doch er traf damit meinen Eunuchen und tötete ihn. Dann setzte er sich mit dem Schwerte in der Hand auf meine Brust, und ich fürchtete, er würde mich, wenn ich mich ihm widersetzte, ebenso erschlagen, wie er meinen Eunuchen erschlagen hatte. So tat er denn seinen Willen an mir mit Gewalt. Und wenn du mir nicht zu meinem Rechte wider ihn verhilfst, o König, so töte ich mich selbst mit eigener Hand; denn ich mag nicht mehr in der Welt leben, nachdem diese verruchte Tat geschehen ist.‘ Danach berichtete ihm Hajât en-Nufûs, von Tränen erstickt, eine gleiche Geschichte, wie ihre Eheschwester Budûr sie erzählt hatte. – –«

Da bemerkte Schehrezâd, daß der Morgen begann, und sie hielt in der verstatteten Rede an. Doch als die *Zweihundertund-zwanzigste Nacht* anbrach, fuhr sie also fort: »Es ist mir berichtet worden, o glücklicher König, daß die Königin Hajât en-Nufûs ihrem Gatten, dem König Kamar ez-Zamân, eine gleiche Geschichte erzählte wie die Königin Budûr und mit den

Worten schloß: ‚So ist auch mir das gleiche von deinem Sohne el-Amdschad widerfahren.' Dann begann sie zu weinen und zu klagen und sprach: ‚Wenn du mir nicht wider ihn zu meinem Rechte verhilfst, so berichte ich es meinem Vater, dem König Armanûs.' Nun weinten beide Frauen bitterlich vor ihrem Gemahl, dem König Kamar ez-Zamân. Als aber der König die Tränen seiner beiden Gemahlinnen sah und ihre Worte vernommen hatte, glaubte er, daß alles wahr sei; und da ergrimmte er gewaltig über alle Maßen. So machte er sich auf und wollte über seine beiden Söhne herfallen, um sie zu töten; aber da trat ihm sein Schwäher, der König Armanûs, entgegen, der gerade zu ihm hereinkam, um ihn zu begrüßen, da er gehört hatte, daß er von der Jagd zurückgekehrt sei. Als er ihn sah, wie er das gezückte Schwert in der Hand hielt und wie ihm das Blut vor dem Übermaße seines Ingrimms aus der Nase tropfte, fragte er ihn, was mit ihm sei. Jener erzählte ihm alles, was ihm von seinen Söhnen el-Amdschad und el-As'ad angetan war, und fügte hinzu: ‚Jetzt will ich zu ihnen eilen, auf daß ich sie mit dem schmählichsten Tode bestrafe und sie zum schmachvollsten warnenden Beispiele mache.' Sein Schwäher, der König Armanûs, der auch wider sie ergrimmte, gab ihm zur Antwort: ‚Gut ist, was du tun willst, mein Sohn! Allah segne die beiden nicht, noch segne er je Söhne, die sich so gegen ihre Eltern vergehen! Doch, mein Sohn, es heißt im Sprichwort: ‚Wer die Folgen nicht bedenkt, dem wird vom Schicksal kein Glück geschenkt.' Sie sind ja doch deine Söhne, und darum gebührt es sich, daß du sie nicht mit eigener Hand tötest; denn sonst würdest du ihre Todesqual hinunterwürgen müssen und später ihren Tod bereuen, wenn die Reue nichts mehr fruchtet. Darum schicke sie mit einem deiner Mamluken fort, auf daß er sie in der Wüste töte, fern von deinen Augen, wie es

486

im Sprichwort heißt: ‚Fern von meinem Freunde ist es besser und schöner, wo das Auge nicht sieht und das Herz nicht betrübt wird.' Als König Kamar ez-Zamân von seinem Schwäher, dem König Armanûs, diese Worte vernommen hatte, sah er ein, daß sie das Richtige trafen; so steckte er denn sein Schwert wieder in die Scheide, kehrte um und setzte sich auf den Thron seiner Herrschaft. Dann berief er seinen Schatzmeister, einen hochbetagten Greis, erfahren in allen Angelegenheiten und in den Wechselfällen der Zeiten; zu dem sprach er: ‚Geh zu meinen Söhnen el-Amdschad und el-As'ad, lege ihnen starke Fesseln an, tu sie in zwei Kisten und lade sie auf ein Maultier; dann besteige ein Reittier und zieh mit ihnen mitten in die Wüste. Dort bringe sie um, fülle zwei Flaschen mit ihrem Blute und komm schnell damit zu mir zurück!' ‚Ich höre und gehorche!' sprach der Schatzmeister; dann machte er sich sofort auf, begab sich zu el-Amdschad und el-As'ad und traf sie unterwegs, wie sie gerade aus der Vorhalle des Palastes traten. Sie hatten ihre feinsten und prächtigsten Gewänder angelegt und wollten sich zu ihrem Vater, dem König Kamar ez-Zamân, begeben, um ihn zu begrüßen und zu seiner wohlbehaltenen Rückkehr von dem Jagdzuge zu beglückwünschen. Als der Schatzmeister sie erblickte, legte er Hand an sie und sprach zu ihnen: ‚Meine Söhne, bedenkt, ich bin ein Sklave, dem man gebietet; nun hat mir euer Vater einen Befehl erteilt – sagt, wollt ihr seinem Befehle gehorchen?' Sie antworteten: ‚Jawohl', und so trat denn der Schatzmeister auf sie zu, fesselte sie, legte sie in zwei Kisten, lud sie auf den Rücken eines Maultieres und zog mit ihnen aus der Stadt hinaus. Und er ritt mit ihnen in der Wüste immer weiter, bis es fast Mittag geworden war. Dann machte er an einer öden und wüsten Stätte halt, stieg von seinem Pferde ab, nahm die beiden Kisten von dem

Rücken des Maultieres herunter, öffnete sie und holte el-Amdschad und el-As'ad aus ihnen hervor. Wie er die beiden erblickte, weinte er bitterlich um ihre Schönheit und Anmut. Doch dann zog er sein Schwert aus der Scheide und sprach zu ihnen: ‚Bei Allah, meine lieben Herren, es fällt mir schwer, euch ein Leids anzutun; doch mich trifft keine Schuld an all dieser Not, denn ich bin nur ein Sklave unter Gebot. Euer Vater, der König Kamar ez-Zamân, hat mir befohlen, euch den Kopf abzuschlagen.‘ Sie gaben ihm zur Antwort: ‚Emir, tu, was der König dir befohlen hat! Wir wollen alles, was Allah der Allmächtige und Allgewaltige über uns verhängt hat, in Geduld ertragen; du bist schuldlos an unserem Blute.‘ Dann umarmten sie einander und nahmen voneinander Abschied. El-As'ad aber sprach zu dem Schatzmeister: ‚Um Allahs willen, lieber Oheim, laß mich nicht die Todesqualen meines Bruders hinunterwürgen, laß mich den Kelch des Anblicks seiner Leiden nicht trinken; töte mich vor ihm, das ist leichter für mich.‘ Doch da sprach el-Amdschad ebenso und flehte den Schatzmeister an, ihn vor seinem Bruder zu töten, indem er sprach: ‚Mein Bruder ist jünger als ich, erspare es mir, seine Qualen zu sehen!‘ Nun weinten beide so bitterlich, daß ihrem Schmerze kein andrer glich, und der Schatzmeister weinte mit ihnen. – –«

Da bemerkte Schehrezâd, daß der Morgen begann, und sie hielt in der verstatteten Rede an. Doch als die *Zweihundertundeinundzwanzigste Nacht* anbrach, fuhr sie also fort: »Es ist mir berichtet worden, o glücklicher König, daß der Schatzmeister mit den beiden weinte. Dann umarmten die beiden Brüder einander und nahmen voneinander Abschied; und der eine von ihnen sprach zu dem anderen: ‚All dies kommt durch die Falschheit der Verräterinnen, meiner Mutter und deiner Mutter; dies ist nun die Vergeltung für mein Verhalten gegen deine Mutter und für dein Verhalten gegen meine Mutter! Es gibt keine Majestät und es gibt keine Macht außer bei Allah dem Erhabenen und Allmächtigen; wir sind Gottes Geschöpfe, und zu Ihm kehren wir zurück!' Darauf umarmte el-As'ad seinen Bruder von neuem, und er begann in Seufzer auszubrechen und hub an, diese Verse zu sprechen:

> O du, zu dem wir klagen und uns flüchten,
> Bereit für alles, was da kommen kann!
> Mir hilft nichts mehr, als an dein Tor zu klopfen;
> Weist du mich ab, wo klopfe ich dann an?
> Du, dessen Huld sich birgt im Worte ,Sei!',
> Hort alles Guten, steh mir gnädig bei!

Als el-Amdschad hörte, wie sein Bruder klagte, weinte er und schloß ihn an seine Brust und sprach diese beiden Verse:

> O der du mehr als einmal mir deine Hilfe liehest,
> Und dessen Gabenreichtum schier unermeßlich ist,
> Nie hat in meinem Leben mich ein Leid getroffen,
> Bei dem ich nicht gefunden, daß du mein Retter bist.

Dann sprach el-Amdschad zu dem Schatzmeister: ,Ich bitte dich bei dem Einen, dem Allbezwinger, bei dem König, dem Alldurchdringer, töte mich vor meinem Bruder el-As'ad; dann erlischt das Feuer in meinem Herzen, und dann brennen nicht mehr die Schmerzen.' El-As'ad aber weinte und rief: ,Nein, ich will zuerst sterben!' Schließlich sprach el-Amdschad: ,Am schönsten' wäre es, wir umarmten einander, so daß, wenn das Schwert auf uns herniedersaust, es uns mit einem einzigen Streiche tötet!' Nachdem nun die beiden einander umarmt und Wange an Wange gepreßt hatten, legte der Schatzmeister weinend die Stricke um sie und band sie fest. Darauf zog er sein Schwert und sprach: ,Bei Allah, liebe Herren, es wird mir schwer, euch zu töten! Habt ihr jetzt noch einen Wunsch, den ich euch erfüllen, einen Auftrag, den ich ausführen, eine Botschaft, die ich ausrichten könnte?' Da gab el-Amdschad zur Antwort: ,Wir haben keinen Wunsch mehr; aber einen Auftrag will ich dir geben, der lautet: Lege meinen Bruder el-As'ad zuunterst und mich zuoberst, damit der Schwertstreich zuerst auf mich falle; wenn du uns dann getötet hast und zum König zurückkehrst und er dich fragt, ob du vor unserem Tode noch etwas von uns vernommen habest, so antworte ihm: ,Deine Söhne lassen dich grüßen und dir sagen: Du wußtest nicht, ob sie unschuldig oder schuldig waren; dennoch hast du sie töten lassen, ohne dich ihrer Schuld zu vergewissern und ohne ihre Sache zu untersuchen.' Dann sprich zu ihm diese beiden Verse:

> *Die Weiber sind Teufel, zu unsrem Verderben erschaffen;*
> *Ich flüchte zu Gott vor diesen teuflischen Schlingen.*
> *Sie sind der Quell der Leiden, die unter den Menschen*
> *Erscheinen, in Sachen der Welt und in Glaubensdingen.'*

Dann schloß el-Amdschad mit den Worten: ,Wir wünschen nichts von dir, als daß du diese beiden Verse, die du soeben vernommen hast, unserem Vater wiederholest!' – –«

Da bemerkte Schehrezâd, daß der Morgen begann, und sie hielt in der verstatteten Rede an. Doch als die *Zweihundertundzweiundzwanzigste Nacht* anbrach, fuhr sie also fort: »Es ist mir berichtet worden, o glücklicher König, daß el-Amdschad zu dem Schatzmeister sprach: ,Wir wünschen nichts von dir, als daß du diese beiden Verse, die du soeben vernommen hast, unserem Vater wiederholest. Doch ich bitte dich um Allahs willen, hab noch etwas Geduld mit uns, damit ich auch diese beiden Verse vor meinem Bruder sprechen kann.' Dann weinte er bitterlich und hub an zu sprechen:

490

Ein Vorbild sind für uns der Vorzeit Fürsten,
Die alle längst dahingeschwunden sind.
Wie viele zogen schon auf diesem Wege,
Die Hohen und die Niedern, Greis und Kind!

Als der Schatzmeister diese Worte von el-Amdschad vernahm, weinte er heftig, so daß sein Bart feucht ward. El-As'ads
Augen aber begannen in Tränen auszubrechen, und er hub an,
diese Verse zu sprechen:

Das Schicksal schreckt nach dem Geschehen durch die Spuren;
Die Träne gilt nicht nur dem Leib und der Gestalt.
Wie trüb sind manche Nächte! Gott tilg, was wir an ihnen
Verschulden; doch sie trübte auch des Geschicks Gewalt.
Der Zeiten Ungunst hat den Ibn Zubair vernichtet;
Ihn schützte nicht die Flucht zu Kaaba und schwarzem Stein.[1]
O wäre doch für 'Alî[2] ein andrer eingetreten –
Trat doch auch Châridscha für 'Amr als Opfer ein![3]

Die strömenden Tränen färbten seine Wange, und er klagte
weiter mit diesem Gesange:

Die Nächte und die Tage des Lebens sind gezeichnet
Durch Trug; und List und Tücke beherrschen alle ganz.
Das Wüstentrugbild ist für sie gleich weißen Zähnen,
Des Dunkels Graun für sie gleich schwarzem Augenglanz.
Ich habe mich versündigt an dieser argen Welt
Dem Schwert gleich, das der Streiter noch in der Scheide hält.

Dann begann er von neuem in Seufzer auszubrechen und
hub an, diese Verse zu sprechen:

1. 'Abdallâh ibn Zubair, in Mekka Gegenkalife gegen die Omaijaden,
fiel dort im Jahre 692. – 2. 'Alî, der vierte Kalife, wurde 661 ermordet. – 3. 'Amr, der Eroberer Ägyptens (um 640), sollte in der Moschee
von einem Verschworenen ermordet werden. Aber gerade an dem
Tage hatte 'Amr, da er krank war, den Châridscha beauftragt, statt
seiner das öffentliche Gebet zu sprechen, und so wurde letzterer für ihn
ermordet.

Der du nach der gemeinen Welt verlangest, wisse,
Sie ist das Netz des Unheils und der Trübsal Haus;
Ein Haus, das heute dich noch lachen läßt, doch morgen
Schon weinen – solchem Hause werde der Garaus!
Ohn Ende ist ihr Streit; und wer in ihr gefangen,
Wird niemals frei; denn der Gefahren sind so viel.
Wie mancher schaute stolz auf ihren Trug, ja, zeigte
Sich trotzig, schritt hinaus weit über Maß und Ziel –
Da wandte sie den Rücken des Schilds ihm zu und ließ ihn
Die Dolche kosten, stets auf Rache nur bedacht.
So wisse denn, daß ihre Streiche plötzlich treffen,
Verzieht sie noch so lange, säumt auch des Schicksals Macht!
Gib acht, auf daß dein Leben nicht verloren gehe
In ihrem eitlen Tand, ohn daß du sie bezwingst!
Schneid ab das Band der Sehnsucht, das dich an sie kettet,
Auf daß du, recht geleitet, ein göttlich Ziel erringst!

Als el-As'ad diese Verse gesprochen hatte, umarmte er seinen Bruder el-Amdschad so fest, daß es schien, als ob die beiden ein Leib wären. Schon zog der Schatzmeister sein Schwert und wollte die beiden treffen, als plötzlich sein Pferd scheute und in die Wüste davonrannte. Jenes Pferd aber hatte tausend Goldstücke gekostet, und es trug einen prächtigen Sattel, der viel Geld wert war. Darum warf der Schatzmeister das Schwert aus der Hand und eilte seinem Rosse nach. – –«

Da bemerkte Schehrezâd, daß der Morgen begann, und sie hielt in der verstatteten Rede an. Doch als die *Zweihundertund-dreiundzwanzigste Nacht* anbrach, fuhr sie also fort: »Es ist mir berichtet worden, o glücklicher König, daß der Schatzmeister, als er mit brennender Angst im Herzen seinem Rosse nacheilte, immer weiter hinter ihm herlief, um es zu ergreifen, bis es in ein Dickicht eindrang. Da folgte er ihm in jenes Dickicht hinein; das Roß drang immer weiter vor, schlug mit den Hufen auf den Boden, so daß der Staub in die Höhe stob und sich empor in die Lüfte hob, es schnaubte und fauchte angsterfüllt, und es wieherte und wurde wild. Denn in jenem Dickicht hauste ein Löwe, ein furchtbares Ungeheuer; sein Anblick erschreckte, und seine Augen sprühten Feuer; grimmig sah sein Antlitz aus, und seine Gestalt erfüllte die Herzen mit Graus. Als der Schatzmeister sich umschaute und diesen Löwen erblickte, der auf ihn zukam, und als er keinen Ausweg sah, um vor ihm zu fliehen, aber auch kein Schwert bei sich hatte, da sprach er bei sich selber: ‚Es gibt keine Majestät und es gibt keine Macht außer bei Allah dem Erhabenen und Allmächtigen! In dieser Not bin ich wegen der Sünde an el-Amdschad und el-As'ad geraten; diese ganze Fahrt war unselig von Anfang an.‘

Inzwischen aber war für el-Amdschad und el-As'ad die Hitze so drückend geworden, und sie litten an so heftigem Durste, daß die Zunge ihnen aus dem Munde herniederhing, und sie riefen um Hilfe in ihrer Qual, aber niemand half ihnen. Da sprachen sie: ‚Ach, wären wir doch getötet worden; dann hätten wir Ruhe vor dieser Pein! Jetzt wissen wir nicht, wohin das Pferd gelaufen ist, und der Schatzmeister ist hinter ihm hergeeilt und hat uns hier gefesselt liegen lassen! Wenn er doch nur käme und uns tötete! Das wäre leichter für uns als diese Qual zu erdulden.‘ Nun hub el-As'ad an: ‚Lieber Bruder, harre aus! Sicherlich kommt uns Hilfe von Allah dem Gepriesenen und Erhabenen; denn nur weil er uns gnädig war, ist das Pferd davongelaufen, und es ist uns kein Leid widerfahren als dieser Durst.‘ Dann schüttelte er sich, bewegte sich nach rechts und nach links, so daß seine Fesseln sich lösten, erhob sich und löste auch die Fesseln seines Bruders. Darauf ergriff er das Schwert des Emirs und sprach zu seinem Bruder: ‚Bei Allah, wir wollen nicht eher von hier fortgehen, als bis wir ihn aufgespürt und erfahren haben, was aus ihm geworden ist.‘ Alsbald begannen sie, der Spur nachzugehen; und die führte sie zu dem Dickicht. Dort sprachen sie zueinander: ‚Das Pferd und der Schatzmeister sind sicher noch nicht durch dies Dickicht hindurchgedrungen.' Nun sagte el-As'ad zu seinem Bruder: ‚Bleib du hier stehen! Ich will in das Gebüsch hineingehen und es durchsuchen.' Doch el-Amdschad erwiderte: ‚Ich laß dich nicht allein hineingehen, nein, wir wollen zusammen gehen. Leben wir, so leben wir gemeinsam; und sterben wir, so sterben wir gemeinsam.' So gingen denn beide zugleich hinein, und sie erblickten den Löwen, wie er gerade auf den Schatzmeister losgesprungen war; jener aber lag unter ihm wie ein kleiner Vogel und flehte zu Gott und streckte die Arme gen Himmel. Als el-Amdschad das sah, hob er das Schwert, stürzte sich auf den Löwen und versetzte ihm einen Hieb zwischen die Augen, der ihm den Garaus machte, und tot sank der Löwe zu Boden. Der Schatzmeister aber sprang auf, erstaunte über dies Wunder, und als er el-Amdschad und el-As'ad, die Söhne seines Herrn, dort stehen sah, warf er sich vor ihnen nieder und sprach zu ihnen: ‚Bei Allah, hohe Herren, es ist mir unmöglich, mich so an euch zu versündigen, daß ich euch töte! Möge es nie einen Menschen geben, der euch das Leben nimmt, ja, ich will mein eigenes Leben für euch hingeben!' – –«

Da bemerkte Schehrezâd, daß der Morgen begann, und sie hielt in der verstatteten Rede an. Doch als die *Zweihundertundvierundzwanzigste Nacht* anbrach, fuhr sie also fort: »Es ist mir berichtet worden, o glücklicher König, daß der Schatzmeister zu el-Amdschad und el-As'ad sprach: ‚Ich will mein eigenes Leben für euch hingeben!' Dann warf er sich ihnen ungestüm entgegen, umarmte sie und fragte sie, wie sie sich ihrer Fesseln entledigt hätten und hierher gekommen wären. Da erzählten sie ihm, wie sie durstig geworden waren, wie sich dann die

494

Fesseln von dem einen gelöst hatten und wie der dann den anderen befreit hatte, und daß dies alles nur um ihres reinen Gewissens willen geschehen sei; dann berichteten sie, wie sie der Spur gefolgt waren, bis sie ihn gefunden hatten. Als er ihre Worte vernahm, dankte er ihnen für das, was sie getan hatten, und ging mit ihnen aus dem Dickicht hinaus. Dort draußen sprachen sie zu ihm: ‚Lieber Oheim, führe nur den Befehl unseres Vaters aus!' Doch er rief: ‚Allah verhüte, daß ich euch ein Leids antue! Vernehmet vielmehr, was ich tun will: ich will eure Kleider nehmen und euch in meine Gewänder kleiden; dann will ich zwei Flaschen mit dem Blute des Löwen füllen, zum König gehen und ihm sagen, ich hätte euch getötet. Ihr aber ziehet hinaus ins Land, Gottes Erde ist weit! Doch wisset, liebe Herren, daß die Trennung von euch mir s hwer wird.' Dann weinten alle drei, der Schatzmeister und die beiden Jünglinge. Nun legten die beiden ihre Gewänder ab, und der Schatzmeister gab ihnen seine Kleider. Er selbst aber ging zum König, nachdem er die Gewänder genommen, sie zu zwei Bündeln zusammengebunden und von dem Blute des Löwen zwei Flaschen gefüllt hatte; er legte die beiden Bündel vor sich auf den Rücken des Rosses, nahm dann Abschied von den beiden Prinzen und begab sich zur Stadt. So ritt er dahin, bis er zum König kam; und er trat zu ihm ein und küßte den Boden vor ihm. Der König sah, daß sein Antlitz verstört war; das kam zwar von seinem Abenteuer mit dem Löwen, aber der König dachte, es rühre von der Tötung seiner Söhne her, und so war er erfreut. Er fragte nun: ‚Hast du das Werk vollbracht?' ‚Ja, Herr!' erwiderte der Schatzmeister und reichte ihm die beiden Bündel mit den Kleidern und die beiden mit Blut gefüllten Flaschen. Weiter fragte der König: ‚Wie ist es dir mit ihnen ergangen? Und haben sie dir etwa einen letzten Auftrag gegeben?' Der Schatzmeister gab zur Antwort: ‚Ich fand sie geduldig und in ihr Schicksal ergeben. Und sie sprachen zu mir: ‚Unser Vater ist unschuldig; bring ihm unseren Gruß und sprich zu ihm: ‚Dich trifft keine Schuld an unserem Tode und an unserem Blute‘, und wir geben dir den Auftrag, diese beiden Verse vor ihm zu wiederholen:

> Die Weiber sind Teufel, zu unserm Verderben erschaffen;
> Ich flüchte zu Gott vor diesen teuflischen Schlingen.
> Sie sind der Quell der Leiden, die unter den Menschen
> Erscheinen, in Sachen der Welt und in Glaubensdingen.‘

Als der König diese Worte aus dem Munde des Schatzmeisters gehört hatte, senkte er sein Haupt lange Zeit zu Boden, und er erkannte an der Bedeutung dieser Worte seiner Söhne, daß sie zu Unrecht getötet waren; dann dachte er nach über die Arglist der Frauen und über das Unheil, das von ihnen kommt. Schließlich nahm er die beiden Bündel und öffnete sie; und unter Tränen wandte er die Kleider seiner Söhne um. – –«

Da bemerkte Schehrezâd, daß der Morgen begann, und sie hielt in der verstatteten Rede an. Doch als die *Zweihundertundfünfundzwanzigste Nacht* anbrach, fuhr sie also fort: »Es ist mir berichtet worden, o glücklicher König, daß der König Kamar ez-Zamân, als er die beiden Bündel geöffnet und die Kleider seiner Söhne unter Tränen umgewandt hatte, und als er dann das Gewand seines Sohnes el-As'ad auseinanderfaltete, in dessen Tasche einen Brief fand, der von der Hand seiner Gemahlin Budûr geschrieben und mit Bändern aus ihrem Haare umwunden war. Er öffnete den Brief und las ihn, und als er den Inhalt verstanden hatte, da wußte er, daß seinem Sohne el-As'ad ein Unrecht geschehen war. Dann durchsuchte er auch das Kleiderbündel el-Amdschads und fand in seiner Tasche einen Brief, der von der Hand seiner Gemahlin Hajât en-Nu-

fûs geschrieben und auch mit Bändern aus ihrem Haare umwunden war. Er öffnete den Brief und las ihn, und als er den
Inhalt verstanden hatte, wußte er, daß auch diesem Sohne ein
Unrecht geschehen war. Da schlug er die Hände zusammen
und rief: ‚Es gibt keine Majestät und es gibt keine Macht außer
bei Allah dem Erhabenen und Allmächtigen! Ich habe also
meine Söhne zu Unrecht getötet!' Dann schlug er sich selbst
vor das Antlitz und rief: ‚Weh um die Söhne, weh! Welch
lange Trauer, die ich vor mir seh!' Und er befahl, zwei Gräber
in einem Hause zu errichten, das nannte er das ‚Haus der
Trauer', und auf die Gräber ließ er die Namen seiner beiden
Söhne einmeißeln. Nun warf er sich auf das Grab el-Amdschads,
und er weinte und stöhnte und klagte und sprach diese Verse:

> O Mond, du bist jetzt in den Staub gesunken,
> Die hellen Sterne weinen um dich nun!
> O Reis, seit du zerbrachest, wird kein Auge
> Auf deines Schaftes zartem Spiele ruhn.
> Aus Eifersucht raubt ich dich meinem Auge,
> Bis in der andren Welt es dich erblickt.
> Schlaflos ertrinke ich in seinen Tränen,
> Und in den Höllenpfuhl bin ich entrückt.

Dann warf er sich auf das Grab el-As'ads, und er weinte und
stöhnte und klagte, bis er in einen Tränenstrom ausbrach und
diese Verse sprach:

> Ach, gern wollt ich das Unheil mit dir teilen;
> Doch anders wollte Gott, als ich gedacht!
> Schwarz machte ich die Welt vor meinem Blicke;
> Des Auges Schwärze hab ich weiß gemacht.
> Die Tränen, die ich wein', versiegen nimmer;
> Mein wundes Herze ist an Schwären reich.
> Wie schwer ist es für mich, dich dort zu wissen,
> Wo Knecht und Edelmann einander gleich!

Dann weinte und klagte der König immer lauter; doch schließlich hörte er auf, seinen Schmerz unter Tränen in Verse zu kleiden, und schloß sich, fern von seinen Freunden und Gefährten, in dem Hause der Trauer ein. Dort saß er nun und beweinte seine Söhne, indem er sich von seinen Frauen und all seinen Genossen fernhielt.

Also stand es um den König. El-Amdschad und el-As'ad aber waren unterdessen in der Wüste immer weitergezogen. Sie aßen von den Kräutern der Erde und tranken aus den Regenlachen, einen ganzen Monat lang, bis ihr Weg sie zu einem Gebirge von schwarzem Feuersteine führte, dessen Ende nicht abzusehen war. Bei jenem Gebirge gabelte sich der Weg; ein Zweig zog sich auf mittlerer Höhe durch das Gebirge hin, der andere stieg zum Gipfel empor, sie schlugen den Weg ein, der zur Höhe hinauflief, und zogen fünf Tage lang auf ihm dahin, aber da sahen sie noch kein Ende. Nun überwältigte sie die Müdigkeit; denn sie waren nicht daran gewöhnt, auf Berge zu klimmen noch überhaupt zu Fuße zu wandern. Und da sie auch die Hoffnung, das Ziel zu erreichen, aufgaben, kehrten sie um und schlugen den anderen Weg ein, der sich auf mittlerer Höhe durch das Gebirge hinzog. – –«

Da bemerkte Schehrezâd, daß der Morgen begann und sie hielt in der verstatteten Rede an. Doch als die *Zweihundertundsechsundzwanzigste Nacht* anbrach, fuhr sie also fort: »Es ist mir berichtet worden, o glücklicher König, daß el-Amdschad und el-As'ad, die Söhne des Königs Kamar ez-Zamân, als sie auf dem Wege zum Gipfel umgekehrt waren und den Weg auf mittlerer Höhe eingeschlagen hatten, den ganzen Tag hindurch auf ihm weitergingen, bis es Abend ward. Da sprach el-As'ad, der von dem langen Wandern müde geworden war, zu seinem Bruder: ,Lieber Bruder, ich kann jetzt nicht mehr weitergehen; denn ich bin zu schwach.' Doch el-Amdschad erwiderte: ‚Lieber Bruder, nimm deine ganze Kraft zusammen! Allah wird die Not von uns wenden.' Dann gingen die beiden noch eine Weile in der Dunkelheit weiter, bis die Finsternis sie ganz umhüllte; da ermüdete el-As'ad gar sehr, und seine Erschöpfung kannte keine Grenzen mehr, und während er rief: ‚Lieber Bruder, ich bin todmüde vom Gehen', warf er sich auf den Boden und weinte. Nun hob sein Bruder el-Amdschad ihn auf und trug ihn weiter; bald ging er mit seiner Last dahin, bald setzte er sich und ruhte aus, bis daß der Morgen dämmerte. Da trug er ihn auf eine Bergeshöhe, und dort fanden sie eine Quelle fließenden Wassers und daneben einen Granatapfelbaum und eine Gebetsnische. Sie trauten kaum ihren Augen, als sie das sahen; doch alsbald ließen sie sich bei jener Quelle nieder, tranken von ihrem Wasser, aßen von den Früchten des Granatapfelbaumes und ruhten dort, bis die Sonne aufging. Dann richteten sie sich auf, wuschen sich im Quellwasser, aßen wieder von den Granatäpfeln, die auf dem Baume hingen, und ruhten bis zur Zeit des Nachmittagsgebetes. Nun gedachten sie weiterzuwandern; aber el-As'ad konnte nicht mehr gehen, da seine Füße geschwollen waren. So blieben sie dort drei Tage lang, bis sie sich ausgeruht hatten, und dann zogen sie im Gebirge weiter, Tag und Nacht; wie sie aber so über die Berge wanderten, von Müdigkeit und Durst völlig erschöpft, winkte ihnen plötzlich in der Ferne eine Stadt. Hocherfreut zogen sie auf sie zu, und wie sie in ihrer Nähe waren, dankten sie Allah dem Erhabenen, und el-Amdschad sprach zu el-As'ad: ‚Lieber Bruder, bleib du hier sitzen; ich will zu dieser Stadt hingehen und nachsehen, was es für eine Stadt ist, wem sie gehört, und wo in Gottes weiter Welt wir uns befinden. Dann werden wir auch erfahren, durch was für ein Land wir gezogen sind, als wir das Gebirge da durchquerten; wären wir an seinem Fuße entlang gewandert, so hätten wir diese Stadt in einem ganzen Jahre nicht erreicht. Allah sei gepriesen, daß wir nun gerettet sind!' Aber el-As'ad erwiderte: ,Bei Allah, Bruder, ich will in diese Stadt hinuntergehen, kein andrer soll es tun; denn ich stehe mit meinem Leben für dich ein. Wenn du mich jetzt allein lässest und hinabgehst und mir fern bist, so mache ich mir tausend Gedanken um dich, die Sorgen um dich werden mich schier ertränken, und ich werde die Trennung von dir nicht ertragen können.' ,So geh und bleib nicht lange fort!' sprach el-Amdschad. Nun ging el-As'ad zum Fuße des Berges hinab, nachdem er einige Goldstücke mitgenommen hatte, und sein Bruder blieb allein zurück, um auf ihn zu warten. Er ging rasch den Berg hinunter, bis er in die Stadt kam; dort ging er durch die Straßen und traf auf seinem Wege einen alten hochbetagten Mann mit einem langen Barte, der ihm auf die Brust herabwallte und sich dort in zwei Spitzen teilte; in seiner Hand trug der Mann einen Stab, auf seinem Leibe kostbare Gewänder und auf seinem Haupte einen großen roten Turban. Als el-As'ad ihn erblickte, verwunderte er sich über seine Kleidung und sein Aussehen, trat auf ihn zu, grüßte ihn und sprach: ,Wo ist der Weg zum Markt, hoher Herr?' Wie der Alte die Frage des Jünglings vernahm, lächelte er ihm freundlich zu und sprach: ,Mein Sohn, mich deucht, du bist ein Fremdling.' El-As'ad gab zur Antwort: ,Jawohl, ich bin ein Fremdling.' – – «

Da bemerkte Schehrezâd, daß der Morgen begann, und sie hielt in der verstatteten Rede an. Doch als die *Zweihundertundsiebenundzwanzigste Nacht* anbrach, fuhr sie also fort: »Es ist mir berichtet worden, o glücklicher König, daß der Alte, dem el-As'ad begegnete, ihm freundlich zulächelte und sprach: ,Mein Sohn, mich deucht, du bist ein Fremdling', und daß el-

As'ad zur Antwort gab: ‚Jawohl, ich bin ein Fremdling.' Dann
fuhr der Alte fort: ‚Du hast unser Land durch dein Kommen
beglückt, mein Sohn, und du hast das Land deines Volkes
durch dein Fernsein untröstlich gemacht. Was willst du auf
dem Markte tun?' ‚Lieber Oheim,' erwiderte el-As'ad, ‚ich
habe einen Bruder, den ich im Gebirge zurücklassen mußte.
Wir kommen aus einem fernen Lande, und wir sind schon
drei Monate lang auf der Reise. Als wir diese Stadt hier erblickten, da habe ich ihn, meinen älteren Bruder, auf dem Berghang verlassen, und ich bin hierher gekommen, um etwas zu
essen zu kaufen; damit will ich zu meinem Bruder zurückgehen, und dann wollen wir uns davon nähren.' Da sagte der
Alte: ‚Mein Sohn, freue dich frohester Kunde! Wisse, ich gebe
heute ein Fest, und ich habe viele Gäste bei mir; dazu habe ich
die besten und schönsten Speisen bereitet, die sich das Herz nur
wünschen kann. Willst du nun mit mir zu meinem Hause gehen, damit ich dir dort geben kann, was du wünschest? Ich will
keinen Preis, kein Entgelt von dir nehmen; aber ich will dir
über diese Stadt Auskunft geben. Allah sei gepriesen, daß ich
gerade dir begegnet bin und daß du niemand anders getroffen
hast!' ‚Handle nach deiner Güte,' antwortete el-As'ad, ‚doch
tu es bald! Denn mein Bruder wartet auf mich, und er denkt
nur an mich.' Darauf ergriff der Alte die Hand el-As'ads und
führte ihn durch eine enge Gasse, indem er ihm zulächelte und
sprach: ‚Preis sei Ihm, der dich vor dem Volke dieser Stadt behütet hat!' Und so führte er ihn dahin, bis er in ein geräumiges
Haus eintrat; darin befand sich eine Halle, in deren Mitte vierzig hochbetagte alte Männer saßen, im Kreise um ein brennendes Feuer aufgereiht; rings um das Feuer in ihrer Mitte saßen sie auf den Knien, beteten es an und warfen sich vor ihm
nieder. Wie el-As'ad das sah, erschrak er über sie, und seinen

Leib überlief ein Schauern; doch er wußte nicht, was es mit ihnen auf sich hatte. Nun rief der Alte jenen Leuten zu: ,Ihr Priester des Feuers, welch ein gesegneter Tag ist dies!' Dann rief er weiter: ,Du da, Ghadbân!' Da kam ein schwarzer Sklave herbei, von mächtiger Gestalt und furchtbarem Aussehen; sein Antlitz war voll Graus, und seine Nase sah wie flachgedrückt aus. Diesem Neger gab er ein Zeichen, und flugs bog der die Arme el-As'ads auf den Rücken und fesselte sie. Darauf befahl der Alte ihm: ,Führe ihn in das Verlies unter der Erde, laß ihn dort liegen und sage der Sklavin Soundso, sie solle ihre Arbeit tun und ihn Tag und Nacht foltern.' Da packte der Neger ihn, führte ihn in jenes Verlies und übergab ihn der Sklavin. Die übernahm ihre Folterarbeit, bei der sie ihm einen Laib Brot am Morgen und einen Laib am Abend, ferner einen Krug mit salzigem Wasser in der Frühe und einen anderen zur Nachtzeit zu geben hatte. Nun sprachen die Priester zueinander: ,Wenn die Zeit des Feuerfestes kommt, dann wollen wir ihn auf dem Berge dem Feuer als Opfer darbringen.' Die Sklavin aber ging zu ihm hinab und versetzte ihm schmerzhafte Schläge, bis das Blut ihm an den Seiten herablief und er in Ohnmacht sank; dann legte sie einen Laib Brot und stellte einen Krug mit salzigem Wasser zu seinen Häupten, ging davon und ließ ihn allein. Um Mitternacht erwachte el-As'ad, und wie er merkte, daß er gefesselt und voll Striemen war, und wie die Schläge ihn schmerzten, da weinte er bitterlich. Nun dachte er an sein früheres Ansehen und Glück und an seine Herrschaft und Macht zurück, und auch daran, daß er jetzt von seinem Vater und seiner Heimat getrennt war. – –«

Da bemerkte Schehrezâd, daß der Morgen begann, und sie hielt in der verstatteten Rede an. Doch als die *Zweihundertundachtundzwanzigste Nacht* anbrach, fuhr sie also fort: »Es ist mir berichtet worden, o glücklicher König, daß el-As'ad merkte, wie er gebunden und voll Striemen war, und daß die Schläge ihn schmerzten; da dachte er an sein früheres Ansehen und Glück und an seine Herrschaft und Macht zurück, und er weinte und begann in Seufzer auszubrechen, und er hub an, diese Verse zu sprechen:

> Verweilt bei den Trümmern des Hauses und fragt nach unsrem Geschicke;
> Glaubt nicht, wir wohnten noch wie ehedem im Land!
> Die Zeit, die alle trennt, hat jetzt auch uns geschieden,
> Obgleich unsrer Neider Herz noch kein Genüge fand.
> Mich foltert mit der Geißel eine verruchte Sklavin;
> Mit Feindschaft wider mich erfüllte sich ihr Sinn.
> Vielleicht vereinet Gott uns doch noch einmal wieder
> Und treibt durch seine Strafe die Feinde vor uns hin.

Als el-As'ad diese Verse gesprochen hatte, streckte er die Hand nach seinen Häupten aus, und da fand er ein Brot und einen Krug mit salzigem Wasser; er aß ein wenig davon, nur so viel, um sein Leben zu fristen, und desgleichen trank er etwas von dem Wasser. Doch bis zum Morgen konnte er nicht wieder einschlafen wegen der vielen Wanzen und Läuse. Als aber der Morgen dämmerte, kam die Sklavin wieder zu ihm herunter, um seine Kleider zu wechseln; denn seine Gewänder waren mit Blut getränkt und klebten ihm am Leibe fest, so daß jetzt die Haut mit dem Hemde abriß. Da schrie er auf und wehklagte und sprach: ‚Mein Gott, wenn dies dein Wille ist, so laß mir noch mehr widerfahren! Herr, du übersiehest meinen Unterdrücker nicht; so nimm Rache für mich an ihm!' Dann begann er in Seufzer auszubrechen, und er hub an, diese Verse zu sprechen:

> Geduld gebührt deinem Spruche, o Gott, im Lenken der Welt;
> Ich füge mich still darein, wenn es dir so gefällt.
> Geduld gebühret dem, was du bestimmest, o Herr;

Geduld, auch wenn ich in Feuer von Dornen geworfen wär.
Sie übten Gewalt und Feindschaft an mir und grausamen Hohn;
Vielleicht gewährest du dereinst mir guten Lohn.
Laß nie, o Herr, den Frevler fern deinem Auge sein!
Denn du, o Herr des Schicksals, nur du trittst für mich ein.

Und dann sprach er die Worte eines anderen Dichters:

Mit deinen Sorgen quäl dich nie;
Vertrau dem Schicksal alle Müh!
Manch Ding schaut sich betrüblich an;
Doch später hast du Freude dran.
Oft wird zur Weite, was bedrängt;
Oft wird die Weite eingeengt.
Denn Allah tut, was er nur will;
Und seinem Willen füg dich still!
Freu dich am Guten, das du hast;
Vergiß dadurch vergangne Last!

Als er diese Verse gesprochen hatte, fiel die Sklavin wieder
mit Schlägen über ihn her, bis er in Ohnmacht sank. Sie warf
ihm noch einen Laib Brot zu, stellte einen Krug mit salzigem
Wasser hin und ging fort von ihm. So ließ sie ihn dort liegen,
wie er war, mutterseelenallein, tief betrübt, indem ihm das Blut
an den Seiten herabrann, mit eisernen Banden gefesselt und
fern von den Lieben. Nun weinte er und dachte an seinen Bruder und an seine frühere Herrlichkeit. – –«

Da bemerkte Schehrezâd, daß der Morgen begann, und sie
hielt in der verstatteten Rede an. Doch als die *Zweihundertund-
neunundzwanzigste Nacht* anbrach, fuhr sie also fort: »Es ist mir
berichtet worden, o glücklicher König, daß el-As'ad an seinen
Bruder und an seine frühere Herrlichkeit dachte. Und er wim-
merte und jammerte, und er zagte und klagte; dann begann er in
heiße Tränen auszubrechen und hub an, diese Verse zu sprechen:

O Geschick, halt ein! Wie lange hast du grausam mich gequält,
Und die Brüder mir geraubet, Tag' und Nächte ungezählt!

Ist's nicht Zeit, daß du gerührt wirst durch mein langes Fernesein
Und daß du dich milde zeigest? Ach, dein Herz ist wie von Stein!
Böses tatst du meinen Freunden, als du helle Schadenfreud
Allen meinen Feinden schenktest ob dem angetanen Leid.
Ja, des Feindes Herz frohlockte, als er alles dieses sah:
Denn voll heißer Sehnsucht saß ich einsam in der Fremde da.
All das Elend, das mir widerfahren, war noch nicht genug,
Diese Trennung von den Freunden, die den Blick mit Trübheit schlug;
Und so bin ich denn gepeinigt durch den engen Kerker hier:
Ach, mich tröstet kein Gefährte, nur Verzweiflung bleibet mir,
Und ein Tränenstrom, der wie ein Regen aus den Wolken rinnt,
Und ein Heimweh, dessen heiße Flammen unauslöschlich sind,
Und ein Schmerz und eine Sehnsucht, Denken an vergangne Lust,
Und ein Seufzen und ein Stöhnen aus der schmerzdurchwogten Brust.
Qual des Sehnens muß ich kosten, Trauer hält mich immer fest,
Und ich bin in Leid versunken, das mich nimmer ruhen läßt.
Ach, ich finde keinen trauten Freund, der mir Erbarmen zeigt,
Der zum Kranken kommt und freundlich sich in Trauer zu ihm neigt.
Lebet denn noch ein Gefährte, der in Liebe sich mir eint,
Der um die durchwachten Nächte und die Leiden mit mir weint?
Klagen möcht ich ihm den Kummer, der in meinem Herzen brennt,
Wenn mein Auge immer wach ist und den Schlummer nicht mehr kennt.
Ach, so lange wird die Nacht mir, wenn die Folter nimmer ruht,
Und im Feuer meiner Sorgen brenn ich, in der Flammenglut.
Und die Wanzen und die Flöhe trinken von dem Blute mein
Gleichwie aus der Hand des jungen, zarten Schenken roten Wein.
Und der Leib, der durch die Bisse läst'gen Ungeziefers schwand,
Gleichet, ach, dem Geld der Waise in des bösen Richters Hand.
Und so wohne ich in einem Grabe, das drei Ellen mißt;
Ach, in Fesseln und im Blute wälz ich mich zu jeder Frist.
Meine Tränen sind mein Wein, und Kettenklirren ist mein Sang,
Meine Zukost ist mein Denken und mein Bett die Sorge bang.

Als er all diese Worte zu Ende gesprochen hatte, seufzte und
klagte er von neuem, und er dachte daran, wie er früher gelebt
hatte, und daran, daß er von seinem Bruder getrennt war.

Also stand es um ihn. Sein Bruder el-Amdschad aber wartete auf el-As'ad bis zum Mittag; da jener dann noch nicht zurückkehrte, begann dem Wartenden das Herz zu schlagen, der Schmerz um die Trennung bedrückte ihn schwer, und seinen Augen entströmte ein Tränenmeer. – –«

Da bemerkte Schehrezâd, daß der Morgen begann, und sie hielt in der verstatteten Rede an. Doch als die *Zweihundertunddreißigste Nacht* anbrach, fuhr sie also fort: »Es ist mir berichtet worden, o glücklicher König, daß el-Amdschad auf seinen Bruder el-As'ad bis zum Mittag wartete; da jener dann noch nicht zurückkehrte, begann dem Wartenden das Herz zu schlagen, der Schmerz um die Trennung bedrückte ihn schwer, und seinen Augen entströmte ein Tränenmeer. Und weinend rief er: ,Weh, mein liebes Brüderlein! Weh, der Gefährte mein! Weh meine Sorgenpein! Wie sehr hatte ich gefürchtet, daß wir getrennt werden könnten!' Dann ging er den Berghang hinab, während seine Tränen ihm über die Wangen rannen, und trat in die Stadt ein; in ihr ging er weiter, bis er zum Markte kam. Dort fragte er die Leute nach dem Namen der Stadt und nach ihren Bewohnern. Man gab ihm zur Antwort: ,Sie heißt die Stadt der Magier, und ihre Bewohner beten zum Feuer anstatt zum allmächtigen König.' Dann fragte er weiter nach der Ebenholzstadt, und man antwortete ihm: ,Von hier bis dort ist es zu Lande eine Reise von einem Jahre, zur See aber eine Fahrt von sechs Monaten; ihr König hieß früher Armanûs, doch er hat sich jetzt einen Sultan zum Schwiegersohn genommen und ihn an seiner Statt den Thron besteigen lassen. Dieser König nun heißt Kamar ez-Zamân; der ist ein Mann der Güte und Gerechtigkeit, der Treue und Freigebigkeit.' Wie el-Amdschad von seinem Vater sprechen hörte, begann er zu weinen und zu seufzen und zu klagen, und er wußte nicht, wohin er sich wenden sollte. Doch dann kaufte er sich ein wenig Zehrung und begab sich an eine entlegene Stätte; dort setzte er sich nieder und wollte essen, aber er mußte wieder an seinen Bruder denken, und so begann er zu weinen, und er aß widerstrebend nur einen Bissen, um sein Leben zu fristen. Dann stand er wieder auf und ging in der Stadt umher, um Kunde von seinem Bruder zu erhalten. Da fand er einen muslimischen Mann, einen Schneider, der in seinem Laden saß; bei dem setzte er sich nieder und erzählte ihm seine Geschichte. Darauf sagte der Schneider: ‚Wenn er in die Hände eines der Magier gefallen ist, so wird es dir schwer werden, ihn wiederzusehen; aber vielleicht wird Allah euch doch noch vereinigen.' Dann fügte er hinzu: ‚Willst du bei mir wohnen, mein Bruder?' Als el-Amdschad einwilligte, freute der Schneider sich darüber. Nun blieb der Prinz eine Reihe von Tagen bei ihm, während dieser ihn tröstete, ihm Mut zusprach und ihn im Schneiderhandwerk unterrichtete, bis er es gelernt hatte. Eines Tages aber ging er hinaus an die Meeresküste und wusch seine Kleider; dann ging er ins Badehaus und legte reine Gewänder an. Als er von dort wieder herauskam und sich dann die Stadt ansah, begegnete ihm auf seinem Wege eine Frau von großer Schönheit und Zierlichkeit; ihr Wuchs war von zarter Ebenmäßigkeit, sie war ein Bild der Lieblichkeit und die größte Schönheit ihrer Zeit. Als sie ihn erblickte, hob sie ihren Schleier von ihrem Antlitz, winkte ihm mit den Brauen und den Augen zu und lockte ihn mit ihren Blicken, indem sie diese Verse sprach:

> Ich sah dich kommen, und da senkt ich meine Blicke;
> Es schien, als wärst du Schlanker einer Sonne Strahl.
> Denn ach, du bist der schönste Mann, der je erschienen,
> Und schöner noch als gestern bist du heut zumal.
> Wenn man die Schönheit teilte, käme wohl ein Fünftel

Auf Joseph, oder nur ein Teil vom fünften Teil:
Und alles andre wär dann ganz allein dein eigen.
Ach, jede Seele gäb für dich ihr Seelenheil![1]

Als el-Amdschad diese Worte aus ihrem Munde vernahm, wandten sich seine Gedanken ihr zu, und sein Herz sehnte sich nach ihr. Da spielte mit ihm der Liebe Gewalt, und indem er ihr ein Zeichen zuwinkte, sprach er diese Verse:

Über den Rosen der Wangen stehen die Dornen der Lanzen.
Wer ist es wohl, der sich getraute, sie zu pflücken?
Nein, strecke nicht die Hände nach ihnen aus; denn lange
Sind sie zum Kampf bereit, wenn wir den Blick erst zücken.
Sag ihr, die Gewalt antat und zur Verführung wurde, –
Ja, übt sie Gerechtigkeit, verführt sie nur noch mehr –:
Ist dein Gesicht verschleiert, so lockt es noch mehr in die Irre;
Für eine Schönheit wie deine ist Glanz die beste Wehr.
Sie gleicht der Sonne; du kannst ihr nicht ins Antlitz schauen;
Nur wenn sie von leichtem Nebel bedeckt ist, kannst du es sehn.
Die Zarte wurde treu behütet vor jeder Kränkung;
So fraget die Hüter des Stammes: Was soll mit mir geschehn?
Wenn man mich töten will, so werde ihre Absicht,
Die böse, nicht zur Tat! Man lasse uns doch allein!
Denn, stürmen sie wider mich an, sie bringen kein größeres Unheil
Als jene schöne Maid, stürmt sie mit dem Blick auf mich ein.

Wie sie diese Verse aus dem Munde el-Amdschads gehört hatte, begann sie in Seufzer auszubrechen, und indem sie ihm wieder zunickte, hub sie an, diese Verse zu sprechen:

Du hast, nicht ich, den Weg der Züchtigkeit betreten;
Gewähre deine Gunst; denn nahe ist die Zeit,
Der du den Morgen bringst durch deiner Stirne Leuchten,
Der du die Nacht hinbreitest durch deiner Locken Kleid!
Durch göttliche Gestalt zwingst du mich zur Verehrung,
Ja, du verlocktest mich, längst hast du mich verführt.

1. Der letzte Vers fehlt in der Kalkuttaer Ausgabe; er ist nach der Kairoer Ausgabe (1325 d. H.) übersetzt.

Kein Wunder, wenn mein Herz im Liebesfeuer brennet;
Denn Feuer ist's, was dem, der Göttern dient, gebührt.
Du kaufest eine wie mich umsonst und ohne Preis;
Doch mußt du mich dann wieder verkaufen, so nimm den Preis.

Als el-Amdschad solche Worte von ihr hörte, fragte er sie:
‚Willst du zu mir kommen, oder soll ich zu dir kommen?‘ Da
senkte sie beschämt ihr Haupt nieder und sprach die Worte des
Hocherhabenen:‚Die Männer haben den Vorrang vor den Frauen
um dessen willen, was Allah den einen vor den anderen vorausgegeben hat.‘[1] Diesen ihren Wink verstand el-Amdschad. – –«

Da bemerkte Schehrezâd, daß der Morgen begann, und sie
hielt in der verstatteten Rede an. Doch als die *Zweihundertund-*
einunddreißigste Nacht anbrach, fuhr sie also fort: »Es ist mir berichtet worden, o glücklicher König, daß el-Amdschad den
Wink der Frau verstand und nun wußte, daß sie mit ihm dorthin gehen wollte, wohin er ging. Er fühlte sich verpflichtet,
die Dame an einen geziemenden Ort zu führen; aber da er sich
schämte, mit ihr zum Hause des Schneiders, der sein Meister
war, zu gehen, so schritt er ihr zunächst ziellos voran. Sie ging
hinter ihm her, und so wanderten die beiden immer weiter,
von Gasse zu Gasse und von Platz zu Platz, bis sie müde ward
und ihn fragte: ‚Mein Gebieter, wo ist dein Haus?‘ Er gab zur
Antwort: ‚Vor uns; wir haben nur noch ein wenig bis dorthin
zu gehen!‘ Dann bog er mit ihr in eine schöne Straße ein, und
sie gingen in ihr weiter, er voran und sie hinter ihm, bis er zum
Ende kam und nun bemerkte, daß es eine Sackgasse war. Da
sprach er: ‚Es gibt keine Majestät und es gibt keine Macht außer
bei Allah dem Erhabenen und Allmächtigen!‘ Als er sich aber
umblickte, sah er am Abschluß der Straße ein hohes Tor mit
zwei steinernen Bänken; doch das Tor war verschlossen. Da

1. Koran, Sure 4, Vers 38.

setzte el-Amdschad sich auf die eine Bank und sie auf die andere; und als sie ihn fragte: ‚Mein Gebieter, worauf wartest du?' senkte er sein Haupt eine Weile zu Boden. Dann hob er es wieder und sprach: ‚Ich erwarte meinen Mamluken; der hat den Schlüssel. Ich hatte ihm befohlen, er solle uns Speise und Trank und was zum Weine gehört herrichten, bis ich aus dem Bade zurückkäme.' Aber bei sich selber sprach er: ‚Vielleicht wird ihr die Zeit zu lang werden; dann wird sie ihrer Wege gehen und mich hier allein lassen, und ich werde auch meiner Wege gehen.' Als ihr nun wirklich die Zeit zu lang ward, sprach sie zu ihm: ‚Mein Gebieter, der Mamluk läßt uns aber lange warten, und wir müssen hier auf der Straße sitzen!' Dann ging sie mit einem Steine zu dem Riegel des Tores. Doch el-Amdschad rief: ‚Sei nicht voreilig! Warte bis der Mamluk kommt!' Aber sie hörte nicht auf ihn, sondern schlug mit dem Steine auf den Riegel, so daß er in zwei Teile zersprang und das Tor sich auftat. Und als el-Amdschad sprach: ‚Was hat dich angefochten, daß du dies tun konntest?' antwortete sie ihm: ‚O laß nur, mein Gebieter! Was tut's? Ist dies nicht dein Haus und deine Wohnung?' Er aber erwiderte: ‚Jawohl; doch es ist nicht nötig, den Riegel zu zerbrechen!' Dann trat die Dame in das Haus ein, während el-Amdschad aus Furcht vor den Besitzern des Hauses ratlos stehen blieb und nicht wußte, was er tun sollte. Da sprach die Dame zu ihm: ‚Weshalb trittst du nicht ein, du mein Augenlicht und mein Herzblut?' Er antwortete: ‚Ich höre und gehorche! Aber der Mamluk läßt mich doch lange warten, und ich weiß nicht, ob er etwas von dem, was ich ihm geboten und befohlen habe, getan hat oder nicht. Darauf trat er mit ihr ein, voll Todesangst vor den Besitzern des Hauses. Und drinnen in dem Hause fand er eine schöne Halle mit vier Estraden, die einander gegenüberlagen; auf ihnen befanden sich Nischen und erhöhte Sitze, und alles war mit Teppichen aus Seide und Brokat bedeckt. Inmitten der Halle war ein kostbarer Springbrunnen, und an seinem Rande standen gedeckte Tische, in die Edelsteine und Juwelen eingelegt waren; die waren mit Früchten und Blumen beladen, und daneben standen die Trinkgeräte. Dort stand auch ein Leuchter mit einer großen Kerze darin; und der ganze Raum war angefüllt mit kostbaren Stoffen, Truhen und Schemel standen dort, und auf jedem Schemel lag ein Kleiderbündel und darüber ein Beutel voll Goldstücke und Silberstücke. Der Fußboden war mit Marmor getäfelt, und das ganze Haus zeugte von dem Wohlstande seines Besitzers.

Wie el-Amdschad all das sah, war er ganz ratlos; und er sprach bei sich selber: ,Jetzt bin ich verloren! Wahrlich, wir sind Allahs Geschöpfe, und zu Ihm kehren wir zurück.' Aber als die Dame jene Stätte betrachtete, freute sie sich gar sehr, ja, ihre Freude kannte keine Grenzen mehr; und sie rief: ,Bei Allah, mein Gebieter, dein Mamluk hat nichts versäumt; er hat die Halle gefegt, die Speisen gekocht und die Früchte aufgetragen. Ich bin doch gerade zur schönsten Zeit gekommen!' Aber el-Amdschad achtete ihrer nicht, da sein Herz von Furcht vor den Besitzern des Hauses erfüllt war; und so sprach sie zu ihm: ,Nicht doch, mein Gebieter, mein liebes Herz! Was stehst du so da?' Dann seufzte sie tief und gab el-Amdschad einen Kuß, der so schallte, wie wenn eine Walnuß aufgeknackt wird, und sie fuhr fort: ,Mein Gebieter, wenn du mit einer anderen dich verabredet hast, so will ich mich gürten und ihr aufwarten.' Aus einem Herzen voll Grimm lachte el-Amdschad laut auf, trat herzu und setzte sich nieder; dabei atmete seine Brust schwer, und er dachte in seinem Inneren: ,Ein schmählicher Tod für mich, wenn der Besitzer des Hauses kommt!' Die

Dame aber setzte sich an seine Seite und scherzte und lachte, während el-Amdschad voller Sorgen mit finsterer Miene dasaß, und sich tausend Gedanken machte und bei sich selber sprach: ‚Bald muß der kommen, dem dieser Saal gehört. Was soll ich dann zu ihm sagen? Er wird mich totschlagen, das ist ganz sicher, und dann ist es aus mit mir.‘ Nun erhob sich die Dame, streifte die Ärmel auf, holte einen Untersatz, auf den sie dann die Tischplatte legte, und begann zu essen; und sie sprach zu el-Amdschad: ‚Iß, mein Gebieter!‘ Da machte auch el-Amdschad sich daran, zu essen; aber die Speise mundete ihm nicht, vielmehr mußte er immer nach der Tür hinschauen. Schließlich, als die Dame sich sattgegessen hatte, trug sie den Tisch ab, setzte die Platte mit den Früchten darauf und begann von der Feinkost zu naschen. Dann brachte sie den Wein herbei, öffnete den Krug, füllte einen Becher und reichte ihn el-Amdschad; der nahm ihn aus ihrer Hand hin, aber er dachte bei sich: ‚Wehe, wehe, der Hausherr! Wenn der kommt und mich sieht!‘ Seine Augen waren auf die Vorhalle gerichtet, während er den Becher in der Hand hielt. Und wirklich, wie er gerade so dasaß, kam plötzlich der Herr des Hauses. Das war ein früherer weißer Sklave, einer von den vornehmsten Leuten der Stadt; denn er war Stallmeister beim König. Der hatte sich jene Halle zu seinem Vergnügen eingerichtet, um sich in ihr zu erholen und sich dorthin zurückzuziehen, mit wem er wollte. An diesem Tage nun hatte er einen Liebling eingeladen und die Stätte für ihn herrichten lassen. Jener Mann hieß Bahâdur; er hatte eine offene Hand, übte Milde und Freigebigkeit und war stets zu Almosen und Spenden bereit. Als er nun näher kam – –«

Da bemerkte Schehrezâd, daß der Morgen begann, und sie hielt in der verstatteten Rede an. Doch als die *Zweihundertund-*

zweiunddreißigste Nacht anbrach, fuhr sie also fort: »Es ist mir berichtet worden, o glücklicher König, daß Bahâdur, der Besitzer der Halle, der Stallmeister, als er dem Tore näher kam und es offen sah, ganz langsam weiterging und seinen Kopf vorstreckte. Da erblickte er el-Amdschad und die Dame und vor ihnen die Platte mit den Früchten und den Weinkrug. Gerade in diesem Augenblicke hielt el-Amdschad den Becher in der Hand, während sein Auge auf die Tür gerichtet war. Wie nun sein Blick dem des Hausherrn begegnete, da erblich er, und sein Leib erbebte. Doch als Bahâdur ihn bleich und in Verwirrung sah, gab er ihm ein Zeichen, indem er den Finger auf den Mund legte, als wollte er sagen: ‚Schweig und komm zu mir her!' Da stellte el-Amdschad den Becher aus der Hand und stand auf, um zu ihm zu gehen; und als die Dame fragte: ‚Wohin?' schüttelte er den Kopf und gab ihr durch ein Zeichen zu verstehen, daß er Wasser lassen wolle. Dann ging er barfuß in die Vorhalle hinaus, und als er Bahâdur sah, erkannte er in ihm den Herrn des Hauses, eilte auf ihn zu, küßte ihm beide Hände und sprach zu ihm: ‚Ich beschwöre dich bei Allah, hoher Herr, ehe du mir ein Leid antust, höre, was ich dir zu sagen habe!' Und nun berichtete er ihm seine ganze Geschichte von Anfang bis zu Ende; er erzählte ihm, wie er sein Land und seine königliche Stellung hatte verlassen müssen, wie er nicht aus freien Stücken den Saal betreten hatte, und daß vielmehr die Dame es gewesen war, die den Riegel zerbrochen, die Tür geöffnet und all dies Unheil angerichtet hatte. Als Bahâdur die Worte el-Amdschads angehört und sein Geschick erfahren hatte und nunmehr wußte, daß er ein Königssohn war, hatte er Mitleid und Erbarmen mit ihm. Dann sprach er zu ihm: ‚Höre auf mein Wort, Amdschad, und gehorche mir! So will ich dir dafür bürgen, daß du vor dem, was du befürchtest, sicher be-

wahrt bleibst. Wenn du mir aber zuwiderhandelst, so töte ich
dich.' El-Amdschad gab zur Antwort: ,Befiehl mir, was du
willst; ich werde dir nie zuwiderhandeln, da ich ein Freigelassener deiner Großmut bin!' Nun fuhr Bahâdur fort: ,Geh alsbald in das Haus zurück, setze dich an den Platz, an dem du
warest, und sei guter Dinge. Dann will ich zu dir hineintreten
– ich heiße Bahâdur –, und wenn ich zu dir komme, so schilt
mich und fahr mich an und sprich: ,Warum bist du so lange
ausgeblieben?' Nimm keine Entschuldigung von mir an, sondern schlag mich; wenn du aber Nachsicht mit mir übst, so
nehme ich dir das Leben. Jetzt geh hinein und sei lustig! Und
was du nur immer zu dieser Zeit von mir verlangst, das wirst
du sogleich bereit vor dir finden. Verlebe diese Nacht ganz,
wie du willst; morgen früh aber geh deiner Wege! Solches tu
ich, um dich zu ehren, da du ein Fremdling bist; denn ich liebe
die Fremdlinge und erachte es für meine Pflicht, sie zu ehren.'
Da küßte el-Amdschad ihm die Hand und kehrte in den Saal
zurück, nachdem sein Antlitz wieder die natürliche Röte und
Weiße angenommen hatte. Sobald er eingetreten war, rief er
der Dame zu: ,Gebieterin, du hast deine Stätte durch deine Gegenwart froh gemacht! Dies wird eine gesegnete Nacht!' Sie
aber sagte: ,Das ist doch wunderbar an dir, daß du mich jetzt
so freundlich begrüßest!' ,Bei Allah, Gebieterin,' erwiderte el-
Amdschad, ,ich glaubte sicher, mein Mamluk Bahâdur hätte
mir einige Juwelenhalsbänder gestohlen, von denen jedes zehntausend Dinare wert ist. Wie ich aber gerade jetzt hinausging
und immer noch daran dachte, suchte ich nach ihnen und fand
sie an ihrer Stelle. Nur weiß ich nicht, warum der Mamluk so
lange ausbleibt; ich werde ihn doch gehörig bestrafen müssen.'
Da war die Dame mit der Antwort el-Amdschads zufrieden;
und nun begannen die beiden zu scherzen und zu trinken und

guter Dinge zu sein. So vergnügten sie sich weiter, bis die Sonne zur Rüste gehen wollte; da trat Bahâdur ein, der seine Kleider gewechselt, sein Gewand gegürtet und Stiefel, wie sie die Mamluken tragen, angelegt hatte. Er sprach den Gruß, küßte den Boden und kreuzte die Arme auf der Brust; und er senkte seinen Kopf nieder wie jemand, der seine Schuld eingesteht. Mit zornigem Auge schaute el-Amdschad ihn an und rief ihm zu: ‚O du elendester aller Mamluken, warum bist du so lange ausgeblieben?‘ ‚Hoher Herr,‘ entgegnete er, ‚ich war damit beschäftigt, meine Kleider zu waschen, und ich wußte nicht, daß du hier bist; du hattest mich ja für den Abend und nicht für den Tag herbestellt.‘ Aber el-Amdschad schrie ihn an mit den Worten: ‚Du lügst, elendester aller Mamluken; bei Allah, ich muß dich schlagen!‘ Und sofort sprang er auf, warf Bahâdur zu Boden, nahm einen Stock und schlug ihn leicht. Aber nun sprang auch die Dame auf, riß ihm den Stock aus der Hand und fiel mit so heftigen Schlägen über Bahâdur her, daß ihm vor Schmerz die Tränen aus den Augen rannen und daß er um Hilfe rief und mit den Zähnen knirschte. Da rief el-Amdschad der Dame zu: ‚Tu das nicht!‘ während sie immer sagte: ‚Laß mich meinen Zorn an ihm stillen!‘ Doch er nahm ihr den Stock wieder ab und schob sie beiseite. Da stand Bahâdur wieder auf, wischte sich die Tränen aus dem Gesichte und wartete ihnen von neuem eine Weile auf. Dann säuberte er den Saal und zündete die Kerzen an; aber jedesmal, wenn er hinausging oder hereinkam, beschimpfte und verfluchte die Dame den Bahâdur, während el-Amdschad sie zornig anfuhr: ‚Um des erhabenen Allah willen, laß ab von meinem Mamluken; er ist dergleichen nicht gewohnt!‘ Dann fuhren sie fort zu essen und zu trinken, indem Bahâdur ihnen aufwartete, bis gegen Mitternacht; da ward er schließlich müde von dem Aufwarten und von den Schlägen, er sank mitten in dem Saale nieder und begann zu schnarchen und zu schnauben. Die Dame aber, die trunken war, sprach zu el-Amdschad: ‚Auf, nimm dies Schwert, das da hängt, und schlag diesem Mamluken den Kopf ab! Tust du es nicht, so ist es dein eigenes Verderben.‘ Doch er entgegnete: ‚Was fällt dir ein, meinen Mamluken töten zu wollen?‘ Sie gab zur Antwort: ‚Unser Vergnügen wird nur noch vollkommener werden, wenn er tot ist. Wenn du es nicht tust, so gehe ich hin und schlage ihn tot.‘ Da rief el-Amdschad: ‚Um Allahs willen, tu es nicht!‘ Aber sie rief: ‚Ich tu es doch!‘ nahm das Schwert herab, zückte es und ging auf Bahâdur zu, um ihn zu töten. Nun sagte el-Amdschad sich: ‚Dieser Mann hat uns Gutes erwiesen, er hat uns beschützt, er ist freundlich gegen uns gewesen, er hat sich selbst zu meinem Mamluken gemacht – wie könnten wir ihm das mit dem Tode lohnen! Nein, das soll nimmermehr geschehen!‘ Da rief er denn der Dame zu: ‚Wenn mein Mamluk wirklich den Tod finden soll, so kommt es mir eher zu, ihn zu töten, als dir!‘ Dann riß er ihr das Schwert aus der Hand, reckte seinen Arm empor und hieb auf den Nacken der Dame, so daß ihr der Kopf vom Rumpfe flog und dann auf den Hausherrn niederfiel. Der erwachte, setzte sich aufrecht, schlug die Augen auf und sah, wie el-Amdschad mit dem bluttriefenden Schwerte in der Hand vor ihm stand; und weiter blickte er nach der Dame hin, da sah er sie tot am Boden liegen. Er fragte, was mit ihr sei, und el-Amdschad berichtete, was sie getan hatte, und schloß mit den Worten: ‚Sie bestand darauf, dich zu töten; dies ist nun ihr Lohn.‘ Da sprang Bahâdur auf, küßte den Prinzen auf die Stirn und sprach zu ihm: ‚Hoher Herr, ach, hättest du sie doch verschont! Nun bleibt uns aber nichts anderes zu tun, als sie sogleich fortzuschaffen, ehe es Tag wird.‘ Dann gürtete Bahâdur sein Gewand, nahm die Leiche der Dame, hüllte sie in einen Mantel, legte sie in einen Korb, hob ihn auf die Schulter und sprach zu el-Amdschad: ‚Du bist hier fremd und kennst niemanden; so bleib denn, wo du jetzt bist, und warte auf mich bis zur Morgendämmerung. Wenn ich dann zu dir zurückkehre, so will ich dir sicherlich viel Gutes erweisen und mich bemühen, Nachricht von deinem Bruder zu erhalten. Kehre ich aber bei Sonnenaufgang nicht wieder zu dir zurück, so wisse, daß es mit mir aus ist, und dann Gott befohlen! Dann gehört dies Haus dir, und alles, was an Geld und Gut darinnen ist, ist dein.‘ Darauf verließ er, mit dem Korbe auf der Schulter, den Saal, zog mit ihm durch die Gassen dahin und schlug den Weg zum offenen Meere ein, um die Last hineinzuwerfen. Doch wie er schon nahe der Küste war, wandte er sich um und sah den Präfekten und die Hauptleute der Wache, die von allen Seiten auf ihn zu kamen. Als sie ihn erkannten, wunderten sie sich, öffneten den Korb und fanden eine Leiche darin. Da ergriffen sie ihn und legten ihn die Nacht hindurch bis zum Morgen in eiserne Fesseln. Darauf brachten sie ihn und den Korb, wie er war, zum König und erstatteten Bericht über ihn. Wie der König dies alles gesehen und gehört hatte, ergrimmte er gewaltig und rief dem Stallmeister zu: ‚Wehe dir! Du tust immer dergleichen; du tötest die Leute und wirfst sie ins Meer und nimmst ihnen alle ihre Habe! Wie viele Morde magst du schon vor diesem begangen haben!‘ Bahâdur aber senkte sein Haupt. – –«

Da bemerkte Schehrezâd, daß der Morgen begann, und sie hielt in der verstatteten Rede an. Doch als die *Zweihundertund-dreiunddreißigste Nacht* anbrach, fuhr sie also fort: »Es ist mir berichtet worden, o glücklicher König, daß Bahâdur sein Haupt vor dem König zu Boden senkte. Doch der König schrie ihn

517

an und sprach: ‚Du da, wer hat diese Frau getötet?' Er gab zur
Antwort: ‚Hoher Herr, ich habe sie getötet. Es gibt keine Majestät und es gibt keine Macht außer bei Allah dem Erhabenen
und Allmächtigen!' Da befahl der König in seinem Grimme,
ihn zu hängen; und der Henker führte ihn auf des Königs Befehl fort. Der Präfekt begleitete ihn mit einem Ausrufer, der
da in den Straßen der Stadt ausrief, das Volk solle sich die Hinrichtung des königlichen Stallmeisters Bahâdur ansehen. Und
so zogen sie in allen Gassen und Straßen umher.

So weit Bahâdur; el-Amdschad aber wartete inzwischen,
und als der Tag dämmerte und die Sonne aufging, Bahâdur
aber nicht zu ihm zurückkam, da rief er: ‚Es gibt keine Majestät
und es gibt keine Macht außer bei Allah dem Erhabenen und
Allmächtigen! Was mag ihm begegnet, was mag ihm zugestoßen sein?' Während er darüber nachsann, rief der Ausrufer
aus, das Volk solle sich die Hinrichtung Bahâdurs ansehen, und
er werde zur Mittagszeit gehängt werden. Als el-Amdschad
das hören mußte, weinte er und sprach: ‚Fürwahr, wir sind
Allahs Geschöpfe, und zu Ihm kehren wir zurück! Er will sich
zu Unrecht für mich opfern, während ich es doch bin, der sie
getötet hat. Bei Allah, das soll nimmermehr geschehen!' Und
alsbald verließ er den Saal, schloß die Tür ab, eilte durch die
Stadt dahin, bis er Bahâdur eingeholt hatte. Da trat er vor den
Präfekten hin und bat ihn: ‚Hoher Herr, töte Bahâdur nicht;
er ist unschuldig! Bei Allah, ich allein habe sie getötet, kein
anderer.' Als der Präfekt seine Worte vernommen hatte, führte
er ihn zusammen mit Bahâdur zum König hinauf und berichtete ihm, was er von el-Amdschad gehört hatte. Da blickte der
König den Prinzen an und fragte ihn: ‚Hast du die Frau getötet?' ‚Jawohl!' gab der zur Antwort. Der König fuhr fort:
‚Erzähle mir, warum du sie getötet hast, und sage mir die

Wahrheit!' Da gab jener ihm zur Antwort: ‚O König, ich erlebte eine wunderbare Geschichte, und seltsam ist, was ich berichte. Würde es mit Sticheln in die Augenwinkel geschrieben, so wäre es eine Warnung für die, so sich warnen lassen.' Dann erzählte er dem König seine Geschichte und tat ihm alles kund, was ihm und seinem Bruder widerfahren war, von Anfang bis zu Ende. Der König war darob über die Maßen erstaunt, und er sprach zu dem Prinzen: ‚Jetzt weiß ich, daß du ohne Schuld bist. Doch sag, Jüngling, willst du als Wesir bei mir bleiben?' ‚Ich höre und gehorche!' erwiderte el-Amdschad; und da verlieh der König ihm und Bahâdur prächtige Ehrenkleider, und er schenkte ihm ein schönes Haus mit Eunuchen und Dienern, ja, er gab ihm gnädigst alles, was er brauchte; dazu setzte er ihm Gehalt und Einkünfte fest und befahl, man solle nach seinem Bruder el-As'ad suchen. Nun setzte el-Amdschad sich auf den Stuhl des Wesirs, sprach Recht und Gerechtigkeit, setzte ein und setzte ab, nahm und gab. Und er sandte den Ausrufer in die Straßen der Stadt, der nach seinem Bruder el-As'ad rief. Eine Weile rief der Mann immerfort aus, in allen Straßen und Gassen; aber dem Wesir kam keine Kunde von seinem Bruder zu Ohren, und jegliche Spur von ihm schien verloren.

Also war es el-Amdschad ergangen. Aber el-As'ad ward indessen von den Magiern Tag und Nacht, früh und spät, ein ganzes Jahr lang gefoltert, bis das Magierfest herannahte. Nun machte Bahrâm der Magier sich zur Reise bereit und rüstete ein Schiff für sich aus. – –«

Da bemerkte Schehrezâd, daß der Morgen begann, und sie hielt in der verstatteten Rede an. Doch als die *Zweihundertundvierunddreißigste Nacht* anbrach, fuhr sie also fort: »Es ist mir berichtet worden, o glücklicher König, daß Bahrâm der Magier, als er ein Schiff für die Reise gerüstet hatte, den Prinzen el-As'ad mit sich nahm; er hatte ihn in eine große Kiste getan, die Kiste verschlossen und an Bord bringen lassen. Und gerade zu jener Zeit, in der Bahrâm die Kiste mit el-As'ad aufs Schiff bringen ließ, traf es sich, durch Geschick und Vorherbestimmung, daß el-Amdschad in der Nähe stand und aufs Meer blickte. Wie er all die Sachen sah, die aufs Schiff geschafft wurden, pochte ihm das Herz; und da befahl er seinen Dienern, ihm sein Reittier heranzuführen. Dann saß er auf und ritt, begleitet von einer Schar aus seinem Gefolge, am Meere entlang; bei dem Schiffe des Magiers machte er halt und befahl seinen Leuten, hinaufzugehen und es zu durchsuchen. Die Leute stiegen hinauf und durchsuchten das ganze Schiff, aber sie fanden nichts; so gingen sie wieder an Land und taten das el-Amdschad kund. Der ritt darauf nach Hause zurück. Doch wie er dort ankam und sein Schloß betrat, krampfte sich ihm das Herz zusammen, er blickte mit seinen Augen überall umher, und da sah er zwei Verse, die auf einer Wand geschrieben standen; das waren diese beiden Verse:

> O du mein Freund, du weilest fern den Blicken, –
> Dem Herz und Sinne kann dich nichts entrücken.
> Du ließest mich zurück in bittrem Kummer
> Und raubtest, schlafend, meinem Aug den Schlummer.

Als el-Amdschad diese Verse las, mußte er an seinen Bruder denken, und er weinte.

Lassen wir ihn nun und sehen wir, was mit Bahrâm dem Magier geschah! Der bestieg das Schiff und rief und schrie die Matrosen an, eiligst die Segel zu setzen. Da spannten sie die Segel aus und gingen in See und fuhren dahin Tag und Nacht. Jeden zweiten Tag nahm der Magier den Prinzen el-As'ad heraus und gab ihm ein wenig Zehrung zu essen und ein wenig Wasser zu trinken, bis sie in die Nähe des Feuerberges kamen.

Da erhob sich ein Sturm wider sie, und das Meer wogte mit dem Schiffe auf und ab, so daß es den richtigen Kurs verlor. Nun gerieten die Fahrenden auf eine falsche Fährte und trieben in andere Gewässer, die nicht ihr Ziel waren. Schließlich gelangten sie zu einer Stadt, die an der Meeresküste erbaut war und die eine Burg besaß, deren Fenster auf jenes Meer blickten; über diese Stadt herrschte eine Frau, die Königin Mardschâna geheißen war. Nun sprach der Kapitän zu Bahrâm: ‚Lieber Herr, wir sind vom rechten Wege abgetrieben, und wir müssen jetzt diese Stadt anlaufen, damit wir uns dort ausruhen. Danach möge Allah tun, was er will!‘ Bahrâm antwortete: ‚Was du tust und was du meinst, ist richtig; ich will handeln, wie du es für recht hältst.‘ Dann fuhr der Kapitän fort: ‚Wenn die Königin zu uns sendet und uns ausforscht, was sollen wir ihr denn zur Antwort geben?‘ Bahrâm erwiderte: ‚Ich habe hier ja diesen Muslim bei mir. Dem wollen wir Mamlukenkleider anlegen und ihn dann mit uns an Land nehmen. Wenn die Königin ihn sieht, so wird sie denken, er sei wirklich ein Mamluk, und ich will zu ihr sprechen: ‚Ich bin ein Sklavenhändler, der mit weißen Sklaven Handel treibt; ich hatte schon viele Mamluken bei mir, aber ich habe sie alle verkauft außer diesem einen, der nun bei mir geblieben ist.‘ Da sagte der Kapitän: ‚Das sind treffliche Worte!‘ Bald darauf erreichten sie die Stadt, zogen die Segel ein und gingen vor Anker; und als das Schiff still lag, kam die Königin Mardschâna mit ihrer Garde, machte bei dem Schiffe halt und rief den Kapitän heraus. Der kam zu ihr ans Land und küßte den Boden vor ihr, worauf sie fragte: ‚Welche Ladung ist in deinem Schiffe da, und wen hast du bei dir?‘ Er gab zur Antwort: ‚O mächtigste Königin unserer Zeit, ich habe einen Kaufmann bei mir, der mit weißen Sklaven handelt.‘ ‚Bring ihn her zu mir!‘ befahl sie; und da kam auch Bahrâm ans Land, begleitet von el-As'ad, der in Mamlukenkleidern hinter ihm ging. Als nun Bahrâm vor sie hintrat, den Boden küßte und sich wieder aufrichtete, fragte sie ihn: ‚Was für ein Gewerbe hast du?' ‚Ich bin ein Sklavenhändler', erwiderte er. Da blickte sie auf el-As'ad von dem sie wirklich glaubte, daß er ein Mamluk sei, und fragte ihn: ‚Wie ist dein Name?' Den Prinzen erstickten fast die Tränen, doch antwortete er ihr: ‚Mein Name ist el-As'ad.' Gerührt fragte sie weiter: ‚Kannst du schreiben?' und als er es bejahte, ließ sie ihm Tintenkapsel, Schreibrohr und Papier reichen und sprach zu ihm: ‚Schreib etwas, auf daß ich es sehe!' Da schrieb er diese beiden Verse:

> *Du Einsichtsvoller, sage, was vermag der Mensch,*
> *Wenn ihn das Unglück stets auf allen Wegen hetzt?*
> *Gott warf gefesselt ihn ins Meer und sprach zu ihm:*
> *Sei auf der Hut, daß dich das Wasser nicht benetzt!*

Als sie das Blatt gelesen hatte, fühlte sie Mitleid mit ihm, und so sprach sie zu Bahrâm: ‚Verkaufe mir diesen Mamluken!' Doch er gab ihr zur Antwort: ‚Hohe Herrin, es ist mir nicht möglich, ihn zu verkaufen; hab ich doch schon alle meine Mamluken verkauft, so daß mir nur noch dieser einzige übrig geblieben ist!' Da rief die Königin Mardschâna: ‚Ich muß ihn dir abnehmen, entweder durch Kauf oder als Geschenk!' Aber Bahrâm erwiderte: ‚Ich will ihn weder verkaufen noch verschenken.' Da ergriff sie el-As'ad sofort bei der Hand, nahm ihn mit sich und führte ihn in die Burg hinauf. Dem Magier aber ließ sie sagen: ‚Wenn du nicht noch heute nacht von unserer Stadt absegelst, so nehme ich dir alle deine Habe und lasse dein Schiff zertrümmern.' Als jener diese Botschaft vernahm, grämte er sich sehr und sprach: ‚Dies ist wahrhaftig keine Reise, über die man sich freuen kann!' Dann begann er sich wieder reisefertig zu machen, holte alles ein, was er haben wollte, und wartete, bis die Nacht einbrach, um in ihr wieder abzufahren; zu den Matrosen aber sprach er: ‚Verseht euch mit Proviant und füllet eure Schläuche mit Wasser; wir wollen gegen Ende der Nacht in See gehen!' Da besorgten die Seeleute ihre Geschäfte und warteten bis zum Abend. Dann brach die Nacht über sie herein.

Wenden wir uns nun von ihnen zur Königin Mardschâna! Die war mit el-As'ad fortgegangen und hatte ihn in die Burg geführt. Dort ließ sie die Fenster, die auf das Meer blickten, öffnen und befahl den Sklavinnen, die Speisen zu bringen. Jene trugen nun die Speisen auf, und die beiden aßen. Dann befahl die Königin, den Wein zu bringen. – –«

Da bemerkte Schehrezâd, daß der Morgen begann, und sie hielt in der verstatteten Rede an. Doch als die *Zweihundertund-fünfunddreißigste Nacht* anbrach, fuhr sie also fort: »Es ist mir berichtet worden, o glücklicher König, daß die Königin Mardschâna den Sklavinnen befahl, den Wein zu bringen. Die trugen ihn auf, und da trank sie mit el-As'ad. Allah aber, der Gepriesene und Erhabene, erfüllte ihr Herz mit der Liebe zu el-As'ad; und sie begann den Becher immer wieder zu füllen und ihm zu reichen, bis ihm der Verstand entfloh. Da erhob er sich, um ein Bedürfnis zu verrichten, und verließ den Saal; als er darauf eine offene Tür sah, ging er durch sie hindurch und schritt weiter, bis ihn sein Weg in einen großen Garten führte, in dem sich Fruchtbäume und Blumen von allerlei Art befanden. Dort, unter einem Baume, hockte er nieder und tat, was er nötig hatte; dann erhob er sich wieder und ging zu dem Springbrunnen, der in dem Garten war. Aber noch ehe er seine Kleider wieder zugebunden hatte, fiel er auf den Rücken nieder; und die Luft des Gartens betäubte ihn, er versank in Schlaf, und die Nacht brach über ihn herein.

Also stand es um den Prinzen. Bahrâm aber rief, als es Nacht geworden war, den Matrosen zu: ‚Spannt die Segel! Wir wollen abfahren!' ‚Wir hören und gehorchen!' erwiderten sie, ‚doch gib uns noch so lange Zeit, bis wir alle unsere Schläuche gefüllt haben; dann wollen wir die Segel setzen.' Nun gingen die Matrosen noch einmal mit ihren Schläuchen an Land, um sie zu füllen; sie zogen um das Schloß herum, und da sie nichts als die Gartenmauern fanden, kletterten sie über sie hinüber, stiegen in den Garten hinab und folgten den Fußspuren, die zum Springbrunnen führten. Wie sie bei ihm ankamen, fanden sie el-As'ad auf dem Rücken liegen. Sofort erkannten sie ihn, und hocherfreut trugen sie ihn davon, nachdem sie ihre Schläuche gefüllt hatten. Dann stiegen sie wieder über die Mauer, brachten den Prinzen eilends zu Bahrâm und riefen ihm zu: ‚Freue dich, denn dein Wunsch ist erfüllt, dein Kummer ist gestillt! Deine Trommel hat geschlagen, deine Flöte hat geblasen! Deinen Gefangenen, den die Königin Mardschâna dir mit Gewalt abgenommen hatte, haben wir wiedergefunden, und hier bringen wir ihn dir.' Dann warfen sie el-As'ad vor ihn hin. Als Bahrâm ihn erblickte, da hüpfte sein Herz vor lauter Freud, und seine Brust schwoll ihm vor Seligkeit. Er schenkte ihnen Ehrenkleider und befahl ihnen, eiligst die Segel zu setzen. Da spannten sie die Segel und fuhren ab in der Richtung auf den Feuerberg; bis zum Morgen segelten sie so weiter.

Lassen wir Bahrâm dahinfahren und kehren wir zur Königin Mardschâna zurück! Als el-As'ad sie verlassen hatte, wartete sie eine ganze Weile auf ihn; doch da er nicht zurückkehrte, erhob sie sich und suchte nach ihm, aber sie konnte keine Spur von ihm finden. Nun ließ sie Fackeln anzünden und befahl den Sklavinnen, nach ihm zu suchen; ja, sie selbst ging zum Garten hinab, und als sie das Tor offen stehen sah, wußte sie, daß er dort hineingegangen war. Sie eilte in den Garten, aber sie fand dort nur seine Sandalen beim Springbrunnen, und obwohl sie im ganzen Garten auf der Suche nach ihm umherstreifte, entdeckte sie keine Spur von ihm; trotzdem suchte sie weiter nach ihm in allen Ecken des Gartens, bis es Morgen ward. Da fragte sie nach dem Schiffe, und man sagte ihr, es sei im ersten Drittel der Nacht abgefahren; da wußte sie, daß jene ihn mit sich genommen hatten, und sie ward zornig und traurig. Alsbald gab sie Befehl, man solle sogleich zehn große Schiffe ausrüsten; auch sie selbst rüstete sich zum Streite und bestieg eins von den zehn Schiffen mit ihren Mamluken, Sklavinnen und Leibgarden, die alle in prächtigen Rüstungen gekleidet und kriegsgemäß bewaffnet waren. Die Segel wurden gespannt, und sie ließ den Kapitänen sagen: ‚Wenn ihr das Schiff des Magiers einholt, so sind euch von mir Ehrenkleider und Geldgeschenke gewiß. Wenn ihr es aber nicht einholt, so lasse ich euch bis zum letzten Mann hinrichten.' Da wurden die Seeleute von Furcht und großer Hoffnung beseelt, und sie segelten rasch dahin jenen Tag und die nächste Nacht, und dann noch den zweiten Tag und den dritten Tag; erst am vierten Tag kam ihnen das Schiff Bahrâms des Magiers in Sicht. Und ehe noch der Tag zur Rüste ging, umringte das Geschwader von allen Seiten das Magierschiff, gerade als Bahrâm den Prinzen el-As'ad hervorgeholt hatte und ihn schlug und folterte, während der Gequälte nach Hilfe und Rettung schrie; aber er fand keinen Helfer, keinen Retter unter den Menschen, und die heftigen Schläge schmerzten ihn. Während also der Magier sein Opfer peinigte, blickte er zufällig auf, und da sah er, wie das Geschwader sein Schiff umringt hatte und es umschloß, gleichwie das Weiße im Auge das Schwarze umschließt. Nun sah Bahrâm den sicheren Tod vor Augen, er seufzte auf und rief: ‚O du da, As'ad, dies alles geschieht um deinetwillen!' Dann packte er ihn bei der Hand und befahl seinen Leuten, ihn ins Meer zu werfen, und er höhnte: ‚Bei Allah, ich bringe dich zu Tode, ehe ich selber sterbe!' Alsbald ergriffen die Matrosen ihn an Händen und Füßen und warfen ihn mitten ins Meer. Doch Allah, der Gepriesene und Erhabene, der da wollte, daß er gerettet würde und seines Lebens Ende noch nicht erreichte, erlaubte, daß er wieder auftauchte, nachdem er bereits gesunken war; dann ruderte er mit Händen und Füßen, bis Gott ihm half und ihm Rettung brachte, denn die Wogen hoben ihn und trugen ihn weit von dem Schiffe des Magiers fort, und er erreichte das Festland. Dort stieg er ans Ufer, aber er glaubte kaum noch an seine Rettung. Wie er nun auf dem festen Lande war, legte er seine Kleider ab, preßte sie und breitete sie aus. Nackt saß er da und weinte über seine Not, über all die Schicksalsschläge, die ihn getroffen hatten, über Foltern und Gefangenschaft und Einsamkeit in der Fremde, und dann sprach er diese beiden Verse:

> *Mein Gott, ich kann's nicht tragen, ich weiß mir keine Hilfe;*
> *Beengt ist mir die Brust, zerschnitten ist mein Seil.*
> *Und wem soll denn der Arme seine Nöte klagen*
> *Als seinem Herrn? Du bist der Herren Herr, mein Heil!*

Nach diesen Worten stand er auf und legte seine Kleider wieder an; doch er wußte nicht, wohin er gehen sollte, wohin er kommen würde. So begann er, sich von den Kräutern der Erde und den Früchten der Bäume zu nähren und von dem Wasser der Bäche zu trinken, er zog dahin Tag und Nacht, und endlich sah er eine Stadt in der Ferne winken. Erfreut beschleunigte er seinen Schritt, und als er sie erreichte – –«

Da bemerkte Schehrezâd, daß der Morgen begann, und sie hielt in der verstatteten Rede an. Doch als die *Zweihundertundsechsunddreißigste Nacht* anbrach, fuhr sie also fort: »Es ist mir berichtet worden, o glücklicher König, daß el-As'ad, als er die Stadt erreichte, von der Nacht überrascht wurde; so war denn auch das Stadttor geschlossen. Nun traf es sich durch die Vorherbestimmung des Schicksals, daß diese Stadt dieselbe war, in der er gefangen gewesen und in der sein Bruder el-Amdschad Minister des Königs war. Da also el-As'ad das Tor verschlossen fand, so kehrte er in der Richtung des Friedhofes um, nach der Stätte der Gräber. Und wie er dort ankam, fand er ein Grabgebäude mit einem Tor ohne Tür; in das ging er hinein und legte sich nieder zu schlafen, indem er sein Gesicht mit dem Arm bedeckte.

Inzwischen hatte Bahrâm der Magier die Königin Mardschâna, als sie mit ihrem Geschwader ihn eingeholt hatte, durch List und Zauberei geschlagen, war wohlbehalten in der Richtung nach seiner Heimat umgekehrt und sofort frohen Mutes dahingesegelt. Als er dann bei dem Friedhofe vorbeifuhr, stieg er dort, wie das Geschick es vorherbestimmt hatte, aus dem Schiffe ans Land und schritt zu Fuß zwischen den Gräbern weiter. Da sah er das Grabgebäude, in dem el-As'ad schlief, offen stehen, und verwundert sprach er: ‚Ich will doch einmal in dies Grab hineinschauen!' Und wie er hineinschaute, sah er el-As'ad in einer Ecke des Gebäudes, das Gesicht vom Arme bedeckt, schlafend liegen. Er schaute dem Schläfer ins Gesicht, erkannte ihn und rief: ‚Lebst du denn immer noch?' Und alsbald packte er ihn und schleppte ihn in sein Haus, wo er ja ein unterirdisches Verlies hatte, das zur Folterung der Muslime bestimmt war. Auch hatte er eine Tochter des Namens Bustân. Er legte nun an el-As'ad schwere Fesseln, warf ihn in jenes Verlies und gab seiner Tochter den Auftrag, ihn Tag und Nacht zu foltern, bis er tot wäre. Zuerst versetzte er ihm selbst noch heftige Schläge, dann schloß er das Verlies ab und gab die Schlüssel seiner Tochter. Bald darauf aber öffnete seine Tochter Bustân das Verlies wieder und ging hinab, um ihn zu schlagen. Da erblickte sie in ihm einen Jüngling von zartem Wesen und schönem Aussehen, der geschwungene Augenbrauen und tiefschwarze Augensterne hatte. Ihr Herz ward von Liebe zu ihm erfüllt, und sie fragte ihn: ‚Wie ist dein Name?' Er gab ihr zur Antwort: ‚Mein Name ist el-As'ad.'[1] Da rief sie: ‚Mögest du wirklich glücklich sein! Und glücklich seien deine Tage! Du verdienst es nicht, gefoltert und geschlagen zu werden. Ich weiß, daß dir ein Unrecht geschieht.' Und sie begann ihm freundlich zuzusprechen, und sie löste seine Fesseln. Dann fragte sie ihn nach dem islamischen Glauben, und er tat ihr kund, er sei der rechte Glaube, und unser Herr Mohammed habe durch Wunder ohnegleichen und offenkundige Zeichen die Wahrheit erwiesen; der Feuerdienst aber sei schädlich und fromme nichts. Und ferner unterrichte er sie in den Glaubenslehren des Islams, bis sie sich von ihm bekehren ließ und ihr Herz von der Liebe zum wahren Glauben durchdrungen ward. Auch erfüllte Allah der Erhabene ihr Inneres mit der Liebe zu el-As'ad, und so sprach sie die beiden Sätze des Glaubensbekenntnisses und gehörte hinfort zum Volke der Glückseligkeit. Dann brachte sie ihm zu essen und zu trinken, unterhielt sich und betete mit ihm; auch bereitete sie ihm Hühnerbrühen, bis er wieder zu Kräften kam, seine Schwäche von ihm wich und er seine frühere Gesundheit wiedererlangte. Solches geschah ihm von der Tochter Bahrâms des Magiers. Als nun eines Tages die Jungfrau von el-As'ad kam, blieb sie an der Tür stehen, und da kam gerade der Ausrufer vorbei und rief: ‚Wer einen schönen Jüngling, der so und so aussieht, bei sich hat und ihn herbeibringt, der soll so viel Geld haben, wie

1. Der Glückliche.

528

er verlangt! Wer ihn aber bei sich hat und ihn verleugnet, der soll vor der Tür seines Hauses aufgehängt werden; dessen Habe soll geplündert, und sein Blut soll ungerächt vergossen werden!' Nun hatte el-As'ad aber Bustân, die Tochter Bahrâms, bereits mit allem, was ihm widerfahren war, bekannt gemacht; als sie daher jenen Ausruf hörte, wußte sie sogleich, daß er der Gesuchte war. Alsbald ging sie wieder zu ihm hinein und berichtete ihm, was sie gehört hatte. Da ging er hinaus und begab sich zum Hause des Wesirs; und wie er den Wesir von weitem erblickte, rief er aus: ,Bei Allah, dieser Wesir ist ja mein Bruder el-Amdschad!' Dann ging er zusammen mit der Jungfrau, die ihm folgte, in das Schloß hinauf und warf sich, sowie er seinen Bruder el-Amdschad traf, an seine Brust. Auch el-Amdschad erkannte ihn und fiel ihm um den Hals; so umarmten die beiden einander, umgeben von den Mamluken, die von ihren Rossen abgestiegen waren. Eine Weile versanken el-As'ad und el-Amdschad in Ohnmacht; doch als sie wieder zu sich gekommen waren, nahm el-Amdschad seinen Bruder und führte ihn zum Sultan, dem er alles berichtete. Der Sultan befahl darauf, daß Haus Bahrâms zu plündern. – –«

Da bemerkte Schehrezâd, daß der Morgen begann, und sie hielt in der verstatteten Rede an. Doch als die *Zweihundertundsiebenunddreißigste Nacht* anbrach, fuhr sie also fort: »Es ist mir berichtet worden, o glücklicher König, daß der Sultan befahl, el-Amdschad solle das Haus des Bahrâm plündern und ihn selbst hängen lassen. Da schickte der Wesir Leute aus, um dies zu tun; die begaben sich zum Hause Bahrâms, plünderten es und brachten seine Tochter zum Wesir. Und der empfing sie mit allen Ehren; denn el-As'ad hatte seinem Bruder alles berichtet, wie er gefoltert worden war und wie die Tochter Bahrâms ihm Gutes erwiesen hatte; darum erwies er ihr hohe Ehre.

Dann erzählte auch el-Amdschad seinem Bruder alles, was er mit der Dame erlebt hatte, wie er dem Tode durch den Strick entgangen war, und wie er Wesir geworden war. So klagte einer dem andern, wie er unter der Trennung vom Bruder gelitten hatte. Darauf ließ der König den Magier kommen und befahl, ihm den Kopf abzuschlagen. Bahrâm aber fragte: ‚Mächtigster König, bist du wirklich entschlossen, mich töten zu lassen?' Als der König diese Frage bejahte, bat Bahrâm: ‚Hab noch ein wenig Geduld mit mir, o König!' Dann senkte er sein Haupt zu Boden, und als er es wieder erhob, sprach er das Glaubensbekenntnis und wurde Muslim als Schutzbefohlener des Sultans; darüber freuten sich alle. Dann erzählten el-Amdschad und el-As'ad ihm alles, was sie erlebt hatten; er wunderte sich darüber und sprach zu den beiden: ‚Hohe Herren, rüstet euch zur Heimreise; ich will euch begleiten.' Beide waren darüber und über seine Bekehrung zum Islam hocherfreut, aber dennoch weinten sie bitterlich; da sprach Bahrâm zu ihnen: ‚Hohe Herren, weinet nicht! Ihr werdet doch schließlich wieder mit den Euren vereinigt werden, wie auch Ni'ma und Nu'm vereinigt wurden.' Als sie fragten: ‚Wie erging es denn Ni'ma und Nu'm?' erzählte Bahrâm

DIE GESCHICHTE VON NI'MA IBN ER-RABÎ' UND SEINER SKLAVIN NU'M

Man berichtet – doch Allah weiß es am besten –, daß einst in der Stadt Kufa ein Mann lebte, der zu den Vornehmen seines Volkes gehörte, der hieß er-Rabî' ibn Hâtim; er besaß viel Geld, und es war gut um ihn bestellt. Auch war ihm ein Sohn geschenkt, den hatte er Ni'mat Allâh[1] genannt. Eines Tages

1. ‚Huld Allahs'; abgekürzt: Ni'ma, das ist ‚Huld'.

nun, als er sich auf dem Hof der Sklavenhändler befand, erblickte er eine Sklavin, die zum Verkaufe feilgeboten wurde und die auf ihrem Arme ein kleines Mädchen von wunderbarer Schönheit und Anmut trug. Da winkte er-Rabî' dem Makler und fragte ihn: ‚Wieviel kostet diese Sklavin mit ihrer Tochter?' Jener erwiderte: ‚Fünfzig Dinare.' Da sagte er-Rabî': ‚Schreib den Kaufvertrag, nimm das Geld und übergib es ihrem Herrn!' Darauf zahlte er dem Makler den Preis der Sklavin, gab ihm auch seinen Maklerlohn, nahm die Sklavin und ihre Tochter entgegen und ging mit den beiden nach Hause. Als nun seine Gemahlin die Sklavin sah, fragte sie ihn: ‚Lieber Vetter, was ist das für eine Sklavin?' Er gab ihr zur Antwort: ‚Ich habe sie gekauft, weil ich diese Kleine, die sie auf dem Arme trägt, haben wollte; wisse, wenn sie aufwächst, so wird es im Lande der Araber und Perser keine geben, die ihr gleicht oder die schöner wäre als sie.' Da sagte seine Base: ‚Du hast recht', und sie fragte die Sklavin: ‚Wie ist dein Name?' Jene erwiderte: ‚Hohe Herrin, mein Name ist Taufîk.' Weiter fragte die Dame: ‚Und wie heißt deine Tochter?' Die Sklavin antwortete: ‚Sa'd.'[1] Da sagte die Dame: ‚Du hast ihr den rechten Namen gegeben; denn du bist glücklich, und glücklich ist, wer dich gekauft hat!' Dann fuhr sie fort: ‚Lieber Vetter, wie willst du sie nennen?' ‚Wie du willst', gab er zur Antwort. Und als sie nun sagte: ‚Wir wollen sie Nu'm[2] nennen', sprach er-Rabî': ‚Das ist ein trefflicher Gedanke von dir.'

Die kleine Nu'm wurde nun mit Ni'ma, dem Sohne des er-Rabî', in derselben Wiege aufgezogen, und die beiden waren stets beieinander, bis sie das Alter von zehn Jahren erreichten;

1. Glück – 2. Mitglieder derselben Familie oder desselben Haushalts haben oft Namen, die von derselben Sprachwurzel abgeleitet sind; hier Ni'ma und Nu'm.

und beide übertrafen einander an Schönheit. Der Knabe pflegte zu ihr zu sagen: ‚Meine Schwester‘, und sie sagte stets zu ihm: ‚Mein Bruder‘. Jetzt aber trat er-Rabî' zu seinem Sohne Ni'ma, als der dies Alter erreicht hatte, und sprach zu ihm: ‚Mein Sohn, Nu'm ist nicht deine Schwester, sondern deine Sklavin, die ich für dich gekauft habe, als du noch in der Wiege lagst. Darum nenne sie hinfort nicht mehr Schwester!' Ni'ma gab seinem Vater zur Antwort: ‚Wenn es so ist, dann will ich sie heiraten!' Dann ging er zu seiner Mutter und tat ihr dies kund; sie sagte nur: ‚Mein Sohn, sie ist deine Dienerin.' So nahm denn Ni'ma ibn er-Rabî' jene Sklavin zur Frau und gewann sie lieb; darüber vergingen nun einige Jahre, während die beiden in ihrem Glücke dahinlebten. In ganz Kufa aber gab es kein schöneres, lieblicheres und anmutigeres Mädchen als Nu'm. Inzwischen war sie auch herangewachsen, hatte den Koran und die Bücher der Wissenschaften gelesen, dazu auch das Spielen auf mancherlei Arten von Musikinstrumenten gelernt. Ja, sie sang und spielte die Instrumente so herrlich, daß sie alle Menschen ihres Zeitalters darin übertraf. Und als sie nun eines Tages mit ihrem Gatten Ni'ma ibn er-Rabî' beim Weine saß, griff sie zur Laute, stimmte die Saiten, und zur Freude begann sie diese beiden Verse zu singen:

> Solange du mein Herr bist, in dessen Gunst ich weile,
> Mein Schwert, mit dem den Nacken des Unheils ich zerteile,
> Kann weder Zaid noch 'Amr[1] durch Zuspruch mich erfreuen,
> Nur du allein, wenn Schläge des Schicksals mich bedräuen.

Ni'ma geriet in das höchste Entzücken und rief: ‚Bei meinem Leben, o Nu'm, sing uns noch etwas zum Tamburin und zu anderen Musikinstrumenten!' Da begann sie wieder zu singen und ließ dies Lied erklingen:

1. Das heißt: jeder Beliebige; etwa = Hinz und Kunz.

O du, in dessen Hand mein Zügel ruht, bei deinem Leben,
Ich will in meiner Liebe den Neidern widerstreben;
Ich will die Tadler erzürnen, mich nur zu dir bekennen,
Ich will von meiner Lust, von meinem Schlaf mich trennen;
Ich will ein Grab mir graben für deine Liebe zart
Ganz tief in meinem Innern, ohn daß mein Herz es gewahrt.

Da rief der Jüngling: ‚Das ist herrlich, o Nu'm!‘ Während sie so sich des schönsten Lebens erfreuten, sprach el-Haddschâdsch[1], der Statthalter, der in seinem Schlosse saß, bei sich: ‚Ich will doch ein Mittel ersinnen, um diese Sklavin, die da Nu'm heißt, zu entführen und sie dem Beherrscher der Gläubigen 'Abd el-Malik ibn Marwân[2] zu schicken; denn in seinem Palaste findet sich keine ihresgleichen, keine, die schöner singt als sie.‘ Darauf ließ er eine alte Aufwärterin kommen und sprach zu ihr: ‚Geh zum Hause des Herrn er-Rabî' und geselle dich zu der Sklavin Nu'm; dann suche Mittel und Wege zu finden, um sie zu entführen, denn auf der ganzen Erde gibt es nichts ihresgleichen!‘ Die Alte versprach zu tun, was el-Haddschâdsch ihr geboten hatte; und am nächsten Morgen legte sie ihre härenen Gewänder an, hängte um ihren Hals einen Rosenkranz mit Tausenden von Kugeln und nahm in ihre Hand einen Stab und eine jemenische Bettelschale. – –«

Da bemerkte Schehrezâd, daß der Morgen begann, und sie hielt in der verstatteten Rede an. Doch als die *Zweihundertund-achtunddreißigste Nacht* anbrach, fuhr sie also fort: »Es ist mir berichtet worden, o glücklicher König, daß die Alte zu tun versprach, was el-Haddschâdsch ihr geboten hatte, und daß sie am nächsten Morgen ihre härenen Gewänder anlegte, um ihren Hals einen Rosenkranz mit Tausenden von Kugeln hängte und

1. El-Haddschâdsch war vom Jahre 694 ab zwanzig Jahre Statthalter in Kufa. – 2. 'Abd el-Malik regierte von 685 bis 705.

in ihre Hand einen Stab und eine jemenische Bettelschale nahm. So zog sie dahin und rief immerfort: ‚Allah sei gepriesen! Allah sei gelobt! Es gibt keinen Gott außer Allah! Allah ist der Größte! Es gibt keine Majestät und es gibt keine Macht außer bei Allah dem Erhabenen und Allmächtigen!‘ So pries sie Gott und betete immerfort, während ihr Herz doch voll Arglist und Tücke war, bis sie zum Hause des Ni'ma ibn er-Rabî' kam; das war um die Zeit des Mittagsgebetes. Da pochte sie an die Tür; der Türhüter machte ihr auf und fragte sie: ‚Was wünschest du?‘ Sie antwortete: ‚Ich bin eine arme Dienerin Gottes; die Zeit des Mittagsgebetes hat mich hier überrascht, und nun möchte ich in diesem gesegneten Hause mein Gebet verrichten.‘ Der Pförtner erwiderte jedoch: ‚Gute Alte, dies ist das Haus des Ni'ma ibn er-Rabî'; dies ist keine Moschee und kein Gebetshaus!‘ Aber sie fuhr fort: ‚Ich weiß, es gibt keine Moschee und kein Gebetshaus, das dem Hause des Ni'ma ibn er-Rabî' gleichkäme. Ich bin eine Aufwärterin aus dem Palaste des Beherrschers der Gläubigen, und ich bin ausgezogen, um Andacht zu üben und zu wallfahrten!‘ Da sagte der Pförtner: ‚Es geht nicht an, daß du hier eintrittst.‘ So wurden noch manche Worte zwischen ihnen gewechselt, bis die Alte sich schließlich an ihn hängte und rief: ‚Darf jemandem wie mir der Eintritt in das Haus des Ni'ma ibn er-Rabî' verboten werden, mir, die ich zu den Häusern der Fürsten und der Großen Zutritt habe?‘ Da kam Ni'ma heraus, und als er ihre Worte hörte, lachte er und sagte der Alten, sie möge hinter ihm eintreten. Nun ging Ni'ma wieder hinein, begleitet von der Alten, die ihm folgte, und er kam mit ihr zu Nu'm. Die Alte grüßte sie mit viel schönen Worten, und als sie auf Nu'm blickte, ward sie verwirrt und erstaunt über ihre unvergleichliche Anmut. Dann sprach sie zu ihr: ‚Gebieterin, ich empfehle dich dem

Schutze Allahs, der dich und deinen Herrn an Schönheit und Anmut einander ebenbürtig gemacht hat!' Dann trat die Alte in die Gebetsnische und begann sich zu verneigen und sich niederzuwerfen und zu beten, so lange, bis der Tag zur Rüste ging und die Nacht alles mit ihrem Dunkel umfing. Da sagte die Sklavin: ‚Gute Mutter, ruhe doch deine Füße eine Weile aus!' Aber die Alte erwiderte: ‚Gebieterin, wer nach dem Jenseits trachtet, der ermüdet sich im Diesseits; wer sich aber im Diesseits nicht ermüdet, der gelangt nicht zu den Stätten der Frommen im Jenseits.' Dann brachte Nu'm der Alten Speise und sprach zu ihr: ‚Iß von meiner Speise und bete für mich um Gottes Gnade und Barmherzigkeit!' Doch die Alte gab zur Antwort: ‚Gebieterin, ich faste; aber du bist eine junge Frau, dir geziemt es, zu essen und zu trinken und guter Dinge zu sein, und Gott wird dir seine Gnade zuteil werden lassen; denn Allah der Erhabene sagt: ‚Außer dem, der da bereut und glaubt und eine gute Tat tut.'[1] In solchen Gesprächen blieb Nu'm eine Weile bei der Alten sitzen; dann sagte sie zu Ni'ma: ‚Mein Gebieter, bitte diese Alte inständigst, daß sie eine Zeit lang bei uns bleibt; denn ihr Antlitz trägt die Zeichen der Frömmigkeit.' Er antwortete ihr: ‚Laß ihr ein Zimmer einräumen, in das sie sich zur Andacht zurückziehen kann, und laß dann niemanden zu ihr hineingehen! Vielleicht wird Allah, der Gepriesene und Erhabene, uns durch den Segen, der von ihr kommt, Wohlergehen zuteil werden lassen und uns nie voneinander trennen!' Darauf brachte die Alte auch die ganze Nacht mit Gebeten und mit Hersagen von Koransprüchen zu; und als Allah es wieder Morgen werden ließ, kam sie zu Ni'ma und Nu'm, sprach den Morgengruß vor ihnen und fügte hin-

1. Koran, Sure 25, Vers 70; das heißt: alle andern Sünder sollen bestraft werden.

zu: ,Ich empfehle euch dem Schutze Allahs.' Da fragte Nu'm sie: ,Wohin willst du gehen, gute Mutter? Mein Herr hat mir doch befohlen, dir ein Zimmer einräumen zu lassen, in das du dich zu Andacht und Gebet zurückziehen kannst!' Doch die Alte erwiderte: ,Allah gebe ihm langes Leben und bewahre euch beiden seine Huld! Ich wünsche nur von euch, daß ihr dem Türhüter Auftrag gebet, er solle mir nie den Eintritt zu euch verwehren. So Gott will, werde ich zu den heiligen Orten wallfahrten und Tag und Nacht für euch beten, wenn ich Andacht und Gottesdienst beendet habe.' Dann verließ sie das Haus; aber die Sklavin Nu'm weinte, weil sie sich von ihr trennen mußte, und sie ahnte nichts von dem Grunde, der die Alte zu ihr geführt hatte. Jene aber begab sich alsbald zu el-Haddschâdsch, und als sie bei ihm war, fragte er sie: ,Was bringst du?' Sie antwortete: ,Ich habe die Sklavin geschaut; und ich habe gesehen, daß sie die Schönste ist, die zu unserer Zeit je vom Weibe geboren ist.' Da sprach el-Haddschâdsch zu ihr: ,Wenn du tust, was ich dir befohlen habe, so soll dir von mir reicher Lohn zuteil werden.' Sie sagte darauf: ,Ich erbitte mir eine Frist von dir, einen vollen Monat.' Er sprach: ,Ich gebe dir einen Monat Frist.' Und von nun an begann die Alte, das Haus Ni'mas und seiner Sklavin Nu'm immerfort zu besuchen. – –«

Da bemerkte Schehrezâd, daß der Morgen begann, und sie hielt in der verstatteten Rede an. Doch als die *Zweihundertundneununddreißigste Nacht* anbrach, fuhr sie also fort: »Es ist mir berichtet worden, o glücklicher König, daß die Alte von nun an das Haus von Ni'ma und Nu'm immerfort zu besuchen begann; und die beiden erwiesen ihr immer mehr Ehre. Jeden Abend und jeden Morgen kam die Alte zu ihnen, und alle, die im Hause waren, hießen sie willkommen. Und schließlich, als die Alte eines Tages mit Nu'm allein war, sprach sie zu ihr: ,Gebieterin, bei Allah, wenn ich zu den heiligen Orten komme, so bete ich stets für dich; und ich wünsche immer, du wärest bei mir und sähest die heiligen Männer, die dort zusammenkommen und die alles für dich erbitten können, was du nur begehrst.' Da bat die Sklavin Nu'm: ,Um Allahs willen, gute Mutter, nimm mich mit dir!' Die Alte jedoch erwiderte: ,Bitte die Mutter deines Gatten um Erlaubnis; dann will ich dich mitnehmen!' Da sprach die Sklavin zu ihrer Schwiegerin, der Mutter Ni'mas: ,Gebieterin, bitte meinen Herrn, daß er mich und dich eines Tages mit meiner Mutter, der Alten, ausziehen läßt, auf daß wir mit den Fakiren an den heiligen Stätten beten und Gott anrufen!' Als dann Ni'ma kam und sich gesetzt hatte, trat die Alte zu ihm und wollte ihm die Hände küssen; er aber wehrte sie ab, und sie betete für ihn und verließ das Haus. Am nächsten Tage jedoch kam die Alte wieder, als Ni'ma nicht zu Hause war; da trat sie auf Nu'm zu und sprach zu ihr: ,Wir haben gestern für dich gebetet, jetzt mache dich unverzüglich auf, sieh dir alles an und kehre nach Hause zurück, ehe dein Herr kommt!' Da sprach die Sklavin zu ihrer Schwiegerin: ,Ich bitte dich, um Allahs willen, gib mir Erlaubnis, daß ich mit dieser heiligen Frau fortgehe und die Heiligen Gottes an den geweihten Stätten anschaue; ich will schnell heimkehren, ehe mein Herr zurückkommt!' Ni'mas Mutter aber sagte: ,Ich fürchte, daß dein Herr es doch erfährt.' Da versicherte die Alte: ,Bei Allah, ich werde nicht zulassen, daß sie sich niedersetzt; sie soll nur zuschauen, indem sie aufrecht steht, und soll sich nicht lange aufhalten.' So entführte sie nun die Sklavin mit List und brachte sie in das Schloß des Statthalters el-Haddschâdsch; dort ließ sie ihre Ankunft melden, nachdem sie die Sklavin in ein Zimmer eingeschlossen hatte. Da eilte el-Haddschâdsch herbei, schaute sie an und sah, daß sie die Schönste unter allen ihren Zeitgenossen war und daß er ihresgleichen noch nie erblickt hatte. Doch wie Nu'm ihn ansah, verschleierte sie ihr Antlitz vor ihm; er verließ sie aber nicht eher, als bis sein Kammerherr, den er hatte rufen lassen, herbeikam. Dann ließ er fünfzig Reiter mit ihm aufsitzen und befahl ihm, die Sklavin auf ein schnelles und edles Dromedar zu setzen, mit ihr nach Damaskus zu eilen und sie dem Beherrscher der Gläubigen 'Abd el-Malik ibn Marwân zu übergeben. Auch setzte er ein Schreiben auf und sprach: ,Gib dies Schreiben dem Kalifen und nimm die Antwort von ihm entgegen; dann kehre eilends zu mir zurück!' Sogleich nahm der Kammerherr die Sklavin, setzte sie auf ein Reitkamel und brach mit ihr auf; doch ihr standen die Tränen im Auge, weil sie von ihrem Herrn getrennt wurde. So zog er dahin, bis er in Damaskus ankam; dort bat er um Erlaubnis, vor den Beherrscher der Gläubigen kommen zu dürfen. Als der ihm diese Erlaubnis gewährt hatte, erschien der Kammerherr vor ihm und berichtete ihm über die Sklavin. Der Kalif ließ ihr ein eigenes Gemach anweisen und ging dann in seinen Harem; dort suchte er seine Gemahlin auf und sprach zu ihr: ,El-Haddschâdsch hat für mich von den Fürstentöchtern in Kufa ein Sklavin um zehntausend Dinare gekauft und mir zusammen mit ihr dies Schreiben übersandt.' – –«

Da bemerkte Schehrezâd, daß der Morgen begann, und sie hielt in der verstatteten Rede an. Doch als die *Zweihundertundvierzigste Nacht* anbrach, fuhr sie also fort: »Es ist mir berichtet worden, o glücklicher König, daß die Gemahlin des Kalifen, als er ihr von der Sklavin erzählt hatte, zu ihm sprach: ,Allah mehre seine Huld gegen dich!' Darauf ging die Schwester des Kalifen 'Abd el-Malik zu der Sklavin hinein, und als sie sie erblickte, rief sie aus: ‚Bei Allah, der Mann, in dessen Haus du bist, ist nicht betrogen, und wenn dein Preis auch hunderttausend Dinare gewesen wäre.‘ Da hub Nu'm, die Sklavin, an und fragte sie: ‚O du mit dem schönen Antlitz, sag, welchem König gehört dieser Palast? Und welche Stadt ist dies?‘ Jene antwortete ihr: ‚Dies ist die Stadt Damaskus, und dies ist der Palast meines Bruders, des Beherrschers der Gläubigen, 'Abd el-Malik ibn Marwân.‘ Und dann fuhr sie fort: ‚Wußtest du denn all dies nicht?‘ Nu'm erwiderte: ‚Bei Allah, hohe Herrin, ich wußte es nicht.‘ Da fragte die Prinzessin weiter: ‚Hat denn der Mann, der dich verkauft und den Preis für dich erhalten hat, dir nicht gesagt, daß der Kalif dich erworben hat?‘ Wie Nu'm diese Worte hörte, vergoß sie Tränen, und weinend sprach sie bei sich selber: ‚Fürwahr, die List, die man wider mich ersann, ist gelungen.‘ Dann dachte sie weiter nach und sagte sich: ‚Wenn ich davon spreche, wird mir keiner glauben; darum will ich schweigen und mich in Geduld fassen, denn ich weiß, daß Allahs Hilfe nahe ist.‘ Darauf senkte sie schüchtern ihr Haupt; ihre Wangen aber waren von der Reise her und von der Sonne gerötet. So ließ die Schwester des Kalifen sie für jenen Tag allein und kam erst am nächsten Tage wieder zu ihr mit Kleidern und Halsbändern aus Edelsteinen, die sie ihr anlegte. Dann trat auch der Beherrscher der Gläubigen zu ihr ein und setzte sich an ihre Seite. Seine Schwester sprach zu ihm: ‚Schau auf diese Sklavin, in der Allah vollkommene Schönheit und Anmut vereinigt hat!‘ Nun sagte der Kalif zu Nu'm: ‚Lüpfe den Schleier von deinem Antlitz!‘ Aber sie nahm den Schleier nicht von ihrem Gesicht, und so konnte er ihre Züge nicht sehen. Er sah nur ihre Handgelenke, und doch wurde sein Herz sogleich von Liebe zu ihr erfüllt. Da sprach er zu seiner Schwester: ‚Ich will sie erst nach drei Tagen wieder besuchen, wenn sie mit dir vertraut geworden ist'; und er stand auf und verließ sie. Nu'm, die Sklavin, aber begann über ihr Los nachzusinnen und über die Trennung von ihrem Herrn Ni'ma zu seufzen; und als die Nacht kam, erkrankte sie an einem hitzigen Fieber; sie konnte weder essen noch trinken, ihr Antlitz wurde bleich, und ihre Schönheit schwand dahin. Als man dies dem Kalifen berichtete, war er um ihren Zustand besorgt und ging mit den Ärzten und den weisen Männern zu ihr; aber keiner vermochte sie zu heilen.

Während es nun so um Nu'm stand, war ihr Herr Ni'ma inzwischen längst nach Hause gekommen. Er setzte sich auf sein Lager und rief: ‚Nu'm!' Aber keine Nu'm antwortete ihm. Da sprang er eilends auf und rief laut; aber niemand kam zu ihm, da alle Dienerinnen im Hause sich aus Furcht vor ihrem Herrn verborgen hatten. Nun ging Ni'ma zu seiner Mutter; die fand er dasitzen, die Wange in die Hand geschmiegt, und er fragte sie: ‚Liebe Mutter, sag, wo ist Nu'm?' Sie gab ihm zur Antwort: ‚Mein Sohn, sie ist bei einer, bei der sie sicherer ist als bei mir, bei der frommen Alten. Sie ist mit ihr fortgegangen, um zu den Fakiren zu wallfahrten und dann heimzukehren.' Er fragte weiter: ‚Seit wann ist das ihre Gewohnheit? Und zu welcher Zeit ist sie heute fortgegangen?' ‚Früh am Tage ist sie fortgegangen', erwiderte die Mutter. Und wieder fragte er: ‚Wie konntest du ihr das erlauben?' ‚Mein Sohn, sie hat mich dazu überredet', entgegnete sie. Da rief Ni'ma: ‚Es gibt keine Majestät und es gibt keine Macht außer bei Allah dem Erhabenen und Allmächtigen!' Dann ging er von Hause fort, fast wie von Sinnen, begab sich zum Hauptmann der Wache und sprach zu ihm: ‚Spielst du mir Streiche und lässest mir meine Sklavin aus meinem Hause entführen? Ich werde bei dem Beherrscher der Gläubigen über dich Klage führen!'

Der Wachhauptmann fragte: ‚Wer hat sie denn entführt?‘ Er antwortete: ‚Eine Alte, die so und so aussieht; sie trägt ein härenes Gewand und hat in der Hand einen Rosenkranz mit Tausenden von Kugeln.‘ Darauf sagte der Wachhauptmann: ‚Schaff mir die Alte her, so will ich dir deine Sklavin befreien!‘ Ni’ma rief: ‚Wer kennt denn die Alte?‘ ‚Das Verborgene kennt nur Allah, der Gepriesene und Erhabene‘, erwiderte der Wachhauptmann, der wohl wußte, daß sie eine Zwischenträgerin des Statthalters el-Haddschâdsch war. Nun sagte Ni’ma zu ihm: ‚Ich verlange meine Sklavin nur von dir. Zwischen mir und dir soll el-Haddschâdsch richten!‘ Jener erwiderte ruhig: ‚Geh, zu wem du willst!‘ Da ging Ni’ma zum Schlosse des Statthalters el-Haddschâdsch; denn sein Vater war einer von den vornehmen Leuten von Kufa. Und wie er zum Statthalterschlosse kam, ging der Kammerherr zu el-Haddschâdsch hinein und erstattete ihm Bericht. Der Statthalter befahl: ‚Bringt ihn mir her!‘ Und als Ni’ma vor ihm stand, fragte el-Haddschâdsch ihn: ‚Was ist’s mit dir?‘ Ni’ma antwortete: ‚Mir ist es soundso ergangen.‘ Dann befahl der Statthalter: ‚Bringt mir den Hauptmann der Wache; wir wollen ihm Befehl geben, nach der Alten zu suchen.‘ Als nun der Wachhauptmann vor el-Haddschâdsch erschien, sagte dieser, der wohl wußte, daß der Hauptmann die Alte kannte: ‚Ich verlange von dir, daß du nach der Sklavin des Ni’ma ibn er-Rabî’ suchest.‘ ‚Das Verborgene kennt nur Allah der Erhabene‘, versetzte jener. Doch el-Haddschâdsch fuhr fort: ‚Du mußt dennoch mit Reitersleuten ausziehen, auf allen Straßen nach der Sklavin ausschauen und in allen Landen nach ihr forschen.‘ – –«

Da bemerkte Schehrezâd, daß der Morgen begann, und sie hielt in der verstatteten Rede an. Doch als die *Zweihundertundeinundvierzigste Nacht* anbrach, fuhr sie also fort: »Es ist mir berichtet worden, o glücklicher König, daß el-Haddschâdsch zu dem Hauptmann der Wache sprach: ‚Du mußt dennoch mit Reitersleuten ausziehn, nach der Sklavin in allen Landen forschen und auf allen Wegen nach ihr ausschauen; du mußt die Sklavin suchen.‘ Darauf wandte er sich zu Ni'ma und sprach zu ihm: ‚Wenn deine Sklavin nicht wiederkehrt, so gebe ich dir zehn Sklavinnen aus meinem Hause und zehn Sklavinnen aus dem Hause des Wachhauptmanns.‘ Und von neuem befahl er dem Hauptmanne: ‚Geh und suche nach der Sklavin!‘ Der nun ging davon, während Ni'ma tief bekümmert war und am Leben verzweifelte; dieser war damals vierzehn Jahre alt, und auf seinen Wangen wuchs noch kein Flaum. Und er begann zu weinen und zu klagen, und er schloß sich von den Seinen ab; bis zum Morgen weinte er zusammen mit seiner Mutter. Da kam sein Vater und sprach zu ihm: ‚Mein Sohn, el-Haddschâdsch hat sicher die Sklavin überlistet und entführt, aber von Stunde zu Stunde bringt Allah Rettung.‘ Doch Ni'ma ward immer noch mehr betrübt, ja, er wußte nicht mehr, was er sagte, und wußte nicht mehr, wer zu ihm kam. Drei Monate lang war er krank; sein Aussehen veränderte sich, und sein Vater verzweifelte schon an ihm. Auch die Ärzte besuchten ihn, und sie sagten nur: ‚Es gibt kein Heilmittel für ihn außer der Sklavin.‘

Wie nun sein Vater eines Tages so dasaß, ward ihm Kunde von einem geschickten persischen Arzt gebracht, von dem man ihm sagte, daß er Heilkunst, Astrologie und Geomantie genau kenne. Den ließ er-Rabî' holen; und als der Arzt bei ihm eintraf, ließ er ihn zu seiner Seite sitzen und hieß ihn ehrenvoll willkommen. Dann sprach er zu ihm: ‚Sieh nach, wie es um meinen Sohn steht!‘ Der Arzt sagte zu Ni'ma: ‚Gib mir deine Hand!‘ Der Jüngling reichte ihm seine Hand hin, und

542

der Arzt befühlte ihm den Puls und sah ihm ins Gesicht; dann lächelte er, wandte sich zu dem Vater und sprach zu ihm: ‚Dein Sohn leidet nur am Herzen.‘ ‚Du hast recht, weiser Mann,‘ erwiderte er-Rabî‘, ‚doch denke über den Fall meines Sohnes mit all deinen Kenntnissen nach, tu mir alles, was ihn betrifft, kund und verheimliche mir nichts über seinen Zustand!‘ Da antwortete der Perser: ‚Er liebt eine Sklavin; und diese Sklavin ist jetzt entweder in Basra oder in Damaskus. Und es gibt kein Heilmittel für deinen Sohn außer der Wiedervereinigung mit ihr.‘ Nun rief er-Rabî‘: ‚Wenn du die beiden vereinigst, so soll dir von mir ein Lohn zuteil werden, der dich erfreut, und durch den du dein ganzes Leben in Hülle und Fülle wirst verbringen können.‘ ‚Das kann leicht und rasch geschehen!‘ erwiderte der Perser, und zu Ni’ma gewandt, fuhr er fort: ‚Befürchte nichts, fasse Mut! Hab Zuversicht und quäl dich nicht!‘ Dann sprach er zu er-Rabî‘: ‚Bring mir viertausend Dinare von deinem Gelde!‘ Der brachte sie und übergab sie dem Perser; und dieser hub wieder an: ‚Ich wünsche, daß dein Sohn mit mir nach Damaskus reist; und so Gott der Erhabene will, werden wir nur mit der Sklavin wiederkommen.‘ Dann wandte der Perser sich von neuem an den Jüngling und fragte ihn: ‚Wie ist dein Name?‘ Jener antwortete: ‚Ni’ma‘, und der Perser fuhr fort: ‚Ni’ma, richte dich auf und vertraue auf Allah den Erhabenen! Denn Er wird dich gewißlich mit deiner Sklavin wiedervereinigen.‘ Wie der Jüngling sich aufgerichtet hatte, sprach der Arzt zu ihm: ‚Fasse Mut! Wir wollen heute noch aufbrechen; drum iß und trink und sei guter Dinge, auf daß du dich für die Reise kräftigst!‘ Darauf machte der Perser sich an seine Geschäfte und besorgte sich alle seltsamen Dinge, die er nötig hatte. Vom Vater Ni’mas empfing er im ganzen zehntausend Dinare, auch erhielt er von ihm Pferde und Kamele und andere Tiere, die er zum Fortschaffen der Lasten für die Reise benötigte. Dann nahm Ni'ma Abschied von seinem Vater und seiner Mutter und zog mit dem Arzte zunächst nach Aleppo; aber dort erhielten sie noch keine Kunde über die Sklavin. Darauf reisten sie weiter nach Damaskus, wo sie sich drei Tage lang ausruhten. Am vierten Tage mietete der Perser einen Laden, schmückte die Borten mit Goldleisten und kostbaren Stoffen und füllte sie mit feinen Porzellanschalen und Deckeln. Und vor sich stellte er mancherlei Geräte, Flaschen mit allerlei Salben und Tränken, und um die Flaschen setzte er Becher aus Kristall, dazu stellte er auch die geomantische Tafel und das Astrolabium vor sich auf und legte das Kleid der weisen Männer und der Ärzte an. Den Ni'ma aber ließ er zu sich kommen, kleidete ihn in ein Hemd und ein Obergewand aus Seide, legte ihm als Gürtel ein Tuch aus golddurchwirkter Seide um und sprach zu ihm: ‚Ni'ma, du bist von heute ab mein Sohn; nenne mich stets nur Vater, ich werde dich immer als Sohn anreden!' ‚Ich höre und gehorche!' erwiderte Ni'ma. Bald versammelte sich auch schon das Volk von Damaskus bei dem Laden des Persers und schaute bewundernd auf den schönen Ni'ma und auf den schönen Laden und all die Dinge, die darin waren. Der Perser nun sprach mit Ni'ma nur auf Persisch, und dieser redete mit ihm in derselben Sprache; denn er hatte sie nach der Sitte der Söhne vornehmer Leute gelernt. Der persische Arzt wurde rasch bei dem Volke von Damaskus bekannt, und die Leute begannen ihm ihre Leiden zu beschreiben; dann gab er ihnen die Arzneien. Ferner brachte man ihm auch Flaschen, die mit dem Wasser der Kranken gefüllt waren; er schaute sie an und sagte: ‚Der, dessen Wasser in dieser Flasche ist, leidet an der und der Krankheit.' Und der Kranke sagte jedesmal: ‚Fürwahr, dieser Arzt hat recht.' In dieser

Weise erledigte er die Anliegen der Leute, und das Volk von Damaskus strömte in Scharen zu ihm; sein Ruf verbreitete sich in der Stadt, auch in den Häusern der Vornehmen. Während er nun eines Tages so dasaß, kam auch eine Alte zu ihm, die auf einem Esel ritt; dessen Satteldecke war aus Brokat, der mit Edelsteinen besetzt war. Sie machte bei dem Laden des Persers halt, indem sie die Zügel des Esels anzog, winkte den Perser heran und sprach zu ihm: ‚Fasse mich an der Hand!‘ Nachdem er ihr die Hand gegeben hatte, stieg sie von dem Esel herunter und fragte: ‚Bist du der persische Arzt, der aus dem Irak gekommen ist?‘ Als er dies bejahte, fuhr sie fort: ‚So wisse denn, ich habe eine Tochter, die ist krank‘; und sie zog eine Flasche hervor. Nachdem der Perser nun auf das, was in der Flasche war, geschaut hatte, sprach er zu der Alten: ‚Meine Herrin, wie heißt diese Jungfrau? Ich muß es erfahren, damit ich ihr Horoskop berechnen kann und weiß, welche Stunde für sie zum Trinken der Arzneien die richtige ist!‘ Sie erwiderte: ‚Bruder Perser, ihr Name ist Nu'm.‘ – –«

Da bemerkte Schehrezâd, daß der Morgen begann, und sie hielt in der verstatteten Rede an. Doch als die *Zweihundertundzweiundvierzigste Nacht* anbrach, fuhr sie also fort: »Es ist mir berichtet worden, o glücklicher König, daß der Perser, als er den Namen Nu'm hörte, anfing zu rechnen und auf seiner Hand zu schreiben und dann sagte: ‚Meine Herrin, ich kann ihr keine Arznei verordnen, bis ich weiß, aus welchem Lande sie ist, da das Klima hier von anderer Art ist; tu mir also kund, in welchem Lande sie aufgewachsen ist und wie alt sie jetzt ist!‘ Die Alte gab ihm zur Antwort: ‚Sie ist vierzehn Jahre alt, und das Land von Kufa im Irak ist die Stätte, an der sie aufwuchs.‘ Dann fragte er noch: ‚Seit wieviel Monaten ist sie in diesem Lande?‘ ‚Sie hält sich in diesem Lande erst seit wenigen Monaten auf', erwiderte die Alte. Wie aber Ni'ma die Worte der Alten hörte und den Namen seiner Sklavin vernahm, klopfte ihm das Herz, und er wurde der Welt entrückt. Nun sprach der Perser zu der Alten: ‚Die und die Arznei wird gut für sie sein.' Jene sagte darauf: ‚So mische, was du für recht hältst, und gib mir, was du verordnest, unter dem Segen Allahs des Erhabenen!' Mit diesen Worten warf sie ihm zehn Dinare auf den Ladentisch. Darauf sah sich der Arzt nach Ni'ma um und befahl ihm, die nötigen Pulver für die Arznei bereit zu halten. Da schaute auch die Alte auf Ni'ma und sprach: ‚Ich empfehle dich dem Schutze Gottes, mein Sohn, sie ist von gleicher Art wie du.' Den Perser aber fragte sie: ‚Bruder Perser, ist dies dein Mamluk oder dein Sohn?' ‚Er ist mein Sohn', erwiderte der persische Arzt. Dann mischte Ni'ma die nötigen Pulver und tat sie in eine Schachtel, nahm ein Blatt Papier und schrieb darauf diese beiden Verse:

> Gewährt mir die huldvolle Nu'm die Huld nur eines Blickes,
> Dann müssen die glückliche Su'da[1] und Dschuml[1], die liebliche, weichen.
> Man sprach: ‚Vergiß sie doch; du findest gleich ihr wohl zwanzig.'
> Und doch – ich vergesse sie nie, und keine kann ihr gleichen.

Dann versteckte er das Blatt im Innern der Schachtel, versiegelte sie und schrieb auf den Deckel in kufischer Schrift: ‚Ich bin Ni'ma ibn er-Rabi' aus Kufa.' Darauf legte er die Schachtel vor die Alte hin; die nahm sie, verabschiedete sich von den beiden und kehrte nach dem Palaste des Kalifen zurück. Als sie dann mit der Arznei zu der Sklavin gekommen war, legte sie die Schachtel vor sie hin und sprach zu ihr: ‚Gebieterin, wisse, ein persischer Arzt, der geschickteste und in allen Krankheitsdingen erfahrenste Mann, den ich je gesehen habe, ist jetzt in unsere Stadt gekommen. Nachdem er die Flasche gesehen und

1. Altarabische Mädchennamen.

ich ihm deinen Namen genannt hatte, erkannte er schon deine Krankheit und verordnete die Arznei für dich. Dann mischte sein Sohn auf seinen Befehl die Heilmittel für dich; aber in ganz Damaskus gibt es keinen, der lieblicher, anmutiger und jugendschöner wäre als sein Sohn. Auch hat keiner einen solchen Laden wie er.' Da nahm Nu'm die Schachtel und las den Namen ihres Herrn und den Namen seines Vaters, die auf dem Deckel geschrieben standen; und wie sie das sah, erblich sie und sprach bei sich selber: ,Ohne Zweifel ist der Besitzer des Ladens auf der Suche nach mir hierher gekommen.' Dann sagte sie zu der Alten: ,Beschreib mir diesen Jüngling!' Die gab ihr zur Antwort: ,Er heißt Ni'ma, und auf seiner rechten Wimper ist ein Mal; er trägt prächtige Kleider und ist von vollkommener Schönheit.' Nun rief die Sklavin: ,Reiche mir die Arznei, unter dem Segen und dem Schutze Allahs des Erhabenen!' Und lächelnd nahm sie die Arznei und trank sie; dann sagte sie: ,Dies ist wirklich eine gesegnete Arznei.' Darauf suchte sie weiter in der Schachtel nach und fand das Blatt. Das öffnete sie, las es, und als sie seinen Sinn verstanden hatte, war sie sicher, daß es von ihrem Herrn war. Und nun ward sie gutes Mutes und fröhlich. Als die Alte sie lächeln sah, sprach sie zu ihr: ,Dies ist wirklich ein segensreicher Tag!' Nu'm aber rief: ,Aufwärterin, ich möchte etwas zu essen und zu trinken haben!' Und die Alte rief den Dienerinnen zu: ,Bringt die Tische und die schönsten Speisen für eure Herrin!' Jene setzten ihr die Speisen vor, und gerade wie sie sich gesetzt hatte, um zu essen, kam 'Abd el-Malik ibn Marwân herein, und als er sah, daß die Sklavin dasaß und Speise zu sich nahm, war er hocherfreut. Darauf sprach die Aufwärterin zu ihm: ,O Beherrscher der Gläubigen, ich wünsche dir Glück zur Genesung deiner Sklavin Nu'm! Es ist nämlich ein weiser Mann in diese Stadt gekommen, der in den Krankheiten und ihrer Behandlung so erfahren ist, wie ich noch keinen je gesehen habe; von dem habe ich eine Arznei geholt, und sie hat nur einmal davon genommen, da war sie schon wieder gesund, o Beherrscher der Gläubigen!' Da sagte der Kalif zu ihr: ‚Hier hast du tausend Dinare; sorge dafür, daß sie nun ganz gesund wird!' Erfreut über die Genesung der Sklavin ging er davon; die Alte aber ging zum Laden des Persers, gab ihm die tausend Dinare und teilte ihm mit, daß sie die Sklavin des Kalifen sei, und ferner überreichte sie ihm ein Blatt, das Nu'm geschrieben hatte. Der Perser nahm es und reichte es an Ni'ma weiter; doch wie der es ansah und ihre Schrift erkannte, sank er ohnmächtig nieder. Als er wieder zu sich gekommen war, öffnete er das Blatt und fand darauf folgende Worte geschrieben: ‚Von der Sklavin, die ihre Wonne[1] nicht mehr kennt, die ihres Verstandes beraubt ist und von dem Geliebten ihres Herzens getrennt. Des ferneren, vernimm, dein Brief hat mich erreicht; er machte mir die Brust weit und erfüllte meinen Sinn mit Freudigkeit. Und es geschah nach den Worten des Dichters:

> *Es kam der Brief; o daß die Finger, die ihn schrieben*
> *Und ihm den Duft verliehn, dir stets erhalten blieben!*
> *Es war, als gäbe man Moses heim in der Mutter Hand*
> *Oder als brächte man dem Jakob Josephs Gewand.'[2]*

Als Ni'ma diese Verse las, rannen ihm die Augen von Tränen über. Da fragte die Aufwärterin ihn: ‚Was ist's, das dich weinen macht, mein Sohn? Möge Allah deine Augen niemals weinen lassen!' Doch der Perser hub an und sprach: ‚Herrin, wie sollte denn mein Sohn nicht weinen, da sie doch seine Sklavin ist und er ihr Herr, Ni'ma ibn er-Rabî' aus Kufa? Die

1. Arabisch *ni'ma*.– 2. Nach dem Koran (Sure 12, Vers 96) erlangte Jakob durch Auflegen von Josephs Hemd die Sehkraft wieder.

548

Genesung dieser Sklavin hängt nur davon ab, daß sie ihn sieht; und sie hat keine andere Krankheit als die Liebe zu ihm.'– –«

Da bemerkte Schehrezâd, daß der Morgen begann, und sie hielt in der verstatteten Rede an. Doch als die *Zweihundertunddreiundvierzigste Nacht* anbrach, fuhr sie also fort: »Es ist mir berichtet worden, o glücklicher König, daß der Perser zu der Alten sprach: ‚Wie sollte denn mein Sohn nicht weinen, da sie doch seine Sklavin ist und er ihr Herr, Ni'ma ibn er-Rabî' aus Kufa? Die Genesung dieser Sklavin hängt nur davon ab, daß sie ihn sieht; und sie hat keine andere Krankheit als die Liebe zu ihm. So nimm denn, o Herrin, diese tausend Dinare zurück, und dir soll von mir noch mehr zuteil werden; nur sieh uns mit dem Auge der Barmherzigkeit an! Denn wir wissen nicht, wie wir unsere Sache zu glücklichem Ende führen können, außer allein durch dich.' Da sprach die Alte zu Ni'ma: ‚Bist du wirklich ihr Herr?' Als er diese Frage bejahte, fuhr sie fort: ‚Du sprichst die Wahrheit; denn sie nennet unablässig deinen Namen.' Nun berichtete Ni'ma ihr alles, was ihm widerfahren war, von Anfang bis zu Ende; und die Alte sagte: ‚Jüngling, nur durch mich sollst du wieder mit ihr vereint werden.' Dann saß sie auf, kehrte sogleich zurück und trat zu der Sklavin ein; sie schaute ihr ins Antlitz und sagte lächelnd zu ihr: ‚Es geziemte sich für dich, meine Tochter, daß du weintest und krank wärest, weil du von deinem Herrn Ni'ma ibn er-Rabî' dem Kufier getrennt bist!' Da rief Nu'm: ‚So ist denn der Schleier für dich gelüftet, und die Wahrheit ist dir offenbar geworden.' Die Alte erwiderte: ‚Hab Zuversicht und fasse neuen Mut! Fürwahr, ich will euch beide wieder vereinen, sollte es mich auch mein eigenes Leben kosten!' Dann kehrte sie zu Ni'ma zurück und sprach zu ihm: ‚Ich bin wieder zu deiner Sklavin gegangen und bei ihr gewesen, und ich habe gesehen, daß sie sich noch mehr nach dir sehnt als du nach ihr. Denn der Beherrscher der Gläubigen verlangt danach, mit ihr sich zu vereinen; aber sie versagt sich ihm. Wenn du nun einen festen Willen und ein starkes Herz hast, so will ich euch beide vereinen, ich will mein Leben aufs Spiel setzen, ich will ein Mittel finden und eine List ersinnen, daß du in das Schloß des Beherrschers der Gläubigen eindringen kannst und mit der Sklavin vereint wirst, da sie selbst nicht hinausgehen darf.' Ni'ma rief: ,Allah vergelte es dir mit Gutem!' Dann verabschiedete sie sich von ihm, ging wieder zu der Sklavin und sprach zu ihr: ,Wisse, dein Herr vergeht fast in Liebe zu dir, und er möchte zu dir kommen und mit dir vereint werden. Was sagst du dazu?' Nu'm antwortete: ,Mir ergeht es wie ihm. Auch ich vergehe, und ich sehne mich nach der Vereinigung mit ihm.' Da nahm die Alte ein Bündel mit allerlei Schmucksachen und einen Frauenanzug, ging zu Ni'ma und sprach zu ihm: ,Laß uns in einen Raum gehen, in dem wir allein sind!' Er führte sie nun in ein Zimmer hinter dem Laden; dort färbte sie ihm die Hände, schmückte ihm die Handgelenke, flocht ihm die Haare schön und legte ihm ein Mädchengewand an; ja, sie schmückte ihn so schön, wie sich Mädchen nur schmücken können, so daß es schien, als wäre er eine der Paradiesesjungfrauen. Und als die Aufwärterin ihn so sah, rief sie aus: ,Gesegnet ist Allah, der beste Schöpfer! Bei Gott, du bist noch schöner als die Sklavin!' Dann fuhr sie fort: ,Wenn du nun gehst, so schiebe die linke Schulter vor und nimm die rechte zurück und wiege die Hüften hin und her!' Er ging vor ihr her, wie sie es ihn geheißen hatte, und da sie nun sah, daß er den Gang der Frauen gelernt hatte, sprach sie zu ihm: ,Warte, bis ich morgen abend zu dir komme, so Allah der Erhabene will! Dann werde ich dich führen und mit dir in den Palast gehen. Wenn du aber die Kammerherren und die Eunuchen erblickst, so sei kühn, neige deinen Kopf nieder und sprich mit niemandem, ich werde für dich mit ihnen reden; und bei Allah steht der Erfolg.' Am nächsten Tage, nachdem es wieder Morgen geworden war, kam die Aufwärterin zu ihm und führte ihn zum Palaste hinauf. Die Alte trat zuerst ein, und Ni'ma folgte ihr. Da wollte der Kämmerling ihn am Eintritt hindern; aber die Alte fuhr ihn an: ‚Du unseligster Sklave, dies ist doch die Sklavin der Nu'm, der Favoritin des Beherrschers der Gläubigen. Wie kannst du sie hindern einzutreten?' Darauf fügte sie hinzu: ‚Tritt nur ein, Mädchen!' So trat er denn mit der Alten ein, und sie gingen bis zu der Tür, die zum Hofe des Palastes führte. Da sagte die Alte zu ihm: ‚Ni'ma, nimm deinen Mut zusammen und sei starken Herzens; tritt in den Schloßhof ein und wende dich nach links; dann zähle fünf Türen und gehe durch die sechste ein, denn sie ist die Tür zu dem Raum, der für dich bereitet ist! Fürchte dich nicht, und wenn jemand dich anredet, so sprich nicht mit ihm und bleib nicht stehen!' Dann ging sie mit ihm noch weiter, bis sie zu den Türen kam; da trat ihr der Kammerherr entgegen, der über jene Türen die Wache hatte, und sprach zu ihr: ‚Was ist das für ein Mädchen?' – –«

Da bemerkte Schehrezâd, daß der Morgen begann, und sie hielt in der verstatteten Rede an. Doch als die *Zweihundertundvierundvierzigste Nacht* anbrach, fuhr sie also fort: »Es ist mir berichtet worden, o glücklicher König, daß der Kammerherr der Alten entgegentrat und sie fragte: ‚Was ist das für ein Mädchen?' Da gab sie ihm zur Antwort: ‚Unsere Herrin wünscht sie zu kaufen.' Doch der Eunuch entgegnete: ‚Hier darf niemand ohne Erlaubnis des Beherrschers der Gläubigen eintreten; darum geh mit ihr wieder zurück. Ich kann sie nicht durchlassen; denn so ist mir befohlen.' Da sagte die Aufwärterin zu ihm: ‚O du Oberkammerherr, nimm doch Vernunft an! Nu'm, die Sklavin des Kalifen, dessen Herz an ihr hängt, ist gerade wieder genesen, und noch glaubt der Beherrscher der Gläubigen kaum an ihre Genesung. Sie will diese Sklavin kaufen; darum hindere sie nicht einzutreten, auf daß Nu'm nicht höre, du habest sie zurückgewiesen, sonst könnte sie dir zürnen und in ihrer Krankheit einen Rückfall erleiden, und wenn sie dir zürnt, so könnte es dir den Kopf kosten.‘ Dann fuhr sie fort: ‚Tritt ein, Mädchen, und höre nicht auf seine Worte; sage aber der Herrin nicht, daß der Kammerherr dich am Eintritt hat hindern wollen!‘ Da senkte Ni'ma sein Haupt, ging in den Schloßhof und wollte sich nach der linken Seite wenden; aber er irrte sich und wandte sich nach der rechten Seite. Und weiter wollte er fünf Türen zählen und in die sechste eintreten; aber er zählte sechs Türen und trat in die siebente ein. Wie er nun durch jene Tür trat, erblickte er einen Raum, dessen Boden mit Brokatteppichen bedeckt war und dessen Wände mit Decken aus golddurchwirkter Seide behangen waren. Dort waren auch Räucherpfannen mit Aloeholz, Ambra und starkriechendem Moschus; und an der Rückseite sah er ein Lager, das auch mit Brokatstoffen bedeckt war. Auf das setzte Ni'ma sich, und als er so großen Reichtum schaute, wußte er nicht, was im Verborgenen für ihn geschrieben stand. Doch wie er so in Gedanken über sein Los dasaß, trat plötzlich die Schwester des Beherrschers der Gläubigen zu ihm ein, begleitet von ihrer Dienerin. Als sie den Jüngling dort sitzen sah, hielt sie ihn für ein Mädchen, und so trat sie auf ihn zu und fragte ihn: ‚Wer bist du, Mädchen? Was ist's mit dir? Wer hat dich hierhergebracht?‘ Ni'ma aber redete nicht und gab ihr keine Antwort. Da fuhr sie fort: ‚Mädchen, wenn du eine der Nebenfrauen meines Bruders bist und er dir zürnt, so will ich für dich bei

552

ihm sprechen und ihn dir wieder geneigt machen.' Aber immer noch gab Ni'ma keine Antwort; da sagte sie zu ihrer Dienerin: ‚Stell dich bei der Zimmertür auf und laß niemanden eintreten!' Dann trat sie auf ihn zu, blickte ihn an und staunte über seine Anmut; und wieder hub sie an zu sprechen: ‚Mädchen, sage mir, wer du bist, wie du heißest und warum du hierher gekommen bist; ich habe dich noch nie in unserem Palaste gesehen.' Da Ni'ma auch jetzt noch keine Antwort gab, ward die Schwester des Königs zornig; sie legte ihre Hand an Ni'mas Brust, und als sie fühlte, daß er keine Mädchenbrüste hatte, wollte sie ihm sein Gewand abnehmen, um zu erfahren, was es für eine Bewandtnis mit ihm habe. Da rief Ni'ma: ‚Hohe Herrin, ich bin dein Mamluk; kaufe mich! Ich stelle mich in deinen Schutz; so schütze mich denn!' Sie antwortete: ‚Dir geschieht kein Leid! Wer bist du? Und wer hat dich in mein Zimmer hier gebracht?' Ni'ma erwiderte: ‚Prinzessin, ich bin bekannt unter dem Namen Ni'ma ibn er-Rabî' der Kufier; und ich habe mein Leben aufs Spiel gesetzt um meiner Sklavin Nu'm willen, die el-Haddschâdsch mit List entführt und hierher gesandt hat.' Da wiederholte sie: ‚Dir geschieht kein Leid'; und dann rief sie nach ihrer Dienerin und befahl ihr: ‚Geh zu dem Gemache der Nu'm!'

Inzwischen nun war die alte Aufwärterin in das Gemach der Nu'm getreten und fragte sie: ‚Ist dein Herr zu dir gekommen?' ‚Nein, bei Gott!' gab Nu'm zur Antwort, und die Alte sagte: ‚Vielleicht hat er sich versehen und deine Stätte nicht gefunden; dann wäre er in ein anderes Gemach eingetreten und nicht in das deine!' Da rief Nu'm, die Sklavin: ‚Es gibt keine Majestät und es gibt keine Macht außer bei Allah dem Erhabenen und Allmächtigen! Jetzt ist unsere Lebenszeit abgelaufen, alle drei sind wir des Todes.' Nun saßen die beiden Frauen da, in

Gedanken verloren, und gerade zu dieser Zeit kam die Sklavin der Schwester des Kalifen zu ihnen herein, verneigte sich grüßend vor Nu'm und sprach zu ihr: ‚Meine Herrin lädt dich bei sich zu Gaste.' ‚Ich höre und gehorche!' gab Nu'm zur Antwort, während die Aufwärterin ihr zuflüsterte: ‚Vielleicht ist dein Herr bei der Schwester des Kalifen; vielleicht ist der Schleier des Geheimnisses schon gelüftet!' Doch Nu'm erhob sich sofort und schritt dahin, bis sie bei der Schwester des Kalifen eintrat; da sprach diese zu ihr: ‚Hier ist dein Herr, er sitzt bei mir; es scheint, daß er das rechte Zimmer verfehlt hat. Aber so Allah der Erhabene will, braucht ihr beiden, du und er, keine Furcht zu haben.' Als Nu'm diese Worte aus dem Munde der Schwester des Kalifen vernahm, beruhigte sich ihre Seele, und sie trat auf ihren Herrn zu. Und auch er, als er sie erblickte – –«

Da bemerkte Schehrezâd, daß der Morgen begann, und sie hielt in der verstatteten Rede an. Doch als die *Zweihundertund-fünfundvierzigste Nacht* anbrach, fuhr sie also fort: »Es ist mir berichtet worden, o glücklicher König, daß Ni'ma, als er seine Sklavin Nu'm erblickte, auf sie zuging. Und beide drückten einander an die Brust und sanken ohnmächtig zu Boden. Als sie wieder zu sich kamen, sprach die Schwester des Kalifen zu ihnen: ‚Setzt euch, wir wollen über die Rettung aus dieser Not, in die wir gekommen sind, beraten!' ‚Wir hören und gehorchen, o Herrin!' erwiderten die beiden, ‚du hast nur zu befehlen.' Sie sagte darauf: ‚Bei Allah, euch soll von uns nie etwas Böses widerfahren!' Dann befahl sie ihrer Dienerin, Speise und Trank zu holen; und als die alles gebracht hatte, setzten sie sich und aßen, bis sie gesättigt waren. Dann lagerten sie sich zum Weine, die Becher kreisten bei ihnen hin und her, und bald kannten sie keine Sorge mehr. Ni'ma aber sprach: ‚O wüßte ich doch, was hiernach geschehen wird!' Da fragte die Schwester des Kalifen ihn: ,Sag, Ni'ma, hast du Nu'm, deine Sklavin, lieb?' ,Hohe Herrin,' rief er, ,es ist doch nur die Liebe zu ihr, die mich in diese Lebensgefahr, in der ich schwebe, getrieben hat.' Dann wandte sie sich zu Nu'm: ,Sag, Nu'm, hast du deinen Herrn Ni'ma lieb?' ,Hohe Herrin,' rief sie, ,es ist doch nur die Liebe zu ihm, die mir den Leib verzehrt und mein Aussehen so verändert hat.' Darauf fuhr die Prinzessin fort: ,Bei Allah, ihr seid wirklich zwei Menschen, die einander lieben; drum möge es keinen geben, der euch trennt! Habt Zuversicht und sorgt euch nicht!' Darüber waren beide hocherfreut, und Nu'm bat um eine Laute. Als man ihr die gebracht hatte, nahm sie sie hin, stimmte sie, griff in die Saiten, und nun begann sie zu singen und ließ dies Lied erklingen:

> *Als die Verleumder immer nur uns zu trennen suchten,*
> *Wiewohl auf mir und dir sich keine Blutschuld fand,*
> *Und als sie unsere Ohren viel Kriegslärm hören ließen,*
> *Und als kein Schützer mir, kein Freund zur Seite stand –*
> *Begann ich mit meinen Augen, mit meinem Hauch, meinen Zähren*
> *Wie mit Schwert und Feuer und Wasser mich gegen sie zu wehren.*

Darauf gab Nu'm die Laute ihrem Herrn Ni'ma und bat ihn: ,Sing uns ein Lied!' Da nahm er sie, stimmte sie und begann zu singen und ließ darauf dies Lied erklingen:

> *Der Mond gliche dir, hätte er nicht Flecken im Gesicht;*
> *Die Sonne wäre dir gleich, verfinsterte sie sich nicht!*
> *Ich staune – und doch, wie ist die Liebe so wundersam*
> *Mit ihrem Hangen und Bangen und ihrer Sorgen Gram.*
> *Der Weg deucht mir so nah, wenn ich zur Liebsten gehe,*
> *Und doch so weit, wenn ich die Trennung vor mir sehe!*

Wie er sein Lied beendet hatte, füllte Nu'm einen Becher für ihn und reichte ihn ihm dar; und er nahm ihn hin und trank ihn aus.

Darauf füllte sie einen zweiten Becher und reichte ihn der Schwester des Kalifen; die trank ihn aus, griff dann selbst zur Laute, spannte und stimmte die Saiten und sang diese beiden Verse:

> *Gram und Trauer wohnen in meinem Herzen,*
> *Und in mir toben der Liebe brennende Schmerzen.*
> *Ein jeder Blick sieht, wie abgezehrt ich bin;*
> *Vom Leid der Sehnsucht siecht der Leib mir hin.*

Darauf füllte sie den Becher und reichte ihn Ni'ma dar; der trank, griff wieder zur Laute, stimmte ihre Saiten und sang diese beiden Verse:

> *Du, der ich meine Seele gab, die du sie quältest,*
> *Von der ich sie befreien will, doch nicht vermag,*
> *Schenk einem Liebenden, was ihn vom Tod errettet,*
> *Eh daß er stirbt – dies ist des Herzens letzter Schlag!*

So sangen sie eine Weile lang, und sie tranken zu Liedern und Lautenklang, in lauter Lust und Fröhlichkeit, in Freude und in Seligkeit – da plötzlich trat der Beherrscher der Gläubigen zu ihnen ein. Als sie ihn erblickten, sprangen sie auf und küßten den Boden vor ihm. Er aber schaute auf Nu'm und auf die Laute in ihrer Hand, und da rief er: ,Nu'm, gelobt sei Allah, der die Sorge und die Krankheit von dir genommen hat!' Dann wandte er seine Blicke auf Ni'ma, der noch in Mädchenkleidern war, und fragte: ,Schwester, was ist das für eine Jungfrau an der Seite Nu'ms?' Seine Schwester gab ihm rasch zur Antwort: ,Beherrscher der Gläubigen, du hast da für den Harem eine liebliche Sklavin, und Nu'm mag nur in ihrer Gesellschaft essen und trinken.' Dann sprach sie die Dichterworte:

> *Zwei Gegensätze sind sie, und doch, getrennt, gleich schön.*
> *Der Einen Anmut strahlt durch die der Andren hell.*

Da sagte der Kalif: ,Bei Allah dem Allmächtigen, sie ist ebenso schön wie Nu'm; morgen will ich ihr ein Gemach neben dem ihrer Freundin anweisen und ihr Teppiche und Stoffe, ja, alles, was ihr gebührt, dorthin bringen lassen, Nu'm zu Ehren!' Nun rief die Schwester des Kalifen nach Speisen und setzte sie ihrem Bruder vor; der aß und blieb in ihrer Gesellschaft dort. Dann füllte er einen Becher und winkte der Nu'm zu, sie möge ein Lied singen. Da griff sie zur Laute, nachdem sie zuvor zwei Becher geleert hatte, und sang diese beiden Verse:

> *Wenn mir mein Trinkgenoß den Becher wieder füllet*
> *Und auch den dritten Becher, von schäumendem Weine schwer,*
> *Will ich die ganze Nacht stolz mit der Schleppe rauschen,*
> *O Herr der Gläubigen, als wäre ich dein Herr.*

Der Beherrscher der Gläubigen war entzückt, er füllte einen neuen Becher, reichte ihn der Nu'm und gebot ihr, noch mehr vorzutragen. Nachdem sie den Becher geleert hatte, ließ sie die Saiten erklingen und begann dies Lied zu singen:

> *Du edelster der Menschen in dieser unsrer Zeit,*
> *Dem keiner gleich zu sein sich rühmet weit und breit,*
> *Du Einziger an Güte und hoheitsvollem Sinn,*
> *Dein Ruf dringt, Herr und König, zu allen Ländern hin.*
> *Du bist der Fürst der Fürsten auf Erden ringsumher,*
> *Du gibst der Gaben viel, ohn Widerruf, ohne Beschwer.*
> *Der Herr behüte dich, dem Feind zu Trutz und Qual,*
> *Und schmücke deinen Stern mit Glück und Sieg zumal!*

Als der Kalif diese Verse aus Nu'ms Munde vernahm, rief er: ,Bei Allah, gut! Wie vortrefflich, liebe Nu'm! Deine Zunge ist beredt, fürwahr, und deine Worte sind so klar!' So blieben sie in Lust und Freuden bis Mitternacht zusammen; da sprach die Schwester des Kalifen: ,Vernimm, o Beherrscher der Gläubigen, ich las einmal in Büchern die Geschichte eines Mannes von hohem Rang.' ,Was ist das für eine Geschichte?' fragte der Kalif. Seine Schwester begann darauf zu erzählen: ,Vernimm, o Beherrscher der Gläubigen, es lebte einmal in der Stadt Kufa ein Jüngling, der hieß Ni'ma ibn er-Rabí'. Und er hatte eine Sklavin, die er sehr liebte und die ihn wieder liebte; sie war auch mit ihm auf demselben Lager aufgezogen. Als sie aber heranwuchsen und ihre Liebe zueinander sich festigte, da traf sie das Geschick mit seinem Leid, und mit Unglück quälte sie die Zeit; denn Trennung ward über die beiden verhängt. Böse Menschen überlisteten die Sklavin und entführten sie, als sie einmal sein Haus verließ, mit Tücke aus ihrem Heim. Dann verkaufte sie ihr Räuber für zehntausend Dinare an einen König. Nun liebte aber die Sklavin ihren Herrn ebensosehr, wie er sie liebte; und so verließ ihr Herr sein Haus und Heim und sein Leben im Wohlstand, zog aus, um sie zu suchen, und sann auf Mittel, um wieder mit ihr vereint zu werden.' – –«

Da bemerkte Schehrezâd, daß der Morgen begann, und sie hielt in der verstatteten Rede an. Doch als die *Zweihundertundsechsundvierzigste Nacht* anbrach, fuhr sie also fort: »Es ist mir berichtet worden, o glücklicher König, daß die Schwester des Kalifen weiter erzählte: ,Ni'ma verließ Haus und Heimat und sann immer auf Mittel, um wieder mit seiner Sklavin vereinigt zu werden; dabei setzte er sein Leben aufs Spiel und gab sein Herzblut dahin, bis es ihm schließlich gelang, seine Sklavin wiederzufinden. Sie hatte ihrerseits den Namen Nu'm. Wie er nun endlich mit ihr vereint war, blieb ihr Zusammensein nur von kurzer Dauer; denn plötzlich erschien vor ihnen der König, der sie von ihrem Räuber gekauft hatte, und er sprach sofort das Todesurteil über sie aus, ohne Gnade von sich aus zu üben und ohne die Vollstreckung seines Urteils über sie aufzuschieben. Was sagst du, o Beherrscher der Gläubigen, nun dazu, daß dieser König so wenig Gerechtigkeit walten ließ?' Der Beherrscher der Gläubigen erwiderte: ,Das ist wirklich eine höchst seltsame Sache. Jener König hätte bei seiner

Macht doch Gnade walten lassen sollen; und es geziemte ihm, daß er drei Dinge zu ihren Gunsten im Auge behielt. Erstlich waren sie zwei Menschen, die einander lieb hatten; zweitens waren sie in seinem Hause und in seiner Gewalt; und drittens muß der König sein Urteil über Untertanen mit Überlegung fällen – wieviel mehr aber in einer Sache, die ihn selber angeht! Jener König hat also eine unkönigliche Tat getan.' Darauf bat seine Schwester ihn: ,Mein Bruder, bei dem König des Himmels und der Erden beschwöre ich dich, befiehl der Nu'm, ein Lied zu singen, und achte auf das, was sie singen wird!' Er sprach: ,Nu'm, sing mir ein Lied!' So begann sie denn zu singen und ließ diese Verse erklingen:

> *Das Schicksal ist voll Trug und hört nicht auf zu trügen;*
> *Es bricht die Herzen und läßt als Erbe leidvoll Sinnen.*
> *Es trennt die Freunde wieder, nachdem es sie vereinigt;*
> *Und dann siehst du die Tränen heiß auf die Wangen rinnen.*
> *Er lebte, und ich lebte; mein Leben war voll Wonne,*
> *Da uns die Zeit so oft ein Wiedersehn gebracht.*
> *Doch jetzo will ich Blut und Ströme von Tränen weinen*
> *Aus Gram um deinen Verlust bei Tage und bei Nacht.*

Als der Beherrscher der Gläubigen dies Lied hörte, war er tief gerührt. Da sprach seine Schwester zu ihm: ,Lieber Bruder, wer über eine Sache gegen sich selbst entschieden hat, der muß dabei beharren und nach seinem Worte handeln. Du hast jetzt mit diesem Urteil gegen dich selbst entschieden.' Dann rief sie: ,Ni'ma, steh auf; und auch du, Nu'm, steh auf!' Nachdem die beiden aufgestanden waren, fuhr die Schwester des Kalifen fort: ,O Beherrscher der Gläubigen, sie, die hier steht, ist Nu'm, die Entführte, die el-Haddschâdsch ibn Jûsuf eth-Thakafi geraubt und dir gesandt hat; und er hat gelogen, als er in seinem Briefe behauptete, er habe sie für zehntausend Dinare gekauft. Und er, der hier steht, ist Ni'ma ibn er-Rabî', ihr

Herr; und ich beschwöre dich bei der Ehre deiner reinen Vorfahren und bei Hamza, 'Akîl und el-'Abbâs[1], vergib den beiden, verzeih ihnen ihr Vergehen und schenke sie einander, auf daß du reichen Lohn für sie im Himmel gewinnst! Sie sind in deiner Gewalt, sie haben von deiner Speise gegessen, von deinem Weine getrunken; und ich stehe hier als Fürbitterin für sie und flehe dich an, mir ihr Blut zu schenken.' Da erwiderte der Kalif: ‚Du hast recht; ich selbst habe hierüber entschieden, und wenn ich eine Entscheidung getroffen habe, so nehme ich sie nicht wieder zurück.' Dann fragte er: ‚Nu'm, ist dies dein Herr?' Sie antwortete: ‚Ja, o Beherrscher der Gläubigen!' Er fuhr fort: ‚Seid unbesorgt, ich schenke euch einander.' Dann fragte er weiter: ‚Ni'ma, wie hast du erfahren, wo sie ist? Wer hat dir diesen Ort verraten?' Er gab zur Antwort: ‚O Beherrscher der Gläubigen, höre auf meine Geschichte und vernimm, was ich berichte! Bei deinen reinen Eltern und Vorfahren, ich will dir nichts verschweigen.' Dann erzählte er ihm alles, was er selbst erlebt hatte, was der persische Arzt und die Aufwärterin an ihm getan hatten, wie sie ihn in den Palast geführt und wie er sich in den Türen geirrt hatte. Darüber war der Kalif aufs höchste verwundert; und dann rief er: ‚Bringt mir den Perser!' Als man ihn herbeigeführt hatte, machte er ihn zu einem seiner Vertrauten, verlieh ihm Ehrengewänder und bestimmte ein schönes Geschenk für ihn, indem er hinzufügte: ‚Wenn ein Mann dies alles zustande bringt, so geziemt uns, ihn zu unserem Vertrauten zu machen.' Darauf bewies der Kalif auch an Ni'ma und Nu'm seine Güte und gab ihnen Ge-

1. El-'Abbâs war der Stammvater der Abbasiden; Hamza war dessen Bruder, 'Akîl sein Neffe. Diese Ahnen wären besser bei der Anrede an einen abbasidischen Kalifen angebracht gewesen; freilich hatten Abbasiden und Omaijaden einen gemeinsamen Stammvater.

schenke; und schließlich beschenkte er auch die Aufwärterin. Sieben Tage lang blieben die beiden bei ihm in Freuden und Glück und im herrlichsten Leben; dann bat Ni'ma ihn um die Erlaubnis, mit seiner Sklavin abreisen zu dürfen. Nachdem er ihnen erlaubt hatte, nach Kufa zu reisen, zogen sie von dannen, und Ni'ma wurde wieder mit seinem Vater und seiner Mutter vereint. Dort lebten sie im schönsten und herrlichsten Leben, bis Der zu ihnen kam, der die Freuden schweigen heißt und die Freundesbande zerreißt.

SCHLUSS DER GESCHICHTE DES PRINZEN
KAMAR EZ-ZAMÂN

Als el-Amdschad und el-As'ad diese Erzählung aus dem Munde Bahrâms vernommen hatten, waren sie aufs höchste verwundert, und sie riefen: ‚Dies ist fürwahr eine wunderbare Geschichte!' – –«

Da bemerkte Schehrezâd, daß der Morgen begann, und sie hielt in der verstatteten Rede an. Doch als die *Zweihundertundsiebenundvierzigste Nacht* anbrach, fuhr sie also fort: »Es ist mir berichtet worden, o glücklicher König, daß el-Amdschad und el-As'ad, als sie aus dem Munde Bahrâms des Magiers, der zum Muslim geworden war, diese Geschichte vernommen hatten, darüber aufs höchste erstaunt waren; und nun blieben sie die Nacht über beieinander. Als es aber Morgen ward, saßen el-Amdschad und el-As'ad zu Pferde und wollten sich zum König begeben. Sie baten um die Erlaubnis, zu ihm eintreten zu dürfen, und er gewährte sie ihnen. Nachdem sie dann zu ihm eingetreten waren, empfing er sie mit hohen Ehren; und dann saßen sie eine Weile im Gespräch beieinander. Während sie aber so dasaßen, begann plötzlich das Volk der Stadt zu schreien und zu lärmen und um Hilfe zu rufen. Da stürzte auch der Kammerherr zum König herein und berichtete ihm: ‚Ein König hat sich mit seinem Heere vor der Stadt gelagert, sie haben die Schwerter gezückt, und wir wissen nicht, was ihr Ziel und ihr Begehr ist!‘ Der König besprach den Bericht des Kammerherrn mit seinem Wesir el-Amdschad und dessen Bruder el-As'ad. Da sagte el-Amdschad: ‚Ich will zu ihm hinauseilen und erfahren, was es mit ihm für eine Bewandtnis hat.‘ So eilte denn el-Amdschad zur Stadt hinaus und traf den König mit seinem großen Heere und den berittenen Mamluken. Als diese el-Amdschad erblickten, wußten sie, daß er als Gesandter von dem König der Stadt kam. Darum führten sie ihn vor den Sultan; und als el-Amdschad bei ihm ankam, küßte er den Boden vor ihm. Doch siehe, der König war eine Frau, die einen Schleier vor ihrem Antlitz trug; und sie sprach zu ihm: ‚Wisse, ich habe kein anderes Anliegen an euch in dieser Stadt, und ich bin zu keinem anderen Zwecke gekommen, als um nach einem bartlosen Mamluken zu suchen. Wenn ich ihn bei euch finde, so seid unbesorgt! Finde ich ihn aber nicht, so wird zwischen mir und euch ein grimmer Kampf entbrennen.‘ Da fragte el-Amdschad: ‚Hohe Königin, wie sieht dieser Mamluk aus, was für eine Bewandtnis hat es mit ihm, und wie heißt er?‘ Sie gab zur Antwort: ‚Er heißt el-As'ad; und ich heiße Mardschâna. Dieser Mamluk war mit Bahrâm dem Magier zu mir gekommen; der wollte ihn nicht verkaufen, und so nahm ich ihn mit Gewalt. Doch er überfiel ihn und raubte ihn mir wieder bei Nacht. Was aber seine Gestalt angeht, so sieht er soundso aus.‘ Als el-Amdschad dies gehört hatte, wußte er, daß sein Bruder el-As'ad gemeint war. So sprach er denn zu ihr: ‚Größte Königin unserer Zeit, gelobt sei Allah, der uns Hilfe gebracht hat! Dieser Mamluk ist mein Bruder!‘ Dann erzählte er ihr seine

Geschichte und tat ihr kund, was ihnen beiden im fremden Lande widerfahren war und warum sie die Ebenholzinseln verlassen hatten. Die Königin Mardschâna wunderte sich darüber und freute sich, daß sie el-As'ad wiedergefunden hatte; und sie verlieh seinem Bruder el-Amdschad ein Ehrenkleid. Darauf kehrte der Wesir zum König zurück und berichtete ihm, was geschehen war; alle waren darüber erfreut, und alsbald zog der König mit el-Amdschad und el-As'ad der Königin entgegen. Als sie dann zu ihr hineingeführt waren, setzten sie sich und plauderten mit ihr; und wie sie so im Gespräch beieinander waren, da stieg plötzlich eine Staubwolke empor und legte der Welt einen Schleier vor; doch nach einer Weile zerteilte sich die Wolke, und da erschien ein gewaltiges Heer gleich dem brandenden Meer. Die Krieger waren mit Panzern und Waffen gerüstet; und nun zogen sie auf die Stadt zu, und dann umschlossen sie sie, wie der Ring den kleinen Finger umschließt, und zückten ihre Schwerter. Da riefen el-Amdschad und el-As'ad: ‚Fürwahr, wir sind Allahs Geschöpfe, und zu Ihm kehren wir zurück! Was bedeutet dies große Heer? Das sind Feinde, sicherlich; und wenn wir uns nicht mit dieser Königin Mardschâna zum Kampfe wider sie verbünden, werden sie unsere Stadt erobern und uns töten. Jetzt bleibt uns nichts anderes übrig, als daß wir zuerst zu ihnen hinausziehen und erkunden, was für eine Bewandtnis es mit ihnen hat.' Sofort machte el-Amdschad sich auf, ritt zum Stadttore hinaus und am Heerlager der Königin Mardschâna vorbei. Wie er nun bei dem neuen Heere ankam, erkannte er es als das Heer seines Großvaters, des Königs el-Ghajûr, des Vaters seiner Mutter, der Prinzessin Budûr. – –«

Da bemerkte Schehrezâd, daß der Morgen begann, und sie hielt in der verstatteten Rede an. Doch als die *Zweihundertund-*

achtundvierzigste Nacht anbrach, fuhr sie also fort: »Es ist mir berichtet worden, o glücklicher König, daß el-Amdschad, wie er bei dem neuen Heere ankam, es erkannte als das Heer seines Großvaters, des Königs el-Ghajûr, des Herrn der Inseln und der Meere und der sieben Schlösser. Als er dann vor ihm stand, küßte er den Boden und überbrachte ihm seine Botschaft. Der König erwiderte: ‚Ich bin König el-Ghajûr geheißen; und ich komme als ein fahrender Mann. Denn das Geschick hat mich durch den Verlust meiner Tochter Budûr betrübt; sie hat mich verlassen und ist nie wieder zu mir zurückgekehrt; und ich habe nie wieder eine Kunde von ihr noch von ihrem Gemahle Kamar ez-Zamân vernommen. Wißt ihr etwas von ihnen beiden?' Als el-Amdschad dies hörte, senkte er eine Weile nachdenklich sein Haupt, und als er dessen sicher war, daß jener sein Großvater, der Vater seiner Mutter war, hob er es wieder, küßte dann den Boden vor ihm und tat ihm kund, daß er selber der Sohn seiner Tochter Budûr sei. Kaum hatte der König vernommen, daß dieser Mann der Sohn seiner Tochter Budûr war, da warf er sich an seine Brust, und beide begannen zu weinen. Dann rief der König el-Ghajûr: ‚Allah sei gelobt, mein Sohn, daß ich wohlbehalten mit dir vereint bin!' Darauf erzählte el-Amdschad ihm, daß es der Königstochter Budûr und auch seinem eigenen Vater Kamar ez-Zamân wohlergehe; und ferner tat er ihm kund, daß die beiden in einer Stadt lebten, die da die Ebenholzstadt heiße; und schließlich berichtete er ihm auch, daß sein Vater Kamar ez-Zamân gegen ihn und gegen seinen Bruder erzürnt sei und befohlen habe, sie zu töten, daß aber der Schatzmeister sich ihrer erbarmt und sie am Leben gelassen habe. Da sagte der König el-Ghajûr: ‚Ich will mit dir und deinem Bruder zu deinem Vater gehen und euch mit ihm aussöhnen und dann bei euch bleiben.' Von neuem küßte el-

Amdschad den Boden vor ihm und freute sich seiner. Nun verlieh der König el-Ghajûr seinem Enkel el-Amdschad ein Ehrengewand, und der kehrte mit frohem Antlitz zu seinem König zurück und berichtete ihm über den König el-Ghajûr. Darüber war sein König aufs höchste erstaunt, und dann entsandte er die Gastgeschenke, Schafe, Pferde, Kamele, Proviant und dergleichen; dasselbe ließ er auch der Königin Mardschâna überbringen, und als man ihr kundtat, was geschehen war, sprach sie: ,Ich will euch mit meinem Heere begleiten, und auch ich will mich um Aussöhnung bemühen.'

Doch plötzlich stieg wieder eine Staubwolke empor und legte der Welt einen Schleier vor, bis sich das Tageslicht im Dunkel verlor; und man hörte hinter ihr Rufen und Schreien und Pferdegewieher, und bald sah man Schwerter blitzen und vorwärts gerichtete Lanzenspitzen. Als nun diese Krieger der Stadt nahe kamen und die andern beiden Heere erblickten, schlugen sie die Trommeln. Der König der Stadt aber rief, als er das gewahrte: ,Dies kann nur ein Tag des Segens sein. Allah sei gelobt, der uns mit diesen beiden Heeren da in Frieden vereint hat! Und so Er will, wird Er uns auch mit diesem neuen Heere friedlich zusammentreffen lassen.' Dann fuhr er fort: ,Amdschad! As'ad! Zieht hinaus und bringt uns Kunde von diesen Truppen! Sie sind fürwahr eine gewaltige Schar, noch nie habe ich eine größere gesehen.' Nun ritten el-Amdschad und sein Bruder el-As'ad hinaus; zwar hatte der König das Stadttor vorher verriegeln lassen aus Furcht vor dem Heere, das die Stadt umzingelt hatte, doch nun öffneten die beiden Prinzen die Torflügel und ritten dahin, bis sie bei dem Heere, das gerade eingetroffen war, ankamen. Da sahen sie, daß es ein sehr großes Heer war, und als sie in seiner Mitte waren, erfuhren sie, daß es das Heer des Königs der Ebenholzinseln war und daß ihr

Vater Kamar ez-Zamân sich bei ihm befand. Sobald sie ihn erblickten, küßten sie vor ihm den Boden und begannen zu weinen. Und wie Kamar ez-Zamân sie erkannte, warf er sich ihnen entgegen, weinte bitterlich, bat sie um Verzeihung und preßte sie eine lange Weile an seine Brust. Und dann erzählte er ihnen, wie sehr er nach ihrem Fortgehen durch den heißen Schmerz um die Trennung von ihnen gelitten hatte. Darauf berichteten el-Amdschad und el-As'ad ihm, daß auch der König el-Ghajûr gekommen war. Nun bestieg Kamar ez-Zamân sein Roß inmitten seines Gefolges und nahm seine beiden Söhne el-Amdschad und el-As'ad mit sich. Sie ritten dahin, bis sie sich dem Heerlager des Königs el-Ghajûr nahten; dort eilte einer von ihnen vorauf und meldete diesem König die Ankunft des Kamar ez-Zamân. Jener ritt ihm sofort entgegen, und als sie zusammentrafen, wunderten sie sich über all diese Ereignisse und über den Zufall, durch den sie hier an dieser Stätte vereinigt waren. Die Leute der Stadt aber rüsteten ihnen Gastmähler mit vielerlei Speisen und Süßigkeiten, und dann brachten sie ihnen Pferde, Kamele, Proviant und andere Gastgeschenke, ja, alles, dessen die Krieger bedurften.

Während sie noch damit beschäftigt waren, stieg plötzlich wiederum eine Staubwolke empor und legte von neuem der Welt einen Schleier vor; die Erde erdröhnte vom Stampfen der Rosse, und der Schall der Trommeln erklang wie stürmende Winde. Und dann erschien das Heer selbst, vollgewappnet und gepanzert und ganz in Schwarz gekleidet; in seiner Mitte befand sich ein sehr alter Mann, dem sein Bart bis auf die Brust herabwallte, und auch er trug schwarze Gewänder. Als man nun von der Stadt aus diese gewaltigen Heerhaufen erblickte, sagte der Beherrscher der Stadt zu den Königen: ‚Allah sei gelobt, daß ihr alle auf Seinen allmächtigen Befehl an demselben Tage zusammengetroffen seid und daß ihr euch alle als Freunde erkannt habt! Doch was hat dies gewaltige Heer erregt, das der Welt einen Schleier vorlegt?',Fürchte dich nicht!' erwiderten die Könige, ‚wir sind drei Fürsten, und jeder von uns hat zahlreiche Streitkräfte. Wenn jene dort Feinde sind, so wollen wir auf deiner Seite wider sie kämpfen, und wären sie auch noch dreimal so stark!' Während sie so miteinander sprachen, kam plötzlich ein Abgesandter von jenem neuen Heere auf die Stadt zu. Man führte ihn vor Kamar ez-Zamân, den König el-Ghajûr, die Königin Mardschâna und den König, der über die Stadt herrschte. Der Bote küßte den Boden und sprach: ‚Mein König kommt aus dem Lande der Perser. Er hat vor vielen Jahren seinen Sohn verloren, und er zieht nun in der ganzen Welt umher, um ihn zu suchen. Wenn er ihn bei euch findet, so seid ohne Sorge! Findet er ihn aber nicht, so soll Krieg zwischen ihm und euch entbrennen, und er wird eure Stadt verwüsten.' Kamar ez-Zamân hub an: ‚Das soll ihm nicht gelingen! Doch sag, wie heißt er im Lande der Perser?' Da gab der Bote zur Antwort: ‚Er heißt der König Schehrimân, der Herr der Inseln von Chalidân. Und er hat diese Truppen in all den Ländern zusammengebracht, die er auf der Suche nach seinem Sohn durchzogen hat.' Kaum hatte aber Kamar ez-Zamân diese Worte von dem Abgesandten vernommen, da schrie er laut und sank ohnmächtig zu Boden, und eine ganze Weile blieb er in seiner Ohnmacht liegen. Als er wieder zu sich kam, weinte er bitterlich und sprach zu el-Amdschad und el-As'ad und zu ihren Hauptleuten: ‚Geht hin, meine Söhne, mit dem Boten und begrüßt euren Großvater, meinen Vater, den König Schehrimân! Bringt ihm frohe Kunde von mir! Er trauert um meinen Verlust, und bis auf diesen Tag trägt er die schwarzen Gewänder um meinetwillen.' Dann erzählte er den Königen, die dort versammelt waren, alles, was er in den Tagen seiner Jugend erlebt hatte; und die Könige hörten mit Staunen zu. Darauf zogen auch sie mit Kamar ez-Zamân aus und kamen zu seinem Vater. Da begrüßte Kamar ez-Zamân seinen Vater, sie umarmten einander und sanken vor Übermaß der Freude lange Zeit in Ohnmacht. Doch als sie wieder zu sich kamen, erzählte er seinem Vater alles, was ihm widerfahren war; und auch die anderen Könige begrüßten Schehrimân. Dann entließen sie Mardschâna wieder in ihr Land zurück, nachdem sie sie zuvor mit el-As'ad vermählt und sie gebeten hatten, sie möchte nie aufhören, ihnen Botschaften zu senden; so reiste sie denn ab. Darauf wurde el-Amdschad mit Bustân, der Tochter des Bahrâm, vermählt, und dann zogen alle nach der Ebenholzstadt. Dort begab sich Kamar ez-Zamân zu seinem Schwäher und berichtete ihm alles, was er erlebt hatte und wie er mit seinen Söhnen wiedervereinigt war. Der wünschte ihm hocherfreut Glück zur wohlbehaltenen Heimkehr. Darauf ging König el-Ghajûr, der Vater der Prinzessin Budûr, zu seiner Tochter und begrüßte sie, und so ward seine Sehnsucht nach ihr erfüllt. Alle aber blieben einen vollen Monat in der Ebenholzstadt beieinander; dann zog König el-Ghajûr mit seiner Tochter in seine Heimat. – –«

Da bemerkte Schehrezâd, daß der Morgen begann, und sie hielt in der verstatteten Rede an. Doch als die *Zweihundertund-neunundvierzigste Nacht* anbrach, fuhr sie also fort: »Es ist mir berichtet worden, o glücklicher König, daß König el-Ghajûr mit seiner Tochter und seinem Heere in seine Heimat zog; er nahm auch el-Amdschad mit sich, und so machten sie sich auf den Weg nach ihrem Lande. Als el-Ghajûr dann wieder in seiner Hauptstadt zur Ruhe gekommen war, setzte er el-Amdschad an seiner Statt zum Herrscher ein. Kamar ez-Zamân aber setzte seinen Sohn el-As'ad an seiner Stelle zum Herrscher in der Stadt seines Großvaters Armanûs ein; und dieser war damit einverstanden. Darauf rüstete Kamar ez-Zamân zur Reise und zog mit seinem Vater, dem König Schehrimân, fort, bis sie zu den Inseln von Chalidân kamen. Da ward die Stadt ihnen zu Ehren geschmückt, und die Trommeln wurden einen ganzen Monat lang zur Verkündigung der frohen Botschaft geschlagen. Und Kamar ez-Zamân herrschte an seines Vaters Stelle, bis Der zu ihnen kam, der die Freuden schweigen heißt und der die Freundesbande zerreißt. Allah aber kennt alle Dinge am besten!«

* * *

Da sprach der König: »Schehrezâd, dies ist wirklich eine ganz wundersame Geschichte!« Doch sie erwiderte: »Hoher König, sie ist nicht wundersamer als

DIE GESCHICHTE VON 'ALÂ ED-DÎN ABU ESCH-SCHAMÂT

Wie ist denn die?« fragte er; da erzählte sie: »Es ist mir berichtet worden, o glücklicher König, daß in alten Zeiten und in längst entschwundenen Vergangenheiten ein Kaufmann in Kairo lebte, namens Schams ed-Dîn; der war einer der besten und zuverlässigsten Kaufleute, und er besaß Eunuchen und Diener, schwarze Sklaven und Sklavinnen, Mamluken und großen Reichtum, und er war der Vorsteher der Kaufmannsgilde von Kairo. Er hatte auch eine Gemahlin, die er sehr liebte und die ihn liebte; doch hatte er schon vierzig Jahre mit ihr gelebt, ohne daß ihm von ihr ein Sohn oder eine Tochter geschenkt wäre. Als er nun eines Tages in seinem Laden saß, sah er, wie von den anderen Kaufleuten ein jeder einen Sohn oder zwei oder gar noch mehr Söhne hatte, die gleich ihren Vätern in den Läden saßen. Jener Tag aber war ein Freitag, und so ging der Kaufmann in das Badehaus und vollzog die Freitagswaschung. Als er wieder herauskam, nahm er den Spiegel des Barbiers, besah sein Gesicht darin und sprach: ‚Ich bezeuge, daß es keinen Gott gibt außer Allah, und ich bezeuge, daß Mohammed der Prophet Allahs ist.‘ Dann blickte er auf seinen Bart und sah, daß die weißen Haare darin die schwarzen bedeckten, und dachte daran, daß die weißen Haare Vorboten des Todes sind. Seine Frau aber wußte die Zeit seiner Heimkehr, und so hatte sie sich gebadet und für ihn zurechtgemacht, wie sie es zu tun pflegte. Als er nun zu ihr hereintrat, sprach sie zu ihm: ‚Guten Abend!‘ Doch er gab ihr zurück: ‚Das Gute sehe ich nicht.‘ Da sie schon vorher der Dienerin befohlen hatte, den Tisch für den Abend zu decken, brachte diese nun das Essen; und die Frau sprach zu ihrem Gatten: ‚Iß, mein Gebieter!‘ Doch er versetzte nur: ‚Ich will nichts essen‘, stieß den Tisch mit dem Fuße um und wandte sein Gesicht von ihr ab. Da fragte sie ihn: ‚Warum tust du das? Was hat dich verstimmt?‘ Er gab ihr zur Antwort: ‚Du bist die Ursache meines Kummers.‘ – – «

Da bemerkte Schehrezâd, daß der Morgen begann, und sie hielt in der verstatteten Rede an. Doch als die *Zweihundertund-fünfzigste Nacht* anbrach, fuhr sie also fort: »Es ist mir berichtet worden, o glücklicher König, daß Schams ed-Dîn zu seiner Frau sagte: ‚Du bist die Ursache meines Kummers.‘ Da fragte sie ihn: ‚Warum denn?‘ Und er erwiderte ihr: ‚Als ich heute meinen Laden öffnete, sah ich, wie ein jeder Kaufmann einen Sohn oder zwei oder gar noch mehr Söhne bei sich hat, die gleich ihren Vätern in den Läden sitzen. Und da sagte ich mir: Er, der deinen Vater zu sich genommen hat, wird auch dich nicht verschonen. Du hast mir aber in der Hochzeitsnacht einen Eid abgenommen, daß ich mir neben dir keine andere Gemahlin nehmen würde, noch auch eine Kebse, weder eine Abessinierin noch eine Griechin noch irgendeine andere Sklavin, und daß ich keine Nacht fern von dir zubringen wolle. Nun steht es aber so, daß du unfruchtbar bist, und die Ehe mit dir ist, als ob man auf einen Fels schlage.' Nun rief sie: ,Allah ist mein Zeuge, daß die Schuld nicht an mir, sondern an dir liegt; denn dein Same ist zu dünn.' Er fragte: ,Was ist denn mit einem Manne, dessen Same zu dünn ist?' Sie gab zur Antwort: ,Der kann keine Frau schwanger machen und kein Kind erzeugen.' Da fragte er weiter: ,Wo gibt es denn etwas, das Samen dicker macht? Ich will es mir kaufen, vielleicht wird es den meinen dicker machen.' Sie erwiderte: ,Suche danach bei den Drogenhändlern!' Nach dieser Nacht erwachte der Kaufmann am nächsten Morgen voll Reue darüber, daß er seiner Frau Vorwürfe gemacht hatte, und auch sie bereute ihre Vorwürfe gegen ihn. Dann begab er sich auf den Markt und fand einen Drogenhändler; zu dem sprach er: ,Friede sei über dir!' Und als jener ihm den Gruß zurückgegeben hatte, fragte er ihn: ,Gibt es bei dir ein Mittel, das den Samen dicker macht?' Der Mann antwortete ihm: ,Ich hatte wohl eins; aber es ist ausverkauft. Doch frage bei meinem Nachbarn an!' Darauf ging er bei allen herum und fragte nach, aber sie lachten ihn aus; schließlich kehrte er zu seinem Laden zurück und setzte sich traurig nieder. Nun war auf dem Markte ein Haschischraucher, der Obmann der Straßenmakler, der Opium in jeder Art genoß und auch dem grünen Haschisch frönte. Jener Obmann hieß Scheich Mohammed Simsim; er war ein armer Teufel und pflegte jeden Tag dem Kaufmann einen guten Morgen zu wünschen. Seiner Gewohnheit gemäß kam er nun zu ihm und sprach: ,Friede sei mit dir!' Der Kaufmann gab ihm den Gruß verdrießlich zurück, und da fragte jener: ‚O Herr, was ist dir, daß du verdrießlich bist?' Da erzählte er ihm alles, was zwischen ihm und seiner Frau vorgefallen war, und er schloß mit den Worten: ‚So bin ich denn seit vierzig Jahren mit ihr verheiratet, aber sie hat mir weder einen Sohn noch eine Tochter zur Welt gebracht. Da wurde mir gesagt: daß sie nicht von dir schwanger wird, liegt daran, daß dein Same zu dünn ist. Und nun habe ich nach einem Mittel gesucht, das meinen Samen dicker macht, aber ich habe keines gefunden.' Der andere erwiderte ihm: ‚O Herr, ich habe einen Samenverdicker; was würdest du von einem Manne sagen, der nach diesen vierzig Jahren, die dahingegangen sind, es fertig bringt, daß deine Frau von dir schwanger wird?' Der Kaufmann rief: ‚Wenn du das tust, so werde ich dich reichlich belohnen.' ‚Gib mir einen Dinar!' sagte der Obmann; und der Kaufmann sprach: ‚Hier hast du zwei Dinare.' Jener nahm sie und fuhr fort: ‚Gib mir die Porzellanschüssel dort!' Der Kaufmann gab sie ihm, der Makler nahm sie hin und ging zu einem Haschischverkäufer; von dem kaufte er etwa zwei Unzen feines griechisches Opium, etwas chinesische Kubebe, Zimmet, Gewürznelken, Kardamom, Ingwer, weißen Pfeffer und Bergeidechse; das alles zerstieß er und kochte es in feinem Olivenöl. Dann kaufte er noch drei Unzen Weihrauch und etwa einen Becher voll Schwarzkümmel, weichte das Ganze ein und machte es mit griechischem Bienenhonig zu einer Latwerge. Die legte er in die Schüssel, kehrte mit ihr zu dem Kaufmann zurück und gab sie ihm mit den Worten: ‚Hier ist der Samenverdicker. Du mußt davon mit einer Spatel einnehmen, nachdem du vorher Lammfleisch und Haustaube, stark gepfeffert und gewürzt, gegessen hast. Also nimm davon mit einer Spatel, dann iß zu Abend, und dann trink Scherbett aus feinem Zucker.' Da holte der Kaufmann all das zusammen, schickte das Fleisch und die Tauben zu seiner Frau, indem er ihr sagen ließ: ‚Koche dies gut; nimm auch den Samenverdicker und hebe ihn bei dir auf, bis ich ihn brauche und verlange!' Sie tat, wie er sie geheißen hatte, und stellte ihm die Speisen hin. Nachdem er dann zu Abend gegessen hatte, verlangte er nach der Schüssel und nahm von ihr ein; es schmeckte ihm gut, und so aß er das Ganze auf. Nun ruhte er bei seiner Frau; da empfing sie von ihm in derselben Nacht. Als dann der erste, der zweite und der dritte Monat vergangen waren, hörte ihre Reinigung auf, und das Blut floß nicht mehr; da erkannte sie, daß sie schwanger war. Und wie die Tage ihrer Schwangerschaft erfüllet waren, kamen die Wehen über sie, und die Freudenrufe erschallten im Hause. Die Wehmutter aber hatte große Mühe bei ihrer Entbindung; und sie segnete das Neugeborene im Namen Mohammeds und ʾAlîs, sprach ‚Allâhu Akbar'[1] und rief ihm den Gebetsruf ins Ohr. Dann wickelte sie es ein und gab es seiner Mutter. Die legte den Knaben an ihre Brust und gab ihm zu trinken; und er trank, bis er satt war, und schlief ein. Die Wehmutter blieb noch drei Tage bei ihr, bis man Marzipanbrote und Süßigkeiten bereitet hatte; die wurden am siebenten Tage verteilt. Dann sprengte man Salz[2], und der Kaufmann trat zu seiner Frau ein und wünschte ihr Glück zur Genesung. Und er fragte: ‚Wo ist das von Allah anvertraute Gut?' Da brachte sie ihm ein Kindlein von strahlender Schönheit, das Werk des allgegenwärtigen Lenkers; es war zwar nur ein Knäblein von sieben Tagen, aber jeder, der es sah, sagte von ihm, es sei ein Jahr alt. Der Kaufmann schaute ihm ins Gesicht und sah, daß es dem leuchtenden Vollmonde glich

1. Vgl. Band I, Seite 685, Anmerkung. – 2. Zum Schutz gegen den bösen Blick.

und auf beiden Wangen Schönheitsmale hatte. Als er dann seine Frau fragte, wie sie ihn nennen wolle, sprach sie: ‚Wenn es ein Mädchen wäre, so hätte ich den Namen bestimmt; aber dies ist ein Knabe, und so sollst du allein ihm einen Namen geben.' Nun pflegten die Leute jener Zeit ihre Kinder nach Vorzeichen zu benennen; und da gerade zu der Zeit, in der sie sich über den Namen berieten, ein Mann seinem Freunde zurief: ‚Du da, Herr 'Alâ ed-Dîn!' so sagte der Kaufmann: ‚Wir wollen ihn 'Alâ ed-Dîn Abu esch-Schamât[1] nennen.' Nun übergab er das Kind den Ammen und Pflegerinnen, und es trank zwei Jahre hindurch die Milch. Dann ward es entwöhnt; denn es war gewachsen und gediehen und konnte nun auf dem Boden gehen. Doch als der Knabe sieben Jahre alt war, brachten sie ihn aus Furcht vor dem bösen Blick in ein unterirdisches Gemach, und sein Vater sprach: ‚Er soll das Gemach nicht eher verlassen, als bis ihm der Bart sproßt!' Seine Pflege vertraute er einer Sklavin und einem schwarzen Sklaven an; die Sklavin bereitete ihm die Mahlzeiten, und der Mohr brachte sie ihm. Auch ließ sein Vater ihn beschneiden und feierte diesen Tag durch ein großes Festmahl. Dann ließ er einen Lehrer für ihn kommen, der ihn im Schreiben, im Koranlesen und in den Wissenschaften unterrichtete, bis er alles gelernt hatte und reiche Kenntnisse besaß.

Nun traf es sich eines Tages, daß der Sklave, als er ihm die Speisen gebracht hatte, die Falltür offen stehen ließ. Da lief 'Alâ ed-Dîn aus dem Gemache heraus und kam zu seiner Mutter, bei der gerade eine Gesellschaft von vornehmen Frauen zu Besuch war. Und während nun die Frauen mit seiner Mutter plauderten, trat dieser Knabe zu ihnen ein, gleich einem weißen

1. Der Ruhm des Glaubens, der mit den Schönheitsmalen. 'Alâ ed-Dîn ist in Europa als Aladdin bekannt geworden.

Sklaven, der vom Übermaße seiner Schönheit berauscht war. Kaum hatten die Frauen ihn erblickt, da verschleierten sie ihre Gesichter und riefen seiner Mutter zu: ‚Allah strafe dich, Frau! Wie kannst du diesen fremden Mamluken zu uns hereintreten lassen? Weißt du nicht, daß die Züchtigkeit zu den Vorschriften des Glaubens gehört?' Sie sprach: ‚Rufet Allahs Namen an![1] Das ist ja mein Kind, die Frucht meines Leibes, der Sohn des Vorstehers der Kaufmannsgilde Schams ed-Dîn, das Kind, von der Amme gehegt, mit dem Halsband geschmückt und mit zarten Krusten und Krumen gepflegt!' Als die Frauen riefen: ‚Unser Leben lang haben wir noch keinen Sohn von dir gesehen', erwiderte sie: ‚Sein Vater war um ihn wegen des bösen Blicks besorgt, und darum ließ er ihn in einem Gemache unter der Erde aufziehen.' – –«

Da bemerkte Schehrezâd, daß der Morgen begann, und sie hielt in der verstatteten Rede an. Doch als die *Zweihundertundeinundfünfzigste Nacht* anbrach, fuhr sie also fort: »Es ist mir berichtet worden, o glücklicher König, daß die Mutter 'Alâ ed-Dîns den Frauen erwiderte: ‚Sein Vater war um ihn wegen des bösen Blicks besorgt, und darum ließ er ihn in einem Gemache unter der Erde aufziehen. Vielleicht hat jetzt der Sklave die Falltür offen stehen lassen, und so ist er herausgekommen. Wir wollten ihn nicht eher aus dem Gemache herauskommen lassen, als bis ihm der Bart sprossen würde.' Die Frauen wünschten ihr Glück zu ihm; der Knabe aber ging von ihnen fort und lief in den Hof des Hauses. Dann stieg er zur offenen Empfangshalle hinauf und setzte sich nieder. Während er dort saß, kamen zufällig die Sklaven mit dem Maultiere seines Vaters. Denen rief 'Alâ ed-Dîn zu: ‚Wo ist dies Maultier gewesen?'

1. Dadurch wird der böse Blick und anderes Unheil abgewendet, wenn man von etwas Schönem spricht.

Sie gaben zur Antwort: ‚Wir haben deinen Vater begleitet, als er auf ihm zum Laden ritt, und jetzt haben wir es zurückgebracht.' Nun fragte er weiter: ‚Was für ein Gewerbe hat mein Vater?' und sie erwiderten ihm: ‚Dein Vater ist der Vorsteher der Kaufmannsgilde im Lande Ägypten, und er gilt als Fürst bei den Söhnen der Araber.' Da ging 'Alâ ed-Dîn zu seiner Mutter und fragte sie: ‚Mutter, sag, was für ein Gewerbe hat mein Vater?' ‚Mein Sohn,' antwortete sie, ‚dein Vater ist ein Kaufmann, und er ist der Vorsteher der Kaufmannsgilde im Lande Ägypten und gilt als Fürst bei den Söhnen der Araber. Seine Sklaven brauchen ihn beim Verkaufen nur dann zu fragen, wenn der Preis der Ware mindestens tausend Dinare beträgt; wenn aber der Preis einer Ware nur neunhundert Dinare oder noch weniger beträgt, so fragen sie ihn nicht um Rat, sondern verkaufen nach eigenem Ermessen. Auch kommt keine Ware aus der ganzen Welt an, mag es viel oder wenig sein, ohne durch seine Hand zu gehen; und er verfügt darüber, wie es ihm beliebt. Und ebenso wird keine Ware in Ballen verschnürt und in fremde Länder verschickt, ohne daß dein Vater darüber zu bestimmen hätte. Allah der Erhabene hat deinem Vater großen, unermeßlichen Reichtum gegeben, mein Sohn! Da sagte er: ‚Liebe Mutter, Allah sei gelobt, daß ich der Sohn des Mannes bin, der als Fürst bei den Söhnen der Araber gilt und der Vorsteher der Kaufmannsgilde ist. Aber weshalb, liebe Mutter, sperrt ihr mich in das unterirdische Gemach und haltet mich dort gefangen?' ‚Lieber Sohn,' antwortete sie, ‚wir haben dich nur deshalb in das Gemach gesperrt, weil wir um dich wegen der Augen der Menschen besorgt sind. Das böse Auge ist Wahrheit; ja, die meisten der Leute, die im Grabe ruhen, sind Opfer des bösen Auges.' Er aber entgegnete ihr: ‚Liebe Mutter, wohin soll der Mensch vor dem Schicksale fliehen?

Auch die Vorsicht schützt vor dem Geschicke nicht; und keiner entgeht dem, was geschrieben steht. Fürwahr, Er, der meinen Großvater zu sich nahm, wird auch mich und meinen Vater nicht verschonen; mag er auch heute noch am Leben sein, morgen kann er schon tot sein. Wenn aber mein Vater nun plötzlich stirbt und ich dann vortrete und sage: ‚Ich bin 'Alâ ed-Dîn, der Sohn des Kaufmannes Schams ed-Dîn' – dann wird mir kein Mensch Glauben schenken, und die alten Leute werden sagen: Unser Leben lang haben wir nicht gesehen, daß Schams ed-Dîn einen Sohn oder eine Tochter hatte. Dann wird der Staatsschatz kommen und den Besitz meines Vaters einziehen. Allah habe den selig, der da gesagt hat: Der Edle stirbt, sein Reichtum geht dahin, und die gemeinsten Männer nehmen seine Frauen. Darum, liebe Mutter, sprich du mit meinem Vater, auf daß er mich in den Basar mitnimmt und mir einen Laden öffnet, in dem ich dann mit Waren sitzen kann, und daß er mich lehrt, Handel zu treiben, zu nehmen und zu geben.' Da sprach sie zu ihm: ‚Mein Sohn, sobald dein Vater kommt, will ich es ihm sagen.' Als nun der Kaufmann nach Hause kam, sah er seinen Sohn 'Alâ ed-Dîn Abu esch-Schamât bei der Mutter sitzen. Da fragte er sie: ‚Warum hast du ihn aus dem Gemache herausgeholt?' ‚Lieber Vetter,' erwiderte sie, ‚ich habe ihn nicht herausgeholt, sondern die Sklaven haben vergessen das Gemach abzuschließen und haben die Tür offen gelassen. Während ich hier saß, in Gesellschaft einiger vornehmer Damen, die bei mir waren, trat er plötzlich zu uns ein.' Dann berichtete sie ihm auch, was sein Sohn gesagt hatte. ‚Lieber Sohn,' hub nun der Vater an, ‚morgen, so Allah der Erhabene will, werde ich dich mit mir in den Basar nehmen. Aber, mein Sohn, wer auf den Basaren und in den Läden sitzen will, der muß in allen Dingen vollkommene Höflichkeit den Menschen entgegenbringen.' Erfreut über die Worte seines Vaters verbrachte 'Alâ ed-Dîn die Nacht. Als es wieder Morgen ward, führte sein Vater ihn ins Badehaus und kleidete ihn in ein Gewand, das viel Geld wert war. Und nachdem sie dann gefrühstückt und ihre Scherbette getrunken hatten, bestieg er sein Maultier und ließ seinen Sohn auf einem andern reiten. So nahm er ihn mit sich, indem er selbst voraufritt, und begab sich mit ihm zum Basar. Da sahen die Leute auf dem Basar, daß der Vorsteher der Kaufmannsgilde einherkam, mit einem Jüngling hinter sich, so schön wie die Mondscheibe in der vierzehnten Nacht, und einer sprach zum andern: ‚Sieh da diesen Jüngling hinter dem Vorsteher der Kaufmannschaft! Wir dachten gut von ihm; aber er ist wie der Lauch, grau und von innen grün.' Und der Scheich Mohammed Simsim, der Obmann, von dem wir schon früher sprachen, rief den Kaufleuten zu: ‚Ihr Handelsherren, wir wollen es nicht mehr dulden, daß er unser Oberhaupt sei, nimmermehr!' Nun war es Sitte, wenn der Vorsteher der Kaufmannschaft morgens von Hause kam und sich in seinen Laden setzte, daß der Obmann des Basars zu ihm trat und vor den Kaufleuten die erste Sure des Korans aufsagte; die pflegten nämlich zusammen mit dem Obmann zu dem Vorsteher der Kaufleute zu gehen und die erste Koransure zu sprechen und ihm einen guten Morgen zu wünschen; dann pflegte ein jeder von ihnen sich zu seinem Laden zu begeben. Als aber an jenem Tage der Vorsteher der Kaufmannschaft sich wie gewöhnlich in seinen Laden setzte, kamen die Kaufleute nicht wie sonst zu ihm. Da rief er den Obmann und fragte ihn: ‚Warum versammeln die Kaufleute sich nicht bei mir wie sonst?' Der gab zur Antwort: ‚Ich verstehe es nicht, die unangenehmen Dinge zu melden. Wisse, die Kaufleute sind übereingekommen, dich als Oberhaupt abzusetzen und nicht mehr die

578

erste Sure vor dir zu sprechen.' ,Warum das?' fragte Schams ed-Dîn; da fragte der Obmann ihn: ,Was ist's mit diesem Knaben, der an deiner Seite sitzt? Du bist doch ein alter Mann und das Oberhaupt der Kaufleute! Ist dieser Knabe etwa dein Mamluk oder ein Verwandter deiner Frau? Ich glaube, du hegst unerlaubte Liebe und Neigung zu ihm.' Aber da schrie der Vorsteher ihn an und rief: ,Schweig, Allah mache dich und deine Art zuschanden! Dies ist mein Sohn!' Jener erwiderte jedoch: ,Wir haben unser Leben lang nie gesehen, daß du einen Sohn hast!' Da sagte Schams ed-Dîn: ,Als du mir den Samenverdicker brachtest, empfing meine Frau und brachte den Knaben zur Welt. Aber weil ich um ihn wegen des bösen Auges besorgt war, so zog ich ihn in einem Gemach unter der Erde auf, und ich wollte, er solle nicht eher jenen Raum wieder verlassen, als bis er seinen Bart mit der Hand fassen könnte. Doch seine Mutter war nicht damit einverstanden, und er bat mich, ich möchte für ihn einen Laden öffnen, Waren dort bei ihm niederlegen und ihn lehren, wie man Handel treibt.' Darauf ging der Obmann zu den anderen Kaufleuten zurück und machte sie mit dem wahren Sachverhalt bekannt; und sie alle machten sich gemeinsam mit dem Obmann auf und begaben sich zu dem Vorsteher der Kaufmannschaft, traten vor ihn hin und sprachen die erste Sure; und dann wünschten sie ihm Glück zu seinem Sohne und sprachen: ,Der Herr behüte die Wurzel und den Zweig! Aber selbst der Ärmste unter uns muß, wenn ihm ein Sohn oder eine Tochter geboren wird, für seine Freunde eine Schüssel voll Mehlbrei mit Honig zubereiten und seine Bekannten und Verwandten einladen. Das hast du nicht getan.' Er antwortete ihnen: ,Das bin ich euch noch schuldig; wir wollen uns in dem Garten versammeln!' – –«

Da bemerkte Schehrezâd, daß der Morgen begann, und sie hielt in der verstatteten Rede an. Doch als die *Zweihundertund-zweiundfünfzigste Nacht* anbrach, sprach ihre Schwester Dinazâd zu ihr: »Schwester, erzähle uns deine Geschichte weiter, wenn du wach bist und noch nicht schläfst!« Jene gab zur Antwort: »Herzlich gern! Es ist mir berichtet worden, o glücklicher König, daß der Vorsteher der Kaufmannschaft den anderen Kaufleuten ein Gastmahl versprach und zu ihnen sagte: ‚Wir wollen uns in dem Garten versammeln.‘ Am nächsten Morgen schickte er den Hausdiener in die Halle und in den Pavillon, die sich im Garten befanden, und befahl ihm, dort Teppiche zu legen. Auch schickte er dorthin, was man zum Kochen brauchte, Schafe, zerlassene Butter und andere Dinge, wie sie die Gelegenheit erforderte; dann ließ er zwei Tische herrichten, einen im Pavillon und einen in der Halle. Darauf gürteten sich der Kaufherr Schams ed-Dîn und sein Sohn 'Alâ ed-Dîn, und der Vater sprach: ‚Mein Sohn, wenn ein Mann mit grauen Haaren eintritt, so will ich ihn empfangen und ihn an den Tisch, der im Pavillon ist, setzen. Du aber, mein Sohn, wenn du einen bartlosen Jüngling eintreten siehst, so empfange ihn und führe ihn in die Halle und weise ihm einen Platz an dem Tische dort an.‘ 'Alâ ed-Dîn fragte darauf: ‚Vater, warum lässest du zwei Tische bereiten, einen für die Männer, und einen für die jungen Leute?‘ ‚Mein Sohn,‘ entgegnete er, ‚wisse, der bartlose Jüngling scheut sich, mit den Männern zu essen.‘ Das hielt sein Sohn auch für richtig.

Wie nun die Kaufleute kamen, empfing Schams ed-Dîn die Männer und bat sie, sich im Pavillon zu setzen, während sein Sohn 'Alâ ed-Dîn die jungen Leute empfing und ihnen in der Halle Plätze anwies. Dann trug man die Speisen auf, und die Gäste aßen und tranken, waren lustig und vergnügten sich und tranken die Scherbette, während die Diener den Weihrauch aufsteigen ließen. Die Alten saßen da und redeten von Wissenschaft und von den Überlieferungen über den Propheten. Unter ihnen war ein Kaufmann des Namens Mahmûd el-Balchi; der war nach außen hin ein Muslim, aber im Innern ein Magier, er führte ein schlechtes Leben und war der Knabenliebe ergeben. Dieser Mann schaute auf das Antlitz des 'Alâ ed-Dîn mit einem Blicke, der tausend Seufzer in ihm aufsteigen ließ, und es war, als ob der Satan ihm in dem Antlitz des Knaben ein Juwel vorhielt; da ergriff ihn der sehnenden Liebe Kraft und die heftigste Leidenschaft, und sein Herz ward von der Liebe zu dem Knaben erfüllt. Jener Kaufmann, der Mahmûd el-Balchi hieß, pflegte seine Stoffe und Waren von dem Vater des 'Alâ ed-Dîn zu kaufen. Nun stand dieser Mahmûd auf, um ein wenig umherzugehen, und er richtete seine Schritte auf die jungen Leute zu; die erhoben sich, um ihn zu begrüßen. 'Alâ ed-Dîn aber hatte sich gerade gedrungen gefühlt, sein Wasser zu lassen, und so war er fortgegangen, um sein Bedürfnis zu stillen. Da wandte Mahmûd, der Kaufmann, sich an die jungen Leute mit den Worten: ‚Wenn ihr den 'Alâ ed-Dîn dazu bewegt, mit mir zu reisen, so gebe ich einem jeden von euch ein Gewand, das viel Geld wert ist.‘ Dann verließ er sie und kehrte wieder zu dem Kreise der Männer zurück. Die jungen Leute aber blieben dort sitzen, bis 'Alâ ed-Dîn zu ihnen zurückkehrte; da standen sie auf, um ihn zu begrüßen, und ließen ihn auf dem Ehrenplatze am Ende der Halle sitzen. Nun sagte ein Jüngling zu seinem Nachbarn: ‚Herr Hasan, erzähle mir von deinem Kapital, mit dem du Handel treibst; wie bist du dazu gekommen?‘ Jener antwortete: ‚Als ich herangewachsen und groß geworden war und das Mannesalter erreicht hatte, sagte ich zu meinem Vater: ‚Lieber Vater, gib mir Waren!' Doch er sagte: ‚Mein Sohn, ich habe nichts; geh aber hin und leih dir Geld von einem Kaufmann und fang an, damit Handel zu treiben; lerne, wie man kauft und verkauft, wie man gibt und nimmt!' Ich begab mich also zu einem der Kaufleute und lieh von ihm tausend Dinare; dafür kaufte ich mir Stoffe, reiste damit nach Damaskus und gewann für sie das Doppelte. Dann kaufte ich Waren in Damaskus und reiste damit nach Aleppo; dort verkaufte ich sie und gewann wiederum das Doppelte. Auch in Aleppo kaufte ich Waren und zog damit nach Baghdad, wo ich sie verkaufte und zum dritten Male das Doppelte gewann. So handelte ich immer weiter, bis mein Kapital an die zehntausend Dinare betrug.' In derselben Weise redete ein jeder von den jungen Leuten mit seinem Nachbarn, bis die Reihe an 'Alâ ed-Dîn Abu esch-Schamât kam und er erzählen mußte. Als man ihn fragte: ‚Wie ist's mit dir, Herr 'Alâ ed-Dîn?' antwortete er ihnen: ‚Ich bin in einem Gemache unter der Erde erzogen, und ich bin erst in dieser Woche aus ihm herausgekommen. Ich gehe jetzt zum Laden und von ihm nach Hause zurück.' Da sagten die anderen: ‚Du bist es gewohnt, zu Hause zu sitzen, und du kennst die Freuden des Reisens noch nicht; das Reisen ist ja auch Sache der Männer.' Er erwiderte: ‚Ich habe kein Bedürfnis zu reisen; für mich ist die Ruhe unschätzbar.' Darauf sagte einer von den Jünglingen zu seinem Nachbarn: ‚Der da ist wie ein Fisch; wenn er das Wasser verläßt, so stirbt er!' Und alle sagten zu 'Alâ ed-Dîn: ‚Die Söhne der Kaufleute sehen ihren Ruhm nur im Reisen um des Gewinnes willen.' Er aber ward zornig über dies Gerede, und er verließ die jungen Leute, mit Tränen im Auge und mit Trauer im Herzen; er stieg auf ein Maultier und begab sich nach Hause. Dort sah ihn seine Mutter, wie er von wachsendem Zorn erfüllt war und ihm die

Tränen im Auge standen; so fragte sie ihn: ‚Was macht dich weinen, mein Sohn?' Er gab ihr zur Antwort: ‚Alle die Söhne der Kaufleute haben mich beschimpft und gesagt, daß die Kaufmannssöhne nur im Reisen um des Geldgewinnes willen ihren Ruhm sehen.' – –«

Da bemerkte Schehrezâd, daß der Morgen begann, und sie hielt in der verstatteten Rede an. Doch als die *Zweihundertund-dreiundfünfzigste Nacht* anbrach, fuhr sie also fort: »Es ist mir berichtet worden, o glücklicher König, daß 'Alâ ed-Dîn zu seiner Mutter sagte: ‚Die Söhne der Kaufleute haben mich beschimpft und gesagt, daß die Kaufmannssöhne nur im Reisen um des Gewinnes willen ihren Ruhm sehen.' Da fragte seine Mutter ihn: ‚Mein Sohn, willst du denn reisen?' ‚Jawohl!' rief er, und da fragte sie weiter: ‚Nach welchem Lande willst du reisen?' ‚Nach der Stadt Baghdad,' erwiderte er; ‚denn dort verdient man für das, was man bei sich hat, das Doppelte.' Darauf entgegnete sie: ‚Lieber Sohn, sieh, dein Vater hat viel Geld; und wenn er dir nicht aus seinem Gelde Waren zu-rüsten will, so werde ich es aus meinem eigenen Vermögen tun.' Er aber sagte: ‚Am schönsten gibt, wer rasch gibt! Wenn ein gutes Werk für mich geschehen soll, so ist jetzt die Zeit dazu.' Da rief sie die Sklaven und schickte sie zu den Packern; ferner öffnete sie einen Warenspeicher und ließ Stoffe für ihn herausholen, die von den Packern zu zehn Lasten verschnürt wurden.

Wenden wir uns nun von seiner Mutter zu seinem Vater zu-rück! Der hatte inzwischen im Garten nach seinem Sohne 'Alâ ed-Dîn ausgeschaut, ihn aber nicht gefunden; und als er nach ihm fragte, hieß es, er habe sein Maultier bestiegen und sei nach Hause geritten. Nun saß auch er auf und ritt hinter ihm her. Wie er sein Haus betrat, sah er schon die fertig geschnürten Ballen und fragte sofort, was das zu bedeuten habe. Da erzählte seine Frau ihm, was die Söhne der Kaufleute seinem Sohne 'Alâ ed-Dîn eingeredet hatten; und er rief: ‚Mein Sohn, Allah mache das Reisen in der Fremde zuschanden! Der Prophet Allahs – Er segne ihn und gebe ihm Heil! – hat gesagt: Es gehört zum Glücke des Menschen, daß er in seiner Heimat das tägliche Brot findet. Und die Alten sagten: Unterlaß das Reisen, wäre es auch nur eine Meile!' Darauf fragte er seinen Sohn: ‚Bist du wirklich entschlossen zu reisen und willst du von diesem Entschlusse nicht mehr abstehen?' Sein Sohn gab ihm zur Antwort: ‚Ich will mit Waren nach Baghdad reisen; sonst lege ich meine Gewänder ab, ziehe Derwischkleider an und wandre als Pilgrim durch die Welt!' Nun sprach sein Vater: ‚Ich bin nicht arm noch mittellos, sondern ich habe viel Gut', und er zeigte ihm alles, was er an Geld, Stoffen und anderen Waren besaß, indem er hinzufügte: ‚Ich habe Stoffe und Waren, die für jedes Land sich eignen.' Unter anderem zeigte er ihm vierzig verschnürte Ballen, von denen ein jeder die Aufschrift trug, daß sein Preis tausend Dinare sei; dann sagte er: ‚Mein Sohn, nimm diese vierzig Lasten zusammen mit den zehn, die von deiner Mutter sind, und reise unter dem Schutze Allahs des Erhabenen! Aber, mein lieber Sohn, ich bin um dich besorgt wegen eines Waldes, der an deinem Wege liegt und der da der Löwenbusch heißt, und wegen eines Tales dort, das den Namen Hundetal trägt; in ihnen sind ohne Barmherzigkeit alle Seelen dem Tode geweiht.' Als der Sohn fragte: ‚Warum das, lieber Vater?' antwortete der Vater ihm: ‚Wegen eines Beduinen, eines Wegelagerers, der 'Adschlân heißt.' 'Alâ ed-Dîn aber sprach: ‚Das Leben kommt von Allah; habe ich teil an ihm, so wird mir kein Schaden widerfahren!' Darauf ritt 'Alâ ed-Dîn mit seinem Vater nach dem Markte der

Lasttiere; dort sprang ein Karawanenführer von seinem Maultiere ab, küßte den Boden vor dem Vorsteher der Kaufmannschaft und sprach zu ihm: ‚Bei Allah, es ist lange her, mein Gebieter, daß du uns in Geschäften nicht mehr verwendet hast.' Er erwiderte darauf: ‚Jede Zeit hat ihren Lauf und ihre Männer. Allah der Erhabene habe den Mann selig, der da sprach:

> *Ein alter Mann schritt, tiefgebückt, am Wanderstab;*
> *Bis auf die Kniee wallte ihm sein Bart herab.*
> *Ich fragte ihn: Weshalb denn neigst du dich so tief?*
> *Da hob er seine Hände zu mir auf und rief:*
> *Im Staub liegt meine Jugend, ach, sie wich von mir;*
> *Nun schreite ich gebückt und suche nur nach ihr.'*

Nach diesen Versen fuhr er fort: ‚Meister, nicht ich, sondern mein Sohn will reisen.' Der Treiber erwiderte: ‚Gott erhalte ihn dir!' Darauf schloß der Vorsteher der Kaufmannschaft einen Vertrag zwischen seinem Sohne und dem Karawanenführer, indem er bestimmte, daß der Jüngling ihm gleichsam ein Sohn sein solle, empfahl ihn seiner Obhut und sprach zu ihm: ‚Hier hast du hundert Dinare für deine Burschen!' Dann kaufte der Vorsteher der Kaufmannschaft sechzig Maultiere, ferner eine Lampe und eine Grabesdecke für den heiligen 'Abd el-Kâdir el-Dschilâni[1] und sprach: ‚Mein Sohn, solange ich fern von dir bin, ist dieser Mann dein Vater statt meiner; gehorche ihm in allem, was er sagt!' Darauf begab er sich mit den Maultieren und den Dienern nach Hause; und an jenem Abend veranstalteten sie eine Koranvorlesung und ein Fest für den Scheich 'Abd el-Kâdir el-Dschilâni. Am nächsten Morgen aber gab der Vorsteher der Kaufleute seinem Sohne zehntausend Dinare und sagte: ‚Wenn du nach Baghdad kommst und

---

1. Ein berühmter sufischer Heiliger, der 1166 in Baghdad starb und dort begraben ist.

siehst, daß die Stoffe leicht zu verkaufen sind, so verkaufe sie; wenn du aber den Markt für sie schlecht findest, so lebe von diesem Gelde!' Und nun wurden die Maultiere beladen, alle nahmen voneinander Abschied, und dann zog die Karawane dahin, bis sie außerhalb der Stadt war. Inzwischen hatte auch Mahmûd el-Balchi sich zur Reise nach Baghdad gerüstet, hatte seine Lasten hinausgeschafft und seine Zelte vor den Toren der Stadt aufgeschlagen; denn er hatte sich gesagt: ,Du kannst dich dieses Jünglings nur in der Einsamkeit erfreuen, wo kein Aufpasser und kein Späher dich stört!' Er schuldete aber dem Vater des Jünglings tausend Dinare, die er ihm noch von einem früheren Geschäfte her zahlen mußte, und so ging er denn zu ihm, um Abschied von ihm zu nehmen. Jener sagte zu ihm: ,Gib die tausend Dinare meinem Sohn 'Alâ ed-Dîn!' und er empfahl ihn seiner Obhut, indem er sprach: ,Er soll dir wie ein Sohn sein.' Und so schloß 'Alâ ed-Dîn sich dem Mahmûd el-Balchi an. – –«

Da bemerkte Schehrezâd, daß der Morgen begann, und sie hielt in der verstatteten Rede an. Doch als die *Zweihundertundvierundfünfzigste Nacht* anbrach, fuhr sie also fort: »Es ist mir berichtet worden, o glücklicher König, daß 'Alâ ed-Dîn sich dem Mahmûd el-Balchi anschloß. Dieser Mahmûd nun trug dem Koche 'Alâ ed-Dîns auf, nichts für ihn zu kochen; sondern er selber versah den Jüngling und dessen Karawane mit Speise und Trank. Darauf wurde die Reise angetreten. Von dem Kaufherrn Mahmûd el-Balchi ist noch zu sagen, daß er vier Häuser besaß, eins in Kairo, eins in Damaskus, eins in Aleppo und eins in Baghdad.

Die Karawane zog nun immer weiter durch Wüsten und Steppen dahin, bis sie in die Nähe von Damaskus kam. Da schickte Mahmûd el-Balchi seinen Sklaven zu 'Alâ ed-Dîn, und der traf ihn sitzend und lesend an. Er trat auf ihn zu und küßte ihm die Hände; und als 'Alâ ed-Dîn nach seinem Begehr fragte, antwortete er: ‚Mein Herr läßt dich grüßen und bittet dich zu Gaste in seinem Zelte.' Aber 'Alâ ed-Dîn erwiderte: ‚Ich will erst meinen Vater Kamâl ed-Dîn, den Führer der Karawane, um Rat fragen.' Dann fragte er ihn um Rat, ob er gehen solle; doch der Führer sagte zu ihm: ‚Geh nicht!' Von Damaskus zogen sie weiter nach Aleppo, und auch dort veranstaltete Mahmûd el-Balchi ein Gastmahl und sandte zu 'Alâ ed-Dîn, um ihn einzuladen. Der fragte den Führer um Rat; und wiederum riet er ihm ab. Als sie dann von Aleppo weitergezogen waren, und als nur noch eine Tagereise zwischen ihnen und Baghdad lag, rüstete Mahmûd el-Balchi zum dritten Male ein Fest und sandte zu 'Alâ ed-Dîn, um ihn einzuladen. Wieder fragte der den Führer um Rat, und der riet ihm wie vorher ab. Dennoch sprach 'Alâ ed-Dîn: ‚Diesmal muß ich hingehen.' Darauf legte er unter den Kleidern ein Schwert um und begab sich zu Mahmûd el-Balchi. Der erhob sich und kam ihm entgegen und begrüßte ihn; dann setzte er ihm ein prächtiges Mahl vor, man aß und trank und wusch sich zuletzt die Hände. Da neigte sich Mahmûd zu 'Alâ ed-Dîn hinüber, um ihm einen Kuß zu rauben, aber der fing ihn mit der Hand auf und rief: ‚Was willst du da tun?' Jener erwiderte: ‚Sieh, ich habe dich hierher kommen lassen; ich will an dieser Stätte mit dir der Freude pflegen, und wir wollen die Worte des Dichters auslegen:

> *Kannst du nicht zu mir kommen, nur ein Augenblickchen,*
> *So lang, wie ein Schäfchen gemolken, ein Ei gebraten wird,*
> *Und, was an zartem Feinbrote dir nur zusagt, essen,*
> *Und nehmen, was dir an silberner Münze entgegenklirrt,*
> *Und ohne Müh ertragen, was dir behagen soll,*
> *Ein Zöllchen oder ein Spännchen oder ein Händchen voll?'*

Darauf wollte Mahmûd el-Balchi den Jüngling vergewaltigen; doch der sprang auf, zog sein Schwert und rief: ‚Wehe über dein graues Haar! Fürchtest du dich nicht vor Allah, der im Zorne gewaltig ist? Gott habe den Mann selig, der da sprach:

Bewahr dein weißes Haar vor Schmutz, der es beflecket!
Denn weiße Farben nehmen rasch die Flecken an.'

Nach diesen Worten sprach 'Alâ ed-Dîn weiter zu Mahmûd el-Balchi: ‚Diese Ware ist ein von Allah anvertrautes Gut; wenn ich sie einem anderen als dir für Gold hätte verkaufen können, so hätte ich sie dir für Silber verkauft. Aber bei Allah, du Schandbube, ich werde mich nie mehr zu dir gesellen!' Darauf kehrte 'Alâ ed-Dîn zu dem Karawanenführer Kamâl ed-Dîn zurück und sprach zu ihm: ‚Der da ist ein Wüstling! Ich werde nie mehr mit ihm zusammen sein, und ich will auch nicht mit ihm weiterreisen.' ‚Mein Sohn,' erwiderte jener, ‚habe ich dir nicht gesagt, du solltest nicht zu ihm gehen? Aber wenn wir uns jetzt von ihm trennen, mein Sohn, so fürchte ich Gefahr für unser Leben; darum laß uns auch weiter in derselben Karawane reisen!' Doch 'Alâ ed-Dîn rief: ‚Es ist unmöglich, daß ich je wieder mit ihm zusammen reise.' So ließ er denn seine Lasten aufladen und zog mit seinen Leuten weiter, bis sie zu einem Tale kamen. Dort wollte er haltmachen; aber der Karawanenführer sprach: ‚Macht hier nicht halt, zieht weiter, beschleunigt den Schritt! Vielleicht können wir Baghdad noch erreichen, ehe die Tore der Stadt geschlossen werden; denn dort öffnet und schließt man die Tore stets mit der Sonne, aus Furcht, daß die Ketzer sich der Stadt bemächtigen und die Bücher der heiligen Wissenschaft in den Tigris werfen könnten.' ‚Lieber Vater,' erwiderte 'Alâ ed-Dîn, ‚ich bin nicht mit diesen Waren ausgezogen und in dies Land gekommen, um Handel zu treiben, sondern um mir die Welt anzusehen.' Der Karawanenführer wiederholte: ,Mein Sohn, ich bin um dich und um dein Gut wegen der Beduinen besorgt.' Da rief 'Alâ ed-Dîn: ,Du, Mann, bist du Diener oder Herr? Ich will erst morgen in Baghdad einziehen, damit das Volk der Stadt meine Waren sieht und weiß, wer ich bin!' ,Tu, was du willst,' sprach der Führer, ,ich habe dir meinen Rat gegeben; sieh nun selber zu, wie du mit heiler Haut davonkommst!' Trotzdem befahl 'Alâ ed-Dîn, die Lasten von den Maultieren abzuladen. So lud man denn ab, schlug die Zelte auf und blieb dort ruhig bis Mitternacht. Da ging 'Alâ ed-Dîn hinaus, um einem Rufe der Natur zu folgen, und sah plötzlich in der Ferne etwas aufblitzen. Rasch fragte er den Karawanenführer: ,Meister, was ist das, was dort blinkt?' Der Führer setzte sich auf, spähte sorgfältig aus und erkannte in dem, was da blinkte, Lanzenspitzen, Stahlwaffen und Schwerter von Beduinen. Ja, da waren sie, Beduinen mit ihrem Häuptling, dem Araberscheich des Namens 'Adschlân Abu Nâïb. Und als die Beduinen sich ihnen näherten, erkannten sie die Ballen und sagten einer zum andern: ,Ha, eine Nacht der Beute!' Wie die Leute der Karawane hörten, daß jene so redeten, rief Kamâl ed-Dîn, der Führer: ,Hinweg, ihr elendes Beduinengesindel!' Aber Abu Nâïb traf ihn mit seinem Wurfspeere in die Brust, und die Spitze drang blinkend aus seinem Rücken hervor; da sank er tot an der Zelttür nieder. Nun rief der Wasserträger: ,Hinweg, ihr gemeines Beduinengesindel!' Doch der ward von einem Schwerthieb auf den Nacken getroffen, und die Schneide fuhr leuchtend durch seine Halssehnen hindurch; und auch er sank tot nieder. All das geschah, während 'Alâ ed-Dîn dastand und zuschaute. Darauf umringten die Beduinen die Karawane von allen Seiten, erschlugen die Leute und ließen von der ganzen Schar des 'Alâ ed-Dîn keinen einzigen Mann übrig; dann luden sie die Lasten auf die Maultiere und zogen davon. 'Alâ ed-Dîn aber sprach bei sich selber: ‚Dein Kleid und dein Maultier hier wird dich sicher das Leben kosten!‘ Darum legte er sein Gewand ab, warf es auf den Rücken des Maultieres und blieb so nur in Hemd und Hose; dann blickte er vor sich nach der Zelttüre hin und sah dort eine Lache vom Blute der Erschlagenen. In ihr wälzte er sich mit Hemd und Hose, bis er wie ein Toter aussah, der in seinem eigenen Blute ertrunken war.

Sehen wir nun, was der Araberscheich 'Adschlân weiter tat! Er fragte seine Leute: ‚Ihr Araber, kam diese Karawane aus Ägypten hierher, oder zog sie von Baghdad aus?‘ – –«

Da bemerkte Schehrezâd, daß der Morgen begann, und sie hielt in der verstatteten Rede an. Doch als die *Zweihundertundfünfundfünfzigste Nacht* anbrach, fuhr sie also fort: »Es ist mir berichtet worden, o glücklicher König, daß die Leute des Beduinenhäuptlings, als er sie fragte: ‚Ihr Araber, kam diese Karawane aus Ägypten hierher, oder zog sie von Baghdad aus?‘ ihm zur Antwort gaben: ‚Diese kam aus Ägypten hierher auf Baghdad zu.‘ Dann fuhr er fort: ‚Gehet zu den Erschlagenen zurück; ich glaube, der Herr dieser Karawane ist noch nicht tot!‘ Nun kehrten die Beduinen zu den Toten zurück und begannen noch mehr auf sie loszustechen und dreinzuschlagen, bis sie zu 'Alâ ed-Dîn kamen. Er hatte sich zwischen die Leichen gelegt; doch als sie ihn erreichten, riefen sie: ‚Du stellst dich nur tot; wir werden dir jetzt den Garaus machen.‘ Und ein Beduine hob seinen Speer und wollte ihn in die Brust des 'Alâ ed-Dîn stoßen; doch da betete der Jüngling: ‚Deinen Segen, o Herr 'Abd el-Kâdir, du Heiliger von Dschilân!‘ Darauf sah er eine Hand, die den Speer von seiner Brust auf die des Meisters Kamâl ed-Dîn, des Karawanenführers, lenkte, so daß der Beduine jenen traf, und 'Alâ ed-Dîn war gerettet. Dann machten die Araber sich mit den beladenen Maultieren auf und davon. Vorsichtig blickte 'Alâ ed-Dîn wieder auf; aber als er sah, daß diese Raubvögel mit ihrem gefundenen Fressen fortgeflogen waren, richtete er sich hoch, sprang auf und lief davon. Doch Abu Nâïb der Beduine sprach zu seinen Gefährten: ‚Ich sehe dort eine Gestalt sich regen, ihr Araber!' Da eilte einer von ihnen vor, und als er den laufenden 'Alâ ed-Dîn sah, rief er ihm zu: ‚Die Flucht soll dir nichts nützen! Wir sind hinter dir!' Und er spornte seine Stute an und jagte hinter ihm her. 'Alâ ed-Dîn aber hatte vor sich eine Tränkrinne mit Wasser neben einem Brunnengebäude entdeckt; rasch kletterte er in eine Fensternische des Brunnengebäudes hinein, streckte sich in ihr aus und stellte sich schlafend; dabei betete er: ‚O gütiger Schützer, breite über mich die Decke deines Schutzes, die nicht hinweggenommen werden kann!' Schon stand der Beduine bei dem Brunnenhaus in seinen Steigbügeln auf und reckte die Hand aus, um 'Alâ ed-Dîn zu packen; da rief der Jüngling: ‚Deinen Segen, o Herrin Nafîsa![1] Jetzt ist es Zeit für dich.' Und plötzlich stach ein Skorpion den Beduinen in die Hand, so daß er laut aufschrie und rief: ‚Ha, kommt her zu mir, ihr Araber, ich bin gestochen!' Er fiel von seiner Stute herunter, doch da kamen seine Gefährten und halfen ihm wieder aufsitzen, und als sie ihn fragten, was mit ihm geschehen sei, antwortete er: ‚Mich hat ein junger Skorpion gestochen!' Dann erreichten sie ihre Karawane wieder und ritten fort.

Lassen wir sie nun dahinziehen und wenden wir uns zu 'Alâ ed-Dîn und Mahmûd el-Balchi zurück! Der Jüngling blieb in der Fensternische des Brunnengebäudes liegen; aber der alte Kaufmann hatte inzwischen den Befehl zum Aufladen ge-

1. Eine muslimische Heilige, die 824 n. Chr. in Kairo starb.

geben und war weitergezogen, bis er zum Löwenbusche kam. Als er dort die Leute des 'Alâ ed-Dîn alle erschlagen fand, freute er sich und ritt dahin, bis er zu dem Brunnenhause mit der Tränkrinne kam. Sein Maultier aber war durstig, und so wandte er sich zur Seite, um aus der Rinne zu trinken; da sah es den Schatten des 'Alâ ed-Dîn und scheute vor ihm. Nun hob Mahmûd el-Balchi seinen Blick und sah 'Alâ ed-Dîn dort liegen, ohne Gewänder, nur noch mit Hemd und Hose bekleidet; und er fragte ihn: ‚Wer hat dies mit dir gemacht und dich in solches Elend gebracht?‘ 'Alâ ed-Dîn erwiderte: ‚Die Araber!‘ Da fuhr jener fort: ‚Mein Sohn, die Maultiere und die Waren befreiten dich aus Todesgefahren! Tröste dich mit den Worten dessen, der da sprach:

> *Wenn eines Mannes Haupt vom Tod gerettet wird,*
> *Dann ist doch Geld und Gut dem Span des Nagels gleich.*

Doch jetzt komm herunter, mein Sohn, und fürchte nichts Böses!‘ Da stieg 'Alâ ed-Dîn aus der Fensternische des Brunnengebäudes herunter, der Kaufmann gab ihm ein Maultier zu reiten, und sie zogen dahin, bis sie zu dem Hause des Mahmûd el-Balchi in der Stadt Baghdad kamen. Dieser führte seinen Gast ins Bad, indem er zu ihm sprach: ‚Das Geld und die Ballen sind dein Lösegeld gewesen, mein Sohn! Wenn du nun auf mich hören willst, so will ich dir dein Geld und Gut doppelt ersetzen.‘ Als der Jüngling wieder aus dem Bade kam, führte Mahmûd ihn in eine goldgeschmückte Halle mit vier Estraden; dann ließ er einen Tisch mit vielerlei Speisen bringen, und sie aßen und tranken. Doch nun neigte sich Mahmûd el-Balchi wieder zu 'Alâ ed-Dîn hinüber, um ihm einen Kuß zu rauben. Aber der Jüngling fing ihn mit der Hand auf und sprach: ‚Läßt du dich denn immer noch von deinen schlechten Absichten auf mich leiten? Hab ich dir nicht gesagt,

wenn ich diese Ware einem anderen als dir um Gold hätte verkaufen können, so hätte ich sie dir um Silber verkauft?' Doch
Mahmûd erwiderte: ‚Ich werde dir nur um diesen Preis Waren
und ein Maultier und Kleider geben; denn meine Leidenschaft zu dir richtet mich zugrunde. Wie schön hat doch
der Dichter gesagt:

> Nach Überlieferung von einem seiner Meister
> Sprach Abu Bilâl, der Scheich, der uns mehr als andere gilt:
> Wer liebt, wird durch Umarmen und Küssen nie geheilet
> Von seinem Leid, – nein, nur wenn er den Trieb gestillt.'

Da rief ’Alâ ed-Dîn: ‚Dies ist etwas, das nie geschehen soll!
Behalte dein Gewand und dein Maultier und mach mir die Tür
auf, daß ich hinausgehen kann!' Nun öffnete der Kaufmann
die Tür: ’Alâ ed-Dîn schritt hinaus, während die Hunde hinter ihm her bellten, und ging fort. Und wie er so im Dunkel
dahin wanderte, erblickte er das Tor einer Moschee; er trat in
die Vorhalle des Gotteshauses und verbarg sich darin. Da kam
ein Lichtschein auf ihn zu, und als er genauer hinschaute, erkannte er zwei Laternen in den Händen von zwei Sklaven, die
vor zwei Kaufleuten hergingen. Der eine von diesen beiden
war ein alter Mann von schönem Angesicht; der andere war
ein Jüngling. Nun hörte er, wie der Junge zu dem Alten sagte:
‚Um Allahs willen, lieber Oheim, gib mir meine Base zurück!'
Der Alte aber erwiderte: ‚Hab ich dich nicht schon viele Male
zurückgehalten, während du die Scheidung gleich der Heiligen
Schrift immer im Munde führtest?' Zufällig blickte der Alte
nach rechts und sah jenen Jüngling, so schön wie die Mondscheibe; er sprach zu ihm: ‚Friede sei über dir!' Und nachdem
’Alâ ed-Dîn ihm den Gruß zurückgegeben hatte, fuhr jener
fort: ‚Mein Sohn, wer bist du?' Er gab zur Antwort: ‚Ich bin
’Alâ ed-Dîn, der Sohn des Schams ed-Dîn, des Vorstehers der

Kaufmannsgilde in Kairo. Ich bat meinen Vater um Waren, und er rüstete mir fünfzig Maultierlasten an Stoffen und Waren aus.'– – «

Da bemerkte Schehrezâd, daß der Morgen begann, und sie hielt in der verstatteten Rede an. Doch als die *Zweihundertundsechsundfünfzigste Nacht* anbrach, fuhr sie also fort: »Es ist mir berichtet worden, o glücklicher König, daß 'Alâ ed-Dîn erzählte: ‚Mein Vater rüstete mir fünfzig Maultierlasten an Stoffen und Waren aus und gab mir zehntausend Dinare. Ich reiste dann, bis ich zu dem Löwenbusche kam; dort fielen die Araber über mich her und nahmen mir mein Geld und mein Gut ab. Nun bin ich in diese Stadt gekommen, und als ich noch nicht wußte, wo ich übernachten sollte, erblickte ich diese Stätte und verbarg mich hier.' Da fragte der Alte ihn: ‚Mein Sohn, was meinst du dazu, wenn ich dir tausend Dinare und ein Gewand im Werte von tausend Dinaren und auch noch ein Maultier im Werte von tausend Dinaren gebe?' 'Alâ ed-Dîn aber fragte den Alten: ‚Zu welchem Zwecke willst du mir das geben, mein Oheim?' Da fuhr jener fort: ‚Dieser Jüngling, der mich begleitet, ist der Sohn meines Bruders, und sein Vater hat keinen anderen als ihn. Und ich habe eine einzige Tochter, die heißt Zubaida die Lautnerin, ein schönes und anmutiges Mädchen. Die habe ich ihm zur Gemahlin gegeben, und er liebt sie sehr, während sie ihn nicht mag. Und als er sich einmal mit dem dreifachen Eide der Scheidung versah, konnte seine Gemahlin nichts Rascheres tun als ihn verlassen.¹ Da drang er in alle Leute, mich zu bitten, daß ich sie ihm zurückgeben möchte;

1. Nach muslimischem Brauch kann ein Ehemann seiner Frau zweimal schwören: ‚Ich scheide mich von dir', und sie beide Male ohne weiteres zurücknehmen. Tut er es aber dreimal, sei es zu verschiedenen Zeiten oder im selben Augenblicke, so kann er sie erst dann wieder heiraten,

aber ich sagte ihm, das sei nur durch einen Mittelsmann erlaubt. Nun bin ich mit ihm übereingekommen, daß wir einen Fremdling zum Mittelsmanne nehmen, damit ihm hier niemand es später vorhalten könne. Und da du ein Fremdling bist, so komm mit uns; wir wollen dich gesetzlich mit ihr vermählen, du kannst dann diese Nacht bei ihr bleiben und mußt dich morgen früh wieder von ihr scheiden. Dann geben wir dir, was ich dir versprochen habe.' 'Alâ ed-Dîn sagte sich: ‚Bei Allah, es ist doch viel schöner, die Nacht bei einer jungen Frau, im Hause und im Bette zu verbringen, als auf den Straßen oder in einer offenen Halle zu nächtigen.' So ging er denn mit ihnen zum Kadi. Und als der Kadi auf 'Alâ ed-Dîn blickte, ward sein Herz von Liebe zu ihm erfüllt, und er sprach zu dem Vater der Frau: ‚Was ist euer Begehr?' Der Alte erwiderte ihm: ‚Unser Begehr ist, diesen Jüngling zum Mittelsmanne für unsere Tochter und jenen jungen Mann zu machen. Wir wollen ihn aber durch einen Vertrag im voraus verpflichten, zehntausend Dinare als Morgengabe zu zahlen. Wenn er die Nacht bei ihr zugebracht hat und sich morgen früh von ihr scheidet, so wollen wir ihm ein Gewand im Werte von tausend Dinaren und ein Maultier im Werte von tausend Dinaren und außerdem tausend Dinare in Gold geben; wenn er sich aber nicht von ihr scheidet, so soll er zehntausend Dinare bezahlen.' Darauf schlossen sie den Vertrag mit dieser Bedingung, und der Vater der Frau erhielt ein Schriftstück darüber. Dann nahm er 'Alâ ed-Dîn mit sich, kleidete ihn in ein neues Gewand und führte ihn zum Hause seiner Tochter. Dort ließ er ihn an der Tür stehen;

wenn sie inzwischen die Ehe mit einem anderen eingegangen und von diesem wieder geschieden ist. Dieser ‚Mittelsmann‘ (arabisch *muhallil* oder *mustahill*) kann auch zum Scheine für einen solchen Zweck gedungen werden.

er selbst aber trat zu seiner Tochter ein und sagte zu ihr: ‚Hier hast du ein Schriftstück über deine Morgengabe. Ich habe dich mit einem schönen Jüngling namens ʾAlâ ed-Dîn Abu esch-Schamât vermählt; nimm ihn daher aufs beste auf!‘ Darauf gab er ihr das Schriftstück und ging nach Hause.

Nun hatte der Vetter der jungen Frau eine Wirtschafterin, die oft zu seiner Base Zubaida der Lautnerin ging, und der er manches Gute tat; zu der sprach er: ‚Mütterchen, wenn meine Base Zubaida diesen schönen Jüngling sieht, so wird sie mich nachher nicht mehr annehmen wollen. Darum bitte ich dich, eine List zu ersinnen und sie von ihm fernzuhalten.‘ ‚Bei deiner Jugend,‘ entgegnete sie, ‚ich werde nicht dulden, daß er ihr naht!‘ Darauf ging sie zu ʾAlâ ed-Dîn und sprach zu ihm: ‚Mein Sohn, ich gebe dir einen guten Rat, um Allahs des Erhabenen willen, und nimm du meinen Rat an; denn ich bin um dich wegen jener Frau da besorgt. Laß sie allein schlafen, rühr sie nicht an, komme ihr nicht einmal nahe!‘ ‚Warum denn?‘ fragte er; und sie gab ihm zur Antwort: ‚Ihr Leib ist voll Aussatz, und ich fürchte, sie wird dich in deiner schönen Jugend anstecken.‘ Da sagte er: ‚Ich habe sie nicht nötig.‘ Dann begab sie sich zu der jungen Frau und sagte ihr dasselbe von ʾAlâ ed-Dîn, was sie ihm von ihr gesagt hatte. Da sagte jene: ‚Ich habe ihn nicht nötig. Laß ihn nur allein schlafen und morgen früh seiner Wege gehen!‘ Dann rief sie eine Dienerin und sprach zu ihr: ‚Nimm den Tisch mit den Speisen und gib ihm zu essen!‘ Die Dienerin trug den Tisch mit den Speisen herbei und setzte ihn vor den Jüngling hin, und er aß, bis er gesättigt war. Darauf setzte er sich wieder und trug mit schöner Stimme die Sure Jâ-Sîn[1] vor. Die junge Frau hörte ihm zu, und sie fand, daß seine Stimme so lieblich klang, wie wenn das Volk Davids

1. Die 36. Sure des Korans.

Psalmen sang. Da sprach sie bei sich selber: ‚Allah strafe die Alte da, die mir von ihm sagte, er sei mit dem Aussatze behaftet! Wer ein solches Gebrest an sich trägt, der hat keine so schöne Stimme. Das ist alles nur über ihn gelogen.' Darauf nahm sie eine Laute von indischer Arbeit in die Hand, stimmte ihre Saiten und sang mit einer Stimme so süß, daß die Vögel am Himmel innehielten; dabei trug sie diese beiden Verse vor:

> Ich lieb ein schlankes Reh mit schwarzen, versonnenen Augen,
> Bei dessen Gang vor Neid die Weidenzweige erbeben.
> Mich weist es ab; eine andre beglückt es durch sein Kommen –
> Das ist eine Gunst von Gott; er kann sie, wem er will, geben.

Als er sie diese Verse singen hörte, begann er, nachdem er die Sure beendet hatte, gleichfalls zu singen, indem er diesen Vers vortrug:

> Meinen Gruß der Gestalt, vom Gewande umfangen,
> Und den Rosen auch in den Gärten der Wangen!

Da begann die junge Frau, von wachsender Liebe zu ihm ergriffen, den Vorhang zu lüften. Und als 'Alâ ed-Dîn sie erblickte, sprach er diese beiden Verse:

> Sie kommt wie ein Mond und neigt sich gleichwie ein Zweig der Weide;
> Sie blickt wie eine Gazelle, ihr Hauch ist Ambra fein.
> Es ist, als sei der Gram mir fest ins Herz geschmiedet;
> Wenn sie von dannen geht, so findet er sich ein.

Darauf trat sie hervor, die Hüften wiegend und lieblich sich biegend, ein Werk des Schöpfers, der seine Gaben gütig austeilt; und ein jeder warf auf den andern einen Blick, der gab ihm tausend Seufzer zurück. Und als die Pfeile der beiden Blicke, die einander trafen, fest in seinem Herzen lagen, begann er diese beiden Verse vorzutragen:

> Sie sah den Mond am Himmel und ließ mich der Nächte gedenken,
> Die wir gemeinsam einst verbrachten am grünenden Rain.

Wir beide, wir sahn einen Mond, und dennoch, ich erblickte
Ihr Auge nur, und sie schaute mir in das Auge hinein.

Als sie ihm nun näher kam und nur noch zwei Schritte zwischen ihnen lagen, hub er an, diese beiden Verse vorzutragen:

Sie löste eines Nachts drei Locken ihres Haares
Und zeigte mir, wie nun vier Nächte draus entstanden.
Sie blickte auf zum Mond am Himmel mit ihrem Antlitz,
Und zeigte mir, wie nun zwei Monde zugleich sich fanden.

Als sie aber dicht vor ihn trat, rief er ihr zu: ‚Bleib mir fern, damit du mich nicht ansteckst!' Da entblößte sie ihr Handgelenk, und es schien durch die Adern in zwei Teile geteilt zu sein und schimmerte so weiß wie des Silbers heller Schein. Und nun sprach sie zu ihm: ‚Bleib du mir fern, der du mit dem Aussatze behaftet bist, damit du mich nicht ansteckst!' Da fragte er sie: ‚Wer hat dir denn gesagt, daß ich aussätzig sei?' Sie antwortete: ‚Das alte Weib hat es mir gesagt.' Darauf rief er: ‚Die Alte hat auch mir gesagt, daß du mit dem Aussatze behaftet seist'; und alsbald entblößte er vor ihr seine Unterarme, und sie erkannte, daß auch seine Haut wie reines Silber war. Da zog sie ihn an ihren Busen, und er drückte sie an seine Brust, und beide umarmten einander. Dann zog sie ihn mit sich nieder, er löste ihre Gewänder, und in ihm regte sich, was sein Vater ihm hinterlassen hatte; und er rief: ‚Deine Hilfe, o Scheich Zacharias, o Vater der Adern!' Dann legte er seine Hände an ihre Seiten, setzte die Ader der Süße an das Tor der Schlucht und drang ein, bis er zum Gittertor kam; er ging am Siegestor vorbei, und dann kam er auf den Montags-, Dienstags-, Mittwochs- und Donnerstagsmarkt, er sah, daß der Teppich in seiner Größe der Estrade entsprach, und er schob den Deckel auf die Schachtel, bis er sie traf. Doch als es Morgen ward, rief er: ‚Ach, die Freude, die noch nicht ihr Ende

erreichte! Der Rabe hat sie geraubt und ist weggeflogen!' Wie
sie ihn nun fragte, was diese Worte bedeuten sollten, antwortete er ihr: ‚Herrin, ich darf nur noch diese eine Stunde bei dir
verbringen!' Sie fragte weiter: ‚Wer sagt das?' und er erwiderte ihr: ‚Dein Vater hat mir einen schriftlichen Vertrag abgenommen, daß ich zehntausend Dinare als Morgengabe für
dich zahlen muß; wenn ich sie nicht noch heute abliefere, so
werde ich im Hause des Kadis in Haft genommen. Aber jetzt
habe ich nicht einmal einen halben Para von den zehntausend
Dinaren in der Hand!' Darauf sagte sie: ‚Mein Gebieter, ist
der Ehevertrag in deiner Hand oder bei jenen?' Er gab zur Antwort: ‚Der Vertrag ist in meiner Hand; aber ich besitze gar
nichts.' Da hub sie an: ‚Das ist ein leichtes Ding! Fürchte
nichts! Hier hast du hundert Dinare; hätte ich mehr, ich würde
dir gern so viel geben, wie du willst; aber mein Vater hat in
seiner großen Liebe zum Sohne seines Bruders alles, was jener
von mir an Mitgift bekommen hat, in sein Haus schaffen lassen, ja, auch all meinen Schmuck hat er dorthin gebracht.
Wenn er dir nun in der Frühe einen Boten von seiten des geistlichen Gerichts schickt' – –«

   Da bemerkte Schehrezâd, daß der Morgen begann, und sie
hielt in der verstatteten Rede an. Doch als die *Zweihundertund-
siebenundfünfzigste Nacht* anbrach, fuhr sie also fort: »Es ist mir
berichtet worden, o glücklicher König, daß die junge Frau zu
’Alâ ed-Dîn sprach: ‚Wenn man dir in der Frühe einen Boten
von seiten des geistlichen Gerichts schickt und mein Vater und
der Kadi dir sagen lassen, du sollst dich von mir scheiden, so
frage du die beiden: ‚Nach welchem Gesetze ist es erlaubt, daß
ich mich, nachdem ich mich am Abend vermählt habe, am
nächsten Morgen schon wieder scheiden lasse?' Dann küsse die
Hand des Kadis und gib ihm ein schönes Geschenk; ebenso

küsse jedem Zeugen die Hand und gib ihm zehn Dinare. Darauf werden sie alle mit dir reden wollen, und wenn sie dich fragen: ‚Warum scheidest du dich nicht von ihr und nimmst die tausend Dinare, das Maultier und das Gewand, wie wir es vertraglich mit dir ausbedungen haben?‘ so erwidere du ihnen: ‚Mir ist jedes Haar ihres Hauptes so viel wert wie tausend Dinare; ich will mich nie von ihr scheiden, ich nehme weder das Gewand noch irgend etwas anderes.‘ Und wenn dann der Kadi zu dir sagt: ‚Zahle die Morgengabe!‘ so antworte ihm: ‚Ich bin augenblicklich ohne Geld.‘ Dann werden der Kadi und die Zeugen Mitleid mit dir haben und dir eine Frist gewähren.‘ Während sie noch so miteinander redeten, da klopfte plötzlich der Bote des Kadis an die Tür; 'Alâ ed-Dîn ging zu ihm hinaus, und der Bote sprach zu ihm: ‚Der Effendi läßt dich rufen, dein Schwiegervater verlangt nach dir.‘ Daraufhin gab 'Alâ ed-Dîn ihm fünf Dinare und sprach zu ihm: ‚O Diener des Gerichts, nach welchem Gesetze ist es erlaubt, daß ich mich, nachdem ich mich am Abend vermählt habe, am nächsten Morgen schon wieder scheiden muß?‘ Der Bote gab zur Antwort: ‚Nach gar keinem unserer Gesetze ist das erlaubt. Und wenn du das geistliche Recht nicht kennst, so will ich wohl dein Vertreter vor Gericht sein.‘ Darauf gingen sie zum Gericht, und der Kadi sprach zu 'Alâ ed-Dîn: ‚Warum scheidest du dich nicht von der Frau und nimmst, was dir nach dem Vertrage zufällt?‘ Der aber trat auf den Kadi zu, küßte ihm die Hand, legte fünfzig Dinare hinein und sprach: ‚Hoher Herr Kadi, nach welchem Gesetze ist es erlaubt, daß ich mich, nachdem ich mich am Abend vermählt habe, am nächsten Morgen schon wieder scheiden lassen muß, wider meinen Willen?‘ Der Kadi antwortete: ‚Die Scheidung durch Zwang ist nach keiner muslimischen Rechtslehre erlaubt.‘ Doch da hub der

Vater der jungen Frau an: ‚Wenn du dich nicht scheiden willst, so bezahle mir die Morgengabe aus, zehntausend Dinare!‘ Als ’Alâ ed-Dîn nun bat: ‚Gewähre mir drei Tage Frist‘, entschied der Kadi: ‚Drei Tage Frist sind nicht genug; er soll dir zehn Tage Aufschub geben!‘ Das wurde vereinbart, und er mußte sich verpflichten, nach diesen zehn Tagen entweder die Morgengabe zu zahlen oder sich scheiden zu lassen. Er ging aber von ihnen, nachdem er diese Verpflichtung angenommen hatte, kaufte Fleisch und Reis, zerlassene Butter und alles, was er sonst noch an Speisen nötig hatte, und begab sich nach dem Hause zurück. Dort trat er zu der jungen Frau ein und erzählte ihr genau, wie es ihm ergangen war. Da rief sie: ‚Zwischen Nacht und Tag geschehen Wunderdinge! Wie vortrefflich ist doch das Wort des Dichters:

> *Bezähme deinen Sinn, wenn dich der Zorn ergreifet;*
> *Und sei geduldig, wenn ein Unglück dich befällt!*
> *Denn siehe da, die Nächte sind vom Schicksal schwanger,*
> *Sie lasten schwer und bringen manch Wunderding zur Welt.‘*

Dann machte sie die Speisen bereit und brachte den Tisch herbei; und beide aßen und tranken, waren lustig und guter Dinge. Nun bat er sie, ein wenig Musik zu machen. Da nahm sie die Laute in die Hand, und sie spielte so schön, daß der härteste Stein darüber Freude empfand, und daß die Saiten riefen: König David, du hast uns gespannt! Und dann spielte sie eine schnellere Weise.

Während sie so dasaßen, in Glück und Fröhlichkeit, in Frohsinn und Seligkeit, wurde plötzlich an die Tür geklopft. Die junge Frau sprach: ‚Geh hin und sieh, wer an der Tür ist!‘ Da ging er hinunter, machte die Tür auf und sah dort vier Derwische stehen. Als er sie fragte, was sie begehrten, gaben sie ihm zur Antwort: ‚Lieber Herr, wir sind Bettelmönche, die in der Fremde reisen, und wir pflegen unsere Seelen mit Musik und zarter Dichtkunst zu speisen. Wir möchten nun diese Nacht bei dir bleiben und uns die Zeit bis zum Morgen vertreiben; dann wollen wir unserer Wege gehn, und dein Lohn wird bei Allah dem Erhabenen stehn. Und keiner ist unter uns, der nicht Heldenlieder und Gedichte und Strophen auswendig wüßte.' Er sprach: ,Ich muß erst jemand um Rat fragen', ging zurück und berichtete seiner jungen Frau darüber. Und als sie ihm sagte, er solle ihnen die Tür öffnen, tat er es, führte sie hinauf, ließ sie sich setzen und hieß sie willkommen. Darauf brachte er ihnen Speise, doch sie aßen nicht, sondern sprachen: ,Lieber Herr, unsere Speise besteht darin, daß wir Allahs Namen im Herzen sprechen und mit unseren Ohren den Gesängen lauschen. Wie vortrefflich ist doch das Wort des Dichters:

> *Wir wünschen nur in Gesellschaft zu sein;*
> *Denn am Essen erkennt man das Vieh allein.*

Wir vernahmen soeben schöne Musik bei dir; doch seit wir hinaufgekommen sind, ist sie verstummt. Wer mag wohl die Spielerin gewesen sein? War es eine weiße oder eine schwarze Sklavin oder ein Mädchen von Stand?' Er gab ihnen zur Antwort: ,Meine Gattin war es'; und dann erzählte er ihnen alles, was er erlebt hatte, indem er mit den Worten schloß: ,So hat nun mein Schwiegervater mir als Brautpreis die Zahlung von zehntausend Dinaren auferlegt, aber man hat mir eine Frist von zehn Tagen gewährt.' Einer von den Derwischen sagte darauf: ,Sei nicht traurig, sondern denke nur an Gutes! Ich bin der Scheich des Klosters, und mir sind vierzig Derwische untertan, über die ich Gewalt habe. Von denen werde ich dir die zehntausend Dinare einsammeln, und dann kannst du den Brautpreis, den du deinem Schwiegervater schuldest, voll auszahlen. Doch jetzt heiße deine Frau uns eine Weise vorspielen, auf daß wir uns erfreuen und erquicken; denn manchen ist die Musik wie ein Mahl, anderen wie eine Arznei, und wieder anderen eine Erfrischung wie der Fächer.'

Jene vier Derwische aber waren der Kalif Harûn er-Raschîd, der Wesir Dscha'far der Barmekide, Abu Nuwâs el-Hasan ibn Hâni[1] und Masrûr, der Träger des Schwertes der Rache. Sie waren bei jenem Hause vorbeigekommen, weil der Kalif sich beklommen gefühlt und zu seinem Minister gesagt hatte: ,Wesir, es ist mein Wunsch, daß wir zur Stadt hinuntergehen und in ihr umherwandeln; denn mir ist die Brust beklommen.' Darauf hatten sie Derwischkleidung angelegt und waren in die Stadt hinuntergegangen; und wie sie bei jenem Hause vorbeikamen, hatten sie die Musik gehört, und so hatten sie gewünscht, zu erfahren, was es damit auf sich habe. Dann blieben sie die Nacht über in einträchtiger Freude, indem das Wort bei ihnen die Runde machte, bis der Morgen das Tageslicht brachte. Da legte der Kalif hundert Dinare unter den Gebetsteppich, und dann nahmen sie Abschied und gingen ihrer Wege. Als aber die Dame den Teppich aufhob, erblickte sie die hundert Dinare unter ihm und sprach zu ihrem Gatten: ,Nimm diese hundert Dinare, die ich unter dem Teppich gefunden habe! Die Derwische haben sie dorthin gelegt, ehe sie weggingen, ohne daß wir es bemerkten.' Da nahm 'Alâ ed-Dîn das Geld und ging auf den Markt; dort kaufte er Fleisch, Reis, zerlassene Butter, kurz, alles, was er nötig hatte. Am Abend zündete er die Kerzen an und sprach zu seiner Frau:

1. Abu Nuwâs war einer der größten arabischen Dichter; von seinen Gedichten sind besonders die Weinlieder berühmt. Er lebte am Kalifenhofe in Baghdad, wo er auch wegen seines glänzenden Witzes beliebt war. In späterer Zeit ist er im ganzen Orient immer mehr zu einem Typus der Spaßmacher geworden.

‚Die Derwische haben mir die zehntausend Dinare, die sie mir versprochen haben, doch nicht gebracht; aber freilich, das sind arme Teufel.' Während sie noch miteinander sprachen, klopften plötzlich die Derwische an die Tür; und die Frau rief: ‚Geh hinunter und mach ihnen auf!' Da öffnete er ihnen, und als sie hinaufgegangen waren, fragte er sie: ‚Habt ihr die zehntausend Dinare, die ihr mir versprochen habt, mitgebracht?' Sie antworteten: ‚Es war uns noch nicht möglich, etwas davon aufzutreiben. Doch fürchte nichts Schlimmes; morgen, so Gott der Erhabene will, kochen wir dir etwas mit Goldmacherkunst. Sag deiner Gattin, sie möchte uns eine schöne Weise hören lassen, auf daß unsere Herzen dadurch erquickt werden; denn wir lieben die Musik!' Da spielte sie eine Weise auf der Laute und sang, daß der härteste Stein vor Freuden sprang. Und alle verbrachten die Nacht in eitel Freude und Seligkeit, in Unterhaltung und Fröhlichkeit, bis der Morgen sich erhob und die Welt mit seinen feurigen Strahlen durchwob. Da legte der Kalif hundert Dinare unter den Gebetsteppich. Dann nahm man Abschied, und die Gäste wandten sich, um ihrer Wege zu gehen. So kamen sie immer wieder zu ihm, an neun Abenden, und in jeder Nacht legte der Kalif hundert Dinare unter den Teppich, bis die zehnte Nacht anbrach; da kamen sie nicht. Der Grund ihres Fernbleibens aber war dieser, daß der Kalif nach einem Großkaufmann gesandt und ihm befohlen hatte: ‚Schaffe mir fünfzig Lasten Stoffe herbei, wie sie aus Kairo kommen.' – –«

Da bemerkte Schehrezâd, daß der Morgen begann, und sie hielt in der verstatteten Rede an. Doch als die *Zweihundertundachtundfünfzigste Nacht* anbrach, fuhr sie also fort: »Es ist mir berichtet worden, o glücklicher König, daß der Beherrscher der Gläubigen jenem Kaufmann befahl: ‚Schaffe mir fünfzig

Lasten Stoffe herbei, wie sie aus Kairo kommen, deren jede tausend Dinare wert ist; schreibe auf jede Last ihren Preis, und bringe mir auch einen abessinischen Sklaven!' Der Kaufmann schaffte alles herbei, was ihm befohlen war. Darauf übergab der Kalif dem Sklaven ein Becken und eine Kanne aus Gold nebst anderen Geschenken, ferner auch die fünfzig Lasten; und er ließ einen Brief schreiben im Namen von Schams ed-Dîn, dem Oberhaupte der Kaufmannsgilde in Kairo, dem Vater des 'Alâ ed-Dîn. Dann sprach er zu dem Sklaven: ‚Nimm diese Lasten und was sonst noch bei ihnen ist, geh damit zu dem und dem Stadtviertel, in dem das Haus des Oberhauptes der Kaufleute ist, und frage: ‚Wo ist mein Herr 'Alâ ed-Dîn Abu esch-Schamât?' Dann werden die Leute dich zu dessen Stadtviertel und Haus führen.' Der Sklave nahm die Lasten und die Geschenke, die dabei waren, in Empfang und machte sich auf den Weg, gemäß dem Befehle des Kalifen.

Lassen wir ihn dahingehen und sehen wir, was der Vetter der jungen Dame inzwischen tat! Der ging zu ihrem Vater und sprach zu ihm: ‚Komm, wir wollen zu 'Alâ ed-Dîn gehen und ihn von meiner Base scheiden lassen!' So brachen die beiden auf, gingen dahin und begaben sich zu 'Alâ ed-Dîn. Als sie in die Nähe seines Hauses kamen, bemerkten sie dort fünfzig Maultiere, beladen mit fünfzig Lasten von Stoffen, ferner einen Sklaven, der auf einer Mauleselin ritt. Den fragten sie, wem diese Lasten gehörten. Er antwortete: ‚Meinem Herrn 'Alâ ed-Dîn Abu esch-Schamât! Sein Vater hatte ihn mit Waren ausgerüstet und hatte ihn nach der Stadt Baghdad geschickt. Aber da überfielen die Beduinen ihn und nahmen ihm sein Geld und Gut. Als die Kunde davon seinem Vater berichtet ward, schickte er mich zu ihm mit neuen Lasten als Ersatz für die verlorenen; er sandte ihm durch mich auch ein Maultier, das mit fünfzigtausend Dinaren beladen ist, ferner ein Bündel von Kleidern, das viel Geld wert ist, einen Zobelpelz und ein Becken und eine Kanne aus Gold.' ,Das ist ja mein Eidam,' rief der Vater der Dame, ,ich will dir sein Haus zeigen.' Während nun 'Alâ ed-Dîn in schwerer Sorge zu Hause saß, klopfte es plötzlich an die Tür. Da rief er: ,Ach, Zubaida, Allah ist allwissend! Doch ich fürchte, dein Vater sendet mir einen Schergen vom Kadi oder gar vom Präfekten.' Sie aber sprach: ,Geh hinunter und sieh, was es gibt!' Das tat er; und wie er die Tür öffnete, sah er seinen Schwäher, den Vorsteher der Kaufmannschaft, den Vater der Zubaida, und ferner bemerkte er einen abessinischen Sklaven von dunkler Hautfarbe, doch von gefälligem Aussehen, der auf einer Mauleselin ritt. Sofort stieg der Sklave ab und küßte ihm die Hände. Als 'Alâ ed-Dîn fragte ,Was wünschest du?' erwiderte er: ,Ich bin der Sklave meines Herrn 'Alâ ed-Dîn Abu esch-Schamât, des Sohnes Schams ed-Dîns, des Oberhauptes der Kaufleute im Lande Ägypten. Er, sein Vater, hat mich mit diesem anvertrauten Gut zu ihm geschickt.' Dann überreichte er ihm den Brief. 'Alâ ed-Dîn nahm ihn hin, öffnete ihn, las ihn und fand darin folgendes geschrieben:

,O du, mein Brief, wenn dich mein trauter Freund erblickt,
So küsse du vor ihm den Boden, küß den Schuh!
Doch sei behutsam auch, und übereil dich nicht;
In seiner Hand liegt meine Seele, meine Ruh.

Zuvor seien dir in Herzlichkeit Grüße und Wünsche und Empfehlungen geweiht! So schreibt Schams ed-Dîn an seinen Sohn Abu esch-Schamât: Wisse, lieber Sohn, mir ist zu Ohren gekommen, daß man deine Leute getötet und dir dein Geld und Gut abgenommen. Darum sende ich dir zum Ersatz diese fünfzig Lasten ägyptischer Stoffe, ein Gewand, einen Zobelpelz, ein Becken und eine Kanne aus Gold. Sei ohne Sorge;

das verlorene Gut war ja dein Lösegeld, mein Sohn! Möge dir nie Leid widerfahren! Deine Mutter und die Unsrigen sind in bestem Wohlsein und gesund; sie lassen dich alle vielmals grüßen. Ferner, mein Sohn, ist mir berichtet worden, daß man dich als Zwischengatten für die Dame Zubaida die Lautnerin angenommen hat, daß man dir aber für sie eine Morgengabe von fünfzigtausend Dinaren abverlangt. Diesen Betrag sende ich dir mit den Lasten durch deinen Sklaven Salîm.'

Als 'Alâ ed-Dîn den Brief zu Ende gelesen hatte, nahm er die ganze Sendung entgegen. Dann wandte er sich an seinen Schwäher und sprach zu ihm: ‚Lieber Schwiegervater, nimm diese fünfzigtausend Dinare als Morgengabe für deine Tochter Zubaida hin! Nimm auch die Warenlasten und verkaufe sie! Dann soll der Gewinn dir gehören, mir brauchst du nur ihren Grundwert zurückzuerstatten.' ‚Nein, bei Allah,' rief jener, ‚ich nehme nichts an. Über die Morgengabe für deine Gattin einige du dich mit ihr selber!' Darauf traten 'Alâ ed-Dîn und sein Schwäher in das Haus, nachdem sie zuvor die Waren hineingeschafft hatten. Nun fragte Zubaida ihren Vater: ‚Lieber Vater, wem gehören diese Lasten?' Er gab ihr zur Antwort: ‚Sie gehören 'Alâ ed-Dîn, deinem Gatten; sein Vater hat sie ihm geschickt zum Ersatz für all das, was die Beduinen ihm geraubt haben. Er hat ihm auch fünfzigtausend Dinare geschickt und ein Bündel Kleider und einen Zobelpelz und eine Mauleselin und ein Becken und eine Kanne von Gold. Über deine Morgengabe kannst du nun verfügen.' Alsbald öffnete 'Alâ ed-Dîn die Truhe und gab ihr ihre Morgengabe. Der Jüngling aber, der Vetter der Dame, bat: ‚Lieber Oheim, laß doch den 'Alâ ed-Dîn sich wieder von meiner Frau scheiden!' Jener erwiderte ihm: ‚Das geht nun nicht mehr an; er hat doch den Kontrakt für sich.' So ging denn der Jüngling tief bekümmert von dannen, legte sich krank in seinem Hause nieder und starb, da er zu Tode verwundet war.

Doch 'Alâ ed-Dîn, der nun im Besitze der Warenlasten war, ging zum Basar, holte, was er an Speise und Trank und zerlassener Butter brauchte, und richtete alles zum Festmahle her wie jeden Abend. Dabei sagte er zu Zubaida: ‚Schau, jene lügnerischen Derwische haben uns ein Versprechen gegeben und es gebrochen!‘ Sie aber gab ihm zur Antwort: ‚Du bist der Sohn des Vorstehers der Kaufmannschaft, und du hattest nicht einmal einen halben Para in der Hand! Und nun gar erst die armen Derwische!‘ Da fuhr er fort: ‚Allah der Erhabene hat uns so viel gegeben, daß wir sie entbehren können. Aber ich will ihnen nicht mehr die Tür aufmachen, wenn sie wieder zu uns kommen.‘ ‚Warum denn nicht?‘ rief sie, ‚das Glück ist doch erst zu uns gekommen, als sie uns besuchten, und sie legten uns doch jede Nacht hundert Dinare unter den Teppich. Du mußt ihnen auf jeden Fall die Tür auftun, wenn sie kommen.‘ Als nun der Tag mit seinem Lichte zur Rüste ging und die Nacht alles mit Dunkel umfing, zündeten sie die Kerzen an; und er sprach: ‚Wohlan, Zubaida, spiele uns etwas vor!‘ Da ward auch schon an die Tür geklopft, und sie rief: ‚Geh hin, schau, wer an der Tür ist!‘ Er ging hinunter, machte die Tür auf, und als er die Derwische erblickte, sagte er: ‚Ah, willkommen, ihr Lügner! Tretet nur ein!‘ So gingen sie denn mit ihm hinauf, und er bat sie, sich zu setzen, und brachte ihnen den Speisetisch. Sie aßen und tranken, waren lustig und guter Dinge. Darauf huben sie an: ‚Lieber Herr, unsere Herzen waren um dich in Sorge! Wie ist es dir nun mit deinem Schwiegervater ergangen?‘ Er antwortete: ‚Allah hat uns mehr ersetzt, als wir wünschen konnten!‘ Doch sie fuhren fort: ‚Bei Allah, wir haben uns um deinetwillen geängstet!‘ – –«

Da bemerkte Schehrezâd, daß der Morgen begann, und sie hielt in der verstatteten Rede an. Doch als die *Zweihundertundneunundfünfzigste Nacht* anbrach, fuhr sie also fort: »Es ist mir berichtet worden, o glücklicher König, daß die Derwische zu 'Alâ ed-Dîn sprachen: ‚Bei Allah, wir haben uns um deinetwillen geängstet! Wir sind nur deshalb nicht zu dir gekommen, weil wir kein Geld in Händen hatten.' Er aber sprach zu ihnen: ‚Schnelle Hilfe ist mir von Gott dem Herrn zuteil geworden! Mein Vater hat mir fünfzigtausend Dinare geschickt, dazu fünfzig Lasten Stoffe, von denen jede einzelne tausend Dinare wert ist, und ein Gewand und einen Zobelpelz und eine Mauleselin und einen Sklaven und ein Becken und eine Kanne von Gold! Mit meinem Schwiegervater habe ich Frieden geschlossen, meine Gattin ist jetzt von Rechts wegen mein, und ich preise Allah für das alles!' Als nun gerade der Kalif fortging, um ein Bedürfnis zu verrichten, beugte der Wesir Dscha'far sich zu 'Alâ ed-Dîn hinüber und sprach zu ihm: ‚Benimm dich fein; denn du bist in Gegenwart des Beherrschers der Gläubigen!' Jener fragte: ‚Was habe ich denn getan und dabei Mangel an gutem Benehmen vor dem Beherrscher der Gläubigen gezeigt? Wer von euch ist denn der Beherrscher der Gläubigen?' Der Wesir entgegnete: ‚Er, der mit dir redete und der hinausgegangen ist, um ein Bedürfnis zu verrichten, ist der Beherrscher der Gläubigen, der Kalif Harûn er-Raschîd, und ich bin der Wesir Dscha'far; der dort ist Masrûr, der Träger des Schwertes seiner Rache, und der andere ist Abu Nuwâs el-Hasan ibn Hâni! Und nun, 'Alâ ed-Dîn, überlege einmal mit Verstand und bedenke, wie viele Tagereisen es von Kairo nach Baghdad sind!' ‚Fünfundvierzig Tage', antwortete er; und Dscha'far fuhr fort: ‚Deine Lasten wurden dir vor nur zehn Tagen geraubt; wie könnte die Kunde davon deinen

Vater erreicht haben? Wie hätte er dir andere Lasten packen und sie dir auf eine Entfernung von fünfundvierzig Tagen in zehn Tagen zukommen lassen können?' ‚Hoher Herr,' fragte 'Alâ ed-Dîn, ‚woher ist mir denn dies zuteil geworden?' ‚Vom Kalifen, dem Beherrscher der Gläubigen,' erwiderte Dscha'far, ‚weil er dich so sehr lieb gewonnen hat.' Während sie so miteinander redeten, trat plötzlich der Kalif wieder ins Zimmer. 'Alâ ed-Dîn sprang auf, küßte den Boden vor ihm und sprach zu ihm: ‚Allah behüte dich, o Beherrscher der Gläubigen, und gebe dir ein langes Leben; und möge es den Menschen nie an deiner Huld und Güte fehlen!' Der Kalif sagte darauf: ‚Mein lieber 'Alâ ed-Dîn, bitte Zubaida, uns zur Feier des guten Ausganges etwas vorzuspielen!' Da spielte sie auf der Laute eine Weise, so zart und von so wunderbarer Art, daß der härteste Stein darüber Freude empfand, und daß die Saiten riefen: König David, du hast uns gespannt! So verbrachten sie die Nacht bis zum Morgen in der frohesten Weise. Am andern Tage früh sprach der Kalif zu 'Alâ ed-Dîn: ‚Komm morgen in die Regierungshalle!' Der antwortete: ‚Ich höre und gehorche, o Beherrscher der Gläubigen, so Gott der Erhabene will und du wohlauf bist!'

Darauf nahm 'Alâ ed-Dîn zehn runde Platten und legte kostbare Geschenke darauf; und am nächsten Tage ging er damit zur Regierungshalle. Während nun der Kalif im Staatssaale auf dem Throne saß, trat 'Alâ ed Dîn plötzlich zur Tür ein, indem er diese beiden Verse sprach:

> *An jedem Morgen möge Glück und Ruhm dich grüßen,*
> *Und mag der Neider auch in seiner Wut vergehn!*
> *Dir seien licht und hell auf immerdar die Tage,*
> *Doch schwarz die Tage jener, die dir widerstehn!*

‚Willkommen, 'Alâ ed-Dîn', rief der Kalif, und jener erwiderte: ‚O Beherrscher der Gläubigen, siehe, der Prophet –

Allah segne ihn und gebe ihm Heil! – hat Geschenke angenommen; so mögen denn diese zehn Platten mit dem, was darauf ist, eine Gabe von mir an dich sein!' Der Beherrscher der Gläubigen nahm sie von ihm an, verlieh ihm ein Ehrengewand, machte ihn zum Vorsteher der Kaufmannschaft und gab ihm einen Sitz in der Regierungshalle. Während er nun dort saß, trat auch sein Schwäher, der Vater Zubaidas, herein; und wie er den 'Alâ ed-Dîn, mit einem Ehrengewande angetan, auf seinem eigenen Platze sitzen sah, sprach er zum Beherrscher der Gläubigen: ‚O größter König unserer Zeit, warum sitzt der da auf meinem Platze und trägt das Ehrenkleid?' Der Kalif gab ihm zur Antwort: ‚Ich habe ihn zum Vorsteher der Kaufmannschaft gemacht; denn Ämter werden auf Zeit vergeben, nicht für das ganze Leben. Du bist jetzt abgesetzt.' Jener sagte darauf: ‚Er ist ja von unserer Gilde und gehört zu unserer Verwandtschaft. Du hast trefflich gehandelt, o Beherrscher der Gläubigen. Möge Allah stets für unsere Sachen die Besten von uns zu Führern machen! Wie mancher fing klein an und wurde zum großen Mann!' Darauf ließ der Kalif einen Firman für 'Alâ ed-Dîn ausstellen und übergab ihn dem Präfekten; der übergab ihn dem Ausrufer, und dieser verkündete in der Regierungshalle: ‚Allein 'Alâ ed-Dîn Abu esch-Schamât ist von jetzt an der Vorsteher der Kaufmannschaft! Man gehorche seinen Worten, und man achte seine Würde an allen Orten! Ehrung und Achtung und hoher Stand sind ihm nunmehr zuerkannt.' Als dann die Staatsversammlung beendet war, traten der Präfekt und der Ausrufer vor 'Alâ ed-Dîn, und der Ausrufer wiederholte: ‚Allein Herr 'Alâ ed-Dîn Abu esch-Schamât ist von jetzt an der Vorsteher der Kaufmannschaft!' Dann führte er ihn in den Straßen von Baghdad umher, und immerfort rief der Ausrufer: ‚Allein Herr 'Alâ ed-Dîn Abu esch-

Schamat ist von jetzt an der Vorsteher der Kaufmannschaft!‹ Am nächsten Tage eröffnete er einen Laden für seinen Sklaven und ließ ihn dort sitzen, um Handel zu treiben, während er selbst zum Palaste ritt, um seinen Platz in der Regierungshalle des Kalifen einzunehmen. – –«

Da bemerkte Schehrezâd, daß der Morgen begann, und sie hielt in der verstatteten Rede an. Doch als die *Zweihundertundsechzigste Nacht* anbrach, fuhr sie also fort: »Es ist mir berichtet worden, o glücklicher König, daß 'Alâ ed-Dîn zum Palaste zu reiten pflegte, um seinen Platz in der Regierungshalle des Kalifen einzunehmen. Nun begab es sich eines Tages, als er nach seiner Gewohnheit auf seinem Platze saß, daß jemand zum Kalifen sprach: ›O Beherrscher der Gläubigen, möge dein Haupt den und den aus deiner Tafelrunde lange überleben! Er ist zur Barmherzigkeit Allahs des Erhabenen eingegangen. Dein Leben aber sei von langer Dauer!‹ Da fragte der Kalif: ›Wo ist 'Alâ ed-Dîn Abu esch-Schamât?‹ Als dieser darauf vor ihn trat und er ihn erblickte, verlieh er ihm ein prächtiges Ehrengewand, machte ihn zu seinem Tischgenossen und bestimmte für ihn monatliche Einkünfte von tausend Dinaren. So weilte denn 'Alâ ed-Dîn bei ihm in der Tafelrunde. Doch eines Tages, als er nach seiner Gewohnheit auf seinem Platze saß, um dem Kalifen aufzuwarten, begab es sich, daß ein Emir mit Schwert und Schild in die Regierungshalle trat und rief: ›O Beherrscher der Gläubigen, möge dein Haupt den Hauptmann der Sechzig[1] überleben! Er ist heute gestorben.‹ Da verlieh der Kalif dem 'Alâ ed-Dîn ein neues Ehrengewand und setzte ihn zum Hauptmann der Sechzig ein an Stelle des früheren, der weder Sohn noch Tochter noch Frau gehabt hatte. Und 'Alâ ed-Dîn ging alsbald fort und legte seine Hand auf

[1]. Das ist der Titel eines höheren Offiziers.

die Habe jenes Mannes. Dann sprach der Kalif zu 'Alâ ed-Dîn: ‚Begrab ihn in der Erde und nimm alles, was er an Geld, Sklaven, Sklavinnen und Dienern hinterlassen hat!' Darauf schwenkte er das Taschentuch[1] und entließ die Versammlung. 'Alâ ed-Dîn aber ritt dahin, zur Rechten geleitet von Ahmed ed-Danaf, dem Hauptmanne zur Rechten des Kalifen, der seine Vierzig bei sich hatte, und zur Linken von Hasan Schumân, dem Hauptmanne zur Linken des Kalifen, der gleichfalls seine Vierzig bei sich hatte. Da wandte 'Alâ ed-Dîn sich an den Hauptmann Hasan Schumân und seine Leute und sprach zu ihnen: ‚Sprecht für mich mit dem Hauptmanne Ahmed ed-Danaf, auf daß er mich durch einen vor Gott beschworenen Vertrag zu seinem Sohne annehme!' Da nahm Ahmed ihn als Sohn an und sprach zu ihm: ‚Ich und meine vierzig Mann, wir werden jeden Tag vor dir her zur Regierungshalle ziehen.' Nachdem 'Alâ ed-Dîn nun eine Reihe von Tagen im Dienste des Kalifen verbracht hatte, begab es sich einmal, daß er, nachdem er die Regierungshalle verlassen hatte, zu seinem Hause ritt und dort den Ahmed ed-Danaf und seine Leute ihrer Wege ziehen ließ. Dann setzte er sich zu seiner Gattin Zubaida der Lautnerin, als die Kerzen bereits angezündet waren. Nach einer kurzen Weile ging sie fort, um ein Bedürfnis zu verrichten. Während er nun auf seinem Platze saß, hörte er plötzlich einen lauten Schrei. Eilends lief er hin, um zu schauen, wer da geschrien hatte. Da sah er, daß seine Frau Zubaida die Lautnerin es war, die den Schrei ausgestoßen hatte. Sie lag auf dem Boden dahingestreckt; er legte seine Hand auf ihre Brust und entdeckte, daß sie tot war. Das Haus ihres Vaters aber befand sich gegenüber dem Hause 'Alâ ed-Dîns; und da jener den Schrei gehört hatte, fragte er: ‚Was gibt's, mein Herr 'Alâ ed-Dîn?' Jener erwiderte:

1. Zum Zeichen, daß die Staatsversammlung beendet ist.

‚Dein Haupt, lieber Vater, möge deine Tochter Zubaida die Lautnerin überleben! Doch, mein Vater, der Tote wird geehrt, indem man ihn begräbt!' Am nächsten Morgen begruben sie sie in der Erde, und 'Alâ ed-Dîn und ihr Vater begannen einander zu trösten.

So starb Zubaida die Lautnerin. 'Alâ ed-Dîn aber legte Trauerkleider an und hielt sich von der Regierungshalle fern; denn sein Auge weinte, und sein Herz trauerte. Da sprach der Kalif zu Dscha'far: ‚Wesir, warum hält 'Alâ ed-Dîn sich von der Regierungshalle fern?' Und der Wesir gab ihm zur Antwort: ‚O Beherrscher der Gläubigen, er trauert um seine Frau Zubaida, und er wird von den Trauerbesuchern in Anspruch genommen.' Darauf sagte der Kalif des weiteren zum Wesir: ‚Es geziemt sich, daß wir ihm unser Beileid aussprechen.' ‚Ich höre und gehorche!' erwiderte jener. Nun machten der Kalif und der Wesir, begleitet von einigen Dienern, sich auf und begaben sich zu Pferde nach dem Hause des 'Alâ ed-Dîn. Und wie er so dasaß, traten plötzlich der Kalif und der Wesir mit ihren Begleitern bei ihm ein. Er stand auf, um sie zu begrüßen; dann küßte er den Boden vor dem Kalifen, und der sprach zu ihm: ‚Allah ersetze dir gnädig deinen Verlust!' 'Alâ ed-Dîn erwiderte: ‚Allah erhalte dich uns immerdar, o Beherrscher der Gläubigen!' Dann fuhr der Kalif fort: ‚Mein lieber 'Alâ ed-Dîn, warum hältst du dich von der Regierungshalle fern?' Er gab zur Antwort: ‚Ich trauere um meine Frau Zubaida, o Beherrscher der Gläubigen!' Aber der Kalif sprach: ‚Tu den Gram von deiner Seele ab! Siehe, jene ist zur Barmherzigkeit Allahs des Erhabenen eingegangen. Die Trauer kann dir gar nichts nützen!' ‚O Beherrscher der Gläubigen,' sagte 'Alâ ed-Dîn darauf, ‚ich werde erst dann von der Trauer um sie ablassen, wenn ich tot bin und neben ihr begraben werde.' Doch wieder hub der Kalif an: ‚Bei Allah ist Ersatz für einen jeden, der dahingegangen ist. Gegen den Tod schützt kein Mittel, kein Reichtum. Vortrefflich hat der Dichter gesprochen:

> *Ein jeder Sohn des Weibes, mag er auch lange leben,*
> *Wird eines Tages doch auf buckliger[1] Bahre getragen.*
> *Wie kann er denn die Wonnen des Lebens noch genießen,*
> *Wenn einst an seinen Wangen im Staube die Würmer nagen?'*

Als der Kalif dann seinen Beileidsbesuch beendete, ermahnte er 'Alâ ed-Dîn noch, sich der Regierungshalle nicht mehr fernzuhalten, und begab sich wieder in seinen Palast. Nachdem 'Alâ ed-Dîn jene Nacht noch in seinem Hause verbracht hatte, ritt er, als es Morgen geworden war, zur Regierungshalle. Dort trat er zum Kalifen ein und küßte den Boden vor ihm; und der Kalif erhob sich ihm zu Ehren ein wenig von seinem Throne, hieß ihn willkommen, begrüßte ihn und hieß ihn seinen gewohnten Platz wieder einnehmen, indem er hinzufügte: ‚'Alâ ed-Dîn, heute abend bist du mein Gast!' Hernach ging er auch mit ihm in seinen Palast, rief eine Sklavin namens Kût el-Kulûb und sprach zu ihr: ‚'Alâ ed-Dîn hatte eine Gattin namens Zubaida, die ihn über Sorge und Gram hinwegzutrösten pflegte; sie ist zur Barmherzigkeit Allahs des Erhabenen eingegangen. Nun wünsche ich, daß du ihm auf der Laute eine Weise vorspielst.' – –«

Da bemerkte Schehrezâd, daß der Morgen begann, und sie hielt in der verstatteten Rede an. Doch als die *Zweihundertundeinundsechzigste Nacht* anbrach[2] fuhr sie also fort: »Es ist mir

---

1. Die Bahre sieht ‚bucklig' aus, wenn der Leichnam auf ihr getragen wird. – 2. In der Kalkuttaer Ausgabe ist die Zahl 261 übersprungen. Daher stimmen die Zahlen der 261. bis 270. Nacht in der Übersetzung nicht mit dem arabischen Texte überein. Als 270. Nacht habe ich die Geschichte von Ali Baba eingesetzt; vgl. Seite 659, Anmerkung.

berichtet worden, o glücklicher König, daß der Kalif zu der Sklavin Kût el-Kulûb sprach: ‚Nun wünsche ich, daß du ihm auf der Laute eine Weise vorspielst, fein und zart, und von wundersamer Art, damit er sich über Sorge und Trauer hinwegtröste.‘ Als sie nun eine wundersame Weise vortrug, sprach der Kalif: ‚Alâ ed-Dîn, was sagst du zu der Stimme der Sklavin?‘ Jener erwiderte: ‚Zubaida hatte eine schönere Stimme als sie; aber sie läßt mit solcher Kunst die Laute erklingen, daß selbst die härtesten Felsen vor Freude springen.‘ Wie der Kalif dann weiter fragte: ‚Gefällt sie dir?‘, gab er zur Antwort: ‚Ja, o Beherrscher der Gläubigen!‘ Da sprach der Kalif: ‚Bei meinem Leben und bei den Gräbern meiner Ahnen, ich schenke sie dir samt ihren Mägden!‘ Alâ ed-Dîn meinte, der Kalif scherze mit ihm; aber als es Morgen ward, ging der Fürst zu seiner Sklavin Kût el-Kulûb und sprach zu ihr: ‚Ich habe dich dem ’Alâ ed-Dîn zum Geschenke gemacht!‘ Darüber war sie erfreut, denn sie hatte ihn gesehen und lieb gewonnen. Nun begab sich der Kalif aus dem Schlosse wieder in die Regierungshalle, ließ die Träger rufen und sprach zu ihnen: ‚Schafft die Habe der Kût el-Kulûb zum Hause ’Alâ ed-Dîns und tragt sie selbst, von ihren Mägden begleitet, in einer Sänfte dorthin!‘ Jene brachten darauf die Sklavin mit ihren Mägden und ihrer Habe zum Hause ’Alâ ed-Dîns und führten sie in die Wohnräume, während der Kalif im Staatssaale bis gegen Abend sitzen blieb. Als die Versammlung aufgelöst wurde, ging er in seinen Palast.

So weit der Kalif! Was aber Kût el-Kulûb anging, so war sie in die Wohnräume im Hause des ’Alâ ed-Dîn mit ihrer Begleitung eingezogen; das waren aber vierzig Mägde und dazu noch die Eunuchen. Nun sprach sie zu zweien von den letzteren: ‚Einer von euch setze sich auf einen Schemel zur Rechten der Tür, und der andere setze sich auf einen Schemel zu ihrer

616

Linken! Wenn 'Alâ ed-Dîn kommt, so küsset beide den Boden vor ihm und sprechet zu ihm: ‚Unsere Herrin Kût el-Kulûb bittet dich, zu ihr in die Wohnräume zu kommen; denn der Kalif hat sie dir samt ihren Mägden geschenkt.' ‚Wir hören und gehorchen!' antworteten die beiden und taten, wie sie ihnen geboten hatte. Wie dann 'Alâ ed-Dîn kam, fand er zwei Eunuchen des Kalifen an der Tür sitzen. Darüber war er erstaunt, und er sprach bei sich selber: ‚Vielleicht ist dies gar nicht mein Haus? Oder was gibt es denn sonst hier?' Doch sobald die Eunuchen ihn erblickten, sprangen sie auf, küßten ihm die Hände und sprachen: ‚Wir sind vom Haushalte des Kalifen, wir sind Mamluken der Kût el-Kulûb. Und sie entbietet dir ihren Gruß und läßt dir sagen, daß der Kalif sie dir samt ihren Mägden geschenkt hat, und sie bittet dich, sie zu besuchen.' Darauf befahl er ihnen: ‚Saget ihr: Er heißt dich willkommen; aber solange du in seinem Hause bist, wird er die Gemächer, in denen du weilst, niemals betreten; denn was des Herren war, darf nicht des Dieners sein. Fragt sie auch, wie hoch ihre täglichen Ausgaben waren, als sie sich im Schlosse des Kalifen befand!' Die beiden gingen zu ihr hinauf und überbrachten diese Botschaft. Doch als sie sagen ließ, ihre Ausgaben betrügen hundert Dinare täglich, sprach er bei sich: ‚Es war doch nicht nötig für mich, daß der Kalif mir Kût el-Kulûb schenkte, damit ich so viel Geld für sie ausgebe; aber das läßt sich nicht ändern!' Sie wohnte nun also eine Reihe von Tagen bei ihm, während er ihr täglich hundert Dinare überwies. Eines Tages jedoch blieb 'Alâ ed-Dîn wieder der Regierungshalle fern; da sprach der Kalif zum Wesir: ‚Dscha'far, ich habe Kût el-Kulûb nur deshalb dem 'Alâ ed-Dîn gegeben, damit sie ihn über den Verlust seiner Frau tröste. Warum bleibt er uns denn schon wieder fern?' ‚O Beherrscher der Gläubigen,' er-

widerte jener, ,der sprach die Wahrheit, der da sagte: Wer ein
Lieb gefunden, dem sind die Freunde aus den Augen entschwunden.' Aber der Kalif fuhr fort: ,Vielleicht hat ihn doch
ein triftiger Grund von uns ferngehalten. Immerhin, wir wollen ihn besuchen!' Nun hatte 'Alâ ed-Dîn einige Tage zuvor
zu dem Wesir gesagt: ,Ich habe dem Kalifen geklagt, wie sehr
ich über den Tod meiner Frau Zubaida der Lautnerin betrübt
bin, und da hat er mir Kût el-Kulûb geschenkt.' Da hatte der
Wesir entgegnet: ,Wenn er dich nicht liebte, so hätte er sie dir
nicht geschenkt. Doch sag, 'Alâ ed-Dîn, bist du schon zu ihr
eingegangen?' ,Nein, bei Allah!' hatte er erwidert, ,ich weiß
weder, wie hoch noch wie breit sie ist.' Und als der Wesir ihn
gefragt hatte, warum das sei, hatte er geantwortet: ,Wesir,
was dem Herrn gebührt, das gebührt nicht dem Untertanen.'
  Der Kalif und Dscha'far verkleideten sich nun und gingen
hin, um 'Alâ ed-Dîn zu besuchen. Bei seinem Hause machten
sie halt, und als sie eintraten, erkannte 'Alâ ed-Dîn sie dennoch;
darum küßte er dem Kalifen die Hände. Als der ihn aber ansah, bemerkte er die Spuren der Trauer in seinem Antlitze,
und er fragte: ,Sag, 'Alâ ed-Dîn, was ist der Grund für diese
Trauer, von der du befangen bist? Bist du denn nicht zu Kût
el-Kulûb eingegangen?' ,O Beherrscher der Gläubigen,' erwiderte er, ,was dem Herrn gebührt, das gebührt nicht dem
Diener. Bis jetzt bin ich noch nicht zu ihr eingegangen, und
ich weiß weder, wie hoch noch wie breit sie ist. Geruhe nun,
mich von ihr zu befreien!' Da sprach der Kalif: ,Ich möchte
sie sehen und sie fragen, wie es um sie steht!' ,Ich höre und gehorche, o Beherrscher der Gläubigen!', gab 'Alâ ed-Dîn zur
Antwort. Nun ging der Kalif zu ihr. – –«
  Da bemerkte Schehrezâd, daß der Morgen begann, und sie
hielt in der verstatteten Rede an. Doch als die *Zweihundertund-*

zweiundsechzigste Nacht anbrach, fuhr sie also fort: »Es ist mir berichtet worden, o glücklicher König, daß der Kalif zu Kût el-Kulûb ging. Als sie ihn erblickte, erhob sie sich und küßte den Boden vor ihm. Wie er sie dann fragte: ‚Ist ʾAlâ ed-Dîn zu dir eingegangen?‘ antwortete sie ihm: ‚O Beherrscher der Gläubigen, ich habe ihn bitten lassen, zu mir zu kommen; aber er willigte nicht ein.‘ Darauf befahl der Kalif, sie in den Palast zurückzubringen; zu ʾAlâ ed-Dîn aber sprach er: ‚Bleib uns nicht fern!‘ Dann kehrte er zu seinem Palaste zurück, während ʾAlâ ed-Dîn jene Nacht über in seinem Hause blieb. Als es wieder Morgen ward, machte er sich auf und ritt zur Regierungshalle; dort setzte er sich auf den Platz des Hauptmannes der Sechzig. Da gab der Kalif dem Schatzmeister Befehl, er solle dem Wesir Dscha'far zehntausend Dinare auszahlen; und als der ihm diesen Betrag übergeben hatte, gebot der Kalif dem Wesir: ‚Ich beauftrage dich, zum Markte der Sklavinnen hinabzugehen und für Alâ ed-Dîn eine Sklavin um zehntausend Dinare zu kaufen!‘ Der Wesir gehorchte dem Befehle des Herrschers und ging hinab, indem er den ʾAlâ ed-Dîn mit sich nahm und ihn zum Markte der Sklavinnen führte. Nun traf es sich, daß an diesem Tage der Polizeipräfekt von Baghdad, den der Kalif in dies Amt eingesetzt hatte und dessen Name Emir Châlid war, auch zu dem Markte hinabging, um für seinen Sohn eine Sklavin zu kaufen. Das war aus diesem Grunde geschehen. Er hatte eine Frau, namens Chatûn[1]; und die hatte ihm einen häßlichen Sohn geboren, der hieß Habzalam Bazzâza[2]. Der war schon zwanzig Jahre alt und hatte noch nicht reiten gelernt; aber sein Vater war ein Held verwegen und ein

1. Türkisch ‚die Herrin‘, Bezeichnung vornehmer Damen, auch als Mädchenname gebraucht. – 2. Kein wirklicher Eigenname; er ließe sich etwa übersetzen: ‚Schwarzbeule Dickwanst‘.

tapferer Degen, er war im Reiten der Rosse erfahren und watete im finsteren Meer der Gefahren. Eines Nachts nun hatte Habzalam Bazzâza einen Traum, der zeigte, daß er mannbar war, und wie er seiner Mutter davon erzählte, freute sie sich und berichtete es seinem Vater, indem sie hinzufügte: ‚Ich möchte, daß wir ihn verheiraten; denn er ist für die Ehe reif.‘ Doch dieser entgegnete ihr: ‚Der Bursche da ist so häßlich anzusehen, er hat einen so widerwärtigen Geruch, er ist so schmutzig und garstig, daß ihn keine Frau nehmen wird.‘ Da sagte sie: ‚Dann wollen wir ihm eine Sklavin kaufen.‘ So geschah es nach dem Ratschlusse Allahs des Erhabenen, daß an dem Tage, an dem der Wesir mit ’Alâ ed-Dîn zum Markte ging, auch Emir Châlid, der Präfekt, mit seinem Sohne Habzalam Bazzâza sich dorthin begab. Und wie sie auf dem Markte waren, erblickten sie an der Hand eines Maklers eine Sklavin, die Schönheit und Anmut besaß und ein vollendetes Ebenmaß; da sprach der Wesir zu dem Manne: ‚Makler, biete ihrem Eigentümer tausend Dinare für sie!‘ Als der aber mit ihr an dem Präfekten vorbeiging, sah Habzalam Bazzâza sie, und der Blick ließ tausend Seufzer in ihm zurück; ergriffen von heftiger Leidenschaft und von der Liebe zu ihr wie hinweggerafft, schrie er auf: ‚Lieber Vater, kauf mir diese Sklavin!‘ Der rief den Makler und fragte die Sklavin nach ihrem Namen. ‚Ich heiße Jasmin‘, gab sie zur Antwort. Dann sprach der Vater: ‚Mein Sohn, wenn sie dir gefällt, so biete ich höher!‘ Also fragte er: ‚Makler, wieviel ist für sie geboten?‘ Und wie der antwortete: ‚Tausend Dinare‘, bot er ihm tausendundeinen Dinar. Darauf ging der Makler zu ’Alâ ed-Dîn und der bot zweitausend Dinare. Sooft nun der Sohn des Präfekten einen Dinar höher bot, erhöhte ’Alâ ed-Dîn sein Angebot um tausend Dinare. Ärgerlich fragte der Sohn des Präfekten: ‚Makler,

wer überbietet mich bei dem Preise der Sklavin?' Der Makler
gab ihm zur Antwort: ‚Der Wesir Dscha'far will sie für 'Alâ
ed-Dîn Abu esch-Schamât kaufen.' Als schließlich 'Alâ ed-Dîn
zehntausend Dinare geboten hatte, war ihr Eigentümer damit
einverstanden und nahm diesen Preis für sie an. So erhielt 'Alâ
ed-Dîn sie und sprach zu ihr: ‚Ich schenke dir die Freiheit um
Allahs des Erhabenen willen.' Dann ließ er sogleich eine Urkunde darüber ausstellen, daß er sie zur Frau nehme, und begab
sich heim. Als aber der Makler mit seinem Maklerlohn zurückkehren wollte, rief der Sohn des Präfekten ihn und fragte ihn:
‚Wo ist die Sklavin?' Jener antwortete: 'Alâ ed-Dîn hat sie um
zehntausend Dinare gekauft, ihr die Freiheit geschenkt und ihr
seinen Ehekontrakt ausfertigen lassen!' Da ward der Jüngling
tief betrübt, er begann noch heftiger zu seufzen und kehrte,
krank von der Liebe zu ihr, nach Hause zurück; dort warf er sich
auf das Lager, wies alle Nahrung ab und ward immer stärker
von der Liebesleidenschaft ergriffen. Als seine Mutter ihn so
krank sah, sprach sie zu ihm: ‚Gott schütze dich, mein Sohn, wie
kommt es, daß du krank bist?' ‚Kaufe mir Jasmin, liebe Mutter!'
klagte er. Da rief sie: ‚Wenn der Blumenhändler[1] vorbeikommt,
will ich dir einen Korb voll Jasmin kaufen!' Aber er erwiderte:
‚Ich meine doch nicht den Jasmin, den man riecht; das ist eine
Sklavin, die Jasmin heißt, die mein Vater mir nicht gekauft hat!'
Wie sie nun ihren Gatten fragte: ‚Warum hast du ihm diese Sklavin nicht gekauft?' sagte der: ‚Was dem Herrn gebührt, das gebührt nicht dem Diener! Ich habe keine Macht, sie zu nehmen;
denn kein Geringerer hat sie gekauft als 'Alâ ed-Dîn, der Haupt-

1. Der Jasmin wird noch heute in den Städten des Orients ausgerufen;
in Kairo ruft der Verkäufer: ‚Vater des Duftes, o Jasmin!' oder ‚Herrlicher Jasmin, Jasmin des Duftes!' oder ‚Doppelt schöner Jasmin, doppelt schöner!' oder ‚Herrlich, o Jasmin!'

mann der Sechzig.' Da ward das Leiden des Burschen noch ärger, bis der Schlaf ihn ganz verließ und er alle Speise abwies und seine Mutter sich mit den Trauerbinden umwand.

Wie sie nun so in Trauer um ihren Sohn zu Hause saß, da trat plötzlich eine Alte zu ihr ein, die bekannt war als die Mutter des Erzdiebes Ahmed Kamâkim. Dieser Erzdieb pflegte mitten durch eine Wand zu bohren und oben auf eine Mauer zu klimmen und die Schminke von den Augenwimpern zu stehlen. Diese bösen Eigenschaften hatte er schon zu Beginn seiner Laufbahn; dann machte man ihn zum Wachhauptmann, aber da stahl er Geld. Und gerade als er die Tat beging, überraschte der Präfekt ihn, packte ihn und schleppte ihn vor den Kalifen. Der gab Befehl, ihn auf dem Blutplatze hinrichten zu lassen. Aber da flehte der Dieb den Schutz des Wesirs an, dessen Fürsprache der Kalif niemals unbeachtet ließ. Doch wie der nun Fürbitte für ihn einlegte, fragte der Kalif ihn: ‚Wie kannst du für eine Viper, die den Menschen schädlich ist, Fürsprache einlegen?' ‚O Beherrscher der Gläubigen,' gab er zurück, ‚setze ihn gefangen! Der Erbauer des ersten Gefängnisses war ein weiser Mann; denn ein Grab der Lebendigen ist die Kerkerhaft, während sie den Feinden Freude verschafft.' Darauf gab der Kalif Befehl, ihn in Fesseln zu legen und auf die Fesseln zu schreiben: Bestimmt, bis zum Tode an ihm zu bleiben und erst auf der Bank des Leichenwäschers zu lösen. So warf man ihn denn gefesselt ins Gefängnis. Nun pflegte seine Mutter zum Hause des Präfekten Emir Châlid zu gehen und auch ihren Sohn im Kerker zu besuchen. Wenn sie dann zu ihm sprach: ‚Habe ich dir nicht immer gesagt, du solltest von dem bösen Tun ablassen?' so antwortete er ihr: ‚Das hat Allah über mich verhängt. Doch, Mutter, wenn du zu der Frau des Präfekten gehst, so bitte sie, für mich bei ihm Fürsprache einzu-

622

legen.' Als nun die Alte zur Frau des Präfekten kam, fand sie sie mit den Binden der Trauer umwunden; da fragte sie: ‚Was ist dir, daß du so traurig bist?' Jene gab zur Antwort: ‚Um meines Sohnes Habzalam Bazzâza willen!' ‚Gott schütze deinen Sohn,' fuhr die Alte fort, ‚was hat ihn denn betroffen?' Darauf erzählte die Mutter ihr die Geschichte. Weiter fragte die Alte: ‚Was würdest du von jemand sagen, der einen Streich spielen würde, durch den dein Sohn gerettet wird?', ‚Was willst du denn tun?' entgegnete die Mutter. Und nun hub die Alte an: ‚Ich habe einen Sohn, der heißt Ahmed Kamâkim der Erzdieb. Der liegt gefesselt im Kerker, und auf seinen Fesseln steht geschrieben: Bestimmt, bis zum Tode an ihm zu bleiben. Lege du nun die prächtigsten Gewänder an, die du hast, schmücke dich auf das schönste und tritt deinem Gatten mit lächelnder Miene entgegen. Wenn er dann von dir verlangt, was die Männer von den Frauen verlangen, so versage dich ihm und sei ihm nicht zu Willen! Vielmehr sprich zu ihm: ‚Bei Allah, wunderbar! Wenn der Mann etwas von seiner Frau wünscht, so dringt er so lange in sie, bis sie ihm den Wunsch erfüllt; doch wenn die Frau etwas von ihrem Manne wünscht, so gewährt er es ihr nicht.' Fragt er dann: ‚Was wünschest du?' so erwidere ihm: ‚Erst schwöre es mir!' Wenn er dann bei seinem Haupte oder bei Allah schwört, so sage zu ihm: ‚Schwöre mir bei der Scheidung von mir!'[1] und sei ihm nicht eher zu Willen, als bis er dir bei der Scheidung schwört. Hat er dir aber den Eid bei der Scheidung geschworen, so sprich zu ihm: ‚Du hast im Kerker einen Hauptmann namens Ahmed Kamâkim, und der hat eine arme Mutter; die hat sich an mich gewandt und mich gebeten, bei dir Fürsprache einzulegen, indem sie sprach: ‚Be-

1. Wenn ein Mann den Schwur bei der Scheidung bricht, so ist die Frau berechtigt, ihn zu verlassen und die Ehe zu lösen.

wirke, daß er für meinen Sohn bei dem Kalifen eintritt, so daß dieser ihm verzeiht und er den Himmelslohn gewinnt!' Darauf sagte Chatûn: ‚Ich höre und gehorche!' Als nun der Präfekt zu seiner Frau eintrat – –«

Da bemerkte Schehrezâd, daß der Morgen begann, und sie hielt in der verstatteten Rede an. Doch als die *Zweihundertunddreiundsechzigste Nacht* anbrach, fuhr sie also fort: »Es ist mir berichtet worden, o glücklicher König, daß die Frau des Präfekten, als ihr Gatte zu ihr eintrat, jene Worte zu ihm sprach. Wie er ihr dann bei der Scheidung geschworen hatte, war sie ihm zu Willen, und er verbrachte die Nacht bei ihr. Als es dann Morgen ward, wusch er sich, betete das Frühgebet und ging zum Gefängnisse. Dort rief er: ‚Du da, Ahmed Kamâkim, du Erzdieb, bereust du dein Tun?' Der antwortete: ‚Ich bereue vor Allah, und ich bekehre mich, und ich spreche mit Herz und Mund: Ich bitte Allah um Verzeihung.' Da ließ der Präfekt ihn aus dem Kerker herausholen und nahm ihn, gefesselt wie er war, mit sich zur Regierungshalle. Dort trat er vor den Kalifen und küßte den Boden vor ihm. Als der nun fragte: ‚Emir Châlid, was wünschest du?' führte er den Ahmed Kamâkim, der die gefesselten Arme hin und her bewegte, vor den Thron. Der Herrscher rief: ‚Du da, Kamâkim, bist du immer noch am Leben?' ‚O Beherrscher der Gläubigen,' erwiderte jener, ‚bedenke, daß die Lebensfrist des Elenden von langer Dauer ist!' Doch der Kalif fuhr fort: ‚Emir Châlid, warum hast du ihn hierher gebracht?' Der gab zur Antwort: ‚Er hat eine arme verlassene Mutter, die niemanden hat außer ihm; sie hat sich an deinen Sklaven gewandt, er möchte bei dir, o Beherrscher der Gläubigen, für ihn eintreten, damit du ihn von den Fesseln befreiest, weil er ja sein früheres Tun bereut, und damit du ihn wieder zum Wachhauptmann machest,

wie er es einst war!' Da fragte der Kalif den Ahmed Kamâkim:
‚Bereust du dein früheres Tun?' Er antwortete: ‚Ich bereue vor
Allah, o Beherrscher der Gläubigen!' Darauf ließ der Herrscher den Schmied kommen, der dem Diebe die Fesseln auf
der Bank des Leichenwäschers löste; auch setzte er ihn wieder
zum Wachhauptmann ein und ermahnte ihn, stets auf guten
und rechten Wegen zu wandeln. Der Dieb küßte dem Kalifen
die Hände und ging davon, bekleidet mit dem Gewande des
Wachhauptmannes; und seine Ernennung wurde verkündet.

Nachdem er nun bereits eine Weile im Amte gewesen war,
ging seine Mutter zur Frau des Präfekten, und die sprach zu
ihr: ‚Preis sei Allah, der deinen Sohn aus dem Kerker befreit
hat, so daß er nun gesund und wohlauf ist! Aber warum sagst
du ihm nicht, er solle ein Mittel ersinnen, um die Sklavin Jasmin meinem Sohne Habzalam Bazzâza zu bringen?' ‚Ich will
es ihm sagen', erwiderte sie; dann ging sie von ihr fort und begab sich zu ihrem Sohne, den sie trunken antraf. Sie sprach zu
ihm: ‚Mein Sohn, deine Befreiung aus dem Kerker ist allein
durch die Frau des Präfekten bewirkt; und die wünscht nun
von dir, daß du ihr ein Mittel ersinnest, durch das ’Alâ ed-Dîn
Abu esch-Schamât zu Tode kommt, die Sklavin Jasmin aber
ihrem Sohne Habzalam Bazzâza zuteil wird.' ‚Nichts leichter
als das,' antwortete er, ‚ich muß noch heute nacht etwas be-
werkstelligen!' – Jene Nacht war nämlich die erste Nacht im
neuen Monate, und der Beherrscher der Gläubigen pflegte in
ihr bei der Herrin Zubaida zu verweilen, um eine Sklavin oder
einen Mamluken freizulassen oder etwas ähnliches zu tun. Und
ferner pflegte der Kalif dann sein Herrschergewand abzutun,
den Rosenkranz, den Dolch und den königlichen Siegelring
zurückzulassen und das alles auf einen Stuhl in der Halle zu
legen. Auch hatte der Kalif eine goldene Lampe, an der drei

Juwelen auf einen Goldfaden aufgereiht waren, und diese Lampe hielt er sehr wert. Er pflegte das Gewand, die Lampe und die übrigen Kostbarkeiten den Eunuchen anzuvertrauen und dann in das Gemach der Herrin Zubaida einzutreten. Nun wartete Ahmed Kamâkim der Erzdieb, bis die Mitternacht dunkelte und der Kanopus funkelte, bis das Auge der Kreatur sich mit Schlaf erfüllte und der Schöpfer sie in den Schleier der Dunkelheit hüllte. Dann nahm er das gezückte Schwert in die Rechte und seinen Fanghaken in die Linke. Er schlich zu dem Saale des Kalifen, legte die Leiter an, warf den Fanghaken auf das Saaldach, hielt sich daran fest und klomm auf der Leiter zum Dache hinauf. Dort hob er die Falltür des Saaldaches auf und ließ sich durch sie in die Halle hinunter. Die Eunuchen fand er schlafend; rasch betäubte er sie mit Bendsch, und dann nahm er das Gewand des Kalifen, den Rosenkranz, den Dolch, das Taschentuch, den Ring und die Lampe mit den Juwelen. Nun kletterte er an derselben Stelle wieder zurück, an der er emporgestiegen war, und begab sich zum Hause des 'Alâ ed-Dîn Abu esch-Schamât. Dieser hatte gerade an jenem Abend die Hochzeit mit der Sklavin gefeiert und war zu ihr eingegangen, und sie hatte von ihm empfangen. Ahmed Kamâkim nun, der Erzdieb, stieg über das Dach in den Saal des 'Alâ ed-Dîn hinab, hob aus dem Fußboden in der Mitte des Saales eine Marmorplatte auf, grub darunter ein Loch und legte die meisten der gestohlenen Dinge hinein; nur eins behielt er bei sich. Dann fügte er die Marmorplatte mit Gips fest ein, wie sie vorher gewesen war, und kletterte an derselben Stelle wieder zurück, an der er emporgestiegen war. Und er sprach bei sich: ,Jetzt will ich mich hinsetzen und mich betrinken; die Lampe des Kalifen will ich vor mich hinstellen, und bei ihrem Lichte will ich aus dem Becher zechen.' So ging er denn nach Hause. Als es aber Morgen ward, ging der Kalif in die Halle hinaus; dort fand er die Eunuchen vom Bendsch berauscht und weckte sie auf. Als er dann die Hand auf den Stuhl legte, fand er weder Gewand noch Ring, weder Rosenkranz noch Dolch, weder Taschentuch noch Lampe. Da ergrimmte er gewaltig; er legte das Gewand des Zornes an, das war ein rotes Gewand[1], und setzte sich in der Regierungshalle nieder. Nun trat der Wesir vor, küßte den Boden vor ihm und sprach: ‚Allah wende alles Unheil vom Beherrscher der Gläubigen ab!' Der aber rief: ‚Wesir, das Unheil ist übermäßig groß.' Als der Wesir fragte: ‚Was mag geschehen sein?' erzählte er ihm alles, was sich begeben hatte. In demselben Augenblicke erschien auch der Präfekt und ihm zur Seite Ahmed Kamâkim der Erzdieb; er sah, wie gewaltig der Kalif ergrimmt war. Sowie der Herrscher ihn erblickte, rief er ihn an: ‚Emir Châlid, wie steht es um Baghdad?' Jener gab zur Antwort: ‚Es ist wohlbehalten und sicher.' ‚Du lügst', sprach der Kalif. Da fragte jener: ‚Weshalb, o Beherrscher der Gläubigen?' Der erzählte ihm das Geschehene und fügte hinzu: ‚Ich gebiete dir, mir das alles zurückzubringen.' ‚O Beherrscher der Gläubigen,' erwiderte der Emir, ‚der Wurm des Essigs stammt von ihm und ist in ihm.[2] Kein Fremder kann je an diese Stätte gelangen.' Aber der Kalif sprach: ‚Wenn du mir diese Sachen nicht bringst, so lasse ich dich hin-

---

1. Rot ist die Farbe des Zornes, da die Wangen im Zorne sich röten. ‚Rote Augen' werden als Zeichen der Wut im Orient oft erwähnt; im Volksaberglauben sind auch die Augen der Hexen rot. Ein rotes Gewand als Zorneskleid ist sonst unbekannt. Daher ist der Ausdruck hier vielleicht nur bildlich zu verstehen; die Worte ‚das war ein rotes Gewand' sind wohl der erklärende Zusatz eines Abschreibers.

2. Ein arabisches Sprichwort. Statt ‚des Essigs' wird auch gesagt ‚des Käses'. Es wird gebraucht, wenn eine angesehene Familie durch ein mißratenes Mitglied bloßgestellt wird.

richten!' Der Emir erwiderte: ‚Ehe du mich töten lässest, laß Ahmed Kamâkim den Erzdieb töten; denn allein der Wachhauptmann kennt den Dieb und Schurken.' Da hub Ahmed Kamâkim an und sprach zum Kalifen: ‚Nimm meine Fürbitte für den Präfekten an! Ich will dir für den Dieb verantwortlich sein, und ich will seine Spur verfolgen, bis ich ihn entdecke. Doch gib mir zwei Kadis und zwei Zeugen; denn wer dies getan hat, scheut sich nicht vor dir, noch vor dem Präfekten, noch vor sonst jemandem.' Der Kalif sprach: ‚Du sollst haben, was du verlangst. Laß aber zuerst in meinem Schlosse nachsuchen, danach im Hause des Wesirs und dann im Hause des Hauptmanns der Sechzig!' ‚Du hast recht gesprochen, o Beherrscher der Gläubigen,' entgegnete Ahmed Kamâkim, ‚denn vielleicht ist der Missetäter jemand, der im Schlosse des Herrschers oder im Hause eines seiner höchsten Würdenträger erzogen ist.' Dann rief der Kalif noch: ‚Bei meinem Haupte, wer dieser Tat überführt wird, den werde ich unweigerlich töten lassen, wäre er auch mein eigener Sohn!' Nun erhielt also Ahmed Kamâkim, was er verlangte, dazu einen Firman mit der Vollmacht, in die Häuser einzudringen und sie zu durchsuchen. – –«

Da bemerkte Schehrezâd, daß der Morgen begann, und sie hielt in der verstatteten Rede an. Doch als die *Zweihundertundvierundsechzigste Nacht* anbrach, fuhr sie also fort: »Es ist mir berichtet worden, o glücklicher König, daß Ahmed Kamâkim erhielt, was er verlangte, dazu einen Firman mit der Vollmacht, in die Häuser einzudringen und sie zu durchsuchen. So ging er denn fort, in der Hand einen Stab, der zu einem Drittel aus Bronze, zu einem Drittel aus Kupfer und zu einem Drittel aus Stahl und Eisen gemacht war. Er durchsuchte das Schloß des Kalifen, dann das Haus des Wesirs Dscha'far und machte die Runde bei den Kammerherren und Statthaltern, bis er zu dem

628

Hause des 'Alâ ed-Dîn Abu esch-Schamât kam. Als dieser den Lärm vor seinem Hause hörte, verließ er seine Gattin Jasmin, eilte hinunter und öffnete die Tür. Da fand er den Präfekten inmitten einer erregten Menge und fragte ihn sofort: ‚Was gibt es, Emir Châlid?' Als der ihm die ganze Geschichte erzählt hatte, rief 'Alâ ed-Dîn: ‚Tretet in mein Haus ein und durchsucht es!' Doch der Präfekt sprach: ‚Verzeih, hoher Herr! Du bist der Getreue, und es sei ferne, daß ein Getreuer zum Schurken werde!' Aber 'Alâ ed-Dîn sprach: ‚Mein Haus muß unbedingt durchsucht werden.' So traten denn der Präfekt, die Richter und die Zeugen ein; Ahmed Kamâkim ging auf dem Fuß-boden der Halle entlang und kam zu der Marmorplatte, unter der er die Kostbarkeiten vergraben hatte. Da stieß er mit voller Kraft den Stab auf die Marmorplatte, so daß sie zerbrach. Und siehe da, unter ihr glitzerte etwas. Der Hauptmann rief: ‚Im Namen Allahs! O Wunder Gottes! Unser Kommen war so segensreich, daß uns dadurch ein Schatz entdeckt wurde. Laßt mich zu dem Schatze hinuntersteigen und sehen, was er ent-hält!' Als aber der Kadi und die Zeugen jene Stätte genauer anschauten, fanden sie dort alle die geraubten Sachen. Darauf schrieben sie eine Urkunde des Inhaltes, daß sie die Sachen im Hause des 'Alâ ed-Dîn gefunden hätten, und sie setzten ihre Siegelabdrücke darunter. Ferner befahlen sie, den 'Alâ ed-Dîn festzunehmen, rissen ihm seinen Turban vom Haupte und nahmen über all sein Geld und Gut ein Verzeichnis auf. Der-weilen aber legte Ahmed Kamâkim der Erzdieb seine Hand auf die Sklavin Jasmin, die von 'Alâ ed-Dîn empfangen hatte, und übergab sie seiner Mutter mit den Worten: ‚Übergib sie an Chatûn, die Frau des Präfekten!' Die nun nahm Jasmin in Empfang und ging mit ihr zu der Frau des Präfekten. Sobald Habzalam Bazzâza sie erblickte, ward er wieder gesund, sprang rasch auf und wollte sich hocherfreut ihr nähern. Sie aber zog einen Dolch aus ihrem Gürtel und rief: ‚Bleib mir fern! Sonst töte ich dich und mich!‘ Da schrie seine Mutter Chatûn ihr zu: ‚Du Metze, laß meinen Sohn sein Verlangen an dir tun!‘ ‚Du Hündin,‘ gab Jasmin ihr zur Antwort, ‚nach welchem Gesetze ist es gestattet, daß eine Frau sich mit zwei Männern vermähle? Und wie wäre es den Hunden erlaubt, das Lager der Löwen zu betreten?‘ Da wuchs in dem Burschen die Leidenschaft, und krank durch der versengenden Liebe Kraft, wollte er von Nahrung nichts mehr wissen, sondern er legte sich wieder auf seine Kissen. Da rief die Frau des Präfekten von neuem: ‚O du Metze, wie kannst du mir solche Qual um meinen Sohn bereiten! Fürwahr, ich werde dich noch foltern; und was ’Alâ ed-Dîn angeht, so wird er ja sicherlich gehängt werden!‘ ‚Dann werde ich an meiner Liebe zu ihm sterben‘, erwiderte Jasmin. Nun machte die Frau des Präfekten sich daran, ihr den Schmuck und die seidenen Gewänder, die sie trug, abzureißen; dann zog sie ihr Hosen aus Sackleinwand und ein härenes Hemd an, schickte sie in die Küche hinunter und machte sie zu einer der Dienstmägde, indem sie sprach: ‚Deine Strafe soll sein, daß du das Brennholz zerkleinerst, die Zwiebeln schälst und das Feuer unter die Kochtöpfe legst.‘ Jasmin gab ihr zur Antwort: ‚Ich bin bereit, alle Strafe und Knechtschaft zu dulden; aber ich bin nicht bereit, deinen Sohn auch nur anzusehen!‘ Doch Allah machte die Herzen der Mägde ihr geneigt, und die verrichteten bald die Dienste in der Küche für sie.

So erging es Jasmin. Sehen wir nun, wie es ’Alâ ed-Dîn Abu esch-Schamât erging! Der wurde inzwischen mit den gestohlenen Sachen zum Kalifen gebracht; jene Leute führten ihn zur Regierungshalle, und während der Herrscher noch auf dem Throne saß, erschienen sie plötzlich mit ’Alâ ed-Dîn und dem geraubten Gut. Der Kalif fragte: ‚Wo habt ihr das gefunden?‘ Als man ihm antwortete: ‚Mitten im Hause des ’Alâ ed-Dîn Abu esch-Schamât‘, ward er von Zorn erfüllt. Er nahm die Sachen hin, fand aber die Lampe nicht; da rief er: ‚’Alâ ed-Dîn, wo ist die Lampe?‘ Der antwortete: ‚Ich habe nicht gestohlen; ich weiß von nichts; ich habe nichts gesehen; ich habe keine Kunde.‘ Aber der Kalif sprach zu ihm: ‚O du Verräter! Wie konnte ich dich zu mir ziehen, während du mich verwarfest; dir trauen, während du mich verrietest?‘ Dann gab er Befehl, ihn zu hängen. Nun ging der Präfekt mit ihm zur Stadt hinunter, während der Ausrufer über ihn verkündete: ‚Dies ist der Lohn, und zwar der geringste Lohn für den, der an einem der rechtmäßigen Kalifen Verrat übt!‘ Und das Volk versammelte sich bei dem Galgen.

So stand es nun um ’Alâ ed-Dîn. Wenden wir uns jetzt zu Ahmed ed-Danaf, dem Meister[1] des ’Alâ ed-Dîn! Der saß mit seinen Leuten in einem Garten; und während sie fröhlich und vergnügt beieinander waren, trat plötzlich einer von den Wasserträgern der Regierungshalle zu ihnen ein, küßte die Hand des Ahmed ed-Danaf und sprach zu ihm: ‚Hauptmann Ahmed ed-Danaf, du sitzest hier ruhig, während das Wasser zu deinen Füßen fließt, und du weißt nicht, was geschehen ist!‘ ‚Was gibt's denn?‘ fragte Ahmed ed-Danaf; und der Wasserträger antwortete: ‚Deinen Sohn, den du durch einen Vertrag vor Allah angenommen hast, den ’Alâ ed-Dîn, hat man zum Galgen geführt!‘ Sofort rief Ahmed ed-Danaf: ‚Was für Rat weißt du, Hasan Schumân?‘ Der erwiderte: ‚’Alâ ed-Dîn ist unschuldig an dieser Sache. Das ist ein böser Streich, den ihm ein Feind gespielt hat!‘ ‚Was rätst du denn?‘ fragte Ahmed

1. Der Ausdruck ist dem Zunftwesen entlehnt. Der ‚Meister‘ ist der Adoptivvater des ‚Schülers‘; vgl. oben Seite 613.

wieder. Jener darauf: ‚Wir müssen ihn befreien, so Gott der Herr will.‘ Alsbald ging Hasan Schumân zum Gefängnisse und sagte zum Kerkermeister: ‚Gib uns einen, der den Tod verdient!‘ Da gab er ihm einen, der unter allen Geschöpfen dem 'Alâ ed-Dîn Abu esch-Schamât am ähnlichsten sah. Dem ward das Haupt verhüllt, und Ahmed ed-Danaf nahm ihn zusammen mit 'Alî ez-Zaibak aus Kairo in Empfang. Als man nun gerade 'Alâ ed-Dîn zum Galgen führte, trat Ahmed ed-Danaf vor und setzte seinen Fuß auf den des Henkers. Doch der Henker rief: ‚Gib mir Raum, auf daß ich meines Amtes walte!‘ Da rief Ahmed: ‚Verfluchter, nimm diesen Mann hier und hänge ihn anstatt des 'Alâ ed-Dîn Abu esch-Schamât! Denn ihm ist unrecht geschehen. Wir wollen Ismael durch den Widder loskaufen.‘[1] Also nahm der Henker jenen Mann und hängte ihn an Stelle des 'Alâ ed-Dîn. Dann nahmen Ahmed ed-Danaf und 'Alî ez-Zaibak aus Kairo den 'Alâ ed-Dîn und gingen mit ihm zur Halle des Ahmed ed-Danaf. Als sie dort eingetreten waren, sprach 'Alâ ed-Dîn: ‚Allah lohne es dir mit Gutem, mein Meister!‘ Darauf fragte er: ‚Alâ ed-Dîn, was ist denn das für eine Tat, die du getan hast?‘ – –«

Da bemerkte Schehrezâd, daß der Morgen begann, und sie hielt in der verstatteten Rede an. Doch als die *Zweihundertundfünfundsechzigste Nacht* anbrach, fuhr sie also fort: »Es ist mir berichtet worden, o glücklicher König, daß Ahmed ed-Danaf den 'Alâ ed-Dîn fragte: ‚Was ist denn das für eine Tat, die du getan hast? Gott habe den Mann selig, der da sprach: Wenn jemand dir traut, so verrate ihn nicht, wenn du auch ein Verräter bist. Der Kalif gab dir doch eine hohe Stellung an seinem

---

1. Nach dem Glauben der Araber war es Ismael, nicht Isaak, der von Abraham geopfert werden sollte und der vor dem Opfertode durch den Widder gerettet wurde.

Hofe und nannte dich den ‚getreuen Vertrauensmann‘; wie konntest du so an ihm handeln und ihm seine Kleinodien stehlen?‘ ‚Bei dem allerhöchsten Namen Allahs, mein Meister,‘ erwiderte ’Alâ ed-Dîn ‚das ist nicht meine Tat; ich habe keine Schuld daran; ich weiß auch nicht, wer sie getan hat.‘ Da sprach Ahmed ed-Danaf: ‚Diese Tat hat offenbar nur ein Feind getan; aber einem jeden werden seine Taten vergolten. Doch, ’Alâ ed-Dîn, du kannst nicht mehr in Baghdad bleiben; denn Könige geben eine Sache nicht auf, mein Sohn, und wenn sie einmal nach einem Manne suchen, so hat er lange Not.‘ ‚Wohin soll ich denn gehen, mein Meister?‘ fragte ’Alâ ed-Dîn; und Ahmed gab ihm zur Antwort: ‚Ich will dich nach Alexandrien bringen; das ist eine gesegnete Stadt, ihre Schwelle ist grün, und das Leben in ihr ist angenehm.‘ ‚Ich höre und gehorche, mein Meister!‘ erwiderte ’Alâ ed-Dîn. Darauf sprach Ahmed ed-Danaf zu Hasan Schumân: ‚Gib acht! Wenn der Kalif nach mir fragt, so antworte ihm: Er ist fortgegangen, um eine Runde durch das Land zu machen.‘ Dann nahm er den ’Alâ ed-Dîn mit sich und verließ die Stadt Baghdad; sie zogen beide dahin, bis sie zu den Weinpflanzungen und Gärten kamen; da trafen sie zwei Juden, Steuereinnehmer des Kalifen, die auf Mauleselinnen beritten waren. Ahmed ed-Danaf fuhr sie an: ‚Her mit dem Schutzgeld!‘ Als die Juden fragten: ‚Warum sollen wir dir das Schutzgeld geben?‘ antwortete er ihnen: ‚Ich bin der Wächter dieses Tales.‘ Nun gab ihm ein jeder von den beiden hundert Dinare; danach erschlug Ahmed ed-Danaf die beiden, nahm die Mauleselinnen und bestieg die eine, während er ’Alâ ed-Dîn auf der anderen reiten ließ. So ritten sie nach der Stadt Ajâs[1], brachten die

1. Hafenplatz in Kilikien, am Westufer des Meerbusens von Iskenderun, der heute seine frühere Bedeutung ganz verloren hat.

Maultiere in einen Chân und blieben die Nacht über dort. Am nächsten Morgen verkaufte 'Alâ ed-Dîn sein Maultier; das des Ahmed ed-Danaf vertraute er der Obhut des Pförtners im Chân an. Dann bestiegen die beiden ein Schiff im Hafen von Ajâs und fuhren nach Alexandrien. Dort ging Ahmed ed-Danaf mit 'Alâ ed-Dîn an Land, und als sie beide auf dem Markte ankamen, rief gerade ein Makler einen Laden mit einer Wohnung dahinter für neunhundertundfünfzig Dinare aus. 'Alâ ed-Dîn bot tausend; und der Verkäufer nahm sein Gebot an; das Anwesen aber gehörte dem Staatsschatze. Dann nahm 'Alâ ed-Dîn die Schlüssel in Empfang und machte den Laden auf; als er auch die Wohnung öffnete, fand er, daß sie mit Teppichen und Kissen ausgestattet war. Ferner entdeckte er in ihr einen Vorratsraum; in dem befanden sich Segel und Masten, Taue und Kisten, Säcke voller Glasperlen und Muscheln, Steigbügel, Äxte, Keulen, Messer, Scheren und ähnliche Dinge, da der frühere Besitzer ein Althändler gewesen war. Nun setzte 'Alâ ed-Dîn Abu esch-Schamât sich in dem Laden nieder, und Ahmed ed-Danaf sagte zu ihm: ‚Mein Sohn, jetzt ist der Laden und die Wohnung mit allem, was darinnen ist, dein Eigentum geworden. So bleib denn hier, verkaufe und kaufe, und sei nicht unzufrieden; denn Allah der Erhabene hat den Handel gesegnet.' Drei Tage lang blieb er noch bei ihm; doch am vierten Tage nahm er Abschied von ihm, indem er sprach: ‚Bleib hier, bis ich mich aufmache und wieder zu dir komme mit der Nachricht, daß der Kalif dir Sicherheit gewährt, und bis ich erfahren habe, wer dir diesen Streich gespielt hat!' Dann fuhr er wieder fort, bis er nach Ajâs kam; dort nahm er die Mauleselin im Chân in Empfang, ritt weiter nach Baghdad und traf mit Hasan Schumân und seinen Leuten zusammen. Als er den fragte: ‚Hasan, hat der Kalif nach mir gefragt?' antwortete jener: ‚Nein, du bist ihm nicht einmal in den Sinn gekommen.‘

Nun blieb er wieder im Dienste des Kalifen und begann Nachforschungen anzustellen. Eines Tages bemerkte er, wie der Kalif sich an den Wesir Dscha'far wandte und zu ihm sprach: ‚Sieh dort, Wesir, wie 'Alâ ed-Dîn an mir gehandelt hat!‘ ‚O Beherrscher der Gläubigen,‘ erwiderte jener, ‚du hast ihn ja mit dem Tode am Galgen bestraft; und ist seine Strafe nicht an ihm vollzogen worden?‘ Der Kalif darauf: ‚Wesir, ich möchte hingehen und ihn hängen sehen.‘ Da erwiderte der Wesir: ‚Tu, was dir beliebt, o Beherrscher der Gläubigen!‘ Nun begab sich der Kalif mit dem Wesir Dscha'far zum Galgenfelde. Dort hob er seinen Blick und sah den Gehängten; aber es war ein anderer als 'Alâ ed-Dîn Abu esch-Schamât, der getreue Vertrauensmann. ‚O Wesir,‘ rief er, ‚dies ist ja gar nicht 'Alâ ed-Dîn!‘ Jener fragte: ‚Wie weißt du, daß es ein anderer ist?‘ Der Kalif entgegnete: ‚'Alâ ed-Dîn war kurz, und dieser da ist lang!‘ ‚Ein Gehängter wird länger‘, sagte der Wesir. Doch der Kalif hub wieder an: ‚'Alâ ed-Dîn war hell, doch dieser da hat ein dunkles Antlitz.‘ Und der Wesir erwiderte: ‚Weißt du nicht, o Beherrscher der Gläubigen, daß der Tod schwarz macht?‘ Darauf befahl der Kalif, den Leichnam von dem Galgen herabzunehmen; und als das geschehen war, fand er die Namen der beiden ersten Kalifen[1] auf seine Fersen geschrieben. Da sprach der Kalif: ‚Wesir, 'Alâ ed-Dîn war ein Sunnit; aber dieser da ist ein Ketzer.‘ ‚Preis sei Allah, der die verborgenen Dinge kennt,‘ rief der Wesir, ‚wir wissen nicht, ob dieser da 'Alâ ed-Dîn ist oder ein anderer!‘ Nun befahl der

---

1. Das ist Abu Bakr und 'Omar. Die Schiïten sollen manchmal diese beiden Namen oder den Namen 'Omars allein auf ihre Fersen oder ihre Sohlen schreiben, damit sie stets auf sie treten können.

Kalif, den Leichnam zu beerdigen. Und nachdem man ihn bestattet hatte, war 'Alâ ed-Dîn vergessen und verschollen.

So weit 'Ala ed-Dîn. Wenden wir uns jetzt wieder zu Habzalam Bazzâza, dem Sohn des Präfekten! Der ward so lange von Liebe und Leidenschaft verzehrt, bis er starb und im Staube eingescharrt wurde. Was aber die Sklavin Jasmin anlangt, so erfüllte sie die Zeit ihrer Schwangerschaft, die Wehen kamen über sie, und sie genas eines Knäbleins, das so schön war wie der Mond. Die Mägde fragten sie: ,Wie willst du ihn nennen?' Da antwortete sie: ,Wenn sein Vater noch am Leben wäre, so würde er ihm den Namen geben. Doch nun will ich ihn Aslân[1] nennen.' Sie säugte ihn zwei volle Jahre lang; dann entwöhnte sie ihn, und der Knabe begann zu kriechen und zu gehen. Eines Tages aber begab es sich, daß seine Mutter mit dem Dienste in der Küche beschäftigt war und daß der Knabe fortlief und die Treppe zur Empfangshalle sah und auf ihr hinaufging. Der Emir Châlid, der dort gerade saß, nahm ihn und setzte ihn auf seinen Schoß und pries seinen Herrn für das, was er geschaffen und gebildet hatte. Als er darauf sein Gesicht genauer anschaute, sah er, daß er von allen Geschöpfen am meisten dem 'Alâ ed-Dîn Abu esch-Schamât glich. Seine Mutter Jasmin aber suchte nach ihm, und da sie ihn nicht finden konnte, stieg sie zur Empfangshalle empor. Dort sah sie den Emir Châlid sitzen und den Knaben auf seinem Schoße spielen; Allah aber hatte im Herzen des Emirs die Liebe zu dem Knaben erweckt. Wie nun das Kind sich umwandte und seine Mutter erblickte, wollte es sich auf sie stürzen, aber Emir Châlid hielt es auf seinem Schoße fest und sprach zu ihr: ,Komm hierher, Sklavin!' Als sie näher getreten war, fuhr er fort: ,Wessen Sohn ist dieser Knabe?' Sie erwiderte: ,Dies ist mein Sohn und

1. Arabisiert aus dem türkischen Arslan: ,Löwe'.

die Frucht meines Herzens.' ‚Wer ist sein Vater?' forschte er weiter; und sie antwortete: ‚Sein Vater war ’Alâ ed-Dîn Abu esch-Schamât; aber jetzt ist er dein Sohn.' Er darauf: ‚’Alâ ed-Dîn war ein Verräter.' Doch sie: ‚Der Himmel behüte ihn vor dem Verrat! Es sei ferne, es ist nicht wahr, daß der Getreue ein Verräter wäre!' Da hub er wieder an: ‚Wenn dieser Knabe groß wird und herangewachsen ist und dich fragt, wer sein Vater sei, so sage ihm: ‚Du bist der Sohn des Emirs Châlid, des Präfekten, des Obersten der Wachmannschaft.' ‚Ich höre und gehorche!' erwiderte sie. Dann ließ Emir Châlid, der Präfekt, den Knaben beschneiden, erzog ihn sorgfältig und holte für ihn einen Schreiblehrer, der ihn im Schreiben und Lesen unterrichtete. Der Knabe las den Koran einmal und zum zweiten Male und lernte ihn auswendig. Und zum Emir Châlid pflegte er ‚Mein Vater' zu sagen. Dieser begann nun Kampfspiele zu veranstalten und Reiter zu versammeln; dann ging er hin und lehrte den Knaben das Kriegshandwerk und zeigte ihm, wohin er mit Lanze und Schwert zielen sollte, bis daß er im Rittertum vollendet und ein tapferer Jüngling geworden war; damals hatte er ein Alter von vierzehn Jahren erreicht, und er erwarb den Rang eines Emirs.

Nun begab es sich eines Tages, daß Aslân mit Ahmed Kamâkim dem Erzdiebe zusammentraf; sie befreundeten sich miteinander, und der Jüngling folgte ihm in die Schenke. Und siehe, da holte Ahmed Kamâkim die Juwelenlampe hervor, die er mit den Kleinodien des Kalifen gestohlen hatte, setzte sie vor sich hin, schwang den Becher bei ihrem Lichte und ward trunken. Nun sagte Aslân zu ihm:‚Hauptmann, schenk mir diese Lampe!' Doch jener erwiderte: ‚Ich kann sie dir nicht geben.' ‚Warum denn nicht?' fragte Aslân; und der andere gab zur Antwort: ‚Weil Menschenleben um ihretwillen verloren gegangen sind.' Weiter fragte Aslân: ,Welches Menschenleben ist um ihretwillen verloren gegangen?' Da erzählte der Dieb: ,Es war einmal ein Mann, der kam hierher und wurde zum Hauptmanne der Sechzig gemacht; der hieß Alâ ed-Dîn Abu esch-Schamât, und der kam um ihretwillen zu Tode.' Wiederum fragte Aslân: ,Was geschah denn mit ihm? Auf welche Weise kam er denn zu Tode?' Ahmed antwortete: ,Du hattest einen Bruder, der hieß Habzalam Bazzâza; als er sechzehn Jahre alt und für die Ehe reif geworden war, bat er seinen Vater, ihm eine Sklavin zu kaufen.' Und dann berichtete er ihm, was geschehen war, von Anfang bis zu Ende; so tat er ihm auch kund, wie Habzalam Bazzâza krank geworden und was dem 'Alâ ed-Dîn zu Unrecht widerfahren war. Aslân sprach bei sich selber: ,Vielleicht war diese Sklavin Jasmin meine Mutter; vielleicht ist gar 'Alâ ed-Dîn Abu esch-Schamât mein Vater!' Traurig ging der Jüngling Aslân fort und traf unterwegs den Hauptmann Ahmed ed-Danaf. Als dieser ihn erblickte, rief er: ,Preis sei Ihm, dem niemand gleicht!' ,Mein Meister, worüber staunst du?' fragte ihn Hasan Schumân; und er entgegnete: ,Über die Gestalt dieses Jünglings Aslân; denn er gleicht von allen Geschöpfen am meisten dem 'Alâ ed-Dîn Abu esch-Schamât.' Darauf rief Ahmed ed-Danaf: ,Du da, Aslân!' Und als der ihm Antwort gab, fragte er ihn: ,Wie heißt deine Mutter?' ,Sie heißt die Sklavin Jasmin', erwiderte er. Darauf sprach Ahmed: ,Aslân, hab Zuversicht und quäl dich nicht! Wisse, dein Vater kann niemand anders sein als 'Alâ ed-Dîn Abu esch-Schamât. Doch, mein Sohn, geh zuerst zu deiner Mutter und frage sie nach deinem Vater!' ,Ich höre und gehorche!' sagte der Jüngling, ging alsbald zu seiner Mutter und fragte sie. Als sie ihm aber antwortete: ,Dein Vater ist der Emir Châlid', rief er: ,Niemand anders als 'Alâ ed-Dîn

Abu esch-Schamât ist mein Vater!' Da weinte seine Mutter und fragte ihn: ‚Wer hat dir das erzählt, mein Sohn?' Er gab zur Antwort: ‚Der Hauptmann Ahmed ed-Danaf hat es mir erzählt.' Nun berichtete sie ihm alles, was geschehen war, und fügte hinzu: ‚Lieber Sohn, jetzt ist die Wahrheit an den Tag gekommen, die Lüge aber ist abgetan. Wisse denn, 'Alâ ed- Dîn Abu esch-Schamât ist wirklich dein Vater, aber nicht er, sondern der Emir Châlid hat dich aufgezogen und dich zu seinem Sohne gemacht. Wenn du nun, mein Sohn, wieder mit dem Hauptmann Ahmed ed-Danaf zusammentriffst, so sprich zu ihm: ‚Meister, ich beschwöre dich bei Allah, nimm du für mich Blutrache an dem Mörder meines Vaters 'Alâ ed-Dîn Abu esch-Schamât!' Sofort verließ Aslân seine Mutter. – –«

Da bemerkte Schehrezâd, daß der Morgen begann, und sie hielt in der verstatteten Rede an. Doch als die *Zweihundertund-sechsundsechzigste Nacht* anbrach, fuhr sie also fort: »Es ist mir berichtet worden, o glücklicher König, daß Aslân seine Mutter verließ und dahinging, bis er zu dem Hauptmann Ahmed ed-Danaf kam; dem küßte er die Hand. Als jener ihn fragte: ‚Was ist dir, Aslân?' erwiderte er: ‚Ich weiß jetzt gewiß, daß 'Alâ ed-Dîn Abu esch-Schamât mein Vater ist; und ich bitte dich, nimm du für mich Blutrache an seinem Mörder!' ‚Wer ist's, der deinen Vater gemordet hat?' fragte Ahmed; und der Jüngling antwortete: ‚Ahmed Kamâkim der Erzdieb!' Weiter fragte Ahmed: ‚Wer hat dir das kundgetan?' Aslân entgegnete: ‚Ich sah bei ihm die Juwelenlampe, die mit den Kostbarkeiten des Kalifen verloren gegangen ist. Da bat ich ihn, mir diese Lampe zu schenken; er aber wollte es nicht tun, sondern er sprach: ‚Um ihretwillen sind Menschenleben verloren gegangen'; und dann hat er mir erzählt, daß er es war, der in den Palast einbrach und die Sachen stahl und sie im Hause meines Vaters versteckte.' Darauf sagte Ahmed ed-Danaf: ‚Wenn du siehst, daß Emir Châlid, der Präfekt, seine Kriegsrüstung anlegt, so bitte ihn, er möchte dir auch eine Rüstung anlegen. Und wenn du dann mit ihm ausziehst und vor dem Beherrscher der Gläubigen eine tapfere Tat getan hast, und wenn der Kalif dann zu dir sagt: ‚Bitte dir eine Gnade von mir aus, Aslân!' – so sprich zu ihm: ‚Ich erbitte mir von dir diese Gnade, daß du Blutrache für meinen Vater an seinem Mörder nimmst.' Er wird zu dir sagen: ‚Dein Vater lebt ja noch, Emir Châlid, der Präfekt!' Du aber sprich zu ihm: ‚Mein Vater ist 'Alâ ed-Dîn Abu esch-Schamât; der Emir Châlid hat nur so weit Anspruch auf mich, als er mich aufgezogen hat.' Und dann erzähle ihm alles, was du mit Ahmed Kamâkim dem Erzdiebe erlebt hast. Zuletzt bitte ihn: ‚O Beherrscher der Gläubigen, laß ihn durchsuchen; so will ich dir die Lampe aus seiner Tasche ziehen!' ‚Ich höre und gehorche!' sprach Aslân und ging fort. Er traf den Emir Châlid, wie er sich gerade gerüstet hatte, um sich zur Regierungshalle des Kalifen zu begeben. So sprach er denn zu ihm: ‚Ich bitte dich, lege auch mir die Kriegsrüstung an und nimm mich mit dir zur Regierungshalle des Kalifen!' Der Emir gab ihm die Rüstung und nahm ihn mit sich zum Staatssaale. Darauf zog der Kalif mit seinen Truppen vor die Stadt hinaus; dort wurden die Pavillons und die Zelte aufgeschlagen, die Truppen gliederten sich in Reihen und zogen mit Schlagball und Schlegel aus. Das Spiel begann, indem ein Reiter die Kugel mit dem Schlegel traf, während ein anderer sie zu ihm zurückschlug. Unter den Truppen aber war ein Spion, der bestochen war, um den Kalifen zu töten; der nahm den Ball und traf ihn mit dem Schlegel, indem er auf das Gesicht des Kalifen zielte. Doch siehe da, Aslân fing ihn ab, so daß er den Kalifen nicht erreichte, und trieb ihn zu dem zurück, der ihn geschleudert hatte. Den traf der Ball zwischen die Schultern, so daß der Mann zu Boden fiel. ,Allah segne dich, Aslân!' rief der Kalif. Darauf saßen sie alle ab und ließen sich auf die Stühle nieder. Nun befahl der Kalif, den Mann zu bringen, der den Ball geschleudert hatte. Als dieser vor ihm stand, fragte er ihn: ,Wer hat dich zu dieser Tat verleitet? Bist du Feind oder Freund?' Jener erwiderte: ,Ich bin ein Feind, und ich hatte die Absicht, dich zu töten.' ,Aus welchem Grunde?' fragte der Kalif, ,bist du denn kein Muslim?' ,Nein,' erwiderte der Mann, ,ich bin ein Ketzer.' Da gab der Kalif Befehl, ihn zu töten. Zu Aslân aber sprach er: ,Erbitte dir eine Gnade von mir!' Der Jüngling erwiderte darauf: ,Ich erbitte mir von dir die Gnade, daß du Blutrache für meinen Vater an seinem Mörder nimmst.' Da sagte der Kalif: ,Dein Vater lebt ja und steht auf seinen beiden Füßen!' ,Wer ist denn mein Vater?' fragte Aslân. ,Emir Châlid, der Präfekt', antwortete der Kalif. ,O Beherrscher der Gläubigen,' hub Aslân wieder an, ,der ist nur mein Vater, sofern er mich aufgezogen hat. Mein wahrer Vater ist 'Alâ ed-Dîn Abu esch-Schamât!' ,Dann war dein Vater ein Verräter!' rief der Kalif. Doch der Jüngling erwiderte: ,O Beherrscher der Gläubigen, das sei ferne, daß der Getreue ein Verräter würde! Worin hat er dich denn verraten?' ,Er hat mir mein Gewand und die Kleinodien, die dabei waren, gestohlen', sagte der Kalif. ,O Beherrscher der Gläubigen,' gab Aslân zur Antwort, ,das sei ferne, daß mein Vater ein Verräter wäre! Doch, hoher Herr, als dein Gewand dir verloren ging und dir dann wieder zurückgebracht wurde, hast du da gesehen, daß auch die Lampe zurückgekommen ist?' Der Kalif sprach: ,Die haben wir nicht gefunden!' ,Ich habe sie bei Ahmed Kamâkim gesehen,' rief Aslân, ,und ich bat ihn darum; aber er wollte sie mir nicht geben, sondern er sprach: ‚Um ihretwillen sind Menschenleben verloren gegangen‘, und er erzählte mir, wie Habzalam Bazzâza, der Sohn des Emirs Châlid, aus Liebe zu der Sklavin Jasmin krank wurde, und wie er selbst von den Ketten befreit wurde, ja, er gestand mir, daß er es gewesen ist, der das Gewand und die Lampe geraubt hat. Du aber, o Beherrscher der Gläubigen, nimm du Blutrache für meinen Vater an seinem Mörder!‘ Da gebot der Kalif: ‚Ergreift den Ahmed Kamâkim!‘ Der Befehl wurde ausgeführt. Dann fragte er: ‚Wo ist der Hauptmann Ahmed ed Danaf?‘ Auch der ward vor ihn gebracht. Ihm befahl der Kalif: ‚Durchsuche den Kamâkim!‘ Da legte er seine Hand in die Tasche des Diebes und zog aus ihr die Juwelenlampe hervor. ‚Her mit dir, du Schurke!‘ schrie der Kalif, ‚woher hast du diese Lampe?‘ Er antwortete: ‚Ich habe sie gekauft, o Beherrscher der Gläubigen!‘ Der Kalif fragte weiter: ‚Wo hast du sie gekauft? Und wer ist imstande, dergleichen dir zu verkaufen?‘ Dann schlug man ihn, bis er gestand, daß er es war, der das Gewand und die Lampe gestohlen hatte. Darauf sprach der Kalif: ‚Wie konntest du diese Tat begehen, du Schurke, durch die du ’Alâ ed-Dîn Abu esch-Schamât, den getreuen Vertrauensmann, zugrunde gerichtet hast!‘ Nun befahl der Kalif, ihn und den Präfekten in Gewahrsam zu nehmen. Aber der Präfekt rief: ‚Mir geschieht unrecht, o Beherrscher der Gläubigen! Du hast mir befohlen, ihn hängen zu lassen, und ich hatte keine Kunde von diesem bösen Streich; denn der Plan ist zwischen der Alten und Ahmed Kamâkim und meiner Frau ausgeheckt, ich weiß nichts davon. Ich flehe deinen Schutz an, Aslân!‘ Da legte Aslân Fürbitte für ihn beim Kalifen ein. Als der Beherrscher der Gläubigen dann weiter fragte: ‚Was hat Allah mit der Mutter dieses Knaben getan?‘ sagte Châlid: ‚Sie ist bei mir.‘ ‚Ich gebiete dir,‘ erwiderte der Herrscher, ‚daß du deiner Frau befiehlst, ihr eigenes Gewand und ihren Schmuck ihr wieder anzulegen und sie in ihre frühere vornehme Stellung einzusetzen, ferner, daß du die Siegel vom Hause des ’Alâ ed-Dîn abnimmst und seinem Sohne sein Hab und Gut zurückgibst.‘ ‚Ich höre und gehorche!‘ sprach der Präfekt; dann ging er hin und gab seiner Frau den Befehl. Die legte der Mutter Aslâns ihr eigenes Gewand an, während er die Siegel vom Hause des ’Alâ ed-Dîn abnahm und dem Jüngling die Schlüssel gab. Darauf sprach der Kalif: ‚Erbitte dir von mir eine Gnade, Aslân!‘ Der gab ihm zur Antwort: ‚Ich erbitte mir als Gnade von dir, daß du mich wieder mit meinem Vater vereinigst!‘ Da weinte der Kalif und sprach: ‚Wahrscheinlich war dein Vater der, der gehängt wurde, und ist gestorben; aber, bei meinen Vorfahren, wer mir die frohe Botschaft bringt, daß er noch am Leben ist, dem will ich alles geben, was er wünscht!‘ Nun trat Ahmed ed-Danaf vor, küßte den Boden vor ihm und sprach: ‚Gewähre mir Straflosigkeit, o Beherrscher der Gläubigen!‘ ‚Sie sei dir gewährt!‘ antwortete der Kalif; und Ahmed fuhr fort: ‚Ich bringe dir die frohe Botschaft, daß ’Alâ ed-Dîn Abu esch-Schamât, der getreue Vertrauensmann, wohlauf und am Leben ist.‘ Als der Kalif ausrief: ‚Was sagst du da?‘ sprach Ahmed weiter: ‚Bei deinem Haupte, meine Rede ist wahr! Ich habe einen anderen für ihn eintreten lassen, einen von denen, die den Tod verdienten, und habe ihn nach Alexandrien gebracht; dort habe ich ihm einen Trödelladen eröffnet.‘ Nun sagte der Kalif: ‚Ich befehle dir, ihn zu bringen.‘ – –«

Da bemerkte Schehrezâd, daß der Morgen begann, und sie hielt in der verstatteten Rede an. Doch als die *Zweihundertundsiebenundsechzigste Nacht* anbrach, fuhr sie also fort: »Es ist mir berichtet worden, o glücklicher König, daß der Kalif zu

Ahmed ed-Danaf sprach: ‚Ich befehle dir, ihn zu bringen.‘ ‚Ich höre und gehorche!‘ antwortete der. Darauf befahl der Kalif, ihm zehntausend Dinare auszuhändigen, und Ahmed machte sich auf den Weg nach Alexandrien.

Wenden wir uns nun von Aslân zu seinem Vater ’Alâ ed-Dîn Abu esch-Schamât! Der hatte inzwischen alles verkauft, was in seinem Laden war; nur noch wenig war ihm geblieben, darunter auch ein lederner Beutel. Wie er diesen Beutel schüttelte, fiel aus ihm ein geschliffener Stein heraus, so groß, daß er die Handfläche füllte; der war an einer goldenen Kette befestigt und hatte fünf Flächen, auf denen Zaubernamen und magische Zeichen eingegraben waren, die sahen aus wie Ameisenspuren. Er rieb die fünf Flächen[1]; aber niemand gab ihm Antwort. So sprach er denn bei sich selbst: ‚Das ist wohl nur ein Achatstein!‘[2] und er hängte ihn im Laden auf. In dem Augenblicke kam gerade ein Konsul[3] auf seinem Wege vorbei; der blickte auf, sah den Stein dort hängen und setzte sich im Laden des ’Alâ ed-Dîn nieder, indem er sprach: ‚Mein Herr, ist dieser Stein zu verkaufen?‘ ‚Alles, was ich hier habe, ist zu verkaufen‘, erwiderte jener. Der Konsul fragte: ‚Verkaufst du mir ihn für achtzigtausend Dinare?‘ ’Alâ ed-Dîn entgegnete: ‚Biete höher!‘ Darauf der andere: ‚Verkaufst du ihn für hunderttausend Dinare?‘ ’Alâ ed-Dîn sprach: ‚Ich verkaufe ihn dir für hunderttausend Dinare; zahle mir das Geld!‘ Nun hub der Konsul an: ‚Ich kann eine solche Summe nicht bei mir tragen; denn in Alexandrien gibt es Räuber und Schurken. Komm du

1. Um zu sehen, ob dadurch ein Zaubergeist erscheinen würde.
2. Das heißt mit natürlichen Linien. – 3. Das ist ein vornehmer Europäer. Da in der Neuzeit die Konsuln den Morgenländern als Vertreter der europäischen Mächte bekannt wurden, übertrugen sie den Namen auch auf andere reiche Leute aus dem Abendlande.

mit mir zu meinem Schiffe; dann will ich dir das Geld geben, dazu einen Ballen Angorawolle, einen Ballen Atlas, einen Ballen Sammet und einen Ballen Tuch.' 'Alâ ed-Dîn erhob sich und schloß den Laden, nachdem er den Stein dem Fremden gegeben hatte; die Schlüssel übergab er seinem Nachbarn mit den Worten: ‚Nimm diese Schlüssel und bewahre sie, während ich mit diesem Konsul zum Schiffe gehe, so lange bei dir auf, bis ich mit dem Preise für meinen Stein wiederkehre. Wenn ich aber lange ausbleibe und wenn inzwischen der Hauptmann Ahmed ed-Danaf, der mir hier meine Stätte bereitet hat, zu dir kommt, so gib ihm die Schlüssel und sage ihm, wie es steht.' Darauf begab er sich mit dem Konsul zu dem Schiffe. Als sie an Bord gegangen waren, stellte der Konsul ihm einen Stuhl hin und bat ihn, sich zu setzen; dann rief er: ‚Bringt das Geld!' Und nun zahlte er ihm den Preis aus und gab ihm auch noch die fünf Ballen, die er ihm versprochen hatte. Zuletzt sprach er: ‚Mein Herr, erfreue mich, indem du einen Bissen oder einen Trunk Wasser annimmst!' 'Alâ ed-Dîn erwiderte: ‚Wenn du Wasser hast, so gib mir zu trinken!' Da ließ der Konsul Scherbett bringen, aber es war Bendsch darin. Als 'Alâ ed-Dîn getrunken hatte, fiel er auf den Rücken. Sofort nahmen die Schiffsleute die Stühle fort, setzten die Stangen zum Abstoßen ein und spannten die Segel. Der Wind war ihnen günstig, bis sie mitten auf das offene Meer kamen. Da befahl der Kapitän, den 'Alâ ed-Dîn aus der Kabine heraufzubringen; das geschah, und dann gab man ihm das Gegenmittel gegen das Bendsch zu riechen. 'Alâ ed-Dîn schlug die Augen auf und fragte: ‚Wo bin ich?' Der Kapitän rief: ‚Du bist hier bei mir, gebunden und in Gewahrsam. Hättest du vorher auch noch öfter gesagt ‚Biete höher!' ich hätte dir immer mehr geboten.' ‚Was ist dein Beruf?' fragte 'Alâ ed-Dîn;

und jener antwortete: ‚Ich bin ein Kapitän, und ich will dich zu meiner Herzliebsten bringen.‘ Während sie noch so miteinander sprachen, kam plötzlich ein Schiff mit vierzig muslimischen Kaufleuten in Sicht. Der Kapitän griff sie mit seinem Schiffe an, und er ließ die Enterhaken auf ihr Schiff werfen; dann ging er mit seinen Leuten an Bord, plünderte das Schiff und nahm es als Beute mit nach der Stadt Genua. Dort ging der Kapitän, der den ’Alâ ed-Dîn bei sich hatte, zu einem Palasttore, das auf das Meer führte; aus ihm trat eine verschleierte Dame hervor und fragte: ‚Hast du mir den Zauberstein und seinen Besitzer gebracht?‘ Als er antwortete: ‚Ich habe beide gebracht‘, fuhr sie fort: ‚Gib mir den Stein!‘ Er gab ihn ihr, kehrte zum Hafen zurück und feuerte Kanonen zum Zeichen seiner glücklichen Heimkehr ab. Da wußte der König der Stadt, daß jener Kapitän heimgekehrt war, und so zog er aus, um ihn zu begrüßen. Er fragte ihn: ‚Wie war deine Reise?‘ Da antwortete der Kapitän: ‚Sie war sehr gut! Ich habe ein Schiff mit einundvierzig muslimischen Kaufleuten erbeutet.‘ Der König fuhr fort: ‚Lande sie im Hafen!‘ Da ließ der Kapitän sie gefesselt an Land bringen, unter ihnen auch ’Alâ ed-Dîn. Nun ritten der König und der Kapitän weiter, während sie die Gefangenen vor sich zu Fuß gehen ließen, bis sie zur Staatshalle kamen. Dort setzten sie sich und ließen den ersten Gefangenen vorführen. ‚Woher bist du, Muslim?‘ fragte der König; und als jener antwortete: ‚Aus Alexandria‘, fuhr er fort: ‚Henker, richte ihn hin!‘ Da traf ihn der Henker mit dem Schwerte und hieb ihm den Kopf ab. Dem zweiten und dem dritten und den anderen erging es ebenso, bis die vierzig getötet waren und nur noch ’Alâ ed-Dîn als der letzte von allen übrig war. Der hatte ihre Seufzer mit anhören müssen und sprach nun bei sich selbst: ‚Jetzt sei Gott dir gnädig, ’Alâ ed-Dîn!

Dein Leben ist zu Ende.' Als der König ihn fragte: ‚Und du, aus welchem Lande bist du?' antwortete er: ‚Aus Alexandrien.' Da rief der König: ‚Henker, schlag ihm den Kopf ab!' Schon hob der Henker seinen Arm mit dem Schwerte und wollte den Hals des 'Alâ ed-Dîn durchschlagen, da trat plötzlich eine alte Frau von ehrwürdigem Aussehen vor den König. Der erhob sich ihr zu Ehren; dann sprach sie: ‚O König, habe ich dir nicht gesagt, wenn der Kapitän mit den Gefangenen käme, so möchtest du das Kloster mit einem oder zwei Gefangenen bedenken, auf daß sie in der Kirche dienen?' Der König gab ihr zur Antwort: ‚Ehrwürdige Mutter, wärest du nur eine Weile eher gekommen! Immerhin nimm diesen einen Gefangenen, der noch übrig ist!' Da wandte sie sich zu 'Alâ ed-Dîn und sprach zu ihm: ‚Willst du in der Kirche dienen, oder soll ich den König dich töten lassen?' ‚Ich will in der Kirche dienen', antwortete er. So nahm sie ihn denn in Empfang, verließ mit ihm die Staatshalle und begab sich zur Kirche. Nun fragte 'Alâ ed-Dîn: ‚Was für einen Dienst soll ich denn verrichten?' Sie antwortete: ‚Frühmorgens mußt du aufstehen; dann mußt du fünf Maultiere nehmen und mit ihnen in den Wald gehen, dort trockenes Brennholz hacken; das mußt du zerkleinern und in die Klosterküche bringen. Danach mußt du die Teppiche aufnehmen, die Marmorplatten fegen und scheuern und die Teppiche wieder hinlegen, wie sie vorher lagen. Dann mußt du einen halben Ardebb[1] Weizen holen, ihn sieben, mahlen und kneten und Backwerk für das Kloster bereiten. Dann mußt du eine Wêbe[2] Linsen nehmen, sie sieben, mit der Handmühle mahlen und kochen. Dann mußt du die vier Springbrunnen füllen, nachdem du das Wasser in Fässern herbeigeschafft hast;

1. Vgl. Band I, Seite 300, Anmerkung. – 2. Ein ägyptisches Hohlmaß = dreiunddreißig Liter.

und dann mußt du dreihundertundsechsundsechzig Holznäpfe füllen, indem du das Backwerk hineinbröckelst und die Linsensuppe darüber gießest, und jedem Mönche und Patriarchen mußt du einen Napf bringen.' Da rief 'Alâ ed-Dîn aus: ‚Gib mich dem König zurück und laß ihn mich töten; das ist leichter für mich als dieser Frondienst!' Doch die Alte fuhr fort: ‚Wenn du den Dienst, der dir obliegt, getreu versiehst, so wirst du dem Tode entgehen; wenn du ihn aber nicht richtig ausführst, so werde ich den König dich töten lassen.' Nun saß 'Alâ ed-Dîn da, von Sorgen gedrückt. In der Kirche aber waren zehn blinde Krüppel; von denen sprach einer zu ihm: ‚Bring mir einen Topf!' Da brachte er den Topf, und der Blinde verrichtete seine Notdurft darin; dann sprach er: ‚Wirf den Kot fort!' Als 'Alâ ed-Dîn es getan hatte, sprach der Blinde: ‚Der Messias segne dich, du Diener der Kirche!' Doch plötzlich kam die Alte zurück und rief: ‚Warum hast du deinen Dienst in der Kirche nicht verrichtet?' Er antwortete: ‚Wieviel Hände habe ich denn, daß ich imstande wäre, all diese Arbeit zu tun?' ‚Du Narr,' sprach sie, ‚ich habe dich doch nur zur Arbeit hierher gebracht!' Aber leise fügte sie hinzu: ‚Mein Sohn, nimm diesen Stab,' – der war aus Messing und hatte an der Spitze ein Kreuz –, geh auf die Straße, und wenn dir der Präfekt der Wache dieser Stadt begegnet, so sprich zu ihm: ‚Ich rufe dich zum Dienste der Kirche um des Herrn, des Messias, willen!' Er wird dir nicht widersprechen dürfen, und so laß ihn den Weizen nehmen, sieben, mahlen, durchs Feinsieb gießen, kneten und Backwerk daraus bereiten. Wenn dir irgendeiner widerspricht, so schlage ihn; fürchte dich vor niemandem!' ‚Ich höre und gehorche!' erwiderte er und tat, wie sie gesagt hatte. Immerfort preßte er hoch und niedrig zum Dienste, siebenzehn Jahre lang.

Als er nun eines Tages in der Kirche saß, kam plötzlich wieder einmal die Alte zu ihm und sprach: ,Geh aus dem Kloster hinaus!' ,Wohin soll ich denn gehen?' fragte er. Sie antwortete: ,Verbringe die Nacht in einer Schenke oder bei einem deiner Freunde!' Wiederum fragte er: ,Warum schickst du mich aus der Kirche weg?' Und da erwiderte sie ihm: ,Wisse, Husn Marjam[1], die Tochter des Königs Juhanna[2], des Herrschers dieser Stadt, will in die Kirche kommen, um zu wallfahrten, und da ziemt es sich nicht, daß jemand ihr im Wege wäre!' Scheinbar gehorchte er ihren Worten, und er verließ vor ihren Augen die Kirche; aber in seinem Inneren sprach er: ,Ob wohl die Prinzessin unseren Frauen gleicht oder schöner ist als sie? Ich will nicht eher weggehen, als bis ich sie mir angeschaut habe!' So verbarg er sich denn in einer Kammer, die ein Fenster nach der Kirche hatte. Während er nun von dort in die Kirche schaute, trat die Prinzessin ein; und er warf auf sie einen Blick, der ließ tausend Seufzer in ihm zurück. Denn er sah, daß sie dem Vollmond glich, der aus den Wolken hervorstrahlt; und bei ihr war eine junge Dame. – –«

Da bemerkte Schehrezâd, daß der Morgen begann, und sie hielt in der verstatteten Rede an. Doch als die *Zweihundertundachtundsechzigste Nacht* anbrach, fuhr sie also fort: »Es ist mir berichtet worden, o glücklicher König, daß 'Alâ ed-Dîn, als er auf die Prinzessin schaute, bei ihr eine junge Dame erblickte, zu der sie sprach: ,Du hast mich aufgeheitert, Zubaida!' Nun blickte 'Alâ ed-Dîn jene Dame genauer an und erkannte in ihr seine Gattin Zubaida die Lautnerin, die doch längst gestorben war. Die Prinzessin sprach dann weiter zu Zubaida: ,Wohlan, spiele uns eine Weise auf der Laute vor!' Doch jene gab zur Antwort: ,Ich kann dir keine Weise vorspielen, ehe du mir

1. ,Schönheit Mariae'. – 2. Christlich-arabische Form für Johannes.

nicht meinen Wunsch erfüllst und mir gewährst, was du mir versprochen hast.' ‚Was habe ich dir denn versprochen?' fragte die Prinzessin; und jene erwiderte: ‚Du hast mir versprochen, mich mit meinem Gatten 'Alâ ed-Dîn Abu esch-Schamât, dem getreuen Vertrauensmann, wieder zu vereinigen.' Da sagte die Prinzessin: ‚Zubaida, hab Zuversicht und quäl dich nicht! Spiel uns eine Weise vor zum Danke für unsere Wiedervereinigung mit deinem Gatten 'Alâ ed-Dîn!' ‚Wo ist er denn?' fragte die Dame. Die Prinzessin antwortete ihr: ‚Er ist in dieser Kammer dort, und er hört, was wir reden.' Da spielte sie eine Weise auf der Laute und sang, daß selbst der härteste Stein vor Freuden sprang. Doch wie 'Alâ ed-Dîn das hörte, regte sich die Sehnsucht in seiner Brust, er stürzte aus der Kammer hinaus, eilte auf die beiden zu und umarmte seine Gattin Zubaida die Lautnerin. Auch sie erkannte ihn; da umschlangen sie einander und sanken ohnmächtig zu Boden. Nun trat die Prinzessin Husn Marjam heran, sprengte Rosenwasser auf sie und rief sie so ins Bewußtsein zurück; dann sprach sie: ‚Gott hat euch wieder vereinigt!' ‚Durch deine Freundschaft, hohe Herrin!' setzte 'Alâ ed-Dîn hinzu. Dann wandte er sich zu seiner Gattin Zubaida der Lautnerin und sprach zu ihr: ‚Du warst doch gestorben, Zubaida, und wir haben dich ins Grab gebettet! Wie bist du denn wieder lebendig geworden und an diese Stätte gekommen?' ‚O mein Gebieter,' gab sie ihm zur Antwort, ‚ich bin nicht wirklich gestorben, sondern ein mächtiger Dämon aus der Geisterwelt hat mich ergriffen und ist mit mir an diesen Ort geflogen. Die aber, die ihr begraben habt, war eine Dämonin; sie hatte meine Gestalt angenommen und sich tot gestellt. Doch nachdem ihr sie begraben hattet, spaltete sie das Grab, kam aus ihm hervor und begab sich wieder zum Dienste bei ihrer Herrin Husn Marjam, der Tochter des

Königs. Ich selbst aber war wie betäubt, und als ich meine Augen öffnete, sah ich mich vor Husn Marjam, dieser Prinzessin hier; ich fragte sie: ‚Warum hast du mich hierher bringen lassen?‘ Da erwiderte sie mir: ‚Es ist mir vorherbestimmt, daß ich mich mit deinem Gatten 'Alâ ed-Dîn Abu esch-Schamât vermählen werde. Willst du nun, Zubaida, mich annehmen, auf daß ich neben dir seine Gattin sei? Dann soll eine Nacht mir, die andere dir gehören.‘ ‚Ich höre und gehorche, o Herrin!‘ sprach ich, ‚doch sag, wo ist mein Gatte?‘ Sie antwortete: ‚Auf seiner Stirne steht geschrieben, was Allah ihm bestimmt hat; sobald an ihm erfüllt ist, was auf seiner Stirne steht, muß er unweigerlich hierher kommen. Wir wollen uns über die Trennung von ihm mit Liedern und Lautenspiel trösten, bis Gott uns mit ihm vereint.‘ So blieb ich denn diese ganze Zeit über bei ihr, bis Allah uns in dieser Kirche hier zusammenführte.‘ Darauf wandte Husn Marjam sich ihm zu mit den Worten: ‚Mein Gebieter 'Alâ ed-Dîn, nimmst du mich zum Weibe dein und willst du mir ein Gatte sein?‘ ‚Hohe Herrin,‘ sprach er, ‚ich bin ein Muslim, du aber bist eine Christin! Wie kann ich mich dir vermählen?‘ Da rief sie: ‚Allah verhüte, daß ich eine Ungläubige wäre! Nein, ich bin eine Muslimin. Seit achtzehn Jahren halte ich am Glauben des Islams fest, und ich halte mich frei von jeglichem Glauben, der dem muslimischen widerspricht.‘ Doch er fuhr fort: ‚Ich möchte in meine Heimat zurückkehren.‘ ‚Wisse,‘ erwiderte sie, ‚ich sehe auf deiner Stirne Dinge geschrieben, die du erst erfüllen mußt, ehe du an dein Ziel kommst. Freue dich auch, o 'Alâ ed-Dîn, daß dir ein Sohn geboren ist, des Namens Aslân; der sitzt jetzt auf deinem Platze bei dem Kalifen, und er hat das Alter von achtzehn Jahren erreicht. Und wisse ferner, daß die Wahrheit an den Tag gekommen, die Lüge aber abgetan ist; denn der Herr hat den Schleier von dem gelüftet, der die Kleinodien des Kalifen gestohlen hat. Das ist Ahmed Kamâkim der Erzdieb, der Schurke, und er sitzt jetzt gefangen und gefesselt im Kerker. Und weiter erfahre, daß ich es bin, die dir den Zauberstein sandte; ich tat ihn in den ledernen Beutel, der in dem Laden war; ich bin es, die den Kapitän zu dir schickte, auf daß er dich und den Zauberstein brächte. Vernimm denn, dieser Kapitän ward von der Liebe zu mir ergriffen und bewarb sich um meine Gunst; ich aber weigerte mich, ihm zu Willen zu sein, vielmehr sprach ich zu ihm: ‚Ich werde mich dir nicht eher hingeben, als bis du mir den Zauberstein und seinen Besitzer bringst.‘ Ich gab ihm hundert Beutel voll Geld und entsandte ihn in Gestalt eines Kaufmannes, während er doch ein Kapitän ist. Als man dich dann zum Tode führen wollte, nachdem bereits die vierzig Gefangenen hingerichtet waren, schickte ich dir diese Alte.‘ Da rief 'Alâ ed-Dîn: ‚Allah lohne es dir statt unser mit allem Guten! Vortrefflich hast du gehandelt.‘ Darauf erneuerte Husn Marjam ihr islamisches Glaubensbekenntnis vor ihm; und als er der Wahrheit ihrer Worte gewiß war, sprach er zu ihr: ‚Tu mir die Kräfte dieses Zaubersteines kund und sage mir, woher er stammt!‘ Darauf erzählte sie ihm: ‚Dieser Stein stammt aus einem verzauberten Schatze, und er besitzt fünf Kräfte, die uns zu ihrer Zeit von Nutzen sein werden, wenn wir ihrer bedürfen. Meine Ahne, die Mutter meines Vaters, war eine Zauberin, die geheime Zeichen zu deuten verstand und die verborgenen Schätze fand; so kam auch dieser Zauberstein aus einem Schatze in ihren Besitz. Als ich herangewachsen war und das Alter von vierzehn Jahren erreicht hatte, las ich das Evangelium und die anderen heiligen Schriften, und dabei fand ich den Namen Mohammeds – Allah segne ihn und gebe ihm Heil! –, ich las nämlich die vier Bücher, die

Tora[1], das Evangelium[2], die Psalmen und den Koran. Da glaubte ich an Mohammed und nahm den Islam an; denn ich ward in meinem Sinne fest überzeugt, daß niemand der Anbetung würdig ist als Allah der Erhabene, und daß dem Herrn der Welt allein der islamische Glaube gefällt. Meine Ahne hatte mir, als sie krank ward, diesen Stein gegeben und mich seine fünf Zauberkräfte gelehrt. Und ehe sie starb, sprach mein Vater zu ihr: ‚Wirf eine geomantische Figur für mich und sieh, wie mein Schicksal enden und was mir begegnen wird!‘ Da weissagte sie, er[3] werde sterben, getötet von einem Gefangenen, der aus Alexandrien käme. Mein Vater aber schwor, er werde jeden Gefangenen, der von dort käme, hinrichten lassen, und setzte auch den Kapitän davon in Kenntnis, indem er hinzufügte: ‚Du mußt ohne Ausnahme die Schiffe der Muslime angreifen und kapern, und wenn du jemanden aus Alexandrien findest, so mußt du ihn töten oder mir bringen.‘ Der Kapitän gehorchte seinem Befehle, bis er schließlich so viele Menschen getötet hatte, wie er Haare auf seinem Kopfe hatte. Dann starb meine Ahne; nun machte ich mich daran, eine geomantische Figur zu werfen, denn ich überlegte bei mir und sprach: ‚Ich möchte wissen, wer sich mit mir vermählen wird.‘ Da ward mir kund, daß kein anderer als ein Mann des Namens 'Alâ ed-Dîn Abu esch-Schamât, der getreue Vertrauensmann, sich mit mir vermählen werde. Darüber war ich verwundert, und ich wartete, bis die Zeit verging und ich mit dir vereint wurde.‘ Nun gab 'Alâ ed-Dîn ihr das Ehegelöbnis und fügte hinzu: ‚Ich möchte in meine Heimat zurückkehren.‘ ‚Wenn das dein Wille ist,‘ gab sie zur Antwort, ‚so komm mit mir!‘

---

1. Die Bücher Mosis. – 2. Tora und Evangelium oft = Altes und Neues Testament. – 3. Wörtlich ‚der Ferne‘ (um die üble Vorbedeutung zu vermeiden).

Darauf nahm sie ihn mit sich und verbarg ihn in einer Kammer ihres Palastes. Nachdem sie dann zu ihrem Vater eingetreten war, sprach der zu ihr: ‚Liebe Tochter, ich bin heute sehr niedergeschlagen; setze dich zu mir, daß ich mich mit dir durch Trinken erheitere!' Da setzte sie sich zu ihm, ließ den Tisch mit dem Weine kommen, füllte ihm den Becher und reichte ihm den Wein, bis er die klare Besinnung verlor. Darauf tat sie ihm Bendsch in einen Becher, er trank den Becher und fiel rücklings hin. Nun ging sie zu 'Alâ ed-Dîn, führte ihn aus der Kammer hervor und sprach zu ihm: ‚Auf, erhebe dich! Dein Widersacher liegt dahingestreckt; tu mit ihm, was du willst. Ich habe ihn trunken gemacht und ihn durch Bendsch betäubt.' 'Alâ ed-Dîn trat herzu, und wie er ihn betäubt daliegen sah, band er ihm die Hände fest auf dem Rücken zusammen und legte ihm Ketten an die Füße. Dann gab er ihm das Gegenmittel gegen Bendsch, und dadurch kam der König wieder zu sich. – –«

Da bemerkte Schehrezâd, daß der Morgen begann, und sie hielt in der verstatteten Rede an. Doch als die *Zweihundertundneunundsechzigste Nacht* anbrach, fuhr sie also fort: »Es ist mir berichtet worden, o glücklicher König, daß 'Alâ ed-Dîn dem Könige, dem Vater der Husn Marjam, das Gegenmittel gegen Bendsch gab; als dieser nun wieder zu sich kam, sah er 'Alâ ed-Dîn und seine eigene Tochter auf seiner Brust sitzen, und da rief er: ‚Meine Tochter, handelst du so an mir?' Sie erwiderte ihm: ‚Wenn ich wirklich deine Tochter bin, so werde Muslim; denn ich bin eine Muslimin geworden. Die Wahrheit offenbarte sich mir, und ich nahm sie an; doch auch die Lüge, und die habe ich abgetan. Ich habe mich Allah, dem Herrn der Welten, ergeben; ich bin frei von jeglichem Glauben, der dem Islam widerspricht, in dieser und in jener Welt. Wenn du nun

Muslim werden willst, – herzlich gern! Wo nicht, so ist es besser, daß du getötet wirst, als daß du am Leben bleibst.' Auch 'Alâ ed-Dîn ermahnte ihn. Aber er weigerte sich und ward verstockt. Da zückte 'Alâ ed-Dîn einen Dolch und durchschnitt ihm die Kehle von Ader zu Ader. Dann schrieb er auf ein Blatt, was sich zugetragen hatte, und legte es ihm auf die Stirn. Darauf nahm er mit, was nicht beschwert und doch von hohem Wert; und beide verließen den Palast und begaben sich zur Kirche. Dort nahm die Prinzessin den Zauberstein hervor, legte ihre Hand auf die Seite, auf der ein Ruhelager abgebildet war, und rieb sie; da ward plötzlich ein Ruhelager vor sie hingestellt. Auf das stieg sie hinauf, und 'Alâ ed-Dîn und seine Gattin Zubaida die Lautnerin taten desgleichen. Nun hub die Prinzessin an: ‚Bei dem, was auf diesem Steine geschrieben stehet, bei den Zaubernamen und magischen Zeichen und den Charakteren der Wissenschaft, erhebe dich mit uns, o Lager!' Da erhob sich das Lager mit ihnen und flog durch die Luft bis zu einem Tale, in dem kein Pflanzenwuchs war. Nun hob sie die anderen vier Flächen des Steins nach oben, die aber mit dem Bilde des Lagers wandte sie der Erde zu. Da senkte sich das Lager mit ihnen auf die Erde. Darauf drehte sie die Fläche, auf der das Bild eines Prunkzeltes gezeichnet war, sich zu und rieb sie, indem sie sprach: ‚Es werde ein Prunkzelt in diesem Tale aufgeschlagen!' Da erhob sich das Prunkzelt vor ihnen, und sie setzten sich in ihm nieder. Jenes Tal war öde; keine Pflanze, kein Wasser war darin. Darum wandte sie vier andere Flächen des Steines nach oben und sprach: ‚Bei den Namen Allahs, hier sollen Bäume wachsen und daneben soll ein Strom fließen!' Sofort sproßten die Bäume, und zu ihrer Seite floß ein Strom daher, der brauste und brandete wie die Wogen im Meer. An ihm vollzogen sie die religiöse Waschung, beteten und tranken von seinem Wasser. Und wieder drehte sie drei andere Seiten des Zaubersteines um, bis sie zu einer Fläche kam, auf der sich das Bild eines Tisches befand. Sie sprach: ‚Bei dem Namen Allahs, der Tisch werde gebreitet!' Da ward ein Tisch vor ihnen gebreitet, auf dem allerlei köstliche Speisen lagen. Nun aßen und tranken sie, waren froh und guter Dinge.

Inzwischen aber war der Sohn des Königs hereingekommen, um seinen Vater zu wecken; da fand er ihn tot, und er fand auch das Blatt, das 'Alâ ed-Dîn beschrieben hatte. Das las er, und so erfuhr er, was darauf stand. Sofort suchte er nach seiner Schwester, und da er sie nicht fand, ging er zu der Alten in die Kirche. Als er die dort angetroffen hatte, fragte er sie nach seiner Schwester; aber sie gab ihm zur Antwort: ‚Seit gestern habe ich sie nicht mehr gesehen!' Da eilte er zu den Truppen und rief ihnen zu: ‚Aufs Pferd, ihr Reiter!' Er erzählte ihnen, was geschehen war, und dann saßen die Reiter auf und ritten dahin, bis sie sich dem Prunkzelte näherten. Da erblickte Husn Marjam plötzlich eine Staubwolke, die legte der Welt einen Schleier vor; doch als sie aufstieg und sich verlor, da trat ihr Bruder mit den Truppen unter ihr hervor. Die riefen: ‚Wohin wollt ihr fliehen, da wir euch doch auf der Spur sind?' Die Prinzessin fragte 'Alâ ed-Dîn: ‚Wie fest stehen deine Füße im Kampfe?' Er antwortete: ‚Wie ein Pflock in der Kleie! Ich verstehe mich nicht im Kampfe zu wehren, ich weiß nichts von Schwertern und Speeren.' Da zog sie den Zauberstein hervor und rieb die Fläche, auf der ein Roß mit seinem Reiter abgebildet war. Plötzlich erschien ein Reiter von der Wüste her; der kämpfte ohne Unterlaß mit ihnen und hieb mit dem Schwerte auf sie ein, bis er ihren Widerstand gebrochen und sie verjagt hatte.

Nun sprach die Prinzessin zu 'Alâ ed-Dîn: ‚Willst du nach Kairo oder nach Alexandrien reisen?' ‚Nach Alexandrien', gab er zur Antwort. Da stiegen sie wieder auf das Lager; sie sprach die Zauberformel darüber aus, und so fuhr es mit ihnen durch die Luft, und im Augenblick konnten sie schon bei Alexandrien hinabsteigen. 'Alâ ed-Dîn führte die Frauen in eine Höhle, ging zur Stadt und brachte ihnen von dort Kleider, die er ihnen anlegte. Darauf begab er sich mit ihnen zu seinem Laden und führte sie in die Wohnung. Als er dann ausging, um ihnen Speise zur Mittagsmahlzeit zu holen, traf er mit einem Male den Hauptmann Ahmed ed-Danaf, der gerade von Baghdad kam. Er sah ihn auf der Straße, empfing ihn mit offenen Armen, begrüßte ihn und hieß ihn willkommen. Der Hauptmann Ahmed ed-Danaf überbrachte ihm frohe Botschaft von seinem Sohne Aslân, der bald sein zwanzigstes Lebensjahr erreicht habe. Seinerseits wiederum erzählte 'Alâ ed-Dîn dem Hauptmanne alles, was er erlebt hatte, von Anfang bis zu Ende. Dann führte er ihn in den Laden und zu seinem Gemache in der Wohnung; Ahmed ed-Danaf aber war über alles aufs höchste erstaunt. Sie verbrachten nun die Nacht gemeinsam dort bis zum Morgen. Und am nächsten Tage früh verkaufte 'Alâ ed-Dîn den Laden und legte den Preis dafür zu seinem anderen Gelde. Darauf tat Ahmed ed-Danaf dem 'Alâ ed-Dîn kund, daß der Kalif ihn zu sich entbiete. Doch 'Alâ ed-Dîn sprach: ‚Ich will zuerst nach Kairo reisen, um meinen Vater und meine Mutter und meine Angehörigen zu begrüßen.‘ Nun stiegen sie alle zusammen auf das Ruhelager und begaben sich nach Kairo, der glückseligen Stadt. Sie stiegen in der Straße ed-Derb el-Asfar[1] ab, weil sein Elternhaus dort stand, und er klopfte an die Haustür. Da rief seine Mutter: ‚Wer pocht noch an das Tor, seit ich meine Lieben verlor?‘ Er antwortete: ‚Ich bin's, 'Alâ ed-Dîn!‘ Rasch kamen seine Eltern herab und schlossen

[1]. Im nördlichen Teile von Kairo belegen.

ihn in die Arme. Darauf sandte er seine Frauen und seine Habe ins Haus, trat selber mit Ahmed ed-Danaf ein, und dann pflegten sie der Ruhe drei Tage lang. Als er nun nach Baghdad aufbrechen wollte, sprach sein Vater zu ihm: ‚Bleibe bei mir, mein Sohn!' Doch er antwortete: ‚Ich kann die Trennung von meinem Sohne Aslân nicht ertragen.' So nahm er denn Vater und Mutter mit sich, und alle zogen nach Baghdad. Ahmed ed-Danaf eilte zum Kalifen voraus und brachte ihm die frohe Botschaft, daß 'Alâ ed-Dîn heimkehre, und erzählte ihm seine Geschichte. Da zog der Kalif aus, um ihn zu empfangen, und nahm auch den Jüngling Aslân mit sich; als sie zusammentrafen, umarmten sie ihn. Dann gab der Kalif Befehl, Ahmed Kamâkim den Erzdieb herbeizuholen; als das geschehen war und der Dieb vor ihm stand, sprach der Kalif: ‚'Alâ ed-Dîn, da hast du deinen Feind in deiner Gewalt.' Sofort zog 'Alâ ed-Dîn sein Schwert, hieb auf Ahmed Kamâkim ein und schlug ihm den Kopf ab. Und nun ließ der Kalif ein großes Fest für 'Alâ ed-Dîn feiern, nachdem er die Kadis und die Zeugen hatte kommen und den Ehevertrag für 'Alâ ed-Dîn und Husn Marjam hatte schreiben lassen. Als der dann zu ihr einging, fand er, daß sie eine undurchbohrte Perle war. Ferner machte der Kalif den Jüngling Aslân zum Hauptmann der Sechzig und verlieh beiden prächtige Ehrenkleider. Und sie lebten herrlich und glücklich, bis Der zu ihnen kam, der die Freuden schweigen heißt und die Freundesbande zerreißt.«

Darauf erzählte Schehrezâd

DIE GESCHICHTE VON 'ALÂ ED-DÎN
UND DER WUNDERLAMPE[1]

Es ist mir berichtet worden, o größter König unserer Zeit, daß in einer Stadt Chinas ein armer Schneidersmann lebte; der hatte einen Sohn namens 'Alâ ed-Dîn. Und dieser Knabe war von Jugend auf ein Tunichtgut und Taugenichts. Als er aber zehn Jahre alt war, wollte sein Vater ihn ein Handwerk lernen lassen; und da er arm war, so war es ihm nicht möglich, viel Geld für ihn auszugeben, um ihn in einem Handwerk oder einer Wissenschaft oder einem anderen Beruf unterrichten zu lassen. So nahm sein Vater ihn denn mit sich in seine eigene Werkstatt, um ihn selbst das Schneiderhandwerk zu lehren. Weil der Knabe jedoch nun einmal ein Tunichtgut war und immer nur die Gewohnheit hatte, mit den Knaben des Stadtviertels zu spielen, so blieb er niemals auch nur einen einzigen ganzen Tag in der Werkstatt, sondern er lauerte immer nur auf den Augenblick, in dem sein Vater ausging, um eine Besorgung zu machen oder um einen Kunden zu besuchen; dann lief er sofort weg und trieb sich draußen in den Gärten herum, zusammen mit den anderen bösen Buben, Lehrlingen von sei-

1. In der ersten Ausgabe des Insel-Verlags sind an dieser Stelle die Geschichten von 'Alâ ed-Dîn und der Wunderlampe und von 'Alî Baba und den vierzig Räubern eingefügt; der Gleichmäßigkeit wegen behalte ich diese Anordnung bei. Beide Geschichten fehlen in den orientalischen Ausgaben von 1001 Nacht; aber sie sind durch die Gallandsche französische Übersetzung allgemein in Europa bekannt geworden und gehören zu den schönsten Erzählungen des ganzen Werkes. Die Geschichte von 'Alâ ed-Dîn und der Wunderlampe übersetze ich wörtlich nach der von Zotenberg herausgegebenen arabischen Handschrift, die in Paris aufbewahrt wird und die ihrerseits freilich bereits starke europäische Einflüsse zeigt.

nem Schlage. So trieb er es stets; er gehorchte seinen Eltern nicht und lernte auch kein Handwerk. Sein Vater grämte und betrübte sich so sehr über die Untugend seines Sohnes, daß er krank ward und starb. Der Knabe 'Alâ ed-Dîn aber blieb bei seiner Art. Wie seine Mutter nun überlegte, daß ihr Gatte dahingeschieden war, daß ihr Sohn aber ein Tunichtgut war, der zu gar nichts taugte, da verkaufte sie den Laden mit allem, was in ihm war, und begann Baumwolle zu spinnen, um durch ihrer Hände Arbeit den Lebensunterhalt für sich und ihren mißratenen Sohn 'Alâ ed-Dîn zu gewinnen. Der aber wurde, da er nun sah, daß er der Strenge seines Vaters entronnen war, in seiner Unart und Nichtsnutzigkeit noch bestärkt. Ja, er gewöhnte sich sogar daran, nur zur Essenszeit nach Hause zu kommen. Seine arme, unglückliche Mutter aber mußte ihn von dem ernähren, was sie durch Spinnen mit eigener Hand verdiente, bis er fünfzehn Jahre alt geworden war.

Ferner ist mir berichtet worden, o größter König unserer Zeit, daß 'Alâ ed-Dîn, als er fünfzehn Jahre alt geworden war, eines Tages auf der Straße saß und mit den bösen Buben spielte; da kam plötzlich ein maurischer Derwisch und blieb stehen, um den Kindern zuzuschauen; er blickte auf 'Alâ ed-Dîn und sah seine Gestalt genauer an als seine Genossen. Dieser Derwisch stammte aus dem fernsten Westlande, und er war ein Zauberer, der durch seine Kunst einen Berg auf den andern türmen konnte und der auch in der Astrologie erfahren war. Nachdem er den 'Alâ ed-Dîn genau betrachtet hatte, sprach er bei sich selber: ,Dieser Knabe da ist der, den ich suche, ja, er ist es; um ihn aufzuspüren, habe ich meine Heimat verlassen.' Dann nahm er einen der Knaben beiseite und fragte ihn nach 'Alâ ed-Dîn, wessen Sohn er sei, und erhielt von ihm Auskunft über alles, was jenen anging. Darauf trat er an 'Alâ ed-Dîn heran, nahm ihn beiseite und fragte ihn: ‚Mein Sohn, bist du nicht der Sohn des Schneiders Soundso?‘ ‚Jawohl, mein Herr,‘ erwiderte ihm der Knabe, ‚aber mein Vater ist längst tot.‘ Wie der maurische Zauberer das hörte, warf er sich auf 'Alâ ed-Dîn, umarmte ihn, begann ihn zu küssen und weinte, so daß die Tränen über seine Wangen strömten. Als 'Alâ ed-Dîn dies Gebaren des Mauren sah, wunderte er sich darüber, und er fragte ihn und sprach: ‚Warum weinst du, mein Herr? Und woher kennst du meinen Vater?‘ Mit trauriger, gebrochener Stimme antwortete ihm der Maure: ‚Mein Sohn, wie kannst du eine solche Frage an mich richten, nachdem du mir kundgetan hast, daß dein Vater, mein Bruder, tot ist? Ja, dein Vater war mein Bruder! Ich bin jetzt aus meinem Lande hierher gekommen, und nach meinem Aufenthalt in der Fremde war ich schon froh, da ich hoffte, ihn wiederzusehen und durch ihn Trost zu finden! Du aber hast mir jetzt kundgetan, daß er tot ist. Ach, das Blut konnte es mir nicht verhehlen, daß du der Sohn meines Bruders bist; ich habe dich aus all den Knaben heraus erkannt, obwohl dein Vater, als ich mich von ihm trennte, noch nicht verheiratet war.‘

Ferner ist mir berichtet worden, o größter König unserer Zeit, daß der maurische Zauberer zu 'Alâ ed-Dîn, dem Schneiderssohne, sprach: ‚Mein Sohn 'Alâ ed-Dîn, jetzt ist es mir versagt, Trost und Freude zu finden durch deinen Vater, meinen Bruder, den ich nach meinem Fernsein noch einmal vor meinem Tode zu sehen hoffte. Ach, das Schicksal der Trennung hat ihn mir geraubt; aber dem Geschicke kann niemand entgehen, und gegen das, was Allah der Erhabene beschlossen hat, gibt es kein Mittel.‘ Dann nahm er 'Alâ ed-Dîn bei der Hand und sprach zu ihm: ‚Mein Sohn, ich habe jetzt keinen Trost mehr als dich allein; du trittst nun für deinen Vater ein, denn du bist nun sein Stellvertreter. Wer Nachkommen hinterläßt, der ist nicht tot, mein Sohn!' Nun legte der Zauberer seine Hand in die Tasche, holte zehn Dinare hervor und gab sie dem 'Alâ ed-Dîn mit den Worten: ,Mein Sohn, wo ist euer Haus, und wo ist sie, deine Mutter, die Frau meines Bruders?' 'Alâ ed-Dîn nahm ihn bei der Hand und zeigte ihm den Weg zu ihrem Hause. Da sagte der Zauberer zu ihm: ,Mein Sohn, behalte dies Geld und gib es deiner Mutter; grüße sie von mir und sage ihr, daß dein Oheim aus der Ferne wiedergekommen ist. So Gott will, komme ich am morgigen Tage zu euch, um sie selbst zu begrüßen und um das Haus zu schauen, in dem mein Bruder gewohnt hat, und auch um zu sehen, wo sein Grab ist.' Darauf küßte 'Alâ ed-Dîn die Hand des Mauren und lief in seiner Freude eilends zu seiner Mutter; er kam zu ungewohnter Zeit zu ihr, da er ja sonst immer nur zur Essenszeit bei ihr einzutreten pflegte. Fröhlich ging er zu ihr hinein und rief: ,Mutter, ich bringe dir gute Botschaft, mein Oheim ist aus der Fremde heimgekehrt und läßt dich grüßen.' ,Mein Sohn,' erwiderte sie, ,willst du mich etwa verspotten? Wer ist dein Oheim? Woher hast du einen lebendigen Oheim?' Doch 'Alâ ed-Dîn sagte darauf: ,Mutter, wie konntest du zu mir sagen, ich hätte keine Oheime und keine Verwandten, die am Leben wären, wo doch dieser Mann mein Oheim ist? Er hat mich ja umarmt und hat mich geküßt mit Tränen im Auge. Und er hat mir gesagt, ich sollte dir dies mitteilen.' ,Mein Sohn,' gab sie ihm zur Antwort, ,ja, ich weiß, du hattest einen Oheim, aber der ist gestorben; und ich habe keine Kunde davon, daß du einen zweiten Oheim hättest.'

Ferner ist mir berichtet worden, o größter König unserer Zeit, daß der maurische Zauberer am nächsten Morgen ausging und sich wieder nach 'Alâ ed-Dîn umzuschauen begann;

denn er hatte die Absicht, sich nicht mehr von ihm zu trennen.
Und während er in den Straßen der Stadt umherging, traf er
auf 'Alâ ed-Dîn, der wie gewöhnlich mit den bösen Buben
spielte. Nachdem er an ihn herangetreten war, ergriff er ihn
bei der Hand, umarmte ihn, küßte ihn und nahm aus seinem
Beutel zwei Dinare heraus, indem er sprach: ‚Geh zu deiner
Mutter, gib ihr diese beiden Dinare und sprich zu ihr: ‚Mein
Oheim möchte heute abend bei uns speisen; darum nimm diese
beiden Dinare und bereite uns ein schönes Abendessen!' Vor
allem aber zeige mir noch einmal den Weg zu eurem Hause!'
‚Das will ich gern tun, mein Oheim', rief 'Alâ ed-Dîn, ging
vor ihm her und zeigte ihm den Weg zum Hause. Dann verließ der Maure ihn und ging seines Weges. 'Alâ ed-Dîn aber
ging heim und erzählte es seiner Mutter; auch gab er ihr die
beiden Dinare mit den Worten: ‚Mein Oheim wünscht bei
uns zu Abend zu speisen.' Die Mutter des 'Alâ ed-Dîn machte
sich sofort auf, ging zum Basar und kaufte alles Nötige ein.
Dann kam sie wieder nach Hause und begann das Abendessen
vorzubereiten; von ihren Nachbarn entlehnte sie, was sie an
Schüsseln und anderem Geschirr nötig hatte, und als es Abend
ward, sprach sie zu ihrem Sohne 'Alâ ed-Dîn: ‚Mein Sohn, das
Abendessen ist gerichtet. Vielleicht kennt dein Oheim nicht
den Weg zu unserem Hause; drum geh ihm eine Strecke weit
entgegen!' ‚Ich höre und gehorche!' antwortete er. Doch während sie noch miteinander redeten, ward plötzlich an die Tür
geklopft. 'Alâ ed-Dîn ging hin, um zu öffnen; da war es der
maurische Zauberer mit einem Diener, der Wein und Früchte
trug. 'Alâ ed-Dîn ließ sie ein; der Diener ging seines Weges,
der Maure aber trat hinein, begrüßte die Mutter 'Alâ ed-Dîns
und begann zu weinen. Dann fragte er sie: ‚Wo ist die Stätte,
an der mein Bruder zu sitzen pflegte?' Da zeigte die Mutter des

Knaben dem Fremdling die Stätte, an der ihr Gatte zu seinen Lebzeiten gesessen hatte; jener aber ging dorthin, sank auf die Kniee und küßte den Boden, indem er sprach: ,Ach, wie armselig ist mein Glück, wie traurig ist mein Geschick, seit ich dich nicht mehr habe, mein Bruder, o du Ader meines Auges!' In dieser Art und Weise jammerte und klagte er, so daß die Mutter 'Alâ ed-Dîns wirklich glauben mußte, er sei in Wahrheit ihr Schwager. Ja, er wurde sogar ohnmächtig von seinem vielen Weinen und Greinen; da trat sie zu ihm und redete mit ihm, und nachdem sie ihn vom Boden aufgerichtet hatte, sprach sie zu ihm: ,Was hilft es, wenn du dich zu Tode peinigst?'

Ferner ist mir berichtet worden, o größter König unserer Zeit, daß die Mutter 'Alâ ed-Dîns fortfuhr, den maurischen Zauberer zu trösten; sie bat ihn, sich zu setzen, und nachdem er sich gesetzt hatte, begann er, noch ehe der Tisch aufgetragen wurde, mit ihr zu plaudern, indem er sprach: ,Frau meines Bruders, wundere dich nicht darüber, daß du mich zeit deines Lebens noch nicht gesehen und mich auch zu Lebzeiten meines entschlafenen Bruders nicht kennen gelernt hast! Denn ich habe schon vor vierzig Jahren dies Land verlassen und bin der Heimat fern geblieben. Ich bin nach Hinterindien und Vorderindien gereist, ich habe ganz Arabien durchstreift; dann zog ich nach Ägyptenland und wohnte eine lange Weile in seiner großen Hauptstadt, die zu den Weltwundern gehört; und zuletzt begab ich mich nach dem fernsten Westen, und in jenem Lande blieb ich dreißig Jahre lang. Eines Tages aber, o Frau meines Bruders, während ich so dort saß, begann ich an mein Heimatland und an meinen Bruder, der jetzt dahingeschieden ist, zu denken. Da ergriff mich übermächtige Sehnsucht danach, ihn wiederzusehen; ich begann zu weinen und darüber zu klagen, daß ich so fern von ihm in der Fremde war; und schließlich machte mich die Sehnsucht nach ihm so unruhig, daß ich beschloß, nach diesem Lande zu reisen, meiner Heimat, in der ich geboren bin, um meinen Bruder wiederzusehen. Denn ich sprach bei mir selber: ‚Mann, wie lange bist du schon in der Fremde, fern deinem Heimatlande, und dabei hast du nur einen einzigen Bruder und sonst keine Geschwister; drum auf, reise hin, sieh ihn noch einmal, ehe du stirbst! Wer kennt die Schicksalsschläge der Zeit und die Wechselfälle der Tage? Das wäre doch ein herbes Leid, wenn ich stürbe, ehe ich meinen Bruder noch einmal sähe! Allah hat dir ja – Ihm sei Dank! – großen Reichtum verliehen, während dein Bruder vielleicht in Mangel und Armut lebt; dann könntest du ihm helfen und zugleich sein Antlitz sehen.‘ Da machte ich mich denn sogleich auf, rüstete mich zur Reise, sprach nach dem Freitagsgebete die erste Sure, bestieg mein Reittier und kam zu dieser Stadt nach vielen Mühsalen und Beschwerden, die ich im Schutze des Herrn, des Allmächtigen und Hocherhabenen, geduldig ertrug; und so zog ich hier ein. Während ich nun vorgestern in den Straßen der Stadt umherging, sah ich, wie der Sohn meines Bruders, ’Alâ ed-Dîn, mit den Knaben spielte; und beim allmächtigen Gott, o Frau meines Bruders, als ich ihn erblickte, da ward mein Herz zu ihm gerissen, denn Blut wird zu Blut hingezogen, und die Stimme meines Herzens sprach zu mir, daß dies meines Bruders Sohn sei. Ich vergaß all meine Mühsal und Bekümmernis, als ich ihn sah, und fast wäre ich vor Freuden geflogen; doch als er mir kundtat, daß der Selige zur Barmherzigkeit Allahs des Erhabenen eingegangen ist, da ward ich im Übermaße meines Grames und Kummers ohnmächtig; vielleicht hat ’Alâ ed-Dîn dir schon berichtet, wie es mich überwältigt hat. Aber jetzt habe ich ein wenig Trost durch

'Alâ ed-Dîn gefunden, der nun an die Stelle des Entschlafenen tritt; denn wer Nachkommen hinterläßt, ist nicht tot.'

Ferner ist mir berichtet worden, o größter König unserer Zeit, daß der maurische Zauberer, nachdem er seine Ansprache an die Mutter 'Alâ ed-Dîns mit den Worten: ‚Wer Nachkommen hinterläßt, der ist nicht tot' geschlossen hatte, sah, wie sie darüber weinte, und sich dann zu 'Alâ ed-Dîn wandte; dabei war es seine Absicht, daß sie nicht mehr an ihren Gatten denken sollte und daß er sie darüber hinwegtröste, um so seinen listigen Plan an ihr zu vollenden. ‚Mein Sohn 'Alâ ed-Dîn,' redete er ihn an, ‚was für ein Handwerk hast du gelernt? Was für einen Beruf hast du? Hast du ein Handwerk gelernt, das euch beide, dich und deine Mutter, ernährt?' Da ward 'Alâ ed-Dîn beschämt und verlegen, er ließ den Kopf hängen und senkte ihn zu Boden. Doch seine Mutter rief: ‚Woher sollte er? Bei Allah, er versteht gar nichts! Einen so nichtsnutzigen Buben habe ich noch niemals gesehen. Den ganzen Tag über treibt er sich herum mit den bösen Buben des Stadtviertels, die ebenso sind wie er. Sein Vater – o mein Jammer! – starb nur aus Gram um ihn. Und ich lebe jetzt auch im Elend; mühsam spinne ich Baumwolle Tag und Nacht, um mir ein paar Laibe Brot zu verdienen, die wir gemeinsam aufessen. Ja, so ergeht es mir, lieber Schwager! Bei deinem Leben, er kommt nur zur Essenszeit zu mir, sonst nie. Ich habe schon daran gedacht, ich wollte die Haustür schließen und ihm nie mehr aufmachen und ihn laufen lassen, damit er sich einen Unterhalt suche, durch den er sein Leben fristet. Ich bin jetzt eine alte Frau, ich habe keine Kraft mehr, mich so abzuquälen und auf diese Weise für das tägliche Brot zu sorgen. Ach Gott, muß ich meinen Lebensunterhalt beschaffen? Ich brauche jemanden, der mich ernährt!' Da wandte sich der Maure an 'Alâ ed-Dîn mit den Worten: ‚Wie kommt es, o Sohn meines Bruders, daß du es so böse treibst? Das ist eine Schande für dich! Das paßt sich nicht für Leute deiner Art! Du bist doch verständig, mein Sohn, und ein Kind ehrbarer Leute! Eine Schmach für dich ist es, daß deine Mutter in ihrem hohen Alter sich noch um deinen Lebensunterhalt kümmern muß, während du schon ein Mann bist, der sich nach einem Lebensweg umsehen sollte, durch den er sich ernähren kann. Schau, mein Sohn, in unserer Stadt gibt es – gottlob! – so viele Lehrmeister wie sonst nirgends; wähle dir das Handwerk aus, das dir zusagt, damit ich dich darin unterbringe; wenn du dann älter wirst, mein Sohn, so hast du deinen Beruf, von dem du leben kannst. Es ist ja möglich, daß du das Handwerk deines Vaters nicht magst; dann suche dir ein anderes aus, ein Handwerk, das dir gefällt! Erzähle mir davon; ich will dir helfen, so viel ich nur irgend vermag, mein Sohn!' Als der Maure aber sah, daß 'Alâ ed-Dîn schwieg und ihm keine Antwort gab, merkte er, daß der Knabe überhaupt keine Arbeit haben, sondern nur ein faules Leben führen wollte; und da sprach er zu ihm: ‚Sohn meines Bruders, ich will dir nicht weh tun. Wenn du denn doch kein Handwerk erlernen magst, so will ich dir einen Kaufmannsladen mit den kostbarsten Stoffen eröffnen, damit du unter den Menschen bekannt wirst, Handel treiben, kaufen und verkaufen kannst und ein angesehener Mann in der Stadt seiest.' Als nun 'Alâ ed-Dîn die Worte seines maurischen Oheims hörte, wie er die Absicht hatte, ihn zu einem Kaufherren zu machen, freute er sich sehr; denn er wußte genau, daß diese Herren alle immer feine und saubere Kleider tragen; lächelnd blickte er den Mauren an, nickte mit dem Kopfe und deutete so an, daß er einverstanden war.

Ferner ist mir berichtet worden, o größter König unserer Zeit, daß der maurische Zauberer sah, wie 'Alâ ed-Dîn lächelte;

667

nun wußte er, daß der Knabe damit einverstanden war, ein Kaufherr zu werden, und so sprach er denn zu ihm: ‚Da du einverstanden bist, daß ich dich Kaufmann werden lasse und dir einen Laden eröffne, Sohn meines Bruders, so zeige dich als Mann! Morgen, so Gott will, werde ich dich zunächst mit zum Basar nehmen und dir einen feinen Anzug anmessen lassen, wie ihn die Kaufleute tragen; danach werde ich dir einen Laden aussuchen und dir so mein Wort halten.‘ Die Mutter ’Alâ ed-Dîns hatte bisher immer noch ein wenig daran gezweifelt, daß der Maure ihr Schwager sei; aber als sie nun hörte, daß er ihrem Sohne versprach, er wolle ihm einen Kaufherrenladen eröffnen und ihm Stoffe und Kapital und dergleichen geben, da entschied die Frau in ihrem Sinne, daß dieser Maure wirklich ihr Schwager sei, weil ein fremder Mann so etwas doch nicht für ihren Sohn tun könne. Deshalb begann sie, ihren Sohn auf den rechten Weg zu leiten und ihn zu ermahnen, er solle die Torheit aus seinem Kopfe verbannen, sich als Mann erweisen, stets seinem Oheim, der ihm wie ein Vater sei, gehorchen und die Zeit, die er im Nichtstun mit seinesgleichen nutzlos hatte verstreichen lassen, wieder gutmachen. Darauf breitete die Mutter ’Alâ ed-Dîns den Tisch aus und trug das Abendessen auf; alle drei setzten sich hin und begannen zu essen und zu trinken, während der Maure sich mit ’Alâ ed-Dîn über Fragen des Kaufmannsberufes und dergleichen Dinge unterhielt. Darüber freute ’Alâ ed-Dîn sich so sehr, daß er in jener Nacht nicht schlafen konnte. Als der Maure bemerkte, daß die Nacht bald zu Ende war, ging er zu seiner Wohnstätte, nachdem er ihnen versprochen hatte, am nächsten Tage zurückzukehren, um mit ’Alâ ed-Dîn zum Basar zu gehen und ihm einen Kaufmannsanzug anmessen zu lassen. Wie es dann Morgen geworden war, klopfte er auch schon wieder an die

Tür. 'Alâ ed-Dîns Mutter erhob sich und machte ihm die Haustür auf; er wollte aber nicht eintreten, sondern verlangte nur nach 'Alâ ed-Dîn, um mit ihm zum Basar zu gehen. So kam denn 'Alâ ed-Dîn heraus, wünschte seinem Oheim einen guten Morgen und küßte ihm die Hand. Der nahm ihn bei der Hand und schritt mit ihm dahin bis zum Basar. Dort trat er in einen Tuchladen ein, in dem sich Kleider von jeglicher Art befanden. Er forderte einen vollständigen Anzug von hohem Werte; da brachte der Kaufmann, was er wünschte, in allen seinen Teilen fertig geschnitten und genäht. Nun sprach der Maure zu 'Alâ ed-Dîn: ,Wähle dir aus, mein Sohn, was dir gefällt!' Der Knabe war hocherfreut, wie er sah, daß sein Oheim ihm die Wahl ließ, und er suchte sich nach seinem Belieben die Kleidungsstücke aus, die ihm gefielen. Dann bezahlte der Maure dem Kaufmann sofort den Preis dafür, ging fort und nahm 'Alâ ed-Dîn mit ins Badehaus. Nachdem sie gebadet hatten, verließen sie den Baderaum und tranken Scherbett in der Halle; dann legte 'Alâ ed-Dîn froh und fröhlich den neuen Anzug an, trat vor seinen Oheim hin, dankte ihm und küßte ihm, dankbar für seine Güte, die Hand.

Ferner ist mir berichtet worden, o größter König unserer Zeit, daß der Maure, nachdem er mit 'Alâ ed-Dîn das Badehaus verlassen hatte, ihn wieder bei der Hand nahm und mit ihm zum Basar der Kaufherren ging; er zeigte ihm den Basar und wie dort Handel getrieben wurde, und dann sprach er zu ihm· ,Mein Sohn, es geziemt dir nunmehr, mit den Leuten zu verkehren, zumal mit den Kaufherren, damit du von ihnen das Handeltreiben erlernest, da dies jetzt dein Beruf geworden ist.' Darauf führte er ihn weiter, zeigte ihm die Stadt, die Moscheen und alles Sehenswerte, was es in dem Orte gab. Zuletzt trat er dort mit ihm in den Laden eines Garkoches ein; der brachte ihnen das Mittagsmahl auf silbernen Schüsseln, sie speisten und tranken, bis sie gesättigt waren, und gingen wieder fort. Nun begann der Maure dem 'Alâ ed-Dîn die Lustgärten und die großen Plätze zu zeigen; auch ging er mit ihm in das Schloß des Sultans und zeigte ihm alle die prächtigen, großen Gemächer. Nach alledem führte er ihn zum Chân der fremden Kaufleute, in dem er selber wohnte. Dort lud er einige Kaufleute ein, die in der Herberge weilten; als sie gekommen waren und sich zum Essen hingesetzt hatten, erzählte er ihnen, daß dies der Sohn seines Bruders sei und daß er 'Alâ ed-Dîn heiße. Nachdem sie gegessen und getrunken hatten, nahm er, da die Nacht bereits angebrochen war, den 'Alâ ed-Dîn und brachte ihn zu seiner Mutter zurück. Wie die aber ihren Sohn ansah, der nun einem der Kaufherren glich, war sie fast wie von Sinnen und vergoß Freudentränen. Sie begann ihrem Schwager, dem Mauren, für seine Güte zu danken, indem sie zu ihm sprach: ‚Lieber Schwager, ich könnte nie genug Worte finden, auch wenn ich dir mein ganzes Leben lang dankte und dich priese für das Gute, das du an meinem Sohne getan hast.' Der Maure antwortete ihr: ‚Frau meines Bruders, das ist gar keine Güte von mir. Er ist doch mein Sohn; und es ist meine Pflicht, daß ich für meinen Bruder eintrete und dem Kinde ein Vater werde. Darum sei nur ruhig!' Sie fuhr fort: ‚Ich bete zu Allah bei dem Ruhme der ersten und der letzten Heiligen, daß er dich behüte und erhalte, mein Schwager, und daß er dir ein langes Leben gebe, damit du diesem Waisenknaben ein schirmender Fittich seiest; er soll dir immer gehorchen und folgen und nur das tun, was du ihm gebietest!' ‚Frau meines Bruders,' erwiderte der Maure, ,'Alâ ed-Dîn ist schon herangewachsen und verständig, er stammt von trefflichen Eltern, und ich hoffe zu Allah, daß er an die Stelle seines Vater treten und dein Augentrost sein wird. Doch es tut mir leid, daß ich morgen, weil es Freitag ist, ihm noch nicht den Laden eröffnen kann, da am Freitag alle Kaufleute nach dem Gottesdienste zu den Gärten und den Lustplätzen hinausgehen. Aber, so Gott will, werde ich am Samstag mit Hilfe des Schöpfers tun, was ich vorhabe. Morgen will ich zu euch kommen und 'Alâ ed-Dîn abholen, um ihm die Gärten und Lustplätze draußen vor der Stadt zu zeigen; die hat er vielleicht bisher noch nicht gesehen; dann wird er auch die Leute treffen, die Kaufmänner und die Vornehmen, die dort lustwandeln, auf daß er sie kennen lernt und sie mit ihm bekannt werden.'

Ferner ist mir berichtet worden, o größter König unserer Zeit, daß der Maure dann fortging und jene Nacht in seiner Wohnung zubrachte. Am Tage darauf kam er wieder zum Hause des Schneiders und klopfte an die Haustür. 'Alâ ed-Dîn aber hatte aus Freude über die Kleider, die jener ihm angelegt hatte, und über das Schöne, was er am vergangenen Tage erlebt hatte – das Bad, das Essen und Trinken und das Zusammensein mit den Leuten –, und im Gedanken daran, daß sein Oheim am nächsten Morgen kommen und ihn abholen würde, um ihm die Gärten zu zeigen, in jener Nacht nicht geschlafen; ja, er hatte kein Auge zugetan und hatte gar nicht darauf warten können, bis es Tag wurde. Sowie er nun hörte, daß an die Türe geklopft wurde, sprang er eilends wie ein Feuerfunke hin, machte die Haustür auf und sah seinen Oheim aus dem Westlande vor sich. Der umarmte ihn, küßte ihn und nahm ihn bei der Hand. Dann gingen sie zusammen fort, und der Maure sprach zu dem Knaben: ,Sohn meines Bruders, heute werde ich dir etwas zeigen, das du in deinem ganzen Leben noch nicht gesehen hast!' Dabei lächelte er ihn an und sprach ihm mit freundlichen Worten zu, und sie gingen zum Stadttore hinaus. Der Maure schritt zwischen den Gärten dahin und zeigte dem Knaben die großen Lustplätze und die hochragenden wunderbaren Schlösser. Sooft ihr Blick auf einen Garten oder ein Schloß oder einen Palast fiel, blieb der Maure stehen und fragte: ‚Gefällt dir das, mein Sohn 'Alâ ed-Dîn?' Dem aber war, als sollte er vor Freuden fliegen; denn er sah Dinge, die er in seinem ganzen Leben noch nie gesehen hatte. So schritten sie immer weiter und sahen sich alles an, bis sie müde wurden; da traten sie in einen großen Garten ein, der dem Herzen Freude machte und dem Auge ein schönes Schauspiel brachte; die Springbrunnen sprangen, von Blumen umfangen, und die Wasser flossen aus Mäulern von Löwen, die von goldgelbem Messing waren. Dann setzten sie sich an einem Tische nieder und ruhten aus. 'Alâ ed-Dîn war beglückt und hocherfreut, und er begann mit dem Alten zu scherzen und sich zu vergnügen, als wäre er wirklich sein Oheim gewesen. Darauf machte der Maure seinen Gürtel auf und zog einen Beutel hervor, der mit Brot und Früchten und anderen Dingen zum Essen gefüllt war, und sprach zu 'Alâ ed-Dîn: ‚Sohn meines Bruders, du bist wohl hungrig; komm, iß, was du willst!' Da trat der Knabe herzu und aß; und auch der Maure aß mit ihm. So waren sie lustig und seelenvergnügt und ruhten sich aus. Dann hub der Maure an: ‚Sohn meines Bruders, wenn du ausgeruht hast, so laß uns noch ein wenig weiter gehen!' Alsbald stand 'Alâ ed-Dîn auf, und der Maure begann mit ihm von Garten zu Garten zu gehen, bis sie an allen Gärten vorbeigegangen waren und nun zu einem hohen Berge kamen. 'Alâ ed-Dîn, der bis dahin noch nie aus der Stadt herausgekommen war und auch in seinem ganzen Leben noch nicht einen so langen Weg gemacht hatte, sprach zu dem Mauren: ‚Oheim, sag, wohin gehen wir? Wir haben doch schon alle Gärten hinter uns gelassen, und jetzt sind wir vor einem Berge. Und wenn der Weg noch lang ist, so habe ich keine Kraft mehr zum Gehen; denn ich bin schwach vor Müdigkeit. Es sind ja auch keine Gärten mehr vor uns; laß uns wieder nach der Stadt zurückgehen!' ‚Mein Sohn,' erwiderte der Maure, ‚dies ist ja der Weg; die Gärten sind auch noch nicht zu Ende, wir gehen jetzt, um uns einen Garten anzusehen, wie ihn selbst die Könige nicht haben. Alle Gärten, die wir bisher gesehen haben, sind nichts im Vergleich zu diesem Garten. Also nimm deine Kraft beim Gehen zusammen; du bist ja, Gott sei Dank, ein Mann.' Nun begann der Maure den Knaben mit freundlichen Worten abzulenken und ihm seltsame Geschichten zu erzählen, wahre und erdichtete, bis sie zu der Stätte gelangten, die das Ziel dieses maurischen Zauberers war, um deren willen er aus dem fernen Westlande bis nach China gereist war. Und als sie dort angekommen waren, sprach er zu ’Alâ ed-Dîn: ‚Sohn meines Bruders, setze dich nieder, ruhe dich aus; denn dies ist die Stätte, die wir suchen! So Gott will, werde ich dir wunderbare Dinge zeigen, wie sie noch kein Mensch in der Welt je geschaut hat; noch nie hat jemand das zu sehen bekommen, was du nun erblicken wirst.'

Ferner ist mir berichtet worden, o größter König unserer Zeit, daß der maurische Zauberer nach seinen Worten: ‚Noch nie hat ein Sterblicher das zu sehen bekommen, was du nun erblicken wirst' weiter zu ’Alâ ed-Dîn sprach: ‚Doch erst, wenn du dich ausgeruht hast, steh auf und suche Brennholzstücke und Reisig, alles dürr und trocken, damit wir ein Feuer anzünden können. Dann, o Sohn meines Bruders, werde ich dir etwas zeigen – nun, laß nur, du wirst schon sehen!' Als ’Alâ ed-Dîn das hörte, brannte er vor Begierde, das, was sein Oheim ihm zeigen wollte, zu schauen; er vergaß die Müdigkeit, sprang sofort auf und begann, dürres Brennholz und trockene Reiser zu sammeln. Er sammelte, bis der Maure ihm sagte: ‚Nun ist es genug, lieber Neffe!' Darauf holte der Maure eine Schachtel aus seiner Tasche, öffnete sie und nahm so viel Weihrauch aus ihr hervor, wie er nötig hatte. Und er räucherte und zauberte und beschwor und murmelte unverständliche Worte. Sofort ward es finster, es bebte und donnerte, und der Erdboden tat sich auf. Darüber erschrak 'Alâ ed-Dîn, und in seiner Angst wollte er weglaufen. Doch als der maurische Zauberer bemerkte, daß der Knabe weglaufen wollte, ergrimmte er gewaltig über ihn, da seine ganze Arbeit ohne 'Alâ ed-Dîn nichts nutzte; denn der Schatz, den er heben wollte, tat sich nur vor 'Alâ ed-Dîn auf. Wie er also sah, daß der Knabe fliehen wollte, hob er seinen Arm und traf ihn so heftig auf den Kopf, daß er ihm fast die Zähne ausschlug. Ohnmächtig sank 'Alâ ed-Dîn zu Boden. Doch nach einer kleinen Weile schon kam er durch den Zauber des Mauren wieder zu sich und fing an zu weinen; und er rief: ‚Lieber Oheim, was habe ich denn getan, daß ich einen solchen Schlag von dir verdiente?' Nun begann der Maure ihn zu besänftigen, indem er zu ihm sprach: ‚Mein Sohn, ich will dich doch zum Manne machen. Drum widersetze dich mir nicht, da ich dein Oheim bin, der deinen Vater vertritt. Gehorche mir in allem, was ich dir sage! Nach einer kleinen Weile wirst du all diese Qual und Mühe vergessen, wenn du die wundersamen Dinge siehest!' Als nun der Erdboden sich vor dem Magier aufgetan hatte und sich ihm eine Marmorplatte zeigte, an der sich ein Ring aus gegossenem Messing befand, wandte er sich dem Knaben zu und sprach: ‚Wenn du tust, was ich dir sage, so wirst du reicher als alle Könige werden! Deswegen, mein Sohn, habe ich dich ja auch nur geschlagen, weil hier ein Schatz verborgen liegt, der auf deinen Namen lautet; und da wolltest du ihn verlassen und fortlaufen! Aber jetzt gib acht; sieh nur, wie ich die Erde durch meine magische Kunst und meine Beschwörung geöffnet habe!'

Ferner ist mir berichtet worden, o größter König unserer Zeit, daß der maurische Zauberer des weiteren zu 'Alâ ed-Dîn sprach: ,Mein Sohn 'Alâ ed-Dîn, also gib acht! Sieh, unter der Platte, an der jener Ring ist, dort ist der Schatz, von dem ich dir sagte. Lege deine Hand in den Ring und hebe die Platte! Denn kein einziger Mensch kann sie aufmachen als du allein, und niemand anders als du kann seinen Fuß in diese Schatzhöhle setzen, das alles ist dir vorbehalten. Du mußt aber auf mich hören, genau wie ich dich anweise, und darfst keine Silbe von meinen Worten außer acht lassen. Das alles, mein Sohn, geschieht zu deinem Besten; denn dieser Schatz ist gewaltig groß, kein König der Welt besitzt seinesgleichen. Er gehört dir und mir!' 'Alâ ed-Dîn, der arme Junge, vergaß nun Müdigkeit, Schläge und Tränen, er war durch die Worte des Mauren ganz berückt und freute sich, weil er so reich werden sollte, daß selbst die Könige nicht reicher als er wären. Und so sagte er: ,Lieber Oheim, befiehl mir alles, was du willst; ich gehorche deinem Befehle!' ,Ach, Sohn meines Bruders,' erwiderte jener, ,du bist mir wie mein eigen Kind, ja, noch lieber; denn außer dir, meinem Neffen, habe ich keine Verwandten. Du sollst mein Erbe und mein Nachfolger sein, mein Sohn!' Und er trat zu 'Alâ ed-Dîn und küßte ihn und fuhr fort: ,Für wen mach ich mir denn all diese Mühe, mein Sohn? Nur um deinetwillen, damit ich dich zu einem sehr reichen und vornehmen Manne mache! Drum tu alles genau, wie ich es dir sage! Nun tritt zu diesem Ringe und hebe ihn, wie ich dir gesagt habe!' Doch 'Alâ ed-Dîn antwortete: ,Oheim, dieser

Ring ist zu schwer für mich; ich kann ihn nicht allein aufheben. Komm, hilf du mir auch beim Hochheben; ich bin ja noch so jung an Jahren.' ‚Lieber Neffe,' sagte darauf der Maure, ‚es ist uns nicht möglich, irgend etwas zu erreichen, wenn ich dir helfe; dann wird unsere Mühe ganz vergeblich sein. Lege du nur deine Hand in den Ring und zieh ihn hoch! Dann wird er sich alsbald in deiner Hand heben. Ich habe dir doch gesagt, daß niemand als du allein ihn berühren darf; wenn du an ihm ziehst, so sprich deinen Namen und die Namen deines Vaters und deiner Mutter aus, und dann wird er sich sofort in deiner Hand heben, du aber wirst sein schweres Gewicht gar nicht spüren.' Da nahm 'Alâ ed-Dîn seine Kraft zusammen, faßte einen festen Entschluß und tat, wie ihn der Maure angewiesen hatte. Und als er seinen Namen und die Namen seines Vaters und seiner Mutter aussprach, hob er die Platte ganz leicht empor, gerade so, wie der Magier ihm gesagt hatte; und nachdem die Platte sich gehoben hatte, warf er sie beiseite.

Ferner ist mir berichtet worden, o größter König unserer Zeit, daß 'Alâ ed-Dîn, nachdem er die Platte von dem Eingange zu der Schatzhöhle gehoben hatte, einen unterirdischen Gang sah; an dessen Eingang mußte man etwa zwölf Stufen hinabsteigen. Darauf sprach der Maure zu ihm: ‚'Alâ ed-Dîn, gib acht, tu alles ganz genau so, wie ich dir sage, und laß nichts davon aus. Geh mit aller Vorsicht zu diesem Gange hinunter, bis du den Boden erreichst! Du wirst dort eine Halle finden, die in vier Räume geteilt ist; in jedem dieser Räume wirst du vier goldene Krüge finden und andere Dinge aus Feingold und Silber. Doch hüte dich, etwas davon anzurühren oder etwas davon zu nehmen, sondern geh an allem vorbei, bis du in dem vierten Raume ankommst! Laß auch deine Kleider oder ihre Säume nicht die Krüge oder die Wände berühren und halte

676

dich nicht einen einzigen Augenblick auf! Wenn du dem zuwiderhandelst, so wirst du sofort verwandelt und zu einem schwarzen Stein werden. Bist du aber in dem vierten Raume angekommen, so wirst du dort eine Tür finden; öffne die Tür, indem du die Namen sprichst, die du über der Platte ausgesprochen hast; und geh hinein! Dann wirst du in einen Garten gelangen, voll schöner Bäume, mit Früchten behangen; von dort geh auf dem Wege, den du vor dir siehst, etwa noch fünfzig Ellen weiter, so wirst du einen Saal finden, zu dem eine Treppe von etwa dreißig Stufen führt. Dann schau dich oben im Saale um!'

Ferner ist mir berichtet worden, o größter König unserer Zeit, daß der maurische Zauberer, nachdem er dem 'Alâ ed-Dîn Weisung gegeben hatte, wie er in die Schatzhöhle hinabsteigen und in ihr weitergehen sollte, des weiteren zu ihm sprach: ,Wenn du in dem Saale bist, so wirst du dort eine Lampe finden, die von der Saaldecke herabhängt. Nimm die Lampe, gieß das Öl, das in ihr ist, aus und birg sie in deinem Busen; sei um deiner Kleider willen nicht besorgt, denn es ist kein wirkliches Öl! Wenn du dann wieder zurückkommst, so darfst du von den Bäumen abpflücken, so viel du willst; denn das alles gehört dir, solange die Lampe in deiner Hand ist.' Als nun der Maure seine Worte an 'Alâ ed-Dîn beendet hatte, zog er einen Siegelring von seinem Finger und schob ihn auf 'Alâ ed-Dîns Finger mit den Worten: ,Mein Sohn, dieser Siegelring wird dich aus aller Not und Gefahr, die dich bedrohen könnten, befreien, unter der einen Bedingung, daß du alles, was ich dir gesagt habe, beachtest. Nun denn wohlan, steig hinab, nimm deine Kraft zusammen und laß deinen starken Mut entflammen; fürchte dich nicht, denn du bist ein Mann und kein Kind mehr! Danach, mein Sohn, wirst du in kürzester Zeit so großen Reichtum gewinnen, daß du der reichste Mann der Welt wirst.' 'Alâ ed-Dîn stieg nun in den unterirdischen Gang hinab und fand die vier Räume; in jedem Raume waren vier goldene Krüge, doch er ging an ihnen vorbei, wie der Maure ihm gesagt hatte, vorsichtig und entschlossen; dann trat er in den Garten ein und ging hindurch, bis er zu dem Saale gelangte. Er stieg die Treppe hinauf, und in dem Saale fand er die Lampe; er löschte sie aus, goß das Öl, das in ihr war, zu Boden und barg sie in seinem Busen. Dann ging er wieder zu dem Garten hinunter und begann sich die Bäume dort anzuschauen; auf ihnen saßen Vögel, die mit ihren Stimmen den allmächtigen Schöpfer lobpriesen, die er aber zuvor, als er gekommen war, nicht gesehen hatte. Und an diesen Bäumen hingen als Früchte lauter kostbare Edelsteine; jeder Baum trug Früchte von verschiedener Art und Farbe, mancherlei Edelsteine von allerlei Farben, grüne und weiße, gelbe und rote und von noch anderen Farben. Diese Edelsteine strahlten einen Glanz aus, der heller war als der Sonnenschein am Vormittage. Jeder dieser Edelsteine übertraf an Größe alles, was man beschreiben konnte, so daß kein einziger König der Welt auch nur einen besaß, der einem der größten gleich gewesen wäre, ja nicht einmal einen, der halb so groß gewesen wäre wie die kleinsten unter ihnen.

Ferner ist mir berichtet worden, o größter König unserer Zeit, daß 'Alâ ed-Dîn zwischen den Bäumen umherging; und dabei schaute er auf sie und auf all die Dinge, die den Blick blendeten und den Verstand raubten, und er betrachtete sie genau. Da sah er denn, daß die Bäume statt richtiger Früchte große Edelsteine trugen, kostbare Smaragde, Diamanten, Hyazinthen, auch Perlen und andere Juwelen, bei deren Anblicke die Sinne verwirrt wurden. Weil nun aber 'Alâ ed-Dîn solche Dinge noch nie in seinem Leben gesehen hatte und auch noch nicht erwachsen genug war, um den Wert dieser Kleinodien zu erkennen, sintemalen er ja noch ein junger Bursche war, so dachte er, alle diese Edelsteine wären aus Glas oder aus Kristall; er pflückte viele von ihnen ab und füllte seine Brusttaschen damit, und dabei schaute er sie an, ob es wohl Weintrauben und Feigen und andere eßbare Früchte wären oder nicht. Als er nun sah, daß sie wie Glas waren, fuhr er fort, von allen Arten dieser Baumfrüchte in seine Busentasche zu sammeln, ohne die Edelsteine und ihren Wert zu kennen. Und da er sein Verlangen zu essen nicht befriedigen konnte, sprach er in Gedanken: ‚Ich will mir von diesen Glasfrüchten eine Sammlung anlegen und zu Hause damit spielen.' So pflückte er immer mehr ab und steckte sie in seine Taschen an den Seiten und auf der Brust, bis er alle gefüllt hatte. Und dann pflückte er noch mehr Früchte ab, tat sie in seinen Gürtelschal und band ihn wieder um; er trug, so viel er nur irgend konnte, und sagte sich dabei, er wolle sie sich zu Hause zum Zierat hinlegen; denn er hielt sie, wie gesagt, für Glas. Aber dann begann er, aus Furcht vor seinem maurischen Oheim, rasch zu laufen, bis er wieder durch die vier Räume gekommen und den unterirdischen Gang durcheilt hatte; auf die goldenen Krüge warf er bei seiner Rückkehr keinen Blick, obgleich es ihm zu der Zeit erlaubt gewesen wäre, aus ihnen etwas zu nehmen. Als er nun wieder zu der Treppe kam, stieg er auf ihr hinauf, bis nur noch ein kleines Stück übrig blieb; das war die letzte Stufe, und die war höher als die anderen, so daß er allein nicht hinaufsteigen konnte, da er so viel bei sich trug. So rief er denn dem Mauren zu: ‚Oheim, gib mir deine Hand und hilf mir, daß ich hinaufsteigen kann!' ‚Mein Sohn,' rief jener, ‚gib mir die Lampe und erleichtere dich so; vielleicht ist sie es, die dich beschwert.' Doch er gab ihm zur Antwort: ‚Oheim, die Lampe beschwert mich gar nicht; gib mir doch deine Hand! Wenn ich oben bin, will ich dir die Lampe geben.' Der Magier aus dem Westlande aber wollte nur allein die Lampe haben, und darum fing er an, 'Alâ ed-Dîn zu drängen, er solle ihm die Lampe geben. Da aber der Knabe die Lampe tief unten in seinen Kleidern geborgen und die Edelsteinfrüchte oben darüber gelegt hatte, so war es ihm unmöglich, mit seiner Hand bis zu der Lampe vorzudringen, um sie ihm zu reichen. Nun drang der Maure weiter in ihn, er solle ihm die Lampe geben; doch wie der Knabe es noch nicht tun konnte, ward er sehr zornig über ihn, und er forderte die Lampe. Aber 'Alâ ed-Dîn konnte sie nicht erreichen, um sie ihm zu geben.

Ferner ist mir berichtet worden, o größter König unserer Zeit, daß nunmehr, als 'Alâ ed-Dîn die Lampe nicht erreichen konnte, um sie seinem falschen Oheim aus dem Westlande zu geben, dieser Maure vor Wut rasend wurde, weil er sein Ziel nicht erreichte. 'Alâ ed-Dîn aber versprach ihm, er wolle sie ihm geben, wenn er aus dem Gange herauf käme, ohne falsche Hintergedanken und ohne böse Absicht. Nachdem der Maure nun eingesehen hatte, daß 'Alâ ed-Dîn ihm die Lampe nicht herausgeben würde, ward er von Grimm überwältigt und gab alle Hoffnung auf sie auf; und er zauberte und beschwor und warf Weihrauch ins Feuer. Da wandte die Platte sich von selbst wieder um und schloß sich über dem Eingange durch die Macht seines Zaubers, und die Erde bedeckte die Platte wie zuvor. 'Alâ ed-Dîn jedoch blieb unter der Erde, da er nicht herauskommen konnte. Der Zauberer war ja in Wirklichkeit ein Fremdling und nicht der Oheim 'Alâ ed-Dîns, wie bereits erzählt wurde, sondern er hatte sich verstellt und sich einen falschen Anschein gegeben, um durch den Knaben, der allein

680

den Schatz heben konnte, jene Lampe zu gewinnen; nun schloß aber dieser verfluchte Maure die Erde wieder über 'Alâ ed-Dîn und überließ ihn dem Hungertode. Der verfluchte maurische Zauberer nämlich stammte aus dem fernsten Westen des Landes Afrika und hatte seit seiner Jugend die Zauberei und die Wissenschaften von den Geistern eifrig betrieben; denn das Gebiet von Afrika[1] ist berühmt ob aller dieser Wissenschaften. Dieser Maure also studierte und lernte von Jugend auf in seiner Stadt in Afrika, bis daß er sich in allen Wissenschaften vervollkommnet hatte. Und da er in einer Zeit von vierzig Jahren so übermäßig viel Zauberei und Beschwörungen gelernt und sich angeeignet hatte, entdeckte er eines Tages, daß am äußersten Ende von China eine Stadt namens el-Kal'âs[2] liege und daß in dieser Stadt ein so gewaltig großer Schatz verborgen sei, wie ihn kein König in der ganzen Welt besitze; das sonderbarste aber sei, daß sich in diesem Schatze eine Wunderlampe befinde; wer die besäße, der könne von keinem Menschen auf der Erde an Reichtum und Macht übertroffen werden, ja nicht einmal der mächtigste König der Welt könne nur einen Teil des Reichtums und der Macht und der Stärke dieser Lampe sein eigen nennen.

Ferner ist mir berichtet worden, o größter König unserer Zeit, daß der Maure durch seine Kunst entdeckte und erfuhr, daß dieser Schatz nur durch einen Knaben gehoben werden könne, der 'Alâ ed-Dîn hieße und von armer Herkunft wäre, und daß dieser Knabe aus derselben Stadt sei; auch erkannte er, daß es leicht und mühelos sei, ihn zu gewinnen. Daher rüstete er sich sofort und ohne Verzug zur Reise nach China,

1. Das eigentliche Afrika im engeren Sinne ist das Gebiet von Tunis und Algier. – 2. Vielleicht ist das Kailas-Gebirge in Südwest-Tibet gemeint, das ob seines Goldreichtums berühmt ist.

wie wir erzählt haben, und tat mit 'Alâ ed-Dîn all das, was schon berichtet ist, in dem Gedanken, er könne so in den Besitz der Lampe kommen. Aber nun waren seine Mühe und seine Hoffnung enttäuscht, seine Anstrengungen waren vergeblich gewesen, und daher beschloß er, den 'Alâ ed-Dîn umkommen zu lassen. So hatte er denn durch seine Zauberei den Erdboden über dem Knaben wieder zugedeckt, damit er dort stürbe; denn wer noch am Leben ist, an dem ist kein Mord verübt. Zweitens aber beabsichtigte er dadurch auch, daß 'Alâ ed-Dîn nicht wieder herauskommen und so auch die Lampe nicht aus dem Schoße der Erde hervorkommen solle. Darauf ging er seines Wegs und kehrte in sein Land Afrika zurück, traurig und in seiner Hoffnung enttäuscht.

Lassen wir nun den Zauberer dahinziehen und sehen wir, was mit 'Alâ ed-Dîn geschah! Als die Erde sich über ihm geschlossen hatte, begann er nach dem Mauren, den er für seinen Oheim hielt, zu rufen, damit er ihm die Hand reiche und er selbst aus dem unterirdischen Gange wieder zur Erdoberfläche emporsteigen könne. Wie er aber niemanden auf sein Rufen antworten hörte, da wußte er, daß der Maure trügerisch an ihm gehandelt hatte, und daß er gar nicht sein Oheim, sondern ein verlogener Zauberer war. Nun verzweifelte 'Alâ ed-Dîn am Leben, und traurig erkannte er, daß er nicht mehr an die Oberfläche der Erde kommen konnte; so begann er denn über sein Unglück zu weinen und zu klagen. Nach einer kleinen Weile jedoch machte er sich auf und stieg wieder hinunter, um zu sehen, ob Allah der Erhabene ihn vielleicht den Weg zu einer Tür würde finden lassen, durch die er hinausgelangen könnte. Er wandte sich nach rechts und links, aber er fand nichts als Dunkelheit und vier Wände, die sich rings um ihn geschlossen hatten; denn der maurische Zauberer hatte durch seine schwarze Kunst alle Türen geschlossen, ja auch sogar den Garten, in den 'Alâ ed-Dîn eingetreten war, um ihm gar keinen Ausweg zur Erdoberfläche zu lassen und um seinen Tod zu beschleunigen. Da begann 'Alâ ed-Dîn noch bitterer zu weinen und noch mehr zu klagen, als er sah, daß alle Türen und auch der Garten verschlossen waren. Er hatte gedacht, er könne dort ein wenig Trost finden; aber da er alles verschlossen fand, so schrie und weinte er wie einer, dem alle Hoffnung abgeschnitten ist. Und er kehrte zurück und setzte sich auf die Stufen der Treppe des unterirdischen Ganges, auf der er zuvor heruntergekommen war.

Ferner ist mir berichtet worden, o größter König unserer Zeit, daß 'Alâ ed-Dîn sich auf die Stufen der Treppe des unterirdischen Ganges setzte und dort weinte und klagte, da er alle Hoffnung aufgegeben hatte. Aber denke daran, daß Allah der Hochgepriesene und Erhabene, wenn er etwas schaffen will, nur sagt ‚Werde!‘ und daß es dann wird; denn mitten in der Not schafft er die Erlösung. So erging es auch 'Alâ ed-Dîn. Als der maurische Zauberer ihn in den unterirdischen Gang hinabgeschickt hatte, da hatte er ihm einen Ring gegeben und ihn ihm auf den Finger geschoben und dabei gesagt: ‚Dieser Ring wird dich aus aller Not erretten, wenn ein Unglück bei dir weilt oder ein Mißgeschick dich ereilt; er wird alle Übel von dir fernhalten und dir ein Helfer sein, wo du nur bist.‘ Dies war durch eine Fügung Allahs des Erhabenen geschehen, auf daß die Errettung 'Alâ ed-Dîns dadurch zustande käme. Als nun 'Alâ ed-Dîn so dasaß und über sein Unglück klagte und weinte, wie er schon am Leben verzweifelte und der Gram ihn überwältigte, da begann er im Übermaße seines Kummers die Hände zu ringen, wie es ein Trauernder tut, und seine Hände emporzuheben und zu Allah zu flehen, indem er sprach: ‚Ich bezeuge, daß es keinen Gott gibt außer dir allein, du Allgewaltiger, Allmächtiger, Allbezwinger, der du den Toten zum Leben erweckst, der du die Wünsche schaffst und sie vollendest, der du die Schwierigkeiten und Fährlichkeiten bringst und sie beendest! Mein Genüge bist du, und du bist der beste Anwalt. Und ich bezeuge, daß Mohammed dein Knecht und dein Gesandter ist. Mein Gott, bei seinem Ruhme vor dir, errette mich aus meiner Not!' Während er so zu Allah flehte und die Hände rang, im Übermaße seiner Trauer um diese Not, die über ihn gekommen war, fügte es sich, daß seine Hand an dem Ringe rieb. Und siehe da, im Nu stand ein dienender Geist vor ihm und sprach zu ihm: ,Zu Diensten! Dein Sklave steht vor dir. Fordere, was du willst! Ich bin der Diener dessen, der diesen Ring, den Ring meines Herrn, an der Hand trägt.' Nun schaute 'Alâ ed-Dîn auf und sah einen Mârid[1], der einem der Dämonen unseres Herren Salomo glich, vor sich stehen. Zuerst erschrak er vor seinem furchtbaren Aussehen; aber als er den Geist sagen hörte: ,Fordere, was du willst! Ich bin dein Sklave, denn der Ring meines Herren ist an deiner Hand', da faßte er wieder Mut und dachte an das, was der Maure zu ihm gesagt hatte, als er ihm den Ring gab. Er war hocherfreut, und mutig sprach er zu ihm: ,Du Diener des Herrn dieses Ringes, ich wünsche von dir, daß du mich an die Oberfläche der Erde bringst!' Im selben Augenblicke, als er noch kaum diese Worte vollendet hatte, tat die Erde sich auf, und er befand sich bei dem Eingang zur Schatzhöhle draußen im Freien. Wie nun aber 'Alâ ed-Dîn, der drei Tage lang unter der Erde in der Schatzhöhle im Dunkeln gesessen hatte, sich wieder in der freien Welt befand, und wie das Tageslicht und die Sonnenstrahlen sein Antlitz trafen, konnte er seine Augen nicht so-

1. Vgl. Band I, Seite 52, Anmerkung.

gleich auftun; sondern er begann sie ein wenig zu öffnen und dann wieder ein wenig zu schließen, bis seine Augen neue Kraft gewannen und sich an das Licht gewöhnten und von der Finsternis befreit waren.

Ferner ist mir berichtet worden, o größter König unserer Zeit, daß 'Alâ ed-Dîn eine kleine Weile, nachdem er aus der Schatzhöhle herausgekommen war, seine Augen ganz öffnete und hocherfreut war, als er sich auf der Oberfläche der Erde sah. Doch nahm es ihn wunder, daß nun, da er sich über dem Eingang zur Schatzhöhle befand, durch den er hinabgestiegen war, als der maurische Zauberer ihn aufgetan hatte, die Tür wieder geschlossen und die Erde wieder geebnet war, so daß man dort ganz und gar keine Spur einer Tür mehr entdecken konnte. Sein Erstaunen wuchs immer mehr, und er glaubte schon, er befände sich an einer anderen Stelle. Nicht eher wußte er, daß er doch an derselben Stätte war, als bis er die Stelle entdeckte, wo sie das Feuer von Holzstücken und Reisig angezündet hatten und wo der maurische Zauberer geräuchert und gezaubert hatte. Darauf wandte er sich nach rechts und links und sah die Gärten in der Ferne; er schaute den Weg an und erkannte, daß es derselbe war, auf dem er gekommen war. Nun dankte er Allah dem Erhabenen, der ihn zur Oberfläche der Erde herausgeführt und ihn vom Tode errettet hatte, als er bereits am Leben verzweifelte. So machte er sich denn auf und schritt den Weg zur Stadt dahin, den er jetzt kannte, bis er die Stadt selbst erreichte. Er ging hinein und dann weiter bis zu seinem Elternhause. Dort trat er ein; doch als er seine Mutter erblickte, sank er im Übermaße der Freude, die er ob seiner Errettung empfand, vor ihr auf den Boden. Und da er solche Angst und Not hatte durchmachen müssen, da er jetzt vor Freude überwältigt, aber auch von

Hunger ermattet war, so ward er ohnmächtig. Seine Mutter hatte seit der Trennung von ihm getrauert und hatte weinend und klagend über ihn dagesessen. Als sie ihn nun eintreten sah, war sie hocherfreut; und doch ward sie wieder betrübt, wie sie ihn ohnmächtig zu Boden sinken sah. Indessen, ihre Fürsorge war um ihn dadurch nicht behindert, sondern sie eilte sofort hin, sprengte Rosenwasser auf sein Antlitz und erbat von ihren Nachbarn wohlriechende Essenzen; die ließ sie ihn riechen. Als er darauf wieder ein wenig zu sich kam, bat er sie, ihm etwas zu essen zu bringen, indem er sprach: ‚Liebe Mutter, seit drei Tagen habe ich gar nichts gegessen.‘ Seine Mutter brachte ihm von dem, was sie gerade vorrätig hatte, setzte es vor ihn hin und sprach: ‚Wohlan, mein Sohn, iß und sei heiter! Wenn du dich ausgeruht hast, so berichte mir, was du erlebt hast und was dir widerfahren ist! Jetzt will ich dich nicht fragen, mein Kind; denn du bist jetzt müde.‘

Ferner ist mir berichtet worden, o größter König unserer Zeit, daß 'Alâ ed-Dîn aß und trank und heiter ward. Nachdem er sich dann ausgeruht und erholt hatte, sprach er zu seiner Mutter: ‚Ach, liebe Mutter, auf dir ruht eine schwere Schuld an mir, daß du mich dem verfluchten Kerl da überlassen hast, der auf mein Verderben sann und mich umbringen wollte. Wisse denn, daß ich dem Tode ins Auge geschaut habe um dieses verruchten Menschen willen, den du als meinen Oheim anerkannt hast! Ja, ich wäre tot, wenn Allah der Erhabene mich nicht errettet hätte. Denn wir beide, meine Mutter, du und ich, wir sind durch ihn betrogen worden, weil der Verruchte so viel Gutes an mir zu tun versprach und weil er mir so viel Liebe erwies. Vernimm denn, Mutter, jener Mann ist ein maurischer Zauberer, ein verfluchter Lügner, ein listenreicher Betrüger und Heuchler; ich glaube nicht, daß selbst die unterirdischen Teufel es ihm gleichtun könnten – Allah lasse ihn mit all seinen Büchern zuschanden werden! Nun höre weiter, liebe Mutter, was dieser Verfluchte getan hat! Alles, was ich dir sage, ist lautere Wahrheit. Sieh, wie der Verruchte log, denke an die Versprechen, die er mir gab, indem er sagte, er wolle mir alles Gute tun; denke auch an die Liebe, die er mir erwies, und bedenke, wie er all das nur tat, um zu seinem Ziele zu kommen! Ja, seine Absicht war, mich zu töten, aber Preis sei Allah, daß Er mich errettet hat! So vernimm, liebe Mutter, und höre, was dieser Verfluchte getan hat!' Darauf berichtete 'Alâ ed-Dîn seiner Mutter alles, was er erlebt hatte, indem er vor übergroßer Freude Tränen vergoß; so tat er ihr zuerst kund, wie er sich von ihr getrennt hatte, wie der Maure ihn zu dem Berge geführt hatte, in dem sich der Schatz befand, und wie er dort gezaubert und Weihrauch verbrannt hatte. ,Und dabei, liebe Mutter,' so erzählte der Knabe, ,hat er mir auch noch einen Schlag versetzt, daß ich vor Schmerzen die Besinnung verlor. Denn große Furcht hatte mich gepackt, als ich sah, wie durch seine magische Kunst der Berg sich spaltete und die Erde sich vor mir auftat; da bebte ich und erschrak vor der Stimme des Donners, die ich hörte, und vor der Finsternis, die sich verbreitete, als er den Weihrauch verbrannte und zauberte. So wollte ich denn, wie ich diese furchtbaren Dinge erleben mußte, in meiner Angst fortlaufen. Doch als er sah, daß ich mich zur Flucht anschickte, schalt er mich und schlug mich. Das tat er, weil er, obwohl die Schatzhöhle sich aufgetan hatte, doch nicht selbst in sie hinabsteigen konnte; denn der Schatz konnte nur durch mich gehoben werden, weil er auf meinen Namen lautete und ihm nicht gehörte. Nur, weil er ein arger Zauberer ist, so wußte er, daß dieser Schatz von mir gehoben werden solle und daß diese Reichtümer mir gehörten.'

687

Ferner ist mir berichtet worden, o größter König unserer Zeit, daß 'Alâ ed-Dîn, als er seiner Mutter alles, was ihm von dem maurischen Zauberer widerfahren war, erzählte, des weiteren zu ihr sprach: ,Nachdem er mich aber geschlagen hatte, sah er sich gezwungen, mich wieder zu besänftigen, damit er mich überredete, in die offene Schatzhöhle hinabzusteigen, und damit er sein Ziel erreichte. Wie er mich dann hinabsandte, gab er mir einen Siegelring und schob ihn auf meinen Finger, einen Ring, der vorher an seiner Hand gewesen war. Darauf stieg ich in die Höhle hinunter und fand zuerst vier Räume, die alle mit Gold und Silber und anderen Kostbarkeiten angefüllt waren; aber das alles galt als nichts, und der Verruchte schärfte mir ein, nichts davon anzurühren. Dann kam ich in einen großen Garten, in dem lauter hohe Bäume waren mit Früchten von vielfarbigem Kristall, die mir fast den Verstand raubten, liebe Mutter. Nachdem ich dann den hochgebauten Saal erreicht hatte, in dem diese Lampe war, nahm ich sie sofort an mich, löschte sie aus und goß ihren Inhalt zu Boden.' Bei diesen Worten zog 'Alâ ed-Dîn die Lampe aus seiner Brusttasche und zeigte sie seiner Mutter. Und ebenso ließ er sie die Edelsteine sehen, die er aus dem Garten mitgebracht hatte; es waren zwei große Beutel voll solcher Juwelen, von denen sich nicht ein einziges im Besitze der Könige der ganzen Welt fand; aber 'Alâ ed-Dîn kannte ja ihren Wert nicht, sondern er glaubte, sie seien aus Glas und Kristall. Dann fuhr er in seiner Erzählung fort: ,Liebe Mutter, nachdem ich die Lampe geholt hatte und auf meinem Rückwege wieder bis zur Tür der Schatzhöhle gekommen war, da rief ich nach dem verfluchten Mauren, der vorgab, daß er mein Onkel wäre, er solle mir seine Hand geben und mich hochziehen, damit ich hinaufsteigen könnte; denn ich trug Dinge, die mich beschwerten, und ich konnte nicht allein emporsteigen. Aber er reichte mir seine Hand nicht, sondern sagte zu mir: ‚Gib mir die Lampe her, die du bei dir hast; danach will ich dir meine Hand geben und dich herausziehen!‘ Da ich aber die Lampe unten in meine Tasche getan hatte und die Beutel darüber lagen, und da ich sie nicht erreichen konnte, um sie ihm zu geben, so sprach ich: ‚Oheim, ich kann dir die Lampe nicht reichen; wenn du mich herausgezogen hast, dann kann ich sie dir geben.‘ Aber ihm lag ja nicht daran, mich herauszuziehen, sondern er wollte nur die Lampe haben, und seine Absicht war, sie von mir hinzunehmen und dann die Erde über mir zu schließen, um mich umzubringen, wie er es ja auch nachher getan hat. Dies ist es, liebe Mutter, was mir von diesem bösen Zauberer angetan wurde.‘ Und nun berichtete 'Alâ ed-Dîn ihr noch alles bis zuletzt, und er begann den Mauren zu schmähen, indem sein Herz von heißem Zorn entbrannte, und er rief: ‚O über diesen Verruchten, den gemeinen, grausamen Zauberer! Er ist hartherzig, unmenschlich, er ist ein heuchlerischer Betrüger, der kein Erbarmen und kein Mitleid kennt!‘

Ferner ist mir berichtet worden, o größter König unserer Zeit, daß die Mutter 'Alâ ed-Dîns, als sie von ihrem Sohne vernommen hatte, was der maurische Zauberer mit ihm getan, zu dem Knaben sprach: ‚Ja, wahrlich, mein Sohn, er ist ein Ungläubiger und ein Heuchler, der die Menschen durch seine Zauberei umbringt. Doch Allah der Erhabene war gnädig, mein Sohn, Er errettete dich vor dem Lug und Trug dieses verfluchten Zauberers, den ich wirklich für deinen Oheim hielt!‘ Da nun aber 'Alâ ed-Dîn drei Tage lang gar nicht geschlafen hatte und sich müde fühlte, so wollte er ruhen; er legte sich nieder und schlief ein, und ebenso begab seine Mutter sich dann zur Ruhe. Ununterbrochen schlief der Knabe, bis er erst am nächsten Tage gegen Mittag wieder aufwachte. Und wie er die Augen aufschlug, verlangte er sofort etwas zu essen, da er hungrig war. Aber seine Mutter sprach zu ihm: ‚Lieber Sohn, ich habe nichts, was ich dir zu essen geben könnte; was ich noch hatte, das hast du gestern gegessen. Warte nur ein wenig! Denn ich habe hier noch etwas gesponnenes Garn bei mir, das will ich zum Basar tragen und verkaufen, und dann will ich dir dafür etwas zu essen kaufen.‘ ‚Mutter,‘ rief nun ’Alâ ed-Dîn, ‚behalte das Garn, verkauf es nicht, sondern gib mir die Lampe, die ich mitgebracht habe! Ich will hingehen und sie verkaufen und für ihren Erlös etwas kaufen, das wir essen können; ich glaube, die Lampe wird einen höheren Preis einbringen als das Gespinst.‘ Da reichte die Mutter ’Alâ ed-Dîns ihrem Sohne die Lampe, aber weil sie bemerkte, daß sie schmutzig war, sprach sie zu ihm: ‚Mein Sohn, da ist die Lampe; aber sie ist schmutzig. Wenn wir sie waschen und putzen, so wird sie teurer verkauft werden können.‘ Sie nahm daher etwas Sand in ihre Hand und begann damit die Lampe zu reiben. Doch kaum hatte sie ein wenig an ihr gerieben, so erschien vor ihr ein Dämon, furchtbar anzuschauen, von breiter Gestalt, der einem Riesen der Vorzeit glich, und der redete sie an: ‚Sprich, was willst du von mir? Hier bin ich, ich bin dein Diener, ich bin der Diener dessen, der die Lampe in der Hand hält, doch nicht nur ich allein, sondern alle Diener der Wunderlampe, die in deiner Hand ist!‘ Die Mutter ’Alâ ed-Dîns aber erschrak, Furcht packte sie, und ihre Zunge ward gelähmt, als sie diese furchtbare Gestalt erblickte; und sie konnte ihm keine Antwort geben, da ihre Augen nicht an den Anblick solcher Erscheinungen gewöhnt waren.

Ferner ist mir berichtet worden, o größter König unserer Zeit, daß die Mutter ’Alâ ed-Dîns, als sie vor Angst dem Mârid nicht antworten konnte, in ihrem Schrecken ohnmächtig zu Boden sank. Ihr Sohn aber stand etwas entfernt, und er hatte ja auch schon den Dämon des Siegelrings gesehen, als er diesen in der Schatzhöhle gerieben hatte. Wie er also hörte, was der Dämon zu seiner Mutter sprach, eilte er rasch herbei, nahm die Lampe aus der Hand seiner Mutter und rief: ,O du Diener der Lampe, ich bin hungrig, und ich wünsche, daß du mir etwas zu essen bringst; es muß aber etwas Gutes sein, etwas ganz Besonderes!' Der Geist verschwand nur einen Augenblick, dann brachte er ihm einen großen kostbaren Tisch aus reinem Silber, darauf standen zwölf Schüsseln mit vielerlei köstlichen Gerichten, zwei silberne Becher, zwei Flaschen mit klarem, altem Weine, und daneben lag Brot, weißer als Schnee. All das legte er vor 'Alâ ed-Dîn hin und entschwand. Da sprengte der Knabe seiner Mutter Rosenwasser ins Antlitz und gab ihr stark duftende Essenzen zu riechen; als sie wieder zu sich kam, sprach er zu ihr: ,Liebe Mutter, auf, wir wollen diese Speisen essen, die Allah der Erhabene uns gespendet hat!' Als die Mutter 'Alâ ed-Dîns diesen großen silbernen Tisch erblickte, war sie darüber erstaunt, und sie sprach zu ihrem Sohne: ,Lieber Sohn, wer ist dieser freigebige Wohltäter, der unseres Hungers und unserer Armut gedacht hat? Wir schulden seiner Güte Dank; es scheint, daß der Sultan von unserer Not und unserer Bedürftigkeit gehört und uns diesen Tisch geschickt hat.' ,Liebe Mutter,' erwiderte er, ,es ist jetzt nicht Zeit zum Fragen. Laß uns essen; denn wir sind hungrig!' Nun setzten sie sich an den Tisch und begannen zu essen; doch da die Mutter 'Alâ ed-Dîns solche Speisen, wie sie sie in ihrem ganzen Leben noch nicht gegessen hatte, zu kosten bekam, so aßen sie rasch und mit heißer Eßlust; sie waren ja so sehr hungrig, und dann war es doch auch ein Essen, wie es sonst vor Königen aufgetragen wird.

Aber sie wußten nicht, was wertvoller war, der Tisch oder das Essen; denn sie hatten Sachen wie diese noch nie in ihrem Leben gesehen. Als sie die Mahlzeit beendet hatten und gesättigt waren, blieb ihnen noch genug für den Abend und auch für den nächsten Tag übrig. Darauf wuschen sie ihre Hände und setzten sich wieder, um zu plaudern. Nun wandte die Mutter 'Alâ ed-Dîns sich an ihren Sohn mit den Worten: ‚Mein Sohn, erzähle mir, was ist mit dem Dämon geschehen? Jetzt haben wir uns ja – Gott sei Dank! – durch seine Güte satt gegessen, und du hast keinen Grund mehr, zu sagen, du wärest hungrig.' Da erzählte 'Alâ ed-Dîn ihr alles, was er mit dem Geiste erlebt hatte, nachdem sie in ihrer Angst ohnmächtig zu Boden gesunken war. In höchster Verwunderung sprach sie: ‚Das mag wahr sein. Aber wenn auch die Geister den Menschenkindern erscheinen, so habe ich sie doch, mein Sohn, in meinem ganzen Leben noch nie gesehen. Ich glaube, dies ist wohl derselbe, der dich befreit hat, als du in der Schatzhöhle warst.' Doch er gab ihr zur Antwort: ‚Das ist nicht derselbe, liebe Mutter; dieser Geist, der dir erschienen ist, war der Diener der Lampe.' Als sie diese Worte von ihm vernahm, fragte sie ihn: ‚Wie ist denn das, mein Sohn?' Er erwiderte: ‚Dieser Geist ist von anderer Art als jener; jener war der Diener des Siegelringes, aber der, den du gesehen hast, war der Diener der Lampe, die in deiner Hand war.'

Ferner ist mir berichtet worden, o größter König unserer Zeit, daß die Mutter 'Alâ ed-Dîns, als sie von ihrem Sohne die Worte vernahm: ‚Mutter, dieser Geist, der dir erschienen ist, war der Diener der Lampe', ausrief: ‚Sieh da, sieh da, der da, das heißt der verfluchte Kerl, der mir erschien und mir einen solchen Todesschrecken einjagte, der hängt also mit der Lampe zusammen?' Wie der Knabe das bejahte, fuhr sie fort: ‚Ich bitte

692

dich, mein Sohn, bei der Milch, die du von mir getrunken hast, wirf diese Lampe und den Ring fort; denn sie verursachen uns große Furcht; ich könnte den Anblick der Geister nicht zum zweiten Male ertragen. Auch wäre es eine Sünde für uns, mit ihnen zu verkehren; denn der Prophet – Allah segne ihn und gebe ihm Heil! – warnt uns vor ihnen.' ‚Liebe Mutter,‘ antwortete er, ‚deine Befehle erfülle ich sonst herzlich gern. Aber was du jetzt gesagt hast, kann ich unmöglich tun; ich kann weder die Lampe noch den Ring missen. Du hast doch selbst gesehen, welche Wohltat sie uns erwiesen hat, als wir hungrig waren! Und denke dran, Mutter, daß der maurische Zauberer, der Lügner, als ich in die Schatzhöhle gestiegen war, von mir weder Gold noch Silber, von dem die vier Räume voll waren, verlangte, sondern mir nur gebot, ihm allein die Lampe und nichts anderes zu bringen; denn er kannte die Größe ihrer Kräfte, und wenn er nicht gewußt hätte, daß sie gewaltige Zauberkraft besitzt, so hätte er sich nicht so bemüht und abgequält, er wäre nicht aus seiner Heimat auf der Suche nach ihr bis in unser Land gekommen, ja, er hätte auch nicht die Schatzhöhle wieder über mir verschlossen, als er die Lampe nicht erhielt, weil ich sie ihm nicht reichen konnte. Uns geziemt es, Mutter, diese Lampe sorgsam zu hüten und aufzubewahren; denn sie ist unser Lebensunterhalt, sie ist unser Reichtum, und wir dürfen niemandem etwas von ihr verraten. Und mit dem Ringe steht es ebenso; ich kann ihn unmöglich von meinem Finger herunternehmen; denn wäre der Ring nicht gewesen, so hättest du mich nicht wieder lebend erblickt, sondern ich wäre unter der Erde in der Schatzhöhle umgekommen. Wie könnte ich ihn da jetzt von meiner Hand ablegen? Wer weiß, was für Mißgeschick oder Unglück und welche trüben Erlebnisse mir die Zeit noch bringen wird, aus denen dieser Ring mich befreien kann? Doch um deinetwillen will ich diese Lampe fortnehmen und dich sie nie wieder sehen lassen.' Als seine Mutter diese Worte von ihm vernommen hatte und sie erwog und einsah, daß er recht hatte, sprach sie zu ihm: ,Mein Sohn, tu, was du willst! Ich meinerseits will sie nie wieder sehen, und ich möchte jenen furchtbaren Anblick, den ich hatte, nie mehr erleben.'

Ferner ist mir berichtet worden, o größter König unserer Zeit, daß 'Alâ ed-Dîn und seine Mutter zwei Tage lang von den Speisen aßen, die ihnen der Dämon gebracht hatte; dann waren sie zu Ende. Als er dann sah, daß sie nichts mehr zu essen hatten, nahm er eine von den Schüsseln, die der Geist auf dem Tische gebracht hatte; die waren von reinem Golde, aber 'Alâ ed-Dîn wußte nicht, woraus sie bestanden. Und wie er mit ihr zum Basar ging, begegnete ihm ein jüdischer Mann, der gemeiner war als ein Teufel; dem gab er die Schüssel. Als der Jude sie erblickte, nahm er den Knaben beiseite, damit niemand ihn sähe. Dann betrachtete er die Schüssel genau und überzeugte sich, daß sie von reinem Golde war. Er wußte aber nicht ob 'Alâ ed-Dîn ihren Wert kannte oder ob er in solchen Dingen ein Neuling war. So fragte er ihn denn: ,Wieviel soll diese Schüssel kosten, lieber Herr?' 'Alâ ed-Dîn antwortete: ,Du weißt, wieviel sie wert ist.' Nun zögerte der Jude, wieviel er dem 'Alâ ed-Dîn dafür bieten sollte; denn der Knabe hatte ihm wie ein Geschäftsmann geantwortet, er aber wollte ihm nur wenig geben. Zugleich fürchtete er, daß 'Alâ ed-Dîn doch den Wert der Schüssel kennte, und er bedachte, ob er ihm viel bieten müsse. Dennoch sprach er bei sich selber: ,Nun, vielleicht weiß er doch nichts davon und kennt den Wert nicht!' Darauf holte er aus seiner Tasche einen Golddinar und gab ihm den; als 'Alâ ed-Dîn den Dinar in seiner Hand sah, behielt er ihn und ging eilends fort. Da wußte der Jude, daß der Knabe den Wert der Schüssel nicht kannte, und er bereute es bitter, daß er ihm statt des Golddinars nicht einen Dreier gegeben hatte. 'Alâ ed-Dîn aber hielt sich nicht auf, sondern ging schnurstracks zum Bäcker, kaufte Brot und ließ sich den Dinar wechseln. Dann ging er damit zu seiner Mutter, gab ihr das Brot und den Rest des Dinars und sprach zu ihr: ‚Mutter, geh und kaufe für uns ein, was wir brauchen!' Da begab seine Mutter sich zum Markte und kaufte alles, was sie brauchten. Dann aßen sie und waren guter Dinge. Sooft nun der Erlös einer Schüssel ausgegeben war, nahm er eine andere und brachte sie zum Juden; der verfluchte Jude aber kaufte alle diese Schüsseln um einen geringen Preis von ihm. Ja, der Jude hätte ihm sogar gern den Preis noch heruntergedrückt; doch da er ihm das erste Mal einen Dinar gegeben hatte, so fürchtete er, daß der Knabe, wenn er ihm weniger gäbe, weggehen und an einen anderen verkaufen würde, und daß er selbst dann diesen hohen Gewinn nicht mehr erzielen würde. 'Alâ ed-Dîn verkaufte Schüssel auf Schüssel, bis er alle verkauft hatte und ihm nur noch der Tisch übrig blieb, auf dem die Schüsseln gestanden hatten. Da er aber groß und schwer war, so ging er und holte den Juden zum Hause. Dann brachte er den Tisch zu ihm hinaus, und als der Jude sah, wie groß er war, gab er ihm zehn Dinare. 'Alâ ed-Dîn nahm sie, und der Jude ging fort. Nun bestritten der Knabe und seine Mutter ihren Unterhalt von den zehn Dinaren, bis sie aufgebraucht waren. Da holte 'Alâ ed-Dîn die Lampe wieder hervor und rieb sie; sofort stieg vor ihm der Geist auf, der ihm früher erschienen war.

Ferner ist mir berichtet worden, o größter König unserer Zeit, daß der Geist, der Diener der Lampe, zu 'Alâ ed-Dîn sprach: ‚Verlange, mein Herr, was du wünschest! Denn ich bin

695

dein Diener, der Diener dessen, der die Lampe hat.' 'Alâ ed-Dîn antwortete ihm: ,Ich wünsche, daß du mir einen Tisch mit Speisen bringst, wie du ihn mir zuvor gebracht hast; denn ich bin hungrig.' Im Augenblick brachte der Geist den Tisch, gleich dem, den er ihm zuvor gebracht hatte; auf ihm standen zwölf kostbare Schüsseln mit feinen Speisen, dazu auch Flaschen mit klarem Wein, und neben ihnen lag weißes Brot. Die Mutter 'Alâ ed-Dîns aber war hinausgegangen, als sie erfuhr, daß ihr Sohn die Lampe reiben wolle, damit sie den Dämon nicht zum zweiten Male zu sehen brauchte. Nach einer kleinen Weile kam sie wieder zu ihm hinein und sah diesen Tisch voll von den silbernen Schüsseln, während der Duft der köstlichen Speisen sich im ganzen Hause verbreitete. Wie sie nun erstaunte und sich freute, sprach 'Alâ ed-Dîn zu ihr: ,Schau, Mutter, du sagtest mir, ich sollte die Lampe fortwerfen; nun sieh ihre Zauberkräfte!' ,Lieber Sohn,' erwiderte sie, ,Gott soll es ihm lohnen; aber ich möchte ihn doch nicht wiedersehen.' Darauf setzten 'Alâ ed-Dîn und seine Mutter sich an den Tisch und aßen und tranken, bis sie gesättigt waren. Was ihnen noch übrig blieb, stellten sie für den nächsten Tag beiseite. Und als dann die Speisen, die sie erhalten hatten, aufgezehrt waren, nahm 'Alâ ed-Dîn eine von den Schüsseln unter sein Gewand und ging fort, um den Juden zu suchen und sie ihm zu verkaufen. Doch das Schicksal wollte es, daß er an dem Laden eines Goldschmieds vorbeikam, der ein ehrlicher, frommer und gottesfürchtiger Mann war. Wie der alte Goldschmied den 'Alâ ed-Dîn erblickte, fragte er ihn: ,Mein Sohn, was hast du da vor? Ich habe dich schon viele Male gesehen, wie du hier vorbeigingst und dann mit einem jüdischen Manne verhandeltest. Ich sah auch, wie du ihm Gegenstände gabst, und ich glaube, du hast jetzt auch wieder etwas bei dir und suchst nach ihm, um es ihm zu verkaufen. Du weißt wohl nicht, mein Sohn, daß bei den Juden das Gut der Muslime, die den einigen Allah, den Erhabenen verehren, als erlaubte Beute gilt und daß sie immer die Muslime betrügen, besonders aber dieser verfluchte Jude, mit dem du verhandelt hast und dem du in die Hände gefallen bist. Hast du, mein Sohn, etwas bei dir, das du verkaufen willst, so zeige es mir; hab keinerlei Furcht, ich will dir den rechten Preis dafür geben, so wahr Allah der Erhabene lebt!' Da zeigte 'Alâ ed-Dîn die Schüssel dem Alten; und wie der sie sah, nahm er sie und wog sie auf der Waage. Dann fragte er den Knaben: ,Waren die Dinge, die du dem Juden verkauftest, so wie dies?' Jener gab zur Antwort: ,Ja, genau das gleiche.' ,Wieviel pflegte er dir dafür zu geben?' fragte der Goldschmied weiter; und 'Alâ ed-Dîn erwiderte: ,Er gab mir immer einen Dinar.'

Ferner ist mir berichtet worden, o größter König unserer Zeit, daß der alte Goldschmied, als er von 'Alâ ed-Dîn hörte, daß der Jude ihm als Preis für die Schüssel nur einen einzigen Dinar zu geben pflegte, ausrief: ,O über diesen Verruchten, der die Diener Allahs des Erhabenen betrügt!' Dann blickte er auf 'Alâ ed-Dîn und sprach zu ihm: ,Mein Sohn, dieser listige Jude hat dich betrogen und sich über dich lustig gemacht; denn deine Schüssel hier ist reines, echtes Silber. Ich habe sie gewogen und gefunden, daß ihr Wert siebenzig Dinare beträgt; und wenn du den Preis dafür haben willst, so nimm ihn hin!' Mit diesen Worten zählte der alte Goldschmied ihm siebenzig Dinare hin; er nahm sie von ihm in Empfang und dankte ihm für seine Güte, da er ihm den Betrug des Juden aufgedeckt hatte. Und jedes Mal, wenn der Erlös für eine Schüssel aufgebraucht war, brachte er nunmehr eine andere zu ihm. 'Alâ ed-Dîn und seine Mutter waren nun wohlhabender; aber sie lebten weiter wie bisher als Leute des Mittelstandes, ohne zu viel auszugeben und ohne Geld zu verschwenden. 'Alâ ed-Dîn gab nun auch das Nichtstun und den Verkehr mit den bösen Buben auf und begann mit den rechtschaffenen Männern zu verkehren; jeden Tag ging er zum Basar der Kaufleute, setzte sich zu vornehm und gering unter ihnen und fragte nach den Handelsverhältnissen, nach den Preisen und Waren und dergleichen. Auch ging er zum Basar der Goldschmiede und dem der Juweliere, und dort pflegte er zu sitzen, um sich mit den Juwelen vertraut zu machen und dem Kauf und Verkauf der Edelsteine zuzusehen. Da bemerkte er denn auch bald, daß die beiden Beutel, die er mit den Früchten der Bäume gefüllt hatte, als er damals in der unterirdischen Schatzhöhle war, weder Glas noch Kristall, sondern Edelsteine enthielten, und er wußte nun, daß er großen Reichtum erlangt hatte, wie ihn selbst die Könige nie besaßen. Er betrachtete genau alle Edelsteine, die im Basar der Juweliere vorhanden waren, und er sah, daß auch der größte unter ihnen nicht dem kleinsten der seinigen gleichkam. So ging er immerfort jeden Tag zum Basar der Juweliere, machte sich mit den Leuten bekannt und befreundet und fragte sie nach Kauf und Verkauf, nach Geben und Nehmen und auch nach Teurem und Billigem. Eines Tages aber, nachdem er sich am Morgen erhoben und angekleidet hatte, ging er wie gewöhnlich zum Basar der Goldschmiede; und während er so dahinging, hörte er, daß der Herold folgendermaßen ausrief: ‚Auf Befehl unseres gnädigen Herren, des größten Königs unserer Zeit, des mächtigsten Herrschers des Jahrhunderts und in Ewigkeit, sollen alle Leute ihre Lager und Läden verschließen und in ihre Häuser gehen; denn die Herrin Badr el-Budûr, die Tochter des Sultans, will sich in das Bad begeben. Jeder, der diesen Befehl übertritt, wird mit dem Tode bestraft werden, und sein Blut soll auf sein Haupt kommen!‘ Wie 'Alâ ed-Dîn diese Verkündigung hörte, verlangte es ihn danach, die Prinzessin zu sehen, und er sprach bei sich selber: ‚Alle Leute reden von ihrer Schönheit und Anmut; drum ist es mein höchster Wunsch, sie zu sehen.'

Ferner ist mir berichtet worden, o größter König unserer Zeit, daß 'Alâ ed-Dîn sich nach einem Mittel umzusehen begann, durch das er erreichen könnte, die Tochter des Sultans, die Prinzessin Badr el-Budûr, zu schauen. Da hielt er es denn für das beste, sich hinter der Tür des Badehauses aufzustellen, um ihr Antlitz zu sehen, wenn sie dort hineinging. Noch im selben Augenblicke begab er sich zum Badehause, ehe sie kam, und stellte sich hinter der Tür an einer Stelle auf, wo ihn kein Mensch sehen konnte. Nachdem dann die Prinzessin sich aufgemacht und die Straßen der Stadt durchzogen und in Augenschein genommen hatte, kam sie zum Badehause. Und wie sie dort angelangt war, hob sie beim Eintritt den Schleier von ihrem Gesichte. Da erstrahlte ihr Antlitz an Schönheit so reich, der leuchtenden Sonne oder einer kostbaren Perle gleich. Und sie war, wie einer der Dichter, die ihresgleichen beschrieben, von ihr gesungen hat:

> *Wer streute Zauberschminke wohl auf die Blicke ihr*
> *Und pflückte Rosenblüten wohl von der Wange ihr?*
> *Ein nächtlich Dunkel ziert der Haare schwarze Pracht,*
> *Doch ihrer Stirne Licht erhellt die finstre Nacht.*

Als sie nun den Schleier von ihrem Antlitz gehoben hatte und 'Alâ ed-Dîn sie erblickte, sprach er: ‚Wahrlich, ihre Gestalt preist den Allmächtigen, der sie gestaltet hat! Lob sei Ihm, der sie geschaffen und mit dieser Schönheit und Anmut geschmückt hat!' Seine Kraft brach zusammen, als er sie anstarrte, seine Gedanken wurden verwirrt, sein Blick bezaubert, und die Liebe zu ihr erfüllte sein ganzes Herz. Dann kehrte er nach Hause zurück und trat zu seiner Mutter ein, völlig hingerissen, wie er war. Seine Mutter begann mit ihm zu reden, doch er fragte und sagte nichts. Dann brachte sie ihm das Mittagsmahl, während er immer noch in diesem Zustande verharrte. Da sprach sie zu ihm: ‚Mein Sohn, was ist dir widerfahren? Schmerzt dich etwas? Sage mir, was ist mit dir geschehen? Du bist nicht so wie sonst. Ich rede mit dir, doch du gibst mir keine Antwort!‘ ’Alâ ed-Dîn aber, der bis dahin geglaubt hatte, alle Frauen seien wie seine Mutter, der zwar von der Schönheit der Prinzessin Badr el-Budûr, der Tochter des Sultans, gehört hatte, aber nicht ahnte, was Schönheit und Anmut war, wandte sich nach seiner Mutter um und sagte nur: ‚Laß mich!‘ Doch sie drang in ihn, er möchte zum Essen kommen; so trat er denn heran und aß ein wenig. Dann legte er sich auf sein Bett und war in Gedanken versunken, bis es Morgen ward. Auch am nächsten Tage verharrte er in diesem Zustande. Nun war seine Mutter in großer Sorge um ihren Sohn, und da sie nicht wußte, was mit ihm geschehen war, so dachte sie, er sei vielleicht krank; sie trat zu ihm und fragte ihn mit den Worten: ‚Mein Sohn, wenn du Schmerzen oder sonst etwas verspürst, so sage es mir, auf daß ich hingehe und dir einen Arzt hole. Gerade jetzt befindet sich in dieser Stadt ein Arzt aus dem Lande der Araber, den der Sultan hat kommen lassen; von dem geht der Ruf, daß er sehr geschickt sei. Wenn du also krank bist, so will ich hingehen und ihn zu dir rufen.‘

Ferner ist mir berichtet worden, o größter König unserer Zeit, daß ’Alâ ed-Dîn, als er vernahm, seine Mutter wolle ihm den Arzt bringen, zu ihr sprach: ‚Liebe Mutter, ich bin gesund, ich bin nicht krank. Aber ich hatte geglaubt, alle Frauen seien so wie du; und nun habe ich gestern die Prinzessin Badr el-Budûr, die Tochter des Sultans, gesehen, wie sie zum Bade ging.' Darauf erzählte er ihr alles und jedes, was er erlebt hatte, und er schloß mit den Worten: ‚Vielleicht hast du gehört, wie der Herold ausrief, niemand dürfe seinen Laden öffnen, noch auf der Straße stehen, damit die Prinzessin Badr el-Budûr sich zum Badehause begeben könne. Ich aber habe sie gesehen, wie sie ist; denn als sie zu der Tür des Badehauses kam, hob sie den Schleier von ihrem Antlitz. Doch wie ich ihr Angesicht und ihre herrliche Gestalt sah, da ergriff mich, o Mutter, die Liebe zu ihr mit heftigem Weh, und die Sehnsucht nach ihr entbrannte in meinem ganzen Leibe, und ich finde keine Ruhe mehr, wenn ich sie nicht gewinne. Darum denke ich, ich will sie vom Sultan, ihrem Vater, nach Recht und Gesetz zur Gemahlin erbitten.' Als die Mutter 'Alâ ed-Dîns solche Worte von ihrem Sohne vernahm, zweifelte sie an seinem Verstande, und sie sprach zu ihm: ‚Mein Sohn, der Name Allahs umschirme dich! Es scheint, du hast den Verstand verloren, mein Kind. Laß dich wieder auf den rechten Weg führen und sei nicht wie die Besessenen!' ‚Nein, liebe Mutter,' rief er, ‚ich habe den Verstand nicht verloren, ich gehöre auch nicht zu den Besessenen. Diese deine Worte ändern nichts an dem, was ich im Sinne habe. Ich kann keine Ruhe finden, als bis ich mein Herzblut, die schöne Prinzessin Badr el-Budûr, gewinne; ich will um sie bei ihrem Vater, dem Sultan, freien.' ‚Ach, mein Sohn,' erwiderte sie, ‚ich beschwöre dich bei meinem Leben, rede nicht solche Worte, damit keiner dich hört und sagt, du seiest besessen! Laß ab von dieser Torheit! Wer sollte sich wohl getrauen und unterfangen, den Sultan darum zu bitten? Ich weiß auch nicht, wie du es machen willst, daß du diese Bitte zum Sultan gelangen lässest, wenn deine Worte wirklich ernst gemeint sind. Durch wen willst du denn um sie freien?' Da gab 'Alâ ed-Dîn ihr zur Antwort: ‚Durch wen, liebe Mutter, sollte ich wohl um sie werben lassen, so lange du noch da bist? Wer ist mir ein treuerer Freund als du? Ich wünsche, daß du selbst für mich diese Werbung vorbringst!' ,Mein Sohn,' rief sie aus, ,Allah behüte mich davor! Habe ich denn wie du den Verstand verloren? Verbanne diesen Gedanken aus deinem Sinne, denke daran, wessen Sohn du bist! Mein Kind, du bist der Sohn des ärmsten und geringsten Schneiders, den es in dieser Stadt gibt; auch ich, deine Mutter, stamme von ganz armen Leuten ab. Wie kannst du es wagen, um die Tochter des Sultans zu werben, deren Vater sie nicht einmal mit einem Prinzen aus dem Hause eines Königs oder eines Sultans zu vermählen geruht, es sei denn, daß er ihm an Macht, Rang und Ehre gleich ist; wenn jener aber nur um eine Stufe niedriger steht, so gibt er ihm seine Tochter nicht.'

Ferner ist mir berichtet worden, o größter König unserer Zeit, daß 'Alâ ed-Dîn wartete, bis seine Mutter ihre Rede beendet hatte, und dann zu ihr sprach: ,Liebe Mutter, alles, woran du gedacht hast, das weiß ich; ich bin mir auch wohl bewußt, daß ich ein Kind armer Leute bin. Aber alle diese deine Worte werden mich nie von meinem Entschlusse abbringen; und ich flehe dich an, wenn anders ich dein Sohn bin und du mich lieb hast, tu mir diesen Gefallen; sonst wirst du mich verlieren, und der Tod wird mich bald ereilen, wenn ich nicht bei meiner Herzliebsten das Ziel meiner Wünsche erreiche. Ich bin doch auch, liebe Mutter, immer noch dein Sohn!' Als seine Mutter diese Worte aus seinem Munde vernahm, begann sie in ihrer Trauer um ihn zu weinen, und sie sprach: ,Mein Sohn, ja, ich bin deine Mutter, und ich habe kein anderes Kind, kein Herzblut als dich. Es ist mein höchster Wunsch, mich deiner zu erfreuen und dich zu vermählen; und wenn du willst, so will ich dir eine Frau suchen unter unseresgleichen und Leuten unseres Standes. Aber sie werden sofort fragen, ob du ein Handwerk hast oder Landbesitz, ein Gewerbe oder einen Garten, um davon zu leben. Was soll ich ihnen dann antworten? Wenn ich also nicht einmal Leuten, die so arm sind wie wir, Antwort stehen kann, wie könnte ich es da wagen, mein Sohn, um die Tochter des Königs von China zu werben, der vor und nach seinesgleichen nicht hat? Überlege das alles mit deinem Verstande! Und wer soll um sie für einen Schneiderssohn werben? Ich weiß sicher, wenn ich davon spreche, so wird das unser Unglück nur noch vermehren, da es uns in große Gefahr von seiten des Sultans stürzen kann; ja, vielleicht wird es mir und dir den Tod bringen. Und ich selbst, wie könnte ich mich zu einer so gefährlichen und verwegenen Tat hinreißen lassen? Mein Sohn, in welcher Weise soll ich denn für dich beim Sultan um seine Tochter anhalten? Wie kann ich zu ihm Zutritt erlangen? Und was soll ich antworten, wenn man mich fragt? Vielleicht wird man mich für eine Verrückte halten. Und nimm einmal an, ich ginge hin und verlangte Zutritt zum Sultan, was für ein Geschenk soll ich für Seine Majestät mitnehmen?'

Ferner ist mir berichtet worden, o größter König unserer Zeit, daß die Mutter 'Alâ ed-Dîns mit ihren Worten an ihren Sohn fortfuhr: ,Ja, mein Kind, ich weiß, daß der Sultan milde ist, daß er niemanden abweist, der ihm naht und ihn um Gerechtigkeit oder Gnade anfleht oder sich in seinen Schutz begibt oder ihn um eine Gabe bittet, denn er ist gütig und gnädig gegen nah und fern; aber er erweist seine Gnade auch nur dem, der ihrer wert ist, der vor ihm eine Heldentat im Kriege vollbracht hat oder der sein Land geschützt hat. Und du nun, mein Sohn, sag mir, welche Großtat hättest du wohl vor dem Sultan oder vor der Regierung vollbracht, daß du von ihm einen solchen Gnadenbeweis verdientest? Und zweitens, diese Gnade, nach der du strebst, ist dir nicht angemessen, und es ist unmöglich, daß der König sie dir gewährt. Wer dem Könige naht und von ihm eine Huld erbittet, der muß ihm ein Geschenk bringen, das sich für seine Majestät ziemt, wie ich dir schon gesagt habe. Wie wäre es denn nur möglich, daß du dich vor den Sultan wagtest und dann vor ihm ständest, um seine Tochter von ihm zur Frau zu erbitten, ohne daß du ein Geschenk bei dir hättest, das seines Ansehens würdig wäre?' ‚Liebe Mutter,' gab 'Alâ ed-Dîn ihr zur Antwort, ‚deine Worte sind recht, und deine Gedanken treffen das Richtige. Ich hätte an all das denken sollen, an das du mich erinnert hast. Und doch, o Mutter, die Liebe zur Tochter des Sultans, der Prinzessin Badr el-Budûr, ist mir tief ins Herz gedrungen, und ich finde keine Ruhe mehr, wenn ich sie nicht gewinne. Du hast mich an etwas erinnert, das ich vergessen hatte; doch das ist es gerade, was mir den Mut dazu gibt, um seine Tochter bei ihm durch dich zu werben. Du fragst mich, Mutter, was für ein Geschenk ich hätte, um es dem Könige nach der Sitte der Menschen darzubieten. Nun wohl, ich habe ein Geschenk, eine Gabe, und ich glaube, kein einziger König besitzt etwas, das ihr gliche oder auch nur ähnlich wäre.'

Ferner ist mir berichtet worden, o größter König unserer Zeit, daß 'Alâ ed-Dîn weiter zu seiner Mutter sprach: ‚Liebe Mutter, was ich für Glas und Kristalle hielt, das sind lauter Edelsteine. Ich glaube, alle Könige der Welt haben nicht einmal einen Stein, der dem kleinsten von meinen Juwelen gleichkäme. Durch meinen Verkehr mit den Juwelieren habe ich erfahren, daß es kostbare Edelsteine sind, jene, die ich aus der Schatzhöhle in den Taschen mitgebracht habe. Wenn du so gut sein willst, so bemühe dich und hole mir die Porzellanschüssel, die wir besitzen, auf daß ich sie mit diesen Edelsteinen fülle und du sie als Geschenk dem Sultan bringst. Ich bin gewiß, daß dir hierdurch deine Aufgabe erleichtert wird, wenn du vor dem Sultan stehst und ihn um das bittest, was ich wünsche. Wenn du aber mir nicht behilflich sein willst, daß ich mein Ziel bei der Prinzessin Badr el-Budûr erreiche, so wisse, Mutter, daß ich sterben muß. Mache dir wegen dieses Geschenkes keine Sorgen! Denn es besteht aus den kostbarsten Juwelen. Glaube mir, Mutter, ich bin viele Male zum Basar der Juweliere gegangen, und da habe ich gesehen, wie diese Leute Edelsteine, die an Schönheit nicht ein Viertel der unsrigen wert waren, für so hohe Summen verkauften, daß der menschliche Verstand sie nicht erfassen kann. Als ich das sah, da sagte ich mir, daß die Edelsteine, die wir haben, ganz außerordentlich wertvoll sind. Drum steh auf, liebe Mutter, wie ich dir gesagt habe, hole mir die Porzellanschüssel, von der ich sprach, damit wir einige von diesen Juwelen hineinlegen und sehen, wie sie sich darin ausnehmen.' Da ging die Mutter 'Alâ ed-Dîns hin und holte die Porzellanschüssel, indem sie bei sich selber sprach: ‚Ich will doch einmal sehen, ob das, was mein Sohn von diesen Steinen sagt, wahr ist oder nicht!' Nachdem sie dann die Schüssel vor ihn hingesetzt hatte, holte 'Alâ ed-Dîn Edelsteine aus den Beuteln hervor und legte sie in die Schüssel; Edelsteine verschiedenster Art legte er ohne Unterlaß hinein, bis er sie angefüllt hatte. Und als sie ganz voll war, blickte die Mutter des Knaben auf die Schüssel; aber sie konnte nicht lange hinsehen, sondern sie mußte vielmehr mit den Augen blinzeln, weil die Edelsteine strahlten und leuchteten und hell blitzten. Zwar ward ihr fast der Sinn durch sie verwirrt, aber sie war doch noch nicht ganz sicher, ob der Wert der Steine wirklich so sehr hoch war oder nicht. Immerhin sagte sie sich, daß ihr Sohn vielleicht doch recht hatte, wenn er sagte, dergleichen finde sich nicht im Besitze der Könige. Da wandte 'Alâ ed-Dîn den Blick zu ihr und sprach: ‚Siehst du, Mutter, daß dies ein großes Geschenk für den Sultan ist? Ich bin sicher, daß du dadurch bei ihm hochgeehrt werden wirst und daß er dich mit aller Achtung empfangen wird. Jetzt, liebe Mutter, hast du keine Ausrede mehr; drum sei so gut, nimm diese Schüssel und geh mit ihr zum Schlosse!' ‚Jawohl, mein Sohn,' erwiderte sie, ‚dies Geschenk ist sehr teuer und wertvoll, und niemand besitzt seinesgleichen, so wie du gesagt hast. Doch wer hätte den Mut, sich dem Sultan zu nahen und bei ihm um seine Tochter Badr el-Budûr zu werben? Ich kann mich nicht erkühnen, zu ihm zu sagen: ‚Ich wünsche deine Tochter', wenn er mich fragt, was ich wünsche. Nein, nein, mein Sohn, meine Zunge wäre dann gebunden. Und gesetzt den Fall, Allah gäbe mir Kraft und ich fände den Mut ihm zu sagen: ‚Ich wünsche mich durch die Heirat deiner Tochter, der Prinzessin Badr el-Budûr, mit meinem Sohne 'Alâ ed-Dîn zu verschwägern', so würde man mich dann doch für verrückt halten und mich mit Schimpf und Schande fortjagen, um nichts davon zu sagen, daß ich in Todesgefahr geraten würde, nicht nur ich allein, sondern auch du. Aber trotz alledem, mein Sohn, um deinetwillen muß ich mir ein Herz fassen und hingehen. Doch, mein Sohn, wenn der König um des Geschenkes willen mich ehrenvoll aufnimmt, so will ich ihm wohl deine Bitte vortragen.'

Ferner ist mir berichtet worden, o größter König unserer Zeit, daß die Mutter 'Alâ ed-Dîns des weiteren zu ihrem Sohne sprach: ‚Ich will dem Sultan wohl deine Bitte vortragen, nämlich die Vermählung mit seiner Tochter, aber wenn er mich fragt, wie groß dein Besitz und deine Einkünfte seien, wie die Menschen zu fragen pflegen, was soll ich ihm dann antworten? Vielleicht, mein Sohn, wird er eher danach als nach dir fragen.'

Doch 'Alâ ed-Dîn erwiderte: ‚Es ist unmöglich, daß der Sultan danach fragt, wenn er die Edelsteine und ihre Pracht sieht. Darum sorge dich nicht um Dinge, die nicht geschehen werden, sondern mache dich nur auf, bringe ihm diese Juwelen und wirb für mich bei ihm um seine Tochter! Sitze nicht länger da, indem du dir über die Sache schwere Gedanken machst! Früher hast du doch schon um die Lampe gewußt, die ich habe, die jetzt für unseren Lebensunterhalt sorgt und die mir alles verschafft, was ich von ihr verlange. Ich hoffe, daß ich mit ihrer Hilfe auch wissen werde, wie ich dem Sultan antworten soll, wenn er mich danach fragt.‘ In dieser Weise sprachen 'Alâ ed-Dîn und seine Mutter die ganze Nacht hindurch miteinander. Als es dann aber Morgen ward, faßte die Mutter sich ein Herz, besonders da ihr Sohn ihr noch einiges von den Kräften und Eigenschaften der Lampe erklärt hatte, daß sie ihnen nämlich alles verschaffen würde, was sie nur wünschten; freilich als 'Alâ ed-Dîn sah, daß seine Mutter Mut schöpfte, weil er ihr die Kräfte der Lampe auseinandersetzte, da fürchtete er, sie würde davon zu den Leuten reden, und darum sprach er zu ihr: ‚Mutter, hüte dich, irgend jemandem etwas von der Lampe und ihrer Zaubergewalt zu sagen; denn sie ist unser größter Schatz. Nimm dich davor in acht, zu irgendeinem Menschen von ihr zu schwätzen, damit wir sie nicht verlieren und das glückliche Leben, das wir führen und das wir ihr verdanken, entbehren müssen!‘ Die Mutter gab ihm zur Antwort: ‚Das brauchst du nicht zu befürchten, mein Sohn‘, nahm die Schüssel mit den Edelsteinen, nachdem sie sie in ein feines Tuch gehüllt hatte, und ging beizeiten fort, um den Staatssaal zu erreichen und zu betreten, ehe er sich mit Menschen füllte. So zog sie denn mit der Schüssel zum Schlosse. Als sie dort ankam, war die Staatsversammlung noch nicht vollzählig, und sie konnte sehen, wie der Wesir und einige Große des Reiches in die Regierungshalle des Sultans eintraten. Bald darauf jedoch füllte sich der Saal mit den Wesiren, den Großen und Häuptlingen des Reiches, den Emiren und den Vornehmen. Dann nach einer kleinen Weile erschien der Sultan, und die Wesire und die anderen Häuptlinge und Großen warteten ihm auf. Der Herrscher setzte sich im Staatssaale auf den Königsthron nieder, während alle dort Anwesenden mit gekreuzten Armen vor ihm standen und warteten, bis er ihnen befehlen würde, sich zu setzen. Als er das getan hatte, setzten sie sich, ein jeder auf seinen Platz; dann wurden die Rechtsfälle dem Sultan vorgetragen, und er entschied eine jede Sache in ihrer Weise, bis die Versammlung beendet war. Da erhob der König sich, begab sich wieder in das Schloß zurück, und ein jedes Wesen ging seines Weges.

Ferner ist mir berichtet worden, o größter König unserer Zeit, daß die Mutter 'Alâ ed-Dîns, weil sie vor der Menge gekommen war, hatte eintreten können; aber weil niemand ihr ein Wort sagte, um sie vor den Sultan zu führen, so blieb sie dort stehen, bis die Staatsversammlung beendet war, der Sultan sich erhob und sich ins Schloß begab und alle anderen ihres Weges gingen. Als sie sah, daß der Sultan seinen Thron verlassen hatte und in den Harem gegangen war, machte auch sie sich auf, ging ihren Weg zurück und trat in ihr Haus ein. Wie ihr Sohn 'Alâ ed-Dîn sie mit der Schüssel in der Hand erblickte, wußte er, daß ihr wohl etwas zugestoßen war; aber er wollte sie nicht eher fragen, als bis sie drinnen im Hause die Schüssel niedersetzte und ihm selbst berichtete, was ihr widerfahren sei. Schließlich sprach sie zu ihm: ‚Lieber Sohn, Preis sei Allah, daß ich heute Mut hatte und mir einen Platz im Staatssaale gesucht habe! Und wenn es mir auch noch nicht möglich war, den Sultan zu sprechen, werde ich doch, so Gott der Erhabene will, morgen mit ihm reden. Heute waren auch noch viele andere Leute da, die wie ich keine Gelegenheit fanden, mit dem Sultan zu sprechen. Doch sei gutes Muts, mein Sohn, morgen werde ich sicher mit ihm reden, dir zuliebe, komme was will!' Wie 'Alâ ed-Dîn die Worte seiner Mutter vernommen hatte, war er hocherfreut, obgleich er im Übermaß seiner Liebe und seiner Sehnsucht nach der Prinzessin Badr el-Budûr von Stunde zu Stunde auf die Entscheidung wartete. Trotzdem faßte er sich in Geduld, und so warteten beide bis zum nächsten Morgen. Da machte die Mutter sich wieder auf und ging mit der Schüssel zum Staatssaale des Sultans. Dort sah sie, daß der Saal geschlossen war, und als sie die Leute darüber befragte, sagten sie ihr: ,Der Sultan hält immer nur dreimal in der Woche eine Staatsversammlung ab.' So mußte sie an jenem Tage wieder nach Hause zurückkehren. Und nun ging sie jeden Tag hin. Wenn sie sah, daß Versammlung war, so stellte sie sich vor dem Staatssaale auf, so lange bis alles zu Ende war, und kehrte heim; und an den anderen Tagen fand sie den Saal geschlossen. Dabei blieb sie eine ganze Woche. Der Sultan aber bemerkte sie bei jeder Versammlung; und als sie am letzten Tage wieder hingegangen war und sich wie gewöhnlich vor dem Staatssaale aufgestellt hatte, bis die Versammlung geschlossen wurde, ohne daß sie den Mut fand, vorzutreten oder ein Wort zu sagen, wandte der Sultan sich beim Eintritt in den Harem an den Großwesir, der ihn begleitete, mit den Worten: ,Wesir, seit sechs bis sieben Tagen sehe ich zu jeder Staatsversammlung diese Alte hierher kommen, und ich sehe, wie sie immer etwas unter ihrem Mantel trägt. Weißt du etwas von ihr, o Wesir, oder von ihrem Anliegen?' ,O unser Herr und Sultan,' erwiderte der Wesir, ,die Frauen haben geringe Verstandeskräfte; vielleicht kommt diese Frau, um sich bei dir über ihren Mann oder über jemanden von ihren Angehörigen zu beklagen.' Der Sultan jedoch gab sich mit der Antwort des Wesirs nicht zufrieden, sondern er befahl ihm, wenn die Frau wieder zum Staatssaale käme, so solle er sie vor seinen Thron führen. Sofort legte der Wesir seine Hand auf sein Haupt und sprach: ‚Ich höre und gehorche, o unser Herr und Sultan!'

Ferner ist mir berichtet worden, o größter König unserer Zeit, daß die Mutter 'Alâ ed-Dîns, die sich schon daran gewöhnt hatte, jeden Tag zum Staatssaale zu gehen und dort angesichts des Sultans zu stehen, obgleich sie betrübt und sehr ermattet war, die aber dennoch ihrem Sohne 'Alâ ed-Dîn zuliebe alle Mühe für leicht erachtete, nun wieder einmal eines Tages zur Regierungshalle ging, wie immer, und sich vor den Augen des Sultans aufstellte. Als der sie erblickte, befahl er seinem Wesir: ‚Da ist ja die Frau, von der ich dir neulich gesprochen habe; bringe sie jetzt vor mich, damit ich ihr Anliegen erfahre und ihre Sache entscheide!' Sofort ging der Wesir hin und führte die Mutter 'Alâ ed-Dîns vor den Thron. Als die alte Frau nun vor dem Herrscher stand, machte sie die Reverenz vor ihm, wünschte ihm Macht und langes Leben und ewiges Glück und küßte den Boden vor ihm. ‚Du Frau,' hub der Sultan an, ‚seit wieviel Tagen sehe ich dich schon zum Staatssaale kommen, ohne daß du ein Wort sagst! Nun tu mir kund, ob du ein Anliegen hast, auf daß ich es dir erfülle!' Wiederum küßte die Mutter 'Alâ ed-Dîns den Boden und flehte den Segen des Himmels auf den König herab; dann begann sie: ‚Jawohl, bei deinem Haupte, o größter König unserer Zeit, ich habe ein Anliegen. Aber vor allen Dingen geruhe, mir Sicherheit zu versprechen, auf daß ich mein Anliegen den Ohren unseres Herrn und Sultans unterbreiten kann; denn vielleicht wird deine Majestät mein Anliegen seltsam finden.' Der Sultan wollte nun gern erfahren, was sie für ein Anliegen hatte, und er war auch von Natur ein sehr gütiger Mann; so versprach er ihr denn Sicherheit, befahl zugleich, daß alle Anwesenden fortgehen sollten, und blieb mit dem Großwesir allein dort. Darauf redete er sie an mit den Worten: ‚Trag deine Sache vor; du stehst unter dem Schutz Allahs des Erhabenen!‘ ‚O größter König unserer Zeit,‘ erwiderte sie, ‚ich bitte auch dich um Verzeihung.‘ ‚Allah verzeihe dir!‘ sprach er darauf, und sie fuhr fort: ‚O unser Herr und Sultan, ich habe einen Sohn, der heißt 'Alâ ed-Dîn. Er hat eines Tages gehört, wie der Herold ausrief, niemand solle seinen Laden auftun oder sich auf den Straßen der Stadt zeigen, weil die Prinzessin Badr el-Budûr, die Tochter unseres Herrn und Sultans, sich zum Badehause begebe. Als mein Sohn das hörte, wollte er sie so gern anschauen, und er versteckte sich an einer Stelle, von der aus er sie gut sehen konnte; das war hinter der Tür des Bades. Und als sie dann kam, schaute er sie und sah sie noch besser, als er gewollt hatte. Aber seitdem er sie erblickt hat, o größter König unserer Zeit, bis zu diesem Augenblick, ist ihm das Leben keine Freude mehr, und er hat von mir verlangt, ich sollte sie von deiner Majestät erbitten, auf daß du sie mit ihm vermählest. Es ist mir nicht möglich gewesen, ihm diesen Gedanken aus dem Sinne zu vertreiben; denn die Liebe zu ihr hat sein Herz so sehr gefangen genommen, daß er sogar zu mir gesagt hat: ‚Wisse, Mütterchen, wenn ich meinen Wunsch nicht erfüllt sehe, so bin ich sicher bald tot.‘ Ich bitte deine Majestät um Milde und Verzeihung für dies verwegene Unterfangen, in meinem und in seinem Namen. Nimm uns dies nicht übel!‘ Als der König ihre Worte angehört hatte, begann er, da er ja ein gütiger Herr war, zu lächeln und fragte: ‚Was ist denn das, was du bei dir hast? Was ist das für ein Bündel?‘ Wie die Mutter

'Alâ ed-Dîns sah, daß der Sultan nicht zornig wurde, sondern lächelte, öffnete sie sofort das Tuch und reichte ihm die Schüssel mit den Juwelen. Der Sultan blickte auf die Edelsteine, und da nun das Tuch von ihnen abgenommen war, schien es, als ob die ganze Halle von Kronleuchtern und Kandelabern erleuchtet sei; er ward geblendet und verwirrt von dem Glanze der Juwelen und erstaunte über ihre Pracht, ihre Größe und ihre Schönheit.

Ferner ist mir berichtet worden, o größter König unserer Zeit, daß der Sultan, als er auf die Edelsteine blickte, erstaunt ausrief: ‚Bis jetzt habe ich noch nie etwas Ähnliches gesehen wie diese Juwelen; so schön, so groß und so herrlich sind sie. Ich glaube, in meinen Schatzkammern findet sich nicht ein einziger wie sie!' Und zu seinem Wesir gewandt fuhr er fort: ‚Was meinst du, Wesir, hast du je in deinem Leben etwas gesehen wie diese Edelsteine?' Der Wesir antwortete: ‚Ich habe es nie gesehen, o unser Herr und Sultan, und ich glaube auch nicht, daß in den Schatzkammern meines Herrn und Königs sich ein Stein fände, der so groß wäre wie der kleinste von ihnen.' Darauf sagte der König: ‚Wahrlich, wer mir solche Juwelen schenkt, der verdient es, der Gemahl meiner Tochter Badr el-Budûr zu werden; denn soweit ich sehe, ist keiner ihrer würdiger als er.' Doch wie der Wesir die Worte des Sultans vernahm, ward ihm die Zunge vor Kummer wie gelähmt; er ward von tiefem Gram ergriffen, weil der König ihm versprochen hatte, er wolle seine Tochter mit seinem Sohne vermählen. Nach einer kleinen Weile aber hub er an: ‚O größter König unserer Zeit, verzeih mir! Deine Majestät hat mir versprochen, Prinzessin Badr el-Budûr solle meinem Sohne zuteil werden. Möge die Güte deiner erlauchten Hoheit eine Frist von drei Monaten zu gewähren geruhen! So Gott will, wird das Ge-

712

schenk von meinem Sohne noch größer sein als dies!' Obgleich der König wohl wußte, daß dies weder dem Wesir noch auch dem mächtigsten König möglich war, so geruhte er doch in seiner Güte, einen Aufschub von drei Monaten zu gewähren, wie der Minister gebeten hatte. Darauf wandte er sich wieder zu der alten Mutter 'Alâ ed-Dîns und sprach zu ihr: ‚Geh zu deinem Sohne und sag ihm, ich gäbe ihm mein Wort, daß meine Tochter für ihn bestimmt sei; doch ich müsse sie erst ausstatten und die nötigen Vorbereitungen treffen, deshalb solle er sich noch drei Monate gedulden.' Nachdem die Mutter 'Alâ ed-Dîns diese Antwort erhalten hatte, dankte sie dem Sultan, betete für sein Wohl und ging fort; vor Freude fliegend eilte sie dahin, bis sie zu Hause ankam, und ging hinein. Als ihr Sohn 'Alâ ed-Dîn sah, daß ihr Antlitz lächelte, da freute er sich, daß sie ihm gute Botschaft bringen würde, zumal sie diesmal so bald wiedergekommen und nicht so lange ausgeblieben war wie sonst immer und auch die Schüssel nicht zurückgebracht hatte. So richtete er denn an sie die Fragen: ‚Liebe Mutter, bringst du mir, so Gott will, gute Botschaft? Haben die Juwelen und ihr Wert ihre Sache ausgerichtet? Bist du gut bei dem Sultan aufgenommen, hat er sich dir gnädig gezeigt und deine Werbung angenommen?' Da berichtete sie ihm alles, wie der Sultan sie aufgenommen und sich über die Größe und Pracht der Edelsteine gewundert habe, ebenso wie der Wesir; und sie schloß mit den Worten: ‚Er hat mir versprochen, daß seine Tochter für dich bestimmt ist; doch, mein Sohn, der Wesir hat noch heimlich mit ihm geredet, ehe er mir das Versprechen gab. Und dann, nachdem der Wesir mit ihm insgeheim gesprochen hatte, versprach er sie mir nach drei Monaten; ich fürchte, daß der Wesir Unheil brütet und den Sinn des Königs umstimmen will.'

Ferner ist mir berichtet worden, o glücklicher König, daß
'Alâ ed-Dîn, als er von seiner Mutter hörte, daß der Sultan
seine Tochter ihm nach drei Monaten geben wolle, heiteren
Gemüts und hocherfreut war und sprach: ‚Wenn der Sultan
sie nach drei Monaten zu geben versprochen hat, so ist das
zwar eine lange Frist; doch auf jeden Fall ist meine Freude
groß.' Und er dankte seiner Mutter herzlich für ihre Mühe, indem er zu ihr sprach: ‚Bei Allah, liebe Mutter, jetzt ist mir, als
hätte ich im Grabe gelegen und du hättest mich daraus emporgezogen. Ich preise Allah den Erhabenen; denn nun bin ich
sicher, daß es in der ganzen Welt niemanden gibt, der reicher
oder glücklicher wäre als ich!' Dann wartete er, bis zwei von
den drei Monaten vergangen waren. Da ging die Mutter 'Alâ
ed-Dîns eines Tages gegen Abend zum Basar, um Öl zu kaufen; aber sie fand alle Basare geschlossen und die ganze Stadt
geschmückt und sah, wie die Einwohner Lichter und Blumen
in ihre Fenster gestellt hatten. Dann sah sie auch die Soldaten
und die Garden und die Aghas hoch zu Rosse im feierlichen
Aufzuge, bei brennenden Fackeln und Lichtern. Verwundert
über diese seltsame Ausschmückung ging sie zu dem Laden
eines Ölhändlers dort, der geöffnet war, und kaufte Öl von ihm.
Und sie bat den Ölhändler: ‚Bei deinem Leben, Oheim, sage
mir, was gibt es heute in der Stadt, daß die Leute all diesen
Schmuck angelegt haben, daß all die Basare und Häuser geschmückt sind und daß die Truppen aufziehen?' ‚Frau,' erwiderte der Ölhändler, ‚ich glaube, du bist wohl fremd und nicht
aus dieser Stadt!' ‚Nein,' sagte sie, ‚ich bin aus dieser Stadt.' Da
fuhr er fort: ‚Du willst aus dieser Stadt sein und weißt nicht
einmal, daß der Sohn des Großwesirs heute abend seine Hochzeit mit Badr el-Budûr, der Tochter des Sultans, feiert? Jetzt
ist er gerade im Badehaus und diese Emire und Soldaten sind

sein Ehrengeleit; sie stehen und warten, bis er aus dem Bade herauskommt, dann werden sie ihn im feierlichen Aufzuge ins Schloß zu der Tochter des Sultans bringen.' Als die Mutter 'Alâ ed-Dîns diese Worte von ihm vernommen hatte, war sie betrübt, und sie wußte nicht, wie sie es machen sollte, um ihrem Sohne diese traurige Nachricht mitzuteilen; denn ihr armer Sohn wartete von Stunde zu Stunde auf das Ende der drei Monate. Doch sie kehrte sofort nach Hause zurück; und als sie ankam und zu ihrem Sohne eintrat, sprach sie zu ihm: ,Mein Sohn, ich will dir eine Kunde melden; aber der Kummer, den sie dir bereitet, wird schwer auf mir lasten.' ,Sprich, was ist das für eine Kunde?', erwiderte er ihr. Da fuhr sie fort: ,Der Sultan hat sein Versprechen gebrochen, das er dir in betreff seiner Tochter, der Prinzessin Badr el-Budûr, gegeben hat; heute abend feiert der Sohn des Wesirs Hochzeit mit ihr. Ich habe von Anfang an gedacht, mein Sohn, daß der Wesir den Sinn des Sultans umstimmen wolle, wie ich dir ja auch sagte, daß er vor mir heimlich mit ihm redete.' Nun fragte 'Alâ ed-Dîn sie: ,Wie hast du denn das erfahren, daß der Sohn des Wesirs heute abend mit der Prinzessin Badr el-Budûr, der Tochter des Sultans, Hochzeit feiern wird?' Da berichtete seine Mutter ihm alles, was sie gesehen hatte, wie die Stadt ausgeschmückt war, als sie hinging, um das Öl zu kaufen, wie die Aghas und die Großen des Reiches in feierlichem Aufzuge warteten, bis der Sohn des Wesirs aus dem Badehause käme, und daß dies seine Hochzeitsnacht sei. Wie 'Alâ ed-Dîn dies hören mußte, erfaßte ihn ein Fieberanfall vor Kummer; aber gleich darauf dachte er an die Lampe, und erfreut sprach er zu seiner Mutter: ,Bei deinem Leben, liebe Mutter, ich glaube, der Sohn des Wesirs wird sich ihrer nicht so erfreuen, wie du denkst. Doch laß uns jetzt davon schweigen! Setze uns das Abendessen vor, auf daß wir speisen. Hernach, wenn ich ein wenig in meine Kammer gegangen bin, wird schon alles gut werden.'

Ferner ist mir berichtet worden, o größter König unserer Zeit, daß 'Alâ ed-Dîn nach dem Abendessen in seine Kammer ging, die Tür hinter sich verschloß, die Lampe holte und sie rieb. Sofort erschien der Geist vor ihm und sprach: ‚Verlange, was du wünschest; denn ich bin dein Diener, der Diener dessen, der diese Lampe in der Hand hält, ich und alle Diener der Lampe!' Da sagte 'Alâ ed-Dîn: ‚Höre, ich habe den Sultan gebeten, mir seine Tochter zur Frau zu geben, und er hat mir versprochen, es nach drei Monaten zu tun. Er hat aber sein Versprechen nicht gehalten, sondern er hat sie dem Sohne des Wesirs gegeben, und in dieser Nacht will der mit ihr Hochzeit feiern. Nun befehle ich dir, so du ein getreuer Diener der Lampe bist, wenn du in dieser Nacht Braut und Bräutigam zusammen ruhen siehst, so trag sie auf ihrem Lager an diese Stätte. Dies ist, was ich von dir verlange.' Der Mârid erwiderte: ‚Ich höre und gehorche! Und wenn du noch einen anderen Dienst begehrst als diesen, so befiehl mir alles, was du wünschest!' Doch 'Alâ ed-Dîn sprach: ‚Jetzt verlange ich nichts anderes als dies, was ich dir gesagt habe.' Da verschwand der Geist, und 'Alâ ed-Dîn kehrte zu seiner Mutter zurück, um den Rest des Abends mit ihr zu verbringen. Als dann die Zeit nahte, in der er das Kommen des Geistes erwartete, erhob er sich und ging in seine Kammer. Kaum war er dort, da brachte auch schon der Geist die beiden Neuvermählten auf ihrem Bette. Als 'Alâ ed-Dîn sie erblickte, war er hocherfreut, und er sprach zu dem Geiste: ‚Trag diesen Galgenstrick von hier fort und leg ihn im Abtritt nieder!' Im Augenblick trug der Geist den Sohn des Wesirs fort und legte ihn im Abtritt nieder; doch bevor er ihn wieder verließ, blies er ihn mit einem Hauche an, durch den er

716

ihn erstarren machte, und so blieb der Sohn des Wesirs in elendem Zustande dort. Darauf kehrte der Geist zu 'Alâ ed-Dîn zurück und fragte ihn: ‚Hast du noch ein anderes Begehr, so tu es mir kund!' 'Alâ ed-Dîn antwortete ihm: ‚Kehre am Morgen zurück, damit du sie wieder an ihre Stätte bringest!' ‚Ich höre und gehorche!' sprach der Geist und verschwand. 'Alâ ed-Dîn aber hatte kaum geglaubt, daß ihm alles so gut gelingen würde. Und wie er nun die Prinzessin Badr el-Budûr in seinem Hause sah, bewahrte er, obgleich er seit geraumer Zeit in Liebe zu ihr entbrannt war, dennoch Zurückhaltung ihr gegenüber, und er sprach zu ihr: ‚O Herrin der Schönen, glaube nicht, daß ich dich hierher gebracht habe, um deine Ehre zu schänden. Das sei ferne! Nein, ich wollte nur nicht, daß ein anderer sich deiner erfreut; denn dein Vater, der Sultan, hat dich mir versprochen. So ruhe denn unbesorgt!'

Ferner ist mir berichtet worden, o größter König unserer Zeit, daß die Prinzessin Badr el-Budûr, die Tochter des Sultans, als sie sich in diesem ärmlichen und dunkeln Raume sah und die Worte 'Alâ ed-Dîns vernahm, von Furcht und Schrecken ergriffen wurde; ja, sie war so verstört, daß sie dem 'Alâ ed-Dîn keine Antwort geben konnte. Darauf zog 'Alâ ed-Dîn seine Obergewänder aus, legte ein Schwert zwischen sich und sie und ruhte an ihrer Seite auf demselben Lager, ohne etwas Schmähliches zu tun; wollte er doch nur die Ehe des Sohnes des Wesirs mit ihr verhindern. Freilich, die Prinzessin Badr el-Budûr verbrachte eine sehr üble Nacht, und in ihrem ganzen Leben hatte sie noch keine schlimmere als sie kennen gelernt. Der Sohn des Wesirs aber lag im Abtritt und konnte sich in seiner Furcht, die er vor dem Geiste hegte, nicht rühren. Doch als es Morgen war, trat der Geist, ohne daß 'Alâ ed-Dîn die Lampe gerieben hätte, vor ihn hin und sprach zu ihm: ‚Mein

Gebieter, wenn du etwas wünschest, so befiehl es mir, auf daß ich es gern und mit Freuden ausrichte!' 'Alâ ed-Dîn gab ihm zur Antwort: ‚Geh, trage Braut und Bräutigam wieder an ihre Stätte zurück!' Im Augenblicke führte der Geist den Befehl 'Alâ ed-Dîns aus, legte den Sohn des Wesirs neben die Prinzessin Badr el-Budûr, trug sie fort und legte sie so an ihrer Stätte im Schlosse nieder, wie sie zuvor gewesen waren, ohne daß jemand sie sah; doch sie wären fast vor Angst gestorben, als sie sahen, wie sie von Ort zu Ort getragen wurden. Kaum hatte jedoch der Geist sie an ihrer Stätte niedergelegt, da erschien auch schon der Sultan bei seiner Tochter, um sie zu besuchen. Sowie der Sohn des Wesirs hörte, daß die Tür geöffnet wurde, erhob er sich sofort von dem Lager, da er wußte, daß niemand anders als der Sultan selbst eintreten durfte. Aber es ward ihm sehr sauer; denn er wollte sich gern noch wärmen, da er ja gerade erst den Abtritt verlassen hatte. Doch er erhob sich und legte seine Kleider an.

Ferner ist mir berichtet worden, o größter König unserer Zeit, daß der Sultan bei seiner Tochter, der Prinzessin Badr el-Budûr, eintrat, sie auf die Stirn küßte, ihr einen guten Morgen wünschte und sie fragte, ob sie mit ihrem jungen Gemahle zufrieden sei. Doch sie gab ihm keinerlei Antwort. Da blickte er auf sie mit dem Auge des Zornes, und nachdem er sie noch mehrere Male angeredet hatte, während sie stillschwieg und ihm kein einziges Wort erwiderte, ging der Sultan seines Weges und verließ sie. Darauf trat er zur Königin ein und erzählte ihr, wessen die Prinzessin Badr el-Budûr sich erdreistet hatte. Die Königin jedoch, die es verhindern wollte, daß der Sultan gegen die Prinzessin Groll hege, sprach zu ihm: ‚O größter König unserer Zeit, das ist so bei den meisten Neuvermählten; am Tage nach der Hochzeitsnacht schämen sie sich und zieren sich ein wenig. Nimm es ihr nicht übel; nach einigen Tagen wird sie sich schon auf sich selbst besinnen und mit den Menschen reden! Aber jetzt, o größter König unserer Zeit, hält die Scham sie davon ab, zu sprechen. Doch ich will zu ihr gehen und nach ihr schauen.' Darauf legte die Königin ihre Gewänder an, begab sich zu ihrer Tochter, der Prinzessin Badr el-Budûr, trat an sie heran, wünschte ihr einen guten Morgen und küßte sie auf die Stirn; aber die Prinzessin erwiderte ihr kein einziges Wort. Nun sagte sich die Königin, es müsse ihr etwas Seltsames zugestoßen sein, das sie so verstört habe, und darum fragte sie sie: ,Liebe Tochter, was veranlaßt dich zu einem solchen Verhalten? Tu mir kund, was dir begegnet ist, so daß du mir, die ich jetzt zu dir gekommen bin und dir einen guten Morgen gewünscht habe, keine Antwort gibst!' Da hob die Prinzessin Badr el-Budûr ihr Haupt und sprach: ,Sei mir nicht böse, liebe Mutter! Ich hätte dir mit aller Höflichkeit und Ehrfurcht begegnen sollen, da du mich mit deinem Besuche beehrt hast. Doch ich bitte dich, höre die Ursache meines Verhaltens und sieh, wie diese Nacht, die nun hinter mir liegt, für mich die allerschlimmste Nacht war! Denn kaum hatten wir uns niedergelegt, liebe Mutter, da hob einer, dessen Gestalt wir nicht kennen, das Lager auf und trug uns zu einem dunkeln, schmutzigen und armseligen Raume.' Und nun berichtete Prinzessin Badr el-Budûr ihrer Mutter, der Königin, alles, was sie in jener Nacht erlebt hatte, wie ihr junger Gemahl weggenommen wurde, wie sie allein blieb, wie dann gleich darauf ein anderer Jüngling kam und an der Stelle ihres Gemahls ruhte, nachdem er zwischen sie und sich ein Schwert gelegt hatte. Und sie schloß mit den Worten: ,Am Morgen kehrte er, der uns fortgetragen hatte, zurück und brachte uns wieder hierher an unsere Stätte. Kaum aber hatte er uns hierher gebracht und uns verlassen, da trat auch schon mein Vater, der Sultan, ein, in demselben Augenblick, in dem wir hier angekommen waren. Da versagten mir Herz und Zunge, und ich konnte mit meinem Vater, dem Sultan, nicht sprechen, weil so gewaltiges Entsetzen und Grauen mich gepackt hatten. Vielleicht ist mein Vater mir deswegen gram; darum bitte ich dich, liebe Mutter, erzähle ihm den Grund meines Benehmens, damit er es mir nicht verarge, daß ich ihm keine Antwort gab, und mich nicht tadle, sondern mich entschuldige!'

Ferner ist mir berichtet worden, o größter König unserer Zeit, daß die Königin, als sie die Worte ihrer Tochter Badr el-Budûr vernommen hatte, zu ihr sprach: ‚Liebe Tochter, sei darauf bedacht, vor niemandem davon zu reden! Sonst würde man sagen, die Tochter des Sultans habe den Verstand verloren. Du hast recht getan, daß du deinem Vater nichts davon gesagt hast. Hüte dich, hüte dich, meine Tochter, ihm davon zu erzählen!' Doch die Prinzessin Badr el-Budûr gab ihr zur Antwort: ‚Mutter, ich habe bei klarem Bewußtsein mit dir gesprochen; ich habe den Verstand noch nicht verloren. Dies habe ich wirklich erlebt; und wenn du es mir nicht glaubst, so frage meinen Gemahl!' ‚Höre, Tochter,' sagte die Königin darauf, ‚verbanne diese Torheiten aus deinem Sinn; lege deine Kleider an und schau den Hochzeitsfeierlichkeiten zu, die um deinetwillen in der Stadt begangen werden und an denen das ganze Land teilnimmt! Lausche auf den Klang der Trommeln und auf den Gesang; sieh, wie schön alles für deine Hochzeit geschmückt ist, liebe Tochter!' Dann ließ die Königin sofort die Kammerfrauen kommen, und die kleideten und schmückten die Prinzessin Badr el-Budûr. Darauf begab die Königin sich zum Sultan und berichtete ihm, ihre Tochter habe in der Nacht wirre Traumgesichte gehabt, und sie bat ihn, es ihr nicht zu verargen, daß sie ihm keine Antwort gegeben habe. Ferner ließ sie den Sohn des Wesirs insgeheim kommen und fragte ihn, was geschehen sei und ob die Worte der Prinzessin Badr el-Budûr wahr seien oder nicht. Der Sohn des Wesirs aber fürchtete, er könne seine junge Frau aus den Händen verlieren, und so antwortete er: ‚Hohe Herrin, ich weiß nichts von dem, was du sagst.‘ Da war die Königin fest überzeugt, daß ihre Tochter nur wirre Traumgesichte gesehen habe. Die Hochzeitsfeiern dauerten den ganzen Tag hindurch; die Tänzerinnen tanzten, die Sängerinnen sangen, und alle Musikinstrumente erklangen, während die Königin und der Sohn des Wesirs sich eifrig bemühten, die Festesfreude zu erhöhen, damit die Prinzessin froh würde und ihren Kummer vergäße. Ja, sie ließen an jenem Tage vor ihr nichts ungetan, was zur Freude anregte, auf daß sie von ihren Gedanken abließe und sich aufheitere. Doch all das machte gar keinen Eindruck auf sie, sondern sie verharrte in Stillschweigen und dachte immer wie verstört an das, was ihr in jener Nacht widerfahren war. Freilich war es dem Sohne des Wesirs noch schlimmer ergangen als ihr, da er im Abtritt gelegen hatte; aber er hatte das Geschehnis abgeleugnet und dachte nicht mehr an seine Qual, weil er fürchtete, er könne seine Gemahlin und sein Ansehen verlieren, zumal ja alle Leute ihn um dies Glück beneideten, weil er dadurch zu hohen Ehren gekommen war; und zweitens, weil die Prinzessin Badr el-Budûr von so großer Anmut und hoher Schönheit war. Auch ’Alâ ed-Dîn ging an jenem Tage aus und sah sich die Feiern an, die in der Stadt und im Schlosse abgehalten wurden; doch er mußte lächeln, besonders als er hörte, wie die Leute von der hohen Ehre redeten, die dem Sohne des Wesirs zuteil geworden sei, und von seinem großen Glück, da er der Eidam des Sultans geworden war, und von der großen Pracht, die bei seiner Hochzeitsfeier entfaltet sei. Bei sich selber nämlich sprach 'Alâ ed-Dîn: ‚Ihr wißt ja nicht, ihr armen Teufel, was ihm heute nacht widerfahren ist; sonst würdet ihr ihn nicht beneiden!' Als es dann Nacht geworden war und die Zeit des Schlafens herannahte, ging 'Alâ ed-Dîn in seine Kammer und rieb die Lampe; da stand im selben Augenblicke der Geist vor ihm.

Ferner ist mir berichtet worden, o größter König unserer Zeit, daß 'Alâ ed-Dîn, als der Geist vor ihm stand, ihm den Befehl gab, er solle die Tochter des Sultans mit ihrem jungen Gemahl wie in der vergangenen Nacht herbeibringen, noch ehe er ihr das Mädchentum nähme. Der Geist zauderte nicht, sondern verschwand auf der Stelle und blieb nur eine kleine Weile fort, bis die Zeit gekommen war; da erschien er wieder mit dem Lager, auf dem die Prinzessin Badr el-Budûr und der Sohn des Wesirs ruhten. Dann tat er mit dem jungem Mann dasselbe wie in der Nacht zuvor; er packte ihn und legte ihn im Abtritt nieder und ließ ihn dort starr vor übergroßer Angst und Furcht liegen. 'Alâ ed-Dîn aber legte das Schwert zwischen die Prinzessin Badr el-Budûr und sich und begab sich zur Ruhe. Als es Morgen ward, kam der Geist wieder und brachte die beiden an ihre Stätte zurück; 'Alâ ed-Dîn aber war von Schadenfreude über den Sohn des Wesirs erfüllt. Als nun der Sultan sich in der Frühe erhob, dachte er daran, sich zu seiner Tochter, der Prinzessin Badr el-Budûr, zu begeben, um zu sehen, ob sie es wieder mit ihm so machen würde wie am Tage zuvor. Nachdem er also aus dem Schlafe erwacht war, legte er seine Gewänder an und ging zum Schlosse seiner Tochter. Kaum öffnete er die Tür, da sprang auch schon der Sohn des Wesirs auf, verließ das Lager und begann, seine Kleider anzuziehen, obgleich ihm die Rippen vor Kälte klapperten; denn als der Sultan kam, hatte der Geist sie gerade erst soeben dorthin geschafft. Der Sultan trat ein und näherte sich seiner Tochter, der Prinzessin Badr el-Budûr, die auf ihrem Lager ruhte. Er hob den Vorhang, wünschte ihr einen guten Morgen, küßte sie auf die Stirn und fragte sie nach ihrem Befinden. Doch als er sah, wie sie die Stirn runzelte, ihm keine Antwort gab, sondern nur ihn zornig anblickte und sich in einem jämmerlichen Zustande befand, da ergrimmte er über sie, weil sie ihn keines Wortes würdigte, und er argwöhnte, es stünde nicht recht mit ihr. Er zückte das Schwert und rief ihr zu: ‚Was ist mit dir geschehen? Entweder du sagst mir jetzt, was mit dir vorgefallen ist, oder ich nehme dir in diesem Augenblick das Leben! Achtest und ehrst du mich so, daß du mir kein Wort erwiderst, wenn ich zu dir spreche?‘ Wie die Prinzessin Badr el-Budûr nun sah, daß ihr Vater, der Sultan, ergrimmt war und das gezückte Schwert in der Hand hielt, da schwand ihr alle Furcht, sie hob ihr Haupt und sprach: ‚Mein geliebter Vater, zürne mir nicht und übereile dich nicht in deinem Grimme; denn ich habe keine Schuld an dem Elend, in dem du mich jetzt siehst! Höre denn, was mir widerfahren ist; und das ist sicher, wenn du meinen Bericht über das, was mir in diesen beiden Nächten widerfahren ist, gehört hast, so wirst du mich von Schuld freisprechen, und deine Majestät wird mit mir herzliches Mitleid haben, wie ich es von deiner Liebe zu mir erwarte.‘ Darauf erzählte die Prinzessin Badr el-Budûr ihrem Vater, dem Sultan, alles was ihr widerfahren war, und sie schloß mit den Worten: ‚Mein Vater, wenn du mir nicht glaubst, so frage meinen Gemahl; er wird deiner Majestät alles berichten; denn ich ahnte nicht, was man mit ihm tun würde, als man ihn von meiner Seite nahm, ja, ich wußte nicht einmal, wohin man ihn brachte.‘

Ferner ist mir berichtet worden, o größter König unserer Zeit, daß der Sultan, als er die Worte seiner Tochter vernommen hatte, betrübt ward und, mit Tränen in den Augen, das Schwert wieder in die Scheide steckte. Er beugte sich über seine Tochter, küßte sie und sprach zu ihr: ‚Liebe Tochter, warum hast du mir das nicht schon gestern gesagt? Dann hätte ich diese Not und Angst, die dich in der letzten Nacht heimgesucht haben, von dir fernhalten können. Doch gräme dich nicht! Scheuche diese Gedanken von dir! Heute abend will ich Wächter für dich aufstellen, die dich behüten sollen; dann wird dir solch Elend nicht wieder begegnen.‘ Nun begab der Sultan sich in sein Schloß zurück und ließ sofort den Wesir zu sich rufen. Als der erschienen war und des Befehles gewärtig vor dem Throne stand, fragte der Sultan ihn: ‚Wie siehst du diese Dinge an? Vielleicht hat dein Sohn dir von dem berichtet, was ihm und meiner Tochter widerfahren ist.‘ ‚O größter König unserer Zeit,‘ erwiderte der Wesir, ‚ich habe meinen Sohn weder gestern noch heute gesehen.‘ Darauf berichtete der Sultan ihm alles, was seine Tochter Badr el-Budûr ihm erzählt hatte, und er fügte hinzu: ‚Jetzt ist es mein Wunsch, daß du deinen Sohn nach dem wahren Sachverhalte befragst; denn es ist ja möglich, daß meine Tochter vor Furcht nicht genau weiß, was mit ihr geschehen ist. Dennoch glaube ich, daß alle ihre Worte wahr sind.‘ Sofort machte der Wesir sich auf, ging hin und ließ seinen Sohn kommen; dann befragte er ihn nach alledem, was der Sultan ihm berichtet hatte, ob es wahr sei oder nicht. Da rief der Jüngling: ‚O Wesir, mein Vater, das sei ferne, daß die Prinzessin Badr el-Budûr die Unwahrheit gesprochen hätte! Nein, alles was sie gesagt hat, ist wahr! Diese beiden Nächte waren für uns die elendesten, die es gibt, anstatt daß sie uns Nächte des Glücks und der Freuden gewesen wären. Aber was mir widerfuhr, war das Schlimmste; denn ich mußte, anstatt bei meiner Gemahlin auf dem Lager zu ruhen, im Aborte liegen, einem finsteren, furchtbaren, übelriechenden, verfluchten Orte, und meine Rippen zogen sich vor Kälte zusammen.' Kurz, der Jüngling erzählte alles, was ihm widerfahren war, und zuletzt fügte er noch hinzu: ,Lieber Vater, ich flehe dich an, sprich mit dem Sultan, daß er mich von dieser Ehe befreie! Freilich ist es eine hohe Ehre für mich, der Eidam des Sultans zu sein, zumal ja auch die Liebe zur Prinzessin Badr el-Budûr mein Herz ganz gefangen hält. Aber ich habe keine Kraft mehr, noch eine einzige Nacht wie die beiden letzten zu ertragen.'

Ferner ist mir berichtet worden, o größter König unserer Zeit, daß der Wesir, als er die Worte seines Sohnes vernommen hatte, sehr betrübt und bekümmert ward; denn er hatte doch seinen Sohn dadurch, daß er ihn zum Eidam des Sultans machte, zu Ehre und Ansehen bringen wollen. So versank er in Gedanken und war ratlos, was er nun in dieser Sache tun sollte. Es war sehr hart für ihn, die Ehe wieder aufzuheben, und er hatte schon vor Freuden die zehn Heiligen angerufen, weil ihm ein solches Glück widerfahren war; so sprach er denn zu seinem Sohne: ,Warte, mein Sohn, wir wollen sehen, was in der nächsten Nacht geschieht; wir wollen Wächter für euch aufstellen, die euch behüten sollen. Diese hohe Ehre, die dir allein zuteil geworden ist, laß dir doch nicht wieder entgehen!' Darauf verließ der Wesir ihn, kehrte zum Sultan zurück und berichtete ihm, daß alles, was die Prinzessin Badr el-Budûr gesagt hatte, wahr sei. Da sprach der Sultan: ,Sintemalen sich die Sache also verhält, so brauchen wir keine Hochzeit mehr!' Und er befahl, sofort die Feier abzubrechen und die Ehe für nichtig zu erklären. Alles Volk, alle Einwohner der Stadt wunderten sich sehr über die sonderbare Begebenheit, zumal als sie den Wesir und seinen Sohn aus dem Palaste kommen sahen, die sich vor Gram und übermäßigem Ingrimm in einem jämmerlichen Zustande befanden. Alsbald begannen die Leute zu fragen: ‚Was ist denn geschehen? Weshalb ist die Hochzeit ungültig gemacht und die Ehe gelöst?' Niemand wußte, was geschehen war, außer allein der Urheber des Ganzen, 'Alâ ed-Dîn, der sich ins Fäustchen lachte. So wurde denn die Hochzeit für nichtig erklärt; der Sultan aber dachte und erinnerte sich nicht mehr an das Versprechen, das er der Mutter 'Alâ ed-Dîns gegeben hatte. Auch der Wesir tat das nicht, und beide wußten nicht, woher das sonderbare Erlebnis gekommen war. 'Alâ ed-Dîn wartete noch bis zum Ablauf der drei Monate, nach denen, wie der Sultan ihm versprochen hatte, seine Hochzeit mit der Prinzessin Badr el-Budûr stattfinden sollte. Dann aber schickte er sofort seine Mutter zum Sultan, um von ihm die Erfüllung seines Versprechens zu erbitten. Da ging die alte Frau zu dem Schlosse, und als der Sultan in den Staatssaal eintrat und die Mutter 'Alâ ed-Dîns vor sich stehen sah, dachte er an das Versprechen, das er ihr gegeben hatte, daß er nämlich nach drei Monaten seine Tochter mit ihrem Sohne vermählen wolle. So wandte er sich an den Wesir mit den Worten: ‚Wesir, da ist die Frau, die mir die Juwelen gebracht hat und der wir unser Wort gegeben haben, daß wir nach drei Monaten...! Bringe sie vor allen anderen zuerst zu mir!' Der Wesir ging hin und brachte die Mutter 'Alâ ed-Dîns zum Sultan. Als sie dann vor dem Throne stand, machte sie Reverenz, wünschte ihm Macht, langes Leben und Glück. Der Sultan fragte sie, ob sie ein Anliegen habe, und sie gab ihm zur Antwort: ‚O größter König unserer Zeit, die drei Monate, die du bei deinem Versprechen als Frist gesetzt hast, sind abgelaufen; nun ist es Zeit, daß du meinen Sohn 'Alâ ed-Dîn mit deiner Tochter, der Prinzessin Badr el-Budûr, vermählest!' Der König war ratlos ob dieser Mahnung, zumal er schaute, daß die Mutter 'Alâ ed-Dîns ärmlich aussah und daß sie zum niedrigsten Volke gehörte. Aber das Geschenk, das sie ihm gebracht hatte, war ja sehr wertvoll und unbezahlbar. Er redete also wieder den Wesir an mit den Worten: ‚Was rätst du zu tun? Ich habe ihr in der Tat mein Wort gegeben; doch es ist offenbar, daß sie arme Leute sind und nicht zu den Vornehmen gehören.'

Ferner ist mir berichtet worden, o größter König unserer Zeit, daß der Wesir, der fast vor Neid starb und der über das, was seinem Sohne widerfahren war, sich ganz besonders grämte, bei sich selber sprach: ‚Wie? Soll ein solcher Bursche wie der da die Tochter des Sultans heiraten, während mein Sohn dieser Ehre verlustig geht?' Zum Sultan aber sprach er: ‚Hoher Herr, es ist ein leichtes, diesen Fremdling von uns fernzuhalten; denn es ziemt sich für deine Majestät nicht, deine Tochter einem Kerl wie dem da zu geben, von dem man nicht weiß, was er ist.' Da fragte der Sultan: ‚Auf welche Weise können wir diesen Menschen denn von uns fernhalten, wo ich ihm doch mein Wort gegeben habe? Das Wort der Könige ist eine Urkunde!' ‚Hoher Herr,' erwiderte der Wesir, ‚mein Rat geht dahin, daß du von ihm vierzig Schüsseln aus reinem Waschgold verlangst, die mit solchen Edelsteinen gefüllt sein sollen, wie die Frau sie dir damals brachte, ferner vierzig Sklavinnen, die die Schüsseln tragen, und vierzig Sklaven.' Der König entgegnete: ‚Bei Allah, Wesir, du hast recht gesprochen; das ist etwas, was er nicht wird tun können, und so können wir uns auf gute Weise seiner entledigen!' Darauf sprach der Sultan zu der Mutter 'Alâ ed-Dîns: ‚Geh, sag deinem Sohne, daß ich bei dem Versprechen, das ich ihm gegeben habe, bleibe, aber nur, wenn er die Brautgabe für meine Tochter beschaffen kann: ich verlange von ihm vierzig Schüsseln aus reinem Golde, die sollen alle mit solchen Edelsteinen, wie du sie mir gebracht hast, gefüllt sein; ferner vierzig Sklavinnen, die sie tragen, und vierzig Sklaven zu ihrer Bedienung und Begleitung! Wenn dein Sohn dies alles zu beschaffen vermag, so will ich ihn mit meiner Tochter vermählen.' Da machte die Mutter 'Alâ ed-Dîns sich auf den Heimweg, indem sie den Kopf schüttelte und bei sich sprach: ,Woher sollten meinem armen Sohne solche Schüsseln und Juwelen zuteil werden? Angenommen, er kehrte zu der Schatzhöhle zurück und holte die Schüsseln und pflückte die Edelsteine von den Bäumen, obgleich ich nicht glaube, daß es ihm möglich sein wird – doch angenommen, er brächte sie wirklich, woher soll er die Sklavinnen und die Sklaven nehmen?' In dieser Weise redete sie immerfort mit sich selber, bis sie zu Hause ankam. 'Alâ ed-Dîn wartete schon auf sie; doch als sie eingetreten war, sprach sie zu ihm: ,Mein Sohn, habe ich dir nicht gesagt, du solltest nicht denken, daß du die Prinzessin Badr el-Budûr jemals gewinnen könntest? Das ist etwas für Leute, wie wir es sind, ganz Unmögliches!' ,Sag an, was gibt es?' fragte er darauf; und sie fuhr fort: ,Mein Sohn, der Sultan hat mich mit allen Ehren empfangen, wie es sein Brauch ist, und es scheint mir, daß er es gut mit uns meint; aber dein Feind ist der verruchte Wesir. Denn als ich in deinem Namen so zu dem Könige gesprochen hatte, wie du mir gesagt hast, nämlich, daß die Frist für sein Versprechen abgelaufen sei, und nachdem ich ihm gesagt hatte: ,Möchte deine Majestät nunmehr den Befehl erteilen, daß die Prinzessin Badr el-Budûr mit meinem Sohne 'Alâ ed-Dîn vermählt werde', da wandte er sich zu dem Wesir und sprach mit ihm; und der antwortete ihm mit heimlichem Geflüster. Und zuletzt gab mir der Sultan seine Antwort.' Darauf erzählte sie ihrem Sohne, was der Sultan verlangt habe, und fügte hinzu: ‚Mein Sohn, er will von dir sofort Antwort haben; aber ich glaube, wir haben keine Antwort für ihn.'

Ferner ist mir berichtet worden, o größter König unserer Zeit, daß 'Alâ ed-Dîn, als er die Worte seiner Mutter vernahm, zu lachen begann und zu ihr sprach: ‚Liebe Mutter, du sagst, wir könnten ihm keinen Bescheid geben, und du glaubst, die Sache sei sehr schwer! Sei so gut, geh hin und hole mir etwas zu essen. Nach dem Essen wirst du, so der Barmherzige will, meinen Bescheid sehen. Der Sultan denkt ebenso wie du, daß er etwas Gewaltiges gefordert hat, so daß er mich von der Prinzessin Badr el-Budûr fernhalten kann; in Wirklichkeit aber hat er etwas viel Leichteres verlangt, als ich gedacht hatte. Doch geh jetzt hin, kaufe uns etwas zu essen und laß mich allein, damit ich die Antwort vorbereiten kann!' Da machte seine Mutter sich auf und ging fort, um auf dem Basar zu kaufen, was sie für die Mittagsmahlzeit brauchte. 'Alâ ed-Dîn aber ging in seine Kammer, holte die Lampe und rieb sie. Im selben Augenblicke stand der Geist vor ihm und sprach: ‚Mein Gebieter, verlange, was du wünschest!' 'Alâ ed-Dîn antwortete: ‚Ich habe um die Tochter des Sultans geworben, auf daß ich mich mit ihr vermähle. Nun aber hat der Sultan von mir vierzig Schüsseln aus reinem Golde verlangt; davon soll eine jede zehn Pfund wiegen und mit solchen Juwelen gefüllt sein, wie sie in dem Garten der Schatzhöhle sind. Vierzig Sklavinnen sollen die vierzig Schüsseln tragen, bei jeder Sklavin soll ein Eunuch sein, so daß es im ganzen auch vierzig Eunuchen sind. Nun wünsche ich von dir, daß du mir dies alles bringst.' ‚Ich höre und gehorche, mein Gebieter!' sprach der Dämon, und nachdem er eine Weile verschwunden war, brachte er die vierzig Sklavinnen, deren jede von einem Eunuchen begleitet war und auf dem Haupte eine Schüssel aus reinem Golde trug, die mit den kostbarsten Edelsteinen gefüllt war. Er führte sie vor 'Alâ ed-Dîn, indem er sprach: ,Hier ist das, was du verlangt hast; sage mir, ob du noch eine Sache oder einen anderen Dienst begehrst!' Da gab 'Alâ ed-Dîn ihm zur Antwort: ,Ich begehre jetzt nichts; wenn ich aber etwas nötig habe, so werde ich dich rufen und es dir sagen.' Darauf verschwand der Geist wieder. Nach einer kleinen Weile kam auch die Mutter 'Alâ ed-Dîns zurück und trat in ihr Haus ein. Da erblickte sie die Sklaven und die Sklavinnen, und verwundert rief sie aus: ,Das alles kommt von der Lampe; Allah erhalte sie meinem Sohne immerdar!' Aber noch ehe sie ihren Mantel ablegte, rief 'Alâ ed-Dîn: ,Mutter, jetzt ist es Zeit für dich, bevor der Sultan zu seinem Schloß in seinen Harem geht! Drum nimm, was er verlangt hat, und bring es ihm sofort, damit er weiß, daß ich seine Forderungen erfüllen kann, ja noch mehr als das; auch daß er von seinem Wesir betrogen wurde, als er mit ihm der Meinung war, sie könnten sich meiner durch eine mir unmögliche Aufgabe entledigen.' Sofort ging 'Alâ ed-Dîn hin, machte die Haustür weit auf und ließ die Sklavinnen und die Eunuchen in Paaren hinausgehen, immer eine Sklavin von einem Eunuchen begleitet, bis sie fast die ganze Straße erfüllten. Ihnen voran schritt die Mutter 'Alâ ed-Dîns; die Leute im Stadtviertel aber blieben stehen, als sie das herrliche, wunderbare Schauspiel erblickten, sahen es sich an, staunten, betrachteten die schönen und lieblichen Gestalten der Sklavinnen in ihren golddurchwirkten und juwelenbesetzten Gewändern, von denen das geringste Tausende wert war. Auch blickten sie auf die Schüsseln und sahen den Glanz, der von ihnen ausging und das

Sonnenlicht überstrahlte, obgleich eine jede von ihnen mit einem Stück Goldbrokat bedeckt war, das gleichfalls einen Besatz aus kostbaren Juwelen trug.

Ferner ist mir berichtet worden, o größter König unserer Zeit, daß die Mutter 'Alâ ed-Dîns, während das Volk und die Leute des Stadtviertels stehen blieben und dies wunderbare Schauspiel anstaunten, dahinschritt, begleitet von den Sklavinnen und den Eunuchen in wohlgeordnetem Zug. Und immer wieder blieben die Menschen stehen, um die Schönheit der Sklavinnen zu betrachten, und priesen den allmächtigen Schöpfer, bis der Zug ans Ziel gelangte. Dann trat die Mutter 'Alâ ed-Dîns mit ihnen ins Schloß ein. Doch als die Aghas und die Kammerherren und die Hauptleute der Truppen sie erblickten, wurden sie von Verwunderung ergriffen, und sie waren wie geblendet durch diesen Anblick, dessengleichen sie noch nie in ihrem Leben gesehen hatten, besonders auch durch die Sklavinnen, von denen eine jede sogar einem Gottesmanne den Verstand hätte rauben können. Obwohl nun die Kammerherren und die Hauptleute der Truppen des Sultans alle von Vornehmen und Emiren abstammten, so wunderten sie sich doch am meisten über die kostbaren Gewänder, mit denen die Mädchen bekleidet waren, und über die Schüsseln, die sie auf ihren Häuptern trugen, und vor denen sie wegen ihres hellen Blitzens und Funkelns kaum die Augen auftun konnten. Darauf gingen die wachhabenden Soldaten hinein und erstatteten dem Sultan Bericht, und sofort gab der Herrscher Befehl, die Ankommenden sollten vor ihn in den Staatssaal geführt werden. Da trat die Mutter 'Alâ ed-Dîns mit ihnen ein, und als sie vor dem Throne standen, machten sie alle Reverenz vor dem Sultan in vollendeter Höflichkeit und Ehrerbietung, wünschten ihm Macht und Glück, nahmen die Schüsseln von ihren Häuptern und legten sie vor ihm nieder; dann standen sie mit gekreuzten Armen da, nachdem sie die Decken von den Schüsseln abgenommen hatten. Der Sultan war auf das höchste erstaunt; er wurde durch die unbeschreibliche Schönheit und Anmut der Mädchen verwirrt, und sein Verstand war wie geblendet, als er die goldenen Schüsseln voll von Edelsteinen, die den Blick bezauberten, vor sich sah. Ja, der Sultan war ganz ratlos in seiner Verwunderung, so daß er einem Stummen glich und im Übermaße des Staunens kein Wort sagen konnte. Und sein Sinn ward noch mehr verwirrt durch den Gedanken daran, daß dies alles in einer Stunde gekommen war. Darauf gab er Befehl, die Sklavinnen sollten mit allem was bei ihnen war, auch den Schüsseln, in das Schloß der Prinzessin Badr el-Budûr gehen. Die Mädchen hoben nun die Schüsseln wieder auf und traten dort ein. Dann trat die Mutter 'Alâ ed-Dîns vor und sprach zum Sultan: ,Hoher Herr, das ist nicht viel im Vergleich zu der hohen Ehrenstellung der Prinzessin Badr el-Budûr; sie verdient das Vielfache von diesem.' Doch der Sultan wandte sich an den Wesir mit den Worten: ,Was sagst du nun, Wesir? Ist er, der in kurzer Zeit einen solchen Reichtum herbeischaffen konnte, nicht wert, der Eidam des Sultans zu werden und die Tochter des Sultans zur Frau zu erhalten?' Der Wesir war zwar noch mehr als der Herrscher über die Größe dieses Reichtums erstaunt; aber tödlicher Neid fraß an ihm und ward immer noch stärker, als er sah, daß der Sultan mit der Morgengabe und dem Brautgeschenk zufrieden war. Nun konnte er aber nicht der Wahrheit widersprechen noch zum Sultan sagen, all das sei ihrer nicht würdig; und so sann er über ein Mittel nach, durch das er den Sultan veranlassen könnte, seine Tochter Badr el-Budûr dem 'Alâ ed-Dîn zu versagen. Darum sprach er zu ihm: ,Hoher Herr, alle Schätze der Welt sind nicht so viel wert wie

ein Nagel von der Hand deiner Tochter; deine Hoheit über-
schätzt dies im Vergleiche zu ihr.'

Ferner ist mir berichtet worden, o größter König unserer
Zeit, daß der Sultan, als er die Worte des Wesirs vernommen
hatte, bemerkte, wie diese seine Rede ihm nur von seinem
übermäßigen Neid eingegeben war; und so redete er denn die
Mutter 'Alâ ed-Dîns mit den Worten an: ,Frau, geh zu deinem
Sohne, sage ihm, daß ich die Morgengabe von ihm angenommen habe, daß ich mein Versprechen halte, daß meine Tochter
nunmehr seine Braut und er mein Eidam ist! Und sage ihm
ferner, er solle hierher kommen, damit ich ihn kennen lerne;
er soll von mir mit hoher Ehre und Achtung empfangen werden, und heute abend soll die Hochzeitsfeier beginnen. Aber,
wie gesagt, laß ihn ohne Verzug zu mir kommen!' Da eilte die
Mutter 'Alâ ed-Dîns so schnell, daß die Winde sie kaum einholen konnten, nach Hause zurück, um ihrem Sohne die frohe
Botschaft zu bringen; ja, sie flog vor Freuden, wenn sie daran
dachte, daß ihr Sohn der Eidam des Sultans werden sollte. Der
Sultan aber gab, nachdem die Mutter 'Alâ ed-Dîns fortgegangen war, den Befehl, die Staatsversammlung zu beenden, ging
zum Schlosse der Prinzessin Badr el-Budûr und gebot, man
solle die Sklavinnen mit den Schüsseln zu ihm und seiner Tochter bringen, damit er sie ihr zeigen könnte. Als man nun die
Mädchen gebracht hatte, betrachtete die Prinzessin Badr el-
Budûr die Edelsteine, und voll Entzücken rief sie aus: ,Ich
glaube, in allen Schatzhäusern der Welt findet sich nicht ein
einziges Juwel von ihrer Art!' Darauf schaute sie die Sklavinnen an und fand großes Gefallen an ihrer Schönheit und Anmut. Wie sie dann erfuhr, daß dies alles von ihrem neuen Bräutigam komme und daß er es ihr zu Ehren gesandt hatte, da
freute sie sich, obwohl sie gerade noch um ihren früheren Ge-

mahl, den Sohn des Wesirs, betrübt und traurig gewesen war. Eine gewaltige Freude kam über sie, als sie die Juwelen und die schönen Mädchen sah, und da sie so froh war, freute sich ihr Vater herzlich mit ihr. Wie er also sah, daß Gram und Trauer gewichen waren, richtete er an sie die Worte: ‚Liebe Tochter, Prinzessin Badr el-Budûr, gefällt dir dies? Ich glaube, dein neuer Gemahl wird noch schöner sein als der Ministersohn. So Gott will, wirst du viel Freude an ihm erleben.‘

So weit der Sultan. Wenden wir uns nun wieder zu ’Alâ ed-Dîn! Als seine Mutter heimgekehrt und mit freudestrahlendem Antlitz in ihr Haus eingetreten war, und als er sie gesehen hatte, da wußte er, daß alles gut stand, und so sprach er: ‚Allah sei ewig Preis! Jetzt ist mein Wunsch erfüllt!‘ ‚Frohe Botschaft, mein Kind,‘ sprach die Mutter, ‚sei gutes Muts und freudigen Sinnes, da du dein Ziel erreicht hast! Der Sultan hat deine Gabe angenommen als Brautgeschenk und Morgengabe für die Prinzessin Badr el-Budûr. Sie ist nun deine Braut; noch heute abend, mein Sohn, soll eure Hochzeit stattfinden, dann wirst du zu der Prinzessin eingehen. Der Sultan hat, um mir sein Wort zu bekräftigen, vor aller Welt verkündet, daß du sein Eidam bist, und er hat gesagt, dies solle die Hochzeitsnacht sein. Dann fügte er aber auch hinzu: ‚Laß deinen Sohn zu mir kommen, auf daß ich ihn kennen lerne; ich will ihn mit hohen Ehren und Auszeichnungen empfangen!‘ Nun denn, mein Sohn, mein Auftrag ist erledigt; was noch übrig bleibt, das liegt dir ob.‘ Da küßte ’Alâ ed-Dîn die Hand seiner Mutter und dankte ihr; dann ging er in seine Kammer, nahm die Lampe und rieb sie. Sofort stand der Geist vor ihm und sprach: ‚Zu Diensten! Verlange, was du wünschest!‘ ‚Ich wünsche,‘ erwiderte ’Alâ ed-Dîn, ‚daß du mich in ein Bad bringst, dessengleichen es sonst in der Welt nicht gibt, und daß du mir dann ein so kostbares Königsgewand herbeischaffst, wie es sonst kein König hat.' ‚Ich höre und gehorche!' sprach der Mârid, hob ihn auf und brachte ihn in ein Bad, wie es die Kaiser und die Perserkönige noch nie gesehen hatten; es war ganz aus Marmor und Karneol, wundersame Malereien, die den Blick bezauberten, waren in ihm angebracht, und in ihm befand sich eine Halle, die ganz mit kostbaren Edelsteinen ausgelegt war. In dem Bade befand sich kein Mensch; doch als 'Alâ ed-Dîn eintrat, kam zu ihm ein Dämon in menschlicher Gestalt, wusch ihn und ließ ihm alle Pflege des Bades, die er nur wünschen konnte, zuteil werden.

Ferner ist mir berichtet worden, o größter König unserer Zeit, daß 'Alâ ed-Dîn, nachdem er sich gewaschen und die Pflege des Bades genossen hatte, aus dem Baderaume in die äußere Halle hinüberging; dort bemerkte er, daß seine eigenen Kleider fortgenommen waren und daß an ihrer Stelle das allerprächtigste Königsgewand lag. Darauf wurden ihm Scherbette und Kaffee mit Ambra gebracht. Nachdem er getrunken hatte, kam eine Schar von Sklaven zu ihm und legte ihm die Prachtgewänder an; und wie er sich angekleidet hatte, sprengte er duftende Wohlgerüche über sich. 'Alâ ed-Dîn war ja, wie du weißt, ein armer Schneiderssohn; aber jetzt hätte niemand das gedacht, sondern jeder hätte gesagt: ‚Dies ist der allervornehmste Prinz' – Preis sei Ihm, der verändert und unveränderlich ist! Dann erschien der Geist wieder vor ihm, hob ihn auf und trug ihn in sein Haus zurück. Dort sprach er zu ihm: ‚Mein Gebieter, wünschest du noch etwas?' ‚Jawohl,' antwortete 'Alâ ed-Dîn, ‚ich wünsche, daß du mir achtundvierzig Mamluken bringst, von denen vierundzwanzig vor mir und vierundzwanzig hinter mir herziehen sollen, dazu auch die Rosse, Rüstungen und Waffen für sie, und alles, was sie und ihre Rosse tragen, soll vom Teuersten und Wertvollsten sein, wie es sich selbst in den Schatzhäusern der Könige nicht findet. Ferner bringe mir einen Hengst, wie ihn die Perserkönige reiten, dessen Geschirr aus Gold und ganz mit kostbaren Edelsteinen besetzt ist! Schaffe mir auch achtundvierzigtausend Dinare herbei, für jeden Mamluken tausend! Ich will mich jetzt zum Sultan begeben; so säume denn nicht, denn ohne all das, was ich dir genannt habe, kann ich nicht zum Herrscher kommen! Bringe mir aber auch noch zwölf Sklavinnen von einzigartiger Schönheit, die mit den prächtigsten Kleidern angetan sind, auf daß sie meine Mutter zum Palaste des Sultans begleiten; jede Sklavin soll ein Gewand tragen, wie es sich für die Kleidung von Frauen der Könige ziemt!' ‚Ich höre und gehorche!' erwiderte der Geist, verschwand eine kurze Weile, aber im Augenblicke brachte er schon alles, was ihm aufgetragen war. An der Hand führte er einen Hengst, wie er sich selbst unter den Rossen der echten Araber nicht findet; der trug ein Sattelzeug aus dem kostbarsten golddurchwirkten Stoffe. Da führte 'Alâ ed-Dîn sofort seine Mutter herbei, übergab ihr die zwölf Sklavinnen und reichte ihr die Gewänder, damit sie sich kleidete und sich mit den Sklavinnen zum Palaste begäbe. Darauf sandte er einen der Mamluken, die der Dämon ihm gebracht hatte, zum Sultan, um zu erfahren, ob der Sultan den Harem verlassen habe oder nicht. Der Mamluk machte sich schneller als der Blitz auf den Weg und kehrte eilends wieder zurück mit der Meldung: ‚Mein Gebieter, der Sultan erwartet dich!' Da saß 'Alâ ed-Dîn auf; auch die Mamluken vor ihm und hinter ihm bestiegen ihre Rosse, und ihr Anblick war ein Lobpreis für den Herrn, der sie in all der Schönheit und Anmut, die sie zierte, geschaffen hatte. Und sie streuten die Goldstücke unter das Volk vor ihrem Herrn 'Alâ ed-Dîn, der sie alle durch seine Schönheit und An-

mut übertraf, von den Söhnen des Königs ganz zu schweigen
– Preis sei dem Spender, dem Ewigen! Und all das geschah
durch die Zauberkräfte der Wunderlampe, die ihrem Besitzer
Schönheit und Herrlichkeit, Reichtum und Kenntnisse verlieh.
Das Volk aber erstaunte über die Freigebigkeit und die ganz
außergewöhnliche Großmut 'Alâ ed-Dîns, und alle waren ent-
zückt, als sie seine herrliche Schönheit und seine majestätische
Würde sahen, und sie priesen den Barmherzigen für diese edle
Gestalt; alle riefen den Segen des Himmels auf ihn herab, ob-
gleich sie ihn als den Sohn des Schneiders Soundso kannten.
Keiner beneidete ihn, sondern ein jeder rief: ,Er verdient es!'

   Ferner ist mir berichtet worden, o größter König unserer
Zeit, daß 'Alâ ed-Dîn, während das Volk von ihm und seiner
großmütigen Freigebigkeit entzückt war, auf seinem Wege
zum Sultanspalaste die Goldstücke ausstreute, und daß alle,
groß und klein, den Segen des Himmels auf ihn herabriefen,
bis er zum Schlosse kam, begleitet von den Mamluken, die vor
ihm und hinter ihm auch Gold an die Leute verteilten. Nun
hatte der Sultan die Vornehmen des Reiches bei sich versammelt und ihnen mitgeteilt, daß er sein Wort gegeben habe, er
wolle seine Tochter mit 'Alâ ed-Dîn vermählen; und er befahl
ihnen, sie sollten auf ihn warten, bis er käme, und ihm dann alle
entgegenziehen. Alle Emire, Wesire, Kammerherren, Statthalter und Hauptleute der Truppen hatte er versammelt und
beim Schloßtore sich aufstellen lassen, um 'Alâ ed-Dîn zu erwarten. Als jener nun eintraf, wollte er am Tore absitzen; aber
einer von den Emiren, den der König für diesen Auftrag ausersehen hatte, sprach zu ihm: ,Mein Gebieter, es ist Befehl gegeben, daß du zu Rosse einziehst und erst an der Tür des Staatssaales absteigst!' Alle gingen vor ihm her, während er einritt,
bis sie ihn zur Tür des Staatssaales gebracht hatten; da traten

die einen vor und hielten ihm den Steigbügel, andere stützten ihn auf beiden Seiten, noch andere faßten ihn bei der Hand und halfen ihm beim Absteigen. Wiederum zogen die Emire und die Großen des Reiches vor ihm her und führten ihn in den Staatssaal hinein, bis er dicht vor dem Thron des Sultans stand. Sofort stieg der Sultan von seinem Thron herunter, umarmte ihn und hinderte ihn, den Teppich zu küssen; ja, er küßte seinen Eidam selbst und ließ ihn zu seiner Rechten sitzen. 'Alâ ed-Dîn aber huldigte und sprach Segenswünsche, wie es sich vor Königen gebührt und geziemt, und dann fuhr er fort: ‚O unser Herr und Sultan, die Gnade deiner Majestät hat geruht, mir deine Tochter, die Prinzessin Badr el-Budûr, zu gewähren, obgleich ich diese große Huld nicht verdiene, da ich einer der geringsten unter deinen Dienern bin. So bete ich denn zu Allah, daß er dir ein langes Leben verleihe. Und wahrlich, o König, meine Zunge vermag die Dankbarkeit gegen dich nicht auszudrücken, so groß ist diese über alle Maßen hohe Gnade, die du mir zu erweisen geruht hast. Nun bitte ich deine Majestät noch, mir ein Gelände anweisen zu wollen, dazu geeignet, daß ich auf ihm ein Schloß, das der Prinzessin Badr el-Budûr würdig ist, erbauen lasse.‘ Der Sultan war ganz überrascht, als er 'Alâ ed-Dîn in diesem königlichen Gewande erblickte; er schaute und richtete die Augen auf seine liebliche Schönheit; er sah auch die Mamluken, die zu seinen Diensten dastanden und so herrlich anzuschauen waren. Sein Erstaunen aber war noch größer, als die Mutter 'Alâ ed-Dîns hereintrat, so kostbar und prächtig gekleidet, als ob sie eine Königin wäre. Und weiter erblickte er die zwölf Sklavinnen, die ihr zu Diensten mit gekreuzten Armen vor ihr standen, in ehrerbietiger und achtungsvoller Haltung. Dann bedachte er auch die reine und feine Redeweise 'Alâ ed-Dîns, und er wunderte sich darüber ebenso

738

wie alle anderen, die bei ihm in der Regierungshalle zugegen waren. Doch im Herzen des Wesirs brannte das Feuer des Neides gegen 'Alâ ed-Dîn, so daß er fast bersten wollte. Nachdem der Sultan die Segenswünsche 'Alâ ed-Dîns angehört und sein hoheitsvolles und doch ehrerbietiges Benehmen sowie seine Beredsamkeit bemerkt hatte, da zog er ihn an seine Brust, küßte ihn und sprach zu ihm: ‚Es ist mir leid, mein Sohn, daß ich nicht schon früher durch dich beglückt worden bin.

Ferner ist mir berichtet worden, o größter König unserer Zeit, daß der Sultan, als er 'Alâ ed-Dîn so vor sich sah, hocherfreut wurde und sogleich Befehl gab, daß die Musikkapellen spielen sollten. Dann begab er sich mit 'Alâ ed-Dîn zum Schlosse; dort war die Abendmahlzeit gerüstet, und die Diener breiteten die Tische aus. Der Sultan setzte sich und ließ 'Alâ ed-Dîn zu seiner rechten Seite sitzen; darauf setzten sich auch die Wesire und die Vornehmen des Reiches und die hohen Würdenträger des Landes, ein jeder nach seinem Range. Nun spielten auch die Kapellen, und man feierte ein großes Freudenfest im Schlosse. Der Sultan begann sich mit 'Alâ ed-Dîn zu unterhalten und mit ihm zu plaudern, während dieser ihm mit aller Höflichkeit und Feinheit der Rede antwortete, als ob er in den Palästen der Könige erzogen wäre oder stets mit ihnen verkehrt hätte. Je länger die Unterhaltung zwischen ihnen währte, desto größere Freude empfand der Sultan, weil er so schöne Antworten und so fein gewählte Worte aus seinem Mund vernahm. Nachdem man gegessen und getrunken hatte und die Tische fortgetragen waren, gab der Sultan Befehl, die Kadis und Zeugen zu rufen. Die kamen und schlossen das Ehebündnis und schrieben die Eheurkunde zwischen 'Alâ ed-Dîn und der Prinzessin Badr el-Budûr. Darauf erhob 'Alâ ed-Dîn sich und wollte fortgehen; doch der Sultan hielt ihn zurück

und sprach zu ihm: ‚Wohin des Wegs, mein Sohn? Die Freude
ist da, und die Hochzeit ist nah; geschlossen ist der Pakt und
geschrieben der Kontrakt.‘ ‚Mein Herr und König,‘ erwiderte
’Alâ ed-Dîn, ‚ich möchte für die Prinzessin Badr el-Budûr ein
Schloß erbauen lassen, das ihrem Range und Stande angemessen ist, und ich kann nicht eher zu ihr eingehen, als bis das geschehen ist. So Gott will, wird der Bau des Schlosses durch den
höchsten Eifer deines Dieners und durch den Segen des Blickes
deiner Majestät in allerkürzester Zeit vollendet sein. Ja, es ist
wahr, ich sehne mich danach, mich jetzt schon der Prinzessin
Badr el-Budûr zu erfreuen; doch es liegt mir ob, ihr zu dienen,
und ich muß mich alsbald ans Werk machen.‘ Der Sultan gab
ihm darauf zur Antwort: ‚Suche dir ein Gelände aus, mein
Sohn, das du für deinen Plan geeignet findest, und nimm es
hin! Alles steht dir zur Verfügung! Doch scheint es mir das beste
zu sein, daß du auf dem weiten Platze, der hier gegenüber meinem Palaste liegt, wenn er dir gefällt, das Schloß bauen lässest.‘
Mit den Worten: ‚Es ist auch mein höchster Wunsch, deiner
Majestät nahe zu sein‘ nahm ’Alâ ed-Dîn Abschied von dem
Sultan, ging hinaus und ritt davon, begleitet von seinen Mamluken, die vor und hinter ihm ritten, während alles Volk für
ihn betete und sprach: ‚Bei Allah, er verdient es!‘ Als er dann
bei seinem Hause ankam, stieg er von seinem Rosse ab, trat in
seine Kammer ein und rieb die Lampe. Da stand auch der Geist
schon wieder vor ihm und sprach zu ihm: ‚Verlange, was du
wünschest, mein Gebieter!‘ ’Alâ ed-Dîn erwiderte ihm: ‚Ich
wünsche, daß du mir einen wichtigen Dienst leistest; der ist,
daß du mir ein Schloß gegenüber dem Sultanspalaste in aller
Eile errichtest; es soll von wunderbarem Bau sein, derart, daß
selbst Könige seinesgleichen noch nicht gesehen haben, und es
soll vollkommen eingerichtet sein, versehen mit großen könig-

740

lichen Teppichen und allem anderen Zubehör.' ‚Ich höre und gehorche!' erwiderte der Geist.

Ferner ist mir berichtet worden, o größter König unserer Zeit, daß der Geist darauf verschwand; doch ehe noch die Morgenröte aufstieg, kam er wieder zu 'Alâ ed-Dîn und sprach zu ihm: ‚Mein Gebieter, sieh, das Schloß ist fertig und so vollkommen, wie man nur wünschen kann. Wenn du es dir ansehen willst, so mache dich auf und nimm es in Augenschein!' Da erhob 'Alâ ed-Dîn sich, und der Geist trug ihn in einem Augenblicke zu dem Schlosse. Als der Jüngling es erblickte, war er von diesem Bau überrascht, da alle seine Steine aus grünem Achat, Marmor, Porphyr und Mosaik bestanden. Dann führte der Geist ihn in eine Schatzkammer, gefüllt mit allen Arten von Gold- und Silbersachen und mit Edelsteinen in unzählbarer und unberechenbarer Menge, die niemand bezahlen, niemand auch nur abschätzen konnte. Und weiter führte er ihn in einen anderen Raum; dort erblickte 'Alâ ed-Dîn alles Tischgerät, Schüssel und Löffel, Kannen und Becken aus Gold und aus Silber, dazu auch Krüge und Becher. Dann führte der Geist ihn in die Küche; dort sah er die Köche ausgerüstet mit allem möglichen Küchengerät, das gleichfalls ganz aus Gold und Silber bestand. Und wiederum führte er ihn in einen anderen Raum; den fand 'Alâ ed-Dîn voll von Truhen, die mit königlichen Gewändern angefüllt waren, Sachen, die den Verstand raubten, golddurchwirkten Stoffen aus Indien und China und Brokaten. So führte er ihn in viele Räume, alle voll von Dingen, die keine Worte beschreiben können. Und schließlich führte er ihn in den Marstall; dort sah 'Alâ ed-Dîn Rosse, wie kein König in der ganzen Welt ihresgleichen besaß. Und noch weiter drinnen zeigte der Geist ihm die Rüstkammer; dort fand 'Alâ ed-Dîn lauter kostbare Zäume und Sättel, die alle mit

Perlen und kostbaren Steinen besetzt waren, und andere ähnliche Dinge. All das war das Werk einer einzigen Nacht. 'Alâ ed-Dîn war wie geblendet vor Staunen über die Größe eines solchen Reichtums, wie ihn selbst der mächtigste Herrscher der Welt nicht sein eigen nennen konnte. Nun war das Schloß auch noch voll von Eunuchen und Sklavinnen, die durch ihre Anmut einen Gottesmann hätten verführen können. Das größte Wunder aber von allem, das er im Schlosse sah, war im oberen Stockwerke ein Kiosk mit vierundzwanzig Nischen, die ganz mit Smaragden, Hyazinthen und anderen Edelsteinen ausgelegt waren. Eine Nische aber war nicht vollendet; das war auf Wunsch 'Alâ ed-Dîns geschehen, damit der Sultan sich außerstande zeigen sollte, sie zu vollenden. Nachdem 'Alâ ed-Din das ganze Schloß angesehen hatte, ward er von großer Freude durchdrungen. Dann wandte er sich an den Geist mit den Worten: ‚Ich wünsche von dir eins, das noch fehlt und das ich dir zu sagen vergessen habe.‘ Der Geist erwiderte: ‚Verlange, was du wünschest, mein Gebieter!‘ Da fuhr 'Alâ ed-Dîn fort: ‚Ich wünsche von dir einen großen Teppich aus Brokat, der ganz mit Gold durchwirkt ist, und der, wenn er ausgebreitet ist, sich von meinem Schlosse bis zum Sultanspalaste erstreckt, damit die Prinzessin Badr el-Budûr, wenn sie hierher kommt, auf ihm schreiten kann und ihr Fuß nicht den Erdboden zu berühren braucht!‘ Der Geist verschwand einen Augenblick, kehrte zurück und sprach zu ihm: ‚Mein Gebieter, was du wünschest, ist da!‘ Dann führte er ihn und zeigte ihm den Teppich, der die Sinne berückte, ausgebreitet vom Sultanspalaste bis zum Schlosse 'Alâ ed-Dîns. Zuletzt trug der Geist den 'Alâ ed-Dîn in sein Haus zurück.

Ferner ist mir berichtet worden, o größter König unserer Zeit, daß bald, nachdem der Geist den Teppich dem Jüngling gezeigt und ihn in sein Haus zurückgebracht hatte, der Morgen graute. Da erwachte der Sultan aus dem Schlafe, stand auf und öffnete das Fenster seines Prunkgemaches und blickte hinaus; als er vor seinem Palaste ein Gebäude erblickte, begann er sich die Augen zu reiben und sie dann weit aufzureißen, um genau hinzusehen. Nun schaute er ein großes Schloß, das die Sinne blendete, und blickte auf einen Teppich, der von seinem Palaste bis zu jenem Schlosse ausgebreitet dalag. Auch die Türhüter und alle Leute, die im Schlosse waren, erstaunten so sehr, daß sie fast den Verstand darüber verloren. Mittlerweile kam auch der Wesir, und gerade wie er eintreten wollte, sah er das neue Schloß und den Teppich; da ward auch er ganz verwundert. Nachdem er dann zum Sultan eingetreten war, begannen sie über dies Wunder zu sprechen und gaben ihrem Staunen Ausdruck, da sie etwas sahen, das den Blick berückte und das Herz entzückte. Und sie sprachen: ‚Wirklich, dies ist ein Schloß, von dem wir glauben, daß kein König seinesgleichen erbauen kann!' Der Sultan aber wandte sich an den Wesir mit den Worten: ‚Siehst du nun ein, daß 'Alâ ed-Dîn es verdient, der Gemahl meiner Tochter, der Prinzessin Badr el-Budûr, zu werden? Hast du dir diesen königlichen Bau, diesen Reichtum, den keines Menschen Verstand begreifen kann, genau angesehen?' Doch in seinem Neide auf 'Alâ ed-Dîn erwiderte der Wesir: ‚O größter König unserer Zeit, wisse, dieser Bau und dieses Schloß und dieser Reichtum kann nur durch Zauberei entstanden sein. Kein Mensch in der ganzen Welt, weder der mächtigste Herrscher noch der allerreichste Mann, kann diesen Bau in einer einzigen Nacht aufführen und errichten.' Dagegen sprach der König: ‚Ich wundere mich über dich, wie du immer etwas Schlechtes von 'Alâ ed-Dîn denken mußt! Ich glaube, das kommt nur davon, daß du neidisch auf ihn bist. Du warst

743

doch zugegen, wie ich ihm dies Gelände schenkte, als er mich um ein Grundstück bat, um darauf ein Schloß für meine Tochter zu erbauen; ich selber habe ihm doch in deiner Gegenwart erlaubt, auf diesem Gelände einen Palast zu erbauen. Und wer mir als Morgengabe für meine Tochter Edelsteine gebracht hat, von denen selbst Könige nicht einen einzigen besitzen, sollte der nicht imstande sein, ein solches Schloß zu erbauen?'

Ferner ist mir berichtet worden, o größter König unserer Zeit, daß der Wesir, wie er diese Worte aus dem Munde des Sultans hörte und daraus entnahm, daß dieser den 'Alâ ed-Dîn sehr lieb hatte, noch neidischer auf ihn wurde; aber da er doch nichts gegen ihn tun konnte, so schwieg er und gab keine Antwort. Als nun auch 'Alâ ed-Dîn sah, daß es hell wurde und daß es Zeit war, zum Schlosse zu gehen, weil die Hochzeitsfeier beginnen sollte und die Emire und Wesire und die Vornehmen des Reiches sich beim Sultan versammelten, um an dem Feste teilzunehmen, da erhob er sich und rieb die Lampe. Der Geist erschien und sprach: ,Mein Gebieter, verlange, was du wünschest; ich stehe vor dir zu deinen Diensten!' Da erwiderte 'Alâ ed-Dîn: ,Ich will jetzt zum Palaste des Sultans gehen; denn heute ist die Hochzeit. Und da brauche ich zehntausend Dinare; ich wünsche, daß du sie mir bringst.' Der Geist verschwand einen Augenblick und kehrte mit zehntausend Dinaren zu ihm zurück. Dann stieg 'Alâ ed-Dîn zu Pferde, auch die Mamluken vor ihm und hinter ihm saßen auf, und so zog er zum Palaste; dabei verteilte er das Gold an das Volk, während er vorüberzog, so daß die Leute von Liebe zu ihm ergriffen wurden und seine Freigebigkeit rühmten. Als er dann vor dem Palaste erschien und die Emire und Aghas und Soldaten, die seiner harrten, ihn erblickten, eilten sie sofort zum Sultan und brachten ihm die Meldung. Da erhob sich der Sultan, ging ihm entgegen, umarmte ihn, küßte ihn und führte ihn an der Hand in den Palast; dort setzte er sich nieder und ließ 'Alâ ed-Dîn zu seiner Rechten sitzen. Die ganze Stadt war geschmückt, die Musikinstrumente erklangen im Palaste, und die Gesänge erschollen. Darauf gab der Sultan Befehl, das Mittagsmahl aufzutragen; nun eilten die Diener und Mamluken und breiteten die Tische aus, Tische, wie sie die Könige für sich passend finden. Dann setzten sich der Sultan und 'Alâ ed-Dîn, die Vornehmen des Reiches und die höchsten Würdenträger des Landes, und sie aßen und tranken, bis sie gesättigt waren. Es war ein großes Fest im Schlosse und in der Stadt, alle Vornehmen des Reiches waren erfreut, und alle Einwohner des Landes waren vergnügt. Auch die Vornehmen aus den Provinzen und die Statthalter der Länder kamen aus fernen Gebieten, um das Hochzeitsfest 'Alâ ed-Dîns mitzuerleben. Der Sultan aber wunderte sich in Gedanken auch über die Mutter 'Alâ ed-Dîns, wie sie früher in ärmlichen Kleidern zu ihm zu kommen pflegte, während ihr Sohn doch über so gewaltige Reichtümer verfügte. Die Einwohner der Stadt kamen zum Sultanspalaste herbeigeströmt, um sich die Hochzeit 'Alâ ed-Dîns anzusehen. Und wie sie dort den neuen Palast und seinen schönen Bau erblickten, kam große Verwunderung über sie, daß ein so prächtiges Schloß in einer einzigen Nacht errichtet worden war. Und alle flehten den Segen des Himmels auf 'Alâ ed-Dîn herab, indem sie riefen: ,Allah gebe ihm Freude! Bei Allah, er verdient es! Allah segne seine Tage!'

Ferner ist mir berichtet worden, o größter König unserer Zeit, daß 'Alâ ed-Dîn, nachdem die Mahlzeit beendet war, sich erhob und vom Sultan Abschied nahm und mit seinen Mamluken zu seinem Schlosse ritt, um sich dort auf den Empfang seiner Gemahlin, der Prinzessin Badr el-Budûr, vorzubereiten.

Alle Menschen aber riefen ihm, während er vorbeizog, wie aus einem Munde zu: ‚Allah gebe dir Freude! Allah vermehre deinen Ruhm! Allah gebe dir ein langes Leben!' So hatte er einen ungeheuer großen Hochzeitszug von Leuten aus dem Volk, die ihn bis zu seinem Schlosse geleiteten, während er Goldstücke an sie verteilte. Wie er bei seinem Schlosse ankam, stieg er ab und ging hinein; dann setzte er sich auf den Diwan, und die Mamluken stellten sich mit gekreuzten Armen vor ihm auf. Nach einer kleinen Weile wurden ihm die Scherbette gebracht. Dann gab er seinen Mamluken, Sklavinnen, Dienern und allen, die in seinem Schlosse waren, Befehl, sie sollten sich für den Empfang der Prinzessin Badr el-Budûr, seiner Gemahlin, rüsten. Als nun die Zeit des Nachmittags herankam, die Luft frischer wurde und die Hitze der Sonne nachließ, gebot der Sultan den Soldaten, den Emiren des Reichs und den Wesiren, zum Blachfelde hinabzuziehen; da zogen denn alle dorthin, und auch der Sultan selbst ritt mit ihnen. Desgleichen machte auch 'Alâ ed-Dîn sich auf und ritt ebenfalls mit seinen Mamluken auf den Plan; dort zeigte er seine ritterliche Kunst und begann das Turnier auf dem Plane, so daß keiner vor ihm standhalten konnte; und dabei ritt er einen Hengst, wie seinesgleichen sich nicht unter den Rossen der echten Araber fand. Seine Gemahlin, die Prinzessin Badr el-Budûr, sah ihm vom Fenster ihres Schlosses aus zu; und als sie an ihm solche Schönheit und Ritterlichkeit erschaute, ward sie von Liebe zu ihm ergriffen, und es war ihr, als solle sie vor Freuden fliegen. Nachdem nun mehrere Kampfspiele auf dem Plan ausgetragen waren, in denen ein jeder von ihnen gezeigt hatte, was er an Rittertugend besaß, und nachdem 'Alâ ed-Dîn sie alle besiegt hatte, begab sich der Sultan zu seinem Palaste, und ebenso kehrte 'Alâ ed-Dîn zu seinem Schlosse zurück. Als es jedoch Abend ward, zogen die Vornehmen des Reiches und die Wesire mit 'Alâ ed-Dîn im Hochzeitszuge dahin und geleiteten ihn in das berühmte Sultansbad; er ging hinein, badete und salbte sich mit wohlriechenden Essenzen. Dann begab er sich aus dem Baderaum in die Halle, legte ein Gewand an, das noch prächtiger war als das frühere, und stieg wieder zu Pferde. Die Soldaten und die Emire ritten vor ihm her und geleiteten ihn in einem großen Hochzeitszuge, während vier von den Wesiren rings um ihn die Schwerter hochhielten. Alle Einwohner der Stadt, alle Fremden und Soldaten schritten vor ihm im Festzuge dahin mit Fackeln, Trommeln, Pfeifen und anderen Musikinstrumenten mancherlei Art, bis sie ihn zu seinem Schlosse gebracht hatten. Dort saß er ab und ging hinein; er setzte sich mit den Wesiren und Emiren, die ihn begleitet hatten, nieder; die Mamluken kamen mit Scherbetten und Süßigkeiten und bewirteten auch all das Volk, das mit im Zuge gekommen war, eine zahllose Menge. Ferner gab 'Alâ ed-Dîn seinen Mamluken Befehl, vor das Tor des Schlosses zu treten und Goldstücke an die Leute zu verteilen.

Ferner ist mir berichtet worden, o größter König unserer Zeit, daß der Sultan, als er vom Turnierfelde zurückgekehrt und wieder in seinem Palast angekommen war, alsbald Befehl gab, seine Tochter, die Prinzessin Badr el-Budûr, im Hochzeitszuge zum Schlosse ihres Gemahls 'Alâ ed-Dîn zu geleiten. Sofort stiegen die Krieger und die hohen Würdenträger des Reiches, die den 'Alâ ed-Dîn geleitet hatten, zu Pferde, und die Sklavinnen und Diener kamen mit Fackeln heraus; und alle geleiteten die Prinzessin Badr el-Budûr in einem prächtigen Hochzeitszuge, bis sie sie in das Schloß ihres Gemahls 'Alâ ed-Dîn gebracht hatten. Dabei schritt die Mutter 'Alâ ed-Dîns ihr zur Seite, und vor ihr her zogen die Frauen der Wesire und

Emire, der Vornehmen und der hohen Würdenträger; in ihrer Begleitung waren auch die achtundvierzig Sklavinnen, die 'Alâ ed-Dîn ihr geschenkt hatte, und eine jede von ihnen trug eine große Kerze von Kampfer und Ambra in einem goldenen Leuchter, der mit Edelsteinen besetzt war. Auch alle Frauen und Männer, die im Palaste waren, zogen mit ihr aus und schritten alle vor ihr her bis zum Schlosse ihres jungen Gemahls. Dort führten die Frauen sie in ihr Gemach im Söller, legten ihr die verschiedenen Kleider an und stellten sie darin zur Schau. Und nachdem die Schaustellung beendet war, führten sie sie in das Gemach ihres Gemahls 'Alâ ed-Dîn. Darauf trat er zu ihr ein, während seine Mutter noch bei ihr war. Als aber 'Alâ ed-Dîn zu ihr trat und ihr den Schleier abnahm, begann die Mutter die Schönheit und Anmut der jungen Frau zu betrachten. Dann blickte sie auch in dem Gemache umher, in dem sie sich befand; das war ganz aus Gold und Edelsteinen gearbeitet, und in ihm hing ein goldener Kronleuchter, der ganz mit Smaragden und Hyazinthen besetzt war. Da sprach sie bei sich selber: ,Früher meinte ich, der Palast des Sultans sei prächtig; aber schon allein dies Gemach ist derart, daß ich glaube, keiner von den großen Perserkönigen und von den Kaisern hat je etwas Ähnliches besessen, ja, ich glaube sogar, daß die ganze Welt ein Gemach wie dieses nicht herstellen kann.' Auch die Prinzessin Badr el-Budûr begann sich umzuschauen, und sie staunte über dies Schloß und seine Pracht. Darauf wurden die Tische ausgebreitet, man aß und trank und war guter Dinge. Zuletzt kamen achtzig Sklavinnen, von denen jede ein Musikinstrument in der Hand trug, das waren Instrumente von mancherlei Art. Nun begannen die Mädchen ihre Finger zu regen, sie griffen in die Saiten und spielten klagende Weisen, so daß sie die Herzen der Hörer zerrissen. Die Prinzessin Badr el-Budûr

748

aber wunderte sich immer mehr, und sie sprach bei sich selber:
‚In meinem ganzen Leben habe ich noch nie solche Weisen gehört!‘ Ja, sie vergaß sogar zu essen, um besser zuhören zu können. ’Alâ ed-Dîn schenkte ihr indessen Wein ein und reichte
ihr den Becher mit eigener Hand; und so herrschte bei ihnen
Vergnügen und helle Freude, und es war eine so herrliche Nacht,
wie sie selbst Alexander der Große zu seiner Zeit nie erlebt
hatte. Doch als Essen und Trinken beendet und die Tische vor
ihnen fortgetragen waren, erhob ’Alâ ed-Dîn sich und ging zu
seiner Braut ein. Und als es wieder Morgen ward, brachte ihm
der Schatzmeister ein herrliches, kostbares Gewand, die allerprächtigste Herrscherkleidung. ’Alâ ed-Dîn legte es an und
setzte sich nieder, während ihm Kaffee mit Ambra gereicht
wurde. Nachdem er getrunken hatte, befahl er, die Rosse zu
bringen. Die wurden gesattelt, und da saß er mit seinen Mamluken, die vor ihm und hinter ihm ritten, auf und begab sich zum
Sultanspalaste. Wie er dort ankam und ins Tor trat, eilten die Diener hinein und meldeten dem Sultan, daß ’Alâ ed-Dîn da sei.

Ferner ist mir berichtet worden, o größter König unserer
Zeit, daß der Sultan, als er von ’Alâ ed-Dîns Ankunft hörte,
ihm alsbald entgegenging, ihn umarmte und küßte, als wäre er
sein eigener Sohn, und ihn zu seiner Rechten sitzen ließ. Die
Wesire und die Emire, die hohen Würdenträger des Reiches
und die Vornehmen des Landes sprachen ihm ihre Glückwünsche aus; und auch der Sultan wünschte ihm Glück und Segen.
Dann befahl der Herrscher, die Frühmahlzeit zu bringen; das
geschah, und sie speisten gemeinsam. Nachdem sie nun sich
satt gegessen und getrunken hatten und als die Diener die Tische
vor ihnen fortgenommen hatten, wandte ’Alâ ed-Dîn sich an
den Sultan mit den Worten: ‚Hoher Herr, würde deine Majestät geruhen, mich heute zum Mittagsmahle bei der Prinzessin

Badr el-Budûr, deiner geliebten Tochter, zu beehren, und würde deine Majestät mit ihrem Gefolge, allen Wesiren und Vornehmen des Reiches kommen wollen?' ‚Mit Vergnügen, mein Sohn!' erwiderte der Sultan, der sich darüber freute, und gab sofort den Wesiren und Vornehmen des Reiches und hohen Würdenträgern des Landes Anweisung. Dann saß er auf, auch sein Gefolge stieg zu Pferde, und 'Alâ ed-Dîn ritt mit ihnen zu seinem Schlosse. Wie der Sultan in das Schloß eintrat und diesen Wunderbau mit den kostbaren Steinen, die nur aus grünem Achat und Karneol bestanden, genauer betrachtete, ward sein Geist geblendet und verwirrt ob solcher Herrlichkeit, solchen Reichtums und solcher Pracht. Zum Wesir gewandt, sprach er darauf: ‚Was sagst du nun, Wesir? Hast du in deinem ganzen Leben je etwas Ähnliches gesehen? Gibt es selbst bei dem mächtigsten König der Welt so viel Reichtum, so viel Gold und Juwelen, wie wir in diesem Schlosse hier erblicken?' ‚Mein Herr und König,' entgegnete der Wesir, ‚dies ist etwas, das nicht in der Macht eines Herrschers unter den Menschenkindern steht; alles Volk der Erde zusammen könnte ein solches Schloß nicht erbauen, ja, es würden sich nicht einmal Baumeister finden, die eine solche Arbeit vollbringen könnten. Nein, dies konnte, wie ich deiner Majestät bereits gesagt habe, nur durch Zauberkraft geschehen.' Aber der Sultan wußte, daß der Wesir immer nur aus Neid gegen 'Alâ ed-Dîn redete und ihn davon überzeugen wollte, daß dies alles nicht durch Menschenkraft entstanden, sondern lauter Zauberwerk sei, und so sprach er denn zu ihm: ‚Genug, Wesir, du brauchst nichts mehr zu sagen! Ich kenne den Grund recht wohl, der dich veranlaßt, solche Worte zu reden.' Darauf ging 'Alâ ed-Dîn vor dem Sultan her, bis er ihn zu dem oberen Kiosk geführt hatte; dort blickte der Herrscher auf die gewölbte Decke, die Fenster und Gitter, die alle aus Smaragden, Hyazinthen und anderen kostbaren Edelsteinen hergestellt waren. Er staunte und starrte, seine Sinne wurden geblendet und seine Gedanken verwirrt. Dann aber begann der Sultan in dem Kiosk umherzuschreiten und sich alle diese Dinge, die das Auge gefangen nahmen, anzusehen. Da erblickte er auch das Fenster, das 'Alâ ed-Dîn mit Absicht unfertig und unvollendet gelassen hatte. Wie der Sultan es anschaute und sah, daß es noch nicht fertig gearbeitet war, rief er: ‚Ach, wie schade um dich, o Fenster, daß du nicht vollkommen bist!' Und indem er sich zum Wesir wandte, fragte er: ‚Weißt du den Grund, weshalb dies Fenster mit seinen Gittern nicht vollendet worden ist?'

Ferner ist mir berichtet worden, o größter König unserer Zeit, daß der Wesir dem Sultan antwortete: ‚Hoher Herr, ich glaube, daß dies Fenster deshalb nicht vollendet wurde, weil deine Majestät die Hochzeit für 'Alâ ed-Dîn so sehr beeilte, daß er keine Zeit mehr hatte, es fertigzustellen.' Unterdessen war 'Alâ ed-Dîn zu seiner jungen Gemahlin, der Prinzessin Badr el-Budûr, gegangen, um ihr die Ankunft ihres Vaters, des Sultans, zu melden. Als er nun zurückkehrte, fragte der Sultan ihn: ‚Mein Sohn 'Alâ ed-Dîn, was ist der Grund dafür, daß ein Gitter in diesem Kiosk nicht vollendet ist?' Der Jüngling gab ihm zur Antwort: ‚O größter König unserer Zeit, da die Hochzeit so beschleunigt werden mußte, konnten die Meister es nicht mehr ganz fertigstellen.' ‚Ich will es vollenden', sprach der Sultan; und 'Alâ ed-Dîn sagte darauf: ‚Allah gebe dir ewigen Ruhm, o König! So wird dein Andenken im Schlosse deiner Tochter verewigt werden.' Sofort befahl der Sultan, die Juweliere und Goldschmiede zu rufen, und gab auch Anweisung, man solle ihnen aus seinem Schatze alles geben, was sie nötig hätten, Gold, Juwelen und Edelmetalle. Wie nun

die Juweliere und Goldschmiede erschienen, beauftragte der
Sultan sie, das fehlende Stück im Gitter des Kiosques zu arbeiten.
Inzwischen war auch die Prinzessin Badr el-Budûr aus ihren
Gemächern herausgetreten, um ihren königlichen Vater zu
begrüßen. Als sie ihm entgegentrat und er ihr freudestrahlen-
des Antlitz sah, umarmte er sie, küßte sie und ging mit ihr zu
ihren Gemächern, und alle traten zusammen ein. Nun war
aber die Zeit des Mittagsmahles herangenaht, und die Tische
waren bereit gestellt, einer für den Sultan, die Prinzessin Badr
el-Budûr und 'Alâ ed-Dîn und ein zweiter für den Wesir, die
Großen des Reiches, die hohen Würdenträger des Landes, die
Hauptleute der Truppen, die Kammerherren und Statthalter.
Der Sultan setzte sich zwischen seine Tochter, die Prinzessin
Badr el-Budûr, und seinem Eidam 'Alâ ed-Dîn; und als er
seine Hand nach dem Mahle ausstreckte und davon kostete,
wunderte er sich über solche Speisen und solche würzigen,
kostbaren Gerichte. Vor ihnen standen die achtzig Sklavinnen,
von denen eine jede zum Vollmonde hätte sagen können: ‚Erhebe dich, auf daß ich mich an deinen Platz setze!' Und eine
jede von ihnen hielt ein Musikinstrument in der Hand; nun
stimmten sie ihre Instrumente, griffen in die Saiten und spielten so ergreifende Weisen, daß ein betrübtes Herze darüber
seinen Kummer vergessen hätte. Der Sultan ward froh und
heiter, und er verlebte eine so schöne Zeit, daß er rief: ‚Wirklich, so etwas können Kaiser und Könige nicht haben!' Man
begann zu essen und zu trinken, und der Becher kreiste bei
ihnen, bis sie sich gesättigt hatten. Dann wurden Süßigkeiten,
Früchte und anderes Konfekt gereicht, jedoch in einem zweiten Saale. Dorthin begaben sie sich und genossen von dem
Naschwerk, bis sie gesättigt waren. Darauf aber erhob sich der
König, um zu schauen, ob das Werk der Juweliere und Gold-

schmiede dem anderen Werke in dem Schlosse gleich würde.
Er ging also zu ihnen hinauf und sah zu, wie sie ihre Arbeit gemacht hatten; doch er sah, daß sie weit davon entfernt waren,
eine solche Arbeit wie die im Schlosse 'Alâ ed-Dîns zu schaffen.

Ferner ist mir berichtet worden, o größter König unserer
Zeit, daß der Sultan, nachdem er das Werk der Goldschmiede
und Juweliere gesehen und diese ihm mitgeteilt hatten, sie hätten alle Edelsteine gebracht, die sie in seinem Schatze gefunden
hätten, und das sei noch nicht genug, nunmehr den Befehl gab,
man solle das große Schatzhaus öffnen und den Werkmeistern
alles geben, was sie nötig hätten; und wenn das noch nicht genug sei, so solle man das nehmen, was 'Alâ ed-Dîn ihm geschenkt hatte. Also nahmen die Juweliere alle die Edelsteine,
die der Sultan ihnen zugewiesen hatte, und arbeiteten mit ihnen; aber sie entdeckten, daß sie auch daran nicht genug hatten, ja, sie hatten damit nicht einmal die Hälfte des Stückes, das
an dem Gitter des Kioskes fehlte, vollenden können. Darauf
befahl der Sultan, alle Edelsteine, die sich im Besitze der Wesire
und der Vornehmen des Reiches befänden, sollten hinzugenommen werden; die Juweliere nahmen sie alle und verarbei-
teten sie, aber wiederum war es nicht genug. Am anderen
Morgen ging 'Alâ ed-Dîn hinauf, um das Werk der Juweliere
zu sehen; und er bemerkte, daß sie noch nicht die Hälfte des
fehlenden Stückes in dem Gitter vollendet hatten. Sofort befahl er ihnen, alles, was sie gearbeitet hatten, wieder auseinan-
derzunehmen und die Edelsteine ihren Besitzern zurückzugeben. Sie führten seinen Befehl aus und sandten alles zurück:
was des Sultans war, zum Sultan, und was den Wesiren gehörte, an die Wesire. Dann gingen die Juweliere zum Sultan
und teilten ihm mit, daß 'Alâ ed-Dîn ihnen das befohlen habe.
Der fragte sie: ,Was hat er euch da gesagt? Was ist der Grund?

Warum hat er denn nicht gewollt, daß ihr das Gitter fertig-machen solltet? Und warum hat er das, was ihr gemacht habt, wieder vernichtet?' ‚O unser Gebieter,' erwiderten sie, ‚wir wissen gar nichts davon, sondern er hat uns nur befohlen, alles, was wir gemacht haben, zu vernichten.' Sofort gab der Sultan Befehl, die Pferde zu bringen, saß auf und begab sich zum Schlosse ’Alâ ed-Dîns. Der war inzwischen, nachdem er die Goldschmiede und Juweliere entlassen hatte, in seine Kammer gegangen und hatte die Lampe gerieben. Im selben Augen-blicke erschien der Geist vor ihm und sprach: ‚Verlange, was du wünschest; dein Knecht steht vor dir!' ’Alâ ed-Dîn aber sagte: ‚Ich wünsche, daß du das Gitter im Kiosk vollendest, das du un-fertig gelassen hast.' ‚Herzlich gern!' erwiderte der Geist; dann verschwand er, und als er nach einer kleinen Weile zurück-kehrte, sagte er: ‚Mein Gebieter, was du mir befohlen hast, das habe ich vollendet.' Da ging ’Alâ ed-Dîn zum Kiosk hinauf und sah, daß alle seine Gitter vollendet waren. Während er sie gerade betrachtete, trat plötzlich ein Eunuch zu ihm ein und sprach: ‚Hoher Herr, der Sultan kommt zu dir; er ist schon bei dem Schloßtore.' Sogleich stieg ’Alâ ed-Dîn hinab und begrüßte ihn.

Ferner ist mir berichtet worden, o größter König unserer Zeit, daß der Sultan, als er ’Alâ ed-Dîn erblickte, zu ihm sprach: ‚Warum, mein Sohn, hast du das getan? Warum hast du die Juweliere nicht das Gitter im Kiosk vollenden lassen, damit keine Stelle in deinem Schlosse unfertig bliebe?' ‚O größter König unserer Zeit,' erwiderte ’Alâ ed-Dîn, ‚ich habe sie ja doch absichtlich unfertig gelassen, und ich war auch nicht außerstande, sie zu vollenden. Ich konnte auch unmöglich wünschen, daß deine Majestät mich in einem Schlosse beehrte, in dem noch etwas fehlte. Möge deine Majestät jetzt sehen, daß ich nicht unfähig bin, alles vollkommen zu machen, und darum hinaufsteigen und die Gitter des Kioskes betrachten, ob noch etwas an ihnen fehlt!' Darauf stieg der König in den Söller hinauf, trat in den Kiosk und schaute dort nach rechts und nach links; aber er konnte keinerlei Fehl an seinen Gittern entdecken, nein, er fand sie alle von vollkommener Art. Als er das sah, wunderte er sich, schloß 'Alâ ed-Dîn in die Arme, küßte ihn und sprach zu ihm: ‚Lieber Sohn, was für ein Wunder ist das! In einer einzigen Nacht schaffst du ein Werk, das die Juweliere in Monaten nicht herstellen können! Bei Allah, ich glaube, du hast in der ganzen Welt nicht deinesgleichen!' 'Alâ ed-Dîn sagte darauf: ‚Allah schenke dir langes Leben und ewige Dauer! Dein Knecht ist dieses Lobes nicht würdig.' ‚Bei Allah, mein Sohn,' rief der König, ‚du verdienst jegliches Lob; denn du hast etwas geschaffen, dessen alle Baumeister der ganzen Welt nicht fähig sind!' Darauf ging der Sultan wieder hinab und trat in die Gemächer seiner Tochter, der Prinzessin Badr el-Budûr, ein, um sich bei ihr auszuruhen. Er sah, daß sie sehr froh war über all diese herrliche Pracht, mit der sie umgeben war. Und nachdem er sich bei ihr eine kleine Weile ausgeruht hatte, kehrte er in seinen Palast zurück. 'Alâ ed-Dîn aber ritt von nun ab jeden Tag durch die Stadt, während seine Mamluken hinter ihm und vor ihm die Goldstücke an das Volk nach rechts und nach links austeilten. Und alles Volk hatte ihn gern, Fremde und Landsleute, von nah und fern, weil er so über die Maßen freigebig und großmütig war. Er vermehrte die Einkünfte der Armen und Bedürftigen, ja, er teilte auch mit eigener Hand Gaben an sie aus. Durch solche Taten gewann er großen Ruhm im ganzen Lande; auch die meisten der Vornehmen des Reiches und der Emire pflegten an seinem Tische zu speisen, und die Leute schworen nur noch bei seinem teuren Leben. Von Zeit zu Zeit pflegte er auch auf die Jagd zu gehen oder auf dem Blachfelde sich zu Rosse zu tummeln und an den Kriegsspielen vor dem Sultan teilzunehmen. Sooft die Prinzessin Badr el-Budûr ihn sah, wie er sich auf den Rücken der Rosse tummelte, ward ihre Liebe zu ihm nur noch stärker, und sie dachte bei sich, daß Allah ihr doch ein sehr großes Glück beschert habe, als er sie das Erlebnis mit dem Sohne des Wesirs durchmachen ließ, um sie für ihren richtigen Gemahl 'Alâ ed-Dîn aufzusparen.

Ferner ist mir berichtet worden, o größter König unserer Zeit, daß 'Alâ ed-Dîns trefflicher Ruf und Ruhm mit jedem Tage zunahmen; die Liebe zu ihm ward immer inniger in den Herzen aller Untertanen, und er stand in den Augen der Leute hoch und hehr da. In diesen Tagen zogen feindliche Reiterscharen wider den Sultan heran; da rüstete der gegen den Feind ein Heer aus und machte 'Alâ ed-Dîn zum Oberbefehlshaber der Truppen. Nun zog dieser mit den Streitkräften aus, bis er nahe am Feinde war; die Truppen des Feindes aber waren sehr zahlreich. Da zückte 'Alâ ed-Dîn sein Schwert und stürmte auf die Feinde los. Nun entbrannte Schlacht und Streit, und das Kampfgetümmel ward heftig; doch 'Alâ ed-Dîn brach ihre Macht und trieb sie in die Flucht. Die meisten von ihnen erschlug er, und ihr Hab und Gut erbeutete er; unzählbar und unausrechenbar reiche Beute brachte er heim. Als stolzer Sieger kehrte er zurück und zog in die Stadt ein, die ihm zu Ehren im Freudenschmucke prangte. Der Sultan selbst ritt ihm entgegen, beglückwünschte ihn und umarmte und küßte ihn; und im ganzen Lande ward mit viel Freude ein großes Fest gefeiert. Der Sultan aber ritt mit 'Alâ ed-Dîn zu dessen Schloß; dort trat ihm die Prinzessin Badr el-Budûr, seine junge Gattin, freudig bewegt entgegen, küßte ihn auf die Stirn und führte ihn mit sich in ihre Gemächer. Nach einer kurzen Weile kam der

Sultan ihnen nach; sie setzten sich und tranken, nachdem die Sklavinnen die Scherbette gebracht hatten. Dann gab der Sultan Befehl, das ganze Land solle den Sieg 'Alâ ed-Dîns über die Feinde feiern; und nun gab es für Bürger und Soldaten, für alle Leute nur noch Allah im Himmel und 'Alâ ed-Dîn auf Erden. Sie liebten ihn noch immer mehr und mehr; denn er war ja nicht nur über alle Maßen freigebig und großmütig, sondern er hatte auch das Land beschützt und durch seine Tapferkeit die Feinde zurückgeschlagen.

Lassen wir nun 'Alâ ed-Dîn und sehen wir einmal, was inzwischen aus dem maurischen Zauberer geworden war! Der hatte, nachdem er in sein Land zurückgekehrt war, diese ganze Zeit über traurig dagesessen, weil er so viel Mühen und Plagen hatte durchmachen müssen, um die Lampe zu gewinnen, und sich doch ganz vergeblich abgemüht hatte; weil ihm der Bissen, den er schon an den Mund geführt hatte, doch noch aus der Hand davongeflogen war. Und wenn er trauernd darüber nachdachte, dann pflegte er 'Alâ ed-Dîn zu verfluchen, weil er so gewaltig auf ihn erbost war. Manchmal aber pflegte er auch zu sagen: ‚Daß dieser Bastard unter der Erde verreckt ist, darüber bin ich doch wirklich froh. Nun habe ich doch noch Hoffnung, daß ich in den Besitz der Lampe kommen kann, da sie noch gut aufgehoben ist.‘ Eines Tages aber warf er den Sand zum Zaubern, so daß die Figuren sich zeigten; die ordnete er in festen Gruppen und zeichnete sie auf, um sie genau zu betrachten und daraus sicher festzustellen, daß 'Alâ ed-Dîn tot und die Lampe noch unter der Erde wohlverwahrt sei. Er schaute die Figuren, die Mütter und die Töchter[1], sorgfältig an, aber er sah die Lampe nicht mehr. Da packte ihn die Wut, und er warf

1. Da die geomantischen Figuren aus Linien und Strichen bestehen, sind diese auch wohl hier gemeint.

den Sand noch einmal, um sich von 'Alâ ed-Dîns Tod zu überzeugen. Aber er sah den Jüngling nicht mehr in der Schatzhöhle. Da ward seine Wut noch größer, und sie steigerte sich
noch immer mehr, als er feststellte, daß 'Alâ ed-Dîn noch auf
Erden lebte, und erfuhr, daß er aus der Erde herausgekommen
sei und die Lampe besitze, um deren willen er so viel Qualen
und Mühen, die kaum ein Mensch ertragen kann, ausgehalten
hatte. Nun sprach er bei sich selber: ,Ich habe viele Qualen ertragen, ich habe Mühsale auf mich genommen, die niemand
als ich ertragen kann, nur um der Lampe willen: und dieser
Verruchte nimmt sie sich ohne Anstrengung! Sicherlich, wenn
er die Zauberkraft der Lampe kennt, so ist er jetzt der reichste
Mann in der Welt.'

Ferner ist mir berichtet worden, o größter König unserer
Zeit, daß der maurische Zauberer, als er mit Sicherheit erkannt hatte, daß 'Alâ ed-Dîn aus der Erde hervorgekommen
war und sich des Zaubers der Lampe erfreute, bei sich selber
fortfuhr: ,Ich muß darauf hinwirken, daß er zu Tode kommt!'
Darauf warf er den Sand noch einmal, erforschte die Figuren
und sah nunmehr, daß 'Alâ ed-Dîn ungeheuren Reichtum besitze und mit der Tochter des Sultans vermählt sei. Da lohte in
ihm vor Neid das Feuer des Zornes auf, und zur selbigen
Stunde machte er sich bereit und auf den Weg nach dem
Lande China. Als er bei der Hauptstadt des Sultans, in der 'Alâ
ed-Dîn lebte, angekommen war, ging er hinein und stieg in
einer der Herbergen ab. Dort hörte er, wie die Leute immer
nur von der Pracht des Schlosses 'Alâ ed-Dîns redeten. Nachdem er sich von der Reise ausgeruht hatte, legte er seine Kleider wieder an und ging aus, um in den Straßen der Stadt umherzustreifen. Aber er konnte bei keinem Menschen vorbeigehen, ohne daß man von diesem Schlosse und seiner Pracht

erzählte oder von der strahlenden Schönheit, der hochherzigen Freigebigkeit und den trefflichen Eigenschaften 'Alâ ed-Dîns redete. Da trat der maurische Zauberer zu einem der Leute, die in dieser Weise von 'Alâ ed-Dîn sprachen, und fragte ihn: ‚Guter Jüngling, wer ist der Mann, den ihr schildert und preist?‘ Jener antwortete ihm: ‚Mann, du scheinst ein Fremdling zu sein, und du bist wohl aus einem fernen Lande gekommen. Nehmen wir an, daß du von weit her bist, hast du denn noch nichts von dem Emir 'Alâ ed-Dîn gehört, von dessen Ruf, wie ich dachte, die ganze Welt erfüllt ist? Sein Schloß ist ein Weltwunder, von ihm hat fern und nah gehört. Wie kommt es, daß du weder davon noch von dem Namen des 'Alâ ed-Dîn, dem der Herr seinen Ruhm mehren und Freude bescheren möge, je etwas gehört hast?‘ Nun fuhr der Maure fort: ‚Es ist mein höchster Wunsch, mir das Schloß anzusehen. Wenn du mir einen Gefallen erweisen willst, so führe mich dorthin; denn ich bin ein Fremdling.‘ ‚Ich höre und gehorche!‘ erwiderte der Mann, ging vor ihm her und führte ihn zum Schlosse 'Alâ ed-Dîns. Der Maure begann dies Schloß zu betrachten und erkannte, daß all das ein Werk der Lampe war. Und da rief er aus: ‚Ach! Ach! Ich muß diesem Verruchten, dem Schneiderssohne, der früher nicht einmal genug hatte, um zu Abend zu essen, eine Grube graben. Wenn das Geschick mir Kraft verleiht, so werde ich auch seine Mutter wieder am Rade spinnen lassen, wie sie es früher tun mußte. Ihm selber aber nehme ich das Leben.‘ Darauf kehrte er zum Chân zurück, betrübt, bekümmert und traurig, wie er in seinem Neid auf 'Alâ ed-Dîn war.

Ferner ist mir berichtet worden, o größter König unserer Zeit, daß der maurische Zauberer, als er wieder in den Chân gekommen war, sein astrologisches Gerät hervornahm und den Sand warf, um zu erfahren, wo die Lampe wäre; da entdeckte er, daß sie in dem Schlosse war, jedoch nicht bei 'Alâ ed-Dîn selbst. Darüber war er hocherfreut, und er sprach: ‚Jetzt ist es eine leichte Sache, diesem Verruchten das Leben zu nehmen, und ich sehe schon einen Weg, um die Lampe zu gewinnen!' Dann ging er zu einem Kupferschmied und sprach zu ihm: ‚Mache mir ein paar Lampen; du sollst von mir mehr als den gewöhnlichen Preis erhalten! Nur verlange ich von dir, daß du sie rasch fertigstellest.' ‚Ich höre und gehorche!' erwiderte der Schmied, machte sich an die Arbeit und stellte sie fertig. Als sie nun fertig waren, bezahlte der Maure ihm so viel dafür, wie er verlangte, nahm sie, ging fort und kam zur Herberge zurück. Dort legte er sie in einen Korb und begann in den Straßen und Basaren der Stadt umherzugehen, indem er ausrief: ‚O, wer vertauscht alte Lampen gegen neue Lampen!' Als die Leute ihn so ausrufen hörten, lachten sie ihn aus und sagten: ‚Dieser Mann da ist doch sicher verrückt, daß er umherzieht und neue Lampen für alte weggibt!' Nun lief auch das Volk hinter ihm her, und die Gassenbuben verfolgten ihn von Ort zu Ort und lachten ihn aus. Er aber hielt nicht inne und kümmerte sich nicht darum, sondern zog immer weiter in der Stadt umher, bis er unten bei dem Schlosse 'Alâ ed-Dîns ankam. Dort rief er, so laut er nur konnte, während die Kinder schrieen: ‚Ein Verrückter! Ein Verrückter!' Nun traf es sich, daß die Prinzessin Badr el-Budûr in dem Kiosk war und hörte, wie jemand ausrief, während die Buben ihn anschrieen, aber sie verstand nicht, um was es sich handelte. Da gab sie einer ihrer Sklavinnen den Befehl: ‚Geh hin und schau, was das für ein Mann ist, der da ruft, und was er ausruft!' Die Sklavin ging hin, schaute nach und sah einen Mann, der da ausrief: ‚O, wer vertauscht alte Lampen gegen neue!' während die

760

Gassenbuben hinter ihm ihn auslachten. Dann kehrte die Sklavin zurück und berichtete ihrer Herrin, der Prinzessin Badr el-Budûr, indem sie sprach: ,Der Mann da ruft aus: O, wer vertauscht alte Lampen gegen neue! Und die Kinder laufen hinter ihm her und lachen ihn aus.' Da lachte auch die Prinzessin Badr el-Budûr über diese sonderbare Erscheinung. 'Alâ ed-Dîn aber hatte die Lampe in seinem Gemache liegenlassen, ohne sie in seine Schatzkammer zu legen und dort zu verschließen. Eine der Sklavinnen hatte das gesehen, und die hub an: ,Hohe Herrin, ich denke, ich habe im Gemache meines Herrn 'Alâ ed-Dîn eine alte Lampe gesehen. Laß uns die bei diesem Manne gegen eine neue eintauschen, damit wir sehen, ob seine Worte wahr oder falsch sind!'

Ferner ist mir berichtet worden, o größter König unserer Zeit, daß die Prinzessin Badr el-Budûr zu der Sklavin sprach: ,Hole die alte Lampe, von der du sagst, du hättest sie im Gemache deines Herrn gesehen!' Denn die Prinzessin wußte nichts von der Lampe, noch von ihren Zauberkräften, noch ahnte sie, daß die es war, die ihrem Gatten 'Alâ ed-Dîn all diese große Pracht verschafft hatte. Jetzt war es ihr höchster Wunsch, durch einen Versuch den Verstand dieses Mannes, der Neues für Altes vertauschte, zu ergründen. So ging denn die Sklavin hin, stieg zum Gemache 'Alâ ed-Dîns hinauf und kehrte mit der Lampe zu der Prinzessin Badr el-Budûr zurück. Da nun auch niemand von der List und Bosheit des maurischen Zauberers ein Arg hatte, so befahl die Prinzessin dem Obereunuchen, er solle hinuntergehen und die Lampe gegen eine neue vertauschen. Jener nahm die Lampe, ging hinunter und gab sie dem Mauren; und nachdem er eine neue Lampe von ihm erhalten hatte, kehrte der Obereunuch zur Prinzessin zurück und gab ihr die Lampe, die er eingetauscht hatte. Sie betrachtete sie und sah, daß sie wirklich neu war; da begann sie, über den Verstand des Mauren zu lächeln. Der aber steckte die Lampe, nachdem er sie erhalten und als die Lampe aus der Schatzhöhle erkannt hatte, sofort in seinen Busen und ließ all die anderen Lampen den Leuten, die mit ihm tauschen wollten. Eilends lief er fort, bis er draußen vor der Stadt war; dann schritt er über die ebenen Fluren dahin, bis die Nacht hereinbrach. Und da er nun sah, daß er in der Steppe allein war, daß niemand außer ihm dort war, holte er die Lampe aus seinem Busen und rieb sie. Sofort erschien der Mârid vor ihm und sprach zu ihm: ‚Zu Diensten! Dein Knecht steht vor dir! Verlange von mir, was du wünschest!' Der Maure erwiderte: ‚Ich wünsche, daß du das Schloß 'Alâ ed-Dîns mit seinen Bewohnern und allem, was darinnen ist, von seiner Stelle aufhebst und mich mit ihm in meinem Lande, im Lande Afrika, auf den Boden setzest. Du kennst meine Stadt; und ich wünsche, daß dies Schloß in meiner Stadt zwischen den Gärten stehe!' ‚Ich höre und gehorche!' sprach der dienende Mârid, ‚schließ die Augen und öffne die Augen, so wirst du dich mit dem Schlosse in deinem Lande wiederfinden.' Und sofort geschah es also; in einem Augenblicke ward der Maure mit dem Schlosse 'Alâ ed-Dîns und allem, was darin war, in das Land Afrika gebracht.

So weit der maurische Zauberer. Kehren wir nun zum Sultan und zu 'Alâ ed-Dîn zurück! Der Sultan pflegte an jedem Tage, wenn er des Morgens aufstand, in seiner treuen Liebe zu seiner Tochter, der Prinzessin Badr el-Budûr, gleich nach dem Erwachen das Fenster zu öffnen und hinauszuschauen. So machte er denn auch an jenem Tage nach seiner Gewohnheit das Fenster auf, um nach seiner Tochter hinüberzuschauen.

Ferner ist mir berichtet worden, o größter König unserer Zeit, daß der Sultan, als er aus dem Fenster seines Gemaches nach dem Schlosse 'Alâ ed-Dîns hinüberschaute, dort nichts erblickte, sondern nur eine kahle Stätte sah, wie sie früher dort gewesen war; weder Schloß noch sonst einen Bau konnte er sehen. Da kam ein maßloses Erstaunen über ihn, sein Verstand ward verwirrt, und er begann seine Augen zu reiben, da sie ja vielleicht getrübt oder verdunkelt sein konnten. Dann spähte er wieder aus, doch schließlich überzeugte er sich, daß von dem Schlosse keine Spur mehr vorhanden war; und er wußte nicht, was mit ihm geschehen, was mit ihm vorgegangen war. Da geriet er in noch größere Verwirrung, er rang die Hände, und die Tränen begannen ihm auf den Bart zu rollen, da er nicht wußte, was aus seiner Tochter geworden war. Sofort sandte er aus und ließ den Wesir rufen. Der kam, und als er zum Herrscher eintrat und ihn in solch trauriger Verfassung erblickte, sprach er: ‚Verzeih mir, o größter König unserer Zeit, Allah halte alles Übel von dir fern! Warum bist du betrübt?‘ Der Sultan rief: ‚Weißt du denn noch nichts von meiner Not?‘ ‚Wahrlich nein, hoher Herr,‘ erwiderte der Wesir, ‚bei Allah, ich habe gar keine Kunde!‘ Darauf der Sultan: ‚Dann hast du also noch nicht nach dem Schlosse 'Alâ ed-Dîns geblickt!‘ ‚Das ist wahr, mein Gebieter,‘ sagte der Wesir, ‚jetzt ist es wohl noch verschlossen.‘ Doch der König fuhr fort: ‚Sintemalen du gar keine Kunde hast, nun denn, schau aus dem Fenster und sieh, wo das Schloß 'Alâ ed-Dîns ist, von dem du sagst, daß es noch verschlossen sei!‘ Da schaute der Wesir aus dem Fenster nach dem Schlosse 'Alâ ed-Dîns hinüber; aber er fand nichts, weder Schloß noch sonst etwas. Ganz verwirrt und verstört blickte er wieder auf den Sultan, und der fuhr fort: ‚Weißt du jetzt den Grund meiner Trauer? Hast du das Schloß 'Alâ ed-Dîns gesehen, von dem du sagst, es sei wohl verschlossen?‘ ‚O größter König unserer Zeit,‘ sagte der Wesir nun,

‚ich habe schon früher deiner Majestät zu sagen gewagt, daß dies Schloß und all diese Dinge Zauberei seien.‘ Da entflammte der Sultan von Zorn, und er rief: ‚Wo ist 'Alâ ed-Dîn?‘ Als der Wesir antwortete, er sei auf der Jagd, gab der Herrscher im selben Augenblick Befehl, einige von den Aghas und den Soldaten sollten fortreiten und 'Alâ ed-Dîn an Händen und Füßen gefesselt zur Stelle schaffen. Die Aghas und Soldaten zogen fort, bis sie 'Alâ ed-Dîn trafen; und da sprachen sie zu ihm: ‚O du unser Herr 'Alâ ed-Dîn, sei uns nicht böse, der Sultan hat uns befohlen, wir sollten dich an Händen und Füßen gefesselt zu ihm bringen. Wir bitten dich, miß uns keine Schuld bei, denn wir stehen unter seinem königlichen Befehle, wir können ihm nicht zuwiderhandeln!‘ Wie 'Alâ ed-Dîn die Worte der Aghas und Soldaten vernahm, ward er von Staunen ergriffen; seine Zunge war wie gelähmt, da er ja die Ursache von alledem nicht kannte. Dann aber redete er sie an und sprach: ‚Ihr Leute, kennt ihr nicht den Grund zu diesem Befehle des Sultans? Ich weiß mich unschuldig, ich habe kein Verbrechen gegen den Sultan noch gegen das Land begangen.‘ ‚Unser Gebieter,‘ erwiderten sie, ‚wir haben gar keine Kunde!‘ Da sprang 'Alâ ed-Dîn von seinem Rosse ab und sprach zu ihnen: ‚Tut mit mir, was der Sultan euch befohlen hat! Denn dem Gebote des Sultans muß willig gehorcht werden.‘

Ferner ist mir berichtet worden, o größter König unserer Zeit, daß die Aghas dem 'Alâ ed-Dîn Fußfesseln und Handschellen anlegten, ihn so in eisernen Ketten fortschleppten und mit ihm in die Stadt kamen. Als die Bürger ihn mit eisernen Fesseln an Händen und Füßen erblickten, da wußten sie, daß der Sultan ihm das Haupt abschlagen lassen wolle. Weil er aber so über alle Maßen beliebt bei ihnen war, taten sich alle Bürger zusammen, nahmen ihre Waffen in die Hand, verließen ihre Häuser und folgten den Soldaten, um zu sehen, was geschehen würde. Wie dann die Soldaten mit dem Gefangenen bei dem Palaste angekommen waren, erstatteten sie dem Sultan Meldung; und der sandte sofort dem Henker Befehl, er solle kommen und jenem den Kopf abschlagen. Doch als die Bürger diesen Befehl des Sultans vernahmen, verrammelten sie die Tore des Palastes und ließen dem Sultan sagen: ‚In diesem Augenblick werden wir den Palast über den Häuptern aller, die in ihm sind, und auch über deinem Haupte niederreißen, wenn dem ’Alâ ed-Dîn das geringste Leid geschieht!‘ Der Wesir ging zum Sultan hinein und meldete ihm: ‚O größter König unserer Zeit, es wird mit uns zu Ende gehen! Es ist darum das beste, wenn du dem ’Alâ ed-Dîn verzeihest, damit uns nicht ein Unheil widerfährt; denn die Bürger lieben den ’Alâ ed-Dîn mehr als uns!‘ Der Henker hatte aber schon das Blutleder hingebreitet, den ’Alâ ed-Dîn darauf gesetzt und ihm die Augen verbunden. Und jetzt ging er dreimal um ihn herum, gewärtig des letzten Befehles vom Sultan. Doch der Sultan sah nun, wie die Volksmenge gegen den Palast anstürmte und schon hinaufkletterte, um ihn niederzureißen. Sofort gab er dem Henker Befehl, von ’Alâ ed-Dîn abzulassen, und er gebot dem Ausrufer, vor das Volk hinauszutreten und zu verkünden, daß der Herrscher dem ’Alâ ed-Dîn verziehen und ihn begnadigt habe. Wie dieser sich nun in Freiheit fühlte und den Sultan auf dem Throne sitzen sah, trat er auf ihn zu und sprach: ‚Hoher Herr, da deine Majestät geruht hat, mir das Leben zu schenken, so möge sie auch geruhen, mir mitzuteilen, worin mein Verbrechen besteht!‘ ‚Ha, Verräter,‘ rief der Sultan, ‚kennst du dein Verbrechen noch nicht?‘ Dann wandte er sich an den Wesir mit den Worten: ‚Nimm ihn und laß ihn aus dem Fenster sehen, wo sein Schloß ist!‘ Als der Wesir ihn dorthin geführt hatte, und als 'Alâ ed-Dîn durch das Fenster nach seinem Schlosse hinüberschaute, sah er die Stätte kahl, wie sie zuvor gewesen war, ehe das Schloß dort gebaut war; doch vom Schlosse entdeckte er keine einzige Spur mehr. Da ward er starr vor Staunen und wußte nicht, was geschehen war. Doch wie er zurücktrat, rief der Sultan ihm zu: ‚Nun, was hast du gesehen? Wo ist dein Schloß? Wo ist meine Tochter, mein Herzblut, mein einziges Kind, außer dem ich kein anderes habe?‘ ‚O größter König unserer Zeit,‘ erwiderte 'Alâ ed-Dîn, ‚ich weiß nichts davon; ich weiß ja nicht, was geschehen ist!‘ Dann fuhr der Sultan fort: ‚Wisse, 'Alâ ed-Dîn, ich habe dir verziehen, damit du dich aufmachst und diese Sache erforschest und nach meiner Tochter suchst. Doch laß dich nur mit ihr wiedersehen; wenn du sie mir nicht bringst, so lasse ich dir – bei meinem Haupte! – den Kopf abschlagen!‘ ‚Ich höre und gehorche, o größter König unserer Zeit!‘ antwortete 'Alâ ed-Dîn, ‚doch gib mir eine Frist von vierzig Tagen; wenn ich sie dir nach Ablauf dieser Zeit nicht bringe, so laß mir den Kopf abschlagen und tu, was dir beliebt!‘

Ferner ist mir berichtet worden, o größter König unserer Zeit, daß der Sultan darauf zu 'Alâ ed-Dîn sprach: ‚Ich gewähre dir die gewünschte Frist von vierzig Tagen. Glaube aber nicht, daß du meiner Hand wirst entrinnen können; denn ich werde dich zur Stelle schaffen, nicht nur auf Erden, sondern auch, wenn du über den Wolken schwebtest!‘ ‚O mein Herr und Sultan,‘ gab 'Alâ ed-Dîn zur Antwort, ‚wie ich zu deiner Majestät gesagt habe, wenn ich sie dir nicht in dieser Frist bringe, so will ich vor dich treten, damit du mir das Haupt abschlagen lässest.‘ Als nun die Bürger und all das Volk den 'Alâ ed-Dîn sahen, waren sie hocherfreut über seinen Anblick und jubelten, daß er in Freiheit war; doch die Schmach dieses

Erlebnisses und die Scham und die Schadenfreude der Neider hatten das Haupt 'Alâ ed-Dîns gebeugt. So eilte er denn fort und irrte ziellos in der Stadt umher und wußte nicht, wie alles gekommen war. Zwei Tage lang blieb er in der Stadt, in tiefstem Leid, ohne zu wissen, was er tun solle, um seine junge Frau, die Prinzessin Badr el-Budûr, und sein Schloß wiederzufinden. Und während dieser Tage kamen einige von den Einwohnern heimlich mit Speisen und Trank zu ihm. Danach aber verließ er die Stadt und streifte auf dem freien Felde umher, ohne darauf zu achten, nach welcher Richtung er sich wandte. Wie er so immer weiter dahinging, kam er dort auf seinem Wege in die Nähe eines Flusses; da gab er im Übermaße des Grams, der seine Seele erfüllte, alle Hoffnung auf und wollte sich in das Wasser stürzen. Aber weil er ein frommer Muslim war, der sich nur zu Allah allein bekannte, so fürchtete er Gott in seinem Herzen, und er blieb am Ufer des Flusses stehen, um die religiöse Waschung vorzunehmen. Und wie er nun das Wasser mit der Hand schöpfte und die Finger gegeneinander rieb, geschah es, daß auch der Siegelring gerieben ward. Da erschien auch schon der Mârid vor ihm und sprach: ‚Zu deinen Diensten! Dein Knecht steht vor dir! Verlange, was du wünschest!‘ Als 'Alâ ed-Dîn den Geist erblickte, war er hocherfreut und sprach zu ihm: ‚Knecht, ich wünsche von dir, daß du mir mein Schloß mit meiner Gemahlin, der Prinzessin Badr el-Budûr, darinnen samt allem, was in ihm ist, hierherbringest.‘ Doch der Mârid antwortete ihm: ‚Mein Gebieter, es tut mir sehr leid, du forderst etwas von mir, dessen ich nicht mächtig bin. Denn dies ist etwas, das von den Dienern der Lampe abhängt; ich kann es nicht wagen.‘ Da fuhr 'Alâ ed-Dîn fort: ‚Sintemalen dies etwas ist, das über deine Kraft geht, so nimm mich und setze mich neben meinem

Schlosse nieder, in welchem Lande es auch sein mag.‘ ‚Ich höre und gehorche, mein Gebieter!‘ erwiderte der Geist, hob ihn empor und setzte ihn im selben Augenblicke neben seinem Schlosse im Lande Afrika nieder, gerade vor dem Gemache seiner Gemahlin. Es war um die Zeit, da die Nacht anbrach; aber mit einem Blick erkannte er sein Schloß, und da wichen Sorgen und Kummer von ihm, und er betete zu Allah, er möchte ihn, nachdem er schon alle Hoffnung aufgegeben hatte, seine Gemahlin noch einmal wiedersehen lassen. Dann dachte er an die geheimnisvollen Wege der Gnade Allahs, dessen Allmacht hochherrlich ist, wie der Ring ihm Hilfe gebracht hatte, ja, wie er selbst alle Hoffnung aufgegeben hätte, wenn Allah ihm nicht den Geist des Ringes gesandt hätte. So war er froh, und all seine Trauer ward von ihm genommen. Doch da er seit vier Tagen im Übermaße seines Grams, seiner Sorge und seines Kummers und wegen seiner quälenden Gedanken nicht geschlafen hatte, so trat er an das Schloß heran und legte sich unter einem Baume zum Schlafe nieder; denn das Schloß befand sich ja, wie bereits erzählt wurde, im Lande Afrika zwischen den Gärten außerhalb der Stadt.

Ferner ist mir berichtet worden, o größter König unserer Zeit, daß ’Alâ ed-Dîn in jener Nacht neben seinem Schlosse unter einem Baume in aller Ruhe schlief. Freilich, wer einen Hammelkopf beim Garkoch hat, der schläft nicht bei Nacht[1]; dennoch übermannte ihn der Schlummer, da er so müde war und seit vier Tagen nicht geschlafen hatte. Und so schlief er, bis er am Morgen durch das Zwitschern der Vögel geweckt wurde. Da stand er auf und begab sich zu einem Flusse, der

1. Sprichwörtliche Redensart. Die Morgenländer geben die Köpfe eines geschlachteten Tieres dem Manne, der solche Köpfe kocht und zubereitet; dabei sind sie dann manchmal in Sorge um ihr Eigentum.

von dort aus durch die Stadt floß. Er wusch seine Hände und sein Gesicht, verrichtete die religiöse Waschung und betete das Frühgebet. Als er das Gebet zu Ende gesprochen hatte, kehrte er zurück und setzte sich unter den Fenstern der Gemächer der Prinzessin Badr el-Budûr nieder. Nun pflegte die Prinzessin in ihrer großen Trauer über ihre Trennung von ihrem Gemahl und von ihrem Vater, dem Sultan, sowie über all die Not, die der verfluchte maurische Zauberer über sie gebracht hatte, jeden Tag im frühesten Morgengrauen aufzustehen; und dann saß sie da und weinte. Des Nachts schlief sie nie mehr, und sie hatte Essen und Trinken von sich verbannt. Wenn sie die Grußformel am Schlusse des Frühgebets gesprochen hatte, pflegte eine Sklavin zu ihr einzutreten, um sie anzukleiden. An jenem Tage aber traf es sich, daß die Sklavin das Fenster öffnete, um ihre Herrin durch den Anblick der Bäume und der Bäche zu erfreuen und zu trösten. Als sie nun aus dem Fenster schaute, erblickte sie ihren Herren 'Alâ ed-Dîn, wie er unter den Fenstern des Söllers saß, und da rief sie der Prinzessin Badr el-Budûr zu: ,O Herrin, o Herrin, da sitzt ja mein Herr 'Alâ ed-Dîn, unten an der Mauer des Schlosses!' Die Prinzessin eilte rasch herbei, blickte aus dem Fenster hinaus und sah ihn auch. Gerade hob 'Alâ ed-Dîn seinen Kopf, und er schaute sie an. Da grüßte sie ihn, und er grüßte sie, und beide flogen fast vor Freuden. Sie rief ihm zu: ,Steh auf, komm herein zu mir durch die geheime Pforte; denn der Verruchte ist jetzt nicht hier!' Dann ging auf ihren Befehl hin die Sklavin nach unten und öffnete ihm die geheime Pforte. 'Alâ ed-Dîn trat durch sie ein, und seine Gemahlin, die Prinzessin Badr el-Budûr, kam ihm bis dorthin entgegen. Da umarmten und küßten sie einander in heller Freude, ja, im Übermaße ihres Glückes begannen sie zu weinen. Dann setzten sie sich nieder, und nun hub 'Alâ ed-Dîn an: ‚Prinzessin Badr el-Budûr, vor allem anderen möchte ich dich etwas fragen; ich hatte eine alte Messinglampe in meinem Gemache an die und die Stelle gelegt...' Doch sowie die Prinzessin das hörte, seufzte sie und unterbrach: ‚Ach, mein Freund, die ist ja die Ursache davon, daß wir in dies Elend geraten sind!' ‚Wie ist denn das gekommen?' fragte 'Alâ ed-Dîn sie; und die Prinzessin Badr el-Budûr erzählte ihm alle ihre Erlebnisse von Anfang bis zu Ende, wie sie die alte Lampe gegen eine neue umgetauscht hatten, und dann schloß sie mit den Worten: ‚Am Tage darauf sahen wir uns frühmorgens in diesem Lande, und er, der uns betrogen und die Lampe eingetauscht hatte, tat mir kund, daß er durch die Kraft seiner Zauberei mit Hilfe der Lampe dies mit uns getan hatte, daß er ein Maure aus Afrika sei und daß wir in seiner Stadt seien.'

Ferner ist mir berichtet worden, o größter König unserer Zeit, daß 'Alâ ed-Dîn, nachdem die Prinzessin ihre Worte beendet hatte, zu ihr sprach: ‚Sage mir, was hat dieser Verruchte mit dir im Sinne? Wie redet er denn mit dir? Was sagt er zu dir? Was will er von dir?' Sie gab ihm zur Antwort: ‚Jeden Tag kommt er nur ein einziges Mal zu mir, und er will mich verleiten, ihn zu lieben; er will, daß ich ihn statt deiner zum Gemahl nehme, daß ich dich vergesse und deiner nicht mehr gedenke. Er hat mir auch gesagt, mein Vater, der Sultan, habe dir den Kopf abschlagen lassen. Und dabei sagte er immer von dir, du wärest ein Sohn armer Leute, und er wäre der Grund deines Reichtums. So redet er mir immer freundlich zu, aber er sieht an mir nichts als Tränen und Weinen, und er hat von mir noch kein süßes Gelispel zu hören bekommen.' Da führ 'Alâ ed-Dîn fort: ‚Sage mir, wohin er die Lampe gelegt hat, wenn du es weißt!' Und sie entgegnete ihm: ‚Immer trägt er sie bei sich; er kann sich nicht einen Augenblick von ihr trennen. Damals, als er mir alles erzählte, was ich dir berichtet habe, nahm er die Lampe aus seinem Busen und zeigte sie mir.' Wie 'Alâ ed-Dîn diese Worte vernahm, freute er sich sehr, und er sprach zu ihr: ,Prinzessin, höre, ich will jetzt fortgehen. Aber ich komme bald zurück, mit anderen Kleidern angetan; wundere du dich nicht über mich. Laß immer eine Sklavin an der Geheimpforte stehen, damit sie, wenn sie mich kommen sieht, mir sofort die Tür aufmacht! Ich will auf Mittel und Wege sinnen, daß ich diesen Verruchten zu Tode bringe.' Darauf ging 'Alâ ed-Dîn aus dem Tore des Schlosses hinaus und schritt dahin, bis er auf seinem Wege einen Bauern traf. Zu dem sprach er: ,Du, Mann, nimm meine Kleider und gib mir die deinen!' Der Bauer wollte es nicht tun; aber 'Alâ ed-Dîn zwang ihn dazu, nahm ihm seine Kleider ab, zog sie selber an und gab ihm seine eigenen kostbaren Gewänder. Dann ging er auf dem Wege zur Stadt weiter, bis er in sie eintrat, begab sich zum Drogenbasar und kaufte sich bei den Spezereihändlern von starkem Bendsch, das augenblicklich wirkt, zwei Dram[1] für zwei Dinare. Darauf ging er auf demselben Wege zurück, bis er wieder bei dem Schlosse ankam. Als die Sklavin ihn sah, machte sie ihm die geheime Pforte auf, und er ging zur Prinzessin Badr el-Budûr hinein.

Ferner ist mir berichtet worden, o größter König unserer Zeit, daß 'Alâ ed-Dîn, nachdem er zu seiner Gemahlin, der Prinzessin Badr el-Budûr, eingetreten war, zu ihr sprach: ,Höre, ich wünsche, daß du dich schön kleidest und schmückest und die Trauer abtust. Wenn dann der Maure kommt, so nimm ihn mit herzlichem Willkommensgruß auf, empfang ihn mit lächelndem Antlitz und lade ihn ein, mit dir zu spei-

1. 1 Dram = 3,2 Gramm.

sen. Tue ihm gegenüber, als ob du deinen geliebten 'Alâ ed-Dîn und deinen Vater vergessen, ihn dagegen sehr lieb gewonnen hättest; verlange von ihm roten Wein, stelle dich vor ihm völlig vergnügt und froh und trink auf sein Wohl! Wenn du ihm aber zwei bis drei Becher Wein zu trinken gegeben hast, so daß er achtlos geworden ist, dann tu ihm dies Pulver in den Becher und fülle ihn wieder mit Wein! Wenn er diesen Becher, in dem dies Pulver ist, getrunken hat, wird er sofort wie tot auf den Rücken fallen.' Als die Prinzessin Badr el-Budûr diese Worte aus dem Munde 'Alâ ed-Dîns vernommen hatte, sprach sie zu ihm: ,Das ist für mich eine Aufgabe, die ich nur sehr schwer zu erfüllen vermag. Doch da wir von der Gemeinheit dieses Verruchten, der mich durch die Trennung von dir und von meinem Vater so gequält hat, befreit werden können, ist es erlaubt, den Schurken zu töten.' Darauf aß und trank 'Alâ ed-Dîn mit seiner Gemahlin, doch nur so viel, daß er Hunger und Durst stillte, stand alsbald wieder auf und verließ das Schloß. Prinzessin Badr el-Budûr aber ließ ihre Kammerfrau kommen, und die kleidete und schmückte sie. Sie legte prächtige Kleider an und salbte sich mit Wohlgerüchen. Und als das geschehen war, kam auch schon der verfluchte Maure. Wie der sie in diesem Schmuck erblickte, freute er sich sehr; noch mehr aber, als sie ihn mit lächelndem Antlitze begrüßte, ganz gegen ihre Gewohnheit; da ward die Flamme der Liebe zu ihr noch stärker in ihm entfacht, und es verlangte ihm nach ihr. Dann zog sie ihn an ihre Seite, lud ihn ein, sich zu setzen, und sprach zu ihm: ,Mein Geliebter, wenn du willst, so komme heute abend zu mir, damit wir zusammen speisen. Ich bin der Trauer überdrüssig; denn wenn ich auch tausend Jahre traurig dasäße, so nützte es nichts, 'Alâ ed-Dîn kann doch nicht aus dem Grabe wiederkehren. Ich verlasse mich auf das, was du mir neulich sagtest, daß nämlich mein Vater im Übermaße seines Schmerzes wegen der Trennung von mir ihn wohl hat töten lassen. Wundre dich heute nicht über mich, weil ich anders aussehe als gestern! Der Grund ist, daß ich mich besonnen habe, dich zu meinem Geliebten und Gefährten zu machen an 'Alâ ed-Dîns Statt, da ich niemanden mehr habe als dich. So hoffe ich denn, daß du heute abend kommen wirst, auf daß wir zusammen speisen und ein wenig Wein miteinander trinken. Ich möchte, daß du mich von dem Weine deines Landes Afrika kosten ließest; vielleicht ist er besser als der Wein, den ich hier habe und der aus unserem Lande stammt. Ja, ich habe den heißen Wunsch, den Wein eures Landes zu kosten.'

Ferner ist mir berichtet worden, o größter König unserer Zeit, daß der Maure, als er sah, welche Liebe die Prinzessin Badr el-Budûr ihm bezeugte, und wie sie ganz anders war als früher, da sie noch betrübt war, nunmehr dachte, sie habe ihre Hoffnung auf 'Alâ ed-Dîn aufgegeben, und hocherfreut rief: ‚Mein Leben, ich höre und gehorche allem, was du wünschest und mir befiehlst! Ich habe in meinem Hause einen Krug von dem Weine unseres Landes, den ich seit acht Jahren unter der Erde aufbewahrt habe; jetzt will ich hingehen und aus ihm so viel abfüllen, wie wir brauchen. Dann komme ich flugs wieder zu dir zurück.' Die Prinzessin aber, die ihn in immer größere Sicherheit wiegen wollte, erwiderte ihm: ‚Ach, mein Lieb, geh nicht fort von mir, schicke einen deiner Diener, daß er uns daraus abfülle, bleib du bei mir sitzen, damit ich mich deiner Gesellschaft erfreue!' ‚Meine Herrin,' sagte er darauf, ‚niemand kennt den Ort des Kruges außer mir; ich werde nicht lange von dir fortbleiben.' Dann ging der Maure fort und kehrte nach einer kleinen Weile mit so viel Wein zurück, wie sie brauchten. Die Prinzessin Badr el-Budûr rief ihm zu: ‚Du hast dir Mühe machen müssen, und ich habe dich belästigt, mein Liebling!' ‚Ganz und gar nicht, mein Augenstern,' gab er ihr zur Antwort, ‚ich fühle mich geehrt, wenn ich dir dienen kann.' Darauf setzte die Prinzessin Badr el-Budûr sich mit ihm zu Tische, und sie begannen zu essen. Alsbald aber begehrte die Prinzessin zu trinken; sofort füllte die Dienerin ihr den Becher und schenkte dann auch dem Mauren ein. Nun trank die Prinzessin auf sein Leben und seine Gesundheit, während er auf ihr Wohl trank. So begann sie mit ihm ein fröhliches Gelage, und da sie wunderbar schön und fein reden konnte, betörte sie ihn bald, indem sie in süßen, bedeutungsvollen Worten mit ihm plauderte, um in ihm immer heißere Liebesglut zu entfachen. Er aber, der Maure, dachte, all das komme ihr wirklich von Herzen, und er ahnte nicht, daß diese Andeutung ihrer Liebe zu ihm nur eine Schlinge war, die seinen Tod herbeiführen sollte. Darum ward seine Leidenschaft zu ihr immer stärker, und er wollte vor Liebe zu ihr vergehen, als er hörte, welche zärtlichen Worte sie ihm darbot; er war wie geistesabwesend, sein Kopf begann sich vor Wonne zu drehen, und die ganze Welt galt ihm nichts mehr in seinen Augen. Als sie die Mahlzeit fast beendet hatten und der Wein ihm bereits zu Kopfe gestiegen war, sagte die Prinzessin Badr el-Budûr, die dessen gewahr geworden war, zu ihm: ‚In unserem Lande haben wir eine Sitte, doch ich weiß nicht, ob ihr sie in diesem Lande auch übt oder nicht.' ‚Was das ist für eine Sitte?' fragte der Maure; und sie antwortete ihm: ‚Die besteht darin, daß am Ende der Mahlzeit ein jeder den Becher seines Freundes nimmt und ihn austrinkt.' Darauf nahm sie sofort seinen Becher und füllte ihn für sich mit Wein, und sie befahl der Sklavin, ihm ihren Becher zu reichen, in dem der Wein mit Bendsch gemischt war, gemäß der Anweisung, die sie vorher der Sklavin gegeben hatte.

Alle Sklavinnen und Diener im Schlosse wünschten nämlich seinen Tod und waren darüber eines Sinnes mit der Prinzessin Badr el-Budûr. Die Sklavin reichte ihm also den Becher; doch wie er ihre Worte vernahm und sah, daß sie aus seinem Becher trank und ihm ihren eigenen Becher zu trinken gab, da fühlte er sich wie Alexander der Große, weil er einen solchen Liebesbeweis von ihr sehen durfte. Sie aber sprach zu ihm, indem sie sich hin und her wiegte und ihre Hand in die seine legte: ‚Ach, meine Seele, da ist dein Becher bei mir und mein Becher bei dir! So trinken die Liebenden einer aus dem Becher des anderen.' Dann führte die Prinzessin Badr el-Budûr seinen Becher zum Munde, trank ihn und setzte ihn nieder; darauf neigte sie sich zu dem Mauren hinüber und küßte ihn auf die Wange. Ihm war, als flöge er vor Freuden gen Himmel, und um nun das gleiche zu tun wie sie, hob er den Becher an den Mund und leerte ihn ganz, ohne darauf zu achten, ob in ihm etwas Schädliches wäre. Sogleich, im selben Augenblicke, sank er wie tot auf den Rücken, und der Becher entfiel seiner Hand. Des freute sich die Prinzessin Badr el-Budûr, und die Sklavinnen liefen um die Wette hin und machten ihrem Herrn 'Alâ ed-Dîn das Schloßtor auf; und er trat ein.

Ferner ist mir berichtet worden, o größter König unserer Zeit, daß 'Alâ ed-Dîn, nachdem er in das Schloß eingetreten war, hinauf zum Gemache seiner Gemahlin, der Prinzessin Badr el-Budûr, eilte und dort sah, wie sie am Tische saß, der Maure aber wie tot vor ihr lag. Da trat er auf sie zu, küßte sie und dankte ihr für ihr Tun, erfüllt von herzlicher Freude. Dann redete er sie mit den Worten an: ‚Geh du jetzt mit deinen Sklavinnen in dein Gemach da drinnen, laß mich nun allein, damit ich mein Werk vollende!' Die Prinzessin zauderte nicht, sondern begab sich mit ihren Dienerinnen in das innere Gemach.

'Alâ ed-Dîn schloß aber die Tür hinter ihnen, ging auf den Mauren zu, legte seine Hand in dessen Busen und holte die Lampe von dort heraus, dann zog er sein Schwert und hieb des Mauren Kopf ab. Darauf rieb er die Lampe; sofort erschien der dienende Mârid vor ihm und sprach zu ihm: ‚Zu Diensten, mein Gebieter! Was wünschest du?' Da erwiderte 'Alâ ed-Dîn: ‚Ich wünsche, daß du dies Schloß aus diesem Lande fortnimmst und in das Land China trägst und an derselben Stätte niedersetzest, an der es früher war, gegenüber dem Palaste des Sultans.' ‚Ich höre und gehorche, mein Gebieter!' antwortete der Mârid. Nun ging 'Alâ ed-Dîn zu seiner Gemahlin hinein, setzte sich zu ihr, umarmte sie und küßte sie, und sie küßte ihn wieder. Und während sie im trauten Verein beieinander saßen, trug der Mârid das Schloß mit ihnen dahin und setzte es an seiner Stätte nieder, gegenüber dem Palaste des Sultans. 'Alâ ed-Dîn aber hatte den Sklavinnen Befehl gegeben, und die breiteten den Tisch vor ihm aus; da setzte er sich mit seiner Gemahlin, der Prinzessin Badr el-Budûr, zu Tische, und sie begannen, in reiner Freude und Fröhlichkeit, zu essen und zu trinken, bis sie gesättigt waren. Darauf begaben sie sich in das Zimmer der fröhlichen Gelage, setzten sich nieder, tranken und plauderten und küßten einander in heißem Verlangen. Sie waren ja auch seit langer Zeit nicht miteinander froh gewesen, und so verweilten sie bei diesem löblichen Tun, bis die Sonne des Weines in ihren Köpfen schien; dann kam der Schlaf über sie, und sie legten sich in aller Behaglichkeit auf ihr Lager nieder. Am nächsten Morgen erhob 'Alâ ed-Dîn sich und weckte seine Gemahlin, die Prinzessin Badr el-Budûr; da kamen auch schon die Sklavinnen, kleideten sie in ihre Gewänder, zierten und schmückten sie. Auch 'Alâ ed-Dîn legte sein prächtigstes Gewand an. Dabei wollten die beiden fast vergehen vor

Freuden darüber, daß sie jetzt nach der Trennung wieder miteinander vereint waren; und die Prinzessin war ganz besonders erfreut, daß sie an jenem Tage ihren Vater wiedersehen sollte.

Wenden wir uns nun von 'Alâ ed-Dîn und der Prinzessin Badr el-Budûr wieder zu dem Sultan! Der war, nachdem er den 'Alâ ed-Dîn freigelassen hatte, über den Verlust seiner Tochter immerfort traurig gewesen. Zu jeder Zeit und Stunde saß er da und weinte um sie wie klagende Frauen, da sie ja sein einziges Kind gewesen war. Und jeden Morgen, sobald der aus dem Schlafe erwachte, ging er eilends zum Fenster, machte es auf, blickte nach der Stätte hin, an der das Schloß 'Alâ ed-Dîns gestanden hatte, und weinte, bis seine Augen fast erblindeten und seine Lider sich von Wunden entzündeten. An jenem Tage nun erhob er sich früh wie gewöhnlich, öffnete das Fenster und schaute hinaus. Da sah er vor sich ein Gebäude, rieb sich die Augen, blickte wiederum genau hin, und da war er sicher, daß es 'Alâ ed-Dîns Schloß war. Im selben Augenblicke rief er nach den Pferden; die wurden gesattelt, er eilte hinab, saß auf und ritt zu dem Schlosse. Als 'Alâ ed-Dîn ihn kommen sah, eilte er hinab und ging ihm auf halbem Wege entgegen. Er faßte ihn bei der Hand und stieg mit ihm zum Gemache seiner Tochter, der Prinzessin Badr el-Budûr, hinauf. Doch auch sie hatte solches Verlangen nach ihrem Vater, daß sie hinuntereilte und ihn schon an der Tür des Treppenhauses gegenüber der unteren Halle begrüßte. Da schloß ihr Vater sie in die Arme und küßte sie und weinte Freudentränen; und sie tat desgleichen. Dann geleitete 'Alâ ed-Dîn die beiden in das obere Gemach, und alle setzten sich nieder; nun begann der Sultan seine Tochter mit Fragen zu bestürmen, wie es ihr gehe und was ihr widerfahren sei.

Ferner ist mir berichtet worden, o größter König unserer Zeit, daß die Prinzessin Badr el-Budûr darauf ihrem Vater, dem Sultan, alles berichtete, was sie erlebt hatte, indem sie also begann: ‚Lieber Vater, erst gestern bin ich wieder lebendig geworden, als ich meinen Gemahl erblickte; er ist es, der mich aus dem Gefängnisse des maurischen Mannes, des verfluchten Zauberers, befreit hat. Ich glaube, es gibt auf der ganzen Erde keinen gemeineren Menschen als den Mann; wäre mein geliebter 'Alâ ed-Dîn nicht gewesen, so wäre ich nicht aus seinen Händen befreit worden, ach, dann hättest du mich nie im Leben wiedergesehen. Ja, lieber Vater, Trauer und tiefer Kummer hielten mich umfangen, nicht nur weil ich von dir getrennt war, sondern auch weil ich meinem Gemahl fern sein mußte; ihm werde ich alle Tage meines Lebens für seine Güte dankbar sein, da er mich aus der Gewalt dieses verruchten Magiers befreit hat.‘ Darauf berichtete die Prinzessin Badr el-Budûr ihrem Vater alles, was sie erlebt hatte; sie erzählte ihm, was für ein Mensch der Maure gewesen war, und was er ihr angetan hatte; wie er sich als Lampenhändler verkleidet hatte, um neue gegen alte zu vertauschen. ‚Weil ich nun glaubte,‘ so sagte sie, ‚daß er das aus Unverstand täte, fing ich an, über ihn zu lachen; denn ich hatte ja kein Arg von seinem listigen Plan. So nahm ich denn eine alte Lampe, die im Gemache meines Gatten war, schickte sie durch einen Eunuchen hinab, und der tauschte von ihm eine neue Lampe dafür ein. Am nächsten Tage jedoch, lieber Vater, fanden wir uns frühmorgens mit dem Schlosse und allem, was darinnen war, in Afrika; ich wußte immer noch nichts von den Zauberkräften der Lampe meines Gemahles, die ich vertauscht hatte. Schließlich kam 'Alâ ed-Dîn selbst zu uns und ersann eine List gegen den Zauberer, um uns aus seinen Händen zu befreien. Und hätte mein

778

Gatte uns nicht zur rechten Zeit erreicht, so hätte der Verfluchte seinen Willen getan und mich vergewaltigt. Doch 'Alâ ed-Dîn gab mir ein Pulver; das tat ich ihm in einen Becher Weines zu trinken, er trank es und fiel wie tot nieder. Danach kam mein Gemahl zu uns, und ich weiß nicht, was er tat, so daß er uns aus dem Lande Afrika wieder hierher an unsere Stätte brachte.' ‚Mein Gebieter,' fuhr nun 'Alâ ed-Dîn fort, ‚als ich hinaufstieg und sah, daß er wie ein Erschlagener dahingestreckt lag, vom Bendsch betäubt, da sprach ich zu der Prinzessin Badr el-Budûr: ‚Geh du mit deinen Sklavinnen in das innere Gemach!' Sie ging darauf mit den Dienerinnen vor dem schrecklichen Anblick fort; ich aber trat an den verfluchten Mauren heran, legte meine Hand in seinen Busen und holte die Lampe heraus; denn die Prinzessin Badr el-Budûr hatte mir gesagt, daß er sie stets in seinem Busen trug. Nachdem ich die nun wiedererhalten hatte, zog ich mein Schwert und schlug dem Verruchten den Kopf ab. Darauf gebrauchte ich die Lampe und befahl den Geistern, die ihr dienen, das Schloß mit allem, was darinnen war, fortzutragen und uns hier an unserer Stätte niederzusetzen. Doch wenn deine Majestät gegen meine Worte Zweifel hegt, so geruhe mit mir den verfluchten Mauren anzusehen!' Da machte der König sich auf, und 'Alâ ed-Dîn führte ihn in den Söller. Als der Sultan den Mauren erblickte, gab er sofort Befehl, man solle die Leiche fortschaffen und verbrennen und ihre Asche in den Wind streuen. Dann umarmte er den 'Alâ ed-Dîn, küßte ihn und sprach zu ihm: ‚Miß mir keine Schuld bei, mein Sohn, weil ich dir das Leben nehmen wollte, um der Gemeinheit jenes verfluchten Zauberers willen, der dich in diese Grube stürzte! Lieber Sohn, ich bin für das, was ich dir getan habe, zu entschuldigen; denn ich sah, daß ich meine Tochter verloren hatte, mein einziges Kind, die mir lieber war als mein Reich. Und du weißt doch, wie sehr sich das Herz der Eltern nach den Kindern sehnt; besonders aber tat ich es, weil ich niemanden außer der Prinzessin Badr el-Budûr hatte.' So bat der Sultan den 'Alâ ed-Dîn um Entschuldigung, und der gewährte sie ihm.

Ferner ist mir berichtet worden, o größter König unserer Zeit, daß 'Alâ ed-Dîn darauf zum Sultan sprach: ‚Du hast nichts wider mich getan, das gegen das heilige Gesetz ist; doch auch ich habe keine Schuld. All das Unglück kam von diesem Mauren, dem gemeinen Zauberer.' Dann befahl der König, die Stadt zu schmücken; das geschah auch, und nun begannen die Freudenfeste. Er gebot ferner dem Herold, in der Stadt auszurufen: ‚Dieser Tag ist ein hoher Feiertag, an ihm beginnen die Freudenfeste im ganzen Lande, und sie sollen einen Monat, dreißig Tage, dauern, weil die Prinzessin Badr el-Budûr mit ihrem Gemahle 'Alâ ed-Dîn heimgekehrt ist!'

All dies hatte 'Alâ ed-Dîn mit dem Mauren erlebt. Und doch sollte er trotzdem noch keine Ruhe vor dem verfluchten Westländer finden, obgleich sein Leichnam verbrannt und die Asche in den Wind gestreut war! Dieser Schurke hatte nämlich einen Bruder, der noch durchtriebener war als jener in Zauberei, Geomantie und Astrologie, wie es im Sprichworte heißt: ‚Eine Saubohne, die zwei Hälften hat.'[1] Ein jeder von beiden hauste in einer anderen Weltgegend, um sie mit seiner Zauberei, seiner Arglist und seiner Tücke zu erfüllen. Nun begab es sich eines Tages, daß der Bruder des Mauren wissen wollte, wie es

---

1. Das heißt: sie gleichen einander wie die beiden Hälften einer Saubohne. In einer anderen Handschrift steht hier noch das Sprichwort: ‚Ein Hund hinterließ einen jungen Hund; der war noch schlimmer als sein Vater.' Ein anderes arabisches Sprichwort lautet: ‚Die Schlange bringt immer nur junge Schlangen hervor.'

seinem Bruder ergehe; darum warf er den Sand, führte die Figuren aus, betrachtete und erforschte sie genau, und da erkannte er, daß sein Bruder gestorben und ein Bewohner des Totenreichs war. Da ward er betrübt und wußte sicher, daß sein Bruder tot war; doch er warf den Sand noch ein zweites Mal, um zu erfahren, wie sein Bruder zu Tode gekommen und wo er gestorben war. Da erkannte er, daß sein Bruder im Lande China gestorben war und daß er den allerschimpflichsten Tod gefunden hatte. Ferner erkannte er, daß der, durch den er umgekommen war, ein Jüngling sei des Namens 'Alâ ed-Dîn. Sofort machte er sich auf, rüstete sich zur Reise und zog fort; er durchquerte Steppen und Wüsten und Gebirge viele Monate lang, bis er in China ankam, und zwar in der Sultansstadt, in der 'Alâ ed-Dîn lebte. Dort begab er sich in die Herberge der Fremden, mietete sich einen Raum und ruhte sich in ihm zunächst ein wenig aus. Dann begann er die Straßen der Stadt zu durchstreifen, um einen Weg zu finden, der ihm die Möglichkeit bot, sein arges Ziel zu erreichen; und das war, daß er an 'Alâ ed-Dîn Blutrache für seinen Bruder nehmen wollte. So trat er denn dort in ein Kaffeehaus am Markte, ein großes Gebäude, in dem sich viel Volks zum Spiele versammelte; die einen spielten Steinchenspiel, die anderen Dame, noch andere Schach und dergleichen. Er setzte sich da nieder und hörte, wie die Leute, die neben ihm saßen, von einer alten frommen Frau namens Fâtima redeten, die immer in ihrer Klause vor der Stadt weilte und Gott diente, und nur an zwei Tagen im Monat in den Ort selbst kam; auch hieß es, sie tue viele Wunder. Als der maurische Zauberer das hörte, sprach er bei sich selber: ‚Jetzt habe ich gefunden, was ich suche. So Gott der Erhabene will, werde ich durch diese Frau mein Ziel erreichen!‘

Ferner ist mir berichtet worden, o größter König unserer Zeit, daß der maurische Zauberer an die Leute, die von den Wundern jener frommen Alten redeten, herantrat und zu einem von ihnen sagte: ‚Lieber Oheim, ich höre, wie ihr von den Wundern einer Heiligen sprecht, die Fâtima heißt. Wo ist sie, und wo befindet sich ihre Wohnstätte?‘ ‚Sonderbar!‘ rief der Mann aus, ‚wie ist es möglich, daß du in dieser Stadt weilst und noch nicht von den Wundern der heiligen Fâtima gehört hast? Du Armer, du scheinst ein Fremdling zu sein, daß dir bisher noch nichts von dem Fasten, der Weltentsagung und der reinen Gottesfurcht dieser frommen Frau zu Gehör gekommen ist.‘ ‚Ja freilich, lieber Herr,‘ erwiderte der Maure, ‚ich bin ein Fremder. Vorgestern abend bin ich in dieser eurer Stadt angekommen; und ich bitte dich, erzähle mir von den Wundern dieser tugendreichen Frau! Sag, wo ist ihre Wohnstätte? Denn mich hat ein Unglück betroffen, und ich will zu ihr gehen, um sie zu bitten, daß sie für mich bete; vielleicht wird Allah, der Allgewaltige und Glorreiche, mich durch ihr Gebet von meinem Unglück befreien.‘ Da erzählte der Mann ihm von den Wundern, der Gottesfurcht und dem lauteren Gottesdienst der frommen Fâtima, nahm ihn bei der Hand, führte ihn aus der Stadt hinaus und zeigte ihm dort den Weg zu ihrer Stätte in einer Höhle auf der Höhe eines kleinen Berges. Der Maure dankte dem Manne herzlich für seine Güte und ging zu seiner Wohnung im Chân zurück. Es traf sich nun, daß Fâtima am nächsten Tage in die Stadt herunterkam. Der Maure verließ früh am Morgen die Herberge und sah, wie die Menschen sich drängten. Als er näher trat, um zu schauen, was es gäbe, sah er Fâtima dort stehen; ein jeder, der ein Leiden hatte, ließ sich von ihr segnen und bat sie, für ihn zu beten, und wenn sie ihn berührte, so wurde er alsbald von dem Leiden, mit dem er behaftet war, geheilt. Der maurische Zauberer folgte ihr, bis sie zu ihrer Höhle zurückkehrte; dann wartete er den Abend ab, bis es dunkel ward, trat in den Laden eines Weinhändlers, trank einen Becher und ging aus der Stadt hinaus zu der Höhle der frommen Fâtima. Als er dort angekommen war, trat er in die Klause ein und sah, wie die Heilige auf einer alten Matte rücklings schlief. Er sprang auf sie zu, setzte sich auf ihren Leib, zog den Dolch und schrie sie an. Sie erwachte, und wie sie die Augen aufschlug, sah sie einen Mann, einen Mauren, mit gezücktem Dolche auf ihrem Leib sitzen, der im Begriffe war, sie zu töten. Sie war zu Tode erschrocken; und da fuhr er sie an: ,Höre, wenn du ein Wort sagst oder schreist, so töte ich dich im selben Augenblick! Jetzt aber tu alles, was ich dir sage!' Und er schwor ihr einen Eid, wenn sie täte, was er ihr sage, so wolle er sie am Leben lassen. Dann stand er auf von ihrem Leib und fuhr fort: ,Gib mir deine Kleider und nimm die meinen!' Da gab sie ihm ihre Kleider, ihre Kopfbinden, ihren Schleier und ihren Mantel. Und weiter sprach er zu ihr: ,Du mußt mich auch mit etwas einreiben, so daß mein Gesicht dieselbe Farbe erhält wie deines!' Darauf ging Fâtima in das Innere der Höhle und holte ein Fläschchen mit Salbe; aus ihm nahm sie etwas in ihre Hand und salbte ihm das Gesicht. So erhielt es dieselbe Farbe wie das ihre. Schließlich gab sie ihm auch ihren Stab, zeigte ihm, wie er gehen und was er tun solle, wenn er in die Stadt käme, legte ihm ihren Rosenkranz um den Hals, und zuletzt reichte sie ihm den Spiegel mit den Worten: ,Schau, jetzt ist kein Unterschied mehr zwischen dir und mir!' Der Maure blickte hinein und sah, daß er selbst das genaue Abbild der Fâtima war, an dem nichts fehlte und zu dem nichts hinzukommen durfte. Aber er brach seinen Eid, als er seinen Zweck erreicht hatte; denn er forderte von ihr einen Strick, und als sie ihm den gebracht hatte, nahm er ihn und erdrosselte sie damit in ihrer Höhle. Wie sie dann tot war, schleppte er die Leiche hinaus und warf sie in eine Grube, die sich draußen vor der Höhle befand.

Ferner ist mir berichtet worden, o größter König unserer Zeit, daß der Maure, nachdem er Fâtima ermordet und in die Grube geworfen hatte, wieder zur Höhle zurückging und dort schlief, bis der Tag anbrach. Dann machte er sich auf, ging zur Stadt hinunter und kam bis zum Schlosse 'Alâ ed-Dîns. Nun versammelte sich das Volk bei ihm, da alle sicher glaubten, er sei die heilige Fâtima. Er begann auch so zu tun, wie sie zu tun pflegte, legte seine Hand auf die Leidenden, sprach für den einen die erste Sure, für den andern eine andere Sure des Korans, und für noch andere betete er. Da nun das Volk sehr drängte und lärmte, horchte die Prinzessin Badr el-Budûr auf, und sie sprach zu den Sklavinnen: ‚Schaut nach, was es gibt, und was die Ursache dieses Lärmens ist!' Darauf ging ein Agha von den Eunuchen hinunter, um zu schauen, was es gäbe. Dann kehrte er zurück mit den Worten: ‚Hohe Herrin, dieser Lärm findet um der heiligen Fâtima willen statt. Wenn du mir zu gebieten geruhst, so will ich sie zu dir bringen, damit auch du ihres Segens teilhaftig wirst.' ‚Geh,' rief die Prinzessin, ‚und bring sie zu mir! Denn ich habe schon immer von ihren Wundern und Tugenden gehört, und ich trage Verlangen danach, sie zu sehen, damit ich von ihr gesegnet werde. Die Leute haben mir viel von ihren Tugenden berichtet.' Der Eunuchen-Agha ging hin und brachte den maurischen Zauberer, der ja genau wie Fâtima gekleidet war; und der trat nun vor die Prinzessin Badr el-Budûr. Als er sie erblickte, begann er vor ihr eine Reihe von Gebeten herzusagen; und kein einziger Mensch zweifelte daran, daß er die heilige Fâtima selbst sei. Die Prinzessin aber trat auf ihn zu, begrüßte ihn und ließ ihn zu ihrer Seite sitzen; dann sprach sie zu ihr: ‚Heilige Fâtima, ich möchte, daß du immer bei mir bliebest, damit ich durch dich gesegnet werde, von dir die Wege der Frömmigkeit und der Gottesfurcht erlerne und dir nacheifere.' Das war ja gerade der Wunsch dieses verruchten Zauberers, und er beschloß nun, seinen Betrug noch mehr zu vollenden. Darum sprach er zu ihr: ‚Hohe Herrin, ich bin eine arme Frau, die in der Wüste haust; meinesgleichen ist es nicht wert, in Königsschlössern sich aufzuhalten.' ‚Sorge dich nicht, du heilige Fâtima!' erwiderte die Prinzessin. ‚Ich will dir ein Gemach in meinem Hause anweisen, in dem du Gott dienen kannst, und wo kein einziger Mensch zu dir hineinkommen soll; dort wirst du deinen Gottesdienst besser ausüben können, als wenn du in deiner Höhle wärest.' Der Maure sagte darauf: ‚Ich höre und gehorche, hohe Herrin! Ich will deinen Worten nicht widersprechen; denn was die Kinder von Königen sagen, darf man nicht mißachten, noch zurückweisen. Doch ich bitte dich, du wollest mich in meiner Kammer essen und trinken und allein sitzen lassen; niemand soll zu mir eintreten dürfen. Ich brauche auch keine prächtigen Speisen; nein, erweise du mir nur die Gnade, mir jeden Tag durch eine Sklavin ein Stück Brot und einen Trunk Wasser in meine Kammer schicken zu lassen, dann werde ich, wenn mich hungert, allein in meinem Gemache essen.' Das tat der Verruchte, weil er fürchtete, wenn er beim Essen den Schleier höbe, so würde sein Geheimnis verraten werden, und man würde ihn an seinem Barte auf Kinn und Lippen als Mann erkennen. Nun erwiderte ihm die Prinzessin Badr el-Budûr: ‚Heilige Fâtima, sei gutes Muts! Alles soll nur nach deinem Wunsch geschehen. Doch jetzt komm mit mir, auf daß ich dir das Gemach zeige, das ich für deinen Aufenthalt bei uns herrichten lassen will!'

Ferner ist mir berichtet worden, o größter König unserer Zeit, daß die Prinzessin Badr el-Budûr den Magier, der sich für die fromme Fâtima ausgab, zu dem Raume führte, den sie ihm zum Aufenthaltsorte bestimmt hatte. Und dort sprach sie zu ihm: ‚Heilige Fâtima, hier sollst du wohnen; dies Gemach gehört jetzt dir. Hier sollst du in aller Ruhe und beschaulicher Abgeschlossenheit verweilen.‘ Der Maure dankte ihr für ihre Güte und flehte den Segen des Himmels auf sie herab. Dann führte die Prinzessin ihn auch noch in den Kiosk, zeigte ihm dort die gewölbte Decke und die Juwelen, die an vierundzwanzig Fenstern erstrahlten, und fragte ihn: ‚Was meinst du, heilige Fâtima, zu diesem wunderbaren Gemach?‘ Der Maure antwortete ihr: ‚Bei Allah, es ist wunderbar, ja, noch mehr als das! Ich glaube, in der ganzen Welt findet sich nicht seinesgleichen. Es ist über die Maßen prächtig; doch schade um eins, das seine Schönheit und Herrlichkeit doch noch erhöhen könnte!‘ Da fragte die Prinzessin Badr el-Budûr: ‚Heilige Fâtima, was fehlt ihm denn noch? Was ist’s, das es noch mehr zieren könnte? Sage es mir! Ich dachte, es wäre ganz und gar vollkommen.‘ ‚Hohe Herrin,‘ gab der Zauberer ihr zur Antwort, ‚was ihm noch fehlt, ist das Ei des Vogels Roch, das in seiner Kuppel hängen müßte. Wenn das in der Kuppel hinge, so würde dies Gemach in der ganzen weiten Welt nicht seinesgleichen haben!‘ Nun fragte die Prinzessin weiter: ‚Was ist denn das für ein Vogel? Wo könnten wir sein Ei finden?‘ ‚Hohe Herrin,‘ versetzte der Maure, ‚dies ist ein gewaltig großer Vogel, der Kamele und Elefanten mit seinen Klauen aufheben und sie im Fluge davontragen kann, da er so groß und so stark ist. Dieser Vogel findet sich zumeist auf dem Berge Kâf; und der Meister, der dies Schloß gebaut hat, der kann dir auch das Ei dieses Vogels bringen.‘ Dann hielten sie mit dieser Rede inne, und da es Zeit zum Mittagsmahle war, so breiteten die Sklavinnen den Tisch aus. Die Prinzessin Badr el-Budûr setzte sich und bat auch den verruchten Magier, mit ihr zu speisen. Er aber lehnte ab und weigerte sich und begab sich in sein Gemach, das die Prinzessin ihm angewiesen hatte; und die Sklavinnen brachten ihm das Mahl dorthin. Als es nun Abend ward und 'Alâ ed-Dîn von der Jagd heimkehrte, kam die Prinzessin Badr el-Bu dûr ihm entgegen und begrüßte ihn. Er umarmte sie und küßte sie, doch als er ihr ins Antlitz schaute, sah er, daß sie ein klein wenig bekümmert war und nicht lächelte, wie sie es sonst zu tun pflegte. Darum fragte er sie: ‚Was ist dir geschehen, mein Lieb? Sag mir, ist dir etwas begegnet, das deinen Sinn beunruhigt?‘ ‚Es ist weiter nichts, mein Lieb!‘ antwortete sie; ‚aber ich hatte doch geglaubt, daß in unserem Schlosse ganz und gar nichts fehle. Und doch, 'Alâ ed-Dîn, du mein Augenstern, erst wenn in der Kuppel des Obergemachs das Ei des Vogels Roch hinge, dann gäbe es in der weiten Welt nichts, was unserem Schlosse gleichkäme.‘ Da rief 'Alâ ed-Dîn: ‚Deswegen bist du bekümmert? Das ist für mich so leicht wie nur irgend etwas! Sei wohlgemut, sag mir nur alles, was du wünschest, ich schaffe es dir herbei, auch aus den Tiefen der Welt, in schnellster Zeit, in kürzester Frist!‘

Ferner ist mir berichtet worden, o größter König unserer Zeit, daß 'Alâ ed-Dîn, nachdem er das Gemüt der Prinzessin Badr el-Budûr beruhigt und ihr alles versprochen hatte, was sie wünschte, sofort in seine Kammer ging und die Lampe rieb. Im selben Augenblicke erschien der Mârid vor ihm und sprach: ‚Verlange, was du wünschest!‘ 'Alâ ed-Dîn erwiderte: ‚Ich wünsche von dir, daß du mir das Ei des Roch bringest und es in der Kuppel des Obergemaches aufhängst!‘ Doch wie der Mârid diese Worte aus dem Munde des 'Alâ ed-Dîn vernahm, runzelte er die Stirn und rief zornig mit gewaltiger Stimme: ‚Du Undankbarer, ist es dir nicht genug, daß ich und alle Geister der Lampe dir zu Diensten sind? Nun verlangst du auch noch, daß ich dir unsere Herrin bringe, damit du sie zu deinem Vergnügen in der Kuppel deines Söllers aufhängst, auf daß du mit deiner jungen Frau dich daran ergötzest? Bei Allah, ihr beiden verdient, daß ich euch in diesem Augenblicke zu Asche verbrenne und euch in den Wind streue. Aber da ihr beiden von diesen Dingen nichts wißt und den inneren Sinn nicht vom äußeren Schein unterscheiden könnt, so will ich euch verzeihen; denn ihr seid unschuldig. Die Schuld liegt an dem verruchten Kerl, dem Bruder des maurischen Zauberers, der sich hier aufhält und sich für die fromme Fâtima ausgibt, der ihre Kleider angelegt und sie in ihrer Höhle ermordet hat, der ihr Aussehen und ihr Tun angenommen hat und hierher gekommen ist in der Absicht, euch umzubringen, um an dir Blutrache für seinen Bruder zu nehmen. Er ist es, der deine Frau gelehrt hat, dies von dir zu verlangen.' Darauf verschwand der Mârid vor den Augen 'Alâ ed-Dîns. Doch als der diese Worte vernommen hatte, war er fast wie von Sinnen, und seine Glieder zitterten, da der Mârid mit solcher Donnerstimme geschrieen hatte. Dennoch faßte er wieder Mut und ging sofort aus seiner Kammer hinaus. Er trat zu seiner Gemahlin ein und gab vor, er habe Kopfschmerzen; denn er wußte, daß Fâtima dafür bekannt war, daß sie die geheime Kraft besäße, alle Schmerzen zu heilen. Als die Prinzessin Badr el-Budûr nun sah, daß er seine Hand an den Kopf legte und hörte, wie er über seine Schmerzen klagte, da fragte sie ihn nach dem Grunde. ‚Ich weiß nicht,' gab er ihr zur Antwort, ‚nur mein Kopf tut mir so weh.' Sofort rief sie nach Fâtima, damit diese ihm ihre Hand auf den Kopf lege. ‚Wer ist Fâtima?' fragte 'Alâ ed-Dîn;

und die Prinzessin Badr el-Budûr teilte ihm mit, daß sie die fromme Fâtima bei sich im Schlosse wohnen habe. Die Sklavinnen gingen nun hin und brachten den verfluchten Mauren herbei. Da tat 'Alâ ed-Dîn vor ihm, als wisse er nichts von seinem wahren Wesen, vielmehr begrüßte er ihn, als ob er die wirkliche fromme Fâtima begrüße, küßte den Saum seines Ärmels und hieß ihn willkommen; dann sprach er zu ihm: ‚Heilige Fâtima, ich bitte dich, erweise mir deine Güte! Ich weiß, daß du gewohnt bist die Schmerzen zu heilen, und ich habe jetzt heftige Kopfschmerzen!' Der verruchte Maure glaubte kaum den Worten, die er hörte; denn dies war es ja gerade, was er wollte.

Ferner ist mir berichtet worden, o größter König unserer Zeit, daß der maurische Zauberer nun zu 'Alâ ed-Dîn als fromme Fâtima herantrat, um ihm die Hand auf den Kopf zu legen und ihn von seinen Schmerzen zu heilen. Doch wie er neben dem Jüngling stand, legte er seine eine Hand auf dessen Haupt, während er mit der anderen unter seine Gewänder griff um einen Dolch herauszuziehen, mit dem er 'Alâ ed-Dîn töten wollte. Aber der war auf seiner Hut; er wartete nur, bis jener den Dolch ganz herausgezogen hatte, da packte er ihn plötzlich bei der Hand, entriß ihm den Dolch und bohrte ihn ihm ins Herz. Als die Prinzessin Badr el-Budûr das sah, schrie sie laut auf und rief: ‚Was hat diese tugendreiche, fromme Frau getan, daß du nun durch ihr Blut eine so schwere Schuld auf dich geladen hast? Fürchtest du nicht die Strafe Allahs für eine solche Tat, daß du Fâtima, die fromme Frau, deren Wunder weitberühmt sind, ermorden konntest?' Doch 'Alâ ed-Dîn rief zurück: ‚Ich habe ja nicht Fâtima getötet, nein, ich habe den Mörder der Fâtima umgebracht! Das ist doch der Bruder des verfluchten Mauren, des Zauberers, der dich raubte und das

Schloß mit dir durch seine Zauberkraft nach Afrika brachte. Und dieser verruchte Kerl hier, sein Bruder, ist in dies Land gekommen und hat solche Missetaten verübt: er hat Fâtima ermordet, ihre Kleider angelegt und ist hierher gekommen, um an mir Blutrache für seinen Bruder zu nehmen; er ist es ja auch, der dich gelehrt hat, das Ei des Roch von mir zu verlangen, auf daß ich dadurch den Tod fände. Wenn du noch an diesen meinen Worten zweifelst, so tritt herzu und schau, wer es ist, den ich getötet habe!' Damit hob 'Alâ ed-Dîn den Schleier des Mauren empor; die Prinzessin Badr el-Budûr schaute hin und sah einen Mann, dessen Gesicht vom Bart bedeckt war. Nun erkannte sie die Wahrheit und sprach zu 'Alâ ed-Dîn: Mein Geliebter, ach, zweimal habe ich dich in Todesgefahr gestürzt!' Doch ihr Gemahl antwortete: ,Das laß dich nicht bekümmern! Prinzessin Badr el-Budûr, um deiner Augen willen nehme ich alles mit reiner Freude auf mich, was von dir kommt!' Als die Prinzessin ihn so sprechen hörte, eilte sie auf ihn zu, schloß ihn in die Arme, küßte ihn und sprach: ,Ach, mein Geliebter, all dies geschah doch nur wegen meiner Liebe zu dir; ich wußte ja nichts davon, und ich achte deine Liebe wahrlich nicht gering.' Da küßte 'Alâ ed-Dîn sie und preßte sie an die Brust, und ihre Liebe zueinander ward noch inniger. Zur selbigen Zeit kam auch der Sultan, und nun erzählten sie ihm alles, was durch den Bruder des maurischen Zauberers geschehen war, und zeigten ihm auch seinen Leichnam. Da befahl der Sultan, ihn zu verbrennen und seine Asche in den Wind zu streuen, wie man mit seinem Bruder getan hatte. Und von nun ab lebte 'Alâ ed-Dîn mit seiner Gemahlin, der Prinzessin Badr el-Budûr, in eitel Freude und Glück, frei von aller Gefahr. Nach einer Weile aber starb der Sultan; und da bestieg sein Eidam den Königsthron, sprach Recht und Gerechtigkeit über die Untertanen, und alles Volk liebte ihn. Und er führte mit seiner Gemahlin, der Prinzessin Badr el-Budûr, ein Leben der Zufriedenheit und Glückseligkeit, bis Der zu ihnen kam, der die Freuden schweigen heißt und die Freundesbande zerreißt. – – «

Da bemerkte Schehrezâd, daß der Morgen begann, und sie hielt in der verstatteten Rede an. Doch als die *Zweihundertundsiebenzigste Nacht* anbrach, erzählte sie

DIE GESCHICHTE VON ALI BABA
UND DEN VIERZIG RÄUBERN[1]

Es wird berichtet – Allah aber ist Allwisser seiner verborgenen Absichten und kann über sie am besten richten! – in den Erzählungen aus alter Zeit und aus der Völker Vergangenheit und von Nationen, die längst dem Untergange geweiht, daß in früheren Tagen, die weit in entschwundene Zeitalter ragen, in einer Stadt von Chorasân im Perserlande zwei Brüder von gleichem Vater und gleicher Mutter lebten, von denen der eine Kâsim, der andere aber Ali Baba hieß. Ihr Vater war bereits gestorben, und was er ihnen hinterlassen hatte, war ein Erbteil von geringem Wert, eine Habe, die nicht sehr beschwert. Da teilten die beiden, was ihr Vater ihnen vermacht hatte, wenn es auch nur wenig war, in Recht und Gerechtigkeit, ohne Widerspruch und ohne Streit. Nachdem sie also die Erbschaft von ihrem Vater geteilt hatten, vermählte Kâsim sich mit einer

1. Diese Erzählung ist erst 1910 im arabischen Urtexte bekannt geworden durch Macdonalds Ausgabe der Oxforder Handschrift; nach ihr habe ich hier übersetzt. Die Übergangsformel zur 270. Nacht ist von mir hinzugefügt. Die Schreibung Ali, nicht 'Alî, ist hier gewählt, weil der Träger des Namens als Türke gedacht wird. Die Formeln der Überschrift und der Unterschrift des arabischen Originals sind in der Übersetzung weggelassen.

reichen Frau; die besaß Grundstücke und Gärten in großer Zahl, Weinberge und Läden zumal, und diese wiederum waren voll von prächtigen Dingen und kostbaren Waren, die ins Unermeßliche gingen. So begann er denn Handel zu treiben, zu verkaufen und zu kaufen; er kam zu Wohlstand, das Geschick war ihm günstig, und er gewann großen Ruf unter den Kaufleuten weit und breit sowie unter den Leuten von Reichtum und Vornehmheit. Doch sein Bruder Ali Baba nahm ein armes Mädchen zur Frau, der kein Dirhem, kein Dinar, kein Haus, kein Grundstück zu eigen war. Darum gab er auch in kurzer Zeit alles aus, was er von seinem Vater geerbt hatte; so geschah es, daß bald die Not mit ihrem Gram und die Armut mit ihren schweren Sorgen über ihn kam. Er war ratlos, was er tun sollte, er sah keinen Weg mehr, seine Nahrung und seinen Lebensunterhalt zu beschaffen; und doch war er ein Mann von Wissen und Verstand, in Gelehrsamkeit und feiner Bildung gewandt. Nun klagte er sein Leid in diesen Versen:

> Sie sagen zu mir wohl: ,Du bist in der Welt
> Durch dein Wissen gleich wie die mondhelle Nacht.'
> Ich sag: ,Laßt mich mit euren Reden in Ruh;
> Denn Wissen bedeutet doch nichts ohne Macht.
> Verpfändet man mich und mein Wissen mit mir,
> Dazu jedes Buch und das Tintengerät
> Um Brot eines Tages, – das Pfand käm zurück,
> Man würf's zum Papier, darauf Abweisung steht.
> Der Arme –, o sehet des Armen Geschick,
> Das Leben des Armen, wie trüb ist es doch!
> Im Sommer, da fehlt ihm das tägliche Brot,
> Im Winter wärmt er sich am Kohlentopf noch.
> Die Hunde der Straße stehn auf gegen ihn,
> Und jeder Gemeine schreit schimpfend ihn an;
> Wenn er seine Lage bei jemand beklagt,
> So tut ihn ein jeglich Geschöpf in den Bann.

Kommt nur solch ein Los auf den Armen herab,
So wär es das beste, er läge im Grab!'

Nachdem er diese Verse gesprochen hatte, begann er über seine
Lage nachzudenken; wohin sollte er sich flüchten? wie sollte
er seinen Lebensunterhalt gewinnen? was sollte er tun, um sein
täglich Brot zu verdienen? So sprach er denn bei sich selber:
‚Wenn ich nun mit dem Gelde, das mir noch verblieben ist,
eine Axt und ein paar Esel kaufe und mit ihnen ins Gebirge
ziehe, dort Holz abschlage, dann wieder herunterkomme und
es auf dem Markt der Stadt verkaufe, so wird der Erlös davon
mir sicher so viel einbringen, daß meine Not aufhört und daß
ich meine Familie unterhalten kann!' Diesen Plan hielt er also
für den richtigen, und so beeilte er sich, die Esel und die Axt
zu kaufen. Des Morgens zog er nun mit drei Eseln, von denen
ein jeder so groß wie ein Maultier war, ins Gebirge; dann blieb
er den Tag über dort, damit beschäftigt, Holz zu hacken und
die Bündel zusammenzubinden. Wenn es dann Abend ward,
belud er seine Esel und zog mit ihnen zur Stadt hinab, bis er
auf den Markt kam. Dort verkaufte er das Holz, und mit dem
Erlös davon konnte er für sich selbst sorgen und die Ausgaben
für seine Familie bestreiten; so wurde der Kummer von ihm
genommen, und er war nicht mehr von Sorgen beklommen.
Da pries und lobte er Allah und verbrachte die Nacht mit frohem Herzen, mit freudigem Gemüte und mit ruhiger Seele.
Wie es dann wieder Morgen ward, machte er sich von neuem
auf, zog ins Gebirge und tat wie am Tage zuvor. Das ward nun
seine Gewohnheit: jeden Morgen begab er sich ins Gebirge,
und am Abend kehrte er zur Stadt zurück, ging auf den Markt,
um sein Holz zu verkaufen, und bestritt mit dem Erlös die
Ausgaben für seine Familie. So sah er denn dies Handwerk für
einen Segen an und blieb immerfort dabei, bis er eines Tages,

während er im Gebirge dastand und Holz hackte, plötzlich eine Staubwolke sah; die wirbelte empor und legte der Welt einen Schleier vor. Doch als die Wolke sich hob, da erschien unter ihr eine Schar von Rittern, dräuenden Löwen gleich; die starrten in Waffen, sie waren mit Panzern angetan, mit Schwertern gegürtet, sie trugen die Lanzen unter den Armen und die Bögen über den Schultern. Ali Baba erschrak vor ihnen; zitternd und bebend eilte er zu einem hohen Baume, kletterte hinauf und verbarg sich zwischen den Zweigen, um vor den Rittern sicher zu sein, da er sie für Räuber hielt. Als er nun hinter den belaubten Zweigen versteckt war, richtete er den Blick auf die Männer.

Ferner sagte mir der Erzähler dieser wunderbaren Geschichte und der unterhaltenden, seltsamen Berichte, daß Ali Baba, nachdem er auf den Baum gestiegen war, und die Ritter mit scharfem Blicke gemustert hatte, sich davon überzeugte, daß sie Räuber und Wegelagerer waren. Dann zählte er sie und fand, daß sie vierzig Männer waren, von denen ein jeder auf einem edlen Rosse saß. Da fürchtete er sich noch mehr, und die Angst bedrückte ihn schwer; seine Glieder erbebten, sein Speichel ward ihm trocken gar, und er wußte nicht mehr, wo er war. Nun hielten die Ritter an, stiegen von ihren Rossen ab und hängten ihnen die Futtersäcke mit Gerste um; darauf griff ein jeder von ihnen zu einer Satteltasche, die über dem Rücken seines Renners lag, nahm sie ab und hängte sie sich über die Schulter. All das geschah, während Ali Baba sie beobachtete und ihnen vom Baume herab zuschaute. Der Räuberhauptmann schritt den anderen voran, ging mit ihnen zu einer Felswand und blieb vor einer kleinen Stahltür an einer Stelle stehen, die so dicht mit Gestrüpp bewachsen war, daß man die Tür nicht sehen konnte; so viel Dorngebüsch befand sich dort.

Auch Ali Baba hatte sie bisher übersehen; nie hatte er sie geschaut oder bemerkt. Als nun die Räuber vor der Stahltür standen, rief ihr Hauptmann, so laut er konnte: ‚Sesam, öffne dein Tor!‘[1] Und in demselben Augenblick, in dem er diese Worte gesprochen hatte, öffnete sich die Tür. Der Hauptmann ging hinein, und die Räuber folgten ihm, mit den Satteltaschen beladen. Da wunderte Ali Baba sich über ihr Tun, und er schloß in Gedanken, daß jede Satteltasche voll von geprägtem weißem Silber und rotem Gold sein müsse. Dem war auch wirklich so. Denn jene Diebe pflegten auf den Landstraßen zu lauern, auf Dörfer und Städte loszujagen und die Einwohner zu plagen. Und jedesmal, wenn sie eine Karawane geplündert oder ein Dorf überfallen hatten, brachten sie ihre Beute an diesen abgelegenen versteckten Ort, der den Blicken der Menschen fern war. Ali Baba blieb unterdessen in seinem Versteck auf dem Baume; er verhielt sich ruhig und rührte sich nicht, aber er schaute den Räubern unverwandt nach und beobachtete ihr Tun, bis er sie wieder, geführt von dem Hauptmanne, mit den leeren Satteltaschen herauskommen sah. Sie banden die Taschen wieder auf den Rücken der Pferde fest, wie sie vorher gewesen waren, legten den Tieren die Gebisse um, saßen auf und zogen in derselben Richtung ab, aus der sie gekommen waren. Sie ritten immer weiter dahin, bis sie weit in der Ferne den Blicken entschwanden. Auch dies alles geschah, während Ali Baba still dasaß und in seiner Angst sich nicht rührte, ja,

1. Die Sesam-Pflanze wird bereits in babylonisch-assyrischen Beschwörungsformeln, die zum Lösen eines Zaubers dienen sollen, genannt. Bei den Arabern gelten noch heute die Sesamölpressen als Wohnstätten von Geistern. In der Formel: ‚Sesam, öffne dein Tor!‘ ist Sesam (arabisch: *sumsum*) wohl nur ein magisches oder kabbalistisches Wort. ‚Öffne dein Tor‘ soll heißen: ‚Öffne das Tor, für das du wirksam bist.‘

nicht einmal zu atmen wagte. Erst als die Räuber in der Ferne seinem Blicke entschwunden waren, stieg er von dem Baume herab.

Und weiter berichtete mir der Erzähler, daß Ali Baba, als er sich vor Schaden von ihnen sicher fühlte und sich von seinem Schrecken erholt und beruhigt hatte, von dem Baume herunterstieg und zu der kleinen Tür hinging. Dort blieb er stehen, und indem er sie betrachtete, sprach er bei sich selber: ‚Ob sich die Tür, wenn ich so wie der Räuberhauptmann rufe: ‚Sesam, öffne dein Tor!‘ wohl öffnen wird oder nicht?‘ Dann trat er dicht herzu, sprach diese Worte, und siehe da, die Tür sprang auf. Die Sache verhielt sich nämlich so: diese Stätte war von den Geistern, den Mârids, hergerichtet, verzaubert und durch einen starken Talisman gebunden. Doch die Worte ‚Sesam, öffne dein Tor!‘ waren die geheime Formel, die dazu bestimmt war, den Talisman zu lösen und die Tür zu öffnen. Wie nun Ali Baba die Tür offen sah, ging er hindurch; aber kaum hatte er die Schwelle überschritten, da schloß sich das Tor hinter ihm. Darüber war er so sehr erschrocken, daß er die Worte sprach, die keinen, der sie spricht, im Stiche lassen: ‚Es gibt keine Macht und es gibt keine Majestät außer bei Allah dem Erhabenen und Allmächtigen!‘ Und als er dann wieder an die Worte ‚Sesam, öffne dein Tor!‘ dachte, legten sich Furcht und Schrecken, die über ihn gekommen waren; denn er sagte sich: ‚Es geht mich nichts an, wenn die Tür sich schließt, da ich ja das Geheimnis kenne, durch das ich sie wieder öffnen kann!‘ Nun ging er etwas weiter, und da er der Meinung war, die Höhle wäre ein dunkler Raum, so geriet er in die größte Verwunderung, als er dort eine aus Marmor erbaute weite, helle Halle schaute, die war mit hohen Säulen geziert und in prächtiger Weise ausgeführt, und in ihr war alles aufgespeichert, was das Herz an Speisen und Getränken wünschen konnte. Von dort aus schritt er in eine zweite Halle weiter, die noch größer und geräumiger war als die erste; in ihr sah er Güter von wundersamer Art mit den seltensten Kleinodien gepaart, deren Glanz die Augen entzückt und deren Beschreibung keinem Menschen glückt. Dort lag eine Menge Barren von Gold, echt und rein, und anderer Dinge von Silber fein; gemünzte Dinare und Dirhems, unübersehbar; all das in Haufen wie von Kieseln und Sand, bei denen jede Zahl und Berechnung schwand. Nachdem er sich eine Weile in dieser wunderbaren Halle umgeschaut hatte, tat sich vor ihm noch ein anderes Tor auf; er ging hinein und kam in eine dritte Halle, die war noch herrlicher und schöner als die zweite, und die war angefüllt mit den feinsten Gewändern aus allen irdischen Gebieten und Ländern; in ihr fanden sich Stoffe, aus kostbarer feiner Baumwolle hergestellt, und Kleider aus Seide und den prächtigsten Brokaten der Welt; ja, es gab keine einzige Art von Stoffen, die sich nicht in diesem Raume gefunden hätte: sie stammten von Syriens Auen und aus Afrikas fernsten Gauen, aus China und dem Industal, aus Nubien und Hinterindien zumal. Und weiter schritt er in die Halle der edelen Steine, das war die größte und wunderbarste von allen; sie enthielt Perlen und Juwelen, die könnte man weder erfassen noch zählen, Hyazinthe und Smaragde, Türkise und Topase; Berge von Perlen lagen dort, und Achate sah man neben Korallen am selben Ort. Schließlich ging er in die Halle der Spezereien und des Weihrauchs und der Wohlgerüche, und das war die letzte jener Hallen. Dort fanden sich von diesen Dingen Sorten so zart und von jeder feinsten Art. Der Duft von Aloeholz und Moschus wallte dort empor; Ambra und Zibet strahlten in ihrer vollen Schönheit hervor; der Zauber von

Rosenwasser und Nadd[1] erfüllte die Luft; von Weihrauch und Safran stieg auf ein köstlicher Duft; wie Scheite zum Brennen lag Sandelholz dort umher; aromatische Wurzeln waren wie Reisig fortgeworfen, als brauchte man sie nicht mehr. Ali Baba ward durch den Anblick dieser unermeßlichen Schätze geblendet, seine Sinne schwindelten ihm, und sein Verstand war ratlos; er stand eine Weile da, vollkommen überwältigt und hingerissen. Dann trat er näher heran, um genauer hinzuschauen; das eine Mal hielt er der Perlen köstlichste in der Hand; ein ander Mal hatte er unter den Juwelen den edelsten Stein erkannt; bald hatte er ein Stück Brokat beiseite getan; bald lockte das Gold im Strahlenglanze ihn an; das eine Mal ging er zu den Stoffen von Seide zart und fein; ein anderes Mal sog er die Düfte von Aloeholz und Weihrauch ein. Darauf sagte er sich in Gedanken, daß diese Räuber, auch wenn sie immerdar lange Tage und manches Jahr darauf verwendet hätten, die wunderbaren Schätze zu sammeln, doch nicht einmal einen kleinen Teil davon hätten aufspeichern können; dieser Schatz mußte schon vorhanden gewesen sein, ehe die Räuber auf ihn gestoßen waren; und jedenfalls hatten sie ihn nicht auf gesetzliche Weise und rechtlichem Wege erworben; so würde er denn auch, wenn er die Gelegenheit sich zunutze machte und ein wenig von all diesen unzählbaren Gütern an sich brachte, keine Schuld begehen und brauchte sich keines Tadels zu versehen. Und ferner, da der Schätze so viele waren, daß die Räuber sie nicht zählen und ausrechnen konnten, so würden sie es nicht merken, wenn etwas davon genommen würde, und würden nichts davon erfahren. Daraufhin faßte er den Plan, von dem Golde, das dort umherlag, so viel zu nehmen, wie er tragen konnte, und so begann er

1. Ein Parfüm aus Ambra, Moschus und Aloeholz.

denn Säcke mit Goldstücken aus dem Inneren der Schatzhöhle nach draußen zu schleppen; und jedesmal, wenn er eintreten oder nach draußen gehen wollte, rief er: ‚Sesam, öffne dein Tor!‘ dann tat die Tür sich auf. Als er aber mit dem Hinausschaffen der Schätze fertig war, belud er seine Esel damit, indem er die Säcke mit Gold unter einer dünnen Schicht von Brennholz versteckte. Und nun trieb er seine Lasttiere dahin, bis er wieder zur Stadt gelangte, und zog heiteren und zufriedenen Sinnes nach Hause.

Und weiter berichtete mir der Erzähler, daß Ali Baba, als er in sein Haus eingetreten war, die Haustür verschloß, da er befürchtete, die Leute könnten ihn überraschen. Nachdem er dann seine Esel im Stalle angebunden und ihnen die Futtersäcke um den Hals gelegt hatte, nahm er einen Goldsack, trug ihn zu seiner Frau hinauf und warf ihn vor sie hin. Dann ging er wieder hinunter und brachte einen neuen, und so immer weiter, Sack auf Sack, bis er alle hinaufgeschafft hatte. Seine Frau sah seinem Tun mit wachsendem Staunen zu; doch als sie einen der Säcke berührte und die dicken Goldstücke verspürte, da erblichen ihre Wangen, und ihr Geist ward ganz befangen; denn sie glaubte, ihr Mann hätte all dies viele Geld gestohlen. So rief sie denn: ‚Was hast du da getan, du Unglücksmensch? Wir brauchen kein unrecht erworbenes Gut, und nach der Habe anderer Menschen steht mir nicht der Mut. Ich lasse mir an dem genügen, was Allah mir zugeteilt hat; ich bin mit meiner Armut zufrieden, und ich danke Gott für das, was er mir beschieden. Ich strebe nicht nach dem, was andere Menschen besitzen, ich will kein unrecht Gut haben!‘ ‚Frau,‘ erwiderte er ihr, ‚hab Zuversicht und quäl dich nicht! Das sei ganz ferne, daß meine Hand unrecht Gut anrührt! Dies Geld hier habe ich in einer Schatzhöhle gefunden; ich habe die Gelegenheit ergriffen, es an mich genommen und hierher gebracht.' Dann erzählte er ihr, was er mit den Räubern erlebt hatte, von Anfang bis zu Ende – doch alles noch einmal zu erzählen, würde die Hörer nur quälen. Nachdem er seinen Bericht beendet hatte, ermahnte er sie, ihre Zunge im Zaume zu halten und das Geheimnis nicht zu verraten. Wie sie dies von ihm vernommen hatte, staunte sie sehr und fürchtete sich nicht mehr, und gewaltige Freude erfüllte ihre Brust. Als Ali Baba dann die Säcke mitten im Zimmer geleert hatte und als das Gold in einem Haufen dalag, begann die Frau, die wegen der Menge so überrascht war, die Dinare zu zählen. Da sprach er zu ihr: ,Du da, du kannst sie doch nicht zählen, nicht einmal in zwei Tagen! Das ist ein unnützes Beginnen, das brauchst du jetzt nicht zu tun. Ich halte es für das richtige, daß wir jetzt ein Loch graben und sie darin verstecken, damit wir die Sache nicht verraten und unser Geheimnis niemandem entdecken.' Doch sie erwiderte: ,Wenn du nicht willst, daß sie gezählt werden, so müssen sie doch gemessen werden, damit wir ungefähr wissen, wie viele es sind.' ,Tu, was dir gut dünkt!' sagte er darauf, ,doch ich fürchte, daß die Leute erfahren, wie es um uns steht, daß dann der Schleier von uns gelüftet wird und uns die Reue kommt, wenn die Reue nichts mehr frommt.' Aber sie kümmerte sich nicht um seine Worte und achtete ihrer nicht, sondern sie ging fort, um ein Scheffelmaß[1] zu borgen; denn sie hatte kein Gerät zum Messen im Hause, weil sie so arm und bedürftig war. So ging sie denn zu ihrer Schwäherin, der Frau des Kâsim, und erbat von ihr ein Scheffelmaß. Die versprach es ihr herzlich gern; aber während sie hinging, um es zu holen, sagte sie sich: ,Die Frau des Ali Baba ist doch so arm, und sonst pflegte sie nie etwas zu messen. Was für Korn

1. Arabisch *kaila*, in Syrien = sechsunddreißig Liter.

mag sie wohl heute haben, daß sie den Scheffel gebraucht?' Das wollte sie nun gern erfahren und genau wissen, darum tat sie etwas Wachs auf den Boden des Maßes, damit etwas von dem gemessenen Korn an ihm haften bliebe. Dann gab sie es ihrer Schwäherin; die nahm es, dankte ihr für den Gefallen, den sie ihr erwiesen hatte, und kehrte in aller Eile nach Hause zurück. Wie sie nun wieder dort war, setze sie sich nieder, um das Gold zu messen; und sie fand, daß es zehn Scheffel waren. Hocherfreut berichtete sie es ihrem Manne, der inzwischen eine weite Grube gegraben hatte. Nun versteckte er das Gold darin und schüttete die Erde wieder darauf. Seine Frau aber beeilte sich, den Scheffel ihrer Schwäherin zurückzubringen.

Lassen wir nun die beiden und wenden wir uns zu der Frau Kâsims! Als die Frau Ali Babas sie verlassen hatte, wendete sie das Scheffelmaß um und entdeckte darin einen Dinar, der im Wachs haften geblieben war. Darüber war sie befremdet, da sie ja wußte, daß Ali Baba ein armer Mann war; und sie blieb eine Weile ratlos sitzen. Dann vergewisserte sie sich noch einmal, daß es echtes Gold war, was man gemessen hatte, und nun rief sie: ,Ali Baba behauptet, arm zu sein, und mißt das Gold mit Scheffeln! Woher hat er diesen Reichtum? Wie mag er zu diesem vielen Golde gekommen sein?' Da bemächtigte der Neid sich ihres Herzens, und in ihrem Inneren ward ein Feuer entfacht. So erwartete sie denn ihren Mann voll schmerzlicher Ungeduld. Kâsim, ihr Gatte, pflegte jeden Tag frühmorgens zu seinem Laden zu gehen und dort bis zum Abend zu bleiben, indem er sich dem Verkauf und Kauf und allen Handelsgeschäften widmete. An jenem Tage aber wartete seine Frau sehnlichst auf sein Kommen, da sie so sehr von Kummer und Neid verzehrt wurde. Als es nun Abend geworden war und die Nacht bereits hereinbrach, schloß Kâsim seinen Laden und begab sich nach Hause. Wie er dort eintrat, sah er seine Frau mit düsterem Blick und trüber Miene dasitzen; ihre Augen waren verweint, und ihr Herz war voll Kummer. Da er sie sehr lieb hatte, fragte er sie sogleich: ‚Was ist dir geschehen, du Freude meiner Augen, du mein Herzenskind? Warum bist du betrübt? Warum weinst du?‘ Sie gab ihm zur Antwort: ‚Du kannst doch nur wenig schaffen, du bist arm an Kraft! Hätte ich nur deinen Bruder geheiratet! Ja der, wenn er auch Armut vorschützt und nach außen Bedürftigkeit zeigt und behauptet, er habe kein Vermögen, der hat doch so viel Gold, daß nur Allah seine Menge kennt und daß man es nur mit Scheffeln messen kann. Du aber, der du behauptest, vermögend und wohlhabend zu sein, der du mit Reichtum dich brüstest, du bist in Wirklichkeit nur ein armer Tropf, verglichen mit deinem Bruder. Du zählst deine Dinare einzeln; du hast dich mit dem Wenigen begnügt und ihm das Viele überlassen.‘ Dann erzählte sie ihm, was sie mit der Frau Ali Babas erlebt hatte, wie die von ihr das Scheffelmaß geborgt, wie sie selbst etwas Wachs darin auf den Boden gelegt hatte, und wie der Dinar daran haften geblieben war. Als Kâsim diese Worte von seiner Frau vernommen und den Dinar, der unten im Scheffel haftete, genau betrachtet hatte, war er sicher, daß sein Bruder sehr reich sein müsse. Aber er freute sich nicht darüber; nein, der Neid bemächtigte sich seines Herzens, und er sann auf Böses wider ihn. Denn er war neidisch und abgünstig, gemein und geizig. So verbrachte er denn jene Nacht mit seiner Frau in elender Verfassung, so schwer war ihr Leid, so bitter ihre Traurigkeit; sie schlossen kein Augenlid, da Schlaf und Schlummer sie mied. Unruhig und schlaflos lagen sie die ganze Nacht hindurch da, bis es Allah gefiel, daß der Morgen sich einstellte und die Welt mit seinem Licht und Glanz erhellte. Nachdem nun Kâsim das Frühgebet gesprochen hatte, ging er alsbald zu seinem Bruder und trat unerwartet zu ihm ins Haus. Wie Ali Baba ihn erblickte, hieß er ihn willkommen und nahm ihn in aller Freundlichkeit auf; er bezeugte ihm seine herzliche Freude und bat ihn, sich auf den Ehrenplatz zu setzen. Nachdem Kâsim sich dort gesetzt hatte, sprach er zu seinem Bruder: ‚Lieber Bruder, warum tust du, als wärest du arm und bedürftig, während du doch Reichtümer besitzest, die selbst die Flammen nicht verzehren können? Aus welchem Grunde bist du so geizig und führst ein so elendes Leben, während du doch ein großes Vermögen hast und viel mehr ausgeben könntest? Was nutzt denn das Geld, wenn der Mensch es nicht gebraucht? Weißt du nicht, daß der Geiz zu den schlechten und häßlichen Handlungen gehört und zu den gemeinen und unreinen Eigenschaften gezählt wird?‘ Da erwiderte ihm sein Bruder: ‚Ach, wenn es nur so um mich stände, wie du sagst! Nein, ich bin ein armer Mann, ich besitze keine Güter als meine Esel und meine Axt. Was du da geredet hast, kommt mir sehr befremdlich vor, ich weiß keinen Grund dafür, ja, ich verstehe es ganz und gar nicht!‘ Aber Kâsim fuhr fort: ‚Dein Lug und Trug nützt dir jetzt nichts mehr, du kannst mich nicht hintergehen. Denn die Wahrheit über dich ist an den Tag gekommen, und was du über dich verbargst, ist offenbar geworden.‘ Dann zeigte er ihm das Goldstück, das in dem Wachs haften geblieben war, und sprach zu ihm: ‚Dies ist es, was wir in dem Scheffel gefunden haben, den ihr von uns geborgt habt. Wenn du nicht sehr viel Gold hättest, so hättet ihr das nicht nötig gehabt und würdet das Gold nicht mit Scheffeln messen!‘ Jetzt wußte Ali Baba, daß der Schleier von ihm genommen und sein Geheimnis ans Licht gekommen, weil seine Frau so dumm gewesen war, das Gold messen zu wollen, und daß er einen Fehler gemacht hatte, als er ihr darin nachgab. Allein, welchen Renner gäbe es, der nicht einmal fiel? welches Schwert verfehlte nicht einmal sein Ziel? Er sah also ein, daß er sein Versehen nicht anders wieder gutmachen konnte als durch die Preisgabe seines Geheimnisses, und daß es nun das richtige sei, nicht mehr zurückzuhalten und seinem Bruder sein Erlebnis mitzuteilen; auf alle Fälle würde ja auch, da das Gold so über alle Begriffe und Erwartungen viel war, sein eigenes Glück nicht dadurch verringert, wenn er sich mit seinem Bruder darein teilte und ihm davon abgab; ja, sie würden es nicht aufbrauchen können, wenn sie auch hundert Jahre lebten und davon ihre täglichen Ausgaben bestritten. Auf Grund dieser Erwägung berichtete er seinem Bruder die Geschichte mit den Räubern und erzählte ihm, was er mit ihnen erlebt hatte; wie er in die Schatzhöhle eingedrungen war, und wie er eine Menge Gold, sowie auch alles, was er von den Edelsteinen und Stoffen begehrte, fortgeschafft hatte. Und er schloß mit den Worten: ‚Bruder, alles was ich heimgebracht habe, soll mir und dir gemeinsam gehören, wir wollen es gleichmäßig teilen. Wenn du aber noch mehr als das haben willst, so will ich es dir holen; denn ich habe den Schlüssel zu der Schatzhöhle bei mir, der mir den Eintritt und die Rückkehr gewährt, ganz wie ich will, ohne daß jemand mich hindern oder zurückhalten kann.‘ ‚Das ist eine Teilung, die mir nicht gefällt,‘ antwortete Kâsim, ‚ich wünsche, daß du mir den Weg zu der Schatzhöhle zeigst und mir das Geheimnis, wie man sie öffnen kann, mitteilst. Denn du hast in mir das Verlangen nach ihr erweckt; ich will sie selbst sehen, auch wie du hineingegangen und aus ihr genommen hast, so viel du nur begehrtest. Es ist mein Wunsch, hinzugehen, zu sehen, was darin ist, und zu nehmen, was mir gefällt. Wenn du mir meinen Wunsch nicht erfüllst, so verklage ich dich bei dem Statthalter und enthülle ihm dein Geheimnis; dann wird dir schon etwas zuteil werden, was dir nicht lieb ist.' Als Ali Baba diese Worte aus seinem Munde vernommen hatte, sprach er zu ihm: ‚Warum drohst du mir mit dem Statthalter? Ich will dir ja in nichts widersprechen. Ich werde dir gern kundtun, was du wissen willst; und ich zögerte nur deshalb, weil ich befürchtete, die Räuber könnten dir ein Leids antun. Wenn du nun selbst in die Schatzhöhle hineingehen willst, so bringt das mir weder Schaden noch Nutzen. Nimm dir von dort alles, was dir gefällt! Wenn du auch noch so viel schleppst, du kannst doch nicht alles fortschaffen, was sie enthält; und was du zurücklassen mußt, das ist immer noch viele Male mehr als das, was du fortnimmst.' Darauf beschrieb er ihm den Weg zum Gebirge und die Stelle der Schatzhöhle und lehrte ihn die Worte: ‚Sesam, öffne dein Tor!' Er fügte auch noch hinzu: ‚Behalte diese Worte fest im Sinne! Hüte dich, sie zu vergessen! Sonst bin ich um dich wegen der Tücke der Räuber und wegen des Ausgangs dieser ganzen Sache besorgt.'

Ferner berichtete mir der Erzähler, daß Kâsim, nachdem er die Stelle der Schatzhöhle erfahren und den Weg, wie er zu ihr gelangen konnte, kennen gelernt sowie auch die Zauberworte behalten hatte, voller Freude seinen Bruder verließ, ohne sich um seine Warnung zu kümmern und ohne auf seine Mahnung zu achten. Darauf kehrte er mit strahlendem Antlitz, aus dem die Freude hervorleuchtete, nach Hause zurück und erzählte seiner Frau, was er mit Ali Baba erlebt hatte. Er schloß mit den Worten: ‚Morgen früh werde ich, so Gott will, ins Gebirge gehen und zu dir mit viel mehr Gold, als mein Bruder heimgebracht hat, zurückkehren. Denn deine Vorwürfe haben mich gequält und beunruhigt; und ich möchte etwas tun, was mir dein Wohlgefallen einbringt.' Darauf rüstete er zehn Maultiere und lud auf jedes Maultier zwei leere Kisten; dazu versah er jedes Lasttier mit den nötigen Packsätteln und Stricken. Dann verbrachte er die Nacht in der frohen Aussicht, daß er am nächsten Tage zu der Schatzhöhle gehen und dort gewinnen würde, was sie an Gütern und Schätzen enthielt, ohne sich darin mit seinem Bruder teilen zu müssen. Sobald die Morgendämmerung aufstieg und der Tag anbrach, machte er seine Maultiere bereit und trieb sie vor sich her, dem Gebirge zu, bis er es erreichte. Als er dort angekommen war, richtete er sich nach den Wegzeichen, die sein Bruder ihm beschrieben hatte, um die Tür zu finden. Und er suchte immer weiter nach ihr, bis sie in der Felswand zwischen dem Gestrüpp und Gebüsch vor ihm stand. Kaum hatte er sie erblickt, da rief er alsbald: ‚Sesam, öffne dein Tor!' Und siehe da, die Tür öffnete sich vor ihm, und voller Staunen lief er in aller Eile in die Schatzhöhle hinein, begierig, die Schätze zu holen. Nachdem er aber die Schwelle überschritten hatte, schloß die Tür sich wieder wie gewöhnlich. Dann ging Kâsim in der ersten Halle weiter, von ihr aus gelangte er in die zweite und dritte, und so begab er sich von Halle zu Halle, bis er alle Hallen durchschritten hatte. Er war von den Wundern, die er sah, berückt, und von den Kostbarkeiten, die er fand, entzückt; fast geriet er vor Freuden ganz außer sich, und am liebsten hätte er die Schätze samt und sonders mitgenommen. Wie er dann nach rechts und nach links gegangen war und eine Weile hin und her überlegt hatte, was er von dem Golde und den Kostbarkeiten wünschte, da entschied er sich für das Gold, nahm einen Sack voll Gold, hob ihn auf die Schulter und trug ihn zur Tür hin. Nun wollte er die Zauberworte zum Öffnen der Tür sprechen, das heißt, er wollte sagen: ‚Sesam, öffne dein Tor!'

Aber sie kamen ihm nicht auf die Zunge, da sie ihm ganz ent-schwunden waren. Also setzte er sich nieder, um über sie nach-zudenken; dennoch kamen sie ihm nicht in den Sinn, und er konnte sie sich nicht in Gedanken vorstellen, nein, er hatte sie ganz und gar vergessen. Er rief: ‚Gerste, öffne dein Tor!‘ aber die Tür tat sich nicht auf. Dann rief er: ‚Weizen, öffne dein Tor!‘ doch die Tür rührte sich nicht. Und weiter rief er: ‚Ki-chererbse, öffne dein Tor!‘ aber die Tür blieb geschlossen, wie sie war. Immer weiter nannte er eine Frucht nach der andern, bis er alle Namen von Kornfrüchten genannt hatte. Allein an die Worte ‚Sesam, öffne dein Tor!‘ konnte sein Geist sich nicht mehr erinnern. Als er nun sicher wußte, daß es nichts mehr fruchtete, alle die Namen von Körnerarten zu nennen, warf er das Gold von seiner Schulter, setzte sich wieder und dachte nach, was das wohl für ein Korn sein konnte, dessen Namen sein Bruder ihm angegeben hatte; doch es kam und kam ihm nicht in den Sinn. So blieb er eine Weile in größter Unruhe und Angst; und während alledem konnte er sich den Namen nicht in seinen Gedanken vorstellen. Dann begann er Kummer und Schmerz und Reue zu empfinden über das, was er getan hatte, als die Reue ihm nichts mehr nützte. Und er sprach: ‚Wäre ich doch mit dem zufrieden gewesen, was mein Bruder mir anbot! Hätte ich doch von der Gier gelassen, die mich nun ins Verderben stürzen wird!‘ Dabei schlug er sich immerfort ins Gesicht, raufte sich den Bart, zerriß seine Ge-wänder, streute Staub auf sein Haupt und weinte Tränen in Strömen. Bald schrie und klagte er, so laut er nur konnte; bald weinte er still in seinem Schmerze. Die Stunden wurden ihm lang, die er so in dieser Not verbrachte; ja, während die Zei-ten verstrichen, kam ihm jede Minute, die dahinging, wie eine lange Spanne Zeit vor. Je länger er in der Schatzhöhle war, desto mehr nahmen Furcht und Angst in ihm zu, bis er schließlich an seiner Rettung verzweifelte. Und da sprach er: ‚Ich muß umkommen, daran ist kein Zweifel; es gibt keinen Weg zur Befreiung aus diesem engen Gefängnis!'

Wenden wir uns nun von ihm zu den Räubern! Die hatten inzwischen eine Karawane angetroffen, in der sich Kaufleute mit ihren Waren befanden. Die plünderten sie aus, und so machten sie große Beute. Darauf begaben sie sich nach der Schatzhöhle, um ihren Raub dort zu bergen, wie es ihre Gewohnheit war. Doch als sie in ihre Nähe kamen, erblickten sie die Maultiere, die dort mit den Kisten beladen standen. Da sie Verdacht schöpften und die Sache ihnen nicht geheuer vorkam, so stürmten sie wie ein Mann auf sie los. Die Maultiere flüchteten und zerstreuten sich im Gebirge; die Räuber aber kümmerten sich nicht mehr um sie, sondern hielten ihre Pferde an, saßen ab und zogen ihre Schwerter, um vor den Besitzern der Maultiere auf der Hut zu sein, da sie argwöhnten, es könnten ihrer viele sein. Weil sie nun draußen vor der Schatzhöhle niemanden sahen, so näherten sie sich der Tür. Als jedoch Kâsim das Getrappel der Pferde und die Stimmen der Männer hörte, lauschte er hin und war bald sicher, daß es die Räuber waren, von denen sein Bruder ihm erzählt hatte. Da hoffte er entrinnen zu können, und mit der Absicht, rasch davonzulaufen, verbarg er sich dicht hinter der Tür, bereit zu fliehen. Dann trat der Räuberhauptmann vor und sprach: ‚Sesam, öffne dein Tor!' Als die Tür sich auftat, sprang Kâsim hervor, um dem Unheil zu entrinnen und die Rettung zu gewinnen. Doch wie er hervorsprang, traf er auf den Hauptmann und stieß ihn zu Boden. Eilends rannte er zwischen den Räubern hindurch; er kam auch am ersten, zweiten und dritten vorbei, aber es waren ja vierzig Mann, und er konnte doch

808

nicht ihnen allen entwischen. Einer von ihnen trat ihm entgegen und stieß ihm die Lanze durch die Brust, so daß die Spitze ihm blinkend zum Rücken herausfuhr; so fand Kâsim den Tod. Das ist der Lohn eines Mannes, den die Begier überwältigt und der auf Tücke und Verrat wider seinen Bruder sinnt! Als darauf die Räuber in die Schatzhöhle eintraten und sahen, was dort weggenommen war, ergrimmten sie gewaltig, und die meisten glaubten, daß der getötete Kâsim ihr Widersacher sei und auch all das genommen habe, was an ihrem Besitze fehlte. Aber sie konnten es nicht begreifen, wie er an diesen unbekannten, abgelegenen und versteckten Ort hatte gelangen können und wie er das Geheimnis, um die Tür zu öffnen, erfahren hatte; denn niemand als Allah, der Gepriesene und Erhabene, kannte es außer ihnen. Als sie ihn nun tot dahingestreckt und regungslos daliegen sahen, freuten sie sich und beruhigten sich wieder; denn sie glaubten, jetzt werde kein anderer als er mehr kommen und in die Schatzhöhle eindringen. Und sie sprachen: ‚Preis sei Allah, der uns vor diesem verfluchten Kerl Ruhe verschafft hat!' Um nun andere durch seine Bestrafung zu warnen und abzuschrecken, zerschnitten sie seinen Leib in vier Teile und hängten sie hinter der Tür auf, als warnendes Beispiel für einen jeden, der es wagen würde, diese Stätte zu betreten. Darauf gingen sie wieder hinaus, und die Tür schloß sich, wie sie zuvor gewesen war. Dann bestiegen sie ihre Pferde und ritten ihres Weges.

Lassen wir sie dahinziehen und wenden wir uns nun zu der Frau Kâsims! Die saß den ganzen Tag da und wartete auf ihn, voller Hoffnung, ihr Ziel zu erreichen, und voller Erwartung, die weltlichen Güter, die sie begehrte, bald zu besitzen, bereit, die Dinare und die geliebten Goldstücke zu greifen. Als es jedoch Abend ward, und er immer noch ausblieb, ward sie unruhig und ging zu Ali Baba; dem erzählte sie, ihr Mann sei am Morgen ins Gebirge gezogen und bis zu dieser Stunde noch nicht heimgekehrt, und darum fürchte sie, es könne ihm ein Hindernis begegnet oder ein Unglück geschehen sein. Ali Baba beruhigte sie, indem er sprach: ‚Sorge dich nicht! Wenn er bis zu dieser Stunde ausgeblieben ist, so hat er sicher seine Gründe. Ich glaube, er zögert, bei Tage in die Stadt zu kommen, weil er fürchtet, sein Geheimnis könnte offenbar werden; und er will nur bei Nacht hereinkommen, um sein Vorhaben im Verborgenen auszuführen. Es wird nur noch eine kurze Weile dauern, dann wirst du ihn sehen, wie er mit dem Golde zu dir heimkehrt. Als mir berichtet wurde, er wolle ins Gebirge gehen, da habe ich es mir versagt, auch hinaufzusteigen, wie ich es sonst zu tun pflege, damit er nicht durch meine Gegenwart gestört werde und glauben könne, ich wolle ihm nachspüren. Der Herr mache ihm leicht, was schwer ist, und führe seine Sache zu einem guten Ende! Du aber, geh in dein Haus zurück und befürchte nichts! So Gott will, wird sich alles zum Guten wenden. Dann wirst du sehen, wie er unversehrt und von Beute beschwert zu dir zurückkommt!‘ Die Frau Kâsims kehrte nun in ihr Haus zurück, aber sie war doch noch unruhig. Dort setzte sie sich betrübt nieder, mit tausend Seufzern im Herzen wegen des Ausbleibens ihres Mannes; sie begann, sich lauter düstere Gedanken zu machen und die schlimmsten Erwartungen zu hegen, bis die Sonne unterging und es dunkel ward und die Nacht hereinbrach, ohne daß sie ihn hätte heimkehren sehen. Da wollte sie sich nicht zur Ruhe legen und verbannte den Schlaf von ihren Augen, weil sie nur auf ihn wartete. Als aber zwei Drittel der Nacht vergangen waren und sie ihn immer noch nicht zurückkehren sah, gab sie die Hoffnung auf sein Kommen auf und hub an, zu weinen und zu klagen. Doch sie enthielt sich, so laut zu schreien, wie es sonst die Frauen zu tun pflegen; denn sie befürchtete, die Nachbarn könnten davon erfahren und sie dann nach dem Grunde ihres Weinens fragen. So verbrachte sie die Nacht wachend und klagend, in Unruhe, Trauer und Sorgen, in Furcht und Kummer, – eine böse Nacht! Doch als sie bemerkte, daß der Morgen begann, eilte sie sogleich zu Ali Baba und tat ihm kund, daß sein Bruder nicht heimgekehrt sei; während sie sprach rannen ihr in ihrem Kummer die Tränen in Strömen, und sie war in unsäglicher Not. Als Ali Baba vernommen hatte, was sie ihm berichtete, rief er: ‚Es gibt keine Macht und es gibt keine Majestät außer bei Allah dem Erhabenen und Allmächtigen! Jetzt bin ich ratlos, weil er bis zu dieser Zeit ausgeblieben ist. Doch ich will selbst hingehen und nachforschen, wie es um ihn steht; dann will ich dir die volle Wahrheit über ihn berichten. Möge Allah der Beschützer zum Guten sein, und nicht der Gegner zu Not und Pein!' Darauf rüstete er sofort seine Esel, nahm seine Axt und begab sich auf das Gebirge, wie er es jeden Tag zu tun pflegte. Wie er sich jedoch dem Tore der Schatzhöhle näherte und dort keine Maultiere fand, aber Blutspuren entdeckte, da gab er alle Hoffnung für seinen Bruder auf und war von seinem Tode überzeugt. Er trat an die Tür heran; doch dabei war er voll Angst und ahnte, was geschehen war. Kaum hatte er gerufen: ‚Sesam, öffne dein Tor!' da tat sich durch diese Worte schon die Tür auf, und er entdeckte den Leichnam Kâsims, der in vier Teile zerstückelt war und hinter der Tür hing. Bei diesem Anblick lief ein Schauer über seinen Leib, seine Zähne schlugen aufeinander, und seine Lippen zuckten zusammen; und fast wäre er vor Schrecken und Grauen ohnmächtig geworden. Schmerzlicher Kummer um seinen Bruder überkam ihn, und er ward um seinetwillen tief betrübt. Da sprach er dann: ‚Es gibt keine Macht und es gibt keine Majestät außer bei Allah dem Erhabenen und Allmächtigen! Wir sind Gottes Geschöpfe, und zu Ihm kehren wir zurück. Niemand entgeht dem, was geschrieben steht. Und was einem Manne im Verborgenen bestimmt ist, das muß an ihm erfüllt werden.' Doch dann sah er ein, daß es jetzt nichts nutzte noch frommte, zu weinen und zu trauern, und daß es das beste und nötigste war, die Kräfte des Verstandes zusammenzunehmen und den rechten Plan und einen festen Entschluß zu fassen. Und so dachte er zunächst daran, daß es ihm als eine religiöse Pflicht des Islams obliege, seinen Bruder in das Leichentuch zu hüllen und zu begraben. Alsbald nahm er die vier Teile der zerstückelten Leiche, lud sie auf seine Esel und bedeckte sie mit einigen von den Stoffen des Schatzes. Dazu fügte er noch einiges von den anderen Schätzen, was nicht beschwert und doch von hohem Wert. Zuletzt ergänzte er die Lasten seiner Esel mit Brennholz. Dann wartete er eine ganze Weile, bis die Nacht anbrach. Als es aber dunkel geworden war, zog er zur Stadt und ging hinein, tiefer betrübt als eine Mutter, die ihr Kind verloren hat, ohne zu wissen, was er mit der Leiche tun, ja, was er überhaupt beginnen solle. So trieb er denn, versunken im Meere der quälenden Gedanken, seine Esel dahin, bis er vor dem Hause seines Bruders anhielt. Er klopfte an die Tür, und es öffnete ihm eine braune abessinische Sklavin, die dort als Dienerin war. Die war eine der schönsten Sklavinnen, von anmutigem Aussehen, von lieblichem Wuchs, jung an Jahren, von hübschem Gesichte, mit geschminkten Augenwimpern und in jeder Hinsicht vollkommen; aber noch mehr als das, sie hatte auch klare Einsicht, durchdringenden Verstand, hohen Sinn und tapferen Mut zur Zeit der Not, und im Ersinnen von Mitteln und Wegen übertraf sie den erfahrensten und klügsten Mann. Die Geschäfte des Hauses waren ihr überlassen, und die Beschaffung dessen, was gebraucht wurde, war ihr anvertraut. Als nun Ali Baba in den Hof trat, sprach er zu ihr: ‚Jetzt gilt es, dich zu zeigen, Mardschâna! Wir brauchen deine Hilfe in einer wichtigen Sache, die ich dir vor deiner Herrin erklären will. Komm mit mir herein, damit ich zu dir sprechen kann.‘ Darauf ließ er die Esel im Hofe, ging zu der Frau seines Bruders hinauf, während Mardschâna ihm folgte, verwirrt und ungewiß über das, was sie von ihm gehört hatte. Als aber die Frau Kâsims ihn erblickte, rief sie: ‚Was bringst du, Ali Baba, Gutes oder Schlimmes? Hast du eine Spur von ihm gefunden oder eine Kunde über ihn erhalten? Schnell, beruhige mich, kühle das Feuer meines Herzens!‘ Doch wie er mit der Antwort zauderte, erkannte sie schon, wie es in Wahrheit stand; und sie begann zu schreien und zu klagen. Er aber sprach zu ihr: ‚Enthalte dich jetzt des Schreiens, erhebe deine Stimme nicht, auf daß die Leute nichts von uns erfahren und du uns nicht alle ins Verderben bringst!‘ Darauf erzählte er ihr, wie es stand und was er erlebt hatte; wie er die Leiche seines Bruders, in vier Teile zerstückelt und drinnen in der Schatzhöhle hinter der Tür aufgehängt, gefunden hatte. Dann fuhr er fort: ‚Denke daran und sei gewiß, daß unser Gut und unser Leben und unsere Angehörigen die Gaben Allahs sind! Glück und Unglück werden uns anvertraut. Es geziemt uns zu danken, wenn Er gibt, und auszuharren, wenn Er heimsucht. Trauer ruft keinen Toten ins Leben zurück und wehrt keinen Kummer von uns ab. Darum liegt es dir ob, auszuharren. Auf das Ausharren muß Glück und Heil folgen. Sich den Beschlüssen Allahs zu fügen, ist besser als zu jammern und sich zu widersetzen. Jetzt aber ist dies der rechte und richtige Plan: ich werde dir zum Ehemann und nehme dich als Gattin an. Ich will dich heiraten, und meiner Frau wird es nicht leid tun, denn sie ist verständig und züchtig im Denken und Handeln, sie ist fromm und gottesfürchtig. Dann wollen wir alle zusammen eine Familie sein, und – Gott sei Dank! – wir haben ja Geld und Gut genug, daß wir uns nicht zu mühen und plagen und quälen brauchen, um unseren Lebensunterhalt zu verdienen. Darum sollen wir dem Geber danken, der uns gespendet hat, und ihn für das preisen, was er uns gnädig gewährt hat!' Wie die Frau Kâsims die Worte Ali Babas vernommen hatte, wurden die Trauer und der tiefe Schmerz, die sie empfand, ein wenig beruhigt; sie hörte auf zu weinen, trocknete ihre Tränen und sprach zu ihm: ,Ich will dir ein folgsames Weib und eine gehorsame Dienerin sein. Was immer du für richtig hältst, dem will ich mich fügen. Doch was soll jetzt mit dieser Leiche geschehen?' Er gab ihr zur Antwort: ,Die Sache des Toten überlasse deiner Sklavin Mardschâna; du weißt doch, wie groß ihr Verstand, wie trefflich ihre Einsicht ist, wie richtig sie planen kann, wie geeignet sie ist, Mittel und Wege zu finden!' Dann verließ er sie und ging seiner Wege.

Als die Sklavin Mardschâna diesen Worten zugehört hatte und auf ihren Herrn, der tot und geviertteilt war, blickte und als sie ferner den Grund von alledem genau verstanden hatte, beruhigte sie ihre Herrin, indem sie sprach: ,Sorge dich nicht, sei ruhig! Ich werde mich seiner annehmen. Ich werde dir alles so einrichten, daß wir Ruhe finden und daß der Schleier des Geheimnisses nicht von uns genommen wird.' Darauf ging sie fort und begab sich zu einem Spezereienhändler, der in derselben Straße wohnte; das war ein alter, hochbetagter Mann, berühmt ob seiner Kenntnisse in allen Arten der Heilkunst und Arzneiwissenschaft, von dem man wußte, daß er eine reiche

Erfahrung darin hatte, Arzneien zu bereiten, und daß er alle Drogen und Heilkräuter kannte. Von ihm forderte sie eine Paste, wie sie nur bei schweren Krankheiten verschrieben wird. Da fragte er sie: ‚Wer hat diese Paste in eurem Haushalte nötig?‘ Sie antwortete: ‚Mein Herr Kâsim ist von einer schweren Krankheit betroffen, die ihn ganz und gar niedergeworfen hat, so daß er jetzt wohl dem Ende nahe ist.‘ Der Drogist reichte ihr nun die Paste mit den Worten: ‚Möge Allah dadurch Heilung schaffen!‘ Sie nahm das Mittel aus seiner Hand entgegen, zahlte ihm einige Dirhems dafür und kehrte nach Hause zurück. Am nächsten Morgen früh ging sie wieder zu dem Spezereihändler und forderte von ihm eine Arznei, die nur dann eingegeben wird, wenn alle Hoffnung geschwunden ist. Als er fragte: ‚Hat denn die Paste von gestern nichts genützt?‘ gab sie zur Antwort: ‚Nein, bei Allah! Mein Herr liegt in den letzten Zügen; er kämpft mit dem Tode. Und meine Herrin hat schon begonnen zu weinen und zu klagen.‘ Er gab ihr die Arznei, und nachdem sie sie in Empfang genommen und den Preis dafür bezahlt hatte, ging sie fort. Sie begab sich jedoch zu Ali Baba und erzählte ihm, was für eine List sie angewandt hatte, und sie empfahl ihm, er möchte jetzt oft zum Hause seines Bruders kommen und dabei Trauer und Kummer zur Schau tragen. Er befolgte ihren Rat, und als die Leute des Stadtviertels ihn sahen, wie er im Hause seines Bruders aus und ein ging mit den Zeichen der Trauer im Gesichte, fragten sie ihn, was der Grund davon sei. Er erzählte ihnen von der Krankheit seines Bruders und daß sein Leiden sehr schwer sei. Die Kunde verbreitete sich bald in der Stadt, und die Leute begannen davon zu reden. Am nächsten Morgen aber ging Mardschâna vor Anbruch der Dämmerung fort, schritt durch die Straßen der Stadt dahin, bis sie zu einem Schuhflicker kam, namens Scheich Mustafa, einem alten Manne, der einen dicken Schädel, einen kurzen Leib und einen langen Bart auf Kinn und Lippen hatte. Der pflegte immer seinen Laden früh zu öffnen, als erster im Basar; und die Leute wußten auch, daß er diese Gewohnheit hatte. Zu ihm also ging die Sklavin; sie grüßte ihn mit ausgesuchter Höflichkeit und legte ihm ein Goldstück in die Hand. Als Scheich Mustafa es glänzen sah, betrachtete er es eine Weile in der Hand und sprach: ‚Dies ist ein gesegneter Anfang!' Und da er merkte, daß sie ein Anliegen an ihn hatte, sprach er zu ihr: ‚Tu mir kund, was du für Wünsche hast, du Herrin der Sklavinnen, damit ich sie dir erfülle!' ‚O Scheich,' erwiderte sie, ‚nimm Faden und Nadeln, wasche deine Hände, lege deine Sandalen an, und laß mich dir die Augen verbinden! Dann mache dich auf und komm mit mir, um ein gutes Werk zu tun, das dir mit irdischem und himmlischem Lohne winkt, ohne daß es dir den geringsten Schaden bringt!' Er fuhr fort: ‚Wenn du von mir etwas verlangst, an dem Allah und der Prophet Gefallen haben, so will ich es herzlich gern tun und dir nicht widersprechen. Ist es aber ein Verbrechen oder ein Vergehen, ein schuldbringend oder sündhaft Versehen, so will ich dir darin nicht Folge leisten; dann suche dir jemand anders, daß er es vollbringt!' ‚Nein, bei Allah, o Scheich Mustafa,' sagte sie darauf, ‚es gehört zu den erlaubten und gestatteten Dingen; hab keine Besorgnis!' Mit diesen Worten drückte sie ihm ein zweites Goldstück in die Hand. Sobald er das erblickte, konnte er nicht mehr widersprechen noch sich entziehen; er sprang auf die Füße und sprach zu ihr: ‚Ich stehe dir zu Diensten; was du mir nur immer befiehlst, werde ich für dich tun.' Darauf verschloß er seine Ladentür und nahm, was er an Faden, Nadeln und anderen Nähwerkzeugen nötig hatte. Mardschâna aber hatte eine Binde bereit gehalten; die holte sie jetzt rasch hervor und verband ihm damit die Augen, wie verabredet war, damit es ihm unmöglich wäre, den Ort zu erkennen, zu dem sie mit ihm gehen wollte. Dann nahm sie ihn bei der Hand und führte ihn fort, während er hinter ihr ging, durch die Straßen und Gassen; und er glich einem Blinden, der nicht wußte, wohin er ging, noch was damit bezweckt wurde. So gingen die beiden zusammen dahin, bald schlug sie einen Weg nach rechts ein, bald bog sie nach links ab, indem sie absichtlich einen Umweg wählte, um ihn zu verwirren und ihn nicht wissen zu lassen, wohin sie mit ihm ging. Immer weiter führte sie ihn in dieser Weise, bis sie bei dem Hause des dahingeschiedenen Kâsim halt machte. Dort klopfte sie leise an die Tür, und im selben Augenblicke ward ihr aufgemacht. Da führte sie den Scheich Mustafa hinein und brachte ihn in den Raum, in dem der Leichnam ihres Herrn lag. Sobald er dort stille stand, löste sie ihm die Binde von den Augen. Als aber der Scheich Mustafa die Augen öffnete und sich an einem Orte sah, den er nicht kannte, und nun gar vor sich die Leiche eines erschlagenen Mannes schaute, geriet er in Angst, und sein Leib erbebte. Doch Mardschâna sprach zu ihm: ‚Fürchte dich nicht, Alterchen; dir geschieht kein Leid! Von dir wird nur gewünscht, daß du die Teile dieses getöteten Mannes fest aneinandernähst und seine Glieder zusammenfügst, so daß sein Leib wieder aus einem Stück besteht.‘ Mit diesen Worten reichte sie ihm das dritte Goldstück. Scheich Mustafa nahm es, legte es in seine Brusttasche und sprach bei sich selber: ‚Jetzt gilt es, sich zusammenzunehmen und den rechten Entschluß zu fassen. Ich bin an einem Orte, den ich nicht kenne, und unter Leuten, von denen ich nicht weiß, was sie vorhaben. Handle ich ihnen zuwider, so werden sie mir sicher ein Leids antun; und so bleibt mir nichts übrig, als mich dem zu fügen, was sie verlangen. Auf alle Fälle bin ich ja an dem Blute dieses erschlagenen Mannes unschuldig, und die Bestrafung seines Mörders steht bei Allah, dem Gepriesenen und Erhabenen. Und schließlich, es ist doch keine Sünde, einen Leichnam zusammenzunähen; deswegen kann keine Schuld auf mich kommen und keine Strafe mich treffen!' Also setzte er sich nieder und begann die Teile des Getöteten zu nähen, und er fügte sie zusammen, bis sie wieder ein vollständiger Leib wurden. Wie er dann mit seiner Arbeit fertig war und seine Aufgabe erfüllt hatte, legte Mardschâna ihm wieder die Binde um die Augen, nahm ihn bei der Hand und führte ihn zur Gasse hinab. Dann ging sie mit ihm von Straße zu Straße, bog in eine Gasse nach der anderen ein und leitete ihn bis zu seinem Laden zurück, noch ehe die Leute aus ihren Häusern kamen, so daß keiner sie beobachten konnte. Als sie dann wieder bei dem Laden ankam, nahm sie ihm die Binde von den Augen und sprach zu ihm: ‚Hüte dies Geheimnis! Nimm dich in acht, darüber zu sprechen oder von dem, was du gesehen hast, zu erzählen; schwätze nicht viel von dem, was dir nichts besagt, sonst kann dir begegnen, was dir nicht behagt!' Darauf gab sie ihm das vierte Goldstück, verließ ihn und ging fort. Als sie wieder zu Hause ankam, holte sie warmes Wasser und Seife, setzte sich nieder und wusch den Leichnam ihres Herrn, bis sie ihn von dem Blute gereinigt hatte; dann zog sie ihm seine Kleider an und legte ihn auf seine Lagerstatt. Wie sie mit allem fertig war, schickte sie zu Ali Baba und seiner Frau; und als sie gekommen waren, berichtete sie ihnen, was sie getan hatte, und sie schloß mit den Worten: ‚Gebt jetzt den Tod meines Herrn Kâsim bekannt und tut ihn den Leuten kund!' Im selben Augenblick begannen auch die Frauen zu weinen und zu klagen, sie erhoben den Trauergesang und das Wehgeschrei und schlugen ihre Wangen, bis die Nachbarn es hörten. Nun kamen die Freunde, um an der Trauer über ihn teilzunehmen. Des Weinens ward viel, das Klagen nahm zu, das Wehgeschrei ward allgemein, und der Jammer war groß. Dann ward die Kunde von dem Tode Kâsims in der ganzen Stadt bekannt; die Freunde sprachen Segenswünsche über ihn aus, doch die Feinde zeigten ihre Schadenfreude. Nach einer Weile kamen die Leichenwäscher, um ihn gemäß dem religiösen Brauche zu waschen. Doch Mardschâna ging zu ihnen hinunter und sagte ihnen, er sei schon gewaschen, gesalbt und mit dem Leichentuche bekleidet; und dabei gab sie ihnen als ihren Lohn mehr, als man sonst zu geben pflegte. Die Leute zogen mit frohem Sinn wieder ab, und obgleich sie den Grund nicht einsahen, fragten sie doch nicht nach dem, was sie nichts anging. Darauf brachten die Leute die Bahre, holten die Leiche herunter, legten sie darauf und trugen sie zum Friedhofe, während die Einwohner seinem Leichenzuge folgten, Mardschâna aber mit den anderen Frauen sowie die Klageweiber hinterdrein gingen und weinten und klagten, bis man zu der Grabstätte kam. Dort gruben sie ihm ein Grab und bestatteten ihn – die Barmherzigkeit Gottes sei mit ihm! Darauf kehrten die Leute wieder um, zerstreuten sich und gingen ihrer Wege. Auf diese Weise blieb die Ermordung Kâsims unbekannt, keiner erfuhr etwas von dem wahren Sachverhalt, und alle Leute meinten, er sei eines natürlichen Todes gestorben.

Nachdem nun die gesetzliche Frist[1] verstrichen war, heiratete Ali Baba die Frau seines Bruders, ließ die Eheurkunde für

1. Eine Witwe darf nach islamischem Gesetze, wenn vier Monate und zehn Tage seit dem Tode ihres Mannes verstrichen sind, eine neue Ehe eingehen.

sie schreiben und wohnte ihr bei! Die Leute fanden sein Tun schön, und sie schrieben es seiner großen Liebe zu seinem Bruder zu. Danach schaffte er seinen Hausrat in ihr Haus hinüber und wohnte dort mit ihr und seiner ersten Frau; auch brachte er das Geld, das er aus der Schatzhöhle mitgenommen hatte, hinüber. Dann dachte er nach, was aus dem Laden seines dahingeschiedenen Bruders werden sollte. Allah hatte ihm einen Sohn geschenkt, der jetzt zwölf Jahre alt war; der war früher bei einem Kaufherrn in die Lehre gegangen und hatte von ihm das Kaufmannsgeschäft gelernt, so daß er gut darin Bescheid wußte. Da nun sein Vater jemanden nötig hatte, der den Laden hütete, nahm er ihn von dem Kaufherrn fort und ließ ihn in dem Laden sitzen, um zu verkaufen und zu kaufen; er übergab ihm alle Güter und Waren, die der Oheim hinterlassen hatte, und er versprach auch, ihn zu vermählen, wenn es mit seinem Tun gut und erfolgreich stehe und wenn er den Weg des Rechtes und der Tugend gehe.

Wenn wir uns nun von diesen wieder zu den Räubern wenden, so sehen wir, daß sie nach einer kurzen Weile zu der Schatzhöhle zurückkehrten. Als sie eintraten und die Leiche Kâsims nicht mehr fanden, wußten sie, daß noch ein anderer von ihren Widersachern um ihr Tun wußte, daß der Tote Genossen gehabt haben mußte, und daß ihr Geheimnis nun unter den Menschen bekannt wurde. Der Gedanke lastete auf ihnen, und sie empfanden bitteren Kummer. Dann sahen sie nach, was aus der Schatzhöhle fortgenommen war, und fanden, daß es doch auf eine beträchtliche Menge kam; darüber waren sie sehr erzürnt, und nun sprach der Hauptmann zu ihnen: ,Ihr Degen, ihr Männer im Kampf und Streit verwegen, jetzt ist eure Zeit gekommen, auf daß ihr Blutrache nehmt! Wir glaubten, es sei nur ein Mann gewesen, der die Tür geöffnet hat, aber nun sind es doch mehrere gewesen; nur kennen wir die Zahl der Leute nicht und wissen nicht, wo ihre Wohnstätte ist. Sollen wir uns in Gefahr begeben und unser Leben in die Schanze schlagen, um Schätze zu sammeln, und sollen dann andere Leute den Nutzen davon haben, ohne Plage, ohne Mühe? Das ist doch etwas zu Arges, das wir nicht ertragen können! Wir müssen also auf Mittel und Wege sinnen, durch die wir an unseren Feind herankommen, und wenn wir ihm begegnen, so wollen wir blutige Rache an ihm nehmen. Ja, ich will ihn mit diesem Schwerte erschlagen, mag es auch den Untergang für mich bedeuten. Jetzt ist die Zeit da, sich zu mühen, sich mannhaft, tapfer und tüchtig zu zeigen! Zerstreut euch, zieht in Dörfer und Flecken, in große Städte und weite Länderstrek-ken, sucht Nachrichten zu erhalten, fragt, ob ein Armer reich geworden ist oder ob ein Erschlagener begraben ist. Es ist mög-lich, daß ihr so unserem Feinde auf die Spur kommt und daß Allah euch mit ihm zusammenführt. Ganz besonders brauchen wir jetzt einen listigen und verschlagenen Mann, der wahren Mannesmut besitzt, der dazu bestimmt werden soll, diese Stadt zu durchforschen; denn unser Widersacher ist einer von ihren Einwohnern, das steht fest und ist ganz sicher. Dieser Mann muß sich als Kaufmann verkleiden, unauffällig in die Stadt hineingehen und in ihr Nachrichten zu erhalten suchen; er muß danach fragen, wie es in ihr aussieht, was für Ereignisse sich in ihr begeben haben, wer in der letzten Zeit dort gestorben oder getötet ist, was für Verwandte er hat, wo sein Haus steht und wie es ihm ergangen ist. Vielleicht wird das uns zum Ziele führen; denn die Sache des Getöteten kann nicht verborgen bleiben; die Kunde davon muß schon in der Stadt verbreitet sein, groß und klein wird von seiner Geschichte wissen. Wenn nun der Kundschafter unseren Feind in seine Gewalt bringt oder uns benachrichtigt, wo er weilt, so soll ihm ein hoher Vorrang unter uns zuteil werden, ich werde ihm seinen Rang und seine Würde erhöhen und ihn zu meinem Nachfolger machen. Wenn er aber seine Aufgabe nicht erfüllt, sein Versprechen nicht hält und unsere Erwartungen enttäuscht, so werden wir wissen, daß er ein dummer Tropf und von schwachem Verstande ist, daß er bei kluger Tat versagt und eine schwierige Sache nicht ausführen kann; und dann werden wir ihn für sein schlechtes Tun und seinen Mangel an Eifer bestrafen. Ja, wir werden ihn eines schimpflichen Todes sterben lassen; denn wir brauchen keinen, der wenig Mut besitzt, und es frommt nicht, einen zu behalten, der keine Einsicht hat. Ein guter Räuber ist nur der Mann, der andere übertrifft und der in allen Künsten und Listen erfahren ist. Was meint ihr dazu, ihr Tapferen? Und wer von euch tritt freiwillig vor, um diesen schweren, gefährlichen Auftrag zu übernehmen?' Als sie seine Worte und seine Ansprache gehört hatten, waren sie mit seinem Plan einverstanden; sie nahmen die Bedingungen an, die er ihnen vorgeschlagen hatte, beschworen sie und versprachen, sie zu halten. Darauf trat einer von ihnen vor, ein Bursche von hohem Wuchs und breitem Leib, um diesen schwierigen und steinigen Weg zu übernehmen; er nahm auch die Bedingungen auf sich, die bereits genannt wurden und über die man sich geeinigt hatte. Da küßten die anderen ihm die Füße, erwiesen ihm hohe Ehre, priesen seinen Mut und seine Tapferkeit und lobten seine treffliche Entscheidung und Entschlossenheit; sie dankten ihm für den kühnen Mut in seiner Männerbrust und bewunderten seine kraftvolle Abenteuerlust. Dann ermahnte der Hauptmann ihn, ruhig und entschlossen zu sein und Trug, Verschlagenheit und geheime Listen zu gebrauchen; er lehrte ihn, wie er in die Stadt als Kaufmann gehen sollte, um dort dem äußeren Scheine nach Handel zu treiben, im geheimen aber zu spionieren. Nachdem er ihm alle diese Ermahnungen gegeben hatte, ließ er ihn davonziehen, und die Räuber zerstreuten sich.

Jener Räuber aber, der sich freiwillig erboten hatte, sein Leben für seine Brüder aufs Spiel zu setzen, legte Kaufmannsgewänder an, verkleidete sich so und verbrachte die Nacht in der Absicht, sich in die Stadt zu begeben. Als nun die Nacht zu Ende ging und die Morgendämmerung anbrach, zog er dahin, auf den Segen Allahs des Erhabenen vertrauend, geradeswegs auf das Stadttor zu, ging in ihr durch Straßen und über Plätze, durchschritt die Basare und die Gassen, während die meisten Einwohner noch im süßen Schlummer versunken waren. So ging er immer weiter dahin, bis er zu dem Basar kam, in dem Hâddsch[1] Mustafa, der Schuhflicker, seinen Laden hatte. Er bemerkte, daß der seinen Laden bereits aufgemacht hatte und dasaß, mit dem Flicken von Sandalen beschäftigt; denn er pflegte wie wir schon erzählt haben, früh zum Basar zu gehen und eher als die anderen Leute des Viertels aufzumachen. Zu dem ging der Kundschafter hin und begrüßte ihn mit schönen Worten, indem er ihm überschwengliche Ehre erwies und sprach: ‚Allah segne deinen Eifer und kröne dich mit hoher Ehre! Du bist ja der allererste im Basar, der seinen Laden öffnet!‘ ‚Mein Sohn,‘ erwiderte Scheich Mustafa, ‚eifrige Arbeit ist für den Erwerb des Lebensunterhaltes besser als Schlafen. So pflege ich jeden Tag zu tun.‘ Der Räuber fuhr fort: ‚Aber, Alterchen, ich wundere mich, wie du zu dieser Zeit so gut nähen kannst, ehe die Sonne aufgegangen ist, obgleich du doch sicher nicht gut sehen kannst bei deinem hohen Alter und bei dem Mangel des Tageslichts.‘ Wie Scheich Mustafa diese Worte von ihm vernahm, fuhr er ihn zornig an, und indem er einen

1. Das ist: Mekkapilger.

grimmigen Blick auf ihn warf, sprach er: ‚Ich glaube, du bist ein Fremdling in dieser Stadt; denn wenn du ein Einheimischer wärest, so würdest du nicht solche Reden führen. Ich bin bekannt bei reich und arm wegen meiner scharfen Augen; ich bin berühmt bei groß und klein wegen meiner trefflichen Geschicklichkeit in der Kunst des Nähens; ja, neulich haben mich sogar Leute geholt, damit ich ihnen an einem dunklen Orte einen Toten zusammennähen sollte, und ich habe ihn gut genäht. Wenn ich nicht so scharf sehen könnte, so hätte ich das nicht tun können!‘ Kaum hatte der Räuber diese Worte vernommen, da freute er sich, daß er schon ans Ziel gekommen; denn er wußte nun, daß die göttliche Vorsehung ihn so geleitet hatte, daß er sogleich auf den traf, den er suchte. So sprach er denn zu ihm, indem er sich verwundert zeigte: ‚Du irrst dich wohl, Alterchen; ich glaube, du hast doch nur das Leichentuch genäht, denn ich habe noch nie davon gehört, daß ein Toter genäht würde.‘ Der Alte versetzte darauf: ‚Ich habe die reine Wahrheit gesagt und nur berichtet, was sich zugetragen hat. Aber es scheint mir, daß du die Absicht hast, die Geheimnisse der Menschen auszuspüren. Wenn das deine Absicht ist, so geh fort von mir und versuche deine Listen bei jemand anders! Vielleicht findest du gar, ich wäre geschwätzig und wortreich; aber ich heiße der Schweiger, ich verrate nie, was ich geheimhalten will, ich werde dir also nichts davon erzählen!‘ Dadurch ward der Räuber in seiner festen Überzeugung bestärkt, daß jener Tote der Mann gewesen sein müsse, den sie bei der Schatzhöhle getötet hatten, und er sprach weiter zu Scheich Mustafa: ‚O Scheich, ich habe nach deinen Geheimnissen kein Verlangen; und wenn du darüber schweigst, so ist es besser. Denn es heißt: Ein Geheimnis zu verbergen gehört zu den Eigenschaften der Frommen. Ich wünsche von dir nur, daß du mich zu dem Hause dieses Toten führest; vielleicht ist er einer von meinen Verwandten oder Bekannten, und da wäre es doch meine Pflicht, seinen Angehörigen meine Trauer über ihn auszusprechen. Ich bin seit langer Zeit von dieser Stadt fern gewesen, und ich weiß nicht, was in ihr während der Zeit meines Fernseins geschehen ist.' Dann steckte er seine Hand in seine Tasche und holte ein Goldstück heraus; das drückte er dem Scheich Mustafa in die Hand. Doch der wollte es nicht annehmen, sondern er sprach zu dem Räuber: ‚Du fragst mich nach etwas, das ich dir nicht beantworten kann. Denn man hat mich erst dann zu dem Hause des Toten geführt, nachdem man mir eine Binde um die Augen gelegt hatte, und darum kenne ich den Weg nicht, der dorthin führt.' Da hub der Räuber wieder an: ‚Das Goldstück schenke ich dir, ob du mir meinen Wunsch erfüllest oder nicht. Nimm es, Gott segne es dir! Ich brauche es nicht zurück. Doch vielleicht ist es möglich, daß du, wenn du ein wenig nachdenkst, mich auf den Weg leiten kannst, den du gegangen bist, während deine Augen geschlossen waren.' Scheich Mustafa erwiderte: ‚Das ist mir nur möglich, wenn du mir eine Binde um die Augen legst, wie jene es damals mit mir getan haben. Denn daran kann ich mich noch erinnern, wie man mich bei der Hand faßte, und wie man mich führte und wie man mit mir zur Seite abbog und wie man mich dann stillstehen ließ. So werde ich dann vielleicht doch zu dem Orte, den du suchst, hingeleitet und kann ihn dir zeigen.' Der Räuber freute sich, als er diese Worte hörte, war vergnügt und reichte dem Scheich Mustafa ein zweites Goldstück, indem er zu ihm sprach: ‚Wir wollen es so machen, wie du gesagt hast!' Darauf sprangen die beiden auf die Füße, Scheich Mustafa schloß seinen Laden, der Räuber nahm eine Binde und legte sie dem Alten um die Augen. Dann faßte er ihn bei der Hand und ging mit ihm weiter; dabei lenkte Scheich Mustafa den Räuber bald zur Rechten, bald bog er mit ihm nach links ab, und dann wieder ging er geradeaus, ganz so wie die Sklavin Mardschâna damals mit ihm gegangen war, bis er schließlich in eine kleine Gasse gelangte, in der er ein paar Schritte vorwärts ging und dann stehen blieb. Nun sagte er zu dem Räuber: ‚Ich glaube, an dieser Stelle bin ich damals stehen geblieben.‘ Da löste der Räuber die Binde von seinen Augen, und siehe da, die Vorsehung hatte es wirklich so gefügt, daß der Schuhflicker jetzt gegenüber dem Hause des unglücklichen Kâsim stand. ‚Kennst du den Herrn dieses Hauses?‘ fragte ihn der Räuber. ‚Nein, bei Allah,‘ erwiderte er, ‚diese Straße ist zu weit von meinem Laden; ich kenne auch die Leute dieses Stadtviertels nicht.‘ Darauf sprach der Räuber ihm seinen Dank aus und gab ihm das dritte Goldstück mit den Worten: ‚Geh fort und sei Allah dem Erhabenen befohlen!‘ Scheich Mustafa kehrte also zu seinem Laden zurück, erfreut, daß er die drei Goldstücke eingeheimst hatte. Der Räuber aber blieb stehen, beobachtete das Haus und sah es sich genau an; da entdeckte er, daß die Haustür genau so aussah, wie die Türen der anderen Häuser in der Gasse. Nun befürchtete er, er könne sie später nicht wiederfinden, und darum nahm er Kreide und machte damit ein kleines weißes Zeichen an die Tür, um sich später dadurch leiten zu lassen. Darauf kehrte er zu seinen Genossen ins Gebirge zurück, froh und heiteren Sinnes und überzeugt, daß der Auftrag, wegen dessen er ausgesandt war, ausgeführt sei und daß man jetzt nur noch die Rache zu vollstrecken brauche.

Lassen wir ihn einstweilen dort und wenden wir uns zu der Sklavin Mardschâna! Als sie aus dem Schlafe erwacht war und ihrer täglichen Gewohnheit gemäß das Frühgebet gesprochen hatte, machte sie sich an die Arbeit und ging fort, um den Ta-

gesbedarf an Speisen und Trank zu holen. Wie sie dann vom
Basar zurückkam, erblickte sie an der Haustür ein weißes Zeichen. Sie sah es genauer an, wunderte sich darüber, und etwas
beunruhigt sprach sie bei sich selber: ‚Es ist ja möglich, daß dies
von Kinderspiel herrührt oder ein Gekritzel ist, das die Gassenbuben gemalt haben; aber am wahrscheinlichsten ist es doch,
daß ein alter Feind oder ein Neider, der es böse meint, dies
Zeichen gemacht hat, weil er einen schlimmen Plan bei sich
trägt und eine verderbliche Absicht hegt. So wollen wir denn
beschließen, ihn irrezuführen und seinen gemeinen Plan zu
vereiteln.‘ Darauf nahm sie Kreide und malte auf die Haustüren der Nachbarn Zeichen genau so wie jenes, das der Räuber gezeichnet hatte. Mit diesem Zeichen versah sie etwa zehn
Haustüren in der Gasse. Darauf ging sie ins Haus; doch sie
sagte nichts von der Sache.

Sehn wir nun aber, was mit dem Räubersmanne geschah!
Als er seine Genossen im Gebirge traf, trat er froh auf sie zu
und brachte ihnen die gute Botschaft, daß ihre Hoffnung erfüllt sei und daß sie ihr Ziel erreicht hätten, da sie binnen kurzem Rache an ihrem Widersacher nehmen könnten. Dann erzählte er ihnen, wie er zufällig bei einem Schuhflicker, der den
Leichnam zusammengenäht hatte, vorbeigegangen sei und
wie der ihn zu dem Hause geführt und wie er selbst ein Zeichen daran gemacht habe, damit sie sich nicht irrten und die
Tür nicht übersähen. Der Hauptmann dankte ihm und lobte
sein mannhaftes Tun; und hoch erfreut sprach er die Räuber
an: ‚Verteilt euch in Gruppen! Legt die Kleider der gemeinen
Leute an, verbergt eure Waffen, zieht zur Stadt und geht auf
verschiedenen Wegen in sie hinein und sammelt euch dann in
der großen Moschee! Ich will inzwischen mit diesem Manne,
dem Kundschafter, das Haus unseres Widersachers suchen,

und wenn wir es gefunden und sicher wiedererkannt haben, so wollen wir zu euch in die Moschee kommen. Dort wollen wir dann beraten, was zu tun ist, und wollen uns über das, was am wichtigsten ist, einigen, mag es heißen, daß wir bei Nacht das Haus überfallen, oder mag es etwas anderes sein.' Nachdem die Räuber seine Ansprache angehört hatten, erklärten sie seine Worte für gut und richtig und stimmten seinem Plane zu. Darauf verteilten sie sich, legten die Kleider der gemeinen Leute an, verbargen darunter ihre Schwerter, wie der Hauptmann ihnen befohlen hatte, und gingen auf verschiedenen Wegen in die Stadt hinein, damit die Einwohner nicht auf sie aufmerksam würden; dann trafen sie sich in der großen Moschee, gemäß ihrer Verabredung. Der Hauptmann und der Kundschafter jedoch begaben sich auf die Suche nach der Straße, in der ihr Gegner wohnte. Und als sie dort ankamen, entdeckte der Hauptmann ein Haus mit einem weißen Zeichen. Er fragte seinen Begleiter, ob dies das gesuchte Haus sei, und der bejahte es. Aber zufällig fiel sein Blick auf ein anderes Haus, und da sah er auch an dessen Tür ein weißes Zeichen. Nun fragte er den Mann: ‚Welches von beiden ist das Haus, das wir haben wollen, das erste oder das zweite?' Der Räuber war verwirrt und konnte keine Antwort geben. Dann ging der Hauptmann ein paar Schritte weiter, und als er mehr als zehn Häuser mit solchen Zeichen fand, fragte er: ‚Hast du alle diese Häuser gezeichnet oder nur eins von ihnen?' Er gab zur Antwort: ‚Nein, nur eins!' Da fuhr der Hauptmann fort: ‚Wie kommt es denn, daß es jetzt zehn und noch mehr sind?' ‚Ich weiß nicht, warum das ist', erwiderte der Räuber. Weiter fragte der Hauptmann: ‚Kannst du zwischen diesen Häusern das herauskennen, das du mit deiner eigenen Hand gezeichnet hast?' ‚Nein,' antwortete er, ‚denn die Häuser gleichen einander und sind alle von derselben Bauart, und die Zeichen sind auch alle von derselben Gestalt.' Als der Hauptmann diese Worte vernahm, wußte er, daß es ihm nichts mehr nützen würde, noch länger dort zu warten, und daß er diesmal keine Möglichkeit hatte, Rache zu nehmen, da seine Hoffnung sich als trügerisch erwiesen hatte. So ging er denn mit dem Manne zu der Hauptmoschee und befahl seinen Kumpanen, ins Gebirge zurückzukehren, nachdem er sie ermahnt hatte, sich auf die Straßen zu verteilen, wie sie es bei ihrem Kommen getan hatten. Als sie dann im Gebirge alle wieder an ihrer gewohnten Stätte zusammengekommen waren, erzählte er ihnen, was er mit dem Räuber erlebt hatte und daß er außerstande gewesen sei, das Haus ihres Feindes wiederzuerkennen. Er schloß mit den Worten: ,Jetzt liegt es uns ob, an ihm die Strafe zu vollziehen, wie es die Verabredungen, die wir miteinander getroffen haben, erfordern.' Alle stimmten ihm zu. Da nun der Räuber, der auf Kundschaft gegangen war, ein tapferer Mann war und ein unerschrockenes Herz besaß, so wich er nicht zurück, als er diese Worte hörte, und war nicht feige, sondern er trat mit festem Sinn und ohne zu zagen vor ihn hin und sprach: ,Es ist recht, ich verdiene die Todesstrafe, da mein Plan mißglückt ist und meine Klugheit nicht ausreichte; ich habe meinen Auftrag nicht auszuführen vermocht, und so habe ich keine Lust mehr, am Leben zu bleiben. Der Tod ist besser als ein Leben in Schande.' Im selben Augenblicke zückte der Hauptmann sein Schwert, hieb auf seinen Nacken und trennte ihm das Haupt vom Rumpfe. Dann rief er: ,Ihr Mannen, seid bereit zu Kampf und Streit! Wer unter euch ist ein Mann voll Tapferkeit und Heldenblut, mit kühnem Herzen und starrköpfigem Mut, der sich darbietet zu dieser Aufgabe voll großer Schwierigkeit, diesem Unternehmen voll gewaltiger Fährlichkeit? Aber kein Versager soll vortreten, kein Schwacher soll zu mir kommen, nein, nur der soll nahen, der imstande ist, mit festem Plan und voll starker Kraft zu beginnen, auf das Rechte zu sinnen und wirkende Listen zu gewinnen!' Da trat einer aus der Mannschaft hervor, der hieß Ahmed el-Ghadbân; das war ein Mann von langem Leib mit einem dicken Schädel daran, von furchtbarem Gesichte und einem Ruf voll übler Berichte, von dunkler Farbe und gräßlicher Gestalt; er hatte einen Schnauzbart wie ein Kater, der auf Mäusejagd geht, und einen Kinnbart wie ein Ziegenbock, der zwischen den Geißen und Lämmern steht. Er rief nun: ‚Ihr heldenhaften Leute, für diese Aufgabe bin nur ich geeignet; ich werde euch, so Gott will, die wichtige Kunde bringen und euch sicher zu dem Hause des Widersachers führen!' Der Hauptmann sagte darauf: ‚Wer diese Aufgabe übernimmt, muß sich auch den Bedingungen unterwerfen, die wir früher bestimmt haben. Wenn du unverrichteter Sache zurückkehrst, so wird dir von uns nichts anderes zuteil, als daß dir der Kopf abgeschlagen wird. Kommst du aber von Erfolg gekrönt wieder, so wollen wir dich durch eine höhere Stellung ehren und dir Ansehen und Achtung mehren; alles Gute soll dir dann zuteil werden.' Darauf legte Ahmed el-Ghadbân Kaufmannskleider an und begab sich vor Anbruch der Morgendämmerung in die Stadt. Ohne sich aufzuhalten, ging er geradeswegs zu der Straße des Scheichs Mustafa, des Schuhflickers, zu der er nach der früheren Beschreibung seines Genossen den Weg fand. Er traf den Alten, wie er in seinem Laden saß, begrüßte ihn, setzte sich zu ihm, gab ihm freundliche Worte und begann mit ihm ein Gespräch; schließlich kam der Scheich auch auf die Geschichte mit dem Toten zu sprechen und erzählte, wie er ihn zusammengenäht hatte. Da bat Ahmed el-Ghadbân ihn, er möchte ihn zu dem Hause führen. Scheich Mustafa weigerte sich, das zu tun, und wollte auch nicht mehr davon reden. Doch als der Räuber ihm Aussicht auf Gold machte, konnte er nicht widerstehen; denn das Geld ist ein treffsicherer Pfeil und ein Fürsprech, den niemand abweist. Also legte der Räuber ihm wieder eine Binde um die Augen, und er tat mit ihm, was er mit seinem Genossen getan hatte, wie wir bereits erzählt haben. Er ging mit ihm dahin, bis er in die Gasse des dahingeschiedenen Kâsim gelangte, und blieb vor dessen Hause stehen. Nachdem der Räuber so den Weg zu dem Hause gefunden hatte, nahm er ihm die Binde von den Augen, gab ihm den Lohn, den er ihm versprochen hatte, und ließ ihn seiner Wege gehen. Ahmed el-Ghadbân aber, der zwar sein Ziel erreicht hatte, fürchtete, er könnte später davon abirren, und um dieser Gefahr vorzubeugen, machte er an der Haustür ein kleines rotes Zeichen an einer versteckten Stelle, in dem Glauben, dort könne niemand es entdecken. Dann kehrte er zu seinen Genossen zurück und berichtete ihnen, was er getan hatte; dabei war er in froher Stimmung und zweifelte nicht mehr am Erfolg, weil er fest glaubte, daß niemand das kleine und versteckte Zeichen entdecken würde.

So weit die beiden; sehen wir aber, was die Sklavin Mardschâna tat! Die ging am nächsten Morgen früh aus nach ihrer Gewohnheit, um Fleisch, Gemüse, Früchte, Naschwerk und andere Dinge, die für den Haushalt gebraucht werden, einzukaufen. Und als sie vom Basar wieder nach Hause kam, da entging ihr das rote Zeichen doch nicht, sondern ihr Blick fiel darauf, und sie sah es genau an. Sie war beunruhigt und erstaunt darüber, und in ihrem Scharfsinn und durchdringenden Verstande erkannte sie, daß dies das Werk eines Feindes aus der Ferne sei oder eines Neiders nahebei, der Böses gegen die

Hausbewohner im Schilde führte. Um den irrezuleiten, malte sie mit roter Farbe auf die Türen der Nachbarn Zeichen von derselben Art wie jenes, und zwar brachte sie sie an derselben Stelle an, die Ahmed el-Ghadbân gewählt hatte. Doch sie verschwieg die Sache und sprach nicht davon, damit ihr Herr sich nicht darüber beunruhigte oder ängstigte.

Wenden wir uns nun von ihr zu dem Räuber zurück! Als der wieder bei seinen Genossen war, erzählte er ihnen, was er mit dem Schuhflicker erlebt hatte; wie er den Weg zum Hause des Widersachers gefunden und wie er dort ein rotes Zeichen angebracht hatte, um das Haus zu erkennen, wenn die Zeit es erforderte. Sofort befahl der Hauptmann ihnen, Kleider des gewöhnlichen Volkes anzulegen, die Waffen darunter zu verbergen und auf verschiedenen Wegen in die Stadt zu gehen. Dann fügte er noch hinzu: ,Sammelt euch in der und der Moschee und wartet dort, bis wir zu euch kommen!' Darauf nahm er Ahmed el-Ghadbân mit sich und begab sich mit ihm auf die Suche nach dem Hause, das sie finden wollten, um es dies Mal sicher zu erkennen. Doch als sie in die bekannte Straße kamen, konnte Ahmed el-Ghadbân das Haus nicht bestimmen, da sich dasselbe Zeichen auf sehr vielen Türen befand. Er war ganz niedergeschlagen bei diesem Anblick und sagte kein Wort. Als aber der Hauptmann sah, daß jener das Haus nicht erkennen konnte, zitterten ihm die Glieder, er runzelte die Stirn und geriet in gewaltigen Zorn. Notgedrungen mußte er zu jener Zeit seine Wut verbergen, und so ging er mit dem kleinlaut gewordenen Räuber zu der Moschee. Nachdem er dort mit seinen Leuten zusammengetroffen war, befahl er ihnen sofort, ins Gebirge zurückzukehren. Sie verteilten sich, begaben sich auf getrennten Wegen zu ihrer Lagerstätte und setzten sich zur Beratung nieder. Nun tat der Hauptmann ihnen kund, was vorgefallen war, und daß ihnen das Geschick nicht beschieden hätte, die Rache zu vollstrecken und die Schmach zuzudecken, weil Ahmed el-Ghadbân seine Sache so schlecht gemacht und das Haus des Widersachers nicht hätte erkennen können. Darauf zog er sein Schwert, hieb den Schuldigen auf den Nacken, so daß sein Schädel von dannen rollte und sich fort von dem Leibe trollte. Und Allah sandte seine Seele alsbald ins Höllenfeuer, eine Stätte, an der es nicht geheuer. Nun dachte der Hauptmann über diese ganze Sache nach und sprach bei sich selber: ‚Meine Leute passen zum Kampf und zum Streit, zum Plündern, zum Blutvergießen und zum Angriff; aber sie haben kein Verständnis für die Arten von Listen und für die Dinge, bei denen es sich um Lug und Trug handelt. Wenn ich nun auch einen nach dem andern von ihnen aussende, um diese Aufgabe zu erfüllen, so schwinden sie mir doch auf diese Weise alle dahin, ohne Nutzen und ohne Gewinn. Daher ist es das richtigste, wenn ich mich selbst dieser schwierigen Sache annehme!‘ Er setzte die Räuber davon in Kenntnis und sagte ihnen, er wolle allein in die Stadt gehen. Da gaben sie ihm zur Antwort: ‚Du kannst befehlen und verbieten; tu, was dir gut dünkt!‘ Er verkleidete sich also und begab sich am nächsten Morgen zur Stadt; dort suchte er nach dem Hâddsch Mustafa, dem Schuhflicker, wie es seine beiden Kundschafter getan hatten, von denen wir früher erzählt haben. Als er ihn gefunden hatte, trat er auf ihn zu, begrüßte ihn, sprach ihn freundlich an und begann mit ihm ein Gespräch; schließlich brachte er die Rede auch auf die Geschichte mit der Leiche des getöteten Mannes und setzte ihm so lange zu, indem er ihm klingende Münzen versprach, bis er ihn überredet hatte und Scheich Mustafa seinem Plane zustimmte. So erreichte der Hauptmann von ihm, was er wollte, und lernte das Haus seines Feindes kennen, und zwar auf ebendieselbe Weise, wie wir früher beschrieben haben. Als er vor dem Hause stand, gab er dem Scheich Mustafa seinen Lohn, noch mehr als er ihm versprochen hatte, und entließ ihn. Dann beobachtete er das Haus und betrachtete es genau; aber er brauchte keine Zeichen daran zu machen, sondern er zählte die Haustüren der Straße bis zu der Tür des gesuchten Hauses und merkte sich die Zahl. Ferner zählte er auch die Ecken und Fenster des Hauses und prägte sich alle Merkmale so genau ein, daß er es nun sicher kannte; das tat er aber, während er auf der Straße hin und her ging, damit die Bewohner keinen Verdacht gegen ihn schöpfen sollten, wenn er so lange stehen blieb. Darauf kehrte er zu seinen Leuten zurück und berichtete ihnen, was er getan hatte; und er fügte hinzu: ‚Jetzt kenne ich das Haus unseres Widersachers; jetzt ist, so Gott will, die Zeit gekommen, die Blutrache zu vollstrecken. Ich habe nun darüber nachgedacht, auf welchem Wege wir das Ziel erreichen, und durch welches Mittel wir zu ihm eindringen und über ihn herfallen können. Das will ich euch erklären. Wenn ihr es für geeignet anseht, so wollen wir uns an die Arbeit machen; aber wenn ihr es nicht für richtig haltet, so möge jener, der ein wirksameres Mittel als das meine erdenkt, es kundtun und sagen, was ihm gut dünkt.‘ Darauf weihte er sie in den Plan ein, den er sich erdacht hatte; sie hießen ihn gut und verabredeten, ihn auszuführen, und dabei schworen sie einander den Eid, daß keiner von ihnen hinter seinem Gefährten beim Vollstrecken der Rache zurückstehen wolle. Darauf schickte er einige von ihnen in die nächste Stadt und befahl ihnen, vierzig große Schläuche zu kaufen, die anderen von seinen Leuten schickte er in die umliegenden Dörfer mit dem Befehle, zwanzig Maultiere zu kaufen. Als die Leute das, was er ihnen befohlen hatte, erworben hatten, brachten sie alles vor ihn. Dann machten sie die Öffnung eines jeden Schlauches so groß, daß ein Mann hineinkriechen konnte; und ein jeder von den Räubern dort kroch, mit dem Dolche in der Hand, in einen der weitgeöffneten Schläuche hinein. Wie dann alle drinnen waren und in diesem engen Gefängnisse saßen, nähte der Hauptmann die Öffnungen wieder so eng zusammen, wie sie früher gewesen waren. Dann bestrich er die Schläuche mit Öl, so daß jeder, der sie ansah, glauben mußte, sie seien mit Öl gefüllt. Nun lud er immer je zwei Schläuche auf ein Maultier; die beiden Schläuche aber, die leer geblieben waren, füllte er wirklich mit Öl und legte sie auf das letzte Maultier. So wurden denn die zwanzig Maultiere beladen, neunzehn mit Männern und eines mit Öl; denn die Zahl der Räuber betrug ja nur noch achtunddreißig, da die beiden, die der Hauptmann getötet hatte, nicht mehr da waren. Nachdem er alle seine Vorbereitungen getroffen hatte, trieb er die Maultiere vor sich her und zog mit ihnen in die Stadt, als die Sonne bereits untergegangen, der Abend hereingebrochen und das Tageslicht dem Dunkel gewichen war. Dann suchte er das Haus Ali Babas, das er sich gemerkt hatte und genau kannte. Als er dort ankam, traf er Ali Baba selbst, wie er draußen vor der Tür auf einer Bank saß; unter sich hatte er eine Lederdecke, und er lehnte sich auf ein schönes Kissen. Der Hauptmann sah, wie Ali Baba vergnügt und froh und wohlgemut seinen Wohlstand und sein Glück genoß. Als er bei ihm ankam, grüßte er ihn bescheiden, mit demütiger Höflichkeit und ehrerbietiger Unterwürfigkeit. Dann sprach er zu ihm: ‚Ich bin ein Fremdling aus fernem Land, dessen Wiege weit von hier stand; ich habe eine große Menge Öl gekauft, in der Hoffnung, ich könnte es in dieser Stadt mit Gewinn und Verdienst wieder verkaufen. Aber ich konnte erst am Abend hier ankommen, da die Reise so weit und der Weg so rauh war; da fand ich denn die Basare geschlossen und suchte ratlos umher nach einer Stätte oder einer Herberge, in der ich mit meinen Tieren über Nacht bleiben könnte. Ich fand aber keine, und ich zog immer weiter, bis ich jetzt zu dir gekommen bin. Und da ich dich sah, dankte ich Gott und pries ihn, weil ich nun die frohe Aussicht hatte, meinen Wunsch erfüllt zu sehen und mein Ziel zu erreichen. Denn die Großmut leuchtet aus deinem edlen Gesicht, während Mannestugend aus deinem gütigen Auge spricht. Du gehörst sicher zu den Leuten, die zu Glück und Wohlstand gekommen, zu den Gottesfürchtigen und Frommen. Wäre es dir möglich, mich für diese Nacht bei dir aufzunehmen und meine Maultiere zu beherbergen? Dann wirst du mir eine große Wohltat erweisen und bist ob deiner Güte zu preisen; dann wirst du um meinetwillen durch Lohn von dem allgütigen Wohltäter geehrt, von Ihm, der Gutes für Gutes beschert und der für Missetaten Verzeihung gewährt. Morgen früh, so Gott will, werde ich zum Markte hinabziehen und mein Öl verkaufen; dann werde ich mit Dank gegen dich von dir gehen, indem ich dich ob deiner Güte preise.' Ali Baba erklärte sich gern damit einverstanden, indem er zu ihm sprach: ‚Ein herzliches Willkommen dem Bruder, der bei Nachtzeit zu uns kommt! Du bist heute mein gesegneter Gast; du sollst uns in dieser glücklichen Nacht durch deine Gesellschaft erfreuen.' Ali Baba war ein edler und hochgesinnter Mann, freigebig, von gutem Herzen und trefflichen Eigenschaften; er hatte ein reines Gemüt und dachte immer nur Gutes von den Menschen. So ahnte er denn nicht, daß der angebliche Kaufmann ihn belog, und es kam ihm gar nicht in den Sinn, daß er der Räuberhauptmann aus dem Gebirge war; er konnte ihn auch nicht erkennen, da er ihn ja nur einmal gesehen hatte, noch dazu in ganz anderer Gestalt. Nun rief er seinen Sklaven 'Abdallâh und befahl ihm, die Maultiere hereinzuführen. Der Sklave führte den Befehl aus, und der Hauptmann ging hinter seinen Tieren hinein, um die Lasten abzuladen. Er und 'Abdallâh nahmen die Schläuche von den Maultieren herunter und stellten sie an der Wand auf im Hofe des Hauses. Dann nahm der Sklave die Maultiere, führte sie in den Stall und hängte ihnen Futtersäcke mit Gerste um den Hals. Der Hauptmann wollte im Hofe bei seinen Schläuchen übernachten und bat, ihn zu entschuldigen, wenn er nicht in die Halle komme, indem er vorgab, er fürchte den Hausbewohnern lästig zu fallen. Aber in Wirklichkeit wollte er seinen Plan ausführen und eine Gelegenheit haben, um die Schurkerei, die er plante, zu verüben. Doch Ali Baba wollte das nicht zugeben, sondern beschwor ihn, doch hereinzukommen, und er drang so lange in ihn, bis er ihn schließlich mit Gewalt und gegen seinen Willen hereinziehen wollte. Da konnte jener nicht mehr widersprechen und ging mit ihm hinein. Nun sah der Hauptmann sich in einer weiten, schönen Halle, deren Boden mit Marmor belegt war; rings herum waren Ruhelager aufgestellt, eins dem anderen gegenüber, die mit prächtigen Lederdecken und Teppichen ausgestattet waren, und an der Wand gegenüber dem Eingange stand ein Ruhelager, größer als die anderen, das mit fürstlicher Seide überzogen war, mit Silber bedeckte Stufen hatte und von einem Baldachin gekrönt war. Ali Baba ließ ihn auf diesem Lager sitzen und befahl, die Kerzen anzuzünden. Dann ließ er Mardschâna kommen, teilte ihr die Ankunft seines Gastes mit und befahl ihr, zum Abendessen feine Speisen zu bereiten, wie sie für ihn paßten. Darauf setzte er sich zu ihm und plauderte und unterhielt sich mit ihm, bis es Zeit zum Essen war. Da wurde denn der Tisch gebreitet, man brachte

Speisen in silbernen und goldenen Schüsseln und setzte die Tischplatte vor den Hauptmann hin. Der aß mit Ali Baba von allen Arten, bis sie gesättigt waren. Dann wurden die Speisen fortgeräumt, und man brachte alten Wein; da kreiste denn der Becher bei ihnen. Als sie dann genug gegessen und getrunken hatten und mit dem Mahle zu Ende waren, setzten sie sich wieder hin, um zu plaudern und sich zu unterhalten, bis ein Teil der Nacht verstrichen war. Und wie die Zeit der Ruhe und des Schlafes nahte, erhob der Hauptmann sich und ging in den Hof hinab, indem er sagte, er wolle die Tiere vor dem Schlafengehen zudecken; in Wirklichkeit aber wollte er sich mit seinen Leuten über die Lage verständigen. Er trat also an den ersten heran und sprach zu ihm mit verhaltener Stimme: ‚Wenn ich aus dem Fenster Steinchen auf euch werfe, so schneidet die Schläuche mit euren Dolchen auf und kommt zu mir!' Dann sprach er ebenso zum zweiten und zum dritten, bis er zu dem letzten kam. Da nun Ali Baba die Absicht hatte, am nächsten Morgen ins Bad zu gehen, so beauftragte er Mardschâna, die Tücher, die er brauchte, zu rüsten; ferner befahl er ihr, sie dem 'Abdallâh zu geben und für ihn selbst eine Fleischbrühe zu machen, die er beim Verlassen des Bades trinken wollte. Darauf empfahl er ihr noch, den Gast ehrenvoll zu behandeln, ihm reiche Decken hinzulegen, wie sie seinem Stande gebührten, ihn selbst zu bedienen und dafür zu sorgen, daß alle Pflichten der Gastfreundschaft an ihm erfüllt würden. ‚Ich höre und gehorche!' erwiderte sie, und darauf begab er sich zu seinem Ruhelager und legte sich zum Schlafe nieder.

Sehen wir nun, was der Hauptmann tat, indem wir uns sagen: ‚Doch die Hilfe steht bei Allah!' Als jener sich mit seinen Genossen und Helfershelfern verabredet und mit ihnen vorbereitet hatte, was zu tun war, ging er zu Mardschâna hinauf und fragte sie, wo seine Schlafstätte sei. Da nahm sie eine Kerze und führte ihn in ein Zimmer, das mit den prächtigsten Teppichen ausgelegt war und in dem sich alles befand, was an Schlafteppichen, Decken und anderen Gegenständen für die Schlafstätte nötig war. Sie wünschte ihm eine gute Nacht und ging dann wieder in die Küche, um den Befehl ihres Herrn auszuführen. Sie legte die Tücher und was sonst für das Bad gebraucht wurde, zurecht und übergab das alles dem Sklaven 'Abdallâh. Dann machte sie das Fleisch zurecht und zündete das Feuer unter dem Kessel an. Währenddessen aber wurde das Licht der Lampe immer kleiner und kleiner, weil zu wenig Öl darin war, bis es schließlich ganz erlosch. Da holte sie sich den Ölkrug, aber sie entdeckte, daß er leer war. Weil nun auch die Kerzen zu Ende waren, wußte sie nicht, was sie tun sollte; denn sie brauchte noch Licht, um die Brühe fertig zu kochen. Als 'Abdallâh ihre Verlegenheit bemerkte, sagte er zu ihr: ‚Mach dir doch keine Sorgen und sei nicht traurig! Es ist ja noch Öl im Hause vorhanden, und zwar in Menge; hast du denn die Schläuche des fremden Kaufmanns vergessen, die mit Öl gefüllt im Hofe des Hauses liegen? Geh hinunter, nimm daraus, so viel du willst; morgen früh wollen wir ihm den Preis des Öles bezahlen!' Als sie diese Worte von ihm vernahm, pries sie den guten Rat, der aus ihnen kam, dankte ihm für seinen trefflichen Vorschlag, ging mit dem Krug hinunter und trat an die Schläuche heran. Nun waren die Räuber aber schon ungeduldig geworden, weil sie so lange in ihrem engen Gefängnisse gesessen hatten; sie waren müde von der krummen Rückenlage, sie fühlten sich beengt, ihre Glieder waren wie zerbrochen, wie gerädert waren ihre Knochen, sie konnten diesen Zustand nicht mehr ertragen und vermochten die lange Gefangenschaft nicht mehr auszuhalten. Als sie daher

Mardschâna kommen hörten, meinten sie in ihrer Unachtsamkeit, es sei der Hauptmann; denn der Pfeil des Schicksals hatte sie getroffen, und der Befehl Gottes des Herrn war über sie gekommen. Und so fragte einer der Räuber: ‚Ist die Zeit zum Herauskommen da?‘

Ferner sagte mir der Erzähler dieser wunderbaren Geschichte und der unterhaltenden, seltsamen Berichte, daß Mardschâna, als sie die Stimme eines Mannes aus dem Innern des Schlauches reden hörte, gewaltig erschrak; sie erbebte vor Furcht und geriet in große Angst. Jemand anders als sie wäre vor Schrecken umgefallen oder hätte laut geschrieen; aber sie hatte ja ein mutiges Herz und einen schnellen Verstand, und so durchschaute sie sofort die ganze Sachlage und wußte im Augenblick, daß es Räuber waren, die Arges im Schilde führten. Ohne sich zu besinnen, faßte sie sofort den rechten Entschluß; denn sie wußte, wenn sie schrie oder sich rührte, so würde sie sicher umkommen und ebenso ihr Herr und alle Bewohner des Hauses. Darum schrie sie nicht und bewegte sich nicht, sondern begann sofort den listigen Plan, den sie gefaßt hatte, auszuführen. Mit leiser Stimme sprach sie zu dem ersten: ‚Sie ist bald da; es bleibt nur noch eine kurze Frist.‘ Dann ging sie zu dem zweiten Schlauche; und als der Räuber dieselbe Frage an sie richtete wie der erste, gab sie ihm die gleiche Antwort. So ging sie an allen Schläuchen vorbei; die Räuber fragten sie einer nach dem anderen, und sie antwortete ihnen, indem sie zur Geduld mahnte, bis sie zu den Ölschläuchen am Ende der Reihe kam. Da diese still blieben, merkte sie, daß keine Männer in ihnen waren; sie schüttelte sie, und als sie sicher wußte, daß sie mit Öl gefüllt waren, öffnete sie einen von den beiden, schöpfte mit dem Kruge heraus so viel, wie sie brauchte, kehrte zur Küche zurück und zündete die Lampe an. Dann holte sie einen großen kupfernen Kessel, ging mit ihm zum Hofe hinab und füllte ihn mit Öl; darauf ging sie wieder nach oben, stellte ihn auf das Feuer, schürte viel Brennholz unter ihm an, bis das Öl zum Sieden kam. Und als es siedend heiß war, ging sie mit dem Kessel wieder hinunter und goß mit dem Kruge das Öl in die Öffnung eines jeden Schlauches. Wie nun das siedende Öl auf die Köpfe der Räuber fiel, machte es ihnen den Garaus, und sie fanden alle bis zum letzten Manne den Tod. Darauf, als sie sich überzeugt hatte, daß keiner mehr übrig war und daß sie alle tot waren, kehrte sie in die Küche zurück und kochte die Fleischbrühe fertig, wie ihr Herr es ihr befohlen hatte. Nachdem sie ihre Arbeit vollendet hatte, löschte sie das Feuer und die Lampe aus und setzte sich nieder, um abzuwarten und zu sehen, was der Hauptmann tun würde. Der hatte inzwischen, nachdem er das Zimmer, das für ihn zurechtgemacht war, betreten hatte, die Tür verriegelt, die Kerze ausgelöscht und sich auf das Bett gelegt, als ob er schliefe; aber er war wach geblieben und wartete nur darauf, Zeit und Gelegenheit zu benutzen, um die böse Tat, die er gegen die Bewohner des Hauses plante, ausführen zu können. Als nach seiner Meinung alle Augen schliefen und sich nichts mehr regte, stand er ganz leise auf und sah sich vorsichtig um. Und da er kein Licht sah und keinen Laut hörte, glaubte er, alle Bewohner des Hauses schliefen nun. Da nahm er Kieselsteine und warf sie in den Hof, gemäß der Verabredung mit seinen Kumpanen. Dann hielt er einen Augenblick inne, in der Erwartung, seine Leute würden herauskommen. Doch als sie still blieben und kein Laut und keine Bewegung von ihnen ausging, war er erstaunt und warf andere Kieselsteine aus dem Fenster und zielte genau, so daß sie auf die Schläuche fielen. Aber die Leute blieben immer noch

still, und keiner von ihnen regte sich. Das war ihm schon verdächtig. Aber er warf noch ein drittes Mal Steine und wartete
wieder vergeblich, daß die Räuber herauskommen sollten.
Nun war er ganz verzweifelt, und die Furcht beschlich sein
Herz; er ging hinunter, um zu erfahren, was mit ihnen geschehen war und warum sie sich ruhig verhielten. Schon gleich
bei dem ersten Schlauch stiegen ein übler Gestank und der Geruch des verbrannten Öles in seine Nase. Darüber verlor er
fast den Verstand, und seine Angst und sein Schrecken wurden
noch größer. Dann ging er an ihnen entlang und redete einen
nach dem andern an; aber sie verharrten in ihrem eisigen
Schweigen. Darauf rüttelte und schüttelte er die Schläuche
und blickte in sie hinein: nun mußte er sehen, daß seine Leute
mausetot waren. Als er dann auch noch entdeckte, daß Öl aus
den Schläuchen genommen war, wußte er, auf welche Weise
sie ums Leben gekommen waren und was ihnen den Tod gebracht hatte. Da kam wildes Weh über ihn, und er weinte
bitterlich über den Verlust seiner Gefährten. Aber er fürchtete
auch, daß er selbst gefaßt werden könnte, und so entschloß er
sich, sofort die Flucht zu ergreifen, ehe ihm die Auswege versperrt würden. Deshalb öffnete er die Gartentür, kletterte über
die Mauer, sprang auf die Straße und lief davon; durch Flucht
wollte er die Rettung finden und trachtete eiligst zu verschwinden, betrübt und gepeinigt von Seelenschmerzen und mit viel
tausend Seufzern im Herzen. Mardschâna aber hatte ihn bei
alledem von ihrem Verstecke beobachtet, und als sie sicher
war, daß er das Haus verlassen hatte und davongelaufen war,
ging sie hinab, schloß die Gartentür, die der Räuber geöffnet
hatte, wieder zu und kehrte an ihre Stätte zurück.

   Wenden wir uns nun von ihr zu Ali Baba! Als auf Allahs
Geheiß der Morgen erwachte und sein feuriges Licht entfachte

und die Sonne dem Schönsten der Schönen ihren Gruß darbrachte, da wichen von ihm des Schlafes Kleid und der süßen
Träume Geleit. Er legte seine Gewänder an und schritt hinaus,
um ins Bad zu gehen; sein Sklave 'Abdallâh aber folgte ihm
mit den Waschgeräten und den Tüchern, die er brauchte. So
betrat er den Baderaum, wusch sich und ruhte aus, heiter und
guter Dinge, ohne zu ahnen, was sich während der letzten
Nacht in seinem Hause zugetragen und vor welcher Gefahr
Allah ihn geschützt hatte. Als er mit allem fertig war, legte er
andere Kleider an und ging wieder in die Wohnung. Während
er durch den Hof kam, sah er die Schläuche noch an ihrer
Stelle; das nahm ihn wunder, und daher fragte er Mardschâna:
‚Was ist es mit diesem fremden Kaufmanne, daß er so spät
zum Basar geht?‘ ‚Mein Gebieter,‘ antwortete sie ihm, ‚Allah
hat dir ein langes Leben vorherbestimmt und dir hohes Glück
zugemessen; denn du bist in dieser Nacht einer großen Gefahr
entronnen, und Allah hat dich um deines reinen Herzens willen vor dem Verderben und vor einem schmählichen Tode
beschützt, dich und die Deinen. Sie aber, die dir eine Grube
gegraben hatten, hat Allah in sie fallen lassen; er hat sie für
ihre böse Absicht bestraft, denn der Gemeinheit folgt Schmach
und Untergang. Ich habe alles gelassen, wie es war, auf daß du
mit eigenen Augen siehst, was der verlogene Kaufmann gegen
dich vorbereitet hatte, auf daß du seine Gemeinheit und die
Tüchtigkeit deiner Sklavin Mardschâna erkennst. Tritt herzu
und schau, was im Innern dieser Schläuche ist!‘ Da trat Ali
Baba näher, und als er in dem Schlauch, der ihm am nächsten
war, einen Mann mit einem Dolche in der Hand sah, erblichen
seine Wangen, und sein Wesen ward befangen, und er wich
ängstlich zurück. Doch sie sprach zu ihm: ‚Fürchte dich nicht;
denn dieser Mann ist tot!‘ Darauf zeigte sie ihm die anderen

Schläuche, und er fand in jedem einzelnen Schlauche einen toten Mann, der in seiner Hand einen Dolch hielt. Voller Furcht blieb er eine ganze Weile stille stehen und blickte bald auf Mardschâna, bald auf die Schläuche, entsetzt und erschrokken; denn er wußte nicht, was das alles bedeutete. Dann aber rief er: ‚Schnell, erkläre mir das, was ich dort sehe; doch mache nicht viel Worte! Was ich dort erblicke, hat mich mit furchtbarem Grauen erfüllt.' Sie gab ihm zur Antwort: ‚Warte einen Augenblick und sprich nicht laut, damit die Nachbarn nicht erfahren, was nicht bekannt werden darf. Beruhige dich, gehe in deine Halle, setze dich in deinen Sessel, damit du dich ausruhen kannst; ich will dir die Fleischbrühe bringen, die ich für dich gekocht habe, und wenn du die getrunken hast, so wird der Schrecken, der dich befallen hat, sich legen!' Darauf ging sie in die Küche, brachte ihm die Brühe und reichte sie ihm; da trank er sie. Dann begann sie folgendermaßen zu ihm zu sprechen: ‚Gestern befahlst du mir, die Dinge für das Bad zu richten und dir eine Fleischbrühe zu bereiten. Während ich, deinem Befehle gemäß, damit beschäftigt war, ging meine Lampe aus, weil kein Öl mehr darin war. Da holte ich den Ölkrug; aber ich entdeckte, daß er leer war. Nun wußte ich nicht, was ich tun sollte; doch da sagte 'Abdallâh zu mir: ‚Sei unbesorgt! Denn bei uns gibt es immer noch Öl im Überfluß; geh nur hinunter und nimm so viel, wie du brauchst, aus den Schläuchen des Kaufmannes, der bei uns übernachtet. Wir wollen ihm morgen den Preis dafür bezahlen.' Ich hielt seinen Rat für gut und ging mit dem Krug hinunter. Doch als ich in die Nähe der Schläuche kam, hörte ich, wie von drinnen eine Stimme sprach: ‚Ist die Zeit zum Herauskommen da?' Da wußte ich, daß man dir nach dem Leben trachtete. Und so sagte ich, ohne Furcht und Angst, zu ihm: ‚Nein; aber es bleibt

uns nur noch eine kurze Frist!' Dann ging ich an den anderen
Schläuchen entlang, und ich entdeckte, daß in jedem Schlauche ein Mann war, der dieselbe Frage an mich richtete oder mich
mit ähnlichen Worten anredete. Ich gab stets die gleiche Antwort, bis ich schließlich zu zwei Schläuchen kam, die wirklich
mit Öl gefüllt waren. Da füllte ich meinen Krug aus ihnen,
zündete meine Lampe an, nahm einen großen Kessel, den ich
mit dem Öl füllte, und stellte ihn auf das Feuer, bis das Öl zum
Sieden kam. Dann goß ich davon in die Öffnung eines jeden
Schlauches, bis die Räuber alle von dem siedenden Öl ver-
brüht waren, wie du sie jetzt gesehen hast. Nachdem ich die
Lampe ausgelöscht hatte, wartete ich, um den Kerl da, den
betrügerischen, falschen, verlogenen Kaufmann, zu beobachten. Bald sah ich, wie er Kieselsteine aus dem Fenster warf, um
seine Leute aufzuwecken; das tat er mehrere Male. Als sie aber
nicht herauskamen und er die Hoffnung aufgab, sie zu sehen,
ging er hinunter, um zu schauen, weswegen sie ausblieben; da
sah er denn, daß sie alle bis zum letzten Mann tot waren. Nun
fürchtete er, daß er selbst gefaßt und getötet werden könnte;
darum kletterte er auf die Gartenmauer, sprang von ihr auf
die Straße und lief eiligst davon. Ich wollte dich aber nicht
wecken, da ich fürchtete, es könnte unter den Hausbewohnern ein Lärm entstehen. Darum wartete ich auf deine Rückkehr, um dir die Geschichte zu erzählen. Dies ist mein Bericht
über mein Erlebnis mit jenen Verrätern – doch Allah weiß
alles am besten. Jetzt muß ich dir aber auch noch etwas kundtun, was sich vor kurzem begeben hat, was ich dir aber verborgen habe. Es ist das Folgende: Als ich vor einiger Zeit einmal vom Basar heimkehrte, sah ich an unserer Haustür ein
weißes Zeichen. Bei diesem Anblick wurde ich stutzig und
schöpfte Verdacht; denn ich merkte, daß dies von einem Feinde,

der Böses gegen uns im Schilde führte, gemacht war. Um ihn irrezuführen, malte ich an die Haustüren der Nachbarn ganz gleiche Zeichen. Dann nach einigen Tagen sah ich, daß man ein rotes Zeichen an unserer Haustür angebracht hatte; deshalb machte ich an die Türen der Nachbarn ebensolche Zeichen mit roter Farbe. Aber ich verbarg es vor euch, damit ihr nicht dadurch beunruhigt würdet. Es ist kein Zweifel, daß die Leute, die jene Zeichen gemacht haben, dieselben sind wie diese toten Männer dort, und daß sie die Räuber sind, die du im Gebirge getroffen hast. Da sie nun den Weg zu unserer Wohnung kennen, so werden wir keine Ruhe, keine Sicherheit vor ihnen haben, solange sich noch einer von ihnen auf dem Erdboden befindet. Darum müssen wir auch vor der Arglist des Mannes, der davongelaufen ist, auf unserer Hut sein; denn er wird uns sicher nach dem Leben trachten. Also müssen wir uns in acht nehmen. Und ich will dir die erste dabei sein, aufzupassen und zu wachen.'

Ferner berichtete mir der Erzähler, daß Ali Baba, nachdem er den Bericht seiner Sklavin Mardschâna angehört hatte, über das seltsame Begebnis, das ihm und ihr zugestoßen war, auf das höchste erstaunt war. Und er sprach zu ihr: ,Meine Befreiung aus dieser Not und meine Rettung aus der Gefahr, die mich bedroht, kam durch die Allmacht des Schöpfers, der gütig ist, und der uns seine Gnaden und Wohltaten schenkt zu jeglicher Frist und auch durch dein richtiges Überlegen und dein vortreffliches Erwägen!' Darauf dankte er ihr, weil sie so gut gehandelt, solchen Mut bewiesen, so trefflich überlegt und so richtig geplant hatte; und er fügte hinzu: ,Von jetzt ab bist du frei und keine Sklavin mehr, vor dem Angesichte Allahs! Deine Wohltaten an uns sollen nie vergessen werden, und ich will dich mit lauter Gutem belohnen. Es ist, wie du gesagt

846

hast; ohne Zweifel sind jene Männer die Räuber aus dem Walde. Allah sei gepriesen, daß wir von ihnen befreit sind! Doch jetzt müssen wir sie begraben und das, was wir mit ihnen erlebt haben, geheimhalten!' Dann rief er seinen Sklaven 'Abdallâh und befahl ihm, zwei Hacken zu bringen; die eine nahm er selbst, die andere gab er dem Sklaven. Dann gruben sie einen langen Graben im Garten, schleppten die Leichname der Räuber einen nach dem andern dorthin, warfen sie hinein und bedeckten sie mit Erde, bis ihre Spuren verschwunden waren. Die Maultiere verkauften sie im Basar zu verschiedenen Zeiten, und ebenso taten sie mit den Schläuchen.

Das ist es also, was mit den Räubern geschah. Sehen wir nun, was ihr Hauptmann tat! Als der aus dem Hause Ali Babas davongelaufen, in den Wald gekommen und in elendem Zustande die Schatzhöhle betreten hatte, weinte er, weil er nun so allein und verlassen war. Er setzte sich nieder und trauerte schmerzlich, daß ihm nur Enttäuschung beschert und daß sein Tun sich gegen ihn gekehrt. Er sehnte sich nach seinen Leuten und hatte keine Lust mehr zu leben; ja, er sehnte den Tod herbei, indem er rief: ‚Weh um euch, ihr größten Helden der Zeit, ihr Männer, zu Raub und Kampf bereit, ihr Ritter, dem Streit auf dem Blachfeld geweiht! O wäre doch der Tod im Kriege und Kampfe zu euch gekommen, hättet ihr doch im Streiten und Ringen ein seliges Ende genommen! Doch ach, ihr seid eines schmählichen Todes gestorben. Und ich Elender, ich bin der Grund, daß die umgekommen sind, für die ich mein Leben hätte hingeben sollen. O hätte ich doch den Kelch des Unheils geleert, ehe mir ein solch trauriges Geschick beschert! Und doch, der allmächtige und glorreiche Herr hat mich am Leben gelassen, auf daß ich die Rache vollstrecke und die Schande zudecke. Ja, ich will an meinem Feinde die grausamste Rache nehmen; ich will ihm bitteres Leid und gewaltige Traurigkeit zu kosten geben. Ich will ihn für sein Tun bestrafen, wenn ich auch allein wäre. Was ich mit Hilfe vieler Leute nicht erreicht habe, das werde ich jetzt, so Gott will, allein vollenden!' Die Nacht über irrte sein Geist auf dem Meere der trüben Gedanken umher, und sein Herz war ihm so schwer, da es immer auf Mittel sann, durch die er zu seinem Ziele gelangen könnte, und er verscheuchte den süßen Schlummer. Am Morgen wies er auch das liebe Essen zurück und richtete seinen Sinn nur darauf, eine List zu erfinden, durch die er glaubte, seinen Wunsch erreichen zu können. Und schließlich faßte er einen Plan, durch den er hoffte, sein Ziel zu erreichen und seine Wunden zu heilen. Als es dann heller Tag geworden war, kleidete er sich in die Gewänder eines Kaufmannes, begab sich zur Stadt und mietete dort ein Zimmer in einer der großen Herbergen, sowie einen Laden im Basar der Kaufleute. Dorthin schaffte er, zu verschiedenen Malen, aus der Schatzhöhle schöne, kostbare Waren und golddurchwirkte feine Stoffe; darunter waren Stücke aus Indien und Tuche aus Syrien, Kleider aus Brokat und Ehrengewänder zum Staat, Anzüge aus Seide und Leinen und Juwelen von kostbaren Steinen. Alles das war durch Beutezüge, die er in den Ländern gemacht, aus dem Hab und Gut der Menschen zusammengebracht und war in der Schatzhöhle niedergelegt worden. Dann setzte er sich in seinem Laden nieder, verkaufte und kaufte und trieb Handel; dabei pflegte er billig zu verkaufen und die Preise niedrig zu machen, er bot den Leuten, was sie begehrten, und redete mit ihnen, was sie gern hörten. So ward er überall bekannt, sein Name ward weit und breit genannt, sein Ruf verbreitete sich im Land, und jeder wußte von seinem Stand. Die Großen kamen zu ihm in Mengen, und die Kleinen begannen sich um ihn zu drängen; er empfing die Menschen mit großer Zuvorkommenheit, behandelte sie mit freundlicher Höflichkeit und zeigte ihnen ein lächelndes Antlitz und feine Sitten. Stets redete er sie gütig an und gab ihnen freundliche Antworten dann, bis ihn ein jeder Mensch lieb gewann. Und dabei war dies alles doch gegen seine Natur; denn er war innerlich roh und hart, von grober und rauher Art; er pflegte auf Mord und Raub zu sinnen, Blut zu vergießen und Beute zu gewinnen. Aber die Not hat ihre Gesetze, und sie zwang ihn zu solchem Tun.[1]

Nun hatte der Allgewaltige und Glorreiche, um einen Plan auszuführen und eine Fügung an dem Menschen zur Tat zu machen, es also bestimmt, daß der Laden dieses falschen Schurken gegenüber dem Laden von Ali Babas Sohn, der Mohammed hieß, gelegen war. Weil sie aber Nachbarn waren, so lagen ihnen auch die Rechte und Pflichten der Nachbarschaft ob, und deswegen lernten sie einander kennen und wurden vertraut. Allein keiner wußte von dem andern, wer er war und woher er stammte. Dennoch gewannen sie große Zuneigung und Liebe zueinander, saßen oft beieinander, und keiner von beiden konnte seinen Nachbarn mehr entbehren. Eines Tages traf es sich, daß Ali Baba zu seinem Sohne Mohammed kam, um ihn zu besuchen und sich im Basare der Kaufleute umzusehen. Da fand er denn den fremden Kaufmann bei seinem Sohne sitzen. Sowie der Räuberhauptmann ihn erblickte, erkannte er ihn genau, und er war sicher, daß jener sein Wider-

1. In der Oxforder Handschrift folgt hier eine langatmige und schwülstige Beschreibung aller der Menschenklassen, die zu dem Räuber-Kaufmann als Kunden kamen. Sie stört den Zusammenhang und ist ohne Zweifel von einem Skribenten, der sein kärgliches Licht leuchten lassen wollte, hier eingeschoben. Ich habe sie daher in der Übersetzung weggelassen.

sacher war, den er suchte; darüber war er hocherfreut, und er frohlockte in dem Gedanken, bald seinen Wunsch erfüllt zu sehen, sein Ziel zu erreichen und seine Rache zu nehmen. Aber er verbarg diesen Gedanken und verzog keine Miene. Als Ali Baba dann wieder fortgegangen war, fragte er seinen Sohn nach ihm, indem er so tat, als ob er ihn nicht kenne. Mohammed erwiderte ihm: ,Das ist mein Vater.' Wie nun der Räuber diese sichere Kunde hatte, pflegte er noch öfter bei Mohammed zu sitzen; er erwies ihm noch mehr Ehren und begann die Zeichen der Achtung zu mehren, und er trug aufrichtige Freundschaft und herzliche Zuneigung zur Schau. Nun lud er ihn auch zu sich zum Essen ein, gab ihm Gastmähler und Schmausereien, bat ihn zu abendlichen Plaudereien, vergaß ihn nie an festlichen Tagen bei Unterhaltungen und Gelagen und schenkte ihm wertvolle Gaben und kostbare Kleinodien. Das alles tat er nur, um den Plan, den er im Sinne hatte, auszuführen und um die schurkische Gemeinheit, die er beabsichtigte, zur Tat zu machen. Als Mohammed seine große Zuvorkommenheit gewahrte und sein höfliches Benehmen sowie seine große Freundschaft sah, da ward auch seine Zuneigung und Liebe zu ihm ungewöhnlich groß, eben weil er in ihm nur die reinste Absicht und die aufrichtigste Gesinnung vermutete. Nun konnte er seine Gesellschaft keinen Augenblick mehr entbehren und konnte sich bei Tag und Nacht nicht mehr von ihm trennen. Darum erzählte er auch seinem Vater, wie zuvorkommend der fremde Kaufmann gegen ihn war und welche innige Freundschaft er ihm bezeugte, daß er auch ein reicher, edler und freigebiger Mann sei und zu den Ersten seines Standes gehöre; er pries ihn sehr und erwähnte dabei, daß er ihn jederzeit zu feinen Mahlzeiten einlüde und ihm kostbare Kleinodien zu Geschenken machte. Da sprach sein Vater zu ihm: ,Es ziemt sich für dich, mein Sohn, daß du ihm sein freundliches Tun vergiltst, ihm ein Gastmahl bereitest und ihn einlädst; das soll am Freitag sein. Wenn ihr dann zusammen vom Freitagsgottesdienste kommt, um die Mittagszeit, und an unserem Hause vorbeigeht, so bitte ihn, einzutreten. Ich werde dann alles vorbereitet haben, was sich für diesen geehrten Gast geziemt und gebührt.' Am nächsten Freitag ging der Räuberhauptmann gegen Mittag zusammen mit Mohammed zur Moschee. Nachdem sie das gemeinschaftliche Gebet verrichtet hatten, gingen sie zusammen fort, um sich in der Stadt zu vergnügen. Wie sie nun umhergingen, kamen sie auch in die Straße Ali Babas; und als sie vor dem Hause standen, bat Mohammed seinen Gefährten, einzutreten und dort zu speisen, indem er sprach: ,Sieh, dies ist unser Haus.' Jener aber lehnte ab und wollte sich der Einladung entziehen, indem er mancherlei Gründe vorschützte. Doch Mohammed drang in ihn und bat ihn inständigst und ließ nicht eher von ihm ab, bis er einwilligte, indem er sprach: ,Ich will mich deinem Wunsche fügen und einkehren, um der Freundschaft willen und um dich zufriedenzustellen. Aber es geschieht nur unter der Bedingung, daß du kein Salz an die Speisen kommen lässest; denn ich habe die größte Abneigung dagegen und kann es weder essen noch auch riechen.' ,Das ist ja sehr einfach,' antwortete Mohammed, ,wenn dein Magen das Salz nicht vertragen kann, so sollen dir nur Speisen ohne Salz vorgesetzt werden.' Als der Räuber diese Worte hörte, freute er sich sehr in seinem Inneren; denn es war ja sein höchster Wunsch, in das Haus hineinzukommen, und alle Listen, die er bisher gesponnen hatte, sollten nur dazu dienen, dies Ziel zu erreichen und diese Absicht zu verwirklichen. Nun also war er sicher, daß er Rache nehmen würde, und er war überzeugt, daß er seine Strafe vollstrecken würde;

und er sprach bei sich selber: ‚Allah hat sie mir jetzt in die Hand gegeben; das ist sicher und ohne Zweifel!' Nachdem er dann die Schwelle überschritten hatte, trat er in das Haus ein. Ali Baba hieß ihn willkommen und begrüßte ihn mit der größten Höflichkeit und Achtung. Er ließ ihn auf dem Ehrenplatze in der Halle sitzen, in der Meinung, jener sei ein vornehmer Kaufmann; denn er ahnte nicht, daß jener der Mann mit dem Öle in eigener Person war, weil er seine Kleidung und sein Aussehen verändert hatte, und es kam ihm nicht in den Sinn, daß er den Wolf zwischen die Schafe und den Löwen zwischen die Herden eingelassen hatte, sondern er setzte sich nieder, plauderte mit ihm und unterhielt ihn. Sein Sohn Mohammed aber ging zu Mardschâna und beauftragte sie, kein Salz an die Speisen zu tun, da ihr Gast es nicht essen dürfe. Das ärgerte sie zunächst, da sie die Speisen schon bereitet hatte und nun andere ohne Salz kochen sollte; aber dann fand sie es seltsam, und die Sache kam ihr verdächtig vor, und so wünschte sie doch einmal den Mann zu sehen, der Salz nicht wünschte und nicht anrührte, anders als alle anderen Menschen, denn das war wirklich etwas, das man nie zu hören und zu sehen bekam. Als das Essen fertig war und die Zeit der Abendmahlzeit gekommen war, trug sie zusammen mit 'Abdallâh den Tisch hinein und setzte ihn den Herren vor. Dabei fiel ein Blick von ihr auf den fremden Kaufmann; sofort erkannte sie ihn, da sie ein scharfes Auge und einen durchdringenden Verstand besaß. Sie war sicher, daß er der Räuberhauptmann war; das war zweifellos und unumstößlich. Dann ließ sie ihren Blick noch länger auf ihm verweilen, und da erblickte sie unter seinem Mantel den Griff eines Dolches. Sofort sagte sie sich: ‚Jetzt verstehe ich auch den Grund, weshalb dieser Verruchte sich weigerte, Salz mit meinem Herrn zu essen! Er will meinen Herrn umbringen, aber es gilt ihm doch als zu gemein, dies zu tun, wenn er Salz gegessen hat. Allein – mit Hilfe Allahs des Erhabenen – er soll sein Ziel nicht erreichen und diese Tat nicht vollenden!' Dann machte sie sich an ihre Arbeit, während 'Abdallâh aufwartete. Man aß nun von allen Gerichten; dabei erwies Ali Baba seinem Gaste hohe Ehre und forderte ihn immer zum Essen auf. Als sie gesättigt waren, wurden die Speisen fortgetragen, und man brachte den Wein und die Zukost, Süßigkeiten, Früchte und Zuckerwerk. Sie begannen von den Süßigkeiten und den Früchten zu essen; dann kreiste der Becher bei ihnen. Der Verruchte aber reichte den beiden immer den Wein, während er selber sich des Trinkens enthielt; dadurch wollte er bewirken, daß die beiden trunken würden, während er selbst wach und nüchtern und bei klarem Verstande blieb, um seinen Plan auszuführen. Und der bestand darin, daß er, wenn die beiden von Trunkenheit überwältigt eingeschlafen wären, die Gelegenheit ergreifen könnte, um ihrer beider Blut zu vergießen und sie mit seinem Dolche zu ermorden; danach wollte er durch die Gartentür davoneilen, wie er es schon früher getan hatte. Während die drei nun so fröhlich beieinander saßen, traten plötzlich Mardschâna und 'Abdallâh bei ihnen ein. Mardschâna trug ein Hemd von durchbrochener, alexandrinischer Arbeit, dazu eine Jacke aus königlichem Brokat und andere prächtige Kleider, und sie war mit einem goldenen Gürtel, der mit allerlei Edelsteinen besetzt war, geschmückt. Ihr Leib war schmal, und darunter wölbten sich ihre Hüften. Auf ihrem Haupte lag ein Perlennetz und um ihren Hals eine Kette von Smaragden, Hyazinthen und Korallen; und darunter wölbten sich ihre beiden Brüste wie zwei Granatäpfel. Sie war mit Schmuck und schönen Kleidern geziert; sie glich einer Blume des Frühlings, wenn er zuerst erwacht, und dem Monde in seiner Vollendung Nacht. Aber auch 'Abdallâh trug prächtige Gewänder, und er hatte ein Tamburin in der Hand, das er schlug, während sie wie die kunstvollen Tänzerinnen tanzte. Als Ali Baba sie sah, freute er sich und sprach lächelnd zu ihr: ,Willkommen der freundlichen Maid, der Dienerin voller Lieblichkeit! Du hast trefflich gehandelt, denn wir sehnten uns gerade nach dem Tanze; so vollendet sich unsere Glückseligkeit, so krönt sich unsere heitere Fröhlichkeit.' Darauf sprach er zu dem Räuberhauptmanne: ,Diese Maid hat nicht ihresgleichen; sie ist erfahren in allen Dingen und getreu im Dienste, und nichts von allem, was zur feinen Bildung gehört, ist ihr fremd. Sie besitzt Schönheit, treffliche Eigenschaften, klare Einsicht und schnellen Verstand, ja, sie hat in der Tat zu jetziger Zeit nicht ihresgleichen. Sie hat mir auch eine große Wohltat erwiesen, und sie ist mir lieber als eine eigene Tochter. Sieh doch, edler Herr, die Lieblichkeit ihres Antlitzes, die Schlankheit ihres Wuchses, die Schönheit ihres Tanzes, wie sie sich zierlich biegt und sich anmutig wiegt!' Jener aber achtete nicht auf seine Worte und lauschte nicht auf seine Rede, sondern er war außer sich vor heftigem Zorn und Grimm über das Eintreten dieser beiden Personen, die ihm den bösen Plan, den er gegen die Bewohner des Hauses geschmiedet hatte, und den gemeinen Verrat, den er im Schilde führte, vereitelt hatten. Dann tanzte Mardschâna wieder einen schönen Tanz ganz wie die kunstvollen Tänzerinnen, und sie begann sich rascher zu bewegen, bis sie schließlich einen Dolch aus ihrem Gürtel zog, und tanzte, indem sie ihn mit der Hand schwang, wie es die Beduinenmädchen tun; dabei legte sie die Klinge bald auf ihre eigene Brust, bald auf die Brust Ali Babas, bald näherte sie sie der Brust seines Sohnes Mohammed, bald berührte sie mit ihr die Brust des Räuberhauptmanns. Darauf nahm sie das Tamburin aus der Hand 'Abdallâhs und hielt es

854

dem Ali Baba hin, indem sie ihm ein Zeichen gab, er möchte ihr eine Gabe schenken; da warf er ihr einen Dinar zu. Nun ging sie weiter zu seinem Sohne Mohammed; auch der warf ihr einen Dinar hin. Schließlich trat sie an den Hauptmann heran, in der einen Hand den Dolch, in der andern das Tamburin. Er wollte ihr etwas geben und griff deshalb mit der Hand in seine Tasche. Aber da, plötzlich, wie er damit beschäftigt war, das Geld, das ihm zur Hand war, herauszuholen, – bohrte sie ihm den Dolch in die Brust. Er röchelte einmal gewaltig, dann gab er den Geist auf; und Allah sandte seine Seele schleunigst ins Höllenfeuer, eine Stätte, an der es nicht geheuer. Doch als Ali Baba und sein Sohn sahen, was sie getan hatte, sprangen sie sofort auf, blieben entsetzt stehen und schrieen sie an: ‚Du gemeines Weib, du Bastard, du Metze, du Kind ohne Herkunft, was veranlaßte dich zu diesem furchtbaren Verrat? Was trieb dich zu dieser scheußlichen Tat? Du hast uns in ein Unglück gestürzt, aus dem es für uns gar keine Rettung gibt, du bist die Ursache, daß wir umkommen und unser Leben verlieren. Allein zuerst trifft die Strafe dich, du Verruchte, und wenn du auch den Händen des Richters entgehst, so sollst du doch unseren Händen nicht entgehen!' Furchtlos entgegnete sie ihnen: ‚Beruhigt euch! Besänftigt eure Erregung! Wenn dies der Lohn für die ist, die ihr Leben für euch hingibt, so wird niemand mehr es wagen, eine gute Tat zu tun. Urteilt nicht vorschnell schlecht über mich, auf daß ihr es später nicht zu bereuen braucht! Hört vielmehr zuerst meine Worte an, und beschließt über mich, was ihr wollt! Dieser Mann da ist kein Kaufmann, wie er vorgibt und wie ihr beiden denkt, nein, er ist ja der Räuberhauptmann aus dem Walde, der früher vorgab, er sei ein Ölhändler, und der die vielen Männer in euer Haus, in Schläuchen versteckt, hineinbrachte, um euch zu töten und euch auszurotten. Als ich ihm damals seine List vereitelte, so daß seine Hoffnung und sein Wunsch fehlschlugen, da mußte er fliehen und von dannen ziehen. Allein er ließ sich dadurch nicht warnen noch abschrecken, sondern es wuchs in ihm die wilde Wut gegen mich und gegen euch, und er beharrte in seiner schändlichen Absicht. Um nun seinen Wunsch zu erfüllen und sein Begehren zu stillen, öffnete er einen Laden im Basar der Kaufleute und füllte ihn mit prächtigen, kostbaren Waren. Dann übte er geheimen Lug und versteckten Betrug und heidnische Listen genug, bis er meinen Herrn Mohammed überlistete und betrog, indem er ihm falsche Liebe und unehrliche Freundschaft bezeugte. So lange verfolgte er ihn mit der Betrügerei, bis es ihm möglich ward, in euer Haus einzudringen und mit euch an demselben Tische zu sitzen. Da wartete er nun darauf, die Gelegenheit zu benutzen, um an euch Verrat zu üben, euch den schmählichsten Tod zu bringen und eure Spur von der Erde zu tilgen; und dabei vertraute er auf die Schärfe seiner Waffe und auf die Kraft seiner Arme. Es gibt keine Macht und es gibt keine Majestät außer bei Allah dem Erhabenen und Allmächtigen! Preis sei Allah, der ihm ein rasches Ende und Verderben durch meine Hände bereitet hat! Sehet sein Gesicht an und betrachtet es genau; dann wird euch die Wahrheit meiner Worte offenbar werden!' Darauf deckte sie seinen Mantel auf und zeigte ihnen beiden den Dolch, der unter seinen Kleidern versteckt war. Als sie nun ihre Antwort vernommen und ihnen der Sinn ihrer Worte zum Bewußtsein gekommen, und als sie ferner das Gesicht des falschen, verlogenen Kaufmanns genau betrachtet hatten, da erkannten sie ihn gut wieder und waren ganz sicher, daß er der Ölhändler selber war. Und durch den Anblick des Dolches erkannten sie klar, daß Allah sie vor großer Fährlichkeit und vor bitterem Todesleid durch ihre Dienerin Mardschâna behütet hatte. Sie sahen die Wahrheit ihrer Worte ein, und der Mut ihres Herzens und ihres Handelns erstrahlte vor ihnen in herrlichem Schein. Da dankten sie ihr für das treffliche Tun ihrer Hand und lobten sie, weil sie alles so richtig geplant und erkannt. Dann sprach Ali Baba zu ihr: ‚Als ich dir damals die Freiheit schenkte, versprach ich dir noch mehr als das. Und jetzt ist es an der Zeit, daß ich meines Wortes walte und mein Versprechen halte, und daß ich dir sage, was ich im Sinne hatte, um dir deine Wohltaten an uns zu vergelten und dich für dein gutes Handeln zu belohnen, und das ist, daß ich dich mit meinem Sohne Mohammed vermählen will. Was sagt ihr beiden dazu?‘ Da gab Mohammed ihm zur Antwort: ‚Ich höre und gehorche dir in allem, was du anordnest und bestimmst, und ich widerspreche dir nicht in dem, was du mir gibst und nimmst, wäre es auch ein Ding, das mich ängstigen und beunruhigen könnte. Doch was die Vermählung mit Mardschâna betrifft, so ist das mein höchster Wunsch und das Ziel meines Strebens!‘ So sprach er, weil er sie seit langer Zeit liebte; ja, seine Leidenschaft zu ihr war heiß entbrannt und kannte weder Gesetz noch Band. Denn die Maid besaß Schönheit und Lieblichkeit und strahlende Vollkommenheit, in ihr waren ein trefflicher Sinn und Eigenschaften von schöner Art mit edlem Stamm und vornehmer Abkunft gepaart. Darauf machten sie sich daran, den Räuberhauptmann zu begraben; sie schaufelten für ihn im Garten eine weite Grube aus und scharrten ihn dort ein, und so lag er bei seinen Kumpanen, den verruchten, den Ketzern, den verfluchten. Und keines von den Geschöpfen Allahs erfuhr etwas von diesen seltsamen Geschehnissen und wunderbaren Begebnissen.

Sehen wir nun noch, was mit seinem Laden geschah! Als der Kaufmann eine so lange Zeit von dort fernblieb, als niemanden

Kunde von ihm erreichte und keine Spur sich von ihm zeigte, da bemächtigte der Staatsschatz sich seines Besitzes an Waren und an andern Gütern und Hinterlassenschaften.

Wie dann Ali Baba und die Seinen Ruhe und Frieden fanden und in ihrem Leben befestigt standen, wie sich alle Dinge geklärt, die Freude ihnen beschert und das Böse abgewehrt, da vermählte Mohammed sich mit der Dienerin Mardschâna. Er ließ die Eheurkunde für sie vor dem Kadi der Gläubigen niederschreiben, gab ihr die erste Morgengabe und verpflichtete sich zu der zweiten. Die Hochzeitsgäste versammelten sich, das Freudenfest begann, und die fröhlichen Nächte durchwachte man; manch Gastmahl ward gefeiert, manche Schmauserei, und man holte die Spielleute, Sängerinnen und Spaßmacher herbei. Schließlich ward die Braut vor ihm entschleiert, er blieb mit ihr allein und nahm ihr das Mädchentum. Drei Tage hatte die Hochzeit gedauert. Darauf, aber erst nachdem ein ganzes Jahr seit diesen Ereignissen verstrichen war, beschloß Ali Baba, wieder zu der Schatzhöhle zu gehen. Er hatte das seit dem Tode seines Bruders nicht mehr getan, aus Furcht vor der Tücke der Räuber. Dann nachdem Allah achtunddreißig Mann von ihnen durch die Hände Mardschânas hatte sterben lassen, und nachdem ihr Hauptmann ihnen im Tode gefolgt war, glaubte Ali Baba immer noch, es seien zwei Mann von ihnen übrig; denn er hatte sie ja damals im Gebirge gezählt und festgestellt, daß es vierzig Leute waren. Deswegen scheute er sich auch während dieser ganzen Zeit wieder hinzugehen, aus Furcht vor ihrer Tücke. Als ihn aber keine Kunde von ihnen erreichte und sich auch keine Spur von ihnen zeigte, war er überzeugt, daß sie verschwunden wären, und so wagte er es, sich dorthin zu begeben. Er nahm seinen Sohn mit sich, um ihm die Schatzhöhle zu zeigen und ihm das Geheimnis, wie man zu ihr gelangen und in sie eintreten konnte, zu offenbaren. Als sie sich nun der Schatzhöhle näherten, fanden sie, daß das Gebüsch und das Dornengestrüpp vor der Tür ganz dicht geworden war und den Weg versperrte. Dadurch erkannten sie, daß seit einer langen Zeit in diesen Hort keine Menschenseele, kein Laut, kein Wort mehr eingedrungen war. So waren sie denn sicher, daß die beiden letzten Räuber auch umgekommen sein mußten. Ihre Furcht schwand, und sie wagten es, näher zu treten und weiter vorzudringen. Da nahm Ali Baba eine Axt, hieb das Gestrüpp und die Dornbüsche ab, bis daß ein Weg gebahnt und der Zutritt zur Tür frei war. Darauf sprach er: ‚Sesam, öffne dein Tor!‘ Sofort tat die Tür sich auf, er trat mit seinem Sohne ein und zeigte ihm alle die Schätze und Seltsamkeiten und die wunderbaren Kostbarkeiten, die sie enthielt. Mohammed war bei ihrem Anblicke wie geblendet und geriet in das höchste Erstaunen. Nachdem sie dann die Schatzhöhle durchstreift hatten und überall in ihren Hallen umhergegangen waren und sattsam die Juwelen und Edelmetalle angeschaut hatten, beschlossen sie heimzukehren. Da nahmen sie, was ihnen von den Kleinodien der Schatzhöhle gefiel, was nicht beschwert und doch von hohem Wert, und kehrten nach Hause zurück voll Fröhlichkeit und über den Gewinn der Schätze erfreut. Und von nun ab holten sie immerfort aus der Schatzhöhle alles, was sie nur wünschten. So führten sie ein herrliches und glückliches Leben, bis Der zu ihnen kam, der die Freuden schweigen heißt und die Freundesbande zerreißt, der die Schlösser vernichtet und die Gräber errichtet.‘

INHALT

DIE ERZÄHLUNGEN
AUS DEN TAUSENDUNDEIN NÄCHTEN
BAND III

DIE ERZÄHLUNGEN AUS DEN TAUSENDUNDEIN NÄCHTEN

VOLLSTÄNDIGE DEUTSCHE AUSGABE
IN SECHS BÄNDEN

ZUM ERSTEN MAL
NACH DEM ARABISCHEN URTEXT
DER CALCUTTAER AUSGABE
AUS DEM JAHR 1839
ÜBERTRAGEN
VON ENNO LITTMANN

BAND III

Lizenzausgabe für KOMET MA-Service und Verlagsgesellschaft mbH
Diese Ausgabe ist text- und seitenidentisch
mit der sechsbändigen gebundenen Ausgabe des Insel Verlages
© Copyright 1953 by Insel-Verlag Wiesbaden
Alle Rechte bei und vorbehalten durch
Insel Verlag Frankfurt am Main 1976
ISBN 3-89836-308-2

WAS SCHEHREZÂD DEM KÖNIG SCHEHRIJÂR
IN DER
ZWEIHUNDERTEINUNDSIEBENZIGSTEN
BIS FÜNFHUNDERTUNDDRITTEN NACHT
ERZÄHLTE

Da bemerkte Schehrezâd, daß der Morgen begann, und sie hielt in der verstatteten Rede an. Doch als die *Zweihundertundeinundsiebenzigste Nacht*[1] anbrach, erzählte sie

DIE GESCHICHTE VON DEM PRINZEN AHMED UND DER FEE PERÎ BANÛ[2]

In alten Zeiten und längst entschwundenen Vergangenheiten lebte einmal ein Sultan von Indien Der hatte drei Söhne; der älteste hieß Prinz Husain, der zweite Prinz 'Alî, der dritte Prinz Ahmed. Er hatte auch eine Nichte, des Namens Prinzessin Nûr en-Nahâr[3], die Tochter seines jüngeren Bruders, der früh gestorben war und sein einziges Kind unter der Obhut des Onkels hinterlassen hatte. Der König widmete sich ihrer Erziehung mit großer Sorgfalt, und er verwandte alle Mühe darauf, daß sie im Lesen und Schreiben, im Nähen und Sticken, im Singen und im kunstvollen Spielen der Instrumente, die Lust und Freude schaffen, unterrichtet wurde. Diese Prinzessin übertraf auch an Schönheit und Lieblichkeit und an Verstand und Weisheit bei weitem alle Mädchen ihrer Zeit in allen Landen. Sie wuchs mit den Prinzen, ihren Vettern, in lauterer

1. In der Kalkuttaer Ausgabe beginnt die 271. Nacht in der Mitte der folgenden Geschichte von Hâtim et-Tâï. Da aber in der ersten Insel-Ausgabe hier die Geschichte von Prinz Ahmed und der Fee Perî Banû eingefügt war, habe ich die Übergangsformel hierher gesetzt. – 2. Der morgenländische Urtext dieser Erzählung ist noch nicht wiedergefunden. Sie wurde zuerst von Galland in französischer Sprache veröffentlicht. Dieser Text erhielt durch eine Übersetzung in die Hindustani-Sprache ein morgenländisches Gewand. Der Hindustani-Text wurde von Blumhardt ins Englische übersetzt und von Burton herausgegeben. Nach Burtons Ausgabe ist hier übertragen worden, doch ohne Einteilung in einzelne Nächte. Perî heißt im Persischen ,Fee, Dämon(in)'; Banû ,Herrin' ist ein Titel vornehmer Frauen. – 3. Das Licht des Tages.

Freude auf; sie aßen gemeinsam und spielten miteinander und schliefen zusammen. Der König hatte in seinem Sinne beschlossen, wenn sie das Alter der Mannbarkeit erreicht hätte, so wolle er sie einem der benachbarten Fürsten vermählen; aber als sie zur Jungfrau herangereift war, bemerkte ihr Oheim, daß die drei Prinzen, seine Söhne, alle von tiefer Liebe zu ihr ergriffen waren, und daß ein jeder von ihnen sehnlichst wünschte, ihr Herz und ihre Hand zu gewinnen. Darum war der König tief innerlich betrübt, und er sprach bei sich selber: ,Wenn ich die Herrin Nûr en-Nahâr einem ihrer Vettern vermähle, werden die andern beiden mißvergnügt sein und wider meinen Entscheid murren; doch mein Herz kann es nicht ertragen, sie traurig und enttäuscht zu sehen. Würde ich sie aber einem Fremden zur Frau geben, so käme über alle drei Prinzen, meine eigenen Söhne, tiefer Gram und schweres Herzeleid; ja, wer weiß, ob sie sich nicht selbst das Leben nehmen oder fortziehen und sich in ein fernes, fremdes Land begeben? Die Sache ist schwierig und birgt Gefahren; so geziemt es sich denn für mich, ihren Vater, derart zu handeln, daß, wenn einer von ihnen sie zur Gemahlin erhält, die andern beiden darüber nicht grollen.'

Lange Zeit überlegte der Sultan die Sache in seinem Herzen; und schließlich ersann er einen Plan. Er ließ die drei Prinzen zu sich kommen und redete mit ihnen, indem er sprach: ,Liebe Söhne, ihr seid mir alle gleich lieb und wert, einer wie der andere; ich kann darum weder einem von euch den Vorzug geben und ihn mit der Prinzessin Nûr en-Nahâr vermählen, noch auch steht es in meiner Macht, sie allen dreien zur Frau zu geben. Aber ich habe einen Plan erdacht, durch den sie einem von euch zuteil werden soll, ohne daß seine Brüder sich gekränkt zu fühlen brauchen oder Grund zum Neide haben;

möge dann eure gegenseitige Liebe und Zuneigung unvermindert bleiben, und keiner soll je eifersüchtig auf das Glück des andern sein! Kurz, mein Plan ist dieser: Gehet hin und ziehet in ferne Länder, indem ihr euch voneinander trennt; dann bringt mir das wunderbarste und seltsamste Ding von allem, was ihr auf euren Reisen seht; und wer mit dem seltensten Kleinod heimkehrt, der soll der Gemahl der Prinzessin Nûr en-Nahâr werden! Stimmet nun diesem Vorschlage zu; und was ihr nur immer an Geld für die Reise und für den Erwerb seltener und einzigartiger Dinge gebraucht, das nehmet aus dem königlichen Schatze, so viel, wie ihr wünschet!' Die drei Prinzen, die stets ihrem Vater gehorsam waren, fügten sich einstimmig diesem Vorschlage; ein jeder war zufrieden und hegte die Zuversicht, daß er dem König die wundersamste Gabe bringen und so die Prinzessin zur Gemahlin gewinnen würde. Da befahl der Sultan, man solle einem jeden so viel Geld geben, wie er gebrauchte, ohne Beschränkung und ohne Berechnung; und dann sprach er zu ihnen: ‚Rüstet euch für die Reise ohne Zögern und Zaudern und ziehet dahin unter dem Schutze Allahs!'

Alsbald machten die drei Prinzen sich für Reise und Fahrt bereit. Sie verkleideten sich, indem sie die Gewandung von reisenden Kaufleuten anlegten, kauften alles ein, was sie nötig hatten, bestiegen Rosse von reinstem Blut und ritten, ein jeder von seinem Gefolge umgeben, mitsammen zum Palaste hinaus. Mehrere Tagereisen weit zogen sie auf derselben Straße dahin, bis sie eine Stätte erreichten, wo sich der Weg nach drei Richtungen hin teilte; dort kehrten sie in einem Chân ein und verzehrten ihr Nachtmahl. Dann verabredeten und vereinbarten sie, daß sie von jetzt ab, nachdem sie bis dorthin gemeinsam gereist waren, bei Tagesanbruch getrennte Wege wählen

9

wollten; ein jeder von ihnen sollte seine eigene Straße ziehen, und alle drei sollten verschiedene Länder in der Ferne aufsuchen. Dabei kamen sie überein, nur ein Jahr lang zu reisen und dann, wenn sie noch im Lande der Lebenden weilten, alle drei wieder bei derselben Herberge zusammenzutreffen und gemeinsam zu ihrem Vater, dem Könige, heimzukehren. Ferner bestimmten sie, daß der erste, der zu dem Chân zurückkäme, bis zur Ankunft des nächsten warten sollte, und daß dann die beiden dort verweilen sollten, bis der dritte käme. Nachdem nun dies alles bündig verabredet war, begaben sie sich zur Ruhe; und als der Morgen graute, umarmten sie einander und sagten sich Lebewohl. Darauf bestiegen sie ihre Rosse und ritten von dannen, ein jeder in seiner Richtung.

Nun hatte Prinz Husain, der älteste Bruder, oftmals von den Wundern des Landes von Bischangarh[1] erzählen hören, und er hatte es schon seit langer Zeit einmal besuchen wollen; darum wählte er den Weg, der dorthin führte, schloß sich einer Karawane an, deren Ziel jenes Land war, und zog mit ihr zu Wasser und zu Lande durch viele Gebiete, wüste Wildnisse und steinige Steppen, dichte Dschungeln und fruchtbare Landstriche, mit Feldern und Weilern, mit Gärten und Städten. Nachdem er drei Monate lang unterwegs gewesen war, erreichte er endlich Bischangarh, ein Land, das so ausgedehnt war und dessen Macht so weit reichte, daß es von vielen Fürsten beherrscht ward. Er kehrte in einer Karawanserei ein, die für Kaufleute aus den fernsten Ländern eigens erbaut war; und von den Leuten, die dort weilten, hörte er, daß die Hauptstadt einen großen Basar besaß, in dem man alle Arten von Seltsamkeiten und wunderbaren Dingen kaufte und verkaufte.

1. Nach Burton entstellt aus Bidschnagar = Widschâjanagara: ‚Siegesstadt‘, einer früher berühmten Hauptstadt im südlichen Indien.

Am nächsten Tage also begab Prinz Husain sich zu dem Basar, und wie er ihn erblickte, blieb er stehen und staunte über seine Länge und Breite. Denn er teilte sich in viele Straßen, die alle von Gewölben überdacht und durch Oberlichtfenster erleuchtet waren, und die Läden auf beiden Seiten waren von fester Bauart, alle nach demselben Muster und fast von gleicher Größe; und vor einem jeden war ein Schirmsegel ausgespannt, das den Sonnenglanz abhielt und kühlen Schatten spendete. In diesen Läden waren verschiedenerlei Arten von Waren in Reihen aufgespeichert. Da waren Ballen indischer Gaze, Leinenstoffe von feinstem Gewebe, einfarbig weiß oder gefärbt oder mit lebenswahren Mustern verziert, aus denen Tiere, Bäume und Blumen so deutlich hervortraten, daß man sie für wirkliche Tiere, Büsche und Gärten hätte halten können. Da waren ferner Seidenstoffe, Brokate und die feinsten Satins aus Persien und Ägypten in unerschöpflicher Fülle; und in den Porzellanläden standen gläserne Gefäße von jeglicher Art. Hier und da waren auch Läden, in denen Wandteppiche und Tausende von Fußteppichen zum Verkaufe auslagen.

Prinz Husain schritt von Laden zu Laden dahin und war voll Staunen darüber, daß er so wunderbare Dinge sah, von denen er sich nie hatte träumen lassen. Schließlich kam er zur Goldschmiedegasse, und dort erblickte er Edelsteine und Juwelen, goldene und silberne Gefäße, übersät mit Diamanten, Rubinen, Smaragden, Perlen und noch anderen kostbaren Steinen, die alle so hell glänzten und blitzten, daß die Läden von ihrem wundersamen Scheine erleuchtet waren. Da sagte er sich: ,Wenn in einer einzigen Straße solche Schätze und so seltene Juwelen zu finden sind, so weiß niemand als allein Allah der Allmächtige, wieviel Reichtum in dieser ganzen Stadt geborgen sein mag!' Nicht weniger staunte er, als er sah, wie die

Frauen der Brahmanen im Übermaße ihres Reichtums mit den schönsten Edelsteinen geziert und von Kopf bis zu Fuß mit den reichsten Gewändern geschmückt waren; sogar ihre Diener und Dienerinnen trugen goldene Halsbänder und Armbänder und Spangen, die mit kostbaren Steinen besetzt waren. In der einen Basarstraße standen der Länge nach Scharen von Blumenverkäufern; denn alles Volk, hoch und niedrig, trug Kränze und Blumenschmuck. Einige hielten Sträuße in den Händen, andere wanden sich Kränze um ihre Häupter, wieder andere trugen lang herabhängende Blumengewinde und Girlanden um den Hals. Die ganze Straße sah aus wie eine einzige große Blumenterrasse; selbst die Kaufleute setzten Sträuße in jeden Laden und Verkaufsstand, und die ganze Luft war von schwülem Blütenduft erfüllt.

Wie Prinz Husain so hin und her schlenderte, ward er schließlich müde, und er hätte sich gern irgendwo niedergesetzt, um etwas auszuruhen. Da bemerkte einer der Kaufleute, daß er müde aussah, und er bat ihn freundlich und höflich, er möchte sich in seinem Laden niedersetzen. Der Fremdling sprach die Grußformel und setzte sich; gleich darauf sah er einen Makler des Weges kommen, der einen Teppich, vier Ellen im Geviert, zum Verkaufe feilbot, indem er ausrief: ‚Ein Teppich zu verkaufen! Wer zahlt mir seinen Preis? Das sind dreißigtausend Goldstücke!‘ Da war der Prinz höchlichst erstaunt über den Preis; er winkte den Händler heran, und nachdem er dessen Ware genau besichtigt hatte, sprach er: ‚Ein Teppich wie dieser wird um wenige Silbermünzen verkauft! Was für eine besondere Eigenschaft hat er denn, daß du die Summe von dreißigtausend Goldstücken dafür verlangst?‘ Der Makler glaubte, Husain sei ein Kaufmann, der vor kurzem in Bischangarh angekommen sei, und gab ihm zur Antwort: ‚Werter Herr, glaubst du, ich setze den Preis dieses Teppichs zu hoch an? Mein Herr hat mir befohlen, ihn nicht für weniger als vierzigtausend Zechinen zu verkaufen!' Da fuhr der Prinz fort: ,Er muß doch irgendeine wunderbare Eigenschaft besitzen; sonst würdest du nicht eine so ungeheure Summe verlangen!' ,Es ist wahr, werter Herr,' erwiderte der Makler, ,seine Eigenschaften sind einzigartig und wundersam. Wer auf diesem Teppich sitzt und in Gedanken den Wunsch ausspricht, in die Höhe gehoben und an anderer Stätte niedergesetzt zu werden, der wird im Augenblicke dorthin getragen, mag die Stätte in der Nähe sein oder auch viele Tagereisen entfernt und schwer zu erreichen.' Als der Prinz diese Worte vernahm, sprach er bei sich selber: ,Ich kann meinem Vater, dem Sultan, nichts als Gabe heimbringen, das so wunderbar seltsam wie dieser Teppich wäre, nichts auch, das ihm größeres Vergnügen und Entzücken bereiten würde. Allah der Erhabene sei gepriesen, das Ziel meiner Fahrt ist erreicht, und hierdurch werde ich, so Gott will, meinen Wunsch erfüllt sehen! Wenn irgend etwas, so wird dieser Teppich ihm ein ewiger Quell der Freude sein.' So wandte sich denn der Prinz, in der Absicht, den fliegenden Teppich zu kaufen, an den Makler und sprach zu ihm: ,Wenn er wirklich solche Kräfte hat, wie du sie beschreibst, dann ist der Preis, den du für ihn verlangst, in der Tat nicht zu hoch, und ich bin bereit, dir die verlangte Summe zu zahlen.' Jener gab ihm zur Antwort: ,Wenn du meine Worte bezweifelst, so bitte ich dich, stelle sie auf die Probe und behebe dadurch deinen Verdacht! Setze dich auf dies Geviert von gewirktem Stoffe, und es wird uns auf deinen bloßen Wunsch und Willen hin nach der Karawanserei tragen, in der du wohnst; auf diese Weise wirst du dich vergewissern, daß meine Worte wahr sind; und erst wenn du dich von ihrer

Wahrheit überzeugt hast, brauchst du mir den Preis meiner Ware zu zahlen, an jenem Orte und zu jener Zeit, nicht eher!' Darauf breitete der Mann den Teppich hinter dem Laden auf den Boden und ließ den Prinz darauf Platz nehmen, während er sich selbst neben ihn setzte. Dann plötzlich, auf den bloßen Willen und Wunsch des Prinzen Husain hin, wurden die beiden zum Chân getragen, als ob sie sich auf dem Throne Salomos befänden.

So freute sich denn der älteste von den drei Brüdern gar sehr in dem Gedanken, daß er ein solch seltenes Kleinod, dessengleichen nirgends in allen Landen, auch nicht bei den Königen, gefunden werden konnte, nunmehr gewonnen hatte; Herz und Seele frohlockten in ihm, weil er nach Bischangarh gekommen war und dort solch ein Wunderding getroffen hatte. Er zahlte daher die vierzigtausend Zechinen als Preis für den Teppich und schenkte obendrein dem Makler noch zwanzigtausend als Zugabe. Und immerfort sagte er sich, der König werde ihn, sobald er den Teppich sähe, mit der Prinzessin Nûr en-Nahâr vermählen; denn das wäre doch ganz und gar unmöglich, daß einer von seinen Brüdern, wenn sie auch die ganze Welt nach allen Richtungen durchsuchten, ein Kleinod finden könnten, das sich mit diesem vergleichen ließe. Es verlangte ihn, sich sofort auf den Teppich zu setzen und in sein Land zu fliegen, oder doch wenigstens seine Brüder in der Herberge zu erwarten, bei der sie sich getrennt hatten mit dem feierlich beschworenen Versprechen, nach einem Jahre sich wieder zu treffen. Doch alsbald kam ihm der Gedanke, daß ihm die Zeit, die er dort würde warten müssen, zu lang werden könnte, und er fürchtete sehr, er möchte in Versuchung geraten, einen übereilten Schritt zu tun. Deshalb beschloß er, in dem Lande zu bleiben, dessen König und Einwohner er

14

schon seit so langer Zeit sehnsüchtig hatte kennen lernen wollen, und er faßte den Plan, die Zeit damit zu verbringen, daß er sich das Land ansah und Lustfahrten in die benachbarten Länder machte.

So verweilte denn Prinz Husain einige Monate in Bischangarh. Nun hatte der König jenes Landes die Gewohnheit, einmal in jeder Woche einen Gerichtstag abzuhalten, um Streitigkeiten anzuhören und Rechtsfälle zu schlichten, die fremde Kaufleute betrafen; auf diese Weise sah der Prinz den König des öfteren, aber er erzählte nie einem Menschen etwas von seinem Erlebnis. Doch da er ein schönes Antlitz und einen anmutigen Gang hatte, höflich in seiner Rede war, dazu beherzt und stark, verständig, vorsichtig und voll Geist, so wurde er vom Volke in höheren Ehren gehalten als der Sultan, von den Kaufleuten, seinen Genossen, ganz zu schweigen; und mit der Zeit wurde er bei Hofe beliebt, und er erfuhr aus des Herrschers eigenem Munde alles, was sein Reich und seine Macht und seine Größe betraf. Auch besuchte der Prinz die berühmtesten Pagoden jenes Landes. Die erste, die er sah, war aus Kupfer und Messing von allerfeinster Arbeit; die innere Zelle maß drei Ellen im Geviert und barg in ihrer Mitte ein goldenes Bild, das an Größe und Gestalt einem Mann von wunderbarer Schönheit glich; und so kunstvoll war die Arbeit, daß sein Gesicht die Augen, zwei große Rubinen von ungeheurem Werte, auf jeden Beschauer zu heften schien, mochte er stehen, wo er wollte. Ferner sah der Prinz einen Götzentempel, der nicht weniger wunderbar und selten war als der erste; der war inmitten eines Dorfes erbaut, auf einer ebenen Fläche, die etwa einen halben Morgen lang und breit war, und auf der liebliche Rosen, Jasmin, Basilienkraut und mancherlei andere süß duftende Pflanzen blühten, deren Wohlgerüche die ganze Luft

15

dort erfüllten. Rings um den Tempelhof aber lief eine Mauer, drei Fuß hoch, so daß sich kein Tier hinein verirren konnte; und in der Mitte befand sich eine Terrasse, fast in Manneshöhe, ganz aus weißem Marmor und welligem Alabaster erbaut; in ihr war jede einzelne Platte so fein behauen und so genau eingefügt, daß der ganze Flur, obgleich er eine große Fläche bedeckte, aussah, als ob er nur aus einem einzigen Steine bestände. In der Mitte der Terrasse stand der heilige Kuppelbau, der sich etwa fünfzig Ellen hoch emporhob und auf viele Meilen hin sichtbar war; er war dreißig Ellen lang und zwanzig breit, und die roten Marmorsteine in der Mauerverkleidung waren blank poliert wie ein Spiegel, so daß ein jedes Ding sich darin naturgetreu widerspiegelte. Die Kuppel war kunstvoll gemeißelt und auf der Außenseite prächtig verziert; drinnen waren nach Rang und Würden Reihen und Reihen von Götzenbildern aufgestellt. Hierher, zu diesem Allerheiligsten, strömten von früh bis spät Tausende von Brahmanen, Männer und Frauen, zum täglichen Gottesdienste herbei. Die fanden Spiele und Lustbarkeiten dort ebensowohl wie Riten und Zeremonien; die einen schmausten, andere tanzten, die einen sangen, andere spielten Instrumente der Freude und Fröhlichkeit, und so fanden an mancherlei Orten Spiele und Gelage und unschuldige Lustbarkeiten statt. Hierher strömten auch zu jeder Jahreszeit Scharen von Pilgern aus fernen Ländern, um ihre Gelübde zu erfüllen und ihre Gebete zu verrichten; alle brachten Gaben an Gold und Silbermünzen und seltene und kostbare Geschenke, die sie in Gegenwart der königlichen Beamten opferten.

Ferner sah Prinz Husain ein Fest, das nur einmal im Jahre in der Stadt Bischangarh gefeiert wurde. Da kamen alle Lehnspächter, große und kleine, zusammen und zogen um die Pagoden herum, vor allem aber um eine, die alle anderen an

Größe und Pracht übertraf. Große und gelehrte Pandits[1], die in den Schâstras[2] bewandert waren, machten Reisen von vier und fünf Monaten und begrüßten einander bei diesem Feste; aus allen Gegenden Indiens pilgerte das Volk in solchen Mengen dorthin, daß Prinz Husain über diesen Anblick erstaunt war; und weil sich solche Volksmassen bei den Tempeln zusammendrängten, konnte er nicht einmal sehen, in welcher Weise die Götter verehrt wurden.

Auf der einen Seite der benachbarten Ebene, die sich weit und breit erstreckte, stand ein neu errichteter Bau von gewaltiger Größe und hoher Pracht, neun Stockwerke hoch, der auf einem Unterbau aus vierzig Pfeilern ruhte; dort versammelte der König einmal in jeder Woche seine Wesire, um allen Fremden im Lande Recht zu sprechen. Das Innere des Palastes war reich verziert und mit kostbarer Einrichtung ausgestattet; auf der Außenseite waren die Wandflächen bemalt mit Darstellungen von heimischen Landschaften und Szenerien aus fernen Gegenden, vor allem auch von allerlei vierfüßigen Tieren, Vögeln und Insekten, sogar auch von Mücken und Fliegen, die mit solchem Kunstsinn und mit so geschickter Hand abgebildet waren, daß sie wirklich lebendig schienen und daß das Landvolk und die Bauern, wenn sie von ferne die Bilder von Löwen, Tigern und anderen reißenden Tieren sahen, mit Furcht und Schrecken erfüllt wurden. Auf den anderen Seiten der Ebene befanden sich Pavillons, gleichfalls aus Holz, für den Gebrauch des Volkes hergerichtet; die waren im Innern und auf den Außenseiten schön ausgestattet und bemalt wie jener erste Bau, doch so kunstvoll gebaut, daß man sie mit allem Volke darin umdrehen und nach jeder Stelle, wohin man nur wollte, fortbewegen konnte. So schaffte man diese

1. Gelehrte. – 2. Lehrbücher, heilige Schriften.

gewaltigen Bauten mit Hilfe von Maschinen hin und her, und das Volk darin konnte nacheinander verschiedenen Lustbarkeiten und Spielen zuschauen. Ferner waren auf jeder Seite des Vierecks Elefanten in Reihen, wohl tausend an der Zahl; deren Rüssel und Ohren und Hinterseiten waren mit Zinnober bemalt und mit allerlei gefälligen Zeichnungen geschmückt; ihre Schabracken waren aus Goldbrokat, die Sänften auf ihren Rücken waren mit Silber bestickt. Sie trugen Bänkelsänger, die mancherlei Instrumente spielten, während Spaßmacher die Menge mit ihren Scherzen belustigten und Schauspieler ihre unterhaltsamsten Rollen spielten. Von all den Sehenswürdigkeiten aber, die der Prinz erblickte, gefiel ihm die Elefantenschau am meisten, und die erfüllte ihn mit der größten Verwunderung. Ein mächtiges Tier, das hin und her gefahren werden konnte, wohin die Wärter nur wollten, da seine Füße auf einem Gestelle ruhten, das auf Rollen lief, hielt in seinem Rüssel eine Flöte, auf der es so schön spielte, daß alles Volk mit Freuden Beifall rief. Da war auch noch ein kleineres Tier, das auf der einen Seite eines Balkens stand; dieser Balken lag quer über einem acht Ellen hohen Holzblock und war mit Angeln daran befestigt, und auf dem anderen Ende lag ein eisernes Gewicht, das ebenso schwer war wie der Elefant. Der drückte dann so lange auf den Balken, bis sein Ende den Boden berührte, und dann hob ihn das Gewicht am anderen Ende wieder hoch. So schwang der Balken wie eine Schaukel auf und nieder, und wenn er sich bewegte, so wiegte der Elefant sich hin und her, im gleichen Takte wie die Musik der spielenden Kapellen, wobei er laut trompetete. Das Volk konnte sich um diesen Elefanten, während er sich auf dem Balken wiegte, von Ort zu Ort herumfahren lassen. Solche Vorführungen von gelehrigen Elefanten geschahen meist in Gegenwart des Königs.

Prinz Husain verbrachte fast ein Jahr damit, sich die Sehenswürdigkeiten auf den Märkten und bei den Festen von Bischangarh anzuschauen. Als dann aber die Zeit der Verabredung mit seinen Brüdern kam, breitete er seinen Teppich im
Hofe hinter dem Chân, in dem er wohnte, auf die Erde,
schaffte sein Gefolge, die Rosse und alles, was er mitgebracht
hatte, hinauf, setzte sich und sprach in Gedanken den Wunsch
aus, er wolle nach der Karawanserei versetzt werden, in der die
drei Brüder sich zu treffen verabredet hatten. Kaum hatte er
den Gedanken gefaßt, da erhob sich schon im selben Augenblicke der Teppich hoch in die Luft, sauste dahin durch den
Raum und trug alle zu der bestimmten Stätte; und dort blieb
der Prinz, immer noch im Gewande eines Kaufmanns, um
seine Brüder zu erwarten.

Vernimm nun, o glücklicher König, was Prinz 'Alî, der
ältere von den beiden Brüdern des Prinzen Husain, erlebte!
Der hatte sich am dritten Tage nach seiner Trennung von den
beiden anderen auch einer Karawane angeschlossen und war
gen Persien gereist. Als er nach einem Marsche von vier Monaten in Schiras, der Hauptstadt des Landes Iran, angekommen
war, kehrte er mit seinen Reisegefährten, die ihm fast wie
Freunde geworden waren, in einem Chân ein; und er bezog
dort seine Wohnung mit ihnen, indem er als Juwelier galt.
Am nächsten Tage gingen die Händler fort, um Waren zu
kaufen und ihre eigenen Güter zu verkaufen; Prinz 'Alî jedoch,
der nichts mitgebracht hatte, was er verkaufen konnte, sondern nur die Sachen, die er für sich brauchte, legte alsbald sein
Reisekleid ab und begab sich mit einem Gefährten von der
Karawane zu dem Hauptbasar, der als Bazistân, oder Tuch-
markt, bekannt war. 'Alî wanderte umher auf jenem Markte,
der aus Ziegelsteinen erbaut war und an dem alle Läden ge-

wölbte Dächer hatten, die auf schönen Säulen ruhten; und er wunderte sich sehr, wie er die prächtigen Lagerhäuser sah, in denen alle Arten von unendlich wertvollen Waren zum Verkaufe auslagen. Erstaunt fragte er sich, wie reich die ganze Stadt sein müsse, wenn eine einzige Marktstraße schon dergleichen Schätze barg. Während nun die Makler einhergingen und ihre Waren zum Verkaufe ausriefen, sah er unter ihnen einen, der ein etwa ellenlanges Elfenbeinrohr in der Hand hielt, das er zum Preise von dreißigtausend Zechinen zum Verkaufe ausbot. Als Prinz ʾAlî diesen Preis hörte, dachte er bei sich: ‚Der Bursche da ist sicher ein Narr, daß er einen solchen Preis für ein so armseliges Ding verlangt!‘ Dann fragte er einen der Ladenbesitzer, mit dem er bekannt geworden war, indem er sprach: ‚Mein Freund, ist der Mann dort ein Irrsinniger, daß er die Summe von dreißigtausend Zechinen für diese kleine Elfenbeinröhre verlangt? Doch nur ein Dummkopf würde ihm einen so hohen Preis zahlen und für das Ding einen solchen Schatz Goldes verschwenden!‘ ‚Werter Herr,‘ erwiderte der Ladenbesitzer, ‚dieser Makler ist klüger und verständiger als alle die anderen seines Standes, und durch ihn habe ich Waren im Werte von Tausenden von Zechinen verkaufen lassen. Bis gestern war er noch bei klarem Verstande; aber ich weiß nicht, in welcher Verfassung er sich heute befindet und ob er seinen Verstand verloren hat oder nicht. Doch das weiß ich sicher, wenn er dreißigtausend für ein Elfenbeinrohr verlangt, dann ist es so viel wert oder noch mehr. Immerhin, wir werden es ja mit eigenen Augen sehen. Setz dich hier nieder und warte im Laden, bis er bei uns vorbeikommt!‘ Da setzte Prinz ʾAlî sich nieder auf den Platz, den jener ihm anbot, und alsbald sah man auch den Makler des Weges kommen. Nun rief der Besitzer des Ladens ihn heran und sprach zu ihm: ‚Mann,

deine kleine Röhre da muß eine seltsame Kraft besitzen; alle
Leute hören mit Staunen, daß du einen so hohen Preis dafür
verlangst; ja, mein Freund hier glaubt sogar, du seiest von
Sinnen.' Der Makler, ein verständiger Mann, zeigte keinerlei
Ärger über diese Worte, sondern antwortete in höflicher
Rede: ,Hoher Herr, ich zweifle gar nicht daran, daß du mich
für einen Irren halten mußt, da ich einen so hohen Preis verlange und einem so geringen Gegenstand so hohen Wert bei-
lege; aber wenn ich dir seine Eigenschaften und Kräfte gezeigt
haben werde, so wirst du gern bereit sein, ihn für den Preis zu
erwerben. Nicht nur du allein, sondern alle Leute, die mich
meinen Ruf haben ausrufen hören, lachen und nennen mich
einen Narren.' Mit diesen Worten zeigte der Makler dem
Prinzen 'Alî das Fernrohr und reichte es ihm, indem er hinzufügte: ,Schau dir dies Elfenbein gut an: ich will dir seine Eigenschaften erklären! Du siehst, daß es an beiden Enden mit einem
Stück Glas versehen ist; wenn du nun das eine Ende davon an
dein Auge legst, so kannst du alles sehen, was du nur wünschest, und es wird nah bei dir erscheinen, mag es auch viele
hundert Meilen von dir entfernt sein.' Der Prinz gab zur Antwort: ,Das geht über alles Verständnis hinaus; ich kann es
auch noch nicht für wahr halten, bis ich es erprobt und mich
davon überzeugt habe, daß es sich so verhält, wie du sagst.'
Darauf legte der Makler das kleine Rohr in Prinz 'Alîs Hand,
und indem er ihm zeigte, wie er es handhaben müsse, sprach
er: ,Was du nur immer wahrzunehmen wünschest, wird sich
dir zeigen, wenn du durch dies Elfenbein schaust.' Prinz 'Alî
wünschte stillschweigend seinen Vater zu sehen, und sowie er
das Rohr dicht vor sein Auge hielt, sah er ihn frisch und froh
auf seinem Throne sitzen, wie er dem Volke seines Landes
Recht sprach. Dann verlangte er sehnsüchtig sein Herzlieb,

die Prinzessin Nûr en-Nahâr, zu sehen; und sofort sah er auch sie, wie sie gesund und munter auf ihrem Ruhelager saß, plauderte und lachte, während eine Schar von Dienerinnen ihrer Befehle gewärtig umherstand. Der Prinz war über die Maßen erstaunt, wie er dies seltsame und wunderbare Schauspiel sah, und er sprach bei sich selber: ‚Wenn ich auch die ganze Welt zehn Jahre lang oder noch länger in all ihren Ecken und Winkeln durchsuche, werde ich doch nie ein so selten und kostbar Ding wie dies Elfenbeinrohr finden.‘ Darauf sagte er zu dem Makler: ‚Die Eigenschaften deines Rohres sind, wie ich sehe, wirklich von der Art, die du beschrieben hast, und ich will dir sehr gern dreißigtausend Zechinen als Preis dafür bezahlen.‘ ‚Hoher Herr,‘ erwiderte der Makler, ‚mein Gebieter hat einen Eid geschworen, daß er sich nicht für weniger als vierzigtausend Goldstücke davon trennen will.‘ Der Prinz nun, der einsah, daß der Makler ein gerechter und ehrlicher Mann war, wog ihm die vierzigtausend Zechinen ab und wurde so der Besitzer des Fernrohres, selig in dem Gedanken, daß es seinen Vater voll erfreuen und ihm die Hand der Prinzessin Nûr en-Nahâr gewinnen würde. So zog denn ’Alî mit frohem Sinne durch Schiras und weiter auf mancherlei Straßen Persiens dahin; und schließlich, als das Jahr fast vorüber war, schloß er sich einer Karawane an und erreichte auf seiner Rückreise nach Indien gesund und wohlbehalten die verabredete Karawanserei, in der Prinz Husain schon vor ihm eingetroffen war. Dort warteten die beiden, bis ihr dritter Bruder wohlbehalten zurückkehrte.

Dies, o König Schehrijâr, ist die Geschichte der beiden Brüder; und nun bitte ich dich, neige dein Ohr und höre auf das, was dem jüngsten von ihnen, dem Prinzen Ahmed, widerfuhr; denn sein Erlebnis war das merkwürdigste und seltsamste von allen. Als er sich von seinen Brüdern getrennt hatte, wählte er den Weg, der nach Samarkand führte; und wie er dort nach einer langen Reise eintraf, kehrte er, ebenso wie seine Brüder, in einem Chân ein. Am nächsten Tage ging er fort, um sich den Markt anzuschauen, den das Volk dort Bazistân nennt, und er sah, daß er schön angelegt war; die Läden waren kunstvoll gebaut und mit seltenen Stoffen, wertvollen Gütern und kostbaren Waren gefüllt. Wie er nun so hin und her schritt, traf er auf einen Makler, der einen Zauberapfel feilbot mit dem Rufe: ‚Wer kauft diese Frucht? Sie ist fünfunddreißigtausend Goldstücke wert!‘ Da sprach Prinz Ahmed zu dem Manne: ‚Bitte, laß mich doch einmal die Frucht sehen, die du in der Hand hast, und erkläre mir, welche geheime Kraft sie besitzt, daß du einen so hohen Preis für sie verlangst!‘ Der Makler lächelte, reichte ihm den Apfel und sprach: ‚Wundere dich nicht hierüber, mein guter Herr! Fürwahr, ich bin gewiß, wenn ich dir seine Eigenschaft erklärt habe, und wenn du siehst, welch eine Wohltat für die Menschheit sie ist, so wirst du meinen Preis nicht für übertrieben halten; nein, du wirst vielmehr gern einen Schatz Goldes dafür hingeben, falls du den besitzest.‘ Dann fuhr er fort: ‚Jetzt höre mich an, mein Gebieter, ich will dir erzählen, welche Kraft in diesem kunstvollen Apfel verborgen liegt! Wenn irgendein Mensch an einer Krankheit leidet, mag sie auch noch so schwer sein, ja noch mehr, wenn er schon dem Tode nahe ist, und wenn er dann nur an diesem Apfel riecht, so wird er sich alsbald erholen, er wird gesund und geheilt von jeglicher Krankheit, die ihn plagte, sei es Pest oder Brustseuche, Fieber oder irgendein anderes bösartiges Leiden, gleich als ob er niemals krank gewesen wäre; seine Kraft wird ihm sofort zurückkehren, und nachdem er einmal an dieser Frucht gerochen hat, wird er aller

Krankheit und alles Leidens frei und ledig sein, solange die Lebensgeister in ihm weilen.' Doch Prinz Ahmed entgegnete: ‚Wie kann ich sicher sein, daß deine Worte wahr sind? Wenn die Sache sich so verhält, wie du sagst, dann will ich dir mit der größten Freude die Summe geben, die du verlangst!' ‚Mein Gebieter,' erwiderte der Makler, ‚alle Menschen, die hier in der Gegend von Samarkand wohnen, wissen recht wohl, daß früher in dieser Stadt ein weiser Mann wohnte, der eine wundersame Geschicklichkeit besaß, und der nach vielen Jahren mühsamer Arbeit diesen Apfel hergestellt hat, durch Mischung von unendlich vielen Arzneien aus Kräutern und Mineralien. All sein Gut, das sehr beträchtlich war, gab er dafür aus, und nachdem er den Apfel hergestellt hatte, machte er Tausende von kranken Menschen wieder gesund, indem er sie nur an dieser Frucht riechen ließ. Doch ach, sein Leben fand ein plötzliches Ende, und der Tod überraschte ihn unversehens, ehe er sich selbst durch den wunderbaren Duft retten konnte; und da er keinen Reichtum gesammelt, sondern nur eine trauernde Witwe, eine große Schar kleiner Kinder und viele Angehörige hinterlassen hat, so konnte seine Witwe sich nicht anders helfen als dadurch, daß sie sich von diesem Wunderkleinod trennte, um Mittel für den Unterhalt der Ihrigen zu gewinnen.' Während der Verkäufer dem Prinzen diesen seinen Bericht erstattete, sammelte sich eine große Schar von Bürgern um sie; und einer aus der Menge, der dem Makler wohlbekannt war, trat hervor und sprach: ‚Einer meiner Freunde liegt sterbenskrank zu Hause; die Ärzte und Männer der Heilkunde verzweifeln alle an seinem Leben; darum flehe ich dich an, laß ihn an dieser Frucht riechen, damit er am Leben bleibt!' Wie Prinz Ahmed diese Worte vernahm, wandte er sich dem Verkäufer zu und sprach: ‚Mein Freund, wenn dieser Kranke, von dem du da hörst, durch den Geruch des Apfels wieder zu Kräften kommt, will ich ihn dir sofort abkaufen zum Preise von vierzigtausend Zechinen.' Der Mann hatte Vollmacht, ihn für den Betrag von fünfunddreißigtausend Goldstücken zu verkaufen; und da er nun mit einer Maklergebühr von fünftausend zufrieden war, sagte er: ,Es ist gut, mein Herr! Jetzt magst du die Kräfte dieses Apfels erproben und dich selbst davon überzeugen; Hunderte von Kranken habe ich mit seiner Hilfe gesund gemacht.' Somit begleitete der Prinz die Leute zum Hause des Kranken und fand ihn in den letzten Atemzügen auf seinem Bette liegen; kaum hatte jedoch der Sterbende an der Frucht gerochen, da erholte er sich sofort und erhob sich, vollkommen geheilt, gesund und munter. Darauf erwarb Ahmed den Wunderapfel von dem Makler und zahlte ihm die vierzigtausend Zechinen aus. Nachdem er so das Ziel seiner Reise erreicht hatte, dachte er alsbald daran, sich einer Karawane, die nach Indien zog, anzuschließen und zu seines Vaters Heimstatt zurückzukehren; doch inzwischen beschloß er, sich mit den Sehenswürdigkeiten und Wunderdingen Samarkands die Zeit zu vertreiben. Eine besondere Freude war es ihm, auf die herrliche Ebene, die da Soghd heißt und die eine von den Wundern der Welt ist, hinauszuschauen; dies Gelände war auf allen Seiten eine Augenweide, in smaragdgrünem, lichtem Kleide, mit kristallenen Bächen wie das Paradiesesland; die Gärten brachten alle Arten von Blumen und Früchten hervor, und die Städte und Paläste erfreuten das Auge der Fremden. Nach einer Weile schloß sich dann Prinz Ahmed einer Karawane von Kaufleuten an, die gen Indien zog; und als seine lange und mühsame Reise zu Ende war, erreichte er schließlich die Karawanserei, wo seine beiden Brüder Husain und 'Alî ungeduldig auf sein Kommen warteten. Da wurden die drei Brüder von herzlicher Freude erfüllt, als sie wieder vereint waren, und sie umarmten einander; und sie dankten Allah, der sie nach so langer und banger Trennung nunmehr gesund und munter, frisch und froh heimgeführt hatte.

Nun wandte Prinz Husain, als der Älteste, sich zu den anderen und sprach: ,Jetzt geziemt es uns, daß ein jeder berichte, wie es ihm ergangen ist, und zu wissen tue, was für ein selten Ding er mitgebracht hat und welche Kräfte es besitzt. Ich, als der Erstgeborene, will auch zuerst meine Erlebnisse berichten. Ich bringe aus Bischangarh einen Teppich mit, der zwar nur unansehnlich ist, der aber solch wunderbare Kräfte besitzt, daß jemand, der auf ihm sitzt und dann im Geiste den Wunsch ausspricht, ein Land oder eine Stadt zu besuchen, sogleich dorthin versetzt wird, ohne Beschwer und unversehrt, mag die Reise bis dort auch sonst Monate oder gar Jahre lang dauern. Ich habe vierzigtausend Goldstücke dafür bezahlt; und nachdem ich dann alle Wunderdinge im Lande Bischangarh angeschaut hatte, setzte ich mich auf mein erworbenes Kleinod und wünschte mich nach dieser Stätte. Sofort befand ich mich hier, wie ich es mir wünschte, und jetzt habe ich in dieser Karawanserei drei Monate auf euer Kommen gewartet. Der fliegende Teppich ist hier bei mir; wer will, mag ihn versuchen!'

Nachdem der älteste Prinz seine Geschichte zu Ende erzählt hatte, sprach als nächster Prinz 'Alî, und er hub an: ,Lieber Bruder, dieser Teppich, den du mitgebracht hast, ist wunderseltsam, und er besitzt ganz außergewöhnliche Kräfte; und nach dem, was du berichtest, hat noch nie jemand in aller Welt etwas gesehen, das ihm zu vergleichen wäre.' Dann aber zog er das Fernrohr hervor und fuhr fort: ,Seht hier, auch ich habe für vierzigtausend Zechinen etwas gekauft, dessen Kräfte ich euch jetzt zeigen werde! Seht ihr dies Elfenbeinrohr? Mit sei-

ner Hilfe kann man Dinge schauen, die dem Blicke verborgen und viele Meilen weit entfernt sind. Es ist wahrlich ein ganz wundersames Ding und wert, daß ihr es prüft; ihr beide mögt es erproben, wenn ihr wollt. Legt nur ein Auge an das kleinere Glas und sprecht in Gedanken den Wunsch aus, irgend etwas, das euer Herz zu sehen begehrt, zu schauen; und ob es nun in der Nähe oder viele hundert Meilen weit entfernt ist, dies Elfenbein wird es deutlich und ganz nah vor euer Auge rücken.'
Bei diesen Worten nahm Prinz Husain das Rohr von Prinz 'Alî entgegen, und indem er sein Auge an das eine Ende legte, wie ihm gesagt war, wünschte er in seinem Herzen Prinzessin Nûr en-Nahâr zu erblicken; seine beiden Brüder aber beobachteten ihn, um zu sehen, was er sagen würde. Doch plötzlich bemerkten sie, wie sein Angesicht sich verfärbte und gleich einer welken Blume zusammensank, und wie ihm in seiner Erregung und Seelenpein ein Tränenstrom aus den Augen rann; und ehe noch seine Brüder sich von ihrem Erstaunen erholt hatten und ihn nach der Ursache dieses seltsamen Verhaltens fragen konnten, rief er laut: ,Wehe! Wehe! Wir haben Mühe und Beschwer ertragen, und wir sind so weit in die Ferne gezogen, da wir hofften, die Prinzessin Nûr en-Nahâr zu gewinnen. Doch es war alles vergebens: ich sah sie todkrank auf ihrem Lager liegen, gleich als ob sie zum letzten Male atmen wolle, und rings um sie standen ihre Frauen, die alle in tiefster Trauer weinten und klagten. Ach, meine Brüder, wenn ihr sie noch ein letztes Mal sehen wollt, so werfet einen Blick des Abschiedes durch das Glas, bevor sie nicht mehr ist!' Da ergriff Prinz 'Alî das Fernrohr und schaute hindurch und erblickte die Prinzessin in dem Zustande, den sein Bruder Husain geschildert hatte; der gab es alsbald an Prinz Ahmed weiter, und auch er sah hindurch und überzeugte sich,

daß die Herrin Nûr en-Nahâr im Begriffe war, den Geist aufzugeben. So sprach er denn zu seinen älteren Brüdern: ‚Wir
alle drei leiden die gleiche Liebesqual um die Prinzessin, und
ein jeder von uns hat den herzlichsten Wunsch, sie zu gewinnen. Ihr Leben schwindet jetzt dahin, aber ich kann sie retten
und wieder gesunden lassen, wenn wir sofort ohne Zaudern und
Zögern zu ihr eilen.‘ Mit diesen Worten nahm er den Wunderapfel aus seiner Tasche, zeigte ihn den Brüdern und rief:
‚Dieser hier ist nicht weniger wertvoll denn der fliegende Teppich und das Fernrohr! Ich habe ihn für vierzigtausend Goldstücke in Samarkand gekauft und nun haben wir die beste Gelegenheit, seine Kräfte zu erproben. Man sagte mir, daß ein
Kranker, wenn er diesen Apfel an die Nase hält, sofort wieder
geheilt und gesund wird, mag er auch dem Tode nahe sein;
ich habe ihn selbst erprobt, und jetzt werdet ihr selbst seine
Wunderheilkraft sehen, wenn ich ihn gegen das Leiden Nûr
en-Nahârs anwende. Nur laßt uns bei ihr sein, ehe sie stirbt!‘
‚Das ist ein leichtes Ding,‘ rief Prinz Husain, ‚mein Teppich
wird uns im Augenblick an das Lager unserer Herzliebsten
tragen. Setzt euch sofort mit mir auf ihn nieder, denn er hat
Raum genug für uns drei; wir werden unverzüglich dorthin
getragen werden, unsere Diener aber mögen uns folgen!‘ Da
setzten die drei Prinzen sich auf den fliegenden Teppich, jeder
sprach in Gedanken den Wunsch aus, bei dem Lager der Prinzessin Nûr en-Nahâr zu sein, und im Augenblick befanden sie
sich in ihrem Gemache. Die Sklavinnen und Eunuchen, die sie
pflegten, waren über diesen Anblick erschrocken und staunten, wie diese fremden Männer in das Zimmer hatten kommen können; und gerade, als die Eunuchen schon mit dem
Schwerte in der Hand über sie herfallen wollten, erkannten sie
die Prinzen und wichen zurück, noch immer über deren Ein-

dringen verwundert. Die Brüder aber standen sofort von dem
fliegenden Teppich auf, und Prinz Ahmed trat vor und legte
den Wunderapfel an die Nase der Herrin, die bewußtlos auf
ihrem Lager dahingestreckt lag; doch sobald der Duft ihr ins
Hirn drang, verließ die Krankheit sie, und sie war vollkommen geheilt. Sie öffnete ihre Augen weit, richtete sich in den
Kissen empor und blickte ringsumher, zumal auf die Prinzen,
die vor ihr standen; denn sie fühlte, daß sie frisch und froh geworden war, als ob sie gerade aus dem erquickendsten Schlafe
erwache. Alsbald stand sie von ihrem Lager auf und befahl
ihren Kammerfrauen, sie anzukleiden; und während sie das
taten, erzählten sie, wie die drei Prinzen, die Söhne ihres
Oheims, plötzlich erschienen seien, und wie Prinz Ahmed ihr
etwas zu riechen gegeben hätte, durch das sie von ihrer Krankheit geheilt sei. Nachdem sie dann auch noch die Waschung
nach der Genesung vollzogen hatte, kehrte sie zurück und
zeigte ihre herzliche Freude über das Wiedersehen mit den
Prinzen, und sie dankte ihnen, besonders dem Prinzen Ahmed,
da er ihr doch Leben und Gesundheit wiedergegeben hatte.
Auch die Prinzen waren hocherfreut, wie sie sahen, daß Prinzessin Nûr en-Nahâr so rasch von ihrer tödlichen Krankheit
genesen war; aber bald nahmen sie wieder Abschied von ihr
und gingen fort, um ihren Vater zu begrüßen.

Inzwischen hatten die Eunuchen das ganze Begebnis dem
Sultan berichtet, und als nun die Prinzen zu ihm kamen, erhob
er sich, umarmte sie zärtlich und küßte sie auf die Stirn, glück-
selig, daß er sie wiedersah und von ihnen die Genesung der
Prinzessin erfuhr, die ihm so teuer war, als ob sie seine eigene
Tochter wäre. Darauf holten die drei Brüder die Wunder-
dinge herbei, die ein jeder von seiner Reise mitgebracht hatte.
Zuerst zeigte Prinz Husain den fliegenden Teppich, der sie im

Augenblick aus weiter Ferne heimgetragen hatte, und sprach: ‚Nach seinem Aussehen hat dieser Teppich keinerlei Wert, aber sintemalen er eine so wundersame Kraft besitzt, deucht mich: es ist unmöglich, in der ganzen Welt etwas zu finden, das ihm an Seltenheit gleichkäme.‘ Darauf bot Prinz ’Alî dem König sein Fernrohr dar, indem er sprach: ‚Der Spiegel des Dschamschêd[1] ist gar nichts wert gegen dies Rohr, durch das alle Dinge vom Osten zum Westen und vom Norden zum Süden dem Blicke des Menschen klar erkennbar werden.‘ Zuletzt nahm Prinz Ahmed den Wunderapfel hervor, der in so seltsamer Weise das teure Leben Nûr en-Nahârs gerettet hatte, und er sagte: ‚Mit Hilfe dieser Frucht werden alle Krankheiten und schweren Leiden sofort geheilt.‘ Und ein jeder überreichte sein Kleinod dem Sultan mit den Worten: ‚Gebieter, geruhe diese Gaben, die wir gebracht haben, wohl zu prüfen, und entscheide dann, welche von ihnen die wertvollste und wunderbarste ist; darauf soll, nach deinem Versprechen, der unter uns, den deine Wahl trifft, sich mit der Prinzessin Nûr en-Nahâr vermählen!‘ Nachdem der König mit Bedacht ihre Ansprüche angehört und auch erkannt hatte, wie eine jede Gabe zu der Genesung seiner Nichte beigetragen hatte, versank er eine Weile tief in das Meer der Gedanken; dann gab er zur Antwort: ‚Erkennte ich das höchste Verdienst dem Prinzen Ahmed zu, dessen Wunderapfel die Prinzessin geheilt hat, so würde ich doch ungerecht gegen die andern beiden handeln. Mag immerhin sein Kleinod sie aus tödlicher Krankheit dem Leben und der Gesundheit zurückgegeben haben, so sagt mir doch: wie hätte er von ihrer Krankheit etwas erfahren ohne die Kraft des Fernrohres des Prinzen ’Alî? Und ebenso auch wäre

1. Ein mythischer König der alten Perser, um den sich ein Sagenkranz gebildet hat wie um Salomo.

ohne den fliegenden Teppich des Prinzen Husain, der euch drei in einem Augenblicke hierher brachte, der Zauberapfel nutzlos gewesen. Deshalb lautet mein Entscheid dahin, daß alle drei gleichen Anteil hatten und daher das gleiche Verdienst an ihrer Genesung beanspruchen können; denn es wäre unmöglich gewesen, sie zu heilen, wenn irgendeins von den drei Wunderdingen gefehlt hätte; ferner sind ja auch alle drei gleich selten und wunderbar, ohne daß eines das andere überträfe, und ich kann nicht mit dem geringsten Recht einem vor den anderen Vorzug oder Vorrang zuerkennen. Ich versprach die Herrin Nûr en-Nahâr mit dem zu vermählen, der die allergrößte Seltenheit bringen würde; aber so sonderbar es ist, es bleibt darum nicht minder wahr, daß sie alle in der einen wesentlichen Eigenschaft einander gleich sind. Die Schwierigkeit besteht noch immer, und die Frage ist noch nicht gelöst; dennoch möchte ich gern die Sache noch vor Tagesschluß entschieden sehen, und zwar so, daß keinem unrecht geschieht. So muß ich mich denn unbedingt für einen Plan entscheiden, durch den ich einen von euch zum Sieger erkläre und ihm die Hand der Prinzessin Nûr en-Nahâr gemäß meinem verpfändeten Worte verleihen kann, damit ich mich so von aller Verantwortung befreie. Ich habe also folgendes beschlossen: ein jeder von euch soll sein Roß besteigen und sich mit Pfeil und Bogen versehen; dann reitet hin zum Turnierfelde, und ich werde euch mit den Staatsministern, den Großen des Reiches und den Vornehmen des Landes folgen. Dann sollt ihr, einer nach dem andern, in meiner Gegenwart mit all eurer Kraft und Macht einen Pfeil abschießen; und der unter euch, dessen Pfeil am weitesten fliegt, wird von mir als der Würdigste erklärt werden, die Prinzessin Nûr en-Nahâr zur Frau zu gewinnen.' Die drei Prinzen nun, die dem Entscheid ihres

Vaters nicht widersprechen noch auch seine Weisheit und Gerechtigkeit anzweifeln konnten, bestiegen ihre Renner und eilten mit Pfeil und Bogen geradeswegs zur bestimmten Stätte. Auch der König traf dort mit seinen Wesiren und den Würdenträgern seines Reiches ein, nachdem er die Kleinode im königlichen Schatzhause geborgen hatte. Sobald alles bereit war, versuchte der älteste Sohn und Erbe, Prinz Husain, seine Stärke und Geschicklichkeit, und er schoß einen Pfeil weit über die flache Ebene hin. Nach ihm griff Prinz 'Alî zu seinem Bogen, entsandte einen Pfeil in der gleichen Richtung und schoß ihn über den ersten hinaus. Zuletzt kam Prinz Ahmed an die Reihe. Auch er zielte in die gleiche Richtung; aber es war also vom Schicksal bestimmt, daß die Ritter und Höflinge, obgleich sie ihre Rosse vorwärts jagten, um zu sehen, wo sein Pfeil zu Boden fallen würde, doch keine Spur von ihm entdeckten, und keiner von ihnen wußte, ob der Pfeil in die Tiefen der Erde gesunken oder bis zu den Enden des Himmelsraumes emporgeflogen war. Ja, es waren ihrer, die in böser Absicht der Meinung waren, Prinz Ahmed hätte gar keinen Schuß getan und sein Pfeil hätte die Sehne überhaupt nicht verlassen. Schließlich gab der König den Befehl, man solle nicht mehr danach suchen, er sprach sich für Prinz 'Alî aus und entschied, daß der sich mit der Prinzessin Nûr en-Nahâr vermählen solle, da sein Pfeil ja den des Prinzen Husain hinter sich gelassen hatte. So wurden denn die Feierlichkeiten und Zeremonien der Hochzeit nach Gesetz und Sitte des Landes mit großer Pracht und vielem Prunk vollzogen. Prinz Husain aber wollte bei dem Hochzeitsfeste nicht zugegen sein, da er enttäuscht und von Eifersucht erfüllt war; denn er war der Herrin Nûr en-Nahâr mit einer viel heißeren Liebe zugetan als seine beiden Brüder. Darum legte er seine fürstlichen Kleider ab und zog im Gewande eines Fakirs von dannen, um als Einsiedler zu leben. Auch Prinz Ahmed war von Eifersucht verzehrt und weigerte sich, am Vermählungsfeste teilzunehmen; aber er zog sich nicht wie Prinz Husain in die Einsamkeit zurück, sondern er verbrachte alle seine Tage auf der Suche nach dem Pfeile, um festzustellen, wo er niedergefallen sei.

Nun traf es sich, daß er eines Morgens, als er wieder, allein wie gewöhnlich, auf die Suche auszog und von dem Platze ausging, an dem die Pfeile abgeschossen waren, die beiden Stellen erreichte, an denen die Pfeile der Prinzen Husain und 'Alî gefunden waren. Dann ging er weiter, immer geradeaus, und warf seine Blicke nach allen Seiten über Hügel und Tal, nach rechts und nach links. Wie er so überall suchte, sah er plötzlich, nachdem er schon etwa drei Parasangen weit gegangen war, den Pfeil flach auf einem Felsen liegen. Darüber war er sehr erstaunt; denn er wunderte sich, wie der Pfeil so weit hatte fliegen können, noch mehr aber, als er hinaufging und erkannte, daß der Pfeil nicht im Boden stak, sondern offenbar abgeprallt und flach auf eine Steinplatte gefallen war. Da sprach er bei sich selber: ‚Mit dieser Sache hat es sicherlich eine geheimnisvolle Bewandtnis! Wie könnte jemand sonst einen Pfeil so weit schießen und ihn dann in einer so seltsamen Weise daliegen sehen?‘ Darauf bahnte er sich einen Weg zwischen den spitzen Klippen und den großen Blöcken und kam alsbald zu einer Höhle im Boden, die in einen unterirdischen Gang auslief; wie er einige Schritte darin vorgedrungen war, erblickte er eine eiserne Tür. Die stieß er mit Leichtigkeit auf, da sie nicht verriegelt war, und nachdem er mit dem Pfeile in der Hand eingetreten war, kam er auf einen abfallenden Weg, auf dem er hinabstieg. Aber während er gefürchtet hatte, alles ganz dunkel zu finden, entdeckte er in einiger Entfernung, wo die Höhle sich erweiterte, einen großen Raum, der auf allen Seiten durch Lampen und Leuchter erhellt war. Wie er dann noch etwa fünfzig Ellen weitergegangen war, fiel sein Blick auf einen mächtigen und schönen Palast. Und alsbald trat aus dessen Innerem heraus in die Säulenhalle eine liebliche Maid, schön und voll Liebreiz, eine Feengestalt in fürstlichen Gewändern und über und über mit den kostbarsten Juwelen geschmückt. Sie schritt langsam und majestätisch dahin, und doch anmutig und bezaubernd, umgeben von ihren Dienerinnen wie der volle Mond von den Sternen. Als Prinz Ahmed dies Bild der Schönheit sah, eilte er sich, ihr den Friedensgruß darzubringen, und sie erwiderte den Gruß; dann trat sie heran und hieß ihn huldvoll willkommen, indem sie mit lieblicher Stimme sprach: ‚Herzlich willkommen, Prinz Ahmed! Ich bin erfreut, dich zu sehen. Wie ergeht es deiner Hoheit, und weshalb bist du so lange mir ferngeblieben?‘ Der Königssohn staunte sehr, als er hörte, daß sie ihn bei Namen nannte; denn er wußte nicht, wer sie war, da sie einander nie zuvor gesehen hatten. Wie hatte sie also seinen Titel und seinen Rang erfahren können? Darauf küßte er den Boden vor ihr und sprach zu ihr: ‚Hohe Herrin, ich bin dir zu herzlichem Danke verpflichtet, daß du so gütig warst, mich an dieser seltsamen Stätte mit so freundlichen Worten willkommen zu heißen, hier, wo ich, ein einsamer Fremdling, nur mit Zögern und Zaudern einzutreten wage. Doch es ist mir ein ganz rätselhafter Gedanke, wie du den Namen deines Sklaven hast erfahren können!‘ Lächelnd erwiderte sie: ‚Mein Gebieter, tritt herzu und laß uns dort in jenem Lustschlosse geruhsam sitzen! Dort will ich dir deine Frage beantworten.‘ Nun gingen sie dorthin, indem Prinz Ahmed ihren Fußspuren folgte; und als er eintrat, sah er voll Staunen auf das gewölbte Dach, das von herrlicher Arbeit war, mit Gold und Lapislazuli, mit Gemälden und Verzierungen so schön geschmückt, daß es in der ganzen Welt nicht seinesgleichen hatte. Als die Herrin seine Verwunderung bemerkte, sprach sie zu dem Prinzen: ,Dies Haus ist nichts im Vergleich zu all meinen anderen, die ich jetzt aus freiem Willen dir zu eigen gebe; wenn du die siehst, dann wirst du mit Recht erstaunt sein.' Darauf setzte sich jenes feenhafte Wesen auf eine erhöhte Estrade und bat den Prinzen Ahmed unter vielen Zeichen ihrer Zuneigung, sich an ihrer Seite niederzusetzen. Dann fuhr sie fort: ,Ob du mich gleich nicht kennst, so kenne ich dich doch gut, wie du mit Verwunderung sehen wirst, wenn ich dir meine ganze Geschichte erzähle. Aber zuerst geziemt es sich, daß ich dir sage, wer ich bin. Du hast wohl in der Heiligen Schrift gelesen, daß diese Welt nicht nur eine Wohnstätte von Menschen ist, sondern auch von einem Geschlechte, das man die Geisterwesen nennt, die an Gestalt den Sterblichen ganz ähnlich sind. Ich bin die einzige Tochter eines Geisterfürsten von vornehmster Abkunft, und mein Name ist Perî Banû. Drum sei nicht überrascht, wenn du mich sagen hörst, wer du bist und wer dein Vater, der König, ist, und wer Nûr en-Nahâr, die Tochter deines Oheims, ist. Ich habe volle Kenntnis von allem, was dich, deinen Stamm und deine Sippe angeht; du bist einer von drei Brüdern, die alle drei von Liebe zur Prinzessin Nûr en-Nahâr berückt waren und einander den Besitz ihrer Hand streitig machten. Ferner hielt es dein Vater für das beste, euch alle weit fort in fremde Länder zu schicken, und du zogst nach dem fernen Samarkand, von wo du einen Zauberapfel heimbrachtest, der mit seltener und geheimnisvoller Kunst gefertigt ist und für den du vierzigtausend Zechinen bezahlt hast; mit seiner Hilfe heiltest du deine Herzliebste von einer schweren Krankheit. Prinz Husain aber, dein ältester

35

Bruder, kaufte für denselben Preis einen fliegenden Teppich in Bischangarh, und Prinz 'Alî brachte ein Fernrohr heim aus der Stadt Schiras. Dies möge dir genügen, um dir zu zeigen, daß nichts von allem, was dich betrifft, mir verborgen ist. Doch nun sage mir die volle Wahrheit, wen bewunderst du mehr ob Schönheit und Anmut, mich oder die Herrin Nûr en-Nahâr, die Gemahlin deines Bruders? Mein Herz sehnt sich nach dir mit heißem Verlangen und wünscht, daß wir uns vermählen und die Freuden des Lebens und Wonnen der Liebe genießen. Drum sag an, bist auch du gewillt, dich mir zu vermählen, oder verzehrt dich stärkere Sehnsucht nach der Tochter deines Oheims? In der Fülle meiner Liebe stand ich unsichtbar an deiner Seite während des Bogenwettkampfes auf dem Turnierfelde, und als du deinen Pfeil abschossest, wußte ich, daß er weit hinter dem des Prinzen 'Alî[1] zurückbleiben würde. Deshalb griff ich ihn auf, ehe er den Boden berührte, und trug ihn aus dem Bereich der Augen davon; und indem ich ihn auf die eiserne Tür treffen ließ, bewirkte ich, daß er abprallte und flach auf den Felsen fiel, auf dem du ihn fandest. Und seit jenem Tage habe ich immer dagesessen und auf dich geharrt, da ich wohl wußte, daß du nach ihm suchen würdest, bis du ihn fändest, und so war ich sicher, daß ich dich hierher zu mir führen würde.' Also sprach die schöne Maid Perî Banû, indem sie mit dem Blicke sehnender Liebe zu Prinz Ahmed aufschaute; dann aber senkte sie die Stirn in züchtiger Scham und wandte ihren Blick ab.

Als Prinz Ahmed diese Worte aus dem Munde der Perî Banû vernahm, war er hocherfreut, und er sprach bei sich selber: ,Es steht nicht mehr in meiner Macht, die Prinzessin Nûr en-

[1]. So nach Burton, der hier Galland und den Hindustani-Text verbessert.

Nahâr zu gewinnen; und Perî Banû übertrifft sie noch an Liebreiz des Antlitzes und Schönheit der Gestalt und Anmut des Ganges.' Kurz, er war so entzückt und hingerissen, daß er die Liebe zu seiner Base ganz vergaß; und da er ja erkannte, daß das Herz seiner neuen Zauberin sich ihm zuneigte, sprach er: ‚Hohe Herrin, du Schönste der Schönen, ich begehre nichts, als dir zu dienen und deinem Gebot zu gehorchen, solange ich lebe. Doch ich bin von menschlicher Geburt, und du bist von übermenschlicher Herkunft. Deine Freunde und Anverwandten, dein Stamm und deine Sippe werden es dir vielleicht verargen, wenn du dich zu einem solchen Bunde mit mir verbindest.' Sie aber gab zur Antwort: ‚Ich habe volle Freiheit von meinen Eltern, mich zu vermählen, wem ich will und wem ich meine Liebe schenke. Du sagst, du wollest mein Diener sein, doch nein, du sollst mein Herr und Gebieter sein; denn ich bin dein, und mein Leben und all mein Gut gehört dir, ich will auf ewig deine Magd sein. Willige ein, ich bitte dich, mich zur Gemahlin zu nehmen; mein Herz sagt mir, daß du mir meine Bitte nicht versagen wirst!' Und weiter fügte Perî Banû hinzu: ‚Ich habe dir bereits gesagt, daß ich hierüber mit vollster Willensfreiheit entscheiden kann. Zudem ist es bei uns Geistervolk Sitte und uralter Brauch, daß wir Mädchen, wenn wir das mannbare Alter und die Jahre des Verstandes erreichen, nach dem Gebote des Herzens uns vermählen dürfen, eine jede mit dem Manne, der ihr am meisten gefällt und von dem sie glaubt, er werde ihr Leben am glücklichsten machen. So leben denn Mann und Frau ihr ganzes Leben lang in Eintracht und Glück. Wenn aber eine Jungfrau von ihren Eltern nach deren Wahl, nicht nach ihrer eignen, vermählt wird, und sie so an einen Gefährten gekettet wird, der nicht der rechte für sie ist, weil er eine häßliche Gestalt oder ein häßliches Wesen hat und ihre Zuneigung nicht zu gewinnen vermag, dann werden die beiden wohl gar ihr ganzes Leben lang miteinander streiten; und Not ohne Ende wird für sie aus einer solchen unglücklichen Verbindung entstehen. Wir sind auch nicht durch das andere Gesetz gebunden, das die sittsamen Jungfrauen aus Adams Geschlecht bindet; denn wir tun offen unsere Neigung dem Manne kund, den wir lieben, und wir brauchen nicht zu warten und zu schmachten, bis wir umworben und gewonnen werden.' Als Prinz Ahmed diese Antwort vernahm, ward er von herzlicher Freude erfüllt, und er beugte sich nieder, um den Saum ihres Gewandes zu küssen; doch sie hinderte ihn und reichte ihm ihre Hand, nicht ihr Gewand. Der Prinz ergriff die Hand voll Entzücken, und nach der Landessitte küßte er sie und legte sie auf seine Brust und auf seine Augen. Darauf sprach die Fee mit einem bezaubernden Lächeln: ,Mit meiner Hand fest in der deinen, so gelobe du mir Treue, wie ich dir feierlich verspreche: ich will unwandelbar treu sein allezeit, will mich nie des Wortbruches schuldig machen noch der Unbeständigkeit!' Und der Prinz gab ihr zur Antwort: ,Holdseligstes Wesen, Geliebte meiner Seele, glaubst du, daß ich jemals zum Verräter an meinem eigenen Herzen werden könnte, ich, der ich dich bis zur Raserei liebe und dir Leib und Seele darbringe, dir, die du meines Herzens königliche Herrscherin bist? Ganz weihe ich mich dir: tu du mit mir, was du willst!' Dann sagte Perî Banû zu Prinz Ahmed: ,Du bist mein Gemahl, und ich bin dein Weib. Dies feierliche Versprechen, das wir beide einander geben, steht an Stelle einer Eheurkunde. Wir brauchen keinen Kadi; denn bei uns sind alle andern Förmlichkeiten und Zeremonien überflüssig und nutzlos. Bald will ich dir das Gemach zeigen, in dem wir unsere Hochzeitsnacht feiern wollen, und ich glaube, du wirst es bewundern und gestehen, daß es in der ganzen Welt der Menschen keines gibt, das ihm gleich wäre.' Sogleich breiteten ihre Mägde den Tisch aus und trugen Speisen von mancherlei Art auf, dazu die köstlichsten Weine in Karaffen und in goldenen Bechern, die mit Juwelen besetzt waren. So setzten sich denn die beiden nieder zum Mahle und aßen und tranken, bis sie gesättigt waren. Darauf nahm Perî Banû den Prinzen Ahmed bei der Hand und führte ihn zu ihrem Gemache, in dem sie schlief; doch er blieb auf der Schwelle stehen, überwältigt von der Pracht, die er dort sah, und der Fülle von Juwelen und Edelsteinen, die seine Augen blendeten; und als er schließlich wieder zu sich kam, rief er: ‚Mich dünkt, im ganzen Weltall gibt es keinen so prächtigen Raum, der mit solch kostbarem Gerät und solchem Edelsteinschmuck übersät ist.' Da hub Perî Banû an: ‚Wenn du schon diesen Palast so voll Bewunderung preisest, was wirst du erst sagen beim Anblick der Schlösser und Burgen meines Vaters, des Geisterkönigs? Und wenn du meinen Garten siehst, so wirst du wohl auch von Staunen und Entzücken erfüllt werden; doch jetzt ist es zu spät, dich dorthin zu führen, denn die Nacht ist nahe.' Dann geleitete sie den Prinzen Ahmed in ein anderes Gemach, wo das Nachtmahl gerüstet war; und der Glanz dieses Saales stand dem der anderen in nichts nach, ja, er war sogar noch herrlicher und blendender. Hunderte von Wachskerzen in Leuchtern aus feinstem Bernstein und reinstem Kristall, die auf allen Seiten aufgereiht waren, ergossen Ströme von Licht überallhin, während goldene Blumengefäße und Schalen von feinster Arbeit und unermeßlichem Werte, von lieblichen Formen und wunderbarer Kunst die Nischen und die Wände schmückten. Keine menschliche Zunge vermöchte je die Pracht dieses Gemaches zu beschreiben; darin waren auch Scharen jungfräulicher Peris, von lieblicher Gestalt und holdem Angesicht, in die auserlesensten Gewänder gekleidet, die Instrumente der Freude und Fröhlichkeit spielten und Lieder der Liebe zu herzbetörenden Weisen sangen.

Die beiden nun, der junge Gatte und seine Gattin, setzten sich nieder zum Mahle; doch immer und immer wieder hielten sie inne, um zu tändeln und sich verschämtem Liebesspiel und keuschen Liebkosungen hinzugeben. Perî Banû reichte dem Prinzen Ahmed die erlesensten Bissen mit eigener Hand und ließ ihn von jeder Schüssel und jedem Naschwerk kosten, indem sie ihm deren Namen nannte und ihm erzählte, wie sie zubereitet waren. Aber wie sollte ich, o glücklicher König Schehrijâr, imstande sein, dir jene Geisterspeisen zu beschreiben oder den köstlichen Geschmack der Gerichte, wie sie kein Sterblicher je gekostet oder gesehen hat, mit gebührenden Worten des Preises schildern? Als nun die beiden ihr Nachtmahl beendet hatten, tranken sie die köstlichsten Weine und erquickten sich an Süßigkeiten, trockenen Früchten und einer Zukost von mancherlei Leckerbissen. Dann, als sie genug gegessen und getrunken hatten, begaben sie sich in ein anderes Gemach, in dem sich eine prächtige erhöhte Estrade befand, bedeckt mit goldgewirkten Polstern und mit Kissen, die aus Stickperlen und altpersischen Geweben gearbeitet waren; dort setzten sie sich Seite an Seite nieder, um zu plaudern und sich der Heiterkeit hinzugeben. Dann trat eine Schar von Geisterwesen und Feen herein, die vor ihnen mit wunderbarer Anmut und Kunst tanzten und sangen; dies schöne Schauspiel erfreute Perî Banû und den Prinzen Ahmed, und sie schauten und hörten dem Spiel und dem Reigen mit immer neuem Entzücken zu. Schließlich erhob sich das neuvermählte Paar und zog sich, müde der Festlichkeiten, in ein anderes Gemach zurück; dort fanden sie das Geisterlager, das von den Sklaven gebreitet war. Dessen Rahmen war aus Gold und mit Edelsteinen besetzt, während die Decken und Kissen aus Satin und Zindeltaft mit den seltensten Blumenstickereien bestanden. Hier stellten sich die Gäste, die bei der Hochzeitsfeier zugegen waren, und die Sklavinnen des Palastes in zwei Reihen auf und jubelten dem jungen Paare zu, als es hineinging; dann baten sie, fortgehen zu dürfen, schritten alle von dannen und überließen die beiden ihren Hochzeitsfreuden. So wurden das Vermählungsfest und die hochzeitlichen Lustbarkeiten Tag für Tag gefeiert, mit immer neuen Speisen und Spielen, neuen Tänzen und Weisen; und hätte Prinz Ahmed auch tausend Jahre lang unter dem Geschlecht der Sterblichen gelebt, er hätte doch nie solche Festlichkeiten gesehen, solche Weisen gehört, solches Liebesglück genossen.

Sechs Monate flossen ihm so im Feenlande dahin, neben Perî Banû, der er in so zärtlicher Liebe zugetan war, daß er es auch nicht einen Augenblick ertragen konnte, sie nicht zu sehen; ja, wenn er sie einmal nicht schaute, so ward er unruhig und rastlos. Und in gleicher Weise war Perî Banû ganz von Liebe zu ihm erfüllt, und sie suchte ihrem Gemahl zu jeder Zeit immer mehr und mehr durch neue Künste der Tändelei und Erfindungen der Lust zu gefallen, bis seine Leidenschaft für sie so verzehrend ward, daß der Gedanke an Haus und Heim, an Sippe und Stamm seinem Sinn entschwand und aus seiner Seele entfloh. Doch nach einer Weile erwachte sein Gedächtnis aus dem Schlummer, und bisweilen ertappte er sich dabei, wie er sich danach sehnte, seinen Vater wiederzusehen, ob er gleich wohl wußte, daß es ihm unmöglich war, zu erfahren, wie es dem Fernen erging, wenn er nicht selbst auszog, ihn zu besuchen. So sprach er denn eines Tages zu Perî Banû: ‚Wenn es dein Wille ist, so bitte ich dich, befiehl mir, dich auf wenige

41

Tage zu verlassen, damit ich meinen Vater sehe, der sicherlich über mein langes Fernbleiben betrübt ist und all die Qualen der Trennung von seinem Sohne leidet!' Wie Perî Banû diese Worte vernahm, erschrak sie heftig; denn sie dachte in ihrem Herzen, dies sei nur eine Ausrede, durch die er ihr entrinnen und entfliehen wolle, nachdem Genuß und Besitz seinen Sinn ihrer Liebe überdrüssig gemacht hätte. Drum gab sie ihm zur Antwort: ‚Hast du dein Gelübde und dein gegebenes Wort vergessen, daß du mich jetzt zu verlassen wünschest? Haben Liebe und Verlangen aufgehört, dein Herz zu erregen, während doch mein ganzes Innere allzeit von Freuden erbebt, wie es immer getan hat, wenn es nur an dich denkt?' ‚O du Geliebte meiner Seele,' erwiderte der Prinz, ‚du meines Herzens königliche Herrscherin, was sind das für Zweifel, die deinen Sinn heimsuchen? Weshalb solche bangen Besorgnisse und traurigen Worte? Ich weiß recht wohl, daß deine Liebe und deine Neigung zu mir der Art sind, wie du sagst; und wenn ich diese Wahrheit nicht anerkennte oder mich undankbar zeigte oder dich nicht mit einer ebenso warmen und tiefen, zarten und echten Liebe ansähe wie du mich, so wäre ich in der Tat undankbar und der schwärzeste Verräter. Es sei ferne von mir, daß ich mich von dir zu trennen wünschte; niemals ist mir der Gedanke in den Sinn gekommen, dich zu verlassen, und nicht wieder zurückzukehren! Aber mein Vater ist jetzt ein alter Mann, er ist hochbetagt, und sein Herz ist betrübt ob der langen Trennung von seinem jüngsten Sohne. Wenn du mir gestatten willst, so würde ich gern hingehen, um ihn zu besuchen, und dann mit aller Eile in deine Arme heimkehren; und doch, ich möchte hierin nichts gegen deinen Willen tun. Meine herzliche Liebe zu dir ist derart, daß ich gern zu allen Stunden des Tages und der Nacht an deiner Seite weilen und dich niemals auch nur einen Augenblick verlassen möchte.' Perî Banû schöpfte ein wenig Trost aus diesen Worten; und an seinen Blicken, seinen Worten und seinen Gebärden erkannte sie sicher, daß Prinz Ahmed ihr wirklich mit herzlicher Liebe zugetan war, und daß sein Herz, wie seine Zunge, ihr treu wie Gold war. Darauf gewährte sie ihm Urlaub und gestattete ihm, fortzugehen und seinen Vater zu besuchen; doch zugleich schärfte sie ihm dringend ein, nicht zu lange bei seiner Sippe und seinem Stamm zu verweilen.

Jetzt vernimm, o glücklicher König, was dem Sultan von Indien widerfuhr und wie es ihm erging, nachdem Prinz 'Alî sich mit der Prinzessin Nûr en-Nahâr vermählt hatte! Als er den Prinzen Husain und den Prinzen Ahmed viele Tage lang schon nicht mehr gesehen hatte, ward er sehr traurig und schweren Herzens, und eines Morgens nach der Staatsversammlung fragte er seine Wesire und Minister, was mit jenen geschehen sei und wo sie wären. Darauf erwiderten ihm seine Minister mit den Worten: ,Hoher Herr, Schatten Allahs auf Erden, dein ältester Sohn, die Frucht deines Leibes und der Erbe deines Reiches, Prinz Husain, hat in seiner Enttäuschung und Eifersucht und tiefen Trauer seine königlichen Gewänder abgelegt, um ein Einsiedler zu werden, der als Mann Gottes auf alles Verlangen und Hangen der Welt verzichtet. Prinz Ahmed, dein dritter Sohn, hat auch in tiefem Groll die Stadt verlassen; doch von ihm weiß niemand etwas, wohin er geflohen ist oder was ihm widerfahren sein mag.' Der König ward schwer bekümmert und gebot ihnen, ohne Zaudern und Zögern zu schreiben und sogleich Firmane und Befehle an alle Statthalter und Verwalter der Provinzen zu senden, mit der eindringlichen Vorschrift, sie sollten unverzüglich nach Prinz Ahmed suchen und ihn zu seinem Vater heimsenden, sobald er gefunden wäre. Aber obwohl die Befehle genau ausgeführt wurden und alle, die da suchten, die größte Sorgfalt aufwandten, so fand doch niemand eine Spur von ihm. Darauf ward das Herz des Sultans noch betrübter, und er hieß seinen Großwesir nach dem Flüchtling suchen; und der Minister erwiderte: ‚Zu Befehl und zu Diensten! Dein Diener hat schon in allen Gegenden auf das sorgfältigste suchen lassen, aber nicht die geringste Spur von ihm ist bisher zutage getreten; und dies quält mich um so mehr, als er mir so lieb wie mein eigener Sohn war.‘ Nun bemerkten der Wesir und die Großen, daß der König von Schmerzen überwältigt war, daß seine Augen voll Tränen standen und das Herz ihm schwer war ob des Verlustes des Prinzen Ahmed; darauf dachte der Großwesir an eine Hexe, die wegen ihrer schwarzen Kunst berühmt war, die selbst die Sterne vom Himmel herunterzaubern konnte und die in der Hauptstadt eine bekannte Person war. Er ging also zum Sultan, sprach hoch von ihrem Geschick in der Erkenntnis der geheimen Dinge und fügte hinzu: ‚Möge der König, ich bitte untertänigst, nach dieser Zauberin senden und sie über seinen verlorenen Sohn befragen!‘ ‚Dein Rat ist gut,‘ erwiderte der Sultan, ‚man soll sie hierher bringen, vielleicht wird sie mir Kunde von dem Prinzen und seinem Ergehen geben können.‘ Da holte man die Zauberin und führte sie zum Sultan; der sprach zu ihr: ‚Gute Frau, ich tue dir zu wissen, daß seit der Vermählung des Prinzen ’Alî mit der Herrin Nûr en-Nahâr mein jüngster Sohn, der Prinz Ahmed, der sich in seiner Liebe zu ihr enttäuscht sah, unseren Augen entschwunden ist und daß niemand etwas von ihm weiß. Gebrauche du nun sogleich deine Zauberkunst und sag mir nur dies eine: ist er noch am Leben oder ist er tot? Wenn er lebt, so möchte ich auch wissen, wo er ist und wie es ihm ergeht; und ferner frage ich noch: steht es im Buche meines Schicksals geschrieben, daß ich ihn je wiedersehen werde?' Hierauf antwortete die Hexe: ‚O größter König unserer Zeit und mächtigster Herrscher aller Zeiten, es ist mir nicht möglich, alle diese Fragen sogleich zu beantworten, da sie zur Wissenschaft von den verborgenen Dingen gehören; aber wenn deine Hoheit geruhen will, mir einen Tag Frist zu gewähren, so will ich meine Zauberbücher befragen und dich morgen durch eine ausreichende Antwort zufriedenstellen.' Der Sultan war damit einverstanden und fügte noch hinzu: ‚Wenn du mir eine genaue und vollständige Antwort geben kannst und meinem Herzen nach all diesen Sorgen die Ruhe wiederbringst, so sollst du eine sehr hohe Belohnung haben, und ich werde dich mit den höchsten Ehren auszeichnen.' Am nächsten Morgen bat die Zauberin, begleitet vom Großwesir, um Erlaubnis, vor dem König erscheinen zu dürfen; und nachdem sie ihr gewährt war, trat sie vor und sprach: ‚Ich habe mit Hilfe meiner geheimen Kunst eifrig nachgeforscht, und ich habe sicher erkundet, daß Prinz Ahmed noch im Lande der Lebenden weilt. Drum sei um seinetwillen nicht unruhig in deinem Herzen! Aber jetzt kann ich außer diesem noch nichts anderes über ihn erfahren, ich kann auch noch nicht sicher sagen, wo er ist und wie man ihn finden kann.' Durch diese Worte fand der Sultan Trost, und in seiner Brust keimte die Hoffnung, daß er seinen Sohn noch wiedersehen würde, ehe er sterben müßte.

Kehren wir nun zu Prinz Ahmed zurück! Als Perî Banû einsah, daß er gewillt war, seinen Vater zu besuchen, und als sie überzeugt war, daß seine Liebe zu ihr fest und treu blieb wie zuvor, da sann sie nach und entschied, daß es ihr übel anstehen würde, wenn sie ihm zu solchem Zwecke Urlaub und Freiheit versagte; dann dachte sie wiederum in ihrem Geiste darüber nach, und manche Stunde lang kämpfte sie mit sich selber, bis sie schließlich eines schönen Tages sich zu ihrem Gatten mit den Worten wandte: ‚Obgleich mein Herz sich nicht darein finden kann, daß ich mich auch nur einen Augenblick von dir trenne oder ein kleines Weilchen dich aus den Augen verliere, so will ich doch deinem Wunsche nicht länger hinderlich sein, da du mich so oft gebeten und dich so besorgt gezeigt hast, deinen Vater zu sehen. Aber diese meine Gunst hängt von einer Bedingung ab; sonst werde ich dir deine Bitte nie gewähren noch dir die Erlaubnis dazu geben. Schwöre mir den feierlichsten Eid, daß du mit aller erdenklichen Eile hierher zurückkehren willst, und daß du mir nicht durch langes Fernsein schmerzliche Sehnsucht und banges Warten auf deine sichere Heimkehr verursachen wirst!‘ Prinz Ahmed nun, hocherfreut über die Erfüllung seines Wunsches, dankte ihr und sprach: ‚Mein Herzlieb, hab keinerlei Furcht um mich und sei versichert, daß ich in aller Eile zu dir zurückkommen werde, sobald ich meinen Vater gesehen habe; das Leben hat keinen Wert für mich, wenn ich fern von dir bin! Obgleich ich also einige wenige Tage von dir getrennt bleiben muß, so wird mein Herz doch immer deiner, nur deiner gedenken.‘ Diese Worte des Prinzen Ahmed erfreuten das Herz der Perî Banû und verscheuchten die zagenden Zweifel und die bange Besorgnis, die sie in ihren Träumen bei Nacht und ihren Gedanken bei Tage verfolgt hatten. Dann sprach sie zu ihrem Gatten, beruhigt durch sein Gelöbnis: ‚So geh denn hin, wie dein Herz begehrt, und besuche deinen Vater; doch ehe du von dannen ziehst, will ich dir eine Mahnung mit auf den Weg geben, und hüte du dich, meinen Rat und meine Weisung je zu vergessen! Sage niemandem ein einziges Wort von dieser deiner Heirat, noch auch von den seltsamen Dingen, die du gesehen hast, oder den Wundern, die du geschaut hast; halte sie vor allem vor deinem Vater und deinen Brüdern, vor deiner Sippe und deinem Stamme sorgfältig verborgen! Nur dies eine sollst du deinem Vater, auf daß seine Seele Ruhe finde, berichten, daß du heiter und glücklich bist; auch daß du nur auf eine Weile in deine Heimat zurückgekehrt bist, um ihn zu sehen und dich von seinem Wohlergehen zu überzeugen.‘ Darauf gab sie ihren Leuten Befehl und hieß sie alles für die Reise unverzüglich rüsten; und wie nun alles bereit war, bestimmte sie zwanzig Ritter, die von Kopf bis zu Fuß bewaffnet und vollgerüstet waren, zur Begleitung für ihren Gemahl; und ihm selber gab sie ein Roß von vollkommenem Bau und Wuchs, schnell wie der blendende Blitz oder die stürmende Windsbraut, dessen Geschirr und Decken mit kostbarem Metall und edlen Steinen besetzt waren. Dann fiel sie ihm um den Hals, und sie umarmten einander in herzlichster Liebe; und als die beiden einander Lebewohl sagten, wiederholte Prinz Ahmed, um ihren Sinn zu beruhigen, seine Beteuerungen und schwor ihr von neuem seinen feierlichen Eid. Dann bestieg er sein Roß, und begleitet von seinem Gefolge, lauter Rittern aus dem Geisterstamme, zog er mit großer Prachtentfaltung dahin und erreichte in eiligem Ritte bald die Hauptstadt seines Vaters. Dort ward er mit so lautem Jubel empfangen, wie man ihn noch nie zuvor im Lande vernommen hatte. Die Minister und Staatsbeamten, die Bürger und die Lehnsleute, sie waren alle aufs höchste erfreut, daß sie ihn wiedersahen; das Volk ließ ab von der Arbeit, folgte dem Reiterzuge unter Segensrufen und tiefen Verbeugungen, und indem es sich von allen Seiten um ihn drängte, geleitete es ihn bis zu den Toren des Palastes. Als der Prinz die Schwelle erreichte, stieg er ab, trat in die Regierungshalle und fiel seinem Vater zu Füßen und

47

küßte sie im Übermaße kindlicher Liebe. Der Sultan, der fast von Sinnen war vor Freuden über den unerwarteten Anblick des Prinzen Ahmed, sprang von seinem Throne auf, fiel seinem Sohne um den Hals, mit Freudentränen im Auge, küßte seine Stirn und sprach: ‚Mein lieber Sohn, du bist in deiner Verzweiflung über den Verlust der Herrin Nûr en-Nahâr plötzlich aus deinem Hause geflohen, und trotz allem Suchen konnten wir keine Spur, kein Zeichen von dir entdecken, so emsig wir auch nach dir forschten; ich aber war ganz verstört durch dein Verschwinden und geriet in diese Verfassung, in der du mich siehst. Wo bist du nur diese lange Zeit hindurch gewesen, und wie hast du während all dieser Tage gelebt?' ‚Es ist wahr, mein Herr und König,' antwortete Prinz Ahmed, ‚ich ward niedergeschlagen und tief betrübt, als ich sah, daß Prinz 'Alî die Hand meiner Base gewann; aber das ist nicht der alleinige Grund meines Fernseins. Du erinnerst dich wohl, wie damals, als wir drei Brüder auf dein Geheiß in jene Ebene zum Bogenkampfe ritten, mein Pfeil, obwohl die Fläche weit und eben war, dennoch den Blicken entschwand und wie niemand die Stätte finden konnte, an der er niedergefallen war. So geschah es denn, daß ich eines Tages in schwerer Betrübnis allein und ohne Geleit auszog, um den Boden dort ringsum zu erforschen und zu versuchen, ob ich meinen Pfeil nicht doch noch finden könnte. Als ich dann die Stelle erreichte, an der die Pfeile meiner Brüder, der Prinzen Husain und 'Alî, aufgelesen worden, suchte ich nach allen Richtungen hin, rechts und links, vorwärts und rückwärts; denn ich glaubte, daß auch meiner dort zutage treten müsse. Doch all meine Mühe war vergeblich: ich fand weder den Pfeil noch sonst etwas. So schritt ich denn weiter, hartnäckig auf der Suche, und ich zog noch eine lange Strecke dahin. Schließlich wollte ich in Verzweiflung das Suchen aufgeben; denn ich wußte recht wohl, daß mein Bogen nicht so weit hatte schießen können. In der Tat, es wäre keinem Schützen möglich gewesen, Pfeil oder Bolzen in solche Ferne zu entsenden. Dennoch erblickte ich ihn plötzlich, wie er flach auf einem Felsen lag, etwa vier Parasangen weit von jener Stelle.' Der Sultan war über seine Worte höchlichst erstaunt; doch der Prinz fuhr sogleich fort: ,Als ich den Pfeil auflas, mein Gebieter, und ihn genau betrachtete, erkannte ich, daß es wirklich derselbe war, den ich abgeschossen hatte; ich wunderte mich in meinem Sinne, daß er so weit hatte fliegen können, und ich zweifelte nicht, daß es mit ihm eine geheimnisvolle Bewandtnis haben müsse. Während ich so meinen Gedanken nachhing, kam ich zu der Stätte, an der ich seit jenem Tage in reiner Freude und Glückseligkeit gelebt habe. Mehr als dies darf ich dir von meiner Geschichte nicht erzählen; ich bin nur gekommen, um dein Herz über mich zu beruhigen, und jetzt bitte ich dich, geruhe mir deine allerhöchste Erlaubnis zu gewähren, daß ich alsbald zu meinem Hause der Freuden zurückkehre. Von Zeit zu Zeit werde ich nicht versäumen, dich zu besuchen und mich nach deinem Wohlergehen mit aller kindlichen Liebe zu erkundigen.' ,Lieber Sohn,' erwiderte der König, ,dein Anblick hat meine Augen erfreut, und jetzt bin ich beruhigt. Nicht ungern gebe ich dir Erlaubnis fortzugehen, da du ja an einer so nahen Stätte glücklich bist; doch solltest du irgendeinmal länger ausbleiben, sag an, wie werde ich dann von deinem Wohlsein und Ergehen Nachricht erhalten können?' Darauf gab Prinz Ahmed zur Antwort: ,Mein Herr und König, das, nach dem du mich fragst, ist ein Teil meines Geheimnisses, und dies muß tief in meiner Brust verborgen bleiben; wie ich schon zuvor gesagt habe, ich darf es dir nicht enthüllen, noch darf ich irgend etwas sagen, das zu seiner Entdeckung führen könnte. Doch sei unbesorgt in deinem Herzen; denn ich werde gar manches Mal vor dir erscheinen, ja vielleicht könnte ich dir sogar lästig fallen durch mein allzuhäufiges Kommen!' ‚Lieber Sohn,' hub der König wieder an, ‚ich will nicht in dein Geheimnis eindringen, wenn du es vor mir verbergen willst; aber einen Wunsch habe ich an dich, der ist, daß ich stets von Zeit zu Zeit mich von deinem dauernden Wohlergehen und Glück überzeugen kann. Du hast volle Freiheit, heimzueilen; aber vergiß nie, wenigstens einmal im Monat zu kommen und mich zu besuchen, wie du es jetzt getan hast, damit nicht dein Ausbleiben mir Angst und Not, Sorgen und Schmerzen bereite!' Nun blieb Prinz Ahmed noch volle drei Tage bei seinem Vater; aber der Gedanke an die Herrin Perî Banû schwand nicht für einen einzigen Augenblick aus seinem Herzen. Und am vierten Tage stieg er zu Roß und zog mit derselben Prachtentfaltung zurück, wie er gekommen war.

Als Perî Banû den Prinzen Ahmed heimkehren sah, war sie aufs höchste erfreut, und es schien ihr, als ob sie beide dreihundert Jahre lang getrennt gewesen wären; denn also ist die Liebe: Augenblicke der Trennung erscheinen ihr so lang und endlos wie Jahre. Der Prinz entschuldigte sich sehr wegen seines kurzen Fernseins, und seine Worte entzückten Perî Banû um so mehr. Und beide, Liebender und Geliebte, verbrachten die Tage in vollkommenem Glück und hatten ihre Freude aneinander. So ging ein Monat dahin, und Prinz Ahmed erwähnte nie den Namen seines Vaters, noch sprach er je den Wunsch aus, ihn seinem Versprechen gemäß zu besuchen. Da die Herrin Perî Banû diese Verwandlung bemerkte, sprach sie eines Tages zu ihm: ‚Du hast mir doch einst gesagt, du wolltest jedesmal zu Anfang des Monats fortziehen und zu deines Vaters Hof reisen, um zu erfahren, wie es ihm gehe; warum denkst du denn nicht daran, das zu tun, da du doch weißt, daß er traurig sein und ängstlich auf dich harren wird?' ‚Es ist, wie du sagst,' erwiderte Prinz Ahmed, ‚aber ich warte auf dein Geheiß und deine Erlaubnis, und darum habe ich es unterlassen, von der Reise mit dir zu sprechen.' Darauf gab sie zur Antwort: ‚Laß dein Gehen und Kommen nicht davon abhängig sein, daß ich es dir freistelle, fortzureisen! Zu Anfang eines jeden Monats, sobald er wiederkehrt, reite von dannen, von jetzt ab brauchst du mich nie mehr um Erlaubnis zu bitten. Bleib drei volle Tage bei deinem Vater und komm dann stets am vierten zu mir zurück!' So machte Prinz Ahmed sich denn am nächsten Tage frühmorgens auf und ritt wie zuvor mit großem Gepränge und Prunk dahin, begab sich zu dem Palaste seines Vaters, des Sultans, und machte ihm seine Aufwartung. In gleicher Weise fuhr er fort, jeden Monat auszureiten, doch stets mit einem größeren und glänzenderen Gefolge von Reitern als zuvor, und auch er selbst war immer prächtiger beritten und ausgerüstet. Jedesmal, wenn der Neumond am westlichen Himmel erschien, nahm er zärtlichen Abschied von seiner Gemahlin und stattete dem König einen Besuch ab; drei Tage lang blieb er bei ihm, und am vierten kehrte er zurück, um bei Perî Banû zu weilen. Doch da jedesmal, wenn er kam, sein Geleit größer und prächtiger war als das Mal zuvor, so ward schließlich einer von den Wesiren, ein Günstling und Tischgenosse des Königs, von Staunen und Neid erfüllt, weil er den Prinzen Ahmed mit solchem Reichtum und Prunk im Palaste erscheinen sah. Da sprach er bei sich selbst: ‚Niemand vermag zu sagen, woher dieser Prinz kommt und auf welche Art er sich solch ein prächtiges Gefolge verschafft hat!' Und dann begann er in seinem boshaften Neid, dem König trügerische Worte einzuflüstern, indem er sprach: ‚Hoher Herr und allmächtiger Gebieter, es steht dir nicht gut an, daß du auf das Tun des Prinzen Ahmed so wenig achtgibst. Siehst du nicht, wie sein Gefolge sich von Tag zu Tage an Zahl und Macht vermehrt? Wie, wenn er sich gegen dich verschwüre und dich ins Gefängnis würfe, um dir die Zügel der Herrschaft zu entreißen? Du weißt doch recht wohl, daß du den Zorn der Prinzen Husain und Ahmed herausgefordert hast, als du den Prinzen ’Alî mit der Herrin Nûr en-Nahâr vermähltest! Damals hat der eine von ihnen in seiner Verbitterung auf die Pracht und die Nichtigkeiten dieser Welt verzichtet und ist ein Fakir geworden, während der andere, gerade dieser Prinz Ahmed, in deiner Gegenwart mit so maßloser Macht und Majestät auftritt. Ohne Zweifel sinnen die beiden auf Rache; und wenn sie dich in ihre Gewalt bekommen haben, so werden sie alle beide Verrat an dir üben. Drum rate ich dir, hüte dich, und wiederum sage ich, hüte dich, ergreife die Gelegenheit beim Schopfe, ehe es zu spät ist! Denn die Weisen haben gesagt:

Mit einem Stücke Ton kannst du die Quelle dämmen!
Doch wird sie, wenn sie schwillt, ein Heer von dannen schwemmen!‘

Also sprach der boshafte Wesir; und alsbald fuhr er fort: ‚Du weißt auch, daß Prinz Ahmed, wenn er seinen Besuch von drei Tagen bei dir beendet, dich nie um Erlaubnis bittet, nie dir Lebewohl sagt, nie auch von einem einzigen der Seinen Abschied nimmt. Solches Gebaren ist der Beginn der Empörung, und es beweist, daß er im Herzen Groll hegt. Doch es ist an dir, in deiner Weisheit zu entscheiden!‘ Diese Worte drangen dem arglosen Sultan tief ins Herz und ließen dort eine Saat des ärgsten Argwohns reifen. Bald dachte er bei sich: ‚Wer weiß um die Gedanken und die Absichten des Prinzen Ahmed, ob sie mir freundlich oder feindlich sind? Vielleicht sinnt er doch auf Rache. Darum geziemt es mir, über ihn nachzuforschen und zu erfahren, wo er wohnt und auf welche Art er sich solche Macht und Pracht verschafft hat'. Von diesem Gedanken des Argwohns erfüllt, sandte er eines Tages heimlich, ohne Wissen des Großwesirs, der dem Prinzen Ahmed immerdar freundlich gesinnt war, nach der Hexe, und nachdem er sie durch eine geheime Tür in sein eigenes Gemach eingelassen hatte, forschte er sie aus, indem er sprach: ‚Du hast früher durch deine Zauberkunst in Erfahrung gebracht, daß Prinz Ahmed noch am Leben ist, und hast mir so Nachricht über ihn gegeben. Ich bin dir für diesen guten Dienst verpflichtet, und jetzt wünsche ich von dir, daß du weiter nach ihm forschest und mein Herz, das sehr in Sorgen ist, beruhigst. Obgleich mein Sohn noch lebt und mir in jedem Monat einen Besuch abstattet, so weiß ich doch gar nichts von dem Orte, an dem er weilt und von dem er kommt, wenn er mich aufsucht; denn das hält er vor seinem Vater streng verborgen. Mache du dich sofort insgeheim auf den Weg, ohne daß irgend jemand es weiß, weder meine Wesire noch meine Statthalter, noch auch einer von meinen Höflingen und Dienern, forsche eifrig nach und bringe mir in aller Eile Kunde von der Stätte, an der er lebt! Augenblicklich weilt er bei mir zu seinem gewohnten Besuche; am vierten Tage wird er sein Gefolge berufen und sein Roß besteigen, ohne mir oder einem der Wesire und Würdenträger Lebewohl oder ein Wort von seiner Abreise zu sagen; dann reitet er eine kurze Strecke von hier fort und verschwindet plötzlich. Geh du ihm ohne Zaudern und Zögern auf dem Wege vorauf und lege dich in irgendeinem geeigneten Versteck dicht an der Straße auf die Lauer, um von dort aus zu beobachten, wohin er geht. Darauf bringe mir schleunigst Nachricht!'

Die Zauberin verließ nun den König, und als sie die vier Parasangen zurückgelegt hatte, verbarg sie sich in einem Versteck zwischen den Felsen dicht bei der Stätte, an der Prinz Ahmed seinen Pfeil gefunden hatte, und wartete dort auf sein Kommen. Früh am Morgen, wie er es gewohnt war, machte der Prinz sich auf den Weg, ohne seinem Vater Lebewohl zu sagen oder sich von einem der Minister zu verabschieden. Wie er in die Nähe kam, erblickte die Zauberin ihn und das Gefolge, das vor ihm und auf seiner Seite ritt; und sie sah, wie sie alle in einen Hohlweg ritten, der sich in viele Nebenpfade gabelte; doch die Klippen und Blöcke am Wege waren so steil und gefährlich, daß kaum ein Fußgänger mit Sicherheit dort gehen konnte. Als die Zauberin das sah, dachte sie, daß der Pfad sicher zu einer Höhle führe oder vielleicht zu einem unterirdischen Gange oder einer Stätte von Geistern und Feen unter der Erde; da plötzlich war der Prinz mit seinem ganzen Gefolge ihren Blicken entschwunden. Nun kroch sie aus ihrem Verstecke hervor und ging weit und breit umher und suchte so sorgfältig, wie sie nur konnte, aber sie fand den unterirdischen Gang nicht; denn sie konnte die eiserne Tür, die Prinz Ahmed geschaut hatte, nicht erkennen, da kein Wesen von menschlichem Fleisch und Blut sie sehen konnte, sondern nur der, dem sie von der Fee Perî Banû sichtbar gemacht worden war; außerdem war sie stets allen spähenden Augen des Geschlechts der Frauen verborgen. Nun sprach die Zauberin bei sich selber: ‚All diese Mühen und Plagen hab ich vergeblich ertragen; ja, wahrlich, ich habe das, was ich suchte, nicht gefunden.' So ging sie denn schnurstracks zum Sultan zurück und berichtete ihm alles, was ihr begegnet war: wie sie mitten zwischen den Klippen und Blöcken auf der Lauer gelegen und wie sie den Prinzen und sein Gefolge gesehen hatte, die auf einem der gefährlichsten Wege ritten und, nachdem sie in einen Hohlweg eingebogen waren, plötzlich im Nu ihren Blicken entschwanden. Und sie schloß mit den Worten: ‚Obgleich ich mir die allergrößte Mühe gab, den Ort, an dem der Prinz weilt, zu finden, so wollte es mir doch ganz und gar nicht gelingen. So bitte ich denn, deine Hoheit möge mir eine Frist gewähren, auf daß ich weiterforschen und dies Geheimnis enthüllen kann, das nicht lange verborgen bleiben soll, wenn ich mit Geschick und Umsicht verfahre.‘ Der Sultan antwortete ihr: ‚Es sei, wie du wünschest; ich gewähre dir Muße, um nachzuforschen, und nach einer Weile will ich hier auf deine Rückkehr warten!‘ Darauf gab der König jener Hexe einen großen Diamanten von hohem Werte, indem er sprach: ‚Nimm diesen Stein als Lohn für deine Mühe und Beschwer und als Angeld auf künftige Gnadenbeweise! Du sollst, wenn du mit der Nachricht zu mir kommst, daß du das Geheimnis erforscht und aufgedeckt hast, eine Gabe von noch viel höherem Wert erhalten, ja, ich werde dein Herz mit frohester Freude erfüllen und dir die höchsten Ehren erweisen.‘

Nun wartete die Zauberin wieder auf das Kommen des Prinzen; denn sie wußte wohl, daß er beim Aufgang jedes Neumondes in seine Heimat ritt, um seinen Vater zu besuchen, und daß er drei Tage lang bei ihm bleiben würde, wie die Herrin Perî Banû es ihm erlaubt und eingeschärft hatte. Als dann der Mond zugenommen und wieder abgenommen hatte, begab die Hexe sich einen Tag, bevor der Prinz seine Wohnstätte für den monatlichen Besuch verließ, in die Felsen und setzte sich neben der Stelle nieder, an der er nach ihrer Berechnung herauskommen mußte; und früh am nächsten Morgen ritten er und sein Gefolge, viele Ritter zu Roß, deren jeder seinen Fußknappen bei sich hatte, in immer größerer Zahl, stolz zum eisernen Tor hinaus und kamen dicht bei der Stelle vorbei, an der sie auf ihn lauerte. Die Zauberin kauerte in ihren zerfetzten Lumpen am Boden; und als der Prinz dort einen Klumpen erblickte, meinte er, ein Felsstück wäre von der Berghöhe auf den Weg heruntergefallen. Doch als er ganz nahe herankam, begann sie zu weinen und zu wimmern mit lautem Lärmen, als ob Schmerzen und Sorgen sie quälten, und sie flehte unter immer heftigeren Tränen und Klagen unaufhörlich um seine Hilfe und seinen Schutz. Wie der Prinz ihren grimmen Schmerz sah, hatte er Mitleid mit ihr; er hielt sein Roß an und fragte sie, was sie von ihm begehre und was der Grund ihres Weinens und Schreiens sei. Da fing die arglistige Alte nur noch mehr an zu schreien, und der Prinz ward noch mehr zum Mitleid gerührt, als er ihre Tränen sah und ihre schwachen, gebrochenen Worte vernahm. Sobald die Zauberin bemerkte, daß der Prinz Erbarmen mit ihr hatte und ihr gern eine Gnade erweisen wollte, stieß sie einen tiefen Seufzer aus, und in kläglichen Tönen, unter Gestöhn und Geächze, richtete sie diese erlogenen Worte an ihn, indem sie sich an den Saum seines Gewandes klammerte und von Zeit zu Zeit innehielt, als ob sie sich vor Schmerzen zusammenkrampfe: ‚Hoher Herr, du Herr aller Herrlichkeit, wie ich von meinem Hause in jener Stadt dort nach dem und dem Orte ging, um einen Auftrag auszurichten, siehe, da wurde ich plötzlich, gerade als ich bis hierher gekommen war, von einem heftigen Fieberanfall ergriffen, ich begann zu zittern und zu beben, so daß ich alle Kraft verlor und hilflos zu Boden sank, so wie du mich nun siehst; und auch jetzt habe ich keine Kraft in Händen und Füßen, um von der Erde aufzustehen und nach Hause zurückzukehren.‘ ‚Ach, du gute Frau,‘ erwiderte der Prinz, ‚hier ist kein Haus in der Nähe, in das du gehen könntest, um rechte Pflege und Fürsorge zu finden. Doch ich weiß einen Ort, an den ich dich, wenn du es wünschest, bringen kann, und wo du, so Gott will, durch freundliche Pflege bald von deinem Leid genesen wirst. Folge mir nun, so gut du es vermagst!' Mit lautem Ächzen und Krächzen gab ihm die Hexe zur Antwort: ‚Ich bin so schwach in allen Gliedern, ich bin so hilflos, daß ich mich nur mit Hilfe einer freundlichen Hand vom Boden erheben und bewegen kann.' Darauf befahl der Prinz einem der Ritter, die schwache und kranke Alte aufzuheben und auf sein Roß zu setzen; der Reitersmann erfüllte den Befehl seines Herrn sofort und setzte sie rittlings hinter ihm auf sein Pferd. Dann ritt Prinz Ahmed mit ihr zurück, kam durch das eiserne Tor, brachte sie in sein Gemach und sandte nach Perî Banû. Sofort eilte seine Gemahlin herbei und fragte ihn in großer Erregung: ‚Steht alles wohl? Weshalb bist du zurückgekommen? Was wünschest du, daß du nach mir gesandt hast?' Prinz Ahmed erzählte ihr von der kranken und hilflosen Alten, indem er sprach: ‚Kaum hatte ich mich auf den Weg gemacht, da erblickte ich diese alte Frau, die dicht am Wege lag, in Schmerzen und schwerer Not. Mein Herz hatte Mitleid mit ihr, als ich sie so daliegen sah, und trieb mich, sie hierher zu bringen, da ich sie doch nicht in den Felsen dem Tode überlassen konnte. Nun bitte ich dich, nimm sie in deiner Güte auf und gib ihr Arzneien, auf daß sie bald von ihrer Krankheit genese! Wenn du ein so gutes Werk tust, werde ich dir immerdar zu Danke verpflichtet sein.' Da blickte Perî Banû die Alte an und befahl zweien ihrer Sklavinnen, sie in ein anderes Gemach zu tragen und sie mit zärtlichster Fürsorge und eifrigstem Bemühen zu pflegen. Die Mägde führten den Befehl aus und brachten die Zauberin in das genannte Gemach. Darauf hub Perî Banû an und sprach zu Prinz Ahmed: ‚Mein

Gebieter, ich freue mich zu sehen, daß du so mitleidig und freundlich gegen diese alte Frau bist, und ich will mich gern ihrer annehmen, so wie du es mir aufgetragen hast; doch mein Herz bangt, und ich fürchte sehr, daß deine Güte ein Unheil zur Folge haben wird. Diese Frau ist nicht so krank, wie sie sich stellt, nein, sie übt Betrug an dir, und mir ahnt, daß irgendein Feind oder Neider gegen dich und mich Arges im Schilde führt. Indessen, mach dich jetzt in Frieden auf den Weg!' Der Prinz, dem die Worte seiner Gemahlin gar nicht zu Herzen gingen, erwiderte ihr: ,Meine Gebieterin, Allah der Allmächtige schütze dich vor allem Schaden! Wenn du mir hilfst und mich hütest, so fürchte ich kein Unheil; ich weiß von keinem Feinde, der nach meinem Verderben trachten könnte; denn ich hege keinen Groll gegen irgendein lebendes Wesen, und ich befürchte nichts Arges, weder von den Menschen noch von den Geistern.' Darauf verabschiedete Prinz Ahmed sich wiederum von Perî Banû und begab sich mit seinem Gefolge zum Palaste seines Vaters, der infolge der Bosheit seines arglistigen Ministers dem Kommen seines Sohnes mit bangem Herzen entgegensah; doch nichtsdestoweniger hieß er ihn mit vielen äußeren Zeichen von Liebe und Neigung willkommen.

Inzwischen trugen die beiden Feenmägde, denen Perî Banû die Pflege der Zauberin anvertraut hatte, die Kranke in ein großes und prächtig eingerichtetes Gemach und legten sie dort auf ein Bett, das ein Polster aus Satin und eine Decke aus Brokat hatte. Dann setzte sich eine von ihnen neben sie, während die andere eiligst in einem Becher aus Porzellan eine Essenz holte, die gegen jedes hitzige Fieber ein sicheres Heilmittel war. Darauf richteten sie die Alte empor, ließen sie auf dem Lager sitzen und sprachen: ,Trink diesen Trank! Es ist das Wasser vom Löwenquell, und jeder Kranke, der es kostet, wird alsbald von seinem Leiden geheilt, es mag sein, was es will!' Die Zauberin nahm den Becher mit großer Mühe hin, und nachdem sie den Inhalt getrunken hatte, legte sie sich aufs Bett nieder; die Mägde breiteten die Decke über sie hin und sprachen: ,Jetzt ruhe eine Weile, und bald wirst du die Heilkraft dieser Arznei verspüren!' Dann gingen sie fort, um sie etwa eine Stunde lang dem Schlafe zu überlassen. Die Hexe aber, die sich ja nur deshalb krank gestellt hatte, weil sie erfahren wollte, wo Prinz Ahmed lebte, und dies dem Sultan kundtun wollte, war nun sicher, daß sie ihr Ziel erreicht hatte, und so erhob sie sich bald wieder, rief die Mägde und sprach zu ihnen: ,Der Trank von dieser Arznei hat mir meine ganze Gesundheit und Kraft wiedergegeben; jetzt fühle ich mich wieder frisch und froh, und alle meine Glieder sind von neuem Leben und neuer Kraft erfüllt. Drum meldet es sogleich eurer Herrin, auf daß ich den Saum ihres Kleides küssen und ihr für ihre Güte gegen mich danken kann; dann will ich von dannen gehen und mich wieder nach Hause begeben!' Da nahmen die beiden Mägde die Zauberin mit sich und zeigten ihr, während sie dahingingen, die verschiedenen Gemächer, von denen eines noch immer prächtiger und fürstlicher als das andere war. Schließlich kamen sie in die große Halle, den herrlichsten Saal von allen, der ganz mit dem kostbarsten und seltensten Gerät ausgestattet war. Dort saß Perî Banû auf einem Throne, der mit Diamanten und Rubinen, Smaragden, Perlen und anderen edelen Steinen von seltener Größe und Klarheit verziert war, und rings um sie standen Feen von lieblichstem Wuchs und Antlitz, die in die prächtigsten Gewänder gekleidet waren und mit gekreuzten Armen ihrer Befehle harrten. Die Zauberin war über die Maßen erstaunt, als sie die Pracht der Gemächer und ihrer Geräte sah, vor allem aber, als sie die Herrin Perî Banû auf dem Edelsteinthrone sitzen sah; und sie vermochte vor Verwirrung und Ehrfurcht kein Wort zu sprechen, sondern sie verneigte sich tief und legte ihr Haupt auf die Füße der Perî Banû. Da sprach die Prinzessin mit sanften Worten, um die Alte zu ermutigen: ,Gute Frau, es freut mich sehr, dich als Gast hier in meinem Palaste zu sehen; doch noch mehr bin ich darüber erfreut, daß ich höre, du seiest von deiner Krankheit ganz genesen. Nun erquicke deinen Geist, indem du hier überall lustwandelst; meine Dienerinnen werden dich begleiten und dir zeigen, was für dich sehenswert ist!' Da verneigte die Hexe sich wiederum tief, küßte den Teppich unter den Füßen der Perî Banû und verabschiedete sich von der Prinzessin in schöngefügter Rede und unter Bezeugung tiefster Dankbarkeit für die empfangenen Wohltaten. Dann führten die Mägde sie im Palaste umher und zeigten ihr alle die Gemächer, die ihren Blick so blendeten und bezauberten, daß sie keine Worte finden konnte, um sie genugsam zu preisen. Darauf ging sie ihrer Wege, und die Feen begleiteten sie bis jenseits des eisernen Tores, durch das Prinz Ahmed sie hereingeführt hatte, und verließen sie, indem sie ihr Lebewohl sagten und alles Gute wünschten; die verworfene Alte aber schlug den Weg nach Hause ein. Doch sie war kaum eine kurze Strecke gegangen, da kam es ihr in den Sinn, noch einmal nach der eisernen Tür zu blicken, um sie leichter wiederfinden zu können; so kehrte sie um, aber siehe da, der Eingang war verschwunden und war unsichtbar für sie wie für jede andere Frau. Und nachdem sie überall gesucht hatte und hin und her gegangen war, ohne ein Zeichen oder eine Spur von Palast und Portal gefunden zu haben, begab sie sich voll Verzweiflung zur Stadt und schlich dort eine einsame Gasse ent-

lang; dann trat sie nach ihrer Gewohnheit durch die Geheimpforte in den Palast. Als sie wohlbehalten drinnen war, ließ sie
sofort dem Sultan durch einen Eunuchen Meldung bringen,
und der befahl, daß sie zu ihm geführt werden solle. Sie nahte
ihm mit trüber Miene, und wie er daraus entnahm, daß es ihr
nicht gelungen war, ihr Ziel zu erreichen, fragte er: ‚Was gibt
es? Hast du deinen Plan ausgeführt oder ist er fehlgeschlagen?‘
Da erwiderte die Zauberin, die ja nur ein Geschöpf des boshaften Wesirs war: ‚O König der Könige, alles habe ich genau erforscht, gerade so wie du es mir befohlen hast, und ich
will dir sogleich alles erzählen, was mir begegnet ist. Die Spuren der Sorge und die Kennzeichen des Kummers, die du auf
meinem Gesichte wahrnimmst, haben einen anderen Grund,
und der geht deine Wohlfahrt nahe an.‘ Dann fuhr sie fort und
erzählte ihr Erlebnis mit diesen Worten: ‚Als ich die Felsen
erreicht hatte, setzte ich mich nieder und stellte mich krank;
wie dann Prinz Ahmed des Weges kam und mich klagen hörte
und meinen elenden Zustand sah, hatte er Mitleid mit mir.
Und nachdem wir einige Worte gewechselt hatten, nahm er
mich mit sich durch einen unterirdischen Gang und durch ein
eisernes Tor zu einem prächtigen Palast; dort übergab er mich
einer Fee, Perî Banû geheißen, von unvergleichlicher Schönheit und Anmut, dergleichen eines Menschen Auge noch nie
gesehen hat. Prinz Ahmed trug ihr auf, mich auf einige Tage
als Gast zu behalten und mir eine Arznei zu geben, die mich
ganz heilen würde, und ihm zu Gefallen bestimmte sie sofort
zwei Mägde zu meiner Pflege. Bald war ich dessen sicher, daß
die beiden als Mann und Weib unlöslich miteinander verbunden sind. Ich stellte mich völlig ermüdet und ermattet und
tat so, als hätte ich nicht einmal die Kraft, zu gehen oder auch
nur zu stehen; darauf stützten die beiden Mädchen mich auf

beiden Seiten, und so wurde ich in ein Gemach geführt, in
dem sie mir etwas zu trinken gaben und mich auf ein Lager
betteten, damit ich ruhen und schlafen könnte. Nun dachte ich
bei mir selbst: Fürwahr, ich habe das Ziel erreicht, um dessentwillen ich mich krank gestellt habe. Und da ich überzeugt
war, daß es keinen Nutzen mehr hatte, mich noch länger zu
verstellen, so erhob ich mich nach einer kurzen Weile und
sagte zu den Dienerinnen, der Trank, den sie mir gereicht,
hätte das Fieber vertrieben und meinen Gliedern die Gesundheit, meinem Leibe das Leben zurückgegeben. Da führten sie
mich zu der Herrin Perî Banû, die sich sehr erfreut zeigte, daß
sie mich frisch und froh wiedersah, und ihren Mägden gebot,
mich überall im Palaste umherzuführen und mir jedes Gemach in seiner Schönheit und Pracht zu zeigen; darauf bat ich,
fortgehen zu dürfen, um meines Weges zu wandern, und hier
stehe ich nun, deines Willens gewärtig.' Als sie so dem König
alles berichtet hatte, was ihr begegnet war, hub sie wieder an:
‚Es mag sein, daß du, nachdem du von der Macht und Pracht,
dem Reichtum und dem Glanze der Herrin Perî Banû gehört
hast, dich freuest und bei dir selber sprichst: Es ist gut, daß
Prinz Ahmed mit dieser Fee vermählt ist und daß er so viel
Reichtum und Macht gewonnen hat! Aber den Augen dieser
deiner Sklavin erscheinen die Dinge doch in einem ganz anderen Lichte. Es ist nicht gut, also wage ich zu behaupten, daß
dein Sohn solche Gewalt und solche Schätze sein eigen nennt;
denn wer weiß, ob er nicht mit Hilfe von Perî Banû Zwiespalt und Zwietracht im Reiche hervorrufen wird? Hüte dich
vor den Listen und der Tücke der Frauen! Der Prinz ist von
der Liebe zu ihr betört, und vielleicht wird er auf ihren Antrieb
ganz anders als recht an dir handeln; dann könnte er die Hand
auf deine Schätze legen, deine Untertanen verleiten und sich

zum Herrn deines Königreiches machen. Und wenn er auch aus freien Stücken nichts tun mag, als was Ehrfurcht und Ehrerbietung gegenüber seinem Vater und seinen Ahnen ihm gebieten, so könnten doch die Reize seiner Prinzessin allmählich immer stärker auf ihn einwirken und ihn schließlich zum Aufrührer machen, ja zu etwas noch Schlimmerem, was ich nicht sagen mag. Jetzt wirst du einsehen, daß die Sache sehr ernst ist; drum sei nicht unvorsichtig, sondern überlege sie sorgsam!' Darauf schickte die Zauberin sich an, ihres Weges zu wandern; aber der König hub an und sprach: ,Ich bin dir für zweierlei verpflichtet. Erstlich hast du viel Mühe und Beschwer auf dich genommen und sogar um meinetwillen dein Leben aufs Spiel gesetzt, um die Wahrheit über meinen Sohn, den Prinzen Ahmed, in Erfahrung zu bringen. Und zweitens bin ich dir dankbar, daß du mir einen so trefflichen Rat und eine so kluge Mahnung gegeben hast.' Nach diesen Worten entließ er sie mit den höchsten Ehren; aber kaum hatte sie den Palast verlassen, so berief er in heftiger Unruhe seinen zweiten Wesir, jenen boshaften Minister, der ihn zuerst gegen Prinz Ahmed aufgereizt hatte, und als er mit seinen Freunden vor dem König erschien, legte der ihnen die ganze Sache vor und fragte sie, indem er sprach: ,Was ratet ihr? Was soll ich tun, um mich und mein Reich gegen die Listen dieser Fee zu schützen?' Einer von den Ratgebern erwiderte: ,Das ist eine leichte Sache, und das Mittel ist einfach und nah zur Hand. Gib den Befehl, daß Prinz Ahmed, der jetzt in der Stadt weilt, wenn nicht gar hier im Palaste, als Gefangener festgehalten werde! Laß ihn jedoch nicht hinrichten, sonst könnte sein Tod einen Aufruhr hervorrufen; aber auf jeden Fall nimm ihn fest, und wenn er sich widersetzen sollte, so lege ihn in Eisen!' Dieser grausige Rat gefiel dem boshaften Minister, und alle seine

Gönner und Günstlinge billigten ihn von Herzen. Doch der Sultan schwieg und gab keine Antwort. Am nächsten Morgen aber sandte er aus und ließ die Zauberin kommen, und mit ihr überlegte er, ob er den Prinzen Ahmed ins Gefängnis werfen solle oder nicht. Da sagte sie: ‚O König der Könige, dieser Rat ist ganz gegen gesunden Sinn und Verstand. Wenn du Prinz Ahmed ins Gefängnis werfen willst, so mußt du das gleiche mit all seinen Rittern und ihren Knappen tun; doch da sie Geister und dämonische Wesen sind, so weiß niemand, wie sie sich rächen würden! Keine Kerkerzellen noch Tore von Stahl können sie bannen, sie werden sofort entweichen und der Fee von solcher Gewalttat berichten. Sie aber wird von grimmem Zorn entbrennen, wenn sie hört, daß ihr Gemahl wie ein gewöhnlicher Verbrecher in gemeiner Haft gehalten wird, und das alles nicht um eines Verschuldens oder Vergehens willen, sondern durch eine hinterhältige Gefangennahme, und sie wird sicher die ärgste Rache über dein Haupt bringen und uns einen Schaden antun, den wir nicht abzuwehren vermögen. Wenn du mir vertrauen willst, so werde ich dir raten, wie du handeln sollst, so daß du gewinnst, was du wünschest, ohne daß ein Unheil dir oder deinem Reiche naht. Du weißt gar wohl, daß Geister und Feen die Kraft haben, in ganz kurzer Zeit wunderbare und erstaunliche Dinge zu tun, die ein Sterblicher nicht nach langen Jahren mühsamer Arbeit zustande bringen kann. Nun also, wenn du auf die Jagd ziehst oder zu irgendeinem Streifzuge, so brauchst du ein Prunkzelt für dich selbst und viele Zelte für dein Gefolge, deine Diener und Krieger; und um ein solches Lager herzurichten und fortzuschaffen wird viel Zeit und Geld unnütz vergeudet. Ich rate dir also, o König der Könige, stelle den Prinzen Ahmed auf folgende Probe: befiehl ihm, dir ein Königszelt zu bringen, so breit und so lang, daß es deinen ganzen Hof, all deine Krieger, den Lagertroß und auch die Lasttiere aufnehmen und bedecken kann; und dennoch soll es so leicht sein, daß ein einziger Mann es in der hohlen Hand halten und überallhin tragen kann, wohin er nur will!' Darauf schwieg sie eine Weile; aber dann redete sie den König wieder an: ‚Sobald Prinz Ahmed sich dieser Aufgabe entledigt hat, verlange du von ihm etwas noch Größeres und Wunderbareres! Das will ich dir kundtun, und er wird schwere Mühe haben, es auszuführen. Auf diese Weise wirst du dein Schatzhaus mit seltenen und wunderbaren Dingen, den Werken der Geister, anfüllen, und dies wird so lange dauern, bis dein Sohn schließlich am Ende seiner Kraft ist und deine Befehle nicht mehr ausführen kann. Dann wird er, gedemütigt und beschämt, nicht mehr wagen, in deine Hauptstadt zu kommen noch vor dich zu treten; und du wirst dann frei von Furcht vor Schaden durch seine Hand sein, du brauchst ihn nicht ins Gefängnis zu werfen oder, was noch schlimmer wäre, töten zu lassen.' Als der Sultan diese weisen Worte vernommen hatte, teilte er den Plan der Hexe seinen Ratgebern mit und fragte sie, wie sie darüber dächten. Doch sie schwiegen still und erwiderten kein Wort der Zustimmung oder Mißbilligung; er selbst aber war ganz damit einverstanden und sagte nichts weiter. Am nächsten Tage kam Prinz Ahmed, um den König zu besuchen; der hieß ihn mit überströmender Zärtlichkeit willkommen, drückte ihn an seinen Busen und küßte ihn auf Stirn und Augen. Eine lange Weile saßen sie beisammen und plauderten über mancherlei Dinge, bis schließlich der Sultan eine Gelegenheit fand und also zu sprechen begann: ‚Mein teurer Sohn, mein Ahmed, viele Tage lang trug ich Trauer im Herzen und Sorgen in der Seele, weil ich von dir getrennt war, und als du dann zurück-

kehrtest, erfüllte mich große Freude bei deinem Anblick; und obgleich du mich von dem Orte, da du lebst, nichts wissen ließest noch jetzt wissen lässest, habe ich es doch nicht über mich gebracht, dich zu fragen oder dein Geheimnis zu ergründen, weil es nicht nach deinem Sinne war, mir von deiner Wohnstätte zu erzählen. Aber jetzt habe ich vernommen, daß du mit einer mächtigen Dämonin von unvergleichlicher Schönheit vermählt bist; und diese Nachricht hat mir die allergrößte Freude bereitet. Ich wünsche nun nicht irgend etwas von dir über deine Feengemahlin zu erfahren, wenn du es mir nicht aus eigenem freien Willen mitteilen willst; doch sage mir, sollte ich irgendwann einmal etwas von dir erbitten, kannst du es dann von ihr erreichen? Hält sie dich so lieb und wert, daß sie dir nichts versagt, was du von ihr erbittest?' ‚Mein Gebieter,' erwiderte der Prinz, ‚was verlangst du von mir? Meine Gemahlin ist ihrem Gatten mit Herz und Seele ergeben; so bitte ich dich, laß mich wissen, was du von ihr und mir begehrst!' Darauf gab der Sultan zur Antwort: ‚Du weißt, daß ich oftmals zur Jagd ausziehe oder zu Kampf und Krieg; dann habe ich Zelte und Pavillons und Zeltschuppen nötig, und große Herden und Scharen von Kamelen, Mauleseln und anderen Lasttieren müssen das Lager von einem Orte zum anderen schaffen. Darum möchte ich, daß du mir ein Zelt brächtest, so leicht, daß ein einziger Mann es in seiner hohlen Hand tragen kann, und doch auch groß genug, daß es meinen Hof, mein ganzes Heer und Lager, den Troß und die Packtiere aufzunehmen vermag. Wenn du die Herrin um dies Geschenk bitten würdest, so weiß ich recht wohl, daß sie es dir geben kann; und du würdest mir dann viel Mühe abnehmen, die ich sonst auf das Fortschaffen der Zelte verwenden muß, und mir manch unnützen Verlust von Menschen und Vieh ersparen.'
66

‚Lieber Vater und Sultan,‘ entgegnete der Prinz, ‚mach dir keine sorgenvollen Gedanken! Ich will alsbald deinen Wunsch meiner Gemahlin, der Herrin Perî Banû, kundtun; und wenn ich auch nicht weiß, ob Feen die Macht besitzen, ein solches Zelt zu schaffen, wie du es beschreibst, und ob sie, wenn die Feen wirklich solche Macht haben, mir ihre Hilfe leihen wird oder nicht, so will ich doch, trotzdem ich dir ein solches Geschenk nicht versprechen kann, alles, was nur immer im Bereiche meiner Kräfte liegt, mit Freuden für dich tun.‘ Darauf sprach der König zu Prinz Ahmed: ‚Sollte es dir etwa nicht gelingen, und solltest du mir die gewünschte Gabe nicht bringen, mein Sohn, so möchte ich dein Antlitz niemals wiedersehen. Dann wärest du fürwahr ein trauriger Gatte, wenn deine Gemahlin dir ein so geringfügig Ding abschlagen würde und nicht vielmehr alles, was du ihr aufträgst, eilends täte; denn dadurch gäbe sie dir zu verstehen, daß du in ihren Augen nur wenig Wert und Bedeutung besäßest und daß Liebe zu dir bei ihr so gut wie gar nicht vorhanden wäre. Doch nun, mein Sohn, geh hin und bitte sie sofort um das Zelt! Gibt sie es dir, so wisse, sie liebt dich, und du bist ihr das liebste Wesen in der Welt. Mir ist auch berichtet worden, daß sie dich von ganzem Herzen und von ganzer Seele liebt und daß sie dir niemals irgend etwas, um das du bittest, verweigern würde, wäre es auch ihr eigener Augapfel.‘

Prinz Ahmed pflegte ja sonst immer drei Tage in jedem Monate bei seinem Vater, dem Sultan, zu verweilen; aber diesmal blieb er nur zwei Tage und sagte schon am dritten Tage seinem Vater Lebewohl. Als er in seinen Palast einzog, konnte es nicht ausbleiben, daß Perî Banû bemerkte, wie er innerlich betrübt war und niedergeschlagen aussah; darum fragte sie ihn: ‚Steht alles gut mit dir? Warum bist du nicht morgen, sondern schon heute von deinem Vater, dem König, gekommen, und warum trägst du eine so traurige Miene zur Schau?' Er aber küßte sie auf die Stirn, umarmte sie zärtlich und erzählte ihr dann alles von Anfang bis zu Ende. Da gab sie ihm zur Antwort: ‚Ich will dein Herz bald beruhigen; denn ich möchte dich nicht noch einen Augenblick länger betrübt sehen. Dennoch, mein Lieb, durch diese Bitte deines Vaters, des Sultans, weiß ich sicher, daß sein Ende nahe ist; er wird bald aus dieser Welt zur Barmherzigkeit Allahs des Erhabenen eingehen. Irgendein Feind hat dies angezettelt, und schweres Ungemach droht dir; und die Folge davon ist, daß dein Vater, der von dem kommenden Unheil nichts ahnt, eifrig seinen eigenen Untergang betreibt.' Erschrocken und ängstlich erwiderte der Prinz seiner Gemahlin: ‚Preis sei Allah dem Erhabenen! Der König, mein allerhöchster Herr, ist bei bester Gesundheit, und an ihm ist kein Zeichen von Unwohlsein oder Altersschwäche zu sehen; noch heute früh verließ ich ihn, wie er frisch und froh war, ja wahrlich, ich habe ihn nie bei besserem Befinden gesehen. Seltsam, fürwahr, daß du wissen solltest, was ihm bevorsteht, ehe ich dir irgend etwas über ihn berichtet habe, und zumal, daß du ahnst, wie er von unserer Vermählung und unserer Stätte erfahren hat!' ‚Mein Prinz,' erwiderte Perî Banû, ‚du weißt, was ich dir sagte, als ich die alte Frau sah, die du hierher brachtest, da sie an hitzigem Fieber litt. Jenes Weib ist eine Hexe aus Satans Brut; die hat deinem Vater alles hinterbracht, was er über diese unsere Wohnstätte zu wissen wünschte. Obgleich ich deutlich sah, daß sie weder siech noch schwach war, sondern sich nur fieberkrank stellte, gab ich ihr eine Arznei zu trinken, die Leiden von jeglicher Art heilt, und sie gab fälschlich vor, daß sie durch deren Wirkung wieder zu Gesundheit und Kraft gekommen sei. Als sie dann zu mir kam, um Abschied von mir zu nehmen, sandte ich zwei meiner Mägde mit ihr und befahl ihnen, ihr jedes Gemach im Palaste mit seiner Einrichtung und seinem Schmuck zu zeigen, auf daß sie besser erkenne, wie es mit dir und mit mir steht. All das tat ich nur um deinetwillen; denn du hattest mir aufgetragen, der alten Frau Mitleid zu erweisen, und ich war froh, als ich sie gesund und munter und frischen Mutes davongehen sah. Außer ihr allein hat kein menschliches Wesen jemals irgend etwas von dieser Stätte zu erfahren oder gar hierher zu kommen vermocht.' Als Prinz Ahmed diese Worte vernommen hatte, dankte er ihr von Herzen und sprach: ,O sonnengleiches Antlitz der Schönheit, ich möchte dich doch um die Gnade bitten, den Wunsch meines Vaters zu erfüllen; er verlangt ein Königszelt so groß, daß es ihn und sein groß Volk, seinen Troß und seine Packtiere aufnehmen kann; und trotzdem soll es in der hohlen Hand getragen werden können. Ob solch ein Wunderding existiert, weiß ich nicht; aber ich möchte doch alles tun, um es zu beschaffen, und es ihm getreulich bringen.' Da rief sie: ,Was beunruhigst du dich wegen einer solchen Kleinigkeit? Ich will sofort danach senden und es dir geben.' Darauf ließ sie eine ihrer Mägde kommen, die ihre Schatzmeisterin war, und sprach: ,Nûr Dschehân[1], geh sogleich hin und bringe mir einen Zeltbau von der und der Art!' Die Magd ging eilends hin und kam ebenso rasch mit dem Zelte zurück; das legte sie dem Prinzen Ahmed in die flache Hand. Als er es aber in der Hand hielt, dachte er bei sich: ,Was ist dies, das Perî Banû mir da gibt? Sie macht sich wohl einen Scherz mit mir!' Seine Gemahlin aber, die ihm die Gedanken vom Gesicht ablas, begann laut zu lachen und rief: ,Was ist

1. So nach indischer Aussprache; im Persischen bedeutet *nûr-i dschehân* ,Licht der Welt'.

denn das, mein geliebter Prinz? Glaubst du wirklich, ich treibe
Scherz und Spott mit dir?' Dann fuhr sie, zur Schatzmeisterin
Nûr Dschehân gewendet, fort: ‚Nimm jetzt das Zelt dort aus
der Hand des Prinzen Ahmed und stelle es im Felde auf, damit
er sieht, wie gewaltig groß es ist, und schaut, ob es von der
Art ist, wie sein Vater, der Sultan, es wünscht.' Die Magd
nahm das Zelt und schlug es fern vom Palaste auf; und doch
reichte es vom äußersten Ende der Ebene bis an den Palast
heran, und es war so unendlich groß, daß es, wie Prinz Ahmed
sah, Raum genug für den ganzen Hofhalt des Königs hatte; ja,
hätten sich auch zwei ganze Heere mit allem Lagertroß und
Saumvieh darunter aufgestellt, so hätte eines das andere durchaus nicht beengt oder bedrängt. Da bat er Perî Banû um Verzeihung, indem er sprach: ‚Ich wußte nicht, daß es ein so unendlich großer und wunderbarer Zeltbau war; und darum
zweifelte ich, als ich es zuerst sah.' Alsbald brach die Schatzmeisterin das Zelt wieder ab und gab es dem Prinzen wieder
in die Hand. Der stieg ohne Zögern und Zaudern zu Roß,
ritt, von seinem Gefolge begleitet, zum König zurück und
überreichte ihm das Zelt, nachdem er ihm gehuldigt und die
schuldige Reverenz dargebracht hatte. Auch der Sultan meinte,
als er das Geschenk zuerst sah, es sei nur ein kleines Ding; aber
als es aufgeschlagen war, staunte er gewaltig beim Anblick
seiner Größe; denn es hätte seine Hauptstadt mit allen Vor-
orten überdecken können. Er war jedoch nicht ganz zufrieden,
da das Zelt ihm nun zu groß erschien; aber sein Sohn versicherte ihm, daß es sich jederzeit dem anpassen würde, was es
bergen solle. Darauf dankte er dem Prinzen, daß er ihm ein so
seltenes Geschenk gebracht hatte, und sprach: ‚Lieber Sohn,
tu deiner Gemahlin kund, daß ich ihr sehr verpflichtet bin, und
sprich ihr meinen herzlichen Dank für diese ihre gütige Gabe

aus. Jetzt weiß ich in der Tat sicher, daß sie dich von ganzem Herzen und von ganzer Seele liebt, und all meine Zweifel und Befürchtungen sind nunmehr vertrieben.' Dann befahl der König, man solle das Zelt zusammenlegen und sorgfältig im königlichen Schatzhause aufbewahren.

Es ist seltsam, aber wahr, daß im Herzen des Sultans, als er dies seltene Geschenk von dem Prinzen erhalten hatte, Furcht und Zweifel, Neid und Eifersucht auf seinen Sohn, die von der Hexe und dem boshaften Wesir und seinen anderen üblen Beratern in ihm erregt waren, nur noch größer und lebhafter wurden als zuvor. Denn jetzt war er gewiß, daß die Dämonin über alle Maßen ihrem Gatten hold war und daß sie ihm, dem König, trotz seinem großen Reichtum und seiner Macht an gewaltigen Taten überlegen wäre, wenn sie ihrem Gatten helfen wollte. Daher ward er von banger Furcht erfüllt, sie könnte etwa danach trachten, ihn zu töten, und an seiner Statt den Prinzen auf den Thron setzen. So ließ er denn die Hexe kommen, die ihn schon früher beraten hatte und auf deren List und Tücke er sich jetzt am meisten verließ. Als er ihr berichtete, welchen Erfolg ihr Rat gehabt hatte, besann sie sich eine Weile; dann hob sie ihr Haupt und sprach: ‚König der Könige, du bist ohne Grund besorgt; du brauchst dem Prinzen Ahmed nur zu befehlen, dir Wasser aus dem Löwenquell zu bringen. Er muß notgedrungen um seiner Ehre willen deinen Wunsch erfüllen; und wenn er es nicht vermag, so wird er vor lauter Scham nicht wagen, sein Antlitz wieder bei Hofe zu zeigen. Du kannst keinen besseren Plan anwenden als diesen; drum sorge dafür und säume nicht, ihn auszuführen!' Am nächsten Tage gegen Abend, als der König in voller Staatsversammlung, umgeben von seinen Wesiren und Ministern, dasaß, trat Prinz Ahmed vor, brachte die schuldige Huldigung dar und

setzte sich an seine Seite auf einen niedrigeren Sitz. Darauf redete
der König ihn nach seiner Gewohnheit mit hoher Gunstbezei-
gung an und sprach zu ihm: ‚Es ist mir eine sehr große Freude,
daß du mir jenes Zelt gebracht hast, um das ich dich bat; denn
in meinem Schatzhause gibt es wahrlich nichts, das so selten
und wundersam wäre. Doch fehlt mir noch eines, und wenn
du mir das bringst, so werde ich mich über alle Maßen freuen.
Ich habe gehört, daß die Fee, deine Gemahlin, beständig ein
Wasser gebraucht, das aus dem Löwenquelle fließt und von
dem ein Trunk jegliches Fieber und alle anderen tödlichen
Krankheiten heilt. Ich weiß, daß du ängstlich um meine Gesundheit besorgt bist; so wirst du mich auch gern dadurch erfreuen, daß du mir etwas von jenem Wasser bringst, damit ich
davon trinke, wenn es nötig ist. Ich weiß auch, daß du meine
Liebe und Neigung zu dir wert hältst und daß du dich darum
nicht weigern wirst, meine Bitte zu erfüllen.‘ Als Prinz Ahmed
dies Verlangen hörte, war er sehr überrascht, daß sein Vater
schon so bald eine neue Bitte aussprach. Er schwieg eine Weile,
indem er bei sich dachte: ‚Ich habe es ja irgendwie zuwege gebracht, daß ich das Zelt von der Herrin Perî Banû erhielt; doch
Gott allein weiß, was sie nun tun wird, und ob diese neue
Bitte ihren Zorn erregen wird oder nicht. Aber wie es auch
sei, ich weiß, daß sie mir nie eine Gnade versagen wird, um
die ich sie bitte.‘ Nach langem Zögern also erwiderte Prinz Ahmed: ‚Hoher Herr und König, ich habe keine Macht, in dieser Sache irgend etwas zu tun, denn sie steht einzig bei meiner
Gattin, der Prinzessin; doch ich will sie bitten, mir das Wasser
zu geben, und wenn sie geruht, es mir zu gewähren, so will ich
es dir alsbald bringen. Freilich kann ich dir eine solche Gabe
nicht mit aller Sicherheit versprechen: ich will gern in allem
und jedem, das dir von Nutzen sein kann, mein möglichstes

tun; aber wenn ich dies Wasser von ihr erbitte, so ist das ein gewichtigeres Werk als die Bitte um das Zelt.'

Am nächsten Tage nahm der Prinz Abschied und kehrte zu Perî Banû zurück; und nachdem er sie zärtlich umarmt und begrüßt hatte, sprach er: ,Meine Gebieterin, du Licht meiner Augen, mein Vater, der Sultan, läßt dir seinen herzlichen Dank sagen für die Erfüllung seines Wunsches, die Übersendung des Zeltes; doch jetzt erkühnt er sich noch einmal, und deiner Güte und Gnade gewiß, erbittet er von dir, du möchtest ihm ein wenig Wasser vom Löwenquell gewähren. Ich aber möchte dir sagen: wenn es dir nicht gefällt, dies Wasser zu geben, so laß die Sache ganz vergessen sein; denn mein einziger und all-einiger Wunsch ist es, alles zu tun, was du wünschest.' Perî Banû erwiderte darauf: ,Mich deucht, dein Vater, der Sultan, will mich sowohl wie dich auf die Probe stellen, indem er der-artige Gaben verlangt, die ihm die Zauberin vorgeschlagen hat!' Dann fuhr sie fort: ,Ich will aber dennoch auch dies Ge-schenk gewähren, da der Sultan sein Herz daran gehängt hat; und weder dir noch mir soll daraus ein Leid erwachsen, ob-wohl dies ein Wagnis von großer Gefährlichkeit ist, das von arger Tücke und Bosheit erdacht wurde. Achte du nun genau auf meine Worte, vergiß keines von ihnen, sonst bist du ganz sicher des Todes! In der Halle jenes Schlosses, das auf dem Berge dort emporragt, ist ein Springbrunnen, verteidigt von vier wilden, reißenden Löwen; die bewachen und behüten den Weg, der zu ihm führt; sie wechseln ab, zwei stehen stets auf Wache, während die anderen beiden schlafen, und so ist kein lebendes Wesen jemals imstande, an ihnen vorüberzu-kommen. Doch ich will dir einen Weg kundtun, wie du ge-winnen kannst, was du wünschest, ohne daß dir von den grim-migen Tieren ein Leid oder Schaden geschieht.' Mit diesen

Worten zog sie ein Knäuel Garn aus einem Elfenbeinkästchen hervor und machte mit Hilfe einer von den Nadeln, mit denen sie gearbeitet hatte, einen Ball daraus. Diesen gab sie ihrem Gemahl in die Hand, indem sie sprach: ‚Erstlich, gib sorgfältig acht, daß du diesen Ball bei dir behältst; ich will dir alsbald seinen Zweck erklären! Zweitens, wähle dir zwei sehr schnelle Rosse aus, eins, um selbst darauf zu reiten, und ein anderes, um darauf den Leib eines frisch geschlachteten Schafes zu laden, das in vier Teile zerlegt ist! Drittens, nimm mit dir eine Phiole, die ich dir geben will; sie soll das Wasser enthalten, das du, so Gott will, heimbringen wirst! Sobald der Morgen dämmert, erhebe dich mit dem Tageslicht und reite auf deinem erwählten Rosse hinaus, indem du das andere am Zügel neben dir herführst. Wenn du das eiserne Tor erreichst, das zum Schloßhofe führt, so wirf, nahe dem Tore, diesen Ball vor dich hin auf den Boden. Er wird alsbald aus eigener Kraft zu rollen beginnen, und zwar auf das Schloßtor zu; folge du ihm durch den offenen Eingang hindurch, bis er zu rollen aufhört. In dem Augenblicke wirst du die vier Löwen sehen; die beiden, die wach und auf der Hut sind, werden die anderen zwei, die da ruhen und schlafen, aufwecken. Alle vier werden ihre Rachen aufsperren und brüllen und röhren, grausig anzuhören, als ob sie über dich herfallen und dich in Stücke reißen wollten. Du aber fürchte dich nicht, erschrick nicht, sondern reite kühn vorwärts, doch wirf die vier Teile des Schafes vom Leitpferde auf den Boden, für jeden Löwen ein Stück! Hüte dich, vom Pferde zu steigen; bohre ihm vielmehr die Steigbügel[1] in die Flanken und reite schnurstracks so schnell wie möglich auf das Becken zu, in dem sich das Wasser ansammelt! Dort steig

1. Der orientalische Steigbügel hat unten eine leicht gewölbte Fläche mit scharfen Kanten, die als Sporen verwendet werden.

74

ab und fülle die Phiole, während die Löwen sich mit ihrem Fraße befassen! Zuletzt kehre eilends wieder um; die Tiere werden dich nicht am Vorbeireiten hindern!' Am nächsten Tage, als der Morgen graute, tat Prinz Ahmed alles, was Perî Banû ihm befohlen hatte, und ritt zum Schlosse dahin. Nachdem er dann das eiserne Tor hinter sich gelassen, den Hof durchquert hatte und die Tür zur Halle aufgesprungen war, ritt er dort hinein, warf die vier Viertel des Schafes den Löwen vor, jedem ein Stück, und erreichte rasch den Quell. Er füllte seine Phiole mit Wasser aus dem Becken und eilte in aller Hast zurück. Doch als er eine kurze Strecke weit geritten war, wandte er sich um und sah, wie zwei von den Wächterlöwen ihm folgten; aber er fürchtete sich nicht, sondern zog sein Schwert aus der Scheide, um sich zur Verteidigung zu rüsten. Als der eine von den beiden sah, wie er seinen Säbel zur Verteidigung zog, ging er ein wenig vom Wege abseits, blieb stehen und schaute ihn an, nickte mit dem Kopfe und wedelte mit dem Schweife, als wollte er den Prinzen bitten, seinen Degen wieder einzustecken, und ihm versichern, daß er in Frieden reiten könnte, ohne Gefahr zu befürchten. Darauf sprang der andere Löwe ihm vorauf und hielt sich dicht vor ihm; und beide liefen vor ihm her, immer weiter, bis sie die Stadt, ja sogar das Tor des Palastes erreichten. Die andern beiden Löwen aber bildeten den Nachtrab, bis Prinz Ahmed in das Tor des Palastes einritt; und als sie das gesehen hatten, kehrten alle vier auf demselben Wege zurück, auf dem sie gekommen waren. Doch wie das Volk der Stadt solch ein wunderbares Schauspiel erblickte, flohen alle in grimmem Grausen, obgleich die Zaubertiere keinem Lebewesen ein Leid antaten. Da nun einige berittene Mannen ihren Fürsten allein und ohne Gefolge reiten sahen, eilten sie zu ihm und halfen ihm absitzen.

Der Sultan saß gerade in seinem Staatssaale und sprach mit seinen Wesiren und Ministern, als sein Sohn vor ihm erschien. Der Prinz begrüßte ihn, flehte Segen auf sein Haupt herab und betete, wie es sich geziemte, für lange Dauer seines Lebens, Glückes und Reichtums, und dann setzte er die Phiole mit dem Wasser vom Löwenquell vor seine Füße hin, indem er sprach: ,Sieh, ich habe dir die Gabe gebracht, um die du mich batest! Dies Wasser ist sehr selten und schwer zu erlangen; und in deinem ganzen Schatzhause ist nichts so kostbar und wertvoll wie dies. Wenn du je von einer Krankheit befallen werden solltest – Allah der Erhabene verhüte, daß solches dir vom Schicksale bestimmt wäre! –, so trink einen Trunk davon, und du wirst sogleich von jeglichem Leiden, was es auch sei, geheilt werden!' Als Prinz Ahmed seine Worte beendet hatte, umarmte der Sultan ihn mit aller Liebe und Herzlichkeit, Huld und Auszeichnung und küßte ihn auf die Stirn; dann ließ er ihn zu seiner Rechten sitzen und sprach zu ihm: ,Lieber Sohn, ich bin dir über alle Maßen verpflichtet; denn du hast dein Leben aufs Spiel gesetzt und mir dies Wasser unter großer Mühsal und Gefahr von einer so schaurigen Stätte gebracht.' Die Hexe hatte nämlich schon vorher von dem Löwenquell erzählt und von den Todesgefahren, die dort lauerten, so daß er wohl wußte, wie tapfer seines Sohnes verwegene Tat war; und alsbald fügte er hinzu: ,Sag an, mein Sohn, wie konntest du dich dorthin wagen? Wie bist du den Löwen entronnen, so daß du unversehrt und unverletzt das Wasser heimgebracht hast?' ,Bei deiner Huld, o Herr und Sultan,' erwiderte der Prinz, ,ich bin vor allem deshalb sicher von jener Stätte heimgekehrt, weil ich gemäß dem Gebote meiner Gattin, der Herrin Perî Banû, gehandelt habe, und ich habe das Wasser vom Löwenquell nur, weil ich ihr gehorchte, bringen können.'
76

Dann berichtete er seinem Vater alles, was ihm auf seinem Wege und Rückwege widerfahren war.

Der Sultan aber ward, als er die allüberwindende Tapferkeit und Kühnheit seines Sohnes erkannte, nur noch mehr von Furcht befangen, und die boshafte Tücke und der eifersüchtige Neid, die sein Herz erfüllten, wurden noch zehnmal stärker als zuvor. Doch indem er seine wahren Empfindungen verbarg, entließ er den Prinzen Ahmed, begab sich in sein eigenes Gemach und ließ sofort die Hexe zu sich kommen; und als die vor ihn trat, erzählte er ihr, daß der Prinz ihn besucht und ihm das Wasser aus dem Löwenquell gebracht habe. Sie hatte bereits etwas davon gehört, weil die Ankunft der Löwen solchen Aufruhr in der Stadt verursacht hatte; aber sobald sie den ganzen Bericht vernommen hatte, erstaunte sie gewaltig, und nachdem sie ihren neuen Plan dem Sultan ins Ohr geflüstert hatte, sprach sie triumphierend: ‚O König der Könige, diesmal wirst du dem Prinzen einen Auftrag erteilen, der ihm, wie mich deucht, Mühe machen wird, ja, es wird ihm schwerfallen, auch nur etwas davon auszuführen.‘ ‚Du hast wohlgesprochen,‘ erwiderte der Herrscher, ‚ich will fürwahr nunmehr diesen Plan versuchen, den du für mich ersonnen hast.‘ Am nächsten Tage also, wie Prinz Ahmed vor seinem Vater erschien, sprach der König zu ihm: ‚Mein teurer Sohn, es ist mir eine sehr große Freude, deine Mannhaftigkeit und Tapferkeit und die kindliche Liebe, die dich erfüllt, zu sehen; diese Eigenschaften hast du bewiesen, indem du für mich die beiden seltenen Dinge, um die ich dich bat, herbeischafftest. Jetzt habe ich noch eine Bitte an dich, und das ist die letzte; wenn es dir gelingt, meinen Wunsch zu erfüllen, so will ich wahrlich an meinem geliebten Sohne Wohlgefallen haben und ihm mein lebelang danken.‘ Da fragte Prinz Ahmed: ‚Was ist das

für ein Geschenk, das du begehrst? Ich will für mein Teil dein Gebot erfüllen, soweit es in meinen Kräften liegt.' Nun gab der König dem Prinzen zur Antwort: ,Ich möchte, daß du mir einen Mann bringst, der an Wuchs nicht mehr als drei Fuß mißt, aber einen Bart von zwanzig Ellen Länge hat; der soll auf seiner Schulter einen kurzen stählernen Stab, zweihundertundsechzig Pfund schwer, tragen, den er mit Leichtigkeit hebt und, ohne die Stirne kraus zu ziehen, um seinen Kopf wirbelt, so wie die Menschen sonst hölzerne Keulen schwingen.' So bat der Sultan, irregeführt nach dem Spruche des Schicksals und ohne auf Gut und Böse zu achten, gerade um das, was ihm selbst den sicheren Tod bringen sollte. Und auch Prinz Ahmed, der aus reiner Liebe zu seinem Vater ihm blind gehorchte, war bereit, ihm alles, was er verlangte, zu bringen; denn er wußte nicht, was im verborgenen Ratschlusse des Geschicks für ihn bestimmt war. So sprach er denn: ,Mein Vater und Sultan, ich glaube zwar, es wird schwer sein, in der ganzen Welt einen solchen Menschen zu finden, wie du ihn verlangst; doch ich will mein Bestes tun, um deinen Befehl auszuführen.' Darauf zog der Prinz sich zurück und kehrte wie gewöhnlich zu seinem Palaste heim, wo er Perî Banû in Liebe und Freude begrüßte; doch sein Antlitz war betrübt, und das Herz war ihm schwer, da er an den letzten Befehl des Königs dachte. Als die Prinzessin bemerkte, wie er so nachdenklich aussah, fragte sie ihn, indem sie sprach: ,Mein teurer Gebieter, was für Kunde bringst du mir heute?' Darauf gab er zur Antwort: ,Der Sultan verlangt bei jedem Besuche etwas Neues von mir, und er fällt mir mit seinen Bitten zur Last; heute will er mich auf die Probe stellen, und in der Hoffnung, mich zuschanden zu machen, fordert er etwas, das ich vergeblich in der ganzen Welt suchen würde.' Darauf erzählte er
78

ihr alles, was der König zu ihm gesagt hatte. Als aber Perî Banû diese Worte vernommen hatte, sprach sie zu dem Prinzen: ‚Mach dir darüber keinerlei Sorge! Du hast es unter großer Gefahr gewagt, für deinen Vater Wasser aus dem Löwenquell zu holen, und es ist dir gelungen, deine Absicht auszuführen. Diese neue Aufgabe nun ist durchaus nicht schwerer oder gefährlicher, als jene es war; nein, sie ist vielmehr leichter, da der Mann, den du beschreibst, mein leiblicher Bruder Schabbar[1] ist. Obwohl wir beide die gleichen Eltern haben, so hat es doch Allah dem Erhabenen gefallen, uns in verschiedenen Gestalten zu bilden und ihn seiner Schwester so unähnlich zu machen, wie es in sterblicher Form nur geschehen kann. Überdies ist er tapfer und tatendurstig, und immer sucht er etwas zu unternehmen und auszuführen, durch das er mir dienen kann; und was er nur immer beginnt, das führt er mit großer Freude aus. Er hat eine solche Gestalt und Form, wie der Sultan, dein Vater, sie beschrieben hat, und er gebraucht als einzige Waffe nur die Keule aus Stahl. Sieh, ich will jetzt sogleich nach ihm senden, aber erschrick nicht, wenn du ihn schaust!‘ Prinz Ahmed gab zur Antwort: ‚Wenn er in Wahrheit dein Bruder ist, was tut es dann, wie er aussieht? Ich werde mich so freuen, ihn zu sehen, wie wenn man einen werten Freund oder lieben Verwandten willkommen heißt. Warum sollte ich mich fürchten, ihn anzuschauen?‘ Wie Perî Banû diese Worte hörte, sandte sie eine ihrer Dienerinnen fort, die ihr dann aus ihrem geheimen Schatze eine goldene Räucher-

1. Schabbar ist sonst ein künstlich gebildeter mystischer Name für einen Glaubenshelden des Islams, Hasan, den Sohn des Kalifen ’Alî. Der Name eignet sich also wohl für ein dämonisches Wesen, wenngleich die Bedeutung ‚der Schöne‘ wenig zu der Schilderung dieses Schabbar paßt.

pfanne brachte; darauf befahl sie, ein Feuer in ihr anzuzünden, und nachdem sie ein Kästchen aus Edelmetall, das mit Juwelen besetzt war, eine Gabe ihrer Sippe, hatte kommen lassen, nahm sie etwas Weihrauch daraus hervor und warf es in die Flammen. Alsbald entstand ein dichter Rauch, der hoch in die Luft stieg und sich im ganzen Palaste verbreitete; wenige Augenblicke danach hielt Perî Banû mit ihren Beschwörungen inne und rief: ‚Sieh da, mein Bruder Schabbar kommt! Kannst du seine Gestalt erkennen?‘ Der Prinz schaute hin und erblickte ein Männlein von Zwerggestalt, das nur drei Fuß hoch war, mit einem Höcker auf der Brust und einem Buckel auf dem Rücken; doch trotzdem trug er eine stolze Miene und ein hoheitsvolles Aussehen zur Schau. Auf seiner rechten Schulter lag eine Keule aus Stahl, die zweihundertundsechzig Pfund wog. Sein Bart war dicht und zwanzig Ellen lang, aber so kunstvoll geflochten, daß er den Boden nicht berührte; auch trug er einen langen gedrehten Schnauzbart, der sich bis zu seinen Ohren hinaufkräuselte, und sein ganzes Gesicht war mit langen Haaren bedeckt. Seine Augen sahen ähnlich wie Schweinsaugen aus; sein Kopf, auf dem er einen kronenartigen Haarwulst trug, war ungeheuer groß und hob sich gewaltig gegen den winzigen Leib ab.

Prinz Ahmed saß ruhig neben seiner Gemahlin, der Fee, und fühlte keine Furcht, als die Gestalt herannahte; Schabbar trat alsbald herzu und fragte Perî Banû mit einem Blicke auf den Prinzen, indem er sprach: ‚Wer ist der Sterbliche, der dir zur Seite sitzt?‘ ‚Lieber Bruder,‘ erwiderte sie, ‚dies ist mein geliebter Gatte, Prinz Ahmed, der Sohn des Sultans von Indien. Ich sandte dir damals keine Einladung zur Hochzeit, weil du mit einem großen Feldzug beschäftigt warst; jetzt aber bist du, durch die Gnade Allahs des Erhabenen, siegreich und im

Triumph über deine Feinde heimgekehrt, und darum habe ich dich zu mir gebeten in einer Sache, die mich nahe angeht.' Als Schabbar diese Worte vernahm, blickte er huldvoll auf Prinz Ahmed und sprach: ,Meine geliebte Schwester, kann ich ihm irgendeinen Dienst erweisen?' Da antwortete sie: ,Der Sultan, sein Vater, hat den glühenden Wunsch, dich zu sehen, und ich bitte dich, geh bald hin zu ihm und nimm den Prinzen als Führer mit dir.' Er sagte nur: ,Ich bin in diesem Augenblicke bereit, mich aufzumachen.' Doch sie entgegnete: ,Noch nicht, mein Bruder! Du bist von der Reise müde, drum verschieb deinen Besuch beim König bis morgen; heute abend will ich dir zuvor noch alles berichten, was den Prinzen Ahmed betrifft!' Als es Abend geworden war, tat Perî Banû ihrem Bruder alles über den König und seine bösen Ratgeber kund; vor allem aber hob sie die Übeltaten der alten Vettel, der Hexe, hervor: wie sie den Plan ersonnen hätte, dem Prinzen Ahmed ein Leids zu tun und heimtückisch seine Besuche in der Stadt und bei Hofe zu verhindern, und wie sie solchen Einfluß über den Sultan gewonnen hätte, daß er seinen Willen ganz dem ihren füge und immer nur tue, was sie ihm befehle.

Am nächsten Morgen früh brachen Schabbar, der Dämon, und Prinz Ahmed gemeinsam auf, um den Sultan zu besuchen. Und als sie das Stadttor erreicht hatten, wurden alle Einwohner, vornehm und gering, von Entsetzen über die grausige Gestalt des Zwerges ergriffen; sie flohen voller Schrecken nach allen Seiten, rannten in Läden und Häuser, verriegelten die Türen und schlossen die Fenster und verbargen sich dort. Ja, ihre Flucht geschah in solch wilder Eile, daß viele Füße ihre Schuhe und Sandalen beim Laufen verloren, und daß manch ein Kopf den losen Turban zur Erde fallen ließ. Und als nun die beiden durch Straßen und über Plätze und Märkte, die so

verlassen waren wie die Wüste von Samâwa[1], weiter zogen
bis zum Palaste, gaben alle Torwächter beim Anblick Schab-
bars Fersengeld und stoben auseinander, so daß niemand da
war, ihnen den Eintritt zu verwehren. Sie gingen geradeswegs
zur Regierungshalle, wo der Sultan Staatsversammlung hielt;
und sie fanden in seiner Umgebung eine Schar von Ministern
und Räten, großen und kleinen, die alle nach Rang und Würden dastanden. Und auch die machten sich, sobald sie Schabbar erblickten, eiligst auf die Flucht im grimmen Grausen und
versteckten sich; sogar die Leibwachen hatten ihre Posten verlassen, und keiner dachte daran, ob die beiden durchgelassen
oder angehalten werden sollten. Doch der Herrscher saß noch
regungslos auf seinem Throne, als Schabbar mit stolzer Miene
und königlicher Würde zu ihm trat und rief: ‚O König, du
hast den Wunsch ausgesprochen, mich zu sehen. Sieh da, hier
bin ich! Sag an jetzt, was willst du von mir?‘ Der König gab
ihm keine Antwort, sondern hielt sich nur die Hände vor die
Augen, um die grause Gestalt nicht zu sehen, und er wandte
sein Haupt ab und wäre in seinem Schrecken gern davongelaufen. Über dies unhöfliche Benehmen des Sultans ward
Schabbar wild vor Wut, und er grollte in übermäßigem
Grimm, als er bedachte, daß er sich die Mühe gemacht hatte,
auf den Wunsch eines solchen Feiglings zu kommen, der jetzt,
als er ihn sah, am liebsten fortlaufen wollte. Und so hob der
Dämon, ohne einen Augenblick zu zögern, seine stählerne
Keule, schwang sie zweimal durch die Luft und traf, ehe Prinz
Ahmed den Thron erreichen oder irgendwie dazwischentre-
ten konnte, den Sultan so gewaltig auf den Kopf, daß sein
Schädel zerschlagen und das Hirn über den Boden hingespritzt

1. Die Wüste von Samâwa liegt westlich vom unteren Euphrat, zwischen Mesopotamien, Syrien und Arabien.

ward. Nachdem Schabbar diesem Widersacher den Garaus gemacht hatte, wandte er sich wild wider den Großwesir, der zur Rechten des Sultans stand, und er hätte ihn auf der Stelle erschlagen, wenn der Prinz nicht um sein Leben gebeten und gerufen hätte: ‚Töte ihn nicht! Er ist mein Freund, er hat niemals ein böses Wort wider mich gesagt. Das haben nur die anderen, seine Genossen, getan.‘ Wie Schabbar dies hörte, fiel er in seiner Wut über die Minister und bösen Berater, alle jene, die gegen Prinz Ahmed Arges im Sinne gehabt hatten, zu beiden Seiten her und erschlug sie samt und sonders und ließ keinen entkommen außer denen, die schon vorher geflohen waren und sich versteckt hatten. Dann ging der Zwerg aus der Halle des Gerichtes auf den Hof und sprach zu dem Wesir, dem der Prinz das Leben gerettet hatte: ‚Höre du, hier gibt es eine Hexe, die meinem Bruder, dem Gatten meiner Schwester, feindlich gesinnt ist. Schau, daß du sie alsbald herbeischaffest; desgleichen auch den Schurken, der das Herz seines Vaters mit bösem Haß und eifersüchtigem Neid gegen ihn erfüllt hat, auf daß ich ihnen ihre Missetaten in vollem Maße vergelten kann!‘ Der Großwesir brachte sie alle herbei, zuerst die Zauberin und dann den boshaften Minister, mit seiner Schar von Gönnern und Günstlingen; da schlug Schabbar sie alle, einen nach dem andern, mit seiner stählernen Keule nieder und tötete sie ohne Erbarmen, wobei er der Hexe zurief: ‚Dies ist das Ende all deiner Ränke beim König, dies ist die Frucht deiner List und Tücke; daraus kannst du lernen, dich nicht krank zu stellen!‘ In seiner blinden Leidenschaft hätte er beinahe alle Einwohner der Stadt erschlagen; doch Prinz Ahmed hielt ihn zurück und beruhigte ihn mit sanften und milden Worten. Darauf kleidete Schabbar seinen Schwager in das königliche Gewand, setzte ihn auf den Thron und rief ihn zum

Sultan von Indien aus. Und alles Volk, hoch und niedrig, war hoch erfreut über diese Kunde; denn Prinz Ahmed war bei allen beliebt. Sie eilten herbei, um den Treueid zu leisten und Geschenke und Huldigungsgaben darzubringen, und sie riefen mit lautem Jubel: ‚Lang lebe König Ahmed!' Nachdem all dies geschehen war, sandte Schabbar nach seiner Schwester Perî Banû und machte sie zur Königin mit dem Namen Schahr Banû.[1] Nach einer Weile aber nahm er Abschied von ihr und König Ahmed und kehrte in seine Heimat zurück.

Danach berief König Ahmed seinen Bruder Prinz 'Alî und Nûr en-Nahâr, machte ihn zum Statthalter einer großen Stadt, die nahe bei der Hauptstadt war, und sandte ihn mit großem Prunk und großer Pracht dorthin. Auch ordnete er einen hohen Beamten ab, um dem Prinzen Husain seine Aufwartung zu machen und ihm alles zu berichten; und er ließ ihm sagen: ‚Ich möchte dich zum Herrscher über jegliche Stadt oder Statthalterschaft machen, die dein Herz begehrt; und wenn du einwilligst, so werde ich dir die Briefe der Bestellung senden.' Der Prinz aber war in seinem Derwischleben völlig zufrieden und ganz glücklich, und darum fragte er nichts nach Macht und Herrschaft und weltlichem Tand; so sandte er denn den Boten mit seiner Huldigung und seinem herzlichen Danke zurück, indem er bat, man möge ihn seinem Leben in der Einsamkeit und seinem Verzicht auf die Dinge der Welt überlassen.«

* * *

Als nun Schehrezâd ihre Geschichte zu Ende erzählt hatte, sprach König Schehrijâr zu ihr: »Diese deine Geschichte, die wunderbar und seltsam war, hat mir viel Freude bereitet; drum bitte ich dich, erzähle weiter, bis die letzten Stunden dieser

[1]. Landesherrin.

Nacht vergangen sind!« Da gab sie zur Antwort:[1] »Von den Männern der Großmut gibt es sehr viele Erzählungen, und zu diesen gehört

DIE GESCHICHTE VON HÂTIM ET-TÂÏ

Man erzählt, daß Hâtim et-Tâï[2] nach seinem Tode auf dem Gipfel eines Berges begraben wurde; und man stellte bei seinem Grabe zwei Wassertröge aus Stein auf, dazu auch steinerne Bilder von Mädchen mit aufgelösten Haaren. Am Fuße jenes Berges aber floß ein Bach; und wenn die reisigen Leute dort lagerten, so hörten sie ein lautes Klagen die ganze Nacht hindurch, vom Abend bis zum Morgen; doch in der Frühe fanden sie niemanden als die Mädchen, die aus Stein gebildet waren. Einmal lagerte Dhu el-Kurâ', der König von Himjar, in jenem Tale, als er seinen Stamm verlassen hatte, und er verbrachte jene Nacht an dem Orte. Da war er nahe bei jener Grabstätte, und er hörte auch das Klagen. Wie er nun fragte: ‚Was ist das für ein Klageruf, der von diesem Berge herunterschallt?' antwortete man ihm: ‚Dort ist das Grab des Hâtim et-Tâï, und bei ihm stehen zwei Wassertröge aus Stein und steinerne Bilder von Mädchen mit aufgelösten Haaren; und alle, die in diesem Tale lagern, hören bei Nacht stets dies Klagen und Rufen.' Da rief Dhu el-Kurâ' scherzend dem Hâtim et-Tâï zu: ‚O Hâtim, wir sind heute abend bei dir zu Gaste, und wir verschmachten vor Hunger!' Dann kam der Schlaf über ihn, aber bald wachte er erschrocken wieder auf und rief:

1. Hier beginnt wieder die Übersetzung nach der Kalkuttaer Ausgabe, Band 2, Seite 125. – 2. Hâtim et-Tâï, das ist ‚der vom Stamme Taiji', der kurz vor Mohammed lebte, ist wegen seiner Freigebigkeit berühmt und sprichwörtlich geworden.

‚Ihr Araber, zu Hilfe! Seht nach meiner Reitkamelin!' Als sie
zu ihm kamen, fanden sie die Kamelin, wie sie sich am Boden
wälzte; da schlachteten sie das Tier, brieten sein Fleisch und
aßen es. Dann fragten sie den König, was geschehen sei, und
er antwortete: ‚Ich schloß meine Augen; da sah ich plötzlich
im Schlafe, wie Hâtim et-Tâî mit einem Schwerte in der Hand
auf mich zutrat und sprach: ‚Du bist als Gast zu mir gekommen; aber ich habe nichts hier.' Und er traf meine Kamelin
mit dem Schwerte, und wenn ihr nicht herbeigeeilt wäret und
sie geschlachtet hättet, so wäre sie verendet.' Wie es aber Morgen ward, bestieg Dhu el-Kurâ' die Reitkamelin eines seiner
Gefährten und ließ den hinter sich aufsitzen. Gegen Mittag erblickten sie einen Reiter auf einer Kamelin, der ein anderes
Reittier am Halfter führte. Da fragten sie ihn: ‚Wer bist du?'
Er gab zur Antwort: ‚Ich bin 'Adî, der Sohn von Hâtim et-
Tâî!' Und er fuhr fort: ‚Wo ist Dhu el-Kurâ', der Häuptling
der Himjaren?' Als man ihm erwiderte: ‚Da ist er!' sprach er
zu dem Fürsten: ‚Nimm diese hier als Reitkamelin zum Ersatz für deine eigene; denn mein Vater hat deine Stute für dich
geschlachtet!' Da fragte Dhu el-Kurâ': ‚Wer hat dir das gesagt?' Und der Fremdling entgegnete: ‚Mein Vater ist mir in
der vorigen Nacht im Traume erschienen, während ich schlief;
und er sprach zu mir: ‚'Adî, höre, Dhu el-Kurâ', der König
von Himjar, lud sich bei mir zu Gaste ein, und da schlachtete
ich für ihn seine eigene Kamelin. Bring du ihm also eine andere Stute, auf der er reiten kann; denn ich hatte nichts bei
mir!' Da nahm Dhu el-Kurâ' sie entgegen, verwundert über
die Freigebigkeit des Hâtim et-Tâî im Leben und im Tode.

Zu den Erzählungen über die Männer der Großmut gehört
auch

Von Ma'n ibn Zâïda[1] wird berichtet, daß er eines Tages zu Jagd und Hatz ausritt; da dürstete ihn, aber er fand bei seinen Dienern kein Wasser. Während er so litt, kamen ihm plötzlich drei Mädchen entgegen, deren jede einen Wasserschlauch trug. – –«

Da bemerkte Schehrezâd, daß der Morgen begann, und sie hielt in der verstatteten Rede an. Doch als die *Zweihundertundzweiundsiebenzigste* Nacht anbrach, fuhr sie also fort: »Es ist mir berichtet worden, o glücklicher König, daß ihm drei Mädchen mit Wasserschläuchen entgegenkamen; die bat er um einen Trunk, und sie gaben ihm zu trinken. Dann verlangte er von seinen Dienern etwas, das er den Mädchen geben könnte; aber er fand bei ihnen kein Geld. Nun gab er einer jeden von den dreien aus seinem Köcher zehn Pfeile, deren Spitzen aus Gold waren. Da sagte eine zur anderen: ,Du da, so etwas kann nur Ma'n ibn Zâïda tun! Darum soll eine jede von uns einige Verse zu seinem Lobe sprechen.' Und die erste begann:

> *Er krönet die Pfeile mit Spitzen von Golde*
> *Und sendet dem Feinde, was Großmut gewährt;*
> *Verwundete finden durch ihn ihre Heilung,*
> *Ein Leichentuch, wer in die Grube fährt.*

Darauf sprach die zweite:

> *Er ist ein Krieger, der mit offnen Händen gibt,*
> *Der gegen Freund und Feind die gleiche Güte übt;*
> *Die Spitzen seiner Pfeile sind mit Gold geschmückt,*
> *Auf daß ihn auch der Kampf dem Wohltun nicht entrückt.*

Zuletzt sprach die dritte:

> *In seiner Güte schießt er auf die Feinde Pfeile*
> *Mit reichem Schmuck der goldnen Spitzen rein und hart,*
> *Auf daß davon der Wunde seine Heilung zahle,*
> *Und für sein Totenlaken, wer getötet ward.*

1. Siehe Band II, Seite 450, Anmerkung 1.

DIE GESCHICHTE VON MA'N IBN ZÂÏDA
UND DEM BEDUINEN

Einst zog Ma'n ibn Zâïda mit seinen Genossen auf die Jagd;
da trafen sie auf ein Rudel Gazellen. Sie trennten sich bei der
Verfolgung des Wildes, und Ma'n blieb allein, während er
hinter einem Tiere herjagte. Als er es erlegt hatte, stieg er ab
und schlachtete es, und da erblickte er einen Mann, der auf
einem Esel aus der Wüste auf ihn zukam. Er bestieg sein Roß
wieder, ritt jenem entgegen, grüßte ihn und fragte ihn: ‚Woher kommst du?' Der Fremde gab zur Antwort: ‚Aus dem
Lande der Kudâ'a, wo zwei Jahre lang Dürre geherrscht hat;
aber in diesem Jahre war es fruchtbar, und da legte ich mir ein
Gurkenfeld an. Das trug vor der Zeit Frucht, und nun habe
ich die Gurken, die ich für die besten hielt, gepflückt und bin
auf dem Wege zum Emir Ma'n ibn Zâïda; der ist wegen seiner
Freigebigkeit bekannt, und seine Wohltaten werden weit und
breit genannt.' Da fragte Ma'n: ‚Wieviel hoffst du von ihm zu
erhalten?' Der Beduine erwiderte: ‚Tausend Dinare!' Weiter
fragte der Emir: ‚Wenn er dir aber sagt, das sei zuviel?' ‚Dann
verlange ich fünfhundert Dinare.' ‚Wenn er dann wieder sagt,
zu teuer?' ‚Dreihundert Dinare!' ‚Und wenn er dann noch
sagt, zu teuer?' ‚Zweihundert Dinare!' ‚Wenn er nochmals
sagt, zu teuer?' ‚Hundert Dinare!' ‚Und wenn er wieder sagt,
zu teuer?' ‚Fünfzig Dinare!' ‚Und wenn er auch dann noch
sagt, zu teuer?' ‚Dreißig Dinare!' ‚Und wenn ihm sogar das zu
viel ist?' Da sagte der Beduine: ‚Dann lasse ich die Füße meines Esels in seinen Harem treten und kehre enttäuscht, mit
leeren Händen zu meinem Volke heim.' Lachend trieb Ma'n
darauf sein Roß weiter, bis er seine Schar wieder erreichte und

mit ihr zu seinem Schlosse heimkehrte. Dort sprach er zu seinem Kammerherrn: ‚Wenn ein Kerl mit Gurken, der auf einem Esel reitet, zu dir kommt, so führe ihn zu mir herein.'

Nach einer Weile kam jener Mann, und der Kammerherr ließ ihn ein. Als er zum Emir Ma'n eintrat, bemerkte er nicht, daß der es war, dem er in der Wüste begegnet war; denn Ma'n saß da, in majestätischer Würde, umgeben von vielen Eunuchen und Dienern, auf seinem Staatssessel inmitten seiner Herrscherherrlichkeit, während sein Gefolge zur Rechten und zur Linken und vor ihm stand. Als der Beduine den Gruß gesprochen hatte, fragte der Emir ihn: ‚Was ist's, das dich hierherführt, Bruder Araber?' Er gab zur Antwort: ‚Ich habe meine Hoffnung auf den Emir gesetzt und ihm Gurken vor der Zeit gebracht!' Als Ma'n fragte: ‚Wieviel erwartest du von uns?' erwiderte der Beduine: ‚Tausend Dinare!' Der Emir aber sagte: ‚Das ist zu viel.' Jener darauf: ‚Dann fünfhundert Dinare!' ‚Zu viel.' ‚Dreihundert Dinare!' ‚Zu viel.' ‚Zweihundert Dinare!' ‚Zu viel.' ‚Hundert Dinare!' ‚Zu viel.' ‚Fünfzig Dinare!' ‚Zu viel.' ‚Dreißig Dinare!' Als Ma'n auch dann wieder sagte: ‚Zu viel', rief der Beduine: ‚Bei Allah, jener Mann, der mir in der Wüste begegnet ist, hat mir Unglück gebracht. Ich werde doch nicht unter dreißig Dinare heruntergehen!' Da lachte Ma'n und schwieg still; und so erkannte der Araber, daß er jener Mann war, den er in der Wüste getroffen hatte, und er sprach zu ihm: ‚Hoher Herr, wenn du mir nicht die dreißig Dinare gibst, du weißt, da ist der Esel an die Tür gebunden, und da sitzt Ma'n!'[1] Ma'n aber lachte, bis er auf den Rücken

1. Die Worte beziehen sich auf seine frühere Äußerung, er wolle seinen Esel in Ma'ns Harem treten lassen. Dem Ganzen liegt ein obszöner Witz zugrunde, der nach der Kalkuttaer und der Kairoer Ausgabe verschieden ausgelegt werden kann.

fiel; dann rief er seinen Verwalter und sprach zu ihm: ‚Gib ihm tausend Dinare und fünfhundert und dreihundert und zweihundert und hundert und fünfzig und dreißig, und laß den Esel angebunden, wo er ist!' Da erhielt der erstaunte Beduine zweitausendeinhundertundachtzig Dinare – Allah hab alle die großmütigen Männer selig!

Ferner wurde auch berichtet, o glücklicher König,

DIE GESCHICHTE
VON DER STADT LEBTA

Einst war im Lande der Romäer[1] eine Königsstadt, die Lebta[2] genannt wurde; und in ihr war eine Burg, die immer verschlossen gehalten wurde. Jedesmal, wenn ein König starb und ein anderer romäischer König ihm auf dem Throne folgte, so legte er ein neues, festes Schloß davor, bis vierundzwanzig Schlösser vor dem Tore lagen, von jedem König ein Schloß. Nach dieser Zeit aber bemächtigte sich der Herrschaft ein Mann, der nicht aus dem Königshause stammte; der wollte jene Schlösser öffnen, um zu sehen, was in der Burg wäre. Die Großen des Reiches suchten ihn daran zu hindern, sie rieten ihm davon ab und hielten ihn zurück, aber dennoch weigerte er sich und sprach: ‚Diese Burg muß geöffnet werden.' Nun boten sie ihm alles, was sie an Geld und an kostbaren Schätzen besaßen, damit er die Burg nicht öffne; aber er ließ sich von seinem Vorhaben nicht abbringen. – –«

1. Das sind die Byzantiner oder Oströmer. – 2. Nach der Kalkuttaer Ausgabe Labtait oder Lebtît, nach der Kairoer Ausgabe Lebta. Vielleicht ist das eine Verwechslung mit Sebta, heute Ceuta, in Marokko; diese Festung gehörte beim Vordringen der Araber nach Spanien noch zum oströmischen Reiche.

Da bemerkte Schehrezâd, daß der Morgen begann, und sie hielt in der verstatteten Rede an. Doch als die *Zweihundertunddreiundsiebenzigste Nacht* anbrach, fuhr sie also fort: »Es ist mir berichtet worden, o glücklicher König, daß die Großen des Reiches jenem König alles boten, was sie an Geld und Schätzen besaßen, damit er die Burg nicht öffne; aber er ließ sich von seinem Vorhaben nicht abbringen, sondern er riß die Schlösser herunter, öffnete das Tor und fand in der Burg Bildnisse von Arabern: die waren beritten auf Rossen und Kamelen, trugen Turbanbinden, die lang herabhingen, waren mit Schwertern gegürtet und hielten die langen Lanzen in der Hand. Auch fand er dort ein Schriftstück; das nahm er und las es, und er sah, daß in ihm geschrieben stand: ‚Wenn dies Tor geöffnet wird, so wird eine Araberschar dies Land erobern, die so aussieht wie in diesem Bildnisse; drum hütet euch, und noch einmal hütet euch, das Tor zu öffnen!‘ Nun lag jene Stadt in Andalusien[1], und in eben jenem Jahre, unter dem Kalifen el-Walîd ibn ’Abd el-Malik aus dem Stamme der Omaijaden, fiel sie in die Hände des Târik ibn Zijâd.[2] Der bereitete jenem König einen schmählichen Untergang, plünderte sein Land, nahm die Frauen und Kinder dort gefangen und machte große Beute an Geld und Gut. Denn er fand dort unermeßliche Schätze, mehr als hundertundsiebenzig Kronen aus Per-

1. Unter Andalusien, das seinen Namen den Vandalen verdankt, verstanden die Araber das Westgotenreich von Spanien, später die ganze Pyrenäische Halbinsel. – 2. Der Kalif el-Walîd regierte 705 bis 715; der arabische Feldherr Târik, nach dem Gibraltar benannt ist, setzte im Jahre 711 nach Spanien über und besiegte den Westgotenkönig Roderich. Der byzantinische Befehlshaber von Ceuta hatte bereits vorher den Arabern die Tore der Stadt geöffnet. Der Usurpator Roderich war wohl im Jahre 710 auf den Thron gekommen. An diese Dinge bewahrt obige Erzählung eine dunkle Erinnerung.

len, Hyazinthen und anderen Edelsteinen. Auch fand er dort einen Saal, in dem Reitersleute mit Speeren werfen konnten, und der voll war von goldenen und silbernen Geräten, wie sie keine Schilderung beschreiben kann. Ferner fand er den Speisetisch des Gottespropheten Salomo, des Sohnes Davids – über beiden sei Heil! –, der, wie erzählt wird, aus grünem Smaragd ist und noch jetzt in der Stadt Rom vorhanden sein soll; auf ihm standen Gefäße aus Gold und Schüsseln aus Chrysolith. Und ebenso fand er ein Buch der Psalmen, das in griechischer Schrift auf goldene Blätter geschrieben und mit Edelsteinen besetzt war; ferner ein Buch mit einer Beschreibung der nützlichen Eigenschaften von Steinen und Pflanzen und Mineralien und der Talismane und der alchimistischen Wissenschaft von Gold und Silber; dazu ein Buch, in dem die Kunst, Hyazinthe und andere Edelsteine in Formen zu schmelzen, und die Bereitung von Giften und Gegengiften beschrieben war; endlich auch eine Karte von der Erde, den Meeren, den Ländern, Städten und Dörfern. Ferner fand er einen großen Saal voll von Elixier, von dem ein Dirhem tausend Dirhem Silber in reines Gold verwandeln kann; dazu einen großen, runden, wunderbaren Spiegel aus gemischten Metallen, der für Salomo, den Sohn Davids – über beiden sei Heil! – gemacht worden war, und in dem jeder beim Hineinschauen die sieben Klimate der Welt mit eigenen Augen sehen konnte; und schließlich fand er noch einen Saal, in dem so viele Karfunkelsteine waren, daß niemand sie beschreiben und keine Kamelslast sie umfassen konnte. Alle diese Dinge sandte er an el-Walîd ibn 'Abd el-Malik. Und die Araber breiteten sich in den Städten Andalusiens aus, das eines der herrlichsten Länder ist. Dies ist der Schluß der Geschichte von der Stadt Lebta.

DIE GESCHICHTE VON HISCHÂM IBN 'ABD
EL-MALIK UND DEM JUNGEN BEDUINEN

Eines Tages war Hischâm ibn 'Abd el-Malik ibn Marwân[1]
auf der Jagd, und da erblickte er eine Gazelle; die verfolgte er
mit seinen Hunden. Während er hinter ihr herritt, sah er einen
jungen Beduinen, der Kleinvieh weidete; zu dem sprach er:
‚Heda, Bursche, los auf die Gazelle da, sie entwischt mir sonst!'
Da hob der Jüngling seinen Kopf zu ihm empor und sprach:
‚O du, der du nicht weißt, was der Vornehme beanspruchen
kann, du schaust mich mit Geringschätzung an; du wirfst mir
verächtliche Worte ins Gesicht, du redest, wie ein tyrannischer Herrscher spricht, und du handelst an mir wie ein Esel-
tier!' Hischâm fragte darauf: ‚Du da, kennst du mich nicht?'
Doch der Jüngling fuhr fort: ‚Deine schlechte Erziehung sagt
mir, wer du bist; wie konntest du, ohne den Gruß zu sagen,
deine Worte an mich zu richten wagen?' ‚Du da,' rief der Kalif, ‚ich bin Hischâm ibn 'Abd el-Malik!' Aber der Beduine
entgegnete: ‚Allah lasse deine Stätte nicht nahe sein und
schirme nie die Wege dein! Wie viel kannst du schwätzen,
wie wenig schätzen!' Kaum aber hatte er seine Worte beendet,
da umringten den Kalifen seine Mannen von allen Seiten, und
ein jeder von ihnen sprach: ‚Friede sei mit dir, o Beherrscher
der Gläubigen!' Doch Hischâm rief: ‚Kürzt euer Wort und
packt mir den Burschen dort!' Sie ergriffen ihn; aber der Jüngling war, als er alle die Kammerherren, Wesire und Großen des
Reiches erblickte, gar nicht betroffen und kümmerte sich
nicht um sie, sondern senkte sein Kinn auf die Brust und
blickte dorthin, wohin seine Füße traten, bis er zu Hischâm

1. Der zehnte omaijadische Kalif; er regierte von 724 bis 743.

geführt wurde und vor ihm stand; da senkte er sein Haupt zu Boden und schwieg immerfort, er grüßte nicht und sprach kein Wort. Nun fuhr einer der Diener ihn an: ‚Du Hund von einem Araber, warum begrüßest du den Beherrscher der Gläubigen nicht?‘ Zornig wandte er sich nach dem Diener um und rief: ‚Du Packsattel eines Esels, der Weg war so lang, und die Stufen waren so steil, daß der Schweiß mir aus den Poren drang!‘ Da ward Hischâm noch heftiger ergrimmt und rief: ‚Du Bursche, jetzt erlebst du einen Tag, an dem ist dein letztes Stündlein gekommen, da ist deine Hoffnung fortgeschwommen, da wird dein Leben dir genommen!‘ Aber der Beduine erwiderte: ‚Bei Allah, Hischâm, wenn meine Lebenszeit noch länger dauert und der Tod noch nicht auf mich lauert, so erwachsen aus deinen Reden mir weder viel noch wenig Schäden!‘ Nun fiel der Kammerherr ein: ‚Geziemt es deiner Stellung, du gemeinster der Araber, daß du mit dem Beherrscher der Gläubigen Wort um Wort wechselst?‘ Rasch entgegnete jener darauf: ‚Der Schlag soll dich fassen, Weh und Verwaistheit sollen dich nie verlassen! Hast du nicht gehört, was Allah der Erhabene gesagt hat: Eines Tages wird jede Seele kommen und für sich selbst Rechenschaft ablegen müssen?‘[1] Da aber loderte Hischâms Zorn hell auf, und er rief: ‚Henker, her zu mir mit dem Kopfe dieses Burschen! Er hat schon zuviel Worte gemacht, ohne daß der Schrecken ihm nahegebracht!‘ Der Henker packte den Jüngling, ließ ihn auf dem Blutleder niederknien, zückte das Schwert über seinem Haupte und sprach: ‚O Beherrscher der Gläubigen, da ist dein Sklave, der sich so erdreistet hat und sich nun seinem Grabe naht! Soll ich ihm den Kopf abschlagen und keine Schuld an seinem Blute tragen?‘ ‚Ja!‘ erwiderte der Kalif. Dann fragte der Henker

1. Koran, Sure 16, Vers 112.

zum zweiten Male, und der Kalif bejahte die Frage. Doch als er zum dritten Male fragte, wußte der Jüngling, daß der Henker ihn nun töten würde, wenn der Kalif das Zeichen gäbe; und da begann er zu lachen und machte den Mund so weit auf, daß seine Backenzähne zu sehen waren. Hischâm ward immer noch zorniger und rief: ‚Bursche, ich glaube, du bist von Sinnen! Siehst du nicht, daß du jetzt aus der Welt scheiden mußt? Wie kannst du da noch lachen, um dich selbst zu verspotten?‘ Jener gab zur Antwort: ‚O Beherrscher der Gläubigen, gilt für mich ein späteres Lebensziel, so droht mir keine Fährnis, weder wenig noch viel. Mir fielen gerade einige Verse ein; die höre noch an – mein Tod entgeht dir ja doch nicht.‘ Hischâm sprach: ‚Sprich sie, doch mach’s kurz!‘ Da sprach der Beduine diese Verse:

> *Ich hörte, daß ein Falke einmal einen Sperling*
> *Erjagte, den das Schicksal ihm entgegentrug.*
> *Da klagte nun der Sperling in des Falken Fängen,*
> *Als jener froh mit ihm aufstieg in raschem Flug:*
> *‚An mir ist nicht so viel, was deinesgleichen sättigt;*
> *Und ißt du mich, bin ich doch nur ein elend Ding.‘*
> *In seinem Stolz geschmeichelt lächelte der Falke*
> *Und ließ den Spatzen los, den Freiheit nun umfing.*

Da lächelte auch Hischâm und rief: ‚Bei meiner Verwandtschaft mit dem Propheten Allahs – Er segne ihn und gebe ihm Heil! –, hätte er von Anfang an so gesprochen, so hätte ich ihm, ausgenommen das Kalifat, alles gegeben, um das er mich gebeten hätte. Du Diener, stopf ihm den Mund mit Edelsteinen, gib ihm ein fürstliches Geschenk!‘ Da überreichte ihm der Diener eine große Gabe; der Beduine nahm sie hin und ging seiner Wege.

Zu den unterhaltenden Erzählungen gehört auch

DIE GESCHICHTE
VON IBRAHÎM IBN EL-MAHDÎ

Wisse, Ibrahîm ibn el-Mahdî, der Bruder des Kalifen Harûn er-Raschîd, wollte, als das Kalifat auf el-Mmaûn, den Sohn seines Bruders Harûn er-Raschîd, überging, diesem nicht huldigen, sondern er begab sich nach er-Raij[1], wo er sich zum Gegenkalifen machte; dort residierte er ein Jahr, elf Monate und zwölf Tage. Der Sohn seines Bruders aber, el-Mamûn, erwartete, daß er sich wieder unterwerfen und sich in die Zahl seiner Getreuen einreihen werde. Doch schließlich gab er diese Hoffnung auf, zog mit Kriegern zu Roß und zu Fuß gegen ihn aus und drang in er-Raij ein, um ihn zu ergreifen. Als Ibrahîm davon hörte, sah er keinen anderen Ausweg, als sich nach Baghdad zu begeben und sich dort in seiner Todesangst zu verstecken. Da setzte el-Mamûn eine Belohnung von hunderttausend Dinaren aus für den, der ihn verraten würde.

Von seinen Erlebnissen erzählte Ibrahîm folgendermaßen: ‚Als ich von dieser Belohnung hörte, fürchtete ich für mein Leben.'—«

Da bemerkte Schehrezâd, daß der Morgen begann, und sie hielt in der verstatteten Rede an. Doch als die *Zweihundertundvierundsiebenzigste Nacht* anbrach, fuhr sie also fort: »Es ist mir berichtet worden, o glücklicher König, daß Ibrahîm also von seinem Erlebnisse erzählte: ‚Als ich von dieser Belohnung hörte, fürchtete ich für mein Leben und wußte nicht, was ich tun sollte. Verkleidet zog ich um die Mittagszeit von Hause fort, ohne zu ahnen, wohin ich mich wenden sollte. Wie ich dann aber in eine Sackgasse kam, sagte ich mir: ‚Wahrlich,

1. In Nordpersien, nahe dem heutigen Teheran.

96

wir sind Allahs Geschöpfe, und zu Ihm kehren wir zurück! Ich habe mich selbst dem Verderben ausgesetzt; denn wenn ich jetzt umkehre, werde ich Verdacht erregen.' Während ich so in meinen Gedanken dahinging, sah ich am oberen Ende der Straße einen Schwarzen vor der Tür seines Hauses stehen. Ich trat auf ihn zu und redete ihn an: ‚Hast du wohl eine Stätte, an der ich eine Stunde verweilen kann?‘ Er antwortete: ‚Jawohl!‘ und öffnete die Haustür; da trat ich denn in einen sauberen Raum, der mit Decken und Teppichen und Lederkissen ausgestattet war. Nachdem er mich aber eingelassen hatte, verriegelte er die Tür vor mir und ging davon. Nun vermutete ich schon, er könnte von dem Preise, der auf mich gesetzt war, gehört haben, und sprach bei mir selber: ‚Der da ist sicher fortgegangen, um mich zu verraten!‘ So saß ich da wie auf Kohlen, einem Topfe über dem Feuer gleich, und dachte über mein Schicksal nach. Aber während ich in dieser Verfassung war, kehrte mein Wirt plötzlich mit einem Lastträger zurück, der mit allen möglichen Dingen beladen war, Brot und Fleisch, neuen Kochtöpfen und ihrem Zubehör, einem neuen Krug und neuen Bechern. Er nahm dem Träger die Sachen ab, und darauf wandte er sich mir zu und redete mich an: ‚Ich will mein Leben für dich dahingeben! Ich bin ein Bader, der das Blut schröpft, und ich weiß, daß du dich vor mir ekelst, weil ich von einem solchen Gewerbe lebe. Da hast du zu deiner Verfügung diese Dinge, die noch von keiner Hand berührt sind; tu, was dir beliebt!‘ Nun hatte ich großen Hunger, und so kochte ich mir einen Topf voll, soviel wie ich mich nicht erinnere je gegessen zu haben; und als ich meinen Hunger gestillt hatte, sprach er zu mir: ‚Hoher Herr, Allah lasse mich mein Leben für dich dahingeben! Trinkst du Wein? Der erfreut doch die Seele und vertreibt die Sorgen!‘ ‚Ich habe keine

97

Abneigung dagegen', erwiderte ich, da ich mich gern mit dem Bader unterhalten wollte. Darauf brachte er mir neue Gläser, die noch keine Hand berührt hatte, und einen Krug gewürzten Weines und sprach zu mir: ‚Kläre ihn dir, wie du wünschest!' Da klärte ich mir einen ganz köstlichen Trank, und er brachte mir einen neuen Becher, Früchte und Blumen in neuen irdenen Gefäßen. Zuletzt fragte er mich: ‚Willst du mir erlauben, daß ich mich abseits niedersetze und von meinem eigenen Weine trinke, in meiner Freude an dir und auf dein Wohl?' ‚Tu es!', antwortete ich. So tranken wir denn beide, ich und er, bis ich fühlte, wie der Wein in uns zu wirken begann. Nun ging der Bader in eine Kammer seines Hauses und holte eine Laute aus geglättetem Holze. Dann redete er mich wieder an: ‚Hoher Herr, es steht mir nicht an, dich zu bitten, du möchtest singen; doch vielleicht hat meine Ehrfurcht vor dir ein Recht auf deine erhabene Huld. Wenn du es also für richtig hältst, deinen Diener zu ehren, so steht die hohe Entscheidung bei dir.' Da ich nicht mehr glaubte, daß er mich kenne, so sprach ich zu ihm: ‚Woher weißt du, daß ich gut singen kann?' Er gab zur Antwort: ‚Preis sei Allah! Unser Herr ist dafür doch allzu gut bekannt! Du bist doch Herr Ibrahîm ibn el-Mahdî, unser früherer Kalif, du, auf den el-Mamûn einen Preis gesetzt hat, hunderttausend Dinare für den, der dich verrät. Aber bei mir bist du in Sicherheit.' Als er solche Worte sprach, stieg er hoch in meiner Achtung, und ich war überzeugt, daß er von edler Art war. Darum erfüllte ich ihm seinen Wunsch, nahm die Laute zur Hand, stimmte sie und sang ein Lied, indem ich der Trennung von meinen Kindern und von den Meinen gedachte. So hub ich denn an:

Er, der dem Joseph einst die Seinen wiederschenkte
Und ihn in Kerkers Banden zu Ehren hat gebracht,

Er kann auch uns erhören und wiederum vereinen;
Denn Allah ist der Herr der Welt in Seiner Macht.

Da kam eine gewaltige Freude über den Bader, und er war in der frohesten Stimmung. – Es heißt ja auch, daß die Nachbarn Ibrahîms, wenn sie nur hörten, wie er rief: ‚He, Knabe, sattle die Mauleselin!' schon durch den Klang dieser Worte in Entzücken gerieten. – Wie also nun der Bader in froher Stimmung war und die Freude ihn ganz hinriß, da sprach er zu mir: ‚Hoher Herr, erlaubst du mir, das zu singen, was mir in den Sinn gekommen ist, obgleich ich nicht zu den Leuten dieser Kunst gehöre?' Ich antwortete ihm: ‚Tu es! Das zeugt von deinem feinen und höflichen Wesen.' Da nahm er die Laute und sang:

> *Ich klagte meinem Lieb, wie lang die Nacht mir währet;*
> *Sie sprach zu mir: ‚Wie kurz ist doch bei mir die Nacht!'*
> *So ist's, weil ihre Augen der Schlummer bald bedecket;*
> *Doch meine Lider werden vom Schlaf nicht zugemacht.*
> *Und wenn das Dunkel naht, so feindlich dem, der liebet,*
> *Dann traure ich; doch sie frohlocket, ist es nah.*
> *Ach, litte sie das gleiche, was ich zu leiden habe,*
> *Sie läge, gleich wie ich, auf ihrem Lager da!*

Darauf sprach ich zu ihm: ‚Bei Allah, das hast du sehr gut gemacht, mein trefflicher Kumpan; du hast von mir den Schmerz der Trauer abgetan. Laß mir noch mehr solche Liedchen erklingen!' Nun hub er wieder an zu singen:

> *Wer seine Ehre stets von Flecken rein bewahret,*
> *Den kleidet jeder Rock, den er sich anlegt, gut.*
> *Sie höhnten uns, daß wir gering an Zahl nur wären;*
> *Ich sprach: Gar selten ist das Volk von Edelmut.*
> *Was schadet's uns, daß wir nur wenig sind, die Nachbarn*
> *Gar viel? Der Nachbar ist zumeist ein niedrer Knecht.*
> *Wir sind es, die den Tod für keine Schande halten,*

Wie 'Âmir es getan und auch Salûls Geschlecht.[1]
Denn uns heißt das Geschick dem Tod ins Auge blicken;
Doch sie jagt ihre Art vom Tode ängstlich fort.
Wir strafen, wenn's uns paßt, der Menschen Worte Lügen;
Sie rütteln, wenn wir reden, nie an unsrem Wort.

Als ich dies Lied von ihm vernahm, war ich aufs höchste erstaunt und aufs beste gelaunt; dann schlief ich ein und wachte nicht eher wieder auf, als bis es bereits Abend geworden war. Da wusch ich mein Gesicht, und meine Gedanken kehrten zu dem Bader zurück, der so trefflich war und eine so feine Bildung besaß. Ich weckte ihn, nahm einen Beutel mit allerlei Dinaren, den ich bei mir trug, und warf ihn ihm zu mit den Worten: ‚Ich empfehle dich dem Schutze Allahs; denn sieh, ich gehe jetzt von dir, und ich bitte dich, das Geld, das in diesem Beutel ist, für deine Bedürfnisse auszugeben. Du sollst noch viel mehr von mir zum Geschenk erhalten, wenn ich erst sicher vor Gefahr bin.‘ Er aber gab mir den Beutel zurück und sprach: ‚Hoher Herr, arme Teufel wie wir haben keinen Wert vor dir. Aber wie kann ich vor meiner Selbstachtung bestehen, wenn ich eine Bezahlung dafür annehme, daß mir das Schicksal deine Nähe und deine Gegenwart in meinem Hause gewährt hat? Wenn du diese Worte wiederum an mich richtest und wenn du mir den Beutel noch einmal zuwirfst, so werde ich mir das Leben nehmen.‘ Nun steckte ich den Beutel, den ich schon gar nicht mehr tragen mochte, in meinen Ärmel.‘ – –«

Da bemerkte Schehrezâd, daß der Morgen begann, und sie hielt in der verstatteten Rede an. Doch als die *Zweihundertundfünfundsiebenzigste Nacht* anbrach, fuhr sie also fort: »Es ist mir berichtet worden, o glücklicher König, daß Ibrahîm ibn el-Mahdî des weiteren erzählte: ‚Nun steckte ich den Beutel, den

1. 'Âmir und Salûl waren zwei miteinander verwandte altarabische Stämme.

ich schon gar nicht mehr tragen mochte, in meinen Ärmel und wandte mich zum Gehen; doch als ich an die Haustür kam, sprach er zu mir: ‚Hoher Herr, dies Haus ist ein sichereres Versteck für dich als irgendein anderes, und es ist mir keine Last, für deinen Unterhalt zu sorgen; drum bleibe bei mir, bis Allah dich von Gefahr befreit!' Da wandte ich mich zu ihm zurück und sprach: ‚Unter der Bedingung, daß du das Geld dafür aus diesem Beutel nimmst.' Er gab sich vor mir den Anschein, als willige er in diese Bedingung ein; und so blieb ich noch ein paar Tage in derselben Weise behaglich bei ihm, während er aber nichts von dem Gelde im Beutel ausgab. Da mochte ich denn doch nicht länger auf seine Kosten bleiben, und ich schämte mich, ihm zur Last zu fallen; deshalb verließ ich ihn und machte mich wieder auf. Ich hüllte mich in Frauenkleider, zog gelbe Stiefelchen an, warf mir einen Schleier über und ging aus seinem Hause fort. Doch als ich auf der Straße war, beschlich mich gewaltige Furcht; und als ich die Brücke überschreiten wollte, kam ich an eine Stelle, die mit Wasser gesprengt war. Da sah mich plötzlich ein Soldat, der früher in meinen Diensten gestanden hatte; als er mich erkannte, rief er laut: ‚Dies ist der, den el-Mamûn sucht!' Schon wollte er Hand an mich legen, aber da mir das Leben lieb war, stieß ich ihn und sein Roß zurück und warf sie beide auf den schlüpfrigen Boden nieder; so ward er zum warnenden Beispiel für die, so sich warnen lassen. Das Volk eilte auf ihn zu; ich aber eilte mit aller Macht davon, bis ich die Brücke hinter mir hatte. Da bog ich in eine Seitenstraße ein, und als ich eine Haustür offen und eine Frau auf dem Hausflur stehen sah, rief ich: ‚Meine Herrin, erbarme dich meiner, verhüte, daß mein Blut vergossen wird! Ich bin ein Mann in Not.' Sie sprach: ‚Sei herzlich willkommen, tritt ein!' Dann führte sie mich in ein Obergemach, breitete mir ein Ruhelager aus und brachte mir Speisen mit den Worten: ‚Deine Angst weiche von dir! Keine Seele weiß etwas von dir.‘ Während sie noch so redete, ward plötzlich laut an die Tür geklopft. Sie ging hin und öffnete, doch siehe da, es war mein Freund, den ich bei der Brücke umgestoßen hatte! Der Kopf war ihm verbunden, sein Blut rann auf seine Kleider, und er hatte kein Roß mehr. Sie fragte ihn: ‚Mann, was ist dir widerfahren?‘ Da gab er ihr zur Antwort: ‚Ich hatte den Kerl gepackt, aber er ist mir entwischt‘ – und er erzählte ihr die ganze Geschichte. Alsbald holte sie Zunder, legte den in ein Stück Zeug und verband ihm damit den Kopf; dann bereitete sie ihm ein Lager, und er legte sich krank nieder. Danach kam sie wieder zu mir herauf und sprach zu mir: ‚Mich deucht, du bist der, um den es sich handelt!‘ ‚Der bin ich!‘ antwortete ich; doch sie sprach: ‚Fürchte dich·nicht!‘ und war nun doppelt freundlich zu mir. Nachdem ich aber drei Tage lang bei ihr geblieben war, sprach sie: ‚Ich bin in Sorge um dich wegen dieses Mannes; er könnte dich entdecken und dich dem ausliefern, was du befürchtest; drum rette dich durch die Flucht!‘ Ich bat sie, mir noch bis zum Abend Zeit zu lassen, und sie erwiderte: ‚Das kann ohne Gefahr geschehen.‘ Als es aber dunkel geworden war, legte ich wieder Frauenkleider an und ging fort. Ich begab mich zu dem Hause einer Freigelassenen, die unsere Sklavin gewesen war; und sobald sie mich erblickte, weinte sie, heuchelte Schmerz und pries Allah den Erhabenen für meine Errettung. Dann ging sie fort, als ob sie zum Markte eilen wolle, um für den Gastfreund zu sorgen; und ich glaubte, alles sei gut. Aber plötzlich sah ich Ibrahîm el-Mausilî[1] mit seinen Dienern und Kriegern kommen, und

1. Ibrahîm, ein Perser, der längere Zeit in Mausil (Mosul) gelebt hatte, war ein geschätzter Dichter am Kalifenhofe zu Baghdad, namentlich

allen voran eine Frau; ich sah genauer hin, und da sah ich, daß die Freigelassene, die Herrin des Hauses, in dem ich war, sie führte. Und sie schritt ihnen immer voran, bis sie mich ihnen ausgeliefert hatte; da sah ich dem Tode ins Angesicht. Man führte mich in den Frauenkleidern, die ich noch an mir trug, vor el-Mamûn, und der berief einen allgemeinen Staatsrat und ließ mich vor sich führen. Wie ich vor ihm stand, begrüßte ich ihn als Kalifen; er aber rief: ,Allah gebe dir weder Frieden noch langes Leben!' Darauf sagte ich: ,Nach deinem Wohlgefallen, o Beherrscher der Gläubigen! Der Vollstrecker der Rache kann Strafe oder Verzeihung austeilen; doch die Verzeihung ist der Gottesfurcht näher, und Allah hat deine Vergebung größer als jede andere gemacht, wie er auch meine Schuld größer als jede andere Schuld gemacht hat. Wenn du mich strafst, so ist's dein Recht; wenn du mir vergibst, so geschieht's durch deine Güte.' Dann sprach ich diese Verse:

> *Meine Schuld vor dir ist wahrlich groß;*
> *Aber du bist größer als die Schuld.*
> *Also nimm dein Recht dir, oder nicht,*
> *Und verzeihe mir in deiner Huld!*
> *Und war ich auch nicht in meinem Tun*
> *Edelmütig – so sei du es nun!*

Wie el-Mamûn sein Haupt zu mir emporhob, sprach ich rasch noch diese beiden Verse:

> *Ich habe eine schwere Schuld begangen;*
> *Du aber bist ein Mann zur Huld bereit.*
> *Wenn du mir nun verzeihst, so ist es Milde;*
> *Wenn du mich strafst, so ist's Gerechtigkeit.*

Da senkte el-Mamûn sein Haupt und sprach:

zur Zeit des Harûn er-Raschîd; aber als el-Mamûn zur Regierung kam, war dieser Ibrahîm bereits tot.

Wenn mich einmal ein Freund zum Zorne reizen will
Und mich an meinem Speichel ersticken läßt im Groll,
So tilg ich seine Schuld, gewähre ihm Verzeihung
Aus Furcht, daß ich nun ohne Freunde leben soll.

Als ich diese Worte von ihm vernahm, witterte ich den Hauch der Gnade in seinem Wesen. Er aber wandte sich zu seinem Sohne el-'Abbâs und zu seinem Bruder Abu Ishâk und allen obersten Würdenträgern, die zugegen waren, und sprach zu ihnen: ‚Wie urteilt ihr in seiner Sache?‘ Alle rieten ihm, mich hinrichten zu lassen; nur waren sie sich über die Art meines Todes nicht einig. Schließlich sprach el-Mamûn zu Ahmed ibn Châlid: ‚Was meinst du, Ahmed?‘ ‚O Beherrscher der Gläubigen,‘ antwortete er, ‚wenn du ihn hinrichten lässest, so finden wir wohl deinesgleichen, der einen Mann wie ihn zu Tode gebracht hat; wenn du ihm aber verzeihst, so finden wir nie deinesgleichen, der einem Manne wie ihm vergeben hätte.‘ – –«

Da bemerkte Schehrezâd, daß der Morgen begann, und sie hielt in der verstatteten Rede an. Doch als die *Zweihundertund-sechsundsiebenzigste Nacht* anbrach, fuhr sie also fort: »Es ist mir berichtet worden, o glücklicher König, daß Ibrahîm ibn el-Mahdî des weiteren erzählte: ‚Als der Beherrscher der Gläubigen, el-Mamûn, die Worte des Ahmed ibn Châlid vernommen hatte, senkte er wieder sein Haupt und sprach den Vers:

Mein eigner Stamm erschlug, Umaima, meinen Bruder;
Drum schieß ich auf den Stamm, trifft mich mein eigner Pfeil.

Und ferner sprach er die Dichterworte:

Verzeihe deinem Bruder, wenn durch ihn
Das Rechte mit dem Falschen sich verflicht;
Und handle immer an ihm gleich, mag er
Die Güte anerkennen oder nicht.

Und halte dich von allem Tadel fern,
Ob's ihn zum Bösen oder Guten drängt.
Siehst du denn nicht, wie alles, was man liebt,
Und was man hasset, eng zusammenhängt?
Die Süßigkeit des langen Lebens wird
Getrübet, wenn das graue Haar sich zeigt;
Die Blüte sprießet an dem Zweige schon,
Wenn ihn die Last der reifen Früchte neigt.
Wen gibt es hier, der Böses nie getan?
Und wer hat Gutes immer nur zum Ziel?
Wenn du die Söhne dieser Welt erkennst,
Dann siehst du, wie fast jeder einmal fiel!

Als ich diese Verse aus seinem Munde vernommen hatte, da hob ich den Schleier von meinem Haupte, rief mit lauter Stimme: ‚Allah ist der Größte!' und sprach: ‚Mir hat, bei Allah, der Beherrscher der Gläubigen verziehen!' Darauf sagte er: ‚Dir soll kein Leid widerfahren, mein Oheim.' Ich aber fuhr fort: ‚O Beherrscher der Gläubigen, meine Schuld ist zu groß, als daß ich bei ihr von Entschuldigung sprechen könnte, und deine Gnade ist zu groß, als daß ich für sie mit Worten danken könnte.' So hub ich denn an zu singen und ließ diese Verse erklingen:

Der edle Eigenschaften erschuf, Er legte sie
In Adams Lenden für den siebenten Imâm.[1]
Der Menschen Herzen sind von Ehrfurcht vor dir voll;
Du schirmst bescheidnen Herzens sie alle wundersam.
Hab ich, von den Verführern verleitet, mich empört,
So war's, weil mein Begehr nach deiner Gnade stand.
So wie du mir vergabst, ward keinem Menschen je
Verziehn, obgleich ich vor dir keine Fürsprach fand.

1. Der siebente Imâm, das heißt: Prophet, ist nach der Lehre einer islamischen Sekte, auf die hier angespielt wird, der Träger der vollkommensten Offenbarung. Hier soll Imâm aber auch in der Bedeutung ‚Kalif' auf Mamûn gedeutet werden, der von den Abbasidenkalifen der siebente war.

Des Flughuhns kleine Küchlein kennt dein erbarmend Herz
Und auch der sehnsuchtsvollen, betrübten Mutter Schmerz.

Da sprach el-Mamûn: ,Ich sage nach dem Vorbilde unseres Herren Joseph – über ihm wie über unserem Propheten sei Segen und Heil! –: ,Kein Tadel treffe euch heute! Allah vergibt euch; und er ist der barmherzigste Erbarmer.'¹ Ich habe dir verziehen, ich gebe dir dein Hab und Gut und deine Ländereien zurück, mein Oheim, und kein Leid soll dir widerfahren!' Nun sandte ich fromme Gebete für ihn empor und trug noch diese Verse vor:

> *Ohn daß du sein begehrtest, gabst du mir mein Gut;*
> *Doch eh du mir mein Gut gabst, schontest du mein Blut.*
> *Gäb ich auch Blut und Gut um deiner Huld Gewinn,*
> *Ja, gäb ich selbst die Schuhe von meinen Füßen hin,*
> *Wär's nur die Lehensschuld, die ich dir dann entricht;*
> *Hättst du sie nicht geliehen, träf dich der Tadel nicht.*
> *Verleugne ich das Gute, das du zu tun geruht,*
> *So wär der Schmach ich näher als du dem Edelmut.*

Darauf erwies el-Mamûn mir Ehre und Gunst, und dann sagte er noch zu mir: ,Lieber Oheim, Abu Ishâk und el-'Abbâs haben mir geraten, dich hinrichten zu lassen!' Ich gab ihm zur Antwort: ,Beide haben dir recht geraten, o Beherrscher der Gläubigen. Du aber hast so gehandelt, wie es deinem Wesen entspricht, und du hast das, was ich befürchtete, durch das abgewehrt, was ich erhoffte!' ,Mein Oheim,' erwiderte el-Mamûn, ,du hast meinen Groll durch deine bescheidene Entschuldigung getilgt, und ich habe dir verziehen, ohne daß ich dich die Bitterkeit der Verpflichtung gegen Fürsprecher kosten ließ.' Darauf warf er sich eine lange Weile im Gebet nieder; und als er sein Haupt wieder erhob, fragte er mich: ,Mein Oheim, weißt du, weshalb ich mich niedergeworfen habe?'

1. Koran, Sure 12, Vers 92.

Ich antwortete: ‚Vielleicht hast du es getan, um Allah dafür zu danken, daß er dir den Sieg über deinen Widersacher verliehen hat.‘ Doch er sagte: ‚Das hatte ich nicht im Sinne, nein, ich wollte Allah danken, daß er mir eingegeben hat, dir zu verzeihen, und daß er meinen Sinn milde gegen dich gestimmt hat. Nun erzähle mir deine Geschichte!‘ Da berichtete ich ihm, wie es um mich stand, alles was mir widerfahren war, sowohl von dem Bader wie von dem Krieger und seiner Frau und auch von meiner Freigelassenen, die mich verraten hatte. Da befahl el-Mamûn zunächst die Freigelassene zu holen, die in ihrem Hause darauf wartete, daß ihr die Belohnung gesandt würde. Als sie nun vor ihn trat, fragte er sie: ‚Was hat dich zu dem veranlaßt, was du deinem Herrn angetan hast?‘ ‚Die Geldgier‘, erwiderte sie. Weiter fragte der Kalif: ‚Hast du ein Kind oder einen Gatten?‘ Als sie das verneinte, befahl er ihr hundert Peitschenhiebe zu geben und sie auf Lebenszeit einzukerkern. Dann schickte er nach dem Krieger und dessen Frau sowie nach dem Bader. Wie nun alle drei vor ihm standen, fragte er den Krieger nach dem Grunde, der ihn zu seinem Tun veranlaßt habe. Auch er gab zur Antwort: ‚Die Geldgier.‘ Da sprach el-Mamûn: ‚Dir steht es an, ein Schröpfer zu werden‘, und er übergab ihn einem Manne, der ihn in den Laden des Baders bringen sollte, damit er dort das Schröpfhandwerk erlerne. Die Frau des Kriegers aber ehrte er, und er ließ sie im Palaste wohnen; denn er sprach: ‚Dies ist eine kluge Frau, die wichtigen Dingen gewachsen ist.‘ Zuletzt aber sprach er zu dem Bader: ‚Du hast solch edlen Sinn bewiesen, daß dir eine außergewöhnliche Ehrung gebührt.‘ Und er befahl, ihm das Haus des Kriegers mit allem, was darinnen war, zu übergeben; ferner verlieh er ihm ein Ehrengewand und dazu noch einen jährlichen Sold von fünfzehntausend Dinaren.‘

Und man erzählt auch

DIE GESCHICHTE VON 'ABDALLÂH IBN ABI KILÂBA UND DER SÄULENSTADT IRAM

'Abdallâh ibn Abi Kilâba zog einmal aus, um Kamele zu suchen, die ihm fortgelaufen waren. Und während er in den Wüsten der Länder von Jemen und des Landes von Saba umherwanderte, da stieß er plötzlich auf eine große Stadt, die rings von einer mächtigen Festung umgeben war; und um diese Festung herum ragten Burgen hoch in die Luft empor. Als er näher kam, ging er auf sie zu, in dem Glauben, daß Leute in ihr wohnten, die er nach seinen Kamelen fragen könnte. Doch wie er sie erreichte, sah er, daß sie verlassen war und daß sich keine lebende Seele in ihr befand. ,Nun stieg ich', so erzählte er selber, ,von meiner Kamelin ab' – –«

Da bemerkte Schehrezâd, daß der Morgen begann, und sie hielt in der verstatteten Rede an. Doch als die *Zweihundertundsiebenundsiebenzigste Nacht* anbrach, fuhr sie also fort: »Es ist mir berichtet worden, o glücklicher König, daß 'Abdallâh ibn Abi Kilâba erzählte: ,Nun stieg ich von meiner Kamelin ab und legte ihr die Fußfessel an. Dann faßte ich mir ein Herz und ging in die Stadt hinein. Zuerst kam ich zu der Festung; in ihr entdeckte ich zwei gewaltige Tore, so breit und so hoch, wie sie in der ganzen Welt noch nicht gesehen worden sind, und beide waren mit allerlei Edelsteinen und Hyazinthen ausgelegt, weißen und roten, gelben und grünen. Als ich solches zu sehen bekam, da war ich aufs höchste erstaunt, und das Ganze erschien mir sehr wunderbar. Dann trat ich zagend und bangen Herzens in die Burg ein; da sah ich, daß sie lang und breit war und an Ausdehnung der Stadt Medina gleichkam. In ihr standen hochragende Schlösser, deren jedes einen Söller

108

hatte, und alle waren aus Gold und Silber erbaut und mit viel-
farbigen Edelsteinen ausgelegt, Hyazinthen, Chrysolithen und
Perlen. Die Türflügel jener Schlösser glichen an Schönheit
denen der Festung; und ihre Fußböden waren übersät mit
großen Perlen und Kugeln aus Moschus, Ambra und Safran.
Als ich dann in das Innere der Stadt gelangte und kein menschliches Lebewesen fand, wäre ich beinahe vom Schlag gerührt
und vor Schrecken gestorben. Doch ich schaute von den
hohen Söllern der Schlösser hinab, und da sah ich die Bäche,
die da drunten im Laufe sich wanden, und die Straßen, in
denen die fruchtbeladenen Bäume und die hochragenden Palmen standen. Alles war so gebaut, daß immer ein goldener
Ziegel mit einem silbernen abwechselte. Da sprach ich bei mir
selber: ‚Dies ist sicherlich das Paradies, das uns im Jenseits verheißen ist!‘ Ich nahm noch von den Edelsteinen aus dem Kies
und von dem Moschus aus dem Staube dort so viel mit, wie
ich tragen konnte, kehrte dann in meine Heimat zurück und
erzählte den Leuten davon.

Diese Kunde kam auch dem Mu'âwija ibn Abi Sufjân zu
Ohren, der damals Kalif im Hidschâz war. Und er schrieb alsbald an seinen Statthalter in San'â, der Hauptstadt von Jemen,
er solle jenen Mann zu sich kommen lassen und ihn nach dem
wahren Sachverhalte fragen. Da ließ der Statthalter mich kommen und erkundigte sich nach allem, was ich erlebt hatte und
was mir begegnet war. Ich berichtete ihm, was ich gesehen
hatte, und er sandte mich darauf zu Mu'âwija. Auch ihm berichtete ich mein Erlebnis, aber er wollte es nicht glauben.
Nun zeigte ich ihm etwas von jenen Perlen und Kugeln aus
Ambra, Moschus und Safran; in ihnen war noch etwas Wohlgeruch, aber die Perlen waren verblichen und hatten ihren
Glanz verloren.‘ – –«

Da bemerkte Schehrezâd, daß der Morgen begann, und sie hielt in der verstatteten Rede an. Doch als die *Zweihundertund-achtundsiebenzigste Nacht* anbrach, fuhr sie also fort: »Es ist mir berichtet worden, o glücklicher König, daß 'Abdallâh ibn Abi Kilâba sagte: ,Aber die Perlen waren verblichen und hatten ihren Glanz verloren.'

Als Mu'âwija ibn Abi Sufjân bei dem Sohne des Abu Kilâba die Perlen und die Kugeln aus Moschus und Ambra sah, staunte er darüber, und er schickte zu Ka'b el-Ahbâr.[1] Wie dieser nun bei ihm war, sprach er zu ihm: ,Ka'b el-Ahbâr, ich habe dich rufen lassen, um die Wahrheit in einer Angelegenheit festzustellen, und ich hoffe, daß du die richtige Kunde darüber hast.' Jener fragte: ,Was ist das, o Beherrscher der Gläubigen?' Mu'âwija fuhr fort: ,Weißt du etwas davon, daß es eine Stadt gibt, die aus Gold und Silber erbaut ist, deren Säulen aus Chrysolith und Hyazinth gemacht sind und deren Kies aus Perlen und Kugeln von Moschus, Ambra und Safran besteht?' Er gab zur Antwort: ,Jawohl, o Beherrscher der Gläubigen, das ist Iram die Säulenstadt, die in allen Landen nicht ihresgleichen hat.[2] Sie ist erbaut von Schaddâd, dem Sohne von 'Âd dem Älteren.' Da hub Mu'âwija wieder an: ,So erzähle uns denn etwas von ihrer Geschichte!' Und Ka'b el-Ahbâr erzählte: ,'Âd der Ältere hatte zwei Söhne, Schadîd und Schaddâd. Und als ihr Vater gestorben war, herrschten nun an seiner Statt Schadîd und dessen Bruder Schaddâd gemeinsam über das Land, und es gab damals keinen unter den Königen der Erde, der ihnen nicht botmäßig gewesen wäre. Aber dann starb Schadîd ibn 'Âd, und so herrschte sein Bruder Schaddâd nach ihm allein über die Lande. Der liebte es in den alten Büchern zu lesen,

1. Auf ihn werden im Islam manche phantastische Überlieferungen zurückgeführt. – 2. Koran, Sure 89, Vers 6 und 7.

und als er dabei einmal auf eine Beschreibung des Jenseits traf, in der das Paradies mit all seinen Schlössern und Söllern, Bäumen und Früchten und anderen Herrlichkeiten geschildert wurde, verlangte es ihn danach, sich schon in dieser Welt etwas Ähnliches in der geschilderten Art zu erbauen. Er hatte unter seiner Herrschaft hunderttausend Fürsten, und jeder Fürst gebot über hunderttausend Machthaber, und jedem Machthaber standen hunderttausend Krieger zur Verfügung; die alle berief er zu sich und sprach zu ihnen: ,Ich entnehme den alten Büchern und den Chroniken eine Beschreibung des Paradieses, das sich im Jenseits befindet; und ich wünsche, mir seinesgleichen schon in dieser Welt zu erbauen. Ziehet also nach der schönsten und weitesten Flur der Erde und baut mir dort eine Stadt aus Gold und Silber, streut Chrysolithe, Hyazinthen und Perlen als Kies hin und stützet die Gewölbe jener Stadt mit Säulen aus Chrysolith, füllet sie mit Schlössern, baut Söller auf den Schlössern, pflanzet zu ihren Füßen auf den Straßen und Wegen alle Arten von Bäumen mit vielerlei roten Früchten und lasset unter ihnen Bäche in Kanälen aus¹Gold und Silber fließen!' Da erwiderten alle aus einem Munde: ,Wie können wir das ausführen, was du uns da beschreibst? Wie können wir die Chrysolithe, Hyazinthen und Perlen beschaffen, von denen du sprichst?' Doch er rief: ,Wißt ihr denn nicht, daß die Könige der Welt mir untertan und botmäßig sind und daß niemand in ihr meinem Befehle zu widersprechen wagt?' ,Jawohl, das wissen wir', gaben sie zur Antwort. Da fuhr er fort: ,So ziehet aus zu den Stätten, an denen Chrysolithe, Hyazinthen, Perlen, Gold und Silber gefunden werden, beutet sie aus, bringet alles aus der ganzen Welt zusammen, was in ihnen verborgen ist, laßt keine Mühe ungetan! Und ferner nehmet alles, was an Schätzen dieser Art in den Händen der Menschen ist, für mich mit; vergesset und versäumet nichts, hütet euch, meinem Gebote zuwiderzuhandeln!' Dann schrieb er jedem König in allen Weltteilen einen Brief und befahl ihm, alles, was an Schätzen dieser Art in den Händen der Menschen war, zu sammeln und sich zu den Minen zu begeben und aus ihnen hervorzuholen, was sich dort an kostbaren Steinen befand, sei es auch aus den Tiefen der Meere. Jene sammelten nun zwanzig Jahre lang; die Zahl der Könige aber, die damals auf Erden herrschten, betrug dreihundertundsechzig. Darauf berief Schaddâd die Baumeister und Künstler, Werkmeister und Arbeiter aus allen Landen und Gegenden; die zerstreuten sich über die Wüsten und Steppen, Fluren und Gefilde, bis sie zu einem unbewohnten Gebiete kamen, in dem sich eine weite, freie Fläche befand, ohne Hügel und Berge, mit sprudelnden Quellen und rieselnden Bächen. Da sprachen sie: ,So sieht das Land aus, das der König uns suchen ließ und aufzufinden befahl!' Dann machten sie sich ans Werk, um die Stadt zu erbauen, wie König Schaddâd, der Herrscher aller Welt weit und breit, ihnen Befehl gegeben hatte. Sie faßten die Bäche dort in Kanäle ein und legten die Fundamente in der Art, wie ihnen geboten war. Und die Könige aller Länder sandten die Juwelen und Edelsteine, Perlen große und kleine, dazu Barren von Gold und Silber auf Kamelen, die durch die Steppen und Wüsten eilten, und auf großen Schiffen, so die Meere zerteilten. Nun gelangte zu den Werkleuten eine solche Menge von Schätzen, daß niemand sie beschreiben noch berechnen noch bemessen konnte. Sie arbeiteten an jenem Werke dreihundert Jahre lang, und als sie es beendet hatten, gingen sie zum König und berichteten ihm darüber. Da sprach er zu ihnen: ,Gehet hin und bauet um die Stadt eine hochragende, uneinnehmbare Festung, und um die Festung herum errichtet tausend Türme, einen jeden auf tausend Säulen, so daß in ihm ein Wesir wohnen könnte!' Sofort gingen sie wieder dorthin und führten den Befehl aus, in weiteren zwanzig Jahren. Dann traten sie vor Schaddâd und berichteten ihm, daß sein Wille geschehen wäre. Nun befahl er seinen Wesiren, ihrer tausend an der Zahl, sowie seinen höchsten Würdenträgern und allen den Kriegern und Mannen, auf die er Vertrauen setzte: ,Seid des Aufbruchs gewärtig und macht euch reisefertig nach Iram der Säulenstadt, im Gefolge des Königs der Welt Schaddâd ibn 'Âd!' Ferner gebot er, wem er wollte von seinen Frauen und den Sklavinnen und Eunuchen seines Harems, sie sollten sich für die Fahrt rüsten. Und nachdem sie zwanzig Jahre mit den Vorbereitungen beschäftigt gewesen waren, brach Schaddâd mit seiner Heerschar auf. – –«

Da bemerkte Schehrezâd, daß der Morgen begann, und sie hielt in der verstatteten Rede an. Doch als die *Zweihundertundneunundsiebenzigste Nacht* anbrach, fuhr sie also fort: »Es ist mir berichtet worden, o glücklicher König, daß Schaddâd ibn 'Âd mit seiner Heerschar aufbrach; froh darüber, daß er sein Ziel erreicht hatte, zog er dahin, bis ihn nur noch eine Tagereise von der Säulenstadt Iram trennte. Da aber sandte Allah auf ihn und auf alle die ungläubigen Ketzer, die bei ihm waren, eine Gottesstrafe vom Himmel seiner Allmacht herab, und die vernichtete sie alle mit gewaltigem Getöse. Weder Schaddâd noch irgendeiner von denen, die bei ihm waren, erreichte die Stadt, niemand sah sie. Auch verwischte Allah die Spuren der Straße, die zu ihr führte; sie aber steht da, wie sie ist, an ihrer Stätte bis zum Tage der Auferstehung und zur Stunde des Gerichts.'

Über diesen Bericht des Ka'b el-Ahbâr war Mu'âwija sehr erstaunt, und er fragte: ,Ist je ein Sterblicher zu jener Stadt gelangt?' ‚Jawohl,‘ erwiderte Ka'b, ‚einer von den Gefährten Mohammeds – über ihm sei Segen und Heil! – sicherlich und ohne Zweifel genau so wie dieser Mann, der dort sitzt.‘

Ferner hat esch-Scha'bî nach den Berichten von himjarischen Gelehrten aus Jemen folgendes berichtet: Als Schaddâd und sein Gefolge durch die Gottesstrafe vernichtet waren, ward sein Sohn Schaddâd der Jüngere König an seiner Statt. Den hatte sein Vater Schaddâd der Ältere als seinen Statthalter im Lande Hadramaut und Saba zurückgelassen, als er selber mit seinem Gefolge nach der Säulenstadt Iram zog. Wie ihn nun die Kunde erreichte, daß sein Vater auf dem Wege umgekommen sei, ehe er die Stadt Iram erreicht habe, gab er Befehl, die Leiche seines Vaters aus jener Wüste nach Hadramaut zu bringen; dann befahl er, für ihn eine Gruft in einer Höhle zu graben. Nachdem man diese Gruft ausgemeißelt hatte, legte er die Leiche auf ein goldenes Thronlager nieder und bedeckte sie mit siebenzig Tüchern, die aus Gold gewebt und mit Edelsteinen besetzt waren. Und zu Häupten seines Vaters stellte er eine goldene Tafel auf, darin diese Verse eingegraben waren:

Sei gewarnt, du, den die lange
Lebenszeit betöret hat!
Ich, Schaddâd, von 'Âd entsprossen,
War der Herr der festen Stadt;
War der Herr der Kraft und Allmacht,
Voll von wildem Heldenmut.
Untertan war alle Welt mir,
Fürchtend meines Zornes Glut,
Ost und West hielt durch der Herrschaft
Festen Zwang ich in der Hand.
Auf den rechten Weg dann wies uns
Der Prophet, zum Heil gesandt.
Doch wir trutzten ihm und riefen:
Gibt's denn keine Zuflucht mehr?

Da kam über uns ein Unheil
Aus der Ferne weit daher.
Wie die Schwaden bei dem Mähen
Sanken wir zu Boden tot.
Und nun harren wir im Staube
Auf den Tag, der uns bedroht.

Endlich berichtete eth-Tha'âlibi: Es begab sich einmal, daß zwei Männer in diese Höhle eindrangen; da fanden sie an ihrem oberen Ende Stufen, stiegen auf ihnen hinunter und entdeckten eine Gruft, die ungefähr hundert Ellen lang, vierzig Ellen breit und hundert Ellen hoch war. Dort, mitten in jener Grabkammer, stand ein goldenes Thronlager; auf dem ruhte ein Mann von riesiger Leibesgröße, der das Lager in der Länge und Breite ganz ausfüllte. Er war mit Schmucksachen bedeckt und mit Kleidern, die aus goldenen und silbernen Fäden gewirkt waren. Zu seinen Häupten stand eine goldene Tafel mit einer Inschrift. Die beiden Männer nahmen jene Tafel mit und trugen auch, so viel sie vermochten, von den goldenen und silbernen Barren und den anderen Schätzen mit sich davon.

Ferner wird erzählt

DIE GESCHICHTE VON ISHÂK EL-MAUSILI

Es erzählte Ishâk el-Mausili:[1] ,Eines Abends ging ich von el-Mamûn fort, um mich nach Hause zu begeben. Da drängte es mich, Wasser zu lassen, und ich bog in eine Seitengasse ein. Dort verrichtete ich mein Bedürfnis im Stehen, denn ich fürchtete, es könne mir etwas zustoßen, wenn ich mich an einer Mauer hinhockte. Nun entdeckte ich plötzlich etwas, das aus

1. ,Isaak von Mosul' war der Sohn des Ibrahîm el-Mausili; er war als Dichter und Lautenspieler bekannt und stand am Hofe von Harûn er-Raschîd und el-Mamûn in hohem Ansehen.

einem jener Häuser herunterhing. Ich betastete es, um zu erfahren, was es sei, und da erkannte ich, daß es ein großer Korb war, der vier Henkel hatte und mit Brokat gefüttert war. Nun sprach ich bei mir selber: ‚Das muß einen besonderen Grund haben‘, und ich wußte nicht recht, was ich tun sollte. Aber die Trunkenheit verleitete mich dazu, daß ich mich hineinsetzte; und plötzlich zogen mich die Leute des Hauses hinauf, da sie meinten, ich sei der, den sie erwarteten. Sie zogen den Korb bis auf die Mauer hinauf, und da erblickte ich vier Sklavinnen, die mir zuriefen: ‚Komm herunter und sei herzlich willkommen!‘ Dann ging eine von ihnen vor mir her mit einer Wachskerze und führte mich in ein Haus mit so schön ausgestatteten Räumen, wie ich sie nur im Palaste des Kalifen gesehen hatte. Ich setzte mich nieder, und ehe ich mich dessen versah, wurden plötzlich von der einen Seite des Raumes die Vorhänge weggezogen und Mädchen schritten einher, die Wachskerzen und Räucherfäßchen aus sumatranischem Aloeholz trugen; unter ihnen war eine Maid, die dem aufgehenden Vollmonde glich. Da erhob ich mich, und sie sprach: ‚Willkommen dem Gaste!‘ Dann bat sie mich, ich möchte mich wieder setzen, und fragte mich, wie ich hergekommen sei. Ich gab ihr zur Antwort: ‚Ich kehrte von einem meiner Freunde zurück, und da ich mich in der Zeit versehen hatte, kam mich unterwegs ein Bedürfnis an. So bog ich in diese Gasse ab und fand einen Korb, der herniederhing. Die Weinlaune verleitete mich dazu, daß ich mich in den Korb hineinsetzte, und da wurde er mit mir in dies Haus hinaufgezogen. Dies ist meine Geschichte.‘ ‚Dir geschieht kein Leid,‘ erwiderte sie, ‚und ich hoffe, du wirst den Ausgang deines Erlebnisses noch preisen.‘ Dann fragte sie mich: ‚Was für einen Beruf hast du?‘ Ich antwortete ihr: ‚Ich bin ein Kaufmann im Basar von Baghdad.‘ Und weiter fragte

sie: ‚Kannst du vielleicht Verse vortragen?‘ Ich erwiderte:
‚Ein klein wenig kann ich vortragen.‘ Darauf sagte sie: ‚So
laß es uns hören, und trag uns etwas vor!‘ Doch ich sprach:
‚Wer als Gast kommt, ist befangen. Aber du magst beginnen.‘
‚Du hast recht‘, erwiderte sie und trug einige schöne Verse von
alten und neuen Dichtern vor, und zwar aus ihren vortrefflichsten Dichtungen. Wie ich ihr zuhörte, wußte ich nicht, was
ich mehr bewundern sollte, ihre Schönheit und Lieblichkeit
oder ihren anmutigen Vortrag. Dann fragte sie: ‚Ist deine Befangenheit nun geschwunden?‘ ‚Ja, bei Gott!‘ gab ich zur Antwort. Da bat sie mich: ‚Wenn es dir recht ist, so trag uns etwas vor von dem, was du kennst!‘ Also trug ich ihr eine ganze
Anzahl von Versen der alten Dichter vor. Alles fand sie sehr
schön, und sie sprach: ‚Bei Allah, ich glaube, unter dem Han-
delsvolk findet man seinesgleichen nicht wieder.‘ Darauf befahl sie, die Speisen zu bringen.‘ – –«

Nun sprach Dinazâd zu ihrer Schwester Schehrezâd: »Wie
köstlich ist doch deine Erzählung und wie entzückend, wie
lieblich und wie berückend!« Aber die Schwester erwiderte:
»Was ist all dies gegen das, was ich euch in der kommenden
Nacht erzählen könnte, wenn der König mich am Leben zu
lassen geruht!«

Da bemerkte Schehrezâd, daß der Morgen begann, und sie
hielt in der verstatteten Rede an. Doch als die *Zweihundertund-
achtzigste Nacht* anbrach, sprach sie: »O glücklicher König,
was ist alles bisher Erzählte gegen das, was ich euch heute nacht
erzählen könnte, wenn der König mich am Leben zu lassen
geruht!« Der König erwiderte ihr: »Beende deine Erzählung!«
»Ich höre und gehorche!« sagte sie, und dann fuhr sie fort: »Es
ist mir berichtet worden, o glücklicher König, daß Ishâk el-
Mausili des weiteren erzählte: ‚Darauf befahl die Maid, die

117

Speisen zu bringen; und als die gebracht waren, begann sie zu essen und mir zu reichen. Dabei war der Saal voll von allerlei duftenden Blumen und seltenen Früchten, wie man sie sonst nur bei Königen findet. Dann ließ sie Wein kommen, trank einen Becher und reichte mir einen zweiten mit den Worten: ‚Jetzt ist es an der Zeit, sich zu unterhalten und Geschichten zu erzählen.' So begann ich denn zu erzählen, indem ich bald anfing: ‚Es ist mir berichtet worden, daß es also geschah', und bald: ‚Es war einmal ein Mann, der also erzählte', bis ich ihr eine Reihe von schönen Geschichten erzählt hatte. Darüber freute sie sich, und sie rief aus: ‚Es ist doch wunderbar, daß ein Kaufmann solche Geschichten kennt, die man vor Königen erzählen sollte!' Ich sagte darauf: ‚Ich hatte einen Nachbarn, der Königen vorzutragen pflegte und ihr Tischgenoß war. Und wenn er Muße hatte, so besuchte ich sein Haus; da erzählte er manchmal Geschichten, die ich dann zu hören bekam.' Und wiederum rief sie: ‚Bei meinem Leben, du hast ein gutes Gedächtnis!' Darauf unterhielten wir uns von neuem; jedesmal, wenn ich schwieg, begann sie zu sprechen, und so verbrachten wir den größten Teil der Nacht, während das glimmende Aloeholz duftete. Dabei genoß ich solche Freude, daß el-Mamûn, wenn er davon geahnt hätte, von brennendem Verlangen nach ihr erfüllt gewesen wäre. Nun hub die Maid an: ‚Du bist gewiß einer der angenehmsten Männer und vortrefflichsten Unterhalter, weil du eine so vollkommene feine Bildung besitzest; dir fehlt nur noch eins.' ‚Was ist denn das?' fragte ich. Sie antwortete: ‚Könntest du nur auch noch Lieder zur Laute singen!' Da sagte ich: ‚Einst liebte ich diese Kunst leidenschaftlich; aber als ich die Freude daran verlor, gab ich sie auf, wiewohl mein Herz noch für sie glüht. Und gerade jetzt bei unserem Zusammensein möchte ich etwas Schönes durch sie erleben, damit das Vergnügen dieser Nacht vollkommen werde.' Sie erwiderte: ‚Mich dünkt, du deutest den Wunsch an, daß man die Laute bringe!' Ich sagte: ‚Die Entscheidung steht bei dir; du kannst mir die Güte erweisen, und dir gebührt der Dank dafür.' Da rief sie nach der Laute, und als sie gebracht war, sang sie mit einer Stimme, so schön, wie ich es noch nie gehört hatte; voll Liebreiz war ihre Art, ihr Anschlag so gut, kurz, ihr Vortrag war von höchster Vollkommenheit. Dann fragte sie: ‚Weißt du, von wem diese Weise ist? Und weißt du, wer das Lied gedichtet hat?' Als ich es verneinte, fuhr sie fort: ‚Das Lied ist von dem und dem, die Weise aber ist von Ishâk.' Nun fragte ich: ‚Hat denn Ishâk – mein Leben für dich! – solche Begabung?' Sie aber rief: ‚Bravo, bravo, Ishâk! Der ist unvergleichlich in dieser Kunst!' Darauf sagte ich: ‚Preis sei Allah, der diesem Mann gab, was er keinem anderen verliehen hat!' Doch sie fuhr fort: ‚Wie wäre es erst, wenn du diese Weise von ihm selber hörtest!' Und so blieben wir beieinander, bis die Morgendämmerung anbrach. Da kam eine Alte, die ihre Amme zu sein schien, und sprach: ‚Die Zeit ist gekommen!' Wie ich das hörte, erhob ich mich sofort. Die Maid sagte noch: ‚Behalt bei dir, was zwischen uns vorgefallen ist; denn solche Zusammenkünfte sind vertraulich!' – –«

Da bemerkte Schehrezâd, daß der Morgen begann, und sie hielt in der verstatteten Rede an. Doch als die *Zweihundertund-einundachtzigste Nacht* anbrach, fuhr sie also fort: »Es ist mir berichtet worden, daß Ishâk des weiteren erzählte: ‚Die Maid sagte noch: ‚Behalt bei dir, was zwischen uns vorgefallen ist; denn solche Zusammenkünfte sind vertraulich!' Ich erwiderte ihr: ‚Mein Leben geb ich für dich hin! Solcher Mahnung bedurfte es für mich nicht.' Dann nahm ich Abschied von ihr, und sie gab einer Sklavin den Auftrag, mich bis zur Haustür zu geleiten. Die schloß mir auf, und ich ging fort und begab mich nach meinem Hause. Dort sprach ich das Frühgebet und legte mich nieder.

Bald darauf kam ein Bote von el-Mamûn zu mir; da ging ich zum Kalifen und verbrachte den Tag bei ihm. Als es Abend ward, gedachte ich meines gestrigen Erlebnisses; das war doch etwas, das nur ein Dummkopf sich hätte entgehen lassen. So ging ich denn hin und kam wieder zu dem Korbe, setzte mich hinein und wurde wiederum dorthin emporgezogen, wo ich am Abend zuvor gewesen war. Da sprach die Maid zu mir: ‚Fürwahr, du bist eifrig!' Ich erwiderte: ‚Ich dachte schon, ich wäre nachlässig gewesen!' Dann begannen wir uns wieder wie in der vergangenen Nacht zu unterhalten, wir plauderten miteinander, trugen Lieder vor und erzählten uns merkwürdige Begebenheiten, bis der Morgen anbrach. Darauf begab ich mich wieder nach Hause, sprach das Frühgebet und legte mich nieder. Bald kam wieder der Bote von el-Mamûn zu mir; ich begab mich zum Kalifen und blieb den Tag über bei ihm. Als es Abend ward, sagte der Beherrscher der Gläubigen zu mir: ‚Ich bitte dich dringend, bleib hier sitzen, bis ich eine Sache, derentwegen ich fortgehen muß, erledigt habe und wieder zurückkehre.' Als der Kalif gegangen und mir aus den Augen geschwunden war, da stürmten verführerische Gedanken auf mich ein; ich dachte nur an die früheren Freuden und machte mir nichts aus dem, was mir vom Kalifen widerfahren könnte. So sprang ich denn auf, wandte dem Palaste den Rücken und lief dahin, bis ich wieder zu dem Korbe kam. Ich setzte mich hinein und wurde zu einem Wohnraum emporgezogen. Die Maid sprach: ‚Du bist wohl unser treuer Freund?', ‚Ja, bei Gott!' gab ich zur Antwort. Da hub sie wieder an: ‚Hast du unser

Haus zu deiner Wohnstätte gemacht?' Ich entgegnete. ‚Ja, das habe ich getan; ich gebe mein Leben für dich hin! Das Gastrecht dauert drei Tage; wenn ich dann noch einmal wiederkomme, so dürft ihr mein Blut vergießen.' Dann verbrachten wir die Nacht wie zuvor. Als aber die Zeit des Scheidens herannahte, dachte ich daran, daß el-Mamûn mich sicher zur Rechenschaft ziehen und sich nur mit einem genauen Bericht zufrieden geben würde; darum sagte ich zu ihr: ‚Ich sehe, du gehörst zu denen, die am Gesang ihre Freude haben. Nun habe ich einen Vetter, der ist schöner als ich von Angesicht, er genießt ein höheres Ansehen und hat feinere Bildung, und er kennt von allen Geschöpfen Allahs des Erhabenen den Ishâk am besten.' Sie aber erwiderte: ‚Bist du denn ein Schmarotzer und ein zudringlicher Mann?' Da sagte ich zu ihr: .Du hast die Entscheidung darüber!' Sie sprach darauf: ‚Wenn dein Vetter wirklich derart ist, wie du ihn schilderst, so bin ich nicht abgeneigt, seine Bekanntschaft zu machen.' Wie es dann Zeit war, erhob ich mich und begab mich in mein Haus; kaum aber war ich dort angekommen, so fielen die Abgesandten el-Mamûns über mich her und schleppten mich mit roher Gewalt fort.' – –«

Da bemerkte Schehrezâd, daß der Morgen begann, und sie hielt in der verstatteten Rede an. Doch als die *Zweihundertundzweiundachtzigste Nacht* anbrach, fuhr sie also fort: »Es ist mir berichtet worden, o glücklicher König, daß Ishâk el-Mausili des weiteren erzählte: ‚Kaum war ich bei meinem Hause angekommen, so fielen die Abgesandten el-Mamûns über mich her und schleppten mich mit roher Gewalt fort und brachten mich vor ihn. Ich sah ihn, wie er, zornig über mich, auf einem Thron saß. Da fuhr er mich an: ‚Du da, Ishâk, bedeutet dies, daß du mir den Gehorsam verweigerst?' Ich gab zur Antwort:

‚Nein, bei Allah, o Beherrscher der Gläubigen!' Er fuhr fort:
‚Was ist's mit dir? Erzähle mir wahrheitsgemäß den Hergang!'
Ich erwiderte: ‚Das will ich tun, doch nur insgeheim.' Da gab
er den Dienern, die vor ihm standen, einen Wink, und sie zogen sich zurück. Ich aber berichtete ihm alles und fügte hinzu:
‚Ich versprach ihr, dich mitzubringen.' ‚Daran hast du gut getan!' erwiderte er. Dann verbrachten wir den Tag in unserer
gewohnten fröhlichen Stimmung; doch el-Mamûn war der
Maid schon von Herzen zugetan, und wir konnten kaum die
Zeit abwarten. Als wir uns auf den Weg machten, mahnte ich
ihn zur Vorsicht und sprach: ‚Gib acht, daß du mich in ihrer
Gegenwart nicht bei meinem Namen nennst! Ich gelte eben
nur als dein Begleiter.' Das wurde also verabredet. Dann
schritten wir weiter dahin, bis wir zu der Stelle kamen, wo
sonst der Korb hing. Aber nun fanden wir zwei Körbe, setzten uns hinein und wurden zu der gewohnten Stätte emporgezogen. Da trat die Maid uns entgegen und begrüßte uns.
Sobald el-Mamûn sie erblickte, war er von ihrer Schönheit
und Anmut ganz bezaubert; sie aber begann alsbald, ihm Erzählungen vorzutragen und Verse aufzusagen. Dann ließ sie
den Wein bringen, und wir tranken, während sie ihm, erfreut
durch seine Gegenwart, besondere Aufmerksamkeit erwies,
und ebenso er, ganz entzückt von ihr, sich nur ihr widmete.
Darauf griff sie zur Laute und sang eine Weise. Und als sie das
getan hatte, fragte sie mich: ‚Ist dein Vetter denn auch ein
Kaufmann?' wobei sie auf el-Mamûn wies. Als ich das bejahte,
fuhr sie fort: ‚Ja wirklich, ihr seid einander auch ähnlich!' Als
aber el-Mamûn drei Maß getrunken hatte, kam Fröhlichkeit
und Weinseligkeit über ihn, und er rief: ‚He, Ishâk!' Ich antwortete: ‚Zu Diensten, o Beherrscher der Gläubigen!' Er befahl: ‚Sing die und die Weise!' Sowie die Maid vernahm, daß
122

er der Kalif war, ging sie zu einem anderen Raum und trat dort ein. Und als ich mein Lied beendet hatte, sprach el-Mamûn zu mir: ‚Schau nach, wer der Besitzer des Hauses ist!‘ Da gab eine Alte eiligst zur Antwort: ‚Es gehört el-Hasan ibn Sahl.‘[1] ‚Er soll zu mir kommen!‘ rief der Kalif. Die Alte ging fort, und nach einer kurzen Weile erschien el-Hasan. Nun fragte el-Mamûn ihn: ‚Hast du eine Tochter?‘ ‚Jawohl,‘ erwiderte jener, ‚sie heißt Chadîdscha.‘ ‚Ist sie vermählt?‘ forschte der Kalif weiter. Jener antwortete: ‚Nein, bei Gott!‘ ‚So erbitte ich sie von dir zur Gemahlin‘, sagte der Kalif darauf. ‚Sie ist deine Sklavin und steht zu deinem Befehle, o Beherrscher der Gläubigen‘, gab Hasan zur Antwort. Da sagte der Kalif: ‚Ich vermähle mich mit ihr gegen eine Hochzeitsgabe von dreißigtausend Dinaren, die dir noch heute früh ausgezahlt werden sollen. Wenn du das Geld empfangen hast, so bring uns deine Tochter heute abend.‘ ‚Ich höre und gehorche!‘ erwiderte Hasan.

Darauf gingen wir beide fort. Der Kalif aber sprach zu mir: ‚Ishâk, erzähle diese Geschichte niemandem!‘ Und ich habe sie bis zum Tode el-Mamûns für mich behalten. Kein Mensch hat jemals so viel Glück auf einmal erlebt, wie ich es in jenen vier Tagen genossen habe, als ich tagsüber mit el-Mamûn und des Nachts mit Chadîdscha zusammensein durfte. Bei Allah, ich habe nie einen Mann gleich el-Mamûn gesehen und nie eine Frau gleich Chadîdscha kennen gelernt, ja nicht einmal eine, die ihr an Klugheit, Verstand und feiner Rede auch nur nahegekommen wäre. Doch Allah weiß es am besten.‘

1. Hasan ibn Sahl war der Bruder des Wesirs Fadl ibn Sahl; beide spielten eine wichtige Rolle zur Zeit des Kalifen el-Mamûn. Dieser heiratete die Tochter des Hasan; aber die Verlobung ist in anderer Weise vor sich gegangen, als hier im Märchen erzählt wird.

DIE GESCHICHTE VON DEM SCHLACHTHAUS-
REINIGER UND DER VORNEHMEN DAME

Es geschah einmal zur Wallfahrtszeit, als das Volk den Umzug um das Kaaba ausführte und der Platz ringsum dicht gedrängt voller Menschen war, da ergriff ein Mann den Vorhang, der um das heilige Haus hing, und schrie aus seines Herzens Grund: ‚Ich flehe dich an, o Allah, laß sie wieder ihrem Gatten zürnen, damit ich mich mit ihr vereinigen kann!‘ Das hörten einige von den Pilgern, und die packten ihn und brachten ihn vor den Emir des Pilgerzugs, nachdem sie ihn zuvor satt Prügel zu kosten gegeben hatten. Dann sprachen sie: ‚O Emir, wir fanden diesen Burschen am heiligen Orte, wie er das und das sagte.‘ Der Emir befahl, er solle gehängt werden; aber der Mann rief: ‚O Emir, beim Gesandten Allahs – Er segne ihn und gebe ihm Heil! –, höre zuerst, was ich zu berichten und zu erzählen habe; dann tu mit mir, was du willst!‘ Da gebot der Emir: ‚Erzähle!‘

‚Wisse denn, o Emir,‘ so sprach der Mann, ‚ich bin ein Abort-reiniger, und ich arbeite in den Schafschlächtereien, ich schaffe das Blut und den Unrat zu den Misthaufen. Eines Tages traf es sich, als ich mit meinem beladenen Esel dahinzog, daß ich die Leute weglaufen sah und einer von ihnen mir zurief: ‚Bieg in die Gasse dort ein, damit man dich nicht totschlägt!‘ Ich fragte: ‚Was gibt's denn, daß die Leute davonlaufen?‘ Da antwortete mir ein Eunuch: ‚Die Frau eines vornehmen Mannes kommt dort, und die Eunuchen treiben das Volk vor ihr aus dem Wege; sie schlagen alle Leute, ohne Rücksicht auf irgendeinen zu nehmen!‘ Ich bog also mit dem Esel in eine Seitengasse ein.‘ – –«

Da bemerkte Schehrezâd, daß der Morgen begann, und sie hielt in der verstatteten Rede an. Doch als die *Zweihundertunddreiundachtzigste Nacht* anbrach, fuhr sie also fort: »Es ist mir berichtet worden, o glücklicher König, daß der Mann weiter erzählte: ,Ich bog also mit dem Esel in eine Seitengasse ein und blieb stehen, um abzuwarten, bis die Menge sich zerstreute. Da sah ich die Eunuchen mit Stöcken in den Händen kommen, und bei ihnen waren etwa dreißig Sklavinnen, unter denen eine Dame einherschritt; die war einem Weidenzweig oder einer durstigen Gazelle gleich und an Schönheit, Anmut und Liebreiz vollkommen; und alle wetteiferten, ihr zu dienen. Als sie zu dem Eingang der Gasse kam, in der ich stand, wandte sie sich nach rechts und nach links. Dann rief sie einen Eunuchen, und der trat an sie heran. Nachdem sie ihm etwas ins Ohr geflüstert hatte, kam der Eunuch plötzlich auf mich zu und packte mich an; da stoben die Zuschauer auseinander. Nun kam noch ein anderer Eunuch; der nahm meinen Esel und ging mit ihm fort. Darauf band der erste Eunuch mich mit einem Stricke und schleppte mich hinter sich her, ohne daß ich ahnte, um was es sich handelte. Das Volk aber lief hinter uns her und rief: ,Das ist nicht von Allah erlaubt! Was hat dieser arme Abortreiniger getan, daß er mit Stricken gebunden wird?' Und sie redeten auf die Eunuchen ein: ,Habt Erbarmen mit ihm! Allah möge sich eurer erbarmen! Laßt ihn doch los!' Nun sprach ich bei mir selber: ,Die Eunuchen haben mich nur deshalb festgenommen, weil ihre Herrin den Duft des Unrats gerochen und sich davor geekelt hat; vielleicht ist sie auch schwanger, oder ihr ist sonst etwas passiert. Doch es gibt keine Macht und es gibt keine Majestät außer bei Allah dem Erhabenen und Allmächtigen!' Und so ging ich denn hinter ihnen her, bis sie zum Tor eines großen Hauses gelangten. Dort traten sie ein, ich hinter ihnen, und dann schritten sie weiter hinein mit mir, bis ich zu einer weiten Halle kam, die so schön war, daß ich sie gar nicht beschreiben kann, und die mit herrlichem Gerät ausgestattet war. Dann kamen auch die Frauen in jene Halle herein, während ich gebunden bei dem Eunuchen stand und mir sagte: ‚Jetzt wird man mich sicher in diesem Hause so lange foltern, bis ich sterbe, ohne daß jemand etwas von meinem Tode erfährt.‘ Doch bald führte man mich in einen lieblichen Baderaum neben der Halle; und wie ich mich dort befand, kamen plötzlich drei Sklavinnen herein, setzten sich um mich herum und sprachen zu mir: ‚Zieh deine Lumpen aus!‘ Da streifte ich mir meine Lappen vom Leibe; und nun begann eine von ihnen mir Füße und Beine zu reiben, eine andere wusch mir den Kopf, und die dritte knetete mir den Leib. Als sie damit fertig waren, legten sie mir ein Bündel Kleider hin und sprachen zu mir: ‚Zieh dich an!‘ Ich rief: ‚Bei Allah, ich weiß nicht, wie ich sie anziehen soll!‘ Da traten sie zu mir und zogen mich an, indem sie sich über mich lustig machten. Schließlich brachten sie auch noch Fläschchen voll Rosenöl und besprengten mich damit. Danach ging ich mit ihnen in eine Halle, die war auch so schön und so reich geschmückt und ausgestattet, daß ich sie, bei Allah, nicht beschreiben kann. Wie ich in diese Halle eingetreten war, fand ich dort eine auf einem Lager aus Bambusrohr sitzen‘ – –«

Da bemerkte Schehrezâd, daß der Morgen begann, und sie hielt in der verstatteten Rede an. Doch als die *Zweihundertundvierundachtzigste Nacht* anbrach, fuhr sie also fort: »Es ist mir berichtet worden, o glücklicher König, daß der Mann weiter erzählte: ‚Wie ich in diese Halle eingetreten war, fand ich dort eine auf einem Lager aus Bambusrohr sitzen, dessen Füße aus

Elfenbein waren; und vor ihr stand eine Schar von Sklavinnen. Als sie mich erblickte, erhob sie sich vor mir und rief mich heran. So ging ich denn zu ihr, und sie befahl mir, mich zu setzen. Ich setzte mich neben sie, und dann gab sie den Sklavinnen Befehl, Speisen zu bringen; die brachten mir darauf kostbare Speisen von jeglicher Art, und ich weiß gar nicht, wie sie hießen, ich habe auch in meinem Leben derlei nicht kennen gelernt. Von denen aß ich, soviel wie ich konnte; und nachdem die Schüsseln abgetragen und die Hände gewaschen waren, befahl sie, Früchte zu bringen. Sofort wurden die vor sie gebracht, und sie lud mich ein zu essen. Ich tat es, und als wir mit der Mahlzeit fertig waren, gebot sie einigen Dienerinnen, die Weinflaschen zu bringen; da brachten sie Weine von mancherlei Art. Darauf zündeten sie auch noch allerlei Weihrauch in den Räucherschalen an, und eine Sklavin, die so schön war wie der Mond, schenkte uns ein beim Klange von Saitenspiel. Nun wurden wir beide trunken, ich und die Herrin, die bei mir saß; ich glaubte aber bei alledem, daß ich schliefe und träumte. Zuletzt befahl sie einigen Sklavinnen, uns an einer anderen Stätte ein Lager auszubreiten. Als die an der Stelle, die sie ihnen angewiesen, das Bett bereitet hatten, erhob sie sich und führte mich an der Hand zu jenem Lager. Dort legte sie sich nieder, und ich ruhte bei ihr bis zum Morgen; und sooft ich sie an meine Brust drückte, sog ich den Duft des Moschus und der anderen Wohlgerüche ein, und ich glaubte nicht anders, als daß ich im Paradiese wäre, oder daß ich schliefe und träumte. Als es Morgen ward, fragte sie mich, wo ich wohnte, und ich antwortete: ‚Da und da.‘ Darauf hieß sie mich gehen und gab mir ein Tuch, das aus Gold und Silber gewirkt war und in dem etwas gebunden war; sie fügte noch hinzu: ‚Dafür geh ins Bad!‘ Darüber freute ich mich, aber ich

sprach bei mir selbst: ‚Wenn nur fünf Heller darin sind, so
habe ich dafür heute mein Mittagessen.‘ Dann verließ ich sie,
aber mir war, als verließe ich das Paradies. Und ich kam wieder zu dem Stall, in dem ich wohnte; dort öffnete ich das Tuch,
und ich fand in ihm fünfzig Goldstücke. Nachdem ich die vergraben und mir für zwei Heller Brot und Zukost gekauft hatte,
setzte ich mich an die Tür und verzehrte mein Mittagessen.
Dann dachte ich über mein Schicksal nach und blieb bis zur
Zeit des Nachmittagsgebetes sitzen; da kam plötzlich eine
Sklavin und sprach zu mir: ‚Meine Herrin verlangt nach dir.‘
Sogleich begab ich mich mit ihr zu der Tür jenes Hauses, und
nachdem sie für mich um Einlaß gebeten hatte, trat ich ein und
küßte den Boden vor der Herrin. Sie aber befahl mir, mich zu
setzen, und ließ Speise und Trank bringen wie zuvor. Darauf
ruhte ich wieder bei ihr, wie ich es in der Nacht vorher getan
hatte. Am nächsten Morgen reichte sie mir ein zweites Tuch,
in dem wiederum fünfzig Goldstücke waren. Ich nahm sie,
ging fort, und als ich zu Hause ankam, vergrub ich sie. In dieser Weise verbrachte ich eine Zeit von acht Tagen: ich ging zu
ihr um die Zeit des Nachmittagsgebets und verließ sie wieder
mit Tagesanbruch. Als ich aber in der achten Nacht bei ihr
ruhte, stürzte plötzlich eine Sklavin herein und sprach zu mir:
‚Rasch, geh hinauf in die Kammer dort!‘ Da eilte ich in jene
Kammer hinauf und entdeckte, daß sie nach der Straße zu lag.
Und wie ich dort saß, erscholl plötzlich ein lauter Lärm und
ein Getrappel von Pferden auf der Straße. Ich sah zum Fenster
hinaus, das sich über der Haustür befand, und erblickte einen
jungen Mann zu Roß, gleich dem Monde, der in der Nacht
seiner Fülle aufgeht; eine Schar von Mamluken und Kriegern
zu Fuß begleitete ihn. Er ritt auf die Tür zu, saß ab, trat in die
Halle ein und sah die Herrin auf dem Lager sitzen. Zuerst

küßte er den Boden vor ihr, dann trat er auf sie zu und küßte ihr die Hände; aber sie sprach kein Wort zu ihm. Doch er entschuldigte sich immerfort demütig vor ihr, bis er sie wieder versöhnt hatte; dann ruhte er die Nacht über bei ihr.' – –«

Da bemerkte Schehrezâd, daß der Morgen begann, und sie hielt in der verstatteten Rede an. Doch als die *Zweihundertundfünfundachtzigste Nacht* anbrach, fuhr sie also fort: »Es ist mir berichtet worden, o glücklicher König, daß der Mann weiter erzählte: ‚Als nun ihr Gatte die junge Herrin versöhnt hatte, ruhte er bei ihr die Nacht über. Am nächsten Morgen aber kamen die Krieger zu ihm, und er ritt mit ihnen von Hause fort. Da kam sie zu mir herauf und sprach zu mir: ‚Hast du jenen Mann gesehen?' Als ich es bejahte, fuhr sie fort: ‚Er ist mein Gatte; doch ich will dir erzählen, was mir mit ihm begegnet ist. Es begab sich eines Tages, daß wir miteinander in unserem Hofgarten saßen; da stand er plötzlich von meiner Seite auf und blieb eine lange Weile von mir fern. Schließlich wurde ich es müde, auf ihn zu warten, und da ich mir sagte, daß er wohl im Aborte sei, so begab ich mich zu dem stillen Örtchen, fand ihn aber nicht dort. Darauf ging ich in die Küche, und als ich dort eine Sklavin sah, fragte ich sie nach ihm. Die zeigte ihn mir, wie er bei einer von den Küchenmägden lag. Nun schwor ich einen feierlichen Eid, ich wolle mit dem schmutzigsten und ekelhaftesten Manne Ehebruch treiben. Und an dem Tage, an dem der Eunuch dich festnahm, war ich schon vier Tage lang in der Stadt umhergezogen auf der Suche nach einem solchen Kerl; doch ich fand niemanden, der schmutziger und ekelhafter gewesen wäre als du. Darum ließ ich dich holen, und nun ist geschehen, was uns von Allah vorherbestimmt war. Ich aber bin meines Eides ledig.' Dann fügte sie noch hinzu: ‚Wenn mein Gatte sich noch einmal der

Magd naht und bei ihr liegt, so will ich dir wiederum gewähren, was du bei mir genossen hast.' Als diese Worte von ihr in meine Ohren klangen, während ihre Blicke in mein Herz wie Pfeile drangen, da rannen meine Tränen, ja, meine Augenhöhlen wurden vom Weinen wund, und ich sprach die Worte aus des Dichters Mund:

> *Gewähre mir zehn Küsse auf deine linke Hand,*
> *Der noch mehr Ehre als der rechten Hand gebührt!*
> *Denn deine Linke hat ja noch vor kurzer Zeit,*
> *Als du dich säubertest, an dein Gesäß gerührt.*

Darauf befahl sie mir, von ihr fortzugehen. Im ganzen habe ich von ihr vierhundert Goldstücke erhalten, und von denen bestreite ich meine Ausgaben. Nun bin ich hierher gekommen, um Allah, den Gepriesenen und Erhabenen, zu bitten, daß ihr Gatte noch einmal wieder der Küchenmagd nahe, auf daß ich mein früheres Glück wieder genieße.'

Als der Emir des Pilgerzuges die Geschichte jenes Mannes vernommen hatte, ließ er ihn frei und sprach zu den Umstehenden: ‚Um Allahs willen, betet für ihn; denn er ist entschuldbar!'

Ferner wird erzählt

DIE GESCHICHTE VON HARÛN ER-RASCHÎD
UND DEM FALSCHEN KALIFEN

Eines Nachts wurde der Kalif Harûn er-Raschîd von großer Unruhe geplagt; da ließ er seinen Wesir Dscha'far, den Barmekiden, kommen und sprach zu ihm: ‚Meine Brust ist beklommen, und ich habe den Wunsch, mich heute nacht in den Straßen von Baghdad umzuschauen und dem Treiben der Menschen zuzusehen; doch dazu müssen wir uns als Kaufleute verkleiden, damit uns niemand erkennt.' ‚Ich höre und gehorche!' gab der Wesir zur Antwort. Zur selbigen Stunde erhoben sie sich, legten die prächtigen Staatsgewänder, die sie trugen, ab und zogen Kaufmannskleider an. Es waren ihrer drei, der Kalif und Dscha'far und Masrûr, der Schwertträger; und sie gingen von Ort zu Ort, bis sie zum Tigris kamen. Dort sahen sie einen alten Mann in einem Boote sitzen; an den traten sie heran, grüßten ihn und sprachen: ,Alterchen, wir bitten dich um die Güte und den Gefallen, daß du uns mit diesem deinem Boote zu einer Lustfahrt hinausruderst; nimm diesen Dinar als deinen Lohn!' – –«

Da bemerkte Schehrezâd, daß der Morgen begann, und sie hielt in der verstatteten Rede an. Doch als die *Zweihundertundsechsundachtzigste Nacht* anbrach, fuhr sie also fort: »Es ist mir berichtet worden, o glücklicher König, daß damals, als sie zu dem Alten sprachen: ,Wir bitten dich, daß du uns mit deinem Boote zu einer Lustfahrt hinausruderst; nimm diesen Dinar!', jener ihnen antwortete: ,Wer kann denn noch eine Lustfahrt machen, wo der Kalif Harûn er-Raschîd jede Nacht in einer kleinen Schaluppe den Tigris hinunterfährt und ein Ausrufer bei ihm ist, der da verkündet: ,Ihr Leute allesamt, groß und klein, gering und fein, Männer und Jüngelein! Einem jeden, der jetzt ein Schiff besteigt und auf dem Tigris fährt, dem schlage ich den Kopf ab, oder ich hänge ihn am Maste seines Fahrzeuges auf!' Ihr könntet ihm gerade jetzt begegnet sein; denn sein Boot kommt dort an.' Da sprachen der Kalif und Dscha'far: ,Alter, da nimm diese beiden Dinare und fahre uns unter einen von den Bögen dort, bis das Boot des Kalifen vorüber ist!' ,Gebt das Gold her!' sagte der Alte, ,wir wollen auf Allah den Erhabenen vertrauen.' Nachdem er die Goldstücke erhalten hatte, ruderte er mit ihnen eine Weile dahin; plötzlich aber kam das Schiff mitten im Tigris dahergefahren, von

Kerzen und Leuchten erhellt. Da sprach der Alte: ‚Habe ich euch nicht gesagt, daß der Kalif jede Nacht hier fährt?' Dann fuhr er fort: ‚O schützende Macht, lüfte nicht den Schleier der Nacht! So fuhr er mit ihnen unter einen Bogen und legte ein schwarzes Tuch über sie; nun schauten sie unter dem Tuche hervor und erblickten vorn im Boot einen Mann, der in der Hand eine Leuchte aus rotem Golde hielt, und die speiste er mit sumatranischer Aloe. Jener Mann trug einen Ärmelmantel aus rotem Atlas; über seiner einen Schulter lag ein Band aus gelber Seide, das mit Silber bestickt war, um seinen Kopf trug er einen Turban aus feinem Musselin, und über seiner anderen Schulter hing ein grünseidener Beutel, voll von sumatranischem Aloeholz, mit dem er das Feuer in der Leuchte statt mit Reisig speiste. Und ferner sahen sie einen anderen Mann am Ende des Bootes, der ebenso gekleidet war und eine ebensolche Leuchte in der Hand hielt. In der Mitte des Bootes aber erblickten sie zweihundert Mamluken, die rechts und links in Reihen standen, zu seiten eines Thrones aus rotem Golde, der dort aufgestellt war und auf dem ein Jüngling schön wie der Mond saß, gekleidet in ein schwarzes Gewand, das mit gelbem Golde bestickt war. Vor ihm stand ein Mann, der sah aus, als ob er der Wesir Dscha'far wäre, und hinter ihm ein Eunuch, der sah aus, als ob er Masrûr wäre, und der trug ein gezücktes Schwert in der Hand; schließlich sahen sie auch noch zwanzig Zechgenossen. Als der Kalif all das erblickte, sprach er: ‚Dscha'far!' Und der erwiderte: ‚Zu deinen Diensten, o Beherrscher der Gläubigen!' Der Kalif sagte weiter: ‚Vielleicht ist dies einer meiner Söhne, entweder el-Mamûn oder el-Amîn.' Darauf betrachtete er den Jüngling genauer, wie der dort auf dem Throne saß; und er sah, daß jener vollkommen war an Schönheit und Lieblichkeit und des Wuchses Ebenmäßigkeit. Nachdem er ihn betrachtet hatte, wandte er sich wiederum an den Wesir und sprach: ‚Wesir!' ‚Zu deinen Diensten!' erwiderte der ihm. Dann fuhr der Herrscher fort: ‚Bei Allah, jenem, der dort sitzt, fehlt nichts am Aussehen des Kalifen, und der Mann, der vor ihm steht, sieht aus wie du, Dcha'far, und der Eunuch hinter ihm sieht aus wie Masrûr; jene Zechgenossen aber gleichen meiner Tafelrunde. Über das alles bin ich ganz verwirrt.' – –«

Da bemerkte Schehrezâd, daß der Morgen begann, und sie hielt in der verstatteten Rede an. Doch als die *Zweihundertundsiebenundachtzigste Nacht* anbrach, fuhr sie also fort: »Es ist mir berichtet worden, o glücklicher König, daß der Kalif, als er das alles sah, ganz verwirrt wurde und sagte: ‚Bei Allah, ich bin über diesen Anblick erstaunt!' Dscha'far gab ihm zur Antwort: ‚Auch ich, bei Allah, o Beherrscher der Gläubigen!' Darauf zog das Boot weiter, bis es ihren Blicken entschwand. Nun fuhr auch der Alte mit seinem Boote hinaus, indem er sprach: ‚Preis sei Allah für unsere Rettung, da niemand unserer gewahr geworden ist!' Da fragte der Kalif: ‚Alterchen, sag, fährt der Kalif jede Nacht den Tigris hinunter?' ‚Jawohl, mein Herr,' antwortete der Fährmann, ‚das tut er schon seit einem ganzen Jahre.' Und der Kalif sagte darauf: ‚Alterchen, wir bitten dich, sei so gut, warte hier auf uns auch in der kommenden Nacht; wir wollen dir fünf Golddinare geben. Wir sind nämlich Fremde, und wir wollen uns vergnügen; unsere Wohnung ist im Quartier el-Chandak.' ‚Herzlich gern!' erwiderte der Alte; und dann begaben sich der Kalif und Dscha'far und Masrûr von dem Fährmann zu dem Schlosse. Dort legten sie ihre Kaufmannskleider ab, zogen ihre Staatsgewänder an, und ein jeder setzte sich auf seinen Platz. Dann traten die Emire und Wesire, die Kammerherren und die Statthalter ein, und die Regierungshalle füllte sich mit viel Volk. Als aber der Tag sich neigte und die vielerlei Menschen sich wieder zerstreuten und ein jeder seines Weges gegangen war, sprach der Kalif Harûn er-Raschîd: ‚Dscha'far, auf, laß uns gehen, um uns den zweiten Kalifen anzuschauen!' Da lachten Dscha'far und Masrûr, und alle drei legten wieder ihre Kaufmannskleider an und gingen in der heitersten Stimmung dahin, nachdem sie durch die geheime Pforte hinausgetreten waren. Als sie zum Ufer des Tigris kamen, fanden sie den alten Bootsmann, wie er dasaß und auf sie wartete. Sie stiegen zu ihm in das Boot, und kaum hatten sie eine kleine Weile bei ihm gesessen, da kam auch schon das Boot des falschen Kalifen ihnen entgegen. Sie richteten ihre Blicke dorthin, und da entdeckten sie wiederum zweihundert Mamluken in dem Fahrzeug, doch andere als in der vergangenen Nacht; und die Fackelträger riefen ihren Ruf wie gewöhnlich. Nun hub der Kalif an: ‚O Wesir, wenn ich hiervon gehört hätte, so hätte ich es nicht geglaubt; aber ich habe es doch mit eigenen Augen gesehen!' Dann sprach er zu dem Führer des Bootes, in dem sie waren: ‚Da, Alterchen, nimm diese zehn Dinare und rudere uns an ihrer Seite entlang; sie sind ja im Licht, wir aber im Dunkel, und so können wir uns an ihrem Anblicke ergötzen, während sie uns nicht sehen können.' Der Alte nahm die zehn Dinare und fuhr mit seinem Boote an der Seite der anderen dahin, so daß er im Schatten ihres Fahrzeugs war. – –«

Da bemerkte Schehrezâd, daß der Morgen begann, und sie hielt in der verstatteten Rede an. Doch als die *Zweihundertundachtundachtzigste Nacht* anbrach, fuhr sie also fort: ‚Es ist mir berichtet worden, o glücklicher König, daß der Kalif Harûn er-Raschîd zu dem Alten sprach: ‚Da, nimm diese zehn Dinare und rudere uns an ihrer Seite entlang!' ‚Ich höre und gehorche!' gab jener zur Antwort, nahm die Dinare und ruderte mit ihnen dahin; so fuhren sie immer im Schatten des Fahrzeuges entlang, bis sie zu den Gärten am anderen Ufer kamen. Dort sahen sie einen umfriedeten Platz; bei dem legte das Fahrzeug an, und da standen auf einmal Diener mit einer gesattelten und gezäumten Mauleselin. Der falsche Kalif ging an Land, bestieg das Maultier und ritt fort, begleitet von seinen Tischgenossen, während die Träger der Leuchten riefen und das übrige Gefolge mit seinen Pflichten für den falschen Kalifen beschäftigt war. Da gingen auch Harûn er-Raschid und Dscha'far und Masrûr an Land, und nachdem sie durch die Mamluken hindurchgeeilt waren, schritten sie ihnen voraus. Doch die Blicke der Leuchtenträger fielen auf sie, und wie die Männer plötzlich drei Gestalten erblickten, die sich ihrer Kleidung nach wie Kaufleute ausnahmen und aus fremden Landen kamen, wurden sie unwillig, gaben ihnen einen Wink und führten sie vor den falschen Kalifen. Als der sie sah, sprach er zu ihnen: ‚Wie seid ihr hierhergekommen? Was hat euch um diese Zeit hierhergebracht?' Sie antworteten: ‚Unser Gebieter, wir sind Männer vom Kaufmannsstande und kommen aus fremdem Lande. Heute sind wir eingetroffen, und da gingen wir am Abend aus, um einen Spaziergang zu machen. Plötzlich kamt ihr uns entgegen; da eilten diese Leute herbei, ergriffen uns und führten uns vor dich. Das ist unsere Geschichte!' Der falsche Kalif sagte darauf: ‚Euch soll kein Leid widerfahren, da ihr fremdes Volk seid. Wäret ihr von Baghdad, so würde ich euch die Köpfe abschlagen lassen!' Dann wandte er sich an seinen Wesir mit den Worten: ‚Nimm die da mit dir; sie sind heute nacht unsere Gäste!' ‚Ich höre und gehorche, o Gebieter!' erwiderte der Wesir. Dann gingen sie mit ihm dahin, bis sie zu einem hohen, herrlichen Schlosse gelangten, einem Bau auf festem Fundament, wie ihn kein Sultan sein eigen nennt, der sich vom Erdenstaube erhob, bis er sich mit dem Saume der Wolken verwob. Das Tor war aus indischem Tiekholz gemacht, eingelegt mit Gold von leuchtender Pracht; wer dort eintrat, gelangte in eine große Halle, darinnen ein Brunnen sprang, um den sich eine Estrade schlang; auf ihr lagen Teppiche und Polster, Kissen und Pfühle aus Brokat in bunten Mengen, und einen langen Vorhang sah man dort hängen. All diese Pracht verwirrte den Verstand, so daß keine Zunge Worte für sie fand. Und über der Tür standen diese beiden Verse geschrieben:

> *Sei mir gegrüßt, o Schloß! Dich hat die Zeit*
> *Geschmückt mit ihrer Schönheit Ehrenkleid.*
> *Du bist von seltnen Wunderdingen voll –*
> *Die Feder zagt, die dich beschreiben soll.*

Darauf trat der falsche Kalif ein, von seinem Gefolge begleitet, und ging weiter, bis er sich auf einen goldenen Thron niederließ, der mit Edelsteinen besetzt war und auf dem ein Teppich aus gelber Seide lag; auch die Tischgenossen setzten sich nieder, und der Träger des Schwertes der Rache trat vor ihn hin. Dann wurden die Tische gebreitet, und man aß. Nachdem die Schüsseln abgetragen und die Hände gewaschen waren, wurde das Weingerät gebracht; Flaschen und Becher wurden aufgereiht. Nun kreiste der Trunk, bis er an den Kalifen Harûn er-Raschîd kam. Der aber weigerte sich zu trinken, und da sprach der falsche Kalif zu Dscha'far: ‚Was ist deinem Freunde, daß er nicht trinkt?' Der gab ihm zur Antwort: ‚Mein Gebieter, er hat seit langer Zeit nicht mehr dergleichen getrunken.' Da fuhr der falsche Kalif fort: ‚Ich habe auch noch ein anderes Getränk, das deinem Freunde zusagen wird, einen Wein, der aus Äpfeln bereitet ist.' Alsbald ließ er den bringen, und dann

136

trat er, der falsche Kalif, vor Harûn er-Raschîd hin und sprach zu ihm: ‚Jedesmal, wenn die Runde an dich kommt, dann trink von diesem Wein!' So blieben sie beieinander in Fröhlichkeit und widmeten sich den Bechern der Seligkeit, bis der Wein ihnen zu Kopfe stieg und ihrer Sinne Herr ward. – –«

Da bemerkte Schehrezâd, daß der Morgen begann, und sie hielt in der verstatteten Rede an. Doch als die *Zweihundertundneunundachtzigste Nacht* anbrach, fuhr sie also fort: »Es ist mir berichtet worden, o glücklicher König, daß der falsche Kalif und seine Tischgenossen immer weiter tranken, bis der Wein ihnen zu Kopfe stieg und ihrer Sinne Herr ward. Da flüsterte der Kalif Harûn er-Raschîd seinem Minister zu: ‚Dscha'far, wir haben keine solchen Geräte wie die da. Wüßte ich doch nur, was es mit diesem jungen Manne für eine Bewandtnis hat!' Aber während sie so heimlich miteinander sprachen, fiel der Blick des jungen Mannes auf sie, und da er sah, daß der Wesir dem Kalifen etwas zuraunte, sagte er: ‚Flüstern ist unhöflich!' Doch der Wesir antwortete: ‚Das sollte keine Unhöflichkeit sein; mein Freund sagte mir nur: ‚Ich bin doch schon in den meisten Ländern gereist, und ich habe in der Tafelrunde der größten Könige gespeist, auch habe ich mit Rittern verkehrt, aber ich habe noch nie etwas Schöneres erlebt als diese vollkommene Feier, noch auch eine fröhlichere Nacht als diese verbracht; doch das Volk von Baghdad sagt: Wein ohne Klang der Saiten pflegt Kopfschmerzen zu bereiten.' Als der falsche Kalif diese Worte hörte, lächelte er fröhlich, und er schlug mit einem Stabe, den er in der Hand hielt, an eine runde Scheibe. Da öffnete sich plötzlich eine Tür, und aus ihr trat ein Eunuch hervor, der trug einen Stuhl aus Elfenbein, eingelegt mit Gold von feurigem Schein; und ihm folgte eine Maid, strahlend von Schönheit und Lieblichkeit, von Anmut und

Vollkommenheit. Der Eunuch stellte den Stuhl hin, die Maid setzte sich darauf nieder; sie glich dem leuchtenden Sonnenball im himmelblauen Weltenall, und sie trug eine Laute in der Hand, ein Meisterwerk aus indischem Land. Die legte sie auf ihren Schoß und beugte sich darüber, wie sich eine Mutter über ihr Kind beugt, und sang ein Lied zu ihr, nachdem sie vierundzwanzig verschiedene Weisen gespielt hatte, die alle Sinne bezauberten. Und indem sie nun zu ihrer ersten Weise zurückkehrte, hub sie an also zu singen und ließ dies Lied erklingen:

Der Liebe Zunge spricht zu dir in meinem Innern;
Sie bringt von mir die Kunde, daß ich so lieb dich hab.
Mein Zeuge ist die Glut in dem gequälten Herzen,
Mein wundes Aug, das mir der Strom der Tränen gab.
Ich wußte nichts von Liebe, eh ich dich lieb gewann;
Doch Gottes Ratschluß tritt an alle Welt heran.

Als der falsche Kalif dies Lied aus dem Munde der Sängerin vernahm, schrie er laut auf und zerriß das Gewand, das er trug, bis zum Saume hinab; da wurde der Vorhang über ihn herabgelassen, und man brachte ihm ein neues Kleid, das noch schöner war als das erste. Nachdem er das angelegt hatte, setzte er sich wieder wie zuvor. Und wie dann der Becher zu ihm kam, schlug er wieder mit dem Stabe auf die runde Scheibe; da tat sich eine Tür auf, und aus ihr trat ein Eunuch hervor, der einen goldenen Stuhl trug; ihm folgte eine Maid, die noch schöner war als die erste, und sie setzte sich auf jenen Stuhl. Sie hielt eine Laute in der Hand, bei deren Anblick der Neider im Herzen Höllenqualen empfand, und sie sang zu ihr diese beiden Verse:

Wie kann ich mich denn fügen, mit Sehnsuchtsglut im Herzen,
Wenn stets aus meinen Augen die Tränensintflut fließt?
Bei Gott, mich freut nicht mehr ein Leben voller Wonnen!
Wie kann ein Herz sich freuen, das meinen Gram umschließt?

Kaum hatte der junge Mann dies Lied vernommen, da stieß er wieder einen gellenden Schrei aus und zerriß sich sein Gewand wiederum bis zum Saume hinab. Der Vorhang ward über ihn hinabgelassen, und man brachte ihm ein anderes Kleid. Er legte es an, setzte sich aufrecht hin und war, wie er zuvor gewesen war, indem er fröhlich plauderte. Doch als der Becher zu ihm kam, schlug er an die runde Scheibe. Da trat ein Eunuch hervor, und ihm folgte eine Maid, die wiederum schöner war als die letzte. Sie setzte sich auf den Stuhl, den der Eunuch gebracht hatte, und sang zu der Laute, die sie in der Hand hielt, diese Verse:

> *Hör auf, mich zu meiden! Laß ab von der Härte!*
> *Denn, bei deinem Leben, mein Herz läßt dich nicht.*
> *Erbarm dich des Armen, Vergrämten, Betrübten,*
> *Dem glühende Liebe das Herze zerbricht!*
> *An ihm zehrt die Krankheit gewaltiger Sehnsucht;*
> *Er bittet die Gottheit, daß er dir gefällt.*
> *O Mond, deine Stätte ist in meinem Herzen.*
> *Wer anders als du ist mir lieb in der Welt?*

Als der junge Mann diese Verse hörte, schrie er von neuem laut auf und zerriß das Gewand, das er trug. Da ließ man den Vorhang über ihn herab und brachte ihm neue Kleider. Darauf war er wieder wie vorher mit seinen Zechgenossen zusammen, und die Becher kreisten. Doch als der Becher wieder zu ihm kam, schlug er noch einmal an die runde Scheibe. Die Tür tat sich auf, und ein Diener trat aus ihr hervor mit einem Stuhle, und ihm folgte eine Maid. Nachdem er ihr den Stuhl hingestellt hatte, setzte sie sich darauf, nahm die Laute, stimmte sie und sang zu ihr diese Verse:

> *Wann endlich wird die Trennung und Entfremdung enden?*
> *Wann kehrt die Freude, die ich einst genoß, zurück?*
> *Noch gestern waren wir vereint an gleicher Stätte*
> *Und achteten der Neider nicht in unsrem Glück!*

Die Zeit verriet uns, ja, sie riß uns voneinander,
Nachdem sie unsre Stätte zur Wüstenei gemacht.
Willst du von mir, o Tadler, daß ich vergessen solle?
Mein Herze gibt, ich seh's, auf Tadler niemals acht!
So laß den Tadel doch, laß mich in meinem Leide;
Mein sehnend Herz wird nie vom Glück der Liebe leer.
Gebieter mein, der du die Schwüre brachst und tauschtest,
Glaub nicht, mein Herze kenne dich, seit du gingst, nicht mehr!

Als der falsche Kalif den Gesang der Maid hörte, stieß er wieder einen lauten Schrei aus, zerriß sein Gewand – –«

Da bemerkte Schehrezâd, daß der Morgen begann, und sie hielt in der verstatteten Rede an. Doch als die *Zweihundertundneunzigste Nacht* anbrach, fuhr sie also fort: »Es ist mir berichtet worden, o glücklicher König, daß der falsche Kalif, als er das Lied der Maid hörte, wieder einen lauten Schrei ausstieß, sein Gewand zerriß und ohnmächtig zu Boden sank. Nun wollte man wie gewöhnlich den Vorhang über ihn herablassen; aber die Schnüre versagten, und da Harûn er-Raschîd gerade einen Blick dorthin warf, sah er auf dem Leibe des jungen Mannes die Spuren von Geißelhieben. Nachdem der Kalif genau hingeschaut und sich überzeugt hatte, sprach er: ‚Dscha'far, bei Allah, er ist ein Jüngling, schön und zart, aber doch ein Räuber von gemeiner Art!' ‚Woher weißt du das, o Beherrscher der Gläubigen?' fragte Dscha'far; da antwortete der Kalif: ‚Hast du nicht die Spuren der Peitschen auf seinem Leibe gesehen?' Als man dann endlich den Vorhang über ihn herabgelassen hatte, brachte man ihm ein neues Gewand. Er legte es an und setzte sich wie zuvor bei seinen Zechgenossen nieder. Und nun sah er, wie der Kalif und Dscha'far miteinander flüsterten; da fragte er die beiden: ‚Was gibt es, ihr Herren?' Dscha'far gab ihm zur Antwort: ‚O unser Gebieter, es ist alles gut! Aber du weißt doch, dieser mein Freund ist ein Mann

vom Kaufmannsstande, und er reiste durch alle Städte und
Lande, und mit Königen und Vornehmen verknüpften ihn
Freundschaftsbande, und er sagte mir jetzt: ‚Das ist wahrlich
eine große Verschwendung, was heute nacht bei unserem
Herrn, dem Kalifen, geschehen; und ich habe das, was er tat,
in allen Ländern noch nie gesehen. Denn er hat derartige Gewänder zerrissen, von denen ein jedes Tausende von Dinaren
wert ist – das ist fürwahr ein Übermaß der Verschwendung!' Da
rief der falsche Kalif: ‚Du da, das Geld ist mein Geld, und der
Stoff ist mein Stoff. Außerdem ist das eine der Arten, wie ich
meine Diener und mein Gefolge beschenke; denn jedes Gewand, das ich zerreiße, wird einem meiner Tischgenossen, die
zugegen sind, zuteil, und mit jedem Gewande verleihe ich
ihnen noch fünfhundert Dinare.' ‚Was du tust, ist wohlgetan,
o Gebieter', entgegnete der Wesir Dscha'far, und dann sprach
er diese beiden Verse:

> *Die Tugenden erbauten in deiner Hand ein Haus;*
> *Du schüttest deinen Reichtum auf alle Menschen aus.*
> *Und wenn die Großmut je ihr Tor verschlossen fände,*
> *So wären für sein Schloß ein Schlüssel deine Hände.*

Als der junge Mann diese Verse aus dem Munde des Wesirs
Dscha'far vernahm, verlieh er ihm tausend Dinare und ein
Ehrengewand. Nun machten die Becher ihre Runden, und
der Wein begann den Zechern zu munden; da sagte er-
Raschîd: ‚Dscha'far, fragte ihn nach den Narben auf seinem
Leibe, damit wir sehen, was für eine Antwort er uns gibt!'
Der Wesir antwortete: ‚Übereile dich nicht, o Gebieter, mä-
ßige dich, denn Geduld geziemt uns besser!' Aber der Kalif
sagte: ‚Bei meinem Haupte und bei dem Grabe meines Ahnen
el-'Abbâs, fragst du ihn nicht, so lösche ich dein Lebenslicht!'
Da wandte der junge Mann sich dem Wesir zu mit den Wor-

ten: ‚Was hast du wieder mit deinem Freunde zu flüstern?
Sag mir, was ist das mit euch?‘ ‚Es ist alles gut‘, erwiderte der
Wesir; aber der junge Mann fuhr fort: ‚Ich beschwöre dich
bei Allah, sage mir, wie es um euch steht, und verbirg mir
nichts von dem, was euch angeht!‘ ‚Mein Gebieter,‘ gab jener
darauf zur Antwort, ‚der da hat die Narben und Spuren von
Geißelhieben und Peitschenschlägen an dir erblickt, und er ist
darüber aufs höchste erstaunt, und er sagte: ‚Wie ist es möglich, daß der Kalif geschlagen wird?‘ Nun will er wissen, was
der Grund ist.‘ Wie der junge Mann das hörte, lächelte er und
sprach: ‚Wisset, seltsam ist, was ich berichte, und wunderbar
ist meine Geschichte. Würde man sie mit Nadeln in die Augenwinkel schreiben, so würde sie allen, die sich lehren lassen, ein
lehrreiches Beispiel bleiben.‘ Dann stiegen Seufzer aus seiner
Brust empor, und er trug diese Verse vor:

> Seltsam ist, was ich berichte, mehr als alle Wunder gar.
> Und ich schwöre bei der Liebe, daß die Welt mir enge war.
> Wenn ihr wollt, daß ihr mich höret, nun, so lauschet auf mein Wort,
> Und es schweige allerorten stille die Versammlung dort!
> Merket wohl auf meine Rede, denn in ihr ist tiefer Sinn;
> Wißt, daß meine Worte wahr sind und daß ich kein Lügner bin.
> Ach, ich bin ein Opfer worden durch der Liebe Glut und Macht;
> Und der Jungfrau allerschönste war's, die mich in Not gebracht.
> Ihre schwarzen Augen gleichen einem Schwert aus Inderland,
> Und vom Bogen ihrer Brauen hat sie Pfeile ausgesandt.
> Doch mir sagt des Herzens Stimme, unter euch ist der Imâm,
> Der Kalif, den wir verehren, der aus edlem Hause kam.
> Und der zweite unter euch dort, Dscha'far ist der Mann genannt;
> Er ist sein Wesir und ist als Herr und Herrensohn bekannt.
> Euer dritter ist Masrûr er, der das Schwert der Rache führt. –
> Wenn nun diese Rede wahr ist und von Irrtum unberührt,
> So hab ich mein Ziel gewonnen und die Hoffnung ward zur Tat,
> Und die Freude ist dem Herzen jetzt von überall genaht.

Als sie solche Worte aus seinem Munde hörten, schwor Dscha'-
far einen zweideutigen Eid, daß sie nicht die Genannten seien;
da lächelte der junge Mann und sprach: ‚Wisset, hohe Herren, ich bin nicht der Beherrscher der Gläubigen, sondern ich
habe mir diesen Namen nur beigelegt, um mein Ziel bei den
Leuten der Stadt zu erreichen. Ich heiße vielmehr Mohammed ’Alî, der Sohn des Goldschmieds ’Alî. Mein Vater gehörte zu den vornehmen Leuten; und als er starb, hinterließ er
mir ein großes Vermögen an Gold und Silber, Perlen und
Korallen, Rubinen und Chrysolithen und anderen Juwelen,
ferner Landgüter, Bäder, Äcker, Gärten, Läden und Öfen,
Sklaven, Sklavinnen und Diener. Nun traf es sich eines Tages,
als ich in meinem Laden saß, umgeben von meinen Eunuchen
und Dienern, daß eine junge Dame auf einer Mauleselin dahergeritten kam, begleitet von drei mondengleichen Mädchen.
Als sie bei meinem Laden ankam, stieg sie ab, setzte sich neben
mich und sprach: ‚Bist du Mohammed, der Juwelier?‘ Ich
antwortete ihr: ‚Jawohl, der bin ich, dein Mamluk und dein
Sklave!‘ Dann fragte sie weiter: ‚Hast du ein Juwelenhalsband,
das für mich paßt?‘ Ich erwiderte: ‚Hohe Herrin, alles was ich
habe, will ich dir zeigen und dir vorlegen. Und wenn dir etwas davon gefällt, so ist es für mich, deinen Knecht, ein Glück;
wenn dir aber nichts gefällt, so ist es mein Unglück!‘ Ich hatte
wohl hundert Edelsteinhalsbänder, und ich legte ihr alle vor;
aber ihr gefiel nichts davon, sondern sie sprach: ‚Ich wünsche
eins, das schöner ist als alle, die ich gesehen habe.‘ Ich hatte
aber noch ein kleines Halsband, das mein Vater einst für hunderttausend Dinare gekauft hatte und dessengleichen sich
nicht im Besitze eines der großen Sultane befand. So sprach
ich denn zu ihr: ‚Hohe Herrin, ich habe noch ein Halsband aus
Edelsteinen und Juwelen; ein solches nennt niemand sein, we-

der groß noch klein.' Darauf sagte sie: ‚Zeige es mir!' Nachdem ich es ihr gezeigt hatte, rief sie: ‚Dies ist das, was ich suche; das ist's, was ich mir mein Leben lang gewünscht habe!' Dann fuhr sie fort: ‚Wie hoch ist sein Preis?' Ich gab ihr zur Antwort: ‚Es hat meinen Vater hunderttausend Dinare gekostet.' Da sagte sie: ‚Dann sollst du fünftausend Dinare mehr haben.' Doch ich erwiderte: ‚Hohe Herrin, das Halsband und sein Besitzer stehen dir zu Befehl; ich kann nicht widersprechen.' Mit den Worten: ‚Der Verdienst muß sein, und du verpflichtest mich obendrein!' erhob sie sich dann sogleich und bestieg eiligst ihr Maultier. Und zuletzt sagte sie noch zu mir: ‚Lieber Herr, in Allahs Namen, sei so gut, mich zu begleiten, damit du den Preis in Empfang nehmen kannst! Denn dieser Tag mit dir ist für uns weiß wie Milch.' Da schloß ich den Laden und ging mit ihr unter ihrem Schutze, bis wir zu ihrem Hause gelangten. Dort sah ich, daß es ein Haus war, an dem die Zeichen des Wohlstandes leuchteten; seine Tür war mit Gold und Silber und Lasursteinen geschmückt, und auf ihm standen diese beiden Verse geschrieben:

> O Haus, die Trauer kehre niemals bei dir ein,
> Und möge deinem Herrn das Glück nie untreu sein!
> Ein herrlich Haus sei du allzeit für jeden Gast,
> Wird auch dem Gaste sonst die Stätte oft zur Last!

Die junge Dame stieg ab, trat in das Haus ein und hieß mich auf der Bank am Tore sitzen, bis der Geldwechsler käme. So blieb ich denn eine Weile an der Haustür sitzen. Da kam plötzlich ein Mädchen zu mir heraus und sprach zu mir: ‚Mein Gebieter, tritt in die Vorhalle ein; denn an der Tür zu sitzen ist deiner unwürdig.' Ich trat nun in die Vorhalle ein und setzte mich dort auf die Bank; doch wie ich so dasaß, kam wieder ein Mädchen zu mir heraus und sprach zu mir: ‚Mein Gebie-

144

ter, meine Herrin läßt dir sagen, du möchtest eintreten und dich an die Tür des Saales setzen, damit du dort dein Geld in Empfang nehmest.' Ich stand also auf und ging weiter ins Haus hinein. Aber kaum hatte ich einen Augenblick gesessen, als ich plötzlich einen goldenen Stuhl vor mir sah, über dem oben ein seidener Vorhang schwebte. Jener Vorhang wurde nun gerade hochgezogen und unter ihm erschien, auf dem Stuhle sitzend, jene Dame, die von mir das Halsband gekauft hatte; ihr Antlitz erstrahlte wie die runde Mondscheibe, und sie trug die Juwelenkette um ihren Hals. Und wie ich die Dame dort in ihrer überwältigenden Schönheit und Anmut sah, ward mir der Verstand geraubt, und meine Sinne waren wie betäubt. Als sie mich erblickte, erhob sie sich von dem Stuhle, eilte mir entgegen und sprach zu mir: ‚O du mein Augenlicht, ist denn jeder Schöne so erbarmungslos gegen seine Geliebte wie du?' Ich erwiderte: ‚Hohe Herrin, alle Schönheit ward dir zuerteilt und doch ist sie nur ein Teil von dem, was in dir weilt!' ‚O Juwelier,' fuhr sie fort, ‚wisse, ich liebe dich, und ich kann es noch gar nicht fassen, daß ich dich wirklich zu mir gebracht habe!' Darauf neigte sie sich zu mir, und ich küßte sie; und sie küßte mich und zog mich an sich und riß mich an ihre Brust.' – –«

Da bemerkte Schehrezâd, daß der Morgen begann, und sie hielt in der verstatteten Rede an. Doch als die *Zweihundertund-einundneunzigste Nacht* anbrach, fuhr sie also fort: »Es ist mir berichtet worden, o glücklicher König, daß der Juwelier weiter erzählte: ‚Darauf neigte sie sich mir zu und küßte mich und zog mich an sich und riß mich an ihre Brust. Nun erkannte sie an meinem Zustande, daß es mich nach der Liebesgemein- schaft mit ihr verlangte. Doch sie sprach zu mir: ‚Mein Ge- bieter, willst du mir in unerlaubter Weise nahen? Bei Allah,

145

der soll nicht leben, der eine solche Sünde begeht und dessen
Sinn nach unsauberen Reden steht! Ich bin ein jungfräu-
liches Mädchen, dem noch niemand genaht ist, und ich bin
in der Stadt nicht unbekannt. Weißt du, wer ich bin?' ‚Nein,
bei Allah, hohe Herrin!' antwortete ich. Dann fuhr sie fort:
‚Ich bin die Herrin Dunja, die Tochter des Barmekiden Jahja
ibn Châlid, und mein Bruder ist Dscha'far, der Wesir des
Kalifen.' Als ich dies Wort aus ihrem Munde vernahm, wich
ich von ihr zurück, und ich sprach: ‚Hohe Herrin, es ist
nicht meine Schuld, wenn ich so stürmisch zu dir war. Du
selbst hast in mir den Wunsch erweckt, mich dir zu nahen,
indem du mir Einlaß bei dir gewährtest.' Da sagte sie: ‚Sei
ohne Furcht! Du wirst sicher dein Ziel erreichen auf dem
Wege, der Allah wohlgefällig ist. Wisse, ich bin meine eigene
Herrin, und der Kadi waltet über meinen Ehevertrag. Ja, es ist
mein Wunsch, nimm du mich zum Weibe dein, und du sollst
mir ein Gatte sein!' Dann berief sie den Kadi und die Zeugen
zu sich und rüstete alles emsiglich; als sie kamen, sprach sie zu
ihnen: ‚Mohammed 'Alî ibn 'Alî, der Juwelier, begehrt mich
zur Gemahlin, und er hat mir dies Halsband als Morgengabe
dargebracht; ich nehme an und willige ein.' Darauf schrieben
sie die Urkunde über unsere Ehe, und ich ward ihr Gemahl.
Dann rief sie nach dem Gerät für den Wein, und die Becher
kreisten im trauten Verein und im schönsten Zusammensein.
Und als der Wein uns die Wangen rötete, befahl sie einer
Sklavin, einer Lautenschlägerin, ein Lied vorzusingen; die
nahm die Laute zur Hand, hub an zu singen und ließ dies Lied
erklingen:

> *Er kam: ein Reh, ein Zweig, ein Mond erschien dem Auge.*
> *Verwünscht ein Herz, das nicht bei Nacht an ihn nur denkt,*
> *Den Schönen! Durch sein Antlitz wollt' Gott die Qualen heilen;*

> *Da ward das arme Herze von neuer Qual getränkt.*
> *Ich täusche meine Tadler, wenn sie von ihm erzählen.*
> *Ich stelle mich, als ob ich von ihm nicht hören will.*
> *Ich lausche auf, wenn sie von einem andren sprechen;*
> *Und dennoch – ich vergehe, gedenk ich seiner still!*
> *Er ist Prophet der Anmut; an ihm ist alles Wunder*
> *Der Schönheit; doch das größte Kleinod ist sein Gesicht.*
> *Das Mal auf seiner Wange ruft wie Bilâl[1] zum Beten;*
> *Vom Glanze seiner Stirn schaut es das Frührotlicht.*
> *Die Tadler wollen töricht, daß ich vergessen soll.*
> *Ich will kein Ketzer werden, seit ich des Glaubens voll.*

So erfreute uns die Sklavin durch Saitenklang und durch die zarten Weisen, die sie sang. Und dann sangen alle Sklavinnen, eine nach der anderen, und trugen Verse vor, bis ihrer zehn an die Reihe gekommen waren. Schließlich griff auch die Herrin Dunja zur Laute, hub an zu singen und ließ dies Lied erklingen:

> *Ich schwör bei deines zarten Leibes stolzem Gange:*
> *In mir ist durch dein Scheiden des Feuers Glut entfacht.*
> *Hab Mitleid mit dem Herzen, das heiße Liebe quälet,*
> *O du, ein Mond der Fülle im Dunkel schwarzer Nacht!*
> *Gewähr mir deine Gunst; denn sieh, ich singe immer*
> *Von deiner Schönheit nur, bei heller Becher Licht*
> *Und zwischen Rosen, deren bunte Farben leuchten*
> *Und deren Schönheit sich um Myrtenkränze flicht.*

Doch als sie ihr Lied beendet hatte, nahm ich die Laute aus ihren Händen, ließ ein eigenartiges Vorspiel erklingen und hub an diese Verse zu singen:

> *Preis sei dem Herrn, der alle Schönheit dir verliehen,*
> *So daß auch ich nun einer deiner Knechte bin!*
> *O du, die mit dem Blicke die Menschen alle fesselt,*
> *Erfleh, daß ich dem Pfeile, mit dem du triffst, entrinn!*
> *Zwei Gegensätze, Wasser und lodernd helles Feuer,*
> *Sind wunderbar vereinigt auf den Wangen dein.*

1. Der erste Gebetsrufer des Islams.

Du bist in meinem Herzen die Hölle und der Himmel;
Wie bitter und wie süß bist du dem Herzen mein!

Als sie dies Lied aus meinem Munde vernommen hatte, war sie hocherfreut. Dann entließ sie die Sklavinnen, und wir begaben uns in einen Raum, an Schönheit wunderbar, in dem uns ein herrliches Lager bereitet war; sie begann ihre Gewänder abzulegen, und ich durfte mit ihr der Heimlichkeit der Liebenden pflegen. Da fand ich die Maid an Ehren reich, einer undurchbohrten Perle und einem ungebrochenen Füllen gleich. Und ich hatte meine Freude an ihr, ja, nie in meinem Leben habe ich eine schönere Nacht als jene verbracht.' – –«

Da bemerkte Schehrezâd, daß der Morgen begann, und sie hielt in der verstatteten Rede an. Doch als die *Zweihundertundzweiundneunzigste Nacht* anbrach, fuhr sie also fort: »Es ist mir berichtet worden, o glücklicher König, daß Mohammed ibn 'Alî, der Juwelier, weiter erzählte: ‚Als ich zu der Herrin Dunja, der Tochter des Barmekiden Jahja ibn Châlid, einging, fand ich die Maid an Ehren reich, einer undurchbohrten Perle und einem ungebrochenen Füllen gleich, und da sprach ich diese beiden Verse:

Mein Arm umschloß ihren Hals wie der Ring die Ringeltaube;
Und meine Hand erhob den Schleier vor ihrem Gesicht.
Dies war das höchste Glück; und wir umarmten einander
Ohn Unterlaß und sehnten uns nach dem Ende nicht.

Dann blieb ich einen ganzen Monat bei ihr, während dessen ich Laden und Sippe und Heim ganz im Stiche ließ. Da sprach sie eines Tages zu mir: ‚Mein Augenlicht, mein Gebieter Mohammed, ich habe beschlossen, heute ins Badehaus zu gehen. Bleib du auf diesem Lager hier und rühr dich nicht von deiner Stätte, bis ich zu dir zurückkehre!' Und sie bat mich, ihr das zu beschwören. ‚Ich höre und gehorche!' erwiderte ich. So nahm sie mir denn den Eid ab, daß ich mich nicht von meinem Platze rühren wolle; dann ging sie mit ihren Sklavinnen ins Badehaus. Doch bei Allah, meine Brüder, sie konnte noch nicht das Ende der Straße erreicht haben, da tat sich schon die Tür auf, und eine Alte trat herein mit den Worten: ‚Mein Herr Mohammed, die Herrin Zubaida läßt dich rufen; denn sie hat von deiner Bildung, deinem feinen Wesen und deiner Sangeskunst gehört.' Darauf gab ich ihr zur Antwort: ‚Bei Allah, ich werde nicht von meinem Platze aufstehen, bis die Herrin Dunja wiederkommt.' ‚Lieber Herr,' fuhr die Alte fort, ‚mach die Herrin Zubaida nicht böse, so daß sie deine Feindin wird! Nein, erhebe dich, folge ihrem Rufe und kehre dann zu deinem Platze zurück!' Da erhob ich mich sofort und machte mich auf den Weg zu ihr, während die Alte vor mir her ging, bis sie mich zu der Herrin Zubaida geführt hatte. Als ich dann vor der Herrin stand, fragte sie mich: ‚Mein Augenlicht, bist du der Herzliebste der Herrin Dunja?' ‚Ich bin es, dein Mamluk und dein Knecht', antwortete ich. Dann fuhr sie fort: ‚Der hat wahr gesprochen, der von dir gesagt hat, du besäßest Schönheit und Lieblichkeit, feine Bildung und Vollkommenheit; ja, du übertriffst jedes lobende Wort, das man dir weiht. Doch nun singe mir vor, auf daß ich dich höre!' Ich höre und gehorche!' gab ich zur Antwort. Darauf ließ sie mir eine Laute bringen, und ich sang zu ihrem Klange diese Verse:

Des Liebenden Herz verzehrt sich in Sehnsucht nach der Geliebten,
Und durch die bitteren Leiden schwindet sein Leib dahin.
Sind die Kamele gehalftert, so weilt bei den reisigen Scharen
Immer der Liebende auch, ist die Geliebte darin.
Ich stelle in Allahs Hut einen Mond bei eueren Zelten;
Ihn liebt mein Herz, wenn er auch ferne den Augen blieb.
Bald ist sie gut, bald zornig; wie süß ist ihr Getändel!
Ja, alles, was mein Lieb mir tut, das ist auch lieb.

Als ich das Lied zu Ende gesungen hatte, sprach sie zu mir: ‚Allah erhalte deinen Leib gesund und deine Stimme lieblich! Du bist wahrlich vollendet in Schönheit und feiner Bildung und im Gesang. Doch jetzt mache dich auf und geh an deinen Platz, ehe die Herrin Dunja zurückkehrt; denn wenn sie dich nicht findet, so wird sie dir zürnen!' Da küßte ich den Boden vor ihr und ging fort, von der Alten geführt, bis ich wieder zu der Tür kam, durch die ich hinausgegangen war. Doch als ich hineingetreten und zu dem Ruhelager gekommen war, sah ich, daß die Herrin Dunja schon aus dem Bade zurückgekehrt war und nun auf dem Lager schlief. Ich setzte mich zu ihren Füßen hin und knetete sie ihr; da schlug sie die Augen auf, doch als sie mich erblickte, zog sie ihre Füße an sich und gab mir dann einen Tritt, so daß ich vom Lager herunterfiel, und dabei rief sie: ‚Du Treuloser, du hast deinen Eid gebrochen und bist meineidig geworden. Du hattest mir versprochen, du wolltest dich nicht von deinem Platze rühren; aber du hast dein Versprechen nicht gehalten und bist zu der Herrin Zubaida gegangen. Bei Allah, fürchtete ich nicht das Gerede, so risse ich ihr Schloß über ihrem Haupte nieder!' Darauf befahl sie ihrem Sklaven: ‚Sawâb, auf, schlag diesem treulosen Verräter den Kopf ab! Wir brauchen ihn nicht mehr.' Der Sklave trat zu mir, riß einen Streifen vom Saume seines Gewandes, verband mir die Augen damit und wollte mir den Kopf abschlagen.' – –«

Da bemerkte Schehrezâd, daß der Morgen begann, und sie hielt in der verstatteten Rede an. Doch als die *Zweihundertunddreiundneunzigste Nacht* anbrach, fuhr sie also fort: »Es ist mir berichtet worden, o glücklicher König, daß Mohammed, der Juwelier, weiter erzählte: ‚Der Sklave trat zu mir, riß einen Streifen vom Saume seines Gewandes, verband mir die Augen damit und wollte mir den Kopf abschlagen. Aber da kamen ihre Sklavinnen zu ihr, groß und klein, und sprachen zu ihr: ‚O Herrin, dies ist nicht der erste, der gefehlt hat! Er kannte deine Sinnesart nicht, und er hat doch kein Vergehen auf sich geladen, das den Tod verdient.‘ Nun sagte sie: ‚Bei Allah, ich muß ihn brandmarken.‘ Darauf gab sie Befehl, man solle mich peitschen; und die Sklaven schlugen mich auf die Rippen. Was ihr gesehen habt, das sind die Spuren jener Peitschenhiebe. Dannn gab sie Befehl, man solle mich hinausschaffen; und die Sklaven schleppten mich hinaus bis zu einer Stelle weit vom Schlosse, und dort warfen sie mich nieder. Ich erhob mich mühsam und ging ganz langsam weiter, bis ich zu meinem Hause gelangte. Dann ließ ich einen Wundarzt kommen und zeigte ihm, wie ich geschlagen war; der Mann behandelte mich mit freundlicher Sorgfalt und tat sein Bestes, um mich zu heilen. Nachdem ich aber genesen und ins Bad gegangen war und nun mein schmerzhaftes Leiden vergangen war, begab ich mich zu meinem Laden, nahm alles, was darinnen war, und verkaufte es. Mit dem ganzen Erlös erwarb ich zunächst vierhundert Mamluken, wie sie noch kein König je zusammengebracht hat, und zweihundert von ihnen mußten jeden Tag mit mir ausreiten. Ferner ließ ich mir jenes Boot bauen, auf das ich fünfhundert Goldstücke verwendet habe, und ich nannte mich fortan den Kalifen und gab einem jeden von den Dienern, die ich hatte, je ein Amt von den Würdenträgern des Kalifen und kleidete ihn in seine Amtstracht. Dann ließ ich verkünden: ‚Allen, die sich zu einer Lustfahrt auf den Tigris wagen, laß ich sofort den Kopf abschlagen!‘ So habe ich nun schon ein ganzes Jahr getan; aber von ihr habe ich noch nie wieder eine Kunde vernommen, noch bin ich auf eine Spur von ihr gekommen.‘ Dann begann er

zu weinen und in Tränen auszubrechen, und er hub an diese
Verse zu sprechen:

> *Bei Gott, in all der Zeit kann ich sie nicht vergessen;*
> *Ich nahe mich auch keinem, der sie nicht nahe bringt.*
> *Es ist, als sei sie nach des Vollmonds Bild erschaffen,*
> *Daß ihrem Herrn und Schöpfer Lob und Preis erklingt.*
> *Sie raubte mir den Schlaf, sie brachte Qual und Leid;*
> *Mein Herze staunt verwirrt ob ihrer Wesenheit.*' –

Als Harûn er-Raschîd die Geschichte des jungen Mannes vernommen, und als ihm dessen glühende Leidenschaft und sehnsuchtsvolle Liebe zum Bewußtsein gekommen, da senkte sich
tiefer Gram auf ihn, und Erstaunen verwirrte ihn, und er
sprach: ,Preis sei Allah, der für jedes Ding eine Ursache geschaffen hat!' Darauf baten sie den jungen Mann um Erlaubnis
fortzugehen; er gewährte sie ihnen, und er-Raschîd begann
darüber nachzudenken, ihm sein Recht zu verschaffen und ihn
aufs reichlichste zu beschenken. Sie verließen ihn und gingen
hinaus auf dem Wege zu des Kalifen fürstlichem Haus. Nachdem sie sich dort niedergesetzt, die Kleider, die sie trugen, abgelegt und ihre Staatsgewänder angelegt hatten, und als dann
Masrûr, der Träger des Schwertes der Rache, wieder vor ihnen
stand, da sprach der Kalif zu Dscha'far: ,Wesir, laß den jungen
Mann zu mir kommen!' – –«

Da bemerkte Schehrezâd, daß der Morgen begann, und sie
hielt in der verstatteten Rede an. Doch als die *Zweihundertund-
vierundneunzigste Nacht* anbrach, fuhr sie also fort: »Es ist mir
berichtet worden, o glücklicher König, daß der Kalif zum
Wesir sprach: ,Laß den jungen Mann zu mir kommen, bei
dem wir in der vergangenen Nacht gewesen sind!' ,Ich höre
und gehorche!' erwiderte Dscha'far und ging alsbald zu ihm
hin, sprach den Gruß und sagte dann: ,Folge dem Rufe des

Beherrschers der Gläubigen, des Kalifen Harûn er-Raschîd!'
Jener ging mit ihm zum Palast, von Angst wegen dieses Befehles erfaßt, und als er zum Kalifen eingetreten war, küßte er
den Boden vor ihm und flehte zu Allah, er möge ihm lange
Dauer der Macht und viel Glück bescheren und ihm die Erfüllung aller Wünsche gewähren; er betete für Erhaltung der
Gnaden und für den Untergang von Unheil und Schaden, indem er seine Worte aufs beste fügte und mit den Worten
schloß: ,Heil dir, der du der Beherrscher der Gläubigen bist,
und dessen Schutze das Volk des Glaubens anvertraut ist!'
Dann sprach er noch diese beiden Verse:

> *Dein Tor sei allezeit ein heil'ger Wallfahrtsort,*
> *Und seine Erde schmücke die Stirnen immerfort;*
> *Dann wird der Ruf erschallen in einem jeden Land:*
> *Dies ist die Stätte, du bist Abraham genannt.*[1]

Da lächelte der Kalif ihm zu, gab ihm den Gruß zurück und
schaute auf ihn mit huldvollem Blick; dann rief er ihn näher
zu sich heran und wies ihm einen Platz zu seinen Füßen an,
und nun sprach er zu ihm: ,Mohammed 'Alî, ich wünsche, daß
du mir erzählest, was dir heute nacht widerfahren ist; denn
das ist wunderbar und seltsam gar.' Der junge Mann erwiderte:
,Verzeih, o Beherrscher der Gläubigen, gewähre mir das Tuch
der Sicherheit, damit meine Furcht sich lege und mein Herz
sich beruhige!' Als der Kalif darauf sagte: ,Ich gewähre dir
Sicherheit vor Furcht und Leid', erzählte der junge Mann
alles, was ihm begegnet war, von Anfang bis zu Ende. Und da
der Kalif ja wußte, daß jener Jüngling ein Liebender war, der
fern von seiner Geliebten weilen mußte, so fragte er ihn: ,Willst

1. Der Wallfahrtsort ist die Kaaba in Mekka; bei ihr befindet sich die
,Stätte Abrahams', ein kleiner Bau über dem Stein, auf dem Abraham
gestanden haben soll, als er die Kaaba erbaute.

du, daß ich sie dir wiedergebe?' ,Das wäre eine hohe Huld
vom Beherrscher der Gläubigen', antwortete der Jüngling und
sprach diese beiden Verse:

> *Die Finger küsse ihm, die keine Finger sind,*
> *Vielmehr die Schlüssel sind für unser täglich Brot!*
> *Für seine Gnaden danke, die keine Gnaden sind,*
> *Vielmehr ein Halsband sind für ihn, dem er sie bot!*

Da wandte der Kalif sich zum Wesir und sprach zu ihm:
,Dscha'far, bring mir deine Schwester, die Herrin Dunja, die
Tochter des Wesirs Jahja ibn Châlid!' ,Ich höre und gehorche,
o Beherrscher der Gläubigen!' antwortete der Minister und
führte seine Schwester sofort herbei. Als sie dann vor den Kalifen trat, sprach er zu ihr: ,Weißt du, wer der da ist?' ,O Beherrscher der Gläubigen,' erwiderte sie, ,wie können die
Frauen Kunde von den Männern haben?' Da lächelte der Kalif und fuhr fort: ,Dunja, das ist ja dein Lieb, Mohammed 'Alî,
der Sohn des Juweliers! Wir haben alles erfahren, wir haben
die Geschichte von Anfang bis zu Ende gehört, wir haben
ihren äußeren Verlauf und ihren inneren Sinn kennen gelernt.
Jetzt ist die Sache nicht mehr verborgen, obgleich sie geheim
gehalten wurde.' Da gab sie zur Antwort: ,O Beherrscher der
Gläubigen, also hat es im Schicksalsbuche geschrieben gestanden. Ich flehe zu Allah dem Allmächtigen um Vergebung für
das, was ich getan habe, und ich bitte dich, du wollest mir zu
verzeihen geruhen.' Nun lächelte der Kalif Harûn er-Raschîd,
ließ den Kadi und die Zeugen kommen und erneuerte die Urkunde der Ehe zwischen ihr und ihrem Gemahl Mohammed
'Alî, dem Sohne des Juweliers; das geschah ihnen beiden zu
Glück und Freude, den Neidern aber zu bitterem Leide. Und
er machte den Juwelier auch zu einem seiner Tischgenossen.
So lebten sie immerdar in Glückseligkeit, in Wonne und in

Fröhlichkeit, bis Der zu ihnen kam, der die Freuden schweigen heißt und der die Freundesbande zerreißt.

Ferner wird erzählt

DIE GESCHICHTE VON 'ALÎ DEM PERSER

Eines Nachts konnte der Kalif Harûn er-Raschîd keine Ruhe finden; da ließ er seinen Wesir kommen, und als der vor ihm stand, sprach er zu ihm: ‚Dscha'far, ich bin heute nacht von großer Unruhe geplagt, und meine Brust ist mir beklommen. Darum wünsche ich von dir etwas, das mein Herz erfreut und meine Brust von der Beklemmung befreit.‘ ‚O Beherrscher der Gläubigen,‘ gab Dscha'far zur Antwort, ‚ich habe einen Freund, der heißt 'Alî der Perser, der weiß Geschichten und lustige Erzählungen, die den Geist in das Reich der Freude tragen und aus dem Herzen die Sorge verjagen.‘ Da sprach der Kalif: ‚Hol ihn mir her!‘ ‚Ich höre und gehorche!‘ erwiderte Dscha'far und verließ den Kalifen, um den Perser zu suchen. Er sandte nach ihm, und als der zu ihm kam, sagte er zu ihm: ‚Folge dem Rufe des Beherrschers der Gläubigen!‘ ‚Ich höre und gehorche!‘ antwortete der Perser. – –«

Da bemerkte Schehrezâd, daß der Morgen begann, und sie hielt in der verstatteten Rede an. Doch als die *Zweihundertund-fünfundneunzigste Nacht* anbrach, fuhr sie also fort: »Es ist mir berichtet worden, o glücklicher König, daß der Perser antwortete: ‚Ich höre und gehorche!‘ Dann begab er sich mit dem Wesir zum Kalifen, und als er vor dem Herrscher stand, gab er ihm ein Zeichen, daß er sich setzen solle. Da setzte er sich nieder, und nun sprach der Kalif zu ihm: ‚'Alî, mir ist heute nacht die Brust beklommen. Und da ich von dir gehört habe, daß du Geschichten und Erzählungen kennst, so möchte ich von dir etwas hören, was meine Sorgen verscheucht und meinen Sinn erheitert.' ‚O Beherrscher der Gläubigen,' fragte der Perser, ‚soll ich dir etwas erzählen, das ich mit meinem Auge gesehen habe, oder etwas, das ich mit meinem Ohre gehört habe?' ‚Wenn du etwas erlebt hast, so erzähle es!' sprach der Kalif. Da sagte der Perser: ‚Ich höre und gehorche!' und erzählte:

‚Vernimm, o Beherrscher der Gläubigen, ich reiste einmal in einem der Jahre von dieser meiner Heimatstadt, der Stadt Baghdad, fort; und ich hatte einen Burschen bei mir, der einen hübschen Reisesack trug. Wir kamen unterwegs in eine Stadt, und während ich dort verkaufte und einkaufte, fiel plötzlich ein Kerl über mich her, ein gewalttätiger und frecher Kurde, und nahm mir den Sack weg. Dabei schrie er: ‚Dies ist mein Sack, und alles, was darin ist, gehört mir!' Ich aber rief: ‚Ihr muslimischen Mannen, rettet mich aus der Hand des gemeinsten aller Tyrannen!' Aber die Leute sprachen allesamt: ‚Geht zum Kadi, ihr beiden; bei seinem Spruche müßt ihr euch bescheiden!' Also gingen wir zum Kadi hin; und ich war schon mit seinem Spruche zufrieden in meinem Sinn. Als wir uns dann bei ihm befanden und vor ihm standen, sprach der Kadi: ‚Weswegen kommt ihr, und was für einen Streitfall habt ihr?' Ich antwortete: ‚Wir sind im Streit; wir rufen deine Gerichtsbarkeit an und fügen uns deinem Spruche dann.' Als der Kadi weiter fragte: ‚Wer von euch beiden ist der Kläger?' trat der Kurde vor und sprach: ‚Allah stärke unsern Herrn, den Kadi! Dieser Sack da ist mein Sack, und alles, was in ihm ist, gehört mir! Ich hatte ihn verloren, und da fand ich ihn bei diesem Kerl wieder.' Nun fragte der Kadi: ‚Wann hast du ihn verloren?' Der Kurde antwortete: ‚Erst gestern, und ich habe die Nacht wegen seines Verlustes ohne Schlaf verbracht!' Da fuhr der Kadi fort: ‚Wenn du ihn wiedererkennst, so beschreib mir, was darin ist!‘ Und der Kurde hub an: ‚In diesem meinem Sacke sind silberne Schminkstifte zwei, und Augenschminke ist auch dabei; ein Tuch für die Hände weiterhin, zwei goldene Becher und einen Leuchter barg ich darin; er enthält ferner der Zelte zwei, der Schüsseln zwei, der Löffel zwei, ein Kissen und lederner Decken zwei, der Kannen zwei, eine Schale und der Becken zwei, einen Kessel und der Krüge zwei, einen Schöpflöffel, eine Sacknadel und der Vorratsbeutel zwei, eine Katze und der Hündinnen zwei, ein Speisenapf und der Sitzpolster zwei, eine Jacke und der Pelzmäntel zwei, eine Kuh und der Kälber zwei, eine Ziege und zwei Zicklein, ein Mutterschaf und zwei Lämmlein, von grünen Prunkzelten zwei, einen Kamelhengst und der Kamelinnen zwei, eine Büffelkuh und der Stiere zwei, eine Löwin und der Löwen zwei, eine Bärin und der Füchse zwei, einen Thronsessel und der Ruhelager zwei, ein Schloß und der Säle zwei, eine Säulenhalle und der Wohnzimmer zwei, eine Küche mit der Türen zwei, und eine Kurdenschar, die mir bezeugen kann, daß dieser Sack mir gehört.‘ Darauf sprach der Kadi zu mir: ‚Was sagst du dazu, du Bursche da?‘ Ich trat vor, o Beherrscher der Gläubigen, und ganz verwirrt durch die Worte des Kurden, erwiderte ich: ‚Allah gebe unserm Herrn, dem Kadi, hohes Ansehen! In diesem meinem Sacke ist nur ein zerfallenes Häuslein und ein anderes ohne Türlein, ein Stall für die Hündlein und dazu eine Schule für die Kindlein, auch Jünglinge, die sich am Würfelspiel erquicken, ferner Zelte samt den Stricken, die Städte Basra und Baghdad und das Schloß von Schaddâd ibn ’Âd[1], ein Schmiedeofen und Stöcke, ein Fischernetz und Pflöcke, Knaben und Mägdelein und – tausend Lumpe oben-

1. Vgl. Band I, Seite 78, Anmerkung, und Band III, Seiten 110 bis 115.

drein, die bezeugen, daß der Sack mir gehört.' Als der Kurde diese Worte aus meinem Munde vernahm, hub er an zu weinen und zu schluchzen und sprach: ‚Ach, unser Herr und Kadi, dieser mein Sack ist bekannt, und sein Inhalt wird überall genannt. In diesem meinem Sacke da sind Burgen und Schlösser, Kraniche und Leuen, sowie Männer, die sich am Schach und Brettchenspiel erfreuen; in diesem meinem Sacke da sind eine Stute und der Füllen zwei, ein Hengst und der Vollblutrosse zwei, und noch zwei lange Lanzen dabei; er enthält auch einen Löwen und der Hasen zwei, eine Stadt und der Dörfer zwei, eine Dirne und schlauer Kuppler zwei, einen Kinäden und der Lustknaben zwei, einen Blinden und schwachsichtiger Leute zwei, einen Lahmen und der Krüppel zwei, einen Presbyter und der Diakonen zwei, einen Patriarchen und der Mönche zwei, einen Kadi und zwei Zeugen dabei, die bezeugen, daß der Sack mir gehört.' Darauf sprach der Kadi zu mir: ‚Was sagst du nun, 'Alî?' Ich war von Wut erfüllt, o Beherrscher der Gläubigen, und ich trat an ihn heran und sprach: ‚Allah stärke unsern Herrn, den Kadi!' – –«

Da bemerkte Schehrezâd, daß der Morgen begann, und sie hielt in der verstatteten Rede an. Doch als die *Zweihundertundsechsundneunzigste Nacht* anbrach, fuhr sie also fort: »Es ist mir berichtet worden, o glücklicher König, daß der Perser weiter erzählte: ‚Ich war von Wut erfüllt, o Beherrscher der Gläubigen, und ich trat an ihn heran und sprach: ‚Allah stärke unsern Herrn, den Kadi! In diesem meinem Sacke befinden sich ein Panzer und Schwerter und Kammern, mit Waffen angefüllt, sowie tausend Widder, im Stoßen wild; ferner Schafe in ihren Ställen, und tausend Hunde, die laut bellen; Gärten, Weinberge, Blumen und Kräuter von Duft so zart, Feigen und Äpfelbäume gepaart; Bildwerke und Malerein, Flaschen und

Becher im Verein; schöne Sklavinnen, Sängerinnen und Hochzeitsfeste, lärmende und schreiende Gäste; weite, ausgedehnte Lande, Glücksritter und eine Räuberbande, das sind Männer mit Schwertern und Spießen, die auch mit Pfeilen und Bogen schießen; liebe Freunde und traute Gesellen, Strafgefangene und Genossen, die sich zum Umtrunk einstellen; eine Mandoline, Flöten, Fahnen und Standarten, Knaben, Mädchen und Bräute, die auf ihre Entschleierung warten; Sklavinnen als Sängerinnen, und zwar fünf Abessinierinnen, drei Inderinnen, vier Mädchen aus Medina und zwanzig Griechinnen, fünfzig Türkinnen, siebenzig Perserinnen, achtzig Kurdinnen und neunzig Georgierinnen; Tigris und Euphrat zumal, ein Fischernetz, Feuerstein und Feuerstahl, Iram die Säulenstadt, Lustknaben und Kuppler, tausend an der Zahl; Moscheen, Bäder, Rennplätze und Ställe, ein Baumeister und ein Schreinergeselle; Holz und ein Nagel dabei, ein schwarzer Sklave mit einer Schalmei; ein Hauptmann, ein Stallmeister, Städte und Metropolen gar, hunderttausend Dinare, Kufa und el-Anbâr; zwanzig Kisten, von Stoffen voll bis zum Rand, zwanzig Magazine mit Proviant; Gaza, Askalon und das Land von Damiette bis Asuân, der Palast des Perserkönigs Anuscharwân, das Reich des Sulaimân und das Gebiet vom Wadi Nu'mân bis zum Lande Chorasân, Balch und Ispahân, ja, alle Reiche von Indien bis zum Sudân. Ferner sind darin – möge Allah ein langes Leben unserm Herrn Kadi geben! – Unterkleider und Turbantuche und tausend scharfe Messer, um den Bart des Kadis abzuschneiden, sollte er meinen Groll nicht fürchten und nicht entscheiden, daß der Sack mir gehört!' Als der Kadi all diese Worte vernommen hatte, ward er durch sie ganz verwirrt, und er sprach: ,Ich sehe, ihr seid nichts anderes als zwei gemeine Kunden oder zwei von den Manichäerhunden, ihr treibt euer Spiel mit dem Kadi und den Herren vom Gericht, und ihr fürchtet euch vor der Strafe nicht. Denn etwas Absonderliches ist das, was ihr da sagt, hat nie eine Zunge zu erzählen gewagt, noch ist dergleichen je einem zu Ohren gekommen, und niemand hat solche Worte je in den Mund genommen. Bei Allah, von China bis zum Baume der Umm Ghailân, vom Perserlande bis zum Sudân und vom Wadi Nu'mân bis zum Lande Chorasân hat man nie gehört, was ihr da sagt, noch je geglaubt, was ihr zu behaupten wagt. Ist denn dieser Sack ein Meer, das keinen Boden zu haben scheint, oder der Auferstehungstag, der die Frommen und die Bösen vereint?' Darauf gab der Kadi Befehl, den Sack zu öffnen; ich öffnete ihn, und siehe da, man fand, daß sein Inhalt aus Brot, Zitronen, Käse und Oliven bestand. Dann warf ich den Sack dem Kurden vor die Füße und ging meiner Wege.'

Als der Kalif diese Geschichte von dem Perser 'Alî gehört hatte, fiel er vor Lachen auf den Rücken und machte ihm ein schönes Geschenk.

Ferner wird erzählt

DIE GESCHICHTE VON HARÛN ER-RASCHÎD, DER SKLAVIN UND DEM KADI ABU JÛSUF

Eines Nachts war Dscha'far, der Barmekide, zusammen mit er-Raschîd beim Zechen. Da sagte der Kalif: ,Dscha'far, es ist mir berichtet worden, daß du die Sklavin namens Soundso gekauft hast. Nach der steht schon lange mein Sinn; denn sie ist an Schönheit vollkommen, und mein Herz ist von der Liebe zu ihr eingenommen. Also verkauf sie mir!' Aber jener gab zur Antwort: ,Ich verkaufe sie nicht, o Beherrscher der Gläubigen.' ,Dann schenk sie mir!' fuhr der Kalif fort. Darauf

Dscha'far: ‚Ich verschenke sie auch nicht.‘ Nun schwor er-Raschîd: ‚Ich will dreimal von Zubaida geschieden sein, wenn du sie mir nicht verkaufst oder schenkst!‘ Doch auch Dscha'far schwor: ‚Ich will dreimal von meinem Weibe geschieden sein, wenn ich sie dir verkaufe oder schenke!‘ Als sie darauf aus ihrem Rausche wieder zu klarem Verstande kamen, erkannten sie beide, daß sie in eine schlimme Lage geraten waren, und sie konnten aus ihr keinen Ausweg finden. Da sagte er-Raschîd: ‚In solcher Not kann nur Abu Jûsuf helfen.‘ Drum sandten sie nach ihm; es war aber um die Mitternacht, und als der Bote ankam, sprang der Kadi erschrocken auf, indem er sich sagte: ‚Man ließe mich nicht um diese Zeit kommen, wenn es sich nicht um einen schwierigen Fall handelte, der den Islam betrifft.‘ Dann ging er eilends hinaus und bestieg seine Mauleselin; dabei sagte er zu seinem Burschen: ‚Nimm den Futtersack für das Maultier mit; es hat sich vielleicht noch nicht satt gefressen! Und wenn wir im Kalifenpalaste sind, so leg ihm den Sack wieder um den Hals, damit es den Rest seines Futters auffressen kann, bis ich wieder herauskomme, das heißt, wenn es wirklich heute nacht noch nicht all sein Futter gefressen hat.‘ ‚Ich höre und gehorche!‘ erwiderte der Bursche. Als nun der Kadi zu er-Raschîd eintrat, erhob dieser sich vor ihm und ließ ihn neben sich auf seinem Lager sitzen, wo er sonst nie einem anderen zu sitzen erlaubte; dann sprach er zu ihm: ‚Wir haben dich nur deshalb um diese Zeit kommen lassen, weil es sich um eine wichtige Sache handelt. Sie liegt so und so; und wir können keinen Ausweg finden.‘ ‚O Beherrscher der Gläubigen,‘ erwiderte der Kadi, ‚die Sache ist so einfach, wie sie nur sein kann.‘ Dann fuhr er fort: ‚Dscha'far, verkauf dem Beherrscher der Gläubigen ihre eine Hälfte und schenk ihm die andere Hälfte; dann seid ihr beide eures Eides ledig!' Darüber war der Kalif erfreut, und die beiden handelten nach dem Rate des Abu Jûsuf. Dann rief er-Raschîd: ‚Bringt mir die Sklavin sofort hierher!' – –«

Da bemerkte Schehrezâd, daß der Morgen begann, und sie hielt in der verstatteten Rede an. Doch als die *Zweihundertundsiebenundneunzigste Nacht* anbrach, fuhr sie also fort: »Es ist mir berichtet worden, o glücklicher König, daß der Kalif Harûn er-Raschîd rief: ‚Bringt mir die Sklavin sofort hierher! Denn ich sehne mich leidenschaftlich nach ihr.' Als man sie gebracht hatte, sprach er zu dem Kadi Abu Jûsuf: ‚Ich möchte sogleich bei ihr ruhen; ich kann es nicht ertragen, mich ihrer zu enthalten, bis die gesetzliche Frist[1] verstrichen ist. Was ist da zu tun?' Abu Jûsuf gab zur Antwort: ‚Bringt mir einen von den Mamluken des Beherrschers der Gläubigen, die noch nie freigelassen sind!' Man brachte einen solchen Mamluken. Dann sagte Abu Jûsuf: ‚Gestatte mir, sie mit ihm zu vermählen! Darauf soll er sich von ihr scheiden, ehe er zu ihr eingegangen ist, und dann wird es erlaubt sein, sofort bei ihr zu ruhen, ohne die Frist abzuwarten.' Diese Antwort gefiel dem Kalifen noch besser als die erste; und nachdem der Mamluk herbeigebracht war, sagte der Herrscher zu dem Kadi: ‚Ich gestatte dir, den Ehebund zu schließen.' Nun sprach der Kadi die Formel der Eheschließung aus, und der Mamluk willigte ein. Alsdann sagte der Kadi zu ihm: ‚Scheide dich von ihr; dann erhältst du hundert Dinare!' Aber der Mamluk erwiderte: ‚Das tue ich nicht.' Da bot der Kadi ihm immer mehr, während der Sklave sich weigerte, bis er ihm schließlich tausend Dinare zu geben versprach. Nun fragte der Mann den Kadi:

1. Wer eine Sklavin erwirbt, muß, ehe er ihr beiwohnt, eine gewisse Frist verstreichen lassen, bis sich herausstellt, ob sie von ihrem früheren Herrn schwanger ist.

‚Steht die Ehescheidung in meiner Hand oder in deiner oder in der des Beherrschers der Gläubigen?' Als der Kadi antwortete: ‚In deiner Hand!' rief der Mamluk: ‚Bei Allah, ich tu es nie und nimmer!' Darüber wurde der Kalif sehr zornig, und er fragte: ‚Was ist zu tun, Abu Jûsuf?' ‚O Beherrscher der Gläubigen,' sprach der Kadi Abu Jûsuf, ‚mach dir keine Sorge; die Sache ist leicht. Gib diesen Mamluken der Sklavin zum Eigentum!' Also sprach der Kalif: ‚Ich gebe ihn ihr zum Eigentum.' Darauf der Kadi zu der Sklavin: ‚Sprich: Ich nehme an!' Sie sprach: ‚Ich nehme an!' und dann fuhr der Kadi fort: ‚Ich spreche die Scheidung aus über die beiden dort; denn er ist ihr Besitz geworden, und also ist die Ehe ungültig!'[1] Da sprang der Beherrscher der Gläubigen auf und rief: ‚Nur ein Mann wie du soll zu meiner Zeit Kadi sein!' Und er ließ Schüsseln voll Gold kommen, leerte sie vor Abu Jûsuf und fragte ihn: ‚Hast du etwas bei dir, in das du das Gold hineintun kannst?' Der Kadi erinnerte sich an den Futtersack des Maultieres und ließ ihn bringen; nachdem der ihm mit Gold angefüllt war, nahm er ihn und ging nach Hause. Am nächsten Morgen sprach er zu seinen Freunden: ‚Es gibt keinen leichteren und kürzeren Weg zum Glauben und zu den Gütern dieser Welt als den Weg der Wissenschaft; denn diese große Menge Goldes habe ich allein für die Beantwortung von zwei oder drei Fragen erhalten.«

* * *

Du aber, wohlgebildeter Leser, betrachte nachdenklich diese anmutige Geschichte; denn sie enthält treffliche Lehren, wie das feine Benehmen des Wesirs gegen er-Raschîd, die Weisheit des Kalifen und die noch größere Weisheit des Kadis – Allah der Erhabene erbarme sich aller ihrer Seelen!

1. Im Islam schließt das Eigentumsrecht die Ehe aus.

DIE GESCHICHTE VON CHÂLID IBN 'ABDALLÂH
UND DEM LIEBHABER,
DER SICH ALS DIEB AUSGAB

Als Châlid ibn 'Abdallâh el-Kasri[1] Emir von Basra war, kam
einmal eine Schar von Menschen zu ihm, die einen jungen
Mann mit sich schleppte; der war von wunderbarer Lieblichkeit, offensichtlicher Vornehmheit und außerordentlicher Ver-
ständigkeit, und er hatte eine schöne Gestalt, sein Gewand
duftete, und er trug Ruhe und Würde zur Schau. Die Leute
führten ihn vor Châlid, und der fragte sie, was es mit ihm sei.
Da riefen sie: ‚Der hier ist ein Dieb; wir haben ihn gestern in
unserem Hause ertappt.‘ Als Châlid ihn anblickte und an seinem schönen und feinen Ansehen Gefallen hatte, sprach er:
‚Lasset ihn los!‘ Darauf trat er an den jungen Mann heran und
fragte ihn, was für eine Bewandtnis es mit ihm habe. Jener
antwortete: ‚Die Leute haben recht mit dem, was sie sagen;
die Sache verhält sich so, wie sie behaupten.‘ Weiter fragte
Châlid ihn: ‚Was hat dich zu einer solchen Tat veranlaßt, dich,
der du von so feinem Aussehen und so schöner Gestalt bist?‘
Er gab zur Antwort: ‚Mich trieben die Gier nach irdischem
Gut und der Ratschluß Allahs, des Gepriesenen und Erhabenen.‘
Da sagte Châlid: ‚Deine Mutter soll dich verlieren! Waren
denn dein schönes Gesicht und deines Verstandes Licht und
deiner Erziehung Vollkommenheit nicht einmal dazu bereit,
dich vom Diebstahl abzuhalten?‘ Der junge Mann entgegnete:
‚Sprich nicht davon, o Emir, sondern wende dich zu dem, was
Allah der Erhabene befohlen hat! Das ist es, was meiner Hände

1. Im Texte el-Kuschairi fehlerhaft für el-Kasrî; er war ein berühmter
Statthalter des unteren Zweistromlandes während der Jahre 724–738.

Tun verdient hat, und Allah ist gegen die Menschen nicht ungerecht.' Nun schwieg Châlid eine Weile und dachte über die Sache des Jünglings nach. Dann ließ er ihn näher an sich herankommen und sprach zu ihm: ‚Dein Geständnis vor den Zeugen macht mich verwirrt; denn ich kann es nicht glauben, daß du ein Dieb bist. Vielleicht hast du mir noch etwas anderes zu erzählen als von dem Diebstahl; so berichte mir davon!' ‚O Emir,' erwiderte der junge Mann, ‚laß dir nichts anderes in den Sinn kommen, als was ich soeben vor dir gestanden habe. Ich habe dir keine andere Geschichte zu erzählen, als daß ich in das Haus jener Leute eingebrochen bin und gestohlen habe, so viel mir möglich war; da kamen sie über mich, nahmen mir die Sachen wieder ab und führten mich vor dich.' Darauf gab Châlid den Befehl, ihn ins Gefängnis zu werfen, und er ließ einen Ausrufer in Basra verkünden: ‚Herbei! Wer sehen will, wie der Dieb Soundso bestraft und wie ihm die Hand abgeschlagen wird, der komme morgen früh zum Platze Soundso!' Als dann aber der Jüngling im Kerker saß, nachdem man ihm das Eisen an die Füße gelegt hatte, seufzte er bekümmert und begann in Tränen auszubrechen; dann hub er an diese Verse zu sprechen:

Es drohte Châlid mir mit dem Verlust der Hand,
Mach ich mit dem Geheimnis von ihr ihn nicht bekannt.
Doch ich sprach: Das sei ferne, daß ich die Lieb verrat,
Die tief das Herze mein für sie verschlossen hat.
Ja, der Verlust der Hand für das, was ich gestehe,
Ist leichter mir, als daß ich sie in Schande sehe.

Da hörten ihn seine Wächter, und sie gingen zu Châlid und berichteten ihm das Gehörte. Als es dann finstere Nacht war, ließ der Emir ihn zu sich kommen, und als der junge Mann bei ihm war, unterhielt er sich mit ihm. Und dabei erkannte er ihn als einen Mann von Klugheit und Wohlerzogenheit, von

165

Verstand, Feinheit und Trefflichkeit. Darauf befahl er, ihm Speise zu bringen, und er aß. Nachdem sie dann eine Weile geplaudert hatten, sagte Châlid zu ihm: ‚Ich weiß, daß du etwas anderes zu erzählen hast als von dem Diebstahl. Wenn es also Morgen wird, wenn die Leute kommen und der Kadi da ist und dich nach dem Diebstahl fragt, so leugne ihn ab und sage etwas, das dich vor dem Verluste der Hand schützt! Denn der Prophet Allahs – Er segne ihn und gebe ihm Heil! – hat gesagt: In zweifelhaften Fällen vermeidet die Strafen!' Darauf ließ er ihn in das Gefängnis zurückbringen. – –«

Da bemerkte Schehrezâd, daß der Morgen begann, und sie hielt in der verstatteten Rede an. Doch als die *Zweihundertund-achtundneunzigste Nacht* anbrach, fuhr sie also fort: »Es ist mir berichtet worden, o glücklicher König, daß Châlid, nachdem er mit dem jungen Manne geplaudert hatte, ihn in das Gefängnis zurückbringen ließ; und der blieb die Nacht über dort. Als es aber Morgen ward, strömte das Volk herbei, um zuzuschauen, wie dem jungen Manne die Hand abgeschlagen würde; es gab niemanden in Basra, weder Mann noch Weib, der nicht gekommen wäre, um sich die Bestrafung jenes Jünglings anzusehen. Châlid ritt in Begleitung der vornehmen Leute von Basra und einiger anderer hinaus; dann berief er die Kadis und ließ den Jüngling herbeibringen. Der kam in seinen Fesseln herbeigehumpelt, und alle Leute, die ihn sahen, beweinten ihn; ja, die Frauen erhoben ihre Stimmen zu Klagerufen. Der Kadi gebot, die Frauen zum Schweigen zu bringen, und sprach dann zu dem Jüngling: ‚Diese Leute da behaupten, du seiest in ihr Haus eingebrochen und habest ihr Gut gestohlen. Vielleicht hast du weniger als das Mindestmaß[1] gestohlen?'

1. Das Mindestmaß eines Diebstahls, der durch Abschlagen der Hand bestraft werden soll, beträgt das Viertel eines Golddinars.

‚Nein, ich habe so viel gestohlen, daß dies Maß voll erreicht ist‘, gab jener zur Antwort. Doch der Kadi fragte weiter: ‚Vielleicht hattest du gemeinsam mit den Leuten Anrecht auf einen Teil jener Sachen?‘ ‚Nein,‘ erwiderte der junge Mann, ‚alles gehörte ihnen; ich hatte kein Recht darauf.‘ Da ergrimmte Châlid über ihn, ging selber auf ihn zu und schlug ihn mit der Peitsche ins Gesicht, indem er diesen Vers auf ihn anwandte:

> *Der Mensch will stets, daß ihm sein Wunsch erfüllet werde;*
> *Doch Gott verleihet nichts, als was Er selber will.*

Dann rief er den Schlächter, damit er ihm die Hand abschlage; der kam und zog das Messer heraus. Schon hatte er die Hand des jungen Mannes ergriffen und das Messer darauf gelegt, da drängte sich mitten durch die Frauen hindurch eine Mädchengestalt, in zerlumpte Gewänder gekleidet.[1] Die warf sich mit einem lauten Schrei auf ihn; dann enthüllte sie ein Antlitz, das schön war wie der Mond. Da erhob sich unter dem Volke ein großes Getöse, und es war, als solle daraus ein flammender Aufruhr entstehen. Jene Maid aber rief, so laut sie vermochte: ‚Ich beschwöre dich bei Allah, o Emir, laß nicht vorschnell die Hand abschlagen, ehe du dies Blatt gelesen hast!‘ Dann reichte sie ihm ein Blatt hin; Châlid öffnete es, las es und fand darauf diese Verse geschrieben:

> *O Châlid, er da ist von Liebe ganz betöret;*
> *Vom Bogen meiner Lider traf ihn der Blicke Pfeil.*
> *Ja, meines Blicks Geschosse ereilten ihn, den Sklaven*
> *Der Liebe; keine Heilung des Leids wird ihm zuteil.*
> *Was niemals er getan, gestand er; denn er dachte,*
> *Daß solches besser sei als der Geliebten Schmach.*
> *Drum Gnade für den Armen, der liebt; er ist im Volke*
> *Ein Mann von edler Art, der keinen Raub verbrach!*

1. Zum Zeichen der Trauer.

Als Châlid diese Verse gelesen hatte, ging er zur Seite, zog sich von der Menge zurück und ließ die junge Frau zu sich kommen. Dann befragte er sie über den Sachverhalt, und sie tat ihm kund, daß der Jüngling ihr Geliebter sei und sie seine Geliebte. Er habe sie besuchen wollen und sei zum Hause der Ihren gegangen; dort habe er einen Stein niedergeworfen, um ihr sein Kommen zu melden. Ihr Vater und ihre Brüder hätten den Klang des Steines vernommen und seien zu ihm hingeeilt. ‚Doch als er sie kommen hörte,‘ so fuhr sie fort, ‚raffte er im Hause alles Zeug zusammen und gab sich als Dieb aus, um die Ehre seiner Geliebten zu retten. Als sie ihn bei diesem Tun erblickten, nahmen sie ihn fest und riefen: Ein Dieb! Dann brachten sie ihn vor dich; er gestand den Diebstahl ein und blieb bei seinem Geständnisse, um mich nicht bloßzustellen. Er hat all dies auf sich genommen und sich mit der Schuld des Diebstahls belastet, da er eine ungewöhnlich vornehme und edle Gesinnung hat.‘ Da rief Châlid: ‚Fürwahr, er verdient es, daß er seinen Wunsch erreiche!‘ Alsbald ließ er den Jüngling zu sich kommen und küßte ihn auf die Stirn; dann gebot er, auch den Vater des Mädchens herbeizuführen, und sprach zu ihm: ‚Alter, wir waren entschlossen, das Gesetz der Verstümmelung an diesem Jüngling zu vollziehen; aber Allah, der Allgewaltige und Glorreiche, hat mich davor bewahrt. Nun bestimme ich ihm zehntausend Dirhems dafür, daß er seine Hand hingeben wollte, um dir und deiner Tochter die Ehre zu retten und euch beiden die Schmach zu ersparen. Auch deiner Tochter bestimme ich zehntausend Dirhems, weil sie mir den wahren Sachverhalt kundgetan hat. Und nun bitte ich dich um Erlaubnis, sie ihm zur Gemahlin zu geben.‘ ‚O Emir,‘ erwiderte der Alte, ‚ich gebe dir diese Erlaubnis.‘ Châlid aber lobte und pries Gott und hielt eine schöne Predigt. – –«

Da bemerkte Schehrezâd, daß der Morgen begann, und sie hielt in der verstatteten Rede an. Doch als die *Zweihundertundneunundneunzigste Nacht* anbrach, fuhr sie also fort: »Es ist mir berichtet worden, o glücklicher König, daß Châlid Gott lobte und pries und eine schöne Predigt hielt. Dann sprach er zu dem Jüngling: ‚Ich vermähle dich mit dieser Maid, die Soundso heißt, die hier zugegen ist, mit ihrer Erlaubnis und ihrer Einwilligung und mit der Erlaubnis ihres Vaters; ihre Hochzeitsgabe soll in diesem Gelde bestehen, das sind zehntausend Dirhems.‘ Darauf erwiderte der Jüngling: ‚Ich nehme diese Ehe an.‘ Châlid aber gab Befehl, das Geld auf Messingplatten im Festzuge zum Hause des Jünglings zu tragen; und nun zog alles Volk vergnügt von dannen.

Ich habe, so sagte der Erzähler dieser Geschichte, nie einen merkwürdigeren Tag erlebt als jenen; er begann mit Tränen und Leid und endigte in Freude und Heiterkeit.

Ferner erzählt man

DIE GESCHICHTE VON DEM EDELMUT
DES BARMEKIDEN DSCHA'FAR
GEGEN DEN BOHNENVERKÄUFER

Als Harûn er-Raschîd den Barmekiden Dscha'far hatte ans Kreuz schlagen lassen[1], befahl er zugleich, daß jeder, der ihn beweine oder um ihn klage, gekreuzigt werden solle; deshalb ließ das Volk davon ab. Nun war da aber ein Beduine, der in einer fernen Steppe wohnte und der in jedem Jahre mit einem Lobgedichte zu dem besagten Barmekiden Dscha'far zu kommen pflegte; der pflegte ihm tausend Dinare als Belohnung für

1. In Wirklichkeit wurde Dscha'far im Jahre 803 auf Befehl des Kalifen enthauptet.

sein Gedicht zu geben, und jener kehrte mit dem Gelde heim und verwendete es für den Unterhalt der Seinen bis zum Ende des Jahres. So begab es sich, daß der Beduine wie gewöhnlich mit seinem Lobgedichte kam; aber als er eintraf, erfuhr er, daß Dscha'far gekreuzigt sei. Da zog er zu der Stätte, wo der Minister am Kreuze hing, und ließ sein Kamel niederknien; er weinte bitterlich und trug in tiefer Trauer das Lobgedicht vor. Dann legte er sich zum Schlafe nieder; und im Traume sah er den Barmekiden Dscha'far, der zu ihm sprach: ‚Fürwahr, du hast dich abgemüht, um zu uns zu kommen, und findest uns nun so, wie du es siehst. Doch begib dich nach Basra, frage dort nach einem Manne namens Soundso, einem der Kaufleute von Basra, und sprich zu ihm: ‚Dscha'far, der Barmekide, läßt dir den Gruß entbieten und läßt dir sagen, du möchtest mir tausend Dinare geben – beim Zeichen der Bohne!‘ Nachdem der Araber aus seinem Schlafe erwacht war, begab er sich nach Basra und fragte nach jenem Kaufmann. Als er ihn gefunden und ihm berichtet hatte, was Dscha'far ihm im Traum gesagt hatte, da weinte der Kaufmann bitterlich, und es schien fast, als ob er aus dieser Welt scheiden wolle. Dann erwies er dem Beduinen große Ehre, ließ ihn neben sich sitzen und nahm ihn freundlich in sein Haus auf; so blieb der Mann drei Tage als geehrter Gast bei ihm. Als er dann aufbrechen wollte, gab der Kaufmann ihm tausend und fünfhundert Dinare, indem er sprach: ‚Die tausend Dinare sind es, die für dich befohlen sind; die fünfhundert aber sind ein Geschenk von mir für dich. Und in jedem Jahre sollst du tausend Dinare erhalten.‘ Wie der Beduine sich zum Gehen wandte, sprach er zu dem Kaufmann: ‚Um Allahs willen, erzähle mir die Geschichte mit der Bohne, auf daß ich weiß, was sie zu bedeuten hat!‘ Jener erzählte darauf: ‚Ich war zuerst ein armer Teufel und zog mit
170

heißen Bohnen in den Straßen von Baghdad umher; die verkaufte ich, um mir so meinen Lebensunterhalt zu verdienen. So ging ich auch einmal an einem kalten Regentage aus, ohne genug auf dem Leibe zu haben, um mich vor der Kälte zu schützen; bald schüttelte ich mich, weil mich so heftig fror, bald fiel ich in eine Regenlache, und ich befand mich in einem erbärmlichen Zustande, der die Haut erschauern macht. An jenem Tage saß Dscha'far gerade in einem Söller, von dem aus man die Straße überblicken konnte, und seine Vertrauten und Odalisken waren bei ihm. Da fiel sein Blick auf mich; er hatte Mitleid mit meinem Zustande und schickte einen seiner Diener zu mir, der mich mitnahm und zu ihm hineinführte. Als er mich erblickte, sprach er zu mir: ‚Verkauf alles, was du an Bohnen bei dir hast, an meine Gesellschaft hier!' Ich begann also die Bohnen mit einem Maße, das ich bei mir hatte, auszumessen, und jeder, der ein Maß Bohnen erhielt, füllte es wieder mit Gold, so lange, bis mein Vorrat erschöpft und mein Korb ganz leer war. Dann sammelte ich das Gold, das mir beschert war; doch Dscha'far sprach zu mir: ‚Hast du noch Bohnen übrig behalten?' ‚Ich weiß es nicht', gab ich zur Antwort und suchte im Korbe nach; da fand ich in ihm nur noch eine einzige Bohne. Die nahm Dscha'far mir aus der Hand, spaltete sie in ihre beiden Hälften, behielt die eine Hälfte für sich und gab die andere einer seiner Odalisken mit den Worten: ‚Um wieviel willst du diese halbe Bohne kaufen?' Sie antwortete: ‚Um doppelt soviel wie all dies Gold zusammen.' Da wurde ich ganz irr an mir selber, und ich sagte mir:‚Das ist ja unmöglich!' Während ich noch so erstaunt dastand, gab die Odaliske einer ihrer Sklavinnen Befehl, und die brachte das Doppelte von dem gesammelten Golde. Nun hub Dscha'far wieder an: ‚Und ich kaufe die halbe Bohne, die ich behalten habe, um

den doppelten Betrag des gesamten Goldes!' Dann fuhr er zu
mir fort: ,Nimm den Preis für deine Bohnen hin!' indem er
einem seiner Diener befahl, all das Gold zusammenzunehmen
und in meinen Korb zu tun. Ich nahm es hin und ging fort.
Dann begab ich mich nach Basra, trieb Handel mit dem Gelde,
das ich nun besaß, und Allah gewährte mir reichen Verdienst
– Ihm sei Lob und Dank! Wenn ich dir also von dem, was ich
durch Dscha'fars Güte erhalten habe, in jedem Jahre tausend
Dinare gebe, so habe ich dadurch nicht den geringsten Verlust. Du aber denke an den hohen Edelmut Dscha'fars und daran, daß ihm, wie im Leben, so auch im Tode Preis gebührt –
Allah der Erhabene hab ihn selig!'

Und ferner erzählt man

DIE GESCHICHTE VON ABU MOHAMMED
DEM FAULPELZ

Eines Tages saß Harûn er-Raschîd auf seinem Kalifenthrone,
da trat einer seiner jungen Eunuchen zu ihm ein, der eine
Krone aus rotem Golde in den Händen trug; die war mit Perlen und Edelsteinen besetzt, mit allen Arten von Rubinen und
anderen Juwelen, wie man sie für Geld nie hätte kaufen können. Er küßte den Boden vor dem Kalifen und sprach: ,O Beherrscher der Gläubigen, die Herrin Zubaida' – –«

Da bemerkte Schehrezâd, daß der Morgen begann, und sie
hielt in der verstatteten Rede an. Ihre Schwester aber sprach
zu ihr: »Wie schön ist deine Erzählung und wie entzückend,
wie lieblich und wie berückend!« Doch Schehrezâd erwiderte:
»Was ist all dies gegen das, was ich in der kommenden Nacht
erzählen werde, wenn der König mich am Leben zu lassen geruht!« Nun sprach der König bei sich selber: »Bei Allah, ich
172

will sie nicht eher töten lassen, als bis ich ihre Geschichte zu Ende gehört habe.«

Doch als die *Dreihundertste Nacht* anbrach, hub die Schwester an: »Liebe Schwester, erzähle uns doch deine Geschichte zu Ende!« »Herzlich gern,« erwiderte Schehrezâd, »wenn der König es mir erlaubt!« Da sagte der König: »Erzähle, Schehrezâd!« So fuhr sie denn fort: »Es ist mir berichtet worden, o glücklicher König, daß der junge Eunuch zum Kalifen sprach: ‚Die Herrin Zubaida küßt den Boden vor dir und läßt dir sagen: ‚Du weißt, daß sie diese Krone hat machen lassen und daß darin noch ein großer Edelstein fehlt, der die Spitze bilden soll. Sie hat in ihren Schätzen suchen lassen, aber sie hat keinen so großen Edelstein finden können, wie sie ihn wünscht.‘ Da sprach der Kalif zu den Kammerherren und Statthaltern: ‚Suchet nach einem großen Edelstein, wie Zubaida ihn wünscht!‘ Und sie suchten, aber sie fanden nichts, was ihrem Wunsche entsprach; als sie das dem Kalifen kundtaten, ward er zornig und rief: ‚Wie kann ich Kalif und König der Könige auf Erden sein, wenn ich nicht imstande bin, einen Edelstein zu beschaffen? Ihr da, fragt bei den Kaufleuten an!‘ Sie fragten also bei den Kaufleuten nach, und die sagten ihnen: ‚Unser Herr und Kalif wird einen solchen Edelstein nur bei einem Manne in Basra finden, dessen Name Mohammed der Faulpelz ist.‘ Das meldeten sie dem Kalifen, und der gab alsbald seinem Wesir Dscha'far den Befehl, an den Emir Mohammed ez-Zubaidi, den Statthalter von Basra, einen Brief zu senden mit dem Auftrage, er solle Mohammed den Faulpelz bereithalten und mit ihm vor dem Beherrscher der Gläubigen erscheinen. Der Wesir schrieb einen Brief dieses Inhalts und sandte ihn mit Masrûr ab. Der begab sich also mit dem Schreiben nach der Stadt Basra und trat zum Emir Mohammed ez-Zubaidi ein. Nachdem dieser ihn hocherfreut mit allen Ehren aufgenommen hatte, las Masrûr ihm das Schreiben des Beherrschers der Gläubigen Harûn er-Raschîd vor. ‚Ich höre und gehorche!' sprach der Statthalter und entsandte den Masrûr alsbald mit einer Schar seiner Diener zu Abu Mohammed dem Faulpelz. Die begaben sich zu seinem Hause und klopften dort an die Tür. Einer von den Dienern kam heraus, und Masrûr sprach zu ihm: ‚Sag deinem Herrn, daß der Beherrscher der Gläubigen nach ihm verlangt!' Nachdem der Diener hineingegangen war und die Botschaft ausgerichtet hatte, kam Abu Mohammed heraus und sah dort vor sich Masrûr, den Kammerherrn des Kalifen, inmitten der Diener des Emirs Mohammed ez-Zubaidi. Da küßte er die Erde vor dem Abgesandten und sprach: ‚Ich höre und gehorche dem Beherrscher der Gläubigen. Doch tretet zuvor bei mir ein!' Als sie antworteten: ‚Wir können das nur in aller Eile tun, wie es uns der Beherrscher der Gläubigen befohlen hat; denn er wartet auf dein Kommen', sagte er: ‚Wartet nur ein klein wenig auf mich, bis ich alles gerüstet habe!' Nach vielem Drängen und Zureden traten sie mit ihm in das Haus ein; und dort sahen sie zunächst eine Vorhalle, behangen mit Wanddecken aus blauem Brokat, die mit rotem Golde bestickt waren. Dann befahl Mohammed der Faulpelz einigen seiner Diener, Masrûr in das Bad zu geleiten, das sich im Hause befand. Nachdem sie den Befehl ausgeführt hatten, sah sich Masrûr in einem Raume, in dem die Wände und der Fußboden aus seltenen, mit Gold und Silber verzierten Marmorplatten bestanden, und in dem das Wasser mit Rosenöl gemischt war. Die Diener eilten geschäftig um Masrûr und sein Gefolge und warteten ihnen in vollendetster Weise auf; und ehe die Gäste das Bad verließen, legten sie ihnen Ehrengewänder aus golddurchwirktem Brokat an. Dann traten

174

Masrûr und seine Begleiter zu Abu Mohammed dem Faulpelz
ein und fanden ihn in seinem Obergemach sitzen; ihm zu
Häupten hingen Wandteppiche aus golddurchwirktem Brokat, mit Perlen und Edelsteinen besetzt, und das ganze Zimmer war mit Kissen ausgestattet, auf denen sich Stickereien
aus rotem Golde befanden. Er saß auf einem Pfühl, das über
ein edelsteinbesetztes Lager gebreitet war. Und sowie Masrûr
eintrat, hieß er ihn willkommen, ging ihm entgegen und ließ
ihn an seiner Seite sitzen. Dann befahl er, den Speisetisch zu
bringen; doch als Masrûr den Tisch sah, rief er: ‚Bei Allah,
sogar bei dem Beherrscher der Gläubigen habe ich einen solchen Tisch nie gesehen!' Und auf dem Tische lagen vielerlei
Speisen, die alle in Schüsseln aus vergoldetem Porzellan angerichtet waren. ‚Dann aßen und tranken wir,' – so erzählte
Masrûr – ‚und waren vergnügt, bis der Tag sich neigte; darauf gab er noch einem jeden von uns fünftausend Dinare, und
am nächsten Morgen kleidete man uns in grüne, golddurchwirkte Ehrengewänder und erwies uns die höchsten Ehren.'
Als dann aber Masrûr zu Abu Mohammed dem Faulpelz sagte:
‚Wir können nicht länger so verweilen, da wir den Kalifen
fürchten müssen', erwiderte dieser ihm: ‚O Gebieter, gedulde
dich nur noch bis morgen, damit wir uns reisefertig machen
können und dann mit euch aufbrechen!' So blieben sie denn
noch den Tag über und verbrachten dort auch die Nacht, bis
es wieder Morgen ward. Nun sattelten die Diener für Abu Mohammed den Faulpelz ein Maultier mit einem Sattel aus Gold,
in den mancherlei Perlen und Edelsteine eingelegt waren. Da
sagte Masrûr sich: ‚Ob der Kalif wohl den Abu Mohammed,
wenn er in solchem Aufzuge vor ihm erscheint, danach fragen
wird, wie er zu diesen Reichtümern gekommen ist?' Darauf
nahmen sie Abschied von Mohammed ez-Zubaidi, zogen aus

175

Basra hinaus und reisten ohne Unterbrechung weiter, bis sie zur Stadt Baghdad gelangten. Wie sie dann zum Kalifen eingetreten waren und vor ihm standen, befahl er dem Abu Mohammed, sich zu setzen. Der ließ sich nieder und hub an zu sprechen, wie es sich bei Hofe schickte, indem er sagte: ‚O Beherrscher der Gläubigen, ich habe ein Geschenk gebracht, um dir zu huldigen; darf ich es mit deiner gnädigen Erlaubnis herbeiholen lassen?' ‚Das mag geschehen!' antwortete er-Raschîd. Nun befahl Abu Mohammed eine Kiste zu holen, öffnete sie und nahm aus ihr kostbare Geschenke hervor, darunter goldene Bäume, mit Blättern aus weißem Smaragd und Früchten aus rotem und gelbem Hyazinth und aus schimmernden Perlen; darüber erstaunte der Kalif. Darauf ließ der Fremde eine zweite Kiste holen und nahm aus ihr ein brokatenes Prunkzelt hervor, das mit Perlen, Rubinen, Smaragden, Chrysolithen und noch anderen Edelsteinen verziert war; die Pfeiler des Zeltes waren aus frischem indischen Aloeholz; die Säume der Zeltdecke waren mit grünen Smaragden besetzt; und auf den Zeltwänden waren lauter Bilder von allerlei Getier angebracht, Vögel und Tiere der Steppe, und diese Bilder waren mit edlen Steinen verziert, Hyazinthen, Smaragden, Chrysolithen, Ballasrubinen und allerlei Edelmetallen. Als er-Raschîd das sah, war er hocherfreut; und darauf sprach Abu Mohammed der Faulpelz zu ihm: ‚O Beherrscher der Gläubigen, denke nicht, ich hätte dir dies gebracht, weil ich etwas befürchte oder etwas begehre! Ich weiß, daß ich nur ein Mann aus dem Volke bin, ich weiß aber auch, daß diese Dinge niemandem anders gebühren als dem Beherrscher der Gläubigen. Wenn du mir nun Erlaubnis gewährst, so will ich dir etwas von dem zeigen, was ich vermag.' ‚Tu, was du willst,' sagte er-Raschîd, ‚wir wollen es uns ansehen!' Abu Mohammed er-
176

widerte: ‚Ich höre und gehorche!' bewegte seine Lippen und winkte den Zinnen des Palastes; da neigten sie sich ihm zu. Dann gab er ihnen einen zweiten Wink; da wurden sie wieder aufrecht, wie sie gewesen waren. Darauf machte er Zeichen mit den Augen; da erschienen vor ihm Käfige mit verschlossenen Türen, und nachdem er Worte über sie gesprochen hatte, gaben ihm Vogelstimmen Antwort. Über all das war er-Raschîd aufs höchste erstaunt, und er fragte: ‚Woher hast du alles dies, wo du doch nur als Abu Mohammed der Faulpelz bekannt bist? Ja, man hat mir sogar gesagt, dein Vater sei ein Schröpfer gewesen, der in einem Badehause die Kunden bediente und dir nichts hinterließ!' Abu Mohammed erwiderte: ‚O Beherrscher der Gläubigen, höre meine Geschichte.' – –«

Da bemerkte Schehrezâd, daß der Morgen begann, und sie hielt in der verstatteten Rede an. Doch als die *Dreihundertunderste Nacht* anbrach, fuhr sie also fort: »Es ist mir berichtet worden, o glücklicher König, daß Abu Mohammed der Faulpelz dem Kalifen erwiderte: ‚O Beherrscher der Gläubigen, höre meine Geschichte; denn sie ist gar wundersam, und seltsam ist's, wie das alles kam. Würde man sie mit Nadeln in die Augenwinkel schreiben, so würde sie allen, die sich lehren lassen, ein lehrreich Beispiel bleiben!' Darauf sagte er-Raschîd: ‚Erzähle, was du zu erzählen hast, und tu es mir kund, Abu Mohammed!' Da hub jener an:

‚Wisse, o Beherrscher der Gläubigen, – Allah gebe dir auf immer Ruhm und Macht! – wenn die Leute sagen, ich sei als der Faulpelz bekannt und mein Vater hätte mir kein Geld hinterlassen, so ist das wahr. Mein Vater war nichts anderes, als was du sagtest: er war ein Schröpfer in einem Badehause. Und ich war in meiner Jugend das faulste Wesen, das man auf dem Angesichte der Erde finden konnte. Ja, meine Faulheit ging so weit, daß ich, wenn ich an heißen Tagen schlief und die Sonne über mich kam, zu faul war, um aufzustehen und von der Sonne in den Schatten zu gehen. So trieb ich es fünfzehn Jahre lang; dann starb mein Vater – Allah der Erhabene hab ihn selig! – und hinterließ mir nichts. Meine Mutter aber diente bei Leuten, und so konnte sie mir zu essen und zu trinken geben, während ich auf der Seite lag. Eines Tages nun begab es sich, daß meine Mutter mit fünf Silberdirhems in der Hand zu mir hereinkam und sprach: ‚Lieber Sohn, es ist mir berichtet worden, daß der Scheich Abu el-Muzaffar beschlossen hat, eine Reise nach China zu machen – jener Scheich liebte die Armen und war ein wohltätiger Mann; – also, mein Sohn, nimm diese fünf Dirhems und laß uns zu ihm gehen und ihn bitten, daß er dir dafür im Lande China etwas kauft; vielleicht wird dir daraus durch die Güte Allahs des Erhabenen Gewinn erwachsen.‘ Ich war zu faul, um aufzustehen; aber da schwor sie bei Allah, wenn ich nicht aufstände und mit ihr ginge, so wolle sie mir nie mehr etwas zu essen oder zu trinken geben, und sie wolle nie mehr zu mir hereinkommen, sondern mich vor Hunger und Durst sterben lassen. Als ich ihre Worte vernahm, o Beherrscher der Gläubigen, wußte ich, daß sie das tun würde, da sie ja meine Faulheit kannte. Also sprach ich zu ihr: ‚Richte mich auf!‘ Da richtete sie mich auf, während ich Tränen im Auge hatte; dann sagte ich: ‚Bring mir meine Schuhe!‘ Und als sie mir die gebracht hatte, fuhr ich fort: ‚Zieh sie mir über die Füße!‘ Nachdem sie mir die Schuhe angezogen hatte, sagte ich zu ihr: ‚Heb mich vom Boden auf!‘ Sie tat es, und dann sagte ich: ‚Stütze mich, damit ich gehen kann!‘ Da stützte sie mich, und so ging ich denn mit ihr immer weiter dahin, während ich über meine Säume stolperte,

178

bis wir zum Ufer des Stromes gelangten. Dort begrüßten wir den Scheich, und ich sprach zu ihm: ‚Oheim, bist du Abu el-Muzaffar?‘ ‚Zu Diensten!‘ erwiderte er, und ich fuhr fort: ‚Nimm diese Dirhems und kaufe mir dafür etwas im Lande China; vielleicht wird Allah mir daraus Gewinn erwachsen lassen.‘ Nun fragte der Scheich Abu el-Muzaffar seine Gefährten: ‚Kennt ihr diesen Jüngling?‘ ‚Jawohl,‘ gaben sie zur Antwort, ‚der da ist bekannt als Abu Mohammed der Faulpelz; aber jetzt haben wir zum ersten Male gesehen, daß er aus seinem Hause herausgekommen ist.‘ Dann fuhr der Scheich fort: ‚Mein Sohn, gib die Dirhems her – Allah der Erhabene segne sie!‘ Darauf nahm er das Geld von mir entgegen und sprach: ‚Im Namen Allahs!‘ Nun kehrte ich mit meiner Mutter nach Hause zurück, während der Scheich Abu el-Muzaffar sich auf die Reise begab, zusammen mit einer Schar von Kaufleuten; und sie reisten immer weiter, bis sie im Lande China ankamen. Dort machte der Scheich seine Verkäufe und Einkäufe; und danach traten sie die Rückreise an, er und seine Begleiter, sobald sie ihre Geschäfte erledigt hatten. Als sie aber drei Tage auf dem Meere dahingesegelt waren, sagte der Scheich plötzlich zu seinen Reisegenossen: ‚Haltet das Schiff an!‘ Wie die Kaufleute fragten: ‚Was willst du?‘ erwiderte er: ‚Wisset, ich habe den Auftrag vergessen, den ich für Abu Mohammed den Faulpelz übernommen hatte. Laßt uns also umkehren, damit wir etwas für ihn kaufen, durch das er etwas verdienen kann!‘ Da riefen sie: ‚Wir bitten dich um Allahs des Erhabenen willen, kehre nicht mit uns um! Wir haben doch schon eine so unendlich lange Strecke durchfahren, und wir haben auf ihr gewaltige Schrecken und reichliche Mühsale ausgeha'ten.‘ Aber er entgegnete: ‚Es ist nicht anders möglich, wir müssen umkehren.‘ Nun sagten sie: ‚Nimm von uns ein Vielfaches von

dem Gewinne der fünf Dirhems; doch kehr nicht mit uns um!'
Er hörte auf sie, und sie sammelten eine beträchtliche Summe
für ihn. Dann fuhren sie weiter, bis sie zu einer Insel kamen,
auf der sich viel Volks befand. Sie legten bei ihr an, und die
Kaufleute gingen an Land, um dort Einkäufe an Edelmetallen,
Juwelen, Perlen und anderen Dingen zu machen. Nun sah Abu
el-Muzaffar da einen Mann sitzen, der eine große Zahl von
Affen bei sich hatte; unter diesen war auch ein Affe, dem die
Haare ausgerupft waren. Und jedesmal, wenn der Besitzer
der Affen nicht achtgab, fielen die anderen über den gerupf-
ten Affen her, prügelten ihn und jagten ihn auf ihren Herrn
zu; der aber erhob sich, schlug sie und band sie fest und bestrafte sie so dafür. Nun wurden die Affen alle zornig auf den
einen und prügelten ihn wieder. Als der Scheich Abu el-
Muzaffar jenen Affen sah, hatte er Mitleid und Erbarmen mit
ihm, und er fragte seinen Besitzer: ,Willst du mir diesen Affen
verkaufen?' ,Kaufe!' sagte der; und der Scheich fuhr fort: ,Ich
habe fünf Dirhems bei mir, die einem Waisenknaben gehören.
Willst du ihn mir dafür verkaufen?' Jener darauf: ,Der Verkauf ist abgeschlossen, und Allah segne ihn dir!' Nun erhielt
der Scheich den Affen und händigte dem Verkäufer die Dirhems ein; die Diener des Scheichs aber nahmen den Affen mit
und banden ihn auf dem Schiffe fest. Darauf spannten sie die
Segel und fuhren zu einer anderen Insel, bei der sie wiederum
anlegten; dort kamen die Taucher an Bord, die nach Edelmetallen, Perlen, Juwelen und ähnlichen Dingen tauchten.
Die Kaufleute gaben ihnen Geld zum Lohne dafür, daß sie
tauchen sollten; sie taten es, doch als der Affe sie bei diesem
Tun sah, machte er sich von den Fesseln frei, sprang über Bord
und tauchte unter. Da rief Abu el-Muzaffar: ,Es gibt keine
Macht und es gibt keine Majestät außer bei Allah dem Erhabe-

nen und Allmächtigen! Der Affe ist für uns dahin, mitsamt dem Glücke jenes armen Burschen, für den wir ihn mitgenommen hatten!' Die Leute gaben den Affen verloren; aber da plötzlich, als die Schar der Taucher wieder hochkam, erschien auch der Affe mit ihnen auf der Oberfläche. Er hatte die Hände voll von den kostbarsten Juwelen, und die warf er vor Abu el-Muzaffar nieder. Der war darüber sehr erstaunt und rief: ,Fürwahr, in diesem Affen steckt ein großes Geheimnis!' Nachdem sie dann wieder die Segel gespannt hatten, fuhren sie weiter, bis sie zu einer Insel gelangten, deren Name die ,Insel der Neger'[1] ist; das sind schwarze Leute, die das Fleisch der Menschen fressen. Als die Schwarzen sie sahen, fuhren sie in Booten herbei, fielen über sie her und holten alle vom Schiffe herunter; dann fesselten sie ihnen die Hände auf dem Rücken und schleppten sie vor den König. Der befahl ihnen, eine Anzahl von den Kaufleuten zu schlachten, und nachdem sie das getan hatten, fraßen sie ihr Fleisch auf. Die übrigen Kaufleute verbrachten die Nacht gefesselt und in Todesangst. Als es dunkle Nacht geworden war, kam der Affe auf Abu el-Muzaffar zu und befreite ihn von seinen Fesseln. Wie die anderen Kaufleute ihn frei sahen, sprachen sie: ,Möge Allah geben, daß wir durch deine Hände befreit werden, Abu el-Muzaffar!' Darauf erwiderte er: ,Wisset, mich hat – nach dem Willen Allahs des Erhabenen – niemand anders als dieser Affe befreit.' – –«

Da bemerkte Schehrezâd, daß der Morgen begann, und sie hielt in der verstatteten Rede an. Doch als die *Dreihundertundzweite Nacht* anbrach, fuhr sie also fort: »Es ist mir berichtet worden, o glücklicher König, daß Abu Mohammed weiter erzählte: ,Abu el-Muzaffar erwiderte: ,Mich hat – nach dem Willen Allahs des Erhabenen – niemand anders als dieser Affe

1. Das ist Zanzibar.

befreit; und ich zahle ihm dafür tausend Dinare.' Und die Kaufleute sprachen: ‚Ebenso zahlt ein jeder von uns ihm tausend Dinare, wenn er uns befreit.' Da trat der Affe zu ihnen und löste einem nach dem andern die Fesseln, bis er sie alle davon befreit hatte. Die eilten darauf zu dem Schiffe, stiegen hinauf und fanden, daß es unversehrt war und nichts auf ihm fehlte. Dann setzten sie Segel und stachen in See; und nun sprach Abu el-Muzaffar zu ihnen: ‚Ihr Kaufleute, zahlt jetzt, was ihr dem Affen versprochen habt!' ‚Wir hören und gehorchen!' erwiderten sie, und ein jeder von ihnen händigte ihm tausend Dinare aus; auch Abu el-Muzaffar holte von seinem Gelde tausend Dinare. So kam für den Affen eine große Summe Geldes zusammen. Sie fuhren weiter dahin, bis sie die Stadt Basra erreichten; und dort warteten ihre Freunde auf sie, bis sie vom Schiffe ans Land stiegen. Dann fragte Abu el-Muzaffar sofort: ‚Wo ist Abu Mohammed der Faulpelz?' Meine Mutter hörte davon, und während ich schlafend dalag, kam sie und rief: ‚Mein Sohn, Scheich Abu el-Muzaffar ist heimgekehrt und ist wieder in der Stadt. Also steh auf, geh hin zu ihm, begrüße ihn und frage ihn, was er dir gebracht hat! Vielleicht hat Allah der Erhabene dir irgendein Tor des Glücks geöffnet.' Ich gab ihr zur Antwort: ‚Heb mich vom Boden auf und stütze mich, daß ich hingehen und mich zum Ufer des Stromes begeben kann!' Darauf ging ich fort, indem ich über die Säume meiner Kleider stolperte, bis ich zum Scheich Abu el-Muzaffar kam. Als er mich erblickte, rief er mir zu: ‚Willkommen dem, dessen Dirhems die Ursache meiner Rettung und der Rettung dieser Kaufleute gewesen sind nach dem Willen Allahs des Erhabenen!' Und weiter sprach er zu mir: ‚Nimm diesen Affen; denn ich habe ihn für dich gekauft. Geh mit ihm nach Hause und warte, bis ich zu dir komme!'

182

Ich nahm also den Affen bei der Hand und ging fort, indem ich mir sagte: ‚Bei Allah, dies muß ja wirklich eine sehr wertvolle Ware sein!' Dann trat ich zu Hause ein und sprach zu meiner Mutter: ‚Immer, wenn ich schlafen will, sagst du mir, ich solle aufstehen und Handel treiben; nun sieh dir mit deinen eigenen Augen diese Ware an!' Dann setzte ich mich nieder; und kaum saß ich, da kamen die Sklaven des Abu el-Muzaffar zu mir und fragten mich: ‚Bist du Abu Mohammed der Faulpelz?' ‚Jawohl', erwiderte ich. Nun kam auch schon Abu el-Muzaffar hinter ihnen her; sofort erhob ich mich vor ihm und küßte ihm die Hände. Er sprach zu mir: ‚Komm mit mir in mein Haus!' ‚Ich höre und gehorche!' antwortete ich und folgte ihm, bis ich in sein Haus eintrat. Dort befahl er seinen Sklaven, das Geld herbeizuschaffen; und als sie es gebracht hatten, sprach er: ‚Mein Sohn, Allah hat dir diesen Reichtum beschert als Gewinn aus den fünf Dirhems.' Darauf luden sie das Geld in seinen Kisten auf ihre Köpfe, und er gab mir die Schlüssel zu jenen Kisten mit den Worten: ‚Geh vor den Sklaven her zu deinem Hause; denn all dies Geld gehört dir!' So ging ich denn zu meiner Mutter; und sie sprach hocherfreut zu mir: ‚Mein Sohn, Allah hat dich mit diesem großen Reichtum gesegnet; drum laß ab von deiner Faulheit, geh zum Basar und treibe Handel!' Und ich schüttelte wirklich die Trägheit ab und eröffnete einen Laden im Basar. Der Affe aber saß immer neben mir auf meinem Diwan; wenn ich aß, so aß er mit mir, und wenn ich trank, so tránk er mit mir. Doch jeden Tag pflegte er vom Morgengrauen bis zur Mittagszeit zu verschwinden; dann kam er wieder und trug einen Beutel mit tausend Dinaren in der Hand, und wenn er den neben mich hingelegt hatte, setzte er sich. Das tat er eine ganze Zeit lang, bis sich schließlich sehr viel Geld bei mir angehäuft hatte. Darauf, o Beherrscher der Gläubigen, erwarb ich Grundstücke und Ländereien, pflanzte Gärten und kaufte Mamluken, Sklaven und Sklavinnen. Nun begab es sich eines Tages, als ich mit dem Affen neben mir auf dem Diwan saß, daß er sich plötzlich nach rechts und nach links wandte. Da sagte ich bei mir selber: ,Was mag es mit diesem Affen sein?' Aber auf einmal ließ Allah den Affen mit deutlicher Sprache reden, und das Tier rief: ,O Abu Mohammed!' Als ich ihn sprechen hörte, erschrak ich gewaltig; doch er fuhr fort: ,Erschrick nicht! Ich will dir von mir erzählen; ich bin ein Mârid vom Geschlechte der Geister, aber ich bin zu dir gekommen, weil du in solcher Not warst, du, der du heute nicht mehr die Fülle deines Reichtums ermessen kannst. Nun habe ich ein Anliegen an dich; und daraus soll dir Gutes ersprießen.' ,Was ist das?' fragte ich; und er gab mir zur Antwort: ,Ich möchte dich mit einem Mädchen vermählen, das so schön wie der Vollmond ist.' Da fragte ich weiter: ,Wie ist denn das?' Er sagte darauf zu mir: ,Lege morgen früh prächtige Gewänder an, besteige dein Maultier mit dem goldenen Sattel und begib dich zum Basar der Futterhändler. Dort frage nach dem Laden des Scherifen[1], setze dich zu dem Kaufherrn hin und sprich zu ihm: ,Ich komme zu dir als Freier, der um die Hand deiner Tochter wirbt.' Wenn er dann zu dir sagt: ,Du hast weder Geld noch Abkunft und Adel', so gib ihm tausend Dinare. Wenn er dann mehr von dir verlangt, so biete ihm noch mehr und errege in ihm das Verlangen nach dem Gelde.' ,Ich höre und gehorche!' erwiderte ich, ,morgen früh, so Allah der Erhabene will, werde ich das tun.' Und als es Morgen ward – so erzählte Abu Mohammed weiter –, legte ich meine prächtigsten Gewänder an, bestieg mein Maultier mit dem goldenen Sattel und begab

1. Ein *scharîf* ist ein Nachkomme des Propheten Mohammed.

mich darauf zum Basar der Futterhändler. Dort fragte ich nach dem Laden des Scherifen; ich fand ihn in seinem Laden sitzen, und nachdem ich abgestiegen war, begrüßte ich ihn und setzte mich zu ihm.' – –«

Da bemerkte Schehrezâd, daß der Morgen begann, und sie hielt in der verstatteten Rede an. Doch als die *Dreihundertunddritte Nacht* anbrach, fuhr sie also fort: »Es ist mir berichtet worden, o glücklicher König, daß Abu Mohammed der Faulpelz weiter erzählte: ,Nachdem ich abgestiegen war, begrüßte ich ihn und setzte mich zu ihm; ich hatte aber zehn meiner schwarzen Sklaven und Mamluken bei mir. Da hub der Scherif an: ,Vielleicht hast du ein Anliegen an uns, das wir dir zu erfüllen vermögen?' ,Jawohl,' gab ich zur Antwort, ,ich habe ein Anliegen an dich.' Als er nun fragte: ,Was ist dein Wunsch?' erwiderte ich: ,Ich komme zu dir als Freier, der um deine Tochter wirbt.' Doch er entgegnete: ,Du hast weder Geld noch Abkunft und Adel.' Da zog ich vor seinen Augen einen Beutel mit tausend Dinaren von rotem Golde hervor und sprach zu ihm: ,Das ist meine Abkunft und mein Adel. Und er, dem Allah Segen und Heil spenden möge, hat selbst gesagt: Der beste Adel ist der Reichtum. Wie schön sagt doch auch der Dichter:

> *Kann jemand auch zwei Dirhems nur sein eigen nennen,*
> *So werden seine Lippen manche Rede kennen.*
> *Dann kommen die Genossen, lauschen seinen Worten;*
> *Du siehst ihn bei dem Volk sich blähen allerorten.*
> *Und hätte er das Geld, mit dem er großtut, nicht,*
> *Du fändest bei den Menschen ihn als ärmsten Wicht.*
> *Und wenn der Reiche auch in seinen Worten irrt,*
> *So heißt es: Du sprichst wahr, du redest nicht verwirrt.*
> *Doch spricht der Arme wahr, so ruft die Welt betört:*
> *Du lügst! Und was er sagt, verhallet ungehört.*
> *Ja, Dirhems geben hier auf Erden weit und breit*

Den Männern Würde und das Kleid der Lieblichkeit.
Sie sind die Zunge dem, der feine Rede liebt;
Sie sind die Waffe dem, der sich zum Kampf begibt.'

Als der Scherif diese Worte von mir vernahm und zum Verständnis der Verse des Liedes kam, senkte er sein Haupt eine Weile zu Boden; dann hob er es wieder und sprach: ‚Wenn es denn sein muß, so verlange ich von dir noch dreitausend Dinare.' ‚Ich höre und gehorche!' erwiderte ich und schickte einen meiner Mamluken nach Hause, der alsbald mit dem verlangten Gelde wiederkam. Als der Scherif das Geld kommen sah, verließ er den Laden und befahl seinen Dienern, ihn zu schließen. Dann lud er seine Freunde vom Basar in sein Haus; dort setzte er den Ehevertrag zwischen mir und seiner Tochter auf und sprach zu mir: ‚Nach zehn Tagen will ich dich zu ihr einführen.' Nun ging ich erfreut nach Hause, blieb mit dem Affen allein und erzählte ihm, was geschehen war. Der sprach: ‚Das hast du gut gemacht!' Und als die vom Scherifen bestimmte Zeit herangenaht war, sagte der Affe zu mir: ‚Ich habe ein Anliegen an dich. Wenn du mir das erfüllst, so wirst du alles, was du von mir wünschest, erhalten.' ‚Was hast du für ein Anliegen?' fragte ich; und er gab mir zur Antwort: ‚An der Rückwand der Halle, in der du zu der Tochter des Scherifen eingehen wirst, befindet sich eine Kammer; an deren Tür ist ein Ring aus Kupfer, und die Schlüssel hängen darunter. Nimm die Schlüssel und öffne die Tür; dann wirst du drinnen eine eherne Truhe finden mit vier Talismanen in Gestalt von Fähnlein an den Ecken. Mitten in der Truhe ist ein Becken voll von Gold, und auf ihrer einen Seite sind elf Schlangen, auf der anderen liegt ein Messer; in dem Becken aber ist ein weißer Hahn mit gespaltenem Kamm festgebunden. Nimm das Messer und schlachte damit den Hahn; schneide die Fähnlein ab und wirf die Truhe um. Darauf geh zu deiner jungen Gemahlin und nimm ihr das Mädchentum! Dies ist mein Anliegen an dich.' ‚Ich höre und gehorche!' erwiderte ich und ging zum Hause des Scherifen. Dort trat ich in die Halle ein und schaute nach der Kammer, die mir der Affe beschrieben hatte. Als ich dann mit meiner jungen Frau allein war, erstaunte ich ob ihrer Schönheit und Lieblichkeit und ihres Wuchses Ebenmäßigkeit; denn ihre wunderbare Anmut war so groß, daß keine menschliche Zunge sie zu schildern vermag. So hatte ich denn auch eine hohe Freude an ihr; um die Mitternacht aber, als meine junge Frau schlief, erhob ich mich, nahm die Schlüssel und öffnete die Kammer. Dann nahm ich das Messer, schlachtete den Hahn, warf die Fähnlein fort und stürzte die Truhe um. Da erwachte die Jungfrau, und als sie die Kammer geöffnet und den Hahn geschlachtet sah, rief sie: ‚Es gibt keine Majestät und es gibt keine Macht außer bei Allah dem Erhabenen und Allmächtigen! Jetzt holt mich der Mârid!' Und kaum hatte sie ihre Worte beendet, da stürzte schon der Mârid in das Haus und raubte die junge Frau. Nun entstand ein Lärm, und plötzlich kam der Scherif; und indem er sich das Gesicht zerschlug, rief er: ‚O Abu Mohammed, was hast du uns da angetan! Ist das unser Lohn von dir? Ich hatte doch den Talisman dort in der Kammer bereitet, weil ich um meine Tochter wegen dieses Verfluchten besorgt war; denn er hat dies Mädchen schon seit sechs Jahren holen wollen, aber er hat es nie tun können. Jetzt ist deines Bleibens bei uns nicht länger; darum geh deiner Wege!' Da verließ ich das Haus des Scherifen und begab mich in meine eigene Wohnung. Dort suchte ich nach dem Affen; aber ich konnte ihn nicht finden, ja, ich entdeckte keine Spur mehr von ihm. Daran erkannte ich, daß er der Mârid war, der meine Gattin geraubt und mich

187

selbst überlistet hatte, so daß ich den Zauber der Talismane und des Hahnes brach, der Dinge, die ihn hinderten, sie wegzuholen. Ich bereute mein Tun, zerriß meine Kleider und zerschlug mir das Gesicht; und die Welt ward mir zu enge. So ging ich denn alsbald in die Ferne; ich begab mich in die Wüste und zog dahin, bis es Abend um mich ward, ohne daß ich wußte, wohin ich ging. Während ich noch meinen Gedanken nachhing, kamen plötzlich zwei Schlangen auf mich zu, eine schwarze und eine weiße, die miteinander kämpften. Da hob ich einen Stein vom Boden auf, warf ihn auf die schwarze Schlange und tötete sie damit; denn sie war es, die der weißen nachstellte. Nun glitt die weiße Schlange davon, blieb eine Weile verschwunden und kehrte dann mit zehn anderen weißen Schlangen zurück. Alle stürzten sich auf die tote Schlange und zerrissen sie in Stücke, bis von ihr nur noch der Kopf übrig blieb. Dann glitten sie wieder ihrer Wege dahin, während ich vor Müdigkeit an der Stätte, wo ich war, zu Boden sank; doch während ich so dalag und über mein Schicksal nachdachte, erschien plötzlich ein geheimnisvolles Wesen, dessen Stimme ich hörte, obgleich ich seine Gestalt nicht gewahrte, und sprach diese beiden Verse:

> *Laß nur das Schicksal mit verhängten Zügeln jagen,*
> *Und leichten Sinnes stets verbringe du die Nacht!*
> *Denn eh des Auges Blick, gesenkt, sich wieder hebet,*
> *Hat Allah schon ein Ding zum anderen gemacht.*

Als ich das hörte, o Beherrscher der Gläubigen, packte mich Angst gar sehr, und meine Sorge kannte keine Grenzen mehr. Doch plötzlich hörte ich eine Stimme hinter mir diese beiden Verse vortragen:

> *O Muslim du, den der Koran als Führer leitet,*
> *Erfreu dich seiner; denn das Heil ward dir bereitet!*

Da rief ich: ,Bei Ihm, den du anbetest, tu mir kund, wer du
bist!' Alsbald nahm jenes geheimnisvolle Wesen die Gestalt
eines Menschen an und sprach zu mir: ,Fürchte dich nicht;
deine gute Tat ist uns berichtet worden, und wir sind ein Volk
der gläubigen Dämonen. Wenn du einen Wunsch hast, so tu
ihn mir kund, auf daß wir dir seine Erfüllung gewähren!' Ich
gab ihm zur Antwort: ,Ich hab einen sehr großen Wunsch zu
offenbaren; denn ein gewaltiges Unglück ist mir widerfahren.
Und wem wäre wohl hienieden je solche Not wie mir beschieden?' Da fragte er: ,Bist du vielleicht Abu Mohammed der
Faulpelz?' ,Jawohl!' erwiderte ich; und er fuhr fort: ,Abu
Mohammed, ich bin der Bruder der weißen Schlange, deren
Feind du getötet hast. Wir sind vier Brüder von einem Vater
und von einer Mutter, und wir alle sind dir für deine Güte
dankbar. Wisse, jener, der in Gestalt eines Affen war und solche Tücke an dir verübte, ist einer von den Mârid geheißenen
Dämonen; hätte er diese List nicht angewandt, so hätte er die
Jungfrau nie und nimmer entführen können. Er liebte sie
schon seit langer Zeit und wollte sie rauben; aber jener Talisman hinderte ihn daran. Und wäre jener Talisman geblieben,
wie er war, so hätte der Mârid sich ihr nicht nahen können.
Doch gräme dich nicht um das Geschehene; wir wollen dich
wieder mit ihr vereinen und den Mârid zu Tode bringen; denn
dein gutes Werk ist bei uns nicht verloren!' Darauf stieß er
einen gewaltigen Schrei aus' – –«

Da bemerkte Schehrezâd, daß der Morgen begann, und sie
hielt in der verstatteten Rede an. Doch als die *Dreihundertund-
vierte Nacht* anbrach, fuhr sie also fort: »Es ist mir berichtet
worden, o glücklicher König, daß Abu Mohammed weiter er-

zählte: ‚Der Dämon sprach: ‚Dein gutes Werk ist bei uns nicht verloren.' Darauf stieß er einen gewaltigen Schrei aus mit furchtbarer Stimme, und plötzlich erschien eine Schar vor ihm; die fragte er nach dem Affen. Einer von den Dämonen erwiderte: ‚Ich kenne seine Stätte.' ‚Wo weilt er denn?' fragte der erste; und der andere fuhr fort: ‚Er ist in der Messingstadt, über der die Sonne nicht aufgeht.' Darauf sagte der erste: ‚Abu Mohammed, wähle dir einen von unseren Sklaven; der wird dich auf seinem Rücken tragen und dir zeigen, wie du das Mädchen wiedererlangen kannst! Wisse jedoch, daß jener Sklave einer von den Mârid-Dämonen ist; und wenn er dich trägt, so sprich den Namen Allahs nicht aus, solange du auf seinem Rücken bist; denn sonst wird er vor dir fliehen, und du wirst hinabfallen und umkommen.' ‚Ich höre und gehorche!' erwiderte ich und wählte mir einen von ihren Sklaven aus; der neigte sich nieder und sprach zu mir: ‚Steig auf!' Ich stieg also auf, und dann flog er mit mir so hoch in den Luftraum empor, bis ich die Sterne wie festgegründete Berge vor mir sah und die Engel im Himmel Gott lobpreisen hörte. In all der Zeit aber plauderte der Mârid mit mir und unterhielt mich und lenkte mich davon ab, den Namen Allahs des Erhabenen auszusprechen. Während ich nun so dahinflog, erschien plötzlich eine Gestalt; die trug ein grünes Gewand, hatte wehende Locken und ein strahlendes Antlitz und hielt einen Wurfspeer in der Hand, von dem die Funken sprühten. Die Gestalt kam auf mich zu und sprach zu mir: ‚Abu Mohammed, sprich: ‚Es gibt keinen Gott außer Allah, und Mohammed ist der Prophet Allahs!' sonst durchbohre ich dich mit diesem Wurfspeer.' Nun war mein Herz schon gebrochen, weil ich so lange es unterlassen hatte, den Namen Allahs des Erhabenen auszusprechen; und ich rief: ‚Es gibt keinen Gott außer Allah, und Mohammed ist der Prophet Allahs!' Darauf durchbohrte jene Gestalt den Mârid mit dem Wurfspeer; der Dämon schmolz und ward zu Asche, ich aber fiel von seinem Rücken und stürzte zur Erde hinab, und schließlich sank ich in ein tosendes Meer mit brandenden Wogen ringsumher. Doch da entdeckte ich ein Schiff, in dem sich fünf Seeleute befanden. Als die mich sahen, kamen sie zu mir, zogen mich in das Fahrzeug hinauf und begannen mit mir in einer Sprache zu reden, die ich nicht kannte. Darum machte ich ihnen ein Zeichen, daß ich ihre Worte nicht verstand. Sie fuhren aber weiter, bis der Tag sich neigte; dann warfen sie ein Netz aus und fingen einen großen Fisch, und nachdem sie ihn gebraten hatten, gaben sie mir zu essen. Und sie segelten immer weiter, bis sie zu ihrer Heimatstadt kamen; dort führten sie mich zu ihrem König und ließen mich vor ihm stehen. Nachdem ich den Boden geküßt hatte, verlieh jener König mir ein Ehrengewand, und da er die arabische Sprache verstand, so sagte er zu mir: ,Ich mache dich zu einem meiner Leibwächter.' Als ich nun fragte: ,Wie heißt diese Stadt?' antwortete er mir: ,Sie heißt Hanâd, und sie liegt im Lande China.' Dann übergab der König mich dem Wesir der Stadt und befahl ihm, mir alles dort zu zeigen; die Bewohner jener Stadt waren in alter Zeit Heiden gewesen, und Allah hatte sie zu Steinen verwandelt. Ich sah mich in ihr um, und ich fand dort so viel Bäume und Früchte, wie ich noch nie geschaut hatte. Einen Monat lang hatte ich schon in ihr verweilt, da kam ich einmal an einen Fluß und setzte mich an seinem Ufer nieder. Während ich so dasaß, kam plötzlich ein Reiter des Weges und fragte: ,Bist du Abu Mohammed der Faulpelz?' Als ich die Frage bejahte, sprach er zu mir: ,Fürchte dich nicht; deine gute Tat ist uns berichtet worden!' Nun fragte ich ihn: ,Wer bist du?' und er gab mir zur Ant-

wort: ‚Ich bin ein Bruder der Schlange, und du bist ganz nahe
bei dem Orte, wo sich das Mädchen befindet, mit dem du vereint zu werden wünschest.‘ Darauf legte er seine Gewänder ab
und bekleidete mich mit ihnen, indem er sprach: ‚Fürchte
dich nicht; der Sklave, der unter dir umkam, war einer von
unseren Sklaven!‘ Dann nahm jener Reiter mich hinter sich
aufs Roß und ritt mit mir in eine einsame Gegend; dort sagte
er: ‚Steig ab und geh zwischen den beiden Bergen dort weiter, bis du die Messingstadt erblickst; dann mach vor ihr halt
und geh nicht in sie hinein, bis ich wieder zu dir komme und
dir sage, was du tun sollst.‘ ‚Ich höre und gehorche!‘ erwiderte
ich, stieg von meinem Platze hinter ihm ab und ging weiter,
bis ich in die Nähe der Stadt kam; da sah ich, daß ihre Mauern
aus Messing waren. Dann begann ich, um sie herumzugehen,
um zu sehen, ob ich in ihr ein Tor fände; aber ich fand keinen
Eingang zu ihr; und während ich noch um sie herumging,
trat plötzlich der Bruder der Schlange wieder auf mich zu,
gab mir ein Zauberschwert, das mich vor allen Menschen unsichtbar machen sollte, und ging seiner Wege. Er war erst eine
kurze Weile fort, als sich auf einmal ein lautes Geschrei erhob,
und da erblickte ich eine große Menge von Menschen, die
ihre Augen auf der Brust hatten. Wie sie mich sahen, fragten
sie mich: ‚Wer bist du? Was hat dich an diesen Ort verschlagen?‘ Da erzählte ich ihnen, was geschehen war, und sie antworteten: ‚Das Mädchen, von dem du sprichst, ist mit dem
Mârid in dieser Stadt; aber wir wissen nicht, was er mit ihr
getan hat. Wir gehören auch zum Volke der weißen Schlange.‘
Und weiter sagten sie: ‚Geh zu jener Quelle und schau, wo das
Wasser in die Stadt fließt, dann folge seinem Laufe, so wirst
auch du in die Stadt gelangen!‘ Das tat ich, und so kam ich
mit dem Wasser in einen unterirdischen Gang, und als ich

wieder aus ihm hinausstieg, sah ich mich mitten in der Stadt. Und dort erblickte ich auch die Jungfrau, wie sie auf einem goldenen Lager ruhte, unter einem Baldachin von Brokat, der rings von einem Garten umgeben war; in diesem Garten standen goldene Bäume mit Früchten aus kostbaren Edelsteinen, Rubinen, Chrysolithen, Perlen und Korallen. Sowie sie mich sah, erkannte sie mich, und nachdem sie zuvor mir den Gruß entboten hatte, sprach sie zu mir: ‚Mein Gebieter, wer hat dich hierhergebracht?' Als ich ihr alles berichtet hatte, was geschehen war, fuhr sie fort: ‚Wisse, dieser Verruchte hat mir in seiner übergroßen Liebe zu mir verraten, was ihm Schaden bringt und was ihm von Nutzen ist; und so hat er mich wissen lassen, daß es hier an diesem Orte einen Talisman gibt, mit dem er, wenn er will, alle Einwohner der Stadt vernichten kann, und durch ihn müssen die Ifrite ihm in allem, was er ihnen befiehlt, gehorchen. Jener Talisman befindet sich auf einer Säule.' ‚Und wo ist die Säule?' fragte ich sogleich. Sie erwiderte: ‚An dem und dem Orte.' Weiter fragte ich: ‚Welcher Art ist jener Talisman?' Da berichtete sie: ‚Er besteht aus dem Bildnisse eines Adlers, und darauf ist eine Inschrift, die ich nicht verstehe. Nimm ihn und setz ihn vor dich hin; darauf nimm eine Räucherpfanne mit glühenden Kohlen und wirf etwas Moschus hinein! Wenn dann Rauch aufsteigt, so wird er die Ifrite heranziehen; ja, wenn du das tust, so werden sie sich alle vor dir einfinden, keiner von ihnen wird fortbleiben, sie werden deinem Gebote gehorchen, sie werden alles tun, was du ihnen befiehlst. Drum auf und mache dich an dein Werk mit dem Segen Allahs des Erhabenen!' ‚Ich höre und gehorche!' erwiderte ich, ging alsbald zu jener Säule und tat alles, was sie mich geheißen hatte. Die Ifrite kamen und traten vor mich hin und sprachen: ‚Zu Diensten, Gebieter! Alles,

was du uns befiehlst, werden wir tun.' Da sprach ich: ‚Fesselt
den Mârid, der diese Jungfrau aus ihrer Heimat entführt hat!'
‚Wir hören und gehorchen!' riefen sie, eilten hin zu jenem
Mârid, fesselten ihn und legten ihm feste Bande an. Dann
kehrten sie zu mir zurück und sprachen: ‚Wir haben dein
Gebot ausgeführt.' Nun befahl ich ihnen heimzukehren; ich
selber aber begab mich wieder zu der Jungfrau und berichtete
ihr, was geschehen war. Und ich fuhr fort: ‚Meine liebe Gattin, willst du mit mir kommen?' ‚Jawohl!' gab sie zur Antwort. Darauf ging ich mit ihr durch den unterirdischen Gang
hinaus, durch den ich hereingekommen war; und dann gingen wir weiter, bis wir zu den Leuten kamen, die mir den
Weg zu ihr gewiesen hatten.' – –«

Da bemerkte Schehrezâd, daß der Morgen begann, und sie
hielt in der verstatteten Rede an. Doch als die *Dreihundertund-
fünfte Nacht* anbrach, fuhr sie also fort: »Es ist mir berichtet
worden, o glücklicher König, daß Abu Mohammed seine Erzählung mit folgenden Worten schloß: ‚Wir gingen weiter,
bis wir zu den Leuten kamen, die mir den Weg zu ihr gewiesen hatten. Da sprach ich zu ihnen: ‚Nun zeigt mir auch die
Straße, die mich in meine Heimat führt!' Sie taten es und begleiteten mich bis zur Meeresküste; dort brachten sie mich
auf ein Schiff, und da der Wind günstig war, so eilte das Fahrzeug mit uns beiden dahin, bis wir die Stadt Basra erreichten.
Als nun die Jungfrau in das Haus ihres Vaters kam und die
Ihren sie wiedersahen, herrschte dort große Freude über sie.
Darauf beräucherte ich den Adler mit Moschus, da kamen
sofort die Ifrite von allen Seiten auf mich zu und riefen: ‚Zu
Diensten! Was wünschest du, das wir tun sollen?' Ich befahl
ihnen, sie sollten alles, was sich in der Messingstadt an Geld,
edlen Metallen und Juwelen fände, nach meinem Hause in

Basra schaffen; das taten sie. Dann befahl ich ihnen, den Affen zu holen. Nachdem sie ihn gebracht hatten, in jämmerlichem und elendem Zustande, wie er war, fuhr ich ihn an: ‚Du Verruchter, warum hast du mich verraten?‘ Und alsbald befahl ich den Geistern, ihn in eine Messingflasche zu sperren. Da schlossen sie ihn in eine enge Messingflasche ein und versiegelten sie über ihm mit Blei.

Ich aber lebte hinfort mit meiner Gattin in Glück und Freuden; und jetzt, o Beherrscher der Gläubigen, besitze ich kostbare Schätze und seltene Edelsteine, mit so viel Geld im Vereine, daß keine Zahl ihre Menge nennt und ihre Fülle keine Grenzen kennt; und wenn du irgend etwas wünschest, sei es Geld oder etwas anderes, so gebiete ich den Dämonen, und sie werden es dir sofort bringen. All das ist die gütige Gabe Allahs des Erhabenen!‘

Der Beherrscher der Gläubigen war über seine ganze Erzählung höchlichst erstaunt; und er verlieh ihm fürstliche Gaben für sein Geschenk und erwies ihm alle Huld, die ihm gebührte.

Ferner wird erzählt

DIE GESCHICHTE VON DER GROSSMUT
DES BARMEKIDEN JAHJA IBN CHÂLID
GEGEN MANSÛR

Eines Tages – es war noch vor der Zeit, in der er auf die Barmekiden eifersüchtig geworden war – berief Harûn er-Raschîd einen seiner Leibwächter namens Sâlih zu sich. Als der nun vor ihn trat, sprach er zu ihm: ‚Sâlih, geh zu Mansûr und sprich zu ihm: ‚Du bist uns eine Million Dirhems schuldig; und jetzt ist beschlossen worden, daß du uns diese Summe sofort zur Stelle schaffst.' Ferner befehle ich dir, Sâlih, daß du ihm, wenn er dir die genannte Summe nicht in der Zeit zwischen dem gegenwärtigen Augenblick und Sonnenuntergang herbeischafft, das Haupt vom Rumpfe trennst und es mir bringst!' ,Ich höre und gehorche!' erwiderte Sâlih und begab sich alsbald zu Mansûr; dem berichtete er, was der Beherrscher der Gläubigen ihm gesagt hatte. Da rief Mansûr aus: ,Ich bin verloren! Bei Allah, wenn ich all meine Siebensachen, ja alles, was in meinem Besitze ist, zum höchsten Preise verkaufe, so würde der Erlös dafür nicht mehr als hunderttausend betragen. Woher soll ich denn, Sâlih, die übrigen neunhunderttausend Dirhems beschaffen?' Sâlih gab ihm zur Antwort: ,Suche dir einen Ausweg, durch den du sofort deine Verpflichtungen erfüllst; sonst bist du des Todes! Ich kann dir keinen Augenblick Verzug gewähren über die Zeit hinaus, die der Kalif mir bestimmt hat; und ich darf auch nichts von dem unterlassen, was mir der Beherrscher der Gläubigen befohlen hat. Also mach eiligst ein Mittel ausfindig, durch das du dich retten kannst, ehe die Frist abgelaufen ist!' ,Ach, Sâlih,' sagte Mansûr darauf, ,ich bitte dich, sei so gut und führe mich in mein Haus, auf daß ich von meinen Kindern und allen Meinen Abschied nehmen und meinen Verwandten die letzten Anweisungen geben kann!' Da ging ich – so berichtete Sâlih – mit ihm zu seinem Hause, und er begann von den Seinen Abschied zu nehmen; nun erhob sich ein Wehgeschrei in seiner Wohnung, alles weinte und klagte und flehte zu Allah dem Erhabenen. Sâlih aber sprach: ,Mir ist in den Sinn gekommen, daß Allah dir vielleicht durch die Barmekiden Rettung zuteil werden lassen kann; laß uns drum zu dem Hause des Jahja ibn Châlid gehen!' Da gingen die beiden zu Jahja ibn Châlid, und Mansûr berichtete ihm von seiner Not. Jener war tief betrübt darüber, und er senkte sein Haupt eine Weile zu Boden; dann hob er es wieder, rief seinen Schatzmeister und sprach zu ihm: ‚Wieviel Geld ist in unserem Schatze vorhanden?‘ Der antwortete: ‚Etwa fünfhunderttausend Dirhems!‘ Da befahl Jahja sie zu bringen; dann schickte er einen Boten zu seinem Sohne el-Fadl mit einem Auftrage des Inhalts: ‚Mir sind herrliche Landgüter zum Kauf angeboten, die nie ihren Wert verlieren; sende uns daher etwas Geld!‘ Alsbald sandte el-Fadl ihm tausendmaltausend Dirhems. Darauf schickte Jahja einen anderen Mann zu seinem Sohne Dscha'far mit einer Botschaft des Inhalts: ‚Wir haben ein wichtiges Geschäft zu erledigen und brauchen dazu etwas Geld.‘ Sofort ließ Dscha'far ihm tausendmaltausend Dirhems überbringen. Ebenso sandte Jahja Leute zu allen anderen Barmekiden, bis er von ihnen für Mansûr eine ungeheure Geldsumme zusammengebracht hatte, ohne daß Sâlih und Mansûr etwas davon wußten. Als nun Mansûr wieder zu Jahja sprach: ‚Mein Gebieter, ich habe den Saum deines Gewandes ergriffen, und ich weiß niemanden, von dem ich dies Geld erhalten kann, außer dir, wie es ja die Gewohnheit deiner Großmut ist; so tilge denn für mich den Rest meiner Schuld und mache mich zu deinem Freigelassenen!‘ senkte der Barmekide sein Haupt und weinte; dann sagte er zu einem Diener: ‚Der Beherrscher der Gläubigen hat einst unserer Sklavin Dananîr einen Edelstein von hohem Werte geschenkt; geh zu ihr und sag ihr, sie möge ihn uns senden!‘ Der Diener ging fort und brachte ihm den Edelstein. Jahja aber fuhr fort: ‚Sâlih, ich habe diesen Edelstein für den Beherrscher der Gläubigen von einem Kaufmanne für zweihunderttausend Dinare gekauft; der Kalif aber schenkte ihn unserer Sklavin Dananîr, der Lautnerin. Wenn er ihn bei dir sieht, wird er ihn erkennen und wird um unsertwillen dein Blut nicht vergießen, um uns

197

zu ehren. Und der Betrag deiner Schuld, o Mansûr, ist jetzt vollzählig vorhanden.' Da brachte ich das Geld und den Edelstein – so erzählte wiederum Sâlih – zu er-Raschîd, begleitet von Mansûr. Doch unterwegs hörte ich ihn plötzlich mit diesem Verse auf seine Lage anspielen:

Aus Liebe eilte nicht mein Fuß zu ihnen,
Nein, nur aus Furcht, es träfen mich die Pfeile.

Da staunte ich ob seiner gemeinen Natur, seiner Schlechtigkeit und Verworfenheit und über seiner Abstammung und Herkunft Niedrigkeit. So entgegnete ich ihm denn und sprach: ,Es gibt niemanden auf dem Angesichte der Erde, der edler wäre als die Barmekiden, aber auch niemanden, der gemeiner und schlechter wäre als du! Sie haben dich vom Tode losgekauft und das Verderben von dir abgewandt, und sie haben dir das Lösegeld geschenkt mit gütiger Hand. Doch du hast ihnen nicht gedankt und sie nicht gepriesen; du hast nicht so gehandelt, wie edle Männer tun sollten, sondern du hast ihr Wohltun durch solche Worte vergolten!' Darauf ging ich zu er-Raschîd und erzählte ihm die Geschichte und berichtete ihm alles, was geschehen war. – –«

Da bemerkte Schehrezâd, daß der Morgen begann, und sie hielt in der verstatteten Rede an. Doch als die *Dreihundertundsechste Nacht* anbrach, fuhr sie also fort: »Es ist mir berichtet worden, o glücklicher König, daß Sâlih des weiteren sagte: ,Ich erzählte dem Beherrscher der Gläubigen die Geschichte und berichtete ihm alles, was geschehen war. Da erstaunte er-Raschîd über Jahjas Edelmut, Freigebigkeit und Hochherzigkeit, doch auch über Mansûrs Gemeinheit und Schlechtigkeit. Er befahl den Edelstein an Jahja ibn Châlid zurückzugeben und fügte hinzu: ,Alles, was wir einmal verschenkt haben, das dürfen wir nicht wieder zurücknehmen.' – Sâlih aber kehrte

198

zu Jahja ibn Châlid zurück und erzählte ihm die Geschichte
von Mansûr und seiner unedlen Art. Doch Jahja gab ihm zur
Antwort: ‚Sâlih, wenn ein Mensch arm ist, wenn die Brust
sich ihm engt und die Sorge ihn bedrängt, so soll man ihn
nicht tadeln wegen dessen, was seinem Munde entfährt; denn
es kommt ihm nicht aus dem Herzen.‘ Und so begann er nach
Entschuldigungen für Mansûr zu suchen. Aber Sâlih weinte
und rief: ‚Nie werden die kreisenden Sphären einen Mann
gleich dir ins Dasein rufen. Weh, wie traurig, daß ein Mann
von so edlem Wesen und solcher Hochherzigkeit wie du einst
in den Staub gebettet werden soll!‘ Dann sprach er noch diese
beiden Verse:

> *Tu eiligst jede gute Tat, die du beschlossen;*
> *Denn nicht zu jeder Zeit steht dir das Wohltun frei!*
> *Wie mancher hat gesäumt mit gutem Werk, solang er's*
> *Vermochte; da kam hemmend eigne Not herbei!*

Ferner wird erzählt

DIE GESCHICHTE VON DER GROSSMUT JAHJAS
GEGEN DEN BRIEFFÄLSCHER

Zwischen Jahja ibn Châlid und ʾAbdallâh ibn Mâlik el-Chuzâ'i
herrschte geheime Feindschaft, die sie aber nicht zur Schau
trugen. Und der Grund ihrer Feindschaft war der, daß der Beherrscher der Gläubigen Harûn er-Raschîd dem ʾAbdallâh ibn
Mâlik mit herzlicher Liebe zugetan war, während Jahja ibn
Châlid und seine Söhne sagten, ʾAbdallâh bezaubere den Beherrscher der Gläubigen. Schließlich, nachdem so eine lange
Zeit verstrichen war, während der Groll in ihren Herzen nagte,
begab es sich, daß er-Raschîd dem ʾAbdallâh ibn Mâlik el-
Chuzâ'i die Statthalterschaft von Armenien übertrug und ihn

199

dorthin entsandte. Als jener nun dort seinen Herrschersitz eingenommen hatte, kam zu ihm ein Mann vom Volke des Irak; der besaß treffliche Bildung, Scharfsinn und Verstand, aber er lebte in dürftigen Verhältnissen, sein Besitz war von ihm gewichen, und sein Ansehen war verblichen. Und er hatte einen Brief gefälscht, der von Jahja ibn Châlid an 'Abdallâh ibn Mâlik geschrieben sein sollte, und war zu jenem nach Armenien gereist. Als er nun bei dem Tore des Statthalters ankam, übergab er das Schreiben einem von dessen Kammerherren; der nahm es entgegen und überbrachte es dem 'Abdallâh ibn Mâlik el-Chuzâ'i. Als dieser es geöffnet und gelesen und den Inhalt erwogen hatte, erkannte er, daß es gefälscht war; daher befahl er, den Mann kommen zu lassen. Wie der dann vor ihm stand, flehte er den Segen des Himmels auf ihn herab und pries ihn und die Männer an seinem Hofe. 'Abdallâh ibn Mâlik aber sprach zu ihm: ‚Was hat dich bewogen, eine so weite und mühevolle Reise zu machen und mir einen gefälschten Brief zu bringen? Doch sei guten Mutes, wir wollen deine Mühe nicht enttäuschen! Da gab der Mann zur Antwort: ‚Allah schenke unserem Herrn Wesir ein langes Leben! Wenn dir meine Ankunft lästig ist, so suche doch nicht nach einem Vorwande, mich abzuweisen; denn Allahs Welt ist weit, und der Ernährer lebt! Der Brief, den ich dir von Jahja ibn Châlid gebracht habe, ist echt und nicht gefälscht.' Doch 'Abdallâh erwiderte: ‚Ich will einen Brief an meinen Verwalter in Baghdad schreiben und ihn anweisen, er solle darüber nachforschen, wie es mit diesem Schreiben steht, das du mir gebracht hast. Wenn es wirklich echt und keine Fälschung ist, so will ich dich zum Emir über einen Teil meines Landes einsetzen, oder wenn du ein Geschenk vorziehst, so will ich dir zweihunderttausend Dirhems geben und außerdem noch edle

Rosse und Kamele und ein Ehrengewand. Wenn das Schreiben aber gefälscht ist, so gebe ich Befehl, daß man dir zweihundert Stockschläge verabfolgt und dir den Bart schert.' Darauf befahl 'Abdallâh, ihn in ein Gemach zu bringen und ihn dort mit allem zu versehen, was er brauche, bis sich die Sache mit ihm aufgeklärt habe. Dann schrieb er einen Brief an seinen Verwalter in Baghdad des Inhalts: ‚Zu mir ist ein Mann gekommen mit einem Schreiben, von dem er behauptet, es sei von Jahja ibn Châlid. Ich habe meine Bedenken über dies Schreiben; es ist nun deine Pflicht, ohne Verzug sofort selbst hinzugehen und dich über die Sache mit diesem Schreiben zu vergewissern. Dann sende mir eilends Antwort, damit wir wissen, was an ihm wahr und was an ihm falsch ist!' Als dieser Brief in Baghdad angekommen war, saß der Verwalter auf – –«

Da bemerkte Schehrezâd, daß der Morgen begann, und sie hielt in der verstatteten Rede an. Doch als die *Dreihundertundsiebente Nacht* anbrach, fuhr sie also fort: »Es ist mir berichtet worden, o glücklicher König, daß der Verwalter des 'Abdallâh ibn Mâlik el-Chuzâ'i, als der Brief bei ihm in Baghdad angekommen war, sofort aufsaß und sich zum Hause des Jahja ibn Châlid begab. Er fand ihn im Kreise seiner Tischgenossen und Vertrauten sitzen, sprach den Gruß vor ihm und überreichte ihm den Brief. Jahja ibn Châlid las ihn und sprach dann zu dem Verwalter: ‚Kehre morgen zu mir zurück, auf daß ich dir eine schriftliche Antwort geben kann!' Nachdem der Verwalter weggegangen war, wandte Jahja sich zu seinen Tischgenossen und fragte sie: ‚Was verdient jemand, der einen Brief auf meinen Namen fälscht und ihn zu meinem Feinde bringt?' Da gab ein jeder von den Genossen eine eigene Antwort, jeder von ihnen nannte eine besondere Art von Strafe. Aber Jahja sprach zu ihnen: ‚Ihr irrt in dem, was ihr sagt. Das, was ihr mir ratet, stammt aus niedrigen und häßlichen Anschauungen. Ihr alle wißt doch, wie nahe 'Abdallâh dem Beherrscher der Gläubigen steht, und ihr wißt ferner um die grimme Feindschaft, die zwischen mir und ihm besteht. Nun hat Allah der Erhabene diesen Mann auserkoren und ihn zu einem Mittel der Versöhnung zwischen uns beiden bestimmt; er hat ihn dazu geeignet gemacht und ihn ausersehen, das Feuer des Grolles in unseren Herzen zu löschen, das seit zwanzig Jahren immer heftiger brennt; durch seine Vermittlung soll unser Streit geschlichtet werden. Darum geziemt es mir, zu bewirken, daß seine Pläne gelingen, und ihn in eine bessere Lage zu bringen. Ich will also für ihn einen Brief an 'Abdallâh ibn Mâlik el-Chuzâ'i schreiben, in dem ich ihn bitte, er möchte ihn aufs höchste ehren und ihm immerdar Gnade und Gunst gewähren.' Als die Genossen das hörten, wünschten sie ihm reichen Segen und staunten ob seiner Hochherzigkeit und seiner unendlichen Großmut. Dann ließ er Papier und Tintenkapsel bringen und schrieb an 'Abdallâh ibn Mâlik mit eigener Hand einen Brief des Inhalts: ,Im Namen Allahs, des barmherzigen Erbarmers! Dein Brief ist eingetroffen – Allah schenke dir ein langes Leben! –, und ich habe ihn gelesen. Ich freue mich, daß es dir wohl ergeht, und bin froh, daß es gut um dich steht, und daß deiner Glückseligkeit Gedeihen beschieden ist. Du hast den Verdacht, daß jener ehrenwerte Mann in meinem Namen einen Brief gefälscht und kein Schreiben von mir erhalten habe; aber dem ist nicht so. Denn ich habe den Brief selbst geschrieben; er ist nicht gefälscht. Ich hoffe, du wirst in deinem Edelmut und deiner Güte und bei dem Adel deiner Natur jenem ehrenwerten und trefflichen Manne seine Hoffnung und seine Wünsche erfüllen, ihm die gebührende Ehre erweisen, ihm zu seinem Ziele verhelfen und ihn auszeichnen durch die reiche Güte deiner Hände und durch Gnaden ohne Ende. Was du nur an ihm tust, das erweisest du mir, und ich bin dir dankbar dafür.' Dann schrieb er die Aufschrift des Briefes, versiegelte ihn und übergab ihn dem Verwalter; und dieser stellte ihn dem 'Abdallâh zu. Als der ihn gelesen hatte, war er über seinen Inhalt erfreut; er ließ alsbald jenen Mann kommen und sprach zu ihm: ‚Welche von den beiden Gaben, die ich dir versprochen habe, dir lieber ist, die will ich dir zuteil werden lassen.' ‚Ein Geschenk', erwiderte der andere, ‚ist mir lieber als alles andere.' Da ließ er ihm zweihunderttausend Dirhems geben, ferner zehn arabische Rosse, fünf davon mit seidenen Decken und fünf mit reichverzierten Prunksätteln; dazu noch zwanzig Kisten mit Kleidern, zehn Mamluken, die auf Pferden beritten waren, und eine geziemende Anzahl von kostbaren Edelsteinen. Schließlich verlieh er ihm noch ein Ehrengewand, und indem er ihm seine Gunst bezeigte, entsandte er ihn nach Baghdad mit großer Pracht. Wie jener dort ankam, begab er sich zum Hause des Jahja ibn Châlid, ehe er noch die Seinen aufsuchte, und bat um Einlaß bei ihm. Da trat der Kammerherr zu Jahja ein und sprach: ‚Hoher Herr, an unserer Tür steht ein Mann von vornehmem Aussehen, von schöner Erscheinung und von sichtlichem Wohlstande, mit vielen Dienern; der begehrt Einlaß bei dir.' Jahja gab die Erlaubnis, ihn einzulassen; und als jener vor ihn trat, küßte er den Boden vor ihm. ‚Wer bist du?' fragte Jahja. Der Mann gab zur Antwort: ‚Mein Gebieter, ich bin's, der dem Schlage des Schicksals erlegen war; da hast du mich aus dem Grabe der Mißgeschicke wieder lebendig gemacht und mich in das Paradies meiner Wünsche gebracht. Ich bin's, der das Schreiben in deinem Namen gefälscht und es zu 'Abdallâh ibn Mâlik el-Chuzâ'i getragen hat.' Da fragte Jahja weiter:

‚Wie hat er an dir gehandelt? Was hat er dir gegeben?‛ Und jener gab ihm zur Antwort: ‚Dank deiner Hand und deiner edlen Gesinnung, dank deiner allüberragenden Gütigkeit und deiner allumfassenden Freigebigkeit, dank deiner erhabenen Hochherzigkeit und deiner unendlichen Vortrefflichkeit hat er mir so viel gegeben, daß er mich zum reichen Manne machte und mich zu Besitz und Wohlstand brachte. Ich habe alle seine Geschenke und Gaben herbeischaffen lassen; hier stehen sie an deiner Tür. Der Befehl ist dein, und die Entscheidung soll in deinen Händen sein!‛ Doch Jahja entgegnete ihm: ‚Der Dienst, den du mir geleistet hast, ist mehr wert als das, was ich an dir getan habe. Ich stehe bei dir in großer Dankesschuld, und dir gebührt von mir der freigebigen Hand reichliche Huld; denn du hast die Feindschaft, die zwischen mir und jenem hochgeachteteten Manne bestand, in Freundschaft und Liebe verwandelt. Und so will ich dir denn das gleiche an Geschenken geben, was 'Abdallâh ibn Mâlik dir gewährt hat.‛ Darauf befahl er, ihm Geld und Rosse und Kisten mit Gewändern in gleicher Zahl zu bringen, wie sie 'Abdallâh ihm gegeben hatte. Und so ward jenem Manne sein früherer Wohlstand wieder zuteil durch die Großmut dieser beiden edlen Männer.

Ferner wird erzählt

DIE GESCHICHTE VON DEM KALIFEN EL-MAMÛN UND DEM FREMDEN GELEHRTEN

Unter den Kalifen aus dem Hause el-'Abbâs war keiner in allen Zweigen der Wissenschaft besser bewandert als el-Mamûn. Und er hatte in jeder Woche zwei Tage, an denen er einer Disputation der Gelehrten beiwohnte. Da saßen denn die disputierenden Rechtskundigen und Gottesgelehrten in seiner

Gegenwart nach Rang und Würden. Einmal nun, wie er in ihrer Gesellschaft war, trat plötzlich ein fremder Mann in ihren Kreis, der weiße[1], doch abgeschabte Kleider trug, und setzte sich ganz ans Ende der Anwesenden: hinter den Gelehrten an einem versteckten Platze ließ er sich nieder. Da begann man zu disputieren und schwierige Fragen zu behandeln. Es war aber Sitte bei ihnen, daß jede Frage bei den Versammelten der Reihe nach die Runde machte, und jeder, dem ein geistreicher Beitrag oder ein glücklicher Einfall in den Sinn kam, sprach ihn aus. Wie nun die Frage herumgegangen war und an jenen fremden Mann kam, sprach auch er, und zwar gab er eine treffendere Antwort als alle die Gelehrten; und der Kalif hatte Gefallen an seiner Rede. – –«

Da bemerkte Schehrezâd, daß der Morgen begann, und sie hielt in der verstatteten Rede an. Doch als die *Dreihundertundachte Nacht* anbrach, fuhr sie also fort: »Es ist mir berichtet worden, o glücklicher König, daß der Kalif el-Mamûn Gefallen an seiner Rede hatte und befahl, er solle an einen höheren Platz rücken. Als die zweite Frage an ihn kam, gab er eine Antwort, die noch treffender war als die erste; und wieder befahl der Kalif, er solle an eine höhere Rangstelle rücken. Als aber die dritte Frage an ihn kam, gab er eine Antwort, die noch besser und treffender war als die beiden ersten Antworten. Und da befahl el-Mamûn, er solle einen Platz in seiner Nähe einnehmen. Nach Beendigung der Disputation wurde Wasser gebracht, und man wusch sich die Hände; dann wurden Speisen aufgetragen, und man aß. Darauf erhoben die Gelehrten sich und gingen weg. Doch el-Mamûn hielt jenen

1. Die Farbe der Abbasiden war schwarz; weiß war die Farbe der Fatimiden. Aber zur Zeit von el-Mamûn gab es noch keine Fatimiden. Hier deutet die weiße Farbe der Kleider wohl nur den Fremdling an.

fremden Mann zurück, als er mit den anderen hinausgehen wollte, hieß ihn näher treten, sprach freundlich mit ihm und versprach ihm seine Huld und Gunst. Dann rüstete man zum Trinkgelage; die heiteren Tischgenossen kamen zuhauf, und der Wein begann den kreisenden Lauf. Als jedoch die Reihe an jenen Fremdling kam, sprang er auf seine Füße und sprach: ‚Wenn der Beherrscher der Gläubigen es mir erlaubt, so möchte ich ein Wort sprechen.‘ ‚Sag, was du willst‘, erwiderte der Kalif. Da fuhr jener fort: ‚Die Einsicht der erhabenen Majestät – Allah mehre ihre Hoheit! – weiß, daß ihr Knecht heute in dieser erlauchten Versammlung einer aus der Unbekannten Schar und einer der niedrigsten Teilnehmer war. Dennoch ließ der Beherrscher der Gläubigen ihn nahe zu sich kommen um des bißchen Verstandes willen, das er aus seinem Munde vernommen; und er gab ihm einen höheren Rang als den anderen, ja, er ließ ihn zu einer solchen Höhe gelangen, deren sein Geist sich nie unterfangen. Jetzt aber will er dies kleine Quentchen Verstand von ihm nehmen, das ihn in seiner Niedrigkeit ehrte und ihm sein geringes Ansehen mehrte. Das sei weit und fern, daß der Beherrscher der Gläubigen ihn beneide wegen dieses geringen Maßes von Verstand, Ruf und Vortrefflichkeit, das er besitzt! Denn wenn dein Knecht Wein tränke, so würde der Verstand von ihm weichen und die Torheit ihn erreichen; seine gute Sitte würde von ihm genommen, er würde zu jener früheren, verachteten Stufe zurücksinken und in den Augen der Menschen wieder mißachtet und unbekannt werden. Darum hoffe ich von der Einsicht der erhabenen Majestät, daß sie in ihrer Güte und Großmut, in ihrer Herrscherhoheit und edlen Gesinnung ihn dieses Kleinodes nicht beraubt!‘ Als der Kalif el-Mamûn diese Worte von ihm vernahm, lobte er ihn, dankte ihm und hieß ihn sich wieder

auf seinen Platz niedersetzen; er erwies ihm hohe Ehren und
befahl, ihm hunderttausend Dirhems zu geben. Ferner gab er
ihm ein Roß zu reiten und schenkte ihm prächtige Gewänder.
Und bei jeder Versammlung wies er ihm einen hohen Platz an
und bewies ihm seine Gunst vor allen anderen Gelehrten, bis
er unter ihnen zur höchsten Würde kam und den ersten Rang
einnahm. Doch Allah weiß es am besten!

Und ferner wird erzählt

DIE GESCHICHTE VON 'ALÎ SCHÂR
UND ZUMURRUD

In alten Zeiten und in längst entschwundenen Vergangenheiten lebte einmal ein Kaufmann im Lande Chorasân; der hieß
Madschd ed-Dîn. Er besaß großen Reichtum, viele Sklaven
und Mamluken und Diener; aber er hatte schon sein sechzig-
stes Lebensjahr erreicht, ohne daß ihm ein Sohn geboren wäre.
Da endlich schenkte Allah der Erhabene ihm einen Sohn; den
nannte er 'Alî. Und als dieser Knabe herangewachsen war,
ward er an Schönheit reich, dem Monde in der Nacht seiner
Fülle gleich. Doch kaum stand er in den Mannesjahren, er, in
dem alle Vollkommenheiten vereinigt waren, da erkrankte
sein Vater auf den Tod; so rief er denn seinen Sohn zu sich und
sprach zu ihm: ‚Mein Sohn, die Schicksalsstunde naht sich nun;
drum will ich dir ein Vermächtnis zu wissen tun.' ‚Was ist es,
mein Vater?' fragte 'Alî. Der Kaufmann erwiderte: ‚Ich ermahne dich, werde mit keinem der Menschen vertrauter, als
es sich gebührt, und meide alles, was Schaden und Unheil mit
sich führt! Hüte dich, ein Freund des Bösen zu werden; denn er
ist wie der Schmied: wenn dich sein Feuer nicht brennt, so beißt
dich doch sein Rauch! Und wie schön ist das Dichterwort:

In deiner Zeit lebt keiner, des Freundschaft man erstrebet,
Kein Freund, der Treue wahrt, wenn das Geschick betrügt.
Drum leb für dich allein, verlasse dich auf niemand!
Mein Wort ist guter Rat für dich, und das genügt.

Und ebenso das Wort eines anderen:

Die Menschen sind verborgnes Leiden;
Schenk ihnen niemals dein Vertrauen!
Denn sie sind voller Trug und Arglist,
Verstehst du nur in sie zu schauen.

Desgleichen auch das Wort eines dritten:

Verkehr mit Menschen bringet keinen Nutzen,
Nein, nur Geschwätz mit ew'gem Hin und Her.
Drum such nur dann mit Menschen Umgang, willst du,
Daß sich dein Wissen und dein Gut vermehr!

Und so auch das Wort eines vierten:

Wenn ein Verständiger die Menschen prüfet,
So wird ihm Speise, die ich aß, zuteil:
Ich fand, daß ihre Liebe nichts als Trug ist,
Und Heuchelei ihr Glaube an das Heil.

Da sagte 'Alî: ,Lieber Vater, ich höre und gehorche! Was soll ich sonst noch tun?' Und sein Vater fuhr fort: ,Tu Gutes, wenn du es vermagst! Handle immer freundlich gegen die Menschen und ergreife jede Gelegenheit, um einen Gefallen zu tun; denn nicht zu jeder Zeit läßt eine Absicht sich ausführen! Wie schön ist doch das Dichterwort:

Es bietet nicht zu jeder Zeit und Stunde
Sich uns Gelegenheit zu guter Tat.
Wenn sie dir möglich ist, so tu sie eilends,
Eh sich die Möglichkeit entzogen hat.

,Ich höre und gehorche!' erwiderte 'Alî. – –«

Da bemerkte Schehrezâd, daß der Morgen begann, und sie hielt in der verstatteten Rede an. Doch als die *Dreihundertund-*

neunte Nacht anbrach, fuhr sie also fort: »Es ist mir berichtet worden, o glücklicher König, daß der Jüngling seinem Vater erwiderte: ,Ich höre und gehorche! Was aber noch weiter?' Da hub der Kaufmann wieder an: ,Mein Sohn, gedenke Allahs, so wird er deiner gedenken. Hüte dein Gut und verschwende es nicht; denn wenn du es verschwendest, so wirst du die niedrigsten Menschen nötig haben! Wisse, daß der Wert des Mannes auf dem beruht, was seine Rechte im Besitz hat. Und wie trefflich ist auch dies Dichterwort:

> Hab ich kein Geld, so hab ich auch keinen Freund zum Gefährten;
> Doch habe ich viel Geld, so ist mir jedermann Freund.
> Wie mancher Feind ward mir um Geldes willen zum Freunde!
> Wie mancher Freund ward mir beim Mangel des Geldes zum Feind!

Wieder fragte 'Alî: ,Was noch weiter?' Da fuhr sein Vater fort: ,Mein Sohn, berate dich mit denen, die älter an Jahren sind als du, und übereile dich nicht mit einer Sache, die du vorhast! Hab Mitleid mit dem, der unter dir steht; so wird sich der deiner erbarmen, der über dir steht! Bedrücke niemanden; sonst wird Allah einen über dich setzen, der dich bedrückt! Wie schön lautet das Wort des Dichters:

> Tu eines andren Sinn zu deinem, laß dir raten;
> Denn zweien kann die Wahrheit nicht verborgen sein.
> Dem Manne zeiget ja ein Spiegel nur sein Antlitz;
> Den Rücken sieht er durch zwei Spiegel im Verein.

Und ebenso das Wort eines anderen:

> Besinn dich und haste nie mit irgendeinem Plane;
> Hab Mitleid mit den Menschen, so wirst du durch Mitleid beglückt!
> Es gibt keine Macht in der Welt, über die nicht Gottes Macht stände;
> Ein jeder Tyrann wird noch durch einen Tyrannen bedrückt.

Desgleichen auch das Wort eines dritten:

> Tu kein Unrecht, auch wenn die Macht dazu dir gegeben;
> Denn Rache lauert immer auf den, der solches verbricht!

Dein Auge mag wohl schlafen; doch der Bedrückte wachet
Und flucht dir, und das Auge Allahs schlummert nicht.

Hüte dich, Wein zu trinken; denn der ist aller Übel Anfang! Weintrinken raubt den Verstand und macht den Trinker verächtlich. Und wie trefflich lautet das Wort des Dichters:

Bei Allah, nie soll Wein mich trunken machen, solange
Der Geist im Leib mir weilt und meine Rede noch klar ist!
Nie will ich, an keinem Tage, mich kühlem Weine ergeben;
Nur den will zum Freunde ich wählen, der aller Trunkenheit bar ist.

Dies ist also mein Vermächtnis an dich; halt es dir stets vor Augen, und Allah möge mein Stellvertreter bei dir sein!' Dann schwanden ihm die Sinne, und er schwieg eine Weile; als er wieder zu sich gekommen war, bat er Gott um Verzeihung für seine Sünden, sprach das Glaubensbekenntnis und ging ein zur Barmherzigkeit Allahs des Erhabenen. Nun weinte und klagte sein Sohn um ihn, und alsbald begann er das Begräbnis in geziemender Weise zu rüsten. Bei der Bestattung zog groß und klein mit hinaus, die Koranleser rezitierten an seiner Bahre, und 'Alî ließ nichts von dem ungetan, was dem Verstorbenen gebührte. Dann sprach man die Gebete über dem Grabe und übergab die Leiche der Erde. Über seine Gruft aber wurden diese Verse geschrieben:

Aus Staub geschaffen tratest du ins Leben
Und hast der Sprache edle Kunst erlernt;
Du kehrtest heim zum Staube jetzt als Toter,
Als hättest du dich nie vom Staub entfernt.

Sein Sohn 'Alî Schâr trauerte schmerzlich um ihn und veranstaltete eine Trauerfeier für ihn nach dem Brauche der vornehmen Leute. Ja, er betrauerte seinen Vater so lange, bis auch seine Mutter gestorben war, kurze Zeit nach dem Tode des Vaters. Da tat er auch für sie alles, was er für seinen Vater getan hatte. Darauf aber, nach diesen Geschehnissen, setzte er sich in seinen Laden und trieb Handel; doch er hatte keinen vertrauten Umgang mit irgendeinem der Geschöpfe Allahs des Erhabenen, getreu dem Vermächtnisse seines Vaters. In solcher Weise lebte er ein Jahr lang. Aber dann, als dies Jahr verstrichen war, schlichen sich die Bastarde mit List bei ihm ein und gesellten sich zu ihm, bis er mit ihnen schlechte Dinge trieb und abseits vom rechten Wege blieb; und er schlürfte den Wein aus Bechern ein, und zu den Mägdelein ging er früh und spät zum Stelldichein. Und nun sagte er sich: ‚Mein Vater hat doch all diesen Reichtum für mich angehäuft; und wenn ich nichts davon ausgebe, wem soll ich ihn dann hinterlassen? Bei Allah, ich will mich an das halten, was der Dichter gesagt hat:

> *Hast du dein ganzes Leben lang*
> *Für dich gesammelt und gerafft –*
> *Wie hast du dann Genuß an dem,*
> *Was du gesammelt und geschafft?‘*

So verschwendete nun 'Alî Schâr sein Gut in einem fort zu allen Zeiten der Nacht und des Tages, bis er seine ganze Habe vertan hatte und ein armer Mann war. Da drückte die Not ihn sehr, und das Herz ward ihm schwer; er verkaufte den Laden, die Häuser und alles, was dazu gehörte, und dann verkaufte er sogar die Kleider von seinem Leibe, bis er nur noch ein einziges Gewand für sich übrig hatte. Nun war die Trunkenheit geschwunden, und es nahten die sorgenvollen Stunden; so kam das Elend über ihn. Eines Tages saß er von Tagesanbruch bis zum Nachmittag ohne Imbiß da, und da sprach er bei sich selber: ‚Ich will bei allen denen, für die ich mein Geld ausgegeben habe, die Runde machen; vielleicht wird einer von ihnen mir heute etwas zu essen geben.‘ Und er machte die

Runde bei ihnen allen; aber sooft er bei einem von ihnen an die Tür klopfte, ließ der sich verleugnen und versteckte sich vor ihm, bis der Hunger in ihm brannte. Dann ging er zum Basar der Kaufleute. – –«

Da bemerkte Schehrezâd, daß der Morgen begann, und sie hielt in der verstatteten Rede an. Doch als die *Dreihundertundzehnte Nacht* anbrach, fuhr sie also fort: »Es ist mir berichtet worden, o glücklicher König, daß 'Alî Schâr, als der Hunger in ihm brannte, zum Basar der Kaufleute ging. Dort fand er eine Volksmenge, die sich in einen Kreis zusammendrängte. Da sprach er bei sich selber: ,Was mag wohl der Grund sein, daß die Menge sich dort zusammendrängt? Bei Allah, ich will nicht eher hier fortgehen, als bis ich mir diesen Kreis da näher angesehen habe.' Darauf drängte er sich in den Ring der Menge hinein, und er fand eine Sklavin; die war fünf Fuß hoch, ihr Wuchs von ebenmäßiger Art, ihre Wangen waren rosig zart und ihre Brüste rund gepaart. Sie übertraf alle Menschen ihrer Zeit an Schönheit und Lieblichkeit, Anmut und Vollkommenheit, wie einer, der ihresgleichen beschrieb, von ihr sang:

> *Sie ward nach ihrem Wunsch geschaffen; und vollendet,*
> *Schien sie der Schönheit Guß, nicht kurz und auch nicht lang.*
> *Die Schönheit selber ward von ihrem Bild bezaubert,*
> *In dem der Keuschheit Spröde mit Stolz zusammenklang.*
> *Ihr Wuchs ist wie ein Reis, ihr Antlitz wie der Vollmond,*
> *Und Moschus ist ihr Hauch; kein Wesen kommt ihr gleich.*
> *Es ist, als wäre sie aus Perlenglanz gegossen;*
> *Aus jedem Gliede strahlt ein Mond an Schönheit reich.*

Der Name jenes Mädchens aber war Zumurrud. Als nun 'Alî Schâr sie erblickte, war er ob ihrer Schönheit und Anmut erstaunt, und er sprach: ,Bei Allah, ich will nicht eher weggehen, als bis ich sehe, wie hoch der Preis dieser Sklavin steigt, und auch erfahre, wer sie kauft!' Darauf trat er unter die Kaufleute;

und die glaubten, er wolle sie erwerben, da sie wußten, welch großen Reichtum er von seinem Vater geerbt hatte. Dann stellte der Makler sich neben der Sklavin auf und rief: ‚Ihr Kaufleute, ihr Männer des Geldes! Wer öffnet das Tor des Bietens auf diese Sklavin, die Herrin der Monde, die Perle von hohem Gewinn * Zumurrud, die Vorhangstrickerin * die Sehnsucht des Verlangenden * die Wonne des Liebesbangenden? * So öffnet denn die Türe nun, * und auf dem, der sie öffnet, soll kein Tadel noch Vorwurf ruhn!‘ Einer der Kaufleute rief: ‚Mein, für fünfhundert Dinare!‘ ‚Und zehn!‘ rief ein anderer. Ein alter Mann aber, des Namens Raschîd ed-Dîn, der blaue Augen[1] hatte und häßlich anzusehn war: ‚Und hundert!‘ ‚Und zehn‘, rief wieder ein anderer. Nun rief der Alte: ‚Für tausend Dinare!‘ Da hielten die anderen Kaufleute ihre Zungen im Zaum und schwiegen still; der Makler aber beriet sich mit ihrem Eigentümer. Dieser jedoch sprach: ‚Ich habe geschworen, sie nur einem Manne zu verkaufen, den sie selber auswählt. Frage sie also um ihre Meinung!‘ Der Makler ging zu ihr hin und sprach: ‚Herrin der Monde, dieser Kaufmann möchte dich kaufen.‘ Da blickte sie auf den Mann, und als sie sah, daß er so war, wie wir ihn geschildert haben, sprach sie zu dem Makler: ‚Ich will nicht an einen Greis verkauft werden, den die Altersschwäche zu einem traurigen Tropf gemacht hat. Wie vortrefflich sprach der Dichter:

> *Ich bat sie einst um einen Kuß; doch sie erblickte*
> *Mein Weißhaar, das mir Gut und Wohlstand nicht erspart.*
> *Da wandte sie sich eilends ab und sprach die Worte:*
> *Bei Ihm, durch den der Mensch aus nichts erschaffen ward,*
> *Mit grauem Barte schließe ich wahrlich keinen Bund!*
> *Stopft man mir denn im Leben schon Watte in den Mund?‘[2]*

1. Blaue Augen gelten im Morgenlande als gefährlich; das ‚böse Auge‘ wird meist als blau gedacht. – 2. Das geschieht sonst nur bei Toten.

Als der Makler ihre Worte vernommen hatte, sprach er zu ihr: ‚Bei Allah, du bist entschuldigt; dein Kaufpreis sollte zehntausend Dinare betragen.‘ Darauf teilte er ihrem Eigentümer mit, daß sie jenen Greis nicht möge. Der erwiderte ihm: ‚Befrage sie über einen anderen!‘ Nun trat ein anderer Mann vor und rief: ‚Mein, für so viel, wie der Alte, den sie nicht mag, geboten hat!‘ Doch wie sie jenen Mann anschaute, entdeckte sie, daß er einen gefärbten Bart hatte. Da rief sie aus: ‚Was für Schand und Unverstand und weißen Bartes schwarzer Tand!‘ Darauf begann sie in immer größere Verwunderung auszubrechen, und sie hub an diese Verse zu sprechen:

> *Beim Herren Soundso ward mir ein schöner Anblick:*
> *Ein Hals, bei Gott, geschlagen von der Schuhe Paar;*
> *Ein Bart, in dem die kleinen Tiere froh sich tummeln;*
> *Die Locke schief, da sie vom Strick umwunden war.*
> *O du, betört durch meinen Wuchs und meine Wange,*
> *Du täuschest ohne Sorge Unmöglichkeiten vor;*
> *Du färbest voller Schande dir deine weißen Haare*
> *Und du verbirgst, was sich der list'ge Sinn erkor.*
> *Du gehst mit einem Bart und kommst mit einem andern,*
> *Als wärst du von den Bildern, die im Schattenspiele wandern.*

Und wie recht sagt ein anderer Dichter:

> *Sie sprach: Ich seh, du färbst dein weißes Haar. Da sprach ich:*
> *Ich will es nur verbergen vor dir, mein Aug und Ohr!*
> *Da lachte sie und sprach: Fürwahr, es nimmt doch wunder,*
> *So viel des Trugs, daß drin sich gar das Haar verlor!*

Als der Makler diese Verse von ihr vernahm, sagte er zu ihr: ‚Bei Allah, du hast die Wahrheit gesprochen!‘ Dem Kaufmanne aber, der fragte, was sie gesagt habe, wiederholte er ihre Verse; und der sah nun ein, daß er im Unrecht war, und stand von dem Kaufe ab. Da trat ein dritter Kaufmann vor und sprach: ‚Frage sie, ob sie um den genannten Preis die

Meine werden will!' Als der Makler sie danach fragte, blickte sie auf den Käufer; doch sie sah, daß er einäugig war, und so rief sie: ‚Dieser da hat ja nur ein Auge! Von seinesgleichen sagt der Dichter:

> Hab keinen Tag den Einaug zum Gefährten;
> Vor seiner bösen Líst nimm dich in acht!
> Wenn in dem Einaug etwas Gutes wäre,
> So hätte Gott sein Aug nicht blind gemacht.'

Nun fragte der Makler sie: ‚Willst du denn jenem anderen Kaufmanne da verkauft werden?' Sie schaute ihn an und entdeckte, daß er klein war und einen Bart hatte, der ihm bis zum Nabel hinabwallte. Da sprach sie: ‚Das ist einer, von dem der Dichter sagt:

> Ich habe einen Freund, und der hat einen Bart;
> Den ließ ihm Allah wachsen, daß er nutzlos wallt.
> Es ist, als wenn er eine der Wintersnächte wär,
> So voller Finsternis, so lang und auch so kalt!'

Schließlich sagte der Makler zu ihr: ‚Herrin, sieh dich um, wer dir von den Anwesenden gefällt, und nenn ihn mir, auf daß ich dich ihm verkaufe!' Sie blickte darauf im Kreise der Kaufleute umher und sah einen nach dem anderen genau an, bis ihr Blick auf ’Alî Schâr fiel. – –«

Da bemerkte Schehrezâd, daß der Morgen begann, und sie hielt in der verstatteten Rede an. Doch als die *Dreihundertundelfte Nacht* anbrach, fuhr sie also fort: »Es ist mir berichtet worden, o glücklicher König, daß die Sklavin, als ihr Blick auf ’Alî Schâr fiel, ihn anschaute mit einem Blick, der ließ tausend Seufzer in ihr zurück. Ihr Herz ward von ihm gefangen genommen; denn er war wunderbar schön und lieblicher als des Nordwindes Wehn. Und so sprach sie zu dem Makler: ‚Ich will keinem anderen verkauft werden als diesem, meinem

Herrn, dem Manne, dessen Antlitz so lieblich schaut und dessen Gestalt so ebenmäßig gebaut, den ein Dichter also geschildert hat:

> Als sie dein liebliches Antlitz entblößten,
> Schalten sie ihn, den die Liebe erfüllt.
> Wünschten sie meine Ruhe, sie hätten
> Immer dein schönes Antlitz verhüllt.

Keiner soll mich besitzen als er allein; denn seine Wange ist zart und fein, und der Tau seiner Lippen gleichet dem Wein. Sein Speichel heilt die Kranken, und seine Schönheit verwirrt Erzählern und Dichtern ihre Gedanken; wie der Dichter von ihm gesagt hat:

> Sein Lippentau ist Wein, der Hauch aus seinem Munde
> Ist Moschus, seiner Zähne Geheg dem Kampfer gleich.
> Auf daß die Schar der Huris nicht in Versuchung käme,
> Wies ihn Ridwân, der Engel, hinaus aus seinem Reich.
> Um seines Stolzes willen tadelt ihn die Welt;
> Doch schuldlos steht der stolze Mond am Himmelszelt.

Er ist ein Jüngling im lockigen Haar, mit dem rosigen Wangenpaar, mit dem Blick voll Zaubergewalt, von dem das Dichterwort widerhallt:

> Und ach, das Reh versprach, ich dürfe mich ihm nahen;
> Das Auge spähte aus, das Herze schlug voll Bangen.
> Die Lider bürgten mir für des Versprechens Wahrheit;
> Doch können sie es halten, die gebrochen hangen?

Und ein anderer sprach:

> Sie sprachen: Zartes Flaumhaar wächst auf seiner Wange;
> Wie kannst du ihn noch lieben, wenn dort Gewächse stehn?
> Ich sagte: Haltet ein mit Tadel, kürzt die Rede!
> Gewächse sind es nicht, und doch – sie wachsen schön.
> Voll edler Frucht ein Eden, ein Wohnort voller Wonnen;
> Das zeigt auf seinen Lippen der Paradiesesbronnen.'

Als der Makler die Verse von ihr vernahm, in denen 'Alî Schâr ob seiner Reize besungen war, da staunte er über ihre Beredsamkeit und ihrer Schönheit Strahlenkleid. Doch ihr Besitzer sagte zu ihm: ‚Staune nicht über den Glanz ihrer Schönheit, der heller als die Sonne am lichten Tage scheint, noch darüber, daß sie die erlesensten Verse in ihrem Gedächtnis vereint! Denn sie kann außerdem noch den erhabenen Koran nach sieben Weisen vortragen und die heiligen Überlieferungen nach den richtigen Texten hersagen; sie schreibt die sieben Schriftarten und hat an Wissen so viel erreicht, daß selbst der größte Gelehrte ihr nicht gleicht. Ferner sind ihre Hände besser als Gold und Silber; denn sie versteht seidene Vorhänge anzufertigen und verkauft sie. Für jeden einzelnen erhält sie fünfzig Dinare, und um einen Vorhang zu machen, braucht sie nur acht Tage.‘ Da rief der Makler: ‚O glücklich der Mann, in dessen Haus sie zieht, und der in ihr sein kostbarstes Kleinod sieht!‘ Darauf sagte ihr Besitzer zu ihm: ‚Verkaufe sie dem, den sie will!‘ Nun trat der Makler zu 'Alî Schâr, küßte ihm die Hände und sprach zu ihm: ‚Mein Gebieter, kaufe diese Sklavin; denn sie hat dich erwählt!‘ Und er nannte ihm alle ihre Eigenschaften und Kenntnisse und fügte noch hinzu: ‚Glück dir, wenn du sie kaufst! Dann hat Er, der mit seinen Gaben nicht geizt, dir ein Geschenk verliehen.‘ 'Alî Schâr aber senkte das Haupt zu Boden, indem er über sich selbst lachen mußte und sich im Innern sagte: ‚Bis zu dieser Stunde bin ich heute noch ohne Imbiß; doch ich scheue mich, vor den Kaufleuten zu sagen, daß ich kein Geld habe, um sie zu kaufen.‘ Als nun die Sklavin sah, daß er den Kopf senkte, sprach sie zu dem Makler: ‚Nimm mich bei der Hand und führe mich zu ihm, auf daß ich mich ihm zeige und in ihm den Wunsch erwecke, mich zu erwerben; denn ich will keinem anderen verkauft werden als ihm!‘

Da nahm der Makler sie bei der Hand und stellte sie vor ʾAlî Schâr, indem er fragte: ,Wie denkst du, mein Gebieter?ʿ Er gab ihm jedoch keine Antwort; und da hub die Sklavin an: ,Mein Gebieter, du Liebling meines Herzens, was ist dir, daß du mich nicht kaufen willst? Kaufe mich doch für soviel du willst; ich werde die Ursache deines Glückes sein!ʿ Indem er sein Haupt zu ihr emporhob, gab er ihr zur Antwort: ,Muß denn auch wider Willen gekauft werden? Der Preis von tausend Dinaren für dich ist teuer!ʿ Sie fuhr fort: ,Mein Gebieter, so kaufe mich denn um neunhundert!ʿ Doch er rief: ,Nein!ʿ Da hub sie wieder an: ,Um achthundert!ʿ Als er auch das ablehnte, fuhr sie fort mit dem Preise herabzugehen, bis sie schließlich zu ihm sagte: ,Um hundert Dinare!ʿ Nun gestand er: ,Ich habe keine vollen hundert bei mir.ʿ Lachend fragte sie ihn darauf: ,Wieviel fehlt an deinen hundert?ʿ Da sprach er: ,Ich habe weder hundert noch sonstwas. Bei Allah, ich besitze weder weißes Silber noch rotes Gold, weder Dirhem noch Dinar. Sieh dich daher nach einem anderen Käufer um!ʿ Als sie erfuhr, daß er nichts besaß, sagte sie zu ihm: ,Nimm mich an der Hand in eine Seitengasse, als ob du mich untersuchen wolltest!ʿ Das tat er, und da zog sie aus ihrem Busen einen Beutel mit tausend Dinaren hervor und sprach: ,Wäge davon neunhundert als Kaufpreis für mich ab; die übrigen hundert behalt bei dir, damit sie uns von Nutzen sind.ʿ Er tat, wie sie ihn geheißen hatte, kaufte sie für neunhundert Dinare, bezahlte ihren Preis aus jenem Beutel und ging mit ihr nach Hause. Doch als sie zu dem Hause kam, fand sie dort nur eine öde Halle, ohne Teppiche und ohne Hausgerät. Alsbald gab sie ihm wieder tausend Dinare und sprach zu ihm: ,Geh zum Basar, kaufe uns für dreihundert Dinare Teppiche und Hausgerät.ʿ Nachdem er das getan hatte, bat sie ihn: ,Nun kaufe uns Speise und Trankʿ – –«

Da bemerkte Schehrezâd, daß der Morgen begann, und sie hielt in der verstatteten Rede an. Doch als die *Dreihundertundzwölfte Nacht* anbrach, fuhr sie also fort: »Es ist mir berichtet worden, o glücklicher König, daß die Sklavin ihn bat: ‚Nun kaufe uns Speise und Trank für drei Dinare!' Nachdem er auch dies getan hatte, hub sie wieder an: ‚Kaufe uns ein Stück Seide von der Größe eines Vorhanges; ferner kaufe auch Goldfäden und Silberfäden und Seidenfäden in sieben verschiedenen Farben.' Als er auch diesen Auftrag ausgeführt hatte, richtete sie das Haus ein und zündete die Wachskerzen an; alsdann setzten sich beide nieder, um zu essen und zu trinken. Darauf gingen sie zum Ruhelager und genossen einander; und sie verbrachten die Nacht eng umschlungen hinter dem Vorhange. So erging es ihnen, wie der Dichter sagt:

> Geh hin zu deinem Lieb, und meide die Worte des Neiders;
> Der Neidhart kann doch nie der Liebe ein Helfer sein! –
> Fürwahr, ich sah dich im Schlafe an meiner Seite ruhen
> Und küßte von deinen Lippen den süßesten kühlen Wein.
> Ja, wirklich und wahrhaftig, ich werde all meine Pläne
> Erreichen und dem trotzen, was immer der Neider tut. –
> Die Augen sahen niemals einen schöneren Anblick
> Als solch ein liebend Paar, das auf einem Bette ruht.
> Sie liegen innig umschlungen, bedeckt vom Kleide der Freude;
> Als Kissen dienet einem des anderen Arm und Hand.
> Und sind die Herzen einander in treuer Liebe verbunden,
> So sind sie wie harter Stahl; kein Mensch zerschlägt das Band.
> O der du wegen der Liebe das Volk der Liebenden tadelst,
> Kannst du dem kranken Herzen ein heilender Retter sein?
> Ja, wenn dir in deinem Leben je ein Getreuer begegnet,
> So ist er, was du wünschest. Dann lebe für ihn allein!

In enger Umarmung blieben sie bis zum Morgen zusammen, und die Liebe zueinander schlug in ihren Herzen feste Wurzeln. Dann nahm sie den Vorhang, bestickte ihn mit farbiger Seide und durchzog ihn mit goldenen und silbernen Fäden; auch fügte sie eine Borte hinzu, die sie ringsum mit Bildern von Vögeln und wilden Tieren schmückte, ja, es blieb kein einziges Tier der ganzen Welt übrig, das sie nicht darauf abgebildet hätte. Acht Tage lang war sie bei der Arbeit; und als der Vorhang fertig war, glättete sie ihn, faltete ihn zusammen und gab ihn ihrem Herrn mit den Worten: ‚Bring ihn auf den Basar und verkauf ihn für fünfzig Dinare an den Händler! Hüte dich, ihn an einen Vorübergehenden zu verkaufen; denn das würde zur Folge haben, daß wir voneinander getrennt werden, da Feinde uns auflauern, die uns nicht aus den Augen lassen!‘ ‚Ich höre und gehorche!‘ erwiderte er, begab sich alsbald mit dem Vorhange zum Basar und verkaufte ihn dort an einen Händler, wie sie ihn zu tun geheißen hatte. Danach kaufte er ein Stück Seidentuch, Seidenfäden und Gold- und Silberfäden, wie das erste Mal, ferner alles, was sie an Nahrung nötig hatten. Das brachte er ihr und gab ihr zugleich den Rest des Geldes. Hinfort nun gab sie ihm alle acht Tage einen Vorhang, und er verkaufte ihn für fünfzig Dinare. So taten sie ein ganzes Jahr hindurch.

Nach Ablauf des Jahres ging er wieder einmal wie gewöhnlich mit dem Vorhange zum Basar und gab ihn dem Makler; da trat ihm ein Christ entgegen und bot ihm sechzig Dinare. Als ’Alî Schâr sich weigerte, bot der Christ ihm immer mehr, bis er es auf hundert Dinare brachte. Dann bestach er den Makler mit zehn Dinaren, und der wandte sich an ’Alî Schâr, sprach zu ihm von dem hohen Preise und suchte ihn zu überreden, daß er den Vorhang an den Christen für diese Summe verkaufe, indem er hinzufügte: ‚Hoher Herr, fürchte dich nicht vor diesem Christen; von ihm geschieht dir kein Leid!‘ Auch die Kaufleute drängten ihn, und so verkaufte er den Vorhang schließlich an den Christen, obwohl sein Herz vor Angst zitterte. Dann nahm er das Geld und begab sich nach Hause; doch er bemerkte, daß der Christ hinter ihm herging. Er rief ihn an: ‚Du Nazarener, was ist's mit dir, daß du hinter mir hergehst?‘ ‚Hoher Herr,‘ erwiderte jener, ‚ich habe etwas am Ende der Straße zu besorgen – Allah bringe dich nie in Sorgen!‘ Aber kaum hatte 'Alî Schâr seine Wohnung erreicht, da stand der Christ schon wieder hinter ihm. Nun schrie er ihn an: ‚Du Verfluchter, warum läufst du mir überall nach, wohin ich gehe?‘ ‚Hoher Herr,‘ erwiderte jener, ‚gib mir einen Trunk Wassers zu trinken; denn ich bin durstig. Und dein Lohn stehe bei Allah dem Erhabenen!‘ Da sagte sich 'Alî Schâr: ‚Dieser Mann ist ein Schutzgenosse, und er bittet mich um einen Trunk Wassers. Bei Allah, ich will ihn nicht enttäuschen!‘ – –«

Da bemerkte Schehrezâd, daß der Morgen begann, und sie hielt in der verstatteten Rede an. Doch als die *Dreihundertunddreizehnte Nacht* anbrach, fuhr sie also fort: »Es ist mir berichtet worden, o glücklicher König, daß 'Alî Schâr sich sagte: ‚Dieser Mann ist ein Schutzgenosse, und er bittet mich um einen Trunk Wassers. Bei Allah, ich will ihn nicht enttäuschen!‘ Darauf trat er ins Haus ein und nahm einen Krug Wasser; doch die Sklavin Zumurrud sah ihn, und so fragte sie ihn: ‚Mein Lieb, hast du den Vorhang verkauft?‘ Als er das bejahte, fragte sie weiter: ‚An einen Kaufmann oder an einen, der des Weges vorüberging? Mein Herz ahnt Trennung!‘ Er antwortete: ‚Ich hab ihn keinem andern Menschen als dem Kaufmanne verkauft.‘ Aber sie fuhr fort: ‚Sag mir die volle Wahrheit, damit ich mich vorsehen kann! Warum hast du denn den Wasserkrug genommen?‘ ‚Ich will dem Makler zu trinken geben‘, erwiderte er. Da rief sie: ‚Es gibt keine Macht und es gibt keine Majestät außer bei Allah dem Erhabenen und Allmächtigen!‘ Und dann sprach sie diese beiden Verse:

Der du die Trennung suchst, gemach!
Laß die Umarmung dich nicht trügen !
Gemach! Des Schicksals Art ist Trug;
Das Glück muß sich der Trennung fügen.

Er aber ging mit dem Kruge hinaus, und als er den Christen innerhalb des Hauses in der Eingangshalle fand, fuhr er ihn an: ‚Wie kommst du hierher, du Hund? Wie kannst du ohne meine Erlaubnis mein Haus betreten?‘ ‚Hoher Herr,‘ entgegnete jener, ‚es ist doch kein Unterschied zwischen der Tür und dem Eingang, und ich werde mich hier auch nicht vom Flecke rühren, es sei denn, daß ich wieder hinausgehe. Dein aber ist Güte und Wohltätigkeit, Großmut und Freundlichkeit!‘ Darauf nahm er den Krug hin und trank, was darinnen war; dann reichte er ihn 'Alî Schâr zurück. Der nahm ihn und wartete nun, daß jener sich erheben würde. Als er sich aber nicht rührte, sprach 'Alî Schâr zu ihm: ‚Warum stehst du nicht auf und gehst deiner Wege?‘ ‚Mein Gebieter,‘ gab er zur Antwort, ‚sei nicht einer von denen, die erst eine Wohltat erweisen und sie dann widerrufen, noch auch von denen, über die der Dichter sagt:

Jetzt sind sie nicht mehr da, an deren Tür du standest,
Die deinen Wunsch erfüllten mit frohem Angesicht.
Trittst du nun an die Tür des Volks, das ihnen folgte,
So gönnt man den Trunk Wasser, den man dir reichet, nicht.‘

Dann fuhr er fort: ‚Mein Gebieter, ich habe zwar getrunken, doch ich möchte gern, daß du mir auch etwas zu essen gibst, was du nur immer im Hause hast, ganz gleich, ob es ein Stück Brot oder ein Zwieback oder eine Zwiebel ist.‘ Doch 'Alî Schâr erwiderte ihm: ‚Fort, ohne viel Gerede! Es ist nichts im Hause.‘ Da hub der Christ wieder an: ‚Mein Gebieter, wenn nichts im Hause ist, so nimm diese hundert Dinare und bring uns etwas vom Basar, wenn auch nur einen Laib Brot, auf daß zwischen uns die Gemeinschaft von Brot und Salz sei!' Nun sagte sich 'Alî Schâr: ‚Dieser Christ ist von Sinnen! Ich will ihm die hundert Dinare abnehmen und ihm etwas bringen, das zwei Dirhems wert ist, und ihn so zum besten haben.' Der Christ aber fügte noch hinzu: ‚Hoher Herr, ich möchte nur ein wenig haben, das den Hunger vertreibt, sei es auch ein trockenes Brot oder eine Zwiebel. Die beste Nahrung ist doch immer nur das, was den Hunger stillt, nicht die üppigen Speisen; und wie schön ist das Dichterwort:

> *Der Hunger wird vertrieben durch ein trocknes Brot.*
> *Warum ist denn so groß mein Kummer, meine Not?*
> *Der beste Richter ist der Tod, der alle Menschen,*
> *Kalif und armen Schelm, in gleichem Maß bedroht.'*

'Alî Schâr sagte darauf: ‚Warte hier; ich will den Saal verschließen und dir etwas vom Basar holen!' ‚Ich höre und gehorche!' erwiderte der Christ. Dann ging 'Alî Schâr hinaus und verschloß den Saal, indem er ein Vorhängeschloß daran befestigte; den Schlüssel nahm er an sich, und dann ging er zum Basar. Dort kaufte er gerösteten Käse, weißen Honig, Bananen und Brot und brachte es dem Christen. Als der diese Dinge sah, rief er: ‚Mein Gebieter, das ist ja zu viel! Das ist genug für zehn Männer, und ich bin ganz allein. Willst du vielleicht mit mir essen?' ‚Iß nur allein; ich bin satt!', gab 'Alî zur Antwort; aber der Christ fuhr fort: ‚Mein Gebieter, die Weisen sagen: Wer nicht mit seinem Gaste ißt, der ist ein Bastard.' Als 'Alî Schâr diese Worte des Christen hörte, setzte er sich nieder und aß ein wenig mit ihm; dann wollte er innehalten. – –«

Da bemerkte Schehrezâd, daß der Morgen begann, und sie hielt in der verstatteten Rede an. Doch als die *Dreihundertundvierzehnte Nacht* anbrach, fuhr sie also fort: »Es ist mir berichtet

worden, o glücklicher König, daß 'Alî Schâr sich niedersetzte
und ein wenig mit ihm aß und dann innehalten wollte. Da
nahm der Christ eine Banane, zog ihr die Schale ab und spaltete sie in zwei Hälften; in die eine tat er gesättigtes Bendsch,
das mit Opium vermischt war und von dem ein Quentchen
einen Elefanten hätte umwerfen können. Darauf tauchte er
diese halbe Banane in den Honig und sprach: ,Mein Gebieter,
bei der Wahrheit deines Glaubens, nimm dies!' Nun scheute
'Alî Schâr sich davor, den Schwur des Christen unwahr werden zu lassen; deshalb nahm er das Stück hin und aß es. Aber
kaum war es in seinem Magen, da fiel er Hals über Kopf nieder, und er ward wie einer, der schon ein ganzes Jahr lang
schlief. Sobald der Nazarener das sah, sprang er auf seine Füße
so schnell, wie ein grindiger Wolf aufspringt oder wie ein
plötzlicher Spruch aus Richtersmund erklingt. Er nahm den
Schlüssel zum Saale an sich, ließ 'Alî Schâr dort liegen, lief
eilends zu seinem Bruder und berichtete ihm, was geschehen
war. Dies hing nämlich so zusammen: der Bruder des Christen
war jener gebrechliche Alte, der die Sklavin für tausend Dinare
hatte kaufen wollen, den sie aber verschmäht und in Versen
verspottet hatte. Der war in seinem Herzen ein Ungläubiger,
aber nach außen hin ein Muslim; und darum hatte er sich
Raschîd ed-Dîn[1] genannt. Als Zumurrud ihn verspottet und
verschmäht hatte, beklagte er sich darüber bei seinem Bruder,
dem Christen, der nun eine List ersann, um sie ihrem Herrn
'Alî Schâr zu rauben; sein Name aber war Barsûm. Und er
sprach zu ihm: ,Sei nicht traurig über diese Sache; ich will dir
eine List ersinnen, um sie wiederzuholen, ohne daß es einen
Dirhem oder einen Dinar kostet!' Er war nämlich ein gottloser Zauberer, voll Lug und Trug; und so begann er unauf-

1. Der Rechtgläubige.

hörlich auf Ränke zu sinnen, bis er jene List, von der wir erzählt haben, verübt hatte. Da hatte er also den Schlüssel an sich genommen, war zu seinem Bruder gegangen und hatte ihm erzählt, was geschehen war. Alsbald bestieg Raschîd ed-Dîn sein Maultier, nahm seine Diener mit und begab sich mit seinem Bruder zum Hause des ʾAlî Schâr. Er nahm auch einen Beutel, in dem tausend Dinare waren, mit sich, um den Wachthauptmann zu bestechen, wenn der ihm begegnen sollte. Nachdem er dann die Tür des Saales geöffnet hatte, stürzten die Leute, die bei ihm waren, auf Zumurrud und ergriffen sie mit Gewalt, indem sie ihr mit dem Tode drohten, wenn sie einen Laut von sich gäbe. Die Wohnung ließen sie, wie sie war, ohne etwas mitzunehmen; auch den ʾAlî Schâr ließen sie in der Eingangshalle liegen, nachdem sie den Schlüssel zum Saale an seine Seite gelegt und die Haustür geschlossen hatten. Dann schleppte der Christ sie in sein Haus, brachte sie zu seinen Sklavinnen und Nebenfrauen und schrie sie an: ‚Du Metze, ich bin der alte Mann, den du verschmäht und verspottet hast; jetzt habe ich dich ohne einen Dirhem, ohne einen Dinar in meine Gewalt bekommen!‘ Doch sie erwiderte, indem ihr die Tränen aus den Augen rannen: ‚Allah strafe dich, du alter Bösewicht, weil du mich von meinem Herrn getrennt hast!‘ Da fuhr er fort zu schreien: ‚Du Metze, du schamloses Geschöpf, du wirst schon sehen, wie ich dich strafen werde! Beim Messias, bei der Jungfrau, wenn du mir nicht gehorchst und meinen Glauben nicht annimmst, so werde ich dich wahrlich mit allen Folterqualen strafen!‘ Sie aber gab zur Antwort: ‚Bei Allah, wenn du mich auch in Stücke schneidest, ich werde vom islamischen Glauben nicht ablassen! Allah der Erhabene wird mir doch rasche Hilfe bringen; denn Er vermag, was Er will. Die Weisen sagen: Lieber einen Schaden am Leibe erlauben als einen Schaden am

Glauben!' Da rief er die Eunuchen und Sklavinnen herbei und befahl ihnen: ,Werft sie zu Boden!' Die führten den Befehl aus, und dann begann er sie unablässig grausam zu schlagen, während sie um Hilfe rief und doch keine Hilfe fand. Zuletzt hörte sie auf, nach Hilfe zu rufen, und sprach nur noch: ,Allah ist mein Genüge; Er ist der Allumfasser!' bis ihr der Atem versagte und ihre Seufzer verstummten. Als er nun seine Wut an ihr gekühlt hatte, sprach er zu den Dienern: ,Schleppt sie an den Füßen fort und werft sie in die Küche, aber gebt ihr nichts zu essen!' Darauf begab sich der Verfluchte die Nacht über zur Ruhe, und als es Morgen ward, ließ er sie wieder holen und fiel von neuem mit Schlägen über sie her. Dann befahl er den Eunuchen, sie wieder an dieselbe Stelle zu werfen; die taten also. Wie nun das Brennen der Schläge nachließ, rief sie: ,Es gibt keinen Gott außer Allah, Mohammed ist der Gesandte Allahs! Allah ist mein Genüge, Er ist der treffliche Hüter!' Und dann flehte sie um Hilfe zu unserem Herrn Mohammed – Allah segne ihn und gebe ihm Heil! – –«

Da bemerkte Schehrezâd, daß der Morgen begann, und sie hielt in der verstatteten Rede an. Doch als die *Dreihundertundfünfzehnte Nacht* anbrach, fuhr sie also fort: »Es ist mir berichtet worden, o glücklicher König, daß Zumurrud um Hilfe flehte zum Propheten – Allah segne ihn und gebe ihm Heil! –

Wenden wir uns nun von ihr wieder zu 'Alî Schâr! Der schlief fest bis zum nächsten Tage; dann aber verflog das Bendsch aus seinem Kopfe, er machte die Augen auf und rief laut: ,Zumurrud!' Aber niemand antwortete ihm. Da ging er in den Saal, und dort fand er die Luft leer und das Heiligtum fern.[1] Nun erkannte er, daß all dies nur durch den Nazarener über ihn ge-

---

1. Sprichwörtliche Redensart, die sich wohl ursprünglich auf einen Pilger bezieht, der sein Ziel nicht erreicht.

kommen war; er fing an zu seufzen und zu weinen und Jammer und Klagen zu vereinen. Und danach begann er in einen Tränenstrom auszubrechen, und er hub an diese Verse zu sprechen:

> *O Liebesschmerz, entweich von mir und quäl mich nicht;*
> *Sieh doch, wie jetzt mein Herz in Not und Tod zerbricht!*
> *Erbarmet euch, ihr Herrn, des Knechtes, den die Lieb*
> *Ins Elend, und des Reichen, den sie in Armut trieb!*
> *Was hilft die Kraft dem Schützen, wenn er mit dem Feind sich mißt*
> *Und beim Entsenden des Pfeiles die Sehne zerrissen ist?*
> *Und kommen der Sorgen viele und häufen sich auf ihn,*
> *Wohin kann dann der Held vor dem Geschick entfliehn?*
> *Wie oft war ich besorgt um unserer Liebe Glück;*
> *Doch seit das Schicksal nahte, schlug Blindheit meinen Blick.*

Nachdem er diese Verse beendet hatte, begann er wieder in Seufzer auszubrechen, und er hub an auch diese Verse zu sprechen:

> *Allein erschien ihr Bild im Sand des Lagerplatzes;*
> *Voll Schmerz begehrt' er innig, daß er sie wiederfind.*
> *Sie schaute nach den Zelten; da füllte sie mit Sehnsucht*
> *Ein Ort, auf dem die Trümmer verweht, zerrissen sind.*
> *Sie stand und fragte ihn; da gab er ihr zur Antwort,*
> *Dem Echo gleich: Nie wieder wirst du mit ihm vereint;*
> *Als wäre er ein Blitz, der auf der Stätte leuchtet*
> *Und geht, und dessen Glanz nie wieder dir erscheint*

Jetzt bereute er, als die Reue ihm nichts mehr nützte; und er weinte und zerriß seine Kleider. Dann nahm er zwei Steine in die Hand und zog rings in der Stadt umher, indem er mit ihnen auf die Brust schlug und immer rief: ‚O Zumurrud!‘ Da umringten ihn die Kinder und riefen: ‚Ein Verrückter! Ein Verrückter!‘ Doch alle, die ihn kannten, beklagten ihn und sagten: ‚Das ist ja der und der! Was mag es nur sein, das ihm widerfahren ist?‘ Er aber lief immerfort so umher, bis der Tag sich neige; und als das Dunkel der Nacht über ihn hereinbrach, warf er sich in einer der Gassen nieder und schlief bis zum Morgen. Dann begann er von neuem mit den Steinen rings in der Stadt umherzulaufen, bis der Tag zur Rüste ging. Darauf kehrte er wieder zu seiner Wohnung zurück, um dort die Nacht zu verbringen. Und da erblickte ihn seine Nachbarin, eine alte, vortreffliche Frau; die sprach zu ihm: ‚Mein Sohn, Gott gebe dir Genesung! Seit wann bist du irre?' Er aber erwiderte ihr mit diesen beiden Versen:

> *Sie sprachen: Du rasest in Liebe. Da gab ich ihnen zur Antwort:*
> *Ja, nur die Rasenden kennen des Lebens Süßigkeit.*
> *Laßt mich nur immer rasen! Bringt sie, die mich berückte;*
> *Und tadelt mich nicht mehr, wenn sie mich vom Wahnsinn befreit!*

Da wußte die alte Nachbarsfrau, daß er ein Liebender war, der seine Geliebte verloren hatte, und sie rief: ‚Es gibt keine Macht und es gibt keine Majestät außer bei Allah dem Erhabenen und Allmächtigen! Mein Sohn, ich möchte, daß du mir die Geschichte deines Unglücks erzählest. Vielleicht verleiht Allah mir die Kraft, dir zu helfen, wenn es Sein Wille ist.' Nun erzählte er ihr alles, was er erlebt hatte mit dem Christen Barsûm und mit seinem Bruder, dem Zauberer, der sich Raschîd edDîn genannt hatte. Als sie das alles vernommen hatte, sprach sie: ‚Mein Sohn, du bist zu entschuldigen.' Dann begannen ihre Augen in Tränen auszubrechen, und sie hub an diese beiden Verse zu sprechen:

> *Die Liebenden haben genug der Qualen in dieser Welt;*
> *Bei Gott, sie wird dereinst kein Höllenfeuer quälen.*
> *Sie starben an ihrer Liebe, und sie verbargen sie keusch;*
> *Und dafür bürget uns, was uns die Alten erzählen.*

Nach diesen Versen fuhr sie fort: ‚Mein Sohn, mach dich jetzt auf und kauf einen Korb, wie ihn die Juweliere haben; ferner

228

kaufe Armspangen, Siegelringe, Ohrgehänge und anderen Schmuck, an dem Frauen ihre Freude haben, und spare nicht mit dem Gelde! Tu alles in den Korb und bring ihn mir; ich will ihn auf den Kopf nehmen, wie eine Hökerin, und umherziehen, indem ich in den Häusern nach ihr suche, bis ich, so Gott der Erhabene will, Kunde von ihr erhalte!' 'Alî Schâr war über ihre Worte hocherfreut und küßte ihr die Hände. Dann ging er eilends davon und brachte ihr, was sie verlangte. Als nun alles bei ihr war, zog sie ein geflicktes Kleid an, warf sich einen honiggelben Schleier über den Kopf, nahm einen Stab in die Hand und lud den Korb auf. Dann zog sie in den Gassen und Häusern umher, unablässig von Ort zu Ort, von Stadtviertel zu Stadtviertel, von Straße zu Straße, bis Allah der Erhabene sie zu dem Hause des verfluchten Nazareners Raschîd ed-Dîn führte. Dort hörte sie ein Seufzen von innen herausdringen, und sie pochte an die Tür. – –«

Da bemerkte Schehrezâd, daß der Morgen begann, und sie hielt in der verstatteten Rede an. Doch als die *Dreihundertundsechzehnte Nacht* anbrach, fuhr sie also fort: »Es ist mir berichtet worden, o glücklicher König, daß die Alte, als sie aus dem Innern des Hauses ein Seufzen herausdringen hörte, an die Tür klopfte. Da kam eine Sklavin zu ihr herunter, machte ihr die Tür auf und begrüßte sie. Die Alte hub an: ‚Ich habe diese Sächelchen zum Verkauf. Ist jemand bei euch, der davon etwas kaufen möchte?' ‚Jawohl', erwiderte die Sklavin und führte sie ins Haus hinein. Dann wies sie ihr einen Platz zum Sitzen an, und die Sklavinnen setzten sich rings um sie herum. Eine jede kaufte ihr etwas ab; die Alte aber sprach den Mädchen freundlich zu und verlangte nur geringe Preise von ihnen. So hatten sie denn ihre Freude an ihr, weil sie ihnen gefällig war und so freundlich redete. Doch unterdessen blickte sie selber nach allen Seiten des Raumes hin, um zu sehen, wer da seufzte, und nachdem ihr Blick auf Zumurrud gefallen war, ward sie noch gefälliger und freundlicher zu den Sklavinnen. Dann schaute sie genauer hin und erkannte, daß Zumurrud es war, die dort auf der Erde lag. Da begann sie zu weinen und sprach zu den Mädchen: ‚Meine Töchter, was ist's mit dieser jungen Dame, daß es ihr so schlimm ergeht?‘ Die Sklavinnen erzählten ihr alles, was geschehen war, und fügten hinzu: ‚Das geschieht nicht mit unserem Willen; unser Herr hat uns befohlen, solches zu tun. Aber jetzt ist er verreist.‘ Darauf sagte die Alte: ‚Liebe Töchter, ich habe eine Bitte an euch, und die ist, daß ihr diese Arme von ihren Banden befreit, bis ihr von der Rückkehr eures Herrn erfahrt. Dann bindet sie wieder fest, wie sie vorher war, und ihr werdet euch den Lohn des Herrn der Welten verdienen.‘ ‚Wir hören und gehorchen!‘ erwiderten sie, und alsbald befreiten sie sie und gaben ihr zu essen und zu trinken. Die Alte aber rief: ‚Hätte ich mir doch den Fuß gebrochen und nie euer Haus betreten!‘ und dann trat sie an Zumurrud heran und sprach zu ihr: ‚Meine Tochter, mögest du genesen! Allah wird dir Trost bringen.‘ Und sie flüsterte ihr zu, daß sie von ihrem Herrn ’Alî Schâr komme, und verabredete mit ihr, daß sie in der nächsten Nacht sich bereit halten und auf das Zeichen achten solle. Sie schloß mit den Worten: ‚Dein Herr wird zu dir kommen und bei der Bank vor dem Hause dir pfeifen; und wenn du das hörst, so pfeif ihm wieder und laß dich aus dem Fenster an einem Seile zu ihm hernieder! Er wird dich nehmen und mit dir fortgehen.‘ Zumurrud dankte ihr, und alsbald ging die Alte fort und begab sich zu ’Alî Schâr. Dem berichtete sie alles und schärfte ihm ein: ‚Begib dich morgen abend um Mitternacht in das und das Stadtviertel, denn dort ist das Haus des Verruchten; es sieht so und so aus. Bleib unten beim Hause stehen und pfeif; dann wird sie sich zu dir herniederlassen. Nimm sie und geh mit ihr, wohin du willst!' Er dankte ihr für alles; aber dann begann er in Tränen auszubrechen und hub an diese Verse zu sprechen:

> Der Tadler Volk hör auf mit Hinundhergerede!
> Mein Herze ist bedrängt, mein Leib verzehrt und schmal.
> Die Tränen, gleich der Kette von Überlieferungen,
> Sind wahre Zeugen meiner Verlassenheit und Qual.
> O du, des Herze frei ist von meinem Leid und Kummer,
> Kürz deine Müh und frage nicht stets nach meiner Pein!
> Die Süßigkeit der Lippen, das Ebenmaß des Wuchses
> Berückten meinen Sinn – die beiden, rein und fein.
> Mein Herz hat keine Ruh, seit du mir fern; mein Auge
> Ist wach, und meine Hoffnung ward in Geduld zuschand.
> Du ließest mich Betrübten zurück als Pfand der Sehnsucht,
> Als Spielball in der Neider und in der Tadler Hand.
> Entsagen ist ein Ding, von dem ich nie gewußt;
> Und außer dir wohnt niemand je in meiner Brust.

Nach diesen Versen begann er wieder in Tränen auszubrechen, und dann hub er an diese beiden Verse zu sprechen:

> Bei Allah, welch trefflicher Bote, der mir dein Kommen kündet,
> Und der mit der allerfrohesten Botschaft zu mir kam!
> Wär er mit einem getragnen Geschenke zufrieden, ich reichte
> Ein Herz ihm, das beim Abschied in Fetzen zerriß vor Gram.

Dann wartete er, bis es dunkle Nacht geworden war und die verabredete Zeit herankam; da begab er sich in jenes Stadtviertel, das seine Nachbarin ihm beschrieben hatte, erblickte das Haus des Christen und erkannte es und setzte sich auf die Bank unten an der Wand. Doch da überfiel ihn die Schläfrigkeit, und er schlief ein – herrlich ist Er, der nimmer schläft! – Denn er hatte seit langer Zeit in seinem Liebesleid nicht mehr geschlafen, und er ward wie ein Trunkener. Während er so im tiefen Schlafe lag – –«

Da bemerkte Schehrezâd, daß der Morgen begann, und sie hielt in der verstatteten Rede an. Doch als die *Dreihundertundsiebenzehnte Nacht* anbrach, fuhr sie also fort: »Es ist mir berichtet worden, o glücklicher König, daß plötzlich, während er so in tiefem Schlafe lag, ein Räuber heranschlich, der in jener Nacht rings in der Stadt umhergezogen war, um etwas zu stehlen, und den das Geschick nun zum Hause jenes Nazareners verschlagen hatte. Der strich um das Haus herum, aber er fand keine Stelle, an der er hinaufklettern konnte. Allein beim Herumschleichen kam er auch zu der Bank und entdeckte den schlafenden 'Alî Schâr. Sofort stahl er ihm den Turban. Kaum hatte er den an sich genommen, da schaute Zumurrud heraus, im selben Augenblick. Sie sah ihn im Dunkel stehen, und weil sie ihn für ihren Herrn hielt, so pfiff sie ihm. Alsbald erwiderte der Räuber ihren Pfiff, und sie ließ sich an einem Strick herab mit einem Satteltaschenpaar voll Gold. Wie der Räuber das sah, sprach er bei sich: ,Mit diesem wunderbaren Geschehnis hat es sicher eine seltsame Bewandtnis!' Rasch warf er sich die Satteltaschen über und hob Zumurrud auf seine Schulter, und dann eilte er mit ihnen dahin wie der blendende Blitz. Da sprach sie: ,Die Alte sagte mir doch, du seiest schwach von Krankheit um meinetwillen; aber sieh da, du bist stärker als ein Roß.' Als er ihr keine Antwort gab, tastete sie nach seinem Gesicht und fühlte seinen Bart, dem Palmbesen gleich, den man im Badehause benutzt, als wäre er ein Schwein, das Federn verschluckt hat, deren Enden ihm wieder zum Halse herausgekommen sind. Erschrocken rief sie aus: ,Was bist du denn?' ,Du Metze,' erwiderte er, ,ich bin der Kurde Dschawân, der Schelm, von der Bande des Ahmed ed-Danaf! Wir sind vierzig Räuber, und alle werden heute nacht Freude an dir haben, vom Abend bis zum Morgen!' Als sie diese Worte von ihm vernahm, weinte sie und schlug sich ins Angesicht; denn sie erkannte, daß das Schicksal ihrer Herr geworden war und daß ihr kein Ausweg blieb, als ihre Sache Allah dem Erhabenen anheimzustellen. So faßte sie sich denn in Geduld, ergab sich in den Willen Allahs des Erhabenen und sprach: ‚Es gibt keinen Gott außer Allah! Sooft wir von einem Kummer befreit werden, verfallen wir einem noch schlimmeren.'

Dschawân aber war aus folgendem Grunde hierher gekommen. Er hatte zu Ahmed ed-Danaf gesagt: ‚Meister, ich bin schon früher einmal in dieser Stadt gewesen; und ich kenne dort vor den Toren eine Höhle, die groß genug ist für vierzig Mann. Ich will euch dorthin voraufgehen und meine Mutter in die Höhle bringen. Dann will ich einmal wieder in die Stadt gehen und dort zu eurem Glück etwas stehlen; das will ich für euch aufbewahren, bis ihr auch dort seid, und an dem Tage sollt ihr meine Gäste sein.' Ahmed ed-Danaf hatte ihm erwidert: ‚Tu, was du willst!' Dann war Dschawân ihnen voraufgegangen und vor ihnen her dorthin gezogen und hatte seine Mutter in jene Höhle gebracht. Als er dann wieder aus der Höhle herauskam, fand er einen schlafenden Krieger, neben dem ein Pferd angebunden war. Sofort schnitt er ihm den Hals durch, nahm sein Roß, seine Waffen und seine Kleider und versteckte alles in der Höhle bei seiner Mutter; auch das Pferd band er dort an. Dann begab er sich in die Stadt und zog umher, bis er zum Hause des Christen kam. Dort tat er, was wir bereits erzählt haben: er stahl den Turban des 'Alî Schâr und nahm die Sklavin Zumurrud auf die Schultern. Dann eilte er mit ihr ohne Unterlaß dahin, bis er sie seiner Mutter übergeben konnte; dabei sprach er: ‚Halt Wache über sie, bis ich morgen früh wieder zu dir komme!' Dann ging er fort. – –«

Da bemerkte Schehrezâd, daß der Morgen begann, und sie hielt in der verstatteten Rede an. Doch als die *Dreihundertund-achtzehnte Nacht* anbrach, fuhr sie also fort: »Es ist mir berichtet worden, o glücklicher König, daß der Kurde Dschawân zu seiner Mutter sprach: ,Halt Wache über sie, bis ich morgen früh wieder zu dir komme!' Dann ging er fort. Nun sprach Zumurrud bei sich: ,Warum denke ich nicht daran, mich durch List zu befreien? Soll ich denn warten, bis jene vierzig Kerle kommen und mich abwechselnd schänden und mich einem Schiffe gleich machen, das im Meere untergeht?' Darauf wandte sie sich zu der Alten, der Mutter des Kurden Dscha-wân, und sprach zu ihr: ,Liebe Muhme, willst du nicht mit mir aus der Höhle hinausgehen, damit ich dich in der Sonne lausen kann?' Da rief die Alte: ,Ja, bei Allah, meine Tochter! Ich bin doch auch schon seit langer Zeit nicht mehr im Bade gewesen, weil diese Schweine da mich fortwährend von Ort zu Ort schleppen.' Also gingen die beiden Frauen hinaus, und Zumurrud begann die Alte zu lausen; sie tötete die Läuse auf ihrem Kopfe so lange, bis jene vor Wohlbehagen einschlief. Sofort sprang Zumurrud auf, zog die Kleider des Kriegers an, den der Kurde Dschawân ermordet hatte, gürtete sich sein Schwert um die Hüften und band sich seinen Turban ums Haupt, so daß sie wie ein Mann aussah. Dann bestieg sie das Roß, nachdem sie die Satteltaschen mit dem Golde aufgeladen hatte, und betete: ,O gütiger Schützer, schütze mich, um des Ruhmes Mohammeds willen – Gott segne ihn und gebe ihm Heil!' Darauf sagte sie sich in Gedanken: ,Wenn ich in die Stadt reite, so wird mich wohl einer von den Leuten des Krie-gers sehen, und dann kann es mir übel ergehen.' Deshalb wandte sie der Stadt den Rücken und zog in die öde Steppe hinein. Unaufhörlich ritt sie weiter, auf ihrem Rosse mit den Sattel-

234

taschen, indem sie von den Kräutern der Erde aß und auch ihrem Rosse davon zu fressen gab, aus den Bächen trank und auch das Pferd an ihnen tränkte. So währte es zehn Tage lang. Am elften Tage jedoch erreichte sie eine Stadt, eine schöne und sicher begründete, die von dauerndem Wohlstande kündete; von ihr hatte gerade der Winter mit seiner Kälte Abschied genommen, und der Frühling mit seinen Blumen und Rosen war gekommen; die Knospen sprangen, die Bächlein erklangen, und die Vögel sangen. Als sie an die Stadt herankam und schon nahe beim Tore war, entdeckte sie plötzlich die Krieger, die Emire und die Vornehmen der Stadt. Erstaunt über einen solchen Anblick sprach sie bei sich selber: ‚Daß hier das ganze Volk der Stadt beim Tore versammelt ist, muß doch einen Grund haben!‘ Dann ritt sie auf jene zu; doch als sie sich ihnen näherte, eilten die Krieger voraus, ihr entgegen, saßen ab und küßten den Boden vor ihr. Dann riefen sie: ‚Allah gebe dir Heil und Sieg, o unser Herr und Sultan!‘ Und nun reihten sich die Würdenträger vor ihr auf, während die Krieger das Volk ordneten, und alle riefen: ‚Allah gebe dir Heil und Sieg! Er lasse dein Kommen zu einem Segen für die Muslime werden, o Sultan aller Menschen auf Erden! Gott erhalte dich, du größter König unserer Zeit, dich, des Jahrhunderts und Zeitalters Herrlichkeit!‘ Da fragte Zumurrud: ‚Was ist es mit euch, ihr Leute dieser Stadt?‘ Der Kammerherr gab ihr zur Antwort: ‚Er, der mit seinen Gaben nicht geizt, hat dir gegeben! Er hat dich zum Sultan über diese Stadt gemacht und zum Herrscher über die Nacken aller, die in ihr wohnen! Wisse denn, es ist der Brauch des Volkes dieser Stadt, daß die Krieger, wenn ein König stirbt, ohne einen Sohn zu hinterlassen, vor die Stadt hinausziehen und dort drei Tage lagern. Und wer nur immer auf dem Wege naht, auf dem du gekommen bist, den machen sie zum Sultan über sich. Allah sei gepriesen, der uns von den Söhnen der Türken einen so schönen Mann gesandt hat! Denn hätte sich auch ein Geringerer als du bei uns eingefunden, so wäre er doch Sultan geworden.' Nun war Zumurrud in allem, was sie tat, von verständigem Sinne, und so sprach sie: ,Glaubet nicht, ich sei vom gemeinen Volke der Türken! Nein, ich bin einer von den Söhnen der Vornehmen; doch ich geriet in Streit mit den Meinen, deshalb zog ich fort von ihnen und verließ sie. Sehet diese Satteltaschen voll Gold, die ich mitgebracht habe, um auf meiner ganzen Fahrt den Armen und Bedürftigen Almosen spenden zu können!' Da flehten sie Segen auf ihr Haupt herab und waren hocherfreut über sie. Und auch Zumurrud war erfreut über sie und sprach bei sich selber: ,Nun, da ich zu dieser Stellung gekommen bin' – –«

Da bemerkte Schehrezâd, daß der Morgen begann, und sie hielt in der verstatteten Rede an. Doch als die *Dreihundertundneunzehnte Nacht* anbrach, fuhr sie also fort: »Es ist mir berichtet worden, o glücklicher König, daß Zumurrud bei sich selber sprach: ,Nun, da ich zu dieser Stellung gekommen bin, wird Allah mich vielleicht an dieser Stätte wieder mit meinem Herrn vereinigen; denn Er vermag, was Er will!' Dann ritt sie weiter, während die Krieger an ihrer Seite dahinzogen, bis sie in die Stadt kamen. Dort saßen die Berittenen vor ihr ab und geleiteten sie zu Fuße in das Schloß. Da stieg auch sie vom Pferde, und die Emire und Vornehmen trugen sie, indem sie sie unter den Armen festhielten, und setzten sie auf den Thron; dann küßten sie alle den Boden vor ihr. Als sie nun auf dem Throne saß, befahl sie, die Schatzkammern zu öffnen; das geschah, und darauf machte sie allen Kriegern Geschenke. Die wünschten ihr eine lange Dauer ihrer Herrschaft, und die Einwohner der

236

Stadt und alles andere Volk im Land unterwarf sich der Herrschaft ihrer Hand. So lebte sie eine Weile dahin, indem sie gebot und verbot; und die Herzen des Volkes wurden mit großer Ehrfurcht vor ihr erfüllt um ihrer Großmut und Rechtlichkeit willen; denn sie hob die Steuern auf und ließ den Gefangenen freien Lauf, und sie schaffte die Bedrückungen ab, so daß alles Volk sie liebgewann. Doch sooft sie ihres Herrn gedachte, weinte sie und flehte zu Allah, Er möge sie mit ihm wieder vereinigen. So geschah es denn, daß sie eines Nachts seiner gedachte und sich der Tage erinnerte, die sie einst mit ihm verbrachte. Da begann ihr Auge in Tränen auszubrechen, und sie hub an diese beiden Verse zu sprechen:

> *Dir gilt, trotz all der Zeit, mein Sehnen stets aufs neue;*
> *Des wunden Auges Tränen werden immer mehr.*
> *Und weine ich, so wein ich um Liebesleides willen;*
> *Denn ach, die Trennung wird dem Liebenden so schwer.*

Als sie diese Verse gesprochen hatte, wischte sie die Tränen ab, stieg zum Söller des Palastes hinauf und trat in die Frauengemächer ein. Dort wies sie den Sklavinnen und Nebenfrauen getrennte Räume an und bestimmte für sie die Gehälter und Einkünfte, indem sie sagte, sie wolle für sich allein leben, ganz der Frömmigkeit ergeben. Und sie begann zu fasten und zu beten, so daß die Emire sagten: ‚Fürwahr, dieser Sultan ist sehr fromm!‘ Sie duldete auch keinen der Diener um sich außer zwei kleinen Eunuchen, die ihr aufwarteten. Ein Jahr lang saß sie so auf dem Throne der Herrschaft, ohne daß sie eine Nachricht von ihrem Herrn vernahm und ohne daß eine Kunde über ihn zu ihr kam; dadurch ward sie tief betrübt. Und als nun ihre Betrübnis immer größer wurde, berief sie die Wesire und Kammerherren und befahl ihnen, die Baumeister und Zimmerleute kommen zu lassen; die sollten vor dem Schlosse einen Festplatz herrichten von der Länge und Breite einer Parasange. In kürzester Zeit führten sie ihren Befehl aus, und der Platz ward so angelegt, wie sie es gewünscht hatte. Als er nun fertig war, ging sie selbst hinab, und man schlug dort für sie ein großes Rundzelt auf, in dem dann auch die Stühle der Emire aufgereiht wurden. Ferner befahl sie, man solle auf jenem Platze Tische mit allerlei köstlichen Speisen ausbreiten; und es geschah also nach ihrem Befehle. Dann gebot sie den Großen des Reiches, sie sollten essen. Nachdem sie es getan hatten, sprach sie zu ihnen: ,Ich wünsche, daß ihr jedesmal, wenn der neue Mond aufgeht, also tuet; lasset dann auch in der Stadt ausrufen, niemand solle seinen Laden aufmachen, sondern alles Volk solle kommen und vom Tische des Königs essen, und wer nicht gehorche, der solle über der Tür seines Hauses aufgehängt werden!' Als der nächste Neumond aufging, taten sie nach ihrem Geheiß; und so fuhren sie fort zu tun, bis der erste Monat im nächsten Jahre begann. Da ging Zumurrud zu dem Platze hinab, und der Ausrufer verkündete laut: ,Ihr Leute allzumal, ein jeder, der seinen Laden oder seinen Speicher oder sein Haus aufmacht, der wird sogleich über seiner eigenen Tür aufgehängt werden. Denn es ist eure Pflicht, alle zu kommen und vom Tische des Königs zu essen.' Als diese Botschaft verkündet war, wurden die Tische gebreitet, und das Volk strömte in Scharen herbei. Dann gab Zumurrud Befehl, die Leute sollten sich an die Tische setzen und essen, bis sie sich an allen Speisen gesättigt hätten. Das Volk setzte sich also, um zu essen, wie sie geboten hatte; sie selbst aber ließ sich auf dem Herrscherthrone nieder und schaute zu. Und jeder, der am Tische saß, sagte sich: ,Der König sieht mich allein an.' Während das Volk aß, riefen die Emire: ,Esset und seid nicht schüchtern! Denn das hat der König gern.' Und so aßen sie alle, bis sie satt waren;

238

danach gingen sie fort, indem sie den König segneten und untereinander sprachen: ‚Noch nie haben wir einen Herrscher gesehen, der so wie dieser Sultan die Armen liebt!' Und sie beteten für ihn um langes Leben; Zumurrud aber kehrte in ihr Schloß zurück. – –«

Da bemerkte Schehrezâd, daß der Morgen begann, und sie hielt in der verstatteten Rede an. Doch als die *Dreihundertundzwanzigste Nacht* anbrach, fuhr sie also fort: »Es ist mir berichtet worden, o glücklicher König, daß die Königin Zumurrud in ihr Schloß zurückkehrte, erfreut über die Einrichtung, die sie getroffen hatte, da sie sich sagte: ‚So Gott der Erhabene will, werde ich auf diese Weise Kunde von meinem Herrn 'Alî Schâr erhalten.' Als der nächste Neumond kam, tat sie ebenso wie zuvor. Die Tische wurden gebreitet, und Zumurrud kam herab und setzte sich auf ihren Thron. Dann gab sie Befehl, das Volk solle sich setzen und essen. Und während sie an der Spitze der Tafel saß, zu der das Volk sich drängte, Schar auf Schar und einer nach dem andern, da fiel ihr Auge plötzlich auf den Christen Barsûm, der einst den Vorhang von ihrem Herrn gekauft hatte; sofort erkannte sie ihn, und sie frohlockte: ‚Dies ist das erste Vorzeichen des Trostes und der Erfüllung meiner Wünsche!' Barsûm trat nun heran und setzte sich zum Volke, um zu essen. Da blickte er nach einer Schüssel mit süßem Reis, auf den Zucker gestreut war; aber sie stand etwas von ihm entfernt. Sogleich drängte er sich durch die Leute dorthin, streckte seine Hand nach ihr aus, langte sie sich her und setzte sie vor sich hin. Doch ein Mann neben ihm rief ihm zu: ‚Warum issest du nicht von dem, was vor dir steht? Ist das nicht eine Schmach für dich? Wie kannst du deine Hände nach etwas ausstrecken, das fern von dir steht? Schämst du dich denn gar nicht?' ‚Ich will nur hiervon essen', erwiderte Barsûm; der

Mann aber rief: ,Iß nur; aber Allah gebe dir keine Freude daran!' Nun hub ein Haschîschkerl[1] an: ,Laß ihn doch davon essen! Ich will mit ihm zusammen essen.' Der andere entgegnete: ,Du elender Haschîschkerl, das ist kein Essen für euch; das ist eine Speise nur für die Emire! Laßt ab von ihr, damit sie zu denen kommt, für die sie bestimmt ist, und jene von ihr essen können!' Dennoch nahm Barsûm, ihm zum Trotze, einen Bissen von der Schüssel und steckte ihn in seinen Mund; doch als er den zweiten nehmen wollte, rief die Königin, die ihm zugesehen hatte, ihre Wachen und befahl ihnen: ,Bringt mir den Mann da, vor dem die Schüssel mit süßem Reis steht, und lasset ihn nicht den Bissen essen, den er in der Hand hält, sondern schlagt ihm den aus der Hand.' Sofort eilten vier von den Kriegern auf ihn zu und schleppten ihn, nachdem sie ihm den Bissen aus der Hand geschlagen hatten, auf seinem Gesichte dahin; dann stellten sie ihn vor Zumurrud auf. Nun hielt alles Volk mit dem Essen inne, und einer sprach zum andern: ,Bei Allah, wirklich, er tat nicht recht daran, daß er nicht von der Speise aß, die für seinesgleichen bestimmt ist!' Jemand sagte: ,Ich begnüge mich mit diesem Milchbrei, der vor mir steht.' Und der Haschîschkerl hub wieder an: ,Gott sei Dank, daß ich nichts von der Schüssel mit süßem Reis gegessen habe! Ich wartete bloß, bis die Schüssel vor ihm stände und er davon gegessen hätte, dann wollte ich mit ihm essen; aber jetzt ist es ihm ergangen, wie wir gesehen haben.' Und alle Leute sagten zueinander: ,Wartet, wir wollen sehen, was ihm widerfahren wird!'

Als Barsûm nun vor der Königin Zumurrud stand, fuhr sie ihn an: ,Du da, du Blauauge, wie heißt du? Und weshalb kommst du in unser Land?' Der Verruchte aber, der einen

---

1. Leute, die Haschîsch essen oder rauchen, stehen in schlechtem Rufe.

weißen Turban[1] angelegt hatte, verleugnete seinen Namen und sprach: ‚O König, mein Name ist ’Alî; ich bin ein Weber von Beruf, und ich bin in diese Stadt gekommen, um Handel zu treiben.‘ Da befahl Zumurrud: ‚Bringt mir eine geomantische Tafel und einen Stift aus Messing!‘ Sofort brachte man ihr das Verlangte; sie nahm die Tafel und den Stift, entwarf eine Sandfigur und zeichnete mit dem Stifte eine Gestalt, die einem Affen glich. Dann hob sie ihr Haupt wieder und schaute Barsûm eine geraume Weile an. Darauf sprach sie zu ihm: ‚O du Hund, wie kannst du es wagen, Könige zu belügen? Bist du nicht ein Christ? Heißt du nicht Barsûm? Bist du nicht gekommen, um etwas zu suchen? Sag mir die Wahrheit, sonst lasse ich dir, bei der Macht der Gottheit, den Hals abschlagen!‘ Der Christ fing an zu stammeln, doch die Emire und die anderen, die zugegen waren, sagten: ‚Dieser König versteht wahrlich die Geomantik; Preis sei Ihm, der ihm die Gabe verliehen hat!‘ Darauf rief sie dem Nazarener von neuem zu: ‚Sag mir die Wahrheit; sonst bist du des Todes!‘ Barsûm gab darauf zur Antwort: ‚Verzeih, o größter König unserer Zeit, der Sand hat dir die Wahrheit verkündet; denn ich Unwürdiger bin ein Christ.‘ – –«

Da bemerkte Schehrezâd, daß der Morgen begann, und sie hielt in der verstatteten Rede an. Doch als die *Dreihundertundeinundzwanzigste Nacht* anbrach, fuhr sie also fort: »Es ist mir berichtet worden, o glücklicher König, daß Barsûm sprach: ‚Verzeih, o größter König unserer Zeit, der Sand hat dir die Wahrheit verkündet; denn ich Unwürdiger bin ein Christ.‘ Nun erstaunten die Emire und anderen Leute, die anwesend waren, daß der König durch den Sandzauber die Wahrheit erkannt hatte, und sie sprachen: ‚Dieser König ist ein Seher, der in der Welt nicht seinesgleichen hat.‘ Darauf gab die Königin

1. Das Zeichen der Muslime.

Befehl, der Nazarener solle geschunden werden, seine Haut solle mit Häcksel ausgestopft und über dem Tor zu dem Platze aufgehängt werden; ferner solle man eine Grube draußen vor der Stadt graben und darin sein Fleisch und seine Knochen verbrennen, und dann solle man Schmutz und Unrat auf ihn werfen. ‚Wir hören und gehorchen!‘ sprachen ihre Mannen, und sie taten mit dem Christen alles, was sie ihnen befohlen hatte. Als das Volk sah, was mit dem Nazarener geschah, sprachen alle: ‚Was mit ihm geschah, ist seine gerechte Strafe! Was für ein Unglücksbissen war das für ihn!‘ Und einer von ihnen rief: ‚Möge ich – Gott behüte! – von meiner Frau geschieden sein, wenn ich jemals in meinem Leben süßen Reis esse!‘ Und der Haschîschkerl sprach: ‚Gott sei Dank, daß mir das Schicksal dieses Burschen erspart geblieben ist, indem ich davor behütet wurde, von jenem Reis zu essen!‘ Dann gingen die Leute fort, nachdem sie sich alle vorgenommen hatten, nie vor der Schüssel mit süßem Reis zu sitzen, wo jener Christ gesessen hatte.

Als der dritte Monat kam, wurden wie gewöhnlich die Tische gebreitet und mit Schüsseln bedeckt. Königin Zumurrud setzte sich auf den Thron, und die Krieger stellten sich auf wie sonst, in Ehrfurcht vor ihrer Majestät. Das Volk aus der Stadt strömte herbei wie früher und ging um die Tische herum. Und wenn sie auf die Stelle blickten, wo jene Schüssel stand, sagte wohl einer zum andern: ‚Haddsch Chalaf!‘ Der antwortete: ‚Zu Diensten, Haddsch Châlid!‘ Der erste fuhr dann fort: ‚Meide die Schüssel mit dem süßen Reis! Hüte dich, davon zu essen; denn wenn du das tust, hängst du morgen früh am Galgen!‘ Sie setzten sich also rings an die Tische, um zu essen; während sie aber beim Mahle waren und die Königin Zumurrud ihnen zuschaute, fiel ihr Blick plötzlich auf einen Mann, der zum Tore des Platzes hereingelaufen kam. Als sie ihn genauer betrachtete, erkannte sie in ihm den Kurden Dschawân, den Räuber, der den Krieger ermordet hatte. Er kam aus folgendem Grunde: Als er seine Mutter verlassen hatte, ging er zu seinen Kumpanen und sprach zu ihnen: ‚Hört, ich habe gestern gute Beute gemacht. Ich habe einen Krieger ermordet und sein Pferd geraubt; und in derselben Nacht fielen mir ein Satteltaschenpaar voll Gold und eine Maid in die Hände, die noch mehr wert ist als all das Gold in den Satteltaschen. All das habe ich bei meiner Mutter in der Höhle untergebracht.‘ Hocherfreut darüber, begaben sie sich gegen Abend zur Höhle; der Kurde Dschawân ging vor ihnen hinein, da er ihnen alles, wovon er ihnen erzählt hatte, herausbringen wollte. Aber er fand die Stätte leer; sofort fragte er seine Mutter, wie die Sache sich in Wahrheit verhalte, und sie berichtete ihm alles, was geschehen war. Da biß er sich vor Wut in die Hände und rief: ‚Bei Allah, wahrlich, ich will nach dieser Metze suchen und sie ergreifen, wo sie nur immer ist, wäre sie auch in der Schale einer Pistaziennuß, und dann will ich meinen Rachedurst an ihr kühlen!‘ Alsbald zog er aus, auf der Suche nach ihr, und er wanderte ohne Unterlaß in den Ländern umher, bis er zu der Stadt der Königin Zumurrud kam. Als er jene Stadt betreten hatte, fand er niemanden dort; und so fragte er einige Frauen, die aus den Fenstern schauten. Die erzählten ihm, der Sultan pflege am ersten Tage eines jeden Monats Tische ausbreiten zu lassen; dann gingen die Leute dorthin, um zu essen. Auch zeigten sie ihm den Weg zu dem Platze, auf dem die Tische hergerichtet waren. Eilends kam er nun gelaufen, und da er keinen Platz frei fand, auf den er sich hätte setzen können, außer bei der Schüssel, von der wir erzählt haben, so setzte er sich dort nieder. Die Schüssel stand vor ihm, und er streckte seine Hand nach ihr aus. Aber die Leute riefen ihm zu: ‚Bruder, was willst

243

du da tun?' Er gab zur Antwort: ‚Ich will von dieser Schüssel essen, bis ich satt bin!' Da rief einer ihm zu: ‚Wenn du davon issest, so wirst du morgen am Galgen hängen!' Doch Dschawân erwiderte: ‚Sei ruhig; führe nicht solche Reden!' Darauf streckte er seine Hand von neuem aus nach der Schüssel und zog sie an sich heran. Der Haschîschkerl, von dem wir auch schon erzählt haben, saß neben ihm; und als er sah, daß der Kurde die Schüssel an sich heranzog, lief er von seinem Platze fort, der Haschîschrausch entwich aus seinem Kopfe, und er setzte sich weit weg, indem er rief: ‚Nach dieser Schüssel gelüstet es mich nicht mehr!' Doch der Kurde Dschawân streckte seine Hand nach der Schüssel aus in Gestalt einer Rabenklaue, schöpfte mit ihr und zog sie geballt zurück, so daß sie einem Kamelshufe glich. – –«

Da bemerkte Schehrezâd, daß der Morgen begann, und sie hielt in der verstatteten Rede an. Doch als die *Dreihundertundzweiundzwanzigste Nacht* anbrach, fuhr sie also fort: »Es ist mir berichtet worden, o glücklicher König, daß der Kurde Dschawân seine Hand geballt aus der Schüssel zurückzog, so daß sie einem Kamelshufe glich. Dann drehte er den Reisklumpen in seiner Hand zu einer Kugel, die einer großen Orange glich. Die warf er sich eilends in den Mund, und sie fuhr in seinen Schlund hinab mit einem donnergleichen Getöse; und dort, wo der Reisklumpen gewesen war, konnte man den Boden der Schüssel sehen. Einer, der neben ihm saß, rief: ‚Gott sei Dank, daß ich nicht als Speise vor dir liege; du hast ja die Schüssel mit einem einzigen Mundvoll geleert!' Doch der Haschîschkerl sprach: ‚Laßt ihn nur essen! Ich sehe ihn schon, wie er am Galgen baumelt.' Und indem er sich zu dem Kurden wandte, sprach er: ‚Iß; Allah lasse dich keine Freude daran haben!' Wiederum streckte Dschawân seine Hand aus, nahm einen zweiten Bissen und wollte ihn wie den ersten in seiner Hand zu einer Kugel drehen, da rief die Königin plötzlich die Wachen und sprach zu ihnen: ‚Bringt mir rasch den Kerl dort! Lasset ihn den Bissen, den er in der Hand hat, nicht aufessen!‘ Sofort eilten die Krieger zu ihm, während er sich gerade über die Schüssel beugte, und nahmen ihn fest; sie schleppten ihn fort und stellten ihn vor die Königin Zumurrud hin. Das Volk sah mit Schadenfreude auf ihn, und einer sprach zum andern: ‚Er verdient es! Wir haben ihn doch gewarnt; aber er wollte nicht hören. Dieser Platz ist dazu bestimmt, jedem, der auf ihm sitzt, den Tod zu bringen; und der Reis dort bringt jedem Unglück, der von ihm ißt.‘ Nun fragte Königin Zumurrud: ‚Wie heißt du? Was für ein Handwerk hast du? Und weshalb bist du in unsere Stadt gekommen?‘ ‚O unser Herr und Sultan,‘ erwiderte er, ‚ich heiße 'Othmân, ich bin ein Gärtner von Beruf, und ich bin in diese Stadt gekommen, weil ich auf der Suche nach etwas, das ich verloren habe, umherziehe.‘ Die Königin rief: ‚Bringt die geomantische Tafel her!‘ Nachdem man sie vor sie hingelegt hatte, nahm sie den Stift und entwarf eine Sandfigur. Auf die blickte sie eine Weile; dann hob sie ihr Haupt und rief: ‚Weh dir, du elender Kerl, wie kannst du es wagen, Könige zu belügen? Der Sand da sagt mir, daß du Dschawân der Kurde heißt, daß du das Räuberhandwerk betreibst, daß du das Gut der Menschen auf unrechtem Wege nimmst und Menschenleben tötest, die Allah nur durch gerechtes Gericht zu töten erlaubt hat.‘ Dann fuhr sie ihn hart an mit den Worten: ‚Du Schwein, sage mir die Wahrheit, sonst lasse ich dir den Kopf abschlagen!‘ Als er diese Worte aus ihrem Munde vernahm, wurde er bleich, seine Zähne klapperten, und da er meinte, er könne sich durch die Wahrheit retten, so gab er zur Antwort: ‚Du hast recht, o König. Doch ich bereue

245

vor dir von jetzt ab mein Tun und kehre wieder zu Allah dem Erhabenen zurück.' Die Königin sagte darauf: ‚Es ist mir nicht erlaubt, eine Viper auf dem Wege der Muslime kriechen zu lassen.' Und dann befahl sie ihren Wachen: ‚Nehmt ihn und zieht ihm das Fell ab und tut mit ihm, wie ihr im vorigen Monate mit seinesgleichen getan habt!' Sie gehorchten ihrem Befehle; und als der Haschîschkerl sah, wie die Krieger jenen Mann abführten, wandte er der Schüssel mit Reis den Rücken zu, indem er sprach: ‚Ich mag dich nicht mehr mit meinem Gesichte ansehen!' Nachdem das Festmahl beendet war, zerstreuten sich die Leute und gingen in ihre Wohnungen. Die Königin aber begab sich in ihr Schloß und entließ ihre Diener.

Als nun wieder der neue Mond aufging, zogen alle wie gewöhnlich zu dem Platze hinab, die Speisen wurden aufgetragen, und das Volk setzte sich, gewärtig der Erlaubnis zu beginnen. Da kam auch schon die Königin, setzte sich auf den Thron und schaute den Leuten zu; dabei entdeckte sie, daß vor der Schüssel mit Reis ein Platz frei war, der vier Menschen fassen konnte, und das verwunderte sie. Während sie sich noch umsah, fiel ihr Blick plötzlich auf einen Mann, der durch das Tor des Platzes hereineilte und immer weiter lief, bis er vor der Tafel stand. Wie er aber keinen anderen Platz frei fand als den vor der Schüssel, setzte er sich dort nieder. Sie blickte ihn genau an und erkannte sofort, daß er der verfluchte Nazarener war, der sich Raschîd ed-Dîn genannt hatte; und sie sprach bei sich: ‚Wie gesegnet ist doch dies Festmahl, bei dem der Ungläubige da ins Netz geraten ist!' Mit seinem Kommen aber hatte es eine sonderbare Bewandtnis. Als er nämlich von seiner Reise zurückkehrte – –«

Da bemerkte Schehrezâd, daß der Morgen begann, und sie hielt in der verstatteten Rede an. Doch als die *Dreihundertund-*

dreiundzwanzigste Nacht anbrach, fuhr sie also fort: »Es ist mir berichtet worden, o glücklicher König, daß der Verruchte, der sich Raschîd ed-Dîn genannt hatte, als er von seiner Reise zurückkehrte, aus dem Munde der Seinen vernahm, Zumurrud sei verschwunden und mit ihr ein Satteltaschenpaar voll Gold. Wie er diese Kunde hörte, zerriß er seine Kleider, schlug sich ins Gesicht und raufte sich den Bart. Dann entsandte er seinen Bruder Barsûm, um nach ihr in allen Ländern zu suchen; doch da die Kunde von ihm zu lange ausblieb, machte er sich selbst auf den Weg, um nach seinem Bruder und nach Zumurrud in den Landen zu suchen. So führte ihn das Geschick zu der Stadt Zumurruds, und es war gerade am ersten Tage des Monats, als er dort eintraf. Als er auf den Straßen dahinging, fand er sie alle leer, und die Läden sah er geschlossen. Die Frauen aber schauten aus den Fenstern, und er fragte einige von ihnen, was dies bedeute. Sie antworteten ihm, der König lasse am ersten Tage eines jeden Monats für alles Volk ein Festmahl bereiten, auf daß jedermann daran teilnehme, und dann dürfe kein Mann in seinem Hause oder in seinem Laden bleiben; und sie wiesen ihm auch den Weg zu dem Platze. Nachdem er den Platz betreten hatte, traf er die Leute, wie sie sich um das Essen drängten, und er sah nur noch jene Stelle bei der bewußten Reisschüssel leer. Er setzte sich also dort nieder und streckte seine Hand aus, um davon zu essen. Da rief die Königin ihre Wachen und sprach: ‚Bringt mir den Mann, der dort bei der Reisschüssel sitzt!‘ Sie wußten nun schon aus Erfahrung, wer gemeint war, und ergriffen jenen und führten ihn vor die Königin Zumurrud. Die aber fuhr ihn an: ‚Du da, wie heißt du? Was für ein Handwerk hast du? Und weshalb bist du in unsere Stadt gekommen?‘ ‚O größter König unserer Zeit,‘ erwiderte er, ‚ich heiße Rustem; aber ich habe kein Handwerk, ich bin

247

ein armer Derwisch.' Sie befahl ihren Dienern, die geomantische Tafel und den Messingstift zu bringen. Man brachte ihr das Verlangte, wie immer; sie nahm den Stift und zeichnete mit ihm eine Sandfigur. Dann hielt sie inne und betrachtete sie eine Weile; doch darauf hob sie ihr Haupt zu ihm empor und rief: ‚Du Hund, wie kannst du es wagen, Könige zu belügen? Du heißt Raschîd ed-Dîn, der Nazarener; dein Handwerk ist es, den Sklavinnen der Muslime Fallen zu legen und sie zu rauben. Du bist nur äußerlich ein Muslim; innerlich bist du ein Nazarener. Sprich die Wahrheit! Wenn du nicht die Wahrheit sagst, so lasse ich dir den Kopf abschlagen!' Da begann er zu stammeln, und schließlich brachte er die Worte hervor: ‚Du hast recht, o größter König unserer Zeit!' Nun befahl sie, ihn zu Boden zu werfen und ihm auf jede Fußsohle hundert Schläge und auf den Leib tausend Hiebe zu verabfolgen, ihn dann zu schinden und seine Haut mit Werg auszustopfen und darauf vor den Toren der Stadt eine Grube für ihn zu graben, seine Leiche darin zu verbrennen und zuletzt Schmutz und Unrat darauf zu werfen. Ihr Befehl ward ausgeführt; dann gab sie dem Volke Erlaubnis zu essen. Man begann zu speisen, und als das Mahl beendet war, gingen alle ihrer Wege. Die Königin Zumurrud aber ging zu ihrem Schlosse hinauf, indem sie sprach: ‚Allah sei gepriesen, daß er meinem Herzen Ruhe geschaffen hat vor denen, die mir Übles taten!' Darauf sandte sie zu dem Schöpfer des Himmels und der Erden ein Dankgebet empor, und sie trug diese Verse vor:

> Sie herrschten ungerecht; so herrschten sie lange Zeit.
> Doch bald danach geriet ihre Macht in Vergessenheit.
> Für Recht hätten sie auch Recht erfahren, doch es kam
> Auf sie, die Ungerechten, der Zeiten Leid und Gram.
> So fügte es sich, daß die Stimme des Schicksals zu ihnen spricht:
> Dies ist der Lohn für jenes! Man tadle das Schicksal nicht!

Als sie ihre Verse beendet hatte, kam ihr Herr 'Alî Schâr ihr wieder in den Sinn, und strömende Tränen rannen über ihre Wangen hin. Aber sie faßte sich bald und sprach bei sich selber: ‚Allah, der mir Gewalt gab über meinen Feind, wird mich auch gnädig wieder vereinen mit meinem Freund!' Und sie flehte zu Allah, dem Allmächtigen und Herrlichen, um Verzeihung. – –«

Da bemerkte Schehrezâd, daß der Morgen begann, und sie hielt in der verstatteten Rede an. Doch als die *Dreihundertundvierundzwanzigste Nacht* anbrach, fuhr sie also fort: »Es ist mir berichtet worden, o glücklicher König, daß die Königin zu Allah, dem Allmächtigen und Herrlichen, um Verzeihung flehte und sprach: ‚Möge Allah mich bald wieder mit meinem geliebten 'Alî Schâr vereinen; denn Er vermag, was Er will, zu jeder Zeit, und Er gedenkt gütig seiner Diener in seiner Allwissenheit!' Dann pries sie Allah von neuem, indem sie noch einmal um Verzeihung bat, und sie fügte sich in des Schicksals Rat, in dem festen Glauben, daß jeder Anfang auch ein Ende hat. Und sie sprach die Dichterworte:

> *Sei ob der Dinge Lauf getrost:*
> *In Gottes Händen ruhen sie.*
> *Was Er nicht will, geschieht dir nicht;*
> *Doch was Er will, entgeht dir nie!*

Und ferner die Worte eines anderen:

> *Laß die Tage immer nur enteilen,*
> *In die Sorgenhäuser tritt nicht ein!*
> *Manches Ziel erscheint noch in der Ferne –*
> *Dennoch ist die nahe Freude dein.*

Dazu auch die Worte eines dritten:

> *Bezähme deinen Sinn, wenn dich der Zorn ergreifet;*
> *Und sei geduldig, wenn ein Unglück dich befällt.*

Denn siehe da, die Nächte sind vom Schicksal schwanger,
Sie lasten schwer und bringen manch Wunderding zur Welt.

Und die Worte eines vierten:

Harr aus, Geduld bringt Gutes! Und hast du sie gelernt,
Bist du ein froher Mensch, den keine Schmerzen plagen.
Bedenke, wenn du nicht Geduld freiwillig übst,
So mußt du wider Willen den Spruch des Schicksals tragen!

Nachdem sie all diese Verse gesprochen hatte, wartete sie wieder einen vollen Monat, indem sie bei Tage unter dem Volke Recht sprach, Gebote und Verbote erteilte, bei Nacht aber weinte und klagte ob der Trennung von ihrem Herren 'Alî Schâr. Als dann der neue Mond aufging, gab sie Befehl, die Tafel auf dem Platze wie gewöhnlich zu rüsten. Sie setzte sich an die Spitze der Gäste, während diese auf die Erlaubnis zum Essen warteten; der Platz vor der Reisschüssel aber blieb leer. So saß sie nun da, oberhalb der Tafel, und richtete ihre Augen auf das Tor des Platzes, um jeden, der dort eintrat, sehen zu können. Und sie sprach in ihrem Herzen: ‚O du, der du den Joseph zu Jakob zurückgebracht * und den Hiob von seinem Leid frei gemacht, * wollest du mir meinen Herren 'Alî Schâr wiederzugeben geruhn; * denn du vermagst alles, was du willst, zu tun, * der du die Welten regierst * und die Irrenden führst, * der du die Rufe erhörst * und die Gebete gewährst, * erhöre auch mein Gebet, o Herr der Welten!' Kaum hatte sie ihr Gebet beendet, da trat ein Jüngling durch das Tor auf den Platz; dessen Wuchs glich dem eines Weidenzweiges, doch sein Leib war abgezehrt, und Blässe lag auf seinem Antlitz; schöner als er konnte kein Jüngling sein, an Verstand so reich und an Sitten so fein. Als er nun eingetreten war, fand er keinen Platz leer außer dem bei der Reisschüssel; und so setzte er sich dort nieder. Sobald aber Zumurrud ihn erblickte, begann ihr Herz zu pochen, und sie schaute ihn genau an und erkannte, daß er ihr Herr 'Alî Schâr war. Fast hätte sie vor Freuden laut aufgeschrien; aber sie bezwang sich, da sie Scheu trug, sich vor dem Volke bloßzustellen. Und obgleich ihr Inneres erbebte und ihr Herz ungestüm schlug, so verbarg sie doch, was sie empfand. Der Grund, weshalb 'Alî Schâr sich eingefunden hatte, war aber dieser: Als er auf der Bank eingeschlafen war und Zumurrud sich herabgelassen und der Kurde Dschawân sie geraubt hatte, da erwachte er nach einiger Zeit. Und wie er entdeckte, daß sein Haupt entblößt war, erkannte er, daß jemand sich an ihm vergriffen und ihm im Schlafe den Turban geraubt hatte. Da sprach er die Worte, die keinen, der sie spricht, zuschanden werden lassen: ‚Wahrlich, wir sind Allahs Geschöpfe, und zu Ihm kehren wir zurück!‘ Dann ging er wieder zu dem Hause der Alten, die ihm erzählt hatte, wo Zumurrud war, und klopfte an ihre Tür. Und als sie zu ihm heraustrat, weinte er vor ihrem Angesichte so lange, bis er ohnmächtig zu Boden sank. Nachdem er dann wieder zu sich gekommen war, berichtete er ihr alles, was sich mit ihm zugetragen hatte. Sie aber tadelte ihn und schalt ihn wegen seiner Nachlässigkeit, und sie sprach zu ihm: ‚An deinem Mißgeschick und deinem Unglück bist du selber schuld!‘ Ja, sie schalt ihn so lange, bis ihm das Blut aus der Nase strömte und er von neuem ohnmächtig niedersank. Als er dann wieder zur Besinnung kam – –«

Da bemerkte Schehrezâd, daß der Morgen begann, und sie hielt in der verstatteten Rede an. Doch als die *Dreihundertundfünfundzwanzigste Nacht* anbrach, fuhr sie also fort: »Es ist mir berichtet worden, o glücklicher König, daß 'Alî Schâr, als er wieder zur Besinnung kam, nunmehr sah, wie die Alte um seinetwillen weinte und Tränen vergoß. Da begann er über sein Leid zu klagen und diese beiden Verse vorzutragen:

Wie bitter ist die Qual der Trennung für die Freunde,
Wie süß das Wiedersehen für ein liebend Paar!
Ach, alle, die da lieben, möge Gott vereinen!
Er schütze mich, der ich dem Tode nahe war!

Da die Alte über ihn betrübt war, so sprach sie zu ihm: ‚Bleib hier sitzen! Ich will Kunde für dich zu erfahren suchen und eilends zurückkommen.' ‚Ich höre und gehorche!' gab er zur Antwort. Dann verließ sie ihn und ging fort und blieb bis zum Mittag fern. Als sie zu ihm zurückgekehrt war, sprach sie: ‚Alî, ich fürchte doch, du wirst in deinem Gram sterben; denn du wirst dein Lieb wohl erst am Jüngsten Tage[1] wiedersehen. Wisse, als die Leute des Christenhauses heute früh aufstanden, fanden sie das Fenster, das auf den Garten führt, ausgebrochen, und sie vermißten Zumurrud und ein Satteltaschenpaar voll Gold, das dem Christen gehörte. Und wie ich dort hinkam, traf ich den Wachthauptmann mit seiner Schar an der Türe. Es gibt keine Macht und es gibt keine Majestät außer bei Allah dem Erhabenen und Allmächtigen!' Wie 'Alî Schâr diese Worte von ihr vernahm, wurde das helle Tageslicht zur Finsternis vor seinem Angesicht; er verzweifelte am Leben und sah den sicheren Tod vor seinen Augen schweben, und er weinte ohne Unterlaß, bis er ohnmächtig zu Boden sank. Nachdem er dann wieder zu sich gekommen war, ward er von Liebessehnsucht und Trennungsschmerz so ergriffen, daß er in eine schwere Krankheit verfiel, und er ward an sein Haus gefesselt. Die Alte aber brachte immerfort die Ärzte zu ihm, gab ihm die Arzneien zu trinken und bereitete ihm die Brühen, ein ganzes Jahr lang, bis er wie-

1. Wörtlich: auf dem Sirât. So heißt die Höllenbrücke, über die beim Jüngsten Gerichte die Seelen der Menschen schreiten müssen; sie ist so scharf wie ein Schwert und so fein wie ein Haar.

der genas. Da gedachte er der Vergangenheit und klagte in diesen Versen sein Leid:

> *Der Kummer kehrte ein, Vereintsein ward zerrissen,*
> *Die Träne rinnt herab, das Feuer brennt im Herz.*
> *Die Sehnsucht wächst in ihm, der keine Ruhe findet;*
> *Verlangen zehrt an ihm und banger Liebesschmerz.*
> *O Herr, gibt es noch eines, das mein Leiden heilt,*
> *Gewähr es mir, solang noch Odem in mir weilt!*

Als nun das zweite Jahr begann, sprach die Alte zu ihm: ‚Mein Sohn, all der Schmerz und all die Trauer, die dich verzehren, werden dir dein Lieb nicht wiederbringen. Drum mach dich auf, nimm deine Kraft zusammen und suche nach ihr in allen Landen, auf daß dir Kunde von ihr werde!‘ Und sie fuhr fort ihn zu trösten und ihm Mut zuzusprechen, bis sie den Entschluß in ihm hatte reifen lassen. Dann führte sie ihn ins Bad, gab ihm Wein zu trinken und Küken zu essen und sorgte so für ihn jeden Tag, einen ganzen Monat lang, bis er sich stark genug fühlte und sich auf den Weg machte. Wie er nun immer weiter dahinzog, gelangte er auch zu der Stadt Zumurruds. Er betrat den Festplatz, setzte sich an der Tafel nieder und streckte seine Hand aus, um zu essen. Das Volk aber hatte Mitleid mit ihm, und so rief man ihm zu: ‚Jüngling, iß nicht von der Schüssel da! Wer davon ißt, dem ergeht es schlecht!‘ Doch er gab zur Antwort: ‚Laßt mich nur essen! Man mag mit mir tun, was man will; vielleicht werde ich dann von der Qual dieses Lebens erlöst!‘ Darauf aß er einen ersten Bissen; Zumurrud wollte ihn vor sich führen lassen, aber es kam ihr in den Sinn, er könne wohl hungrig sein, und so sprach sie bei sich selber: ‚Besser, ich lasse ihn erst essen, bis er sich gesättigt hat!‘ Er aß also weiter, während das Volk staunte und wartete, was mit ihm geschehen würde. Als er sich satt gegessen hatte, sprach Zumurrud zu einigen ihrer Eunuchen: ‚Geht zu jenem Jüngling, der von dem Reis dort ißt, und führt ihn in Güte her! Sagt zu ihm: ‚Folge dem Rufe des Königs, zu kurzer Frage und Antwort!‘ ‚Wir hören und gehorchen!‘ erwiderten sie und gingen dahin, bis sie neben ihm standen; dann sprachen sie zu ihm: ‚Gebieter, habe die Güte und folge dem Rufe des Königs mit frohem Herzen!‘ ‚Ich höre und gehorche!‘ gab er zur Antwort und ging mit den Eunuchen. – –«

Da bemerkte Schehrezâd, daß der Morgen begann, und sie hielt in der verstatteten Rede an. Doch als die *Dreihundertundsechsundzwanzigste Nacht* anbrach, fuhr sie also fort: »Es ist mir berichtet worden, o glücklicher König, daß 'Alî Schâr zur Antwort gab: ‚Ich höre und gehorche!‘ und mit den Eunuchen ging. Doch die Leute sagten einer zum andern: ‚Es gibt keine Macht und es gibt keine Majestät außer bei Allah dem Erhabenen und Allmächtigen! Was wird der König wohl mit ihm tun?‘ Einer von ihnen meinte: ‚Er wird ihm sicher nur Gutes tun; denn wenn er ihm übelwollte, so hätte er ihn sich nicht satt essen lassen!‘ Wie er dann vor Zumurrud stand, sprach er den Gruß und küßte den Boden vor ihr. Und sie erwiderte seinen Gruß, nahm ihn ehrenvoll auf und fragte ihn: ‚Wie heißt du? Was für ein Handwerk hast du? Und weshalb bist du in diese Stadt gekommen?‘ ‚O König,‘ antwortete er, ‚ich heiße 'Alî Schâr, ich bin ein Kaufmannssohn, und mein Heimatland ist Chorasân. Ich bin in diese Stadt gekommen, um nach einer Sklavin zu suchen, die ich verloren habe; die war mir teurer als mein Auge und mein Ohr, und meine Seele hängt immer noch an ihr, seit ich sie verloren habe. Das ist meine Geschichte.‘ Dann begann er zu weinen, bis er in Ohnmacht sank. Alsbald gab sie Befehl, ihm Rosenwasser ins Antlitz zu sprengen, und nachdem das geschehen war, kam er wieder zu sich. Wie er aus seiner Ohnmacht erwachte, rief sie: ‚Bringt mir die geomantische Tafel und den Messingstift!‘ Man brachte ihr beides, sie nahm den Stift in die Hand und entwarf eine Sandfigur; nachdem sie die eine Weile betrachtet hatte, sprach sie zu ihm: ‚Du sprichst die Wahrheit. Allah wird dich bald mit ihr vereinen; drum sei ohne Sorge!‘ Darauf befahl sie ihrem Kammerherrn, ihn in das Bad zu führen und ihn in ein schönes, fürstliches Gewand zu kleiden, ihn auf eines der edelsten Rosse des Königs steigen zu lassen und ihn dann gegen Abend in das Schloß zu führen. ‚Ich höre und gehorche!‘ sprach der Kammerherr, nahm ihn mit sich und führte ihn fort. Die Leute aber sprachen untereinander: ‚Was ist es mit dem Sultan, daß er diesen Burschen so freundlich behandelt hat?‘ Einer sagte wiederum: ‚Habe ich euch nicht gesagt, er würde ihm nichts antun? Er ist schön; von dem Augenblicke an, als der König wartete, bis er satt war, habe ich es gewußt!‘ Ein jeder sprach noch seine Meinung aus; dann ging das Volk seiner Wege.

Zumurrud aber konnte kaum warten, bis die Nacht kam, auf daß sie mit dem Geliebten ihres Herzens allein sein konnte. Als dann endlich die Nacht hereinbrach, trat sie in ihr Schlafgemach, indem sie sich stellte, als ob sie vom Schlafe überwältigt sei. Es war aber ihre Gewohnheit, daß sie niemanden bei sich schlafen ließ als zwei kleine Eunuchen, die ihr aufwarteten. Sobald sie sich in ihrem Gemach befand, sandte sie nach ihrem geliebten ’Alî Schâr und ließ sich auf das Ruhelager nieder, während Kerzen zu ihren Häupten und zu ihren Füßen brannten und goldene Kronleuchter den Raum erhellten. Wie die Leute hörten, daß sie nach ihm gesandt hatte, wunderten sie sich darüber, und ein jeder von ihnen machte sich seine Gedanken und äußerte seine Meinung; einige aber sagten: ‚Der König liebt diesen Jüngling ganz sicherlich, und er wird ihn morgen zum Heereshauptmann machen.‘ Als ’Alî Schâr nun zu ihr geführt war, küßte er den Boden vor ihr und flehte den Segen des Himmels auf sie herab, während sie bei sich dachte: ‚Ich muß doch noch eine Weile Scherz mit ihm treiben, ohne daß ich mich ihm zu erkennen gebe!‘ Sie fragte ihn also: ‚’Alî, bist du ins Bad gegangen?‘ ‚Ja, mein Gebieter‘, gab er zur Antwort. Dann fuhr sie fort: ‚Komm, iß von diesen Küken und dem Fleisch dort und trink von diesem Wein und Zuckerscherbett; denn du bist müde! Danach komme hierher!‘ ‚Ich höre und gehorche!‘ erwiderte er und tat, wie sie ihm befohlen hatte. Und als er mit dem Essen und Trinken fertig war, sagte sie: ‚Komm zu mir auf das Lager und knete mich!‘ Er begann ihre Füße und Schenkel zu kneten und fand, daß sie weicher als Seide waren. Nun befahl sie: ‚Geh höher hinauf mit dem Kneten!‘ Doch er entgegnete: ‚Verzeihung, mein Gebieter, bis zum Knie, doch nicht weiter!‘ Sie rief: ‚Wagst du mir zu widersprechen? Das würde eine Unglücksnacht für dich werden!‘ – –«

Da bemerkte Schehrezâd, daß der Morgen begann, und sie hielt in der verstatteten Rede an. Doch als die *Dreihundertundsiebenundzwanzigste Nacht* anbrach, fuhr sie also fort: »Es ist mir berichtet worden, o glücklicher König, daß Zumurrud ihrem Herrn ’Alî Schâr zurief: ‚Wagst du mir zu widersprechen? Das würde eine Unglücksnacht für dich werden! Nein, es liegt dir ob, mir zu gehorchen. Ich will dich zu meinem Liebling machen und dich zu einem meiner Emire ernennen.‘ ‚O größter König unserer Zeit,‘ fragte ’Alî Schâr, ‚worin soll ich dir gehorchen?‘ Und als sie antwortete: ‚Löse deine Hosen und leg dich auf dein Gesicht!‘ rief er: ‚Das ist etwas, das ich noch nie in meinem Leben getan habe! Wenn du mich dazu zwingst, so werde ich dich dessen vor Allah am Auferstehungstage anklagen. Nimm alles, was du mir gegeben hast, und laß mich aus deiner Stadt fortgehen!' Darauf begann er zu weinen und zu klagen. Doch sie gebot: ‚Löse deine Hosen und lege dich auf dein Gesicht; sonst lasse ich dir den Kopf abschlagen!' Da tat er es, und sie stieg ihm auf den Rücken; und er fühlte, was weicher war als Seide und zarter als Sahne. Da sagte er sich: ‚Dieser König ist mehr wert als alle Frauen.' Nachdem sie noch eine Weile auf seinem Rücken geblieben war, warf sie sich wieder auf das Lager. Nun rief 'Alî Schâr: ‚Gott sei Dank, es scheint, daß sein Glied sich nicht aufrichtet.' Sie aber sprach: ‚'Alî, mein Glied hat die Gewohnheit, daß es sich nur aufrichtet, wenn es mit der Hand gerieben wird. Nun komm, reib es mit deiner Hand, damit es sich aufrichtet; sonst lasse ich dich töten.' Dann legte sie sich auf den Rücken, nahm seine Hand und führte sie zu ihrem Schoß. Den fand er weicher als Seide, weiß, rund und ragend, heiß wie die Hitze eines Warmbades oder eines liebenden Herzens, das die Leidenschaft verzehrt. Da sagte sich 'Alî Schâr: ‚Dieser König hat eine Scheide; das ist doch eins der größten Wunder!' Die Lust kam über ihn, und sein Glied richtete sich hoch empor. Als aber Zumurrud das sah, lachte sie laut auf und rief: ‚Mein Gebieter, bei alle dem erkennst du mich noch nicht?' Er fragte: ‚Wer bist du denn, o König?' Und sie antwortete: ‚Ich bin ja deine Sklavin Zumurrud.' Sobald er das erfuhr, küßte er sie und umarmte sie, ja, er warf sich auf sie wie der Löwe auf das Lamm. Nun war er ganz sicher, daß sie wirklich seine Sklavin war; und er barg seinen Stab in ihrer Tasche und ward zum Pförtner ihrer Tür und zum Vorsteher für ihre Nische, während sie sich neigte und niederwarf, sich erhob und aufrecht setzte; und dabei begleitete sie die Freudenrufe mit einem Lie-

besgetändel voller Bewegungen, bis daß die kleinen Eunuchen
es hörten. Die kamen herbei und guckten hinter dem Vorhang
hervor; da sahen sie, daß der König auf dem Rücken lag,
während 'Alî Schâr sich über ihn beugte; der bewegte sich
heftig, doch der König stöhnte und wand sich. Nun sagten
sich die Eunuchen: ‚So windet sich doch kein Mann! Ist dieser
König etwa eine Frau?‘ Doch sie verschwiegen, was sie sahen,
und erzählten niemandem davon.

Am nächsten Morgen berief Zumurrud das ganze Heer und
die Großen des Reiches zu sich und sprach zu ihnen: ‚Ich
wünsche in das Land dieses Mannes zu reisen. Wählt euch
darum einen Stellvertreter, der über euch herrscht, bis ich
wieder zu euch komme.‘ ‚Wir hören und gehorchen!‘ erwiderten sie ihr. Darauf begann sie alles zur Reise zu rüsten,
Wegzehrung und Geld, Futter und Geschenke, Kamele und
Maultiere. Als sie dann die Stadt verlassen hatten, zogen sie
ohne Unterlaß dahin, bis sie in die Heimat des 'Alî Schâr kamen. Dort begab er sich in sein Haus und verteilte reiche Gaben und Almosen. Ihm wurden Kinder durch sie geschenkt,
und beide lebten in schönster Zufriedenheit, bis Der zu ihnen
kam, der die Freuden schweigen läßt und die Freundesbande
zerreißt. Preis sei Ihm, der ewig währt und wacht, und Lob
sei Allah in allen Dingen dargebracht!

Und ferner wird erzählt

DIE GESCHICHTE VON DSCHUBAIR IBN 'UMAIR
UND DER HERRIN BUDÛR

Eines Nachts ward der Beherrscher der Gläubigen von Unruhe
geplagt, und der Schlaf mied ihn; unablässig warf er sich von
der einen Seite auf die andere in seiner großen Unruhe. Und
als er das nicht mehr ertragen konnte, ließ er Masrûr kommen;

zu dem sprach er: ‚Masrûr, such mir jemanden, der mich von dieser Unruhe befreit!' ‚Mein Gebieter,' gab er zur Antwort, ‚willst du dich vielleicht in den Garten des Palastes begeben und dir all die schönen Blumen dort ansehen und auf den schönen Reigen der Sterne schauen und auf den Mond, der zwischen ihnen erstrahlt und sich im Wasser spiegelt?' Der Kalif erwiderte: ‚Masrûr, nach dergleichen sehnt meine Seele sich nicht!' ‚Mein Gebieter,' fuhr jener fort, ‚sieh, in deinem Schlosse sind dreihundert Odalisken, von denen jede ihr eigenes Gemach hat; befiehl, daß eine jede von ihnen sich in ihr Gemach zurückzieht, und dann mache bei ihnen die Runde und erfreue dich an ihrem Anblick, ohne daß sie darum wissen!' Doch der Kalif erwiderte: ‚Masrûr, das Schloß ist mein Schloß, und die Mädchen sind mein Eigentum; doch sehnt meine Seele sich nicht nach dergleichen.' ‚Mein Gebieter,' sagte Masrûr darauf, ‚befiehl, daß die Gelehrten und weisen Männer und Dichter vor dir erscheinen und miteinander disputieren und dich unterhalten mit Gedichten und dir Erzählungen von mancherlei Art berichten!' Der Kalif aber erwiderte: ‚Nach dergleichen sehnt sich meine Seele nicht.' ‚Mein Gebieter,' hub nun Masrûr wieder an, ‚befiehl, daß die jungen Leute, die Zechgenossen und die Männer von Geist zu dir kommen und dir lustige Einfälle darbieten!' Auch darauf erwiderte der Kalif: ‚Masrûr, nach dergleichen sehnt meine Seele sich nicht.' Nun rief Masrûr: ‚Mein Gebieter, dann laß mir den Kopf abschlagen!' – –«

Da bemerkte Schehrezâd, daß der Morgen begann, und sie hielt in der verstatteten Rede an. Doch als die *Dreihundertundachtundzwanzigste Nacht* anbrach, fuhr sie also fort: »Es ist mir berichtet worden, o glücklicher König, daß Masrûr dem Kalifen zurief: ‚Mein Gebieter, dann laß mir den Kopf abschlagen! Vielleicht kann das deine Unruhe bannen und treibt deine Schlaflosigkeit von dannen.' Da lachte er-Raschîd über seine Worte und sprach zu ihm: ,Masrûr, sieh nach, wer von den Zechgenossen an der Tür ist!' Masrûr ging hinaus, und als er zurückkehrte, sprach er: ,Mein Gebieter, wer an der Tür ist, das ist 'Alî ibn Mansûr, der Schalk aus Damaskus.' ,Bring ihn mir!' rief er-Raschîd; da ging Masrûr fort und brachte den Mann. Wie dieser nun eingetreten war, sprach er: ,Friede sei mit dir, o Beherrscher der Gläubigen!' Der Kalif erwiderte seinen Gruß und fuhr dann fort: ,Ibn Mansûr, erzähle uns eine von deinen Geschichten!' Jener fragte darauf: ,O Beherrscher der Gläubigen, soll ich dir etwas erzählen, das ich mit eigenen Augen gesehen habe, oder etwas, das ich nur gehört habe?' Der Beherrscher der Gläubigen antwortete ihm: ,Wenn du etwas Seltsames erlebt hast, so erzähle es uns; denn was nur berichtet wurde, ist nicht so viel wert wie ein eigenes Erlebnis.' ,O Beherrscher der Gläubigen,' hub 'Alî darauf an, ,leih mir dein Ohr und dein Herz!' Der Kalif sprach: ,Ibn Mansûr, ich höre auf dich mit dem Ohre mein, ich schaue auf dich mit dem Auge mein, und ich lausche dir mit dem Herzen mein.' Nun erzählte 'Alî:

,Wisse, o Beherrscher der Gläubigen, ich erhalte alljährlich einen Sold von Mohammed ibn Sulaimân el-Hâschimi, dem Sultan von Basra. Als ich nun einmal wie gewöhnlich zu ihm ging und bei ihm eintrat, fand ich ihn gerade bereit, zu Jagd und Hatz auszureiten. Ich sprach den Gruß, und er erwiderte ihn; dann fuhr er fort: ,Ibn Mansûr, reit mit uns auf die Jagd!' Doch ich gab ihm zur Antwort: ,Mein Gebieter, ich kann nicht reiten. Laß mich drum im Hause der Gäste wohnen und vertrau mich der Obhut der Kammerherren und Verwalter an!' Das tat er, und dann begab er sich auf die Jagd. Ich wurde mit allen Ehren behandelt und mit der schönsten Gastfreiheit bewirtet; und nun sprach ich in meinem Sinne: ‚Bei Allah, seltsam, daß ich nun schon seit langem immer von Baghdad nach Basra komme und doch von Basra nichts kenne als den Weg vom Schlosse zum Garten und vom Garten zum Schlosse! Wann böte sich mir je wieder eine solche Gelegenheit wie diesmal, um mir Basra nach allen Seiten hin anzusehen? Ich will mich sofort aufmachen und allein umherziehen zu meinem Vergnügen und zur Verdauung der Speise!' Ich legte also meine prächtigsten Gewänder an und ging in Basra umher. Nun weißt du, o Beherrscher der Gläubigen, daß dort siebenzig Straßen sind, von denen eine jede siebenzig irakische Parasangen lang ist. Ich verirrte mich bald in einer von ihren Gassen, und da überkam mich der Durst. Und während ich, o Beherrscher der Gläubigen, so umherwanderte, sah ich plötzlich eine große Tür vor mir, mit zwei Ringen aus Messing, vor der Vorhänge aus rotem Brokat herniederhingen. Neben der Tür stand auf jeder von beiden Seiten eine Bank, und über ihr befand sich ein Gitterwerk, bedeckt mit Weinreben, deren Schatten auf die Tür fielen.

Ich blieb stehen, um mir dies Haus zu betrachten; und während ich so dastand, geschah es, daß ich plötzlich eine klagende Stimme vernahm, die aus einem betrübten Herzen kam; und sie begann in süßen Weisen vorzutragen und mit diesen Versen ihr Leid zu klagen:

> *Jetzt ist mein Leib die Stätte der Leiden und der Sorgen*
> *Um eines Rehes willen, des Haus und Heimat fern.*
> *Ihr Winde von Zarûd¹, erregt ihn, der mich quälet,*
> *Und geht zu meinem Lieb, bei Allah, eurem Herrn,*
> *Und scheltet ihn; vielleicht rührt Schelten ihm das Herz!*

1. Die Winde sind der kühle Lufthauch am Morgen und am Abend; Zarûd lag am Wege von Kufa nach Mekka.

Und lauscht er eurer Rede, so gebet gute Worte;
Erzählt ihm, welche Not sie, die da lieben, plagt.
Seid mir durch euer Tun, ich bitte euch, gefällig,
Und weiset auf mich hin, und wenn ihr sprechet, sagt:
   ‚Wie quälst du deine Sklavin durch herben Trennungsschmerz!

Sie hat doch nicht gesündigt, noch auch je widersprochen;
Sie weihte keinem andren ihr Herz und tat kein Leid;
Sie brach die Treue nicht, noch tat sie je ein Unrecht.‘ –
Und lächelt er, so saget in aller Freundlichkeit:
   ‚Welch hohes Glück für sie – dein Kommen nur gewährt's!

Sie denket deiner stets so, wie es sich gebühret;
Ihr Aug ist immer wach, sie klaget und sie weint.‘
Bezeigt er seine Gunst, so ist das Ziel gewonnen;
Doch wenn in seinem Antlitz ein Zornesblick erscheint –
   ‚Wir kennen sie ja nicht‘, so sprechet wie im Scherz!

Da sprach ich bei mir selber: ‚Wenn sie, die so singt, schön ist,
dann sind Anmut und Feinheit der Rede und Wohllaut der
Stimme in ihr vereint.‘ Darauf trat ich nahe an die Tür heran
und begann den Vorhang ganz langsam zu heben, und nun erblickte ich eine Maid, die erstrahlte wie der volle Mond, wenn
er in der vierzehnten Nacht am Himmel thront; sie hatte zusammengewachsene Brauen und Augen, die versonnen schauen;
ihre Brüste waren wie zwei Granatäpfel gepaart, ihre Lippen
wie zwei Chrysanthemen zart; ihr Mund schien Salomos Siegel zu sein, und ihrer Zähne Reihn raubten den Sängern und Erzählern den Verstand, so wie ein Dichter für sie die Worte fand:

Wer reihte der Geliebten euch auf, ihr Perlenzähne?
Und wer gab deinem Munde Kamillenglanz und Wein?
Und wer lieh deinem Lächeln des jungen Morgens Schimmer?
Und wer schloß deinen Mund mit Karneolen ein?
Wer dich nur sieht, der irret umher, erstaunt, berückt;
Wie mag es dem ergehen, den dein Kuß beglückt?

Und wie ein anderer sagt:

> *O du Perlenmund der Freundin,*
> *Sei dem Karneole mild!*
> *Streite nicht mit ihm um Vorrang;*
> *Du bist ihm der Schönheit Bild.*

Kurz, sie vereinte in sich alle Reize der Lieblichkeit, und sie war eine Versuchung für Frauen und Männer weit und breit; wer sie sah, dem ward das Anschauen ihrer Schönheit nie zu lang, so wie der Dichter von ihr sang:

> *Sie tötet, wenn sie kommt; und wendet sie den Rücken,*
> *So geben alle Menschen sich ihr in Liebe hin.*
> *Der Sonne gleichet sie, dem Vollmond auch; und dennoch*
> *Kommt Sprödigkeit und Härte ihr niemals in den Sinn.*
> *Die Gärten Edens tun sich auf in ihrem Kleide;*
> *Der helle Vollmond kreist auf ihrem Halsgeschmeide.*

Während ich nun durch eine Spalte des Vorhangs zu ihr hinschaute, wandte sie sich plötzlich um und sah mich an der Tür stehen; sogleich rief sie ihrer Sklavin zu: ‚Sieh nach, wer an der Tür ist!‘ Die Sklavin trat zu mir heran und sprach zu mir: ‚Alter, schämst du dich denn nicht? Paßt schamloses Gebaren zu grauen Haaren?‘ ‚Herrin,‘ erwiderte ich ihr, ‚die grauen Haare geb ich dir zu; doch wenn du von schamlosem Gebaren sprichst, so glaube ich doch nicht, daß ich mich bei meinem Kommen eines solchen schuldig gemacht habe.‘ Da rief ihre Herrin: ‚Gäbe es wohl ein schamloseres Gebaren, als wenn du in ein Haus eindringst, das dir nicht gehört, und in einen Harem schaust, der nicht der deine ist?‘ ‚Meine Gebieterin,‘ gab ich ihr zur Antwort: ‚ich habe dafür eine Entschuldigung.‘ Und als sie fragte: ‚Wie kannst du dich denn entschuldigen?‘ entgegnete ich ihr: ‚Ich bin ein Fremdling und so durstig, daß ich vor Durst umkomme!‘ Sie sprach: ‚Wir nehmen deine Entschuldigung an.‘ – –«

Da bemerkte Schehrezâd, daß der Morgen begann, und sie hielt in der verstatteten Rede an. Doch als die *Dreihundertund- neunundzwanzigste Nacht* anbrach, fuhr sie also fort: »Es ist mir berichtet worden, o glücklicher König, daß die Dame sprach: ,Wir nehmen deine Entschuldigung an.' Dann rief sie eine ihrer Sklavinnen und sprach zu ihr: ,Lutf, gib ihm einen Trunk aus dem goldenen Krug!' Die brachte mir einen rotgoldenen Krug, der einen Schmuck von Perlen und Edelsteinen trug; der war mit einer Mischung von Wasser und feinstem Mo- schus angefüllt und in ein Tuch aus grüner Seide eingehüllt. Ich begann zu trinken, doch zog ich mein Schlürfen in die Länge, indem ich immer verstohlen zu ihr hinüberschaute, bis ich mich fast zu lange dabei aufgehalten hatte. Dann gab ich der Sklavin den Krug zurück, blieb aber noch stehen. Da sprach die Herrin: ,Alter, geh deiner Wege!' Doch ich er- widerte ihr: ,Meine Gebieterin, ich bin voll trüber Gedanken!' ,Worüber?' fragte sie. Ich antwortete: ,Über den Wechsel der Zeit und der Dinge Unbeständigkeit.' Da fuhr sie fort: ,Du tust recht daran; denn die Zeit ist voller Wunder. Doch was für Wunderdinge sind es, die du erlebt hast, daß du darüber nachsinnen mußt?' Ich erwiderte ihr: ,Über den Herrn dieses Hauses sinne ich nach; denn er war, als er noch lebte, mein Freund!' Auf ihre Frage: ,Wie hieß er denn?' gab ich zur Ant- wort: ,Mohammed ibn 'Alî, der Juwelier; er besaß großen Reichtum. Hat er etwa Kinder hinterlassen?' ,Jawohl,' sprach sie, ,er hinterließ eine Tochter des Namens Budûr; die hat all seinen Reichtum geerbt.' Nun rief ich: ,Es scheint, du bist seine Tochter!' Lächelnd sagte sie: ,Jawohl'; doch sie fügte hinzu: ,Alter, du hast schon zu lange geplaudert, jetzt geh dei- ner Wege!' ,Ich muß wohl fortgehen,' erwiderte ich, ,aber da ich sehe, daß deine Reize verbleichen, so erzähle mir, wie es um dich steht! Vielleicht wird Allah dir durch mich Trost gewähren.' Da sagte sie: ‚Alter, wenn du zu den verschwiegenen Leuten gehörst, so will ich dir mein Geheimnis offenbaren. Sage mir, wer du bist, damit ich weiß, ob du des Vertrauens würdig bist oder nicht; denn der Dichter sagt:

> *Nur der verläßliche Mann bewahret das Geheimnis;*
> *Und das Geheimnis ist bei den besten Menschen versiegelt.*
> *Ich hütete mein Geheimnis in einem verschlossenen Hause;*
> *Die Schlüssel dazu sind verloren, und das Tor ist verriegelt.'*

Darauf sprach ich zu ihr: ‚Meine Gebieterin, wenn du wissen willst, wer ich bin, so vernimm: ich bin 'Alî ibn Mansûr, der Schalk aus Damaskus, ein Tischgenosse des Kalifen Harûn er-Raschîd.' Als sie meinen Namen hörte, erhob sie sich von ihrem Sessel, sprach den Gruß zu mir und fuhr fort: ‚Sei willkommen, Sohn des Mansûr! Jetzt will ich dir erzählen, wie es um mich steht, und dir mein Geheimnis anvertrauen. Ich bin eine Liebende, die von ihrem Geliebten getrennt ist.' Da sagte ich zu ihr: ‚Meine Gebieterin, du bist schön; und du kannst sicher nur einen Schönen lieb haben. Wer ist es denn, den du liebst?' Sie antwortete: ‚Ich liebe Dschubair ibn 'Umair esch-Schaibâni, den Emir der Banu Schaibân.' Und dann schilderte sie mir einen Jüngling, wie es in Basra keinen schöneren gab. Nun fragte ich sie: ‚Meine Gebieterin, habt ihr euch schon beim Stelldichein erblickt oder sind Briefe zwischen euch hin und her geschickt?' Sie antwortete: ‚Jawohl; doch wir liebten nur mit den Zungen, Herz und Seele waren nicht von der Liebe durchdrungen. Denn er hat die Treue gebrochen und nicht gehalten, was er versprochen.' ‚Meine Gebieterin,' fragte ich weiter, ‚was war denn der Grund eurer Trennung?' Sie gab zur Antwort: ‚Der Grund war dieser: Eines Tages saß ich da, und diese meine Sklavin kämmte mir die Haare. Als sie mit dem Kämmen fertig war, flocht sie mir die Zöpfe; und da meine Schönheit und Anmut sie berückten, beugte sie sich über mich und küßte meine Wange. In dem Augenblick trat er unversehens zu mir ein, und als er sah, daß die Sklavin meine Wange küßte, wandte er mir von Stund an zornig den Rükken, entschlossen, mich ewig zu meiden, und sprach diese beiden Verse beim Scheiden:

> Soll ich mich in die Liebe mit einem andern teilen,
> So lasse ich mein Lieb und leb für mich allein.
> In dem geliebten Wesen, das anders in der Liebe
> Als der Geliebte will, kann doch nichts Gutes sein.

Und von der Zeit an, da er sich abwandte, bis auf den heutigen Tag, o Sohn des Mansûr, ist kein Brief von ihm zu mir gekommen, noch hab ich eine Antwort von ihm vernommen.' ,Was willst du nun tun?' fragte ich; da antwortete sie: ,Ich möchte ihm durch dich einen Brief senden. Wenn du mir eine Antwort von ihm bringst, so sollst du von mir fünfhundert Dinare erhalten. Und wenn du mir keine Antwort von ihm bringst, so gebe ich dir für deinen Weg hundert Dinare.' ,Tu, was dir gut dünkt!' sagte ich, und sie erwiderte: ,Ich höre und gehorche!' Dann rief sie eine ihrer Dienerinnen und sprach zu ihr:, Bring mir Tintenkapsel und Papier!'; und nachdem die ihr beides gebracht hatte, schrieb sie diese Verse:

> Geliebter mein, wozu dies Meiden und dies Hassen?
> Wohin hat unsre Nachsicht und Güte sich gewandt?
> Warum bist du von mir geschieden und gewichen?
> Dein Antlitz ist nicht mehr, wie ich es einst gekannt!
> Ja, die Verleumder haben dir falsch von mir berichtet;
> Du glaubtest ihren Worten, da taten sie's noch mehr.
> Und hast du dem Geschwätz einst Glauben beigemessen,
> Nun du es besser weißt, leih ihnen kein Gehör!
> Sag mir, beim Leben dein, was hast du denn vernommen?

Du weißt doch, was man schwätzt, und übst Gerechtigkeit.
Und ist es wahr, daß ich so sprach, so hat die Rede
Doch Deutung, ja, sie hat doch auch ein scheckig Kleid.
Und wäre es ein Wort, das Allah offenbarte,
So hat das Volk die Tora[1] fälschlich ausgelegt.
Wie wurden doch vor uns die Menschen oft verleumdet!
Sieh, gegen Joseph auch ward Jakob einst erregt.
Wir alle, ich und du und der Verleumder, gehen
Zum großen Tag, an dem wir vor dem Richter stehen.

Danach versiegelte sie den Brief und reichte ihn mir; ich nahm
ihn und begab mich zu dem Hause des Dschubair ibn 'Umair
esch-Schaibâni. Dort erfuhr ich, daß er auf die Jagd geritten
war; darum setzte ich mich nieder, um auf ihn zu warten. Und
während ich so dasaß, kehrte er plötzlich von der Jagd heim.
Doch als ich ihn auf seinem Rosse erblickte, o Beherrscher der
Gläubigen, ward mir durch seine Schönheit und Anmut der
Verstand geraubt. Er aber schaute um sich und sah mich an
seiner Haustür sitzen. Kaum hatte er mich erblickt, da stieg er
von seinem Renner ab, eilte auf mich zu, umarmte mich und
begrüßte mich, und mir war es, als ob ich die ganze Welt mit
allem, was in ihr ist, umarmte. Dann führte er mich in sein
Haus, ließ mich auf seinem eigenen Pfühl ruhen und befahl,
den Speisetisch zu bringen. Da brachte man einen Tisch aus
chorasanischem Chalandsch-Holze mit goldenen Füßen, auf
dem sich allerlei Speisen befanden, mancherlei Fleisch, gebraten und geröstet, und andere gute Dinge. Nachdem ich
mich an den Tisch gesetzt hatte, sah ich ihn genauer an und
fand, daß dies Gedicht auf ihm geschrieben stand:' – –«

Da bemerkte Schehrezâd, daß der Morgen begann, und sie
hielt in der verstatteten Rede an. Doch als die *Dreihundertund-
dreißigste Nacht* anbrach, fuhr sie also fort: »Es ist mir berichtet

1. Das ist das Alte Testament; vgl. Band II, S. 653, Anmerkung 1 und 2.

worden, o glücklicher König, daß 'Alî ibn Mansûr des weiteren erzählte: ‚Als ich mich an den Tisch des Dschubair ibn 'Umair esch-Schaibâni gesetzt hatte, sah ich ihn genauer an und fand, daß dies Gedicht auf ihm geschrieben stand:

> Kehr ein bei dem Geflügel an der Stätte der Pfannen
> Und zieh vom Platze des Bratens und Hackfleisches nicht von dannen!
> Beweine die Töchter des Flughuhns, wie ich sie immer beweine,
> Mit dem gerösteten Fleisch und den Küken im Vereine.
> Wie traurig ist mein Herz doch um zwei Arten von Fischen,
> Die man auf frischem Brote in Stufen pflegt aufzutischen!
> Ach, wie reichlich war einst das Mahl! O welches Vergnügen,
> Wenn das Gemüse einsank in den Essig aus den Krügen!
> Und ebenso auch der Reis mit Büffelmilch – da drangen
> Die Hände tief hinein in ihn bis über die Spangen! –
> O meine Seele, Geduld! Gott ist's, der Gnade leiht
> Und der, bist du im Elend, dich bald davon befreit.

Nun hub Dschubair ibn 'Umair an: ‚Strecke deine Hand nach unserer Speise aus und tu unserem Herzen wohl, indem du von unserer Nahrung issest!' Ich erwiderte ihm jedoch: ‚Bei Allah, ich werde nicht einen einzigen Bissen von deiner Speise essen, bis du mir meinen Wunsch erfüllt hast!' Als er dann fragte: ‚Was ist dein Begehr?' zog ich den Brief hervor und gab ihn ihm. Aber nachdem er ihn gelesen und seinen Inhalt verstanden hatte, zerriß er ihn und warf ihn auf den Boden, indem er rief: ‚Ibn Mansûr, jeden Wunsch, den du hast, will ich dir gewähren, nur nicht den einen, den die Schreiberin dieses Briefes ausspricht; denn ihren Brief zu beantworten vermag ich nicht.' Da wollte ich ihn im Zorne verlassen, aber er ergriff meinen Saum und sprach zu mir: ‚Ibn Mansûr, ich will dir erzählen, was sie zu dir gesagt hat, obwohl ich damals nicht bei euch war.' ‚Was hat sie mir denn gesagt?' fragte ich; er antwortete darauf: ‚Hat dir die Schreiberin dieses Briefes nicht gesagt: ‚Wenn du mir eine Antwort von ihm bringst, so sollst du von mir fünfhundert Dinare erhalten; und wenn du mir keine Antwort von ihm bringst, so gebe ich dir für deinen Weg hundert Dinare?‘ Wie ich das bejahte, fuhr er fort: ‚Bleib heute bei mir, iß und trink, sei vergnügt und guter Dinge, und nimm dir dann fünfhundert Dinare mit!‘ Darauf blieb ich bei ihm, aß und trank, war vergnügt und guter Dinge und unterhielt mich mit ihm. Schließlich fragte ich ihn: ‚Hoher Herr, gibt es in deinem Hause keinen Saitenklang?‘ Er gab mir zur Antwort: ‚Das ist wahr, seit einiger Zeit trinken wir ohne Saitenklang.‘ Dann ließ er eine seiner Sklavinnen kommen, indem er rief: ‚Schadscharat ed-Durr!‘ Da antwortete ihm eine Sklavin aus ihrer Kammer und kam mit einer Laute von indischer Arbeit, die in einen Beutel aus Seide gehüllt war. Sie setzte sich, legte die Laute auf ihren Schoß und spielte auf ihr einundzwanzig Weisen. Dann kehrte sie zu der ersten Weise zurück, ließ ein Lied erklingen und begann diese Verse zu singen:

> Wer nicht der Liebe Süße und Bitterkeit gekostet,
> Der weiß nicht, was es heißt, vereint und fern zu sein.
> So auch, wer von der Liebe rechtem Pfade abwich,
> Weiß nicht, ob glatt sein Weg ist oder rauher Stein.
> Das Volk der Liebe hab ich immerdar getadelt;
> Da mußte ihre Süße und Bitterkeit mir nahn.
> Ich trank in vollen Zügen ihren bittren Becher,
> Und ihrem Herrn und Diener ward ich untertan.
> Wie manche Nacht verweilte bei mir mein Trautgeselle!
> Ich sog von seinen Lippen den honigsüßen Tau.
> Wie rasch vergingen uns die Nächte beieinander!
> Kaum war die Nacht gekommen, da schien des Morgens Grau.
> Das Schicksal schwor, es wolle ob unsrer Trennung walten;
> Jetzt machte nun das Schicksal seinen Schwur zur Tat.
> Das Schicksal hat bestimmt; sein Spruch ist unerbittlich.
> Wer widerspricht dem Herrn, wenn er befohlen hat?

Als die Sklavin ihre Verse beendet hatte, stieß ihr Herr einen lauten Schrei aus und sank ohnmächtig nieder. Und die Sklavin rief: ‚Möge Allah dich nicht strafen, Alter! Wir trinken schon seit geraumer Zeit ohne Gesang aus Furcht, unser Herr möchte von einem solchen Anfall ergriffen werden wie jetzt. Doch jetzt geh in jene Kammer und schlaf dort!' So ging ich denn in das Gemach, das sie mir zeigte, und schlief in ihm bis zum Morgen. Da sah ich plötzlich, wie ein Sklave zu mir kam, der einen Beutel mit fünfhundert Dinaren trug; und er sprach: ‚Hier ist, was mein Herr dir versprochen hat! Geh jedoch nicht wieder zu der Dame zurück, die dich gesandt hat; und es sei so, als ob du nie etwas von dieser Sache gehört hättest und auch wir nicht darum wüßten!' ‚Ich höre und gehorche!' erwiderte ich, nahm alsbald den Beutel und ging meiner Wege. Aber ich sprach bei mir selber: ‚Diese Dame erwartet mich seit gestern; bei Allah, es ist nicht anders möglich, ich muß zu ihr zurückkehren und ihr berichten, was zwischen mir und ihm vorgefallen ist. Denn wenn ich nicht zu ihr zurückkehre, so wird sie mir und allen denen fluchen, die aus meinem Lande kommen.' Ich ging also zu ihr und fand sie hinter der Tür stehen. Sobald sie mich erblickte, rief sie: ‚Sohn des Mansûr, du hast nichts für mich ausgerichtet!' Ich antwortete ihr: ‚Wer hat dir das kundgetan?' Da fuhr sie fort: ‚Sohn des Mansûr, mir ward noch eins offenbar, und das ist: als du ihm den Brief reichtest, da hat er den Brief zerrissen und weggeworfen und zu dir gesagt: ‚Ibn Mansûr, jeden Wunsch, den du hast, will ich dir erfüllen, nur nicht den Wunsch der Schreiberin dieses Briefes; denn ich vermag ihr keine Antwort zu geben.' Da wolltest du ihn im Zorne verlassen, er aber ergriff deinen Saum und sprach zu dir: ‚Ibn Mansûr, bleib heute bei mir, denn du bist mein Gast; iß und trink, sei vergnügt und guter

270

Dinge und nimm dir fünfhundert Dinare mit!' Da bist du bei ihm geblieben, hast gegessen und getrunken, bist vergnügt und guter Dinge gewesen und hast dich mit ihm unterhalten. Dann sang noch eine Sklavin die und die Weise und das und das Lied, und zuletzt sank er ohnmächtig nieder.' Da fragte ich sie, o Beherrscher der Gläubigen: ,Bist du denn bei uns gewesen?' Und sie gab mir zur Antwort: ,Sohn des Mansûr, hast du nicht das Dichterwort gehört:

> *Der Liebenden Herz hat Augen zu sehn,*
> *Was all die Schauenden nicht erspähn.*

Doch, o Sohn des Mansûr, Tage und Nächte gehen in ihrem Wechsel nicht über die Dinge dahin, ohne sie zu verändern.' – –«

Da bemerkte Schehrezâd, daß der Morgen begann, und sie hielt in der verstatteten Rede an. Doch als die *Dreihundertundeinunddreißigste Nacht* anbrach, fuhr sie also fort: »Es ist mir berichtet worden, o glücklicher König, daß die Dame sprach: ,O Sohn des Mansûr, Tage und Nächte gehen in ihrem Wechsel nicht über die Dinge dahin, ohne sie zu verändern.' Dann hob sie ihren Blick gen Himmel und betete: ,Mein Gott, mein Herr und Gebieter, wie du mich mit der Liebe zu Dschubair ibn 'Umair heimgesucht hast, so suche auch ihn heim mit der Liebe zu mir; mach, daß die Liebe aus meinem Herzen in sein Herz übergehe!' Darauf gab sie mir hundert Dinare für meinen Weg; ich nahm sie und begab mich zum Sultan von Basra. Den traf ich, wie er gerade von der Jagd zurückgekehrt war; ich erhielt mein Jahrgeld von ihm und zog wieder nach Baghdad. Als nun das nächste Jahr kam, begab ich mich wie gewöhnlich nach der Stadt Basra, um mein Jahrgeld zu holen, und der Sultan ließ es mir auszahlen. Doch als ich nach Baghdad zurückkehren wollte, kam mir das Erlebnis mit der Dame

Budûr in den Sinn, und ich sprach: ‚Bei Allah, ich muß doch zu ihr gehen und nachschauen, was sich zwischen ihr und ihrem Geliebten zugetragen hat!' So ging ich denn zu ihrem Hause, und da ich den Platz vor ihrem Tore gekehrt und gesprengt fand und Eunuchen, Diener und Sklaven dort stehen sah, so sagte ich mir: ‚Vielleicht hat der Gram ihr Herz überwältigt, und sie ist tot, und irgendein Emir ist in ihr Haus eingezogen.' Deshalb verließ ich die Stätte und ging wieder zum Hause des Dschubair ibn 'Umair. Doch dort fand ich die Bänke zerbrochen, und ich sah keine Diener mehr an seiner Tür wie sonst; da sagte ich mir: ‚Vielleicht ist auch er gestorben.' Ich blieb an der Tür stehen, indem ein Tränenstrom über meine Wange rann, und ich über das Haus mit diesen Versen zu klagen begann:

> Ihr Herren zogt von hinnen, indem mein Herz euch folgte:
> Kehrt heim, daß meine Freude mit euch mir wiederkehr!
> Ich stand an eurem Hause, beweinte eure Stätte;
> Die Träne rann herab, die Lider bebten schwer.
> Nun frage ich das Haus und frag die Trümmer weinend:
> Wo ist er, der mit Güte und Huld uns einst erfüllt?
> Es spricht: Zieh deines Wegs, die Freunde sind verschwunden
> Von ihren Lagerstätten, sie ruhn im Staub verhüllt! –
> Uns nehme Allah nie, in allem Lauf der Zeit,
> Den Anblick ihrer Schöne und ihrer Herrlichkeit!

Während ich die Bewohner jenes Hauses mit diesen Versen beklagte, o Beherrscher der Gläubigen, da trat plötzlich ein schwarzer Sklave aus dem Hause zu mir heraus und rief: ‚Alter, schweig! Deine Mutter soll dich verlieren! Warum beklagst du dies Haus mit solchen Versen?' Ich erwiderte ihm: ‚Ich kannte es, als es noch einem meiner Freunde gehörte.' ‚Wie hieß der?' fragte der Sklave; und ich antwortete: ‚Dschubair ibn 'Umair esch-Schaibâni.' Da rief er: ‚Was ist denn mit ihm

geschehen? Da lebt er doch noch – Gott sei Dank! – in seinem
alten Reichtum, Wohlstand und Besitz; nur hat Allah ihn mit
der Liebe zu einer Dame heimgesucht, die da die Herrin Budûr
heißt. Er ist von ihrer Liebe ganz hingerissen, und durch die
große Sehnsucht und Pein ward er wie ein weggeworfener
harter Stein; wenn ihn hungert, so sagt er nicht: speiset mich;
wenn ihn dürstet, so sagt er nicht: tränket mich.' Da sagte ich:
,Bitte um Erlaubnis, daß ich zu ihm eintreten darf!' Doch er
sprach: ,Mein Gebieter, willst du zu einem eintreten, der Verstand hat, oder zu einem, der keinen Verstand hat?' Ich erwiderte: ,Ich muß auf jeden Fall zu ihm gehen.' So ging er
denn hinein, um Erlaubnis zu erbitten; und alsbald kehrte er
mit der Erlaubnis zurück. Nun trat ich zu Dschubair ein, und
ich fand ihn wie einen Stein am Wegesrand, der kein Zeichen
und keine Andeutung verstand. Ich redete ihn an; doch er gab
mir keine Antwort. Da sprach einer seiner Diener zu mir:
,Mein Gebieter, wenn du irgendwelche Verse auswendig weißt,
so trag sie ihm vor mit lauter Stimme; dadurch wird er wach
werden und dann mit dir reden.' Ich trug darauf diese beiden Verse vor:

> *Hast du Budûr vergessen? Hast du dich stark gemacht?*
> *Kommt deinem Aug der Schlaf? Durchwachst du jede Nacht?*
> *Wenn jetzt die Tränen dein in Strömen immer fließen,*
> *So wirst du ew'ge Freud im Paradies genießen!*

Als er diese Verse hörte, schlug er die Augen auf und sprach:
,Willkommen, o Sohn des Mansûr, jetzt ist der Scherz zum
Ernst geworden!' Ich erwiderte ihm: ,Mein Gebieter, kann
ich dir vielleicht einen Wunsch erfüllen?' ,Jawohl,' antwortete
er, ,ich möchte ihr einen Brief schreiben und ihn durch dich
an sie senden. Wenn du mir eine Antwort von ihr bringst, so
sollst du von mir tausend Dinare erhalten; und wenn du mir

keine Antwort von ihr bringst, so gebe ich dir hundert Dinare
für deinen Weg.' ‚Tu, was dir gut dünkt!' sprach ich.' – –«

Da bemerkte Schehrezâd, daß der Morgen begann, und sie
hielt in der verstatteten Rede an. Doch als die *Dreihundertund-*
zweiunddreißigste Nacht anbrach, fuhr sie also fort: »Es ist mir
berichtet worden, o glücklicher König, daß Ibn Mansûr des
weiteren erzählte: ‚Tu, was dir gut dünkt!' sprach ich. Da rief
er eine seiner Sklavinnen und befahl: ‚Bring mir Tintenkapsel
und Papier!' Nachdem sie ihm gebracht hatte, was er verlangte, schrieb er diese Verse:

> *Ich bitte dich bei Gott, o Herrin, sei mir gnädig;*
> *Denn sieh, die heiße Liebe nahm mir den Verstand.*
> *Die Liebesleidenschaft zu dir nahm mich gefangen,*
> *Bedeckte mich mit Schmach und mit des Leids Gewand.*
> *Einst dacht ich, meine Herrin, gering wohl von der Liebe*
> *Und glaubte, daß sie einfach und leicht zu tragen sei.*
> *Doch als sie mir die Brandung in ihrem Meere zeigte,*
> *Fügt ich mich Gottes Ratschluß, sprach die Gequälten frei.*
> *Willst du mir gnädig sein, zeig mir dein Angesicht;*
> *Wenn du mich töten willst, vergiß die Fürsprach[1] nicht!*

Darauf versiegelte er den Brief und reichte ihn mir; ich nahm
ihn und brachte ihn zum Hause Budûrs. Nachdem ich wie
früher den Vorhang ganz langsam gehoben hatte, erblickte
ich plötzlich zehn hochbusige Jungfrauen, wie Monde anzuschauen, und in ihrer Mitte saß die Herrin Budûr, wie der
Vollmond inmitten der Sternenschar, oder wie die Sonne am
Himmel, wolkenlos klar; kein Schmerz und kein Kummer
war an ihr zu sehen. Während ich mich noch darüber wunderte, fiel ihr Blick auf mich, und als sie mich an der Tür stehen sah, rief sie mir zu: ‚Sei mir gegrüßt, herzlich willkommen, o Sohn des Mansûr! Tritt ein!' Ich trat ein, und nach-

[1]. Das ist die Fürsprache bei Gott.

dem ich den Gruß gesprochen hatte, überreichte ich ihr den Brief. Doch wie sie ihn gelesen und seinen Inhalt verstanden hatte, lächelte sie und sprach zu mir: ‚Sohn des Mansûr, der Dichter hat nicht gelogen, wenn er sagt:

> *Ertragen will ich meine Lieb geduldig,*
> *Bis daß von dir zu mir ein Bote kommt.*

Sieh, Ibn Mansûr, ich will dir eine Antwort für ihn schreiben, damit er dir gibt, was er dir versprochen hat.' Ich erwiderte ihr: ‚Allah lohne es dir mit Gutem!' Dann rief sie eine Sklavin und befahl: ‚Bring mir Tintenkapsel und Papier!' Nachdem sie ihr gebracht hatte, was sie verlangte, schrieb sie ihm diese Verse:

> *Wie kommt's, daß ich die Treue hielt, die du gebrochen?*
> *Du sahest mich im Recht und übtest doch Verrat.*
> *Du warst es, der begann mit Trennung und mit Härte*
> *Und mich verriet; bei dir ward der Verrat zur Tat.*
> *Ich hielt den Bund mit dir inmitten aller Menschen;*
> *Ich wahrte deine Ehre, ja, ich schwor bei dir,*
> *Bis ich mit eignem Auge schaute, was mich quälte;*
> *Da hört ich die Berichte, die häßlichen, von dir.*
> *Soll meine Ehre schwinden, wenn ich die deine hebe?*
> *Bei Gott, hättst du geehrt, so ehrte ich dich nun.*
> *Doch jetzt will ich zum Trost das Herz von dir befreien,*
> *Ich will dich von mir schütteln, auf ewig von mir tun.*

Da rief ich: ‚Bei Allah, meine Gebieterin, zwischen ihm und dem Tode steht nur noch, daß er diesen Brief lese!' Dann zerriß ich das Schreiben und fuhr fort: ‚Schreib ihm andere Verse als diese!' ‚Ich höre und willfahre!' gab sie zur Antwort und schrieb nun die folgenden Verse an ihn:

> *Jetzt fand ich Trost; der Schlaf erquickte meine Augen;*
> *Denn aus der Tadler Mund vernahm ich, was geschah.*
> *Mein Herz gehorchte mir, ich konnte dein vergessen;*
> *Und meine Lider fühlten, daß die Ruhe nah.*

275

Wer sprach, die Trennung sei so bitter, hat gelogen;
Ich merkte, daß das Fernsein wie Zucker schmecken kann.
Ich hasse jeden, der mit Kunde von dir nahet,
Und wende mich von ihm, seh ihn voll Ekel an.
Mit allen meinen Gliedern hab ich das Band zerrissen;
Das sehe der Verleumder! Wer's weiß, der mag es wissen!

Doch wieder rief ich: ‚Bei Allah, meine Gebieterin, wenn er
diese Verse liest, so wird die Seele seinen Leib verlassen!‘ Nun
fragte sie mich: ‚Sohn des Mansûr, ist es mit seiner Leidenschaft wirklich so weit gekommen, daß du solches sagen
kannst?‘ Ich erwiderte ihr: ‚Hätte ich noch mehr als das gesagt, so wäre auch das nur die Wahrheit. Doch Verzeihung ist
eine Tugend der Edlen.‘ Als sie meine Worte vernommen
hatte, rannen ihre Augen von Tränen über, und sie schrieb
ihm einen Brief, wie ihn bei Allah, o Beherrscher der Gläubigen, niemand in deiner Kanzlei schreiben kann; darin schrieb
sie diese Verse:

Wie lang noch diese Spröde und dieser böse Leumund?
Du hast den Neidern wahrlich an mir genug getan.
Vielleicht beging ich Unrecht, ohne es zu wissen;
Sag mir, was hat man dir denn von mir kundgetan?
Ich möchte dich, mein Lieb, so warm willkommen heißen,
Wie Lid und Auge mein zum Schlaf ‚Willkommen‘ spricht.
Du trankest ja der Liebe ungemischten Becher;
Wenn du mich trunken siehst, so tadle du mich nicht!

Als sie den Brief zu Ende geschrieben hatte‘ – –«

Da bemerkte Schehrezâd, daß der Morgen begann, und sie
hielt in der verstatteten Rede an. Doch als die *Dreihundertund-
dreiunddreißigste Nacht* anbrach, fuhr sie also fort: »Es ist mir
berichtet worden, o glücklicher König, daß Ibn Mansûr des
weiteren berichtete: ‚Als Budûr den Brief zu Ende geschrieben hatte, versiegelte sie ihn und reichte ihn mir; da sprach ich

276

zu ihr: ‚Meine Gebieterin, dies Schreiben heilt des Kranken Pein und kann den Durstigen von seiner Qual befrein!' Darauf nahm ich den Brief und ging fort; aber sie rief mich noch einmal zurück, als ich sie schon verlassen hatte, und sprach zu mir: ‚Sohn des Mansûr, sage ihm: Sie wird heute nacht bei dir zu Gaste sein.' Darüber war ich hocherfreut, und ich trug den Brief alsbald zu Dschubair ibn' Umair. Als ich zu ihm eingetreten war, sah ich, daß er mit den Augen nach der Tür starrte und auf die Antwort harrte. Nachdem ich ihm den Brief übergeben hatte, öffnete er ihn und las ihn, und sobald er seinen Sinn verstanden hatte, stieß er einen lauten Schrei aus und sank ohnmächtig nieder. Doch bald kam er wieder zu sich und rief: ‚Sohn des Mansûr, hat sie diesen Brief mit eigener Hand geschrieben und mit ihren Fingern berührt?' Ich fragte: ‚Mein Gebieter, schreiben die Menschen vielleicht mit den Füßen?' Doch bei Allah, o Beherrscher der Gläubigen, ich hatte noch kaum meine Worte an ihn zu Ende gesprochen, da hörten wir schon das Klirren ihrer Fußspangen in der Vorhalle und sahen sie eintreten. Sobald er sie erblickte, sprang er auf, als ob er ganz gesund wäre, und umarmte sie, wie das Lâm sich um das Alif schlingt[1], und die Krankheit, die nicht weichen wollte, verließ ihn sogleich. Darauf setzte er sich nieder; aber sie setzte sich nicht. Als ich sie nun fragte: ‚Meine Gebieterin, warum setzest du dich nicht?' gab sie mir zur Antwort: ‚Sohn des Mansûr, ich will mich nur unter einer Bedingung, die zwischen uns beiden ausgemacht ist, niedersetzen.' Da fragte ich weiter: ‚Was ist das für eine Bedingung, die zwischen euch beiden besteht?' Doch sie erwiderte: ‚Niemand darf um die

1. Wenn der Buchstabe Alif auf den Buchstaben Lâm folgt, so werden sie in gewöhnlicher arabischer Schrift so verbunden, daß etwa die Figur eines Halbkreises mit einer geraden Linie darin entsteht.

Geheimnisse der Liebenden wissen.' Dann legte sie ihren
Mund an Dschubairs Ohr und wisperte ihm leise Worte zu.
‚Ich höre und gehorche!' rief Dschubair, erhob sich und flüsterte einem seiner Sklaven etwas zu. Der verschwand auf
kurze Zeit und kehrte dann mit einem Kadi und zwei Zeugen
zurück. Nun holte Dschubair einen Beutel mit hundert Dinaren und sprach: ‚Kadi, vermähle mich mit dieser Dame auf
Grund dieser Morgengabe!' Der Kadi sprach zu ihr: ‚Sprich:
ich willige darin ein!' Nachdem sie gesagt hatte: ‚Ich willige
darin ein', ward der Bund zwischen den beiden geschlossen.
Darauf öffnete sie den Beutel und nahm eine Handvoll Gold
aus ihm heraus; das gab sie dem Kadi und den Zeugen. Dann
reichte sie den Beutel mit dem Rest des Geldes ihrem Gemahl
zurück, und der Kadi und die Zeugen gingen fort. Ich blieb
noch eine Weile bei ihnen in lauterer Fröhlichkeit, bis der
größte Teil der Nacht verstrichen war. Da sagte ich bei mir
selber: ‚Siehe, sie sind ein liebend Paar, das lange Zeit einander
entfremdet war. Ich will darum aufstehen und an einem anderen
Orte fern von ihnen schlafen, um sie miteinander allein zu lassen.' Also erhob ich mich, aber sie ergriff den Saum meines
Gewandes und rief: ‚Was ist's, das deine Seele dir sagt?' Ich
antwortete: ‚Ist es nicht so und so?' Doch sie entgegnete: ‚Bleib
sitzen! Wenn wir von dir befreit sein wollen, werden wir dich
schon fortschicken.' Nun blieb ich bei ihnen, bis es fast Morgen ward; da sagte sie zu mir: ‚Sohn des Mansûr, geh in das
Zimmer dort; wir haben es für dich zum Schlafgemach herrichten lassen.' Ich begab mich dorthin und schlief bis zum
Morgen. Als es Tag war, kam ein Sklave zu mir mit einem
Becken und einer Kanne; ich nahm die religiöse Waschung
vor und sprach das Frühgebet. Dann setzte ich mich nieder;
und wie ich so dasaß, kamen plötzlich Dschubair und seine

278

Geliebte aus dem Bade im Hause, und beide preßten ihre Lokken aus. Ich wünschte ihnen einen guten Morgen und beglückwünschte sie zu ihrem Wohlergehen und ihrer Vereinigung und fügte hinzu: ‚Was mit Wenn und Aber begann, das endete in Zufriedenheit.‘ Dschubair erwiderte: ‚Du hast recht, und dir gebührt eine Ehrengabe.‘ Dann rief er seinen Schatzmeister und sprach zu ihm: ‚Bring mir dreitausend Dinare!‘ Als der ihm einen Beutel mit dreitausend Goldstücken gebracht hatte, sprach er zu mir: ‚Nimm, bitte, dies von uns an!‘ Doch ich entgegnete: ‚Ich nehme es nur an, wenn du mir sagst, wie es kam, daß die Liebe von ihr zu dir überging, nachdem du ihr so sehr abgeneigt gewesen warst.‘ Er sprach: ‚Ich höre und gehorche! Wisse denn, wir haben ein Fest, das nennen wir das Neujahrsfest; an ihm ziehen alle Menschen in Booten aus und fahren auf dem Flusse spazieren. Auch ich fuhr mit meinen Freunden spazieren, und da erblickte ich ein Boot mit zehn Jungfrauen, wie Monde anzuschauen, und in ihrer Mitte diese Herrin Budûr mit ihrer Laute. Auf ihr spielte sie elf Weisen; dann kehrte sie zu der ersten Weise zurück und sang diese beiden Verse:

> *Kein Feuer brennt so heiß wie das in meinem Innern;*
> *Wie meines Herren Herz – kein Felsen ist so hart.*
> *Mich wundert's, wie sein Wesen sich nur zusammenfügte:*
> *Ein Herz von Stein in einem Leibe, weich und zart.*

Da rief ich ihr zu: ‚Sing die beiden Verse und die Weise noch einmal!‘ Aber sie wollte nicht.‘ – –«

Da bemerkte Schehrezâd, daß der Morgen begann, und sie hielt in der verstatteten Rede an. Doch als die *Dreihundertundvierunddreißigste Nacht* anbrach, fuhr sie also fort: »Es ist mir berichtet worden, o glücklicher König, daß Dschubair erzählte: ‚Da rief ich ihr zu: ‚Sing die beiden Verse und die Weise noch einmal!' Aber sie wollte nicht; nun befahl ich den Fährleuten, sie mit Orangen zu bewerfen, und sie taten das so lange, bis wir fürchteten, das Boot, in dem sie war, könnte sinken. Dann fuhr sie ihrer Wege. Aber so ist es gekommen, daß die Liebe aus ihrem Herzen in mein Herz überging.' Darauf wünschte ich den beiden Glück, daß sie nun miteinander vereint waren, nahm den Beutel mit seinem Inhalt und begab mich wieder nach Baghdad.'

Da weitete sich dem Kalifen die Brust, und die Unruhe und Beklemmung, die ihn gequält hatten, wichen von ihm.

Ferner erzählt man

DIE GESCHICHTE VON DEM MANNE AUS JEMEN UND SEINEN SECHS SKLAVINNEN

Eines Tages saß el-Mamûn, der Beherrscher der Gläubigen, in seinem Palaste; er hatte die Würdenträger seiner Herrschaft und die Großen seines Reiches alle vor sich versammelt, desgleichen auch die Dichter und die Tischgenossen. Unter diesen Genossen nun befand sich einer des Namens Mohammed el-Basri. An ihn wandte el-Mamûn sich mit den Worten: ‚Mohammed, ich wünsche von dir, daß du mir alsbald etwas erzählest, das ich noch nie gehört habe!' ‚O Beherrscher der Gläubigen,' gab jener zur Antwort, wünschest du, daß ich dir eine Geschichte erzähle, die mir nur zu Ohren gekommen, oder ein Erlebnis, das ich mit meinen Augen wahrgenommen?' Darauf sagte el-Mamûn: ‚Mohammed, erzähle mir das, was von beiden am seltsamsten ist!' Und nun begann Mohammed aus Basra:

‚Wisse, o Beherrscher der Gläubigen, in vergangenen Tagen lebte einmal ein Mann, der zu den reichen Leuten gehörte und

dessen Heimat in Jemen war. Er war aber aus Jemen fortgegangen und nach unserer Stadt Baghdad gekommen; hier gefiel es ihm so gut, daß er Weib und Kind, Gut und Gesind
hierher nachkommen ließ. Nun hatte er sechs Sklavinnen zu
Nebenfrauen, die waren wie Monde anzuschauen; weiß war
die erste, braun die zweite; dick war die dritte, schlank die
vierte; gelb war die fünfte und schwarz die sechste. Alle aber
waren schön von Angesicht und von vollendeter Bildung und
verstanden die Kunst des Gesanges und des Saitenspiels. Eines
Tages begab es sich, daß er diese Sklavinnen vor sich kommen
ließ und Speisen und Wein bringen hieß; sie aßen und tranken,
ergötzten sich am Mahle und waren voll froher Gedanken.
Dann füllte er den Becher, nahm ihn in die Hand, winkte der
weißen Sklavin und sprach zu ihr: ‚Du Neumondgesicht, sing
uns ein liebliches Gedicht!‘ Da nahm sie die Laute, stimmte
sie und entlockte ihr so holden Klang, daß der ganze Raum
vor Freuden sprang. Dann begann sie zu singen und ließ dies
Lied erklingen:

> *Ich habe einen Freund; des Bild steht mir vor Augen;*
> *Sein Name grub sich mir tief in mein Innres ein.*
> *Erblick ich ihn, so ist mein ganzes Wesen Auge;*
> *Mein ganzes Wesen ist nur Herz, gedenk ich sein.*
> *Der Tadler sprach zu mir: Vergiß doch deine Liebe!*
> *Ich sprach: Wie soll geschehn, was nicht geschehen kann?*
> *Du Tadler, geh von mir und laß mich doch in Frieden;*
> *Und sieh, was mir so schwer ist, nicht als Leichtes an!*

Davon war ihr Herr entzückt, und er trank seinen Becher und
gab auch den Sklavinnen zu trinken. Dann füllte er den Becher
von neuem, nahm ihn in die Hand, winkte der braunen Sklavin und sprach zu ihr: ‚Du Licht vom Feuerscheit, der Seelen
Seligkeit, laß uns deiner schönen Stimme lauschen, an der sich
alle Hörer berauschen!‘ Da nahm sie die Laute und entlockte

ihr so holden Klang, daß der ganze Raum vor Freuden sprang. Sie begann mit ihren Blicken die Herzen zu bestricken, und sie sang diese Verse:

> *Bei deinem Angesicht, ich lieb nur dich allein!*
> *Ja, bis zum Tod will ich dir niemals untreu sein.*
> *Du voller Mond, dich ziert der Anmut Schleierkleid;*
> *Und deinem Banner sind die Schönen all geweiht.*
> *Du übertriffst an Lieblichkeit der Schönen Schar;*
> *Und Gott, der Weltenherr, beschütz dich immerdar!*

Auch davon war ihr Herr entzückt; er trank seinen Becher und gab den Sklavinnen zu trinken. Nachdem er ihn wieder gefüllt und in die Hand genommen hatte, winkte er der dicken Sklavin und gab ihr den Befehl zum Gesang einer Weise von anderem Klang. Da nahm sie die Laute zur Hand und spielte auf ihr so schön, daß aller Kummer schwand; und dazu sang sie diese Verse:

> *Wenn du zufrieden bist, du meiner Seel Begehr,*
> *Dann kümmert mich der Zorn der ganzen Welt nicht mehr.*
> *Und wenn dein schönes Antlitz leuchtet, grämt's mich nicht,*
> *Verhüllen alle Herrscher der Erde ihr Gesicht.*
> *Ich such nur deine Gunst in meinem ganzen Leben,*
> *Du, dem die Schönheit ganz zu eigen ward gegeben!*

Wiederum war ihr Herr entzückt, und er nahm den Becher und gab den Sklavinnen zu trinken. Darauf füllte er ihn von neuem, nahm den Becher in die Hand, winkte der schlanken Sklavin und sprach zu ihr: ,Du Jungfrau aus dem Paradies, sing uns Lieder, lieblich und süß!' Da griff sie zur Laute, stimmte sie und entlockte ihr den Klang, indem sie diese beiden Verse sang:

> *Ist's nicht ein Märtyrertod, den ich durch dich erleide,*
> *Wenn du mich fliehst, da ich ohn dich nicht leben kann?*

Gibt's keinen Liebesrichter, um zwischen uns zu richten,
Der wider dich mir helfen, mein Recht mir geben kann?

Auch dadurch ward ihr Herr entzückt; er trank den Becher
und gab den Sklavinnen zu trinken. Dann füllte er den Becher
von neuem, nahm ihn in die Hand, winkte der gelben Sklavin
und sprach zu ihr: ,Du Tagessonnenlicht, sing uns ein zierliches Gedicht!' Da griff sie zur Laute und ließ auf ihr die
schönsten Weisen erklingen und begann diese Verse zu singen: -

Ich habe einen Freund; wenn ich vor ihm erscheine,
So zückt er aus den Augen wider mich ein Schwert.
Drum möge Allah ihn für seine Sünde strafen,
Wenn er mein Herz besitzt und mich mit Gram beschwert!
Ach, immer, wenn ich sage: O Herz, laß ihn doch fahren!
So neigt das Herze wieder sich nur zu ihm allein.
Von allen Menschen wünsche ich ihn nur. Aber dennoch –
Die Hand des Schicksals wollte den Wunsch mir nicht verleihn.

Von neuem war ihr Herr entzückt; und er trank und gab den
Sklavinnen zu trinken. Dann füllte er den Becher wieder,
nahm ihn in die Hand, winkte der schwarzen Sklavin und
sprach zu ihr: ,Du schwarzer Augenstern, auch von dir hörten
wir gern, und wären es nur zwei Worte!' Da ergriff sie die
Laute, stimmte sie, spannte die Saiten und spielte auf ihr mancherlei Weisen; dann kehrte sie wieder zu der ersten Weise
zurück, begann zu singen und ließ dies Lied erklingen:

Du Auge mein, vergieß in Strömen deine Tränen;
Ach, dies mein Weh hat mir mein Dasein ganz verweht.
Ich dulde alles Weh vom Lieb, an dem ich hange,
Indes mein Neider sich ob meinem Leid ergeht.
Die Tadler wehren mir die Rose seiner Wange;
Und ach, mein Herze sehnt nach Rosen sich so bang.
Fürwahr, einst kreisten dort die Becher voll des Weines
Bei freudigen Gelagen und bei der Laute Klang.
Einst war der Freund mir treu; ich liebte ihn so glühend.

Da strahlte durch die Treue des Glücksterns heller Schein.
Er kehrte sich zur Umkehr, ohne mein Verschulden;
Kann wohl ein bittrer Ding als solche Umkehr sein?
Auf seinen Wangen blühen ihm noch die frischen Rosen;
Bei Gott, wie schön sind Rosen, die auf den Wangen glühn!
Und wär es nach der Satzung gestattet, einen andern
Als Allah zu verehren – ich verehrte ihn.

Darauf erhoben sich die Sklavinnen, küßten den Boden vor ihrem Herrn und sprachen zu ihm: ‚Entscheide über uns in Gerechtigkeit, o Herr!' Da blickte ihr Herr auf ihre Schönheit und Anmut und auf ihre verschiedenen Farben; und er pries und lobte Allah den Erhabenen. Dann sprach er zu ihnen: ‚Eine jede von euch hat den Koran studiert und ist in der Kunst der Töne versiert; eine jede kennt die Geschichten aus alter Zeit und ist vertraut mit den Berichten über die Völker der Vergangenheit. Nun wünsche ich, daß eine jede von euch mit ihrer Hand auf ihre Nebensklavin weise, und zwar die weiße auf die schwarze, die dicke auf die schlanke, die gelbe auf die braune, und daß dabei eine jede sich selber rühme und ihre Nebensklavin schmähe; dann soll ihre Gegnerin das gleiche mit ihr tun. Das soll geschehen durch Beweisgründe aus dem heiligen Koran und auf Grund von Geschichten und Gedichten, auf daß wir eure feine Bildung und eure schönen Reden erkennen.' ‚Wir hören und gehorchen!' erwiderten sie.' – –«

Da bemerkte Schehrezâd, daß der Morgen begann, und sie hielt in der verstatteten Rede an. Doch als die *Dreihundertundfünfunddreißigste Nacht* anbrach, fuhr sie also fort: »Es ist mir berichtet worden, o glücklicher König, daß die Sklavinnen dem Manne aus Jemen erwiderten: ‚Wir hören und gehorchen!' Darauf begann die erste von ihnen, die weiße, wies auf die schwarze und sprach zu ihr: ‚Weh dir, du Schwarze! Wie überliefert ward, spricht das Weiß: Ich bin das leuchtende Licht;

ich bin der volle Mond, der durch die Wolken bricht. Meine Farbe ist hell; meine Stirn ist des Glanzes Quell; und von meiner Schönheit gilt das Dichterwort:

> *Die weiße Maid mit glatten und ach, so zarten Wangen,*
> *Sie ist wie eine Perle, von Schönheit ganz umfangen.*
> *Ihr Wuchs ist wie ein Alif so schlank; und wie ein Mîm*
> *Ihr Lächeln, wie ein Nûn die Braue über ihm.*[1]
> *Ihr Blick ist wie ein Pfeil, die Brauen wie ein Bogen;*
> *Von dorten kommt dem Herzen der Todespfeil geflogen.*
> *Erscheinet sie, so siehst du im Wuchs und auf den Wangen*
> *Basilie, Rose, Myrte und Heckenröslein prangen.*
> *Das Reis wird wohl im Garten gepflanzt mit allem Fleiß –*
> *Wie viele Gärten sind in deines Wuchses Reis!*

Meine Farbe ist wie der Tag, der alle beglückt, und wie eine Blüte, die frisch gepflückt, und wie der Stern, dessen Glanz entzückt. Allah der Erhabene sagt in seinem herrlichen Buch zu seinem Propheten Moses – Heil sei über ihm! –: Tu deine Hand in deinen Busen; sie soll weiß, ohne ein Übel, wieder hervorkommen.[2] Und ferner sagt Allah der Erhabene: Jene aber, deren Gesichter weiß sind, werden in Gottes Huld stehen und ewig darinnen bleiben.[3] Meine Farbe ist ein Wunderzeichen, meine Anmut ohnegleichen und meine Schönheit kann niemand erreichen. Auf meinesgleichen steht Kleidung wohl an, und ihr sind aller Herzen zugetan. Ja, in der weißen Farbe sind viele trefflichen Eigenschaften; so kommt der Schnee weiß vom Himmel herab, und in der Überlieferung heißt es, daß Weiß die schönste der Farben ist, und die Muslime rühmen sich ihrer weißen Turbane. Aber wollte ich alles,

1. Das Alif ist eine senkrechte gerade Linie, das Mîm eine leicht geschweifte Linie mit einem kleinen runden Kopf, das Nûn ein Halbkreis mit einem Punkte in der Mitte. – 2. Koran, Sure 27, Vers 12. – 3. Koran, Sure 3, Vers 103.

was sich zum Preise sagen läßt, erzählen, so würde die Länge des Berichtes nur quälen; denn was kurz ist und genügt, ist besser als das Viele, das trügt. Drum will ich jetzt damit beginnen, dich zu schmähen, du Schwarze, du Tintenguß, du Schmiederuß, du Rabengesicht, das von Trennung der Liebenden spricht.[1] Einst sprach der Dichter, der das Weiße adelte und das Schwarze tadelte:

> *Sieh doch, die Perle wird geehrt ob ihrer Farbe;*
> *Doch eine Last von Kohlen bringt uns ein Dirhem ein.*
> *Die Weißgesichter kommen dereinst zum Paradiese;*
> *Die Schwarzgesichter werden der Hölle Futter sein.*

Und es wird überliefert in einigen Geschichten, die uns die frommen Leute berichten, daß Noah – Heil sei über ihm! – eines Tages schlief, während seine beiden Söhne Sem und Ham zu seinen Häuptern saßen. Da kam ein Windstoß und hob seine Kleider, und seine Blöße ward aufgedeckt. Ham blickte auf ihn und lachte und deckte ihn nicht wieder zu; aber Sem erhob sich und deckte ihn zu. Als ihr Vater dann aus seinem Schlafe erwachte und erfuhr, was seine Söhne getan hatten, segnete er Sem und verfluchte Ham.[2] Da wurde das Gesicht Sems weiß, und von ihm entsprossen die Propheten und die rechtgläubigen Kalifen und die Könige. Aber das Antlitz Hams ward schwarz, und er zog als ein Flüchtling in das Land Habesch, und von ihm entstammen die Schwarzen. Alle Menschen sind sich darüber einig, daß die Schwarzen wenig Verstand haben; und im Sprichworte heißt es: Wie fände man einen Schwarzen, der Verstand hat?'

Darauf sprach ihr Herr zu ihr: ,Setze dich, damit ist es genug; ja, du hast fast des Guten zu viel getan!' Dann winkte er der

1. Der Rabe krächzt, wenn die Liebenden sich trennen müssen.
2. 1. Buch Mose, 9, 20 ff.

Schwarzen; die erhob sich, wies mit ihrer Hand auf die Weiße und sprach: ‚Weißt du nicht, daß im Koran, von Gottes Hand seinem Propheten und Apostel herabgesandt, das Wort Allahs des Erhabenen überliefert ist: Bei der alles verhüllenden Nacht und des Tages hell leuchtender Pracht?[1] Wäre die Nacht nicht die herrlichere, so hätte Allah nicht bei ihr geschworen, noch ihr vor dem Tage den Vorrang gegeben; und das nehmen auch alle an, in denen Verstandeskräfte leben. Weißt du nicht, daß Schwarz die Zierde der Jugend ist? Wenn sich das Weiß aufs Haupt senkt, so gehen die Freuden von hinnen, und die Zeiten des Todes beginnen. Wäre das Schwarz nicht das herrlichste der Dinge, so hätte Allah es nicht in des Herzens Kern und in des Auges Stern gelegt. Wie schön hat der Dichter gesagt:

> Die Schwarzen liebe ich; denn sie vereinen in sich
> Der Jugend Farb, des Herzens Kern, des Auges Stern.
> Wenn ich das Weiß der Weißen vermeide, ist's kein Irrtum;
> Dem grauen Haar, dem Totenhemde bleib ich fern.

Und ein andrer sagt:

> Die Dunklen, doch die Weißen nicht,
> Sind meiner Liebe recht und wert.
> Die Dunklen ziert der Lippe Rot;
> Auf Weißen glänzt ein Aussatzherd.

Und ein dritter:

> Die Schwarze ist doch rein im Handeln, und es scheinet,
> Als wäre wie beim Auge das Leuchten ihre Art.
> Bin ich durch ihre Liebe betört, seid nicht verwundert;
> Denn mit der schwarzen Galle ist ja der Wahn gepaart.
> Und meine Farbe gleichet dem Dunkel finstrer Nacht;
> Wenn die nicht wäre, käme kein Mond in heller Pracht.

Und ferner, ist die Nacht für das Beisammensein der Liebenden nicht die schönste Zeit? Drum genüge dir schon dieser

1. Koran, Sure 92, Vers 1 und 2.

Vorzug und diese Vortrefflichkeit! Und was schützt die Liebenden vor den Verleumdern und Tadlern so gut, wie es das
nächtliche Dunkel tut? Und nichts schafft ihnen vor Entdek-
kung so viel Sorgen wie das helle Licht am Morgen. Wie ist
doch die Nacht so vieler Vorzüge Hort, und wie schön lautet
das Dichterwort:

> *Ich geh zu ihr, wenn mich die dunkle Nacht beschützet,*
> *Und kehre um, wenn mir das Licht des Morgens zürnt.*

Und das eines anderen:

> *Wie manche Nacht war ich vereint mit der Geliebten,*
> *Und ihres Dunkels Locken hüllten uns dann ein!*
> *Doch wenn des Morgens Licht erschien, ward ich erschrocken*
> *Und sprach: Die Feuerdiener müssen Lügner sein.*

Und das eines dritten:

> *Er kam, um mich zu sehn, vom Kleid der Nacht bedeckt,*
> *Und eilte seinen Schritt, von banger Furcht erschreckt.*
> *Ich bot ihm meine Wange mit demutsvollem Sinn*
> *Zum Weg und zog die Säume hinter mir dahin.*
> *Des Neumonds heller Schein verriet fast unser Spiel;*
> *Er glich dem schmalen Spane, der vom Nagel fiel.*
> *Doch was geschah, geschah; und das erzähl ich nicht.*
> *Drum denke Gutes nur; frag nicht nach dem Bericht!*

Und eines vierten:

> *Begib dich nur bei Nacht zum trauten Stelldichein!*
> *Die Sonne plaudert aus; die Nacht ist Kupplerin.*

Und eines fünften:

> *Ich liebe nicht die weißen, die von Fett gedunsen;*
> *Ich liebe nur die dunklen, die schlanken und gewandten.*
> *Ich bin ein Mann, der nur das straffe Füllen reitet,*
> *Am Renntag; doch ein andrer besteig den Elefanten!*

Und eines sechsten:

> *Mein Lieb kam eines Nachts zu mir,*
> *Und da umarmten wir uns schnell.*

Dann ruhten wir; doch ach, gar bald
Stieg schon der Morgen auf, so hell.
Ich bitte Allah, meinen Herrn,
Daß Er uns wieder bald verein
Und mir die Nacht bewahr, solang
Wir ruhen im Beisammensein.

Aber wollte ich alles, was sich zum Lobe der Schwarzen sagen läßt, erzählen, so würde die Länge des Berichtes nur quälen; denn was kurz ist und genügt, ist besser als das Viele, das trügt. Was nun dich angeht, du Weiße, so ist deine Farbe wie ein Aussatzherd, und Ersticken ist es, was deine Umarmung gewährt. Auch ist überliefert worden, daß Kälte und eisiges Frieren den Verworfenen in der Hölle als Strafe gebühren, während man der Schwärze den Vorzug zumißt, daß von ihrer Farbe die Tinte ist, mit der das Wort Allahs geschrieben wird. Und gäbe es keinen schwarzen Moschus und kein schwarzes Ambra auf Erden, so hätte man nicht die Spezerei, die man den Königen darbringt, und sie könnten nicht gepriesen werden. Wie ist doch das Schwarze so vieler Vorzüge Hort, und wie schön lautet das Dichterwort:

Siehst du nicht, wie der Wert des Moschus hoch bemessen,
Ein Dirhem eine Last von weißem Kalke bringt?
Und wie ein weißes Auge[1] den schönsten Mann entstellet,
Vom schwarzen Auge aber ein Pfeil ins Herze dringt?'

Darauf sprach ihr Herr zu ihr: ‚Setze dich; hiermit mag es sein Bewenden haben!' Nachdem sie sich gesetzt hatte, winkte er der Dicken, und die erhob sich.' – –«

Da bemerkte Schehrezâd, daß der Morgen begann, und sie hielt in der verstatteten Rede an. Doch als die *Dreihundertund-sechsunddreißigste Nacht* anbrach, fuhr sie also fort: »Es ist mir

1. Das heißt: Blindheit.

berichtet worden, o glücklicher König, daß der Mann aus Jemen, der Herr der Sklavinnen, der Dicken winkte. Die erhob sich, wies mit ihrer Hand auf die Schlanke, entblößte ihre Waden und ihre Handgelenke und auch ihren Leib, da zeigten sich ihre Falten, und die Rundung ihres Nabels ward sichtbar. Dann legte sie ein Hemd aus feinem Stoffe an, das ihren ganzen Leib durchschimmern ließ, und sie hub an: ,Preis sei Allah, der mich erschuf und mir eine schöne Gestalt verlieh, der mich fett machte und gab, daß mein Fett so schön gedieh! Er machte mich einem schweren Aste gleich und an Schönheit und Anmut überreich. Auch dafür sei Ihm Preis, daß Er mich durch hohen Vorrang ehrte, indem Er mich in seinem herrlichen Buche erwähnte; denn der Erhabene sprach: Und er brachte ein fettes Kalb.[1] Er hat mich einem Garten gleich gemacht, mit der Pfirsche und Granatäpfel Pracht. Die Städter begehren das fette Geflügel und essen davon, aber magere Vögel lieben sie nicht; so begehren ja alle Menschenkinder das fette Fleisch und verzehren es. Wie ist doch das Fette so vieler Vorzüge Hort, und wie schön lautet das Dichterwort:

> *Sag deinem Lieb Lebwohl! Die Karawane wandert;*
> *Kannst du das Lebewohl ertragen, o du Mann?*
> *Es ist, als sei ihr Gang im Hause ihrer Nachbarn*
> *Der Fetten Gang; ihr haftet kein Fehl, kein Ekel an.*

Du hast doch nie jemanden vor dem Laden eines Fleischers stehen sehen, der nicht von ihm das fette Fleisch verlangt hätte. Und die Weisen sagen: Die Lust liegt in drei Dingen, Fleisch essen, auf Fleisch reiten und Fleisch in Fleisch stecken. Doch, was dich angeht, du Dünne, so können deine Beine den Spatzenbeinen und den Ofenstochern gleich erscheinen; du bist ein kreuzförmiges Brett, ein Stück schlechten Fleisches ohne

1. Koran, Sure 51, Vers 26.

Fett. An dir ist nichts, was dem Herzen behagt, wie denn von dir der Dichter sagt:

> *Mög Allah mich behüten vor Dingen, die mich zwingen*
> *Zu ruhn, wie Strick und Raspel, auf der Lagerstatt! –*
> *Sie hat an jedem Glied ein Horn, das auf mich eindringt*
> *Im Schlafe; und mein Leib ist morgens müd und matt.'*

Darauf sprach ihr Herr zu ihr: ,Setze dich; hiermit mag es sein Bewenden haben!' Nachdem sie sich gesetzt hatte, winkte er der Schlanken. Die trat hervor, als wäre sie ein zartes Rohr oder ein Weidenzweig oder einem Basilienreise gleich; und sie sprach: ,Preis sei Allah, der mir das Leben und eine schöne Gestalt gegeben! Er machte es zum höchsten Ziel aller Wünsche, sich mir zu nahn, und schuf mich gleich einem Reise, dem alle Herzen zugetan. Wenn ich mich erhebe, erheb ich mich zart; wenn ich mich setze, setz ich mich in zierlicher Art. Mein Geist ist behend zum Spiel bereit; meine Seele ist heiter in Fröhlichkeit. Ich habe noch nie gehört, daß jemand seine Geliebte beschrieben hätte, indem er sprach: Mein Lieb ist dick wie ein Elefant oder breit und lang wie eine Bergeswand; sondern vielmehr: Mein Lieb ist von Wuchse zart und hat einen Leib von schlanker Art. Ein wenig an Speise genügt für mich; und ein wenig an Wasser sättigt mich. Mein Spiel ist zierlich; mein Scherz ist lieblich. Ich bin behender als ein Spatz und beweglicher als ein Starenmatz. Durch meine Gunst wird der Liebende beglückt und der Verlangende entzückt. Ich habe eine schöne Gestalt und ein Lächeln von süßer Gewalt. Ich trete hervor, als wär ich ein zartes Rohr oder ein Weidenzweig oder einem Basilienreise gleich. Nichts gleicht mir an Lieblichkeit, so wie mir ein Dichter die Worte geweiht:

> *Ich habe deinen Wuchs mit einem Rohr verglichen;*
> *Ich habe mir dein Bild zum Stern des Glücks gemacht.*

In heißer Leidenschaft bin ich dir nachgegangen
Voll Furcht, daß über dir der böse Späher wacht.

Nach meinesgleichen sehnen sich die Liebenden mit heißer Kraft, und um meinetwillen wird der Begehrende verstört durch seine Leidenschaft. Wenn mein Geliebter mich an sich zieht, so lasse ich mich zu ihm ziehn; und wenn ich mich ihm zuneigen soll, so neige ich mich zu ihm, nicht wider ihn. Aber du da, du Fettwanst, wenn du issest, so frißt du nach Elefantenweise; dich sättigt nichts, weder viel noch wenig Speise. Ein Schlanker kann dich nicht mit Freuden umfangen, ja, er hat keine Möglichkeit zu dir zu gelangen! Denn dein fetter Bauch hindert ihn, dich zu umarmen, und deine dicken Lenden stoßen ihn von deinem Schoße zurück. Was wäre denn schön an deiner Fettheit? Was wäre etwa zierlich und angenehm an deiner Grobheit? Das fette Fleisch taugt nur allein zum Schlachten; und es hat keine Eigenschaften, die es des Lobes würdig machten. Wenn einer mit dir scherzet, so bist du zornig; wenn einer mit dir spielt, so bist du traurig; wenn du tändelst, so röchelst du; wenn du gehst, so hängt dir die Zunge heraus; wenn du issest, so wirst du nie satt. Du bist eine, die sich schwerer als Berge heben läßt; du bist ekler als Gebrest und Pest. Du kannst dich nicht bewegen; und auf dir ruht kein Segen; und du tust nichts als essen und schlafen. Lässest du Wasser, so spritzest du; lässest du Kot, so birst du, als wärest du ein Schlauch, aufgeblasen und gespannt, oder ein verzauberter Elefant. Wenn du zum stillen Orte gehst, so brauchst du jemanden, der dir den Leib wäscht und die Haare auszupft, die darauf wachsen. Das ist doch der Gipfel der Nachlässigkeit und das Aushängeschild der Schwerfälligkeit. Kurz, es ist nichts zu rühmen an dir, und so sagt denn der Dichter von dir:

So schwer wie die geschwollne Blase ist sie gar;
Zwei aufgetürmten Bergen gleicht ihrer Lenden Paar.
Schleppt sie im Land des Westens sich hin mit ihrem Schritt,
So bebt durch ihre Schwere zugleich der Osten mit.'

Darauf sprach ihr Herr: ,Setze dich; hiermit mag es sein Bewenden haben!' Nachdem sie sich gesetzt hatte, winkte er der Gelben. Die sprang auf, lobte und pries Allah, der hocherhaben ist, und flehte Segen und Heil auf den herab, der vor Ihm von allen Seinen Geschöpfen das beste ist. Dann wies sie mit ihrer Hand auf die Braune und sprach' – –«

Da bemerkte Schehrezâd, daß der Morgen begann, und sie hielt in der verstatteten Rede an. Doch als die *Dreihundertundsiebenunddreißigste Nacht* anbrach, fuhr sie also fort: »Es ist mir berichtet worden, o glücklicher König, daß die gelbe Sklavin aufsprang und Allah den Erhabenen lobte und pries; dann wies sie mit ihrer Hand auf die Braune und sprach zu ihr: ,Ich bin es, die im Koran genannt, und der Barmherzige hat meine Farbe beschrieben und ihr den Vorzug vor allen anderen Farben zuerkannt; denn der Erhabene spricht in seinem klaren Buche: Eine Gelbe, deren Farbe rein gelb ist, die den Beschauer erfreut.[1] Meine Farbe ist ein Wunderzeichen, meine Anmut ist ohnegleichen, und meine Schönheit kann niemand erreichen. Von meiner Farbe sind der Dinar, die Monde und der Sterne Schar, auch die Äpfel obendrein; und meine Art pflegt die Art der Schönen zu sein. Auch die Farbe des Safrans zumal glänzt heller als die anderen Farben all. Meine Art ist seltsam, meine Farbe ist wundersam. Mein Leib ist weich, an Wert bin ich reich; ja, ich berge allen Sinn der Schönheit in mir. Meine Farbe ist ihrem Wesen nach kostbar und hold wie das lautere Gold. Für wie viele Vorzüge bin ich ein Hort! Und von meinesgleichen gilt das Dichterwort:

1. Koran, Sure 2, Vers 64.

Ihr leuchtend Gelb ist wie der Sonne Strahlenschein;
Und sie entzückt das Auge wie Golddinare fein.
Der gelbe Safran auch kann ihrem Glanz nicht gleichen;
Ja, selbst der Mond muß gar vor ihrer Schönheit weichen.

Doch jetzt will ich beginnen, dich zu tadeln, du Braungesicht. Deine Farbe sieht wie die des Büffels aus, und bei deinem Anblick packt alle Seelen ein Graus. Ist deine Farbe in einem Ding, so gilt es gering; und wird sie an einer Speise entdeckt, so ist Gift darin versteckt. Die Schmeißfliegen sind braun, und braune Hunde sind häßlich anzuschaun. Braun ist die Farbe der Verlegenheit, und sie gehört zu den Zeichen der Traurigkeit. Nie hörte ich von Gold mit braunem Schein noch von braunen Perlen oder braunem Edelgestein. Wenn du zum stillen Orte gehst, so wird deine Farbe verändert; und wenn du wieder herauskommst, so ist deine Häßlichkeit nur noch größer. Du bist weder schwarz, daß man dich erkennt, noch auch weiß, daß man dich nennt. Keine gute Eigenschaft ist in dir; so sagt denn auch der Dichter von dir:

Sie hat des Staubes Farbe, sein dunkles, fahles Braun,
Wie Erde an den Füßen der Läufer anzuschaun.
Und weilt mein Auge nur mit einem Blick auf ihr,
Dann wachsen Gram und Elend alsobald in mir.'

Darauf sprach ihr Herr zu ihr: ‚Setze dich; hiermit mag es sein Bewenden haben!‘ Nachdem sie sich gesetzt hatte, winkte er der Braunen. Die besaß Schönheit und Lieblichkeit und des Wuchses Ebenmäßigkeit und aller Anmut Vollkommenheit. Ihre Haut war weich, ihr Haar schwarz und der Kohle gleich; ihr Wuchs war ebenmäßig fein, ihre Wange von rosigem Schein; ihre Augen waren von Schwärze satt, die Wangen waren rund und glatt; ihr Antlitz war voll Lieblichkeit, ihre Zunge voll Beredsamkeit; ihr Leib war zart, schwer waren die

294

Hüften gepaart. Sie hub nun an: ‚Lob sei Allah, der mir eine Gestalt gab, die weder so fett ist, daß man schlecht von ihr spricht, noch auch so mager, daß sie zerbricht; weder wie Aussatz blank, noch gelb wie gallenkrank, noch auch schwarz wie die Erde, sondern von solcher Farbe, daß ich von allen Verständigen lieb gehalten werde. Alle Dichter preisen die braunen Mädchen in allen Zungen, und sie sind von dem Vorzug ihrer Farbe vor allen anderen Farben durchdrungen. Braune Farbe ist trefflicher Eigenschaften Hort; und wie schön lautet das Dichterwort:

> *Geheimnisvoll sind Braune; wenn ihren Sinn du kenntest,*
> *So fänden Weiß und Rot nicht deiner Augen Gunst.*
> *Sie haben feine Rede, verführerische Blicke,*
> *Und lehrten wohl Harût[1] noch neue Zauberkunst.*

Und ein andrer spricht:

> *Wer bringt mir eine Braune von vielbesungnem Wuchse,*
> *Der braunen, schlanken Speeren vom Samhar-Rohre[2] gleicht,*
> *Mit sehnsuchtsvollen Lidern und seidenweichem Flaume,*
> *Die aus dem wunden Herzen des Liebsten nie entweicht?*

Und wieder ein andrer:

> *Bei meiner Seel ein Pünktchen von der Farb der Braunen*
> *Besiegt das Weiß, das Monden die Krone streitig macht.*
> *Besäße sie vom Weißen nur etwas, das ihm gliche,*
> *So würde ihre Schönheit gar bald zu Fall gebracht.*
> *Von ihrem roten Weine bin ich nicht trunken worden;*
> *Nein, ihre Locken brachten den Menschen Rauschestraum.*
> *Die Reize stritten wider einander, bis ein jeder*
> *Von ihnen nur begehrte, er wär ihr Wangenflaum.*

1. Siehe Band II, Seite 363, Anmerkung 1. – 2. Das Samhar-Rohr war im alten Arabien sehr berühmt und wurde gern zu Lanzen gebraucht. Es kam aus dem Samhar, der abessinischen Küstenniederung.

Und noch ein andrer:

> *Wie sollt ich meine Neigung dem Wangenflaum nicht bringen*
> *An einer braunen Maid, die dunkler Lanze gleicht,*
> *Da doch der Dichter Schar die Palme aller Reize*
> *Dem feinen Blütenstaub der Wasserlilie reicht?*
> *Ich sah sie, die da lieben, von einem Schönheitsmale,*
> *Das unter schwarzem Auge die Wange ziert, berückt.*
> *Was schelten mich die Tadler und halten mich für töricht,*
> *Wenn sie, die lauter Mal ist, mir ganz das Herz beglückt?*

Meine Gestalt ist zart, mein Wuchs von ebenmäßiger Art; meine Farbe ist es, die Könige nach mir verlangen macht und in Reichen und Bettlern die Liebe entfacht. Ich bin zierlich und zart, lieblich und von schönster Art. Meine Haut ist weich, ich bin an Ehren reich. In mir ist die schönste Vollkommenheit, Bildung und Beredsamkeit. Mein Anblick entzückt, meine Zunge berückt. Heiter ist die Art in meiner Brust, und mein Spiel voller Lust. Doch was dich angeht, so bist du wie eine Judenmalve am Bâb el-Lûk[1], du gelber Bauch, du bist lauter Lauch. Unheil über dich, du Fleischertopf, du Rost am Messingknopf, du Eulengesicht, du giftiges Höllengericht! Dein Bettgenoß ruht vor Seelennot in der Grabesruhe tot. Keine gute Eigenschaft ist in dir; so sagt denn auch der Dichter von dir:

> *Sie wird noch immer gelber, ohne krank zu sein;*
> *Drum wird die Brust mir eng, mein Kopf ist voller Pein.*
> *Und ist mein Herz nicht reuig, so küsse ich – o Graus! –*
> *Ihr Antlitz, und dann schlägt sie mir meine Zähne aus.*

Als sie diese Verse gesprochen hatte, sagte ihr Herr zu ihr: ‚Setze dich; hiermit mag es sein Bewenden haben!‘ Und dann‘ – –«

Da bemerkte Schehrezâd, daß der Morgen begann, und sie hielt in der verstatteten Rede an. Doch als die *Dreihundertundachtunddreißigste Nacht* anbrach, fuhr sie also fort: »Es ist mir

[1]. Ein Stadtteil in Kairo.

berichtet worden, o glücklicher König, daß, als die Sklavin diese Verse gesprochen hatte, ihr Herr zu ihr sagte: ‚Setze dich; hiermit mag es sein Bewenden haben!' Und dann versöhnte er sie alle miteinander, bekleidete sie mit prächtigen Gewändern und schenkte ihnen kostbare Juwelen aus allen Meeren und Ländern. Und nie habe ich, o Beherrscher der Gläubigen, zu irgendeiner Zeit oder in irgendeinem Land etwas Schöneres als diese schönen Sklavinnen gekannt.'

Als el-Mamûn diese Geschichte von Mohammed el-Basri vernommen hatte, wandte er sich an ihn mit den Worten: ‚Mohammed, weißt du, wo diese Sklavinnen und ihr Herr wohnen? Und ist es dir möglich, sie ihrem Herrn für mich abzukaufen?' ‚O Beherrscher der Gläubigen,' erwiderte jener, ‚es ist mir berichtet worden, daß er sie leidenschaftlich liebt und sich nicht von ihnen zu trennen vermag.' Doch el-Mamûn fuhr fort: ‚Bring ihrem Herrn für jede Sklavin zehntausend Dinare, so daß die ganze Summe sechzigtausend Dinare beträgt; nimm das Geld mit dir, begib dich zu seiner Wohnung und kauf sie ihm ab!' Da nahm Mohammed el-Basri jene Summe von ihm entgegen und ging mit ihr fort. Als er zu dem Herrn der Sklavinnen kam, tat er ihm kund, daß der Beherrscher der Gläubigen ihm die Mädchen für jenen Betrag abzukaufen wünsche. Der Mann willigte ein, sie zu verkaufen, weil er dem Kalifen einen Gefallen erweisen wollte, und sandte sie ihm zu. Als nun die Mädchen zu dem Beherrscher der Gläubigen kamen, ließ er ihnen ein schönes Gemach herrichten; und dort pflegte er mit ihnen zu sitzen, indem sie ihn durch ihre Gesellschaft erfreuten. Er war entzückt von ihrer Schönheit und Anmut, von der Mannigfaltigkeit ihrer Farben und von der Feinheit ihrer Reden. So blieb es eine ganze Weile lang; aber als dann ihr früherer Herr, der sie verkauft hatte, es nicht mehr ertragen konnte, von ihnen getrennt zu sein, da sandte er einen Brief an den Beherrscher der Gläubigen el-Mamûn, in dem er ihm klagte, welche Schmerzen der Sehnsucht nach den Mädchen er empfand, und in dem auch dies Lied geschrieben stand:

> *Das Herz ward mir geraubt durch sechs, so schön und lieblich:*
> *Drum sei den sechs, den schönen, mein Herzensgruß geweiht.*
> *Sie sind mein Ohr, mein Auge, sie sind mein ganzes Leben,*
> *Mein Trank und meine Speise und meine Seligkeit.*
> *Ich kann es nie vergessen, wie sie mich einst beglückten;*
> *Mir ist, seit sie gegangen, der süße Schlaf genommen.*
> *Und ach, wie lange währet mein Seufzen und mein Weinen –*
> *O wäre ich doch nie als Mensch zur Welt gekommen.*
> *Die Augen, bogengleich von Brauen überspannt,*
> *Sie haben Pfeile mir ins Herz hineingesandt.*

Als jener Brief dem Kalifen el-Mamûn zu Händen kam, kleidete er die Sklavinnen in die prächtigsten Gewänder, gab ihnen sechzigtausend Dinare und sandte sie ihrem Herrn zurück. Und als sie zu ihm kamen, hatte der Mann an ihnen die allergrößte Freude, noch mehr als daran, daß er so viel Geld erhalten hatte; so lebte er denn mit ihnen in schönstem Glück und Wohlsein, bis Der zu ihnen kam, der die Freuden schweigen heißt und der die Freundesbande zerreißt.

Ferner wird erzählt

DIE GESCHICHTE VON HARÛN ER-RASCHÎD, DER SKLAVIN UND ABU NUWÂS[1]

Der Kalif Harûn er-Raschîd, der Beherrscher der Gläubigen, war eines Nachts von quälender Unruhe geplagt und in trübe Gedanken versunken. Da stand er auf und wanderte in den Seitengängen seines Palastes umher, bis er zu einem Gemache

1. Vgl. Band II, Seite 603, Anmerkung.

kam, vor dessen Eingang ein Vorhang hing. Er hob jenen Vorhang empor und sah am oberen Ende des Raumes ein Lager und auf jenem Lager etwas Schwarzes, das einem schlafenden Menschen glich; rechts davon brannte eine Kerze und links davon eine zweite. Während der Kalif noch voll Staunen dies Schauspiel ansah, erblickte er plötzlich einen Krug voll alten Weines und darüber den Becher. Als der Beherrscher der Gläubigen das bemerkte, erstaunte er noch mehr in seiner Seele, und er sprach: ‚Gehört sich dergleichen für einen Schwarzen wie den da?' Darauf trat er näher an das Lager heran und sah, daß die Gestalt auf ihm eine schlafende Sklavin war, die ganz von der Fülle ihrer Haare bedeckt wurde. Nachdem er ihr Gesicht enthüllt hatte, erkannte er, daß sie dem Monde in der Nacht seiner Fülle glich. Dann goß er sich einen Becher von dem Weine voll und trank ihn aus auf die Rosen ihrer Wangen; und da sein Herz sich ihr zuneigte, so küßte er das Mal auf ihrem Antlitz. Sie erwachte und rief:

O Getreuer Gottes, was mag sein?

Er antwortete:

Nächtlich kehrt ein Wandrer bei euch ein,
Daß er Gast sei bis zum Morgenlicht!

Da sprach sie:

Ohr und Auge tun dir Gastespflicht.

Dann brachte sie den Wein, und sie tranken miteinander; und darauf griff sie zur Laute, stimmte ihre Saiten und spielte auf ihr einundzwanzig Weisen. Zuletzt kehrte sie zu der ersten Weise zurück, hub an zu singen und ließ dies Lied erklingen:

Der Liebe Zunge spricht zu dir in meinem Innern;
Sie bringt von mir die Kunde, daß ich so lieb dich hab.
Ein Zeuge kündet klar mein übergroßes Leiden,
Mein wundes, banges Herz, das mir dein Abschied gab.

Ich konnte nicht verbergen, wie Liebe mich verzehrt,
Wie meine Tränen rinnen, wie meine Qual sich mehrt.
Ich wußte nichts von Liebe, eh ich dich lieb gewann;
Doch Gottes Ratschluß tritt an alle Welt heran.

Als sie ihr Lied beendet hatte, sprach sie: ‚Mir ist Unrecht geschehen, o Beherrscher der Gläubigen!‘ – –«

Da bemerkte Schehrezâd, daß der Morgen begann, und sie hielt in der verstatteten Rede an. Doch als die *Dreihundertundneununddreißigste Nacht* anbrach, fuhr sie also fort: »Es ist mir berichtet worden, o glücklicher König, daß die Sklavin sprach: ‚Mir ist Unrecht geschehen, o Beherrscher der Gläubigen!‘ ‚Weshalb denn,‘ fragte er, ‚und wer hat dir Unrecht getan?‘ Darauf erwiderte sie: ‚Dein Sohn hat mich vor einer Weile um zehntausend Dirhems gekauft, und er wollte mich dir schenken. Aber da sandte ihm deine Gemahlin den genannten Preis und befahl ihm, mich in diesem Gemache von dir fernzuhalten.‘ Er sprach zu ihr: ‚Erbitte dir eine Gnade von mir!‘ Als sie antwortete: ‚Ich erbitte mir von dir die Gnade, daß du morgen nacht bei mir verweilest‘, sagte er: ‚So Gott will‘, verließ sie und ging davon.

Als es nun Morgen ward, begab er sich in seinen Staatssaal und sandte nach Abu Nuwâs. Da aber der Bote ihn nicht fand, sandte er den Kammerherrn aus, um sich nach ihm zu erkundigen. Der fand ihn in einer Schenke, wo man ihn wegen einer Summe von tausend Dirhems, die er auf einen bartlosen Knaben verschwendet hatte, als Schuldner zurückhielt. Da fragte der Kammerherr ihn, was mit ihm sei, und jener erzählte ihm sein Erlebnis, wie es ihm mit dem schönen Knaben ergangen war und wie er die tausend Dirhems für ihn ausgegeben hatte. ‚Zeig ihn mir,‘ hub nun der Kammerherr an, ‚und wenn er es wert ist, so bist du entschuldigt!‘ Abu Nuwâs erwiderte:

‚Warte, du wirst ihn alsbald sehen!' Während sie noch miteinander redeten, kam plötzlich der Jüngling und trat zu ihnen
herein; er trug ein weißes Gewand, darunter ein rotes und unter dem ein schwarzes. Als Abu Nuwâs seiner gewahr wurde,
stiegen die Seufzer in ihm empor, und er trug diese Verse vor:

> Er zeigte sich in einem weißen Kleide
> Mit einem Auge, das versonnen blickt.
> Ich sprach: Du schrittest ohne Gruß vorüber,
> Wo doch ein Gruß von dir mich hoch beglückt!
> Preis Ihm, der deinen Wangen Rosen schenkte,
> Der ungehindert schafft, was Er nur will!
> Er sprach: Laß ab vom Reden! Mein Erschaffer
> Macht alles herrlich; jeder fügt sich still.
> Mein Kleid ist wie mein Antlitz, wie mein Glück –
> Ist weiß in weiß und strahlet weiß zurück.

Als der Jüngling diese Worte vernommen hatte, legte er das
weiße Gewand ab, so daß er in dem roten Kleide dastand. Und
wie Abu Nuwâs ihn anblickte, begann er in noch größere Bewunderung auszubrechen und hub an diese Verse zu sprechen:

> Er zeigte sich im Anemonenkleide[1],
> Gleichwie ein Feind, und doch ein Freund genannt.
> Verwundert sprach ich drauf: Du bist ein Vollmond,
> Du kommst, und wundersam ist dein Gewand.
> Hat deiner Wangen Rot dich so gekleidet?
> Hast du dein Kleid mit Herzensblut getränkt?
> Er sprach: Die Sonne hat vor ihrem Scheiden
> Mir ein Gewand aus Abendrot geschenkt.
> Mein Kleid, der Wein und meiner Wange Schein
> Sind rot in rot und nichts als rot allein.

Nachdem Abu Nuwâs auch diese Verse gesprochen hatte, legte
der Jüngling das rote Gewand ab und stand nun in dem schwar-

1. Rote Anemonen sind gemeint, und rot ist die Farbe des Zornes; vgl.
Band II, Seite 627, Anmerkung.

zen Kleide da.[1] Und wie der Dichter ihn erblickte, schaute er
noch verlangender zu ihm empor, und er trug diese Verse vor:

> *Er zeigte sich in einem schwarzen Kleide;*
> *Er nahte sich der Welt in dunkler Pracht.*
> *Ich sprach: Du schrittest ohne Gruß vorüber,*
> *Hast Feind und Neider schadenfroh gemacht.*
> *Dein Kleid ist wie dein Haar und wie mein Glück –*
> *Ist schwarz in schwarz und glänzet schwarz zurück.*

Als der Kammerherr dies sah, wußte er, wie es um Abu Nuwâs stand, und daß er von Leidenschaft ergriffen war. So
kehrte er denn zum Kalifen zurück und berichtete ihm davon.
Der ließ alsbald tausend Dirhems bringen und befahl dem
Kammerherrn, mit dem Gelde zu Abu Nuwâs zurückzukehren und es für ihn zu bezahlen, um ihn aus der Schuldhaft zu
befreien. Da eilte der Kammerherr zu dem Dichter zurück,
befreite ihn und begab sich mit ihm zum Kalifen. Und wie sie
dort ankamen, sprach Harûn: ‚Sing mir ein Lied, in dem die
Worte vorkommen: O Getreuer Gottes, was mag sein?‘ ‚Ich
höre und gehorche, o Beherrscher der Gläubigen!‘ gab der zur
Antwort. – –«

Da bemerkte Schehrezâd, daß der Morgen begann, und sie
hielt in der verstatteten Rede an. Doch als die *Dreihundertund-
vierzigste Nacht* anbrach, fuhr sie also fort: »Es ist mir berichtet
worden, o glücklicher König, daß Abu Nuwâs sagte: ‚Ich höre
und gehorche, o Beherrscher der Gläubigen!‘ Dann sprach
er diese Verse:

> *Lange ward die Nacht in wacher Pein,*
> *Müd der Leib und schwer die Sorge mein.*
> *Ich stand auf und ging im Schloß umher*
> *Rings durch die Gemächer kreuz und quer.*

1. Diese ganze Szene ist der Entschleierung der Braut bei der Hochzeitsfeier nachgebildet; vgl. Band I, Seiten 249 bis 252.

Und ich schaute – schwarz war die Gestalt –
Eine weiße Maid, vom Haar umwallt.
Ach, sie war des hellen Vollmonds Bild.
Wie ein Weidenzweig, von Scham verhüllt.
Und ich trank den Becher vor ihr, nahte mich,
Und das Mal auf ihrer Wange küßte ich.
Sie fuhr auf, in Traumverlorenheit,
Zitternd wie ein Zweig zur Regenzeit.
Dann begann sie mir ein Wort zu leihn:
O Getreuer Gottes, was mag sein?
Ich darauf: Ein Gast klopft bei euch an,
Daß er bis zum Morgen weilen kann.
Und sie sprach: O Herr, ich zaudre nicht,
Ohr und Auge tun die Gastespflicht.

Da rief der Kalif: ,Allah strafe dich! Es ist ja, als ob du bei uns gewesen wärest!' Dann nahm er ihn bei der Hand und begab sich mit ihm zu der Sklavin. Als Abu Nuwâs sie, die ein blaues Gewand und einen blauen Schleier trug, erblickte, begann er in höchste Verwunderung auszubrechen, und er hub an diese Verse zu sprechen:

Sprich zu der Schönen in dem blauen Schleier:
Bei Allah, meine Seele du, erbarm dich mein!
Wenn die Geliebte den Geliebten peinigt,
So dringen aller Sehnsucht Seufzer auf ihn ein.
Bei deiner Schönheit, die in weißem Lichte strahlet,
Erbarm dich eines Herzens, das vor Liebe bricht.
Hab Mitleid mit ihm, hilf ihm in dem Liebeskummer,
Dem törichten Gerede der Menschen glaube nicht!

Als Abu Nuwâs diese Verse gesprochen hatte, setzte die Sklavin dem Kalifen den Wein vor. Dann nahm sie die Laute in die Hand, begann zu singen und ließ dies Lied erklingen:

Willst andren du in Liebe gerecht sein, doch in Härte
Mich bannen, daß der andre die Freud an dir genießt?

303

Gäb's einen Liebesrichter, so wollt ich dich verklagen
Bei ihm, auf daß in Recht er über mich beschließt.
Wenn du mich hinderst, mich zu deiner Tür zu wenden,
So will ich aus der Ferne dir meine Grüße senden.

Darauf befahl der Beherrscher der Gläubigen, dem Abu Nuwâs so viel Wein zu geben, bis er seiner Sinne nicht mehr Herr war. Dann ließ er ihm noch einen Becher reichen; Abu Nuwâs trank einen Zug daraus und behielt ihn in der Hand. Nun befahl der Kalif der Sklavin, den Becher aus seiner Hand zu nehmen und zu verstecken; sie nahm ihm den Becher ab und verbarg ihn zwischen ihren Lenden. Darauf aber zückte der Kalif sein Schwert, stellte sich zu Häupten des Dichters auf und stach ihn mit der Schwertspitze. Jener erwachte alsbald, und wie er das gezückte Schwert in der Hand des Kalifen sah, da schwand der Rausch aus seinem Haupte. Dann sprach er-Raschîd zu ihm: ,Trage mir ein Lied vor und sage mir darin, wo dein Becher ist; sonst lasse ich dir den Kopf abschlagen!' Und Abu Nuwâs trug diese Verse vor:

Was ich sage, das ist seltsam:
Die Gazelle war der Dieb!
Sie stahl meines Weines Becher,
Als aus ihm ein Zug mir blieb.
Sie verbarg ihn an dem Orte,
Der das Herze mir betört.
Ihn nenn ich aus Furcht nicht, weil er
Dem Kalifen angehört.

Da rief der Beherrscher der Gläubigen: ,Allah strafe dich! Woher weißt du das? Aber wir wollen dein Wort gelten lassen.' Dann beschenkte er ihn mit einem Ehrengewande und tausend Dinaren; und Abu Nuwâs ging vergnügt von dannen.

DIE GESCHICHTE VON DEM MANNE, DER DIE GOLDENE SCHÜSSEL STAHL, AUS DER ER MIT DEM HUNDE GEGESSEN HATTE

Es war einmal ein Mann; der war tief in Schulden und in arge Not geraten. Da verließ er Weib und Kind und zog planlos in die weite Welt hinaus; und er wanderte immer weiter, bis er nach einer Weile zu einer Stadt mit hohen Mauern und mächtigen Bauten gelangte. Er ging hinein, elend und gebrochen, vom Hunger gequält und vom Wandern ermattet. Dann schlich er durch eine der Hauptstraßen, und dort sah er eine Schar vornehmer Leute dahingehen. Denen folgte er, bis sie in ein Haus eintraten, das einem Königspalaste glich. Er trat mit ihnen ein, und sie gingen weiter, bis sie vor einem Manne standen, der am oberen Ende eines Saales dasaß, in großer Pracht und majestätischer Macht; und rings um ihn standen die Diener und Eunuchen, als ob er einer von den Söhnen der Wesire wäre. Und als er die Leute kommen sah, erhob er sich vor ihnen und empfing sie ehrenvoll. Der Arme aber, von dem wir erzählen, erschrak über jene Pracht und staunte über das, was er sah. – –«

Da bemerkte Schehrezâd, daß der Morgen begann, und sie hielt in der verstatteten Rede an. Doch als die *Dreihundertundeinundvierzigste Nacht* anbrach, fuhr sie also fort: »Es ist mir berichtet worden, o glücklicher König, daß der Arme, von dem wir erzählen, über jene Pracht erschrak und staunte über das, was er sah, über das schöne Haus und all die Eunuchen und Diener. Deshalb wich er zurück, verwirrt und bestürzt und um sein Leben besorgt, bis er sich schließlich allein in einem

Winkel niedersetzte, fern von den Leuten, so daß niemand ihn sehen konnte. Und während er dort hockte, kam plötzlich ein Mann mit vier Jagdhunden; die waren mit mancherlei Seide und Brokat bedeckt, und um den Hals trugen sie goldene Halsbänder mit silbernen Ketten. Jener Mann band jeden einzelnen von ihnen an einer für ihn bestimmten Stelle fest; dann ging er fort, holte für jeden Hund eine goldene Schüssel, die voll köstlicher Speisen war, und stellte für jeden einzelnen seine besondere Schüssel hin. Darauf ging er wieder fort und ließ sie allein; der Arme aber begann die Speisen mit hungrigen Augen zu betrachten, und gern wäre er zu einem der Hunde vorgerückt, um mit ihm zu essen, aber die Furcht vor ihnen hielt ihn zurück. Doch plötzlich sah einer der Hunde ihn an, und da Allah der Erhabene dem Tiere Kenntnis von dem Zustande des Armen verliehen hatte, so trat es von der Schüssel zurück und gab ihm ein Zeichen; alsbald kam der Mann herzu und aß, bis er satt war. Wie er dann wieder gehen wollte, machte ihm der Hund ein Zeichen, er solle die Schüssel mit dem, was noch von der Speise darin war, für sich mitnehmen, und schob sie ihm mit der Pfote hin. Der Arme nahm die Schüssel, verließ das Haus und ging seiner Wege, ohne daß jemand ihm folgte. Dann wanderte er weiter, bis er zu einer anderen Stadt kam; dort verkaufte er die Schüssel, erwarb mit dem Erlös einen Warenvorrat und begab sich damit in seine Stadt zurück. Nun verkaufte er, was er mitgebracht hatte, und bezahlte die Schulden, die auf ihm lasteten; sein Besitz ward immer größer, und er lebte in wachsendem Wohlstande und in lauter Glück. Eine ganze Weile lang blieb er in seiner Stadt; aber dann sagte er sich doch: ‚Ich muß nun zu jener Stadt reisen, dorthin, wo der Besitzer der Schüssel wohnt; ich will ihm ein schönes und geziemendes Geschenk bringen und ihm den Preis der Schüssel bezahlen, die mir einer seiner Hunde geschenkt hat.' Er nahm also ein Geschenk, wie es ihm angemessen war, und auch den Preis für die Schüssel, brach auf und reiste immer weiter, Tag und Nacht, bis er zu jener Stadt kam. Als er darinnen war, wanderte er, auf der Suche nach dem Manne, durch die Straßen dahin; doch als er schließlich zu der Stätte kam, an der jener gewohnt hatte, fand er nichts als Trümmer, die verfallen waren, und krächzende Rabenscharen; Haus und Hof waren leer, alles war anders ringsumher, und ihre Stätte kannte man nicht mehr. Da erbebten ihm Herz und Sinn, und er sprach das Dichterwort vor sich hin:

> *Die Kammern stehn leer; geschwunden sind die Schätze,*
> *Wie aus den Herzen Wissen und Gottesfurcht entschwand.*
> *Das Tal ist anders worden; darinnen die Gazellen*
> *Sind nicht wie einst, der Hügel ist's nicht, der einst dort stand.*

Und ein anderes Dichterwort:

> *Bei Nacht erregte Su'das[1] Schatten mir die Seele*
> *Vor Tag; die Freundesschar schlief in der Wüste dort.*
> *Und als das Nachtgebild, das zu mir kam, mich weckte,*
> *Da fand ich leer die Luft und fern den Wallfahrtsort.*

Als nun jener Mann die Trümmer erblickte, die verfallen waren, und sah, wie die Hände des Schicksals offenbar mit ihnen verfahren, und wie er von der früheren Pracht nur noch die Spuren fand, da war ihm alles durch den Anblick bekannt. Wie er sich umwandte, sah er einen armen Mann in einem Zustande, der die Haut erschaudern machte und dem selbst der härteste Felsen Mitleid entgegenbrachte. Zu dem sprach er: ‚Du da, wie hat des Geschickes Hand sich gegen den Herrn dieses Hauses gewandt! Wo sind seine leuchtenden Vollmonde

1. Su'da ist ein altarabischer Mädchenname.

all und die glänzenden Sterne zumal? Was ist der Grund des Unheils, das mit dem Bau sein Spiel getrieben, so daß nur noch die Mauern davon übrig blieben?' Da antwortete jener ihm: ‚Er, der Arme, den hier dein Auge erblickt, er ist es, der über das, was ihn entblößt hat, seine Seufzer gen Himmel schickt. Weißt du nicht, daß in den Worten des Gottesgesandten eine Lehre liegt für den, der sich durch sie belehren läßt, und eine Mahnung für den, der sich die rechte Leitung gewähren läßt, jene Worte, die er, dem Allah Segen und Heil spende, gesagt hat: Siehe, es ist ein Recht Allahs des Erhabenen, daß er nichts in dieser Welt erhöht, es sei denn, daß er es wieder erniedrige? Wenn du fragst, was der Grund dieses Unglücks war, so ist doch der Wandel der Zeit nicht wunderbar. Ich war der Herr dieses Hauses, ich habe es aufgerichtet, gebaut und besessen. Mein waren die leuchtenden Vollmonde all und die stolze Pracht zumal, mein die schimmernden Kleinode darinnen und die strahlend schönen Dienerinnen. Doch nun ist der Wechsel der Zeit gekommen und hat die Diener und den Besitz von dannen genommen; er hat mich in meinen jetzigen Zustand gebracht und mich durch die Schicksalsschläge, die er verborgen hielt, elend gemacht. Doch diese deine Frage hat sicherlich einen Grund; drum laß das Staunen und tu ihn mir kund!' Und der Mann, von Schmerz fast wie gebannt, machte ihn mit der ganzen Geschichte bekannt. Dann fügte er hinzu: ‚Ich bin mit einem Geschenke, wie es das Herz begehrt, zu dir gekommen, und auch mit dem Preise deiner goldenen Schüssel, die ich von dir genommen. Durch sie ward ich reich, nachdem ich die Armut gekannt; durch sie baute ich mein Haus wieder auf, das vorher so öde stand; sie war es, durch die alle Sorge und Not von mir schwand.' Aber der Alte schüttelte den Kopf, weinte und klagte, seufzte und sagte: ‚Du da, ich glaube, du bist von Sinnen! So etwas tut ein verständiger Mann nicht. Wie wäre es möglich, daß ich eine goldene Schale, die einer von unseren Hunden dir geschenkt hätte, wieder an mich nähme! Es wäre seltsam, wenn das, was mein Hund gegeben hätte, wieder zu mir käme! Wäre ich auch von grimmigster Not und Sorge beschwert, bei Allah, ich nähme nichts an von dir, und hätte es auch nur eines Nagelspans Wert! Zieh dorthin von wannen du kamst, wohlbehalten und unversehrt!' Da küßte der Mann dem Alten die Füße und wandte sich zur Heimkehr, indem er ihn pries; und dann, als er sich von ihm trennte und Abschied nahm, sprach er diesen Vers:

> *Nun sind sie alle fort, die Menschen und die Hunde;*
> *Drum ruhe auf den Menschen und den Hunden Friede!*

Doch Allah weiß es am besten!

Ferner erzählt man

DIE GESCHICHTE
VON DEM SCHELM IN ALEXANDRIEN
UND DEM WACHTHAUPTMANN

Einst lebte in der Küstenfeste Alexandrien ein Wachthauptmann; der hieß Husâm ed-Dîn. Als der eines Nachts in seinem Amtszimmer saß, trat plötzlich ein Kriegersmann zu ihm und sprach:, Vernimm, Herr Wachthauptmann, ich bin heute abend in diese Stadt gekommen und im Chân Soundso abgestiegen. Dort schlief ich, bis ein Drittel der Nacht verstrichen war; und wie ich dann aufwachte, entdeckte ich, daß meine Satteltasche aufgeschnitten und aus ihr ein Beutel mit tausend Dinaren gestohlen war.' Kaum hatte er seine Worte beendet, da ließ der Hauptmann auch schon die Führer kommen und befahl ihnen, alle Leute, die in dem Chân waren, herbeizuholen und bis zum Morgen gefangen zu halten. Und als es Morgen ward, befahl er, die Folterwerkzeuge zu bringen; dann ließ er jene Leute vor den Krieger, dem das Geld gehörte, kommen und wollte sie züchtigen lassen. Aber plötzlich erschien ein Mann, der sich durch die Menge drängte, bis er vor dem Hauptmann stand. – –«

Da bemerkte Schehrezâd, daß der Morgen begann, und sie hielt in der verstatteten Rede an. Doch als die *Dreihundertundzweiundvierzigste Nacht* anbrach, fuhr sie also fort: »Es ist mir berichtet worden, o glücklicher König, daß der Wachthauptmann die Leute züchtigen lassen wollte. Aber plötzlich erschien ein Mann, der sich durch die Menge drängte, bis er vor dem Hauptmann und dem Krieger stand. Dann rief er: ‚O Emir, laß alle die Leute da los; sie sind unschuldig. Ich bin es, der das Geld dieses Kriegers weggenommen hat; hier ist auch der Beutel, den ich aus seiner Satteltasche herausgeholt habe.‘ Alsbald zog er den Beutel aus seinem Ärmel und legte ihn vor den Hauptmann und den Krieger hin. Da sagte der Hauptmann zum Krieger: ‚Nimm dein Geld wieder an dich; du hast jetzt nichts mehr mit diesen Leuten zu tun!‘ Nun begannen die Leute aus dem Chân und alle anderen, die zugegegen waren, jenen Mann zu preisen und zu segnen. Der Dieb aber sprach: ‚O Emir, das ist keine Kunst, daß ich selbst zu dir komme und dir diesen Beutel überbringe. Die Geschicklichkeit liegt darin, daß ich dem Krieger diesen Beutel zum zweiten Male stehlen werde.‘ Der Hauptmann fragte: ‚Wie hast du es denn angefangen, du Schelm, als du ihn zuerst stahlest?‘ ‚O Emir,‘ gab er zur Antwort, ‚ich stand gerade im Wechslerbasar zu Kairo, da sah ich diesen Krieger, wie er dies Gold wechselte und in den Beutel da tat. Ich folgte ihm von Gasse zu Gasse, aber ich fand keine Gelegenheit, ihm das Geld abzunehmen. Dann reiste er ab, ich ging hinter ihm her, von Ort zu Ort, und ich suchte ihn unterwegs zu überlisten; aber ich konnte ihn nicht berauben. Als er schließlich in diese Stadt kam, folgte ich ihm, bis er in dem Chân dort abstieg. Ich ließ mich in dem Raum neben ihm nieder und belauerte ihn, bis er einschlief und ich sein Schnarchen hörte. Alsbald schlich ich ganz leise zu ihm, schnitt die Satteltasche mit diesem Messer auf und nahm den Beutel da an mich.' Mit diesen Worten streckte er seine Hand aus und nahm den Beutel vor den Augen des Hauptmanns und des Kriegers. Da traten die beiden und all das andere Volk zurück, um ihm zuzuschauen; denn sie glaubten, er wolle ihnen zeigen, wie er den Beutel aus der Satteltasche genommen hätte. Er aber lief plötzlich auf und davon und warf sich in einen Teich. Da schrie der Hauptmann seine Mannschaft an: ,Lauft hinter ihm her! Springt ihm nach!' Aber ehe sie ihre Kleider ausgezogen hatten und die Stufen[1] hinuntergesprungen waren, war der Schelm schon fort. Nun suchten sie ihn, fanden ihn aber nicht; denn die Gassen in Alexandrien gehen alle ineinander über. Als die Leute dann zurückkehrten, ohne daß sie den Dieb gefaßt hatten, sprach der Hauptmann zu dem Krieger: ,Du hast keine Ansprüche mehr auf diese Leute; du kennst nun deinen Schuldner. Du hast sogar dein Geld empfangen; aber du hast es nicht festgehalten.' Darauf ging der Krieger ohne sein Geld fort; und die Leute waren nun aus den Händen des Kriegers und des Wachthauptmanns befreit. All das geschah mit Wissen Allahs des Erhabenen.

1. Die ,Teiche' im Orient sind oft ausgemauerte große Bassins, zu denen Stufen hinabführen.

Und ferner wird erzählt

DIE GESCHICHTE VON EL-MALIK EN-NÂSIR
UND DEN DREI WACHTHAUPTLEUTEN

Eines Tages ließ el-Malik en-Nâsir[1] die drei Wachthauptleute von Kairo, Bulak und Alt-Kairo[2] zu sich kommen und sprach: ‚Ich wünsche, daß ein jeder von euch mir das Merkwürdigste berichte, das er während der Zeit seiner Amtsführung erlebt hat!' – –«

Da bemerkte Schehrezâd, daß der Morgen begann, und sie hielt in der verstatteten Rede an. Doch als die *Dreihundertunddreiundvierzigste Nacht* anbrach, fuhr sie also fort: »Es ist mir berichtet worden, o glücklicher König, daß el-Malik en-Nâsir zu den drei Wachthauptleuten sprach: ‚Ich wünsche, daß ein jeder von euch mir das Merkwürdigste berichte, das er während der Zeit seiner Amtsführung erlebt hat!' ‚Wir hören und gehorchen!' gaben sie zur Antwort. Nun sprach der Wachthauptmann von Kairo: ‚Vernimm, o Herr und Sultan, das Merkwürdigste, das mir in meiner Amtszeit begegnet ist, war dies.' Und er begann

DIE GESCHICHTE DES WACHTHAUPTMANNES
VON KAIRO

In dieser Stadt lebten zwei Männer, die in allen Fällen von Blutschuld und Leibesverletzungen als rechtsgültige Zeugen aufzutreten pflegten; aber beide waren der Liebe zu den Dirnen und dem Weingenusse und der Zuchtlosigkeit ergeben. Ich konnte kein Mittel ausfindig machen, um sie dafür zur

1. Mehrere Sultane von Ägypten trugen den Titel el-Malik en-Nâsir: ‚der siegreiche König'. – 2. Bulak ist die nordwestliche, Alt-Kairo die südliche Vorstadt von Kairo.

Rechenschaft zu ziehen, und ich gab die Hoffnung schon auf. Da beauftragte ich die Weinwirte und Krämer, die Fruchthändler und Kerzenverkäufer und die Besitzer von Häusern der Unzucht, mir diese beiden ehrenwerten Zeugen zu melden, wenn sie an irgendeinem Orte zechten oder ausschweiften, gleichviel ob sie zusammen wären oder getrennt; wenn der eine zusammen mit dem andern oder auch der eine allein etwas von den Dingen kaufte, die man beim Zechgelage braucht, so sollte man mich darüber nicht in Unkenntnis lassen. Jene Leute sagten: ‚Wir hören und gehorchen!' Dann begab es sich einmal, daß ein Mann zur Nachtzeit zu mir kam und sprach: ‚Herr, wisse, die beiden ehrenwerten Zeugen sind jetzt an dem und dem Orte in der und der Straße im Hause des Soundso, und sie treiben große Greuel.' Sofort machte ich mich auf; ich verkleidete mich, ebenso tat mein Diener, und dann gingen wir beide allein ohne jemand anders unverzüglich dorthin. Als ich vor der Tür stand, klopfte ich an; eine Sklavin kam her, öffnete mir die Tür und fragte: ‚Wer bist du?' Ohne ihr eine Antwort zu geben, trat ich ein, und da sah ich die beiden Ehrenmänner und den Hausherrn zusammen mit gemeinen Dirnen sitzen, bei einer Fülle von Wein. Sobald sie mich erblickten, sprangen sie auf vor mir, begrüßten mich mit großer Höflichkeit und wiesen mir den Ehrenplatz an, indem sie sprachen: ‚Willkommen, werter Gast und wackerer Zechgenosse!' So empfingen sie mich, ohne Furcht oder Scheu vor mir zu verraten. Dann erhob sich der Hausherr und blieb eine Weile fort; als er zurückkehrte, hatte er dreihundert Dinare bei sich, die er unbefangen zeigte. Darauf sagten sie zu mir: ‚Herr Wachthauptmann, du vermagst über uns mehr als Schande zu bringen, und es steht in deiner Hand, uns schwer zu strafen; aber daraus würden dir nur Unannehmlichkeiten erwachsen. Deshalb raten wir, du möchtest diese Summe annehmen und uns nicht verraten. Allah der Erhabene heißt doch der Schützer, und Er liebt die unter Seinen Dienern, die ihren Nächsten schützen; so erwartet dich auch Lohn und Vergeltung im Himmel.' Ich sagte mir nun: ,Nimm dies Gold von ihnen und beschütze sie noch dies eine Mal; wenn du sie aber noch ein anderes Mal in die Gewalt bekommst, dann zieh sie zur Rechenschaft!' Das Geld hatte mich verführt, und so nahm ich es von ihnen an, verließ sie und ging davon, ohne daß jemand mich bemerkte. Doch am nächsten Tage kam, ohne daß ich es ahnte, plötzlich ein Bote des Kadis zu mir und sprach: ,O Hauptmann, sei so gut und folge dem Rufe des Kadis; denn er verlangt nach dir!' Ich erhob mich und ging mit ihm zum Richter, ohne zu wissen, um was es sich handelte. Wie ich dann aber in den Gerichtssaal trat, sah ich die beiden Zeugen und den Hausherrn, der mir die dreihundert Dinare gegeben hatte, dort sitzen. Nun begann der Hausherr mich wegen dreihundert Dinare zu verklagen, und ich vermochte die Schuld nicht abzustreiten, da er einen Schuldschein vorzeigte und diese beiden ehrenwerten Zeugen auf Grund dessen bestätigten, daß ich dreihundert Dinare schuldig sei. Das Zeugnis der beiden wurde vom Kadi als gültig anerkannt, und er befahl mir, jene Summe zu zahlen; ich durfte auch nicht eher das Gericht verlassen, als bis sie die dreihundert Dinare von mir erhalten hatten. Ich war aber voll Zornes und gelobte ihnen alles Unheil und bereute, daß ich sie nicht schwer bestraft hatte; und ich ging tief beschämt von dannen. Das ist das Merkwürdigste, das ich in der Zeit meiner Amtsführung erlebt habe.'

Darauf hub der Wachthauptmann aus Bulak an und sprach: ,Was mich betrifft, o Herr Sultan, so ist das wunderbarste Erlebnis meiner Amtszeit das folgende.'

Und er erzählte

DIE GESCHICHTE DES WACHTHAUPTMANNES
VON BULAK

Ich hatte einmal eine Schuld von vollen dreihunderttausend
Dinaren. Und da mich das bedrückte, so verkaufte ich alles,
was hinter mir, vor mir und in meiner Hand war[1]; aber ich
brachte nicht mehr als hunderttausend Dinare zusammen.' – –«

Da bemerkte Schehrezâd, daß der Morgen begann, und sie
hielt in der verstatteten Rede an. Doch als die *Dreihundertund-
vierundvierzigste Nacht* anbrach, fuhr sie also fort: »Es ist mir
berichtet worden, o glücklicher König, daß der Wachthauptmann von Bulak sprach: ‚Ich verkaufte alles, was hinter mir
und vor mir war; aber ich brachte nicht mehr als hunderttausend Dinare zusammen, und so war ich denn ganz ratlos.
Während ich nun eines Nachts in diesem Zustande in meinem
Hause saß, klopfte plötzlich jemand an die Tür. Ich sprach zu
einem der Diener: ‚Sieh nach, wer an der Tür steht!' Er ging
hinaus und kam zurück; aber sein Gesicht war fahl, seine
Farbe war bleich, und er zitterte am ganzen Leibe. Als ich
fragte: ‚Was ficht dich an?' antwortete er: ‚An der Tür steht
ein Mann, halbnackt, nur mit einem Fell bekleidet; er hat ein
Schwert, und in seinem Gurte steckt ein Messer. Bei ihm ist
eine ganze Schar von seinesgleichen, und er verlangt nach dir.'
Da nahm ich mein Schwert in die Hand und ging hinaus, um
nachzusehen, was für Leute das wären, und richtig, sie waren
so, wie der Diener gesagt hatte. Ich fragte sie: ‚Was ist's mit
euch?' Sie erwiderten: ‚Wir sind Diebe, und wir haben heute
nacht große Beute gemacht. Die haben wir für dich bestimmt,
auf daß du dich mit ihrer Hilfe aus dieser Not, um die du dich

1. Das heißt: all mein Hab und Gut.

so sehr grämst, befreien und die Schulden, die auf dir lasten, bezahlen kannst.' Wie ich dann weiter fragte: ‚Und wo ist die Beute?' brachten sie mir eine große Truhe voll von Geräten aus Gold und Silber. Über diesen Anblick freute ich mich, und ich sagte mir: ‚Damit kann ich die Schulden, die auf mir lasten, abtragen, und dann behalte ich noch ebensoviel übrig.' Ich nahm also das Geschenk an und ging in mein Haus zurück, indem ich mir sagte: ‚Es wäre doch unedel, wenn ich sie mit leeren Händen wieder abziehen ließe.' So holte ich denn die hunderttausend Dinare, die ich noch hatte, und gab sie ihnen, indem ich ihnen für ihr gutes Werk dankte. Sie nahmen die Goldstücke hin und gingen im Dunkel der Nacht ihrer Wege, ohne daß jemand sie bemerkt hätte. Als es aber Morgen ward, sah ich, daß der Inhalt der Truhe aus vergoldetem Kupfer und Zinn bestand und insgesamt nur fünfhundert Dirhems wert war. Und das war mir sehr schmerzlich; denn nun hatte ich auch die Dinare, die ich noch besaß, verloren, und Kummer häufte sich mir auf Kummer. Das ist das Seltsamste, was mir in meiner Amtszeit begegnet ist.'

Zuletzt hub der Wachthauptmann von Alt-Kairo an und sprach: ‚O Herr Sultan, was mich angeht, so ist das Merkwürdigste, das ich in meiner Amtszeit erlebt habe, das folgende.'

Und er erzählte

DIE GESCHICHTE DES WACHTHAUPTMANNES
VON ALT-KAIRO

Einst ließ ich zehn Diebe hängen, jeden an einen besonderen Galgen, und ich schärfte den Wächtern ein, gut auf sie achtzugeben und dem Volke nicht zu gestatten, einen von ihnen herunterzunehmen. Als ich aber am nächsten Morgen hinkam, um nach ihnen zu schauen, erblickte ich zwei Gehängte an einem Galgen. Ich fragte die Wächter: ‚Wer hat das getan? Und wo ist der Galgen, an dem der andere gehangen hat?' Sie taten, als ob sie nichts davon wüßten; aber als ich sie peitschen lassen wollte, sagten sie: ‚Wisse, Emir, wir haben vorige Nacht geschlafen; und wie wir aufwachten, entdeckten wir, daß einer von den Gehängten mitsamt dem Galgen, an dem er gehangen hatte, gestohlen war; da hatten wir Angst vor dir. Nun kam gerade ein reisiger Bauersmann mit einem Esel des Weges, den ergriffen wir, töteten ihn und hängten ihn, anstatt des Gestohlenen, an diesen Galgen da.' Darüber war ich verwundert, und ich fragte sie: ‚Was hatte der Bauer denn bei sich?' Sie erwiderten: ‚Er hatte einen Reisesack auf dem Esel.' Weiter fragte ich: ‚Und was war darin?' Sie gaben zur Antwort: ‚Das wissen wir nicht.' Da rief ich: ‚Bringt ihn mir her!' Als sie ihn vor mich hingelegt hatten, befahl ich, ihn zu öffnen; und siehe da, in ihm befand sich die zerstückelte Leiche eines Mannes! Wie ich das nun sah, sprach ich verwundert zu mir selber: ‚Preis sei Allah! Dieser Bauer ist doch nur deshalb gehängt, weil er den Mord da begangen hat! Und dein Herr ist nicht ungerecht gegen Seine Diener.'[1]

Man erzählt auch

DIE GESCHICHTE VON DEM GELDWECHSLER UND DEM DIEB

Ein Geldwechsler, der einen Beutel voll Gold bei sich hatte, kam einst an einer Diebesbande vorüber; da sagte einer von den Schelmen: ‚Ich kann den Beutel da stehlen!' Die anderen fragten: ‚Wie willst du das machen?' Da erwiderte er: ‚Ihr sollt sehen!' Dann folgte er dem Manne bis zu seiner Wohnung. Als der Wechsler nun in sein Haus eingetreten war,

1. Koran, Sure 41, Vers 46; ähnlich 3, 178; 8, 53; 22, 10; 50, 28.

legte er den Beutel auf das Gesims und ging, um ein dringendes Bedürfnis zu verrichten, zum stillen Orte; dabei rief er der Sklavin zu: ‚Bring eine Kanne Wasser her!‘ Die Sklavin holte die Kanne und folgte ihm bis zu dem Orte; die Haustür aber hatte sie offen stehen lassen. Rasch drang der Dieb hinein, ergriff den Beutel, eilte zu seinen Kumpanen zurück und erzählte ihnen, was geschehen war. – –«

Da bemerkte Schehrezâd, daß der Morgen begann, und sie hielt in der verstatteten Rede an. Doch als die *Dreihundertundfünfundvierzigste Nacht* anbrach, fuhr sie also fort: »Es ist mir berichtet worden, o glücklicher König, daß der Dieb den Beutel ergriff, zu seinen Kumpanen zurückeilte und ihnen erzählte, wie er es bei dem Geldwechsler und bei der Sklavin gemacht hatte. Da riefen sie: ‚Bei Allah, was du da gemacht hast, das ist ein guter Streich; den kann nicht jeder Mensch fertigbringen. Aber jetzt kommt sicher der Wechsler aus dem stillen Orte heraus, und wenn er den Beutel nicht findet, so wird er die Sklavin schlagen und schwer bestrafen. Drum hat es doch noch den Anschein, als ob du nichts Rühmliches vollbracht hättest. Ja, wenn du ein echter Schelm bist, so mußt du die Sklavin vor Prügel und Strafe bewahren.‘ Er antwortete ihnen nur: ‚So Allah der Erhabene will, werde ich die Sklavin und den Beutel bewahren!‘ und kehrte sofort zum Hause des Geldwechslers zurück; dort hörte er, wie der Mann gerade die Sklavin wegen des Beutels bestrafte. Er klopfte bei ihm an, und jener rief: ‚Wer ist da?‘ Als der Dieb ihm antwortete: ‚Ich bin der Diener deines Nachbarn in der Basarhalle‘, ging der Wechsler zu ihm hinaus und fragte ihn: ‚Was willst du?‘ Der Dieb erwiderte: ‚Mein Herr läßt dich grüßen und dir sagen: Du bist ja wohl ganz von Sinnen; wie kannst du einen Beutel wie diesen vor die Ladentür werfen und dann fortgehen und ihn liegen lassen? Wenn ein Fremder ihn gefunden hätte, so hätte er ihn sicher weggenommen und sich aus dem Staube gemacht. Hätte mein Herr ihn nicht gesehen und aufbewahrt, so wäre er für dich verloren gewesen!' Mit diesen Worten zog er den Beutel heraus und hielt ihn dem Mann vor die Augen. Sowie der Geldwechsler den sah, rief er: ,Das ist ja wirklich mein Beutel!' und er streckte die Hand aus, um ihn an sich zu nehmen. Doch der Schelm sprach: ,Bei Allah, ich gebe ihn dir nicht eher, als bis du mir einen Schein für meinen Herrn geschrieben hast, der besagt, daß du den Beutel von mir erhalten hast. Ich fürchte, mein Herr wird mir nicht glauben, daß du den Beutel in Empfang genommen hast, wenn du mir nicht einen Schein für ihn ausstellst und dein Siegel darunter setzest!' Da ging der Wechsler ins Haus zurück, um den verlangten Schein über den Empfang des Beutels zu schreiben: der Dieb aber lief mit dem Beutel auf und davon, und die Sklavin war vor der Strafe bewahrt.

Ferner wird erzählt

DIE GESCHICHTE VON DEM WACHTHAUPTMANNE

VON KÛS UND DEM GAUNER

Eines Nachts saß 'Alâ ed-Dîn, der Wachthauptmann von Kûs[1], in seinem Hause; da erschien plötzlich ein Mann von schönem Äußeren und von würdevollem Auftreten. Der kam zur Nachtzeit zu ihm mit einer Truhe, die von einem Sklaven auf dem Kopfe getragen wurde; er blieb an der Tür stehen und sagte zu einem der Diener des Emirs: ,Geh hinein und sag dem Emir, daß ich wegen einer vertraulichen Sache mich mit ihm

1. Kûs liegt in Oberägypten, etwas nördlich von Luksor; im Mittelalter war es eine der größten Städte Ägyptens, heute ist es nur eine kleine Kreisstadt.

unterreden möchte.' Der Diener ging hinein und überbrachte die Meldung; darauf befahl der Hauptmann, den Fremden einzulassen. Wie dieser nun eintrat, sah der Emir, daß er ein Mann von hoher Würde und von schönem Äußeren war; darum ließ er ihn an seiner Seite sitzen und nahm ihn mit allen Ehren auf. Dann fragte er ihn: ,Was führt dich zu mir?' Jener gab zur Antwort: ,Ich bin ein Straßenräuber; aber ich will jetzt von meinem Tun ablassen und unter deiner Führung zu Allah dem Erhabenen zurückkehren. Ich möchte nun, daß du mir dazu verhilfst; denn ich lebe in deinem Bezirke und stehe unter deiner Aufsicht. Ich habe diese Truhe hier bei mir, in der sich Dinge im Werte von etwa vierzigtausend Dinaren befinden; diese kommen dir am ehesten zu. Gib mir von deinem ehrlich erworbenen Gelde tausend Dinare in rechtmäßiger Weise, damit ich durch sie ein Kapital gewinne, das mir dazu verhilft, mich zu bessern, und es mir möglich macht, von dem bösen Tun abzulassen! Dein Lohn steht bei Allah dem Erhabenen!' Darauf öffnete er die Truhe, um dem Hauptmanne zu zeigen, was darinnen war; und siehe da, es waren Geschmeide und Juwelen, Edelmetalle, Siegelsteine und Perlen. Darüber war der Hauptmann erstaunt und höchlichst erfreut; und sofort rief er seinen Schatzmeister und sprach zu ihm: ,Bring den und den Beutel!' Das war einer, in dem sich tausend Dinare befanden. – –«

Da bemerkte Schehrezâd, daß der Morgen begann, und sie hielt in der verstatteten Rede an. Doch als die *Dreihundertundsechsundvierzigste Nacht* anbrach, fuhr sie also fort: »Es ist mir berichtet worden, o glücklicher König, daß der Wachthauptmann seinen Schatzmeister rief und zu ihm sprach: ,Bring den und den Beutel!' Das war einer, in dem sich tausend Dinare befanden. Nachdem der Schatzmeister jenen Beutel gebracht hatte, gab der Emir ihn dem Manne; der nahm ihn hin, dankte dem Geber und ging seiner Wege, vom Dunkel der Nacht geschützt. Als es dann Morgen ward, sandte der Wachthauptmann nach dem Vorsteher der Goldschmiedezunft und zeigte ihm, sobald er eintraf, jene Truhe mit ihrem Inhalt. Aber der Goldschmied fand nur Zinn und Kupfer und entdeckte, daß die Juwelen und Siegelsteine und Perlen lauter Glas waren. Das war dem Hauptmann sehr schmerzlich; er ließ auch sofort nach dem Gauner suchen, aber niemand konnte seiner habhaft werden.

Und ferner erzählt man

DIE GESCHICHTE VON IBRAHÎM IBN EL-MAHDÎ UND DEM KAUFMANNE

Der Beherrscher der Gläubigen el-Mamûn sprach einst zu Ibrahîm ibn el-Mahdî[1]: ‚Erzähle uns das Wunderbarste, das du je erlebt hast!‘ Jener erwiderte: ‚Ich höre und gehorche, o Beherrscher der Gläubigen!

Vernimm, ich zog eines Tages zu meinem Vergnügen aus, und da führte mich mein Weg zu einem Orte, wo ich den Duft von Speisen roch. Mich verlangte danach, und ich blieb stehen, o Beherrscher der Gläubigen; aber ich war unentschlossen und wußte nicht, ob ich weitergehen oder in jenes Haus eintreten sollte. Wie ich nun zufällig meinen Blick hob, entdeckte ich ein Gitterfenster und hinter ihm eine Hand und ein Handgelenk, so schön, wie ich sie noch nie gesehen hatte. Bei diesem Anblicke war ich wie von Sinnen, ich vergaß den Duft der Speisen um jener Hand und des Handgelenkes willen, und ich sann auf ein Mittel, wie ich in das Haus dort hineinge-

1. Ibrahîm war der Bruder von Harûn er-Raschîd, dem Vater des Kalifen el-Mamûn; vgl. oben Seite 96.

langen könnte. Da sah ich plötzlich einen Schneider in der Nähe; zu dem ging ich heran und grüßte ihn. Nachdem er meinen Gruß erwidert hatte, fragte ich ihn: ‚Wem gehört dies Haus?‘ ‚Einem Kaufmanne‘, erwiderte er. Ich fragte ihn weiter: Wie heißt er denn?‘ der Schneider antwortete: ‚Er heißt Soundso, Sohn des Soundso, und er verkehrt nur mit Kaufherren.‘ Während wir so miteinander redeten, nahten sich auf einmal zwei vornehme Männer mit klugen Gesichtern, die beritten waren; und der Schneider erzählte mir, sie seien die vertrautesten Freunde des Kaufmannes, und er nannte mir auch ihre Namen. Da trieb ich mein Reittier auf die beiden zu, und als ich bei ihnen war, sprach ich: ‚Ich gebe mein Leben für euch! Abu Fulân[1] wartet schon lange auf euch!‘ Dann begleitete ich sie, bis wir zum Haustore kamen. Dort trat ich mit den beiden Männern ein, und wie mich der Hausherr bei ihnen sah, zweifelte er nicht daran, daß ich ihr Freund sei; somit hieß er mich willkommen und wies mir den ersten Platz an. Dann brachte man den Speisetisch, und nun sagte ich mir: ‚Allah hat mir meinen Wunsch nach diesen Speisen gnädiglich erfüllt; nun bleiben nur die Hand und das Handgelenk noch übrig.‘ Nachher begaben wir uns zum Trinkgelage in ein anderes Zimmer, und ich sah, daß es mit allerlei hübschen Dingen ausgestattet war. Der Hausherr erwies mir besondere Aufmerksamkeit und richtete immer das Wort an mich; denn er hielt mich ja für einen Gast seiner eigenen Gäste, während die beiden ebenfalls mir die größte Höflichkeit erwiesen, da sie meinten, ich sei ein Gast des Hausherrn. So wetteiferten denn alle in ihrer Freundlichkeit gegen mich, bis wir eine Anzahl von Bechern getrun-

---

1. Das heißt ‚Vater des N.N.‘ Die Erzählerin deutet an, daß Ibrahîm hier den Ehrennamen des Kaufmannes, nach seinem ältesten Sohne, gebraucht.

ken hatten. Dann trat eine Sklavin bei uns ein; die glich einem
Weidenzweig in ihrer großen Schönheit und ihrer zierlichen
Gestalt. Und sie griff zur Laute, begann zu singen und ließ dies
Lied erklingen:

> *Ist's denn nicht wunderbar, daß ein Haus uns umschließet,*
> *Und daß du mir nicht nahst, dein Mund kein Wörtlein sagt?*
> *Die Augen melden nur der Seelen heimlich Sehnen;*
> *Sie künden, wie die heiße Glut an Herzen nagt.*
> *Und Blicke geben Zeichen, Augenbrauen nicken,*
> *Und Lider brechen, während Hände Grüße schicken.*

Da war ich im Innersten erregt, o Beherrscher der Gläubigen,
und mich faßte Entzücken ob des Übermaßes ihrer Schönheit
und ob der Zartheit des Liedes, das sie sang. Doch weil ich sie
um ihre herrliche Kunst beneidete, sprach ich zu ihr: ‚Dir fehlt
noch etwas, Mädchen!‘ Da warf sie zornig die Laute aus der
Hand und sprach: ‚Seit wann bringt ihr freche Menschen in
eure Gesellschaften?‘ Nun bereute ich, was ich getan hatte, und
als ich sah, daß auch die Leute es mir übelnahmen, sagte ich
mir: ‚Jetzt ist mir alles, was ich hoffte, entgangen.‘ Und ich sah
keinen anderen Ausweg, dem Tadel zu wehren, als daß ich
um die Laute bat und sprach: ‚Ich will euch zeigen, was ihr in
der Weise, die sie spielte, gefehlt hat.‘ ‚Wir hören und gehorchen!‘ erwiderten die Leute. Dann brachten sie mir eine Laute;
ich ließ die Saiten zum Stimmen erklingen und begann dies
Lied zu singen:

> *Hier ist dein Freund, gebeugt von seinem Liebeskummer,*
> *Der ihm auf seine Brust die Tränen rinnen läßt.*
> *Die Rechte hebt er flehend und bittet vom Erbarmer*
> *Erhörung, und die Linke hält er ans Herz gepreßt.*
> *Die du ihn sterben siehst in seinem Liebesleid,*
> *Durch deine Hand und Augen ist er dem Tod geweiht.*

Da sprang die Sklavin auf, warf sich vor meinen Füßen nieder, küßte sie und rief: ‚Es ist an dir, mich zu entschuldigen, mein Gebieter! Bei Allah, ich kannte deinen Rang nicht, und ich habe noch nie solcher Kunst gelauscht.' Darauf begannen die Leute mich zu ehren und zu feiern; denn sie waren über die Maßen entzückt. Und ein jeder von ihnen bat mich, noch einmal zu singen; so sang ich denn eine lustige Weise. Schließlich wurden die Gäste trunken, ihr Verstand entwich, und sie wurden nach Hause gebracht; nur der Hausherr und das Mädchen blieben. Nachdem er einige Becher mit mir getrunken hatte, sprach er: ‚Lieber Herr, mein Leben ist bisher vergeblich dahingeflossen, da ich bis zu dieser Stunde keinen, der dir gliche, kennen gelernt habe. Doch bei Allah, lieber Herr, sag mir, wer du bist, damit ich weiß, welchen Zechgenossen Allah mir heut nacht beschert hat.' Zuerst gab ich ausweichende Antworten und verriet ihm meinen wahren Namen nicht; aber als er mich beschwor, tat ich ihn ihm kund. Sowie er meinen Namen erfuhr, sprang er auf' – –«

Da bemerkte Schehrezâd, daß der Morgen begann, und sie hielt in der verstatteten Rede an. Doch als die *Dreihundertundsiebenundvierzigste Nacht* anbrach, fuhr sie also fort: »Es ist mir berichtet worden, o glücklicher König, daß Ibrahîm ibn el-Mahdî des weiteren erzählte: ‚Sowie der Hausherr meinen Namen erfuhr, sprang er auf die Füße und sprach: ‚Ich war schon darüber erstaunt, daß ein anderer als du solche Gaben besitzen sollte, und das Geschick hat mir heute eine Gunst erwiesen, für die ich ihm nicht genug danken kann. Aber vielleicht ist dies nur ein Traum; wie hätte ich denn sonst je mich des Wunsches vermessen können, daß die Kalifenwürde mein Haus besuchen und heute nacht mein Trinkgenosse sein möchte?' Als ich ihn dann beschwor, sich zu setzen, ließ er sich nieder, und darauf begann er mich in den höflichsten Worten nach dem Anlasse meines Besuches bei ihm zu fragen. Nun erzählte ich ihm die ganze Geschichte von Anfang bis zu Ende und verschwieg ihm nichts; und ich schloß mit den Worten: ,Was die Speisen betrifft, so ist mir nunmehr mein Wunsch erfüllt; aber an Hand und Handgelenk habe ich noch nicht erreicht, was ich wünsche.' Da erwiderte er: ,Auch an Hand und Handgelenk sollst du deinen Wunsch erfüllt sehen, so Allah der Erhabene will.' Dann rief er: ,Du da, Mädchen, sag Derundder, sie möge herunterkommen!' Und er ließ seine Sklavinnen eine nach der anderen kommen und zeigte sie mir alle; aber ich fand sie nicht, die ich meinte. Schließlich sagte er: ,Bei Allah, hoher Herr, jetzt ist niemand mehr übrig außer meiner Mutter und meiner Schwester. Aber bei Gott, ich muß auch sie beide herunterkommen lassen und sie dir zeigen, auf daß du sie siehest.' Erstaunt über seine Großmut und Weitherzigkeit sprach ich: ,Ich will mein Leben für dich dahingeben! Beginne mit der Schwester!' ,Herzlich gern!' erwiderte er. Als seine Schwester dann herunterkam und er mir ihre Hand zeigte, siehe, da hatte sie die Hand und das Handgelenk, die ich gesehen hatte. Ich aber rief: ,Mein Leben will ich für dich dahingeben, sie ist die Maid, deren Hand und Handgelenk ich gesehen habe.' Sofort gab er seinen Dienern Befehl, sie sollten unverzüglich die Zeugen holen, und sie taten also. Dann ließ er zwei Beutel mit je zehntausend Goldstücken kommen und sprach zu den Zeugen: ,Dieser unser Herr und Gebieter, Ibrahîm ibn el-Mahdî, der Oheim des Beherrschers der Gläubigen, bittet um die Hand meiner Schwester Soundso; und ich nehme euch zu Zeugen, daß ich sie ihm vermähle und daß er ihr zehntausend Goldstücke als Morgengabe gebracht hat.' Dann fuhr er fort: ,Ich vermähle dir meine Schwester Soundso, gegen die genannte

Morgengabe.' Ich erwiderte: ,Ich nehme es an und bin damit einverstanden.' Darauf gab er den einen der beiden Beutel seiner Schwester, den anderen aber den Zeugen. Und von neuem hub er an: ,Gebieter, ich will dir ein Gemach herrichten lassen, darinnen du mit deiner Gattin ruhen kannst.' Da machte die Großmut, die er mir bezeugte, mich verlegen, und ich scheute mich, ihr im Hause ihres Bruders zu nahen. Deshalb sprach ich zu ihm: ,Statte sie aus und sende sie in meine Wohnung!' Und bei deinem Leben, o Beherrscher der Gläubigen, er sandte sie mir mit einer so großen Ausstattung, daß unser Haus trotz seiner Größe sie kaum fassen konnte. Und später schenkte sie mir diesen Knaben, der vor dir steht.'

Da staunte el-Mamûn über die Großmut dieses Mannes, und er rief: ,Welch ein vortrefflicher Mann! Von seinesgleichen habe ich noch nie gehört.' Und er befahl Ibrahîm ibn el-Mahdî, ihn zu holen, damit er ihn kennen lerne. Der holte ihn herbei, und der Kalif unterhielt sich mit ihm; und da fand er an seinem klugen und feinen Wesen solches Gefallen, daß er ihn zu einem seiner vertrauten Freunde machte: Allah aber ist der Geber und Spender!

Ferner wird erzählt

DIE GESCHICHTE VON DER FRAU, DIE DEM ARMEN EIN ALMOSEN GAB

Einst ließ ein König dem Volke seines Reiches verkünden: ,Wenn einer von euch irgendein Almosen gibt, so werde ich ihm die Hand abschlagen lassen!' Da enthielten sich alle Leute der Wohltätigkeit, und keiner konnte mehr seinem Nächsten ein Almosen spenden. Nun begab es sich eines Tages, daß ein Bettler, den der Hunger plagte, zu einer Frau kam und sie bat: ,Gib mir doch ein Almosen!' – – «

Da bemerkte Schehrezâd, daß der Morgen begann, und sie hielt in der verstatteten Rede an. Doch als die *Dreihundertundachtundvierzigste Nacht* anbrach, fuhr sie also fort: »Es ist mir berichtet worden, o glücklicher König, daß der Bettelmann zu der Frau sprach: ,Gib mir doch ein Almosen!' Sie aber sagte: ,Wie kann ich dir ein Almosen geben, da doch der König einem jeden, der ein Almosen spendet, die Hand abschlagen läßt?' Dennoch fuhr er fort: ,Ich bitte dich um Allahs des Erhabenen willen, gib mir ein Almosen!' Wie er sie nun um Allahs willen bat, hatte sie Mitleid mit ihm und schenkte ihm zwei Brote. Doch die Kunde davon drang zum König, und er befahl, sie herbeizuholen. Als sie zu ihm kam, ließ er ihr die Hände abschlagen; und sie begab sich wieder in ihr Haus. Nach einer Weile begab es sich, daß der König zu seiner Mutter sprach: ,Ich will mich vermählen; drum gib mir eine schöne Frau zum Weibe!' Sie antwortete: ,Unter meinen Sklavinnen ist ein Weib, wie kein schöneres gefunden werden kann; doch sie hat einen großen Fehler.' Als er fragte: ,Was ist denn das?' erwiderte sie: ,Ihr sind die Hände abgeschlagen!' Aber der König fuhr fort: ,Ich will sie sehen!' Da brachte die Königin sie zu ihm; und als er sie erblickte, ward er von ihr hingerissen, er vermählte sich mit ihr und ging zu ihr ein. Jene Frau war es gewesen, die dem Bettler die beiden Brote gegeben hatte und der er deshalb die Hände hatte abschlagen lassen. Als er sich nun mit ihr vermählt hatte, wurden die anderen Frauen des Königs neidisch auf sie, und sie schrieben ihm, als sie einen Sohn geboren hatte, sie sei eine Ehebrecherin. Darauf sandte der König ein Schreiben an seine Mutter, in dem er ihr befahl, die Frau in die Wüste zu bringen und dort zu verlassen; dann solle sie selbst allein zurückkehren. Die Mutter führte diesen Befehl aus; sie brachte die Frau in die Wüste und kehrte dann allein

327

zurück. Da begann die Frau über ihr Schicksal zu weinen, und sie klagte so bitterlich, daß ihrem Schmerz kein anderer glich. Und während sie mit dem Knäblein auf der Schulter dahinwanderte, kam sie an einem Bache vorbei; und sie kniete nieder, um zu trinken, denn heftiger Durst quälte sie, da sie so lange gewandert und so müde und traurig war. Doch während sie sich vornüber beugte, fiel das Kind ins Wasser. Nun saß sie da und weinte bittere Tränen um ihr Kind. Wie sie so weinte, kamen plötzlich zwei Männer an ihr vorbei und fragten sie: ,Warum weinest du?' Sie antwortete ihnen: ,Ich trug ein Knäblein auf der Schulter; das ist ins Wasser gefallen!' Und weiter fragten sie: ,Willst du, daß wir es dir wieder herausholen?' ,Ja', rief sie. Da beteten die beiden zu Allah dem Erhabenen, und das Kind kam wohlbehalten und unversehrt wieder heraus. Nun fragten sie: ,Willst du, daß Allah dir deine Hände wiedergebe, so wie sie gewesen sind?' ,Ja', erwiderte sie. Da beteten die beiden zu Allah, dem Hochgepriesenen und Erhabenen, und ihre Hände wurden ihr zurückgegeben, noch schöner, als sie gewesen waren. Von neuem fragten sie: ,Weißt du auch, wer wir sind?' ,Allah ist allwissend', gab sie zur Antwort. Die beiden aber sagten: ,Wir sind deine beiden Brote, die du dem Bettler geschenkt hast. Das Almosen war ja der Grund, daß deine Hände abgeschlagen wurden. Doch nun lobe Allah den Erhabenen, der dir deine Hände und dein Kind zurückgegeben hat!' Da lobte und pries sie Allah den Erhabenen.

Und man erzählt ferner auch

Unter den Kindern Israels lebte einmal ein frommer Mann;
der hatte eine Familie, die Baumwolle spann. Er pflegte jeden
Tag das Garn zu verkaufen und für den Erlös neue Baumwolle
zu kaufen; für den Gewinn, der ihm dann noch übrig blieb,
kaufte er das tägliche Brot für die Seinen. Eines Tages aber, als
er ausgegangen war und das Garn verkauft hatte, traf er einen
seiner Brüder, und der klagte ihm seine Not; da gab er ihm
den Erlös für das Garn und kehrte zu den Seinen ohne Baumwolle und ohne Brot zurück. Die riefen nun: ,Wo ist die
Baumwolle und das Essen?' Und er entgegnete ihnen: ,Der-
undder ist mir begegnet und hat mir seine Not geklagt; da
habe ich ihm den Erlös für das Garn gegeben.' Doch sie fragten:
,Was sollen wir jetzt tun, da wir nichts mehr zu verkaufen
haben?' Nun besaßen sie noch einen geborstenen Holznapf und
einen Krug; mit denen ging er zum Basar, aber niemand wollte
sie ihm abkaufen. Während er so im Basar dastand, kam zufällig ein Mann an ihm vorbei, der einen Fisch trug. – –«

Da bemerkte Schehrezâd, daß der Morgen begann, und sie
hielt in der verstatteten Rede an. Doch als die *Dreihundertund-
neunundvierzigste Nacht* anbrach, fuhr sie also fort: »Es ist mir
berichtet worden, o glücklicher König, daß der jüdische Mann
den Holznapf und den Krug nahm und mit ihnen zum Basar
ging; aber niemand wollte sie ihm abkaufen. Während er so
im Basar dastand, kam zufällig ein Mann an ihm vorbei, der
einen stinkenden und aufgedunsenen Fisch trug; den hatte niemand ihm abkaufen wollen. Der Mann mit dem Fische fragte
ihn: ,Willst du mir deinen Trödel für meinen Trödel verkaufen?' ,Ja', erwiderte der Jude, gab ihm den Napf und den Krug

und nahm ihm den Fisch ab. Dann brachte er ihn den Seinen; aber die riefen: ,Was sollen wir mit diesem Fisch anfangen?' Er antwortete: ,Wir wollen ihn braten und essen, bis es Gott dem Erhabenen gefällt, uns unser Brot zu gewähren.' Da nahmen sie ihn und schnitten ihm den Leib auf; und darinnen fanden sie eine Perle. Das meldeten sie dem Ältesten, und der sprach: ,Schaut nach! Wenn sie durchbohrt ist, so gehört sie einem anderen Menschen; ist sie aber noch undurchbohrt, so ist sie eine Gnadengabe, die Gott der Erhabene euch geschenkt hat.' Als sie nachschauten, war sie wirklich noch nicht durchbohrt. Am nächsten Morgen brachte der Israelit sie einem seiner Brüder, einem der Leute, die sich auf solche Sachen verstanden. Der fragte ihn: ,Du da, woher hast du diese Perle?' Er gab zur Antwort: ,Dies ist eine Gnadengabe, die Gott der Erhabene uns geschenkt hat.' Da fuhr der andere fort: ,Sie ist tausend Dirhems wert; und die will ich dir wohl dafür geben. Doch bring sie lieber zu Demunddem, der hat mehr Geld und Verständnis als ich!' Also brachte der Israelit sie zu dem Genannten, und der sagte: ,Sie ist siebenzigtausend Dirhems wert, mehr aber nicht.' Er zahlte ihm die siebenzigtausend Dirhems, und der Israelit rief Lastträger, die ihm das Geld bis zu seiner Haustür trugen. Dort kam ein Bettler auf ihn zu und bat: ,Gib mir von dem, was Gott der Erhabene dir gegeben hat!' Da sagte er zu dem Bettler: ,Gestern waren wir noch wie du; so nimm denn die Hälfte von diesem Gelde!' Nachdem er darauf das Geld in zwei Teile geteilt und ein jeder seinen Teil an sich genommen hatte, hub der Bettler an: ,Behalte dein Geld, nimm es wieder, Gott gesegne es dir! Wisse, ich bin ein Bote Gottes, er hat mich zu dir gesandt, um dich zu prüfen!' Nun rief der Israelit: ,Gott sei Lob und Preis!' Und er lebte immerdar mit den Seinen in aller Lebensfreude, bis er starb.

DIE GESCHICHTE VON ABU HASSÂN EZ-ZIJÂDI
UND DEM MANNE AUS CHORASÂN

Abu Hassân ez-Zijâdi erzählte: ‚Einst lebte ich in sehr großer Not und Sorge; ja, Krämer und Bäcker und die anderen Geschäftsleute bedrängten mich, und ich geriet in ein solches Elend, daß ich keinen Ausweg mehr sah. Wie ich mich nun in dieser trüben Lage befand und nicht wußte, was ich tun sollte, da kam plötzlich einer meiner Diener zu mir herein und sagte: ‚An der Tür steht ein Pilgersmann, der bei dir einzutreten wünscht.' Ich sagte: ‚Laß ihn ein!' und als der Mann hereingekommen war, zeigte es sich, daß er ein Chorasânier war. Er begrüßte mich, ich erwiderte seinen Gruß, und dann fragte er mich: ‚Bist du nicht Abu Hassân ez-Zijâdi?', ‚Jawohl,' erwiderte ich, ‚was ist dein Begehr?' Er fuhr fort: ‚Ich bin ein Fremdling, und ich bin auf der Pilgerfahrt. Ich habe eine große Summe Geldes bei mir, und es ist mir nun zu lästig geworden, sie weiter mitzunehmen. Darum möchte ich diese zehntausend Dirhems da bei dir lassen, bis ich nach vollendeter Pilgerfahrt wieder heimkehre. Wenn die Karawane zurückkommt und du mich dann nicht siehst, so wisse, daß ich tot bin; dann soll das Geld dir als ein Geschenk von mir gehören. Kehre ich aber zurück, so bleibt es mein.' Ich erwiderte: ‚Es sei, wie du wünschest, so Gott der Erhabene will!' Dann holte er einen Sack hervor, und ich sprach zum Diener: ‚Bring mir eine Waage!' Nachdem der sie gebracht hatte, wog der Fremde das Geld und übergab es mir; dann zog er seiner Wege. Ich aber ließ die Geschäftsleute kommen und bezahlte meine Schulden.' – –«

Da bemerkte Schehrezâd, daß der Morgen begann, und sie hielt in der verstatteten Rede an. Doch als die *Dreihundertund-*

fünfzigste Nacht anbrach, fuhr sie also fort: »Es ist mir berichtet worden, o glücklicher König, daß Abu Hassân ez-Zijâdi erzählte: ,Ich aber ließ die Geschäftsleute kommen und bezahlte die Schulden, die auf mir lasteten. Mit vollen Händen gab ich aus; denn ich sagte mir: ,Bis er zurückkehrt, wird Allah uns schon etwas von Seinen Gnaden zuteil werden lassen!' Aber kaum war ein Tag verronnen, da kam der Diener wieder zu mir herein und meldete: ,Dein Freund aus Chorasân steht an der Tür!' ,Laß ihn ein!' sagte ich; und jener trat ein. Dann erzählte er: ,Ich war entschlossen, die Pilgerfahrt zu machen; aber jetzt habe ich die Kunde erhalten, daß mein Vater gestorben ist. Deshalb habe ich nun beschlossen, wieder heimzukehren; drum gib mir das Geld zurück, das ich dir gestern anvertraut habe!' Als ich diese Worte von ihm hören mußte, geriet ich in eine solche Verlegenheit, wie sie noch kein Mensch jemals gekannt hat, ich war gänzlich ratlos, und ich gab ihm zuerst keine Antwort; denn hätte ich es abgeleugnet, so hätte er mich schwören lassen, und mich würden im Jenseits Schimpf und Schande erwarten; hätte ich ihm aber gesagt, daß ich das Geld ausgegeben hatte, so hätte er geschrien und mich bloßgestellt. Also sprach ich zu ihm: ,Gott erhalte dich! Mein Haus hier ist keine Festung noch auch ein sicherer Hort für so viel Geld. Als ich deinen Sack erhalten hatte, habe ich ihn zu einem Manne gesandt, bei dem er jetzt ist. Komme morgen wieder zu uns, um ihn zu holen, so Gott der Erhabene will!' Da ging er fort; doch ich verbrachte die Nacht in Ratlosigkeit, weil der Chorasânier zu mir zurückgekommen war. In jener Nacht kam der Schlaf nicht zu mir, und ich vermochte kein Auge zu schließen. Da stand ich auf und befahl dem Diener: ,Sattle mir das Maultier!' Doch er sprach: ,Herr, es ist ja noch dunkel, die Nacht hat kaum erst begonnen!' Ich kehrte wieder zu meinem

Lager zurück, aber der Schlaf mied mich; und ich weckte den Diener immer wieder, ohne daß er dem Befehle Folge leistete, bis der Morgen dämmerte. Da endlich sattelte er mir das Maultier, und ich ritt davon, ohne zu wissen, wohin ich mich begeben sollte. Ich ließ dem Tiere die Zügel über die Schultern hängen und war in trübe Gedanken und Sorgen versunken, während es nach dem östlichen Teile von Baghdad dahinschritt. Unterwegs kam mir eine Schar von Menschen entgegen; sobald ich sie sah, wich ich ihnen aus und bog vor ihnen in eine andere Straße ein. Aber sie folgten mir, und da sie mich mit der Schärpe der höheren Beamten bekleidet sahen, so eilten sie auf mich zu und fragten mich: ‚Weißt du, wo Abu Hassân ez-Zijâdi wohnt?‘ ‚Der bin ich‘, antwortete ich ihnen; und da riefen sie: ‚Folge dem Rufe des Beherrschers der Gläubigen!‘ Ich zog also mit ihnen dahin, bis ich vor el-Mamûn kam. Der fragte mich: ‚Wer bist du?‘ Als ich ihm antwortete: Einer von den Genossen des Kadis Abu Jûsuf, einer von den Rechtsgelehrten und von den Kennern der Überlieferungen‘, fragte er weiter: ‚Unter welchem Beinamen bist du bekannt?‘ Ich erwiderte: ‚Als Abu Hassân ez-Zijâdi.‘ Da sagte er: ‚Berichte mir, was es mit dir auf sich hat!‘ Nun tat ich ihm kund, wie es um mich stand; er aber weinte bitterlich und sagte dann: ‚Unglücklicher, der Gesandte Allahs – Er segne ihn und gebe ihm Heil! – ließ mich heute nacht um deinetwillen nicht schlafen; denn als ich zu Beginn der Nacht kaum eingeschlafen war, erschien er mir und sprach zu mir: ‚Hilf Abu Hassân ez-Zijâdi!‘ Da wachte ich auf; doch da ich dich nicht kannte, legte ich mich wieder schlafen. Aber wiederum erschien er mir und sprach: ‚Wehe, hilf Abu Hassân ez-Zijâdi!‘ Ich wachte zum zweiten Male auf; und weil ich dich doch nicht kannte, schlief ich wieder ein. Allein er kam zum dritten Male zu mir und sprach: ‚Wehe,

333

hilf Abu Hassân ez-Zijâdi!' Nun wagte ich es nicht, weiterzu-
schlafen, sondern ich wachte die ganze Nacht hindurch, und
dann weckte ich die Leute und sandte sie nach allen Seiten hin
aus, um dich zu suchen.' Darauf gab er mir zehntausend Dirhems mit den Worten: ,Diese sind für den Chorasânier', und
weitere zehntausend mit den Worten: ,Dies gib unbedenklich
aus und bessere damit deine Lage!' Ferner schenkte er mir dreißigtausend Dirhems, indem er sprach: ,Damit statte dich aus,
und wenn der Tag der Zeremonien kommt, so finde dich bei
mir ein, auf daß ich dich mit einem Amt bekleide!' Nun nahm
ich das Geld mit mir, ging fort und begab mich zu meiner
Wohnung; dort sprach ich das Morgengebet. Alsbald aber war
auch der Chorasânier da; ich führte ihn ins Haus, holte einen
Beutel mit zehntausend Dirhems für ihn und sprach zu ihm:
,Da ist dein Geld!' Doch er entgegnete: ,Das ist nicht dasselbe
Geld wie das meine!' ,Du hast recht', erwiderte ich. Als er
dann fragte: ,Wie kommt das?' erzählte ich ihm die ganze Geschichte. Da weinte er und sprach: ,Bei Allah, hättest du mir
von Anfang an die Wahrheit gesagt, so hätte ich keine Zahlung von dir verlangt. Aber auch jetzt will ich, bei Allah, nichts
annehmen.' − −«

Da bemerkte Schehrezâd, daß der Morgen begann, und sie
hielt in der verstatteten Rede an. Doch als die *Dreihundertund-
einundfünfzigste Nacht* anbrach, fuhr sie also fort: »Es ist mir berichtet worden, o glücklicher König, daß der Chorasânier zu
ez-Zijâdi sprach: ,Bei Allah, hättest du mir von Anfang an die
Wahrheit gesagt, so hätte ich keine Zahlung von dir verlangt.
Aber auch jetzt will ich, bei Allah, nichts von diesem Gelde annehmen, und du bist nun rechtens nicht mehr dafür verantwortlich.' Dann verließ er mich, und ich brachte meine Sachen in
Ordnung. Am Tage der Zeremonien aber begab ich mich zum

Tore von el-Mamûn und trat zu ihm ein, während er im Staate dasaß. Als ich vor ihm erschien, ließ er mich näher treten und nahm unter seinem Gebetsteppich eine Urkunde hervor, indem er sprach: ‚Dies ist die Urkunde der Bestallung als Kadi für den Westbezirk der heiligen Stadt Medina vom Tore des Friedens[1] bis zum äußersten Ende der Stadt; und ich verleihe dir soundsoviel als monatliche Einkünfte. So fürchte denn Allah, den Allmächtigen und Glorreichen, und gedenke daran, wie der Gesandte Gottes – Er segne ihn und gebe ihm Heil! – sich deiner angenommen hat!' Da staunten die Leute über seine Worte und fragten mich nach ihrer Bedeutung; ich aber erzählte ihnen die Geschichte von Anfang bis zu Ende, und die Kunde davon verbreitete sich unter den Menschen.'

Abu Hassân blieb darauf Kadi in der heiligen Stadt Medina, bis er starb, in den Tagen el-Mamûns – Allahs Barmherzigkeit über ihn!

Ferner wird erzählt

DIE GESCHICHTE VOM ARMEN
UND SEINEN FREUNDEN IN DER NOT

Es war einmal ein Mann, der viel Geld gehabt, aber alles verloren hatte und der nun nichts mehr besaß. Dem riet seine Frau er solle sich an einen seiner Freunde um Hilfe in seiner Not wenden. Er ging also zu einem Freunde und erzählte ihm von seiner Bedrängnis; der lieh ihm fünfhundert Dinare, um Handel damit zu treiben. Nun war der Mann früher Juwelier gewesen; und darum nahm er das Gold, ging in den Basar der Juweliere und eröffnete einen Laden, um zu kaufen und zu ver-

1. Das ‚Tor des Friedens' ist der Haupteingang zum ‚heiligen Bezirk' innerhalb der Stadt Medina; dies Tor liegt in der Südwestecke des Bezirks.

kaufen. Wie er dort in dem Laden saß, kamen drei Männer zu ihm und fragten ihn nach seinem Vater; und als er ihnen sagte, daß er gestorben wäre, fragten sie weiter: ‚Hat er denn keine Nachkommen hinterlassen?' Da gab er ihnen zur Antwort: ‚Er hat euren Diener, der vor euch steht, hinterlassen.' Und wiederum fragten sie: ‚Wer kann bezeugen, daß du sein Sohn bist?' ‚Die Leute im Basar', erwiderte er. Da sagten sie: ‚Ruf sie uns zusammen, damit sie bezeugen, daß du sein Sohn bist!' Er rief sie, und sie bezeugten es. Nun holten die drei Männer eine Satteltasche hervor, in der sich dreißigtausend Dinare befanden und dazu noch Juwelen und edle Metalle; und sie sprachen zu ihm: ‚Dies hatte dein Vater uns zur Obhut anvertraut.' Darauf gingen sie wieder fort; alsbald aber kam eine Frau zu ihm und verlangte von ihm einige jener Juwelen, die einen Wert von fünfhundert Dinaren hatten, doch sie kaufte sie ihm für dreitausend Dinare ab. Da nahm er die fünfhundert Dinare, die er von seinem Freunde geliehen hatte, und brachte sie ihm wieder, indem er sprach: ‚Nimm die fünfhundert Dinare, die ich von dir geliehen habe; denn Allah hat mir zu neuem Wohlstande verholfen.' Aber sein Freund erwiderte ihm: ‚Ich habe sie dir geschenkt und dir um Allahs willen vermacht. Drum nimm sie; und nimm auch dies Blatt, doch lies es erst, wenn du in deinem Hause bist, und dann handle nach dem, was darinnen steht!' Darauf nahm der Mann das Geld und das Blatt und begab sich nach Hause; als er es entfaltet hatte, fand er auf ihm diese Verse geschrieben:

> Die Männer, die dir nahten, die waren von den Meinen:
> Mein Vater, Vetter, Oheim, er, Sâlih 'Alîs Sohn.
> Und was du bar verkauftest, das kaufte meine Mutter;
> Das Geld und die Juwelen sandt ich dir all zum Lohn.
> Nicht um dich zu verletzen, bin ich so verfahren:
> Ich wollte die Gefahr der Schande dir ersparen.

Ferner erzählt man

DIE GESCHICHTE VON DEM REICHEN MANNE,
DER VERARMTE
UND DANN WIEDER REICH WURDE

Einst lebte ein Mann in Baghdad, der großen Reichtum und viel Geld besessen hatte; doch er verlor sein Geld, und da war es anders um ihn bestellt. Nun besaß er nichts mehr, und er konnte sein Dasein nur durch schwere Arbeit fristen. Eines Nachts legte er sich von Sorgen gebückt und niedergedrückt schlafen, und da sah er im Traum eine Gestalt, die zu ihm sprach: ‚Wisse, dein Glück ist in Kairo; such es und geh ihm nach!‘ Alsbald zog er nach Kairo, und gerade als er dort ankam, überraschte ihn die Nacht; so legte er sich in einer Moschee zum Schlafe nieder. In der Nähe der Moschee aber war ein Haus, und der Ratschluß Allahs des Erhabenen hatte es so gefügt, daß eine Diebesbande in die Moschee kam und von dort in jenes Haus einbrach. Da erwachten die Hausbewohner durch das Geräusch, das die Diebe machten, und sie begannen laut zu schreien. Sofort kam der Wachthauptmann mit seinen Leuten ihnen zu Hilfe. Die Räuber machten sich auf und davon; aber der Wachthauptmann kam in die Moschee und fand den Mann aus Baghdad, der dort schlief. Er ließ ihn ergreifen und ihm so schmerzhafte Rutenhiebe verabfolgen, daß er beinahe starb; dann warf er ihn ins Gefängnis. Dort blieb der Mann drei Tage; dann ließ der Wachthauptmann ihn kommen und fragte ihn: ‚Aus welchem Lande bist du?‘ ‚Aus Baghdad‘, gab der Mann zur Antwort. Weiter fragte er: ‚Was für ein Grund hat dich bewogen, nach Kairo zu kommen?‘ Der Mann erwiderte: ‚Ich habe im Traume eine Gestalt gesehen, die sprach zu mir: ‚Wisse, dein Glück ist in Kairo; such es und geh ihm nach!' Als ich aber in Kairo ankam, da fand ich das Glück, das mir jene Rutenhiebe brachten, die ich von dir geschenkt erhielt.' Da lachte der Wachthauptmann aus vollem Halse, so daß man seine Backenzähne sehen konnte, und sprach zu ihm: ,Du Dummkopf, ich habe dreimal im Traume eine Gestalt gesehen, die zu mir sprach: ,In Baghdad, in dem und dem Stadtviertel steht ein Haus, das so und so aussieht; in dessen Hof ist ein Garten, und an dessen unterem Ende ist ein Springbrunnen, und in ihm ist ein gewaltig großer Schatz versteckt; geh dorthin und hole ihn!' Ich bin nicht dorthin gegangen; aber du bist in deiner Dummheit von Ort zu Ort gereist um eines Gesichtes willen, das nur aus Irrgängen von Träumen bestand!' Dann gab er ihm etwas Geld und fügte hinzu: ,Verhilf dir damit zu deiner Rückkehr in die Heimat!' – –«

Da bemerkte Schehrezâd, daß der Morgen begann, und sie hielt in der verstatteten Rede an. Doch als die *Dreihundertundzweiundfünfzigste Nacht* anbrach, fuhr sie also fort: »Es ist mir berichtet worden, o glücklicher König, daß der Wachthauptmann dem Manne aus Baghdad etwas Geld gab und hinzufügte: ,Verhilf dir damit zu deiner Rückkehr in die Heimat!' Jener nahm es und kehrte nach Baghdad zurück. Nun war aber das Haus in Baghdad, das der Hauptmann ihm geschildert hatte, das Haus eben jenes Mannes; und als er in seiner Wohnung ankam, grub er unter dem Springbrunnen nach und entdeckte einen großen Schatz. So gab ihm Allah reiches Gut, und das war ein wunderbarer Zufall.

Ferner wird erzählt

DIE GESCHICHTE
VON DEM KALIFEN EL-MUTAWAKKIL
UND DER SKLAVIN MAHBÛBA

Im Palaste des Beherrschers der Gläubigen el-Mutawakkil
'ala-llâh[1] waren vierhundert Nebenfrauen, darunter zweihundert Griechinnen und zweihundert Einheimische von unfreien
Eltern und Abessinierinnen. Und dazu schenkte ihm 'Ubaid
ibn Tâhir noch vierhundert andere Mädchen, zweihundert
weiße und zweihundert Abessinierinnen und einheimische
Mulattinnen. Unter diesen letzteren befand sich eine Sklavin
aus Basra, des Namens Mahbûba; die übertraf alle anderen
an Schönheit und Lieblichkeit, Anmut und Zierlichkeit; auch
verstand sie die Laute zu spielen und lieblich zu singen, Verse
zu dichten und schön zu schreiben, so daß el-Mutawakkil ganz
von ihr bezaubert wurde und nicht eine Stunde lang die Trennung von ihr ertragen konnte. Als sie aber seine Neigung zu
ihr sah, ward sie anmaßend gegen ihn und vergaß sich im
Übermute des Glücks. Da ward er von heftigem Groll gegen
sie erfüllt, verstieß sie und verbot allen Bewohnern des Palastes mit ihr zu reden. So blieb es einige Tage lang; aber der Kalif hing doch noch immer an ihr. Eines Morgens nun sprach er
zu seinen Höflingen: ‚Ich habe heut nacht geträumt, daß ich
mit Mahbûba versöhnt wäre.' Sie erwiderten darauf: ‚Wir
flehen zu Allah dem Erhabenen, daß dies Wirklichkeit sein
möchte!' Während sie noch miteinander redeten, trat plötzlich eine Dienerin herein und flüsterte dem Kalifen heimlich
etwas ins Ohr. Da verließ er den Thronsaal und begab sich in
den Harem; denn was sie ihm zugeflüstert hatte, war dies:
‚Wir haben aus Mahbûbas Gemach Gesang und Lautenspiel

1. Dieser Abbasidenkalif regierte von 847 bis 861.

gehört, und wir wissen nicht, was das bedeuten soll.' Als er
nun zu ihrem Gemache kam, hörte er, wie sie zur Laute sang;
liebliche Weisen ließ sie erklingen und hub an diese Verse
zu singen:

> Ich wandre rings umher im Schloß und finde keinen,
> Der mit mir spricht; ach, keinem klage ich mein Leid.
> Mir ist, als hätt ich eine Schuld auf mich geladen,
> Für die es keine Reue gibt, die mich befreit.
> Ach, finde ich denn noch beim König einen Fürsprech? –
> Er kam im Schlaf und sagte, daß er mir verzeiht!
> Doch als der Morgen dann sein helles Licht uns brachte,
> Da stieß er mich zurück in meine Einsamkeit.

Als el-Mutawakkil ihre Worte vernahm, wunderte er sich über
diese Verse und über das seltsame Zusammentreffen, da Mahbûba denselben Traum gehabt hatte wie er; und er trat in ihr
Gemach ein. Sobald sie ihn bemerkte, sprang sie auf, warf sich
vor seinen Füßen nieder und küßte sie. Dann sprach sie: ,Bei
Allah, mein Gebieter, dies habe ich in der letzten Nacht geträumt! Und als ich aus dem Schlafe aufwachte, dichtete ich
diese Verse.' Der Kalif erwiderte ihr: ,Bei Allah, ich habe das
gleiche geträumt!' Darauf umarmten sie einander und ver-
söhnten sich; und er blieb sieben Tage mitsamt den Nächten
bei ihr. Mahbûba aber hatte den Vornamen[1] des Kalifen el-
Mutawakkil mit Moschus auf ihre Wangen geschrieben; und
der lautete Dscha'far. Als er nun seinen Vornamen auf ihrer
Wange sah, da sprach er aus dem Stegreife:

> Sie schrieb den Namen Dscha'far mit Moschus auf die Wange;
> Ich geb für sie mein Leben, die schrieb, was ich geschaut!
> Und schrieb auf ihre Wange ihr Finger eine Zeile,
> So hat sie meinem Herzen viel Zeilen anvertraut. –

1. Das ist der eigentliche Name, der dem Kinde gegeben wurde, nicht
der Herrscher- oder Thronname.

Von aller Welt besitzet dich Dscha'far nur allein;
Drum tränke Allah Dscha'far[1] mit deiner Liebe Wein!

Und als el-Mutawakkil starb, da vergaßen ihn alle Sklavinnen, die er besessen hatte, nur Mahbûba nicht. – –«

Da bemerkte Schehrezâd, daß der Morgen begann, und sie hielt in der verstatteten Rede an. Doch als die *Dreihundertund-dreiundfünfzigste Nacht* anbrach, fuhr sie also fort: »Es ist mir berichtet worden, o glücklicher König, daß nach dem Tode el-Mutawakkils alle Sklavinnen, die er besessen hatte, ihn vergaßen, nur Mahbûba nicht; die betrauerte ihn bis zu ihrem Tode, und sie ward an seiner Seite begraben – Allahs Barmherzigkeit ruhe auf ihnen allen!

Ferner erzählt man

DIE GESCHICHTE VON WARDÂN DEM FLEISCHER
MIT DER FRAU UND DEM BÄREN

Zur Zeit von el-Hâkim bi-amri-llâh[2] lebte in Kairo ein Mann des Namens Wardân; das war ein Fleischer, der Schafe schlachtete. Jeden Tag pflegte eine Frau zu ihm zu kommen mit einem Dinar, der fast soviel wie zweiundeinhalb ägyptische Dinare wog, und dann sagte sie zu ihm: ,Gib mir ein Schaf!' Sie hatte aber einen Lastträger mit einem Korbe bei sich; und wenn der Fleischer den Dinar von ihr erhalten und ihr ein Schaf gegeben hatte, so gab sie es jenem zu tragen und ging mit ihm heim. Am nächsten Morgen früh kam sie dann wieder; und so nahm jener Fleischer von ihr jeden Tag einen Dinar ein. Dabei blieb es eine ganze Weile. Eines Tages aber begann Wardân der Fleischer darüber nachzudenken, was es mit ihr sei, und er

1. Hier wird auf die Bedeutung von *dscha'far*, das ist Strom, angespielt. – 2. Abu 'Alî el-Mansûr el-Hâkim bi-amri-llâh (996 bis 1021) war der sechste fatimidische Kalif von Ägypten.

sprach bei sich selber: Diese Frau kauft jeden Tag von mir für einen Dinar und läßt nicht einen einzigen Tag aus; und immer kauft sie von mir für bares Geld. Das ist doch eine merkwürdige Sache!' Darauf fragte er den Lastträger, als die Frau nicht dabei war, mit den Worten: ,Wohin gehst du jeden Tag mit dieser Frau?' Der gab ihm zur Antwort: ,Ich wundere mich selbst gar sehr über sie; denn jeden Tag läßt sie mich erst das Schaf bei dir aufladen, dann kauft sie noch für einen Dinar die Zukost zum Fleisch, ferner Früchte und Kerzen, und holt bei einem Christenkerl zwei Flaschen Wein, für die sie ihm einen Dinar gibt. Das alles läßt sie mich tragen, und ich muß mit ihr zu den Gärten des Wesirs gehen. Dort verbindet sie mir die Augen, so daß ich nicht mehr sehe, wohin auf Erden ich meinen Fuß setze, und sie führt mich, ohne daß ich weiß, wohin sie mit mir geht. Schließlich sagt sie zu mir: ,Setz hier ab!' gibt mir einen leeren Korb, den sie bereitgestellt hat, ergreift mich bei der Hand und führt mich zu der Stätte zurück, an der sie mir die Binde um die Augen gelegt hat; die löst sie dann und gibt mir zehn Dirhems.' ,Gott steh ihr bei!' rief der Fleischer; aber er dachte nur noch mehr über sie nach, sein Staunen ward noch stärker, und er verbrachte die Nacht in großer Unruhe. ,Am nächsten Morgen – so erzählte Wardân der Fleischer selbst – kam sie wie immer zu mir, gab mir den Dinar, nahm das Schaf in Empfang, ließ den Träger es aufladen und ging davon. Nun vertraute ich meinen Laden der Obhut eines jungen Burschen an und ging hinter ihr her, doch so, daß sie mich nicht sehen konnte.' – –«

Da bemerkte Schehrezâd, daß der Morgen begann, und sie hielt in der verstatteten Rede an. Doch als die *Dreihundertundvierundfünfzigste Nacht* anbrach, fuhr sie also fort: »Es ist mir berichtet worden, o glücklicher König, daß Wardân der Fleischer des weiteren erzählte: ‚Nun vertraute ich meinen Laden der Obhut eines jungen Burschen an und ging hinter ihr her, doch so, daß sie mich nicht sehen konnte. Und ich behielt sie immer im Auge, bis sie aus der Stadt Kairo hinausging; und unbemerkt folgte ich ihr, bis sie zu den Gärten des Wesirs kam. Dort versteckte ich mich, bis sie dem Lastträger die Augen verband, und dann ging ich hinter ihr her, von Ort zu Ort, bis daß sie in die Bergwüste kam. Als sie zu einer Stelle gelangte, an der sich ein großer Stein befand, nahm sie dem Träger den Korb ab. Darauf wartete ich, bis sie den Lastträger zurückgeführt hatte und wiederkam und alles, was in dem Korbe war, herausnahm und schließlich verschwand. Nun ging ich zu jenem Steine, schob ihn beiseite und ging hinein; hinter ihm entdeckte ich eine offene Falltür aus Messing und eine Treppe, die nach unten führte. Ganz langsam stieg ich auf dieser Treppe hinab, bis ich zu einem langen unterirdischen Gang kam, der ganz hell war; in ihm ging ich dann weiter, bis ich etwas erblickte, das wie die Tür zu einer Halle aussah. Nach beiden Seiten der Tür sah ich genauer hin, und da fand ich eine Nische mit Treppenstufen außerhalb der Saaltür; ich stieg auf ihnen hinauf und entdeckte oben eine kleine Nische mit einem Fenster, das auf den Saal führte. Nun schaute ich in die Halle hinab und sah, wie die Frau das Schaf genommen hatte und die besten Teile davon abschnitt und in einem Topf zubereitete. Das übrige warf sie einem großen Bären von mächtiger Gestalt zu, und der fraß alles bis zum Letzten auf, während sie kochte. Als sie fertig war, aß sie, bis sie satt war; dann trug sie die Früchte und das Naschwerk auf, setzte den Wein hin und begann aus einem Becher zu trinken und gab dem Bären aus einer goldenen Schale zu trinken, bis der Rausch der Trunkenheit über sie kam. Darauf entkleidete sie sich und

343

legte sich nieder. Der Bär aber erhob sich und warf sich auf sie, und sie gewährte ihm das Beste, was den Menschenkindern gehört, bis er zu Ende war und sich niedersetzte.[1] Dann sprang er wieder auf sie zu und warf sich auf sie; und als er zu Ende war, setzte er sich nieder und ruhte aus. Und so fuhr er fort, bis er es zehnmal getan hatte. Schließlich sanken beide in Ohnmacht und blieben regungslos liegen. Da sagte ich mir: ,Dies ist der Augenblick, die Gelegenheit zu ergreifen!' Ich eilte hinab, und da ich ein Messer bei mir hatte, das die Knochen vor dem Fleische zerschnitt, so nahm ich es, und als ich vor ihnen stand und keine Ader in ihnen sich rühren sah, weil sie übermüde waren, legte ich das Messer dem Bären an die Kehle und stemmte mich dagegen, bis ich ihm den Garaus gemacht hatte und der Kopf von seinem Rumpfe getrennt war. Dabei röchelte er so gewaltig, daß es wie Donnergeroll klang, und die Frau fuhr erschrocken auf. Als sie sah, wie der Bär getötet war und wie ich mit dem Messer in der Hand dastand, schrie sie so laut, daß ich glaubte, sie hätte den Geist aufgegeben. Doch sie sprach dann zu mir: ,O Wardân, ist das der Lohn für meine Güte?' Darauf erwiderte ich: ,O du Feindin deiner selbst, ist solche Not an Männern, daß du ein so schändliches Treiben üben mußt?' Da senkte sie ihr Haupt, ohne eine Antwort zu geben, und blickte auf den Bären, dem der Kopf vom Leibe getrennt war. Dann sprach sie: ,Wardân, was ist dir lieber? Willst du auf das hören, was ich dir sage, und dadurch gerettet werden' – –«

1. Geschichten über Verkehr von Frauen mit Tieren werden auch in Europa bis in die neueste Zeit erzählt und geglaubt. Hier mag in der arabischen Erzählung noch eine verschwommene Erinnerung an altägyptische Dinge vorliegen; schon Herodot berichtet, wie Frauen im Dienste des heiligen Bockes in Mendes sich diesem preisgaben. Der Bär ist freilich in Ägypten nicht zu Hause, wurde aber schon früh aus Nordsyrien dort eingeführt.

Da bemerkte Schehrezâd, daß der Morgen begann, und sie hielt in der verstatteten Rede an. Doch als die *Dreihundertundfünfundfünfzigste Nacht* anbrach, fuhr sie also fort: »Es ist mir berichtet worden, o glücklicher König, daß die Frau sprach: ‚Wardân, was ist dir lieber? Willst du auf das hören, was ich dir sage, und dadurch gerettet werden und bis zum Ende deiner Tage in Reichtum leben? Oder willst du mir zuwiderhandeln und dadurch dich ins Verderben stürzen?' Ich antwortete: ‚Lieber will ich auf deine Worte hören. Sag, was willst du?' ‚Töte mich,' sprach sie, ‚wie du diesen Bären getötet hast; nimm aus diesem Schatze, was du wünschest, und geh deiner Wege!' Darauf erwiderte ich: ‚Ich bin besser als dieser Bär. Kehre zu Allah dem Erhabenen zurück und tue Buße! Dann will ich mich mit dir vermählen, und wir werden unser Leben lang von diesem Schatze leben können.' Doch sie rief: ‚O Wardân, das sei ferne! Wie sollte ich nach seinem Tode noch leben können? Bei Allah, wenn du mich nicht tötest, so werde ich gewißlich deinem Leben ein Ende machen. Gib mir keine Widerworte; sonst bist du des Todes! Das ist's, was ich dir zu sagen habe, und damit hat es sein Bewenden.' ‚Nun also,' gab ich zur Antwort, ‚ich will dich töten. Dann wirst du zum Fluche Allahs niederfahren!' Darauf ergriff ich sie an den Haaren und schnitt ihr die Kehle durch; und sie fuhr hinab zum Fluche Allahs und der Engel und aller Menschen! Dann schaute ich mich in dem Raume um, und ich fand in ihm so viel Gold, Siegelsteine und Perlen, wie sie kein König aufhäufen kann. Ich nahm den Korb des Lastträgers und füllte ihn so weit, wie es mir nur irgend möglich war; danach deckte ich ihn mit einem der Gewänder, die ich an mir hatte, zu und lud ihn mir auf. Zuletzt stieg ich aus der Schatzhöhle wieder hinauf und ging fort, immer weiter, bis ich zum Stadttore von

Kairo kam; dort kamen mir plötzlich zehn Leute von der Leib-
wache des Kalifen el-Hâkim bi-amri-llâh entgegen, und er
selbst folgte ihnen. Er rief mich an: ‚He, Wardân!‘ ‚Zu deinen
Diensten, o König!‘ erwiderte ich. Dann fragte er: ‚Hast du
den Bären und die Frau getötet?‘ ‚Jawohl‘, gab ich zur Antwort. Er sagte darauf: ‚Setz den Korb von deinem Kopfe nieder und sei guten Mutes; alles Gut, das du bei dir hast, soll dir
gehören, und niemand soll es dir streitig machen!‘ So setzte
ich denn den Korb vor ihm nieder; und nachdem er ihn aufgedeckt und betrachtet hatte, fuhr er fort: ‚Erzähle mir, was
mit den beiden geschehen ist, obgleich ich es weiß, als ob ich
bei euch zugegen gewesen wäre!‘[1] Da berichtete ich ihm alles,
was geschehen war, und er sprach: ‚Du hast die Wahrheit gesagt.‘ Dann fügte er hinzu: ‚Wardân, laß uns zu der Schatzhöhle gehen.‘ Da begab ich mich also mit ihm wieder dorthin; und als er die Falltür geschlossen sah, befahl er: ‚Hebe sie,
Wardân! Niemand kann diesen Schatz öffnen als du allein; er
ist auf deinen Namen und dein Wesen verzaubert.‘ Doch ich
entgegnete: ‚Bei Allah, ich kann ihn nicht öffnen.‘ Er aber
sprach: ‚Tritt nur hinzu im Vertrauen auf den Segen Allahs!‘
Ich trat hinzu, rief den Namen Allahs des Erhabenen an, legte
meine Hand auf die Falltür, und siehe da, sie hob sich, wie
wenn sie das leichteste Ding der Welt wäre. Nun sagte el-
Hâkim: ‚Geh hinab und hol heraus, was darinnen ist! Denn
niemand als einer von deinem Namen, deiner Gestalt und deinem Wesen kann hinabsteigen, seit dieser Bär und diese Frau
von deiner Hand umgebracht und getötet sind. Dies alles stand
bei mir verzeichnet, und ich wartete nur, bis daß es Ereignis

1. Der Kalif el-Hâkim behauptete, göttliche Kräfte zu besitzen, und ließ
sich in seinen letzten Regierungsjahren als Verkörperung der Gottheit
verehren; als solche verehren ihn die Drusen noch heute.

werden sollte.' Ich stieg also hinab – so schloß Wardân seine Erzählung – und brachte ihm alles, was in der Schatzhöhle war. Darauf ließ er Lasttiere kommen, belud sie und beließ mir meinen Korb mit dem, was in ihm war; ich nahm ihn mit nach Hause und eröffnete einen neuen Laden im Basar.'

Dieser Basar aber ist noch bis auf diesen Tag vorhanden, und er ist bekannt als Wardâns Basar.

Ferner wird erzählt

DIE GESCHICHTE VON DER PRINZESSIN
UND DEM AFFEN

Ein Sultan hatte eine Tochter; die hatte ihr Herz an einen schwarzen Sklaven gehängt. Und dieser Schwarze nahm ihr das Mädchentum, und sie entbrannte in solcher Lust, daß sie die Trennung von ihm nicht eine Stunde ertragen konnte. Sie klagte ihre Not einer ihrer Kammerfrauen, und die tat ihr kund, kein Wesen könne die Lust besser befriedigen als der Affe.[1] Nun begab es sich eines Tages, daß ein Affenführer unter ihrem Fenster mit einem großen Affen[2] vorbeikam. Da entschleierte sie ihr Antlitz, blickte den Affen an und winkte ihm mit den Augen zu; alsbald zerriß der Affe seine Fesseln und Ketten und kletterte zu ihr empor. Sie verbarg ihn bei sich, und er blieb Tag und Nacht bei ihr, indem er aß und trank und ihr beiwohnte. Als ihr Vater davon hörte, wollte er sie töten. – –«

1. Der Affe galt und gilt im Morgenlande als eine Erscheinungsform des Teufels. Der Gedanke an Buhlschaft mit dem Teufel, die im Mittelalter bei uns den Hexen oft vorgeworfen wurde, spielt vielleicht in diese Geschichte hinein, zumal auch heute noch im Orient geglaubt wird, daß Dämonen mit sterblichen Frauen eine Ehe eingehen können. – 2. In Kairo haben die umherziehenden Gaukler heute meist einen kleinen Affen und einen Ziegenbock.

Da bemerkte Schehrezâd, daß der Morgen begann, und sie hielt in der verstatteten Rede an. Doch als die *Dreihundertundsechsundfünfzigste Nacht* anbrach, fuhr sie also fort: »Es ist mir berichtet worden, o glücklicher König, daß der Sultan, als er von dem Treiben seiner Tochter hörte, sie töten wollte. Doch sie erfuhr davon und verkleidete sich als Mamluk, bestieg ein Roß und nahm ein Maultier mit sich, das sie mit unbeschreiblich viel Gold und anderen Edelmetallen und Stoffen hatte beladen lassen. Sie nahm aber auch den Affen mit sich und entfloh nach der Stadt Kairo; in einem der Häuser am Rande der Wüste ließ sie sich nieder. Nun kaufte sie jeden Tag Fleisch bei einem jungen Fleischer; aber sie kam stets erst nach Mittag zu ihm und war dabei von bleicher Farbe und verstörtem Aussehen. Der junge Mann sagte sich: ,Mit diesem Mamluken muß es eine sonderbare Bewandtnis haben.' Und als sie dann wieder wie gewöhnlich kam und das Fleisch holte, folgte er ihr, ohne daß sie ihn sehen konnte. ,Ich ging – so erzählte der Fleischer selbst – immer unbemerkt hinter ihr her, von Ort zu Ort, bis sie zu ihrer Wohnstatt am Rande der Wüste kam und dort eintrat. Ich blickte von einer Seite zu ihr hinein, und da sah ich, wie sie, als sie sich zu Hause befand, das Feuer anzündete und das Fleisch kochte; dann aß sie, bis sie satt war, und setzte das übrige dem Affen vor, den sie bei sich hatte. Da aß auch er, bis er satt war. Dann legte sie die Kleider, die sie trug, ab und legte die prächtigsten Frauengewänder an, die sie besaß; so erfuhr ich, daß sie eine Frau war. Zuletzt holte sie Wein, trank davon und gab auch dem Affen zu trinken; und dann wohnte er ihr bei, wohl zehnmal, bis sie in Ohnmacht sank. Danach breitete er eine seidene Decke über sie und begab sich an seinen Platz. Nun ging ich mitten in das Haus hinein; als der Affe mich bemerkte, wollte er mich zerreißen, aber

348

ich kam ihm mit einem Messer, das ich bei mir hatte, zuvor und schlitzte ihm den Leib auf. Da wachte die Prinzessin auf mit Furcht und Zittern, und als sie den Affen in solchem Zustande sah, schrie sie so laut, daß sie beinahe den Geist aufgab. Wiederum sank sie in Ohnmacht, und als sie dann zur Besinnung kam, sprach sie zu mir: ‚Was hat dich zu solcher Tat getrieben? Um Allahs willen, laß mich ihm nachfolgen!' Ich aber sprach ihr lange gütig zu und verbürgte mich, ich wolle den Affen als Mann ersetzen, bis ihre Furcht sich schließlich legte; und dann nahm ich sie zum Weibe. Aber ich war zu schwach dazu, und ich konnte es nicht ertragen; so klagte ich meine Not einer Alten und erzählte ihr, wie es mit der Prinzessin stand. Die versprach mir sicher, sie wolle alles gutmachen, und sagte zu mir: ‚Du mußt mir einen Kessel bringen, und den mußt du mit scharfem Essig füllen; und ferner mußt du ein Pfund Speichelwurz bringen.' Ich brachte ihr, was sie verlangt hatte; sie tat alles in den Kessel, setzte ihn aufs Feuer und ließ es gründlich kochen. Dann gebot sie mir, der Prinzessin beizuwohnen; und ich tat es, bis sie in Ohnmacht sank. Nun hob die Alte sie auf, ohne daß jene es merkte, und hielt ihren Schoß über die Öffnung des Kessels. Der Dampf stieg auf, bis er in ihren Leib drang, und da fiel aus ihrem Schoße etwas heraus. Ich sah genauer hin, und siehe da, es waren zwei Würmer, ein schwarzer und ein gelber. Die Alte aber sprach: ‚Der eine ist durch die Lust mit dem Neger entstanden, der andere durch die Lust mit dem Affen.' Als die Prinzessin dann aus ihrer Ohnmacht wieder zu sich gekommen war, blieb sie eine lange Weile bei mir, ohne der Lust zu begehren; denn Allah hatte sie von jener Plage befreit. Darüber staunte ich.'––«

Da bemerkte Schehrezâd, daß der Morgen begann, und sie hielt in der verstatteten Rede an. Doch als die *Dreihundertund-*

siebenundfünfzigste Nacht anbrach, fuhr sie also fort: »Es ist mir berichtet worden, o glücklicher König, daß der junge Mann erzählte: ‚Allah hatte sie von jener Plage befreit. Darüber staunte ich, und ich tat ihr kund, was geschehen war.'

Danach blieb die Prinzessin bei dem jungen Manne im schönsten Leben und in reinster Wonne, nachdem sie die Alte an Mutters Statt zu sich genommen hatte. Und lange Zeit lebten die drei zusammen, sie, ihr Gemahl und die Alte, in Glück und Freude, bis Der zu ihnen kam, der die Freuden schweigen heißt und der die Freundesbande zerreißt. Preis sei Ihm, dem Lebendigen, der nimmer vergeht, und bei dem die Herrschaft auf Erden und im Himmel steht!

Und ferner erzählt man

DIE GESCHICHTE VOM EBENHOLZPFERD

In alten Zeiten lebte einst ein König, ein mächtiger Herr, ein Fürst von hoher Ehr[1]; der hatte drei Töchter, wie leuchtende Vollmonde anzuschauen und wie blühende Auen, und ein Sohn beglückte ihn, der dem Monde gleich erschien. Während dieser König eines Tages auf dem Throne seiner Herrschaft saß, traten drei weise Männer zu ihm ein, von denen der eine einen goldenen Pfau, der andere ein Horn aus Messing und der dritte ein Pferd aus Elfenbein und Ebenholz bei sich hatte. Da fragte der König sie: ‚Was bedeuten diese Dinge? Welchen Nutzen haben sie?' Zuerst hub der Mann mit dem Pfau an: ‚Wisse, der Nutzen dieses Pfaus besteht darin, daß er jedesmal, wenn eine Stunde der Nacht oder des Tages vergangen ist, mit seinen Flügeln schlägt und ruft.' Dann fuhr der Mann mit dem

1. In der Breslauer Ausgabe heißt dieser König ‚Sabûr', das ist der altpersische Name Schapûr (Schâhpuhr), und sein Sohn Kamar el-Akmâr, das ist ‚Mond der Monde'.

Horne fort: ‚Wisse, wenn dies Horn auf das Stadttor gelegt wird, so ist es wie ein Wächter. Sooft ein Feind in die Stadt eindringt, ertönt dies Horn wider ihn; dann wird er erkannt und ergriffen.' Und zuletzt sprach der Mann mit dem Pferde: ‚Mein Gebieter, wisse, der Nutzen dieses Pferdes besteht darin, daß es einen jeden Menschen, der auf ihm reitet, in jedes Land bringt, wohin er nur will.' Der König aber erwiderte: ‚Ich werde euch meine Gunst erst bezeigen, wenn ich die Kräfte dieser Gestalten erprobt habe.' Darauf erprobte er den Pfau und fand, daß es so war, wie sein Werkmeister gesagt hatte; zu zweit erprobte er das Horn und erkannte in ihm die Kraft, die sein Verfertiger beschrieben hatte. Nun sprach der König zu den beiden Weisen: ‚Erbittet euch eine Gnade von mir!' Sie gaben zur Antwort: ‚Wir erbitten von dir die Gnade, daß du einen jeden von uns beiden mit einer deiner Töchter vermählst.' Und der König geruhte, den beiden je eine seiner Töchter zu geben. Zuletzt trat der Mann mit dem Pferde vor, küßte den Boden vor seinen Füßen und sprach zu ihm: ‚O größter König unserer Zeit, gewähre auch mir die Gunst, die du meinen Gefährten erwiesen hast!' Doch der König erwiderte: ‚Zuerst muß ich das, was du mir gebracht hast, erproben.' In dem Augenblicke trat der Sohn des Königs vor und sprach: ‚Vater, ich möchte dies Pferd besteigen und erproben und seine Kraft prüfen.' ‚Mein lieber Sohn,' antwortete der König, ‚erprobe es, wie du willst!' Da bestieg der Prinz das Pferd und drückte ihm seine Fersen in die Flanken, aber das Tier rührte sich nicht vom Fleck. Drum rief er: ‚O du Weiser, wo ist denn die Schnelligkeit des Pferdes, die du von ihm behauptest?' Der Weise trat zu dem Prinzen heran, zeigte ihm die Schraube für den Aufstieg und sprach zu ihm: ‚Dreh diesen Wirbel!' Als der Prinz das getan hatte, siehe, da bewegte das Pferd sich und flog mit dem Prinzen zu den Wolken des Himmels empor, und es flog immer weiter, bis es den Augen entschwand. Nun ward der Prinz durch seine Fahrt beunruhigt, er bereute, daß er das Pferd bestiegen hatte, und rief: ‚Der Weise hat eine List ersonnen, um mich zu verderben. Doch es gibt keine Macht und es gibt keine Majestät außer bei Allah dem Erhabenen und Allmächtigen!' Darauf begann er alle Glieder des Pferdes genau zu betrachten, und während er so Umschau hielt, erblickte er etwas, das einem Hahnenkopfe gleichsah, auf dem rechten Bug des Pferdes, und ebenso auch auf dem linken Bug. Da sagte er: ‚Ich sehe kein besonderes Merkmal an ihm als diese beiden Knöpfe.' Und er drehte den Knopf, der auf dem rechten Bug war; aber nun stieg das Pferd nur noch schneller mit ihm in den Luftraum empor. Sofort wandte er sich von ihm ab und blickte nach dem linken Bug; er schaute jenen anderen Knopf an und drehte ihn, und alsbald wandelten sich die Bewegungen des Pferdes vom Aufstieg zum Abstieg. Ganz langsam ließ es sich mit ihm immer weiter zur Erde hinab, während der Prinz schon um sein Leben besorgt war. – –«

Da bemerkte Schehrezâd, daß der Morgen begann, und sie hielt in der verstatteten Rede an. Doch als die *Dreihundertundachtundfünfzigste Nacht* anbrach, fuhr sie also fort: »Es ist mir berichtet worden, o glücklicher König, daß die Bewegungen des Pferdes, als der Prinz den linken Knopf gedreht hatte, sich vom Aufstieg zum Abstieg wandelten, und daß es sich ganz langsam mit ihm immer weiter zur Erde hinabließ, während jener schon um sein Leben besorgt war. Sowie der Prinz dessen gewahr wurde und nun die richtigen Kräfte des Pferdes erkannte, ward sein Herz von hoher Freude erfüllt, und er dankte Allah dem Erhabenen für die Gnade, die Er ihm erwiesen hatte, als Er ihn vor dem Verderben behütete. Den ganzen Tag über stieg das Pferd hinab; denn als es aufgestiegen war, hatte es sich weit von der Erde entfernt. Dabei wandte der Prinz den Kopf des Pferdes beim Abstieg, wie es ihm beliebte; bald flog er abwärts, bald stieg er wieder auf, ganz wie er wollte. Und als er mit dem Pferde alles erreicht hatte, was er wünschte, da näherte er sich mit ihm der Oberfläche der Erde, und er schaute nach, was für Länder und Städte dort waren, die er nicht kannte, da er sie in seinem ganzen Leben noch nicht gesehen hatte. Und unter dem, was er sah, befand sich auch eine Stadt, die wunderschön gebaut war, inmitten saftig grüner Flächen, reich an Bäumen und Bächen. Er dachte nach und sprach: ,Wüßte ich doch, wie diese Stadt heißt und in welchem Lande sie liegt!' Dann begann er jene Stadt zu umkreisen, und er betrachtete sie von rechts und von links. Da aber der Tag bereits zur Rüste ging und die Sonne sich dem Untergange nahte, so sagte er sich: ,Ich finde doch keinen schöneren Ort zum Übernachten als diese Stadt. Drum will ich hier die Nacht zubringen; und morgen früh will ich zu den Meinen und in mein Königsschloß zurückkehren, und dann will ich den Meinen und meinem Vater berichten, was sich zugetragen hat, und ihnen alles kundtun, was meine Augen gesehen haben.' Alsbald suchte er nach einem Platze, an dem er für sich und sein Pferd eine sichere Unterkunft finden könnte, ohne daß ihn jemand sähe. Und wie er so umherschaute, erblickte er plötzlich mitten in der Stadt ein hochragendes Schloß; das war von einer großen Mauer mit hohen Zinnen umgeben. Da sagte sich der Prinz: ,Sieh da, das ist eine schöne Stätte', nun er begann den Abstiegswirbel des Pferdes zu drehen; nun ließ es sich mit ihm ganz hinab, bis es sanft auf der Dachterrasse des Schlosses landete. Sogleich stieg er vom Pferde, dankte Allah dem Erhabenen und begann rings um das Pferd zu gehen und es genau zu betrachten; dabei sprach er: ‚Bei Allah, wer dich in dieser Art erschuf, ist fürwahr ein weiser Meister! Wenn Allah der Erhabene meinem Leben noch eine Spanne Zeit gewährt und mich wohlbehalten in mein Land und zu den Meinen zurückkehren läßt und mich mit meinem Vater wieder vereint, so will ich diesem Weisen jede Wohltat gewähren und ihn durch die höchsten Gnaden ehren.' Dann blieb er auf der Dachterrasse des Schlosses sitzen, bis er sicher war, daß die Leute schliefen. Da aber Hunger und Durst ihn quälten, zumal er seit der Trennung von seinem Vater keine Speise gekostet hatte, so sagte er sich: ‚In einem Schlosse wie diesem kann es nicht an dem fehlen, was zum Leben nötig ist'; und er ließ das Pferd an seiner Stelle und schritt hinunter, um etwas zu suchen, das er essen könnte. Da fand er zuerst eine Treppe; die stieg er hinunter und gelangte dann in einen Hof, der ganz mit Marmor ausgelegt war. Er bewunderte diesen Raum und seine schöne Bauart; aber er hörte in jenem Schlosse keinen einzigen Laut, noch sah er ein Menschenwesen traut. Ratlos blieb er stehen und schaute nach rechts und nach links, ohne zu wissen, wohin er sich wenden sollte. Schließlich sagte er sich: ‚Ich kann nichts Besseres tun als zu der Stätte zurückkehren, an der mein Pferd steht, und bei ihm die Nacht zubringen. Morgen früh will ich wieder aufsitzen und davonreiten.'--«

Da bemerkte Schehrezâd, daß der Morgen begann, und sie hielt in der verstatteten Rede an. Doch als die *Dreihundertundneunundfünfzigste* Nacht anbrach, fuhr sie also fort: »Es ist mir berichtet worden, o glücklicher König, daß der Prinz sich sagte: ‚Ich kann nichts Besseres tun als die Nacht bei meinem Pferde zubringen. Morgen früh will ich wieder aufsitzen und

354

davonreiten.' Während er nun so dastand und solche Worte zu seiner Seele sagte, sah er plötzlich, wie ein Licht auf die Stätte zukam, an der er stand; und als er genauer auf jenes Licht schaute, erblickte er bei ihm eine Mädchenschar, und unter ihnen eine Maid an Schönheit reich, mit einem Wuchse dem Alif[1] gleich; die war wie der volle Mond, wenn er strahlend am Himmel thront, wie der Dichter von ihr gesagt hat:

> *Sie nahte ungeahnt, als kaum die Nacht gesunken,*
> *Ein Vollmond, der am dunklen Himmelsrand erscheint,*
> *Die Schlanke, keine gleichet ihr von den Menschenkindern,*
> *In der sich hohe Schönheit mit reinem Wesen eint.*
> *Ich rief, als meine Augen auf ihre Schönheit blickten:*
> *Ihn, der den Menschen schuf aus Tropfen[2], preise ich.*
> *Vor aller Menschen Augen[3] schütz ich sie durch die Worte:*
> *Zum Herrn der Morgenröte und Menschen flücht ich mich.*[4]

Jene Maid aber war die Tochter des Königs dieser Stadt; und ihr Vater liebte sie zärtlich und hatte ihr in seiner Liebe zu ihr dies Schloß bauen lassen. Immer, wenn ihr die Brust beklommen war, ging sie dorthin mit ihren Sklavinnen und blieb dort ein oder zwei Tage oder noch länger; danach kehrte sie dann in ihr Serail zurück. Nun hatte es sich getroffen, daß sie an jenem Abend kam, um sich zu ergehen und aufzuheitern; und so schritt sie denn dahin, inmitten ihrer Sklavinnen und begleitet von einem Eunuchen, der mit einem Schwerte umgürtet war. Als sie in das Schloß eingetreten waren, breiteten sie die Teppiche aus und zündeten das Räucherwerk an; und dann spielten sie und waren guter Dinge. Während sie sich so dem Scherz und der Freude hingaben, stürzte plötzlich der Prinz auf den Eunuchen, schlug ihm ins Angesicht und warf

---

1. Der Buchstabe Alif besteht aus einer senkrechten Linie. – 2. Koran, Sure 32, Vers 7. – 3. Das heißt: den bösen Augen. – 4. Koran, Sure 113, Vers 1 und 114, Vers 1. Das sind die beiden ‚Schutzsuren‘.

ihn zu Boden; dann riß er ihm das Schwert aus der Hand, eilte auf die Mädchen zu, die bei der Prinzessin waren, und trieb sie nach rechts und nach links auseinander. Als die Prinzessin ihn in seiner vollen Schönheit erblickte, rief sie: ‚Bist du es etwa, der gestern bei meinem Vater um mich warb und den mein Vater abwies, indem er vorschützte, du habest ein häßliches Aussehen? Bei Allah, dann hat mein Vater gelogen, als er solche Worte sprach! Du bist in Wahrheit schön.' Es hatte nämlich der Sohn des Königs von Indien um sie bei ihrem Vater geworben, und der hatte ihn abgewiesen, weil er häßlich anzusehen war. Und da die Prinzessin nun glaubte, der Prinz sei jener Brautwerber, so ging sie auf ihn zu, umarmte ihn und küßte ihn und setzte sich mit ihm nieder. Aber die Sklavinnen riefen: ‚Herrin, dies ist doch nicht jener, der bei deinem Vater um dich geworben hat! Jener ist häßlich, aber dieser ist lieblich; jener, der dich von deinem Vater zur Gemahlin erbat und von ihm abgewiesen wurde, ist nicht einmal wert, ein Diener dieses Jünglings zu sein. Ja, Herrin, dieser junge Mann ist von hohem Ansehen.' Dann gingen die Mädchen zu dem Eunuchen, der noch immer auf dem Boden dahingestreckt lag, und weckten ihn; erschrocken sprang er auf und suchte nach seinem Schwerte, fand es aber nicht. Da sagten die Sklavinnen zu ihm: ‚Der Mann, der dir das Schwert genommen und dich zu Boden geworfen hat, sitzt neben der Prinzessin.' Nun hatte der König jenen Eunuchen zum Hüter für seine Tochter eingesetzt, aus Furcht vor den Wechselfällen der Zeit und vor der Schicksale Unbeständigkeit. Darum eilte jener Eunuch sofort zu dem Vorhang und hob ihn empor; als er nun die Prinzessin mit dem Prinzen im Gespräche sitzen sah, sprach er zu dem Prinzen: ‚Mein Gebieter, bist du ein Mensch oder ein Geisterwesen?' Der aber rief: ‚Weh dir,

356

du unseligster aller Sklaven, wie kannst du dich so weit vergehen, die Söhne der Perserkönige als ungläubige Teufel anzusehen?' Und mit dem Schwerte in der Hand, fuhr er fort:
,Ich bin der Eidam des Königs; er hat mich mit seiner Tochter vermählt, und er hat mir befohlen, zu ihr zu gehen!' Wie
der Eunuch diese Worte aus seinem Munde vernahm, sagte
er: ,Mein Gebieter, wenn du wirklich ein Mensch bist, wie du
behauptest, so kommt sie nur dir allein zu, und du bist ihrer
würdiger als irgendein anderer.' Dann lief er zum König, indem er laut schrie, sich die Kleider zerriß und Staub auf sein
Haupt streute. Als der König ihn schreien hörte, rief er ihm
zu: ,Was ist dir widerfahren? Du machst mir das Herz erbeben; drum antworte mir rasch und fasse dich kurz!' ,O
König,' erwiderte der Eunuch, ,komm deiner Tochter zu
Hilfe! Ein Teufel aus der Geisterwelt hat sich ihrer bemächtigt in Gestalt eines Menschen, der das Aussehen eines Prinzen
hat. Halt ihn fest!' Wie der König solche Worte von ihm
hörte, beschloß er ihn zu töten, und er fuhr ihn an: ,Wie konntest du meine Tochter so außer acht lassen, daß dieser Dämon
zu ihr kam?' Darauf begab der König sich zu dem Schlosse, in
dem seine Tochter war, und wie er dort ankam, sah er die
Sklavinnen umherstehen und fragte sie: ,Was ist denn mit
meiner Tochter geschehen?' ,O König,' antworteten sie, ,wäh-
rend wir bei ihr saßen und nichts ahnten, stürzte plötzlich der
Jüngling da auf uns zu, der dem Vollmonde gleicht und dessen
Antlitz so schön ist, wie wir noch keines je gesehen haben, und
er hielt ein gezücktes Schwert in der Hand. Wir fragten ihn,
wer er sei, und da behauptete er, du habest ihn mit deiner
Tochter vermählt. Weiter wissen wir nichts; wir wissen auch
nicht einmal, ob er ein Mensch oder ein Geisterwesen ist. Doch
er ist keusch und von feiner Sitte, und er tut nichts Unziem-

liches.' Nachdem der König ihre Rede vernommen hatte, kühlte sich sein Zorn; ganz langsam hob er den Vorhang auf und schaute hin, und da sah er den Prinzen neben seiner Tochter sitzen im trauten Gespräch, den Jüngling von einer Gestalt an Schönheit reich und mit einem Antlitze dem leuchtenden Vollmonde gleich. Nun konnte der König sich nicht mehr halten, aus Eifersucht um die Ehre seiner Tochter; er hob den Vorhang hoch empor, trat mit dem gezückten Schwerte in der Hand ein und stürzte sich auf die beiden wie ein Wüstendämon. Als der Prinz ihn erblickte, fragte er die Prinzessin: ‚Ist dies dein Vater?', ‚Ja!' erwiderte sie. – –«

Da bemerkte Schehrezâd, daß der Morgen begann, und sie hielt in der verstatteten Rede an. Doch als die *Dreihundertundsechzigste Nacht* anbrach, fuhr sie also fort: »Es ist mir berichtet worden, o glücklicher König, daß der Prinz, als er den König mit dem gezückten Schwerte in der Hand einem Wüstendämon gleich hereinstürzen sah, die Prinzessin fragte: ‚Ist dies dein Vater?' und daß sie erwiderte ‚Ja!' Dann sprang er auf, nahm sein Schwert in die Hand und schrie den König mit einem so furchtbaren Schrei an, daß er ihn starr machte. Und er wollte schon mit dem Schwerte über ihn herfallen; aber der König erkannte, daß der Jüngling stärker war als er selbst, und so stieß er sein Schwert wieder in die Scheide und blieb ruhig stehen, bis der Prinz dicht vor ihm stand, und redete ihn höflich an mit den Worten: ‚Jüngling, sag, bist du ein Mensch oder ein Geisterwesen?' Doch der Prinz rief: ‚Achtete ich nicht das Gastrecht deines Hauses und die Ehre deiner Tochter, so vergösse ich dein Blut! Wie kannst du mich mit den Teufeln versippen, mich, einen Prinzen von den Söhnen der Perserkönige, die dich, wenn sie dir dein Reich nehmen wollten, herabstürzen könnten vom Throne deiner Macht und Herrlich-

358

keit und dir alles rauben, was in deinen Landen ist weit und breit.' Als der König seine Worte vernahm, erschrak er vor ihm und war um sein Leben besorgt, und er sprach: ,Wenn du einer von den Söhnen der Könige bist, wie du sagst, wie konntest du dann ohne meine Erlaubnis in mein Schloß eindringen und meine Ehre bloßstellen, indem du zu meiner Tochter gingst und vorgabst, du seiest ihr Gemahl, und auch behauptetest, ich hätte dich mit ihr vermählt, ich, der ich schon Könige und Prinzen erschlagen habe, als sie bei mir um sie freiten? Wer kann dich nun aus meiner Macht befreien, da meine Sklaven und Diener, wenn ich sie rufe und ihnen befehle, dich zu töten, auf der Stelle dich hinrichten würden? Wer soll dich aus meiner Hand erretten?' Doch als der Prinz solche Reden aus dem Munde des Königs hörte, rief er: ,Wahrlich, ich wundere mich über dich und über die Kürze deines Verstandes! Sag, kannst du dir für deine Tochter einen besseren Gemahl wünschen als mich? Hast du je einen gesehen, der mich überträfe an Herzensfestigkeit, an Würde und Herrscherherrlichkeit, an Garden und Mannen im Kriegerkleid?' ,Nein, bei Allah,' erwiderte der König, ,doch ich wünsche, du junger Held, daß du sie vor Zeugen von mir zur Gemahlin erbittest, auf daß ich dich öffentlich mit ihr vermählen kann; denn wenn ich dich heimlich mit ihr vermähle, so würdest du mich durch sie entehren.' Da hub der Prinz wieder an: ,Jetzt hast du trefflich gesprochen. Aber wenn nun, o König, deine Sklaven und Diener und Krieger wider mich zusammenkämen und mich töten würden, wie du sagst, so würdest du dich doch nur selbst um dein Ansehen bringen; denn unter dem Volke würden die einen dir glauben, die anderen aber dich Lügen strafen. Darum rate ich dir, o König, daß du dich an den Plan hältst, den ich dir vorschlage!' Darauf sagte der König: ,Laß hören, was du zu sagen hast!' ‚Was ich dir zu sagen habe,‘ entgegnete der Prinz, ‚ist dies: entweder tritt mir im Einzelkampfe von Mann zu Mann entgegen, und dann soll, wer seinen Gegner erschlägt, mehr Recht und Anspruch auf die Herrschaft haben; oder aber laß heut nacht von mir ab und führe morgen früh dein Heer, deine Krieger und deine Diener wider mich heraus; doch nenne mir zuvor ihre Zahl!' Da antwortete ihm der König: ‚Es sind ihrer vierzigtausend Ritter, ohne die Diener, die ich habe, und deren Gefolge, die jenen an Zahl gleich sind.' Der Prinz aber fuhr fort: ‚Wenn der Tag anbricht, so führe sie wider mich heraus und sprich zu ihnen:‘ – –«

Da bemerkte Schehrezâd, daß der Morgen begann, und sie hielt in der verstatteten Rede an. Doch als die *Dreihundertundeinundsechzigste Nacht* anbrach, fuhr sie also fort: »Es ist mir berichtet worden, o glücklicher König, daß der Prinz fortfuhr: ‚Wenn der Tag anbricht, so führe sie wider mich heraus und sprich zu ihnen: ‚Dieser Mann bewirbt sich bei mir um meine Tochter unter der Bedingung, daß er allein wider euch alle auf den Plan tritt, und er behauptet, er könne euch alle besiegen und überwältigen, und ihr könntet ihn nicht überwinden.' Dann laß mich mit ihnen kämpfen! Erschlagen sie mich, so wird dadurch dein Geheimnis besser gehütet und deine Ehre besser gewahrt; doch wenn ich sie besiege und überwältige, so ist es ein Mann wie ich, den der König sich zum Eidam wünschen kann.' Als der König seine Worte vernommen hatte, hieß er seinen Plan gut und nahm seinen Vorschlag an, wiewohl er seine Worte für vermessen hielt und über ihn erschrocken war, da er gegen alle die Truppen, die er ihm beschrieben hatte, allein auf den Plan treten wollte. Alsdann setzten die beiden sich nieder und plauderten miteinander. Danach aber rief der König den Eunuchen und befahl ihm, sich auf der Stelle zum Wesir zu begeben und ihm den Befehl zu übermitteln, er solle alle Truppen versammeln und ihnen gebieten, daß sie ihre Waffen anlegten und ihre Rosse bestiegen. Der Eunuch eilte zum Wesir und meldete ihm den Befehl des Königs. Und alsbald ließ der Wesir die Heerführer und die Großen des Reiches kommen und gebot ihnen, ihre Rosse zu besteigen und in voller Kriegsrüstung auf den Plan zu ziehen.

Soviel von den Truppen! Was aber den König anlangt, so blieb er noch im Gespräche mit dem Prinzen, da dessen verständige Rede und feine Bildung ihm gefielen. Während sie sich so unterhielten, brach der Morgen an. Da erhob sich der König, ging fort und setzte sich auf seinen Thron; er befahl seinem Heere aufzusitzen und ließ dem Prinzen ein treffliches Roß bringen, eins der besten aus seinem Marstall, nachdem er Befehl gegeben hatte, es mit prächtigem Geschirr zu satteln. Doch der Prinz hub an: ‚O König, ich werde nicht eher aufsitzen, als bis ich das Heer vor mir habe und übersehen kann!‘ ‚Es sei, wie du wünschest!‘ erwiderte ihm der König. Darauf zogen beide aus, der König und der Jüngling vor ihm, bis sie zum Blachgefilde kamen; dort sah der Prinz das Heer und seine große Zahl. Nun rief der König: ‚Ihr Mannen allzumal, zu mir ist ein Jüngling gekommen, der um meine Tochter freit; nie habe ich einen schöneren, hochgemuteren und kühneren gesehen als ihn. Er behauptet, er könne als einzelner Mann euch besiegen und überwältigen; ja, er sagt, wenn ihr auch hunderttausend wäret, so wäret ihr für ihn doch nur ein Kleines. Wenn er jetzt gegen euch anstürmt, so empfanget ihn mit Lanzenspitzen und Schwerterblitzen; er hat sich eines gewaltigen Werkes erkühnt!‘ Und zum Prinzen sagte der König: ‚Mein Sohn, auf, tu mit ihnen, was du willst!‘ Doch der Prinz

erwiderte ihm: ‚O König, du bist nicht gerecht gegen mich!
Wie kann ich gegen sie auf den Plan treten, da ich doch zu
Fuße bin, während deine Mannen beritten sind?‘ Der König
sagte darauf: ‚Ich habe dir doch angeboten aufzusitzen, aber
du wolltest es nicht tun. Da hast du die Rosse; wähle von ihnen,
welches du willst!‘ Nun entgegnete der Prinz: ‚Von deinen
Pferden gefällt mir keins; ich will nur das Roß besteigen, das
ich ritt, als ich hierher kam.‘ ‚Wo ist denn dein Roß?‘ fragte
der König; und der Prinz gab ihm zur Antwort: ‚Es steht oben
auf deinem Schlosse.‘ Als der König weiter fragte: ‚An welcher Stelle in meinem Schlosse?‘ antwortete er: ‚Auf der Dachterrasse.‘ Wie der König diese Worte von ihm vernahm, rief
er: ‚Dies ist das erste Zeichen von Wahnsinn an dir. Weh dir!
Wie kann das Roß auf der Dachterrasse stehen? Doch es wird
sich nun zeigen, ob du die Wahrheit sagst oder lügst!‘ Dann
wandte er sich zu einem seiner Vertrauten und befahl ihm:
‚Geh zu meinem Schlosse und bring her, was du auf dem Dache
findest!‘ Das Volk aber wunderte sich über die Worte des
Jünglings, und einer sagte zum anderen: ‚Wie kann denn dies
Pferd die Stufen vom Dache heruntersteigen? Wahrlich, so
etwas haben wir noch nie gehört!‘ Inzwischen stieg der Mann,
den der König ins Schloß gesandt hatte, zum Dache empor,
und er sah dort das Pferd stehen, so schön, wie er noch nie
eins geschaut hatte; als er dann näher trat und es genau betrachtete, entdeckt er, daß es aus Ebenholz und Elfenbein war.
Es waren aber auch einige andere von den Vertrauten des Königs mit dem Boten hinaufgestiegen, und als die das Pferd erblickten, lachten sie einander an und sprachen: ‚Also von einem
Pferde wie diesem redet wohl der Jüngling! Er muß wirklich
von Sinnen sein; doch wir werden ja bald sehen, was es mit
ihm auf sich hat.‘ – –«

362

Da bemerkte Schehrezâd, daß der Morgen begann, und sie hielt in der verstatteten Rede an. Doch als die *Dreihundertund-zweiundsechzigste Nacht* anbrach, fuhr sie also fort: »Es ist mir berichtet worden, o glücklicher König, daß die Vertrauten des Königs, als sie das Pferd erblickten, einander anlachten und sprachen: ‚Also von einem Pferde wie diesem redet wohl der Jüngling! Er muß wirklich von Sinnen sein; doch wir werden ja bald sehen, was es mit ihm auf sich hat. Vielleicht steckt doch etwas Großes dahinter.' Dann hoben sie das Pferd mit ihren Händen hoch und trugen es fort, bis sie zum König kamen und es dort vor ihn hinstellten. Da strömten die Leute herbei, um es zu betrachten, und sie verwunderten sich über seinen schönen Bau und über die Pracht seines Sattels und seiner Zügel. Auch der König hatte großes Gefallen an ihm und war aufs höchste erstaunt; und er fragte den Prinzen: ‚Jüngling, ist dies dein Pferd?' Der gab ihm zur Antwort: ‚Jawohl, o König, dies ist mein Pferd, und du wirst Wunderdinge an ihm erleben!' Darauf befahl der König: ‚So nimm dein Pferd und sitz auf!' Doch der Prinz erwiderte: ‚Ich will nicht eher aufsitzen, als bis die Krieger sich zurückgezogen haben!' Nun gebot der König den Kriegern, die um ihn herumstanden, sie sollten sich auf Bogenschußweite von dem Pferde zurückziehen. Dann hub der Prinz an: ‚O König, sieh, jetzt will ich mein Roß besteigen und wider dein Heer anstürmen; ich will sie nach rechts und nach links auseinandertreiben und ihre Herzen spalten.' Der König sagte: ‚Tu, was dir beliebt, und schone sie nicht; denn sie werden auch dich nicht schonen!' Darauf trat der Prinz an sein Pferd heran und bestieg es; das Heer aber stellte sich in Schlachtreihe auf, und einer sprach zum andern: ‚Wenn der Bursche zwischen die Reihen kommt, dann wollen wir auf ihn eindringen mit den Spitzen und Lanzen und den Schneiden der Klingen.' Doch ein anderer sagte: ‚Bei Allah, dies ist ein Jammer! Wie können wir diesen Jüngling töten, der von Antlitz so lieblich und von Wuchs so zierlich?' Und ein dritter sagte: ‚Bei Allah, ihr werdet nur nach großer Mühe an ihn herankommen. Der junge Held hätte nicht so gehandelt, wenn er nicht seine eigene Tapferkeit und Überlegenheit kennte.' Als nun der Prinz auf seinem Pferde saß, drehte er den Aufstiegswirbel, während aller Augen nach ihm spähten, was er wohl tun würde. Da begann das Pferd hin und her zu schwanken und sich zu schütteln, und es machte die seltsamsten Bewegungen, die je ein Pferd gemacht hat; als sich aber sein Leib mit Luft gefüllt hatte, da erhob es sich und stieg in die Lüfte. Sowie der König bemerkte, daß es sich hob und aufstieg, rief er den Kriegern zu: ‚Heda, haltet ihn fest, ehe er euch entgeht!' Doch seine Wesire und Statthalter sagten: ‚O König, kann ein Mensch einen fliegenden Vogel einholen? Dieser da ist ein mächtiger Zauberer, von dem Gott dich befreit hat. Drum preise Allah den Erhabenen für deine Rettung aus seiner Gewalt!' Nachdem der König nun gesehen hatte, was der Prinz zu tun vermochte, kehrte er in sein Schloß zurück; und als er dort ankam, begab er sich zu seiner Tochter und tat ihr kund, was er mit dem Prinzen auf dem Blachgefilde erlebt hatte; doch er sah, daß sie sehr um den Jüngling und über die Trennung von ihm betrübt war, ja, eine schwere Krankheit kam über sie, und sie ward an ihr Lager gefesselt. Wie ihr Vater sie in diesem Elend sah, drückte er sie an seine Brust und küßte sie auf die Stirn und sprach zu ihr: ‚Liebe Tochter, preise Allah den Erhabenen und danke Ihm dafür, daß Er uns vor diesem listigen Zauberer bewahrt hat!' Und dann erzählte er ihr von neuem, was er mit dem Prinzen erlebt hatte, und schilderte ihr, wie jener gen Himmel aufgestiegen war; doch sie horchte nicht auf die Worte ihres Vaters, sondern begann nur noch heftiger zu weinen und zu klagen, und sie sprach bei sich selber: ‚Bei Allah, ich will keine Speise anrühren, keinen Trank trinken, bis Gott mich wieder mit ihm vereinigt hat!‘ Ihr Vater, der König, aber grämte sich sehr darüber, und der Zustand seiner Tochter machte ihm große Sorge, und sein Herz trauerte um sie; doch immer, wenn er sie zu trösten versuchte, wuchs ihre Liebessehnsucht nach dem Prinzen nur noch mehr. – –«

Da bemerkte Schehrezâd, daß der Morgen begann, und sie hielt in der verstatteten Rede an. Doch als die *Dreihundertunddreiundsechzigste Nacht* anbrach, fuhr sie also fort: »Es ist mir berichtet worden, o glücklicher König, daß des Königs Herz um seine Tochter trauerte, und daß immer, wenn er sie zu trösten versuchte, ihre Liebessehnsucht nach dem Prinzen nur noch wuchs.

Wenden wir uns nun von dem König und seiner Tochter wieder zu dem Prinzen! Als der in den Luftraum emporgeschwebt und mit sich allein war, gedachte er der schönen und lieblichen Prinzessin. Er hatte aber vorher die Leute des Königs nach dem Namen der Stadt, dem Namen des Königs und dem Namen seiner Tochter gefragt; und da hatte er gehört, daß jene Stadt die Stadt San'â war. Nun flog er mit aller Eile dahin, bis er die Stadt seines Vaters erblickte, und nachdem er um sie herumgeschwebt war, flog er auf das Schloß seines Vaters zu. Dort stieg er auf der Dachterrasse ab, ließ sein Pferd stehen und ging zu seinem Vater hinunter; den fand er trauernd und betrübt über die Trennung von ihm. Doch sobald der Vater den Sohn erblickte, eilte er auf ihn zu, umarmte ihn und preßte ihn an seine Brust, und er freute sich über ihn gar sehr. Und wie sie nun wieder beieinander waren, fragte der Prinz seinen Vater nach dem Weisen, der das Pferd gemacht hatte, indem er sprach: ‚Lieber Vater, was hat das Schicksal mit ihm getan?‘ Sein Vater erwiderte ihm: ‚Allah segne den Weisen nicht, noch die Stunde, in der ich ihn sah, da er ja die Ursache deiner Trennung von uns war! Jetzt ist er im Gefängnis, seit dem Tage, an dem du, mein Sohn, uns verließest.‘ Da bat der Prinz, ihn freizulassen und aus dem Kerker zu holen und herzuführen; und als der Mann vor dem König stand, gab dieser ihm ein Ehrengewand der Genugtuung und erwies ihm höchste Huld; doch er gab ihm seine Tochter nicht zur Gemahlin. Darüber ergrimmte der Weise gewaltig, und er bereute, was er getan hatte; denn nun wußte er, daß der Prinz das Geheimnis des Pferdes und die Art seines Fluges ergründet hatte. Der König aber sprach zu seinem Sohn: ‚Ich möchte dir raten, daß du nach diesem Erlebnis dich diesem Pferde nicht mehr nahst und es von heute ab nie wieder besteigest; denn du kennst seine Eigenschaften doch vielleicht nicht ganz und könntest dich über sie irren.‘ Der Prinz hatte seinem Vater auch erzählt, was er mit der Tochter des Königs, des Herrschers von San'â, und mit ihrem Vater erlebt hatte. Und darum sagte sein Vater zu ihm: ‚Hätte der König dich töten wollen, so hätte er es tun können; aber deine Stunde war noch nicht gekommen.‘ Doch bald darauf erwachte in des Prinzen Innerem wieder heftige Liebe zu der Jungfrau, der Tochter des Königs von San'â; und so begab er sich zu dem Pferde, bestieg es und drehte den Aufstiegswirbel, und da schwebte das Pferd mit ihm in die Lüfte empor, bis es sich hoch oben in den Wolken des Himmels verlor. Am Morgen vermißte sein Vater ihn, und da er ihn nicht fand, so stieg er auf das Dach des Schlosses, betrübten Herzens, und sah, wie sein Sohn gen Himmel aufstieg. Da trauerte er, weil der Prinz sich wieder von ihm getrennt hatte, und er bereute es bitterlich, daß er ihm das Pferd nicht weggenommen und vor ihm versteckt hatte, und er sprach bei sich selber: ‚Bei Allah, wenn nur mein Sohn zu mir zurückkehrt, so will ich dies Pferd vernichten, auf daß sich mein Herz nicht mehr um ihn zu ängstigen braucht!' Und dann begann er wieder zu weinen und zu klagen. – –«

Da bemerkte Schehrezâd, daß der Morgen begann, und sie hielt in der verstatteten Rede an. Doch als die *Dreihundertund-vierundsechzigste Nacht* anbrach, fuhr sie also fort: »Es ist mir berichtet worden, o glücklicher König, daß der König in seiner Trauer um seinen Sohn wieder zu weinen und zu klagen begann.

Sehen wir nun, wie es dem Prinzen erging! Der flog immer weiter in der Luft dahin, bis er die Stadt San'â erreichte, und dort ließ er sich an derselben Stätte nieder wie zuvor. Dann schlich er sich heimlich zu dem Gemach der Prinzessin, aber er fand sie nicht, auch nicht ihre Sklavinnen, noch den Eunuchen, der über sie wachte; und darüber ward er bekümmert. Doch dann ging er rings umher und suchte sie überall im Schlosse; schließlich fand er sie in einem anderen Gemach, das nicht das gleiche war wie das, in dem er mit ihr vereint gewesen war. Dort ruhte sie auf ihrem Lager, umgeben von ihren Sklavinnen und Wärterinnen. Er trat zu ihnen ein und begrüßte sie. Sobald die Prinzessin seine Stimme hörte, erhob sie sich und umarmte ihn; sie küßte seine Stirn und zog ihn an ihre Brust. Da sagte er zu ihr: ‚Meine Herrin, dein Fernsein hat mich all diese Zeit hindurch betrübt!' Doch sie erwiderte: ‚Du bist es, der mich durch sein Fernsein betrübt hat. Wärest du noch lange von mir fern geblieben, so wäre ich sicherlich gestorben.' Dann fuhr er fort: ‚Meine Herrin, was denkst du davon, wie ich zu deinem Vater stehe und wie er gegen mich

367

gehandelt hat? Liebte ich dich nicht so sehr, dich, die du alle Geschöpfe bezauberst, so hätte ich ihn zu Tode gebracht und zum warnenden Beispiel für alle Zuschauer gemacht. Aber wie ich dich liebe, so liebe ich ihn um deinetwillen.' Sie erwiderte darauf: ,Wie konntest du mich verlassen? Kann mir das Leben fern von dir noch süß sein?' Da fragte er sie: ,Willst du mir gehorchen und auf das hören, was ich dir sage?' Und sie gab ihm zur Antwort: ,Sag, was du willst! Siehe, ich will dir in allem willfahren, was du von mir verlangst, und ich will dir in nichts widersprechen.' Und als er nun sagte: ,Komm mit mir in mein Land und mein Reich', da rief sie: ,Herzlich gern!' Wie der Prinz diese Worte aus ihrem Munde vernahm, war er aufs höchste erfreut, und er ergriff ihre Hand und ließ sie dies Versprechen vor Allah dem Erhabenen beschwören. Dann stieg er mit ihr oben auf das Dach des Schlosses hinauf, sprang auf sein Pferd und ließ sie hinter sich aufsitzen. Nachdem er sie fest an sich gezogen und mit starken Stricken an sich gebunden hatte, drehte er den Aufstiegswirbel, der sich am Bug des Pferdes befand, und da schwebte es mit ihnen beiden in den Luftraum empor. Doch als dies geschah, erhoben die Sklavinnen ein Geschrei und meldeten es ihrem Vater, dem König, und ihrer Mutter. Da eilten die beiden auf die Dachterrasse des Schlosses hinauf, der König blickte in den Luftraum und sah nun das Ebenholzpferd mit den beiden gen Himmel schweben. Bei diesem Anblick erschrak der König über alle Maßen, und er schrie und rief: ,O Königssohn, ich bitte dich um Allahs willen, erbarme dich meiner und hab Mitleid mit meiner Gemahlin, trenne uns nicht von unserer Tochter!' Aber der Prinz gab ihm keine Antwort; da er jedoch in seinem Inneren vermeinte, die Jungfrau möchte die Trennung von ihrer Mutter und ihrem Vater bereuen, so fragte er sie: ,O du

Wonne unseres Zeitalters, willst du, daß ich dich zu deiner Mutter und deinem Vater zurückbringe?' Sie erwiderte ihm: ,Bei Allah, mein Gebieter, das ist mein Wunsch nicht; ich habe nur den einen Wunsch, bei dir zu sein, wo du nur immer bist. Denn die Liebe zu dir läßt mich alles andere vergessen, selbst Vater und Mutter.' Als er diese Worte aus ihrem Munde hörte, war er hocherfreut, und er ließ das Pferd sanft mit ihr dahingleiten, auf daß sie sich nicht ängstige. Und so schwebte er immer weiter mit ihr dahin, bis er eine grüne Wiese erblickte, auf der ein Wasserquell sprudelte; dort landeten sie und aßen und tranken. Darauf bestieg der Prinz wieder sein Roß, ließ die Prinzessin hinter sich aufsitzen und band sie mit Stricken fest, da er um ihr Leben besorgt war. Und von neuem flog er mit ihr in der Luft dahin, immer weiter, bis er zur Stadt seines Vaters gelangte. Hohe Freude erfüllte ihn, und da er der Prinzessin die Stätte seiner Herrschaft und seiner Macht zeigen und ihr beweisen wollte, daß die Macht seines Vaters größer war als die ihres Vaters, so ließ er sie in einem der Gärten absteigen, in denen sein Vater zu lustwandeln pflegte, und führte sie in einen Kiosk, der für seinen Vater hergerichtet war. Dort ließ er das Ebenholzpferd an der Tür stehen, empfahl es ihrer Obhut und sprach zu ihr: ,Bleib hier, bis ich dir meinen Boten sende! Ich will jetzt zu meinem Vater gehen, um dir ein Schloß herrichten zu lassen und dir meine Königsmacht zu zeigen.' Wie die Prinzessin diese Worte hörte, sprach sie erfreut: ,Tu, wie du willst!' – –«

Da bemerkte Schehrezâd, daß der Morgen begann, und sie hielt in der verstatteten Rede an. Doch als die *Dreihundertundfünfundsechzigste Nacht* anbrach, fuhr sie also fort: »Es ist mir berichtet worden, o glücklicher König, daß die Prinzessin, wie sie diese Worte aus dem Munde des Prinzen hörte, erfreut sprach: ‚Tu, wie du willst!' Denn sie glaubte nun, sie solle mit allen feierlichen Ehren einziehen, wie es ihrem Stande gebührte. Der Prinz aber verließ sie und ging weiter, bis er in die Stadt kam und zu seinem Vater eintrat. Sowie der ihn erblickte, freute er sich über seine Ankunft und ging ihm entgegen und hieß ihn willkommen. Dann sprach der Prinz zu seinem Vater: ‚Wisse, ich habe die Prinzessin gebracht, von der ich dir erzählt habe. Ich habe sie draußen vor der Stadt in einem der Gärten zurückgelassen, und ich bin allein gekommen, um es dir zu melden, damit du den Festzug rüsten und ihr entgegenziehen kannst, um ihr deine Herrschermacht, deine Krieger und deine Garden zu zeigen.' ‚Herzlich gern!' erwiderte der König. Dann gab er sogleich Befehl, das Volk der Stadt solle die Stadt aufs schönste schmücken, und er selbst ritt mit allem Prunk und im schönsten Staat hinaus mit all seinen Kriegern, den Großen seines Reiches und den andern Würdenträgern und seinen Dienern; der Prinz aber holte aus seinem Schlosse Schmuck- sachen, Prunkgewänder und andere königliche Schatzstücke, und er ließ ihr eine Sänfte herrichten aus grünem, rotem und gelbem Brokat und setzte indische, griechische und abessi- nische Sklavinnen hinein und entfaltete Wunderdinge von Schätzen. Dann verließ der Prinz die Sänfte und die Sklavinnen, die darinnen waren, und ritt nach dem Garten voraus; dort trat er alsbald in den Kiosk, in dem er sie vorher zurückgelas- sen hatte. Er suchte nach ihr, aber er fand sie nicht; und auch das Pferd fand er nicht. Bei diesem Anblick schlug er sich ins Gesicht, zerriß seine Kleider und begann im Garten umher- zuirren mit verstörtem Sinne. Als er sich dann aber gefaßt hatte, sagte er sich: ‚Wie hat sie das Geheimnis dieses Pferdes erfahren können, da ich ihr doch nichts davon verraten habe? Vielleicht hat der persische Weise, der das Pferd gemacht

370

hat, sie entdeckt und geraubt aus Rache für das, was mein Vater ihm angetan hat.' Darauf suchte der Prinz die Gartenwächter und fragte sie, ob ihnen irgend jemand begegnet sei, indem er sprach: ‚Habt ihr jemanden an euch vorbeikommen und in diesen Garten hineingehen sehen?' Sie antworteten: ‚Wir haben niemanden diesen Garten betreten sehen außer dem persischen Weisen, der hineinging, um Heilkräuter zu sammeln.' Als er diese Worte von ihnen vernahm, wußte er sicher, daß jener Weise es war, der die Prinzessin geraubt hatte. – –«

Da bemerkte Schehrezâd, daß der Morgen begann, und sie hielt in der verstatteten Rede an. Doch als die *Dreihundertundsechsundsechzigste Nacht* anbrach, fuhr sie also fort: »Es ist mir berichtet worden, o glücklicher König, daß der Prinz, als er diese Worte von ihnen vernahm, sicher wußte, daß jener Weise es war, der die Prinzessin geraubt hatte. Das war nach dem Ratschlusse des Schicksals also geschehen: wie der Prinz die Jungfrau im Gartenhaus verlassen hatte und zum Schlosse seines Vaters gegangen war, um alles vorzubereiten, da war der persische Weise in den Garten gekommen, um einige Heilkräuter zu sammeln. Dort hatte er den Duft von Moschus und Wohlgerüchen gerochen, der den ganzen Garten erfüllte; dieser Duft kam nämlich von der Prinzessin. Und da war der Weise dem Wohlgeruche nachgegangen, bis er bei dem Kiosk ankam. Dort sah er auf einmal das Pferd, das er mit eigener Hand verfertigt hatte, an der Tür stehen; bei diesem Anblick ward sein Herz von seliger Freude erfüllt, zumal er ja so tief betrübt gewesen war, als das Pferd ihm verloren ging. Er trat nun an das Pferd heran, untersuchte alle seine Teile und erkannte, daß es unversehrt war. Schon wollte er aufsitzen und davonfliegen, aber da sagte er sich: ‚Ich muß doch einmal nachsehen, ob der Prinz etwas mitgebracht und hier bei dem Pferde zurückgelassen hat.' Darauf trat er in den Kiosk ein und fand die Jungfrau dasitzen, gleich der Sonne, die am wolkenklaren Himmelszelt alles mit ihrem Glanze erhellt. Wie er sie erblickte, erkannte er sofort, daß sie eine Jungfrau von hohem Range war und daß der Prinz sie entführt und auf dem Pferd mitgebracht und dort gelassen hatte, und daß er dann in die Stadt gegangen war, um sie im festlichen Zuge mit feierlichen Ehren einzuholen. So trat er denn an sie heran und küßte den Boden vor ihr; da erhob sie ihren Blick zu ihm und schaute ihn an, aber sie sah, daß er häßlich anzusehen war und eine widerwärtige Gestalt hatte. Sie fragte ihn: ‚Wer bist du?' Und er gab ihr zur Antwort: ‚Hohe Herrin, ich bin ein Herold des Prinzen; er hat mich zu dir entsandt mit dem Befehl, dich in einen andern Garten nahe bei der Stadt zu bringen.' Nachdem sie diese Antwort vernommen hatte, fragte sie weiter: ‚Wo ist denn der Prinz?' Der Weise erwiderte: ‚Er ist jetzt in der Stadt bei seinem Vater; doch alsbald wird er im feierlichen Prunkzuge zu dir kommen.' Darauf sagte sie: ‚Du da, konnte denn der Prinz keinen andern als dich finden, um ihn zu mir zu senden?' Über diese Worte lachte der Weise, und er sagte: ‚Hohe Herrin, laß dich durch mein häßliches Gesicht und mein unschönes Äußeres nicht täuschen! Hättest du von mir erhalten, was der Prinz durch mich erlangt hat, so würdest du mich preisen. Gerade um meines häßlichen Aussehens und meiner abschreckenden Gestalt willen hat der Prinz mich für die Botschaft ausersehen, da ihn die Liebe zu dir mit Eifersucht erfüllt hat; sonst hat er ja Mamluken, Sklaven, Diener, Eunuchen und Gefolgsleute ohne Zahl!' Als die Prinzessin diese Worte hörte, leuchteten sie ihr ein, und sie schenkte ihm Glauben, dann erhob sie sich. − −«

Da bemerkte Schehrezâd, daß der Morgen begann, und sie hielt in der verstatteten Rede an. Doch als die *Dreihundertund-siebenundsechzigste Nacht* anbrach, fuhr sie also fort: »Es ist mir berichtet worden, o glücklicher König, daß die Prinzessin, als der persische Weise ihr berichtete, wie es um den Prinzen stand, ihm Glauben schenkte und daß seine Worte ihr einleuchteten; dann erhob sie sich, legte ihre Hand in die seine und fragte ihn: ‚Mein Vater, was hast du mir zum Reiten mitgebracht?' ‚Hohe Herrin,' antwortete er, ‚du sollst auf dem Rosse reiten, auf dem du gekommen bist.' Doch sie sprach: ‚Ich kann nicht allein auf ihm reiten.' Bei diesen Worten aus ihrem Munde lächelte der Weise; denn nun wußte er, daß er sie in seiner Gewalt hatte. Und er sagte zu ihr: ‚Ich werde selbst mit dir reiten.' Dann stieg er auf, ließ die Jungfrau hinter sich aufsitzen, zog sie an sich und band sie mit Stricken fest, ohne daß sie ahnte, was er mit ihr vorhatte. Darauf drehte er den Aufstiegswirbel, der Leib des Pferdes füllte sich mit Luft, es bewegte sich, schwankte hin und her und schwebte in den Luftraum empor. Und nun flog es immer weiter mit den beiden, bis die Stadt ihren Blicken entschwand. Da fuhr die Prinzessin ihn an: ‚Du da, wie steht es mit dem, was du mir vom Prinzen gesagt hast, als du be-hauptetest, er habe dich zu mir gesandt?' Der Weise rief: ‚Allah verfluche den Prinzen! Er ist ein gemeiner und elender Kerl!' ‚Wehe dir,' rief sie darauf, ‚wie kannst du dem Befehle deines Herrn, den er dir gegeben hat, zuwiderhandeln?' Doch er ent-gegnete: ‚Der ist nicht mein Herr. Weißt du aber, wer ich bin?' Darauf gab sie zur Antwort: ‚Ich weiß von dir nur, was du mir selbst über dich gesagt hast.' Nun fuhr er fort: ‚Daß ich dir diese Dinge von mir erzählte, war nur eine List wider dich und den Prinzen. Lange habe ich um dies Pferd, das unter dir ist, getrauert; es ist mein Werk, doch er hatte sich seiner bemäch-

373

tigt. Jetzt aber habe ich es wieder in meiner Gewalt, und dich dazu; jetzt habe ich ihm das Herz gebrochen, wie er das meine gebrochen hatte; nun wird er das Pferd niemals wieder erhalten! Doch hab Zuversicht und quäl dich nicht! Ich kann dir mehr nützen als er.' Als die Jungfrau solche Rede aus seinem Munde vernommen hatte, schlug sie sich ins Angesicht und rief: ,Weh mir, jetzt habe ich meinen Geliebten nicht gewonnen und habe Vater und Mutter verloren!' Und sie weinte bitterlich über ihr Unglück, während der Weise immer weiter mit ihr dahinflog, bis zum Lande der Griechen; dort ließ er sich auf eine grüne Wiese nieder, wo Bäche flossen und Bäume sprossen. Jene Wiese aber war in der Nähe einer Stadt, und in dieser Stadt herrschte ein mächtiger König. Nun traf es sich an jenem Tage, daß der König der Stadt zu Jagd und Vergnügen auszog und bei jener Wiese vorüberkam. Da sah er den Weisen dort stehen und neben ihm das Pferd und die Jungfrau. Ehe der Weise sich dessen versah, stürzten sich die Sklaven des Königs plötzlich auf ihn, ergriffen ihn und die Jungfrau und das Pferd und brachten alle drei vor den König. Wie der die häßliche und widerwärtige Gestalt des Alten und die Schönheit und Anmut der Jungfrau sah, fragte er sie: ,Hohe Herrin, wie ist dieser Alte mit dir verwandt?' Eilends erwiderte der Weise: ,Sie ist mein Weib, die Tochter meines Oheims.' Doch als die Jungfrau das hörte, strafte sie ihn Lügen, indem sie sprach: ,O König, bei Allah, ich kenne ihn nicht; er ist auch nicht mein Gatte, nein, er hat mich mit Gewalt listig entführt!' Wie der König ihre Worte vernommen hatte, befahl er, den Alten zu geißeln; und die Sklaven schlugen ihn, bis er fast tot war. Dann gab der König Befehl, ihn in die Stadt zu schleppen und ins Gefängnis zu werfen Und es geschah also. Die Jungfrau aber und das Pferd nahm der König ihm fort, obwohl er

374

nicht wußte, was es mit dem Pferde auf sich hatte und wie es sich bewegte.

Wenden wir uns nun von dem Weisen und der Jungfrau wieder zu dem Prinzen zurück! Der hatte alsbald Reisegewänder angelegt, so viel Geld, wie er brauchte, mitgenommen und sich auf den Weg gemacht, in größter Betrübnis. Er folgte eilends ihrer Spur und suchte nach ihr, von Land zu Land, von Stadt zu Stadt, indem er nach dem Ebenholzpferde fragte; doch jeder, der ihn von einem solchen Tiere reden hörte, wunderte sich über ihn und erstaunte über seine Worte. In dieser Weise zog er eine lange Weile dahin, aber trotz seinem vielen Fragen und Nachforschen fand er doch keine Spur von den beiden. Schließlich kam er auch in die Stadt des Vaters der Prinzessin und fragte dort nach ihr; allein er erhielt keine Kunde, sondern er sah nur, wie ihr Vater um ihren Verlust trauerte. Da kehrte er wieder um und zog ins Land der Griechen, und dort begann er nach ihrer Spur zu suchen und nach ihnen zu fragen. – –«

Da bemerkte Schehrezâd, daß der Morgen begann, und sie hielt in der verstatteten Rede an. Doch als die *Dreihundertundachtundsechzigste Nacht* anbrach, fuhr sie also fort: »Es ist mir berichtet worden, o glücklicher König, daß der Prinz ins Land der Griechen zog und dort nach ihrer Spur zu suchen und nach ihnen zu fragen begann. Nun traf es sich, daß er in einem Chân einkehrte und dort eine Schar von Kaufleuten sitzen sah, die sich miteinander unterhielten. Er setzte sich in ihre Nähe und hörte, wie einer von ihnen sagte: ,Meine Freunde, ich habe eins der größten Wunder erlebt!' Als sie ihn fragten, was das wäre, fuhr er fort: ,Ich befand mich in einem Teile von der und der Stadt – und dabei nannte er den Namen der Stadt, in der sich die Prinzessin befand –, und hörte, wie die Leute dort von einem sonderbaren Begebnis redeten. Der König der Stadt war nämlich eines Tages zu Jagd und Hatz ausgeritten mit einer Schar von seinen Freunden und den Großen seines Reiches. Wie sie ins offene Land hinausritten, kamen sie an einer grünen Wiese vorbei und sahen dort einen Mann stehen; der hatte ein Pferd aus Ebenholz bei sich, und neben ihm saß eine Frau. Der Mann war häßlich anzusehen und hatte eine gar abschreckende Gestalt; aber die Frau war eine junge Maid von Schönheit und Lieblichkeit, von strahlender Vollkommenheit und des Wuchses Ebenmäßigkeit; und das Ebenholzpferd war ein Kleinod, so schön und so herrlich gebaut, wie man noch nie eines gesehen hat.' Nun fragten die Anwesenden: ‚Was hat denn der König mit ihnen getan?' Der Erzähler hub wieder an: ‚Der König ließ den Mann ergreifen und fragte ihn nach der Jungfrau, und da behauptete der, sie sei sein Weib, die Tochter seines Oheims. Doch die Jungfrau erklärte seine Worte für Lügen; und da nahm der König sie ihm fort und gab Befehl, den Mann zu geißeln und ins Gefängnis zu werfen. Was aber das Ebenholzpferd angeht, so weiß ich nichts von ihm.' Als der Prinz diesen Bericht von dem Kaufmann hörte, trat er an ihn heran und bat ihn freundlich und höflich, er möchte ihm den Namen der Stadt und den Namen des Königs nennen; und nachdem er die beiden Namen erfahren hatte, verbrachte er die Nacht mit frohem Sinne. Als es Morgen ward, machte er sich wieder auf und zog immer weiter, bis er jene Stadt erreichte. Doch als er hineingehen wollte, ergriffen ihn die Torwächter und wollten ihn vor den König führen, damit er ihn befrage, was es mit ihm auf sich habe, warum er zu jener Stadt gekommen und in welcher Kunst er bewandert sei; denn es war der Brauch des Königs, alle Fremden nach ihrem Stand und ihrem Handwerk zu fragen. Nun

376

kam aber der Prinz zur Abendzeit bei jener Stadt an, und das war die Zeit, in der es unmöglich war, zum König zu gehen und über den Fremden zu beraten. Deshalb nahmen die Torwächter ihn und führten ihn zum Gefängnis, um ihn dort unterzubringen. Aber wie die Kerkermeister seine Schönheit und Anmut sahen, fiel es ihnen schwer, ihn ins Gefängnis zu werfen; und so ließen sie ihn draußen vor dem Gefängnis bei sich sitzen. Als dann das Essen zu ihnen gebracht wurde, aß er mit ihnen, bis er gesättigt war; und nach dem Essen begannen sie zu plaudern. Dabei wandten sie sich dem Prinzen zu und fragten ihn: ‚Aus welchem Lande bist du?‘ Er antwortete: ‚Ich bin aus dem Lande Persien, dem Lande der Sasanidenkönige.‘ Als sie das hörten, lachten sie, und einer von ihnen sagte zu ihm: ‚Du Sasanier, ich habe viel Reden und Erzählungen der Menschen gehört und habe ihre Art kennen gelernt; aber ich habe nie einen größeren Lügner gesehen und gehört als diesen Sasanier, der bei uns im Gefängnis ist.‘ Und ein anderer sprach: ‚Ich habe auch nichts Häßlicheres als sein Gesicht und nichts Widerwärtigeres als seine Gestalt gesehen.‘ Da fragte der Prinz: ‚Was ist euch denn von seinen Lügen aufgefallen?‘ Sie erwiderten: ‚Er behauptet, er sei ein Weiser. Der König traf ihn unterwegs, als er auf die Jagd ritt; und bei ihm war eine junge Frau von hoher Schönheit und Lieblichkeit, von strahlender Vollkommenheit und des Wuchses Ebenmäßigkeit; und ferner war bei ihm ein Pferd aus schwarzem Ebenholz, das schönste Kleinod, das wir je gesehen haben. Die Jungfrau ist jetzt beim König, und er liebt sie; aber jene Frau ist von Sinnen. Wäre jener Mann ein Weiser[1], wie er vorgibt, so hätte er sie längst geheilt, zumal der König sich die größte Mühe gibt, um sie gesund zu machen, und den sehnlichen Wunsch hat, sie von

1. Das arabische Wort für ‚Weiser‘ bedeutet auch ‚Arzt‘.

ihrer Krankheit genesen zu lassen. Das Ebenholzpferd ist in der Schatzkammer des Königs; und der häßliche Mann ist bei uns hier im Gefängnis. Wenn die Nacht anbricht, so weint und klagt er aus Trauer über seine Not, und dann läßt er uns nicht schlafen.' – –«

Da bemerkte Schehrezâd, daß der Morgen begann, und sie hielt in der verstatteten Rede an. Doch als die *Dreihundertund-neunundsechzigste Nacht* anbrach, fuhr sie also fort: »Es ist mir berichtet worden, o glücklicher König, daß der Prinz, als die Gefängniswächter ihm von dem persischen Weisen, der bei ihnen im Gefängnis war, erzählten und auch hinzufügten, daß er weine und klage, daran dachte, eine List zu ersinnen, durch die er sein Ziel erreichen wollte. Als nun die Wächter zu schlafen wünschten, brachten sie ihn ins Gefängnis und schlossen das Tor hinter ihm; da hörte er, wie der Weise weinte und über sich jammerte und dabei auf persisch klagte: ‚Weh mir, daß ich mich wider mich selbst und wider den Prinzen versündigt und daß ich so an der Jungfrau gehandelt habe! Ich habe sie nicht in Ruhe gelassen, aber ich habe auch meinen Wunsch bei ihr nicht erreicht. All das kommt davon, daß ich so unüberlegt war; ich habe für mich erstrebt, was ich nicht verdiente und was sich für meinesgleichen nicht ziemte. Wer das erstrebt, was ihm nicht gebührt, der stürzt in ein solches Unglück wie ich!' Als der Prinz diese Worte aus dem Munde des Weisen vernahm, redete er ihn auf persisch an, indem er sprach: ‚Wie lange noch dies Weinen und Heulen? Meinst du denn, daß dir ein Unglück widerfahren ist wie noch nie einem andern?' Wie der Weise diese Worte hörte, faßte er Vertrauen zu dem Prinzen und klagte ihm sein Leid und all das Elend, das über ihn gekommen war. Am nächsten Morgen nahmen die Wächter den Prinzen und führten ihn vor ihren König, indem sie meldeten, der Fremdling sei bereits am Abend zuvor bei der Stadt angekommen, zu einer Zeit, als man nicht mehr vor dem König erscheinen durfte. Nun fragte der Herrscher den Prinzen mit den Worten: ‚Aus welchem Lande kommst du? Wie heißt du? Was für ein Gewerbe hast du? Und weshalb bist du in diese Stadt gekommen?‘ Darauf gab dieser zur Antwort: ‚Mein Name ist persisch und lautet Hardscha; mein Heimatsland ist Persien; ich gehöre zu den Leuten der Wissenschaft, im besonderen der Heilkunde, denn ich heile die Kranken und die Besessenen; und zu diesem Zwecke ziehe ich umher in den Ländern und Städten, um meine Kenntnis durch Erfahrung zu bereichern. Wenn ich einen Kranken sehe, so heile ich ihn; das ist mein Gewerbe.‘ Als der König das hörte, war er hocherfreut und sprach: ‚Du trefflicher weiser Arzt, du bist fürwahr in einer Zeit zu uns gekommen, da wir deiner bedürfen.‘ Und dann erzählte er ihm von der Prinzessin und fügte hinzu: ‚Wenn du sie heilst und von ihrem Wahne befreist, so sollst du alles von mir erhalten, was du begehrst.‘ Auf diese Worte des Königs antwortete der Prinz: ‚Allah stärke die Macht des Königs! Schildere mir alle Zeichen des Wahns, die du an ihr bemerkt hast, und sage mir an, seit wieviel Tagen diese Umnachtung über sie gekommen ist; ferner auch, wie du ihrer, des Pferdes und des Weisen habhaft geworden bist!‘ Darauf erzählte der König ihm alles von Anfang bis zu Ende und fügte dann noch hinzu: ‚Der Weise ist jetzt im Kerker.‘ Der Prinz aber fragte weiter: ‚O glücklicher König, was hast du mit dem Pferd getan, das bei ihr war?‘ ‚Mein junger Freund,‘ erwiderte der König, ‚es steht wohlverwahrt bis jetzt bei mir in einer meiner Schatzkammern.‘ Nun sagte sich der Prinz: ‚Ich meine, ich muß zuallererst das Pferd untersuchen und genau ansehen; ist es noch heil und unversehrt, so habe ich mein

Ziel erreicht; sehe ich aber, daß es sich nicht mehr bewegen kann, so muß ich eine andere List ersinnen, um mein Herzlieb zu befreien.' Darauf wandte er sich an den König und sprach zu ihm: ,O König, ich muß das besagte Pferd anschauen, ob ich vielleicht an ihm etwas entdecke, das mir bei der Heilung der Jungfrau von Nutzen ist.' ,Herzlich gern', sagte der König, erhob sich, nahm ihn bei der Hand und führte ihn zu dem Pferde. Der Prinz begann um das Pferd herumzugehen, untersuchte und prüfte seinen Zustand und fand, daß es noch heil und unversehrt war. Hocherfreut darüber sprach er: ,Allah stärke die Macht des Königs! Jetzt will ich zu der Jungfrau gehen, um zu schauen, wie es mit ihr steht. Denn ich hoffe zu Allah, daß ihre Heilung durch meine Hand geschehen wird, vermittelst dieses Pferdes, so Gott der Erhabene will.' Der König befahl, auf das Pferd achtzugeben, und führte ihn zu dem Hause, in dem sich die Prinzessin befand. Als nun der Prinz zu ihr eintrat, sah er sie wie gewöhnlich um sich schlagen und sich am Boden wälzen; aber ihr Geist war nicht umnachtet, sondern sie tat dies nur, damit keiner ihr nahe kam. Als der Prinz sie in diesem Zustande sah, sprach er zu ihr: ,Dir soll kein Leid geschehen, du Wonne der Menschenkinder!' Darauf begann er freundlich und gütig mit ihr zu sprechen, und zuletzt flüsterte er ihr zu, wer er war. Kaum erkannte sie ihn, so stieß sie einen lauten Schrei aus und sank dann im Übermaß der Freude, die sie erfüllte, in Ohnmacht. Der König aber glaubte, daß aus Furcht vor ihm dieser Anfall über sie gekommen sei. Nun legte der Prinz seinen Mund an ihr Ohr und sprach zu ihr leise: ,O Wonne der Menschenkinder, verhüte, daß mein Blut und dein Blut vergossen wird! Fasse dich in Geduld und sei standhaft! Dies ist ein Ort, an dem Geduld vonnöten ist und feste Entschlossenheit in der Ausführung der

Pläne, damit wir uns von diesem tyrannischen König befreien. Mein Plan ist nun der, daß ich jetzt zu ihm hinausgehe und ihm sage, die Krankheit, die dich befallen habe, komme von der Geistesumnachtung, aber ich wolle mich ihm verbürgen, dich zu heilen; dabei werde ich die Bedingung stellen, dir diese Fesseln abzunehmen, dann werde dieser böse Geist dich verlassen. Wenn er darauf zu dir kommt, so sprich mit freundlichen Worten zu ihm, damit er sieht, daß du durch meine Hand geheilt bist; so werden wir alle unsere Wünsche erreichen.' ,Ich höre und gehorche!' gab sie ihm zur Antwort. Darauf verließ er sie und ging zum König, von Freude beseligt. Zu dem sprach er: ,O glücklicher König, durch dein Glück hab ich ihre Krankheit und ihr Heilmittel entdeckt, und ich habe sie dir schon gesund gemacht. Drum geh jetzt nur zu ihr hinein, sprich mild zu ihr, behandle sie sanft und versprich ihr, was sie erfreut; so wird dir alles, was du von ihr begehrst, zuteil werden!' – –«

Da bemerkte Schehrezâd, daß der Morgen begann, und sie hielt in der verstatteten Rede an. Doch als die *Dreihundertundsiebenzigste Nacht* anbrach, fuhr sie also fort: »Es ist mir berichtet worden, o glücklicher König, daß der Prinz sich als Arzt ausgab und zu der Prinzessin ging, sich ihr zu erkennen gab und ihr den Plan mitteilte, den er ausführen wollte; daß sie dann sagte: ,Ich höre und gehorche!' und daß er darauf sie verließ und zum König ging und zu ihm sprach: ,Geh jetzt nur zu ihr hinein, sprich mild zu ihr und versprich ihr, was sie erfreut; so wird dir alles, was du von ihr begehrst, zuteil werden!' Da trat der König zu ihr ein, und als sie ihn erblickte, erhob sie sich vor ihm, küßte den Boden vor ihm und hieß ihn willkommen. Darüber freute der König sich gar sehr; und sofort gab er den Sklavinnen und Eunuchen Befehl, ihr aufzu-

warten, sie ins Bad zu führen und Schmuck und Gewänder für
sie bereit zu halten. Die gingen darauf zu ihr hinein und sprachen den Gruß vor ihr; sie erwiderte den Gruß mit freundlicher Rede und gewählten Worten. Nun kleideten die Dienerinnen sie in königliche Gewänder und legten ihr eine Kette
aus Juwelen um den Hals; darauf geleiteten sie sie ins Bad, warteten ihr auf und führten sie von dort wieder heraus, als wäre
sie der volle Mond. Als sie dann zum König kam, sprach sie
den Gruß und küßte den Boden vor ihm. Da ward der König
von großer Freude erfüllt, und er sprach zu dem Prinzen: ‚All
dies kommt von deinem Segen her; Allah schenke uns deiner
Gaben noch mehr!' Doch der Prinz erwiderte: ‚O König, sie
wird erst vollkommen genesen, und ganz geheilt wird ihr
Wesen, wenn du mit all deinen Garden und Mannen an die
Stätte ziehst, an der du sie gefunden hast, und das Ebenholzpferd, das bei ihr war, mit dorthin führst, damit ich aus ihm
dort den Teufel austreibe und binde und vernichte, so daß er
nie wieder in sie zurückkehrt.' ‚Herzlich gern!' erwiderte der
König und ließ alsbald das Ebenholzpferd zu der Wiese führen, auf der er sie mit dem Pferde und dem persischen Weisen
gefunden hatte. Dann ritt er mit seinem Heere und mit der
Prinzessin dorthin; doch sie ahnten nicht, was der Prinz tun
wollte. Als sie auf jener Wiese angekommen waren, gebot der
Prinz, der noch immer als Arzt gekleidet war, man solle die
Jungfrau und das Pferd auf Blickesweite von dem König und
den Truppen entfernt aufstellen. Dann bat er den König: ‚Gib
mir jetzt die Erlaubnis, daß ich den Weihrauch anzünde und
die Beschwörungen spreche und den bösen Geist binde, damit er nie wieder in sie zurückkehrt. Danach werde ich das
Ebenholzpferd besteigen und die Jungfrau hinter mir reiten
lassen. Wenn ich das getan habe, so wird das Pferd um sich

schlagen und ausschreiten, bis es zu dir kommt. In dem Augenblicke wird alles beendet sein, und dann kannst du mit ihr tun, was du willst.' Als der König seine Worte vernommen hatte, freute er sich gar sehr. Der Prinz aber bestieg nun das Pferd und setzte die Prinzessin hinter sich, während der König und all seine Krieger ihm zuschauten. Darauf zog er sie an sich und band sie mit Stricken fest. Dann drehte der Prinz plötzlich den Aufstiegswirbel; da schwebte das Pferd mit ihnen beiden in die Lüfte empor, und die Krieger starrten ihm nach, bis er ihren Blicken entschwand. Der König wartete einen halben Tag lang und harrte auf seine Rückkehr; aber er kam nicht zurück. Schließlich gab er die Hoffnung auf, und da kam bittere Reue über ihn, und er war tief betrübt über den Verlust der Jungfrau. So nahm er denn sein Heer und kehrte in seine Stadt zurück.

Wenden wir uns nun von ihm wieder zu dem Prinzen! Der flog, fröhlich und selig, der Stadt seines Vaters zu und machte nicht eher halt, als bis er auf seinem Schloß landete. Dann führte er die Prinzessin ins Schloß hinab und brachte sie in Sicherheit. Darauf begab er sich zu seinem Vater und seiner Mutter, begrüßte sie und tat ihnen kund, daß die Prinzessin angekommen sei, und beide wurden von hoher Freude erfüllt.

So stand es um den Prinzen, das Pferd und die Prinzessin. Sehen wir aber noch, was mit dem Könige im griechischen Lande geschah! Als der in seine Stadt zurückgekehrt war, schloß er sich betrübt und bekümmert in seinen Palast ein. Doch seine Wesire kamen zu ihm und begannen ihn zu trösten, indem sie sprachen: ,Er, der die Jungfrau entführt hat, ist ein Zauberer. Preis sei Allah, der dich vor seiner Zauberei und List behütet hat!' In dieser Weise sprachen sie so lange zu ihm, bis er sich über ihren Verlust getröstet hatte.

Wenden wir uns jetzt wieder zu dem Prinzen zurück! Der bereitete große Festmahle für das Volk der Stadt. – –«

Da bemerkte Schehrezâd, daß der Morgen begann, und sie hielt in der verstatteten Rede an. Doch als die *Dreihundertund-einundsiebenzigste Nacht* anbrach, fuhr sie also fort: »Es ist mir berichtet worden, o glücklicher König, daß der Prinz große Festmahle für das Volk der Stadt bereitete. Einen ganzen Monat lang wurden die Freudenfeste gefeiert. Danach ging er zu der Prinzessin ein, und beide hatten die höchste Freude aneinander.

Solches Glück ward dem Prinzen beschieden. Sein Vater aber zerbrach das Ebenholzpferd und machte seinen Bewegungen ein Ende. Darauf schrieb der Prinz einen Brief an den Vater der Prinzessin und teilte ihm darin mit, wie es ihr ergangen war, ferner auch, daß er sich mit ihr vermählt habe und daß sie nun im schönsten Wohlergehen bei ihm weile. Den Brief schickte er durch einen Boten zugleich mit kostbaren Geschenken und Kleinodien. Als der Bote in der Stadt des Vaters der Prinzessin, in San'â im Lande Jemen, ankam, übergab er den Brief und die Geschenke jenem König. Und wie der den Brief gelesen hatte, war er hocherfreut, nahm die Geschenke an und erwies dem Boten hohe Ehren. Dann rüstete er wert-volle Geschenke für seinen Eidam, den Prinzen, und sandte sie ihm durch denselben Boten. Der kehrte mit ihnen zu dem Prinzen zurück und berichtete ihm, wie sehr der König, der Vater der Prinzessin, sich über die Nachricht von ihr gefreut hatte; darüber war auch der Prinz hocherfreut. Und nun sandte er immerfort in jedem Jahr einen Brief und Geschenke an seinen Schwiegervater. Schließlich aber segnete der König, des Prinzen Vater, das Zeitliche, und dieser folgte ihm auf dem Thron. Er herrschte über die Untertanen in Gerechtigkeit, und sein Wandel unter ihnen war dem Gefallen Gottes ge-

384

weiht, so daß die Länder sich seinem Dienste neigten und die Menschen ihm Gehorsam bezeigten. Und so lebten sie in des Lebens schönster Herrlichkeit, in aller Freude und Zufriedenheit, bis Der zu ihnen kam, der die Freuden schweigen heißt, und der die Freundesbande zerreißt, der die Schlösser vernichtet und die Gräber errichtet. Preis sei Ihm, dem Lebendigen, der nimmer vergeht, und bei dem die Herrschaft auf Erden und im Himmel steht! Ferner wird erzählt

DIE GESCHICHTE VON UNS EL-WUDSCHÛD UND EL-WARD FIL-AKMÂM

Es lebte in alten Zeiten und längst entschwundenen Vergangenheiten ein König von großer Macht, voll Ruhm und Herrscherpracht. Der hatte einen Wesir, Ibrahîm geheißen; und dieser wiederum hatte eine Tochter von wundersamer Schönheit und Lieblichkeit und von herrlicher Anmut und Vollkommenheit, von überragendem Verstand, und in feiner Bildung gewandt. Doch sie liebte die Gelage und den Wein und die Antlitze in der Schönheit Strahlenschein, die erlesenen von den Gedichten und die seltsamen von den Geschichten; alle Herzen wurden ob der Feinheit ihres Wesens von Liebe durchdrungen, und so hat ein Dichter, der ihresgleichen schildert, von ihr gesungen:

> *Sie lieb ich; sie bezaubert die Türken und Araber all;*
> *Sie mißt sich mit mir im Recht, in Grammatik und Bildung zumal.*[1]

Ihr Name war el-Ward fil-Akmâm[2]; und sie war so benannt wegen ihrer unendlichen Feinheit und ihrer vollendeten Schön-

1. Hier folgen im Arabischen noch drei Verszeilen, die wegen der Wortspiele zwischen Ausdrücken der Grammatik und des Liebeslebens im Deutschen nicht wiedergegeben werden können. – 2. Das ist: die Rose in den Kelchen.

heit. Der König aber liebte es, sie bei seinen Festgelagen zu sehen, um ihrer vollkommenen Bildung willen.

Nun pflegte der König einmal in jedem Jahre die Vornehmen seines Reiches zu versammeln und mit ihnen Schlagball zu spielen. Und als wieder einmal jener Tag kam, an dem die Mannen zum Ballspiele zusammenströmten, setzte sich die Tochter des Wesirs an das Gitterfenster, um zuzuschauen. Während sie beim Spiele waren, fiel ihr Blick auf die Krieger, und sie erschaute unter ihnen einen Jüngling, so schön von Gestalt und so lieblich von Antlitz, wie es keinen anderen gab; mit strahlendem Blick, mit lachendem Munde, mächtig und breit, so stand er da. Immer wieder blickte sie nach ihm hin, ja, sie konnte sich nicht satt an ihm sehen. Und sie sprach zu ihrer Amme: ‚Wie heißt der wunderschöne Jüngling, der dort unter den Kriegern ist?‘ ‚Meine Tochter,‘ erwiderte die Amme, ‚alle sind schön. Wen unter ihnen meinst du?‘ Sie fuhr fort: ‚Warte, ich will ihn dir zeigen.‘ Dann nahm sie einen Apfel und warf ihn dem Jüngling zu. Der hob sein Haupt und erblickte die Tochter des Wesirs am Fenster, als wäre sie der volle Mond, der im Dunkel der Nacht am Himmel thront. Und wie er seinen Blick wieder abwandte, war sein Herz von Liebe zu ihr erfüllt, und er sprach das Dichterwort:

> *Traf mich ein Schütze oder haben deine Augen*
> *Ein liebend Herz verwundet, als es dich wahrgenommen?*
> *Ist der gekerbte Pfeil zu mir aus weiter Ferne*
> *Von einem Heere oder vom Fenster her gekommen?*

Als nun das Spiel beendet war, fragte sie ihre Amme wieder: ‚Wie heißt dieser Jüngling, den ich dir gezeigt habe?‘ Jene erwiderte: ‚Er heißt Uns el-Wudschûd[1].‘ Da schüttelte die Jungfrau versonnen ihr Haupt und legte sich auf ihr Lager nieder;

1. Das ist: die Wonne der Natur.

doch ihre Gedanken loderten, und sie begann in Seufzer auszubrechen und hub an diese Verse zu sprechen:

> *Der irrte nicht, der dich Uns el-Wudschûd benannte,*
> *O du, in dem die Wonne sich mit der Huld[1] vereint.*
> *Dein Antlitz gleicht dem vollen Monde, dessen Scheibe*
> *In Weltall und Natur mit hellem Glanze scheint.*
> *Ja, du bist einzigartig unter allen Menschen;*
> *‚Du bist der Schönheit Herr' ist aller Zeugen Ruf.*
> *Und deine Braue gleicht dem Nûn[2], dem schön geschriebnen;*
> *Dem Sâd[3] dein Augenstern, den der Allgüt'ge schuf.*
> *Und ach, dein schlanker Wuchs ist gleich dem frischen Reise,*
> *Das jeden Wunsch gewährt, der sich im Herzen regt.*
> *Du übertriffst die Ritter der Welt an Kraft; du bist es,*
> *Der aller Huld und Wonne und Schönheit Palme trägt.*

Nachdem sie diese Verse zu Ende gesprochen hatte, schrieb sie
sie auf ein Blatt, hüllte es in ein Stück goldgestickter Seide und
legte es unter ihr Kissen. Eine ihrer Kammerfrauen aber hatte
das gesehen und ging zu ihr hin, plauderte mit ihr, bis sie einschlief, und zog das Blatt heimlich unter dem Kissen hervor;
dann las sie es und erkannte, daß die Jungfrau von Liebe zu
Uns el-Wudschûd erfüllt war. Nachdem sie nun das Blatt gelesen hatte, legte sie es wieder an seine Stelle. Und als ihre
Herrin el-Ward fil-Akmâm aus dem Schlafe erwachte, sprach
sie zu ihr: ‚Hohe Herrin, siehe ich bin dir eine treue Beraterin
und eine zärtlich besorgte Helferin! Wisse, die Liebe ist ein
gestrenger Tyrann, sie, die das Eisen schmelzen kann; ja, wenn
sie verborgen wird, bringt sie Krankheiten und große Beschwerden; doch wer die Liebe offenbart, darf nicht getadelt

---

1. Arabisch *uns wa-dschûd* ‚Wonne und Huld'. – 2. Das Nûn ist ein
Halbkreis mit einem Punkte; dieser Vergleich ist auch sonst beliebt. –
3. Das Sâd ist mandelförmig mit einem halbkreisförmigen Ansatz; nur
der erstere Teil des Buchstabens ist hier gemeint.

werden.' Da erwiderte el-Ward fil-Akmâm ihr: ,Liebe Amme, welche Arznei gibt es denn für die sehnende Liebe?' Jene gab darauf zur Antwort: ,Ihre Arznei ist der Liebenden Vereinigung.' ,Und wie kann die Vereinigung erreicht werden?' fragte die Jungfrau weiter. Die Kammerfrau antwortete: ,Durch Botschaften und Worte zart und durch Grüße von vielerlei Art; dadurch werden die Liebenden zueinander gebracht, dadurch werden die schweren Dinge leicht gemacht. Wenn du nun etwas auf dem Herzen hast, hohe Herrin, so wisse, ich verstehe am besten dein Geheimnis zu bewahren, dir zum Ziel zu verhelfen und deine Botschaften auszurichten.' Als el-Ward fil-Akmâm diese Worte aus ihrem Munde vernahm, war sie vor Freuden fast wie von Sinnen; dennoch enthielt sie sich der Rede, um zu sehen, wie alles enden würde, und sie dachte bei sich: ,Niemand hat bisher dies Geheimnis von mir erfahren, und ich will es auch dieser Frau nicht eher kundtun, als bis ich sie erprobt habe.' Aber die Kammerfrau fuhr fort: ,Hohe Herrin, ich habe im Traume gesehen, wie ein Mann zu mir kam, der zu mir sprach: ,Deine Herrin und Uns el-Wudschûd lieben einander; drum diene den beiden, richte ihre Botschaften aus, erfülle ihnen ihre Wünsche und bewahre alle ihre Geheimnisse, dann wird dir viel Gutes zuteil werden!' Was ich gesehen, erzählte ich dir; doch die Entscheidung steht bei dir.' Als el Ward fil-Akmâm diesen Traum von ihrer Kammerfrau gehört hatte, sprach sie zu ihr: – –«

Da bemerkte Schehrezâd, daß der Morgen begann, und sie hielt in der verstatteten Rede an. Doch als die *Dreihundertundzweiundsiebenzigste Nacht* anbrach, fuhr sie also fort: »Es ist mir berichtet worden, o glücklicher König, daß el-Ward fil-Akmâm, als die Kammerfrau ihr den Traum, den sie geschaut, berichtet hatte, zu ihr sprach: ,Kannst du Geheimnisse behüten,

388

meine Amme?' Die erwiderte: ,Wie wäre es möglich, daß ich Geheimnisse nicht behüte? Ich bin doch aller Edelen Blüte!' Darauf nahm die Jungfrau das Blatt hervor, auf das sie die Verse geschrieben hatte, und sprach zur Kammerfrau: ,Trag diese meine Botschaft zu Uns el-Wudschûd und bring mir die Antwort darauf!' Die Alte nahm das Blatt und begab sich mit ihm zu Uns el-Wudschûd. Nachdem sie bei ihm eingetreten war, küßte sie ihm die Hände und begrüßte ihn mit den höflichsten Worten; darauf gab sie ihm das Blatt. Als er es gelesen und seinen Sinn verstanden hatte, schrieb er auf die Rückseite diese Verse:

> Ich stille und verberge die Sehnsucht meines Herzens;
> Und doch mein Aussehn ist's, das meine Lieb verrät.
> ,Mein Aug ist wund', sag ich, wenn meine Tränen rinnen,
> Daß Tadler nicht erkennen und sehn, wie's um mich steht.
> Einst war ich sorgenfrei und wußte nichts von Liebe;
> Da ward mein Herz gefesselt von heißer Liebe Band.
> Dir künd ich meine Not und klage meine Sehnsucht
> Und Schmerzen: hab Erbarmen, reich mir des Mitleids Hand!
> Mit meiner Augen Tränen hab ich es aufgeschrieben,
> Als Dolmetsch all der Not, die ich durch dich erfahr.
> Behüte Gott ein Antlitz, dem Lieblichkeit ein Schleier –
> Dem ist der Mond ein Knecht, ihm dient der Sterne Schar.
> Ja, in der Schönheit selbst sah ich nie ihresgleichen;
> Von ihrem Wuchse lernte der Zweig, wie er sich neigt.
> Ich bitte dich, doch ohne dir Ungemach zu bringen:
> Gewähr, daß durch dein Kommen des Nahseins Glück sich zeigt!
> Ich geb dir meine Seele – nimmst du sie von mir an?
> Die Nähe ist mir Himmel, die Trennung Höllenbann!

Darauf faltete er den Brief, küßte ihn, gab ihn der Alten und sprach zu ihr: ,Amme, mache mir das Herz deiner Herrin geneigt!' ,Ich höre und gehorche!' erwiderte sie, nahm das Schreiben von ihm entgegen, kehrte zu ihrer Herrin zurück und gab

es ihr. Die küßte das Blatt und legte es auf ihr Haupt. Dann
öffnete sie es, und nachdem sie es gelesen und seinen Sinn verstanden hatte, schrieb sie darunter diese Verse:

> *O du, dem meine Schönheit sich tief ins Herz gesenkt,*
> *Geduld; dir wird von mir der Liebe Glück geschenkt!*
> *Da ich nun weiß, daß deine Lieb von lautrer Art,*
> *Und daß dein Herze gleichwie meins getroffen ward,*
> *Möcht ich wohl zu dir gehn, so oft und ach, so gern!*
> *Doch halten mich von dir die Kämmerlinge fern.*
> *Wenn dunkle Nacht uns deckt, wird durch der Liebe Macht*
> *In unsrem Busen tief ein Feuer heiß entfacht;*
> *Dann meidet unser Lager der Schlummer allzumal,*
> *Dann foltert unsren Leib gar oft die bittre Qual.*
> *‚Verbirg die Liebe‘ heißt der Liebe erste Pflicht;*
> *Die Schleier, die uns Schutz verleihn, die lüfte nicht!*
> *Von Liebe zu dem Reh ist jetzt mein Herz entbrannt –*
> *Ach, bliebe es doch nimmer fern von unsrem Land!*

Als sie diese Verse zu Ende geschrieben hatte, faltete sie das
Blatt und gab es der Kammerfrau; die nahm es und verließ
das Gemach der Wesirstochter el-Ward fil-Akmâm. Doch da
begegnete ihr der Kammerherr und fragte sie: ‚Wohin willst
du gehen?‘ ‚Ins Bad!‘ erwiderte sie; doch sie war so heftig vor
ihm erschrocken, daß sie das Blatt fallen ließ, als sie in ihrer
Verwirrung zur Tür hinausging.

Sehen wir nun, was mit dem Blatte geschah! Einer der Eunuchen fand es am Boden liegen und nahm es an sich; und als
dann der Wesir aus dem Harem kam und sich auf sein Lager
setzte, kam der Eunuch, der das Blatt aufgelesen hatte, herein.
Wie also der Wesir auf seinem Lager saß, siehe, da trat jener
Eunuch mit dem Blatte in der Hand an ihn heran und sprach:
‚Hoher Herr, ich habe dies Blatt im Hause liegen sehen und an
mich genommen.‘ Der Wesir nahm es aus seiner Hand ent-

gegen, gefaltet, wie es war, öffnete es und sah darin die Verse, die schon berichtet wurden. Nachdem er sie gelesen und ihren Sinn verstanden hatte, betrachtete er die Handschrift und entdeckte, daß es die Schrift seiner Tochter war. Alsbald begab er sich zu ihrer Mutter, indem er so bitterlich weinte, daß sein Bart von den Tränen benetzt ward. Seine Gemahlin fragte ihn: ‚Was ist dir, mein Gebieter, daß du weinst?‘ ‚Nimm dies Blatt,‘ erwiderte er ihr, ‚und sieh, was darauf steht!‘ Da nahm sie das Blatt und las es und entdeckte, daß es einen Liebesbrief ihrer Tochter el-Ward fil-Akmâm an Uns el-Wudschûd enthielt. Auch ihr wollten die Zähren in die Augen treten, aber sie bezwang sich und hielt ihre Tränen zurück, indem sie zum Wesir sprach: ‚Mein Gebieter, das Weinen fruchtet nichts; das Richtige ist allein, daß wir uns nach einem Wege umsehen, deine Ehre zu wahren und die Sache deiner Tochter zu verbergen!‘ Dann tröstete sie ihn und suchte seine Trauer zu lindern. Doch er sprach zu ihr: ‚Ich fürchte für meine Tochter um der Liebe willen. Weißt du nicht, daß der Sultan große Zuneigung zu Uns el-Wudschûd hat? Meine Furcht in dieser Sache hat zweierlei Gründe: der erste betrifft mich, weil das Mädchen meine Tochter ist; der zweite aber betrifft den Sultan, da Uns el-Wudschûd in hoher Gunst bei ihm steht. Vielleicht wird aus alledem großes Unheil kommen. Wie denkst du nun hierüber?‘ – –«

Da bemerkte Schehrezâd, daß der Morgen begann, und sie hielt in der verstatteten Rede an. Doch als die *Dreihundertunddreiundsiebenzigste Nacht* anbrach, fuhr sie also fort: »Es ist mir berichtet worden, o glücklicher König, daß die Gemahlin des Wesirs, als er ihr von der Sache mit seiner Tochter berichtet und sie gefragt hatte, wie sie darüber denke, ihm zur Antwort gab: ‚Warte, bis ich das Gebet um die rechte Leitung verrichtet habe!‘

Darauf betete sie zwei Rak'as[1] gemäß der Vorschrift für die Bitte um die rechte Leitung; und als sie das Gebet beendet hatte, sprach sie zu ihrem Gatten: ‚Mitten im Meere von el-Kunûz[2] liegt ein Berg, der Dschebel eth-Thakla[3] genannt wird – warum er so heißt, wird später erzählt werden –, und zu jenem Berge kann niemand gelangen, es sei denn unter großer Mühsal; dort bereite ihr eine Stätte!' Nun kam der Wesir mit seiner Gemahlin überein, dort ein unzugängliches Schloß zu erbauen; in das wollte er seine Tochter bringen, und er wollte Jahr für Jahr Vorrat zum Lebensunterhalt zu ihr schaffen lassen; auch wollte er ihr Leute zur Gesellschaft und zur Bedienung mitgeben. Darauf ließ er die Zimmerleute, Maurer und Baumeister kommen und entsandte sie zu jenem Berge; und diese Männer erbauten für die Jungfrau eine unzugängliche Burg, dergleichen noch nie ein Auge gesehen hatte. Dann rüstete er die Wegzehrung und eine Karawane, begab sich bei Nacht zu seiner Tochter und befahl ihr, sich aufzumachen. Da ahnte ihr Herz die Trennung, und als sie hinaustrat und die Reise gerüstet sah, begann sie bitterlich zu weinen, und sie schrieb an die Tür, um Uns el-Wudschûd kundzutun, welch großes Leid ihr widerfahren war, ein Leid, das die Haut erschaudern machte und den härtesten Felsen zum Schmelzen brachte, und das die Tränen rinnen ließ; was sie aber schrieb, war dies:

Bei Gott, o Haus, wenn früh mein Lieb vorübergehet
Und grüßend Zeichen winkt in treuem Freundessinn,
So schenk von mir ihm Grüße von reinem, süßem Dufte;

1. Vgl. Band I, Seite 390, Anmerkung. – 2. Das Wort für ‚Meer' kann auch ‚Strom' bedeuten; und da *Kunûz* der Name der nördlichen Nubier ist, so kann ‚Strom der Kunûz' etwa den Nil in der Gegend südlich von Assuan (bis Korosko) bezeichnen. – 3. Zu deutsch ‚Berg der Mutter die ihre Kinder verloren hat'. ‚Mit diesem Berge' könnte die Nilinsel Philae, südlich von Assuan, gemeint sein, da die Geschichte von Uns el-Wudschûd dort überliefert wird.

Denn ach, er weiß ja nicht, an welchem Ort ich bin.
Auch ich weiß nichts davon, wohin der Weg mich führet;
Denn jetzt sind sie zu schnellem und flinkem Marsch bereit,
Zur Nachtzeit, wenn im Walde die Vöglein auf den Ästen
Sich kauern, leise klagend um unser bittres Leid.
Und eine hohle Stimme von Geistern klagte: Wehe
Dem treuen Liebespaare ob solcher Trennungsnot!
Als ich den Kelch des Scheidens gefüllt vor mir erblickte
Und das Geschick uns seinen Wein gewaltsam bot,
Da mischte ich ihn zagend mit treuen Harrens Pflicht –
Doch ach, das Harren tröstet mich über dich jetzt nicht.

Nachdem sie diese Verse zu Ende geschrieben hatte, saß sie
auf, und ihre Begleiter ritten mit ihr davon; sie durchquerten
Steppen und Wüsten ohne Ende, Ebenen und rauhes Berg-
gelände, bis sie zum Meere von el-Kunûz kamen. Dort schlugen sie die Zelte am Ufer auf und bauten für die Jungfrau ein
großes Schiff, in das sie mit ihr und ihrem Gefolge hineinstie-
gen. Der Wesir hatte ihnen aber befohlen, sie sollten, wenn sie
bei dem Berge angekommen wären und seine Tochter mit
ihren Leuten in die Burg gebracht hätten, mit dem Schiffe
zurückkehren und es dann, wenn sie es wieder verlassen hätten,
abbrechen. So zogen sie denn aus und taten alles, was er ihnen
geboten hatte; dann kehrten sie heim, mit Tränen im Auge
wegen dessen, was geschehen war.

   Wenden wir uns nun von ihnen wieder zu Uns el-Wudschûd!
Der erhob sich von seinem Schlummer und sprach das Frühgebet; dann bestieg er sein Roß und begab sich zu seinem
Dienste beim Sultan. Als er aber wie gewöhnlich bei dem
Hause des Wesirs vorbeiging, um etwa jemanden von den Leuten
des Hausherrn zu sehen, die er sonst zu erblicken pflegte, und
als er auf die Tür schaute, fand er die Verse dort angeschrie-
ben, von denen soeben berichtet wurde. Kaum hatte er die

gesehen, da ward er fast wie von Sinnen, ein Feuer loderte in seinem Busen auf, und er kehrte nach Hause zurück; aber er fand dort keine Ruh, und Geduld sagte ihm nicht zu. In quälender Unrast verbrachte er den Tag, bis die Nacht über ihn kam. Da verkleidete er sich und machte sich unkenntlich und wanderte im Dunkel der Nacht verstört dahin, aufs Geratewohl, ohne zu wissen, wohin er ging. Die ganze Nacht hindurch ging er weiter, ja, auch am nächsten Tage, bis daß die Glut der Sonne drückend ward und die Berge brannten und der Durst ihn peinigte. Nun erblickte er einen Baum, und neben ihm entdeckte er ein Rinnsal fließenden Wassers. Er ging auf jenen Baum zu, setzte sich in seinen Schatten am Ufer jenes Bächleins und wollte trinken; aber er fand, daß in seinem Munde das Wasser keinen Geschmack mehr hatte; seine Farbe war verwandelt, sein Antlitz war bleich geworden, und seine Füße waren von der mühseligen Wanderung geschwollen. Da weinte er bitterlich und begann in Tränen auszubrechen und hub an diese Verse zu sprechen:

> *Ach, er, der liebt, ward trunken durch Liebe zur Geliebten,*
> *Wenn stets die Leidenschaft so heiß sein Herz durchwühlt;*
> *Er ist verstört durch Liebe, er irrt umher voll Sehnsucht,*
> *Kein Obdach hat er mehr, kein Trank ist, der ihn kühlt.*
> *Wie kann dem Lieberfüllten das Leben Freude bringen*
> *Fern von dem trauten Lieb? Das wäre wunderbar!*
> *Ich schwinde, seit die Sehnsucht nach ihr so heiß erglühte,*
> *Und auf die Wangen fließen die Tränen immerdar.*
> *Seh ich sie jemals wieder, oder kommt ein Mann*
> *Der Ihren, der mein trauernd Herze heilen kann?*

Als er diese Verse zu Ende gesprochen hatte, weinte er, bis seine Tränen den Boden netzen. Dann erhob er sich rasch und verließ jene Stätte. Doch während er so durch die Wüsten und Steppen dahinwanderte, stürzte plötzlich ein Löwe auf ihn zu;

394

der hatte eine Mähne, daß sein Hals fast darin erstickte, sein Kopf war so groß wie eine Kuppel, sein Maul so weit wie ein Tor, und seine Zähne glichen den Zähnen eines Elefanten. Als Uns el-Wudschûd ihn erblickte, sah er den sicheren Tod vor Augen; er wandte sich in die Richtung der heiligen Stadt und bereitete sich auf den Tod vor. Nun hatte er aber in den Büchern gelesen, daß der Löwe sich durch den, der ihm schmeichelt, betrügen läßt, da er durch freundliche Worte getäuscht und durch Lobsprüche besänftigt werden kann. So hub er denn an zu sprechen: ,O Löwe des Dickichts, du Leu der weiten Flur, du stolzer Held, du Meister der Ritter, du Sultan der Tiere des Feldes, siehe, ich bin ein Liebender, verzehrt von der Sehnsucht Macht, von Liebe und Trennungsleid dem Tode nahe gebracht! Mein Lieb ging von hinnen, und seitdem bin ich wie von Sinnen. Drum hör auf das, was ich sage, und hab Erbarmen mit den Leiden der Sehnsucht, die ich trage!' Als der Löwe seine Worte vernahm, wich er vor ihm zurück, setzte sich nieder auf seine Hinterbeine, hob seinen Kopf zu ihm empor und begann mit dem Schwanze zu wedeln und mit den Pfoten zu winken. Als Uns el-Wudschûd sah, daß er sich so zu bewegen begann, redete er ihn mit diesen Versen an:

> Du Leu der Wüste, willst du mich jetzt zu Tode bringen,
> Eh ich noch die gefunden, die Lieb in mir entfacht?
> Ich bin doch nicht ein Wild, ich hab kein Fett am Leibe;
> Daß ich mein Lieb verlor, hat mich so krank gemacht.
> Die Ferne der Geliebten verzehrte meine Kräfte;
> Ich bin wie eine Leiche, bedeckt vom Totenkleid.
> O hoher König Nobel[1], du Leu des Kampfgetümmels,
> Laß doch den Tadler nicht sich freun ob meinem Leid!
> Ich liebe, und mich decken die Tränenströme zu;

1. Im Arabischen steht *Abu el-Hârith*, der Beiname des Löwen; dieser Name wird erklärt als ,Vater des Beutemachers'.

Die Ferne der Geliebten läßt mir keine Ruh.
Und wenn ich ihrer denke in finstrer Mitternacht,
So werd ich durch die Liebe um den Verstand gebracht.

Als er diese Verse zu Ende gesprochen hatte, erhob sich der Löwe und kam auf ihn zu. – –«

Da bemerkte Schehrezâd, daß der Morgen begann, und sie hielt in der verstatteten Rede an. Doch als die *Dreihundertundvierundsiebenzigste Nacht* anbrach, fuhr sie also fort: »Es ist mir berichtet worden, o glücklicher König, daß der Löwe, als Uns el-Wudschûd seine Verse zu Ende gesprochen hatte, sich erhob und langsam auf ihn zukam, während ihm die Augen von Tränen rannen. Wie er dann dicht vor ihm stand, leckte er ihn mit seiner Zunge und schritt vor ihm her, als wolle er ihm andeuten: ‚Folge mir!‘ Da folgte der Jüngling ihm und ging immer weiter hinter ihm her, eine ganze Weile lang, bis der Löwe ihn auf ein Gebirge führte; und als das Tier ihn auf der anderen Seite der Höhe wieder hinuntergeleitet hatte, sah er Fußspuren in der Steppe. Sofort erkannte er, daß dies die Spuren der Leute sein mußten, die el-Ward fil-Akmâm fortgeführt hatten; deshalb folgte er der Spur und ging ihr nach. Doch als der Löwe sah, wie er der Fährte nachging und erkannt hatte, daß die Leute mit seiner Geliebten auf ihr dahingezogen waren, kehrte er um und ging seiner Wege.

Uns el-Wudschûd aber wanderte immer weiter den Spuren nach, Tage und Nächte, und schließlich kam er zu einem brandenden Meer, das von Wogen gepeitscht war rings umher. Dort lief die Spur bis zur Küste des Meeres, aber dann verlor sie sich. Nun wußte er, daß die Leute in See gefahren und zu Wasser ihre Fahrt fortgesetzt hatten. An jener Stätte gab er alle Hoffnung auf; und er begann in Tränen auszubrechen und hub an diese Verse zu sprechen:

396

Das Heiligtum ist fern und die Geduld geschwunden.
Wie kann ich zu ihr kommen wohl übers tiefe Meer?
Wie kann ich harren, wenn die Lieb mein Herz gebrochen,
Und wenn ich ohne Schlummer in Unruh mich verzehr?
Seit jenem Tag, da sie das Heim verließ und fortzog,
Und als mein Herz entbrannte – o welche heiße Glut –,
Sind Oxus und Jaxartes die Tränen, wie der Euphrat;
Ja, Sintflut, Regenschauer sind nicht wie ihre Flut.
Die Lider sind entzündet vom ew'gen Strom der Tränen,
Von Feuern und von Funken ist mir das Herz verbrannt.
Jetzt stürmen auf mich Heere von heißen Leidenschaften;
Der Hoffnung Heer, besiegt, hat sich von mir gewandt.
Mein Leben setzt ich ein um ihrer Liebe willen;
Das Leben einzusetzen wurde mir gar leicht.
Nie strafe Gott um Sünde ein Auge, das da schaute
Auf jene Schönheit, die dem hellen Monde gleicht!
Ich bin dahingestreckt durch Augen, weit und offen,
Von denen ohne Sehne ein Pfeil ins Herz mir flog.
Sie hat mich hingerafft durch zarten Wuchs des Leibes,
Der wie die weichen Zweige am Weidenbaum sich bog.
Ich wollte zu ihr eilen und so mir Hilfe suchen
In meinem Liebesschmerze, im Kummer und im Gram.
Da wurde ich durch sie, wie ich jetzt bin, gebrochen,
Seit alle meine Not vom Zauberblicke kam.

Nachdem er diese Verse geendet hatte, weinte er, bis er in Ohnmacht sank; und lange Zeit blieb er ohnmächtig liegen. Als er dann wieder zu sich kam, wandte er sich nach rechts und nach links; und da er in der Wüste keinen Menschen entdeckte, fürchtete er für sein Leben um der wilden Tiere willen und stieg auf einen hohen Berg. Während er nun oben auf jenem Berge stand, hörte er plötzlich die Stimme eines menschlichen Wesens, das in einer Höhle redete. Er horchte hin, und siehe, es war ein frommer Mann, der die Welt verlassen und sich der Anbetung Gottes geweiht hatte. Dreimal pochte er an die Tür der Höhle, aber der Einsiedler gab ihm keine Antwort und kam auch nicht zu ihm heraus. Da stiegen Seufzer in ihm empor, und er trug diese Verse vor:

> *Welchen Weg hab ich zu gehen, bis ich einst zum Ziel gelang*
> *Und mich von der Not befreie, all dem Gram und Kummer bang?*
> *Aller Schreck der Schrecken brachte jetzo mir das graue Haar*
> *Auf mein Haupt und in mein Herze, ob ich gleich ein Jüngling war.*
> *Ach, ich fand ja keinen Helfer in der Liebessehnsucht Qual,*
> *Keinen Freund, der mich befreite von der Pein und Mühe all.*
> *Und wieviel muß ich ertragen in des Sehnens heißer Pein!*
> *Ja, es ist, als stürmte immer alles Unglück auf mich ein.*
> *Habt Erbarmen mit dem Armen, der da liebt mit banger Brust,*
> *Der den bittren Kelch der Trennung und des Scheidens trinken mußt!*
> *Feuer glüht in meinem Herzen, und mein Innres ist verbrannt;*
> *Und der heiße Schmerz des Abschieds raubte gar mir den Verstand.*
> *Ach, wie trüb war jener Tag mir! Kaum war ich dem Hause nah,*
> *Als ich schon an seinem Tore jene Schrift geschrieben sah.*
> *Und ich weinte, bis die Erde sich mit meinem Gram erfüllt;*
> *Doch ich hab vor allen Leuten, nah und fern, mein Leid verhüllt.*
> *O der Fromme, der in seiner Höhle eingeschlossen wohnt,*
> *Hat vielleicht die Lieb gekostet und blieb nicht von ihr verschont.*
> *Und wenn jetzt nach alle diesem dies das letzte Ende ist,*
> *So bin ich am Ziel, auf daß mein Herz die Not und Müh vergißt.*

Kaum hatte er diese Verse zu Ende gesprochen, so öffnete sich plötzlich die Höhlentür, und er hörte eine Stimme rufen: ‚Weh! welch ein Jammer!‘ Da trat er durch die Tür ein und grüßte den Einsiedler. Der erwiderte seinen Gruß und fragte ihn dann: ‚Wie heißt du?‘ ‚Uns el-Wudschûd‘, antwortete der Jüngling. Weiter fragte der Alte: ‚Aus welchem Grunde bist du an diese Stätte gekommen?‘ Und nun erzählte Uns el-Wudschûd ihm seine ganze Geschichte von Anfang bis zu Ende und tat ihm alles kund, was ihm widerfahren war. Da weinte der Einsiedler und sprach: ‚Wisse, Uns el-Wudschûd, obgleich ich schon zwanzig Jahre lang an dieser Stätte wohne,

398

so habe ich doch bis gestern noch nie einen Menschen hier gesehen; da aber hörte ich Weinen und Lärmen, und als ich nach
der Richtung schaute, aus der die Laute kamen, sah ich viel
Volks und Zelte, die an der Meeresküste aufgeschlagen waren;
die Leute bauten ein Schiff, und einige von ihnen stiegen hinein und gingen in See. Darauf kehrte ein Teil von denen, die
das Schiff bestiegen hatten, mit ihm wieder zurück und zerbrach es, und zuletzt zogen alle ihres Weges. Ich glaube, daß
die Leute, die auf dem Rücken des Meeres dahingefahren und
nicht wiedergekehrt sind, gerade die sind, nach denen du
suchest, Uns el-Wudschûd. Dann ist wirklich dein Kummer
groß, und man kann dich verstehen; doch einen Liebenden,
der nicht alle Leiden zu kosten hätte, gibt es nicht.' Und dann
sprach der Einsiedler dies Gedicht:

> O du, Uns el-Wudschûd, du glaubst mich frei von Sorgen,
> Wo doch der Sehnsucht Leid mir Tod und Leben bringt!
> Ich hab die Macht der Liebe gekannt seit meiner Jugend,
> Seit ich ein Knäblein war, das von der Mutter trinkt.
> Ich hab sie lang erprobt, bis daß ich sie erkannte;
> Und wenn du nach mir fragst, dann weiß sie, wer ich bin.
> Ich trank den Liebeskelch, verzehrt von heißen Gluten,
> Und bin wie tot geworden; so schwand mein Leib dahin.
> Ich war ein starker Mann, doch meine Kraft versagte;
> Der Blicke Schwerter haben der Hoffnung Heer besiegt.
> Drum hoffe in der Liebe auf Glück nicht ohne Qualen,
> Da bei dem Glücke gleich das Unglück immer liegt.
> Die Liebe hat bestimmt für ihrer Jünger Scharen:
> Als Ketzerei verboten ist's, sie nicht zu wahren.

Nachdem der Einsiedler seine Verse zu Ende gesprochen hatte,
trat er an Uns el-Wudschûd heran und umarmte ihn. – –«

Da bemerkte Schehrezâd, daß der Morgen begann, und sie
hielt in der verstatteten Rede an. Doch als die *Dreihundertund-
fünfundsiebenzigste Nacht* anbrach, fuhr sie also fort: »Es ist mir

berichtet worden, o glücklicher König, daß der Einsiedler, nachdem er seine Verse zu Ende gesprochen hatte, an Uns el-Wudschûd herantrat und ihn umarmte; und dann weinten die beiden, daß die Berge von ihren Klagen widerhallten, und sie weinten so lange, bis sie beide in Ohnmacht sanken. Als sie aber wieder zu sich gekommen waren, schworen sie einander Brüderschaft vor Allah dem Erhabenen. Dann sprach der Einsiedler zu Uns el-Wudschûd: ‚Heute nacht will ich beten und zu Allah flehen, daß er mich das Rechte erkennen lasse, das du zu tun hast.' ‚Ich höre und füge mich!' antwortete der Jüngling.

Wenden wir uns nun von Uns el-Wudschûd wieder zu el-Ward fil-Akmâm! Als sie von ihrem Gefolge zu dem Berge gebracht und in das Schloß geführt war und sich nun darin umschaute und sah, wie schön es eingerichtet war, da sprach sie unter Tränen: ‚Bei Allah, du bist eine schöne Stätte, nur daß dir die Gegenwart des Geliebten fehlt!' Und da sie Vögel auf jener Insel entdeckte, so gebot sie einem ihrer Leute, Schlingen für sie aufzustellen und sie zu fangen und alle gefangenen Vögel im Schlosse in Käfigen aufzuhängen; und der Mann führte ihren Befehl aus. Sie aber setzte sich an das Fenster des Schlosses und gedachte alles dessen, was ihr widerfahren war; da wuchsen in ihr die Leidenschaft und der sehnenden Liebe Kraft, sie begann in Tränen auszubrechen und hub an diese Verse zu sprechen:

> *Wem soll ich all mein Sehnen, das mich erfüllet, klagen*
> *Und meinen Kummer, fern von dem Geliebten traut?*
> *In meinem Busen glüht ein Feuer, aber dennoch*
> *Zeig ich es nicht, auf daß der Späher es nicht schaut!*
> *Ich bin so dürr geworden gleichwie der Zähne Stocher*
> *Durch Fernsein und durch Klagen und Glut, die an mir frißt.*
> *Wo ist das Aug des Liebsten, daß er auf mich schaue,*
> *Wie ich jetzt einem gleiche, der von Sinnen ist?*

Sie waren hart zu mir, als sie mich eingeschlossen
An einem Ort, zu dem mein Liebster niemals dringt.
Die Sonne bitte ich, ihm tausendfache Grüße
Zu bringen, wenn sie aufgeht, und wenn sie wieder sinkt,
Dem Liebsten, dessen Glanz den vollen Mond beschämet,
Wenn er erscheint, und der das schlanke Reis besiegt.
So seiner Wange sich die Rose gleichet, sag ich:
Du gleichst ihm nicht, wenn nicht in dir mein Schicksal liegt.
Und seiner Lippen Tau ist wie das klare Wasser,
Das, wenn die Feuersglut mich quälet, Kühlung gibt.
Wie könnt ich ihn vergessen? Er ist mein Herz, mein Leben;
Er macht mich krank und siech, er, der mich heilt und liebt.

Und als sie umgeben war von finstrer Nacht, da wuchs noch
in ihr der Sehnsucht Macht; sie gedachte der Vergangenheit und
klagte in diesen Versen ihr Leid:

Es sinkt die Nacht; die Liebe mit ihren Schmerzen regt sich,
Und Sehnsucht rüttelt grausam an allem meinem Leid.
Die bittre Qual der Trennung wohnt jetzt in meinem Busen,
Und all die schwere Sorge macht mich zum Tod bereit.
Die Liebe raubt den Schlaf, und mich verbrennt die Sehnsucht;
Die Tränen künden an, was heimlich in mir weilt.
Ick kenne keinen Weg in meinem Liebesleiden,
Der mich von meiner Schwäche, von Krankheit, Siechtum heilt.
In meinem Herzen glüht ein grimmig Höllenfeuer,
Und seine heiße Glut bringt meiner Brust den Tod.
Ich konnte mich nicht zwingen, ihm Lebewohl zu sagen
Am Trennungstag. O Reue! O meine bittre Not!
O du, der du ihm meldest, was mich genugsam quälet:
Was mir vorherbestimmt, das trag ich in Geduld.
Bei Gott, ich war ihm nie in meiner Liebe untreu;
Und unverbrüchlich ist ein Schwur bei Liebeshuld!
Nun grüß mein Lieb, o Nacht, künd ihm im fernen Land,
Bezeug dein Wissen, daß ich in dir nie Schlummer fand.

Sehen wir nun, wie es Uns el-Wudschûd inzwischen erging!
Der Einsiedler sprach zu ihm: ,Geh ins Tal hinab und bring

mir Fasern von den Palmstämmen!' Da ging er hin und brachte die Fasern; der Einsiedler aber nahm sie und drehte sie zu Stricken und machte ein Tragnetz daraus, wie man es braucht, um Häcksel zu tragen. Dann sagte er: ,Uns el-Wudschûd, mitten im Tale gibt es einen Kürbis, der aufschießt und über den Wurzeln austrocknet. Geh dorthin und fülle dies Netz mit seinen Früchten; dann binde es zu, wirf es ins Meer und setz dich darauf! Fahre auf ihm mitten ins Meer hinaus, vielleicht wirst du dein Ziel erreichen; denn wer nicht wagt, kommt nicht ans Ziel.' ,Ich höre und gehorche!' sprach der Jüngling; dann nahm er Abschied von ihm und verließ ihn, um zu tun, wie der fromme Mann ihm befohlen, nachdem er den Segen des Himmels auf ihn herabgewünscht hatte. Uns el-Wudschûd ging also unverweilt zur Sohle des Tales hinab und tat nach dem Befehle des Einsiedlers. Nachdem er aber auf dem Netze mitten ins Meer gelangt war, erhob sich ein Wind über ihm und trieb ihn mit dem Netz dahin, bis er den Augen des Einsiedlers entschwand. Und dann schwamm er immer weiter über das tiefe Meer, getragen von den auf und nieder wogenden Wellen, und er lernte die Wunder und die Schrecken des Meeres kennen. Schließlich jedoch, nach drei Tagen, warf das Geschick ihn gegen den Dschebel eth-Thakla, und er taumelte an Land wie ein schwindeliges Huhn, erschöpft von Hunger und Durst. Dort fand er rieselnde Bäche und Vögel, die auf den Zweigen ihre Weisen schlugen, und Bäume, die Früchte trugen, bald allein und bald im Hain; und er aß von den Früchten und trank aus den Bächen. Wie er dann weiterging, sah er plötzlich in der Ferne einen weißen Schein; und er schritt in seiner Richtung dahin, bis er in die Nähe kam und entdeckte, daß es eine feste und unzugängliche Burg war. Alsbald ging er zum Tore hinauf; aber er fand, daß es geschlossen war, und so setzte er sich nieder und blieb drei Tage lang dort sitzen. Während er noch dasaß, wurde das Schloßtor plötzlich geöffnet, und einer von den Eunuchen kam heraus. Als der Uns el-Wudschûd dort sitzen sah, fragte er ihn: ‚Woher kommst du, und wer hat dich hierher gebracht?' Der Jüngling gab ihm zur Antwort: ‚Aus Ispahan; ich fuhr mit einer Warenladung über das Meer, aber das Fahrzeug, auf dem ich mich befand, erlitt Schiffbruch, und da warfen mich die Wellen an den Strand dieser Insel.' Da hub der Eunuch an zu weinen, umarmte ihn und sprach zu ihm: ‚Gott erhalte dich, du Freundesantlitz! Wisse, Ispahan ist meine Heimat, und ich habe dort eine Base, der ich seit meiner Kindheit in herzlicher Liebe zugetan bin; aber ein Volk, das stärker war als wir, machte einen Raubzug gegen uns, und mit anderer Beute schleppten sie auch mich fort, als ich noch ein kleiner Knabe war, und entmannten mich. Dann verkauften sie mich als Eunuchen, und nun bin ich als solcher hier.' – –«

Da bemerkte Schehrezâd, daß der Morgen begann, und sie hielt in der verstatteten Rede an. Doch als die *Dreihundertundsechsundsiebenzigste Nacht* anbrach, fuhr sie also fort: »Es ist mir berichtet worden, o glücklicher König, daß der Eunuch, der aus dem Schlosse der Jungfrau el-Ward fil-Akmâm herauskam, dem Jüngling Uns el-Wudschûd alles erzählte, was ihm begegnet war, und mit den Worten schloß: ‚Die Krieger, die mich wegschleppten, entmannten mich und verkauften mich als Eunuchen, und nun bin ich als solcher hier.' Und nachdem er ihn herzlich begrüßt und willkommen geheißen hatte, führte er ihn in den Schloßhof. Dort im Innern erblickte Uns el-Wudschûd einen großen Teich, rings umgeben von Bäumen und an deren Zweigen Vögel in silbernen Käfigen mit Türen aus Gold. Jene Käfige hingen an den Zweigen, und die Vögel darin sangen und priesen den Herrn, der über alle richtet. Wie er nun zu dem ersten Käfig herantrat, schaute er genauer hin und sah, daß dort eine Turteltaube war; doch als der Vogel ihn erblickte, erhob er seine Stimme und rief: ‚O Gütereicher!' Da sank Uns el-Wudschûd in Ohnmacht, und als er wieder zu sich kam, begann er in Seufzer auszubrechen und hub an diese Verse zu sprechen:

> *Bist du, o Turteltaube, wie ich von Lieb verstöret,*
> *So sing ‚o Gütereicher' und fleh den Herren an!*
> *Sag mir, ist dieses Gurren von dir ein Freudezeichen?*
> *Ist's Liebesschmerz, der sich vom Herz nicht trennen kann?*
> *Wenn du in Liebe seufzest nach entschwundnen Freuden,*
> *Von denen du jetzt fern in Not und Kummer bist,*
> *Wenn du wie ich des Freundes in Treuen denkst, so wisse,*
> *Daß Fernesein ein Künder von alter Liebe ist.*
> *Mög Gott dem treuen Freunde seinen Schutz verleihn,*
> *Den nimmer ich vergeß, zerfällt auch mein Gebein!*

Als er diese Verse gesprochen hatte, weinte er, bis er von neuem in Ohnmacht sank. Doch als er wieder zum Bewußtsein kam, ging er weiter zum zweiten Käfig. In ihm fand er eine Ringeltaube, und wie die ihn erblickte, sang sie die Worte: ‚O Ewiger, ich danke dir!' Da begann Uns el-Wudschûd in Seufzer auszubrechen und hub an diese Verse zu sprechen:

> *Die Ringeltaube hört ich, wie sie klagend sagte:*
> *Dir, Ewiger, sei Dank für diese meine Not!*
> *Nun möge Allah mich mit meinem Lieb vereinen*
> *Auf dieser meiner Fahrt, durch Seiner Huld Gebot!*
> *Oft kam zu mir ihr Bild mit roten Honiglippen*
> *Und häufte Liebe mir auf meine Liebesqual.*
> *Und wenn die Feuergluten in meinem Herzen brannten*
> *Und dann mein ganzes Wesen entflammte allzumal,*
> *Und wenn die Tränen flossen wie Tropfen roten Blutes*
> *Und sich auf meine Wange ergossen, sagte ich:*

> *Nie ist ein sterblich Wesen noch ohne Leid geblieben;*
> *So trage ich denn immer mein Leid geduldiglich.*
> *So wahr mir Allah helfe, wenn Er mit meiner Herrin*
> *Mich einst vereinen wird am Tag der Seligkeit,*
> *Dann schenke ich mein Gut dem Volke, das da liebet,*
> *Dem Volke, das wie ich dem gleichen Dienst sich weiht;*
> *Dann laß ich diese Vögel aus ihrer Haft von dannen,*
> *Dann will ich meine Trauer durch meine Freude bannen.*

Nachdem er diese Verse gesprochen hatte, schritt er zu dem dritten Käfig, und da fand er eine Spottdrossel; die begann bei seinem Anblick zu rufen; und als er das hörte, sprach er diese Verse:

> *Die Drossel lob ich mir, mit ihrer zarten Stimme;*
> *Sie gleicht dem Klagen eines, den Liebesglut durchloht.*
> *Der Liebe Volk – welch Jammer! Wie viele müssen wachen*
> *Bei Nacht in ihrer Sehnsucht und Leidenschaft und Not!*
> *Es ist, als wären sie in ihrem großen Sehnen*
> *Geschaffen ohne Morgen, zur Qual, und ohne Schlaf.*
> *Und als ich durch mein Lieb bezaubert ward, da band mich*
> *An ihn die Leidenschaft. Als mich die Fessel traf,*
> *Da standen meine Augen in Tränen, und ich sagte:*
> *Das Kettenband der Tränen ward lang und band mich fest.*
> *Das Sehnen wuchs, die Trennung ward lang, der Hoffnung Schätze*
> *Verschwanden, seit die Größe der Pein mich sterben läßt.*
> *Wenn das Geschick gerecht ist und mich mit dem Geliebten*
> *Vereint, und wenn der Himmel uns seinen Schutz gewährt,*
> *Leg ich die Kleider ab, auf daß mein Lieb erkenne,*
> *Wie Abschied, Fernsein, Trennung mir meinen Leib verzehrt.*

Als er auch diese Verse gesprochen hatte, schritt er weiter zu dem vierten Käfig. In ihm fand er eine Nachtigall, und die klagte und sang beim Anblicke des Jünglings Uns el-Wudschûd. Wie er ihren Gesang hörte, begann er in Tränen auszubrechen und hub an diese Verse zu sprechen:

> *Das Lied der Nachtigall ist, wenn der Morgen dämmert,*
> *Für ihn, der liebt, noch süßer als der Saiten Klang.*

Nun klagt Uns el-Wudschûd in seiner heißen Liebe
Ob einer Leidenschaft, durch die sein Herz zersprang.
Wie manchen Liederklang vernahm ich, der vor Freuden
Das harte Eisen gar und Stein zergehen macht!
Des jungen Morgens Zephir fächelt mir die Grüße
Von blütenreichen Gärten mit ihrer Blumenpracht.
Der Vöglein heller Schall, der süße Duft des Zephirs
Erweckt in meinem Herzen am Morgen frohen Mut;
Und als ich an mein fernes Lieb in Treuen dachte,
Gleich Bächen, gleich dem Regen rann da die Tränenflut.
Und eine Feuerflamme erglüht in meinem Busen
Gleich einem Kohlenmeiler, aus dem die Funken sprühn.
Nun mög der treuen Liebe im trautesten Vereine
Durch frohes Wiedersehen Allahs Lohn erblühn!
Das Volk der Liebe kann ein Mittel wohl verstehen;
Dies eine Mittel ist, daß sie sich wiedersehen.

Nach diesen Versen ging er ein wenig weiter und sah einen Käfig, der schöner war als alle anderen dort; und als er sich ihm näherte, sah er in ihm eine Waldtaube, jene wilde Taube, die in der Vögel Schar von jeher die berühmteste war, deren Klage die Liebessehnsucht offenbart, und die um ihren Hals ein Juwelenband trägt von herrlicher Art. Er blickte sie eine Weile an und bemerkte, daß sie tief in sich versunken in ihrem Käfig saß. Als er sie in diesem Zustande sah, begann er in Tränen auszubrechen und hub an diese Verse zu sprechen:

Ich grüße dich, du Taube, die du vom Walde kamest,
Du Schwester von dem Volke der Sehnsucht, das da liebt!
Ich lieb ein schlankes Reh, das mit dem Blick der Augen
Mir einen Hieb noch schärfer als Schwertesschneide gibt.
Von heißer Liebe brennen mein Herze und mein Busen,
Und dürres Siechtum hat mir meinen Leib verzehrt.
Der Speisen Wohlgeschmack hab ich nun abgeschworen;
So hab ich auch dem Auge den süßen Schlaf verwehrt.
Mein Hoffen und mein Trost sind von mir fortgezogen,
Und herbe Liebespein hat sich mir eingestellt.

Wie kann mir ohne sie das Leben Freude bringen?
Sie ist mein Ziel, mein Sehnen, mein Alles in der Welt!

Als Uns el-Wudschûd diese Verse zu Ende gesprochen hatte ––«
 Da bemerkte Schehrezâd, daß der Morgen begann, und sie
hielt in der verstatteten Rede an. Doch als die *Dreihundertund-*
siebenundsiebenzigste Nacht anbrach, fuhr sie also fort: »Es ist mir
berichtet worden, o glücklicher König, daß die Waldtaube, als
Uns el-Wudschûd diese Verse zu Ende gesprochen hatte, längst
aus ihrer Versunkenheit erwacht war und seinen Worten
lauschte. Und nun rief sie und sang in klagenden Tönen und
begann immer lauter zu schluchzen und zu stöhnen, bis schließlich ihr Gurren wie menschliche Rede klang, und da schien es,
als ob eine Geisterstimme aus ihr sang:

O du, der Liebe Knecht, du hast mich jetzt erinnert
An jene Zeit, da mir die Kraft der Jugend schwand,
Und den geliebten Freund; von Wuchse war er herrlich,
Und seine hohe Schönheit verwirrte den Verstand.
Ach, wenn er in den Zweigen dort auf dem Hügel gurrte,
Dann galt die traute Stimme mir mehr als die Schalmei.
Allein der Vogler stellte ein Netz, und der Gefangne
Hub an und klagte laut: O, ließ er mich doch frei!
Ich hoffte wohl, er sei ein Mann, der milden Sinnes
Beim Anblick meiner Liebe mit mir Erbarmen kennt.
Doch möge Gott den Mann erschlagen, da er grausam
Von dem geliebten Wesen auf ewig mich getrennt!
Nun wird in mir die Sehnsucht nach ihm noch immer größer,
Mich hat der Trennungsschmerz mit Feuersglut durchwühlt.
O Gott, behüte jeden, der fest in seiner Treue
Mit seiner Liebe ringt und meinen Kummer fühlt!
Und sieht er mich gefangen hier in dem Käfig mein,
So mög er für den Freund aus Mitleid mich befrein!

Darauf wandte Uns el-Wudschûd sich zu seinem Gefährten,
dem Manne aus Ispahan, und fragte ihn: ‚Was ist dies für ein

Schloß? Was gibt's in ihm? Und wer hat es bauen lassen?' Jener gab ihm zur Antwort: ‚Der Wesir des Königs Soundso hat es für seine Tochter erbauen lassen aus Furcht vor den Wechsel-fällen der Zeit und des Geschickes Veränderlichkeit; und er hat sie mit ihrem Gefolge hierher gebracht. Nur einmal im Jahre öffnen wir die Burg, wenn die Vorräte für uns kommen.' Da sprach Uns el-Wudschûd in seiner Seele: ‚Jetzt habe ich mein Ziel erreicht; doch ich muß noch lange warten.'

Sehen wir nun, wie es um el-Ward fil-Akmâm stand! Ihr war so zumute gewesen, daß sie weder an Trank noch an Speise, weder am Sitzen noch am Schlafen Freude hatte; denn in ihr wuchsen der Sehnsucht Kraft und die heftigste Leidenschaft. Und sie hatte sich erhoben und war in allen Winkeln des Schlosses umhergewandert. Da sie aber keinen Ausweg fand, so begann sie in Tränen auszubrechen und hub an diese Verse zu sprechen:

> Sie zerrten mich grausam hinweg vom Geliebten
> Und reichten im Kerker mir hangende Pein.
> Sie brannten das Herz mir mit Feuern der Liebe
> Und raubten den Liebsten dem Anblicke mein.
> Sie sperrten mich ein hier in ragende Schlösser,
> Auf Bergen erbaut in dem wogenden Meer;
> Doch wenn sie nun wollen, ich sollt ihn vergessen,
> So wächst meine Not nur in heißem Begehr.
> Wie kann ich vergessen, da doch all mein Leiden
> Allein durch den Blick auf sein Antlitz entfacht?
> Der ganze Tag bringt mir nichts andres als Kummer;
> Im Denken an ihn nur verbring ich die Nacht.
> Mein Trost in der Einsamkeit ist, sein gedenken,
> Wenn traurig mein Aug seines Anblicks entbehrt.
> Ich möchte wohl wissen, ob nach alle diesem
> Das Schicksal den Wunsch meines Herzens gewährt!

Als sie diese Verse gesprochen hatte, stieg sie zur Dachterrasse des Schlosses hinauf, nahm einige Kleider aus Baalbeker Stof-

fen[1], band sich damit fest und ließ sich hinab, bis sie den Erdboden erreichte; sie trug aber die prächtigsten Gewänder, die
sie besaß, und um ihren Hals lag eine Kette aus Edelsteinen.
Dann wanderte sie in jenem wüsten und öden Gelände weiter,
bis sie zur Küste des Meeres gelangte. Dort erblickte sie einen
Fischer, der in einem Schifflein auf dem Meere hin und her fuhr,
um Fische zu fangen, und den der Wind zu jener Insel verschlagen hatte. Der Mann schaute gerade auf und sah nun el-
Ward fil-Akmâm auf der Insel. Als er ihrer gewahr wurde, erschrak er und lenkte sein Boot fort, um vor ihr zu fliehen. Doch
sie rief ihn und machte ihm viele Zeichen und ließ diese Verse
sein Ohr erreichen:

> *Du Fischer dort, du brauchst Gefahren nicht zu fürchten:*
> *Ich bin ein Menschenkind wie alles Fleisch und Blut.*
> *Ich bitte dich, erfüll mir meinen Wunsch und höre*
> *Auf das, was meine Rede dir nun zu wissen tut.*
> *Gott schütze dich! Hab Mitleid mit meiner heißen Liebe!*
> *Sag an, hat wohl dein Auge mein fernes Lieb erblickt?*
> *Ich liebe einen Jüngling von wunderschönem Antlitz,*
> *Das mehr als Mond und Sonne von hellem Glanz geschmückt.*
> *Und wenn das Reh auf seine Blicke sieht, so ruft es:*
> *‚Fürwahr, ich bin sein Knecht!‘ und gibt sich rasch besiegt.*
> *Die Schönheit selber schrieb auf seine Wange Zeichen,*
> *In denen aller Inbegriff der Schönheit liegt.*
> *Denn wer das Licht der Liebe erblickt, ist recht geleitet;*
> *Doch wer es nicht sieht, irrt und ist ein Ketzer gar.*
> *Und willst du mich erquicken durch ihn, o welche Freude!*
> *Ja, stets wenn ich ihn seh, bring ich dir Schätze dar,*
> *Rubinen und viel andre von schönen Edelsteinen,*
> *Auch silberweiße Perlen, Kleinode wundersam.*
> *Mein Freund, ich bitte dich, erfülle meine Wünsche;*
> *Denn sieh, mein Herz vergeht und schmilzt im Liebesgram.*

1. Das ist: aus weißer Leinwand.

Als der Fischer diese Worte aus ihrem Munde vernahm, begann er zu weinen und zu stöhnen und zu klagen, und er gedachte der Tage seiner Jugendzeit, als er sich noch dem Dienste der Liebe geweiht; und da ward mächtig in ihm der sehnenden Liebe Kraft, und es wuchs in ihm die heftige Leidenschaft, die Feuer der Empfindungen lohten in ihm empor, und er trug diese Verse vor:

> Welch klare Zeichen deuten meine Sehnsucht,
> Der Glieder Siechtum und der Tränen Flut,
> Die wachen Augen in der Nächte Dunkel,
> Ein Herze brennend wie von Feuers Glut!
> Die Liebe spür ich schon in meiner Jugend,
> Da schied ich Echtes von dem falschen Schein.
> Und in der Lieb verkauft ich meine Seele,
> Um meiner fernen Liebsten nah zu sein.
> Dann machte ich mein Leben wohl zum Einsatz
> Und hoffte, daß ich bei dem Kauf gewinn.
> Der Liebe Satzung kündet: Für den Käufer
> Ist Liebesglück noch höher als Gewinn.

Nachdem er diese Verse gesprochen hatte, band er sein Fahrzeug an den Strand und sprach zu der Jungfrau: ,Steig ins Boot, auf daß ich dorthin fahre, wohin du nur willst!' Da stieg sie in das Schiff, und er fuhr mit ihr fort. Kaum hatten sie sich aber nur eine kurze Strecke vom Lande entfernt, da erhob sich ein Wind hinter dem Schiffe, und es trieb rasch dahin, bis das Land außer Sicht war. Nun wußte der Fischer nicht mehr, wohin er fuhr. Der starke Wind hielt drei Tage lang an; dann aber legte er sich nach dem Gebote Allahs des Erhabenen, und darauf fuhr das Schiff mit ihnen immer weiter, bis es zu einer Stadt am Meeresufer gelangte. – –«

Da bemerkte Schehrezâd, daß der Morgen begann, und sie hielt in der verstatteten Rede an. Doch als die *Dreihundertundachtundsiebenzigste Nacht* anbrach, fuhr sie also fort: »Es ist mir berichtet worden, o glücklicher König, daß der Fischer, als das Boot mit ihm und el-Ward fil-Akmâm die Stadt an der Meeresküste erreichte, sich entschloß, bei jener Stadt anzulegen. Dort herrschte ein König von großer Macht, Dirbâs[1] geheißen; der saß damals gerade mit seinem Sohne im Schlosse seiner Herrschaft, und beide blickten durchs Fenster nach dem Meere hin. Da sahen sie jenes Boot, und als sie genauer hinschauten, entdeckten sie in ihm eine Jungfrau, die so schön war wie der Vollmond am Himmelsrande; an ihren Ohren hingen Geschmeide aus kostbaren Ballasrubinen, während um ihren Hals Juwelenketten herrlich schienen. Der König erkannte alsbald, daß sie zu den Töchtern der Vornehmen oder gar der Könige gehören mußte; darum stieg er aus seinem Schlosse hinab, ging hinaus durch die Meerespforte und sah, wie das Boot bereits am Ufer angelegt hatte. Die Jungfrau schlief; doch der Fischer war bei der Arbeit, das Fahrzeug festzubinden. Nun weckte der König sie aus ihrem Schlafe; und als sie aufgewacht war und zu weinen begann, fragte er sie: ‚Woher kommst du? Wessen Tochter bist du? Und was führt dich hierher?' Da gab el-Ward fil-Akmâm ihm zur Antwort: ‚Ich bin die Tochter Ibrahîms, des Wesirs von König Schâmich. Was mich hierher führt, ist wunderbar und seltsam gar.' Darauf erzählte sie ihm ihre ganze Geschichte von Anfang bis zu Ende und verbarg ihm nichts. Dann begann sie in Seufzer auszubrechen und hub an diese Verse zu sprechen:

> *Mein Aug ist wund von Zähren, und die erregen Wunder*
> *Ob Schmerzen, die ihm solche Tränenfluten leihn*
> *Um eines Freundes willen, der stets im Herz mir wohnet;*
> *Nie ward mein Wunsch erfüllt, in Lieb ihm nah zu sein.*
> *Er hat ein Antlitz, lieblich, in reiner Schöne strahlend;*

1. Zu deutsch: Löwe.

Kein Araber, kein Türke ist ihm an Anmut gleich.
Die Sonne wie der Mond verneigt sich, wenn er nahet;
Sie grüßen ihn in Liebe und an Verehrung reich.
In seinem dunklen Blick ruht wundersamer Zauber;
Er zeigt dir einen Bogen, zum Schuß des Pfeils bereit.
O du, dem ich mein Leid geklaget, hab Erbarmen;
Versteh ein liebend Herz, gequält von Sehnsuchtsleid!
Die Liebe hat mich jetzt an euren Strand geworfen,
Mich Arme; eurem Schutze vertraue ich mich an.
Und wer dem Land der Edlen sich hilfesuchend nahet,
Der weiß, daß er auf Schutz der Ehre hoffen kann.
O meine Hoffnung du, beschütze sie, die lieben!
Vereine sie, o Herr, die lang sich fern geblieben!

Als sie diese Verse gesprochen hatte, erzählte sie dem König
ihre Geschichte noch einmal von Anfang bis zu Ende. Dann
begann sie wieder in Tränen auszubrechen und hub an diese
Verse zu sprechen:

Wir lebten, und wir sahen ein Wunder in der Liebe;
Dir sei ein jeder Monat gleichwie ein Festesmond!
Ist's denn nicht wunderbar, daß seit dem Trennungsmorgen,
Am Tränenstrom entzündet, mir Glut im Herzen wohnt?
Daß meiner Augen Lider Tropfen Blutes regnen?
Und daß auf meiner weißen Wange Gold ersproß,
Als wäre, was auf ihr an Rot und Gelb sich einet,
Wie Josephs Kleid, auf dem das Blut zum Scheine floß?

Als der König diese Worte von ihr vernommen hatte, da ward
er von ihrem Leid und ihrer Sehnsucht überzeugt, und Mitleid
mit ihr ergriff ihn. Dann sprach er zu ihr: ,Fürchte dich nicht!
Verzage nicht! Du hast dein Ziel erreicht; denn ich werde dir
sicher deinen Wunsch erfüllen und dein Verlangen danach
stillen. Nun höre diese Worte von mir!' Da sprach er diese
Verse vor ihr:

Du Tochter edler Eltern hast Ziel und Wunsch erreichet;
Dein wartet frohe Botschaft; drum fürchte hier kein Leid.

Noch heute bring ich Schätze und sende sie zu Schâmich
Mit edler Männer Schar und Rittern zum Geleit.
Brokat will ich ihm schicken und Säcke voll von Moschus,
Und weißes Silber auch und Gold send ich ihm hin.
Ja, und ein Brief von mir soll ihm die Meldung bringen:
Mich ihm als Schwäher zu verbinden ist mein Sinn.
Mit allem Eifer will ich dir heute Hilfe leihen,
Bis dir Erfüllung dessen, was du erstrebest, naht.
Auch ich hab einst die Liebe gekostet, und ich kenn sie;
Und ich versteh den, der den Trunk der Liebe tat.[1]

Und als er seine Verse beendet hatte, ging er zu seinen Kriegern und berief seinen Wesir; den ließ er zahllose Schätze aufladen und damit zu König Schâmich ziehen, indem er ihm sagte: ‚Du mußt mir einen Jüngling bringen, der bei ihm ist und der Uns el-Wudschûd heißt. Und sprich zum König: ‚Mein Herr will sich mit dir dadurch verbinden, daß er seine Tochter mit Uns el-Wudschûd, deinem Gefolgsmanne, vermählt. Darum mußt du ihn mit mir senden, auf daß wir seine Vermählung mit ihr im Reiche ihres Vaters vollziehen!‘ Dann schrieb König Dirbâs einen Brief dieses Inhaltes an König Schâmich und gab ihn seinem Wesir; und noch einmal machte er ihm zur Pflicht, Uns el-Wudschûd zu bringen, indem er zu ihm sprach: ‚Wenn du nicht mit ihm zu mir kommst, so bist du deines Amtes entsetzt.‘ ‚Ich höre und gehorche!‘ erwiderte der Wesir und begab sich darauf mit den Geschenken zu König Schâmich. Als er bei ihm eintraf, brachte er ihm den Gruß von König Dirbâs und überreichte ihm das Schreiben und die Geschenke, die er bei sich hatte. Doch wie der König sie erblickt und den Brief gelesen und darin den Namen Uns el-Wudschûd gesehen hatte, weinte er bitterlich und sprach zu dem Minister, der zu ihm gesandt war: ‚Wo ist denn Uns el-Wudschûd? Ach, er ist fort-

1. Die Verse des Königs sind zum Teil recht unbeholfen.

gezogen, und wir kennen seine Stätte nicht. Bring ihn zu uns, so will ich dir das Zwiefache geben von dem, was du an Geschenken gebracht hast!' Dann begann er zu weinen und zu seufzen und zu klagen und in Tränen auszubrechen, und er hub an diese Verse zu sprechen:

> *Gebet meinen Freund mir wieder!*
> *Ich verlange nicht nach Geld.*
> *Gaben, Perlen und Juwelen,*
> *Sind es nicht, was mir gefällt.*
> *Ach, er war für mich ein Mond am*
> *Schönheitshimmel hell und klar,*
> *Er, den Geist und Anmut zierten,*
> *Dem kein Reh vergleichbar war.*
> *Schlank gewachsen wie die Weide,*
> *Mit der Reize Frucht geschmückt;*
> *Doch die Weide hat die Art nicht,*
> *Die der Menschen Sinn berückt.*
> *Schon als Knaben in der Wiege*
> *Habe ich ihn treu gehegt.*
> *Jetzo muß ich um ihn trauern,*
> *Und mein Sinn ist schmerzbewegt.*

Darauf wandte er sich zu dem Wesir, der die Geschenke und die Botschaft gebracht hatte, und sprach zu ihm: ‚Geh zu deinem Herrn und melde ihm, daß Uns el-Wudschûd seit einem Jahre verschwunden ist und daß sein Herr nicht weiß, wo er ist und keine Kunde von ihm hat!' ‚Mein Gebieter,' antwortete der Wesir, ‚wisse, mein Herr hat mir gesagt, wenn ich ihn nicht brächte, so sei ich meines Amtes entsetzt und dürfe seine Stadt nicht wieder betreten. Wie kann ich ohne ihn heimkehren?' Da sprach König Schâmich zu seinem Wesir Ibrahîm: ‚Zieh mit ihm aus, begleitet von einer Kriegerschar! Suchet nach Uns el-Wudschûd an allen Orten!' ‚Ich höre und gehorche!' erwiderte Ibrahîm, nahm eine Schar von seinen

414

Gefolgsleuten mit sich und zog gemeinsam mit dem Wesir des Königs Dirbâs fort. Und sie begannen nach Uns el-Wudschûd zu suchen. – –«

Da bemerkte Schehrezâd, daß der Morgen begann, und sie hielt in der verstatteten Rede an. Doch als die *Dreihundertundneunundsiebenzigste Nacht* anbrach, fuhr sie also fort: »Es ist mir berichtet worden, o glücklicher König, daß Ibrahîm, der Wesir des Königs Schâmich, eine Schar von seinen Gefolgsleuten mit sich nahm und gemeinsam mit dem Wesir des Königs Dirbâs fortzog, und daß sie nach Uns el-Wudschûd zu suchen begannen. Sooft sie an einem Araberstamme oder an anderem Volke vorbeizogen, fragten sie dort nach dem Jüngling, indem sie sprachen: ‚Ist euch ein Jüngling begegnet, der so heißt und der so und so aussieht?‘ Aber alle erwiderten: ‚Den kennen wir nicht.‘ Dennoch hörten sie nicht auf, nach ihm in den Städten und Dörfern zu fragen; sie forschten nach ihm in Ebenen und steinigem Bergesland, in Steppen und im Wüstensand, bis sie schließlich zur Meeresküste kamen. Dort suchten sie sich ein Boot, stiegen hinein und fuhren dahin, bis sie zum Dschebel eth-Thakla[1] kamen. Da sprach der Wesir des Königs Dirbâs zum Wesir des Königs Schâmich: ‚Warum hat dieser Berg einen solchen Namen?‘ Jener gab ihm zur Antwort: ‚In alter Zeit hat sich eine Dämonin auf ihm niedergelassen; jene Dämonin gehörte zur Geisterwelt von China, und sie liebte einen sterblichen Menschen. Heiße Sorge um ihn erfüllte ihr Herz, und sie fürchtete Gefahr für ihr Leben von ihrem eigenen Volke. Wie nun ihre Sorge immer größer ward, suchte sie auf Erden nach einer Stätte, an der sie ihn vor den Ihren verbergen könnte. Da fand sie diesen Berg, der den Menschen und den Dämonen unzugänglich war, da keiner von den Sterb-

[1]. Vgl. oben Seite 392, Anmerkung 3.

lichen und den Geistern den Weg zu ihm kannte. So entführte sie denn ihren Geliebten und brachte ihn dorthin. Dann aber flog sie heimlich hin und her zwischen den Ihren und dem Geliebten: das tat sie eine lange Weile, bis sie ihm auf dem Berge dort eine Anzahl von Kindern geboren hatte. Und wenn dann die Kaufleute auf ihren Fahrten über See an dem Berge vorbeikamen, so hörten sie das Weinen der Kinder, und das klang, wie wenn eine Frau weinte, die ihrer Kinder beraubt ist. Dabei sagten sie sich: ‚Hier ist wohl eine Mutter, die ihr Kind verloren hat?‘ Über diese Erzählung war der Wesir des Königs Dirbâs erstaunt. Darauf gingen die beiden weiter, bis sie zum Schlosse kamen, und klopften an das Tor. Es ward geöffnet, und ein Eunuch trat heraus zu ihnen. Der erkannte Ibrahîm, den Wesir des Königs Schâmich, und küßte ihm die Hände. Nun trat der Minister in das Schloß ein und fand dort auf dem Hof unter den Dienern einen Derwischmann; das war aber Uns el-Wudschûd. Da fragte der Wesir die Leute: ‚Woher kommt der da?‘ Sie antworteten: ‚Das ist ein Kaufmann, der seine Waren auf See verloren, aber sein Leben gerettet hat; jetzt ist sein Geist zu Gott entrückt.‘ So ließ er ihn denn stehen und begab sich in das Schloß hinein; als er jedoch von seiner Tochter keine Spur fand, fragte er die Dienerinnen, die dort waren, und die erwiderten ihm; ‚Wir wissen nicht, wie sie von dannen gegangen ist; sie ist nur kurze Zeit bei uns geblieben.‘ Da begann er in Tränen auszubrechen und hub an diese Verse zu sprechen:

> *O Haus, in dem die Vögel lustig sangen!*
> *Im Stolze konnten seine Schwellen prangen.*
> *Doch klagend kam der Mann in Liebesbanden*
> *Und sah die Tore, wie sie offen standen.*
> *O wüßt ich, wo mein Lieb verborgen weilt,*
> *Beim Haus hier, dessen Herrin fortgeeilt!*

> *Von schönen Dingen pflegt es voll zu sein;*
> *Und Pförtner standen hoch in langen Reihn.*
> *Es war mit Decken aus Brokat behängt.*
> *Ach, wohin hat mein Lieb den Schritt gelenkt?*

Als er diese Verse gesprochen hatte, begann er zu weinen und
Seufzer mit Klagen zu vereinen, und er sprach: ‚Vor dem Ratschlusse Gottes kann keiner sich schützen, und niemand kann
dem entrinnen, was Er beschlossen und bestimmt hat!‘ Dann
stieg er zum Dache des Schlosses empor und fand die Kleider
aus Baalbeker Stoffen, die in Streifen an die Zinnen des Schlosses gebunden waren und bis zur Erde niederhingen; daran erkannte er, daß sie dort hinabgestiegen war und fortgegangen,
wie betört und verstört von Liebesverlangen. Wie er sich nun
umwandte, sah er dort zwei Vögel, einen Raben und eine Eule;
und da er in ihnen ein böses Vorzeichen erkannte[1], begann er
in Seufzer auszubrechen und hub an diese Verse zu sprechen:

> *Ich kam zum Haus der Freunde, und ich hoffte dorten,*
> *Mein Leid und meine Schmerzen würden bald gestillt.*
> *Allein ich fand die Freunde nicht; was ich entdeckte,*
> *War nur des Raben und der Eule Unheilsbild.*
> *Da sprach die Geisterstimme: Weh, du hast gefrevelt!*
> *Du hast der treuen Freunde Vereinigung verwehrt.*
> *Drum koste jetzt den Liebesschmerz, den sie gekostet,*
> *Und leb in Gram, bald weinend und bald glutverzehrt!*

Darauf stieg er weinend von dem Dache der Burg hinunter
und befahl den Dienern, hinauszuziehen und den ganzen Berg
nach ihrer Herrin zu durchforschen; sie taten es, aber sie fanden
sie nicht.

1. Der Rabe ist der Vogel der Trennung; die Eule pflegt auf Ruinen
und verlassenen Häusern zu sitzen. Von Leuten, die traurig und gries-
grämig aussehen, heißt es im Sprichworte: ‚Wie eine Eule auf der
Ruine.‘

Wenden wir uns nun wieder zu Uns el-Wudschûd! Als der sich überzeugt hatte, daß el-Ward fil-Akmâm fortgegangen war, da hatte er laut aufgeschrien und war in Ohnmacht gesunken. Lange war er besinnungslos liegen geblieben, und die Leute glaubten, sein Geist sei durch den Barmherzigen entrückt, und er sei durch die Betrachtung der ehrfurchtgebietenden Herrlichkeit des Allvergelters verzückt. Nun aber verzweifelte man schließlich daran, Uns el-Wudschûd zu finden; das Herz des Wesirs Ibrahîm war durch den Verlust seiner Tochter el-Ward fil-Akmâm tief betrübt, und der Wesir des Königs Dirbâs entschloß sich, in sein Land heimzukehren, obgleich er das Ziel seiner Fahrt nicht erreicht hatte. Dieser also nahm Abschied vom Wesir Ibrahîm, dem Vater von el-Ward fil-Akmâm, und sprach zu ihm: ‚Ich möchte diesen Derwisch mit mir nehmen; vielleicht wird Allah der Erhabene mir durch seinen Segen das Herz des Königs geneigt machen; denn er ist ein Heiliger. Dann will ich ihn nach dem Lande von Ispahan zurücksenden; das liegt dicht bei unserem Lande.‘ ‚Tu, wie du willst!‘ erwiderte Ibrahîm, und darauf kehrte ein jeder von ihnen um und zog seiner Heimat entgegen, indem der Wesir des Königs Dirbâs den Jüngling Uns el-Wudschûd mit sich nahm. – –«

Da bemerkte Schehrezâd, daß der Morgen begann, und sie hielt in der verstatteten Rede an. Doch als die *Dreihundertundachtzigste Nacht* anbrach, fuhr sie also fort: »Es ist mir berichtet worden, o glücklicher König, daß der Wesir des Königs Dirbâs den Jüngling Uns el-Wudschûd mit sich nahm, der geistesentrückt war. Drei Tage lang zog er mit ihm dahin, während der Jüngling regungslos auf dem Rücken eines Maultieres lag, ohne zu wissen, ob er getragen wurde oder nicht. Als dieser dann aber wieder zu sich kam, fragte er: ‚Wo bin ich?‘ ‚Du

418

bist bei dem Wesir des Königs Dirbâs', wurde ihm geantwortet; dann gingen die Leute zu dem Minister und berichteten ihm, daß der Jüngling wieder zu sich gekommen war. Alsbald schickte der Wesir ihm Rosenwasser und Zuckerscherbett; man gab ihm zu trinken, und er kam wieder zu Kräften. Dann zogen sie immer weiter, bis sie in die Nähe der Hauptstadt des Königs Dirbâs kamen. Dort meldete ein Bote, vom König entsandt, dem Minister: ,Wenn Uns el-Wudschûd nicht bei dir ist, so sollst du nie wieder zu mir kommen!' Als jener die königliche Botschaft gelesen hatte, ward er sehr traurig darüber. Nun wußte er aber nicht, daß el-Ward fil-Akmâm beim König war, noch auch hatte er den Grund erfahren, weshalb der König ihn ausgesandt hatte, Uns el-Wudschûd zu bringen, und weshalb er die Verbindung wünschte. Und andererseits wußte Uns el-Wudschûd nicht, wohin er geführt wurde, noch auch, daß der Wesir ausgesandt war, um ihn zu holen. Und ferner ahnte der Wesir nicht, daß jener Jüngling Uns el-Wudschûd selber war. Als daher der Minister sah, daß Uns el-Wudschûd wieder zu sich gekommen war, sprach er zu ihm: ,Wisse, der König hatte mich mit einem Auftrage entsandt, der nicht erfüllt werden konnte. Und als er nun von meiner Rückkehr erfuhr, sandte er mir ein Schreiben des Inhaltes: ,Wenn der Auftrag nicht erfüllt ist, so sollst du meine Stadt nicht betreten!' ,Wie lautet denn der Auftrag des Königs?' fragte der Jüngling; und da erzählte der Wesir ihm die ganze Geschichte. Doch Uns el-Wudschûd sprach zu ihm: ,Fürchte dich nicht! Geh zum König und nimm mich mit dir; ich bürge dir dafür, daß Uns el-Wudschûd kommt!' Darüber war der Wesir erfreut, und er rief aus: ,Ist das wahr, was du sagst?' ,Jawohl', erwiderte der Jüngling. Da saß der Wesir auf, nahm ihn mit sich und führte ihn zum König Dirbâs. Als beide vor ihm standen, fragte der

König: ‚Wo ist Uns el-Wudschûd?‘ Der Jüngling hub an: ‚O König, ich weiß, wo er ist!‘ Nun rief der König ihn zu sich und fragte ihn: ‚An welcher Stätte weilt er?‘ Uns el-Wudschûd gab zur Antwort: ‚An einer Stätte, die sehr nah ist. Doch tu mir zuvor kund, was du von ihm willst; so werde ich ihn zu dir führen!‘ ‚Herzlich gern,‘ erwiderte der König, ‚doch diese Sache erfordert Heimlichkeit.‘ Darauf befahl er den Anwesenden fortzugehn und begab sich selbst mit dem Jüngling in ein Gemach. Dort erzählte der König ihm die ganze Geschichte von Anfang bis zu Ende, und nun bat Uns el-Wudschûd: ‚Laß mir prächtige Gewänder bringen und kleide mich darein; so will ich alsbald Uns el-Wudschûd zu dir führen!‘ Da ward ihm ein prächtiges Gewand gebracht, er legte es an und rief aus: ‚Uns el-Wudschûd bin ich genannt, dem Neider als Ärgernis bekannt!‘ Mit den Blicken zog er alle Herzen in seinen Bann, und er hub diese Verse zu sprechen an:

> Mein Trost in Einsamkeit war, an mein Lieb zu denken;
> Dann war ich nicht verlassen, weilt ich auch fern von ihr.
> Mein Aug war allezeit voll Tränen; doch sie machten,
> Wenn sie vom Auge flossen, das Seufzen leicht in mir.
> Die Sehnsucht brannte heiß; ihr gleich ward nichts gefunden.
> Ein wundersames Ding war mir die Liebespein.
> Die Nacht verbracht ich wachen Lids, und nimmer schlief ich;
> Ach, zwischen Höll und Himmel ließ mich die Liebe sein.
> Schön war in mir Geduld; ich hatte sie verloren,
> Nur Qual des Leidens wuchs in mir mit Allgewalt.
> Die Trennungsschmerzen hatten mir meinen Leib verzehrt,
> Die Sehnsuchtsnöte raubten mir Ansehn und Gestalt.
> Des Auges Lider waren mir wund vom vielen Weinen;
> Den Tränenstrom zu dämmen vermochte ich nicht mehr.
> Dahin war meine Kraft; den Mut hatt ich verloren,
> Und Kummer über Kummer kam über mich daher.
> Mein Haupthaar wurde grau, grau auch mein Herz vor Trauer
> Um eine hohe Herrin, der Schönen schönste Maid.

Ach, wider ihren Willen hat Trennung uns geschieden;
Mir nah zu sein war doch ihr Wunsch zu jeder Zeit.
Ob mich wohl nach der Trennung und nach dem langen Fernsein
Das Schicksal durch Verein mit meinem Lieb erfreut?
Ob sich das Buch der Trennung, das aufgeschlagne, schließet
Und durch das Glück der Nähe mich von der Qual befreit?
Wird wohl mein Lieb daheim mein Trautgeselle sein?
Und wird zur Herzensfreude dann alle meine Pein?

Als er diese Verse gesprochen hatte, rief der König: ‚Bei Allah,
ihr seid wahrlich ein treues Liebespaar und am Himmel der
Schönheit ein leuchtendes Sternenpaar; euer Erlebnis ist wunderbar und eure Geschichte seltsam gar!‘ Dann erzählte er dem
Jüngling die Geschichte von el-Ward fil-Akmâm bis zu Ende.
Der aber fragte ihn: ‚Wo ist sie denn, o größter König unserer
Zeit?‘ Der König antwortete: ‚Sie ist jetzt bei mir‘, und er ließ
den Kadi und die Zeugen kommen, ließ die Eheurkunde für
ihn und die Jungfrau schreiben und erwies ihm hohe Gunst
und Ehre. Danach sandte König Dirbâs zu König Schâmich
und ließ ihm alles berichten, was er mit Uns el-Wudschûd und
el-Ward fil-Akmâm erlebt hatte. König Schâmich war darüber hoch erfreut und sandte nun einen Brief zurück des Inhalts: ‚Dieweil die Eheurkunde bei dir vollzogen ist, geziemt
es sich, daß die Hochzeit und die Brautnacht bei mir gefeiert
werden.‘ Alsbald rüstete er Kamele, Rosse und Mannen und
entsandte sie, um das Paar einzuholen. Und als die Gesandtschaft bei König Dirbâs eingetroffen war, schenkte er den beiden große Schätze und entsandte sie, begleitet von einer Schar
seiner Krieger. Die zogen mit ihnen dahin, bis die beiden in
ihre eigene Heimatstadt zurückkamen. Und das war ein denkwürdiger Tag; nie hat es einen herrlicheren gegeben als diesen.
König Schâmich ließ alle Sängerinnen und Lautenspielerinnen
zusammenkommen und veranstaltete Feste, die sieben Tage

dauerten; an jedem Tage verlieh er den Leuten kostbare Ehrengewänder und teilte Gaben an sie aus. Dann ging Uns el-Wudschûd zu el-Ward fil-Akmâm ein und umarmte sie; nun saßen die beiden da, weinend vor übergroßer Freude und Seligkeit, und diese Verse sprach die Maid:

> *Die Freude kam und scheuchte Sorg und Not von dannen;*
> *Wir sind vereint und haben den Neid zuschand gemacht.*
> *Des Wiedersehens Lufthauch weht mit zartem Dufte,*
> *Hat Herz und Brust und Leib zum Leben neu entfacht.*
> *Des Glückes Schönheit ist erschienen, herrlich duftend,*
> *Und unsre Freudenbotschaft klang allüberall.*
> *Drum glaubet nicht, daß wir jetzt noch vor Trauer weinen!*
> *Nein, nur aus großer Freude kam unser Tränenschwall.*
> *Was haben wir an Schrecken erlebt, die nun geschwunden!*
> *Wie haben wir erduldet, was uns so bang erregt!*
> *In einer Glückesstunde hab ich die Not vergessen,*
> *Die uns auf unser Haupt einst graues Haar gelegt.*

Als sie diese Verse gesprochen hatte, umarmten sie sich von
neuem, und so blieben sie eng umschlungen, bis sie ohnmächtig niedersanken. – –«

Da bemerkte Schehrezâd, daß der Morgen begann, und sie
hielt in der verstatteten Rede an. Doch als die *Dreihundertund-
einundachtzigste Nacht* anbrach, fuhr sie also fort: »Es ist mir berichtet worden, o glücklicher König, daß Uns el-Wudschûd
und el-Ward fil-Akmâm sich umarmten, als sie einander wiedergefunden hatten, und daß sie eng umschlungen blieben, bis
sie ohnmächtig niedersanken aus Freude über die Wiedervereinigung. Doch als sie wieder zu sich kamen, sprach Uns el-
Wudschûd diese Verse:

> *Wie süß sind doch die lieben Nächte der Erfüllung,*
> *Da mir mein Lieb gehalten, was es versprochen hat,*
> *Und da die harte Trennung uns nun ganz verlassen,*
> *Doch die Vereinigung in allem uns genaht!*

> *Jetzt kommt uns das Geschick mit offnem Arm entgegen,*
> *Nachdem es einst gewichen und sich von uns gewandt.*
> *Jetzt hat das Glück für uns sein Banner aufgerichtet;*
> *Der Wonne Becher tranken wir nun aus seiner Hand.*
> *Wir klagten wohl vereint einander unsre Leiden,*
> *Die trüben Nächte auch, die uns so hart gequält.*
> *Jetzt haben wir, o Herrin, Vergangenes vergessen;*
> *Und der Erbarmer möge verzeihn, was einst gefehlt.*
> *Wie ist das Leben schön und aller Wonnen Zier!*
> *Doch das Vereintsein mehrt die Leidenschaft in mir.*

Nachdem er diese Verse gesprochen hatte, umarmten sie sich
wieder; und dann ließen sie sich in ihrem Gemach auf ihr Lager
nieder. Sie tranken und unterhielten sich mit Gedichten, heiteren Geschichten und Berichten, bis sie im Meere der Leidenschaft versanken. So vergingen sieben Tage, und sie unterschieden nicht die Nacht vom Tageslicht im Übermaße der Wonne
und Fröhlichkeit, der lauteren Freude und Seligkeit. Und es
war ihnen, als ob die sieben Tage nur ein einziger Tag wären,
dem kein zweiter folgte. Und sie erkannten auch den siebenten
Tag[1] nur daran, daß die Sängerinnen kamen. Da begann el-
Ward fil-Akmâm in große Verwunderung auszubrechen, und
sie hub an diese Verse zu sprechen:

> *Was wir vom Lieb uns wünschten, ward erfüllet*
> *Dem Späher und den Neidern all zum Leide.*
> *Wir krönten das Vereintsein durch Umarmung*
> *Auf Kissen von Brokat und feiner Seide*
> *Und einem Bett aus Leder, das gefüllt ist*
> *Mit Vogeldaunen wundersamer Art.*
> *Den Trunk des Weines ließ mich gern entbehren*
> *Der Liebeslippentau wie Honig zart.*
> *In Liebesfreuden haben wir vergessen,*
> *Ob fern die Zeiten waren oder nah.*

1. Am siebenten Tag nach der Hochzeit pflegt das junge Paar noch ein
besonderes Fest zu geben.

Der Nächte sieben gingen uns vorüber,
Wir ahnten's nicht – ein Wunder, wie's geschah!
Wünscht Glück zum siebten Tag und sprecht zu mir:
Gott geb in Lieb ein langes Leben dir!

Nachdem sie ihre Verse geendet hatte, küßte Uns el-Wudschûd sie Hunderte von Malen auf den Mund, und dann tat er seine Freude in diesen Versen kund:

O Tag der Freude und der Glückeswünsche:
Die Liebste kam und stillte meine Pein!
Sie freute mich im trauen Beieinander
Und sprach mit mir in Worten zart und fein.
Sie gab den Wein der Liebe mir zu trinken,
Bis daß mein Sinn von solchem Trank berauscht.
Wir ruhten froh und selig, und wir haben
Den Wein getrunken und dem Lied gelauscht.
Im höchsten Glück vergaßen wir die Tage,
Ob erster oder zweiter uns entschwand.
Glück dem, der liebt, beim frohen Wiedersehen:
Er finde Freude so, wie ich sie fand!
Er koste nie der Trennung Bitterkeit,
Und Gott erfreu ihn, wie Er mich erfreut!

Nach diesen Versen erhoben sich die beiden und verließen ihr Gemach. Sie verteilten Gaben an das Volk, Geld und Kleider, und machten reiche Geschenke. Darauf gab el-Ward fil-Ak-mâm Befehl, ihr das Bad zu räumen, und sie sprach zu Uns el-Wudschûd: ‚Du mein Augentrost, es verlangt mich, dich im Bade zu sehen; und wir wollen dort ganz allein sein.' Über-große Freude erfüllte ihren Sinn, und sie sprach diese Verse vor sich hin:

Du, der seit alter Zeit mein Herz gewann –
Das Alte geht im Neuen nicht verloren.
O du, der du mein Alles in der Welt,
Ich habe keinen Freund als dich erkoren.
Komm mit ins Bad, o du mein Augenlicht;

Laß uns den Himmel in der Hölle[1] sehen!
Wir lassen Aloe und Nadd[2] erglühn,
Bis uns die Düfte überall umwehen.
Verziehen sei dem Schicksal alle Schuld,
Gepriesen des barmherz'gen Herren Huld!
Ich rufe dann, seh ich dich dort vor mir:
Glückauf, mein Lieb, und Segen sei mit dir![3]

Darauf erhoben sie sich, begaben sich ins Bad und hatten dort ihre Freude; dann kehrten sie in ihr Schloß zurück und lebten dort in aller Herrlichkeit, bis Der zu ihnen kam, der die Freuden schweigen heißt, und der die Freundesbande zerreißt. Preis sei Ihm, der unwandelbar besteht, der nie vergeht, zu dem alles heimkehrt, ein jeglich Ding, groß und gering!

DIE GESCHICHTE VON ABU NUWÂS
MIT DEN DREI KNABEN UND DEM KALIFEN

Eines Tages war Abu Nuwâs[4] allein zu Hause, und da rüstete er ein prächtiges Gastmahl; er holte mancherlei Speisen von jeglicher Art heran, wie sie Lippe und Zunge sich nur wünschen kann. Dann ging er aus und schritt dahin, um einen lieben Knaben zu suchen, der eines solchen Mahles würdig wäre, indem er sprach: ‚Mein Gott, mein Herr und Gebieter, ich flehe dich an, sende mir einen, der zu dieser Feier paßt und der es wert ist, heute mein Tischgenosse zu sein!‘ Kaum hatte er diese Worte beendet, da sah er drei Jünglinge, noch frei von Bärten, so schön, als wären sie Knaben aus den Paradieses-

1. Das Feuer im Warmbade wird mit dem Höllenfeuer verglichen. – 2. Nadd ist aus Ambra, Moschus und Aloe zusammengesetzt; vgl. Band II, S. 798, Anmerkung. – 3. Wenn jemand aus dem Bade kommt, so wird ihm Segen gewünscht. 4. Vgl. Band II, S. 603, Anmerkung.

gärten; ihre Farben waren von verschiedener Art, doch ihre
Reize waren gleichmäßig zart. An ihren biegsamen Gestalten
wurden die Hoffnungen entzündet, so wie ein Dichter von
ihnen kündet:

> *Ich traf ein bartlos Paar und sagte ihm:*
> *‚Ich liebe euch!‘ Da sprach zu mir das Paar:*
> *‚Hast du denn Geld?‘ ich rief: ‚Mit offner Hand.‘*
> *Da sprach das Paar: ‚Die paart sich uns, fürwahr!‘*

Nun war Abu Nuwâs solchem Wandel ergeben, und er pflegte
mit schönen Knaben in Lust und Freuden zu leben; er pflückte die
Rose von jeder blühenden Wang, so wie ein Dichter davon sang:

> *Wie manch alter Graukopf ist voll von Begier*
> *Und liebt noch die Schönen, von Sehnsucht entfacht.*
> *Er war wohl in Mosul, dem Lande so rein,*
> *Und hat dabei nur an Aleppo gedacht.*[1]

Er ging also auf jene Jünglinge zu und begrüßte sie voll Freundlichkeit; und sie erwiderten seinen Gruß mit aller Ehrerbietung
und Höflichkeit. Sie wandten sich zum Gehen sodann; doch
Abu Nuwâs hielt sie zurück und redete sie mit diesen Versen an:

> *Kommt her zu mir, und geht zu keinem andern!*
> *Mein Haus ist voll von feinstem Proviant.*
> *Ich habe alten Wein von klarer Farbe,*
> *Gekeltert von des Klostermönches Hand.*
> *Auch hab ich feines Fleisch vom jungen Lamme*
> *Und vielerlei Geflügel, das da fleugt.*
> *So eßt davon und trinket von dem Weine,*
> *Dem alten, der die Sorgen uns verscheucht!*
> *Vergnüget euch dann einer an dem andern,*
> *Und laßt auch mich in eurem Kreise wandern!*[2]

1. Die aleppinische Jugend gilt als stutzerhaft. – 2. Der Sinn dieses letzten
Verses kann im Deutschen nur angedeutet werden.

Weil nun die Jünglinge von seinen Versen bezaubert waren, so entschlossen sie sich, seinem Wunsch zu willfahren; und sie antworteten ihm: – –«

Da bemerkte Schehrezâd, daß der Morgen begann, und sie hielt in der verstatteten Rede an. Doch als die *Dreihundertundzweiundachtzigste Nacht* anbrach, fuhr sie also fort: »Es ist mir berichtet worden, o glücklicher König, daß die Jünglinge, weil sie von seinen Versen bezaubert waren, sich entschlossen, seinem Wunsche zu willfahren, und nun dem Abu Nuwâs antworteten: ‚Wir hören und gehorchen!‘ Dann gingen sie mit ihm zu seinem Hause und fanden alles, was er ihnen in seinen Versen beschrieben hatte, zum Mahle bereit. So setzten sie sich denn nieder, aßen und tranken, und waren vergnügt und voll froher Gedanken; dann wandten sie sich an Abu Nuwâs, er möge entscheiden, wer von ihnen der schönste sei an Anmut und Lieblichkeit und der schlankste von des Wuchses Ebenmäßigkeit. Da wies er auf den einen von ihnen, gab ihm zwei Küsse dann und redete ihn mit diesen beiden Versen an:

> *Mein Leben geb ich für das Mal auf seiner Wange;*
> *Wie könnt ich Geld hingeben für dies Schönheitsmal?*
> *Preis Ihm, der seine Wange ohne Flaum erschaffen,*
> *Der diesem Male gab die Schönheit allzumal.*

Dann wies er auf den zweiten, küßte ihm das Lippenpaar und sprach dies Versepaar:

> *Ein Lieb, auf dessen Wang ein Schönheitsmal sich beut*
> *Wie Moschus, der auf reinen Kampfer hingestreut!*
> *Mein Auge staunte, als es einen Blick erstahl.*
> *‚Auf, bete zum Propheten‘, sagte da das Mal.*

Zuletzt wies er auf den dritten, gab ihm zehn Küsse dann und redete ihn mit diesen Versen an:

Ein Jüngling schmolz das lautre Gold im Silberbecher,
Als ob des Weines Farbe auf seinen Händen sei.
Er reichte mit den Schenken mir einen Becher Weines;
Doch seine Augen reichten mir der Becher zwei.
Ein Schöner, von den Söhnen der Türken, gleich dem Rehe –
Wie zwischen hohen Bergen zieht sein Leib sich hin. [1]
Und wenn auch meine Seele bei der Krummen wohnet,
So ist doch durch die Lockung zwiegeteilt mein Sinn.
Zum Land von Dijâr-Bekr entführt mich ein Verlangen;
Das andre will am Land der zwei Moscheen hangen. [2]

Nun hatte jeder der Jünglinge zwei Becher getrunken, und als
die Reihe an Abu Nuwâs kam, nahm er den Becher hin und
sprach diese beiden Verse:

Trink immer nur den Wein aus Händen eines Schönen,
Zu dem in feiner Rede du sprichst und der so spricht!
Denn nimmer kann der Trinker sich an dem Wein erfreuen,
Zeigt ihm der Schenke nicht ein strahlend Angesicht.

Dann trank er den Becher aus, und der machte von neuem die
Runde. Als die Reihe wieder an Abu Nuwâs kam, gewann
die Heiterkeit Gewalt über seinen Sinn, und er sprach diese
Verse vor sich hin:

Nimm dir zum Freund die Runde der Becher alten Weines,
Und eine neue Runde sei nach ihr gereiht

1. Im Arabischen: ‚sein Rumpf zieht die beiden Berge von Hunain zueinander'. Hunain ist ein Tal in der Nähe von Mekka; der Sinn ist:
‚sein Leib ist schmal zwischen der breiten Brust und den breiten Hüften
wie das Tal zwischen den hohen Bergen'. 2. Die letzten Verse sind
voller Anspielungen. Die ‚Krumme' ist der Tigris bei Baghdad und
dann Baghdad selbst. Dijâr-Bekr, ursprünglich das ‚Gebiet des Stammes Bekr', liegt in Nordmesopotamien; hier mag es auch in dem Sinne
‚Land der Jungfrau' verstanden werden. Das ‚Land der zwei Moscheen'
ist wohl das Gebiet von Mekka und Medina. Die möglichen Nebenbe-
deutungen brauchen hier nicht erörtert zu werden.

Aus eines Schönen Hand, den rote Lippen zieren,
So zart, daß er dem Moschus und den Äpfeln gleicht!
Ja, nur die Hand des Rehes schenk den Wein dir ein;
Ein Kuß auf seine Wange ist süßer noch als Wein!

Als aber die Trunkenheit den Abu Nuwâs übermannte, und er den Unterschied zwischen Hand und Haupt nicht mehr kannte, drang er mit Kuß und Umarmung auf die Jünglinge ein, legte Bein auf Bein, hatte für Sünde und Scham keinen Sinn und sprach diese Verse vor sich hin:

Vollkommne Freude bringet nur ein Jüngling,
Der trinkt in schöner Zechgenossen Kreis.
Der eine singt ein Lied, der andre grüßt ihn,
Wenn er ihn mit dem Becher zu erquicken weiß.
Und hat er dann nach einem Kuß Verlangen,
So reicht ihm jener seine Lippe dar.
Gott segne sie! Schön war mein Tag bei ihnen;
Ein Wunder ist's, wie er so herrlich war!
Nun laßt uns trinken, ob gemischt, ob rein;
Und wer da schläft, soll unsre Beute sein.

Während sie es so trieben, klopfte plötzlich jemand an die Tür; sie riefen ihm zu, er möge eintreten. Aber wer da eintrat, das war der Beherrscher der Gläubigen Harûn er-Raschîd. Alle sprangen vor ihm auf und küßten alsbald den Boden vor ihm; auch Abu Nuwâs erwachte aus seiner Trunkenheit, erschrokken durch den Anblick des Kalifen. Da rief der Beherrscher der Gläubigen: ‚Du da, Abu Nuwâs!' Der antwortete: ‚Zu Diensten, o Beherrscher der Gläubigen, Allah stärke deine Macht!' ‚Was ist das für ein Zustand?' fragte der Kalif. Und der Dichter erwiderte: ‚O Beherrscher der Gläubigen, der Zustand überhebt der Fragen, das ist zweifellos zu sagen!' Der Kalif aber fuhr fort: ‚Abu Nuwâs, ich habe Allah den Erhabenen um die rechte Leitung gebeten und dich daraufhin zum Kadi der

Kuppler ernannt.' Darauf antwortete der Dichter: ‚Wünschest du denn dies Amt für mich, o Beherrscher der Gläubigen?', ‚Jawohl', erwiderte jener. Nun fragte Abu Nuwâs: ‚O Beherrscher der Gläubigen, hast du mir vielleicht eine Sache vorzutragen?' Darüber ergrimmte der Kalif, und er wandte sich alsbald um und verließ die Leute, von Groll erfüllt. Als es Abend ward, legte er sich nieder und verbrachte die Nacht in heftigem Zorn wider Abu Nuwâs. Der aber verlebte eine der schönsten Nächte in Heiterkeit und Frohsinn. Als der Morgen sich einstellte und sein Gestirn die Welt mit seinem Licht erhellte, beschloß er das Gelage, entließ die Jünglinge, legte sein Staatsgewand an und ging aus seinem Hause hinaus auf dem Wege zum Beherrscher der Gläubigen. Nun war es die Gewohnheit des Kalifen, wenn die Staatsversammlung aufgelöst war, sich in den Saal, in dem er auszuruhen pflegte, zurückzuziehen und dort die Dichter, Tischgenossen und Lautenspieler zu versammeln; von diesen hatte ein jeder seinen Platz, den er nicht verlassen durfte. Es traf sich, daß er auch an jenem Tage aus der Regierungshalle in den Saal gegangen war und seine Tafelgenossen versammelt und ihnen ihre Plätze angewiesen hatte. Als aber Abu Nuwâs kam und sich auf seinen Platz setzen wollte, rief der Beherrscher der Gläubigen Masrûr, den Träger des Schwertes, und befahl ihm, er solle dem Abu Nuwâs die Kleider herunterreißen, ihm den Packsattel eines Esels auf den Rücken binden, eine Halfter um seinen Kopf und einen Schwanzriemen um sein Gesäß legen und ihn so umherführen in den Gemächern der Sklavinnen – –«

Da bemerkte Schehrezâd, daß der Morgen begann, und sie hielt in der verstatteten Rede an. Doch als die *Dreihundertunddreiundachtzigste Nacht* anbrach, fuhr sie also fort: »Es ist mir berichtet worden, o glücklicher König, daß der Beherrscher der Gläubigen Masrûr, dem Träger des Schwertes, befahl, er solle dem Abu Nuwâs seine Kleider herunterreißen, ihm den Packsattel eines Esels auf den Rücken binden, eine Halfter um seinen Kopf und einen Schwanzriemen um sein Gesäß legen, und ihn so umherführen in den Gemächern der Sklavinnen, den Zimmern der Frauen und den anderen Räumen, damit alle ihn verspotten könnten; danach solle er ihm das Haupt abschlagen und es ihm bringen. ‚Ich höre und gehorche!‘ erwiderte Masrûr und begann den Befehl des Kalifen auszuführen; und er führte den Dichter umher in allen Räumen, deren Zahl so groß war wie die Zahl der Tage des Jahres. Abu Nuwâs aber machte überall Scherze, und jeder, der ihn sah, gab ihm etwas Geld, so daß er mit vollen Taschen zurückkehrte. Als er nun so wieder ankam, trat plötzlich Dscha'far der Barmekide zum Kalifen ein, der in einer wichtigen Angelegenheit für den Beherrscher der Gläubigen fern gewesen war. Wie der den Abu Nuwâs in diesem Zustande sah und ihn erkannte, rief er: ‚Du da, Abu Nuwâs!‘ ‚Zu Diensten, mein Gebieter!‘ antwortete der. Jener fuhr fort: ‚Was hast du verbrochen, daß dir eine solche Strafe zuteil geworden ist?‘ Abu Nuwâs berichtete: ‚Ich habe nichts verbrochen; ich habe nur unserem Herrn und Kalifen meine schönsten Verse als Geschenk dargebracht, und da hat er mir sein schönstes Gewand geschenkt.‘ Wie der Beherrscher der Gläubigen das hörte, brach er in ein Gelächter aus, das aus zornerfülltem Herzen dennoch hervorkam; und er verzieh dem Dichter und verlieh ihm obendrein zehntausend Dirhems.

Und ferner erzählt man

DIE GESCHICHTE VON 'ABDALLÂH IBN MA'MAR
UND DEM MANNE AUS BASRA
MIT SEINER SKLAVIN

Einstmals kaufte ein Mann aus dem Volke von Basra eine Sklavin; die ließ er aufs beste erziehen und unterrichten. Er hing an ihr in leidenschaftlicher Liebe, und er gab all sein Geld für Vergnügungen und Feiern mir ihr aus, bis ihm nichts mehr übrig blieb und die härteste Armut ihn bedrängte. Da sprach die Sklavin zu ihm: ,Mein Gebieter, verkauf mich! Denn du hast den Preis nötig, und dein Zustand jammert mich, wenn ich dich so in Not sehe. Drum, wenn du mich verkaufst und meinen Kaufpreis für dich verwendest, so ist es besser für dich, als daß ich bei dir bleibe; vielleicht wird Allah der Erhabene dir wieder zu Geld und Gut verhelfen.' Er willigte in ihre Bitte ein, weil die Not ihn so sehr bedrängte, nahm sie und führte sie auf den Markt; dort bot der Makler sie dem Emir von Basra zum Kaufe an, der da 'Abdallâh ibn Ma'mar et-Taimi hieß. Dem gefiel sie, und er kaufte sie um fünfhundert Dinare; er ließ das Geld auch sofort ihrem Herren auszahlen. Doch als dieser es erhalten hatte und fortgehen wollte, begann die Sklavin zu weinen und sprach diese Verse:

> *Das Geld, das du empfingst, gereiche dir zum Segen!*
> *Jetzt bleibt mir nichts als Leid und sorgenvoller Sinn.*
> *Ich sprech zu meiner Seele in ihrer tiefen Trauer:*
> *Klag wenig oder viel – der Freund ist nun dahin!*

Wie ihr Herr das hörte, begann er in Seufzer auszubrechen und er hub an diese Verse zu sprechen:

> *Weißt du in deiner Not jetzt nicht mehr aus noch ein*
> *Und bleibt dir nur der Tod, vergib dem Herren dein!*
> *Nun will ich früh und spät in Treuen dein gedenken;*

Das mag dem schwerbetrübten Herzen Lindrung schenken.
Wir sehen uns nicht mehr; drum ziehe hin in Frieden!
Es steht bei Ma'mars Sohn; sonst sind wir stets geschieden.

Als 'Abdallâh ibn Ma'mar die Verse der beiden hörte und ihr
Leid sah, rief er aus: ‚Bei Allah, ich will nicht zu eurer Trennung behilflich sein; denn ich weiß nun, daß ihr einander lieb
habt. So nimm das Geld und die Sklavin, o Mann, und Allah
gesegne dir beides! Wahrlich, die Trennung zweier Liebenden
voneinander bringt beiden Gram.' Da küßten die beiden ihm
die Hand und gingen davon; und sie sind immerdar beieinander geblieben, bis der Tod sie geschieden hat – Preis sei Ihm,
dem der Tod nicht naht!

Ferner wird erzählt

DIE GESCHICHTE DER LIEBENDEN
AUS DEM STAMME DER 'UDHRA

Einst lebte unter den Banu 'Udhra[1] ein Mann von vornehmer
Art, der keinen einzigen Tag ohne Liebe sein konnte. Es begab
sich, daß er von Liebe zu einer schönen Frau seines Stammes ergriffen wurde, und er sandte ihr Botschaften Tag für Tag.
Aber sie wies ihn spröde zurück, so daß er, überwältigt von
Leidenschaft und von der sehnenden Liebe Kraft, schwer erkrankte, sich auf die Kissen legte und den Schlaf zu verscheuchen pflegte. Nun erfuhren die Leute, wie es um ihn stand, und
um seiner Liebe willen wurde er überall genannt. – –«

Da bemerkte Schehrezâd, daß der Morgen begann, und sie
hielt in der verstatteten Rede an. Doch als die *Dreihundertund-
vierundachtzigste Nacht* anbrach, fuhr sie also fort: »Es ist mir
berichtet worden, o glücklicher König, daß der Mann sich auf

1. Über 'Udhra (bei Heine: Asra) vgl. Band II, Seite 33 und Seite 381,
Anmerkung 1.

die Kissen legte und den Schlaf zu verscheuchen pflegte. Nun erfuhren die Leute, wie es um ihn stand, und um seiner Liebe willen wurde er überall genannt; doch sein Siechtum wuchs immer mehr, und sein Leiden ward so schwer, daß er dem Tode nahe war. Darauf baten die Seinen und die Ihren sie unaufhörlich, ihn zu besuchen; doch sie weigerte sich immer noch, bis er im Sterben lag. Als ihr das mitgeteilt wurde, hatte sie Mitleid mit ihm und schenkte ihm einen Besuch. Und wie er sie erblickte, begannen seine Augen in Tränen auszubrechen, und er hub mit gebrochenem Herzen an diese Verse zu sprechen:

Wenn meine Leiche nun an dir vorüberziehet
Auf einer Bahre, von der Schultern vier getragen,
Willst du – bei deinem Leben! – ihr folgen und dem Grabe
Des Toten in der Erde deine Grüße sagen?

Als sie diese Worte von ihm vernahm, weinte sie bitterlich, und sie sprach zu ihm: ‚Bei Allah, ich ahnte nicht, daß der Liebe Macht dich in die Arme des Todes gebracht! Hätte ich das gewußt, so hätte ich mich deiner Not angenommen und wäre nach deinem Wunsche zu dir gekommen.‘ Doch wie er sie dies sagen hörte, begannen seine Tränen wie ein Regenschauer aus der Wolke hervorzubrechen, und er hub an das Dichterwort zu sprechen:

Sie nahte sich, als schon der Tod uns beide trennte,
Und sie versprach Erhörung, als es nutzlos war.

Dann seufzte er noch einmal auf und verschied. Sie aber warf sich auf ihn und küßte ihn und weinte. So lange weinte sie, bis sie ohnmächtig neben ihm niedersank. Und als sie wieder zu sich kam, trug sie den Ihren auf, sie in seinem Grabe zu bestatten, wenn sie gestorben wäre. Darauf begannen ihre Augen in Tränen auszubrechen, und sie hub an diese beiden Verse zu sprechen:

Wir lebten auf der Erde ein Leben voller Wonne;
Stamm, Haus und Heimat waren im Stolze auf uns groß.
Da riß der Zeiten Flug uns grausam auseinander:
Das Leichentuch vereint uns nun im Erdenschoß.

Nachdem sie diese Verse gesprochen hatte, begann sie wiederum bitterlich zu weinen; und sie weinte und klagte unaufhörlich, bis sie ohnmächtig niedersank. Drei Tage lang blieb sie in ihrer Ohnmacht liegen; dann starb sie und wurde in seinem Grabe bestattet.

Dies ist eine der wunderbaren Begebenheiten in der Liebe. Ferner wird erzählt

DIE GESCHICHTE DES WESIRS VON JEMEN
UND SEINES JUNGEN BRUDERS

Der Herr Badr ed-Dîn, der Wesir von Jemen, hatte einen Bruder von wunderbarer Schönheit, den er eifersüchtig hütete. Und als er nach einem Lehrer für ihn suchte, fand er einen Scheich, der ehrfurchtgebietend und würdig aussah und einen keuschen und frommen Lebenswandel führte; den ließ er in dem Hause neben dem seinen wohnen. Eine geraume Zeit lang pflegte so der Scheich täglich aus seinem Hause in das des Herrn Badr ed-Dîn zu kommen, um dessen Bruder zu unterrichten, und darauf in seine Wohnung zurückzukehren. Doch dann entbrannte sein Herz in Liebe zu jenem Jüngling, die Sehnsucht überwältigte ihn, und sein Sinn fand keine Ruhe mehr. Da klagte er eines Tages dem Jünglinge seine Not; der erwiderte ihm: ‚Was kann ich tun, da ich mich Tag und Nacht nicht von meinem Bruder trennen darf und er mich immer bewacht, wie du selber siehst?‘ Doch der Scheich sprach: ‚Mein Haus ist neben dem euren. Du kannst, wenn dein Bruder schläft, aufstehen und dich ins Kämmerlein begeben; dann wird es so aussehen, als ob du auch schliefest. Du aber komm zur Brustwehr der Dachterrasse, und ich werde dich auf der anderen Seite der Mauer empfangen. Nur einen Augenblick sollst du bei mir sitzen; dann magst du zurückkehren, ohne daß dein Bruder es merkt.' ,Ich höre und gehorche!' antwortete der Jüngling; und der Scheich begann Geschenke zu rüsten, wie sie seinem Range entsprachen.

Sehen wir nun weiter, was der Jüngling tat! Er ging in das Kämmerlein und wartete, bis sein Bruder sich auf sein Lager niederlegte; nachdem aber eine Weile der Nacht vorübergegangen und sein Bruder in tiefen Schlaf versunken war, erhob er sich und begab sich zur Brustwehr der Dachterrasse. Dort fand er den Scheich stehen und auf ihn warten; rasch reichte jener ihm die Hand, zog ihn zu sich herüber und führte ihn in den Saal. Nun schien in jener Nacht der Vollmond; und wie die beiden dort beim Mahle saßen und die Becher bei ihnen kreisten und der Scheich zu singen begann, warf der Mond sein helles Licht auf sie. Während sie sich so vergnügten in Lust und Fröhlichkeit, in Wonne und Seligkeit, in einem Glück, das den Verstand und das Auge zu verwirren begann, so schön, daß keine Zunge es beschreiben kann, da erwachte plötzlich der Herr Badr ed-Dîn aus seinem Schlafe. Als er seinen Bruder nicht fand, sprang er erschrocken auf; die Tür sah er offen stehen, und so eilte er durch sie hinaus. Schon hörte er den Klang der Stimmen, und er sprang über die Brustwehr zur Dachterrasse des Nebenhauses. Als er dort aus dem Zimmer einen Lichtschein hervorleuchten sah, spähte er hinter der Mauer hinab und gewahrte die beiden, wie der Becher bei ihnen kreiste. Doch der Scheich bemerkte ihn, und nun begann er, den Becher in der Hand, zu singen und ließ dies Lied erklingen:

Er gab mir den Wein seiner Lippen zu trinken;
Mit Zierde des Wangenflaums trank er mir zu.
Und Wange an Wange, in meiner Umarmung,
Ging heute der Schönste der Menschen zur Ruh.
Der leuchtende Vollmond schien auf uns hernieder;
Nun bittet ihn: Sag es dem Bruder nicht wieder!

Die Güte des Herrn Badr ed-Dîn aber zeigte sich dadurch, daß
er, als er diese Verse vernahm, ausrief: ‚Bei Allah, ich will euch
nicht verraten!' und fortging, indem er die beiden ihren Freuden überließ.

Ferner wird erzählt

DIE GESCHICHTE VON DEM LIEBESPAAR
IN DER SCHULE

Ein freier Jüngling und eine junge Sklavin besuchten einst die
gleiche Schule; und der Jüngling wurde von der Liebe zu dem
Mädchen ergriffen – –«

Da bemerkte Schehrezâd, daß der Morgen begann, und sie
hielt in der verstatteten Rede an. Doch als die *Dreihundertund-
fünfundachtzigste Nacht* anbrach, fuhr sie also fort: »Es ist mir
berichtet worden, o glücklicher König, daß der Jüngling von
der Liebe zu dem Mädchen ergriffen wurde und ihr in leidenschaftlicher Neigung zugetan war. Und eines Tages, als die
anderen Knaben nicht auf ihn achteten, nahm der Jüngling die
Tafel der Sklavin und schrieb darauf diese beiden Verse:

Was sagst du nur von dem, den übergroße Liebe
Zu dir so krank gemacht, daß er ganz ratlos ist?
Er klagt das Leiden nun, in Sehnsucht und in Schmerzen;
Er kann nicht mehr verbergen, was ihm das Herz zerfrißt.

Als die Sklavin ihre Tafel nahm, sah sie diese Verse, die darauf
geschrieben standen; und nachdem sie sie gelesen und ihren Sinn

verstanden hatte, begann sie aus Mitleid mit ihm zu weinen, und
sie schrieb unter die Zeilen des Jünglings diese beiden Verse:

> *Wenn wir den, der da liebt, in seinem schweren Leid*
> *Der Liebe schaun, so sei ihm unsre Huld geweiht.*
> *Er soll den Liebeswunsch bei uns erfüllet sehn;*
> *Und was geschehen soll, das möge dann geschehn!*

Nun aber traf es sich, daß der Lehrer zu ihnen trat und die Tafel fand, als sie es nicht sahen. Er nahm sie auf und las, was auf
ihr geschrieben stand; und da er Mitleid mit ihrer Not empfand, schrieb er unter das, was sie geschrieben hatten, diese
beiden Verse:

> *Geh hin zu deinem Lieb und fürchte nicht die Folgen!*
> *Denn wer da liebt, ist ganz verstört von Leidenschaft.*
> *Und sei auch ohne Sorgen vor des Lehrers Strenge!*
> *Er fühlte ja schon lang vor euch der Liebe Kraft.*

Und weiter traf es sich, daß der Herr der Sklavin damals in die
Schule kam und die Tafel des Mädchens fand. Als er auf ihr
die Worte des Jünglings und der Sklavin und auch die des
Lehrers gelesen hatte, schrieb er noch unter das, was all die
anderen geschrieben hatten, diese Verse:

> *Euch trenne Allah nie in eurem ganzen Leben;*
> *Und wer euch feind ist, soll im Elend untergehn!*
> *Jedoch der Lehrer ist, bei Gott, der größte Kuppler*
> *Den meine Augen je in dieser Welt gesehn.*

Darauf sandte der Herr der Sklavin nach dem Kadi und den
Zeugen und ließ die Eheurkunde für die Sklavin und den Jüngling im Hause niederschreiben. Dann rüstete er für die beiden
zum Hochzeitsfeste und beschenkte sie aufs reichste und beste;
und sie lebten immerdar herrlich und in Freuden, bis Der zu
ihnen kam, der die Freuden schweigen heißt, und der die
Freundesbande zerreißt.

Ferner wird erzählt

DIE GESCHICHTE VON EL-MUTALAMMIS
UND SEINEM WEIBE UMAIMA

Einst floh el-Mutalammis vor en-Nu'mân ibn el-Mundhir[1]
und blieb so lange fort, daß man glaubte, er sei gestorben.
Nun hatte er eine schöne Gattin, Umaima geheißen; und die
Ihren rieten ihr, sich wieder zu vermählen; doch sie weigerte
sich dessen. Da aber viele Freier um sie warben, so drangen die
Ihren in sie und wollten sie wider ihren Willen zur Ehe zwingen; schließlich gab sie ihnen nach, obgleich sie es nicht
wünschte. Und so ward sie mit einem Manne aus ihrem Stamme vermählt, sie, die an ihrem Gatten el-Mutalammis immer
noch mit herzlicher Liebe hing. Aber in eben der Nacht, in der
sie jenem Manne, dem sie wider ihren Willen vermählt war,
zugeführt wurde, kam el-Mutalammis zurück; und als er im
Lager den Klang der Pfeifen und Schellen vernahm und die
Zeichen der Hochzeitsfeier erblickte, fragte er einige Knaben,
was die Feier bedeute. Die gaben ihm zur Antwort: ,Umaima,
die Frau von el-Mutalammis, ist mit dem und dem vermählt, und
er wird heute nacht zu ihr eingehen.' Nachdem er das gehört
hatte, schlich er sich heimlich mit der Schar der Frauen ein, und
da sah er das Paar unter ihrem Hochzeitsbaldachin sitzen. Der
neue Gatte war schon zu ihr gekommen, und nun begann sie
traurig zu seufzen und zu weinen, und sie sprach diesen Vers:

Das Schicksal birgt so mancherlei – o daß ich's wüßte!
In welchem Land magst du, o Mutalammis, sein?

1. Dieser Nu'mân war König von Hîra im unteren Babylonien etwa
von 590 bis 600 n. Chr. Über seinen Verkehr mit den Dichtern, darunter auch el-Mutalammis, und mit Frauen wurden bei den Arabern
manche Anekdoten und Legenden erzählt; er galt als launisch und
tyrannisch.

Ihr Gatte el-Mutalammis war ein berühmter Dichter, und so antwortete er ihr alsbald:

Ganz nah bei dir im Hause, o Umaima, wisse:
An jedem Halteplatz dacht ich in Treuen dein.

Da nun erriet der neue Gatte, wie es um die beiden stand, und er stand eilends auf, indem er sprach:

Ich war im Glück; doch jetzo hat es sich gewendet;
Ein gastlich Haus und Raum schließt nun euch beide ein.

So verließ er die beiden und ging davon. Ihr Gatte el-Mutalammis aber blieb wieder bei ihr, und sie lebten immerdar in Freuden und in Fröhlichkeit, in Wonnen und Glückseligkeit, bis der Tod sie hieß auseinandergehn. Preis sei Ihm, auf dessen Geheiß einst Himmel und Erde auferstehn!

Ferner wird erzählt

DIE GESCHICHTE
VON DEM KALIFEN HARÛN ER-RASCHÎD
UND DER HERRIN ZUBAIDA IM BADE

Der Kalif Harûn er-Raschîd war der Herrin Zubaida in herzlicher Liebe zugetan, und er ließ für sie einen Lustgarten anlegen mit einem Wasserteich darinnen, den er ringsum mit Bäumen umpflanzen und von allen Seiten mit Wasser speisen ließ. Und die Bäume wuchsen so eng über dem Teiche zusammen, daß man hineingehen und dort baden konnte, ohne von jemandem gesehen zu werden; so dicht war das Laub. Nun begab es sich eines Tages, daß die Herrin Zubaida in jenen Lustgarten trat und zu dem Teiche kam. – –«

Da bemerkte Schehrezâd, daß der Morgen begann, und sie hielt in der verstatteten Rede an. Doch als die *Dreihundertund-sechsundachtzigste Nacht* anbrach, fuhr sie also fort: »Es ist mir

berichtet worden, o glücklicher König, daß die Herrin Zubaida, als sie in jenen Lustgarten getreten und zu dem Teiche
gekommen war, sich an seiner Schönheit weidete. Der schimmernde Wasserspiegel und das Dickicht des Laubes gefielen
ihr, und da es ein sehr heißer Tag war, so legte sie ihre Gewänder ab und trat in den Teich. Sie blieb im Wasser, das
nicht tief genug war, um den, der in ihm stand, ganz zu bedecken, aufrecht stehen, schöpfte Wasser mit einer Kanne aus
reinem Silber und goß es über ihren Leib.

Der Kalif aber hörte davon und ging von seinem Schlosse
hinab, um ihr, vom Laub der Bäume versteckt, zuzuschauen.
Da sah er sie denn ganz entkleidet, und alles an ihr, was sonst
verborgen ist, ward ihm sichtbar. Doch als sie den Beherrscher
der Gläubigen hinter dem Laube bemerkte und wußte, daß
er sie nackend sah, wandte sie sich um und blickte nach ihm
hin. Aber aus Scham vor ihm legte sie ihre Hände auf ihren
Schoß; freilich konnte sie ihn nicht ganz bedecken, da er so
rund und groß war. Da wandte der Kalif sich alsbald um, und
erstaunt sprach er diesen Vers:

> *Mein Aug erblickte, was mich traurig macht;*
> *Und durch die Trennung ward mein Leid entfacht.*

Aber er wußte nicht, wie er fortfahren sollte; deshalb ließ er
Abu Nuwâs kommen, und als der Dichter vor ihm stand,
sprach der Kalif zu ihm: ,Vollende mir ein Gedicht, dessen
erster Vers lautet: Mein Aug erblickte, was mich traurig
macht; und durch die Trennung ward mein Leid entfacht!'
,Ich höre und gehorche!' erwiderte Abu Nuwâs; und er begann in wenigen Augenblicken aus dem Stegreif zu dichten
und diese Verse an ihn zu richten:

> *Mein Aug erblickte, was mich traurig macht;*
> *Und durch die Trennung ward mein Leid entfacht*

Von der Gazelle, die mich ganz bestrickt,
Als ich im Lotusschatten sie erblickt.
Und Wasser floß auf ihren Schoß, so klar,
Aus einer Kanne, die von Silber war.
Als sie mich sah, da hat sie ihn bedeckt;
Doch ihre Hand hat ihn nicht ganz versteckt.
O könnte ich doch glücklich bei ihr sein,
Ein Stündlein oder auch zwei Stündelein!

Da lächelte der Kalif über seine Worte und machte ihm ein Geschenk; der Dichter aber ging erfreut von dannen.

Ferner wird erzählt

DIE GESCHICHTE VON HARÛN ER-RASCHÎD UND DEN DREI DICHTERN

Eines Nachts ward der Beherrscher der Gläubigen Harûn er-Raschîd von großer Unruhe geplagt; da erhob er sich und wanderte überall in seinem Palaste umher. Nun begegnete ihm eine Sklavin, die vor Trunkenheit schwankte. Weil er gerade diese Sklavin leidenschaftlich liebte, so tändelte er mit ihr und zog sie an sich; doch dabei fiel ihr Mantel herab, und ihr Untergewand löste sich. Er bat sie um ihre Liebesgunst; aber sie erwiderte ihm: ‚Laß mir bis morgen abend Zeit, o Beherrscher der Gläubigen! Ich bin nicht auf dich vorbereitet; denn ich wußte nichts von deinem Kommen.‘ Da verließ er sie und ging fort. Als aber der Tag sich erhob und seine Sonne die Welt mit leuchtenden Strahlen durchwob, sandte er einen Diener zu ihr, um ihr kundzutun, daß der Beherrscher der Gläubigen ihr Gemach besuchen werde. Doch sie ließ ihm antworten: ‚Der helle Tag verwischt das Wort der Nacht.‘ Da sprach er-Raschîd zu seinen Tischgenossen: ‚Macht mir Verse, in denen die Worte vorkommen: Der helle Tag verwischt das Wort der Nacht!‘ ‚Wir hören und gehorchen!‘ er-

widerten sie; und als erster trat er-Rakâschi[1] vor und sprach
diese Verse:

> Bei Allah, Mädchen, fühltest du mein Leiden,
> Du wärest bald um deine Ruh gebracht! –
> Dich, Herr, hat eine Jungfrau, die nicht nahet,
> Der nicht genaht wird, liebeskrank gemacht.
> Sie brach dir ihr Versprechen, und sie sagte:
> Der helle Tag verwischt das Wort der Nacht.

Darauf trat Abu Mus'ab vor und sprach diese Verse:

> Wann wirst du weise, wo dein Herz verzückt ist,
> Wo Ruh dich meidet und dein Auge wacht? –
> Genügt dir nicht das Auge voller Tränen,
> Die Glut im Herzen, die dein Nam entfacht? –
> Er lächelte und sagte selbstgefällig:
> Der helle Tag verwischt das Wort der Nacht.[2]

Und als letzter trat Abu Nuwâs vor und sprach diese Verse:

> Die Lieb war lang; wir waren fern einander.
> Wir stritten auch; nicht frommte uns der Streit.
> Da traf ich sie bei Nacht im Schlosse trunken;
> Doch war sie züchtig noch in Trunkenheit.
> Der Mantel sank herab von ihren Schultern
> Beim Tändeln; das Gewand fiel auch geschwind.
> Am Zweige, dran die zarten Äpfel hängen,
> An schweren Hüften rüttelte der Wind.
> Ich sprach: Gib deinem Lieb ein treu Versprechen!
> Sie sagte: Morgen wird es schön vollbracht.
> Ich kam am Morgen, sprach: Dein Wort? Sie sagte:
> Der helle Tag verwischt das Wort der Nacht.

Da befahl der Kalif, einem jeden der beiden ersten Dichter
zehntausend Dirhems zu geben, doch nicht dem Abu Nuwâs.

1. Ein Dichter und Zeitgenosse des Abu Nuwâs. – 2. Der erste Vers ist
an den abgewiesenen Liebhaber, der zweite an den abweisenden Geliebten (oder die Geliebte) gerichtet. In dem dritten Verse ist von dem
(oder der) Geliebten in der dritten Person die Rede.

Vielmehr gebot er, ihm den Kopf abzuschlagen, indem er sprach: ‚Du bist gestern abend bei uns im Palast gewesen!' Abu Nuwâs jedoch rief: ‚Bei Allah, ich habe nirgendwo anders geschlafen als in meinem Hause. Ich bin nur durch deine Worte auf den Inhalt meiner Verse hingewiesen worden. Allah der Erhabene, der von allen die lauterste Wahrheit spricht, hat gesagt: Und den Dichtern folgen die Irrenden nach. Siehst du nicht, wie sie in jedem Wadi verstört umherlaufen, und wie sie reden, was sie nicht tun?'[1] Da vergab der Kalif ihm und befahl, ihm zwanzigtausend Dirhems zu geben. Darauf gingen die drei Dichter fort.

Ferner erzählt man

DIE GESCHICHTE VON MUS'AB IBN EZ-ZUBAIR UND 'ÂÏSCHA BINT TALHA

Mus'ab, der Sohn von ez-Zubair, traf einst in Medina die 'Azza, die eine der klügsten Frauen war, und er sprach zu ihr: ‚Ich denke daran, mich mit 'Âïscha, der Tochter des Talha, zu vermählen; und nun möchte ich, daß du zu ihr gehst, um zu sehen, wie sie gestaltet ist.' Jene ging darauf zu dem Mädchen, und als sie zu Mus'ab zurückkehrte, sprach sie zu ihm: ‚Ich habe sie gesehen; ihr Antlitz ist schöner als die Gesundheit; sie hat große Augen, und darunter eine Adlernase, glatte und runde Wangen und einen Mund gleich der Blüte des Granatapfels. Ihr Hals gleicht einer silbernen Kanne, und darunter ist der Busen mit zwei Brüstlein, die wie ein Paar von Granatäpfeln sind; und weiter darunter hat sie einen schlanken Leib mit einem Nabel, der einem Elfenbeinbüchslein gleicht; Hüften hat sie wie zwei Sandhügel, ihre Schenkel sind straff gerundet, und ihre Waden gleichen zwei Säulen aus Alabaster;

1. Koran, Sure 26, Vers 224 bis 226.

doch ich sah, daß ihre Füße groß sind. Du wirst bei ihr die Zeit der Not vergessen.' Nachdem 'Azza ihm 'Âïscha mit solchen Worten beschrieben hatte, nahm Mus'ab sie zur Frau und ging zu ihr ein. – –«

Da bemerkte Schehrezâd, daß der Morgen begann, und sie hielt in der verstatteten Rede an. Doch als die *Dreihundertund-siebenundachtzigste Nacht* anbrach, fuhr sie also fort: »Es ist mir berichtet worden, o glücklicher König, daß Mus'ab, nachdem 'Azza ihm 'Âïscha bint Talha mit solchen Worten beschrieben hatte, sie zur Frau nahm und zu ihr einging. Danach lud 'Azza die 'Âïscha und die Frauen vom Stamme Koraisch in ihr Haus ein, und dort sang 'Azza, während Mus'ab dabeistand, diese beiden Verse:

> *Der Mund der Mädchen wird von zartem Duft umfächelt;*
> *Er ist so süß zu küssen; süß ist er, wenn er lächelt.*
> *Und wenn ich von ihm nippte, mußt ich an ihn denken;*
> *Und die Gedanken sind's, mit denen Herrscher lenken.*

In der Nacht, als Mus'ab zu ihr einging, ließ er erst nach der siebenten Umarmung von ihr ab. Und am Morgen traf ihn eine seiner Freigelassenen, die sprach zu ihm: ,Mein Leben für dich! Du bist in allem, auch hierin, vollkommen!' Ein anderes Weib aber erzählte: ,Ich war einmal im Hause der 'Âïscha bint Talha. Da kam ihr Gatte zu ihr, und sie verlangte nach ihm. Stürmisch umarmte er sie; und sie stöhnte und seufzte und hatte wunderbare Bewegungen und seltsame Regungen, während ich doch zuhören konnte. Als er sie dann wieder verließ, sprach ich zu ihr: ,Wie konntest du das tun, während ich in deinem Hause war, bei deinem Range, deinem Adel und deiner Abkunft?' Sie gab mir darauf zur Antwort: ,Eine Frau soll ihrem Manne alles bringen, was sie vermag, an Erregungen und an wunderbaren Bewegungen. Was mißfällt dir denn daran?' Ich erwiderte: ‚Es wäre mir lieber, wenn das des Nachts geschieht.' Doch sie sagte: ‚Das ist so bei Tage; bei Nacht tue ich noch mehr. Denn wenn er mich sieht, so wird seine Begierde erregt, und er wird von Verlangen bewegt. Dann naht er mir, und ich gehorche ihm, und es geht, wie du weißt.'

Ferner sind mir berichtet worden

DIE VERSE DES ABU EL-ASWAD
ÜBER SEINE SKLAVIN

Abu el-Aswad[1] kaufte sich eine schielende Sklavin, die ein unter den Arabern geborener Mischling war. Er hatte sein Gefallen an ihr, aber die Seinen wollten sie bei ihm schlecht machen. Da wunderte er sich über die Leute, hob seine Hände umgekehrt empor und trug diese Verse vor:

> *Man tadelt sie bei mir; doch ist an ihr kein Tadel,*
> *Nur daß in ihren Augen vielleicht ein Flecken liegt.*
> *Wenn auch in ihren Augen ein Tadel ist, so ziert sie*
> *Ein schlanker Leib, der sich auf schweren Hüften wiegt.*

Ferner wird erzählt

DIE GESCHICHTE VON HARÛN ER-RASCHÎD
UND DEN BEIDEN SKLAVINNEN[2]

Eines Nachts ruhte der Beherrscher der Gläubigen, Harûn er-Raschîd, zwischen zwei Sklavinnen, einer aus Medina und einer aus Kufa. Die Kufierin rieb ihm die Hände, während die

1. Wahrscheinlich ist Abu el-Aswad ed-Du'ali gemeint, ein Dichter, der in der zweiten Hälfte des 7. Jahrhunderts n. Chr. in Basra lebte; er wurde als angeblicher Erfinder der arabischen Grammatik später viel genannt. – 2. Diese Anekdote ist eine recht rohe Verspottung der gelehrten ‚Traditionswissenschaft' des Islams, die freilich auch manche beschränkte und pedantische Vertreter gehabt hat. Die hier genannten Männer sind bekannte Traditionarier.

Medinerin ihm die Füße knetete, so daß seine Ware sich aufrichtete. Da sprach die Kufierin zu ihr: ‚Ich sehe, du willst mir
das Kapital entziehen und es allein für dich haben; gib mir
meinen Anteil daran!‘ Die Medinerin aber gab ihr zur Antwort: ‚Mir überlieferte Mâlik nach der Aussage von Hischâm
ibn ’Urwa, der von seinem Vater über den Propheten wußte,
daß er gesagt hat: Wenn jemand einen Sterbenden ins Leben
zurückruft, so gehört der ihm und seinen Nachkommen.‘
Doch die Kufierin stieß ihre Mitsklavin unversehens zurück,
ergriff die ganze Ware mit ihren Händen und sprach: ‚Uns
überlieferte el-A’masch nach der Aussage von Chaithama, der
von ’Abdallâh ibn Mas’ûd über den Propheten wußte, daß er
gesagt hat: Das Wild gehört dem, der es fängt, nicht dem, der
es aufstört.‘

Und ebenso wird erzählt

DIE GESCHICHTE VON HARÛN ER-RASCHÎD
UND DEN DREI SKLAVINNEN[1]

Einst ruhte der Kalif Harûn er-Raschîd mit drei Sklavinnen,
einer aus Mekka, einer aus Medina und einer aus dem Irak.
Da streckte die Medinerin ihre Hand nach seiner Rute aus und
brachte sie dazu, daß sie sich erhob. Aber die Mekkanerin
sprang auf und zog sie an sich. Nun rief die Medinerin: ‚Was
für ein Eingriff in meine Rechte ist dies? Mir überlieferte
Mâlik nach der Aussage von ez-Zuhri, der von ’Abdallâh ibn
Sâlim gehört hatte, wie Sâlim nach Sa’îd ibn Zaid berichtete,
daß der Gesandte Allahs – Er segne ihn und gebe ihm Heil –
gesagt hat: Wer totes Land lebendig macht, dem gehört es.‘
Doch die Mekkanerin erwiderte: ‚Uns überlieferte Sufjân

1. Diese Anekdote ist natürlich nur eine Nachahmung der vorigen
oder eine Parallele zu ihr, durch die jene noch übertrumpft werden soll.

nach der Aussage von Abu ez-Zinâd[1], der von el-A'radsch gehört hatte, wie Abu Huraira berichtete, daß der Gesandte Allahs – Er segne ihn und gebe ihm Heil! – gesagt hat: Das Wild gehört dem, der es fängt, nicht dem, der es aufstört.' Da stieß die Irakerin beide weg und rief: ,Dies gehört mir, bis euer Streit entschieden ist.'

Ferner wird erzählt

DIE GESCHICHTE VOM MÜLLER
UND SEINEM WEIBE

Es war einmal ein Mann, der eine Mühle besaß und einen Esel dazu, der ihm die Mühle drehte. Er hatte aber auch ein böses Weib; die liebte er, während sie ihn verabscheute. Sie liebte dagegen einen ihrer Nachbarn; doch der haßte sie und hielt sich fern von ihr. Nun sah ihr Gatte einst im Traume eine Gestalt, die zu ihm sprach: ,Grab an der und der Stelle im Geleise des Esels bei der Mühle; so wirst du einen Schatz finden!' Als er aus dem Schlafe erwachte, erzählte er seiner Frau, was er geträumt hatte, und hieß sie das Geheimnis bewahren; sie aber verriet es ihrem Nachbarn – –«

Da bemerkte Schehrezâd, daß der Morgen begann, und sie hielt in der verstatteten Rede an. Doch als die *Dreihundertundachtundachtzigste Nacht* anbrach, fuhr sie also fort: »Es ist mir berichtet worden, o glücklicher König, daß die Frau des Müllers ihrem Nachbarn, den sie liebte, das Geheimnis verriet, um seine Gunst zu gewinnen. Er verabredete darauf mit ihr, daß er bei Nacht zu ihr kommen wolle. Als er nun im Dunkel zu ihr gekommen war, grub er in dem Geleise bei der Mühle

---

1. Dies ist der Beiname des Traditionariers 'Abdallâh ibn Zakwân, der im 8. Jahrhundert n. Chr. in Medina lebte; er soll diesen Namen nicht gern gehört haben.

nach, und sie fanden den Schatz wirklich und holten ihn heraus. Da fragte der Nachbar: ‚Was sollen wir damit anfangen?‘
Sie erwiderte: ‚Wir wollen ihn in zwei gleiche Hälften teilen;
dann trenne du dich von deiner Frau, und ich werde ein Mittel finden, wie ich von meinem Manne befreit werde. Danach
sollst du dich mit mir vermählen; und wenn wir verbunden
sind, haben wir das ganze Geld beieinander, und alles ist in
unserer Hand.‘ Doch er sprach zu ihr: ‚Ich fürchte, Satan wird
dich verführen, daß du einen anderen Mann nimmst als mich;
denn Gold im Hause ist wie die Sonne in der Welt. Ich halte
es für das Richtige, daß alles Geld bei mir bleibt, auf daß du
mit allem Eifer danach trachtest, von deinem Manne befreit
zu werden und zu mir zu kommen.‘ Darauf gab sie ihm zur
Antwort: ‚Ich fürchte eben dasselbe, das du befürchtest; darum will ich dir meinen Anteil an diesem Gelde nicht geben.
Denn ich bin es doch, die dir dazu verholfen hat.‘ Als er diese
Worte von ihr vernahm, reizte die Habgier ihn dazu, sie zu
töten; da ermordete er sie und warf ihren Leichnam in die
Schatzgrube. Aber das Tageslicht überraschte ihn und ließ ihm
nicht mehr Zeit, sie ganz zu verbergen; so nahm er rasch das
Geld fort und ging davon. Nun wachte der Müller aus seinem
Schlafe auf; und als er seine Frau nicht fand, ging er in die
Mühle, spannte den Esel an den Querbaum und trieb ihn mit
lautem Rufen an. Der Esel tat einige Schritte und blieb dann
stehen. Darauf schlug der Müller heftig auf ihn ein; aber so
sehr er ihn auch peitschte, der Esel wich nur noch mehr zurück,
da er vor dem Leichnam der Frau scheute und nicht vorwärts
zu gehen vermochte. Bei alledem merkte der Müller nicht,
aus welchem Grunde der Esel stehen blieb, und so nahm er
denn ein Messer und versetzte ihm damit viele Stiche; dennoch
rührte das Tier sich nicht vom Fleck. Da wurde der Müller so

wütend, daß er ihm das Messer in die Weichen stieß. Nun fiel der Esel tot nieder. Als es aber heller Tag wurde, entdeckte der Müller, daß vor seinem toten Esel seine tote Frau lag, die er in der Grube des Schatzes fand. Da entbrannte er in heißem Zorne, weil der Schatz ihm entgangen war und weil er seine Frau und den Esel verloren hatte; und tiefe Trauer kam über ihn. All das geschah nur deshalb, weil er seinem Weibe sein Geheimnis verraten und es nicht für sich behalten hatte.

Ferner wird erzählt

DIE GESCHICHTE VON DEM DUMMKOPF UND DEM SCHELM

Ein Dummkopf ging einmal seines Weges dahin, in der Hand ein Seil, an dem er einen Esel hinter sich herzog. Da erblickten ihn zwei Leute aus der Zunft der Schelme, und einer sprach zum andern: ‚Ich will dem Kerl da den Esel abnehmen!‘ Jener fragte: ‚Wie willst du das machen?‘ Der antwortete ihm: ‚Folge mir nur; ich will es dir schon zeigen!‘ Der zweite Schelm folgte nun dem ersten, und der trat an den Esel heran, machte ihn von dem Seile los und gab das Tier seinem Genossen; dann legte er das Seil um seinen Hals und ging hinter dem Dummkopfe her, bis er wußte, daß sein Kumpan sich mit dem Esel aus dem Staube gemacht hatte. Da blieb er stehen. Der Dummkopf zog nun an dem Seil; aber weil der Schelm nicht vorwärts ging, wandte er sich nach ihm um und entdeckte nun das Seil am Kopfe eines Mannes. ‚Was bist du denn?‘ rief er aus; und der Schelm erwiderte: ‚Ich bin dein Esel; aber mit mir hat sich eine seltsame Geschichte zugetragen; und die ist so: Ich habe eine alte fromme Mutter, und ich bin eines Tages trunken zu ihr gekommen. Als sie damals zu mir sagte:

‚Mein Sohn, kehre zu Allah dem Erhabenen zurück von diesem bösen Tun!' nahm ich meinen Stab und schlug sie damit. Sie aber fluchte mir, und Allah der Erhabene verwandelte mich in einen Esel und fügte es so, daß ich in deine Hände kam. So blieb ich denn bei dir diese lange Zeit hindurch. Heute jedoch hat meine Mutter sich meiner erinnert, und da ihr Herz von Sehnsucht nach mir erfüllt ist, so hat sie für mich gebetet, und Allah hat mich wieder zu einem menschlichen Wesen gemacht, so wie ich es früher war.' Da rief der Mann: ‚Es gibt keine Macht und es gibt keine Majestät außer bei Allah dem Erhabenen und Allmächtigen! Um Gottes willen, mein Bruder, sprich mich von den Sünden frei, die ich an dir begangen habe durch das Reiten und alles andere!' Darauf ließ er den Schelm seiner Wege gehen, und er, der gewesene Besitzer des Esels, kehrte nach Hause zurück, wie trunken vor Traurigkeit und Herzeleid. Als seine Frau ihn fragte: ‚Was hat dich betroffen, und wo ist der Esel?' gab er ihr zur Antwort: ‚Du weißt nicht, was es mit diesem Esel war; ich will es dir aber sagen!' Und dann erzählte er ihr die Geschichte. Da rief sie: ‚Wehe uns, um der Strafe willen von Allah dem Erhabenen! Wie konnten wir diese ganze Zeit hindurch einen Menschen uns als Tier dienen lassen!' Und sie gab Almosen und flehte zu Gott um Verzeihung. Ihr Mann aber blieb eine Weile im Hause sitzen, ohne zu arbeiten, bis die Frau zu ihm sprach: ‚Wie lange willst du noch so untätig daheim bleiben? Geh doch zum Markte und kauf uns einen Esel; mit dem kannst du wieder arbeiten.' Nun ging er auf den Markt und blieb dort stehen, wo die Esel waren. Und siehe, auch sein Esel stand da zum Verkaufe. Nachdem er ihn erkannt hatte, trat er dicht an ihn heran, legte den Mund an sein Ohr und flüsterte ihm zu: ‚Weh dir, Unseliger, du bist wohl wieder trunken nach Hause gekommen und hast deine Mutter geschlagen! Aber, bei Allah, ich kaufe dich nie wieder!' Dann verließ er ihn und ging davon.

Ferner wird erzählt

DIE GESCHICHTE VON DEM KADI ABU JÛSUF UND DER HERRIN ZUBAIDA

Eines Tages, um die Mittagszeit, begab der Beherrscher der Gläubigen, Harûn er-Raschîd, sich zu seinem Ruhelager. Doch als er die Stätte, auf der er zu schlummern pflegte, bestiegen hatte, fand er dort plötzlich frisches Gerinnsel. Darüber erschrak er, ein furchtbarer Verdacht erfüllte sein Herz, und gewaltige Sorge kam über ihn. Alsbald ließ er die Herrin Zubaida rufen, und als sie vor ihm stand, fragte er sie: ‚Was ist das, was dort auf dem Lager verschüttet ist?' Sie blickte hin und sprach: ‚Das ist Mannesgerinnsel, o Beherrscher der Gläubigen!' Da rief er: ‚Sage mir der Wahrheit gemäß, was das bedeutet; sonst lege ich sofort Hand an dich!' ‚O Beherrscher der Gläubigen,' erwiderte sie, ‚bei Allah, ich weiß nicht, was das auf sich hat. Wahrlich, der Verdacht, den du wider mich hegst, trifft mich nicht!' Nun ließ er den Kadi Abu Jûsuf kommen, erzählte ihm den Sachverhalt und zeigte ihm die Flüssigkeit. Da erhob der Kadi Abu Jûsuf seine Augen zur Decke, und als er dort eine Öffnung erblickte, sprach er: ‚O Beherrscher der Gläubigen, die Fledermaus hat die gleiche Flüssigkeit wie der Mensch; dies da ist die Flüssigkeit einer Fledermaus.' Darauf bat er um einen Speer, nahm ihn in die Hand und stieß damit in die Öffnung. Und wirklich, die Fledermaus fiel herunter, und Harûn er-Raschîd wurde von seinem Verdachte befreit – –«

Da bemerkte Schehrezâd, daß der Morgen begann, und sie hielt in der verstatteten Rede an. Doch als die *Dreihundertund-*

neunundachtzigste Nacht anbrach, fuhr sie also fort: »Es ist mir berichtet worden, o glücklicher König, daß der Kadi Abu Jûsuf den Speer in die Hand nahm und damit in die Öffnung stieß. Und wirklich, die Fledermaus fiel herunter, und Harûn er-Raschîd wurde von seinem Verdachte befreit, und Zubaidas Unschuld war erwiesen. Da frohlockte sie laut über ihre Rechtfertigung und versprach dem Abu Jûsuf reichen Lohn. Nun hatte sie köstliche Früchte bei sich, die vor der Zeit gereift waren, und sie wußte, daß noch andere solche im Garten waren. Sie fragte den Kadi: ‚O Imam des Glaubens, welche von den beiden Früchten ist dir lieber, die anwesende oder die, so nicht hier ist?' Er gab ihr zur Antwort: ‚Nach unserem Gesetze wird über den Abwesenden nicht gerichtet; wenn einer zugegen ist, so wird über ihn das Urteil gefällt.' Darauf ließ sie ihm beide Arten von Früchten bringen, und er aß von der einen wie von der anderen. Als die Herrin fragte: ‚Wie unterscheiden sich die beiden?' erwiderte er: ‚Jedesmal, wenn ich die eine von beiden preisen will, erhebt die andere begründeten Einspruch wider mich.' Als er-Raschîd diese Worte von ihm hörte, lächelte er und gab ihm ein Geschenk; und nun gab ihm auch Zubaida das Geschenk, das sie ihm versprochen hatte. Der Richter aber ging erfreut von dannen. –

Schau, o König, wie trefflich dieser Imam war und wie durch ihn die Unschuld der Herrin Zubaida erwiesen und der grundlose Verdacht aufgeklärt ward! –

Ferner wird erzählt

DIE GESCHICHTE VON ABU EL-HASAN
ODER DEM ERWACHTEN SCHLÄFER[1]

Es war einmal ein Kaufmann zur Zeit, als Harûn er-Raschîd
Kalif war; der hatte einen Sohn des Namens Abu el-Hasan der
Schalk. Als der Vater starb, hinterließ er seinem Sohne großen
Reichtum; der teilte sein Erbe in zwei Hälften, von denen er
die eine beiseite legte, während er mit der anderen seine Ausgaben bestritt. Und er begann mit Persern und Kaufmannssöhnen zu verkehren, und er füllte sich mit gutem Trank und
guter Speise, bis all das Geld, das er bei sich hatte, vertan und
dahin war. Darauf begab er sich zu seinen Kumpanen, den Bekannten und den Zechgenossen, legte ihnen seine Not dar und
teilte ihnen mit, daß sein Hab und Gut zur Neige gegangen
sei. Aber keiner von ihnen richtete auch nur ein Wort an ihn.
Da kehrte er gebrochenen Herzens heim zu seiner Mutter und
erzählte ihr, was er erlebt hatte und was ihm von seinen Freunden widerfahren war, wie sie nicht mit ihm teilen wollten und
ihm nicht einmal eine Antwort zollten. Seine Mutter sagte
darauf zu ihm: ‚O Abu el-Hasan, so sind die Söhne dieser Zeit;
wenn du etwas hast, so kommen sie zu dir; hast du aber nichts,
so fliehen sie vor dir.‘ Sie war betrübt um ihn, während er
seufzte und unter Tränen diese Verse sprach:

> *Wenn meines Gutes wenig ist, so hilft mir keiner;*
> *Doch wenn mein Gut sich mehrt, ist jedermann mein Freund.*
> *Wie mancher ward mein Freund nur um des Geldes willen*
> *Und ward zuletzt, als mich das Geld verließ, mein Feind!*

1. Diese Erzählung findet sich nicht in der Kalkuttaer Ausgabe; ich
habe sie nach der Breslauer Ausgabe, Band 4, Seite 134 bis 189, übersetzt und hier an dieser Stelle, wo sie in der ersten Auflage der Insel-
Ausgabe stand, belassen.

Darauf eilte er zu der Stätte, an der die andere Hälfte seines Reichtums verborgen war; von der konnte er nun gut leben, aber er schwor sich, er wolle hinfort mit keinem von denen, die er gekannt hatte, mehr verkehren; nur noch mit Fremden wolle er Umgang und auch mit solchen nur eine einzige Nacht zusammen sein; wenn es dann Morgen würde, wolle er den Gast nicht mehr kennen. Nun pflegte er jeden Abend an der Brücke[1] zu sitzen und alle, die an ihm vorübergingen, zu beobachten; wenn er dann einen Fremdling sah, so schloß er Freundschaft mit ihm und begab sich mit ihm in seine Wohnung. Dort aß und trank er mit ihm die Nacht hindurch bis zum Morgen; dann aber entließ er ihn und grüßte ihn nie wieder, nahte sich ihm nicht mehr und lud ihn nicht ein. So tat er ein ganzes Jahr hindurch; da, eines Tages, als er wie gewöhnlich an der Brücke saß und wartete, wer ihm begegnen würde, um ihn mitzunehmen und die Nacht mit ihm zu verbringen, kamen plötzlich der Kalif und Masrûr, der Träger des Racheschwertes, nach ihrer Gewohnheit verkleidet. Abu el-Hasan sah sie an, und da er sie nicht kannte, erhob er sich und sprach zu ihnen: ‚Wollt ihr beiden mit mir zu meiner Wohnstätte kommen und speisen, was bereit ist, und trinken, was zur Hand ist, Brot in Fladen aufgeschichtet, Fleisch durch Dämpfen zugerichtet und Wein geklärt und rein?‘ Der Kalif lehnte es ab; doch Abu el-Hasan beschwor ihn mit den Worten: ‚Um Allahs willen, mein Herr, geh mit mir! Du bist heut nacht mein Gast; mach meine Hoffnung auf dich nicht zuschanden!‘ So drang er unaufhörlich in ihn, bis der Kalif ihm zusagte. Nun ging Abu el-Hasan vergnügt voran und plauderte so lange mit ihm, bis er mit ihm zu dem Saale seines Hauses kam und eintrat, während er seinen Diener an der Tür

1. Das ist die Brücke, die bei Baghdad über den Tigris führt.

sitzen ließ. Als der Kalif sich nun gesetzt hatte, brachte Abu el-Hasan ihm zu essen; er aß also, und sein Wirt aß mit ihm, auf daß ihm die Speise mundete. Dann wurde der Tisch abgetragen, und man wusch sich die Hände; und als der Kalif sich wieder gesetzt hatte, trug Abu el-Hasan das Trinkgerät auf, setzte sich ihm zur Seite, schenkte ein und trank, schenkte wieder ein und reichte den Trunk und plauderte mit dem Gaste. Dem Kalifen gefiel seine Gastfreiheit und seine Freundlichkeit, und er sprach zu ihm: ‚Junger Herr, wer bist du? Mach mich mit dir bekannt, auf daß ich dir deine Güte vergelten kann!' Lächelnd erwiderte Abu el-Hasan: ‚Gebieter mein, fern soll es sein, daß wiederkehre, was vergangen ist, und daß ich noch einmal mit dir zusammen bin außer zu dieser Frist!' ‚Warum das?' fragte darauf der Kalif, ‚warum willst du mir nichts über dich kundtun?' Abu el-Hasan gab ihm zur Antwort: ‚Wisse, hoher Herr, meine Geschichte ist seltsam, und all dies hier hat einen Grund.' ‚Was ist das für ein Grund?' fragte der Kalif weiter. Da antwortete der Schalk: ‚Mit dem Grunde ist ein Schwanz im Bunde!' Als der Kalif darüber lächelte, fuhr Abu el-Hasan fort: ‚Ich will dir dies Wort erklären durch die Geschichte von dem Strolch und dem Koch. Vernimm denn, o Herr,

DIE GESCHICHTE VON DEM STROLCH
UND DEM KOCH

Ein Strolch sah sich eines schönen Morgens mittellos; da ward die Welt ihm eng, und in seiner Verzweiflung legte er sich nieder zu schlafen und schlief so lange, bis die Sonne ihn stach und der Schaum ihm vor den Mund trat. Nun erhob er sich wieder, mittellos, wie er war, ohne auch nur einen einzigen Dir-

hem zu besitzen. Als er beim Laden eines Garkochs vorbeikam, der seine Töpfe zurechtgestellt hatte, war das Fett gerade ganz klar, und die Gewürze dufteten herrlich. Der Koch
aber säuberte nun seine Waage, wusch seine Schüsseln, fegte
und besprengte seinen Laden. Da trat der Strolch zu ihm heran,
begrüßte ihn und ging in den Laden. Dann sprach er zu dem
Koch: ,Wäge mir für einen halben Dirhem Fleisch ab, für
einen viertel Dirhem Hirsebrei und für ebensoviel Brot!' Der
Koch wägte es ihm ab, und der Strolch ging weiter in den
Laden hinein. Als der Koch ihm das Gericht vorgesetzt hatte,
begann er zu essen, bis er alles verschlungen hatte; er leckte
noch die Schüssel aus, aber dann blieb er ratlos stehen, da er
nicht wußte, wie er es wegen der Bezahlung für sein Essen mit
dem Koche machen sollte. Er ließ seine Augen überall umherschweifen, und wie er sich so hin und her wandte, sah er plötzlich eine Tonschüssel, die umgekehrt dalag. Er hob sie auf und
entdeckte darunter einen frischen Pferdeschwanz, von dem
noch das Blut träufelte. Daran erkannte er, daß der Garkoch
das Fleisch mit Pferdefleisch fälschte. Als er diese Gemeinheit bemerkte, war er froh, wusch sich die Hände und ging
gesenkten Kopfes wieder hinaus. Doch wie der Koch sah, daß
er ging, ohne ihn zu bezahlen, rief er: ,Halt, du Schächer, du
Hauseinbrecher!' Der Strolch wandte sich nach ihm um und
fragte ihn: ,Schreist du mich an und rufst mir solche Worte zu,
du Hahnrei du?' Nun sprang der Koch wütend aus seinem Laden
hervor und schrie: ,Was meinst du mit deinen Worten, du
Fleisch- und Hirsefresser, du Brot- und Zukostesser? Willst du
unbehelligt gehen, als wäre nichts geschehen, und läßt mich
mein Geld nicht sehen?' Der Strolch rief: ,Du lügst, du Bastard!' Aber der Koch schrie noch lauter, packte den Mann
am Kragen und rief: ,Ihr Muslime, dieser Kerl war heute mein

erster Kunde; er hat von meiner Speise gegessen und mir nichts bezahlt!' Da umringten die Leute die Streitenden, machten dem Landstreicher Vorwürfe und sprachen zu ihm: ,Bezahl ihm doch den Preis für das, was du gegessen hast!' Aber er sagte: ,Ich habe ihm ja einen Dirhem gegeben, ehe ich den Laden betrat!' Der Koch rief dagegen: ,Wenn er... ja, alles was ich heute verkaufe, will ich verlieren, wenn er mir etwas gegeben hat, bei dem auch nur die Rede von Geld sein kann! Bei Allah, er hat mir gar nichts gegeben, er hat von meiner Speise gegessen und ist so hinausgegangen, ohne weiteres; nichts hat er mir bezahlt!' Der Strolch wiederholte: ,Ich habe dir doch einen Dirhem gegeben!' Und er beschimpfte den Koch; doch wie der ihm in gleicher Weise erwiderte, versetzte er ihm einen Schlag. Da packten die beiden einander, hielten sich fest und würgten sich. Als die Leute das sahen, traten sie herzu und riefen: ,Was soll diese Prügelei zwischen euch, die hat doch keinen Grund!' Nun rief der Landstreicher: ,Ja, bei Allah, sie hat einen Grund; und mit dem Grunde ist ein Schwanz im Bunde!' Jetzt sprach der Koch: ,Wahrhaftig, bei Allah, du hast mich an dich selbst und an deinen Dirhem erinnert! Ja, ja, bei Gott, er hat mir einen Dirhem gegeben; und es kommt ihm noch ein viertel Dirhem weniger ein achtel zu. Kehr um und nimm das übrige Achtel deines Dirhems in Empfang!' Dem Koch ward nämlich der Grund durch die Nennung des Schwanzes kund.

*

Auch ich, o mein Bruder, habe einen Grund für meine Geschichte, den will ich dir erzählen.' Da lachte der Kalif und sagte: ,Bei Allah, das ist ja eine lustige Geschichte! Nun erzähl du mir deine Geschichte und den Grund!' ,Herzlich gern,' er-

widerte Abu el-Hasan; ‚wisse denn, o Beherrscher der Gläubigen[1], mein Name ist Abu el-Hasan der Schalk. Mein Vater ist gestorben und hat mir großen Reichtum hinterlassen. Den teilte ich in zwei gleiche Hälften: die eine legte ich beiseite, und die andere Hälfte gab ich für die Freunde aus, für die Gefährten und Genossen beim Schmaus und für die Söhne der Kaufleute; mit allen ohne Unterschied zechte ich, und sie zechten mit mir. So ward aber all das Geld auf die Freunde und auf den Verkehr verschwendet, und mir blieb von jenem Teile nichts mehr übrig. Da wandte ich mich an die Gefährten und Zechgenossen, für die ich doch mein Gut ausgegeben hatte, ob sie vielleicht nun für mich sorgen würden. Ich ging zu ihnen und machte bei allen die Runde, aber ich fand bei keinem einzigen von ihnen Hilfe, ja, nicht einer von ihnen wollte auch nur einen Laib Brotes mit mir brechen. Da weinte ich über meine Not und ging zu meiner Mutter und klagte ihr mein Leid. Die sprach zu mir: ‚So geht's mit den Freunden; wenn du etwas hast, so kommen sie zu dir und verzehren dein Geld; hast du aber nichts, so schütteln sie dich ab und jagen dich fort in die Welt!' Da holte ich mir die andere Hälfte meines Geldes und schwor mir einen Eid, ich wolle nie mehr länger als eine einzige Nacht mit einem zusammen sein; dann wollte ich seinen Gruß nicht mehr kennen und ihn nicht mehr bei Namen nennen. Das ist der Grund, weshalb ich zu dir sagte: Fern sei es, fürwahr, daß wiederkehre, was vergangen war! Nach dieser Nacht werde ich nie wieder mit dir zusammen sein.'
Als der Kalif das hörte, lachte er von neuem laut auf, und er rief: ‚Bei Allah, mein Bruder, du bist hierin und zu dieser Stunde entschuldigt, da ich den Grund erfahren habe und

1. Hier hat der Erzähler vergessen, daß Abu el-Hasan den Kalifen nicht kannte.

459

weiß, daß mit dem Grunde ein Schwanz im Bunde. Trotzdem aber möchte ich mich, so Gott will, nicht von dir trennen.' Doch Abu el-Hasan erwiderte: ‚Lieber Gefährte, habe ich dir nicht gesagt: Fern sei es, fürwahr, daß wiederkehre, was vergangen war? Ich bin nie mit jemandem zum zweiten Male zusammen!'

Darauf brachte Abu el-Hasan dem Kalifen eine Schüssel gebratener Gans und einen Laib Feinbrot, setzte sich nieder, zerlegte und reichte seinem Gaste die Bissen. Sie aßen so lange, bis sie gesättigt waren; dann brachte der Wirt Becken, Kanne und Pottasche, und sie wuschen sich die Hände. Schließlich aber entzündete er drei Kerzen und drei Leuchten, breitete den Tisch des Weines aus und holte reinen, klaren, alten Wein, der süß duftete wie starker Moschus. Nachdem er den ersten Becher gefüllt hatte, sprach er: ‚Lieber Genosse, nun seien mit deiner Erlaubnis die Förmlichkeiten zwischen uns abgetan! Dein Knecht ist bei dir; möge er nie den Schmerz erleben, dich zu verlieren!' Er trank den Becher, füllte einen zweiten und reichte ihn dem Kalifen voll Ehrfurcht. Da sein Tun und die Feinheit dessen, was er sagte, dem Beherrscher der Gläubigen behagte, so sprach er bei sich selber: ‚Bei Allah, ich will es ihm vergelten!' Abu el-Hasan füllte wieder den Becher und reichte ihn dem Kalifen; und nachdem jener ihn genommen hatte, sprach der Wirt diese Verse:

> *Hätten wir dein Kommen geahnt, wir hätten das Blut des Herzens*
> *Und das Schwarze der Augen freudig hingebreitet;*
> *Wir hätten auch unsere Wangen für deinen Empfang gerüstet,*
> *Damit dein Weg dich über die Augenlider geleitet!*[1]

Als der Kalif seine Verse hörte, küßte er den Becher, den er aus seiner Hand entgegengenommen hatte, und trank ihn aus.

1. Der Text dieser Verse ist in der Breslauer Ausgabe verderbt; ich habe ihn nach einer früheren Parallele (vgl. Band I, Seite 137) hergestellt.

Dann reichte er ihn dem Wirte zurück, der sich verbeugte, wieder füllte und trank. Darauf schenkte er von neuem ein, küßte den Becher dreimal, reichte ihn dem Kalifen hin und sprach die Verse:

> *Dein Kommen ist uns eine Ehre;*
> *Dazu bekennen wir uns frei.*
> *Gehst du, so gibt's an deiner Stelle*
> *Nicht einen, der Ersatz uns sei!*

Nachdem der Kalif den Becher genommen hatte, sprach Abu el-Hasan zu ihm: ‚Trink, zum Wohle und zur Gesundheit! Er heilt das Leiden, macht Krankheit scheiden und läßt die Bäche der Genesung strömen.' So tranken sie in frohem Zusammensein bis Mitternacht. Da sprach der Kalif zu ihm: ‚Lieber Bruder, hast du in deinem Herzen einen Wunsch, den du erfüllt sehen möchtest, oder einen Kummer, den du gestillt sehen möchtest?' ‚Bei Allah,' erwiderte er, ‚ich habe nur einen einzigen Kummer im Herzen, und der ist, daß mir nicht die Macht gegeben ist zu befehlen und zu verbieten, um auszuführen, was mir am Herzen liegt!' Da rief der Kalif: ‚Rasch, rasch, mein Bruder, sag mir, was dir am Herzen liegt!' Und Abu el-Hasan fuhr fort: ‚Ich wünsche zu Gott, daß ich mich an meinen Nachbarn rächen könnte. In unserer Nähe ist nämlich eine Moschee, und in dieser Moschee leben vier Scheiche, die sich belästigt fühlen, wenn ein Gast zu mir kommt; die reden schlecht von mir und kränken mich mit Worten und drohen mir, sie wollten mich bei dem Beherrscher der Gläubigen verklagen, ja, sie haben mich schon viel gequält. Nun wünsche ich mir von Allah dem Erhabenen, nur einen Tag Macht zu haben, auf daß ich einem jeden von ihnen vierhundert Peitschenhiebe verabfolgen könnte, und ebenso dem Imam der Moschee; dann würde ich sie in der Stadt Baghdad herumführen und vor ihnen ausrufen lassen: ‚Dies ist die Strafe, und zwar die geringste Strafe, für den, der Übles redet und den Menschen feind ist und ihnen ihre Freuden verdirbt!' Dies ist der einzige Wunsch, den ich habe.' Darauf sagte der Kalif: ‚Allah gewähre dir, was du wünschest! Nun laß uns noch einen letzten Becher leeren, und danach wollen wir uns erheben, ehe der Morgen anbricht. Am Abend will ich dann wieder bei dir speisen.' ‚Das sei ferne!' rief Abu el-Hasan. Der Kalif aber füllte einen Becher, legte ein Stück von kretischem Bendsch hinein und reichte ihn dem Abu el-Hasan mit den Worten: ‚Bei meiner Seele, mein Bruder, trink diesen Becher aus meiner Hand!' ‚Ja, bei deiner Seele,' gab Abu el-Hasan zurück, ‚ich will ihn aus deiner Hand trinken!' Und er nahm ihn hin und trank; kaum aber hatte er den Trank geschlürft, da fiel er kopfüber und sank zu Boden wie einer, der erschlagen ward. Nun ging der Kalif hinaus und sprach zu seinem Diener Masrûr: ‚Geh hinein zu dem Jüngling dort, dem Herrn des Hauses, und heb ihn auf; schließ beim Hinausgehen die Tür und bring ihn in den Palast!' Masrûr ging hin und trat hinein, hob Abu el-Hasan auf, schloß die Tür und folgte seinem Herrn; und er trug ihn immer weiter dahin, bis er mit ihm beim Schlosse ankam, als schon die Nacht zu Ende ging und die Hähne zu krähen begannen. Dann trat er, mit Abu el-Hasan auf den Schultern, in den Palast ein und legte den Jüngling vor dem Beherrscher der Gläubigen nieder; der aber lachte seiner. Dann sandte der Kalif nach dem Barmekiden Dscha'far; und als dieser vor ihm stand, sprach der Herrscher zu ihm: ‚Merke dir diesen Jüngling, und wenn du ihn morgen siehst, wie er an meiner Stelle, auf dem Throne meiner Herrschaft, sitzt, angetan mit meinem Gewande, so warte ihm auf und befiehl den Emiren, den Großen, den Mannen meiner Herrschaft und den

Würdenträgern meines Reiches, vor ihm zu dienen und seinen Befehlen zu gehorchen! Und auch du, wenn er dir irgend etwas sagt, tu es, gehorche ihm und widersprich ihm nicht während des kommenden Tages!' Dscha'far beteuerte seinen Gehorsam mit den Worten: „Ich höre und gehorche!' und zog sich zurück. Dann ging der Kalif zu den Dienerinnen des Palastes hinein, und als die vor ihn traten, sprach er zu ihnen: ‚Wenn dieser Schläfer am Morgen aus seinem Schlafe erwacht, so küsset den Boden vor ihm und bedient ihn; schart euch um ihn, kleidet ihn an, tut Dienste vor ihm wie vor dem Kalifen, verleugnet die Würde, die er dann hat, nicht im geringsten, sondern sprecht zu ihm: Du bist der Kalif!' Nachdem er ihnen nochmals eingeschärft hatte, was sie zu ihm sagen und wie sie mit ihm umgehen sollten, begab er sich in ein verstecktes Gemach, ließ einen Vorhang davor nieder und legte sich schlafen.

Sehen wir nun, was mit Abu el-Hasan geschah! Der schlief und schnarchte unentwegt, bis es hell ward und die Sonne dem Aufgang nahe war. Da trat eine Dienerin zu ihm und sprach: ‚O unser Herr, das Morgengebet!' Als er die Worte der Dienerin vernahm, begann er zu lachen, machte die Augen auf und ließ seinen Blick im Palast umherschweifen. Und nun sah er sich in einem Saale, dessen Wände mit Gold und Lazur bekleidet waren und dessen Decke mit Sternen aus rotem Gold verziert war. Ringsum waren Kammern, vor deren Türen Vorhänge aus goldgestickter Seide herabgelassen waren; und überall standen Geräte aus Gold, Porzellan und Kristall. Dekken und Teppiche waren ausgebreitet, die Lampen brannten, Kammerfrauen, Eunuchen, Mamluken, Diener, Pagen, Sklavinnen und Knaben standen umher. Da ward Abu el-Hasan wirr in seinem Sinn, und er rief aus: ‚Bei Allah, entweder ich

träume, oder dies ist das Paradies und die Stätte des Friedens!'
Und sogleich schloß er die Augen wieder und wollte weiter-
schlafen. Aber der Eunuch sprach zu ihm: ,Mein Gebieter, das
ist nicht deine Gewohnheit, o Beherrscher der Gläubigen.'
Darauf kamen all die Sklavinnen des Palastes insgesamt zu
ihm und richteten ihn empor, so daß er aufrecht saß, und er
entdeckte, daß er sich auf einem Ruhelager befand, das eine
Elle über den Boden erhöht und ganz mit Flockseide gestopft
war. Dann stützten sie ihn in seinem Sitze mit Kissen, und er
blickte wieder in den Saal und sah, wie groß der war, und wie
jene Eunuchen und Sklavinnen dienstbereit vor ihm und zu
seinen Häupten standen. Da lachte er über sich selbst und rief:
,Bei Allah, mir ist nicht, als ob ich wache, und mir ist auch
nicht, als ob ich träume!' Darauf erhob er sich und setzte sich
wieder, während die Sklavinnen insgeheim über ihn lachten.
Nun war er ganz ratlos und biß sich in den Finger[1]; aber da
ihm das weh tat, so schrie er und wurde ärgerlich. Der Kalif,
der ihm zusah, ohne daß jener ihn sehen konnte, fing an zu
lachen. Da wandte Abu el-Hasan sich nach einer Sklavin um
und rief sie; als sie kam, sprach er zu ihr: ,Beim Schutze Allahs,
Mädchen, bin ich der Beherrscher der Gläubigen?' ,Ja, wahrlich,' erwiderte sie, ,beim Schutze Allahs, du bist jetzt der Beherrscher der Gläubigen!' Aber er fuhr sie an: ,Du lügst, bei
Allah, du tausendfache Metze!' Dann sah er sich nach dem
Obereunuchen um und rief ihn; der kam, küßte den Boden
vor ihm und sprach: ,Zu Diensten, o Beherrscher der Gläubigen!' Abu el-Hasan fragte ihn: ,Wer ist denn hier der Beherrscher der Gläubigen?' Der Eunuch erwiderte: ,Du bist es!'
Doch Abu el-Hasan fuhr auch ihn an: ,Du lügst, du tausend-

1. Das Beißen des Fingers ist ein Zeichen des Ärgers, der Trauer, der
Reue oder der Verlegenheit.

facher Lump!' Danach wandte er sich an einen anderen Eunuchen und sprach zu ihm: ‚Meister, beim Schutze Allahs, bin ich der Beherrscher der Gläubigen?' ‚Ja, bei Allah,' gab der zur Antwort, ‚du bist jetzt der Beherrscher der Gläubigen und der Statthalter des Herrn der Welten!' Wiederum mußte Abu el-Hasan über sich lachen; er verzweifelte fast an seinem Verstande, und verwirrt über das, was er erlebte, rief er: ‚Kann ich in einer einzigen Nacht zum Beherrscher der Gläubigen werden? War ich nicht gestern noch Abu el-Hasan? Und heute bin ich der Beherrscher der Gläubigen!' Der Obereunuch trat von neuem auf ihn zu und sprach: ‚O Beherrscher der Gläubigen, Allahs Name umschirme dich, du bist wirklich der Fürst der Gläubigen und der Statthalter des Herrn der Welten!' Die Sklavinnen und Eunuchen standen um ihn, während er sich noch immer über sich selbst wunderte; und nun brachte ein Mamluk ihm Sandalen, die mit Rohseide und grüner Seide bedeckt und mit rotem Golde verziert waren. Abu el-Hasan nahm sie und steckte sie in seinen Ärmel; aber der Mamluk rief: ‚O Gott! O Gott! Herr, das sind ja Sandalen, in die du mit deinen Füßen treten sollst, damit du ins Kämmerlein gehen kannst!' Da schämte Abu el-Hasan sich, schüttelte die Sandalen aus seinem Ärmel heraus und zog sie über seine Füße, während der Kalif sich fast zu Tode lachte. Der Mamluk schritt nun vorauf zum stillen Orte; Abu el-Hasan ging hinein, verrichtete sein Geschäft und kehrte in den Saal zurück. Dort brachten die Sklavinnen ihm ein goldenes Becken und eine silberne Kanne, und sie gossen ihm das Wasser über die Hände, so daß er die religiöse Waschung vollziehen konnte. Dann breiteten sie einen Gebetsteppich für ihn aus, und er begann, die Andacht zu verrichten. Aber er wußte gar nicht, wie er betete, und so fing er an, sich zu verbeugen und niederzuwerfen, bis er zwanzig Rak'as[1] gebetet hatte. Dabei sagte er sich immer in Gedanken: ‚Bei Allah, ich bin wahrhaftig der Beherrscher der Gläubigen; sonst – dies kann doch kein Traum sein, im Traume geschehen doch alle diese Dinge nicht!' So ward er denn im Innern fest überzeugt, daß er der Beherrscher der Gläubigen wäre, und beendete sein Gebet. Dann umringten ihn die Mamluken und Sklavinnen mit zusammengelegten Gewändern aus Seide und Linnen, legten ihm die Gewandung des Kalifen an und gaben ihm das Kurzschwert in die Hand. Darauf schritt der Obereunuch vor ihm her, die kleinen Mamluken folgten ihm, und der Zug bewegte sich vorwärts, bis der Vorhang gehoben wurde, und er sich dort im Palaste, in der Regierungshalle auf den Kalifenthron setzte. Da sah er die Vorhänge und die vierzig Türen, ferner die Hofmänner el-'Idschli, er-Rakâschi, 'Abdân[2], Dschadîm und Abu Ishâk den Tischgenossen. Und weiter erblickte er Schwerter gezückt, Helme auf die Häupter gedrückt[3], Degen mit Gold überzogen und prächtig verzierte Bogen, Perser und Araber, Türken und Dailamiten, Völker aus allen Gebieten, Emire und Wesire, Krieger und Offiziere, die Würdenträger der Reichesmacht, Männer in Herrscherpracht, ja, da zeigte sich ihm der Abbasiden gewaltige Herrlichkeit und des Prophetenhauses ehrfurchtgebietende Erhabenheit. Nun saß er also auf dem Kalifenthron und legte das Kurzschwert auf seinen Schoß; und alle nahten ihm, küßten den Boden vor ihm und flehten zum Himmel um ein langes Leben für ihn und um das Bestehen seiner Herrschaft. Da trat der Barmekide Dscha'far vor, küßte den Boden und sprach: ‚Allahs weite Welt sei der Grund für

1. Vgl. Band I, Seite 390, Anmerkung. – 2. Im Texte fälschlich 'Abbâdân; das ist der Name einer Stadt. – 3. Der Text ist hier sehr unsicher; das Wort für ‚Helme' ist von mir vermutet.

die Füße dein, das Paradies möge deine Wohnstatt sein, doch dein Feind kehre in die Hölle ein! Kein Nachbar möge sich wider dich erheben, mögest du immer im Feuerstrahlenscheine leben, o Kalif der Städte von Gottes Gnaden und Herrscher an allen Gestaden!' Abu el-Hasan aber schrie ihn an: ,Du Barmekidenhund, geh sogleich mit dem Wachthauptmann der Stadt zu dem und dem Hause in der und der Straße und überreiche der Mutter Abu el-Hasans des Schalkes hundert Dinare und entbiete ihr meinen Gruß. Dann laß die vier Scheiche und den Imam ergreifen und einem jeden von ihnen vierhundert Peitschenhiebe geben, setze sie rücklings auf Esel und führe sie in der ganzen Stadt umher und entferne sie aus dieser Stadt; dabei sollst du durch einen Ausrufer verkünden lassen: ,Dies ist die Strafe, und zwar die geringste Strafe, für den, der Übles redet und seine Nachbarn belästigt und ihnen ihre Freude, ihr Essen und Trinken verkürzen will!' Dscha'far nahm den Befehl entgegen und beteuerte seinen Gehorsam, dann verließ er Abu el-Hasan den Schalk, ging in die Stadt hinab und führte den Befehl aus. Derweilen saß Abu el-Hasan auf dem Kalifenthrone, nahm und gab, gebot und verbot und ließ seine Worte ausführen, bis der Tag zur Rüste ging. Dann gab er Urlaub und Erlaubnis, sich zurückzuziehen, und die Emire und Großen des Reiches gingen an ihre Geschäfte. Darauf traten die Diener zu ihm ein, flehten zum Himmel um Bestand und langes Leben für ihn und schritten in seinem Dienste vor ihm her; nachdem sie den Vorhang emporgehoben hatten, trat er in die Halle des Harems ein, und er fand dort angezündete Kerzen und brennende Leuchten und Sängerinnen, die ihre Lauten schlugen. Wiederum ward sein Verstand wie verwirrt; doch er sagte sich: ,Ich bin, bei Allah, wahrhaftig der Beherrscher der Gläubigen!' Als er näher kam, erhoben sich die Mädchen vor ihm und führten ihn auf die Estrade hinauf; dort setzten sie ihm einen großen Tisch mit den prächtigsten Speisen vor, und er aß davon mit aller Macht und Gewalt, bis er gesättigt war. Nun rief er eine der Sklavinnen und fragte sie: ,Wie heißest du?' ,Mein Name ist Miska', erwiderte sie. Dann fragte er eine andere: ,Wie heißest du?' und sie antwortete: ,Ich heiße Tarka.' Und weiter fragte er eine dritte: ,Wie heißest du?' Diese erwiderte: ,Mein Name ist Tuhfa.'[1] Und so fragte er alle Sklavinnen nach ihren Namen, eine nach der anderen. Danach ging er aus dieser Halle fort, begab sich ins Trinkgemach und entdeckte in ihm einen herrlichen Ort; er sah zehn große Tafeln mit allerlei Früchten und Köstlichkeiten und vielen Arten von Süßigkeiten. So setzte er sich denn dort nieder und aß davon, soviel er vermochte; und als er dann drei Scharen von Sängerinnen erblickte, erstaunte er und ließ auch sie essen. Danach setzte er sich abseits, und auch die Sängerinnen ließen sich nieder, während die Sklavinnen, Mamluken, Eunuchen, Diener, Pagen und Kammerfrauen teils auf dem Boden saßen und teils aufrecht vor ihm standen. Nun begannen die Sängerinnen zu singen und ließen vielerlei Weisen erklingen, so daß der Raum widerhallte von dem lieblichen Klang, der dort erschallte: die Flöten klagten und einten sich mit den Lauten dort, so daß Abu el-Hasan nun wähnte, er sei am Paradiesesort. Da ward sein Herz wohlgemut und voller Fröhlichkeit, er scherzte und schwamm in Seligkeit; und er verlieh den Mädchen Ehrengewänder, verteilte Gaben und Geschenke, rief der einen zu, küßte die andere, scherzte mit dieser, gab jener zu trinken, einer dritten zu essen, bis es tiefe Nacht war. All das geschah, während der Kalif ihm zuschaute und lachte.

1. Die Namen bedeuten: Moschuskorn; Netz (d. i. Verführung); kostbares Geschenk.

Doch als nun die finstere Nacht gekommen war, befahl der Kalif einer von jenen Sklavinnen, ein Stück Bendsch in den Becher zu tun und ihn Abu el-Hasan zu trinken zu geben. Die Sklavin führte den Befehl aus und reichte dem Schalke den Becher; kaum aber hatte er ihn getrunken, so stürzte er kopfüber zu Boden. Da trat der Kalif lachend hinter dem Vorhang hervor und rief dem Diener, der Abu el-Hasan gebracht hatte, zu: ‚Trag diesen Mann in sein Haus!' Der Diener trug ihn darauf in seine Wohnhalle und legte ihn dort nieder; dann verließ er ihn, schloß die Tür des Saales hinter ihm zu und kehrte zum Kalifen heim, der nunmehr bis zum Morgen schlief.

Abu el-Hasan aber blieb in tiefem Schlummer liegen, bis Allah der Erhabene den Morgen anbrechen ließ. Dann wachte er auf und begann zu rufen: ‚Tuffâha! Râhat el-Kulûb![1] Miska! Tuhfa!' So rief er in einem fort nach den Sklavinnen, bis seine Mutter hörte, daß er nach fremden Mädchen rief; und sie erhob sich, ging zu ihm hin und sprach zu ihm: ‚Der Name Allahs umschirme dich! Steh auf, mein Sohn, Abu el-Hasan, du träumst!' Da machte er die Augen auf, und als er eine alte Frau zu seinen Häupten erblickte, schaute er sie groß an und fragte sie: ‚Wer bist du?' ‚Ich bin deine Mutter', gab sie ihm zur Antwort. Doch er rief: ‚Du lügst! Ich bin der Beherrscher der Gläubigen, der Statthalter Allahs!' Da schrie seine Mutter auf und rief: ‚Gott schütze deinen Verstand, mein Sohn! Schweig, setze unser Leben nicht dem Tode, deine Habe nicht der Plünderung aus, wenn jemand diese Worte hört und sie dem Kalifen hinterbringt!' Nun erhob er sich aus seinem Schlafe, und als er seine Mutter und sich in seiner eigenen Halle sah, ward er an sich irre und rief: ‚Bei Allah, liebe Mutter, ich habe mich im Traume in einem Palast gesehen,

1. Namen von Sklavinnen; sie bedeuten: Apfel; Ruhe der Herzen.

und da standen die Sklavinnen und Mamluken um mich und
warteten mir auf; und ich saß auf dem Kalifenthron und regierte. Bei Allah, Mutter, das habe ich erlebt, das kann doch
wahrlich nicht im Traum geschehen sein!' Darauf sann er eine
Weile über sich selbst nach und sprach: ,Richtig, ich bin Abu
el-Hasan der Schalk, und was ich erlebt habe, ist doch im
Traum geschehen, wie ich zum Kalifen gemacht wurde und
regierte und gebot und verbot.' Aber dann dachte er wieder
nach und sprach: ,Nein, es war sicher doch kein Traum; ich
bin niemand anders als der Kalif; ich habe doch auch Geschenke ausgeteilt und Ehrenkleider verliehen.' Seine Mutter
jedoch hub an: ,Mein Sohn, du treibst ein Spiel mit deinem
Verstande; du wirst noch ins Irrenhaus kommen und zum
Gespötte werden! Was du erlebt hast, kommt nur vom Satan;
das sind Irrgänge von Träumen. Der Satan spielt oft mit dem
Verstande des Menschen auf mancherlei Arten.' Und dann
fuhr sie fort: ,Mein Sohn, war gestern nacht jemand bei dir?'
Abu el-Hasan überlegte und sagte darauf: ,Ja, einer verbrachte
die Nacht bei mir, und ich erzählte ihm von mir und machte
ihn mit meiner Geschichte bekannt. Das ist sicher der Satan
gewesen. Ich aber, liebe Mutter, ich bin, wie du richtig gesagt
hast, Abu el-Hasan der Schalk.' ,Lieber Sohn,' rief nun die
Mutter, ,lauter frohe Botschaft für dich! Wisse, gestern kam
der Wesir Dscha'far der Barmekide, und er ließ den Scheichen
und dem Imam der Moschee je fünfhundert Peitschenhiebe
geben und ließ sie herumführen und aus der Stadt fortjagen
und vor ihnen ausrufen: ,Dies ist die Strafe, und zwar die geringste Strafe, für den, der sich gegen seine Nachbarn schlecht
aufführt und ihnen das Leben schwer macht.' Ferner sandte
der Kalif mir hundert Dinare durch ihn und entbot mir seinen
Gruß.' Da aber schrie Abu el-Hasan: ,Ha, du Unglücksalte, du

willst mir widersprechen und vor mir behaupten, ich sei nicht der Beherrscher der Gläubigen? Ich bin's doch, ich, der dem Barmekiden Dscha'far befohlen hat, die Scheiche peitschen und in der Stadt umherführen und den Ausruf vor ihnen verkünden zu lassen. Ich bin's, der dir die hundert Dinare geschickt hat und dir den Gruß hat entbieten lassen. Ich bin in Wirklichkeit der Beherrscher der Gläubigen, du Unglücksalte; du aber bist eine Lügnerin, und du hast mich zum Narren gehalten.' Mit diesen Worten erhob er sich wider seine Mutter und schlug sie mit einem Stabe aus Mandelholz, so daß sie rief: ,Zu Hilfe, ihr Muslime!' während er immer heftiger auf sie einhieb, bis die Leute ihr Schreien hörten; da kamen sie herbei und sahen, daß Abu el-Hasan seine Mutter schlug, indem er dabei rief: ,Du unselige Alte, bin ich nicht der Beherrscher der Gläubigen? Du hast mich verzaubert!' Als die Leute das hörten, sagten sie: ,Der Mann ist verrückt', und sie zweifelten nicht daran, daß er wahnsinnig sei. Deshalb fielen sie über ihn her, ergriffen ihn und fesselten ihm die Hände auf dem Rücken und brachten ihn ins Irrenhaus. Da fragte der Aufseher: ,Was ist's mit diesem Jüngling?' Die Leute erwiderten: ,Der ist verrückt!' Doch Abu el-Hasan rief: ,Bei Allah, sie lügen von mir; ich bin nicht verrückt, sondern ich bin der Beherrscher der Gläubigen!' Nun fuhr der Aufseher ihn an: ,Wer da lügt, das bist allein du, du unseligster der Narren!' Darauf zog er ihm seine Kleider aus, legte ihm eine schwere Kette um den Hals und band ihn an ein hohes Fenster, und von da an vollzog er an ihm zweimal am Tage und zweimal in der Nacht die Prügelstrafe. So blieb es zehn Tage lang. Da kam seine Mutter zu ihm und sprach zu ihm: ,Mein Sohn, mein Abu el-Hasan, nimm doch wieder Verstand an: dies ist ja ein Werk des Satans!' ,Du hast recht, liebe Mutter,' erwiderte Abu el-Hasan ihr, ‚sei du nun mein Zeuge, daß ich dies Geschwätz bereue und daß ich von meinem Wahnsinn geheilt bin! Befreie mich; denn ich bin dem Tode nahe!' Seine Mutter ging also zu dem Aufseher und erwirkte, daß er befreit wurde; und nun konnte er mit ihr nach Hause gehen.

Das war zu Anfang des Monats geschehen; doch als der Monat zu Ende ging, sehnte Abu el-Hasan sich danach, Wein zu trinken, und so kehrte er zu seiner alten Gewohnheit zurück, ließ seinen Saal herrichten, Speisen bereiten und Wein herbeischaffen und ging wieder zu der Brücke. Wie er dort saß und auf jemand wartete, mit dem er wie früher zechen konnte, kam plötzlich der Kalif an ihm vorbei. Allein Abu el-Hasan grüßte ihn nicht, sondern rief: ‚Kein Willkommen, kein Gruß den bösen Feinden! Ihr seid nichts anderes als Satane!' Da trat der Kalif auf ihn zu und sprach zu ihm: ‚Lieber Bruder, habe ich dir nicht gesagt, ich würde wieder zu dir kommen?' Doch Abu el-Hasan erwiderte: ‚Ich brauche dich nicht; denn das Sprichwort sagt:

Ein schöner Glück ist's mir, vom Freunde mich zu trennen;
Dann wird das Aug nicht schaun, das Herz kein Trauern kennen.

Wahrlich, mein Bruder, in der Nacht, als du zu mir gekommen warst und als wir beide, ich und du, mitsammen zechten, da war es, als sei der Teufel zu mir gekommen und flüstere mir Unheil ein!' ‚Wer war denn der Teufel?' fragte der Kalif, und als Abu el-Hasan rief: ‚Du!' begann er zu lächeln, setzte sich zu ihm und redete ihm freundlich zu, indem er sprach: ‚Lieber Bruder, als ich dich verließ, da vergaß ich, daß die Tür offen blieb; vielleicht ist Satan durch sie zu dir gekommen.' Darauf entgegnete ihm Abu el-Hasan: ‚Frage nicht nach dem, was mir widerfahren ist! Was fiel dir denn ein, die Tür offen zu lassen, so daß der Satan zu mir eindringen konnte und mir von

472

ihm das und das geschehen mußte?' Und nun erzählte Abu el-Hasan der Schalk dem Kalifen alles, was ihm begegnet war, von Anfang bis zu Ende – doch hier noch einmal zu erzählen, würde die Hörer nur quälen. Der Kalif mußte lächeln; aber er verbarg sein Lächeln. Dann sprach er zu Abu el-Hasan: ‚Preis sei Allah, der das Widerwärtige von dir abgetan hat, so daß ich dich nun wieder wohlauf sehe!' Abu el-Hasan aber fuhr fort: ‚Ich will dich nicht wieder zu meinem Tischgenossen und trauten Gefährten machen; denn das Sprichwort sagt: Wer über einen Stein stolpert und doch wieder zurück zu ihm kehrt, dem werden Tadel und Vorwürfe beschert. Also, lieber Bruder, ich werde dich nicht wieder bewirten und werde keine Gemeinschaft mehr mit dir haben; denn ich habe gesehen, daß dein Besuch nichts Gutes im Gefolge hatte!' Da suchte der Kalif ihn zu besänftigen, beschwor ihn und wiederholte: ‚Ich bin doch dein Gast; weise den Gast nicht ab!' So nahm Abu el-Hasan ihn denn endlich mit, führte ihn in den Saal, setzte ihm Speisen vor und unterhielt ihn mit freundlichen Worten; dabei erzählte er ihm noch einmal alles, was er erlebt hatte, und der Kalif konnte sein Lachen kaum verbergen. Dann machte Abu el-Hasan den Speisetisch frei und holte den Tisch des Weines herbei, füllte einen Becher, küßte ihn dreimal und reichte ihn dem Kalifen mit den Worten: ‚Lieber Zechgenosse, ich, dein Knecht, stehe vor dir; nimm kein Ärgernis an dem, was ich dir sagen will; fühle dich nicht verletzt und verletze mich nicht!' Und er sprach diese Verse:

> Hör guten Rates Wort: das Leben wird zur Last,
> Wenn du nicht trunken wirst und kein Vergnügen hast!
> Ich trinke immerdar, wenn dunkle Nacht sich regt,
> Bis Schlummer mir das Haupt auf meinen Becher legt.

Im Wein ist meine Lust gleich heller Sonne Strahl,
Und er vertreibt durch Freuden die Sorgen allzumal.

Als der Kalif sein Gedicht mit den schönen Versen vernommen hatte, war er ganz entzückt davon, nahm den Becher und trank ihn; und dann tranken und plauderten die beiden so lange miteinander, bis ihnen der Wein zu Kopfe stieg. Da sprach Abu el-Hasan zum Kalifen: ‚Lieber Zechgenosse, ich bin wirklich irre an mir selber. Es ist mir doch so, als ob ich der Beherrscher der Gläubigen gewesen wäre und regiert und Gaben und Geschenke verteilt hätte. Wahrhaftig, mein Bruder, das kann doch kein Traum gewesen sein!' ‚Das waren Irrgänge von Träumen', erwiderte der Kalif, zerbröckelte ein Stück Bendsch in den Becher und rief: ‚Bei meinem Leben, trink diesen Becher!' Da sagte Abu el-Hasan: ‚Gern will ich ihn aus deiner Hand trinken!' nahm den Becher aus der Hand des Kalifen und trank ihn aus. Der Kalif hatte Gefallen an seinem Tun und Wesen, an seiner trefflichen Sinnesart und seiner Offenheit, und so sprach er bei sich: ‚Den will ich zu meinem Tischgenossen und meinem Trautgesell machen!' Abu el-Hasan aber hatte kaum den Becher getrunken und den Rauschtrank in seinen Magen aufgenommen, da sank er schon kopfüber zu Boden. Sofort erhob der Kalif sich und rief dem Diener zu: ‚Nimm ihn auf!' Der brachte ihn in den Kalifenpalast und legte ihn dort vor dem Herrscher nieder. Darauf gab der Kalif Befehl, die Sklavinnen und die Mamluken sollten den Schläfer umringen, während er sich selbst an einem Orte verbarg, an dem Abu el-Hasan ihn nicht sehen konnte. Ferner befahl er, eine der Sklavinnen sollte ihre Laute zur Hand nehmen und sie zu Häupten des Schalkes schlagen, und die übrigen Sklavinnen sollten ihre Instrumente spielen; und so spielten sie alle, bis Abu el-Hasan gegen Ende der Nacht erwachte.

Als er nun den Klang der Laute und der Schellen und den Schall der Flöten und den Gesang der Sklavinnen hörte, machte er die Augen weit auf und sah sich mit einem Male wieder in dem Palaste, wo die Dienerinnen und Eunuchen um ihn standen. Da rief er: ‚Es gibt keine Macht und es gibt keine Majestät außer bei Allah dem Erhabenen und Allmächtigen! Ich habe Angst vor dem Irrenhaus und vor dem, was ich dort das erste Mal ausgestanden habe; ich weiß jetzt nicht, ob nicht der Satan wieder wie damals zu mir gekommen ist. O Allah, lasse den Satan zuschanden werden!' Dann machte er die Augen wieder zu und legte seinen Kopf an die Brust; aber er mußte doch etwas lachen, und so hob er seinen Kopf wieder und sah den erleuchteten Saal und die singenden Sklavinnen. Einer von den Eunuchen setzte sich ihm zu Häupten und sprach zu ihm: ‚Richte dich auf, o Beherrscher der Gläubigen, und schau auf deinen Palast und deine Sklavinnen!' Abu el-Hasan erwiderte ihm: ‚Beim Schutze Allahs, bin ich in Wahrheit der Beherrscher der Gläubigen? Lügt ihr nicht? Gestern bin ich doch nicht hinausgegangen, um zu regieren, sondern ich habe getrunken und geschlafen; und nun kommt dieser Eunuch und heißt mich aufstehen!' Mit diesen Worten richtete Abu el-Hasan sich auf; dann begann er über alles, was er mit seiner Mutter erlebt hatte, nachzudenken, wie er sie geschlagen hatte und wie er ins Irrenhaus gekommen war; er sah auch noch die Spuren der Schläge, die der Aufseher des Irrenhauses ihm versetzt hatte. Er war ganz irre an sich selbst; und wie er von neuem bei sich nachsann, sagte er: ‚Bei Allah, ich weiß wirklich nicht, was es mit mir auf sich hat und was über mich gekommen ist!' Dann wandte er sich an eine der Sklavinnen und fragte sie: ‚Wer bin ich?' Sie gab zur Antwort: ‚Der Beherrscher der Gläubigen.' Doch er rief: ‚Du lügst, Unselige! Wenn

475

ich der Beherrscher der Gläubigen bin, so beiß mich in den Finger!' Da trat das Mädchen heran und biß ihn heftig in den Finger. ,Das genügt', sprach er; dann fragte er den Obereunuchen: ,Wer bin ich?' ,Du bist der Beherrscher der Gläubigen', antwortete der. Abu el-Hasan aber ließ ihn stehen und versank wieder in Verwirrung und Ratlosigkeit. Darauf wandte er sich an einen kleinen Mamluken, befahl ihm: ,Beiß mich ins Ohr!' neigte den Kopf zu ihm herunter und legte ihm sein Ohr in den Mund. Der Mamluk war noch jung und unverständig, und er schlug seine Zähne mit aller Macht in Abu el-Hasans Ohr, so daß er es ihm beinahe abbiß. Auch verstand der Mamluk nicht richtig Arabisch, und sooft Abu el-Hasan sagte ,Genug!' glaubte er, das hieße: ,Beiß zu!' Darum biß er immer kräftiger und knirschte mit den Zähnen auf dem Ohre. Die Sklavinnen aber, die nur die Sängerinnen hörten, achteten seiner nicht, obgleich er rief, man solle ihn von dem Mamluken befreien. Da fiel der Kalif vor Lachen in Ohnmacht. Schließlich versetzte Abu el-Hasan dem Mamluken einen Schlag, so daß er das Ohr fahren ließ. Als nun der Mamluk endlich losgelassen hatte, zog Abu el-Hasan seine Kleider aus und stand nackten Leibes, vorn und hinten, zwischen den Sklavinnen, und begann zu tanzen; da banden sie ihm die Hände fest, er aber tollte zwischen ihnen umher, vorn und hinten unbedeckt, während die Mädchen sich fast zu Tode lachten; und der Kalif ward durch das viele Lachen wiederum ohnmächtig. Und als er wieder zu sich kam, trat er plötzlich hervor und rief: ,Weh dir, Abu el-Hasan, du bringst mich vor Lachen um!' Der aber blickte ihn an, und als er ihn erkannte, rief er: ,,Bei Allah, du hast mich umgebracht, du hast meine Mutter umgebracht, du hast die Scheiche umgebracht, du hast den Imam der Moschee umgebracht!'

Doch nun erwies der Kalif ihm seine Gunst, beschenkte ihn, vermählte ihn und ließ ihn bei sich im Palaste wohnen, ja, er nahm ihn unter seine vertrautesten Gefährten auf und machte ihn zum Ersten unter ihnen. Es waren nämlich zehn Tischgenossen dort, und der Kalif setzte ihn über die zehn; das waren el-'Idschli, er-Rakâschi, 'Abdân, Hasan, el-Farazdak, el-Lauz, el-Askar, 'Omar et-Tartîs, Abu Nuwâs, Abu Ishâk der Zechgenosse. Zu ihnen kam nun Abu el-Hasan der Schalk. Und ein jeder von ihnen hat eine besondere Geschichte, die in einem anderen Buche erzählt ist.

Abu el-Hasan aber stand beim Kalifen hoch in Gunst und Vertrauen, höher als alle anderen, so daß er gar bei ihm und bei der Herrin Zubaida bint el-Kâsim sitzen durfte; deren Schatzmeisterin, Nuzhat el-Fuâd[1] geheißen, war seine Gemahlin geworden. Und Abu el-Hasan der Schalk lebte mit ihr zusammen, aß und trank und hatte ein herrliches Leben, bis alles, was sie besaßen, dahin war. Da rief er sie: ‚Du, Nuzhat el-Fuâd!‘ ‚Zu Diensten!‘ erwiderte sie; und er fuhr fort: ‚Ich will dem Kalifen einen Streich spielen, und du sollst der Herrin Zubaida auch einen Streich spielen, und dadurch wollen wir ihnen alsbald zweihundert Dinare und zwei Stücke Seide abnehmen.‘ ‚Tu, wie du willst,‘ gab sie ihm zur Antwort, ‚doch sag, was willst du tun?‘ Er berichtete nun: ‚Wir wollen uns zum Schein gegenseitig tot stellen. Ich will mich zuerst tot stellen und mich auf dem Boden ausstrecken; dann breite du ein seidenes Tuch über mich, löse meinen Turban auf, binde mir damit die Zehen zusammen und lege mir ein Messer und ein wenig Salz[2] aufs Herz. Dann löse dein Haar auf, geh zu

1. Dieser Name bedeutet ‚Wonne des Herzens‘. – 2. Eisen und Salz dienen nach weitverbreitetem Aberglauben dazu, die bösen Geister zu vertreiben.

deiner Herrin Zubaida, mit zerrissenem Kleid und zerschlagenem Gesicht, und schrei laut! Wenn sie dich dann fragt: ‚Was ist dir?‘, so antworte ihr: ‚Möge dein Haupt Abu Hasan den Schalk überleben! Er ist tot.‘ Sie wird um mich trauern und weinen und ihrer Schatzmeisterin befehlen, dir hundert Dinare und ein Stück Seide zu geben, und zu dir sagen:‚Geh hin, bahre ihn auf und laß ihn forttragen!‘ Du nimm die hundert Dinare und das Stück Seide und komm zurück! Wenn du dann bei mir bist, so leg du dich an meine Stelle, während ich zum Kalifen gehe und zu ihm sage: ‚Möge dein Haupt Nuzhat el-Fuâd überleben!‘ Dabei will ich mein Gewand zerreißen und den Bart raufen. Dann wird er um dich trauern und zu seinem Schatzmeister sagen: ‚Gib Abu el-Hasan hundert Dinare und ein Stück Seide!‘ Und zu mir wird er sprechen: ‚Geh hin, bahre sie auf und laß sie forttragen!‘ Danach komme ich wieder zu dir.‘ Erfreut rief Nuzhat el-Fuâd: ‚Richtig! Dieser Streich ist vortrefflich.‘ Darauf schloß sie ihm die Augen, band ihm die Zehen zusammen und bedeckte ihn mit dem Tuch und tat alles, was ihr Herr ihr gesagt hatte. Dann zerriß sie ihr Gewand, entblößte ihr Haupt, löste ihre Haare auf und trat zur Herrin Zubaida ein, schreiend und weinend. Als die Herrin sie in diesem Zustand sah, fragte sie: ‚Was bedeutet das? Was ist es mit dir? Warum weinest du?‘ Sie antwortete, indem sie weinte und klagte: ‚Meine Herrin, möge dein Haupt am Leben bleiben, mögest du Abu el-Hasan den Schalk überdauern! Er ist tot.‘ Da war die Herrin Zubaida traurig um ihn, und sie sprach: ‚Ach, der arme Schalk Abu el-Hasan!‘ Und nachdem sie eine Weile um ihn geweint hatte, befahl sie ihrer Schatzmeisterin, Nuzhat el-Fuâd hundert Dinare und ein Stück Seide zu geben, und sprach dann: ‚Nuzhat el-Fuâd, geh hin, bahre ihn auf und laß ihn forttragen!‘ Jene nahm die hundert Dinare und das Stück Seide, ging erfreut zu ihrer Wohnung zurück, trat zu Abu el-Hasan ein und erzählte ihm, wie es ihr ergangen war. Da sprang er voller Freuden auf, gürtete sich den Leib und begann zu tanzen; und er nahm das Geld und die Seide und legte sie beiseite. Danach bahrte er Nuzhat el-Fuâd auf und tat mit ihr, wie sie mit ihm getan hatte. Und er zerriß sein Gewand, raufte sich den Bart, löste seinen Turban auf und lief eilends zum Kalifen, der in der Regierungshalle saß; dort stand nun der Schalk elend zugerichtet, wie er war, und schlug sich auf die Brust. Da rief der Kalif: ,Was ist dir, Abu el-Hasan?' Weinend erwiderte der Schalk: ,O hätte dein Tischgenosse nie gelebt! O wäre diese Stunde nie gekommen!' ,Erzähle mir!' befahl der Kalif; und Abu el-Hasan antwortete: ,Möge dein Haupt, mein Gebieter, Nuzhat el-Fuâd überleben!' Da sprach der Kalif: ,Es gibt keinen Gott außer Allah!' und schlug die Hände zusammen. Dann aber begann er Abu el-Hasan zu trösten und sprach zu ihm: ,Sei nicht traurig! Ich will dir eine andere Gefährtin geben.' Und er befahl dem Schatzmeister, ihm hundert Dinare und ein Stück Seide zu geben. Nachdem der Schatzmeister den Befehl ausgeführt hatte, sagte Harûn er-Raschîd zu dem Schalk: ,Geh hin, bahre sie auf, laß sie forttragen und richte ihr ein schönes Begräbnis!' Abu el-Hasan aber nahm die Gaben des Herrschers und ging erfreut zu seiner Wohnung, trat zu Nuzhat el-Fuâd ein und sprach zu ihr: ,Steh auf, unser Ziel ist erreicht!' Da stand sie auf; und er legte die hundert Dinare und das Stück Seide vor sie hin, ihr zur Freude. Dann taten sie Gold zu Gold und Seide zu Seide, setzten sich und plauderten miteinander und lachten sich zu.

Sehen wir nun, was der Kalif tat! Als Abu el-Hasan ihn verlassen hatte und hingegangen war, gleichsam um Nuzhat el-

Fuâd aufzubahren, da ward der Herrscher traurig um sie, und er entließ die Staatsversammlung. Dann erhob er sich, gestützt auf Masrûr, den Träger des Racheschwertes, und begab sich zur Herrin Zubaida, um sie über den Verlust ihrer Sklavin zu trösten. Er fand sie weinend dasitzen und auf ihn warten, um ihn über den Verlust seines Tischgenossen Abu el-Hasan des Schalkes zu trösten. Der Kalif sprach zu ihr: ,Möge dein Haupt deine Sklavin Nuzhat el-Fuâd überleben!' Doch sie erwiderte: ,Mein Gebieter, Gott schütze meine Sklavin! Mögest du am Leben bleiben und deinen Tischgenossen Abu el-Hasan den Schalk überleben!' Da lächelte der Kalif und sprach zu seinem Eunuchen: ,Masrûr, die Frauen sind wirklich kurz von Verstand. Sag mir, um Gottes willen, war nicht Abu el-Hasan soeben noch bei mir?' Aber die Herrin Zubaida sprach, indem sie zornigen Herzens auflachte: ,Willst du nicht von deinem Scherzen lassen? Ist es nicht genug, daß Abu el-Hasan gestorben ist, daß du auch noch meine Sklavin sterben lassen willst, damit wir alle beide verlieren, und nennest mich obendrein kurz von Verstand?' Der Kalif sagte: ,Nuzhat el-Fuâd ist gestorben.' Aber die Herrin Zubaida entgegnete: ,In Wirklichkeit ist er gar nicht bei dir gewesen; du hast ihn auch nicht gesehen. Niemand anders als Nuzhat el-Fuâd ist gerade eben bei mir gewesen; sie trauerte und weinte und hatte zerrissene Kleider, ich habe sie ermahnt, sich zu fassen, und habe ihr hundert Dinare und ein Stück Seide gegeben. Ich wartete doch auf dich, um dich über den Tod deines Tischgenossen Abu el-Hasan des Schalkes zu trösten, ja, ich wollte gerade nach dir schicken.' Doch der Kalif lachte von neuem und sprach: ,Niemand anders als Nuzhat el-Fuâd ist gestorben!' ,Nein, nein, mein Gebieter,' rief die Herrin Zubaida, ,niemand anders als Abu el-Hasan ist gestorben!' Nun ergrimmte der Kalif, und die Ader des Zornes, die den Haschimiten[1] eigen war, schwoll auf seiner Stirn, und er schrie Masrûr, den Schwertträger, an: ‚Geh hinaus, eile zum Hause Abu el-Hasans des Schalkes und sieh zu, wer von beiden tot ist!‘ Masrûr lief eilends dorthin. Der Kalif aber sprach zur Herrin Zubaida: ‚Willst du mit mir wetten?‘ ‚Jawohl, ich wette,‘ antwortete sie, ‚ich sage: Abu el-Hasan ist tot.‘ Der Kalif dagegen: ‚Und ich wette und sage: niemand anders als Nuzhat el-Fuâd ist tot. Und der Einsatz zwischen uns soll sein: der Lustgarten gegen dein Schloß und das Schloß der Bilder.[2] Dann setzten sie sich und warteten, bis Masrûr mit der Nachricht zurückkehren würde. Der aber lief ohne Verzug dahin, bis er in die Gasse kam, in der Abu el-Hasan der Schalk wohnte. Der Schalk saß geruhsam da und lehnte sich aus dem Fenster; zufällig schaute er sich um und sah, wie Masrûr in die Gasse gelaufen kam. Und er sprach zu Nuzhat el-Fuâd: ‚Es ist mir, als ob der Kalif, als ich ihn verließ, die Staatsversammlung aufgelöst hat und zur Herrin Zubaida gegangen ist, um sie zu trösten. Dann hat sie ihn trösten wollen und gesagt: ‚Allah schenke dir reichen Lohn um Abu el-Hasans des Schalkes willen!‘ Der Kalif aber hat ihr entgegnet: ‚Nuzhat el-Fuâd ist doch gestorben; möge dein Haupt sie überleben!‘ Doch sie hat gesagt: ‚Niemand anders als dein Tischgenosse Abu el-Hasan der Schalk ist gestorben!‘ Er dagegen: ‚Nein, nur Nuzhat el-Fuâd ist tot!‘ Dann werden sie miteinander gestritten haben, bis der Kalif zornig ward; danach haben sie gewettet, und jetzt ist Masrûr, der Schwertträger, entsandt, um zu sehen, wer gestorben ist. Nun wäre es das beste, wenn du dich hinlegtest, damit er dich so sieht und zurückkehrt, um dem Kalifen zu berichten, daß mein Wort wahr ist.‘ Da

1. Die Abbasiden gehörten wie der Prophet Mohammed zur Familie Hâschim vom Stamme Koraisch. – 2. Vgl. Band 1, Seite 438.

streckte Nuzhat el-Fuâd sich aus, während Abu el-Hasan sie mit ihrem Mantel bedeckte und sich weinend zu ihren Häupten niedersetzte. Plötzlich trat Masrûr, der Eunuch, herein und grüßte Abu el-Hasan; und da er sah, wie Nuzhat el-Fuâd ausgestreckt dalag, deckte er ihr Gesicht auf und sprach: ‚Es gibt keinen Gott außer Allah! Unsere Schwester Nuzhat el-Fuâd ist tot! Wie schnell hat das Geschick sie ereilt! Allah erbarme sich deiner und spreche dich von aller Schuld frei!‘ Darauf kehrte er zurück und begann vor dem Kalifen und der Herrin Zubaida zu erzählen, was geschehen war; aber er lachte dabei. ‚Verfluchter,‘ unterbrach ihn der Kalif, ‚dies ist nicht die Zeit zum Lachen; sag uns gleich, wer von beiden ist tot?‘ Da erwiderte Masrûr dem Kalifen: ‚Bei Allah, mein Gebieter, Abu el-Hasan ist wohlauf; niemand anders als Nuzhat el-Fuâd ist tot.‘ Nun sprach der Kalif zur Herrin Zubaida: ‚Du hast dein Schloß durch deinen Scherz verloren‘, und lachte sie aus und fuhr fort: ‚Masrûr, erzähl ihr, was du gesehen hast!‘ Jener erzählte darauf: ‚Wahrhaftig, meine Herrin, ich lief ohne Aufenthalt, bis ich zu Abu el-Hasan ins Haus eintrat. Dort sah ich Nuzhat el-Fuâd tot dahingestreckt, während Abu el-Hasan weinend zu ihren Häupten saß. Ich grüßte ihn und tröstete ihn und setzte mich zu ihm; dann entblößte ich das Antlitz deiner Sklavin und fand, daß sie tot und ihr Gesicht schon angeschwollen war. Ich sagte daher zu ihm: ‚Laß sie hinaustragen, damit wir an ihrem Grabe beten können!‘ Wie er dann sagte: ‚Das will ich tun‘, verließ ich ihn, damit er sie aufbahren könne, und kam zu euch, um euch die Sache zu melden.‘ Lachend rief der Kalif: ‚Erzähl das deiner Herrin Kleinverstand immer wieder!‘ Doch als die Herrin Zubaida die Worte Masrûrs vernommen hatte, zürnte sie und sprach: ‚Niemand anders ist klein von Verstand als der, so einem schwarzen Sklaven

482

Glauben schenkt!' Und sie schalt über Masrûr, während der Kalif lachte. Aber der Eunuch fühlte sich verletzt und sagte zum Kalifen: ,Der sprach die Wahrheit, der da sagte: Die Frauen haben wenig Verstand und wenig Glauben.'[1] Nun hub die Herrin wieder an: ,O Beherrscher der Gläubigen, du spielest und scherzest mit mir, und dieser Sklave verdächtigt mich, um dir zu gefallen. Jetzt will ich aber selbst jemanden entsenden, um nachsehen zu lassen, wer von beiden gestorben ist.' Der Kalif erwiderte ihr: ,Sende ruhig jemanden, der nachschaut, wer von beiden tot ist!' Da rief die Herrin Zubaida eine alte Wirtschafterin und sprach zu ihr: ,Geh zum Hause der Nuzhat el-Fuâd und sieh nach, wer gestorben ist; rasch und säume nicht!' und sie gab ihr harte Worte. Da lief die Alte eiligst fort, während der Kalif und Masrûr lachten; und sie lief ohne Unterlaß, bis sie in jene Gasse kam. Allein Abu el-Hasan sah sie und erkannte sie und sprach zu seiner Frau: ,Nuzhat el-Fuâd, es ist mir, als ob die Herrin Zubaida eine zu uns schickt, die nachsehen soll, wer gestorben ist. Sie wird dem Berichte Masrûrs, daß du tot seiest, nicht geglaubt haben und schickt nun die alte Wirtschafterin, um die Suche zu erforschen. Also kommt mir jetzt der Tod zu, damit du bei der Herrin Zubaida als glaubwürdig giltst.' Darauf streckte Abu el-Hasan sich auf den Boden hin, und Nuzhat el-Fuâd deckte ihn zu, legte ihm Binden um Augen und Füße und setzte sich ihm zu Häupten und weinte. Nun trat die Alte zu ihr ein und sah sie weinend und klagend zu Häupten Abu el-Hasans sitzen; die Trauernde aber schrie beim Anblick der Kommenden laut auf und sprach zu ihr: ,Schau, was mir widerfahren ist! Abu el-Hasan ist gestorben und hat mich mutterseelenallein zu-

[1]. Diesen Ausspruch soll der Prophet Mohammed getan haben; er wird von muslimischen Männern gern gegen ihre Frauen angewandt.

rückgelassen!' Dann schrie sie von neuem auf, zerriß ihre Gewänder und sprach zu der Alten: ‚Mütterchen, ach wie gut war er doch!' Die Alte sagte darauf: ‚Wahrlich, dein Leid ist zu verstehen; denn du hingest an ihm, und er hing an dir.' Da die Alte wußte, was Masrûr dem Kalifen und der Herrin Zubaida berichtet hatte, so sprach sie zu Nuzhat el-Fuâd: ‚Masrûr will Zwietracht säen zwischen dem Kalifen und der Herrin Zubaida.' Nuzhat el-Fuâd aber fragte: ‚Was für Zwietracht, Mütterchen?' ‚Meine Tochter,' antwortete die Alte, ‚Masrûr ist zum Kalifen und zu der Herrin Zubaida gekommen und hat ihnen über dich berichtet, du seiest tot, Abu el-Hasan aber sei wohlauf.' Nuzhat el-Fuâd fuhr fort: ‚Liebe Muhme, ich war ja noch soeben bei meiner Herrin, und sie gab mir hundert Dinare und ein Stück Seide. Sieh doch mein Elend und was über mich gekommen ist! Ich weiß nicht, was ich tun soll; ich bin mutterseelenallein. Wäre ich doch nur gestorben und er noch am Leben!' Dann hub sie an zu weinen, und die Alte weinte mit ihr. Aber nun trat die Alte auf Abu el-Hasan zu, entblößte sein Gesicht und sah seine verbundenen Augen, die durch die Binden aufgeschwollen waren. Darauf deckte sie ihn wieder zu und sprach: ‚O Nuzhat el-Fuâd, du kannst wahrlich um Abu el-Hasan trauern.' Nachdem die Alte sie noch eine Weile getröstet hatte, ging sie von ihr und lief eilends zur Herrin Zubaida und erzählte ihr die Geschichte. Da rief die Herrin Zubaida lachend: ‚Erzähle sie auch dem Kalifen, der mich kurz von Verstand und arm an Glauben nannte, als dieser schmutzige, verlogene Sklave mir widersprach!' Doch Masrûr schrie: ‚Die Alte da lügt! Ich habe Abu el-Hasan wohlauf gesehen; Nuzhat el-Fuâd lag tot da!' Die Alte entgegnete ihm: ‚Wer da lügt, das bist du! Du willst Zwietracht säen zwischen dem Kalifen und der Herrin Zubaida.' Aber wieder rief Masrûr: ‚Niemand als du lügt hier, du unselige Alte! Und deine Herrin glaubt dir in ihrer Torheit.‘ Da aber schrie die Herrin Zubaida ihn an, ergrimmt über ihn und seine Worte, und sie begann zu weinen. Schließlich sagte der Kalif: ‚Ich lüge, und mein Eunuch lügt; du lügst, und deine Kammerfrau lügt. Also halte ich es für das beste, wenn wir alle vier hingehen, um festzustellen, wer von uns die Wahrheit sagt.‘ Da rief Masrûr: ‚Auf, laßt uns gehen! Dann werde ich über diese Unglücksalte Unheil bringen und ihr für ihre Lügen eine Tracht Prügel versetzen können.‘ ‚Du Narr,‘ erwiderte die Alte, ‚ist dein Verstand etwa gleich meinem Verstand? Du hast soviel Verstand wie ein Huhn!‘ Masrûr geriet über ihre Worte in Wut und wollte schon gewaltsam Hand an sie legen; aber die Herrin Zubaida zog ihn fort von der Alten und rief: ‚Sogleich wird es sich zeigen, ob sie oder du die Wahrheit gesprochen, ob sie oder du gelogen!‘ Nun machten sich die vier auf den Weg, nachdem sie noch vorher miteinander gewettet hatten; sie schritten durch das Tor des Palastes hinaus und gingen weiter, bis sie zum Eingang der Gasse kamen, in der Abu el-Hasan der Schalk wohnte. Als der sie erblickte, sprach er zu seinem Weibe Nuzhat el-Fuâd: ‚Wahrhaftig, nicht jeder Klebstoff ist ein Backwerk, und nicht alleweil bleibt der Krug heil! Jetzt ist wohl die Alte hingegangen und hat ihrer Herrin berichtet und ihr gemeldet, wie es um uns steht; dann wird sie mit dem Eunuchen Masrûr gestritten haben, und sie haben über unseren Tod gewettet. Nun kommen sie alle vier zu uns, der Kalif und der Eunuch, die Herrin Zubaida und die Alte.‘ Da fuhr Nuzhat el-Fuâd von ihrem Totenlager empor und rief: ‚Was sollen wir jetzt beginnen?‘ Er antwortete ihr: ‚Wir wollen uns beide zusammen tot stellen; wir wollen uns ausstrecken und den Atem anhalten.‘ Sie hörte auf sein Wort, und darauf streck-

ten die beiden sich aus, banden sich die Zehen, schlossen ihre
Augen, hielten den Atem an und deckten sich mit dem Man-
tel zu; so hielten sie ihr Mittagsschläfchen.[1] Nun traten der
Kalif, Zubaida, Masrûr und die Alte herein; und als sie sich im
Hause des Schalks Abu el-Hasan befanden, sahen sie ihn sowohl wie seine Frau tot dahingestreckt. Die Herrin Zubaida
weinte bei ihrem Anblick und sprach: ‚Sie haben mir so lange
Botschaften über meine Sklavin gebracht, bis sie wirklich gestorben ist; sie hat sich wohl so sehr um den Verlust Abu el-
Hasans gegrämt, daß sie ihm im Tode gefolgt ist.‘ Doch der
Kalif sprach: ‚Komm mir doch nicht mit deinem Geschwätz
und Gerede zuvor! Sie ist ja vor Abu el-Hasan gestorben; denn
er kam zu mir mit zerrissenen Gewändern, zerrauftem Barte
und schlug sich die Brust mit zwei Lehmziegeln; da gab ich
ihm hundert Dinare und ein Stück Seide, und ich sagte ihm:
Geh hin und laß sie forttragen, ich will dir eine andere Gefährtin geben, die noch schöner ist als sie, und die sie dir ersetzen
wird! Aber es zeigt sich, daß er sich den Verlust zu sehr zu
Herzen genommen hat und ihr im Tode gefolgt ist. Also habe
ich gewonnen, und ich bekomme deinen Einsatz.‘ Da entgegnete die Herrin Zubaida dem Kalifen mit mancherlei Worten,
und des Geredes ward viel zwischen den beiden. Schließlich
setzte der Kalif sich zu Häupten der beiden nieder und rief
aus: ‚Beim Grabe des Propheten Allahs – Er segne ihn und
gebe ihm Heil! – und bei den Gräbern meiner Väter und meiner Vorväter, jetzt ist mir ein Gedanke gekommen; wenn
einer mir sagt, wer von den beiden vor dem andern gestorben
ist, dem will ich tausend Dinare geben!‘ Sowie Abu el-Hasan
die Worte des Kalifen hörte, sprang er in aller Eile auf und

1. Lane verbessert hier einen arabischen Buchstaben; dann wäre zu
übersetzen: sie lagen in der Richtung nach Mekka.

rief: ‚Ich bin zuerst gestorben, o Beherrscher der Gläubigen, gib die tausend Dinare her! Erfülle den feierlichen Eid, den du geschworen hast!' Dann erhob sich auch Nuzhat el-Fuâd und trat vor den Kalifen und die Herrin Zubaida hin. Beide freuten sich über ihr Auferstehen und Wohlergehen; zwar schalt Zubaida ihre Sklavin, aber sie war doch erfreut, daß sie noch am Leben war. Und der Kalif sowohl wie die Herrin Zubaida wünschten den beiden Glück dazu, daß sie wieder auferstanden waren von den Toten; und sie erfuhren alsbald, daß dies Sterben nur eine List gewesen war, um das Gold zu erhalten. Doch die Herrin Zubaida sprach zu Nuzhat el-Fuâd: ‚Du hättest mich um das, was du wünschtest, bitten sollen; dann hättest du mir nicht in dieser Weise das Herz um deinetwillen betrübt!' Nuzhat el-Fuâd gab ihr zur Antwort: ‚Ach, ich schämte mich vor dir, meine Gebieterin!' Aber der Kalif sank vor Lachen beinahe in Ohnmacht und rief: ‚O Abu el-Hasan, du bleibst immer ein Schalk und tust Dinge wunderbar und seltsam gar.' ‚O Beherrscher der Gläubigen,' erwiderte Abu el-Hasan, ‚ich habe ja diese List nur deshalb angewandt, weil das Geld aus deiner Hand, das du mir gegeben hattest, zu Ende war, und weil ich mich schämte, dich noch einmal zu bitten. Als ich noch allein war, konnte ich das Geld nie festhalten; aber seit du mich mit dieser Sklavin, die jetzt bei mir ist, vermählt hast, würde ich selbst all dein Gut, wenn ich es besäße, verschwenden. Als alles, was ich besaß, dahingegangen war, ersann ich diese List, um von dir die hundert Dinare und das Stück Seide zu erhalten. All das ist ein Almosen von unserem Gebieter. Nun beeil dich auch mit den tausend Dinaren und erfüll deinen Schwur!' Lachend kehrten der Kalif und die Herrin Zubaida in den Palast zurück, und der Kalif gab Abu el-Hasan die tausend Dinare mit den Worten: ‚Nimm sie als

Freudengabe für deine Auferstehung vom Tode!' Ebenso gab auch die Herrin Zubaida ihrer Sklavin Nuzhat el-Fuâd tausend Dinare mit den Worten: ‚Nimm sie als Freudengabe für deine Auferstehung vom Tode!' Ferner mehrte der Kalif dem Abu el-Hasan seine Einkünfte und seinen Sold; und nun lebte er herrlich und in Freuden, bis Der zu ihnen kam, der die Freuden schweigen heißt, und der die Freundesbande zerreißt, der die Schlösser und Häuser vernichtet und die Gräber errichtet.

Ferner wird erzählt

DIE GESCHICHTE VON DEM KALIFEN EL-HÂKIM UND DEM KAUFMANN

Der Kalif el-Hâkim bi-amri-llâh[1] ritt eines Tages im Prunkzuge aus, und da kam er an einem Garten vorbei. Dort erblickte er einen Mann, der von Sklaven und Eunuchen umgeben war. Er bat ihn um einen Trunk Wassers, und der Mann gab ihm zu trinken und sagte darauf: ‚Vielleicht erweist der Beherrscher der Gläubigen mir die Ehre, daß er bei mir in diesem Garten absteigt.' Der Herrscher saß nun ab und trat mit seinem Gefolge in den Garten ein. Da brachte jener Mann hundert Teppiche, hundert Ledermatten und hundert Kissen, ferner hundert Schüsseln mit Früchten, hundert Kelche voll Süßigkeiten und hundert Schalen mit Zuckerscherbett. Darüber war el-Hâkim bi-amri-llâh sehr erstaunt, und er sprach zu seinem Wirte: ‚Mann, das ist ein sonderbar Ding mit dir! Wußtest du denn, daß wir kamen, und hast du all dies für uns vorbereitet?' ‚Nein, bei Allah, o Beherrscher der Gläubigen,' erwiderte der Mann, ‚ich wußte nichts von eurem Kommen; ich bin nur ein Kaufmann aus der Zahl deiner Untertanen, aber ich habe hundert Nebenfrauen, und als der Beherrscher

1. Vgl. Seite 341. Anmerkung 2.

der Gläubigen mir die Ehre erwies, daß er bei mir einkehrte, da sandte ich zu einer jeden von ihnen, sie solle mir das Mittagsmahl in den Garten schicken. Darauf schickte mir eine jede etwas von ihrem Hausgerät und von dem, was sie an Speise und Trank übrig hatte; denn jeden Tag sendet mir eine jede von ihnen eine Schüssel voll Zukost, eine Schüssel mit Essiggemüsen, eine Schüssel mit Früchten, einen Kelch voll von Süßigkeiten und eine Schale mit Scherbett. Das ist mein Mittagsmahl jeden Tag: ich habe für dich nichts hinzugefügt.' Da fiel der Beherrscher der Gläubigen el-Hâkim bi-amri-llâh anbetend nieder, um Allah dem Erhabenen zu danken, und er rief: ,Preis sei Allah, der mir einen Untertanen gab, den Er so reich begnadete, daß er den Kalifen und sein Gefolge speisen kann, ohne sich auf sie vorzubereiten; ja, mit dem, was ihm von seiner Mahlzeit übrig ist, bewirtet er sie!' Dann ließ er aus dem Schatzhause alle die Dirhems kommen, die in jenem Jahre geprägt waren; und das waren drei Millionen und siebenhunderttausend. Er saß nicht eher auf, als bis alles herbeigeschafft war; dann gab er es dem Manne mit den Worten: ,Verwende dies, wie es deine Lage erfordert; deine Großmut verdiente noch mehr als dies!' Dann stieg der Herrscher zu Roß und ritt davon.

Ferner erzählt man

DIE GESCHICHTE VON KÖNIG KISRA ANUSCHARWÂN UND DER JUNGEN BÄUERIN

Eines Tages ritt der gerechte König Kisra Anuscharwân[1] auf die Jagd; und da ward er, als er eine Gazelle verfolgte, von seinem Gefolge getrennt. Während er so hinter dem Wilde

1. Der Sasanidenkönig Chosrau Anôscharwân (531–578 n. Chr.) war besonders als Schirmherr und Förderer der Wissenschaften berühmt.

her eilte, sah er plötzlich ein Dorf in der Nähe, und da er quälenden Durst empfand, so ritt er dorthin, auf die Tür eines Hauses zu, das am Wege lag, und bat um einen Trunk Wassers. Eine Maid trat heraus und schaute ihn an. Dann ging sie in das Haus zurück, preßte für ihn eine Staude Zuckerrohr aus und mischte deren Saft mit Wasser; dann füllte sie einen Becher damit, schüttete auf das Getränk eine Spezerei, die wie Staub aussah, und überreichte es darauf dem König. Der schaute in den Becher, und als er darinnen etwas erblickte, das wie Staub aussah, trank er ihn ganz langsam aus, bis er leer war; dann sprach er zu der Maid: ,Jungfrau, der Trank war gut; doch wie schön wäre er gewesen, wenn der Staub da nicht darauf gewesen wäre; der hat ihn getrübt!' ,O Gast,' erwiderte die Maid, ,ich habe den Staub, der ihn getrübt hat, mit Absicht hineingetan.' Und als der König fragte, warum sie das getan habe, sagte sie: ,Weil ich sah, daß du sehr durstig warst, und befürchtete, du könntest den Trunk auf einmal herunterstürzen und er würde dir dann schaden. Wäre kein Staub darauf gewesen, so hättest du den Becher hastig mit einem Zuge geleert, und auf solche Weise hätte er dir geschadet.' Da wunderte der gerechte König Anuscharwân sich über ihre Worte und ihre kluge Vorsicht; denn an dem, was sie gesagt hatte, erkannte er, daß ihr Tun in klarer Einsicht und trefflichem Verstande seinen Grund hatte. Weiter fragte er sie darauf: ,Aus wieviel Stauden hast du den Trank gepreßt?' ,Aus einer einzigen', erwiderte sie. Auch darüber war Anuscharwân verwundert; dann ließ er sich das Verzeichnis der Grundsteuern geben, die von jenem Dorfe erhoben wurden, und als er sah, daß die Steuer nur niedrig war, dachte er in seinem Herzen, er wolle, wenn er zu seinem Palast zurückkehre, die Steuern jenes Dorfes erhöhen; denn er sagte sich:

‚Wie kann ein Ort, in dem ein einziges Zuckerrohr so viel Saft ergibt, nur so geringe Steuern zahlen?' Dann verließ er das Dorf und ritt weiter auf die Jagd; am Abend jedoch kehrte er dorthin zurück und kam allein bei derselben Tür vorbei und bat um einen Trunk Wassers. Wieder trat dieselbe Maid heraus, und als sie ihn sah, erkannte sie ihn. Darauf ging sie in das Haus zurück, um ihm den Trunk zu holen. Aber da sie ihn länger warten ließ, trieb er sie zur Eile an, indem er sprach: ‚Warum bleibst du so lange aus?' – –«

Da bemerkte Schehrezâd, daß der Morgen begann, und sie hielt in der verstatteten Rede an. Doch als die *Dreihundertund-neunzigste Nacht* anbrach, fuhr sie also fort: »Es ist mir berichtet worden, o glücklicher König, daß der König Anuscharwân die Maid zur Eile antrieb, indem er sprach: ‚Warum bleibst du so lange aus?' Da gab sie ihm zur Antwort: ‚Weil eine einzige Staude nicht soviel hergab, wie du brauchtest; deshalb habe ich drei Stauden gepreßt, aber sie haben nicht soviel ergeben wie zuvor eine einzige.' ‚Wie kommt denn das?' fragte der König Anuscharwân; und sie erwiderte: ‚Es kommt daher, daß die Gesinnung des Herrschers sich geändert hat!' Weiter fragte er: ‚Wie ist dir das kund geworden?' Da antwortete sie: ‚Wir haben von den Weisen gehört, daß, wenn die Gesinnung des Herrschers gegen seine Untertanen sich ändert, ihr Glück aufhört und ihr Gedeihen sich mindert.' König Anuscharwân lachte und gab in seinem Herzen den Plan auf, den er gegen das Dorf gefaßt hatte. Dann aber nahm er jene Jungfrau sogleich zum Weibe, da ihr scharfer Verstand, ihre Klugheit und ihre trefflichen Worte ihm gefallen hatten.

Ferner wird erzählt

Einst lebte in der Stadt Bochara ein Mann, ein Wasserträger, der Wasser zum Hause eines Goldschmiedes zu bringen pflegte; das hatte er schon dreißig Jahre lang getan. Nun hatte jener Goldschmied eine Frau von Schönheit und Lieblichkeit und von strahlender Vollkommenheit, und sie war im ganzen Land als fromm, sittsam und keusch bekannt. Eines Tages kam der Wasserträger nach seiner Gewohnheit und goß das Wasser in die Behälter, als die Frau gerade auf dem Hof inmitten des Hauses stand. Da trat er an sie heran, ergriff ihre Hand, streichelte sie und preßte sie an sich; darauf verließ er die Frau und ging fort. Als aber ihr Gatte vom Basar nach Hause kam, sprach sie zu ihm: ‚Ich wünsche, daß du mir berichtest, was für eine Tat, die den Zorn Allahs des Erhabenen erregt, du heute auf dem Basar getan hast!' Der Mann entgegnete: ‚Ich habe nichts getan, was den Zorn Allahs des Erhabenen erregen könnte!' Aber die Frau fuhr fort: ‚Doch, bei Allah, du hast etwas getan, was den Zorn des Höchsten erregt! Und wenn du mir nicht erzählst, was du getan hast, und mir dabei nicht die volle Wahrheit sagst, so bleibe ich nicht mehr in deinem Hause; dann wirst du mich nicht wiedersehen, und auch ich will dich nicht mehr sehen.' Nun gestand er: ‚Ich will dir berichten, was ich heute an diesem Tage getan habe, der Wahrheit gemäß. Es begab sich, während ich wie gewöhnlich in meinem Laden saß, daß plötzlich eine Frau zu mir trat und mir sagte, ich solle ihr ein Armband machen. Dann ging sie wieder fort; ich aber machte für sie ein goldenes Armband und legte es beiseite. Als sie zurückkam, holte ich es wieder hervor; sie streckte ihre Hand aus, und ich legte ihr das Armband um das Gelenk. Aber ich ward bezaubert durch die Weiße ihrer Hand und die Schönheit ihres Gelenkes, das jeden Beschauer in Verwirrung brachte, so daß ich des Dichterwortes gedachte:

> *Die Vorderarme strahlen von der Spangen Schönheit,*
> *Gleichwie ein Feuer flackernd auf der Wellen Flut;*
> *Es ist, als wären sie, umgeben von dem Golde,*
> *Wie Wasser wundersam umkreist von Flammenglut.*

Da nahm ich ihre Hand und drückte und preßte sie an mich. Die Frau aber rief: ,Allah ist der Größte! Warum hast du diese Sünde begangen? Wisse, jener Mann, der Wasserträger, der schon seit dreißig Jahren in unser Haus kommt und an dem wir kein Falsch gesehen haben, hat heute meine Hand ergriffen und sie gedrückt und gepreßt!' ,O Frau,' erwiderte der Mann, ,laß uns Allah um Verzeihung bitten! Ich bereue, was ich getan habe; flehe du zu Allah um Vergebung für mich!' Doch die Frau sprach: ,Allah verzeihe mir und dir und gewähre uns einen guten Ausgang!' – –«

Da bemerkte Schehrezâd, daß der Morgen begann, und sie hielt in der verstatteten Rede an. Doch als die *Dreihundertundeinundneunzigste Nacht* anbrach, fuhr sie also fort: »Es ist mir berichtet worden, o glücklicher König, daß die Frau des Goldschmiedes sprach: ,Allah verzeihe mir und dir und gewähre uns einen guten Ausgang!' Und am nächsten Morgen kam der Wasserträger, warf sich vor der Frau nieder, wälzte sich im Staube und bat sie um Vergebung, indem er sprach: ,Hohe Herrin, sprich mich frei von dem, was Satan mir eingab, als er mich verführte und irreleitete!' Da erwiderte ihm die Frau: ,Geh deiner Wege! Jene Sünde ging nicht von dir aus, sondern sie ward durch meinen Gatten veranlaßt, als er seine Tat im Laden beging. Nun hat Allah sie ihm schon in dieser Welt vergolten.' –

Es wird auch erzählt, daß der Goldschmied, als seine Frau berichtete, was der Wasserträger ihr angetan hatte, gesagt habe: ‚Schlag um Schlag muß man empfahn; hätte ich mehr getan, hätte der Wasserträger auch mehr getan.' Und dies Wort ward dann zu einem Sprichworte unter den Menschen. Es geziemt sich also, daß eine Frau vor der Welt und in ihrem Herzen zu ihrem Gatten stehe und sich mit Wenigem von ihm begnüge, wenn er ihr nicht viel geben kann, und sich 'Āïscha die Getreue und Fâtima die Strahlende[1] – Allah der Erhabene habe sie beide selig! – zum Vorbilde nehme, damit sie zu denen gehöre, die durch die Vorfahren geschützt werden.

Ferner wird erzählt

DIE GESCHICHTE VON CHOSRAU UND SCHIRÎN UND DEM FISCHER

Chosrau[2], der einer von den früheren Königen war, liebte die Fische; und eines Tages, als er mit seiner Gemahlin in seinem Saale saß, kam ein Fischer zu ihm, der einen großen Fisch bei sich hatte. Der Mann schenkte ihn dem König, und dieser ließ ihm, da er an jenem Fische Gefallen hatte, viertausend Dirhems geben. Da sprach Schirîn zu Chosrau: ‚Was du getan hast, war nicht gut!' ‚Warum?' fragte er; und sie gab ihm zur Antwort: ‚Wenn du hinfort einem deiner Höflinge die gleiche Summe gibst, so wird er sie geringschätzen und sagen: Er hat

1. 'Āïscha war die Lieblingsfrau Mohammeds in seinem Alter, Fâtima eine seiner Töchter; sie gilt, namentlich bei den Schiïten, als der Inbegriff aller weiblichen Tugend und Schönheit, da sie die Gattin 'Alîs war; auf sie ist sogar auch der Ehrenname ‚die Jungfrau' – vielleicht nach dem Vorbilde Mariae – übertragen worden. –2. Hier ist Chosrau Parwêz gemeint, ein Enkel des Sasanidenkönigs Chosrau Anôscharwân; er regierte von 590 bis 628 n. Chr. Von ihm und seiner Geliebten Schirîn ist in der persischen Dichtung viel gesungen worden.

mir nur ebensoviel gegeben wie dem Fischer! Gibst du ihm aber weniger, so wird er sagen: Er schätzt mich gering und hat mir weniger gegeben als dem Fischer!' Darauf sagte Chosrau: ‚Du hast recht; aber es steht den Königen übel an, ihr Geschenk zurückzunehmen; dies ist nun einmal geschehen.' Schirîn aber sprach: ‚Ich will dir ein Mittel ersinnen, um das Geschenk von ihm zurückzuerhalten.' Als Chosrau nun fragte: ‚Wie das?' erwiderte sie: ‚So es dir gefällt, ruf den Fischer zurück und frag ihn, ob dieser Fisch männlich oder weiblich sei. Wenn er sagt, er sei männlich, so sprich: ‚Wir wünschen nur ein Weibchen!' Sagt er aber, er sei weiblich, so sprich: ‚Wir wünschen nur ein Männchen.' Da schickte der König nach dem Fischer, und dieser, der ein Mann von Einsicht und Verstand war, kehrte zurück. König Chosrau fragte ihn: ‚Ist dieser Fisch männlich oder weiblich?' Der Fischer küßte den Boden und sprach: ‚Dieser Fisch ist ein Zwitter; er ist weder männlich noch weiblich.' Da lachte Chosrau über seine Antwort und befahl, ihm noch einmal viertausend Dirhems zu geben. Der Fischer ging zum Schatzmeister, erhielt von ihm achttausend Dirhems und tat sie in einen Sack, den er bei sich hatte. Als er den auf die Schulter lud und fortgehen wollte, fiel ein Dirhem heraus; da nahm der Fischer den Sack von seiner Schulter, bückte sich nach dem Dirhem und hob ihn auf, während der König und Schirîn ihm zuschauten. Nun rief Schirîn: ‚O König, siehst du, wie geizig und gemein dieser Mann ist? Als ihm ein Dirhem entfallen war, vermochte er es nicht übers Herz zu bringen, ihn liegen zu lassen, so daß ein Diener des Königs ihn hätte aufheben können!' Als der König ihre Worte gehört hatte, empfand er Abscheu wider den Fischer und sprach: ‚Du hast recht, Schirîn!' Dann ließ er den Fischer zurückbringen und fuhr ihn an: ‚Du niedriggesinnter Kerl, du bist kein Mensch! Wie konntest du all das Geld von deiner Schulter nehmen und dich um eines Dirhems willen bücken und so geizig sein, daß du ihn nicht liegen ließest, wo er lag?' Da küßte der Fischer wiederum den Boden und sprach: ‚Allah schenke dem König ein langes Leben! Ich habe den Dirhem da nicht deshalb vom Boden aufgehoben, weil er in meinen Augen so großen Wert hat; sondern ich habe es deshalb getan, weil er auf der einen Seite das Bild des Königs und auf der anderen Seite seinen Namen trägt. Denn ich befürchtete, es könne jemand seinen Fuß darauf setzen, ohne es zu wissen; und das wäre eine Entehrung des Namens und des Bildes des Königs gewesen, und ich wäre dann für solchen Frevel bestraft worden!' Der König war über seine Rede erstaunt, und da seine Worte ihm gefielen, so wies er ihm zum dritten Male viertausend Dirhems an. Aber dann ließ er durch einen Herold in seinem Reiche verkünden: Niemand soll sich vom Rate der Frauen leiten lassen; denn wer ihrem Rate folgt, verliert mit seinem einen Dirhem noch zwei andere dazu!

Und ferner wird erzählt

DIE GESCHICHTE VON DEM BARMEKIDEN JAHJA IBN CHÂLID UND DEM ARMEN MANNE

Jahja ibn Châlid der Barmekide verließ eines Tages das Schloß des Kalifen, um sich nach Hause zu begeben; da sah er an der Haustür einen Mann sitzen. Als er näher herantrat, stand der Mann auf, grüßte ihn und sprach: O, Jahja, ich bedarf dessen, was in deiner Hand ist, und ich mache Allah zu meinem Fürsprecher bei dir!' Da befahl Jahja, ihm einen Raum im Hause zu geben, und er hieß den Schatzmeister ihm jeden Tag tausend Dirhems bringen, und ferner ordnete er an, man solle ihm von seinen besten Gerichten auftragen. Auf diese Weise lebte der

Mann einen ganzen Monat; und als der Monat abgelaufen war, hatte er dreißigtausend Dirhems erhalten. Da der Mann nun befürchtete, Jahja könne wegen der Höhe der Summe ihm das Geld wieder abnehmen, so ging er heimlich davon. – –«

Da bemerkte Schehrezâd, daß der Morgen begann, und sie hielt in der verstatteten Rede an. Doch als die *Dreihundertund-zweiundneunzigste Nacht* anbrach, fuhr sie also fort: »Es ist mir berichtet worden, o glücklicher König, daß der Mann das Geld nahm und heimlich davonging. Als Jahja davon Kunde erhielt, sprach er: ‚Bei Allah, hätte er auch sein ganzes Leben bei mir verweilt, bis ihn der Tod ereilt, ich hätte ihm nie meine Spende entzogen, noch ihn um die Wohltat meiner Gastfreundschaft betrogen!'

Keine Zahl kann die Vorzüge der Barmekiden umfassen, und ihre Eigenschaften waren so herrlich, daß sie sich nicht be-schreiben lassen, vornehmlich aber die Jahjas ibn Châlid, denn er war aller Tugenden Hort, und so heißt es von ihm in des Dichters Wort:

> *Die Güte fragt ich: Bist du frei? Sie sagte: Nein,*
> *Ich muß dem Sohne Châlids, Jahja, Sklavin sein.*
> *Drauf ich: Bist du gekauft? Sie sagte: Das sei fern!*
> *Als seiner Väter Erbe diene ich ihm gern.*

Und ferner wird erzählt

DIE GESCHICHTE VON MOHAMMED EL-AMÎN UND DSCHA'FAR IBN MÛSA

Dscha'far ibn Mûsa el-Hâdi[1] hatte einst eine Sklavin, eine Lautenspielerin, die hieß el-Badr el-Kabîr[2], und es gab zu ihrer Zeit keine, die schöner war von Angesicht oder ebenmäßiger

1. Der Neffe von Harûn er-Raschîd; sein Vater Mûsa el-Hâdi regierte als Kalif 785 bis 786 n. Chr. – 2. Das ist ‚der große Vollmond'.

von Wuchs, keine anmutiger an Wesen oder erfahrener in der Kunst des Gesanges und im Spiele der Saiten: sie war von herrlichster Lieblichkeit und von unvergleichlicher Anmut und Vollkommenheit. Nun hörte Mohammed el-Amîn[1], der Sohn Zubaidas, von ihr, und er bat Dscha'far, sie ihm zu verkaufen; doch der entgegnete ihm: ‚Du weißt, es geziemt sich nicht für Männer meines Ranges, Sklavinnen zu verkaufen und um Nebenfrauen zu feilschen. Wäre sie nicht in meinem Hause aufgewachsen, so würde ich sie dir als Geschenk übersenden und sie nicht etwa aus Geiz deinem Wunsche entwenden.‘ Darauf begab sich Mohammed el-Amîn ibn Zubaida eines Tages zum Hause Dscha'fars, um sich zu vergnügen; und der Wirt setzte ihm vor, was Freunden vorzusetzen schicklich ist, und befahl auch seiner Sklavin el-Badr el-Kabîr, vor ihm zu singen und ihn aufzuheitern. Da stimmte sie die Saiten und begann ihr Spiel mit den schönsten Weisen zu begleiten. Mohammed el-Amîn ibn Zubaida aber fing an zu trinken und ausgelassen zu werden, und er befahl den Schenken, sie sollten Dscha'far viel Wein zu trinken geben, bis er trunken ward. Dann nahm er die Sklavin mit sich und führte sie in sein Haus; aber er streckte seine Hand nicht nach ihr aus. Als es wieder Morgen ward, befahl er, Dscha'far zu rufen; und als der zu ihm gekommen war, setzte er ihm Wein vor und ließ die Sklavin hinter einem Vorhange singen. Als Dscha'far ihre Stimme hörte, erkannte er sie, und er ward zornig darüber; doch er verbarg seinen Groll in seinem Seelenadel und seiner vornehmen Gesinnung, und er zeigte keine Veränderung in seinem Wesen. Als das Zechgelage beendet war, gab Mohammed el-Amîn ibn Zubaida einem seiner Diener Befehl, das Boot, in dem Dscha'far zu ihm gekommen war, mit Silbergeld und

1. Der Nachfolger Harûns; er regierte von 809 bis 813.

498

Goldstücken, allerlei Juwelen und Rubinen zu füllen, auch Gewänder von prächtiger Art mit den herrlichsten Gütern gepaart. Der führte den Befehl aus, und schließlich hatte er tausend Beutel mit je tausend Dirhems, und tausend Perlen, von denen eine jede zwanzigtausend Dirhems wert war, in das Boot hineingelegt; aber er belud es noch immer mehr mit allen Arten von Kostbarkeiten, bis die Bootsleute um Hilfe schrien und riefen: ‚Das Boot kann nichts mehr tragen!‘ Dann befahl el-Amîn, all das nach dem Hause Dscha'fars zu fahren.

Solcherart sind die edlen Taten der Vornehmen – Allah habe sie selig!

Ferner wird erzählt

DIE GESCHICHTE VON DEN SÖHNEN JAHJAS IBN CHÂLID UND SA'ÎD IBN SÂLIM EL-BÂHILI

Sa'îd ibn Sâlim el-Bâhili berichtete: Als Harûn er-Raschîd herrschte, geriet ich einmal in große Not; so viele Schulden häuften sich auf mich, daß sie schwer auf mir lasteten und ich sie nicht mehr bezahlen konnte. Ich wußte mir nicht mehr zu helfen und war ratlos, was ich tun sollte, da ihre Bezahlung mir solche große Sorgen machte und die Gläubiger meine Tür umstanden; ja, die Forderer umdrängten mich, und die, denen ich schuldete, schlugen mich fast in Banden. Ich wußte keinen Ausweg mehr, und meine Sorgen wurden unerträglich schwer. Da ich nun um mein Leben bangte und sah, daß alles um mich wankte und schwankte, begab ich mich zu 'Abdallâh ibn Mâlik el-Chuzâ'i und bat ihn, mir durch seinen Rat zu helfen und mich durch seine kluge Leitung zum Tore der Rettung zu führen. Da sprach 'Abdallâh ibn Mâlik el-Chuzâ'i: ‚Niemand kann dich retten aus deiner Qual und Bedrängnis und aus deines Grames Gefängnis als nur die Barmekiden.‘ Doch ich rief:

‚Wer kann denn ihren Hochmut ertragen und sich gedulden, wenn sie anmaßend aufzutreten wagen?' Er antwortete: ‚Du wirst es ertragen, um deine Lage zu bessern.' – –«

Da bemerkte Schehrezâd, daß der Morgen begann, und sie hielt in der verstatteten Rede an. Doch als die *Dreihundertunddreiundneunzigste Nacht* anbrach, fuhr sie also fort: »Es ist mir berichtet worden, o glücklicher König, daß 'Abdallâh ibn Mâlik el-Chuzâ'i zu Sa'îd ibn Sâlim sprach: ‚Du wirst es ertragen, um deine Lage zu bessern.' Da verließ ich ihn – so erzählte Sa'îd weiter – und ging zu el-Fadl und Dscha'far, den Söhnen Jahjas ibn Châlid, legte ihnen meine Lage dar und machte ihnen mein Elend klar. Sie sprachen: ‚Allah möge dir hilfreichen Beistand gewähren, Er lasse dich durch Seine Gnade das Tun Seiner Geschöpfe entbehren! Er schenke dir reichliches Gut, und Er gebe dir zur Genüge, ohne daß ein anderer es tut! Denn alles, was Er will, steht Ihm zu Gebot; Er ist gegen Seine Diener gütig und kennt ihre Not!' Ich aber wandte mich von ihnen und kehrte zu 'Abdallâh ibn Mâlik zurück, mit beklommener Brust, sorgenvollen Gedanken und gebrochenem Herzen, und wiederholte ihm, was die beiden gesagt hatten. Darauf sprach er zu mir: ‚Heute mußt du bei uns bleiben, damit wir sehen, was Allah der Erhabene geschehen läßt.' Kaum hatte ich eine Weile bei ihm gesessen, da kam plötzlich mein Diener an und sprach: ‚Hoher Herr, an unsrer Tür stehen viele beladene Maultiere, und bei ihnen ist ein Mann, der sagt, er sei der Verwalter von el-Fadl ibn Jahja und Dscha'far ibn Jahja!' Nun sagte 'Abdallâh ibn Mâlik: ‚Ich hoffe, die Rettung ist dir genaht; mache dich auf und schau, was das zu bedeuten hat!' Also verließ ich ihn wieder und lief eilends zu meinem Hause; dort fand ich an meiner Tür einen Mann mit einem Briefe, in dem folgendes geschrieben stand: ‚Wisse,

500

nachdem du bei uns gewesen warst und wir deine Worte vernommen hatten, begaben wir uns alsbald nach deinem Fortgehen zum Kalifen und taten ihm kund, deine Not habe dich so weit getrieben, daß dir nur noch die Demütigung des Bettelns geblieben. Er befahl uns sofort, dir aus dem Schatzhause tausendmaltausend Dirhems zu bringen. Wir sprachen zu ihm: ,Er wird dies Geld seinen Gläubigern geben müssen, um damit seine Schulden zu bezahlen; wie kann er dann noch für seinen Unterhalt sorgen?' Da wies er dir nochmals dreihunderttausend Dirhems an; und ein jeder von uns läßt dir aus seinem eigenen Vermögen noch tausendmaltausend Dirhems bringen, so daß du jetzt im ganzen drei Millionen und dreimalhunderttausend Dirhems hast, durch die du deine Lage und deine Verhältnisse bessern kannst.'

Betrachte diese edle Art, die sich in den Edlen offenbart! Allah der Erhabene habe sie selig!

Ferner wird erzählt

DIE GESCHICHTE VON DER LIST EINER FRAU
WIDER IHREN GATTEN

Eine Frau spielte einst ihrem Gatten einen listigen Streich, und das war dieser: Ihr Gatte brachte ihr am Freitag einen Fisch, und nachdem er ihr aufgetragen hatte, sie solle ihn kochen und nach dem Feiertagsgebete anrichten, ging er seinen Geschäften nach. Dann kam jedoch einer ihrer Freunde zu ihr und lud sie ein, eine Hochzeit in seinem Hause mitzufeiern. Sie sagte zu, tat den Fisch in einen Krug, der im Hause stand, und ging mit dem Freunde fort. Und sie blieb bis zum folgenden Freitag ihrem Hause fern, während ihr Gatte sie in allen Häusern suchte und nach ihr fragte, ohne daß jemand ihm Kunde von ihr hätte geben können. Am nächsten Freitag aber war sie wieder zu Hause und holte den Fisch, der noch lebte, aus dem Kruge hervor. Darauf rief sie die Leute zusammen. Der Mann erzählte ihnen, was geschehen war. – –«

Da bemerkte Schehrezâd, daß der Morgen begann, und sie hielt in der verstatteten Rede an. Doch als die *Dreihundertund-vierundneunzigste Nacht* anbrach, fuhr sie also fort: »Es ist mir berichtet worden, o glücklicher König, daß die Frau, als sie am folgenden Freitag zu ihrem Gatten zurückgekehrt war, den Fisch, der noch lebte, aus dem Kruge hervorholte. Darauf rief sie die Leute zusammen. Der Mann erzählte ihnen, was geschehen war; aber sie straften ihn Lügen, indem sie sprachen: ‚Es ist nicht möglich, daß ein Fisch so lange am Leben bleibt!‘ Dann erklärten sie ihn für irrsinnig und sperrten ihn ein und lachten ihn noch obendrein aus. Er aber begann in Tränen auszubrechen und hub an diese beiden Verse zu sprechen:

> *Die Alte hat im Schlechten schon hohen Rang erklommen,*
> *Und Zeugen der Gemeinheit stehn ihr im Gesicht.*
> *Wenn unrein, kuppelt sie; wenn rein, bricht sie die Ehe;*
> *Sie lebt, indem sie kuppelt und auch die Ehe bricht.*

Ferner wird erzählt

DIE GESCHICHTE VON DER WEIBERLIST[1]

In der Stadt Baghdad lebte einst ein anmutiger Jüngling, von schönem Antlitz und schlankem Wuchse, der zu den vornehmen Leuten gehörte; der besaß einen Laden, in dem er Handel trieb. Als er eines Tages in seinem Laden saß, kam eine Tochter der Fröhlichkeit an ihm vorbei; die hob dort ihr Haupt empor und sah, daß über der Ladentür zwei Zeilen geschrieben stan-

1. Nach der ersten Kalkuttaer Ausgabe vom Jahre 1814, Band II, Seiten 367 bis 378; hier eingefügt wie in der ersten Auflage der Insel-Ausgabe.

den; das waren diese Worte: *Es gibt keine List als die List der Männer, denn sie übertrifft die List der Frauen.* Da ward sie zornig und sprach in ihrem Herzen: ,Bei meinem Haupte, ich will ihn ein Wunder erleben lassen, das die Inschrift über seinem Laden zuschanden macht!' Darauf ging sie nach Hause. Am nächsten Tage aber kam sie zu dem Laden, mit prächtigen Gewändern angetan und mit kostbaren Schmucksachen geziert; auch hatte sie eine Sklavin bei sich, die ein Bündel in der Hand trug. Sie begrüßte den Kaufmann, setzte sich in seinen Laden und verlangte von ihm einige Stoffe. Da holte er ihr mancherlei hervor; sie nahm die Stoffe in die Hand und wandte sie hin und her, indem sie mit ihm plauderte. Schließlich sagte sie zu ihm: ,Sieh doch mal, wie schön ich von Wuchs und Gestalt bin! Kannst du an mir einen Fehl entdecken?' Er gab ihr zur Antwort: ,Nein, meine Herrin!' Dann enthüllte sie vor ihm einen Teil ihres Busens, und als er ihre Brüste sah, ward sein Herz durch sie erregt, und er rief: ,Verhülle sie! Allah schütze dich!' Doch sie erwiderte: ,Ist es recht, daß irgendeiner von meinen Reizen häßlich redet?' ,Nein,' rief er wieder, ,wie könnte jemand deine Reize schmähen, da du doch die Sonne der Schönheit bist?' Nun streifte sie auch die Ärmel von ihren Unterarmen auf und sprach zu dem Jüngling: ,Schau her; kannst du hier einen Fehl entdecken?' Er entgegnete: ,Nein; wie wäre das möglich? Sie sind ja Arme von Kristall!' Und er fuhr fort: ,Was veranlaßt dich, meine Herrin, mir diese schönen Glieder und diese liebliche Gestalt zu zeigen? Tu mir die Wahrheit kund! Ich gebe mein Leben für dich hin!' Und er sprach diese Verse:

Die weiße Wange wird vom Haar umrahmt
Und ist verborgen in der schwarzen Pracht.
Die Wange gleicht dem hellen Tageslicht,
Das Haar ist gleichsam wie die finstre Nacht.

Nun sagte die Dame zu dem jungen Kaufmann: ‚Wisse, mein Gebieter, ich bin ein Mädchen, dem vom eigenen Vater unrecht geschieht; denn er verleumdet mich und sagt zu mir: Du bist häßlich von Ansehen und Gestalt, und es ist nicht nötig, daß du prächtige Kleider trägst; du und die Sklavinnen, ihr seid vom gleichen Range, zwischen euch ist kein Unterschied! Und dabei ist er reich und sehr wohlhabend.‘ Da fragte der Jüngling: ‚Wer ist dein Vater? Was für einen Beruf hat er?‘ Sie antwortete: ‚Mein Vater ist der Großkadi von dem bekannten obersten Gerichtshof.‘ Und der Mann glaubte es ihr. Darauf nahm sie Abschied von ihm und ging davon. Aber in seinem Herzen regte sich eine tausendfache Sehnsucht nach ihr, und die Liebe zu ihr erfüllte ihn ganz; doch er wußte nicht, wie er sie gewinnen sollte. Er verschloß die Tür seines Ladens und begab sich zum Gerichtshof; dort trat er zu dem Kadi ein und begrüßte ihn. Der gab ihm den Gruß zurück, erwies ihm hohe Ehre und ließ ihn an seiner Seite sitzen. Darauf hub der Kaufmann an: ‚Ich komme zu dir, da ich dein Eidam werden möchte.‘ ‚Herzlich willkommen,‘ erwiderte der Kadi, ‚aber meine Tochter taugt nicht für deinesgleichen, mein Freund!‘ Der Jüngling entgegnete jedoch: ‚Das ist gleich! Ich bin mit ihr zufrieden.‘ Da nahm der Kadi seine Werbung an und setzte die Eheurkunde für ihn an Ort und Stelle auf mit der Bestimmung, daß er als Brautgeld sogleich fünfundzwanzig Goldstücke und später als zweiten Teil der Brautgabe ebensoviel bezahlen solle. Darauf ging der Kaufmann nach Hause, und nun wurde von beiden Seiten zur Hochzeit gerüstet. Am Abend des dritten Tages ward die Braut im Hochzeitszuge dem Kaufmann zugeführt; er sprach das Abendgebet und trat zu ihr ins Gemach. Als er aber den Schleier von ihrem Antlitz hob und das Kopftuch zurückschlug, da entdeckte er eine ekelhafte,

504

häßliche Gestalt und ein mit allen Fehlern behaftetes Wesen. Und nun bereute er, als ihm die Reue nichts mehr nutzte, und er sah ein, daß jene Frau ihn betrogen hatte. Der unglückliche Kaufmann blieb jene Nacht über bis zum Morgen dort, wach und voll trüber Gedanken, und er ruhte bei seiner Gattin wider Willen. Doch sobald der Morgen dämmerte, erhob er sich und ging zum Badehause. Nachdem er dort die Waschung für die Unreinheit vorgenommen hatte, zog er seine Werktagskleider wieder an, begab sich ins Kaffeehaus, trank eine Tasse Kaffee und kehrte dann zu seinem Laden zurück. Er schloß die Tür auf und setzte sich nieder; aber der Kummer verzerrte sein Antlitz. Nach einer Weile kamen seine Freunde und Gefährten zu ihm, um ihm Glück zu wünschen; und lachend sprachen sie zu ihm: ,Zum Segen! Zum Segen! Wo sind die Süßigkeiten? Wo ist der Kaffee? Es scheint, du hast uns vergessen! Die Reize deiner jungen Frau haben dich wohl so vergeßlich gemacht. Nun ja, wohl bekomm's! Wohl bekomm's!' So verspotteten sie ihn, während er ihnen keine Antwort gab und vor Wut nahe daran war, sich die Kleider zu zerreißen und zu weinen. Dann gingen sie wieder fort; und als es Mittag ward, siehe, da kam seine trügerische Freundin einher mit rauschender Schleppe. Sie trat heran, setzte sich in dem Laden nieder und sprach: ,Zum Segen, mein Gebieter! Allah gebe, daß es eine Hochzeit des Glücks und der Freude sei!' Er aber runzelte die Stirn und sprach zu ihr: ,Was hab ich dir zuleide getan, daß du mir so vergelten mußtest?' Sie erwiderte: ,Du hast mir nichts zuleide getan. Doch jene Inschrift dort über der Tür deines Ladens ist an allem schuld. Wenn es dir möglich ist, sie zu ändern, so will ich dich aus diesem Elend erretten.' Da sagte er: ,Was du forderst, ist leicht; es soll herzlich gern geschehen.' Und alsbald erhob er sich, löschte die Inschrift über seiner Tür und schrieb an ihrer Statt mit goldenen Buchstaben: *Es gibt keine List als die List der Frauen; denn ihre List ist die größte.* Dann fragte er sie: ‚Ist dein Herz nun zufrieden?‘, ‚Jawohl,‘ erwiderte sie; ‚geh du sogleich zu den Tänzern und Trommlern und sprich zu ihnen: ‚Kommt morgen mit euren Trommeln und Pfeifen zum Gerichtshof des Kadis, während ich dort sitze: dann tretet zu mir heran und sagt zu mir: ‚Zum Segen, Vetter! Unsere Seele freut sich über das, was du getan hast.‘ Dann wirf du ihnen Dinare und Dirhems zu.‘ ‚Ja, der Rat ist gut‘, antwortete er, schloß den Laden und begab sich zu den Tänzern und Trommlern; er tat ihnen den Plan kund und versprach ihnen eine große Belohnung. Sie nahmen seine Worte entgegen, indem sie sprachen: ‚Wir hören und gehorchen!‘ Am folgenden Tage ging er nach dem Frühgebete zu Seiner Exzellenz dem Kadi. Der empfing ihn mit Hochachtung und ließ ihn an seiner Seite sitzen. Dann wandte er ihm sein Angesicht zu und begann mit ihm zu plaudern; er fragte ihn, wie es mit dem Handel stehe und wie hoch die Preise der Waren seien, die von überall her nach Baghdad eingeführt wurden; und der Kaufmann antwortete ihm auf alles, was er fragte. Während sie so miteinander sprachen, kamen plötzlich die Tänzer und Trommler mit ihren Trommeln und Pfeifen; einer von ihnen hielt eine lange Fahne in der Hand und schritt ihnen voran, unter allerlei seltsamen Rufen und Bewegungen. Als sie zu dem Gerichtsgebäude kamen, rief der Kadi: ‚Ich nehme meine Zuflucht zu Gott vor diesen Teufeln!‘ Der Kaufmann lachte und schwieg. Da traten die Leute ein, grüßten Seine Exzellenz den Kadi und küßten die Hand des Kaufmanns; dann sprachen sie: ‚Zum Segen, Vetter, unsere Herzen haben sich gefreut über das, was du getan hast, und wir flehen zu Allah, daß er unserem Herren Kadi dauerndes Ansehn verleihe, ihm, der uns durch Verwandtschaft geehrt hat und uns an seinem hohen Rang und Stand hat teilnehmen lassen!' Als der Kadi diese Worte hören mußte, da ward er verwirrt und sprachlos, und sein Gesicht ward rot vor Zorn. Dann aber fragte er seinen Eidam: ‚Was sollen solche Worte bedeuten?' Der erwiderte ihm: ‚Weißt du nicht, hoher Herr, daß ich auch zu dieser Zunft gehöre? Der da ist mein Vetter von Mutters Seite, und der andere mein Vetter von Vaters Seite; ich werde freilich zu den Kaufleuten gerechnet.' Der Kadi erblich, wie er solches vernahm; er ward von Schmerz und wildem Zorn erfüllt, und er war nahe daran, vor Wut zu bersten. Dann sprach er zu dem Kaufmann: ‚Allah verhüte, daß dies Ding sich vollende! Wie sollte es erlaubt sein, daß die Tochter des Kadis der Gläubigen bei einem Manne verbleibe, der zu den Tänzern gehört und niedriger Herkunft ist? Bei Allah, wenn du dich nicht im Augenblicke von ihr scheidest, so lasse ich dich peitschen und auf immer bis zu deinem Tode ins Gefängnis werfen. Hätte ich eher gewußt, daß du zu den Leuten da gehörst, so hätte ich dich mir nicht nahekommen lassen, ja, ich hätte dir nicht einmal ins Gesicht gespuckt; du bist ja unreiner als ein Hund oder ein Schwein.' Darauf stieß er ihn mit dem Fuße von seinem Sitz herab und befahl ihm, die Scheidung auszusprechen. Aber der Kaufmann rief: ‚Sei besonnen, o Gebieter! Denn Allah ist besonnen, und Er übereilt sich nicht; ich kann mich von meiner Frau nicht scheiden, wenn du mir auch das Königreich Irak schenktest!' Nun war der Kadi ratlos; denn er sah ein, daß der Zwang nicht erlaubt ist nach der heiligen Satzung. So sprach er ihm denn mit milderen Worten zu: ‚Schütze meine Ehre, Allah soll dich schützen! Wenn du dich nicht von ihr scheidest, so wird diese Schmach für alle Zeiten an mir haften bleiben.' Doch dann übermannte ihn wieder die Wut, und er schrie ihn an: ‚Wenn du dich nicht

freiwillig von ihr scheidest, so lasse ich dir sofort den Kopf abschlagen, und dann nehme ich mir selbst das Leben – lieber im
Höllenbrande als in Schande!' Der Kaufmann dachte eine
Weile nach; dann sprach er öffentlich die Scheidung von seiner
Frau aus, und so befreite er sich durch diesen Streich von dem
Unheil. Darauf kehrte er in seinen Laden zurück. Nach einigen Tagen aber vermählte er sich mit jener Jungfrau, die ihm
ihren Streich gespielt hatte; sie war die Tochter des Scheichs
der Schmiede. Und er führte mit ihr ein Leben in Fröhlichkeit,
in Herrlichkeit und Seligkeit. – Preis sei Allah, dem Herrn der
Welten!

Ferner wird erzählt

DIE GESCHICHTE VON DER FROMMEN ISRAELITIN
UND DEN BEIDEN BÖSEN ALTEN

In alten Zeiten und längst entschwundenen Vergangenheiten
lebte unter den Kindern Israel eine tugendhafte Frau; die war
fromm und gottesfürchtig und ging jeden Tag ins Bethaus.
Jenes Bethaus aber befand sich neben einem Garten, und wenn
sie zum Gottesdienste ging, so trat sie zuerst in jenen Garten
und vollzog dort die religiöse Waschung. Nun waren in jenem
Garten zwei alte Männer, die ihn bewachten; und die entbrannten in Liebe zu der frommen Frau und wollten sie verführen. Doch sie weigerte sich; und da sprachen die beiden zu
ihr: ,Wenn du uns nicht zu Willen bist, so werden wir wider
dich Zeugnis ablegen, daß du Ehebruch getrieben habest.' Sie
erwiderte ihnen: ,Allah wird mich vor eurer Bosheit bewahren.' Da öffneten die beiden das Gartentor und schrien hinaus.
Als nun die Leute von allen Seiten bei ihnen zusammenströmten und fragten, was es mit ihnen wäre, antworteten die Alten:
,Wir haben diese Dirne bei einem Jüngling gefunden, der mit

508

ihr Unzucht trieb; der junge Mann ist uns aber davongelaufen.' Zu jener Zeit pflegten die Menschen einen Ehebrecher drei Tage lang öffentlich an den Pranger zu stellen und ihn dann zu steinigen. So ward denn auch ihre Schande drei Tage lang öffentlich ausgerufen; und die beiden Alten kamen jeden Tag zu ihr, legten ihr die Hände aufs Haupt und sprachen: ‚Gott sei gepriesen, der seinen Zorn auf dich herabgesandt hat!' Als die Leute sie dann aber steinigen wollten, folgte ihnen Daniel, der damals zwölf Jahre alt war; und dies war das erste Wunder, das er – auf unserem Propheten und ihm ruhe Segen und Heil! – verrichtet hat. Er eilte ohn Unterlaß hinter ihnen her, bis er sie eingeholt hatte; und da rief er: ‚Eilet nicht damit, sie zu steinigen; lasset mich zuerst zwischen ihnen richten!' Nun ward ihm ein Stuhl hingestellt, und er setzte sich darauf. Dann trennte er die beiden Alten, und er war der erste, der die Zeugen trennte. Den einen von ihnen fragte er: ‚Was hast du gesehen?' Der erzählte ihm, was geschehen sein sollte. Daniel fragte weiter: ‚An welcher Stätte im Garten ist es geschehen?' Der Alte gab zur Antwort: ‚Auf der Ostseite unter einem Birnenbaum!' Darauf befragte Daniel den zweiten über das, was er gesehen habe. Auch der berichtete, was geschehen sein sollte. Doch als Daniel ihn fragte: ‚An welcher Stätte im Garten?' antwortete er: ‚Auf der Westseite unter einem Apfelbaum!' Dies alles geschah, während die Frau dastand und Haupt und Hände gen Himmel hob und zu Gott um Rettung flehte. Da sandte Allah der Erhabene plötzlich einen rächenden Blitz vom Himmel, und der verbrannte die beiden Alten. So erwies Allah der Erhabene die Unschuld der Frau.

Dies war das erste der Wunder des Propheten Daniel – auf ihm ruhe Heil!

DIE GESCHICHTE VON DSCHA'FAR
DEM BARMEKIDEN UND DEM ALTEN BEDUINEN

Der Beherrscher der Gläubigen Harûn er-Raschîd ging eines Tages mit Abu Ja'kûb dem Tischgenossen, Dscha'far dem Barmekiden und Abu Nuwâs aus; und als sie in die Steppe kamen, erblickten sie einen alten Mann, der gebückt auf seinem Esel saß. Da sprach Harûn er-Raschîd zu Dscha'far: ,Frag den Alten da, woher er kommt!' Dscha'far fragte ihn also: ,Woher kommst du?' ,Aus Basra!' erwiderte jener. – –«

Da bemerkte Schehrezâd, daß der Morgen begann, und sie hielt in der verstatteten Rede an. Doch als die *Dreihundertundfünfundneunzigste Nacht* anbrach, fuhr sie also fort: »Es ist mir berichtet worden, o glücklicher König, daß der Mann, als Dscha'far ihn fragte: ,Woher kommst du?' erwiderte: ,Aus Basra!' Weiter fragte Dscha'far: ,Und wohin geht deine Reise?' ,Nach Baghdad!' antwortete der Mann. ,Was willst du dort tun?' fragte Dscha'far von neuem; und der Alte entgegnete: ,Ich will ein Heilmittel für mein Auge suchen.' Nun flüsterte Harûn er-Raschîd: ,Dscha'far, treib Scherz mit ihm!' Doch der erwiderte: ,Wenn ich Scherz mit ihm treibe, so werde ich von ihm zu hören bekommen, was mir wenig behagt.' Doch Harûn er-Raschîd bestand darauf: ,Bei meiner Macht, ich befehle dir, treib Scherz mit ihm!' Da sagte Dscha'far zu dem Alten: ,Wenn ich dir ein Heilmittel verschreibe, das dir hilft, was gibst du mir dann dafür?' ,Allah der Erhabene', versetzte der Alte, ,möge dir statt meiner einen Lohn geben, der besser ist als das, womit ich dir vergelten könnte!' Darauf hub der Minister an: ,Leih mir dein Ohr, auf daß ich dir dies Heilmittel beschreibe, das ich keinem anderen als dir verraten würde!'

510

‚Was ist denn das?‘ fragte der Alte; und Dscha'far fuhr fort:
‚Nimm drei Unzen Windhauch, drei Unzen Sonnenstrahlen,
drei Unzen Mondschein und drei Unzen Lampenlicht; mische
das alles und leg es drei Monate lang in den Wind. Dann tu es
in einen Mörser ohne Boden und zerstoße es drei Monate lang.
Wenn du es zu feinem Pulver zerstoßen hast, so tu es in eine
zerbrochene Schüssel. Stelle die Schüssel wiederum drei Monate lang in den Wind. Darauf nimm von diesem Heilmittel
dreimal am Tage im Schlafe drei Quentchen. Wenn du das
drei Monate lang getan hast, wirst du wieder gesund werden, so
Gott der Erhabene will.‘ Als der Alte die Worte Dscha'fars gehört hatte, streckte er sich der Länge nach auf seinem Esel aus,
gab einen gewaltigen Wind von sich und sprach:,Nimm diesen
Wind als Lohn dafür, daß du mir dies Heilmittel verschrieben
hast! Wenn ich es gebraucht habe und Allah der Erhabene mir
die Gesundheit wiedergeschenkt hat, so gebe ich dir noch eine
Sklavin, die dir zu deinen Lebzeiten so dienen soll, daß Allah
dadurch dein Ende rasch herbeiführt; und wenn du dann gestorben bist und Gott deine Seele schleunigst ins Höllenfeuer
gejagt hat, so soll sie aus Trauer um dich dein Gesicht mit ihrem
Dreck beschmieren, und sie soll jammern, ihr Gesicht zerschlagen und klagen; in ihrer Totenklage aber soll sie rufen:
O Dummbart, wie dumm war dein Bart!‘

Da lachte Harûn er-Raschîd, bis er auf den Rücken fiel, und
befahl, jenem Manne dreitausend Dirhems zu geben.

DIE GESCHICHTE VOM KALIFEN 'OMAR IBN EL-CHATTÂB UND DEM JUNGEN BEDUINEN

Der Scherif Husain ibn Raijân berichtete: Eines Tages saß der Beherrscher der Gläubigen 'Omar ibn el-Chattâb[1] auf dem Richterstuhl, um zwischen den Menschen zu entscheiden und über die Untertanen Recht zu sprechen, umgeben von den Vornehmsten seiner Genossen, Männern von trefflichem Urteil, als ein sehr schöner Jüngling in feinem Gewande plötzlich vor ihm stand; und an ihn klammerten sich zwei Jünglinge, gleichfalls von hoher Schönheit, die ihn am Kragen herbeigeschleppt und vor den Beherrscher der Gläubigen gebracht hatten. Als der Kalif die beiden mit dem anderen erblickte, befahl er ihnen, sie sollten ihn loslassen. Dann ließ er ihn näher treten und fragte die beiden Jünglinge: ‚Was habt ihr mit ihm zu tun?‘ ‚O Beherrscher der Gläubigen,‘ erwiderten sie, ‚als zwei leibliche Brüder stehen wir hier, und echte Jünger der Wahrheit sind wir! Wir hatten einen hochbetagten Vater, einen trefflichen Berater, der unter den Stämmen hoch in Ehren stand, allem Gemeinen abgewandt, und durch seine Tugenden bekannt. Der zog uns auf, als wir noch Kinder waren; und als wir heranwuchsen, ließ er uns viel Güte erfahren.‘ – –«

Da bemerkte Schehrezâd, daß der Morgen begann, und sie hielt in der verstatteten Rede an. Doch als die *Dreihundertundsechsundneunzigste Nacht* anbrach, fuhr sie also fort: »Es ist mir berichtet worden, o glücklicher König, daß die beiden Jünglinge zu dem Beherrscher der Gläubigen sprachen: ‚Wir hatten einen Vater, der unter den Stämmen in hohen Ehren stand, allem Gemeinen abgewandt, und durch seine Tugenden be-

[1]. Der zweite Kalif, 634 bis 644 n. Chr.

512

kannt. Der zog uns auf, als wir noch Kinder waren; und als wir heranwuchsen, ließ er uns viel Güte erfahren. Er war ein Füllhorn von Eigenschaften der edelsten Vortrefflichkeit, dem wahrlich der Dichter das Wort geweiht:

Sie fragten: Ist Abu Sakr vom Stamme Schaibân? Ich sagte:
Nein, wahrlich, bei meinem Leben, von ihm entstammt Schaibân!
Manch Vater stieg hoch in Ehren durch einen edlen Sprößling,
So stieg durch Allahs Propheten an Ehren der Stamm ' Adnân.[1]

Der ging eines Tages zu einem Garten hinaus, der ihm gehörte, um sich unter den Bäumen dort zu erquicken und die reifen Früchte zu pflücken; da erschlug ihn dieses Jünglings Hand, der sich vom rechten Wege abgewandt. Nun bitten wir dich, seine Untat zu rächen und nach Allahs Gebot über ihn das Urteil zu sprechen.' Da warf 'Omar einen furchterregenden Blick auf den Jüngling und sprach zu ihm: ‚Du hast gehört, wie diese beiden jungen Männer wider dich klagen. Was hast du nun als Antwort zu sagen?' Nun hatte aber jener Mann, der junge, ein festes Herz und eine kühne Zunge; abgelegt hatte er das Gewand der Zaghaftigkeit und abgetan den Mantel der Ängstlichkeit; und so lächelte er und begann eine Rede von gewählter Reinheit und begrüßte den Kalifen mit Worten von hoher Feinheit: ‚Bei Allah, o Beherrscher der Gläubigen, ich habe vernommen, was sie geklagt; sie haben recht mit dem was sie gesagt. Sie haben berichtet, was geschehen ist; und Gottes Befehl ist ein vorherbestimmter Beschluß.[2] Nun will ich dir meine Geschichte erzählen; und dir steht es zu, darüber zu befehlen. Wisse denn, o Beherrscher der Gläubigen, ich bin echter Vollblutaraber Kind, von denen, die unter dem Himmel die edelsten sind. Ich wuchs in den Zeltlagern der Wüste auf,

1. 'Adnân gilt als Nachkomme Ismaels und als Stammvater der Nord-araber. – 2. Koran, Sure 33, Vers 38.

bis mein Stamm heimgesucht ward durch böser Zeiten Lauf. Da zog ich mit dem Stamme, mit Habe und Kindern fort in die Umgebung von diesem Ort. Und ich ging dort umher auf den Wegen und wanderte zwischen den Gartengehegen, mit Kamelinnen, hochgeehrt, die mir lieb und wert; bei ihnen befand sich ein Hengst, dessen edle Art mit schöner Gestalt gepaart, dem ein zahlreich Geschlecht geboren ward; durch ihn wurden der Füllen immer mehr, und er schritt zwischen den Stuten daher, wie wenn er ein gekrönter König wär. Da lief eine der Kamelinnen zu dem Garten des Vaters dieser Jünglinge. Dort ragten die Bäume über die Mauer hervor, und sie langte mit ihrer Lippe danach empor. Ich jagte sie eilends von jenem Garten fort; aber da trat plötzlich ein Alter aus einem Spalt in der Mauer heraus, der von Zorn erglühte und Funken sprühte, und dessen rechte Hand einen Stein emporschwang; wie ein herannahender Löwe wiegte er sich im Gang. Dann warf er den Stein auf den Hengst und brachte ihm den Tod, da sich dem Wurf eine tödliche Stelle bot. Doch wie ich den Hengst neben mir tot niederstürzen sah, da fühlte ich, wie in meinem Herzen die Kohlen des Zornes erglühten, und ich ergriff den selbigen Stein und warf ihn auf den Alten mit Gewalt, und er ward ihm zum Grunde seines Todes alsbald. Das Unheil ward zu ihm zurückgetragen, und er ward mit der eigenen Waffe erschlagen. Aber wie er getroffen war, brach er in ein gewaltiges Schreien aus und jammerte in des Wehes Graus. Da lief ich eiligst von dem Platze fort, an dem ich stand; aber diese beiden Jünglinge stürzten mir nach und ergriffen mich bei der Hand. Zu dir schleppten sie mich, und vor dich stellten sie mich!' 'Omar – Allah der Erhabene hab ihn selig! – sprach darauf: ,Du warst so ehrlich, dein Vergehen einzugestehen; es ist unmöglich, dich loszulassen; jetzt muß die Strafe dich erfassen, und Zeit zu entrinnen läßt sich nicht mehr gewinnen.'[1] ‚Ich höre', erwiderte der Jüngling, ‚und gehorche dem Urteil des Imams und füge mich den Gesetzesforderungen des Islams. Doch ich habe einen Bruder, der ist noch klein, und er nannte einen alten Vater sein; und dieser vermachte ihm vor seinem Hinscheiden Geld in Hülle und Gold in Fülle. Aber der Vater vertraute mir seine Sache an und nahm Allah zum Zeugen wider mich dann, indem er sprach: ‚Dies ist für deinen Bruder in deiner Hut, bewahre du es ihm gut!' Ich nahm also jenes Geld von ihm entgegen und vergrub es; und niemand weiß etwas davon als ich allein. Wenn du mich nun zum raschen Tode verurteilst, so ist das Geld verloren; dann bist du die Ursache seines Verlustes, und du bist dem Knaben zur Rechenschaft verpflichtet, wenn dereinst Allah zwischen seinen Geschöpfen richtet. Gewährst du mir aber eine Frist von drei Tagen, so kann ich einem Vormund die Fürsorge für das Kind übertragen. Dann kehre ich zurück und löse meine Schuld hier sofort; und ich habe einen Bürgen für mein Wort!' Da neigte der Beherrscher der Gläubigen sein Haupt eine kurze Weile; darauf blickte er alle an, die zugegen waren, und sprach: ‚Durch wen wird mir Bürgschaft für ihn gewährt, daß er zu dieser Stätte wiederkehrt?' Der Jüngling schaute allen, die in der Versammlung waren, ins Gesicht, zeigte unter ihnen allen nur auf Abu Dharr[2] und sprach: ‚Dieser wird für mich einstehen und mein Bürge sein!' – –«

Da bemerkte Schehrezâd, daß der Morgen begann, und sie hielt in der verstatteten Rede an. Doch als die *Dreihundertundsiebenundneunzigste Nacht* anbrach, fuhr sie also fort: »Es ist mir

1. Koran, Sure 38, Vers 2. – 2. Abu Dharr war einer der ‚Prophetengenossen'; er nahm von Mohammed selbst den Islam an und starb im Jahre 652/653 n. Chr. Er gilt als einer der besten Überlieferer.

berichtet worden, o glücklicher König, daß der Jüngling auf Abu Dharr wies und sprach: ‚Dieser wird für mich einstehen und mein Bürge sein!‘ 'Omar – Allah der Erhabene hab ihn selig! – fragte: ‚Abu Dharr, hast du diese Worte vernommen und willst du mir Bürge sein für dieses Jünglings Wiederkommen?‘ Der antwortete: ‚Ja, o Beherrscher der Gläubigen, ich will drei Tage für ihn bürgen.‘ Der Kalif war damit einverstanden und erlaubte dem Jüngling fortzugehen. Als aber die Dauer des Aufschubs auf der Wende war und die Gnadenfrist beinahe oder schon ganz zu Ende war, und als in 'Omars Rat, der von den Gefährten umgeben war wie der Mond von den Sternen, der Jüngling immer noch nicht trat, während Abu Dharr dort war und die beiden Kläger warteten, da sprachen diese beiden: ‚O Abu Dharr, wo ist der Schuldige zu dieser Frist? Wie wird einer zurückkehren, wenn er entflohen ist? Wir werden uns nicht eher von der Stelle rühren, als bis wir ihn durch dich erhalten, um unsere Blutrache auszuführen.‘ Abu Dharr erwiderte: ‚So wahr der allwissende König besteht, wenn die Frist der drei Tage vergeht, und wenn der Jüngling dann noch nicht zu euch kam, so erfülle ich meine Bürgschaft und übergebe mich selbst dem Imam!‘ Da sprach 'Omar – Allah der Erhabene hab ihn selig! –: ‚Bei Allah, wenn der Jüngling noch länger ausbleibt, so vollstrecke ich an Abu Dharr, was das Gesetz des Islams vorschreibt.‘ Da brachen die Tränen aus den Augen der Anwesenden hervor, und aus dem Munde der Zuschauer stiegen Seufzer empor, und ein gewaltiger Lärm erhob sich. Und die Vornehmsten unter den Prophetengenossen baten die beiden Jünglinge, den Tod durch das Wergeld zu sühnen und sich den Dank des Volkes zu verdienen. Aber die beiden weigerten sich und wollten nichts annehmen als die Blutrache. Während nun das Volk hin und her wogte und laut um Abu Dharr klagte, geschah es plötzlich, daß der Jüngling kam, und er trat vor den Imam und begrüßte ihn durch den schönsten Salâm, mit einem Antlitz strahlend hell, überströmt von des Schweißes Perlenquell, und er sprach zu ihm: ‚Nun hab ich den Knaben zu den Brüdern seiner Mutter gebracht, und ich hab sie mit allem, was ihn angeht, bekannt gemacht, und in des Geldes Angelegenheit habe ich sie eingeweiht. Der Glut der Mittagssonne trotzte ich sodann, und ich hielt mein Wort als freier Mann!' Da staunte alles Volk ob seiner Treue und Wahrhaftigkeit, und wie er sich so festen Herzens dem Tode geweiht. Und einer aus der Menge sprach zu ihm: ‚Wahrlich, du bist ein Jüngling von edelster Art, der seinem Ehrenworte und seiner Pflicht die Treue wahrt!' Darauf erwiderte er: ‚Wisset ihr denn nicht, daß keiner dem Tode, wenn der sich einstellt, entrinnen kann? Ich hab mein Wort gehalten, auf daß es nicht heiße, die Treue sei unter den Menschen geschwunden!' Abu Dharr aber rief: ‚Bei Allah, o Beherrscher der Gläubigen, ich habe für diesen Jüngling gebürgt, ohne zu wissen, von welchem Stamme er ist; ich hatte ihn auch nie gesehen vor jener Frist. Doch als er sich von allen, die zugegen waren, abwandte und mich erwählte und sprach: ‚Dieser wird für mich einstehen und mein Bürge sein', da konnte ich ihn nicht abweisen – es deuchte mich nicht gut – und seine Hoffnung zu enttäuschen verbot mir edler Mannesmut. Mit der Gewährung seines Wunsches war auch kein Schaden verbunden; und so konnte es nicht heißen: Edler Sinn ist unter den Menschen geschwunden!' Und nun sagten die beiden Jünglinge: ‚O Beherrscher der Gläubigen, wir vergeben diesem Jünglinge das Blut unseres Vaters; durch die Freude des Wiedersehens heilte er der Verlassenheit Wunden, auf daß es nicht heiße: Die Güte ist unter den Menschen geschwunden!' Da freute sich der

Imam, daß die Vergebung zu dem Jüngling kam; und er freute sich auch über seine Wahrhaftigkeit, seine Treue und seine Rechtschaffenheit. Er pries den Mannesadel des Abu Dharr, den er über all seine Gefährten erhob; er billigte den Entschluß der beiden Jünglinge, daß sie Güte hatten walten lassen; und er pries sie, wie ein Dankender nur preisen kann, und wandte auf sie das Dichterwort an:

Wer den Geschöpfen Gutes tut, der wird belohnt;
Denn zwischen Gott und Mensch ist Güte nie verloren.

Darauf bot er den beiden an, das Wergeld für ihren Vater aus dem Schatzhause bezahlen zu lassen. Doch sie sprachen: ‚Wir haben ihm verziehen in der Hoffnung auf die Gnade Allahs, des Allgütigen und Hocherhabenen. Und wer eine solche Gesinnung hegt, der läßt seiner Güte nichts folgen, was Vorwurf oder Schaden erregt.‘

Ferner wird erzählt

DIE GESCHICHTE VON DEM KALIFEN EL-MAMÛN UND DEN PYRAMIDEN

Als el-Mamûn, der Sohn des Kalifen Harûn er-Raschîd, in die Stadt Kairo, die in Gottes Hut steht, seinen Einzug hielt, da wollte er die Pyramiden niederreißen lassen, um die Schätze, die darin verborgen waren, an sich zu nehmen. Doch als er versuchte, die Zerstörung ausführen zu lassen, konnte er es nicht vollbringen, ob er sich gleich viel Mühe darum gab und viel Geld dafür aufwandte. – –«

Da bemerkte Schehrezâd, daß der Morgen begann, und sie hielt in der verstatteten Rede an. Doch als die *Dreihundertund-achtundneunzigste Nacht* anbrach, fuhr sie also fort: »Es ist mir berichtet worden, o glücklicher König, daß el-Mamûn sich große Mühe gab, die Pyramiden niederzureißen, und viel Geld dafür aufwandte; aber er konnte es nicht vollbringen. Nur in eine einzige von ihnen vermochte er eine kleine Öffnung zu brechen, und es heißt, daß el-Mamûn in dieser Öffnung so viel Geld gefunden habe, wie er auf die Brechung des Loches verwandt hatte, nicht mehr und nicht weniger. Darüber verwunderte er sich; dann nahm er, was er dort fand, und ließ von seinem Vorhaben ab.

Der Pyramiden aber sind drei; und sie gehören zu den größten Wundern der Welt, und sie haben auf der ganzen Erde nicht ihresgleichen an Festigkeit, Beständigkeit und Höhe. Sie sind aus mächtigen Felsblöcken erbaut; und die Baumeister, die sie schufen, bohrten Löcher in jeden Stein von beiden Seiten her und steckten gerade Eisenstäbe hinein, dann bohrten sie Löcher in den zweiten Stein und legten ihn auf den andern, indem sie zugleich geschmolzenes Blei auf die Eisenstäbe taten, und das alles in geometrischer Ordnung, bis der ganze Bau vollendet war. Jede Pyramide hatte eine Höhe über der Erde von hundert Ellen des damals üblichen Maßes; sie hatte vier Seiten, die sich nach oben hin abschrägten und die am Fuße je dreihundert Ellen breit waren. Die Alten erzählen, daß sich im Innern der westlichen Pyramide dreißig Kammern aus farbigem Granit befinden, angefüllt mit kostbaren Edelsteinen, gewaltigen Schätzen, seltenen Bildwerken, prächtigen Werkzeugen und Waffen, die mit kunstvoll bereiteter Salbe bestrichen sind, so daß sie bis zum Tage der Auferstehung nicht rosten; ferner sollen Glasgefäße darin sein, die man biegen könne, ohne daß sie zerbrechen, dazu mancherlei Arten von Drogen und kunstvoll bereiteten Tränken. Und in der zweiten Pyramide sollen die Annalen der Priester sein, eingemeißelt auf Tafeln von Granit, für jeden Priester eine solche kunstvolle Platte, darauf die Wunder seiner Kunst und seine Taten verzeichnet stehen. An den Wänden aber seien menschliche Figuren, Götzenbildern gleich, die mit ihren Händen allerlei kunstvolle Arbeiten verrichten und auf erhöhten Stufen sitzen. Ferner soll eine jede Pyramide einen Schatzmeister haben, der sie behütet, und diese Wächter bewahren sie in alle Ewigkeit vor den Wechselfällen der Zeit. Die Wunder der Pyramiden haben von jeher alle, die da sehen und Einsicht haben, zum höchsten Erstaunen getrieben, und sie sind in vielen Liedern beschrieben; sie könnten dir zu nicht geringem Nutzen dienen, und so lautet denn eines von ihnen:

> *Wenn Herrscher ihren Ruhm der Nachwelt künden wollen,*
> *So mag es durch die Zunge der Bauten wohl geschehn.*
> *Siehst du die Pyramiden, wie sie unverändert*
> *Trotz aller Zeiten Wechsel immer noch bestehn?*

Und ein anderes:

> *Schau auf die Pyramiden, und höre, wie die beiden*
> *So vielerlei berichten aus Urvergangenheit!*
> *Ja, wenn sie reden könnten, sie würden uns erzählen,*
> *Was Menschen widerfuhr im Wechsel all der Zeit.*

Und ein drittes:

> *Mein Freund, gibt's unter diesem Himmel ein Gebäude,*
> *Das Kairos Pyramiden gleicht an Festigkeit?*
> *Sie sind ein Bau, vor dem die Zeit sich selber fürchtet;*
> *Und alles hier auf Erden fürchtet sonst die Zeit!*
> *Mein Blick erfreute sich ob ihrem stolzen Baue;*
> *Den Sinn erfreute nicht der Zweck, dem sie geweiht.*

Und ein viertes:

> *Wo ist der Mann, der einst die Pyramiden baute?*
> *Wie hieß sein Stamm? Wann war sein Tag? Wo ist sein Grab?*
> *Die Werke überdauern die Männer, die sie schufen,*
> *Nur kurz; dann kommt der Tod und stürzt auch sie hinab.*

DIE GESCHICHTE VON DEM DIEB
UND DEM KAUFMANN

Es war einmal ein Mann; der war ein Dieb gewesen, aber er
hatte sich in aufrichtiger Reue wieder Allah dem Erhabenen
zugewendet und einen Laden eröffnet, in dem er Stoffe verkaufte. So lebte er geraume Zeit dahin. Da begab es sich eines
Tages, als er seinen Laden geschlossen hatte und nach Hause
gegangen war, daß ein schlauer Dieb, der sich ganz wie jener
Kaufmann angezogen hatte, in den Basar kam; er holte Schlüssel aus seinem Ärmel, und da es schon dunkel war, so sprach
er zu dem Wächter des Basars: ‚Zünde mir diese Kerze an!‘
Der Wächter nahm die Kerze von ihm entgegen und ging fort,
um sie anzuzünden. – –«

Da bemerkte Schehrezâd, daß der Morgen begann, und sie
hielt in der verstatteten Rede an. Doch als die *Dreihundertund-
neunundneunzigste Nacht* anbrach, fuhr sie also fort: »Es ist mir
berichtet worden, o glücklicher König, daß der Wächter die
Kerze von ihm entgegennahm und fortging, um sie anzuzünden. Derweilen öffnete der Dieb den Laden und zündete eine
andere Kerze an, die er noch bei sich hatte. Und als der Wächter zurückkehrte, sah er, wie jener im Laden saß, das Rechnungsbuch in der Hand hielt und anschaute und mit den Fingern rechnete; so tat er bis zum Morgengrauen. Dann sprach
er zu dem Wächter: ‚Hol mir einen Treiber mit seinem Kamele,
auf daß er für mich einige Waren fortschaffe!‘ Da holte der
Wächter einen Treiber mit seinem Kamele. Der Dieb nahm
vier Ballen Stoffe und reichte sie dem Treiber, und der lud sie
auf das Kamel. Dann schloß der Mann den Laden, gab dem
Wächter zwei Dirhems und ging hinter dem Kameltreiber

her; bei dem allen glaubte der Wächter, daß jener der Besitzer des Ladens wäre. Als es aber Morgen ward und das helle Tageslicht schien, kam der wirkliche Besitzer des Ladens, und der Wächter dankte ihm noch einmal für die zwei Dirhems. Der Kaufmann wußte gar nicht, was die Worte bedeuten sollten, und wunderte sich darüber. Doch als er den Laden geöffnet hatte, fand er die Wachstropfen und sah das Rechnungsbuch am Boden liegen; und wie er sich weiter im Laden umschaute, entdeckte er auch noch, daß vier Ballen Stoffe fehlten. Da fragte er den Wächter, was denn geschehen sei; der erzählte ihm, was der andere bei Nacht getan und wie er den Kameltreiber für die Ballen gemietet hatte. ‚Bring mir den Treiber, der die Stoffe mit dir in der Dämmerung aufgeladen hat!‘ befahl der Kaufmann. ‚Ich höre und gehorche!‘ erwiderte der Wächter und brachte ihn. Da fragte der Kaufmann den Treiber: ‚Wohin hast du in der Frühe die Stoffe gebracht?‘ Der Treiber antwortete: ‚An den und den Landeplatz; und ich habe sie auf das und das Schiff geschafft.‘ ‚Führ mich dorthin!‘ befahl der Kaufmann; und der Treiber ging mit ihm dorthin und sprach zu ihm: ‚Dies ist das Schiff, und das ist der Fährmann.‘ Darauf wandte der Kaufmann sich an den Schiffer mit den Worten: ‚Wohin hast du den Kaufmann und die Stoffe gefahren?‘ Jener erwiderte: ‚An den und den Ort; und dort holte er sich einen Kameltreiber, ließ die Stoffe auf das Kamel laden und zog davon; ich weiß nicht, wohin er gegangen ist.‘ ‚Bring du mir den Treiber, der von dir aus die Stoffe fortgeschafft hat!‘ sagte nun der Kaufmann; und als der Schiffer ihn gebracht hatte, forschte der Kaufmann weiter: ‚Wohin hast du mit dem Händler die Stoffe aus dem Schiffe geführt?‘ ‚Zu der und der Stätte‘, gab der Mann zur Antwort. Da hub der Kaufmann wieder an: ‚Geh mit mir dorthin und zeige sie mir!‘ Darauf

522

begab sich der Treiber mit ihm an eine Stelle, die abseits vom Ufer lag, zeigte ihm den Chân, in dem er die Stoffe abgeladen hatte, und wies ihm auch das Magazin des falschen Kaufmanns. Er trat näher, öffnete es und fand darin die vier Ballen von Stoffen noch verschnürt, wie sie gewesen waren; die übergab er sofort dem Kameltreiber. Nun hatte aber der Dieb seinen Mantel über die Stoffe gelegt; auch den übergab der Kaufmann dem Kameltreiber, der nun alles aufs Kamel lud. Dann verschloß er das Magazin und ging mit dem Treiber davon. Doch siehe, da begegnete ihm der Dieb, und der folgte ihm nach, bis die Stoffe im Schiffe verladen waren. Da sprach der Dieb zum Kaufmann: ‚Bruder, du stehst in Gottes Hut; du hast deine Stoffe wiedererhalten und hast nichts davon verloren; nun gib mir auch den Mantel zurück!' Der Kaufmann mußte über ihn lachen, gab ihm den Mantel zurück und belästigte ihn nicht weiter. Darauf zog ein jeder von beiden seines Wegs.

Ferner wird erzählt

DIE GESCHICHTE VON MASRÛR
UND IBN EL-KÂRIBI

Eines Nachts ward der Kalif Harûn er-Raschîd von arger Unruhe geplagt; da sprach er zu seinem Wesir Dscha'far ibn Jahja, dem Barmekiden: ‚Hör, ich kann heute nacht keinen Schlaf finden; die Brust ist mir eng, und ich weiß nicht, was ich beginnen soll.' Nun stand sein Eunuch Masrûr vor ihm, und der mußte gerade lachen. Der Kalif rief ihm zu: ‚Worüber lachst du? Lachst du etwa, um mich zu verspotten, oder weil du irr geworden bist?' Masrûr antwortete ihm: ‚Nein, bei Allah, o Beherrscher der Gläubigen' – –«

Da bemerkte Schehrezâd, daß der Morgen begann, und sie hielt in der verstatteten Rede an. Doch als die *Vierhundertste*

Nacht anbrach, fuhr sie also fort: »Es ist mir berichtet worden, o glücklicher König, daß Harûn er-Raschîd Masrûr, dem Schwertträger, zurief: ‚Lachst du etwa, um mich zu verspotten, oder weil du irr geworden bist?‘ Masrûr antwortete: ‚Nein, bei Allah, o Beherrscher der Gläubigen, bei deiner Verwandtschaft mit dem Fürsten der Apostel, ich habe das nicht aus freiem Willen getan; sondern ich bin gestern abend draußen vor dem Palast spazieren gegangen, und als ich dann zum Ufer des Tigris kam, sah ich dort viel Volks versammelt. Ich blieb stehen und gewahrte dort einen Mann, der das Volk zum Lachen brachte; der hieß Ibn el-Kâribi. Gerade eben mußte ich wieder an das denken, was er sagte, und da kam das Lachen mit Gewalt über mich. Ich bitte dich um Verzeihung, o Beherrscher der Gläubigen!‘ Der Kalif befahl darauf: ‚Bring mir den Mann sofort hierher!‘ Da eilte Masrûr fort, bis er Ibn el-Kâribi fand, und sprach zu ihm: ‚Folge dem Rufe des Beherrschers der Gläubigen!‘ ‚Ich höre und gehorche!‘ erwiderte der. Doch Masrûr fügte noch hinzu: ‚Nur unter der Bedingung, daß du, wenn du zu ihm kommst und er dir ein Geschenk macht, davon ein Viertel erhältst, während der Rest mir gehört.‘ Da sagte Ibn el-Kâribi: ‚Nein, dir die Hälfte und mir die Hälfte!‘ Masrûr aber entgegnete: ‚Nein!‘ Nun sagte Ibn el-Kâribi: ‚Dann also mir ein Drittel und dir zwei Drittel!‘ Nach langem Widerstreben willigte Masrûr endlich darin ein und machte sich mit ihm auf den Weg. Als nun Ibn el-Kâribi zum Herrscher eintrat, begrüßte er ihn mit dem Gruße, der dem Kalifen gebührt, und blieb dann vor ihm stehen. Darauf hub der Beherrscher der Gläubigen an: ‚Wenn du mich nicht zum Lachen bringst, so gebe ich dir drei Schläge mit diesem Sack!‘ Ibn el-Kâribi sagte sich: ‚Was sind denn etwa drei Schläge mit diesem Sack, da mir sogar Peitschenhiebe nichts schaden?‘ Denn er glaubte,

524

der Sack sei leer. Nun erzählte er so lustige Dinge, daß selbst ein Zorniger hätte lachen müssen, und er trug allerlei Arten von Scherzen vor. Doch der Kalif lachte nicht und verzog keine Miene zum Lächeln. Darüber war Ibn el-Kâribi verwundert und bestürzt, und er geriet in Furcht. Und der Beherrscher der Gläubigen sprach: ‚Jetzt hast du die Schläge verdient‘, nahm den Sack und gab ihm einen Schlag; in dem Sack aber waren vier Kieselsteine, von denen ein jeder zwei Pfund wog. Wie nun der Schlag seinen Nacken traf, schrie er laut auf; aber er dachte sofort an das, was er mit Masrûr abgemacht hatte, und so rief er: ‚Vergebung, o Beherrscher der Gläubigen! Höre zwei Worte von mir an!‘ Als der Kalif antwortete: ‚Sprich, was du zu sagen hast!‘ fuhr er fort: ‚Masrûr hat mir eine Bedingung gestellt, und ich habe mich mit ihm darüber geeinigt; die ist, daß von allen Gnadengaben, die mir der Beherrscher der Gläubigen verleiht, nur ein Drittel mir zukommen soll, während ihm die beiden anderen Drittel gehören. Und darin hat er erst nach starkem Widerstreben eingewilligt. Nun hast du mir kein anderes Gnadengeschenk verliehen als die Schläge; dieser Schlag ist mein Anteil, die beiden übrigen Schläge gehören ihm. Ich habe meinen Anteil erhalten; da steht er, o Beherrscher der Gläubigen, zahle ihm, was ihm gebührt!‘ Als der Herrscher diese Worte von ihm vernahm, lachte er, bis er auf den Rücken fiel; danach rief er den Masrûr herbei und gab ihm einen Schlag. Der aber schrie auch und rief: ‚O Beherrscher der Gläubigen, ein Drittel ist genug für mich, gib ihm zwei Drittel!‘ – –«

Da bemerkte Schehrezâd, daß der Morgen begann, und sie hielt in der verstatteten Rede an. Doch als die *Vierhundertundeerste Nacht* anbrach, fuhr sie also fort: »Es ist mir berichtet worden, o glücklicher König, daß Masrûr ausrief: ‚O Beherrscher der Gläubigen, ein Drittel ist genug für mich, gib ihm zwei Drittel!' Da lachte der Kalif über die beiden und wies einem jeden tausend Dinare an. Und nun gingen beide, erfreut über das Geschenk des Kalifen, ihrer Wege.

Ferner wird erzählt

DIE GESCHICHTE
VON DEM FROMMEN PRINZEN

Der Beherrscher der Gläubigen Harûn er-Raschîd hatte einen Sohn, der schon im Alter von sechzehn Jahren der Welt entsagte und sich dem Pfade der Asketen und Heiligen zuwandte. Er pflegte auf die Friedhöfe zu gehen und dort zu sprechen: ‚Ihr habt einst die Welt beherrscht, aber das hat euch nicht vor dem Tode gerettet, und nun seid ihr in die Grube gefahren. O wüßte ich doch, was ihr gesagt habt und was zu euch gesagt wurde!'[1] Und dann weinte er in Zittern und Zagen und pflegte das Dichterwort zu sagen:

> Die Leichenzüge schrecken mich zu jeder Zeit;
> Der Klagefrauen Weinen stimmt mich immer traurig.

Nun geschah es eines Tages, daß sein Vater an ihm vorbeizog, inmitten seines Hofstaates, umgeben von seinen Wesiren, den Großen seines Reiches und den Würdenträgern seiner Herrschaft. Und als sie den Sohn des Beherrschers der Gläubigen erblickten, mit einem härenen Gewand auf dem Leib und einem wollenen Tuch auf dem Kopf, sprachen sie zueinander: ‚Dieser Jüngling da macht den Beherrscher der Gläubigen zum Gespött unter den Königen. Wenn sein Vater ihn schelten möchte, so würde er wohl von seinem Treiben ablassen.' Der Herrscher vernahm ihre Worte, und so redete er mit dem

1. Dies bezieht sich auf die Glaubensprüfung der Gestorbenen durch die Engel Munkar und Nakîr.

Jüngling darüber, indem er sprach: ‚Mein lieber Sohn, fürwahr, du machst mir Schande durch das, was du treibst.‘ Doch sein Sohn sah ihn nur an, ohne zu antworten; dann blickte er nach einem Vogel, der auf einer der Zinnen des Palastes saß, und rief ihm zu: ‚Du Vogel, bei Dem, der dich erschaffen hat, laß dich auf meine Hand nieder!‘ Da flog der Vogel auf die Hand des Jünglings hinab. Dann fuhr der Prinz fort: ‚Kehre an deine Stätte zurück!‘ und der Vogel flog an seine Stätte zurück. Weiter sprach der Prinz: ‚Laß dich auf die Hand des Beherrschers der Gläubigen nieder!‘ Aber der Vogel weigerte sich, dorthin zu fliegen. Da sagte der Jüngling zu seinem Vater: ‚Du bist es, der mich durch seine Liebe zur Welt unter den Heiligen enthert; und jetzt bin ich entschlossen, mich von dir auf immer zu trennen, so daß ich erst in der künftigen Welt wieder zu dir zurückkehre.‘ Darauf zog er nach Basra hinunter und arbeitete dort mit den Erdarbeitern; dabei verdiente er jeden Tag nur einen Dirhem und einen Dânik[1], und mit dem Dânik bestritt er seinen Unterhalt, von dem Dirhem aber gab er Almosen.

Abu ’Âmir von Basra erzählte: In meinem Hause fiel eine Mauer ein: da ging ich zum Standort der Arbeiter, um mir einen Mann zu holen, der sie mir ausbessern könnte. Mein Blick fiel auf einen Jüngling, der Schönheit Bild, mit einem Antlitze, strahlend mild; zu dem trat ich heran, grüßte ihn und sprach zu ihm: ‚Mein Freund, suchst du Arbeit?‘ ‚Jawohl‘, erwiderte er; dann fuhr ich fort: ‚Komm mit mir, um eine Mauer wieder aufzubauen!‘ Darauf sprach er: ‚Unter gewissen Bedingungen, die ich dir stellen muß!‘ ‚Mein Freund,‘ fragte ich, ‚wie sind die?‘ Er antwortete: ‚Der Lohn soll einen Dirhem und einen Dânik betragen; und wenn der Muezzin

1. Ein Dânik = $\frac{1}{6}$ Dirhem; vgl. Band I, Seite 662, Anmerkung.

zum Gebete ruft, so laß mich hingehen, auf daß ich in Gemeinschaft beten kann.'[1] Nachdem ich ihm das zugesagt hatte, nahm ich ihn mit mir und führte ihn in mein Haus; dort arbeitete er so vortrefflich, wie ich es noch nie zuvor gesehen hatte. Als ich ihn dann aber an das Mittagsmahl erinnerte, sagte er: ,Nein!' und so wußte ich, daß er fastete. Doch sobald er den Gebetsruf hörte, sprach er: ,Du kennst die Bedingung.' Ich sagte: ,Jawohl', und er löste sich den Gürtel und vollzog die religiöse Waschung so schön, wie ich es noch nie gesehen hatte. Dann ging er zum Gebet fort, und nachdem er mit der Gemeinde gebetet hatte, kehrte er zu seiner Arbeit zurück. Auch als zum Nachmittagsgebet gerufen wurde, nahm er die Waschung vor, ging zum Gebete fort und kehrte dann zu seiner Arbeit zurück. Doch nun sprach ich zu ihm: ,Lieber Freund, die Arbeitszeit ist vorüber; das Werk der Arbeiter dauert nur bis zum Nachmittagsgebet.' Er entgegnete mir jedoch: ,Preis sei Allah, mein Dienst dauert bis zum Abend', und arbeitete weiter, bis es dunkel ward. Da gab ich ihm zwei Dirhems. Wie er die beiden Geldstücke sah, fragte er: ,Was bedeutet das?' Ich antwortete: ,Bei Allah, das ist nur ein Teil deines Lohnes, da du so eifrig für mich gearbeitet hast.' Aber er warf mir die beiden Stücke wieder zu mit den Worten: ,Ich will nicht mehr haben, als zwischen uns beiden vereinbart ist.' Ich drängte ihn noch, aber ich konnte ihn nicht bewegen, sie anzunehmen. Also gab ich ihm einen Dirhem und einen Dânik, und dann ging er fort. Als es Morgen ward, ging ich früh zu dem Standort, aber ich konnte ihn nicht finden; und als ich nach ihm fragte, wurde mir gesagt: ,Er kommt nur am Samstag hierher.' Am folgenden Samstag begab ich mich wiederum

1. Das gemeinschaftliche Gebet in der Moschee gilt als verdienstlicher denn das Gebet des einzelnen an der Stelle, an der er sich gerade befindet.

zu jenem Ort, und da ich den Jüngling traf, so sprach ich zu
ihm: ‚Im Namen Allahs, habe die Güte, für mich zu arbeiten!‘
Er antwortete: ‚Unter den Bedingungen, die du kennst.‘ ‚Gut‘,
erwiderte ich und führte ihn wieder in mein Haus. Dort stellte
ich mich auf, um ihm zuzuschauen, doch so, daß er mich nicht
sehen konnte. Er nahm eine Handvoll Mörtel und legte sie
auf die Mauer; und siehe da, die Steine reihten sich von selbst
übereinander. Ich sagte mir: ‚So sind die Heiligen Allahs!‘
Er aber arbeitete wiederum den ganzen Tag und vollendete
noch mehr als zuvor. Als es dunkel ward, gab ich ihm seinen
Lohn; er nahm ihn und ging davon. Wie dann der dritte Samstag kam, ging ich wiederum zu dem Standort; aber ich fand
den Jüngling nicht; ich fragte wieder nach ihm, und da hieß
es: ‚Er ist krank und liegt in der Hütte von der und der Frau.‘
Jene Frau war eine Greisin, die ob ihrer Frömmigkeit berühmt
war, und sie hatte eine Rohrhütte auf dem Gottesacker. Ich
begab mich also zu der Hütte und trat in sie ein; da lag der
Jüngling auf dem Boden ausgestreckt, und er hatte nichts
unter sich als einen Lehmziegel, auf den er sein Haupt gelegt
hatte, doch sein Antlitz erglänzte von hellem Licht. Ich begrüßte ihn, und er gab mir den Gruß zurück. Dann setzte ich
mich ihm zu Häupten und weinte darum, daß er schon so jung
in die Fremde gezogen war, um sich dem Gehorsam gegen
seinen Herren zu weihen. Und ich fragte ihn: ‚Hast du irgendein Anliegen?‘ ‚Jawohl‘, erwiderte er; und ich fragte weiter:
‚Was ist das?‘ Er fuhr fort: ‚Wenn es wieder Morgen wird,
komm zu mir am Vormittage; dann wirst du mich tot finden.
Wasche mich und grabe mir ein Grab; doch tu es niemandem
kund! Lege mir dies Gewand, das ich trage, als Totenkleid an,
nachdem du es aufgetrennt und die Tasche daran durchsucht
hast; was du in ihr findest, das nimm heraus und bewahre es

auf bei dir! Wenn du dann über mir gebetet und mich in die
Erde versenkt hast, so geh nach Baghdad und warte dort, bis
der Kalif Harûn er-Raschîd herauskommt; dem übergib, was
du in meiner Tasche gefunden hast, und entbiete ihm meinen
Gruß!' Dann sprach er das Glaubensbekenntnis, sandte in be-
redtesten Worten Dank zu seinem Herren empor und trug
diese Verse vor:

> *Bring du das Pfand des Mannes, dessen Stündlein naht,*
> *Zu er-Raschîd; der Lohn liegt in der guten Tat!*
> *Und sprich: Ein Wandersmann, der lange inniglich,*
> *So fern, sich sehnte dich zu sehn, begrüßet dich.*
> *Kein Haß und kein Verdruß, fürwahr, hielt ihn dir fern:*
> *Der Kuß auf deine Rechte nahte ihn dem Herrn.*
> *Doch trennte ihn von dir die Seele voll Verlangen,*
> *An Freuden deiner Welt, o Vater, nicht zu hangen.*

Darauf begann der Jüngling Allah um Verzeihung anzuflehen – –«

Da bemerkte Schehrezâd, daß der Morgen begann, und sie
hielt in der verstatteten Rede an. Doch als die *Vierhundertund-
zweite Nacht* anbrach, fuhr sie also fort: »Es ist mir berichtet
worden, o glücklicher König, daß der Jüngling darauf begann,
Allah um Vergebung anzuflehen und dies mit dem Gebet zu
vereinen: Allah gebe Segen und Heil dem Herrn der Reinen![1]
Dann rezitierte er einige Verse aus dem Koran, und daran
schloß er diese Dichterverse an:

> *O Vater, laß dich nicht durch Lust der Welt betören;*
> *Das Leben hat ein Ende, die Freude muß vergehn.*
> *Wenn du von arger Not bei einem Volke hörest,*
> *Bedenk, du mußt einst Rechenschaft für alle stehn.*
> *Und hast du eine Leiche zur letzten Ruh geleitet,*
> *Bedenk, daß man nach ihr mit dir zum Grabe schreitet!*

[1]. Das ist: der Prophet Mohammed.

Weiter erzählte Abu 'Âmir aus Basra: Als der Jüngling mir seinen Auftrag gegeben und seine Verse beendet hatte, verließ ich ihn und begab mich nach Hause. Und am nächsten Tage ging ich frühmorgens wieder zu ihm; da fand ich ihn wirklich tot – Allah erbarme sich seiner! Ich wusch ihn, trennte sein Gewand auf und fand in seiner Tasche einen Rubin, der Tausende von Dinaren wert war. Ich sagte mir: ‚Bei Allah, dieser Jüngling übte die Weltentsagung in vollkommenster Weise!‘ Nachdem ich ihn dann begraben hatte, begab ich mich nach Baghdad, gelangte zum Kalifenschlosse und wartete dort, bis Harûn er-Raschîd herauskam. In einer der Straßen trat ich an ihn heran und überreichte ihm den Rubin. Sobald er ihn erblickte, erkannte er ihn und sank ohnmächtig nieder. Seine Diener legten Hand an mich; doch als er wieder zu sich kam, sprach er zu den Dienern: ‚Lasset ihn los und geleitet ihn freundlich in den Palast!‘ Sie taten, wie er ihnen befohlen hatte. Und als er dann selbst in sein Schloß zurückkam, sandte er nach mir und führte mich in sein Gemach. Dort fragte er mich: ‚Was hat der Besitzer dieses Rubins getan?‘ Ich antwortete: ‚Er ist tot‘, und erzählte ihm, wie es um ihn gestanden hatte. Da begann er zu weinen und sprach: ‚Der Sohn hat gewonnen, aber der Vater hat verloren!‘ Dann rief er: ‚Du, Soundso!‘ Und eine Frau trat hervor; doch als sie mich sah, wollte sie zurückweichen. Aber er sprach zu ihr: ‚Komm nur heran; es ist nicht wider deine Ehre, daß er hier ist!‘ Da trat sie näher und grüßte, und er warf ihr den Rubin zu. Sowie sie den erblickte, schrie sie laut auf und sank ohnmächtig nieder. Nachdem sie aber wieder zu sich gekommen war, rief sie: ‚O Beherrscher der Gläubigen, was hat Allah mit meinem Sohn getan?‘ Der Kalif befahl mir: ‚Berichte du ihr von ihm!‘ da er selber vor Tränen nicht reden konnte. Ich erzählte ihr nun von ihm; und sie begann zu weinen und mit schwacher Stimme zu klagen: ‚Wie habe ich mich nach deinem Anblick gesehnt, o du mein Augentrost! Hätte ich dir doch zu trinken geben können, als du niemanden fandest, der dir einen Trunk reichte! Hätte ich doch bei dir sein können, als du niemanden fandest, der dich tröstete!‘ Darauf begann sie wieder in Tränen auszubrechen und hub an diese Verse zu sprechen:

> Ich weine um den Pilger, der einsam sterben mußte,
> Der keinen Freund mehr fand, um ihm sein Leid zu klagen.
> Nach all der Herrlichkeit, dem Leben bei den Seinen
> Mußt er so ganz allein die Einsamkeit ertragen.
> Ja, was die Zeiten bergen, wird doch der Welt verkündet;
> Noch keinen unter uns hat je der Tod verschont.
> O der du ferne weilst, der Herr beschloß die Trennung;
> Du warest weit von mir, nachdem du nah gewohnt.
> Der Tod nahm mir die Hoffnung, mein Sohn, dich jetzt zu sehen;
> Doch werden wir uns finden, wenn alle auferstehen.

Da fragte ich: ‚O Beherrscher der Gläubigen, war er wirklich dein Sohn?‘ Er antwortete mir: ‚Ja; er pflegte, ehe ich dies Amt antrat, die Gelehrten zu besuchen und bei den Frommen zu sitzen; doch als ich dies Amt übernahm, begann er mich zu meiden und sich von mir zurückzuhalten. So sprach ich denn zu seiner Mutter: ‚Dieser Knabe hat sich ganz dem Dienste Allahs des Erhabenen geweiht; vielleicht stehen ihm Zeiten von Not und schwerer Prüfung bevor. Darum gib du ihm diesen Rubin, auf daß er, wenn er ihn braucht, verwenden kann.‘ Da gab sie ihm den Edelstein; doch sie mußte ihn beschwören, das Juwel anzunehmen. Er gehorchte schließlich ihrem Geheiß, nahm den Stein, überließ uns unserer Welt und ging von uns. Und er blieb uns immer fern, bis er zu Allah, dem Allmächtigen und Glorreichen, einging, fromm und rein.‘ Dann fuhr der Herrscher fort: ‚Komm, zeig mir sein Grab!‘ Da machte ich mich mit ihm auf und zog mit ihm dahin, bis ich es ihm zeigen konnte. Dort begann er zu weinen und zu klagen, bis er ohnmächtig niedersank. Als er wieder zu sich kam, bat er Allah um Verzeihung und sprach: ‚Wir sind Allahs Geschöpfe, und zu Ihm kehren wir zurück!' Nachdem er dann den Segen des Himmels auf den Toten herabgefleht hatte, bat er mich, sein Freund zu werden. Doch ich erwiderte ihm: ‚O Beherrscher der Gläubigen, in deinem Sohne ist für mich eine Mahnung, wie sie nicht ergreifender sein kann!' Und ich schloß daran diese Verse an:

> Ich bin der Fremdling, der bei keinem einkehrt;
> Ich bin der Fremdling in der eignen Stadt;
> Ich bin der Fremdling ohne Sohn und Sippe,
> Der keinen Freund zu seiner Zuflucht hat.
> In den Moscheen kehr ich ein und wohn ich;
> Für sie schlägt stets mein Herze ungeteilt.
> Preist Gott für seine Huld, den Herrn der Welten,
> Solange noch der Geist im Leibe weilt!

Ferner wird erzählt

DIE GESCHICHTE VON DEM SCHULMEISTER, DER SICH AUF HÖRENSAGEN VERLIEBTE

Ein trefflicher Mann berichtete einst: Ich ging einmal an einer Schule vorbei, in der ein Schulmeister die Kinder unterrichtete. Da ich sah, daß er ein schönes Äußeres hatte und gut gekleidet war, so trat ich an ihn heran; er erhob sich vor mir und ließ mich an seiner Seite sitzen. Ich erprobte seine Kenntnisse in den Lesarten des Korans, in der Grammatik, in der Dichtkunst und in der Sprachkunde, und siehe da, er war in allem, was von ihm verlangt wurde, vollkommen bewandert. Da sprach ich zu ihm: ‚Allah stärke deinen Eifer! Du bist in allem, was von dir gefordert werden kann, wohlerfahren.' Danach suchte ich eine Weile lang seine Gesellschaft auf, und an jedem Tage entdeckte ich an ihm einen neuen Vorzug. So mußte ich mir sagen: ‚Dies ist wirklich wunderbar bei einem Schulmeister, der die Kinder unterrichtet! Die verständigen Leute sind sich doch einig darüber, daß ein Kinderlehrer nur geringen Verstand hat.‘ Dann aber suchte ich ihn nicht mehr regelmäßig auf, sondern nur noch alle paar Tage, wenn ich seine Gesellschaft entbehrte; und als ich wieder einmal eines Tages wie gewöhnlich zu ihm kam, um ihn zu besuchen, fand ich die Schule geschlossen. Da fragte ich die Nachbarn, und sie sagten mir: ‚Bei ihm ist jemand gestorben!‘ Nun sprach ich bei mir: ‚Es ist meine Pflicht, ihm einen Beileidsbesuch zu machen.‘ Ich ging also zu seiner Haustür und klopfte an. Eine Sklavin kam zu mir heraus und fragte: ‚Was willst du?‘ Ich antwortete: ‚Ich wünsche deinen Herrn zu sprechen.‘ Sie aber entgegnete: ‚Mein Herr sitzt einsam und trauert.‘ Da sagte ich zu ihr: ‚Sag ihm, sein Freund Soundso wolle ihn trösten!‘ Nun ging die Sklavin wieder fort und brachte ihm die Meldung. Als er ihr sagte: ‚Laß ihn ein!‘ erlaubte sie mir einzutreten; und wie ich zu ihm kam, fand ich ihn allein dasitzen, mit der Trauerbinde ums Haupt. Ich hub an: ‚Allah gebe dir reichen Lohn im Himmel! Dies ist ein Pfad, den jeder gehen muß; es geziemt sich dir, dich in Geduld zu fassen.‘ Dann fragte ich ihn: ‚Wer ist denn bei dir gestorben?‘ Er antwortete: ‚Ein Mensch, der mir von allen der teuerste und liebste war.‘ ‚Vielleicht war es dein Vater?‘ ‚Nein!‘ ‚Deine Mutter?‘ ‚Nein.‘ ‚Dein Bruder?‘ ‚Nein.‘ ‚Einer von deinen Verwandten?‘ ‚Nein.‘ Da fragte ich: ‚In welchem Verhältnisse stand er denn zu dir?‘ Er antwortete: ‚Es war meine Geliebte.‘ Nun sprach ich in meinem Innern: ‚Dies ist der erste Beweis von seiner Beschränktheit!‘ Aber laut fügte ich hinzu: ‚Es gibt sicher noch andere, die schöner

sind als sie.' Er entgegnete: ‚Ich habe sie nie gesehen, daß ich
wissen könnte, ob es eine schönere als sie gibt oder nicht.'
Wiederum sprach ich in meinem Innern: ‚Dies ist der zweite
Beweis', und fügte laut hinzu: ‚Wie konntest du ein Mädchen
lieben, das du nie gesehen hast?' Darauf erzählte er: ‚Höre! Ich
saß eines Tages am Fenster; da ging ein Mann des Weges vorüber und sang diesen Vers:

> *Gott lohne dir's, Umm'Amr, mit reicher Gnade:*
> *Gib mir zurück mein Herz, wo es auch sei!' – –«*

Da bemerkte Schehrezâd, daß der Morgen begann, und sie
hielt in der verstatteten Rede an. Doch als die *Vierhundertund-
dritte Nacht* anbrach, fuhr sie also fort: »Es ist mir berichtet
worden, o glücklicher König, daß der Mann des weiteren erzählte: Der Schulmeister fuhr fort: ‚Als der Mann, der des
Weges vorüberging, das Lied sang, das ich von ihm hörte,
sagte ich mir: Wenn diese Umm'Amr nicht ohnegleichen in
der Welt wäre, so hätten die Dichter sie nicht besungen.Und
ich war von Liebe zu ihr ergriffen. Zwei Tage später aber kam
derselbe Mann wieder vorbei und sang diesen Vers:

> *Der Esel zog von dannen mit Umm'Amr;*
> *Sie kam nie wieder, auch der Esel nicht.*[1]

Da wußte ich, daß sie gestorben war; und ich begann sie zu
betrauern. Und nun bin ich schon seit drei Tagen in Trauer
um sie.' So überzeugte ich mich, daß er wirklich doch ein
dummer Kerl war, verließ ihn und ging davon.

Und ebenso wird erzählt

---

1. Dieser und der vorhergehende Vers sind sogenannte Gassenhauer.
Umm'Amr ist ein beliebiger Frauenname.

DIE GESCHICHTE

VON DEM TÖRICHTEN SCHULMEISTER

Es war einmal ein Lehrer in einer Schule; zu dem trat ein vornehmer Mann ein, setzte sich zu ihm und erprobte seine Kenntnisse. Da fand er, daß jener ein Schulmeister war, der Grammatik, Sprachkunde und Dichtkunst beherrschte und der gebildet, verständig und feingesittet war. Darüber erstaunte er, und er sagte sich: ‚Leute, die Kinder in den Schulen unterrichten, können doch keine vollkommene Verstandeskraft haben!' Als er sich dann zum Gehen wandte, sprach der Schulmeister zu ihm: ‚Du bist heute abend mein Gast!' Er nahm die Einladung an und ging mit ihm zu seiner Wohnung. Dort erwies der Lehrer ihm hohe Ehren und setzte ihm zu essen vor. Die beiden aßen und tranken und ließen sich dann nieder, um zu plaudern, bis ein Drittel der Nacht verstrichen war. Darauf bereitete der Wirt seinem Gaste ein Lager und ging in seinen Harem. Als der Gast sich aber niedergelegt hatte und gerade einschlafen wollte, hörte er plötzlich, wie sich im Harem ein großes Geschrei erhob. Er rief: ‚Was gibt es?' Da ward ihm erwidert: ‚Dem Scheich ist etwas Furchtbares widerfahren; er liegt in den letzten Atemzügen.' Der Gast sprach rasch: ‚Führt mich zu ihm!' Da führte man ihn zu dem Schulmeister, und als er in dessen Zimmer eintrat, sah er, wie jener ohnmächtig dalag und das Blut von ihm herabtroff. Er sprengte ihm alsbald Wasser ins Gesicht, und als der Mann wieder zu sich kam, fragte er ihn: ‚Was gibt's? Als du von mir fortgingst, warst du noch völlig heiter und gesund. Was ist dir?' Jener berichtete nun: ‚Als ich dich verlassen hatte, mein Bruder, setzte ich mich nieder, um über die Werke Allahs des Erhabenen nachzusinnen. Und ich sagte mir: In allem, was Allah für

536

den Menschen erschaffen hat, liegt ein Nutzen verborgen; denn Er, dem Preis gebührt, hat die Hände zum Greifen geschaffen, die Füße zum Gehen, die Augen zum Sehen, die Ohren zum Hören, die Rute zum Zeugen, und so weiter, nur diese beiden Hoden da haben gar keinen Nutzen. Da nahm ich ein Rasiermesser, das ich bei mir hatte, und schnitt sie ab. Und nun erging es mir so, wie du siehst.' Der Gast wandte sich von ihm und sagte sich: ‚Der Mann hat recht, der da sagte, kein Schulmeister, der Kinder unterrichte, könne vollkommene Verstandeskraft haben, möge er auch alle Wissenschaften beherrschen.'

Ferner wird erzählt

DIE GESCHICHTE VON DEM SCHULMEISTER, DER WEDER LESEN NOCH SCHREIBEN KONNTE

Unter den Leuten, die sich in der hohen Schule aufzuhalten pflegten, war einmal einer, der weder lesen noch schreiben konnte, und der nur dadurch, daß er die Menschen listig betrog, sein Brot von ihnen verdiente. Eines Tages nun kam es ihm in den Sinn, eine Schule zu eröffnen und darin die Kinder zu unterrichten; er holte sich daher Schreibtafeln und beschriebene Blätter und hängte sie an einer sichtbaren Stelle auf. Dann vergrößerte er seinen Turban[1] und setzte sich vor die Tür seiner Schule; und als die Leute, die dort vorüberkamen, seinen weiten Turban und die Tafeln und die Blätter sahen, da vermeinten sie, er wäre ein sehr gelehrter Meister, und sie brachten ihm ihre Kinder. Er aber sagte zu dem einen Kind ‚Schreib!' und zu dem anderen ‚Lies!' und so unterrichteten die Kleinen sich gegenseitig.

Eines Tages jedoch, als er wie gewöhnlich an der Tür seiner Schule saß, sah er plötzlich von fern eine Frau daherkommen,

1. Ein großer, weiter Turban gilt als Zeichen von Gelehrsamkeit.

die einen Brief in der Hand hielt. Da sagte er sich in seinem Sinne: ‚Die Frau da kommt sicherlich zu mir, damit ich ihr den Brief, den sie bei sich hat, vorlese! Was soll ich nun mit ihr anfangen, da ich Geschriebenes nicht lesen kann?‘ Gern wäre er hinuntergesprungen und vor ihr davongelaufen; aber ehe er noch hinabsteigen konnte, war sie schon bei ihm und fragte ihn: ‚Wohin?‘ Er antwortete ihr: ‚Ich will das Mittagsgebet sprechen; dann komme ich wieder.‘ Doch sie wandte ein: ‚Bis Mittag ist es noch lange Zeit! Lies mir jetzt diesen Brief vor!‘ Er nahm also das Schreiben von ihr in Empfang, hielt es umgekehrt in der Hand und schaute hinein; dabei schüttelte er bald den Turban, bald zuckte er mit den Augenbrauen und zeigte große Erregung. Nun war dieser Brief von dem Manne der Frau, der in der Ferne weilte, an sie gesandt; und als sie den Schulmeister so erregt sah, sagte sie sich: ‚Mein Mann ist sicherlich gestorben; und dieser Schulmeister scheut sich, mir zu sagen, daß er tot ist.‘ Und so rief sie: ‚Lieber Herr, wenn er tot ist, so sag es mir!‘ Er aber schüttelte den Kopf und schwieg. Da fragte die Frau: ‚Soll ich mein Gewand zerreißen?‘ ‚Zerreiß es!‘ erwiderte er. Weiter fragte sie: ‚Soll ich mir das Gesicht zerschlagen?‘ ‚Zerschlag es!‘ gab er zur Antwort. Darauf nahm sie ihm den Brief wieder aus der Hand und eilte nach Hause zurück; dort begann sie mit ihren Kindern zu wehklagen. Als aber einige ihrer Nachbarn das Klagen hörten, fragten sie, was es mit ihr sei. Man sagte ihnen: ‚Sie hat einen Brief erhalten, daß ihr Mann gestorben ist.‘ Einer von den Leuten rief: ‚Das ist gelogen! Ihr Mann hat mir gestern einen Brief geschickt, in dem er mir kundtut, daß er wohlauf und bei bester Gesundheit ist und daß er nach zehn Tagen wieder bei ihr sein wird!‘ Und er ging sofort zu der Frau und sprach zu ihr: ‚Wo ist der Brief, den du erhalten hast?‘ Sie brachte ihn zu ihm, er nahm ihn in die Hand und las ihn; und siehe da, er lautete: ‚Gruß zuvor! Des ferneren: Ich bin wohlauf und bei bester Gesundheit, und nach zehn Tagen bin ich wieder bei euch. Inzwischen schicke ich euch eine Decke und einen Kohlendämpfer.' Sofort nahm sie den Brief, kehrte mit ihm zu dem Schulmeister zurück und fragte ihn: ‚Was hat dich bewogen, mir dies anzutun?' Dann erzählte sie ihm, was ihr Nachbar ihr gesagt hatte, nämlich, daß es ihrem Manne gut gehe und daß er ihr eine Decke und einen Kohlendämpfer geschickt habe. Darauf erwiderte er: ‚Du hast recht; doch, gute Frau, verzeih mir! ich war nämlich in jenem Augenblick erregt' – –«

Da bemerkte Schehrezâd, daß der Morgen begann, und sie hielt in der verstatteten Rede an. Doch als die *Vierhundertundvierte Nacht* anbrach, fuhr sie also fort: »Es ist mir berichtet worden, o glücklicher König, daß der Lehrer, als die Frau ihn fragte: ‚Was hat dich bewogen, mir dies anzutun?' ihr erwiderte: ‚Ich war in jenem Augenblick erregt, und meine Gedanken waren beschäftigt, und als ich las, der Kohlendämpfer sei in eine Decke eingewickelt, da meinte ich, er sei tot und man hätte ihn ins Leichentuch gehüllt.' Die Frau, die den Betrug nicht durchschaute, sprach zu ihm: ‚Du bist entschuldigt', nahm den Brief und ging ihrer Wege.

Ferner wird erzählt

DIE GESCHICHTE VON DEM KÖNIG
UND DER TUGENDHAFTEN FRAU

Ein König zog einmal verkleidet aus, um zu sehen, wie es seinen Untertanen erging. Da kam er auch zu einem großen Dorfe und ging ohne Begleitung hinein; und weil ihn dürstete, so blieb er bei der Tür eines der Häuser des Dorfes stehen und bat um Wasser. Eine schöne Frau trat mit einem Krug Wasser heraus, reichte ihm den, und er trank. Doch als er sie anschaute, ward er von ihr so bezaubert, daß er sie verführen wollte. Die Frau aber kannte ihn; und sie führte ihn in ihr Haus bat ihn, sich zu setzen, holte ihm ein Buch und sprach zu ihm: ‚Schau da hinein, bis ich meine Arbeit verrichtet habe und wieder zu dir zurückkehre!‘ Nun saß er dort und las in dem Buche; und siehe, es handelte von dem Verbote der Unzucht und von den Strafen, die Allah für solche Sünder bereit hält. Da erschauderte er und bereute seine Absicht vor Allah dem Erhabenen; er rief die Frau, gab ihr das Buch zurück und ging davon. Der Mann jener Frau aber war nicht zugegen; und als er heimkehrte, erzählte sie ihm, was geschehen war. Da ward er bestürzt, und er sprach bei sich: ‚Ich fürchte, daß des Königs Begehren auf sie gefallen ist!‘ Und er wagte es nicht mehr, ihr zu nahen. So blieb es eine ganze Weile; dann tat die Frau den Ihren kund, was ihr von ihrem Manne widerfuhr. Sie führten ihn zum König, und als sie alle vor dem Herrscher standen, sprachen die Verwandten der Frau: ‚Allah stärke die Macht des Königs! Dieser Mann hat von uns ein Stück Land gemietet, um es zu besäen; er hat es auch eine Weile bestellt, aber dann hat er es brach liegen lassen. Und jetzt gestattet er uns nicht, es jemandem zu verpachten, der es bestellt; aber er besät es selbst auch nicht. Nun ist das Feld zu Schaden gekommen, und wir fürchten, daß es ganz verdirbt, weil es brachliegt. Denn wenn das Land nicht bebaut wird, so verdirbt es.‘ Der König fragte den Mann: ‚Was hindert dich daran, dein Land zu besäen?‘ ‚Allah stärke die Macht des Königs!‘ erwiderte er, ‚es ward mir berichtet, daß der Löwe das Feld betreten hat; da fürchtete ich mich vor ihm, und ich wagte mich dem Felde nicht mehr zu nahen. Denn ich weiß, daß ich nichts wider den Löwen vermag, und ich habe Furcht vor ihm.‘ Der

König aber, der das Gleichnis verstand, sprach zu ihm: ‚Du da, der Löwe hat ja dein Land nicht betreten; es ist noch gut zur Saat; drum säe darauf. Gott gesegne es dir! Der Löwe tut ihm nichts zuleide.‘ Darauf befahl er, dem Mann und seiner Frau ein schönes Geschenk zu geben, und er entließ die Leute.[1]

Ferner wird erzählt

DER BERICHT VON 'ABD ER-RAHMÂN
EL-MAGHRIBI ÜBER DEN VOGEL RUCH

Einst ward ein Mann aus dem Volke des Maghrib[2] von seiner Reiselust in ferne Länder, durch Wüsten und über die Meere getragen; und da hatte ihn das Geschick zu einer Insel verschlagen. Auf ihr blieb er eine lange Weile; dann aber kehrte er in seine Heimat zurück mit einem Federkiele aus dem Flügel des Vogels Ruch, und zwar eines jungen Tieres, das noch im Ei gesessen und noch nicht aus der Schale herausgekrochen war. Jener Kiel vermochte so viel Wasser zu fassen wie ein Schlauch aus einem Ziegenfell; denn man sagt, daß die Länge des Flügels beim Vogel Ruch, wenn er aus dem Ei auskriecht, hundert Klafter beträgt. Das Volk pflegte sich über jenen Kiel zu verwundern, wenn es ihn sah. Jener Mann aber hieß 'Abd er-Rahmân el-Maghribi, und er war auch bekannt unter dem Namen des Chinesen, da er sich lange in China aufgehalten hatte. Und er pflegte Wunderdinge zu erzählen; dazu gehörte, was er über seine Reise im chinesischen Meere berichtete. – –«

Da bemerkte Schehrezâd, daß der Morgen begann, und sie hielt in der verstatteten Rede an. Doch als die *Vierhundertundfünfte Nacht* anbrach, fuhr sie also fort: »Es ist mir berichtet worden, o glücklicher König, daß 'Abd er-Rahmân el-Magh-

1. Hierzu vergleiche man die Geschichte von dem König und der Frau seines Wesirs in der 578. bis 579. Nacht. – 2. Das ist Nordwestafrika.

ribi, der Chinese, Wunderdinge zu erzählen pflegte. Dazu gehörte, was er über seine Reise im chinesischen Meere berichtete. Dort war er mit einer Gesellschaft gereist, und sie hatten in der Ferne eine Insel gesichtet. Das Schiff ging mit ihnen bei jener Insel vor Anker, und sie sahen, daß sie groß und ausgedehnt war. Dann ging die Schiffsmannschaft an Land, um Wasser und Holz einzunehmen, und sie hatten Beile, Stricke und Schläuche bei sich; auch jener Mann war bei ihnen. Da sahen sie mitten auf der Insel eine große weiße Kuppel, die hell schimmerte und die hundert Ellen hoch war. Nachdem sie die erblickt hatten, gingen sie auf sie zu, und als sie nahe bei ihr waren, erkannten sie, daß es ein Ei des Vogels Ruch war. Und nun begannen sie mit Äxten und Steinen und Knitteln darauf loszuschlagen, bis sie den jungen Vogel bloßgelegt hatten; der war vor ihren Blicken wie ein festgegründeter Berg. Dann rissen sie eine Feder aus seinem Flügel; aber das konnten sie nur tun, indem sie alle einander halfen, obgleich die Federn des Tieres noch nicht voll ausgewachsen waren. Ferner nahmen sie von dem Fleische des Vogels so viel, wie sie tragen konnten, und trugen es mit sich fort; auch schnitten sie die Wurzel der Feder am Kiele ab. Dann spannten sie die Segel des Schiffes und fuhren die ganze Nacht hindurch mit günstigem Winde dahin, bis die Sonne aufging. Während sie so dahinsegelten, kam plötzlich der alte Vogel Ruch über sie wie eine gewaltige Wolke; der hielt in seinen Klauen einen Stein, der so mächtig war wie ein Felsen und noch größer als das Schiff selbst. Und wie der Vogel gerade über dem Schiff in der Luft schwebte, ließ er den Stein auf das Fahrzeug und die Reisenden, die darin waren, niederfallen. Das Schiff aber, das schnell dahinfuhr, kam ihm zuvor, und so fiel der Stein mit einem gewaltigen Tosen ins Meer. Denn Allah hatte ihre Rettung beschlossen, und er bewahrte sie vor dem Untergange. Die Leute kochten jenes Fleisch und aßen es. Nun waren unter ihnen alte Männer mit weißen Bärten; als die am nächsten Morgen aufwachten, sahen sie, daß ihre Bärte schwarz geworden waren; und keiner von all den Leuten, die von dem Fleisch des jungen Vogels Ruch gegessen hatten, wurde jemals grau. Einige von ihnen sagten zwar, der Grund, weshalb sie wieder jung geworden wären und nun keine grauen Haare mehr bekämen, liege darin, daß sie den Kessel mit Pfeilholz geheizt hätten; doch die anderen behaupteten, das Fleisch des jungen Vogels Ruch sei die Ursache davon gewesen. Und dies ist eins der größten Wunder.[1]

Ferner wird erzählt

DIE GESCHICHTE VON 'ADÎ IBN ZAID
UND DER PRINZESSIN HIND

En-Nu'mân ibn el-Mundhir[2], der König der Araber, hatte eine Tochter, Hind geheißen; die ging einmal am Passahtage, das ist ein Fest der Christen, zum Abendmahle in die Weiße Kirche. Sie war damals erst elf Jahre alt; doch sie war schon die schönste Maid ihres ganzen Zeitalters. Am selben Tage aber war 'Adî ibn Zaid mit Geschenken des Perserkönigs an en-Nu'mân nach Hira gekommen, und auch er begab sich in die Weiße Kirche zum Abendmahl. Er war von hohem Wuchs und von anmutigem Wesen, und er hatte schöne Augen und weiße Wangen. Bei ihm war eine Schar aus seinem Volke; doch bei Hind bint en-Nu'mân war eine Sklavin, namens Mârija, und die liebte den 'Adî, aber sie hatte noch nicht mit ihm zusammenkommen können. Als sie ihn nun in der Kirche

1. Man vergleiche auch die Geschichte vom Vogel Ruch in den Reisen Sindbads, in der 556. Nacht. – 2. Vgl. Seite 439, Anmerkung.

erblickte, sprach sie zu Hind: ‚Schau auf den Jüngling dort; er ist, bei Allah, schöner als alle, die du siehst!‘ ‚Wer ist er denn?‘ fragte Hind; und Mârija gab ihr zur Antwort: ‚Adî ibn Zaid.‘ Dann fuhr Hind bint en-Nu'mân fort: ‚Ich fürchte, er wird mich erkennen, wenn ich zu ihm herangehe, um ihn aus der Nähe zu sehen.‘ Doch Mârija erwiderte: ‚Wie sollte er dich erkennen, da er dich noch nie gesehen hat?‘ Nun trat Hind näher an ihn heran, während er mit den Jünglingen, die bei ihm waren, scherzte; und wirklich, er übertraf sie alle an Schönheit, an der Rede Feinheit und an der Sprache Reinheit und auch an der Pracht seiner Gewänder. Als sie ihn erblickte, ward sie ganz von ihm hingerissen, ihr Sinn ward betört, und ihre Farbe erblich. Als aber Mârija bemerkte, wie Hind ihm zugetan war, sagte sie zu ihr: ‚Sprich mit ihm!‘ Da redete sie ihn an und ging wieder fort. Und als er sie erblickte und ihre Worte vernahm, ward auch er von ihr hingerissen, sein Sinn ward betört, sein Herz erbebte, und seine Farbe erblich, so daß die anderen Jünglinge Verdacht gegen ihn schöpften. Er aber flüsterte einem von ihnen zu, ihr zu folgen und zu erkunden, wer sie sei. Der ging ihr also nach; und als er zurückkehrte, berichtete er ihm, sie sei Hind, die Tochter von en-Nu'mân. Da ging 'Adî aus der Kirche fort, ohne zu wissen, wohin des Wegs; so sehr hatte seine Liebe ihn verwirrt. Und er sprach diese beiden Verse:

> *Ihr, meine beiden Freunde, erweist mir große Güte*
> *Und lenket eure Schritte zum Land der Täler hin;*
> *Geleitet mich zu Landen, in denen Hind verweilet;*
> *Dann geht und bringt die Kunde von meinem treuen Sinn!*

Als er diese Verse gesprochen hatte, ging er zu seiner Wohnstatt und verblieb dort die Nacht über, rastlos und ohne die Süße des Schlafes zu kosten. – –«

Da bemerkte Schehrezâd, daß der Morgen begann, und sie hielt in der verstatteten Rede an. Doch als die *Vierhundertundsechste Nacht* anbrach, fuhr sie also fort: »Es ist mir berichtet worden, o glücklicher König, daß 'Adî, als er seine Verse gesprochen hatte, zu seinem Hause ging und dort die Nacht über verblieb, rastlos und ohne die Süße des Schlafes zu kosten. Am nächsten Morgen trat Mârija ihm entgegen, und als er sie erblickte, war er freundlich zu ihr, obwohl er früher nie auf sie geachtet hatte, und er fragte sie: ‚Was ist dein Begehr?‘ Sie erwiderte: ‚Ich habe eine Bitte an dich.‘ Da sagte er: ‚Nenne sie; bei Allah, du wirst mich um nichts bitten, was ich dir nicht gewähre!‘ Nun tat sie ihm kund, daß sie ihn liebe, und ihre Bitte an ihn sei, er möge mit ihr zusammenkommen. Er gewährte ihr die Bitte, doch unter der Bedingung, daß sie auf Hind wirke und ihn mit ihr vereine. Darauf führte er sie in eine Weinschenke in einer der Straßen von Hira, und dort ruhte er mit ihr. Dann ging sie fort und begab sich zu Hind und sprach zu ihr: ‚Trägst du kein Verlangen danach, 'Adî zu sehen?‘ Hind erwiderte: ‚Wie wäre mir das möglich? Ach, die Sehnsucht nach ihm hat mir die Ruhe geraubt, und seit gestern finde ich keinen Frieden mehr!‘ Die Sklavin fuhr fort: ‚Ich will ihn an den und den Ort bestellen; dort kannst du vom Palaste auf ihn schauen.‘ ‚Tu, was du willst!‘, sagte Hind und vereinbarte mit ihr jene Stätte. 'Adî kam, und sie schaute auf ihn hinab. Doch als sie ihn erblickte, war sie nahe daran, von der Höhe herunterzustürzen; und sie sprach: ‚Mârija, wenn du ihn nicht heute nacht zu mir bringst, so muß ich sterben.‘ Dann sank sie ohnmächtig zu Boden; und ihre Kammerfrauen hoben sie auf und brachten sie in den Söller. Mârija aber eilte zu en-Nu'mân und berichtete ihm, wie es um die Prinzessin stand, indem sie ihm die volle Wahrheit sagte. Sie erzählte ihm, daß Hind von leidenschaftlicher Liebe zu 'Adî ergriffen sei, und sie tat ihm kund, daß die Prinzessin, wenn er sie nicht mit ihm vermähle, ins Elend geraten und aus Liebe zu ihm sterben werde, und daß dies für den Vater eine Schmach sein werde unter den Arabern. Sie schloß mit den Worten, es gebe für all dies keine Heilung, als daß er sie mit 'Adî vermähle. Da senkte en-Nuʿmân eine Weile sein Haupt und dachte über sie nach, und immer wieder rief er: ‚Wir sind Allahs Geschöpfe, und zu Ihm kehren wir zurück.' Dann aber sprach er: ‚Du da, wie ist es denn möglich, daß ich sie mit ihm vermähle, da ich nicht gesonnen bin, das erste Wort darüber an ihn zu richten?' Sie gab zur Antwort: ‚Er liebt sie noch heißer und begehrt sie noch mehr als sie ihn. Ich will alles zuwege bringen, ohne daß er ahnt, wie du über ihn unterrichtet bist, doch verrate dich nicht selbst, o König!' Darauf ging sie zu 'Adî, tat ihm kund, wie die Sache stand, und fügte hinzu: ‚Rüste ein Mahl und lade dann den König dazu! Wenn der Wein seiner mächtig geworden ist, so bitte ihn um seine Tochter, und er wird dich nicht abweisen.' Doch 'Adî entgegnete: ‚Ich fürchte, das wird ihn erzürnen und zur Ursache von Feindseligkeiten zwischen uns werden.' Sie erwiderte: ‚Ich bin doch erst zu dir gekommen, nachdem ich alles mit ihm besprochen habe.' Danach kehrte sie zu en-Nuʿmân zurück und sprach zu ihm: ‚Bitte 'Adî, daß er dich in seinem Hause zu Gaste lade!' Der König antwortete: ‚Darin liegt nichts Arges.' Drei Tage später sandte en-Nuʿmân zu 'Adî, er wolle mit seinem Gefolge bei ihm das Mittagsmahl einnehmen. Der Jüngling willigte ein, und en-Nuʿmân begab sich zu ihm. Und als der Wein seiner mächtig geworden war, hub 'Adî an und bat ihn um seine Tochter. Der König willigte ein und vermählte ihn mit ihr und führte sie ihm nach drei Tagen zu. Drei Jahre lang blieb sie bei ihm, und die beiden lebten herrlich und in Freuden. – –»

Da bemerkte Schehrezâd daß der Morgen begann, und sie hielt in der verstatteten Rede an. Doch als die *Vierhundertundsiebente Nacht* anbrach, fuhr sie also fort: »Es ist mir berichtet worden, o glücklicher König, daß 'Adî bei Hind, der Tochter von en-Nu'mân ibn el-Mundhir, drei Jahre lang blieb und daß sie herrlich und in Freuden lebten. Nach dieser Zeit aber ergrimmte der König wider 'Adî und ließ ihn töten. Hind trauerte schmerzlich um ihn und erbaute sich dann ein Kloster außerhalb der Mauern von Hira; dort lebte sie in Weltentsagung, und immerdar beklagte und beweinte sie ihren Gatten, bis sie starb. Ihr Kloster aber ist bis auf den heutigen Tag berühmt und vor der Stadt Hira zu sehen.

Ferner wird erzählt

DIE GESCHICHTE VON DI'BIL EL-CHUZÂ'I UND DER DAME UND MUSLIM IBN EL-WALÎD

Di'bil el-Chuzâ'i[1] erzählte: Ich saß einmal am Tore von el-Karch[2]; da kam eine Dame an mir vorbei, die war so schön und so ebenmäßig von Wuchs, wie ich noch keine je gesehen hatte. In wiegendem Schritte kam sie einhergegangen, und sie nahm alle, die sie sahen, durch ihre Schönheit gefangen. Als mein Blick auf sie fiel, ward ich ganz von ihr hingerissen, mein Inneres erbebte, und es war mir, als ob mir das Herz aus der Brust davonflöge. Und indem ich vor sie hintrat, sprach ich diesen Vers: *Aus meinem Auge fließt ein Strom von Zähren;*
Und Schlaf will meinem Lid sich nicht gewähren.

1. Er war ein Dichter aus Kufa, der zu Anfang des 9. Jahrhunderts n. Chr. in Baghdad am Hofe der Abbasiden lebte. – 2. Ein Stadtteil von Baghdad.

Da schaute sie mich an, indem sie ihr Antlitz wandte, und antwortete mir rasch mit diesem Verse:

> *Das ist dem Mann ein leichtes, wenn die Glut*
> *Aus wunden Augen ihn zur Liebe lud.*

Ich staunte ob der Raschheit ihrer Antwort und der Schönheit ihrer Rede; und ich sprach von neuem zu ihr diesen Vers:

> *Ist meiner Herrin Herz dem wohlgesinnt,*
> *Aus dessen Augen stets die Träne rinnt?*

Ohne zu zögern, antwortete sie mir sofort mit diesem Vers:

> *Wenn du auf meine Lieb begierig bist,*
> *So wisse, daß die Lieb ein Darlehn ist!*

Niemals klang lieblichere Rede in mein Ohr als die ihre; niemals hatte ich etwas so Schönes wie ihr Antlitz gesehen. Und nun wechselte ich das Versmaß, um sie auf die Probe zu stellen und mich an ihren Worten zu erfreuen. Ich sprach also diesen Vers zu ihr:

> *Läßt wohl das Geschick uns die Glückssonne scheinen*
> *Und Liebenden und Geliebte sich einen?*

Da lächelte sie; ach, nie habe ich etwas Schöneres als ihren Mund, noch etwas Süßeres als ihre Lippen gesehen! Und sie antwortete mir sofort, ohne zu zögern, mit diesem Verse:

> *Was sollen Geschick und Bestimmung uns scheren?*
> *Du bist das Geschick, unser Glück zu gewähren!*

Da eilte ich auf sie zu und begann ihr die Hände zu küssen, und ich rief: ,Ich hätte nicht gedacht, daß mir das Geschick eine solche Gelegenheit gewähren würde! Folge mir, nicht auf mein Geheiß hin oder widerwillig, sondern in deiner freiwilligen Güte und aus Neigung zu mir!' Dann ging ich weiter, und sie kam mir nach. Nun hatte ich aber zu jener Zeit kein Haus, das ich als ihrer würdig ansah. Aber Muslim ibn el-

Walîd war mein Freund, und er hatte ein schönes Haus. Ich ging also dorthin und klopfte an die Tür; da kam er zu mir heraus, und ich begrüßte ihn und sprach: ‚Für eine Zeit wie diese sind die Genossen aufgespart.' Er antwortete: ‚Herzlich gern! Tretet beide ein!' Wir traten ein, aber wir erfuhren, daß er kein Geld besaß; er gab mir deshalb ein Tuch und sagte: ‚Geh zum Markte und verkauf es, und dann hole Speisen und was du sonst noch brauchst!' Ich ging eilends zum Markte, verkaufte das Tuch und holte Speisen und was wir sonst noch brauchten; als ich aber zurückkehrte, erfuhr ich, daß Muslim sich mit ihr in ein kühles Erdgemach zurückgezogen hatte. Sobald er mich bemerkte, eilte er mir entgegen und sprach zu mir: ‚Allah vergelte dir das Gute, das du an mir getan hast, o Abu 'Alî! Er lasse dir seinen Lohn zuteil werden und rechne es dir unter deine guten Werke am Tage der Auferstehung!' Dann nahm er mir die Speisen und den Wein aus der Hand und schloß die Tür vor meinem Angesicht. Seine Worte machten mich wütend, und ich wußte nicht, was ich beginnen sollte, während er hinter der Tür stand und sich vor Freuden schüttelte. Und als er bemerkte, in welchem Zustande ich mich befand, rief er: ‚Bei meinem Leben, Abu 'Alî, wer ist es, der diesen Vers gedichtet hat:

> *Ich schlief in ihrem Arm; indes mein Freund*
> *War trüb im Herzen und an Gliedern rein – ?'*

Da ward ich noch wütender über ihn, und ich rief: ‚Er, der diesen Vers verfaßte:

> *Er, der am Gürtel tausend Hörner hat,*
> *Die höher ragen als ein Götzenschrein.'*[1]

1. Wörtlich ‚die emporragen (*anâfat*) über die Höhe von Manâf'. Manâf war ein Götze der Mekkaner zur Zeit des Propheten; das Wort ist wegen des Wortspieles mit *anâfat* gewählt. Der ‚Gehörnte' ist auch im Arabischen der betrogene Ehemann.

Dann beschimpfte und verwünschte ich ihn wegen seines gemeinen Tuns und seines Mangels an Mannesadel, während er schwieg und kein Wort sagte. Doch als ich mit meinem Schelten zu Ende war, rief er lächelnd: ‚Weh dir, du Narr! Du bist doch in mein Haus gekommen, hast mein Tuch verkauft und mein Geld ausgegeben. Gegen wen bist du denn so ergrimmt, du Kuppler?‘ Dann ließ er mich stehen und kehrte zu ihr zurück. Ich aber rief: ‚Bei Allah, du hast recht, wenn du mich einen Narren und Kuppler heißest!‘ Und ich verließ seine Tür, voll heftigen Ärgers, dessen Spuren ich noch bis auf den heutigen Tag in meinem Herzen fühle. Denn ich hatte sie nicht gewonnen und habe auch nie wieder etwas von ihr gehört.

Und ferner erzählt man

DIE GESCHICHTE VON ISHÂK AUS MOSUL UND DEM KAUFMANN

Ishâk ibn Ibrahîm aus Mosul erzählte: Es begab sich einst, daß ich dessen müde ward, mich immer im Kalifenpalaste aufzuhalten und dort Dienst zu tun. Drum stieg ich zu Pferde und zog am frühen Morgen hinaus; denn ich hatte beschlossen, mich in der freien Steppe zu tummeln und zu vergnügen. Und zu meinen Dienern sagte ich: ‚Wenn ein Bote vom Kalifen oder sonst jemand kommt, so tut ihm kund, ich sei früh in wichtigen Angelegenheiten fortgeritten und ihr wüßtet nicht, wohin ich mich begeben hätte.‘ Dann machte ich mich allein auf und ritt in der Stadt umher; als es aber heiß wurde, machte ich in einer großen Straße halt, die unter dem Namen el-Haram bekannt ist. – –«

Da bemerkte Schehrezâd, daß der Morgen begann, und sie hielt in der verstatteten Rede an. Doch als die *Vierhundertundachte Nacht* anbrach, fuhr sie also fort: »Es ist mir berichtet worden, o glücklicher König, daß Ishâk ibn Ibrahîm aus Mosul des weiteren erzählte: Als es heiß wurde, machte ich in einer großen Straße halt, die unter dem Namen el-Haram bekannt ist, um vor der Sonnenglut Schutz im Schatten zu suchen; den fand ich bei dem geräumigen Flügel eines Hauses, der auf die Straße vorsprang. Kaum hatte ich dort eine kurze Weile angehalten, als ein schwarzer Eunuch daherkam, der einen Esel führte. Auf dem Esel sah ich eine Sklavin sitzen; unter ihr lag eine Decke, die mit Juwelen besetzt war, und sie trug die allerprächtigsten Gewänder, die es nur geben konnte; auch sah ich, daß sie einen schönen Wuchs und versonnene Augen und ein zierliches Wesen hatte. Ich fragte einen der Vorübergehenden nach ihr, und der sagte mir, sie sei eine Sängerin. Aber schon auf den ersten Blick ward mein Herz von der Liebe zu ihr ergriffen, und kaum vermochte ich mich auf dem Rücken meines Reittieres zu halten. Sie trat in das Haus ein, an dessen Tor ich mich befand; und ich begann über ein Mittel nachzusinnen, wie ich wohl zu ihr gelangen könnte. Unterdessen kamen plötzlich zwei schöne junge Männer herbei und baten um Einlaß. Nachdem der Hausherr ihnen die Erlaubnis gegeben hatte, saßen sie ab; und auch ich saß ab, zugleich mit ihnen, und trat mit ihnen ein, und die beiden glaubten, der Hausherr habe mich eingeladen. Nachdem wir eine Weile beisammen gesessen hatten, wurden die Speisen aufgetragen, und wir aßen. Darauf ward uns der Wein vorgesetzt, und eine Sklavin trat hervor, eine Laute in der Hand. Sie sang, und wir tranken, bis ich mich erhob, um einem Rufe der Natur zu folgen. Da fragte der Hausherr die beiden Männer nach mir; und als sie ihm sagten, sie kennten mich nicht, fuhr er fort: ‚Er ist wohl ein Schmarotzer; dennoch ist er von feinem Wesen, also behandelt ihn höflich.' Als ich zurückgekommen war, setzte ich mich wieder an meinen Platz; und nun stimmte die Sklavin eine heitere Weise an und sang diese beiden Verse:

> *Sprich zur Gazelle dort, die nicht Gazelle ist,*
> *Zum Reh, das doch kein Reh, mit schwarzen Äugelein:*
> *Mit seinen Männchenhörnern ist es doch kein Weibchen;*
> *Und was so weiblich schreitet, kann kein Männchen sein.*

Das trug sie wunderschön vor, und die Gäste, die da tranken, hatten großes Gefallen daran. Darauf sang sie allerlei Lieder zu seltenen Weisen; unter anderem sang sie eine Weise, die von mir war, und sie trug dazu diese beiden Verse vor:

> *Die Stätte ist verlassen;*
> *Die Freunde zogen fort.*
> *Die einst so traute trauert*
> *Als wüster, öder Ort.*

Und diesmal sang sie noch besser als das erste Mal. Darauf sang sie wiederum mancherlei Lieder zu seltenen Weisen, alte und neue; und darunter sang sie auch wieder eine von mir zu diesen beiden Versen:

> *Sprich du zum Lieb, das zornig dich verließ,*
> *Das in die Ferne ging und dich verstieß:*
> *Was du erreichen wolltest, wurde dein,*
> *Und mag's auch nur im Scherz gewesen sein.*

Ich bat sie, die Weise zu wiederholen, damit ich sie ihr verbessere; aber da wandte sich einer der beiden Männer zu mir und sprach: ,Wir haben doch nie einen Schmarotzer mit frecherer Stirn gesehen als dich! Bist du mit dem Schmarotzen noch nicht zufrieden, daß du dich auch noch in fremde Sachen einmischen mußt? An dir wird das Sprichwort zur Wahrheit: Ein Parasit – ein Störenfried!' Ich senkte nun beschämt mein Haupt und gab ihm keine Antwort. Sein Freund hatte versucht, ihn von mir zurückzuhalten; aber er hatte sich nicht zurückhalten lassen. Bald darauf erhoben sie sich, um zu beten; ich blieb ein wenig zurück, nahm die Laute, straffte die Saiten und stimmte sie rein. Dann ging ich wieder an meinen Platz und betete mit den anderen. Doch als wir mit dem Gebete fertig waren, begann jener Mann wieder, mich zu tadeln und zu schelten, und er zankte beständig, während ich schwieg. Nun nahm die Sklavin die Laute, griff in die Saiten und bemerkte, daß sie anders klang. Da fragte sie: ‚Wer hat meine Laute berührt?' Die Leute antworteten: ‚Niemand von uns hat sie berührt.' Aber sie beharrte darauf: ‚Doch, bei Allah, jemand hat sie berührt, ein Meister, der die Kunst beherrscht! Denn er hat die Saiten gespannt und gestimmt wie ein vollendeter Künstler.' Da sprach ich: ‚Ich habe sie gestimmt!' ‚Um Allahs willen,' rief sie, ‚nimm sie und spiele auf ihr!' Ich nahm die Laute und spielte auf ihr eine seltene und schwere Weise, die fast die Lebenden hätte sterben lassen und die Toten hätte lebendig machen können. Dazu sang ich diese Verse:

> Ich hatte ein Herz, und ich lebte mit ihm;
> Da ward es vom Feuer versengt und verbrannt.
> Nie ward mir das Glück ihrer Liebe beschert;
> Dem Menschen hat Gott es nicht zuerkannt.
> Wenn Liebe die Speise, die ich schmeckte, gibt,
> So kostet sie sicher ein jeder, der liebt! – –«

Da bemerkte Schehrezâd, daß der Morgen begann, und sie hielt in der verstatteten Rede an. Doch als die *Vierhundertundneunte Nacht* anbrach, fuhr sie also fort: ‚Es ist mir berichtet worden, o glücklicher König, daß Ishâk ibn Ibrahîm aus Mosul des weiteren erzählte: Als ich mein Lied beendet hatte, blieb in der Gesellschaft kein einziger sitzen, sondern alle sprangen auf, setzten sich vor mir nieder und riefen: ‚Um Allahs willen, unser Gebieter, sing uns noch eine Weise vor!' Ich antwortete ihnen: ‚Herzlich gern!' griff mit geübter Hand in die Saiten, um mit dem Spiele diese Verse zu begleiten:

> *Wer hilft denn wohl dem Herzen, das vor Not vergehet,*
> *In das der Sorgen Schar von allen Seiten floß?*
> *Es sündigt, wer mein Herz mit seinem Pfeil durchbohrte,*
> *Wenn er mein Blut in meinem Innersten vergoß.*
> *Am Trennungstag war's klar, daß er die Trennung wollte,*
> *Bestürmt von des Verdachtes lügnerischer Flut.*
> *Und wär die Liebe nicht, hätt er kein Blut vergossen;*
> *Ersteht denn wohl ein Rächer und Sühner meinem Blut?*

Als ich auch dies Lied beendet hatte, blieb wiederum nicht einer von ihnen sitzen, sondern alle sprangen auf und warfen sich dann im Übermaße des Entzückens, das sie durchbebte, auf den Boden. Da warf ich die Laute aus der Hand; aber sie riefen: ‚Um Allahs willen, tu uns nur das nicht an! Laß uns noch mehr Lieder hören; Allah lasse dir noch reichere Huld zuteil werden!' Ich erwiderte: ‚Ihr Leute, ich würde euch gern noch ein Lied hören lassen und dann noch eins und wieder noch eins. Aber erst will ich euch kundtun, wer ich bin. Ich bin Ishâk ibn Ibrahîm aus Mosul! Bei Allah, ich trete dem Kalifen stolz entgegen, wenn er mich rufen läßt; ihr aber habt mich heute grobe Worte hören lassen, die mich kränken. Bei Gott, ich werde kein Wort mehr sprechen und auch nicht mehr bei euch sitzen bleiben, bis ihr diesen Zänker aus eurer Mitte verjagt habt!' Da sprach der Gefährte jenes Mannes: ‚Davor habe ich dich ja gewarnt, weil ich um dich besorgt war!' Sie nahmen ihn nun bei der Hand und führten ihn hinaus. Ich aber griff zur Laute und sang die Lieder meiner Kunst, die jene Sklavin gesungen hatte, noch einmal. Und dann flüsterte ich dem Hausherrn zu, daß die Sklavin mein Herz gefangen genommen habe und daß ich das Leben ohne sie nicht mehr ertragen könne. Der Hausherr antwortete mir darauf: ‚Sie ist die Deine, aber nur unter einer Bedingung!‘, Wie lautet die?‘ fragte ich; und er fuhr fort: ‚Du mußt einen Monat lang bei mir bleiben; dann soll die Sklavin mit allem, was ihr an Schmuck und Gewändern gehört, dein Eigentum sein.‘ Ich erwiderte: ‚Gut; das will ich tun.‘ So blieb ich denn einen Monat lang bei ihm, ohne daß jemand wußte, wo ich war; und der Kalif ließ überall nach mir suchen, aber er konnte keine Kunde von mir erhalten. Als nun der Monat verstrichen war, übergab mein Freund mir die Sklavin mit allem, was ihr an kostbaren Dingen gehörte, und er schenkte mir auch noch einen Eunuchen. Ich zog mit alledem in meine Wohnung, und mir war, als hätte ich die ganze Welt gewonnen; so sehr freute ich mich über die Sklavin. Dann aber ritt ich sogleich zu el-Mamûn; und als ich vor ihm stand, rief er mich an: ‚Du da, Ishâk, wo bist du gewesen?‘ Ich erzählte ihm mein Erlebnis; da fuhr er fort: ‚Bringt mir sofort jenen Hausherrn!‘ Nachdem ich den Leuten seine Wohnung beschrieben hatte, ließ der Kalif ihn holen. Und als er gekommen war, fragte der Kalif ihn nach dem Abenteuer. Jener berichtete es ihm; da sprach der Herrscher: ‚Du bist ein Mann von edler Gesinnung; darum geziemt es sich, daß du in deinem Mannesadel gefördert wirst.‘ Nachdem er ihm darauf hunderttausend Dirhems angewiesen hatte, sprach er zu mir: ‚Ishâk, führe mir das Mädchen vor!‘ Ich brachte sie ihm, und sie entzückte ihn durch ihren Gesang. Ja, er hatte so große Freude an ihr, daß er sagte: ‚Ich setze ihren Dienst auf jeden Donnerstag fest; dann soll sie kommen und hinter dem Vorhang für mich singen.‘ Zugleich wies er ihr fünfzigtausend Dirhems an. So habe ich, bei Allah, nicht nur mir, sondern auch anderen durch jenen Ritt Gewinn verschafft.

Ferner wird erzählt

DIE GESCHICHTE
VON DEN DREI UNGLÜCKLICHEN LIEBENDEN

El-'Uṭbi erzählte: Ich saß eines Tages mit einer Gesellschaft zusammen, die aus Männern von vornehmer Bildung bestand, und wir erzählten uns Geschichten aus dem Leben der Menschen. Da führte uns das Gespräch auf Geschichten von Liebenden, und ein jeder von uns erzählte etwas darüber. Nun war unter uns auch ein alter Mann; der schwieg, bis keiner von den andern mehr etwas zu sagen wußte; dann hub er an: ‚Soll ich euch eine Geschichte erzählen, wie ihr sie noch niemals vernommen habt?‘ ‚Jawohl!‘ erwiderten wir; und er erzählte: ‚So wisset denn, ich hatte eine Tochter, die einen Jüngling liebte, ohne daß wir es wußten. Jener Jüngling aber liebte eine Sängerin; und diese Sängerin liebte meine Tochter. Eines Tages nun war ich in einer Gesellschaft zugegen, in der sich auch jener Jüngling befand.‘ – –«

Da bemerkte Schehrezâd, daß der Morgen begann, und sie hielt in der verstatteten Rede an. Doch als die *Vierhundertundzehnte Nacht* anbrach, fuhr sie also fort: »Es ist mir berichtet worden, o glücklicher König, daß der alte Mann des weiteren erzählte: ‚Eines Tages nun war ich in einer Gesellschaft zugegen, in der sich auch jener Jüngling befand; auch die Sängerin war dort, und sie sang diese beiden Verse:

> *Wie die Liebe die Menschen erniedrigen kann,*
> *Das zeigen die Tränen der Liebenden an.*
> *Doch wird von bittersten Qualen geplagt,*
> *Wer niemanden findet, dem er sie klagt.*

Da rief der Jüngling ihr zu: ‚Du hast schön gesprochen, meine Gebieterin! Willst du mir gewähren, daß ich sterbe?‘ Die Sängerin antwortete hinter dem Vorhang: ‚Ja, wenn du ein echter Liebender bist!' Und alsbald legte der Jüngling sein Haupt auf ein Kissen und schloß die Augen. Als darauf der Becher zu ihm kam, schüttelten wir ihn; aber er war tot. Wir drängten uns um ihn, unsere Freude war getrübt, und mit traurigem Herzen gingen wir alsbald fort. Wie ich dann nach Hause kam, sahen die Meinen es als ein schlimmes Vorzeichen an, daß ich zu ungewohnter Zeit zu ihnen heimkehrte. Da erzählte ich ihnen, was mit dem Jüngling geschehen war, in dem Glauben, ich würde sie damit überraschen. Meine Tochter aber, die meine Worte hörte, verließ das Zimmer, in dem ich war, und begab sich in ein anderes Gemach. Darauf erhob ich mich und folgte ihr; und wie ich in jenes Gemach trat, fand ich sie auf einem Kissen ruhen, gerade so wie ich es von dem Jüngling berichtet hatte. Ich schüttelte sie; doch sie war tot. Dann bahrten wir sie auf und führten ihre Leiche zum Friedhof, gerade als auch die Leiche des Jünglings zu Grabe getragen wurde. Und als wir auf dem Wege zum Friedhof dahingingen, begegnete uns plötzlich ein dritter Leichenzug. Wir fragten, wer das sei; und siehe, es war die Leiche der Sängerin; denn als ihr der Tod meiner Tochter berichtet war, da hatte sie das gleiche getan wie sie und war gestorben. So begruben wir die drei am gleichen Tage. Und dies ist die seltsamste Geschichte von Liebenden, die man je vernommen hat.'[1]

1. Hier ist von Burton eine zwar orientalische, aber sonst unbekannte Geschichte eingeschoben unter dem Titel ‚How Abu Hasan brake wind'. Aus dem Englischen wurde sie dann auch in der ersten Insel-Ausgabe übersetzt. Sie ist aber in keiner der mir bekannten arabischen Texte von 1001 Nacht enthalten; auch gibt Burton seine Quelle nicht näher an. Da sie außerdem hier den Zusammenhang der Geschichten von unglücklich Liebenden in recht häßlicher Weise stört, habe ich sie wieder ausgelassen.

Und ferner wird erzählt

DIE GESCHICHTE DER LIEBENDEN
VOM STAMME TAIJI

El-Kâsim, der Sohn des 'Adî, erzählte von einem Manne aus dem Stamme der Tamîm, daß der ihm berichtet habe: Ich zog eines Tages aus auf die Suche nach einem verlaufenen Tiere und kam dabei zu den Wassern der Banu Taiji. Dort sah ich zwei Gruppen von Menschen stehen, eine nahe der anderen; und die Leute der einen Gruppe stritten mit Worten wider die andere, gerade so wie diese wider sie. Ich schaute genauer hin und entdeckte auf der einen Seite einen Jüngling, der von Krankheit verzehrt war, so daß er aussah wie ein abgenutzter, ausgetrockneter Wasserschlauch. Und während ich ihn ansah, sprach er diese Verse:

> Was ist der Schönen denn, daß sie nicht zu mir kommt?
> Ist's Geiz der Schönen oder ist es Sprödigkeit?
> Ich wurde krank; da kamen die Freunde all zu mir.
> Warum erscheinst du nicht, da jeder sich mir weiht?
> Ja, wärest du erkrankt, ich eilte zu dir hin,
> Und alles Drohn und Schelten schreckte mich nicht mehr.
> Nun miß ich dich bei ihnen; nun bin ich ganz allein.
> Das traute Lieb zu missen, mein Augentrost, ist schwer.

Da hörte eine Maid von der anderen Seite seine Worte, und sie eilte zu ihm. Die Ihren liefen ihr nach; aber sie wehrte sie mit Schlägen ab. Doch sowie der Jüngling sie bemerkte, sprang er auf, ihr entgegen; aber auch die Seinen eilten ihm nach und hängten sich an ihn. Dennoch machte er sich von ihnen los, wie es auch der Maid gelang, sich von den Ihren zu befreien. Und so eilten sie unbehindert aufeinander zu, bis sie sich zwischen den beiden Gruppen trafen und einander in die Arme sanken. Dann stürzten sie tot zu Boden. – –«

Da bemerkte Schehrezâd, daß der Morgen begann, und sie hielt in der verstatteten Rede an. Doch als die *Vierhundertund-elfte Nacht* anbrach, fuhr sie also fort: »Es ist mir berichtet worden, o glücklicher König, daß der Jüngling und die Jungfrau, als sie sich zwischen den beiden Gruppen trafen und einander in die Arme gesunken waren, tot zu Boden stürzten. Da kam ein alter Mann aus jenen Zelten hervor, trat zu den beiden und rief: ‚Wir sind Allahs Geschöpfe, und zu Ihm kehren wir zurück!‘ und weinte bitterlich. Dann rief er: ‚Allah der Erhabene erbarme sich eurer! Bei Gott, wart ihr auch nicht zu euren Lebzeiten vereint, so will ich euch doch im Tode vereinen!‘ Dann befahl er, die beiden aufzubahren; da wurden sie gewaschen und in ein einziges Leichentuch gehüllt. Dann grub man ein Grab für sie, das Volk sprach das Gebet für sie, und sie wurden beide in jenes Grab gebettet. Bei beiden Gruppen aber gab es keinen Mann und keine Frau, die nicht um sie geweint und sich nicht das Gesicht geschlagen hätten. Ich fragte den alten Mann nach ihnen, und er gab mir zur Antwort: ‚Diese Jungfrau war meine Tochter, und dieser Jüngling war meines Bruders Sohn. Die Liebe hat sie zu dem Ende gebracht, das du hier siehst.‘ Da rief ich: ‚Allah ersetze dir den Verlust! Doch warum hast du sie nicht miteinander vermählt?‘ Er antwortete: ‚Ich fürchtete mich vor Schimpf und Schande; und jetzt bin ich beiden verfallen.‘ – Dies ist eine der wunderbaren Geschichten von den Liebenden.

Ferner wird erzählt

DIE GESCHICHTE
VON DEM IRRSINNIGEN LIEBHABER

Abu el-'Abbâs el-Mubarrad[1] erzählte: Ich zog einst mit einer Gesellschaft nach el-Barîd[2] um einer geschäftlichen Angelegenheit willen, und da kamen wir bei dem Kloster des Hesekiel[3] vorbei. Und als wir dort im Schatten halt machten, kam ein Mann zu uns heraus und sprach zu uns: ‚Im Kloster sind Irre; unter ihnen ist ein Mann, der des Verstandes beraubt ist, aber Weisheit redet. Wenn ihr den sähet, würdet ihr über seine Worte staunen.' Da machten wir uns alle auf und gingen in das Kloster hinein, und wir sahen in einer Zelle einen Mann auf einer Ledermatte sitzen, der sein Haupt entblößt hatte und seinen Blick fest auf die Mauer heftete. Wir grüßten ihn, und er erwiderte unseren Gruß, ohne uns anzusehen. Nun sagte einer: ‚Sprich ihm Verse vor; wenn er Verse hört, so redet er!' Da sprach ich diese beiden Verse:

> O bester aller Menschen[4], die von Eva stammen,
> Die Welt wär ohne dich nicht gut noch schön, fürwahr!
> Wen Gott dein Bild erblicken läßt, lebt ewig,
> Verschont von Altersschwäche und von greisem Haar.

Als er diese Worte von mir vernommen hatte, wandte er sich uns zu und sprach die Verse:

> Gott kennt die Trübsal, die mir widerfahren;
> Doch kann ich meine Not nicht offenbaren.
> Zwei Seelen hab ich: eine liegt in Banden
> Allhier, die andre weilt in fernen Landen.

1. Ein arabischer Sprachgelehrter des 9. Jahrhunderts n. Chr., der in Basra lebte. – 2. Zwischen Baghdad und Ahwâz, einer Stadt in Südwestpersien. – 3. Im Texte: Heraklius. Aber nur das berühmte Kloster des Hesekiel in Südbabylonien kann gemeint sein. – 4. Das ist: Mohammed.

Ich glaub, die ferne wie die nahe, beide
Sind gleich; die ferne leidet, was ich leide.

Dann fragte er: ‚Hab ich's gut oder schlecht gemacht?' Wir antworteten ihm: ‚Du hast es nicht schlecht gemacht, nein, im Gegenteil, ganz vortrefflich.' Darauf streckte er die Hand nach einem Steine aus, der bei ihm lag, und hob ihn auf; da wir glaubten, er wolle ihn nach uns werfen, liefen wir von dannen. Er aber schlug sich mit ihm heftig auf die Brust und rief uns nach: ‚Fürchtet euch nicht, sondern kommet wieder zu mir und höret von mir etwas an, das ihr euch mitnehmen könnt!' Wir nahten uns ihm wieder, und er sprach diese Verse:

Früh am Morgen ließen sie die grauen Tiere niederknien,
Saßen auf; ich sah Kamele mit dem Lieb von dannen ziehn.
Denn mein Auge hat sie spähend durch des Kerkers Spalt erblickt,
Und ich rief in meinem Schmerze, von den Tränen fast erstickt:
Treiber, halte an, auf daß ich von ihr Abschied nehmen kann;
Ach, durch Abschied und durch Trennung tritt der Tod an mich heran.
Sieh, ich blieb getreu dem Schwure, und ich brach die Liebe nicht.
Wüßt ich nur, wie die Geliebte denkt von ihres Schwures Pflicht!

Darauf blickte er mich an und fragte mich: ‚Weißt du, was sie getan hat?' ‚Ja,' erwiderte ich, ‚sie ist gestorben – Allah der Erhabene erbarme sich ihrer!' Da verfärbte sich sein Antlitz, er sprang auf und rief: ‚Woher weißt du, daß sie tot ist?' Ich antwortete: ‚Wenn sie noch lebte, so hätte sie dich nicht so allein gelassen.' Er sagte darauf: ‚Du hast recht, bei Allah! Nun liegt auch mir nichts mehr am Leben, seit sie tot ist.' Plötzlich erbebte er am ganzen Leibe und fiel auf sein Angesicht; wir eilten zu ihm und rüttelten ihn, aber wir sahen, daß er tot war – die Gnade Allahs des Erhabenen sei mit ihm! Wir waren über das alles bestürzt und trauerten tief um ihn; und wir bahrten ihn auf und bestatteten ihn.' – –«

Da bemerkte Schehrezâd, daß der Morgen begann, und sie hielt in der verstatteten Rede an. Doch als die *Vierhundertund-zwölfte Nacht* anbrach, fuhr sie also fort: »Es ist mir berichtet worden, o glücklicher König, daß el-Mubarrad des weiteren erzählte: Als der Mann tot niederfiel, trauerten wir um ihn; und wir bahrten ihn auf und begruben ihn. Wie ich dann später nach Baghdad zurückgekehrt war, trat ich zu el-Muta-wakkil[1] ein, und da sah er noch die Spuren der Tränen auf meinem Gesicht; darum fragte er mich: ‚Was bedeutet das?‘ Ich erzählte ihm die Geschichte; da ward er betrübt, und er sprach zu mir: ‚Was hat dich denn dazu bewogen? Bei Allah, wenn ich nicht wüßte, daß du um ihn trauerst, so würde ich dich um seinetwillen strafen!‘ Und er trauerte um ihn den ganzen Tag über.

Ferner erzählt man

DIE GESCHICHTE VON DEM PRIOR,
DER MUSLIM WURDE

Abu Bakr Mohammed ibn el-Anbâri[2] erzählte: Ich zog einst auf einer meiner Reisen von el-Anbâr[3] nach 'Ammûrija[4] im Lande der Griechen. Und unterwegs machte ich bei dem Lichterkloster halt, in einem Dorfe nahe bei 'Ammûrija. Da kam der Vorsteher des Klosters, der Prior über die Mönche, der den Namen 'Abd el-Masîh[5] trug, zu mir heraus und führte mich in das Kloster hinein. Dort fand ich vierzig Mönche, und die nahmen mich in jener Nacht mit herzlicher Gastfreund-schaft auf. Am nächsten Tage verließ ich sie, nachdem ich bei

1. Abbasidischer Kalif von 847 bis 861 n. Chr. – 2. Ein arabischer Ge-lehrter, der um 900 n. Chr. lebte. – 3. Eine früher bedeutende Stadt am linken Ufer des Euphrats, westlich von Baghdad. – 4. Das alte Amo-rium in Phrygien. – 5. Das ist: Knecht des Messias.

ihnen solchen Eifer in der Andacht und solche Frömmigkeit gesehen hatte wie sonst noch nie. Als ich dann in 'Ammûrija meine Geschäfte erledigt hatte, kehrte ich nach el-Anbâr zurück. Im Jahre darauf aber machte ich die Pilgerfahrt nach Mekka. Und während ich den Umzug um das heilige Haus mitmachte, sah ich plötzlich, wie auch 'Abd el-Masîh, der Mönch, an dem Zuge teilnahm, begleitet von fünf seiner Klostergenossen. Nachdem ich mich überzeugt hatte, daß er es wirklich war, trat ich auf ihn zu und fragte ihn: ‚Bist du nicht als 'Abd el-Masîh der Mönch bekannt?‘ Er antwortete: ‚Nein, ich bin 'Abdallâh, der Barmherzigkeit Allahs zugewandt.‘ Da begann ich ihm das graue Haar zu küssen und zu weinen; und ich nahm ihn bei der Hand und zog mich mit ihm in einen Winkel des Heiligtums zurück; dort sprach ich zu ihm: ‚Erzähle mir, weshalb du Muslim geworden bist!‘ Er antwortete: ‚Es war ein großes Wunder, und es trug sich also zu. Eine Schar von muslimischen Asketen kam einst bei dem Dorfe vorbei, in dem unser Kloster steht, und sie schickten einen Jüngling aus, der Speise für sie kaufen sollte. Der sah auf dem Markte eine christliche Jungfrau, die Brot verkaufte, und die war so schön anzusehen wie wenige unter den Frauen. Kaum hatte der Jüngling sie erblickt, so ward er ganz von ihr bezaubert und sank ohnmächtig zu Boden. Als er aber wieder zu sich gekommen war, kehrte er zu seinen Gefährten zurück und tat ihnen kund, was ihm widerfahren war; dann sprach er zu ihnen: ‚Zieht eures Wegs; ich gehe nicht mehr mit euch!‘ Sie schalten ihn und ermahnten ihn; doch er achtete ihrer nicht. Da verließen sie ihn, während er in das Dorf zurückging und sich an die Tür des Ladens jener Jungfrau setzte. Sie fragte ihn, was er begehre, und er antwortete ihr, daß er sie liebe; darauf wandte sie sich von ihm ab, er aber blieb drei Tage lang an derselben Stätte sitzen, ohne Nahrung zu sich zu nehmen, und richtete den Blick nur nach ihrem Antlitz hin. Als sie nun sah, daß er nicht von ihr fortging, begab sie sich zu den Ihren und teilte ihnen mit, was er tat. Jene hetzten die Dorfbuben wider ihn, und die warfen so lange mit Steinen auf ihn, bis sie ihm die Rippen zerbrochen und den Kopf eingeschlagen hatten; aber trotz allem rührte er sich nicht von der Stelle. Da beschlossen die Bewohner des Dorfes, ihn zu töten; doch einer aus ihrer Zahl kam zu mir und berichtete mir von dem Zustande des Jünglings. Ich ging zu ihm hin und sah ihn am Boden liegen; und ich wischte ihm das Blut aus dem Gesicht, trug ihn ins Kloster und heilte seine Wunden. Vierzehn Tage lang blieb er bei mir; als er dann aber wieder zu gehen vermochte, verließ er das Kloster.'– –«

Da bemerkte Schehrezâd, daß der Morgen begann, und sie hielt in der verstatteten Rede an. Doch als die *Vierhundertunddreizehnte Nacht* anbrach, fuhr sie also fort: »Es ist mir berichtet worden, o glücklicher König, daß 'Abdallâh der Mönch des weiteren erzählte: ,Ich trug ihn ins Kloster und heilte seine Wunden. Vierzehn Tage lang blieb er bei mir; als er dann aber wieder zu gehen vermochte, verließ er das Kloster und ging zur Tür des Ladens der Jungfrau zurück, setzte sich nieder und schaute sie an. Wie sie ihn erblickte, kam sie zu ihm heraus und sprach zu ihm: ,Bei Allah, ich habe Mitleid mit dir. Willst du nicht meinen Glauben annehmen, auf daß ich mich dir vermähle?' Doch er rief: ,Allah verhüte, daß ich den Glauben an die Einheit ablege und mich der Vielgötterei ergebe!' Da sprach sie: ,So komm zu mir herein, tu mit mir, was du willst, und geh dann in Frieden deiner Wege!' ,Nein,' erwiderte er, ,ich will nicht zwölf Jahre der Anbetung zunichte machen durch die Lust eines einzigen Augenblicks.'

564

Darauf sagte sie: ‚So geh alsbald von mir fort!' Doch er entgegnete: ‚Das erlaubt mir mein Herz nicht.' Nun wandte sie
ihr Angesicht wieder von ihm. Bald jedoch sahen die Buben
ihn von neuem, liefen auf ihn zu und bewarfen ihn mit Steinen. Er aber warf sich auf sein Antlitz nieder, indem er sprach:
‚Fürwahr, mein Beschützer ist Allah, der das Heilige Buch
herabsandte; und er schützt die Frommen.'[1] Da kam ich aus
dem Kloster heraus, vertrieb die Buben von ihm, hob sein
Haupt vom Boden auf und hörte ihn sagen: ‚O Allah, vereinige mich mit ihr im Paradiese!' Dann wollte ich ihn ins
Kloster tragen; doch er starb, ehe ich mit ihm dort hinkam. So
trug ich ihn denn aus dem Dorf hinaus, grub ihm ein Grab
und bestattete ihn darin. Als es aber dunkel geworden und die
Hälfte der Nacht verstrichen war, stieß jene Jungfrau, die auf
ihrem Bette lag, einen lauten Schrei aus; die Dorfleute strömten zu ihr herbei und fragten sie, was ihr widerfahren sei. Sie
antwortete: ‚Während ich schlief, trat plötzlich jener muslimische Mann zu mir herein, nahm mich bei der Hand und
führte mich zum Paradiese. Doch als wir am Tor standen,
wehrte mir der hütende Engel den Zutritt, indem er sprach:
‚Das Paradies ist den Ungläubigen versagt!' Da nahm ich
durch den Jüngling den Islam an und trat mit ihm ein; dort
erblickte ich Schlösser und Bäume, die ich euch nicht zu beschreiben vermag. Und er führte mich zu einem Schlosse aus
Edelstein und sprach zu mir: ‚Siehe, dies Schloß ist für mich
und für dich; ich will nur mit dir eintreten, und nach fünf
Tagen wirst du mit mir in ihm sein, so Gott der Erhabene will.'
Dann streckte er seine Hand nach einem Baume aus, der vor
dem Tore jenes Schlosses wuchs, pflückte zwei Äpfel von ihm
und gab sie mir, indem er sprach: ‚Iß den einen und verwahre

1. Koran, Sure 7, Vers 195.

den anderen, damit die Mönche ihn sehen.' Und ich aß den einen; nie habe ich etwas Süßeres als ihn gekostet. ' – –«

Da bemerkte Schehrezâd, daß der Morgen begann, und sie hielt in der verstatteten Rede an. Doch als die *Vierhundertundvierzehnte Nacht* anbrach, fuhr sie also fort: »Es ist mir berichtet worden, o glücklicher König, daß die Jungfrau des weiteren erzählte: ,Als er die beiden Äpfel gepflückt hatte, gab er sie mir, indem er sprach: ,Iß den einen und verwahre den anderen, damit die Mönche ihn sehen.' Und ich aß den einen; nie habe ich etwas Süßeres als ihn gekostet. Dann nahm er mich bei der Hand und führte mich wieder hinaus, bis er mich zu meinem Hause geleitet hatte. Als ich aus meinem Schlafe erwachte, spürte ich noch den Apfelgeschmack in meinem Munde und hielt den anderen Apfel in der Hand.' Mit diesen Worten holte sie den Apfel heraus, und der leuchtete im Dunkel der Nacht wie ein schimmernder Stern. Dann trug man die Jungfrau, die den Apfel in der Hand behielt, in das Kloster; dort erzählte sie den Traum auch uns und zeigte uns den Apfel; und wirklich, wir hatten unter allen Früchten der Welt noch nie seinesgleichen gesehen. Darauf nahm ich ein Messer und zerlegte ihn in so viele Teile, daß ich und jeder meiner Gefährten ein Stück erhielt; nie haben wir etwas gesehen, das süßer geschmeckt oder köstlicher geduftet hätte; doch wir sprachen: ,Vielleicht war das ein Teufel, der ihr so erschien, um sie ihrem Glauben abtrünnig zu machen.' Die Ihren nahmen sie darauf wieder mit sich und gingen fort. Von nun ab enthielt sie sich des Essens und des Trinkens, und als die fünfte Nacht kam, erhob sie sich von ihrem Lager, verließ ihr Haus und wanderte zu dem Grabe jenes Muslims. Dort warf sie sich nieder und starb, ohne daß die Ihren um sie wußten. Als es Morgen ward, kamen zum Dorfe zwei muslimische Scheiche in härenen Gewändern, begleitet von zwei Frauen, die ebenso gekleidet waren, und sie sprachen: ‚Ihr Leute vom Dorf, Allah der Erhabene hat bei euch eine Heilige, die als gläubige Muslimin gestorben ist. Wir wollen an eurer Statt für sie sorgen.‘ Da suchten die Dorfbewohner nach jener Jungfrau und fanden sie tot auf dem Grabe liegen. Sie sprachen: ‚Die da ist eine der Unsrigen; sie ist in unserem Glauben gestorben, und darum wollen wir für sie sorgen.‘ Doch die beiden Alten entgegneten: ‚Nein, sie ist als Muslimin gestorben; darum wollen wir sie bestatten!‘ Als nun heftiger Streit und Zank zwischen ihnen sich erhob, sprach der eine von den beiden Scheichen: ‚Dies sei das Kennzeichen ihres Glaubens: die vierzig Mönche des Klosters sollen zusammen versuchen, sie von dem Grabe hinwegzuziehen; wenn die sie vom Boden aufheben können, so ist sie als Christin gestorben. Gelingt es ihnen aber nicht, so soll einer von uns vortreten, um sie hinwegzunehmen; und wenn ihr Leib sich in seinen Händen erhebt, so ist sie als Muslimin gestorben.‘ Die Dorfbewohner willigten darin ein, und alsbald kamen die vierzig Mönche. Sie feuerten einer den andern an und traten zu ihr, um sie aufzuheben; aber sie vermochten es nicht. Darauf banden wir einen festen Strick um ihren Leib und zogen alle daran; aber der Strick zerriß, und sie rührte sich nicht. Auch die Dorfbewohner traten heran und taten desgleichen; dennoch rührte sie sich nicht von ihrer Stätte. Schließlich, als wir sie trotz aller Mühe doch nicht heben konnten, sprachen wir zu einem der beiden Scheiche: ‚Tritt du hin und heb sie auf!‘ Da trat der eine von ihnen heran, hüllte sie in seinen Mantel und rief: ‚Im Namen Allahs, des barmherzigen Erbarmers, und durch den Glauben des Gesandten Allahs – Er segne ihn und gebe ihm Heil!‘ Dann hob er sie in seine Arme, und die Muslime gingen mit ihr zu einer Höhle, die sich dort befand. In ihr legten sie

die Leiche nieder; und nun kamen die beiden Frauen, wuschen
sie und hüllten sie ins Leichentuch. Danach trugen die beiden
Alten sie wieder zum Grabe, beteten dort über ihr, bestatteten
sie neben dem muslimischen Jüngling und gingen fort. Wir
hatten dem allem zugesehen; und als wir wieder allein unter
uns waren, sprachen wir: ‚Fürwahr, die Wahrheit verdient es,
daß man ihr folge!¹ Uns aber ist die Wahrheit sichtbar vor
unseren Augen offenbart worden, und es gibt für uns keinen
klareren Beweis mehr für die Wahrheit des Islams als das, was
wir mit eigenen Augen gesehen haben. Darauf nahm ich den
Islam an, und alle Mönche des Klosters wurden Muslime mit
mir, desselbengleichen auch die Bewohner des Dorfes. Dann
sandten wir zum Volk von Mesopotamien und baten um einen
Gottesgelehrten, der uns die Gebote des Islams und die Vorschriften des Glaubens lehren sollte. Da kam ein frommer und
gelehrter Mann zu uns und unterwies uns im Gottesdienst und
in den Vorschriften des Islams; und wir leben jetzt in großem
Wohlergehen. Allah sei Lob und Dank!‘

Ferner wird erzählt

DIE GESCHICHTE DER LIEBE VON ABU ’ISA
ZU KURRAT EL-’AIN

’Amr ibn Mas’ada berichtete: Abu ’Îsa, der Sohn von er-Raschîd und der Bruder von el-Mamûn, liebte Kurrat el-’Ain,
die Sklavin von ’Alî ibn Hischâm; und auch sie liebte ihn.
Doch Abu ’Îsa verbarg seine Leidenschaft und tat sie niemandem kund; auch klagte er keinem Menschen sein Leid, noch
enthüllte er jemandem sein Geheimnis. Das tat er, weil er stolz
und von hohem Ehrgefühl beseelt war; denn er hatte sich die
größte Mühe gegeben, sie von ihrem Herrn zu erwerben, aber

1. Vgl. Koran, Sure 10, Vers 36.

es war ihm nicht gelungen. Doch schließlich, als seine Geduld zu Ende war und seine Leidenschaft immer stärker ward und er keinen Rat mehr für sich wußte, ging er zu el-Mamûn an einem Tage der Staatsversammlung, als das Volk sich bereits entfernt hatte, und er sprach: ‚O Beherrscher der Gläubigen, wenn du heute einmal unvermutet deine Befehlshaber auf die Probe stellen wolltest, so würdest du erkennen, wer von ihnen eine edle Gesinnung hat und wer nicht, und welchen Rang ein jeder nach dem Werte seiner Gesinnung einnimmt.‘ Durch diesen Rat gedachte Abu ’Ísa zu erreichen, daß er bei Kurrat el-’Ain in ihres Herrn Hause sitzen könnte. El-Mamûn sprach: ‚Du hast recht!‘, und befahl, ihm die Barke zu rüsten, die den Namen ‚der Flieger‘ trug; man führte sie ihm zu, und er stieg ein, begleitet von einer Schar seiner Hofleute. Das erste Haus, das er besuchte, war das des Hamîd et-Tawîl et-Tûsi, und den traf er, wie er dort saß – –«

Da bemerkte Schehrezâd, daß der Morgen begann, und sie hielt in der verstatteten Rede an. Doch als die *Vierhundertundfünfzehnte Nacht* anbrach, fuhr sie also fort: »Es ist mir berichtet worden, o glücklicher König, daß el-Mamûn die Barke bestieg, begleitet von seinen Hofleuten, und daß sie dahinfuhren, bis sie zum Hause des Hamîd et-Tawîl et-Tûsi kamen. Sie traten unvermutet in sein Haus und trafen ihn dort auf einer Rohrmatte sitzend, und vor ihm befanden sich Sänger mit Lauten, Flöten und anderen Musikinstrumenten. Da setzte el-Mamûn sich eine Weile nieder; dann wurden ihm Speisen vorgesetzt, aber die bestanden nur aus Fleisch von Vierfüßlern, kein Fleisch von Geflügel war darunter. Von diesen Speisen rührte el-Mamûn nichts an; und so sprach Abu ’Ísa: ‚O Beherrscher der Gläubigen, wir sind unvermutet hierher gekommen, und der Hausherr wußte nichts von deinem Besuche. Laß uns jetzt in ein Haus gehen, das für dich gerüstet ist, so wie es dir gebührt!' Da erhob der Kalif sich und begab sich mit seinen Hofleuten und mit seinem Bruder Abu 'Îsa zum Hause des 'Alî ibn Hischâm. Als der von ihrem Kommen hörte, empfing er sie feierlich und küßte den Boden vor dem Kalifen. Dann führte er sie auf den Söller und öffnete ihnen einen Saal, der so schön war, wie ihn noch niemand je gesehen hatte. Dort waren der Boden, die Pfeiler und die Wände mit vielfarbigem Marmor bekleidet; die Wände waren mit griechischen Malereien verziert, und der Boden war mit indischen Matten bedeckt; darauf lagen Basrateppiche, die genau der Länge und der Breite des Saales angepaßt waren. El-Mamûn setzte sich eine Weile nieder und betrachtete den Saal mit seinen Decken und Wänden; dann sprach er: ‚Gib uns etwas zu essen!' Und im selben Augenblick brachte man ihm wohl an die hundert Gerichte, Hühnerfleisch, und dazu noch anderes Geflügel, Brühen, Braten und Essiggemüse. Als er gegessen hatte, sprach er: ‚Gib uns zu trinken, 'Alî!' Da brachte man ihm gemischten Dattelmost, der mit Früchten und Spezereien bereitet war, in Gefäßen aus Gold und Silber und Kristall. Die Schenken aber, die jenen Most in den Saal trugen, waren mondengleiche Jünglinge, bekleidet mit alexandrinischen Gewändern, die mit Gold durchwirkt waren; und auf der Brust trugen sie kristallene Flaschen voll Rosenwasser, das mit Moschus gemischt war. El-Mamûn wunderte sich sehr über das, was er sah; und er rief: ‚Du, Abu el-Hasan!' Der eilte zum Teppich des Kalifen und küßte den Boden; dann stellte er sich vor den Herrscher hin und sprach: ‚Zu deinen Diensten, o Beherrscher der Gläubigen!' El-Mamûn aber fuhr fort: ‚Laß uns heiteren Gesang hören!' ‚Ich höre und gehorche, o Beherrscher der Gläubigen!' sprach 'Alî und rief einem seiner Diener zu: ‚Hole die Sängerinnen!' Der Eunuch sprach: ‚Ich höre und gehorche!' ging eine Weile fort und kam mit zehn Eunuchen zurück, die zehn goldene Schemel trugen. Nachdem sie die aufgestellt hatten, erschienen zehn Sklavinnen; die waren so schön wie der strahlende Mond in der vierzehnten Nacht und wie Gärten in schimmernder Blüten Pracht; sie waren in schwarzen Brokat gekleidet und trugen goldene Kronen auf ihren Häuptern. Und sie schritten dahin, bis sie sich auf die Schemel niederließen, und dann begannen sie mancherlei Weisen zu singen. Da blickte el-Mamûn auf eine von den Sklavinnen, deren Zierlichkeit und schöne Gestalt ihn entzückte, und er fragte sie: ‚Wie heißest du, Mädchen?' Sie antwortete: ‚Ich heiße Sadschâhi, o Beherrscher der Gläubigen.' Er fuhr fort: ‚Sing uns ein Lied, Sadschâhi!' Da hub sie an zu singen und ließ dies Lied erklingen:

> Gleichwie ein Feigling, der zwei Welfen nahen sieht,
> So komm ich voller Furcht zum Stelldichein gegangen.
> Die Demut ist mein Schwert, mein Herze pocht und bebt;
> Denn vor dem Aug der Feinde und Späher muß es bangen.
> Zu einer zarten Maid tret ich dann rasch hervor:
> Die gleicht dem Reh der Steppe, das sein Kind verlor.

El-Mamûn sprach zu ihr: ‚Das hast du gut gemacht, Mädchen! Von wem ist das Lied?' Sie antwortete: ‚Das Lied ist von ’Amr ibn Ma’dîkarib ez-Zabîdi, und die Weise von Ma’bad.' Nun tranken der Kalif und Abu ’Isa und ’Alî ibn Hischâm; und die Mädchen gingen davon. Darauf kamen zehn andere Sklavinnen, deren jede in geblümte, golddurchwirkte Seide aus Jemen gekleidet war; sie setzten sich auf die Schemel und sangen mancherlei Weisen. Und el-Mamûn blickte auf eine Sklavin, die einer Antilope der Steppe glich, und fragte sie: ‚Wie heißest du, Mädchen?' Sie antwortete: ‚Ich heiße Zabja, o Beherrscher der Gläubigen.' Er fuhr fort: ,Sing uns ein Lied, Zabja!' Da hub sie an wie ein Vogel zu singen, und sie ließ diese beiden Verse erklingen:

> *Die Huris und edelen Frauen fürchten kein übel Gerede,*
> *Gleichwie die Gazellen von Mekka, das unverletzliche Wild.*
> *Nach ihren schmeichelnden Worten hielte man sie für Dirnen;*
> *Doch schützet sie der Islam, daß ihnen kein häßlich Wort gilt.*

Als sie ihr Lied beendet hatte, rief el-Mamûn ihr zu: ,Vortrefflich!' – –«

Da bemerkte Schehrezâd, daß der Morgen begann, und sie hielt in der verstatteten Rede an. Doch als die *Vierhundertundsechzehnte Nacht* anbrach, fuhr sie also fort: »Es ist mir berichtet worden, o glücklicher König, daß el-Mamûn, als die Sklavin ihr Lied beendet hatte, ihr zurief: ,Vortrefflich! Von wem ist dies Lied?' Sie antwortete: ,Von Dscharîr, und die Weise ist von Ibn Suraidsch.' Und wiederum trank el-Mamûn mit seinen Gefährten, während die Mädchen davongingen. Da kamen nach ihnen zehn andere Sklavinnen, die erstrahlten wie Rubinen und trugen Gewänder von rotem Brokat, der mit Gold durchwirkt und mit Perlen und Edelsteinen besetzt war; und ihre Häupter waren unbedeckt. Sie setzten sich auf die Schemel und sangen mancherlei Weisen. Der Kalif blickte auf eine von ihnen, die der Sonne des lichten Tages glich, und fragte sie: ,Wie heißest du, Mädchen?' Sie antwortete: ,Ich heiße Fâtin, o Beherrscher der Gläubigen.' Und er fuhr fort: ,Sing uns ein Lied, Fâtin!' Da hub sie an zu singen und ließ dies Lied erklingen:

> *Gewähr mir deine Gunst; jetzt ist's die rechte Zeit.*
> *Genug hab ich gekostet an bittrer Trennung Leid.*
> *In deinem Antlitz einet sich aller Reize Huld;*
> *Und ach, um seinetwillen entsag ich der Geduld.*

Um deiner Liebe willen opfert ich mein Leben:
Sei deine Gunst mein Lohn für das, was ich gegeben!

,Vortrefflich, Fâtin!' rief der Herrscher; ,von wem ist dies Lied?' Sie antwortete: ,Von 'Adî ibn Zaid, und die Weise ist alt.' Darauf tranken el-Mamûn und Abu 'Îsa und 'Alî ibn Hischâm, und die Mädchen entfernten sich. Und wiederum kamen nach ihnen zehn andere Sklavinnen, die sahen aus wie hell schimmernde Sterne; sie trugen Gewänder aus geblümter Seide, die mit rotem Golde durchwirkt war, und um ihren Leib Gürtel, die mit Juwelen besetzt waren. Und sie ließen sich auf die Schemel nieder und sangen mancherlei Weisen. Nun fragte el-Mamûn eine von den Sklavinnen, die einem Weidenzweig glich: ,Wie heißest du, Mädchen?' Sie antwortete: ,Ich heiße Rascha, o Beherrscher der Gläubigen.' Er fuhr fort: ,Sing uns ein Lied, Rascha!' Da hub sie an zu singen und ließ dies Lied erklingen:

> *Das Schwarzaug gleicht dem Reis; es heilt die heiße Liebe.*
> *Es gleicht dem scheuen Reh, das groß und fragend blickt.*
> *Ich trank auf ihrer Wange den Wein und ließ den Becher*
> *Wohl mit der Wange streiten, bis sie sich drein geschickt.*
> *Wir ruhten eng vereint; sie lag an meiner Brust.*
> *Ich sprach zu meiner Seele: Dies ist die höchste Lust!*

,Das hast du gut gemacht, Mädchen,' rief der Kalif; ,singe uns noch etwas!' Da erhob sie sich, küßte den Boden vor ihm und sang dann noch diesen Vers:

> *Sie trat gemach heraus und schaute auf den Brautzug*
> *In einem Hemd, aus dem der Duft von Safran kam.*

Von diesem Verse war el-Mamûn aufs höchste entzückt; und als die Sklavin sah, wie sehr er ihm gefiel, wiederholte sie ihn mehrere Male. Dann aber sprach der Kalif: ,Bringt mir den Flieger!' denn er wollte einsteigen und wieder fortfahren. 'Alî ibn Hischâm jedoch sprach: ‚O Beherrscher der Gläubigen, ich habe eine Sklavin, die ich um zehntausend Dinare gekauft habe; die hat mein Herz ganz und gar gefangen genommen, und ich möchte sie dem Beherrscher der Gläubigen zeigen. Wenn sie ihm gefällt und er sie annehmen will, so ist sie die Seine; er geruhe aber doch auf jeden Fall etwas von ihr anzu-hören!‘ ‚Bring sie her!‘ erwiderte der Kalif. Und nun trat eine Maid heraus, die gleich einem Weidenzweige war; sie hatte ein verführerisches Augenpaar, und ihre Brauen waren wie zwei Bogen anzuschauen; auf ihrem Haupte trug sie eine Krone aus Gold von rötlichem Schein, besetzt mit Perlen und Edelgestein. Und darunter war eine Binde, auf der in Lettern aus Chrysolith dieser Vers geschrieben war:

> *Eine Fee, von den Dämonen unterwiesen,*
> *Herzen mit dem Bogen ohne Sehn’ zu treffen.*

Jene Sklavin schritt daher wie ein scheues Reh, selbst die Frommen hätten sie angeschaut mit heißem Liebesweh. Und sie ging weiter, bis sie sich auf den Schemel niedersetzte. – –«

Da bemerkte Schehrezâd, daß der Morgen begann, und sie hielt in der verstatteten Rede an. Doch als die *Vierhundertund-siebenzehnte Nacht* anbrach, fuhr sie also fort: »Es ist mir be-richtet worden, o glücklicher König, daß die Sklavin daher-schritt wie ein scheues Reh, das selbst die Frommen ange-schaut hätten mit heißem Liebesweh, und daß sie dann weiterg-ing, bis sie sich auf den Schemel niedersetzte. Als el-Mamûn sie erblickte, staunte er ob ihrer Schönheit und Lieblichkeit; doch Abu 'Îsas Herz pochte vor Schmerzen, seine Farbe er-blich, und sein ganzes Wesen ward verändert. Da rief el-Mamûn: ‚Abu 'Îsa, du bist ja ganz verändert!‘ Der antwor-tete: ‚O Beherrscher der Gläubigen, dies rührt von einer Krankheit her, die mich von Zeit zu Zeit befällt.‘ Nun fragte der Kalif ihn: ‚Hast du diese Sklavin schon vor dem heutigen Tage kennen gelernt?‘ ‚Ja, o Beherrscher der Gläubigen,‘ erwiderte er; ‚kann denn der Mond verborgen bleiben?‘ Dann fragte el-Mamûn die Sklavin: ‚Wie heißest du, Mädchen?‘ Sie antwortete: ‚Ich heiße Kurrat el-’Ain, o Beherrscher der Gläubigen.‘ Und er fuhr fort: ‚Sing uns ein Lied, Kurrat el-’Ain!‘ Da sang sie diese beiden Verse:

> *Die Freunde trennten sich von dir im tiefen Dunkel*
> *Und zogen mit den Pilgern fort am frühen Morgen.*
> *Sie schlugen stolze Zelte auf um jene Kuppeln*[1]
> *Und waren hinter Decken von Brokat geborgen.*

Der Kalif sprach zu ihr: ‚Vortrefflich! Von wem ist dies Lied?‘ Sie erwiderte: ‚Von Di’bil el-Chuzâ’i, und die Weise ist von Zurzûr es-Saghîr.‘ Doch Abu ’Isa blickte sie an, von Tränen erstickt, so daß alle, die zugegen waren, sich über ihn wunderten. Da redete die Sklavin den Kalifen an, indem sie sprach: ‚O Beherrscher der Gläubigen, willst du mir verstatten, daß ich die Worte ändere?‘ Er antwortete ihr: ‚Sing, was du willst!‘ Da hub sie an zu singen und ließ dies Lied erklingen:

> *Gefällst du einem Freund, der offen dir gefällt,*
> *So hüte emsiglich der Liebe Heimlichkeit!*
> *Und höre der Verleumder Rede nicht; denn selten*
> *Will der Verleumder andres als der Trennung Leid!*
> *Man sagt, die Nähe mache der Liebe überdrüssig,*
> *Die Ferne aber heile von bittrem Liebesweh.*
> *Ach, ich versuchte beides; mir nahte keine Heilung,*
> *Doch lieber als die Ferne ist’s mir, wenn ich dich seh.*
> *Allein auch in der Nähe ist dir kein Gewinn,*
> *Vergilt dein Lieb dir nicht mit liebevollem Sinn.*

Als sie das Lied gesungen hatte, sprach Abu ’Isa: ‚O Beherrscher der Gläubigen‘ – –«

1. Die runden Zelte der Pilger.

Da bemerkte Schehrezâd, daß der Morgen begann, und sie hielt in der verstatteten Rede an. Doch als die *Vierhundertundachtzehnte Nacht* anbrach, fuhr sie also fort: »Es ist mir berichtet worden, o glücklicher König, daß Abu 'Isa, als Kurrat el-'Ain ihr Lied gesungen hatte, sprach: ‚O Beherrscher der Gläubigen, wenn ich auch der Schmach verfalle, so will ich's tragen. Gestattest du mir, ihr zu erwidern?‘ Der Kalif antwortete: ‚Ja; sag ihr, was du willst!‘ Da unterdrückte er die Träne, die aus seinem Auge rann, und sprach diese beiden Verse sodann:

> Ich schwieg und sprach zu keinem von meinen Liebesschmerzen
> Und barg die Liebe selbst vor meinem eignen Herzen.
> Wenn jetzt in meinem Auge die Liebe sich kundgetan,
> So wißt: mein Auge sah den hellen Vollmond nahn.

Darauf griff Kurrat el-'Ain zur Laute, hub an zu singen und ließ dies Lied erklingen:

> Wenn deine Worte volle Wahrheit wären,
> So hätten dir die Wünsche nicht genügt.
> Du könntest ohne jene Maid nicht leben,
> Die Schönheit zu dem innren Werte fügt.
> Doch alles, was du sagst, ist leerer Schall,
> Ist nichts als deiner Zunge Wörterschwall.

Als Kurrat el-'-Ain dies Lied gesungen hatte, begann Abu 'Isa zu weinen und zu klagen, heftiger Schmerz bewegte ihn, und die Leidenschaft erregte ihn. Er hob die Augen zu ihr empor, begann in Seufzer auszubrechen und hub an diese Verse zu sprechen:

> Ein dürrer Leib ist unter meinen Kleidern,
> Dieweil im Herzen sich ein Kampf entspinnt.
> Ich hab ein Herz, des Leiden ewig dauern,
> Ein Auge, dessen Träne ewig rinnt.
> Sooft ein Weiser mich zu trösten wünschet,
> Macht mir ein Liebestadler bittre Not.
> O Herr, ich kann dies alles nicht ertragen:
> So kommet rasch – Erfüllung oder Tod!

Als Abu 'Îsa diese Verse gesprochen hatte, sprang 'Alî ibn Hischâm auf, küßte ihm die Füße und sprach: ‚Mein Gebieter, Allah läßt die Erfüllung deiner Bitte kommen; denn Er hat dein Geheimnis vernommen. Er willigt ein, daß du sie mit all ihrem Besitze an Seltenheiten und Kostbarkeiten erhältst, wenn der Beherrscher der Gläubigen kein Verlangen nach ihr trägt.' Doch el-Mamûn sagte: ‚Wenn wir auch Verlangen nach ihr hätten, so würden wir doch Abu 'Îsa den Vorrang vor uns lassen und ihm zu seinem Ziele verhelfen.' Danach machte er sich auf und fuhr in dem Flieger davon, während Abu 'Îsa zurückblieb, um Kurrat el-'Ain in Empfang zu nehmen. Als er sie dann erhalten hatte, führte er sie freudigen Herzens in sein Haus. Schau, wie großmütig 'Alî ibn Hischâm war!

Ferner wird erzählt

DIE GESCHICHTE VON EL-AMÎN UND SEINEM OHEIM IBRAHÎM IBN EL-MAHDÎ

El-Amîn, der Bruder von el-Mamûn, trat einst in das Haus seines Oheims Ibrahîm ibn el-Mahdî und erblickte dort eine Sklavin, wie sie die Laute schlug. Und da sie eine der schönsten Frauen war, so neigte sein Herz sich ihr zu. Doch als sein Oheim Ibrahîm erkannte, wie es um ihn stand, schickte er ihm die Sklavin zu, angetan mit prächtigen Gewändern und kostbarem Juwelenschmuck. Als el-Amîn sie sah, glaubte er, sein Oheim Ibrahîm habe sie bereits erkannt, und darum mochte er ihr nicht mehr beiwohnen. So nahm er denn hin, was sie an Geschenken mitgebracht hatte; sie selbst aber sandte er zurück. Ibrahîm ward jedoch über das Geschehnis von einem der Eunuchen unterrichtet; da nahm er ein Hemd aus geblümter Seide und schrieb auf den Saum in goldenen Lettern diese beiden Verse:

Fürwahr, bei Ihm, vor dem sich alle Stirnen neigen,
Was unter diesem Saume ist, das kenn ich nicht.
Auch ihren Mund berühr ich nie; mein einzig Trachten
War, was das Auge sieht und was die Zunge spricht.

Darauf hieß er sie das Hemd anlegen, reichte ihr eine Laute
und sandte sie abermals zu el-Amîn. Als sie zu ihm eingetreten
war, küßte sie den Boden vor ihm, stimmte die Laute und sang
dazu diese beiden Verse:

Du nahmst die Gabe nicht und zeigtest, was du denkest;
Daß du dich von mir trennest, ward mir kund und klar.
Doch wenn du Anstoß nimmst an etwas, das vergangen,
Verzeih du als Kalif, was längst schon nicht mehr war!

Als sie das Lied beendet hatte, schaute el-Amîn sie an und sah,
was auf dem Saume des Hemdes geschrieben stand. Nun hielt
er nicht länger an sich – –«

Da bemerkte Schehrezâd, daß der Morgen begann, und sie
hielt in der verstatteten Rede an. Doch als die *Vierhundertund-*
neunzehnte Nacht anbrach, fuhr sie also fort: »Es ist mir berichtet worden, o glücklicher König, daß el-Amîn, als er die Sklavin anschaute und sah, was auf dem Saume des Hemdes geschrieben stand, nicht mehr länger an sich hielt, sondern ihr
nahte und sie küßte. Und er wies ihr ein eigenes Gemach in
seinem Palaste an; ferner dankte er seinem Oheim für die Gabe und verlieh ihm die Statthalterschaft von Rai.[1]

Ferner wird erzählt

DIE GESCHICHTE VON DEM KALIFEN
EL-MUTAWAKKIL UND EL-FATH IBN CHAKÂN

El-Mutawakkil mußte einst Arznei nehmen; und da sandten
ihm die Leute allerlei seltene Kostbarkeiten und mancherlei
Geschenke. Und unter anderem sandte ihm el-Fath ibn Cha-

1. Hauptstadt einer Provinz in Nordpersien.

578

kân eine jungfräuliche Sklavin mit schwellendem Busen, die zu
den schönsten Mädchen ihrer Zeit gehörte, dazu ein Kristall-
gefäß mit rotem Weine und einen Becher von rotem Golde,
auf dem in schwarzen Lettern diese Verse standen:

Wenn der Imam der Krankheit nun entrann
Und Heilung und Gesundheit sich gewann,
So kann für ihn kein besser Heiltrank sein
Als hier in diesem Becher dieser Wein.
Wenn er das Siegel löst von meiner Gabe,
So ist das nach der Krankheit schönste Labe!

Wie die Sklavin mit dem, was sie trug, zum Kalifen eintrat,
war gerade der Arzt Juhanna[1] dort. Als der die Verse las, lächelte er und sprach: ‚Bei Gott, o Beherrscher der Gläubigen,
el-Fath versteht sich auf die Heilkunst besser als ich; also möge
der Beherrscher der Gläubigen dem, was jener verordnet hat,
nicht zuwiderhandeln!' Der Kalif nahm den Rat des Arztes an
und gebrauchte jene Arznei, ganz wie sie ihm in den Versen
vorgeschrieben war; Allah machte ihn gesund und heil, und
die Erfüllung seiner Wünsche ward ihm zuteil.

Ferner wird erzählt

DIE GESCHICHTE VON DEM STREIT
ÜBER DIE VORZÜGE DER GESCHLECHTER

Einer von den vornehm gebildeten Leuten berichtete: Ich
habe nie eine Frau gesehen, die schärferen Verstand, schönere
Einsicht, reicheres Wissen, vortrefflichere Sinnesart und fei-
neres Wesen besessen hätte als eine Predigerin aus dem Volke
von Baghdad, die Saijidat el-Maschâjich[2] geheißen war. Es traf
sich, daß sie im Jahre fünfhundertundeinundsechzig[3] nach der

1. Ein christlicher Arzt am Hofe der Abbasiden-Kalifen. – 2. Herrin
der Scheiche. – 3. Nach der Hedschra, das ist: 1165/1166 n. Chr.

Stadt Hama¹ kam und dort den Leuten von einem Stuhle herunter heilsame Ermahnungen predigte. Nun pflegten manche Leute ihr Haus zu besuchen, die sich der Gottesgelehrtheit beflissen, ferner Jünger der Wissenschaften und der schönen Künste; und die unterhielten sich mit ihr über Fragen des geistlichen Rechtes und disputierten mit ihr über strittige Punkte. Eines Tages ging auch ich zu ihr, begleitet von einem Freunde, der feine Bildung besaß; und als wir uns gesetzt hatten, ließ sie eine Schale mit Früchten vor uns bringen, während sie sich selbst hinter einem Vorhange niederließ. Sie hatte einen Bruder, der von schöner Gestalt war; und der stand zu unseren Häupten, um uns zu bedienen. Als wir gegessen hatten, begannen wir uns über Fragen des geistlichen Rechtes zu unterhalten. Ich legte ihr eine Frage von solcher Art vor, die sich auf den Unterschied zwischen den Rechtsschulen bezog. Da begann sie ihre Antworten zu geben, und ich hörte ihr zu. Mein Freund aber schaute derweilen ihrem Bruder ins Gesicht und betrachtete seine Schönheit und hörte ihr nicht zu. Da sie ihn jedoch hinter dem Vorhange beobachten konnte, so wandte sie sich, als sie zu Ende gesprochen hatte, zu ihm und sprach: ,Mir scheint, du bist einer von denen, die den Männern den Vorzug vor den Frauen geben.' ,Freilich', antwortete er; und als sie ihn fragte: ,Weshalb?' fuhr er fort: ,Weil Allah das Männliche höher gestellt hat als das Weibliche.' – –«

Da bemerkte Schehrezâd, daß der Morgen begann, und sie hielt in der verstatteten Rede an. Doch als die *Vierhundertundzwanzigste Nacht* anbrach, fuhr sie also fort: »Es ist mir berichtet worden, o glücklicher König, daß der Scheich erwiderte: ,Weil Allah das Männliche höher gestellt hat als das Weib-

¹. In Nordsyrien.

liche; ich aber liebe das, was übertrifft, nicht das, was übertroffen wird.' Da lachte sie und fragte alsbald: ‚Willst du in der Disputation ehrlich mit mir verfahren, wenn ich mit dir über diese Frage einen Wortstreit ausfechte?' ‚Jawohl', antwortete er; und sie fuhr fort: ‚Welchen Beweis hast du für die Überlegenheit des Männlichen über das Weibliche?' Er entgegnete: ‚Den Beweis der Überlieferung und den Beweis des Verstandes. Der Beweis der Überlieferung gründet sich auf die Heilige Schrift und auf die Tradition über den Propheten. In der Heiligen Schrift stehen die Worte des Hocherhabenen: ‚Die Männer stehen über den Frauen wegen dessen, was Allah den einen vor den anderen vorausgegeben hat'[1], und ferner Seine Worte: ‚Wenn nicht zwei Männer vorhanden sind, so sollen es ein Mann und zwei Frauen sein'[2], und ferner Seine Worte über die Erbfolge: ‚Und wenn die Geschwister Männer und Frauen sind, so soll ein Mann so viel erhalten wie zwei Frauen.'[3] So hat Allah, der Hochgepriesene und Erhabene, an diesen Stellen dem Männlichen den Vorzug gegeben über das Weibliche, und Er hat kundgetan, daß eine Frau halb soviel ist wie ein Mann, weil er würdiger ist als sie. Was nun die Tradition über den Propheten betrifft, wird nicht von ihm – Allah segne ihn und gebe ihm Heil! – berichtet, daß er das Blutgeld für eine Frau halb so hoch ansetzte wie das für einen Mann? Und schließlich besteht der Verstandesbeweis darin, daß der Mann das Aktive, die Frau das Passive ist.' Darauf erwiderte sie: ‚Du hast gut gesprochen, werter Herr; doch, bei Allah, du hast meinen Beweis wider dich mit deiner eigenen Zunge kundgetan, und du hast einen Grund angeführt, der wider dich, nicht für dich spricht. Es steht doch so, daß Allah, der

1. Sure 4, Vers 38. – 2. Damit ihr Zeugnis gültig sei; Sure 2, Vers 282. – 3. Sure 4, Vers 175.

Hochgepriesene und Erhabene, einzig und allein in der Beschreibung allgemeiner männlicher Eigenschaften den Männern den Vorzug vor den Frauen gegeben hat; und über die herrscht kein Streit zwischen uns. Aber an dieser männlichen Eigenart nehmen das Kind, der Knabe, der Jüngling, der Mann und der Greis in gleicher Weise teil; darin unterscheiden sie sich nicht. Wenn also der Vorzug nur in dieser männlichen Eigenart besteht, so müßte dein Herz sich ebenso sehr dem Greise zuneigen, wie es sich dem Knaben zuneigt, und deine Seele an dem einen das gleiche Gefallen haben wie an dem andern, da ja, soweit es sich um die Männlichkeit handelt, kein Unterschied zwischen beiden besteht. Aber der Streit zwischen uns bezieht sich doch auf die besonderen Eigenschaften, die man erstrebt, das heißt die Annehmlichkeit und die Freude, die der Verkehr bietet; und in dieser Frage hast du keinen Beweis für die Überlegenheit des Jünglings über das Mädchen beigebracht.' Nun entgegnete er ihr: ‚Werte Herrin, weißt du nichts von dem, was den Jüngling in besonderem Maße auszeichnet: des Wuchses Ebenmäßigkeit, die Wange im Rosenkleid, des Lächelns Feinheit und der Rede Reinheit? Die Jünglinge sind in dieser Beziehung den Mädchen überlegen; ja, dafür liegt sogar ein Beweis in dem, was über den Propheten – Allah segne ihn und gebe ihm Heil! – überliefert wird; denn er hat gesagt: ‚Lasset eure Augen nicht auf den bartlosen Jünglingen verweilen; denn dadurch gewinnet ihr einen kurzen Blick auf die schwarzäugigen Paradiesesjungfrauen!' Die Überlegenheit des Jünglings über das Mädchen ist doch keinem Menschen unbekannt, und wie trefflich sind die Worte, die Abu Nuwâs dafür fand:

> *Die kleinste seiner guten Eigenschaften ist,*
> *Daß du vor Unreinheit und Kindbett sicher bist.*

Desgleichen die Worte eines anderen Dichters:

> *Es sagte der Imam Abu Nuwâs, der allen*
> *Den Rang ablief als Lüstling und als Lebemann:*
> *Die ihr den Wangenflaum der Knaben liebt, ihr kostet*
> *An Freuden, was das Paradies nicht bieten kann!*

Auch wenn ein Dichter sich im Lob einer Jungfrau ergeht und ihren Wert durch die Aufzählung ihrer schönen Eigenschaften erhöhen will, so vergleicht er sie einem Jüngling.' – –«

Da bemerkte Schehrezâd, daß der Morgen begann, und sie hielt in der verstatteten Rede an. Doch als die *Vierhundertundeinundzwanzigste Nacht* anbrach, fuhr sie also fort: »Es ist mir berichtet worden, o glücklicher König, daß der Scheich weiter sprach: ,Auch wenn ein Dichter sich im Lobe einer Jungfrau ergeht und ihren Wert durch die Aufzählung ihrer schönen Eigenschaften erhöhen will, so vergleicht er sie einem Jüngling; denn der ist aller trefflichen Eigenschaften Hort, und von ihm gilt das Dichterwort:

> *Sie ist dem Knaben gleich und wiegt sich in den Hüften,*
> *Wie sich das schwanke Reis im Zephirwinde wiegt.*

Wenn der Jüngling nicht trefflicher und schöner wäre, so wäre doch die Jungfrau nicht mit ihm verglichen worden. Wisse auch – Allah der Erhabene beschütze dich! –, daß der Jüngling leicht gelenkt werden kann; denn er paßt sich den Wünschen an; er hat schöne Eigenschaften, und mit ihm läßt sich trefflich leben; denn er ist eher geneigt, zu willfahren als zu widerstreben, zumal wenn der zarte Flaum auf seiner Wange sprießt, wenn seine Oberlippe sich dunkel färbt und wenn der rote Jugendglanz in seinem Antlitz leuchtet, so daß er dem Monde gleicht, der zur Fülle kam.

Und wie schön sind die Worte von Abu Tammâm:

Verleumder sprachen: Haar wächst ihm auf seiner Wange!
Ich sagte: Redet nicht; das kann kein Fehler sein!
Als er in Hüften dastand, die ihn niederzogen,
Mit dunkler Lippe über der Zähne Perlenreihn,
Und als die Rose schwor mit feierlichem Eide,
Ihr Wunder solle nie von seinen Wangen fliehn,
Da sprach ich ohne Worte zu ihm mit meinen Lidern,
Und Antwort war das Wort, das seine Brauen liehn.
Ach, seine Schönheit ist das Schönste, was du sahest;
Sein Wangenflaum beschützt ihn gegen jeden Feind,
Und seine Reize strahlen im schönsten, reinsten Lichte,
Wenn sich der zarte Flaum mit dunkler Lippe eint.
Und wenn mich einer schmäht, der meine Liebe kennt,
So sagt er doch: ‚Sein Freund‘, wenn er uns beide nennt.

Und wie trefflich sprach el-Harîri:

Die Tadler sagten wohl: Wie kannst du ihn nur lieben?
Sieh doch auf seinen Wangen den Haarwuchs ringsumher!
Ich sagte drauf: Bei Gott, erblickte nur mein Spötter
Die Treu in seinen Augen, er spräche so nicht mehr.
Und wer im Lande wohnt, das kein Gewächs mehr hat,
Wie zöge der von dannen, wenn der Frühling naht?

Und ein anderer sprach:

Die Tadler sprachen von mir: Er hat sich getröstet! Sie lügen.
Wer heiße Sehnsucht empfindet, kann keinem Troste sich fügen.
Die einsame Rose der Wange ließ mich keinen Trost mehr finden;
Wie sollte ich mich trösten, da Myrten die Rose umwinden?

Und wieder ein anderer:

Der Schlanke, dessen Blick und Wangenflaum
Wetteifern, um den Menschen Tod zu bringen,
Vergoß das Blut mit dem Narzissenschwert,
Um dessen Scheide Myrtenzweige hingen.

Und noch ein anderer:

Von seinem roten Wein bin ich nicht trunken worden;
Nein, seine Locken brachten den Menschen Rauschestraum.

Solches sind die Vorzüge des Jünglings, die den Frauen nicht gegeben sind, und sie genügen, um ihm vor jenen Vorzug und höheren Ruhm zu gewähren.' Darauf erwiderte sie: ‚Allah der Erhabene verleihe dir Gesundheit! Du hast dir selbst diesen Wortstreit auferlegt; du hast gesprochen und hast die Sache nicht kurz gemacht, und du hast diese Beweise für das, was du sagtest, beigebracht. Jetzt ist die Wahrheit offenbar geworden, drum schweife du nicht von ihrem Pfade zur Seite; und wenn du mit einem Überblick über die Beweise nicht zufrieden bist, so wisse, daß ich sie dir gern einzeln unterbreite. Ich bitte dich, wie kann ein Jüngling je den Rang der Jungfrau erreichen? Wer will das Böcklein mit der Kitze vergleichen? Die Jungfrau hat sanfter Rede Gewalt und eine wunderschöne Gestalt; sie gleichet einem Basilikumreis, und ihre Zähne sind wie die Kamille so weiß; sie hat Zöpfe, die wie Halftern hangen, wie Anemonen sind ihre Wangen; ihr Antlitz ist wie ein Äpfelein, und ihre Lippe ist süß wie Wein; ihre Brust ist dem Granatapfel gleich, und ihre Gestalt ist wie ein Zweig so weich. Sie hat einen Wuchs, in dem das Ebenmaß waltet, und ihr Leib ist wohlgestaltet; sie ist wie die Schneide des glitzernden Schwertes so schmal und fein, ihre Stirn ist blütenrein; sie hat zusammengewachsene Brauen, unter denen tiefschwarze Augen schauen. Wenn sie spricht, so fallen aus ihrem Munde Perlen von junger Pracht, und durch die Zierlichkeit ihres Geistes werden die Herzen zur Liebe entfacht. Wenn sie lächelt, so scheint es, als sende der Vollmond Strahlen von ihren Lippen empor; und wenn sie blickt, so blitzen Schwerter aus ihren Augen hervor. In ihr sind alle Reize vollendet; sie ist es, zu der sich jeder Forteilende und Verweilende wendet. Sie hat zwei rahmweiche rote Lippen, die geben dir süßesten Honig zu nippen.' – –«

Da bemerkte Schehrezâd, daß der Morgen begann, und sie hielt in der verstatteten Rede an. Doch als die *Vierhundertund-zweiundzwanzigste Nacht* anbrach, fuhr sie also fort: »Es ist mir berichtet worden, o glücklicher König, daß die Predigerin, als sie die schöne Maid beschrieb, sagte: ,Sie hat zwei rahmweiche rote Lippen, die geben dir süßesten Honig zu nippen.' Dann fügte sie noch hinzu: ,Ihr Busen ist gleichwie zwischen Bergen ein Pfad, der zwei Brüste wie Elfenbeinkästchen hat; ihr Leib ist zart und weich, einer frischen Blume gleich, auf dem sich die Fältchen biegen und aneinander schmiegen; sie hat zwei runde Lenden, als wären sie Säulen, die aus Perlen beständen; ihre wogenden Hüften gleichen einem kristallenen Meer oder Lichtgebirgen hehr; sie hat zwei Füße und zwei Hände so hold, als wären sie Barren aus reinem Gold. Du armer Tropf, für-wahr, was sind die sterblichen Männer im Vergleich zu der Feenschar? Weißt du nicht, daß die Könige, die Leiter im Heer, und die Fürsten von hoher Ehr, sich immerdar neigen vor den Frauen und auf die Freude ihrer Gunst vertrauen? Drum dürfen sie sagen: ,Wir beherrschen die Nacken voll-kommen, und wir haben die Herzen gefangen genommen!' Wie manchen Reichen haben die Frauen arm gemacht, wie manchen Mächtigen ins Elend gebracht, wie manchen vor-nehmen Herrn zwängten sie in Dienertracht! Die Frauen haben schon oft die Weisen bestrickt und die Frommen in Schande geschickt, die reichen Leute der Not preisgegeben und die elend gemacht, die sonst im Wohlstand leben. Und trotzdem pflegen die Weisen ihnen immer noch mehr Liebe und Ver-ehrung zu zollen, ohne daß sie solches als Schmach und Schande rechnen wollen. Wie mancher Mensch hat um ihretwillen sich seinem Schöpfer widersetzt und seinen Vater und seine Mutter aufs tiefste verletzt! Und das alles, weil die Liebe zu ihnen die Herzen erobert. Weißt du nicht, du armer Tropf, daß man Schlösser für sie erbaut und sie der Geborgenheit hinter den Vorhängen anvertraut, daß man Sklavinnen für sie gewinnt und daß die Träne um sie rinnt? Für sie pflegt man duftenden Moschus zu bereiten, dazu Ambra und Kostbarkeiten. Man sammelt die Heere um ihretwegen und pflegt Landschlösser für sie anzulegen, Reichtümer zusammenzutragen und Häupter abzuschlagen. Wer da sagte: ‚Die Frau bedeutet die Welt‘, der hat wahrlich recht. – Was du aber aus der heiligen Überlieferung angeführt hast, das ist ein Beweis gegen dich, nicht für dich. Der Prophet – Allah segne ihn und gebe ihm Heil! – hat zwar gesagt: ‚Lasset eure Augen nicht auf den bartlosen Jünglingen verweilen; denn dadurch gewinnet ihr einen kurzen Blick auf die schwarzäugigen Paradiesesjungfrauen.‘ Da hat er die Jünglinge mit den Huris verglichen. Nun ist aber ohne Zweifel das, mit dem verglichen wird, von höherem Werte als das, was verglichen wird. Wenn also die Frauen nicht von höherem Werte und schöner wären, so hätte er nicht die anderen Wesen mit ihnen verglichen. Wenn du weiter sagst, das Mädchen würde mit dem Jüngling verglichen, so ist das nicht richtig; nein, im Gegenteil, der Jüngling wird mit dem Mädchen verglichen, und man sagt: der Knabe dort ist wie ein Mädchen. Die Zeugnisse aus den Dichtern jedoch, denen du Beweiskraft beimißt, entspringen einer Wesensart, die in dieser Hinsicht unnatürlich ist. Denn von den sündigen Wüstlingen und lasterhaften Lüstlingen, die Allah der Erhabene in Seinem hehren Buche verdammt und denen Er ihr liederliches Tun zum Vorwurf macht, heißt es: ‚Gehet ihr zu den Männern unter der Menschheit und verlasset eure Frauen, die

euer Herr für euch geschaffen hat? Wahrlich, ihr seid ein
sündig Volk!'[1] Solche Leute sind es, die das Mädchen mit
dem Knaben vergleichen, im Übermaße ihrer Verworfenheit und Gottlosigkeit, immer der eigenen Lust und dem
Teufel zu folgen bereit, so daß sie gar gesagt haben: Sie taugt
für beides zusammen. Aber sie schweifen vom Wege des
Rechtes unter den Menschen ab, wie denn ihr Oberster,
Abu Nuwâs, dem Ausdruck gab:

> *Die schlanke Maid, die einem Knaben gleicht,*
> *Taugt für den Wüstling und den Ehebrecher.*

Und wenn du ferner sagst, es sei schön, wenn der Wangenflaum sproßt und die Oberlippe sich dunkel färbt, und dadurch
werde die Schönheit und Lieblichkeit des Knaben noch erhöht,
so tust du wiederum den rechten Weg in den Bann, und du
behauptest, was nicht bewiesen werden kann; denn der Wangenflaum verwandelt die Reize der Schönheit in Häßlichkeit.'
Und dafür hatte sie diese Verse bereit:

> *Auf seinem Antlitz wuchs das Haar und nahm die Rache*
> *Des Liebenden an ihm, als er ihm unrecht tat.*
> *Ich hab auf seinem Antlitz keinen Rauch gesehen,*
> *Obwohl er Lockenhaare gleichwie Kohlen hat.*
> *Und ist sein ganzes Blatt*[2] *nun auch noch schwarz bekritzelt,*
> *An welche Stätte, meint ihr, schreibt das Rohr noch hin?*
> *Doch wenn sie einen solchen über andre stellen,*
> *So ist das weiter nichts als urteilsloser Sinn.*

Als sie diese Verse beendet hatte, sprach sie zu dem Manne:
,Preis sei Allah dem Allmächtigen!' – –«

Da bemerkte Schehrezâd, daß der Morgen begann, und sie
hielt in der verstatteten Rede an. Doch als die *Vierhundertund-
dreiundzwanzigste Nacht* anbrach, fuhr sie also fort: »Es ist mir

---

1. Sure 26, Vers 165, 166. – 2. Das ist: seine Haut im Gesicht.

berichtet worden, o glücklicher König, daß die Predigerin, als sie diese Verse beendet hatte, zu dem Manne sprach: ‚Preis sei Allah dem Allmächtigen! Wie kann es dir verborgen sein, daß die Vollkommenheit der Lust nur bei den Frauen zu finden ist und daß die dauernde Freude nur durch sie gewährt wird? Hat doch Allah, der Hochgepriesene und Erhabene, den Propheten und Heiligen schwarzäugige Jungfrauen im Paradiese versprochen und sie ihnen zum Lohn für ihre frommen Werke bestimmt. Hätte Allah der Erhabene gewußt, daß die wahre Lust bei anderen Wesen als den Frauen zu finden wäre, so hätte Er sie damit belohnt und ihnen solche versprochen. Und auch der Prophet – Allah segne ihn und gebe ihm Heil! – hat gesagt: ‚Der Dinge, die ich in eurer Welt am liebsten habe, sind drei: die Frauen, die Wohlgerüche und mein Augentrost im Gebet.‘ Allah hat für seine Propheten und Heiligen im Paradiese die Knaben nur zu Dienern gemacht; denn das Paradies ist die Stätte der Freude und der Lust, und die wären nicht vollkommen ohne den Dienst der Jünglinge. Doch sie zu anderem als zum Dienste zu gebrauchen, ist Verworfenheit und Schlechtigkeit, und diesem Gedanken hat der Dichter treffliche Verse geweiht:

> ‚Des Mannes Sehnsucht nach dem Rücken ist ein Rückgang;
> Doch wer die freie Frau liebt, ist ein freier Mann.
> Wie schön ergeht es dem, der bei dem Schwarzaug nächtigt,
> Der Gattin, deren Blick ihm Seligkeit gewann.‘[1]

Dann schloß sie mit den Worten: ‚Ihr Leute, ihr habt mich herausgetrieben aus den Regeln der Sittsamkeit und aus den Grenzen edler Weiblichkeit, so daß ich häßliche Worte in den

---

1. In fünf weiteren ‚trefflichen Versen‘ werden diese Dinge noch näher ausgeführt; doch diese Verse sind so abstoßend, daß sie sich etwa nur mit Juvenals lateinischen Versen wiedergeben ließen.

Mund genommen, die den Weisen nicht frommen. Doch in den Herzen derer, die edelgeboren, sind die Geheimnisse wie in Gräbern verloren; solche Gespräche müssen vertraulich sein, und für die Beurteilung der Taten treten die Absichten ein. Ich flehe um Vergebung zu Allah dem Allmächtigen für mich und für euch und für alle Muslime desgleichen, zu Ihm, dem Vergebenden und Erbarmungsreichen.' Darauf schwieg sie und gab uns keinerlei Antwort mehr. Nun machten wir uns auf und verließen sie, erfreut über den Nutzen, den wir durch den Wortstreit mit ihr empfingen, aber traurig, daß wir nun von ihr gingen.

Ferner erzählt man

DIE GESCHICHTE VON ABU SUWAID
UND DER SCHÖNEN GREISIN

Abu Suwaid berichtete: Es traf sich eines Tages, daß ich mit einer Freundesschar in einen Garten ging, um einige Früchte zu kaufen. Da sahen wir in einer Ecke jenes Gartens eine alte Frau, die ein schönes Antlitz hatte; doch ihr Haar war schon weiß geworden, und sie kämmte es mit einem Kamme aus Elfenbein. Wir blieben bei ihr stehen; aber sie kümmerte sich nicht um uns und verschleierte auch nicht ihr Gesicht. Ich sprach zu ihr: ‚Du Greisin, wenn du dir dein Haar schwarz färben würdest, so wärest du noch schöner als ein junges Mädchen; was hindert dich denn daran?' Nun hob sie den Kopf zu mir empor – –«

Da bemerkte Schehrezâd, daß der Morgen begann, und sie hielt in der verstatteten Rede an. Doch als die *Vierhundertundvierundzwanzigste Nacht* anbrach, fuhr sie also fort: »Es ist mir berichtet worden, o glücklicher König, daß Abu Suwaid des weiteren erzählte: Als ich diese Worte an die Alte gerichtet

hatte, hob sie den Kopf zu mir empor, öffnete die Augen weit
und trug diese beiden Verse vor:

> *Ich färbte, was die Zeiten färbten. Was ich färbte,*
> *War nicht von Dauer; doch es blieb der Jahre Färben.*
> *Als ich noch einst im Kleid der Jugend stolz einherschritt,*
> *Da konnt ich vorn wie hinten Freude mir erwerben.*

Ich erwiderte ihr: ‚Vortrefflich, du edle Greisin! Wie aufrichtig warst du in deiner Sehnsucht nach verbotenem Gut, und
wie verlogen wärest du, wenn du behauptetest, dich reue der
Übermut!‘

Und ferner wird auch erzählt

DIE GESCHICHTE VON DEM EMIR 'ALÎ IBN
MOHAMMED UND DER SKLAVIN MUNIS

Einst wurde dem 'Alî ibn Mohammed ibn 'Abdallâh ibn Tâhir
eine Sklavin zum Kauf angeboten, die den Namen Munis trug;
und die war eine treffliche, feingebildete Jungfrau, die auch zu
dichten verstand. Er fragte sie: ‚Wie heißest du, Mädchen?‘ Sie
antwortete: ‚Allah stärke die Macht des Emirs! Ich heiße Munis.‘ Freilich hatte er ihren Namen schon früher erfahren; nun
senkte er sein Haupt eine Weile, dann hob er es wieder zu ihr
empor und sprach diesen Vers:

> *Was sagst du nur von dem, an dem die Krankheit frißt*
> *Um deiner Liebe willen, so daß er ratlos ist?*

Und sie erwiderte: ‚Allah stärke die Macht des Emirs!‘ und
sprach diesen Vers:

> *Wenn wir den, der liebt, in seinem schweren Leid*
> *Der Liebe schaun, so sei ihm unsre Huld geweiht!*

Da sie ihm gefiel, kaufte er sie um siebenzigtausend Dirhems,
und er zeugte mit ihr den 'Obaidallâh ibn Mohammed, einen
Mann, der viele treffliche Eigenschaften besaß.

DIE GESCHICHTE VON DEN BEIDEN FRAUEN
UND IHREN GELIEBTEN

Er berichtete: Nahe bei uns in der Straße wohnten zwei Frauen, von denen die eine einen Mann, die andere aber einen bartlosen Jüngling zum Geliebten hatte. Eines Nachts kamen die beiden auf dem Dache der einen von ihnen, das sich neben meinem Hause befand, zusammen, ohne zu ahnen, daß ich dort war. Da sprach die Geliebte des Jünglings zu der anderen Frau: ‚Schwester, wie kannst du seinen stacheligen Bart ertragen, wenn er dich küßt und wenn dann sein Kinnbart dir auf die Brust fällt, sein Schnauzbart aber dir in Lippen und Wangen dringt?' ‚O du Törin,' erwiderte die andere, ‚ist nicht der Baum nur dann schön, wenn er Laub trägt, und die Gurke nur dann, wenn sie Stachelflaum hat? Hast du je etwas Häßlicheres in der Welt gesehen als einen Kahlkopf, dem der Bart ausfällt? Weißt du nicht, daß der Bart für den Mann das gleiche ist, was die Schläfenlocken für die Frau sind? Was für ein Unterschied besteht denn zwischen Schläfe und Kinn? Weißt du nicht, daß Allah, der Hochgepriesene und Erhabene, im Himmel einen Engel erschaffen hat, der da spricht: Preis sei Ihm, der die Männer mit Bärten geschmückt hat und die Frauen mit Schläfenlocken? Wären die Bärte den Locken an Schönheit nicht gleich, so hätte er sie nicht zusammen genannt! Du Törin, wie könnte ich daran denken, mich unter einen Knaben zu betten, der eilig sein Werk tut und schnell erschlafft? Und von einem Manne zu lassen, der, wenn er Atem holt, mich umfaßt; wenn er eindringt, gemach handelt; wenn er fertig ist, wiederkehrt; wenn er sich bewegt, vortrefflich ist; und sooft er sein Werk beendet hat, wieder von neuem beginnt?' Ihre Worte waren eine Mahnung für die Geliebte des Knaben, und so sprach sie: ‚Ich schwöre meinem Geliebten ab, beim Herrn der Kaaba!'

Ferner wird erzählt

DIE GESCHICHTE VON DEM KAUFMANNE 'ALÎ
AUS KAIRO

Einst lebte in der Stadt Kairo ein Kaufherr, der viel Geld und Gut, Edelsteine, Goldbarren und unzählbare Ländereien besaß; der hieß Hasan, der Juwelier aus Baghdad. Ferner hatte Allah ihm einen Sohn geschenkt, der von schönem Antlitz und ebenmäßigem Wuchse war; rosig leuchtete seiner Wangen Paar; ja, er war von wunderbarer Vollkommenheit und von strahlender Lieblichkeit. Dem hatte er den Namen 'Alî aus Kairo gegeben; und er hatte ihn im Koran, in den Wissenschaften, in der Beredsamkeit und aller feinen Bildung unterrichten lassen. So war er zu einem Jüngling herangewachsen, der sich in allen Wissenschaften auszeichnete; im Kaufmannsberufe aber stand er unter seines Vaters Hand. Nun begab es sich, daß sein Vater von einer Krankheit befallen ward, die ihn immer schwerer bedrängte; wie er aber des Todes gewiß war, rief er seinen Sohn zu sich. – –«

Da bemerkte Schehrezâd, daß der Morgen begann, und sie hielt in der verstatteten Rede an. Doch als die *Vierhundertundfünfundzwanzigste Nacht* anbrach, fuhr sie also fort: »Es ist mir berichtet worden, o glücklicher König, daß der Kaufherr, der Juwelier aus Baghdad, als er in seiner Krankheit des Todes gewiß war, seinen Sohn 'Alî aus Kairo zu sich rief und zu ihm sprach: ‚Mein Sohn, diese Welt vergeht, und nur das Jenseits besteht, und jede Seele muß den Tod kosten. Nunmehr, mein Sohn, ist die Zeit meines Scheidens nahe gekommen; darum will ich dir eine Ermahnung ans Herz legen. Wenn du nach ihr handelst, so wirst du immerdar in Glück und Frieden leben, bis du vor Allah den Erhabenen trittst; befolgst du sie aber nicht, so wirst du viel Mühsal erdulden müssen, und dann wirst du es bereuen, meine Mahnung mißachtet zu haben.' Sein Sohn erwiderte ihm: ,Väterchen, wie könnte ich auf deine Ermahnung nicht hören und nicht nach ihr handeln? Es ist doch meine Pflicht, dir zu gehorchen, und es liegt mir ob, auf deine Worte zu hören!' Dann fuhr der Vater fort: ,Mein Sohn, ich hinterlasse dir Ländereien, Häuser und Waren und so unermeßlich großen Reichtum, daß all dies, wenn du auch jeden Tag fünfhundert Dinare davon ausgeben würdest, sich dir doch in keiner Weise vermindern würde. Doch, mein Sohn, achte darauf, daß du Allah fürchtest und daß du dem auserwählten Propheten – Gott segne ihn und gebe ihm Heil! – in allem, was von ihm überliefert ist und was er in seiner Satzung geboten und verboten hat, nachfolgest! Sei beständig im Wohltun und im Almosengeben und pflege stets den Umgang mit den guten, rechtschaffenen und weisen Männern! Sorge für die Armen und Bedürftigen, meide den Geiz und die Habgier und den Umgang mit schlechten und verdächtigen Menschen! Schau mit Güte auf deine Diener und die Deinen, und auch auf deine Frau; denn sie gehört zu den Töchtern der Vornehmen, und sie trägt ein Kind von dir unter dem Herzen; möge Allah dir durch sie rechtschaffene Nachkommen gewähren!' So gab er ihm unablässig viele Ermahnungen; und dabei weinte er und sagte: ,Mein Sohn, ich flehe zu Allah, dem allgütig Waltenden, dem Herrn des Thrones, dem allmächtig Schaltenden, daß er dich aus allen Nöten, die dich betreffen könnten, befreie und dir seine rasche Hilfe gewähre.' Da weinte der Sohn bitterlich und sprach: ,Lieber Vater, bei Allah, diese Worte zerreißen meine Seele; denn du sprichst, als nähmest du Abschied.' ,Ja,

mein Sohn,' erwiderte der Vater, ,ich weiß, wie es um mich
steht. Vergiß du meine Mahnung nicht!' Darauf begann der
Kaufmann das Glaubensbekenntnis zu sprechen und Koranverse zu sagen, bis die bestimmte Stunde da war; dann sprach
er zu seinem Sohne: ,Tritt nahe zu mir, mein Sohn!' Nun trat
'Alî nahe zu ihm: der Vater küßte den Sohn und tat den letzten
Seufzer. Seine Seele entfloh seinem Körper, und er ging ein
zur Barmherzigkeit Allahs des Erhabenen. Da ward der Sohn
von tiefer Trauer ergriffen, und in seinem Hause erschollen die
Klagerufe. Alsbald kamen auch die Freunde seines Vaters zu
ihm, und er begann alles zur Bestattung herzurichten; dann
führte er die Leiche in stattlichem Zuge hinaus. Sie ward zum
Gebetsplatze getragen, und nachdem das Gebet über ihr gesprochen war, ward sie zum Friedhof geleitet. Dort ward sie
zur Erde bestattet, und über dem Grabe wurden die geziemenden Sprüche des hochherrlichen Korans gesprochen. Darauf
kehrten alle zum Sterbehause zurück; die Freunde sprachen
dem Sohn ihre Teilnahme aus, und ein jeder ging seiner Wege.
'Alî aber ließ die Freitagsgebete und die Koranlesungen für den
Verstorbenen abhalten, vierzig Tage lang, während er im
Hause blieb und es nur verließ, wenn er zum Betplatze ging;
und jeden Freitag besuchte er das Grab seines Vaters. Lange Zeit
hindurch ließ er nicht ab, zu beten und Koranverse zu sprechen
und sich der Andacht hinzugeben, bis schließlich seine Freunde
von den Söhnen der Kaufleute zu ihm kamen, ihn grüßten und
sprachen: ,Wie lange soll diese Trauer, die du hältst, noch dauern? Wie lange willst du deinen Geschäften, deinem Kauf-
mannsberuf und dem Verkehr mit deinen Freunden entsagen?
Fürwahr, dies ist ein Tun, das dich ermüden und aus dem deinem Leibe großer Schaden erwachsen wird.' Doch wie sie so
bei ihm waren, war auch der verfluchte Teufel unter ihnen,

der ihnen einflüsterte; und während sie ihn zu überreden suchten, mit ihnen zum Basar zu gehen, versuchte der Teufel ihn so lange, ihnen nachzugeben, bis er einwilligte, mit ihnen das Haus zu verlassen. – –«

Da bemerkte Schehrezâd, daß der Morgen begann, und sie hielt in der verstatteten Rede an. Doch als die *Vierhundertund-sechsundzwanzigste Nacht* anbrach, fuhr sie also fort: »Es ist mir berichtet worden, o glücklicher König, daß die Söhne der Kaufleute, als sie zu dem Kaufmann 'Alî aus Kairo, dem Sohn des Kaufmannes Hasan, des Juweliers, eingetreten waren, ihn zu überreden suchten, mit ihnen zum Basar zu gehen, bis er ihnen nachgab, wie es nach dem Willen Allahs, des Hochgepriesenen und Erhabenen, geschah, und mit ihnen das Haus verließ. Da sprachen sie zu ihm: ,Besteig dein Maultier und begib dich mit uns in den Garten dort, auf daß wir uns in ihm ergehen und dein Kummer und Gram von dir weiche!' So bestieg er denn sein Maultier, nahm seinen Sklaven mit sich und begab sich mit ihnen zu dem Garten, den sie im Sinne hatten. Als sie dort ankamen, ging einer von ihnen hin, bereitete ihnen das Mahl und brachte es ihnen in den Garten. Sie aßen und waren guter Dinge und saßen plaudernd zusammen, bis der Tag zu Ende war; darauf bestiegen sie ihre Reittiere und kehrten heim. Ein jeder von ihnen begab sich in sein Haus und blieb dort über Nacht. Doch als es Morgen ward, kamen sie wieder zu 'Alî und sprachen: ,Komm mit uns!' ,Wohin denn?' fragte er. Sie erwiderten: ,In den und den Garten; der ist noch schöner und lieblicher als der erste.' Da saß er auf und begab sich mit ihnen zu dem Garten, den sie im Sinne hatten; und als sie dort waren, ging einer von ihnen hin, bereitete ihnen das Mahl und brachte es ihnen in den Garten; zugleich aber brachte er auch berauschenden Wein. Als sie dann gegessen hatten, holten sie den

596

Wein herbei und sprachen zu 'Alî: ‚Dies ist das, was die Trauer verscheucht und die Freude bringt.' Und sie redeten ihm so lange zu, bis sie ihn in ihre Gewalt gebracht hatten; da trank er mit ihnen, und sie blieben plaudernd und zechend zusammen, bis der Tag zu Ende war. Dann begaben sich alle nach Hause. Doch 'Alî aus Kairo war vom Weine berauscht, und als er in diesem Zustand zu seiner Frau eintrat, sprach sie zu ihm: ‚Was ist es mit dir, daß du so anders aussiehst?' Er gab ihr zur Antwort: ‚Wir waren heute fröhlich und guter Dinge; und da brachte uns einer von unseren Freunden ein Wasser. Meine Freunde tranken davon, und ich trank mit ihnen, und nun bin ich so berauscht geworden.' Sein Weib aber sprach zu ihm: ‚Mein Gebieter, hast du schon deines Vaters Ermahnung vergessen und das getan, was er dir verboten hat, indem du dich zu verdächtigen Menschen geselltest?' Er entgegnete ihr: ‚Die sind doch Söhne der Kaufleute, keine verdächtigen Menschen; sie sind nur Freunde der Heiterkeit und des Frohsinns!' So führte er denn dies Leben mit seinen Kumpanen weiter, Tag für Tag, indem sie von Stätte zu Stätte zogen, schmausend und zechend, bis sie zu ihm sprachen: ‚Jetzt sind wir alle an der Reihe gewesen, und nun kommst du an die Reihe.' Er antwortete ihnen: ‚Willkommen, herzlich willkommen!' Und am nächsten Morgen rüstete er alles, was an Speise und Trank für das Gelage nötig war, doppelt soviel, als sie hergerichtet hatten; er nahm Köche und Hausdiener und Kaffeebereiter mit sich, und sie begaben sich zur Nilinsel er-Rôda und zum Nilmesser.[1] Dort blieben sie einen ganzen Monat bei Speise und Trank und Saitenklang und Fröhlichkeit. Als aber der Monat verflossen war, bemerkte 'Alî, daß er eine beträchtliche Summe Geldes ausgegeben hatte; doch der verfluchte Teufel verblen-

1. Ein beliebter Ausflugsort bei Kairo.

dete ihn, indem er ihm einflüsterte: ‚Wenn du auch jeden Tag ebensoviel ausgäbest, wie du ausgegeben hast, dann würde deines Besitzes doch nicht weniger werden.‘ So achtete er denn nicht auf die Ausgaben und führte das gleiche Leben drei Jahre lang, obwohl seine Frau ihm guten Rat gab und ihn an das Vermächtnis seines Vaters erinnerte; doch er hörte nicht auf ihre Worte, bis schließlich alles bare Geld, das ihm gehörte, aufgebraucht war. Da nahm er von den Juwelen, verkaufte sie und gab den Erlös aus, bis er alles verschwendet hatte; darauf begann er die Häuser und die Grundstücke zu verkaufen, bis ihm keins mehr verblieb. Und als die zu Ende waren, fing er an, die Landhöfe und die Gärten zu verkaufen, einen nach dem anderen, bis auch sie alle dahingeschwunden waren und ihm nichts mehr übrig geblieben war als das Haus, in dem er wohnte. Da riß er die Marmorplatten und das Holzwerk aus dem Hause heraus und verschwendete den Erlös dafür, bis er alles dahingegeben hatte. Als er nun über sich nachdachte und fand, daß er nichts mehr besaß, das er ausgeben konnte, verkaufte er das Haus und verschwendete den Erlös dafür. Da aber kam zu ihm der Mann, der das Haus von ihm gekauft hatte, und sprach zu ihm: ‚Suche dir eine andere Stätte; denn ich habe mein Haus nötig!‘ Wiederum dachte ’Alî über sich nach und fand, daß er nichts besaß, was ein Haus erforderte, sondern nur seine Frau und seinen Sohn und seine Tochter, die sie ihm geboren hatte; denn Diener hatte er nicht mehr, er war mit den Seinen allein. So nahm er sich denn einen Raum an einem der Höfe und wohnte dort, er, dem einst große Dienerscharen, Ehre, Wohlleben und Reichtum zu eigen gewesen waren; und bald hatte er nicht einmal mehr Brot für einen Tag. Da sprach sein Weib zu ihm: ‚Ich habe dich hiervor gewarnt, ich habe dir immer gesagt, du sollest deines Vaters Ermahnung beachten; aber du wolltest nicht auf meine Worte hören. Es gibt keine Macht und es gibt keine Majestät außer bei Allah dem Erhabenen und Allmächtigen! Wovon sollen nun die Kindlein essen? Mache dich auf und gehe umher bei deinen Freunden, den Söhnen der Kaufleute; vielleicht werden sie dir etwas geben, von dem wir uns heute ernähren können!' Er machte sich auf und besuchte seine Freunde, einen nach dem andern. Aber ein jeder von ihnen, zu dem er kam, verbarg sein Angesicht vor ihm und ließ ihn kränkende und schmerzliche Worte hören; kein einziger von ihnen gab ihm etwas. Da kehrte er zu seiner Frau zurück und sprach zu ihr: ,Sie haben mir nichts gegeben.' Nun begab sie sich zu ihren Nachbarn, um von ihnen etwas zu erbitten. ― ―«

Da bemerkte Schehrezâd, daß der Morgen begann, und sie hielt in der verstatteten Rede an. Doch als die *Vierhundertundsiebenundzwanzigste Nacht* anbrach, fuhr sie also fort: »Es ist mir berichtet worden, o glücklicher König, daß die Frau 'Alîs aus Kairo, des Sohnes des Kaufherrn Hasan, des Juweliers, als ihr Mann mit leeren Händen zu ihr heimkam, sich zu ihren Nachbarn begab, um von ihnen etwas zu erbitten, mit dem sie an jenem Tage ihr Leben fristen könnten. Sie ging zu einer Frau, die sie in früheren Tagen gekannt hatte; und als sie zu ihr eintrat und jene sah, wie es um sie stand, erhob sie sich, empfing sie freundlich und fragte sie unter Tränen: ,Was ist euch widerfahren?' Nun erzählte die Arme ihr alles, was ihr Mann getan hatte; da sprach die Nachbarin zu ihr: ,Willkommen, herzlich willkommen! Alles, was du brauchst, das verlange von mir unentgeltlich!' ,Allah lohne es dir mit Gutem!' erwiderte die Frau 'Alîs. Und die Nachbarin gab ihr so viel Vorrat, daß sie mit den Ihren einen ganzen Monat davon leben konnte; sie nahm es hin und begab sich zu ihrer Wohnstätte. Als ihr Gatte

sie sah, weinte er und fragte sie: ‚Woher hast du das?' Sie antwortete ihm: ‚Von der und der Frau; als ich ihr erzählte, was
über uns gekommen ist, hielt sie mit nichts zurück, sondern sie
sprach zu mir: ‚Verlange von mir alles, was du brauchst!' Da
sagte ihr Gatte zu ihr: ‚Weil du nun dies hast, so will ich mich
fortbegeben und mir eine Stätte suchen; vielleicht wird Allah
der Erhabene dann die Not von uns nehmen.' Dann nahm er
Abschied von ihr, küßte seine Kinder und ging fort, ohne zu
wissen, wohin er sich wenden sollte. Er schritt immer weiter
dahin, bis er nach Bulak kam; und dort sah er ein Schiff, das
nach Damiette fahren wollte. Dort traf ihn ein Mann, der mit
seinem Vater befreundet gewesen war; der grüßte ihn und
sprach zu ihm: ‚Wohin des Wegs?' 'Alî erwiderte: ‚Nach Damiette; dort habe ich Freunde, die ich besuchen will, um mich
nach ihrem Wohlsein zu erkundigen. Dann will ich wieder
heimkehren.' Jener Mann nahm ihn mit nach Hause und bewirtete ihn gastlich; auch versah er ihn mit Wegzehrung, gab
ihm ein paar Goldstücke und brachte ihn auf das Schiff, das
nach Damiette fuhr. Als sie dort ankamen, ging 'Alî an Land;
doch er wußte nicht, wohin er sich wenden sollte. Während er
so dahinschritt, erblickte ihn ein Kaufmann, und der hatte Mitleid mit ihm und nahm ihn mit nach Hause. Bei ihm blieb 'Alî
eine Weile; aber schließlich sagte er sich: ‚Wie lange soll ich in
fremder Leute Häusern wohnen?' Darum verließ er das Haus
jenes Kaufmanns und suchte sich ein Schiff, das nach Syrien
fuhr. Der Mann, bei dem er zu Gaste war, versah ihn mit Wegzehrung und brachte ihn auf jenes Schiff. So reiste er denn weiter, bis er nach Damaskus kam. Als er dort in den Straßen umherging, erblickte ihn ein gütiger Mann, und der nahm ihn mit
in sein Haus. Nachdem er bei ihm eine Weile verblieben war,
ging er eines Tages aus und sah zufällig eine Karawane, die

nach Baghdad zog. Da kam ihm der Gedanke, sich jener Karawane anzuschließen; er kehrte also zu dem Kaufmanne zurück, in dessen Hause er zu Gaste war, nahm Abschied von ihm und zog mit der Karawane fort. Nun machte Allah, der Hochgepriesene und Erhabene, ihm das Herz eines der Kaufleute geneigt, und der nahm ihn zu sich; so konnte 'Alî mit ihm essen und trinken, bis sie nur noch eine Tagereise von Baghdad entfernt waren. Da plötzlich fiel eine Bande von Wegelagerern über die Karawane her, und die nahmen den Kaufleuten all ihre Habe ab. Nur wenige von ihnen konnten entrinnen, und von denen flüchtete ein jeder an eine andere Stätte. 'Alî aus Kairo aber begab sich nach Baghdad, und dort kam er bei Sonnenuntergang an. Kaum hatte er das Stadttor erreicht, da sah er, wie die Torwächter gerade das Tor schließen wollten; darum rief er ihnen zu: ‚Laßt mich zu euch hinein!' Nachdem die ihn zu sich eingelassen hatten, fragten sie ihn: ‚Woher kommst du, und wohin gehst du?' Er gab ihnen zur Antwort: ‚Ich bin ein Mann aus der Stadt Kairo; ich habe bei mir Waren, Maultiere mit Lasten, Sklaven und Diener. Ich bin ihnen voraufgeeilt, um mir eine Stätte zu suchen, an der ich meine Waren lagern könnte; aber wie ich so auf meinem Maultiere voraufritt, begegnete mir eine Schar von Wegelagerern; die nahmen mir mein Maultier und alle meine Sachen, und ich bin ihnen nur mit genauer Not entkommen.' Die Torwächter nahmen ihn gastlich auf, indem sie sprachen: ‚Sei uns willkommen; übernachte bei uns bis zum Morgen! Dann wollen wir uns nach einer geziemenden Stätte für dich umsehen.' Da suchte er in seiner Tasche nach und entdeckte einen Dinar, der ihm noch übrig geblieben war von jenen, die ihm der Kaufmann in Bulak gegeben hatte; diesen Dinar gab er einem von den Torwächtern mit den Worten: ‚Nimm den, laß ihn wechseln und bring uns etwas zu essen!' Der Mann nahm ihn, ging zum Basar, ließ ihn wechseln und brachte Brot und gekochtes Fleisch; dann aß 'Alî mit den Wächtern und schlief bei ihnen bis zum Morgen. Darauf nahm einer von den Torwächtern ihn mit sich und ging mit ihm zu einem der Kaufherren von Baghdad; dem erzählte 'Alî die gleiche Geschichte, und jener Mann glaubte ihm und war der Meinung, er sei ein Kaufmann und habe Lasten von Waren. So führte er ihn denn in seinen Laden, nahm ihn gastlich auf, sandte nach seinem Hause und ließ ihm ein prächtiges Gewand von seinen eigenen Kleidern bringen; dann führte er ihn ins Badehaus. ,Ich ging nun', so erzählte 'Alî aus Kairo, der Sohn des Kaufmannes Hasan, des Juweliers, ,mit ihm ins Badehaus; und als wir wieder herauskamen, nahm er mich mit sich und ging mit mir zu seinem Wohnhause. Dort ließ er uns das Morgenmahl bringen, und wir aßen und waren guter Dinge. Dann rief er einen seiner Sklaven: ,Mas'ûd, führe diesen deinen Herrn und zeig ihm die beiden Häuser, die da und da stehen; gib ihm die Schlüssel desjenigen der beiden Häuser, das ihm gefällt, und dann komm zurück!' Ich ging also mit dem Sklaven, bis wir zu einer Straße kamen, in der drei Häuser nebeneinander standen, die neuerbaut und noch geschlossen waren. Er öffnete das erste Haus, und ich sah es mir an. Dann gingen wir wieder hinaus und begaben uns zum zweiten Hause; nachdem er auch das aufgemacht hatte, schaute ich mich in ihm um. Als er mich nun fragte: ,Zu welchem von den beiden soll ich dir die Schlüssel geben?' sagte ich jedoch: ,Wem gehört das große Haus dort?' Er antwortete: ,Uns.' Ich fuhr fort: ,Öffne es, damit wir es uns ansehen können!' Er entgegnete: ,Das kannst du nicht brauchen.' ,Warum denn nicht?' fragte ich weiter, und da erzählte er: ,Weil es dort spukt. Jeder, der dort nächtigt, ist am andern Morgen tot. Wir öffnen auch nicht einmal die Tür, um den Toten hinauszuschaffen, sondern wir steigen auf das Dach eines der beiden anderen Häuser und holen ihn von dort aus herauf. Darum hat mein Herr es verlassen und gesagt, er wolle es keinem mehr geben.' ‚Öffne es doch,' erwiderte ich ihm, ‚damit ich es mir ansehen kann!' Denn ich sagte mir in meinem Herzen: ‚Das ist es, was ich suche! Ich will dort nächtigen, und dann bin ich morgen früh tot und kann von all dieser Not, die ich leide, ausruhen.' Der Sklave öffnete das Haus, ich trat hinein und sah, daß es ein prächtiges Haus war, das nicht seinesgleichen hatte. Darauf sprach ich zu dem Sklaven: ‚Ich wähle nur dies Haus; gib mir die Schlüssel dazu!' Aber er entgegnete mir: ‚Ich kann dir die Schlüssel nicht eher geben, als bis ich meinen Herrn um Rat gefragt habe.' – –«

Da bemerkte Schehrezâd, daß der Morgen begann, und sie hielt in der verstatteten Rede an. Doch als die *Vierhundertund-achtundzwanzigste Nacht* anbrach, fuhr sie also fort: »Es ist mir berichtet worden, o glücklicher König, daß der Sklave entgegnete: ‚Ich kann dir die Schlüssel nicht eher geben, als bis ich meinen Herrn um Rat gefragt habe.' Dann ging er zu seinem Herrn und sprach zu ihm: ‚Der ägyptische Kaufmann sagt, er wolle nur in dem großen Hause wohnen.' Da machte der Kaufherr sich auf, ging zu 'Alî aus Kairo und hub an: ‚Lieber Herr, du kannst dies Haus nicht brauchen.' Doch 'Alî aus Kairo beharrte darauf: ‚Ich will nur darin wohnen; aus diesem Gerede mache ich mir nichts.' Nun sprach der Kaufmann: ‚Stelle mir eine Urkunde aus, daß ich nicht für dich verantwortlich bin, wenn dir etwas zustößt!' ‚So sei es!' erwiderte 'Alî. Darauf ward ein Zeuge vom Gericht geholt, und 'Alî stellte dem Kaufmann die Urkunde aus; der nahm sie in Empfang und gab dem Ägypter die Schlüssel. Als dieser sie erhalten hatte, ging er in das Haus hinein. Der Kaufmann schickte ihm Bettzeug durch einen Sklaven, und der breitete ein Bett auf der Bank hinter der Tür aus[1] und kehrte heim. Nun ging 'Alî aus Kairo alsbald hinein und fand zuerst im Hofe des Hauses einen Brunnen, an dem ein Eimer aus Binsen hing; den ließ er in den Brunnen hinab, und nachdem er ihn gefüllt wieder heraufgezogen hatte, vollzog er die religiöse Waschung und sprach die ihm obliegenden Gebete. Dann setzte er sich eine Weile nieder; da kam auch schon der Sklave mit der Abendmahlzeit aus dem Hause seines Herrn und brachte auch eine Lampe, eine Kerze, einen Leuchter, ein Becken, eine Kanne und einen irdenen Krug; danach ging er fort und begab sich zum Hause seines Herrn. 'Alî aber zündete die Kerze an, speiste, war guter Dinge und sprach das Abendgebet. Dann sagte er sich: ‚Komm, geh doch nach oben, nimm das Bettzeug mit und schlaf dort; da ist es besser als hier.' Also machte er sich auf, nahm das Bett und brachte es nach oben; dort entdeckte er eine prächtige Halle, deren Decke vergoldet und deren Boden und Wände mit buntem Marmor bedeckt waren. Er breitete sein Lager aus und setzte sich nieder, indem er Sprüche aus dem hochherrlichen Koran sprach. Doch ehe er sich dessen versah, rief plötzlich ein Wesen die Worte: ‚O 'Alî, o Sohn des Hasan, soll ich dir das Gold hinabsenden?' Da rief er: ‚Wo ist denn das Gold, das du herabsenden willst?' Kaum hatte er diese Worte gesprochen, da fiel auch schon ein Goldregen auf ihn herab gleich Steinen aus einer Wurfmaschine, und das Gold strömte unablässig, bis die Halle voll war. Als der Goldstrom aufhörte, rief das Wesen wieder: ‚Laß mich frei, auf daß ich meiner Wege gehen kann! Ich habe meinen Auftrag erfüllt, ich habe dir überliefert, was mir für dich anvertraut war.' Doch 'Alî aus Kairo erwiderte:

[1]. Dort pflegen die Türhüter zu schlafen.

604

‚Ich beschwöre dich bei Allah dem Allmächtigen, tu mir kund, was dieser Goldregen bedeutet!' Da rief die Stimme: ‚Wisse, dies Gold ist ein Schatz, der von alters her auf deinen Namen verzaubert war. Zu jedem, der in dies Haus eintrat, pflegten wir zu kommen und zu sagen: ‚O 'Alî, o Sohn des Hasan, sollen wir das Gold hinabsenden?' Dann waren die Menschen über unsere Worte erschrocken und schrien, wir aber stürzten auf sie, brachen ihnen das Genick und gingen wieder fort. Doch als du kamst und wir dich bei deinem und deines Vaters Namen riefen und dich fragten: ‚Sollen wir das Gold hinabsenden?' da riefst du uns zu: ‚Wo ist denn das Gold?' Nun wußten wir, daß es dir gehört, und wir sandten es hinab. Für dich liegt aber auch noch ein Schatz im Lande Jemen, und wenn du dorthin reisest, ihn hebst und hierher bringst, so tätest du gut daran. Jetzt wünsche ich von dir, daß du mich freilässest, auf daß ich meiner Wege gehen kann.' 'Alî jedoch entgegnete: ‚Bei Allah, ich lasse dich nicht eher frei, als bis du mir den Schatz aus dem Lande Jemen hierher gebracht hast!' Da fragte die Stimme: ‚Wenn ich ihn dir bringe, willst du dann mich und den Diener jenes Schatzes freilassen?' ‚Ja', erwiderte 'Alî. ‚Schwöre es mir!' rief der Geist. Kaum hatte 'Alî es ihm geschworen, da wollte der Geist forteilen; aber 'Alî aus Kairo sprach zu ihm: ‚Ich habe noch ein Anliegen an dich.' ‚Was ist das?' fragte der Geist, und 'Alî fuhr fort: ‚Ich habe ein Weib und Kinder in Kairo an dem und dem Orte; die mußt du mir bringen, in Ruhe und Sicherheit.' Der Geist antwortete: ‚Ich will sie dir in einem Prunkzuge bringen, in einer Sänfte, mit Dienerschaft und Gefolge, zugleich mit dem Schatze, den ich dir aus dem Lande Jemen hole, so Gott der Erhabene will.' Dann nahm er Urlaub von ihm auf drei Tage, innerhalb deren all dies bei ihm sein sollte, und eilte fort.

Am nächsten Morgen begann 'Alî in der Halle nach einer Stätte zu suchen, an der er das Gold bergen konnte; und er fand am Rande der Estrade eine Marmorplatte mit einem Wirbel. Den drehte er; da wich die Platte, und eine Tür kam zum Vorschein. Nachdem er die geöffnet hatte und hineingegangen war, erblickte er eine große Kammer, in der sich Säcke aus genähter Leinwand befanden. Er nahm die Säcke, füllte sie mit dem Golde und brachte sie in die Kammer, bis er alles Gold dorthin geschafft hatte; dann schloß er die Tür und drehte den Wirbel, und die Marmorplatte kehrte an ihre Stelle zurück. Nun ging er wieder nach unten und setzte sich auf die Bank hinter der Tür. Während er dort saß, pochte plötzlich jemand an die Tür; er ging hin und machte auf, und da erblickte er den Sklaven des Hausherrn. Allein wie der ihn dort ruhig sitzen sah, lief er eilends zu seinem Herrn zurück. --«

Da bemerkte Schehrezâd, daß der Morgen begann, und sie hielt in der verstatteten Rede an. Doch als die *Vierhundertund-neunundzwanzigste Nacht* anbrach, fuhr sie also fort: »Es ist mir berichtet worden, o glücklicher König, daß der Sklave des Hausherrn, als er gekommen war und an die Tür geklopft hatte und als ihm dann von 'Alî aus Kairo, dem Sohne des Kaufmannes Hasan, geöffnet war, und wie er jenen dort ruhig sitzen sah, eilends zu seinem Herrn zurücklief. Als er bei seinem Herrn war, sprach er zu ihm: ‚Mein Gebieter, der Kaufmann, der in dem Hause wohnt, wo die Geister spuken, ist wohl und munter und sitzt ruhig auf der Bank hinter der Tür!‘ Da erhob sich der Kaufmann voll Freude und begab sich zu jenem Hause, indem er das Frühmahl mitnahm. Und als er 'Alî erblickte, küßte er ihn auf die Stirn und fragte ihn: ‚Was hat Allah mit dir getan?‘ ‚Gutes,‘ antwortete er, ‚ich habe oben im Marmorsaale geschlafen.‘ Der Kaufmann fragte weiter: ‚Ist etwas zu dir ge-

kommen? Hast du irgend etwas gesehen?' ‚Nein,' erwiderte
'Alî, ‚ich habe nur einige geziemende Sprüche aus dem hochherrlichen Koran gesprochen; dann habe ich bis zum Morgen
geschlafen. Nachdem ich mich dann erhoben, die religiöse
Waschung vollzogen und gebetet hatte, ging ich wieder nach
unten und setzte mich auf diese Bank.' Mit den Worten: ‚Preis
sei Allah für deine Rettung!' ging der Kaufmann von ihm fort
und sandte ihm alsbald Sklaven, Mamluken und Dienerinnen
mit allem Hausgerät. Die fegten das Haus von oben bis unten
und richteten es für ihn prächtig her. Drei Mamluken, drei
schwarze Sklaven und vier Sklavinnen blieben bei ihm, um ihm
aufzuwarten, während die übrigen zum Hause ihres Herrn zurückkehrten. Als nun die Kaufleute von ihm hörten, schickten
sie ihm Geschenke, allerlei köstliche Dinge, auch Speise und
Trank und Gewänder. Dann nahmen sie ihn mit in den Basar;
und als er gefragt ward: ‚Wann kommen deine Waren?' erwiderte er: ‚Nach drei Tagen werden sie eintreffen.' Und richtig, als die drei Tage verstrichen waren, kam der Diener des
ersten Schatzes, der das Gold auf ihn in dem Hause herabgesandt hatte, wieder zu ihm und sprach: ‚Auf, geh dem Schatz
entgegen, den ich dir aus Jemen gebracht habe, zugleich mit
den Deinen; bei ihnen ist ein Teil des Schatzes in Gestalt von
kostbaren Waren, aber alle Maultiere, Pferde, Kamele, Eunuchen und Mamluken, die bei ihnen sind, gehören zur Geisterwelt.' Als nämlich jener Geist nach Kairo gekommen war,
hatte er die Gattin und die Kinder 'Alîs in großer Not, nackt
und hungernd, angetroffen; darum hatte er sie von ihrer Stätte
in einer Sänfte fortgetragen, aus Kairo hinaus, und sie mit kostbaren Prachtgewändern bekleidet, die sich in dem Schatz aus
Jemen befanden. Wie er nun zu 'Alî kam und ihm jene Kunde
brachte, begab dieser sich alsbald zu den Kaufleuten und sprach

zu ihnen: ‚Auf, laßt uns vor die Stadt hinausziehen, der Karawane entgegen, mit der meine Waren kommen! Beehrt uns auch durch die Anwesenheit der Euren, damit sie die Meinen empfangen!‘ ‚Wir hören und gehorchen!‘ sprachen die Kaufleute; dann schickten sie fort und ließen die Ihren holen, und nun zogen alle zusammen hinaus und lagerten sich in einem der Gärten der Stadt, setzten sich und plauderten. Doch während sie so miteinander redeten, da stieg plötzlich eine Staubwolke empor, die kam aus dem Herzen der Wüste hervor. Alle standen auf, um zu schauen, was für eine Bewandtnis es mit jener Staubwolke habe; die aber tat sich auf, und es erschienen unter ihr Maultiere, Männer, Packleute, Zeltaufschläger und Fackelträger, die singend und tanzend daherkamen.[1] Nun hielten sie, und der Obmann der Packleute trat an ’Alî aus Kairo, den Sohn des Kaufmannes Hasan, des Juweliers, heran, küßte ihm die Hand und sprach zu ihm: ‚Mein Gebieter, wir haben uns auf dem Marsch verspätet. Schon früher wollten wir hier ankommen; aber wir waren in Gefahr durch die Wegelagerer. Darum blieben wir vier Tage lang an unserer Haltestelle, bis Allah der Erhabene uns von ihnen befreite.‘ Darauf bestiegen die Kaufleute ihre Maultiere und ritten mit der Karawane dahin; die Frauen und Kinder aber blieben bei den Angehörigen des Kaufmannes ’Alî aus Kairo zurück, saßen mit ihnen auf und zogen in prächtigem Zuge in die Stadt ein. Die Kaufleute staunten über all die Maultiere, die mit den Kisten beladen waren; die Frauen der Kaufleute aber wunderten sich über die Gewänder der Gattin des Kaufmannes ’Alî und über die ihrer Kinder, und sie riefen aus: ‚Wahrlich, der König von Baghdad

---

1. Bei der Ankunft einer Karawane am Bestimmungsort pflegen die Maultiertreiber und Diener ihrer Freude über das Ende der Reise lauten Ausdruck zu geben.

608

besitzt nicht solche Gewänder, noch auch irgendeiner von den anderen Königen oder von den Vornehmen oder den Kaufleuten!' So zogen sie immer weiter in ihrem Zuge dahin, die Männer mit dem Kaufmanne 'Alî aus Kairo, die Frauen und Kinder mit den Seinen, bis sie zu dem Hause kamen. – –«

Da bemerkte Schehrezâd, daß der Morgen begann, und sie hielt in der verstatteten Rede an. Doch als die *Vierhundertunddreißigste Nacht* anbrach, fuhr sie also fort: »Es ist mir berichtet worden, o glücklicher König, daß die Leute in ihrem Zuge immer weiter dahinzogen, die Männer mit dem Kaufmann, die Frauen mit den Seinen, bis sie zu dem Hause kamen; dort saßen sie ab und führten die Maultiere mit ihren Lasten in den Hof. Darauf luden sie die Lasten ab und stapelten sie in den Magazinen auf, während die Frauen mit den Angehörigen 'Alîs in die Halle hinaufstiegen; die kam ihnen vor wie ein üppiger Garten, der mit herrlichem Gerät ausgestattet war. Nun setzten sich alle nieder, fröhlich und erfreut, und blieben bis zur Mittagszeit sitzen. Dann ward ihnen das Mittagsmahl gebracht, die schönsten Arten von Gerichten und Süßigkeiten; so aßen sie denn und tranken köstliche Scherbette. Darauf besprengten sie sich mit Rosenwasser und beräucherten sich mit Weihrauch; und schließlich nahmen sie Abschied von 'Alî und begaben sich in ihre Wohnungen, Männer und Frauen. Als die Kaufleute dann wieder zu Hause waren, sandten sie ihm Geschenke, je nach ihrem Vermögen, und auch die Frauen schickten Gaben an die Angehörigen, so daß eine große Anzahl von Sklavinnen, Sklaven und Mamluken zu ihnen kam, ferner auch Fruchtgebäck, Zucker und andere gute Dinge in zahllosen Mengen. Der Kaufmann aus Baghdad aber, der Herr des Hauses, in dem 'Alî wohnte, blieb bei ihm und verließ ihn nicht, sondern er sprach zu ihm: ‚Laß die Sklaven und Eunuchen mit

den Mauleseln und den anderen Tieren in eins der anderen
Häuser gehen, damit sie sich dort ausruhen.' Doch 'Alî erwiderte ihm: ‚Sie müssen noch heute abend nach dem und dem
Orte aufbrechen‘, und er gab ihnen Erlaubnis, aus der Stadt
hinauszuziehen, damit sie bei Anbruch der Nacht aufbrechen
könnten. Sie konnten kaum warten, bis er ihnen die Erlaubnis
dazu gab, und so nahmen sie alsbald Abschied von ihm, zogen
zur Stadt hinaus und flogen durch die Luft zu ihren Stätten davon. Nun saßen der Kaufmann 'Alî und der Herr des Hauses,
in dem er wohnte, zusammen, bis ein Drittel der Nacht verstrichen war; dann brachen sie ihr Zusammensein ab, der Hausherr ging zu seiner Wohnung, und der Kaufmann 'Alî stieg zu
den Seinen hinauf. Er begrüßte sie und fragte sie: ‚Wie ist es
euch während all dieser Zeit ergangen, seit ich euch fern war?‘
Da erzählte seine Gattin ihm alles, was sie erduldet hatten, wie
sie hungrig, nackt und in Bedrängnis gewesen waren. Und er
rief: ‚Preis sei Allah für eure Errettung! Wie seid ihr denn gekommen?‘ Sie gab ihm zur Antwort: ‚Mein Gebieter, als ich
gestern nacht mit meinen Kindern im Schlafe lag, wurde ich
plötzlich, ehe ich mich dessen versah, von der Erde emporgehoben, ich und meine Kinder mit mir, und dann flogen wir
durch die Luft, ohne daß uns irgendein Schaden geschah, und
wir schwebten immer weiter dahin, bis wir zur Erde hinabsanken an einer Stelle, die einer Lagerstätte der Araber glich.
Dort sahen wir beladene Maultiere und eine Sänfte auf zwei
großen Mauleselinnen und ringsumher Eunuchen, Burschen
und erwachsene Männer. Da fragte ich sie: ‚Wer seid ihr? Was
bedeuten diese Lasten? Wo sind wir?‘ Sie antworteten: ‚Wir
sind die Diener des Kaufmannes 'Alî aus Kairo, des Sohnes des
Kaufmannes Hasan, des Juweliers. Er hat uns gesandt, auf daß
wir euch holen und euch zu ihm in die Stadt Baghdad bringen.‘

Dann fragte ich sie von neuem: ‚Ist es von hier nach Baghdad weit oder nahe?' ‚Es ist nahe,' erwiderten sie, ‚zwischen uns und der Stadt liegt nur das Dunkel der Nacht.' Dann ließen sie uns in die Sänfte steigen, und als es kaum Morgen geworden war, waren wir schon bei euch, ohne daß uns irgendein Leid widerfahren wäre.' Und weiter fragte er sie: ‚Wer hat euch denn diese Kleider gegeben?' Sie antwortete: ‚Der Führer der Karawane öffnete eine von den Kisten, die auf den Maultieren waren, und holte aus ihr diese Prachtgewänder heraus; er legte mir ein Gewand an und gab auch jedem deiner Kinder ein Kleid. Dann verschloß er die Truhe, aus der er die Kleider genommen hatte, und gab mir den Schlüssel dazu mit den Worten: ‚Bewahre ihn gut, bis du ihn deinem Herrn übergeben kannst!' Und hier habe ich ihn wohlverwahrt bei mir.' Als sie dann den Schlüssel hervorzog, fragte er sie: ‚Kennst du die Truhe auch noch?' ‚Jawohl, ich kenne sie noch', erwiderte sie; und dann ging er mit ihr zu den Lagerräumen und zeigte ihr die Kisten. Da sprach sie zu ihm: ‚Das dort ist die Truhe, aus der er die Kleider genommen hat!' Alsbald nahm er den Schlüssel, steckte ihn in das Schloß, öffnete die Kiste und fand in ihr viele Prachtgewänder, dazu auch die Schlüssel zu all den anderen Kisten. Die nahm er heraus, und nun begann er alle Kisten, eine nach der andern, zu öffnen; dabei erblickte er die Schätze, die in ihnen waren, kostbare Steine und edle Metalle, wie sie kein König sein eigen nannte. Dann verschloß er sie wieder, nahm die Schlüssel mit sich und ging mit seiner Gattin zu der Halle zurück. Dort sprach er zu ihr: ‚Dies alles ward uns durch die Güte Allahs des Erhabenen zuteil!' Darauf führte er sie zu der Marmorplatte, an der sich der Wirbel befand; nachdem er den gedreht und die Tür zu der Kammer geöffnet hatte, ging er mit ihr hinein und zeigte ihr das Gold, das er dort verborgen hatte. Und als sie ihn fragte: ‚Woher hast du all dies erhalten?‘ antwortete er ihr: ‚Es ist mir durch die Güte des Herrn zuteil geworden. Denn als ich dich in Kairo verlassen hatte‘ – –«

Da bemerkte Schehrezâd, daß der Morgen begann, und sie hielt in der verstatteten Rede an. Doch als die *Vierhundertund-einunddreißigste Nacht* anbrach, fuhr sie also fort: »Es ist mir berichtet worden, o glücklicher König, daß die Gattin des Kaufmannes ’Alî aus Kairo, als er ihr das Gold zeigte, ihn fragte: ‚Woher hast du all dies erhalten?‘ und daß er ihr antwortete: ‚Es ist mir durch die Güte des Herrn zuteil geworden. Denn als ich dich in Kairo verlassen hatte und hinausgewandert war, ohne zu wissen, wohin ich mich wenden sollte, schritt ich dahin, bis ich nach Bulak kam; dort fand ich ein Schiff, das nach Damiette fahren sollte. Ich bestieg es, und als ich in Damiette ankam, begegnete mir ein Kaufmann, der meinen Vater gekannt hatte. Der nahm mich mit sich und bewirtete mich gastlich. Als er mich fragte, wohin ich reisen wolle, antwortete ich ihm: ‚Ich will nach Damaskus in Syrien reisen; denn dort habe ich Freunde.‘ Und so erzählte er ihr alles, was er inzwischen erlebt hatte, von Anfang bis zu Ende. Da hub sie an: ‚Mein Gebieter, dies alles kommt durch den Segen des Gebets, das dein Vater vor seinem Tode über dich sprach, als er sagte: ‚Ich flehe zu Allah, daß Er dich in keine Not geraten lasse, es sei denn, daß Er dir rasche Hilfe gewähre.‘ Preis sei Allah dem Erhabenen, daß Er dir hilfreich genaht ist und dir mehr wiedergegeben hat, als du verloren hast! Doch nun bitte ich dich um Allahs willen, mein Gebieter, kehre nicht zu deinem früheren Verkehr mit verdächtigen Gesellen zurück! Achte darauf, daß du Allah den Erhabenen fürchtest, im geheimen und vor den Menschen!‘ So ermahnte sie ihn; er aber sprach zu ihr: ‚Ich nehme deine Ermahnung an, und ich flehe zu Allah dem Erhabenen, daß Er die schlechten Gesellen von uns fernhalte und uns stärke im Gehorsam gegen Ihn und im Befolgen der Gebote Seines Propheten – Er segne ihn und gebe ihm Heil!'

Hinfort nun lebte er mit seiner Gattin und seinen Kindern herrlich und in Freuden; er nahm sich einen Laden im Basar der Kaufleute, stattete ihn mit allerlei Juwelen und kostbaren Edelmetallen aus und ließ sich in ihm nieder, umgeben von seinen Kindern und seinen Mamluken. So wurde er bald der berühmteste Kaufmann in der Stadt Baghdad, und auch der König von Baghdad hörte von ihm. Der schickte einen Boten zu ihm, der ihn holen sollte. Und als der Bote zu ihm kam, sprach er: ,Folge dem Rufe des Königs; denn er verlangt nach dir!' ,Ich höre und gehorche!' erwiderte 'Alî und rüstete alsbald ein Geschenk für den König. Er nahm vier Platten von rotem Golde und füllte sie mit Juwelen und edlen Metallen, dergleichen kein König sein eigen nannte. Mit diesen Platten ging er zum König, und als er zu ihm eintrat, küßte er den Boden vor ihm und wünschte ihm, im schönsten Redegewand, Macht und Glück von langem Bestand. Da sagte der König: ,Kaufmann, du hast unser Land beglückt!' Darauf erwiderte 'Alî: ,O größter König unserer Zeit, dein Knecht hat dir ein Geschenk zu bringen gewagt und bittet, du mögest es huldreich annehmen.' Alsdann stellte er die vier Platten vor den König hin; und als dieser sie aufdeckte und hinschaute und auf ihr solche Edelsteine sah, wie er sie selbst nicht einmal besaß und die viele Schätze Goldes wert waren, sprach er: ,Dein Geschenk ist angenommen, Kaufmann, und so Gott der Erhabene will, werden wir es dir mit Gleichem vergelten.' Da küßte 'Alî ihm die Hände und ging davon. Der König aber berief die Großen seines Reiches und sprach zu ihnen: ,Wie viele der Könige haben um meine Tochter geworben?' ,Viele!' erwiderten sie. Dann fuhr er fort: ‚Hat einer von ihnen mir ein solches Geschenk gebracht wie dies?‘ Und alle antworteten einstimmig: ‚Nein! Denn kein einziger von ihnen besitzt dergleichen.‘ Wieder hub der König an: ‚Ich habe Allah den Erhabenen um Rat gefragt, ob ich meine Tochter diesem Kaufmann vermählen soll. Was sagt ihr?‘ ‚Es sei, wie du denkst!‘, erwiderten sie. Darauf befahl er den Eunuchen, die vier Platten mit dem, was darauf war, in seinen Serail zu tragen, und er selbst begab sich zu seiner Gemahlin und ließ die Platten vor ihr niederlegen. Sie deckte sie auf, und als sie auf ihnen Dinge erblickte, dergleichen sie auch nicht ein einziges Stück besaß, rief sie: ‚Von welchem der Könige ist dies? Vielleicht von einem der Herrscher, die um deine Tochter geworben haben?‘ ‚Nein,‘ gab er zur Antwort, ‚dies ist von einem ägyptischen Kaufmann, der zu uns in diese Stadt gekommen ist. Als ich von seiner Ankunft hörte, sandte ich einen Boten zu ihm, der ihn zu uns bringen sollte; denn ich dachte seine Bekanntschaft zu machen und etwa bei ihm einige Juwelen zu finden, die ich für den Brautschatz unserer Tochter von ihm kaufen könnte. Er gehorchte unserem Befehle und brachte uns diese vier Platten als Geschenk dar; ich aber sah, daß er ein schöner Jüngling ist, von würdevollem Aussehen, begabt mit reichem Verstande und von feiner Art, so daß er fast für einen Prinzen gelten könnte. Sobald ich ihn erblickte, neigte mein Herz sich ihm zu, ja, mein ganzes Innere freute sich seiner, und nun möchte ich ihn mit meiner Tochter vermählen. Ich habe auch bereits das Geschenk den Großen meines Reiches gezeigt und sie gefragt, wie viele der Könige um meine Tochter geworben hätten. Als sie antworteten: ‚Viele!‘ fragte ich sie weiter, ob je einer von ihnen mir etwas Ähnliches gebracht habe. Da erwiderten sie alle: ‚Nein, bei Allah, o größter König unserer Zeit, keiner von

614

ihnen besitzt dergleichen.' Dann sagte ich zu ihnen: ‚Ich habe
Allah den Erhabenen um Rat gefragt, ob ich ihn meiner Tochter vermählen solle. Was sagt ihr?' Jene antworteten: ‚Es sei,
wie du meinst'; aber was sagst du nun dazu?' ––«

Da bemerkte Schehrezâd, daß der Morgen begann, und sie
hielt in der verstatteten Rede an. Doch als die *Vierhundertund-
zweiunddreißigste Nacht* anbrach, fuhr sie also fort: »Es ist mir
berichtet worden, o glücklicher König, daß der König der
Stadt Baghdad, als er das Geschenk seiner Gemahlin zeigte, ihr
von den Eigenschaften des Kaufmannes 'Alî, des Juweliers, erzählte und ihr sagte, er wolle ihn seiner Tochter vermählen,
mit den Worten schloß: ‚Was sagst du nun dazu?' Sie gab ihm
zur Antwort: ‚Allah und dir, o größter König unserer Zeit,
liegt es ob, zu entscheiden. Und was Allah will, das wird geschehen.' ‚So Allah der Erhabene will,' entgegnete der König,
‚werde ich sie nur mit diesem Jüngling vermählen.' Dann ruhte
er die Nacht über; und als es Morgen ward, begab er sich zur
Regierungshalle und gab Befehl, der Kaufmann 'Alî aus Kairo
und alle Kaufleute Baghdads sollten vor ihm erscheinen. Da
kamen sie alle und traten vor ihn. Dann gebot er, sie sollten
sich setzen, und als sie das getan hatten, sprach er: ‚Bringt mir
den Kadi des Diwans!' Nachdem auch der gekommen war,
sprach der König zu ihm: ‚Kadi, schreib die Urkunde der
Ehe meiner Tochter mit dem Kaufmanne 'Alî aus Kairo!' Doch
'Alî aus Kairo wandte ein: ‚Vergib, o Herr und Sultan; es geziemt sich nicht, daß ein Kaufmann wie ich der Eidam eines
Königs werde.' Da sprach der König: ‚Ich gewähre dir nicht
nur diese Gunst, sondern ich mache dich auch zum Wesir.'
Mit diesen Worten ließ er ihn sogleich mit dem Amtskleid des
Wesirs bekleiden. Nund setzte 'Alî sich auf den Stuhl des Mini-
steramtes und hub von neuem an: ‚O größter König unserer

Zeit, du hast mir diese Gunst bezeigt und mich durch deine Huld hoch geehrt; doch höre auf ein Wort, das ich dir sagen möchte!' ‚Sprich und sei ohne Furcht!', erwiderte der König; und 'Alî fuhr fort: ‚Da es dein erhabener Befehl ist, deine Tochter zu vermählen, so gebührt es sich eher, daß sie meinem Sohne vermählt werde.' Der König fragte: ‚Hast du denn einen Sohn?' Als 'Alî die Frage bejahte, befahl der König: ‚Schicke sogleich nach ihm!' ‚Ich höre und gehorche!' erwiderte 'Alî und sandte einen seiner Mamluken zu seinem Sohn, und der brachte ihn. Wie der Sohn vor dem König erschien, küßte er den Boden vor ihm und blieb ehrfurchtsvoll vor ihm stehen. Der König blickte ihn an und sah, daß er noch schöner und anmutiger war als seine Tochter in seines Wuchses Ebenmäßigkeit und allen Glanzes Vollkommenheit; dann fragte er ihn: ‚Wie heißest du, mein Sohn?' ‚O Herr und Sultan,' antwortete er, ‚mein Name ist Hasan.' Da er zu jener Zeit vierzehn Jahre alt war, so sprach der König zum Kadi: ‚Schreib die Urkunde der Ehe meiner Tochter Husn el-Wudschûd mit Hasan, dem Sohne des Kaufmannes 'Alî aus Kairo!' Der also schrieb den Ehevertrag für die beiden, und alles endete im schönsten Einklang. Alle, die in der Regierungshalle waren, gingen nun ihrer Wege; die Kaufleute aber folgtem dem Wesir 'Alî aus Kairo, bis er zu seinem Hause kam, er, der jetzt Wesir geworden war; dazu wünschten sie ihm Glück, und dann gingen auch sie ihrer Wege. Der Minister 'Alî aus Kairo aber ging zu seiner Gattin, und als sie ihn im Gewande des Wesirs erblickte, rief sie aus: ‚Was bedeutet dies?' Da erzählte er ihr alles, von Anfang bis zu Ende, und schloß mit den Worten: ‚Der König hat seine Tochter mit meinem Sohne Hasan vermählt.' Darüber war sie hoch erfreut. 'Alî aus Kairo ruhte die Nacht über; und als es Morgen ward, begab er sich zur Regierungshalle. Der König empfing ihn mit großer Huld und wies ihm einen Platz dicht an seiner Seite an; dann sprach er zu ihm: ‚Wesir, es ist unser Wunsch, die Hochzeitsfeier zu beginnen und deinen Sohn zu meiner Tochter eingehen zu lassen.‘ ‚O Herr und Sultan,‘ gab 'Alî zur Antwort, ‚was du für gut befindest, das ist gut.‘ Da gab der König Befehl, die Hochzeit zu feiern; die Stadt ward geschmückt, und dreißig Tage lang ward das Hochzeitsfest gefeiert, in Freude und Fröhlichkeit. Am Ende der dreißig Tage ging Hasan, der Sohn des Wesirs, zur Tochter des Königs ein und freute sich ihrer Schönheit und Lieblichkeit. Die Königin aber hatte, sobald sie den Gemahl ihrer Tochter erblickte, ihn sehr lieb gewonnen, und sie freute sich auch herzlich über seine Mutter. Dann befahl der König, für Hasan, den Sohn des Wesirs, in aller Eile einen prächtigen Palast zu erbauen, und dieser nahm darin seine Wohnung. Seine Mutter pflegte immer einige Tage bei ihm zu bleiben und dann wieder in ihr Haus zu gehen; da sagte die Königin zu ihrem Gemahl: ‚O größter König unserer Zeit, die Mutter Hasans kann nicht immer bei ihrem Sohne weilen und dann den Wesir verlassen, noch auch kann sie stets bei dem Wesir bleiben und ihrem Sohne fern sein.‘ ‚Du hast recht‘, erwiderte der König, und er gab sofort Befehl einen dritten Palast neben dem Hasans, des Sohnes des Wesirs, zu erbauen. Nun wurde in wenigen Tagen ein drittes Schloß erbaut, und der König gab Befehl, daß die Habe des Wesirs dorthin geschafft werden solle. Nachdem dies geschehen war, nahm der Wesir darin seinen Wohnsitz. Die drei Schlösser aber waren miteinander verbunden; und wenn der König mit dem Wesir sich unterhalten wollte, so konnte er auch bei Nacht zu ihm gehen oder ihn kommen lassen; und ebenso war es mit Hasan und seiner Mutter und seinem Vater. So blieben sie beieinander in voller Zufriedenheit und in einem Leben der Glückseligkeit. —«

Da bemerkte Schehrezâd, daß der Morgen begann, und sie hielt in der verstatteten Rede an. Doch als die *Vierhundertunddreiunddreißigste Nacht* anbrach, fuhr sie also fort: »Es ist mir berichtet worden, o glücklicher König, daß der König und der Wesir und sein Sohn beinander blieben in voller Zufriedenheit und in einem Leben der Glückseligkeit, eine lange Zeit hindurch, bis der König von einem Siechtum befallen wurde und immer schwerer erkrankte. Da berief er die Großen seines Reiches und sprach zu ihnen: ,Sehet, ich bin schwer erkrankt, und vielleicht ist dies ein tödliches Siechtum! Darum habe ich euch zu mir entboten, um mit euch über eine Angelegenheit Rats zu pflegen. Gebt mir den Rat, den ihr für den besten haltet!' Da sprachen sie: ,Was ist das für ein Rat, um den du uns fragst, o König?' Nun fuhr er fort: ,Ich bin alt, und jetzt bin ich krank, und so fürchte ich denn nach meinem Tode Unheil für das Reich von seiten der Feinde. Mein Wunsch ist der, daß ihr alle euch auf einen Mann einigt, dem ich schon bei meinen Lebzeiten die Herrschaft über das Reich übertragen kann, damit ihr ruhig sein möget.' Da sprachen sie einstimmig: ,Wir alle erwählen den Gemahl deiner Tochter, Hasan, den Sohn des Wesirs 'Alî! Denn wir wissen, daß er verständig und einsichtig und in allem vollkommen ist, und er kennt den Rang von hoch und gering.' Der König fragte noch einmal: ,Seid ihr euch alle darüber einig?' ,Jawohl!' erwiderten sie. Doch er hub wieder an: ,Vielleicht sagt ihr nur so in meiner Gegenwart aus Ehrfurcht vor mir, doch hinter meinem Rücken könntet ihr anders reden.' Allein sie antworteten einmütig: ,Bei Allah, unsere Rede ist offen und insgeheim immer gleich und unverändert. Wir haben ihn erwählt mit frohem Herzen und offenem Sinne.' Nun fuhr der König fort: ,Wenn es sich also verhält, dann bringt den Kadi des hochheiligen Gesetzes und alle Kammerherren und Statthalter und Großen des Reiches insgesamt morgen vor mich; so werden wir alles in bester Weise ordnen.' ‚Wir hören und gehorchen!' antworteten sie; dann gingen sie davon und ließen den Ruf an alle Rechtsgelehrte und die Vornehmsten unter den Emiren gelangen. Als es wieder Morgen ward, zogen sie zur Regierungshalle und ließen den König um Einlaß bitten. Nachdem er die Erlaubnis gewährt hatte, traten sie ein und sprachen den Gruß vor ihm; dann huben sie an: ‚Hier stehen wir alle vor dir.' Der König fragte sie: ‚Ihr Emire von Baghdad, wen wollt ihr zum König über euch nach mir erwählen, damit ich ihm noch zu meinen Lebzeiten vor meinem Tode in eurer aller Gegenwart die Herrschaft übertrage?' Da riefen sie einstimmig: ‚Wir haben uns auf Hasan, den Sohn des Wesirs 'Alî, den Gemahl deiner Tochter, geeinigt.' ‚Wenn es sich also verhält,' erwiderte der König, so gehet alle hin und führet ihn vor mich!' Nun machten sie sich alle auf, begaben sich in den Palast Hasans und sprachen zu ihm: ‚Komm mit uns zum König!' ‚Weshalb?' fragte er sie, und sie gaben ihm zur Antwort: ‚Wegen einer Sache, die uns und dir zum Heile gereichen möge!' Darauf ging er mit ihnen zum König und küßte den Boden vor ihm; der aber sprach zu ihm: ‚Setze dich, mein Sohn!' Als er sich gesetzt hatte, fuhr der König fort: ‚Hasan, die Emire haben dich einstimmig erwählt, und sie sind übereingekommen, dich nach mir zum König über sich zu machen. Nun ist es mein Wunsch, dir zu meinen Lebzeiten die Herrschaft zu übertragen, um so alles zuvor zu bestimmen.' Da erhob sich Hasan, fiel vor dem König nieder und küßte den Boden und sprach: ‚O Herr und König, unter den Emiren ist manch einer, der älter an Jahren und höher an Wert ist als ich; darum erlaßt mir dies!' Doch alle Emire riefen: ‚Wir erwählen nur dich zum König über uns!' Da hub er von neuem an: ‚Mein

Vater ist älter als ich, und ich und er sind eins; es geziemt sich nicht, daß ich vor ihm den Vorrang habe.' Nun begann sein Vater: ,Ich heiße nur das gut, was meine Brüder gutgeheißen haben; sie haben dich erwählt und sich auf dich geeinigt. Drum widersprich dem Befehle des Königs und deiner Brüder nicht!' Da senkte Hasan sein Haupt aus Ehrfurcht vor dem König und vor seinem Vater. Und noch einmal fragte der König: ,Nehmt ihr ihn an?' ,Wir nehmen ihn an!' riefen sie, und alle sprachen, um ihr Gelöbnis zu bekräftigen, siebenmal die erste Sure. Darauf sagte der König: ,Kadi, schreib eine gesetzliche Urkunde nieder des Inhaltes, daß diese Emire sich einig sind, Hasan, dem Gemahl meiner Tochter, die Herrschaft zu übertragen und ihn über sich zum König zu machen.' Der Kadi nun schrieb die Urkunde des Inhalts und machte sie rechtskräftig, nachdem sie ihm alle als dem Herrscher gehuldigt hatten und nachdem auch der König ihn anerkannt und ihm befohlen hatte, sich auf den Thron der Herrschaft zu setzen. Dann küßten alle dem König Hasan, dem Sohne des Wesirs, die Hände und gelobten ihm Gehorsam. Er aber sprach an jenem Tage Recht in majestätischer Weise und verlieh den Großen des Reiches prächtige Ehrengewänder. Als die Staatsversammlung beendet war, begab Hasan sich zu dem Vater seiner Gemahlin und küßte ihm die Hände. Der sprach zu ihm: ,Hasan, gib acht, daß du über die Untertanen in der Furcht Allahs herrschest!' – –«

Da bemerkte Schehrezâd, daß der Morgen begann, und sie hielt in der verstatteten Rede an. Doch als die *Vierhundertundvierunddreißigste Nacht* anbrach, fuhr sie also fort: »Es ist mir berichtet worden, o glücklicher König, daß König Hasan, als er die Staatsversammlung beendigt hatte, zum Vater seiner Gemahlin ging und ihm die Hände küßte. Der sprach zu ihm: ,Mein Sohn, gib acht, daß du über die Untertanen in der Furcht

620

Allahs herrschest'! Hasan gab ihm zur Antwort: ,Durch dein Gebet für mich, mein Vater, wird die göttliche Hilfe mir zuteil werden.' Dann ging er in seinen Palast; und seine Gemahlin, ihre Mutter und all ihr Gefolge kamen ihm entgegen, küßten ihm die Hände, riefen: ,Gesegnet sei der Tag!' und wünschten ihm Glück zu seiner Thronbesteigung. Darauf begab er sich von seinem Palast in den seines Vaters; und seine Eltern waren hoch erfreut darüber, daß Allah in Seiner Huld ihn mit der Herrscherwürde bekleidet hatte. Sein Vater aber ermahnte ihn, Allah zu fürchten und gegen die Untertanen Milde zu üben. Fröhlich und in Freuden verbrachte Hasan die Nacht bis zum Morgen. Als er dann die ihm obliegenden Gebete gesprochen und mit den üblichen Koransprüchen beschlossen hatte, begab er sich in die Regierungshalle. Nun kamen auch alle Truppen und Würdenträger zu ihm, und er sprach Recht unter dem Volke; er befahl das Gute, verbot das Schlechte, setzte ein und ab, und erfüllte seine Herrscherpflicht, bis der Tag sich neigte und die Staatsversammlung in schönster Weise beschlossen ward. Die Truppen brachen auf, und ein jeder ging seiner Wege. Hasan aber erhob sich und begab sich in den Palast; dort sah er, daß der Vater seiner Gemahlin noch schwerer erkrankt war, und er sprach zu ihm: ,Möge es dir wohl ergehen!' Da öffnete der alte König die Augen und rief: ,Hasan!' Der erwiderte: ,Zu deinen Diensten, mein Gebieter!' Jener fuhr fort: ,Jetzt ist mein letztes Stündlein genaht. Nimm du dich deiner Gattin und ihrer Mutter an; gib acht, daß du Allah fürchtest, deine Eltern ehrest, lebe in Scheu vor dem allvergeltenden König und denke daran, daß Allah befiehlt, gerecht und gütig zu sein!' ,Ich höre und gehorche!' erwiderte König Hasan. Darauf lebte der alte König noch drei Tage; dann ging er zur Barmherzigkeit Allahs des Erhabenen ein. Nun ward er in das Leichentuch gehüllt und bestattet, und bis zum Ablauf der vierzig Tage wurden die Sterbegebete und Koransprüche an seinem Grabe gesprochen. Und König Hasan, der Sohn des Wesirs, führte die Herrschaft; die Untertanen freuten sich seiner, und alle seine Tage waren eitel Glück. Sein Vater 'Alî blieb stets als Großwesir zu seiner Rechten, und er wählte sich einen zweiten Wesir zu seiner Linken. Das Land gedieh, und er blieb lange Zeit hindurch König von Baghdad; und durch die Tochter des alten Königs wurden ihm drei Söhne geschenkt, die nach ihm das Reich erbten und herrlich und in Freuden lebten, bis Der zu ihnen kam, der die Freuden schweigen heißt, und der die Freundesbande zerreißt. Preis sei Ihm, der da bleibet in Ewigkeit, und der durch seine Macht Trennung und Einigung verleiht!

Ferner wird auch erzählt

DIE GESCHICHTE VON DEM PILGERSMANN
UND DER ALTEN FRAU

Einst tat ein Mann aus dem Pilgerzuge einen langen Schlaf; und als er dann aufwachte, entdeckte er keine Spur mehr von der Wallfahrtskarawane. Da stand er auf und zog weiter; doch er irrte vom Wege ab, und nach einer Weile erblickte er ein Zelt. An dessen Eingang sah er eine alte Frau und neben ihr einen Hund, der schlafend dalag. Er trat an das Zelt heran, begrüßte die Alte und bat sie um Zehrung. Da erwiderte sie: ‚Geh zu jenem Tale dort und fange dir einige Schlangen, so viele wie du zu einer Mahlzeit brauchst; dann will ich sie dir braten und zu essen geben!‘ Doch der Mann sprach: ‚Ich getraue mich nicht, die Schlangen zu fangen; ich habe sie auch noch nie gegessen.‘ Doch die Alte fuhr fort: ‚Ich will mit dir gehen und einige fangen; sei ohne Furcht!‘ Dann ging sie mit ihm, begleitet von dem Hunde; und als sie genug Schlangen gefangen hatte, schickte sie sich an, die Tiere zu braten. Der Pilgersmann aber – so berichtet der Erzähler – sah keine andere Möglichkeit, als von den Schlangen zu essen, da er Hunger und Erschöpfung fürchtete; also aß er von jenem Schlangengericht. Dann dürstete ihn, und er bat die Alte um Wasser zum Trinken. Sie sprach zu ihm: ‚Dort ist die Quelle vor dir; trink!‘ Da ging er zur Quelle, aber er fand nur bitteres Wasser darin; dennoch mußte er es, trotz seiner beißenden Bitterkeit, trinken, da er von so heftigem Durste gequält ward. Nachdem er getrunken hatte, kehrte er zu der Alten zurück und hub an: ‚Ich wundere mich über dich, o Greisin, und darüber, daß du an diesem Orte wohnst und an solcher Stätte verweilst.‘ – –«

Da bemerkte Schehrezâd, daß der Morgen begann, und sie hielt in der verstatteten Rede an. Doch als die *Vierhundertundfünfunddreißigste Nacht* anbrach, fuhr sie also fort: »Es ist mir berichtet worden, o glücklicher König, daß der Pilgersmann, nachdem er von dem Wasser der bitteren Quelle getrunken hatte, weil er von so heftigem Durste gequält ward, zu der Alten zurückkehrte und anhub: ‚Ich wundere mich über dich, o Greisin, und darüber, daß du an diesem Orte wohnst und daß du dich von solcher Speise nährst und von solchem Wasser trinkst.‘ Da fragte die Alte ihn: ‚Wie ist denn euer Land?‘ Er gab ihr zur Antwort: ‚In unserem Land gibt es weite und geräumige Häuser, reife und köstliche Früchte, zahlreiche süße Gewässer, wohlschmeckende Speisen, fettes Fleisch, viele Herden von Kleinvieh; dort gibt es alle guten Dinge und die schönsten Sachen, dergleichen sich sonst nur im Paradiese finden, das Allah der Erhabene Seinen frommen Dienern verheißen hat.‘ ‚All das habe ich gehört,‘ erwiderte die Alte, ‚doch sage mir, habt ihr nicht einen Sultan, der über euch herrscht und der euch Unrecht antut, während ihr unter seiner Gewalt steht; der einem jeden von euch, wenn der sich vergeht, seine Habe nimmt und ihn vernichtet; der euch, wenn er will, aus euren Häusern vertreibt und euch mit der Wurzel ausrottet?' Der Pilger antwortete: ‚So mag es wohl sein.' Da fuhr die Alte fort: ‚Wenn dem so ist, so sind, bei Allah, jene Speisen der Köstlichkeit und das Leben in Herrlichkeit, ja, all die Freuden und Wonnen bei Tyrannei und Bedrückung nur ein Gift von durchdringender Kraft, während unsere Speisen, die wir in Sicherheit genießen, ein Heilkraut sind, das Genesung schafft. Hast du nicht vernommen, daß nächst dem Islam Gesundheit und Sicherheit das höchste Gut sind?'

Solches[1] kommt nur zuwege durch die Gerechtigkeit des Sultans, des Statthalters Gottes auf Erden, und durch seine treffliche Verwaltung. Der Sultan früherer Zeiten bedurfte nur geringer Majestät, da die Untertanen ihn fürchteten, sobald sie ihn nur sahen; aber der Sultan unserer Zeit bedarf der höchsten Herrscherkunst und der vollendetsten Würde, da die Menschen jetzt nicht mehr so sind wie früher. Unsere Zeit jetzt ist die Zeit von Leuten, die auf Gemeinheit sinnen und großes Unheil beginnen; ja, sie sind ob ihrer Narrheit und Herzenshärte bekannt, sie sind immer dem Haß und der Feindschaft zugewandt. Ist also der Sultan – was Allah der Erhabene verhüten möge! – schwach gegen sie oder unerfahren in der Staatskunst und ohne Ansehen, so ist es kein Zweifel, daß dadurch das Land zugrunde geht. Heißt es doch im Sprichworte: Lieber hundert Jahre der Tyrannei des Sultans als ein einziges Jahr der Tyrannei des Volks untereinander! Wenn die Untertanen einander bedrücken, so setzt Allah über sie einen Sultan der Grau-

1. Von hier ab wendet der Erzähler selbst sich an seine Zeitgenossen und an die Herrscher seiner Zeit.

samkeit und einen König der Gewalttätigkeit. Es wird auch in der Geschichte überliefert, daß an el-Haddschâdsch ibn Jûsuf[1] eines Tages eine Eingabe überreicht wurde, in der geschrieben stand: ‚Fürchte Allah und übe keinerlei Bedrückung gegen die Diener Allahs!' Als er die Eingabe gelesen hatte, bestieg er die Kanzel, er, der ein beredter Mann war, und sprach: ‚O ihr Leute, Allah der Erhabene hat mich um eurer Taten willen zum Herrscher über euch eingesetzt!' – –«

Da bemerkte Schehrezâd, daß der Morgen begann, und sie hielt in der verstatteten Rede an. Doch als die *Vierhundertundsechsunddreißigste Nacht* anbrach, fuhr sie also fort: »Es ist mir berichtet worden, o glücklicher König, daß el-Haddschâdsch ibn Jûsuf, als er die Eingabe gelesen hatte, auf die Kanzel stieg, er, der ein beredter Mann war, und sprach: ‚O ihr Leute, Allah der Erhabene hat mich um eurer Taten willen zum Herrscher über euch eingesetzt. Wenn ich sterbe, so werdet ihr doch nicht von der Bedrückung befreit werden, solange ihr solch böses Treiben übt. Denn Allah der Erhabene hat viele Männer gleich mir erschaffen. Wenn ich es nicht bin, so ist es einer, der noch schlimmer ist als ich, der noch härter bedrückt und noch grausamer herrscht; wie ein Dichter darüber sagt:

> *Es gibt keine Macht in der Welt, über der nicht Gottes Macht stände;*
> *Und jeder Tyrann wird noch durch einen Tyrannen bedrückt.'*

Die Grausamkeit wird gefürchtet; Gerechtigkeit aber ist aller Dinge bestes. Wir flehen zu Allah, daß er uns alles zum besten wenden möge!

Und ferner wird erzählt

---

[1]. Statthalter im Irak um 700 n. Chr. Er war ein hervorragender Staatsmann, bekannt durch seine rücksichtslose Tatkraft und seine Beredsamkeit.

DIE GESCHICHTE
VON DER SKLAVIN TAWADDUD

Einst lebte zu Baghdad ein angesehener Mann; der hatte viel
Geld und Gut und gehörte dem Stande der Großkaufleute an.
Allah hatte ihm weltliche Habe in Fülle beschert; aber er hatte
ihm nicht die ersehnte Nachkommenschaft gewährt. So hatte
er schon eine lange Spanne Zeit geharrt, ohne daß ihm ein
Mädchen oder ein Knabe geboren ward. Seiner Jahre wurden
viel, und gebrechlich ward sein Gebein; sein Rücken ward gebeugt, und große Schwäche und Sorge stellten sich bei ihm ein.
So fürchtete er denn, all sein Gut und Wohlstand würde zer-
stieben, wenn er keinen Sohn hätte, der ihn beerbte und durch
den sein Name und Andenken erhalten bliebe. Darum nahte
er sich flehend Allah dem Erhabenen, fastete bei Tage und
betete bei Nacht; er gelobte Allah dem Erhabenen, dem Lebendigen und ewig Beständigen, viele Gelübde, besuchte die
Heiligen und flehte immer inniger zum Höchsten. Schließlich
erhörte Allah ihn und gewährte ihm, was er zu erbitten wagte;
denn Er erbarmte sich seiner, wie er so flehte und klagte. Und
nachdem nur wenige Tage verstrichen waren, geschah es, daß
eine seiner Frauen, als er sie heimsuchte, in derselben Nacht,
zur selben Zeit und Stunde, von ihm empfing. Als ihre Monate erfüllet waren, ward ihre Last von ihr genommen, und sie
brachte ein Knäblein zur Welt, das einem Stück vom Monde
glich. Da erfüllte der Kaufmann sein Gelübde in Dankbarkeit
gegen Allah, den Allgewaltigen und Glorreichen; er spendete
Almosen und kleidete die Witwen und die Waisen. Und in
der Nacht zum siebenten Tage nach der Geburt des Knaben
gab er ihm den Namen Abu el-Husn[1]; die Ammen nährten

[1]. Vater der Schönheit.

ihn, die Pflegerinnen hegten ihn, und die Mamluken und Eunuchen trugen ihn, so daß er wuchs und sproß und gedieh und in die Höhe schoß; und er lernte den heiligen Koran, die Lehrsätze des Islams und den Weg auf des wahren Glaubens Bahn, auch lernte er schreiben und dichten, rechnen und den Bogen richten. So ward er zur Perle seiner Zeit und zum schönsten Jüngling weit und breit, mit einem Antlitz der Lieblichkeit, einer Zunge der Beredsamkeit, der sich wiegte und neigte im Ebenmaß seiner Gestalt und selbstgefällig dahinschritt in seines Stolzes Gewalt, die rote Wange mit blütenweißer Stirn gepaart und bedeckt mit einem Flaume, dunkel und zart; wie denn ein Dichter sagte, der seinesgleichen besang:

> *Der Lenz des dunklen Wangenflaums erschien dem Blick.*
> *Wie kann die Rose dauern, wenn der Lenz verflossen?*
> *Siehst du denn nicht, wie das, was auf der Wang ihm wächst,*
> *Den Veilchen gleicht, die zwischen grünen Blättern sprossen?*

Lange Zeit lebte er daheim im schönsten Glück, während sein Vater seine Lust und Freude an ihm hatte, bis er zum Manne herangewachsen war. Eines Tages aber gebot sein Vater ihm, er solle sich vor ihm niedersetzen, und er sprach zu ihm: ‚Mein Sohn, jetzt ist die Stunde genaht; die Zeit meines Hinscheidens ist gekommen, und mir steht es nunmehr bevor, daß ich vor Allah, den Allgewaltigen und Glorreichen, treten muß. Ich hinterlasse dir so großen Reichtum, der sich aus Geld, Landgütern, Grundbesitz und Gärten zusammenfügt, daß er dir und deinen Kindeskindern genügt. Darum fürchte Allah den Erhabenen, mein Sohn, in der Verwaltung dessen, was ich dir hinterlasse, und folge nur denen, die dir treue Helfer sind!‘ Bald darauf erkrankte der Kaufmann und starb; da rüstete sein Sohn ihm ein schönes Leichenbegängnis, ließ ihn bestatten und kehrte nach Hause zurück. Während er nun Tage und Nächte trauernd dasaß, kamen einmal seine Freunde zu ihm und sprachen: ,Wer einen Sohn wie dich hinterließ, ist nicht des Todes Gewinn; doch was dahin ist, ist dahin. Trauer kann nur Mädchen und Frauen gebühren, die im Harem ein abgeschlossenes Leben führen.' In dieser Weise redeten sie immer weiter zu ihm, bis er ins Badehaus ging; und auch sie gingen dorthin und machten seiner Trauer ein Ende. – –«

Da bemerkte Schehrezâd, daß der Morgen begann, und sie hielt in der verstatteten Rede an. Doch als die *Vierhundertundsiebenunddreißigste Nacht* anbrach, fuhr sie also fort: »Es ist mir berichtet worden, o glücklicher König, daß Abu el-Husn, der Sohn des Kaufmanns, als seine Freunde zu ihm ins Badehaus gekommen waren und seiner Trauer ein Ende gemacht hatten, die Mahnung seines Vaters vergaß; da raubte ihm der große Reichtum den Verstand, er glaubte, das Glück habe bei ihm Bestand, und das Geld müsse ihm immerdar bleiben unverwandt. Er aß, und er trank den Wein, und er wollte immer lustig und fröhlich sein; er teilte Kleider und Geldgeschenke aus und gab das Gold mit vollen Händen hinaus; er pflegte stets nur von Hühnerfleisch zu naschen, und er brach die Siegel der Flaschen; er hörte den Traubensaft gurgelnd aus den Flaschen rinnen und lauschte den Liedern der Sängerinnen. So trieb er es lange Zeit, bis die Waren alle waren und der Stand schwand. Alles ging dahin ganz und gar, was sein Erbe und Eigentum gewesen war; und nachdem er so alles durchgebracht hatte, verblieb ihm nur noch eine Sklavin, die ihm sein Vater mit seiner anderen Habe vermacht hatte. Diese Sklavin aber hatte nicht ihresgleichen an Schönheit und Lieblichkeit, an strahlender Vollkommenheit und an des Wuchses Ebenmäßigkeit. Sie war Meisterin in den Künsten und der feinen Bildung zumal und besaß treffliche Eigenschaften ohne Zahl; sie war herrlicher als alle Menschen ihrer Zeit, und ihre Schönheit ragte stolzer empor als ein Banner, sichtbar weit und breit. Sie übertraf die Schönen im Wissen und Handeln und ihres Ganges sich wiegendem Wandeln. Ihr Wuchs betrug fünf Spannen der Hand, und sie war des Glückes Unterpfand. Ihre Stirn war wie der Neumond im verehrten Monate Scha'bân anzuschauen; sie hatte Gazellenaugen und schön gewölbte Brauen. Ihre Nase war wie des Schwertes Schneide; und ihre Wangen prangten im Anemonenkleide. Ihr Mund schien das Siegel Salomos zu sein; ihre Zähne waren wie Perlenreihn. Ihr Nabel konnte eine Unze Behennußöl fassen; ihr Rumpf war schlanker als der Leib dessen, den die Liebe verzehrt und heimliche Sehnsucht hatte dahinsiechen lassen; und ihre Hüften waren wie der Sandhügel Massen. Kurz, sie war durch ihre Schönheit und Lieblichkeit würdig der Worte, die ihr ein Dichter geweiht:

> *Erscheint sie, so entzückt die Schönheit ihres Wuchses;*
> *Doch tödlich ist der Trennungsschmerz, geht sie dahin.*
> *Der Sonne gleichet sie, dem Monde und dem Zweige,*
> *Doch Sprödigkeit und Härte ist nie in ihrem Sinn.*
> *Die Gärten Eden tun sich auf in ihrem Kleide;*
> *Der helle Vollmond kreist auf ihrem Halsgeschmeide.*

Sie war wie der Vollmond, der am Himmel steht, und wie die Gazelle, die auf der Weide geht; sie, ein Mägdlein, neun und fünf Jahre alt, beschämte Mond und Sonne bald, wie ein Dichter, beredt und gewandt, für sie die Worte fand:

> *Dem Vollmond ist sie gleich, da sich*
> *Zu Fünf und Fünf die Vier gesellt.*
> *Ich bin nicht schuld, bin ich durch dich*
> *Ihm gleich, wenn er die Nacht erhellt.*[1]

1. Das Mädchen ist vierzehn Jahre, der Vollmond ist vierzehn Tage alt. Der Dichter wird um der Liebe zu dem Mädchen willen blaß wie der Mond.

Ihre Haut war rein, ihr Duft wie Zephir fein; es war, als sei sie
dem Feuer entsprossen oder aus Kristall gegossen; ihre Wange
war rosenrot, während sich in ihrer Gestalt und ihrem Wuchse
ein Bild des Ebenmaßes bot, wie ein Dichter, der ihresgleichen
beschrieb, von ihr sang:

> *In buntem Brokat, mit Saflor gefärbt, erscheint sie stolz,*
> *Mit Silber geschmückt und duftend nach Rosen und Sandelholz.*
> *Sie ist eine Blume im Garten, ein kostbarer Edelstein*
> *In Gold gefaßt, oder ein Bild im christlichen Altarschrein.*
> *Die Schlanke – wenn auch die Gestalt ihr zurät: Schreite einher!*
> *So sprechen doch ihre Hüften: Bleib stehn und gehe nicht mehr!*
> *Und bitte ich um ihre Gunst, hör ich, wie die Schönheit spricht:*
> *Gewähre! Doch ihre Scheu rät zierend: Tue es nicht!*
> *Gepriesen sei Er, der die Schönheit zu ihrem Erbteil gemacht*
> *Und der über ihren Geliebten die Reden der Tadler gebracht!*

Sie nahm jeden, der sie sah, durch ihre herrliche Schönheit und
ihr liebliches Lächeln gefangen; und sie entsandte auf ihn das
Geschoß der Pfeile, die aus ihren Augen drangen. Zudem war
sie redegewandt und durch ihre schönen Verse bekannt.

Als nun all das Gut, das Abu el-Husn besaß, sich erschöpft
hatte, ganz und gar, und als seine arge Not offenkundig geworden war und er nun nichts mehr sein eigen nannte außer
dieser Sklavin, da lebte er drei Tage hin, ohne sich am Geschmack von Speisen wohlzutun oder sich im Schlafe auszu-
ruhn. Doch nun sprach die Sklavin zu ihm: ‚Mein Gebieter,
führe mich zum Beherrscher der Gläubigen Harûn er-Raschîd.‘ – –«

Da bemerkte Schehrezâd, daß der Morgen begann, und sie
hielt in der verstatteten Rede an. Doch als die *Vierhundertund-
achtunddreißigste Nacht* anbrach, fuhr sie also fort: »Es ist mir
berichtet worden, o glücklicher König, daß die Sklavin sprach:
‚Mein Gebieter, führe mich zum Beherrscher der Gläubigen

Harûn er-Raschîd, dem fünften Kalifen aus dem Geschlechte der Abbasiden, und verlange von ihm als Preis für mich zehntausend Dinare! Wenn er mich zu teuer findet, so sprich zu ihm: O Beherrscher der Gläubigen, meine Sklavin ist noch mehr wert; prüfe sie, so wird ihr Wert in deinen Augen noch höher steigen; diese Sklavin hat nicht ihresgleichen, und sie gebührt nur einem Herrn wie dir!' Und sie fügte noch hinzu: ‚Hüte dich, mein Gebieter, mich für einen geringeren Preis zu verkaufen, als ich dir gesagt habe; denn der ist noch niedrig für meinesgleichen.' Zwar kannte ihr Herr die Höhe ihres Wertes nicht, noch auch wußte er, daß sie in ihrer Zeit ohnegleichen war; dennoch führte er sie zum Beherrscher der Gläubigen Harûn er-Raschîd, ließ sie vor ihn treten und sprach, wie sie ihm gesagt hatte. Da fragte der Kalif: ‚Wie heißest du?' ‚Ich heiße Tawaddud', gab sie zur Antwort; und er fragte weiter: ‚Tawaddud, in welchen Wissenschaften bis du bewandert?' Sie erwiderte: ‚Mein Gebieter, ich kenne die Grammatik, die Dichtkunst, die Rechtswissenschaft, die Auslegung der Heiligen Schrift und die Sprachkunde; ferner bin ich bewandert in der Tonkunst, der Pflichtenlehre, der Rechenkunst in allen ihren Zweigen, der Erdmessung und den Geschichten der Alten. Ich kenne auch den erhabenen Koran, und ich habe ihn nach den sieben, den zehn und den vierzehn Lesarten gelesen. Ich weiß die Zahl der Suren und der Verse und der Abschnitte, auch die seiner Halbteile, Viertel, Achtel und Zehntel; und ebenso weiß ich, wie viele Niederwerfungen zum Gebet und wie viele Buchstaben in ihm vorkommen, welche Stellen aufgehoben werden und wodurch das geschieht, welche Suren in Mekka, welche in Medina offenbart wurden und welches die Anlässe der Offenbarungen waren. Ferner kenne ich die heilige Tradition nach ihrem Inhalte und auch ihre Überlieferung durch die

Gewährsmänner; ich weiß, was von ihr auf den Propheten zurückgeht und was nicht so sicher beglaubigt ist. Ich habe mich umgesehen in den exakten Wissenschaften, in der Geometrie, in der Philosophie, der Heilkunde, der Logik, der Synonymik und der Metonymik. Ja, ich habe viel Wissen in mir aufgespeichert, und ich liebe die Dichtkunst leidenschaftlich. Ich schlage die Laute und weiß genau, wann zum Spiel gesungen wird, und wann die Saiten erklingen und ruhen müssen. Wenn ich singe und tanze, verführe ich die Herzen; doch bin ich geschmückt und mit Spezereien gesalbt, so bringe ich tödliche Liebesschmerzen. Kurz, ich habe einen solchen Gipfel der Vollkommenheit erreicht, daß nur die Meister der Wissenschaften ihn würdigen können.' Als nun der Kalif Harûn er-Raschîd sie trotz ihren jungen Jahren so sprechen hörte, war er über die Beredsamkeit ihrer Zunge erstaunt, und er wandte sich an ihren Herrn mit den Worten: ‚Ich will Männer berufen, die mit ihr über alles, was sie zu wissen behauptet, disputieren sollen. Wenn sie dann richtig antwortet, so will ich dir ihren Preis zahlen, ja, noch mehr. Vermag sie das aber nicht zu tun, so kommt sie eher dir zu als mir.' ‚Herzlich gern, o Beherrscher der Gläubigen!' erwiderte Abu el-Husn. Darauf schrieb der Kalif an den Statthalter von Basra, er solle ihm Ibrahîm ibn Saijâr en-Nazzâm senden, der unter allen seinen Zeitgenossen die Argumentation, die Beredsamkeit, die Dichtkunst und die Logik am vollkommensten beherrschte; und der solle Koranleser, Rechtsgelehrte, Ärzte, Astronomen, Mathematiker, Philosophen, Gelehrte von allen Wissenszweigen mit sich führen; Ibrahîm aber war gelehrter als alle anderen. Nach kurzer Zeit kamen sie im Palaste des Kalifen an; doch sie wußten nicht, welche Aufgabe sie hatten. Der Beherrscher der Gläubigen ließ sie in seinen Staatssaal rufen und hieß sie sich setzen. Als sie sich niedergelassen hatten, befahl er, die Sklavin Tawaddud solle kommen. Wie die nun eintrat und sich entschleierte, glich sie einem funkelnden Stern. Ein goldener Schemel ward für sie hingesetzt, und sie sagte den Gruß und begann mit beredter Zunge zu reden, indem sie anhub: ‚O Beherrscher der Gläubigen, befiehl den Rechtsgelehrten, den Koranlesern, den Ärzten, den Astronomen, den Mathematikern, den Philosophen, allen Gelehrten, die hier zugegen sind, daß sie mit mir disputieren!‘ Da sprach er zu ihnen: ‚Ich wünsche von euch, daß ihr mit dieser Sklavin über alles, was ihren Glauben betrifft, disputiert und daß ihr alle Beweise, die sie für ihre Behauptungen anführt, entkräftet!‘ Sie antworteten: ‚Wir hören und gehorchen Allah und dir, o Beherrscher der Gläubigen!‘ Da senkte Tawaddud ihr Haupt und sprach: ‚Wer von euch ist der Rechtskundige, der Schriftgelehrte, der den Koran und die Tradition kennt?‘ Einer von ihnen hub an: ‚Ich bin der Mann, den du suchest.‘ Darauf sagte sie zu ihm: ‚Frage, wonach du willst!‘ Jener fuhr fort: ‚Hast du das hochgeehrte Buch Allahs gelesen, kennst du die Stellen, die andere aufheben, und die, so durch sie aufgehoben werden, und hast du die Verse und die Buchstaben genau erwogen?‘ ‚Jawohl‘, erwiderte sie. Da sprach er zu ihr: ‚So will ich dich denn zuerst nach den unerläßlichen Pflichten und nach den ewig bestehenden Normen fragen. Gib mir darüber Auskunft, Mädchen, und sage mir, wer ist dein Herr, wer ist dein Prophet, welches ist deine Richtschnur, wie ist deine Gebetsrichtung, wer sind deine Brüder, welches ist dein geistlicher Weg und Pfad?‘ Sie gab zur Antwort: ‚Allah ist mein Herr; Mohammed – Gott segne ihn und gebe ihm Heil! – ist mein Prophet; der Koran ist meine Richtschnur; die Kaaba ist meine Gebetsrichtung; die Gläubigen sind meine Brüder; das Gute ist mein geistlicher Weg; und die Sunna ist mein Pfad.' Der Kalif wunderte sich über ihre Worte und über ihre beredte Zunge, da sie ja noch so jung an Jahren war.

Der Gelehrte aber fuhr fort: ,Nun sage mir, Mädchen, wodurch erkennst du Allah den Erhabenen?' ,Durch den Verstand', antwortete sie. Weiter fragte er: ,Und was ist der Verstand?' Sie erwiderte: ,Der Verstand ist von zwiefacher Art: der natürliche und der erworbene.' – –«

Da bemerkte Schehrezâd, daß der Morgen begann, und sie hielt in der verstatteten Rede an. Doch als die *Vierhundertundneununddreißigste Nacht* anbrach, fuhr sie also fort: »Es ist mir berichtet worden, o glücklicher König, daß die Sklavin sprach: ,Der Verstand ist von zwiefacher Art: der natürliche und der erworbene. Der natürliche Verstand ist der, den Allah, der Allgewaltige und Glorreiche, erschaffen hat, um die von seinen Dienern, die Er auserwählt, durch ihn zu leiten; der erworbene Verstand aber ist der, den sich der Mensch durch Bildung und treffliche Kenntnisse erwirbt.' Der Gelehrte sagte darauf: ,Du hast gut geantwortet', und fragte weiter: ,Wo ist der Sitz des Verstandes?' Sie erwiderte: ,Allah legt ihn ins Herz; und von dort steigen seine Strahlen ins Gehirn, wo sie dann bleiben.' ,Trefflich geantwortet! Nun sage mir, wodurch erkennst du den Propheten – Allah segne ihn und gebe ihm Heil –?' ,Durch das Lesen des Buches Allahs des Erhabenen, durch die Zeichen und Hinweise, die Beweise und Wunder.' ,Gut geantwortet! Jetzt gib mir Auskunft über die unerläßlichen Pflichten und die ewig bestehenden Normen.' ,Unerläßlicher Pflichten gibt es fünf: das Bekenntnis, daß es keinen Gott gibt außer Allah allein, der keinen Genossen hat, und daß Mohammed sein Diener und sein Gesandter ist; die Verrichtung des Gebets; die Almosenspende; das Fasten im Monate Ramadân; die Pilgerfahrt zum heiligen Hause Allahs für alle, denen die Reise dahin möglich ist. Der ewig bestehenden Normen aber sind vier: Nacht und Tag, Sonne und Mond; sie errichten den Bau des Lebens und der Hoffnung auf Erden, und der Mensch weiß nicht, ob sie am Ende der Zeiten vernichtet werden.' ‚Gut geantwortet! Sage mir ferner, welches die Erfordernisse des Glaubens sind!' ‚Des Glaubens Erfordernisse sind das Gebet, das Almosengeben, das Fasten, die Pilgerfahrt, der Glaubenskampf und das Meiden der Sünde.' ‚Gut! Sage mir, wie erhebst du dich zum Gebet?' ‚Mit der Gesinnung der Dienstbarkeit als Bekenntnis zur Göttlichkeit.' ‚Sage mir, wieviel Pflichten hat Allah dir auferlegt, ehe du dich zum Gebete erhebst?' ‚Die Reinigung, das Bedecken der Scham, das Meiden unreiner Kleider, das Weilen an einer reinen Stätte, die Richtung nach der Kaaba, die aufrechte Haltung, die Absicht und das Allâhu Akbar der Weihe.'[1] ‚Gut! Mit welcher Absicht sollst du aus deinem Hause zum Gebete gehen?' ‚Mit der Absicht, Gott zu verehren.' ‚Und mit welcher Absicht sollst du die Moschee betreten?' ‚Mit der Absicht, Gott zu dienen.' ‚Weshalb betest du in der Richtung nach der Kaaba?' ‚Auf Grund von drei göttlichen Verordnungen und einer Tradition.' ‚Gut! Sage mir auch, welches ist der Anfang des Gebetes, worin besteht seine Heiligung und wodurch wird es beendet?' ‚Der Anfang des Gebetes besteht in der Reinigung, durch das Allâhu Akbar wird es geheiligt, durch den Gruß an die Engel wird sein Weihezustand aufgehoben.' ‚Was gebührt dem, der das Gebet unterläßt?' ‚In der Sammlung verbürgter Traditionen wird überliefert, daß der

1. Die ‚Absicht' bedeutet, daß der Betende zunächst stehend die Absicht formuliert, das und das Gebet zu verrichten. Nachdem er dann Allâhu Akbar, ‚Gott ist der Größte', gesagt hat, ist er in dem für das Gebet notwendigen Zustand der Weihe, in dem er nicht mehr absichtlich mit anderen sprechen, lachen, essen, trinken, sich umwenden darf.

Prophet gesagt hat: Wer das Gebet absichtlich und vorsätzlich ohne Entschuldigung versäumt, hat keinen Anteil am Islam.' – – «

Da bemerkte Schehrezâd, daß der Morgen begann, und sie hielt in der verstatteten Rede an. Doch als die *Vierhundertundvierzigste Nacht* anbrach, fuhr sie also fort: »Es ist mir berichtet worden, o glücklicher König, daß der Gelehrte, als die Sklavin die Worte der heiligen Überlieferung genannt hatte, zu ihr sprach: ‚Gut geantwortet! Nun sag mir, was ist das Gebet?‘ ‚Das Gebet ist die Vereinigung des Knechtes mit seinem Herrn, und in ihm sind zehn Vorzüge enthalten: es erleuchtet das Herz und verklärt das Antlitz; es erregt des Barmherzigen Wohlgefallen und läßt den Satan die Fäuste ballen; es treibt das Unheil von dannen und vermag die Tücke der Feinde zu bannen; es mehrt die göttliche Barmherzigkeit und schützt vor der Strafen Herzeleid; es bringt den Knecht seinem Herren nah und bewahrt ihn vor bösem und verworfenem Tun. Daher ist es eine der unerläßlichen religiösen Pflichten und die Säule des Glaubens.‘ ‚Gut! Welches ist der Schlüssel zum Gebet?‘ ‚Die religiöse Waschung.‘ ‚Und welches ist der Schlüssel zur Waschung?‘ ‚Der Ausspruch: Im Namen Gottes.‘ ‚Und welches ist der Schlüssel zum Ausspruche: Im Namen Gottes?‘ ‚Der sichere Glaube.‘ ‚Welches ist der Schlüssel zum sicheren Glauben?‘ ‚Das Vertrauen.‘ ‚Welches ist der Schlüssel zum Vertrauen?‘ ‚Die Hoffnung.‘ ‚Welches ist der Schlüssel zur Hoffnung?‘ ‚Der Gehorsam.‘ ‚Welches ist der Schlüssel zum Gehorsam?‘ ‚Das Bekenntnis zur Einheit Allahs des Erhabenen und die Anerkennung seiner Göttlichkeit.‘ ‚Gut! Nun nenne mir die Pflichten für die kleinere Waschung!‘ ‚Es sind ihrer sechs nach der Lehre des Imam esch-Schâfi'i Mohammed ibn Idrîs – Allah habe ihn selig! –: die Absicht, wenn man das Gesicht zu waschen beginnt; die Waschung des Gesichtes; die Waschung der Hände und der Unterarme; das Abwischen eines Teiles des Kopfes; die Waschung der Füße und der Knöchel; die Beobachtung der rechten Reihenfolge. Verdienstlich sind jedoch zehn Handlungen bei ihr: der Ausspruch ‚Im Namen Gottes‘; die Waschung der Hände, ehe man sie in das Becken taucht; das Spülen des Mundes; das Spülen der Nase durch Einziehen von Wasser; das Abwischen des ganzen Kopfes; das Reinigen der Ohren drinnen und draußen mit frischem Wasser; das Kämmen des dichten Bartes mit den Fingern; das Spreizen der Finger und Zehen beim Waschen; das Waschen der Rechten vor der Linken; und die dreifache Reinigung in ununterbrochener Folge. Wenn der Gläubige die Waschung beendet hat, so soll er sprechen: Ich bezeuge, daß es keinen Gott gibt außer Allah allein, der keinen Genossen hat, und daß Mohammed Sein Diener und Sein Gesandter ist. O Allah, gib, daß ich zu denen gehöre, die da bereuen, und mache, daß ich zu den Reinen gehöre! Preis sei dir, o Allah, und zu deinem Ruhme bezeuge ich, daß es keinen Gott gibt außer dir. Ich bitte dich um Verzeihung, und ich bereue vor dir. Denn in der heiligen Überlieferung vom Propheten – Allah segne ihn und gebe ihm Heil! – heißt es, daß er gesagt hat: Wer diese Worte nach jeder Waschung spricht, dem stehen die acht Tore des Paradieses offen; er darf eintreten, durch welches er will.‘ ‚Gut! Wenn nun aber ein Mensch sich zur Waschung anschickt, was widerfährt ihm dann von den Engeln und von den Teufeln?‘ ‚So sich ein Mensch zur Waschung rüstet, kommen die Engel zu seiner Rechten und die Teufel zu seiner Linken. Wenn er dann beim Beginne der Waschung den Namen Allahs des Erhabenen nennt, so fliehen die Teufel vor ihm, und die Engel schirmen ihn mit einem Zelte aus Licht, das vier Stricke hat; und an jedem Stricke steht ein Engel, der Allah den Erhabenen lobpreist und für den Gläubigen um Vergebung fleht, solange er schweigt oder Gottes Namen nennt. Wenn er aber Allah, den Allgewaltigen und Glorreichen, beim Beginne der Waschung nicht anruft und nicht schweigt, so gewinnen die Teufel Gewalt über ihn, und die Engel wenden sich von ihm; dann flüstern die Teufel ihm arge Gedanken ein, so daß er dem Zweifel verfällt und den Wert seiner Waschung zunichte macht. Denn der Prophet – Allah segne ihn und gebe ihm Heil! – hat gesagt: Eine fehlerlose Waschung treibt den Teufel von dannen und vermag die Grausamkeit des Sultans zu bannen. Und ferner hat er gesagt: Wenn jemanden, der die Waschung nicht vollzogen hat, ein Unheil trifft, so schelte er niemanden als sich selber.' ,Gut! Sage mir, was soll der Mensch tun, wenn er vom Schlafe erwacht.' ,Wenn der Mensch vom Schlafe erwacht, so soll er seine Hände dreimal waschen, ehe er sie ins Wasserbecken taucht.' ,Gut! Sage mir weiter, welches sind die Pflichten und die verdienstlichen Handlungen bei der Ganzwaschung?' ,Die Pflichten bei der Ganzwaschung bestehen darin, daß man die Absicht ausspricht und den ganzen Leib mit Wasser wäscht, das heißt, man soll das Wasser an jede Stelle der Haut und der Haare gelangen lassen. Die verdienstlichen Handlungen aber sind diese: zuerst wird die kleinere Waschung vorgenommen, dann wird der Leib gerieben, die Haare werden geschlichtet, und die Waschung der Füße wird mit ausdrücklichen Worten bis an das Ende der Ganzwaschung verschoben.' – –«

Da bemerkte Schehrezâd, daß der Morgen begann, und sie hielt in der verstatteten Rede an. Doch als die *Vierhundertundeinundvierzigste Nacht* anbrach, fuhr sie also fort: »Es ist mir berichtet worden, o glücklicher König, daß der Gelehrte, als die Sklavin ihm über die Pflichten und die verdienstlichen Handlungen bei der Ganzwaschung Auskunft gegeben hatte, sprach: ‚Gut! Jetzt nenne mir die Gründe, aus denen die Waschung mit Sand erlaubt ist, ferner die Pflichten und die verdienstlichen Handlungen bei dieser Reinigung!' ‚Der Gründe sind sieben: Wassermangel; Furcht vor Wassermangel; Bedürfnis nach Wasser; Verirrung auf der Reise; Siechtum; Knochenbrüche in Schienen; und offene Wunden. Die Pflichten dabei sind vier an der Zahl: die Absicht, das Aufheben des Sandes, das Bewerfen des Gesichts und das Bewerfen der Unterarme und Hände. Die verdienstlichen Handlungen sind zwei: der Ausspruch ‚Im Namen Gottes' und das Vorangehen der Rechten vor der Linken.' ‚Gut! Nenne mir ferner die Bedingungen, die wesentlichen und die verdienstlichen Handlungen des Gebetes!' ‚Der Bedingungen sind fünf: die Reinigung der Glieder; die Bedeckung der Scham; die Beobachtung der Zeit nach Gewißheit oder nach bestem Glauben; das Einhalten der Gebetsrichtung; und das Weilen an einem reinen Orte. Die wesentlichen Handlungen sind diese: die Absicht; das Allâhu Akbar der Weihe; das Stehen, soweit es möglich ist; das Rezitieren der ersten Sure und von Koranversen samt dem Ausspruche ‚Im Namen Allahs, des barmherzigen Erbarmers' nach der Lehre des Imam esch-Schâfi'i; die Verbeugung und das Verharren darin; die aufrechte Haltung und das Verharren darin; die Niederwerfung und das Verharren darin; das Sitzen zwischen den beiden Niederwerfungen und das Verharren darin; das letzte Aussprechen der Formel mit dem Glaubensbekenntnisse und das Sitzen dabei; der Segenswunsch für den Propheten – Allah segne ihn und gebe ihm Heil! –; der erste Gruß, und die in Worten ausgedrückte Absicht, das Gebet zu beschließen. Die verdienstlichen Handlungen aber sind diese: das Aussprechen des Gebetsrufes, wenn er nicht von der Moschee her gehört wird; der Ruf, zum Gebete aufzustehen; das Erheben der Hände beim Beginn der Weihe; der Eröffnungsvers vor dem Rezitieren der ersten Sure und der Zufluchtsruf zu Allah sowie das Amen; das Rezitieren einer Sure nach der ersten Sure; das Sprechen der Worte ‚Allâhu Akbar‘ beim Wechsel der Stellungen; das Sprechen der Worte: ‚Möge Allah den erhören, der ihn preist!‘ und: ‚O unser Herr, dir gebührt der Preis!‘; das laute Beten und das leise Beten an den vorgeschriebenen Stellen; die erste Formel mit dem Glaubensbekenntnis, und das Sitzen dabei, verbunden mit dem Segenswunsch für den Propheten – Allah segne ihn und gebe ihm Heil! –; der Segenswunsch für das Haus des Propheten beim letzten Aussprechen der Formel mit dem Glaubensbekenntnis; und der zweite Gruß.‘ ‚Gut! Nun sage mir, wovon muß die Armenspende entrichtet werden?‘ ‚Sie muß entrichtet werden von Gold, Silber, Kamelen, Rindern, Schafen, Weizen, Gerste, Hirse, Durra, Bohnen, Kichererbsen, Reis, Rosinen und Datteln.‘ ‚Gut! Sage mir auch, wieviel beträgt die Armensteuer auf Gold?‘ ‚Von weniger als zwanzig Dinaren wird keine Armensteuer erhoben; wenn aber zwanzig erreicht sind, so beträgt sie einen halben Dinar, und was darüber ist, wird im gleichen Verhältnisse berechnet.‘ ‚Sage mir ferner, wie hoch ist die Armensteuer auf Silber?‘ ‚Von weniger als zweihundert Dirhems wird keine Armensteuer erhoben; wenn aber zweihundert erreicht sind, so beträgt sie fünf Dirhems, und was darüber ist, wird im gleichen Verhältnisse berechnet.‘ ‚Gut! Sage mir weiter, wie hoch die Steuer auf Kamele ist!‘ ‚Auf je fünf ein Schaf, bis zu fünfundzwanzig; dann beträgt sie eine Kamelin, die ein Jahr alt ist.‘ ‚Gut! Sage mir, wieviel beträgt sie bei Schafen?‘ ‚Wenn vierzig erreicht sind, so beträgt sie ein Schaf.‘ ‚Gut! Nun gib mir Auskunft über das Fasten und die

Pflichten, die damit verbunden sind.' ‚Die Pflichten des Fastens sind diese: die Absicht, die Enthaltsamkeit von Essen, Trinken, fleischlicher Gemeinschaft und absichtlichem Erbrechen. Es ist eine bindende Pflicht für alle, mit Ausnahme der Frauen während ihrer Reinigung und der Wöchnerinnen; und es ist geboten beim Anblick des Neumondes des Fastenmonats oder sobald ein einwandfreier Zeuge, dessen Worte sich dem Herzen des Hörers als Wahrheit kundgeben, davon Nachricht bringt. Ferner gehört zu den Pflichten, daß man in der Nacht vor jedem Fasttage die Absicht formuliert. Die verdienstlichen Handlungen beim Fasten sind diese: schnelles Brechen des Fastens, sofort nach Sonnenuntergang; spätes Genießen des Frühmahles, kurz vor Anbruch der Morgenröte; das Unterlassen der Rede, es sei denn zum Zwecke guter Werke oder um den Namen Allahs anzurufen oder um den Koran zu rezitieren.' ‚Gut! Sage mir aber auch, welche Dinge das Fasten nicht ungültig machen!' ‚Der Gebrauch von Salben und Augenschminke, der Staub der Straße, das Verschlucken des Speichels, der Erguß im Traume oder beim Anblick einer fremden Frau, der Aderlaß und das Schröpfen; all das macht das Fasten nicht ungültig.' ‚Gut! Sprich mir nun vom Gebet der beiden Feste!'[1] ‚Es besteht aus zwei Rak'as[2], und die gelten als verdienstliche Handlung, ohne den Gebetsruf und den Ruf, zum Gebete aufzustehen. Doch soll der Gläubige bei der ersten Rak'a sagen: Das Gebet versammelt alle! und siebenmal ‚Allâhu Akbar', abgesehen von diesem Ausspruch beim Eintritt der Weihe; und bei der zweiten Rak'a soll er es fünfmal sagen, abgesehen von diesem Ausspruch beim Aufstehen, nach der Lehre des Imam

1. Das ‚kleine Fest' ist am ersten Tage nach dem Fastenmonat, das ‚große Fest' am zehnten Tage des Wallfahrtsmonats. – 2. Vgl. Band I, Seite 390, Anmerkung.

esch-Schâfi'i – Allah habe ihn selig! –, und dann soll er das Glaubensbekenntnis sprechen.' – –«

Da bemerkte Schehrezâd, daß der Morgen begann, und sie hielt in der verstatteten Rede an. Doch als die *Vierhundertundzweiundvierzigste Nacht* anbrach, fuhr sie also fort: »Es ist mir berichtet worden, o glücklicher König, daß der Gelehrte, als die Sklavin vom Gebete der beiden Feste gesprochen hatte, zu ihr sagte: ,Gut! Doch nun tu mir kund, welches Gebet bei der Verfinsterung der Sonne und des Mondes stattfindet!' ,Zwei Rak'as, doch ohne den Gebetsruf und ohne den Ruf, zum Gebete aufzustehen. Der Gläubige soll bei jeder Rak'a zweimal aufstehen, zweimal sich verbeugen, zweimal sich niederwerfen, und dann soll er sich aufrecht setzen, das Bekenntnis und den Gruß sprechen.' ,Gut! Weiter berichte mir vom Gebete um Regen!' ,Zwei Rak'as, ohne den Gebetsruf und ohne den Ruf, zum Gebete aufzustehen, aber mit Glaubensbekenntnis und Gruß. Dann soll der Vorbeter die Predigt halten und Allah den Erhabenen um Verzeihung bitten an der Stelle, an der bei der Predigt an den beiden Festen ,Allâhu Akbar' gesagt wird; darauf soll er seinen Mantel umwenden, so daß die Außenseite nach innen kommt[1], und um Gnade und Erbarmen flehen.' ,Gut! Was kannst du mir vom freiwilligen Gebete in der Nacht sagen?' ,Das freiwillige Gebet in der Nacht soll zum mindesten aus einer Rak'a, höchstens aber aus elf Rak'as bestehen.' ,Gut! Wie steht es mit dem freiwilligen Vormittagsgebet?' ,Zum mindesten zwei und höchstens zwölf Rak'as.' ,Gut! Nun sage mir, was die Zurückgezogenheit ist!' ,Sie ist eine verdienstliche Handlung.' ,Welches sind die Bedingungen dafür?' ,Die Absicht; das Verweilen in der Moschee, außer wenn ein drin-

---

1. Das gleiche sollen alle männlichen Anwesenden tun; dies ist wohl der Überrest eines altarabischen Zauberbrauches.

gendes Bedürfnis vorliegt, sie zu verlassen; das Meiden des Verkehrs mit Frauen; das Fasten und das Schweigen.' ‚Gut! Unter welchen Voraussetzungen muß die Pilgerfahrt stattfinden?' ‚Wer mannbar ist, seine Verstandeskräfte hat, sich zum Islam bekennt und die Reise ausführen kann, ist verpflichtet, einmal in seinem Leben vor seinem Tode die Wallfahrt zu machen.' ‚Welches sind die Pflichten bei der Pilgerfahrt?' ‚Der Weihezustand; das Verweilen in 'Arafa¹; der Lauf²; das Rasieren oder das Kürzen der Haare.' ‚Welches sind die Pflichten bei der kleineren Wallfahrt?' ‚Der Weihezustand; der Umzug um die Kaaba; der Lauf.' ‚Welches sind die Pflichten des Weihezustandes?' ‚Ablegung genähter Kleider, Meiden der Wohlgerüche, Unterlassen des Kopfrasierens, des Nägelschneidens, des Tötens von Wild und des Beischlafs.' ‚Welches sind nun die verdienstlichen Handlungen bei der Wallfahrt?' ‚Der Ruf: ‚Hier bin ich!'; die Prozession um die Kaaba bei Ankunft und Abschied, das Übernachten in al-Muzdalifa und Mina und das Steinwerfen.'³ ‚Gut! Was ist der Glaubenskrieg und welches sind seine wesentlichen Bestandteile?' ‚Seine wesentlichen Bestandteile sind: der Angriff der Ungläubigen auf uns; die Gegenwart des Imams; die Bereitschaft und die Festigkeit beim Zusammenstoß mit dem Feinde. Die verdienstliche Handlung bei ihm ist das Anfeuern zum Kampfe; denn Allah der Erhabene hat gesagt: O Prophet, feure die Gläubigen zum Kampfe

1. Eine Ebene und ein Berg östlich von Mekka. – 2. Zwischen den beiden erhöhten Punkten as-Safâ und al-Marwa, die ursprünglich Heiligtümer waren, innerhalb Mekkas, auf der Straße an der Nordostseite der Moschee. – 3. Al-Muzdalifa und Mina sind zwei heilige Stätten zwischen 'Arafa und Mekka; in Mina wirft jeder Pilger sieben kleine Steinchen nacheinander auf einen Steinhaufen. Diese Zeremonie hängt, wie so vieles andere, mit heidnischen Gebräuchen zusammen; sie bedeutet die Vertreibung der Dämonen.

an!'[1] ‚Gut! Nun sage mir, welches sind die Pflichten und die
verdienstlichen Handlungen beim Verkauf?‘ ‚Die Pflichten
sind Angebot und Annahme und die Voraussetzung, daß, wer
einen weißen Sklaven, durch den man Nutzen hat, verkaufen
will, berechtigt ist, ihn wegzugeben; ferner soll man sich des
Wuchers enthalten. Die verdienstlichen Handlungen sind: das
Recht der Aufhebung und des Vorbehalts vor der Trennung,
gemäß den Worten dessen, den Allah segnen und dem Er Heil
geben möge: Käufer und Verkäufer sollen das Recht der freien
Bestimmung haben, solange sie noch nicht auseinander gegangen sind.‘ ‚Gut! Nun gib mir Auskunft über Dinge, die man
nicht füreinander verkaufen soll!‘ ‚Darüber kenne ich eine verbürgte Tradition, die Nâfi’ vom Gesandten Allahs – Er segne
ihn und gebe ihm Heil! – überliefert hat und die besagt, daß er
verboten hat, trockne Datteln gegen frische, oder frische Feigen
für getrocknete zu verkaufen, ebenso auch Dörrfleisch gegen
frisches Fleisch oder frische Butter gegen zerlassene, kurz alles
Eßbare, das von derselben Art ist, darf nicht eins für das andere
verkauft werden.‘

Als der Gelehrte ihre Worte vernommen und dadurch erkannt hatte, daß sie scharfsinnig, einsichtig und von durch-
dringendem Verstande war und wohlbewandert in der Rechtskunde, der Tradition, der Koran-Auslegung und vielen anderen Dingen, da sprach er bei sich selber: ‚Ich muß sie überlisten, auf daß ich sie in der Versammlung vor dem Beherrscher der Gläubigen besiege.‘ Und so fragte er sie: ‚Mädchen,
welches ist die Wortbedeutung von *wudâ*?‘[2] ‚Die Wortbedeutung von *wudâ* ist Reinlichkeit und Freisein von unreinen
Dingen.‘ ‚Und was ist die Wortbedeutung von *salât*?‘[3] ‚Das

1. Koran, Sure 8, Vers 66. – 2. Die kleinere religiöse Waschung. –
3. Gebet.

Flehen um Gutes.' ‚Was ist die Wortbedeutung von *ghusl?*'[1] ‚Die Reinigung.' ‚Und was ist die Wortbedeutung von *saum?*'[2] ‚Die Enthaltung.' ‚Und was ist die Wortbedeutung von *zakât?*'[3] ‚Die Mehrung.' ‚Und was ist die Wortbedeutung von *haddsch?*'[4] ‚Das Streben nach dem Ziele.' ‚Und was ist die Wortbedeutung von *dschihâd?*'[5] ‚Die Abwehr.' Hiermit waren die Überführungsversuche des Gelehrten zu Ende. – –«

Da bemerkte Schehrezâd, daß der Morgen begann, und sie hielt in der verstatteten Rede an. Doch als die *Vierhundertunddreiundvierzigste Nacht* anbrach, fuhr sie also fort: »Es ist mir berichtet worden, o glücklicher König, daß der Gelehrte, als er mit seinen Überführungsversuchen zu Ende war, sich auf seine Füße erhob und sprach: ‚Sei Zeuge wider mich, o Beherrscher der Gläubigen, daß die Sklavin besser in der Gesetzeskunde bewandert ist als ich!' Darauf sprach die Sklavin zu ihm: ‚Nunmehr will ich Fragen an dich richten, und wenn du wirklich ein Gelehrter bist, so gib mir rasche Antwort!' ‚Stell deine Fragen!' erwiderte er. Sie fuhr fort: ‚Welches sind die Angelpunkte der Religion?' Da antwortete er: ‚Es sind zehn: erstens das Bekenntnis, das ist der Glaube; zweitens das Gebet, das ist die religiöse Natur; drittens die Almosenspende, das ist die Reinigung; viertens das Fasten, das ist die Schutzwaffe; fünftens die Wallfahrt, das ist das Gesetz; sechstens der Glaubenskampf, das ist die allgemeine Pflicht: siebentens und achtens: Gebot guter und Verbot schlechter Werke, und in beiden besteht der heilige Eifer; neuntens die Gebetsgemeinschaft, das ist der Ausdruck des Gemeinsamkeitsgefühls; und zehntens das Streben nach Wissenschaft, und das ist der preiswerte Weg.' ‚Gut geantwortet!' versetzte sie; ‚nun hast du noch eine

1. Ganzwaschung. – 2. Fasten. – 3. Almosenspende. – 4. Pilgerfahrt. – 5. Der Glaubenskrieg.

Frage zu beantworten: Welches sind die Wurzeln oder Grundlagen des Islams?' Er erwiderte: ‚Es sind ihrer vier: Lauterkeit des Glaubens, Aufrichtigkeit der Absicht, Beobachtung des Gesetzes und Erfüllung des Gelöbnisses.' Da sagte sie: ‚Jetzt habe ich noch eine andre Frage für dich. Beantwortest du sie, so ist es gut; wo nicht, so nehme ich dir dein Gewand!' Er sprach: ‚Rede, Mädchen!' Und nun fragte sie: ‚Welches sind die Äste der Pflichtenlehre im Islam?' Er schwieg eine Weile, ohne eine Antwort zu geben. Da rief sie: ‚Leg dein Gewand ab; ich will sie dir erklären!' Doch der Beherrscher der Gläubigen rief: ‚Erkläre sie ihm; dann will ich an deiner Statt es ihm abnehmen!' Und sie fuhr fort: ‚Es sind zweiundzwanzig Äste: Festhalten am Buche Allahs des Erhabenen; Nacheiferung seines Gesandten – Er segne ihn und gebe ihm Heil! –; Enthaltung von Unrecht; Genießen dessen, was gesetzlich erlaubt ist; Vermeiden des Unerlaubten; Rückgabe dessen, was zu Unrecht genommen ist, an seine rechtmäßigen Besitzer; Reue; Kenntnis des göttlichen Rechtes; Liebe zu Abraham dem Gottesfreunde; und zu den Trägern der Offenbarung; Glaube an die Gottesgesandten; Furcht vor der Abtrünnigkeit; Bereitschaft zum Heimgang; Glaubensstärke; Vergebung, wo immer es möglich ist; Kraft zu Zeiten der Schwäche; Geduld im Unglück; Erkenntnis Allahs des Erhabenen; und dessen, was uns sein Prophet – Er segne ihn und gebe ihm Heil! – gebracht hat; Widerstand gegen den verfluchten Teufel; Kampf und Streit gegen das eigene Gelüst; und endlich aufrichtige Hingabe an Allah.' Wie der Beherrscher der Gläubigen diese Worte aus ihrem Munde vernommen hatte, befahl er dem Gelehrten, sein Gewand und seinen Turban abzulegen; der gehorchte dem Befehle und verließ die Versammlung des Kalifen, beschämt vor der Sklavin und geschlagen.

646

Da erhob sich ein anderer Mann vor ihr und sprach: ‚Mädchen, vernimm einige Fragen von mir!' ‚Sprich!' erwiderte sie ihm. So fragte er denn: ‚Worin besteht die Gültigkeit einer Lieferung?' ‚Darin, daß der Wert festgesetzt ist, daß die Art der Ware festgesetzt ist und daß der Termin festgesetzt ist.' ‚Gut! Welches sind die Pflichten und die verdienstlichen Handlungen beim Essen?' ‚Die Pflichten sind: das Bekenntnis, daß Allah der Erhabene dem Essenden das tägliche Brot gibt, ihm Speise und Trank gewährt; und der Dank an Allah den Erhabenen dafür.' ‚Und worin besteht der Dank?' ‚Darin, daß Allahs Knecht alles verwendet, was Er ihm gnädig gewährt hat, dieweil Er es um seinetwillen geschaffen hat.' ‚Und welches sind die verdienstlichen Handlungen beim Essen?' ‚Der Ausspruch ‚Im Namen Allahs'; das Waschen der beiden Hände; das Sitzen auf der linken Hinterbacke; das Essen mit drei Fingern; und daß man von dem ißt, was vor einem steht.' ‚Gut! Doch nun sage mir, welches sind die Regeln der guten Sitte beim Essen!' ‚Daß man kleine Bissen nimmt und wenig auf den Nachbar bei Tische schaut.' ‚Gut!' – –«

Da bemerkte Schehrezâd, daß der Morgen begann, und sie hielt in der verstatteten Rede an. Doch als die *Vierhundertundvierundvierzigste Nacht* anbrach, fuhr sie also fort: »Es ist mir berichtet worden, o glücklicher König, daß der Gelehrte, der die Fragen stellte, zu der Sklavin sagte, als sie über die Regeln der guten Sitte beim Essen gefragt war und ihre Antwort gegeben hatte: ‚Gut! Gib mir weiter Auskunft über die Grundsätze des Herzens und ihre Bezeichnungen durch die Gegensätze!' ‚Deren sind drei, und auch ihrer Bezeichnungen durch die Gegensätze sind drei: erstens der feste Glaube, und durch Gegensatz ausgedrückt, das Meiden des Unglaubens; zweitens das Festhalten an der Überlieferung, und durch Gegensatz ausgedrückt, das Meiden der Neuerung; drittens das Festhalten am Gehorsam, und durch Gegensatz ausgedrückt, das Meiden des Ungehorsams.' ,Gut! Sag mir ferner, welches sind die Bedingungen für die kleinere Waschung?' ,Das Bekenntnis zum Islam; das Unterscheidungsvermögen; die Reinheit des Wassers; das Nichtvorhandensein einer physischen Behinderung; und das Nichtvorhandensein einer rituellen Verhinderung.' ,Gut! Jetzt erkläre mir den Glauben!' ,Der Glaube zerfällt in neun Teile; die sind: der Glaube an den, der angebetet wird; der Glaube an das Knechtschaftsverhältnis des Anbeters; der Glaube an die Eigenpersönlichkeit Gottes; der Glaube an die beiden Handvoll[1]; der Glaube an die Vorsehung; der Glaube an das, was anderes im Koran aufhebt; der Glaube an das, was aufgehoben wird; der Glaube an Allah, seine Engel und seine Gesandten; und der Glaube an das Schicksal und das Verhängnis und an das, was es bringt, Gutes und Böses, Süßes und Bitteres.' ,Gut! Tu mir drei Dinge kund, die drei andere aufheben!' ,Jawohl! Es wird von Sufjân ath-Thaurî berichtet, daß er gesagt hat: Drei Dinge lassen drei andere verloren gehen: die Geringschätzung der Frommen bringt den Verlust des jenseitigen Lebens, Geringschätzung der Könige den Verlust des irdischen Lebens und Geringschätzung der Ausgaben den Verlust des Vermögens.' ,Gut! Nun sage mir, welches sind die Schlüssel der Himmel und wie viele Tore haben sie?' ,Allah der Erhabene spricht: Und der Himmel öffnet sich und wird zu Toren.[2] Und er, über dem Segen und Heil sei, hat gesagt: Niemand kennt die Zahl der Himmelstore außer Ihm, der den Himmel erschaffen hat. Und es gibt niemanden unter den

1. Im Koran, Sure 39, Vers 67, heißt es, daß am Auferstehungstage die ganze Erde nur eine Handvoll ist und daß Allah die Himmel in seiner Rechten zusammenrollt. – 2. Sure 78, Vers 19.

Menschenkindern, dem nicht zwei Tore im Himmel bestimmt sind, eines, durch das sein täglich Brot herabsteigt, und ein anderes, durch das seine guten Werke hinaufsteigen; das Tor seines täglichen Brotes wird erst geschlossen, wenn sein letztes Stündlein schlägt; und ebenso auch das Tor seiner guten Werke erst verriegelt, wenn seine Seele gen Himmel fährt.' ,Gut! Nenne mir ein Ding, ein Halbding und ein Unding!' ,Das Ding ist der Gläubige, das Halbding der Scheingläubige und das Unding der Ungläubige.' ,Gut! Jetzt nenne mir die verschiedenen Arten des Herzens!' ,Das gesunde Herz, das kranke Herz, das reuige Herz, das gottgeweihte Herz und das leuchtende Herz. Das gesunde Herz ist das des Gottesfreundes Abraham; das kranke Herz ist das des Ungläubigen; das reuige Herz ist das der Frommen, die Gott fürchten; das gottgeweihte Herz ist das unseres Herrn Mohammed – Allah segne ihn und gebe ihm Heil! –; und das leuchtende Herz ist das Herz derer, die ihm nachfolgen. Und von den Herzen der Schriftgelehrten gibt es drei Arten: das Herz, das an dieser Welt hängt; das Herz, das am Jenseits hängt; und das Herz, das an seinem Herrn hängt. Weiter heißt es, daß es noch drei Arten von Herzen gibt: das unfreie Herz, und das ist das Herz des Ungläubigen; das nicht vorhandene Herz, und das ist das Herz der Scheingläubigen; das feststehende Herz, und das ist das Herz der Gläubigen. Und es heißt, daß es wiederum drei Arten des feststehenden Herzens gibt: das Herz, das von Licht und Glauben erfüllt ist; das Herz, das von der Furcht vor der Trennung verwundet ist; das Herz, das fürchtet, von Gott verlassen zu werden.' Gut!' – – «

Da bemerkte Schehrezâd, daß der Morgen begann, und sie hielt in der verstatteten Rede an. Doch als die *Vierhundertundfünfundvierzigste Nacht* anbrach, fuhr sie also fort: »Es ist mir berichtet worden, o glücklicher König, daß der zweite Gelehrte, als er die Sklavin befragt und sie ihre Antwort gegeben hatte, zu ihr sprach: ‚Gut!‘ Doch da sagte sie: ‚O Beherrscher der Gläubigen, er hat mich gefragt, bis er sich erschöpft hat. Nun will ich zwei Fragen an ihn richten; wenn er die beantwortet, so ist es gut; wo nicht, so will ich ihm sein Gewand abnehmen, und er mag in Frieden von dannen gehen!‘ Der Gelehrte erwiderte ihr: ‚Frage mich, was du willst!‘ Nun fragte sie: ‚Was kannst du mir über den Glauben sagen?‘ Er antwortete: ‚Der Glaube ist das Bekenntnis mit der Zunge, die Überzeugung des Herzens und die Handlungsweise der Glieder. Er, über dem Segen und Heil sei, hat gesagt: Der Gläubige ist erst dann im Glauben vollkommen, wenn er in ihm fünf Eigenschaften vollkommen erreicht hat: das Vertrauen auf Allah; die Hingabe an Allah; die Ergebung in Allahs Gebot; die Zufriedenheit mit dem Ratschlusse Allahs; und das Tun aller Dinge um Allahs willen. Dann gehört er zu denen, die Allah am liebsten haben, die um Allahs willen geben und um Seinetwillen verwehren; und er ist vollkommen im Glauben.‘ Dann fuhr sie fort: ‚Nenne mir die höchste Pflicht, die am Anfang aller Pflichten steht; die Pflicht, deren jede andere Pflicht bedarf; die Pflicht, die alle anderen Pflichten umschließt; die verdienstliche Handlung, die in die Pflicht eindringt; und die verdienstliche Handlung, auf der die Vollendung der Pflicht beruht!‘ Da schwieg er und gab keine Antwort. Der Beherrscher der Gläubigen aber befahl ihr, die Fragen zu erklären, und dem Gelehrten, danach sein Gewand abzulegen und es ihr zu geben. Sie hub also an: ‚O du Mann der Wissenschaft, die höchste Pflicht ist die Erkenntnis Allahs des Erhabenen; die Pflicht, die am Anfang aller Pflichten steht, ist das Bekenntnis, daß es keinen Gott gibt außer Allah und daß Mohammed der

Gesandte Allahs ist; die Pflicht, deren jede andere Pflicht bedarf, ist die kleinere Waschung; die Pflicht, die alle anderen Pflichten umschließt, ist die Ganzwaschung nach der Beflekkung; die verdienstliche Handlung, die in die Pflicht eindringt, ist das Spreizen der Finger beim Waschen und das Kämmen des dichten Bartes; und die verdienstliche Handlung, auf der die Vollendung der Pflicht beruht, ist die Beschneidung.' So war das Unvermögen des Gelehrten offenkundig geworden; und er sprang auf und sprach: ‚Ich rufe Allah zum Zeugen an, o Beherrscher der Gläubigen, daß diese Sklavin gelehrter ist in der Rechtskunde und den anderen Wissenschaften als ich.' Darauf legte er sein Gewand ab und ging besiegt von dannen.

Sehen wir nun, wie es ihr mit dem Korangelehrten erging! Sie wandte sich zunächst an die übrigen Gelehrten, die noch zugegen waren, und sprach: ‚Wer von euch ist der Meister in der Korankunde, der die sieben Lesarten kennt, dazu noch die Grammatik und die Lehre von der Wortbedeutung?' Da trat der Korangelehrte zu ihr hin, setzte sich vor ihr nieder und fragte sie: ‚Hast du das Buch Allahs des Erhabenen gelesen und bist du sicher in deiner Kenntnis seiner Verse, seiner Stellen, die andere aufheben, und solcher, die aufgehoben werden, seinen klaren und seinen zweifelhaften Versen, seinen mekkanischen und medinensischen Suren? Verstehst du auch seine Auslegung, und kennst du es nach den Überlieferungen und dem Ursprunge seiner Lesarten?' ‚Jawohl', erwiderte sie; und er fuhr fort: ‚So sage mir denn, wie groß ist die Zahl der Suren des Korans, wie viele Zehntteile sind darin, wie viele Verse, wie viele Buchstaben, wie viele Niederwerfungen und wie viele Propheten werden in ihm erwähnt, wie viele medinensische Suren und wie viele mekkanische sind in ihm enthalten, und wie viele Vögel werden in ihm genannt?' Sie antwortete: ,Meister, die Zahl der Suren beträgt einhundertundvierzehn, davon sind siebenzig Suren in Mekka und vierundvierzig in Medina offenbart. Die Zahl der Zehntteile beträgt sechshundertundeinundzwanzig; die Zahl der Verse beläuft sich auf sechstausendzweihundertundsechsunddreißig, die Zahl seiner Worte auf neunundsiebenzigtausendvierhundertundneununddreißig, die Zahl seiner Buchstaben auf dreihundertunddreiundzwanzigtausendsechshundertundsiebenzig; dem Leser aber werden für jeden Buchstaben zehn Segnungen zuteil. Was die Niederwerfungen betrifft, so sind es ihrer vierzehn.' – –«

Da bemerkte Schehrezâd, daß der Morgen begann, und sie hielt in der verstatteten Rede an. Doch als die *Vierhundertundsechsundvierzigste Nacht* anbrach, fuhr sie also fort: »Es ist mir berichtet worden, o glücklicher König, daß die Sklavin, als der Korangelehrte sie nach dem heiligen Buche befragte, des weiteren antwortete: ,Was die Propheten anlangt, deren Namen im Koran erwähnt werden, so sind es fünfundzwanzig: Adam, Noah, Abraham, Ismael, Isaak, Jakob, Joseph, Elisa, Jonas, Lot, Sâlih[1], Hûd[2], Schu'aib[3], David, Salomo, Dhû el-Kifl[4], Idrîs[5], Elias, Johannes, Zacharias, Hiob, Moses, Aaron, Jesus und Mohammed – Gottes Segen und Heil sei über ihnen allen! – Von geflügelten Wesen werden neun genannt.', ,Wie heißen sie?' ,Die Mücke, die Biene, die Fliege, die Ameise, der

---

1. Sâlih soll der Prophet der Thamudener in Nordwestarabien gewesen sein. – 2. Hûd gilt als Prophet des Stammes 'Âd, der im südlichen Arabien gewohnt haben soll. Was die Muslime über ihn erzählen, ist Legende; sichere Kunde haben sie nicht. – 3. Der biblische Jethro. – 4. Dhû el-Kifl ist wie Sâlih und Hûd eine mythische Persönlichkeit; er wird mit Josua, Elias, Zacharias, Ezechiel und noch anderen identifiziert. – 5. Der biblische Henoch.

Wiedehopf, der Rabe, die Heuschrecke, die Ababîl[1] und der Vogel Jesu – über ihm sei Heil! –, das ist die Fledermaus.'[2] ,Gut! Nun sage mir, welches ist die vorzüglichste Sure im Koran?' ,Die Sure von der Kuh.'[3] ,Und welches ist der herrlichste Vers?' ,Der Thronvers[4]; er besteht aus fünfzig Worten, und jedes dieser Worte birgt fünfzig Segnungen.' ,In welchem Verse sind neun Wunder enthalten?' ,Der, in dem der Erhabene spricht: ,Siehe, in der Erschaffung der Himmel und der Erde und dem Wechsel von Nacht und Tag und dem Schiffe, das durch das Meer hinfährt, beladen mit Dingen, so der Menschheit nützen', und so weiter bis zum Ende des Verses.'[5] ,Gut! Sage mir ferner, welcher Vers ist der gerechteste?' ,Der, in dem der Erhabene spricht: ,Siehe, Allah gebietet Gerechtigkeit und Güte und Gaben an die Anverwandten, und er verbietet Schlechtigkeit, Verworfenheit und Unbill.'[6] ,Welches ist der begehrlichste?' ,Der, in dem der Erhabene sagt: ,Begehrt jedermann von ihnen, in einen Garten der Wonne einzugehen?'[7] ,Welches ist der hoffnungsreichste?' ,Der, in dem der Erhabene spricht: ,Sprich: O meine Diener, die ihr euch gegen euch selbst versündigt habt, verzweifelt nicht an der Barmherzigkeit Allahs; denn Er verzeiht die Sünden allzumal; Er ist der

---

1. Ein seltenes Wort, das in der 105. Sure vorkommt; es bedeutet wahrscheinlich ,Vogelscharen', man hat aber auch einen Namen darin gesucht und es durch ,Schwalben', ,Wiedehopfe' und ,Grillen' erklärt. – 2. In den ,Kindheitsevangelien', besonders in der ,Erzählung des Thomas', wird berichtet, der Jesusknabe habe ,Sperlinge' aus Ton gebildet und ihnen Leben eingehaucht, so daß sie wegflogen. Dasselbe wird im Koran, Sure 3, Vers 43, berichtet; dort ist nur von einem ,Vogel' die Rede; die Koranausleger sehen in diesem Vogel die Fledermaus. – 3. Sure 2. – 4. Sure 2, Vers 256. – 5. Sure 2, Vers 159; die neun Wunder sind: Himmel, Erde, Nacht, Tag, das Schiff, der Regen, die Tiere, Winde und Wolken. – 6. Sure 16, Vers 92. – 7. Sure 70, Vers 38.

Verzeihende, der Barmherzige.'¹ ‚Gut! Nun sage mir, nach welcher Lesart liesest du?' ‚Nach der Lesart der Leute des Paradieses, das ist die Lesart des Nâfi'.' ‚In welchem Verse lügen die Propheten?' ‚In dem Verse, in dem der Erhabene spricht: ‚Und sie taten an sein Hemd erlogenes Blut'², sie, nämlich Josephs Brüder.' ‚Nun sage mir, in welchem Verse sprechen die Ungläubigen die Wahrheit?' ‚In dem, darin der Erhabene sagt: ‚Die Juden sagen: Die Christen haben keinen Glaubensgrund. Und die Christen sagen: Die Juden haben keinen Glaubensgrund. Und doch lesen beide die Schrift.'³ Und beide sprechen die Wahrheit.' ‚Und in welchem Verse spricht Allah von sich selber?' ‚In dem, darin der Erhabene sagt: ‚Ich habe die Geister und die Menschen nur dazu geschaffen, daß sie mir dienen.'⁴ ‚Und in welchem Verse sprechen die Engel?' ‚In dem, darin der Erhabene sagt: ‚Wir preisen dich, indem wir dein Lob verkünden, und wir heiligen dich.⁵ ‚Nun gib mir Auskunft über die Worte: ‚Ich nehme meine Zuflucht zu Allah vor dem gesteinigten⁶ Satan', und über das, was mit ihnen zusammenhängt!' ‚Das Aussprechen der Zufluchtsformel ist nach Allahs Gebot eine unerläßliche Pflicht, wenn der Koran vorgetragen wird; und der Beweis dafür liegt in den Worten des Erhabenen: ‚So du den Koran hersagst, nimm deine Zuflucht zu Allah vor dem gesteinigten Satan.'⁷ ‚Sage mir, welches ist der Wortlaut der Zufluchtsformel, und welche Abweichun-

---

1. Sure 39, Vers 54. – 2. Sure 12, Vers 18. – 3. Sure 2, Vers 107. – 4. Sure 51, Vers 56. – 5. Sure 2, Vers 28. – 6. Das Wort ist ein Lehnwort aus dem Äthiopischen und bedeutet eigentlich ‚verflucht'; aber Mohammed hat es in der arabischen Bedeutung ‚gesteinigt' verstanden; spätere Ausleger haben den ursprünglichen Sinn wieder erkannt. 7. Sure 16, Vers 100. Das Aussprechen dieser Formel ist nach anderen jedoch nicht eine ‚Pflicht', sondern nur eine ‚verdienstliche Handlung'.

gen gibt es für sie?' ‚Einige sagen: Ich nehme meine Zuflucht zu Allah, dem Allhörenden und Allwissenden, vor dem gesteinigten Satan; andere: Ich nehme meine Zuflucht zu Allah dem Allmächtigen. Doch das Beste ist, was im herrlichen Koran steht und durch die Sunna überliefert ist. Denn er, dem Allah Segen und Heil spenden möge, pflegte, ehe er aus dem Koran rezitierte, zu sagen: Ich nehme meine Zuflucht zu Allah vor dem gesteinigten Satan. Und von Nâfi', der es von seinem Vater gehört hatte, wird überliefert, daß er berichtete: Wenn der Gesandte Allahs – Er segne ihn und gebe ihm Heil! – bei Nacht sich zu beten anschickte, so pflegte er zu sagen: ‚Allah ist der Größte in Seiner Macht! Und Allah sei Lob im Übermaß dargebracht! Und gepriesen sei Allah in der Frühe und bei Anbruch der Nacht!' Dann fuhr er fort: ‚Ich nehme meine Zuflucht zu Allah vor dem gesteinigten Satan und vor den Einflüsterungen und den Versuchungen der Teufel.' Ferner wird von Ibn 'Abbâs – Allah habe ihn und seinen Vater selig! – überliefert, daß er berichtete: ‚Das erste Mal, als Gabriel zum Propheten – Allah segne ihn und gebe ihm Heil! – mit einer Offenbarung herabkam, lehrte er ihn die Zufluchtsformel, indem er sagte: ‚Sprich, o Mohammed: Ich nehme meine Zuflucht zu Allah, dem Allhörenden und Allwissenden; dann sprich: Im Namen Allahs, des barmherzigen Erbarmers! Dann rezitiere im Namen deines Herrn, der erschaffen hat, den Menschen aus geronnenem Blute erschaffen hat.'[1] Als der Korangelehrte ihre Worte vernahm, verwunderte er sich über ihre Aussprache, ihre Beredsamkeit, ihr Wissen und ihren edlen Sinn; und weiter fragte er sie: ‚Mädchen, was weißt du über die Worte des Erhabenen ‚Im Namen Allahs, des barmherzigen Erbarmers'? Sind sie einer der Verse des Korans?' ‚Jawohl,' er-

1. Sure 96, Vers 1 f.

widerte sie, ‚sie sind ein Vers aus dem Koran, und zwar aus der Ameisensure.‘[1] Ferner sind sie ein Vers zwischen je zwei Suren; doch darüber herrschen viele Meinungsverschiedenheiten zwischen den Gelehrten.‘ ‚Gut!‘ – –«

Da bemerkte Schehrezâd, daß der Morgen begann, und sie hielt in der verstatteten Rede an. Doch als die *Vierhundertundsiebenundvierzigste Nacht* anbrach, fuhr sie also fort: »Es ist mir berichtet worden, o glücklicher König, daß der Korangelehrte, als die Sklavin ihm antwortete, über die Worte ‚Im Namen Allahs, des barmherzigen Erbarmers‘ herrschten viele Meinungsverschiedenheiten zwischen den Gelehrten, erwiderte: ‚Gut! Nun sage mir, weshalb stehen die Worte ‚Im Namen Allahs, des barmherzigen Erbarmers‘ nicht am Anfang der Sure von der Schuldlosigkeit?‘[2] ‚Als die Sure von der Schuldlosigkeit zur Auflösung des Bundes, der zwischen dem Gottgesandten und den Göttergläubigen bestand, offenbart war, schickte der Prophet – Allah segne ihn und gebe ihm Heil! – den ’Alî ibn Abî Tâlib – Allah erhalte ihm seine hohe Ehrenstellung! – mit dieser Sure zu jenen Leuten hin, und der trug sie ihnen vor, ohne zu sprechen ‚Im Namen Allahs, des barmherzigen Erbarmers.‘ ‚Nun sage mir, welcher Vorzug und welcher Segen ruht in den Worten ‚Im Namen Allahs, des barmherzigen Erbarmers‘?‘ ‚Es wird überliefert, daß der Prophet – Allah segne ihn und gebe ihm Heil! – gesagt hat: In allem, über dem die Worte ‚Im Namen Allahs, des barmherzigen Erbarmers‘ gesprochen werden, ruht Segen. Und ferner hat der Gottgesandte gesagt: Der Herr der Herrlichkeit hat bei seiner Herrlichkeit geschworen, daß jeder Kranke, über dem diese Formel gesprochen werde, von seiner Krankheit genesen solle. Auch heißt es: Als Allah den Himmelsthron erschaffen hatte,

1. Sure 27, Vers 30. – 2. Sure 9; sonst auch ‚Sure der Reue‘ genannt.

begann er gewaltig zu schwanken; da schrieb Er die Worte ‚Im Namen Allahs, des barmherzigen Erbarmers' auf ihn, und er hörte auf zu schwanken. Als die Formel der Basmala[1] dem Gesandten Allahs – Er segne ihn und gebe ihm Heil! – offenbart war, sprach er: Jetzt bin ich sicher vor drei Dingen, vor dem Versinken in die Erde, der Verzauberung in Tiergestalt und vor dem Ertrinken. Der Vorzug dieser Formel ist so groß und ihrer Segnungen sind so viele, daß ihre Aufzählung zu lange währen würde. Vom Gesandten Allahs – Er segne ihn und gebe ihm Heil! – wird auch überliefert, daß er gesagt hat: So am Tage der Auferstehung ein Mann vor Ihn gebracht wird und Er mit ihm abrechnet, und wenn dann an ihm kein gutes Werk gefunden wird und der Befehl lautet, daß er ins Höllenfeuer geworfen werden solle, – wenn dann der Mann sagt: ‚O mein Gott, du handelst nicht gerecht an mir', so wird Allah, der Allgewaltige und Glorreiche, sagen: ‚Weshalb nicht?' Und wenn der Mann antwortet: ‚O Herr, weil du dich selbst den barmherzigen Erbarmer genannt hast und mich dennoch mit dem Höllenfeuer bestrafen willst', so wird Allah der Hochherrliche sagen: ‚Ich habe mich wirklich den barmherzigen Erbarmer genannt; führet meinen Knecht ins Paradies durch meine Barmherzigkeit, denn ich bin der Barmherzigste von allen, so Erbarmen üben!' ‚Gut! Nun gib mir Auskunft über den Ursprung der Basmala!' ‚Als Allah der Erhabene den Koran herabsandte, da schrieben sie: In deinem Namen, o Allah. Als aber Allah der Erhabene die Worte offenbarte: Sprich: ‚Rufet Allah an, oder rufet den Erbarmer an, – wie ihr Ihn auch anrufet, Er hat die schönsten Namen'[2], – da schrieben

---

1. Die arabische Abkürzung für die Worte ‚Im Namen Gottes, des barmherzigen Erbarmers', die ich hier zur Vermeidung der stetigen Wiederholungen gebrauche. – 2. Sure 17, Vers 110.

sie: Im Namen Allahs des Erbarmers. Doch als er die Worte offenbarte: Euer Gott ist ein einiger Gott; es gibt keinen Gott außer Ihm; Er ist der barmherzige Erbarmer[1], – da schrieben sie: Im Namen Allahs, des barmherzigen Erbarmers.' Als nun der Korangelehrte ihre Worte vernommen hatte, senkte er das Haupt und sprach bei sich selber: ,Dies ist wahrlich ein Wunder der Wunder! Wie dies Mädchen über den Ursprung der Basmala gesprochen hat! Aber, bei Allah, ich muß ihr eine Falle stellen; vielleicht kann ich sie doch noch überwinden!' Dann fragte er sie: ,Mädchen, hat Allah den Koran ganz auf einmal offenbart, oder hat er ihn in einzelnen Abschnitten herabgesandt?' Sie antwortete: ,Gabriel der Getreue – Friede sei über ihm! – brachte ihn von dem Herrn der Welten herab zu seinem Propheten Mohammed, dem Fürsten der Apostel und dem Siegel der Propheten, mit Gebot und Verbot, mit Verheißung und Drohung, mit Geschichten und Gleichnissen, im Laufe von zwanzig Jahren, wie es die Umstände erforderten.' ,Gut! Sage mir ferner, welches ist die erste Sure, die dem Gesandten Allahs – Er segne ihn und gebe ihm Heil! – offenbart wurde?' ,Nach Ibn 'Abbâs die Sure ,Das geronnene Blut'[2], nach Dschâbir ibn 'Abdallâh die Sure ,Der Eingehüllte'[3]; danach sind dann die anderen Suren und Verse offenbart worden.' ,Sage mir, welcher Vers wurde zuletzt herabgesandt?' ,Als letzter Vers wurde offenbart der Vers, der vom Wucher handelt[4]; nach anderen auch der Vers: Wenn da kommt die Hilfe Allahs und der Sieg.'[5] – –«

Da bemerkte Schehrezâd, daß der Morgen begann, und sie hielt in der verstatteten Rede an. Doch als die *Vierhundertund-*

---

1. Sure 2, Vers 158. – 2. Sure 96. – 3. Sure 74. – 4. Wahrscheinlich Sure 2, Vers 276 bis 279; doch ist an verschiedenen Koranstellen der Wucher verboten. – 5. Sure 110, Vers 1.

achtundvierzigste Nacht anbrach, fuhr sie also fort: »Es ist mir berichtet worden, o glücklicher König, daß der Korangelehrte, als die Sklavin ihm den zuletzt offenbarten Vers des Korans genannt hatte, zu ihr sprach: ‚Gut! Nun nenne mir die Zahl der Gefährten, die den Koran zu Lebzeiten des Gesandten Allahs – Er segne ihn und gebe ihm Heil! – gesammelt haben!‘ ‚Es waren ihrer vier: Ubaij ibn Ka'b, Zaid ibn Thâbit, Abu 'Obaida 'Âmir ibn al-Dscharrâh und 'Othmân ibn 'Affân – Allah habe sie alle selig! –‘ ‚Gut! Nenne mir weiter die Leser, von denen die Lesarten angenommen werden!‘ ‚Es sind ihrer vier: 'Abdallâh ibn Mas'ûd, Ubaij ibn Ka'b, Mu'âdh ibn Dschabal und Sâlim ibn 'Abdallâh.‘ ‚Was kannst du mir über die Worte des Erhabenen sagen: Und was auf den Steinmalen geopfert wird?‘[1] ‚Die Steinmale sind Götzen, die aufgestellt und anstatt Allahs des Erhabenen verehrt wurden; davor bewahre uns Allah der Erhabene!‘ ‚Was kannst du mir über die Worte des Erhabenen sagen: Du weißt, was in meiner Seele ist; doch ich weiß nicht, was in deiner Seele ist?‘[2] ‚Sie bedeuten: Du kennst mein innerstes Wesen und weißt, wie ich beschaffen bin; aber ich weiß nicht, wie du beschaffen bist. Der Beweis dafür liegt in den Worten des Erhabenen: Fürwahr, du bist es, der alle verborgenen Dinge kennt.[3] Nach anderen bedeuten sie: Du kennst mein Wesen; aber ich kenne dein Wesen nicht.‘ ‚Wie erklärst du die Worte des Erhabenen: O ihr Gläubigen, verwehrt euch nicht selber die guten Dinge, die Allah euch erlaubt hat?‘[4] ‚Der Meister – Allah der Erhabene habe ihn selig! – berichtete mir nach einer Überlieferung, die auf ed-Dahhâk[5] zurückgeht: Es waren einmal Leute unter den Muslimen, die da sprachen: Wir wollen uns verstümmeln und

1. Sure 5, Vers 4. – 2. Sure 5, Vers 116. – 3. Sure 5, Vers 108. – 4. Sure 5, Vers 89. – 5. Ein Zeitgenosse Mohammeds.

uns in Sacktuch kleiden; darauf wurde dieser Vers verkündet. Doch Katâda[1] sagt, der Vers sei offenbart worden wegen einer Anzahl von Gefährten des Gesandten Allahs – Er segne ihn und gebe ihm Heil! –, das waren 'Alî ibn Abî Tâlib, 'Othmân ibn Mus'ab und noch andere; die sagten: Wir wollen uns verstümmeln und uns in härene Gewänder kleiden und Mönche werden; damals sei dieser Vers offenbart worden.' ‚Wie erklärst du die Worte des Erhabenen: Und Allah nahm sich Abraham zum Freunde?[2] ‚Der Freund bedeutet hier: der Bedürftige, dem der Beschützer not tut. Nach anderen bedeutet das Wort: der Liebende, der sich von der Welt zu Allah dem Erhabenen zurückgezogen hat und dessen Zurückgezogenheit von jeder Störung frei ist.' Als der Korangelehrte sah, daß ihre Rede dahinzog, wie die Wolken dahineilen, ohne daß sie in ihren Antworten zögerte, da sprang er auf und sprach: ‚Ich rufe Allah zum Zeugen an, o Beherrscher der Gläubigen, daß dies Mädchen in der Kenntnis der Lesarten und der übrigen Koranwissenschaften gelehrter ist als ich.' Da sagte die Sklavin: ‚Ich will eine Frage an dich richten. Wenn du sie beantwortest, so ist es gut; wo nicht, so will ich dir dein Gewand abnehmen.' Der Beherrscher der Gläubigen gebot: ‚Frage ihn!' Und so fragte sie denn: ‚Was weißt du von einem Koranverse, in dem dreiundzwanzigmal der Buchstabe Kâf vorkommt, und von einem anderen, in dem sechzehnmal Mîm vorkommt, und von einem dritten, der einhundertundvierzehn 'Ain enthält, und von einem Abschnitte, in dem die Herrlichkeitsformel fehlt?' Als der Korangelehrte ihr keine Antwort geben konnte, sprach sie zu ihm: ‚Leg dein Gewand ab!' Er zog sein Gewand aus, und sie fuhr fort: ‚O Beherr-

1. Ein muslimischer Gelehrter, der um 700 n. Chr. in Basra lebte. – 2. Sure 4, Vers 124.

scher der Gläubigen, der Vers, in dem sechzehnmal Mîm vorkommt, steht in der Sure von Hûd, und zwar beginnt er mit
den Worten des Erhabenen: O Noah, ziehe in Frieden hinab
von uns, und Segen ruhe auf dir![1] Und der Vers, in dem dreiundzwanzigmal Kâf vorkommt, steht in der Sure von der
Kuh, und das ist der Vers von der Schuld.[2] Der Vers aber, der
einhundertundvierzig 'Ain enthält, steht in der Sure von den
‚Höhen‘[3], und das ist der Vers des Erhabenen: Und Moses
wählte aus seinem Volke siebenzig Mann für die von uns bestimmte Zeit.[4] Jeder Mann aber hat zwei Augen. Und der Abschnitt, in dem die Herrlichkeitsformel fehlt, umfaßt die Suren
‚Genaht ist die Stunde und gespalten der Mond‘, ‚Der Erbarmer‘ und ‚Die Eintreffende‘.[5] – Alsbald legte der Korangelehrte sein Gewand ab und zog beschämt von dannen. – –«

Da bemerkte Schehrezâd, daß der Morgen begann, und sie
hielt in der verstatteten Rede an. Doch als die *Vierhundertundneunundvierzigste Nacht* anbrach, fuhr sie also fort: »Es ist mir
berichtet worden, o glücklicher König, daß der Rechtsgelehrte,
als die Sklavin ihn besiegt hatte, sein Gewand ablegte und beschämt von dannen zog, und daß dann ein kundiger Arzt auf
sie zutrat und sprach: ‚Wir sind fertig mit der Theologie; nun
schicke dich an zur Physiologie! Sage mir also, wie der menschliche Leib beschaffen ist: wieviel Adern hat er, wieviel Knochen, wieviel Rückenwirbel? Wo ist die Hauptader, und weshalb erhielt Adam den Namen Adam?‘ ‚Adam erhielt seinen

1. Sure 11, Vers 50. – 2. Sure 2, Vers 282. – 3. Die ‚Höhen‘ sind in
dem Zwischengebiet zwischen Himmel und Hölle. – 4. Sure 7, Vers
154. Hier liegt ein Wortspiel vor. 'Ain ist ein Buchstabe des arabischen
Alphabets und bedeutet zugleich ‚Auge‘; der Buchstabe hatte auch in
altsemitischer Zeit die Gestalt eines Auges. – 5. Sure 54, 55 und 56.
Sure 54 heißt sonst meist kürzer ‚die Sure vom Monde‘; oben ist sie nach
ihrem ersten Verse benannt.

Namen wegen seiner *udma*, das ist seiner rötlichen Farbe; nach anderen auch, weil er aus dem *adîm* der Erde geschaffen wurde, das ist aus ihrer obersten Bodenschicht. Seine Brust wurde aus der Erde der Kaaba gebildet, sein Haupt aus der Erde des Ostens, seine Beine aus der Erde des Westens. Sieben Türen wurden für sein Haupt geschaffen: die beiden Augen, die beiden Ohren, die beiden Nasenlöcher und der Mund. Ferner erhielt er zwei Auswege des Leibes, einen vorn und einen hinten. Die Augen wurden für den Gesichtssinn bestimmt, die Ohren für den Gehörssinn, die Nasenlöcher für den Geruchssinn, der Mund für den Geschmackssinn und die Zunge dazu, daß sie ausspreche, was im Herzen des Menschen verborgen ist. Die Natur Adams ward aus einer Mischung von vier Elementen geschaffen, und die sind: das Wasser, die Erde, das Feuer, die Luft. Die gelbe Galle ist das Temperament des Feuers, denn sie ist heiß und trocken; die schwarze Galle ist das Temperament der Erde, denn sie ist kalt und trocken; der Schleim ist das Temperament des Wassers, denn er ist kalt und feucht; das Blut ist das Temperament der Luft, denn es ist heiß und feucht. Im Menschen sind dreihundertundsechzig Adern erschaffen, zweihundertundvierzig Knochen und drei Seelen, die animalische, die geistige und die natürliche; und einer jeden von ihnen wies Allah eine bestimmte Funktion zu. Ferner erschuf Er ihm ein Herz, eine Milz, eine Lunge, sechs Eingeweide, eine Leber, zwei Nieren, zwei Hinterbacken, Gehirn, Knochen, Haut und fünf Sinne: Gehör, Gesicht, Geruch, Geschmack und Gefühl. Das Herz legte Er auf die linke Seite der Brust, den Magen vor das Herz und machte die Lunge zu einem Fächer für das Herz; die Leber legte Er auf die rechte Seite, gegenüber dem Herzen. Ferner schuf Er ihm das Zwerchfell und die Eingeweide, setzte die Brustknochen zusammen und vergitterte sie mit den Rippen.' ‚Gut! Nun sage mir, wieviel innere Kammern sind im Kopfe des Menschen?' ‚Drei; und sie enthalten die fünf Kräfte, die man die inneren Sinne heißt, das sind: der gesunde Menschenverstand, die Einbildungskraft, das Denkvermögen, die Vorstellungskraft und das Gedächtnis.' ‚Gut! Gib mir nun Auskunft über das Knochengerüst!' – –«

Da bemerkte Schehrezâd, daß der Morgen begann, und sie hielt in der verstatteten Rede an. Doch als die *Vierhundertundfünfzigste Nacht* anbrach, fuhr sie also fort: »Es ist mir berichtet worden, o glücklicher König, daß der Arzt zu der Sklavin sprach: ‚Gib mir nun Auskunft über das Knochengerüst!' ‚Es ist aus zweihundertundvierzig Knochen zusammengesetzt und zerfällt in drei Teile: Kopf, Rumpf und Glieder. Der Kopf besteht aus Schädel und Gesicht; der Schädel ist aus acht Knochen zusammengesetzt, zu denen noch die vier Gehörknöchelchen kommen. Das Gesicht besteht aus Oberkiefer und Unterkiefer; der Oberkiefer hat elf Knochen, der Unterkiefer nur einen, und dazu kommen noch die Zähne, zweiunddreißig an der Zahl, sowie das Zungenbein. Der Rumpf sodann zerfällt in Wirbelsäule, Brust und Becken. Die Wirbelsäule besteht aus vierundzwanzig Knochen, die man Wirbel nennt; die Brust aus dem Brustbein und den Rippen, vierundzwanzig an der Zahl, auf jeder Seite zwölf; das Becken aus den beiden Hüftknochen, dem Kreuzbein und dem Steißbein. Was die Glieder betrifft, so zerfallen sie in die beiden oberen und die beiden unteren Gliedmaßen. Jedes der beiden oberen Glieder besteht erstens aus der Schulter, die aus Schulterblatt und Schlüsselbein zusammengesetzt ist; zweitens aus dem Oberarm, der nur einen Knochen enthält; drittens aus dem Unterarm, der aus zwei Knochen, der Speiche und dem Ellenbein, zusammengesetzt ist; und viertens aus der Hand, die in Handwurzel, Mittelhand und Finger zerfällt. Die Handwurzel ist aus acht Knöcheln zusammengesetzt, die in zwei Reihen, zu je vier Knöcheln, stehen; die Mittelhand enthält fünf Knochen; und von den Fingern, fünf an der Zahl, ist jeder aus drei Knochen, die man Fingerglieder nennt, zusammengesetzt, mit Ausnahme des Daumens, der nur aus zweien besteht. Von den unteren beiden Gliedern besteht ein jedes erstens aus dem Oberschenkel, der nur einen Knochen hat; zweitens aus dem Unterschenkel, der aus drei Knochen zusammengesetzt ist, dem Wadenbein, Schienbein und der Kniescheibe; und drittens aus dem Fuße, der wie die Hand eingeteilt ist, und zwar in Fußwurzel, Mittelfuß und Zehen. Die Fußwurzel ist aus sieben Knöcheln zusammengesetzt, die in zwei Reihen stehen, in der ersten stehen zwei, in der zweiten fünf; der Mittelfuß enthält fünf Knochen; und von den Zehen, fünf an der Zahl, ist jede aus drei Zehengliedern zusammengesetzt, mit Ausnahme der großen Zehe, die nur zwei Glieder hat.' ‚Gut! Was weißt du von der Wurzel der Adern?‘ ‚Die Wurzel der Adern ist die Herzader, von der sich die anderen Adern abzweigen; und ihrer sind viele, keiner kennt ihre Zahl außer Ihm, der sie erschaffen hat; es heißt jedoch, daß es ihrer dreihundertundsechzig gebe, wie ich bereits gesagt habe. Ferner hat Allah die Zunge zum Dolmetsch gemacht, die Augen zu zwei Leuchten, die Nasenlöcher zu zwei Riechwerkzeugen und die Hände zu zwei Greifern. Die Leber ist der Sitz des Mitleids, die Milz der des Lachens, die Nieren sind der Sitz der List. Die Lunge dient als Fächer, der Magen als Vorratskammer, und das Herz ist der Stützpfeiler des Leibes: wenn das Herz gesund ist, so ist der ganze Leib gesund; aber wenn es verdorben ist, so ist auch der ganze Leib verdorben.‘ ‚Sage mir ferner, welches sind die äußeren Merkmale und Symptome, durch die man die Krankheit erkennen kann, sei es daß sie in den äußeren oder inneren Körperteilen ihren Sitz hat?' ‚Nun wohl, wenn der Arzt ein Mann von Verstand ist, so untersucht er den Zustand des Leibes und gewinnt seine Merkmale dadurch, daß er die Hände betastet, je nachdem sie straff, heiß, trocken, kalt oder feucht sind. Durch sinnliche Wahrnehmung kann man auch Merkmale innerer Krankheiten gewinnen: so deutet zum Beispiel die gelbe Farbe des Weißen in den Augen auf Gelbsucht, und ein gekrümmter Rücken weist auf Lungenkrankheit hin.' ‚Gut!' – –«

Da bemerkte Schehrezâd, daß der Morgen begann, und sie hielt in der verstatteten Rede an. Doch als die *Vierhundertundeinundfünfzigste Nacht* anbrach, fuhr sie also fort: »Es ist mir berichtet worden, o glücklicher König, daß der Arzt, als die Sklavin ihm die äußeren Symptome beschrieben hatte, zu ihr sprach: ‚Gut! Welches sind aber die inneren Symptome?' ‚Die Erkenntnis der Krankheiten durch innere Symptome wird durch sechs Grundregeln gewonnen: erstens durch Beobachten der Handlungen; zweitens der Leibesentleerung; drittens der Art des Schmerzes; viertens des Sitzes der Schmerzen; fünftens der Geschwulste; und sechstens der Ausdünstungen.' ‚Tu mir kund, wodurch Kopfschmerzen entstehen!' ‚Dadurch, daß man Speise auf Speise zu sich nimmt, ehe die erste verdaut ist, und durch Sättigung auf Sättigung; das ist es, was Völker ins Verderben gestürzt hat. Wer also lange leben möchte, der nehme sein Frühmahl frühe und sein Nachtmahl nicht spät; er sei sparsam im Verkehr mit Frauen und gebrauche wenig, was schädlich wirken kann, das heißt, er lasse sich nicht zu oft Blut abzapfen oder schröpfen; ferner teile er seinen Bauch in drei Teile, ein Drittel für die Speise, ein Drittel für das Wasser und ein Drittel für die Luft; denn die Därme der Menschenkinder messen achtzehn Spannen, und es geziemt sich, daß der Mensch ihrer sechs für das Essen, sechs für das Trinken und sechs für das Atmen bestimme. Wenn er geht, so schreite er gemessen; das ist besser für ihn und zuträglicher für seinen Leib und mehr im Einklange mit dem Worte des Erhabenen: Schreite nicht stolz einher auf Erden!'[1] ‚Gut! Sage mir nun, welches sind die Symptome der gelben Galle, und was ist von ihr zu befürchten?' ‚Ihre Symptome sind: blasse Farbe, bitterer Geschmack im Munde, trockene Zunge, Mangel an Appetit und schneller Pulsschlag. Und der Kranke hat folgendes zu befürchten: hitziges Fieber, Delirium, Karbunkel, Gelbsucht, Geschwulste, Eiterungen in den Eingeweiden und übermäßigen Durst. Dies sind also die Kennzeichen der gelben Galle.' ‚Gut! Sage mir nun auch, welches die Symptome der schwarzen Galle sind, und was der Kranke von ihr zu befürchten hat, wenn sie in seinem Leibe überhand nimmt!' ‚Die von ihr ausgehenden Symptome sind: falscher Appetit, große Unruhe, Sorge und Kummer; sie muß alsbald ausgeschieden werden, sonst erzeugt sie Melancholie, Aussatz, Krebs, Schmerzen in der Milz und Eiterungen in den Eingeweiden.' ‚Gut! Sage mir, in wie viele Teile wird die Heilkunst eingeteilt?' ‚Sie wird in zwei Teile eingeteilt: erstens die Wissenschaft, kranke Körper zu erkennen; und zweitens die Kunst, sie wieder gesund zu machen.' ‚Nun gib mir Auskunft über die Zeit, wann das Einnehmen der Arzneien am nützlichsten ist!' ‚Wenn der Saft im Holze rinnt, wenn die Beere in der Traube Gestalt gewinnt, wenn die beiden Glückssterne[2] aufgegangen sind, dann ist die günstigste Zeit genaht, um Arzneien zu trinken und die

1. Koran, Sure 17, Vers 39 und Sure 31, Vers 17. – 2. Zwei Sterne im Steinbock und im Wassermann, die als besonders glückbringend gelten.

Krankheit von sich zu winken.' ‚Sag an, zu welcher Zeit ist der Trank, den man aus einem neuen Gefäße trinkt, gesünder und besser bekömmlich als zu anderer Zeit, indem ihm zugleich ein süßer und lieblicher Duft entsteigt?' ‚Wenn man eine Weile nach dem Essen wartet, wie auch der Dichter sagt:

> *Beeil dich nicht, sogleich nach deinem Mahl zu trinken;*
> *Sonst führst du deinen Leib zum Leid am Halfterseil.*
> *Nein, warte in Geduld ein Weilchen nach dem Mahle:*
> *So wird dir bald, mein Freund, was du begehrst, zuteil!'*

‚Nun laß uns zu der Nahrung übergehen, durch die keine Krankheiten entstehen!' ‚Das ist die, so man nicht eher ißt, als bis man Hunger verspürt, und die, wenn sie genossen ist, die Rippen nicht füllt, wie denn Galen, der Arzt, gesagt hat: Wer da Speise zu sich nehmen will, der gehe langsam zu Werke; so wird er nicht fehlgehen. Und nun laß uns hier mit dem Ausspruche dessen schließen, auf dem Segen und Heil ruhe: Der Magen ist das Haus der Krankheit, und Diät ist der Heilung Anfang; denn der Ursprung aller Krankheit ist Indigestion, das ist Unverdaulichkeit.' – –«

Da bemerkte Schehrezâd, daß der Morgen begann, und sie hielt in der verstatteten Rede an. Doch als die *Vierhundertundzweiundfünfzigste Nacht* anbrach, fuhr sie also fort: »Es ist mir berichtet worden, o glücklicher König, daß die Sklavin zu dem Arzte sprach: ‚Der Magen ist das Haus der Krankheit, und Diät ist der Heilung Anfang; denn der Ursprung aller Krankheit ist Indigestion, das ist Unverdaulichkeit.' Dann fragte er weiter: ‚Was sagst du über das Warmbad?' ‚Kein Satter betrete es! Der Prophet – Allah segne ihn und gebe ihm Heil! – hat gesagt: Der Segen des Hauses ist das Bad; es säubert den Leib und erinnert an das Höllenfeuer.' ‚Welche Bäder sind die besten?' ‚Wo gutes Wasser gleitet und wo der Raum

667

sich weitet und reine Luft sich breitet; denn dann vereinen sich in seiner Atmosphäre die vier Jahreszeiten: Sommer und Herbst, Winter und Frühling.' ‚Nun sage mir, welche Nahrung am besten ist!' ‚Bereitet von Frauen, mühlos zu brauen, und leicht zu verdauen. Die vortrefflichste Speise ist Brot in Brühe, wie er, über dem Segen und Heil sei, gesagt hat: Brot in Brühe übertrifft alle anderen Speisen, wie 'Āïscha alle anderen Frauen übertrifft.' ‚Welche Zukost ist die beste?' ‚Das Fleisch, nach dem Ausspruche dessen, über dem Segen und Heil sei: Die beste Zukost ist das Fleisch; denn es ist die Wonne dieser und jener Welt.' ‚Und welches Fleisch ist das beste?' ‚Hammelfleisch; doch Dörrfleisch in Streifen ist zu vermeiden, da es von keinem Nutzen ist.' ‚Was kannst du mir von den Früchten sagen?' ‚Iß sie, wenn ihre Zeit gekommen ist; doch laß von ihnen ab, wenn ihre Zeit vorüber ist!' ‚Wie steht es mit dem Wassertrinken?' ‚Trink es nicht mit Gewalt, noch auf einen Zug ohne Halt; sonst wird dich der Kopfschmerz peinigen, und mit ihm werden sich dir noch mancherlei Leiden vereinigen. Trink es auch nicht sogleich, wenn du das Bad verlassen hast, noch nach der Beiwohnung oder dem Essen; vielmehr soll ein junger Mann fünfzehn, ein alter Mann aber vierzig Minuten warten; und ebenso trink es nicht gleich nach dem Erwachen aus dem Schlafe!' ‚Gut! Nun sprich mir vom Weintrinken!' ‚Genügt dir zum Verbote nicht das, was im Buche Allahs des Erhabenen steht, wo er sagt: Wein, Glücksspiel, Götzenmale und Wahrsagepfeile sind ein Greuel von Satans Werk; meidet sie, auf daß es euch wohl ergehe![1] Ferner sprach der Erhabene: Sie werden dich nach dem Weine und dem Glücksspiele fragen; dann sprich: In beiden liegt eine große Sünde und zugleich ein Nutzen für die Men-

1. Sure 5, Vers 92.

schen; doch die Sünde in ihnen ist größer als ihr Nutzen.[1] Darum sagt der Dichter:

> *Du Trinker des Weines, ach, schämst du dich nicht?*
> *Du trinkst eine Sache, die Gott dir verbot!*
> *Drum tue ihn von dir und komm ihm nicht nah;*
> *Denn Gott hat sein Trinken mit Strafe bedroht.*

Und ein anderer sagt in demselben Sinne:

> *Ich trank die Sünde, bis mir der Verstand entschwand;*
> *Welch arger Trank, da der Verstand sein Ende fand!*

Seine nützlichen Eigenschaften aber sind diese: er zerbröckelt die Nierensteine, stärkt die Eingeweide, verscheucht die Sorgen und treibt zur Großmut an; er bewahrt die Gesundheit und fördert die Verdauung, er hält den Leib gesund, vertreibt die Krankheiten aus den Gelenken, reinigt den Körper von schlechten Säften und erzeugt Heiterkeit und Freude; er stärkt die Natur, zieht die Blase zusammen, kräftigt die Leber, öffnet die Verstopfung, rötet die Wangen, säubert den Kopf und das Hirn von Grillen und verzögert das Ergrauen der Haare. Und hätte Allah, der Allgewaltige und Glorreiche, ihn nicht verboten, so gäbe es auf dem Angesichte der Erde nichts, was ihm gliche. Das Glücksspiel aber ist eine Sache des Zufalls.' ,Welcher Wein ist der beste?' ,Wein, der achtzig Tage alt oder noch älter ist und der aus weißen Trauben gekeltert wird; der ist nicht gleich Wasser, und ihm gleich gibt es nichts auf dem Angesichte der Erde.' ,Was weißt du über das Schröpfen zu sagen?' ,Das ist für den, der des Blutes übervoll ist und der keinen Fehler in seinem Blute hat; und wer sich schröpfen lassen will, der tue es bei abnehmendem Monde an einem Tag ohne Wolken, ohne Wind und ohne Regen, am besten am siebzehnten Tag

1. Sure 2, Vers 216.

im Monat; und wenn der auf einen Dienstag fällt, wird der Nutzen um so eher wirksam sein. Nichts ist heilsamer als das Schröpfen für das Gehirn und die Augen und zur Klärung des Geistes.‘ – –«

Da bemerkte Schehrezâd, daß der Morgen begann, und sie hielt in der verstatteten Rede an. Doch als die *Vierhundertunddreiundfünfzigste Nacht* anbrach, fuhr sie also fort: »Es ist mir berichtet worden, o glücklicher König, daß der Arzt, als die Sklavin die nützlichen Wirkungen des Schröpfens beschrieben hatte, sie weiter fragte: ‚Gib mir über die beste Zeit zum Schröpfen Auskunft!‘ ‚Am besten ist es bei nüchternem Magen; dann stärkt es den Verstand und das Gedächtnis. So wird auch von ihm, über dem Segen und Heil sei, berichtet, daß er jedesmal, wenn jemand ihm über Schmerzen im Kopfe oder in den Füßen klagte, ihm riet, er solle sich schröpfen lassen, und nach dem Schröpfen solle er bei nüchternem Magen nichts Salziges essen, da das Krätze erzeugt; ebenso solle er gleich nach dem Schröpfen nichts Saures essen.‘ ‚Und zu welcher Zeit soll man das Schröpfen meiden?‘ ‚Am Samstag und am Mittwoch; wer sich an einem dieser beiden Tage schröpfen läßt, der tadle niemanden als sich selbst. Ferner soll man sich nicht schröpfen lassen, wenn es sehr heiß oder sehr kalt ist; und die beste Jahreszeit zum Schröpfen ist der Frühling.‘ Darauf sagte der Arzt: ‚Nun gib mir Auskunft über die Gemeinschaft von Mann und Weib!‘ Als sie das hörte, senkte sie ihr Haupt aus Scheu vor der Majestät des Beherrschers der Gläubigen; dann sprach sie: ‚Bei Allah, o Beherrscher der Gläubigen, ich bin nicht außerstande, zu antworten, doch ich scheue mich, es zu tun, obgleich die Worte mir auf der Zungenspitze schweben.‘ Da sagte der Kalif: ‚Rede, Mädchen!‘ So fuhr sie denn fort: ‚Die eheliche Gemeinschaft hat viele Vorzüge und

670

preiswerte Eigenschaften; darunter sind diese: sie erleichtert den Körper, der voll schwarzer Galle ist, sie beruhigt die Liebesglut, führt zu herzlicher Neigung, weitet das Herz und verscheucht die Trauer der Einsamkeit. Ausschweifung im Liebesgenusse ist in den Tagen des Sommers und des Herbstes schädlicher als zur Zeit des Winters und des Frühjahrs.',Welch nützliche Eigenschaften hat sie sonst noch?',Sie verbannt Sorgen und Unruhe, beruhigt das heiße Verlangen und den Zorn und ist gut gegen Geschwüre, und zwar besonders, wenn Kälte und Trockenheit im Körper überhand nehmen. Ausschweifung dagegen schwächt die Sehkraft, erzeugt Schmerzen in den Beinen und im Kopfe und im Rücken. Doch man hüte sich, und noch einmal, man hüte sich vor der Gemeinschaft mit einem alten Weibe; denn die führt zum Tode. Der Imam 'Alî - Allah erhalte ihm seine hohe Ehrenstellung! – hat gesagt: Vier Dinge schwächen den Leib und führen zum Tode: Baden bei vollem Magen; Essen von salziger Speise; eheliche Gemeinschaft bei zu starkem Blute; und solche mit einer Kranken. Denn die Kranke schwächt deine Kraft und macht deinen Leib krank; ein altes Weib aber ist tödliches Gift. Und einer von den Weisen hat gesagt: Hüte dich, ein altes Weib zur Frau zu nehmen, wäre sie auch reicher an Schätzen als Karûn!'[1] ,Und welches ist die beste Liebesgemeinschaft?' ,Wenn die Frau noch jung an Jahren ist, von Wuchse zierlich, von Antlitz lieblich, mit schwellender Brust und sich einer edlen Abkunft bewußt; sie wird dir die Kraft der Gesundheit in deinem Leibe mehren, und sie wird sein, wie einer von denen, die über ihresgleichen gedichtet, von ihr berichtet:

1. Karûn ist der biblische Korah; der arabische Name ist als Reimwort auf Harûn, das ist ,Aaron', gebildet. Korah-Karûn gilt im Talmud und im Koran (Sure 28, Vers 76) als außerordentlich reicher Mann.

Wann du nur immer schaust, so weiß sie, was du wünschest;
Sie rät es, eh ein Wink, ein Zeichen ihr gemacht.
Und wenn du dann auf ihre hohe Anmut blickest,
Sind ihre Reize schöner als des Gartens Pracht.'

‚Sage mir, zu welcher Zeit die eheliche Gemeinschaft am besten ist!' ‚Wenn bei Nacht, nachdem die Speise verdaut ist; wenn bei Tage, nach dem Morgenmahl.' ‚Sage mir, welches sind die trefflichsten Früchte?' ‚Granatäpfel und Limonen.' ‚Und welches ist das trefflichste Gemüse?' ‚Endivien.' ‚Welche Blumen duften am lieblichsten?' ‚Rosen und Veilchen.' ‚Wie entsteht der Same des Mannes?' ‚Es gibt im Manne eine Ader, die alle anderen Adern speist. Nun wird der Saft aus den dreihundertundsechzig Adern gesammelt, dann tritt er als rotes Blut in den linken Hoden ein; dort wird er durch die Hitze des angeborenen menschlichen Temperamentes zu einer dikken, weißen Flüssigkeit abgekocht, deren Geruch gleich dem der Palmenblüte ist.' ‚Gut! Nenne mir einen Vogel, der Samen absondert und der die monatliche Reinigung hat!' ‚Der Tagblinde, das ist die Fledermaus.' ‚Nenne mir etwas, das lebt, wenn es gefangen ist, aber stirbt, wenn es an die Luft kommt!' ‚Der Fisch.' ‚Nun nenne mir noch eine Schlange, die Eier legt!' ‚Der Drache.' Da wurde der Arzt des vielen Fragens müde, und er schwieg. Die Sklavin aber sprach: ‚O Beherrscher der Gläubigen, er hat mich so lange gefragt, bis er sich erschöpft hat. Jetzt will ich eine einzige Frage an ihn richten; wenn er die nicht beantwortet, so will ich ihm sein Gewand abnehmen als das, was mir rechtmäßig zukommt.' – –«

Da bemerkte Schehrezâd, daß der Morgen begann, und sie hielt in der verstatteten Rede an. Doch als die *Vierhundertundvierundfünfzigste Nacht* anbrach, fuhr sie also fort: »Es ist mir berichtet worden, o glücklicher König, daß der Beherrscher der Gläubigen, als die Sklavin zu ihm sprach: ‚Er hat mich so lange gefragt, bis er sich erschöpft hat. Jetzt will ich eine einzige Frage an ihn richten; wenn er die nicht beantwortet, so will ich ihm sein Gewand abnehmen als das, was mir rechtmäßig zukommt‘, ihr darauf zurief: ‚Frage ihn!‘ Sie hub also an: ‚Was ist das für ein Ding, das an Rundung der Erde gleicht, und dessen Rückgrat und Ruhestätte kein Blick der Augen erreicht? Es ist gering an Wert, engbrüstig und wenig geehrt; es trägt eine Fessel um den Hals und ist doch kein entlaufener Sklav, es ist gebunden und doch keiner, den man beim Diebstahl traf; es ist durchbohrt, aber nicht im Kampf mit der Lanze, verwundet, aber nicht im Waffentanze; es frißt der Zeiten Länge und trinkt des Wassers Menge; bald wird es ohne Schuld geschlagen, bald muß es endlose Knechtschaft ertragen; nach der Trennung ist es wieder im trauten Verein, es ist gefügig, aber nicht durch Schmeichelein; es ist schwanger, ohne daß es ein Kind in sich trägt, es neigt sich, ohne daß es sich auf die Seite legt; es wird schmutzig und macht sich selbst wieder rein, es hält aus und kann auch wieder anders sein; ohne Rute paart es sich, es ringt, doch niemals wahrt es sich; es ruht sich aus und läßt andere ruhn, es wird gebissen, ohne einen Schrei zu tun; ihm werden mehr Ehren als einem Gaste geweiht, und doch ist es unwillkommener als die Hitze zur Sommerszeit; es verläßt seine Gattin bei Nacht und umarmt sie bei Tage, und in den Ecken der Wohnungen vornehmer Leute pflegt es sich zu verstecken.‘ Da schwieg der Arzt und konnte keine Antwort geben; er war verwirrt, seine Farbe erblich; er senkte sein Haupt eine Weile und sagte kein Wort. Sie aber rief: ‚O du Arzt, rede; sonst ziehe ich dir dein Gewand aus!‘ Darauf hub er an: ‚O Beherrscher der Gläubigen, sei Zeuge wider mich, daß diese Sklavin gelehrter ist als ich in der Heilkunde und in anderen Wissenschaften, und daß ich mich nicht mit ihr messen kann!' Und alsbald legte er sein Gewand, das er trug, ab und lief davon. Nun sprach der Kalif zu ihr: ‚Deute uns dein Rätsel!' Sie erwiderte: ‚O Beherrscher der Gläubigen, es ist der Knopf und das Knopfloch.'

Hören wir weiter, wie es ihr mit dem Astronomen erging! Als sie rief: ‚Wer von euch ein Astronom ist, der trete vor!' erhob sich ein Sternkundiger und setzte sich dann vor ihr nieder. Und wie sie ihn erblickte, fragte sie lächelnd: ‚Bist du der sternkundige Mann, der da rechnen und schreiben kann?' ‚Jawohl', erwiderte er; und sie fuhr fort: ‚So frage denn nach allem, was du willst; doch die Hilfe kommt von Allah!' Nun begann er: ‚Gib mir Auskunft über die Sonne, über ihren Aufgang und Untergang!' Sie antwortete: ‚Die Sonne geht auf und unter in bestimmten Himmelsrichtungen; die Richtung des Aufganges liegt in der östlichen Hemisphäre und die Richtung des Unterganges in der westlichen Hemisphäre, und jede von beiden wird in hundertundachtzig Grade geteilt. Allah der Erhabene sagt: ‚Ich schwöre bei dem Herrn des Ostens und des Westens!'[1] Und ferner sagt der Erhabene: ‚Er ist es, der die Sonne zu einer Leuchte und den Mond zu einem Licht gemacht und der ihm Stationen bestimmt hat, auf daß ihr die Zahl der Jahre und die Zeitrechnung erkennt.'[2] Der Mond ist der Herrscher der Nacht, und die Sonne ist die Herrscherin des Tages, und beide kreisen miteinander um die Wette. Allah der Erhabene sagt: ‚Es ist nicht gut, daß die Sonne den Mond einhole, noch auch überholt die Nacht den Tag, sondern beide schweben je in ihrer eigenen Sphäre.'[3] ‚Sage mir, wenn die Nacht kommt, was wird da aus dem Tage? Und was wird aus der Nacht, wenn der Tag kommt?' ‚Er läßt die Nacht in den Tag

1. Sure 70, Vers 40. – 2. Sure 10, Vers 5. – 3. Sure 36, Vers 40.

eindringen und läßt den Tag eindringen in die Nacht.'¹ ‚Nenne mir die Stationen des Mondes!‘ ‚Der Stationen sind achtundzwanzig: esch-Scharatân², el-Butain³, eth-Thuraija³, ed-Dabarân⁴, el-Hak'a⁵, el-Han'a⁶, edh-Dhirâ'⁷, en-Nathra⁸, et-Tarf⁹, el-Dschabha⁹, ez-Zubra⁹, es-Sarfa⁹, el-'Auwâ¹⁰, es-Simâk¹⁰, el-Ghafr¹⁰, ez-Zubanajân¹¹, el-Iklîl¹¹, el-Kalb¹², esch-Schaula¹³, en-Na'âïm¹⁴, el-Balda¹⁴, Sa'd edh-Dhâbih¹⁵, Sa'd Bula'¹⁶, Sa'd es-Su'ûd¹⁷, Sa'd el-Achbija¹⁸, el-Fargh el-Mukaddam¹⁹, el-Fargh el-Muachchar²⁰, er-Rischâ²¹. Sie sind nach den Buchstaben des Abgad-Hawaz²² angeordnet, und in ihnen liegt ein tiefes Geheimnis, das nur Allah, der Gepriesene und Erhabene, und die, so ganz in die Wissenschaft eingedrungen sind, kennen. Was ihre Verteilung auf die zwölf Sternbilder des Tierkreises angeht, so kommen je zweiundeindrittel Stationen auf ein Sternbild: esch-Scharatân und el-Butain und ein Drittel von eth-Thuraija gehören zum Widder; zwei Drittel von Thuraija, ed-Dabarân und zwei Drittel von el-Hak'a zum Stiere; ein Drittel von el-Hak'a, dazu el-Han'a und edh-Dhirâ' zu den Zwillingen; en-Nathra, et-Tarf und ein Drittel von el-Dschab-

---

1. Sure 22, Vers 60; 31, 28; 35, 14; 57, 6. – 2. Die arabischen Sternbilder werden zum Teil etwas anders gerechnet als unsere. Ich gebe hier die Mondstationen nach ihrer Lage in unseren Sternbildern an; die genaue astronomische Bezeichnung bleibt dem arabischen Wörterbuch vorbehalten. Die ersten beiden Stationen liegen im Widder. – 3. Die Plejaden. – 4. Unser Aldebaran. – 5. Im Orion. – 6. In den Zwillingen. – 7. Im kleinen Hunde. – 8. Im Krebs und Löwen. – 9. Im Löwen. – 10. In der Jungfrau. – 11. In der Waage . – 12. Antares im Skorpion. – 13. Im Skorpion. – 14. Im Schützen. – 15. Im Steinbock. – 16. Im Wassermann. – 17. Im Wassermann und Steinbock. – 18. Im Wassermann. – 19. Im Pegasus. – 20. Im Pegasus und in der Andromeda. – 21. In den Fischen. – 22. Das ist die Reihenfolge der Buchstaben nach dem hebräischen Alphabet.

ha zum Krebs; zwei Drittel von el- Dschabha, dazu ez-Zubra und zwei Drittel von es- Sarfa zum Löwen; ein Drittel von es-Sarfa, dazu el-'Auwâ und es-Simâk zu der Jungfrau; el-Ghafr, ez-Zubanajân und ein Drittel von el-Iklîl zu der Waage; zwei Drittel von el-Iklîl, dazu el-Kalb und zwei Drittel von esch-Schaula zum Skorpion; ein Drittel von esch-Schaula, dazu en-Na'âïm und el-Balda zum Schützen; Sa'd edh-Dhâbih, Sa'd Bula' und ein Drittel von Sa'd es-Su'ûd zum Steinbock; zwei Drittel von Sa'd es-Su'ûd, dazu Sa'd el-Achbija und zwei Drittel von el-Fargh el-Mukaddam zum Wassermann; ein Drittel von el-Fargh el-Mukaddam, dazu el-Fargh el-Muachchar und er-Rischâ zu den Fischen.' – –«

Da bemerkte Schehrezâd, daß der Morgen begann, und sie hielt in der verstatteten Rede an. Doch als die *Vierhundertundfünfundfünfzigste Nacht* anbrach, fuhr sie also fort: »Es ist mir berichtet worden, o glücklicher König, daß der Astronom, als die Sklavin die Mondstationen aufgezählt und sie auf die Sternbilder verteilt hatte, zu ihr sprach: ‚Gut! Nun gib mir Auskunft über die Planeten, ihre Natur, ihr Verweilen in den Sternbildern des Tierkreises, über ihren glückbringenden und unheilbringenden Aspekt, über ihre Häuser, ihre Aszendenz und Deszendenz.' Da erwiderte sie: ‚Die Sitzung ist zwar kurz bemessen; doch ich will dir Auskunft geben. Der Planeten sind sieben: Sonne, Mond, Merkur, Venus, Mars, Jupiter und Saturn. Die Sonne ist heiß, trocken, unheilbringend in der Konjunktur, glückbringend im Aspekt; sie verweilt in jedem Tierkreisbild dreißig Tage. Der Mond ist kalt, feucht und glückbringend; er verweilt in jedem Tierkreisbild zweiundeindrittel Tag. Merkur ist von gemischter Natur, glückbringend in Konjunktur mit Glücksgestirnen, unheilbringend in Konjunktur mit Unglücksgestirnen; er verweilt in jedem Tierkreisbild siebenzehn Tage und einen halben Tag. Venus ist gleichmäßig glückbringend; sie verweilt in jedem Tierkreisbild fünfundzwanzig Tage. Mars ist unheilbringend; er verweilt in jedem Tierkreisbild zehn Monate. Jupiter ist glückbringend; er verweilt in jedem Tierkreisbild ein Jahr. Saturn ist kalt, trocken, unheilbringend, er verweilt in jedem Tierkreisbild dreißig Monate. Das Haus der Sonne ist der Löwe; ihre Aszendenz ist im Widder und ihre Deszendenz im Wassermann. Das Haus des Mondes ist der Krebs; seine Aszendenz ist im Stier und seine Deszendenz im Skorpion, und sein Unheilsgestirn ist der Steinbock. Das Haus des Saturn sind Steinbock und Wassermann; seine Aszendenz ist in der Waage und seine Deszendenz im Widder, und seine Unheilsgestirne sind der Krebs und der Löwe. Das Haus des Jupiter sind die Fische und der Schütze; seine Aszendenz ist im Krebs und seine Deszendenz im Steinbock, und seine Unheilsgestirne sind die Zwillinge und der Löwe. Das Haus der Venus ist der Stier; ihre Aszendenz ist in den Fischen und ihre Deszendenz in der Waage, und ihre Unheilsgestirne sind der Widder und der Skorpion. Das Haus des Merkur sind die Zwillinge und die Jungfrau; seine Aszendenz ist in der Jungfrau und seine Deszendenz in den Fischen, und sein Unheilsgestirn ist der Stier. Das Haus des Mars sind der Widder und der Skorpion; seine Aszendenz ist im Steinbock und seine Deszendenz im Krebs, und sein Unheilsgestirn ist die Waage.' Als der Astronom ihren Scharfsinn und ihre Gelehrsamkeit, ihren Verstand und ihre Beredsamkeit erkannt hatte, da suchte er nach einer List, durch die er sie vor dem Beherrscher der Gläubigen zuschanden machen könnte. Und so fragte er sie: ‚O Mädchen, wird in diesem Monat Regen fallen?‘ Sie senkte darauf ihr Haupt und blieb eine lange Weile in Gedanken, so daß der Kalif glaubte, sie vermöge keine Antwort zu geben. Schließlich fragte der Astronom sie wiederum: ‚Warum redest du nicht?‘ Sie erwiderte: ‚Ich werde nur reden, wenn der Beherrscher der Gläubigen es mir erlaubt!‘ Lachend rief der Kalif ihr zu: ‚Wieso?‘ Da sprach sie: ‚Ich wünsche, daß du mir ein Schwert gibst, mit dem ich ihm den Kopf abschlage; denn er ist ein Ketzer!‘ Da lachte der Kalif von neuem, und alle, die um ihn waren, lachten mit ihm. Sie aber sprach: ‚O du Sterndeuter, es gibt fünf Dinge, die nur Allah der Erhabene kennt‘, und rezitierte den Vers: ‚Siehe, bei Allah steht das Wissen von der Stunde des Gerichts, und er sendet den Regen herab, und er weiß, was in den Mutterschößen ist, aber keine Seele weiß, was sie am nächsten Tage gewinnen wird, und keine Seele weiß, in welchem Lande sie sterben wird; fürwahr, Allah ist allwissend und allweise!‘[1] ‚Gut!‘ antwortete der Astronom, ‚ich habe, bei Allah, dich nur auf die Probe stellen wollen.‘ Darauf hub sie wieder an: ‚Wisse, die Kalendermacher haben gewisse Zeichen und Merkmale für die Konstellationen der Planeten beim Beginn des neuen Jahres; auch haben die Menschen ihre Erfahrungen dabei gewonnen.‘ Als er sie dann fragte: ‚Welches sind die?‘ fuhr sie fort: ‚Jeder einzelne Tag hat einen Planeten, der ihn beherrscht. Wenn der erste Tag des Jahres ein Sonntag ist, so gehört er der Sonne, und dies deutet auf folgende Dinge – Allah aber weiß es am besten –: Bedrückung durch Könige, Sultane und Statthalter, viel Krankheitsstoff und wenig Regen; das Volk wird in gewaltigen Aufruhr geraten, die Kornfrüchte werden gut sein, doch die Linsen werden zugrunde gehen und die Trauben werden verderben; der Flachs wird teuer sein und der Weizen billig von Beginn des Monats Tûba bis zum Ende des Barmahât.[2] In jenem Jahre wird es viel Kampf zwischen

1. Sure 31, Vers 34. – 2. Das ist: vom fünften bis zum siebenten Monat des koptischen Jahres: Januar bis März.

678

den Königen geben, doch es wird auch ein Jahr der Fülle sein – doch Allah weiß es am besten!' ‚Nun sage mir, was geschieht, wenn es ein Montag ist!' ‚Der Tag gehört dem Monde; und das deutet auf Rechtschaffenheit der Verwalter und Statthalter; das Jahr wird reich an Regen sein, die Kornfrüchte werden gut geraten, doch der Leinsamen wird verderben, und der Weizen wird billig sein im Monate Kijâk.[1] Aber auch viel Pestilenz wird es geben, über die Hälfte des Viehes, Schafe und Ziegen, wird der Tod kommen; viel Trauben und wenig Honig wird es geben, und die Baumwolle wird billig sein – doch Allah weiß es am besten!' – –«

Da bemerkte Schehrezâd, daß der Morgen begann, und sie hielt in der verstatteten Rede an. Doch als die *Vierhundertund-sechsundfünfzigste Nacht* anbrach, fuhr sie also fort: »Es ist mir berichtet worden, o glücklicher König, daß der Astronom, als die Sklavin über die Bedeutung des Montags zu Ende geredet hatte, zu ihr sprach: ‚Nun sage mir, was geschieht, wenn der erste Tag des Jahres auf einen Dienstag fällt!' Da antwortete sie: ‚Der Tag gehört dem Mars; und das deutet auf den Tod der Großen unter den Menschen, viel Zerstörung, Blutver-gießen, Teuerung des Korns und wenig Regen. Mangel an Fischen wird herrschen; denn bald werden ihrer viel und bald ihrer wenig sein. Linsen und Honig werden in jenem Jahr billig sein, Leinsaat aber teuer, und von allen Kornfrüchten wird nur die Gerste gedeihen. Es wird viel Kampf unter den Königen geben, blutiger Tod wird sein, und viel Esel werden sterben – doch Allah weiß es am besten!' ‚Berichte mir weiter über den Mittwoch!' ‚Der Tag gehört dem Merkur; und das deutet auf großen Aufruhr unter dem Volke und auf viel Feindschaft; die Regenzeiten werden gleichmäßig verteilt sein, aber den-

1. Der vierte Monat: Dezember.

noch werden einige Saaten verderben; und es wird ein großes Sterben sein unter dem Vieh und den kleinen Kindern, und auf dem Meere wird viel gekämpft werden. Weizen wird teuer sein vom Barmûda[1] bis zum Misra[2]; aber die anderen Kornfrüchte werden billig sein. Es wird viel donnern und blitzen; der Honig wird teuer werden, die Dattelpalmen werden reichliche Frucht tragen, auch wird es viel Flachs und Baumwolle geben, aber Rettiche und Zwiebeln werden teuer sein – doch Allah weiß es am besten!' ‚Und was wird geschehen, wenn Neujahr auf einen Donnerstag fällt?' ‚Der Tag gehört dem Jupiter; und das deutet auf Gerechtigkeit bei den Ministern und Rechtschaffenheit bei den Kadis und Fakiren und allen Dienern des Glaubens. Es wird ein Jahr reichen Segens sein; viel Regen und Früchte wird es geben, Bäume und Getreide werden gut gedeihen; Flachs und Baumwolle, Honig und Trauben werden billig sein, und eine Fülle von Fischen wird kommen – doch Allah weiß es am besten!' ‚Weiter sage mir, worauf Neujahr am Freitag deutet!' ‚Der Tag gehört der Venus; und das deutet auf Tyrannei bei den Großen unter den Dämonen und auf viel Gerede voll Falschheit und bösen Leumunds. Tau wird reichlich fallen, die Herbsternte wird gut sein im Lande, und in dem einen Landstrich wird alles billig, im andern aber teuer sein. Viel Zwietracht wird herrschen zu Lande und zu Wasser. Die Leinsaat wird teuer sein und ebenso auch der Weizen im Hatûr[3], doch billig im Amschîr.[4] Honig wird teuer sein, Trauben und Wassermelonen werden verderben – doch Allah weiß es am besten!' ‚Nun sage mir noch, was geschieht, wenn Neujahr am Sonnabend beginnt!' ‚Der Tag gehört dem Saturn; und das deutet auf Bevorzugung der Sklaven und Griechen

1. Achter Monat: April. – 2. Zwölfter Monat: August. – 3. Dritter Monat: November. – 4. Sechster Monat: Februar.

und aller derer, in denen und bei denen nichts Gutes ist. Große
Teuerung und Dürre wird herrschen, viel Nebel wird es geben,
ein großes Sterben wird über die Menschen kommen, und des
Wehklagens wird viel sein beim Volke von Ägypten und Syrien ob der Tyrannei des Sultans; auf der Saat wird kein Segen
ruhen, und das Getreide wird verderben – doch Allah weiß es
am besten!' Da neigte der Astronom sein Haupt und senkte es
tief; doch sie sprach zu ihm: ,O du Sterndeuter, jetzt will ich
eine Frage an dich richten. Wenn du die nicht beantwortest, so
werde ich dir dein Gewand abnehmen.' ,Sprich!' erwiderte er.
Da hub sie an: ,Wo ist die Wohnung des Saturn?' ,Im siebenten Himmel.' ,Und die des Jupiters?' ,Im sechsten Himmel.'
,Und die des Mars?' ,Im fünften Himmel.' ,Und die der Sonne?'
,Im vierten Himmel.' ,Und die der Venus?' ,Im dritten Himmel.' ,Und die des Merkur?' ,Im zweiten Himmel.' ,Und die
des Mondes?' ,Im ersten Himmel.' ,Gut! Nun bleibt nur noch
eine andere Frage für dich übrig.' ,Frage nur!' ,Sage mir, in
wie viele Abteilungen zerfallen die Sterne?' Da schwieg er und
konnte keine Antwort geben. Sie aber rief: ,Leg dein Gewand
ab!' Er legte es ab, und nachdem sie es hingenommen hatte,
sprach der Kalif zu ihr: ,Nun beantworte du uns diese Frage!'
Darauf erwiderte sie: ,O Beherrscher der Gläubigen, die Sterne
zerfallen in drei Abteilungen. Ein Teil von ihnen hängt am
Erdenhimmel wie Lampen, und der spendet der Erde Licht.
Der zweite Teil dient dazu, daß mit ihnen die Satane geworfen
werden, wenn sie die Gespräche im Himmel heimlich belauschen wollen; Allah der Erhabene sagt: ,Fürwahr, wir haben
den untersten Himmel mit Leuchten geschmückt, und die haben
wir zu Geschossen für die Satane bestimmt.'[1] Der dritte Teil aber
hängt in der Luft, und der erleuchtet die Meere und was dar-

1. Sure 67, Vers 5.

innen ist.' Nun sagte jedoch der Astronom: ‚Ich habe noch eine Frage zu stellen; und wenn sie die beantwortet, will ich mich für überwunden erklären.' ‚Sprich!' antwortete sie. – –«

Da bemerkte Schehrezâd, daß der Morgen begann, und sie hielt in der verstatteten Rede an. Doch als die *Vierhundertundsiebenundfünfzigste Nacht* anbrach, fuhr sie also fort: »Es ist mir berichtet worden, o glücklicher König, daß der Astronom sprach: ‚Nenne mir vier gegensätzliche Dinge, die auf vier andere gegensätzliche Dinge gegründet sind!' Sie erwiderte: ‚Das sind Hitze, Kälte, Feuchtigkeit und Trockenheit. Allah erschuf aus der Hitze das Feuer, dessen Natur heiß und trocken ist; aus der Trockenheit schuf er die Erde, deren Wesen kalt und trocken ist; aus der Kälte machte er das Wasser, das eine kalte und feuchte Natur hat; und aus der Feuchtigkeit ließ er die Luft entstehen, deren Wesen heiß und feucht ist. Dann erschuf Allah die zwölf Zeichen des Tierkreises: Widder, Stier, Zwillinge, Krebs, Löwe, Jungfrau, Waage, Skorpion, Schütze, Steinbock, Wassermann und Fische. Und zwar machte er sie von vierfacher Natur: drei feurig, drei irdisch, drei luftig und drei wässerig; Widder und Löwe und Schütze sind feurig, Stier und Jungfrau und Steinbock sind irdisch, Zwillinge und Waage und Wassermann sind luftig, Krebs und Skorpion und Fische sind wässerig.' Da hub der Astronom an und sprach: ‚Leg Zeugnis ab wider mich, o Kalif, daß sie gelehrter ist als ich!' und ging geschlagen von dannen.

Der Beherrscher der Gläubigen aber rief: ‚Wo ist der Philosoph?' Alsbald erhob sich ein Mann und trat vor die Sklavin hin und sprach: ‚Sage mir, was ist die Zeit, welches sind ihre Grenzen und ihre Tage, und was bringt sie?' Sie gab zur Antwort: ‚Die Zeit ist ein Name, der angewandt wird für die Stunden der Nacht und des Tages, und die sind nur die Maße

682

für den Umlauf der Sonne und des Mondes in ihren Sphären, wie Allah der Erhabene verkündet hat, als er sprach: ‚Ein Zeichen für sie ist auch die Nacht; wir nehmen den Tag von ihr fort, und siehe da, Finsternis umgibt die Menschen. Und die Sonne eilt zu ihrem Ruheplatze; jenes ist die Ordnung des Allmächtigen und Allwissenden.‘[1] ‚Sage mir, wie der Unglaube zum Menschen kommt!‘ ‚Von dem Gesandten Allahs – Er segne ihn und gebe ihm Heil! – wird überliefert, daß er gesagt hat: ‚Der Unglaube rinnt im Menschen, wie das Blut in seinen Adern rinnt, wenn er die Welt, die Zeit[2], die Nacht und die Stunde verflucht.‘ Und ferner hat er, auf dem Allahs Segen und Heil ruhe, gesagt: Keiner von euch fluche der Zeit; denn die Zeit ist Gott. Und keiner von euch fluche der Welt, denn sie spricht: Möge Allah dem nicht helfen, der mir flucht! Und keiner von euch fluche der Stunde; denn: Die Stunde naht, daran ist kein Zweifel.[3] Auch fluche keiner von euch der Erde; denn sie ist ein Wunderzeichen nach dem Worte des Erhabenen: Aus ihr haben wir euch erschaffen, und in sie lassen wir euch zurückkehren, und aus ihr werden wir euch dereinst auferwecken.‘[4] ‚Nenne mir die fünf, die da aßen und tranken und doch nicht aus Lenden und Mutterleib hervorgegangen waren.‘ ‚Adam, Simeon[5], die Kamelin des Sâlih[6], der

---

1. Sure 36, Vers 37 und 38. – 2. ‚Zeit‘ bedeutet im Arabischen auch ‚Schicksal‘. – 3. Sure 22, Vers 7; es ist die ‚Stunde des Gerichts‘ gemeint. – 4. Sure 20, Vers 57. – 5. Das ist eine Verwechslung mit Melchisedek, von dem es im Hebräerbrief Kap. 7 heißt, daß er weder Vater noch Mutter hatte. Diese Verwechslung mag dadurch entstanden sein, daß Melchisedek den Abraham segnete (1. Mosis, Kap. 14), wie Simeon den Jesusknaben segnete (Lukas 2, 25 ff.), sie muß auf christliche Quellen zurückgehen. – 6. Sâlih war der Prophet der Thamudener in Nordwestarabien; er soll zum Beweise seiner göttlichen Sendung eine Kamelin aus einem Felsen haben hervortreten lassen.

Widder Ismaels[1] und der Vogel, den Abu Bakr der Wahrhaftige in der Höhle sah.'[2] Nenne mir die fünf, die im Paradiese leben und doch weder Menschen noch Geister noch Engel sind!' ,Der Wolf Jakobs, der Hund der Siebenschläfer, der Esel Esras, die Kamelin des Sâlih und Duldul, das Maultier des Propheten[3] – Allah segne ihn und gebe ihm Heil! –' ,Nenne mir einen Mann, der ein Gebet sprach, während er weder auf der Erde noch im Himmel war!' ,Das ist Salomo, als er auf seinem Teppich betete, der vom Winde getragen wurde.' ,Nun gib mir hierüber Auskunft: Ein Mann sprach das Frühgebet; da blickte er auf eine Sklavin, doch sie war ihm verwehrt. Als es Mittag ward, war sie ihm erlaubt; am Nachmittag war sie ihm wieder verwehrt; als die Sonne unterging, war sie ihm wieder erlaubt; doch zur Zeit des Abendgebetes war sie ihm zum dritten Male verwehrt. Und schließlich, als die Zeit des Frühgebetes kam, war sie ihm von neuem erlaubt.' ,Das war ein Mann, der zur Zeit des Frühgebetes die Sklavin eines anderen erblickte; die war ihm verwehrt. Um die Mittagszeit kaufte er sie; da war sie ihm erlaubt; am Nachmittage aber ließ er sie frei; und so war sie ihm wieder verwehrt. Als die Sonne unterging, nahm er sie zur Frau, und da war sie ihm erlaubt; doch zur Zeit des Abendgebetes verstieß er sie; da war sie ihm zum dritten Male verwehrt. Und schließlich, als die Zeit des Frühgebetes kam, nahm er sie zurück; so ward sie ihm von neuem erlaubt.' ,Nun nenne mir ein Grab, das mit seinem Bewohner umherzog!'

1. Nach muslimischer Auffassung soll Abraham den Ismael, nicht den Isaak haben opfern wollen. – 2. Abu Bakr begleitete den Propheten Mohammed auf der Auswanderung von Mekka nach Medina. Als die beiden sich in einer Höhle verbargen, soll ein Vogel sein Nest davor gebaut und so die Verfolger getäuscht haben. – 3. Vgl. ,Begünstigte Tiere' in Goethes West-östlichem Divan.

‚Der Walfisch des Jûnus ibn Mattai[1], als er ihn verschlungen hatte.‘ ‚Nenne mir eine Senke, auf die nur ein einziges Mal die Sonne geschienen hat und auf die sie nie wieder scheinen wird bis zum Jüngsten Tage!‘ ‚Das ist das Rote Meer, als Mose es mit seinem Stabe schlug und als es sich in zwölf Teile zerteilte nach der Zahl der Stämme; da schien die Sonne auf seinen Grund, aber sie wird es bis zum Tage der Auferstehung nie wieder tun.‘ – –«

Da bemerkte Schehrezâd, daß der Morgen begann, und sie hielt in der verstatteten Rede an. Doch als die *Vierhundertund-achtundfünfzigste Nacht* anbrach, fuhr sie also fort: »Es ist mir berichtet worden, o glücklicher König, daß der Philosoph dann zu der Sklavin sprach: ‚Nenne mir den ersten Saum, der über das Angesicht der Erde schleifte!‘ ‚Das war der Saum Hagars, als sie Scheu vor Sarah hatte; und dies ward eine Sitte unter den Arabern.‘ ‚Was ist das, was da atmet ohne Lebensgeist?‘ ‚Allah der Erhabene hat gesagt: ‚Bei dem Morgen, wenn er aufatmet.‘[2] ‚Löse mir dies Rätsel: Eine fliegende Taubenschar kam zu einem hohen Baume, und ein Teil von ihnen setzte sich auf den Baum, ein anderer darunter. Da sprachen die auf dem Baume zu denen, die unten waren: ‚Wenn eine von euch her-auffliegt, so seid ihr ein Drittel von uns allen; und wenn eine von uns hinabfliegt, so werden wir euch an Zahl gleich sein.‘ ‚Es waren im ganzen zwölf Tauben; sieben von ihnen setzten sich auf den Baum, fünf darunter: Wenn nun eine hinaufflog, so waren die droben doppelt soviel wie die drun-ten; wäre aber eine hinabgeflogen, so wären die droben und die drunten von gleicher Zahl gewesen – doch Allah weiß es am besten.‘ Da legte der Philosoph sein Gewand ab und lief eilends davon.

1. Jona ben Amittai. – 2. Sure 81, Vers 18.

Sehen wir nun, wie es ihr mit en-Nazzâm selbst erging! Als nämlich die Sklavin sich nunmehr an all die noch anwesenden Gelehrten wandte und zu ihnen sprach: ‚Wer von euch ist es, der über alle Künste und Wissenschaften reden kann?‘ hub en-Nazzâm[1] an und sprach zu ihr: ‚Glaube nicht, daß ich wie die anderen bin!‘ Doch sie erwiderte ihm: ‚Ich bin um so sicherer, daß du überwunden wirst, da du anmaßend bist. Allah wird mir zum Siege über dich verhelfen, so daß ich auch dir dein Gewand abnehmen kann. Es wäre also besser für dich, wenn du schon jetzt jemand fortschickst, der dir etwas bringt, das du anziehen kannst!‘ ‚Bei Allah,‘ rief er, ‚wahrlich, ich werde dich sicher besiegen und dich zum Gerede der Leute machen, auf daß man von Geschlecht zu Geschlecht über dich spricht!‘ Die Sklavin antwortete ihm: ‚Tu Buße im voraus für deinen Meineid!‘ Dann begann er zu fragen: ‚Tu mir kund, welche fünf Dinge erschuf Allah der Erhabene, bevor er die Kreatur ins Leben rief?‘ Sie erwiderte: ‚Das Wasser, die Erde, das Licht, die Finsternis und die Früchte der Erde.‘ ‚Weiter sage mir, was schuf Allah mit der Hand der Allmacht?‘ ‚Den Himmelsthron, den Paradiesesbaum Tûba, Adam und den Garten Eden – alle diese erschuf Allah mit der Hand seiner Allmacht; doch zu allem anderen, was er erschaffen hat, sprach er: ‚Werdet!‘ und da wurden sie.‘ ‚Nenne mir deinen Vater im Islam!‘ ‚Mohammed – Allah segne ihn und gebe ihm Heil! –‘ ‚Wer ist Mohammeds Vater im Islam?‘ ‚Abraham, der Freund Gottes.‘ ‚Worin besteht der Glaube des Islams?‘ ‚In dem Bekenntnis, daß es keinen Gott gibt außer Allah und daß Mohammed der Gesandte Allahs ist.‘ ‚Jetzt tu mir kund, welches dein Anfang und dein Ende ist!‘ ‚Mein Anfang ist ein Tropfen schmutziger Flüssigkeit, mein Ende ist ein Leichnam, der Verwesung ge-

1. Das ist Ibrahîm ibn Saijâr en-Nazzâm; vgl. Seite 632.

weiht. Mein Anfang ist Staub, und mein Ende ist Staub, wie der Dichter gesagt hat:

> *Aus Staub geschaffen wurde ich zum Menschen*
> *Und ward in Frag und Antwort sprachgewandt;*
> *Ich kehre heim und bleibe in dem Staube,*
> *Dieweil ich früher aus dem Staub entstand.'*

Weiter fragte er: ,Was ist das, was zuerst Holz war und später Leben bekam?' ,Das ist der Stab Mosis; als er ihn in den Talgrund warf, da ward er zu einer ringelnden Schlange, mit Erlaubnis Allahs des Erhabenen.' ,Erkläre mir das Wort des Erhabenen: ,Und er diente mir noch zu anderen Zwecken!'[1] ,Moses pflegte seinen Stab in die Erde zu stecken; dann blühte er und trug Frucht, spendete ihm Schatten vor der Hitze und schützte ihn vor der Kälte; er stützte ihn, wenn er müde war, und behütete ihm seine Schafe vor den wilden Tieren, wenn er schlief.' ,Sage mir, welches Weib wurde allein vom Manne und welcher Mann allein vom Weibe geboren?' ,Eva von Adam und Jesus von Maria.' ,Nenne mir vier Feuer: ein Feuer, das frißt und trinkt; ein Feuer, das frißt, aber nicht trinkt; ein Feuer, das trinkt, aber nicht frißt; und ein Feuer, das weder frißt noch trinkt!' ,Das Feuer, das frißt, aber nicht trinkt, ist das Feuer dieser Welt; das Feuer, das frißt und trinkt, ist das Höllenfeuer; das Feuer, das trinkt, aber nicht frißt, ist die Sonnenglut; das Feuer, das weder frißt noch trinkt, das ist das Feuer des Mondes.' ,Sage mir, was ist das Freistehende und was das Gebundene?' ,O Nazzâm, das Freistehende sind die verdienstlichen Handlungen, das Gebundene sind die Pflichten.' ,Deute mir die Dichterworte:

> *Es haust im Grabe; seine Kost steht ihm zu Häupten;*
> *Es redet Worte, wenn es seine Nahrung schmeckt.*

1. Sure 20, Vers 19.

> *Bald steht es auf und schreitet schweigend, aber redend*
> *Und kehret heim zur Gruft, aus der es auferweckt.*
> *Lebendig ist es nicht und wird doch hochgeehrt;*
> *Es ist nicht tot und doch der Gnade Gottes wert.'*

‚Das ist das Schreibrohr.'[1] ‚Nun deute mir die Worte des Dichters, der da spricht:

> *Es hat zwei feste Taschen, und sein Blut fließt leicht;*
> *Die Ohren sind verhüllt, doch offen steht der Mund.*
> *Es sieht dem Hahne gleich, der auf den Bauch sich pickt*[2]*;*
> *Und als ein halber Dirhem tut sein Wert sich kund.'*

‚Das Schreibgerät.' ‚Sage mir auch, was der Dichter mit diesen Worten meint:

> *Wohlan, sprich zu den Leuten von Wissen, Witz und Bildung*
> *Und jedem Meister, reich an Ehren und Verstand:*
> *Wohlan, verkündet mir, welch Ding saht ihr vom Vogel*
> *Dort auf Arabiens Flur und in der Perser Land.'*
> *Es hat kein Fleisch an sich, hat auch kein Blut im Leibe;*
> *Es hat auch kein Gefieder noch ein Flaumgewand.*
> *Es wird gekocht gegessen, wird auch kalt genossen;*
> *Man speist es auch gebraten, wenn's am Feuer stand.*
> *Es hat der Farben zwei: die eine ist wie Silber,*
> *Die andre, zart und fein, wird kaum vom Gold erreicht.*
> *Es ward noch nie lebendig, noch auch tot gesehen.*
> *Sagt mir, was ist dies Ding, das einem Wunder gleicht?'*

Da rief sie: ‚Du brauchst viel Worte, um nach einem Ei zu fragen, das nur einen Pfennig wert ist!' ‚Nun sage mir denn, wieviel Worte sprach Gott zu Mose?' ‚Es wird vom Gesandten Allahs – Er segne ihn und gebe ihm Heil! – überliefert, daß er gesagt hat: ‚Gott sprach zu Mose eintausendfünfhundertund-

---

1. Das Schreibrohr wird in einer Metallhülse getragen, an deren oberem Ende sich die Tintenkapsel befindet; in der Kapsel ist ein Schwämmchen mit Tinte. – 2. Öffnung der Kapsel und der Hülse treffen beim Schließen aufeinander.

fünfzehn Worte.' ‚Nenne mir vierzehn Dinge, die zum Herrn der Welten gesprochen haben!' ‚Die sieben Himmel und die sieben Erden, als sie sprachen: ‚Wir nahen gehorsam.'[1] – –«

Da bemerkte Schehrezâd, daß der Morgen begann, und sie hielt in der verstatteten Rede an. Doch als die *Vierhundertund-neunundfünfzigste Nacht* anbrach, fuhr sie also fort: »Es ist mir berichtet worden, o glücklicher König, daß en-Nazzâm, nach-dem die Sklavin ihm ihre Antwort gegeben hatte, sie weiter fragte: ‚Tu mir kund, in welcher Weise Adam erschaffen wurde!' ‚Allah erschuf Adam aus Lehm, den Lehm aus Schaum, den Schaum aus dem Meere, das Meer aus der Finsternis, die Finsternis aus dem Lichte, das Licht aus einem Fische, den Fisch aus einem Felsen, den Felsen aus einem Rubin, den Rubin aus Wasser und das Wasser aus seiner Allmacht heraus, wie der Erhabene gesagt hat: Wenn Er ein Ding will, So ist Sein Befehl nur, daß Er sagt: ‚Werde!' und es wird.'[2] ‚Sage mir, was der Dichter meint, wenn er sagt:

> *Ein Fresser ist's, und hat doch weder Mund noch Leib;*
> *Als Speise dienen ihm die Tiere und der Wald.*
> *Gibst du ihm seine Nahrung, steht es auf und lebt;*
> *Doch wenn du es mit Wasser tränktest, stürb es bald.'*

‚Das ist das Feuer!' ‚Sage mir, was der Dichter mit diesen Worten meint:

> *Ein Liebespaar, von jeder Lust gemieden,*
> *Ruht Arm in Arm die liebe lange Nacht.*
> *Vor Schaden hütet es getreu die Menschen;*
> *Es wird getrennt, sobald die Sonne wacht.'*

‚Das sind die beiden Türflügel!' ‚Nenne mir die Abteilungen der Hölle!' ‚Es sind ihrer sieben; und ihre Namen sind in die-sen beiden Versen enthalten:

---

1. Sure 41, Vers 10. – 2. Sure 36, Vers 82; ähnlich an mehreren anderen Stellen des Korans.

> Dschahannam ist's und Laza, dann el-Hatîm desgleichen,
> Drauf zähle es-Sa'îr und Sakar auch zumal;
> Und danach kommt Dschahîm, dann Hâwija als letzte:
> Das ist im kurzen Spruche ihre ganze Zahl.'

‚Sage mir weiter, was der Dichter mit diesen Worten meint:

> Sie hat ein Lockenpaar, das von den Schläfen weht
> Weit hinter ihrem Rücken, wenn sie kommt und geht.
> Ein Auge auch, das nie des Schlummers Süße kostet,
> In dem von Tränen nie auch nur ein Tropfen steht.
> Sie hat ihr Lebelang noch nie ein Kleid getragen,
> Doch sie ist's, die den Menschen viele Kleider näht.'

‚Das ist die Nadel.' ‚Sage mir, wie lang und wie breit ist die
Höllenbrücke?' ‚Ihre Länge ist gleich einer Reise von dreitausend Jahren, tausend im Abstieg, tausend im Anstieg und
tausend eben; sie ist schärfer als ein Schwert und dünner als ein
Haar.' – –«

Da bemerkte Schehrezâd, daß der Morgen begann, und sie
hielt in der verstatteten Rede an. Doch als die *Vierhundertund-
sechzigste Nacht* anbrach, fuhr sie also fort: »Es ist mir berichtet
worden, o glücklicher König, daß en-Nazzâm, nachdem die
Sklavin ihm die Höllenbrücke beschrieben hatte, fortfuhr:
‚Sage mir, wie viele Fürbitten leistet unser Prophet Mohammed – Allah segne ihn und gebe ihm Heil! – für die Gläubigen?'
‚Drei Fürbitten.' ‚War Abu Bakr der erste, der den Islam annahm?' ‚Jawohl.' ‚'Alî nahm doch vor Abu Bakr den Islam an?'
‚'Alî kam zum Propheten – Allah segne ihn und gebe ihm Heil!
– als ein Knabe von sieben Jahren, und Allah verlieh ihm die
rechte Leitung, obgleich er noch so jung war, so daß er nie
einen Götzen anbetete.' ‚Sage mir, wer ist vortrefflicher, 'Alî
oder el-'Abbâs?' Da erkannte sie – so erzählte en-Nazzâm
selbst –, daß dies eine Falle für sie war; denn wenn sie sagte,
690

'Alî sei vortrefflicher als el-'Abbâs, so würde der Beherrscher
der Gläubigen[1] ihr das nie verzeihen. Sie senkte daher eine
Weile ihr Haupt und ward bald rot und bald blaß; dann aber
hub sie an: ,Du fragst nach zwei vortrefflichen Männern, deren jeder seinen eigenen Vorzug hat. Laß uns jetzt zu dem zurückkehren, worüber wir sprachen!' Als der Kalif Harûn er-
Raschîd ihre Antwort hörte, erhob er sich und blieb aufrecht
stehen und rief ihr zu: ,Du hast gut gesprochen, beim Herrn
der Kaaba, o Tawaddud!' Nun fragte Ibrahîm en-Nazzâm
weiter: ,Sage mir, was meint der Dichter mit diesen Worten:

> *Es ist von schlankem Leib, und süß ist sein Geschmack;*
> *Es gleicht dem Speer, doch hat es keine Spitze dran.*
> *Und alle Menschen schätzen seinen Nutzen hoch;*
> *Man ißt es nach der Vesperzeit im Ramadân.'*

,Das Zuckerrohr', erwiderte sie; und en-Nazzâm fuhr fort:
,Nun gib mir über viele Fragen Auskunft!' ,Welche sind das?'
,Was ist süßer als Honig, was ist schärfer als das Schwert, was
ist schneller als das Gift? Was ist die Wonne eines Augenblicks,
was die Freude dreier Tage, welches ist der schönste Tag, und
was ist das Glück einer Woche? Welches ist die Schuld, die
selbst der lügnerische Schuldner nicht abstreitet, was ist das
Gefängnis des Grabes, was die Freude des Herzens, und was die
Falle der Seele? Was ist der Tod im Leben, welches ist die
Krankheit, die nicht geheilt werden kann, welches die Schmach,
die sich nicht tilgen läßt, und welches ist das Tier, das nicht auf
der Ackerflur wohnt, sondern in der Wüste haust, das die
Menschen haßt und das von Natur die Eigenschaften sieben
gewaltiger Wesen besitzt?' Da erwiderte sie ihm: ,Höre die
Antwort, die ich dir gebe, und lege dein Gewand ab, auf daß
ich sie dir deute!' Doch der Kalif rief ihr zu: ,Deute zuerst, da-

1. Denn el-'Abbâs war ja der Stammvater der abbasidischen Kalifen.

nach soll er sein Gewand ablegen!' So sprach sie denn: ‚Süßer als Honig ist die Liebe frommer Kinder zu ihren Eltern; schärfer als das Schwert ist die Zunge; schneller als das Gift ist das böse Auge. Die Wonne eines Augenblicks ist die Sinnenlust; die Freude dreier Tage ist das Enthaarungsmittel für die Frauen; der schönste Tag ist der Tag des Gewinnes im Handel; und das Glück einer Woche ist die junge Frau. Die Schuld, die der lügnerische Schuldner nicht abstreitet, ist der Tod; das Gefängnis des Grabes ist ein ungeratener Sohn; die Freude des Herzens ist eine Frau, die ihrem Gatten gehorsam ist, doch es heißt auch, daß sich das Herz am Fleische erfreut, wenn das zu ihm sich neigt; die Falle der Seele ist ein ungehorsamer Sklave. Der Tod im Leben ist die Armut; die Krankheit, die nicht geheilt werden kann, ist ein schlechter Charakter; die Schande, die sich nicht tilgen läßt, ist eine mißratene Tochter. Und schließlich das Tier, das nicht auf der Ackerflur wohnt, sondern in der Wüste haust, das die Menschen haßt und die Eigenschaften sieben gewaltiger Wesen besitzt, das ist die Heuschrecke, ihr Kopf gleicht dem Kopfe des Pferdes, ihr Nacken dem des Stieres, ihre Flügel sind wie die Flügel des Geiers; ihr Fuß gleicht dem des Kameles, ihr Schwanz dem der Schlange, ihr Bauch dem des Skorpions, und ihre Hörner sind wie die der Gazelle.' Da wunderte der Kalif Harûn er-Raschîd sich über ihren Scharfsinn und ihren Verstand, und er sprach alsbald zu en-Nazzâm: ‚Leg dein Gewand ab!' Der hub an und sprach: ‚Ich rufe alle, die in dieser Versammlung zugegen sind, wider mich zu Zeugen auf, daß diese Sklavin gelehrter ist als ich und alle anderen Gelehrten!' Und er legte sein Gewand ab und sprach zu der Sklavin: ‚Da, nimm es hin; Allah möge es dir nicht gesegnen!' Aber der Kalif ließ ihm ein anderes Gewand bringen, das er anlegen konnte.

Darauf hub der Beherrscher der Gläubigen wieder an und sprach: ‚O Tawaddud, nun bleibt noch eins übrig von dem, dessen du dich gerühmt hast, das ist das Schachspiel.' Und er ließ Meister des Schachspiels, des Kartenspiels und des Tricktrackspieles kommen. Der Schachspieler setzte sich vor ihr nieder, und nachdem sie die Figuren zwischen ihnen beiden aufgestellt hatte, tat er einen Zug, und sie tat einen Gegenzug. Jeden Zug aber, den er tat, vereitelte sie sofort durch einen Gegenzug. – –«

Da bemerkte Schehrezâd, daß der Morgen begann, und sie hielt in der verstatteten Rede an. Doch als die *Vierhundertundeinundsechzigste Nacht* anbrach, fuhr sie also fort: »Es ist mir berichtet worden, o glücklicher König, daß die Sklavin, als sie vor dem Beherrscher der Gläubigen Harûn er-Raschîd mit dem Meister Schach spielte, jedesmal, wenn jener einen Zug tat, ihn durch einen Gegenzug vereitelte, bis sie ihn geschlagen hatte und er sich schachmatt sah. Da sprach er: ‚Ich wollte dich nur aufmuntern, damit du dich für eine geschickte Spielerin hältst. Nun stelle noch einmal auf, dann wirst du sehen!' Aber wie sie zum zweiten Male aufgestellt hatte, sprach er bei sich: ‚Mache dein Auge auf; sonst schlägt sie dich wieder!' Dann ging er mit jedem Zuge erst nach langer Berechnung vor, und er spielte so lange, bis sie ihm zurief: ‚Schachmatt, der König ist tot!' Als er solches von ihr erfuhr, wunderte er sich über ihren Scharfsinn und ihre Klugheit. Sie aber lächelte und sprach zu ihm: ‚Meister, bei unserem dritten Spiele will ich mit dir eine Wette eingehen. Ich gebe dir die Königin und den rechten Turm und den linken Springer. Wenn du mich schlägst, dann nimm meine Kleider! Aber wenn ich dich schlage, so will ich dir deine Kleider abnehmen.' ‚Ich bin damit einverstanden', erwiderte er. Dann stellten sie beide die Figuren auf; Tawaddud gab die Königin, den Turm und den Springer ab und sprach: ‚Zieh, Meister!‘ Da tat er einen Zug, indem er sich sagte: ‚Nach einer solchen Vorgabe werde ich sie sicher schlagen.‘ Und er machte sich einen festen Plan; derweilen aber tat sie langsam Zug um Zug, bis sie ihm eine Königin in den Weg gestellt hatte, und dann rückte sie gegen ihn vor, brachte die Bauern und anderen Figuren auch heran, und um seine Aufmerksamkeit abzulenken, opferte sie ihm eine Figur. Er nahm sie; doch da rief Tawaddud: ‚Das Maß ist vollgestrichen, und die Lasten sind ausgeglichen! Friß nur, bis du übersatt bist! Nur deine Gier, du Menschenkind, bringt dich zu Falle. Merkst du denn nicht, daß ich deine Gier erweckte, um dich zu betören? Siehe da, du bist schachmatt!‘ Und sie fügte hinzu: ‚Leg deine Kleider ab!‘ Er bat sie: ‚Laß mir die Hosen, Allah wird es dir vergelten!‘ Und er schwor bei Allah, nie wieder mit jemandem einen Wettkampf einzugehen, solange Tawaddud im Reiche von Baghdad weilte. Darauf legte er sein Gewand ab, überreichte es ihr und ging davon.

Nun holte man den Tricktrackspieler herbei; zu dem sprach sie: ‚Was wirst du mir geben, wenn ich dich heute schlage?‘ Er antwortete: ‚Ich will dir zehn Gewänder geben aus Brokat, der von Konstantinopel gekommen ist und der mit Gold bestickt ist, ferner zehn Gewänder aus Samt und tausend Dinare. Aber wenn ich dich schlage, so verlange ich von dir nichts, als daß du mir eine Urkunde mit der Bestätigung meines Sieges ausstellst.‘ ‚Wohlan denn an dein Werk!‘ sprach sie; und er spielte, aber er verlor. Da stand er auf, indem er unverständliche Worte in fränkischer Sprache murmelte, und sagte dann: ‚Bei der Gnade des Beherrschers der Gläubigen: ihresgleichen gibt es in der ganzen Welt nicht wieder!‘

Zuletzt berief der Beherrscher der Gläubigen die Künstler der Musik; und als die gekommen waren, fragte er die Sklavin:

‚Verstehst du etwas von Musik?‘, ‚Jawohl‘, erwiderte sie. Da ließ
er eine Laute bringen, abgegriffen und abgeschliffen und aller
Schönheit bar, deren Besitzer durch die Trennung von seiner
Geliebten ins Elend geraten war, wie ein Dichter sie beschreibt:

> Ein Land, von Gott getränkt, ließ frisches Holz[1] ersprießen,
> Bald wuchsen Zweige dran, und Wurzeln wurden hart.
> Die Vögel sangen drauf, solang das Holz noch grün war;
> Jetzt singt zu ihm die Zarte, seit es trocken ward.

Man brachte nun eine Laute in einem Beutel aus rotem Satin
mit Quasten aus safranfarbener Seide; sie öffnete den Beutel,
nahm die Laute heraus, und siehe da, auf ihr standen diese Worte
eingegraben:

> Ein frischer Ast ward hier zur Laute für die Maid,
> Die ihre Lieder klagt in trauten Freundeskreisen;
> Sie singt; und ihrer Stimme süßer Schall erklingt,
> Als lernte sie der Nachtigallen zarte Weisen.

Sie legte die Laute auf ihren Schoß und neigte sich mit ihrer
Brust darüber; sie beugte sich, wie sich eine Mutter über ihr
Kind beugt, wenn sie es säugt, und dann spielte sie auf ihr
zwölf Weisen, bis die ganze Versammlung im Meere des Entzückens auf und nieder wogte. Darauf sang sie:

> Hör auf, mich zu meiden! Laß ab von der Härte!
> Denn, bei deinem Leben, mein Herz läßt dich nicht.
> Erbarm dich der Tränen des armen Betrübten,
> Dem glühende Liebe das Herze zerbricht!

Der Beherrscher der Gläubigen war entzückt und rief: ‚Allah
segne dich und erbarme sich dessen, der dich gelehrt hat!‘ Sie
aber erhob sich und küßte dann vor ihm den Boden. Darauf
befahl er, Geld zu bringen, und er ließ ihrem Herrn hundert-

1. Das Wort für ‚Holz‘ (*'ûd*) bedeutet auch ‚Laute‘. Aus *el-'ûd* ist das
deutsche Wort ‚Laute‘ entstanden.

tausend Dinare zahlen; und schließlich sprach er zu ihr: ‚Tawaddud, erbitte dir eine Gnade von mir!' Da erwiderte sie: ‚Ich erbitte von dir die Gnade, daß du mich meinem Herrn, der mich verkauft hat, zurückgibst.' ‚Ich will es tun', sprach er und gab sie ihm zurück, indem er ihr zugleich fünftausend Dinare schenkte. Ihren Herrn aber ernannte er zu seinem Tischgenossen auf Lebenszeit. – –«

Da bemerkte Schehrezâd, daß der Morgen begann, und sie hielt in der verstatteten Rede an. Doch als die *Vierhundertund- zweiundsechzigste Nacht* anbrach, fuhr sie also fort: »Es ist mir berichtet worden, o glücklicher König, daß der Beherrscher der Gläubigen der Sklavin fünftausend Dinare schenkte und sie ihrem Herrn zurückgab, daß er ihn zu seinem Tischgenossen auf Lebenszeit ernannte und ihm zugleich allmonatlich einen Sold von tausend Dinaren bestimmte. So lebte denn Abu el-Husn mit der Sklavin Tawaddud herrlich und in Freuden. –

Nun staune, o König, über die Beredsamkeit dieser Sklavin, über ihr reiches Wissen, ihren Verstand und ihre vollendete Bildung in allen Wissenschaften und Künsten! Und bedenke auch die Großmut des Beherrschers der Gläubigen Harûn er-Raschîd, der ihrem Herrn all dies Geld gab und dann zu ihr sprach: ‚Erbitte dir eine Gnade von mir!' und darauf, als sie die Gnade von ihm erbat, er möchte sie ihrem Herrn zurückgeben, sie ihm alsbald wiedergab, ihr selbst fünftausend Dinare schenkte und ihren Gebieter zu seinem Tischgenossen ernannte! Wo fände man wohl nach den Abbasidenkalifen noch solche Freigebigkeit? Die Barmherzigkeit Allahs walte über sie alle jederzeit!

DIE GESCHICHTE VON DEM ENGEL DES TODES
VOR DEM REICHEN KÖNIG UND VOR DEM
FROMMEN MANNE

Einst wollte, o glücklicher König, einer von den Herrschern
der Vorzeit im Prunkzuge ausreiten inmitten einer Schar von
seinen Hofleuten und den Großen seines Reiches, um seinen
Untertanen die Wunder seiner Herrlichkeit zu zeigen. So befahl er denn seinen Mannen und Emiren und den Vornehmen
seines Reiches, sich zum Auszug mit ihm zu rüsten; und er gebot seinem Kleidermeister, ihm die prächtigsten Gewänder zu
bringen, wie sie einem König bei seinem Staatszug geziemen;
und ferner gab er Befehl, seine Rosse herbeizuführen, eine
herrliche Schar, die von edelster Abstammung war. Als man
all das getan hatte, wählte er von den Gewändern aus, was ihm
gefiel, und von den Rossen das, an dem sein Herz Freude hatte.
Darauf legte er die Gewänder an, bestieg das edle Tier und ritt
nun dahin im Prunkzuge und trug eine Halskette, die mit Edelsteinen und mancherlei Perlen und Rubinen besetzt war; dabei
ließ er den Renner inmitten seines Gefolges tänzeln, selbstgefällig in seinem Stolze und seinem Kraftgefühl. Aber da kam
der Böse zu ihm, legte ihm die Hand auf die Nase und blies ihm
den Odem des Übermuts und der Hoffart in die Nasenlöcher,
so daß er in seiner Verblendung bei sich selber sprach: ‚Wer in
aller Welt ist mir gleich?‘ Und er begann von Stolz und Übermut zu schwellen, er ließ der Hoffart freien Lauf und ging ganz
in den Gedanken an seine eigene Herrlichkeit auf, so daß er in
seinem verblendeten Dünkel und in seiner selbstgefälligen Anmaßung keinen Menschen mehr anblickte. Plötzlich stand ein
Mann vor ihm, der zerrissene Kleider trug; der Mann grüßte

ihn, doch er gab ihm den Gruß nicht zurück. Da ergriff der Fremde die Zügel seines Rosses. ‚Hebe deine Hand hinweg,‘ schrie der König ihn an, ‚du weißt nicht, wessen Zügel du festhältst!‘ Ruhig sprach der Mann: ‚Ich habe ein Anliegen an dich.‘ Der König erwiderte: ‚Warte, bis ich absteige; dann nenne mir dein Anliegen!‘ Aber der Fremde sagte darauf: ‚Es ist ein Geheimnis; ich kann es dir nur ins Ohr flüstern.‘ Darauf neigte der König sein Ohr zu ihm herab, und der Mann sprach: ‚Ich bin der Engel des Todes; ich will deine Seele holen!‘ Nun bat der König: ‚Laß mir nur so viel Zeit, daß ich nach Hause zurückkehren und von den Meinen, meinen Kindern, meiner Gattin und meinen Nachbarn Abschied nehmen kann!‘ ‚Nein, wahrlich,‘ entgegnete der Engel, ‚du wirst nicht mehr zurückkehren, und du wirst sie niemals wiedersehen! Denn deines Lebens Frist ist abgelaufen.‘ Dann nahm er die Seele des Königs, während er noch auf dem Rosse saß. Tot sank der Leib zu Boden; und der Engel des Todes flog davon. Danach aber kam der Engel zu einem frommen Manne, dem Allah der Erhabene Sein Wohlgefallen zugewandt hatte, und grüßte ihn. Als der Fromme seinen Gruß erwidert hatte, fuhr der Todesengel fort: ‚O du frommer Mann, ich habe ein Anliegen an dich; doch es ist ein Geheimnis.‘ Der Mann antwortete: ‚Flüstre mir dein Anliegen ins Ohr!‘ Da flüsterte der Engel: ‚Ich bin der Engel des Todes!‘ ‚Willkommen!‘ rief der Fromme; ‚Allah sei Dank, daß du genaht bist! Denn ich habe schon oft nach deiner Ankunft gespäht; lange bist du dem ferngeblieben, der sich nach deinem Erscheinen sehnt.‘ Der Engel sagte darauf: ‚Wenn du noch irgendein Geschäft hast, so erledige es!‘ Aber der Fromme entgegnete: ‚Ich habe kein wichtigeres Geschäft, als vor das Antlitz meines Herrn, des Allgewaltigen und Glorreichen, zu treten.‘ Weiter sagte der Engel: ‚Wie wünschest du, daß ich deine Seele nehme? Denn mir ist befohlen worden, sie nur so zu holen, wie du es willst und wünschest.' ‚Nun, so warte, bis ich die religiöse Waschung vollzogen und gebetet habe,' erwiderte der Fromme; ‚wenn ich mich dann im Gebet niedergeworfen habe, so nimm meine Seele, während ich anbetend am Boden liege!' Der Engel sprach: ‚Mein Herr, der Allgewaltige und Glorreiche, hat mir befohlen, deine Seele nur mit deiner Einwilligung so zu holen, wie du wünschest; drum will ich tun, was du gesagt hast.' Darauf vollzog der Mann die religiöse Waschung und betete; und der Engel des Todes nahm seine Seele, während er anbetend am Boden lag, und trug sie zu Allah dem Erhabenen an den Ort des Erbarmens und des Wohlgefallens und der Vergebung.

Man erzählt aber auch

DIE GESCHICHTE VOM ENGEL DES TODES VOR DEM REICHEN KÖNIG

Ein König hatte einst unendlich und unermeßlich großes Gut aufgehäuft und von allen Dingen, die Allah der Erhabene in dieser Welt geschaffen hat, eine große Menge gesammelt, auf daß er seine Seele dadurch erquickte. Und schließlich hatte er, um sich ganz dem hinzugeben, was er an reichen Gütern des Glückes besaß, sich ein hohes, gen Himmel ragendes Schloß gebaut, wie es Königen geziemt und für sie angemessen ist. Das hatte er mit zwei festen Toren versehen; auch hatte er Diener und Krieger und Türhüter für sich ausgewählt, soviel wie er wollte. Eines Tages nun befahl er dem Koche, ihm ein Mahl von den feinsten Speisen zu bereiten; und er versammelte die Seinen, sein Gefolge, seine Diener und seine Freunde, auf daß sie mit ihm äßen und sich seiner Huld erfreuten. Da saß er nun auf dem Throne seiner Herrscherherrlichkeit, lehnte sich in die

Kissen zurück und redete zu seiner Seele, indem er sprach: ‚O Seele, du hast dir jetzt alle Güter dieser Welt aufgehäuft; nun gib dich ihnen hin und iß von diesen guten Dingen, dir zur Gesundheit; denn dir ist ein langes Leben voll reichen Glücks gegeben!' – –«

Da bemerkte Schehrezâd, daß der Morgen begann, und sie hielt in der verstatteten Rede an. Doch als die *Vierhundertunddreiundsechzigste Nacht* anbrach, fuhr sie also fort: »Es ist mir berichtet worden, o glücklicher König, daß jener König die Worte an seine Seele: ‚Iß von diesen guten Dingen, dir zur Gesundheit; denn dir ist ein langes Leben voll reichen Glücks gegeben!' kaum beendet hatte, als draußen vor dem Schlosse ein Mann erschien, der zerrissene Kleider trug und über der Schulter einen Sack hatte wie ein Bettler, der Essen erbittet. Der kam heran und tat mit dem Türring einen gewaltigen und furchtbaren Schlag auf das Schloßtor, der den Palast erbeben und den Thron wanken machte. Erschrocken eilten die Diener zum Tore und schrien den Pocher mit den Worten an: ‚Weh dir, was tust du da? Was soll diese Frechheit? Warte, bis der König gegessen hat; dann werden wir dir von dem geben, was übrig bleibt!' Aber er herrschte die Diener an: ‚Sagt eurem Herrn, er solle zu mir herauskommen, um mit mir zu reden; ich habe ein Anliegen an ihn, ein Geschäft, das wichtig ist, eine Sache, die dringlich ist!' Doch sie erwiderten: ‚Hinweg, du Tropf! Wer bist du, daß du unserem Herrn zu befehlen wagst, er solle zu dir herauskommen?' ‚Tut es ihm kund!' sprach er. Sie gingen hinein und taten es dem König kund; der aber fragte sie: ‚Habt ihr ihn nicht zurückgetrieben, das Schwert wider ihn gezückt und ihn fortgejagt?' Da klopfte er wieder an die Tür, noch lauter als das erste Mal; die Diener stürmten auf ihn los mit Stäben und Waffen und wollten über ihn herfallen, um

700

ihn zu schlagen. Doch er erhob seine Stimme wider sie: ‚Stehet still, wo ihr seid! Ich bin der Engel des Todes!' Da erbebten ihre Herzen, und sie waren wie von Sinnen; ihr Geist geriet in Verwirrung, ihr Leib erzitterte, und ihre Glieder konnten sich nicht mehr rühren. Der König rief ihnen zu: ‚Sagt ihm, er solle jemand anders als Ersatz für mich holen!' Aber der Todesengel sprach: ‚Ich nehme keinen Ersatz, ich bin nur deinetwegen gekommen, um dich zu trennen von den Gütern, die du aufgehäuft hast, und von den Schätzen, die du gesammelt und aufgespeichert hast!' Nun begann der König zu seufzen und zu weinen, und er rief: ‚Allah verfluche den Reichtum, der mir nur Täuschung gebracht und mich elend gemacht und von dem Dienste meines Herrn ferngehalten hat! Ich glaubte, er würde mir nützen, aber jetzt ist er mir nur eine Qual und ein Unglück zumal; siehe da, ich muß ihn mit leeren Händen verlassen, und er verbleibt meinen Feinden!' Darauf ließ Allah den Reichtum reden, und der sprach: ‚Warum verfluchest du mich? Verfluche dich selber! Allah der Erhabene hat mich und dich aus dem Staube geschaffen, und er gab mich in deine Hand, auf daß du dir durch mich eine Wegzehrung schüfest für dein Leben im Jenseits und von mir den Armen und Bedürftigen und Elenden Almosen gäbest; auf daß du von mir Herbergen und Moscheen, Brücken und Wasserleitungen bautest und ich dir so ein Helfer wäre in der künftigen Welt. Du aber hast mich aufgehäuft und aufgespeichert und mich für dein eigenes Gelüst verwandt, du hast mir nicht einmal den schuldigen Dank gesagt, sondern mir mit Undank gelohnt. Darum mußt du mich jetzt deinen Feinden lassen, in deinem Leid und deiner Reue. Was für eine Schuld trifft mich denn, daß du mich verwünschest?' Dann nahm der Engel des Todes die Seele des Königs, während er auf seinem Throne saß, ehe er noch von den Speisen gekostet hatte, so daß er tot hinsank und von seinem Herrschersitze herunterfiel. Allah der Erhabene sagt: Während sie sich dessen freuten, was ihnen zuteil geworden war, nahmen wir sie plötzlich fort, und siehe, da waren sie voller Verzweiflung.[1]

Ferner wird erzählt

DIE GESCHICHTE VOM ENGEL DES TODES
UND DEM KÖNIG DER KINDER ISRAEL

Eines Tages saß ein König der Kinder Israel, ein gewaltiger Tyrann, auf seinem Herrscherthrone: da sah er durch das Tor des Palastes einen Mann hereintreten, der eine widerwärtige Gestalt und ein furchterregendes Aussehen hatte. Der König erschrak ob seines plötzlichen Erscheinens, ihn grauste vor seinem Anblick, er sprang vor ihm auf und rief: ‚Wer bist du, Mann? Wer hat dir erlaubt, zu mir einzutreten? Wer hat dir befohlen, zu meinem Hause zu kommen?‘ Der Fremde gab zur Antwort: ‚Er, der des Hauses Herr ist, hat es mir befohlen! Mich hält kein Türhüter zurück, und wenn ich zu den Königen eintrete, bedarf ich keiner Erlaubnis. Eines Sultans Macht und eine Menge von Wachen können mir keine Sorge machen. Ich bin der Mann, vor dem kein Tyrann sicher sein kann; und keiner kann fliehn, ergreife ich ihn. Ich bin es, der die Freuden schweigen heißt, und der die Freundesbande zerreißt!‘ Wie der König diese Worte vernahm, stürzte er auf sein Angesicht, ein Grausen durchschauerte seinen Leib, und er blieb ohnmächtig liegen. Als er wieder zu sich kam, fragte er: ‚Bist du der Engel des Todes?‘ ‚Ich bin es‘, erwiderte jener. Da flehte der König: ‚Ich beschwöre dich bei Gott, gewähre mir eines einzigen Tages Frist, damit ich um Vergebung für meine Sünden beten und meinen Herrn um Verzeihung bitten kann, und

[1]. Koran, Sure 6, Vers 44.

702

damit ich das Geld, das in meinen Schatzkammern ist, seinen rechtmäßigen Besitzern zurückgeben kann! Dann wird die Qual der Abrechnung von mir genommen, und das Weh der Strafe wird nicht über mich kommen.' Doch der Engel entgegnete: ‚Weit gefehlt! Weit gefehlt! Das ist dir nicht mehr möglich!' – –«

Da bemerkte Schehrezâd, daß der Morgen begann, und sie hielt in der verstatteten Rede an. Doch als die *Vierhundertundvierundsechzigste Nacht* anbrach, fuhr sie also fort: »Es ist mir berichtet worden, o glücklicher König, daß der Todesengel zu dem König sprach: ‚Weit gefehlt! Weit gefehlt! Das ist dir nicht mehr möglich! Wie kann ich dir eine Frist gewähren, da doch die Tage deines Lebens gezählt und deine Atemzüge berechnet und deine Stunden festgesetzt und aufgeschrieben sind?' ‚Gib mir eine Stunde Frist!' bat der König; doch der Engel entgegnete: ‚Die Stunde ist eingerechnet, und sie ist bereits verstrichen, doch du hast nicht daran gedacht; sie verging, doch du gabst nicht darauf acht. Jetzt sind deine Atemzüge vollendet, und dir bleibt nur noch ein einziger Hauch.' Nun fragte der König: ‚Wer ist denn bei mir, wenn ich zu meinem Grabe getragen werde?' Der Engel erwiderte: ‚Nur allein deine Werke!' Und als der König darauf sagte: ‚Ich habe keine Werke', fuhr der Engel fort: ‚So ist es denn sicher: deine Stätte wird im höllischen Feuer sein, und du gehst zum Zorne des Allgewaltigen ein!' Alsbald ergriff er seine Seele, und der König stürzte von seinem Throne und sank tot auf den Boden. Da erhob sich ein Getöse unter dem Volk seines Reiches, die Stimmen erklangen, und Weinen und Schreien erschollen. Hätten sie aber gewußt, was ihm durch den Zorn seines Herrn bevorstand, so hätten sie noch bitterlicher um ihn geweint und sich zu noch lauterem und heftigerem Klagen vereint.

DIE GESCHICHTE VON ISKANDAR DHÛ
EL-KARNAIN UND DEM GENÜGSAMEN KÖNIG

Iskandar Dhû el-Karnain[1] kam auf seinen Reisen einmal bei
einem armseligen Volke vorbei, das nichts von den Dingen
dieser Welt sein eigen nannte. Jene Leute gruben die Gräber
für ihre Toten vor den Toren ihrer Häuser, und jederzeit besuchten sie diese Gräber, fegten den Staub von ihnen ab und
hielten sie sauber, und bei solchen Besuchen beteten sie Gott
den Erhabenen dort an. Ihre einzige Speise aber waren das
Gras und die Kräuter der Erde. Da schickte Iskandar Dhû el-
Karnain einen Mann zu ihnen, der ihren König zu ihm berufen
sollte; der aber weigerte sich und sprach: ‚Ich bedarf seiner
nicht.' Und nun begab Dhû el-Karnain sich zu ihm und fragte:
‚Wie steht es mit euch? Was treibt ihr? Ich sehe bei euch weder
Gold noch Silber, noch auch finde ich bei euch irgend etwas
von den Gütern dieser Welt.' Der König antwortete ihm: ‚Von
den Gütern dieser Welt wird niemand satt.' Weiter fragte Iskandar: ‚Warum grabt ihr die Gräber vor euren Toren?' Der
König erwiderte: ‚Damit wir sie immer vor Augen haben! So
schauen wir auf sie und denken immer aufs neue an den Tod
und vergessen nie die künftige Welt; dann schwindet auch die
Liebe zur irdischen Welt aus unseren Herzen, und wir werden
nicht durch sie von dem Dienste unseres Herrn, des Erhabenen,
abgelenkt.' Und wiederum fragte Iskandar: ‚Wie kommt es,
daß ihr Gras esset?' Jener König gab ihm zur Antwort: ‚Weil
wir es verabscheuen, unsere Leiber zu Gräbern von Tieren zu

1. Das ist Alexander der Große; er hat bei den Arabern den Beinamen
‚der Zweigehörnte', weil er als Jupiter Ammon mit den beiden
Widderhörnern dargestellt wurde.

machen und weil die Lust am Essen nicht über die Kehle hinausreicht.' Darauf reckte er seine Hand aus, holte den Schädel eines Menschen hervor, legte ihn vor Iskandar nieder und sprach zu ihm: ‚O Dhû el-Karnain, weißt du, wem dieser Schädel gehört hat?' ‚Nein', erwiderte er; und jener fuhr fort: ‚Der, dem dieser Schädel gehört hat, war einer von den Königen dieser Welt; der pflegte seine Untertanen grausam zu behandeln und ihnen unrecht zu tun, zumal den Schwachen, und er vergeudete seine Zeit damit, den Tand dieser Welt aufzuhäufen. Da nahm Allah seine Seele fort und machte das Höllenfeuer zu seinem Aufenthaltsort. Und dies ist nun sein Schädel.' Dann reckte er seine Hand von neuem aus, legte einen zweiten Schädel vor Iskandar nieder und sprach zu ihm: ‚Kennst du diesen?' ‚Nein', erwiderte er; und dann fuhr jener fort: ‚Dieser gehörte einem anderen von den Königen der Erde; der war gerecht gegen seine Untertanen und hatte ein Herz für das Volk seines Reiches und seiner Herrschaft. Da nahm Allah seine Seele von ihm fort, ließ ihn im Paradiese wohnen und dort in hohen Ehren thronen.' Darauf legte er seine Hand auf das Haupt des Königs Dhû el-Karnain und sprach: ‚Welcher von diesen beiden magst du wohl sein?' Da weinte Dhû el-Karnain bitterlich, drückte den fremden König an seine Brust und sprach zu ihm: ‚Wenn du Lust hast, dich mir zu gesellen, so will ich dich zu meinem Wesir machen und mit dir mein Reich teilen.' Aber jener Mann rief: ‚Das sei ferne! Das sei ferne! Danach trage ich kein Verlangen.' Als Iskandar ihn fragte: ‚Weshalb denn nicht?' antwortete er: ‚Weil alle Menschen deine Feinde sind um des Reichtumes und des Besitzes willen, der dir verliehen ward; alle aber sind in Wahrheit meine Freunde wegen meiner Genügsamkeit und meiner Armut, dieweil ich keinen Besitz habe und auch nichts Irdisches begehre; danach trage ich kein Verlangen, und darum brauche ich nicht zu bangen. Die Genügsamkeit allein ist mir Genüge!' Da drückte Iskandar ihn noch einmal an seine Brust und küßte ihn auf die Stirn; dann zog er weiter.

Ferner wird berichtet

DIE GESCHICHTE VON DEM GERECHTEN KÖNIG ANUSCHARWÂN

Eines Tages gab Anuscharwân, der gerechte König[1], sich den Anschein, daß er krank sei; da sandte er seine Vertrauensmänner und seine Verwalter aus mit dem Befehle, sie sollten in allen Gegenden seiner Herrschaft und allen Ländern seines Reiches umherziehen, um einen alten Lehmziegel aus einem verfallenen Dorfe für ihn zu suchen, damit er durch ihn Heilung fände; denn er sagte seinen Freunden, die Ärzte hätten ihm solches verordnet. Darauf zogen sie in allen Gegenden seiner Herrschaft und seines ganzen Reiches umher; doch dann kehrten sie zu ihm zurück und sprachen zu ihm: ‚Wir haben in deinem ganzen Reiche keinen verlassenen Ort und keinen alten Lehmziegel gefunden.' Des freute sich Anuscharwân, und er dankte Gott und sprach: ‚Ich wollte nur mein Reich auf die Probe stellen und das Land meiner Herrschaft prüfen, um zu erfahren, ob es in ihm eine verlassene Stätte gebe, damit ich sie wieder aufbauen könnte. Da aber jetzt ein jeder Ort bewohnt ist, so steht es gut um das Reich, die beste Ordnung herrscht in allen Dingen, und so konnte die Kultur es zur höchsten Vollkommenheit bringen.' – –«

Da bemerkte Schehrezâd, daß der Morgen begann, und sie hielt in der verstatteten Rede an. Doch als die *Vierhundertund-fünfundsechzigste Nacht* anbrach, fuhr sie also fort: »Es ist mir

1. Vgl. Seite 489, Anmerkung.

berichtet worden, o glücklicher König, daß der König, als die Großen seines Reiches zu ihm zurückkehrten und zu ihm sprachen: ‚Wir haben im ganzen Reiche keinen verlassenen Ort gefunden‘, Gott dankte und sprach: ‚Jetzt steht es gut um das Reich, die beste Ordnung herrscht in allen Dingen, und so konnte die Kultur es zur höchsten Vollkommenheit bringen.‘

Wisse drum, o König – so fuhr Schehrezâd fort –, daß jene alten Könige nur deshalb sich so eifrig um die Wohlfahrt ihres Landes mühten, weil sie wußten, daß, je volkreicher ein Land ist, in desto reichlicherem Maße auch das vorhanden ist, was von den Menschen begehrt wird; und sie wußten auch, daß es unzweifelhaft wahr ist, was die Gelehrten verkünden und was wir in den Aussprüchen der Weisen finden, nämlich: die Religion hängt vom König ab, der König von den Truppen, die Truppen von dem Staatsschatze, der Staatsschatz von der Wohlfahrt des Landes, und die Wohlfahrt des Landes von der gerechten Behandlung des Untertanenstandes. Deshalb unterstützten sie niemanden in der Härte und Unterdrückung und duldeten nicht, daß ihre Diener ungerecht handelten, in der Erkenntnis, daß die Untertanen bei Tyrannei nicht gedeihen können, daß Land und Städte in Trümmer fallen, wenn Tyrannen über sie herrschen, und daß die Bewohner sich dann zerstreuen und in anderer Herren Länder sich flüchten. Dadurch aber kommt Elend über das Reich, die Einnahmen werden geringer, die Schatzkammern werden leer, und das heitere Leben der Untertanen wird getrübt; denn sie lieben einen tyrannischen Herrscher nicht, vielmehr senden sie unablässig ihre Gebete wider ihn empor, so daß dem König seine Herrschaft nicht frommt und das unheilvolle Verhängnis bald über ihn kommt.

DIE GESCHICHTE VON DEM JÜDISCHEN
RICHTER UND SEINEM FROMMEN WEIBE

Unter den Kindern Israel lebte einst einer ihrer Richter; der
hatte eine Frau von wundersamer Lieblichkeit, reich an Keuschheit, Geduld und Bescheidenheit. Einmal wollte jener Richter
sich aufmachen zur Pilgerfahrt nach Jerusalem, und da übertrug er seinem Bruder das Richteramt und vertraute ihm auch
seine Frau an. Nun hatte sein Bruder schon von ihrer Schönheit und Anmut gehört und Neigung zu ihr gefaßt. Als aber
der Richter fortgezogen war, begab der Bruder sich zu ihr
und wollte sie verführen; doch sie weigerte sich dessen und
beharrte in ihrer Tugend. Da drang er noch heftiger in sie, während sie sich standhaft wehrte. Wie er dann schließlich sein
Vorhaben aufgab, geriet er in Furcht, sie möchte seinem Bruder von diesem bösen Tun berichten, wenn er zurückkehre;
und deshalb dang er sich falsche Zeugen, die von ihr aussagen
sollten, sie habe Ehebruch getrieben. Darauf brachte er ihre
Sache vor den König jener Zeit, und der entschied, sie solle gesteinigt werden. Nun grub man eine Grube für sie, warf sie
hinein und steinigte sie, bis die Steine sie ganz bedeckten; und
der böse Bruder sprach: ‚Diese Grube ist ihr Grab.‘ Als es aber
dunkle Nacht geworden war, begann sie vor argen Schmerzen
zu stöhnen. Da kam ein Wandersmann vorbei, der sich zu
einem Nachbardorfe begab; als der ihr Wimmern hörte, ging
er hinzu und holte sie aus der Grube heraus. Dann trug er sie
zu seiner Frau und gebot ihr, die Kranke zu pflegen. Jene Frau
pflegte sie, bis sie genesen war; und da sie ein Kind hatte, übergab sie es der Fremden, damit diese sich seiner annehme und
mit ihm in einem anderen Hause schlafe. Dort sah sie einer der

Schelme, und weil ihn nach ihr gelüstete, schickte er zu ihr, um sie zu verführen; aber sie weigerte sich dessen. Nun beschloß er, sie zu töten; und er kam bei Nacht und drang in ihr Haus ein, während sie schlief. Dann fiel er mit dem Messer über sie her; doch er traf das Kind und tötete es. Als er aber merkte, daß er das Kind getötet hatte, kam Furcht über ihn, und er eilte aus dem Hause hinaus; so schützte Allah die Frau vor ihm. Wie sie am Morgen erwachte, fand sie den Knaben tot an ihrer Seite; da kam auch schon seine Mutter und schrie: ‚Du bist es, die ihn getötet hat!' Dann versetzte sie ihr schmerzhafte Schläge und wollte sie umbringen. Aber der Mann jener Frau kam und befreite die Frau des Richters aus ihren Händen und sprach: ‚Bei Allah, das sollst du nicht tun!' Darauf eilte die Richtersfrau flüchtig von dannen, ohne zu wissen, wohin sie sich wenden sollte; sie hatte jedoch einige Dirhems bei sich. Und sie kam in ein Dorf, wo die Menschen um einen Mann herumstanden, der an einem Baumstamm gekreuzigt war, aber noch Leben in sich hatte. Als sie fragte: ‚Ihr Leute, was ist es mit ihm?' antwortete man ihr: ‚Er hat ein Verbrechen begangen, das nur durch seinen Tod oder durch ein Almosen der Sühne in der und der Höhe gebüßt werden kann!' Da sprach sie : ‚Nehmt dies Geld und laßt ihn frei!' Als sie das taten, bereute der Mann vor ihr und gelobte, ihr zu dienen, um Allahs des Erhabenen willen, bis der Tod ihn abberufen würde. Dann baute er ihr eine Zelle, die er ihr zur Wohnung gab, und begann Holz zu fällen und ihr täglich ihr Brot zu bringen. Die Frau aber gab sich nun ganz dem Gottesdienste hin, und sie ward so heilig, daß sie jeden Kranken und Besessenen, der zu ihr kam, alsbald durch ihr Gebet heilte. – –«

Da bemerkte Schehrezâd, daß der Morgen begann, und sie hielt in der verstatteten Rede an. Doch als die *Vierhundertund-*

sechsundsechzigste Nacht anbrach, fuhr sie also fort: »Es ist mir berichtet worden, o glücklicher König, daß sich, als die Frau von den Menschen aufgesucht wurde, während sie in der Zelle sich ihrer Andacht widmete, nach dem Ratschlusse Allahs des Erhabenen das Folgende begab: Der Bruder ihres Gatten, er, der sie hatte steinigen lassen, wurde von einem Krebsschaden in seinem Gesicht befallen; die Frau, die sie geschlagen hatte, erkrankte am Aussatz, und der Schelm ward von einem Siechtum heimgesucht, das ihn zum Krüppel machte. Als nun der Richter von seiner Pilgerfahrt heimgekehrt war, fragte er seinen Bruder alsbald nach seiner Gattin. Der sagte ihm, sie sei gestorben; da trauerte er um sie und glaubte, sie wäre bei Gott. Nun hörten die Menschen überall von der frommen Frau, und sie begannen ihre Zelle aufzusuchen, von allen Ländern her, weit und breit. Da sprach der Richter zu seinem Bruder: ‚Lieber Bruder, willst du nicht auch zu jener frommen Frau gehen? Vielleicht wird Gott dir durch ihre Hand Heilung gewähren.‘ ‚Lieber Bruder,‘ erwiderte er, ‚führe mich zu ihr!‘ Aber auch der Gatte der Frau, die am Aussatz erkrankt war, hörte von ihr, und er begab sich mit seiner Gattin zu ihr. Und ebenso vernahmen die Leute des verkrüppelten Schelmes die Kunde von ihr, und sie begaben sich desgleichen mit ihm zu ihr. So trafen alle die Leute bei der Tür ihrer Zelle zusammen. Sie aber konnte alle, die zu ihrer Zelle kamen, von einer Stelle aus sehen, wo niemand anders sie erblicken konnte. Die Leute warteten nun, bis der Diener kam; dann baten sie ihn, er möchte ihnen die Erlaubnis erwirken, bei ihr einzutreten. Als er das getan hatte, verschleierte und verhüllte sie sich und trat an die Tür; da erblickte sie ihren Gatten und seinen Bruder, den Dieb und die Frau. Sie erkannte sie alsbald; aber jene erkannten sie nicht. Und sie sprach zu ihnen: ‚Ihr Leute da, ihr

werdet nicht eher von euren Leiden erlöst werden, als bis ihr
eure Sünden bekennt. Denn so der Mensch seine Sünden bekennt, nimmt Gott ihn wieder zu Gnaden an und gewährt ihm
das, weswegen er sich an ihn wendet.' Nun sagte der Richter
zu seinem Bruder: ‚Lieber Bruder, bereue vor Gott und sei
nicht verstockt; so wird es dir eher zur Genesung verhelfen.'
Und es war, als ob eine Stimme von geheimnisvollem Klang
leise diese Verse sang:

> *Hier stehet der Bedrücker heut vor dem Bedrückten;*
> *Was er geheim verbarg, macht Gott nun offenbar.*
> *Dies ist der Ort, vor dem die Sünder kleinlaut werden;*
> *Und Gott erhöht hier den, der ihm gehorsam war.*
> *Ja, unser Herr und Meister kündet hier die Wahrheit,*
> *Ob auch der Sünder grollt mit trotzerfüllter Brust.*
> *Drum wehe dem, der offen Gott zum Zorne reizte,*
> *Als hätt er von des Herren Strafe nichts gewußt!*
> *O der du Ehre suchst, die Ehre – weh dir, Mann! –*
> *Liegt in der Gottesfurcht: vertrau dem Herrn dich an!*

Da sprach der Bruder des Richters: ‚Jetzt will ich die Wahrheit sagen, ich habe deiner Frau das und das – was wir schon
erzählt haben – angetan; und das ist meine Sünde.' Und die
Aussätzige sagte: ‚Bei mir war eine Frau, die ich ohne sicheres
Wissen beschuldigt und vorsätzlich geschlagen habe; das ist
meine Sünde.' Zuletzt bekannte der Krüppel: ‚Ich drang bei
einer Frau ein, um sie zu töten, nachdem ich sie hatte verführen wollen, sie aber sich des Ehebruchs geweigert hatte;
doch ich tötete ein Kind, das bei ihr lag; das ist meine Sünde.'
Die Frau sprach: ‚O Gott, wie du ihnen die Schmach der Sünde gezeigt hast, so laß sie jetzt die Ehre des Gehorsams schauen;
denn du bist mächtig über alle Dinge.' Und alsbald ließ Gott,
der Allgewaltige und Glorreiche, sie genesen. Nun aber begann der Richter sie anzublicken und genauer anzuschauen;

und sie fragte ihn, warum er sie so betrachte. Als er antwortete:
,Ich hatte eine Frau, und wenn sie nicht gestorben wäre, so
möchte ich sagen, du wärest es', gab sie sich ihm zu erkennen,
und beide begannen Gott, den Allgewaltigen und Glorreichen,
zu preisen, daß Er sie in Seiner Huld wieder miteinander vereinigt hatte. Der Bruder des Richters aber und der Schelm und
die Frau baten sie um Vergebung; und nachdem sie ihnen verziehen hatte, widmeten sich alle an jener Stätte dort der Anbetung
Gottes und dem Dienst der frommen Frau, bis der Tod sie schied.

Ferner wird berichtet

DIE GESCHICHTE
VON DEM SCHIFFBRÜCHIGEN WEIBE

Einer von den Nachkommen des Propheten erzählte: Als ich
einst in finsterer Nacht um die Kaaba ging, hörte ich eine
Stimme klagen und aus bekümmertem Herzen diese Worte
sagen: ,O du Allgütiger, deine alte Huld sei wieder neu! Siehe,
mein Herz ist dem Bunde getreu.' Wie ich jene Stimme vernahm, begann mein Herz so gewaltig zu schlagen, daß ich fast zu
sterben vermeinte. Doch ich ging in der Richtung der Stimme,
und ich entdeckte, daß sie von einer Frau kam. Da sprach ich:
,Friede sei mit dir, du Magd Allahs!' Sie gab zur Antwort:
,Auch mit dir seien Friede und die Barmherzigkeit Allahs und
Seine Segnungen!' Dann fuhr ich fort: ,Ich bitte dich um des
allmächtigen Allah willen, sag mir, was ist das für ein Bund,
dem dein Herz treu ist?' Darauf erwiderte sie: ,Hättest du
mich nicht beschworen bei dem Herrn der gewaltigen Taten,
so würde ich dir die Geheimnisse nicht verraten. Schau, was
hier vor mir liegt!' Ich schaute hin und erblickte vor ihr einen
schlafenden Knaben, der in seinem Schlummer schwer atmete. Und nun erzählte sie: ,Ich machte mich auf, als ich die-

712

sen Knaben unter dem Herzen trug, um zu diesem Heiligtum zu wallfahrten. Da mußte ich mit einem Schiffe fahren; aber die Wogen erhoben sich über uns, die Winde bliesen widrig gegen uns, und das Schiff ging mit uns unter. Ich konnte mich noch auf eine Schiffsplanke retten, und dort kam ich mit diesem Knäblein nieder, während ich mich auf jenem Brette befand. Als es nun auf meinem Schoße lag und die Wellen mich peitschten' – –«

Da bemerkte Schehrezâd, daß der Morgen begann, und sie hielt in der verstatteten Rede an. Doch als die *Vierhundertundsiebenundsechzigste Nacht* anbrach, fuhr sie also fort: »Es ist mir berichtet worden, o glücklicher König, daß die Frau des weiteren erzählte: ,Nachdem das Schiff untergegangen war, konnte ich mich auf eine Schiffsplanke retten, und dort kam ich mit diesem Knäblein nieder, während ich mich auf jenem Brette befand. Als es nun auf meinem Schoße lag und die Wogen mich peitschten, kam plötzlich einer von den Seeleuten des Schiffes zu mir herangeschwommen, kletterte auf meine Planke und sprach zu mir: ,Bei Allah, schon als du noch auf dem Schiffe warst, gelüstete es mich nach dir; jetzt aber, wo ich bei dir bin, laß mich meinen Willen an dir tun, sonst werfe ich dich allhier ins Meer!' Da rief ich: ,Wehe dir! Hast du das, was du soeben erlebt hast, schon vergessen? Ist es dir keine Warnung?' Doch er sagte gelassen: ,Dergleichen habe ich schon viele Male erlebt; ich bin immer gut davongekommen, und so mache ich mir nichts daraus!' Ich erwiderte: ,Mann, wir sind von einem Unheil betroffen, aus dem wir nur durch Gehorsam, nicht durch Sünde uns zu retten hoffen.' Dennoch drang er weiter in mich, und weil ich Angst vor ihm hatte, suchte ich ihn zu hintergehen, indem ich zu ihm sprach: ,Warte nur noch, bis dies Kind schläft!' Da riß er es von meinem

Schoße und warf es ins Meer. Wie ich sah, was er in seiner tollen Wut mit dem Knaben tat, sank mir das Herz, und mich zerriß der Schmerz, und ich hob mein Haupt gen Himmel und rief: ‚O du, der du zwischen den Menschen und sein Herze trittst, tritt zwischen mich und dies wilde Tier! Du hast Macht über alle Dinge.‘ Und, bei Allah, kaum hatte ich mein Gebet beendet, da erhob sich ein Ungetüm aus dem Meere und riß ihn von der Planke herunter. So blieb ich nun ganz allein, und in mir wogten Kummer und Pein der Sorge um mein Kindelein. Und da sprach ich:

> Mein Augentrost, mein Liebling, ach, mein Kind verschwand,
> Als ich in meinem Elend keine Kraft mehr fand.
> Ich sehe, wie mein Leib ertrinkt, und wie die Not
> Im grausen Spiel der Wellen mir das Herz durchloht.
> Ich hab in meinen Qualen keine Rettung mehr
> Als deine Huld, du meine Zuflucht hoch und hehr.
> Du siehst, o Herr, das Leid, das über mich gekommen,
> Da jetzt mein einzig Kind, mein Sohn, von mir genommen.
> Verein uns, ende gnädig, was mich jetzt betroffen!
> Ja, meine stärkste Waffe ist's, auf dich zu hoffen.

Einen Tag und eine Nacht lang blieb ich in diesem Zustande; als es dann aber wieder Morgen ward, erblickte ich die Segel eines Schiffes, die weit in der Ferne leuchteten, und nun trugen mich die Wellen und trieben mich die Winde unablässig dahin, bis ich jenes Schiff, dessen Segel ich vor mir sah, erreichte. Die Schiffsleute nahmen mich auf und holten mich an Bord; und siehe da, mein Sohn war bei ihnen. Ich warf mich auf ihn und rief: ‚Ach, ihr Leute, das ist ja mein Sohn! Woher habt ihr ihn?‘ Sie antworteten: ‚Während wir auf dem Meere dahinfuhren, stand unser Schiff plötzlich still; und wir erblickten ein Ungetüm, gewaltig wie eine große Stadt, und auf seinem Rücken saß dies Knäblein, das am Daumen sog. Da nahmen wir es zu uns.' Wie ich das von ihnen vernahm, erzählte ich ihnen meine Geschichte und alles, was mir widerfahren war, und ich dankte meinem Herrn für das, was Er an mir getan hatte, und ich gelobte Ihm, ich wollte fürderhin stets bei Seinem Hause bleiben und mich ganz allein Seinem Dienste weihen. Seither hat Er mir jede Bitte gewährt, die ich an Ihn gerichtet habe.'

Darauf tat ich meine Hand in den Geldbeutel und wollte ihr etwas geben. Aber sie rief: ,Weg damit, du Tor! Sagte ich dir nicht, wie Er gnädig spendet und in Seiner Huld alles zum Guten wendet? Soll ich Wohltaten von jemand anders annehmen als von Ihm?' Und ich vermochte sie nicht zu bewegen, daß sie etwas von mir annahm. Dann verließ ich sie und ging davon, indem ich diese Verse sprach:

> *Wie manche Gnade Allahs ist so tief versteckt,*
> *Daß der Verstand der Weisen selbst sie nicht entdeckt!*
> *Wie manches Glück erscheint doch erst nach langem Schmerz,*
> *Befreit dann von Kummer das bedrängte Herz!*
> *Wie mancher Morgen hebt für dich mit Sorge an;*
> *Und doch – am Abend kommt zu dir die Freude dann!*
> *Will dir an einem Tag die Not zu arg erscheinen,*
> *Vertrau auf den Erhabnen, Ihn, den ewig Einen!*
> *Und flehe zum Propheten: jedes Menschenkind,*
> *Das zum Propheten fleht, erreicht sein Ziel geschwind.*

Und sie blieb immerdar im Dienste ihres Herrn und bei Seinem Hause, bis der Tod sie heimsuchte.

Ferner wird erzählt

DIE GESCHICHTE VON DEM FROMMEN
NEGERSKLAVEN

Mâlik ibn Dinâr – Allah habe ihn selig! – berichtete: Einst blieb uns in Basra der Regen aus, und viele Male zogen wir auf den Bittgang um Regen; aber wir sahen kein Zeichen, daß unser Gebet erhört werden sollte. Da gingen ich und 'Atâ es-Sulami und Thâbit el-Banâni, ferner Nudschaij el-Bakkâ, Mohammed ibn Wâsi', Aijûb es-Sachtijâni, Habîb el-Fârisi, Hassân ibn Abî Sinân, 'Utba el-Ghulâmı und Sâlih el-Muzani[1] dahin, bis wir zur Gebetskapelle gelangten, als gerade die Kinder aus den Schulen kamen; und wir beteten um Regen, aber wir entdeckten kein Zeichen der Erhörung. Um Mittag gingen die Menschen fort; doch ich blieb mit Thâbit el-Banâni in dem Bethause. Und als der Abend dunkelte, sahen wir einen Schwarzen auf uns zukommen; der hatte ein schönes Gesicht, dürre Beine und einen dicken Bauch, und er trug einen wollenen Mantel. Wenn man alles, was er auf dem Leibe trug, abgeschätzt hätte, so wäre es nicht zwei Dirhems wert gewesen. Er trug auch Wasser mit sich und nahm die religiöse Waschung vor. Dann trat er zur Gebetsnische und betete rasch zwei Rak'as, und beide Male war seine Haltung beim Stehen, beim Verneigen und beim Niederwerfen genau die gleiche. Darauf hob er seinen Blick zum Himmel auf und sprach: ,Mein Gott, mein Herr und Meister, wie lange noch willst du deinen Knechten das versagen, was deiner Herrlichkeit keinen Abbruch tut? Ist das, was bei dir ist, erschöpft, oder sind die Schätze deiner Herrlichkeit geschwunden? Ich beschwöre dich bei deiner Liebe zu mir, gieß deinen Regen zur Stunde auf uns hernieder!' Kaum hatte er noch sein Gebet beendet, da überzog sich schon der Himmel mit Wolken, und ein Regen strömte herab wie aus offenen Wasserschläuchen. Wir beide konnten das Bethaus nur so verlassen, daß wir bis zu den Knien im Wasser wateten. – –«

Da bemerkte Schehrezâd, daß der Morgen begann, und sie hielt in der verstatteten Rede an. Doch als die *Vierhundertund-*

[1]. Islamische Gelehrte, die im 8. Jahrhundert n. Chr. in Basra lebten.

achtundsechzigste Nacht anbrach, fuhr sie also fort: »Es ist mir berichtet worden, o glücklicher König, daß Mâlik ibn Dinâr des weiteren erzählte: Kaum hatte der Sklave sein Gebet beendet, da überzog sich schon der Himmel mit Wolken, und ein Regen strömte herab wie aus offenen Wasserschläuchen. Wir beide konnten das Bethaus nur so verlassen, daß wir bis zu den Knien im Wasser wateten, und wir konnten uns über den Mohr nicht genug wundern. Da trat ich – so sagte Mâlik – auf ihn zu und rief: ‚Weh dir, du Schwarzer, schämst du dich nicht dessen, was du gesagt hast?‘ Er wandte sich nach mir um und fragte: ‚Was habe ich denn gesagt?‘ Ich antwortete: ‚Du sagst: Bei deiner Liebe zu mir! Woher weißt du denn, daß Allah dich liebt?‘ Doch er entgegnete mir: ‚Wende dich hinweg von mir, o du, dem sein Seelenheil nichts gilt! Wo war ich etwa, als Er mir die Kraft gab, Seine Einheit zu bekennen, und mich mit der Kenntnis Seines Wesens begnadete? Meinst du vielleicht, Er hätte mir die Kraft dazu verliehen, wenn Er mich nicht liebte?‘ Und er fügte noch hinzu: ‚Seine Liebe zu mir richtet sich nach dem Maße meiner Liebe zu Ihm.‘ Da sagte ich zu ihm: ‚Bleib ein wenig bei mir – Allah soll sich deiner erbarmen!‘ Er aber gab zur Antwort: ‚Ich bin ein Sklave, und so habe ich die Pflicht, meinem geringeren Herrn zu gehorchen.‘ Nun folgten wir ihm aus der Ferne, bis er in das Haus eines Sklavenhändlers eintrat. Damals war die Hälfte der Nacht bereits verstrichen, und weil uns die zweite Hälfte zu lang war, so gingen wir davon. Wie es jedoch Morgen ward, gingen wir zu dem Sklavenhändler und sprachen zu ihm: ‚Hast du einen Sklaven, den du uns verkaufen kannst, auf daß er uns diene?‘ ‚Jawohl,‘ erwiderte er, ‚ich habe gegen hundert Sklaven, die alle verkäuflich sind.‘ Und er begann uns die Sklaven vorzuführen, einen nach dem anderen, bis er bereits siebenzig von ihnen gezeigt hatte, ohne daß ich meinen Freund unter ihnen entdeckt hätte; dann sagte er: ‚Außer diesen habe ich jetzt keine mehr.‘ Als wir uns darauf zum Gehen anschickten, traten wir noch in eine verfallene Hütte hinter dem Hause ein, und siehe, dort stand der Schwarze. Ich rief: ‚Er ist es, beim Herrn der Kaaba!‘ und wandte mich alsbald an den Sklavenhändler mit den Worten: ‚Verkauf mir den Sklaven dort.‘ Er antwortete: ‚Abu Jahja, der da ist ein unseliger, unbrauchbarer Bursche, der die ganze Nacht hindurch nichts anderes tut als weinen und bei Tage nichts als bereuen.‘ Doch ich fuhr fort: ‚Eben deswegen will ich ihn haben.‘ Da rief der Mann ihn, und der Mohr kam schläfrig heraus. Der Händler sprach zu mir: ‚Nimm ihn um den Preis, den du selber bestimmst; aber sprich mich zuvor von der Verantwortung für alle seine Fehler frei!‘ Ich kaufte ihn also – so sagte Mâlik – für zwanzig Dinare und fragte dann: ‚Wie heißt er?‘ Der Händler erwiderte: ‚Maimûn.‘[1] Darauf nahm ich ihn bei der Hand, und wir machten uns auf, um mit ihm nach Hause zu gehen; er aber wandte sich zu mir mit den Worten: ‚O du mein geringerer Herr, warum hast du mich gekauft? Ich bin, bei Allah, für den Dienst bei den Menschen nicht tauglich.‘ Ich erwiderte ihm: ‚Nur deshalb habe ich dich gekauft, damit ich selber dir diene; und das will ich gern tun.‘ Als er dann fragte: ‚Wie kann das sein?‘ fuhr ich fort: ‚Warst du nicht gestern bei uns im Bethause?‘ Und wiederum fragte er: ‚Hast du mich denn beobachtet?‘ Da sagte ich: ‚Ich bin es, der dich gestern angeredet hat.‘ Nun ging er schweigend weiter, trat in eine Moschee ein und betete zwei Rak'as. Darauf sprach er: ‚O mein Gott, mein Herr und

1. Eigentlich ‚der Glückliche, Glückbringer‘, wie man ja gern den Sklaven schöne Namen gibt. Aber dies Wort ist auch ein Euphemismus für Affen, Dämonen und Teufel.

718

Meister, ein Geheimnis, das nur dir und mir kund war, hast du deinen Geschöpfen offenbart, und vor den Menschen dieser Welt hast du mich dadurch bloßgestellt. Wie kann mir jetzt das Leben noch lieb sein, seit ein anderer als du erfahren hat, was zwischen mir und dir besteht? Ich beschwöre dich, nimm zur Stunde meine Seele zu dir!' Dann warf er sich anbetend nieder; und ich beobachtete ihn eine Weile, aber er hob sein Haupt nicht wieder empor. Ich rüttelte ihn; doch siehe, er war tot – die Barmherzigkeit Allahs des Erhabenen sei mit ihm! So legte ich ihm denn Arme und Beine gerade, und als ich ihm ins Antlitz schaute, lächelte er. Da war auch die schwarze Farbe der weißen gewichen, und sein Antlitz erstrahlte und leuchtete hell. Während wir voll Staunen über dies Geschehnis dastanden, trat plötzlich ein Jüngling durch die Tür ein und sprach: ‚Friede sei mit euch! Möge Allah uns und euch reichen Lohn verleihen um unseres Bruders Maimûn willen! Hier ist das Totenlaken; hülle ihn darin ein!' Mit diesen Worten reichte er mir zwei Tücher, derengleichen ich noch nie gesehen hatte, und wir hüllten ihn darin ein.

Mâlik schloß seine Erzählung mit den Worten: Jetzt ist sein Grab ein Wallfahrtsort, bei dem man um Regen betet und wo man Allah, dem Allgewaltigen und Glorreichen, alle Bitten vorträgt. Und wie schön lauten die Dichterworte darüber:

> *Das Herz des, der erkennt, verweilt im Himmelsgarten,*
> *An dessen Tor die Wächter des Herren hütend warten.*
> *Und wenn es dort den Wein, den edlen, reinen, trinkt,*
> *Vermischt mit Himmelstrank, den Gottes Näh ihm bringt,*
> *Dann ist der Myste einig mit dem Freunde sein,*
> *Und keines andren Herz dringt ins Geheimnis ein.*

Ferner wird erzählt

Einst lebte unter den Kindern Israel ein Mann, einer der Besten
unter ihnen; der war eifrig im Dienste seines Herrn, er entsagte den Dingen dieser Welt und hielt sie von seinem Herzen
fern. Und er hatte eine Frau, die war ihm in allen Dingen hilf-
bereit und gehorsam zu jeder Zeit. Die beiden verdienten ihres
Lebens Notdurft, indem sie Tablette und Fächer flochten; sie
arbeiteten den ganzen Tag, und wenn der Tag zur Rüste ging,
so trug der Mann das, was sie geflochten hatten, in den Händen
fort und zog damit in den Gassen und Straßen umher und suchte
einen Käufer, dem er es verkaufen konnte. Auch pflegten die
beiden oft und lange zu fasten. Eines Tages verrichteten sie
fastend ihre tägliche Arbeit, und als der Abend nahte, trug der
Mann wie gewöhnlich das, was sie geflochten hatten, fort und
suchte jemanden, der es ihm abkaufte. Da kam er bei der Tür
eines der Kinder dieser Welt, eines wohlhabenden und angesehenen Mannes, vorbei, und weil er ein schönes Antlitz und
eine anmutige Gestalt hatte, so gewann die Frau des Hausherrn, als sie ihn erblickte, ihn lieb, und ihr Herz ward von
heftiger Neigung zu ihm ergriffen. Ihr Gatte aber war abwesend, und so rief sie ihre Dienerin und sprach zu ihr: ‚Sieh
zu, ob du den Mann dort durch eine List zu uns hereinbringen
kannst!' Da ging die Sklavin zu ihm hinaus, rief ihm nach, als
wolle sie das von ihm kaufen, was er in seinen Händen trug,
und hielt ihn so auf seinem Wege an. – –«

Da bemerkte Schehrezâd, daß der Morgen begann, und sie
hielt in der verstatteten Rede an. Doch als die *Vierhundertund-
neunundsechzigste Nacht* anbrach, fuhr sie also fort: »Es ist mir
berichtet worden, o glücklicher König, daß die Sklavin zu

dem Manne hinausging, ihn anrief und zu ihm sprach: ‚Komm herein! Meine Herrin will etwas von dem, was du in der Hand trägst, kaufen; aber sie möchte es zuvor ansehen und prüfen.‘ Der Mann glaubte, sie spräche die Wahrheit, und weil er nichts Arges darin sah, so ging er hinein und setzte sich nieder, wie sie ihm befahl; sie aber schloß die Tür hinter ihm. Alsbald trat auch ihre Herrin aus ihrem Gemache hervor, ergriff ihn bei seinem Kittel, zog ihn hinein und sprach zu ihm: ‚Wie lange soll ich dich bitten, mit mir allein zu sein? Ich kann die Sehnsucht nach dir nicht mehr ertragen! Siehe da, das Zimmer duftet, die Speisen sind bereit gemacht; und der Hausherr ist fern in dieser Nacht. Ich will mich dir hingeben, ich, um deren Gunst die Könige und die Fürsten und die Reichen seit langem werben, ohne daß ich auch nur einen von ihnen anblickte!‘ In dieser Weise redete sie lange auf ihn ein, während der Mann seine Augen nicht vom Boden zu erheben wagte, aus Scheu vor Allah dem Erhabenen und aus Furcht vor den Schmerzen Seiner Strafe, wie der Dichter gesagt hat:

> *Bei mancher edlen Dame war's die Scham,*
> *Die mich ihr fernhielt und dazwischenkam.*
> *Sie ward ein Schutz für sie; und wahrlich, schwände*
> *Die Scham, so wäre auch ihr Schutz zu Ende.*

Nun wollte der Mann sich von ihr befreien; aber er vermochte es nicht. Darum sprach er zu ihr: ‚Ich bitte dich um etwas.‘ ‚Was ist das?‘ fragte sie; und er antwortete: ‚Ich wünsche etwas reines Wasser, um es auf den höchsten Ort in deinem Hause hinaufzutragen; dort will ich etwas mit ihm vornehmen und mich von einer Unreinheit säubern, über die ich nicht mit dir zu sprechen vermag.‘ Doch sie entgegnete: ‚Das Haus ist weit ausgedehnt, und es hat mancherlei Verstecke und Winkel, und der Ort der Reinigung ist bereit.‘ ‚Ich muß aber ganz oben

sein', erwiderte er; und so gebot sie ihrer Dienerin: ,Führe ihn
zur obersten Aussichtsterrasse des Hauses!' Da führte das Mädchen ihn zur höchsten Stelle im Hause, gab ihm das Gefäß mit
Wasser und stieg wieder hinunter. Der Mann aber nahm die
religiöse Waschung vor, betete zwei Rak'as und schaute dann
auf den Erdboden hinab, in dem Gedanken, sich hinunterzuwerfen. Als er jedoch sah, daß der Boden tief unten lag, fürchtete er, daß er dort ganz zerschlagen ankommen würde. Dann
dachte er nach über die Sünde wider Gott und über Seine
Strafe, und es ward ihm leicht, sein Leben zu opfern und sein
eigen Blut zu vergießen; und er betete: ,Mein Gott und mein
Herr, du siehst, was über mich gekommen ist, und meine Not
ist dir nicht verborgen; denn du bist mächtig über alle Dinge.
Und darüber spricht die Stimme des Herzens diese Verse:

> An dich allein verweist des Herzens innre Stimme;
> Du kennst geheimer Dinge tief verborgnen Sinn.
> Und wenn ich zu dir spreche, ist's ein lautes Rufen;
> Doch in der Zeit des Schweigens weis ich auf dich hin.
> O du, dem sich kein andrer an die Seite stellet,
> Der Arme, der dich liebt, naht dir in seiner Not.
> Ich habe eine Hoffnung, die mein Glaube stärket;
> Ich hab ein Herz, das, wie du weißt, zu bersten droht.
> Des Lebens Opfer ist das Schwerste hier auf Erden;
> Und wenn du es bestimmst, so wird es dennoch leicht.
> Willst du in deiner Huld die Rettung mir gewähren, –
> Durch dich, o meine Hoffnung, ist sie bald erreicht.'

Darauf warf der Mann sich hoch von der Terrasse hinunter;
doch Allah sandte ihm einen Engel, der ihn auf seinen Flügeln
trug und ihn sicher bis zur Erde hernieder brachte, ohne daß
ihm ein Leid geschah. Als er nun unten stand, pries er Allah,
den Allgewaltigen und Glorreichen, für den Schutz, den Er
ihm bescherte, und die Gnade, die Er ihm gewährte. Dann

begab er sich geradeswegs zu seiner Frau, die schon lange auf ihn gewartet hatte. Wie er nun mit leeren Händen eintrat, fragte sie ihn, warum er so lange ausgeblieben sei, was er mit dem getan habe, was er in seinen Händen fortgetragen hatte, und weshalb er mit leeren Händen zurückkomme. Da erzählte er ihr, in welche Versuchung er geraten sei, wie er sich von jener Stätte hinuntergeworfen und wie Allah ihn gerettet habe. Seine Frau aber rief: ,Preis sei Allah, der die Versuchung von dir wandte und dir Seinen Schutz gegen das Unheil sandte!' Und sie fügte hinzu: ,Lieber Mann, die Nachbarn sind es von uns gewohnt, daß wir an jedem Abend in unserem Ofen Feuer machen; wenn sie uns nun heute abend ohne Feuer sehen, so werden sie wissen, daß wir nichts haben. Es geziemt sich aber, daß wir aus Dankbarkeit gegen Allah die Not, in der wir uns befinden, verbergen und daß wir das Fasten des vergangenen Tages durch Fasten in dieser Nacht fortsetzen; und Allah dem Erhabenen sei alles anheimgestellt!' Darauf ging sie zum Ofen, füllte ihn mit Brennholz und zündete es an, um dadurch die Nachbarinnen irrezuleiten; und sie hub an ihr Werk mit diesen Versen zu begleiten:

> *Verbergen will ich Not und Kummer, die ich leide;*
> *Ich zünd mein Feuer an und täusch die Nachbarin.*
> *Ich nehme hin, was mir des Herren Rat beschieden;*
> *Er nehme meine Demut vor Ihm in Gnaden hin! – –«*

Da bemerkte Schehrezâd, daß der Morgen begann, und sie hielt in der verstatteten Rede an. Doch als die *Vierhundertundsiebenzigste Nacht* anbrach, fuhr sie also fort: »Es ist mir berichtet worden, o glücklicher König, daß die Frau, nachdem sie das Feuer angezündet hatte, um die Nachbarn zu täuschen, sich mit ihrem Gatten erhob und daß dann beide die religiöse Waschung verrichteten und aufstanden, um zu beten. Plötzlich kam eine von ihren Nachbarinnen herein und bat um Erlaubnis, etwas Feuer aus ihrem Ofen zu holen. Die beiden sprachen zu ihr: ‚Der Ofen steht zu deiner Verfügung.‘ Doch als die Nachbarsfrau an den Ofen herantrat, um das Feuer zu nehmen, rief sie: ‚He, du Frau da, hol dein Brot heraus, ehe es verbrennt!‘ Da sprach die Frau des Mannes zu ihrem Gatten: ‚Hörst du, was die Frau dort sagt?‘ ‚Geh hin und sieh nach!‘ erwiderte er; und sofort ging sie zum Ofen, und siehe da, er war voll von feinem weißem Brot. Sie nahm die Laibe heraus und trug sie zu ihrem Gatten, indem sie Allah, dem Allgewaltigen und Glorreichen, dankte für Seine überreichliche Spende und die große Güte Seiner Hände. Nun aßen die beiden von dem Brote und tranken Wasser dazu und priesen Allah den Erhabenen. Darauf sagte die Frau zu ihrem Manne: ‚Komm, laß uns zu Allah dem Erhabenen beten, Er möge uns etwas schenken, das uns der Sorge um das tägliche Brot und der mühseligen Arbeit überhebt, und wodurch Er uns dazu verhilft, uns ganz Seinem Dienste und dem Gehorsam gegen Ihn zu weihen!‘ ‚Gern‘, erwiderte er, und er betete zu seinem Herrn, und seine Frau sprach das Amen zu seinem Gebete. Plötzlich aber tat sich das Dach auf, und ein Rubin fiel herab, der das Haus mit seinem Glanze erleuchtete. Da lobten und priesen sie Gott noch inbrünstiger und freuten sich gewaltig über jenen Rubin, und sie beteten nach Herzenslust. Als die Nacht sich dann ihrem Ende näherte, legten sie sich zum Schlafe nieder, und die Frau träumte, sie trete in das Paradies ein und sehe dort viele Throne und Sessel in Reihen aufgestellt. Sie fragte: ‚Was sind das für Throne? Und was sind das für Sessel?‘ Man gab ihr zur Antwort: ‚Das sind die Throne der Propheten, und das sind die Sessel der Gerechten und der Frommen!‘ Weiter fragte sie: ‚Wo ist wohl der Sessel meines Gatten?‘ und nannte dabei seinen

Namen. Da ward ihr gesagt: ,Der dort!' Und als sie auf ihn hinblickte, entdeckte sie plötzlich ein Loch an einer Seite; sie fragte:
,Was bedeutet denn dies Loch?' und man erwiderte ihr: ,Das ist
die Stelle des Rubins, der durch das Dach eures Hauses auf euch
herabgefallen ist.' Da erwachte sie aus ihrem Schlafe, weinend
und betrübt darüber, daß der Sessel ihres Gatten unter den Sitzen
der Frommen ein Fehl hatte. Und sie sprach: ,Lieber Mann, bete
zu deinem Herrn, er möge diesen Rubin an seinen Ort zurückkehren lassen; es ist leichter, in den wenigen Tagen auf Erden
Hunger und Armut ertragen zu müssen, als ein Loch in deinem
Sessel unter den Gerechten zu wissen.' Der Mann betete zu seinem Herrn; und alsbald stieg der Rubin zum Dach empor und
flog davon, während sie ihm nachschauten. Die beiden aber
lebten weiter in ihrer Armut und ihrem Gottesdienste, bis sie
vor Allah, den Allgewaltigen und Glorreichen, traten.

Ferner erzählt man

DIE GESCHICHTE VON EL-HADDSCHÂDSCH UND DEM FROMMEN MANNE

El-Haddschâdsch ibn Jûsuf eth-Thakafi[1] war lange auf der
Suche nach einem von den Vornehmen, und als der schließlich
vor ihn geführt ward, fuhr er ihn an: ,O du Feind Allahs, jetzt
hat Er mir Gewalt über dich gegeben!' Dann rief er: ,Schleppt
ihn in den Kerker, legt ihn in enge und schwere Fesseln und
baut eine Zelle über ihm, so daß er nicht aus ihr entkommen
und auch keiner zu ihm hereinkommen kann!' So ließ er den
Mann ins Gefängnis werfen; und er entsandte auch den
Schmied und die Fesseln dorthin. Doch jedesmal, wenn der
Schmied mit seinem Hammer schlug, hob der Gefangene sein
Haupt empor und blickte gen Himmel und sprach: ,Gehört

1. Vgl. Seite 625.

Ihm nicht die Schöpfung und die Herrschaft über sie?'[1] Und als der Schmied sein Werk getan hatte, baute der Kerkermeister die Zelle über ihm und ließ ihn mutterseelenallein dort. Nun überkamen ihn Schrecken und Graus, und die Zunge sprach seine Not in diesen Versen aus:

> *O Wunsch des, der da wünscht, du bist mein Wunsch allein;*
> *Auf deine reiche Huld soll mein Vertrauen sein.*
> *Vor dir ist nicht verborgen, was mich jetzt befiel;*
> *Ein Blick von deinem Auge ist mein Wunsch und Ziel.*
> *Sie sperrten mich hier ein und quälten mich mit List;*
> *Weh meiner Seele, die allein und einsam ist!*
> *Bin ich allein, so ist dein Name Trostes Quell;*
> *Er ist, wenn mich der Schlummer flieht, mein Trautgesell.*
> *Wenn du zufrieden bist, ist alles für mich gut;*
> *Du weißt ja alles, was in meinem Herzen ruht!*

Und als die Nacht dunkelte, ließ der Kerkermeister seine Wächter bei ihm zurück und ging selbst nach Hause. Wie es dann Morgen ward, ging er wieder dorthin, um nach dem Manne zu schauen; aber siehe da, die Fesseln lagen am Boden, und der Gefangene war verschwunden. Darüber erschrak er, und er sah schon den sicheren Tod vor Augen. Deshalb ging er zu seiner Wohnung und nahm von den Seinen Abschied; darauf holte er sein Leichentuch, tat Spezereien in seinen Ärmel und trat zu el-Haddschâdsch ein. Und wie er vor dem Statthalter stand, roch dieser den Duft der Spezereien und fragte: ‚Was ist das?' Der Kerkermeister erwiderte: ‚Mein Gebieter, ich habe es mitgebracht!' Als der Statthalter weiter fragte: ‚Was hat dich dazu bewogen?' erzählte er ihm die Geschichte des Gefangenen. – –«

Da bemerkte Schehrezâd, daß der Morgen begann, und sie hielt in der verstatteten Rede an. Doch als die *Vierhundertund-*

1. Koran, Sure 7, Vers 52.

einundsiebenzigste Nacht anbrach, fuhr sie also fort: »Es ist mir berichtet worden, o glücklicher König, daß el-Haddschâdsch, als der Kerkermeister ihm die Geschichte des Gefangenen erzählte, ihn anfuhr: ‚Weh dir! Hast du ihn nichts sprechen hören?‘ ‚Jawohl,‘ erwiderte der Kerkermeister, ‚jedesmal, wenn der Schmied mit dem Hammer schlug, blickte er gen Himmel und sprach: ‚Gehört Ihm nicht die Schöpfung und die Herrschaft über sie?‘ Da sagte el-Haddschâdsch: ‚Weißt du denn nicht, daß Der, den er nannte, als du anwesend warst, ihn befreite, während du abwesend warst?‘ Diesem Gedanken hat die Zunge der Zeit einst diese Verse geweiht:

> *O Herr, wie manche Not hast du von mir gewandt!*
> *Und ohne dich hab ich nicht Halt noch auch Bestand.*
> *Wie oft, wie oft, wie oft hast du mich schon befreit*
> *Aus mancher, mancher Not, die keine Zahl umspannt!*

Und ferner wird erzählt

DIE GESCHICHTE VON DEM SCHMIED,
DER DAS FEUER ANFASSEN KONNTE

Einem frommen Manne ward berichtet, daß in der und der Stadt ein Schmied lebe, der seine Hand in das Feuer stecken und mit ihr das glühende Eisen daraus hervorholen könne, ohne daß ihn das Feuer verletze. Da begab der Mann sich nach jener Stadt, um den Schmied zu suchen und er ward zu ihm geführt. Wie er ihn erblickte und ihm zuschaute, sah er, daß er in Wirklichkeit das tun konnte, was man ihm erzählt hatte. Er wartete nun, bis der Schmied seine Arbeit getan hatte; dann trat er auf ihn zu, begrüßte ihn und sprach zu ihm: ‚Ich möchte heut abend dein Gast sein.‘ ‚Herzlich gern!‘ erwiderte der Schmied und führte ihn zu seiner Wohnung; dort aß er mit ihm zu Abend, und dann legten die beiden sich zum Schlafe nieder. Da aber der Gast den Wirt nicht zum Gebete aufstehen sah, noch irgendein Zeichen besonderer Frömmigkeit an ihm bemerkte, so sagte er sich: ‚Vielleicht verbirgt er sich vor mir.' Dann blieb er noch eine zweite und dritte Nacht bei ihm; doch er bemerkte, daß der Schmied über die Pflichten hinaus nur die verdienstlichen Handlungen verrichtete und nur kurze Zeit in der Nacht zum Gebete aufstand. Schließlich sprach er zu ihm: ‚Lieber Bruder, ich habe gehört, welche Gnade Allah dir verliehen hat, und ich habe sie auch mit eigenen Augen an dir gesehen. Dann habe ich auch auf deinen Eifer im Gottesdienst geachtet; doch ich habe bei dir nichts von dem Tun derer bemerkt, die durch Wunderkräfte ausgezeichnet sind. Woher hast du diese Gabe?' Jener gab ihm zur Antwort: ‚Ich will dir erzählen, wie es gekommen ist. Es geschah also: Ich war einst von leidenschaftlicher Liebe zu einer Frau ergriffen, und ich suchte sie oftmals zu verführen; aber ich vermochte nichts über sie, da sie an ihrer Keuschheit festhielt. Nun kam ein Jahr der Dürre und des Hungers und der Not; es fehlte an Nahrung, und der Hunger drückte schwer. Während ich damals zu Hause saß, klopfte es einmal an meiner Tür. Ich ging hinaus und sah jene Frau dort stehen, und sie sprach: ‚Bruder, mich hungert sehr, und ich hebe meine Augen zu dir empor, auf daß du mir zu essen gebest, um Allahs willen.' Ich sagte zu ihr: ‚Weißt du nicht, wie sehr ich dich liebe und was ich um deinetwillen erduldet habe? Ich werde dir nicht eher etwas zu essen reichen, als bis du dich mir hingibst.' Doch sie antwortete: ‚Lieber tot als ungehorsam gegen Allah!' und kehrte heim. Nach zwei Tagen kam sie wieder zu mir und sprach zu mir wie das erste Mal. Ich gab ihr dieselbe Antwort wie zuvor; sie trat ein und setzte sich nieder, dem Tode nahe. Als ich das Essen vor sie hinsetzte, rannen ihr die Tränen aus den Augen,

und sie sprach: ‚Gib mir zu essen um Allahs willen, des Allgewaltigen und Glorreichen!' Aber ich sagte: ‚Nein, bei Allah,
nur wenn du dich mir hingibst.' Sie erwiderte: ‚Der Tod ist
besser für mich als die Strafe Allahs des Erhabenen.' Dann erhob sie sich und ließ die Speisen unberührt. – –«

Da bemerkte Schehrezâd, daß der Morgen begann, und sie
hielt in der verstatteten Rede an. Doch als die *Vierhundertund-
zweiundsiebenzigste Nacht* anbrach, fuhr sie also fort: »Es ist mir
berichtet worden, o glücklicher König, daß die Frau zu dem
Manne sprach, als er ihr das Essen brachte: ‚Gib mir zu essen
um Allahs willen, des Allgewaltigen und Glorreichen!' Doch
ich – so erzählte der Schmied – sagte: ‚Nein, nur wenn du dich
mir hingibst.' Sie erwiderte: ‚Lieber den Tod als die Strafe
Allahs!' Dann erhob sie sich und ließ die Speisen unberührt.
Sie ging fort, ohne etwas gegessen zu haben, indem sie diese
Verse sprach:

> O der du einzig bist, des Huld die Welt umfasset,
> Du hörest, was ich klage, du schaust mein Leid zumal.
> Jetzt haben bittre Not und Elend mich betroffen,
> Kein Wort genügt für einen Teil von meiner Qual.
> Ich bin wie der, den dürstet, des Aug das Wasser schauet;
> Kein Trank wird ihm gereicht, der seinen Durst vertreibt.
> Mich reizet mein Begehr, die Speise zu genießen:
> Die Lust daran vergeht; die Sünde aber bleibt.

Wiederum blieb sie zwei Tage fern; dann kam sie und klopfte
von neuem an die Tür. Als ich hinausging, erkannte ich, daß
ihr vor Hunger die Stimme versagte. Dann aber sprach sie zu
mir: ‚Meine Kraft ist dahin; ich kann mein Antlitz keinem
Menschen mehr zeigen als dir allein. Willst du mir nicht zu
essen geben um Allahs des Erhabenen willen?' ‚Nein,' erwiderte
ich, ‚nur wenn du dich mir hingibst.' Und sie trat ein und
setzte sich in meinem Hause nieder; aber ich hatte keine Spei-

sen bereit. Doch als das Essen gerichtet war und ich es in die Schüssel tat, ließ Allah der Erhabene Seine Güte in mich eindringen, und ich sprach zu mir selber: ‚Wehe dir! Diese Frau da, schwach an Verstand und an Glauben, enthält sich der Nahrung, obgleich sie kaum noch die Kraft hat, ohne sie zu leben, da der Hunger sie überwältigt. Dennoch weist sie dich ein Mal über das andere ab, du aber lässest nicht ab vom Ungehorsam gegen Allah den Erhabenen!‘ Dann betete ich: ‚O mein Gott, ich bereue vor dir das Gelüst meiner Seele.‘ Und alsbald nahm ich die Speise, brachte sie der Frau und sprach zu ihr: ‚Iß! Dir soll kein Leid widerfahren. Es ist um Allahs willen, des Allgewaltigen und Glorreichen.‘ Da hob sie ihre Augen gen Himmel und sprach: ‚O mein Gott, wenn dieser die Wahrheit spricht, so lasse das Feuer in dieser Welt und im Jenseits ihm nichts anhaben. Denn du hast über alle Dinge Macht; und wenn du erhören willst, so ist es vollbracht!‘ Da verließ ich sie – so erzählte der Schmied weiter – und ging hin, um das Feuer von dem Kohlenbecken zu nehmen; denn es war Winterszeit und kalt. Nun fiel eine Kohle auf meinen Leib; aber durch die Allmacht Allahs, des Allgewaltigen und Glorreichen, fühlte ich keinen Schmerz, und so kam es mir zum Bewußtsein, daß ihr Gebet erhört war. Darauf nahm ich die Kohle in die Hand, doch sie verbrannte mich nicht; und ich ging zu der Frau zurück und sprach: ‚Freue dich! Allah hat dein Gebet erhört.‘ – –«

Da bemerkte Schehrezâd, daß der Morgen begann, und sie hielt in der verstatteten Rede an. Doch als die *Vierhundertunddreiundsiebenzigste Nacht* anbrach, fuhr sie also fort: »Es ist mir berichtet worden, o glücklicher König, daß der Schmied seine Erzählung mit diesen Worten schloß: ‚Ich ging zu der Frau zurück und sprach zu ihr: ‚Freue dich! Allah hat dein Gebet erhört.' Da legte sie den Bissen aus der Hand und sprach: ,O mein Gott, wie du jetzt meinen Wunsch an ihm erfüllt und mein Gebet für ihn erhört hast, so bitte ich dich, nimm meine Seele zu dir, denn du bist mächtig über alle Dinge.' Da nahm Allah zur Stunde ihre Seele zu sich – Seine Barmherzigkeit sei mit ihr!' Und diesem Gedanken hat die Zunge der Zeit einst diese Verse geweiht:

> *Sie bat; ihr Herr erhörte ihr Gebet,*
> *Verzieh dem Sünder, der ihr so gedroht;*
> *Voll Huld erfüllt' Er ihren Wunsch an ihm*
> *Und brachte ihr, wie sie's gewollt, den Tod.*
> *Sie nahte, Brot erbittend, seiner Tür;*
> *Sie kam zu ihm in Qual, die sie befiel.*
> *Allein er folgte seiner Lust und gab*
> *Der Gier sich hin und hoffte auf sein Ziel.*
> *Er wußte nicht, was Gott für ihn bestimmt;*
> *Und über ihn kam Reue mit Gewalt.*
> *Doch Gottes Ratschluß steht in Seiner Hand;*
> *Wer dem Geschick entflieht, erliegt ihm bald.*

Ferner erzählt man

DIE GESCHICHTE VON DEM FROMMEN ISRAELITEN UND DER WOLKE

Einst lebte unter den Kindern Israel ein frommer Mann, ob seines Gottesdienstes bekannt, makellos und ob seiner Weltentsagung vielgenannt. Wenn der zu seinem Herrn betete, so erhörte Er ihn; und wenn er Ihn um etwas bat, so gewährte Er es ihm und erfüllte seinen Wunsch. Und er pflegte in den Bergen umherzuziehen und die Nächte im Gebet zu verbringen. Nun hatte Allah, der Gepriesene und Erhabene, ihm eine Wolke untertan gemacht, die mit ihm reise, wohin er nur ging, und die ihm reichlich Wasser spendete, so daß er seine Waschungen verrichten und trinken konnte. Lange Zeit lebte er in dieser Weise; da war er einmal in seinem Eifer nachlässig, und Allah hieß die Wolke von ihm enteilen und ließ ab, ihm Gehör zu erteilen. Darüber war er tief betrübt und lange Zeit bekümmert, und immer wieder sehnte er sich nach der Zeit der Gnade, die ihn einst beglückt hatte; und er seufzte und klagte und trauerte um den Verlust. Eines Nachts aber hörte er im Schlafe eine Stimme, die zu ihm sprach: ‚Wenn du willst, daß Allah dir deine Wolke wiedergibt, so begib dich zu dem und dem König in der Stadt Soundso und bitte ihn, daß er für dich bete. Dann wird Allah, der Gepriesene und Erhabene, dir deine Wolke wiedergeben; Er wird sie durch den Segen seiner frommen Gebete wieder über dich breiten.‘ Und nun begann jene Stimme ihre Worte mit diesen Versen zu begleiten:

> *Begib dich zu dem frommen Fürsten hin*
> *In deiner schweren Not, die dich betroffen;*
> *Und betet er zu Gott, so kannst du bald*
> *Auf die ersehnte Regenwolke hoffen.*
> *Ob allen Herrschern steht er hoch an Macht;*
> *Er hat an Majestät nicht seinesgleichen.*
> *Was du begehrst, das findest du bei ihm;*
> *Er lässet Glück und Freude bald erreichen.*
> *Drum eil zu ihm durch öde Wüstenein*
> *Und laß die Fahrt ununterbrochen sein!*

Alsbald machte der Mann sich auf den Weg und wanderte über die Erde dahin, bis er zu der Stadt kam, die ihm im Traume genannt war. Dort erkundigte er sich nach dem König; und als man ihm den Weg zu ihm gewiesen hatte, begab er sich zu seinem Schlosse. An dessen Tor aber saß ein Sklave auf einem großen Sessel, und der trug ein ehrfurchtgebietendes Kleid. Der Fromme blieb stehen und sprach den Gruß. Nachdem der Wächter den Gruß erwidert hatte, fragte er: ‚Was ist dein Begehr?‘ ‚Ich bin ein Mann, dem Unrecht geschehen ist,‘

antwortete der Israelit, ‚und ich komme zum König, um ihm meine Sache vorzutragen.' Doch der Sklave sprach: ‚Heute hast du keinen Zutritt zu ihm. Denn er hat für die Bittsteller nur einen Tag in der Woche bestimmt, an dem sie zu ihm kommen dürfen, und das ist der und der Tag. Also zieh in Frieden deiner Wege, bis der Tag kommt!' Den Mann verdroß es, daß der König sich so von den Menschen fernhielt, und er sagte sich: ‚Wie kann dieser einer von den Heiligen Allahs, des Allgewaltigen und Glorreichen, sein, wenn er in solcher Weise handelt?' Und er ging davon, des Tages harrend, der ihm genannt worden war. Als nun – so erzählte er selber – der Tag, den der Türhüter genannt hatte, gekommen war, ging ich hin, und ich fand am Tore eine große Volksmenge, die auf Erlaubnis zum Eintritt wartete; ich blieb bei den Leuten stehen, bis ein Wesir heraustrat, der ehrfurchtgebietende Kleider trug und von Dienern und Sklaven begleitet war; und der rief: ‚Die Bittsteller sollen eintreten!' Nun traten die Leute ein, und auch ich ging mit der Menge hinein; da sah ich den König sitzen, umgeben von den Großen seines Reiches, die nach Rang und Würden ihre Plätze hatten. Auch der Wesir trat an seine Stelle und ließ einen nach dem andern vortreten, bis die Reihe an mich kam. Wie der Wesir mich herankommen hieß, blickte der König mich an und sprach: ‚Willkommen, Wolkenmann! Setze dich, bis ich Zeit für dich habe!' Da ward ich durch seine Worte verwirrt, und ich erkannte seine Würde und Überlegenheit an. Als er aber allen Bittstellern Bescheid gegeben hatte und mit ihnen fertig geworden war, erhob er sich, und der Wesir und die Großen des Reiches gingen fort; darauf nahm der König mich bei der Hand und führte mich ins Innere des Palastes. Am inneren Tore erblickte ich wieder einen schwarzen Sklaven mit ehrfurchtgebietender Kleidung; über

seinem Haupte hingen Waffen, und rechts und links von ihm
befanden sich Panzer und Bögen. Der erhob sich vor dem
König, eiligst bereit, dessen Befehle auszuführen und seine
Wünsche zu erfüllen. Dann öffnete er die Tür; und nachdem
der König mich an der Hand hineingeführt hatte, standen wir
plötzlich vor einem kleinen Tore. Der König öffnete die Tür
selbst, und dann ging er zu einem verfallenen, öden Gebäude
und trat in einen Raum ein, in dem sich weiter nichts befand
als ein Gebetsteppich, eine Kanne für die Waschung und einige Matten aus Palmblättern. Darauf legte er die Gewänder, die
er trug, ab und kleidete sich in einen groben Rock aus weißer
Wolle und setzte auf sein Haupt eine Spitzmütze aus Filz. Dann
setzte er sich nieder, hieß auch mich sitzen und rief seine Gemahlin bei Namen. Sie antwortete: ‚Zu deinen Diensten!‘ Als
er sie nun fragte: ‚Weißt du, wer heute unser Gast ist?‘ erwiderte
sie: ‚Ja; es ist der Wolkenmann.‘ Und er fuhr fort: ‚Komm
herbei; du brauchst vor ihm keine Scheu zu haben!‘ Und siehe
– so berichtete der Erzähler – da kam sie, eine Frau schön wie
ein Traumbild, und ihr Antlitz leuchtete wie der junge Mond;
und sie trug ein Gewand aus Wolle und einen Schleier. – –«
    Da bemerkte Schehrezâd, daß der Morgen begann, und sie
hielt in der verstatteten Rede an. Doch als die *Vierhundertund-
vierundsiebenzigste Nacht* anbrach, fuhr sie also fort: »Es ist mir
berichtet worden, o glücklicher König, daß die Gemahlin des
Königs, als er sie gerufen hatte, herbeikam, mit einem Antlitze, das wie der junge Mond leuchtete, und bekleidet mit
einem groben Gewand aus Wolle und einem Schleier. Darauf
sagte der König: ‚Mein Bruder, willst du unsere Geschichte erfahren, oder sollen wir sogleich für dich beten, auf daß du von
dannen gehen kannst?‘ Ich antwortete: ‚Nein, ich möchte zuvor eure Geschichte hören, das ist mir lieber.‘ Da hub der Kö-

734

nig an zu erzählen: ,Wisse, meine Väter und Großväter übernahmen einer nach dem anderen die Herrschaft und vererbten
sie von Vater auf Sohn, bis alle dahingeschieden waren und der
Thron an mich kam. Zwar hatte mir die Liebe zu Allah das
Herrschen verhaßt gemacht, und ich wäre lieber ein Pilger auf
Erden geworden und hätte dem Volke selber seine Geschäfte
überlassen. Aber ich befürchtete, es könnten Aufruhr und Gesetz-
losigkeit unter ihnen ausbrechen und die Einheit des Glaubens
könnte gefährdet werden. So ließ ich denn die Dinge, wie sie
waren, und setzte jedem Oberhaupte unter ihnen ein ange-
messenes Gehalt fest. Und ich legte die königlichen Gewänder
an und ließ die Sklaven an den Türen sitzen, um die Bösen zu
schrecken, die Guten zu schützen und die Gesetze aufrecht-
zuerhalten. Nachdem ich all das getan hatte, begab ich mich
in meine Wohnung hier, legte jene Gewänder ab und kleidete
mich so, wie du mich jetzt siehst. Diese meine Base aber hat
wie ich der Welt entsagt, und sie steht mir in der Andacht treu
zur Seite. Wir flechten tagsüber diese Palmblätter zu Matten
und brechen unser Fasten, wenn es Abend wird, mit dem, was
wir uns dadurch verdienen; in dieser Weise leben wir nun
schon gegen vierzig Jahre. Bleibe bei uns – so wahr sich Allah
deiner erbarme! –, bis wir unser Werk aus Palmblättern verkauft haben; dann speise mit uns und verbringe die Nacht bei
uns! Morgen, wenn dein Wunsch erfüllt ist, so Gott will,
magst du deiner Wege ziehen.' Als der Tag zur Rüste ging,
kam ein Bursche, der nur fünf Spannen hoch war, trat in den
Raum und nahm die Matten, die jene beiden geflochten hatten; die trug er auf den Markt, verkaufte sie um einen Karat[1],
kaufte dafür Brot und Bohnen und brachte sie zu uns. Ich aß

1. Eine kleine Münze, deren Wert verschieden angegeben wird und
die auch je nach den Ländern verschiedenen Wert hatte.

mit ihnen und schlief bei ihnen; um Mitternacht aber erhoben sich die beiden und beteten und weinten. Und als der Morgen dämmerte, betete der König: ,O mein Gott, dieser dein Knecht erbittet von dir, daß du ihm seine Wolke zurückgebest; und du hast die Macht, es zu tun. O mein Gott, laß ihn die Erhörung erleben; geruhe, ihm seine Wolke wiederzugeben!' Die Königin – so schloß der fromme Mann seine Erzählung – sprach das Amen dazu, und siehe da, die Wolke zog am Himmel herauf. Da wünschte der König mir Glück, und ich nahm Abschied von den beiden. Als ich nun von dannen ging, begleitete die Wolke mich wie zuvor. Und alles, was ich seitdem im Namen der beiden von Allah dem Erhabenen erbitte, gewährt Er mir. Und damals sprach ich diese Verse:

> Der Herr hat Auserwählte unter Seinen Knechten,
> Und deren Herzen weilen in des Wissens Garten.
> Doch ihre Leiber sind nun regungslos geworden,
> Da in des Volkes Brust geheime Dinge warten.
> Dort sind sie still vor Gott und schweigend immerdar
> Und schaun Geheimes im Geheimen hell und klar.

Ferner erzählt man

DIE GESCHICHTE VON DEM MUSLIMISCHEN HELDEN UND DER CHRISTIN

Der Beherrscher der Gläubigen 'Omar ibn el-Chattâb – Allah habe ihn selig! – rüstete einst ein muslimisches Heer aus zum Kampfe wider den Feind vor Damaskus; und auf diesem Zuge belagerten sie eine der christlichen Festungen und bedrängten sie schwer. Unter den Muslimen aber befanden sich zwei Brüder, Männer, denen Allah Ungestüm und Kühnheit vor dem Feinde verliehen hatte. Nun sprach der Befehlshaber jener Festung zu seinen Fürsten und zu der Heldenschar, die bei ihm war: ‚Würden diese beiden Muslime nur gefangen genommen oder zu Tode kommen, so wollte ich euch schon für alle übrigen Muslime einstehen!‘ Darum legten sie ihnen Fallen zu jeder Zeit, hielten immer Listen für sie bereit, lauerten auf sie überall und sandten viel Leute zum Überfall, bis endlich den einen von ihnen die Gefangenschaft band und der andere den Tod als Märtyrer fand. Der gefangene Muslim ward vor den Befehlshaber jener Festung geschleppt, und als der ihn erblickte, rief er: ‚Den zu töten wäre ein Jammer; aber seine Rückkehr zu den Muslimen wäre ein Unheil!‘ – –«

Da bemerkte Schehrezâd, daß der Morgen begann, und sie hielt in der verstatteten Rede an. Doch als die *Vierhundertundfünfundsiebenzigste Nacht* anbrach, fuhr sie also fort: »Es ist mir berichtet worden, o glücklicher König, daß der feindliche Befehlshaber jener Festung, als man den muslimischen Gefangenen vor ihn geschleppt hatte, ihn anblickte und sprach: ‚Den zu töten wäre ein Jammer; aber seine Rückkehr zu den Muslimen wäre ein Unheil! Ach, wie gern sähe ich, daß er zum christlichen Glauben überträte, uns zur Hilfe und Stütze!‘ Darauf hub einer von seinen Rittern an: ‚O Fürst, ich will ihn dazu verleiten, daß er seinem Glauben abtrünnig wird, und zwar in dieser Weise: Die Araber haben heftige Leidenschaft für die Frauen, und da ich eine Tochter, eine Maid von vollkommener Lieblichkeit, besitze, so wird er, wenn er sie sieht, durch sie verführt werden.‘ Da sprach der Burghauptmann: ‚Er sei dir anvertraut; nimm ihn mit!‘ Jener nahm ihn also mit nach Hause. Dann kleidete er die Jungfrau in solche Gewänder, durch die ihre Schönheit und Anmut noch heller erstrahlten, brachte den Gefangenen herbei, führte ihn in das Zimmer und ließ die Speisen auftragen; die christliche Jungfrau aber stand vor ihm wie eine Dienerin, ihrem Herrn gehorsam, die darauf

wartete, daß er ihr einen Befehl gäbe, um ihn auszuführen. Als
aber der Muslim sah, was ihm drohte, nahm er seine Zuflucht
zu Allah dem Erhabenen, wandte seinen Blick ab, widmete
sich der Andacht zu seinem Herrn und begann den Koran herzusagen. Nun hatte er eine schöne Stimme und ein Wesen, das
einen tiefen Eindruck auf die Seelen der Menschen machte;
daher ward die christliche Jungfrau von inniger Liebe und
heftiger Leidenschaft zu ihm ergriffen. Das dauerte sieben Tage
hindurch, und schließlich sprach sie bei sich selber: ‚Ach, wenn
er mich doch in den Glauben des Islams aufnehmen wollte!‘
Über sie heißt es im Liede:

> *Versagest du dich mir, du, den mein Herz erkoren?*
> *Du bist in mir, mein Leben sei dir dargebracht!*
> *Ich bin ja gern bereit, die Meinen zu verlassen,*
> *Den Glauben auch, vor dem des Schwertes Schärfe wacht.*
> *Ich zeuge: neben Allah gibt es keinen Herrn;*
> *Das steht als Wahrheit fest; dem Zweifel ist gewehrt.*
> *Vielleicht vereint er mich mit dem, der sich versaget,*
> *Und kühlt mein Herze, das die Liebesglut verzehrt!*
> *Oft wird ein Tor geöffnet, das verschlossen stand,*
> *Und dem sein Wunsch gewährt, der sich in Not befand.*

Doch schließlich war sie ans Ende ihrer Geduld gekommen,
und die Brust ward ihr beklommen; da warf sie sich vor ihm
nieder und rief: ‚Ich beschwöre dich bei deinem Glauben, leih
meinen Worten Gehör!‘ ‚Was sind deine Worte?‘ fragte er;
und sie fuhr fort: ‚Erkläre mir den Islam!‘ Nun erklärte er ihr
den Glauben, und sie nahm den Islam an. Dann nahm sie die
Reinigung vor, und er lehrte sie das islamische Gebet. Nachdem sie all das getan hatte, sprach sie: ‚Mein Bruder, ich habe
nur um deinetwillen und um dir nahe zu sein, den Islam angenommen.‘ Er erwiderte ihr: ‚Der Islam gestattet die Ehe nur,
wenn zwei gültige Zeugen, die Morgengabe und der Vor-

mund da sind. Bei dir aber sehe ich weder die beiden Zeugen noch den Vormund noch die Morgengabe. Wenn du jedoch Mittel und Wege fändest, daß wir diesen Ort verlassen könnten, so hoffe ich das Land des Islams zu erreichen, und dann will ich dir geloben, daß ich im Islam keine andere Frau haben werde als dich allein.' ‚Ich werde einen Weg dazu finden', antwortete sie, rief alsbald ihren Vater und ihre Mutter und sprach zu ihnen: ‚Dieses Muslims Herz ist weich geworden, und es verlangt ihn danach, unseren Glauben anzunehmen, und seinen Wunsch, mich zu gewinnen, will ich ihm erfüllen. Aber er sagt: ‚Dies geziemt sich nicht in einer Stadt, in der mein Bruder den Tod gefunden hat. Könnte ich sie verlassen, auf daß mein Herz sich tröste, so würde ich tun, was man von mir verlangt.' Es liegt nichts Arges darin, daß ihr mich mit ihm an einen anderen Ort ziehen lasset; ich will euch beiden und dem König für alles bürgen, was ihr verlangt.' Da ging ihr Vater zum Burghauptmann und tat es ihm kund. Der war darüber hoch erfreut und gab Befehl, sie mit ihm zu dem Dorfe zu führen, das sie nannte. So zogen sie denn hinaus; doch als sie zu dem Dorfe gekommen und den Tag über dort geblieben waren und als dann die Nacht über sie hereinbrach, machten sie sich wieder auf und begannen ihren Lauf, wie einer der Dichter gesagt hat:

> *Jetzt ist die Trennung, sagten sie, der Zeit Gebot.*
> *Ich sprach: Wie oft ward ich durch Trennung schon bedroht!*
> *Ich wünsche nichts, als daß ich durch die Wüsten eile*
> *Und durch die Länder ziehe immer Meil auf Meile.*
> *Und reist der Freunde Schar zu einem andren Ort,*
> *So zieh auch ich, ein fahrend Weggenosse, fort.*
> *Ich lasse meine Sehnsucht mir als Führer dienen,*
> *Dann leitet mich der Weg auch führerlos zu ihnen. – –«*

Da bemerkte Schehrezâd, daß der Morgen begann, und sie hielt in der verstatteten Rede an. Doch als die *Vierhundertund-*

sechsundsiebenzigste Nacht anbrach, fuhr sie also fort: »Es ist mir berichtet worden, o glücklicher König, daß der gefangene Muslim und die Jungfrau in jenem Dorfe, in das sie gekommen waren, den Tag über blieben; doch als die Nacht über sie hereinbrach, da machten sie sich wieder auf und begannen ihren Lauf, und sie zogen die Nacht hindurch weiter. Der junge Held ritt einen edlen Renner, die Maid saß hinter ihm auf dem Rosse, und sie eilten durch das Land dahin, bis es Morgen ward. Da bog er mit ihr vom Wege ab, ließ sie vom Rosse steigen, und beide verrichteten die religiöse Waschung und sprachen das Frühgebet. Doch während sie damit beschäftigt waren, vernahmen sie plötzlich Waffengerassel, Zügelklirren, Männerstimmen und Pferdestampfen. Da rief er: ,O Maid, das sind die Nazarener, die uns verfolgen! Was sollen wir tun? Das Pferd ist müde und matt und kann keinen Schritt mehr vorwärts gehn!' Sie sagte: ,Weh dir, bist du verzagt und ängstlich?' ,Ja', erwiderte er. Da fragte sie: ,Wo ist nun die Macht deines Herrn, von der du mir erzähltest? Wo ist Seine Hilfe für die, so um Hilfe flehen? Komm, wir wollen uns vor Ihm demütigen und zu Ihm beten, auf daß Er uns Seine Hilfe leihe und uns Seine Gnade angedeihen lasse, Er, der Gepriesene und Erhabene!' Er sprach: ,Das ist recht, bei Allah, was du sagst.' So begannen denn die beiden, sich vor Allah dem Erhabenen zu demütigen, und er hub an diese Verse zu sprechen:

> *Fürwahr, in aller Stunden Lauf bedarf ich deiner,*
> *Wenn mir auch Kron und Diadem den Scheitel schmückt!*
> *Du bist mein höchstes Ziel; wenn meine Hand gewönne,*
> *Was ich begehr, so wär mir jeder Wunsch geglückt.*
> *Du hast kein einzig Ding bei dir, das du versagest;*
> *Nein, deine Huld ergießt sich wie ein voller Quell.*
> *Zwar bin ich durch die Sünde wohl noch ausgeschlossen,*
> *Doch deiner Gnade Licht, du Milder, strahlet hell.*

Während er so betete und die Jungfrau das Amen zu seinem
Gebete sprach und das Pferdestampfen immer näher an sie
herankam, vernahm der junge Held plötzlich die Stimme seines Bruders, der als Märtyrer gefallen war, und die rief: ‚Bruder, fürchte dich nicht und gräme dich nicht! Diese Heerschar ist die Heerschar Allahs und Seiner Engel; Er hat sie zu euch
gesandt, auf daß sie Zeugen eurer Vermählung seien. Die Engel Allahs des Erhabenen rühmen sich eurer, und Er hat euch
beiden den himmlischen Lohn der Seligen und der Märtyrer
verliehen und hat die Erde vor euch aufgerollt. Siehe da, morgen früh wirst du bei den Bergen von Medina sein; und wenn
du dann zu 'Omar ibn el-Chattâb – Allah habe ihn selig! –
kommst, so bringe ihm meinen Gruß und sprich zu ihm:
Allah lohne dir reichlich für den Islam, denn du bist aufrichtig gewesen und hast dich eifrig gemüht!' Darauf erhoben die
Engel ihre Stimmen zum Gruße für ihn und seine junge Frau,
und sie sprachen: ‚Allah der Erhabene hat sie dir zweitausend
Jahre vor der Erschaffung eures Vaters Adam – Friede sei über
ihm! – zur Gattin bestimmt.' Da kam über die beiden Freude
und Fröhlichkeit, Friede und Seligkeit; die Zuversicht ward
befestigt, und die rechte Leitung der Frommen ward bekräf-
tigt. Und als die Morgenröte aufstieg, sprachen die beiden das
Frühgebet.

Nun pflegte 'Omar ibn el-Chattâb – Allah habe ihn selig! –
das Frühgebet vor Tagesanbruch zu verrichten, und manchmal trat er in die Gebetsnische, begleitet von zwei Männern,
die hinter ihm her gingen, und rezitierte zuerst die Sure ‚Das
Vieh'[1] und dann die Sure ‚Die Frauen'.[1] Inzwischen erwach-

1. Die sechste und die vierte Sure, die beide ziemlich lang sind.

741

ten die Schläfer; wer mit der religiösen Waschung beschäftigt war, beendete sie; und wer noch fern war, kam zum Gebet, so daß die Moschee voll Volkes war, noch ehe er die erste Rak'a vollendet hatte. Dann betete er die zweite Rak'a mit einer kurzen Sure, die er rasch sprach. An jenem Tage aber rezitierte er schon bei der ersten Rak'a eine kurze Sure, die er rasch sprach, und ebenso tat er bei der zweiten Rak'a. Und nachdem er den Gruß zum Schlusse gesprochen hatte, blickte er auf seine Gefährten und sprach zu ihnen: ,Laßt uns hinausgehen, dem jungen Ehepaare entgegen!' Da verwunderten die Gefährten sich und konnten seine Worte nicht verstehen. Doch er schritt hinaus, und sie folgten ihm, bis er das Tor von Medina erreichte. Der junge Held aber zog, als das Tageslicht ihm leuchtete und er die Hügel von Medina erkannte, mit seiner Gattin, die hinter ihm ritt, dem Tore entgegen. Da traten 'Omar und die Gläubigen auf ihn zu und begrüßten ihn. Nachdem sie dann in Medina eingezogen waren, befahl 'Omar – Allah habe ihn selig! – das Hochzeitsmahl zu rüsten. Und die Muslime waren dabei zugegen und schmausten. Dann ging der junge Held zu seiner Gemahlin ein, und Allah der Erhabene schenkte ihm Kinder von ihr. – –«

Da bemerkte Schehrezâd, daß der Morgen begann, und sie hielt in der verstatteten Rede an. Doch als die *Vierhundertundsiebenundsiebenzigste Nacht* anbrach, fuhr sie also fort: »Es ist mir berichtet worden, o glücklicher König, daß 'Omar ißn el-Chattâb – Allah habe ihn selig! – befahl, das Hochzeitsmahl zu rüsten. Und die Muslime waren dabei zugegen und schmausten. Dann ging der junge Held zu seiner Gemahlin ein, und Allah der Erhabene schenkte ihm Kinder von ihr, die im heiligen Kriege stritten und zu ihrem Ruhme ihren Stammbaum bewahrten. Und wie schön ist das, was hierüber gesungen worden ist:

Ich sah dich, wie du weintest vor dem Tor und klagtest,
Und wie dein Mund den Fragern keine Antwort gab.
Traf dich das böse Auge, oder schlug dich Unheil?
Hielt dich die Schranke von dem Tor des Freundes ab?
Erwache heut, du Armer, preise Gottes Namen,
Tritt reuig hin vor Ihn, wie es die Menschheit tat,
Auf daß der Gnade Regen das Vergangne tilge
Und daß der Sünder Schar am Lohne Anteil hat!
Oft kann sich der Gefangne die Freiheit so gewinnen,
Der Sklave kann dem Kerker der Strafe dann entrinnen.

Und nun lebten sie immerdar herrlich und in Freuden, bis Der
zu ihnen kam, der die Freuden schweigen heißt, und der die
Freundesbande zerreißt.

Ferner wird erzählt

DIE GESCHICHTE VON DER CHRISTLICHEN
PRINZESSIN UND DEM MUSLIM

Sîdi Ibrahîm ibn el-Chauwâs – Allahs Barmherzigkeit sei über
ihm! – berichtete: Einstmals trieb mich mein Geist, in das Land
der Ungläubigen zu ziehen; ich bekämpfte diesen Wunsch,
aber er ließ sich nicht besiegen noch unterdrücken, ja, ich
mühte mich sehr, einen solchen Gedanken zu vertreiben, dennoch ließ er sich nicht austreiben. So machte ich mich denn
auf, durchquerte ihre Auen und zog umher in ihren Gauen,
indem Gottes Gnade mich mit Mut erfüllte und Seine Güte
mich in ihren Schutz einhüllte; jedesmal, wenn ich einen Christen traf, wandte er seinen Blick von mir ab und ging mir aus
dem Wege, bis ich schließlich zu einer ihrer Hauptstädte kam.
Dort fand ich am Tor eine Menge von schwarzen Sklaven; die
waren mit Rüstungen angetan und trugen eherne Keulen in
den Händen. Als sie mich erblickten, standen sie auf und fragten mich: ‚Bist du ein Arzt?‘ ‚Jawohl!‘ erwiderte ich; und sie

fuhren fort: ,So folge dem Rufe des Königs!' und führten mich zu ihm. Und siehe da, er war ein Herrscher, aus dem die Würde spricht, und ein Mann von schönem Angesicht. Wie ich zu ihm eingetreten war, blickte er mich an und fragte: ,Bist du ein Arzt?' ,Jawohl!' gab ich zur Antwort. Darauf sagte er: ,Führt ihn zu ihr und macht ihn mit der Bedingung bekannt, ehe er zu ihr eintritt!' Nun führten sie mich hinaus und sprachen zu mir: ,Wisse, der König hat eine Tochter, die von einer schweren Krankheit befallen ist, und die Ärzte vermögen sie nicht zu heilen. Wenn aber ein Arzt zu ihr geht, um sie zu heilen, und wenn dann seine Heilkunst nichts nützt, so läßt der König ihn töten. Nun sieh zu, was du tun willst!' Ich erwiderte ihnen: ,Der König hat mich zu ihr geschickt; also führt mich zu ihr hinein!' Dann brachten sie mich vor ihre Tür; und wie ich dort stand, klopften sie an. Da rief sie von drinnen: ,Führt ihn zu mir herein, den heilkundigen Mann, der das wunderbare Geheimnis verstehen kann!' Und sie sprach die Verse:

> *Öffnet die Tür; denn der Arzt ist gekommen!*
> *Schaut auf das seltne Geheimnis in mir!*
> *Oft ist der Nahe doch weit in der Ferne;*
> *Oft ist der Ferne doch nahe bei dir.*
> *Wahrlich, ich lebte bei euch nur als Fremdling;*
> *Jetzo will Gott seinen Trost mir verleihn.*
> *Uns hat die Glaubensgemeinschaft verbunden;*
> *Freund mit dem Freunde, sind wir im Verein.*
> *Als er mich in seine Nähe gerufen,*
> *Hielten der Tadler und Späher uns fern.*
> *Laßt euer Schelten, hört auf, mich zu tadeln!*
> *Weh euch, ich antworte doch nicht, ihr Herrn.*
> *Mich kümmert nicht das Flüchtige, das Unzulängliche;*
> *Mein Ziel ist nur das Bleibende, das Unvergängliche.*

Da machte – so berichtete der Erzähler – ein hochbetagter Greis eiligst die Tür auf und rief: ‚Tritt ein!' Als ich eingetreten war, sah ich mich in einem Raum, der mit allerlei duftenden Kräutern bestreut war und wo in der einen Ecke ein Vorhang niederhing. Hinter ihm erklang eine schwache Stimme, stöhnend vor Gram, die aus einem abgezehrten Leibe kam. Ich setzte mich gegenüber dem Vorhange nieder und wollte gerade den Friedensgruß aussprechen, da dachte ich an das Wort dessen, dem Allah Segen und Heil spenden möge: ‚Saget den Juden und Christen nicht zuerst den Friedensgruß! Und wenn ihr ihnen auf der Straße begegnet, so drängt sie auf die schmalste Stelle!' Ich hielt also an mich, doch da rief sie hinter dem Vorhang: ‚Wo bleibt, o Chauwâs, der Gruß der Einheit und Reinheit?' Darüber war ich erstaunt, und so fragte ich sie: ‚Woher kennst du mich?' Sie antwortete: ‚Sind Herz und Gedanken gesund, so sprechen die geheimen Winkel der Seelen mit beredtem Mund. Gestern habe ich Ihn gebeten, mir einen Seiner Heiligen zu senden, durch dessen Hand mir Befreiung zuteil würde; und da rief es mir aus den Winkeln meines Gemaches entgegen: ‚Sei unbesorgt! Wir wollen Ibrahîm el-Chauwâs zu dir senden!' Nun fragte ich sie: ‚Was ist es mit dir?' Und sie erzählte mir: ‚Schon seit vier Jahren ist mir die klare Wahrheit[1] offenbar geworden, Er, der Verkünder und traute Gefährte, der Nahebringer und als Freund Bewährte. Da hielten die Meinen mit den Augen über mich Wacht und hegten wider mich mancherlei Verdacht, ja, sie glaubten, ich sei in des Teufels Macht. Es gab keinen Arzt, der in mir, wenn er zu mir kam, nicht Kummer erweckte, und keinen Besucher, der mich nicht erschreckte.' Ich fragte sie: ‚Wer hat dich zu der Kenntnis geleitet, die du besitzest?' Sie erwiderte: ‚Seine

1. Das ist: Allah.

Beweise, die wahren, und Seine Zeichen, die klaren. Und hast du den Weg erst deutlich gesehn, so kannst du den Beweis und den Beweiser bald selbst verstehn.' Während wir so miteinander sprachen, kam plötzlich der Alte, dessen Obhut sie anvertraut war, und fragte: ‚Was hat dein Arzt ausgerichtet?' Sie antwortete: ‚Er hat die Krankheit erkannt und das Heilmittel gefunden.' – –«

Da bemerkte Schehrezâd, daß der Morgen begann, und sie hielt in der verstatteten Rede an. Doch als die *Vierhundertund-achtundsiebenzigste Nacht* anbrach, fuhr sie also fort: »Es ist mir berichtet worden, o glücklicher König, daß der Alte, dessen Obhut sie anvertraut war, sie fragte, als er zu ihr eintrat: ‚Was hat dein Arzt ausgerichtet?' Sie antwortete: ‚Er hat die Krankheit erkannt und das Heilmittel gefunden.' Da ward mir von ihm hohe Freude bezeigt, und er sprach zu mir liebevoll und wohlgeneigt. Dann begab er sich zum König, um ihm Bericht zu erstatten, und er schärfte ihm ein, mich mit aller Ehre zu behandeln. Sieben Tage lang besuchte ich sie in ihrem Gemache; und schließlich sprach sie zu mir: ‚O Abu Ishâk, wann sollen wir nach dem Lande des Islams auswandern?' Da fragte ich: ‚Wie kannst du hinausgelangen? Wer kann dergleichen wagen?' ‚Er, der dich zu mir hereingeführt und zu mir getrieben hat', antwortete sie; und ich sagte: ‚Du hast trefflich geredet.' Als es wieder Morgen ward, zogen wir beide zum Tore der Burg hinaus, und aller Augen verhüllte vor uns Er, ‚dessen Befehl ist, so er ein Ding will, daß er zu ihm spricht: Werde! und es wird.'[1] Und der Erzähler schloß mit den Worten: Nie hab ich einen Menschen gekannt, der fester als sie im Fasten und im Gebete stand; sie harrte bei Allahs heiligem Haus sie-

1. Koran, Sure 36, Vers 82. Ähnliche Wendungen kommen öfters im Koran vor.

ben lange Jahre aus. Und nachdem sie aus diesem Leben geschieden, fand sie in mekkanischer Erde den Grabesfrieden – möge Allah Seine Gnaden auf sie herniedersenden und dem, der diese Verse gesprochen, Sein Erbarmen zuwenden:

> *Als sie den Arzt mir brachten, mir, an der die Zeichen*
> *Sich kundgetan, ein Tränenstrom und Siechtum auch,*
> *Hob er den Schleier mir vom Antlitz und entdeckte*
> *Darunter weder Leib noch Geist, nur einen Hauch.*
> *Er sprach zu ihnen: Das zu heilen ist unmöglich;*
> *Und was die Liebe birgt, ist höher denn Verstand.*
> *Sie sagten: Wenn der Mensch das Leiden nicht erkannte*
> *Und wenn es nicht in klaren Worten Ausdruck fand,*
> *Wie kann die Heilkunst dann dem Kranken Hilfe bringen? –*
> *Laßt mich, sprach ich, durch Denken kann ich's nicht erzwingen!*

Ferner wird erzählt

DIE GESCHICHTE VON DEM PROPHETEN UND DER GÖTTLICHEN GERECHTIGKEIT

Einer der Propheten pflegte Gott zu dienen auf einem hohen Berge, an dessen Fuß ein Wasserquell rieselte; und der Fromme pflegte bei Tage ganz oben auf dem Berge zu sitzen, an einer Stätte, an der ihn kein Mensch sehen konnte, während er den Namen Allahs des Erhabenen anrief und auf die Menschen hinabschaute, die zu der Quelle kamen. Als er nun eines Tages wieder dort saß und auf die Quelle hinunterblickte, da sah er plötzlich, wie ein Reitersmann herbeiritt und abstieg; der legte einen Beutel, den er um den Hals trug, dort nieder, ruhte sich aus und trank von dem Wasser; dann ritt er wieder davon doch ließ er den Beutel liegen. In ihm aber befanden sich Goldstücke; und als darauf ein anderer Mann kam, um von dem Quell zu trinken, nahm er den Beutel mit dem Gelde zu sich, und nachdem er von dem Wasser getrunken hatte, eilte er davon und brachte den Raub in Sicherheit. Nach ihm erschien ein Holzhauer, der ein schweres Bündel Holz auf seinem Rükken trug, und setzte sich bei der Quelle nieder, um seinen Durst zu löschen. Mit einem Male aber kam der Reiter, der zuerst dort gewesen war, erregt zurück und rief den Holzhauer an: ‚Wo ist der Beutel, der hier war?‘ Und als jener antwortete: ‚Ich weiß nichts von ihm!‘ zückte er sein Schwert, hieb auf den Holzhauer ein und schlug ihn tot. Dann suchte er in dessen Kleidern, fand aber nichts darin; so ließ er ihn denn liegen und zog seiner Wege.

Da sprach jener Prophet: ‚O Herr, der eine hat tausend Goldstücke gestohlen, und der andere ist zu Unrecht deswegen getötet!‘ Doch Allah tat ihm durch eine Offenbarung kund: ‚Kümmere du dich um deine Andacht; denn die Regierung der Welt ist nicht deine Sache! Wisse, der Vater dieses Reiters hatte tausend Dinare dem Vater des zweiten Mannes geraubt; deshalb habe ich dem Sohne über das Geld seines Vaters Macht gegeben. Der Holzhauer aber hatte den Vater dieses Reiters erschlagen; deshalb habe ich dem Sohne Gewalt gegeben, die Strafe zu vollziehen.‘ Nun rief jener Prophet: ‚Es gibt keinen Gott außer dir! Dir sei Preis, du kennst die verborgenen Dinge.‘ – –«

Da bemerkte Schehrezâd, daß der Morgen begann, und sie hielt in der verstatteten Rede an. Doch als die *Vierhundertundneunundsiebenzigste Nacht* anbrach, fuhr sie also fort: »Es ist mir berichtet worden, o glücklicher König, daß der Prophet, als Allah ihm durch eine Offenbarung kundgetan hatte, er solle sich um seine Andacht kümmern, und ihn die Wahrheit hatte wissen lassen, ausrief: ‚Es gibt keinen Gott außer dir! Dir sei Preis, du kennst die verborgenen Dinge.‘ Und hierüber hat einer von den Dichtern die Verse gesungen:

Der Prophete hat gesehen, was das Auge schauen kann;
Doch was solch Geschehn bedeuten könne, fragte er sodann.
Als sein Auge Zeuge ward und sich ihm kein Verständnis bot,
Rief er: ‚Herr, was ist das, dieser Mann fand ohne Schuld den Tod.
Jener eine fand den Reichtum, ohne sich darum zu mühn;
Und er war doch nur im armen Kleide, als er hier erschien.
Doch der andre wurde mitten in der Lebenslust gefällt,
Ohne Sünde zu begehen, o Erschaffer aller Welt!'
‚Wisse, jenes Gold gehörte einst dem Vater jenes an,
Den du sahst, wie er sein Erbe mühelos zurückgewann.
Und der Holzmann hat den Vater jenes Ersten umgebracht,
Jetzo nahm sein Sohn die Rache, dazu gab ihm Gott die Macht.
O mein Knecht, von solchem Grübeln mußt du deinen Sinn befrein;
Manch Geheimnis, das dem Blick entzogen, birgt die Schöpfung mein.
Drum ergib dich meinem Willen, unterwirf dich meiner Kraft;
Denn mein Wille ist es, der das Gute und das Böse schafft.

Und ferner erzählt man

DIE GESCHICHTE VON DEM NILFERGEN
UND DEM HEILIGEN

Ein frommer Mann berichtete: Ich war einst Fährmann auf
dem Nile und pflegte zwischen dem Ostufer und dem Westufer hin und her zu fahren. Während ich damals eines Tages
in meinem Boote saß, blieb plötzlich ein alter Mann mit leuchtendem Antlitze bei mir stehen und begrüßte mich. Nachdem
ich seinen Gruß erwidert hatte, bat er mich: ‚Willst du mich
um Allahs des Erhabenen willen übersetzen?' ‚Gern!' erwiderte ich. ‚Willst du mir auch um Allahs willen zu essen geben?'
fragte er darauf; und wiederum antwortete ich: ‚Gern!' Dann
trat er in das Boot, und ich ruderte ihn nach dem Ostufer
hinüber. Er trug aber ein geflicktes Gewand und hielt eine
Lederflasche und einen Stab in der Hand. Als er dann aussteigen wollte, sprach er zu mir: ‚Ich möchte dir etwas anver-

trauen.' ‚Was ist es?' fragte ich; und er fuhr fort: ‚Morgen sollst du, wie mir offenbart worden ist, um die Mittagszeit zu mir kommen; und wenn du dann kommst und mich unter jenem Baume tot liegen siehst, so wasche mich, hülle mich in das Leichentuch, das du unter meinem Haupte finden wirst, und begrabe mich, nachdem du über mir gebetet hast, in dem Sande dort. Darauf nimm mein Gewand, meine Lederflasche und meinen Stab mit dir, und wenn jemand zu dir kommt, um sie von dir zu verlangen, so übergib sie ihm!' Ich war ob seiner Worte erstaunt und legte mich die Nacht über schlafen. Am nächsten Morgen wollte ich bis zu der Zeit warten, die er mir genannt hatte; aber als es Mittag ward, hatte ich seine Worte vergessen. Erst kurz vor der Zeit des Nachmittagsgebetes fielen sie mir wieder ein, und da ging ich eilends hin. Ich sah den Alten tot unter dem Baume liegen und fand auch zu seinen Häupten ein neues Leichentuch, aus dem der Duft von Moschus hervorströmte. So wusch ich ihn denn, hüllte ihn ein, betete über ihm, grub ihm ein Grab und bestattete ihn. Dann fuhr ich über den Nil zurück und kam zur Nachtzeit auf dem Westufer an; das zerfetzte Gewand, die Lederflasche und den Stab hatte ich bei mir. Als dann das Frühlicht leuchtete und das Stadttor geöffnet ward, erblickte ich einen jungen Mann, der mir als ein Schelm bekannt war, mit feinen Gewändern angetan und mit Hennafarbe an den Händen. Der kam auf mich zu und fragte mich: ‚Bist du nicht der und der?' ‚Jawohl', erwiderte ich; und er fuhr fort: ‚So gib mir das anvertraute Gut!' Als ich fragte: ‚Was ist denn das?' antwortete er: ‚Das Gewand, die Flasche und der Stab.' Dann fragte ich ihn wieder: ‚Wer hat dir davon gesagt?' Darauf erzählte er mir: ‚Ich weiß nur das eine, daß ich gestern abend auf der Hochzeit eines Freundes war – und er nannte den Namen –

und die Nacht über mit Gesang verbrachte, bis die Morgen-
zeit nahte. Dann legte ich mich schlafen, um auszuruhen; da
trat plötzlich einer an mich heran und sprach zu mir: ‚Wisse,
Allah der Erhabene hat die Seele des Heiligen Soundso zu sich
genommen und dich ausersehen, an seine Stelle zu treten. Nun
geh zu dem Fährmann – und er nannte meinen Namen – und
nimm von ihm des Toten Gewand, Lederflasche und Stab entgegen; denn die hat er für dich bei ihm hinterlegt.‘ Ich holte
sie hervor und gab sie ihm; darauf legte er seine Kleider ab,
zog jenes Gewand an, ging fort und ließ mich allein. Ich aber
weinte, weil ich eines solchen Mannes beraubt war. Und als es
dunkle Nacht um mich ward, legte ich mich schlafen, und da
sah ich im Traume den Herrn der Herrlichkeit, den Gesegneten und Erhabenen, und er sprach zu mir: ‚Mein Knecht, ist es
dir schwer, daß ich einem meiner Knechte die Rückkehr zu
mir gewährt habe? Solches tu ich in meiner Güte, die ich
schenke, wem ich will; denn ich bin über alle Dinge mächtig.‘
Zuletzt sprach ich diese Verse[1]:

> *Wer liebt, darf beim Geliebten keine Wünsche haben.*
> *Die Wahl ist dir versagt – o, dächtest du nur dran!*
> *Will er dir gütig nahn, dir seine Neigung zeigen,*
> *Will er je von dir gehn, kein Tadel trifft ihn dann.*
> *Wenn du an seiner Abkehr keine Freude findest,*
> *So geh; dann ist dir dort nicht Ehre zuerteilt!*
> *Und kannst du nah und fern bei ihm nicht unterscheiden,*
> *So bist du weit zurück, indes die Lieb enteilt.*
> *Wenn Sehnsucht dir die Herrschaft meines Herzens schenkte,*
> *Und hat mich deine Liebe in den Tod gebracht,*
> *So geh und meide mich; das ist doch all das gleiche!*
> *Getadelt wird nicht, wer das Glück zum Führer macht.*
> *Kein Ziel hat meine Liebe, als was dir gefällt,*
> *Und willst du fern sein, ist`s auch damit recht bestellt.*

1. Dies Gedicht bezieht sich auf die mystische Liebe zu Gott.

Und ferner wird erzählt

DIE GESCHICHTE
VON DEM FROMMEN ISRAELITEN, DER WEIB
UND KINDER WIEDERFAND

Einst lebte unter den Kindern Israel ein trefflicher Mann, der großen Reichtum besaß; der hatte einen frommen und gesegneten Sohn. Als ihm das Ende nahte, setzte sein Sohn sich zu seinen Häupten und sprach: ‚O mein Gebieter, gib mir ein Vermächtnis!‘ Da sagte der Vater: ‚Mein lieber Sohn, schwöre nie bei Gott, es sei wahr oder falsch!‘ Darauf starb der Mann, und der Sohn blieb nun allein. Einige verworfene Gesellen unter den Kindern Israel aber hörten von dem Vermächtnis, und so kam denn einer nach dem andern von ihnen zu ihm und sagte: ‚Dein Vater schuldet mir soundso viel, und du weißt darum. Gib mir nun zurück, was ihm anvertraut war, oder schwöre!‘ Der Sohn wollte das Vermächtnis seines Vaters hüten, und so gab er denn einem jeden alles, was er verlangte. Und die Gesellen trieben ihr Spiel so lange mit ihm, bis sein Vermögen ein Ende nahm und er in die größte Armut kam. Nun hatte jener Sohn auch eine fromme und gesegnete Frau, die ihm zwei kleine Söhne geschenkt hatte; zu ihr sprach er damals: ‚Die Leute haben mich immer mehr mit Forderungen bedrängt; und solange ich noch Geld hatte, um mich durch Bezahlung vor ihnen zu retten, habe ich es ausgegeben. Jetzt aber haben wir nichts mehr; und wenn noch mehr Forderungen an mich gestellt werden, so geraten wir beide, du und ich, in große Not. Darum ist es das beste, wenn wir uns durch die Flucht an einen Ort retten, an dem uns niemand kennt und wo wir unter dem Volk unser Brot verdienen können.‘ Er bestieg also mit ihr und mit seinen beiden Knaben ein Schiff, ohne zu wissen, wohin er sich begeben sollte; aber: Allah richtet, und niemand kann Sein Urteil umstoßen.[1] Und darüber heißt es im Liede:

> *O der du aus der Heimat fliehst aus Furcht vor Feindschaft:*
> *Wer flüchtet, dem wird oft ein rasches Glück zuteil.*
> *Sei nicht betrübt ob der Verbannung; oftmals findet*
> *Der Fremdling, weit entfernt von seinem Heim, das Heil.*
> *Denn müßten alle Perlen in den Muscheln wohnen,*
> *So wäre ihre Stätte nicht in Königskronen.*

Das Fahrzeug aber erlitt Schiffbruch; da rettete sich der Mann auf einer Planke, auch seine Frau konnte auf einer Planke fortschwimmen, und ebenso wurden die beiden Söhne, jeder auf einer andern Planke, dahingetragen. Die Wogen trennten sie; die Frau trieb an Land, einer der Knaben ward an ein anderes Land geworfen, und den zweiten Knaben nahmen Schiffsleute mitten im Meere auf. Den Mann aber verschlugen die Wellen zu einer verlassenen Insel; dort ging er an Land, vollzog die religiöse Waschung, ließ den Gebetsruf erschallen und verrichtete das Gebet. – –«

Da bemerkte Schehrezâd, daß der Morgen begann, und sie hielt in der verstatteten Rede an. Doch als die *Vierhundertundachtzigste Nacht* anbrach, fuhr sie also fort: »Es ist mir berichtet worden, o glücklicher König, daß der Mann, als er auf der Insel an Land gegangen war, die religiöse Waschung vollzog, den Gebetsruf erschallen ließ und das Gebet verrichtete. Da kamen plötzlich vielerlei und mannigfache Geschöpfe aus dem Meere und beteten mit ihm. Und als er mit dem Gebet fertig war, ging er zu einem Baume der Insel und aß von seinen Früchten, um seinen Hunger zu stillen; dann fand er auch einen Wasserquell, trank daraus und pries Allah, den Allgewaltigen und Glorreichen. So lebte er drei Tage lang, und so-

1. Koran, Sure 13 Vers 41.

oft er betete, kamen die Völker des Meeres heraus und beteten wie er. Nach dieser Zeit aber hörte er, wie eine Stimme rief: ‚O du frommer Mann, der du deinen Vater ehrst und den Willen deines Herrn achtest, sei nicht traurig! Siehe, Allah, der Allgewaltige und Glorreiche, wird dir alles wiedergeben, was du verloren hast. Denn auf dieser Insel sind Schätze und Reichtümer und Kleinodien, die Allah dir zum Erbteil geben will; die befinden sich an dem und dem Orte. Hebe sie, wir werden Schiffe zu dir senden! Dann sei gütig gegen die Menschen und laß sie zu dir kommen; Allah, der Allgewaltige und Glorreiche, wird ihre Herzen dir geneigt machen!' Da ging er zu jenem Ort auf der Insel, und Allah ließ ihn die Schätze dort heben. Alsbald begannen auch schon die Schiffsleute zu ihm zu kommen, und er schenkte ihnen reichliche Gaben, indem er zu ihnen sprach: ‚Möchtet ihr doch die Menschen zu mir herführen; so will ich ihnen das und das geben und das und das für sie tun.' Darauf kamen die Menschen aus aller Herren Ländern zu ihm, und es gingen kaum zehn Jahre darüber hin, so war die Insel bevölkert, und jener Mann ward ihr König. Einem jeden, der zu ihm kam, gab er Geschenke, und sein Name ward auf der Erde bekannt und weit und breit genannt.

Nun war sein älterer Sohn zu einem Manne gekommen, der ihn unterrichtete und erzog. Und auch sein jüngerer Sohn war in die Hand eines Mannes geraten, der ihm die beste Erziehung angedeihen ließ und ihn das Kaufmannsgewerbe lehrte. Und die Frau war zu einem Kaufmann gekommen, der ihr sein Hab und Gut anvertraute und feierlich gelobte, daß er nicht schlecht an ihr handeln, sondern ihr helfen wollte, Allah, dem Allgewaltigen und Glorreichen, zu gehorchen. Er pflegte auch mit ihr zu Schiffe Reisen zu machen, und er nahm sie überallhin als Reisegefährtin mit.

Da begab es sich, daß der ältere Sohn von dem Ruf jenes Königs hörte, und er machte sich auf den Weg zu ihm, ohne zu wissen, wer er war. Und als er zu ihm kam, nahm der König ihn auf, machte ihn bald zu seinem Vertrauten und ernannte ihn zu seinem Schreiber. Aber auch der jüngere Sohn hörte von dem Ruf jenes gerechten und frommen Königs, und er machte sich gleichfalls auf den Weg zu ihm, ohne zu wissen, wer er war. Und als er zu ihm kam, machte der König ihn zum Verwalter seiner Geschäfte. So lebten die beiden eine ganze Weile im Dienste des Königs, ohne daß der eine den anderen erkannte. Schließlich drang auch zu dem Kaufmann, bei dem die Frau war, die Kunde von jenem König und von seiner Gerechtigkeit und Wohltätigkeit gegen die Menschen. So nahm er denn eine große Menge von prächtigen Gewändern und auserwählten Kostbarkeiten des Landes mit sich und fuhr auf einem Schiff zusammen mit der Frau zum Ufer jener Insel. Dort ging er an Land, begab sich zum König und brachte ihm ein Geschenk dar. Als der es anschaute, war er hoch erfreut und befahl, dem Mann eine schöne Gegengabe zu überreichen. Und da sich nun unter den Geschenken einige Spezereien befanden, deren Namen und Nutzen der König von dem Kaufmann erfahren wollte, so sprach er zu ihm: ‚Bleib heut nacht bei uns!‘ – –«

Da bemerkte Schehrezâd, daß der Morgen begann, und sie hielt in der verstatteten Rede an. Doch als die *Vierhundertundeinundachtzigste Nacht* anbrach, fuhr sie also fort: »Es ist mir berichtet worden, o glücklicher König, daß der Kaufmann, als der König zu ihm sprach: ‚Bleib heut nacht bei uns!‘ zur Antwort gab: ‚Ich habe auf dem Schiff ein anvertrautes Pfand, und ich habe gelobt, niemand anders als mich selbst mit seiner Obhut zu betrauen; das ist eine fromme Frau, ihre Gebete haben

755

mich reich gemacht, und ihre Ratschläge haben mir Segen gebracht.' Da sagte der König: ‚Ich will zuverlässige Männer zu ihr schicken; die sollen die Nacht über bei ihr verweilen und sich in die Wache über all ihre Habe teilen.' Der Kaufmann willigte darin ein und blieb beim König; der aber entsandte seinen Schreiber und seinen Verwalter zu ihr mit dem Auftrage: ‚Gehet hin und bewachet das Schiff dieses Mannes in der Nacht, so Gott der Erhabene will!' Die beiden gingen also hin, stiegen auf das Schiff und setzten sich nieder, der eine im Bug, der andere im Heck, und sie verbrachten einen Teil der Nacht damit, daß sie den Namen Allahs, des Allgewaltigen und Glorreichen, anriefen. Dann aber rief der eine dem anderen zu: ‚Du, Mann, der König hat uns befohlen zu wachen, und wir müssen uns vor dem Schlafe in acht nehmen. Komm, wir wollen uns unterhalten mit Geschichten der Zeit und mit dem, was wir selber erlebt haben an Freud und Leid!' Der andere erzählte darauf: ‚Bruder, was mich angeht, so widerfuhr mir das Leid, daß mich das Schicksal von meinem Vater und meiner Mutter und meinem Bruder, der so wie du hieß, getrennt hat. Und das kam so: Unser Vater fuhr mit uns von dem und dem Lande ab, und dann erhoben sich widrige Winde gegen uns; da ging unser Schiff unter, und Allah trennte uns voneinander.' Wie der erste das hörte, sprach er: ‚Bruder, wie hieß denn deine Mutter?' ‚Soundso', erwiderte der andere. Weiter fragte der erste: ‚Und wie hieß dein Vater?' ‚Soundso', gab der andere zur Antwort. Da warf sich ein Bruder dem andern in die Arme und rief: ‚Bei Allah, du bist wirklich mein Bruder!' Und nun begann einer dem anderen zu erzählen, was er in seiner Jugend erlebt hatte, während die Mutter hörte, was sie sagten; doch sie verbarg ihr Geheimnis und faßte ihre Seele in Geduld. Als aber die Morgenröte aufstieg, sprach der eine

756

von den beiden zum andern: ‚Komm, Bruder, wir wollen in meiner Wohnung weiter plaudern!' ‚Gern', erwiderte jener, und so gingen beide von dannen. Bald darauf kehrte der Kaufmann zurück; jedoch fand er die Frau in großer Kümmernis. Da fragte er sie: ‚Was ist dir zugestoßen? Was ist dir widerfahren?' Sie gab zur Antwort: ‚Du hast mir gestern abend zwei Männer geschickt, die mir in Bösem genaht sind; und ich bin um ihretwillen in großer Not gewesen.' Da ergrimmte der Kaufmann und begab sich alsbald zum König und berichtete ihm, was die beiden Getreuen getan hätten. Der König ließ die beiden eilends kommen; denn er liebte sie wegen der Ergebenheit und Frömmigkeit, die er an ihnen erprobt hatte. Darauf ließ er auch die Frau kommen, auf daß sie ihm mit eigenen Worten berichte, was von jenen beiden verübt sei. Als sie nun vor ihm stand, fragte er sie: ‚Frau, was hast du von diesen beiden Getreuen erlebt?' Sie erwiderte: ‚O König, ich beschwöre dich bei Allah dem Allmächtigen, dem Herrn des Thrones, des prächtigen, befiehl den beiden, die Worte, die sie gestern nacht gesprochen haben, zu wiederholen!' Der König gebot nun den beiden: ‚Sagt, was ihr gesprochen habt, und verschweigt nichts davon!' Als die beiden ihre Worte wiederholten, sprang der König plötzlich von seinem Thron auf, stieß einen lauten Schrei aus, warf sich ihnen entgegen, umarmte sie und rief: ‚Bei Allah, ihr seid wirklich meine Söhne!' Und nun entschleierte die Frau ihr Antlitz und rief: ‚Und ich bin, bei Allah, ihre Mutter!' So waren sie nun alle wieder vereint, und sie lebten herrlich und in Freuden, bis der Tod sie abberief. Preis aber sei Ihm, der Seinen Knecht rettet, wenn er Ihm naht, und keinen enttäuscht, der auf Ihn Hoffnung und Zuversicht gegründet hat. Und wie trefflich lautet das Dichterwort darüber:

Ein jeglich Ding hat seine Zeit allhier auf Erden;
Bald wird's getilgt, o Bruder mein, bald bleibt's bestehn.
Drum soll ein Kummer, der dich traf, dich nicht betrüben;
Im Leide können wir der Freude Zeichen sehn.
Manch einer ist betrübt und trägt des Kummers Zeichen,
Indes sich seinem Innren Freude offenbart!
Wie mancher ist verschmäht, verhaßt dem Menschenauge
Und doch durch Gottes Gnade vor der Schmach bewahrt! –
Der ist es hier, den Leid geprüft, den Not gequält hat,
Und manches Unheil stellte einst bei ihm sich ein.
Ihn trennte das Geschick von den geliebten Seinen;
Sie wurden weit zerstreut nach dem Zusammensein.
Dann tat sein Herr ihm wohl und brachte sie ihm wieder;
In allen Dingen steht bei unserm Herrn der Rat.
Drum preiset Ihn, der mächtig alle Wesen leitet
Und der sein Nahn durch Zeichen offenbaret hat!
Er ist der Nahe, den Verstand nicht fassen kann;
Und keine Erdenreise bringt Ihn uns nah heran.

Ferner wird erzählt

DIE GESCHICHTE
VON ABU EL-HASAN ED-DARRÂDSCH
UND ABU DSCHA'FAR DEM AUSSÄTZIGEN

Abu el-Hasan ed-Darrâdsch berichtete: Ich pflegte oftmals nach Mekka zu kommen – Allah mehre seinen Ruhm! –, und dann pflegten die Leute mir zu folgen, weil ich den Weg kannte und mich der Wasserplätze entsann. Nun begab es sich in einem der Jahre, daß ich wiederum zum heiligen Hause Allahs pilgern und das Grab Seines Propheten – über ihm sei Segen und Heil! – besuchen wollte, und da sagte ich mir: ‚Ich kenne ja den Weg, und so will ich einmal allein hinziehen!‘ Ich wanderte also fort, bis ich nach el-Kadisîja[1] kam; und als ich dort eingezogen und in die Moschee gekommen war, sah ich einen

1. Ein Ort westlich vom Unterlauf des Euphrat.

Mann, der am Aussatz litt, in der Gebetsnische sitzen. Wie er mich erblickte, sprach er zu mir: ‚Abu el-Hasan, ich bitte dich um deine Begleitung nach Mekka.' Ich aber sagte mir: ‚Ich bin den Gefährten entronnen; warum soll ich nun mit Aussätzigen zusammen sein?' Deshalb erwiderte ich ihm: ‚Ich will mit niemand zusammen reisen.' Da ließ er von mir ab, und ich zog am nächsten Morgen allein meines Weges; und ich wanderte einsam immer weiter, bis ich nach el-'Akaba¹ kam; dort ging ich wieder in die Moschee, und in ihr fand ich wiederum den aussätzigen Mann in der Gebetsnische. Da sagte ich mir: ‚Allah sei gepriesen! Wie hat der Kerl vor mir hierher kommen können?' Doch er hob den Kopf zu mir empor und sprach lächelnd: ‚Abu el-Hasan, Er tut an dem Schwachen, was den Starken verwundert.' Erstaunt über das, was ich erlebt hatte, brachte ich die Nacht dort zu; und als es Morgen ward, machte ich mich von neuem allein auf den Weg. Als ich dann nach 'Arafât² kam und die Moschee betrat, da saß wirklich der Mann wieder in der Gebetsnische. Nun warf ich mich vor ihm hin und sprach zu ihm: ‚Mein Gebieter, ich bitte um deine Begleitung', und begann seine Füße zu küssen. Und wie er antwortete: ‚Das ist mir nicht möglich', hub ich an zu weinen und zu klagen, daß seine Begleitung mir verwehrt sein sollte. Aber er sprach zu mir: ‚Nimm es leicht; denn es nützt dir nicht, zu weinen!' – –«

Da bemerkte Schehrezâd, daß der Morgen begann, und sie hielt in der verstatteten Rede an. Doch als die *Vierhundertundzweiundachtzigste Nacht* anbrach, fuhr sie also fort: »Es ist mir berichtet worden, o glücklicher König, daß Abu el-Hasan erzählte: Als ich den aussätzigen Mann in der Gebetsnische sitzen sah, warf ich mich vor ihm hin und sprach zu ihm: ‚Mein

1. An der Pilgerstraße zwischen Babylonien und Mekka. – 2. Bei Mekka.

Gebieter, ich bitte um deine Begleitung', und begann seine Füße zu küssen. Und wie er antwortete: ,Das ist mir nicht möglich', hub ich an zu weinen und zu klagen, daß seine Begleitung mir verwehrt sein sollte. Aber er sprach zu mir: Nimm es leicht; denn es nützt dir nicht, zu weinen und in Tränen auszubrechen!' Und er hub an diese Verse zu sprechen:

> *Du weinest, daß ich geh, und wolltest selber gehn!*
> *Du willst zurückgewinnen – das kann nicht geschehn.*
> *Du sahst die Schwäche mein, des Leibes Krankheit, an*
> *Und sprachst: Ein Siecher, der nicht gehn noch kommen kann!*
> *Siehst du denn nicht, daß Gott in Seiner Herrlichkeit*
> *Dem Knechte voller Huld, was er sich wünscht, verleiht?*
> *Wenn ich dem Augenschein auch bin, wie du mich schaust,*
> *Und wenn in meinem Leib auch schweres Siechtum haust,*
> *Und hab ich Zehrung nicht, die mich zur Stätte bringt,*
> *An der die Pilgerschar zu meinem Herren dringt,*
> *So hab ich einen Herrn, des Huld ich in mir trag,*
> *Der ohnegleichen ist, dem ich mich nie versag.*
> *Drum geh in Frieden, laß mich meiner Pilgerschaft;*
> *Der Eine gibt dem einen auf seiner Wallfahrt Kraft.*

Da verließ ich ihn; doch nach jener Zeit sah ich bei jeder Haltestätte, zu der ich kam, daß er schon vor mir eingetroffen war. Nur als ich Medina erreichte, war seine Spur meinen Augen verschwunden, und ich konnte nichts mehr von ihm erkunden. Dort traf ich aber Abu Jazîd el-Bistâmi und Abu Bakr esch-Schibli und eine Anzahl anderer Scheiche, und ich erzählte ihnen, was ich gesehen, und klagte ihnen, was mir geschehen. Da sagten sie: ,Nimmermehr wirst du hinfort seine Begleitung gewinnen. Das war Abu Dscha'far, der Aussätzige; in seinem Namen flehen die Menschen um Regen, und das Gebet wird erhört durch seinen Segen!' Als ich diese Worte von ihnen vernommen hatte, wuchs meine Sehnsucht, ihn wiederzutreffen, und ich flehte zu Allah, Er möchte mich mit ihm vereinen. Und während ich in 'Arafât stand, zupfte mich plötzlich jemand hinter mir, und als ich mich umwandte, da war es jener Mann. Sowie ich ihn erkannte, stieß ich einen lauten Schrei aus und sank ohnmächtig zu Boden; doch als ich wieder zu mir kam, fand ich ihn nicht mehr. Da ward ich von noch stärkerem Verlangen bedrängt, und die ganze Welt ward mir beengt, und ich flehte zu Allah dem Erhabenen, mir seinen Anblick zu gewähren. Und es dauerte nur wenige Tage, da zupfte er mich wieder von hinten, und als ich mich nach ihm umwandte, sprach er zu mir: ‚Ich beschwöre dich, komm und bitte mich, um was du willst!' Da bat ich ihn, um drei Dinge für mich zu beten; erstlich, Allah möge mir die Liebe zur Armut verleihen; zum zweiten, ich möchte mich nie mehr schlafen legen mit dem Bewußtsein, daß für mich gesorgt sei; und zum dritten, Er möge mir den Anblick Seines allgütigen Antlitzes gewähren. Darauf betete er für mich um diese Dinge und entschwand meinem Blicke; Allah aber hat sein Gebet für mich erhört. Was die erste Bitte betrifft, so hat Allah mir die Liebe zur Armut gegeben, und, bei Allah, in der ganzen Welt ist mir nichts lieber als sie. Und zum zweiten, seit jenem Jahre habe ich mich nie mehr schlafen gelegt mit dem Bewußtsein, daß ich mein täglich Brot hätte, und trotzdem läßt Allah es mir nie an etwas fehlen. Und so hoffe ich denn, daß Allah mir auch die dritte Bitte gewähren wird, wie Er mir die ersten beiden gewährt hat. Denn Er ist allgütig und groß im Spenden, und Er möge dem, der diese Verse dichtete, Sein Erbarmen zuwenden

> *Demut übt der Derwisch und Enthaltsamkeit;*
> *Abgetragne Fetzen sind sein einzig Kleid.*
> *Und die Blässe ist es, die ihn würdig macht,*
> *Wie die Monde schön sind in der letzten Nacht.*
> *Nächtlich Beten schuf in ihm der Krankheit Bild*

Und der Strom der Tränen, der dem Aug' entquillt.
Sein Genoß im Hause ist sein eigner Sinn;
Gott ist sein Gefährte durch die Nächte hin.
Wer dem Derwisch nahet, findet Schutz fürwahr;
Ja, sogar die Tiere und der Vögel Schar.
Und um seinetwillen strafet Gott die Welt,
Und durch ihn geschieht es, daß der Regen fällt.
Ruft er einmal Gottes Strafgericht heran,
Stirbt der Sünder, wird vernichtet der Tyrann.
Alle Welt ist immer krank, dem Tode nah;
Aber er, der Arzt, ist voll Erbarmen da.
Hell erstrahlt sein Glanz; und siehst du sein Gesicht,
Sind die Herzen heiter durch das klare Licht. –
Der du jene fliehst und ihren Wert nicht weißt,
Weh dir, Sünde ist's, die dich sie meiden heißt.
Willst du sie erreichen, bleibst du doch zurück;
Denn die Sünde hält dich fern von deinem Glück.
Sähst du ihren Wert, du trätest für sie ein,
Und es flössen Tränen von den Augen dein.
Was sagt Blumenduft dem, der nicht riechen kann?
Kleiderpreise kennet nur der Handelsmann.
Eil zu deinem Herrn und flehe, ihn zu sehn!
Möge denn die Allmacht dir zur Seite stehn,
Daß du von Entfremdung und von Haß dich kehrst
Und erreichest, was du wünschest und begehrst.
Jedem, der da hofft, steht offen Seine Pracht:
Denn Er ist der eine Gott in Seiner Macht!

Und ferner erzählt man

DIE GESCHICHTE
VON DER SCHLANGENKÖNIGIN

In alten Zeiten und in längst entschwundenen Vergangenheiten lebte einmal ein weiser Mann unter den Griechen. Jener
Weise hieß Daniel; er hatte Schüler und Jünger, und die Weisen Griechenlands unterwarfen sich seinem Geheiß und ver-

trauten auf sein Wissen. Doch bei alledem war ihm kein Sohn geschenkt. Während er nun eines Nachts über sich nachsann und weinte, weil er keinen Sohn hatte, der nach seinem Tode sein Wissen erben würde, da kam es ihm plötzlich in den Sinn, daß Allah, der Gepriesene und Erhabene, jeden erhört, der sich an Ihn wendet, daß kein Pförtner den Weg zum Tor Seiner Gnade endet, und daß Er, ohne zu rechnen, wem Er will, Seine Gaben spendet; daß Er keinen der Ihm bittend naht, von sich weist, sondern ihn mit reichlicher Huld und Güte speist. So flehte er denn zu Allah, dem Erhabenen und Allgütigen, Er möchte ihm einen Sohn schenken, der sein Nachfolger würde, wenn er stürbe, und der von Gott reichliche Gnadengaben erwürbe. Dann begab er sich in sein Haus und wohnte seiner Frau bei; und sie empfing von ihm in selbiger Nacht. – –«

Da bemerkte Schehrezâd, daß der Morgen begann, und sie hielt in der verstatteten Rede an. Doch als die *Vierhundertunddreiundachtzigste Nacht* anbrach, fuhr sie also fort: »Es ist mir berichtet worden, o glücklicher König, daß der griechische Weise sich in sein Haus begab und seiner Frau beiwohnte, und daß sie in selbiger Nacht von ihm empfing. Darauf aber, nach einigen Tagen, trat er eine Seefahrt an nach einer fremden Stadt; doch das Schiff, auf dem er war, ging unter, und alle seine Bücher versanken im Meere. Er selbst kletterte auf eine Planke von jenem Schiffe, und er hatte noch fünf Blätter bei sich, die ihm von all den im Meere verlorenen Büchern übrig geblieben waren. Als er dann wieder heimkam, legte er jene Blätter in eine Truhe, und die schloß er ab. Zu seiner Frau aber, deren Schwangerschaft bereits sichtbar war, sprach er: ‚Wisse, die Zeit meines Hinscheidens ist nahe, und bald wandre ich aus dem Hause der Vergänglichkeit in das Haus der Ewigkeit. Nun bist du schwanger, und vielleicht wirst du nach meinem Tode einen Sohn gebären. Wenn du dem das Leben gibst, so nenne ihn Hâsib Karîm ed-Dîn und lasse ihm die beste Erziehung angedeihen. Und wenn er dann herangewachsen ist und dich fragt: ‚Welche Erbschaft hat mir mein Vater hinterlassen?‘ so gib ihm diese fünf Blätter. Wenn er die gelesen und verstanden hat, so wird er der gelehrteste Mann seiner Zeit werden.‘ Dann nahm er Abschied von ihr, seufzte auf und verließ die Welt samt allem, was in ihr ist – die Barmherzigkeit Allahs des Erhabenen ruhe auf ihm! Die Seinen und seine Freunde beweinten ihn; dann wuschen sie ihn, führten ihn in einem prächtigen Zuge hinaus, bestatteten ihn und kehrten wieder heim. Schon nach wenigen Tagen gebar seine Frau einen schönen Knaben, und sie nannte ihn Hâsib Karîm ed-Dîn, wie ihr Gatte es ihr ans Herz gelegt hatte. Und bald, nachdem sie ihm das Leben geschenkt hatte, ließ sie die Sterndeuter für ihn kommen; die berechneten sein Horoskop und seine Aspekten am Sternenhimmel, und dann sprachen sie zu ihr: ‚Wisse, o Frau, dieser Knabe wird viele Jahre leben, doch erst nach einer großen Gefahr, die er in der ersten Zeit seines Lebens zu bestehen hat; wenn er ihr entgeht, so wird ihm die Kenntnis aller Wissenschaft verliehen werden.‘ Darauf gingen die Astrologen ihrer Wege. Zwei Jahre lang säugte sie ihn, dann entwöhnte sie ihn. Und als er fünf Jahre alt war, tat sie ihn in eine Schule, auf daß er Wissen erwerbe; aber er lernte nicht. Dann nahm sie ihn aus der Schule fort und gab ihn zu einem Handwerker in die Lehre; doch er lernte auch nichts von dem Handwerk, und keine Arbeit seiner Hände gelang. Darüber weinte seine Mutter, und die Leute sprachen zu ihr: ‚Vermähle ihn; vielleicht wird die Sorge für seine Frau ihn dazu bringen, daß er ein Handwerk ergreift!‘ So machte sie sich denn auf, freite für ihn um eine Jungfrau und verheiratete ihn mit ihr. Dabei blieb es nun eine ganze Weile; und er ergriff gar kein Handwerk. Nun hatten sie Nachbarn, die Holzhauer waren; und die kamen zu seiner Mutter und sprachen zu ihr: ‚Kauf deinem Sohn einen Esel, einen Strick und eine Axt; dann soll er mit uns ins Gebirge gehen, und wir wollen zusammen Holz schlagen. Der Erlös für das Brennholz soll uns gemeinsam gehören, und er kann mit seinem Anteil für euren Unterhalt sorgen.‘ Als die Mutter diese Worte von den Holzhauern vernahm, war sie hoch erfreut; und sie kaufte ihrem Sohn einen Esel, einen Strick und eine Axt, nahm ihn bei der Hand, begab sich mit ihm zu den Holzhauern, übergab ihn den Leuten und empfahl ihn ihrer Obhut. Sie sprachen zu ihr: ‚Mach dir keine Sorge um diesen Knaben; Gott wird für ihn sorgen; er ist für uns der Sohn unseres Scheichs!‘ Darauf nahmen sie ihn mit sich und begaben sich ins Gebirge, schlugen das Brennholz, luden es auf ihre Esel und zogen in die Stadt zurück; dort verkauften sie das Holz und verwendeten den Erlös für die Ihren. Am nächsten Tage legten sie wiederum die Packsättel auf ihre Esel und zogen zum Holzfällen hinaus; ebenso taten sie am dritten Tage und an allen folgenden Tagen, eine geraume Zeit hindurch. Da begab es sich eines Tages, als sie zum Holzhauen gegangen waren, daß ein heftiger Regenschauer über sie hereinbrach; und alle flüchteten in eine große Höhle, um sich dort vor dem Unwetter zu schützen. Hâsib Karîm ed-Dîn aber verließ die anderen, setzte sich allein in einem Winkel jener Höhle nieder und begann mit der Axt auf den Boden zu schlagen. Da hörte er einen hohlen Klang in der Erde unter der Axt. Als er sich des Klanges vergewissert hatte, grub er eine Weile nach und entdeckte eine runde Platte, an der sich ein Ring befand. Der Anblick erfreute ihn, und so rief er seine Gefährten, die Holzhauer, herbei. – –«

Da bemerkte Schehrezâd, daß der Morgen begann, und sie hielt in der verstatteten Rede an. Doch als die *Vierhundertundvierundachtzigste Nacht* anbrach, fuhr sie also fort: »Es ist mir berichtet worden, o glücklicher König, daß Hâsib Karîm edDîn, als er die Platte mit dem Ring entdeckte, sich freute und seine Gefährten, die Holzhauer, herbeirief. Die kamen heran, und als auch sie jene Platte sahen, stürzten sie sich auf sie und hoben sie auf. Unter ihr entdeckten sie eine Tür; die öffneten sie, und siehe, da fanden sie eine Zisterne, die ganz voll von Bienenhonig war. Da sprachen die Holzhauer einer zum andern: ‚Das ist eine Zisterne, ganz voll von Honig; jetzt müssen wir in die Stadt gehen und Gefäße bringen, die wir damit anfüllen; dann wollen wir ihn verkaufen und den Erlös dafür unter uns verteilen. Nur muß einer von uns hier bleiben, um den Honig vor Fremden zu schützen.‘ Hâsib Karîm ed-Dîn sprach: ‚Ich will wohl hier bleiben und ihn bewachen, bis ihr mit den Gefäßen zurückkehrt.‘ Da ließen sie den Jüngling als Wachtposten bei der Zisterne und gingen zur Stadt. Als sie die Gefäße gebracht hatten, füllten sie den Honig darein, luden alles auf ihre Esel und kehrten zur Stadt zurück, wo sie den Honig verkauften; alsdann gingen sie wieder zu der Zisterne. Und dasselbe taten sie noch viele Male: sie verkauften immer in der Stadt und kehrten zu der Zisterne zurück, um wieder von jenem Honig einzufüllen, während Hâsib Karîm ed-Dîn als ihr Wächter bei der Zisterne blieb. Schließlich sprachen sie zueinander: ‚Hâsib Karîm ed-Dîn ist es, der die Honigzisterne gefunden hat. Morgen wird er in die Stadt hinuntergehen und Klage wider uns führen und den Erlös für den Honig verlangen, indem er spricht: Ich bin es, der ihn gefunden hat! Wir können dem nur entgehen, wenn wir ihn in die Zisterne hinabschicken, um den Honig, der noch darin ist, auszuschöpfen, und ihn dann dort lassen; so wird er vor Angst umkommen, ohne daß jemand etwas von ihm erfährt.' Alle stimmten diesem Plane zu; dann gingen sie rasch zu der Zisterne und sprachen zu dem Jüngling: ‚Hâsib, steig hinab in die Grube und schöpfe uns den Honig aus, der noch darin ist!' Da stieg Hâsib hinunter und füllte ihnen den letzten Honig ein; dann rief er ihnen zu: ‚Zieht mich hinauf; es ist nichts mehr da!' Doch keiner von ihnen gab ihm eine Antwort, sondern sie beluden ihre Esel, zogen in die Stadt und ließen ihn allein in der Zisterne. Nun begann er um Hilfe zu rufen und zu weinen, und er sprach: ‚Es gibt keine Majestät und es gibt keine Macht außer bei Allah dem Erhabenen und Allmächtigen!'

So stand es um Hâsib Karîm ed-Dîn. Sehen wir jetzt zunächst, was die Holzhauer taten! Als die wieder in die Stadt kamen, verkauften sie den Honig und gingen darauf weinend zur Mutter des Hâsib und sprachen zu ihr: ‚Möge dein Haupt deinen Sohn Hâsib überleben!' Als sie fragte: ‚Wie ist er denn zu Tode gekommen?' erwiderten sie: ‚Wir befanden uns oben im Gebirge, als plötzlich der Himmel einen heftigen Regenschauer auf uns herabsendete; da flüchteten wir uns in eine Höhle, um uns dort vor jenem Unwetter zu schützen. Doch ehe wir uns dessen versahen, lief der Esel deines Sohnes plötzlich ins Tal hinab; der Jüngling eilte hinter ihm her, um ihn von dort zurückzuholen. Aber da kam ein großer Wolf, der zerriß deinen Sohn und fraß den Esel auf.' Als seine Mutter die Worte der Holzhauer vernommen hatte, zerschlug sie ihr Angesicht, streute Staub auf ihr Haupt und begann um ihren Sohn zu trauern. Die Holzhauer aber kamen täglich zu ihr und brachten ihr Speise und Trank. So stand es nun um die Mutter, während die Holzfäller Läden auftaten und Kaufleute wurden; und sie verbrachten ihre Tage mit Essen und Trinken, Lachen und Scherzen.

Sehen wir aber weiter, wie es Hâsib Karîm ed-Dîn erging! Der begann zu weinen und zu klagen; und während er, von solcher Not bedrängt, in der Zisterne saß, fiel plötzlich ein großer Skorpion auf ihn herunter. Rasch sprang er auf und tötete ihn. Dann sann er nach und sprach bei sich selber: ‚Diese Zisterne war voller Honig; woher mag wohl dieser Skorpion gekommen sein?' Und er schaute nach der Stelle, von der das Tier heruntergefallen war, wandte sich nach rechts und nach links und entdeckte, daß von der Stelle, durch die der Skorpion gekommen war, ein Lichtschimmer ausging. Da nahm er ein Messer heraus, das er bei sich trug, erweiterte den Spalt, bis er so groß war wie ein Fenster, und schlüpfte hindurch. Nachdem er dann eine Weile weitergegangen war, erblickte er eine große Vorhalle, und in ihr schritt er dahin, bis er ein gewaltiges Tor aus schwarzem Eisen sah; daran befand sich ein silbernes Schloß, und in dem Schlosse war ein goldener Schlüssel. Er schlich sich bis an jenes Tor heran und spähte durch einen Spalt hindurch. Nun gewahrte er einen hellen Lichtschein, der von drinnen leuchtete. Da nahm er den Schlüssel in die Hand, öffnete das Tor, ging hinein und schritt eine Weile vorwärts, bis er in die Nähe eines großen Sees kam, in dem er etwas sah, das von hellem Glanz leuchtete. Er ging ganz dicht an es heran und erblickte dort einen hohen Hügel aus grünem Chrysolith; auf dem stand ein goldener Thron, der mit Edelsteinen aller Art besetzt war. – –«

Da bemerkte Schehrezâd, daß der Morgen begann, und sie hielt in der verstatteten Rede an. Doch als die *Vierhundertundfünfundachtzigste Nacht* anbrach, fuhr sie also fort: »Es ist mir berichtet worden, o glücklicher König, daß Hâsib Karîm ed-Dîn, als er zu jenem Hügel kam, entdeckte, daß der von grünem Chrysolith war und daß auf ihm ein goldener Thron stand, der mit Edelsteinen aller Art besetzt war; und rings um den Thron waren Stühle aufgestellt, manche aus Gold, andere aus Silber und noch andere aus grünem Smaragd. Als er dann vor jenen Stühlen stand, tat er einen Seufzer der Bewunderung; darauf zählte er sie und fand ihrer zwölftausend. Und nun stieg er zu dem Throne hinan, der inmitten jener Stühle stand, setzte sich auf ihn und betrachtete voller Staunen jenen See und jene Stühle, die dort aufgestellt waren. Er saß so lange in Bewunderung da, bis der Schlaf ihn überwältigte. Nachdem er eine Weile geschlafen hatte, hörte er plötzlich ein Fauchen und Zischen und lautes Rascheln; und als er die Augen öffnete und sich aufrichtete, sah er auf jedem Stuhle eine riesenhafte Schlange, die wohl hundert Ellen lang war. Bei diesem Anblick kam ein gewaltiger Schrecken über ihn, und im Übermaß seiner Furcht ward ihm der Speichel im Munde trocken. Er verzweifelte an seinem Leben; denn ein Todesgrausen erfüllte ihn. Er mußte auch sehen, daß aller Schlangen Augen wie glühende Kohlen leuchteten. Und wie er dann seinen Blick dem See zuwandte, entdeckte er in ihm lauter kleine Schlangen, deren Zahl nur Allah der Erhabene kannte. Nach einer Weile aber kam eine Schlange auf ihn zu, die so groß war wie ein Maultier, mit einer goldenen Platte auf dem Rükken, auf der wiederum eine Schlange lag, leuchtend wie Kristall und von Antlitz den Menschen gleich; und die redete mit menschlicher Zunge. Als sie nahe bei Hâsib Karîm ed-Dîn war, grüßte sie ihn, und er gab ihr den Gruß zurück. Darauf kroch eine von jenen Schlangen, die auf den Stühlen saßen, herbei, hob die Schlange von der Platte herunter und setzte sie auf einen der Stühle. Die aber schrie die anderen Schlangen in ihrer Sprache an, und sofort glitten alle Schlangen von ihren Stühlen herab und huldigten ihr. Darauf gab sie ihnen ein Zeichen,

daß sie sich wieder setzen sollten, und sie taten es. Nun sprach
die Schlange zu Hâsib Karîm ed-Dîn: ‚Fürchte dich nicht vor
uns, Jüngling! Ich bin die Königin und Sultanin der Schlangen.'
Als er diese Worte von ihr vernahm, beruhigte sich sein
Herz. Dann gab die Königin den anderen Schlangen ein Zeichen, sie sollten Speisen bringen; und sie brachten Äpfel,
Weintrauben, Granatäpfel, Pistazien, Haselnüsse, Walnüsse,
Mandeln und Bananen und setzten alles vor Hâsib Karîm
ed-Dîn nieder. Darauf sprach die Schlangenkönigin zu ihm:
‚Sei willkommen, Jüngling! Wie heißest du?' ‚Ich heiße Hâsib Karîm ed-Dîn', gab er zur Antwort; und sie fuhr fort:
‚Hâsib, iß von diesen Früchten; wir haben keine andere Nahrung als diese. Und sei ganz ohne Furcht vor uns!' Wie Hâsib
diese Worte aus dem Munde der Schlange vernommen hatte,
aß er, bis er gesättigt war, und dankte Allah dem Erhabenen;
und als er mit dem Essen fertig war, nahmen sie den Tisch von
ihm fort. Danach hub die Schlangenkönigin wieder an: ‚Berichte mir, Hâsib, von wannen du kommst, wie du an diese
Stätte gelangt bist und was dir widerfahren ist!' Da erzählte er
ihr seine ganze Geschichte: wie es seinem Vater ergangen war,
wie seine Mutter ihn zur Welt gebracht, wie sie ihn in die
Schule geschickt hatte, als er fünf Jahre alt war, und wie er
dort kein Wissen erlernt hatte; wie sie ihn dann zu einem Handwerker in die Lehre gegeben und ihm schließlich einen Esel
gekauft hatte und er ein Holzhauer geworden war; wie er darauf die Zisterne mit dem Honig gefunden und seine Gefährten, die Holzhauer, ihn dort im Stiche gelassen hatten; wie der
Skorpion auf ihn herabgekommen war und er ihn getötet
hatte; wie er den Spalt, durch den der Skorpion gekommen
war, erweitert hatte, in der Zisterne weitergegangen und zu
dem eisernen Tor gelangt war; und wie er das geöffnet hatte

und schließlich zu der Schlangenkönigin, mit der er nun redete, gekommen war. Und er schloß mit den Worten: ‚Dies ist meine Geschichte von Anfang bis zu Ende, und Allah weiß am besten, was mir nach alle diesem noch widerfahren wird.‘ Nachdem die Schlangenkönigin die ganze Erzählung des Jünglings Hâsib Karîm ed-Dîn angehört hatte, sprach sie zu ihm: ‚Dir soll nur lauter Gutes widerfahren!‘ – –«

Da bemerkte Schehrezâd, daß der Morgen begann, und sie hielt in der verstatteten Rede an. Doch als die *Vierhundertundsechsundachtzigste Nacht* anbrach, fuhr sie also fort: »Es ist mir berichtet worden, o glücklicher König, daß die Schlangenkönigin, nachdem sie die ganze Erzählung des Jünglings Hâsib angehört hatte, zu ihm sprach: ‚Dir soll nur lauter Gutes widerfahren! Doch ich wünsche von dir, Hâsib, daß du eine Weile bei mir bleibst, damit ich dir meine Geschichte erzählen und dir berichten kann, welch wundersame Dinge ich erlebt habe.‘ ‚Ich höre und gehorche deinem Geheiß!‘ erwiderte er; und nun erzählte sie ihm

DIE ABENTEUER BULÛKIJAS

Wisse, o Hâsib, einst lebte in der Stadt Kairo ein König der Kinder Israel; und der hatte einen Sohn des Namens Bulûkija. Dieser König war ein weiser und frommer Mann, der immer über die Bücher der Wissenschaft gebeugt dasaß. Als er nun von Alter schwach geworden und dem Tode nahe war, traten die Großen seines Reiches zu ihm, um ihm ihre Ehrfurcht zu bezeigen. Und nachdem sie sich vor ihm niedergesetzt und ihn begrüßt hatten, sprach er zu ihnen: ‚Ihr Leute, wisset, die Stunde ist nahe, daß ich aus dieser Welt in das Jenseits wandere. Ich habe euch kein Vermächtnis zu hinterlassen als meinen Sohn Bulûkija.‘ Nachdem sie dies Vermächtnis entgegengenommen hatten, fuhr er fort: ‚Ich bezeuge, daß es keinen Gott gibt außer Allah!' Dann seufzte er auf und schied aus dieser Welt – die Gnade Allahs sei mit ihm! Da ward er aufgebahrt, gewaschen und in einem großen Prunkzuge zur Bestattung hinausgetragen. Sein Sohn Bulûkija aber ward zum Sultan über das Volk gewählt; und der war ein gerechter Herrscher über die Untertanen, und die Menschen hatten Frieden zu seiner Zeit. Nun begab es sich eines Tages, daß er die Schatzkammern seines Vaters öffnete, um sich darin umzusehen. Und in einer der Kammern, die er öffnete, fand er etwas, das wie eine Tür aussah; er machte auf, trat ein, und siehe, da war es ein kleines Gemach, in dem eine Säule aus weißem Marmor stand; und auf ihr lag ein Kästchen aus Ebenholz. Bulûkija nahm das Kästchen, schloß es auf und fand in ihm ein anderes Kästchen; das war aus Gold. Auch dies öffnete er, und da fand er in ihm ein Buch. Er schlug das Buch auf und las es, und er fand darin einen Bericht über Mohammed – Allah segne ihn und gebe ihm Heil! Da stand geschrieben, daß er am Ende der Zeiten gesandt werden würde und daß er der Herr der Ersten und der Letzten sei. Wie Bulûkija dies Buch gelesen und in ihm die Schilderung unseres Herrn Mohammed – Allah segne ihn und gebe ihm Heil! – kennen gelernt hatte, ward sein Herz von Liebe zu ihm ergriffen. Und alsbald versammelte er die Vornehmen unter den Kindern Israel, die Priester und die Schriftgelehrten und die Eremiten, machte sie mit jenem Buch bekannt und las es ihnen vor. Dann sprach er: ‚Ihr Leute, ich muß meinen Vater aus seinem Grabe hervorholen und ihn verbrennen.' Das Volk fragte: ‚Weshalb willst du ihn verbrennen?' Da antwortete Bulûkija ihnen: ‚Weil er dies Buch vor mir verborgen und es mir nicht gezeigt hat.' Der alte König hatte es nämlich aus den Büchern Mosis und den Schriften Abrahams zusammengestellt und dies Werk in einer seiner Schatzkammern verborgen und es keinem einzigen Menschen gezeigt. Das Volk aber sprach: ‚O König, dein Vater ist tot; jetzt ruht er in der Erde, und seine Sache ist seinem Herrn anheimgestellt. Hole ihn nicht aus seinem Grabe hervor!‘ Als Bulûkija diese Worte von den Vornehmen der Kinder Israel vernahm, wußte er, daß sie ihm nicht gestatten würden, also an seinem Vater zu tun. So verließ er sie denn und begab sich zu seiner Mutter; zu der sprach er: ‚Liebe Mutter, wisse, ich habe in den Schatzkammern meines Vaters ein Buch entdeckt, in dem Mohammed – Allah segne ihn und gebe ihm Heil! – beschrieben ist; dort steht, daß er ein Prophet ist, der am Ende der Zeiten gesandt werden soll. Schon ist mein Herz von Liebe zu ihm ergriffen, und ich will ins Land hinausziehen, bis ich mit ihm vereint werde; wenn ich ihn nicht finde, so muß ich durch die Sehnsucht der Liebe zu ihm sterben.‘ Darauf zog er seine Gewänder aus, legte einen härenen Mantel und Knechtesschuhe an und sprach: ‚Vergiß mich nicht im Gebet, liebe Mutter!‘ Seine Mutter aber weinte um ihn und sprach zu ihm: ‚Was soll aus uns werden, wenn du fort bist?‘ Dennoch erwiderte Bulûkija: ‚Ich kann es schier nicht mehr ertragen; darum stelle ich meine und deine Sache Allah dem Erhabenen anheim.‘ Dann brach er auf und pilgerte gen Syrien, ohne daß irgendeiner aus seinem Volk darum wußte. Er zog dahin, bis er zum Meeresufer kam, und dort traf er ein Schiff. In das stieg er hinein mit den Reisenden, und das Schiff fuhr mit ihnen dahin, bis sie zu einer Insel gelangten. Die Seefahrer gingen an Land, und er mit ihnen; doch auf der Insel trennte er sich von den anderen und setzte sich unter einen Baum. Die Müdigkeit übermannte ihn, und er schlief ein; als er aber wieder aufwachte und sich zum Schiff hin begab, um an Bord zu gehen, sah er, daß es bereits abgesegelt war. Und nun erblickte er auf jener Insel Schlangen, die so groß waren wie Kamele und wie Palmen, die den Namen Allahs, des Allgewaltigen und Glorreichen, anriefen und über Mohammed – Allah segne ihn und gebe ihm Heil! – den Segenswunsch sprachen und laut Gottes Einheit und Lobpreis verkündeten. Als Bulûkija das sah, erstaunte er über die Maßen.' – –«

Da bemerkte Schehrezâd, daß der Morgen begann, und sie hielt in der verstatteten Rede an. Doch als die *Vierhundertundsiebenundachtzigste Nacht* anbrach, fuhr sie also fort: »Es ist mir berichtet worden, o glücklicher König, daß Bulûkija, als er die Schlangen Gott lobpreisen und seine Einheit verkünden hörte, über die Maßen darob erstaunte. Wie aber die Schlangen seiner gewahr wurden, versammelten sie sich um ihn, und eine von ihnen fragte ihn: ,Wer bist du? Woher kommst du? Wie heißt du? Und wohin gehst du?' Er antwortete: ,Ich heiße Bulûkija, und ich bin von den Kindern Israel. Ich bin ausgezogen, erfüllt von der Liebe zu Mohammed – Allah segne ihn und gebe ihm Heil! –, und ich suche ihn. Was aber seid ihr, edle Geschöpfe?' Die Schlangen erwiderten ihm: ,Wir gehören zu den Bewohnern der Hölle; uns hat Allah der Erhabene zur Strafe für die Ungläubigen erschaffen.' ,Und was hat euch an diese Stätte gebracht?' fragte Bulûkija weiter; die Schlangen antworteten: ,Wisse, Bulûkija, die Hölle atmet in ihrer heißen Siedeglut zweimal im Jahre, einmal im Winter und einmal im Sommer. Und wenn sie in ihrer gewaltigen Siedehitze ausatmet, so speit sie uns aus ihrem Bauch aus; wenn sie aber ihren Atem einzieht, so holt sie uns wieder zu sich zurück.' Wiederum fragte Bulûkija: ,Sind in der Hölle noch größere Schlangen als ihr?' Da erwiderten die Schlangen: ,Wir können nur deshalb bei ihrem Atmen herauskommen, weil wir so

774

klein sind; in der Hölle ist jede andere Schlange so groß, daß sie es nicht spüren würde, wenn eine von uns ihr über die Nase kröche.' Darauf sagte Bulûkija: ‚Ihr rufet den Namen Allahs an, und ihr sprechet den Segenswunsch über Mohammed. Woher kennt ihr Mohammed – Allah segne ihn und gebe ihm Heil! –?' Sie erwiderten: ‚O Bulûkija, der Name Mohammeds steht am Tore des Paradieses geschrieben; und wäre er nicht, so hätte Allah weder die Geschöpfe noch das Paradies noch die Hölle, weder Himmel noch Erde geschaffen. Allah hat alle Dinge, die da sind, nur um seinetwillen geschaffen, und Er hat seinen Namen mit Seinem Namen allerorten verbunden; und darum lieben wir Mohammed – Allah segne ihn und gebe ihm Heil!' Als Bulûkija diese Worte von den Schlangen hörte, wuchs seine Sehnsucht in der Liebe zu Mohammed – Allah segne ihn und gebe ihm Heil! –, und heißes Verlangen nach ihm erfüllte ihn. So nahm er denn Abschied von ihnen und ging wieder zum Ufer des Meeres. Wie er dort am Strande der Insel ein Schiff vor Anker liegen sah, ging er mit den Seefahrern an Bord; und dann fuhr das Schiff mit ihnen dahin, immer weiter, bis sie zu einer anderen Insel kamen. Dort ging er wieder an Land und schritt eine Weile dahin; und wiederum fand er Schlangen, große und kleine, so viele, daß nur Allah der Erhabene ihre Zahl kannte. Unter ihnen aber war eine weiße Schlange, heller als Kristall, die lag auf einer goldenen Platte, und jene Platte lag auf einer Schlange, die so groß war wie ein Elefant. Das war die Königin der Schlangen, und keine andere als ich, o Hâsib!' Da unterbrach Hâsib sie mit den Worten: ‚Was hast du mit Bulûkija gesprochen?' ‚O Hâsib,' erwiderte sie, ‚wisse, als ich Bulûkija erblickte, grüßte ich ihn, und er gab mir den Gruß zurück, und dann fragte ich ihn: ‚Wer bist du? Was treibst du? Woher kommst du, und wohin gehst du? Und wie heißest du?' Er antwortete: ,Ich bin von den Kindern Israel; ich heiße Bulûkija, und ich ziehe umher, von Liebe ergriffen zu Mohammed – Allah segne ihn und gebe ihm Heil! –, und ich suche ihn; denn ich habe seine Schilderung in den offenbarten Schriften gesehen.' Dann aber fragte er mich, indem er sprach: ,Was für ein Wesen bist du? Was ist es mit dir und diesen Schlangen, die dich umgeben?' Ich erwiderte ihm: ,O Bulûkija, ich bin die Königin der Schlangen; und wenn du mit Mohammed – Allah segne ihn und gebe ihm Heil! – zusammentriffst, so sage ihm meinen Gruß!' Darauf nahm Bulûkija Abschied von mir und ging wieder an Bord und reiste weiter, bis er zur heiligen Stadt Jerusalem kam. Nun lebte in Jerusalem ein Mann, der war mit allen Wissenschaften vertraut; er war bewandert in der Geometrie, der Astronomie und der Mathematik, in der natürlichen Magie und in der Geisterkunde. Und er hatte das Alte und das Neue Testament gelesen, die Psalmen und die Schriften Abrahams. Er war 'Affân geheißen, und er hatte in einem seiner Bücher gefunden, daß dem, der den Siegelring unseres Herrn Salomo trüge, alle Menschen und Geister, Vögel und wilden Tiere, ja alle erschaffenen Wesen untertan würden. Ferner hatte er in einem seiner Bücher gelesen, daß unser Herr Salomo, als er gestorben war, in einen Sarg gelegt und über sieben Meere dahingetragen wurde, mit dem Siegelring an seinem Finger, und daß kein Mensch und kein Geist den Ring von ihm fortnehmen könne, und daß auch kein Seefahrer imstande sei, mit seinem Schiffe an jene Stätte zu gelangen.' – –«

Da bemerkte Schehrezâd, daß der Morgen begann, und sie hielt in der verstatteten Rede an. Doch als die *Vierhundertundachtundachtzigste Nacht* anbrach, fuhr sie also fort: »Es ist mir berichtet worden, o glücklicher König, daß 'Affân in einem seiner Bücher gefunden hatte, kein Mensch und kein Geist könne den Siegelring von dem Finger unseres Herrn Salomo nehmen, und kein Seefahrer sei imstande, mit seinem Schiffe die sieben Meere zu durchqueren, über die der Sarg getragen worden war. Ferner hatte er in noch einem anderen Buche gelesen, daß es unter den Kräutern ein besonderes gebe; wenn man etwas davon nehme und auspresse und mit dem Safte die Füße salbe, so könne man über alle Meere in der Welt Allahs des Erhabenen schreiten, ohne die Füße zu netzen; doch könne man dies Kraut nur gewinnen, wenn man die Schlangenkönigin bei sich habe.

Als Bulûkija nun in Jerusalem ankam, setzte er sich sofort an einer Stätte nieder, um seine Andacht vor Allah dem Erhabenen zu verrichten. Und während er so, in die Anbetung Gottes versunken dasaß, kam plötzlich 'Affân auf ihn zu und bot ihm den Friedensgruß; und der Jüngling erwiderte seinen Gruß. Danach blickte 'Affân auf Bulûkija und sah, daß er in den Büchern Mosis las und dort saß, um Allah den Erhabenen zu verehren; deshalb trat er nahe an ihn heran und fragte ihn: ,Sag, Mann, wie heißest du? Woher kommst du, und wohin gehst du?' ,Ich heiße Bulûkija,' erwiderte jener, ,und ich bin von der Stadt Kairo; ich bin auf die Wanderschaft gegangen, um Mohammed zu suchen – Allah segne ihn und gebe ihm Heil!' Da sprach 'Affân zu ihm: ,Komm mit mir in mein Haus, auf daß ich dich bewirte!' ,Ich höre und gehorche!' antwortete Bulûkija. Und nun nahm 'Affân ihn bei der Hand und führte ihn in sein Haus; dort bewirtete er ihn aufs ehrenvollste. Danach hub er an: ,Erzähle mir, Bruder, deine Geschichte, und laß mich wissen, wie du von Mohammed – Allah segne ihn und gebe ihm Heil! – Kenntnis erhalten hast, so daß dein Herz von Liebe zu ihm erfüllt wurde und du auszogst, um ihn zu suchen! Und wer hat dich diesen Weg geführt?' Da erzählte Bulûkija ihm seine Geschichte von Anfang bis zu Ende, und als 'Affân seine Worte vernahm, erstaunte er darüber so gewaltig, daß er fast den Verstand verlor. Dann aber sprach er zu ihm: ‚Führe du mich zu der Schlangenkönigin, so will ich dich mit Mohammed – Allah segne ihn und gebe ihm Heil! – zusammenbringen, obgleich die Zeit seiner Sendung noch fern ist. Wenn wir uns dann der Schlangenkönigin bemächtigt haben, so wollen wir sie in einen Käfig tun und mit ihr zu den Kräutern im Gebirge gehen; dann wird, solange sie bei uns ist, jedes Kraut, an dem wir vorbeigehen, reden und seine Kräfte kundtun, durch die Macht Allahs des Erhabenen. Denn ich habe in den Büchern, die ich besitze, gefunden, daß es unter den Kräutern ein besonderes gibt; wenn man das nimmt und auspreßt und mit seinem Safte die Füße salbt, so kann man über alle Meere in der Welt Allahs des Erhabenen schreiten, ohne den Fuß zu netzen. Wenn wir also die Schlangenkönigin fangen, so wird sie uns zu jenem Kraute führen; und wenn wir es finden, so wollen wir es nehmen und auspressen und den Saft sammeln. Dann wollen wir die Schlange ihrer Wege ziehen lassen; wir selbst aber wollen mit dem Safte unsere Füße salben und über die sieben Meere schreiten, bis wir zum Grabe unseres Herrn Salomo kommen. Dort wollen wir den Ring von seinem Finger ziehen und dann herrschen, wie unser Herr Salomo geherrscht hat, und zum Ziel unserer Wünsche gelangen. Danach wollen wir aber auch noch in das Meer der Finsternisse eindringen und von dem Wasser des Lebens trinken; so wird Allah uns bis zum Ende der Zeiten leben lassen, und wir werden mit Mohammed zusammentreffen – Allah segne ihn und gebe ihm Heil!' Als Bulûkija diese Worte von 'Affân vernommen hatte, sprach er zu ihm: ,'Affân, ich werde dich

zu der Schlangenkönigin führen und dir ihre Stätte zeigen.'
Darauf bereitete 'Affân einen eisernen Käfig und nahm zwei
Schalen mit sich, eine voll Wein und die andere voll Milch.
Dann fuhr er mit Bulûkija übers Meer dahin, Tag und Nacht,
bis sie zu der Insel kamen, auf der die Schlangenkönigin[1] wohnte.
Dort gingen die beiden an Land, und nachdem sie auf der
Insel eine Strecke weitergeschritten waren, stellte 'Affân den
Käfig auf, tat eine Schlinge hinein und setzte in ihn auch die
beiden Schalen, von denen die eine mit Wein, die andere mit
Milch gefüllt war. Darauf entfernten sich die beiden von dem
Käfig und verbargen sich. Nach einer Weile kam auch schon
die Schlangenkönigin auf den Käfig zu und näherte sich den
beiden Schalen. Eine Weile sah sie sich die an; dann aber, als
sie den Duft der Milch roch, glitt sie von dem Rücken der
Schlange, die sie trug, herunter, indem sie die Platte verließ,
und sie drang in den Käfig ein. Sie kam jedoch zu der Schale,
die mit Wein gefüllt war, und trank davon; als sie das getan
hatte, ward sie trunken und schlief ein. Sobald 'Affân dessen
gewahr geworden war, eilte er zu dem Käfig und schloß die
Schlangenkönigin in ihm ein; dann nahm er sie und ging mit
Bulûkija fort. Als sie aus ihrem Schlaf erwachte, sah sie sich
in einem eisernen Käfig auf dem Kopf des Mannes, neben dem
Bulûkija einherschritt. Bei seinem Anblick rief sie aus: ‚Ist das
der Lohn derer, die den Menschenkindern kein Leid antun?'
Bulûkija antwortete ihr, indem er sprach: ‚Fürchte dich nicht
vor uns, o Königin der Schlangen! Wir tun dir gewiß nichts
zuleide. Wir wünschen von dir nur, daß du uns den Weg weisest zu einem Kraute, dessen Saft, wenn man es nimmt und
preßt, dem, der seine Füße mit ihm salbt, die Kraft verleiht,

1. Hier und weiterhin erzählt die Schlangenkönigin von sich in der
dritten Person.

über alle Meere in der Welt Allahs des Erhabenen dahinzuschreiten, ohne die Füße zu netzen. Wenn wir das Kraut gefunden und an uns genommen haben, so wollen wir dich an deine Stätte zurückbringen und dich deiner Wege gehen lassen.' Darauf zogen 'Affân und Bulûkija mit der Schlangenkönigin weiter bis zu den Bergen, auf denen die Zauberkräuter wuchsen. Dort gingen sie mit ihr bei allen Kräutern umher, und ein jedes Kraut begann zu reden und seine Kraft kundzutun, mit Erlaubnis Allahs des Erhabenen. Während sie so dahinwanderten und die Kräuter rechts und links von ihnen ihre Kräfte kundtaten, hub auf einmal ein Kraut an und sprach: ‚Ich bin das Kraut, das einem jeden, der mich nimmt und preßt und mit meinem Safte seine Füße salbt, die Kraft verleiht, über alle Meere in der Welt Allahs des Erhabenen dahinzuschreiten, ohne die Füße zu netzen.' Als 'Affân das Kraut so reden hörte, setzte er den Käfig von seinem Kopf herunter, und beide pflückten von jenem Kraut so viel, wie sie nötig hatten; dann zerdrückten und preßten sie es und füllten den Saft in zwei Flaschen, die sie aufbewahrten. Mit dem, was noch übrig war, salbten sie ihre Füße. Darauf nahmen Bulûkija und 'Affân die Schlangenkönigin und zogen mit ihr Tag und Nacht weiter, bis sie wieder zu der Insel kamen, auf der sie wohnte; dort öffnete 'Affân den Käfig, und die Schlangenkönigin schlüpfte hinaus. Als sie nun in Freiheit war, sprach sie zu den beiden: ‚Was wollt ihr mit diesem Safte tun?' Sie antworteten ihr: ‚Wir wollen damit unsere Füße salben, auf daß wir die sieben Meere durchqueren können und zum Grabe unseres Herrn Salomo gelangen und den Siegelring von seinem Finger ziehen.' Doch die Schlangenkönigin rief: ‚Ihr seid weit davon entfernt, daß ihr den Siegelring gewinnen könntet!' ‚Weshalb?' fragten die beiden; und sie antwortete ihnen: ‚Weil Allah der

Erhabene jenen Ring dem König Salomo als Geschenk verliehen und ihn allein dadurch ausgezeichnet hat, da er zu Ihm
sprach: ‚O Herr, gib mir ein Königreich, wie es keiner nach
mir besitzen soll; denn du bist der Allspender!'[1] Wie sollte
jener Ring an euch kommen?' Dann fuhr sie jedoch fort:
‚Wenn ihr das Kraut genommen hättet, das jeden, der von
ihm ißt, leben läßt bis zum ersten Posaunenstoße, und das
unter jenen Kräutern steht, so wäre es besser für euch gewesen
als das, was ihr erhalten habt; denn dadurch werdet ihr euer
Ziel nicht erreichen.' Als sie diese Worte von ihr vernommen
hatten, kam bittere Reue über sie, und sie gingen ihrer Wege.--«

Da bemerkte Schehrezâd, daß der Morgen begann, und sie
hielt in der verstatteten Rede an. Doch als die *Vierhundertund-
neunundachtzigste Nacht* anbrach, fuhr sie also fort: »Es ist mir
berichtet worden, o glücklicher König, daß über Bulûkija und
'Affân, als sie die Worte der Schlangenkönigin vernommen
hatten, bittere Reue kam und daß sie dann ihrer Wege gingen.
So stand es damals um die beiden. Die Schlangenkönigin aber
kam wieder zu ihren Scharen und sah, daß es sehr schlecht um
sie stand; denn die Starken unter ihnen waren schwach geworden, und die Schwachen waren gestorben. Doch als die Schlangen ihre Königin wieder bei sich sahen, waren sie erfreut und
drängten sich um sie und fragten sie: ‚Was ist dir geschehen?
Wo bist du gewesen?' Da erzählte sie ihnen alles, was sie mit
Bulûkija und 'Affân erlebt hatte; und darauf sammelte sie ihre
Heere und begab sich mit ihnen zum Berge Kâf, wo sie zu
überwintern pflegte, während sie den Sommer an der Stätte verbrachte, an der Hâsib Karîm ed-Dîn sie getroffen hatte. Darauf
schloß die Schlange ihre Erzählung mit den Worten: ‚Dies o
Hâsib, ist meine Geschichte; dies ist es, was mir widerfahren ist.'

1. Koran, Sure 38, Vers 34.

Hâsib Karîm ed-Dîn war über die Worte der Schlange sehr erstaunt. Und dann sprach er zu ihr: ‚Ich wünschte, du möchtest in deiner Güte einem deiner Trabanten befehlen, mich wieder an die Oberfläche der Erde zu bringen, auf daß ich zu den Meinen gehen kann!‘ Doch die Schlangenkönigin erwiderte ihm: ‚O Hâsib, du sollst uns nicht eher verlassen, als bis es Winter wird; denn du sollst noch mit uns zum Berge Kâf gehen und dort alles sehen, Hügel und Dünen, die Bäume, die grünen, und die Vögel all, die den Einen, Allmächtigen, lobpreisen mit lautem Schall; dort sollst du auch all die Dämonen, Teufel und Geister schauen, deren Zahl nur Allah der Erhabene kennt.‘ Als Hâsib Karîm ed-Dîn die Worte der Schlangenkönigin vernommen hatte, erfüllten Schmerz und Kummer sein Herz; und er sprach zu ihr: ‚Erzähle mir weiter von 'Affân und Bulûkija! Als sie dich verlassen hatten und ihrer Wege gezogen waren, haben sie dann die sieben Meere durchquert und das Grab unseres Herrn Salomo erreicht oder nicht? Und wenn sie zu dem Grabe gekommen sind, haben sie den Siegelring zu gewinnen vermocht oder nicht?‘

Da erzählte sie weiter: ‚Wisse, als 'Affân und Bulûkija mich verlassen hatten und von dannen gingen, salbten sie ihre Füße mit jenem Saft und schritten auf der Oberfläche des Wassers dahin, und auf ihrer Wanderung schauten sie die Wunder der Meerestiefe. Sie zogen von Meer zu Meer unaufhörlich weiter, bis sie die sieben Meere durchquert hatten; und als sie am Ende waren, erblickten sie einen hohen Berg, der gen Himmel emporragte. Der war von grünem Smaragd, sein Erdreich bestand aus lauter Moschus, und ein Quell sprudelte auf ihm. Als sie zu jener Stätte gekommen waren, freuten sie sich und sprachen: ‚Jetzt haben wir unser Ziel erreicht!‘ Darauf zogen sie weiter, bis sie zu einem anderen hohen Berge kamen, und auf dem

782

kletterten sie empor; da erblickten sie in der Ferne eine Höhle, über der sich eine große Kuppel wölbte, strahlend von Licht. Wie sie diese Höhle erblickten, gingen sie auf sie zu, und als sie dort ankamen, traten sie ein. Da sahen sie in ihr ein goldenes Thronlager stehen, das mit Edelsteinen aller Art besetzt war, und rings darum standen Stühle, deren Zahl nur Allah der Erhabene allein berechnen kann. Auf jenem Thronlager sahen sie unseren Herrn Salomo liegen, angetan mit einem Prachtgewande aus grüner Seide, das mit Gold durchwirkt und mit den kostbarsten Edelsteinen besetzt war; seine rechte Hand lag auf seiner Brust, und der Siegelring war an seinem Finger, und der Stein des Ringes hatte einen so strahlenden Glanz, daß er das Licht aller Juwelen verdunkelte, die in jenem Raume waren. Nun lehrte 'Affân den Jüngling Bulûkija Beschwörungsformeln und Zaubersprüche und sprach zu ihm: ‚Sprich diese Formeln und hör nicht eher auf zu beschwören, als bis ich den Ring genommen habe.‘ Dann trat 'Affân nahe an das Thronlager heran; aber da, plötzlich, schoß eine riesenhafte Schlange unter dem Lager hervor und stieß einen so gewaltigen Schrei aus, daß jener ganze Raum davon erbebte, und Funken sprühten aus ihrem Rachen. Darauf sprach die Schlange zu 'Affân: ‚Hinweg, oder du bist des Todes!‘ 'Affân aber beharrte dabei, Beschwörungsformeln zu murmeln, und ließ sich nicht durch jene Schlange abschrecken. Da blies sie ihn mit einem so furchtbaren Hauche an, daß es war, als müsse die ganze Stätte in Flammen aufgehen, und sie rief: ‚Weh dir, zurück, oder ich verbrenne dich!‘ Als Bulûkija diese Worte von der Schlange hörte, lief er aus der Höhle hinaus; doch 'Affân ließ sich auch dadurch nicht abschrecken, sondern er wagte es, an unseren Herrn Salomo heranzutreten und seine Hand auszustrecken und den Ring zu berühren. Allein wie er ihn von dem Finger des Königs herunterziehen wollte, blies die Schlange ihren Odem wider ihn und verbrannte ihn, und er ward zu einem Häuflein Asche.

So erging es 'Affân. Sehen wir nun, was mit Bulûkija geschah! Der fiel ohnmächtig nieder, als er so Furchtbares erleben mußte.' – –«

Da bemerkte Schehrezâd, daß der Morgen begann, und sie hielt in der verstatteten Rede an. Doch als die *Vierhundertundneunzigste Nacht* anbrach, fuhr sie also fort: »Es ist mir berichtet worden, o glücklicher König, daß Bulûkija, als er sah, daß 'Affân verbrannt und zu einem Häuflein Asche geworden war, ohnmächtig niederfiel. Des Herrn glorreiche Majestät aber befahl dem Engel Gabriel, zur Erde hinabzusteigen, ehe die Schlange ihren Odem wider Bulûkija blasen konnte. Und eilends schwebte der Engel zur Erde hinab; dort sah er, wie Bulûkija ohnmächtig am Boden lag und 'Affân durch den Odem der Schlange verbrannt war. Er trat an Bulûkija heran und erweckte ihn aus seiner Ohnmacht; und als der Jüngling wieder zu sich gekommen war, grüßte Gabriel ihn und fragte ihn: ,Wie seid ihr zu dieser Stätte gekommen?' Bulûkija erzählte ihm seine ganze Geschichte von Anfang bis zu Ende und schloß mit den Worten: ,So wisse denn, ich bin nur um Mohammeds willen – Allah segne ihn und gebe ihm Heil! – zu diesem Orte gekommen. Denn 'Affân tat mir kund, der Prophet werde am Ende der Zeiten gesandt werden, und nur wer bis zu jener Zeit lebe, würde mit ihm zusammen sein; aber keiner werde bis zu jener Zeit leben, es sei denn, er habe von dem Wasser des Lebens getrunken; und das könne nur durch den Siegelring Salomos – Friede sei mit ihm! – gewonnen werden. Darum geleitete ich ihn an diese Stätte, und hier widerfuhr ihm, was geschehen ist; da liegt er nun verbrannt, ich aber entging dem Feuer, und jetzt ist es mein höchster Wunsch, daß du mir kundtuest, wo Mohammed ist.' ‚O Bulûkija,‘ erwiderte Gabriel ihm, ‚geh deiner Wege, denn die Zeit Mohammeds liegt noch in weiter Ferne!‘ Und zur selbigen Stunde schwebte Gabriel gen Himmel empor. Bulûkija aber begann bitterlich zu weinen und bereute, was er getan hatte, indem er der Worte der Schlangenkönigin gedachte, die ihm gesagt hatte: ‚Es liegt in keines Menschen Hand, daß er den Siegelring gewinnen könnte!‘ So stand Bulûkija da in ratloser Verwirrung und weinte. Danach stieg er von dem Berge hinab und ging immer weiter, bis er zum Ufer des Meeres kam. Dort setzte er sich eine Weile nieder und betrachtete voll Verwunderung die Berge und Meere und Inseln ringsum. Die Nacht über blieb er an jener Stätte. Doch als es Morgen ward, salbte er seine Füße mit dem Safte, den sie von jenem Kraute gewonnen hatten, stieg auf das Wasser hinab und wanderte dahin, Tag und Nacht, staunend ob der Schrecken und der seltsamen Wunder der Tiefe. Immer weiter schritt er auf der Oberfläche des Meeres dahin, bis er zu einer Insel gelangte, die dem Paradiese glich. Auf jener Insel ging Bulûkija an Land, verwundert über ihre Schönheit. Dann schritt er landeinwärts und sah, daß es ein großes Eiland war: die Erde dort war Safran, die Kiesel waren Rubine und kostbare Edelsteine, die Hecken waren Jasminsträucher, und was dort wuchs, waren die schönsten Bäume und die lieblichsten und duftigsten Pflanzen. Dort rieselten Quellen, das Brennholz war Aloe aus Komorin und Sumatra, und das Schilf war Zuckerrohr. Ringsum blühten Rosen, Narzissen, Amaranten, Nelken, Kamillen, Lilien und Veilchen von allen Arten und Farben; und die Vögelein sangen auf den Bäumen. Ja, die Insel war ein herrliches Land, ihre Grenzen waren weit gespannt, und viel war des Schönen, das

auf ihr sich befand. Es war, als ob der Inbegriff aller Schönheit
sie umschlang; und das Singen ihrer Vögel war lieblicher als
der Laute zarter Klang. Die Bäume ragten empor, die Vögelein zwitscherten im Chor, die Bäche sprudelten hervor; und
es rannen aus jedem Quell die Wasser, süß und silberhell. Die
Gazellen sprangen auf den Auen, und zierliche Wildkälber
waren dort zu schauen. Der Schall der Vogelstimmen auf den
Zweigen war so süß, daß er den Liebeskranken all sein Leid
vergessen ließ. Bulûkija wunderte sich über dies Eiland und erkannte, daß er von dem Wege abgewichen war, den er zuvor,
als 'Affân ihn begleitete, durchmessen hatte. Er schritt nun auf
jener Insel umher und schaute sie sich an, bis es Abend ward.
Doch als die Nacht über ihn hereinbrach, stieg er auf einen
hohen Baum, um dort oben zu schlafen. Während er so auf
dem Baume saß und über die Schönheit der Insel nachdachte,
geriet die See plötzlich in Aufruhr, und ein Ungeheuer stieg
aus ihr empor. Das stieß einen so furchtbaren Schrei aus, daß
alle Tiere auf jenem Eiland erschraken. Bulûkija schaute von
seinem Baum hinab und erkannte, daß es ein gewaltiges Untier war; darüber war er sehr erstaunt. Aber ehe er sich dessen
versah, stiegen plötzlich hinter jenem vielerlei andere Ungeheuer aus dem Meere auf, und ein jedes von ihnen hielt in der
Vorderpfote einen Edelstein, der hell wie eine Leuchte glänzte,
so daß die Insel von dem Glanze all der Juwelen wie vom Tageslicht übergossen ward. Nach einer kurzen Weile kamen
auch von der Insel her viele wilde Tiere, deren Zahl nur Allah
der Erhabene kannte. Bulûkija schaute auf sie hinab und sah,
daß es Tiere der Wildnis waren, Löwen, Panther, Geparden
und anderes Getier des Feldes. Diese Tiere des Landes nun
zogen immer weiter dahin, bis sie mit den Tieren des Meeres
am Ufer der Insel zusammentrafen, und alle unterhielten sich

miteinander bis zum Morgen. Als aber der nächste Tag anbrach, trennten sie sich, und ein jedes von ihnen ging seiner Wege. Voll Furcht vor alledem, was er gesehen hatte, stieg Bulûkija von dem Baume und begab sich zum Strande. Dort salbte er wiederum seine Füße mit dem Safte, den er bei sich trug, und ging zum zweiten Meere hinab. Tag und Nacht wanderte er über die Oberfläche des Wassers dahin, bis er zu einem großen Gebirge gelangte, an dessen Fuß sich ein endloser Wadi hinzog; in jenem Wadi waren die Steine aus Magneteisen, und es war bewohnt von Löwen, Hasen und Panthern. Bulûkija ging bei dem Gebirge an Land und wanderte an ihm entlang von Ort zu Ort, bis es Nacht um ihn ward. Da setzte er sich am Fuße eines der Bergesgipfel nieder, in der Nähe der See, und begann von den getrockneten Fischen zu essen, die das Meer an den Strand geworfen hatte. Während er nun dort saß und sich von den Fischen nährte, schlich plötzlich ein großer Panther auf ihn zu und wollte ihn zerreißen. Bulûkija aber gewahrte ihn, wie er auf ihn zukam, um ihn zu fressen; darum salbte er rasch seine Füße mit dem Saft, den er bei sich hatte, und eilte zum dritten Meere hinunter, um sich vor jenem Raubtier zu retten. Und dann wanderte er auf der Oberfläche des Wassers durch das Dunkel dahin; schwarz war die Nacht, und es tobte der Sturm. Immer weiter zog er dahin, bis er wieder zu einer Insel kam; dort ging er an Land, und er fand auf ihr allerlei Bäume, grüne und trockene. Von ihren Früchten pflückte Bulûkija, und er aß und dankte Allah dem Erhabenen. Und dann ging er auf der Insel bis zum Abend umher und schaute sie sich an. – –«

Da bemerkte Schehrezâd, daß der Morgen begann, und sie hielt in der verstatteten Rede an. Doch als die *Vierhundertundeinundneunzigste Nacht* anbrach, fuhr sie also fort: »Es ist mir

berichtet worden, o glücklicher König, daß Bulûkija auf jener
Insel umherging und sie sich anschaute. Bis zur Abendzeit
wanderte er schauend umher, dann legte er sich dort schlafen.
Als es wieder Morgen ward, forschte er weiter nach allen Seiten; und er war zehn Tage damit beschäftigt, sie zu erkunden.
Danach aber kam er wieder zum Meeresufer, salbte seine Füße,
stieg zum vierten Meere hinab und wanderte Tag und Nacht
auf der Oberfläche des Wassers weiter, bis er von neuem zu
einer Insel gelangte. Er sah, daß ihr Boden aus feinem, weißem
Sande bestand und daß es auf ihr weder Bäume noch irgendwelche Pflanzen gab; eine Weile schritt er auf ihr umher, und
da entdeckte er, daß sie keine anderen Bewohner hatte als Sakerfalken, die im Sande nisteten. So salbte er denn wiederum
seine Füße und stieg zum fünften Meere hinab und wanderte
auf dem Wasser dahin und zog immer weiter, Tag und Nacht,
bis er zu einer kleinen Insel kam, deren Boden und Berge wie
Kristall leuchteten. Dort waren auch die Adern, aus denen das
Gold gewonnen wird, und seltsame Bäume, wie er sie auf seiner Reise noch nie gesehen hatte, und Blumen, deren Farben
wie Gold waren. Nachdem Bulûkija auf jener Insel an Land
gegangen war, schaute er sich auf ihr um bis zur Abendzeit.
Als aber das Dunkel ihn umgab, leuchteten die Blumen auf der
Insel plötzlich wie Sterne. Er staunte über den Anblick, und er
sprach: ‚Die Blumen dieser Insel sind sicherlich solche, die
trocken von der Sonne auf die Erde fallen, wo der Wind sie
dahintreibt, so daß sie sich unter den Felsen sammeln und zum
Stein der Weisen werden, aus dem die Menschen, wenn sie ihn
finden, Gold machen.' Nun schlief Bulûkija auf der Insel bis
zum Morgen. Doch als die Sonne aufging, salbte er seine Füße
mit dem Saft, den er bei sich trug, stieg zum sechsten Meere
hinab und wanderte Tag und Nacht dahin, bis er wieder zu

einer Insel kam. Dort ging er an Land und schritt eine Weile landeinwärts. Da entdeckte er auf ihr zwei Berge, die mit vielen Bäumen bewachsen waren; und die Früchte jener Bäume sahen aus wie Menschenköpfe, die an den Haaren aufgehängt waren. Weiter sah er dort andere Bäume, deren Früchte wie grüne Vögel, an den Füßen aufgehängt, aussahen. Eine dritte Art von Bäumen aber schien wie Feuer zu glühen; die hatten Früchte wie die Aloe, und wenn ein Tropfen von ihnen auf einen Menschen fiel, so wurde er von ihm verbrannt. Ja, Bulûkija entdeckte auch Früchte, die lachten, und andere, die weinten. Und so sah er der Wunder viele auf jener Insel. Dann aber begab er sich zum Ufer des Meeres und setzte sich unter einen großen Baum, den er dort fand, bis zur Abendzeit. Und als das Dunkel hereinbrach, stieg er auf jenen Baum hinauf und begann über die wunderbaren Werke Allahs nachzusinnen. Während er nun dort saß, geriet plötzlich das Meer in Wallung, und es stiegen die Seejungfrauen aus ihm empor; eine jede von ihnen trug ein Juwel in der Hand, das da leuchtete wie der junge Morgen. Sie kamen an Land und gerade auf jenen Baum zu, setzten sich, spielten und tanzten in lauter Fröhlichkeit, während Bulûkija ihnen zuschaute; und das taten sie bis zum Morgen. Als es aber Tag ward, verschwanden sie wieder im Meere. Staunend über das, was er gesehen, kletterte Bulûkija von dem Baume herunter, salbte seine Füße mit seinem Zaubersaft und stieg in das siebente Meer hinab. Zwei volle Monate wanderte er ohne Aufenthalt dahin, ohne einen Berg oder eine Insel, ein Land oder eine Flußmündung oder einen Strand zu erblicken, bis er jenes ganze Meer durchquert hatte. Er litt aber dort unter nagendem Hunger, so daß er gar die Fische aus dem Meere aufgriff und roh verschlang, weil ihn der Hunger so sehr quälte. In dieser Weise war er dahingezogen, bis seine Fahrt bei einer Insel ihr Ende fand, wo viele Bäume sprossen und zahlreiche Bäche flossen. Dort ging er an Land und schritt weiter, indem er nach rechts und links Ausschau hielt. Das war an einem frühen Vormittage. Auf seinem Wege kam er auch zu einem Apfelbaum; da streckte er seine Hand aus, um von der Frucht des Baumes zu essen. Doch plötzlich schrie eine Gestalt aus dem Baum ihn an mit den Worten: ‚Wenn du dich diesem Baum nahst und etwas von seiner Frucht issest, so spalte ich dich in zwei Stücke!‘ Und als Bulûkija jene Gestalt anblickte, erkannte er, daß es ein Riese war, der vierzig Ellen maß, nach der Elle der Menschen jener Zeit. Bei seinem Anblicke geriet der Jüngling in große Furcht, und er wich von dem Baum zurück. Dann aber fragte er den Riesen: ‚Weshalb verbietest du mir, von diesem Baum zu essen?‘ Jener erwiderte: ‚Weil du ein Sohn Adams bist, und weil dein Vater Adam den Bund Allahs vergessen und sich wider Gott empört hat, als er von dem Baum aß.‘ Weiter fragte Bulûkija: ‚Was für ein Wesen bist du denn? Wem gehören diese Insel und diese Bäume? Und wie heißest du?‘ Der Riese antwortete ihm: ‚Ich heiße Scharâhija[1], und diese Bäume und die Insel gehören dem König Sachr[2]; ich bin einer von seinen Wächtern, und er hat mich mit der Obhut dieser Insel betraut.‘ Dann aber fragte Scharâhija den Jüngling: ‚Wer bist du? Und wie bist du in dies Land gekommen?‘ Da erzählte Bulûkija ihm seine ganze Geschichte von Anfang bis zu Ende, und der Riese sprach zu

1. Scharâhija ist abgekürzt aus *ahja scharâhija*, und dies ist eine arabische Umschreibung des hebräischen *ehje ascher ehje* (ich bin, der ich bin), der Worte Gottes an Moses; vgl. 2. Mose, Kap. 3, Vers 14. Diese Formel wird im Zauber oft verwendet.

2. Das ist der Dämon, der sich gegen Salomo empörte und der zur Strafe auf dem Meeresgrund gefangen gehalten wurde; vgl. Band I, Seite 53.

ihm: ‚Fürchte dich nicht!' und brachte ihm zu essen. Bulûkija aß, bis er gesättigt war, nahm Abschied von Scharâhija und ging von dannen. Zehn Tage lang wanderte er nun wieder weiter. Und während er so über Berg und Tal dahinzog, erblickte er plötzlich eine Staubwolke, die sich in der Luft zusammenballte. Als er auf jene Wolke zuschritt, hörte er ein Schreien und Schlagen und gewaltiges Tosen. Und weiter ging er der Wolke nach, und da kam er in ein großes Wadi, das wohl eine Reise von zwei Monaten lang war. Nun schaute er dorthin, von wo jener Lärm kam, und er erblickte viel Volks, das auf Pferden beritten war und miteinander kämpfte; und das Blut floß um sie, bis es einem Strome gleich ward. Ihre Stimmen waren wie Donner, und sie waren bewaffnet mit Lanzen und Schwertern, eisernen Keulen, Bogen und Pfeilen, und waren in wildem Kampfe begriffen. Bulûkija aber ward von großer Furcht gepackt. – –«

Da bemerkte Schehrezâd, daß der Morgen begann, und sie hielt in der verstatteten Rede an. Doch als die *Vierhundertund-zweiundneunzigste Nacht* anbrach, fuhr sie also fort: »Es ist mir berichtet worden, o glücklicher König, daß Bulûkija, als er jenes Volk mit Waffen in den Händen in wildem Kampfe begriffen sah, von großer Furcht gepackt ward und in ratloser Verwirrung stehen blieb. Doch wie er so dastand, wurden sie seiner gewahr. Und bei seinem Anblick ließen sie voneinander ab und hörten auf zu kämpfen. Dann ritt eine Schar von ihnen auf ihn zu, und als die Reiter ihn aus der Nähe sahen, wunderten sie sich über seine Gestalt. Einer von ihnen aber ritt an ihn heran und fragte ihn: ‚Was für ein Wesen bist du? Woher kommst du, und wohin gehst du? Und wer hat dich diesen Weg geführt, so daß du in unser Land gelangt bist?' Bulûkija gab ihm zur Antwort: ‚Ich bin ein Menschenkind, und ich bin ausgezogen, von Liebe ergriffen zu Mohammed – Allah segne ihn und gebe ihm Heil! Doch ich bin vom Wege abgeirrt.' Da sprach der Reiter zu ihm: ,Wir haben noch nie ein Menschenkind gesehen; keines ist je in dies Land gekommen.' Und alle wunderten sich über seine Gestalt und seine Worte. Nun fragte Bulûkija sie, indem er sprach: ,Was für Geschöpfe seid denn ihr?' ,Wir gehören zu den Geistern', erwiderte der Reiter; und Bulûkija fragte wiederum: ,O Reitersmann, was war die Ursache des Kampfes, der zwischen euch tobte? Wo ist eure Wohnstätte? Und wie heißt dies Wadi und diese Gegend?' Da antwortete der Reiter: ,Unsere Wohnstätte ist das Weiße Land; und in jedem Jahre befiehlt uns Allah der Erhabene, in dies Land zu ziehen und gegen die ungläubigen Geister Krieg zu führen.' ,Wo ist denn das Weiße Land?' fragte Bulûkija, und der Reiter antwortete: ,Einen Weg von fünfundsiebenzig Jahren hinter dem Berge Kâf; und dies Land hier heißt das Land des Schaddâd ibn 'Âd.[1] Wir sind jetzt hierher gekommen, um Krieg zu führen; sonst haben wir nichts anderes zu tun, als Gott zu preisen und zu heiligen. Wir haben auch einen König, der heißt König Sachr; und du mußt mit uns zu ihm gehen, auf daß er dich sieht und sich an deinem Anblick erfreut.' Darauf zogen sie mit Bulûkija fort, bis sie zu ihrer Wohnstätte kamen. Dort erblickte er große Prunkzelte aus grüner Seide, so viele, daß nur Allah der Erhabene ihre Zahl kannte; und in ihrer Mitte sah er ein Zelt aus roter Seide stehen, das wohl tausend Ellen lang war; es hatte Stricke aus blauer Seide und Pflöcke aus Gold und Silber. Verwundert betrachtete Bulûkija jenes Zelt. Die Leute aber führten ihn gerade zu dem Zelte; und siehe, es war das Zelt des Königs Sachr. Sie traten mit ihm dort ein und brachten ihn vor ihren

1. Vgl. Seite 110 ff.

Herrscher. Da schaute Bulûkija auf den König und sah, daß er auf einem großen Thron aus rotem Golde saß, der mit Perlen und Edelsteinen besetzt war; zu seiner Rechten standen die Geisterkönige, und zu seiner Linken waren die Weisen und die Emire und die Großen des Reiches und andere Vornehme aufgereiht. Als nun König Sachr den Jüngling sah, gebot er, ihn herbeizuführen; als das geschehen war, trat Bulûkija vor, sprach den Gruß und küßte den Boden vor ihm. König Sachr erwiderte seinen Gruß und sprach dann zu ihm: ‚Tritt näher zu mir, o Mann!‘ Darauf trat Bulûkija heran, bis er nahe vor dem König stand; der befahl nunmehr, man solle für ihn einen Stuhl zu seiner Seite aufstellen. Und als die Diener für ihn einen Stuhl neben dem König hingesetzt hatten, befahl dieser, Bulûkija solle sich auf ihn niederlassen. Der Jüngling tat es, und dann fragte König Sachr ihn, indem er sprach: ‚Was für ein Wesen bist du?‘ Jener gab zur Antwort: ‚Ich bin ein Menschenkind von den Kindern Israel.‘ ‚Erzähle mir deine Geschichte,‘ befahl der König, ‚und tu mir alles kund, was du erlebt hast, und wie du in dies Land gekommen bist!‘ So erzählte Bulûkija ihm denn alles, was ihm auf seiner Reise widerfahren war, von Anfang bis zu Ende. Über seine Rede war König Sachr höchlichst verwundert. – –«

Da bemerkte Schehrezâd, daß der Morgen begann, und sie hielt in der verstatteten Rede an. Doch als die *Vierhundertund-dreiundneunzigste Nacht* anbrach, fuhr sie also fort: »Es ist mir berichtet worden, o glücklicher König, daß der König Sachr, als Bulûkija ihm alles, was ihm auf seiner Reise widerfahren war, von Anfang bis zu Ende erzählt hatte, darüber höchlichst verwundert war. Darauf befahl er den Dienern, den Speisetisch zu bringen, und sie brachten den Tisch und breiteten ihn aus. Dann brachten sie Schüsseln aus rotem Golde, andere aus

Silber und noch andere aus Kupfer; einige von ihnen enthielten fünfzig gesottene Kamele, andere zwanzig Kamele, und wieder andere fünfzig Schafe; die Zahl der Schüsseln aber betrug eintausendundfünfhundert. Über diesen Anblick erstaunte Bulûkija gewaltig. Dann aßen sie, und er aß mit ihnen, bis er gesättigt war und Allah dem Erhabenen dankte. Darauf räumte man die Tische ab und brachte Früchte. Nachdem sie auch davon gegessen hatten, priesen sie Allah den Erhabenen und seinen Propheten Mohammed – Er segne ihn und gebe ihm Heil! Wie aber Bulûkija hörte, daß sie Mohammed nannten, sprach er verwundert zum König Sachr: ‚Ich möchte eine Frage an dich richten.‘ ‚Frage, was du willst!‘ erwiderte der König; und Bulûkija fuhr fort: ‚O König, was für Wesen seid ihr? Woher stammt ihr? Und woher kennt ihr Mohammed – Allah segne ihn und gebe ihm Heil! –, so daß ihr ihn segnet und liebt?‘ Darauf sagte der König: ‚O Bulûkija, Allah der Erhabene hat die Hölle in sieben Schichten geschaffen, eine über der anderen, und zwischen je zwei Schichten liegt ein Weg von tausend Jahren. Die erste Schicht hat er Dschahannam genannt, und die hat er für die Sünder unter den Gläubigen bestimmt, die ohne Reue sterben. Die zweite Schicht heißt Laza, und die hat er für die Ungläubigen bestimmt. Die dritte Schicht heißt al-Dschahîm, und die hat er Gog und Magog[1] zugewiesen. Die vierte heißt es-Sa'îr, und die ist für das Volk des Teufels. Die fünfte heißt Sakar, und die ist für die, so das Gebet versäumten. Die sechste heißt el-Hatama, und die ist für die Juden und Nazarener bestimmt. Die siebente aber heißt el-Hâwija, und die hat er für die Heuchler bestimmt. Dies sind

---

1. Gog und Magog sind aus Ezechiel, Kap. 38 und 39, bekannt; Gog gilt als Fürst des Volkes Magog, unter dem man die Skythen versteht. Sie sind die Feinde der Gläubigen.

die sieben Höllenschichten.[1]‘ Nun fragte Bulûkija: ,Hat vielleicht Dschahannam die geringsten Qualen, da sie ja die oberste ist?‘ ,Ja,‘ sprach König Sachr, ,sie birgt weniger Qualen als alle anderen; dennoch sind in ihr tausend Feuerberge, und bei jedem Berge sind siebenzigtausend Feuerströme, und an jedem Strome sind siebenzigtausend Feuerstädte, und in jeder Stadt siebenzigtausend Feuerburgen und siebenzigtausend Feuerhäuser, und in jedem Hause sind siebenzigtausend Feuerlager, und auf jedem Lager gibt es siebenzigtausend Arten von Qualen. Nun gibt es also in all den Feuerschichten, o Bulûkija, keine leichteren Qualen als die in Dschahannam, da sie die erste Schicht ist. Aber wie viele Arten von Qualen es in den anderen gibt, das weiß nur Allah der Erhabene.‘ Als Bulûkija diese Worte aus dem Munde des Königs Sachr vernommen hatte, sank er ohnmächtig zu Boden. Doch wie er aus seiner Ohnmacht erwachte, hub er an zu weinen, und er sprach: ,O König, wie wird es mir ergehen?‘ König Sachr gab ihm zur Antwort: ,Fürchte dich nicht, Bulûkija! Wisse, wer Mohammed liebt, den verbrennt das Feuer nicht; denn er ist um seinetwillen davon befreit, und wer seinem Glauben angehört, den rührt das Feuer nicht an. Uns aber erschuf Allah der Erhabene aus dem Feuer; und die ersten Wesen, die Er in Dschahannam erschuf, waren zwei Geschöpfe aus seinen Heerscharen, eins namens Chalît und ein anderes namens Malît. Den Chalît erschuf er nach dem Bilde eines Löwen, den Malît aber nach der Gestalt eines Wolfes. Der Schweif des Malît war von scheckiger Farbe und hatte das Aussehen einer weiblichen Schildkröte, während Chalîts Schweif einer männlichen Schlange glich, die eine Reise von zwanzig Jahren lang war. Dann befahl Allah der Erhabene den beiden Schweifen, sich zu paaren;

1. Vgl. Seite 689 f.

und da entstanden aus ihnen Schlangen und Skorpione, deren Wohnstätte im Höllenfeuer ist, auf daß Allah durch sie alle foltert, die dorthin kommen. Jene Schlangen und Skorpione waren fruchtbar und mehrten sich. Darauf befahl Allah der Erhabene den Schweifen von Chalît und Malît, sich zum zweiten Male zu paaren, und sie taten es. Da empfing Malîts Schweif von dem Schweife Chalîts, und als er Wesen zur Welt brachte, waren es sieben männliche und sieben weibliche. Die wuchsen heran, und als sie groß geworden waren, vermählten sich die weiblichen Wesen mit den männlichen. Und alle waren ihrem Schöpfer gehorsam, nur einer von ihnen nicht; der empörte sich wider seinen Erzeuger und ward zu einem Wurme. Und jener Wurm, das ist Iblîs, der Teufel, den Allah der Erhabene verfluchen möge. Nun war freilich Iblîs einer der Erzengel gewesen; denn er hatte Gott dem Erhabenen gedient, bis er in den Himmel erhoben und zu einem Vertrauten des Erbarmers geworden war, und er war sogar zum Oberhaupte der Erzengel geworden.' – –«

Da bemerkte Schehrezâd, daß der Morgen begann, und sie hielt in der verstatteten Rede an. Doch als die *Vierhundertundvierundneunzigste Nacht* anbrach, fuhr sie also fort: »Es ist mir berichtet worden, o glücklicher König, daß Iblîs früher Gott dem Erhabenen gedient hatte und zum Oberhaupte der Erzengel geworden war. Als nun Gott der Erhabene den Adam – Friede sei mit ihm! – erschaffen hatte, befahl er dem Iblîs, er solle sich vor ihm niederwerfen. Aber er weigerte sich dessen; und Gott der Erhabene vertrieb ihn und verfluchte ihn. Die Nachkommen des Iblîs aber sind die Satane. Die sechs anderen männlichen Kinder, die älter waren als er, sind die Vorfahren der gläubigen Geister, und wir sind von ihrem Stamme. Das ist unser Ursprung, o Bulûkija.' Der Jüngling erstaunte ob der

Worte des Königs Sachr und bat dann: ‚O König, ich habe den Wunsch, du möchtest einem deiner Leibwächter befehlen, daß er mich in mein Heimatland zurückbringt.‘ ‚Dergleichen können wir nicht tun,‘ erwiderte König Sachr, ‚es sei denn, daß Allah der Erhabene es uns befiehlt. Wenn du aber von uns gehen willst, o Bulûkija, so will ich dir von meinen Rossen eine Stute bringen und dich auf ihrem Rücken reiten lassen und ihr befehlen, daß sie dich bis an die äußerste Grenze meines Reiches bringt. Wenn du dort angekommen bist, so wirst du das Heer eines anderen Königs treffen, der Barâchija heißt; und wenn die Leute die Stute sehen und sie erkennen, so werden sie dich von ihr absteigen lassen und sie zu uns zurücksenden; das ist alles, was wir tun können, mehr vermögen wir nicht.‘ Als Bulûkija diese Worte hörte, weinte er und sprach zum König: ‚Tu, was du willst!‘ Darauf befahl der König, die Stute zu bringen; die Diener führten den Befehl aus und hoben den Jüngling auf ihren Rücken, indem sie sprachen: ‚Hüte dich, von ihr abzusteigen, oder sie zu schlagen, oder ihr ins Ohr zu schreien; denn wenn du das tust, so wird sie dir den Tod bringen! Bleib vielmehr immer ruhig auf ihr sitzen, bis sie mit dir halt macht; dann steig ab und geh deiner Wege!‘ ‚Ich höre und gehorche!‘ antwortete Bulûkija; dann saß er auf und ritt zwischen den Zelten eine lange Strecke dahin, immer weiter, bis er bei der Küche des Königs Sachr vorbeikam; dort sah er Kessel, von denen ein jeder fünfzig Kamele enthielt, über dem lodernden Feuer hängen. Als Bulûkija jene gewaltigen Kessel erblickte, betrachtete er sie mit großer Verwunderung, und er schaute mit immer wachsendem Erstaunen dorthin. Der König aber, der ihm nachblickte und sah, wie er die Küche bewunderte, tat so, als glaube er, Bulûkija sei hungrig, und befahl, ihm zwei geröstete Kamele zu bringen. Da brachte man ihm die beiden Tiere und band sie hinter ihm auf dem Rücken der Stute fest. Nun verabschiedete der Jüngling sich von ihnen und ritt weiter, bis er an die äußerste Grenze des Reiches von König Sachr gelangte. Die Stute blieb stehen; Bulûkija saß ab von ihr und schüttelte den Staub der Reise aus seinen Kleidern. Plötzlich kamen Leute zu ihm, erblickten die Stute und erkannten sie, nahmen sie und führten sie dahin, während Bulûkija sie begleitete, bis sie zum König Barâchija kamen. Nachdem der Jüngling bei diesem König eingetreten war, sprach er den Gruß, und jener erwiderte ihn. Dann blickte Bulûkija den König an und sah, daß er in einem großen Prunkzelt saß, rechts und links von seinen Kriegern und Helden und Geisterkönigen umgeben. Nun hieß der König den Jüngling näher treten; da trat er herzu, und der König wies ihm einen Sitz zu seiner Seite an; und alsbald befahl er, den Speisetisch zu bringen. Derweilen betrachtete Bulûkija den König Barâchija und fand, daß er dem König Sachr glich. Nachdem die Speisen aufgetragen waren, aßen alle, auch Bulûkija, bis er gesättigt war und Allah dem Erhabenen dankte. Dann trug man die Speisen ab und brachte die Früchte; und als sie davon gegessen hatten, fragte König Barâchija den Jüngling Bulûkija und sprach: ,Wann hast du König Sachr verlassen?' ,Vor zwei Tagen', antwortete jener; und der König fuhr fort: ,Weißt du, wieviel Tagereisen du in diesen beiden Tagen zurückgelegt hast?' ,Nein', erwiderte der Jüngling. Der König sagte darauf: ,Eine Reise von siebenzig Monaten.' – –«

Da bemerkte Schehrezâd, daß der Morgen begann, und sie hielt in der verstatteten Rede an. Doch als die *Vierhundertundfünfundneunzigste Nacht* anbrach, fuhr sie also fort: »Es ist mir berichtet worden, o glücklicher König, daß König Barâchija zu Bulûkija sprach: ,Du hast in diesen beiden Tagen eine Reise

798

von siebenzig Monaten zurückgelegt. Wisse aber, als du die Stute bestiegen hattest, erschrak sie vor dir, da sie merkte, daß du ein Menschenkind bist, und sie wollte dich abwerfen; darum wurde sie mit diesen beiden Kamelen beschwert.' Als Bulûkija diese Worte von König Barâchija vernahm, war er überrascht und dankte Allah dem Erhabenen für seine Rettung. Dann sprach der König zu dem Jüngling: ,Erzähle mir, was du erlebt hast und wie du in dies Land gekommen bist!' Da erzählte Bulûkija ihm alles, was er erlebt hatte und wie er umhergezogen und in jenes Land gekommen war. Der König sprach seine Verwunderung über diese Geschichte aus; und der Jüngling blieb zwei Monate bei ihm. –

Wie nun Hâsib Karîm ed-Dîn diese Erzählung der Schlangenkönigin gehört hatte, war er höchlichst erstaunt. Doch dann bat er sie von neuem: ,Ich möchte, du wollest in deiner Huld und Güte einem deiner Wächter den Befehl geben, mich an die Oberfläche der Erde zu bringen, auf daß ich zu den Meinen heimkehren kann.' Die Schlangenkönigin aber sprach zu ihm: ,O Hâsib Karîm ed-Dîn, ich weiß, daß du, wenn du an die Oberfläche der Erde kommst, zu den Deinen heimkehren und dich alsbald in das Badehaus begeben und dich dort waschen wirst; doch in demselben Augenblicke, in dem du deine Waschung beendest, werde ich sterben; denn dies wird die Ursache meines Todes sein.' Hâsib wendete ihr ein: ,Ich schwöre dir, daß ich in meinem ganzen Leben nie wieder ein Badehaus betreten werde; wenn ich mich waschen muß, so will ich es stets in meinem Hause tun.' Da sprach die Schlangenkönigin: ,Wenn du mir auch hundert Eide schwörst, so glaube ich dir doch nicht; dergleichen geschieht in Wirklichkeit nie. Ich weiß, daß du ein Sohn Adams bist, und kein Versprechen gilt bei dir. Dein Vater Adam hatte einen Bund mit

Allah geschlossen, aber er brach den Bund. Gott der Erhabene hatte vierzig Morgen lang den Lehm geknetet, aus dem Er ihn erschuf, und ließ Seine Engel vor ihm sich niederwerfen; dennoch, nach alledem, vergaß und brach Adam seinen Schwur und handelte dem Gebote seines Herrn zuwider.' Als Hâsib diese Worte vernahm, schwieg er und brach in Tränen aus; und zehn Tage lang weinte er immerfort. Doch dann sprach er zu der Schlangenkönigin: ,Erzähle mir, wie es Bulûkija erging, nachdem er die beiden Monate hindurch bei dem König Barâchija geblieben war!' Da hub sie an:

,Wisse, o Hâsib, nachdem Bulûkija so lange bei dem König Barâchija geblieben war, nahm er von ihm Abschied und wanderte weiter, Tag und Nacht, durch die Wüsten, bis er zu einem hohen Berge kam. Auf jenen Berg stieg er hinauf, und da sah er auf seinem Gipfel einen großen Engel sitzen, der den Namen Allahs des Erhabenen ausrief und auf Mohammed Segen herabflehte. Vor jenem Engel lag eine Tafel, die beschrieben war, teils in weißer und teils in schwarzer Schrift, und er schaute auf diese Tafel; und er hatte zwei Flügel, von denen der eine nach Osten und der andere nach Westen weit ausgebreitet war. Bulûkija ging auf ihn zu und grüßte ihn; nachdem der Engel den Gruß erwidert hatte, fragte er ihn, indem er sprach: ,Wer bist du? Woher kommst du, und wohin gehst du? Und wie heißest du?' Bulûkija gab ihm zur Antwort: ,Ich bin ein Menschenkind von den Kindern Israel, und ich wandere umher, erfüllt von Liebe zu Mohammed – Allah segne ihn und gebe ihm Heil! Und ich heiße Bulûkija.' Und weiter fragte der Engel: ,Was hast du auf deinem Wege in dies Land erlebt?' Da erzählte Bulûkija ihm alles, was ihm auf seiner Wanderung widerfahren war und was er auf ihr gesehen hatte. Der Engel hörte seine Worte mit Verwunderung an. Doch dann bat Bulûkija den Engel, indem er sprach: ‚Tu nun auch du mir kund, was auf dieser Tafel geschrieben steht! Sag mir, was ist es, das du hier treibst? Und wie heißest du?' Der Engel antwortete: ‚Ich heiße Michael, und in meiner Obhut steht der Wechsel von Tag und Nacht. Das ist meine Aufgabe bis zum Tage der Auferstehung.' Bulûkija war über die Worte, die er hörte, erstaunt, und er wunderte sich über das Aussehen des Engels, über seine Hoheit und seine riesenhafte Gestalt. Dann nahm er von ihm Abschied und wanderte weiter, Tag und Nacht, bis er zu einer großen Wiese kam. Als er über sie dahinschritt, entdeckte er auf ihr sieben Flüsse und viele Bäume. Der Anblick dieser weiten Flur erfreute Bulûkijas Herz, und als er auf einer ihrer Seiten entlang ging, sah er dort einen großen Baum und unter ihm vier Engel. Er trat auf sie zu und blickte auf ihre Gestalten; da erkannte er, daß der eine von ihnen die Gestalt eines Menschen, der zweite die Gestalt eines Raubtieres, der dritte die Gestalt eines Vogels und der vierte die Gestalt eines Stieres hatte.[1] Die vier riefen den Namen Allahs des Erhabenen an, und jeder von ihnen sprach: ‚Mein Gott, mein Herr und Gebieter, bei deiner Wahrheit und bei dem Ruhme deines Propheten Mohammed – Allah segne ihn und gebe ihm Heil! –, schenke deine Vergebung und Verzeihung einem jeden Wesen, das nach meinem Bilde geschaffen ist; denn du bist über alle Dinge mächtig!' Wundersam klangen diese Worte in Bulûkijas Ohren. Und er wanderte weiter von dort, Tag und Nacht, bis er zum Berge Kâf kam. Als er dessen Gipfel erklommen hatte, erblickte er auf ihm einen großen Engel; der saß dort und pries und heiligte Gott den Erhabenen und flehte Segen herab auf Mohammed – Allah segne ihn und

1. Das sind die Symbole der vier Evangelisten Matthäus, Markus, Lukas und Johannes.

gebe ihm Heil! Er sah aber auch, wie jener Engel beständig die Hände öffnete und schloß und seine Finger bog und streckte. Mitten in seiner Andacht und Arbeit kam Bulûkija auf ihn zu und grüßte ihn; nachdem der Engel seinen Gruß erwidert hatte, fuhr er fort: ‚Was für ein Wesen bist du? Woher kommst du, und wohin gehst du? Und wie heißest du?' Der Jüngling erwiderte: ‚Ich bin von den Kindern Israel, ein Menschenkind, und ich heiße Bulûkija. Ich wandere umher, erfüllt von Liebe zu Mohammed – Allah segne ihn und gebe ihm Heil! Doch ich habe mich auf meinem Wege verirrt.' Dann erzählte er ihm alles, was ihm widerfahren war. Und nachdem er seine Erzählung beendet hatte, fragte er den Engel: ‚Wer bist du? Und was für ein Berg ist dies? Und was für eine Arbeit betreibst du da?' Der Engel antwortete: ‚Wisse, Bulûkija, dies ist der Berg Kâf, der die Welt umgibt; und alle Länder, die Gott in der Welt erschaffen hat, halte ich in meiner Hand. Wenn der Hocherhabene will, daß in irgendeinem Lande Erdbeben, Dürre oder Überfluß, Krieg oder Frieden sei, so befiehlt er mir, dies zu schaffen; und ich schaffe es, während ich hier auf dieser Stätte sitze. Denn wisse, meine Hände halten die Wurzeln der Erde.' – –«

Da bemerkte Schehrezâd, daß der Morgen begann, und sie hielt in der verstatteten Rede an. Doch als die *Vierhundertundsechsundneunzigste Nacht* anbrach, fuhr sie also fort: »Es ist mir berichtet worden, o glücklicher König, daß der Engel zu Bulûkija sprach: ‚Denn wisse, meine Hände halten die Wurzeln der Erde.' Darauf sagte der Jüngling zu dem Engel: ‚Hat Allah innerhalb des Berges Kâf noch ein anderes Land geschaffen als dies, in dem du weilst?' ‚Ja,' erwiderte der Engel, ‚er hat noch ein Land geschaffen, das ist weiß wie Silber, und nur der Hocherhabene allein weiß, wie groß es ist; Er hat es mit Engeln bevölkert, deren Speise und Trank darin besteht, daß sie lobsingen und heiligen und reichen Segen herabflehen auf Mohammed – Allah segne ihn und gebe ihm Heil! An jedem Donnerstagabend kommen sie zu diesem Berge und rufen in gemeinsamem Gebet die ganze Nacht hindurch bis zum Morgen Allah den Erhabenen an. Doch den Lohn für ihr Lobpreisen und Heiligen und ihre Andachten schenken sie den Sündern aus der Gemeinde Mohammeds – Allah segne ihn und gebe ihm Heil! – und allen denen, die am Freitag die religiöse Waschung verrichten. Dies ist ihr Tun bis zum Tage der Auferstehung.' Und weiter fragte Bulûkija den Engel, indem er sprach: ‚Hat Allah noch andere Berge hinter dem Berge Kâf erschaffen?' ‚Ja,' gab der Engel zur Antwort, ‚hinter dem Berge Kâf liegt noch ein Gebirge, das einen Weg von fünfhundert Jahren lang ist, und es besteht ganz aus Schnee und Eis. Dies Gebirge ist es, das die Hitze des Höllenfeuers von der Welt abwehrt; denn wenn es nicht wäre, so würde die Welt von der höllischen Glut verbrannt werden. Und ferner liegen hinter dem Berge Kâf noch vierzig Welten, deren jede noch vierzigmal so groß ist wie diese Welt; einige sind aus Gold, andere aus Silber, wieder andere aus Rubin. Jede einzelne von jenen Welten hat ihre besondere Art, und Gott hat sie alle mit Engeln bevölkert, die nichts anderes tun als lobsingen, heiligen, die Einheit Gottes bekennen und seine Größe verkünden, und die zum Hocherhabenen beten für die Gemeinde Mohammeds – Allah segne ihn und gebe ihm Heil! Sie wissen nichts von Adam und Eva, noch auch von Tag und Nacht. Vernimm weiter, o Bulûkija, die Welten wurden in sieben Schichten geschaffen, eine über der anderen; und Allah schuf einen seiner Engel, dessen Gestalt und Größe nur der Allgewaltige und Glorreiche kennt. Der trägt die sieben Welten auf seinem Nacken. Und unter jenem

Engel erschuf der Hocherhabene einen Felsen, und unter jenem Felsen einen Stier, und unter jenem Stier einen Fisch, und unter jenem Fisch ein gewaltiges Meer. Einstmals machte der Hocherhabene Jesum – Friede sei mit ihm! – mit jenem Fische bekannt, und der sprach: ,O Herr, zeige mir den Fisch, auf daß ich ihn sehe!' Da befahl der Hocherhabene einem seiner Engel, Jesum zu dem Fische zu führen, auf daß er ihn sehe. Der Engel kam zu Jesus – Friede sei mit ihm! – und führte ihn zu dem Meere, in dem der Fisch war, und sprach zu ihm: ,Schau den Fisch dort, o Jesus!' Jesus schaute nach dem Fisch, aber er sah ihn nicht, bis plötzlich das Tier wie ein Blitz an ihm vorüberschoß. Bei diesem Anblick stürzte Jesus ohnmächtig zu Boden. Und als er wieder zu sich kam, sprach Gott zu ihm durch eine Offenbarung: ,O Jesus, hast du den Fisch gesehen, und hast du erkannt, wie lang und wie breit er ist?' Jesus antwortete: ,Bei deiner Allmacht und bei deiner Majestät, o Herr, ich habe ihn nicht gesehen. Ein gewaltiger Stier schoß an mir vorüber, der wohl einen Weg von drei Tagereisen lang war, und ich weiß nicht, was es mit dem Stiere auf sich hat.' ,O Jesus,' erwiderte Gott, ,das, was an dir vorüberschoß und einen Weg von drei Tagereisen lang ist, war nur der Kopf des Stieres. Wisse aber, Jesus, ich erschaffe jeden Tag vierzig Fische, die so groß sind wie der Fisch unter dem Stiere.' Als Jesus jene Worte vernahm, erfüllte ihn staunende Ehrfurcht vor der Allmacht des Hocherhabenen.' Danach fragte Bulûkija den Engel, indem er sprach: ,Was hat Allah unter dem Meere erschaffen, in dem der Fisch haust?' Der Engel antwortete ihm: ,Allah hat unter dem Meere einen gewaltigen Luftraum geschaffen, und unter dem Luftraum Feuer, und unter dem Feuer eine gewaltige Schlange, Falak geheißen. Wenn jene Schlange sich nicht vor Allah dem Erhabenen fürchtete, so würde sie alles verschlingen, was über ihr ist, Luftraum und Feuer, und auch den Engel mit seiner Last, ohne daß sie etwas von dem Engel verspüren würde.' – «

Da bemerkte Schehrezâd, daß der Morgen begann, und sie hielt in der verstatteten Rede an. Doch als die *Vierhundertundsiebenundneunzigste Nacht* anbrach, fuhr sie also fort: »Es ist mir berichtet worden, o glücklicher König, daß der Engel, als er die Schlange beschrieb, zu Bulûkija sprach: ‚Wenn sie sich nicht vor Allah dem Erhabenen fürchtete, so würde sie alles verschlingen, was über ihr ist, Luftraum und Feuer, und auch den Engel mit seiner Last, ohne daß sie etwas davon verspüren würde. Nachdem der Hocherhabene jene Schlange erschaffen hatte, sprach er zu ihr durch eine Offenbarung: ‚Ich will dir ein Pfand anvertrauen; bewahre es gut!‘ ‚Tu, was du willst!‘ erwiderte die Schlange; und Gott sprach zu ihr: ‚Öffne deinen Rachen!‘ Und als das Ungeheuer seinen Schlund aufgetan hatte, senkte Allah die Hölle in seinen Bauch und sprach: ‚Bewahre die Hölle bis zum Tage der Auferstehung!‘ Wenn aber der Jüngste Tag naht, so wird Allah seinen Engeln befehlen, mit Ketten auszuziehen und die Hölle damit festzubinden, bis zu der Zeit, da alles Fleisch versammelt wird; und dann wird der Hocherhabene der Hölle befehlen, ihre Pforten aufzutun, und daraus werden Funken sprühen, die größer als Berge sind.‘ Als Bulûkija diese Worte von dem Engel vernommen hatte, weinte er bitterlich; darauf nahm er von ihm Abschied und wanderte weiter gen Westen, bis er zu zwei Geschöpfen kam, die er vor einem großen geschlossenen Tore sitzen sah. Und als er nahe bei ihnen war, bemerkte er, wie das eine einem Löwen glich, während das andere die Gestalt eines Stieres hatte. Bulûkija grüßte die beiden; und nachdem sie seinen Gruß erwidert hatten, fragten sie ihn und sprachen: ‚Was für ein Wesen bist du? Woher kommst du, und wohin gehst du?‘ Der

Jüngling antwortete ihnen: ‚Ich bin ein Menschenkind, und ich ziehe umher, erfüllt von der Liebe zu Mohammed – Allah segne ihn und gebe ihm Heil! Aber ich bin von meinem Wege abgeirrt.‘ Dann fragte er die beiden und sprach zu ihnen: ‚Was für Wesen seid ihr? Und was für ein Tor ist dies, an dem ihr sitzet?‘ Sie antworteten ihm: ‚Wir sind die Wächter dieses Tores, das du hier siehst, und wir haben kein anderes Amt, als zu lobpreisen und zu heiligen und Segen herabzuflehen auf Mohammed – Allah segne ihn und gebe ihm Heil!‘ Mit Staunen vernahm Bulûkija diese Worte; dann fragte er weiter: ‚Was ist hinter diesem Tore?‘ ‚Wir wissen es nicht‘, erwiderten sie; und da bat er sie: ‚Bei eurem Herrn, dem Glorreichen, öffnet mir dies Tor, auf daß ich sehe, was hinter ihm ist!‘ Doch sie sprachen: ‚Wir können das Tor nicht öffnen, und keines von allen Geschöpfen vermag es aufzutun, sondern nur Gabriel, der Getreue – Friede sei mit ihm!‘ Wie Bulûkija das hörte, flehte er demütig zu Allah dem Erhabenen: ‚O Herr, sende mir Gabriel, den Getreuen, daß er mir dies Tor öffne, damit ich schauen kann, was hinter ihm ist!‘ Und Allah erhörte sein Gebet und befahl Gabriel, dem Getreuen, hinabzusteigen und das Tor des Zusammenflusses der beiden Meere zu öffnen, auf daß Bulûkija es sehe. Da stieg Gabriel zu Bulûkija hinab, grüßte ihn, trat an jenes Tor und öffnete es, indem er zu dem Jüngling sprach: ‚Tritt ein in dies Tor! Allah hat mir befohlen, es dir zu öffnen.‘ Bulûkija ging hindurch und schritt weiter; Gabriel aber schloß das Tor und fuhr wieder gen Himmel auf. Nun erblickte Bulûkija hinter dem Tore ein gewaltiges Meer; das war zur Hälfte salzig und zur Hälfte süß und war von zwei Bergketten aus rotem Rubin umgeben. Bulûkija schritt dahin, bis er nahe an diese Bergketten herankam, und da sah er auf ihnen Engel sitzen, deren Amt es war, zu lobpreisen und zu heiligen.

806

Als er die erblickt hatte, grüßte er sie, und sie erwiderten seinen Gruß. Dann fragte er sie nach dem Meere und jenen beiden Bergen. Die Engel gaben zur Antwort: ‚Die Stätte liegt unter dem Himmelsthrone, und dies Meer speist alle Meere der Welt; wir verteilen die Gewässer, die hier sind, und entsenden sie in die Lande, das salzige Wasser zum salzigen Lande und das süße zum süßen Lande. Diese beiden Bergketten aber hat Allah geschaffen, auf daß sie dies Wasser hüten. Solches tun wir bis zum Tage der Auferstehung.' Und dann fragten sie den Jüngling und sprachen zu ihm: ‚Woher kommst du, und wohin gehst du?' Da erzählte Bulûkija ihnen seine ganze Geschichte von Anfang bis zu Ende und fragte sie nach dem Wege. Sie antworteten ihm: ‚Wandere von hier über die Oberfläche dieses Meeres!' Bulûkija nahm darauf von dem Safte, den er bei sich trug, salbte seine Füße und nahm Abschied von ihnen. Tag und Nacht wanderte er auf dem Rücken des Meeres dahin; und während er so seines Weges zog, sah er plötzlich einen schönen Jüngling, der auch über das Meer pilgerte. Auf den ging er zu und grüßte ihn; und jener erwiderte seinen Gruß. Doch als Bulûkija an dem Jüngling vorübergegangen war, erblickte er vier Engel, die auf der Oberfläche des Wassers dahinschritten; und ihr Schreiten war gleich dem blendenden Blitze. Bulûkija eilte vor und trat ihnen in den Weg; und als sie ihn erreichten, grüßte er sie und sprach zu ihnen: ‚Ich bitte euch bei dem Allgewaltigen und Glorreichen, sagt mir, wie ihr heißet, von wo ihr kommt, und wohin ihr geht!' Da sprach einer von ihnen: ‚Ich heiße Gabriel, der zweite von uns heißt Seraphel, der dritte Michael, und der vierte Asrael. Im Osten ist ein gewaltiger Drache erschienen; der hat tausend Städte verwüstet und ihre Bewohner verschlungen. Deshalb hat Allah der Erhabene uns befohlen, zu ihm zu eilen, ihn zu ergreifen und in die Hölle zu werfen.' Verwundert über sie und über ihre große Gestalt, wanderte Bulûkija wie zuvor Tag und Nacht dahin, bis er zu einer Insel gelangte. Dort stieg er ans Land und ging am Ufer eine Weile weiter. – –«

Da bemerkte Schehrezâd, daß der Morgen begann, und sie hielt in der verstatteten Rede an. Doch als die *Vierhundertund-achtundneunzigste Nacht* anbrach, fuhr sie also fort: »Es ist mir berichtet worden, o glücklicher König, daß Bulûkija ans Land jener Insel stieg und eine Weile am Ufer weiterging. Dort erblickte er einen schönen Jüngling, dessen Antlitz von hellem Lichte erstrahlte; und als er nahe an ihn herangekommen war, sah er, daß jener zwischen zwei Grabgebäuden saß und klagte und weinte. Bulûkija trat zu ihm und begrüßte ihn; und nach-dem der andere den Gruß erwidert hatte, fragte Bulûkija ihn und sprach: ,Was ist es mit dir? Wie heißest du? Was bedeuten diese beiden Grabgebäude, zwischen denen du sitzest? Und weshalb weinst du so?' Da wandte der Jüngling sich nach dem Frager um und weinte bitterlich, bis seine Kleider von Tränen durchnäßt waren. Dann sprach er zu Bulûkija: ,Wisse, mein Bruder, wunderbar ist meine Geschichte, und seltsam ist, was ich berichte! Doch ich möchte, daß du dich zu mir setzest, auf daß du mir zuvor erzählest, was du in deinem Leben erfahren hast und weshalb du hierher gekommen bist, mir auch deinen Na-men nennst und sagest, wohin du gehst. Danach will ich dir meine Geschichte erzählen.' Da setzte Bulûkija sich zu dem Jüngling und tat ihm alles kund, was ihm auf seiner Wande-rung begegnet war, von Anfang bis zu Ende: er berichtete ihm, wie sein Vater gestorben war und ihn hinterlassen hatte; wie er selbst dann die Kammer geöffnet und in ihr das Käst-chen entdeckt hatte; wie er das Buch gesehen, in dem Mo-hammed – Allah segne ihn und gebe ihm Heil! – beschrieben war; wie sein Herz sich ihm zugeneigt, und wie er, von der Liebe zu ihm erfüllt, auf die Wanderschaft gezogen sei. Und danach erzählte er ihm alles, was ihm zugestoßen war, bis er ihn getroffen hatte, und schloß mit den Worten: ‚Dies ist die ganze Geschichte meines bisherigen Lebens; und Allah weiß am besten, wie es mir in Zukunft noch ergehen mag.' Als der Jüngling seine Worte vernommen hatte, seufzte er auf und rief: ‚Du Armer, was hast du denn in deinem Leben erfahren! Wisse, Bulûkija, ich habe unseren Herrn Salomo zu seinen Lebzeiten gesehen, und ich habe unendlich und unzählbar viele Dinge erlebt. Wunderbar ist meine Geschichte, und seltsam ist, was ich berichte. Darum möchte ich, daß du bei mir bleibest, damit ich dir meine Erlebnisse erzählen kann und dir kundtun, warum ich hier sitze.'

Als Hâsib bis hierher der Erzählung zugehört hatte, sprach er seine Verwunderung aus und unterbrach die Rede der Schlange mit den Worten: ‚O Königin der Schlangen, um Allahs willen, entlasse mich und befiehl einem deiner Diener, daß er mich an die Oberfläche der Erde geleite. Ich will dir einen Eid schwören, daß ich in meinem ganzen Leben nie wieder in ein Badehaus gehen werde.' Sie erwiderte ihm jedoch: ‚Das ist ein Ding der Unmöglichkeit; und ich glaube deinem Eide nicht.' Wie er diese Worte vernahm, weinte er, und alle Schlangen weinten um seinetwillen und begannen für ihn bei der Königin zu bitten, indem sie sprachen: ‚Wir erbitten von dir die Gnade, daß du einer von uns befiehlst, ihn an die Oberfläche der Erde zu geleiten; er will dir ja einen Eid schwören, daß er nie wieder in seinem Leben ein Badehaus betreten wird.' Als nun Jamlîcha[1] – denn also war die Schlangenkönigin ge-

---

1. Jamlîcha ist sonst der Name eines der Siebenschläfer; diese Namen werden oft im Zauber gebraucht. Jamlîcha gehört zu der semitischen Wurzel für ‚herrschen, König sein'; aber daran ist hier kaum gedacht.

heißen – diese Bitte von ihnen hörte, wandte sie sich zu Hâsib und ließ ihn schwören. Nachdem er den Eid geschworen hatte, befahl sie einer Schlange, ihn an die Oberfläche der Erde zu bringen. Die kam herbei und wollte ihn geleiten. Aber als sie schon bei ihm war, um ihn hinauszuführen, sprach er doch noch zu der Schlangenkönigin: ‚Ich möchte, daß du mir die Geschichte des Jünglings erzählst, bei dem Bulûkija sich niedersetzte, als er ihn zwischen den beiden Gräbern sitzen sah.‘ Da sprach sie: ‚Erinnere dich daran, o Hâsib, daß Bulûkija sich zu dem Jüngling setzte und ihm seine Geschichte von Anfang bis zu Ende erzählte, damit auch jener ihm berichte, was er erlebt hatte, und ihm kundtue, was ihm in seinem Leben begegnet war und weshalb er dort zwischen den Gräbern saß!‘– –«

Da bemerkte Schehrezâd, daß der Morgen begann, und sie hielt in der verstatteten Rede an. Doch als die *Vierhundertundneunundneunzigste Nacht* anbrach, fuhr sie also fort: »Es ist mir berichtet worden, o glücklicher König, daß der Jüngling, als Bulûkija ihm seine Geschichte erzählt hatte, ausrief: ‚Was hast du denn von wunderbaren Dingen erfahren, du Armer? Ich habe unseren Herrn Salomo zu seinen Lebzeiten gesehen, und ich habe unendlich und unzählbar viele Dinge erlebt.‘

Und nun erzählte er

DIE GESCHICHTE VON DSCHANSCHÂH

Wisse, mein Bruder, mein Vater war ein König, und er hieß König Tighmûs. Er herrschte über das Land Kabul und über den Stamm der Schahlân, zehntausend Helden, von denen ein jeder über hundert feste Städte und Burgen gebot. Auch herrschte er über sieben Sultane, und ihm ward vom Osten bis zum Westen Tribut gebracht. Er war gerecht in seinem Walten; darum hatte Allah der Erhabene ihm all das gegeben und ihm ein so großes Reich geschenkt. Aber er besaß keinen Sohn, obgleich es der Wunsch seines Lebens war, daß Allah ihm einen Sohn gewähren möchte, der ihm nach seinem Tode in der Herrschaft nachfolgen könnte. Da begab es sich eines Tages, daß er die Gottesgelehrten, die Sterndeuter, die Männer der Wissenschaft und die Kalenderberechner zu sich berief und zu ihnen sprach: ‚Berechnet mein Horoskop und schaut nach, ob Allah mir in meinem Leben einen Sohn gewähren wird, der mir in der Herrschaft folge!' Da schlugen die Sternkundigen die Bücher auf, berechneten sein Horoskop und die Aspekte seines Gestirnes und sprachen zu ihm: ‚Wisse, o König, dir wird ein Sohn beschert werden, doch nur von der Tochter des Königs von Chorasân.' Als Tighmûs das von ihnen hörte, war er hoch erfreut, und er gab den Sternkundigen und Weisen unermeßlich und unberechenbar große Schätze; darauf gingen sie ihrer Wege. Nun hatte König Tighmûs einen Großwesir, das war ein gewaltiger Held, der für tausend Ritter einstand; der hieß 'Ain Zâr. Zu dem sprach er: ‚O Wesir, ich wünsche, daß du dich zur Reise nach dem Lande Chorasân rüstest und für mich um die Tochter des Königs Bahrawân, des Herrschers von Chorasân, werbest.' Und König Tighmûs erzählte seinem Wesir 'Ain Zâr, was die Sterndeuter ihm prophezeit hatten. Als der Wesir die Worte seines Königs vernommen hatte, ging er zur selbigen Stunde hin und rüstete sich zur Reise. Dann zog er mit seinen Mannen, seinen Helden und seinen Heerscharen, vor die Stadt hinaus.

Solches tat der Wesir. König Tighmûs aber rüstete derweilen eintausendundfünfhundert Lasten von Seide, Edelsteinen, Perlen und Rubinen, Gold und Silber und anderen kostbaren Metallen; und ferner ließ er eine große Menge von Dingen, die zur Hochzeit gehören, herbeischaffen. Das alles ließ er auf

Kamele und Maultiere laden und übergab es dem Wesir 'Ain Zâr. Auch schrieb er einen Brief, der nach der Überschrift also lautete: ,Friede sei mit dem König Bahrawân! Wisse, wir haben die Sterndeuter und die Weisen und die Kalenderberechner versammelt, und sie haben uns kundgetan, daß uns ein Sohn beschert werden soll, doch nur von Deiner Tochter. Siehe, nun habe ich den Wesir 'Ain Zâr zu Dir entsandt mit vielen Dingen, die zur Hochzeit gehören, und ich habe ihn beauftragt, mich in dieser Angelegenheit zu vertreten und in meinem Namen den Ehevertrag zu schließen. Und ich bitte Dich, daß Du in Deiner Güte dem Wesir sein Anliegen, das ja mein Anliegen ist, alsbald und ohne Aufenthalt gewährest. Was Du mir an Freundlichkeit erweisest, ist mir willkommen; doch hüte Dich, mir hierin zuwider zu handeln. Denn wisse, o König Bahrawân, Allah hat mir das Land Kabul verliehen und mich zum Herrscher über den Stamm Schahlân gemacht; ja, er hat mir ein großes Reich gegeben. Wenn ich mich also mit Deiner Tochter vermähle, so werden wir beide, ich und Du, eins sein in der Herrschaft, und ich werde Dir alljährlich so viel Schätze senden, daß Du Dein Genüge daran hast. Dies ist mein Begehr.' Nachdem König Tighmûs diesen Brief versiegelt hatte, übergab er ihn seinem Wesir 'Ain Zâr und befahl ihm, nach dem Lande Chorasân aufzubrechen. Jener zog nun dahin, bis er in die Nähe der Stadt des Königs Bahrawân kam. Dem ward die Ankunft des Wesirs des Königs Tighmûs gemeldet; und als er diese Botschaft hörte, hieß er die Emire seines Reiches sich für seinen Empfang rüsten; auch ließ er Speisen und Getränke und andere Gastgeschenke samt dem Futter für die Tiere herbeischaffen, um alles seinen Boten mitzugeben. Dann befahl er ihnen, dem Wesir 'Ain Zâr entgegenzuziehen; sie luden also die Lasten auf und zogen dahin, bis sie mit dem

Wesir zusammentrafen. Da luden sie die Lasten ab, die Krieger und Mannen stiegen von ihren Tieren, und alle begrüßten einander. Dort, vor der Stadt, blieben sie zehn Tage lang und aßen und tranken. Danach saßen sie wieder auf und ritten nach der Stadt; König Bahrawân zog ihnen entgegen, um den Wesir des Königs Tighmûs zu empfangen, und er umarmte ihn, begrüßte ihn und führte ihn in seine Burg. Dann ließ der Wesir die Lasten herbeibringen, all die reichen Geschenke für den König Bahrawân, und übergab ihm den Brief. Jener nahm ihn entgegen und las ihn; nachdem er seinen Inhalt begriffen hatte, ward er hoch erfreut, hieß den Wesir noch einmal willkommen und sprach zu ihm: ‚Freue dich, dein Wunsch ist erfüllt! Wenn König Tighmûs auch mein Leben verlangt hätte, so würde ich es ihm geben.‘ Sogleich begab König Bahrawân sich zu seiner Tochter und ihrer Mutter und den Seinen, tat ihnen die Botschaft kund und beriet sich darüber mit ihnen. ‚Tu, was du willst!‘, sprachen sie zu ihm. – –«

Da bemerkte Schehrezâd, daß der Morgen begann, und sie hielt in der verstatteten Rede an. Doch als die *Fünfhundertste Nacht* anbrach, fuhr sie also fort: »Es ist mir berichtet worden, o glücklicher König, daß König Bahrawân sich mit seiner Tochter und ihrer Mutter und den Seinen beriet und daß sie zu ihm sprachen: ‚Tu, was du willst.‘ Da kehrte er zu dem Wesir ’Ain Zâr zurück und ließ ihn wissen, daß sein Wunsch erfüllt sei. Der Wesir blieb noch zwei Monate lang bei König Bahrawân; dann aber sprach er zu ihm: ‚Wir bitten dich, daß du uns das gewährest, um dessentwillen wir zu dir gekommen sind, auf daß wir in unsere Heimat zurückkehren können.‘ ‚Ich höre und willfahre!‘ erwiderte der König. Und nun befahl er, die Hochzeit zu rüsten und alle Vorkehrungen zu treffen. Als sein Befehl ausgeführt war, gebot er, alle Wesire und

Emire, die Großen seines Reiches, sollten sich bei ihm versammeln. Und nachdem sie alle gekommen waren, befal er, die Mönche und Priester[1] sollten erscheinen. Als auch die sich versammelt hatten, ward der Bund zwischen der Prinzessin und dem König Tighmûs geschlossen. Nun traf König Bahrawân die Vorkehrungen für die Reise, und er gab seiner Tochter so viel Geschenke, Kostbarkeiten und Edelmetalle, wie niemand sie schildern kann. Auch ließ er die Straßen der Stadt mit Teppichen auslegen und schmückte sie aufs schönste. Darauf zog der Wesir 'Ain Zâr mit der Tochter des Königs Bahrawân in seine Heimat. Und als die Kunde von ihrem Nahen dem König Tighmûs überbracht wurde, gab er Befehl, das Hochzeitsfest zu rüsten und die Stadt zu schmücken. Dann ging er zu der Prinzessin ein und nahm ihr das Mädchentum. Und nach wenigen Tagen zeigte es sich, daß sie von ihm empfangen hatte. Nachdem aber ihre Monate vollendet waren, genas sie eines Knäbleins, dem Monde gleich in der Nacht seiner Fülle. Wie König Tighmûs erfuhr, daß seine Gemahlin einen schönen Knaben geboren hatte, freute er sich sehr, und er berief die Weisen, die Sternkundigen und die Kalenderberechner und sprach zu ihnen: ,Ich wünsche, daß ihr diesem Neugeborenen das Horoskop stellet und die Aspekte seines Gestirnes berechnet und mir kündet, was ihm in seinem Leben widerfahren wird.' Da berechneten die Gelehrten und die Sterndeuter sein Horoskop und seine Aspekte und sahen, daß der Knabe Glück haben werde; doch drohte ihm zu Anfang seines Lebens eine Gefahr, und zwar wenn er fünfzehn Jahre alt sein werde; überstehe er die, so werde er viel Gutes erleben und ein großer Kö-

[1]. Die Könige von Chorosân und von Kabul werden hier als Christen gedacht; das ist eine Erinnerung daran, daß in Zentralasien das Christentum während des Mittelalters mehrfach großen Einfluß hatte.

nig sein, noch größer als sein Vater, ja, er werde Glück in Hülle und Fülle sehen, seine Feinde würden zugrunde gehen, ein herrliches Leben stehe ihm bevor, und wenn er sterbe, nun, so könne eben kein Mensch zurückgewinnen, was er verlor – doch Gott wisse es am besten. Als der König diese Weissagung hörte, war er hoch erfreut; er nannte den Knaben Dschanschâh, übergab ihn den Ammen und Pflegerinnen und ließ ihm die schönste Erziehung angedeihen. Wie der Knabe das Alter von fünf Jahren erreicht hatte, ließ sein Vater ihn im Lesen unterrichten, und er begann das Evangelium zu lesen. Dann ließ er ihn in weniger als sieben Jahren das Kriegshandwerk lernen, das Lanzenschwingen und den Hieb der Klingen. Und nun begann der Knabe zu Jagd und Hatz auszureiten, und er ward ein großer Held, vollendet in allen ritterlichen Künsten. Sooft aber der Vater von seiner Tapferkeit im Ritterhandwerk hörte, freute er sich sehr. Nun begab es sich eines Tages, daß König Tighmûs seinen Mannen befahl, zu Jagd und Hatz auszureiten; da zogen die Krieger aus, und der König Tighmûs und sein Sohn Dschanschâh waren bei ihnen. Sie ritten durch Wüsten und Steppen dahin und jagten Großwild und Kleinwild bis zum Nachmittag des dritten Tages. Da erspähte Dschanschâh eine Gazelle von wunderschöner Farbe, die vor ihm flüchtete. Er folgte ihr und setzte ihr eilig nach, während sie von dannen floh. Sieben Mamluken des Königs Tighmûs trennten sich von den anderen und folgten der Spur des Prinzen. Als sie sahen, daß ihr Herr hinter der Gazelle herjagte, eilten sie ihm auf schnellen Rennern nach. Und dann stürmten sie alle dahin, bis sie ans Meeresufer kamen. Dort stürzten sie sich auf die Gazelle, um sie einzufangen; aber sie entschlüpfte ihnen und warf sich ins Meer. – –«

Da bemerkte Schehrezâd, daß der Morgen begann, und sie hielt in der verstatteten Rede an. Doch als die *Fünfhundertunderste Nacht* anbrach, fuhr sie also fort: »Es ist mir berichtet worden, o glücklicher König, daß die Gazelle, als Dschanschâh und seine Mamluken sich auf sie stürzten, um sie einzufangen, ihnen entschlüpfte und sich ins Meer warf. Nun befand sich auf dem Wasser dort ein Fischerboot; in das sprang die Gazelle. Da saßen Dschanschâh und seine Begleiter ab, sprangen ihr nach in das Boot und fingen sie. Doch als sie an Land zurückkehren wollten, entdeckte Dschanschâh plötzlich eine große Insel, und er sprach zu den Mamluken, die bei ihm waren: ,Ich möchte, daß wir zu jener Insel fahren.' ,Wir hören und gehorchen!' erwiderten sie und fuhren mit dem Boot auf die Insel zu, bis sie ihren Strand erreichten. Dann gingen sie an Land und sahen sich dort um; schließlich kehrten sie zu dem Boot zurück, gingen wieder an Bord und fuhren mit der Gazelle in der Richtung des Festlandes, von dem sie gekommen waren. Aber die Dunkelheit überraschte sie, und sie verloren den Kurs auf dem Meere. Zugleich erhob sich der Wind wider sie und trieb das Boot mitten ins Meer hinaus. Als sie dann am anderen Morgen aus dem Schlafe erwachten, kannten sie den Weg nicht mehr und trieben immer weiter ins Meer hinaus.

So stand es um sie. Inzwischen hatte König Tighmûs, der Vater des Prinzen Dschanschâh, als er seinen Sohn vermißte und ihn nirgends sah, seinen Truppen befohlen, in getrennten Abteilungen nach allen Richtungen hin seinen Sohn zu suchen. Nachdem sie ausgeritten waren, kam eine Schar von ihnen zum Meere und fand dort einen Mamluken, der bei den Pferden zurückgeblieben war. Den fragten sie nach seinem Herrn und nach den sechs anderen Mamluken; und er berichtete ihnen, was mit jenen geschehen war. Da nahmen sie den Mamluken und die Pferde mit und kehrten zum König zurück und meldeten ihm, was sie erfahren hatten. Als er diese Botschaft vernahm, weinte er bitterlich; er warf die Krone von seinem Haupte und biß sich in die Hände vor Gram. Und sofort schrieb er Briefe und sandte sie zu allen Inseln des Meeres; auch ließ er hundert Schiffe zusammenbringen, bemannte sie mit Truppen und befahl ihnen, auf dem Meer umherzufahren und nach seinem Sohne Dschanschâh zu suchen. Dann kehrte der König mit den übrigen Mannen und Kriegern nach der Hauptstadt zurück und versank in tiefen Kummer. Als aber die Mutter des Prinzen die Kunde vernahm, zerschlug sie sich das Antlitz und hub die Totenklage um ihn an.

Überlassen wir die Eltern ihrem Kummer und sehen wir nun, wie es Dschanschâh und seinen Mamluken erging! Die irrten immer weiter auf dem Meere umher, während die Leute, die nach ihnen ausgesandt waren, sie zehn Tage lang auf dem Meere suchten, ohne sie zu finden, und dann zum König heimkehrten und ihm die Nachricht brachten. Wider den Prinzen und seine Begleiter aber erhob sich ein heftiger Sturm, und·der trieb ihr Fahrzeug dahin, bis er sie an eine Insel warf. Dort verließen sie das Boot und schritten auf jener Insel dahin, bis sie mitten im Lande einen Quell fließenden Wassers entdeckten. Neben ihm aber hatten sie schon von weitem einen Mann sitzen sehen. An den traten sie heran und grüßten ihn; er erwiderte ihren Gruß und begann mit ihnen in einer Sprache zu reden, die dem Zwitschern der Vögel[1] glich. Verwundert hörte Dschanschâh dieser Sprache zu; doch da blickte jener Mann nach rechts und nach links, und während die anderen noch alle

1. Fremde Sprachen, die man nicht versteht, werden gelegentlich als ‚Vogelgezwitscher‘ bezeichnet; so geben die Araber manchmal der Zigeunersprache den Namen ‚Sperlingssprache‘.

staunend dastanden, teilte er sich plötzlich in zwei Hälften, und jede Hälfte ging nach einer anderen Richtung davon. Unterdessen kamen auf einmal Männer aller Art, unendlich und unzählbar viele, von dem Berge herab auf die Fremdlinge zu und eilten heran, bis sie bei der Quelle waren; dort spalteten sie sich alle in zwei Hälften. Dann stürzten sie sich auf Dschanschâh und die Mamluken, um sie aufzufressen. Als Dschanschâh erkannte, daß jene Männer sie fressen wollten, eilte er mit den Seinen davon; doch jene folgten ihnen und aßen drei von den Mamluken auf, während Dschanschâh mit den drei anderen sich rettete und mit ihnen das Boot erreichte. Sofort stießen sie ab in der Richtung auf die hohe See und fuhren Tag und Nacht dahin, ohne zu wissen, wohin das Schiff sie führte. Sie schlachteten nun die Gazelle und nährten sich von ihrem Fleische. Und die Winde trieben sie weiter und warfen sie an eine andere Insel. Sie schauten sie an und sahen auf ihr Bächlein fließen und Bäume sprießen, die ihre Frucht herabhängen ließen; sie entdeckten auch Gärten, die mit eßbaren Früchten aller Art angefüllt waren, und die Bäche murmelten im Schatten der Bäume, ja, es war dort wie im Paradiese. Als Dschanschâh die Insel betrachtete, gefiel sie ihm, und er sprach zu den Mamluken: ,Wer von euch will auf dieser Insel landen und sie für uns auskundschaften?' Da sprach einer von ihnen: ,Ich will landen und sie für euch erforschen und dann zu euch zurückkehren.' Aber Dschanschâh erwiderte: ,Das ist ein Ding der Unmöglichkeit; ihr müßt alle drei an Land gehen und die Insel erforschen. Ich will hier im Boot auf euch warten, bis ihr zurückkehrt.' Darauf ließ er die Mamluken aussteigen, um die Insel zu erforschen. Die Mamluken gingen also an Land. --«

Da bemerkte Schehrezâd, daß der Morgen begann, und sie hielt in der verstatteten Rede an. Doch als die *Fünfhundertund-*

zweite Nacht anbrach, fuhr sie also fort: »Es ist mir berichtet worden, o glücklicher König, daß die Mamluken, nachdem sie an Land gegangen waren, überall auf der Insel umherstreiften, gen Osten und Westen, aber niemanden auf ihr fanden. Darauf drangen sie landeinwärts bis zur Mitte vor, und dort sahen sie schon von ferne eine Burg aus weißem Marmor. Auf ihr standen Häuser aus klarem Kristall, und mitten darin lag ein Garten, der alle Arten von Früchten, trockene und saftige, die niemand beschreiben kann, und vielerlei duftige Blumen enthielt. Auch sahen sie auf jener Burg Bäume mit Früchten sprießen und hörten die Vögel, die auf den Zweigen ihre Lieder erschallen ließen. Und in der Mitte befand sich ein großer Teich neben einer geräumigen offenen Halle; in dieser Halle waren Stühle aufgereiht, zu beiden Seiten eines Thrones aus rotem Golde, der mit vielerlei Edelsteinen und Rubinen besetzt war. Als die Mamluken sahen, wie schön jene Burg mit ihrem Garten war, gingen sie dort umher, nach rechts und nach links, aber sie fanden niemanden; darauf verließen sie die Burg, kehrten zu Dschanschâh zurück und berichteten ihm, was sie gesehen hatten. Nachdem er diese Kunde von ihnen vernommen hatte, rief er: ‚Ich muß mir diese Burg ansehen!' Alsbald stieg er aus dem Boote, und nun ging er mit den Mamluken zur Burg hinauf. Als sie eingetreten waren, war Dschanschâh von der Schönheit der Stätte bezaubert. Dann wandelten sie in dem Garten umher, erfreuten sich seines Anblicks und aßen von seinen Früchten; das taten sie bis zur Abendzeit. Doch als das nächtliche Dunkel sie umfing, gingen sie zu den Stühlen, die dort aufgestellt waren; Dschanschâh setzte sich auf den Thron, der in der Mitte stand, mit Stühlen zur Rechten und zur Linken. Und nachdem er sich auf ihm niedergelassen hatte, begann er nachzudenken und zu weinen, weil er nun dem

Throne seines Vaters und seiner Heimat so fern und von den Seinen und allen, die ihm nahestanden, getrennt war; auch die drei Mamluken weinten mit ihm. Während sie so trauerten, erhob sich plötzlich ein gewaltiges Geschrei vom Meere her; sie blickten nach der Richtung, aus der jener Lärm kam, und sahen nun, daß dort Affen waren, die wimmelnden Heuschrecken glichen. Jene Burg und die ganze Insel gehörten nämlich den Affen. Als jene Affen das Boot, in dem Dschanschâh gekommen war, entdeckt hatten, da hatten sie es am Ufer versenkt und jetzt eilten sie auf Dschanschâh zu, wie er dort in der Burg saß.

Da hielt die Schlangenkönigin inne, und dann sprach sie: ,All dies, o Hâsib, erzählte der Jüngling, der zwischen den Gräbern saß, dem Bulûkija.' Und als Hâsib sie fragte: ,Was tat aber Dschanschâh mit den Affen?' fuhr sie also fort:

Als Dschanschâh sich auf den Thron gesetzt hatte und die Mamluken rechts und links neben ihm saßen, eilten die Affen auf sie zu und flößten ihnen Schrecken und große Furcht ein. Aber dann kamen einige von ihnen herein, traten heran, bis sie vor dem Thron standen, auf dem Dschanschâh saß, und küßten den Boden vor ihm; und danach kreuzten sie ihre Arme auf der Brust und blieben eine Weile vor ihm stehen. Nun brachten andere von ihnen Gazellen herbei, schlachteten sie in der Burg und häuteten sie ab; darauf schnitten sie das Fleisch in Stücke, brieten die, bis sie gar waren, und legten sie auf Schüsseln aus Gold und aus Silber. Zuletzt breiteten sie den Tisch aus und gaben Dschanschâh und seinen Begleitern durch Zeichen zu verstehen, sie möchten essen. Da kam Dschanschâh von dem Thron herunter und aß, zusammen mit den Affen und den Mamluken, bis sie alle gesättigt waren; darauf trugen die Affen den Tisch ab und brachten Früchte, und alle aßen davon und dankten Allah dem Erhabenen. Dschanschâh aber fragte die Großen der Affen durch Zeichen: ‚Was ist es mit euch, und wem gehört diese Stätte?' Jene antworteten ihm, gleichfalls durch Zeichen: ‚Wisse, diese Stätte gehörte unserem Herrn Salomo, dem Sohne Davids – Friede sei mit ihnen beiden! –, und er pflegte alljährlich einmal hierher zu kommen, um sich zu ergötzen; darauf pflegte er wieder von uns zu gehen.' – –«

Da bemerkte Schehrezâd, daß der Morgen begann, und sie hielt in der verstatteten Rede an. Doch als die *Fünfhundertunddritte Nacht* anbrach, fuhr sie also fort: »Es ist mir berichtet worden, o glücklicher König, daß die Affen dem Prinzen Dschanschâh über die Burg Auskunft gaben, indem sie ihm vermeldeten: ‚Diese Stätte gehörte unserem Herrn Salomo, dem Sohne Davids, und er pflegte alljährlich einmal hierher zu kommen, um sich zu ergötzen; darauf pflegte er wieder von uns zu gehen.' Dann aber fuhren die Affen fort: ‚Wisse, o König, du bist jetzt Sultan über uns geworden, und wir sind deine Diener. Iß und trink, und wir werden alles tun, was du uns befiehlst!' Und sie küßten den Boden vor ihm und gingen fort, ein jeder seines Weges. Der Prinz schlief in jener Nacht auf dem Thron, während die Mamluken zu seinen Seiten auf den Stühlen schliefen. Am nächsten Morgen jedoch kamen vier Wesire, die Hauptleute der Affen, mit ihren Truppen zu ihm herein und erfüllten den ganzen Raum, indem sie sich Reihe auf Reihe ringsum aufstellten. Nun traten die Wesire heran und gaben ihm durch Zeichen zu verstehen, er sollte über sie in Gerechtigkeit richten. Plötzlich aber schrien die Affen einander zu und liefen fort; nur ein Teil von ihnen blieb vor dem König Dschanschâh, um ihn zu bedienen. Nach einer Weile kamen einige Affen zurück mit Hunden, die groß waren wie Pferde und die um den Hals Ketten trugen. Über diese Hunde und ihre große Gestalt war er sehr erstaunt. Nun gaben die

Wesire der Affen dem Prinzen durch Zeichen zu verstehen, er solle aufsitzen und mit ihnen kommen. Da ritten Dschanschâh und die drei Mamluken mit dem Heere der Affen, das einem wimmelnden Heuschreckenschwarme glich, und von denen ein Teil beritten war, während die anderen zu Fuß liefen. Und es wuchs seine Verwunderung über all das, was er sah. Sie zogen dahin bis zur Meeresküste, und als er dort entdeckte, daß das Boot, das ihn gebracht hatte, verschwunden war, wandte er sich an seine Affenwesire und fragte sie: ,Wo ist das Boot, das hier war?' Jene erwiderten ihm: ,Vernimm, o König, als ihr zu unserer Insel kamt, da wußten wir, daß du über uns Sultan werden solltest, und wir befürchteten, ihr könntet uns verlassen, wenn wir nicht bei euch wären, und wieder in das Boot gehen. Deshalb haben wir es versenkt.' Als Dschanschâh diese Kunde vernahm, wandte er sich zu den Mamluken und sprach zu ihnen: ,Wir haben nun kein Mittel mehr, diesen Affen zu entrinnen, sondern wir müssen uns geduldig in das fügen, was Allah der Erhabene uns bestimmt hat.' Darauf zogen sie alle landeinwärts, bis sie zum Ufer eines Flusses gelangten, auf dessen anderer Seite sich ein hoher Berg erhob. Als Dschanschâh zu dem hinblickte, sah er auf ihm eine Menge dämonischer Wesen von der Art der Ghûle.[1] Zu den Affen sich wendend, fragte er: ,Was ist es mit jenen Ghûlen?' ,Wisse, o König,' erwiderten die Affen, ,jene Ghûle sind unsere Feinde, und wir sind ausgezogen, um wider sie zu streiten.' Voll Staunen schaute Dschanschâh auf jene Ghûle, die von so gewaltiger Größe waren und auf Pferden ritten und von denen die einen Köpfe hatten wie Stiere, während die Köpfe der anderen denen von Kamelen glichen. Doch kaum hatten die Ghûle das Heer der Affen erblickt, so stürzten sie sich ihnen entgegen,

1. Vgl. Band II, Seite 179, Anmerkung.

stellten sich am Ufer des Flusses auf und begannen sie mit Steinen zu bewerfen, die so groß wie Keulen waren; und es entbrannte ein wilder Kampf zwischen ihnen. Als aber Dschanschâh erkannte, daß die Ghûle über die Affen die Oberhand gewannen, rief er den Mamluken zu: ‚Bogen und Pfeile heraus! Schießt sie mit Pfeilen tot, auf daß ihr sie von uns abwehret!‘ Die Mamluken taten, wie ihr Herr ihnen befohlen hatte, bis daß ein großer Schrecken über die Ghûle kam; viele von ihnen wurden getötet, und die anderen wurden geschlagen und wandten sich zur Flucht. Wie die Affen nun sahen, was durch Dschanschâh geschehen war, eilten sie zum Flusse hinab und überschritten ihn, begleitet von ihrem Sultan; dann jagten sie hinter ihnen her, bis sie ihren Augen entschwunden waren, doch wurden noch viele von den Feinden auf der Flucht getötet. Dschanschâh und die Affen waren auf der Verfolgung bis zu dem hohen Berge gekommen, und als der Prinz jene Bergwand anschaute, erblickte er an ihr eine Marmortafel, auf der geschrieben stand: ‚O du, der du in dies Land gekommen bist, wisse, du wirst zum Sultan über diese Affen werden, und es wird dir nicht möglich sein, ihnen zu entrinnen, es sei denn über die Pässe des Gebirges. Wenn du über den östlichen Paß gehst, der drei Monate lang ist, so wirst du zwischen wilden Tieren, Ghûlen, Marids und Ifriten wandern müssen und wirst dann den Ozean erreichen, der die Erde umgibt. Doch wenn du über den westlichen Paß gehest, der vier Monate lang ist, so findest du an seinem Ende das Ameisental. Und bist du dann bis zu jenem Tale gelangt und ziehst in ihm weiter, so nimm dich vor den Ameisen in acht. Schließlich wirst du einen hohen Berg erreichen, der wie Feuer brennt und der eine Reise von zehn Tagen lang ist.‘ – –«

Da bemerkte Schehrezâd, daß der Morgen begann, und sie hielt in der verstatteten Rede an.

INHALT

DIE ERZÄHLUNGEN
AUS DEN TAUSENDUNDEIN NÄCHTEN
BAND IV

DIE ERZÄHLUNGEN AUS DEN TAUSENDUNDEIN NÄCHTEN

VOLLSTÄNDIGE DEUTSCHE AUSGABE
IN SECHS BÄNDEN

ZUM ERSTEN MAL
NACH DEM ARABISCHEN URTEXT
DER CALCUTTAER AUSGABE
AUS DEM JAHR 1839
ÜBERTRAGEN
VON ENNO LITTMANN

BAND IV

KOMET

WAS SCHEHREZÂD DEM KÖNIG SCHEHRIJÂR
IN DER FÜNFHUNDERTUNDVIERTEN BIS
SIEBENHUNDERTUNDNEUNZEHNTEN
NACHT
ERZÄHLTE

Als nun die *Fünfhundertundvierte Nacht* anbrach, fuhr Schehrezâd also fort: »Es ist mir berichtet worden, o glücklicher König, daß Dschanschâh jene Tafel las, wie er sie erblickte; er sah die Worte, die wir schon genannt haben, und erkannte, daß am Schlusse der Inschrift geschrieben stand: ‚Dann wirst du zu einem großen und reißenden Strome gelangen, und der fährt mit solcher Gewalt dahin, daß er die Augen blendet. Jener Strom trocknet an jedem Sabbat aus, und an seinem Ufer liegt eine Stadt, deren Einwohner sich alle Juden nennen und den Glauben Mohammeds nicht anerkennen; kein einziger Muslim findet sich unter ihnen. Auch gibt es in dem Lande dort keine andere Stadt als jene. Doch hier werden die Affen, solange du bei ihnen weilst, über die Ghûle siegreich bleiben. Und wisse, diese Tafel schrieb der Herr Salomo, der Sohn Davids – über beiden sei Heil!‘ Als Dschanschâh solches gelesen hatte, hub er an bitterlich zu weinen. Dann wandte er sich seinen Mamluken zu und tat ihnen kund, was auf der Tafel geschrieben stand. Danach stieg er wieder zu Pferde; auch die Krieger der Affen saßen auf, rings um ihn herum, und sie zogen dahin, froh des Sieges über ihre Feinde, und kehrten zu ihrer Burg zurück. Dort blieb Dschanschâh nun Sultan über die Affen einundein- halbes Jahr lang. Da befahl er einmal den Kriegern der Affen, mit ihm zu Jagd und Hatz auszureiten. Jene saßen auf, und Dschanschâh und seine Mamluken ritten mit ihnen fort, durch Wüsten und Steppen, immer weiter von Ort zu Ort, bis er das Ameisental erkannte, wie es auf der Marmortafel beschrieben war. Sobald er dessen gewahr ward, befahl er allen, dort abzu- sitzen. Die Seinen und auch die Krieger der Affen saßen ab, und sie verblieben dort zehn Tage lang bei Speise und Trank. Dann ging Dschanschâh eines Nachts mit seinen Mamluken beiseite und sprach zu ihnen: ‚Hört, ich wünsche, daß wir ent-

7

fliehen; wir wollen ins Ameisental gehen und dann uns zur Stadt der Juden begeben. Vielleicht wird Allah uns so von diesen Affen befrein, auf daß wir unserer Wege ziehen können.' ,Wir hören und gehorchen!' erwiderten sie. Nun wartete er noch, bis eine kleine Weile der Nacht verstrichen war; dann stand er auf, und auch die Mamluken erhoben sich mit ihm. Sie legten ihre Rüstungen an und gürteten sich mit Schwertern und Dolchen und dergleichen Kriegsgerät. Darauf machte sich Dschanschâh mit seinen Mamluken auf den Weg, und sie wanderten die ganze Nacht hindurch bis zum Morgen. Als aber die Affen aus ihrem Schlafe erwachten und ihn und seine Leute nicht mehr sahen, wußten sie, daß jene geflohen waren. Und sofort ritt ein Teil von ihnen auf den östlichen Paß zu, der andere aber zum Ameisental. Und während sie dahineilten, erblickten sie plötzlich Dschanschâh und seine Mamluken, die gerade beim Ameisental angekommen waren. Wie sie das sahen, stürmten sie hinter ihnen her. Dschanschâh aber und seine Leute flüchteten beim Anblick der Affen und drangen in das Ameisental ein. Doch es verging nur eine kurze Weile, da fielen die Affen schon über die Flüchtlinge her und wollten sie töten. Plötzlich aber kamen Ameisen aus der Erde hervor, gleichwie ein Heuschreckenschwarm, und eine jede von ihnen war so groß wie ein Hund. Als die Ameisen die Affen sahen, stürzten sie auf sie zu und fraßen eine Menge von ihnen. Zwar wurden auch viele der Ameisen getötet, aber der Sieg blieb ihnen doch. Denn wenn nur eine Ameise auf einen Affen traf, so hieb sie auf ihn ein und zerteilte ihn in zwei Hälften, während zehn Affen eine einzige Ameise angriffen und an ihr herumzerrten und in zwei Teile zerrissen. Heftig tobte der Kampf zwischen ihnen bis zum Abend. Doch nachdem es dunkel geworden war, floh Dschanschâh mit den Mamluken, und sie eilten auf der Sohle des Tales dahin. – –«

8

Da bemerkte Schehrezâd, daß der Morgen begann, und sie hielt in der verstatteten Rede an. Doch als die *Fünfhundertundfünfte Nacht* anbrach, fuhr sie also fort: »Es ist mir berichtet worden, o glücklicher König, daß Dschanschâh mit seinen Mamluken floh, nachdem es dunkel geworden war; und sie eilten auf der Sohle des Tales dahin bis zum Morgen. Doch als es hell wurde, waren die Affen schon wieder dicht hinter ihnen. Wie Dschanschâh sie erblickte, schrie er seinen Leuten zu: ‚Erschlagt sie mit den Schwertern!‘ Da zückten jene ihre Schwerter und hieben auf die Affen ein, nach rechts und nach links. Doch mit einem Male stürzte ein Affe wider sie los, der so große Zähne hatte wie ein Elefant, und er sprang auf einen der Mamluken, traf ihn und zerriß ihn in zwei Teile. Nun drangen die Affen in Scharen auf Dschanschâh ein, und er flüchtete bis ans Ende des Tales. Dort sah er einen großen Strom und an dessen Ufer eine gewaltige Ameisenschar. Als die Ameisen den Fliehenden auf sich zukommen sahen, umringten sie ihn; einer der Mamluken aber hieb mit dem Schwerte auf sie ein und zerschlug sie in Stücke. Wie die Krieger der Ameisen das bemerkten, stürzten sie in großen Haufen wider den Mamluken und machten ihn nieder. In diesem Augenblicke kamen plötzlich die Affen über den Berg und eilten in Scharen auf Dschanschâh los. Doch wie er ihr Anstürmen gewahrte, riß er sich sein Obergewand vom Leibe und sprang in den Strom hinab. Der letzte Mamluk, der ihm noch verblieben war, sprang hinter ihm her, und die beiden schwammen bis zur Mitte des Flusses. Von dort erblickte Dschanschâh einen Baum am anderen Ufer des Flusses; er schwamm hin und reckte seinen Arm nach einem der Zweige aus, ergriff ihn und klammerte sich an ihn und schwang sich so ans Land. Über den Mamluken aber kam die Strömung, und sie riß ihn fort und zerschmetterte ihn an einem Felsen.

Nun stand Dschanschâh allein da am Ufer, und er wrang seine Kleider aus und trocknete sie an der Sonne. Unterdessen war zwischen den Affen und den Ameisen ein wilder Kampf entbrannt; doch schließlich kehrten die Affen in ihr Land zurück.

Solches erlebte Dschanschâh mit den Affen und den Ameisen. Sehen wir nun, wie es ihm weiter erging! Bis zum Abend weinte er; dann trat er in eine Höhle ein und suchte Zuflucht in ihr. Doch er war in großer Angst und Sorge, da er ja seine Mamluken verloren hatte. Nachdem er dann bis zum Morgen in jener Höhle geruht hatte, machte er sich wieder auf den Weg und zog ohne Aufenthalt weiter, Tag und Nacht, indem er sich von den Kräutern des Feldes nährte, bis er zu dem Berge kam, der wie Feuer brennt. Sobald er den erreicht hatte, zog er weiter an ihm entlang, bis er zu dem Strome gelangte, der an jedem Sabbat austrocknet. Und als er dort ankam, sah er, daß es ein mächtiger Strom war und daß auf seinem jenseitigen Ufer eine große Stadt lag, eben jene Stadt der Juden, von der er auf der Tafel gelesen hatte. Dort wartete er, bis es Sabbat ward und der Fluß austrocknete. Dann schritt er durch das Flußbett hindurch bis zu der Judenstadt. In ihr aber erblickte er keine Seele. Und er ging in ihr umher und öffnete schließlich das Tor eines Hauses, zu dem er gekommen war. Als er eintrat, sah er, wie die Bewohner des Hauses schweigend dasaßen, ohne ein Wort zu sagen; und er sprach zu ihnen: ‚Ich bin ein Fremdling, und mich hungert.' Da antworteten sie ihm durch Zeichen: ‚Iß und trink; doch sprich nicht!' So setzte er sich denn bei ihnen nieder und aß und trank und ruhte die Nacht hindurch. Als es Morgen ward, begrüßte ihn der Herr des Hauses und hieß ihn willkommen; dann fragte er ihn: »Von wannen kommst du, und wohin gehst du?' Wie Dschanschâh die Worte des Juden vernahm, begann er bitterlich zu weinen, und er erzählte ihm seine Geschichte und nannte ihm die Stadt seines Vaters. Darüber wunderte sich der Jude und fuhr fort: ‚Von dieser Stadt haben wir noch nie etwas gehört; wir haben nur von den Karawanen der Kaufleute vernommen, daß dort ein Land liegt, Jemen geheißen.‘ Nun fragte Dschanschâh den Juden: ‚Wie weit ist das Land, über das die Kaufleute berichten, von diesem Orte entfernt?‘ Der Jude erwiderte: ‚Die Kaufleute jener Karawanen behaupten, daß die Reise von ihrem Lande bis hierher zwei Jahre und drei Monate daure.‘ ‚Wann kommt denn die Karawane wieder?‘ fragte Dschanschâh; und der Jude antwortete: ‚Im nächsten Jahre wird sie kommen.‘ – –«

Da bemerkte Schehrezâd, daß der Morgen begann, und sie hielt in der verstatteten Rede an. Doch als die *Fünfhundertundsechste Nacht* anbrach, fuhr sie also fort: »Es ist mir berichtet worden, o glücklicher König, daß der Jude, als Dschanschâh ihn nach der Ankunft der Karawane fragte, antwortete: ‚Im nächsten Jahre wird sie kommen.‘ Wie der Prinz diese Worte vernahm, weinte er heftig und trauerte über sein eigenes Schicksal und um seine Mamluken, über die Trennung von Mutter und Vater und über alles, was ihm auf seiner Fahrt begegnet war. Doch der Jude sprach zu ihm: ‚Weine nicht, Jüngling! Bleibe bei uns, bis die Karawane kommt; dann wollen wir dich mit ihr in dein Land heimsenden.‘ Dschanschâh hörte auf seine Worte und blieb zwei Monate lang bei ihm; jeden Tag aber ging er hinaus auf die Straßen der Stadt und schaute sich in ihr um. Da begab es sich eines Tages, als er nach seiner Gewohnheit ausgegangen war und in den Straßen der Stadt überall umherwanderte, daß er hörte, wie ein Mann ausrief: ‚Wer will tausend Dinare als Lohn empfangen und dazu eine schöne Sklavin, deren Reize in lieblichster Anmut prangen, indem er nur vom Morgen bis zur Mittagszeit für mich arbeitet?' Aber niemand gab ihm Antwort, und so sagte sich Dschanschâh, als er die Worte des Ausrufers vernahm: ‚Wenn diese Arbeit nicht gefährlich wäre, so würde der Dienstherr nicht tausend Dinare und eine schöne Sklavin bieten für ein Werk, das nur vom Morgen bis zur Mittagszeit dauert.' Dennoch trat er an den Ausrufer heran und sprach zu ihm: ‚Ich will diese Arbeit tun!' Wie der Mann ihn so reden hörte, nahm er ihn mit sich und führte ihn in ein hohes Haus. Der Prinz trat mit dem Ausrufer ein und sah, daß es ein geräumiger Bau war; darauf erblickte er dort einen jüdischen Mann, einen Kaufmann, der auf einem Throne aus Ebenholz saß. Der Ausrufer trat vor ihn hin und sprach zu ihm: ‚O Kaufmann, seit drei Monaten rufe ich in der Stadt aus, aber niemand hat mir bisher geantwortet, außer allein dieser Jüngling.' Nachdem der Kaufmann die Worte des Ausrufers vernommen hatte, hieß er Dschanschâh willkommen, nahm ihn mit sich und führte ihn in einen prächtigen Saal und gab seinen Sklaven ein Zeichen, daß sie ihm zu essen bringen sollten. Da breiteten sie den Tisch und trugen vielerlei Speisen auf. Der Kaufmann aß nun mit dem Prinzen, dann wuschen sie ihre Hände, und als der Wein gebracht war, tranken sie. Darauf erhob sich der Kaufmann, brachte Dschanschâh einen Beutel mit tausend Dinaren und eine Sklavin von herrlicher Schönheit und sprach zu ihm: ‚Nimm diese Sklavin und dies Geld zum Lohn für die Arbeit, die du leisten wirst!' Dschanschâh nahm Mädchen und Geld in Empfang und ließ das Mädchen an seiner Seite sitzen; der Jude aber fügte noch hinzu: ‚Morgen also leiste uns die Arbeit!' und ging dann fort. Nun ruhten der Prinz und die Sklavin jene Nacht über. Doch als es Morgen ward, begab er sich ins Bad. Da befahl der Kaufmann seinen Sklaven, ihm ein Gewand aus Seide zu bringen. Und jene holten ein kostbares Seidengewand für den Jüngling und warteten, bis er aus dem Bade herauskam; dann legten sie es ihm an und führten ihn in das Haus zurück. Und weiter befahl der Kaufmann, Harfe und Laute und Wein zu bringen; nachdem all das gebracht war, tranken die beiden und spielten und scherzten, bis die halbe Nacht verstrichen war. Darauf begab der Kaufmann sich in seinen Harem, während Dschanschâh mit der Sklavin bis zum Morgen ruhte. Dann ging er ins Bad, und als er von dort zurückkam, trat ihm der Kaufmann entgegen und sprach: ‚Ich wünsche, daß du uns jetzt den Dienst leistest.' ‚Ich höre und gehorche!' erwiderte der Prinz. Da gab der Kaufmann seinen Sklaven Befehl, zwei Mauleselinnen zu bringen; als jene sie gebracht hatten, bestieg er selbst die eine und gab Dschanschâh die andere zum Reiten. Und wie der auch aufgestiegen war, zogen die beiden vom frühen Morgen bis zur Mittagszeit dahin, und da hatten sie einen hohen Berg erreicht, dessen Höhe keine Grenze kannte. Dort saß der Kaufmann ab und befahl auch Dschanschâh, von seinem Maultier abzusteigen. Nachdem dieser das getan hatte, reichte der Kaufmann dem Jüngling ein Messer und einen Strick und sprach zu ihm: ‚Ich wünsche, daß du dies Maultier schlachtest!' Da schürzte Dschanschâh seine Kleider, trat an das Maultier heran, legte ihm den Strick um die vier Beine und warf es zu Boden; darauf nahm er das Messer in die Hand und schlachtete das Tier, häutete es und schnitt ihm Beine und Kopf ab, so daß es ein Haufen Fleisches wurde. Der Kaufmann sagte nun zu ihm: ‚Ich befehle dir, schneide ihm den Bauch auf und krieche hinein. Ich will dich darin einnähen, und nachdem du eine Weile drinnen geblieben bist, sollst du mir hernach alles berichten, was du in seinem Bauche gesehen hast.' Dschanschâh schnitt also den Leib des Maultieres auf und kroch hinein; der Kaufmann aber nähte ihn ein, ließ ihn dort liegen und entfernte sich von ihm. – –«

Da bemerkte Schehrezâd, daß der Morgen begann, und sie hielt in der verstatteten Rede an. Doch als die *Fünfhundertundsiebente Nacht* anbrach, fuhr sie also fort: »Es ist mir berichtet worden, o glücklicher König, daß der Kaufmann, nachdem er Dschanschâh in den Leib des Maultiers eingenäht hatte, ihn verließ und sich entfernte und sich am Fuße des Berges verbarg. Nach einer Weile schoß ein gewaltig großer Vogel auf das Maultier herab, packte es und flog davon. Oben auf dem Berge ließ er sich mit ihm nieder und wollte es auffressen. Doch als Dschanschâh bemerkte, was der Vogel tat, schlitzte er den Bauch des Maultieres auf und kroch hinaus. Der Vogel erschrak über seinen Anblick und flog auf und davon. Der Prinz aber erhob sich auf seine Füße und begann nach rechts und links umherzublicken: da sah er nichts als Leichen von Männern, die in der Sonne vertrocknet waren, und wie er solches schauen mußte, sprach er bei sich: ‚Es gibt keine Macht und es gibt keine Majestät außer bei Allah, dem Erhabenen und Allmächtigen!' Dann spähte er zum Fuße des Berges hinab und sah den Kaufmann dort unten stehen, wie er nach ihm emporblickte. Kaum ward der Jude seiner gewahr, da rief er ihm zu: ‚Wirf mir von den Steinen herab, die rings um dich liegen; dann will ich dir einen Weg zeigen, auf dem du herunterkommen kannst!' Da warf Dschanschâh ihm an die zweihundert Steine hinab, Rubine, Chrysolithe und andere kostbare Edelsteine; dann rief er ihm zu: ‚Wenn du mir jetzt den Weg zeigst, will ich dir noch einmal so viel hinabwerfen.' Aber der Jude sammelte die Steine, lud sie auf das Maultier, das er selber geritten hatte, und eilte davon, ohne ein Wort zu erwidern. So blieb denn Dschanschâh allein oben auf dem Berge, und er begann um Hilfe zu rufen und zu weinen. Drei Tage lang blieb er dort oben; dann machte er sich auf und zog zwei Monate lang quer durch das Gebirge, indem er sich von den Bergkräutern nährte. Ohne Aufenthalt wanderte er dahin, bis er den Rand des Gebirges erreicht hatte. Und wie er weiter bis zum Abhang gelangte, sah er in der Ferne ein Tal und in ihm Bäume zumal, mit Früchten behangen, und voller Vögelein, die zum Preise Allahs, des Einen und Allgewaltigen, sangen. Bei dem Anblick dieses Tales war Dschanschâh hocherfreut, und er ging darauf zu. Als er aber eine Weile weitergegangen war, kam er zu einer Schlucht im Gebirge, aus der ein Gießbach hervorströmte. An ihm entlang setzte er seinen Weg fort, bis er das Tal erreichte, das er vom Abhang des Gebirges gesehen hatte. In jenem Tale schritt er weiter, indem er nach rechts und nach links ausschaute, ohne Aufenthalt, bis er zu einer mächtigen Burg kam, die hoch in die Lüfte emporragte. Auf die ging er zu, und als er bei ihrem Tore ankam, erblickte er einen alten Mann von schöner Gestalt, in dessen Antlitz helles Licht erstrahlte und der in seiner Hand einen Stab aus Rubinen hielt. Der stand vor dem Tore der Burg. Dschanschâh trat an ihn heran und grüßte ihn; der Alte gab ihm den Gruß zurück, hieß ihn willkommen und sprach: ‚Setze dich, mein Sohn!' Da setzte der Prinz sich am Tore der Burg nieder; der Alte aber hub an und fragte ihn: ‚Von wannen kommst du in dies Land, das noch nie ein Menschenkind betreten hat, und wohin gehst du?' Als Dschanschâh ihn so sprechen hörte, weinte er so bitterlich um all der Leiden willen, die er erduldet hatte, daß die Tränen ihn fast erstickten. Doch der Alte fuhr fort: ‚Mein Sohn, laß ab vom Weinen! Du tust meinem Herzen weh.' Darauf ging er fort, holte etwas Speise und setzte es vor den Jüngling hin, indem er sprach: ‚Iß davon!' Nachdem jener gegessen und Allah dem Erhabenen gedankt hatte, bat ihn der Alte mit den Worten: ‚Mein Sohn, ich möchte, daß du mir deine Geschichte erzählest und mir von allem berichtest, was dir widerfahren ist.' Da erzählte Dschanschâh ihm seine Geschichte und berichtete ihm alle seine Erlebnisse, von Anfang an bis zu dem Augenblick, in dem er dorthin gekommen war. Wie der Alte seine Rede vernommen hatte, verwunderte er sich gar sehr. Der Prinz aber sagte nun zu ihm: ‚Ich möchte, daß du mir berichtest, wem dies Tal gehört und wer der Herr dieser großen Burg ist.' ‚Wisse, mein Sohn,' erwiderte der Alte, ‚dies Tal, und was darinnen ist, und diese Burg mit allem, was sie umschließt, gehören dem Herren Salomo, dem Sohne Davids – über beiden sei Heil! Ich aber heiße Scheich Nasr, der König der Vögel; und wisse ferner, daß der Herr Salomo diese Burg meiner Obhut anvertraut hat.' – –«

Da bemerkte Schehrezâd, daß der Morgen begann, und sie hielt in der verstatteten Rede an. Doch als die *Fünfhundertundachte Nacht* anbrach, fuhr sie also fort: »Es ist mir berichtet worden, o glücklicher König, daß Scheich Nasr, der König der Vögel, zu Dschanschâh sprach: ‚Und wisse ferner, daß der Herr Salomo diese Burg meiner Obhut anvertraut hat; er hat mich auch die Sprache der Vögel gelehrt und mich zum Herrscher eingesetzt über alle Vögel, die es in der Welt gibt. In jedem Jahre kommen sie alle zu dieser Burg; dann halte ich Musterung über sie, und sie fliegen wieder fort. Das ist der Grund, weshalb ich hier an dieser Stätte weile.' Als Dschanschâh die Worte des Scheich Nasr vernommen hatte, begann er wieder bitterlich zu weinen und sprach: ‚Mein Vater, was soll ich tun, um in meine Heimat zurückzukommen?' Der Alte gab ihm zur Antwort: ‚Wisse, mein Sohn, du bist hier dicht bei dem Berge Kâf, und du kannst diesen Ort nicht eher verlassen, als bis die Vögel kommen; dann will ich dich einem von ihnen anvertrauen, auf daß er dich in deine Heimat bringt. Bleib nun bei mir in dieser Burg, iß und trink und sieh dir all diese Räume an, bis die Vögel wiederkommen!' Also blieb der Prinz bei dem Scheich und begann in dem Tale umherzuwandeln; dabei aß er von den Früchten, schaute sich überall um, war fröhlich und guter Dinge und führte dort ein herrliches Leben, eine lange Weile, bis die Zeit nahte, daß die Vögel aus ihren Ländern kommen sollten, um Scheich Nasr zu besuchen. Als dieser nun ihr Kommen voraussah, erhob er sich und sprach zu dem Prinzen: ,Dschanschâh, nimm hier diese Schlüssel und öffne alle Räume der Burg und schau dich in ihnen um. Doch hüte dich, denundden Raum zu öffnen! Wenn du mir zuwiderhandelst und ihn doch öffnest und eintrittst, so wird dir nichts Gutes begegnen.' Nachdem er Dschanschâh diese Weisung gegeben und sie ihm ernstlich eingeschärft hatte, verließ er ihn, um die Vögel zu empfangen. Und wie die Vogelscharen den Scheich Nasr erblickten, flogen sie auf ihn zu und küßten ihm die Hände, eine Sippe nach der anderen.

Sehen wir weiter, wie es Dschanschâh erging! Der machte sich auf und schaute sich rings in der Burg um, nach allen Seiten. Er öffnete alle Räume, die dort waren, bis er zu dem Raume kam, den zu öffnen ihm Scheich Nasr verboten hatte. Wie er aber die Tür jenes Raumes anschaute, gefiel sie ihm sehr, und er entdeckte an ihr ein Schloß aus Gold. Da sagte er sich: ,Dieser Raum muß schöner sein als all die andern in der Burg. Was mag wohl in ihm verborgen sein, daß der Scheich Nasr mich hindern will, ihn zu betreten? Es ist nicht anders möglich, ich muß in diesen Raum hineingehen und sehen, was darinnen ist. Was dem Menschen bestimmt ist, das muß er auch erfüllen!' Darauf reckte er seine Hand aus, öffnete den Raum und trat hinein. Und er sah in ihm einen großen Teich, neben dem sich ein kleiner Pavillon befand, der aus Gold und Silber und Kristall erbaut war; seine Fenster waren mit Rubinen ausgelegt, und sein Boden war mit grünen Chrysolithen, Ballasrubinen, Smaragden und anderen Edelsteinen gepflastert, die marmorartig verästelt waren. Inmitten jenes Pavillons stand ein Springbrunnen, mit einem goldenen Becken voll Wassers, umgeben von allerlei Tieren und Vögeln, die aus Gold und Silber kunstvoll gearbeitet waren und aus denen das Wasser hervorströmte. Und wenn der laue Wind wehte, so drang er in ihre Ohren ein, und alle die Gestalten begannen zu flöten, jede in ihrer eigenen Weise. Neben dem Springbrunnen befand sich eine breite Estrade, auf der ein großer Thron aus Saphir stand, mit Perlen und anderen Edelsteinen eingelegt; darüber war ein Zelt aus grüner Seide gespannt, die mit Juwelen und kostbaren Steinen bestickt war; seine Breite maß fünfzig Ellen, und es enthielt in seinem Innern ein Gemach, in dem der Teppich des Herrn Salomo – über ihm sei Heil! – verborgen war. Ferner erblickte Dschanschâh rings um jenen Pavillon einen großen Garten. Dort sah er Fruchtbäume sprießen und Bächlein fließen und nahe bei ihm Beete mit Rosen und Basilien, Eglantinen und allerlei anderen duftenden Blumen; und wenn die Winde durch die Bäume säuselten, so wiegten sich ihre Äste hin und her. Alle Arten von Bäumen erblickte Dschanschâh in jenem Garten, grüne und dürre. Und all das befand sich in jenem Raume. Mit höchster Verwunderung sah Dschanschâh sich um, er schaute auf den Garten und auf den Pavillon und auf alles, was darinnen war, all die wunderbaren und seltsamen Dinge. Und wie er den Teich betrachtete, sah er, daß der Kies darin aus kostbaren Juwelen und wertvollen Steinen und edlen Metallen bestand. So erblickte er in jenem Raume des Wunderbaren viel – –«

Da bemerkte Schehrezâd, daß der Morgen begann, und sie hielt in der verstatteten Rede an. Doch als die *Fünfhundertundneunte Nacht* anbrach, fuhr sie also fort: »Es ist mir berichtet worden, o glücklicher König, daß Dschanschâh in jenem Raume des Wunderbaren viel erblickte und darüber staunte. Und er schritt hinein, bis er in den Pavillon kam, der sich dort befand und stieg zu dem Throne empor, der auf der Estrade neben dem Teiche stand. Und weiter ging er in das Zelt, das darüber ausgebreitet war, und schlief in ihm eine Weile. Als er wieder aufwachte, trat er zum Pavillon hinaus und setzte sich auf einen Schemel, der vor der Tür stand, immer noch staunend über die Schönheit jener Stätte. Während er nun dasaß, schwebten plötzlich aus der Luft drei große Vögel herbei, die wie Tauben aussahen. Diese Vögel ließen sich neben dem Teiche nieder und spielten eine Weile. Darauf legten sie das Federkleid, das sie trugen, ab und wurden zu drei Mädchen, so schön wie Monde, die in der Welt nicht ihresgleichen hatten. Sie stiegen zum Teich hinab, schwammen in ihm munter und scherzten und lachten. Als Dschanschâh sie erblickte, ward er bezaubert durch ihre Schönheit und Anmut und das Ebenmaß ihrer Gestalten. Dann kamen sie wieder ans Ufer hinauf und lustwandelten im Garten. Wie Dschanschâh sie dort gehen sah, ward er fast wie von Sinnen. Er sprang auf und eilte ihnen nach, und als er sie eingeholt hatte, grüßte er sie, und sie erwiderten seinen Gruß. Darauf fragte er sie mit den Worten: ,Wer seid ihr, o erlauchte Herrinnen, und woher kommt ihr?' Da erwiderte ihm die jüngste: ,Wir kommen aus dem Himmelreiche Allahs des Erhabenen, um uns an dieser Stätte zu ergehen.' Entzückt ob ihrer Schönheit, sprach er zu der jungen Maid: ,Erbarme dich meiner, neige dich huldvoll zu mir und hab Mitleid mit meiner Not und mit allem, was ich habe erleben müssen!' Aber sie gab ihm zur Antwort: ‚Laß dies Gerede und zieh deiner Wege!' Als er diese Worte aus ihrem Munde vernahm, weinte er bitterlich und begann in heftige Seufzer auszubrechen, und er hub an diese Verse zu sprechen:

> *Im Garten erschien sie mir in ihren grünen Gewändern,*
> *Den wallenden, und im Haare, das frei herab ihr hing.*
> *Ich fragte sie: Wie heißt du? Sie sprach: Ich bin die Schöne,*
> *Die in dem heißen Feuer der Liebe die Herzen fing.*
> *Ich klagte ihr, was ich gelitten in meiner treuen Liebe.*
> *Sie sprach: Du klagst dem Felsen und weißt doch nichts davon.*
> *Da rief ich: Wenn dein Herz ein Felsen ist, so wisse,*
> *Gott ließ aus Fels entspringen den allerklarsten Bronn.*

Als die Mädchen diese Verse von Dschanschâh vernommen hatten, da lachten sie, spielten und sangen und waren fröhlich. Er aber brachte ihnen Früchte, und sie aßen und tranken, und sie schliefen wie er, an der gleichen Stätte, jene Nacht hindurch bis zum Morgen. Doch als es hell ward, legten die Mädchen ihre Federkleider wieder an, wurden zu Tauben und flogen auf und davon. Wie Dschanschâh sie fortschweben und seinen Blicken entschwinden sah, entfloh ihm fast der Verstand mit ihnen, und er stieß einen lauten Schrei aus und sank ohnmächtig nieder. Jenen ganzen Tag über blieb er in seiner Ohnmacht liegen; doch während er so am Boden lag, kam Scheich Nasr von der Heerschau der Vögel zurück und suchte nach Dschanschâh, um ihn mit den Vögeln in seine Heimat zu entsenden. Als er ihn nicht fand, wußte er sogleich, daß er den verbotenen Raum betreten hatte. Vorher aber hatte der Alte zu den Vögeln gesagt: ‚Bei mir ist ein Jüngling, den die Fügung des Schicksals aus fernem Lande an diese Stätte verschlagen hat, und ich möchte, daß ihr ihn mitnehmt und in seine Heimat traget.' Da hatten sie geantwortet: ‚Wir hören und gehorchen!' Jetzt nun suchte Scheich Nasr unablässig nach Dschanschâh, bis er zu der Tür des Raumes kam, den er ihm zu öffnen verboten hatte. Er fand die Tür geöffnet, ging hinein und sah den Jüngling ohnmächtig unter einem Baume liegen. Da holte er ein wenig Rosenwasser und sprengte es ihm ins Antlitz. Alsbald erwachte der Prinz aus seiner Ohnmacht und blickte um sich. – –«

Da bemerkte Schehrezâd, daß der Morgen begann, und sie hielt in der verstatteten Rede an. Doch als die *Fünfhundertundzehnte Nacht* anbrach, fuhr sie also fort: »Es ist mir berichtet worden, o glücklicher König, daß Scheich Nasr, als er den Jüngling unter einem Baume liegen sah, ein wenig Rosenwasser holte und es ihm ins Antlitz sprengte und daß jener alsbald aus seiner Ohnmacht erwachte und sich nach rechts und links umblickte; aber da er niemanden bei sich sah als den Scheich Nasr, begann er in Seufzer auszubrechen und hub an diese Verse zu sprechen:

> *Sie strahlt dem Vollmond gleich in einer Nacht des Glückes;*
> *Ihr Wuchs ist weich geformt, ihr Leib ist schlank und zart.*
> *Ihr Auge nimmt durch Zauber jeden Sinn gefangen;*
> *Der rosenrote Mund ist von Rubinenart.*
> *Sie läßt auf ihre Hüfte schwarze Haare fallen:*
> *Vor Schlangen hüte dich in ihres Haars Gelock!*
> *Trotz ihrer weichen Form ist gegen Volk der Liebe*
> *Ihr Herze doch noch härter als ein steinern Block.*
> *Sie schnellt des Blickes Pfeil vom Bogen ihrer Braue,*
> *Er trifft und fehlet nie, sei es auch noch so weit.*
> *Ja, ihre Schönheit ragt empor ob aller Schöne;*
> *Und niemand ist ihr gleich auf Erden weit und breit.*

Als Scheich Nasr diese Verse aus Dschanschâhs Munde hörte, rief er: ,Mein Sohn, hab ich dir nicht gesagt, du solltest diesen Raum nicht öffnen und nicht hineingehen? Doch jetzt, mein Sohn, berichte mir, was du hier erlebt hast! Erzähle mir deine Geschichte, und tu mir kund, was dir widerfahren ist!' Da erzählte Dschanschâh ihm seine Geschichte und berichtete ihm, was er mit den drei Mädchen erlebt hatte, während er dort gewesen war. Der Scheich aber sagte, nachdem er ihm zugehört hatte: ‚Wisse, mein Sohn, diese Mädchen gehören zu den Töchtern der Geister. Alle Jahre kommen sie einmal an diese Stätte, spielen und freuen sich bis zum Nachmittag und kehren dann in ihr Land zurück.‘ ‚Wo ist denn ihr Land?‘ fragte der Prinz; doch der Alte gab ihm zur Antwort: ‚Bei Allah, mein Sohn, ich weiß nicht, wo ihr Land ist!‘ Dann fügte er hinzu: ‚Komm mit mir und sei stark, auf daß ich dich mit den Vögeln in deine Heimat sende; solche Liebe aber tu von dir!‘ Bei diesen Worten des Alten schrie der Prinz laut auf; dann sank er in Ohnmacht. Und als er wieder zu sich kam, sprach er zu ihm: ‚Mein Vater, ich will nicht eher in meine Heimat zurückkehren, als bis ich wieder mit diesen Mädchen vereinigt bin. Wisse, mein Vater, bis dahin will ich nie mehr von den Meinen sprechen, sollte ich auch vor deinen Augen sterben!‘ Dann weinte er von neuem und sprach: ‚Ich will ja zufrieden sein, wenn ich nur das Antlitz der Maid sehe, die ich liebe, wäre es auch ein einziges Mal im Jahre!‘ Darauf begann er in Seufzer auszubrechen und hub an diese Verse zu sprechen:

> Ach, käm das Traumbild doch zum Freunde nicht bei Nacht!
> Ach, wäre solche Lieb für Menschen nie erdacht!
> Wär nicht mein Herz in Flammen, wenn es dein gedenkt,
> So wär die Wange nicht vom Tränenstrom getränkt.
> Bei Tag und auch bei Nacht geduld ich meinen Sinn;
> Doch durch der Liebe Feuer schwand mein Leib dahin.

Dann warf er sich dem Scheich Nasr vor die Füße und küßte sie, weinte bitterlich und bat ihn: ‚Erbarme dich meiner, auf daß Allah sich deiner erbarme! Hilf mir in meiner Not, auf daß Allah dir helfe!‘ Doch der Alte erwiderte: ‚Mein Sohn, bei

Allah, ich kenne diese Mädchen nicht, und ich weiß nicht, wo ihr Land ist. Doch, mein Sohn, da du nun einmal in Liebe zu einer von ihnen entbrannt bist, so bleibe bei mir bis übers Jahr. Sie werden ja im nächsten Jahre am gleichen Tage wie heute kommen; und wenn die Tage ihrer Wiederkehr nahen, so verbirg dich im Garten unter einem Baume. Wenn die Mädchen dann in den Teich hinabsteigen und dort schwimmen und spielen, fern von ihren Kleidern, so nimm der von ihnen, die du begehrst, ihr Federkleid weg! Und wenn sie dich sehen, so werden sie ans Ufer steigen, um ihre Kleider anzulegen. Die aber, deren Kleid du genommen hast, wird dich bitten mit Worten voll Süßigkeit und mit einem Lächeln der Lieblichkeit: ‚Gib mir mein Kleid, Bruder, auf daß ich es anlege und mich darin einhülle!‘ Wenn du ihren Worten Folge leistest und ihr das Kleid gibst, so wirst du nie dein Ziel bei ihr erreichen; sondern sie wird ihr Federkleid anlegen und zu ihrem Volke fliegen, und du wirst sie dann niemals wieder erblicken. Wenn du das Kleid also in deine Gewalt gebracht hast, so hüte es, halt es unter deinen Armen fest, gib es ihr nicht wieder, bis ich von der Heerschau der Vögel zurückkomme und zwischen euch beiden Eintracht stifte; dann will ich dich mit ihr in deine Heimat entsenden! Das ist alles, was ich tun kann, mein Sohn, mehr nicht.‘ – –«

Da bemerkte Schehrezâd, daß der Morgen begann, und sie hielt in der verstatteten Rede an. Doch als die *Fünfhundertundelfte Nacht* anbrach, fuhr sie also fort: »Es ist mir berichtet worden, o glücklicher König, daß Scheich Nasr zu Dschanschâh sprach: ‚Halte das Kleid derer, die du begehrst, fest, gib es ihr nicht wieder, bis ich von der Heerschau der Vögel zurückkomme! Das ist alles, was ich tun kann, mein Sohn, mehr nicht.‘ Durch diese Worte des Alten ward das Herz des Jünglings be-

ruhigt, und er blieb bei ihm bis zum nächsten Jahre. Doch er
zählte jeden Tag, der verging, bis dahin, wann die Vögel kommen würden. Und als nun die Zeit der Wiederkehr der Vögel
kam, ging Scheich Nasr zu Dschanschâh und sprach zu ihm:
,Tu nach der Weisung, die ich dir gegeben habe, mit den Kleidern der Mädchen! Ich gehe jetzt zur Heerschau der Vögel.'
,Ich höre und gehorche deinem Befehle, mein Vater!' erwiderte der Jüngling. Darauf ging der Alte, um die Vögel zu
mustern, während der Prinz nunmehr sich in den Garten begab und sich unter einem Baume versteckte, wo ihn niemand
sehen konnte. Dort blieb er den ersten Tag, einen zweiten Tag
und einen dritten, ohne daß die Mädchen gekommen wären.
Da ward er unruhig und weinte und klagte, da Trauer an seinem Herzen nagte; ja, er weinte so lange, bis er in Ohnmacht
fiel. Als er nach einer Weile wieder zu sich kam, begann er um
sich zu schauen, bald gen Himmel, bald auf die Erde, bald auf
den Teich, bald ins offene Land hinaus; und sein Herz war von
heißer Liebe erregt. Und während er in solcher Not war,
schwebten plötzlich aus der Luft die drei Vögel zu ihm herab,
in Gestalt von Tauben, aber so groß wie Adler. Sie setzten sich
neben dem Teiche nieder und blickten nach allen Seiten um
sich, aber sie sahen niemanden, weder ein menschliches Wesen
noch ein Wesen aus der Geisterwelt. Da legten sie ihre Kleider
ab und stiegen ins Wasser, spielten und scherzten und freuten
sich, nackt und weiß wie Silberbarren. Nun sagte die älteste
unter ihnen: ,Schwestern, ich fürchte, in dem Pavillon dort
ist jemand versteckt und sieht uns!' Aber die zweite erwiderte:
,Liebe Schwester, diesen Pavillon hat seit der Zeit Salomos
niemand betreten, weder ein Mensch noch ein Geist.' Und die
jüngste von ihnen rief lachend: ,Bei Allah, Schwestern, wenn
dort jemand verborgen ist, dann wird er keine andere fangen

24

als mich.' So spielten und scherzten sie. Im Herzen des Prinzen jedoch tobte wilde Leidenschaft, als er unter dem Baume versteckt war und sie beobachtete, ohne daß sie ihn sahen. Wie sie aber im Wasser schwammen und bis zur Mitte des Teiches gelangten und fern von ihren Kleidern waren, sprang er auf, eilte wie der blendende Blitz dahin und ergriff das Gewand der jüngsten Maid, der, an die er sein Herz gehängt hatte und die da Schamsa[1] hieß. Die Mädchen wandten sich um, und wie sie seiner gewahr wurden, erschraken sie in ihrem Herzen und versteckten sich vor ihm im Wasser. Sie schwammen aber bis nah ans Ufer heran, um das Antlitz des Jünglings zu betrachten. Da sahen sie, daß es so schön war wie der Mond in der Nacht seiner Fülle, und sie riefen ihm zu: ,Wer bist du, und wie bist du zu dieser Stätte gekommen? Und warum hast du das Gewand der Herrin Schamsa weggenommen?' Er antwortete ihnen: ,Kommet her zu mir, auf daß ich euch erzähle, wie es mir ergangen ist!' Nun fragte die Herrin Schamsa: ,Was ist es mit dir? Warum hast du gerade mein Kleid genommen, und woher kennst du mich unter meinen Schwestern?' ,O du mein Augenlicht,' sprach Dschanschâh zu ihr, ,komm heraus aus dem Wasser; ich will dir meine Geschichte erzählen und dir berichten, was mir widerfahren ist, und dir kundtun, wieso ich dich kenne.' Aber sie bat: ,Lieber Herr, du mein Augentrost, du meines Herzens Frucht, gib mir mein Kleid, auf daß ich es anlege und mich darin einhülle; dann will ich zu dir herauskommen.' Doch er entgegnete ihr: ,O du Herrin der Schönen, ich kann dir dein Kleid nicht geben und mich selbst in den Liebestod treiben! Ich gebe es dir nicht eher, als bis Scheich Nasr, der König der Vögel, kommt.' Als die Herrin Schamsa seine Worte vernommen hatte, sprach sie zu ihm: ,Wenn du

1. Sonne.

mir also mein Kleid nicht wiedergeben willst, so tritt ein wenig von uns zurück, auf daß meine Schwestern ans Ufer gehen und ihre Kleider anlegen und mir ein wenig abgeben, mit dem ich meine Blöße bedecken kann!' ,Ich höre und gehorche!' erwiderte Dschanschâh, ging von ihnen fort und trat in den Pavillon ein. Da kamen alle drei ans Ufer, die Herrin Schamsa und ihre Schwestern; die Schwestern legten ihre Federkleider an, und die älteste Schwester gab der Herrin Schamsa etwas von ihrer Gewandung ab, doch nicht genug, um damit fliegen zu können. Nun kam sie daher, als wäre sie der aufgehende Vollmond, der helle, oder eine äsende Gazelle; und sie schritt auf Dschanschâh zu, den sie auf dem Throne sitzen sah. Sie grüßte ihn und setzte sich in seiner Nähe nieder; dann hub sie an: ,O du Jüngling mit dem schönen Antlitz, du treibst mich und dich selber in den Tod. Doch erzähle uns deine Erlebnisse, damit wir erkennen, wie es um dich steht!' Bei diesen Worten der Herrin Schamsa weinte der Prinz so heftig, daß sein Gewand von den Tränen naß ward; da wußte sie, daß er von Liebe zu ihr ergriffen war. Und sie stand auf, faßte ihn bei der Hand und setzte ihn neben sich und trocknete seine Tränen mit ihrem Ärmel. Dann sprach sie zu ihm: ,Du Jüngling mit dem schönen Antlitz, laß dies Weinen und erzähle mir, was dir widerfahren ist!' Nun erzählte er ihr seine Abenteuer und berichtete ihr, was er erlebt hatte. – –«

Da bemerkte Schehrezâd, daß der Morgen begann, und sie hielt in der verstatteten Rede an. Doch als die *Fünfhundertundzwölfte Nacht* anbrach, fuhr sie also fort: »Es ist mir berichtet worden, o glücklicher König, daß die Herrin Schamsa zu Dschanschâh sprach: ,Erzähle mir, was dir widerfahren ist!', und daß er ihr von allen seinen Erlebnissen berichtete. Doch als sie solches von ihm hören mußte, seufzte sie auf und sprach:

‚Lieber Herr, wenn du mich so heiß liebst, so gib mir mein
Gewand, auf daß ich es anlege und mit meinen Schwestern zu
den Meinigen fliege und ihnen erzähle, was du in deiner Liebe
zu mir erduldet hast. Dann will ich zu dir zurückkehren und
dich in deine Heimat tragen.' Wie er diese Worte aus ihrem
Munde vernahm, weinte er bitterlich, und er fragte sie: ‚Ist es
dir vor Allah erlaubt, mich ungerecht zu töten?' ‚Lieber Herr,'
erwiderte sie, ‚wie könnte ich dich je ungerecht töten?' Er gab
ihr zur Antwort: ‚Wenn du dein Gewand angelegt und mich
auf immer verlassen hast, so werde ich zur selbigen Stunde sterben.' Über diese Antwort lachte die Herrin Schamsa, und auch
ihre Schwestern mußten lachen. Dann aber sagte sie: ‚Hab Zuversicht und quäl dich nicht! Es ist ja sicher, daß ich mich mit
dir vermähle.' Und sie neigte sich ihm zu und umarmte ihn
und zog ihn an ihre Brust und küßte ihn auf Stirn und Wange.
Eine lange Weile hielten die beiden sich umschlungen; dann
aber rissen sie sich voneinander los und setzten sich auf das
Thronlager. Da ging ihre älteste Schwester aus dem Pavillon
hinaus in den Garten, holte einige Früchte und Blumen und
brachte sie ihnen. Und sie aßen und tranken, waren froh und
guter Dinge, scherzten und spielten. Nun war Dschanschâh von
herrlicher Schönheit und Lieblichkeit und schlanken Wuchses
Ebenmäßigkeit; und die Herrin Schamsa sprach zu ihm: ‚Mein
Lieb, bei Allah, ich liebe dich herzinniglich, und ich will nie
mehr von dir lassen.' Wie der Prinz diese Worte von ihr vernahm, schwoll ihm die Brust vor Freude, und er lachte, daß
seine Zähne blitzten; und alle blieben beieinander, lachend und
scherzend. Während sie so in Glück und Freude vereint waren,
kehrte Scheich Nasr von der Heerschau der Vögel zurück; und
als er zu ihnen kam, erhoben sich alle vor ihm, begrüßten ihn
und küßten ihm die Hände. Der Alte hieß sie willkommen und

bat sie, sich wieder zu setzen. Nachdem sie das getan hatten, sprach er zu der Herrin Schamsa: ‚Dieser Jüngling liebt dich herzinniglich, und ich beschwöre dich um Allahs willen, nimm dich seiner gütig an! Denn er gehört zu den Großen unter den Menschen und zu den Söhnen der Könige; sein Vater gebietet über das Land von Kabul und beherrscht ein gewaltiges Reich.‘ Auf diese Worte des Scheichs antwortete die Herrin Schamsa: ‚Ich höre und gehorche deinem Gebot!‘ Dann küßte sie ihm die Hände und blieb in Ehrfurcht vor ihm stehen. Er aber fuhr fort: ‚Wenn du die Wahrheit sprichst, so schwöre mir bei Allah, daß du ihm nicht untreu werden willst, solange du in den Banden des Lebens weilst!‘ Da schwor sie ihm einen feierlichen Eid, sie wolle dem Jüngling nie untreu werden und sie wolle sich ihm gewißlich vermählen. Und sie bekräftigte ihren Schwur noch einmal mit den Worten: ‚So wisse denn, Scheich Nasr, ich werde mich nie von ihm trennen!‘ Nachdem sie also geschworen hatte, glaubte der Scheich ihrem Eide, und er sprach zu Dschanschâh: ‚Preis sei Allah, der alles zwischen dir und ihr zum Guten gefügt hat!‘ Darüber war Dschanschâh hoch erfreut, und er blieb mit der Herrin Schamsa drei Monate lang bei Scheich Nasr; und sie aßen und tranken, spielten und scherzten. – –«

Da bemerkte Schehrezâd, daß der Morgen begann, und sie hielt in der verstatteten Rede an. Doch als die *Fünfhundertund-dreizehnte Nacht* anbrach, fuhr sie also fort: »Es ist mir berichtet worden, o glücklicher König, daß Dschanschâh mit der Herrin Schamsa drei Monate lang bei Scheich Nasr blieb, daß sie aßen und tranken und spielten und sehr glücklich waren. Doch als diese Monate verstrichen waren, sprach sie zu Dschanschâh: ‚Ich will mit dir in deine Heimat ziehen; dort wollen wir uns vermählen, und dort wollen wir bleiben.‘ ‚Ich höre und gehorche!' erwiderte er. Dann beriet er sich mit Scheich Nasr, indem er sprach: ,Siehe, wir wollen in mein Land ziehen', und ihm des weiteren berichtete, was die Herrin Schamsa gesagt hatte. ,Ziehet heim,' sprach der Alte, ,und nimm du dich ihrer in Treuen an!' Dschanschâh sagte: ,Ich höre und gehorche!' Darauf verlangte sie ihr Federkleid, und sie sprach: ,Scheich Nasr, befiehl ihm, daß er mir mein Gewand gibt, damit ich es anlege.' Der Alte gebot ihm: ,Dschanschâh, gib ihr das Kleid, das ihr gehört!' Der Prinz gehorchte seinem Befehl, ging eilends fort, trat in den Pavillon ein, holte das Kleid und gab es ihr. Nachdem sie es von ihm in Empfang genommen hatte, legte sie es an und sprach zu ihm: ,Dschanschâh, steig auf meinen Rücken, schließe deine Augen und verstopfe deine Ohren, damit du das Brausen der kreisenden Sphären nicht hörst; halte dich auch mit deinen Händen an meinem Federkleide fest, solange du auf meinem Rücken bist, und gib acht, daß du nicht hinabfällst!' Der Prinz gehorchte ihren Worten und stieg auf ihren Rücken; doch als sie gerade fortfliegen wollte, rief Scheich Nasr: ,Warte, ich will dir das Land von Kabul beschreiben, damit ihr den Weg nicht verfehlet!' Sie wartete also, bis er ihr jenes Land geschildert und noch einmal den Prinzen ihrer Obhut empfohlen hatte; darauf nahm er Abschied von den beiden, und die Herrin Schamsa sagte ihren Schwestern Lebewohl, indem sie schloß: ,Nun ziehet heim zu den Eurigen und tut ihnen kund, wie es um mich und Dschanschâh steht!' Und im selben Augenblick erhob sie sich in die Lüfte und fuhr dahin wie ein Windstoß oder wie der flammende Blitz. Und auch ihre Schwestern flogen empor, kehrten zu den Ihren heim und brachten ihnen die Kunde von der Herrin Schamsa und Dschanschâh. Die Herrin Schamsa aber hielt in ihrem Fluge vom frühen Morgen bis zur Zeit des Nachmittags-

gebetes nicht inne, während Dschanschâh sich auf ihrem Rükken festhielt. Doch um jene Stunde erspähte sie in der Ferne
ein Tal, in dem Bäume sprossen und Bächlein flossen, und so
sprach sie zu Dschanschâh: ‚Ich denke, wir wollen in dem Tale
dort landen, damit wir uns der Bäume und Kräuter erfreuen
und dort die Nacht zubringen können!‘ ‚Tu, wie du willst!‘,
sprach er zu ihr; und sie ließ sich aus der Höhe hinab und landete in jenem Tale. Da stieg Dschanschâh von ihrem Rücken
und küßte ihre Stirn. Dann setzten sich die beiden eine Weile
ans Ufer eines Baches; und als sie sich wieder erhoben hatten,
wanderten sie in dem Tale umher, indem sie sich dort um-
schauten und von den Früchten aßen. Das taten sie bis zum
Abend, darauf gingen sie zu einem Baume und schliefen unter
ihm bis zum Morgen. Und nun hieß die Herrin Schamsa den
Prinzen wieder auf ihren Rücken steigen. Mit den Worten:
‚Ich höre und gehorche!‘ folgte er ihrem Geheiß, und sie flog
im selben Augenblick mit ihm davon. Vom Morgen bis zur
Mittagszeit schwebte sie dahin; da kamen ihnen die Wegzeichen in Sicht, die Scheich Nasr ihnen angegeben hatte. Und
als die Herrin Schamsa das bemerkte, schwebte sie aus den
Wolken hinab auf ein weites Wiesenland in der Blumen Prachtgewand, mit äsenden Gazellen und sprudelnden Quellen, wo
Bäume voll reifer Früchte standen und breite Bäche sich wanden. Nachdem sie den Boden erreicht hatte, stieg Dschanschâh
von ihrem Rücken und küßte ihre Stirn. Sie aber fragte ihn:
‚Mein Lieb, mein Augentrost, weißt du, wie viele Tagereisen
wir geflogen sind?‘ ‚Nein‘, gab er zur Antwort; und sie fuhr
fort: ‚Wir haben eine Strecke von dreißig Monaten zurückgelegt.‘ Da rief er: ‚Preis sei Allah für unsere glückliche Ankunft!‘ Dann setzten sie sich nebeneinander nieder, aßen und
tranken, spielten und scherzten. Und während sie so dasaßen,

kamen plötzlich zwei Mamluken auf sie zu; einer von den beiden war jener, der bei den Pferden geblieben war, als Dschanschâh in das Fischerboot stieg, und der andere gehörte zu den Mamluken, die während der Jagd bei ihm gewesen waren. Sowie die beiden Dschanschâh erblickten, erkannten sie ihn als ihren Prinzen, grüßten ihn und sprachen zu ihm: ‚Mit deiner Erlaubnis wollen wir zu deinem Vater eilen und ihm die frohe Botschaft von deiner Heimkehr bringen.' Der Prinz erwiderte: ‚Gehet hin zu meinem Vater und bringt ihm die Kunde! Holt uns aber auch Zelte; denn wir wollen sieben Tage an dieser Stätte verweilen, um uns auszuruhen, bis das Geleit zu unserem Empfange kommt und wir im Prunkzuge uns in die Stadt begeben!' – –«

Da bemerkte Schehrezâd, daß der Morgen begann, und sie hielt in der verstatteten Rede an. Doch als die *Fünfhundertundvierzehnte Nacht* anbrach, fuhr sie also fort: »Es ist mir berichtet worden, o glücklicher König, daß Dschanschâh zu den beiden Mamluken sprach: ‚Gehet hin zu meinem Vater und bringt ihm die Kunde von mir! Holt uns aber auch Zelte; denn wir wollen sieben Tage an dieser Stätte verweilen, um uns auszuruhen, bis das Geleit zu unserem Empfange kommt und wir uns im Prunkzug in die Stadt begeben!' Da saßen die beiden Mamluken auf, ritten zu seinem Vater und sprachen zu ihm: ‚Frohe Botschaft, o größter König unserer Zeit!' Als König Tighmûs ihre Worte hörte, fragte er: ‚Was für frohe Botschaft bringt ihr mir? Ist etwa mein Sohn Dschanschâh gekommen?' ‚Ja,' sprachen sie, dein Sohn Dschanschâh ist aus der Fremde heimgekehrt, und jetzt ist er dir nahe, auf der Karâni-Wiese.' Wie der König das hörte, ward er von gewaltiger Freude erfüllt, und er sank im Übermaß seiner Freude ohnmächtig zu Boden. Als er dann wieder zu sich kam, befahl er seinem Wesir, jedem der beiden Mamluken ein kostbares Ehrenkleid anzulegen und jedem eine Summe Geldes zu geben. ‚Ich höre und gehorche!' sprach der Wesir und gab alsbald den Mamluken, was der König ihm befohlen hatte, indem er zu ihnen sprach: ‚Nehmt dies zum Lohn für die frohe Botschaft, die ihr gebracht habt, mag sie wahr oder falsch sein!' Da beteuerten die beiden Mamluken: ‚Wir lügen nicht. Soeben sind wir noch bei ihm gewesen und haben ihn begrüßt und ihm die Hände geküßt; und er hat uns befohlen, ihm Zelte zu bringen, da er sieben Tage auf der Karâni-Wiese bleiben will, bis daß die Wesire und die Emire und die Großen des Reiches kommen, um ihn zu empfangen.' Nun fragte der König: ‚Wie ergeht es meinem Sohne?' Sie antworteten: ‚Bei deinem Sohne ist eine Huri, als hätte er sie aus dem Paradiese entführt.' Als der König das hörte, befahl er, die Pauken zu schlagen und die Hörner zu blasen, und so ward die Freudenbotschaft verkündet. Auch schickte König Tighmûs die Freudenboten in der Stadt umher, um der Mutter Dschanschâhs und den Frauen der Emire und Wesire und der Großen des Reiches die Meldung zu überbringen. Die Boten zerstreuten sich in der Stadt und taten allem Volke kund, daß Dschanschâh gekommen sei. Dann rüstete König Tighmûs sich mit all seinen Kriegern und Mannen und begab sich mit ihnen zur Karâni-Wiese. Während nun der Prinz zur Seite der Herrin Schamsa ruhig dasaß, kamen plötzlich die Krieger auf sie zu. Da sprang er auf und ging ihnen entgegen. Die Krieger aber stiegen von ihren Rossen ab, als sie ihn erkannten, und kamen ihm zu Fuß entgegen, grüßten ihn und küßten ihm die Hände. Und dann ging der Prinz, geführt von den Kriegern in einzelnen Reihen, weiter dahin, bis er zu seinem Vater kam. Kaum aber erblickte König Tighmûs seinen Sohn, da warf er sich vom Rücken seines Rosses hinab und umarmte ihn unter Tränen der Freude. Dann saß er wieder auf, und auch sein Sohn und die Krieger zu seiner Rechten und zu seiner Linken stiegen zu Pferde, und sie zogen dahin, bis sie zum Ufer des Flusses kamen. Dort saßen die Krieger und die Mannen ab, schlugen die Zelte und Prunkzelte auf und errichteten die Standarten; und die Trommeln wirbelten, die Flöten erklangen, die Pauken dröhnten und die Hörner schmetterten. Nun befahl König Tighmûs den Zeltaufschlägern, ein Zelt aus roter Seide zu bringen und es für die Herrin Schamsa herzurichten. Nachdem sie den Befehl ausgeführt hatten, legte sie ihr Federkleid ab, begab sich in jenes Zelt und setzte sich dort nieder. Kaum hatte sie sich gesetzt, da traten auch schon König Tighmûs und ihm zur Seite sein Sohn Dschanschâh bei ihr ein. Wie sie den König erblickte, erhob sie sich und küßte den Boden vor ihm. Darauf setzte der König sich nieder, nahm seinen Sohn zu seiner Rechten und die Herrin Schamsa zu seiner Linken, hieß die Maid willkommen und sprach zu seinem Sohne: ‚Berichte mir, was dir auf deiner Wanderschaft widerfahren ist!‘ Als der ihm nun seine Erlebnisse von Anfang bis zu Ende erzählt hatte, war der König aufs höchste erstaunt, und er wandte sich zu der Herrin Schamsa mit den Worten: ‚Preis sei Allah, der dir Seinen Beistand lieh, so daß du mich wieder mit meinem Sohne vereinen konntest; dies ist fürwahr Seine übergroße Güte!‘[1] – –«

Da bemerkte Schehrezâd, daß der Morgen begann, und sie hielt in der verstatteten Rede an. Doch als die *Fünfhundertundfünfzehnte Nacht* anbrach, fuhr sie also fort: »Es ist mir berichtet worden, o glücklicher König, daß König Tighmûs zur Herrin Schamsa sprach: ‚Preis sei Allah, der dir Seinen Beistand lieh, so daß du mich wieder mit meinem Sohne vereinen konntest;

1. Vgl. Koran, Sure 27, Vers 16; 35, 29; 42, 21.

33

dies ist fürwahr Seine übergroße Güte! Jetzt aber möchte ich, daß du dir von mir erbittest, was du wünschest, damit ich es tun kann, um dich zu ehren.' Die Herrin Schamsa gab ihm zur Antwort: ‚Ich bitte dich, daß du mir ein Schloß, zu dessen Füßen das Wasser fließt, inmitten eines Blumengartens erbauest.' ‚Ich höre und willfahre', erwiderte der König, und während sie noch so sprachen, kam plötzlich die Mutter des Prinzen, begleitet von all den Frauen der Emire und Wesire und der Großen der Stadt. Als ihr Sohn sie erblickte, eilte er vor das Zelt hinaus ihr entgegen. Eine lange Weile hielten sie sich in den Armen; dann aber begann die Mutter vor übergroßer Freude in Tränen auszubrechen, und sie hub an diese beiden Verse zu sprechen:

> *Jetzt ist so große Freude über mich gekommen,*
> *Daß mich zum Weinen bringt das Übermaß der Lust.*
> *O Aug, dir sind die Tränen so vertraut geworden,*
> *Daß du vor Freude und vor Trauer weinen mußt.*

Dann klagten sie einander alles, was sie durch die Trennung und die Schmerzen der Sehnsucht erlitten hatten. Der König aber begab sich in sein Zelt, während Dschanschâh mit seiner Mutter in sein eigenes Zelt ging; dort setzten die beiden sich nieder und plauderten miteinander. Und während sie dort saßen, kamen Boten und meldeten das Nahen der Herrin Schamsa, indem sie zur Mutter des Prinzen sprachen: ‚Sieh, Schamsa kommt zu dir, sie ist auf dem Wege, um dir ihren Gruß zu entbieten.' Als die Königin das hörte, erhob sie sich, ging der Kommenden entgegen und begrüßte sie; eine Weile saßen die beiden beieinander. Dann aber erhob sich die Königin, und die Herrin Schamsa tat das gleiche; und nun gingen alle, die Königin und die Prinzessin und die Frauen der Emire und der Großen des Reiches miteinander zu dem Zelte, das der Herrin Schamsa bestimmt war. Nachdem sie dort eingetreten waren, setzten sie sich nieder. Derweilen verteilte König Tighmûs Gaben aus voller Hand und beschenkte alles Volk im Land, da er sich so unendlich über seinen Sohn freute. Zehn Tage lang blieben sie an jener Stätte, aßen und tranken und führten ein herrliches Leben. Danach gab der König seinen Kriegern Befehl, aufzubrechen und in die Stadt zurückzukehren. Und er saß auf, auch die Krieger und Mannen rings um ihn stiegen zu Pferde, die Wesire und Kammerherren ritten zu seiner Rechten und zu seiner Linken, und so zogen sie dahin, bis sie in die Stadt einritten, während die Mutter Dschanschâhs sich mit der Herrin Schamsa in ihren Serail begab. Die Stadt war aufs schönste geschmückt, Trommelwirbel verkündete die frohe Botschaft; alle Häuser waren mit Zierat und kostbaren Stoffen behangen, und prächtige Brokate waren ausgebreitet, so daß die Hufe der Rosse darüber schritten. Die Großen des Reiches waren voll Freude und brachten Geschenke, die Zuschauer waren voll Staunen, die Armen und Bedürftigen wurden gespeist, und man feierte ein großes Freudenfest zehn Tage lang. Und die Herrin Schamsa war hoch beglückt, als sie all das sah. Dann aber ließ König Tighmûs die Bauherren und Architekten und Meister der Kunst rufen und befahl ihnen, ein Schloß in jenem Garten zu erbauen. Sie antworteten: ‚Wir hören und gehorchen!' und machten sich alsbald daran, den Bau zu errichten, und vollendeten ihn in der schönsten Weise. Dschanschâh aber hatte, als er hörte, daß der Befehl erlassen sei, das Schloß zu erbauen, den Werkleuten geboten, einen Block von weißem Marmor zu bringen und ihn nach Art einer Truhe zu behauen und auszumeißeln. Nachdem die seinen Befehl ausgeführt hatten, nahm er das Federkleid der Herrin Schamsa, mit dem sie zu fliegen pflegte, barg es in jener Truhe

35

und ließ sie in die Fundamente des Schlosses versenken. Dann hieß er die Bauleute darüber die Bögen errichten, auf denen das Schloß ruhen sollte. Als nun der Bau vollendet war, wurde er ausgestattet, und er ward zu einem herrlichen Schloß mitten in jenem Garten, und zu seinen Füßen flossen die Bäche. Und schließlich nach alledem ließ der König die Vermählung Dschanschâhs feiern, und das war ein großes Freudenfest ohnegleichen; die Herrin Schamsa wurde darauf im hochzeitlichen Zuge zum Schloß geleitet, und dann ging ein jeder seiner Wege. Als die Prinzessin aber eingetreten war, verspürte sie den Duft ihres Federkleides – –«

Da bemerkte Schehrezâd, daß der Morgen begann, und sie hielt in der verstatteten Rede an. Doch als die *Fünfhundertundsechzehnte Nacht* anbrach, fuhr sie also fort: »Es ist mir berichtet worden, o glücklicher König, daß die Herrin Schamsa, als sie in jenes Schloß eingetreten war, den Duft des Federkleides verspürte, in dem sie zu fliegen pflegte; und sie erriet, wo es sich befand, und beschloß, es wiederzuholen. So wartete sie, bis um Mitternacht Dschanschâh in tiefen Schlaf versunken war; dann erhob sie sich und begab sich zu der Truhe, über der die Bögen erbaut waren, grub dort nach, bis sie zu der Truhe mit dem Kleide gelangte, und nahm das Blei ab, mit dem sie verschlossen war. Alsbald holte sie das Kleid heraus, legte es an und flog im selben Augenblick empor und setzte sich oben auf das Dach des Schlosses. Von dort rief sie den Leuten im Schlosse zu: ‚Ich bitte euch, bringt mir Dschanschâh, auf daß ich ihm Lebewohl sagen kann!‘ Sie meldeten es dem Prinzen, und der ging hinaus zu ihr; und wie er sie oben auf dem Dache des Schlosses im Federkleide sah, fragte er sie: ‚Wie konntest du mir das antun?‘ Sie erwiderte ihm: ‚Du mein Lieb, mein Augentrost, meines Herzens Frucht, bei Allah, ich liebe dich über die Maßen, und

36

ich bin so unendlich froh, daß ich dich in dein Heimatland zurückgebracht und deine Mutter und deinen Vater gesehen habe. Doch wenn du mich liebst, so wie ich dich liebe, so komm zu mir nach Takni, dem Edelsteinschloß!' Und zur selbigen Stunde schwebte sie davon und flog zu den Ihren. Dschanschâh aber, der die Worte der Herrin Schamsa vom Dache des Schlosses herunter vernommen hatte, war wie tot vor Verzweiflung und sank ohnmächtig nieder. Da eilten die Leute zu seinem Vater und brachten ihm die Kunde. Der saß alsbald auf und ritt zu dem Schlosse; und als er dort angekommen war und seinen Sohn am Boden liegen sah, weinte er, denn er wußte, daß sein Sohn die Herrin Schamsa leidenschaftlich liebte. Er sprengte ihm aber Rosenwasser ins Antlitz, so daß der Prinz wieder zu sich kam. Wie der nun seinen Vater zu seinen Häupten sah, hub er an zu weinen, weil er seine Gemahlin verloren hatte. Doch sein Vater fragte ihn: ‚Was ist dir widerfahren, mein Sohn?' Und er antwortete: ‚Wisse, mein Vater, die Herrin Schamsa gehört ja zu den Töchtern der Geister; aber ich liebe sie von ganzem Herzen, und ihre Schönheit hat mich berückt. Nun hatte ich ein Kleid, das ihr gehörte und ohne das sie nicht fliegen konnte; und ich hatte das Kleid genommen und in einer Truhe aus einem Steinblock verborgen. Die Truhe hatte ich mit Blei verschlossen und in den Fundamenten des Schlosses vergraben. Sie aber grub dort nach, nahm das Kleid, legte es an und flog empor; dann setzte sie sich auf das Dach des Schlosses und rief mir zu: Ich liebe dich, und ich habe dich in dein Heimatland gebracht und dich mit Vater und Mutter wieder vereint; und wenn du mich liebst, so komm zu mir nach Takni, dem Edelsteinschloß. Dann flog sie von dem Dache des Schlosses auf und davon.' ‚Mein Sohn,' sagte König Tighmûs darauf, ‚gräme dich nicht! Wir wollen alle Kaufherren und Reisenden im Lande versammeln und sie nach jenem Schlosse fragen; und wenn wir erfahren, wo es liegt, wollen wir dorthin ziehen und zu den Angehörigen der Herrin Schamsa gehen, und wir wollen zu Allah dem Erhabenen flehen, daß jene sie dir geben, damit sie wieder deine Gemahlin wird.' Damit ging der König fort und berief alsbald seine vier Wesire und sprach zu ihnen: ‚Rufet mir alle Kaufleute und Reisenden, die in der Stadt sind, zusammen und fragt sie nach dem Edelsteinschloß Takni! Wenn einer es kennt und uns dorthin führt, so will ich ihm fünfzigtausend Dinare geben.' Nachdem die Wesire seine Worte angehört hatten, sprachen sie: ‚Wir hören und gehorchen!' gingen alsbald fort und führten den Befehl des Königs aus. Sie fragten alle Kaufleute und Reisenden im Lande nach dem Edelsteinschloß Takni; aber keiner konnte ihnen darüber Auskunft geben. Da gingen sie wieder zum König und sagten es ihm. Kaum hatte er das erfahren, so befahl er, man solle seinem Sohne schöne Mädchen bringen, Sklavinnen, in deren Händen die Musikinstrumente erklangen, und Odalisken, die da sangen, derengleichen nur bei Königen zu finden waren, auf daß er von seiner Liebe zur Herrin Schamsa abgelenkt würde. Und sein Befehl ward ausgeführt. Darauf sandte er Späher und Kundschafter in alle Länder, zu allen Inseln und nach allen Richtungen, um nach dem Edelsteinschlosse Takni zu fragen. Zwei Monate lang forschten jene danach; aber niemand konnte ihnen darüber Auskunft geben, und so kehrten sie zum König zurück und sagten es ihm. Da weinte er bitterlich und begab sich zu seinem Sohne Dschanschâh; den fand er, wie er zwischen den Mädchen, den Odalisken, den Harfnerinnen und Lautenspielerinnen und anderen Musikantinnen dasaß, ohne daß er sich durch sie von der Herrin Schamsa ablenken ließ. Und er sprach zu ihm: ‚Mein

38

Sohn, ich habe niemanden gefunden, der jenes Schloß kennt;
so will ich dir denn eine bringen, die noch schöner ist als sie.'
Als Dschanschâh diese Worte von seinem Vater vernahm, begann er zu weinen und in Tränen auszubrechen, und er hub an
diese beiden Verse zu sprechen:

> *Geduld schwand mir dahin, die Sehnsucht ist geblieben;*
> *Mein Leib ist siech, von schwerer Liebespein gebannt.*
> *Wann wird mich das Geschick mit Schamsa einst vereinen,*
> *Wo mein Gebein zerfällt, von Trennungsschmerz verbrannt?*

Nun herrschte zwischen König Tighmûs und dem König von
Indien bittere Feindschaft, da König Tighmûs jenen angegriffen, seine Mannen getötet und seine Schätze geraubt hatte.
Jener König von Indien war König Kafîd geheißen, und er
hatte viele Mannen, Krieger und Helden; auch hatte er tausend
Ritter, von denen ein jeder über tausend Stämme gebot, und
jeder von diesen Stämmen vermochte viertausend Berittene
zu stellen. Er hatte vier Wesire; und Könige, Große und Emire
und mächtige Heereshaufen standen unter seiner Herrschaft;
ferner gebot er über tausend Städte, und jede Stadt hatte tausend Burgen. Ja, er war ein gewaltiger, trutziger König, und
seine Heere erfüllten alle Lande. Als damals nun König Kafîd
von Indien erfuhr, daß König Tighmûs wegen der Liebe zu
seinem Sohn in Sorgen war, daß er Regierung und Reich vernachlässigte und seine Heere sich verminderten, und daß er von
schwerer Not bedrängt war, eben weil die Liebe zu seinem
Sohn ihn ganz in Anspruch nahm, da versammelte er die Wesire und Emire und die Großen des Reiches und sprach zu ihnen:
,Ihr wißt doch noch, wie König Tighmûs einst über unser
Land herfiel und meinen Vater und meine Brüder tötete, und
wie er dann unsere Schätze raubte! Unter euch ist wohl keiner,
dem er nicht einen der Seinen getötet, dem er nicht sein Gut

geraubt und seine Habe geplündert, dem er nicht Weib und Kind in die Gefangenschaft geschleppt hätte. Nun habe ich heute gehört, daß er wegen der Liebe zu seinem Sohne Dschanschâh in Sorgen ist und daß seine Heere sich vermindert haben; jetzt ist es also Zeit für uns, Blutrache an ihm zu nehmen. Drum auf, haltet euch bereit zum Zuge wider ihn, rüstet das Kriegsgerät zum Angriff auf ihn! Laßt es an nichts fehlen; wir wollen wider ihn zu Felde ziehen und ihn angreifen, wir wollen ihn und seinen Sohn erschlagen und von seinem Lande Besitz ergreifen!' – –«

Da bemerkte Schehrezâd, daß der Morgen begann, und sie hielt in der verstatteten Rede an. Doch als die *Fünfhundertundsiebenzehnte Nacht* anbrach, fuhr sie also fort: »Es ist mir berichtet worden, o glücklicher König, daß König Kafîd von Indien seinen Mannen und Kriegern befahl, wider das Land des Königs Tighmûs zu reiten, indem er zu ihnen sprach: ‚Haltet euch bereit zum Zuge wider ihn, rüstet das Kriegsgerät zum Angriff auf ihn! Laßt es an nichts fehlen; wir wollen wider ihn zu Felde ziehen und ihn angreifen, wir wollen ihn und seinen Sohn erschlagen und von seinem Lande Besitz ergreifen!' Als sie seine Worte vernommen hatten, antworteten sie ihm: ‚Wir hören und gehorchen!' Und alsbald begann ein jeder von ihnen sein Kriegsgerät zu rüsten. Drei Monate lang waren sie beschäftigt, Kriegsgerät und Waffen zu rüsten und die Truppen zu sammeln. Als dann aber die Heere und Mannen und Helden vollzählig beieinander waren, wurden die Trommeln geschlagen und die Hörner geblasen, und die Banner und Feldzeichen wurden aufgepflanzt. Darauf zog König Kafîd an der Spitze seiner Heerhaufen hinaus und ritt dahin, bis er an die Grenze des Landes Kabul, der Herrschaft des Königs Tighmûs, gelangte. Dort begannen sie das Land auszuplündern, unter den

Einwohnern zu wüten, die Alten zu morden und die Jungen in Gefangenschaft zu schleppen. Als König Tighmûs diese Kunde vernahm, ergrimmte er gewaltig, und alsbald berief er die Großen seines Reiches, seine Wesire und die Emire seiner Herrschaft und sprach zu ihnen: ‚Wisset, Kafîd ist in unser Land eingefallen, er hat unser Gebiet betreten und will Krieg gegen uns führen; er hat Mannen und Helden und Krieger bei sich, so viele, daß nur Allah der Erhabene ihre Zahl kennt. Was ratet ihr nun, zu tun?‘ Sie gaben zur Antwort: ‚O größter König unserer Zeit, unser Rat geht dahin, daß wir wider ihn zu Felde ziehen und mit ihm kämpfen und aus unserem Lande jagen.‘ ‚So rüstet denn zum Kampfe!‘ erwiderte der König und ließ die Panzer und Kürasse, Helme und Schwerter herausholen und all das Kriegsgerät, das die Helden vernichtet und die tapferen Männer zugrunde richtet. Und nun strömten die Krieger, die Mannen und Helden herbei und rüsteten sich zum Streite; die Fahnen wurden aufgepflanzt, die Pauken dröhnten, die Hörner bliesen, die Trommeln wirbelten und die Pfeifen erklangen, und der König Tighmûs zog aus mit seinen Heerscharen zum Kampfe mit König Kafîd. Er ließ nicht eher Halt machen, als bis er dem Feinde nahe war; dann lagerte er sich in einem Tale des Namens Wâdi Zahrân, nahe der Grenze des Landes von Kabul. Dort schrieb er einen Brief an König Kafîd und ließ ihn durch einen Boten aus seinem Heere zu ihm tragen. Dieser Brief lautete folgendermaßen: ‚Ohne Gruß tun wir Dir zu wissen, König Kafîd, daß Dein Tun das Tun des Gesindels ist. Wenn Du wirklich ein König, der Sohn eines Königs, wärest, so hättest Du dergleichen nicht getan. Dann wärest Du nicht in mein Land eingedrungen, hättest nicht das Gut der Einwohner geplündert und nicht unter meinem Volke gewütet. Weißt Du nicht, daß dies alles Gewalttat Deinerseits ist? Hätte ich geahnt, daß Du in mein Land einfallen wolltest, so wäre ich Dir längst zuvorgekommen und hätte Dich von meinem Lande zurückgehalten. Wenn Du nun umkehrst und weiterem Unheil zwischen mir und Dir vorbeugst, so mag es damit sein Bewenden haben. Willst Du aber nicht heimkehren, so tritt mir auf offenem Kampffelde entgegen und streit mit mir an der Stätte, da Schwerter und Lanzen sich regen!' Dann versiegelte er den Brief und übergab ihn einem Hauptmann aus seinem Heere; den sandte er mit Spähern aus, die ihm Kundschaft bringen sollten. Jener Bote also zog mit dem Briefe dahin, bis er in die Nähe des feindlichen Königs kam. Dort schaute er sich um und erblickte von weitem ein Lager mit Zelten aus Satin, sah Fahnen aus blauer Seide und entdeckte unter den Zelten ein großes Prunkzelt aus roter Seide, das von einer starken Wachmannschaft umgeben war. So ging er denn weiter, gerade auf jenes Zelt zu, und als er fragte, sagte man ihm, es sei das Zelt des Königs Kafîd. Er schaute hinein und sah den König auf einem Throne sitzen, der mit Edelsteinen besetzt war, umgeben von den Wesiren und Emiren und Großen des Reiches. Da hielt er den Brief in seiner Hand hoch, und alsbald kam eine Schar von den Wachen des Königs auf ihn zu, nahm ihm das Schreiben ab und brachte es dem König. Der nahm es entgegen, und nachdem er es gelesen und seinen Sinn verstanden hatte, schrieb er eine Antwort dieses Inhalts: ,Ohne Gruß tun wir Dir kund, König Tighmûs, daß wir den festen Willen haben, die Blutrache zu vollstrecken und die Schande zu bedecken. Wir bringen Verwüstung in das Land, wir zerreißen die Vorhänge mit unserer Hand; wir töten die Mannen und schleppen die Kinder von dannen. Wohlan, tritt mir morgen zum Kampf auf dem Blachfeld entgegen, auf daß ich Dir zeige, wie Schwert und Lanze sich regen!' Nachdem er das Schreiben versiegelt hatte, übergab er es dem Boten des Königs Tighmûs, der nahm es hin und ging davon. – –«

Da bemerkte Schehrezâd, daß der Morgen begann, und sie hielt in der verstatteten Rede an. Doch als die *Fünfhundertundachtzehnte Nacht* anbrach, fuhr sie also fort: »Es ist mir berichtet worden, o glücklicher König, daß der König Kafîd die Antwort auf den Brief des Königs Tighmûs dem Boten übergab. Der nahm sie hin und kehrte zurück; und als er vor seinem König stand, küßte er den Boden vor ihm, überreichte ihm den Brief und berichtete, was er gesehen hatte, indem er sprach: ‚O größter König unserer Zeit, ich sah Ritter und Helden und Mannen, deren Menge keine Zahl beschreibt und deren Macht immer ungebrochen bleibt.' Nachdem der König die Antwort gelesen und ihren Sinn verstanden hatte, ergrimmte er gewaltig, und er befahl seinem Wesire 'Ain Zâr, aufzusitzen und mit tausend Reitern um Mitternacht über das Lager des Königs Kafîd herzufallen, auf die Krieger loszuschlagen und sie zu töten. ‚Ich höre und gehorche!' erwiderte der Wesir 'Ain Zâr; und alsbald saß er auf mit den Kriegern und Mannen, und sie zogen wider den König Kafîd aus. Nun hatte dieser einen Wesir namens Ghatrafân; dem befahl er, mit fünftausend Reitern wider das Lager des Königs Tighmûs zu ziehen, über die Krieger herzufallen und sie zu töten. Der Wesir Ghatrafân tat, wie ihm sein König befohlen hatte, und zog mit seinen Leuten gegen König Tighmûs. Sie ritten dahin bis Mitternacht; da hatten sie den halben Weg zurückgelegt, und da trafen sie plötzlich auf das Heer des Wesirs 'Ain Zâr. Und Mann schrie gegen Mann, und ein erbitterter Streit begann; bis zum Anbruch des Tages kämpften sie miteinander. Als es aber Morgen ward, waren die Krieger des Königs Kafîd geschlagen, sie wandten den Rücken und flohen zu ihm zurück. Wie er das sehen mußte, ergrimmte er gewaltig und schrie sie an: ‚Weh euch! Was ist mit euch geschehen, daß ihr eure Helden verloren habt?‘ Sie gaben ihm zur Antwort: ‚O größter König unserer Zeit, als der Wesir Ghatrafân ausritt und wir mit ihm wider König Tighmûs zogen, bis die halbe Nacht verstrichen war und wir die Hälfte des Weges zurückgelegt hatten, da trat uns ’Ain Zâr, der Wesir des Königs Tighmûs, in den Weg und griff uns mit seinen Mannen und Helden an. Das geschah bei dem Wâdi Zahrân. Aber ehe wir uns dessen versahen, waren wir bereits mitten in dem feindlichen Heere, Auge blickte auf Auge, und wir fochten einen harten Strauß von Mitternacht bis Tagesanbruch. Viel Volks ward getötet; und plötzlich schrie der Wesir ’Ain Zâr den Elefanten laut an und schlug ihm auf die Stirn. Der Elefant erschrak über den heftigen Schlag und trat die Reiter nieder und wandte sich zur Flucht. Da konnte keiner mehr den andern sehen, weil eine Wolke von Staub alles verhüllte, während das Blut wie ein Sturzbach das Tal erfüllte. Und wären wir nicht geflüchtet und hierhergekommen, so wären wir alle bis zum letzten Mann gefallen.‘ Als König Kafîd diesen Bericht vernommen hatte, rief er: ‚Die Sonne soll euch nicht segnen, sondern in wildem Zorn wider euch entbrennen!‘ Inzwischen kehrte der Wesir ’Ain Zâr zu König Tighmûs zurück und brachte ihm die Kunde. Da wünschte der König ihm Glück zur sicheren Heimkehr und war hocherfreut und befahl, die Trommeln zu schlagen und die Hörner zu blasen. Nun ward auch das Heer gemustert, und siehe da, zweihundert tapfere und wackere Reiter waren gefallen.

Darauf rüstete König Kafîd sein ganzes Heer, all seine Truppen und Mannen, zu neuem Kampfe und zog mit ihnen ins Feld. Dort stellten sie sich in Schlachtreihen auf, eine hinter

44

der andern, und es waren ihrer fünfzehn, von denen eine jede zehntausend Reiter zählte. Auch hatte er dreihundert Recken, die auf Elefanten beritten waren, auserwählte Degen, Männer kühn und verwegen. Die Banner und Feldzeichen wehten, und mit Trommelschall und Hörnerhall zogen die Mannen zum Kampfe von dannen. Doch auch König Tighmûs stellte sein Heer auf, eine Reihe hinter der anderen, und das waren zehn Schlachtreihen, von denen eine jede zehntausend Reiter zählte; und er hatte bei sich hundert Kämpen, die zu seiner Rechten und Linken ritten. Als nun die Krieger in Schlachtordnung aufgestellt waren, rückten all die berühmten Ritter vor, und die Heere prallten aufeinander; die weite Erde ward zu eng für die Menge der Rosse, die Trommeln wurden geschlagen, die Pfeifen geblasen, die Pauken dröhnten und die Hörner ertönten, und die Trompeten schmetterten. Die Ohren wurden betäubt von dem Gewieher der Rosse auf dem Schlachtfelde, die Mannen erhoben die Schlachtrufe, und die Staubwolken wölbten sich über ihren Häuptern. So tobte ein heftiger Kampf vom Morgengrauen bis zum Einbruch der Dunkelheit; dann trennten sich die Heere und kehrten zurück, ein jedes in sein Lager. – –«

Da bemerkte Schehrezâd, daß der Morgen begann, und sie hielt in der verstatteten Rede an. Doch als die *Fünfhundertund-neunzehnte Nacht* anbrach, fuhr sie also fort: »Es ist mir berichtet worden, o glücklicher König, daß die Heere sich trennten und zurückkehrten, ein jedes in sein Lager. Da musterte König Kafîd seine Truppen, und als er fand, daß fünftausend Mann gefallen waren, ergrimmte er gewaltig. Auch König Tighmûs musterte seine Truppen; jedoch er fand, daß dreitausend von seinen erlesensten und tapfersten Rittern getötet waren. Wie er das sehen mußte, ward auch er sehr zornig. Am nächsten

Morgen zog König Kafîd wieder zum Schlachtfeld, und die Heere standen wie zuvor. Nun wollte jede von beiden Seiten den Sieg für sich erringen. Und König Kafîd rief seinen Kriegern zu: ‚Ist einer unter euch gewillt, auf den Plan zu reiten und uns zu Hieb und Stich den Weg vorzubereiten?‘ Da ritt ein Held, Barkîk geheißen, auf einen Elefanten hervor; das war ein gewaltiger Held. Als er sich dem König näherte, sprang er von dem Rücken des Tieres hinab, küßte den Boden vor dem Herrscher und bat ihn um Erlaubnis zum Einzelkampf. Dann stieg er wieder auf seinen Elefanten, trieb ihn mitten auf den Plan und rief: ‚Wer wagt es, hervorzutreten? Wer ist zu Waffenstreit und Kampf bereit?‘ Als König Tighmûs das hörte, wandte er sich seinem Heere zu und fragte: ‚Wer von euch will es mit diesem Helden aufnehmen?‘ Da kam ein Reiter aus den Reihen hervor, der ritt auf einem edlen Roß von gewaltigem Bau, und er sprengte vor den König Tighmûs, saß ab und küßte den Boden vor ihm und bat um die Erlaubnis zum Einzelkampf. Dann ritt er auf Barkîk los, und als er nahe bei ihm war, schrie der ihn an: ‚Wer bist du, daß du mich verhöhnen willst und allein wider mich auf den Plan trittst? Wie lautet dein Name?‘ ‚Mein Name ist Ghadanfar[1] ibn Kamchîl‘, erwiderte er; und Barkîk fuhr fort: ‚Ich habe von dir in meinem Lande gehört. Jetzt auf zum Streit, zwischen den Heldenscharen, die hier aufgereiht!‘ Als Ghadanfar diese Worte vernahm, zog er seine eherne Keule unter seinem Schenkel hervor, doch Barkîk schwang sein Schwert mit der Hand empor. Und die beiden fochten einen harten Strauß. Barkîk schlug mit dem Schwerte; und der Hieb traf Ghadanfars Helm, doch er fügte ihm keinen Schaden zu. Wie Ghadanfar das sah, ließ er die Keule auf den Gegner nieder-

1. Löwe.

sausen, und da ward sein Leib zu Brei, flach auf dem Rücken des Elefanten. Alsbald sprengte ein anderer herbei und rief: ‚Wer bist du, daß du meinen Bruder zu töten wagst?‘ Dann ergriff er seinen Wurfspeer und schleuderte ihn gegen Ghadanfar, und er traf seinen Schenkel mit solcher Kraft, daß er ihm den Panzer ans Fleisch nagelte. Wie Ghadanfar das merkte, zückte er das Schwert mit der Hand, traf den Feind und spaltete ihn in zwei Hälften, so daß sein Leib zu Boden sank und in seinem Blute lag. Darauf wandte der Sieger sich um und eilte zu König Tighmûs zurück. Doch als König Kafîd das sah, rief er seinen Kriegern zu: ‚Zieht ins Feld und streitet Held wider Held!‘ Auch König Tighmûs führte seine Krieger und Mannen zur Schlacht, und es entspann sich ein heißer Kampf. Roß wieherte wider Roß, Mann schrie gegen Mann; die Schwerter wurden gezückt, alle ruhmvollen Helden kamen angerückt; Ritter stritt gegen Ritter, doch die Feigen flohen aus dem Lanzengewitter. Die Trommeln erdröhnten, die Hörner ertönten; und die Streitenden hörten nichts als Stimmengewirr und Waffengeklirr. Da fiel manch einer von den Helden. Und so ward weiter gekämpft, bis die Sonne hoch am Himmelsdom stand. Nun zog König Tighmûs mit seinem Heer in sein Zeltlager zurück, und König Kafîd tat desgleichen. Als König Tighmûs dann seine Mannen musterte, fand er, daß fünftausend Reiter gefallen und vier seiner Standarten zerbrochen waren; darüber ergrimmte er gewaltig. Auch König Kafîd musterte seine Heerschar, und er fand, daß sechshundert[1] seiner erlesensten und tapfersten Ritter getötet und neun Feldzeichen verloren waren. Nachdem drauf der Kampf zwischen ihnen drei Tage lang geruht hatte, schrieb König Kafîd einen Brief und sandte ihn mit einem Boten aus seinem

1. So im Texte; vielleicht sind sechstausend gemeint.

Heere an einen König namens Fakûn el-Kalb; dieser Bote machte sich alsbald auf den Weg. Kafîd berief sich darauf, daß Fakûn von Mutters Seite her mit ihm verwandt war; und so sammelte jener, als er die Nachricht erhielt, sogleich seine Krieger und Mannen und zog zu König Kafîd. – –«

Da bemerkte Schehrezâd, daß der Morgen begann, und sie hielt in der verstatteten Rede an. Doch als die *Fünfhundertundzwanzigste Nacht* anbrach, fuhr sie also fort: »Es ist mir berichtet worden, o glücklicher König, daß König Fakûn seine Krieger und Mannen sammelte und zu König Kafîd zog. Und so geschah es, daß plötzlich, als König Tighmûs ruhig dasaß, ein Mann zu ihm kam und ihm meldete: ‚Ich habe in der Ferne eine Staubwolke aufwirbeln und hoch gen Himmel steigen sehen.‘ Da befahl Tighmûs einer Schar seiner Truppen, zu erforschen, was die Staubwolke bedeute. Die Leute riefen: ‚Wir hören und gehorchen!‘ und ritten davon. Als sie heimkehrten, meldeten sie: ‚O König, wir haben gesehen, wie die Wolke nach einer Weile vom Winde getroffen und zerteilt wurde; da erschienen unter ihr sieben Standarten, und unter jeder Standarte dreitausend Reiter, die sich zum König Kafîd begaben.‘

Als nun König Fakûn el-Kalb beim König Kafîd eintraf, begrüßte er ihn und fragte: ‚Wie steht es mit dir? Was bedeutet dieser Krieg, den du führst?‘ Jener erwiderte ihm: ‚Weißt du nicht, daß König Tighmûs mein Feind ist und der Mörder meiner Brüder und meines Vaters? Ich bin jetzt gegen ihn zu Felde gezogen, um Blutrache an ihm zu nehmen.‘ Da sagte König Fakûn: ‚Der Segen der Sonne ruhe auf dir!‘ Darauf nahm der König Kafîd den König Fakûn mit sich und führte ihn in sein Zelt, aufs höchste erfreut über ihn.

So stand es nun um die beiden feindlichen Könige. Sehen wir aber weiter, wie es dem Prinzen Dschanschâh erging! Der war zuerst zwei Monate allein geblieben, ohne daß er seinen Vater sah und ohne daß er einer von den Sklavinnen, die in seinem Dienste standen, erlaubte, zu ihm einzutreten. Doch dann kam große Unruhe über ihn, und er sprach zu einigen seiner Diener: ‚Was ist es mit meinem Vater, daß er nicht mehr zu mir kommt?‘ Da berichteten sie ihm, was zwischen seinem Vater und dem König Kafîd vorging; und alsbald rief er: ‚Bringt mir mein Schlachtroß; ich will zu meinem Vater reiten!‘ ‚Wir hören und gehorchen!‘ erwiderten die Diener und brachten ihm das Roß. Doch als er neben dem Tiere stand, sagte er bei sich: ‚Ich kümmere mich um mich selber. Ich denke, ich will auf meinem Rosse in die Stadt der Juden reiten; und wenn ich erst dort bin, wird Allah mir meinen Weg erleichtern durch jenen Kaufmann, der mich einst in seinen Dienst nahm: vielleicht wird er es mit mir machen wie zuvor. Doch keiner weiß, woher das Gute kommt.‘ Dann saß er auf und nahm tausend Reiter mit sich; und wie er ausritt, sagten die Leute: ‚Nun zieht Dschanschâh zu seinem Vater, um an seiner Seite zu kämpfen.‘ Bis zum Abend zog die Schar dahin; dann machte sie auf einer großen Wiese halt, um dort die Nacht zu verbringen. Nachdem die Leute sich zur Ruhe begeben hatten und Dschanschâh bemerkt hatte, daß alle seine Krieger schliefen, erhob er sich heimlich, gürtete sich, bestieg sein Roß und machte sich auf den Weg nach Baghdad, weil er von den Juden gehört hatte, daß von dort alle zwei Jahre eine Karawane zu ihnen käme; und er beschloß bei sich, wenn er nach Baghdad komme, so wolle er mit der Karawane zur Stadt der Juden ziehen. Und fest entschlossen zog er seines Weges. Als aber die Krieger aus ihrem Schlafe erwachten und weder Dschanschâh noch sein Roß erblickten, saßen sie auf und suchten nach ihm überall. Doch sie fanden keine Spur von ihm, und so begaben sie sich

49

zu seinem Vater und berichteten ihm, was sein Sohn getan hatte. Der geriet in eine gewaltige Erregung; fast sprühten Funken aus seinem Munde, er warf seine Krone von seinem Haupte und rief: ‚Es gibt keine Macht und es gibt keine Majestät außer bei Allah! Meinen Sohn habe ich verloren, und der Feind steht immer noch vor mir!‘ Doch die Könige und Wesire sprachen zu ihm: ‚Gedulde dich, o größter König unserer Zeit! Geduld kann nur Gutes bringen.‘

Derweilen war Dschanschâh ob der Trennung von seinem Vater und von seiner Geliebten tief betrübt; sein Herz war zerrissen, seine Augen waren wund, und er wachte Tag und Nacht. Doch als sein Vater erfuhr, daß sein Heer so große Verluste erlitten hatte, ließ er von dem Kampf mit seinem Feinde ab und kehrte zu seiner Hauptstadt zurück; dort zog er ein, verschloß die Tore und befestigte die Mauern. So flüchtete er vor dem König Kafîd. Jener aber kam in jedem Monat vor die Stadt und forderte sieben Nächte und acht Tage hindurch zu Kampf und Streit heraus; dann kehrte er mit seinem Heere zu den Zelten zurück, um die verwundeten Krieger zu pflegen. Die Leute in der Stadt aber pflegten, wenn der Feind abzog, ihre Waffen auszubessern, die Mauern zu befestigen und die Wurfmaschinen herzurichten. Das blieb so zwischen König Tighmûs und König Kafîd sieben Jahre lang, die ganze Zeit hindurch war Krieg zwischen ihnen beiden. – –«

Da bemerkte Schehrezâd, daß der Morgen begann, und sie hielt in der verstatteten Rede an. Doch als die *Fünfhundertundeinundzwanzigste Nacht* anbrach, fuhr sie also fort: »Es ist mir berichtet worden, o glücklicher König, daß es zwischen König Tighmûs und König Kafîd sieben Jahre lang so blieb.

Wenden wir uns nun von ihnen wieder zu Dschanschâh zurück! Der zog immer weiter dahin, indem er Wüsten und

Steppen durchmaß, und jedesmal, wenn er in eine neue Stadt kam, fragte er nach dem Edelsteinschlosse Takni; aber niemand konnte ihm darüber Auskunft geben, sondern alle antworteten ihm nur: ‚Wir haben niemals von diesem Namen gehört.‘ Schließlich fragte er nach der Stadt der Juden, und da erzählte ihm ein Kaufmann, sie liege im äußersten Osten. Der Mann fügte aber auch noch hinzu: ‚Reise doch noch in diesem Monate mit uns nach Mizrakân; das ist eine Stadt in Indien. Von dort ziehen wir weiter nach Chorasân; dann reisen wir nach Madî- nat Schim'ûn und zuletzt nach Chwarizm. Dann ist es von dort nicht mehr weit bis zur Stadt der Juden; zwischen beiden liegt nur ein Weg von einem Jahre und drei Monaten.‘ Da wartete Dschanschâh, bis die Karawane aufbrach, und er zog mit ihr, bis daß sie zur Stadt Mizrakân gelangten. Wie er dort- hin kam, fragte er wieder nach dem Edelsteinschlosse Takni; aber keiner konnte ihm Auskunft geben. Weiter zog die Kara- wane, und er mit ihr, nach der Hauptstadt von Indien. Auch dort fragte er nach dem Edelsteinschlosse Takni; aber niemand konnte ihm etwas darüber sagen, sondern alle sprachen: ‚Wir haben diesen Namen noch niemals gehört.‘ Nachdem er dann auf seinem Wege noch viele Mühen und schwere Gefahren, Hunger und Durst überstanden hatte, kam er auf seiner Fahrt von Indien nach dem Lande Chorasân und weiterhin nach Madînat Schim'ûn. Wie er dort eingezogen war, fragte er nach der Stadt der Juden. Von der konnte man ihm erzählen, und man wies ihm auch den Weg dorthin. So zog er denn weiter, Tag und Nacht, bis er die Stätte erreichte, an der er vor den Affen geflüchtet war. Und wiederum reiste er weiter, Tag und Nacht, bis er zu dem Flusse gelangte, an dem die Stadt der Juden lag. Er setzte sich am Ufer nieder und wartete bis zum Sabbat, an dem durch die Macht Allahs des Erhabenen der

Fluß austrocknete. Dann schritt er hindurch und ging zu dem Hause des Juden, bei dem er früher gewesen war. Der Jude und die Seinen begrüßten ihn, erfreut über seine Ankunft, und brachten ihm Speise und Trank. Als sie ihn dann fragten, wo er so lange gewesen sei, antwortete er: ,Im Reiche Allahs des Erhabenen.' Die Nacht über blieb er bei ihnen; doch als es Morgen ward, ging er in der Stadt umher und schaute sich um. Wieder erblickte er einen Ausrufer, der da rief: ,Ihr Leute allzumal, wer will sich tausend Dinare und eine schöne Sklavin verdienen, indem er einen halben Tag bei uns arbeitet?' Als Dschanschâh sagte: ,Ich will diese Arbeit leisten', sprach der Ausrufer: ,Folge mir!' Da folgte der Prinz ihm, bis er zum Hause des jüdischen Kaufmanns gelangte, bei dem er auch das erste Mal gewesen war. Dort sagte der Ausrufer zum Hausherrn: ,Dieser Jüngling will die Arbeit leisten, die du verlangst.' Der Kaufmann hieß ihn mit herzlichen Worten willkommen, nahm ihn mit sich und führte ihn in den Harem, dort ließ er ihm Speise und Trank vorsetzen. Nachdem Dschanschâh gegessen und getrunken hatte, brachte der Kaufmann ihm die Dinare und die schöne Sklavin. Der Prinz verbrachte die Nacht bei ihr, und als es Morgen ward, nahm er das Gold und die Sklavin, übergab sie dem Juden, in dessen Haus er früher gewesen war, und kehrte zu dem Kaufmann, seinem Dienstherrn, zurück. Der saß auf mit ihm, und beide ritten dahin, bis sie zu dem hohen Berge kamen, der in die Lüfte emporragte. Dort holte der Kaufmann einen Strick und ein Messer heraus und sprach zu Dschanschâh: ,Wirf dies Pferd zu Boden!' Jener warf das Tier nieder, band ihm die vier Füße mit dem Stricke zusammen, schlachtete und häutete es und schnitt ihm die Beine und den Kopf ab und den Bauch auf, wie der Kaufmann ihm befahl. Dann sprach der Mann zu ihm: ,Krieche in den Bauch dieses Pferdes; ich will dich darin einnähen, und du mußt mir alles berichten, was du darin siehst. Das ist die Arbeit, für die du deinen Lohn empfangen hast.' Da kroch Dschanschâh in den Bauch des Pferdes; der Kaufmann nähte ihn darin ein und zog sich dann zurück und verbarg sich an einem fernen Orte. Nach einer Weile kam ein gewaltig großer Vogel aus der Luft heruntergeflogen, packte das Pferd und schwebte mit ihm den Wolken des Himmels zu. Dann ließ er sich auf dem Gipfel des Berges nieder, und wie er dort saß, wollte er seine Beute verzehren. Als Dschanschâh das bemerkte, schlitzte er den Bauch des Tieres auf und kroch heraus. Der Vogel aber erschrak vor ihm und flog alsbald auf und davon. Doch der Prinz ging an eine Stelle, von der aus er auf den Kaufmann hinabblicken konnte; und er sah ihn, wie er am Fuße des Berges stand, so groß wie ein Sperling. Da rief er ihm zu: ,Was wünschest du, o Kaufmann?' Der antwortete ihm: ,Wirf mir einige von den Steinen herunter, die rings um dich liegen; dann will ich dir den Weg zeigen, auf dem du herunterkommen kannst!' Dschanschâh aber rief: ,Du bist es, der vor fünf Jahren so und so an mir gehandelt hat; da mußte ich Hunger und Durst leiden, und viel Mühsal und großes Unheil kam über mich. Jetzt hast du mich zum zweiten Male hierhergebracht und denkst mich in den Tod zu treiben. Bei Allah, ich will dir nichts hinabwerfen!' Darauf ging er fort und machte sich auf den Weg, der ihn zu Scheich Nasr, dem König der Vögel, bringen sollte. – –«

Da bemerkte Schehrezad, daß der Morgen begann, und sie hielt in der verstatteten Rede an. Doch als die *Fünfhundertundzweiundzwanzigste Nacht* anbrach, fuhr sie also fort: »Es ist mir berichtet worden, o glücklicher König, daß Dschanschâh fortging und sich auf den Weg machte, der ihn zu Scheich Nasr, dem König der Vögel, bringen sollte. Er zog Tag und Nacht dahin, mit Tränen im Auge und Trauer im Herzen; wenn ihn hungerte, so aß er von den Kräutern der Erde, und wenn ihn dürstete, so trank er von ihren Bächen, bis er die Burg des Herren Salomo erreichte und den Scheich Nasr am Tore sitzen sah. Er eilte auf ihn zu und küßte ihm die Hände, und der Scheich hieß ihn willkommen und begrüßte ihn. Dann fragte der Alte: ‚Mein Sohn, was ist es mit dir, daß du wieder an diese Stätte gekommen bist? Du hast sie doch einst mit der Herrin Schamsa verlassen, kühlen Auges und frohen Herzens.‘ Da weinte der Prinz und erzählte dem Scheich alles, was er mit der Herrin Schamsa erlebt hatte, und wie sie davongeflogen war mit den Worten: ‚Wenn du mich liebst, so komm zu mir nach Takni, dem Edelsteinschlosse!‘ Darüber wunderte sich der Scheich, und er sprach: ‚Bei Allah, mein Sohn, ich kenne es nicht! Ja, beim Herren Salomo, ich habe in meinem ganzen Leben diesen Namen noch nie gehört!‘ Nun fragte der Prinz: ‚Was soll ich denn tun? Ich sterbe vor Liebe und Sehnsucht.‘ ‚Gedulde dich,‘ erwiderte der Alte, ‚bis daß die Vögel kommen! Dann kannst du sie nach dem Edelsteinschlosse Takni fragen; vielleicht kennt es einer von ihnen.‘ Da ward Dschan-schâhs Herz beruhigt, er trat in die Burg ein und ging zu jenem Raume mit dem Teiche, in dem er die drei Mädchen gesehen hatte. Eine ganze Weile blieb er bei Scheich Nasr. Und als er einst wie gewöhnlich bei ihm saß, hub der Alte an: ‚Mein Sohn, die Wiederkehr der Vögel steht nahe bevor.‘ Über diese Botschaft war Dschanschâh erfreut; und kaum waren einige Tage verstrichen, so begannen die Vögel schon zu kommen. Da trat Scheich Nasr zu dem Jüngling und sprach zu ihm: ‚Mein Sohn, lerne diese Zauberworte, und dann tritt mit mir den Vögeln entgegen!‘ Und alsbald kamen die Vögel herangeflogen und

54

begrüßten Scheich Nasr, eine Sippe nach der anderen. Da befragte er sie über das Edelsteinschloß Takni; doch ein jeder von ihnen sagte: ‚Ich habe in meinem ganzen Leben noch nie von dieser Burg gehört.‘ Dschanschâh aber weinte und klagte und sank ohnmächtig nieder. Nun rief Scheich Nasr einen großen Vogel und befahl ihm: ‚Bring diesen Jüngling nach dem Lande von Kabul‘, und er beschrieb ihm das Land und den Weg dorthin. ‚Ich höre und gehorche!‘ sprach der Vogel; und der Alte gebot dem Prinzen, sich auf seinen Rücken zu setzen, und sprach zu ihm: ‚Gib acht und hüte dich, daß du dich nicht zur Seite neigst; sonst wirst du in der Luft zerrissen. Verstopfe auch deine Ohren gegen den Wind, auf daß dir das Kreisen der Sphären und das Tosen der Meere keinen Schaden tut.‘ Dschanschâh beschloß, die Worte des Scheichs zu befolgen; und der Vogel erhob sich mit ihm und stieg hoch in die Luft empor. Einen Tag und eine Nacht flog er mit ihm dahin, dann ließ er sich nieder bei dem König der wilden Tiere, der Schâh Badri hieß, und sprach zu dem Prinzen: ‚Wir haben den Weg, den Scheich Nasr uns beschrieben hat, verloren.‘ Als er aber mit ihm wieder weiterfliegen wollte, sagte Dschanschâh zu ihm: ‚Flieg du deiner Wege und laß mich hierbleiben, auf daß ich entweder sterbe oder zum Edelsteinschlosse Takni gelange; ich will jetzt nicht in mein Land heimkehren.‘ Da ließ der Vogel ihn bei Schâh Badri, dem König der wilden Tiere, und flog auf und davon. Nun fragte der König ihn: ‚Mein Sohn, wer bist du, und woher kommst du mit dem großen Vogel da?‘ Und der Jüngling erzählte ihm alle seine Erlebnisse von Anfang bis zu Ende. Verwundert hörte der König der Tiere seiner Erzählung zu; dann sprach er zu ihm: ‚Bei dem Herren Salomo, ich kenne dies Schloß nicht. Wenn aber einer uns den Weg dorthin zeigt, so wollen wir ihn reich beschenken und dich dorthin senden.' Dschanschâh weinte bitterlich; doch er geduldete sich, bis nach einer kleinen Weile der Tierkönig wieder zu ihm kam und zu ihm sprach: ‚Wohlan, mein Sohn, nimm diese Zaubertafeln und behalt, was auf ihnen geschrieben steht! Wenn die Tiere kommen, so wollen wir sie nach jenem Schlosse fragen.' – –«

Da bemerkte Schehrezâd, daß der Morgen begann, und sie hielt in der verstatteten Rede an. Doch als die *Fünfhundertunddreiundzwanzigste Nacht* anbrach, fuhr sie also fort: »Es ist mir berichtet worden, o glücklicher König, daß Schâh Badri, der König der Tiere, zu Dschanschâh sprach: ‚Behalt, was auf diesen Tafeln geschrieben steht! Wenn die Tiere kommen, wollen wir sie nach jenem Schlosse fragen.' Und kaum war eine kleine Weile verstrichen, so kamen auch schon die wilden Tiere, eine Sippe nach der anderen, und begrüßten den König Schâh Badri. Doch wie er sie nach dem Edelsteinschlosse Takni fragte, antworteten ihm alle: ‚Dies Schloß kennen wir nicht; wir haben auch nie etwas von ihm gehört.' Da weinte Dschanschâh von neuem, und er beklagte es, daß er nicht mit dem Vogel weitergeflogen war, der ihn von Scheich Nasr hergebracht hatte. Der Tierkönig aber sprach zu ihm: ‚Sei unbesorgt, mein Sohn! Ich habe einen Bruder, der ist älter als ich. Er heißt König Schammâch. Einst war er gefangen bei dem Herren Salomo, weil er sich gegen ihn empört hatte. Keiner von den Geistern ist älter als er und Scheich Nasr, vielleicht weiß er etwas von dem Schlosse; jedenfalls herrscht er über alle Geister in diesen Landen.' Dann ließ der Tierkönig ihn auf dem Rükken eines der wilden Tiere reiten und gab ihm einen Brief an seinen Bruder mit, in dem er ihn seiner Fürsorge empfahl. Jenes Tier machte sich zur selben Stunde auf und eilte mit Dschanschâh dahin, Tag und Nacht, bis es zum König Schammâch kam. Dort blieb es allein für sich, fern von dem König, stehen; da stieg Dschanschâh von seinem Rücken ab und schritt weiter, bis er vor König Schammâch stand. Er küßte ihm die Hände und überreichte ihm den Brief. Nachdem jener ihn gelesen und den Sinn verstanden hatte, hieß er den Jüngling willkommen und sprach: ‚Bei Allah, mein Sohn, von diesem Schlosse habe ich in meinem ganzen Leben noch nie etwas gehört noch gesehen.‘ Als aber der Jüngling weinte und seufzte, sprach König Schammâch zu ihm: ‚Erzähle mir deine Geschichte, und sage mir, wer du bist, woher du kommst und wohin du gehst!‘ Da berichtete er ihm alles, was ihm widerfahren war, von Anfang bis zu Ende. Erstaunt sagte darauf Schammâch: ‚Mein Sohn, ich glaube, selbst der Herr Salomo hat in seinem ganzen Leben nie etwas von dieser Burg gehört oder gesehen. Doch, mein Sohn, ich kenne einen Einsiedler im Gebirge; der ist uralt, und ihm gehorchen alle Vögel und wilden Tiere und Geister wegen seiner vielen Beschwörungen. Denn er hat immerdar Beschwörungsformeln über die Könige der Geister ausgesprochen, bis sie sich ihm unterwarfen, gegen ihren Willen: so stark sind jene Formeln und der Zauber, den er besitzt. Und jetzt dienen ihm alle Vögel und Tiere. Ich selbst empörte mich einst gegen den Herren Salomo; und er nahm mich gefangen. Aber es war nur jener Einsiedler, der mich durch seine große List und durch seine starken Beschwörungen und Zauberformeln überwunden hat; und nun muß ich ihm auch dienen. Wisse, er ist in allen Ländern und Erdteilen gereist, er kennt alle Wege, Gegenden und Stätten, alle Schlösser und Städte; ich glaube, daß seiner Kenntnis kein Ort verborgen ist. Darum will ich dich zu ihm schicken. Vielleicht kann er dir den Weg zu dem Schlosse weisen; wenn er das nicht tun kann, so wird dich kein anderer dorthin führen können; denn

ihm gehorchen alle Vögel und Tiere und Geister, und alle
kommen zu ihm. Ferner hat er sich durch seine große Zauberkunst einen Stab aus drei Stücken gemacht: wenn er den in die
Erde pflanzt und über dem ersten Stück Beschwörungen mur-
melt, so kommen Fleisch und Blut daraus hervor; beschwört
er aber das zweite Stück, so fließt süße Milch heraus; und wenn
er über dem dritten Stück zaubert, so kommen Weizen und
Gerste heraus; zuletzt zieht er den Stab wieder aus der Erde
und geht zu seiner Klause, und die heißt die Diamantenklause.
Dieser Zaubermönch läßt aus seiner Hand auch allerlei kunstvolle und seltene Erfindungen hervorgehen. Ja, er ist ein
Hexenmeister, voll Lug und Trug, ein gefährlicher Kerl. Er
heißt Jaghmûs; und er beherrscht alle Zauberformeln und
Beschwörungen. Zu ihm muß ich dich auf dem Rücken eines
großen Vogels mit vier Flügeln senden.' – –«

Da bemerkte Schehrezâd, daß der Morgen begann, und sie
hielt in der verstatteten Rede an. Doch als die *Fünfhundertund-
vierundzwanzigste Nacht* anbrach, fuhr sie also fort: »Es ist mir
berichtet worden, o glücklicher König, daß König Schammâch zu Dschanschâh sprach: ,Ich muß dich mit einem großen
Vogel zu dem Einsiedler senden.' Darauf setzte er ihn auf den
Rücken eines gewaltigen Vogels, der vier Flügel hatte, von
denen ein jeder dreißig haschimitische Ellen in der Länge maß;
und er hatte Füße gleich denen des Elefanten, aber er flog nur
zweimal im Jahre. Und es lebte bei dem König Schammâch
ein dienstbarer Geist, des Namens Tamschûn; der holte jeden
Tag für diesen Vogel zwei baktrische Kamele aus dem Lande
Irak und schlachtete und zerlegte sie für ihn, so daß er sie
fressen konnte. Nachdem also Dschanschâh den Rücken jenes
Vogels bestiegen hatte, befahl König Schammâch, ihn zu dem
Einsiedler Jaghmûs zu tragen. Der Vogel gehorchte und flog
58

mit ihm dahin, Tag und Nacht, bis er zum Berg der Burgen und zur Diamantenklause kam. Dort, bei jener Klause, stieg Dschanschâh ab; und da er sah, wie der Einsiedler Jaghmûs in der Kapelle war und dort seine Andacht verrichtete, trat er an ihn heran, küßte den Boden vor ihm und blieb ehrfurchtsvoll vor ihm stehen. Jener aber sprach: ‚Sei willkommen, mein Sohn, du aus fremdem Land, dessen Wiege so ferne stand! Berichte mir, weshalb du an diese Stätte gekommen bist!‘ Da weinte Dschanschâh und erzählte ihm seine ganze Geschichte von Anfang bis zu Ende. Voll Staunen über das, was er gehört hatte, sprach nun der Einsiedler: ‚Bei Allah, mein Sohn, in meinem ganzen Leben habe ich von jenem Schlosse noch nie gehört, noch auch habe ich jemanden gesehen, der von ihm gehört hätte oder dort gewesen wäre, trotzdem ich schon zur Zeit Noahs, des Propheten Allahs – Heil sei über ihm! – am Leben war und von jenen Tagen bis zur Zeit des Herren Salomo, des Sohnes Davids, über die wilden Tiere und die Vögel und die Geister geherrscht habe. Ich glaube auch nicht, daß Salomo selber etwas von dem Schlosse wußte. Doch warte, mein Sohn, bis die Tiere und die Vögel und die dienstbaren Geister kommen; dann will ich sie fragen, und vielleicht kann eins von ihnen uns davon berichten oder Kunde darüber bringen. Allah der Erhabene möge dir deinen Weg leicht machen!‘ So blieb denn Dschanschâh eine Weile bei dem Einsiedler, und eines Tages, wie er dort saß, kamen all die Tiere der Wildnis und die Vögel und die Geister herbei. Da fragten sie, er sowohl wie der Einsiedler, nach dem Edelsteinschlosse Takni; aber keiner von ihnen sagte: ‚Ich habe es gesehen‘ oder: ‚Ich habe davon gehört‘, sondern ein jeder erwiderte: ‚Ich habe dies Schloß nie geschaut noch auch je von ihm vernommen.‘ Nun begann Dschanschâh wieder zu weinen und zu klagen und inständigst zu Allah dem Erhabenen zu flehen. Und da, in diesem Augenblicke, kam als letzter der Vögel noch einer herzu, das war ein schwarzer, gewaltig großer Vogel. Nachdem er aus den Höhen der Luft heruntergestiegen war, küßte er die Hände des Einsiedlers, und der fragte ihn nach dem Edelsteinschlosse Takni. Der Vogel antwortete: ‚O Einsiedler, wir lebten hinter dem Berge Kâf auf dem Kristallberg in einer weiten Ebene, als ich und meine Brüder noch nicht flügge waren. Damals pflegten mein Vater und meine Mutter jeden Tag fortzufliegen, um uns Futter zu holen. Einmal aber begab es sich, daß sie auf ihrem Fluge sieben Tage lang fortblieben, so daß wir argen Hunger litten. Erst am achten Tage kamen sie wieder, mit Tränen in den Augen. Wir fragten sie, weshalb sie so lange von uns fortgewesen wären, und sie erwiderten uns: Ein Mârid[1] kam über uns, packte uns und schleppte uns zum Edelsteinschlosse Takni und brachte uns vor König Schahlân. Als der uns erblickte, wollte er uns töten. Doch wie wir ihm sagten, wir hätten junge Brut daheim, ließ er uns los und verschonte uns. Wenn mein Vater und meine Mutter noch am Leben wären, so könnten sie euch sicher von jenem Schlosse berichten.‘ Bei diesen Worten weinte Dschanschâh bitterlich; dann sprach er zu dem Einsiedler: ‚Ich bitte dich, befiehl diesem Vogel, mich zu dem Neste seines Vaters und seiner Mutter auf dem Kristallberge hinter dem Berge Kâf zu tragen.‘ Und der Einsiedler sagte zu dem Vogel: ‚Du Segler der Luft, ich wünsche, daß du diesem Jüngling in allem gehorchst, was er dir befiehlt.‘ ‚Ich höre und gehorche deinen Worten!‘ erwiderte der Vogel; und er nahm Dschanschâh auf seinen Rücken und flog mit ihm davon. Tag und Nacht schwebte er mit ihm dahin, bis sie endlich zum Kristallberge kamen. Dort setzte er

1. Vgl. Band I, Seite 52, Anmerkung.

ihn nieder und wartete eine kleine Weile. Dann nahm er ihn wiederum auf den Rücken und flog noch zwei volle Tage mit ihm weiter, bis sie zu der Stätte kamen, an der sich das Nest befand. – –«

Da bemerkte Schehrezâd, daß der Morgen begann, und sie hielt in der verstatteten Rede an. Doch als die *Fünfhundertundfünfundzwanzigste Nacht* anbrach, fuhr sie also fort: »Es ist mir berichtet worden, o glücklicher König, daß der Vogel noch zwei volle Tage mit Dschanschâh weiterflog, bis sie zu der Stätte kamen, an der sich das Nest befand. Dort setzte er ihn nieder und sprach zu ihm: ‚Dschanschâh, dies ist der Horst, in dem wir einst waren.‘ Der Jüngling weinte bitterlich und sprach dann zu dem Vogel: ‚Ich bitte dich, trage mich noch weiter und bringe mich in jene Gegend, in die dein Vater und deine Mutter zu fliegen pflegten, um Futter für euch zu holen. Der Vogel erwiderte: ‚Ich höre und gehorche dir, Dschanschâh!‘ Dann nahm er ihn wieder auf sich und flog sieben Nächte und acht Tage mit ihm weiter, bis er mit ihm einen hohen Berg erreichte. Dort ließ er ihn von seinem Rücken absteigen und sprach zu ihm: ‚Hinter diesem Orte kenne ich kein Land mehr.‘ Nun war aber der Prinz von Müdigkeit überwältigt, und er schlief ein, oben auf dem Gipfel jenes Berges. Als er aus seinem Schlafe erwachte, sah er in der Ferne etwas blitzen, dessen Glanz den ganzen Himmel erfüllte. Er wunderte sich sehr über jenes Leuchten und Blitzen und ahnte nicht, daß es der Schimmer von eben jener Burg war, die er suchte. Zwischen ihm und ihr lag aber noch eine Wegstrecke von zwei Monaten. Jene Burg war erbaut aus rotem Karneol, und ihre Räume waren aus gelbem Golde; sie hatte auch tausend Türmchen, erbaut aus edlen Steinen, die aus dem Meere der Finsternisse gehoben waren. Deswegen hieß sie das Edelsteinschloß

Takni, weil sie ja aus Juwelen und edlen Gesteinen bestand. Sie war eine gewaltig große Burg; und ihr König hieß Schahlân, das war der Vater der drei Mädchen im Federkleide.

Doch sehen wir nun erst, was die Herrin Schamsa inzwischen getan hatte! Als sie dem Prinzen entflohen und wieder zu Vater und Mutter und den Ihren gekommen war, hatte sie ihnen von ihren Erlebnissen mit Dschanschâh berichtet. Sie hatte ihnen seine Geschichte erzählt und ihnen kundgetan, wie er die Welt durchwandert und viele Wunder gesehen hatte; und zuletzt hatte sie ihnen gesagt, wie er sie und sie ihn liebgewonnen hatte, und was dann geschehen war. Nachdem ihr Vater und ihre Mutter diesen Bericht aus ihrem Munde vernommen hatten, sprachen beide zu ihr: ‚Es war dir vor Gott nicht erlaubt, so an ihm zu handeln!‘ Dann erzählte ihr Vater davon seinen dienstbaren Geistern unter den Dämonen, die da Mârid heißen, und befahl ihnen: ‚Ein jeder, der ein menschliches Wesen erblickt, soll es mir bringen!‘ Denn die Herrin Schamsa hatte ja ihrer Mutter erzählt, daß Dschanschâh sie leidenschaftlich liebe, und ihr gesagt: ‚Er wird sicherlich zu uns kommen; habe ich doch, als ich vom Dache seines väterlichen Schlosses fortflog, ihm noch zugerufen: ‚Wenn du mich liebst, so komme zum Edelsteinschlosse Takni.‘

Als nun Dschanschâh jenes Blitzen und Leuchten gesehen hatte, ging er darauf zu, um zu erfahren, was das bedeute. Nun hatte aber gerade zur selben Zeit die Herrin Schamsa einen dienstbaren Geist mit einem Auftrage in der Richtung des Berges Karmûs gesandt. Und wie jener Geist dahinflog, erblickte er plötzlich ein sterbliches Wesen in der Ferne. Sobald er das sah, flog er auf den Menschen zu und begrüßte ihn. Dschanschâh erschrak vor dem Geiste, doch er erwiderte seinen Gruß. Da fragte der Geist ihn: ‚Wie heißest du?‘ Der Prinz gab ihm zur Antwort: ‚Ich heiße Dschanschâh. Ich hatte einst eine Fee gefangen, des Namens Herrin Schamsa, deren Schönheit und Liebreiz mich bezaubert hatten. Und ich liebte sie herzinniglich; aber sie entfloh mir wieder, nachdem sie mit mir in meines Vaters Schloß gekommen war.' So erzählte er ihm alles, was er mit ihr erlebt hatte, und klagte ihm unter Tränen seine Not. Als der Dämon den Jüngling weinen sah, entbrannte sein Herz von Mitleid, und er sprach zu ihm: ‚Weine nicht! Du hast dein Ziel erreicht. Wisse, auch sie liebt dich von Herzen, und sie hat ihrem Vater und ihrer Mutter von deiner Liebe zu ihr erzählt, und alle in der Burg lieben dich um ihretwillen. So hab denn Zuversicht und quäl dich nicht!' Dann nahm der Mârid ihn auf seine Schultern und trug ihn davon zum Edelsteinschlosse Takni. Dort eilten die Freudenboten zu König Schahlân und zur Herrin Schamsa und zu ihrer Mutter und meldete ihnen, Dschanschâh sei gekommen. Über diese frohe Kunde waren sie alle hoch erfreut; und König Schahlân befahl all seinen dienstbaren Geistern, Dschanschâh entgegenzuziehen. Er stieg selbst zu Pferde und ritt mit allen seinen Geistern, Ifriten und Mârids, dem Prinzen Dschanschâh entgegen. – –«

Da bemerkte Schehrezâd, daß der Morgen begann, und sie hielt in der verstatteten Rede an. Doch als die *Fünfhundertundsechsundzwanzigste Nacht* anbrach, fuhr sie also fort: »Es ist mir berichtet worden, o glücklicher König, daß König Schahlân mit all seinen Geistern, Ifriten und Mârids, dem Prinzen Dschanschâh entgegenritt. Und wie der Geisterkönig, der Vater der Herrin Schamsa, mit dem Prinzen zusammentraf, umarmte er ihn. Der aber küßte dem König die Hände. Darauf gab Schahlân Befehl, ihm ein kostbares Ehrengewand aus vielfarbiger Seide anzulegen, das mit Gold durchwirkt und mit

63

Edelsteinen besetzt war. Ferner setzte er ihm eine Krone auf, wie sie noch kein König unter den sterblichen Menschen gesehen hatte. Dann befahl er, eine edle Stute von den Rossen der Geisterkönige zu bringen, und ließ ihn darauf reiten. Und so ritt er mit dem Könige, rechts und links von den dienenden Geistern umgeben, in prächtigem Aufzuge dahin, bis sie das Tor des Schlosses erreichten. Dort saß Dschanschâh ab; und er sah, eine wie mächtige Burg es war, wie seine Mauern aus Juwelen, Karneolen und edlen Metallen bestanden und wie der Boden dort mit Kristall, Chrysolith und Smaragd ausgelegt war. Da brach er in Freudentränen aus; der König und die Mutter der Herrin Schamsa aber trockneten ihm die Tränen und sprachen zu ihm: ‚Laß ab zu weinen, sorge dich nicht! Wisse, du hast dein Ziel erreicht.‘ Wie er dann in den inneren Hof kam, empfingen ihn der schönen Sklavinnen Scharen, die mit den Sklaven und Dienern gekommen waren, und führten ihn auf den Ehrenplatz und stellten sich dienstbereit vor ihm auf. Traumverloren blickte er sich in dem herrlichen Raume um und schaute auf die Mauern, die aus allerlei edlem Metall und kostbarem Gestein erbaut waren. Dann begab sich König Schahlân in seinen Staatssaal und befahl den Sklavinnen und Dienern, den Prinzen zu ihm zu führen, auf daß er neben ihm sitze. Da führten sie ihn zu ihm hinein, und der König selbst erhob sich vor ihm und ließ ihn auf seinem Thronsessel zu seiner Seite sitzen. Dann wurden die Tische gebracht, und sie aßen und tranken. Nachdem sie ihre Hände gewaschen hatten, trat auch die Mutter der Herrin Schamsa zu ihm herein und begrüßte ihn und hieß ihn willkommen, indem sie zu ihm sprach: ‚Jetzt hast du dein Ziel erreicht nach all der Mühsal; jetzt kann dein Auge schlafen, nachdem es so lange gewacht hat. Preis sei Allah für deine glückliche Ankunft!‘ Dann ging sie sogleich zu ihrer Tochter, der Herrin Schamsa, und kehrte mit ihr zu Dschanschâh zurück. Die Herrin Schamsa trat auf ihn zu und begrüßte ihn und küßte ihm die Hände; aber sie senkte ihr Haupt, da sie sich vor ihm und ihrer Mutter und ihrem Vater schämte. Auch ihre beiden Schwestern, die mit ihr im Schlosse des Scheich Nasr gewesen waren, kamen und küßten ihm die Hände und begrüßten ihn. Nun hub die Mutter an: ‚Sei willkommen, mein Sohn! Meine Tochter Schamsa hat sich an dir versündigt. Du aber vergib ihr, was sie an dir getan hat, um unsertwillen!‘ Als Dschanschâh diese Worte vernahm, stieß er einen Schrei aus und sank ohnmächtig nieder. Der König verwunderte sich über ihn; und man sprengte ihm Rosenwasser, das mit Moschus und Zibet vermischt war, ins Antlitz. Als er dann wieder zu sich kam, blickte er auf die Herrin Schamsa und rief: ‚Preis sei Allah, der mich an mein Ziel geführt und das Feuer in mir ausgelöscht hat, so daß mein Herz jetzt ruhig ist!‘ Da sagte die Herrin Schamsa: ‚Allah behüte dich vor dem Feuer! Doch nun, mein Prinz, bitte ich dich, erzähl mir, was dir widerfahren ist, seit ich mich von dir trennte, und wie du hierher gekommen bist, wo doch viele Geister nicht einmal das Edelsteinschloß Takni kennen; wir sind ja unabhängig von allen Königen, keiner kennt den Weg zu dieser Stätte, noch hat jemand von ihr gehört.‘ Darauf erzählte er ihr alles, was er erlebt hatte und wie er dorthin gekommen war; er tat ihnen alles kund, was seinem Vater von König Kafîd widerfahren war, was er selbst auf seinem Wege erduldet, welche Schrecken und Wunder er gesehen hatte. Und er schloß mit den Worten: ‚All das geschah um deinetwillen, o meine Herrin Schamsa!‘ Die Mutter aber sprach: ‚Jetzt hast du dein Ziel erreicht. Die Herrin Schamsa ist deine Dienerin, wir schenken sie dir.‘ Voll hoher Freude hörte

Dschanschâh diese Worte. Dann fuhr die Königin fort: ‚So Allah der Erhabene will, werden wir im nächsten Monat das Fest bereiten und die Hochzeit feiern und dich mit ihr vermählen. Dann magst du mit ihr in deine Heimat zurückkehren; und wir wollen dir tausend Mârids von den dienstbaren Geistern zum Geleite geben, von denen der Geringste so stark ist, daß er, wenn du es ihm befiehlst, den König Kafîd samt seinem Kriegsvolke in einem Augenblicke erschlägt. Und wir werden dir ferner Jahr für Jahr eine Schar senden, von der jeder einzelne auf deinen Befehl alle deine Feinde vernichten kann.‘ – –«

Da bemerkte Schehrezâd, daß der Morgen begann, und sie hielt in der verstatteten Rede an. Doch als die *Fünfhundertundsiebenundzwanzigste Nacht* anbrach, fuhr sie also fort: »Es ist mir berichtet worden, o glücklicher König, daß die Mutter der Herrin Schamsa zu Dschanschâh sprach: ‚Und wir werden dir ferner Jahr für Jahr eine Schar senden, von der jeder einzelne auf deinen Befehl alle deine Feinde bis zum letzten Manne vernichten kann.‘ Dann setzte König Schahlân sich auf den Thron und befahl den Großen des Reiches, ein prächtiges Fest zu rüsten, bei dem die Stadt sieben Tage und sieben Nächte geschmückt sein sollte. ‚Wir hören und gehorchen!‘ erwiderten sie und begannen die Vorbereitungen für das Fest zu treffen. Zwei Monate lang waren sie damit beschäftigt; dann wurde die Hochzeit der Herrin Schamsa gefeiert, und das ward ein so herrliches Fest, wie es noch nie eines gegeben hatte. Dschanschâh ging zu der Herrin Schamsa ein, und zwei Jahre lang lebte er mit ihr in Herrlichkeit und Freuden bei Speise und Trank. Danach aber sprach er zu der Herrin Schamsa: ‚Dein Vater hat uns doch versprochen, uns in meine Heimat ziehen zu lassen, damit wir abwechselnd ein Jahr dort und ein Jahr hier zubringen könnten.‘ ‚Ich höre und gehorche!‘ erwiderte

66

sie, und als es Abend ward, ging sie zu ihrem Vater hinein und erzählte ihm, was Dschanschâh gesagt hatte. ‚Ich höre und ich will seinen Wunsch erfüllen,‘ erwiderte der König, ‚doch wartet noch bis zum Ersten des Monats, damit ich euch das Geistergefolge rüsten kann!‘ Sie berichtete dem Prinzen die Worte ihres Vaters, und so wartete er noch die bestimmte Frist. Nachdem diese verstrichen war, gab der König Schahlân den dienenden Geistern das Zeichen zum Aufbruch im Gefolge der Herrin Schamsa und des Prinzen Dschanschâh auf ihrer Fahrt in seine Heimat. Er hatte für die beiden ein großes Thronlager aus rotem Golde herrichten lassen, das mit Perlen und Edelsteinen besetzt war, und darüber einen Baldachin aus grüner Seide, mit allen Farben bestickt und mit kostbaren Steinen geschmückt, deren Schönheit die Beschauer entzückt. Und nun stiegen Dschanschâh und die Herrin Schamsa auf jenes Thronlager, und vier dienende Geister wurden ausgewählt, um es zu tragen. Die ergriffen also das Thronlager, je einer auf jeder der vier Seiten, während Dschanschâh und Schamsa sich darauf befanden. Darauf rief die Herrin Schamsa ihrer Mutter und ihrem Vater und ihren Schwestern und allen Ihren ein Lebewohl zu. Ihr Vater jedoch saß schon zu Rosse und begleitete sie, während die dienenden Geister das Thronlager trugen, bis zum Mittag. Dann setzten die Geister das Lager nieder, und nun ward Abschied voneinander genommen. König Schahlân empfahl seine Tochter der Obhut des Prinzen, und die Herrin Schamsa verabschiedete sich von ihrem Vater, desgleichen auch Dschanschâh. Dann setzten die beiden ihre Reise fort; ihr Vater aber ritt heim. Der König hatte ihr jedoch dreihundert schöne Sklavinnen mitgegeben, und ebenso hatte er dem Prinzen Dschanschâh dreihundert Mamluken von den Söhnen der Geister geschenkt. Die stiegen jetzt alle auf das Thronlager, und die vier dienenden Geister nahmen es auf und flogen mit ihm zwischen Himmel und Erde dahin. An jedem Tage legten sie eine Strecke von dreißig Monaten zurück, und in dieser Weise flogen sie ununterbrochen zehn Tage lang. Nun kannte einer der Geister das Land von Kabul; und als er es an jenem Tage erblickte, sagte er den anderen, sie wollten bei der großen Stadt in dem Lande dort zur Erde hinabsteigen. Jene Stadt aber war die Hauptstadt des Königs Tighmûs; und sie stiegen zu ihr hinunter. – –«

Da bemerkte Schehrezâd, daß der Morgen begann, und sie hielt in der verstatteten Rede an. Doch als die *Fünfhundertundachtundzwanzigste Nacht* anbrach, fuhr sie also fort: »Es ist mir berichtet worden, o glücklicher König, daß die Geister zur Stadt des Königs Tighmûs mit Dschanschâh und der Herrin Schamsa hinunterstiegen. Der König aber war ja vor den Feinden in seine Stadt geflüchtet und war in großer Not, da König Kafîd ihn hart bedrängte. Er hatte auch seinen Gegner um Gnade gebeten; aber der wollte sie ihm nicht gewähren. Als König Tighmûs nun einsah, daß ihm kein Ausweg mehr offen stand, um sich vor König Kafîd zu retten, da beschloß er, sich selbst zu erdrosseln, um durch den Tod von all der Sorge und Qual erlöst zu werden. So nahm er denn Abschied von den Wesiren und Emiren und begab sich in seinen Palast, um den Seinen Lebewohl zu sagen. Da begann das Volk seines Reiches zu weinen und zu klagen und die Trauer durch lautes Jammern zur Schau zu tragen. Und gerade zu jener Zeit, als König Tighmûs in solch äußerster Not war, da näherten sich die Geister dem Schlosse in jener Burg. Dschanschâh befahl ihnen, das Thronlager inmitten des Staatssaales niederzusetzen, und sie taten nach seinem Gebot. Darauf stiegen die Herrin Schamsa und Dschanschâh und die Dienerinnen und Mamluken hinunter. Und da sie alles Volk der Stadt in Not und Elend und großem Jammer sahen, sagte der Prinz zu seiner Gemahlin: ‚Geliebte meines Herzens, du mein Augentrost, sieh, in welch schlimmer Bedrängnis mein Vater ist!' Da die Herrin erkannte, wie groß die Not seines Vaters und seines Volkes war, befahl sie den Geistern, mit Macht über das Heer der Belagerer herzufallen und alle zu töten, indem sie ihnen einschärfte, niemanden am Leben zu lassen. Dschanschâh aber winkte einen der Geister herbei, der gewaltige Kraft besaß, namens Karâtasch, und befahl ihm, den König Kafîd in Ketten herzubringen. Darauf zogen die Geister aus wider jenen. Sie nahmen aber den Thronhimmel mit sich und flogen so lange, bis sie ihn in der Luft oberhalb der Erde hinstellten und den Baldachin über ihm errichteten; dort warteten sie bis zur Mitternacht. Dann fielen sie über König Kafîd und seine Krieger her und machten sie nieder. Ein jeder von ihnen packte acht bis zehn der Feinde, während sie auf dem Rücken des Elefanten waren, und flog mit ihnen zum Himmel empor; dann warf er sie nieder, so daß sie vom Winde zerrissen wurden. Einige der Geister aber hieben mit eisernen Keulen auf sie ein. Der Geist nun, der Karâtasch hieß, begab sich sogleich zum Zelte des Königs Kafîd, stürzte sich auf ihn, während er auf dem Throne saß, packte ihn und sauste mit ihm zum Himmel empor, während er aus Schrecken vor dem Dämon schrie. Der aber flog mit ihm weiter, bis er ihn vor den Augen Dschanschâhs auf das Thronlager legte. Das Lager war ja auf Befehl Dschanschâhs von den vier dienenden Geistern emporgehoben und schwebte hoch in der Luft; und so sah König Kafîd, als er die Augen aufschlug, daß er zwischen Himmel und Erde hing. Da schlug er sich ins Antlitz, und Grausen erfüllte ihn.

So erging es dem König Kafîd. Sehen wir uns nun nach Kö
nig Tighmûs um! Als der seinen Sohn erblickte, wäre er fast
im Übermaß der Freude gestorben; er stieß einen lauten
Schrei aus und sank ohnmächtig nieder. Da besprengte man
sein Antlitz mit Rosenwasser; und als er wieder zu sich gekommen war, umarmte er seinen Sohn, und beide weinten
heftig. König Tighmûs wußte aber noch nicht, daß die Geister wider den König Kafîd kämpften. Nun kam auch die Herrin Schamsa herbei, trat vor den König, den Vater Dschanschâhs, küßte ihm die Hände und sprach zu ihm: ‚Hoher Herr,
steig mit mir zum Dache des Schlosses hinauf und sieh zu, wie
die Geisterhelden meines Vaters kämpfen!' Da stieg er mit ihr
zum Dache hinauf; und dort setzten sich die beiden nieder, er
und die Herrin Schamsa. Und wie sie dem Kampfe zuschauten, sahen sie, daß die Geister kreuz und quer auf die Feinde
dreinhieben. Manch einer von ihnen nahm die eiserne Keule
und schlug damit auf einen Elefanten, so daß der mitsamt seinen Reitern zermalmt wurde und Tier und Mensch nicht
mehr zu unterscheiden waren. Ein anderer lief einer Schar von
Fliehenden entgegen und schrie ihnen so gewaltig ins Gesicht,
daß sie tot niedersanken. Wieder ein anderer ergriff an die
zwanzig Reiter, flog mit ihnen zum Himmel empor und warf
sie auf die Erde, so daß sie in Stücke zerschmetterten, während
Dschanschâh und sein Vater und die Herrin Schamsa zusahen
und ihre Augenweide an dem Kampfe hatten. – –«

Da bemerkte Schehrezâd, daß der Morgen begann, und sie
hielt in der verstatteten Rede an. Doch als die *Fünfhundertund-
neunundzwanzigste Nacht* anbrach, fuhr sie also fort: »Es ist mir
berichtet worden, o glücklicher König, daß König Tighmûs
und sein Sohn Dschanschâh und dessen Gemahlin, die Herrin
Schamsa, zum Dache des Schlosses emporstiegen und dort dem

Kampfe der Geister mit dem Heere des Königs Kafîd zuschauten. Auch König Kafîd mußte das alles mit ansehen, während er sich auf dem Thronlager befand und weinte. Das Morden unter seinem Heere dauerte zwei Tage lang; da waren sie alle bis zum letzten Mann vernichtet. Nun befahl Dschanschâh den Geistern, das Thronlager zu holen und es mitten in der Burg des Königs Tighmûs niederzusetzen. Sie gingen hin und taten, wie ihnen ihr Herr geboten hatte. Darauf befahl König Tighmûs einem der Geister, der Schimwâl hieß, den König Kafîd zu ergreifen, in Ketten und Fesseln zu legen und ihn in den Schwarzen Turm einzusperren. Schimwâl tat, wie ihm befohlen war. Darauf ließ König Tighmûs die Trommeln schlagen und sandte die Freudenboten zur Mutter Dschanschâhs. Die eilten zu ihr und taten ihr kund, daß ihr Sohn gekommen sei und all dies getan habe. Erfreut ritt sie alsbald zu ihm. Und als Dschanschâh sie erblickte, zog er sie an seine Brust; doch sie sank im Übermaße des Glücks ohnmächtig nieder. Man sprengte ihr Rosenwasser ins Gesicht, und als sie dann wieder zu sich kam, umarmte sie ihren Sohn und weinte Freudentränen. Und wie die Herrin Schamsa hörte, daß sie gekommen war, eilte sie zu ihr hin und begrüßte sie; und die beiden umarmten einander eine lange Weile; dann setzten sie sich und plauderten miteinander. König Tighmûs aber ließ die Tore der Stadt öffnen und sandte die Freudenboten ins ganze Land hinaus. Die verkündeten überall die frohe Mär; und bald schon wurden ihm wertvolle Gaben und Kostbarkeiten gebracht. Da kamen denn auch die Emire und die Krieger und die Herrscher in den Ländern, um ihn zu begrüßen und ihn zu seinem Sieg und der sicheren Heimkehr seines Sohnes Glück zu wünschen. Das dauerte eine ganze Weile; immer neue Menschen kamen mit wertvollen Geschenken und kostbaren Gaben. Darauf ließ der

König ein prächtiges Hochzeitsfest für die Herrin Schamsa feiern, nunmehr zum zweiten Male, und befahl, die Stadt zu schmücken. Dann ließ er sie, geschmückt und mit prächtigen Gewändern angetan, zur Entschleierung vor Dschanschâh führen; und als der zu ihr hineintrat, schenkte er ihr alsbald hundert schöne Sklavinnen, die sie bedienen sollten. Nach einer Reihe von Tagen aber begab sich die Herrin Schamsa zu König Tighmûs und bat ihn um Gnade für König Kafîd, indem sie sprach: ‚Entlaß ihn, auf daß er in sein Land zurückkehre! Wenn er je wieder Böses gegen dich im Schilde führt, so befehle ich einem der Geister, daß er ihn ergreife und zu dir bringe.‘ ‚Ich höre und willfahre!‘, sprach der König und sandte zu Schimwâl, er solle den Gefangenen vor ihn bringen. Der holte ihn; und als der feindliche Herrscher in Ketten und Fesseln vor ihn trat und den Boden vor ihm küßte, befahl Tighmûs, ihm jene Fesseln abzunehmen. Nachdem dies geschehen war, setzte er ihn auf eine lahme Mähre und sprach zu ihm: ‚Die Königin Schamsa hat für dich um Gnade gebeten; so zieh denn heim in dein Land! Wenn du aber noch einmal dein früheres Tun beginnen solltest, so wird sie einen ihrer Geister senden, und der wird dich holen!‘ So zog der König Kafîd mit Schimpf und Schanden in sein Land zurück. – –«

Da bemerkte Schehrezâd, daß der Morgen begann, und sie hielt in der verstatteten Rede an. Doch als die *Fünfhundertunddreißigste Nacht* anbrach, fuhr sie also fort: »Es ist mir berichtet worden, o glücklicher König, daß König Kafîd mit Schimpf und Schanden in sein Land zurückzog. Dschanschâh aber und sein Vater und die Herrin Schamsa lebten fortan herrlich und in Fröhlichkeit und in lauter Glück und Seligkeit.‘ –

All dies erzählte der Jüngling, der zwischen den Gräbern saß, dem Wanderer Bulûkija, und er schloß mit den Worten:

‚So wisse denn, ich bin Dschanschâh, ich bin es, der all dies erlebt hat, mein Bruder Bulûkija!' Und wundersam klang diese
ganze Erzählung in Bulûkijas Herzen. Dann fragte Bulûkija,
er, der in der Welt umherzog, getrieben von der Liebe zu
Mohammed – Allah segne ihn und gebe ihm Heil! –, den Prinzen Dschanschâh: ‚Mein Bruder, was ist es mit diesen beiden
Gräbern? Und warum sitzest du zwischen ihnen? Und warum
weinest du?' Jener erwiderte: ‚Wisse, Bulûkija, wir lebten herrlich und in Fröhlichkeit und in lauter Glück und Seligkeit und
verbrachten abwechselnd ein Jahr in unserem Lande und ein
Jahr in dem Edelsteinschlosse Takni. Und wir reisten immer
auf dem Thronsessel, getragen von den dienenden Geistern,
die mit ihm zwischen Himmel und Erde dahinflogen.' Da
fragte Bulûkija: ‚Mein Bruder Dschanschâh, wie weit war es
von eurem Lande bis zu jener Burg?' Und Dschanschâh gab
ihm zur Antwort: ‚Wir legten jeden Tag eine Strecke von
dreißig Monaten zurück, und wir erreichten die Burg in zehn
Tagen. So lebten wir eine Reihe von Jahren dahin. Doch einst,
als wir wie gewöhnlich unsere Reise machten, begab es sich,
daß wir an diese Stätte gelangten und hier mit dem Thronlager landeten, um uns diese Insel anzusehen. Wir setzten uns
an das Ufer des Flusses und aßen und tranken. Da sagte die
Herrin Schamsa: ‚Ich möchte in diesem Flusse baden.' Dann
legte sie ihre Kleider ab, und die Sklavinnen taten das gleiche;
und sie stiegen in den Fluß hinab und schwammen. Derweilen
ging ich am Ufer des Flusses einher und ließ die Mädchen mit
der Herrin Schamsa sich dort vergnügen. Doch plötzlich kam
ein großer Hai, ein Meerungeheuer, und packte die Herrin am
Fuß, ohne eins der Mädchen zu berühren. Sie stieß einen lauten Schrei aus und sank im selben Augenblick tot dahin; die
Mädchen aber kamen aus dem Wasser heraus und flüchteten

vor dem Hai zu dem Baldachin. Nach einer Weile gingen
einige von den Mädchen hin, nahmen den Leichnam auf und
trugen ihn unter den Baldachin. Als ich sehen mußte, daß sie
tot war, sank ich in Ohnmacht. Da besprengte man mein Antlitz mit Wasser; und als ich wieder zu mir gekommen war,
beweinte ich sie. Dann befahl ich den dienenden Geistern, sie
sollten das Thronlager nehmen und zu den Ihren bringen, und
sie sollten ihnen kundtun, was ihr widerfahren war. Jene gingen zu den Ihren und brachten ihnen die Kunde; und es währte
nicht lange, da kamen die Ihren hierher, wuschen den Leichnam, hüllten ihn in das Totenlaken, begruben ihn an dieser
Stätte und trauerten um die Tote. Dann wollten sie mich mit
sich in ihr Land nehmen; aber ich sprach zu ihrem Vater: ‚Ich
bitte dich, grab mir eine Grube neben ihrem Grabe und mache
sie zum Grabe für mich, auf daß ich dereinst, wenn ich sterbe
an ihrer Seite bestattet werde!‘ Da befahl König Schahlân
einem der dienenden Geister, solches zu tun; und der tat, wie
ich es wünschte. Dann gingen sie fort von mir und ließen mich
hier, wo ich um sie klage und weine. Das ist meine Geschichte,
und das ist der Grund, weshalb ich zwischen diesen beiden
Gräbern sitze.‘ Danach sprach er noch diese beiden Verse:

> *Das Haus ist, seit du gingst, o Herrin, gar kein Haus;*
> *Der liebe Nachbar kann mir nicht mehr Nachbar sein.*
> *Der Freund, mit dem ich einst in ihm den Bund geschlossen,*
> *Ist mir kein Freund mehr – ach, das Licht verlor den Schein.*

*

Als Bulûkija all dies von Dschanschâh vernommen hatte,
staunte er. – –«

Da bemerkte Schehrezâd, daß der Morgen begann, und sie
hielt in der verstatteten Rede an. Doch als die *Fünfhundertund-*

einunddreißigste Nacht anbrach, fuhr sie also fort: »Es ist mir berichtet worden, o glücklicher König, daß Bulûkija, als er all das von Dschanschâh vernommen hatte, staunte und ausrief: ‚Bei Allah, ich glaubte, ich hätte die Welt durchwandert und wäre durch alle Lande umhergezogen; aber, bei Allah, jetzt, da ich deine Geschichte vernommen habe, denke ich nicht mehr an meine Erlebnisse.‘ Alsdann sprach er zu Dschanschâh: ‚Ich bitte dich, sei so gütig und freundlich, mein Bruder, und zeige mir einen sicheren Weg!‘ Da wies Dschanschâh ihn auf den rechten Weg, und Bulûkija nahm Abschied von ihm und wanderte weiter.‘

All dies erzählte die Schlangenkönigin dem Hâsib Karîm ed-Dîn. Da fragte er sie: ‚Woher weißt du alle diese Dinge?‘ Sie gab ihm zur Antwort: ‚O Hâsib, ich sandte einst, vor fünfundzwanzig Jahren, eine große Schlange nach Ägyptenland, und ich gab ihr einen Brief mit, in dem ich Bulûkija meinen Gruß entbot; den sollte sie ihm überbringen. Jene Schlange ging davon und brachte ihn der Bint Schumûch[1]; die hatte eine Tochter im Lande Ägypten, und die nahm den Brief und zog dahin, bis sie in jenes Land kam. Dort fragte sie die Leute nach Bulûkija; und nachdem man ihr den Weg zu ihm gewiesen hatte, ging sie zu ihm, und sowie sie ihn erblickte, begrüßte sie ihn und übergab ihm den Brief. Er las ihn und verstand seinen Sinn; dann fragte er die Schlange: ‚Kommst du von der Schlangenkönigin?‘ Als sie das bejahte, fuhr er fort: Ich wünsche mit dir zur Königin der Schlangen zu gehen; denn ich habe ein Anliegen an sie.‘ ‚Ich höre und gehorche!‘ erwiderte sie. Dann nahm sie ihn mit zu ihrer Tochter und begrüßte sie. Bald aber verabschiedete sie sich wieder von ihr und verließ

1. Das ist: ‚Tochter des Stolzes‘, vielleicht Bezeichnung einer Schlangenart.

sie. Nun sagte sie zu Bulûkija: ‚Schließe deine Augen!‘ Er schloß sie; doch als er sie wieder aufmachte, befand er sich in dem Berge, in dem ich wohne. Und dort ging sie mit ihm zu der Schlange, die ihr den Brief gegeben hatte, und begrüßte sie. Jene fragte alsbald: ‚Hast du den Brief zu Bulûkija gebracht?‘, ‚Jawohl,‘ erwiderte sie, ‚ich habe ihn ihm übergeben, und ich habe ihn selbst mit mir gebracht. Dort ist er!‘ Da trat Bulûkija vor und begrüßte jene Schlange und fragte nach der Schlangenkönigin. Jene Schlange gab ihm zur Antwort: ‚Sie ist mit ihren Scharen und ihren Kriegern zum Berge Kâf gegangen. Wenn der Sommer kommt, wird sie hierher zurückkehren. Jedesmal, wenn sie zum Berge Kâf zieht, setzt sie mich an ihre Stelle, bis sie wiederkommt. Wenn du also ein Anliegen hast, so will ich es dir erfüllen.‘ Nun sagte Bulûkija: ‚Ich wünsche, daß du mir das Kraut bringst, das jedem, der es preßt und seinen Saft trinkt, gegen Krankheit und Alter und Tod feit.‘ Doch jene Schlange erwiderte ihm: ‚Ich werde es dir nicht eher bringen, als bis du mir erzählst, was dir widerfahren ist, nachdem du dich von der Schlangenkönigin getrennt hast, damals, als du mit ’Affân zum Grabe des Herren Salomo gingst.‘ Da erzählte Bulûkija ihr seine ganze Geschichte von Anfang bis zu Ende; auch tat er ihr kund, was Dschanschâh erlebt hatte, und berichtete ihr seine Erlebnisse. Und zuletzt sagte er: ‚Nun erfülle mir meinen Wunsch, damit ich in mein Land zurückkehren kann!‘ Aber sie antwortete ihm: ‚Bei dem Herrn Salomo, ich kenne den Weg zu jenem Kraut nicht.‘ Dann befahl sie der Schlange, die ihn gebracht hatte, ihn in sein Land zurückzuschaffen. ‚Ich höre und gehorche!‘ erwiderte jene und hieß Bulûkija seine Augen schließen. Er tat es, und als er sie wieder öffnete, fand er sich auf dem Berge al-Mokattam[1];

1. Ein Berg südlich von Kairo.

darauf ging er in seine Wohnung zurück. Als aber die Schlangenkönigin vom Berge Kâf zurückkehrte, begab sich die Schlange, die ihre Stelle vertreten hatte, zu ihr, grüßte sie und sprach zu ihr: ,,Bulûkija läßt dich grüßen' und berichtete ihr alles, was Bulûkija ihr erzählt hatte, was er selbst auf seiner Wanderung erlebt hatte und wie er mit Dschanschâh zusammengetroffen war. Auf diese Weise, so schloß die Schlangenkönigin, erfuhr ich diese Dinge, o Hâsib.' Da bat Hâsib sie: ,O Königin der Schlangen, berichte mir nun noch, was Bulûkija erlebte, als er nach Ägypten zurückkehrte. Und sie erzählte:

,Wisse, o Hâsib, als Bulûkija sich von Dschanschâh getrennt hatte, zog er Tag und Nacht dahin, bis er zu einem großen Meere kam; dort salbte er seine Füße mit dem Safte, den er bei sich hatte, und schritt auf der Oberfläche des Wassers dahin, bis er zu einer Insel kam, auf der Bäche flossen und Bäume mit Früchten sprossen, und die dem Paradiese glich. Wie er dann auf jener Insel umherging, sah er einen mächtigen Baum, dessen Blätter so groß wie Segel von Schiffen waren. Er ging hinzu, und da entdeckte er unter ihm einen ausgebreiteten Tisch, der mit allerlei prächtigen Speisen gedeckt war. Weiter erblickte er auf jenem Baume einen großen Vogel mit einem Leib aus Perlen und grünem Smaragd, mit Füßen aus Silber, einem Schnabel aus rotem Karneol und Federn aus edlen Erzen; und der pries Allah den Erhabenen und betete für Mohammed – Allah segne ihn und gebe ihm Heil!' – –«

Da bemerkte Schehrezâd, daß der Morgen begann, und sie hielt in der verstatteten Rede an. Doch als die *Fünfhundertundzweiunddreißigste Nacht* anbrach, fuhr sie also fort: »Es ist mir berichtet worden, o glücklicher König, daß Bulûkija, als er auf jener Insel gelandet war, sie einem Paradiese gleich fand, daß er auf ihr umherging und die Wunderdinge auf ihr schaute, darunter auch den Vogel, dessen Leib aus Perlen und grünem Smaragd und dessen Federn aus edlen Erzen bestanden, wie er dort saß und Allah pries und für Mohammed – Allah segne ihn und gebe ihm Heil! – betete. Als Bulûkija jenen großen Vogel erblickte, fragte er ihn: ,Wer bist du? Was ist es mit dir?' Jener antwortete: ,Ich bin einer von den Vögeln des Paradieses. Wisse, mein Bruder, als Gott der Erhabene Adam aus dem Paradiese vertrieb, ließ er ihn vier Blätter mitnehmen, auf daß er seine Blöße damit bedecke. Die fielen auf die Erde; eins von ihnen fraß der Wurm, und daraus wurde die Seide; das zweite fraßen die Gazellen, und daraus wurde der Moschus; das dritte fraßen die Bienen, und daraus entstand der Honig; das vierte aber fiel in das Land Indien, und daraus entstanden die Gewürze. Was mich angeht, so bin ich lange auf der ganzen Erde umhergewandert, bis Allah der Erhabene mir in seiner Gnade diese Stätte zuwies, und da blieb ich denn. In jeder Nacht zum Freitag und am Freitag selbst kommen die Heiligen und die Glaubensfürsten aus der ganzen Welt hierher, um diese Stätte zu besuchen, und dann essen sie von den Speisen dort. Dies ist ein Gastmahl Allahs des Erhabenen, mit dem Er sie in jeder Nacht zum Freitag und am Tage darauf bewirtet. Danach aber wird der Tisch wieder zum Paradiese entrückt, und niemals nehmen die Speisen ab oder verderben.' So aß denn auch Bulûkija davon. Doch als er satt war und Allah den Erhabenen pries, erschien plötzlich el-Chidr[1] – Heil sei über ihm! Da erhob sich Bulûkija, grüßte ihn und wollte fortgehen. Doch der Vogel rief ihm zu: ,Bleib sitzen, Bulûkija, und warte in Gegenwart el-Chidrs – Heil sei über ihm!' Als er sich dann wieder gesetzt hatte, sprach el-Chidr zu

1. Chidr, der ,ewig junge', ist eine alte orientalische Sagengestalt; er wird auch dem Elias und dem heiligen Georg gleichgesetzt.

ihm: ‚Tu mir kund, wie es um dich steht, und erzähle mir deine Geschichte!‘ Da berichtete Bulûkija ihm alles von Anfang an bis zu der Zeit, da er an die Stätte gekommen war, an der er nun vor el-Chidr saß. Und zum Schlusse fragte er: ‚Mein Gebieter, wie weit ist es von hier nach Kairo?‘ ‚Eine Reise von fünfundneunzig Jahren‘, erwiderte jener. Wie Bulûkija das hörte, begann er zu weinen. Dann ergriff er el-Chidrs Hand und küßte sie und flehte ihn an: ‚Befrei mich von dieser Wanderschaft! Allah wird es dir lohnen. Sieh, ich bin dem Ende nahe, und ich weiß nicht mehr, was ich tun soll.‘ Da gab el-Chidr zur Antwort: ‚Bete zu Allah dem Erhabenen, daß Er mir gestatte, dich nach Kairo zu bringen, ehe du umkommst.‘ Und Bulûkija flehte unter Tränen zu Allah dem Erhabenen, und Er nahm sein Gebet an und befahl dem Heiligen, über dem Heil sei!, durch eine Offenbarung, Bulûkija zu den Seinen zu bringen. Dann sprach el-Chidr – Heil sei über ihm! – zu Bulûkija: ‚Erhebe dein Haupt! Allah hat dein Gebet erhört und mir durch eine Offenbarung geboten, dich nach Kairo zu führen. Nun faß mich an, halte mich mit beiden Händen fest und schließe deine Augen!‘ Der Jüngling tat, wie ihm befohlen war; el-Chidr aber tat einen einzigen Schritt und sagte dann zu Bulûkija: ‚Öffne deine Augen!‘ Als jener die Augen aufmachte, sah er sich vor der Tür seines Palastes stehen. Er wandte sich um und wollte von el-Chidr – Heil sei über ihm! – Abschied nehmen; doch er fand keine Spur mehr von ihm.––«

Da bemerkte Schehrezâd, daß der Morgen begann, und sie hielt in der verstatteten Rede an. Doch als die *Fünfhundertunddreiunddreißigste Nacht* anbrach, fuhr sie also fort: »Es ist mir berichtet worden, o glücklicher König, daß Bulûkija, als el-Chidr – Heil sei über ihm! – ihn an die Tür seines Palastes gebracht hatte, seine Augen aufschlug und von ihm Abschied nehmen wollte, ihn aber nicht fand. Dann trat er in sein Schloß ein, und als seine Mutter ihn erblickte, stieß sie einen lauten Schrei aus und sank vor Freuden ohnmächtig nieder. Man sprengte ihr Wasser ins Antlitz, um sie wieder ins Bewußtsein zu rufen; und als sie erwachte, umarmte sie ihn unter heißen Tränen, während Bulûkija bald weinte und bald lachte. Dann kamen auch die Seinen zu ihm, alle seine Freunde und Anverwandten, und wünschten ihm Glück zu seiner sicheren Heimkehr. Und die Kunde verbreitete sich im Lande, und von allen Seiten wurden ihm Geschenke dargebracht. Die Trommeln wurden geschlagen, die Pfeifen geblasen, und alles Volk freute sich gewaltig. Dann erzählte auch Bulûkija seine Geschichte und berichtete alles, was er erlebt hatte, und wie zuletzt el-Chidr ihn an die Tür seines Palastes gebracht hatte. Alle Leute verwunderten sich darüber, und sie weinten, bis sie des Weinens müde waren.'

*

Dieser ganzen Erzählung der Schlangenkönigin hatte Hâsib Karîm ed-Dîn mit Staunen zugehört und dabei viele Tränen vergossen. Nun aber sprach er wiederum zu ihr: ‚Ich möchte in meine Heimat zurückkehren.' Die Königin der Schlangen jedoch erwiderte ihm: ‚Ich fürchte, o Hâsib, wenn du in deiner Heimat bist, so wirst du dein Versprechen nicht halten, sondern deinen Schwur brechen, indem du ins Bad gehst.' Da schwur er ihr noch manche feierliche Eide, er wolle sein ganzes Leben lang nie wieder ins Bad gehen. Nun rief die Königin endlich eine Schlange und befahl ihr, Hâsib Karîm ed-Dîn wieder an die Oberfläche der Erde zu bringen. Die Schlange nahm ihn mit sich und führte ihn von Ort zu Ort, bis sie ihn zur Öffnung eines verlassenen Brunnens hinausbrachte. Darauf ging er allein weiter, bis er zur Stadt kam, und dort begab er sich zu seiner Wohnung. Es war aber gegen Abend, als die Sonne schon erblich. Er klopfte an die Tür; seine Mutter kam heraus und öffnete. Da sah sie plötzlich ihren Sohn vor sich. Bei seinem Anblick warf sie sich in übergroßer Freude auf ihn und weinte. Und als seine Frau das Weinen hörte, kam auch sie herausgelaufen. Wie sie aber ihren Gatten erblickte, grüßte sie ihn und küßte ihm die Hände. Und alle hatten große Freude aneinander. Dann gingen sie wieder ins Haus hinein, und als sich alle gesetzt hatten und er wieder zwischen den Seinen dasaß, fragte er nach den Holzfällern, die einst mit ihm Holz zu holen pflegten und ihn dann in der Zisterne verlassen hatten. Seine Mutter gab ihm zur Antwort: ‚Sie kamen zu mir und sagten, der Wolf im Tal habe dich gefressen. Jetzt sind sie Kaufleute und Besitzer von Häusern und Läden geworden, und sie führen ein behagliches Leben. Aber täglich bringen sie mir Speise und Trank; so tun sie bis zum heutigen Tage.' Da sprach Hâsib zu seiner Mutter: ‚Geh du morgen zu ihnen und sage ihnen: ‚Mein Sohn Hâsib Karîm ed-Dîn ist von seiner Reise zurückgekehrt; also kommt, empfangt ihn und begrüßt ihn!' Und als es Morgen ward, ging sie zu den Häusern der Holzfäller und brachte ihnen die Botschaft ihres Sohnes. Wie jene aber diese Worte vernahmen, erblichen sie und sprachen: ‚Wir hören und gehorchen!' Und jeder von ihnen gab ihr ein seidenes Gewand, das mit Gold bestickt war, indem er sprach: ‚Gib das deinem Sohne, auf daß er es anlege, und sage ihm, wir würden morgen zu ihm kommen!' Sie erwiderte einem jeden: ‚Ich höre und gehorche!' und kehrte zu ihrem Sohne zurück, richtete ihre Botschaft aus und gab ihm die Geschenke, die man ihr gegeben hatte.

Sehen wir nun aber, was die Holzhauer inzwischen taten! Sie riefen eine Anzahl von Kaufleuten zusammen und gestanden ihnen, wie sie einst gegen Hâsib Karîm ed-Dîn gehandelt hatten, und schlossen mit den Worten: ‚Was sollen wir jetzt mit ihm tun?' Die Kaufleute erwiderten: ‚Es gebührt sich, daß ein jeder von euch ihm die Hälfte seines Geldes und seiner Mamluken gebe.' Mit diesem Plane waren alle einverstanden; und so nahm ein jeder die Hälfte seines Besitzes mit sich, und alle gingen gemeinsam zu ihm, begrüßten ihn und küßten ihm die Hände. Und indem sie ihm alles überreichten, sprachen sie zu ihm: ‚Dies kommt von deiner Güte, und wir stehen zu deiner Verfügung.' Er nahm ihre Gaben an und sprach: ‚Was vergangen ist, ist vergangen. Dies war von Allah so bestimmt. Und gegen das, was einmal beschlossen ist, hilft keines Vorsichtigen List.' Darauf baten sie ihn: ‚Komm, wir wollen uns in der Stadt ergehen und das Bad besuchen!' Doch er antwortete: ‚Ich habe einen Eid geschworen, in meinem ganzen Leben nie mehr ein Bad zu betreten.' ‚Nun denn,' so baten sie weiter, ‚komm mit uns nach Haus, auf daß wir dich bewirten können!' ‚Ich höre und gehorche!' erwiderte er und ging mit ihnen zu ihren Häusern. Ein jeder von ihnen bewirtete ihn an einem Abend, bis in dieser Weise sieben Abende vergangen waren. Nun war auch er Besitzer von Geld und Häusern und Läden, und die Kaufleute der Stadt versammelten sich bei ihm, und er erzählte ihnen seine Erlebnisse. So wurde er einer der angesehensten Kaufherren. Eine ganze Weile führte er dies Leben; da begab es sich eines Tages, daß er in die Stadt ging und einer seiner Freunde, der Besitzer eines Bades, ihn erblickte, wie er an der Tür des Bades vorbeiging. Ihre Blicke trafen sich, und der Freund begrüßte ihn und umarmte ihn. Dann sprach er zu ihm: ‚Bitte, tritt ein und nimm ein Bad, damit ich

82

dir Gastfreundschaft erweisen kann!' Aber Hâsib erwiderte ihm: ‚Ich habe einen Eid geschworen, in meinem ganzen Leben nie mehr ein Bad zu betreten.' Dennoch beschwor ihn der Badbesitzer und rief: ‚Meine drei Frauen sollen dreifach geschieden sein, wenn du nicht mit mir eintrittst und ein Bad nimmst!' Da ward Hâsib verwirrt, und er sprach: ‚Willst du denn, mein Bruder, meine Kinder zu Waisen machen, mein Haus zugrunde richten und mir die Sündenlast auf den Rükken legen?' Nun warf der Mann sich ihm zu Füßen, küßte sie und sprach: ‚Ich bitte dich um alles in der Welt, tritt ein mit mir ins Bad; die Sünde komme über mein Haupt!' Alsbald kamen alle Diener des Bades und die Leute, die darin waren, zuhauf, drangen auf Hâsib ein, schleppten ihn ins Bad und nahmen ihm die Kleider ab. Kaum aber war er im Bade drinnen und hockte an der Wand nieder und begann, sich Wasser aufs Haupt zu gießen, da kamen zwanzig Männer auf ihn zu und riefen: ‚Auf, Mann, folge uns! Du bist ein Schuldner des Sultans.' Dann entsandten sie einen aus ihrer Zahl zum Wesir des Sultans; der eilte fort und brachte die Meldung. Und alsbald stieg der Wesir mit sechzig Mamluken zu Rosse, und sie ritten dahin, bis sie zum Bade kamen und Hâsib Karîm ed-Dîn trafen. Der Minister begrüßte ihn und hieß ihn willkommen; dem Badbesitzer aber gab er hundert Goldstücke. Dann befahl er für Hâsib ein Pferd zu bringen, damit er reite. Und nun zogen der Wesir und Hâsib und die ganze Dienerschar dahin, bis sie zum Schlosse des Sultans kamen; dort saßen alle ab, der Minister und seine Leute und Hâsib, und setzten sich im Schlosse nieder. Die Tische wurden gebracht, und man aß und trank. Nachdem auch die Hände gewaschen waren, gab der Wesir ihm zwei Ehrengewänder, von denen ein jedes fünftausend Dinare wert war, und sprach zu ihm: ‚Wisse, Allah hat dich uns geschenkt und hat dich in seiner Barmherzigkeit zu uns kommen lassen. Der Sultan liegt todkrank am Aussatz darnieder; und die Bücher haben uns angezeigt, daß sein Leben in deiner Hand steht.' Darob war Hâsib sehr erstaunt; und nun führten ihn der Wesir und die Würdenträger des Reiches durch sieben Türen des Schlosses, bis sie zum König eintraten. Jener König war König Karazdân geheißen, der Herrscher von Persien, und er gebot über die sieben Lande. Und ihm waren hundert Sultane untergeben, die auf Thronen von rotem Golde saßen, dazu hunderttausend Ritter, von denen ein jeder hundert Statthalter unter sich hatte, und hundert Henker, die Schwerter und Beile trugen. Diesen König also fanden sie auf seinem Bette liegen; sein Antlitz war mit einem Tuche verhüllt, und er stöhnte im Übermaß der Schmerzen. Als Hâsib all die Pracht dort sah, erstarb er in Ehrfurcht vor König Karazdân, küßte den Boden vor ihm und flehte Segen auf sein Haupt herab. Darauf trat der Großwesir, Schamhûr geheißen, auf Hâsib zu, bot ihm den Willkommensgruß und ließ ihn auf einem hohen Stuhle zur Rechten des Königs sitzen. – –«

Da bemerkte Schehrezâd, daß der Morgen begann, und sie hielt in der verstatteten Rede an. Doch als die *Fünfhundertundvierunddreißigste Nacht* anbrach, fuhr sie also fort: »Es ist mir berichtet worden, o glücklicher König, daß der Wesir Schamhûr auf Hâsib zutrat und ihn auf einem hohen Stuhle zur Rechten des Königs Karazdân sitzen ließ. Dann wurden die Tische gebracht, und man aß und trank. Nachdem man sich auch die Hände gewaschen hatte, erhob sich der Wesir Schamhûr; und alle, die im Saale waren, erhoben sich zugleich aus Ehrfurcht vor ihm. Dann schritt er auf Hâsib Karîm ed-Dîn zu und sprach zu ihm: ,Wir stehen dir zu Diensten; alles, was du wünschest,

84

wollen wir dir geben, ja, sogar die Hälfte des Reiches würden wir dir schenken, wenn du sie verlangtest: denn die Heilung des Königs ruht in deiner Hand.' Darauf nahm er ihn bei der Hand und führte ihn zum König; und als Hâsib das Antlitz des Königs aufdeckte und ihn anschaute, erkannte er, daß jener auf den Tod erkrankt war. Darüber war er bestürzt. Doch nun beugte sich der Wesir über Hâsibs Hand und küßte sie und sprach: ‚Wir flehen dich an, heile diesen König, und wir wollen dir alles geben, was du verlangst. Dies ist unsere Bitte an dich.' Hâsib gab ihm zur Antwort: ‚Freilich bin ich der Sohn Daniels, des Propheten Allahs; aber ich verstehe nichts von dieser Wissenschaft. Man hat mich wohl dreißig Tage in der Heilkunst unterrichtet; doch ich habe nichts davon gelernt. Ich wollte, ich verstände etwas davon und könnte diesen König heilen!' Aber der Wesir fuhr fort: ‚Verschwende nicht zuviel Worte an uns! Wenn wir auch alle Ärzte aus Ost und West zusammenberiefen, so könnte ihn doch niemand heilen als du allein.' Da fragte Hâsib: ‚Wie kann ich ihn gesund machen, wo ich weder seine Krankheit noch ihre Heilung kenne?' Doch der Minister beharrte darauf: ‚Die Heilung des Königs liegt in deiner Hand.' Und als Hâsib sagte: ‚Wenn ich das Mittel für ihn wüßte, so würde ich ihn heilen', fuhr jener fort: ‚Du weißt recht wohl das Mittel für ihn: es ist die Schlangenkönigin; du kennst ihre Stätte, du hast sie gesehen, du bist bei ihr gewesen!' Als Hâsib diese Worte hörte, ahnte er, daß all dies geschah, weil er das Bad betreten hatte; und er bereute, als die Reue nichts mehr fruchtete. Und er sprach: ‚Wie ist das mit der Schlangenkönigin? Ich kenne sie nicht, habe auch mein Leben lang nie ihren Namen gehört.' ‚Leugne nicht, daß du sie kennst!' erwiderte der Wesir, ‚ich habe Beweise dafür, daß du um sie weißt und zwei Jahre bei ihr gewesen bist.' Dennoch beteuerte Hâsib: ‚Ich kenne sie nicht, ich habe sie nie gesehen, und ich habe erst jetzt durch euch zum ersten Male etwas von ihr gehört.' Da holte der Wesir ein Buch, schlug es auf und begann zu berechnen. Dann sprach er: ‚Siehe, die Schlangenkönigin wird mit einem Manne zusammentreffen, und er wird zwei Jahre bei ihr bleiben. Dann wird er von ihr gehen und zur Oberfläche der Erde zurückkehren. Und wenn er in ein Bad eintritt, so wird sein Bauch schwarz werden!' Darauf sagte er zu Hâsib: ‚Sieh deinen Bauch an!' Er tat es und sah, daß er schwarz war; aber er entgegnete dem Wesir: ‚Mein Bauch war schwarz seit dem Tage, da meine Mutter mich gebar.' Jener aber fuhr fort: ‚Ich hatte bei jedem Bade drei Mamluken aufgestellt; die mußten auf jeden, der eintrat, genau achten, mußten auf seinen Bauch sehen und mir Meldung bringen. Und als du in das Bad eintratst, blickten sie auf deinen Bauch und sahen, daß er schwarz geworden war. Sie brachten mir die Meldung; und wir konnten es kaum abwarten, noch heute dich bei uns zu sehen. Wir wünschen auch nichts anderes von dir, als daß du uns die Stelle zeigst, an der du herausgekommen bist; dann kannst du deiner Wege gehen. Wir vermögen die Schlangenkönigin festzuhalten, und wir haben Leute, die sie holen können.' Als Hâsib diese Worte hörte, bereute er es von neuem, daß er in das Bad eingetreten war, und machte sich bittere Vorwürfe, jetzt, da die Reue ihm nichts mehr nützte. Und die Emire und Wesire drangen in ihn, er möchte ihnen doch die Stätte der Schlangenkönigin zeigen, bis sie müde waren. Aber immer noch sagte er: ‚Ich habe dies Wesen nie gesehen, und ich habe nie von ihm gehört.' Zuletzt rief der Wesir nach dem Henker; und als der gekommen war, befahl er ihm, Hâsib zu entkleiden und heftig zu schlagen. Der tat es so lange, bis Hâsib im Übermaße des Schmerzes schon den

Tod vor Augen sah. Wieder hub der Wesir an: ‚Wir haben sichere Beweise, daß du die Stätte der Schlangenkönigin kennst. Warum leugnest du noch? Zeig uns die Stelle, an der du herausgekommen bist; dann geh fort von uns! Wir haben einen, der sie fängt; dir wird nichts Böses geschehen.‘ So redete er ihm gut zu; auch ließ er ihn wieder aufrichten und befahl, ihm ein Ehrenkleid zu bringen, das mit rotem Golde bestickt und mit Juwelen besetzt war. Schließlich gehorchte Hâsib dem Befehle des Wesirs und sprach zu ihm: ‚Ich will euch die Stelle zeigen, an der ich herausgekommen bin.‘ Als der Wesir das hörte, war er hocherfreut und stieg mit allen Emiren zu Roß; auch Hâsib mußte aufsitzen und vor der Schar herreiten, bis sie zu dem Berge kamen. Dort ging er mit ihnen in die Höhle, aber er weinte und seufzte. Die Emire und Wesire waren abgesessen und schritten hinter ihm her, bis sie zu dem Brunnen kamen, aus dem er heraufgestiegen war. Da trat der Groß-wesir vor, setzte sich nieder, verbrannte den Weihrauch, fing an zu beschwören und sprach Zauberformeln, blies und murmelte; denn er war ein kundiger Magier, ein Zauberer, der in der Wissenschaft von den Geistern und vielen andern Dingen bewandert war. Und als die erste Beschwörung zu Ende war, sprach er eine zweite und dann eine dritte; und jedesmal, wenn der Weihrauch verbrannt war, warf er neuen auf das Feuer. Zuletzt rief er: ‚Komm hervor, du Königin der Schlangen!‘ Und siehe da, das Wasser im Brunnen senkte sich, eine große Tür tat sich auf, und ein gewaltiges Getöse, dem Donner gleich, drang aus ihr hervor. Da glaubten sie, der Brunnen sei ein-gestürzt, und alle, die dort waren, sanken in Ohnmacht; ja, einige starben vor Schrecken. Und nun kam aus jenem Brun-nen eine Schlange hervor, die war so groß wie ein Elefant, und sie sprühte Funken gleich glühenden Kohlen aus ihren Augen und aus ihrem Munde hervor. Und auf ihrem Rücken war eine Schale aus rotem Golde, die mit Perlen und Edelsteinen besetzt war; inmitten jener Schale lag eine Schlange, die mit ihrem Glanze den Raum erfüllte; ihr Antlitz glich dem eines Menschen, und sie sprach mit wohlberedter Zunge. Das war die Schlangenkönigin. Sie wandte sich nach rechts und nach links, und als ihr Blick auf Hâsib fiel, sprach sie: ‚Wo ist das Versprechen, das du mir gabst, wo der Eid, den du mir schwurest, du wollest nie mehr ein Bad betreten? Doch gegen das Schicksal nützt kein Mittel, und keiner kann den Dingen entgehen, die ihm auf der Stirne geschrieben stehen. Allah hat es so gefügt, daß ich durch deine Hand mein Ende finden soll; das ist Sein Wille, und Er hat bestimmt, daß ich getötet, König Karazdân aber von seiner Krankheit geheilt werden soll.‘ Darauf weinte die Schlangenkönigin bitterlich, und auch Hâsib weinte mit ihr. Doch als der Wesir Schamhûr, der Verfluchte, die Schlangenkönigin sah, streckte er seine Hand aus, um sie zu ergreifen. Da schrie sie ihn an: ‚Nimm die Hand zurück, du Verfluchter; sonst blase ich dich an und mache dich zu einem Häuflein schwarzer Asche!‘ Dann rief sie Hâsib und sprach zu ihm: ‚Komm du zu mir, nimm mich in deine Hand und lege mich in die Schüssel, die ihr dort bei euch habt; dann trag sie auf deinem Kopfe! Mein Tod durch deine Hand war von Ewigkeit her bestimmt, und du hast keine Macht, ihn abzuwenden.‘ Da nahm er sie und legte sie sich aufs Haupt; und der Brunnen ward, wie er zuvor gewesen war. Dann machten sich alle auf den Heimweg nach der Stadt, während Hâsib die Schüssel auf dem Haupte trug. Unterwegs aber sprach die Schlangenkönigin heimlich zu ihm: ‚Hâsib, höre auf den guten Rat, den ich dir gebe, obwohl du das Versprechen nicht gehalten und den Eid gebrochen und all dies getan hast; doch das war ja alles von Ewigkeit her so bestimmt.' ‚Ich höre und gehorche!' erwiderte er; ‚was befiehlst du, o Königin der Schlangen?' Da fuhr sie fort: ‚Wenn du zum Hause des Wesirs kommst, so wird er dir sagen, du sollest mich töten und in drei Teile zerschneiden. Dessen weigere du dich; tu es nicht, sondern sprich zu ihm: ‚Ich weiß nicht, wie man schlachtet', auf daß er mich mit seiner eigenen Hand töte und mit mir tue, was er will! Wenn er mir dann das Leben genommen und mich zerschnitten hat, so wird ein Bote zu ihm kommen, der ihn zu König Karazdân entbietet. Darauf wird er mein Fleisch in einen kupfernen Kessel tun und den Kessel über ein Kohlenbecken stellen. Und ehe er zum König geht, wird er zu dir sagen: ‚Schüre das Feuer unter diesem Kessel, bis der Schaum von dem Fleische aufsteigt! Wenn das geschehen ist, nimm den Schaum ab und tu ihn in eine Phiole und warte, bis er abkühlt; dann trink ihn aus, und wenn du das getan hast, so wirst du nie mehr Krankheit in deinem Leibe haben! Danach, wenn der zweite Schaum aufsteigt, so tu ihn in eine andere Phiole und bewahre sie bei dir auf, bis ich vom König zurückkomme; ich will ihn trinken wegen einer Krankheit in meinem Rückgrat!' Und er wird dir die beiden Phiolen geben und dann zum König gehen. Wenn er also fort ist, so schüre das Feuer unter dem Kessel, bis der erste Schaum aufsteigt, nimm ihn ab und tu ihn in die eine Phiole; die heb auf und hüte dich, davon zu trinken, denn wenn du davon trinkst, so wird dir nichts Gutes geschehen. Steigt dann der zweite Schaum auf, so tu ihn in die andere Phiole, warte, bis er sich kühlt, und bewahre dann das Fläschchen bei dir auf, damit du es nachher trinken kannst. Wenn der Wesir aber vom König zurückkommt und von dir die zweite Phiole verlangt, so gib ihm die erste und schau, was ihm begegnen wird.' – –«

Da bemerkte Schehrezâd, daß der Morgen begann, und sie hielt in der verstatteten Rede an. Doch als die *Fünfhundertundfünfunddreißigste Nacht* anbrach, fuhr sie also fort: »Es ist mir berichtet worden, o glücklicher König, daß die Schlangenkönigin Hâsib ermahnte, nicht von dem ersten Schaum zu trinken, und den zweiten sorgfältig aufzubewahren, indem sie sprach: ,Wenn der Wesir vom König zurückkommt und von dir die zweite Phiole verlangt, so gib ihm die erste und schau, was ihm begegnen wird. Danach trinke du dann die zweite; und wenn du die getrunken hast, so wird dein Herz[1] zu einem Hause der Weisheit werden. Zuletzt nimm das Fleisch, lege es auf eine Schüssel aus Kupfer und gib es dem König, auf daß er es esse! Wenn er gegessen hat und das Fleisch in seinem Magen liegt, so bedecke sein Antlitz mit einem Tuche und warte bis zur Mittagszeit, bis sein Leib sich abgekühlt hat! Darauf gib ihm etwas Wein zu trinken, und er wird wieder gesund werden wie zuvor und von seiner Krankheit geheilt sein durch die Macht Allahs des Erhabenen! Dies ist der Rat, den ich dir gebe; bewahre ihn sorgsam in deinem Gedächtnis!‘ So gingen sie dahin, bis sie zum Hause des Wesirs kamen. Dort sagte der Wesir zu Hâsib: ,Tritt mit mir ins Haus ein!‘ Als nun der Wesir mit Hâsib hineingegangen war und die andere Schar sich zerstreut hatte und ein jeder von ihnen seines Weges gezogen war, nahm Hâsib die Schale, auf der die Schlangenkönigin lag, von seinem Haupte herab. Dann sprach der Wesir zu ihm: ,Schlachte die Königin der Schlangen!‘ Doch Hâsib erwiderte ihm: ,Ich weiß nicht, wie man schlachtet. Ich habe in meinem ganzen Leben noch nie etwas geschlachtet. Wenn du sie töten willst, so tu du es mit eigener Hand!‘ Sofort nahm der Wesir Schamhûr die Schlangenkönigin von der Schale, auf der sie

1. Im Orient gilt das Herz als der Sitz des Verstandes.

lag, herunter und schlachtete sie. Als Hâsib das sehen mußte, weinte er bittere Tränen; aber Schamhûr lachte seiner und sprach: ,Du Schwachkopf, wie kannst du weinen, wenn eine Schlange getötet wird?' Dann zerschnitt er sie in drei Stücke und legte sie in einen kupfernen Kessel; den Kessel aber stellte er aufs Feuer und setzte sich, um zu warten, bis das Fleisch gar wäre. Doch während er dasaß, trat plötzlich ein Mamluk vom König an ihn heran und sprach zu ihm: ,Der König verlangt in diesem Augenblick nach dir.' ,Ich höre und gehorche!' erwiderte der Wesir; und rasch holte er zwei Phiolen für Hâsib und gab sie ihm mit den Worten: ,Schüre das Feuer unter diesem Kessel, bis der erste Schaum von dem Fleische aufsteigt; wenn er hochkommt, so schäume ihn von dem Fleische ab und tu ihn in eine dieser beiden Fläschchen! Dann warte, bis er sich abkühlt, und trinke ihn; wenn du ihn trinkst, so wird dein Leib gesund sein, und du wirst nie mehr krank werden! Und wenn der zweite Schaum aufsteigt, so tu ihn in das andere Fläschchen und heb es auf, bis ich vom König zurückkomme; ich will es trinken, weil ich in meinem Rückgrat Schmerzen habe, die vielleicht geheilt werden, wenn ich davon trinke!' Darauf begab er sich zum König, nachdem er Hâsib noch einmal den Auftrag eingeschärft hatte. Hâsib nun begann das Feuer unter dem Kessel zu schüren, bis der erste Schaum aufstieg; den schäumte er ab und tat ihn in eine der beiden Phiolen und bewahrte sie bei sich auf. Dann schürte er das Feuer unter dem Kessel weiter, bis der zweite Schaum emporkam; auch den schäumte er ab, und er tat ihn in die andere Phiole und behielt sie bei sich. Als aber das Fleisch gar war, nahm er den Kessel vom Feuer herunter und setzte sich, um auf den Wesir zu warten. Als jener nun von dem König zurückkam, fragte er Hâsib: ,Was hast du getan?' ,Die Arbeit ist vollbracht', erwiderte Hâsib; und der Wesir fuhr fort: ‚Was hast du mit der ersten Flasche gemacht?‘ ‚Ich habe soeben getrunken, was darin war.‘ ‚Aber ich sehe nicht, daß dein Körper irgendwie verändert ist.‘ ‚Ich fühle, daß mein Leib wie Feuer brennt, vom Scheitel bis zur Sohle.‘ Der falsche Wesir Schamhûr verbarg die Wahrheit arglistig vor Hâsib und sagte nun: ‚Gib mir die andere Flasche; ich will trinken, was darin ist; vielleicht werde ich von diesen Schmerzen in meinem Rückgrat geheilt!‘ Darauf trank er den Inhalt der ersten Flasche, in dem Glauben, er tränke aus der zweiten. Kaum aber hatte er sie getrunken, da entfiel sie seiner Hand, und er schwoll sofort auf und platzte. So ward an ihm das Sprichwort wahr: ‚Wer seinem Bruder eine Grube gräbt, fällt selbst hinein.‘ Als Hâsib das sah, erschrak er; und er zauderte, die zweite Phiole zu trinken. Aber er dachte an die Mahnung der Schlange, und er sagte sich: ‚Wenn in dieser Flasche etwas Schädliches wäre, so hätte der Wesir sie nicht für sich gewählt.‘ Und mit den Worten: ‚Ich setze mein Vertrauen auf Allah‘ trank er sie aus. Kaum hatte er das getan, da ließ Allah der Erhabene in seinem Herzen die Quellen der Weisheit sprudeln und öffnete ihm den Born des Wissens, und Freude und Lust kamen über ihn. Dann nahm er das Fleisch, das in dem Kessel war, legte es auf die kupferne Schüssel und verließ das Haus des Wesirs. Und er hob sein Haupt gen Himmel auf. Da sah er die sieben Himmel und was darinnen ist, bis zum Lotusbaum[1], über den kein Weg hinaus führt; er sah auch die Art des Kreisens der Sphären, und Allah offenbarte ihm alle die Geheimnisse des Himmels; er sah die Planeten und die Fixsterne und erkannte die Art der Sternenbahnen und schaute die Form von Festland und Meer. So erlangte

---

1. Koran, Sure 53, Vers 14. Dieser Lotusbaum steht im siebenten Himmel neben dem Throne Allahs.

er die Kenntnis der Geometrie, der Astrologie, der Astronomie, der Sphärenkunde, der Arithmetik und alles dessen, was damit zusammenhängt; und er begriff die Ursachen der Finsternisse von Sonne und Mond und vieles andere derart. Dann blickte er auf die Erde, und er sah darin alle Mineralien und Pflanzen und Bäume und erkannte ihre Eigenschaften und Kräfte. Dadurch erlangte er die Kenntnis der Heilkunst, der natürlichen Magie und der Chemie und lernte die Kunst, Gold und Silber zu machen. Indessen trug er das Fleisch dahin, bis er zum König Karazdân kam; bei ihm trat er ein, küßte den Boden vor ihm und sprach: ‚Möge dein Haupt deinen Wesir Schamhûr überleben!‘ Da ward der König gewaltig erregt über den Tod seines Wesirs, und er weinte bitterlich, und auch alle die Wesire und Emire und Großen des Reiches weinten um ihn. Darauf sprach der König Karazdân: ‚Der Wesir Schamhûr war doch eben noch in voller Gesundheit bei mir, und er ging fort, um mir das Fleisch zu bringen, wenn es gar wäre. Wie kommt es, daß er jetzt tot ist? Was für ein Unheil hat ihn betroffen?‘ Da erzählte Hâsib dem König alles, wie es sich zugetragen hatte, wie der Wesir die Flasche getrunken hatte, wie dann sein Leib angeschwollen und aufgequollen und er selbst gestorben war. Der König war tief um ihn betrübt, und er sprach zu Hâsib: ‚Was soll nun aus mir werden, da Schamhûr tot ist?‘ ‚Sorge dich nicht, o größter König unserer Zeit,‘ erwiderte jener, ‚ich werde dich in drei Tagen heilen, so daß keine Spur von der Krankheit in deinem Leibe zurückbleibt.‘ Da schwoll dem König Karazdân das Herz vor Freude, und er sprach zu Hâsib: ‚Ich will so gern von dieser Plage befreit werden, und wenn es auch noch Jahre dauern sollte!‘ Nun machte Hâsib sich ans Werk. Er holte die Schüssel und setzte sie vor den König hin, nahm ein Stück von dem Fleische der

Schlangenkönigin und gab es ihm zu essen; dann deckte er ihn zu und breitete ein Tuch über sein Gesicht, setzte sich neben ihn und empfahl ihm, zu schlafen. Der König schlief von Mittag bis Sonnenuntergang, bis das Stück Fleisch in seinem Magen verdaut war. Danach weckte er ihn auf, gab ihm etwas Wein zu trinken und empfahl ihm, wieder zu schlafen. Der König schlief die Nacht hindurch bis zum Morgen; und als der Tag anbrach, tat Hâsib genau so, wie er am Tage vorher getan hatte, und so gab er ihm die drei Stücke in drei Tagen zu essen. Da schrumpfte die Haut des Königs zusammen und schälte sich ganz ab, und schließlich begann er so sehr zu schwitzen, daß der Schweiß ihm vom Kopfe bis zu den Füßen rann. Aber er war gesund geworden, und keine Spur von Krankheit war in seinem Leibe geblieben. Danach sprach Hâsib zu ihm: ‚Jetzt mußt du ins Bad gehen.‘ Und so führte er ihn ins Bad und wusch ihm den Leib; und als er ihn wieder hinausführte, war des Königs Leib wie ein silberner Stab, und er war wieder gesund wie zuvor, ja, er fühlte sich noch kräftiger und besser als je in früherer Zeit. Nun legte er seine besten Gewänder an und setzte sich auf den Thron; und er geruhte, Hâsib Karîm edDîn an seiner Seite sitzen zu lassen. Darauf befahl er die Tische zu breiten, und es geschah also; und beide, der König und Hâsib, aßen und wuschen sich danach die Hände. Dann befahl er, den Wein zu bringen; und als man gebracht hatte, was er verlangte, tranken die beiden. Und hernach kamen alle die Emire und Wesire, die Krieger und die Großen des Reiches und die Vornehmen unter dem Volke und wünschten ihm Glück zu seiner völligen Genesung. Die Trommeln wurden geschlagen, und die Stadt ward geschmückt, weil der König genesen war. Und als alle, die ihre Glückwünsche darbringen wollten, bei dem König versammelt waren, sprach er zu ihnen:

‚Ihr Männer, Wesire und Emire und Großen des Reiches, dieser da, Hâsib Karîm ed-Dîn, ist es, der mich von meiner Krankheit geheilt hat. Wisset daher, daß ich ihn zum Großwesir gemacht habe an Stelle des Wesirs Schamhûr.‘ – –«

Da bemerkte Schehrezâd, daß der Morgen begann, und sie hielt in der verstatteten Rede an. Doch als die *Fünfhundertundsechsunddreißigste Nacht* anbrach, fuhr sie also fort: »Es ist mir berichtet worden, o glücklicher König, daß König Karazdân zu seinen Wesiren und Großen seines Reiches sprach: ,Der mich von meiner Krankheit geheilt hat, ist Hâsib Karîm ed-Dîn; darum habe ich ihn zum Großwesir gemacht an Stelle des Wesirs Schamhûr. Wer ihn liebt, der liebt auch mich; und wer ihn ehrt, der ehrt mich; und wer ihm gehorcht, der gehorcht auch mir.‘ Da riefen alle: ,Wir hören und gehorchen!‘ und sie gingen alle hin und küßten Hâsibs Hand, begrüßten ihn und beglückwünschten ihn zur Ministerwürde. Dann verlieh der König ihm ein kostbares Ehrengewand, das mit rotem Golde durchwirkt und mit Perlen und Edelsteinen besetzt war, deren kleinster einen Wert von fünftausend Dinaren hatte. Ferner schenkte er ihm dreihundert Mamluken und dreihundert Odalisken, die mondengleich strahlten, dreihundert abessinische Sklavinnen und fünfhundert Maultiere, die mit Schätzen beladen waren, dazu allerlei Haustiere, Kleinvieh, Büffel und Rinder, so viel, daß keiner es beschreiben kann. Nach alledem befahl der König den Wesiren und Emiren, den Großen seines Reiches und den Vornehmen seiner Herrschaft, den Mamluken und allen Untertanen, auch sie sollten ihm Geschenke bringen. Hâsib bestieg nun sein Roß und ritt, begleitet von den Wesiren und Emiren, den Großen des Reiches und der gesamten Kriegerschar, zu dem Hause, das der König für ihn bestimmt hatte. Dort setzte er sich auf einen Stuhl, und die

Emire und Wesire küßten ihm die Hände und wünschten ihm von neuem Glück zu seiner hohen Würde, und alle wetteiferten, ihm zu dienen. Auch seine Mutter war aufs höchste erfreut und beglückwünschte ihn zu seinem Amte. Und dann kamen die Seinen und brachten ihre Glückwünsche dar, daß er sicher heimgekehrt und nun gar Wesir geworden war; und alle zeigten ihre große Freude. Zuletzt kamen auch seine einstigen Freunde, die Holzhauer, und beglückwünschten ihn zu seiner neuen Stellung. Nach alledem saß er wieder auf und ritt zum Schlosse des Wesirs Schamhûr, versiegelte das Haus und legte seine Hand auf alles, was darinnen war; das nahm er für sich in Besitz und ließ es in sein Haus schaffen. So wurde er, der früher nichts von den Wissenschaften, nicht einmal lesen und schreiben gelernt hatte, durch den Ratschluß Allahs des Erhabenen zu einem Gelehrten, der alle Wissenschaften beherrschte. Und der Ruf seiner Gelehrsamkeit verbreitete sich, und seine Weisheit wurde in allen Landen gerühmt. Er ward bekannt als ein Meer des Wissens von der Heilkunde und der Astronomie, der Geometrie und der Astrologie, der Chemie und der natürlichen Magie, der Geisterkunde und von allen anderen Wissenschaften.

Eines Tages nun sprach er zu seiner Mutter: ‚Liebe Mutter, mein Vater Daniel war ein trefflicher Gelehrter. Sag mir doch, was er an Büchern und dergleichen hinterlassen hat!‘ Wie die Mutter das hörte, brachte sie ihm die Truhe, in die sein Vater die fünf Blätter gelegt hatte, jene Blätter, die er von seinen Büchern gerettet hatte, als er Schiffbruch litt. Und sie sagte zu ihm: ‚Dein Vater hat von allen seinen Büchern nichts hinterlassen als die fünf Blätter, die in dieser Truhe sind.‘ Da öffnete er die Truhe, nahm die Blätter heraus und las sie. Dann sprach er: ‚Liebe Mutter, diese Blätter sind ja nur Teile eines Buches;

wo ist denn das übrige?' Sie gab ihm zur Antwort: ‚Dein Vater machte eine Seereise, auf die er alle seine Bücher mitnahm, und da litt er Schiffbruch, und seine Bücher gingen unter. Allah der Erhabene rettete ihn; aber von seinen Büchern blieben nur diese fünf Blätter übrig. Als dein Vater von der Reise zurückkehrte, war ich schwanger mit dir; und er sprach zu mir: ‚Vielleicht wirst du einem Knaben das Leben schenken; nimm diese Blätter und bewahre sie auf bei dir, und wenn der Knabe herangewachsen ist und fragt, was ich ihm hinterlassen habe, so gib sie ihm und sprich: Dein Vater hat dir nichts anderes hinterlassen als dies. Und siehe, hier sind sie!' Danach lebte Hâsib Karîm ed-Dîn, der nun der größte Gelehrte geworden war, bei Speise und Trank herrlich und in Freuden, bis Der zu ihm kam, der die Freuden schweigen heißt und der die Freundesbande zerreißt.

Dies ist das Ende von dem, was uns über die Geschichte von Hâsib, dem Sohne Daniels, bekannt geworden ist – Allah habe ihn selig! Und Allah weiß alle Dinge am besten.«

[1]Nachdem Schehrezâd diese Geschichte von Hâsib Karîm ed-Dîn und der Schlangenkönigin beendet hatte, sprach sie: »Und sie ist doch nicht wunderbarer als die Geschichte von Sindbad!«[2] Da fragte König Schehrijâr: »Wie ist denn die?« Und nun erzählte sie

DIE GESCHICHTE
VON SINDBAD DEM SEEFAHRER

Es ist mir berichtet worden, daß zur Zeit des Kalifen Harûn er-Raschîd, des Beherrschers der Gläubigen, in der Stadt Bagh-

---

1. Hier beginnt der dritte Band der arabischen Ausgabe; die Einleitung zu diesem Bande, die aus allgemeinen Redensarten besteht, ist hier ausgelassen. – 2. Arabisch: es-Sindibâd; die in Europa eingebürgerte Form ist hier jedoch beibehalten.

dad ein Mann lebte, der Sindbad der Lastträger genannt ward. Er war ein armer Mann, der um Lohn Lasten auf dem Kopfe trug. Eines Tages nun, als er eine schwere Last zu tragen hatte, begab es sich, daß er unter dem Gewicht fast zusammenbrach; denn es war ein sehr heißer Tag. Und er begann zu schwitzen, und die Hitze bedrückte ihn sehr. Da kam er an dem Hause eines Kaufmanns vorbei, vor dem die Straße gefegt und gesprengt war; die Luft war dort kühl, und neben der Haustür stand eine breite Bank. Auf die setzte der Träger seine Last, um sich auszuruhen und Luft zu schöpfen. – –«

Da bemerkte Schehrezâd, daß der Morgen begann, und sie hielt in der verstatteten Rede an. Doch als die *Fünfhundertundsiebenunddreißigste Nacht* anbrach, fuhr sie also fort: »Es ist mir berichtet worden, o glücklicher König, daß dem Träger, als er seine Last auf jene Bank gesetzt hatte, um sich auszuruhen und Luft zu schöpfen, aus der Tür ein laues Lüftchen und ein lieblicher Duft entgegenströmten. Daran hatte der Arme seine Freude, und so setzte er sich auch auf die Bank. Und nun hörte er von drinnen her den Klang der Saiten und Lauten, dazu Stimmen, die berückten, und allerlei Weisen, die entzückten. Ferner hörte er, wie Vögel zwitscherten und Allah den Erhabenen lobpriesen mit mancherlei Stimmen zart und in Sprachen von vielerlei Art; da waren Turteltauben, Spottdrosseln, Amseln, Nachtigallen, Ringeltauben und Wachteln. Erstaunt und voller Entzücken trat er näher und entdeckte in dem Hause einen großen Garten, und darinnen sah er Knaben und Sklaven, Eunuchen und Diener und Dinge, die man nur bei Königen und Sultanen findet. Und der Duft von köstlichen und würzigen Speisen jeglicher Art und von feinen Weinen wehte ihm entgegen. Da erhob er seinen Blick gen Himmel und sprach: ,Preis sei dir, o Herr und Schöpfer, du Spender, der du spendest, wem du willst, ohne zu rechnen! O mein Gott, ich bitte dich um Vergebung für alle Sünden, vor dir laß mich meine Reue ob aller Fehler künden! O Herr, gegen dich gibt es keinen Widerspruch in deinem Entscheid und deiner Allmacht; du kannst nicht zur Rechenschaft gezogen werden wegen dessen, was du tust; denn du bist über alle Dinge mächtig! Preis sei dir, du machst reich, wen du willst, und machst arm, wen du willst; du erhöhest, wen du willst, und du erniedrigst, wen du willst. Es gibt keinen Gott außer dir! Wie gewaltig ist deine Pracht, wie stark ist deine Macht, wie herrlich ist dein Walten! Du begnadest unter deinen Dienern, wen immer du willst. Und so lebt der Herr dieses Hauses herrlich und in Freuden, er kann sich an lieblichen Düften, an köstlichen Speisen und edlen Weinen aller Art ergötzen. Du hast für deine Geschöpfe bestimmt, was du willst und was du ihnen im voraus zuerteilt hast. Die einen von ihnen sind mühselig, die anderen pflegen der Ruhe; die einen leben im Glück, und andere, wie ich, sind von Mühsal und Elend geplagt.' Und er sprach diese Verse:

> *Wie mancher ist elend und hat keine Ruh*
> *Und findet den Schatten des Glücks nimmermehr!*
> *Ich lebe in wachsenden Qualen dahin,*
> *Ja, seltsam ergeht's mir, die Last ist so schwer!*
> *Ein andrer ist glücklich und kennt keine Not;*
> *Ihn drückt nicht das Schicksal wie mich meine Last.*
> *Ihm beut sich ein Leben des Glücks immerdar,*
> *In Freude und Herrlichkeit trinkt er und praßt.*
> *Vom Tropfen des Samens kam jedes Geschöpf;*
> *Und ich bin wie der da, und er ist wie ich.*
> *Und doch, zwischen uns ist der Abstand so groß,*
> *Wie wenn man den Wein mit dem Essig verglich.*
> *Doch ich bin, o Herr, nicht ein hadernder Knecht;*
> *Denn du bist der Weise und waltest gerecht.*

Als Sindbad der Lastträger seine Verse gesprochen hatte, wollte er seine Last wieder aufheben und weitergehen, doch da trat aus jener Tür ein Diener zu ihm heraus, jung an Jahren, schön von Angesicht, von zierlichem Wuchse und prächtig gekleidet. Der ergriff den Lastträger bei der Hand und sprach zu ihm: ‚Tritt ein, folge dem Rufe meines Herrn; denn er wünscht dich zu sprechen!' Der Lastträger wollte sich weigern, mit dem Diener hineinzugehen; aber es gelang ihm nicht, und so ließ er seine Last bei dem Türhüter in der Vorhalle stehen und trat mit seinem Führer ins Innere des Hauses. Er sah, daß es ein schöner Bau war, freundlich und würdig; dann schaute er eine große Halle und nahm in ihr eine Schar von edlen Herren und vornehmen Männern wahr. Dort waren auch alle Arten von Blumen und duftenden Kräutern, vielerlei Naschwerk und Früchte, eine große Menge von verschiedenen kostbaren Gerichten und Weine von den erlesensten Reben; und ferner hörte er dort Gesang und Saitenspiel von vielen schönen Mädchen. Ein jeder der Gäste saß auf seinem Platze, der ihm nach seinem Range angewiesen war; doch auf dem Ehrenplatze saß ein großer und würdiger Herr, dessen Bart auf den Wangen schon vom Grau gefärbt war, eine stattliche Gestalt von schönem Antlitz, voller Würde und Vornehmheit, Hoheit und Erhabenheit. Sindbad der Lastträger ward durch all das verwirrt, und er sprach bei sich selber: ‚Bei Allah, dies ist wohl ein Stück von der Paradiesesau, oder eines Königs oder Sultans Bau?' Darauf machte er eine höfliche Verbeugung, sprach den Gruß vor den Herren und wünschte ihnen Segen und küßte den Boden vor ihnen. Dann blieb er gesenkten Hauptes stehen. – –«

Da bemerkte Schehrezâd, daß der Morgen begann, und sie hielt in der verstatteten Rede an. Doch als die *Fünfhundertundachtunddreißigste Nacht* anbrach, fuhr sie also fort: »Es ist mir berichtet worden, o glücklicher König, daß der Herr des Hauses, als Sindbad der Lastträger den Boden vor den Herren geküßt hatte und darauf gesenkten Hauptes und in ergebener Haltung stehen blieb, ihm ein Zeichen gab, er möge näher treten und sich setzen. Nachdem der Träger das getan hatte, hieß jener ihn mit freundlichen Worten willkommen. Darauf ließ er ihm etwas von den prächtigen, wohlschmeckenden und kostbaren Speisen vorsetzen, und Sindbad der Lastträger rückte an den Tisch heran und begann mit den Worten ‚Im Namen Gottes' zu essen, bis er ganz satt war. Dann sprach er: ‚Preis sei Allah in allen Dingen!', wusch sich die Hände und dankte den Herren für das Mahl. Doch der Hausherr sagte: ‚Das ist dir gern gegönnt; dein Tag sei gesegnet! Sag, wie heißest du und was für ein Gewerbe betreibst du?' Jener gab zur Antwort: ‚Hoher Herr, ich heiße Sindbad der Lastträger, und ich trage um Lohn die Sachen der Leute auf meinem Kopfe.' Lächelnd fuhr der Hausherr fort: ‚Wisse, du Lastträger, ich habe denselben Namen wie du; ich bin Sindbad der Seefahrer. Doch nun wünsche ich, o Träger, daß du mich noch einmal die Verse hören lässest, die du sprachest, als du an der Tür standest.' Da schämte sich der Träger und erwiderte: ‚Bei Allah, ich beschwöre dich, sei mir nicht böse! Mühsal und Qual und leere Hände lehren den Menschen schlechte Sitten und Unziemlichkeit.' ‚Schäme dich nicht,' sprach da der Hausherr, ‚du bist ja jetzt mein Bruder geworden. Wiederhole die Verse; sie gefielen mir, als ich sie von dir hörte, während du sie an der Tür vortrugst!' So trug denn der Lastträger jene Verse noch einmal vor; und wiederum gefielen sie dem Herrn, und er war entzückt, wie er sie hörte. Dann fuhr der Herr fort:

‚Wisse, o Lastträger, meine Geschichte ist wunderbar, und ich will dir alles berichten, wie es mir ergangen ist und was ich erlebt habe, ehe ich zu diesem Wohlstande kam und in diesem Hause wohnen konnte, in dem du mich jetzt siehst. Denn dieser Reichtum und dies Haus ist mir erst nach schweren Mühsalen, großen Plagen und vielen Schrecknissen zuteil geworden. Ach, wieviel Qual und Kummer habe ich in der alten Zeit erdulden müssen! Sieben Reisen habe ich gemacht, und an jeder hängt eine wundersame Geschichte, die den Verstand verwirren kann. Doch all das war durch das Geschick vorherbestimmt; und dem, was geschrieben steht, kann keiner entrinnen noch entfliehen.' Und nun erzählte er

DIE ERSTE REISE
SINDBADS DES SEEFAHRERS

Wisset, ihr edlen Herren, mein Vater war ein Kaufmann, einer der Vornehmen unter dem Volke und unter den Kaufherren, und er besaß viel Geld und Gut. Er starb, als ich noch ein kleiner Knabe war, und hinterließ mir großen Reichtum an Geld und Grundbesitz und Landgütern. Wie ich nun herangewachsen war, nahm ich all das in Besitz, und ich aß die besten Speisen, trank die edelsten Weine und gesellte mich zu den jungen Leuten. Ich schmückte mich mit schönen Kleidern und wandelte mit den Freunden und Gefährten, in dem Glauben, das müsse immer so bleiben und mir zum besten dienen. So trieb ich es lange Zeit hindurch, aber schließlich erwachte ich aus meiner Sorglosigkeit. Und als ich dann wieder zu Verstande kam, bemerkte ich, daß meine Waren waren und daß mein Stand schwand. Ja, ich sah, daß alles dahin war, was ich besessen hatte, und so kam ich voll Schrecken und Entsetzen zur Besinnung. Da dachte ich an einen Ausspruch, den ich früher einmal von meinem Vater gehört hatte; das war ein Spruch unseres Herrn Salomo, des Sohnes Davids – über beiden sei Heil! –, und der lautet: Drei Dinge sind besser als drei andere: der Tag des Todes ist besser denn der Tag der Geburt; ein lebendiger Hund ist besser als ein toter Löwe; und das Grab ist besser als die Armut.[1] Und ich machte mich auf, sammelte, was mir noch an Hausrat und Kleidern verblieben war, und verkaufte es; dann verkaufte ich meinen Grundbesitz und was ich sonst noch mein eigen nannte, und schließlich hatte ich dreitausend Dirhems zusammengebracht. Nun kam es mir in den Sinn, eine Reise in fremde Länder zu machen, indem ich des Dichterwortes gedachte, das da lautet:

> *Durch Mühsal wird die steile Höh erklommen;*
> *Wer Ruhm begehrt, der schlummert nicht bei Nacht.*
> *In Meerestiefen taucht, wer Perlen suchet;*
> *Und so gewinnt er Geld und Gut und Macht.*
> *Wer glaubt, solch Werk sei mühelos getan,*
> *Verliert das Leben bald in seinem Wahn.*

So faßte ich denn meinen Entschluß, machte mich auf und kaufte mir Waren und Güter und allerlei Sachen, auch Dinge, die zur Reise nötig waren; und da meine Seele nach einer Reise zur See verlangte, so bestieg ich ein Schiff und fuhr nach der Stadt Basra, zusammen mit einer Schar von Kaufleuten. Von dort reisten wir auf dem Meere weiter, viele Tage und Nächte; wir kamen von Insel zu Insel, von Meer zu Meer und von Land zu Land. Überall, wo wir landeten, trieben wir Handel und tauschten Güter ein. Und während wir so auf dem Meere dahinsegelten, kamen wir eines Tages zu einer Insel, die so schön war, daß sie einem Paradiesesgarten glich. Der Kapitän machte dort mit uns halt; und nachdem er die Anker ausgeworfen hatte, legte er die Landungsplanke an, und alle, die sich auf dem Schiffe befanden, gingen auf der Insel an Land.

1. Vgl. Prediger Salomonis 7, 1 und 9, 4.

Nachdem sie sich dort Herde errichtet hatten, zündeten sie Feuer darin an und machten sich an Arbeiten mancherlei Art. Die einen kochten, die anderen wuschen, wieder andere schauten sich um. Ich gehörte zu denen, die auf der Insel umhergingen. Als dann alle Reisenden bei Essen und Trinken, Kurzweil und Spiel versammelt waren, rief plötzlich der Kapitän, der an Bord des Schiffes stand, uns Ahnungslosen mit lauter Stimme zu: ‚Ihr Leute, rettet euer Leben! Lauft, kommt an Bord und beeilt euch mit dem Kommen! Laßt eure Sachen im Stich! Flieht, solang ihr noch lebt, rettet euch vor dem Verderben! Die Insel da, auf der ihr seid, ist keine Insel; sie ist ein großer Fisch, der mitten im Meere feststeht. Sand hat sich auf ihm abgelagert, so daß er nun wie eine Insel aussieht und Bäume auf ihm gewachsen sind. Als ihr das Feuer auf ihm anzündetet, da merkte er die Hitze und bewegte sich. In diesem Augenblick wird er mit euch in die Tiefe versinken, und dann werdet ihr alle ertrinken. Drum bringt euch in Sicherheit, ehe das Verderben über euch kommt!‘ – –«

Da bemerkte Schehrezâd, daß der Morgen begann, und sie hielt in der verstatteten Rede an. Doch als die *Fünfhundertundneununddreißigste Nacht* anbrach, fuhr sie also fort: »Es ist mir berichtet worden, o glücklicher König, daß der Kapitän des Schiffes den Reisenden zurief: ‚Bringt euch in Sicherheit, ehe das Verderben über euch kommt! Laßt die Sachen im Stich!‘ und daß die Leute, als sie seine Worte hörten, fortliefen und eilends auf das Schiff kletterten; ihre Sachen, Kleider, Kessel und Feuerherde ließen sie liegen. Einige erreichten das Schiff noch, andere kamen zu spät; denn schon hatte jene Insel sich bewegt, und bald verschwand sie in der Tiefe mit allem, was darauf war, und darüber schloß sich das tosende Meer mit den brandenden Wogen ringsumher. Ich war einer von denen, die auf der Insel zurückbleiben mußten, und ich versank mit ihnen im Wasser; doch Allah der Erhabene behütete mich und rettete mich vom Tode des Ertrinkens; denn er sandte mir einen großen hölzernen Zuber, eins der Geräte, in denen die Leute vorher gewaschen hatten. Besorgt um das süße Leben, hielt ich den Zuber mit der Hand fest und setzte mich rittlings darauf, und dann ruderte ich mit meinen Beinen im Wasser wie mit Riemen, während das Spiel der Wogen mich bald nach rechts und bald nach links trieb. Der Kapitän aber hatte inzwischen die Segel des Schiffes gespannt und war mit denen, die an Bord hatten kommen können, davongefahren, ohne sich um die Ertrinkenden zu kümmern. Ich schaute sehnsüchtig jenem Schiffe nach, bis es meinen Blicken entschwand; da war ich des Todes gewiß. Und dann brach die Nacht über mich herein, während ich in solcher Not war. Die ganze Nacht und den nächsten Tag hindurch blieb ich in der gleichen Lage; dann aber trieben günstige Winde und Wogen mich an den Fuß einer hohen Insel, deren Bäume mit ihren Ästen über das Wasser hinausragten. Ich konnte den Zweig eines hohen Baumes ergreifen und mich daran festhalten, nachdem ich schon den Tod vor Augen gesehen hatte. An jenem Zweige kletterte ich entlang, bis ich auf die Insel springen konnte. Da sah ich, daß meine Füße geschwollen und starr geworden waren und daß an ihren Sohlen Spuren von Bissen der Fische waren. Das hatte ich vorher in meiner großen Angst und Verzweiflung gar nicht bemerkt. Ich warf mich auf den Boden der Insel nieder, wie tot, verlor die Besinnung und versank in einen bleiernen Schlaf. So blieb ich bis zum andern Morgen liegen, und als die Sonne über mir aufging, erwachte ich. Da aber meine Füße geschwollen waren, bewegte ich mich weiter, so gut ich konnte; bald rutschte ich wie ein Kind, bald kroch ich auf den

Knien. Nun waren auf der Insel viele Früchte und Quellen süßen Wassers; und so begann ich mich von jenen Früchten zu nähren. Aber noch eine Reihe von Tagen und Nächten blieb ich in derselben Verfassung; dann erst regte sich in mir neue Kraft, meine Lebensgeister kehrten zurück, und ich konnte mich besser bewegen. Da entschloß ich mich, am Strande der Insel entlang zu gehen, und sah mich zwischen den Bäumen um, was Allah der Erhabene dort wohl erschaffen haben möchte. Auch machte ich mir einen Stab aus einem Aste der Bäume und stützte mich auf ihn beim Gehen. So blieb es noch eine Weile, bis ich eines Tages bei meiner Wanderung am Strande der Insel in der Ferne eine Gestalt erblickte. Ich dachte, das wäre ein wildes Tier oder ein Ungeheuer des Meeres; doch als ich mich näherte und immer genauer hinschaute, sah ich, daß es ein edles Roß war, das dort am Strande nahe dem Meeresufer angebunden stand. Wie ich aber ganz nahe herankam, stieß es einen gewaltigen Schrei aus, so daß ich erschrak und zurücklaufen wollte. Da kam plötzlich ein Mann aus der Erde heraus, rief mich an und lief mir nach. Er sagte: ‚Wer bist du? Woher kommst du? Was führt dich an diese Stätte?‘ ‚Lieber Herr,‘ erwiderte ich, ‚ach, ich bin ein Fremdling, ich war auf einem Schiffe, und ich fiel mit mehreren anderen, die auf ihm fuhren, ins Wasser. Da sandte mir Allah einen Zuber aus Holz, und ich setzte mich darauf, und er schwamm mit mir dahin, bis mich die Wellen an diese Insel trieben.‘ Als der Mann meine Worte gehört hatte, ergriff er mich bei der Hand und sprach zu mir: ‚Geh mit mir!‘ Dann führte er mich in einen unterirdischen Gang und ließ mich in eine große Halle unter der Erde eintreten. Dort setzte er mich an den Ehrenplatz, der Tür gegenüber, und brachte mir etwas zu essen; und da mich hungerte, aß ich, bis ich ganz satt war und mich gestärkt hatte.

Dann fragte er mich von neuem, wer ich sei und was ich alles erlebt hätte; und ich berichtete ihm alles, was mir widerfahren war, von Anfang bis zu Ende. Er hörte meiner Erzählung mit wachsendem Erstaunen zu, und so sagte ich zu ihm, als ich meinen Bericht beendet hatte: ‚Bei Allah, ich beschwöre dich, lieber Herr, zürne mir nicht! Ich habe dir die volle Wahrheit über mich und meine Erlebnisse kundgetan; und nun bitte ich dich, daß du mir sagest, wer du bist, und weshalb du hier in dieser Halle unter der Erde wohnst, und warum du jene Stute an der Meeresküste angebunden hast.‘ Da gab er mir zur Antwort: ‚Wisse, wir sind eine ganze Schar von Leuten, die über diese Insel verteilt sind. Wir sind nämlich die Stallmeister des Königs Mihrdschân, und unter unserer Aufsicht stehen alle seine Rosse. In jedem Monate bringen wir, wenn der Neumond aufgeht, die edlen Stuten hierher, die noch nicht gedeckt sind und binden sie auf dieser Insel fest. Dann verstecken wir uns in einer solchen Halle unter der Erde, damit keiner uns sieht. Darauf kommt ein Seehengst, wenn er die Stute wittert, und steigt ans Land. Er wendet sich nach allen Seiten um, und wenn er niemanden sieht, so springt er auf und stillt sein Begehr an der Stute. Nachdem er wieder abgesprungen ist, will er jene mit sich nehmen, aber die Stute kann nicht mitgehen, weil sie ja angebunden ist. Dann fängt der Hengst an zu schreien und stößt mit dem Kopfe und schlägt mit den Hufen wider die Stute und wiehert immerzu. Wenn wir den Lärm hören, so wissen wir, daß er abgesprungen ist, und wir eilen ihm mit lautem Geschrei entgegen; der Hengst fürchtet sich dann vor uns und steigt wieder ins Meer hinab. Die Stute aber wird trächtig und bringt ein Hengstfohlen oder ein Stutfohlen zur Welt, das einen Schatz Goldes wert ist und auf Erden nicht seinesgleichen hat. Dies ist jetzt die Zeit, daß der Seehengst heraufkommt: und so Allah der Erhabene will, werde ich dich mit mir zum König Mihrdschân nehmen.‘ – –«

Da bemerkte Schehrezâd, daß der Morgen begann, und sie hielt in der verstatteten Rede an. Doch als die *Fünfhundertundvierzigste Nacht* anbrach, fuhr sie also fort: »Es ist mir berichtet worden, o glücklicher König, daß der Stallmeister zu Sindbad dem Seefahrer sprach: ‚Ich will dich mit mir zu König Mihrdschân nehmen und dir unser Land zeigen. Wisse aber, wenn du uns nicht hier getroffen hättest, so hättest du sonst keinen Menschen an dieser Stätte gesehen, und du wärest elend umgekommen, ohne daß jemand um dich gewußt hätte. Ich werde so die Ursache deiner Rettung und deiner Rückkehr in die Heimat sein.‘ Da flehte ich den Segen des Himmels auf sein Haupt herab und dankte ihm für seine große Güte. Während wir so miteinander redeten, kam der Hengst aus dem Meere herauf und stieß einen lauten Schrei aus; dann besprang er die Stute, und als er sein Begehr an ihr gestillt hatte, sprang er ab und wollte sie mit sich nehmen; aber er vermochte es nicht, und sie begann auszuschlagen und wieherte ihn an. Da griff der Stallmeister zu Schwert und Schild, lief zur Tür des Saales hinaus und rief nach seinen Gefährten: ‚Vorwärts! Auf den Hengst los!‘ und schlug dabei mit dem Schwerte auf den Schild. Alsbald eilte eine Schar herbei, schreiend und die Speere schwingend; vor ihr erschrak der Hengst, lief davon und stürzte sich ins Meer wie ein Wasserbüffel und verschwand in den Fluten. Darauf setzte sich der Mann nieder; aber schon nach einer kurzen Weile kamen seine Gefährten zu ihm, deren jeder eine Stute führte. Wie sie mich bei ihm erblickten, fragten sie mich, was es mit mir sei. Ich erzählte ihnen dasselbe, was ich jenem berichtet hatte. Dann traten sie zu mir, breiteten den

Tisch hin, um zu essen, und luden mich dazu ein; so aß ich denn mit ihnen. Schließlich erhoben sie sich wieder und stiegen auf die Rosse, indem sie mir auch eine Stute zum Reiten gaben und mich mit sich nahmen. So ritten wir immer weiter dahin, bis wir zur Stadt des Königs Mihrdschân kamen. Dort traten sie bei ihm ein und machten ihn mit meiner Geschichte bekannt; er ließ mich rufen, und sie führten mich hinein und ließen mich vor ihm stehen. Da sprach ich den Gruß vor ihm, und er erwiderte ihn und hieß mich willkommen und nahm mich ehrenvoll auf; dann fragte er mich nach mir selber, und ich berichtete ihm alles, was mir widerfahren war, meine sämtlichen Erlebnisse von Anfang bis zu Ende. Er war über meine vielen Abenteuer erstaunt und sprach zu mir: ,Mein Sohn, bei Allah, du bist doppelt gerettet worden. Wäre dir nicht ein langes Leben bestimmt, so wärest du diesen Fährnissen nicht entronnen. Doch Allah sei Preis für deine Rettung!' Dann erwies er mir hohe Ehren, indem er mich an seiner Seite sitzen ließ und mich mit Reden und Taten huldvoll behandelte. Ferner machte er mich zum Hafenmeister, der alle einlaufenden Schiffe zu verzeichnen hatte. Ich wartete ihm nunmehr auf, um seine Geschäfte zu erledigen; und er bezeigte mir seine Huld und tat mir viel Gutes; auch kleidete er mich in ein schönes und prächtiges Gewand. Ja, ich wurde sogar zum Vermittler bei ihm für die Bittgesuche und erledigte die Anliegen des Volkes. So lebte ich eine lange Zeit bei ihm; aber jedesmal, wenn ich zum Hafen ging, fragte ich die reisenden Kaufleute und die Seeleute nach der Stadt Baghdad, ob vielleicht einer mir darüber Auskunft geben würde, daß ich mit ihm hätte heimfahren können. Doch keiner kannte sie, und keiner wußte jemanden, der dorthin fuhr. Darüber war ich bekümmert, und ich ward der langen Fremdlingschaft überdrüssig; allein es ging noch eine Weile so weiter. Eines Tages nun kam ich zu König Mihrdschân und fand bei ihm eine Schar von Indern. Als ich die begrüßte, erwiderten sie meinen Gruß, hießen mich willkommen und fragten mich nach meiner Heimat. – –«

Da bemerkte Schehrezâd, daß der Morgen begann, und sie hielt in der verstatteten Rede an. Doch als die *Fünfhundertundeinundvierzigste Nacht* anbrach, fuhr sie also fort: »Es ist mir berichtet worden, o glücklicher König, daß Sindbad der Seefahrer des weiteren erzählte: ,Wie ich sie dann nach ihrer Heimat befragte, sagten sie, sie gehörten verschiedenen Kasten an; die einen seien Schakirîja[1], und das sei die vornehmste ihrer Kasten, die kein Unrecht und keine Gewalttat gegen einen Menschen begehen; andere seien Brahmanen, und das seien Leute, die keinen Wein trinken, aber doch glücklich und heiter leben bei Spiel und Gesang, und die auch Kamele, Pferde und Rinder besitzen. Ferner taten sie mir kund, daß das Volk der Inder in zweiundsiebzig Kasten zerfällt; und darüber war ich sehr erstaunt. Im Reich des Königs Mihrdschân sah ich auch eine Insel namens Kâbil, auf der man die ganze Nacht hindurch den Klang des Tamburins und der Trommeln hört; aber die Bewohner der anderen Inseln und die Reisenden sagten uns, die Leute dort seien ein ernsthaft und verständig Volk. Und ferner sah ich in jenem Meere einen Fisch, der zweihundert Ellen lang war[2], und einen anderen, der ein Gesicht wie eine Eule hatte. Ja, ich sah auf jener Reise der Wunder und Seltsamkeiten viel, und wollte ich sie alle erzählen, so würde die Zeit nicht reichen. Ich schaute mich also auf den Inseln um und sah alles, was es dort gab, bis eines Tages, als ich wie gewöhn-

1. Damit ist wohl die Kriegerkaste der Kschatrija gemeint. – 2. Walfische kommen im Indischen Ozean vor, aber natürlich nicht von solcher Länge.

lich mit dem Stabe in der Hand am Hafen stand, ein großes Schiff mit vielen Kaufleuten einlief. Wie es in den Stadthafen und zum Ankerplatze kam, ließ der Kapitän die Segel reffen und ging am Lande vor Anker; die Landungsplanke wurde ausgeworfen, und die Mannschaft begann die ganze Ladung des Schiffes zu löschen. Sie waren aber lange bei der Arbeit, während ich immer dabeistand und alles aufzeichnete. Schließlich sagte ich zu dem Kapitän: ‚Ist noch etwas in deinem Schiffe?‘ ‚Ja, Herr,‘ erwiderte er, ‚ich habe im Raum noch Waren, deren Besitzer uns unterwegs bei einer der Inseln ertrank, während wir weiterfahren mußten. Diese Waren sind jetzt als anvertrautes Gut bei uns; wir wollen sie verkaufen und den Erlös dafür genau buchen, damit wir ihn den Seinen in der Stadt Baghdad, dem Horte des Friedens, ausliefern können.‘ Da fragte ich den Kapitän: ‚Wie hieß denn der Mann, dem die Waren gehörten?‘ ‚Er hieß Sindbad der Seefahrer,‘ erwiderte jener, ‚er ist uns im Meere ertrunken.‘ Als ich diese Worte von ihm hörte, sah ich ihn genauer an, und wirklich, ich erkannte ihn. Da stieß ich einen lauten Schrei aus und sagte dann: ‚Kapitän, wisse, ich bin der Besitzer der Waren, von denen du sprichst! Ich bin jener Sindbad der Seefahrer, der mit einer Schar von Kaufleuten bei der Insel dein Schiff verließ. Als der Fisch, auf dem wir waren, sich bewegte und du uns zuriefst, da kamen ja manche an Bord zurück, die andern aber fielen ins Wasser. Ich gehörte zu denen, die im Meere versanken; doch Allah der Erhabene behütete mich und rettete mich vor dem Ertrinken durch einen großen Zuber, eins von den Geräten, in denen die Reisenden gewaschen hatten. Ich setzte mich darauf und begann mit meinen Beinen zu rudern, und günstige Winde und Wellen trieben mich an diese Insel. Hier ging ich an Land, und Allah der Erhabene ließ mich in Seiner

Gnade mit den Stallmeistern des Königs Mihrdschân zusammentreffen. Die führten mich mit sich, bis wir zu dieser Stadt kamen, und brachten mich vor ihren König. Dem erzählte ich meine Geschichte, und da erwies er mir seine Huld; er machte mich zum Hafenmeister dieser Stadt; es ist mir in seinem Dienste gut gegangen, und ich habe Gnade vor seinen Augen gefunden. Die Waren, die du noch bei dir hast, sind also meine Waren und mein Eigentum. ' – –«

Da bemerkte Schehrezâd, daß der Morgen begann, und sie hielt in der verstatteten Rede an. Doch als die *Fünfhundertundzweiundvierzigste Nacht* anbrach, fuhr sie also fort: »Es ist mir berichtet worden, o glücklicher König, daß damals, als Sindbad der Seefahrer zum Kapitän sagte: ‚Diese Waren, die du noch bei dir hast, sind meine Waren und mein Eigentum', jener ausrief: ‚Es gibt keine Macht und es gibt keine Majestät außer bei Allah, dem Erhabenen und Allmächtigen! Treu und Glauben gibt es nicht mehr.' Ich aber fuhr fort: ‚Kapitän, was soll das bedeuten? Du hast doch gehört, wie ich dir meine Geschichte erzählte!' Darauf entgegnete er: ‚Weil du mich sagen hörtest, ich hätte Waren bei mir, deren Besitzer ertrunken ist, willst du sie nun widerrechtlich an dich nehmen; das ist eine Sünde! Wir haben doch selbst gesehen, wie er ertrank, und wie noch viele andere Reisende bei ihm waren, von denen nicht ein einziger gerettet wurde. Wie kannst du nun behaupten, daß diese Waren dir gehören?' ‚Kapitän,' erwiderte ich, ‚hör doch auf meine Worte und verstehe den Sinn meiner Rede! Dann wirst du einsehen, daß ich die Wahrheit sage. Die Lüge ist das Kennzeichen der Heuchler.' Und dann erzählte ich dem Kapitän alles, was sich mit mir zugetragen hatte, von der Zeit an, da ich mit ihm von Baghdad abfuhr, bis wir zu jener Insel kamen, auf der wir ins Wasser versanken, auch erinnerte ich ihn an einige Dinge, die zwischen uns beiden vorgefallen waren. Da waren der Kapitän und die Kaufleute von meiner Wahrhaftigkeit überzeugt; und als sie mich wiedererkannten, beglückwünschten sie mich zu meiner Rettung und sagten alle: ‚Bei Allah, wir haben nicht geglaubt, daß du dem Tod in den Wellen entronnen wärest. Allah hat dir wahrlich ein neues Leben geschenkt.‘ Dann gaben sie mir die Waren, und ich fand meinen Namen darauf geschrieben, und nichts fehlte daran. Und alsbald öffnete ich sie und holte kostbare Dinge von hohem Werte heraus; die gab ich einigen Matrosen des Schiffes zu tragen und brachte sie dem König zum Geschenke dar. Auch tat ich ihm kund, daß dies das Schiff sei, auf dem ich gewesen wäre, und fügte hinzu, daß ich alle meine Waren vollzählig wiedererhalten hätte und daß dies Geschenk von daher stamme. Darüber wunderte sich der König gar sehr, und die Wahrheit alles dessen, was ich erzählt hatte, ward ihm von neuem offenbar; und er gewann mich sehr lieb und erwies mir seine Huld in noch höherem Maße als zuvor und verlieh mir als Gegengabe ein großes Geschenk. Dann kaufte ich mir Waren und Güter und allerlei Sachen aus jener Stadt, und als die Kaufleute mit dem Schiffe wieder abfahren wollten, ließ ich alle meine Habe an Bord bringen. Darauf trat ich zum König ein und dankte ihm für seine überreiche Güte. Doch zugleich bat ich ihn um Erlaubnis, in mein Land und zu den Meinen heimkehren zu dürfen. Da sagte er mir Lebewohl und schenkte mir zum Abschied noch vielerlei von den Erzeugnissen seiner Stadt. Nachdem ich mich von ihm verabschiedet hatte und an Bord gegangen war, traten wir die Reise an mit der Erlaubnis Allahs des Erhabenen. Das Glück war uns hold, und das Geschick war uns günstig, so daß wir Tag und Nacht ununterbrochen fahren konnten, bis wir bei der Stadt Basra ankamen. Dort gingen wir an Land und hielten uns eine kurze Zeit auf; und ich war froh, daß ich nun glücklich in mein Heimatland zurückgekehrt war. Dann begab ich mich nach der Stadt Baghdad, dem Horte des Friedens, mit meinen Lasten und Waren und Gütern, einem großen Schatze, der von hohem Werte war. Dort ging ich in mein Stadtviertel und trat in mein Haus ein; und alle die Meinen und meine Freunde eilten herbei. Nun erwarb ich mir Eunuchen und Diener und Mamluken, Odalisken und schwarze Sklaven, bis ich einen großen Haushalt hatte. Ferner kaufte ich mir Häuser und Grundstücke, noch mehr, als ich früher besessen hatte. Auch gesellte ich mich wieder zu den Freunden und verkehrte mit den Genossen noch enger als zuvor. Ich vergaß alles, was ich durchgemacht hatte, Mühsal in der Fremde, Qualen und Schrecken. Ich gab mich den Wonnen und Freuden hin, den leckeren Speisen und den köstlichen Weinen, und lebte immer so weiter. – Das also war meine erste Reise; morgen werde ich euch, so Allah der Erhabene will, die zweite meiner sieben Reisen erzählen.'

*

Darauf ließ Sindbad der Seefahrer das Nachtmahl bereiten und lud Sindbad den Festländer dazu ein; dann befahl er, ihm hundert Quentchen Gold zu geben, und entließ ihn mit den Worten: ‚Du hast uns heute durch deine Gesellschaft erfreut.' Der Lastträger dankte ihm, nahm das Geschenk mit und ging seiner Wege, indem er staunend darüber nachdachte, was alles geschehen und den Menschen begegnen kann. Die Nacht über schlief er in seiner Wohnung; doch als es Morgen geworden war, begab er sich wieder zum Hause Sindbads des Seefahrers und trat zu ihm ein; jener hieß ihn ehrenvoll willkommen und ließ ihn an seiner Seite sitzen. Und nachdem dann alle seine anderen Freunde sich versammelt hatten, ließ er ihnen Speise und Trank vorsetzen; und sie waren heiter und guter Dinge. Nun begann Sindbad der Seefahrer von neuem zu erzählen und berichtete über

DIE ZWEITE REISE
SINDBADS DES SEEFAHRERS

Wisset, meine Brüder, ich führte, wie ich euch gestern erzählt habe, ein herrliches Leben in lauter Freuden.' – –«

Da bemerkte Schehrezâd, daß der Morgen begann, und sie hielt in der verstatteten Rede an. Doch als die *Fünfhundertunddreiundvierzigste Nacht* anbrach, fuhr sie also fort: »Es ist mir berichtet worden, o glücklicher König, daß Sindbad der Seefahrer, als seine Freunde sich bei ihm versammelt hatten, zu ihnen sprach: ‚Ich führte ein herrliches Leben, bis es mir eines Tages wieder in den Sinn kam, in die Welt hinauszufahren. Meine Seele riet mir, Handel zu treiben, Geld zu verdienen und mich in den Ländern und auf den Inseln umzuschauen. Und wie dieser Entschluß bei mir feststand, nahm ich eine große Summe Geldes heraus, kaufte Waren und Sachen für die Reise, ließ alles verschnüren und ging zum Flußufer hinunter. Dort fand ich ein schönes neues Schiff, das mit Segeln aus guter Leinwand bespannt, wohlbemannt und gut gerüstet war. Auf ihm ließ ich meine Lasten verstauen; und desgleichen taten andere Kaufleute. Noch am selbigen Tage fuhren wir ab, und da wir eine gute Reise hatten, segelten wir ununterbrochen dahin, von Meer zu Meer, von Insel zu Insel. Überall wo wir anlegten, besuchten wir die Kaufherren und Großen des Reiches, die Käufer und Verkäufer, und wir trieben Handel und tauschten Waren ein. So ging es eine ganze Weile, bis uns das Geschick zu einer schönen Insel führte, über die sich

Baumreihen schlangen, mit reifen Früchten behangen, von Blumendüften umfangen, wo die Vögelein sangen und die klaren Bächlein sprangen. Doch kein Bewohner fand sich an jener Stätte, noch jemand, der ein Feuer angeblasen hätte. Nachdem der Kapitän mit uns bei dieser Insel vor Anker gegangen war, begaben sich die Kaufleute und Reisenden an Land, um sich dort unter den Bäumen zu ergehen und die Vögelein anzusehen; und sie priesen Allah, den Einen, der alle bezwingt, und staunten über die Allmacht des Königs, dessen Gewalt alles durchdringt. Ich ging damals auch mit den anderen an Land und setzte mich an einen klaren Quell, der unter den Bäumen floß; ich hatte etwas Zehrung bei mir, und so begann ich denn, als ich dort saß, von dem zu essen, was Allah der Erhabene mir zugeteilt hatte. Ein lieblicher Zephir wehte, und mir ward so leicht zumute, daß mich der Schlaf überkam. So ruhte ich denn an jener Stätte, in Schlaf versunken, vom lauen Zephir und süßem Blumenduft umfächelt. Als ich aber wieder aufstand, fand ich keinen Menschen mehr, kein sterbliches Wesen und keins aus der Geisterwelt; das Schiff war abgefahren, keiner von den Kaufleuten und den Matrosen hatte mehr an mich gedacht, und so hatten sie mich auf der Insel gelassen. Ich wandte mich nach rechts und nach links, aber ich sah niemanden, ich war allein. Da packte mich ein solcher Schrecken an, wie man ihn sich nicht größer denken kann, und fast wäre mir die Galle geplatzt in all meiner Sorge und Trauer und Qual. Ich hatte ja nichts in aller Welt bei mir, auch nichts zu essen oder zu trinken. In meiner Verlassenheit und Seelenqual gab ich mich verloren, und ich sagte mir: ,Nicht alleweil bleibt der Krug heil. Beim ersten Male konnte ich mich noch retten, da ich jemanden traf, der mich von der verlassenen Insel in eine bewohnte Gegend führte; aber diesmal, ach, wie weit, wie

weit bin ich davon entfernt, daß ich jemanden fände, der mich
in ein Land bringt, da Menschen wohnen!' Dann hub ich an
zu weinen und über mich zu klagen, bis mich der Zorn übermannte und ich mir Vorwürfe über mein Tun und Beginnen
machte, daß ich mich wieder den Mühsalen der Reise ausgesetzt hatte, nachdem ich zu Hause in meiner Heimat ein so ge-
ruhiges Leben hatte führen können, erfreut und erquickt durch
gutes Essen, Trinken und schöne Kleider, und wo es mir an
nichts fehlte, weder an Geld noch an Gut. Ich bereute es, daß
ich die Stadt Baghdad verlassen hatte und wieder auf See gegangen war, trotzdem ich auf der ersten Reise so viel Not
durchgemacht hatte; und da ich den Tod vor Augen sah, sprach
ich: ,Siehe, wir sind Allahs Geschöpfe, und zu Ihm kehren wir
zurück!' Und ich ward wie ein Wahnsinniger. Danach aber
machte ich mich auf und streifte auf der Insel umher, nach allen
Seiten, und ich vermochte nicht an irgendeinem Orte ruhig
sitzen zu bleiben. Schließlich klomm ich auf einen hohen Baum
und hielt von oben nach allen Seiten hin Umschau; doch ich
sah nichts als Himmel und Meer, Bäume und Vögel, Inseln
und Dünen. Als ich aber schärfer ausspähte, erblickte ich auf
der Insel etwas Weißes von großem Umfang. Sofort stieg ich
vom Baum hinab und ging darauf zu, immer geradeaus, bis ich
es erreichte; und siehe, es war eine große weiße Kuppel, die
hoch in die Luft emporragte und einen weiten Umfang hatte.
Ich trat an sie heran und ging um sie herum, aber ich fand keine
Tür in ihr, noch auch hatte ich die Kraft und Gelenkigkeit,
hinaufzuklettern, weil sie so überaus glatt war. Darauf machte
ich mir ein Zeichen an der Stelle, auf der ich stand, und schritt
ganz um die Kuppel herum, weil ich ihren Umfang messen
wollte; und es stellte sich heraus, daß er fünfzig starke Schritte
betrug. Als ich nun über ein Mittel nachsann, um in sie hinein-

zudringen, zumal der Tag schon zur Neige ging und die Sonne sich dem Untergange näherte, da verschwand die Sonne ganz plötzlich, und der Himmel verfinsterte sich. Und weil ich die Sonne gar nicht mehr sehen konnte, so glaubte ich, eine Wolke sei wohl vor sie getreten. Aber es war ja Sommerszeit, und so wunderte ich mich darüber. Ich hob meinen Blick gen Himmel und sah genauer dorthin; und was sah ich da? Einen Vogel von riesiger Gestalt, von gewaltigem Leibesumfang und mit weithin gebreiteten Flügeln, der durch die Luft flog; der war es, der die Sonne verhüllte und ihr Licht von der Insel fernhielt. Nun ward meines Staunens noch mehr, und ich erinnerte mich an eine Geschichte.' – –«

Da bemerkte Schehrezâd, daß der Morgen begann, und sie hielt in der verstatteten Rede an. Doch als die *Fünfhundertundvierundvierzigste Nacht* anbrach, fuhr sie also fort: »Es ist mir berichtet worden, o glücklicher König, daß Sindbad des weiteren erzählte: ,Als ich den Vogel, den ich über der Insel erblickte, mit wachsendem Erstaunen ansah, erinnerte ich mich an eine Geschichte, die mir früher einmal Pilger und Reisende erzählt hatten, daß nämlich auf einer Insel ein riesenhafter Vogel hause, Vogel Ruch geheißen, der seinen Jungen Elefanten als Futter in den Schnabel stecke, und da war ich sicher, daß jene Kuppel, die ich sah, ein Ei des Vogels Ruch sein müsse; und ich bewunderte die Werke Allahs des Erhabenen. Wie ich aber noch so dastand, kam plötzlich jener Vogel auf die Kuppel herab, breitete seine Schwingen zum Brüten über sie aus, streckte seine Füße hinter sich auf den Boden und schlief ein – Preis sei Ihm, der nimmer schläft! – Da nahm ich meinen Turban vom Kopfe, wickelte ihn auseinander, faltete ihn und drehte ihn zu einem Strick; den legte ich mir eng um die Hüften und band mich mit ihm an die Füße jenes Vogels fest; denn ich
118

sagte mir: ‚Vielleicht wird er mich in das Land der Städte bringen, wo Menschen wohnen; das wäre besser, als wenn ich auf dieser Insel sitzen bliebe.' Jene Nacht über tat ich kein Auge zu, da ich fürchtete, der Vogel könnte unversehens, wenn ich schliefe, mit mir davonfliegen. Als aber das Frührot aufstieg und der Morgen leuchtete, erhob sich der Vogel von dem Ei und stieß einen lauten Schrei aus. Dann stieg er mit mir gen Himmel empor, immer höher und höher, bis ich glaubte, er habe die Wolken des Himmels erreicht. Darauf ließ er sich langsam wieder hinab und landete mit mir auf dem Erdboden, wo er sich auf den Gipfel eines hohen Berges niedersetzte. Sowie ich den Boden unter mir fühlte, band ich mich eilends von seinen Füßen los, da ich Angst vor ihm hatte, obgleich er nichts von mir wußte und mich gar nicht spürte. Ich löste also meinen Turban von ihm und befreite mich von seinen Füßen, zitternd vor Furcht, und machte mich auf und davon. Bald darauf aber hob er mit seinen Krallen etwas von der Erde auf und flog damit den Wolken des Himmels zu. Als ich genauer hinsah, erkannte ich, daß es eine Schlange von gewaltiger Länge und mächtigem Leibesumfang war, die er aufgehoben hatte und nun in die Luft emportrug. Der Anblick erfüllte mich mit Grausen. Wie ich dann auf jener Höhe weiterging, entdeckte ich, daß ich auf einer Klippe war, unter der sich ein langes, breites und tiefes Tal hinzog, während auf ihrer anderen Seite ein mächtiges Gebirge so hoch in die Luft ragte, daß wegen der weiten Entfernung niemand seine Spitze sehen konnte; auch vermochte keiner hinaufzusteigen. Da schalt ich mich selbst wegen dessen, was ich getan hatte, und ich sprach: ‚Wäre ich doch auf der Insel geblieben! Die war noch besser als diese öde Stätte; dort auf der Insel hatte ich wenigstens Früchte zum Essen und Wasser zum Trinken, aber hier findet sich kein

Baum, keine Frucht noch ein Bach. Doch es gibt keine Macht und es gibt keine Majestät außer bei Allah, dem Erhabenen und Allmächtigen! Jedesmal, wenn ich dem einen Unheil entrinne, gerate ich in ein noch größeres und schlimmeres.' Dennoch faßte ich mir ein Herz und ging in jenes Tal und fand, daß der Boden ganz mit Diamanten bedeckt war; das ist der Stein, mit dem man Erze und Edelsteine, Porzellan und Onyx durchbohren kann, ein harter und spröder Stein, auf dem weder Eisen noch Felsgestein einen Eindruck hinterläßt und von dem niemand etwas abschneiden noch abbrechen kann, es sei denn mit Hilfe des Bleisteins. Aber das ganze Tal war voll von Schlangen und Vipern, von denen eine jede so lang war, wie ein Palmbaum hoch ist, und wegen ihrer Größe einen Elefanten hätte verschlingen können, wenn er dorthin gekommen wäre. Diese Schlangen kommen nur bei Nacht hervor und verbergen sich bei Tage, weil sie fürchten, daß der Vogel Ruch oder die Adler sie packen und zerreißen könnten; warum die das tun, weiß ich nicht. Ich blieb in dem Tal, voller Reue über mein Tun, und ich sagte mir: ,Bei Allah, ich hatte es eilig, das Verderben über mich selbst zu bringen!' Nun ging aber der Tag schon zur Neige, und so schritt ich in dem Tale dahin, um mich nach einer Stätte umzusehen, an der ich die Nacht verbringen könnte. In meiner Angst vor den Schlangen dachte ich nicht an Essen und Trinken, sondern nur an mein Leben. Da entdeckte ich in der Nähe eine Höhle; auf die ging ich zu, und da ich fand, daß sie einen engen Eingang hatte, so trat ich ein, nahm einen großen Stein, der beim Eingang lag, und schob ihn vorwärts, so daß er den Zugang zu jener Höhle versperrte. Während ich da drinnen war, sagte ich mir: ,Jetzt bin ich sicher, da ich diesen Ort betreten habe; wenn es wieder Tag wird, will ich hinausgehen und abwarten, was das Schicksal vorhat.' Dann schaute ich in das Innere der Höhle hinein, und da sah ich am oberen Ende eine gewaltige Schlange auf ihren Eiern liegen. Ein Grausen lief mir über den Leib, und ich hob mein Haupt empor und stellte meine Sache dem Entscheid des Schicksals anheim. Ich wachte die ganze Nacht hindurch, bis die Morgenröte aufstieg und leuchtete. Dann schob ich eilends den Stein, mit dem ich die Höhle zugesperrt hatte, wieder weg und taumelte hinaus wie ein Trunkener, schwindelnd vor Müdigkeit, Hunger und Schrecken. Und wie ich so im Tale weiterging, fiel plötzlich ein großes geschlachtetes Tier vor mir nieder, ohne daß ich einen Menschen gesehen hatte. Darüber war ich sehr erstaunt, und nun erinnerte ich mich an eine Geschichte, die ich früher einmal von den Kaufleuten und Reisenden und Pilgern gehört hatte, daß nämlich das Diamantgebirge voll fürchterlicher Schrecken wäre und daß niemand dorthin gehen könne; daß aber die Kaufleute, die mit Diamanten Handel treiben, ein Mittel hätten, um sie zu erhalten; und zwar nähmen sie ein Schaf, schlachteten es und häuteten es ab und zerlegten es, dann würfen sie die Stücke von dem Berge dort in das Tal hinab, und weil das Fleisch noch frisch wäre, so blieben manche von den Steinen daran kleben. Sie ließen es bis zum Mittag dort liegen, und dann kämen die Raubvögel, Adler und Geier, zu den Fleischstücken, packten sie mit ihren Krallen und flögen auf den Gipfel des Berges; darauf liefen die Kaufleute mit lautem Geschrei herbei, die Vögel flögen von den Fleischstücken fort, und so könnten die Männer näher herankommen und die Steine, die an dem Fleische klebten, abnehmen. Dann pflegten sie das Fleisch den Raubvögeln und wilden Tieren zu überlassen und ihre Diamanten mit nach Hause zu nehmen. Niemand aber könne an die Diamanten anders als durch diese List herankommen.' – –«

Da bemerkte Schehrezâd, daß der Morgen begann, und sie hielt in der verstatteten Rede an. Als aber die *Fünfhundertundfünfundvierzigste Nacht* anbrach, fuhr sie also fort: »Es ist mir berichtet worden, o glücklicher König, daß Sindbad der Seefahrer seinen Freunden alles kundtat, was er im Gebirge der Diamanten erlebt hatte, und ihnen erklärte, wie die Kaufleute auf keine andere Weise als durch die beschriebene List an sie herankommen könnten, und daß er dann des weiteren erzählte: ‚Als ich jenes geschlachtete Tier erblickte, erinnerte ich mich an diese Geschichte, und so ging ich rasch an das Tier heran, ergriff eine Menge von den Steinen und tat sie in meinen Busen und zwischen meine Kleider, ja, ich griff immerfort zu und steckte sie in meine Taschen, meinen Gürtel, meinen Turban und in alle Falten meiner Kleidung; und wie ich noch damit beschäftigt war, fiel eine zweite große Fleischmasse herab. An die band ich mich mit meinem Turban fest, streckte mich auf dem Rücken aus und legte das Fleisch auf meine Vorderseite, indem ich mich daran festhielt, und so lag es etwas höher über der Erde. Da kam auch schon ein Adler heruntergeflogen, packte das Fleisch mit seinen Krallen und schwebte damit in die Luft empor, während ich daran festhing. Bis zum Gipfel des Berges flog er dahin; dort setzte er sich nieder und wollte darauf loshacken. Aber da erscholl plötzlich ein gewaltiger Lärm hinter dem Adler, Geschrei und Gerassel von Hölzern, die gegen den Fels geschlagen wurden. Der Adler erschrak darob und flog in seiner Furcht hoch empor, ich aber machte mich von dem Fleische los; und während ich mit blutbesudelten Kleidern neben dem toten Tiere stand, kam plötzlich der Kaufmann, der hinter dem Adler geschrien hatte, herbeigelaufen. Wie der meiner gewahr wurde, sagte er kein Wort zu mir, sondern ward von Furcht und Entsetzen gepackt. Dennoch trat er an das Fleisch heran, drehte es um, und als er keinen Stein daran fand, schrie er laut auf: ‚O welche Enttäuschung! Es gibt keine Macht und es gibt keine Majestät außer bei Allah! Wir nehmen unsere Zuflucht zu Allah vor Satan, dem Gesteinigten!‘ In seinem Gram schlug er die Hände zusammen und rief: ‚O, welch ein Jammer! Was bedeutet das?‘ Darauf ging ich zu ihm heran; und er fragte mich: ‚Wer bist du? Was führt dich an diese Stätte?‘ Ich gab ihm zur Antwort: ‚Erschrick nicht! Hab keine Furcht! Ich bin ein menschliches Wesen, ein guter Mensch. Ich bin ein Kaufmann. Doch ich habe viel durchgemacht und wundersame Abenteuer erlebt; auch was mich zu diesem Berge und in jenes Tal geführt hat, ist seltsam zu berichten. Sei doch nicht ängstlich! Dir soll Freude von mir zuteil werden; ich habe eine Menge von Diamanten bei mir, und ich will dir so viele davon abgeben, daß du genug hast. Jedes Stück, das ich habe, ist besser als das, was du sonst hättest erhalten können. Drum hab keine Furcht noch Angst!‘ Da dankte der Mann mir und betete um Segen für mich und begann mit mir zu plaudern. Als nun die Kaufleute hörten, wie ich mit ihrem Genossen redete, kamen sie herzu; jeder von ihnen aber hatte bereits ein Stück Fleisch hinuntergeworfen. Wie sie vor uns standen, begrüßten sie mich und beglückwünschten mich zu meiner Rettung. Und während sie mich mitnahmen, erzählte ich ihnen meine ganze Geschichte, alles, was ich auf meiner Reise erduldet hatte und wie ich schließlich zu dem Tale dort gekommen war. Dann gab ich dem Eigentümer des Fleisches, an das ich mich festgebunden hatte, eine Menge von den Steinen, die ich bei mir trug. Darüber freute er sich, und er segnete mich und dankte mir dafür. Die Kaufleute aber sagten: ‚Bei Allah, dir war ein neues Leben vorherbestimmt. Vor dir ist noch nie jemand an jene Stätte gelangt und mit dem Leben davongekommen; doch Allah sei Preis für deine Rettung!' Die Nacht über rasteten wir an einem sicheren und schönen Orte; denn ich blieb bei ihnen, hocherfreut, daß ich aus dem Tale der Schlangen unversehrt entkommen war und mich nun wieder in bewohntem Lande befand. Als es Tag wurde, brachen wir auf und stiegen über jenes hohe Gebirge, und dabei sahen wir die vielen Schlangen in jenem Tale. Wir zogen immer weiter dahin, bis wir zu einem Garten auf einer schönen, großen Insel kamen. Dort standen Kampferbäume, von denen ein jeder so groß war, daß in seinem Schatten hundert Menschen Obdach finden konnten. Wenn jemand aus ihm Kampfer gewinnen will, so bohrt er mit einer langen Stange oben im Baume ein Loch und nimmt in Empfang, was daraus herunterkommt; der flüssige Kampfer, das ist der Saft des Baumes, fließt nämlich daraus hervor und verdickt sich nachher wie Gummi. Danach trocknet der Stamm aus und wird als Brennholz benutzt. Auf jener Insel gibt es auch ein Tier der Wildnis, das Nashorn genannt wird. Es weidet dort, wie in unserem Lande die Kühe und die Büffel weiden; es ist aber an Gestalt noch größer als ein Kamel, und es nährt sich von Gras und von Blättern der Bäume. Ein seltsames Ungeheuer ist es; denn es hat ein dickes Horn mitten auf dem Kopfe, das wohl zehn Ellen lang ist und in dem sich das Bild eines Menschen befindet. Es gibt aber auf jener Insel auch eine Art von Rindern. Seeleute, Reisende und Pilger, die über Berg und Tal ziehen, haben uns erzählt, daß dies Nashorn, wie man es nennt, einen großen Elefanten auf seinem Horn davontragen kann und dann auf der Insel und am Ufergelände weiter weidet, ohne etwas davon zu bemerken; dann verendet jedoch der Elefant auf dem Horn, und sein Fett, das in der Sonnenhitze schmilzt, fließt dem Nashorn auf den Kopf und dringt ihm in die Augen, so daß es blind wird und sich am Strande niederlegen muß. Darauf kommt der Vogel Ruch herbei, hebt es mit seinen Fängen hoch und bringt es seinen Jungen; denen steckt er es samt dem Elefanten, der auf seinem Horne aufgespießt ist, in den Schnabel. Ferner sah ich auf jener Insel viele Büffel von einer Art, wie sie bei uns nicht vorkommt. Nun hatte ich ja aus dem Tale viele Diamanten mitgebracht, die ich in meiner Kleidung geborgen hatte; und von denen tauschten mir die Leute einige ein gegen Waren und Erzeugnisse ihres Landes, die sie mir brachten; andere Leute gaben mir auch Goldstücke und Silbergeld dafür. Dann zog ich mit den Kaufleuten immer weiter dahin, indem ich mir die Länder der Menschen und die Schöpfung Allahs ansah, von Tal zu Tal und von Stadt zu Stadt; und wir trieben derweilen auch Handel, bis wir zur Stadt Basra kamen. Dort blieben wir einige Tage, und schließlich setzte ich meine Reise nach Baghdad fort.' – –«

Da bemerkte Schehrezâd, daß der Morgen begann, und sie hielt in der verstatteten Rede an. Doch als die *Fünfhundertundsechsundvierzigste Nacht* anbrach, fuhr sie also fort: »Es ist mir berichtet worden, o glücklicher König, daß Sindbad der Seefahrer seine Erzählung damit schloß: ,Als ich von meiner Reise in die Ferne heimkehrte und wieder in die Stadt Baghdad, den Hort des Friedens, eingezogen war, begab ich mich in mein Stadtviertel und betrat mein Haus, reichbeladen mit Diamanten, Geld, Waren und Gütern, die sich sehen lassen konnten. Alsbald versammelten sich auch die Meinen und die Freunde bei mir, und ich verteilte Spenden, Gaben und Geschenke mancherlei Art an alle Verwandte und Bekannte. Ich begann wieder, gut zu essen, gut zu trinken, mich schön zu kleiden und mich zu den Freunden zu gesellen. Ich vergaß alles, was ich durchgemacht hatte, und lebte heiter und sorglos in den Tag hinein, und mein Herz erfreute sich an Scherz und Saitenspiel. Und jeder, der von meiner Heimkehr hörte, kam zu mir und fragte mich, wie es mir auf der Reise ergangen sei und wie es in den fremden Ländern aussehe. Dann konnte ich ihnen viel von dem erzählen, was ich alles erlebt und durchgemacht hatte; und die Leute staunten ob meiner gefährlichen Abenteuer und wünschten mir Glück zu meiner sicheren Heimkehr. – Dies ist nun das Ende von dem, was mir auf meiner zweiten Reise widerfahren und begegnet ist; morgen werde ich euch, so Allah der Erhabene will, erzählen, wie es mir auf meiner dritten Reise erging.'

*

Als Sindbad der Seefahrer seinen Bericht beendet hatte, sprachen alle ihre Verwunderung darüber aus; und dann speisten sie mit ihm zu Nacht. Darauf befahl er, Sindbad dem Festländer hundert Quentchen Gold zu geben; der nahm sie in Empfang und ging seiner Wege, staunend über alles, was Sindbad der Seefahrer durchgemacht hatte, und er dankte ihm noch und betete für ihn, als er schon zu Hause war. Doch als der Morgen sich einstellte und die Welt mit seinem Licht und Glanz erhellte, erhob sich Sindbad der Lastträger, betete das Frühgebet und begab sich zum Hause Sindbads des Seefahrers, wie der ihm befohlen hatte. Als er eintrat und ihm einen guten Morgen wünschte, hieß jener ihn willkommen und setzte sich zu ihm, bis die anderen Freunde kamen. Und als sie gegessen und getrunken hatten und heiter und fröhlich und guter Dinge waren, hub Sindbad der Seefahrer an und erzählte

DIE DRITTE REISE
SINDBADS DES SEEFAHRERS

Vernehmt, meine Brüder, und hört von mir, was ich euch jetzt kundtun will; das ist noch seltsamer, als was ich euch früher erzählt habe. Doch Allah ist allwissend und kennt Seinen verborgenen Ratschluß! Ich kam, wie bereits berichtet worden ist, von der zweiten Reise zurück, fröhlich und strahlend von Glück; denn ich freute mich nicht nur über die glückliche Heimkehr, sondern ich hatte auch viel Geld und Gut erworben, wie ich euch ebenfalls gestern schon erzählt habe. Allah hatte mir alles wieder ersetzt, was ich verloren hatte. Ich blieb nun in der Stadt Baghdad in Glück und Seligkeit, Freude und Fröhlichkeit. Dennoch riet mir meine Seele von neuem, zu reisen und die Welt zu schauen; und sie sehnte sich danach, Handel zu treiben, Geld zu verdienen und Gewinn zu haben. Ja, des Menschen Seele treibt ihn zum Bösen![1] Als mein Entschluß gefaßt war, kaufte ich viele Waren, wie sie für eine Reise zur See geeignet sind, ließ sie für die Fahrt in Ballen verschnüren und reiste mit ihnen zuerst von Baghdad nach Basra. Dort ging ich zum Seehafen und suchte mir ein großes Schiff aus, auf dem viele Kaufleute und Reisende waren, lauter gute Männer, brave und tüchtige Menschen, ein gläubiges, gefälliges und rechtschaffenes Volk. Ich ging zu ihnen an Bord, und so fuhren wir mit jenem Schiffe ab; wir vertrauten auf den Segen Allahs des Erhabenen, auf Seine Hilfe und Seine gnädige Führung, und wir freuten uns schon auf eine gute und glückliche Fahrt. So segelten wir dahin von Meer zu Meer, von Insel zu Insel von Stadt zu Stadt. Überall, wo wir anlegten, schauten wir uns um und trieben Handel, stets fröhlich und

1. Koran, Sure 12, Vers 53.

heiter. Schließlich aber, als wir eines Tages mitten dahinfuhren über das tosende Meer mit den brandenden Wogen ringsumher, begann plötzlich der Kapitän, der von Bord des Schiffes über das Meer hin Ausschau hielt, sich ins Gesicht zu schlagen; rasch gab er den Befehl, die Segel zu reffen und die Anker auszuwerfen, und dabei raufte er sich den Bart und zerriß sich die Kleider und stieß einen lauten Schrei aus. Wir riefen: ‚Kapitän, was gibt es?' Und er antwortete: ‚Ihr Reisenden, Gott sei euch gnädig! Der Wind ist Herr über uns geworden und hat uns mitten im Meere aus der Richtung getrieben, und das Geschick hat uns zu unserem Unheil an den Berg der Haarigen verschlagen; das sind Wesen, die den Affen gleichen, und noch nie ist jemand, der dorthin gelangte, mit dem Leben davongekommen. Mein Herz ahnt, daß wir alle des Todes sind.' Und kaum hatte der Kapitän zu Ende gesprochen, da kamen auch schon die Affen und umringten das Schiff von allen Seiten; eine ungeheure Menge von ihnen wimmelte alsbald wie ein Heuschreckenschwarm an Bord und am Lande. Wir fürchteten aber, sie würden, wenn wir einen von ihnen töteten oder schlügen oder verjagten, uns totbeißen, da sie in so gewaltiger Menge waren; denn die Überzahl siegt über die Tapferkeit. So standen wir denn untätig da, obwohl wir besorgt waren, daß sie unser Hab und Gut rauben würden. Es waren die häßlichsten Tiere, die es gibt; Haare hatten sie wie von schwarzem Filz, und sie sahen fürchterlich aus, und niemand verstand ein Wort von dem, was sie sagten. Sonst scheuen sie den Menschen, sie, die Bestien mit den gelben Augen, den schwarzen Gesichtern und der kleinen Gestalt, die bei keinem von ihnen mehr als vier Spannen hoch ist. Jetzt aber kletterten sie an den Ankertauen hoch, zerrissen sie mit ihren Zähnen und zerbissen auch alle anderen Taue des Schiffes; da trieb es vor dem Winde her und strandete an ihrer Felsenküste. Als es dort an ihrem Strande lag, ergriffen sie alle die Kaufleute und Reisenden und schleppten sie auf die Insel. Dann nahmen sie das Schiff mit allem, was darinnen war, zogen ihrer Wege und ließen uns auf der Insel zurück. Das Schiff entschwand unseren Augen, und wir wußten nicht, wohin sie damit fuhren. Als wir nun dort auf der Insel allein waren, begannen wir uns von ihren Früchten, Beeren und Gemüsen zu nähren und aus ihren Bächen zu trinken; eines Tages aber erblickten wir mitten auf ihr etwas, das einem bewohnten Hause glich. Wir gingen rasch darauf zu, und da entdeckten wir eine Burg mit ragenden Säulen und hohen Mauern; die hatte ein zweiflügliges Tor aus Ebenholz, und das Tor stand offen. Wir traten hinein und sahen uns in einem geräumigen Hofe, der einem großen und weiten Platze glich; ringsherum waren viele hohe Türen, und am oberen Ende, dem Eingang gegenüber, stand eine breite, hohe Bank. Ferner waren dort Küchengeräte an Kohlenbecken aufgehängt, und um die herum lagen viele Knochen; aber wir sahen dort keinen Menschen. Über alles das waren wir sehr erstaunt. Doch wir setzten uns eine Weile in dem Burghof nieder, und dann schliefen wir ein und schlummerten vom Vormittag an bis zum Sonnenuntergang. Da, plötzlich, erbebte die Erde unter uns, und wir hörten ein Getöse in der Luft. Und nun stieg von der Zinne der Burg ein gewaltiges Wesen zu uns herab, das glich einem Menschen, aber es war schwarz von Farbe und hoch von Wuchs, so lang wie eine große Dattelpalme; und es hatte Augen, die wie Feuerscheite glühten, Zähne gleich den Hauern eines Ebers, ein Maul, so weit wie die Öffnung eines Brunnens, Lippen wie die eines Kamels, die ihm auf die Brust hinabfielen, und Ohren wie zwei große Decken, die ihm bis auf die Schultern reichten; und die Nägel an seinen

129

Händen waren den Krallen eines Löwen gleich. Als wir dies Ungeheuer erblickten, schwanden uns die Sinne, gewaltige Furcht und grausiger Schrecken kamen über uns, und wir erstarrten wie Tote im Übermaß von Grauen, Angst und Entsetzen.' – –«

Da bemerkte Schehrezâd, daß der Morgen begann, und sie hielt in der verstatteten Rede an. Doch als die *Fünfhundertundsiebenundvierzigste Nacht* anbrach, fuhr sie also fort: »Es ist mir berichtet worden, o glücklicher König, daß Sindbad der Seefahrer des weiteren erzählte: ,Als ich und meine Gefährten dies entsetzliche Ungeheuer erblickten, kam gewaltige Furcht und Angst über uns. Der Riese aber setzte sich, als er auf ebener Erde angelangt war, eine Weile auf die Bank. Dann stand er auf, kam auf uns zu und griff mich aus meinen Gefährten, den Kaufleuten, heraus; er hob mich in seiner Hand empor, befühlte mich und drehte mich hin und her, während ich in seiner Hand wie ein kleiner Bissen war; und weiter betastete er mich, wie ein Fleischer das Schaf betastet, das er schlachten will. Aber er sah, daß ich dünn und mager war von all den Aufregungen und Anstrengungen während der Reise, und daß ich gar kein Fleisch mehr an mir hatte; und so ließ er mich los aus seiner Hand und ergriff einen anderen von meinen Gefährten. Auch den wandte er hin und her und betastete ihn, wie er es mit mir gemacht hatte; dann ließ er ihn los. So befühlte und drehte er uns alle, einen nach dem andern, bis er zu dem Kapitän des Schiffes kam, mit dem wir gereist waren. Das war ein dicker, fetter, breitschultriger Mann von starker Kraft; und nachdem er ihn gepackt hatte, wie ein Fleischer sein Schlachttier packt, warf er ihn auf den Boden, setzte ihm den Fuß auf den Nacken und brach ihn durch. Darauf holte er einen langen Bratspieß und stieß ihn ihm den Rücken entlang, bis er zum Schädel wieder herausfuhr. Nun zündete er ein mächtiges

130

Feuer an, legte darüber den Spieß, an dem der Kapitän aufgespießt war, und drehte ihn über den Kohlen, bis sein Fleisch
geröstet war; alsdann nahm er ihn von dem Feuer herunter
und legte ihn vor sich hin. Und er zerteilte ihn, wie man wohl
ein Huhn zerteilt, indem er sein Fleisch mit den Krallen zerriß,
und begann zu fressen. Das tat er so lange, bis er das ganze
Fleisch verzehrt hatte. Zuletzt nagte er auch noch die Knochen
ab, so daß er nichts von ihm übrigließ; und die Knochen, die
nun noch da waren, warf er an die eine Seite der Burgmauer.
Danach setzte er sich wieder eine Weile auf die Bank; aber
bald streckte er sich auf ihr aus und schlief; dabei schnarchte
und röchelte er wie ein Hammel oder wie ein Ochse, wenn sie
geschlachtet werden. Bis zum Morgen schlief er, ohne aufzu-
wachen; dann erhob er sich und ging auf und davon. Als wir
sicher wußten, daß er fort war, begannen wir miteinander zu
sprechen und unser Los zu bejammern; und wir sagten: ‚Ach,
wenn wir doch nur im Meere ertrunken wären oder die Affen
uns gefressen hätten! Das wäre noch besser, als wenn man hier
auf den Kohlen geröstet würde. Bei Allah, dies ist ein scheußlicher Tod! Doch was Allah will, das geschieht; und es gibt
keine Macht und es gibt keine Majestät außer bei Allah, dem
Erhabenen und Allmächtigen! Wir kommen hier elend um,
ohne daß jemand von uns weiß. Von hier können wir nicht
mehr entfliehen.‘ Darauf gingen wir hinaus zur Insel, um uns
eine Stätte zu suchen, an der wir uns verbergen könnten, oder
ein Mittel zur Flucht. Es schien uns jetzt ein leichtes, zu sterben, wenn nur unser Fleisch nicht auf dem Feuer geröstet
würde. Wir fanden aber keinerlei Versteck, und da es schon
Abend ward, so kehrten wir in die Burg zurück, voll banger
Furcht, und setzten uns dort eine Weile hin. Plötzlich erbebte
wiederum die Erde unter uns, und schon kam der schwarze

131

Riese auf uns zu, trat an uns heran und begann, einen nach dem andern von uns umzudrehen und zu betasten wie das erste Mal, bis ihm einer gefiel; den ergriff er und tat mit ihm dasselbe, was er am Tage zuvor mit dem Kapitän getan hatte. Er röstete ihn und fraß ihn auf und schlief auf jener Bank. Die ganze Nacht hindurch schlief er und röchelte wie ein Tier, das geschlachtet wird. Bei Tagesanbruch erhob er sich wieder, ging seiner Wege und ließ uns dort wie zuvor. Da rückten wir zusammen und berieten miteinander, indem wir sprachen: ‚Bei Allah, wenn wir uns ins Meer werfen und durch Ertrinken aus dem Leben scheiden, so ist das besser, als hier den Feuertod zu erleiden. Dies ist doch eine abscheuliche Todesart.‘ Nun hub einer von uns an: ‚Höret auf meine Worte! Wir wollen eine List wider ihn ersinnen, um ihn zu Tode zu bringen, auf daß wir uns von der Angst vor ihm befreien und den Muslimen Ruhe vor seiner Gewalttätigkeit und Grausamkeit verschaffen.‘ Darauf sagte ich: ‚Höret, meine Brüder! Wenn er denn getötet werden muß, so wollen wir zuerst einige von diesen Brettern und etwas von diesem Brennholz fortschaffen und zum Strande tragen und uns ein Boot zimmern; danach wollen wir ihn mit List umbringen. So können wir dann entweder mit dem Boote auf dem Meere wegfahren, wohin Allah uns führt, oder auch an dieser Stätte bleiben, bis ein Schiff hier vorbeifährt und uns mitnimmt. Auf alle Fälle aber können wir so, wenn es uns nicht gelingt, ihn zu töten, das Boot besteigen und aufs Meer fahren; und wenn wir auch ertrinken sollten, so brauchen wir doch nicht zu fürchten, geschlachtet und auf dem Feuer geröstet zu werden. Winkt uns das Heil, so werden wir gerettet; ertrinken wir, so sterben wir als Märtyrer!‘ Alle sprachen: ‚Bei Allah, der Plan ist richtig.‘ Wir waren uns also einig und machten uns alsbald ans Werk, indem wir die Bretter aus der

Burg hinausschleppten und uns ein Boot zimmerten; das banden wir am Ufer fest, verstauten ein wenig Wegzehrung darin und kehrten dann zur Burg zurück. Kaum ward es Abend, da erbebte auch schon wieder die Erde unter uns, und der Schwarze trat zu uns herein wie ein bissiger Hund. Und wiederum drehte und betastete er uns, einen nach dem andern, und holte sich dann einen aus unserer Mitte; mit dem machte er es wie mit den vorigen. Nachdem er ihn gefressen hatte, schlief er auf der Bank und schnarchte donnergleich. Nun erhoben wir uns sacht, nahmen zwei eiserne Bratspieße von denen, die dort standen, und hielten sie in ein heißes Feuer, bis sie rot glühten wie die Kohlen. Dann packten wir sie fest an, gingen damit auf den schwarzen Kerl dort los, während er schlief und schnarchte, legten sie an seine Augen und stießen sie hinein, indem wir uns alle mit unserer ganzen Kraft und Stärke dagegen stemmten. So wurden ihm im Schlafe beide Augen geblendet; und er stieß einen gewaltigen Schrei aus, so daß unsere Herzen vor ihm erbebten. Dann sprang er mit aller Kraft von der Bank herunter und begann nach uns zu suchen. Wir aber stoben nach allen Seiten auseinander; denn obgleich er blind war und nichts mehr sehen konnte, so hatten wir doch gewaltige Angst vor ihm, und wir hatten in dem Augenblick schon wieder den Tod vor Augen und verzweifelten an unserer Rettung. Er tastete sich mit den Händen nach dem Tore und ging hinaus, laut schreiend, während wir noch immer in Todesfurcht schwebten und die Erde unter uns von seinem Gebrüll erbebte. Als er aus der Burg hinausging, schlichen wir hinter ihm; und da draußen lief er hin und her, um uns zu suchen. Bald aber kehrte er mit einer Riesin[1] zurück, die noch größer und häßlicher war als er. Und kaum erblickten wir ihn und

1. Nach anderer Überlieferung mit zwei Riesen.

bei ihm jenes entsetzliche Wesen, so gerieten wir wieder in furchtbare Angst. Die beiden aber wurden unserer gewahr und kamen auf uns zu. Da machten wir eiligst das Boot los, das wir gezimmert hatten, stiegen hinein und stießen es vom Lande ab, ins Meer hinaus. Doch die beiden hatten jeder einen gewaltigen Felsblock in der Hand, und den warfen sie auf uns, so daß die meisten von uns unter den Würfen ihren Tod fanden. Nur drei von uns blieben übrig, ich und zwei andere.' – –«

Da bemerkte Schehrezâd, daß der Morgen begann, und sie hielt in der verstatteten Rede an. Doch als die *Fünfhundertund-achtundvierzigste Nacht* anbrach, fuhr sie also fort: »Es ist mir berichtet worden, o glücklicher König, daß Sindbad der Seefahrer des weiteren erzählte: ,Als ich mit meinen Gefährten in das Boot gestiegen war und der Schwarze und seine Genossin die Steine auf uns warfen, fanden die meisten von uns den Tod. Nur zu dritt blieben wir am Leben. Das Boot aber trieb mit uns an eine Insel. Auf der gingen wir umher, bis der Tag sich neigte; und als die Dunkelheit über uns hereinbrach, legten wir uns in unserer Verzweiflung nieder, um zu schlafen. Aber nach einer kurzen Weile wachten wir aus unserem Schlafe auf, und da sahen wir eine Riesenschlange, die eine gewaltige Länge und einen dicken Leib hatte. Sie hatte sich im Kreise um uns geringelt, und schon schoß sie auf einen von uns los und verschlang ihn bis zu den Schultern; dann verschluckte sie das übrige; und wir hörten, wie seine Rippen in ihrem Leibe zerbrochen wurden; und danach kroch sie davon. Das alles erfüllte uns mit Staunen und Grauen, und wir trauerten um unseren Gefährten und fürchteten für unser Leben; und wir sprachen: ,Bei Allah, dies ist doch wunderbar! Jeder neue Tod ist noch scheußlicher als der frühere. Wir freuten uns schon so über unsere Rettung vor dem Schwarzen, aber die Freude

134

ward nicht vollkommen. Es gibt keine Macht und es gibt keine Majestät außer bei Allah! Bei Gott, wir sind dem Schwarzen und dem Tode durch Ertrinken entronnen; doch wie können wir uns vor diesem abscheulichen Schlangenungeheuer retten?‹ Dann standen wir auf und gingen auf der Insel umher, aßen von ihren Früchten und tranken aus ihren Bächen. Das taten wir bis zum Abend; da suchten wir uns einen mächtigen, hohen Baum, kletterten hinauf und legten uns dort schlafen; ich aber war auf den höchsten Ast gestiegen. Kaum war jedoch die Nacht hereingebrochen und die Zeit der Dunkelheit gekommen, da kroch auch die Schlange wieder heran, blickte nach rechts und nach links und schoß dann auf jenen Baum zu, in dessen Krone wir uns befanden. Sie kroch bis zu meinem Gefährten empor, verschlang ihn bis zu den Schultern und ringelte sich um ihn, oben auf dem Baume, während ich hörte, wie seine Knochen in ihrem Leibe zerbrachen; dann verschlang sie ihn ganz, vor meinen sehenden Augen. Zuletzt aber glitt sie wieder von dem Baume hinunter und kroch davon. Ich blieb die ganze Nacht hindurch auf dem Baume, doch als der Tag anbrach und das Tageslicht schien, stieg ich hinunter, wie tot vor Schrecken und Angst. Ich wollte mich ins Meer werfen, um von allem Erdenleid auszuruhen, aber mein Leben war mir doch zu lieb; ja, das Leben ist uns teuer! Und nun band ich mir ein breites Brett quer vor die Füße, ein anderes band ich an meine linke Seite, ein ebensolches an die rechte Seite, ein viertes auf meinen Bauch, und ein langes und breites band ich mir quer über den Kopf, ein gleiches wie jenes, das unter meinen Füßen war. In diesem Gerüst lag ich nun, so daß es mich von allen Seiten umgab; ich hatte es ganz fest zugebunden und mich dann mit dem Ganzen der Länge nach auf die Erde geworfen. Und ich blieb in meinem Holzgestell liegen wie in einem rings geschlossenen Verlies. Als es nun Abend ward, kam jene Schlange wie gewöhnlich ihres Wegs, erblickte mich und kroch auf mich zu. Aber sie konnte mich nicht verschlingen, da ich ja so auf allen Seiten von meinen Brettern umgeben war. Darauf kroch sie immer um mich herum, ohne daß sie an mich herankam, während ich ihr zusah und vor Schrecken und Grausen fast umkam. Dann entfernte sich die Schlange von mir, kehrte aber wieder zurück, und so tat sie immerfort; jedesmal, wenn sie auf mich losschoß, um mich zu verschlucken, waren ihr die Bretter, die ich überall an mich festgebunden hatte, im Wege. Von Sonnenuntergang bis Tagesanbruch ließ sie nicht davon ab; als es aber hell ward und die Sonne schien, da endlich ging die Schlange ihrer Wege, so wütend und grimmig, wie sie nur sein konnte. Nun reckte ich meine Hand aus und machte mich frei von meinem Holzkäfig. Dabei war mir, als gehörte ich schon zum Totenreich; denn ich war durch das, was ich mit der Riesenschlange erleben mußte, zu sehr mitgenommen. Dann machte ich mich auf und ging bis ans Ende der Insel; und wie ich dort aufs Meer hinausschaute, sah ich von ferne ein Schiff auf der hohen See. Da riß ich von einem Baume einen großen Ast herunter und winkte mit ihm den Seefahrern zu, indem ich ihnen zugleich laut zurief. Als sie mich erblickten, sagten sie sich: ‚Wir müssen doch einmal nachsehen, was das ist; vielleicht ist es ein Mensch.‘ Dann fuhren sie näher an mich heran und hörten, wie ich ihnen zurief. Alsbald kamen sie zu mir, holten mich zu sich an Bord und fragten mich, was es mit mir für eine Bewandtnis habe. Da berichtete ich ihnen, was ich erlebt hatte, von Anfang bis zu Ende, alle die schweren Gefahren, die ich durchgemacht hatte. Sie aber erstaunten gewaltig darüber; dann gaben sie mir einige von ihren Kleidern, um meine Blöße zu bedecken, brachten mir etwas Speise, so daß ich mich satt essen konnte, und gaben mir kühles, frisches Wasser zu trinken. Dadurch ward mein Herz gestärkt und meine Seele erquickt; und so kam eine große Ruhe über mich, nachdem mich Allah der Erhabene gleichsam vom Tode wiederauferweckt hatte. Und ich pries den Höchsten für Seine überreiche Huld und dankte Ihm. Nachdem ich schon ganz verzweifelt gewesen war, faßte ich jetzt wieder neuen Mut, so daß mir alles, was ich erduldet hatte, wie ein Traum vorkam. Und da wir durch die Gnade Allahs des Erhabenen günstigen Wind hatten, so fuhren wir rasch dahin, bis wir zu einer Insel kamen, die es-Salâhita[1] heißt; dort ging der Kapitän vor Anker.' – –«

Da bemerkte Schehrezâd, daß der Morgen begann, und sie hielt in der verstatteten Rede an. Doch als die *Fünfhundertundneunundvierzigste Nacht* anbrach, fuhr sie also fort: »Es ist mir berichtet worden, o glücklicher König, daß Sindbad der Seefahrer des weiteren erzählte: ,Als das Schiff, auf dem ich mich befand, bei jener Insel vor Anker lag, gingen alle Kaufleute und Reisende an Land, um Handel zu treiben. Da sprach der Kapitän zu mir: ,Hör, was ich dir sage! Du bist ein armer Fremdling, und du hast uns erzählt, wie viele Schrecknisse du durchgemacht hast. Darum will ich etwas für dich tun, das dir dazu verhilft, in dein Land heimzukehren, damit du mich immerdar segnest.' ,Gern,' erwiderte ich; ,mein Segen soll dir zuteil werden.' Und er fuhr fort: ,Vernimm denn! Einst war ein Reisender bei uns an Bord, den wir verloren haben und von dem wir nicht mehr wissen, ob er noch lebt oder schon gestorben ist; denn wir haben nie wieder etwas von ihm gehört. Nun will ich dir seine Waren aushändigen, damit du sie

1. Schalâhit wird von arabischen Geographen als eine der Sunda-Inseln in der Nähe von Java genannt.

auf dieser Insel verkaufen und dich ihrer annehmen kannst. Einen Teil von dem Erlös wollen wir dir geben als Entgelt für deine Mühe und deine guten Dienste; was übrigbleibt, wollen wir aufheben, bis wir wieder nach Baghdad kommen. Dort wollen wir uns nach den Seinen erkundigen, und ihnen wollen wir die unverkauften Waren und den Rest des Ertrages übergeben. Sag, willst du sie übernehmen und sie auf dieser Insel verkaufen, wie es Kaufleute tun?' ‚Ich höre und gehorche dir, mein Gebieter,' erwiderte ich, ‚du bist überaus gütig!'; und ich segnete ihn und dankte ihm. Darauf befahl er den Lastträgern und den Matrosen, jene Waren auf der Insel zu landen und sie mir zu überliefern. Der Schiffsschreiber aber fragte: ‚Kapitän, was sind das für Ballen, die jene Matrosen und Lastträger hinausschaffen? Welches Kaufmannes Namen soll ich aufschreiben?' Jener antwortete: ‚Schreib auf sie den Namen Sindbads des Seefahrers, der früher bei uns war und auf der Insel umkam und von dem wir nie wieder etwas gehört haben! Wir wollen, daß dieser Fremdling sie verkauft und den Erlös dafür einbringt; dann wollen wir ihm einen Teil davon geben, als Entgelt für seine Mühe beim Verkauf, und was übrigbleibt, wollen wir aufheben, bis wir nach Baghdad kommen. Wenn wir den Mann wiederfinden sollten, so wollen wir alles ihm übergeben; sonst händigen wir es den Seinen dort aus.' Der Schreiber erwiderte: ‚Deine Worte sind nicht schlecht, und dein Rat ist recht!' Wie ich aber hörte, daß der Kapitän die Ballen auf meinen Namen nannte, sagte ich mir: ‚Bei Allah, ich bin ja Sindbad der Seefahrer; und ich bin es, der damals bei der Insel mit den anderen ins Wasser fiel.' Doch ich faßte mich in Geduld, bis alle Kaufleute gelandet und beieinander waren, um zu plaudern und sich über die Geschäfte zu unterhalten. Dann trat ich auf den Kapitän zu und fragte ihn: ‚Mein Gebie-

ter, weißt du, was jener Mann war, dessen Waren du mir zum
Verkauf übergeben hast?' Er antwortete mir: ,Ich weiß nichts
Näheres über ihn, sondern nur, daß er ein Mann aus der Stadt
Baghdad war und daß er Sindbad der Seefahrer hieß. Als wir
bei einer Insel vor Anker lagen, ertranken uns dort viele Leute,
und er war einer von ihnen; bis heute haben wir nie wieder
etwas über ihn gehört.' Da stieß ich einen lauten Schrei aus und
rief: ,Kapitän, Gott soll dich behüten! Wisse, ich bin Sindbad
der Seefahrer! Ich bin nicht ertrunken. Nein, als du damals bei
der Insel vor Anker gegangen warst und die Kaufleute und
Reisenden an Land gingen, da stieg auch ich mit einigen Leuten aus. Ich hatte auch etwas bei mir, um es auf der Insel zu essen; und als ich mich dort niedergesetzt hatte, um auszuruhen,
kam der Schlaf über mich, und ich schlief ganz fest ein. Als ich
aber wieder aufwachte, fand ich kein Schiff und keinen Menschen mehr. Dies Gut ist mein Gut; diese Waren sind meine
Waren! Und alle die Kaufleute, die mit Diamantsteinen handeln, haben mich gesehen, als ich auf dem Diamantberge war,
und sie können mir bezeugen, daß ich Sindbad der Seefahrer
bin, und wie ich ihnen meine Erlebnisse berichtet habe; ich
habe ihnen erzählt, wie es mir bei euch auf dem Schiffe ergangen ist, wie ihr mich schlafend auf der Insel zurückgelassen
habt, und wie ich dann niemanden fand, als ich wieder aufwachte.' Als die Kaufleute und Reisenden hörten, was ich
sagte, drängten sie sich um mich herum; einige glaubten mir,
andere aber hielten mich für einen Lügner. Während wir nun
so miteinander redeten, sprang plötzlich einer von den Kaufleuten auf, der gehört hatte, daß ich das Diamantental nannte,
und trat an mich heran und sagte zu den Umstehenden: ,Hört,
was ich sage, ihr Leute! Als ich euch früher von meinem wunderbarsten Reiseabenteuer erzählte und euch sagte, nachdem

wir unsere Tiere in das Diamantental geworfen hätten, ich wie die anderen nach meiner Gewohnheit, da hätte es sich gezeigt, daß an meinem Tiere ein Mensch hing, glaubtet ihr mir nicht, sondern ihr erklärtet mich für einen Lügner.' ,Jawohl,' erwiderten sie, ,du hast uns von der Sache erzählt, aber wir konnten das doch nicht für wahr halten.' Jener Kaufmann fuhr fort: ,Dies ist der Mann, der damals an meinem Tiere hing! Er gab mir Diamantsteine von hohem Werte, derengleichen man sonst nicht findet; ja, er hat mir mehr gegeben, als mit meinem Tiere heraufgekommen wäre. Ich reiste mit ihm zusammen, bis wir nach der Stadt Basra kamen; von dort zog er in seine Stadt, nachdem wir Abschied genommen hatten, und wir kehrten in unser Land zurück. Dies hier ist ebenderselbe Mann; er hat uns auch kundgetan, daß er Sindbad der Seefahrer heißt, und er hat uns erzählt, daß sein Schiff ihn verlassen hat, während er auf jener Insel saß. Jetzt wißt ihr, daß dieser Mann nur hierher gekommen ist, damit ihr mir die Geschichte, die ich euch erzählt habe, glauben sollt. Diese Waren da sind alle sein Eigentum. Er hat auch mit uns davon gesprochen, als er bei uns war. Nun zeigt es sich, daß er die Wahrheit gesprochen hat.' Als der Kapitän solches aus dem Munde des Kaufmanns vernahm, kam er auf mich zu, trat dicht an mich heran und faßte mich eine Weile fest ins Auge; schließlich fragte er: ,Wie sind deine Waren gekennzeichnet?' Ich antwortete ihm: ,Wisse das Zeichen meiner Waren ist doch soundso!' Zugleich aber erinnerte ich ihn an etwas, was zwischen uns geschehen war, als ich mit ihm von Basra in See ging. Da glaubte er mir, daß ich Sindbad der Seefahrer sei; und er fiel mir um den Hals, begrüßte mich und beglückwünschte mich zu meiner Rettung und sagte: ,Bei Allah, lieber Herr, deine Geschichte ist wirklich wunderbar; dir ist es seltsam ergangen. Doch Preis sei

Allah, der dich wieder mit mir zusammengeführt und dir deine Waren und dein Gut zurückgegeben hat!' – –«

Da bemerkte Schehrezâd, daß der Morgen begann, und sie hielt in der verstatteten Rede an. Doch als die *Fünfhundertundfünfzigste Nacht* anbrach, fuhr sie also fort: »Es ist mir berichtet worden, o glücklicher König, daß Sindbad der Seefahrer des weiteren erzählte: ,Als der Kapitän und die Kaufleute eingesehen hatten, daß ich selbst jener Mann war, sprach er zu mir: ,Preis sei Allah, der dir deine Waren und dein Gut zurückgegeben hat!' Dann verfügte ich über meine Waren so gut, wie ich nur konnte, und ich hatte wirklich großen Gewinn auf jener Reise. Darüber freute ich mich sehr, und ich beglückwünschte mich selber, daß ich gerettet und daß mein Gut mir wiedergegeben war. Wir trieben nun auf den Inseln dort Handel und kamen schließlich nach dem Lande Sind; auch dort verkauften und kauften wir. In jenem Meere aber sah ich so viele wunderbare Dinge, daß man sie nicht zählen noch ausrechnen kann. Unter anderem erblickte ich dort einen Fisch, der wie eine Kuh aussieht, und andere Fische wie Esel. Auch sah ich einen Vogel, der aus einer Muschel des Meeres auskriecht und der seine Eier aufs Wasser legt und dort ausbrütet und niemals vom Wasser aufs Land fliegt. Schließlich, nach all unseren Fahrten, segelten wir heim mit Gottes Hilfe; Wind und Wetter waren günstig, bis wir in Basra einfuhren. Dort blieb ich einige Tage; dann aber zog ich heim gen Baghdad, begab mich in mein Stadtviertel, trat in mein Haus ein und begrüßte die Meinen und meine Freunde und Gefährten. So war ich denn froh, daß ich glücklich zurückgekehrt war und nun mein Land und Volk, meine Stadt und meine Häuser wiedersah. Ich teilte Gaben und Geschenke aus, kleidete die Witwen und Waisen und sammelte meine Gefährten und Freunde um mich. Und so lebte ich dahin bei Speise und Trank, bei Spiel und Sang. Ich aß gut, ich trank gut und genoß die Freuden der Geselligkeit, so daß ich bald all die Gefahren und Schrecken, die ich durchgemacht hatte, wieder vergaß; auch hatte ich ja unzählbare und unberechenbare Reichtümer auf jener Reise gewonnen. Dies also sind die wunderbarsten Dinge, die ich auf meiner dritten Reise erlebt habe; so Allah der Erhabene will, kommt morgen wieder zu mir, damit ich euch die vierte Reise erzähle, die noch wunderbarer ist als all die früheren Reisen.'

*

Darauf befahl Sindbad der Seefahrer wie gewöhnlich, dem Festländer Sindbad hundert Quentchen Gold zu geben. Dann ließ er die Tische breiten, und als das geschehen war, aß die Gesellschaft zu Abend. Und dabei unterhielten sich alle noch immer voll Verwunderung über die Geschichte und alles, was darin vorgekommen war. Nach dem Essen gingen sie ihrer Wege; auch Sindbad der Lastträger machte sich, nachdem er sein Gold an sich genommen, auf den Heimweg, immer noch staunend über das, was er von Sindbad dem Seefahrer gehört hatte, und verbrachte die Nacht in seinem Hause. Als aber der Morgen sich erhob und die Welt mit seinen leuchtenden Strahlen durchwob, stand er auf, sprach das Frühgebet und begab sich zu Sindbad dem Seefahrer. Wie er dort eintrat und ihn begrüßte, hieß jener ihn fröhlich und freundlich willkommen und ließ ihn an seiner Seite sitzen, bis die andern Gäste sich einfanden. Das Essen ward gebracht, und als man gegessen und getrunken hatte und guter Dinge war, hub Sindbad der Seefahrer an und erzählte ihnen

Ihr wisset, meine Brüder, als ich nach der Stadt Baghdad zurückgekehrt war, blieb ich bei den Meinen und bei meinen Freunden und Genossen und lebte in der größten Wonne und Freude und Behaglichkeit und vergaß, was ich durchgemacht hatte, weil es mir so gut ging. Ich gab mich ganz den Freuden des Spiels und Gesanges hin und dem Zusammensein mit den Gefährten und Freunden und führte das schönste Leben, das man sich denken kann. Und dennoch, von neuem versuchte mich meine Seele zum Bösen und flüsterte mir ein, in die weite Welt hinauszueilen, und ich begehrte wieder, bei all den fremden Völkern zu weilen, Handel zu treiben und Gewinn zu machen. Sowie mein Entschluß feststand, kaufte ich mir kostbare Waren, die sich für eine Seereise eigneten, ließ sie in viele Ballen verschnüren, und das waren mehr als gewöhnlich. Dann zog ich von Baghdad nach Basra, brachte meine Ballen auf ein Schiff und traf dort mit Leuten zusammen, die zu den Vornehmsten der Stadt gehörten. Wir traten unsere Fahrt an, und unser Schiff fuhr mit dem Segen Allahs des Erhabenen dahin über das tosende Meer mit den brandenden Wogen ringsumher. Da der Wind uns günstig war, so segelten wir eine lange Zeit hindurch Tag und Nacht weiter, von Insel zu Insel und von Meer zu Meer, bis sich plötzlich eines Tages ein widriger Wind über uns erhob. Da ließ der Kapitän die Anker auswerfen und hielt das Schiff mitten im Fahren an, aus Furcht, wir könnten auf hoher See untergehen. Und wie wir nun in unserer Not beteten und demütig zu Allah dem Erhabenen flehten, kam plötzlich ein gewaltiger Orkan über uns, zerriß die Segel in lauter Fetzen und warf die Menschen samt ihren Waren, samt all ihren Gütern und Sachen, die sie besaßen, in die See. So sank auch ich mit den anderen ins Meer; aber ich schwamm auf dem Wasser einen halben Tag lang umher, und als ich mich schon verloren gab, sandte Allah der Erhabene mir eine von den Planken des Schiffes; auf die kletterte ich hinauf, und ebenso taten einige von den Kaufleuten.' – –«

Da bemerkte Schehrezâd, daß der Morgen begann, und sie hielt in der verstatteten Rede an. Doch als die *Fünfhundertundeinundfünfzigste Nacht* anbrach, fuhr sie also fort: »Es ist mir berichtet worden, o glücklicher König, daß Sindbad der Seefahrer des weiteren erzählte: ,Als das Schiff untergegangen war und ich mit einigen von den Kaufleuten eine von den Planken erklommen hatte, blieben wir beieinander und trieben auf jenem Brette weiter, indem wir mit unseren Beinen im Meere ruderten; und Wind und Wellen waren uns günstig. Einen Tag und eine Nacht hindurch verbrachten wir in solcher Lage; am nächsten Tage aber in der Frühe erhob sich ein Sturm wider uns, das Meer begann zu toben, Wind und Wellen gingen hoch, und da warf uns die See auf eine Insel. Wir waren fast tot vor Aufregung und Anstrengung, vor Kälte und Hunger, vor Schrecken und Durst. Dennoch gingen wir auf der Insel weiter, und da fanden wir auf ihr allerlei Kräuter, von denen aßen wir, um unser Leben zu fristen und uns bei Kräften zu erhalten. Die Nacht über verbrachten wir am Strande der Insel. Als aber der Morgen sich einstellte und die Welt mit seinem Glanz und Licht erhellte, erhoben wir uns und wanderten auf der Insel nach allen Seiten umher. Da leuchtete uns plötzlich in der Ferne ein Gebäude. Und wir gingen auf diesen Bau zu, den wir so von ferne erblickten, und machten nicht cher halt, als bis wir vor seiner Tür standen. Doch kaum waren wir dort, so kam aus jener Tür eine Schar nackter Männer zu uns heraus. Die sagten kein Wort zu uns, sondern ergriffen uns und schleppten uns vor ihren König. Der gab uns ein Zeichen, daß wir uns setzen sollten; und als wir das getan hatten, brachte man uns eine Speise, die wir nicht kannten und derengleichen wir noch nie gesehen hatten. Meine Seele warnte mich davor, und so aß ich nichts von ihr, obgleich meine Gefährten es taten. Daß ich mich des Essens enthielt, geschah durch die Gnade Allahs des Erhabenen, und dies ist der Grund, daß ich heute noch am Leben bin. Als nämlich meine Gefährten von jener Speise gegessen hatten, entfloh ihnen der Verstand, und sie begannen wie die Wahnsinnigen zu schlingen, und ihr ganzes Aussehen veränderte sich. Danach brachten die Wilden ihnen Kokosnußöl, gaben es ihnen zu trinken und rieben sie damit ein. Kaum hatten meine Gefährten von jenem Öl getrunken, so verdrehten sie die Augen im Kopf und begannen von neuem jene Speise zu verschlingen, ganz anders, als sie sonst zu essen pflegten. Da machte ich mir große Sorge um ihren Zustand, und sie taten mir leid. Zugleich machte ich mir schwere Gedanken, weil ich wegen jener nackten Leute sehr für mein eigenes Leben fürchten mußte. Doch sah ich mir die Menschen etwas näher an; sie waren ein heidnisch Volk, und der König ihrer Stadt war ein Ghûl. Jeden, der in ihr Land kam, oder den sie im Tale oder auf den Wegen sahen oder trafen, den führten sie zu ihrem König, gaben ihm von jener Speise zu essen und salbten ihn mit jenem Öl; dann erweiterte sich sein Magen, so daß er viel verschlingen konnte, sein Verstand umnebelte sich, seine Gedanken wurden völlig verwirrt, und er ward wie ein blöder Narr. Darauf gaben sie ihm noch mehr von jener Speise zu essen und von jenem Öl zu trinken, bis er dick und feist war und sie ihn schlachteten und für ihren König zubereiteten; die Leute des Königs aber fraßen das Men-

schenfleisch, ohne es zu rösten oder zu kochen. Als mir solches
bei den Leuten kund ward, graute mir fürchterlich um meinetwillen, und auch um meiner Gefährten willen; die wußten
jetzt, da ihre Sinne ganz umnebelt waren, schon gar nicht
mehr, was mit ihnen geschah, und sie wurden einem Burschen
übergeben, der sie jeden Tag auf jener Insel zur Weide brachte,
wie man Vieh weidet. Ich war jedoch durch Furcht und Hunger schwach und siech geworden, und mein Fleisch war auf
den Knochen eingeschrumpft. Als die Wilden mich in diesem
Zustande sahen, ließen sie mich in Ruhe und vergaßen mich
ganz; keiner von ihnen dachte mehr an mich, und ich kam
ihnen gar nicht mehr in den Sinn, so daß ich eines Tages durch
eine List jener Stätte entschlüpfen konnte. Und ich lief auf der
Insel weiter, weit weg von jenem Schreckensort. Da erblickte
ich einen Hirten, der auf einem hohen Felsen mitten im Meere
saß; wie ich genauer hinschaute, erkannte ich in ihm den Burschen, dem sie meine Gefährten zum Weiden übergeben hatten, und bei ihm waren noch viele andere, denen es ebenso erging. Als jener Bursche mich sah, wußte er, daß ich noch im
Besitze meines Verstandes war und nicht besessen wie meine
Gefährten; und so machte er mir von ferne ein Zeichen, das
besagen sollte: ‚Kehr um und geh dann den Weg zu deiner
Rechten, so kommst du auf die große Landstraße!' Ich kehrte
also um, wie er mir geraten hatte, fand den Weg zu meiner
Rechten und ging auf ihm weiter. Eine ganze Weile zog ich
auf ihm dahin; bald lief ich vor Angst, bald ging ich langsam,
um mich zu erholen, und das tat ich so lange, bis ich dem
Menschen, der mich auf den Weg gewiesen hatte, aus den
Augen entschwunden war: ich sah ihn nicht mehr, und er
konnte mich auch nicht mehr erkennen. Nun aber ging die
Sonne vor mir unter, und die Dunkelheit kam; da setzte ich

mich nieder, um auszuruhen; gern hätte ich geschlafen, aber der Schlummer kam in jener Nacht nicht zu mir, vor lauter Angst, Hunger und Übermüdung. Als die halbe Nacht vergangen war, stand ich auf und ging auf der Insel weiter, bis es Tag ward. Und wie nun der Morgen sich erhob und die Welt mit seinem leuchtenden Lichte durchwob, und als der Sonne Strahl aufging über Berg und Tal, da begann ich, weil mich hungerte und dürstete, von den Kräutern und Gräsern der Insel zu essen. Ich aß so lange davon, bis ich satt war und ich so mein Leben gefristet hatte. Dann brach ich von neuem auf und wanderte weiter auf der Insel; das tat ich den ganzen Tag und die ganze Nacht hindurch, indem ich jedesmal, wenn ich Hunger verspürte, von den Kräutern aß. Und dabei blieb es sieben Tage und sieben Nächte. Als aber der Morgen des achten Tages anbrach, fiel mein Blick auf ein unbestimmtes Etwas in der Ferne. Darauf ging ich los, bis ich nach Sonnenuntergang in seine Nähe kam; und während ich noch ein wenig entfernt war und mir das Herz erbebte wegen all der Schrecken, die ich zum ersten und zum andern Male erduldet hatte, sah ich genauer hin, und da erkannte ich eine Schar von Leuten, die Pfefferkörner sammelten. Nun ging ich nahe an sie heran, und als sie mich erblickten, eilten sie auf mich zu und umringten mich von allen Seiten und fragten mich: ‚Wer bist du und woher kommst du?' Ich antwortete ihnen: ‚Wisset, ihr Leute, ich bin ein armer Fremdling', und dann erzählte ich ihnen alles, wie es um mich stand und was für Schrecknisse und Gefahren ich durchgemacht hatte.' – –«

Da bemerkte Schehrezâd, daß der Morgen begann, und sie hielt in der verstatteten Rede an. Doch als die *Fünfhundertund-zweiundfünfzigste Nacht* anbrach, fuhr sie also fort: »Es ist mir berichtet worden, o glücklicher König, daß Sindbad der Seefahrer des weiteren erzählte: ‚Als ich die Leute, die auf der Insel Pfeffer einsammelten, erblickte und sie mich fragten, wie es um mich stehe, erzählte ich ihnen alles, was ich erlebt, und alle Gefahren, die ich durchgemacht hatte. Da sagten sie: ‚Das ist alles wunderbar! Aber wie bist du den Schwarzen entronnen und ihnen auf dieser Insel entschlüpft, wo sie doch so viele sind, diese Menschenfresser, denen keiner entgeht und niemand entrinnen kann?‘ Nun erzählte ich ihnen, wie es mir bei jenen ergangen war, wie die Wilden meine Gefährten ergriffen und ihnen die Speise zu essen gegeben hatten, während ich nicht davon aß. Sie beglückwünschten mich zu meiner Errettung und wunderten sich von neuem über meine Abenteuer. Dann baten sie mich, bei ihnen zu bleiben; und als sie mit ihrer Arbeit fertig waren, brachten sie mir etwas gute Speise; und ich aß davon, weil ich hungrig war. Nachdem ich mich so eine Weile bei ihnen erholt hatte, nahmen sie mich mit sich in ein Boot und fuhren mich zu ihrer Insel, auf der sie wohnten. Dort führten sie mich alsbald vor ihren König. Nachdem ich den Gruß vor ihm gesprochen hatte, hieß er mich ehrenvoll willkommen und fragte mich, wie es um mich stehe. Da gab ich ihm Auskunft über mich und über meine Erlebnisse und Abenteuer von dem Tage meiner Abfahrt von Basra an bis zur Zeit meiner Ankunft bei ihm. Mit hoher Verwunderung hörte er der Erzählung meiner Abenteuer zu, und desgleichen taten alle, die in seinem Saale anwesend waren. Dann befahl er mir, mich an seine Seite zu setzen, und nachdem ich das getan hatte, ließ er die Speisen bringen. Als die nun vor mir standen, aß ich, bis ich satt war; darauf wusch ich meine Hände und sagte Allah dem Erhabenen Lob und Preis und Dank für Seine Güte. Schließlich verließ ich den König wieder, um mich in der Stadt umzuschauen; da sah ich, daß sie wohlgebaut und volkreich war und viele Nahrungsmittel, Märkte und Waren, Käufer und Verkäufer hatte. So freute ich mich denn, daß ich zu dieser Stadt gekommen war, und ich ließ es mir dort wohl sein; ich schloß auch Freundschaft mit den Einwohnern und stand bald bei ihnen und bei ihrem König in höheren Ehren als die Großen des Reiches aus dem Volke der Stadt.

Nun sah ich, daß alle Leute, groß und klein, auf edlen, schönen Pferden ritten, aber ohne Sättel. Darüber wunderte ich mich, und so fragte ich den König: ‚Hoher Herr, warum reitest du nicht auf einem Sattel? Dadurch hat der Reiter doch mehr Ruhe und behält mehr Kraft.‘ Der König fragte mich: ‚Was ist denn ein Sattel? Solch ein Ding haben wir in unserem ganzen Leben noch nie gesehen, und darauf sind wir noch nie geritten.‘ Ich antwortete ihm: ‚Wenn du mir erlaubst, dir einen Sattel zu machen, so kannst du darauf reiten und seinen Wert erkennen.‘ ‚Tu das!‘, erwiderte er; und dann bat ich ihn, mir etwas Holz holen zu lassen. Er befahl sogleich, mir alles zu bringen, was ich haben wollte. Da ließ ich einen geschickten Zimmermann kommen, setzte mich neben ihn und lehrte ihn die Kunst, ein Sattelgestell zu machen. Darauf nahm ich Wolle, krempelte sie und machte eine Filzdecke daraus; ferner ließ ich mir Leder bringen und überzog das Gestell damit; nachdem ich es auch noch geglättet hatte, versah ich es mit Riemen und Gurt. Zuletzt ließ ich einen Schmied kommen und beschrieb ihm die Steigbügel; er schmiedete ein Paar großer Bügel, und ich feilte sie glatt und verzinnte sie. Ferner befestigte ich auch noch seidene Fransen an dem Sattel. Und schließlich holte ich eins der besten Rosse des Königs herbei, legte ihm den Sattel auf, band die Steigbügel daran und zäumte es auf; dann brachte ich es dem König. Der Anblick bereitete ihm ein großes Wohl=
gefallen, und er dankte mir. Als er aber darauf ritt, kannte seine

Freude über den Sattel keine Grenzen mehr, und er machte mir ein großes Geschenk als Entgelt für meine Mühe. Und als sein Wesir sah, daß ich jenen Sattel gemacht hatte, bat er mich um einen gleichen; und so machte ich ihm denn einen gleichen Sattel. Nun kamen auch die Großen des Reiches und die Würdenträger und wollten alle einen Sattel von mir haben; und ich erfüllte ihnen den Wunsch. Ich hatte ja den Zimmermann die Kunst, Sattelgestelle zu machen, und den Schmied die Kunst, Steigbügel zu schmieden, gelehrt, und so verfertigten wir denn gemeinsam Sättel mit Steigbügeln und verkauften sie an die Großen und Vornehmen. Dadurch verdiente ich viel Geld, und ich stand bei ihnen hoch in Ehren, so daß sie mich immer lieber gewannen; ja, ich hatte eine hohe Stellung beim König und seinen Leuten, bei den Vornehmen der Stadt und den Großen des Reiches. Eines Tages nun saß ich beim König, in aller Freude und hochgeehrt; und während ich so dasaß, sprach er plötzlich zu mir: ‚Wisse, Mann, du stehst jetzt in hohen Ehren bei uns und bist einer der Unsrigen geworden. Wir können uns nicht mehr von dir trennen und würden es nicht ertragen, wenn du unsere Stadt verließest; deshalb verlange ich etwas von dir, in dem du mir ohne Widerspruch gehorchen mußt.‘ Ich gab ihm zur Antwort: ‚Was ist das, was du von mir verlangst, o König? Ich werde deinen Worten nie widersprechen; denn du bist gütig und freundlich und wohltätig gegen mich. Preis sei Allah, daß ich einer von deinen Dienern geworden bin!‘ Da fuhr er fort: ‚Ich möchte dich bei uns mit einer schönen, klugen und anmutigen Frau vermählen, reich an Geld, die allen gefällt, auf daß du ganz bei uns heimisch wirst; und dann will ich dich bei mir in meinem Schlosse wohnen lassen. Widersprich mir nicht und handle meinem Worte nicht zuwider!‘ Wie ich das von dem König gehört hatte, schwieg ich beschämt und gab ihm keine Antwort, da ich so verlegen vor ihm war. Er aber fragte: ‚Warum gibst du mir keine Antwort, mein Sohn?‘ Da erwiderte ich: ‚Mein Gebieter, du hast zu befehlen, o größter König unserer Zeit!‘ Zur selbigen Stunde ließ er den Kadi und die Zeugen kommen und vermählte mich sogleich mit einer Frau aus vornehmem Stande und von hoher Herkunft, die viel Geld und Gut ihr eigen nannte, eines edlen Stammes Anverwandte, von wunderbarer Anmut und Schönheit, einer Herrin von Häusern, Höfen und Gütern.‘ – –«

Da bemerkte Schehrezâd, daß der Morgen begann, und sie hielt in der verstatteten Rede an. Doch als die *Fünfhundertunddreiundfünfzigste Nacht* anbrach, fuhr sie also fort: »Es ist mir berichtet worden, o glücklicher König, daß Sindbad der Seefahrer des weiteren erzählte: ‚Als mich nun der König mit einer edlen Frau vermählt und unseren Ehebund geschlossen hatte, gab er mir ein großes und schönes Haus, das für sich allein stand; auch schenkte er mir Eunuchen und Diener und wies mir Gehalt und Einkünfte an. So lebte ich dort in aller Behaglichkeit, Zufriedenheit und Freude und vergaß, was ich vorher an Mühsal, Qual und Not erlitten hatte; und ich sagte mir: ‚Wenn ich heimreise, will ich sie mit mir nehmen. Alles, was dem Menschen vorherbestimmt ist, muß ihm zuteil werden; und niemand weiß, was ihm bevorsteht.‘ Ich liebte sie von ganzem Herzen, und wir waren einander zugetan. Wir lebten herrlich und in Freuden immerdar, eine lange Zeit, bis Allah der Erhabene einst die Frau meines Nachbarn zu sich nahm. Der war mein Freund, und so ging ich zu ihm, um ihn über den Verlust seiner Gattin zu trösten. Ich fand ihn im tiefsten Elend; Herz und Sinn waren ihm voll Qual. Da sprach ich ihm mein Mitgefühl aus und suchte ihn zu trösten, indem ich sagte: ‚Traure nicht so sehr um deine Gattin! Allah der Erhabene wird dir an ihrer Statt wohl noch eine bessere geben, und du wirst lange leben, so Allah der Erhabene will.' Aber er brach in heftiges Weinen aus und sprach zu mir: ‚Mein Freund, wie kann ich mich denn mit einer anderen vermählen, wie kann Allah mir eine bessere als sie geben, wo ich doch nur noch einen einzigen Tag zu leben habe?' Ich fuhr fort: ‚Mein Bruder, sei vernünftig und berufe nicht deinen eigenen Tod; du bist doch wohl und gesund!' Doch er entgegnete: ‚Mein Freund, bei deinem Leben! morgen wirst du mich verlieren, und du wirst mich nie in deinem Leben wiedersehen.' ‚Wie ist das möglich?' fragte ich ihn, und er antwortete mir: ‚Heute noch wird man meine Frau begraben, und man wird mich mit ihr in derselben Grube begraben; denn es ist die Sitte in unserem Lande, wenn die Frau zuerst stirbt, ihren Mann mit ihr lebendig zu begraben, und ebenso, wenn der Mann stirbt, die Frau mit ihm lebendig ins Grab zu bringen, damit nicht der eine nach dem Hinscheiden des andern sich noch des Lebens erfreue.' ‚Bei Allah,' rief ich aus, ‚das ist eine sehr schlechte Sitte; die kann niemand ertragen.' Und während wir noch so miteinander sprachen, kamen die meisten Leute der Stadt und begannen dem Manne ihr Beileid auszusprechen, um seiner Gattin und um seiner selbst willen. Dann richteten sie die Leiche her, wie es ihre Sitte war, und brachten eine Bahre und trugen sie darauf fort, indem sie ihren Mann mit sich nahmen. Sie führten die beiden zur Stadt hinaus, bis sie zum Fuß eines Berges an der Meeresküste kamen. Dort traten sie näher und hoben einen großen Stein vom Felsboden auf, und unter diesem Stein zeigte sich eine große Öffnung, die wie ein Brunnenloch aussah. Hier nun warfen sie die Frau hinab, denn dort unten befand sich eine große Höhle. Dann holten sie den Mann herbei, banden ihm ein Seil um die Brust und senkten ihn in jene Höhle hinab, und mit ihm einen großen Krug frischen Wassers und sieben Brote als Zehrung. Nachdem sie ihn hinabgelassen hatten, machte er sich von dem Seile los, und sie zogen es wieder hoch; dann deckten sie den großen Stein über die Öffnung der Höhle, wie er vorher gewesen war, gingen ihrer Wege und ließen meinen Freund dort unten bei seiner toten Frau. Da sagte ich mir: ‚Bei Allah, diese Todesart ist noch schlimmer als die früheren.‘ Und sofort ging ich zum König und sprach zu ihm: ‚Mein Gebieter, wie kommt es, daß man in eurem Lande die Lebendigen mit den Toten begräbt?‘ Er antwortete mir: ‚Es ist eine Sitte in unserem Lande, die Frau mit dem Manne zu begraben, wenn er zuerst stirbt, und ebenso den Mann mit seiner Frau, auf daß sie im Leben und im Tode vereint sind. Diese Sitte kommt von unseren Vorvätern her.‘ Weiter fragte ich: ‚O größter König unserer Zeit, wenn einem fremden Manne, wie zum Beispiel mir, seine Frau bei euch stirbt, tut ihr dann ebenso mit ihm, wie ihr mit jenem getan habt?‘ ‚Jawohl,‘ erwiderte der König, ‚wir begraben ihn mit ihr; es ergeht ihm, wie du gesehen hast.‘ Als ich diese Worte aus seinem Munde hören mußte, barst mir die Galle vor lauter Schrecken und Angst um mein Leben; mein Sinn war verstört, und ich lebte immer in der Furcht, meine Frau könnte vor mir sterben, und dann würden die Leute mich lebendig begraben. Aber zuletzt tröstete ich mich doch wieder, indem ich mir sagte: ‚Vielleicht sterbe ich vor ihr; niemand weiß, wer als erster dahingeht und wer als letzter.‘ Und ich begann meine Gedanken durch allerlei Geschäfte abzulenken. Allein es dauerte nicht lange, da ward meine Frau krank, und nachdem sie nur wenige Tage hingesiecht hatte, starb sie. Die meisten Leute der Stadt versammelten sich bei mir, um mich und die Ihren über ihren

Verlust zu trösten; ja, sogar der König selbst kam zu mir, um mir seine Trauer über ihr Hinscheiden auszusprechen, so wie es bei ihnen Sitte war. Dann holte man eine Leichenwäscherin für sie; und nachdem sie gewaschen war, legte man ihr die schönsten Dinge an, die sie besaß, Kleider und Schmuck, Halsbänder und kostbare Edelsteine. Und als sie dann angekleidet und auf die Bahre gelegt und zu jenem Felsen hinausgetragen war, und als man ferner den Stein von der Öffnung der Höhle genommen und sie selbst hineingesenkt hatte, da traten alle meine Freunde und die Anverwandten meiner Frau auf mich zu, um von mir Abschied zu nehmen, während ich noch lebte; ich aber schrie: ,Ich bin ein fremder Mann; ich brauche mich nicht eurer Sitte zu fügen!' Sie hörten meine Worte wohl, doch sie kümmerten sich nicht darum, sondern ergriffen mich und fesselten mich wider meinen Willen; auch banden sie sieben Laibe Brotes und einen Krug frischen Wassers an mich fest, wie sie es gewohnt waren, und senkten mich in die Gruft hinab, zu jener großen Höhle unter dem Felsen. Dabei riefen sie mir zu: ,Mach dich von den Seilen los!' Aber ich wollte es nicht tun, und so warfen sie die Seile zu mir herunter. Dann legten sie jenen großen Stein, der zu der Gruft gehörte, wieder über die Öffnung und gingen ihrer Wege.' – –«

Da bemerkte Schehrezâd, daß der Morgen begann, und sie hielt in der verstatteten Rede an. Doch als die *Fünfhundertundvierundfünfzigste Nacht* anbrach, fuhr sie also fort: »Es ist mir berichtet worden, o glücklicher König, daß Sindbad der Seefahrer des weiteren erzählte: ,Als die Leute mich mit meiner toten Frau in die Höhle hinabgelassen und die Öffnung wieder verschlossen hatten und ihrer Wege gegangen waren, entdeckte ich in der Gruft viele Leichen, von denen ein ekelhafter Geruch ausströmte. Nun machte ich mir selbst Vorwürfe über das, was ich getan hatte, und ich rief: ‚Bei Allah, ich verdiene alles das, was mir begegnet und was mir zustößt!' Ich konnte aber von nun an Tag und Nacht nicht mehr unterscheiden, und ich nahm nur wenig Nahrung zu mir; ich aß immer nur dann, wenn der Hunger an mir nagte, und trank nur dann, wenn der Durst mich allzusehr quälte, aus Furcht, daß mein Vorrat an Brot und an Wasser aufgebraucht würde. Und ich sagte mir: ‚Es gibt keine Macht und es gibt keine Majestät außer bei Allah, dem Erhabenen und Allmächtigen! Was für ein Fluch lag denn auf mir, daß ich mich in dieser Stadt vermählte! Jedesmal, wenn ich denke, ich sei einem Unheil entronnen, gerate ich in ein noch schlimmeres. Bei Allah, mein Tod hier ist ein ganz abscheulicher Tod! Wäre ich doch im Meere ertrunken oder in den Bergen umgekommen! Das wäre besser gewesen, als hier so elend zu verrotten.' In solcher Weise fuhr ich fort, mich zu schelten; und dabei lag ich auf den Gebeinen der Toten, und ich flehte zu Allah dem Erhabenen und begann den Tod herbeizusehnen, ohne ihn doch in meiner Verzweiflung zu finden. Und so ging es weiter, bis der Hunger wieder an mir nagte und der Durst mich verbrannte; dann richtete ich mich auf und tastete nach dem Brote und aß etwas davon und schlürfte ein klein wenig Wasser dazu. Schließlich aber stand ich ganz auf und begann in der Höhle umherzugehen. Da sah ich, daß sie sich weithin erstreckte und leere Ausbauchungen hatte; doch auf dem Boden lagen überall die Leichen und die modernden Knochen aus alter Zeit. Darauf machte ich mir auf der einen Seite der Höhle, fern von den frischen Leichen, ein Lager zurecht, und dort pflegte ich zu schlafen. Aber allmählich ging mein Vorrat auf die Neige, und ich hatte nur noch ganz wenig übrig, obwohl ich nur einmal an jedem Tage oder gar an jedem zweiten Tage einen

Bissen aß und einen Schluck trank, aus Furcht, Wasser und Brot möchten mir ausgehen, ehe ich stürbe. In solcher Not blieb ich, bis eines Tages, als ich dasaß und nachdachte, was ich tun sollte, wenn mein Vorrat aufgebraucht wäre, plötzlich der Stein über der Öffnung weggeschoben wurde und das Tageslicht auf mich herabfiel. Ich sagte mir: ‚Was hat das wohl zu bedeuten?‘ und sah nun alsbald, wie die Leute oben um den Eingang zur Höhle herumstanden. Dann senkten sie einen toten Mann herunter und mit ihm eine lebendige Frau, die laut weinte und über ihr Los jammerte; der Frau aber hatten sie einen großen Vorrat an Brot und Wasser mitgegeben. Ich konnte sie sehen, aber sie sah mich nicht. Als nun die Leute den Stein wieder über die Öffnung der Gruft gewälzt hatten und ihrer Wege gegangen waren, sprang ich auf, in der Hand den Schenkelknochen eines toten Mannes, stürzte mich auf die Frau und schlug sie mitten auf den Kopf. Sie sank ohnmächtig zu Boden; dann schlug ich noch ein zweites und ein drittes Mal auf sie los, bis sie tot war. Und nun nahm ich ihr Brot und alles, was sie bei sich trug; denn ich sah an ihr viel Schmuck und kostbare Gewänder, Halsbänder, Juwelen und Edelsteine. Ich trug das Wasser und das Brot von der Frau fort und setzte mich an den Platz, den ich mir auf der einen Seite der Höhle zurechtgemacht hatte, um dort zu schlafen. Und nun begann ich ein wenig von diesem Vorrat zu essen, nur so viel, daß ich gerade mein Leben fristen konnte; denn ich wollte es nicht zu rasch aufbrauchen und dann vor Hunger und Durst umkommen. Eine lange Zeit lebte ich so in jener Gruft; und jedesmal, wenn jemand lebendig mit einem Toten begraben wurde, schlug ich ihn tot und nahm ihm Speise und Trank ab, um mich damit am Leben zu erhalten. Schließlich aber, als ich eines Tages im Schlafe dalag, wachte ich plötzlich auf, da ich

an einer Ecke der Höhle etwas kratzen hörte. Ich wollte erfahren, was das sei, und so erhob ich mich und schlich auf das
Geräusch zu, in der Hand den Schenkelknochen eines toten
Mannes. Sobald aber das Wesen mich bemerkte, lief es eiligst
vor mir davon. Es war nämlich ein wildes Tier; ich ging ihm
bis zum andern Ende der Höhle nach, und da entdeckte ich
plötzlich einen ganz kleinen Lichtschein, der so groß war wie ein
Stern und bald auftauchte, bald verschwand. Sowie ich den erblickte, ging ich auf ihn zu, und je näher ich kam, desto heller
und größer wurde der Schein. So war ich denn sicher, daß
dort ein Spalt im Felsen sein müsse, der ins Freie führte; und
ich sagte mir: ,Dieser Spalt da muß doch irgendeinen Grund
haben; entweder ist es ein zweiter Zugang wie jene Öffnung,
durch die man mich heruntergelassen hat, oder es ist ein Riß im
Felsen.' So dachte ich eine Weile darüber nach, und als ich
immer weiter in der Richtung des Lichtscheines ging, zeigte
sich mir ein Loch auf der anderen Seite jenes Felsens, das die
wilden Tiere ausgehöhlt hatten und durch das sie an diese
Stätte zu kommen pflegten, um die Leichen zu fressen, und,
wenn sie satt waren, wieder hinausschlüpften. Als ich das sah,
kam Ruhe und Frieden über mein ganzes Inneres, mein Herz
war erlöst, und nun war nach des Todes Banden der Glaube an
das Leben wieder erstanden. Doch ich ging dahin wie im
Traum. Als es mir dann gelungen war, durch den Spalt hin-
auszukriechen, sah ich mich auf einem hohen Felsen an der
Küste des Salzmeeres, der zwischen den beiden Meeren lag
und das Meer auf jener Seite der Insel von dem auf der anderen
Seite und von der Stadt trennte, so daß niemand von ihr dorthin gelangen konnte. Da pries ich Allah den Erhabenen und
dankte ihm; ich freute mich gewaltig, und mein Herz schöpfte
neuen Mut. Darauf kehrte ich durch den Spalt wieder in die

Höhle zurück und holte mir all das Brot und Wasser, das ich mir dort aufgespart hatte. Auch holte ich mir ein paar Kleider von den Toten und legte sie an, um andere zu haben, als die ich bisher getragen hatte. Ferner nahm ich ihnen vieles ab von dem, was sie trugen, Ketten, Edelsteine, Perlenhalsbänder, Schmuckstücke aus Silber und Gold, in die allerlei Juwelen eingelegt waren, und andere Kleinodien; die schnürte ich in meine Kleider und in Kleider der Toten ein und brachte sie so durch den Spalt hinaus auf den Felsrücken. Und ich blieb an der Meeresküste; aber jeden Tag ging ich in der Höhle aus und ein, und jedesmal, wenn man einen Lebendigen begrub, schlug ich ihn tot, ob Mann oder Weib, nahm seinen Vorrat an Speise und Trank und kroch wieder durch den Spalt hinaus. Dann saß ich wieder an der Küste des Meeres und wartete auf Rettung von Allah dem Erhabenen durch ein Schiff, das an mir vorbeifahren würde. Alles, was ich in jener Höhle an Schmuckstücken fand, das schnürte ich in die Kleider der Toten und schaffte es hinaus. Auf diese Weise lebte ich eine lange Zeit dahin.' – –«

Da bemerkte Schehrezâd, daß der Morgen begann, und sie hielt in der verstatteten Rede an. Doch als die *Fünfhundertundfünfundfünfzigste Nacht* anbrach, fuhr sie also fort: »Es ist mir berichtet worden, o glücklicher König, daß Sindbad der Seefahrer des weiteren erzählte: ,Ich schaffte aus jener Höhle alles heraus, was ich dort an Schmuckstücken und anderen Dingen fand, und blieb eine lange Weile hindurch an der Küste des Meeres. Doch eines Tages, als ich wieder dort saß und über mein Schicksal nachdachte, entdeckte ich ein vorbeifahrendes Schiff, mitten in dem tosenden Meer mit den brandenden Wogen ringsumher. Da nahm ich ein weißes Tuch, eins von den Kleidern der Toten, und band es an einen Stab. Dann lief

158

ich an der Küste hin und her, indem ich den Leuten auf dem Schiffe mit jenem Tuche winkte, bis ihr Auge auf mich gelenkt ward und sie mich dort oben auf dem Felsen erkannten. Sie kamen näher, und als sie meine Stimme hörten, schickten sie ein Boot, das mit einigen Seeleuten bemannt war, zu mir herüber. Wie die nun nahe bei mir waren, riefen sie mir zu: ,Wer bist du, und wie bist du auf diesen Felsen gekommen, auf dem wir in unserem ganzen Leben noch nie einen Menschen gesehen haben?' Ich antwortete ihnen: ,Ich bin ein Kaufmann; das Schiff, auf dem ich fuhr, ist untergegangen, und ich habe mich mit meinen Sachen auf einer Planke gerettet. Allah der Erhabene half mir, daß ich hier landen konnte, und meine Sachen habe ich durch eigene Kraft und Geschicklichkeit behalten, nachdem ich mich schwer gemüht habe.' Da nahmen sie mich in ihr Boot auf und verluden auch alles das, was ich aus der Höhle geholt und in Kleider und Leichentücher verschnürt hatte. Dann ruderten sie mit mir zurück, bis sie mich auf das Schiff hinauf zu ihrem Kapitän führen konnten, während ich alle meine Sachen bei mir hatte. Der Kapitän fragte mich: ,Mann, wie bist du an diese Stätte gekommen? Das ist ja ein hoher Berg, und hinter ihm liegt eine große Stadt; ich bin mein ganzes Leben lang in diesem Meere gefahren und immer bei diesem Berge vorbeigekommen, aber ich habe nie auf ihm etwas anderes als wilde Tiere und Vögel gesehen.' Darauf erwiderte ich ihm: ,Ich bin ein Kaufmann; ich fuhr auf einem großen Schiffe, aber es litt Schiffbruch, und da fiel ich mit all meinen Sachen ins Meer, mit all diesen Stoffen und Kleidern, wie du sie hier siehst. Ich konnte sie jedoch auf eine von den Schiffsplanken packen, und dann halfen mir Glück und Geschick, daß ich auf den Felsen dort klettern konnte. Ich habe immer gewartet, ob nicht jemand vorbeikäme und mich mit sich nähme.' Allein ich erzählte ihm nicht, wie es mir in der Stadt und in der Höhle ergangen war; denn ich fürchtete, es könnte einer von den Einwohnern jener Stadt auf dem Schiffe sein. Darauf holte ich für den Schiffsherrn vielerlei aus meinem Schatze heraus und sprach zu ihm: ‚Mein Gebieter, du bist die Ursache meiner Rettung von diesem Berge; so nimm denn dies als Entgelt für die Wohltat, die du mir erwiesen hast!' Er wollte es aber nicht nehmen, sondern er sprach zu mir: ‚Wir nehmen nichts an. Wenn wir einen Schiffbrüchigen an der Meeresküste oder auf einer Insel sehen, so retten wir ihn und geben ihm zu essen und zu trinken; und wenn er nackt ist, so kleiden wir ihn. Und wenn wir schließlich zum sicheren Hafen gelangen, so geben wir ihm von uns aus ein Geschenk und handeln gütig und freundlich an ihm um Allahs des Erhabenen willen.' Da betete ich um langes Leben für ihn; und wir fuhren weiter von Insel zu Insel und von Meer zu Meer. In jener Zeit hoffte ich, daß ich nun von allem Leid befreit sei, und ich freute mich, daß ich mit dem Leben davongekommen war. Sooft ich aber daran dachte, wie ich in der Gruft bei meiner toten Frau gesessen hatte, schwanden mir die Sinne. Durch die Allmacht Allahs kamen wir dann unversehrt nach der Stadt Basra; dort ging ich an Land, und nachdem ich mich einige Tage lang aufgehalten hatte, kam ich endlich wieder nach der Stadt Baghdad. Ich begab mich sofort in mein Stadtviertel und trat in mein Haus ein. Dann begrüßte ich die Meinen und meine Freunde und fragte sie, wie es ihnen ging; und alle freuten sich über meine glückliche Heimkehr und beglückwünschten mich. Dann speicherte ich alle Güter, die ich mitgebracht hatte, in meinen Warenhäusern auf, verteilte Geschenke und Gaben und kleidete die Witwen und Waisen. Ich lebte so herrlich und schön, wie man es sich nur denken kann, indem ich mich auch wieder wie früher in fröhlichem Verein zu den Genossen gesellte, bei Scherz und Gesang. Dies ist das Wunderbarste, das ich auf der vierten Reise erlebt habe. Jetzt, mein Bruder Sindbad, speise bei mir zu Abend und empfang dein gewohntes Geschenk! Wenn du morgen wieder zu mir kommst, will ich die Erlebnisse und Abenteuer meiner fünften Reise erzählen. Die ist noch wunderbarer und seltsamer als alles, was vorherging.'

*

Darauf ließ er wieder hundert Quentchen Goldes bringen und die Tische breiten. Nachdem die Gäste zu Abend gegessen hatten, gingen sie ihrer Wege, höchlichst erstaunt; denn jede Geschichte war ja noch aufregender als die vorhergehende. Auch Sindbad der Lastträger ging nach Hause und verbrachte die Nacht dort in aller Freude und Heiterkeit und Verwunderung. Als aber der Morgen sich einstellte und die Welt mit seinem leuchtenden Glanze erhellte, erhob er sich, sprach das Frühgebet und schritt dann dahin, bis er in das Haus Sindbads des Seefahrers kam und ihm einen guten Morgen wünschte. Der hieß ihn willkommen und bat ihn, sich an seine Seite zu setzen. Als auch die anderen Gäste eintrafen, wurde gegessen und getrunken in lauter Freude und Fröhlichkeit, während das Gespräch unter ihnen kreiste. Dann hub Sindbad der Seefahrer an zu sprechen – –«

Da bemerkte Schehrezâd, daß der Morgen begann, und sie hielt in der verstatteten Rede an. Doch als die *Fünfhundertundsechsundfünfzigste Nacht* anbrach, fuhr sie also fort: »Es ist mir berichtet worden, o glücklicher König, daß Sindbad der Seefahrer von seinen Erlebnissen und Abenteuern zu reden anhub und erzählte

Ihr wisset, meine Brüder, daß ich, als ich von meiner vierten
Reise heimgekehrt war, mich wieder ganz dem Leben in Scherz
und Frohsinn und Sorglosigkeit hingab. Da vergaß ich vor
lauter Freude über den großen Gewinn und Verdienst alles,
was mir widerfahren war, alles, was ich erlebt und erlitten
hatte. Und meine Seele flüsterte mir wieder ein, zu reisen und
mich in den Ländern der Menschen und auf den Inseln umzuschauen. Als nun dieser Entschluß bei mir feststand, kaufte
ich mir Waren, wie sie für eine Seereise geeignet sind, ließ sie
in Ballen verpacken und verließ Baghdad. Wiederum begab
ich mich zur Stadt Basra, und wie ich dort am Hafen entlang
schritt, sah ich ein großes, hohes und schönes Schiff, das mir
gefiel. Die ganze Ausrüstung war auch noch neu, und so kaufte
ich es. Ich heuerte einen Kapitän und Seeleute, wies meinen
Sklaven und Dienern ihren Dienst dort an und ließ meine Ballen dort verstauen. Darauf kam eine Schar von Kaufleuten zu
mir, und die ließen auch ihre Lasten auf mein Schiff bringen,
indem sie mir die Fracht und die Fahrt bezahlten. Dann segelten wir so froh und heiter ab, wie wir es nur sein konnten;
denn wir versprachen uns glückliche Heimkehr und reichen
Gewinn. Wir segelten von Insel zu Insel und von Meer zu
Meer; dabei schauten wir uns auf den Inseln und in den Städten
um, gingen an Land und trieben Handel. Nachdem unsere
Fahrt eine Weile so fortgegangen war, kamen wir eines Tages
zu einer großen unbewohnten Insel; dort zeigte sich kein
Mensch, öde und verlassen lag sie da, nur eine gewaltig große
weiße Kuppel war auf ihr zu sehen. Einige von uns stiegen aus,
um sich diese anzusehen; und siehe da, es war ein großes Ei

vom Vogel Ruch. Die Kaufleute aber, die dorthin gingen und sich das Gebäude ansehen wollten, wußten nicht, daß es ein Ei des Ruch war, und schlugen mit Steinen darauf. Da zerbrach es, und es floß viel Wasser heraus; und drinnen zeigte sich das Junge des Ruch. Das zerrten sie aus dem Ei hervor, und nachdem sie es geschlachtet hatten, nahmen sie viel Fleisch von ihm mit. Ich aber war auf dem Schiffe geblieben und ahnte nicht, was sie taten. Da rief mir plötzlich einer von den Reisenden zu: ‚Herr, komm doch und sieh dir das Ei an, das wir für eine Kuppel hielten!' Ich ging alsbald hin, um es mir anzusehen, und fand die Kaufleute damit beschäftigt, das Ei zu zerschlagen. Da schrie ich sie an: ‚Tut das nicht! Sonst kommt gewiß gleich der Vogel Ruch und zertrümmert unser Schiff und richtet uns zugrunde!' Aber sie wollten nicht auf mich hören, und während sie noch mit ihrem Tun fortfuhren, verschwand auf einmal die Sonne vor unseren Augen, und der helle Tag ward zur Finsternis; wie eine Wolke, die den ganzen Himmel verdunkelte, zog es über uns hin. Wir hoben unsere Blicke empor, um zu sehen, was denn zwischen uns und die Sonne gekommen sei; und da entdeckten wir, daß es ein Flügel des Ruch war, der das Sonnenlicht von uns fernhielt, so daß Dunkelheit herrschte. Als aber der Vogel näher kam und sah, daß sein Ei zerbrochen war, fing er an zu schreien; nun kam auch sein Weibchen, und die beiden begannen über dem Schiffe zu kreisen, indem sie dabei mit Stimmen, die lauter als der Donner dröhnten, auf uns hernieder schrien. Da rief ich dem Kapitän und den Matrosen zu: ‚Stoßt ab und sucht die Rettung in der Flucht, ehe wir des Todes sind!' Die Kaufleute stürzten an Bord, und der Kapitän machte eiligst das Schiff los, und wir fuhren von der Insel fort. Als der Ruch bemerkte, daß wir auf dem Meere fuhren, flog er davon und verschwand eine kurze Weile, während wir so schnell wie möglich fuhren, in der Absicht, den beiden Vögeln zu entrinnen und aus ihrem Bereich herauszukommen. Aber da waren sie schon wieder hinter uns und kamen uns näher, und jeder von ihnen hielt einen großen Felsblock in den Krallen. Zuerst ließ das Männchen den Felsen, den es trug, auf uns herunterfallen; aber der Kapitän lenkte das Schiff rasch zur Seite, so daß jener Block uns gerade noch um ein kleines verfehlte. Er sauste ins Meer und unter das Schiff mit solcher Gewalt, daß unser Fahrzeug sich hob und dann wieder so tief hinabschoß, daß wir den Meeresgrund sehen konnten; mit solcher Kraft war der Felsen heruntergekommen. Dann ließ auch das Weibchen den Felsblock, den es trug, herunterfallen; der war wohl etwas kleiner als der erste, aber er traf nach der Bestimmung des Schicksals das Heck des Schiffes und zertrümmerte es, so daß unser Steuerruder in zwanzig Stücke auseinanderflog und alles was sich auf dem Schiffe befand, ins Wasser fiel. Ich begann um meine Rettung zu ringen, da das Leben doch so süß ist, und Allah der Erhabene bescherte mir eine von den Planken des Schiffes. An die klammerte ich mich, und dann kletterte ich auf sie hinauf und begann mit meinen Beinen zu rudern. Wind und Wellen waren mir günstig auf meiner Fahrt; und da das Schiff in der Nähe einer Insel auf der hohen See untergegangen war, so warf mich das Geschick mit Willen Allahs des Erhabenen an ebenjenes Eiland. Ich kletterte hinauf; doch ich war am Ende meiner Kräfte und fast wie ein Toter, da alles, was ich an Mühen und Qualen, an Hunger und Durst erduldet hatte, furchtbar auf mir lastete. Ich warf mich am Strande nieder und blieb eine lange Weile dort liegen, bis mein Geist sich erholte und mein Herz sich beruhigte. Dann ging ich auf der Insel umher und sah, daß sie einem Paradiesesgarten glich; da waren die Bäume mit reifen Früchten behangen, die Bächlein sprangen, und die Vögel sangen und priesen Ihn, der allmächtig und ewig ist. Ja, vielerlei Bäume und Früchte und Blumen jeglicher Art befanden sich auf jener Insel. So begann ich denn von den Früchten zu essen, bis ich satt war, und aus den Bächen zu trinken, bis mein Durst gelöscht war. Und ich pries und lobte Allah den Erhabenen für Seine Güte.' – –«

Da bemerkte Schehrezâd, daß der Morgen begann, und sie hielt in der verstatteten Rede an. Doch als die *Fünfhundertundsiebenundfünfzigste Nacht* anbrach, fuhr sie also fort: »Es ist mir berichtet worden, o glücklicher König, daß Sindbad der Seefahrer des weiteren erzählte: ,Als ich dem Tod in den Wellen entronnen und auf jener Insel an Land getrieben war und dort von den Früchten essen und aus den Bächen trinken konnte, pries und lobte ich Allah den Erhabenen für Seine Güte. Und ich blieb dort sitzen, bis der Tag zur Rüste ging und die Nacht nahte. Ich war aber immer noch wie ein Toter; so hatten die Anstrengung und die Angst mich erschöpft. Keinen Laut vernahm ich auf jener Insel, kein menschliches Wesen erblickte ich auf ihr. Und so schlief ich denn dort bis zum Morgen. Dann machte ich mich auf und wanderte zwischen den Bäumen dahin; und plötzlich sah ich ein Schöpfwerk bei einer Quelle fließenden Wassers, und neben dem Schöpfwerk saß ein alter Mann von würdigem Aussehen, der mit einem Schurz aus Baumblättern bekleidet war. Ich sagte mir: ,Vielleicht ist dieser Alte da auch auf der Insel gelandet und ist einer von denen, die von einem Schiffe fielen, als es kenterte.' So trat ich denn an ihn heran und grüßte ihn. Er aber erwiderte meinen Gruß durch ein Zeichen und sprach kein Wort. Darauf sagte ich zu ihm: ,Alterchen, warum sitzest du hier an dieser Stätte?' Er schüttelte das Haupt und seufzte und gab mir durch Zeichen mit der Hand zu verstehen, ich sollte ihn auf meine Schultern heben und ihn von dort auf die andere Seite der Schöpfrinne tragen. Nun sagte ich mir: ‚Ich will ihm den Gefallen tun und ihn dorthin tragen, wohin er will; vielleicht wird der Himmel mich dafür belohnen.‘ Ich trat also an ihn heran, hob ihn auf meine Schultern und trug ihn an den Ort, den er mir bezeichnet hatte. Dort sagte ich zu ihm: ‚Steig langsam herunter!‘ Aber er stieg nicht herunter, sondern wand mir seine Beine um den Hals. Und wie ich seine Beine anschaute, da sahen sie aus wie das Fell eines Büffels, schwarz und rauh. Darüber erschrak ich, und ich wollte ihn von meinen Schultern abschütteln. Doch er preßte seine Beine noch fester um meinen Hals und würgte mich so heftig, daß mir schwarz vor den Augen wurde. Mein Bewußtsein schwand, und ich fiel ohnmächtig wie tot zu Boden. Da hob er seine Schenkel und schlug mich mit den Füßen auf meinen Rücken und auf meine Schultern; und das tat mir so weh, daß ich wieder aufsprang, obgleich er noch immer auf mir saß und ich unter seiner Last ermüdete. Dann gab er mir mit der Hand ein Zeichen, ich sollte ihn unter die Bäume zu den besten Früchten tragen; und wenn ich mich weigerte, so schlug er mich mit den Füßen ärger als mit Peitschenhieben. In einem fort wies er mit der Hand auf jede Stelle, die er erreichen wollte, so daß ich ihn dorthin tragen mußte. Wenn ich säumte oder langsam ging, so schlug er mich; und so war ich bei ihm wie ein Gefangener. Während ich mit ihm nun mitten auf der Insel unter den Bäumen dahinlief, fing er auch noch an, mir die Schultern zu nässen und zu beschmutzen. Tag und Nacht stieg er nicht herab, und wenn er schlafen wollte, so wickelte er seine Beine fest um meinen Hals und schlief eine kleine Weile. Wenn er dann wieder aufwachte, schlug er mich von neuem, und ich mußte eilends aufstehen und durfte ihm nicht zuwiderhandeln, weil ich sonst zu schwer von ihm zu leiden hatte. Nun machte ich mir selber Vorwürfe, daß ich mich seiner erbarmt und ihn auf meine Schultern gehoben hatte. Aber es ging noch immer so weiter, und ich war in der größten Bedrängnis, die man sich denken kann. Da sagte ich mir: ‚Ich habe dem Kerl Gutes erwiesen, und er hat mir mit Bösem vergolten. Von jetzt an will ich, bei Allah, mein ganzes Leben lang nie mehr einem Menschen etwas Gutes tun.‘ Und ich bat zu jeder Zeit, zu jeder Stunde Allah den Erhabenen, Er möchte mich sterben lassen; denn ich konnte die schweren Anstrengungen und Qualen nicht mehr ertragen. Dennoch mußte ich eine lange Weile so weiterleben, bis ich schließlich eines Tages mit ihm zu einer Stelle auf der Insel kam, an der viele Kürbisse wuchsen. Manche von denen waren trocken, und so nahm ich mir einen großen, trockenen Kürbis, schnitt ihn oben auf und höhlte ihn aus. Dann trug ich ihn zu einem Rebstock, füllte ihn dort mit Traubensaft, schloß die Öffnung und stellte ihn in die Sonne. Nachdem ich ihn dort eine Reihe von Tagen hatte stehen lassen, war der Saft zu starkem Wein geworden. Und nun begann ich jeden Tag davon zu trinken, um mich dadurch gegen die Qualen zu stärken, die ich von jenem rebellischen Satan erlitt; und jedesmal, wenn ich von dem Weine trunken war, faßte ich neuen Mut. Doch eines Tages, als er mich trinken sah, fragte er mich durch ein Zeichen mit der Hand, was das sei. Ich antwortete ihm: ‚Dies ist etwas Gutes, das dem Herzen Kraft verleiht und das Gemüt neu belebt.‘ Darauf lief ich mit ihm unter den Bäumen umher und begann zu tanzen; und in der Trunkenheit, die über mich kam, klatschte ich mit den Händen, sang und war ganz ausgelassen. Wie er mich in diesem Zustande sah, machte er mir ein Zeichen, ich sollte ihm den Kürbis geben, damit er auch trinken könne. Da ich Angst vor ihm hatte, reichte ich ihm die Schale hin. Und er trank alles, was noch darin war, sofort aus und warf sie weg. Nun wurde er lustig und begann auf meinen Schultern hin und her zu wackeln. Schließlich aber wurde er trunken, und ein so schwerer Rausch kam über ihn, daß seine Glieder und Muskeln ganz schlaff wurden und er auf meinen Schultern zu schwanken begann. Sobald ich bemerkte, daß er trunken und seiner Sinne nicht mehr mächtig war, streckte ich meine Hand nach seinen Füßen aus, löste sie von meinem Halse, beugte mich dann mit ihm vornüber und setzte mich, während er auf die Erde fiel.' – –«

Da bemerkte Schehrezâd, daß der Morgen begann, und sie hielt in der verstatteten Rede an. Doch als die *Fünfhundertund-achtundfünfzigste Nacht* anbrach, fuhr sie also fort: »Es ist mir berichtet worden, o glücklicher König, daß Sindbad der Seefahrer des weiteren erzählte: ‚Als ich den Satan von meinen Schultern abgeworfen hatte, konnte ich es noch kaum glauben, daß ich mich befreit hatte und daß ich meiner Not entronnen war. Und da ich fürchtete, er könne sich aus seinem Rausche erheben und mir ein Leid antun, holte ich mir einen großen Stein, der unter den Bäumen lag, trat an den Alten heran und schlug ihm, während er schlief, so gewaltig damit aufs Haupt, daß sein Fleisch und sein Blut ein Brei wurden. Nun lag er tot da – Allah habe ihn nicht selig! Darauf schritt ich mit leichtem Herzen über die Insel dahin und kam wieder zu der Stelle am Strande, an der ich schon vorher gewesen war. Aber ich mußte noch eine ganze Weile auf der Insel bleiben, indem ich von den Früchten dort aß und aus den Bächen trank, und dabei hielt ich immer Ausschau, ob wohl ein Schiff vorüberfahren würde. Und endlich, eines Tages, als ich wieder dasaß und über meine Erlebnisse und mein Schicksal nachdachte und mir sagte: ‚Ich möchte wohl wissen, ob Allah mich glücklich davonkommen lassen wird, so daß ich in mein Land heimkehren und wieder bei den Meinen und meinen Freunden sein kann!‘ – da tauchte plötzlich ein Schiff auf aus dem tosenden Meer mit den brandenden Wogen ringsumher, und es kam geradeswegs auf die Insel zu und ging dort vor Anker. Die Reisenden stiegen aus und gingen an Land; ich trat auf sie zu, und als sie mich erblickten, eilten sie alle herbei und drängten sich um mich und fragten mich, was es mit mir sei und wie ich auf diese Insel gekommen wäre. Da berichtete ich ihnen von meinen Erlebnissen und Abenteuern, und sie hörten mir mit dem größten Erstaunen zu. Dann sagten sie: ‚Dieser Mann, der auf deinen Schultern geritten hat, heißt der Alte vom Meere; noch nie ist einer, der unter seine Beine geriet, von ihm erlöst worden außer dir. Preis sei Allah für deine Rettung!‘ Dann brachten sie mir etwas Speise, und ich aß, bis ich satt war; auch gaben sie mir Kleider, daß ich sie anlegen und meine Blöße bedecken konnte. Und schließlich nahmen sie mich mit sich an Bord, und wir fuhren Tag und Nacht weiter, bis uns das Schicksal zu einer hochgebauten Stadt führte, deren Häuser alle aufs Meer hinausblickten. Sie hieß die Affenstadt; und wenn die Nacht anbrach, so pflegten alle Leute, die dort wohnten zu den Toren am Meere herauszukommen, in Boote und Schiffe zu steigen und auf dem Wasser zu übernachten, da sie befürchteten, daß die Affen aus den Bergen bei Nacht über sie herfallen würden. Ich ging an Land, um mir die Stadt anzusehen; aber da fuhr das Schiff weiter, ohne daß ich es wußte. Nun bereute ich, daß ich bei der Stadt ausgestiegen war, und ich dachte an meine Gefährten und an all das, was ich mit den Affen schon zweimal durchgemacht hatte. Ich setzte mich nieder und weinte in meiner Trauer. Da kam ein Mann von den Einwoh-

nern der Stadt auf mich zu und fragte mich: ‚Lieber Herr, du
bist wohl ein Fremdling in diesen Landen?‘ ‚Jawohl,‘ erwiderte
ich ihm, ‚ich bin ein armer Fremdling. Ich bin mit einem Schiff
gekommen, das hier vor Anker ging; ich stieg aus, um mir die
Stadt anzusehen, doch als ich zur Küste zurückkehrte, fand ich
es nicht mehr.‘ Jener Mann aber fuhr fort: ‚Komm, geh mit
uns und steige ins Boot; denn wenn du bei Nacht in der Stadt
bleibst, so werden die Affen dir den Garaus machen.‘ ‚Ich höre
und gehorche!‘ erwiderte ich, machte mich sofort auf und stieg
zu den Leuten ins Boot. Die stießen darauf vom Lande ab und
fuhren in See, bis sie etwa eine Meile von der Küste entfernt
waren; dort brachten sie die Nacht zu, und ich blieb bei ihnen.
Als es Morgen ward, kehrten sie mit ihren Schiffen zur Stadt zurück, stiegen an Land, und ein jeder von ihnen ging seinen Geschäften nach. Das pflegten sie jede Nacht zu tun; wenn jedoch
einer von ihnen am Abend in der Stadt zurückblieb, so kamen
die Affen über ihn und töteten ihn. Bei Tage liefen die Affen
wieder zur Stadt hinaus, fraßen von den Früchten der Gärten und
schliefen in den Bergen bis zur Abendzeit; dann erst kehrten sie
in die Stadt zurück. Jene Stadt liegt im fernsten Teile des Landes
der Schwarzen; und das Seltsamste, was ich dort erlebt habe,
ist dies. Einer von den Leuten, mit denen ich im Boote zu übernachten pflegte, sagte einmal zu mir: ‚Lieber Herr, du bist ein
Fremdling in diesen Landen. Kennst du ein Handwerk, in dem
du arbeiten kannst?‘ ‚Nein, bei Allah, mein Bruder,‘ erwiderte
ich, ‚ich habe kein Handwerk, und ich kann auch nichts arbeiten; denn ich bin Kaufmann, ich besaß Geld und Gut und
nannte ein Schiff mein eigen, das mit vielen Waren und Gütern beladen war. Aber es litt Schiffbruch auf dem Meere, und
alles, was darinnen war, ging unter. Ich konnte mich nur mit
der Hilfe Allahs vor dem Ertrinken retten; denn Er sandte mir

eine Planke, auf die ich steigen konnte, und das war die Ursache, weshalb ich mit dem Leben davonkam.' Da brachte der Mann mir einen baumwollenen Sack und sprach zu mir: ‚Nimm diesen Sack und fülle ihn mit Kieselsteinen, wie sie hier herumliegen; dann zieh mit einer Schar von den Leuten dieser Stadt aus, ich will dich mit ihnen bekannt machen und dich ihrer Obhut empfehlen. Tu genau so, wie sie tun! Vielleicht kannst du dir dann etwas verdienen, das dir dazu verhilft, weiterzureisen und in dein Land heimzukehren.' Darauf nahm er mich mit sich und führte mich zur Stadt hinaus. Dort sammelte ich kleine Kieselsteine und füllte sie in den Sack. Alsbald kam auch eine Schar von Leuten aus der Stadt heraus, und mein Freund machte mich mit ihnen bekannt und empfahl mich ihrer Obhut, indem er zu ihnen sprach: ‚Dieser Mann ist ein Fremdling; nehmt ihn mit euch und lehrt ihn das Sammeln, auf daß er sein täglich Brot verdiene und euch der Lohn des Himmels zuteil werde!' ‚Wir hören und gehorchen!' erwiderten sie; dann hießen sie mich willkommen und nahmen mich mit sich fort. Ein jeder von ihnen aber hatte einen Sack bei sich, wie ich ihn trug, mit Kieselsteinen angefüllt. Wir zogen immer weiter dahin, bis wir ein geräumiges Tal erreichten, mit vielen hohen Bäumen, auf die kein Mensch hinaufsteigen konnte. In jenem Tale gab es aber auch viele Affen, und sowie die uns erblickten, flüchteten sie vor uns und kletterten auf die Bäume hinauf. Nun begannen die Leute mit den Steinen, die sie in ihren Säcken hatten, nach den Affen zu werfen, und jene rissen die Früchte von den Bäumen und warfen sie auf die Männer hinab. Ich sah mir die Früchte, mit denen die Affen warfen, genauer an und entdeckte, daß es Kokosnüsse waren. Wie ich also jene Leute bei ihrem Tun beobachtet hatte, wählte ich mir einen großen Baum aus, auf dem viele Affen

171

saßen, ging hin und begann die Tiere mit Steinen zu bewerfen.
Da rissen sie die Nüsse ab und schleuderten sie auf mich, und
ich sammelte sie, wie die anderen es taten. Ehe ich noch die
Steine in meinen Sack alle verbraucht hatte, war schon eine
große Menge von Nüssen in meinem Besitz. Als die Leute
dann mit ihrer Arbeit fertig waren, sammelten sie alles, was
bei ihnen lag, und ein jeder von ihnen trug so viel fort, wie er
konnte. Und zuletzt kehrten wir, solange es noch Tag war, in
die Stadt zurück. Dort ging ich alsbald zu meinem Freunde,
dem Manne, der mich mit den anderen bekannt gemacht hatte,
und wollte ihm alles geben, was ich gesammelt hatte, indem
ich ihm für seine Güte dankte. Doch er sprach zu mir: ‚Nimm
du sie, verkaufe sie und verwerte den Erlös für dich!‘ Dann
gab er mir den Schlüssel zu einer Kammer in seinem Hause
und sagte: ‚An dieser Stätte kannst du immer die Nüsse, die
du zurücklegst, aufbewahren. Zieh jeden Morgen mit den anderen aus, wie du heute getan hast, und von den Nüssen, die
du heimbringst, wähle die schlechten aus, verkaufe sie und
verwende den Erlös für dich; die guten aber speichere hier
auf: vielleicht wirst du so viel zusammenbringen, daß du dafür deine Reise bestreiten kannst!‘ ‚Allah der Erhabene vergelte es dir!‘ erwiderte ich und tat, wie er mir gesagt hatte. Ich
fuhr fort, jeden Tag meinen Sack mit Kieseln zu füllen, mit
den Leuten hinauszuziehen und so zu schaffen wie sie. Nun
empfahlen sie mich einander und zeigten mir immer den
Baum, an dem die meisten Nüsse hingen. Eine lange Zeit hindurch blieb ich bei ihnen, und so häufte sich bei mir ein großer Vorrat von guten Kokosnüssen auf; ich verkaufte auch
viele und verdiente durch sie viel Geld, so daß ich mir alles,
was ich sah und gern haben wollte, kaufen konnte. So verlebte
ich eine schöne Zeit, und mein Ansehen nahm zu in der gan-

zen Stadt. Und ich lebte weiter so dahin, bis einmal, während ich am Ufer stand, ein großes Schiff auf jene Stadt zulief und am Strande vor Anker ging; auf ihm befanden sich Kaufleute, die Waren mit sich führten und die nun mit Kokosnüssen und anderen Dingen Handel trieben. Da ging ich zu meinem Freunde und erzählte ihm von dem Schiffe, das gekommen war; zugleich aber sagte ich zu ihm, ich möchte nun wieder in meine Heimat reisen. ‚Das steht bei dir‘, erwiderte er; und ich nahm Abschied von ihm, nachdem ich ihm für alle seine Güte gegen mich gedankt hatte. Darauf ging ich zu dem Schiffe, traf mit dem Kapitän zusammen und vereinbarte mit ihm Fahrgeld und Fracht. Dann schiffte ich mich mit meinem ganzen Besitz an Nüssen und anderen Dingen auf dem Fahrzeug ein. Wir brachen auf‘ – –«

Da bemerkte Schehrezâd, daß der Morgen begann, und sie hielt in der verstatteten Rede an. Doch als die *Fünfhundertundneunundfünfzigste Nacht* anbrach, fuhr sie also fort: »Es ist mir berichtet worden, o glücklicher König, daß Sindbad der Seefahrer des weiteren erzählte: ‚Als ich von der Affenstadt aus an Bord gegangen war, indem ich meinen ganzen Besitz an Kokosnüssen und anderen Dingen mitnahm, und als ich auch mit dem Kapitän Fahrgeld und Fracht vereinbart hatte, brachen wir noch am selben Tage auf. Und dann segelten wir dahin von Insel zu Insel und von Meer zu Meer. Auf jeder Insel, bei der wir anlegten, verkaufte ich Kokosnüsse oder tauschte sie gegen Waren ein; und Allah gab mir mehr zurück, als ich früher besessen und verloren hatte. Wir kamen auch an einer Insel vorbei, auf der Zimt und Pfeffer wuchs; und Leute dort erzählten uns, sie fänden bei jeder Pfefferdolde ein großes Blatt, das ihr Schatten spendet und die Nässe von ihr abwehrt, wenn es regnet; sobald aber die Regenzeit vorüber sei, wende das

Blatt sich um und hänge dann neben der Dolde herunter. Von jener Insel nahm ich einen großen Vorrat an Pfeffer und Zimt mit mir, den ich für Kokosnüsse eingetauscht hatte. Dann kamen wir auch bei der Insel der Fährnisse vorbei, auf der das komariner Aloeholz wächst, und weiter bei einer anderen Insel, die fünf Tagereisen lang ist; dort wächst das chinesische Aloeholz, und das ist besser als das komariner. Aber die Bewohner dieser Insel stehen in Sitten und Glauben auf einer niedrigeren Stufe als das Volk der Insel des komariner Aloeholzes; denn sie sind der Unzucht und dem Weintrinken ergeben und kennen weder den Gebetsruf noch überhaupt etwas von der Gebetspflicht. Darauf kamen wir zu den Perlenfischereien, und ich gab den Tauchern ein paar Kokosnüsse und sagte ihnen, sie sollten auf mein Glück und Gelingen tauchen. Sie taten es und holten wirklich eine Menge von großen und kostbaren Perlen herauf. Da sprachen sie zu mir: ‚Hoher Herr, bei Allah, dir ist das Glück hold!' Ich aber nahm alles, was sie für mich gefunden hatten, zu mir ins Schiff. Und wir fuhren mit dem Segen Allahs des Erhabenen immer weiter dahin, bis wir endlich bei der Stadt Basra ankamen. Ich ging an Land und blieb dort eine kurze Weile. Dann setzte ich meine Reise fort nach Baghdad, begab mich in mein Stadtviertel und kam zu meinem Hause. Hier begrüßte ich die Meinen und meine Freunde, und sie wünschten mir Glück zu meiner sicheren Heimkehr. Nachdem ich alle Waren und Güter, die ich mit mir führte, aufgespeichert hatte, kleidete ich die Witwen und Waisen und verteilte Spenden und Gaben und Geschenke an die Meinen, an meine Freunde und Gefährten; denn Allah hatte mir das, was ich verloren hatte, vierfach ersetzt. Ich vergaß auch über diesem reichen Gewinn und Verdienst alle Mühen, die ich erduldet und durchgemacht hatte, und kehrte zu meinem früheren Leben in Gemeinschaft mit meinen Freunden zurück. Dies ist also das Wunderbarste, was mir auf meiner fünften Reise begegnet ist. Doch nun speiset zu Abend! Wenn ihr morgen wiederkommt, will ich euch von den Abenteuern der sechsten Reise berichten; die sind noch merkwürdiger als die heutigen.'

*

Als die Gäste nun gespeist hatten, befahl er, Sindbad dem Lastträger hundert Quentchen Gold zu geben. Der nahm sie entgegen und ging fort, indem er sich wieder über alles wunderte. Die Nacht brachte er in seinem Hause zu; doch als es Morgen ward, stand er auf, sprach das Frühgebet und schritt hinaus, bis er zum Hause Sindbads des Seefahrers gelangte. Dort trat er ein und wünschte ihm einen guten Morgen. Jener bat ihn, sich zu setzen; und nachdem er das getan hatte, plauderten die beiden, bis die anderen Gäste kamen. Sie begrüßten einander, die Tische wurden gebreitet, man aß und trank, war froh und guter Dinge. Dann hub Sindbad der Seefahrer an und erzählte ihnen

DIE SECHSTE REISE
SINDBADS DES SEEFAHRERS

Ihr wisset, meine Brüder, Freunde und Genossen, als ich von jener fünften Reise heimgekehrt war, vergaß ich bei Scherz und Gesang, in Wohlsein und Frohsinn alles, was ich vorher durchgemacht hatte, und führte das heiterste und freudigste Leben, das man sich denken kann. So lebte ich dahin, bis eines Tages, als ich in lauter Glück und Seligkeit dasaß, eine Schar von Kaufleuten mich besuchte, denen man ansah, daß sie von der Reise kamen. Ich dachte daran, wie ich selbst einst von der Reise heimgekehrt war und mich gefreut hatte, die Meinen, meine Freunde und Gefährten wiederzusehen und in der Heimat zu sein. Da ergriff mich von neuem die Sehnsucht, zu reisen und Handel zu treiben. Und als ich mich zur Fahrt entschlossen hatte, kaufte ich mir kostbare und prächtige Waren, die sich für eine Seereise eigneten, ließ die Lasten aufladen und zog mit ihnen von Baghdad nach Basra. Dort fand ich ein großes Schiff mit Kaufleuten und Vornehmen, die wertvolle Waren bei sich hatten. Ich ließ wie sie meine Ballen auf dem Schiff verstauen, und dann fuhren wir wohlbehalten von Basra ab.' – –«

Da bemerkte Schehrezâd, daß der Morgen begann, und sie hielt in der verstatteten Rede an. Doch als die *Fünfhundertundsechzigste Nacht* anbrach, fuhr sie also fort: »Es ist mir berichtet worden, o glücklicher König, daß Sindbad der Seefahrer des weiteren erzählte: ,Als ich meine Ballen gerüstet und in dem Schiff aus Basra verstaut hatte, fuhren wir ab, und wir segelten immer weiter dahin, von Ort zu Ort, von Stadt zu Stadt, indem wir Handel trieben und uns die fremden Länder anschauten. Das Glück war uns hold, die Reise war günstig, und wir hatten große Gewinne. Aber eines Tages, als wir auf der Fahrt waren, fing plötzlich der Kapitän des Schiffes laut zu schreien an, warf seinen Turban fort, zerschlug sich das Gesicht, raufte sich den Bart und fiel vor lauter Angst und Aufregung in den Schiffsraum. Alle Kaufleute und Reisenden drängten sich um ihn und riefen: ,Kapitän, was ist geschehen?' Da gab er ihnen zur Antwort: ,Wisset, ihr Leute, wir fahren mit unserem Schiff in die Irre; wir haben das Meer, in dem wir fuhren verlassen, und nun sind wir in einer See, deren Straßen wir nicht kennen, und wenn Allah uns keine Hilfe sendet, um uns aus diesem Meer zu erretten, so sind wir alle des Todes. Betet zu Allah dem Erhabenen, daß er uns aus dieser Not befreit!' Und alsbald sprang er hoch und kletterte auf den Mast und wollte die Segel losmachen; aber der Wind bekam das Schiff in seine Gewalt und trieb es zurück, so daß unser Steuerruder dicht bei einem hohen Felsen zerbrach. Da kam der Kapitän vom Mastbaum herunter und rief: ,Es gibt keine Macht und es gibt keine Majestät außer bei Allah, dem Erhabenen und Allmächtigen! Kein Mensch kann dem Schicksal in die Zügel greifen. Bei Allah, wir sind jetzt in großer Not; aus ihr bleibt uns keine Rettung, kein Entrinnen.' Nun begannen alle Reisenden ihr Los zu beweinen, und sie nahmen voneinander Abschied, da ja nun ihre Lebenszeit abgelaufen und ihnen alle Hoffnung abgeschnitten war. Und gleich darauf prallte das Schiff gegen den Felsen und zerschellte; die Planken brachen auseinander, und alles, was auf dem Schiffe war, versank ins Meer. Auch die Kaufleute fielen ins Wasser, und einige von ihnen ertranken, während andere sich an den Felsen klammern und hinaufkriechen konnten. Ich gehörte zu denen, die den Felsen erklommen, und von ihm aus entdeckten wir, daß wir uns auf einer großen Insel befanden, an deren Strand viele Wracke und viel Schiffsgut lagen; das kam von all den Fahrzeugen, deren Trümmer das Meer dort an Land zu spülen pflegte und deren Insassen ertrunken waren. Dort lagen so viele Geräte und Güter, die das Meer ausgeworfen hatte, daß Sinn und Verstand darüber verwirrt wurden. Ich stieg nun zur Höhe jener Insel hinauf und ging weiter, bis ich im Inneren einen Bach fließenden Süßwassers fand, der unten am Fuße des Berges herauskam und unter dem Höhenzug auf der anderen Seite wieder im Boden verschwand. Die anderen Reisenden kletterten alle über jenen Berg noch weiter in die Insel hinein und zerstreuten sich auf ihr, verwirrt und wie von Sinnen durch den Anblick all der Güter und Waren, die dort am Strande des

Meeres umherlagen. Ich aber entdeckte am Boden jenes Baches eine gewaltige Menge von Juwelen, Edelsteinen, Rubinen und großen Königsperlen aller Art; wie Kies lagen sie in den Wasserläufen jener Fluren umher, und der ganze Boden des Baches selber glitzerte von der Menge all des edlen Gesteines. Ferner fanden wir auf jener Insel das kostbarste Aloeholz, chinesisches und komariner. Dort entspringt auch eine Quelle von einer Art rohen Ambers. Der schmilzt in der Sonnenhitze wie Wachs und läuft über die Quellränder hinaus bis zur Meeresküste; dann kommen die Seeungetüme, verschlucken ihn und verschwinden wieder in der Tiefe. Aber er brennt ihnen im Leibe, und so speien sie ihn wieder aus dem Rachen aufs Meer hinaus; dann erstarrt er auf der Oberfläche des Wassers, seine Farbe und seine Gestalt verändern sich, und die Wellen werfen ihn an die Gestade des Meeres; dort holen ihn die Reisenden und die Kaufleute, die ihn kennen, und nachher verkaufen sie ihn. Der rohe Amber jedoch, der noch nicht verschluckt ist, fließt über die Ränder jener Quelle und erstarrt auf der Erde; und wenn die Sonne darauf scheint, so schmilzt er, und das ganze Tal dort duftet nach ihm wie nach Moschus; wenn aber die Sonne von ihm weicht, so erstarrt er von neuem. Die Stätte, an der jener rohe Amber aufquillt, kann kein Mensch erreichen noch betreten; denn sie ist auf allen Seiten von jenem Gebirge umgeben, das niemand erklimmen kann. Wir zogen eine Weile auf der Insel umher und betrachteten die wunderbaren Dinge, die Allah der Erhabene dort geschaffen hatte, verwirrt ob unserer eigenen Lage und durch das, was wir dort sahen; denn wir lebten in großer Sorge. Wir hatten am Strande ein wenig Nahrung aufgelesen, und damit gingen wir sparsam um, indem wir nur einmal am Tage oder jeden zweiten Tag davon einen Bissen aßen; wir mußten befürchten, daß

178

jener Vorrat uns ausgehen würde und wir dann alle elend in Hunger und Furcht umkämen. Wenn aber einer von uns starb, so wuschen wir ihn und hüllten ihn in ein Kleid oder in Linnen, das von den Wellen dort ans Land gespült war. Schließlich starben viele von uns, und es blieb nur noch eine kleine Schar von uns übrig. Wir litten aber an einer Erkrankung des Leibes, die von der See herrührte; und es dauerte nicht lange, da starben alle meine Freunde und Gefährten, einer nach dem andern wurde von uns begraben. Da blieb ich denn ganz allein auf jener fernen Insel und hatte nur noch wenig Nahrung, ich, der ich einst so reich gewesen war. Ich beweinte mein Los, und ich sprach: ‚Wäre ich doch nur vor meinen Gefährten gestorben! Dann hätten sie mich gewaschen und begraben. Doch es gibt keine Macht und es gibt keine Majestät außer bei Allah, dem Erhabenen und Allmächtigen!' – –«

Da bemerkte Schehrezâd, daß der Morgen begann, und sie hielt in der verstatteten Rede an. Doch als die *Fünfhundertundeinundsechzigste Nacht* anbrach, fuhr sie also fort: »Es ist mir berichtet worden, o glücklicher König, daß Sindbad der Seefahrer des weiteren erzählte: ‚Als alle meine Gefährten begraben waren und ich mich nun ganz allein auf der Insel befand, wartete ich noch eine kleine Weile; dann aber machte ich mich auf und grub ein tiefes Grab für mich, dort am Strande, und ich sagte zu mir selber: ‚Wenn ich schwach werde und fühle, daß der Tod mir naht, so will ich mich in dies Grab legen und darin sterben; dann werden die Winde den Sand darüber wehen und mich zudecken, so daß auch ich begraben bin.' Und ich machte mir Vorwürfe, daß ich so töricht gewesen war, meine Stadt und mein Land zu verlassen und wieder in die Welt hinauszureisen, nach alledem, was ich zum ersten, zum zweiten, zum dritten, zum vierten und zum fünften Male durchgemacht hatte. Jedesmal, auf jeder einzelnen Reise, hatte ich doch immer schlimmere und furchtbarere Schrecken und Gefahren durchgemacht als auf der vorhergehenden, und jetzt endlich hatte ich gar keine Hoffnung mehr, mit dem Leben davonzukommen. Ich bereute, daß ich immer wieder auf See gegangen war, zumal ich das Geld gar nicht nötig hatte; denn ich besaß doch so viel, und was ich besaß, konnte ich nicht einmal aufbrauchen, ja nicht die Hälfte davon konnte ich in meinem ganzen übrigen Leben ausgeben, ich hatte genug, übergenug! Darauf begann ich nachzusinnen, und ich sagte mir: ‚Bei Allah, der Bach dort muß doch Anfang und Ende haben; er muß doch irgendwo wieder aus der Erde in bewohntem Lande ans Tageslicht treten. Darum halte ich es für das Richtige, wenn ich mir ein kleines Floß mache, so groß, daß ich gerade darin sitzen kann und, wenn ich es auf diesen Bach setze, hineinsteigen und mich von der Strömung treiben lassen kann. Finde ich dann den Weg zur Rettung, so werde ich mit Gottes Hilfe mein Leben retten; finde ich ihn aber nicht, so werde ich in diesem Flusse sterben, und das ist besser als hier.‘ Mit einem Seufzer um mein Los machte ich mich ans Werk, holte Stämme von der Insel, und zwar Stämme von Bäumen der chinesischen und komariner Aloe, band sie mit Tauen von den Wracken zusammen, suchte mir Planken von gleicher Größe unter den Schiffsplanken und legte sie auf jene Stämme. So machte ich mir ein Floß, daß nur etwas weniger breit war als jener Bach, und band es gut und fest zusammen. Darauf suchte ich mir Schätze von Edelsteinen, Juwelen und großen Perlen, die dort wie Kies herumlagen, und mancherlei andere Dinge von der Insel, auch einige Stücke von dem feinen, reinen, rohen Amber, und brachte sie auf das Floß. Alles, was ich auf der Insel gesammelt hatte, nahm ich mit mir, auch alles,

was von dem Vorrat an Nahrung noch übrig war. Zuletzt
legte ich noch auf beide Seiten je ein Brett, das als Ruder dienen sollte, und dann tat ich nach den Worten des Dichters:

> *Geh fort von einem Orte, da dir vor Unheil graut,*
> *Und laß das Haus beklagen den, der es selbst erbaut!*
> *Du findest eine Stätte an einem andren Platz;*
> *Doch für dein Leben findest du nimmermehr Ersatz.*
> *Drum fürchte nicht das Grausen der schicksalschweren Nacht!*
> *Dem Unheil wird auf Erden ein Ende stets gemacht.*
> *Und wem an einer Stätte bestimmt ist zu verderben,*
> *Der wird an keiner Stätte als eben dieser sterben.*
> *Auch sende keinen Boten in großen, schweren Dingen:*
> *Den rechten Rat wird immer die eigne Seele bringen!*

Und ich fuhr mit meinem Floße auf dem Bach dahin und
dachte darüber nach, was wohl aus diesem Unterfangen noch
werden würde. Ich trieb immer weiter, bis ich zu der Stelle
kam, wo der Bach unter dem Höhenzug verschwand. Als nun
mein Floß dort hineinfuhr, umgab mich plötzlich dichte Finsternis; die Strömung aber trieb das Fahrzeug mit mir immer
weiter in das Berginnere, bis zu einer Stelle, wo die Höhlung
im Felsgestein enger ward. Da rieben sich die Seiten des Flo-
ßes an den Bergwänden, und mein Kopf streifte an der Decke
entlang; aber es gab keine Rückkehr mehr für mich. Wieder
machte ich mir Vorwürfe über das, was ich mir selbst angetan
hatte, und ich sagte mir: ‚Wenn dies Loch noch enger wird,
so kann das Floß nicht mehr hindurchfahren; es kann aber
auch nicht mehr zurückfahren, und dann werde ich hier elend
umkommen, daran ist kein Zweifel.' Dann warf ich mich, weil
es dort so eng war, der Länge nach mit dem Gesicht auf das
Floß; die Strömung jedoch trug mich immer weiter, und es
war dort im Felsen so finster, daß ich nicht wußte, ob es Tag
oder Nacht war; und dazu kam noch der Schrecken und die

Angst meiner Seele vor dem Tode. So ließ ich mich denn dahintreiben auf jenem Strome, bald durch weite, bald durch enge Höhlungen im Gestein. Aber die Dunkelheit machte mich so müde, daß ich einschlief, trotz all der Aufregung, und so lag ich schlafend auf meinem Gesicht, dort auf dem Floß, das mit mir dahinfuhr, während ich schlummerte, ich weiß nicht, ob lange oder kurze Zeit. Doch plötzlich wachte ich auf und fand mich im Licht des Tages; als ich die Augen öffnete, sah ich eine weite Gegend, das Floß war am Ufer festgebunden, und um mich stand eine Schar von Indern und braunen Menschen. Sobald sie sahen, daß ich aufgewacht war, kamen sie auf mich zu und redeten mich in ihrer Sprache an. Ich verstand aber nicht, was sie sagten, und ich hielt alles für eine Einbildung und glaubte, das geschehe im Traume, da ich noch so voll Angst und Aufregung war. Nachdem sie mich angeredet hatten, ohne daß ich ihre Sprache verstand und ohne daß ich ihnen eine Antwort gab, trat einer von ihnen auf mich zu und sagte zu mir auf arabisch: ‚Friede sei mit dir, Bruder! Wer bist du? Woher kommst du? Warum bist du hierher gekommen? Wie bist du in dies Wasser hineingeraten? Was für ein Land liegt hinter dem Berge? Wir kennen niemanden, der von dort hierher zu uns gekommen wäre.‘ Da fragte ich ihn: ‚Was für Leute seid ihr denn? Und was für ein Land ist dies?‘ Er antwortete mir: ‚Bruder, wir sind Ackerbauer und Landleute, und wir sind gekommen, um unsere Felder und Saaten zu bewässern. Als wir dich auf dem Floße schlafen sahen, hielten wir es an und banden es hier fest, damit du gemächlich aufwachen könntest. Doch nun sage uns, weshalb du hierher gekommen bist!‘ ‚Um Gottes willen, lieber Herr,‘ rief ich, ‚bring mir etwas zu essen, ich bin so hungrig; dann frage mich, was du willst!‘ Sofort lief er hin und brachte mir Speise; und ich aß, bis ich satt war und mich erholt hatte; da legte sich meine Furcht, und das Gefühl der reichlichen Sättigung verlieh mir neue Kraft. Nun pries ich Allah den Erhabenen für alle Dinge und freute mich, daß ich aus jenem Flusse heraus zu jenen Leuten gekommen war; und ich erzählte ihnen alles, was ich erlebt hatte, von Anfang bis zu Ende, besonders auch, was ich auf dem Flusse dort in dem engen Loche durchgemacht hatte.' – –«

Da bemerkte Schehrezâd, daß der Morgen begann, und sie hielt in der verstatteten Rede an. Doch als die *Fünfhundertundzweiundsechzigste Nacht* anbrach, fuhr sie also fort: »Es ist mir berichtet worden, o glücklicher König, daß Sindbad der Seefahrer des weiteren erzählte: ,Als ich von dem Floße herunter ans Ufer gestiegen war und dort eine Schar von Indern und braunen Leuten sah und mich von meinen Anstrengungen etwas erholt hatte, fragten sie mich, was es mit mir auf sich habe, und ich erzählte ihnen nun meine Geschichte. Dann redeten sie miteinander und sagten: ,Wir müssen ihn mit uns nehmen und vor unseren König bringen, auf daß er ihm seine Abenteuer erzähle.' Dann nahmen sie mich mit sich und trugen auch das Floß mit, samt allem, was darauf war an Geld und Gut, Juwelen, Edelsteinen und Kleinodien. Und als sie zu ihrem König eingetreten waren, berichteten sie ihm, was geschehen war. Da bot er mir den Gruß, hieß mich willkommen und fragte mich nach mir selber und nach meinen Abenteuern. So berichtete ich ihm denn alles über mich und über meine Erlebnisse von Anfang bis zu Ende. Und nachdem er meiner Erzählung mit größtem Staunen zugehört hatte, beglückwünschte er mich zu meiner Rettung. Darauf ging ich hin und holte von dem Floße eine große Menge von Edelsteinen, Juwelen, Aloeholz und rohem Amber und schenkte es dem

183

König. Der nahm es an und erwies mir immer mehr Ehren und ließ mich sogar in seinem eigenen Palaste wohnen. Ich verkehrte auch mit den Vornehmen dort, und sie bezeigten mir stets hohe Achtung; derweilen blieb ich immer am Hofe des Königs. Und die Fremden, die zu jener Insel kamen, fragten mich, wie es in meiner Heimat aussähe, und dann erzählte ich ihnen davon; ebenso fragte auch ich sie nach den Dingen in ihrer Heimat, und sie berichteten mir darüber. Eines Tages aber fragte der König mich, wie es in meiner Heimat aussähe und wie es mit der Regierung des Kalifen in der Stadt Baghdad stände; da erzählte ich ihm, wie gerecht der Kalif herrsche. Das bewunderte er, und dann sagte er zu mir: ,Bei Allah, des Kalifen Regierung ist weise, und seine Verwaltung ist löblich. Du hast in mir die Liebe zu ihm erweckt, und ich möchte ihm ein Geschenk zurüsten und es ihm durch dich übersenden.' ,Ich höre und gehorche, o Gebieter!' erwiderte ich; ,ich will es ihm überbringen und ihm berichten, daß du ihm ein aufrichtiger Freund bist.' Ich blieb aber noch eine ganze Weile bei jenem König in höchster Ehrenstellung und im schönsten Leben, bis ich schließlich eines Tages, als ich im Palaste saß, hörte, daß eine Schar von Kaufleuten jener Stadt ein Schiff ausgerüstet hätte, mit dem sie nach der Stadt Basra fahren wollte. Da sagte ich mir: ,Für mich kann es nichts Besseres geben, als mit dieser Schar zu reisen.' Und sofort eilte ich hin, küßte die Hand des Königs und tat ihm kund, daß ich mit jener Schar von Kaufleuten, die das Schiff ausgerüstet hatten, abreisen wolle, da ich mich nach den Meinen und nach meiner Heimat sehne. Der König erwiderte: ,Der Entscheid steht bei dir. Doch wenn du bei uns bleiben willst, so wollen wir dich herzlich gern behalten, denn du bist uns vertraut geworden.' ,Bei Allah, hoher Herr,' sagte ich darauf, ,du überschüttest mich mit deiner Huld und Güte. Dennoch habe ich Sehnsucht nach meinem Volk und meiner Heimat und meinen Anverwandten.' Als er diese Worte von mir vernommen hatte, berief er jene Kaufleute zu sich und empfahl mich ihrem Schutze; auch schenkte er mir vielerlei aus seinen Schätzen und bezahlte für mich die Reise auf dem Schiffe. Und mit mir sandte er ein prächtiges Geschenk für den Kalifen Harûn er-Raschîd in der Stadt Baghdad. Darauf nahm ich Abschied vom König und von all meinen Freunden, bei denen ich aus und ein gegangen war. Und nachdem ich mit den Kaufleuten an Bord jenes Schiffes gegangen war, fuhren wir ab; der Wind war günstig, die Reise war glücklich, und im Vertrauen auf Allah, den Hochgepriesenen und Erhabenen, fuhren wir immer weiter dahin, von Meer zu Meer und von Insel zu Insel, bis wir mit der Hilfe des Höchsten wohlbehalten bei der Stadt Basra eintrafen. Dort verließ ich das Schiff und hielt mich ein paar Tage und Nächte auf, um mich zu rüsten und meine Lasten aufzuladen. Dann begab ich mich zur Stadt Baghdad, dem Horte des Friedens, und erlangte dort Zutritt zum Kalifen Harûn er-Raschîd, um ihm jenes Geschenk zu überreichen, und dabei erzählte ich ihm meine Erlebnisse. Dann speicherte ich alle meine Schätze und Güter auf und ging in mein Stadtviertel. Die Meinen und meine Freunde kamen zu mir, und ich verteilte Geschenke an alle; auch gab ich Almosen und Spenden. Nach einer Weile jedoch sandte der Kalif nach mir und fragte mich von neuem nach jenem Geschenk und der Stadt, aus der es stammte. Ich gab ihm zur Antwort: ‚O Beherrscher der Gläubigen, bei Allah, ich kenne den Namen der Stadt nicht und weiß auch nicht den Weg dorthin. Als das Schiff, mit dem ich reiste, untergegangen war, ging ich auf einer Insel an Land und machte mir ein Floß, mit dem ich auf einem Bache im Innern der

Insel dahinfuhr.' Und ich berichtete ihm, was ich auf der Reise erlebt hatte, wie ich glücklich jenen Bach entlang gefahren und dann zu jener Stadt gekommen war, und warum das Geschenk übersandt war. Nachdem der König meine Erzählung mit Erstaunen angehört hatte, befahl er den Chronisten, meine Geschichte aufzuzeichnen und sie in seinem Schatzhause niederzulegen, als eine Lehre für alle, die sie lesen würden. Dann verlieh er mir reiche Geschenke. Ich aber führte in der Stadt Baghdad das gleiche Leben wie früher; ich vergaß alles, was ich erlebt und erlitten hatte, ganz und gar und lebte immerdar herrlich und in lauter Freuden. So ist es mir auf der sechsten Reise ergangen, meine Brüder! Morgen, so Allah der Erhabene will, werde ich euch die Geschichte der siebenten Reise erzählen; die ist von allen meinen Reisen die wunderbarste und seltsamste.'[1]

*

1. Nach der ersten Calcuttaer Ausgabe vom Jahre 1814, Bd. II, S. 444 bis 447, schloß Sindbad der Seefahrer den Bericht über seine sechste Reise mit diesen Worten: »Darauf gab der König [von Sarandîb, d. i. von Ceylon] mir ein Geschenk und einen versiegelten Brief, indem er sprach: ‚Übergib ihn mit diesem Geschenke dem Kalifen Harûn er-Raschîd und bringe ihm viele Grüße von uns!' ‚Ich höre und gehorche!' gab ich zur Antwort. Und dies ist, was er an den Kalifen geschrieben hatte: ‚Dich grüßt der König von Indien, vor dem tausend Elefanten stehen und auf dessen Schlosses Zinnen tausend Edelsteine schimmern. Des ferneren: Wir senden Dir eine kleine Gabe; nimm sie von uns hin! Du bist uns ein Freund, einem Bruder gleich, und die Liebe zu Dir ist in unseren Herzen überreich. Geruhe uns zu antworten! Das Geschenk entspricht zwar nicht Deiner Würde; doch wir bitten Dich, o Bruder, nimm es huldvoll an. Friede sei mit Dir!' Das Geschenk aber war ein Becher aus Rubin, der eine Spanne hoch war und dessen Inneres mit kostbaren Perlen besetzt war; ferner eine Decke aus der Haut der Schlange, die den Elefanten verschlingt, mit Flecken, deren jeder so groß war wie ein Dinar, eine Decke mit der Eigenschaft, daß jeder, der

Darauf befahl er, die Tische zu breiten, und die Gäste speisten bei ihm zur Nacht. Ferner wies er Sindbad dem Lastträger wie immer hundert Quentchen Goldes an; der nahm sie hin und ging seiner Wege. Auch die anderen Gäste kehrten heim, und alle waren über die Maßen erstaunt über das, was sie gehört hatten. – –«

Da bemerkte Schehrezâd, daß der Morgen begann, und sie hielt in der verstatteten Rede an. Doch als die *Fünfhundertunddreiundsechzigste Nacht* anbrach, fuhr sie also fort: »Es ist mir berichtet worden, o glücklicher König, daß Sindbad der Festländer, nachdem Sindbad der Seefahrer seine sechste Reise erzählt hatte und alle Gäste ihrer Wege gegangen waren, in seiner

auf ihr sitzt, niemals krank wird; und drittens hundert Quentchen indischen Aloeholzes, dazu noch eine Sklavin, die dem leuchtenden Monde glich. Darauf nahm ich Abschied von ihm, und er empfahl mich dem Schutze der Kaufleute und des Kapitäns. Ich fuhr also von dort ab, und wir segelten dahin, von Insel zu Insel und von Land zu Land, bis wir nach Baghdad kamen und ich mein Haus betreten konnte und wieder bei meinem Volke und meinen Brüdern war. Darauf nahm ich das Geschenk, dazu eine Gabe von mir selber für den Kalifen, und als ich in seiner Gegenwart war, küßte ich seine Hand und überreichte ihm alles; auch gab ich ihm den Brief, und er las ihn. Die Geschenke nahm er hocherfreut entgegen, und mir erwies er hohe Ehren. Dann sprach er zu mir: ,Sindbad, ist das wahr, was dieser König in seinem Schreiben sagt?' Ich küßte den Boden vor ihm und antwortete: ,Hoher Herr, ich habe in seinem Reiche viel mehr gesehen, als er schreibt. An dem Tage, da er sich dem Volke zeigt, wird für ihn ein Thron auf einem großen Elefanten, der elf Ellen hoch ist, errrichtet, und darauf setzt er sich. Bei ihm sind seine Würdenträger und Diener und Tischgenossen; die stehen in zwei Reihen zu seiner Rechten und zu seiner Linken. Vor ihm steht ein Mann, der einen goldenen Spieß in seiner Hand hält, und hinter ihm ein anderer mit einer goldenen Keule, an deren Spitze sich ein spannenlanger Smaragd befindet. Und wenn er ausreitet, so reiten tausend Reiter mit ihm, die in Gold und Seide

Wohnung die Nacht verbrachte. Dann sprach er das Frühgebet und begab sich danach zum Hause Sindbads des Seefahrers. Nun kamen auch die anderen Gäste, und als alle vollzählig waren, hub jener an und erzählte

DIE SIEBENTE REISE
SINDBADS DES SEEFAHRERS

Wisset, ihr Leute, als ich von meiner sechsten Reise zurückgekehrt war und wieder das alte Leben in Wohlsein und Freude
bei Scherz und Gesang begonnen hatte, da lebte ich eine ganze
Weile so weiter, immerdar ohne Unterlaß in frohen Vergnü-

gekleidet sind. Wenn der König dahinzieht, so läuft ein Ausrufer vor
ihm her und ruft: ‚Dies ist der König von hoher Ehr, der Sultan, der
erhabene Herr!‘ Dann preist er ihn noch mit mancherlei Worten,
deren ich mich nicht mehr entsinne, und zum Schlusse verherrlicht er
ihn mit dem Rufe: ‚Dies ist der König, der eine Krone sein eigen nennt,
wie weder Salomo noch der Maharadscha sie kennt!‘ Dann schweigt
der Vorläufer; aber der Mann, der hinterher läuft, ruft nun: ‚Er wird
sterben!‘ und noch einmal: ‚Er wird sterben!‘ und zum dritten Male:
‚Er wird sterben!‘ Darauf ruft der Vorläufer wieder: ‚Preis sei dem
Lebendigen, der nicht stirbt!‘ In jener Stadt gibt es keinen Kadi; denn
alles Volk seines Landes weiß, was Gut und Böse ist.‘ Mit Staunen
hatte der Kalif meinen Worten zugehört, und dann rief er aus: ‚Wie
mächtig muß dieser König sein! Das hat mir schon sein Brief gezeigt.
Aber die wahre Größe seiner Herrschaft hast du uns erst kundgetan
durch deinen Bericht über das, was du gesehen hast. Bei Allah, ihm ist
Weisheit und Macht zuteil geworden!‘ Darauf befahl der König, mir
ein Geschenk zu geben, und entließ mich in meine Wohnung. Ich ging
also nach Hause, verteilte Almosen und Spenden, gab mich wieder wie
früher ganz dem guten Leben hin und schlug mir all die überstandenen
schweren Gefahren aus dem Sinn. Ich vertrieb die Sorgen der Reise aus
meinem Herzen und verjagte aus meinem Sinn alle Schmerzen; ich genoß
die Speisen und trank den Wein, und pflegte fröhlich und selig zu sein.«

gungen, Tag und Nacht; mir war ja auch reicher Gewinn und
großer Verdienst zuteil geworden. Dennoch riß mich von
neuem der Geist, mir die fremden Länder anzusehen, auf dem
Meere zu fahren, mich den Kaufleuten anzuschließen und die
Berichte über neue Dinge zu genießen. Als dieser Entschluß
bei mir feststand, ließ ich aus kostbaren Waren seetaugliche
Ballen machen und führte sie von der Stadt Baghdad nach
Basra. Dort fand ich ein Schiff, das zur Ausreise bereit war und
auf dem sich eine Schar von Großkaufleuten befand. Ich ging
zu ihnen an Bord und schloß Freundschaft mit ihnen; und
bald fuhren wir munter und wohlbehalten in die Welt hinaus.
Wir hatten aber immer günstigen Wind, bis wir zu einer Stadt
kamen, die Madînat es-Sîn[1] heißt. So froh und vergnügt, wie
wir nur sein konnten, fuhren wir weiter, plauderten über die
Reise und über die Geschäfte, als plötzlich über uns Ahnungs-
lose ein gewaltiger Orkan losbrach, der von vorn kam und uns
mit Regen überschüttete, so daß wir selber und unsere Ballen
ganz durchnäßt wurden. Da bedeckten wir die Waren mit
Filzdecken und Sacktuch, auf daß sie nicht durch den Regen
verdürben, und begannen zu Allah dem Erhabenen zu beten
und Ihn demütig anzuflehen, Er möge uns aus der Gefahr, in
der wir schwebten, erretten. Der Kapitän aber erhob sich,
gürtete sich und streifte die Ärmel zurück und stieg auf den
Mastbaum. Von dort blickte er nach rechts und nach links, und
dann schaute er auf die Leute im Schiff hinab, schlug sich ins
Gesicht und raufte sich den Bart. Wir riefen ihm zu: ‚Kapitän,
was gibt es?‘ Da antwortete er: ‚Bittet Allah den Erhabenen
um Rettung aus der Gefahr, in die wir geraten sind! Beweint
euer Los, nehmt Abschied voneinander! Wisset, der Wind hat
Gewalt über uns bekommen und hat uns in das äußerste Meer

1. Die Stadt von China.

189

der Welt getrieben.' Dann stieg er wieder vom Mast herunter, öffnete seine Truhe und holte aus ihr einen baumwollenen Beutel hervor; den machte er auf und nahm aus ihm ein Pulver heraus, das wie Asche aussah. Dann befeuchtete er es mit Wasser, wartete eine kleine Weile und roch daran. Ferner nahm er aus der Truhe ein kleines Buch, las darin und sprach darauf zu uns: ‚Wisset, ihr Reisenden, in diesem Buche steht ein seltsamer Bericht, der darauf hinweist, daß jeder, der in diese Gegend verschlagen wird, nicht wiederkehrt, sondern in ihr umkommt. Diese Gegend hier heißt das Gebiet der Könige[1], und in ihr befindet sich das Grab unseres Herren Salomo, des Sohnes Davids – über beiden sei Heil! Und hier gibt es auch Schlangen von gewaltiger Größe und von furchtbarem Anblick. Jedesmal, wenn ein Schiff in dies Gebiet gerät, steigt ein mächtiger Fisch aus der Tiefe vor ihm empor und verschlingt es mit allem, was darinnen ist.' Als wir diese Worte aus dem Munde des Kapitäns vernahmen, war unser Staunen über sie gewaltig groß; aber kaum hatte er zu Ende gesprochen, da wurde unser Schiff plötzlich aus dem Wasser emporgehoben, dann sank es wieder zurück, und wir hörten einen durchdringenden Schrei, so laut wie das Krachen des Donners. Wir erschraken zu Tode und gaben uns ganz verloren. Und nun kam ein Fisch auf unser Schiff zu, der war wie ein hoher Berg und erfüllte uns mit Grausen; wir beweinten unser Los bitterlich und machten uns auf den Tod gefaßt. Voll Staunen blickten wir auf das fürchterliche Untier. Und da kam schon wieder ein Fisch! Der war größer und gewaltiger als alles, was wir bisher gesehen hatten; und bei seinem Anblick nahmen wir Abschied voneinander und jammerten um unser Leben. Und siehe, da kam plötzlich ein dritter Fisch, der noch größer war als die beiden anderen,

1. Die Geisterkönige sind gemeint.

die vorher aufgetaucht waren. Nun entfloh uns Sinn und Verstand, und wir waren völlig verstört vor Schrecken und Angst. Jene drei Fische aber begannen um unser Schiff zu kreisen, und der dritte sperrte schon das Maul auf, um das Fahrzeug zu verschlingen mit allem, was darinnen war. Doch da blies plötzlich ein heftiger Sturm, das Schiff ward emporgehoben, fiel auf ein großes Riff nieder und zerschellte. Alle Planken sprangen auseinander, alle Waren, alle Kaufleute und Reisenden fielen ins Meer. Ich riß alle Kleider, die ich am Leibe trug, herunter, bis mir nur noch das Hemd geblieben war, und schwamm ein wenig umher, bis ich eine von den Planken des Schiffes erreichte und mich an sie klammern konnte. Dann kletterte ich auf sie hinauf und setzte mich rittlings auf sie. Die Wogen und die Winde aber warfen mich wie ein Spielzeug auf dem Wasser hin und her, während ich an jenem Brette hing; bald trugen die Wellen mich hoch empor, bald wieder hinab in die Tiefe. Ich war in der fürchterlichsten Not, die man sich denken kann, vor Angst und Hunger und Durst. Da schalt ich mich ob dessen, was ich getan hatte, so daß nun meine Seele solche Qualen litt, nachdem sie einst Ruhe gehabt. Und ich sprach zu mir selber: ‚O Sindbad, o Seefahrer, du lässest es doch nie; jedesmal gerätst du wieder in Not und Gefahren, doch läßt du nicht ab vom Reisen zur See, und wenn du es tust, so ist es nur zum Schein. Nun dulde auch alles, was über dich kommt; denn du verdienst alles, was dir widerfährt!‘ – –«

Da bemerkte Schehrezâd, daß der Morgen begann, und sie hielt in der verstatteten Rede an. Doch als die *Fünfhundertundvierundsechzigste Nacht* anbrach, fuhr sie also fort: »Es ist mir berichtet worden, o glücklicher König, daß Sindbad der Seefahrer des weiteren erzählte: ‚Als ich ins Meer gefallen war und auf einer Planke von dem Schiffsholze ritt, sprach ich zu mir selber: ‚Ich verdiene alles, was mir widerfährt! Dies ist von Allah dem Erhabenen über mich verhängt, damit ich endlich von meiner Begehrlichkeit ablasse; was ich erleide, kommt alles nur von meiner Gier her, und dabei habe ich schon so viel Geld und Gut.‘ Und als ich dann wieder zu ruhigerer Besinnung kam, sagte ich mir: ‚Auf dieser Reise will ich nun wirklich vor Allah dem Erhabenen dem Reisen abschwören. In Zukunft will ich nie mehr davon sprechen, ja nicht einmal daran denken.‘ Demütig flehte ich zu Allah dem Erhabenen und weinte lange Zeit; und ich dachte daran, wie ich vorher in Ruhe und Freuden, in Heiterkeit, Fröhlichkeit und Behaglichkeit gelebt hatte. So schwamm ich zwei lange Tage dahin, bis ich auf einer großen Insel landete, auf der viele Bäume sprossen und Bäche flossen. Dort aß ich von den Früchten der Bäume und trank von dem Wasser der Bäche, bis ich erfrischt war; da kehrte das Leben in mich zurück, ich faßte neuen Mut, und mein Herz ward von dem Druck befreit. Dann ging ich auf der Insel umher und fand auf der anderen Seite einen großen Strom süßen Wassers, der in kräftiger Strömung dahinfloß. Da dachte ich an das Floß, auf dem ich früher einmal gefahren war, und sagte mir: ‚Ich muß mir doch wieder solch ein Floß machen; vielleicht kann ich mich dadurch aus meiner jetzigen Lage retten. Komme ich mit dem Leben davon, so ist mein Ziel erreicht, und ich schwöre vor Allah dem Erhabenen auf immer dem Reisen ab; und wenn ich sterbe, so kann mein Herz von aller Mühsal und Qual ausruhen.‘ Alsbald machte ich mich auf und sammelte mir Holz von den Bäumen dort; die bestanden aus kostbarem Sandelholz, dessengleichen es nirgends sonst gibt, aber ich wußte nichts davon. Nachdem ich genug von jenem Holz gesammelt hatte, ersann ich mir einen neuen Plan und flocht mir Stricke aus den Zweigen und den

Gräsern, die auf jener Insel wuchsen; mit denen band ich das Floß zusammen und sagte mir: ‚Wenn ich nun gerettet werde, so geschieht es durch die Gnade Allahs.' Dann bestieg ich das Floß und fuhr auf ihm den Fluß entlang, bis ich zum anderen Ende der Insel kam. Dann aber entfernte ich mich von dem Eiland und trieb immer weiter fort, einen Tag, einen zweiten und einen dritten Tag lang, seitdem ich die Insel verlassen hatte. Ich lag da, die ganze Zeit hindurch, ohne zu essen; nur wenn mich dürstete, trank ich von dem Wasser des Stromes, und so glich ich einem schwindeligen Huhn, infolge all der Aufregung, des Hungers und der Angst. Schließlich gelangte das Floß mit mir an einen hohen Berg, unter dem der Strom seinen Weg nahm. Als ich das sah, fürchtete ich für mein Leben wegen der engen Schlucht, durch die ich mich früher auf dem anderen Flusse hatte hindurchzwängen müssen. Ich wollte mein Floß anhalten und bei dem Berge aussteigen; aber die Strömung war stärker als ich und riß das Floß mit mir weiter und trieb es unter den Berg. Als ich das sah, gab ich mich sicher verloren, und ich rief: ‚Es gibt keine Macht und es gibt keine Majestät außer bei Allah, dem Erhabenen und Allmächtigen!' Aber nach kurzer Zeit kam das Floß wieder ins Freie hinaus, und da lag ein großes Tal vor mir, in das der Fluß mit donnergleichem Getöse und mit Windeseile hinabfiel. Ich hielt mich mit den Händen fest an das Floß, aus Furcht, ich könnte von ihm herunterfallen, während die Wellen mich im Spiel hin und her warfen. Mein Fahrzeug aber sauste mit der Strömung in jenes Tal hinab, da ich es nicht anhalten oder nach dem Ufer hin ablenken konnte. Schließlich landete es mit mir bei einer Stadt, die schön anzusehen, prächtig gebaut und dichtbevölkert war. Die Einwohner hatten mich auf jenem Floß gesehen, wie es inmitten des Flusses mit der Strömung dahintrieb, und ein

Netz und Stricke darüber geworfen, mit denen sie es aus dem Wasser ans Land ziehen konnten. Da sank ich wie tot zwischen ihnen zu Boden; so sehr hatten Hunger und Wachen und Furcht mich erschöpft. Dann trat aus jener Schar ein alter Mann, ein würdiger Greis, auf mich zu, hieß mich willkommen und warf mir viele schöne Kleider zu, so daß ich damit meine Blöße bedecken konnte. Darauf nahm er mich mit sich, ging mit mir durch die Straßen dahin und führte mich in ein Bad; dort brachte er mir stärkende Scherbette und würzige Wohlgerüche. Und nachdem wir das Bad verlassen hatten, führte er mich in sein Haus hinein, und die Seinen waren froh, mich zu sehen. Darauf wies er mir einen schönen Sitz an und ließ mir köstliche Speisen bereiten. Ich aß, bis ich satt war, und dankte Allah dem Erhabenen für meine Rettung. Als ich das getan hatte, holten seine Diener mir heißes Wasser, in dem ich meine Hände waschen konnte, und seine Sklavinnen brachten mir seidene Tücher; mit denen trocknete ich meine Hände und wischte ich mir den Mund ab. Gleich darauf ließ der Greis ein eigenes Zimmer für mich allein im Seitenflügel seines Hauses frei machen und befahl seinen Dienern und Dienerinnen, mir aufzuwarten, meine Wünsche zu erfüllen und für alles zu sorgen, dessen ich bedurfte. Während die eifrig um mich besorgt waren, blieb ich drei Tage in dem Gastgemach und pflegte mich mit guter Speise, gutem Trank und duftenden Wohlgerüchen, bis Leben in mich zurückkehrte; meine Furcht legte sich, mein Herz ward ruhig, und meine Seele fand ihren Frieden wieder. Am vierten Tage kam der Greis zu mir und sprach: ‚Du hast uns durch deinen Besuch erfreut, mein Sohn. Allah sei gepriesen für deine Rettung! Sag an, willst du mit mir zum Strande und dann in den Basar hinuntergehen, um deine Ware zu verkaufen und den Erlös dafür zu erhalten? Vielleicht wirst du dir dafür etwas kaufen, mit dem du Handel treiben kannst.' Ich schwieg eine Weile, da ich mir sagte: ‚Woher sollte ich Ware haben? Weshalb redet er so?' Er aber fuhr fort: ‚Mein Sohn, sorge dich nicht und mach dir keine Gedanken, sondern laß uns zum Basar gehen! Wenn wir jemanden finden, der dir für deine Ware so viel gibt, daß du zufrieden bist, so nimm den Preis an dich; wenn sie aber nicht genug für dich einbringt, so will ich sie für dich in meinem Vorratshause aufbewahren, bis gute Tage für den Handel kommen.' Ich sann noch immer über mich nach und sprach zu meinem Sinn: ‚Tu nur, was er sagt! Du kannst ja sehen, was es mit der Ware auf sich hat.' Und so antwortete ich dem Manne: ‚Ich höre und gehorche, mein Oheim Scheich; auf deinem Tun ruhe Segen! Ich kann dir in nichts widersprechen.' Dann ging ich mit ihm zum Basar, und da fand ich, daß er jenes Floß, auf dem ich gekommen war, bereits auseinandergenommen hatte, und daß es aus Sandelholz bestand. Und er ließ es durch den Ausrufer zum Verkaufe ausbieten.' – –«

Da bemerkte Schehrezâd, daß der Morgen begann, und sie hielt in der verstatteten Rede an. Doch als die *Fünfhundertundfünfundsechzigste Nacht* anbrach, fuhr sie also fort: »Es ist mir berichtet worden, o glücklicher König, daß Sindbad der Seefahrer des weiteren erzählte: ‚Als ich mit dem Scheich zum Strande hinuntergegangen war und sah, daß mein Floß aus Sandelhölzern bestand, die bereits auseinandergenommen waren, und ferner sah, wie der Makler es feilbot, da kamen auch schon die Kaufleute und öffneten das Tor des Angebotes; und sie boten immer mehr dafür, bis der Preis auf tausend Dinare gestiegen war. Da hörten sie auf zu bieten; der Scheich aber wandte sich an mich mit den Worten: ‚Höre, mein Sohn, dies ist der rechte Preis für deine Ware in Tagen, wie diese sind;

willst du sie um diesen Preis verkaufen, oder willst du warten
und soll ich sie für dich in meinem Vorratshaus aufbewahren,
bis eine Zeit kommt, in der du einen höheren Preis verlangen
und erzielen kannst?' Ich erwiderte ihm: ,Lieber Herr, du hast
zu entscheiden; tu, was du willst!' ,Mein Sohn,' fuhr er fort,
,willst du mir dies Holz um hundert Dinare mehr verkaufen,
als die Händler dafür geboten haben?', Ja,' antwortete ich, ,da-
für verkaufe ich es dir, und ich nehme den Preis an.' Nun befahl er seinen Dienern, das Holz in sein Vorratshaus zu schaffen;
und nachdem ich mit ihm in sein Haus zurückgekehrt war,
setzten wir uns, und er zählte mir das Kaufgeld vor. Auch ließ
er mir Beutel holen und tat das Geld hinein; dann schloß er sie
hinter einem eisernen Schlosse ein und gab mir den Schlüssel
dazu. Nach einigen Tagen sprach der Scheich zu mir: ,Mein
Sohn, ich will dir einen Vorschlag machen, und ich würde es
gern sehen, wenn du ihn annähmest.' ,Welcher Art ist er?'
fragte ich; und er antwortete: ,Wisse, ich bin jetzt ein alter
Mann geworden, und ich habe keine männlichen Nachkommen. Aber ich habe eine Tochter, jung an Jahren und schön
von Gestalt, reich an Geld und Anmut. Ich möchte sie mit dir
vermählen, auf daß du mit ihr in unserem Lande bleibst. Dann
will ich dir auch alles, was ich habe und besitze, zu eigen geben;
denn ich bin ja ein alter Mann, und du wirst bald an meine
Stelle treten.' Ich schwieg und gab ihm keine Antwort. Da fuhr
er fort: ,Mein Sohn, willfahre mir in dem, was ich dir sage!
Denn ich will dein Bestes; und wenn du meinen Wunsch erfüllest, so werde ich dich alsbald mit meiner Tochter vermählen; dann wirst du wie mein eigen Kind sein, und alles, was ich
an Eigentum und Besitz habe, das wird dir gehören. Und wenn
du dann Lust hast, Handel zu treiben und in deine Heimat zu
reisen, so wird dich keiner hindern; du hast dann all diesen

Reichtum zur Verfügung. Nun tu, was du willst und was du dir erwählst!' ,Bei Allah, mein Oheim Scheich,' erwiderte ich ihm, ,du bist mir wie ein Vater geworden. Ich habe viele Schrecken durchgemacht, und jetzt habe ich keine Einsicht und kein Urteil mehr. Daher stehe der Entscheid bei dir in allem, was du wünschest!' Da sandte der Scheich seine Diener aus, um den Kadi und die Zeugen zu holen; als jene gekommen waren, vermählte er mich mit seiner Tochter und bereitete für uns ein großes Freudenfest. Dann führte er mich zu ihr ein, und ich sah vor mir eine Jungfrau von höchster Schönheit und Lieblichkeit und des Wuchses Ebenmäßigkeit; auch trug sie reiche Gewänder und viel Schmuck und Geschmeide, Edelsteine, Halsbänder und kostbare Juwelen, Dinge, die tausendmal tausend Goldstücke wert waren, so viel wie niemand bezahlen konnte. Und nachdem ich zu ihr eingegangen war, gefiel sie mir sehr, und wir liebten einander. Und ich lebte mit ihr lange Zeit in lauterster Freude und Fröhlichkeit, bis ihr Vater einging zur Barmherzigkeit Allahs des Erhabenen. Da bahrten wir ihn auf und begruben ihn; und ich legte mein Hand auf alles, was er besessen hatte, alle seine Sklaven wurden mein Eigentum und dienten von nun ab unter meinem Geheiß. Und die Kaufleute setzten mich in sein Amt ein; denn er war ihr Vorsteher gewesen, und keiner von ihnen hatte je etwas ohne sein Wissen und seine Erlaubnis beginnen dürfen, eben weil er ihr Scheich gewesen war. Nun aber trat ich an seine Stelle. Als ich mit den Leuten jener Stadt näher bekannt wurde, da entdeckte ich, daß sie sich einmal in jedem Monat verwandelten; dann wuchsen ihnen Flügel, und sie flogen zu den Wolken des Himmels empor, und niemand blieb in der Stadt zurück außer den Frauen und Kindern. Und ich sagte mir: ,Wenn der Erste des Monats kommt, will ich einen von ihnen bitten, mich mitzunehmen, wohin sie sich begeben.' Als darauf der nächste Monat begann und ihre Züge sich veränderten und ihre Gestalten verwandelt wurden, trat ich zu einem von ihnen ein und sprach zu ihm: ,Bei Allah, ich beschwöre dich, trage mich mit dir fort, auf daß ich mir alles ansehen kann und dann mit euch zurückkehre!' Doch er gab mir zur Antwort: ,Das ist ein Ding der Unmöglichkeit.' Aber ich hörte nicht auf, in ihn zu dringen, bis er einwilligte und ich mich auch mit den anderen verabredet hatte. Da hängte ich mich an ihn, und er schwebte mit mir in die Luft empor, ohne daß ich den Meinen, noch auch meinen Dienern und Freunden etwas davon gesagt hatte. Jener Mann aber flog immer weiter dahin, während ich an seinen Schultern hing, bis er mich zum Äther emportrug und ich hörte, wie die Engel im Himmelsdome Gott verherrlichten. Erstaunt rief ich aus: ,Preis sei Allah! Gelobt sei Gott!' Kaum aber hatte ich die Lobpreisung ausgesprochen, so schoß ein Feuer vom Himmel, das die Leute beinahe verbrannt hätte. Da stiegen sie alle hinab und warfen mich auf einen hohen Berg; und weil sie sehr zornig auf mich waren, eilten sie wieder fort und ließen mich liegen. Nun war ich ganz allein auf jenem Berge dort. Ich machte mir Vorwürfe über das, was ich getan hatte, und ich sprach: ,Es gibt keine Macht und es gibt keine Majestät außer bei Allah, dem Erhabenen und Allmächtigen! Jedesmal, wenn ich kaum einer Not entronnen bin, gerate ich in eine andere, die noch ärger ist als die vorige.' Während ich nun auf dem Berge saß und nicht wußte, wohin ich mich wenden sollte, kamen plötzlich zwei Jünglinge, Monden gleich, von denen jeder einen goldenen Stab in der Hand hatte, auf den er sich stützte. Ich trat an sie heran und grüßte sie; und nachdem sie meinen Gruß erwidert hatten, sprach ich zu ihnen: ,Um Gottes willen, sagt, wer seid ihr, was habt ihr vor?' Sie

antworteten: ‚Wir gehören zu den Dienern Allahs des Erhabenen.‘ Darauf gaben sie mir einen der beiden Stäbe aus
rotem Golde, die sie bei sich hatten, gingen ihrer Wege und
ließen mich allein. Ich aber begann auf dem Gipfel des Berges
umherzugehen, indem ich mich auf den Stab stützte und dabei
über das Wesen der beiden Jünglinge nachdachte; da schoß
plötzlich eine Schlange unter dem Berge hervor mit einem
Manne in ihrem Maul, den sie bis unterhalb seines Nabels verschluckt hatte; und der Mann schrie: ‚Wer mich befreit, den
soll Allah von aller Not befreien!‘ Alsbald eilte ich zu der
Schlange hin und schlug ihr mit dem goldenen Stabe auf den
Kopf; und sie spie den Mann aus ihrem Schlunde aus.‘ – –«

Da bemerkte Schehrezâd, daß der Morgen begann, und sie
hielt in der verstatteten Rede an. Doch als die *Fünfhundertund-
sechsundsechzigste Nacht* anbrach, fuhr sie also fort: »Es ist mir
berichtet worden, o glücklicher König, daß Sindbad der Seefahrer des weiteren erzählte: ‚Als ich die Schlange mit dem
goldenen Stabe, den ich in der Hand trug, geschlagen und sie
den Mann aus ihrem Schlunde ausgespien hatte, da trat der
Mann zu mir hin und sprach: ‚Da meine Befreiung von dieser
Schlange durch deine Hand geschehen ist, so will ich mich nie
von dir trennen; du bist auf diesem Berge mein Gefährte geworden.‘ ‚Willkommen!‘ erwiderte ich; und wir schritten den
Berg entlang, bis uns plötzlich eine Schar von Leuten entgegenkam. Ich schaute sie an, und siehe da, unter ihnen war
der Mann, der mich auf seinen Schultern getragen und mit mir
geflogen war. Ich ging zu ihm hin, entschuldigte mich bei ihm
und redete ihm freundlich zu, indem ich sagte: ‚Mein Freund,
so sollte ein Freund nicht am andern handeln.‘ Doch der Mann
entgegnete mir: ‚Du bist es, der uns ins Unglück stürzte, weil
du Allah auf meinem Rücken priesest.‘ ‚Sei mir nicht böse!‘

fuhr ich fort, ‚ich wußte nichts davon, hinfort werde ich kein Wort mehr sprechen.' Da willigte er ein, mich mitzunehmen, aber nur unter der Bedingung, daß ich den Namen Allahs nicht nennen und ihn nicht preisen dürfe, solange ich auf seinem Rücken wäre. Darauf nahm er mich auf und flog wie zuvor mit mir dahin, bis er mich zu meinem Hause gebracht hatte. Dort kam meine Frau mir entgegen, begrüßte mich und beglückwünschte mich zur sicheren Heimkehr und sagte dann zu mir: ‚Hüte dich, noch einmal mit jenen Leuten auszuziehen, und geselle dich auch nicht zu ihnen; denn sie sind die Brüder der Teufel, und sie dürfen den Namen Allahs des Erhabenen nicht aussprechen!' ‚Wie hielt es denn dein Vater mit ihnen?' fragte ich; und sie erwiderte mir: ‚Mein Vater gehörte nicht zu ihnen und tat auch nicht wie sie. Und da er nun gestorben ist, so halte ich es für das beste, daß du alles, was wir besitzen, verkaufst und für den Preis Waren erstehst und dann mit mir in deine Heimat und zu den Deinen fährst; ich trage kein Verlangen danach, in dieser Stadt zu bleiben, nachdem meine Mutter und mein Vater gestorben sind.' Da verkaufte ich den ganzen Besitz jenes Scheichs, ein Stück nach dem andern, und hielt Umschau, ob nicht einer aus jener Stadt nach Baghdad reise, so daß ich mich ihm hätte anschließen können. Während ich damit beschäftigt war, vernahm ich bald von einer Schar der Städter, die zwar dorthin reisen wollte, aber kein Schiff finden konnte; deshalb kauften sie Holz und bauten sich ein großes Fahrzeug. Ich einigte mich mit ihnen über Fahrgeld und Fracht, und nachdem ich ihnen den vollen Preis im voraus bezahlt hatte, brachte ich meine Frau und alle unsere bewegliche Habe an Bord; nur die Grundstücke und Landgüter ließen wir im Stich. Dann gingen wir in See und fuhren immer weiter dahin auf dem Wasser, von Insel zu Insel und von Meer zu

Meer. Wind und Wetter waren günstig, bis wir wohlbehalten bei der Stadt Basra eintrafen. Diesmal hielt ich mich dort nicht auf, sondern ich mietete mir sofort ein anderes Schiff, in das ich alle meine Waren umlud, und machte mich auf den Weg nach Baghdad. Dort begab ich mich in mein Stadtviertel, ging in mein Haus und begrüßte die Meinen, meine Freunde und Gefährten; dann speicherte ich alle die Waren, die ich mitgebracht hatte, in meinen Vorratshäusern auf. Die Meinen aber hatten schon die Zeit meines Fernbleibens von ihnen auf der siebenten Reise berechnet und gefunden, daß es siebenundzwanzig Jahre waren; und so hatten sie alle Hoffnung auf meine Heimkehr fahren lassen. Als ich aber zu ihnen kam und ihnen von allen meinen Erlebnissen und Abenteuern berichtete, waren sie ganz davon überrascht und beglückwünschten mich zu meiner sicheren Heimkehr. Darauf entsagte ich vor Allah dem Erhabenen allen Reisen zu Lande und zu Wasser, nachdem ich diese siebente Reise überstanden hatte; sie war meiner Fahrten Wende und meiner Reiselust Ende. Und ich dankte Allah, dem Hochgepriesenen und Erhabenen, und lobte ihn von ganzem Herzen, weil er mich zu den Meinen und in mein Heimatland zurückgeführt hatte. Nun erwäge, o Sindbad, o Festländer, alles was ich erlebt und durchgemacht habe, und wie es mir dann ergangen ist!'

,Bei Allah, ich beschwöre dich,' sagte darauf Sindbad der Festländer zu Sindbad dem Seefahrer, ,sei mir nicht böse wegen dessen, was ich dir zuleide getan habe!' Und hinfort lebten sie als treue Freunde und Gefährten in lauter Fröhlichkeit, Freude und Seligkeit, bis Der zu ihnen kam, der die Freuden schweigen heißt und der die Freundesbande zerreißt, der die Schlösser vernichtet und die Gräber errichtet, der da ist der Becher des Todes – Preis sei Ihm, dem Lebendigen, der nimmer stirbt!

Als ich das Reisen und die Handelsgeschäfte aufgab, sagte ich mir: ‚Jetzt habe ich genug erlebt, und jetzt endet die Zeit in Freuden und Fröhlichkeit!' Während ich aber eines Tages in meinem Hause dasaß, klopfte es plötzlich an die Tür. Der Pförtner öffnete, und da trat ein Sklave des Kalifen herein und meldete: ‚Der Kalif entbietet dich zu sich.' Ich folgte dem Boten bis vor den Kalifen, küßte den Boden und sprach den Gruß. Ehrenvoll hieß der Herrscher mich willkommen; dann sprach er zu mir: ‚Sindbad, ich habe eine Bitte an dich; willst du sie erfüllen?' Da küßte ich ihm die Hand und sprach: ‚Mein Gebieter, welche Bitte kann der Herr an den Knecht haben?' Er aber fuhr fort: ‚Ich wünsche, daß du zum König von Ceylon reisest und ihm einen Brief und Geschenke von mir überbringest; denn er hat mir ja Gaben und ein Schreiben gesandt.' Darüber erschrak ich und erwiderte: ‚Bei Allah dem Allmächtigen, mein Gebieter, ich habe jetzt Abscheu vor dem Reisen, und wenn man mir nur von Reisen zur See und anderswo spricht, so erzittern meine Glieder um all der Fährlichkeiten und Schrecknisse willen, die ich erlitten und durchgemacht habe. Jetzt trage ich gar kein Verlangen mehr danach, und ich habe mir geschworen, nie mehr Baghdad zu verlassen.' Darauf berichtete ich dem Kalifen alles, was ich erlebt hatte, von Anfang bis zu Ende. Mit großem Staunen hörte er zu; dann fuhr er fort: ‚Bei Allah dem Allmächtigen, Sindbad, seit Menschengedenken hat man nicht gehört, daß ein Mensch dergleichen durchzumachen gehabt hätte, wie du es getan hast; und du tust recht daran, wenn du nicht mehr vom Reisen sprechen willst. Doch

1. Band II, Seite 447 – 457.

um meinetwillen zieh noch dies eine Mal fort und bringe meine Geschenke und mein Schreiben zum König von Ceylon! Dann magst du, so Allah der Erhabene will, alsbald heimkehren, und es wird keinerlei Dankesverpflichtung gegenüber jenem König mehr auf uns lasten.' ‚Ich höre und gehorche!' erwiderte ich; denn ich konnte ja seinem Befehle nicht widersprechen. Darauf gab er mir die Geschenke und den Brief und das Reisegeld; und ich küßte ihm die Hand und verließ seine Gegenwart. Ich reiste also von Baghdad fort, dem Meere zu. Und als ich mich eingeschifft hatte, fuhren wir mit der Hilfe Allahs des Erhabenen Tag und Nacht dahin, bis wir bei der Insel Ceylon ankamen; es war aber eine große Anzahl von Kaufleuten mit mir zusammen. Nachdem wir in den Hafen eingelaufen waren, gingen wir vom Schiff in die Stadt; ich nahm die Geschenke und das Schreiben und trat mit ihnen beim König ein und küßte den Boden vor ihm. Als er mich erblickte, rief er: ‚Sei willkommen, Sindbad! Bei Allah dem Allmächtigen, ich hatte schon Sehnsucht nach dir. Allah sei gepriesen, daß er mich dein Antlitz noch einmal hat schauen lassen!' Dann ergriff er meine Hand und ließ mich an seiner Seite sitzen; von neuem hieß er mich voll Freundlichkeit und Freude willkommen, sprach mich an und bezeigte mir seine Huld. Und er fragte mich: ‚Wie kommt es, daß du wieder zu uns gereist bist, o Sindbad?' Ich küßte ihm die Hand, dankte ihm und erwiderte: ‚Mein Gebieter, ich komme zu dir mit Geschenken und einem Briefe von meinem Herrn, dem Kalifen Harûn er-Raschîd.' Dann überreichte ich ihm die Gaben und das Schreiben; er las es und war sehr erfreut darüber. Das Geschenk bestand aus einem Rosse, das zehntausend Dinare wert war und einen vergoldeten, juwelenbesetzten Sattel trug, ferner aus einem Buche, einem prächtigen Gewande, hundert verschiedenen Arten von ägyptischer Leinwand und von Seidenstoffen aus Suez, Kufa und Alexandria, griechischen Decken und hundert Doppelpfunden roher Seide und Linnen. Außerdem befand sich darunter ein gar seltenes Kleinod, ein Becher aus Kristall, auf dem in der Mitte ein Löwe abgebildet war, und ihm gegenüber ein kniender Mann, der einen Bogen mit einem Pfeile so weit spannte, wie es ihm möglich war; dazu noch der Tisch Salomos, des Sohnes Davids – über beiden sei Heil! Der Brief aber lautete also: ‚Gruß von König Harûn er-Raschîd, dem Allah große Macht beschied, und der durch Seine Gnade wie seine Väter hochgeehrt dasteht, ruhmvoll nah und fern, an den Sultan, den glücklichen Herrn! Des ferneren: Dein Brief ist uns zu Händen gekommen, und wir haben uns seiner gefreut. Und nun senden wir Dir ein Buch des Namens: Der Verständigen Labe und der Freunde kostbare Gabe; dazu einige wertvolle Geschenke, wie sie Königen gebühren. Nimm sie huldvoll entgegen! Und Friede sei mit Dir!' Da beschenkte der König mich reichlich und erwies mir hohe Ehren; und ich flehte den Segen des Himmels auf ihn herab und dankte ihm für seine Güte. Nach einigen Tagen bat ich ihn um Erlaubnis zur Heimkehr, aber er gab sie mir erst, nachdem ich ihn lange und inständig angefleht hatte. Darauf nahm ich Abschied von ihm und zog zur Stadt hinaus, zusammen mit einigen Kaufleuten und anderen Reisegefährten. Jetzt wollte ich alsobald heimfahren; nach weiteren Reisen und Handelsgeschäften gelüstete es mich nicht mehr. Wir segelten immer weiter dahin und kamen an manchen Inseln vorbei; aber während der Fahrt umringten uns plötzlich auf hoher See Boote, in denen Menschen saßen, Teufeln gleich, bewaffnet mit Schwertern und Dolchen und Bogen, und gekleidet in Panzer und andere Rüstungen. Die fielen mit Hieb und Stoß über uns her, verwundeten oder töteten jeden von uns, der sich ihnen widersetzte, und nahmen das Schiff weg mit allem, was darinnen war. Dann brachten sie uns zu einer Insel und verkauften uns dort als Sklaven um den niedrigsten Preis. Mich kaufte ein reicher Mann, der mich in sein Haus führte; dort gab er mir Speise und Trank und Kleider und behandelte mich freundlich. So ward denn meine Seele beruhigt, und ich erholte mich ein wenig. Eines Tages aber sprach er zu mir: ‚Verstehst du nicht irgendeine Arbeit oder ein Handwerk?‘ Ich antwortete ihm: ‚Mein Gebieter, ich bin ein Kaufmann, ich verstehe mich nur darauf, Handel zu treiben.‘ Als er dann weiter fragte: ‚Kannst du mit Pfeilen schießen?‘ erwiderte ich: ‚Ja, das kann ich.‘ Darauf holte er mir einen Bogen und Pfeile und setzte mich hinter sich auf einen Elefanten. Gegen Ende der Nacht brach er auf und führte mich zwischen mächtige Bäume hindurch, bis er zu einem ganz hohen und starken Baume kam. Auf den hieß er mich hinaufklettern, gab mir Bogen und Pfeile und sprach zu mir: ‚Bleib jetzt hier sitzen, und wenn am Morgen die Elefanten an diese Stätte kommen, so schieße auf sie mit den Pfeilen; vielleicht erlegst du einen! Und wenn einer von ihnen stürzt, so komm zu mir und melde es mir!‘ Dann verließ er mich und ging fort; ich aber blieb voll Angst und Furcht in meinem Versteck auf dem Baume sitzen, bis die Sonne aufging. Da kamen die Elefanten heraus und liefen unter den Bäumen einher; und ich schoß auf sie mit den Pfeilen so lange, bis ich einen erlegt hatte. Am Abend ging ich zu meinem Herrn, und als ich ihm die Meldung brachte, freute er sich und machte mir ein Geschenk. Dann ging er hin und schaffte den toten Elefanten fort. So ging es nun weiter; jeden Morgen erlegte ich einen Elefanten, und dann kam mein Herr und schaffte ihn fort. Eines Tages aber, als ich wieder in meinem Versteck auf dem Baume saß, kamen plötzlich, ehe ich mich dessen versah, unendlich viele Elefanten, und als ich das Getöse hörte, das sie mit ihrem Brüllen und Trompeten machten, vermeinte ich, die Erde müsse davon erbeben. Alle umringten den Baum, auf dem ich saß und der einen Umfang von fünfzig Ellen hatte; und plötzlich trat ein ganz gewaltig großer Elefant vor, lief auf den Baum zu, wickelte seinen Rüssel um den Stamm, riß ihn mit den Wurzeln heraus und schleuderte ihn zu Boden. Da fiel ich ohnmächtig zwischen den Elefanten nieder. Und nun kam der Riesenelefant an mich heran, wand seinen Rüssel um mich und hob mich auf seinen Rücken. Dann lief er mit mir davon, und die anderen trabten hinterher. Immer weiter trug er mich dahin, während ich bewußtlos auf ihm lag, bis er mich an einer Stelle, an die er mich bringen wollte, von seinem Rücken abwarf. Dann lief er fort und die anderen Elefanten folgten ihm. Da kam ich zur Ruhe, und meine Angst legte sich. Allmählich besann ich mich auch wieder auf mich selber; doch ich glaubte, alles sei ein Traum. Als ich aber aufstand, sah ich mich zwischen lauter Elefantenknochen, und ich erkannte, daß jene Stätte der Totenacker der Elefanten war und daß jenes Riesentier mich wegen der Stoßzähne dorthin geführt hatte. Und sofort machte ich mich auf und ging einen Tag und eine Nacht hindurch, bis ich zum Hause meines Herren kam. Er sah wohl, daß ich vor Schrecken und Hunger bleich geworden war, aber er freute sich doch über meine Rückkehr und sprach zu mir: ‚Bei Allah, du hast mir das Herz schwer gemacht! Denn als ich hinging und den Baum entwurzelt fand, glaubte ich sicher, die Elefanten hätten dich zu Tode gebracht. Nun sag mir aber, wie es dir ergangen ist!' Da berichtete ich ihm, was ich erlebt hatte; er war höchlichst erstaunt und erfreut und fragte mich sogleich: ‚Kennst du jene Stätte noch?' Und wie ich sagte: ‚Jawohl, mein

Gebieter', nahm er mich mit sich auf einen Elefanten, und wir ritten dahin, bis wir die Stelle erreichten. Beim Anblick all jener vielen Elefantenzähne brach mein Herr in lauten Jubel aus, und dann lud er so viele von ihnen auf, wie er haben wollte, und wir kehrten nach Hause zurück. Dort bezeigte er mir hohe Achtung und sprach zu mir: ,Mein Sohn, du hast uns den Weg zu sehr großem Gewinn gewiesen. Gott vergelte es dir reichlich! Jetzt lasse ich dich frei, vor dem Angesichte Allahs des Erhabenen. Die Elefanten haben schon manchen von uns ums Leben gebracht, weil wir sie wegen ihrer Zähne jagen. Dich aber hat Allah vor ihnen beschützt, und du hast uns großen Nutzen gebracht, indem du uns den Weg zu jenen Stoßzähnen wiesest.' Ich gab ihm zur Antwort: ,Mein Gebieter, Allah lasse dich frei vom Feuer der Hölle! Jetzt bitte ich dich, mein Gebieter, erlaube mir, in meine Heimat zurückzukehren.' ,Ja,' erwiderte er, ,ich gebe dir die Erlaubnis. Wir haben alljährlich eine Messe, bei der die Kaufleute zu uns kommen, um diese Elefantenzähne von uns zu kaufen. Die Zeit der Messe steht jetzt nahe bevor; und wenn die Leute zu uns kommen, will ich dich mit ihnen heimsenden. Ich will dir auch genug geben, daß du deine Heimat erreichen kannst.' Da betete ich um Segen für ihn und dankte ihm; und ich stand bei ihm hinfort in hoher Ehre und Achtung. Nach einigen Tagen kamen auch die Kaufleute, wie er gesagt hatte; sie kauften und verkauften und trieben Tauschhandel, und als sie aufbrechen wollten, kam mein Herr zu mir und sagte: ,Die Kaufleute sind zur Abfahrt bereit; mache dich auf und zieh mit ihnen in deine Heimat!' Da machte ich mich auf und rüstete mich zur Abfahrt mit ihnen. Sie hatten nämlich viele von jenen Stoßzähnen gekauft, ihre Lasten zusammengebunden und auf dem Schiffe verstaut; und als mein Herr mich mit ihnen heimsandte, zahlte er für mich das Fahrgeld und alle anderen Ausgaben, die ich zu leisten hatte, dazu gab er mir noch ein großes Geschenk in Waren. Wir segelten nun von Insel zu Insel, bis wir das Meer durchmessen hatten und die Gestade des Festlandes erreichten. Dort holten die Kaufleute ihre Vorräte heraus und verkauften sie, und auch ich tat das gleiche mit hohem Gewinn. Dann kaufte ich mir einige der kostbarsten Geschenke und der schönsten Seltenheiten sowie alles, was ich brauchte. Ferner erstand ich mir ein Reittier, und wir zogen durch die Wüste dahin, von Land zu Land, bis ich den Weg nach Baghdad fand. Dort ging ich zum Kalifen, sprach die Worte der Begrüßung, küßte ihm die Hand und berichtete ihm, was geschehen war und was ich erlebt hatte. Er freute sich über meine Rettung und dankte Allah dem Erhabenen; und dann ließ er meine Geschichte mit goldenen Buchstaben aufzeichnen. Ich aber ging in mein Haus und war nun wieder mit meinen Anverwandten und Freunden vereint.

Dies ist das Ende von alledem, was ich erlebt habe auf meinen Reisen. Lasset uns Allah, den Einen, den Schöpfer aller Dinge, immerdar preisen!]

Ferner ist mir berichtet worden

DIE GESCHICHTE VON DER MESSINGSTADT

In alten Zeiten und in längst verschwundenen Vergangenheiten lebte zu Damaskus in Syrien ein König und Kalif, 'Abd el-Malik ibn Marwân[1] geheißen. Der saß eines Tages zusammen mit den Großen seines Reiches, den Unterkönigen und Sultanen, und da kam ihr Gespräch auf die Erzählungen von den Völkern der Vergangenheit, und sie gedachten der Ge-

1. Er war der fünfte Omaijade und regierte von 685 bis 705.

schichten von unserem Herrn Salomo, dem Sohne Davids –
über beiden sei Heil! –, und all dessen, was Allah der Erhabene
ihm verliehen hatte, all der Herrscherherrlichkeit und der Gewalt über Menschen, Geister, Vögel, wilde Tiere und andere
Wesen. Der Kalif sagte: ‚Wir haben von denen, die vor uns
waren, gehört, daß Allah, der Hochgepriesene und Erhabene,
keinem Menschen das verliehen hat, was Er unserem Herrn
Salomo gewährte, und daß dieser König erreicht hat, was kein
einziger jemals erlangte, ja, daß er sogar die Geister, die Mârids
und die Satane in Messingflaschen einsperrte, die er mit geschmolzenem Blei verschloß und mit seinem Siegel versiegelte! – –«

Da bemerkte Schehrezâd, daß der Morgen begann, und sie
hielt in der verstatteten Rede an. Doch als die *Fünfhundertund-
siebenundsechzigste Nacht* anbrach, fuhr sie also fort: »Es ist mir
berichtet worden, o glücklicher König, daß der Kalif ’Abd
el-Malik ibn Marwân, als er sich mit seinen Hofleuten und den
Großen seines Reiches unterhielt und sie unseres Herrn Salomo
und der Herrscherherrlichkeit gedachten, die Allah ihm verliehen hatte, damals sagte: ‚Fürwahr, er hat erreicht, was kein
einziger jemals erlangt hat, ja, er sperrte sogar die Mârids und
die Satane in Messingflaschen ein, die er mit geschmolzenem
Blei verschloß und mit seinem Siegel versiegelte.‘ Da hub
Tâlib ibn Sahl an: ‚Einst begab sich ein Mann mit einer Reise-
gesellschaft auf ein Schiff, und sie machten sich auf die Fahrt
nach dem Lande der Inder.¹ Sie segelten dahin, bis sich plötzlich ein widriger Wind erhob; der verschlug sie in ein unbe-
kanntes Land der weiten Erde Allahs des Erhabenen, und das
geschah im Dunkel der Nacht. Wie es dann heller Tag ward,

1. Nach der Breslauer Ausgabe war dieser Mann der Großvater Tâlibs,
und die Reise ging nach Sizilien.

kamen ihnen aus den Höhlen jenes Landes Scharen von Menschen entgegen, die waren von schwarzer Farbe und nackten Leibes, gleich als ob sie wilde Tiere wären, und sie verstanden nichts, wenn sie angeredet wurden. Doch sie hatten einen König, der von ihrer Art war, und er allein von all den Leuten kannte die arabische Sprache. Als nun das Schiff mit seinen Reisenden in Sicht gekommen war, zog er ihnen mit einer Schar von seinen Leuten entgegen, begrüßte die Fremdlinge, hieß sie willkommen und fragte sie nach ihrem Glauben. Nachdem sie ihm berichtet hatten, wie es um sie stand, fuhr er fort: ‚Euch soll kein Leid widerfahren!‘ Als aber der Seefahrer nach dem Glauben der Schwarzen fragte, ergab es sich, daß jeder von ihnen einen von den Glauben hatte, wie sie früher gewesen waren, ehe der Islam kam und ehe Mohammed – Allah segne ihn und gebe ihm Heil! – gesandt ward. Da sagten die anderen Reisenden: ‚Wir begreifen nicht, was du sagst, und wir verstehen nichts von diesem Glauben!‘ Dann hub der König wieder an: ‚Vor euch ist noch nie ein Menschenkind zu uns gekommen!‘ Darauf bewirtete er sie mit Fleisch von Vögeln und Tieren des Feldes und Fischen; denn sie hatten keine andere Speise. Und nun gingen die Reisenden an Land, um sich in jenem Orte umzuschauen. Da sahen sie, wie ein Fischer sein Netz ins Meer hinabließ, um Fische zu fangen; und als er es emporzog, war darin eine Flasche aus Messing, mit Blei verschlossen und mit dem Siegel unseres Herrn Salomo, des Sohnes Davids – über beiden sei Heil! –, versiegelt. Der Fischer holte sie heraus und zerbrach sie; da stieg aus ihr ein blauer Dunst empor, der sich in den Wolken des Himmels verlor. Und plötzlich hörten alle eine furchtbare Stimme, die da rief: ‚Ich bereue, ich bereue, o Prophet Allahs!‘ Darauf wurde jener Dunst zu einer menschlichen Gestalt, deren Anblick Schrecken

erregte, die von fürchterlichem Aussehen war und deren Haupt
bis zum Gipfel der Berge emporragte. Doch alsbald entschwand
die Gestalt ihren Blicken. Den Reisenden war, als ob ihnen das
Herz aus der Brust gerissen würde; aber die Schwarzen kümmerten sich nicht darum. Da wandte der Seefahrer sich an den
König und fragte ihn nach dem, was geschehen war. Jener erwiderte ihm: ,Wisse, dies war einer von den Geistern, denen
Salomo, der Sohn Davids, zürnte; die sperrte er in solche Flaschen, verschloß sie mit Blei und warf sie ins Meer. Wenn ein
Fischer bei uns das Netz ins Meer wirft, so bringt er meistens
eine solche Flasche herauf; und wenn sie zerbrochen wird, so
steigt ein Geist aus ihr empor. Der glaubt dann, Salomo sei
noch am Leben; und darum ruft er, um seine Reue zu zeigen:
Ich bereue, o Prophet Allahs!'

Der Beherrscher der Gläubigen 'Abd el-Malik ibn Marwân
wunderte sich sehr über diese Erzählung und sprach: ,Allah
sei gepriesen! Wahrlich, dem Salomo ward gewaltige Macht
verliehen!' Nun war unter den Anwesenden damals auch an-
Nâbigha edh-Dhubjâni[1], und der sagte: ,Tâlib hat die Wahrheit gesprochen in dem, was er uns berichtet hat; für die Rich-
tigkeit zeugt auch der Spruch des alten Weisen:

> *Es heißt von Salomo, daß Allah zu ihm sprach:*
> *Du sollst der Weltenherr, der weise Richter sein.*
> *Wer dir gehorcht, den ehr' ob seiner Willigkeit;*
> *Wer dir sich widersetzt, den sperr auf ewig ein.*

So pflegte er sie denn in Messingflaschen einzuschließen und
ins Meer zu werfen.' Der Beherrscher der Gläubigen hatte Gefallen an diesen Worten, und er rief: ,Bei Allah, ich möchte
doch gern einmal eine solche Flasche sehen!' Ihm antwortete

1. Ein vorislamischer Dichter, der aber fast hundert Jahre vor der Regierung 'Abd el-Maliks gestorben war.

Tâlib ibn Sahl: ‚O Beherrscher der Gläubigen, das kannst du
tun, ohne dein Land zu verlassen. Schicke einen Boten an deinen Bruder ’Abd el-’Azîz ibn Marwân[1], er solle sie dir aus dem
Westlande verschaffen, indem er an Mûsa[2] schreibt und ihm
befiehlt, vom Westlande bis zu jenem Berge zu reiten, in dem
Lande, von dem ich erzählt habe, und dir von jenen Flaschen
so viele zu bringen, wie du verlangst; denn an den äußersten
Grenzen seines Gebietes hängt das Festland mit jenem Berge
zusammen.‘ Da der Beherrscher der Gläubigen diesen Rat für
gut befand, so sprach er: ‚Tâlib, du hast recht mit deinen
Worten. Ich wünsche, daß du in dieser Sache mein Bote an
Mûsa ibn Nusair seiest; du sollst die weiße Flagge[3] erhalten
und alles, was du an Geld, Ehren und ähnlichen Dingen verlangst; ich selbst aber will an deiner Statt für die Deinen sorgen.‘ ‚Herzlich gern, o Beherrscher der Gläubigen!‘ erwiderte
Tâlib; und der Kalif gebot ihm: ‚Ziehe hin mit dem Segen und
der Hilfe Allahs des Erhabenen!‘ Darauf befahl er, einen Brief
an seinen Bruder ’Abd el-’Azîz, seinen Statthalter in Ägypten,
und einen zweiten an Mûsa ibn Nusair, seinen Statthalter im
Westlande, zu schreiben mit dem Befehle, daß Mûsa selbst auf
die Suche nach den salomonischen Flaschen gehen und seinen
Sohn als Statthalter im Lande zurücklassen solle; auch solle er
Führer mit sich nehmen, an Geld nicht sparen, noch an Män-
nerscharen, ohne Verzug das Werk beginnen und nicht auf
Ausflüchte sinnen. Dann versiegelte er die beiden Briefe, über-
gab sie dem Tâlib ibn Sahl und befahl ihm, zu eilen und die
Banner über seinem Haupte wehen zu lassen; ferner gab er ihm
Schätze und Mannen zu Pferd und zu Fuß, die ihn auf seiner

1. Statthalter von Ägypten zur Zeit ’Abd el-Maliks. – 2. Der Eroberer
Nordwestafrikas unter ’Abd el-Malik und seinem Nachfolger. – 3. Das
Wahrzeichen der Omaijaden.

Fahrt schützen sollten; endlich wies er noch das Geld für alle Ausgaben an, deren sein Haus bedurfte. Nun machte Tâlib sich auf den Weg nach Ägypten. – –«

Da bemerkte Schehrezâd, daß der Morgen begann, und sie hielt in der verstatteten Rede an. Doch als die *Fünfhundertundachtundsechzigste Nacht* anbrach, fuhr sie also fort: »Es ist mir berichtet worden, o glücklicher König, daß Tâlib ibn Sahl mit seinen Begleitern von Damaskus aus die Länder durchmaß, bis er in Kairo ankam. Da zog der Statthalter von Ägypten ihm entgegen und nahm ihn bei sich auf und erwies ihm die höchsten Ehren, solange er dort verweilte. Dann gab er ihm einen Führer nach Oberägypten mit zu dem Emir Mûsa ibn Nusair. Als der von dem Kommen Tâlibs hörte, zog er ihm entgegen und hatte seine Freude an ihm. Der Gesandte überreichte ihm das Schreiben, und nachdem der Emir es hingenommen und gelesen und seinen Inhalt verstanden hatte, legte er es auf sein Haupt und sprach: ‚Ich höre und gehorche dem Beherrscher der Gläubigen!' Nun hielt er es für das beste, die Großen seines Reiches zu berufen; und als die sich versammelt hatten, fragte er sie nach ihrer Ansicht über den Brief. Sie antworteten: ‚O Emir, wenn du jemanden suchst, der dir den Weg zu jenem Orte zeigt, so laß den Scheich 'Abd es-Samad ibn 'Abd el-Kuddûs es-Samûdi kommen. Der ist ein weiser Mann, der viel gereist ist; er kennt die Wüsten und Einöden, die Meere und ihre Bewohner und Wunder, ja, alle Lande weit und breit. Laß ihn holen; er wird dir überall, wohin du nur wünschest, den rechten Weg weisen.' Also gab er Befehl, den Alten zu bringen; und wie dieser vor ihm stand, erblickte er in ihm einen hochbetagten Greis, den der Jahre und Zeiten Flucht gebrechlich gemacht hatte. Der Emir Mûsa begrüßte ihn und sprach zu ihm: ‚Scheich 'Abd es-Samad, unser Herr, der Beherrscher

213

der Gläubigen ʾAbd el-Malik ibn Marwân, hat mir dasunddas befohlen; ich aber habe wenig Kenntnis von jenem Lande. Nun ist mir gesagt worden, daß du jene Länder und die Wege dorthin kennst; willst du den Wunsch des Beherrschers der Gläubigen erfüllen?' ,Wisse, o Emir,' erwiderte der Alte, ,der Weg dorthin ist beschwerlich und von langer Dauer, und der Straßen sind wenige.' Da fragte der Emir ihn: ,Wie lange währt die Reise dorthin?' Und der Scheich antwortete: ,Zwei Jahre und etliche Monate dauert es, um dorthin zu gelangen, und ebenso lange währt die Rückkehr; und der Weg ist voller Gefahren und Schrecken, voller Wunder und seltsamer Dinge. Nun bist du aber ein Glaubensstreiter, und unser Land liegt nahe dem Feinde; daher könnten die Nazarener während deiner Abwesenheit leicht hervorbrechen. Deshalb geziemt es sich, daß du in deinem Reiche einen Verweser als deinen Stellvertreter einsetzest.' ,Gut', erwiderte Mûsa und setzte an seiner Stelle seinen Sohn Harûn als Reichsverweser ein, indem er ihn Treue schwören ließ und den Truppen gebot, allen Befehlen seines Sohnes ohne Murren zu gehorchen. Da hörten die Truppen auf sein Wort und versprachen Gehorsam. Sein Sohn Harûn aber war ein Mann von hohem Mut, ein berühmter Degen und ein Held verwegen.[1] [Ferner sagte der Scheich: ,O Emir, nimm mit dir tausend Kamele, die Wasser tragen, und tausend Kamele, die mit Wegzehrung beladen sind, dazu auch Krüge!' ,Was sollen wir damit tun?' fragte der Emir Mûsa; und jener erwiderte: ,Auf unserem Wege liegt die Wüste von Kairawân[2]; das ist eine weite Wüste, in der es wenig Wasser

1. Hier folgt, wie in der früheren Insel-Ausgabe, eine Ergänzung nach der Breslauer Ausgabe, Band VI, Seite 350–354, die den vollständigen Text bietet. – 2. Kairawân liegt im heutigen Tunesien; vielleicht ist die Wüste Sahara gemeint.

gibt, und sie ist vierzig Tagereisen lang. Dort hört man kein Geräusch, keinen Laut; dort wird kein menschliches Wesen geschaut. Auch wehen dort der Samum und andere Winde, el-Dschudschâb geheißen, von denen die Wasserschläuche ausgedörrt werden. Wenn aber das Wasser in den Krügen ist, so kann ihm nichts geschehen.' ,Du hast recht', sagte Mûsa, schickte alsbald nach Alexandrien und ließ eine große Menge von Krügen holen. Dann nahm er seinen Wesir und zweitausend Reiter, alle gepanzert und gerüstet, und ritt davon, begleitet von der reisigen Schar, den Kamelen und dem Scheich, der auf seinem Klepper an der Spitze ritt, um ihnen den Weg zu weisen. Schnell zogen sie dahin, bald durch bewohnte Gefilde, bald durch Ödland, bald durch Wüsten voller Schrecken, bald durch einsame, durstige Strecken, bald über Berge, die sich gen Himmel recken. Ein ganzes Jahr reisten sie immer weiter, bis sie eines Morgens, nachdem sie die lange Nacht hindurch geritten waren, gewahrten, daß sie den Weg verloren hatten und sich in einer Gegend befanden, die sie nicht kannten. Da rief ihr Führer aus: ,Es gibt keine Macht und es gibt keine Majestät außer bei Allah, dem Erhabenen und Allmächtigen! Beim Herrn der Kaaba, wir sind vom Wege abgeirrt!' Der Emir Mûsa rief: ,Was ist denn geschehen, o Scheich?' Jener antwortete: ,Wir sind vom Wege abgeirrt.' ,Wie ist das möglich?' fragte der Emir; und der Alte erwiderte: ,Ich konnte nicht auf die Sterne achten, da sie überwölkt und unsichtbar waren.' Weiter fragte Mûsa: ,Wo in aller Welt sind wir denn?' ,Ich weiß nicht,' gab der Scheich zur Antwort, ,ich habe dies Land bis zum heutigen Tage noch nie gesehen.' Da befahl der Emir: ,So führe uns denn an die Stelle zurück, von der aus wir von dem Wege abgeirrt sind!' Doch der Alte beteuerte: ,Ich kenne sie nicht mehr.' ,So laß uns weiterziehen,' sagte Mûsa,

‚vielleicht wird Allah uns dorthin führen und uns in seiner Allmacht auf dem rechten Wege leiten.‘ Nun ritten sie bis zur Zeit des Mittagsgebetes weiter; da kamen sie in ein ebenes und schön gleichmäßiges Land, das so flach war wie das Meer, wenn es still und ruhig ist. Und wie sie dort ihres Weges dahinzogen, erblickten sie plötzlich auf der einen Seite in der Ferne ein schwarzes Etwas, groß und hoch, und aus seiner Mitte schien Rauch zu den Wolken des Himmels aufzusteigen. Sie ritten schnurstracks darauf zu, bis sie in seiner Nähe waren; und da zeigte es sich, daß es ein hoher Bau war, mit festgefügten Säulen, mächtig und schauerlich, der einem sich türmenden Berge glich. Er war aus schwarzen Quadern erbaut und hatte dräuende Zinnen und ein Tor aus chinesischem Eisen, das da glänzte und die Augen blendete und aller Blicke auf sich wendete, und bei dem der Verstand endete. Er maß tausend Schritt im Umkreis, und was den Ankommenden als Rauch erschienen war, das war eine bleierne Kuppel in der Mitte, die hundert Ellen hoch emporragte und die aus der Ferne aussah wie eine Rauchwolke. Bei diesem Anblick war der Emir aufs höchste erstaunt, zumal die Stätte ganz menschenleer war. Der Führer aber sprach: ‚Laßt uns näher treten, um diese Burg anzuschauen und zu erfahren, was sie uns zu sagen hat!‘. Nachdem er dann genauer hingeschaut hatte, rief er: ‚Es gibt keinen Gott außer Allah, und Mohammed ist der Prophet Allahs!‘ Da sagte der Emir: ‚Ich sehe, wie du Allah den Erhabenen voll Freude preisest und heiligest.‘ Der Scheich erwiderte darauf: ‚O Emir, freue dich der frohen Botschaft! Allah, der Gepriesene und Erhabene, hat uns befreit von diesen Wüsten voller Schrecken und all diesen öden durstigen Strecken!‘ ‚Woher weißt du das?‘ forschte Mûsa; und jener antwortete: ‚Wisse, mein Vater hat mir von meinem Großvater berichtet, der habe ihm erzählt, wie er einst in diesem Lande reiste, in dem wir umhergezogen sind und uns verirrt haben, und wie er dann zu diesem Schlosse kam und weiter zur Messingstadt; von dort bis zu der Stätte, die du suchst, sind es nur noch zwei volle Monate, aber du mußt dich an die Meeresküste halten und sie nicht verlassen, denn an ihr gibt es Wasserplätze und Brunnen und Lagerstätten. Diesen Weg hat einst König Alexander, der Zweigehörnte[1], eröffnet, als er ins ferne Westland zog; da fand er weite Einöden und Wüsten und legte dort Wasserstellen und Brunnen an.' Nun rief der Emir Mûsa: ,Allah lohne dir die frohe Botschaft mit Gutem!]'[2] Komm, laß uns in dies Schloß gehen, das eine Mahnung ist für alle, die sich mahnen lassen!' Da ging der Emir Mûsa zusammen mit dem Scheich ʾAbd es-Samad und seinen nächsten Vertrauten näher heran, bis sie zum Eingangstor kamen, und sie fanden, daß es offen war. Es hatte hohe Pfeiler, und Stufen führten im Torweg hinauf;

1. Alexander der Große wurde als Jupiter Ammon mit zwei Widderhörnern dargestellt. 2. Die zweite Calcuttaer Ausgabe hat statt der ganzen hier in Klammern gesetzten Stelle nur das Folgende: »Und der Scheich ʾAbd es-Samad tat ihm zu wissen, daß der Ort, den der Beherrscher der Gläubigen suchte, nur vier Monate weit entfernt sei und an der Meeresküste liege, und daß auf dem Wege dorthin eine Station der anderen folge, reich an Gras und an Quellen; und er schloß mit den Worten: ,Allah wird uns die Reise leicht machen durch deinen Segen, o Statthalter des Beherrschers der Gläubigen.' Als ihn aber der Emir Mûsa fragte: ,Weißt du, ob einer der Könige von uns jenes Land betreten hat?' antwortete er: ,Ja, o Emir der Gläubigen; es gehörte einst dem König von Alexandrien, Alexander dem Großen.' Dann brachen sie auf und ritten ohne Aufenthalt weiter, bis sie zu einem Schlosse kamen. Da sagte der Emir:« – Im Arabischen heißt Alexander der Große ,Dârân, der Romäer'. Dârân oder Dârâ ist die spätere Form für Darius und bedeutet ,großer König'; Romäer ist auf die Altgriechen übertragen.

unter diesen befanden sich zwei breite Stufen aus buntem Marmor, dergleichen er noch nie gesehen hatte. Die Decken und die Wände waren mit Gold und Silber und Edelsteinen verziert. Und über dem Eingang befand sich eine Tafel mit griechischen Schriftzeichen. Da fragte der Scheich 'Abd es-Samad: ,Soll ich das lesen, o Emir?' Tritt hinzu und lies,' antwortete jener, ,Allah segne dich! Alles, was wir auf dieser Reise erleben, kommt nur durch deinen Segen!' Er las es, und siehe, es waren Verse, die lauteten:

> Du siehst, wie hier das Werk, das einst ein Volk sich baute,
> Jetzt weint, da diesem Volk die Macht entrissen ward.
> In diesem Schlosse hier ist noch die letzte Kunde
> Von stolzen Herren, längst im Staube eingescharrt.
> Der Tod hat sie vertilgt, zerstreut in alle Winde;
> Was sie sich einst erwarben, ist im Staub verzehrt.
> Es ist, als hätten sie die Waren nur gelagert,
> Um auszuruhn, und wären eilends heimgekehrt.[1]

Da weinte der Emir Mûsa, bis er fast die Besinnung verlor. Und er sprach: ,Es gibt keinen Gott außer Allah, dem Lebendigen, dem Ewigen, der immerdar währt!' Dann trat er in das Schloß ein und war wie bezaubert von der Schönheit seines Baues. Er schaute auch auf die Bilder und Gestalten, die darinnen waren, und plötzlich sah er über einem zweiten Tor wiederum Verse geschrieben stehen. Da sprach er: ,Tritt herzu, Scheich, und lies!' Und der Alte las:

> Wie manche Schar hat unter diesem Dach geweilt
> In alter Zeit und ist dann wieder fortgeeilt!
> Hier kannst du sehen, was der Zeiten Wechselspiel
> An anderen vollbrachte, wenn es sie befiel.
> Sie teilten unter sich der Schätze reichen Hort
> Und ließen all das Glück und zogen wieder fort.

1. Die kurze Spanne des menschlichen Lebens wird öfters mit der Rast einer Karawane an einem Halteplatz verglichen.

Wie konnten sie die Freude kosten, wie das Essen!
Nun sanken sie in Staub und wurden selbst gefressen!

Da weinte der Emir Mûsa bitterlich, und die Welt wurde ihm schwarz vor den Augen; und er sprach: ‚Fürwahr, wir sind zu Großem erschaffen!‘[1] Darauf schauten sie sich weiter in dem Schlosse um und sahen von neuem, daß es ohne Bewohner war, jeglichen lebenden Wesens bar; Höfe und Räume ringsumher lagen alle wüste und leer. In der Mitte aber war jene hohe Kuppel, die in die Lüfte emporragte, und rings um sie lagen vierhundert Gräber. Der Emir Mûsa trat an jene Gräber heran und entdeckte unter ihnen eines, das aus Marmor erbaut war und eine Inschrift mit diesen Versen trug:

Wie viele bekämpft ich! Wie viele erschlug ich!
Wie manche Gefahren des Lebens ertrug ich!
Wie hab ich geschmauset! Wie oft mich berauschet!
Wie oft dem Gesange der Mädchen gelauschet!
Wie konnt ich gebieten! Wie konnt ich verwehren!
Wie manche der Burgen mit trutzigen Wehren
Erstürmte ich einst, und dann suchte ich drinnen
Und trug draus die schönsten Mädchen von hinnen.
Und dennoch, ich Tor habe oft mich vergangen
Und wollte nur nichtige Wünsche erlangen.
Drum prüfe dich selber, o Mensch, und bedenke,
Noch ehe der Becher des Todes dich tränke!
Denn nur noch ein kleines, so streut man dir Staub
Aufs Haupt, und du bist der Vergänglichkeit Raub.

Und von neuem weinten Emir Mûsa und seine Begleiter. Darauf trat er nahe an die Kuppel heran und erkannte, daß sie acht Türen aus Sandelholz hatte; die waren mit goldenen Nägeln beschlagen und mit silbernen Sternen besetzt und mit allerlei Edelsteinen eingelegt. Auf der ersten Tür aber standen diese Verse geschrieben:

1. Das heißt zur Anbetung Gottes und zum Endgericht.

Was ich verlassen hab, verließ ich nicht aus Großmut;
Es war des Schicksals Spruch – und der trifft alle Welt.
Solange ich in Glück und Freuden leben konnte,
Bewachte ich gleichwie ein grimmer Leu mein Feld.
Ich hatte keine Ruh, ich wollt kein Senfkorn schenken
Aus Geiz, und würf man mich zum Höllenpfuhl hinab,
Bis mich das Schicksal traf, das Gott vorherbestimmte,
Er, der in Seiner Macht der Schöpfung Leben gab.
Dieweil ein früher Tod mir vom Geschick beschieden,
Konnt ich durch viele List mich nicht dagegen sei'n.
Da nützte nichts das Heer, das ich gesammelt hatte;
Da half mir nicht ein Freund noch auch der Nachbar mein.
Mein ganzes Leben lang plagt ich mich auf der Reise
Zu meines Lebens Ziel, in Not und auch in Glück. –
[Sind dann die Beutel auch vom Golde voll geworden,
Und legtest du Dinar stets auf Dinar zurück,][1]
Eh noch der Morgen graut, gehört dein Gut dem andern;
Man bringt dir einen Träger, einen Gräber her.
Und dann am Jüngsten Tag trittst du vor Gott hin, einsam,
Von Sünden und Vergehn beladen – ach, so schwer.
Dich täusche nicht die Welt mit ihrem schönen Schein;
Was sie an Freund und Nachbar tat, bedenk allein!

Als der Emir Mûsa diese Verse vernommen hatte, weinte er bitterlich, bis er die Besinnung verlor. Wie er dann wieder zu sich gekommen war, trat er in die Kuppel ein und erblickte darin ein langes Grab, dessen Anblick Grausen erregte, und darauf lag eine Platte aus chinesischem Eisen. Scheich 'Abd es-Samad trat näher und las auf ihr diese Inschrift: ‚Im Namen Allahs, der nie vergeht, der in Ewigkeit besteht! Im Namen Allahs, der nicht gezeugt hat und nicht gezeugt ward und dem keiner gleich ist in Seiner Art![2] Im Namen Allahs, des Herrn

---

1. Nach der Breslauer Ausgabe Band 6, Seite 358 ergänzt. – 2. Das ist die muslimische Formel gegen die christliche Dreieinigkeitslehre; vgl. Koran, Sure 112.

der Herrlichkeit und Kraft! Im Namen Dessen, der da lebendig ist, nie vom Tode hingerafft!' – –«

Da bemerkte Schehrezâd, daß der Morgen begann, und sie
hielt in der verstatteten Rede an. Doch als die *Fünfhundertund-
neunundsechzigste Nacht* anbrach, fuhr sie also fort: »Es ist mir
berichtet worden, o glücklicher König, daß Scheich 'Abd es-
Samad, nachdem er diese Worte gelesen hatte, dahinter noch
auf der Tafel diese Inschrift fand: ,O du, der du an diese Stätte
kommst, laß dich warnen durch das, was du erlebst von den
Wechselfällen der Zeit und von des Schicksals Wandelbarkeit!
Laß dich nicht täuschen durch diese Welt mit all ihrem schönen Schein, ihrer Falschheit und Lüge, ihrem Trug und ihrem
eitlen Glanz! Sie ist schmeichlerisch und lügnerisch und trügerisch; ihre Dinge sind nur geliehen, und der Verleiher kann sie
dem Entleiher jederzeit entziehen. Sie ist wie das Wahngebilde
des Schläfers eitler Schaum und wie des Träumenden Traum;
es ist, als wäre sie die Luftspiegelung der Wüste, die der Durstende für Wasser hält; und Satan schmückt sie mit falschem
Schein für die Menschen bis in den Tod hinein. Solcher Art ist
die Welt; vertraue nicht auf sie, und neige dich nicht ihr zu;
denn sie betrügt den, der auf sie baut und in seinen Dingen auf
sie vertraut! Hüte dich davor, daß ihr Netz dich umflicht; und
an ihre Säume klammere dich nicht! Ich besaß einst viertausend braune Rosse und ein Schloß; ich hatte tausend Prinzessinnen zu Frauen, hochbusige und jungfräuliche, wie Monde
anzuschauen; auch waren mir tausend Söhne gleich trutzigen
Leuen beschieden. Ich lebte tausend Jahre dahin, mit frohem
Herzen und frohem Sinn; und ich häufte so große Schätze an,
wie sie keiner von den Königen der Erde sein eigen nennen
kann. Dabei glaubte ich, mein Glück würde ewig dauern; aber
ehe ich mich dessen versah, kam Der zu uns, der die Freuden

schweigen heißt und der die Freundesbande zerreißt, der die Häuser verödet und die bewohnten Stätten in Trümmer schlägt und groß und klein, Säuglinge, Kinder und Mütter in das Nichts hinüberträgt. Denn während wir noch wohlgemut und sicher in diesem Palaste waren, kam plötzlich das Gericht des Herrn der Welten, des Herrn der Himmel und der Erden, auf uns herabgefahren, und es ereilte uns der Ruf der Gottheit, der offenbaren. Und nun starben von uns an jedem Tage zwei, bis eine große Schar von uns dahingeschwunden war. Wie ich aber sah, daß die Vernichtung in unsere Stätten eingekehrt war und sich bei uns niedergelassen und uns ins Meer des Todes versenkt hatte, da ließ ich einen Schreiber kommen und befahl ihm, diese Verse mit ihren Ermahnungen und Warnungen aufzuschreiben. In schöner und gleichmäßiger Schrift ließ ich sie einmeißeln auf diesen Türen, Tafeln und Gräbern. Nun hatte ich ein Heer von tausendmal tausend Zügeln, das war ein Volk voll Tatendrang, das Panzer trug und Speere schwang, und es zückte verwegen die scharfen Degen. Den Leuten befahl ich, sich in die langen Panzerhemden zu kleiden und sich mit den Schwertern zu gürten, die den Leib zerschneiden, die Lanzen einzusetzen zu grausigem Reigen und die feurigen Rosse zu besteigen. Und als das Gericht des Herrn der Welten, des Herrn des Himmels und der Erden, uns nahte, sprach ich: ‚Ihr Mannen und Krieger zuhauf, könnt ihr das Geschick abwehren, das der allmächtige König auf mich herniedersendet?‘ Doch die Krieger und Mannen vermochten es nicht, und sie sprachen: ‚Wie sollen wir gegen Den kämpfen, dem kein Kämmerling den Zutritt wehrt, der in die Tür eingeht, an der kein Türhüter steht?‘ Darauf befahl ich ihnen: ‚Bringt mir die Schätze her!‘ Und die waren in tausend Kammern geborgen, deren jede tausend Zentner roten Goldes und desgleichen an

weißem Silber, dazu auch vielerlei Arten von Perlen und Edelsteinen enthielt, ja, es waren Kleinodien, wie sie kein König der
Welt besaß. Die Mannen führten den Befehl aus; und als all
die Schätze vor mir lagen, sprach ich zu ihnen: ‚Könnt ihr
mich mit all diesen Schätzen loskaufen? Könnt ihr mir für sie
einen einzigen Lebenstag erkaufen?‘ Sie aber konnten es nicht!
So ergaben sie sich denn in das vorherbestimmte Geschick,
und auch ich fügte mich in Allahs Willen und ertrug mein Los
und Verhängnis, bis Er meine Seele zu sich nahm und ich durch
Seinen Willen in die Grube kam. Und wenn du nach meinem
Namen fragst, so wisse, ich bin Kûsch, der Sohn des Schaddâd,
des Sohnes von ’Ad dem Älteren!‘ Ferner standen auf jener
Tafel noch diese Verse geschrieben:

> *Wenn ihr einstens nach mir fraget, längst nachdem mein Leben schwand*
> *Und nachdem die Tage sich im ew’gen Wechselspiel gewandt,*
> *Sohn Schaddâds bin ich geheißen, einstmals Herr der ganzen Welt,*
> *Dessen Herrschaft alle Länder auf der Erde unterstellt.*
> *Willig dienten meinem Reiche trutz’ge Scharen insgemein;*
> *Syrerland auch von Ägypten bis ’Adnân¹ hin schloß es ein.*
> *Hochberühmt war ich und zwang zur Demut ihrer Fürsten Pracht;*
> *Und das Volk der ganzen Erde war in Furcht vor meiner Macht.*
> *Ja, ich hielt die Stämme und die Heere fest in meiner Hand,*
> *Und ich sah die Länder und die Völker wie von Furcht gebannt.*
> *Stieg ich auf mein Pferd, so sah ich dann als meiner Heere Zahl*
> *Auf den Rossen, die da wiehern, Zügel tausend tausendmal.*
> *Ich besaß an Geld und Gütern dieser Welt unzählbar viel,*
> *Und das hob ich auf für später, für der Zeiten Wechselspiel.*
> *Ach, ich wollte alles geben als der Seele Lösegeld*
> *Um das Leben eines einz’gen Tages in der Erdenwelt.*
> *Aber Gott gefiel nichts andres, als daß Sein Geheiß geschah;*
> *Und so lag ich denn bald einsam fern von meinen Brüdern da.*
> *Ja, der Tod war mir genahet, der die Menschen scheiden macht*
> *Und vom Ruhm ward ich zum Hause der Verachtung hingebracht,*

1. Das ist Arabien.

Und dort fand ich alles wieder, was ich einst zuvor getan;
Und ich ward zum Pfande meiner Sünden auf der Lebensbahn. –
Nun bedenke, daß du selber wie an einem Abgrund bist;
Hüte dich vor Schicksalsschlägen, dir zum Heil, zu jeder Frist!

Beim Anblick dieses Totenfeldes weinte der Emir Mûsa, bis er
in Ohnmacht sank. Und als sie hernach das Schloß überallhin
durchwanderten und sich in seinen Sälen und Lustgärten um-
schauten, fanden sie plötzlich einen Tisch aus Marmor, der auf
vier Füßen stand; und darauf war geschrieben: ,An diesem
Tische haben tausend einäugige Könige und tausend Könige
mit gesunden Augen gespeist, die alle nun die Welt verlassen
haben und in den Gräbern und Grüften wohnen.' All das
schrieb der Emir Mûsa sich auf; dann ging er fort, ohne aus
dem Schlosse etwas mitzunehmen als jenen Tisch.

Nun zog die ganze Schar weiter unter der Führung des
Scheich 'Abd es-Samad, der ihnen den Weg wies, jenen Tag
hindurch und einen zweiten und einen dritten Tag. Da erblickten sie vor sich einen hohen Hügel, und als sie ihn genauer anschauten, sahen sie auf ihm einen Reiter aus Messing;
der trug eine Lanze, an deren oberem Ende sich eine breite
Spitze befand, so glänzend, daß sie fast die Augen blendete,
und darauf stand geschrieben: ,O der du zu mir kommst, wenn
du den Weg, der zur Messingstadt führt, nicht kennst, so reib
die Handfläche dieses Reiters, dann wird er sich drehen und
wieder stillstehen: darauf schlag die Richtung ein, nach der er
blickt; sei ohne Furcht und unbesorgt, denn sie wird dich zur
Messingstadt führen!' – –«

Da bemerkte Schehrezâd, daß der Morgen begann, und sie
hielt in der verstatteten Rede an. Doch als die *Fünfhundertund-
siebenzigste Nacht* anbrach, fuhr sie also fort: »Es ist mir berichtet worden, o glücklicher König, daß der Reiter, als Emir Mûsa

ihm die Handfläche rieb, sich so schnell drehte wie der blendende Blitz; dann hielt er inne und blickte in eine andere Richtung als die, in der die Männer sich befanden. Da wandten sie sich ihr zu und zogen in ihr weiter; und siehe, es war die rechte Richtung. Tag und Nacht reisten sie in ihr weiter, bis sie ein weites Land durchmessen hatten. Eines Tages aber, als sie ihres Weges dahinzogen, gewahrten sie plötzlich eine Säule aus schwarzem Stein, in die eine menschliche Gestalt bis zu den Armhöhlen versenkt war. Diese Gestalt hatte zwei große Flügel und vier Arme, von denen zwei menschliche Hände hatten, während die anderen wie Löwentatzen aussahen und Krallen hatten. Das Haar auf ihrem Kopfe glich dem Schweife der Rosse, und sie hatte zwei Augen, die wie glühende Kohlen waren, dazu noch ein drittes Auge auf der Stirn gleich dem Auge eines Panthers, aus dem Feuerfunken heraussprühten. Schwarz war jene Gestalt, und sie reckte sich hoch empor in die Luft, und sie rief: ‚Preis sei meinem Herrn, der dies schwere Gericht und diese schmerzensvolle Strafespflicht bis zum Jüngsten Tage über mich verhängt hat!' Als die Männer den Rufer erblickten, waren sie wie von Sinnen und sprachlos vor Staunen; und als sie erkannten, wie er aussah, wandten sie sich zur Flucht. Der Emir Mûsa aber fragte den Scheich 'Abd es-Samad: ‚Was ist dies?' Und als der Alte ihm entgegnete: ‚Ich weiß es nicht', fuhr er fort: ‚Tritt näher an ihn heran und frage, was es mit ihm ist! Vielleicht wird er dir Auskunft über sich geben, und du kannst den Schleier von seiner Geschichte heben.' Aber der Scheich 'Abd es-Samad rief: ‚Allah behüte den Emir! Wir fürchten uns vor dem da!' Da sagte der Emir: ‚Fürchtet euch nicht! Die Hülle, die ihn umgibt, hält ihn von euch und von allen anderen fern.' Nun trat der Scheich 'Abd es-Samad an ihn heran und fragte ihn: ‚Du da, wie heißt du, und was ist es mit dir, und was hat dich hierher in diese Lage gebracht?' Jener antwortete: ‚Wisse, ich bin ein Dämon aus der Geisterwelt, und ich heiße Dâhisch ibn el-A'masch. Ich bin hier festgebannt durch die Hochherrlichkeit, eingesperrt durch die Allmacht und gestraft, solange es Allah, dem Allgewaltigen und Glorreichen, gefällt.' Weiter sagte der Emir Mûsa: ‚Scheich 'Abd es-Samad, frage ihn, weshalb er in diese Säule eingesperrt ist!' Wie der Alte den Dämon danach fragte, erwiderte jener: ‚Meine Geschichte ist wunderbar. Einer der Söhne des Iblîs hatte nämlich ein Götzenbild aus rotem Karneol, und ich mußte es bewachen. Ihm diente einer der Meerkönige, ein Fürst von hoher Macht und gewaltiger Herrscherpracht; der gebot über tausendmal tausend streitbare Geister, die vor ihm ihre Schwerter schwangen und in Zeiten der Not seinem Rufe Folge leisteten. Die Geister aber, die ihm dienten, standen alle unter meinem Gebot und Geheiß und folgten den Befehlen, die ich ihnen gab; doch alle waren Rebellen gegen Salomo, den Sohn Davids – über beiden sei Heil! Und ich pflegte in den Bauch des Götzenbildes zu kriechen, wenn ich den Geistern gebot und verbot. Nun liebte die Tochter jenes Königs das Bild, sie warf sich oft vor ihm nieder und gab sich ganz seinem Dienste hin. Und sie war das schönste Wesen ihrer Zeit, strahlend in Schönheit und Lieblichkeit, Anmut und Vollkommenheit. Ich erzählte einst Salomo – Heil sei über ihm! – von ihr, und da sandte er alsbald an ihren Vater eine Botschaft des Inhalts: ‚Gib mir deine Tochter zur Gemahlin, zerbrich dein Götzenbild aus Karneol und bezeuge, daß es keinen Gott gibt außer Allah und daß Salomo der Prophet Allahs ist! Wenn du das tust, so soll unser Gut dein Gut und unsere Schuld deine Schuld sein. Wenn du dich aber weigerst, so werde ich mit einem Heere wider dich ausziehen, dem du nicht zu widerstehen vermagst;

dann mache dich auf Rechenschaft vor Gott gefaßt und lege
das Hemd an, das zum Tode paßt! Fürwahr, ich werde mit
Heerscharen zu dir kommen, deren Fülle das Blachfeld bedeckt; die machen dich dem Gestern gleich, das keiner zum
Leben auferweckt.' Als die Botschaft Salomos – Heil sei über
ihm! – den König erreichte, schwoll er in rebellischem Übermut, voll Hoffart und überstolzem Blut. Dann sprach er zu
seinen Wesiren: ,Was sagt ihr von Salomo, dem Sohne Davids?
Der hat zu mir gesandt, ich solle ihm meine Tochter geben,
solle mein Götzenbild aus Karneol zerbrechen und seinen
Glauben annehmen!' Sie antworteten: ,Mächtiger König, kann
Salomo so an dir handeln, da du doch mitten in diesem großen
Meere wohnst? Zieht er auch wider dich, so vermag er nichts
über dich; denn die Mârids der Geisterwelt kämpfen an deiner
Seite, und wenn du das Götzenbild um Hilfe wider ihn anrufst,
so wird es dir gegen ihn beistehen und den Sieg verleihen. Das
rechte ist, wenn du deinem Herrn – damit meinten sie das
Götzenbild aus rotem Karneol – hierüber um Rat fragst und
auf das hörst, was er dir sagt. Wenn er dir rät zu kämpfen, so
kämpfe; wenn nicht, so tu es nicht!' Im selben Augenblicke
machte sich der König auf und begab sich zu seinem Götzen;
und nachdem er ihm Opfergaben dargebracht und Opfertiere
geschlachtet hatte, warf er sich vor ihm zu Boden und sprach
unter Tränen diese Verse:

> *O Herr, ich kenne deine Allgewalt;*
> *Doch Salomo will dich zerbrochen sehn.*
> *O Herr, laß mich um deine Hilfe flehn!*
> *Befiehl, und ich gehorche dir alsbald!*

Ich aber – so erzählte jener Dämon, der zur Hälfte in der Säule
war, dem Scheich 'Abd es-Samad, und die ihn umstanden,
hörten es – kroch in den Bauch des Götzen, da ich töricht und

unverständig war und mich um den Befehl Salomos nicht kümmerte, und ich hub an zu sprechen:

> *Was mich betrifft – mir ist vor ihm nicht graus,*
> *Dieweil ich aller Dinge kundig bin.*
> *Will er den Kampf mit mir, so zieh ich hin*
> *Und reiße ihm die Seele bald heraus!*

Als der König meine Antwort vernahm, ward ihm das Herz stark, und er beschloß, gegen Salomo, den Propheten Allahs – Heil sei über ihm! –, ins Feld zu ziehen und mit ihm zu kämpfen. Er berief daher den Boten Salomos vor sich und ließ ihn heftig schlagen und befahl ihm, eine schmähliche Antwort heimzutragen; denn er sandte ihn unter Drohungen mit dieser Botschaft an Salomo: ‚Deine Seele hat dir eitle Wünsche eingeflüstert; drohst du mir mit lügnerischen Worten? Vielleicht kannst du gar nicht bis zu mir gelangen; dann werde ich schon zu dir kommen!' Darauf kehrte der Bote zu Salomo zurück und meldete ihm alles, was ihm zugestoßen und widerfahren war. Als Salomo, der Prophet Allahs, das hören mußte, loderte rasender Zorn in ihm empor, und sein Entschluß trat sogleich hervor. Er rüstete seine Heerscharen, Geister und Menschen, wilde Tiere, Raubvögel und alles, was kreucht; und er befahl seinem Wesir ed-Dimirjât, dem König der Geister, die Mârids der Dämonenwelt von überallher zu versammeln, und der brachte sechshunderttausendmal tausend Teufel zuhauf. Ferner gebot er Âsaf, dem Sohne Barachijas, seine Menschenheere einzuberufen, und das waren tausendmal tausend oder noch mehr. Die alle versah er mit Rüstungen und Waffen; und dann flog er mit seinen Heeren der Menschen und Geister auf dem Zauberteppich davon, während die Raubvögel ihm zu Häupten schwebten und die wilden Tiere unter dem Teppich dahineilten. Und alsbald landete er am Gestade

228

jenes Königs, umringte seine Insel und erfüllte die ganze Erde mit seinen Heerscharen.' – –«

Da bemerkte Schehrezâd, daß der Morgen begann, und sie hielt in der verstatteten Rede an. Doch als die *Fünfhundertund-einundsiebenzigste Nacht* anbrach, fuhr sie also fort: »Es ist mir berichtet worden, o glücklicher König, daß der Dämon des weiteren erzählte: ,Als Salomo, der Prophet Allahs – Friede sei über ihm! –, mit seinen Heerscharen rings um die Insel landete, da schickte er zu unserem König einen Boten und ließ ihm sagen: ,Siehe da, ich bin zu dir gekommen! Nun wende das drohende Unheil von dir ab; wenn du das nicht kannst, so tritt unter meine Botmäßigkeit hin und bekenne, daß ich der Apostel bin! Zerbrich deinen Götzen, bete den Einen an, dem Anbetung gebührt, und gib mir deine Tochter zur rechtmäßigen Gemahlin! Sprich mit allen den Deinen: Ich bezeuge, daß es keinen Gott gibt außer Allah, und ich bezeuge, daß Salomo der Prophet Allahs ist. Wenn du das sagst, so wird dir Sicherheit und Heil gewährt; doch wenn du dich weigerst, so wirst du dich vergeblich auf dieser Insel wider mich verschanzen. Denn wisse, Allah, der Gepriesene und Erhabene, hat dem Winde befohlen, mir zu gehorchen; und so kann ich ihm gebieten, mich zu dir auf dem Teppich zu tragen, und ich kann dich zu einem warnenden Beispiel für andere machen.' Der Bote ging und brachte dem König die Botschaft Salomos, des Propheten Allahs – Heil sei über ihm! Doch der König erwiderte ihm: ,Das, was er von mir verlangt, kann nie geschehen. So melde ihm, daß ich gegen ihn zu Felde ziehen werde!' Darauf kehrte der Bote zu Salomo zurück und brachte ihm die Antwort. Der König aber sandte zu dem Volke seines Landes und rief alle Geister, die unter seiner Herrschaft standen, zusammen, tausendmal tausend; und zu ihnen gesellte er noch die Mârids und Teufel die auf den Inseln der Meere und auf den Gipfeln der Berge hausten. Darauf rüstete er seine Truppen aus; er öffnete seine Rüstkammern und verteilte die Waffen an sie. Salomo aber, der Prophet Allahs – Heil sei über ihm! –, stellte derweilen seine Heerscharen auf; er gebot den wilden Tieren, sich in zwei Schlachtreihen zu teilen, zur Rechten und zur Linken der Menschen; den Raubvögeln befahl er, auf der Insel zu bleiben und beim Angriffe den Feinden mit den Schnäbeln die Augen auszuhacken und ihnen mit den Flügeln ins Gesicht zu schlagen, während die wilden Tiere den Befehl hatten, die feindlichen Rosse zu zerreißen. Alle aber sprachen: ‚Wir hören und gehorchen Allah und dir, o Prophet Allahs!‘ Darauf ließ Salomo, der Prophet Allahs, einen Thron für sich errichten, der aus Marmor gemeißelt, mit Edelsteinen besetzt und mit Blättern aus rotem Golde belegt war. Seinen Wesir Âsaf ibn Barachija nahm er zur Rechten, und seinen Wesir ed-Dimirjât zur Linken; ebenso standen die Könige der Menschen auf seiner rechten, die Könige der Geister aber auf seiner linken Seite, während die wilden Tiere und die Vipern und Schlangen sich vor ihm befanden. Und nun stürmte die ganze Schar wider uns los und kämpfte gegen uns auf weitem Plan zwei Tage lang; doch am dritten Tage kam das Unheil über uns, und das Gericht Allahs des Erhabenen ward an uns vollstreckt. Den ersten Angriff auf Salomo machte ich mit meinen Truppen, und ich rief meinen Gefährten zu: ‚Bleibt, wo ihr seid! Ich will wider sie ins Feld treten und ed-Dimirjât zum Zweikampfe fordern!‘ Und siehe, da kam er auch schon hervor, einem gewaltigen Berge gleich; Feuer umlohten ihn, und Rauch stieg von ihm empor. Er stürmte herbei und warf eine feurige Flamme auf mich, und da war sein Feuer stärker als das meine. Und er stieß einen so gewaltigen Schrei wider mich aus, daß mir war, als stürzte der Himmel auf mich nieder, und die Berge erbebten vor seiner Stimme. Dann befahl er seinen Streitern, uns anzugreifen. Da stürmten sie auf uns los, und wir auf sie: Mann schrie wider Mann, die Feuer loderten hervor, und der Rauch stieg empor, und die Herzen barsten schier. Die Schlacht wurde allgemein, die Vögel kämpften in der Luft, die wilden Tiere stritten auf der Erde, und ich rang mit ed-Dimirjât, bis wir beide müde waren. Doch zuletzt war ich der Schwächere; auch verließen mich meine Gefährten und Krieger, und alle meine Scharen wandten sich zur Flucht. Da rief Salomo, der Prophet Allahs: ‚Greift den Tyrannen da, den Verruchten, den Elenden, den Verfluchten!‘ Noch kämpften die Menschen wider die Menschen und die Geister wider die Geister; aber schließlich unterlag doch unseres Königs Macht, und wir wurden als Beute zu Salomo gebracht. Denn seine Heere griffen, rechts und links von den wilden Tieren umgeben, die Unseren an, und die Raubvögel schwebten über unseren Häuptern und hackten den Kämpfern die Augen aus bald mit ihren Krallen und bald mit ihren Schnäbeln, bald auch schlugen sie ihnen mit ihren Flügeln ins Gesicht. Die wilden Tiere aber bissen die Pferde und zerrissen die Streiter, bis die meisten unseres Volkes auf dem Angesichte der Erde lagen wie gefällte Palmenstämme. Was mich betrifft, so entrann ich den Händen von ed-Dimirjât; doch er folgte mir drei Monate lang, bis er mich eingeholt hatte.[1] [Ich war nämlich vor Ermattung niedergesunken; und da hatte er sich auf mich gestürzt und mich gefangen genommen. Ich aber flehte ihn an: ‚Bei Ihm, der dich erhöht und mich erniedrigt hat, schone mich und führe mich vor Salomo – Heil

1. Das Folgende nach der Breslauer Ausgabe Bd. 6, Seite 373 bis 375. In der Calcuttaer Ausgabe schließt die 571. Nacht hier mit den Worten: ‚Und dann geriet ich in den Zustand, in dem ihr mich seht.‘

sei über ihm!' Als ich dann vor Salomo kam, empfing er mich in der übelsten Weise; und er ließ diese Säule bringen und aushöhlen und sperrte mich in sie ein. Dann versiegelte er mich mit seinem Siegel; und nachdem er das getan hatte, schmiedete er mich in Ketten. Und ed-Dimirjât brachte mich hierher und ließ mich an dieser Stätte nieder, an der du mich siehst. Diese Säule ist nun mein Gefängnis bis zum Jüngsten Tage; und ein mächtiger Engel hat das Amt, mich in diesem Kerker zu bewachen.]' – –«

Da bemerkte Schehrezâd, daß der Morgen begann, und sie hielt in der verstatteten Rede an. Doch als die *Fünfhundertundzweiundsiebenzigste Nacht* anbrach, fuhr sie also fort: »Es ist mir berichtet worden, o glücklicher König, daß[1] [die Männer über den Dämon und über seine grauenhafte Gestalt in Staunen gerieten. Der Emir Mûsa rief: ‚Es gibt keinen Gott außer Allah! Wahrlich, er hat dem Salomo große Macht gegeben.‘ Dann sagte der Scheich 'Abd es-Samad zu ihm: ‚Du da, ich möchte dich nach etwas fragen; gib uns Auskunft darüber!‘ ‚Frage, was du willst!‘ erwiderte der Dämon; und jener fuhr fort: ‚Gibt es hier in dieser Gegend Dämonen, die seit der Zeit Salomos – Heil sei über ihm! – in Flaschen aus Messing gebannt sind?‘ Da gab der Dämon zur Antwort: ‚Jawohl, im Meere el-Karkar[2]; und an dessen Gestade wohnt ein Volk aus dem Stamme Noahs – Heil sei über ihm! Zu jenem Lande gelangte die Sintflut nicht, und das Volk ist dort von allen anderen

1. Die Calcuttaer Ausgabe hat hier nur die Worte: »die Leute den Geist in der Säule, nachdem er ihnen seine ganze Geschichte von Anfang an bis zu seiner Gefangennahme erzählt hatte, fragten: ‚Wo ist der Weg, der zur Messingstadt führt?‘ Da zeigte er uns den Weg zur Stadt. Zwischen uns und ihr aber befanden sich fünfundzwanzig Tore...«
2. Vielleicht ist Gerger an der Westküste Afrikas, in der spanischen Kolonie Rio d'Oro gemeint.

Menschenkindern abgeschnitten.' Weiter fragte nun der Alte: ‚Wo ist der Weg zur Messingstadt? Und wie weit sind wir von der Gegend entfernt, in der sich die Flaschen befinden?' ‚Die ist ganz nahe', erwiderte der Dämon und zeigte ihnen den Weg zu der Stadt. Da verließen sie ihn und zogen weiter, bis sie vor sich ein großes schwarzes Etwas erblickten mit zwei Feuern, die einander gegenüber lagen. Der Emir Mûsa fragte den Scheich: ‚Was ist das große Schwarze dort und die beiden Feuer einander gegenüber?' Da rief der Führer: ‚Freue dich, o Emir! Das ist die Messingstadt. So ist sie beschrieben in dem Buche der verborgenen Schätze, das ich besitze. Ihre Mauern sind aus schwarzen Steinen, und sie hat zwei Türme aus andalusischem Messing; die erscheinen dem Beschauer wie zwei Feuer, die einander gegenüber liegen. Deswegen heißt sie auch die Messingstadt.' Nun zogen sie geradeswegs dorthin, bis sie bei der Stadt ankamen; die war hochgebaut und fest, und sie ragte als uneinnehmbares Bollwerk in die Lüfte empor; die Höhe ihrer Mauern betrug achtzig Ellen, und sie hatte fünfundzwanzig Tore,] deren keines von außen sichtbar war, noch in seinen Umrissen erkannt werden konnte; denn die Mauern sahen aus wie ein Felsblock, oder wie Eisen, das in einer Form gegossen war. Da saßen die Männer ab, und mit ihnen der Emir Mûsa und der Scheich 'Abd es-Samad, und sie bemühten sich, ein Tor in der Stadt zu erblicken oder doch einen Weg, der in sie hineinführte, zu finden. Doch es gelang ihnen nicht. Darauf sagte der Emir: ‚Tâlib, was sollen wir tun, um in diese Stadt hineinzugelangen? Wir müssen doch ein Tor finden, durch das wir hineingehen können!' Tâlib erwiderte: ‚Allah lasse es dem Emir wohlergehen! Möge er hier zwei oder drei Tage Rast machen lassen, so werden wir nach dem Willen Gottes des Erhabenen ein Mittel finden, an die Stadt heranzukommen und in sie einzudringen.' Nun gab der Emir Mûsa einem seiner Diener Befehl, auf einem Kamel rings um die Stadt herum zu reiten und zu sehen, ob er die Spur von einem Tore fände oder etwa eine niedrigere Stelle in der Mauer als dort, wo sie lagerten. Da saß einer von den Dienern auf und zog zwei Tage und Nächte, ohne auszuruhen, in eiligem Ritt um die Stadt herum. Am dritten Tage aber erschien er wieder bei seinen Gefährten, wie verwirrt durch den Umfang und die Höhe des Ortes, den er gesehen hatte; und er sprach: ‚O Emir, der leichteste Zugang ist von dieser Stätte aus, an der ihr euch gelagert habt.' Darauf nahm der Emir Mûsa Tâlib, den Sohn des Sahl, und den Scheich 'Abd es-Samad mit sich, und sie stiegen auf einen gegenüberliegenden Berg, der die Stadt überragte. Und als sie dann dort oben standen, erblickten sie eine Stadt, so groß und herrlich, wie sie noch nie ein Auge gesehen hatte: hohe Paläste winkten, und glänzende Kuppeln blinkten; die Häuser dort hätte man voller Menschen gedacht, und die Gärten standen in voller Pracht; die Bächlein sprangen, und die Bäume waren mit Früchten behangen. Sie war eine Stadt mit festen Toren, aber sie lag öde und verlassen da; kein Laut erscholl in ihr, kein menschliches Wesen gab es dort. Die Eulen schrien auf allen Seiten; über ihre Plätze sah man die Raubvögel in kreisendem Fluge gleiten; auf ihren Wegen und Straßen krächzten der Raben Scharen und beklagten die Menschen, die einst dort waren. Der Emir Mûsa blieb stehen, voll Trauer darüber, daß sich in der Stadt keine Menschenseele fand und daß sie von allem Volke und allen Einwohnern verlassen stand; und er rief: ‚Preis sei Ihm, den der Wechsel der Zeiten nicht ändert, der die Welt in Seiner Allmacht erschaffen hat!' Während er so Allah, den Allgewaltigen und Glorreichen, pries, blickte er zufällig zur Seite, und da sah er sieben Tafeln aus weißem Marmor, die in der Ferne leuchteten. Er ging näher an sie heran und erkannte, daß Inschriften auf ihnen eingemeißelt waren. Da befahl er dem Scheich 'Abd es-Samad, die Schriftzüge zu lesen. Der trat vor, betrachtete sie und las; und siehe, sie wiesen die Menschen von verständigem Sinn durch Mahnung und Drohung zur Einkehr hin. Auf der ersten Tafel stand in griechischer Schrift geschrieben: ‚O Sohn Adams, warum kannst du das, was dir bevorsteht, nicht fassen? All deine Lebensjahre haben es dich vergessen lassen! Bist du dir denn nicht bewußt, daß dein Todeskelch gefüllt ist und du ihn in Bälde leeren mußt? Drum bedenke, wie es um dich selber steht, ehe dein Leib in die Grube geht. Wo sind sie, die einst über die Länder geboten, die Heere befehligten und die Diener Allahs bedrohten? Über sie ist, bei Allah, Der gekommen, der die Freuden schweigen heißt, der die Freundesbande zerreißt und die bewohnten Stätten verwaist! Er trug sie aus der weiten Schlösser Pracht in der engen Gräber Nacht.' Und am Fuße der Tafel standen diese Verse:

Wo sind jetzt die Fürsten alle und der Erdbewohner Scharen?
Sie verließen, was sie bauten, dort, wo ihre Stätten waren;
Und sie ruhen in den Gräbern als ein Pfand für ihre Taten,
Und als Fraß der Würmer sind sie in Vergessenheit geraten.
Wo sind jetzt die Heeresscharen, die nicht Schutz noch Nutzen schafften?
Wo sind ihre Schätze, die sie häuften und zusammenrafften?
Sie ereilte das Verhängnis von dem Herrn des Thrones her;
Und da schützten und da halfen keine Erdengüter mehr!

Als der Emir Mûsa das hörte, schrie er laut auf, und die Tränen rannen ihm über die Wangen, und er rief: ‚Bei Allah, die Weltentsagung ist doch das, von dem man das höchste Heil erwarten muß, sie ist der Weisheit letzter Schluß!' Dann ließ er sich Tintenkapsel und ein Blatt bringen und schrieb nieder, was auf der ersten Tafel stand. Darauf trat er an die zweite

Tafel heran und fand auf ihr diese Worte eingemeißelt: ‚O Sohn Adams, wie konntest du dich täuschen über das, was von Ewigkeit ist? Wie konntest du vergessen, daß dir das Ende nahen kann zu jeder Frist? Wisse doch, die Welt ist ein Haus der Vergänglichkeit, und keiner findet in ihr eine Stätte der Beständigkeit. Und dennoch schaust du auf sie und hängst dich an sie! Wo sind die Könige, die einst Babylon erbauten und herrschend in die weite Welt hinaus schauten? Wo sind sie, die da wohnten in Isfahân und im Lande Chorasân? Die Stimme des Todesboten rief sie, und sie gehorchten ihr; der Herold der Vernichtung forderte sie, und sie antworteten ihm: Hier sind wir! Da konnte alles, was sie erbaut und hoch aufgerichtet hatten, nichts nützen; und was sie gesammelt und aufgespeichert hatten, vermochte sie nicht zu schützen.‘ Und am Fuße der Tafel standen diese Verse geschrieben:

> *Wo sind sie, deren Kraft dies alles hier erbaut*
> *Mit hohen Söllern, wie kein Mensch sie je erschaut?*
> *Sie scharten Heere um sich, mit besorgtem Sinn,*
> *Durch Gottes Rat zu fallen – und sie sanken hin!*
> *Wo sind der Perser Herrscher in der Burgen Wehr?*
> *Ihr Land verließen sie – es kennet sie nicht mehr!*

Wiederum weinte der Emir Mûsa, und er rief: ‚Bei Allah, wir sind zu Großem erschaffen!‘[1] Dann schrieb er die Inschrift auf und trat zu der dritten Tafel. – –«

Da bemerkte Schehrezâd, daß der Morgen begann, und sie hielt in der verstatteten Rede an. Doch als die *Fünfhundertunddreiundsiebenzigste Nacht* anbrach, fuhr sie also fort: »Es ist mir berichtet worden, o glücklicher König, daß der Emir Mûsa zur dritten Tafel trat; und auf ihr fand er die Worte: ‚O Sohn Adams, die Liebe zur Welt hast du gern; doch du vergissest

1. Vgl. Seite 219, Anmerkung 1.

das Gebot deines Herrn! Ein jeder Tag deines Lebens geht dahin; doch du bist es zufrieden und freust dich in deinem Sinn. Rüste deine Zehrung für den Jüngsten Tag, und bedenke, was deine Antwort vor dem Herrn der Menschen sein mag!' Und am Fuße der Tafel standen diese Verse geschrieben:

> Wo sind sie, die in allen Ländern herrschten,
> In Sind und Hind, die stolze Herrenschar?
> Die Sendsch und Habesch ihrem Willen fügten
> Und Nubien, als es rebellisch war?
> Erwarte von dem Grabe keine Kunde;
> Von dort wird keine Kenntnis dir zuteil.
> Im Zeitenumschwung traf sie das Verhängnis:
> Aus Schlössern, die sie bauten, kam kein Heil!

Darüber weinte der Emir Mûsa bitterlich; dann trat er zu der vierten Tafel und sah auf ihr diese Inschrift: ‚O Sohn Adams, wie lange noch soll dein Herr Geduld mit dir haben, während du dich an jedem Tage in das Meer deines Leichtsinns versenkst? Ist dir etwa offenbart worden, daß du nicht zu sterben brauchst? O Sohn Adams, laß dich nicht betören durch das trügerische Spiel deiner Tage, Nächte und Stunden! Wisse, der Tod lauert dir auf und ist bereit, dir auf die Schulter zu springen! Es vergeht kein Tag, ohne daß er dich am Morgen begrüßt oder dir am Abend winkt. Hüte dich vor seinem Überfall und bereite dich darauf vor! Dir ergeht es wie mir; du vergeudest deine ganze Lebenszeit und verschwendest deiner Stunden Fröhlichkeit. Höre auf die Worte mein und vertrau dem Herrn der Herren allein! Denn die Welt hat keinen Bestand; sie ist dem Spinnengewebe verwandt.' Und am Fußende der Tafel fand er diese Verse geschrieben:

> Wo ist der Mann, der diese Türme schuf und baute
> Und sie, so fest gefügt, gen Himmel ragen ließ?
> Wo ist das Volk der Burgen, das hier wohnte?

Sie zogen alle fort, als Gott sie gehen hieß.
Sie ruhen in den Gräbern, Pfänder bis zum Tage,
Der alles, was verborgen ist, zum Lichte führt.
Und außer dem erhabnen Gott ist nichts von Dauer:
Er ist es, dem die Ehre immerdar gebührt.

Von neuem begann der Emir Mûsa zu weinen, und er schrieb
sich alle jene Worte auf.[1] [Dann trat er zur fünften Tafel hin,
und auf ihr stand geschrieben: ,O Sohn Adams, was ist es, das
dich fernhält vom Gehorsam gegen deinen Schöpfer und Erschaffer, der dir in deiner Kindheit die Nahrung brachte und
dich zum Manne heranreifen machte? Du lohnst Seine Güte
mit Undank, während Er in Seiner Huld auf dich blickt und dir
in Seiner Gnade Schutz und Hilfe schickt. Wahrlich, dir ist eine
Stunde bestimmt, bitterer als der Aloe Blut und heißer als der
Kohlen Glut. Drum rüste dich für sie; denn wer versüßt dir
ihre Bitterkeit, wer ist die Glut ihrer Kohlen zu löschen bereit?
Denke an die Völker und Geschlechter, die vor dir waren, und
nimm dir ein Beispiel an ihnen, ehe du untergehst.' Ferner
waren auf ihr diese Verse eingemeißelt:

Wo sind die Fürsten dieser Welt? Sie gingen hin;
Du siehst sie hier mit allen ihren Schätzen liegen.
Als sie einst ritten, sahst du Scharen um sie her;
Die füllten alle Welt, wenn sie zu Rosse stiegen.
Wie manchen Fürst bezwangen sie zu ihrer Zeit!
Wie manches Heer ward einst durch sie besiegt, vernichtet!
Jetzt hat der Spruch des Herrn des Thrones sie ereilt;
Sie sind nach allem Glück mit Schmach zugrund gerichtet.

Diese Worte gingen dem Emir Mûsa zu Herzen, und er schrieb
sie sich auf. Dann trat er zu der sechsten Tafel; und auf ihr
stand geschrieben: ,O Sohn Adams, glaube nicht, daß die Sicherheit dich ewig beglückt; denn schon ist dir das Siegel des

1. Das Folgende nach der Breslauer Ausgabe Bd. 6, Seite 381 bis 384.

Todes aufs Haupt gedrückt! Wo sind deine Eltern? Wo sind deine Brüder geblieben? Wo deine Freunde und deine Lieben? In den Staub der Gräber fuhren die Leiber aller jener Lebenden, und ihre Seelen traten vor den Hochherrlichen, den Allvergebenden, als hätten sie nie getrunken noch gegessen, und sie sind ein Pfand der Taten, deren sie sich vermessen. Drum bedenke, wie es um dich selber steht, ehe dein Leib zur Grube geht!' Und ferner standen dort diese Verse:

> *Wo sind all die Herrscher, die Herrscher der Franken?*
> *Wo sind sie, die einstens in Tanger gewohnt?*
> *Nun stehn ihre Taten im Buche geschrieben*
> *Als Zeugnis dem Einen, der wacht und belohnt!*

Der Emir war auch darüber verwundert und schrieb sich die Worte auf, indem er sprach: ‚Es gibt keinen Gott außer Allah! Wie schön war der Glaube dieser Menschen!' Dann traten sie zu der siebenten Tafel, und auf ihr stand geschrieben: ‚Preis sei Ihm, der allen Seinen Geschöpfen den Tod bestimmt hat, der da lebt und nimmer stirbt! O Sohn Adams, laß dich nicht täuschen durch deine Tage mit ihren Lustbarkeiten, noch durch deine Stunden und all deine frohen Zeiten! Wisse, der Tod wird dich bald packen, ja, er sitzt dir schon im Nacken. Drum sei vor seinem Ansturm auf der Hut, und rüste dich gegen seinen Angriff gut! Dir ergeht es wie mir. Du vergeudest die Freude deiner Lebenszeit und all deiner Stunden Fröhlichkeit. Höre auf die Worte mein und vertrau dem Herrn der Herren allein! Wisse, daß die Welt nicht dauernd besteht, sondern wie ein Spinnengewebe zerweht, und daß ein jeder in ihr stirbt und vergeht. Wo ist der Mann, der Âmid[1] begründete und bauen ließ, der Farikîn[1] errichtete und hoch in die Lüfte ragen ließ? Wo ist das Volk der Burgen? Nachdem sie dort gewohnt hat-

1. Stadt in Nordmesopotamien.

ten, wurden sie in die Gruft gebracht; sie wurden ein Raub des Todes nach all ihrer Pracht. So müssen auch wir einst heimgesucht werden; denn niemand besteht hier auf Erden, außer allein Allah der Erhabene, und Er ist der vergebende Gott!'

Über all das staunte der Emir Mûsa; und nachdem er sich auch diese Worte aufgeschrieben hatte,] stieg er von dem Berge hinab, indem ihm die ganze Welt vor Augen stand. Und als er zu seiner Schar zurückgekehrt war, blieben sie noch jenen Tag über dort und sannen auf ein Mittel, in die Stadt einzudringen. Der Emir Mûsa sprach zu seinem Wesir Tâlib ibn Sahl und zu seinen Vertrauten, die bei ihm waren: ,Was für ein Mittel gibt es denn, um in die Stadt hineinzugelangen und ihre Wunder zu schauen? Vielleicht können wir in ihr etwas finden, durch das wir die Gunst des Beherrschers der Gläubigen gewinnen!' Da hub Tâlib ibn Sahl an: ,Allah gebe dem Emir dauerndes Glück! Wir wollen eine Leiter machen und auf ihr hinaufsteigen; so werden wir vielleicht von innen zum Tore gelangen.' ,Das ist auch mir gerade in den Sinn gekommen,' erwiderte der Emir, ,das ist der beste Plan.' Dann berief er die Zimmerleute und die Schmiede und befahl, sie sollten Hölzer zurechtschneiden und daraus eine Leiter bauen und sie mit Eisenplatten beschlagen. Die Leute machten sich sofort ans Werk und schufen eine feste Leiter; einen vollen Monat arbeiteten sie daran, und es waren ihrer viele. Als man sie dann aufrichtete und an die Mauer lehnte, reichte sie genau bis zur Höhe, als ob sie schon längst dafür gebaut wäre. Da rief der Emir Mûsa erstaunt aus: ,Allah gesegne es euch! Es ist, als hättet ihr das Maß der Mauer genommen, so vortrefflich ist euer Werk! Dann fragte er seine Leute: ,Wer von euch will diese Leiter erklimmen und auf die Mauer steigen und dann auf ihr entlang gehen und es fertig bringen, in die Stadt hinunterzuklettern, um zu schauen, wie es in ihr aussieht? Danach möge er uns auch kundtun, wie das Tor geöffnet werden kann!' Da hub einer von ihnen an: ,Ich will hinaufsteigen, o Emir, und dann hinunterklettern und das Tor öffnen.' ,Steig hinauf,' erwiderte der Emir, ,und Allahs Segen sei mit dir!' Nun erklomm der Mann die Leiter, bis er ganz oben war; dann richtete er sich auf, blickte starr auf die Stadt, klatschte in die Hände und rief, so laut er rufen konnte: ,Du bist schön!' Und er warf sich in die Stadt hinein; da ward er mit Haut und Knochen völlig zermalmt. Der Emir Mûsa aber sprach: ,Wenn ein Vernünftiger so handelt, was wird dann erst ein Irrer tun? Wenn alle unsere Gefährten das gleiche tun, so bleibt keiner von ihnen übrig; und dann können wir unsere Absicht und den Auftrag des Beherrschers der Gläubigen nicht ausführen. Rüstet euch zum Aufbruch! Wir haben mit dieser Stadt nichts mehr zu schaffen.' Doch einer von den Leuten sagte: ,Vielleicht steht ein anderer fester als jener.' Darauf stieg ein zweiter hinauf, sodann ein dritter, ein vierter und ein fünfter, und immer mehr Männer erklommen die Mauer auf jener Leiter, einer nach dem andern, bis zwölf von ihnen umgekommen waren; denn alle taten ebenso, wie der erste getan hatte. Da rief der Scheich 'Abd es-Samad: ,Nur ich allein kann dies vollbringen; denn der Erfahrene ist nicht wie der Unerfahrene!' Aber der Emir entgegnete ihm: ,Tu das nicht! Ich lasse dich nicht auf diese Mauer hinauf klettern! Denn wenn du umkommst, so sind wir alle des Todes. Dann bleibt keiner von uns am Leben; du bist ja des Volkes Führer.' Dennoch fuhr der Alte fort: ,Vielleicht wird es mit dem Willen Allahs des Erhabenen durch meine Hand vollbracht.' Und alle waren einverstanden, daß er hinaufsteigen solle. Da richtete der Scheich 'Abd es-Samad sich auf, faßte sich ein Herz und sprach: ,Im Namen Allahs,

241

des barmherzigen Erbarmers!' Dann erklomm er die Leiter, indem er unablässig den Namen Allahs des Erhabenen anrief und die Verse der Rettung[1] betete, bis daß er oben auf der Mauer ankam. Dort klatschte er in die Hände und blickte starr vor sich hin. Aber alles Volk rief laut: ,O Scheich 'Abd es-Samad, tu es nicht! Wirf dich nicht hinab!' Und sie fügten hinzu: ,Wahrlich, wir sind Allahs Geschöpfe, und zu Ihm kehren wir zurück. Wenn der Scheich 'Abd es-Samad fällt, so sind wir alle des Todes!' Er aber begann zu lachen und lachte immer lauter, und er saß eine lange Weile da, indem er den Namen Allahs des Erhabenen anrief und die Verse der Rettung sprach. Danach erhob er sich wieder und rief, so laut er vermochte: ,O Emir Mûsa, euch wird kein Leid widerfahren. Allah, der Allgewaltige und Glorreiche, hat die List und die Tücke Satans von mir abgewandt durch den Segen der Worte: Im Namen Allahs, des barmherzigen Erbarmers!' Da fragte der Emir: ,Was hast du denn gesehen, o Scheich?' Und jener antwortete: ,Als ich auf der Mauer stand, sah ich zehn Jungfrauen, wie Monde anzuschauen, und die riefen mir zu!' – –«

Da bemerkte Schehrezâd, daß der Morgen begann, und sie hielt in der verstatteten Rede an. Doch als die *Fünfhundertundvierundsiebenzigste Nacht* anbrach, fuhr sie also fort: »Es ist mir berichtet worden, o glücklicher König, daß der Scheich 'Abd es-Samad antwortete: ,Als ich oben auf der Mauer stand, sah ich zehn Jungfrauen, wie Monde anzuschauen, die winkten mir mit den Händen zu, ich solle zu ihnen herabkommen, und es kam mir so vor, als ob unter mir ein See voll Wasser wäre. Schon wollte ich mich hinabwerfen, wie unsere Gefährten es getan haben, aber da sah ich sie tot am Boden liegen. So hielt ich mich denn zurück und sprach etwas aus dem Buche Allahs

1. Koranverse, die zum Schutze gegen Gefahr rezitiert werden.

des Erhabenen; und Er wandte ihren Trug von mir ab, so daß sie vor meinen Augen verschwanden. So kam es, daß ich mich nicht hinunterwarf, da Allah ihren Trug und Zauber von mir abgewandt hatte. Sicherlich ist das ein tückischer Zauber, den die Leute der Stadt ersonnen haben, um jeden, der sie anschauen will oder in sie einzudringen wünscht, von ihr fernzuhalten. Darum liegen dort auch unsere Gefährten tot am Boden.' Dann ging er auf der Mauer weiter, bis er zu den beiden Messingtürmen kam. Dort sah er zwei Tore aus Gold, die aber keine Schlösser hatten noch sonst ein Zeichen, daß man sie öffnen konnte. Nun blieb der Scheich eine Weile stehen, solange es Allah gefiel, und schaute umher, bis er plötzlich mitten auf einem der Tore das Bild eines Reiters aus Messing erblickte, der die eine Hand ausstreckte, als ob er mit ihr ein Zeichen gäbe; und auf der Handfläche standen Worte geschrieben. Die las der Scheich 'Abd es-Samad, und sie lauteten: ‚Reibe den Nagel, der auf dem Nabel des Reiters ist, zwölfmal; dann wird das Tor sich auftun.' Darauf betrachtete er den Reiter genau und entdeckte auf seinem Nabel einen festen und starken Nagel, der gut eingesetzt war. Kaum hatte er ihn zwölfmal gerieben, da sprang auch schon die Tür mit donnergleichem Getöse auf. Durch sie trat der Scheich 'Abd es-Samad ein, er, der ein erfahrener Mann war und alle Sprachen und Schriften kannte; und er schritt dahin, bis er in einen langen Gang kam, von dem aus er auf mehreren Stufen nach unten stieg. Da befand er sich in einem Raum mit schönen Bänken; auf diesen Bänken saßen tote Männer, und über ihren Häuptern hingen prächtige Schilde, scharfe Schwerter und gespannte Bogen mit den Pfeilen auf den Sehnen. Hinter dem Stadttor aber befanden sich eine Eisenstange, große Riegel aus Holz, kunstvolle Schlösser und andere feste Sicherungen. Nun sagte sich der Scheich 'Abd es-

243

Samad: ,Vielleicht sind die Schlüssel bei jenen Toten'; und er schaute bei ihnen nach. Unter ihnen erblickte er einen Alten, dem man es ansah, daß er der Älteste von ihnen war; der saß auf einer hohen Bank mitten zwischen den toten Männern. Da sagte sich Scheich 'Abd es-Samad wiederum: ,Wer weiß, ob nicht die Schlüssel dieser Stadt bei diesem Alten sind; wahrscheinlich ist er doch der Stadtpförtner, und die anderen sind seine Untergebenen!' Er trat also näher und hob das Gewand jenes Mannes hoch; und siehe da, die Schlüssel hingen an seinem Gürtel. Als der Scheich 'Abd es-Samad das sah, ward er von so großer Freude erfüllt, daß er fast wie von Sinnen war. Darauf nahm er die Schlüssel, trat an das Tor heran, öffnete die Schlösser und konnte die Riegel und Stangen zurückziehen. Da sprang auch schon das Tor mit Donnergetöse auf; denn es war groß und furchtbar, und alles an ihm war gewaltig. ,Allah ist der Größte!' rief der Scheich, und ,Allah ist der Größte!' riefen die Leute draußen. Alle freuten sich unendlich; und auch der Emir war hocherfreut, daß der Scheich 'Abd es-Samad gerettet war und das Stadttor geöffnet hatte. Die Leute dankten ihm für seine Tat und drängten nun vorwärts, um durch das Tor hineinzukommen. Aber der Emir Mûsa rief ihnen zu: ,Ihr Leute, wenn wir alle auf einmal eindringen, so sind wir nicht sicher davor, daß uns ein Unheil zustößt. Nein, nur die Hälfte soll hineingehen, und die andere Hälfte soll zurückbleiben!' Darauf trat er mit der Hälfte seiner Leute, die alle kriegsmäßig bewaffnet waren, durch das Tor ein. Und als sie da drinnen ihre toten Gefährten erblickten, begruben sie die Leichname. Dann sahen sie auch die Türhüter, Diener, Kammerherren und Hauptleute, die dort, allesamt tot, auf seidenen Pfühlen lagen. Weiter gingen sie in die Marktstraßen der Stadt hinein und kamen zu einem großen Marktplatze mit lauter hohen Gebäuden, von denen keines die anderen überragte; die Läden standen offen, die Waagen hingen da, die Messinggeräte waren aufgereiht, und die Speicher waren voll von Waren aller Art. Sie sahen auch die Kaufleute; aber die saßen tot in ihren Läden, ihre Haut war eingeschrumpft, und ihre Gebeine waren von Würmern zerfressen; sie waren eine Warnung für die, so sich warnen lassen. Auch sahen sie vier getrennte Marktplätze, deren Läden mit allerlei Gut angefüllt waren; aber sie verließen sie und begaben sich zum Seidenmarkt, und dort fanden sie Stoffe aus Seide und Brokat, die mit rotem Gold und weißem Silber auf vielfarbigem Grunde durchwirkt waren; doch die Besitzer waren tot und lagen auf Matten aus rotem Ziegenleder und sahen aus, als wollten sie sprechen. Von dort gingen sie zum Basar der Edelsteine und Perlen und Rubinen; und weiter schritten sie zu der Straße der Geldwechsler, und die sahen sie tot auf ihren Decken aus Seide und Halbseide liegen, und ihre Läden waren voll von Gold und von Silber. Nachdem sie auch die hinter sich gelassen hatten, kamen sie zum Basar der Spezereienhändler, und deren Läden waren angefüllt mit allerlei Arten von Spezereien; da waren Moschusblasen, Ambra, Aloeholz, Nadd[1], Kampfer und ähnliche Dinge. Aber die Händler waren alle tot; auch war keinerlei Zehrung bei ihnen. Und wie sie dann aus diesem Basar herauskamen, fanden sie sich in der Nähe eines Schlosses; das war mit allerlei Schmuck verziert und hoch und fest gebaut. Sie traten hinein, und dort fanden sie entrollte Banner, gezückte Schwerter und gespannte Bogen, ferner Schilde, die an goldenen und silbernen Ketten hingen, und Helme, die mit rotem Golde überzogen waren. In den Hallen standen Bänke aus Elfenbein, mit gleißendem Golde beschlagen und mit seidenen Decken be-

1. Vgl. Band II, Seite 798, Anmerkung.

legt. Und auf ihnen lagen Männer, denen die Haut auf den Knochen eingeschrumpft war und die ein Tor für schlafende Leute gehalten hätte; aber sie waren aus Mangel an Nahrung umgekommen und hatten den Tod kosten müssen. Da blieb der Emir Mûsa stehen, und er pries und heiligte Allah den Erhabenen und betrachtete die Schönheit jenes Schlosses, das so fest gebaut, so wunderbar in schönster Gestalt hergerichtet und so vollkommen ausgeführt war; der größte Teil seines Schmukkes bestand aus grünem Lasur, und ein Schriftband enthielt diese Verse:

> Betrachte dir, o Mann, was du hier vor dir siehst,
> Und sei auf deiner Hut, eh du von hinnen ziehst!
> Und rüste dir von Gutem Zehrung für die Fahrt;
> Denn keinem Hausbewohner bleibt der Weg erspart!
> Sieh, hier hat sich ein Volk sein Heim so schön geschmückt –
> Als seiner Werke Pfand ward es zum Staub entrückt!
> Sie bauten, doch ihr Baun half nichts; sie häuften auf,
> Ihr Gut beschützte sie nicht vor des Schicksals Lauf!
> Wieviel erhofften sie, das nicht erfüllet ward! –
> Sie fuhren hin ins Grab; die Hoffnung war genarrt.
> Vom höchsten Ruhmesgipfel stürzten sie hinab –
> O welch ein schlimmer Sturz! – ins grause, enge Grab.
> Ein Rufer kam und rief in ihre Grabesnacht:
> Wo sind die Throne jetzt, die Kronen, all die Pracht?
> Wo ist der schönen Frauen zart gehegte Schar,
> Die hinter dichten Schleiern einst verborgen war?
> Zum Frager sprach das Grab von jenen, die verblichen:
> Aus allen Wangen sind die Rosen längst gewichen!
> Sie haben lange Zeit getrunken und gegessen;
> Nachdem sie gut geschmaust, sind sie nun selbst gefressen.

Da weinte der Emir Mûsa, bis er fast in Ohnmacht sank. Dann aber befahl er, diese Verse aufzuschreiben, und er ging weiter in das Schloß hinein. – –«

Da bemerkte Schehrezâd, daß der Morgen begann, und sie hielt in der verstatteten Rede an. Doch als die *Fünfhundertundfünfundsiebenzigste Nacht* anbrach, fuhr sie also fort: »Es ist mir berichtet worden, daß der Emir Mûsa weiter in das Schloß hineinging. Dort fand er eine große Halle, auf deren vier Seiten sich hohe, geräumige Gemächer befanden, je zwei einander gegenüber; das waren weite Räume, und sie waren mit Gold und Silber und allerlei bunten Farben bemalt. In der Mitte der Halle aber befand sich ein großer Springbrunnen aus Marmor, über den ein Baldachin aus Brokat gespannt war. Und in jedem der vier Gemächer war ein Platz mit einem reichgeschmückten Springbrunnen und einem Marmorbecken, von dem das Wasser unter dem Boden des Gemaches abfloß; die vier Kanäle vereinigten sich dann in einem großen Becken, das mit vielfarbigem Marmor ausgelegt war. Da sprach der Emir Mûsa zum Scheich 'Abd es-Samad: ,Laß uns in diese Gemächer eintreten!' So traten sie denn in das erste Gemach ein und fanden darin eine Fülle von Gold und weißem Silber, von Perlen, Edelsteinen, Rubinen und anderen Kleinodien; ferner erblickten sie in ihm Truhen voll von rotem, gelbem und weißem Brokat. Darauf begaben sie sich in das zweite Gemach und öffneten in ihm eine Kammer, die mit Waffen und Kriegsgerät angefüllt war; da waren vergoldete Helme, davidische[1] Panzer, indische Schwerter, Lanzen arabischer Arbeit, Keulen aus Chwarizm[2], und vielerlei anderes Gerät für Krieg und Kampf. Und weiter schritten sie zu dem dritten Gemach; dort fanden sie Kammern, die mit Riegeln verschlossen und mit reichgestickten Vorhängen bedeckt waren. Nachdem sie eine

1. Die Erfindung der Eisenpanzer wird von den Arabern dem König David zugeschrieben, besonders gute Panzer werden nach ihm benannt. – 2. Ein Land östlich vom Kaspischen Meer.

der Kammern geöffnet hatten, entdeckten sie in ihr eine Fülle
von Waffen, die mit vielem Gold und Silber verziert und mit
Edelsteinen besetzt waren. Und als sie schließlich zu dem vierten Gemache kamen, fanden sie dort wiederum Kammern; sie
öffneten eine von ihnen und erblickten in ihr eine Fülle von
goldenem und silbernem Eßgeschirr und Trinkgerät; da waren
kristallene Schalen, Becher, die mit Perlen von vollkommenster Reinheit besetzt waren, Kelche aus Karneol und vielerlei
anderes. Dort nahmen sie an sich, was ihnen gefiel, und ein
jeder von den Kriegern trug davon, soviel er nur vermochte.
Als sie aber die Gemächer verließen, entdeckten sie dort mitten
im Schlosse eine Tür, die war aus Teakholz[1] gemacht, eingelegt mit Elfenbein und Ebenholz und beschlagen mit Gold von
gleißender Pracht. Vor ihr hing ein seidener Vorhang, der mit
allerlei Stickereien verziert war; und an ihr befanden sich
Schlösser aus weißem Silber, die sich nur durch einen Kunst-
griff öffnen ließen, nicht aber durch Schlüssel. Der Scheich
'Abd es-Samad trat an die Schlösser heran und öffnete sie vermöge seiner Klugheit, Entschlossenheit und Geschicklichkeit.
Und nun kamen sie alle auf einen Flur, der mit Marmor gepflastert war und an dessen Wänden Decken hingen, bestickt
mit allerlei Gestalten von wilden Tieren und Vögeln; deren
Leiber waren aus rotem Golde und weißem Silber, ihre Augen
aber bestanden aus Perlen und Rubinen, so daß jeder, der sie
sah, vor Staunen sprachlos war. Darauf gelangten sie zu einer
wundersamen Halle. Bei ihrem Anblick waren Emir Mûsa und
Scheich 'Abd es-Samad von Staunen überwältigt. Als sie dann
eintraten, fanden sie, daß die Halle aus glänzend glattem Marmor hergestellt war, in den Edelsteine eingelassen waren, so

1. Holz eines indischen Baumes (einheimisch: *tekka* oder *tekku*), das
schon früh nach den Westländern exportiert wurde.

daß der Beschauer vermeinte, auf dem Boden sei fließendes Wasser; und wer darauf ging, glitt aus. Da befahl der Emir dem Scheich, etwas auf den Boden zu streuen, damit sie hindurchgehen könnten. Als der den Befehl ausgeführt und ihnen das Gehen möglich gemacht hatte, gelangten sie zu einem großen Pavillon, der aus vergoldeten Steinen erbaut war, so schön, wie alle die Leute in ihrem ganzen Leben noch nie etwas gesehen hatten. Und dieser Pavillon war in der Mitte überwölbt von einer großen, weiten Kuppel aus Alabaster, die ringsum reich verzierte Gitterfenster hatte, aus smaragdenen Stäbchen gearbeitet, wie sie kein König sein eigen nennen konnte. Darinnen war ein Baldachin aus Brokat über Säulen aus rotem Golde gespannt; und auf ihm waren Vögel, deren Füße aus grünem Smaragd bestanden, und unter jedem Vogel war ein Netz aus glitzernden Perlen. Der Baldachin aber befand sich über einem Springbrunnen, und neben dem Springbrunnen stand ein Lager, das mit Perlen und Edelsteinen und Rubinen besetzt war. Auf jenem Lager nun lag eine Maid, herrlich, gleich der strahlenden Sonne, so schön, wie noch nie ein Mensch sie gesehen hatte. Sie trug ein Gewand aus klaren Perlen, und auf ihrem Haupte lag eine Krone aus rotem Golde und ein Stirnreif aus Edelsteinen. Um ihren Hals trug sie eine Schnur aus Juwelen; auf ihrer Brust leuchtete kostbares Geschmeide, und auf ihrer Stirn waren zwei Diamanten, deren Licht so hell war wie das Licht der Sonne. Es schien aber, als blicke sie die Fremdlinge an und schaue auf sie alle nach rechts und nach links. – –«

Da bemerkte Schehrezâd, daß der Morgen begann, und sie hielt in der verstatteten Rede an. Doch als die *Fünfhundertundsechsundsiebenzigste Nacht* anbrach, fuhr sie also fort: »Es ist mir berichtet worden, o glücklicher König, daß der Emir Mûsa,

wie er jene Maid erblickte, aufs höchste erstaunt war ob ihrer
wunderbaren Schönheit und Anmut, wie sie so dalag mit ihren
roten Wangen und schwarzen Haaren, so daß jeder, der sie
sah, glaubte, sie sei lebendig und könne nicht tot sein. Und alle
riefen ihr zu: ‚Friede sei mit dir, o Maid!‘ Doch Tâlib ibn Sahl
sprach zum Emir: ‚Allah lasse es dir wohlergehen! Wisse, diese
Maid ist tot; in ihr ist kein Leben mehr. Wie könnte sie da den
Gruß erwidern?‘ Und er fügte hinzu: ‚O Emir, sie ist eine Gestalt, die mit weiser Kunst hergerichtet ist. Der Leiche wurden
die Augen herausgenommen, in die Höhlen ward Quecksilber
gegossen, und nachdem dann die Augen wieder an ihre Stellen
gesetzt worden, blinken sie wieder, und wenn etwas ihre Wimpern bewegt, so vermeint der Beschauer, daß sie mit den
Augen blinzle, obwohl sie tot ist.‘ Da brach der Emir Mûsa in
die Worte aus: ‚Preis sei Allah, der die Menschen dem Tode
unterworfen hat!‘ Nun hatte das Lager, auf dem die Maid lag,
Stufen; und auf den Stufen standen zwei Sklaven, ein weißer
und ein schwarzer; der eine von beiden trug eine stählerne
Keule in der Hand, der andere aber ein Schwert, das mit Edelsteinen besetzt war und den Blick blendete. Und vor den beiden Sklaven lag eine goldene Tafel, auf der diese Inschrift geschrieben stand: ‚Im Namen Allahs, des barmherzigen Erbarmers! Preis sei Allah, dem Erschaffer des Menschen! Er ist der
Herr aller Herren der Welt und der Urgrund, der alle Dinge
erhält! Im Namen Allahs, der da ewiglich bleibt! Im Namen
Allahs, dessen Wille alle Schicksale treibt! O Menschenkind,
was hat dich in deinem langen Hoffen genarrt? Was hat dich
vergessen lassen, daß der letzte Tag deiner harrt? Weißt du
denn nicht, daß der Tod dich ruft zu jeglicher Frist? Daß er,
um deine Seele zu holen, schon herbeigeeilt ist? Drum rüste
dich, die Fahrt zu beginnen; und versieh dich mit Zehrung aus

dieser Welt, denn du gehst gar bald von hinnen! Wo ist Adam, das erste Menschenkind? Wo sind Noah und alle, die von ihm entsprossen sind? Wo sind die Perserkönige all und die Kaiser von Rom zumal? Wo sind die Könige von Irak und vom Inderland? Wo die Fürsten, die da herrschten bis zum Weltenrand? Wo sind die Amalekiter geblieben? Wo die Tyrannen, die einst ihr Wesen trieben? Sie müssen ihre Stätten meiden, von Volk und Heimat mußten sie scheiden. Wo sind die Herrscher der Perser und der Araber? Gestorben und verrottet sind sie allesamt! Wo sind die hohen Würdenträger? Auch sie sind alle gestorben! Wo sind Karûn[1] und Hamân?[2] Wo ist Schaddâd ibn Âd?[3] Wo ist Kanaan und Dhu el-Autâd?[4] Bei Allah, der Schnitter des Lebens hat sie entrafft; er hat sie aus ihren Häusern fortgeschafft! Haben sie sich wohl mit der Zehrung für den Tag der Auferstehung versehen? Haben sie sich gerüstet, dem Herrn der Menschen dann Rede zu stehen? O du, wenn du mich nicht kennst, so will ich dir meinen Namen und meine Herkunft nennen: ich bin Tadmura, die Tochter[5] der Amalekiter, jener Könige, die in Gerechtigkeit über die Länder herrschten. Ich habe besessen, was nie einer der Könige sein eigen nannte. Ich entschied nach dem Rechte jeden Streit; ich herrschte über die Untertanen in Gerechtigkeit. Ich teilte Ga-

1. Karûn, der biblische Korah, gilt bei den Muslimen als einer der reichsten Männer. – 2. Hamân ist nach koranischer Auffassung der Wesir Pharaos; vgl. Sure 28. – 3. Vgl. Band III, Seite 110 ff. – 4. Zu deutsch ,der Mann der Pflöcke'; so wird Pharao im Koran, Sure 38, Vers 11 benannt. Der Name wird verschieden erklärt; unter anderem heißt es, Pharao habe die Israeliten an Pfähle gebunden, um sie zu foltern. – 5. So nach der Breslauer Ausgabe Band 6, Seite 394. Die anderen Ausgaben haben ,Tarmuz, der Sohn der Tochter'. Tadmura ist eine Personifizierung von Tadmur, das ist Palmyra, jener großen und prächtigen Ruinenstadt in der syrischen Wüste.

ben und Geschenke aus, lange Zeit verbrachte ich in frohem und schönem Leben; den Sklavinnen und Sklaven pflegte ich die Freiheit zu geben. Da plötzlich pochte der Tod an die Türe mein; und das Verderben kehrte bei mir ein. Und dies geschah also: Sieben Jahre nacheinander fiel kein Regen vom Himmel auf uns herab, und kein Kraut sproßte auf dem Angesichte der Erde. Wir aßen, was wir an Nahrung bei uns hatten; dann aber machten wir uns über unser Vieh her und verzehrten es, bis nichts mehr übrig war. Da ließ ich meine Schätze vor mich bringen und mit Maßen messen, und dann schickte ich zuverlässige Männer mit ihnen fort. Die zogen umher in allen Landen; und sie durchforschten jede Stadt, die sie fanden. Sie suchten nach Nahrung, aber sie entdeckten keine; darauf kehrten sie heim zu uns mit den Schätzen, nachdem sie lange in der Fremde gewesen waren. Nun holten wir unser Geld und unsere Reichtümer hervor; und wir verriegelten in den Burgen unserer Stadt jedes Tor. Wir ergaben uns in unseres Herren Gebot und empfahlen unserem Gebieter unsere Not. Wir starben allesamt und liegen nun tot vor deinem Blick; alles, was wir erbaut und aufgespeichert hatten, ließen wir zurück. So ist es mit uns geschehen; und von dem Wesen ist nur noch die Spur zu sehen.'

Dann blickten sie auf das Fußende der Tafel und fanden dort diese Verse geschrieben:

> *O Menschenkind, laß nicht die Hoffnung deiner spotten!*
> *Was deine Hände rafften, lässest du zurück.*
> *Ich seh dich an der Welt und ihrem Tande hangen;*
> *Die Alten auch vor dir erstrebten solches Glück.*
> *Zu Recht und auch zu Unrecht häuften sie die Schätze;*
> *Die hemmten nicht das Schicksal, als die Stunde schlug.*
> *Sie führten Heeresmassen, die sie um sich scharten,*
> *Bis sie von Gut und Haus der Tod von dannen trug.*

In Grabesenge sind sie nun auf Staub gebettet;
Dort ruhen sie als Pfand für das, was sie getan,
Der Karawane gleich, die ihre Lasten ablud
In dunkler Nacht beim Haus, dem keine Gäste nahn;
Da sprach der Wirt: Ihr Leute, hier ist keine Stätte
Für euch! Sie luden auf, nachdem sie kaum geruht;
Ein jeder war voll Furcht und ganz erfüllt von Grausen,
Kein Aufbruch, keine Einkehr deuchte ihnen gut.
Drum rüste gute Zehrung, die dich morgen freut;
Und nur der Furcht des Herren sei dein Tun geweiht!

Der Emir Mûsa weinte bitterlich, als er diese Worte vernahm. Und weiter hieß es dort: ‚Bei Allah, die Gottesfurcht ist das Rechte und von allen Dingen das Beste; sie ist der Pfeiler, der feste. Der Tod aber ist das offenkundig Wahre; er ist die Verheißung, die klare. Er bedeutet die Rückkehr und das letzte Ziel, o du Menschenkind; so nimm dir ein Beispiel an denen, die vor dir in den Staub gesunken sind! Sie sind längst den Weg ins Jenseits gezogen. Siehst du nicht, wie das graue Haar dich an das Grab gemahnt, und wie die Weiße deiner Locken klagt, weil sie dein Ende ahnt? Drum wache und sei bereit zur Fahrt und zur Rechenschaft! O Menschenkind, was hat dein Herz zur Härte bewogen? Und was hat dich um deinen Herrn betrogen? Wo sind die Völker der alten Zeiten, die da eine Lehre sind für alle, die sich warnen lassen? Wo sind die Könige von China nun, ein Volk von Kraft und gewaltigem Tun? Wo ist ’Âd ibn Schaddâd, und was er schuf und baute? Wo ist Nimrod, der sich empörte und auf seine Macht vertraute? Wo ist Pharao, der verstockte, ungläubige Mann? An alle trat alsbald der Sieger Tod heran! Er verschonte weder groß noch klein, weder Mann noch Weib. Der Schnitter des Lebens hat sie hinweggerafft, so wahr Er lebt, der die Nacht nach dem Tage erschafft! Höre, o du, der du an diese Stätte kommst und uns

253

hier siehst, laß dich nicht betören von dieser Welt und ihren
nichtigen Dingen; denn sie ist treulos und betrügerisch, ein
Haus des Verderbens und lügnerisch! Heil dem Menschen, der
an seine Sünden denkt und den die Gottesfurcht lenkt, der gut
gehandelt hat und sich mit Zehrung versehen für den Tag, an
dem alle auferstehen! Wer in diese unsere Stadt kommt und sie
mit Allahs Hilfe betritt, der möge von den Schätzen nehmen,
soviel er vermag. Er rühre aber nichts von dem an, was sich
auf meinem Leibe befindet! Denn es ist die Hülle für meine
Blöße und die Rüstung für meine letzte Reise. Drum fürchte
er Allah und nehme nichts davon, auf daß er sich nicht ins
Verderben stürze! Dies habe ich zu einer Mahnung für ihn gemacht und ihm als Vermächtnis dargebracht. Und nun, lebt
wohl allzumal! Ich bete zu Allah, daß Er euch behüte vor
Krankheit und aller Qual.' – –«

Da bemerkte Schehrezâd, daß der Morgen begann, und sie
hielt in der verstatteten Rede an. Doch als die *Fünfhundertund-*
siebenundsiebenzigste Nacht anbrach, fuhr sie also fort: »Es ist
mir berichtet worden, o glücklicher König, daß der Emir Mûsa,
als er diese Worte vernahm, von neuem bitterlich weinte, bis
er in Ohnmacht sank. Als er dann wieder zu sich kam, schrieb
er alles nieder, was er gesehen hatte, und er ließ sich das, was
er geschaut hatte, zur Warnung dienen. Dann sprach er zu seinen Leuten: ,Holt die Doppelsäcke und füllt sie mit diesen
Schätzen, all diesen Geräten, Kostbarkeiten und Edelsteinen!'
Tâlib ibn Sahl aber hub an und sprach zu ihm: ,O Emir, sollen
wir diese Maid so liegen lassen mit allem, was sie an sich hat?
Das sind doch Dinge, die nicht ihresgleichen haben und wie sie
nicht zum zweiten Male gefunden werden. Das ist das Beste
von allem, was du an Schätzen mitnehmen kannst, und das
schönste Geschenk, um die Gunst des Beherrschers der Gläu-

bigen zu gewinnen.' Doch der Emir erwiderte: ‚Du Mann, hast du nicht gehört, wozu die Maid auf dieser Tafel mahnt? Sie hat es uns doch als Vermächtnis geweiht, und wir gehören nicht zum Volke der Treulosigkeit!' ‚Sollen wir denn', so fuhr der Wesir Tâlib fort, ‚wegen der Worte all da diese Schätze und Kleinodien hier liegen lassen, wo sie doch tot ist? Was soll sie nur damit anfangen? Es ist doch ein Schmuck für diese Welt und Zierat, der den Lebenden gefällt. Ein baumwollen Laken genügt dieser Maid als Hülle; wir haben mehr Recht auf die Schätze als sie.' Mit diesen Worten trat er an die Treppe heran und stieg die Stufen hinauf, bis er zwischen den beiden Säulen stand; als er aber zwischen die beiden Hüter trat, schlug ihm der eine von beiden auf den Rücken, während der andere mit dem Schwerte, das er in der Hand hielt, auf ihn einhieb und ihm den Kopf herunterholte. Da sank der Wesir tot zu Boden. Der Emir Mûsa aber rief: ‚Allah gewähre dir keine Ruhestätte! Wahrlich, es war doch an diesen Schätzen genug; aber die Habgier bringt den Menschen immer in Schande.' Dann befahl er, die Truppen sollten hereinkommen; und als sie gekommen waren, beluden sie die Kamele mit jenen Schätzen und Kostbarkeiten. Darauf gebot er, die Tore zu schließen wie zuvor. Und nun zogen sie alle an der Meeresküste hin, bis sie einen hohen Berg in Sicht bekamen, der das Meer überragte und in dem viele Höhlen waren; dort hauste ein Volk von Schwarzen, die trugen Lederkleider und hatten auf ihren Köpfen Burnusse aus Leder und redeten eine unbekannte Sprache. Als sie die Truppen erblickten, erschraken sie vor ihnen und flüchteten in jene Höhlen; nur ihre Weiber und Kinder blieben an den Höhlentüren stehen. Da fragte der Emir Mûsa: ‚Scheich ’Abd es-Samad, was sind das für Leute?' Jener antwortete: ‚Sie sind es, die der Beherrscher der Gläubigen sucht.' Nun saßen sie ab, schlugen die Zelte auf und luden alle Lasten ab; aber sie waren noch kaum damit fertig, als schon der König der Schwarzen von dem Berge herunterkam und sich dem Lager näherte. Der verstand die arabische Sprache, und so sprach er, als er zum Emir Mûsa kam, den Friedensgruß; und jener erwiderte seinen Gruß und empfing ihn ehrenvoll. Darauf sprach der König der Schwarzen zum Emir: ,Seid ihr Menschen oder Geisterwesen?' ,Wir sind Menschen,' antwortete der Emir, ,aber ihr seid doch sicherlich Geisterwesen, sintemalen ihr so fern von aller Welt auf diesem einsamen Berge wohnt und solche Riesenleiber habt!' ,Nein,' sagte darauf der schwarze König, ,wir sind ein menschlich Volk vom Stamme Hams, des Sohnes Noahs – Heil sei über ihm! –; dies Meer aber ist bekannt unter dem Namen el-Karkar.'[1] Weiter fragte der Emir: ,Woher habt ihr Kenntnisse? Es ist doch noch kein Prophet zu euch gekommen, der in einem Lande wie dem eurigen Offenbarungen erhalten hätte!' ,Wisse, o Emir,' gab der König zur Antwort, ,auf diesem Meere pflegte uns eine Gestalt zu erscheinen, von der ein Licht ausging, das die ganze Welt erfüllte, und sie rief mit einer Stimme, die der Nahe und der Ferne vernehmen konnte: ,O ihr Kinder Hams, fürchtet Den, der da sieht und nicht gesehen wird! Sprechet: Es gibt keinen Gott außer Allah; Mohammed ist der Prophet Allahs! Und ich bin Abu el-'Abbâs el-Chidr!'[2] Früher pflegten wir einander anzubeten; aber er berief uns zur Verehrung des Herrn der Menschen.' Dann fügte er noch hinzu: ,Jener hat uns auch Worte gelehrt, die wir sprechen.' Und als der Emir Mûsa fragte: ,Was für Worte sind das?' erwiderte er: ,Es sind diese: ,Es gibt keinen Gott außer Allah allein; Er hat keinen Genossen, Sein ist das Reich, und Sein ist der Preis, Er gibt Leben und Tod, und Er ist über alle

1. Vgl. Anmerkung 2 Seite 232. – 2. Vgl. Anmerkung Seite 78.

Dinge mächtig!' Nur mit diesen Worten nahen wir uns Allah, dem Allgewaltigen und Glorreichen; denn wir kennen keine anderen. Und an jedem Abend zum Freitag schauen wir ein Licht über der Erde und hören eine Stimme, die da ruft: ‚Hehr und heilig ist der Herr der Engel und des Geistes! Was Allah will, das geschieht; und was Er nicht will, geschieht nicht. Alles Gute ist eine Gnade von Allah; und es gibt keine Macht und es gibt keine Majestät außer bei Allah, dem Erhabenen und Allmächtigen!' Nun sagte der Emir Mûsa zu ihm: ‚Wir sind Boten des Königs der Muslime 'Abd el-Malik ibn Marwân. Wir sind wegen der Messingflaschen gekommen, die bei euch in eurem Meere liegen, in die seit der Zeit Salomos, des Sohnes Davids – über beiden sei Heil! – die Satane eingesperrt sind. Unser Gebieter befahl uns, wir sollten ihm einige Flaschen bringen, damit er sie sähe und seine Freude daran hätte.' ‚Das soll gern geschehen', erwiderte ihm der König der Schwarzen; dann bewirtete er die Fremden mit Fleisch von Fischen und befahl den Tauchern, einige salomonische Flaschen aus dem Meere zu holen. Die brachten zwölf Flaschen herauf; und nun waren der Emir Mûsa und der Scheich 'Abd es-Samad und alle ihre Begleiter erfreut, weil der Wunsch des Beherrschers der Gläubigen erfüllt war. Darauf gab der Emir dem schwarzen König viele Geschenke und reiche Gaben; und ebenso machte dieser dem Emir Geschenke, das waren wunderbare Geschöpfe des Meeres in Menschengestalt. Dabei sagte er: ‚Wir haben euch in diesen drei Tagen mit dem Fleische dieser Fische bewirtet.' Der Emir Mûsa aber sagte: ‚Wir müssen unbedingt einige davon mit uns nehmen, damit der Beherrscher der Gläubigen sie sieht; er wird sich daran noch mehr ergötzen als an den salomonischen Flaschen.' Dann nahmen sie Abschied von jenem König und zogen weiter, bis sie wieder nach Damaskus kamen. Dort begaben sie sich zum Beherrscher der Gläubigen 'Abd el-Malik ibn Marwân, und nun berichtete der Emir Mûsa ihm alles, was er gesehen hatte, und die Verse und Erzählungen und Ermahnungen, die er gelesen hatte; auch erzählte er ihm von dem Schicksale des Tâlib ibn Sahl. Da sagte der Kalif: ‚Ich wollte, ich wäre bei euch gewesen und hätte gesehen, was ihr gesehen habt!‘ Darauf nahm er die Flaschen und öffnete sie, eine nach der andern. Und die Satane kamen heraus und riefen: ‚Wir bereuen, o Prophet Allahs! Wir wollen nie mehr dergleichen tun!‘ Darüber war der König 'Abd el-Malik ibn Marwân erstaunt. Was aber die Meerestöchter betrifft, die der König der Schwarzen ihnen geschenkt hatte, so baute man Behälter für sie aus Brettern, füllte die mit Wasser und legte die Wunderfische hinein; aber sie starben wegen der großen Hitze. Dann ließ der Beherrscher der Gläubigen die Schätze bringen und verteilte sie unter die Muslime. – –«

Da bemerkte Schehrezâd, daß der Morgen begann, und sie hielt in der verstatteten Rede an. Doch als die *Fünfhundertundachtundsiebenzigste Nacht* anbrach, fuhr sie also fort: »Es ist mir berichtet worden, o glücklicher König, daß der Kalif 'Abd el-Malik ibn Marwân, als er die Flaschen sah und was darinnen war, gewaltig erstaunte, und dann befahl, die Schätze zu bringen, und sie unter die Muslime verteilte. Dabei sagte er: ‚Allah hat doch keinem Menschen so viel verliehen, wie Er Salomo, dem Sohne Davids, gewährt hat!‘ Der Emir Mûsa aber bat den Beherrscher der Gläubigen, an seiner Statt seinen Sohn zum Statthalter in seiner Provinz zu ernennen, auf daß er selber zur heiligen Stadt Jerusalem wallfahren könne, um dort Allah anzubeten. Da machte der Kalif den Sohn Mûsas zum Statthalter, während Mûsa selber sich zur heiligen Stadt Jerusalem begab. Und dort starb er auch. – Und nun ist die Geschichte von der

Messingstadt zu Ende; dies ist alles, was uns von ihr überliefert ist. Doch Allah weiß es am besten! –

Ferner sind mir berichtet worden

DIE GESCHICHTEN VON DER TÜCKE DER WEIBER ODER VON DEM KÖNIG, SEINEM SOHNE, SEINER ODALISKE UND DEN SIEBEN WESIREN

Einst lebte in alten Zeiten und in längst verschollenen Vergangenheiten ein König, der unter den Herrschern seines Zeitalters einer der mächtigsten war, umgeben von vielen Truppen und einer großen Wächterschar, von hohem Ruhme dieser Welt und von viel Gut und Geld. Aber er hatte schon manches Jahr seines Lebens verbracht, ohne daß ihm ein Sohn beschieden gewesen wäre. Und da ihm dies große Sorge bereitete, wandte er sich durch die Fürsprache des Propheten – Gott segne ihn und gebe ihm Heil! – an Allah den Erhabenen und flehte Ihn an bei der Macht der Propheten und heiligen Asketen und der Märtyrer Scharen, aller derer, die Ihm unter Seinen Dienern die nächsten waren, daß Er ihn mit einem Sohne beschenke, der ihm ein Augentrost sei und nach ihm sein Reich als sein Erbe lenke. Und alsobald erhob er sich und begab sich in sein Ruhegemach; dann sandte er nach seiner Gemahlin und wohnte ihr bei. Sie empfing nach dem Willen Allahs des Erhabenen; und als ihre Zeit erfüllet war, daß sie niederkommen sollte, da gebar sie einen Knaben, der war so schön wie der runde Mond, wenn er in der vierzehnten Nacht am Himmel thront. Und jener Knabe wuchs heran, bis er ein Alter von fünf Jahren erreicht hatte. Nun befand sich bei dem König ein weiser Mann, der zu den größten Gelehrten gehörte, des Na-

mens Sindbad[1]; dem übergab er den Knaben. Und als dieser
zehn Jahre alt geworden war, hatte der Meister ihn in den
Wissenschaften und in der feinen Bildung so trefflich unterrichtet, daß es damals niemanden gab, der dem Prinzen gleich-
gekommen wäre an Kenntnis, Bildung und Verständnis. Wie
sein Vater das vernahm, ließ er eine Schar arabischer Ritter zu
ihm kommen, die ihn im Rittertum unterweisen sollten. So
übte er sich auch darin und jagte in schimmernder Wehr auf
dem Blachfelde einher, bis daß er der Erste war unter dem Volke
seiner Zeit und unter seinen Altersgenossen weit und breit.
Eines Tages aber schaute jener Weise in die Sterne, und da erkannte er im Horoskop des Prinzen, daß er in den nächsten
sieben Tagen sterben müsse, wenn er in ihnen ein einziges Wort
rede. Alsbald begab sich der Weise zu seinem Vater, dem
König, und tat ihm alles kund. Da fragte der König: ‚Meister,
was ist dein Rat? Was soll geschehen?‘ Und jener erwiderte:
‚O König, mein Rat und mein Plan gehen dahin, daß du ihn
an einem Orte, an dem es froh hergeht und an dem lustige
Weisen erklingen, weilen lässest, bis die sieben Tage vergangen
sind.‘[1] Darauf sandte der König zu einer seiner vertrauten Sklavinnen, der schönsten von all den Mädchen, und übergab ihr
den Jüngling mit den Worten: ‚Nimm deinen Herrn mit dir
ins Schloß und laß ihn bei dir sein; erst nach sieben Tagen soll

1. Der Name Sindbad ist indisch und wird erklärt als ‚Herr des Zaubers‘. Der Sindbad dieser Geschichte ist natürlich eine ganz andere Gestalt als Sindbad der Seefahrer. Das Buch von Sindbad (auch Sindban
genannt) oder den sieben weisen Meistern ist schon früh in viele orientalische und europäische Sprachen übersetzt; hier in Tausendundeiner
Nacht liegt eine spätere arabische Bearbeitung des Textes vor. – 2. In der
Breslauer Ausgabe ist die Einleitung im einzelnen ausführlicher. Nach
ihr weiß der König nicht, weshalb der Prinz stumm bleibt; und dadurch
wird das folgende besser motiviert.

er das Schloß verlassen!' Die Sklavin nahm ihn bei der Hand
und brachte ihn in das Schloß. Dort waren aber vierzig Gemächer, und in jedem Gemach waren zehn Sklavinnen, und
jede Sklavin hatte ein Musikinstrument; und wenn nur eine
von ihnen zu spielen begann, so schien das ganze Schloß zu
ihrer schönen Weise zu tanzen. Ringsherum aber lief ein Bach,
an dessen Ufer allerlei Fruchtbäume standen und duftende
Blumen blühten. Nun war jener Prinz von unbeschreiblicher
Schönheit und Anmut. Und als er dort weilte, sah ihn eines
Nachts die Lieblingsodaliske seines Vaters, und da ward ihr
Herz von Liebe zu ihm erfüllt, und sie konnte nicht mehr an
sich halten, sondern warf sich auf ihn. Er aber gab ihr zu verstehen: ,Wenn ich, so Allah der Erhabene will, wieder zu meinem Vater hingehe, so will ich ihm dies erzählen, und er wird
dich töten lassen!' Sogleich lief die Odaliske zum König und
warf sich weinend und klagend auf ihn. Da fragte er: ,Was ist
dir, Mädchen? Wie ergeht es deinem Herrn? Ist ihm nicht
wohl?' ,Mein Gebieter,' rief sie, ,mein Herr wollte mich verführen, und er wollte mich deshalb sogar umbringen. Aber ich
wehrte ihn ab und flüchtete mich vor ihm; jetzt will ich nie
wieder zu ihm zurückgehen, auch nicht in das Schloß!' Als der
König diese Worte vernahm, ergrimmte er gewaltig, und er
ließ die Wesire zu sich kommen und befahl ihnen, seinen Sohn
hinzurichten. Sie aber sagten zueinander: ,Jetzt hat der König
den Tod seines Sohnes beschlossen; doch hernach, wenn er den
Prinzen hat töten lassen, wird er sein Tun sicherlich bereuen;
denn er hat ihn sehr lieb, und erst nachdem er alle Hoffnung
aufgegeben hatte, ward ihm dieser Sohn geschenkt. Dann wird
er sich wider euch wenden und euch Vorwürfe machen und
sagen: ,Warum habt ihr nicht ein Mittel ersonnen, mich zu
hindern, daß ich ihn tötete?' So kamen sie denn überein, ein

Mittel zu ersinnen, um den König zu hindern, daß er seinen Sohn töte. Und der erste Wesir hub an und sprach: ,Ich will heute den Zorn des Königs von euch abwenden.' Dann ging er hin zum König, trat ein und blieb vor ihm stehen; nachdem er gebeten hatte, sprechen zu dürfen, und der König es ihm gestattet hatte, hub er an: ,O König, wenn dir auch tausend Söhne beschieden wären, so würdest du dich doch nicht von deiner Leidenschaft dazu hinreißen lassen, auch nur einen von ihnen zu töten um der Worte einer Sklavin willen, mag sie die Wahrheit oder die Unwahrheit reden. Vielleicht ist dies eine Tücke von ihr wider deinen Sohn!' Da fragte der König: ,Ist dir etwas von der List der Weiber berichtet worden, o Wesir?' Und jener gab ihm zur Antwort: ,Jawohl, mir ist berichtet worden

DIE GESCHICHTE VON DEM KÖNIG
UND DER FRAU SEINES WESIRS

Es lebte einmal einer von den großen Königen, der sich ganz der Liebe zu den Frauen hingab. Wie der eines Tages allein in seinem Schlosse war, fiel sein Auge auf eine Frau, die sich auf dem Dache ihres Hauses befand; die war von großer Schönheit und Anmut. Und als er sie anschaute, kam die Liebe mit Gewalt über ihn. So fragte er denn alsbald nach jenem Hause, und seine Diener erwiderten ihm: ,Das ist das Haus deines Wesirs Soundso.' Da sandte er sogleich nach jenem Wesir, und als der zu ihm gekommen war, befahl er ihm, in eine ferne Provinz des Reiches zu reisen, auf daß er dort Umschau halte, und dann heimzukehren. Der Wesir machte sich auf, gemäß dem Befehle seines Königs. Kaum aber war er fortgereist, so drang der König durch eine List in das Haus des Wesirs ein. Als die Frau ihn sah, erkannte sie ihn; und sie sprang auf, verneigte sich und küßte den Boden vor ihm und hieß ihn willkommen. Dann trat sie von ihm zurück und war geschäftig, um ihn zu bedienen. Dabei sagte sie zu ihm: ‚Hoher Herr, was ist der Anlaß deines gesegneten Kommens? Eine so hohe Ehre geziemt sich doch nicht für meinesgleichen.' Er antwortete: ‚Der Anlaß ist, daß die Liebe zu dir und das Verlangen nach dir mich dazu getrieben haben.' Da küßte sie wiederum den Boden vor ihm und sprach zu ihm: ‚Hoher Herr, ich bin nicht wert, die Magd eines Dieners des Königs zu heißen; wie kann mir da das hohe Glück von dir zuteil werden, daß ich bei dir in solchem Ansehen stehe?' Doch nun streckte der König seine Hand nach ihr aus; sie aber sprach: ‚Das wird uns nicht entgehen. Gedulde dich, o König, und bleib heute den ganzen Tag bei mir, auf daß ich dir ein Mahl bereiten kann!' Darauf setzte der König sich auf das Lager seines Wesirs, während sie eilends davonging und ihm ein Buch der Ermahnungen und guten Sitten holte, damit er darin lese, bis sie ihm das Mahl bereitet hätte. Der König nahm es hin und begann darin zu lesen. Und er fand in ihm die Ermahnungen und die Gebote, die ihn vom Ehebruch abschreckten und sein Begehren davon zurückhielten, die Sünde auf sich zu laden. Als sie dann das Mahl für ihn bereitet hatte, setzte sie es ihm vor; der Gerichte waren aber neunzig an der Zahl. Der König begann zu essen und nahm von jedem Gerichte einen Löffel voll. Nun waren zwar die Speisen alle von verschiedener Art; aber ihr Geschmack blieb sich immer gleich. Das verwunderte den König gar sehr, und so sprach er: ‚Weib, ich finde hier so viele verschiedene Gerichte, aber sie schmecken alle gleich.' ‚Allah gebe dem König viel Glück!' erwiderte sie, ‚dies ist ein Gleichnis, das ich für dich ersonnen habe, auf daß es dir eine Mahnung sei.' Der König fragte: ‚Was bedeutet es denn?' Und sie fuhr fort: ‚Allah verhelfe unserm

Herrn, dem König, stets zum Rechten! Siehe, in deinem Schlosse sind neunzig Odalisken, alle von verschiedener Art; aber ihr Geschmack ist der gleiche.' Wie der König diese Worte vernahm, schämte er sich vor ihr; und er stand alsbald auf und verließ das Haus, ohne ihr in Bösem genaht zu sein. Aber er war so betroffen, daß er seinen Siegelring bei ihr unter dem Kissen vergaß. Er begab sich in sein Schloß, und kaum hatte er sich dort gesetzt, da kam auch schon der Wesir zu seinem König zurück, küßte den Boden vor ihm und erstattete ihm Bericht über den Zustand der Provinz, in die er gesandt war. Darauf ging er von dannen und begab sich in sein Haus. Als er sich dort auf sein Lager niedergesetzt hatte und seine Hand unter das Kissen streckte, fand er darunter den Siegelring des Königs. Den hob er auf und versteckte ihn in seinem Busen; er enthielt sich aber seiner Frau ein volles Jahr lang und sprach nicht mit ihr, ohne daß sie den Grund seines Zornes wußte.' – –«

Da bemerkte Schehrezâd, daß der Morgen begann, und sie hielt in der verstatteten Rede an. Doch als die *Fünfhundertundneunundsiebenzigste Nacht* anbrach, fuhr sie also fort: »Es ist mir berichtet worden, o glücklicher König, daß der Wesir sich ein volles Jahr lang seiner Frau enthielt und nicht mit ihr sprach, ohne daß sie den Grund seines Zornes wußte. Als ihr aber all das, von dem sie nichts verstand, zu lange währte, schickte sie zu ihrem Vater und tat ihm kund, wie es ihr mit ihrem Gatten erging, und wie er sich ein ganzes Jahr lang von ihr ferngehalten habe. Ihr Vater sagte darauf: ‚Ich will wider ihn klagen, wenn er einmal bei dem König zugegen ist.' Wie er dann eines Tages zum König ging und den Wesir dort vor dem Herrscher und dem Kadi des Heeres stehen sah, erhob er Klage wider ihn, indem er sprach: ‚Allah der Erhabene verhelfe dem König stets zum Rechten! Wisse, ich besaß einen schönen Garten,

264

den ich mit eigener Hand gepflanzt hatte; und ich gab mein Geld für ihn dahin, bis daß er Frucht trug und seine Frucht reif war zum Pflücken. Dann schenkte ich ihn diesem Wesir da; und er aß von seinen Früchten, was ihm gefiel, aber bald verließ er ihn und bewässerte ihn nicht mehr. Nun sind seine Blumen verwelkt, sein Glanz ist verblichen, und keiner kennet ihn mehr.' ‚O König,' sagte darauf der Wesir, ‚dieser Mann hat die Wahrheit gesprochen. Ja, ich hütete den Garten und aß von seiner Frucht. Als ich aber eines Tages zu ihm ging, entdeckte ich dort die Spur des Löwen; die ließ mich Gefahr für mein Leben befürchten, und deshalb mied ich den Garten hinfort.' Der König begriff, daß die Spur, die der Wesir gefunden hatte, sein eigener Siegelring war, den er in dem Hause vergessen hatte; und so sprach er zu seinem Minister: ‚Kehre heim, Wesir, sei ruhig und unbesorgt! Der Löwe ist deinem Garten nicht zu nahe gekommen. Ich habe wohl gehört, daß er einmal dorthin gegangen ist; aber – bei der Ehre meiner Väter und Ahnen! – er hat ihm nichts zuleide getan.' ‚Ich höre und gehorche!' erwiderte der Wesir und kehrte in sein Haus zurück; und er sandte nach seiner Gattin und lebte hinfort in Frieden mit ihr, da er an ihre Keuschheit glaubte.[1]

Ferner – so fuhr der erste Wesir fort – ist mir berichtet worden, o König,

DIE GESCHICHTE VON DEM KAUFMANN
UND DEM PAPAGEIEN

Es war einmal ein Kaufmann, der viel auf Reisen ging; der hatte eine schöne Frau, die er lieb hatte und um die er in eifersüchtiger Liebe besorgt war. Darum kaufte er für sie einen

1. In ganz ähnlicher Form ist diese Geschichte bereits in der 404. Nacht vorgekommen; vgl. Band III, Seite 539 bis 541.

Papagei, der ihm alles berichten sollte, was in seiner Abwesenheit vorging. Als dieser Kaufmann nun einmal wieder auf einer seiner Reisen war, hängte sich seine Frau an einen Jüngling, der zu ihr zu kommen pflegte; und sie bewirtete ihn und schlief mit ihm, solange ihr Gatte in der Ferne weilte. Als dieser aber von seiner Reise zurückgekehrt war, erzählte ihm der Papagei alles, was geschehen war, indem er sprach: ‚Mein Gebieter, ein türkischer Jüngling pflegte zu deiner Gattin zu kommen, während du fern warst, und sie erwies ihm alle Ehren.‘ Da beschloß der Mann, seine Frau zu töten. Doch als sie davon Kunde erhielt, sprach sie zu ihm: ‚Mann, fürchte Allah und nimm doch wieder Vernunft an! Hat denn ein Vogel Verstand oder Vernunft? Wenn du willst, daß ich dir klar zeige, ob das Tier lügt oder die Wahrheit redet, so geh heute abend fort und schlaf bei einem deiner Freunde. Dann komm am Morgen heim und frage den Vogel, damit du erkennest, ob er in seinen Reden die Wahrheit spricht oder lügt!‘ Da machte der Mann sich auf und begab sich zu einem seiner Freunde und blieb die Nacht über bei ihm. Als es aber dunkel geworden war, holte die Frau des Kaufmanns ein Stück Leder und deckte es über den Käfig des Papageien; dann sprengte sie Wasser auf die Lederdecke, fächelte mit einem Fächer darüber, fuhr mit der Lampe hin und her, um das Leuchten des Blitzes nachzuahmen, und begann die Handmühle zu drehen, bis es Morgen ward. Als ihr Gatte heimkehrte, sprach sie zu ihm: ‚Mein Gebieter, frage den Papagei!‘ Da wandte der Mann sich an den Papagei und sprach mit ihm und fragte ihn nach der vergangenen Nacht. Da sagte der Vogel: ‚Mein Gebieter, wer konnte denn in der vergangenen Nacht etwas sehen oder hören?‘ ‚Wieso?‘ fragte der Mann; und der Vogel erwiderte: ‚Mein Gebieter, es hat doch so stark geregnet und geweht und gedonnert und geblitzt!‘

266

Da fuhr der Kaufmann ihn an: ‚Du lügst, in der vergangenen Nacht ist nichts dergleichen geschehen!' Der Vogel gab ihm jedoch zur Antwort: ‚Ich habe dir nur berichtet, was ich mit meinen Augen gesehen und mit meinen Ohren gehört habe.' Nun glaubte der Kaufmann, der Papagei habe alles erlogen, was er ihm über seine Frau gesagt hatte; und er wollte sich mit ihr wieder aussöhnen. Aber sie rief: ‚Bei Allah, ich werde mich nicht eher wieder versöhnen, als bis du diesen Papagei getötet hast, der so von mir gelogen hat!' Da schnitt der Mann dem Vogel die Kehle durch. Danach blieb er wieder einige Tage bei seiner Frau. Aber eines Tages sah er den jungen Türken aus seinem Hause kommen; und nun wußte er, daß der Papagei die Wahrheit gesprochen, seine Frau aber gelogen hatte. Und er bereute, daß er den Vogel getötet hatte; in derselbigen Stunde aber eilte er zu seiner Frau und tötete sie. Und er schwor sich einen Eid, nie wieder eine Frau zum Weibe zu nehmen, solange er lebe.

Dies erzähle ich dir, o König – so schloß der erste Wesir –, nur deshalb, damit du erkennest, wie groß die List der Weiber ist und wie übergroße Eile die Reue nach sich zieht.'

Da widerrief der König den Befehl, seinen Sohn zu töten. Aber am nächsten Tage kam die Odaliske zu ihm, küßte den Boden und hub an: ‚O König, warum verhilfst du mir nicht zu meinem Rechte? Die Könige haben schon gehört, daß du einen Befehl gegeben hast, und daß darauf dein Wesir ihn aufgehoben hat. Der Gehorsam gegen den König besteht darin, daß sein Befehl ausgeführt wird. Jedermann kennt deinen Sinn für Recht und Gerechtigkeit; so verschaffe mir Recht wider deinen Sohn! Auch mir ist manches berichtet worden; dazu gehört

DIE GESCHICHTE VON DEM WALKER
UND SEINEM SOHNE

Ein Walkersmann pflegte jeden Tag zum Ufer des Tigris zu gehen und dort das Zeug zu walken. Dann ging sein Sohn mit ihm und sprang in den Strom, um so lange darin zu schwimmen, wie der Vater dort verweilte; und der Vater verwehrte es ihm nicht. Eines Tages aber, als er wieder schwamm, ermatteten seine Arme, und er sank unter. Sobald der Vater das sah, sprang er ihm nach und warf sich auf ihn. Doch wie der Vater ihn gefaßt hatte, klammerte der Sohn sich so fest, daß beide, Vater und Sohn, ertranken. – So steht es mit dir, o König. Wenn du deinem Sohne nicht wehrst und mir nicht Recht verschaffest wider ihn, so fürchte ich, daß ihr alle beide untergehen werdet.' – –«

Da bemerkte Schehrezâd, daß der Morgen begann, und sie hielt in der verstatteten Rede an. Doch als die *Fünfhundertundachtzigste Nacht* anbrach, fuhr sie also fort: »Es ist mir berichtet worden, o glücklicher König, daß die Odaliske, als sie jenem König die Geschichte von dem Walker und seinem Sohne erzählt hatte, mit diesen Worten schloß: ,So fürchte ich, daß ihr beide untergehen werdet, du und dein Sohn. Und ferner – so fuhr sie fort – ist mir über die Tücke der Männer noch berichtet worden

DIE GESCHICHTE VON DEM SCHURKEN
UND DER KEUSCHEN FRAU

Ein Mann liebte einst eine Frau, die von großer Schönheit und Anmut war; und sie hatte einen Gatten, der sie liebte und an dem sie in treuer Liebe hing. Jene Frau war tugendhaft und keusch; und deshalb fand der Liebhaber keinen Zutritt zu ihr.

Als ihm nun die Geduld ausging, ersann er eine List. Der Gatte jener Frau hatte nämlich einen Jüngling, den er in seinem Hause aufgezogen hatte und dem er sein ganzes Vertrauen schenkte. An den wandte sich der Liebhaber und wußte sich durch immer neue Gaben und Geschenke so bei ihm einzuschmeicheln, daß der Jüngling ihm in allem willfahrte, was er von ihm verlangte. Eines Tages nun sprach er zu ihm: ‚Du da, willst du mich nicht einmal in euer Haus führen, wenn deine Herrin ausgegangen ist?‘ ‚Gern‘, erwiderte der Jüngling; und als seine Herrin ins Bad und sein Herr in den Laden gegangen war, begab er sich zu seinem Freunde und nahm ihn bei der Hand und führte ihn in das Haus hinein. Dort zeigte er ihm alles, was in dem Hause war. Der Liebhaber jedoch war entschlossen, der Frau einen listigen Streich zu spielen; darum hatte er das Weiße eines Eis in einem Gefäße mitgenommen, und nun trat er an das Lager des Mannes heran und goß es dort auf das Bett, ohne daß der Jüngling es sah. Dann verließ er das Haus und ging seiner Wege. Nach einer Weile kam der Mann heim und ging zu seinem Lager, um dort auszuruhen. Aber er fand auf ihm etwas Feuchtes, und als er es in seine Hand nahm und anschaute, dachte er in seinem Sinne, es sei Mannessame. Da blickte er mit einem Auge des Zornes auf den Jüngling und fragte ihn: ‚Wo ist deine Herrin?‘ Jener antwortete: ‚Sie ist ins Bad gegangen und wird gleich wiederkommen.‘ Nun ward der Kaufmann in seinem Verdachte bestärkt, und er glaubte sicher, daß es Mannessame sei. Und er befahl dem Jüngling: ‚Geh auf der Stelle hin und hole deine Herrin!‘ Als darauf die Frau vor ihren Gatten trat, erhob er sich wider sie und schlug sie heftig. Dann band er ihr die Arme auf den Rücken und wollte ihr die Kehle durchschneiden. Aber sie schrie nach ihren Nachbarn, und als die herbeieilten, sprach sie zu ihnen: ‚Dieser

Mann will mich töten; aber ich bin mir keiner Schuld bewußt!' Da drangen die Nachbarn auf ihn ein und sprachen zu ihm: ,Du hast dazu kein Recht! Entweder kannst du dich von ihr scheiden, oder du mußt sie im guten behalten; denn wir kennen ihre Keuschheit. Seit langem ist sie unsere Nachbarin, und wir haben noch nie etwas Schlechtes von ihr erfahren.' Er aber rief: ,Ich habe auf meinem Bette etwas wie Mannessamen gesehen; und ich weiß nicht, woher das kommt.' Da hub einer von den Umstehenden an und sprach: ,Laß mich es sehen!' Als er es gesehen hatte, fuhr er fort: ,Bring mir Feuer und eine Pfanne!' Und wie er beides erhalten hatte, nahm er das Eiweiß, briet es über dem Feuer, aß dann davon und gab allen, die zugegen waren, davon zu kosten; und alle überzeugten sich davon, daß es Eiweiß war. Da erkannte der Kaufmann, daß er seiner Frau unrecht getan hatte und daß sie frei von aller Schuld war. Die Nachbarn aber traten zu ihm und stifteten Frieden zwischen ihm und seiner Frau, nachdem er bereits die Scheidungsformel ausgesprochen hatte. So wurde die List jenes Schurken und der tückische Plan, den er wider sie ersonnen hatte, ohne daß sie es ahnte, zuschanden. – So wisse denn, o König, solches ist die Tücke der Männer!'

Da befahl der König, seinen Sohn hinzurichten. Aber nun trat der zweite Wesir vor, küßte den Boden vor ihm und sprach zu ihm: ,O König, übereile dich nicht, deinen Sohn zu Tode zu bringen! Er ward seiner Mutter geschenkt, nachdem schon alle Hoffnung aufgegeben war; und wir hoffen, daß er dereinst ein Kleinod in deinem Reiche und ein Hüter deines Gutes wird. Hab Geduld mit ihm, o König. Vielleicht hat er etwas zu sagen, was seine Unschuld beweist. Wenn du ihn übereilt hinrichten lässest, so wirst du bereuen, wie der Kaufmann bereute.' Der König fragte: ,Wie war denn das? Was ist das für eine Geschichte, Wesir?' Und nun hub der zweite Wesir an: ‚Mir ward berichtet, o König,

DIE GESCHICHTE VON DEM GEIZIGEN
UND DEN BEIDEN BROTEN

Es war einmal ein Kaufmann, der in seinem Essen und Trinken sehr geizig war. Der reiste eines Tages in eine fremde Stadt; und als er dort auf den Marktstraßen umherging, traf er eine alte Frau, die zwei Brotlaibe trug. Er fragte sie, ob sie das Brot verkaufen wolle, und sie antwortete: ‚Jawohl!' Da feilschte er mit ihr um den niedrigsten Preis und kaufte ihr die beiden Laibe ab; dann ging er mit ihnen in seine Wohnung und aß sie am selben Tage auf. Als es aber Morgen ward, kehrte er an dieselbige Stätte zurück und fand auch die Alte mit den beiden Broten; er kaufte sie ihr wiederum ab, und ebenso tat er an jedem folgenden Tage, eine Zeit von zwanzig Tagen hindurch. Da entschwand die Alte seinen Augen; er fragte nach ihr, doch er konnte keine Kunde von ihr erhalten. Eines Tages aber, während er durch eine der Hauptstraßen der Stadt ging, traf er sie plötzlich. Er blieb stehen, begrüßte sie und fragte sie, warum sie fortgeblieben sei und ihm die beiden Brote entzogen habe. Als die Alte seine Worte vernommen hatte, gab sie ihm zuerst ausweichende Antworten; als er sie aber beschwor, ihm zu sagen, was es mit ihr auf sich habe, sprach sie zu ihm: ‚Mein Herr, so hör denn meine Antwort! Mit mir steht es also: Ich diente einem Manne, der fressende Schwären auf seinem Rücken hatte; und ein Arzt, der bei ihm war, pflegte Mehl zu nehmen und es mit zerlassener Butter zusammenzukneten; dann legte er den Teig auf die wunde Stelle und ließ ihn die ganze Nacht hindurch dort liegen, bis es Morgen ward. Jenes Mehl pflegte ich zu nehmen und je zwei Laibe Brot daraus zu

backen; die verkaufte ich dir und anderen Leuten. Jetzt ist der
Mann gestorben, und ich habe keine zwei Brote mehr.' Als der
Kaufmann das hören mußte, rief er: ,Wahrlich, wir sind Gottes
Geschöpfe, und zu Ihm kehren wir zurück. Es gibt keine Macht
und es gibt keine Majestät außer bei Allah, dem Erhabenen und
Allmächtigen!' – –«

Da bemerkte Schehrezâd, daß der Morgen begann, und sie
hielt in der verstatteten Rede an. Doch als die *Fünfhundertund-*
einundachtzigste Nacht anbrach, fuhr sie also fort: »Es ist mir berichtet worden, o glücklicher König, daß der Kaufmann, nachdem die Alte ihm von der Herkunft der beiden Brote berichtet
hatte, ausrief: ,Es gibt keine Macht und es gibt keine Majestät
außer bei Allah, dem Erhabenen und Allmächtigen!' Dann
begann er, sich unaufhörlich zu erbrechen, bis er krank ward;
und er bereute, als ihm die Reue nichts mehr half. – Und ferner, o König – so fuhr der zweite Wesir fort –, ist mir über die
Tücke der Weiber berichtet worden

DIE GESCHICHTE VON DER FRAU
UND IHREN BEIDEN LIEBHABERN

Es war einmal ein Mann, der mit dem Schwerte in der Hand
zu Häupten eines der Könige zu stehen hatte. Jener Mann liebte
eine Frau, und er sandte eines Tages, wie gewöhnlich, seinen
Diener zu ihr mit einer Botschaft. Der Diener aber setzte sich
zu ihr und begann mir ihr zu kosen; und sie gab ihm nach und
drückte ihn an ihre Brust. Da bat er sie um ihre Gunst, und sie
gewährte sie ihm. Doch während die beiden sich so ergingen,
pochte plötzlich der Herr des Burschen an die Tür. Da nahm
sie den Jüngling und schob ihn in eine Falltür hinein. Dann
öffnete sie ruhig die Tür, und der Mann trat ein, mit dem

Schwert in der Hand. Er setzte sich auf das Lager der Frau; und sie kam zu ihm, koste und scherzte mit ihm, drückte ihn an ihre Brust und küßte ihn. Und er nahm sie und buhlte mit ihr. Doch nun klopfte es wieder an ihre Tür; das war ihr Gatte. Der Liebhaber fragte sie: ‚Wer ist das?‘ Und sie gab ihm zur Antwort: ‚Mein Gatte!‘ ‚Was soll ich tun? Wie kann ich mich aus solcher Not erretten?‘ flüsterte er; und sie erwiderte ihm: ‚Steh auf, ziehe dein Schwert, tritt auf den Hausflur und schilt und schmähe mich. Wenn mein Gatte dann zu dir hereinkommt, so mache dich auf und geh deiner Wege!‘ Er tat, was sie sagte. Als nun ihr Gatte eintrat, sah er des Königs Schatzmeister dort stehen, wie er das gezückte Schwert in der Hand hielt und die Frau schmähte und bedrohte. Doch wie der Schatzmeister ihn erblickte, ließ er von seinem Tun ab, stieß das Schwert in die Scheide und ging zum Hause hinaus. Da sprach der Mann zu seiner Frau: ‚Was bedeutet das?‘ Und sie antwortete ihm: ‚Mann, wie gesegnet ist dieser Augenblick, in dem du gekommen bist! Du hast eine gläubige Seele vor dem Tode bewahrt! Das ist so gekommen: Ich saß auf dem Dache und spann; da kam plötzlich ein Jüngling ins Haus gerannt, ganz verstört und keuchend vor Todesangst, und ihm folgte dieser Mann da mit dem gezückten Schwerte in großer Eile und eifrig bemüht, ihn zu fassen. Der Jüngling stürzte auf mich zu, küßte meine Hände und Füße und rief: ‚Herrin, befreie mich vor dem Manne, der mich zu Unrecht ermorden will!‘ Da verbarg ich ihn in unserem Keller hinter der Falltür. Und wie ich dann diesen Mann mit dem gezückten Schwerte hereinkommen sah, verleugnete ich den Jüngling, den er von mir verlangte. Da begann er mich zu schmähen und zu bedrohen, wie du ja selbst gehört hast. Preis sei Allah, der dich mir gesandt hat! Denn ich war in großer Not, und keiner war da, der mich hätte retten können.' ,Du hast gut gehandelt, Frau,' erwiderte ihr Gatte, ,dein Lohn steht bei Allah; Er wird dir dein Tun mit Gutem vergelten.' Dann trat er zu der Falltür und rief den Jüngling mit den Worten: ,Komm heraus! Dir widerfährt kein Leid!' Nun kam der Diener zitternd vor Angst aus der Falltür hervor, während der Mann sagte: ,Beruhige dich doch! Dir geschieht kein Leid!' und ihm sein Mitleid aussprach über das, was ihm widerfahren sei. Der Diener aber flehte Segen herab auf das Haupt jenes Mannes. So gingen denn alle beide fort, ohne zu ahnen, was dies Weib da ersonnen hatte.

Wisse, o König – so schloß der zweite Wesir –, dies ist nur eine von all den Listen der Frauen; drum hüte dich, auf ihr Wort zu vertrauen!'

Da widerrief der König den Befehl, seinen Sohn zu töten. Aber am dritten Tage kam die Odaliske wieder zu dem König, küßte den Boden vor ihm und sprach zu ihm: ,O König, verschaffe mir mein Recht wider deinen Sohn und höre nicht auf das Gerede deiner Wesire! Denn von schlechten Ministern kommt nichts Gutes. Sei nicht wie jener König, der sich auf die Worte eines bösen Ratgebers unter seinen Wesiren verließ!' ,Wie war denn das?' fragte der König; und sie erzählte nun

DIE GESCHICHTE VON DEM PRINZEN
UND DER GHÛLA[1]

Es ist mir berichtet worden, o König des glücklichen Geschickes und des rechtgeleiteten Blickes, daß ein König einst einen Sohn hatte, den er liebte und durch die höchste Gunst

1. Dieselbe Geschichte in etwas anderer Fassung kommt in Band I, Seite 65 bis 67 vor.

auszeichnete und den er vor all seinen anderen Söhnen bevorzugte. Eines Tages sprach dieser Sohn zu ihm: ‚Lieber Vater, ich möchte zu Jagd und Hatz hinausziehen.' Da befahl der König, ihn auszurüsten, und gebot einem seiner Wesire, er solle mit dem Prinzen ausziehen, um ihn zu bedienen und für alles, was er auf der Reise nötig habe, zu sorgen. Jener Wesir nahm alles, was der Prinz auf seiner Fahrt benötigte, und dann brachen die beiden auf, begleitet von Eunuchen, Hauptleuten und Dienern, und ritten auf der Jagd dahin, bis sie zu einem grünen, grasreichen Gelände kamen, wo es Weiden und Wasser und viel Wild gab. Da wandte sich der Prinz an den Wesir und ließ ihn wissen, daß dieser schöne Ort ihm gefalle. Sie blieben also eine Reihe von Tagen dort, und der Prinz lebte herrlich und in Freuden. Dann gab er den Befehl zum Aufbruch; aber da sprang plötzlich eine Gazelle vor ihm auf, die sich von ihrem Rudel getrennt hatte. Dem Prinzen verlangte danach, sie zu jagen und zu erbeuten; deshalb sprach er zu dem Wesir: ‚Ich will dieser Gazelle folgen.' ‚Tu, was dir gut scheint!' erwiderte der Minister, und alsbald folgte der Prinz dem Wilde, ganz allein. Er ritt den lieben langen Tag über auf der Fährte dahin, bis der Abend hereinbrach; da lief die Gazelle in ein felsiges Gelände hinauf. Nun ward es dunkle Nacht um den Prinzen ringsumher, und er wollte zurückkehren, aber er wußte nicht, wohin er sich wenden sollte. So ritt er denn ratlos und ziellos immer weiter auf dem Rücken seines Rosses dahin, bis es Morgen ward; auch da fand er noch keinen Trost für seine Seele. Voller Angst, hungernd und dürstend, zog er weiter, ohne Aufenthalt, ohne zu wissen, wohin er ritt, bis der halbe Tag vorübergegangen war und die Glut der Sonne auf ihm brannte. Da plötzlich erblickte er eine Stadt mit ragenden Bauten, deren Säulen hoch gen Himmel schauten; aber sie war wüste und leer, nur Eulen und Raben flogen in ihr umher. Bei dieser Stadt hielt er an und betrachtete voll Staunen ihre Pracht; und mit einem Male fiel sein Blick auf eine schöne und liebliche Maid, die an einer der Stadtmauern saß und weinte. Er nahte ihr und fragte sie: ,Wer bist du?' Sie gab ihm zur Antwort: ,Ich heiße Bint et-Tamîma, die Tochter von et-Taijâch, dem König des Grauen Landes. Ich ging eines Tages hinaus, um einem Rufe der Natur zu folgen; da packte mich ein Dämon aus der Geisterwelt und flog mit mir zwischen Himmel und Erde dahin. Aber ein feuriger Stern fiel auf ihn herab, und er verbrannte, während ich hier auf die Erde fiel. Seit drei Tagen sitze ich hier in Hunger und Durst; doch seit ich dich gesehen, verlangt mich wieder nach dem Leben.' – –«

Da bemerkte Schehrezâd, daß der Morgen begann, und sie hielt in der verstatteten Rede an. Doch als die *Fünfhundertundzweiundachtzigste Nacht* anbrach, fuhr sie also fort: »Es ist mir berichtet worden, o glücklicher König, daß der Prinz, als die Tochter des Königs et-Taijâch ihn anredete und sagte: ,Seit ich dich gesehen, verlangt mich wieder nach dem Leben', von Mitleid mit ihr ergriffen wurde. So ließ er sie denn hinter sich auf seinem Rosse sitzen und sprach zu ihr: ,Hab Zuversicht und quäl dich nicht! Wenn Allah, der Hochgepriesene und Erhabene, mich in meine Heimat und zu den Meinen heimkehren läßt, so will ich dich zu den Deinen senden.' Und er ritt weiter, indem er um Rettung betete. Doch bald darauf sprach sie: ,O Königssohn, laß mich absteigen, damit ich mein Bedürfnis verrichte unter jener Mauer!' Er hielt an und ließ sie absteigen; und er wartete auf sie, während sie hinter der Mauer verborgen war. Aber als sie wieder hervorkam, sah sie wie das größte Scheusal aus. Sobald der Prinz sie erblickte, war er starr vor Entsetzen und wie von Sinnen; ihn grauste vor ihr, und er ward totenbleich. Jenes Wesen aber sprang auf und setzte sich hinter ihm auf das Roß, und da saß sie, eine Gestalt, so schauerlich, wie man sie nur denken kann. Und nun hub sie an: ‚O Königssohn, warum sehe ich dein Gesicht so bleich?‘ ‚Ich muß an etwas denken, das mir Sorge macht.‘ ‚So suche Hilfe dagegen bei deines Vaters Truppen und Helden!‘ ‚Was mir Sorge macht, das können die Truppen nicht verscheuchen; das kümmert sich nicht um die Helden.‘ ‚So suche Hilfe dagegen durch deines Vaters Geld und Schätze!‘ ‚Was mir Sorge macht, das gibt sich nicht mit Geld und Schätzen zufrieden.‘ ‚Ihr sagt doch, daß ihr im Himmel einen Gott habt, der da siehet und nicht gesehen wird und der Macht über alle Dinge hat!‘ ‚Ja, wir haben keinen als Ihn.‘ ‚So rufe Ihn an, auf daß Er dich von mir befreie!‘ Da hob der Prinz seinen Blick gen Himmel empor und betete mit andächtigem Herzen, indem er sprach: ‚O Gott, siehe, ich nehme meine Zuflucht zu dir wider das, was meine Sorge macht‘, und dabei wies er mit der Hand auf die Gestalt. Die sank sofort zu Boden, verbrannt wie eine Kohle. Er aber dankte und pries Allah und ritt ohne Aufenthalt eiligst dahin. Und Allah, der Hochgepriesene und Erhabene, machte ihm den Weg leicht und führte ihn auf der rechten Straße, bis daß er sein Land erreichte und wieder im Reiche seines Vaters eintraf, nachdem er schon am Leben verzweifelt hatte. All das war durch die Absicht des Wesirs, der ihn begleitet hatte, geschehen; denn der wollte ihn unterwegs umkommen lassen. Aber Allah der Erhabene rettete ihn.

Dies habe ich dir, o König - so sprach die Odaliske –, nur deshalb erzählt, damit du weißt, daß die bösen Wesire ihren Königen gegenüber keine lauteren Absichten hegen und keine edle Gesinnung zu haben pflegen. Drum sei davor auf deiner Hut!‘

Da lieh der König ihrer Rede wiederum sein Ohr, und er befahl, seinen Sohn hinzurichten. Doch nun trat der dritte Wesir hervor und sprach zu den anderen: ‚Heute will ich des Königs Zorn von euch abwenden.‘ Er trat also vor den König hin, küßte den Boden vor ihm und sprach zu ihm: ‚O König, ich bin dein guter Berater, und ich bin aufrichtig besorgt um dich und um dein Reich. Ich gebe dir den besten Rat, und der lautet: Übereile dich nicht mit der Hinrichtung deines Sohnes, der dein Augentrost und die Frucht deines Herzens ist! Vielleicht ist seine Schuld nur ein geringes Vergehen, das diese Odaliske vor deinen Augen zu groß dargestellt hat. Mir ist berichtet worden, daß einmal die Bewohner zweier Dörfer um eines Honigtropfens willen sich gegenseitig vernichtet haben.‘ ‚Wie war denn das?‘ fragte der König; und der Wesir begann: ‚Vernimm, o König, mir ist berichtet worden

DIE GESCHICHTE
VON DEM HONIGTROPFEN

Ein Jägersmann pflegte in der Steppe die wilden Tiere zu jagen, und da kam er eines Tages zu einer Höhle im Gebirge und fand in ihr ein Loch voll Bienenhonig. Er schöpfte etwas von jenem Honig in einen Schlauch, den er bei sich trug, legte ihn über die Schulter und trug ihn in die Stadt; ihm folgte sein Jagdhund, ein Tier, das ihm lieb und wert war. Beim Laden eines Ölhändlers blieb der Jäger stehen und bot ihm den Honig zum Kaufe an; da kaufte ihn der Mann im Laden. Dann öffnete er den Schlauch und ließ den Honig auslaufen, um ihn zu besehen. Dabei fiel ein Honigtropfen aus dem Schlauche auf die Erde. Nun sammelten sich die Fliegen um ihn, und auf die schoß ein Vogel herab. Der Ölhändler aber hatte eine Katze,

278

und die sprang auf den Vogel los; als der Jagdhund die Katze sah, stürzte er sich auf sie und biß sie tot. Da sprang der Ölhändler auf den Jagdhund los und schlug ihn tot; und zuletzt erhob sich der Jäger wider den Ölhändler und erschlug ihn. Nun gehörte der Ölhändler in das eine Dorf, der Jäger aber in ein anderes. Und als die Bewohner der beiden Dörfer die Kunde vernahmen, griffen sie zu Wehr und Waffen und erhoben sich im Zorne wider einander. Die beiden Schlachtreihen prallten zusammen, und das Schwert wütete lange unter ihnen, bis daß viel Volks gefallen war, so viele, daß nur Allah der Erhabene ihre Zahl kennt.

Mir ist aber, o König – so fuhr der dritte Wesir fort–, unter mancherlei anderem über die List der Weiber noch berichtet worden

DIE GESCHICHTE VON DER FRAU,
DIE IHREN MANN STAUB SIEBEN LIESS

Einst gab ein Mann seiner Frau einen Dirhem, für den sie Reis kaufen sollte; sie nahm das Geld hin und ging zum Reisverkäufer. Der gab ihr den Reis, aber dann fing er an mit ihr zu scherzen und zu äugeln; dabei sagte er zu ihr: ‚Reis schmeckt nur mit Zucker gut. Wenn du auch den haben willst, so komm ein Weilchen zu mir herein!‘ Da ging die Frau zu ihm in den Laden hinein, und der Reishändler sagte zu seinem Diener: ‚Wäge ihr für einen Dirhem Zucker ab.‘ Zugleich aber gab er ihm ein Zeichen, und darauf nahm der Diener aus dem Taschentuche, das die Frau ihm reichte, den Reis heraus und tat Staub an seine Stelle, und statt des Zuckers legte er Steine hinein. Dann knüpfte er das Tuch wieder zu und legte es neben sie hin. Als die Frau fortging, nahm sie ihr Tuch und machte sich auf den Heimweg in dem Glauben, der Inhalt des Tuches sei Reis und Zucker. Und wie sie zu Hause ankam, legte sie das Tuch vor ihren Gatten hin; der fand darin Staub und Steine. Als sie dann den Kessel brachte, fragte er sie: ‚Hab ich dir etwa gesagt, ich wollte bauen, daß du mir Erde und Steine bringst?‘ Kaum sah sie das, so wußte sie, daß der Diener des Händlers ihr einen Streich gespielt hatte. Und wie er so mit dem Kessel in der Hand dastand, sagte sie zu ihrem Gatten: ‚Mann, in meiner Aufregung über das, was mir widerfahren ist, habe ich statt des Siebes, das ich bringen wollte, den Kessel geholt.‘ ‚Was hat dich denn aufgeregt?‘ fragte er darauf; und sie gab ihm zur Antwort: ‚Mann, der Dirhem, den ich bei mir hatte, fiel mir auf dem Markte aus der Hand. Nun schämte ich mich, vor all den Leuten nach dem Geldstück zu suchen, aber es war mir doch nicht leicht, den Dirhem zu verlieren; da hob ich rasch den Staub auf an der Stelle, auf die der Dirhem gefallen war, und ich wollte ihn durchsieben. Deshalb ging ich fort, um das Sieb zu holen; doch ich brachte den Kessel.‘ Dann ging sie und brachte wirklich das Sieb und gab es ihrem Manne mit den Worten: ‚Siebe du; deine Augen sind besser als meine!‘ Da setzte der Mann sich hin und siebte den Staub, bis sein Gesicht und sein Bart ganz vom Staube bedeckt waren; aber von der List seiner Frau und von dem, was sich mit ihr zugetragen hatte, erfuhr er nichts.

Dies, o König – so schloß der dritte Wesir –, ist ein Beispiel von der Tücke der Weiber. Bedenke das Wort Allahs des Erhabenen: Fürwahr, eure Weiberlist ist groß![1] und vergleiche damit das Wort des Hochgepriesenen und Erhabenen: Fürwahr, die List des Satans ist schwach!‘[2]

Als der König die Worte des Wesirs vernommen hatte, Worte, die ihn überzeugten und ihm gefielen und ihn von sei-

1. Koran, Sure 12, Vers 28. – 2. Sure 4, Vers 78.

ner Leidenschaft heilten, und wie er dann die Worte aus dem
Buche Allahs, an die jener ihn erinnert hatte, überdachte, da
gingen die Lichter des guten Rates auf am Himmel seines Verstandes und seiner Gedanken; so wandte er sich denn ab von
dem Entschlusse, seinen Sohn töten zu lassen. Am vierten Tage
aber trat wiederum die Odaliske vor ihn hin, küßte den Boden vor ihm und sprach: ‚O König des glücklichen Geschickes
und des rechtgeleiteten Blickes, ich habe dir mein Recht mit
klaren Beweisen kundgetan; du aber hast unrecht an mir gehandelt und hast es unterlassen, meinen Widersacher zu bestrafen, weil er dein Sohn und dein Herzblut ist. Doch Allah,
der Hochgepriesene und Erhabene, wird mir wider ihn helfen,
wie Er dem Sohn des Königs wider den Wesir seines Vaters
geholfen hat.‘ ‚Wie war denn das?‘ fragte der König; und die
Odaliske begann: ‚Mir ist berichtet worden, o König,

DIE GESCHICHTE
VON DER VERZAUBERTEN QUELLE

Einst hatte einer von den Königen der alten Zeit nur einen
einzigen Sohn; kein anderes Kind war ihm beschieden. Und
als jener Prinz herangewachsen war, wählte sein Vater als Gemahlin für ihn die Tochter eines anderen Königs. Die war eine
schöne und liebliche Maid; und sie hatte auch einen Vetter,
der um sie bei ihrem Vater gefreit hatte; sie aber hatte sich
nicht mit ihm vermählen wollen. Als dieser Vetter nun erfuhr,
daß sie einem anderen vermählt werden sollte, packte ihn die
Eifersucht, und er beschloß, den Wesir des Königs, dessen
Sohn der Gemahl der Prinzessin werden sollte, durch Geschenke zu bestechen. So sandte er ihm denn große Geschenke
und überwies ihm viel Geld; und er bat ihn, er möge entweder

281

durch eine List, die ihn verderben sollte, den Tod des Prinzen veranlassen, oder ihn überreden, daß er von der Vermählung mit der Prinzessin ablasse. Und er fügte hinzu: ‚O Wesir, die Eifersucht um meine Base ist es, die mich hierzu getrieben hat.‘ Als die Geschenke bei dem Wesir eintrafen, nahm er sie an und ließ durch einen Boten antworten: ‚Hab Zuversicht und quäl dich nicht! Ich will alles tun, was du wünschest.‘ Bald darauf ließ der Vater der Prinzessin den Sohn des Königs in seine Hauptstadt entbieten, auf daß er zu seiner Tochter eingehen könne. Und wie diese Botschaft bei dem Prinzen eintraf, gab sein Vater ihm Urlaub zur Reise und schickte jenen Wesir, der die Geschenke angenommen, als seinen Begleiter mit ihm. Ferner entsandte er mit den beiden tausend Reiter, dazu Geschenke, Sänften, Baldachine und Zelte. Nun brach der Wesir mit dem Prinzen auf, das Herz voller Ränke, und sann in seinem Innern auf Böses wider ihn. Als sie dann in die Wüste kamen, dachte der Wesir daran, daß sich dort im Gebirge eine Quelle fließenden Wassers befand, ez-Zahra geheißen, und daß jeder Mann, der aus ihr trank, zum Weibe wurde. Wie er sich also daran erinnerte, ließ er das Heer in der Nähe der Quelle lagern. Dann bestieg er wieder sein Roß und sprach zu dem Prinzen: ‚Willst du mit mir kommen und dir hier in der Nähe eine fließende Quelle ansehen?‘ Da saß auch der Prinz wieder auf und ritt mit dem Wesir seines Vaters dorthin; es war aber niemand anders bei ihnen, und der Sohn des Königs ahnte nicht, welches Unheil im Verborgenen auf ihn lauerte. Sie zogen nun beide dahin ohne Aufenthalt, bis sie bei jener Quelle ankamen. Dort stieg der Prinz von seinem Rosse ab, wusch sich die Hände und trank von ihrem Wasser. Im selben Augenblick ward er ein Weib. Als er dessen gewahr wurde, schrie er auf und weinte, bis er fast die Besinnung verlor. Da trat der Wesir an ihn heran und heuchelte Mitgefühl mit seinem Leid und fragte ihn: ‚Was ist dir widerfahren?‘ Der Prinz erzählte es ihm; und als der Wesir seine Worte vernommen hatte, heuchelte er von neuem Teilnahme und weinte über das Unglück des Prinzen. Dann sprach er zu ihm: ‚Allah der Erhabene sei deine Zuflucht in dieser Not! Wie konnte dir solches Leid widerfahren? Wie konnte solch großes Unheil über dich kommen? Wir ritten doch zu einer Freudenfeier für dich, auf daß du zu der Prinzessin eingehen solltest! Jetzt weiß ich nicht, ob wir uns zu ihr begeben sollen oder nicht. Doch du hast zu entscheiden. Was befiehlst du mir zu tun?‘ Der Jüngling erwiderte ihm: ‚Kehr du zu meinem Vater zurück und berichte ihm, was mir geschehen ist! Ich will mich nicht von dieser Stätte rühren, bis daß dies Unheil von mir weicht oder bis ich in meinem Gram sterbe.‘ Dann schrieb er einen Brief an seinen Vater, in dem er ihm berichtete, was geschehen war. Der Wesir nahm den Brief und kehrte in die Stadt des Königs zurück. Die Truppen ließ er jedoch bei dem Prinzen, keiner von den Mannen begleitete ihn; und er frohlockte in seinem Herzen über das, was er dem Sohne des Königs angetan hatte. Als er dann zum König kam, berichtete er ihm von dem Unglück seines Sohnes und übergab ihm den Brief. Der König ward von tiefer Trauer um seinen Sohn erfüllt und schickte alsbald zu den Weisen und den Meistern der geheimen Künste, daß sie ihm das Unheil, das über seinen Sohn gekommen war, erklären sollten; aber keiner vermochte ihm eine Antwort zu geben. Inzwischen schickte der Wesir an den Vetter der Prinzessin, um ihm die frohe Botschaft von dem Schicksal des Prinzen zu übermitteln; und als sein Schreiben diesen erreichte, freute er sich gewaltig und begehrte alsbald, sich mit der Tochter seines Oheims zu vermählen. Auch sandte er reiche

283

Geschenke und große Schätze an den Wesir und sprach ihm den herzlichsten Dank aus.

Der Prinz aber blieb bei jener Quelle drei Tage und drei Nächte lang, ohne zu essen und zu trinken, und vertraute in seiner Not nur auf Allah, den Hochgepriesenen und Erhabenen, der niemanden im Stiche läßt, wenn er auf Ihn baut. In der vierten Nacht aber erschien plötzlich ein Ritter mit einer Krone auf dem Haupte, der aussah, als ob er ein Königssohn wäre. Und er sprach zu dem Prinzen: ‚Wer hat dich hierhergebracht, Jüngling?‘ Da erzählte ihm der Prinz, was ihm widerfahren war, wie er auf der Reise zu seiner Verlobten gewesen sei, um Hochzeit mit ihr zu feiern, wie der Wesir ihn zu der Quelle geführt habe, wie er dann von ihrem Wasser getrunken habe und wie darauf jenes Unheil über ihn gekommen sei; doch während er redete, brachen ihm die Tränen hervor, und er mußte weinen. Als der Ritter seine Erzählung vernommen hatte, empfand er Mitleid mit dem Unglücklichen, und er sprach zu ihm: ‚Wisse, der Wesir deines Vaters ist es, der dich in diese Not gebracht hat; denn diese Quelle kennt von den Menschenkindern nur jener einzige Mann.‘ Dann hieß der Ritter ihn aufsitzen, und der Prinz bestieg sein Roß. Nun sagte der Ritter: ‚Komm mit mir zu meiner Stätte; du bist heute nacht mein Gast!‘ Aber der Prinz bat ihn: ‚Sage mir, wer du bist, ehe ich mit dir gehe!‘ Jener antwortete: ‚Ich bin der Sohn des Königs der Geister, wie du der Sohn eines Menschenkönigs bist. Hab Zuversicht und quäl dich nicht; deinem Harm und Gram ein Ende zu machen ist mir ein leichtes!‘ So brach denn der Prinz in der Morgenfrühe mit ihm auf, indem er seine Truppen und all seine Leute zurückließ. Ohne Aufenthalt ritten die beiden dahin bis Mitternacht; da fragte der Geisterprinz: ‚Weißt du, welchen Weg wir in dieser Zeit zurückgelegt haben?' ‚Nein, ich weiß es nicht', erwiderte der Jüngling; und jener fuhr fort: ‚Wir haben die gleiche Strecke zurückgelegt, die ein rüstiger Reisender in einem Jahre durchmißt.' Erschrocken fragte darauf der Prinz: ‚Wie soll ich es denn beginnen, um zu den Meinen zurückzukehren?' Der Geisterprinz gab ihm zur Antwort: ‚Das ist nicht deine Sache; dafür laß mich nur sorgen! Wenn du von deinem Leiden geheilt bist, so sollst du zu den Deinen schneller als im Augenblicke zurückkehren; auch das ist ein leichtes für mich.' Wie der Jüngling diese Worte aus dem Munde des Dämonen vernahm, war er vor Freude wie von Sinnen, und er glaubte fast, all das wären nur Irrgänge von Träumen; doch er rief: ‚Preis sei dem Allmächtigen, der den Elenden wieder glücklich machen kann!' Und er war hocherfreut.' – –«

Da bemerkte Schehrezâd, daß der Morgen begann, und sie hielt in der verstatteten Rede an. Doch als die *Fünfhundertunddreiundachtzigste Nacht* anbrach, fuhr sie also fort: »Es ist mir berichtet worden, o glücklicher König, daß der Geisterprinz zu dem Sohne des Menschenkönigs sagte: ‚Wenn du von deinem Leiden geheilt bist, so sollst du zu den Deinen schneller als im Augenblicke zurückkehren!' Des freute sich der Prinz, und sie ritten immer weiter, bis es Morgen ward. Da kamen sie zu einem Lande von blühender, glühender Pracht; dort ragten Bäume hoch empor, Vöglein sangen in jubelndem Chor; dort war von Gärten ein Blütenmeer, und Schlösser erhoben sich stolz und hehr. Der Geisterprinz stieg nun von seinem Rosse und hieß den Jüngling das gleiche tun. Dann nahm er ihn bei der Hand und führte ihn in eines jener Schlösser; in ihm erblickte der Prinz einen König hoch und hehr, einen Herrscher von großer Ehr, und er blieb bei ihm den Tag über, bei Speise und Trank, bis die Nacht hereinbrach. Da bestieg der Geisterprinz sein Roß, und der Sohn des Menschenkönigs saß mit ihm auf, und sie zogen unter dem Dunkel der Nacht dahin in eiligem Ritt, bis es Morgen ward. Da kamen sie in ein düsteres, ödes Gelände, voll schwarzer Felsen und Steine; das sah aus, als ob es ein Teil der Hölle wäre. Der Sohn des Menschenkönigs fragte: ‚Wie heißt dies Land?‘ Und sein Begleiter antwortete ihm: ‚Es heißt das Schwarze Land und gehört einem Geisterkönig des Namens Dhu el-Dschanahain, dem kein König zu widerstehen vermag; auch darf niemand ohne seine Erlaubnis dies Land betreten; drum warte hier, wo du bist, während ich ihn um die Erlaubnis bitte!‘ Der Jüngling wartete, und der Geisterprinz entschwand seinen Blicken. Nach einer Weile kehrte er zu ihm zurück, und dann ritten die beiden ohne Aufenthalt weiter, bis sie zu einer Quelle kamen, deren Wasser aus den schwarzen Bergen hervorsprudelte. Nun hieß der Geisterprinz den Jüngling absteigen; und der sprang von seinem Rosse herunter. Dann fuhr jener fort: ‚Trink von diesem Quell!‘ Als der Prinz das getan hatte, ward er im selben Augenblicke wieder zum Manne, wie er es früher gewesen war, durch die Macht Allahs des Erhabenen. Darüber freute sich der Prinz gar sehr, ja, seine Freude kannte keine Grenzen mehr. Dann fragte er: ‚Bruder, wie heißt diese Quelle?‘ Und jener antwortete: ‚Die Frauenquelle; denn jede Frau, die aus ihr trinkt, muß zum Manne werden. Nun preise Allah den Erhabenen und danke Ihm, daß du geheilt bist, und besteig wieder dein Roß!‘ Da warf der Prinz sich nieder im Dankgebet vor Allah dem Erhabenen. Dann saßen die beiden auf und ritten eiligst weiter, den ganzen Tag hindurch, bis sie zu dem Lande jenes Dämonen heimkamen; dort verbrachte der Jüngling die Nacht bei ihm in aller Lebensfreude. Und den ganzen nächsten Tag aßen und tranken sie, bis es wiederum Nacht ward. Da fragte

286

der Geisterprinz seinen Gefährten: ‚Willst du noch in dieser Nacht zu den Deinen zurückkehren?‘ ‚Ja,‘ erwiderte jener, ‚das möchte ich; danach sehne ich mich.‘ Alsbald rief der Geisterprinz einen der Sklaven seines Vaters, Râdschiz geheißen, und sprach zu ihm: ‚Nimm diesen Jüngling fort von hier und trag ihn auf deiner Schulter, und laß den Morgen nicht über ihm dämmern, bevor er bei seinem Schwäher und seiner Gemahlin ist!‘ Der Sklave erwiderte: ‚Ich höre und gehorche; herzlich gern!‘ Dann entschwand er ihren Blicken und kehrte nach einer Weile in der Gestalt eines Dämons zurück. Als der Jüngling ihn sah, war er vor Schreck wie von Sinnen; aber der Geisterprinz sprach zu ihm: ‚Dir geschieht kein Leid! Besteige dein Roß und spring mit ihm auf die Schulter des Dämons!‘ ‚Nein,‘ rief der Jüngling, ‚ich will allein hinaufspringen und das Roß hier bei dir lassen.‘ Dann stieg er von seinem Pferde herunter und sprang auf die Schulter des Dämons. Der Geisterprinz sagte nun: ‚Schließe deine Augen!‘ Und als der Jüngling das getan hatte, flog der Geist mit ihm dahin zwischen Himmel und Erde, immer weiter, während der Prinz die Besinnung verlor. Kaum war das letzte Drittel der Nacht angebrochen, da befand er sich schon über dem Schlosse des Vaters der Prinzessin. Und als dann der Geist auf das Dach hinabgeflogen war, sprach er zu dem Prinzen: ‚Steig ab!‘ Der tat es; dann fuhr der Dämon fort: ‚Öffne deine Augen; dies ist das Schloß deines Schwähers und seiner Tochter!‘ Darauf verließ er ihn und flog davon. Als es aber heller Tag ward und der Jüngling sich von seinem Schrecken erholt hatte, stieg er von dem Dache ins Schloß hinunter. Kaum erblickte ihn sein Schwäher, so eilte er ihm entgegen, voll Staunen, daß er ihn vom Dache kommen sah. Und er sprach zu ihm: ‚Bisher haben wir die Menschen immer durch die Tore eintreten sehen, du aber kommst vom Himmel herunter!' ‚Was Allah, der Hochgepriesene und Erhabene, will, das geschieht‘, antwortete der Prinz. Noch immer staunte der König darüber; aber er freute sich auch über die glückliche Ankunft des Prinzen. Und als die Sonne hoch am Himmel stand, befahl er seinem Wesir, prächtige Hochzeitsmähler zu rüsten. Der Minister tat, wie ihm befohlen war, und das Hochzeitsfest ward gefeiert. Darauf ging der Prinz zu seiner Gemahlin ein; und nachdem er zwei Monate dort verweilt hatte, zog er mit ihr zu der Stadt seines Vaters. Der Vetter der Prinzessin aber starb vor Eifersucht und Neid, weil jener Prinz sich mit ihr vermählt hatte. So half Allah, der Hochgepriesene und Erhabene, dem Prinzen gegen seinen Widersacher und gegen den Wesir seines Vaters. Der Jüngling kam nun mit seiner Gemahlin zu seinem Vater, wohlbehalten und in vollkommener Freude; und sein Vater zog ihm mit seinen Truppen und seinen Wesiren entgegen.

Auch ich hoffe – so schloß die Odaliske – zu Allah dem Erhabenen, daß er dir gegen deine Wesire helfen wird, o König; und ich bitte dich, schaffe mir mein Recht wider deinen Sohn!' Als der König diese Worte aus ihrem Munde vernahm, gab er Befehl, seinen Sohn hinzurichten. – –«

Da bemerkte Schehrezâd, daß der Morgen begann, und sie hielt in der verstatteten Rede an. Doch als die *Fünfhundertundvierundachtzigste Nacht* anbrach, fuhr sie also fort: »Es ist mir berichtet worden, o glücklicher König, daß die Odaliske, nachdem sie dem König die Geschichte erzählt hatte, mit den Worten schloß: ‚Ich bitte dich, schaffe mir mein Recht wider deinen Sohn!' Da gab der König Befehl, seinen Sohn hinzurichten.

Das geschah am vierten Tage. Und nun trat der vierte Wesir zum König, küßte den Boden vor ihm und sprach: ‚Allah festige und stärke den König! O König, sei bedachtsam in dem, was du beschließest; denn der Verständige tut kein Werk, ohne den Ausgang zu erwägen. Das Sprichwort sagt: ‚Wer den Ausgang der Dinge nicht bedenkt, dem wird vom Schicksal kein Glück geschenkt.‘ Und wer ohne Überlegung ein Werk tut, dem widerfährt, was dem Badhalter mit seiner Frau widerfuhr.‘ ‚Wie erging es denn dem Badhalter mit seiner Frau?‘ fragte der König; und der vierte Wesir erzählte: ‚Mir ist berichtet worden, o König,

DIE GESCHICHTE
VON DEM SOHNE DES WESIRS
UND DER FRAU DES BADHALTERS

Bei einem Badhalter pflegten einst die vornehmen Leute und die Häupter der Stadt zu verkehren. Zu dem kam eines Tages ein Jüngling von schöner Gestalt, der zu den Söhnen der Wesire gehörte; er war aber fett und feisten Leibes. Als nun der Badhalter vor ihm stand, um ihn zu bedienen, während der Jüngling seine Kleider ablegte, konnte er an ihm keine Rute entdecken; denn die war wegen des Übermaßes seines Fettes zwischen seinen Schenkeln verschwunden, und nur so viel wie eine Haselnuß war von ihr zu sehen. Da wurde der Badhalter traurig und schlug seine Hände zusammen. Wie der Jüngling das sah, fragte er ihn: ‚Was ist dir, Badhalter, daß du so traurig bist?‘ Jener gab ihm zur Antwort: ‚Ach, mein Herr, ich trauere um dich, denn du bist in arger Not, sintemalen du bei all deinem Reichtum und deiner hohen Schönheit und Anmut nichts hast, mit dem du dich vergnügen kannst wie die anderen Männer!‘ Der Jüngling sagte darauf: ‚Du hast recht mit deinen Worten; aber du erinnerst mich an etwas, das ich vergessen habe.‘ ‚Was ist denn das?‘ fragte der Badhalter; und der Jüngling fuhr fort: ‚Nimm diesen Dinar und hole mir eine schöne Frau, auf daß ich mich an ihr versuchen kann!' Jener nahm den Dinar, begab sich zu seiner Frau und sprach zu ihr: ‚Frau, es ist ein Jüngling zu mir ins Bad gekommen, einer von den Söhnen der Wesire; der ist so schön wie der Mond in der Nacht seiner Fülle, aber er hat keine Rute wie die anderen Männer, sondern nur ein kleines Ding, so groß wie eine Haselnuß. Ich klagte um seine Jugend; und da gab er mir diesen Dinar und bat mich, ihm eine Frau zu bringen, an der er sich versuchen könne. Du sollst den Dinar am ehesten verdienen; uns kann daraus nichts Schlimmes erwachsen, ich werde deinen Ruf schützen. Setz dich nur eine Weile zu ihm und hab ihn zum besten und gewinne so diesen Dinar von ihm!' Die Frau des Badhalters nahm den Dinar hin, schmückte sich und legte ihre prächtigsten Gewänder an; sie war aber eine der schönsten Frauen ihrer Zeit. Dann ging sie mit ihrem Manne, und er führte sie in ein geheimes Gemach zu dem Sohne des Wesirs. Als sie dort bei ihm war und ihn anschaute, fand sie, daß er ein schöner Jüngling war und in seiner lieblichen Gestalt dem Monde zur Zeit seiner Fülle glich; da ward sie von seiner Schönheit und Anmut verwirrt. Doch auch dem Jüngling wurden, als sie erblickte, Herz und Sinn sogleich betört. Sie blieben nun beieinander und schlossen die Tür hinter sich. Darauf nahm der Jüngling die Frau in die Arme und drückte sie an seine Brust, und sie umarmten einander; dem Jüngling aber schwoll die Rute gleich der eines Esels, und er warf sich auf die Frau des Badhalters eine lange Weile, während sie unter ihm seufzte und stöhnte und im Liebesspiel sich bewegte. Da begann der Badhalter sie zu rufen: ‚O Mutter 'Abdallahs, nun ist es genug! Komm heraus, der Tag wird für deinen Säugling zu lang.' Und der Jüngling sprach zu ihr: ‚Geh zu deinem Kind, und dann komm wieder!' Aber die Frau sagte: ,Wenn ich dich verlasse, so ist mein Leben dahin. Mein Kind will ich in seinen Tränen umkommen lassen; sonst mag es ohne Mutter als Waise aufwachsen!' Und sie blieb so lange bei dem Jüngling, bis sie ihm zehnmal zu Willen gewesen war. Während alledem stand ihr Mann vor der Tür und rief und schrie, weinte und flehte um Hilfe. Aber es kam keine Hilfe; und so mußte er allein dort stehen bleiben, während er immer rief: ,Ich bringe mich um!' Es war ihm unmöglich, zu seiner Frau zu kommen; da überwältigten ihn Qual und Eifersucht, er lief zum Dache des Bades hinauf, stürzte sich von oben in die Tiefe und starb.

Mir ist aber, o König – so fuhr der vierte Wesir fort – noch eine andere Geschichte von der Tücke der Weiber berichtet worden.' ,Wie ist die?' fragte der König; und der Wesir erzählte: ,Mir ist berichtet worden, o König,

DIE GESCHICHTE VON DER FRAU, DIE IHREN MANN BETRÜGEN WOLLTE

Einst lebte eine Frau, die besaß Schönheit und Lieblichkeit, Anmut und Vollkommenheit, und es gab keine, die ihr glich. Ein junger Verführer aber erblickte sie und war von ihr entzückt und heftige Leidenschaft zu ihr erfüllte ihn. Jene Frau war jedoch keusch und züchtig, und sie wollte nichts von ihm wissen. Eines Tages begab es sich, daß ihr Mann in ein anderes Land reisen mußte; und von nun ab sandte der Jüngling zu ihr jeden Tag viele Botschaften, aber sie gab ihm keine Antwort. Da suchte er eine alte Hexe auf, die in seiner Nähe wohnte, begrüßte sie und setzte sich zu ihr, um ihr seine Liebesqual zu klagen; er tat ihr kund, daß er von Liebe zu der Frau erfüllt

sei und daß er wünsche, ihre Gunst zu gewinnen. Die Alte
sprach zu ihm: ‚Dafür bürge ich dir; quäle dich nicht darum!
Ich werde dir zu deinem Ziele verhelfen, so Allah der Erhabene
will!‘ Als der Jüngling diese Worte aus ihrem Munde vernahm, gab er ihr einen Dinar; dann ging er seiner Wege. Am
nächsten Tage trat die Alte zu der Frau ein und erneuerte die
frühere Bekanntschaft mit ihr. Danach kam die Alte jeden
Tag wieder zu ihr und aß mit ihr zu Mittag und zu Abend und
nahm auch Essen von ihr mit für ihre Kinder. Aber sie begann
auch mit ihr zu scherzen und Kurzweil mit ihr zu treiben, bis
sie die Frau so weit gebracht hatte, daß sie die Gesellschaft der
Alten nicht mehr eine einzige Stunde lang entbehren konnte.
Die Alte pflegte, wenn sie von der Frau fortging, immer ein
Stück Teigkuchen mitzunehmen, auf das sie Fett und Pfeffer
tat, und das einer Hündin zu geben; nachdem sie das eine
Weile getan hatte, begann die Hündin ihr zu folgen wegen
ihrer fürsorglichen Güte. Eines Tages aber nahm die Alte sehr
viel Pfeffer und Fett und gab es der Hündin zu essen. Wie die
es gefressen hatte, begannen ihre Augen zu tränen, weil der
Pfeffer so scharf war; und nun folgte sie der Alten mit Tränen
in den Augen. Darüber verwunderte die Frau sich gar sehr;
und sie sprach zu der Alten: ‚Mütterchen, warum weint diese
Hündin da?‘ Die Alte gab ihr zur Antwort: ‚Liebe Tochter,
mit der hat es eine sonderbare Bewandtnis. Früher war sie ein
Mädchen; und sie war meine vertraute Freundin. Sie besaß
Schönheit und Lieblichkeit, Anmut und Vollkommenheit;
und ein junger Mann in dem Stadtviertel war ihr zugetan, und
seine Liebesleidenschaft verzehrte ihn so, daß er sich krank
auf sein Kissen legen mußte. Er sandte ihr viele Botschaften
und bat sie um Güte und Mitleid; aber sie weigerte sich. Da
gab ich ihr guten Rat, indem ich sprach: ‚Liebe Tochter, ge-

292

währ ihm doch, um was er bittet! Hab Mitleid mit ihm! Sei gut zu ihm!' Doch sie nahm meinen Rat nicht an. Als darauf dem Jüngling die Geduld versagte, klagte er seine Not einigen seiner Freunde; und die wandten einen Zauber gegen sie an und verwandelten sie aus einem Menschen in eine Hündin. Als sie aber sah, was mit ihr geschehen war, und ihre Not und ihre Verwandlung überdachte, und als sie unter allen menschlichen Geschöpfen niemanden fand, der Mitleid mit ihr gehabt hätte, außer mich allein, da kam sie zu mir in meine Wohnung und begann mich zu umschmeicheln; und sie küßte mir die Hände und die Füße und weinte und winselte. Nun erkannte ich sie und sprach zu ihr: ,Ich habe dir oft genug geraten; aber mein Rat hat nichts bei dir gefruchtet.' – –«

Da bemerkte Schehrezâd, daß der Morgen begann, und sie hielt in der verstatteten Rede an. Doch als die *Fünfhundertundfünfundachtzigste Nacht* anbrach, fuhr sie also fort: »Es ist mir berichtet worden, o glücklicher König, daß die Alte der Frau die Geschichte von der Hündin erzählte und ihr lauter Lug und Trug über das Tier berichtete, damit sie in die bösen Pläne einwillige; so sprach die Alte: ,Als diese verzauberte Hündin zu mir kam und weinte, sagte ich zu ihr: ,Wie oft habe ich dir geraten; aber mein Rat hat nichts bei dir gefruchtet.' Und doch, liebe Tochter, wie ich sie in diesem Elend sah, hatte ich Mitleid mit ihr und behielt sie bei mir so, wie sie ist. Aber immer, wenn sie an ihren früheren Zustand denkt, so beweint sie ihr Los.' Als die Frau die Worte der Alten vernommen hatte, kam große Furcht über sie; und sie sprach: ,Mütterchen, bei Allah, du hast mich durch diese Geschichte erschreckt!' ,Wovor erschrickst du denn?' fragte die Alte; und die Frau erwiderte: ,Da ist ein schöner Jüngling, der in Liebe an mir hängt und mir schon viele Botschaften gesandt hat; ich habe ihn aber immer abgewiesen. Jetzt fürchte ich, daß es mir ergehen könnte wie dieser Hündin.' Doch die Alte fuhr fort: ‚Liebe Tochter, sei auf deiner Hut und widersprich nicht; denn ich bin in großer Sorge um dich! Wenn du nicht weißt, wo der Jüngling wohnt, so berichte mir, wie er aussieht, und ich will ihn zu dir bringen. Laß niemandes Herz Groll wider dich hegen!' Da beschrieb die Frau ihn der Alten; aber diese tat, als ob sie nichts von ihm wisse, und stellte sich, als ob sie ihn nicht kenne. Dann sagte sie: ‚Wenn ich fortgehe, will ich mich nach ihm erkundigen.' Als sie aber fortgegangen war, begab sie sich sogleich zu dem Jüngling und sprach zu ihm: ‚Sei gutes Muts! Ich habe mit dem Verstande der Frau gespielt; halte dich morgen um die Mittagszeit bereit und warte auf mich an der Straßenecke, dann will ich kommen und dich zu ihr ins Haus führen, und du kannst dich den Tag über und die ganze Nacht mit ihr vergnügen.' Der Jüngling war hoch erfreut, gab ihr zwei Dinare und fügte hinzu: ‚Wenn ich mein Ziel erreicht habe, gebe ich dir zehn Dinare.' Darauf kehrte die Alte zu der Frau zurück und sprach zu ihr: ‚Ich habe ihn kennen gelernt und mit ihm darüber gesprochen. Aber ich erkannte, daß er sehr zornig auf dich war und beschlossen hatte, dir einen Schaden anzutun. Doch ich habe ihn durch gute Worte überredet, daß er morgen, wenn zum Mittagsgebet gerufen wird, zu dir kommt.' Die Frau freute sich sehr und sprach zu der Alten: ‚Mütterchen, wenn er mir wieder gut ist und zur Mittagszeit zu mit kommt, so will ich dir zehn Dinare geben.' Die Alte erwiderte darauf: ‚Du weißt, er kann nur durch mich zu dir kommen.' Am nächsten Morgen sagte sie zu ihr: ‚Bereite das Mittagsmahl, schmücke dich und lege deine schönsten Kleider an! Ich will zu ihm gehen und ihn dir bringen.' Da schmückte die Frau sich und rüstete das Mahl, während die Alte ausging, um den Jüngling zu erwarten; aber der kam nicht. Und auch als sie auf der Suche nach ihm umherging, fand sie keine Spur von ihm. Da sagte sie sich: ‚Was ist zu tun? Soll das schöne Mahl, das sie gerüstet hat, verloren sein? Und auch das Geld, das sie mir versprochen hat? Nein, ich will diesen schlauen Plan nicht zuschanden werden lassen! Ich will einen anderen für sie suchen und den zu ihr führen!‘ So suchte sie denn auf der Straße umher und sah plötzlich einen schönen und anmutigen jungen Mann daherschreiten, dem man es im Gesichte ansah, daß er von einer Reise kam. Auf den trat sie zu, grüßte ihn und sprach: ‚Hast du Verlangen nach Speise und Trank und einem vorbereiteten schönen Weibe?‘ ‚Wo ist das zu haben?‘ fragte der Mann; und die Alte fuhr fort: ‚Bei mir zu Hause!‘ Da ging er mit ihr; sie aber wußte nicht, daß er der Gatte jener Frau war. Wie sie dann bei seinem Hause ankam und an die Tür klopfte, machte die Frau ihr auf, ging jedoch sofort eilends zurück, um sich fertig zu kleiden und mit Duftwerk zu bereichern. Die Alte führte nun den Mann in den Saal, hoch erfreut über ihre gelungene List. Doch als die Frau zu ihm hereintrat und in ihm ihren Gatten erkannte, wie er neben der Alten saß, hatte sie sofort List und Trug bereit und faßte im selben Augenblick ihren Plan. Sie zog den Schuh von ihrem Fuß und schrie ihren Gatten an: ‚Ist das die Treue zwischen uns? Wie kannst du mich betrügen und so an mir handeln? Wisse, als ich hörte, daß du zurückgekehrt bist, da habe ich dich durch diese Alte auf die Probe gestellt; sie hat dich in die Falle gelockt, vor der ich dich gewarnt habe. Jetzt weiß ich sicher, wie es mit dir steht; ja, du hast unseren Treubund gebrochen. Früher hielt ich dich für rein und keusch; aber jetzt sehe ich dich mit meinen eigenen Augen in Gesellschaft dieser alten Hexe, und ich weiß, daß du mit liederlichen Frauen verkehrst!' Und sie schlug ihn mit dem Schuh auf den Kopf, während er seine Unschuld beteuerte und ihr schwor, er hätte sie sein Leben lang noch nie betrogen und noch nie etwas von dem getan, dessen sie ihn verdächtigte. Er schwor ihr alle Eide bei Allah dem Erhabenen, aber sie schlug immer weiter auf ihn ein und weinte und schrie. Dabei rief sie: ,Kommt herbei, ihr Muslime!' und als er ihr die Hand auf den Mund legte, biß sie ihn. Dann demütigte er sich vor ihr und küßte ihre Hände und Füße; aber sie hatte keine Gnade mit ihm und hörte nicht auf, ihn zu schlagen. Schließlich gab sie der Alten einen Wink, sie solle ihr die Hand von ihm zurückhalten; da kam die Alte herbei und küßte ihr Hände und Füße, bis sie die beiden zum Sitzen gebracht hatte. Und wie sie nun dasaßen, küßte der Mann die Hand der Alten und sprach zu ihr: ,Allah der Erhabene lohne es dir mit Gutem, daß du mich von ihr befreit hast!' Und selbst die Alte staunte über die List und Verschlagenheit der Frau.

Dies, o König – so schloß der vierte Wesir – ist nur eins der vielen Beispiele von der List und Tücke und Falschheit der Weiber.' Und als der König die Geschichte vernommen hatte, ließ er sich dadurch belehren und widerrief den Befehl, seinen Sohn hinzurichten. – –«

Da bemerkte Schehrezâd, daß der Morgen begann, und sie hielt in der verstatteten Rede an. Doch als die *Fünfhundertundsechsundachtzigste Nacht* anbrach, fuhr sie also fort: »Es ist mir berichtet worden, o glücklicher König, daß der König, als der vierte Wesir seine Geschichte erzählt hatte, den Befehl, seinen Sohn hinzurichten, widerrief. Am fünften Tage aber kam die Odaliske wieder zu ihm, mit einem Becher Gift in der Hand; dabei flehte sie um Hilfe, schlug sich Wangen und Gesicht und sprach: ,O König, entweder verschaffst du mir Recht und

Gerechtigkeit wider deinen Sohn, oder ich trinke diesen Becher Gift und sterbe, so daß die Schuld an meinem Tode dir anhängen wird bis zum Jüngsten Tage! Deine Wesire da werfen mir List und Tücke vor; aber in der ganzen Welt ist keiner so tückisch wie sie. Hast du nicht die Geschichte von dem Goldschmied und der Sängerin gehört?' ,Wie erging es denn den beiden, o Mädchen?' fragte der König; und die Odaliske fuhr fort: ,Mir ist berichtet worden, o glücklicher König,

DIE GESCHICHTE VON DEM GOLDSCHMIED
UND DER SÄNGERIN AUS KASCHMIR

Es war einmal ein Goldschmied, der den Frauen und dem Weintrinken ergeben war. Als der eines Tages im Hause eines Freundes war, fiel sein Blick auf eine Wand, und dort sah er das Bild eines Mädchens gemalt, so schön und lieblich und anmutig, wie noch nie ein Mensch eine Maid gesehen hatte. Lange schaute der Goldschmied sie an, hingerissen von der Schönheit des Bildes, und sein Herz ward so ergriffen von der Liebe zu dieser Gestalt, daß er krank ward und dem Tode nahe kam. Nun besuchte ihn einmal einer seiner Freunde, setzte sich zu ihm und fragte ihn, wie es ihm ergehe und was ihm fehle; der Goldschmied antwortete ihm: ,Lieber Bruder, meine ganze Krankheit und all, was mich quält, kommt von der Liebe. Ich bin von Liebe ergriffen zu dem Bilde einer Maid, das im Hause meines Bruders Soundso auf eine Wand gemalt ist.' Da schalt ihn sein Freund und sprach zu ihm: ,Das ist doch eine Torheit von dir! Wie konntest du dich in ein Bild an der Wand verlieben, das weder schaden noch nützen kann, weder sehen noch hören, weder nehmen noch versagen?' Der Goldschmied aber fuhr fort: ,Der Künstler kann es nur nach der

297

Gestalt einer schönen Frau gemalt haben.' Darauf der Freund: ,Vielleicht hat der Maler das Bild frei aus sich selbst geschaffen.' ,Wie dem auch sei,' erwiderte der Goldschmied, ,ich sterbe vor Liebe zu ihr; und wenn das Urbild dieser Gestalt in der Welt lebt, so flehe ich zu Allah dem Erhabenen, daß Er mich am Leben lasse, bis ich es sehe.' Als nun die Besucher gegangen waren, fragten sie nach dem Künstler, der das Bild gemalt hatte, und sie vernahmen, daß er in eine andere Stadt gereist war. Da schrieben sie ihm einen Brief, in dem sie die Not ihres Freundes beklagten und nach jenem Bilde fragten, ob er es aus freier Erfindung geschaffen oder ob er sein Urbild in der Welt gesehen habe. Er antwortete ihnen: ,Ich habe dies Bild nach der Gestalt einer Sängerin gemalt, die einem Wesir gehört und in der Stadt Kaschmir im Lande Indien lebt.' Wie der Goldschmied diese Botschaft vernahm, da rüstete er sich alsbald zur Reise und zog von Persien, wo er lebte, nach dem Inderlande; und nach vielen Beschwerden kam er vor jener Stadt an. Nachdem er dort eingezogen war und sich niedergelassen hatte, ging er eines Tages zu einem Bürger der Stadt, einem Spezereienhändler, der ein kluger, verständiger und einsichtiger Mann war; den fragte er nach ihrem König und seinem Wandel. Der Spezereienhändler erzählte ihm: ,Unser König ist ein rechtschaffener Mann, er führt einen schönen Wandel, er ist stets zur Güte gegen das Volk seines Reiches bereit und übt gegen seine Untertanen Gerechtigkeit. Er verabscheut in der ganzen Welt nur die Zauberer; wenn ein Magier oder eine Zauberin in seine Hände fällt, so wirft er sie in eine Grube außerhalb der Stadt und läßt sie dort Hungers sterben.' Und weiter fragte der Goldschmied nach den Wesiren des Königs; da erzählte jener ihm von einem jeden Wesir, von seiner Art und seinem Wesen, bis ihr Gespräch auf die Sängerin kam.

Der Spezereienhändler sagte von ihr: ‚Sie gehört dem Wesir Soundso!' Darauf wartete der Goldschmied einige Tage, bis er seinen Plan ersonnen hatte. Dann machte er sich in einer Regennacht, in der es donnerte und gewaltig stürmte, auf den Weg, nahm Diebsgerät mit sich und begab sich zum Hause des Wesirs, dem die Sängerin gehörte. Dort hängte er mit Fanghaken eine Leiter auf, kletterte auf das Dach des Schlosses, und nachdem er oben angekommen war, stieg er in die Halle hinab. Dort sah er alle die Sklavinnen schlafen, eine jede auf ihrem Lager; und auf einem marmornen Lager entdeckte er eine Maid, die war so schön wie der Vollmond, wenn er in der vierzehnten Nacht aufgeht. Er ging auf sie zu und setzte sich ihr zu Häupten, um die Decke aufzuheben. Die Decke aber war mit Gold bestickt; und zu ihren Häupten und zu ihren Füßen standen zwei Kerzen, jede in einem Leuchter von strahlendem Golde, und beide Kerzen waren aus Ambra hergestellt. Unter dem Kissen lag, versteckt neben ihrem Haupte, eine silberne Schatulle, in der sich alle ihre Schmucksachen befanden. Nun holte der Goldschmied ein Messer heraus, stach der Sängerin damit in das Gesäß und brachte ihr eine sichtbare Wunde bei. Voller Schrecken wachte sie auf; und als sie den Mann erblickte, fürchtete sie sich zu schreien und schwieg still, da sie meinte, er wolle ihre Habe stehlen. Dann sprach sie zu ihm: ‚Nimm die Schatulle und was darinnen ist; es nützt dir nichts, wenn du mich tötest! Ich bitte dich und flehe dich an, ich bin in deiner Gewalt!' Der Mann nahm die Schatulle mit ihrem Inhalt und ging davon. – –«

Da bemerkte Schehrezâd, daß der Morgen begann, und sie hielt in der verstatteten Rede an. Doch als die *Fünfhundertundsiebenundachtzigste Nacht* anbrach, fuhr sie also fort: ‚Es ist mir berichtet worden, o glücklicher König, daß der Goldschmied, nachdem er das Schloß des Wesirs erklommen hatte, der Sängerin eine Wunde im Gesäß beibrachte, die Schatulle, in der ihr Schmuck war, mitnahm und davonging. Am nächsten Morgen legte er seine heimischen Kleider an, nahm das Schmuckkästchen mit sich und trat zum König jener Stadt ein. Er küßte den Boden vor ihm und sprach zu ihm: ‚O König, ich bin ein Mann, der dir gut raten will. Ich bin aus dem Lande Chorasân und komme, um bei deiner Majestät Zuflucht zu suchen, da der Ruf deines schönen Wandels und deiner Gerechtigkeit gegen die Untertanen sich weit verbreitet hat; ich möchte unter deinem Banner stehen. Als ich aber gegen Abend diese Stadt erreichte, fand ich das Tor verschlossen, und so legte ich mich vor den Mauern zum Schlafe nieder. Wie ich nun dort halb schlafend, halb wachend lag, erblickte ich plötzlich vier Weiber; eine von ihnen ritt auf einem Besen, die zweite auf einem Weinkrug, die dritte auf einem Feuerhaken und die vierte auf einer schwarzen Hündin.[1] Da wußte ich, o König, daß sie Hexen waren, die in deine Stadt eindringen wollten. Eine von ihnen kam zu mir heran, stieß mich mit dem Fuße und schlug mich mit einem Fuchsschwanze, den sie in der Hand hielt, so heftig, daß es mir weh tat. Da wurde ich wütend über den Schlag und stieß nach ihr mit einem Messer, das ich bei mir hatte; ich traf sie ins Gesäß, gerade als sie sich umwandte und weggehen wollte. Wie ich sie aber verwundete, sprang sie vor mir auf und davon und ließ dies Kästchen fallen mit dem, was darinnen ist. Ich machte es auf und fand darin diesen kostbaren Schmuck; nimm du ihn hin, denn ich bedarf seiner nicht! Siehe, ich bin ein Pilger der Wüste; ich habe die

1. So nach der Breslauer Ausgabe, Band 12, Seite 304. In der Calcuttaer Ausgabe steht hier nur, daß eine auf einem Besen und eine andre auf einem Fächer ritt.

Welt aus meinem Herzen verbannt, ich habe ihr und all ihren Gütern entsagt und suche nur das Antlitz Allahs des Erhabenen.' Mit diesen Worten legte er die Schatulle vor dem König nieder und wandte sich zum Gehen. Nachdem er davongegangen war, öffnete der König jenes Kästchen und schüttete all die Schmucksachen heraus; dann nahm er jedes Stück in die Hand und dabei fand er auch ein Halsband, das er dem Wesir zum Geschenk gemacht hatte, jenem, dem die Sängerin gehörte. Sogleich ließ er den Wesir kommen; und als der vor ihm erschien, fragte er ihn: ‚Ist dies das Halsband, das ich dir geschenkt habe?' Wie der Wesir es anschaute, erkannte er es und sprach zum König: Jawohl! Und ich habe es einer meiner Sängerinnen geschenkt.' Da rief der König: ‚Bringe das Mädchen sofort hierher!' Der Wesir holte die Sängerin, und als sie vor dem König stand, befahl dieser: ‚Decke ihr Gesäß auf und sieh nach, ob sie verwundet ist oder nicht!' Nachdem der Wesir den Befehl ausgeführt hatte, sah er eine Messerwunde und sprach zum König: ‚Ja, hoher Herr, dort ist eine Wunde!' Nun sagte der König: ‚Sie ist eine Zauberin, wie der heilige Mann gesagt hat; das ist ganz sicher.' Dann befahl er, sie in die Hexengrube zu werfen; und noch am selben Tage schaffte man sie dorthin. Als es aber Nacht geworden war und der Goldschmied erfahren hatte, daß seine List geglückt war, begab er sich zu dem Wächter der Grube, in der Hand einen Beutel mit tausend Dinaren. Er setzte sich zu dem Wächter und begann mit ihm zu plaudern, bis das erste Drittel der Nacht vergangen war. Dann weihte er den Wächter in die Wahrheit ein, indem er sprach: ‚Wisse, Bruder, diese Sängerin ist unschuldig an dem Bösen, das man ihr zur Last legt; ich bin es, der dies über sie gebracht hat.' Und er erzählte ihm die Geschichte von Anfang bis zu Ende; dann fügte er hinzu: ‚Bruder, nimm diesen Beutel; tausend Dinare sind darin! Dafür gib mir diese Sängerin, und ich will mit ihr in mein Land reisen! Diese Dinare nützen dir mehr, als wenn du das Mädchen hier bewachst. Außerdem gewinnst du himmlischen Lohn durch uns, und wir beide werden für dein Glück und Wohlergehen beten.‘ Als der Wächter diese Geschichte von ihm vernahm, war er über eine solche List und ihr Gelingen aufs höchste erstaunt; dann nahm er den Beutel mit dem Gelde hin und ließ dem Goldschmied die Sängerin, indem er ihm zur Bedingung machte, daß er nicht eine einzige Stunde mit ihr in der Stadt verweile. Der Goldschmied aber nahm die Sängerin und brach sofort mit ihr auf und zog eilends mit ihr dahin, bis er in seiner Heimat ankam; so hatte er sein Ziel erreicht.

Betrachte nun, o König – so schloß die Odaliske –, die Tücke und die Listen der Männer! Jetzt hindern dich wohl deine Wesire, mir mein Recht zu schaffen; aber bald werde ich mit dir vor einem gerechten Richter stehen, und der wird mir zu meinem Rechte wider dich verhelfen, o König!‘ Als der König diese Worte aus ihrem Munde vernahm, befahl er von neuem, seinen Sohn hinzurichten. Doch da trat der fünfte Wesir vor ihn hin, küßte den Boden vor ihm und sprach zu ihm: ‚Großmächtiger König, bedenke dich und laß deinen Sohn nicht vorschnell töten! Denn Eile hat oft Reue im Gefolge. Ich fürchte, du könntest so bereuen müssen wie der Mann, der nie mehr im Leben lachte.‘ ‚Wie war denn das, o Wesir?‘ fragte der König; und der fünfte Wesir erzählte: ‚Mir ist berichtet worden, o König,

Es war einmal ein Mann, der zu den Hausbesitzern und wohlhabenden Leuten gehörte; der hatte viel Geld, Eunuchen,
Sklaven und Ländereien. Als er zur Barmherzigkeit Allahs des
Erhabenen einging, hinterließ er einen jungen Sohn. Doch wie
der Sohn herangewachsen war, ergab er sich dem Prassen und
Zechen, dem Klange der Musik und der Gesänge. Auch begann er Geschenke und Gaben zu verteilen; und er vertat die
Güter, die ihm sein Vater hinterlassen hatte, bis daß alles Geld
dahingeschwunden war. – –«

Da bemerkte Schehrezâd, daß der Morgen begann, und sie
hielt in der verstatteten Rede an. Doch als die *Fünfhundertund-
achtundachtzigste Nacht* anbrach, fuhr sie also fort: »Es ist mir berichtet worden, o glücklicher König, daß der Jüngling, als all
das Geld, das ihm sein Vater hinterlassen hatte, dahingeschwunden war und ihm nichts mehr übrigblieb, nunmehr begann,
die Sklaven und die Sklavinnen und die Ländereien zu verkaufen. So verschwendete er alles, was er von seinem Vater ererbt hatte, Geld und alle andere Habe, bis er zum Bettler ward
und mit den Arbeitern sein Brot verdienen mußte. Ein Jahr
lang lebte er so dahin; dann aber, als er eines Tages an einer
Mauer saß und auf jemanden wartete, der ihm Arbeit geben
würde, trat plötzlich ein Mann von vornehmem Aussehen und
schön gekleidet an ihn heran und grüßte ihn. Da fragte der
Jüngling ihn: ,Lieber Oheim, kennst du mich vielleicht von
früher her?' ,Nein,' erwiderte jener, ,ich kenne dich gar nicht,
mein Sohn; aber ich erblicke die Spuren besserer Zeiten an dir,
obgleich du jetzt so elend aussiehst.' ,Lieber Oheim,' sagte der
Jüngling darauf, ,Schicksal und Verhängnis nehmen ihren

Lauf. Doch sag, du Oheim mit dem freundlichen Antlitz, hast du nicht eine Arbeit, für die du mich in Dienst nehmen kannst?' Jener gab ihm zur Antwort: ‚Mein Sohn, ich will deine Dienste für eine leichte Sache in Anspruch nehmen.' ‚Was ist das, lieber Oheim?' fragte der Jüngling; und der Fremde erwiderte: ‚Außer mir sind noch zehn Scheiche im gleichen Hause; und wir haben niemanden, der uns bedient. Du kannst bei uns Nahrung und Kleidung genug erhalten, wenn du den Dienst bei uns versehen willst. Auch soll dir bei uns Geld und Gut zuteil werden; vielleicht wird Allah dann durch uns dir deinen Wohlstand wiedergeben.' ‚Ich höre und gehorche!' sagte der Jüngling; und der Alte fuhr fort: ‚Ich muß dir aber eine Bedingung auferlegen.' Als der Jüngling dann fragte: ‚Und was ist deine Bedingung, mein Oheim?' antwortete er: ‚Mein Sohn, die ist, daß du in allem, was du bei uns siehst, unser Geheimnis hütest, und wenn du uns weinen siehst, nicht nach dem Grunde unserer Tränen fragst.' ‚Gut, mein Oheim!' sagte der Jüngling; und nun forderte der Alte ihn auf: ‚Mein Sohn, so laß uns denn gehen mit dem Segen Allahs des Erhabenen!' Dann folgte der Jüngling dem Scheich; und der brachte ihn zu einem Bade, führte ihn hinein und ließ seinen Leib von dem Schmutze reinigen, der darauf war. Ferner entsandte der Alte einen Mann, und der kam mit einem schönen Linnengewand zurück. Nachdem er ihm das angelegt hatte, ging der Scheich mit ihm in seine Wohnung zu seinen Gefährten. Als der Jüngling dort eintrat, sah er, daß es ein hoher, festgefügter und geräumiger Bau war; dort waren Gemächer, die einander gegenüber lagen, und Hallen, deren jede einen Springbrunnen hatte, über dem die Vöglein zwitscherten, und auf allen Seiten schauten Fenster in einen schönen Garten, der sich innerhalb des Baues befand. Der Alte führte ihn in eines der Gemächer, das mit buntem Marmor ausgelegt war, während die Decke mit Malereien in Lasur und glänzendem Golde verziert war; auf dem Boden aber lagen seidene Teppiche. Dort sah er zehn Scheiche einander gegenüber sitzen; die waren in Trauergewänder gehüllt und weinten und klagten. In seiner Verwunderung wollte er den Scheich darüber befragen, aber er dachte an die Bedingung und hielt seine Zunge im Zaume. Darauf übergab der Alte ihm eine Truhe mit dreißigtausend Dinaren und sprach zu ihm: ‚Mein Sohn, verwende das, was in dieser Truhe ist, für uns und für dich selbst ganz nach Belieben als getreuer Sachwalter; hüte aber, was ich dir anvertraue!‘ ‚Ich höre und gehorche!‘ erwiderte der Jüngling und begann nun für sie das Geld zu verwenden. Das dauerte eine Reihe von Tagen und Nächten, bis einer von ihnen starb. Da nahmen die Gefährten den Toten, wuschen ihn, hüllten ihn ins Leichentuch und begruben ihn in einem Garten hinter dem Hause. Und dann raffte der Tod immerfort einen nach dem anderen von ihnen dahin, bis nur noch jener Scheich übrigblieb, der den Jüngling in Dienst genommen hatte. Nun blieben die beiden allein in dem Hause, der Junge und der Alte, und es war kein dritter bei ihnen. So verbrachten sie manches Jahr miteinander; doch da erkrankte der Scheich, und als der Jüngling die Hoffnung auf sein Leben aufgab, trat er zu ihm und trauerte mit ihm. Dann sprach er zu ihm: ‚Lieber Oheim, ich habe euch zwölf Jahre lang gedient und habe in meinem Dienste bei euch nicht eine einzige Stunde die Pflicht versäumt; ich bin euch stets ein treuer und eifriger und gehorsamer Diener gewesen.‘ ‚Ja, mein Sohn,‘ erwiderte der Alte, ‚du hast uns treu gedient, bis alle diese Scheiche zu Allah, dem Allgewaltigen und Glorreichen, eingegangen sind; und nun muß auch ich sterben.‘ ‚Mein guter Herr,‘ sagte darauf der Jüngling, ‚du bist in Todesgefahr, und jetzt bitte ich dich, tu mir kund, weshalb ihr weintet und immerdar klagtet und trauertet und seufztet.' Doch der Alte erwiderte: ,Mein Sohn, das geht dich nichts an; drum quäle mich nicht mit dem, was ich nicht tun kann! Ich habe Allah den Erhabenen gebeten, Er möge niemanden mit dem Leid heimsuchen, das mir widerfahren ist. Wenn du vor dem behütet sein willst, was uns betroffen hat, so hüte dich, jene Tür dort zu öffnen!' Und dabei wies er mit der Hand auf sie und warnte ihn vor ihr. Dann schloß er mit den Worten: ,Wenn du aber willst, daß dir die Not widerfahre, die uns betroffen hat, so öffne sie! Dann wirst du auch wissen, warum du uns also handeln sahst, denn du wirst bereuen, wenn die Reue nichts mehr fruchtet.' – –«

Da bemerkte Schehrezâd, daß der Morgen begann, und sie hielt in der verstatteten Rede an. Doch als die *Fünfhundertundneunundachtzigste Nacht* anbrach, fuhr sie also fort: »Es ist mir berichtet worden, o glücklicher König, daß der Scheich, der nach den zehn anderen übriggeblieben war, zu dem Jüngling sprach: ,Hüte dich, jene Tür zu öffnen; denn sonst wirst du es bereuen, wenn die Reue nichts mehr fruchtet!' Danach übermannte die Krankheit den Alten, und er starb. Der Jüngling wusch ihn mit eigener Hand, hüllte ihn in das Totenlaken und begrub ihn bei seinen Gefährten. Nun blieb er an jener Stätte und war im Besitze alles dessen, was sich dort fand. Doch er ward unruhig und dachte darüber nach, was es mit dem Alten auf sich gehabt haben möchte. Und wie er eines Tages ob der Worte des letzten Scheichs nachgrübelte und ob seiner Mahnung, jene Tür nicht zu öffnen, da kam es ihm in den Sinn, sie einmal anzuschauen. Er ging also nach jener Seite des Hauses, auf die der Alte gewiesen hatte, und suchte nach, bis er eine kleine Tür fand, die von Spinngeweben bedeckt war; an der befanden sich vier Schlösser aus Stahl. Wie er sie sah, erinnerte er sich an die Warnung des Alten und kehrte wieder um. Doch seine Seele suchte ihn zu verlocken, daß er die Tür öffne; sieben Tage lang widerstand er ihr, aber am achten Tage überwältigte ihn seine Neugier, und er sprach: ‚Es geht nicht anders, ich muß diese Tür öffnen und sehen, was mir dann geschieht. Was Allah der Erhabene beschlossen und vorherbestimmt hat, das kann durch nichts abgewendet werden, und nichts geschieht in der Welt ohne Seinen Willen.‘ Also machte er sich auf, zerbrach die Schlösser und öffnete die Tür. Nachdem er das getan hatte, sah er einen engen Gang vor sich; in dem ging er weiter und weiter, drei Stunden lang. Da endlich trat er ins Freie hinaus, am Ufer eines großen Wassers. Voll Staunen schritt er am Strand entlang, indem er nach rechts und nach links schaute. Plötzlich aber schoß ein großer Adler aus der Luft auf ihn herab und trug ihn in seinen Fängen empor; zwischen Himmel und Erde schwebte er mit ihm dahin, bis er zu einer Insel mitten im Meere kam. Dort ließ der Adler ihn fallen und flog davon. Der Jüngling aber war ganz ratlos und wußte nicht, wohin er sich wenden sollte. Und während er in seiner Not so dasaß, sah er eines Tages auf hoher See das Segel eines Schiffes gleichwie einen Stern am Himmel aufleuchten. Auf dies Schiff setzte er seine Hoffnung, als ob er dadurch gerettet werden könnte. Immerfort starrte er es an, bis es in seine Nähe kam. Da sah er, daß es ein Boot aus Elfenbein und Ebenholz war, mit Rudern aus Sandelholz und Aloenholz; und alles war mit glänzendem Golde überzogen. In ihm saßen zehn Mädchen, Jungfrauen, wie Monde anzuschauen. Als die ihn erblickten, kamen sie aus dem Boote zu ihm heraus, küßten ihm die Hände und sprachen zu ihm: ‚Du bist der König, der Bräutigam!‘ Dann trat eine Maid auf ihn zu, schön wie

der strahlende Sonnenball im blauen Weltenall; die trug ein
seidenes Tuch, darin ein königliches Gewand lag und eine
goldene Krone, mit allerlei Edelsteinen besetzt. Sie trat an ihn
heran, legte ihm das Gewand über und setzte ihm die Krone
aufs Haupt; dann trugen die Mädchen ihn auf ihren Händen
in das Boot, und er sah, daß es mit vielen seidenen Teppichen
von mancherlei Farben ausgelegt war. Alsbald breiteten sie die
Segel und fuhren dahin über das wogende Meer. ‚Und wie ich
mit ihnen dahinfuhr – so erzählte der Jüngling später –, glaubte
ich, es sei ein Traum, und ich wußte nicht, wohin sie mit mir
zogen. Dann kamen wir nahe ans Land, und da sah ich, daß
der ganze Strand von Truppen erfüllt war, ja, es waren so viele,
daß nur Allah, der Hochgepriesene und Erhabene, ihre Zahl
ermessen konnte; und alle waren in Panzer gekleidet. Dann
brachte man mir fünf Rosse von edler Abkunft mit goldenen
Sätteln, die mit vielerlei Perlen und kostbaren Steinen besetzt
waren. Ich wählte mir eines davon aus und saß auf, während
die anderen vier mir folgten. Und wie ich dahinritt, wurden
über meinem Haupte die Banner und Standarten entfaltet, die
Trommeln wirbelten, und die Zimbeln wurden geschlagen;
und die Truppen reihten sich zur Rechten und zur Linken auf.
Ich fragte mich immer wieder, ob ich schlafe oder wache. So
zog ich dahin; doch ich konnte die ganze Pracht, die mich umgab, nicht für wirklich halten, sondern dachte, es wären Irrgänge von Träumen. Schließlich kamen wir zu einer grünen
Matte mit Schlössern und Gärten, in denen Bäume sprossen
und Bächlein flossen, und über der Blüten Prangen die Vöglein ihr Lied zum Lobe Allahs, des Einzigen, Allgewaltigen,
sangen. Da brach plötzlich zwischen den Schlössern und den
Gärten ein Heer hervor, dem niederbrausenden Sturzbach
gleich, bis es die ganze Matte überflutet hatte. Als das Heer in

meine Nähe kam, hielt es an; dann ritt ein König aus ihm hervor, ganz allein, nur einige seiner Vertrauten schritten ihm zu Fuß vorauf. Als der König sich dem Jüngling näherte – so berichtet der Erzähler –, stieg er von seinem Rosse ab; und wie der den König absitzen sah, sprang auch er von seinem Pferde herunter. Dann begrüßten die beiden einander aufs herzlichste. Nachdem sie wieder aufgesessen waren, sprach der König zu dem Jüngling: ‚Komm mit uns; denn du bist mein Gast!‘ So ritten denn beide zusammen weiter und plauderten miteinander, die Truppen in Reihen vorauf, bis sie bei dem Schlosse des Königs anlangten. Dort saßen sie ab und zogen alle ein. – –«

Da bemerkte Schehrezâd, daß der Morgen begann, und sie hielt in der verstatteten Rede an. Doch als die *Fünfhundertundneunzigste Nacht* anbrach, fuhr sie also fort: »Es ist mir berichtet worden, o glücklicher König, daß der König, nachdem er den Jüngling empfangen hatte, mit ihm im Prunkzuge dahinritt bis zum Schlosse; dort traten sie Hand in Hand ein. Dann ließ der König ihn auf einem goldenen Throne sitzen, während er sich selbst neben ihm niedersetzte. Wie er aber den Schleier von seinem Antlitz nahm, siehe, da war jener König eine Maid, gleichwie der strahlende Sonnenball im blauen Weltenall, in Schönheit und Lieblichkeit, Anmut und Vollkommenheit, Stolz und Versonnenheit. Das war für den Jüngling ein Anblick von wundersamer Herrlichkeit und höchster Glückseligkeit, und er war von ihrer Schönheit und Anmut ganz berückt. Sie aber hub an: ‚Wisse, o König, ich bin die Königin dieses Landes, und all die Truppen, die du gesehen hast, sämtliche Reiter und Mannen, die du erblickt hast, sind lauter Frauen; kein Mann ist unter ihnen. In unserem Lande ist es die Aufgabe der Männer, zu pflügen und zu säen, zu ernten, das Land zu bebauen und die Städte zu errichten und alle Künste und Handwerke der Menschen auszuüben; die Frauen aber regieren und bekleiden die hohen Staatsämter und bilden die Wehrmacht.' Gar seltsam klangen diese Worte in dem Ohre des Jünglings. Und während sie noch plauderten, trat der Wesir zu ihnen ein; das war eine Alte in schneeweißem Haar, eine Ehrfurcht gebietende Gestalt voll Würde und Hoheit. Zu ihr sprach die Königin: ,Rufe uns den Kadi und die Zeugen!' Nachdem die Alte gegangen war, wandte die Königin sich wieder dem Jüngling zu und plauderte freundlich mit ihm, um seine Schüchternheit durch ihre lieblichen Worte zu bannen; und zuletzt hub sie an und fragte ihn: ,Bist du es zufrieden, daß ich deine Gemahlin werde?' Da erhob er sich und wollte niederfallen, um den Boden vor ihr zu küssen; aber sie verwehrte es ihm. Dann sprach er zu ihr: ,Hohe Herrin, ich bin der geringste unter den Knechten, die dir dienen!' Sie fragte nun: ,Siehst du nicht all die Diener und Krieger, die vor deinen Augen stehen, und die Schätze und Reichtümer und Kostbarkeiten?' ,Jawohl', erwiderte er; und sie fuhr fort: ,All das ist dein; dir steht es zu Gebote, und du kannst davon schenken und spenden, wie es dich gut dünkt.' Doch dann zeigte sie ihm eine verborgene Tür und sagte: ,Alles steht dir zu Gebote, nur diese Tür nicht; die darfst du nicht öffnen. So du es aber doch tust, wirst du es bereuen, wenn die Reue nichts mehr fruchtet.' Kaum hatte sie ihre Worte beendet, da kamen die Wesirin und mit ihr der Kadi und die Zeugen. Sie traten ein, lauter alte Frauen, denen die Haare auf die Schultern wallten, voll Würde und Hoheit. Und als sie vor der Königin standen, befahl sie ihnen, den Ehebund zu schließen; so vermählten sie den Jüngling mit der Königin. Und nun rüstete sie die Hochzeitsmahle und versammelte alle Krieger um sich. Nachdem sie gegessen und getrunken hatten, ging jener Jüngling zu seiner Gemahlin ein und fand in ihr eine unberührte Jungfrau. Er nahm ihr das Mädchentum und lebte mit ihr sieben Jahre lang, herrlich und in Freuden, in lauter Fröhlichkeit und Seligkeit. Aber dann dachte er eines Tages daran, die Tür zu öffnen, und sagte sich: ‚Wenn da drinnen nicht herrliche Schätze wären, noch schöner als alles, was ich gesehen habe, so hätte sie mir die Tür nicht verboten.‘ Da machte er sie auf; und drinnen war der Vogel, der ihn einst von der Küste des Meeres emporgetragen und auf der Insel niedergesetzt hatte. Als jener Vogel ihn sah, rief er: ‚Kein Willkommen dem Angesicht, dem es nie mehr gut ergehen soll!‘ Wie der Jüngling den Vogel erblickte und seine Worte vernahm, wollte er entfliehen. Der Vogel aber folgte ihm und ergriff ihn und flog mit ihm eine Stunde lang zwischen Himmel und Erde dahin. Dann setzte er ihn an ebenderselben Stelle nieder, von der er ihn früher entführt hatte, verließ ihn und kehrte an seine Stätte zurück. Als der Jüngling wieder zur Besinnung kam, dachte er an das, was er erlebt hatte, an das Glück, die Macht und die Herrlichkeit, an die Truppen, die vor ihm herritten, und wie er hatte befehlen und verbieten können; und er begann zu weinen und zu klagen. Zwei Monate blieb er an der Meeresküste, wo der Vogel ihn niedergesetzt hatte, und wünschte immer, zu seiner Gemahlin zurückzukehren. Eines Nachts aber, als er schlaflos, trauernd und grübelnd dasaß, hörte er eine Stimme, die da rief, ohne daß er den Sprecher sah: ‚Wie groß war das Glück! Doch nie, nie kehrt das Vergangene zu dir zurück! Nun magst du noch mehr klagen in all deinen Tagen!‘ Als der Jüngling das hörte, gab er die Hoffnung auf, seine Königin je wiederzusehen und das Glück, das er genossen hatte, wiederzugewinnen. So kehrte er denn in das Haus zurück, in dem die Scheiche gewesen waren; jetzt wußte er, daß es ihnen ergangen sein mußte wie ihm und daß dies der Grund ihres Weinens und Trauerns gewesen war, und er verstand sie hinfort. Trauer und Kummer ergriffen ihn, als er wieder in ihr Gemach trat; und von nun ab weinte und klagte er immerdar, ohne Speise und ohne Trank, ohne Wohlgerüche und ohne Lachen, bis daß er starb. Da begrub man ihn zur Seite der Scheiche.

Erkenne also, o König – so schloß der fünfte Wesir –, daß die Übereilung nicht löblich ist und nur die Reue zur Folge hat! Diesen guten Rat gebe ich dir.' Als der König diese Geschichte vernommen hatte, ließ er sich durch sie warnen und belehren, und er widerrief den Befehl, seinen Sohn hinzurichten. – –«

Da bemerkte Schehrezâd, daß der Morgen begann, und sie hielt in der verstatteten Rede an. Doch als die *Fünfhundertundeinundneunzigste Nacht* anbrach, fuhr sie also fort: »Es ist mir berichtet worden, o glücklicher König, daß der König, als er die Geschichte des fünften Wesirs gehört hatte, den Befehl, seinen Sohn hinzurichten, widerrief. Als aber der sechste Tag kam, trat die Odaliske zum König ein, in der Hand ein gezücktes Messer, und sprach: ‚Höre, mein Gebieter, willst du noch nicht meine Klage gelten lassen und dein Recht und deine Ehre gegen die verteidigen, die mir Unrecht antun? Sie sind es, deine Wesire, die da behaupten, die Frauen seien voll Listen und Tücke und Trug, und dadurch bezwecken sie, daß ich mein Recht verliere und daß der König es unterlasse, an mir Gerechtigkeit zu üben. Aber ich will hier vor dir beweisen, daß die Männer listiger sind als die Frauen, und zwar durch die Geschichte des Prinzen, der mit der Frau eines Kaufmanns allein war.' ‚Was trug sich denn mit den beiden zu?' fragte der König; und die Odaliske erzählte: ‚Mir ist berichtet worden, o glücklicher König,

DIE GESCHICHTE VON DEM PRINZEN
UND DER KAUFMANNSFRAU

Es war einmal ein Kaufmann von Eifersucht gequält; der hatte eine schöne und anmutige Frau, und weil er so eifersüchtig um sie besorgt war, wollte er nicht mit ihr in der Stadt leben. Darum hatte er für sie draußen vor der Stadt eine einsame Burg gebaut, fern von allen anderen Gebäuden; die hatte hohe und feste Mauern, starke Türen und kunstvolle Schlösser. Und wenn er in die Stadt gehen wollte, so verschloß er die Türen und nahm die Schlüssel mit, indem er sie sich um den Hals hängte. Eines Tages aber, als er in der Stadt war, zog der Sohn des Königs jener Stadt aus, um sich draußen zu ergehen und auf freiem Felde sich zu vergnügen. Und wie er sich nun in jener einsamen Gegend umsah und schon geraume Zeit Umschau gehalten hatte, fiel sein Blick auf jene Burg. Da sah er in ihr eine Frau von edler Gestalt, die aus einem der Fenster hinausschaute; und als er sie näher betrachtete, ward er von ihrer Schönheit und Anmut berückt, und er wollte alsbald zu ihr gelangen. Da es ihm aber nicht möglich war, so rief er einen seiner Diener und ließ sich Tintenkapsel und Papier von ihm bringen; dann schrieb er einen Brief, in dem er seine Liebesnot schilderte. Den steckte er an die Spitze eines Pfeiles und schoß ihn in die Burg hinein. Er fiel in den Garten vor der Frau nieder, als sie dort lustwandelte. Da sagte sie zu einer ihrer Dienerinnen: ‚Nimm das Blatt rasch auf und reiche es mir!‘ – sie konnte nämlich Geschriebenes lesen. Und als sie ihn gelesen und alles verstanden hatte, was er ihr von seiner Liebe und Sehnsucht und Leidenschaft sagte, schrieb sie ihm eine Antwort auf seinen Brief und sagte ihm, daß sie von noch heißerer Liebe als er erfüllt sei. Darauf schaute sie aus einem Fenster der

Burg nach dem Prinzen aus, und als sie ihn erblickte, warf sie ihm die Antwort zu. Dadurch ward sein Verlangen noch heftiger, und wie er die Frau am Fenster sah, ging er dorthin und rief zu ihr hinauf: ‚Laß einen Faden von dir zu mir herab; ich will diesen Schlüssel daran binden, daß du ihn zu dir holen kannst!‘ Sie ließ also einen Faden zu ihm hinunter, und er band den Schlüssel daran. Darauf begab er sich zu seinen Wesiren und klagte ihnen seine Liebe zu jener Frau und sagte, daß er nicht ohne sie leben könne. Einer von ihnen fragte den Prinzen: ‚Und was befiehlst du mir, daß ich tun soll?‘ Der Prinz erwiderte ihm: ‚Ich wünsche, daß du mich in eine Kiste setzest und sie jenem Kaufmann zur Aufbewahrung in seiner Burg übergibst, indem du dich so stellst, als ob sie dir gehöre; dann will ich mein Begehren an jener Frau eine Reihe von Tagen stillen, und darauf sollst du die Kiste zurückholen.‘ ‚Herzlich gern‘, erwiderte ihm der Wesir. Darauf begab sich der Prinz in seinen Palast und legte sich in eine Kiste, die er besaß; der Wesir aber legte das Schloß davor und brachte sie zu der Burg des Kaufmanns. Der trat zum Wesir heraus und küßte den Boden vor ihm; dann hub er an: ‚Hat unser Herr, der Wesir, vielleicht einen Dienst nötig, oder hat er ein Anliegen, dessen Erfüllung in unserer Macht steht?‘ Der Wesir gab ihm zur Antwort: ‚Ich möchte, daß du diese Kiste am sichersten Orte in deinem Hause aufbewahrst.‘ Da befahl der Kaufmann den Lastträgern, sie aufzuladen; und nachdem sie das getan hatten, ließ er die Kiste in seine Burg hineintragen und in einer von seinen Schatzkammern niedersetzen. Dann ging er an seine Geschäfte. Und nun begab sich die Frau alsbald zu der Kiste und öffnete sie mit dem Schlüssel, den sie bei sich hatte. Da stieg ein Jüngling heraus, so schön wie der Mond. Sobald sie ihn erblickte, legte sie ihre schönsten Gewänder an und führte ihn in das

Wohngemach; dort blieben sie beieinander, bei Speise und Trank, sieben Tage lang. Jedesmal aber, wenn ihr Mann heimkehrte, ließ sie den Prinzen in die Kiste steigen und verschloß ihn darinnen. Eines Tages nun fragte der König nach seinem Sohne; und sofort eilte der Wesir zum Laden des Kaufmanns und erbat von ihm die Kiste.' – –«

Da bemerkte Schehrezâd, daß der Morgen begann, und sie hielt in der verstatteten Rede an. Doch als die *Fünfhundertundzweiundneunzigste Nacht* anbrach, fuhr sie also fort: »Es ist mir berichtet worden, o glücklicher König, daß der Kaufmann, als der Wesir in seinen Laden gekommen war, um die Kiste zu erbitten, zu ungewohnter Zeit eilends sich zu seiner Burg begab und an die Tür pochte. Sobald die Frau ihn hörte, führte sie den Prinzen fort und versteckte ihn in der Kiste; doch sie vergaß in der Eile, das Schloß vorzulegen. Wie nun der Kaufmann mit den Trägern in die Kammer getreten war und die Träger jene Kiste am Deckel aufheben wollten, tat sie sich auf. Sie schauten hinein, und siehe, darinnen lag der Königssohn. Auch der Kaufmann sah ihn und erkannte ihn; er ging alsbald zum Wesir hinaus und sprach zu ihm: ,Tritt ein und nimm des Königs Sohn mit dir! Keiner von uns darf Hand an ihn legen.' Der Wesir ging hinein, nahm den Prinzen in Empfang und ging mit ihm davon. Kaum waren sie fort, da jagte der Kaufmann seine Frau aus dem Hause und schwor, sich nie wieder zu vermählen.

Ferner, o König – so fuhr die Odaliske fort –, ist mir berichtet worden

DIE GESCHICHTE VON DEM DIENER,
DER VORGAB,
DIE SPRACHE DER VÖGEL ZU VERSTEHEN

Einer von den vornehmen Leuten ging einmal auf den Markt und fand dort einen Sklavenjüngling, der zum Verkaufe ausgeboten ward. Er kaufte ihn, brachte ihn in sein Haus und sprach zu seiner Frau: ‚Nimm dich seiner an!‘ Nachdem der Diener bereits eine Weile dort gewesen war, sprach der Mann eines Tages zu seiner Frau: ‚Geh morgen in den Garten, vergnüge dich, ergehe dich und sei guter Dinge!‘ ‚Herzlich gern!‘ erwiderte die Frau. Wie der Diener das hörte, holte er Speisen und bereitete sie in der Nacht zu; auch holte er Wein, Zukost und Früchte. Dann begab er sich in den Garten, legte die Speisen unter den einen Baum, den Wein unter einen anderen und die Früchte und die Zukost unter einen dritten, alles auf dem Wege, den die Frau seines Herrn gehen mußte. Am nächsten Morgen befahl der Mann ihm, seine Herrin zu begleiten und alles mitzunehmen, was sie an Speise und Trank und Früchten bedurften. Die Frau trat aus dem Hause, bestieg ein Pferd und ritt mit dem Diener fort, bis sie zu jenem Garten kamen. Als sie dort eintraten, krächzte ein Rabe; der Diener rief ihm zu: ‚Du hast recht!‘ Und als seine Herrin ihn fragte: ‚Verstehst du denn, was der Rabe sagt?‘ erwiderte er: ‚Jawohl, meine Gebieterin!‘ ‚Was sagt er denn?‘ fragte sie weiter; und er antwortete ihr: ‚Meine Herrin, er sagt: Unter dem Baume dort liegen Speisen; kommt her und esset davon!‘ Da sagte sie: ‚Ich sehe, du verstehst die Sprache der Vögel.‘ ‚Jawohl‘, gab er ihr zur Antwort. Dann ging die Frau zu jenem Baume und fand dort Speisen bereit liegen; davon aßen sie. Sie war aber höchlichst erstaunt und glaubte wirklich, er verstehe die Sprache der

Vögel. Und als sie mit dem Essen fertig waren, lustwandelten sie weiter in dem Garten. Wiederum krächzte der Rabe, und der Diener rief: ‚Du hast recht!' ‚Was sagt er denn?' fragte seine Herrin; und er antwortete: ‚Meine Gebieterin, er sagt, unter jenem Baume stehe ein Krug Wassers, mit Moschus gewürzt, und alter Wein.' Sie ging mit ihm dorthin, und als sie all das fanden, was er genannt hatte, wunderte sie sich noch mehr, und der Diener stieg hoch in ihrer Achtung. Dann setzte sie sich mit ihm nieder, und beide tranken miteinander. Als sie genug getrunken hatten, schritten sie in einen anderen Teil des Gartens. Da krächzte der Rabe zum dritten Male, und der Diener rief ihm zu: ‚Du hast recht!' Wiederum fragte seine Herrin: ‚Was sagt nun dieser Rabe?' Der Diner gab zur Antwort: ‚Er sagt, unter dem Baume dort liege Zukost mit Früchten.' Als sie darauf zu jenem Baume gingen, fanden sie alles, wie er gesagt hatte; und sie aßen von den Früchten und der Zukost. Dann gingen sie weiter im Garten umher, und als nun der Rabe zum vierten Male krächzte, nahm der Diener einen Stein und warf damit nach dem Vogel. Da fragte die Frau: ‚Warum wirfst du nach ihm? Was hat er denn gesagt?' ‚Meine Herrin,' antwortete er, ‚er sagt etwas, das ich dir nicht wiederholen kann.' Doch sie fuhr fort: ‚Sprich nur, scheue dich nicht vor mir, es steht doch nichts zwischen dir und mir!' ‚Nein!' sagte er; und ‚Sprich!' sagte sie, bis sie ihn schließlich beschwor. Da gestand er ihr: ‚Der Rabe sagte zu mir: Tu mit deiner Herrin, wie ihr Gatte mit ihr tut!' Als sie das hörte, da lachte sie, bis sie auf den Rücken fiel; und dann sagte sie zu ihm: ‚Das ist ein leichtes; darin kann ich dir nicht widersprechen.' Darauf trat sie zu einem der Bäume, breitete einen Teppich unter ihm aus und rief dem Diener zu, er solle ihren Wunsch erfüllen. Aber da rief plötzlich der Herr, der dem Diener gefolgt war und ihm nun zuschaute: ‚Heda, Bursch, was ist deiner Herrin, daß sie dort liegt und weint?‘ ‚Mein Gebieter,‘ antwortete jener, ‚sie ist von einem Baume gefallen und gestorben. Nur allein Allah, der Hochgepriesene und Erhabene, hat sie dir zurückgegeben. Sie liegt dort schon eine ganze Weile, um sich auszuruhen.‘ Und als die Frau ihren Mann zu ihren Häupten stehen sah, erhob sie sich und tat, als sei sie krank und habe Schmerzen; und sie rief: ‚Ach, mein Rücken! Ach, meine Seiten! Kommt her zu mir, meine Freunde; ich kann nicht mehr leben!‘ Ihr Mann war wie betäubt vor Schrecken, und er rief dem Diener zu: ‚Hol das Pferd für deine Herrin und hilf ihr auf!‘ Nachdem sie aufgestiegen war, ergriff ihr Gatte den einen Steigbügel und der Diener den anderen; und immerfort sagte der Mann: ‚Allah mache dich gesund und lasse dich genesen!‘

Dies, o König – so schloß die Odaliske –, ist nur ein Beispiel von den Listen und der Tücke der Männer. Drum laß dich nicht von deinen Wesiren hindern, mir zu helfen und mein Recht zu verschaffen!‘ Dann weinte sie; und als der König sie weinen sah, sie, die ihm die liebste unter seinen Odalisken gewesen war, befahl er von neuem, seinen Sohn zu töten. Doch da trat der sechste Wesir zu ihm ein, küßte den Boden vor ihm und sprach zu ihm: ‚Allah der Erhabene mehre des Königs Ruhm! Siehe, ich bringe dir guten Rat, und der ist, daß du in deines Sohnes Sache langsam verfahrest.‘ – –«

Da bemerkte Schehrezâd, daß der Morgen begann, und sie hielt in der verstatteten Rede an. Doch als die *Fünfhundertunddreiundneunzigste Nacht* anbrach, fuhr sie also fort: »Es ist mir berichtet worden, o glücklicher König, daß der sechste Wesir sprach: ‚O König, verfahre langsam in deines Sohnes Sache! Denn die Lüge ist wie der Rauch, der vergeht, während die Wahrheit auf festem Grunde steht. Das Licht der Wahrheit verscheucht die Finsternis der Lüge. Wisse, die Tücke der Weiber ist groß; sagt doch auch Allah der Erhabene in seinem heiligen Buche: ‚Fürwahr, eure Weiberlist ist groß!'[1] Mir ist die Geschichte von einer Frau zu Ohren gekommen, die den Großen des Reiches einen Streich spielte wie keiner je vor ihr.' ‚Und wie war das?' fragte der König. Da erzählte der sechste Wesir: ‚Mir ist berichtet worden, o König,

DIE GESCHICHTE VON DER FRAU
UND IHREN FÜNF LIEBHABERN

Einst war eine Frau von den Töchtern der Kaufleute einem Manne vermählt, der viel auf Reisen war. Wie nun einmal ihr Gatte in ferne Länder gereist war und lange ausblieb, da konnte sie es nicht mehr ertragen, und so wandte sie ihre Liebe einem schönen Jüngling zu, einem von den Söhnen der Kaufleute; und beide waren einander in heißer Liebe zugetan. Eines Tages aber geriet der Jüngling in einen Streit mit einem Manne; und der verklagte ihn bei dem Präfekten jener Stadt, so daß der ihn ins Gefängnis warf. Das ward seiner Freundin, der Kaufmannsfrau, berichtet, und sie ward wie von Sinnen. Doch alsbald erhob sie sich, legte ihre prächtigsten Gewänder an und ging zum Hause des Präfekten, grüßte ihn und überreichte ihm eine Bittschrift des Inhalts: ‚Der, den du gefangen gesetzt und in den Kerker geworfen hast, ist mein Bruder Soundso, der mit Demunddem in Streit geraten ist. Die Leute, die gegen ihn gezeugt haben, haben falsches Zeugnis abgelegt. So liegt er denn zu Unrecht in deinem Kerker; ich aber habe außer ihm niemanden, der für mich eintreten oder für meinen Unterhalt sorgen könnte. Deshalb erbitte ich von unserem Herrn die Gnade,

1. Koran, Sure 12, Vers 28.

daß er ihn aus dem Gefängnis befreie!' Nachdem der Präfekt
das Blatt gelesen hatte, blickte er die Frau an und gewann sie
lieb. Dann sprach er zu ihr: ,Geh ins Haus, ich will ihn vor
mich kommen lassen; dann will ich nach dir senden, auf daß
du ihn mit dir nehmest!' ,O Herr,' erwiderte die Frau, ,ich
habe keinen Schutz außer Allah dem Erhabenen. Ich bin eine
fremde Frau, und ich darf nicht in das Haus eines anderen
Mannes eintreten.' Doch der Präfekt sagte: ,Ich lasse ihn nur
dann los, wenn du ins Haus kommst und mir zu Willen bist.'
,Wenn das wirklich geschehen muß,' antwortete sie darauf, ,so
komm zu mir in mein Haus; da kannst du auch den ganzen
Tag in aller Ruhe sitzen und dich hinlegen!' Als er fragte:
,Und wo ist dein Haus?' erwiderte sie: ,An demunddem
Platze.' Darauf verließ sie den Präfekten, dessen Herz nun der
Liebe voll war. Von dort aber begab sie sich zum Kadi der
Stadt und rief ihn an: ,O unser Herr und Kadi!' ,Ja?' erwiderte
der Kadi; und sie fuhr fort: ,Hilf mir in meiner Sache! Dein
Lohn stehe bei Allah dem Erhabenen!' Der Kadi fragte: ,Wer
hat dir denn unrecht getan?' Da gab sie zur Antwort: ,Hoher
Herr, ich habe einen Bruder und sonst niemanden als ihn, und
um seinetwillen komme ich zu dir. Der Präfekt hat ihn ins
Gefängnis geworfen, da falsche Zeugen wider ihn ausgesagt
haben, er sei ein Missetäter. Und nun bitte ich dich, lege für
mich ein gutes Wort um seinetwillen bei dem Präfekten ein!'
Als der Kadi sie anblickte, gewann er sie lieb und sprach zu
ihr: ,Geh ins Haus zu den Mägden; ruh dich eine Weile bei
uns aus, während ich zum Präfekten schicke, daß er deinen
Bruder freilasse! Wüßte ich, welche Geldstrafe ihm auferlegt
wird, so würde ich sie selbst bezahlen, damit ich meinen Willen an dir haben kann; denn du gefällst mir mit deiner lieblichen Rede.' Sie entgegnete ihm: ,Wenn du, o Herr, so han-

delst, dann dürfen wir die anderen nicht tadeln.' Doch der Kadi sprach: ‚Wenn du nicht in mein Haus kommen willst, so geh deiner Wege!' Da sagte sie: ‚Ist das dein Wille, o Herr, so wird es bei mir in meinem Hause heimlicher und besser geschehen als in deinem; denn hier sind die Sklavinnen und die Eunuchen, und Leute gehen ein und aus. Ich bin eine Frau, die von solchen Dingen nichts weiß; aber die Not zwingt.' ‚Und wo ist dein Haus?' fragte der Kadi; und sie erwiderte: ‚An demunddem Platze.' Nachdem sie mit ihm den gleichen Tag verabredet hatte wie mit dem Präfekten, ging sie von seinem Hause zu dem des Wesirs. Dem trug sie ihre Sache vor, klagte ihm die Not ihres Bruders, und wie der Präfekt ihn ins Gefängnis geworfen habe. Aber auch der Wesir wollte sie verführen und sprach zu ihr: ‚Sei mir zu Willen, so will ich dir deinen Bruder befreien!' ‚Wenn das dein Wille ist,' erwiderte sie ihm, ‚so möge es in meinem Hause geschehen; dort ist es sicherer für mich und für dich. Es ist auch nicht fern, und du weißt, daß wir Frauen uns gern sauber halten und schmücken.' ‚Wo ist denn dein Haus?' fragte der Wesir; und sie antwortete: ‚An demunddem Platze.' Nachdem sie mit ihm den gleichen Tag verabredet hatte, begab sie sich von dem Wesir zum König jener Stadt, trug ihm ihre Sache vor und bat ihn, ihren Bruder zu befreien. Der König fragte: ‚Wer hält ihn gefangen?' ‚Der Präfekt', antwortete sie. Aber während der König auf ihre Rede hörte, trafen die Pfeile der Liebe sein Herz, und er befahl ihr, mit ihm ins Schloß zu gehen; inzwischen wolle er zum Präfekten schicken und ihren Bruder befreien. Sie sagte darauf: ‚O König, dies ist ein leichtes für dich, sei es mit meinem Willen oder wider meinen Willen. Wenn der König das von mir begehrt, so ist es ein Glück für mich. Wenn er aber in mein Haus kommt, so wird er mich dadurch ehren, daß er seine edlen Schritte hineinlenkt, wie der Dichter sagt:

> *Ihr Freunde, habt ihr wohl gesehen und gehört,*
> *Daß Der zu mir kam, dessen Tugenden mir wert?'*

Nun sprach der König zu ihr: ,Wir wollen dir in nichts widersprechen.' Die Frau aber verabredete mit ihm den gleichen Tag wie mit den anderen und tat ihm kund, wo sich ihr Haus befand. – –«

Da bemerkte Schehrezâd, daß der Morgen begann, und sie hielt in der verstatteten Rede an. Doch als die *Fünfhundertundvierundneunzigste Nacht* anbrach, fuhr sie also fort: »Es ist mir berichtet worden, o glücklicher König, daß die Frau, nachdem sie in den Wunsch des Königs eingewilligt hatte, ihm kundtat, wo sich ihr Haus befand, und mit ihm den gleichen Tag verabredete wie mit dem Präfekten, dem Kadi und dem Wesir. Dann ging sie von ihm fort und begab sich zu einem Zimmermann und sprach zu ihm: ,Ich wünsche, daß du mir einen Schrank mit vier Fächern machst, die übereinanderliegen, jedes Fach mit einer eigenen Tür zum Verschließen. Sag mir, wie hoch dein Preis ist, und ich will ihn dir geben!' Er gab ihr zur Antwort: ,Vier Dinare. Aber wenn du mir deine Gunst gewähren wolltest, du keusche Herrin, so wäre das mein höchster Wunsch, und ich würde nichts von dir verlangen.' ,Wenn du es nicht anders willst,' erwiderte sie, ,so mache mir einen Schrank mit fünf Kammern und Schlössern davor!' ,Herzlich gern', sagte er; und sie machte mit ihm aus, daß er ihr den Schrank an ebenjenem Tage bringen sollte. Da sagte der Zimmermann: ,Meine Gebieterin, setze dich, du kannst das, was du wünschest, sogleich mitnehmen; dann will ich in Muße zu dir kommen!' Sie setzte sich also zu ihm, bis er ihr den Schrank mit fünf Fächern gemacht hatte. Darauf ging sie nach Hause und ließ den Schrank im Wohngemach aufstellen. Alsdann nahm sie vier Gewänder, trug sie zum Färber und ließ jedes Gewand mit einer besonderen Farbe färben. Und schließlich machte sie sich daran, Speisen und Getränke, Blumen und Früchte und Duftwerk zu bereiten. Und als der verabredete Tag kam, kleidete sie sich in ihre prächtigsten Gewänder, schmückte sich und besprengte sich mit Wohlgerüchen. Dann breitete sie im Wohngemache vielerlei prächtige Teppiche aus, setzte sich nieder und wartete, wer da kommen würde. Zuerst vor allen anderen trat der Kadi ein, und sobald sie ihn erblickte, stand sie auf, küßte den Boden vor ihm, nahm ihn bei der Hand und bat ihn, sich auf das Lager zu setzen. Dann legte sie sich zu ihm und begann mit ihm zu scherzen. Als er aber verlangte, daß sie ihm zu Willen sei, sprach sie zu ihm: ,Hoher Herr, lege deine Kleider und deinen Turban ab und zieh dies gelbe Hausgewand an und binde dieses Kopftuch dir ums Haupt, während ich Speise und Trank auftrage; hernach sollst du deinen Willen haben!' Und sie nahm ihm sein Gewand und seinen Turban ab, und er legte das Hauskleid und das Kopftuch an; aber da pochte es an die Tür. Der Kadi fragte: ,Wer klopft dort an die Tür?' Und sie antwortete ihm: ,Das ist mein Gatte!' ,Was ist zu tun? Wohin soll ich gehen?' fuhr er fort; und sie erwiderte: ,Fürchte dich nicht; ich will dich in diesem Schrank verbergen!' ,Tu, was dir gut dünkt!', sagte der Kadi; und nun nahm sie ihn bei der Hand, verbarg ihn in dem untersten Fach und verschloß es. Dann ging sie zur Haustür, machte auf und erblickte den Präfekten. Sowie sie ihn sah, küßte sie den Boden vor ihm, nahm ihn bei der Hand und bat ihn, sich auf das Lager zu setzen, indem sie sprach: ,Hoher Herr, dies Haus ist dein Haus, und diese Stätte ist deine Stätte; ich bin deine Magd und gleich einer deiner Dienerinnen. Bleib du heute den ganzen Tag bei mir; lege die Kleider ab, die du trägst, und zieh dies rote Gewand an, es ist ein Schlafgewand!' Mit diesen Worten band sie ihm auch noch einen zerfetzten Lappen um den Kopf; und nachdem sie ihm seine Kleider abgenommen hatte, setzte sie sich zu ihm aufs Lager, und die beiden tändelten miteinander. Als er aber seine Hand nach ihr ausstreckte, sprach sie zu ihm: ‚Hoher Herr, dieser Tag ist dein Tag, und niemand soll ihn mit dir teilen; aber zuerst schreib mir in deiner Güte und Huld einen Befehl, daß mein Bruder aus der Haft entlassen werden soll, damit mein Herz sich beruhige.' ‚Ich höre und gehorche, das will ich sehr gern tun', erwiderte er und schrieb sofort einen Brief an seinen Verwalter des Inhalts: ‚Sowie diese Urkunde dich erreicht, laß Denundden frei, ohne zu säumen und ohne zu träumen; dem Überbringer aber erwidere kein Wort!' Dann versiegelte er das Schreiben, und sie nahm es von ihm in Empfang. Darauf begann sie wieder mit ihm auf dem Lager zu tändeln; aber siehe da, wiederum pochte es an die Tür.' ‚Wer ist das?' fragte er; und sie erwiderte: ‚Mein Gatte!' Und als er weiter fragte: ‚Was ist zu tun?' sagte sie: ‚Verbirg dich in diesem Schrank; ich will den Mann fortschicken und dann wieder zu dir kommen!' Darauf nahm sie ihn bei der Hand und verbarg ihn in dem zweiten Fach und verschloß es. Der Kadi aber hörte alles, was die beiden sprachen. Dann ging sie zur Haustür, machte auf, und siehe, der Wesir war da. Als sie ihn erblickte, küßte sie den Boden vor ihm, hieß ihn willkommen und bezeugte ihre Ehrfurcht vor ihm. ‚Hoher Herr,' hub sie an, ‚es ist eine Ehre für uns, daß du unser Haus betrittst, du, unser Gebieter. Allah beraube uns nie deines Angesichtes!' Dann bat sie ihn, sich auf das Lager zu setzen, und sprach zu ihm: ‚Lege deine Kleider und deinen Turban ab und zieh dies leichte Gewand an.' Er legte ab, was er trug, und sie bekleidete ihn mit einem blauen Hauskleide und einer roten Mütze. Dabei sagte sie: ‚Hoher Herr, diese Ministerkleider da laß für ihre Zeit! Aber für die jetzige Stunde passen die Gewänder zum Zechen, zum Fröhlichsein und zum Schlafen.‘ Und wie der Wesir in dieser Tracht dasaß, begann sie mit ihm auf dem Lager zu scherzen; auch er tändelte mit ihr und wollte nun seinen Willen an ihr haben. Doch sie wehrte ihm und sprach: ‚Mein Gebieter, das wird uns nicht entgehen!‘ Während sie so plauderten, pochte es von neuem an die Tür. ‚Wer ist das?‘ fragte er; und sie erwiderte: ‚Mein Gatte!‘ Weiter fragte er: ‚Was soll nun geschehen?‘ ‚Steh auf und tritt in diesen Schrank,‘ antwortete sie, ‚ich will meinen Gatten fortschicken und dann wieder zu dir kommen; fürchte dich nicht!‘ Mit diesen Worten verbarg sie ihn in dem dritten Fach und verschloß es. Als sie dann hinging und die Haustür öffnete, siehe, da trat der König ein. Kaum hatte sie ihn erblickt, so küßte sie den Boden vor ihm, nahm ihn bei der Hand, führte ihn zum Ehrenplatze des Gemaches und bat ihn, sich auf das Lager zu setzen. Darauf sagte sie: ‚Du tust uns hohe Ehre an, o König; wenn wir dir auch die ganze Welt mit allem, was darinnen ist, darbrächten, es wäre nicht so viel wert wie einer deiner Schritte zu uns.‘ – –«

Da bemerkte Schehrezâd, daß der Morgen begann, und sie hielt in der verstatteten Rede an. Doch als die *Fünfhundertundfünfundneunzigste Nacht* anbrach, fuhr sie also fort: »Es ist mir berichtet worden, o glücklicher König, daß die Frau zum König, als er in ihr Haus trat, sagte: ‚Wenn wir dir auch die ganze Welt mit allem, was darinnen ist, schenken würden, es wäre nicht so viel wert wie einer deiner Schritte zu uns.‘ Nachdem er sich auf das Lager niedergelassen hatte, sprach sie zu ihm: ‚Gewähre mir die Erlaubnis, ein einziges Wort zu sagen!‘ ‚Sag, was du willst!' antwortete er ihr; und sie fuhr fort: ‚Mach es dir behaglich, mein Gebieter! Lege deine Kleider und deinen Turban ab!' Seine Kleider, die er damals trug, waren aber tausend Dinare wert; und nachdem er sie ausgezogen hatte, kleidete sie ihn in einen alten Rock, der nur zehn Dirhems wert war, nicht mehr. Darauf begann sie mit ihm zu plaudern und zu tändeln. Und all das geschah, während die Gesellschaft in dem Schranke hörte, was vorging; doch keiner wagte, ein Wort zu sagen. Als der König ihr nun seine Hand um den Hals legte und sein Verlangen nach ihr stillen wollte, sprach sie zu ihm: ‚Das wird uns nicht entgehen. Ich hatte doch vorher versprochen, dich hier zu bewirten; und ich hab auch etwas bei mir, das dich erfreuen wird.' Während sie so miteinander plauderten, klopfte plötzlich jemand an die Tür. ‚Wer ist das?' fragte der König; und sie erwiderte ihm: ‚Mein Gatte!' Er aber rief: ‚Schick ihn in Güte von uns fort; sonst geh ich hinaus und jage ihn mit Gewalt davon!' ‚So möge es nicht sein, hoher Herr,' erwiderte sie; ‚gedulde dich nur, bis ich ihn durch meine Klugheit fortgebracht habe!' Als er dann fragte: ‚Was soll ich derweilen tun?' nahm sie ihn bei der Hand und verbarg ihn in dem vierten Fach und verschloß es. Dann ging sie zur Haustür und machte auf; diesmal war es der Zimmermann. Nachdem er eingetreten war und sie begrüßt hatte, sprach sie zu ihm: ‚Was sind das für Schränke, die du da für mich machst!' ‚Was ist es damit, meine Gebieterin?' fragte er; und sie fuhr fort: ‚Dies Fach da ist zu eng!' ‚Meine Gebieterin, es ist weit genug!' ‚Geh selbst hinein und sieh nach; es ist nicht weit genug für dich!' ‚Es ist weit genug für vier!' Mit diesen Worten stieg der Zimmermann hinein; und als er drinnen war, schloß sie hinter ihm zu. Dann machte sie sich auf, nahm den Brief des Präfekten und brachte ihn zum Verwalter. Der nahm ihn, las ihn und führte ihn an die Lippen; und alsbald entließ er ihr jenen Mann, ihren Geliebten, aus dem Gefängnis. Sie erzählte ihm, was sie getan hatte; und er fragte sie: ‚Was sollen wir jetzt beginnen?‘ Darauf gab sie ihm zur Antwort: ‚Wir wollen uns aus dieser Stadt in eine andere Stadt begeben; denn nach solchen Taten ist unseres Bleibens hier nicht länger.‘ Nun packten die beiden alles zusammen, was sie besaßen, luden es auf Kamele und zogen zur selbigen Stunde in eine andere Stadt.

Die fünf Männer aber blieben drei Tage lang, ohne etwas zu essen, in den Fächern des Schrankes. Da kam sie die Not an, weil sie auch drei Tage lang kein Wasser gelassen hatten. Und nun ließ der Zimmermann sein Wasser auf den Sultan laufen, und der Sultan auf den Wesir, der Wesir auf den Präfekten und der Präfekt schließlich auf den Kadi. Da schrie der Kadi auf und rief: ‚Was ist das für eine Schmutzerei! Haben wir nicht an unserer Not genug, daß ihr uns auch noch mit eurem Wasser naß macht?‘ Da erhob der Präfekt seine Stimme und rief: ‚Allah mehre deinen Lohn, o Kadi!‘ Wie der ihn hörte, erkannte er, daß es der Präfekt war; und nun rief auch dieser mit lauter Stimme: ‚Was bedeutet diese Schmutzerei!‘ Da hub der Wesir an und rief: ‚Allah mehre deinen Lohn, o Präfekt!‘ Wie der Präfekt das hörte, erkannte er, daß der Wesir über ihm war. Dann rief der Wesir mit lauter Simme nach oben: ‚Was bedeutet diese Schmutzerei?‘[1] Als der König die Worte des Wesirs hörte, erkannte er ihn; doch er schwieg und verriet sich nicht. Dann rief der Wesir wieder: ‚Gott verfluche dies Weib für das, was es uns angetan hat! Sie hat wahrhaftig alle Großen des Reiches hier versammelt, mit Ausnahme des

1. Hier sind die Worte »Da erhob der König seine Stimme und rief: ‚Allah mehre deinen Lohn!‘« ausgelassen, da sie den Zusammenhang stören.

Königs!' Wie der König das hörte, rief er den anderen zu: ,Schweigt doch! Ich bin ja der erste der in das Netz dieser gemeinen Dirne gefallen ist!' Der Zimmermann aber, der diese Worte vernahm, rief nun: ,Und ich, was habe ich getan? Ich habe ihr einen Schrank für vier Golddinare gemacht; und als ich kam, um meinen Lohn zu holen, hat sie mich übertölpelt und in dies Fach eingesperrt und zugeschlossen!' Schließlich begannen sie miteinander zu plaudern und den König durch ihre Unterhaltung zu trösten, um seinen Kummer zu verscheuchen. Da kamen aber auch die Nachbarn jenes Hauses, und als sie es leer sahen, sprachen sie zueinander: ,Gestern war doch noch unsere Nachbarin, die Frau des Soundso, darinnen. Und jetzt hören wir an dieser Stätte keinen Laut und sehen keine Seele. Brechet die Türen auf und schaut, wie es dort aussieht! Sonst kommt es dem Präfekten oder gar dem König zu Ohren; und dann wirft man uns ins Gefängnis, und wir würden bereuen, es nicht schon längst getan zu haben!' Und nun erbrachen sie die Türen und drangen ein; da fanden sie nur einen hölzernen Schrank, und in dem hörten sie Männer vor Hunger und Durst wimmern. Sie raunten einander zu: ,Steckt wohl ein Geist in diesem Schranke?' Und einer von ihnen riet: ,Wir wollen Brennholz darum häufen und den Schrank im Feuer verbrennen lassen!' Aber der Kadi schrie ihnen zu: ,Tut es nicht!' – –«

Da bemerkte Schehrezâd, daß der Morgen begann, und sie hielt in der verstatteten Rede an. Doch als die *Fünfhundertundsechsundneunzigste Nacht* anbrach, fuhr sie also fort: »Es ist mir berichtet worden, o glücklicher König, daß der Kadi, als die Nachbarn Brennholz holen und den Schrank verbrennen lassen wollten, ihnen zuschrie: ,Tut das nicht!' Aber die Nachbarn sprachen zueinander: ,Die Geister verstellen sich und re-

328

den mit menschlicher Rede!' Wie der Kadi das hörte, sprach er einige Verse aus dem erhabenen Koran, und dann rief er die Nachbarn: ‚Tretet an den Schrank heran, in dem wir sind!' Und als sie dicht davorstanden, fuhr er fort: ‚Ich bin derundder, und ihr seid derundder und derundder; wir sind hier eine ganze Gesellschaft!' Da fragten die Nachbarn den Kadi: ‚Wer hat dich denn hierhergebracht?' Und er erzählte ihnen die ganze Geschichte von Anfang bis zu Ende. Darauf holten sie einen Zimmermann; und der machte dem Kadi sein Verlies auf, und ebenso auch dem Präfekten und dem Wesir und dem König und dem Zimmermann; und alle waren in den Gewändern, die sie angelegt hatten. Wie sie aber hinausgestiegen waren, blickten sie einander an, und ein jeder von ihnen mußte über den anderen lachen. Die Frau hatte alle die Kleider der Männer mitgenommen, und nun mußte ein jeder von ihnen zu den Seinen schicken, um neue Kleider holen zu lassen. In die verhüllten sie sich vor den Blicken der Leute, und dann schlichen sie davon.

Bedenke, o Herr und König – so fuhr der sechste Wesir fort –, diesen Streich, den ein solches Weib jenen Leuten spielte! Und ferner ist mir berichtet worden

DIE GESCHICHTE
VON DEN DREI WÜNSCHEN

Es war einmal ein Mann, der sein ganzes Leben lang wünschte, die Nacht der Allmacht[1] zu schauen. Wie der eines Nachts

1. Die ‚Nacht der Allmacht' ist die Nacht, in der Allah dem Erzengel Gabriel den Koran offenbarte, der ihn seinerseits dem Propheten Mohammed offenbarte. In ihr sollen sich alle Schicksale der Menschen für das folgende Jahr entscheiden; sie ist eine der letzten Nächte des Monats Ramadân.

gen Himmel blickte, sah er die Engel und sah die Tore des Himmels offen. Auch sah er, wie alle Wesen, ein jedes an seiner Stelle, sich anbetend niederwarfen. Nachdem er das geschaut hatte, sprach er zu seiner Frau: ‚Du, Allah hat mich die Nacht der Allmacht sehen lassen, und mir ist verheißen worden, bei ihrem Anblicke dürfe ich drei Wünsche tun, die mir erfüllt werden sollten. Nun frage ich dich um Rat: ‚Was soll ich mir wünschen?' Da sagte die Frau: ‚Sprich: O Allah, laß meine Rute größer werden!' Er sprach diesen Wunsch aus, und da wurde seine Rute so groß wie ein Kürbiskopf. Der Mann aber konnte sich nun mit ihr kaum noch erheben. Und wenn er seiner Frau nahen wollte, so lief sie vor ihm weg, von Ort zu Ort. Schließlich sprach er zu ihr: ‚Was ist zu tun? Dies war doch dein Wunsch, die Folge deiner Brunst!' Sie gab ihm zur Antwort: ‚Ich habe doch nicht begehrt, daß sie so groß werden sollte!' Da hob der Mann sein Haupt gen Himmel und sprach: ‚O Allah, befreie mich von dieser Plage und erlöse mich von ihr!' Nun aber wurde der Mann ganz glatt und hatte keine Rute mehr. Als seine Frau das sah, sprach sie zu ihm: ‚Jetzt mag ich dich nicht mehr, dieweil du keine Mannheit hast.' Und er klagte: ‚Dies kommt alles von deinem unseligen Rat und deiner törichten Art! Ich hatte drei Wünsche an Allah frei, durch die ich alle Güter der Erde und des Himmels hätte erlangen können. Jetzt sind schon zwei Wünsche dahin, und ich habe nur noch einen übrig.' Sie aber sagte: ‚Bitte zu Allah dem Erhabenen, daß er dich mache, wie du früher gewesen bist!' Also betete er zu seinem Herrn und wurde, wie er gewesen war. Und all das geschah, o König, weil die Frau so töricht dachte.

Dies, o König – so schloß der sechste Wesir –, habe ich dir erzählt, auf daß du dich davon überzeugst, wie gedankenlos, schwachsinnig und töricht die Frauen sind. Drum hör nicht auf ihr Wort, töte nicht deinen Sohn, dein Herzblut, auf daß dein Name nach deinem Tode nicht aussterbe!' Also widerrief der König den Befehl, seinen Sohn hinzurichten. Doch als der siebente Tag anbrach, kam die Odaliske schreiend zum König herein und zündete ein großes Feuer an. Da packte man sie an Händen und Füßen und schleppte sie vor den König. ‚Warum hast du das getan?' fragte der König; und sie erwiderte: ‚Wenn du mir nicht mein Recht schaffest, wider deinen Sohn, so werfe ich mich in dies Feuer; denn ich bin des Lebens überdrüssig. Ehe ich zu dir gekommen bin, habe ich meinen letzten Willen aufgeschrieben und meine Habe den Armen vermacht; denn ich bin zum Tode entschlossen. Du aber wirst so bittere Reue empfinden, wie der König sie empfand, weil er die Badhüterin bestraft hatte.' ‚Und wie war das?' fragte der König; da erzählte die Odaliske: ‚Mir ist berichtet worden, o König,

DIE GESCHICHTE
VON DEM GESTOHLENEN HALSBAND

Es war einmal eine fromme Frau, eine Asketin, die sich nur dem Dienste Gottes widmete. Die pflegte zum Palast eines Königs zu gehen, dessen Bewohner durch sie gesegnet wurden und sie deshalb hoch in Ehren hielten. Eines Tages nun kam sie wieder in jenes Schloß, wie sie es gewohnt war, und setzte sich zu der Gemahlin des Königs. Die übergab ihr ein Halsband, das tausend Dinare wert war, und sprach zu ihr: ‚Gute Frau, nimm dies Halsband zu dir und hüte es, bis ich aus dem Bade komme und es wieder von dir zurückerhalte!' Das Bad aber war in jenem Schlosse. Die Frau nahm das Halsband und setzte sich in ein Gemach im Schlosse, während die Königin in das Bad ihres Hauses ging; und sie wartete, bis die Herrscherin zurückkäme. Jenes Halsband aber legte sie unter einen Gebetsteppich; und sie begann zu beten. Da kam ein Vogel, raubte das Halsband und versteckte es in einem Mauerspalt an einer der Ecken des Palastes; die Hüterin war nämlich gerade hinausgegangen, um einem Ruf der Natur zu folgen und sogleich zurückzukehren, und so bemerkte sie es nicht. Als aber die Gemahlin des Königs wieder aus dem Bade kam, erbat sie sich das Halsband von der Hüterin. Die konnte es jedoch nicht finden, und soviel sie auch danach suchte, entdeckte sie doch kein Anzeichen und keine Spur von ihm. Da beteuerte sie: ,Bei Allah, meine Tochter, es ist niemand bei mir gewesen! Als ich es erhielt, legte ich es unter den Gebetsteppich. Und jetzt weiß ich nicht, ob vielleicht einer von den Dienern es gesehen und es unbemerkt genommen hat, während ich im Gebet versunken war. Das kann nur Allah der Erhabene wissen!' Wie der König nun hörte, was geschen war, befahl er seiner Gemahlin, die Hüterin durch Feuer und schwere Schläge zu foltern. – –«

Da bemerkte Schehrezâd, daß der Morgen begann, und sie hielt in der verstatteten Rede an. Doch als die *Fünfhundertundsiebenundneunzigste Nacht* anbrach, fuhr sie also fort: »Es ist mir berichtet worden, o glücklicher König, daß die Königin, nachdem ihr Gemahl befohlen hatte, die Hüterin durch Feuer und schwere Schläge zu foltern, seinen Befehl ausführte und die Frau auf jegliche Art foltern ließ. Und dennoch gestand sie nichts, noch beschuldigte sie jemanden. Darauf gebot er, sie zu fesseln und ins Gefängnis zu werfen; und es geschah also. Bald darauf saß der König einmal in seinem Schloßhofe, wo ihn fließendes Wasser rings umgab; und seine Gemahlin saß neben ihm. Da fiel sein Blick auf einen Vogel, der jenes Halsband aus einem Mauerspalt an einer Ecke des Schlosses herauszog; er rief eine Sklavin, die bei ihm war, und die fing den Vogel und nahm ihm das Halsband ab. Daran erkannte der König, daß der Hüterin unrecht geschehen war, und er bereute, was er ihr angetan hatte. Dann ließ er sie kommen; und als sie vor ihm stand, küßte er ihr das Haupt und begann zu weinen und sie um Verzeihung zu bitten, indem er seine Reue über sein Tun beteuerte. Ferner befahl er, ihr viel Geld zu geben; aber sie weigerte sich, es anzunehmen. Sie verzieh ihm und verließ ihn; und sie schwor, nie wieder eines Menschen Haus zu betreten. Und von nun an zog sie über die Berge und durch die Täler und diente Allah dem Erhabenen, bis sie starb.

Ferner, o König – so fuhr die Odaliske fort –, ist mir über die Tücke der Männer berichtet worden

DIE GESCHICHTE
VON DEN BEIDEN TAUBEN

Einst hatten zwei Tauben, ein Männchen und ein Weibchen, zur Winterszeit Weizen und Gerste in ihrem Nest aufgespeichert. Doch als der Sommer kam, schrumpfte das Korn zusammen und sah aus, als ob es weniger geworden wäre. Da sagte der Täuber zur Taube: ‚Du hast von dem Korn gegessen!‘ Doch sie erwiderte: ‚Nein, bei Allah, ich habe nichts davon angerührt!‘ Er glaubte ihr aber nicht und schlug sie mit den Flügeln und pickte nach ihr mit dem Schnabel so lange, bis er sie getötet hatte. Als jedoch die kalte Jahreszeit kam, wurde das Korn wieder wie zuvor; und da erkannte der Täuber, daß er sein Weibchen zu Unrecht grausam umgebracht hatte, und er bereute, als die Reue nichts mehr fruchtete. Von nun ab legte er sich neben sie und klagte um sie; er weinte in seinem Schmerze, aß nicht mehr und trank nicht mehr und wurde schließlich krank. Und er genas nicht wieder von seiner Krankheit, bis er starb.

Aber – so fuhr die Odaliske wiederum fort – mir ist über die Tücke der Männer noch eine andere Geschichte berichtet worden, und die ist noch wunderbarer als alle die anderen.' ‚Laß hören, was du weißt!' erwiderte der König; und nun erzählte sie

DIE GESCHICHTE VON DEM PRINZEN BAHRÂM
UND DER PRINZESSIN ED-DATMA

Es war einmal, o König, eine Prinzessin, die zu ihrer Zeit nicht ihresgleichen hatte an Schönheit und Lieblichkeit, an des Wuchses Ebenmäßigkeit, an Anmut und Versonnenheit und an verführerischem Reize zu der Männer Herzeleid. Sie pflegte auch zu sagen: ‚Mir ist keine gleich zu meiner Zeit!' Die Söhne der Könige freiten um sie, doch sie wollte keinen von ihnen annehmen. Ihr Name aber war ed-Datma. Sie sagte: ‚Mich soll keiner zum Weibe haben, es sei denn, er überwinde mich mit Schwert und Lanze auf offenem Feld im Waffentanze. Wenn einer mich besiegt, so will ich mich freudigen Herzens mit ihm vermählen; besiege ich ihn aber, so will ich ihm sein Roß, seine Waffen und seine Rüstung abnehmen und ihm auf die Stirn schreiben: Dies ist ed-Datmas Freigelassener!' Die Söhne der Könige kamen zu ihr von nah und fern; aber sie besiegte sie und beschämte sie, nahm ihre Waffen und brannte ihnen mit Feuer das Zeichen ein. Nun hörte von ihr auch der Sohn eines Königs der Perser, des Namens Bahrâm. Der zog zu ihr aus weiter Ferne, indem er viel Geld, Rosse und Mannen und königliche Schätze mitnahm, bis er ihr Land erreichte. Und wie er dort ankam, schickte er ihrem Vater ein kostbares Geschenk. Der König ritt ihm entgegen und empfing ihn mit

334

den höchsten Ehren. Dann ließ der Prinz dem König durch seine Wesire die Botschaft überbringen, daß er um seine Tochter freie. Doch der König ließ ihm sagen: ,Mein Sohn, was meine Tochter ed-Datma betrifft, so habe ich keine Macht über sie; denn sie hat sich selbst einen Eid geschworen, sie wolle sich nur dem Manne vermählen, der sie auf offenem Plan überwinde.' Der Prinz erwiderte: ,Ich bin nur mit diesem Ziele von meiner Stadt hierher gereist!' Darauf ließ der König antworten: ,Morgen sollst du dich mit ihr messen.' Am nächsten Tage schickte der König zu ihr und entbot sie zum Wettkampfe. Als sie die Botschaft vernahm, rüstete sie sich zum Streit, legte ihren Harnisch an und ritt auf den Plan; auch der Prinz zog hinaus, ihr entgegen, zum Kampfe entschlossen. Und wie das Volk davon hörte, strömten die Menschen von allen Seiten herbei, um jenen Tag mitzuerleben. Da sprengte ed-Datma heran, gepanzert, gegürtet und mit herabgelassenem Visier. Und der Prinz trat ihr entgegen, prächtig anzuschauen, in wehrhaftem Waffenschmuck und vollendeter Rüstung. Sie drangen aufeinander ein und tummelten sich lange im heißen Kampfe. Da erkannte die Prinzessin in ihm einen kühneren und geübteren Ritter, als sie bisher je gesehen hatte, und sie fürchtete, er würde ihr vor allem Volke eine schmähliche Niederlage bereiten; und als sie sicher wußte, daß er ihr überlegen war, beschloß sie, ihn zu überlisten. Und alsbald führte sie ihren Plan aus und hob das Visier von ihrem Antlitz, und siehe, das leuchtete heller als der volle Mond. Wie der Prinz das sah, ward er verwirrt, seine Kraft erlahmte, und sein Mut verließ ihn. Und kaum hatte die Prinzessin das an ihm bemerkt, so stürzte sie sich auf ihn und hob ihn aus dem Sattel, so daß er in ihrer Hand gleich einem Sperling in den Fängen des Adlers war; er aber war so von ihrer Gestalt geblendet,

daß er nicht wußte, wie ihm geschah. Darauf nahm sie ihm
Roß und Waffen und Rüstung ab, brannte ihm das Feuer-
zeichen ein und hieß ihn seiner Wege gehen. Als er aber aus
seiner Betäubung erwachte, blieb er tagelang ohne Essen, ohne
Trinken, ohne Schlaf; so sehr war er erregt, und so tief war
sein Herz von der Liebe zu der Prinzessin ergriffen. Dann entsandte er einen seiner Sklaven zu seinem Vater mit einem
Briefe, in dem er ihm schrieb, er könne nicht eher heimkehren,
als bis er seinen Wunsch erreicht habe oder gestorben sei, ohne
die Prinzessin zu gewinnen. Als dies Schreiben seinen Vater erreichte, war er in Sorge um ihn, und er wollte ihm Truppen
und Krieger senden; doch die Wesire rieten ihm davon ab
und ermahnten ihn zur Geduld.

Inzwischen aber sann der Prinz auf eine List, um sein Ziel zu
erreichen. Er verkleidete sich in die Gestalt eines hinfälligen
Greises und begab sich zu dem Garten der Prinzessin, in dem
sie die meisten ihrer Tage zu lustwandeln pflegte. Dort suchte
er den Gärtner auf und sprach zu ihm: ‚Ich bin ein Fremdling
aus fernem Lande, und seit meiner Jugend bis auf den heutigen
Tag habe ich so gut das Land bestellen und die Pflanzen und
Blumen pflegen können, daß niemand mir darin gleichkommt.‘ Wie der Gärtner das hörte, war er aufs höchste erfreut, führte ihn in den Garten und empfahl ihn seinen Leuten.
Darauf begann der Prinz seinen Dienst, pflegte die Bäume und
verbesserte ihre Früchte. Während er nun damit beschäftigt
war, kamen eines Tages Sklaven in den Garten und führten
Maultiere mit sich, die mit Teppichen und Gefäßen beladen
waren. Er fragte sie, was das bedeute, und sie antworteten ihm:
‚Die Tochter des Königs will sich in diesem Garten ergehen.‘
Da eilte er fort und holte die Schmucksachen und die Gewänder, die er aus seiner Heimat mitgebracht hatte. Er brachte sie

in den Garten, setzte sich dort nieder und breitete einiges von jenen Kostbarkeiten vor sich aus, indem er fortwährend zitterte und so tat, als ob das von Altersschwäche herrühre. – –«

Da bemerkte Schehrezâd, daß der Morgen begann, und sie hielt in der verstatteten Rede an. Doch als die *Fünfhundertundachtundneunzigste Nacht* anbrach, fuhr sie also fort: »Es ist mir berichtet worden, o glücklicher König, daß der persische Prinz, nachdem er sich, als hochbetagter Greis verkleidet, in den Garten gesetzt hatte, die Schmucksachen und Gewänder vor sich ausbreitete und so tat, als ob er vor hoher Altersschwäche zittere. Nach einer Weile kamen die Dienerinnen und die Eunuchen mit der Prinzessin in ihrer Mitte, wie der Mond unter den Sternen. Als die nun weiterschritten und im Garten umherwandelten, die Früchte pflückten und sich ergingen, da sahen sie plötzlich unter einem der Bäume einen Mann sitzen; sie liefen auf ihn zu – es war zwar der Prinz –, doch wie sie ihn anschauten, war es ein hochbetagter Greis, der an Händen und Füßen zitterte, und vor ihm lagen Kostbarkeiten und königliche Kleinodien. Als sie das sahen, wunderten sie sich darüber und fragten ihn, was er mit diesen Sachen tun wolle. Er antwortete ihnen: ‚Für diese Schmucksachen will ich eine von euch zur Frau nehmen.' Da lachten sie ihn aus und fragten weiter: ‚Wenn du dich vermählt hast, was willst du dann mit ihr machen?' Er sagte: ‚Dann will ich ihr einen einzigen Kuß geben und mich wieder von ihr scheiden.' Nun hub die Prinzessin an: ‚Ich vermähle dich mit dieser Sklavin.' Da erhob er sich und ging, auf einen Stab gestützt, zitternd und stolpernd auf sie zu, küßte sie und gab ihr all jene Kostbarkeiten und Gewänder; die Sklavin war froh, und alle lachten ihn aus. Dann gingen sie ihrer Wege. Am nächsten Tage kamen sie wieder in den Garten, gingen auf die Stelle zu und fanden ihn

337

dort sitzen wie zuvor; doch vor ihm lagen noch mehr Juwelen und Gewänder als am Tage vorher. Da setzten sie sich zu ihm und fragten: ‚Alterchen, was tust du mit diesem Schmuck?‘ ‚Dafür nehme ich eine von euch zur Frau wie gestern‘, erwiderte er. Die Prinzessin sagte wiederum: ‚Ich vermähle dich mit dieser Sklavin da!‘ Und der Alte ging auf sie zu, küßte sie und gab ihr jene Schmucksachen und Gewänder; dann gingen sie wieder heim. Als die Prinzessin sah, daß er den Sklavinnen solche Schmuckstücke und Gewänder gab, sagte sie sich: ‚Ich habe mehr Anrecht darauf; und mir kann die Sache nichts schaden.‘ Deshalb schlich sie am Tage darauf allein aus ihrem Schlosse, als Sklavin verkleidet, und ging auf versteckten Pfaden weiter, bis sie zu dem Alten kam. Als sie vor ihm stand, sprach sie zu ihm: ‚Alterchen, ich bin die Tochter des Königs. Willst du dich mit mir vermählen?‘ ‚Herzlich gern‘, erwiderte er, holte die wertvollsten und kostbarsten Juwelen und Gewänder und reichte sie ihr hin. Dann erhob er sich, um sie zu küssen, während sie nichts ahnte und unbesorgt war. Sobald er aber vor ihr stand, packte er sie mit festem Griff, warf sie auf die Erde und nahm ihr das Mädchentum. Dann rief er: ‚Kennst du mich nicht?‘ ‚Wer bist du?‘ fragte sie; und er gab ihr zur Antwort: ‚Ich bin Bahrâm, der Sohn des Königs von Persien! Ich habe meine Gestalt gewandelt, ich, der ich mein Volk und mein Land verlassen habe um deinetwillen.‘ Da erhob sie sich schweigend vom Boden, ohne ihm eine Antwort zu geben; kein Wort sprach sie zu ihm, da ihr das widerfahren war. Doch bei sich selber sprach sie: ‚Wenn ich ihn töte, so nützt mir sein Tod nichts.‘ Und weiter dachte sie nach und sagte sich: ‚Mir kann in meiner Not nichts helfen, als daß ich mit ihm in sein Land fliehe.‘ Darauf suchte sie all ihr Hab und Gut, all ihre Schätze zusammen, sandte zu ihm und tat ihm ihre Absicht kund, auf daß er sich auch rüste und seine Habe sammle; und sie vereinbarten eine Nacht zur Flucht. Dann bestiegen sie die edlen Rosse und eilten im Schutze der Nacht dahin. Als es Morgen ward, hatten sie schon eine weite Strecke hinter sich; und sie ritten immer weiter dahin, bis sie ins Land Persien kamen und sich der Hauptstadt seines Vaters näherten. Sobald sein Vater die Botschaft vernahm, zog er ihm mit seinen Truppen und Kriegern entgegen und war aufs höchste erfreut. Nach einigen Tagen sandte er dem Vater der Prinzessin ed-Datma ein kostbares Geschenk und einen Brief, in dem er ihm mitteilte, daß seine Tochter bei ihm sei, und ihn um ihre Aussteuer bat. Wie die Geschenke bei ihrem Vater ankamen, nahm er sie entgegen und erwies den Boten, die sie brachten, die höchsten Ehren; und er selbst ward von großer Freude erfüllt. Dann rüstete er die Hochzeitsmahle, ließ den Kadi und die Zeugen kommen und den Ehevertrag zwischen seiner Tochter und dem Prinzen niederschreiben. Die Boten, die ihm den Brief des Prinzen von Persien überbracht hatten, kleidete er in Ehrengewänder, und seiner Tochter sandte er die Aussteuer. Und der Prinz von Persien lebte mit ihr zusammen, bis der Tod sie trennte.

Betrachte nun, o König – so schloß die Odaliske –, wie arglistig die Männer gegen die Frauen sind! Ich aber will mein Recht nicht aufgeben, bis ich sterbe.' Da befahl der König noch einmal, seinen Sohn zu töten; doch der siebente Wesir trat ein, und als er vor dem König stand, küßte er den Boden und hub darauf an: ,O König, gewähre mir eine Frist, in der ich zu dir meine Worte des guten Rates spreche: Wer da Geduld übt und wartet still, der erreicht seine Hoffnung und gewinnt, was er will! Wer sich aber übereilt, der muß bereuen. Ich habe erkannt, was diese Odaliske listig ersonnen hat, um den König zu veranlassen, daß er schreckliche Verbrechen begehe. Dein Knecht aber, der von deiner Güte und Huld überhäuft ist, bietet dir guten Rat. Ich kenne, o König, die Listen der Frauen besser als irgendein anderer. Mir ist darüber auch berichtet worden die Geschichte von der alten Frau und dem Sohne des Kaufmannes.' ,Und wie ist die, Wesir?' fragte der König; da erzählte der siebente Wesir: ,Mir ist berichtet worden, o König,

DIE GESCHICHTE VON DER ALTEN FRAU
UND DEM KAUFMANNSSOHNE

Einst hatte ein reicher Kaufmann einen Sohn, der ihm lieb war. Zu dem sprach eines Tages sein Sohn: ,Lieber Vater, ich habe eine Bitte an dich; willst du sie mir gewähren?' ,Was ist das, mein Sohn?' antwortete der Vater, ,ich will es dir geben; auch wenn es das Licht meiner Augen wäre, dir würde ich deinen Wunsch erfüllen.' Da fuhr der Sohn fort: ,Ich bitte dich, gib mir Geld, auf daß ich dafür mit den Kaufleuten nach der Stadt Baghdad reisen kann, um sie mir anzuschauen und dort die Schlösser der Kalifen zu sehen. Die Söhne der Kaufleute haben mir davon erzählt, und jetzt sehne ich mich danach, sie selbst zu sehen.' Doch der Vater rief: ,Mein lieber Sohn, wer kann es ertragen, sich von dir zu trennen?' Darauf erwiderte der Sohn: ,Ich habe gesagt, was ich zu sagen habe; und ich muß dorthin reisen, sei es mit deinem Willen oder gegen ihn. Mich erfüllt ein heftiges Verlangen danach, das nur gestillt werden kann, wenn ich wirklich dorthin komme.' – –«

Da bemerkte Schehrezâd, daß der Morgen begann, und sie hielt in der verstatteten Rede an. Doch als die *Fünfhundertundneunundneunzigste Nacht* anbrach, fuhr sie also fort: »Es ist mir berichtet worden, o glücklicher König, daß der Sohn des Kaufmannes zu seinem Vater sprach: ‚Ich kann nicht anders, ich muß nach Baghdad reisen.' Als nun der Vater ihn so entschlossen sah, rüstete er ihm Waren im Werte von dreißigtausend Dinaren und entsandte ihn mit Kaufleuten, denen er vertraute, nachdem er ihn ihrem Schutze empfohlen hatte. Dann nahm der Vater Abschied von ihm und kehrte in sein Haus zurück. Der Sohn aber zog mit seinen Gefährten, den Kaufleuten, immer weiter dahin, bis sie Baghdad, die Stätte des Friedens, erreichten. Nachdem sie dort angekommen waren, begab sich der Sohn auf den Basar und mietete sich ein schönes und ansehnliches Haus, das seinen Sinn berückte und jeden Beschauer entzückte; darinnen zwitscherten die Vögel, und die Gemächer lagen einander gegenüber, auch war der Boden überall mit farbigem Marmor belegt, und die Decken waren vergoldet und mit Lapislazuli verziert. Er fragte den Türhüter, wie hoch der Mietzins im Monate sei, und als der ihm antwortete: ‚Zehn Dinare', fragte er ihn: ‚Sprichst du die Wahrheit, oder scherzest du mit mir?' ‚Bei Allah,' erwiderte der Türhüter, ‚ich sage nur die reine Wahrheit; doch jeder, der in diesem Hause wohnt, bleibt nur eine Woche oder zwei Wochen darin.' ‚Woher kommt das?' fragte der Jüngling weiter; und der Türhüter gab ihm zur Antwort: ‚Mein Sohn, wer in diesem Hause wohnt, verläßt es nur krank oder tot. Deshalb ist dies Haus bei allen Leuten bekannt, und niemand will darin wohnen; und daher ist sein Mietzins so niedrig.' Als der Jüngling das hörte, war er aufs höchste erstaunt. Und er sprach bei sich: ‚Sicherlich ist in diesem Gebäude irgendeine Ursache dafür vorhanden, daß Krankheit und Tod so in ihm hausen.' Er dachte noch eine Weile nach, aber dann, nachdem er seine Zuflucht zu Allah genommen hatte gegen den verfluchten Satan, verscheuchte er jene Bedenken aus seinem Sinne, mietete das

Haus und begann mit Verkauf und Kauf. So vergingen einige Tage, während er in dem Hause lebte, ohne daß ihm etwas von dem zustieß, was der Türhüter gesagt hatte. Eines Tages aber, wie er an seiner Haustür saß, da kam des Wegs ein altes, grauhaariges Weib, gleich einer Schlange mit fleckigem Leib; die pries und heiligte Allah unablässig und räumte die Steine und anderen Hindernisse aus dem Wege. Als sie den Jüngling an der Tür sitzen sah, blickte sie ihn voll Verwunderung an. Da fragte er sie: ‚Frau, kennst du mich, oder verwechselst du mich mit einem anderen?‘ Kaum hatte sie diese Worte aus seinem Munde vernommen, so humpelte sie rasch auf ihn zu, begrüßte ihn und sprach zu ihm: ‚Wie lange wohnst du schon in diesem Hause?‘ ‚Zwei Monate, meine Mutter‘, erwiderte er; und sie fuhr fort: ‚Darüber wundere ich mich. Ich kenne dich nicht, mein Sohn, und du kennst mich nicht; und ich verwechsle dich auch nicht mit einem anderen. Doch ich wundere mich über dich; denn jeder andere, der dies Haus bewohnt, verläßt es nur krank oder tot. Ohne Zweifel, mein Sohn, hast du deine Jugend gefährdet. Bist du noch nicht in den Söller hinaufgestiegen und hast du noch nicht von der Terrasse Ausschau gehalten, die dort oben ist?‘ Mit diesen Worten ging die Alte ihrer Wege; und als sie fort war, begann der Jüngling über ihre Worte nachzudenken, indem er sich sagte: ‚Ich bin wirklich noch nicht auf den Söller des Hauses gestiegen und kenne die Terrasse dort noch nicht.‘ Und er ging sofort ins Haus hinein und begann in allen Ecken umherzusuchen, bis er in einem Winkel eine kleine Tür fand, die von einem Pfosten zum anderen mit einem Spinnengewebe bedeckt war. Er sagte sich zwar: ‚Vielleicht hat die Spinne ihr Netz nur deshalb über diese Tür gezogen, weil das Schicksal hinter ihr lauert.‘ Aber er hielt sich an den Spruch Allahs des Erhabenen: ‚Sprich, uns soll nichts

342

widerfahren als das, was Allah für uns geschrieben hat'[1], und öffnete jene Tür. Dann stieg er eine kleine Treppe hinauf, bis er auf den Söller kam; dort sah er eine Terrasse und setzte sich nieder, um sich auszuruhen und umherzuschauen. Da erblickte er ein schönes und wohlgepflegtes Haus, auf dessen Dache sich eine hohe Terrasse befand, die ganz Baghdad überschaute; und auf jener Terrasse war eine Frau, so schön wie eine Paradiesjungfrau, die alle Fasern seines Herzens entzückte, ihm Sinn und Verstand berückte und ihn mit Hiobs Qual und Jakobs Trauer bedrückte. Als der Jüngling sie erblickt hatte und näher anschaute, da sagte er sich: ,Vielleicht ist es um dieser Frau willen, daß die Leute sagen, ein jeder, der in diesem Hause wohne, müsse sterben oder werde krank. Wüßte ich doch, wie ich gerettet werden kann! Mein Verstand ist schon dahin.' Darauf stieg er von dem Söller des Hauses hinab, indem er über sein Schicksal grübelte, und setzte sich in dem Hause nieder. Doch weil er keine Ruhe fand, ging er hinaus und setzte sich vor die Tür; da kam plötzlich wieder die Alte des Weges, die dahinschritt, indem sie Allah anrief und pries. Wie der Jüngling sie erblickte, erhob er sich, bot ihr Gruß und Segenswunsch und sprach zu ihr: ,Mütterchen, ich war wohl und gesund, bis du mir rietest, die Tür zu öffnen. Ja, ich habe die Terrasse gesehen! Ich habe die Tür geöffnet, und ich habe von oben ausgeschaut; da habe ich erblickt, was mir den Sinn betört hat. Jetzt dünkt mich, ich bin verloren; und ich weiß, daß es keinen Arzt für mich gibt außer dir.' Als sie das hörte, lächelte sie und sprach zu ihm: ,Dir soll nichts Arges widerfahren, so Allah der Erhabene will!' Nachdem sie so gesprochen hatte, erhob er sich, ging in das Haus hinein, und als er wieder zu der Alten hinaustrat, hatte er hundert Dinare in seinem Ärmel. Dann

1. Koran, Sure 9, Vers 51.

sprach er zu ihr: ‚Nimm das, Mütterchen, und handle an mir,
wie die Herren an den Sklaven handeln. Hilf mir schnell zum
Ziele! Wenn ich sterbe, so wird mein Blut von dir verlangt
am Jüngsten Tage.' ‚Herzlich gern,' erwiderte die Alte; ‚ich
begehre nur, daß du mir eine kleine Hilfe leihest, durch die du
zum Ziele gelangen kannst.' ‚Was wünschest du von mir,
Mütterchen?' fragte er; und sie erwiderte: ‚Ich wünsche von
dir nur die Hilfe, daß du zum Seidenbasar gehest und nach dem
Laden des Abu el-Fath ibn Kaidâm fragest. Wenn man ihn dir
gezeigt hat, so setze dich zu ihm in den Laden, begrüße ihn und
sprich: ‚Gib mir den Schleier, den du hast, den, der mit Gold
durchwirkt ist!' Denn er hat keinen schöneren in seinem Laden.
Kaufe ihn, mein Sohn, zum höchsten Preise und bewahre ihn
bei dir auf, bis ich morgen, so Allah der Erhabene will, wieder
zu dir komme!' Mit diesen Worten ging die Alte davon; der
Jüngling aber verbrachte jene Nacht wie auf Kohlen aus Ta-
mariskenholz. Als es Morgen ward, tat er tausend Dinare in
seine Tasche und ging damit zum Seidenbasar; dort fragte er
nach dem Laden des Abu el-Fath, und einer der Kaufleute zeigte
ihm den. Wie er nun hinkam, sah er bei dem Kaufherrn
Sklaven und Eunuchen und Diener; denn er war ein Mann
von Ansehen und großem Reichtum. Sein höchstes Gut aber
war jene Frau, deren gleichen nicht einmal bei den Söhnen der
Könige zu finden war. Der Jüngling blickte nun den Kaufmann an und grüßte ihn, und der erwiderte seinen Gruß; dann
bat er ihn, sich zu setzen, und der Jüngling tat es und hub an:
‚O Kaufherr, ich bitte dich, laß mich den und den Schleier ansehen!' Da befahl der Kaufmann dem Sklaven, ein Bündel
Seide aus dem inneren Laden zu holen; und als der es gebracht
hatte, machte Abu el-Fath es auf und nahm eine Anzahl von
Schleiern daraus hervor. Der Jüngling war sprachlos vor Be-
344

wunderung ihrer Schönheit, und als er auch den gesuchten Schleier unter ihnen gewahrte, erwarb er ihn von dem Kaufmann um fünfzig Dinare und trug ihn erfreut nach Hause. – –«

Da bemerkte Schehrezâd, daß der Morgen begann, und sie hielt in der verstatteten Rede an. Doch als die *Sechshundertste Nacht* anbrach, fuhr sie also fort: »Es ist mir berichtet worden, o glücklicher König, daß der Jüngling, nachdem er den Schleier von dem Kaufmann erworben hatte, ihn hinnahm und alsbald nach Hause trug. Da kam auch schon die Alte wieder; und als er sie erblickte, ging er ihr entgegen und gab ihr den Schleier. Nun sprach sie zu ihm: ‚Hole mir eine glühende Kohle!' Als der Jüngling das getan hatte, brachte sie eine Ecke des Schleiers der Kohle nah und verbrannte sie; dann faltete sie ihn wieder zusammen, wie er gewesen war, nahm ihn und begab sich damit zum Hause des Abu el-Fath. Wie sie dort ankam, pochte sie an die Tür; die Frau hörte ihr Klopfen und ging hin, um ihr zu öffnen. Jene Alte aber war mit der Mutter der Frau befreundet gewesen, und diese kannte sie daher als die Freundin ihrer eigenen Mutter. So sprach sie denn zu ihr: ‚Was wünschest du, Mütterchen? Meine Mutter ist von hier zu ihrer eigenen Wohnung gegangen.' ‚Meine Tochter,' erwiderte die Alte, ‚ich weiß, daß deine Mutter nicht bei dir ist; ich bin schon bei ihr in ihrem Hause gewesen. Ich bin nur deshalb zu dir gekommen, weil ich fürchtete, ich könnte die Zeit des Gebetes versäumen; so will ich denn bei dir die Waschung vollziehen, da ich weiß, daß du auf Sauberkeit hältst und daß dein Haus rein ist.' Die Frau bat sie, ins Haus einzutreten; und als die Alte das getan hatte, sprach sie den Gruß und flehte den Segen des Himmels auf die Frau herab. Dann nahm sie die Wasserkanne, ging in den Waschraum, vollzog die Waschung und betete in einem Winkel. Danach aber ging sie zu jener

Frau und sprach zu ihr: ‚Meine Tochter, ich vermute, die Diener sind über die Stelle gegangen, an der ich gebetet habe; sie könnte dadurch unrein geworden sein. Willst du mir nicht eine andere Stelle zeigen, an der ich beten kann; denn das Gebet, das ich verrichtet habe, rechne ich als vergeblich.' Da nahm die Frau sie bei der Hand und sprach zu ihr: ‚Mütterchen, komm, bete auf meinem Teppich, auf dem sonst mein Gatte zu sitzen pflegt!' Und nachdem sie die Alte auf jenen Teppich geführt hatte, sprach diese innige Gebete im Stehen und im Knien. Dabei erhaschte sie einen Augenblick, in dem die Frau nicht auf sie achtete, und schob den Schleier unter das Kissen, ohne daß jene es sah. Nachdem sie ihr Gebet beendet hatte, wünschte sie der Frau den Segen des Himmels, machte sich auf und verließ das Haus. Doch als der Tag zur Rüste ging, kam der Kaufmann, ihr Gatte, nach Haus und setzte sich auf den Teppich. Sie brachte ihm Speise, und er aß, bis er gesättigt war, und wusch sich die Hände. Als er sich dann aber auf das Kissen lehnte, sah er plötzlich den Zipfel des Schleiers unter ihm hervorragen. Sofort zog er ihn heraus; und kaum hatte er ihn erblickt, so erkannte er ihn. Da stiegen Zweifel an der Treue seiner Frau in ihm auf; und er rief sie und sprach zu ihr: ‚Woher hast du diesen Schleier?' Da schwor sie ihm hoch und teuer: ‚Niemand ist zu mir gekommen als du allein!' Der Kaufmann schwieg aus Furcht vor dem öffentlichen Ärgernis und sagte sich: ‚Wenn ich dies Blatt aufschlage, so stehe ich vor ganz Baghdad am Pranger.' Jener Kaufmann war nämlich ein Vertrauter des Kalifen, und so konnte er nichts Besseres tun als schweigen. Deshalb sprach er zu seiner Frau, die Mahzîja geheißen war, kein Wort mehr darüber; sondern er rief sie und sagte ihr: ‚Mir ist berichtet worden, daß deine Mutter kranken Herzens danieder liegt, und daß alle Frauen bei ihr sind und

346

um sie weinen; drum gebiete ich dir, geh du auch zu ihr hin!' Da ging die Frau zu ihrer Mutter; doch als sie ins Haus gekommen war, fand sie die Mutter bei bester Gesundheit. Sie setzte sich nun eine Weile zu ihr; da aber kamen plötzlich Träger zu ihr, die ihre Kleider aus dem Hause des Kaufmannes brachten und alles herbeischafften, was ihr in dem Hause gehörte. Bei diesem Anblicke fragte ihre Mutter: ,Tochter, was ist mit dir geschehen?' Jene versicherte ihr, sie wisse es nicht; und nun begann die Mutter zu weinen und trauern, weil ihre Tochter von einem solchen Manne getrennt war. Nach einer Reihe von Tagen aber begab sich die Alte zu der jungen Frau in jenes Haus, begrüßte sie inniglich und sprach zu ihr: ,Was fehlt dir, meine Tochter, mein Liebling? Du hast mir die Seele betrübt.' Dann ging sie zu der Mutter der jungen Frau und fragte sie: ,Schwester, was gibt es? Was ist das mit deiner Tochter und ihrem Manne? Mir ist zu Ohren gekommen, daß er sich von ihr geschieden hat; was hat sie denn verbrochen, daß sie all dies verdient?' Die Mutter der Frau gab ihr zur Antwort: ,Vielleicht wird durch deinen Segen ihr Gatte wieder zu ihr zurückkehren. Bete für sie, meine Schwester, denn du fastest und verbringst die ganze Nacht im Gebet!' Darauf begannen die Frau, ihre Mutter und die Alte dort im Hause miteinander zu plaudern; und die Alte sagte: ,Meine Tochter, sei nicht traurig! So Allah der Erhabene will, werde ich dich noch in diesen Tagen wieder mit deinem Gatten vereinen!' Dann ging sie zu dem Jüngling und sprach zu ihm: ,Rüste uns ein schönes Mahl! Heute abend will ich sie zu dir bringen!' Alsbald erhob sich der Jüngling und rüstete alles, was sie an Speise und Trank nötig hatten; und dann setzte er sich nieder, um die beiden zu erwarten.' Derweilen ging die Alte zu der Mutter der jungen Frau und sprach zu ihr: ,Schwester, bei uns ist heute ein Hochzeitsfest; laß deine Tochter mit mir gehen, damit sie sich dort vergnüge und allen Harm und Gram vergesse. Hernach will ich sie dir wiederbringen, wie ich sie von dir in Empfang genommen habe.' Da kleidete die Mutter ihre Tochter in die prächtigsten Gewänder, legte ihr die schönsten Schmucksachen und Kleinodien an und begleitete sie und die Alte bis zur Tür. Dann bat sie die Alte inständig mit den Worten: ‚Gib acht, daß keins der Geschöpfe Allahs des Erhabenen sie erblicke! Du kennst ja das Ansehen ihres Gatten bei dem Kalifen. Verweile auch nicht zu lange, sondern kehre so schnell wie möglich mit ihr zurück!' Die Alte aber führte die Frau, bis sie mit ihr zum Hause des Jünglings kam; und die junge Frau dachte, daß dies das Hochzeitshaus wäre. Nachdem sie dort eingetreten und in den Saal gekommen waren – –«

Da bemerkte Schehrezâd, daß der Morgen begann, und sie hielt in der verstatteten Rede an. Doch als die *Sechshundertunderste Nacht* anbrach, fuhr sie also fort: »Es ist mir berichtet worden, o glücklicher König, daß die junge Frau kaum das Haus betreten hatte und in den Saal gekommen war, als der Jüngling ihr schon entgegensprang und sie umarmte und ihr Hände und Füße küßte. Sie ward von der Schönheit des Jünglings bezaubert, und sie vermeinte, daß sie jene Stätte und alles, was darinnen war, Blumen und Speise und Trank, nur im Traum erblickte. Wie aber die Alte ihre Verwirrung sah, sprach sie zu ihr: ‚Allahs Name schütze dich, meine Tochter! Fürchte dich nicht; ich will hier sitzen bleiben und dich keinen Augenblick verlassen! Du bist seiner wert, und er ist deiner würdig.' Da setzte die Frau sich scheu und schüchtern nieder; aber der Jüngling scherzte unablässig mit ihr, lächelte ihr zu und unterhielt sie mit Versen und Geschichten, bis ihre Brust sich weitete und ihr wohl zumute ward. Nun begann sie zu essen und zu trin-

348

ken, und als sie vom Weine fröhlich war, griff sie zur Laute und sang, bis die Schönheit des Jünglings sie zu herzlicher Neigung zwang. Wie jener das bemerkte, ward er trunken ohne Wein, und sein Leben galt ihm als ein leichtes Ding. Darauf ging die Alte von ihnen fort; am nächsten Tage in der Frühe kam sie wieder zu ihnen, wünschte den beiden einen guten Morgen und sprach zu der jungen Frau: ‚Wie hast du die Nacht verbracht, meine Herrin?‘ ‚Herrlich,‘ erwiderte sie, ‚dank deiner Hilfe und deiner trefflichen Vermittlung.‘ Dann fuhr die Alte fort: ‚Auf, laß uns zu deiner Mutter gehen!‘ Als der Jüngling dies Wort aus dem Munde der Alten vernahm, holte er für sie hundert Dinare und sprach zu ihr: ‚Laß sie noch diese Nacht bei mir!‘ Da ging die Alte fort, begab sich zur Mutter der Frau und sprach zu ihr: ‚Deine Tochter läßt dich grüßen. Die Brautmutter hat sie beschworen, noch diese Nacht bei ihr zu bleiben.‘ Jene erwiderte ihr: ‚Meine Schwester, grüße sie beide! Wenn meine Tochter sich dort vergnügt, so mag sie ruhig dort bleiben, um guter Dinge zu sein, und sie mag kommen, wie es ihr behagt. Ich bin nur darum besorgt, daß der Zorn ihres Gatten ihr Kummer mache.‘ Nun ersann die Alte eine List nach der anderen für die Mutter der jungen Frau, bis sieben Tage verstrichen waren; und jeden Tag erhielt sie von dem Jüngling hundert Dinare. Doch als diese Tage vergangen waren, sprach die Mutter der Frau zu der Alten: ‚Jetzt bring mir meine Tochter auf der Stelle zurück! Mein Herz ist besorgt um sie; denn sie ist allzulange fortgeblieben, und ich beginne deshalb argwöhnisch zu werden.‘ Erzürnt über diese Worte eilte die Alte von dannen, begab sich zu der jungen Frau und faßte sie bei der Hand. Und die beiden verließen den Jüngling, während er vom Weine trunken auf seinem Bette lag, und gingen zur Mutter zurück. Die empfing sie mit hoher

349

Freude; ja, sie war von Seligkeit überwältigt, und sie sprach zu ihr: ‚Liebe Tochter, mein Herz war in Sorge um dich; und so kam es, daß ich meine Schwester durch Worte verletzte und ihr weh tat.‘ Da sagte die Tochter: ‚Wohlan, küsse ihr Hände und Füße; denn sie ist mir wie eine Dienerin gewesen und hat alle meine Wünsche erfüllt. Wenn du nicht tust, was ich dir sage, so bin ich nicht mehr deine Tochter, und du sollst nicht mehr meine Mutter sein.‘ Da erhob sich die Mutter alsbald und söhnte sich mit der Alten aus.

Derweilen erwachte der Jüngling aus seiner Trunkenheit und konnte die junge Frau nicht mehr finden; dennoch freute er sich über das, was er erreicht hatte, da ihm ja sein Wunsch erfüllt war. Die Alte aber kam wiederum zu dem Jüngling und sprach zu ihm: ‚Was hältst du von meinem Tun?‘ ‚Was du getan hast, war vortrefflich, der Plan wie die Ausführung‘, erwiderte er. Dann fuhr sie fort: ‚Jetzt komm, wir wollen wieder gutmachen, was wir verdorben haben! Wir wollen diese Frau ihrem Gatten zurückgeben; denn wir sind der Grund ihrer Trennung gewesen.‘ ‚Wie soll ich das tun?‘ fragte er; und sie gab ihm zur Antwort: ‚Geh in den Laden des Kaufmanns, setze dich zu ihm und begrüße ihn! Dann will ich bei dem Laden vorübergehen; sowie du mich siehst, eile aus dem Laden heraus auf mich zu, packe mich, zieh mich an den Kleidern, schmähe mich und drohe mir, indem du von mir den Schleier verlangst! Und sprich zum Kaufmann: ‚Du kennst doch den Schleier, mein Herr, den ich von dir um fünfzig Dinare gekauft habe? Es begab sich, mein Gebieter, daß meine Sklavin ihn anlegte und ihn an einer Stelle in der Ecke verbrannte. Da gab meine Sklavin ihn dieser Alten, daß sie ihn zu jemandem bringe, der ihn ausbessere. Die nahm ihn und ging fort; und seit dem Tage habe ich sie nicht mehr gesehen.‘ ‚Herzlich gern!‘

sagte der Jüngling und begab sich alsbald zum Laden jenes Kaufmannes und setzte sich eine Weile zu ihm. Da kam plötzlich die Alte an dem Laden vorüber, mit einem Rosenkranze in der Hand, den sie betend durch die Finger gleiten ließ. Als er sie erblickte, sprang er aus dem Laden hinaus, zerrte sie an den Kleidern und begann sie zu schmähen und zu schelten, während sie ihm gute Worte gab und immer wieder beteuerte: ,Mein Sohn, du hast keine Schuld!' Da versammelte sich das Volk des Basars um die beiden und rief: ,Was gibt es da?' Er antwortete: ,Ihr Leute, ich erwarb von diesem Kaufmann einen Schleier um fünfzig Dinare; den trug meine Sklavin nur eine einzige Stunde. Dann setzte sie sich hin, um ihn mit Weihrauch zu durchduften, und da flog ein Funke auf und verbrannte eine Ecke des Schleiers. Wir übergaben ihn darauf dieser Alten, daß sie ihn zu jemandem trage, der ihn ausbessere, und ihn uns dann zurückbringe. Aber seit jener Zeit haben wir sie nie wiedergesehen.' Die Alte sprach: ,Dieser Jüngling hat recht. Ja, ich habe den Schleier von ihm erhalten. Ich bin mit ihm in eines der Häuser gegangen, die ich zu besuchen pflege; und dort habe ich ihn an irgendeiner Stelle liegen lassen. Ich weiß aber nicht mehr, welche Stelle es war; und da ich eine arme Frau bin, so fürchtete ich mich vor dem Eigentümer und wagte ihm nicht mehr vor die Augen zu kommen.' All dies aber wurde geredet, während der Gatte der Frau den beiden zuhörte. – –«

Da bemerkte Schehrezâd, daß der Morgen begann, und sie hielt in der verstatteten Rede an. Doch als die *Sechshundertundzweite Nacht* anbrach, fuhr sie also fort: »Es ist mir berichtet worden, o glücklicher König, daß der Gatte der Frau, als der Jüngling die Alte festhielt und zu ihr über den Schleier sprach, wie sie ihn gelehrt hatte, die ganze Rede von Anfang bis zu

351

Ende anhörte. Und wie er nun all das vernahm, was die tückische Alte mit dem Jüngling verabredet hatte, sprang er auf und
rief: ‚Allah ist der Größte! Ich bitte Allah den Allmächtigen
um Verzeihung wegen meiner Sünden und wegen des Ver-
dachtes, den ich in meinem Herzen gehegt habe!' Und er pries
Allah, der ihm die Wahrheit offenbart hatte. Dann wandte er
sich an die Alte und sprach zu ihr: ‚Kommst du auch zu uns?'
Sie erwiderte: ‚Mein Sohn, ich pflege zu dir und auch zu anderen Leuten zu kommen um der Almosen willen. Doch seit
jenem Tage hat mir niemand etwas von dem Schleier gesagt.'
‚Hast du jemanden in unserem Hause nach ihm gefragt?' forschte
er darauf; und sie gab ihm zur Antwort: ‚Mein Gebieter, ich
bin in das Haus gegangen und habe gefragt. Aber man sagte
mir, daß der Kaufmann sich von der Hausherrin geschieden
habe; und da bin ich wieder umgekehrt, und bis auf den heutigen Tag habe ich niemanden mehr gefragt.' Darauf wandte
sich der Kaufmann an den Jüngling und sprach zu ihm: ‚Laß
diese Alte ihrer Wege gehen! Der Schleier ist bei mir.' Und er
holte ihn aus dem Laden hervor und übergab ihn vor allen Anwesenden dem Ausbesserer. Danach ging er zu seiner Frau,
übergab ihr eine Summe Geldes und nahm sie wieder zu sich,
nachdem er sie oftmals um Entschuldigung und Allah um Verzeihung gebeten hatte, ohne zu wissen, was die Alte getan hatte.

Dies ist ein Beispiel für die Tücke der Weiber, o König – so
fuhr der siebente Wesir fort –, doch mir ist ferner berichtet
worden, o König,

DIE GESCHICHTE VON DEM PRINZEN
UND DER GELIEBTEN DES DÄMONEN[1]

Ein Prinz zog einmal allein für sich aus, um sich zu ergehen; und da kam er zu einer grünen Aue, auf der Bäume waren, mit Früchten behangen, wo die Vögelein sangen, und durch die sich die Bächlein schlangen. Da ihm die Stätte gefiel, so setzte er sich dort nieder, holte einige getrocknete Früchte hervor, die er mitgenommen hatte, und begann zu essen. Doch während er so dasaß, erblickte er plötzlich eine gewaltige Rauchwolke, die sich dort bis zum Himmel emporreckte. In seiner Angst kletterte er auf einen der Bäume, um sich in den Zweigen zu verstecken. Und wie er dort oben war, sah er, daß mitten aus dem Flusse ein Dämon emporstieg, mit einer marmornen Truhe auf dem Haupte, an der sich ein Schloß befand. Der legte die Truhe auf jener Aue nieder, und nachdem er sie geöffnet hatte, stieg aus ihr eine Maid hervor, so schön wie der strahlende Sonnenball im blauen Weltenall; sie gehörte aber zum Geschlechte der Menschen. Er hieß die Maid sich vor ihn hinsetzen und betrachtete sie eine Weile; dann legte er sein Haupt auf ihren Schoß und schlief ein. Da nahm sie seinen Kopf und legte ihn auf die Truhe und begann umherzuwandeln. Und als ihr Blick auf jenen Baum fiel und sie darin den Prinzen entdeckte, machte sie ihm ein Zeichen, er möge herunterkommen. Er weigerte sich, es zu tun; aber sie schwor, indem sie sprach: ‚Wenn du nicht herabkommst und mit mir tust, was ich dir sage, so erwecke ich den Dämon aus dem Schlafe und zeige dich ihm, und er wird dich auf der Stelle umbringen.‘ Der Jüngling erschrak vor ihr und stieg hinab. Als er unten

1. Dies ist eine selbständige Version eines Teiles der Einleitung zu dem Gesamtwerke; vgl. Band I, Seite 23 bis 26.

war, küßte sie ihm Hände und Füße und bat ihn verführerisch, ihr zu Willen zu sein. Er tat, was sie von ihm verlangte. Und als er ihr zu Willen gewesen war, sprach sie zu ihm: ‚Gib mir den Siegelring da, den du an deiner Hand trägst!‘ Nachdem er ihr den Ring gegeben hatte, tat sie ihn in ein seidenes Tuch, das sie bei sich trug und in dem sich viele Ringe, wohl mehr als achtzig, befanden. Sie legte ihn zu den übrigen; da fragte der Prinz: ‚Was tust du mit den Ringen, die du da hast?‘ Und sie gab ihm zur Antwort: ‚Dieser Dämon hat mich aus dem Schlosse meines Vaters entführt und mich in diese Truhe eingeschlossen; und er trägt sie immer auf dem Kopfe, wohin er nur geht. Im Übermaße seiner Eifersucht läßt er mich kaum eine einzige Stunde allein und hindert mich so an dem, wonach ich verlange. Als ich das erkannte, habe ich einen Eid geschworen, niemandem meine Gunst zu versagen. Diese Ringe, die ich bei mir trage, entsprechen der Zahl der Männer, die mir zu Willen gewesen sind; denn jedem Manne, der bei mir gewesen ist, nehme ich den Ring ab und lege ihn in dies Tuch.‘ Dann fügte sie noch hinzu: ‚Geh deiner Wege, damit ich mich nach einem anderen umsehen kann; denn der Dämon steht jetzt noch nicht auf!‘ Der Jüngling aber konnte kaum die Zeit abwarten, daß er forteilte, bis er zum Hause seines Vaters zurückkam. Nun wußte der König nichts von der Bosheit, die das Mädchen seinem Sohne angetan hatte, ohne sich zu fürchten und ohne sich Rechenschaft darüber abzulegen. Wie er also hörte, daß der Siegelring seines Sohnes verloren gegangen sei, gab er Befehl, ihn hinzurichten. Dann erhob er sich von seinem Thron und begab sich in sein Schloß; doch da kamen seine Wesire zu ihm und überredeten ihn, den Todesbefehl zu widerrufen. Später aber, eines Nachts, ließ der König die Wesire zu sich kommen; und als sie alle versammelt waren, erhob er sich zum Gruße vor ihnen und dankte ihnen, daß sie ihm davon abgeraten hatten, seinen Sohn töten zu lassen. Und ebenso dankte ihnen der Prinz, indem er sprach: ‚Es war wohlgetan von euch, daß ihr meinem Vater rietet, mich am Leben zu lassen. Ich werde es euch reichlich lohnen, so Allah der Erhabene will.' Dann erzählte er ihnen, wie er seinen Siegelring verloren hatte; und sie beteten für ihn um ein Leben von langem Bestande und wachsendem Ruhm im Lande, und verließen sein Gemach.

Erkenne also, o König – so schloß der siebente Wesir –, die Tücke der Frauen, und was sie den Männern antun!' Da widerrief der König den Befehl, seinen Sohn hinzurichten. Als aber der Morgen des achten Tages anbrach und der König sich auf den Thron gesetzt hatte, da trat sein Sohn zu ihm ein, Hand in Hand mit seinem Erzieher Sindbad, und küßte den Boden vor ihm. Und er sprach mit beredter Zunge und pries seinen Vater und seine Wesire und die Großen seines Reiches und sagte ihnen Lob und Dank. Und die Gelehrten und Emire, Krieger und Vornehmen des Volkes waren im Saale versammelt. Und alle, die zugegen waren, wunderten sich über die Beredsamkeit des Prinzen, seine Gewandtheit und die Feinheit seiner Sprache. Der Vater des Prinzen aber, der ihn angehört hatte, freute sich über alle Maßen, rief ihn zu sich und küßte ihn auf die Stirn. Dann rief er seinen Erzieher Sindbad und fragte ihn, warum sein Sohn sieben Tage lang stumm gewesen sei. Der Lehrer erwiderte: ‚O Gebieter, er ist gerettet worden dadurch, daß er nicht redete! Ich war in Todesangst um ihn in diesen sieben Tagen; denn ich wußte dies alles voraus, hoher Herr, seit dem Tage seiner Geburt. Als ich sein Horoskop stellte, fand ich dies Schicksal in den Sternen geschrieben; aber jetzt ist das Schlimmste von ihm abgewendet durch das Glück des Königs.'

Des freute der König sich, und er sprach zu seinen Wesiren: ‚Wenn ich meinen Sohn hätte hinrichten lassen, würde dann die Schuld auf mir lasten oder auf der Odaliske oder auf dem Meister Sindbad?‘ Die Anwesenden schwiegen und wußten keine Antwort; Sindbad aber, der Erzieher des Prinzen, sprach zu diesem: ‚Gib du die Antwort, mein Sohn!‘ – –«

Da bemerkte Schehrezâd, daß der Morgen begann, und sie hielt in der verstatteten Rede an. Doch als die *Sechshundertunddritte Nacht* anbrach, fuhr sie also fort: »Es ist mir berichtet worden, o glücklicher König, daß der Prinz, als Sindbad zu ihm sagte: ‚Gib du die Antwort, mein Sohn!‘ nunmehr anhub: ‚Ich habe gehört, daß einmal ein Kaufmann, in dessen Haus ein Gast abgestiegen war, seine Sklavin fortschickte, um für ihn auf dem Markte einen Krug Sauermilch zu kaufen. Sie ließ sich die Milch in einen Krug füllen und machte sich wieder auf den Weg, um zu dem Hause ihres Herrn zurückzukehren. Doch während sie dahinschritt, flog plötzlich eine Weihe über ihr vorbei, die eine Schlange in den Krallen hielt und fest zusammenpreßte; da fiel ein Tropfen von dem Gifte der Schlange in den Krug, ohne daß die Sklavin es merkte. Als sie dann zu Hause ankam, nahm ihr Herr die Milch hin und trank davon mit seinen Gästen; kaum aber war die Milch in ihren Magen gelangt, da starben sie alle. Nun bedenke, o König, wer an diesem Unfall schuld war!‘ Einer von den Anwesenden sagte: ‚Es war die eigene Schuld der Leute, die von der Milch tranken.‘ Ein anderer sagte: ‚Es war die Schuld der Sklavin, die den Krug offen, ohne Deckel, ließ.‘ Da fragte Sindbad, der Erzieher des Jünglings: ‚Was sagst du dazu, mein Sohn?‘ Und der Prinz erwiderte: ‚Ich sage, daß die Leute irren. Es war weder die Schuld der Sklavin noch die der Gesellschaft; sondern die Lebenszeit jener Männer war abgelaufen mit ihrem von Gott ge-

356

gebenen Unterhalt, und es war vorherbestimmt, daß sie auf diese Weise sterben sollten.' Als die Anwesenden das hörten, waren sie darüber aufs höchste erstaunt, und sie erhoben ihre Stimmen zum Gebet für den Prinzen und sprachen zu ihm: ,O Herr, du hast eine Antwort gegeben, die nicht ihresgleichen hat, und du bist jetzt der weiseste Mann deiner Zeit!' Wie der Prinz das vernahm, sprach er zu ihnen: ,Ich bin kein Weiser; der blinde Scheich und das Kind von drei Jahren und das Kind von fünf Jahren waren weiser als ich.' Da baten ihn die Anwesenden: ,Erzähle uns die Geschichten von diesen drei, die klüger waren als du, o Jüngling!' Und nun erzählte der Prinz: ,Mir ist berichtet worden

DIE GESCHICHTE
VON DEM SANDELHOLZHÄNDLER
UND DEN SPITZBUBEN

Einst lebte ein Kaufmann, der sehr begütert war und auf seinen vielen Reisen in alle Städte kam. Als er wieder einmal in eine fremde Stadt reisen wollte, fragte er die Leute, die von dort kamen, und sprach zu ihnen: ,Welche Art von Waren bringt dort hohen Gewinn?' Man antwortete ihm: ,Sandelholz; denn es wird dort teuer verkauft.' Nun legte der Kaufmann all sein Geld in Sandelholz an und reiste nach jener Stadt. Als er aber vor ihr ankam, war es gerade Abend geworden; und da begegnete ihm eine Alte, die ihre Schafe trieb. Bei seinem Anblick fragte sie ihn: ,Wer bist du, Mann?' ,Ich bin ein fremder Kaufmann', gab er ihr zur Antwort; und sie fuhr fort: ,Hüte dich vor den Bewohnern der Stadt! Denn sie sind ein trügerisch und diebisch Volk, und sie betrügen den Fremdling, um ihn zu übertölpeln und sein Hab und Gut zu verzehren.

Ich gebe dir guten Rat.' Damit verließ sie ihn. Als es Morgen ward, begegnete ihm einer von den Einwohnern der Stadt, begrüßte ihn und fragte ihn: ‚O Herr, woher kommst du?' ‚Aus der und der Stadt', erwiderte der Kaufmann; und der andere fragte weiter: ‚Was für Waren bringst du mit dir?' ‚Sandelholz,' erwiderte er, ‚denn ich habe gehört, daß es bei euch großen Wert hat.' Aber der Mann entgegnete ihm: ‚Wer dir den Rat gegeben hat, ist im Irrtum. Denn wir brennen unter unseren Kochtöpfen nur jenes Sandelholz, und es hat bei uns denselben Wert wie gewöhnliches Brennholz.' Als der Kaufmann diese Worte aus dem Munde des Städters vernahm, war er betrübt und bereute sein Tun; aber er schwankte noch zwischen Glauben und Unglauben. Dann stieg er in einer der Herbergen jener Stadt ab und begann Sandelholz unter seinem Kochtopf zu brennen. Als jener Mann das bemerkte, sprach er zu dem Kaufmann: ‚Willst du mir dies Sandelholz verkaufen und für jedes Maß nehmen, was deine Seele nur verlangt?' ‚Ich verkaufe es dir', erwiderte der Kaufmann; und der Käufer schaffte alles Sandelholz in seine Wohnung, der Verkäufer aber glaubte, ein gleiches Maß Gold dafür zu nehmen. Am nächsten Morgen wanderte der Kaufmann in der Stadt umher und begegnete einem blauäugigen Manne, der zu ihren Einwohnern gehörte und nur ein Auge hatte.[1] Der hängte sich an den Kaufmann und schrie ihn an: ‚Du bist es, der mir mein Auge verdorben hat; nun lasse ich dich nicht mehr los!' Der Kaufmann leugnete es, indem er sprach: ‚Das ist nicht wahr!' Doch nun versammelten sich die Leute um die beiden und baten den Einäugigen, ihm bis zum nächsten Tage Frist zu geben, damit er

1. Blauäugige und einäugige Menschen bringen Unglück nach der Meinung der Muslime. Auf Seite 361 heißt es, auch der Kaufmann sei blauäugig gewesen; dadurch wird die Geschichte besser motiviert.

ihm den Preis des Auges zahlen könnte. Und nachdem der Kaufmann sich einen Bürgen verschafft hatte, ließen die Leute ihn los. Dann ging er weiter; aber seine Sandalen waren zerrissen, weil der Einäugige so heftig mit ihm gerungen hatte. Nun blieb er vor dem Laden eines Schuhflickers stehen, gab ihm die Sandalen und sprach zu ihm: ,Bessere mir die aus, und ich will dir so viel geben, daß du zufrieden bist!' Auf seinem weiteren Wege sah er Leute, die beim Spiel waren, und setzte sich in seinem Harm und Gram zu ihnen. Sie luden ihn ein mitzuspielen. Doch sie brachten ihn dahin, daß er verlor; und nachdem sie gewonnen hatten, stellten sie ihn vor die Wahl, entweder das Meer auszutrinken oder all sein Geld herzugeben. ,Gebt mir bis morgen Frist!' sagte der Kaufmann und ging davon, betrübt über das, was geschehen war, und ohne zu wissen, was aus ihm werden sollte. An einer einsamen Stätte setzte er sich nieder, indem er über seinen Kummer und Gram nachdachte. Da kam die Alte wieder an ihm vorbei, schaute ihn an und sprach zu ihm: ,Haben die Leute der Stadt dich vielleicht geprellt? Ich sehe dich in Sorgen über Dinge, die dir widerfahren sind.' Da erzählte er ihr alles, was ihm geschehen war, von Anfang bis zu Ende; doch sie fuhr fort: ,Was den betrifft, der dich mit dem Sandelholz betrogen hat, so wisse, daß ein Pfund davon bei uns zehn Dinare wert ist. Ich will dir aber einen Plan mitteilen, durch den du dich, wie ich hoffe, wieder befreien kannst, und der ist so: Geh zu demunddem Tore! Denn dort wohnt ein blinder, krüppeliger Greis, der ist klug und weise, reich an Jahren und erfahren. Alle Leute kommen zu ihm und tragen ihm ihre Fragen vor; dann rät er ihnen, was ihnen zum Vorteil dient. Er ist erfahren in Trug und Zauberei und Gaunerei; er ist ein Spitzbube, bei dem sich alle Spitzbuben des Nachts zu versammeln pflegen. Zu dem also geh hin und verstecke dich so, daß du die Worte deiner Gegner hören kannst, ohne daß sie dich sehen! Denn er wird ihnen erklären, wie man prellt und wie man geprellt wird; und vielleicht wirst du von den Leuten etwas hören, das dir ein Mittel bietet, um dich von deinen Gegnern zu befreien.' – –«

Da bemerkte Schehrezâd, daß der Morgen begann, und sie hielt in der verstatteten Rede an. Doch als die *Sechshundertundvierte Nacht* anbrach, fuhr sie also fort: »Es ist mir berichtet worden, o glücklicher König, daß die Alte zu dem Kaufmanne sprach: ,Geh bei Nacht zu dem Weisen, bei dem sich die Städter versammeln, und verbirg dich; vielleicht wirst du von ihm etwas hören, das dir ein Mittel bietet, um dich von deinen Gegnern zu befreien!' Da begab sich der Kaufmann von ihr zu dem Orte, den sie ihm angegeben hatte, und verbarg sich dort, nachdem er den Scheich erblickt hatte, in dessen Nähe. Es währte nicht lange, da kam auch schon die Gesellschaft, die sich bei ihm Rat zu holen pflegte. Als sie vor ihm standen, begrüßten sie den Alten und einander und setzten sich rings um ihn nieder. Der Kaufmann sah sie sich näher an, und siehe da, er entdeckte unter denen, die gekommen waren, auch seine vier Gegner. Der Scheich setzte den Gästen etwas Speise vor, und nachdem sie gegessen hatten, begann ein jeder ihm zu erzählen, was ihm an jenem Tage begegnet war. Zuerst trat der Mann des Sandelholzes hervor und berichtete dem Scheich sein Tageserlebnis, wie er von einem Manne Sandelholz ohne festen Preis gekauft habe und wie der Handel zwischen ihnen so abgeschlossen sei, daß der Verkäufer nur ein Maß von dem erhalten solle, was er sich wünsche. ,Dein Gegner hat dich geprellt', sagte der Scheich; und der Schelm fragte: ,Wie kann er das tun?' Der Alte fuhr fort: ,Wenn er nun zu dir sagt: ,Ich will das Maß voller Gold oder Silber', wirst du ihm das geben?'
360

‚Jawohl,' erwiderte der andere, ‚das gebe ich ihm gern; dabei gewinne ich.' ‚Wenn er aber', sprach der Scheich weiter, ‚zu dir sagt: ‚Ich will ein Maß voller Flöhe, zur Hälfte Männchen, zur Hälfte Weibchen', was willst du dann tun?' Da erkannte der Spitzbube, daß er der Geprellte war. Dann trat der Einäugige vor und hub an: ‚Ich habe heute einen blauäugigen Mann[1] gesehen, einen Fremdling; mit dem begann ich zu streiten, hängte mich an ihn und rief: ‚Du bist es, der mir mein Auge geraubt hat!' Und ich ließ ihn nicht eher wieder los, als bis Leute sich für ihn verbürgten, daß er wieder zu mir kommen und mich für mein Auge gebührend entschädigen würde.' ‚Wenn er dich prellen will, so kann er es tun!' erwiderte der Scheich; doch der Schelm fragte: ‚Wie ist das möglich?' Da fuhr der Alte fort: ‚Er kann zu dir sagen: ‚Reiß dein Auge heraus, und ich will mir eines von meinen herausreißen; dann wollen wir die beiden wägen, jedes für sich, und wenn mein Auge das gleiche Gewicht hat wie deines, so hast du recht mit deiner Behauptung!' Dann wird er dir die gesetzliche Buße für dein Auge schulden, und du wirst ganz blind sein, während er immer noch mit seinem anderen Auge sehen kann.' Nun wußte der Spitzbube, daß der Kaufmann durch diesen Vorwand über ihn den Sieg davontragen könnte. Als dritter trat der Schuhmacher vor und sprach: ‚Alterchen, ich habe heute mit einem Manne zu tun gehabt, der mir seine Sandalen zum Ausbessern brachte. Ich sagte zu ihm: ‚Willst du mir meinen Lohn geben?' Er antwortete: ‚Bessere sie aus, ich will dir so viel zahlen, daß du zufrieden bist!' Nun werde ich aber nur mit all seinem Gelde zufrieden sein!' Der Scheich erwiderte: ‚Wenn er seine Sandalen von dir erhalten will, ohne dir etwas zu zahlen, so kann er es tun.' ‚Wieso?' fragte der Schuhflicker; und der Alte fuhr

1. Vgl. oben Seite 358, Anmerkung.

fort: ‚Er braucht dir nur zu sagen: ‚Des Sultans Feinde sind in die Flucht geschlagen, und seine Gegner sind schwach geworden, seiner Söhne und Siege aber sind viele geworden! Bist du zufrieden oder nicht?‘ Sagst du: ‚Ich bin zufrieden‘, so nimmt er seine Sandalen von dir und geht davon. Sagst du aber: ‚Ich bin nicht zufrieden‘, so wird er seine Sandalen nehmen und dir damit auf Gesicht und Nacken schlagen.‘ Da merkte der Schuhflicker, daß er verlieren könne. Schließlich trat der Mann vor, der mit ihm um die Wette gespielt hatte, und begann: ‚Alterchen, ich habe einen Mann getroffen und im Spiele besiegt; dann sagte ich zu ihm: ‚Wenn du dies Meer austrinkst, so trete ich dir all mein Hab und Gut ab; wenn du es aber nicht tust, so mußt du mir deine Habe abtreten.‘ Der Scheich erwiderte: ‚Wenn er dich prellen will, so kann er es tun!‘ ‚Wieso?‘ fragte der Mann; und der Alte fuhr fort: ‚Er braucht dir nur zu sagen: ‚Halte die Mündung des Meeres mit der Hand fest und reiche sie mir, dann will ich es austrinken.‘ Das wirst du nicht tun können, und so kann er durch diesen Vorwand deiner Herr werden.‘ Nachdem der Kaufmann all das gehört hatte, wußte er, wie er sich seiner Gegner entledigen konnte. Nun verließen die Leute den Alten, und der Kaufmann begab sich in seine Wohnung. Am andern Morgen kam der Mann zu ihm, der mit ihm ausgemacht hatte, das Meer zu trinken; der Kaufmann sprach zu ihm: ‚Reiche mir die Mündung des Meeres, dann will ich es austrinken!‘ Das konnte der Mann nicht tun. So blieb der Kaufmann Sieger; und nachdem der Spieler sich durch hundert Dinare losgekauft hatte, eilte er davon. Dann kam der Schuhflicker und forderte von dem Kaufmanne das, womit er zufrieden wäre. Jener erwiderte ihm: ‚Der Sultan hat seine Feinde besiegt und seine Gegner vernichtet, und seiner Söhne sind viele geworden. Bist du zufrieden oder nicht?‘ ‚Jawohl, ich bin zufrieden', antwortete der Schuhflicker, ließ ihm seine Schuhe ohne Lohn und ging fort. Darauf erschien der Einäugige bei ihm und forderte von ihm das Sühnegeld für sein Auge. Der Kaufmann aber sprach zu ihm: ,Reiß dir dein Auge aus, und ich will meines herausreißen! Dann wollen wir sie wägen, und wenn die beiden Gewichte gleich sind, so hast du recht; dann nimm das Sühnegeld für dein Auge!' Da sagte der Einäugige: ,Gib mir eine Frist!' Doch dann schloß er einen Vergleich mit dem Kaufmann, zahlte hundert Dinare und machte sich davon. Zuletzt kam der zu ihm, der das Sandelholz gekauft hatte, und sprach: ,Nimm den Preis für dein Sandelholz!' ,Was willst du mir denn geben?' fragte der Kaufmann; und jener antwortete: ,Wir sind doch übereingekommen, daß es für jedes Maß Sandelholz ein Maß von etwas anderem sein solle. Wenn du willst, so nimm alles in Gold und Silber.' Aber der Kaufmann rief: ,Ich will alles nur in Flöhen, zur Hälfte Männchen und zur Hälfte Weibchen.' ,Dergleichen vermag ich nicht zu tun', erwiderte der Spitzbube; und so prellte der Kaufmann auch ihn. Denn der Käufer mußte sich durch hundert Dinare loskaufen und obendrein noch das Sandelholz zurückbringen. Nun konnte der Kaufmann das Sandelholz nach Ermessen verkaufen, erhielt den wirklichen Preis dafür und reiste von jener Stadt in seine Heimat zurück.' – –«

Da bemerkte Schehrezâd, daß der Morgen begann, und sie hielt in der verstatteten Rede an. Doch als die *Sechshundertundfünfte Nacht* anbrach, fuhr sie also fort: »Es ist mir berichtet worden, o glücklicher König, daß der Kaufmann, nachdem er sein Sandelholz verkauft und dafür den richtigen Preis erhalten hatte, von jener Stadt in seine Heimat zurückkehrte. – ,Was aber – fuhr der Prinz fort – das Kind von drei Jahren angeht, so vernimm

Es war einmal ein liederlicher Kerl, der immer den Frauen
nachlief; der hörte einst von einer schönen und anmutigen
Frau, die in einer anderen Stadt wohnte. Und alsbald reiste er
mit einem Geschenke zu der Stadt, darinnen sie lebte, und
schrieb ihr einen Brief, in dem er schilderte, wie die heftigste
Sehnsucht und Leidenschaft ihn quäle und wie die Liebe zu ihr
ihn getrieben habe, seine Heimat zu verlassen, nur um zu ihr
zu gelangen. Da gestattete sie ihm, zu ihr zu kommen. Und als
er ihr Haus erreicht hatte und dort eintrat, erhob sie sich, empfing ihn mit allen Ehren, küßte ihm die Hände und bewirtete
ihn aufs allerreichlichste mit Speise und Trank. Nun hatte sie
einen kleinen Sohn, der erst drei Jahre alt war; den ließ sie dort,
während sie damit beschäftigt war, die Speisen zu bereiten. Als
darauf der Mann zu ihr sprach: ,Wohlan, jetzt wollen wir
ruhen', sagte sie: ,Dort sitzt mein Sohn und sieht uns zu!' Der
Mann entgegnete ihr: ,Das ist doch ein kleines Kind, das nichts
versteht und nicht einmal reden kann.' ,Wenn du seine Klugheit kenntest, würdest du nicht so sprechen', sagte die Frau darauf. Wie nun der Knabe bemerkte, daß der Reis gar war, begann er bitterlich zu weinen. Seine Mutter fragte ihn: ,Warum
weinst du, mein Kind?' Der Knabe antwortete ihr: ,Schöpfe
mir etwas von dem Reis ab und tu zerlassene Butter daran!'
Nachdem die Mutter ihm etwas abgeschöpft und auch die
Butter darangetan hatte, aß der Knabe; dann weinte er von
neuem. ,Warum weinst du jetzt, mein Kind?' fragte die Mutter; und er rief: ,Ach, Mütterchen, tu mir auch Zucker darauf!' Nun rief der Mann, der sich darüber ärgerte: ,Du bist
doch ein ganz unseliges Kind!' Aber der Knabe erwiderte ihm:

‚Bei Allah, unselig bist allein du, der du dich abmühst und von Stadt zu Stadt reisest auf der Suche nach Ehebruch! Ich weinte nur, weil mir etwas ins Auge gefallen war; das habe ich durch die Tränen wieder herausgebracht. Danach habe ich Reis mit zerlassener Butter und Zucker gegessen; und nun bin ich zufrieden. Wer ist also der Unselige von uns beiden?' Wie der Mann das hörte, schämte er sich wegen der Worte jenes kleinen Knaben; er ließ sie sich zur Mahnung dienen und ward von Stund an ein besserer Mensch. Ohne der Frau etwas zuleide zu tun, kehrte er in seine Heimat zurück und lebte dort reumütig, bis er starb.

Und was nun – fuhr der Prinz wiederum fort – den fünfjährigen Knaben betrifft, so ist mir berichtet worden, o König,

DIE GESCHICHTE
VON DEM GESTOHLENEN GELDBEUTEL

Einmal besaßen vier Kaufleute zusammen tausend Dinare; die waren ihr gemeinsames Gut, und sie hatten sie in einem einzigen Beutel gelegt, den sie mitnahmen, um Waren zu kaufen. Auf ihrem Wege kamen sie zu einem schönen Garten, und nachdem sie eingetreten waren, ließen sie den Beutel bei der Hüterin des Gartens, gingen weiter hinein, sahen sich dort um und vergnügten sich bei Speise und Trank. Da sagte einer von ihnen: ‚Ich habe Salbe bei mir; kommt, wir wollen uns in diesem fließenden Wasser die Köpfe waschen und uns dann salben.' Ein anderer sagte: ‚Wir brauchen einen Kamm.' Der dritte meinte: ‚Wir wollen die Hüterin darum bitten; vielleicht hat sie einen Kamm.' Nun begab sich einer von ihnen zu der Hüterin und sagte zu ihr: ‚Gib mir den Beutel heraus!' Doch sie erwiderte ihm: ‚Ihr müßt entweder alle zugegen sein, oder

deine Gefährten müssen mich beauftragen, ihn dir zu geben.'
Denn die Gefährten befanden sich an einer Stätte, wo die Hüterin sie sehen und von der aus sie deren Worte hören konnte.
Der Mann rief nun den anderen zu: ‚Sie will mir nichts geben.'
Und sie riefen zurück: ‚Gib ihn ihm doch!' Als sie das hörte, gab sie ihm den Beutel; der Mann nahm ihn hin und lief rasch davon. Die anderen drei aber, denen er zu lange ausblieb, gingen zu der Hüterin hin und fragten sie: ‚Warum gibst du ihm nicht den Kamm?' Sie antwortete: ‚Er hat doch den Beutel von mir verlangt, und den habe ich ihm nur mit eurer Einwilligung gegeben. Jetzt ist er von hier fort und seiner Wege gegangen.'
Als die Leute diese Worte aus dem Munde der Frau vernahmen, schlugen sie sich vor den Kopf, legten Hand an sie und fuhren sie an: ‚Wir haben dich doch nur gebeten, ihm den Kamm zu geben!' Doch sie beteuerte: ‚Es hat mir nichts von einem Kamme gesagt!' Da packten sie die Frau und schleppten sie vor den Kadi; und als sie vor ihm standen, erzählten sie ihm die Geschichte. Er machte die Hüterin für den Beutel haftbar und wies mehrere ihrer Schuldner an, für sie einzustehen.' – –«

Da bemerkte Schehrezâd, daß der Morgen begann, und sie hielt in der verstatteten Rede an. Doch als die *Sechshundertundsechste Nacht* anbrach, fuhr sie also fort: »Es ist mir berichtet worden, o glücklicher König, daß die Hüterin des Gartens, nachdem der Kadi sie für den Beutel haftbar gemacht und mehrere ihrer Schuldner angewiesen hatte, für sie einzustehen, ganz verwirrt von dannen ging und nicht mehr aus noch ein wußte. Da begegnete ihr ein Knabe, der fünf Jahre alt war; und als der sie in ihrem Elend sah, sprach er zu ihr: ‚Was fehlt dir, Mütterchen?' Sie gab ihm keine Antwort, da sie ihn wegen seiner Jugend zu gering schätzte. Doch er wiederholte seine

Frage einmal und zweimal und dreimal; da erzählte sie ihm schließlich: ‚Einige Leute kamen zu mir in den Garten und gaben mir einen Beutel mit tausend Dinaren in Obhut, indem sie es mir zur Bedingung machten, den Beutel nicht einem einzelnen, sondern nur allen gemeinsam wieder auszuhändigen. Darauf gingen sie in den Garten, um sich zu vergnügen und zu belustigen; doch einer von ihnen kam und sprach zu mir: ‚Gib mir den Beutel!' Ich sagte: ‚Deine Gefährten müssen zugegen sein.' Er antwortete mir: ‚Ich habe von ihnen Erlaubnis erhalten.' Aber ich wollte ihm den Beutel nicht geben; da rief er seinen Gefährten zu: ‚Sie will mir nichts geben'; und sie riefen zurück: ‚Gib ihn ihm doch!', da sie nicht weit von mir waren. Ich gab ihm also den Beutel, und er nahm ihn und ging seiner Wege. Weil er jedoch seinen Gefährten zu lange ausblieb, kamen sie zu mir und fragten: ‚Warum gibst du ihm nicht den Kamm?' Ich erwiderte ihnen: ‚Er hat mir nichts von einem Kamm gesagt; nur von dem Beutel hat er gesprochen!' Darauf packten sie mich und schleppten mich vor den Kadi, und der hat mich für den Beutel haftbar gemacht.' Der Knabe sprach zu ihr: ‚Gib mir einen Dirhem, ich will mir dafür Süßigkeiten kaufen; dann will ich dir etwas sagen, wodurch du wieder frei werden kannst.' Da gab die Hüterin ihm einen Dirhem mit den Worten: ‚Was hast du zu sagen?' Und der Knabe fuhr fort: ‚Geh zum Kadi zurück und sprich zu ihm: ‚Es war zwischen uns vereinbart, daß ich ihnen den Beutel nur dann zurückgeben solle, wenn sie alle vier zugegen wären.' Alsbald kehrte die Gartenhüterin zum Kadi zurück und sprach zu ihm, wie ihr der Knabe geraten hatte. Als der Kadi dann die drei Leute fragte: ‚War das zwischen euch und ihr vereinbart?' antworteten sie: ‚Jawohl!' Und nun entschied der Kadi: ‚Also holt mir euren Gefährten und nehmt dann euren Beutel in Empfang!' So konnte die Hüterin wohlgemut fortgehen; es geschah ihr kein Leid, und sie zog ihrer Wege.'

Als der König und die Wesire und alle anderen, die in jener Versammlung zugegen waren, die Rede des Prinzen gehört hatten, sprachen die Versammelten zu ihrem Herrscher: ,O unser Herr und König, wahrlich, dein Sohn ist der vollkommenste Mann seiner Zeit!' Und sie riefen den Segen des Himmels auf ihn und auf den König herab. Da zog der König seinen Sohn an die Brust, küßte ihn auf die Stirn und fragte ihn, was sich zwischen ihm und der Odaliske zugetragen habe. Der Prinz schwor bei Allah dem Allmächtigen und bei Seinem edlen Propheten, daß sie es gewesen sei, die ihn verführen wollte. Und der König glaubte seinen Worten und sprach zu ihm: ,Ich gebe dir Macht über sie; so du willst, lasse sie töten, oder tu mit ihr, was du wünschest!' Darauf erwiderte der Prinz: ,Verbanne sie aus der Stadt!' Und nun lebte der Prinz mit seinem Vater zusammen herrlich und in Freuden, bis Der zu ihnen kam, der die Freuden schweigen heißt und der die Freundesbande zerreißt.

Dies ist das Ende dessen, was von der Geschichte von dem König, seinem Sohne, der Odaliske und den sieben Wesiren auf uns gekommen ist.

[DAS ENDE DER GESCHICHTE VON SINDBAD
UND DEN SIEBEN WESIREN
nach der Breslauer Ausgabe[1]

Da wandte der König sich an seinen Sohn und fragte ihn, wie es mit der Odaliske stehe und mit ihrer Klage wider ihn, daß er sie habe verführen wollen. Der Prinz beteuerte seine Unschuld und schwor bei Allah dem Allmächtigen und bei der

1. Band 12, Seite 380 bis 383.

Huld des Königs, daß nichts dergleichen von ihm ausgegangen sei, sondern vielmehr sie es war, die ihn verführen wollte. ‚Aber – so schloß er – ich hielt mich fern von ihr. Sie versprach mir sogar, sie wolle dir Gift zu trinken geben, um dich zu töten, auf daß die Herrschaft mir zufiele. Da ergrimmte ich über ihre Worte und gab ihr zu verstehen: ‚O du Verfluchte, wenn ich wieder reden darf, so will ich dich bestrafen!‘ Deshalb fürchtete sie sich vor mir und tat, was sie getan hat.‘ Nun ließ der König die Odaliske herbeiholen und sprach zu den Anwesenden: ‚Wie sollen wir diese Odaliske da zu Tode bringen?‘ Die einen rieten, er solle ihr die Zunge herausschneiden; doch andere gaben den Rat, er solle ihre Zunge mit Feuer verbrennen. Sie selbst aber trat vor den König hin und sprach: ‚Mir ergeht es mit euch genau so, wie es dem Fuchse mit den Leuten erging!‘ ‚Wie war denn das?‘ fragte der König; und die Odaliske erzählte: ‚Vernehmet von mir

DIE GESCHICHTE
VON DEM FUCHS UND DEN LEUTEN

Es ist mir berichtet worden, o König, daß ein Fuchs einst in eine Stadt durch eine ihrer Mauern eindrang. Dann begab er sich in den Speicher eines Gerbers und vernichtete, was darinnen war, und verdarb dem Eigentümer die Felle. Eines Tages aber geschah es, daß der Gerber den Fuchs überlistete und fing; da begann er ihn mit den Häuten zu schlagen, bis er ohnmächtig vor ihm lag. Der Gerber glaubte nun, daß der Fuchs tot wäre; deshalb schleppte er ihn hinaus und warf ihn beim Stadttor neben die Straße. Bald blieb ein altes Weib bei ihm stehen und sagte: ‚Ist das nicht der Fuchs, dessen Auge gegen das Weinen der kleinen Kinder hilft, wenn es ihnen um den

Hals gehängt wird?' Sie riß ihm also das rechte Auge heraus. Dann kam ein Knabe an ihm vorüber und sprach: ,Was soll dieser Schwanz noch an dem Fuchse dort?' Da schnitt er ihm den Schwanz ab. Ferner kam ein Mann an ihm vorbei und sprach: ,Ist das nicht der Fuchs, dessen Galle den Star vom Auge hinwegnimmt, wenn es damit gesalbt wird?' Nun sprach der Fuchs bei sich selber: ,Wir haben es hingenommen, daß uns ein Auge herausgerissen und der Schwanz abgeschnitten wurde; doch wenn man uns auch noch den Bauch aufschlitzen will, so geht das entschieden zu weit!' Mit diesen Worten sprang er auf und eilte flüchtig aus dem Stadttore hinaus; so kam er mit dem Leben davon, obgleich er kaum noch an seine Rettung glaubte.'

Da sagte der König: ,Ich will ihr meinerseits die Schuld verzeihen. Ihr Schicksal stehe in meines Sohnes Hand; wenn er will, mag er sie strafen, und wenn er will, mag er sie töten lassen!' Der Prinz aber sprach: ,Vergebung ist besser denn Rache; denn sie ist der Edlen Sache!' Als der König wiederholte: ,Die Entscheidung steht bei dir, mein Sohn', ließ er sie frei und sprach zu ihr: ,Geh fort aus meiner Nähe! Allah vergebe, was vergangen ist!' Nun erhob sich der König von dem Herrscherthrone und ließ seinen Sohn sich auf ihn setzen, er krönte ihn mit seiner Krone und ließ die Großen seines Reiches ihm den Treueid schwören und befahl ihnen, ihm fortan zu gehorchen, indem er sprach: ,Ihr Leute, ich bin alt geworden, und ich will mich zurückziehen, um mich dem Dienste des Herrn zu weihen. Jetzt rufe ich euch zu Zeugen an, daß ich mich der Herrschaft entkleidet habe, wie ich mich meiner Krone entkleidet und sie meinem Sohne auf das Haupt gesetzt habe.' Die Truppen und alle Krieger schworen dem Prinzen den Treueid; der Vater aber weihte sich nur dem Dienste des

Herrn und tat nichts anderes, während sein Sohn über sein Königreich in Recht und Gerechtigkeit herrschte; und sein Ansehen war prächtig, und seine Herrschaft war mächtig, bis der Unerbittliche zu ihm kam.]

DIE GESCHICHTE VON DSCHAUDAR UND SEINEN BRÜDERN

Es war einmal ein Kaufmann, 'Omar geheißen; der hatte als Nachkommen drei Söhne, von denen der älteste Sâlim, der jüngste Dschaudar und der mittlere Salîm hieß. Er zog sie alle auf, bis sie erwachsen waren; aber er liebte Dschaudar mehr als seine Brüder. Als es nun den beiden anderen klar ward, daß der Vater ihren jüngsten Bruder am meisten liebte, kam die Eifersucht über sie, und sie begannen Dschaudar zu hassen. Ihr Vater bemerkte, wie die beiden ihrem Bruder feind waren; und da er ein alter Mann war, so fürchtete er, daß nach seinem Tode dem Dschaudar Arges von seinen Brüdern widerfahren würde. Daher versammelte er bei sich einige von seiner Sippe, ferner Erbteiler von seiten des Kadis und gelehrte Männer, und dann sprach er: ‚Holt mir mein Geld und mein Gut!' Nachdem alles Geld und alle Stoffe gebracht waren, fuhr er fort: ‚Ihr Leute, teilet dies Geld und diese Stoffe in vier Teile nach der gesetzlichen Vorschrift!' Und als das geschehen war, gab er jedem Sohne einen Teil; doch den vierten Teil behielt er für sich selber, indem er sprach: ‚Dies war mein Geld; ich habe es unter sie geteilt, und jetzt haben sie keinen Anspruch mehr auf mich noch aufeinander. Wenn ich sterbe, so wird es keinen Streit zwischen ihnen geben; denn ich habe das Erbe schon zu meinen Lebzeiten geteilt. Das, was ich für mich behalten habe, soll

371

meiner Frau gehören, der Mutter dieser Söhne, und sie soll damit ihren Unterhalt bestreiten.' – –«

Da bemerkte Schehrezâd, daß der Morgen begann, und sie hielt in der verstatteten Rede an. Doch als die *Sechshundertundsiebente Nacht* anbrach, fuhr sie also fort: »Es ist mir berichtet worden, o glücklicher König, daß der Kaufmann, nachdem er sein Geld und Gut in vier Teile hatte teilen lassen, jedem seiner drei Söhne einen Teil gab, während er den vierten Teil für sich behielt und sprach: ,Dieser Teil soll meiner Frau gehören, der Mutter dieser Söhne, und sie soll damit ihren Unterhalt bestreiten.' Bald darauf starb er; und nun war keiner der beiden älteren Brüder mit dem zufrieden, was ihr Vater 'Omar bestimmt hatte, sondern sie verlangten mehr von Dschaudar, indem sie sprachen: ,Unseres Vaters Geld ist bei dir!' Da ging er mit ihnen vor Gericht; und nachdem die Muslime, die bei der Teilung zugegen gewesen, erschienen waren und Zeugnis abgelegt hatten über das, was sie wußten, wies der Richter sie auseinander. Aber Dschaudar verlor viel Geld und ebenso auch seine Brüder durch den Streit vor Gericht. Die beiden ließen ihn eine Weile in Ruhe; dann aber begannen sie von neuem, Ränke wider ihn zu spinnen, so daß er zum zweiten Male mit ihnen vor Gericht ging. Und wiederum verloren sie viel Geld durch die Richter. Dennoch ließen die beiden nicht ab, nach seinem Schaden zu trachten, indem sie ihn von Tyrann zu Tyrann[1] schleppten; und so büßten die drei immer mehr Geld ein, bis sie alles an die Blutsauger vergeudet hatten. Nun waren die drei zu armen Leuten geworden. Die beiden älteren Brüder gingen darauf zu ihrer Mutter, verhöhnten sie, nahmen ihr Geld weg, schlugen sie und jagten sie fort. Da ging sie zu ihrem Sohne Dschaudar und sprach zu ihm: ,Deine Brüder haben

1. Damit sind bestechliche und ungerechte Richter gemeint.

mir dies und das getan und haben mein Geld weggenommen.'
Und sie fluchte den beiden. Dschaudar aber sprach: ‚Liebe
Mutter, fluche ihnen nicht! Allah wird einem jeden von ihnen
nach seinem Tun vergelten. Sieh doch, Mütterchen, ich bin
arm geworden, und meine Brüder sind arm; denn durch Streit
schwindet immer das Geld dahin. Ich habe viel mit meinen
Brüdern vor den Richtern streiten müssen, aber es hat uns
nichts genutzt; vielmehr haben wir alles vergeudet, was unser
Vater uns hinterlassen hat, und die Leute haben uns durch ihr
Zeugnis vor aller Augen bloßgestellt. Soll ich nun um deinetwillen wieder mit ihnen streiten und vor Gericht gehen? Das
darf nicht sein! Bleib du nur bei mir, ich will das Brot, das ich
esse, mit dir teilen! Bete für mich, und Allah wird mir deinen
Unterhalt gewähren! Laß die beiden den Lohn für ihr Tun von
Allah empfangen und tröste dich mit dem Dichterworte:

> *Wenn dich ein Tor bedrückt, so laß ihn nur gewähren*
> *Und warte eine Weile auf das Strafgericht.*
> *Gewalt und Druck vermeide! Lastet auf dem Berge*
> *Ein Berg, so denke dran, daß auch die Last zerbricht.'*

So beruhigte er das Herz seiner Mutter, bis sie es zufrieden war
und bei ihm blieb. Dann holte er sich ein Fischernetz und begann zum Strome zu gehen, zu den Teichen und zu jeder
Stätte, an der es Wasser gab; jeden Tag ging er an einen anderen Ort, und manchmal verdiente er an einem Tage für zehn
Para, manchmal für zwanzig und manchmal für dreißig. Die
gab er für seine Mutter aus; aber er konnte auch selbst noch
gut essen und gut trinken. Seine beiden Brüder jedoch hatten
kein Handwerk, auch trieben sie keinen Handel; so kam über
sie, was da sengt und bedrängt, die Not, die sich an den Menschen hängt, und sie verloren auch das, was sie ihrer Mutter
abgenommen hatten. Schließlich wurden sie zu elenden, nack-

ten Bettlern. Da kamen sie manchmal zu ihrer Mutter, demütigten sich tief vor ihr und klagten über ihren Hunger; und da das Herz der Mutter mitleidig ist, so gab sie ihnen dann etwas verschimmeltes Brot zu essen, oder wenn vom Tage zuvor etwas Gekochtes übriggeblieben war, so sprach sie zu ihnen: ‚Esset es rasch und geht davon, ehe euer Bruder kommt! Denn er könnte zürnen und sein Herz wider mich verhärten, so daß ich durch euch bei ihm mißachtet würde.' Darauf aßen sie hastig und gingen wieder fort. Eines Tages aber begab es sich, daß sie zu ihrer Mutter kamen und sie ihnen Fleisch und Brot vorsetzte; und siehe da, als die beiden beim Essen waren, trat ihr Bruder Dschaudar ein. Seine Mutter ward von banger Scheu vor ihm erfüllt und fürchtete, er würde ihr zürnen; darum senkte sie ihr Haupt zu Boden und stand beschämt vor ihrem eigenen Sohne da. Er jedoch lächelte ihnen freundlich entgegen und sprach: ‚Willkommen, meine Brüder, ein gesegneter Tag! Wie kommt es, daß ihr mich an diesem gesegneten Tage besucht?' Dann umarmte er sie, nahm sie liebevoll auf und sprach zu ihnen: ‚Ich hatte nicht geglaubt, daß ihr mich so lange allein lassen würdet, ohne zu mir zu kommen, daß ihr weder mich noch eure Mutter besuchen würdet!' ‚Bei Allah, lieber Bruder,' erwiderten sie, ‚wir hatten wohl Sehnsucht nach dir, aber die Scham wegen dessen, was zwischen uns vorgefallen ist, hielt uns zurück. Wir haben es bitter bereut; es war das Werk Satans – Allah der Erhabene verfluche ihn! Jetzt haben wir keinen anderen Segen mehr als dich und unsere Mutter.' – –«

Da bemerkte Schehrezâd, daß der Morgen begann, und sie hielt in der verstatteten Rede an. Doch als die *Sechshundertundachte Nacht* anbrach, fuhr sie also fort: »Es ist mir berichtet worden, o glücklicher König, daß Dschaudar, als er nach Hause

374

kam und seine Brüder erblickte, sie willkommen hieß und zu ihnen sprach: ‚Ich habe keinen Segen als euch!' Nun rief seine Mutter: ‚Allah lasse dein Antlitz hell erstrahlen! Allah lohne dir reichlich! Du bist doch der Edelste, mein Sohn!' Und er fuhr fort: ‚Seid herzlich willkommen, bleibet bei mir! Allah ist gütig, und des Guten ist viel bei mir.' So söhnte er sich mit ihnen aus; und sie blieben in seinem Hause und aßen mit ihm zur Nacht. Am nächsten Morgen frühstückten sie, und dann nahm Dschaudar sein Netz über die Schulter und ging fort, der Tür des Eröffners¹ entgegen; auch seine Brüder gingen und blieben bis zum Mittag fort; und als sie heimkehrten, trug ihre Mutter ihnen beiden das Mittagsmahl auf. Am Abend kam Dschaudar und brachte ihnen Fleisch und Gemüse. So lebten sie einen Monat lang, indem Dschaudar Fische fing und verkaufte und den Erlös für seine Mutter und seine Brüder ausgab; die beiden aßen nun und führten ein fröhliches Leben. Doch eines Tages begab es sich, daß Dschaudar mit seinem Netze zum Strome ging, es auswarf und leer wieder heraufzog. Da warf er es zum zweiten Male aus; und wiederum kam es leer herauf. Nun sagte er sich: ‚An dieser Stelle gibt es keine Fische', begab sich an einen anderen Ort und warf dort sein Netz aus; aber es kam leer herauf. Also lenkte er seine Schritte wieder weiter an andere Stellen, und das tat er unablässig vom Morgen bis zum Abend, ohne daß er auch nur ein einziges Fischlein fing. Da rief er: ‚Wunderbar! Sind denn alle Fische aus dem Strom verschwunden, oder was sonst?' Dann nahm er das Netz wieder auf den Rücken und kehrte betrübt und verdrießlich heim, indem er sich auch um seine Mutter und seine Brüder sorgte, weil er nicht wußte, was er ihnen zum Nachtmahl bringen sollte. Er kam an einem Backofen vorbei

¹ Das ist Allah, der dem Menschen die Tür zum täglichen Brote öffnet.

und sah, wie das Volk sich dort nach dem Brote drängte, mit Geld in den Händen, ohne daß der Bäcker sich darum kümmerte. Wie er nun stehen blieb und aufseufzte, sprach der Bäcker zu ihm: ‚Sei willkommen, Dschaudar! Willst du Brot haben?‘ Als er schwieg, fuhr der Bäcker fort: ‚Wenn du kein Geld bei dir hast, nimm so viel, wie du nötig hast; du kannst später bezahlen!‘ ‚Gib mir für zehn Para Brot!‘ sagte Dschaudar; doch der Bäcker antwortete: ‚Da, nimm noch diese zehn Para hinzu! Morgen kannst du mir Fische für zwanzig Para bringen.‘ ‚Herzlich gern‘, erwiderte Dschaudar und nahm das Brot und die zehn Para; für die kaufte er Fleisch und Gemüse, indem er sich sagte: ‚Morgen wird der Herr weiterhelfen.‘ Dann ging er nach Hause, seine Mutter kochte das Mahl, und nachdem er gegessen hatte, legte er sich schlafen. Als er am nächsten Morgen sein Netz nahm, sagte seine Mutter zu ihm: ‚Setze dich zum Frühmahl!‘ Doch er sprach: ‚Iß du mit meinen Brüdern das Frühmahl!‘ Dann ging er zum Flusse, warf das Netz dort aus, einmal, zweimal, dreimal, und ging von Ort zu Ort bis zur Zeit des Nachmittagsgebetes, ohne daß ihm etwas zufiel. Da lud er sein Netz wieder auf und ging niedergeschlagen davon. Wieder führte ihn sein Weg bei dem Bäcker vorbei; und als er dort ankam, sah ihn der Bäcker und reichte ihm das Brot und das Geld, indem er zu ihm sprach: ‚Komm her, nimm und geh, wenn es heute nicht ist, so wird es morgen sein!‘ Dschaudar wollte sich entschuldigen; aber der Bäcker sprach: ‚Geh nur, es bedarf keiner Entschuldigung! Wenn du etwas gefangen hättest, so hättest du es da. Als ich dich mit leeren Händen kommen sah, wußte ich, daß du nichts gefangen hast; und wenn dir auch morgen nichts zuteil wird, so komm und hole Brot! Scheue dich nicht; du kannst später zahlen!‘ Am dritten Tage zog Dschaudar von Teich zu Teich bis zur Zeit des Nachmittagsgebetes; und wiederum fand er nichts. So ging er denn zum Bäcker und nahm von ihm Brot und Geld in Empfang. Sieben Tage lang ging es immer so weiter; doch da ward er mutlos und sagte sich: ‚Heute will ich zum See Karûn[1] gehen.' Wie er dort das Netz auswerfen wollte, kam plötzlich ein Maure auf ihn zu, der ein Maultier ritt; er trug prächtige Gewänder, und auf dem Rücken des Maultieres lagen gestickte Satteltaschen, und alles Geschirr des Tieres war mit Gold durchwirkt. Der Maure sprang ab von dem Maultier und rief: Friede sei mit dir, o Dschaudar, Sohn 'Omars!' ‚Auch mit dir sei Friede, Herr Pilgersmann!' erwiderte Dschaudar. Dann fuhr der Maure fort: ‚Hör, Dschaudar, ich habe ein Anliegen an dich; und wenn du mir willfährst, so wirst du viel Gut gewinnen, du wirst dann mein Gefährte sein und meine Geschäfte für mich leiten.' ‚Herr Pilgersmann,' sprach Dschaudar, ‚sag mir, was du im Sinne hast, so will ich dir gehorchen und nicht zuwider handeln.' Der Maure sagte: ‚Sprich die erste Sure!' Nachdem er sie zusammen mit ihm gesprochen hatte, holte jener eine seidene Schnur hervor und sagte: ‚Fessele mir die Hände auf dem Rücken, binde sie ganz fest und wirf mich in diesen See; dann warte ein wenig, und wenn du siehst, daß ich die Hände aus dem Wasser emporstrecke, ehe ich selber erscheine, so wirf das Netz nach mir aus und zieh mich rasch herauf! Wenn du aber siehst, daß ich die Füße herausstrecke, so wisse, daß ich tot bin; dann verlasse mich, nimm das Maultier und die Satteltaschen und geh zum Basar der Kaufleute! Dort wirst du einen Juden finden, namens Schama'ja; gib ihm das Maultier, und er wird dir hundert Dinare geben. Nimm sie, bewahr das Geheimnis und geh deiner Wege!' Nun band

1. Dieser See lag früher am Südende von Kairo, jenseits des ‚Elefantenteiches' (*Birket el-Fîl*).

Dschaudar ihm die Hände ganz fest, während der Maure immer sagte: ,Binde fester!' Schließlich sagte er: ,Jetzt stoße mich vorwärts, bis ich in den See hineinstürze!' Da stieß Dschaudar den Mauren vorwärts und stürzte ihn in den See, so daß er unterging. Eine Weile stand der Jüngling wartend da; aber dann erschienen des Mauren Füße über dem Wasser, und so wußte er, daß er tot war. Da nahm er das Maultier, ließ den Mauren, wo er war, und begab sich zum Basar der Kaufleute; dort sah er den Juden auf einem Stuhle an der Tür seines Vorratshauses sitzen. Kaum hatte der Jude das Maultier erkannt, so rief er auch schon: ,Ja, der Mann ist umgekommen!' Und dann fügte er hinzu: ,Nur die Habgier hat ihn umgebracht!' Darauf nahm er dem Dschaudar das Maultier ab und gab ihm hundert Dinare, indem er ihm einschärfte, das Geheimnis zu wahren. Dschaudar nahm das Geld, ging weiter und holte, was er an Brot nötig hatte, von dem Bäcker, indem er zu ihm sprach: ,Nimm diesen Dinar!' Da nahm der Mann das Goldstück und berechnete, was er noch zu fordern hatte; dann sagte er: ,Du hast noch für zwei Tage Brot von mir zu erhalten.' – –«

Da bemerkte Schehrezâd, daß der Morgen begann, und sie hielt in der verstatteten Rede an. Doch als die *Sechshundertundneunte Nacht* anbrach, fuhr sie also fort: »Es ist mir berichtet worden, o glücklicher König, daß der Bäcker, als er mit Dschaudar über den Preis des Brotes abrechnete, zu ihm sprach: ,Du hast noch für zwei Tage Brot von mir zu erhalten.' Darauf begab Dschaudar sich von ihm zum Fleischer, gab auch ihm einen Dinar, entnahm Fleisch und sagte: ,Lasse das, was von dem Dinar übrigbleibt, bei dir auf Rechnung stehen!' Ferner holte er Gemüse und ging heim; da sah er, wie seine Brüder gerade von ihrer Mutter Speise verlangten, während sie zu ihnen sprach: ,Wartet, bis euer Bruder heimkehrt! Ich habe nichts.' Er trat zu ihnen ein und sprach zu ihnen: ‚Nehmt und eßt!' Und sie fielen über die Speisen her wie gefräßige Dämonen. Darauf gab Dschaudar den Rest des Goldes seiner Mutter mit den Worten: ‚Nimm hin, Mutter! Wenn meine Brüder zu dir kommen, so gib ihnen etwas, damit sie sich Nahrung kaufen können, während ich abwesend bin!' Die Nacht über blieb er zu Hause; doch als es Morgen ward, nahm er das Netz und ging wieder zum See Karûn; dort blieb er stehen, und gerade als er das Netz auswerfen wollte, erschien plötzlich ein zweiter Maure, reitend auf einem Maultier, und noch prächtiger ausgestattet als jener, der ertrunken war; auch er hatte Satteltaschen, und in jeder der beiden Taschen befand sich ein Kästchen. Der rief: ‚Friede sei mit dir, o Dschaudar!' ‚Auch mit dir sei Friede, Herr Pilgersmann', erwiderte Dschaudar; und der Maure fuhr fort: ‚Ist gestern zu dir ein Maure gekommen, der auf einem Maultier wie diesem hier ritt?' Der Jüngling erschrak und leugnete, indem er sprach: ‚Ich habe niemanden gesehen.' Denn er fürchtete, der andere könnte ihn fragen, wohin der Mann gegangen sei, und wenn er selber dann erwidere, jener sei im See ertrunken, so möchte er vielleicht behaupten: ‚Du hast ihn ertränkt!' So blieb ihm nichts anderes übrig, als zu leugnen. Doch der Maure sagte: ‚Armer Kerl, er war mein Bruder, der vor mir herzog.' Dennoch beharrte Dschaudar darauf: ‚Ich weiß nichts von ihm.' Nun fragte der Maure: ‚Hast du ihm nicht die Hände gefesselt und ihn in den See geworfen? Und hat er nicht zu dir gesagt: ‚Wenn ich meine Hände herausstrecke, so wirf das Netz nach mir und zieh mich eilends heraus; wenn ich aber die Füße herausstrecke, so bin ich tot, und dann nimm das Maultier und führe es zu dem Juden Schama'ja, der wird dir hundert Dinare geben?' Sind dann nicht seine Füße herausgekommen, und hast du

379

nicht das Maultier zu dem Juden gebracht, und hat der dir nicht hundert Dinare gegeben?' ‚Wenn du alles weißt,' sagte Dschaudar darauf, ‚warum fragst du mich dann noch?' Und der Maure fuhr fort: ‚Ich möchte, daß du mit mir tust, wie du mit meinem Bruder getan hast.' Dann gab er ihm eine seidene Schnur und fügte hinzu: ‚Binde mir die Hände auf dem Rükken; und wenn es mir ergeht wie meinem Bruder, so nimm das Maultier, führe es zu dem Juden und nimm von ihm hundert Dinare.' Nun sagte Dschaudar: ‚Tritt heran!' Und als der Maure das getan hatte, band Dschaudar ihm die Hände fest und stieß ihn vorwärts, so daß er in den See fiel und unterging; eine Weile wartete der Jüngling, und als dann die Füße herauskamen, sprach er: ‚Er ist tot und in der Hölle. So Gott will, kommen die Mauren jeden Tag zu mir; dann will ich sie fesseln, und sie mögen umkommen. Hundert Dinare für jeden Toten – das genügt mir!' Darauf nahm er das Maultier und zog weiter. Wie der Jude ihn sah, rief er ihm zu: ‚Ist der zweite auch tot?' ‚Möge dein Haupt am Leben bleiben!' entgegnete Dschaudar; und der Jude fuhr fort: ‚Solches ist der Lohn der Habgierigen', nahm ihm das Maultier ab und gab ihm hundert Dinare. Als Dschaudar sie erhalten hatte, begab er sich zu seiner Mutter und gab sie ihr. ‚Mein Sohn, woher hast du die?' fragte sie alsbald; und er erzählte ihr alles. Da sagte sie: ‚Geh nicht mehr zum See Karûn! Ich bin um dich besorgt wegen der Mauren.' ‚Liebe Mutter,' erwiderte er, ‚ich stoße sie doch nur auf ihren eigenen Wunsch hinein. Was soll ich tun? Dies ist ein Handwerk, das mir täglich hundert Dinare einbringt! Ich komme ja auch immer rasch zurück. Bei Allah, ich will nicht eher aufhören, zum See Karûn zu gehen, bis die Spur der Mauren aufhört und keiner von ihnen mehr übrig ist.' So ging er denn auch am dritten Tage hin und stellte sich auf; wiederum erschien plötzlich ein Maure auf einem Maultiere mit Satteltaschen, aber noch prächtiger ausgerüstet als die beiden ersten. Der rief: ‚Friede sei mit dir, o Dschaudar, o Sohn 'Omars!' Da sagte sich der Jüngling: ‚Woher kennen die mich alle?' Doch er erwiderte alsbald den Gruß; und nun fuhr der Maure fort: ‚Sind Mauren hier vorbeigekommen?' ‚Ja, zwei', erwiderte Dschaudar; und jener fragte weiter: ‚Wohin sind sie gegangen?' Der Jüngling antwortete: ‚Ich habe sie gefesselt und in diesen See gestoßen; dort sind sie ertrunken, und deiner harrt das gleiche Schicksal.' Da lachte der Maure und rief: ‚Armer Kerl, jedes Leben hat seine Zeit!' Dann stieg er vom Maultier herunter und fuhr fort: ‚Dschaudar, tu mit mir, wie du mit den anderen getan hast!' Als er die seidene Schnur hervorholte, sagte Dschaudar zu ihm: ‚Halte die Hände auf den Rücken, damit ich dich feßle; ich habe Eile, und die Zeit geht rasch dahin.' Der Maure hielt die Hände hinter sich, der Jüngling fesselte ihn und stieß ihn vorwärts; da fiel der Fremde in den See. Dschaudar blieb stehen und wartete; plötzlich aber hielt der Maure seine Hände empor und rief: ‚Wirf das Netz aus, armer Kerl!' Da warf er das Netz über ihn und zog ihn heraus, und siehe da, er hatte zwei Fische in den Händen, in jeder Hand einen, die waren rot wie Korallen. Dann gebot er: ‚Öffne die Kästchen!' Dschaudar tat es, und der Maure legte in jedes einen Fisch hinein und verschloß es wieder. Dann zog er den Jüngling an seine Brust, küßte ihn auf die rechte Wange und auf die linke und sprach: ‚Gott errette dich stets aus aller Not! Bei Allah, hättest du nicht das Netz über mich geworfen und mich herausgezogen, so hätte ich diese beiden Fische festgehalten, während ich im Wasser versank, so lange bis ich ertrunken wäre und nicht mehr aus dem See hätte herauskommen können.' ‚Herr Pilgersmann,' erwiderte Dschaudar, ‚ich beschwöre dich, tu mir die Wahrheit kund über die beiden, die ertrunken sind, und über diese beiden Fische und über den Juden!' – –«

Da bemerkte Schehrezâd, daß der Morgen begann, und sie hielt in der verstatteten Rede an. Doch als die *Sechshundertundzehnte Nacht* anbrach, fuhr sie also fort: »Es ist mir berichtet worden, o glücklicher König, daß der Maure, als Dschaudar ihn bat: ,Tu mir die Wahrheit kund über die beiden, die ertrunken sind!' ihm antwortete: ,Wisse, o Dschaudar, die beiden Ertrunkenen waren meine Brüder; der eine hieß 'Abd es-Salâm, der andere 'Abd el-Ahad, und ich heiße 'Abd es-Samad. Auch der Jude ist unser Bruder; er heißt 'Abd er-Rahîm und ist in Wirklichkeit kein Jude, sondern ein Muslim, und zwar ein Malikit.[1] Unser Vater hatte uns gelehrt, geheime Dinge zu erkennen, Schätze zu heben und zu zaubern; und wir übten uns so lange, bis uns die Mârids unter den Geistern und die Dämonen dienstbar wurden. Wir waren also vier Brüder, Söhne eines Vaters, der 'Abd el-Wadûd hieß. Als unser Vater starb, hinterließ er uns vielerlei. Da teilten wir die Schätze und die Reichtümer und die Talismane, bis wir zu den Büchern kamen. Doch als wir die teilten, erhob sich ein Streit zwischen uns wegen eines Buches, das da hieß ,Die Legenden der Alten'; seinesgleichen gibt es nirgends, auch könnte niemand seinen Wert bezahlen, ja es läßt sich nicht einmal mit Edelsteinen aufwiegen, denn in ihm sind alle Schätze genannt, und alles geheime Wissen ist ihm bekannt. Unser Vater pflegte es zugebrauchen, und wir wußten einen kleinen Teil davon auswendig; nun wollte ein jeder von uns es besitzen, um alles zu erfahren,

1. Im sunnitischen Islam gibt es vier ,orthodoxe Rechtsschulen', die nach ihren Stiftern benannt sind; die Malikiten haben ihren Namen von Mâlik ibn Anas. Fast alle Mauren (oder Maghrebiner) sind Malikiten.

was darinnen stand. Während wir damals miteinander stritten, war der Scheich unseres Vaters bei uns, er, der unseren Vater erzogen und in Zauber und Magie unterwiesen hatte; der war el-Kahîn el-Abtan¹ geheißen. Und er sprach zu uns: ‚Holt das Buch!' Wir gaben es ihm, und er fuhr fort: ‚Ihr seid die Söhne meines Sohnes, und darum vermag ich keinem von euch unrecht zu tun. Wer also dies Buch erhalten will, der gehe hin und hebe den Schatz von esch-Schamardal und bringe mir die Himmelsscheibe, die Schminkbüchse, den Siegelring und das Schwert. Der Siegelring hat einen Mârid zum Diener, des Namens er-Ra'd el-Kâsif²; und wer ihn besitzt, wider den wird kein König und kein Sultan etwas vermögen; ja, wenn er will, kann er durch ihn die ganze Welt beherrschen weit und breit. Wer aber das Schwert trägt, der kann, wenn er es zückt und gegen ein Heer schwingt, alsbald das Heer in die Flucht schlagen; und wenn er beim Schwingen zu ihm spricht: ‚Schlag dies Heer tot!' so sprühen feurige Blitze aus dem Schwerte und töten das ganze Heer. Und wer die Himmelsscheibe besitzt, der kann, wenn er will, alle Länder von Ost nach West darin erblicken; dann kann er sie schauen und betrachten, während er ruhig dasitzt. Wenn er irgendein Land zu betrachten wünscht, braucht er nur die Scheibe dorthin zu drehen und in sie hineinzublicken; dann sieht er das Land und das Volk darin, als ob alles vor ihm läge. Ist er aber auf irgendeine Stadt erzürnt und wendet die Scheibe der Sonne zu, so kann er die Stadt verbrennen, wenn er es will. Was endlich die Schminkbüchse anlangt, so kann jeder, der sich aus ihr die Augen schminkt, die Schätze der Erde erkennen. Dies lege ich euch als Bedingung auf: Wer diesen Schatz nicht heben kann, der hat keinen Anspruch auf das Buch; doch wer es tut und mir die vier Klein-

1. Der kundigste Wahrsager. – 2. Der hallende Donner.

odien bringt, der soll das Recht haben, dies Buch zu erhalten.' Wir waren mit der Bedingung einverstanden; dann fuhr er fort: ‚Meine Söhne, wisset, daß der Schatz von esch-Schamardal unter der Herrschaft der Söhne des Roten Königs[1] steht; und euer Vater hat mir erzählt, daß er einst jenen Schatz zu heben versuchte, es aber nicht zu tun vermochte; denn die Söhne des Roten Königs flohen vor ihm zu einem See im Lande Ägypten, geheißen der See Karûn, und verkrochen sich in ihn; er folgte ihnen nach Ägypten, aber er vermochte ihrer nicht Herr zu werden, sintemalen sie sich in jenem See versteckt hatten, der durch einen Zauber gefeit ist.' – –«

Da bemerkte Schehrezâd, daß der Morgen begann, und sie hielt in der verstatteten Rede an. Doch als die *Sechshundertundelfte Nacht* anbrach, fuhr sie also fort: »Es ist mir berichtet worden, o glücklicher König, daß el-Kahîn el-Abtan den Jünglingen des weiteren erzählte: ‚Euer Vater kehrte unverrichteter Sache heim, da er den Schatz von esch-Schamardal den Söhnen des Roten Königs nicht entreißen konnte und nichts wider sie vermochte. Und er kam zu mir und klagte es mir. Da berechnete ich die Sterne für ihn und sah in ihnen geschrieben, daß dieser Schatz nur durch einen Jüngling aus Kairo gehoben werden könne, der den Namen Dschaudar ibn 'Omar führe. Jener Jüngling wäre ein Fischer, und er werde am See Karûn zu finden sein. Und jener Zauber würde nur dann gelöst werden können, wenn Dschaudar dem Schatzsucher die Hände auf dem Rücken fessele und ihn in den See stoße; darauf würden die Söhne des Roten Königs mit ihm kämpfen, und wer Glück habe, der werde die Geistersöhne packen; wer aber kein Glück habe, der werde umkommen, und seine Füße würden sich über dem Wasser zeigen. Bei dem aber, der Erfolg haben solle, wür-

[1]. Das ist ein mächtiger Geisterkönig.

den zuerst die Hände erscheinen; und dann müsse Dschaudar das Netz über ihn werfen und ihn aus dem See herausziehen.' Da sagten zwei meiner Brüder: ‚Wir wollen dahin gehen, auch wenn wir den Tod finden!' Und ich sagte: ‚Auch ich will gehen.' Aber unser Bruder, der jetzt als Jude verkleidet ist, sagte: ‚Ich trage kein Verlangen danach.' Deshalb verabredeten wir mit ihm, er solle sich nach Kairo begeben in Gestalt eines jüdischen Kaufmannes, auf daß er, wenn einer von uns in dem See umkäme, sein Maultier und seine Satteltaschen in Empfang nähme und dem Überbringer hundert Dinare gäbe. Den ersten, der zu dir kam, haben die Söhne des Roten Königs getötet, und auch meinen zweiten Bruder haben sie umgebracht. Mich aber haben sie nicht übermocht, und so habe ich sie gefangen.' ‚Wo sind denn deine Gefangenen?' fragte Dschaudar; und der Maure fuhr fort: ‚Hast du sie nicht gesehen, wie ich sie in die Kästchen einsperrte?' ‚Das waren ja Fische', entgegnete Dschaudar; doch der Maure sprach: ‚Nein, das sind keine Fische; das sind Dämonen in Fischgestalt! Aber, o Dschaudar, wisse, daß der Schatz nur durch dich gehoben werden kann. Willst du meinen Wunsch erfüllen und mit mir nach der Stadt Fes und Meknes[1] ziehen? Dort wollen wir den Schatz heben, und hernach will ich dir alles geben, was du verlangst; du sollst immerdar vor Allah mein Bruder sein und sollst fröhlichen Herzens zu den Deinen zurückkehren.' ‚Mein Herr Pilgersmann,' erwiderte Dschaudar, ‚auf meinem Halse lasten meine Mutter und meine beiden Brüder.' – –«

Da bemerkte Schehrezâd, daß der Morgen begann, und sie hielt in der verstatteten Rede an. Doch als die *Sechshundertundzwölfte Nacht* anbrach, fuhr sie also fort: »Es ist mir berichtet

1. Eigentlich zwei verschiedene Städte in Marokko, die hier des Reimes wegen zusammengestellt sind.

worden, o glücklicher König, daß Dschaudar zu dem Mauren
sprach: ‚Auf meinem Halse lasten meine Mutter und meine
beiden Brüder. Ich habe für sie zu sorgen; und wenn ich mit
dir gehe, wer soll ihnen das Brot geben?‘ ‚Das ist ein nichtiger
Vorwand,‘ entgegnete ihm der Maure; ‚wenn es sich nur um
die Ausgaben handelt, so wollen wir dir tausend Dinare geben;
die kannst du dann deiner Mutter schenken, damit sie davon
lebt, bis du in deine Heimat zurückkehrst. Wenn du fortziehst,
so wirst du vor Ablauf von vier Monaten zurückkehren.‘ Wie
Dschaudar von tausend Dinaren hörte, rief er: ‚Her, o Pilger,
mit den tausend Goldstücken! Ich will sie bei meiner Mutter
lassen und mit dir ziehen.‘ Da holte der Maure das Geld hervor, und Dschaudar nahm es und ging zu seiner Mutter. Er
berichtete ihr auch, was er mit dem Mauren erlebt hatte, und
fügte hinzu: ‚Nimm also die tausend Dinare hin und gib davon aus für dich und für meine Brüder! Ich will mit dem Mauren gen Westen ziehen und vier Monate fortbleiben. Mir wird
viel Gutes widerfahren; drum segne mich, mein Mütterchen!‘
‚Mein Sohn,‘ erwiderte sie, ‚du machst mich trostlos, und ich
bin um dich besorgt.‘ Doch er sagte: ‚Liebe Mutter, dem kann
kein Leid widerfahren, der in Gottes Hut steht, und der Maure
ist ein guter Mann.‘ Und nun begann er sein Wesen zu preisen,
so daß die Mutter schließlich sagte: ‚Allah mache dir sein Herz
geneigt! Geh mit ihm, mein Sohn, vielleicht wird er dir manches schenken!‘ Da nahm er Abschied von ihr und ging fort.
Als er wieder bei dem Mauren ’Abd es-Samad ankam, fragte
der ihn: ‚Hast du deine Mutter um Rat gefragt?‘ ‚Jawohl,‘
antwortete Dschaudar, ‚und sie hat mich gesegnet.‘ ‚Dann sitz
hinter mir auf!‘ sagte der Maure. Und nachdem Dschaudar das
Maultier bestiegen hatte, ritten die beiden dahin, von Mittag
bis zur Zeit des Nachmittagsgebetes; da wurde der Jüngling

hungrig, und weil er bei dem Mauren keine Zehrung sah, so sprach er zu ihm: ‚Herr Pilgersmann, hast du vielleicht vergessen, für uns etwas mitzunehmen, das wir unterwegs essen können?‘ ‚Bist du hungrig?‘ fragte der Maure, und Dschaudar antwortete: ‚Jawohl.‘ Nun stiegen beide von dem Maultier herunter, und der Maure sagte: ‚Nimm die Satteltaschen herab!‘ Nachdem jener das getan hatte, fragte er weiter: ‚Was willst du haben, mein Bruder?‘ ‚Irgend etwas.‘ ‚Um Gottes willen, sag mir doch, was du haben möchtest!‘ ‚Brot und Käse.‘ ‚Armer Kerl, Brot und Käse schicken sich nicht für dich; verlange etwas Gutes!‘ ‚Gerade jetzt ist mir alles gut genug.‘ ‚Magst du gebratene Hühnchen?‘ ‚Jawohl!‘ ‚Magst du auch Reis mit Honig?‘ ‚Jawohl!‘ So fragte der Maure weiter: ‚Magst du dies?‘ und ‚Magst du das?‘ bis er ihm vierundzwanzig Gerichte genannt hatte. Dschaudar dachte: ‚Der Mann ist irre; woher will er mir all die Gerichte bringen, die er da nennt, sintemalen er weder Koch noch Küche hat. Ich will aber zu ihm sagen, es sei genug.‘ Er rief also: ‚Das genügt; du erweckst in mir die Sehnsucht nach all den Gerichten, und ich sehe doch nichts.‘ ‚Willkommen, o Dschaudar!‘ sprach der Maure, steckte seine Hand in die Satteltasche und zog daraus eine goldene Schüssel hervor, auf der zwei heiße gebratene Hühnchen lagen. Dann griff er zum zweiten Male hinein und holte eine goldene Schüssel mit Röstfleisch heraus; so zog er unablässig eins nach dem andern hervor, bis er die vierundzwanzig Gerichte, die er genannt hatte, samt und sonders vor sich sah, während Dschaudar ganz erstaunt dastand. ‚Iß, armer Kerl‘, rief der Maure; doch der Jüngling sagte: ‚Hast du etwa in diese Satteltaschen eine Küche getan und Leute, die da kochen?‘ Lachend antwortete der Mann: ‚Dies sind Zaubertaschen, und sie haben einen dienstbaren Geist; wenn wir auch in jeder Stunde tausend

Gerichte verlangten, so würde er sie uns doch sofort herbeischaffen.' ‚Das sind ja prächtige Taschen‘, sagte Dschaudar. Dann aßen sie, bis sie gesättigt waren, und was übrigblieb, schütteten sie weg. Darauf legte der Maure die leeren Schüsseln in die Tasche zurück, steckte von neuem die Hand hinein und holte eine Kanne heraus. Sie tranken, nahmen die religiöse Waschung vor und sprachen das Nachmittagsgebet; nun legte er die Kanne in die Tasche zurück. Auch die beiden Kästchen tat er hinein, und dann warf er die Taschen dem Maultier über den Rücken, saß auf und rief: ‚Steig auf, wir wollen weiterreiten.‘ Darauf sprach er: ‚Sag, Dschaudar, weißt du wohl, welche Strecke wir von Kairo bis hierher zurückgelegt haben?‘ ‚Nein, bei Allah, ich weiß es nicht‘, erwiderte er; und der Maure tat ihm kund: ‚Wir haben eines vollen Monats Reise zurückgelegt.‘ Da rief Dschaudar: ‚Wie ist das möglich?‘ Der Maure entgegnete ihm: ‚O Dschaudar, wisse, dies Maultier unter uns ist einer von den Mârids der Geisterwelt, und es kann an jedem Tage die Reise eines Jahres zurücklegen; es ist um deinetwillen heute langsamer gegangen.‘ Dann ritten sie weiter dem Westland entgegen; und als es Abend ward, holte der Maure das Nachtmahl aus den Satteltaschen. Ebenso holte er am nächsten Morgen das Frühmahl hervor. So ritten sie unermüdlich vier Tage dahin; erst um Mitternacht machten sie halt, stiegen ab und schliefen. Am nächsten Morgen brachen sie wieder auf; und sooft Dschaudar nach etwas Verlangen trug, erbat er es von dem Mauren, und der holte es aus den Satteltaschen hervor. Am fünften Tage erreichten sie Fes und Meknes und zogen in die Stadt ein; und wie sie nun durch die Stadt ritten, begrüßte ein jeder, der ihnen begegnete, den Mauren und küßte ihm die Hände. So zogen sie dahin, bis sie zu einer Tür gelangten, an die ’Abd es-Samad klopfte. Da tat die

Tür sich auf, und heraus trat eine Maid, so schön wie der Mond. Zu der sprach der Maure: ‚O Rahma, o meine Tochter, öffne uns den Söller!' Sie erwiderte: ‚Herzlich gern, mein Väterchen!' und trat mit wiegenden Hüften ins Haus zurück. Da war Dschaudar ganz berückt, und er sprach: ‚Dies ist gewiß eine Prinzessin!' Nachdem sie den Söller geöffnet hatte, nahm der Maure die Satteltaschen von dem Maultier und sprach zu diesem: ‚Geh, und Gott segne dich!' Da spaltete sich die Erde, und das Maultier sank hinab; und die Erde ward wieder, wie sie zuvor gewesen war. Dschaudar rief: ‚O Beschützer, Preis sei dir, o Allah, der du uns auf ihrem Rücken behütet hast!' Doch der Maure sprach: ‚Wundere dich nicht, Dschaudar! Ich habe dir doch schon gesagt, daß dies Maultier ein Dämon ist. Nun laß uns aber zum Söller hinaufgehen!' Als der Jüngling dort eintrat, ward er verwirrt durch die Menge von prächtigen Teppichen und durch alles, was er dort sah, die kostbaren Geräte und die Ampeln aus Edelsteinen und edlen Metallen. Nachdem sie sich gesetzt hatten, befahl der Maure seiner Tochter: ‚O Rahma, hole uns das und das Bündel!' Da brachte sie ein Bündel und legte es vor ihrem Vater nieder; der aber öffnete es, entnahm ihm ein Prachtgewand im Werte von tausend Dinaren und sprach: ‚Lege es an, o Dschaudar, du bist willkommen!' Der Jüngling legte das Gewand an und glich in ihm einem der Könige des Westlandes. Nun legte der Maure die Satteltaschen vor sich hin, steckte seine Hand hinein und holte Schüssel auf Schüssel mit allerlei verschiedenen Gerichten heraus, bis etwa vierzig Gerichte auf dem Tische standen; und er sprach zu Dschaudar: ‚Mein Gebieter, tritt heran und iß und nimm vorlieb!' – –«

Da bemerkte Schehrezâd, daß der Morgen begann und sie hielt in der verstatteten Rede an. Doch als die *Sechshundertund-*

dreizehnte Nacht anbrach, fuhr sie also fort: »Es ist mir berichtet worden, o glücklicher König, daß der Maure, nachdem er Dschaudar in den Söller geführt hatte, ein Mahl von vierzig Gerichten vor ihm ausbreitete und zu ihm sprach: ‚Iß und nimm vorlieb! Wir wissen ja nicht, was du gern hast von Speisen; sag uns nur, was du wünschest, und wir werden es dir sogleich herbeischaffen!‘ ‚Bei Allah, Herr Pilgersmann,‘ erwiderte Dschaudar, ‚ich habe alle Gerichte gern und verschmähe nichts. Frage mich nicht, sondern gib mir alles, was dir in den Sinn kommt; ich habe nichts zu tun als zu essen!‘ Danach blieb er zwanzig Tage bei dem Mauren, und der gab ihm an jedem Tage ein neues Gewand; und sie aßen immer aus den Satteltaschen; der Maure brauchte nichts zu kaufen, weder Fleisch noch Brot, auch kochte er nicht, sondern alles, was er brauchte, kam aus den Zaubertaschen, selbst die verschiedenen Arten von Früchten. Am einundzwanzigsten Tage aber sprach er: ‚O Dschaudar, laß uns gehen! Dies ist der Tag, der vorherbestimmt ist für die Hebung des Schatzes von esch-Schamardal.‘ Da machte er sich auf mit ihm, und sie gingen bis ans Ende der Stadt; draußen vor dem Tore aber bestiegen die beiden jeder ein Maultier, und sie ritten immer weiter bis zur Mittagszeit. Nun erreichten sie einen Fluß mit strömendem Wasser; dort stieg 'Abd es-Samad ab und sprach: ‚Steig ab, Dschaudar!‘ Dann rief er: ‚Vorwärts!‘ indem er zwei Sklaven mit seiner Hand winkte; und die beiden nahmen die Maultiere, und ein jeder von ihnen zog seines Weges. Nachdem sie eine kurze Weile fortgeblieben waren, kehrte einer von ihnen mit einem Zelte zurück und schlug es auf, während der zweite einen Teppich brachte und ihn im Zelte ausbreitete; und ringsherum legte er Polster und Kissen. Darauf ging der eine von ihnen hin und holte die beiden Kästchen, in denen die zwei Fische

waren; der andere aber holte die Satteltaschen. Nun hub der
Maure an und sprach: ‚Komm, Dschaudar!' der Jüngling trat
herein und setzte sich neben ihn. Darauf holte der Maure aus
den Satteltaschen Schüsseln mit Speisen, und die beiden aßen
das Mittagsmahl. Nach dem Essen nahm er die beiden Kästchen und sprach Beschwörungen über sie; da erklangen von
drinnen Stimmen, die riefen: ‚Zu deinen Diensten, o größter
Zauberer der Welt! Hab Erbarmen mit uns!' Und sie schrien
um Hilfe. Er aber sprach noch mehr Zauberformeln über sie,
bis die beiden Kästchen in Stücke zersprangen und die Trümmer umherflogen; da traten aus ihnen zwei Männer mit gefesselten Händen heraus und sprachen: ‚Gnade, o größter Zauberer der Welt! Was willst du mit uns beginnen?' Er antwortete: ‚Ich will euch beide verbrennen, es sei denn, daß ihr euch
mir verpflichtet, den Schatz von esch-Schamardal zu heben!'
Sie fuhren fort: ‚Wir verpflichten uns dir, und wir wollen den
Schatz öffnen, doch nur unter der Bedingung, daß du Dschaudar, den Fischer, herbeischaffst; denn der Schatz kann nur
durch ihn gehoben werden, und niemand kann zu ihm eindringen außer Dschaudar ibn 'Omar.' Da rief der Maure: ‚Den,
von dem ihr redet, habe ich schon hergebracht, er ist hier
und hört und sieht euch.' Nun schworen sie ihm, den Schatz
zu öffnen, und er ließ sie frei. Darauf holte er ein Rohr und
Tafeln aus rotem Karneol und legte die Tafeln auf das Rohr;
ferner nahm er ein Kohlenbecken, tat Kohlen hinein und hauchte
sie mit einem einzigen Atemzuge an, so daß sich das Feuer
darin entzündete. Schließlich holte er Weihrauch und sprach:
‚Dschaudar, jetzt will ich die Beschwörungen sprechen und
den Weihrauch hineinwerfen; und wenn ich mit dem Zauber
begonnen habe, so darf ich nicht mehr reden, sonst wird er zunichte. Darum will ich dich jetzt lehren, was du zu tun hast,

um dein Ziel zu erreichen.' ‚Lehre es mich!' erwiderte der Jüngling; der Maure fuhr fort: ‚Wisse also, wenn ich den Zauber gesprochen und den Weihrauch aufs Feuer geworfen habe, so wird das Wasser im Flusse austrocknen, und du wirst eine goldene Tür erblicken, so groß wie das Tor einer Stadt, mit zwei ehernen Ringen; geh zu der Tür, poche leise und warte eine Weile! Dann poche zum zweiten Male, lauter als zuvor, und warte wieder eine Weile; und dann poche dreimal hintereinander in rascher Folge! Darauf wirst du eine Stimme hören, die da spricht: ‚Wer klopft an das Tor der Schätze an, ob er gleich die Geheimnisse nicht lösen kann?' Du aber sprich: ‚Ich bin Dschaudar, der Fischer, der Sohn des 'Omar.' Dann wird sich das Tor auftun, und eine Gestalt wird heraustreten, mit dem Schwerte in der Hand, und wird zu dir sagen: ‚Wenn du der Mann bist, so strecke deinen Nacken vor, auf daß ich dir den Kopf abschlage!' Halt ihm ruhig deinen Nacken hin und fürchte dich nicht! Denn wenn er seine Hand mit dem Schwerte erhebt und dich erschlagen will, so wird er vor dir niederstürzen, und nach einer kleinen Weile wirst du ihn als lebloses Wesen daliegen sehen. Du wirst den Streich nicht verspüren, und dir wird kein Leid widerfahren; doch wenn du dich ihm widersetzest, wird er dich töten. Hast du seinen Zauber durch deinen Gehorsam gebrochen, so geh hinein, bis du ein zweites Tor erblickest! Klopfe an, so wird ein Reiter auf einem Rosse zu dir herauskommen, mit einer Lanze auf der Schulter, und er wird zu dir sprechen: ‚Was führt dich an diesen Ort, den kein Mensch und kein Geist betritt?' Er wird seine Lanze wider dich schütteln; du aber halte ihm die bloße Brust hin, und er wird nach dir stoßen und im selben Augenblick zu Boden sinken! Du wirst ihn liegen sehen als Leib ohne Seele; doch wenn du es nicht tust, so wird er dich töten. Dar-

auf geh weiter bis zur dritten Tür, so wird ein Mensch dir entgegentreten, der Pfeile und Bogen in der Hand hält, und wird
den Bogen auf dich richten! Entblöße deine Brust vor ihm, so
wird er schießen und sogleich vor dir niederstürzen, ein Leib
ohne Leben; handelst du aber anders, so tötet er dich! Dann
geh weiter zur vierten Tür.' – –«

Da bemerkte Schehrezâd, daß der Morgen begann, und sie
hielt in der verstatteten Rede an. Doch als die *Sechshundertund-*
vierzehnte Nacht anbrach, fuhr sie also fort: »Es ist mir berichtet
worden, o glücklicher König, daß der Maure zu Dschaudar
sprach: ,Geh weiter zur vierten Tür und klopfe an; sie wird
sich vor dir auftun, und ein Löwe von riesiger Größe wird dir
entgegentreten, sich auf dich stürzen und seinen Rachen aufsperren, als wolle er dich verschlingen! Fürchte dich nicht und
fliehe nicht vor ihm; sondern wenn er vor dir steht, reiche ihm
die Hand, so wird er auf der Stelle niedersinken, und dir wird
kein Leid geschehen! Darauf geh weiter zur fünften Tür; dort
wird ein schwarzer Sklave zu dir heraustreten und dich fragen:
,Wer bist du?' Sprich: ,Ich bin Dschaudar!' Und er wird sagen:
,Wenn du jener Mann bist, so öffne die sechste Tür!' Du aber
tritt zu der Tür und sprich: ,O Jesus, sag zu Moses, er solle die
Tür auftun!' Die Tür wird sich öffnen, und wenn du hineingehst, so wirst du zwei Drachen finden, einen zur Linken und
einen zur Rechten. Beide werden den Rachen aufsperren und
sich sofort auf dich stürzen. Halt ihnen deine beiden Hände
entgegen, und ein jeder von ihnen wird nach einer Hand
schnappen; doch wenn du das nicht tust, werden sie dich totbeißen!' Und nun geh weiter bis zum siebenten Tore und
klopfe an, so wird deine Mutter zu dir heraustreten und zu dir
sagen: ,Willkommen, mein Sohn! Tritt näher, auf daß ich
dich begrüße!' Du aber sprich zu ihr: ,Hebe dich hinweg von

mir und lege deine Kleider ab!' ‚Mein lieber Sohn,' wird sie
dann sagen, ‚ich bin doch deine Mutter, und du bist mir den
Dank dafür schuldig, daß ich dich gesäugt und aufgezogen
habe; wie kannst du mich da entblößen wollen?' Dennoch
sprich zu ihr: ‚Wenn du deine Kleider nicht ablegst, so töte ich
dich!' Und blicke zur Rechten, so wirst du ein Schwert an der
Wand hängen sehen; das nimm und zücke es wider sie, indem
du rufst: ‚Entkleide dich!' Darauf wird sie dir schmeicheln und
sich vor dir demütigen; du aber laß dich nicht rühren, sondern
jedesmal, wenn sie etwas ablegt, sprich zu ihr: ‚Zieh auch das
andere aus!' Droh ihr unablässig mit dem Tode, bis sie alles
ausgezogen hat, was sie trägt, und zu Boden sinkt. In dem
Augenblick hast du alle Geheimnisse gelöst und alle Zauber
gebrochen; und du bist deines Lebens sicher. Tritt in die Schatzhöhle ein, und du wirst das Gold in Haufen liegen sehen; doch
achte auf nichts von alledem, sondern suche nach einer Kammer auf der inneren Seite der Höhle, die durch einen Vorhang
verdeckt ist, und hebe den Vorhang auf! Dann wirst du den
Zauberer esch-Schamardal auf einem goldenen Bette ruhen
sehen. Zu seinen Häupten leuchtet etwas Rundes wie der Mond,
das ist die Himmelsscheibe; das Schwert hat er umgehängt, an
seinem Finger ist ein Ring, und um den Hals hat er eine Kette,
an der sich eine Schminkbüchse befindet. Bringe die vier Kleinodien; hüte dich, irgend etwas von dem zu vergessen, was ich
dir gesagt habe, und unterlasse nichts; sonst wirst du bereuen
und in großer Gefahr sein!' Dann wiederholte er ihm alle die
Anweisungen noch einmal und zum zweiten, dritten und vierten Male, bis Dschaudar sprach: ‚Ich habe sie behalten; doch wer
kann allen diesen Zaubern, die du aufgezählt hast, entgegentreten und all diese furchtbaren Schrecken ertragen?' ‚O
Dschaudar,' erwiderte der Maure, ‚fürchte dich nicht! Es sind
394

nur Scheingestalten ohne Lebensgewalten.' So sprach er ihm Mut zu, bis Dschaudar rief: ‚Ich vertraue auf Allah!' Alsdann warf der Maure 'Abd es-Samad den Weihrauch aufs Feuer und begann eine Weile Beschwörungen zu murmeln; plötzlich verschwand das Wasser, das Flußbett ward sichtbar, und die Tür des Schatzes zeigte sich. Da ging Dschaudar zu jener Tür hinab, klopfte an und hörte eine Stimme fragen: ‚Wer klopft an die Tore der Schätze an, ob er gleich die Geheimnisse nicht lösen kann?' ‚Ich bin Dschaudar ibn 'Omar', rief er, und das Tor tat sich auf. Und eine Gestalt kam heraus mit gezücktem Schwerte und rief: ‚Strecke deinen Nacken vor!' Der Jüngling hielt seinen Nacken hin, das Scheinbild holte zum Streiche aus und sank tot nieder. Ebenso vernichtete er den Zauber bei der zweiten Tür und bei allen folgenden bis zur siebenten Tür. Dort trat ihm seine Mutter entgegen und rief ihm zu: ‚Sei gegrüßt, mein Sohn!' Doch er sprach zu ihr: ‚Was bist du?' Sie antwortete: ‚Ich bin doch deine Mutter, und du bist mir den Dank dafür schuldig, daß ich dich gesäugt und aufgezogen habe, mir, die ich dich neun Monate unter dem Herzen getragen habe, mein Sohn!' Doch er sprach zu ihr: ‚Lege deine Kleider ab!' Da erwiderte sie: ‚Du bist mein Sohn, wie kannst du mich entblößen?' ‚Zieh dich aus!' wiederholte er, sonst schlage ich dir den Kopf ab mit diesem Schwerte!' Dabei streckte er seine Hand aus und ergriff das Schwert; und indem er es wider sie zückte, sprach er: ‚Wenn du dich nicht entkleidest, so töte ich dich!' Sie stritten lange miteinander, bis sie schließlich, als er ihr noch heftiger drohte, ein Gewand ablegte. Dann gebot er: ‚Zieh auch die anderen Kleider aus!' Doch er mußte lange Zeit mit ihr streiten, bis sie noch etwas anderes auszog. Und so ging es weiter, während sie immer sagte: ‚Mein Sohn, an dir ist die Erziehung fruchtlos gewesen.' Schließlich blieben ihr nur noch die Hosen; da sprach sie: ‚Mein Sohn, ist denn dein Herz aus Stein? Willst du mich entehren, indem du meine Scham aufdeckst? Mein Sohn, ist das nicht eine Sünde?‘ ‚Du hast recht,‘ erwiderte er, ‚zieh die Hosen nicht aus!‘ Kaum hatte er dies Wort gesprochen, so schrie sie: ‚Er hat gefehlt! Schlagt ihn!‘ Und nun fielen die Schläge auf ihn nieder wie die Regentropfen; denn die Diener des Schatzes drängten sich um ihn und versetzten ihm eine solche Tracht Prügel, daß er sie in seinem ganzen Leben nicht wieder vergaß. Darauf stießen sie ihn vorwärts und warfen ihn zum Tor der Schatzhöhle hinaus; und alle Tore dort schlossen sich wie zuvor. Kaum aber hatten sie ihn hinausgeworfen, so holte ihn der Maure; und alsbald flossen die Wasser wie zuvor. – –«

Da bemerkte Schehrezâd, daß der Morgen begann, und sie hielt in der verstatteten Rede an. Doch als die *Sechshundertund-fünfzehnte Nacht* anbrach, fuhr sie also fort: »Es ist mir berichtet worden, o glücklicher König, daß damals, als die Diener des Schatzes den Dschaudar geschlagen und zum Tore hinausgeworfen hatten und als die Tore sich schlossen und der Fluß wieder strömte wie zuvor, der Maure ’Abd es-Samad über dem Jüngling Beschwörungen sprach, bis er wieder zu sich kam und aus seiner Betäubung erwachte. Dann fragte er ihn: ‚Was hast du getan, Elender?‘ Und Dschaudar gab ihm zur Antwort: ‚Ich hatte all die feindlichen Zauber gelöst, bis ich zu meiner Mutter gelangte; zwischen uns entspann sich ein langer Streit. Endlich aber, mein Bruder, begann sie ihre Kleider abzulegen, bis ihr nur noch die Hosen blieben. Da sprach sie zu mit: ‚Entehre mich nicht; denn es ist eine Sünde, die Scham zu entblößen!‘ Ich ließ ihr die Hosen aus Mitleid mit ihr; aber da schrie sie plötzlich: ‚Er hat gefehlt! Schlagt ihn!‘ Und nun drangen Leute auf mich ein, ich weiß nicht, woher sie kamen, und versetzten mir eine solche Tracht Prügel, daß ich dem Tode nahe war; darauf stießen sie mich vorwärts; doch was danach mit mir geschah, das weiß ich nicht.' Der Maure fuhr fort: ‚Hab ich dir nicht gesagt, du solltest in allem gehorchen? Jetzt hast du mir und dir selbst geschadet. Hätte sie die Hosen ausgezogen, so hätten wir unser Ziel erreicht. Nun mußt du bis heute übers Jahr bei mir bleiben.' Alsbald rief er die beiden Sklaven herbei; die brachen das Zelt ab und trugen es fort, und nachdem sie eine kleine Weile fern gewesen waren, kehrten sie mit den beiden Maultieren zurück. Jeder der beiden, der Zauberer und der Jüngling, bestieg ein Maultier, und dann ritten sie nach der Stadt Fes zurück. Dort blieb Dschaudar bei dem Mauren, der ihm gut zu essen und gut zu trinken gab und ihn jeden Tag in ein prächtiges Gewand kleidete, bis das Jahr vorüber war und der gleiche Tag kam. ‚Dies ist der bestimmte Tag,' sprach der Maure, ‚laß uns gehen!' Und Dschaudar erwiderte: ‚Gern.' Der Maure führte ihn wieder zur Stadt hinaus, und dort sahen sie die beiden Sklaven mit den Maultieren. Dann ritten sie weiter, bis sie den Fluß erreichten; von neuem schlugen die Sklaven das Zelt auf und legten Teppiche und Kissen hinein. Nachdem der Maure die Speisen herausgeholt hatte, aßen sie das Mittagsmahl; danach holte er das Rohr und die Tafeln wie zuvor, zündete das Feuer an, hielt den Weihrauch bereit und sprach: ‚Dschaudar, ich will dir die Anweisungen wiederholen.' Doch der rief: ‚Herr Pilgersmann, wenn ich die Prügel vergessen habe, so habe ich auch die Anweisungen vergessen.' ‚Hast du sie also wirklich behalten?' fragte der Maure; und Dschaudar erwiderte: ‚Jawohl.' ‚Nun denn,' fuhr der Zauberer fort, ‚so nimm dich zusammen, denke daran, daß jenes Weib nicht deine Mutter ist, sondern nur eine Spukgestalt nach dem Bilde deiner Mutter, die dich zu einem Fehler

397

verleiten will. Du bist wohl das erste Mal lebendig herausgekommen; doch wenn du diesmal einen Fehler begehst, so werden sie dich tot hinauswerfen.' Der Jüngling sagte darauf: ‚Wenn ich fehle, so verdiene ich, daß sie mich verbrennen!' Da warf der Maure den Weihrauch aufs Feuer und sprach die Beschwörungen; der Fluß trocknete aus, und Dschaudar schritt zu der Tür und klopfte an. Nachdem sie sich aufgetan hatte, löste er alle sieben Zauber, bis er wieder vor seiner Mutter stand. Die rief: ‚Willkommen, mein Sohn!' Doch er fuhr sie an: ‚Wie kann ich dein Sohn sein, Verfluchte? Zieh dich aus!' Sie begann ihm zu schmeicheln und legte dabei ihre Kleider eins nach dem andern ab, bis sie nur noch die Hosen trug. ‚Zieh dich aus, Verfluchte!' wiederholte Dschaudar. Da legte sie auch die Hosen ab und ward plötzlich zu einem leblosen Wesen. Er aber trat weiter hinein und sah das Gold in Haufen umherliegen. Ohne sich um etwas zu kümmern, schritt er in die Kammer und sah dort den Zauberer esch-Schamardal liegen, mit dem Schwerte gegürtet, den Siegelring am Finger, die Schminkbüchse auf der Brust und die Himmelsscheibe zu seinen Häupten. Er trat auf ihn zu, löste das Schwert, nahm den Siegelring, Himmelsscheibe und Schminkbüchse und ging zurück. Da ertönten plötzlich Klänge der Musik für ihn, und die Diener riefen: ‚Durch das, was du gewonnen, mögest du im Glück dich sonnen, o Dschaudar!' Und die Klänge ertönten so lange, bis er die Schatzhöhle verlassen hatte und wieder bei dem Mauren war. Der hörte sofort auf zu beschwören und zu räuchern, zog den Jüngling an seine Brust und begrüßte ihn. Nun überreichte ihm Dschaudar die vier Kleinodien, und er nahm sie hin und rief die beiden Sklaven. Nachdem die das Zelt abgebrochen und fortgeschafft und auch die Maultiere gebracht hatten, ritten Zauberer und Jüngling nach der Stadt

Fes zurück. Dort legte jener die Satteltaschen bereit, holte Schüsseln mit vielerlei Gerichten aus ihnen hervor, bis der Tisch vor ihm gefüllt war, und sprach: ‚O Bruder, o Dschaudar, iß!' So aß denn der Jüngling, bis er gesättigt war; der Maure aber schüttete den Rest der Speisen in andere Geräte und legte die leeren Zauberschüsseln in die Satteltaschen zurück. Darauf hub 'Abd es-Samad, der Maure, an: ‚O Dschaudar, du hast um unsertwillen dein Land und deine Heimat verlassen und unser Begehren erfüllt. Drum steht es dir zu, etwas von uns zu wünschen; verlange, was du nur magst, und Allah der Erhabene wird es dir durch uns gewähren! Sprich deinen Wunsch aus und scheue dich nicht; denn du hast es verdient!' ‚Mein Gebieter,' gab jener zur Antwort, ‚ich erbitte von Allah dem Erhabenen und dann von dir, daß du mir diese Satteltaschen gebest!' Da ließ der Maure die Satteltaschen bringen und sprach: ‚Nimm sie, denn sie gebühren dir! Ich hätte dir auch alles andere gegeben, wenn du darum gebeten hättest. Aber, du Armer, diese nützen dir nur zum Essen; und du hast dich doch bei uns abgemüht, und wir haben dir versprochen, dich in Freuden heimzusenden. Aus diesen Satteltaschen sollst du essen; nun wollen wir dir noch andere geben, voll von Gold und Edelsteinen. Wenn wir dich dann in deine Heimat gebracht haben, so wirst du ein Kaufherr werden; dann kannst du dich und die Deinen kleiden und brauchst dich um die Ausgaben nicht zu kümmern. Iß mit den Deinen aus diesen Satteltaschen; das Verfahren dabei ist so: Stecke die Hand hinein und sprich: ‚Bei den gewaltigen Namen, die Macht haben über dich, o Diener dieser Satteltaschen, bring mir dasunddas Gericht!' Dann wird er dir sofort bringen, was du begehrst, solltest du auch an jedem Tage tausend Gerichte verlangen.' Darauf ließ er einen Sklaven mit einem Maultier herbeikommen und füllte ihm ein Satteltaschenpaar zur Hälfte mit Gold und zur Hälfte mit Edelsteinen und anderen kostbaren Metallen. Und nun sprach er: ‚Besteige dies Maultier; der Sklave kennt den Weg und wird vor dir hergehen, bis er dich zur Tür deines Hauses gebracht hat; wenn du dort angekommen bist, nimm die beiden Satteltaschenpaare und gib ihm das Maultier, damit er es mir wiederbringe! Doch teile niemandem dein Geheimnis mit! Und so empfehlen wir dich Allah!' Dschaudar erwiderte: ‚Allah lohne es dir reichlich!' Dann legte er die Satteltaschen dem Maultier auf den Rücken und ritt davon, während der Sklave vor ihm herging. Das Maultier folgte dem Sklaven den ganzen Tag und die Nacht hindurch, und am nächsten Morgen zog er schon durch das Siegestor[1] ein. Doch da sah er seine Mutter sitzen, wie sie rief: ‚Um Allahs willen, eine milde Gabe!' Darüber ward er wie von Sinnen; er sprang von seinem Maultiere herunter und warf sich auf sie. Und wie sie ihn erkannte, begann sie zu weinen. Dann hob er sie aufs Tier und schritt an ihrem Steigbügel dahin, bis sie nach Hause kamen. Dort hob er seine Mutter wieder herunter, nahm die beiden Satteltaschenpaare und überließ das Maultier dem Sklaven; der nahm es und zog zu seinem Herrn zurück; denn Sklave und Maultier waren Geisterwesen. Dschaudar aber war tief betrübt darüber, daß seine Mutter betteln mußte; und als er ins Haus getreten war, sprach er zu ihr: ‚Mein Mütterchen, geht es meinen Brüdern gut?' ‚Es geht ihnen gut', erwiderte sie; und er fuhr fort: ‚Weshalb bettelst du denn am Wege?' ‚Mein Sohn, weil ich hungrig bin!' ‚Ehe ich abreiste, gab ich dir doch hundert Dinare an einem Tage und hundert Dinare am nächsten Tage und tausend Dinare am Tage, da ich aufbrach.' ‚Mein Sohn, sie haben mich betrogen und mir das Geld

1. Ein Tor auf der Nordostseite Kairos.

abgenommen, indem sie sprachen: Wir wollen Waren dafür kaufen. Und als sie das Geld in Händen hatten, jagten sie mich fort, und nun muß ich am Wegesrande betteln, weil ich so hungrig bin.' ‚Mein Mütterchen, jetzt soll dir kein Leid mehr widerfahren, ich bin ja bei dir. Sorge dich nicht mehr; diese Satteltaschen sind voll von Gold und Edelsteinen, und ich bin reichlich versehen mit allem Guten!' ‚Mein Sohn, du hast Glück. Allah sei dir immer gnädig und mehre dir Seine Huld! Nun geh, mein Sohn, hole uns Brot; ich bin die ganze Nacht vom Hunger gequält worden, da ich kein Nachtmahl hatte.' Da lächelte er und sprach: ‚Willkommen, liebe Mutter! Wünsche dir, was du nur essen willst; ich beschaffe es dir im Augenblick; ich brauche es nicht erst auf dem Markte zu kaufen, und ich habe auch keinen Koch nötig.' ‚Aber, mein Sohn,' fuhr sie fort, ‚ich sehe doch nichts bei dir.' ‚Ich habe in diesen Satteltaschen alle möglichen Gerichte.' ‚Mein Sohn, alles, was bereit ist, stillt den Hunger!' ‚Du hast recht; wenn nicht viel da ist, begnügt der Mensch sich mit dem Geringsten. Doch wenn die Fülle vorhanden ist, so wünscht er, etwas Gutes zu essen. Ich habe die Fülle; also wünsche dir, was du nur begehrst!' ‚Mein Sohn, etwas warmes Brot und ein Stückchen Käse.' ‚Liebe Mutter, das ziemt sich nicht für deinen Stand!' ‚Da du meinen Stand kennst, so gib mir zu essen, was sich für ihn geziemt!' ‚Meine Mutter,' erwiderte er, ‚deinem Stand gebühren gebratenes Fleisch, geröstete Hühnchen, Reis mit Pfeffer; für dich geziemen sich Würstchen, gefüllter Kürbis, gefülltes Lamm, gefüllte Rippchen, süße Nudeln mit zerriebenen Mandeln, Bienenhonig und Zucker, auch Honigkuchen und Nußtörtchen.' Da glaubte seine Mutter, er mache sich lustig über sie und wolle sie verspotten, und sie rief: ‚Wehe, wehe! Was ist mit dir geschehen? Träumst du, oder bist du irre?'

‚Weshalb glaubst du, daß ich irre sei?' fragte er; und sie erwiderte: ‚Weil du mir all die prächtigen Gerichte nennst. Wer
kann ihren Preis bezahlen? Und wer versteht es, sie zu bereiten?' ‚Bei meinem Leben,' rief er, ‚ich will dir noch in dieser
Stunde all das, was ich dir genannt habe, zu essen geben!' Sie
entgegnete: ‚Ich sehe aber nichts bei dir!' ‚Hole die Satteltaschen!' bat er sie; und sie holte sie, betastete sie und sah, daß
sie leer waren. Doch sie legte sie vor ihn hin; und er steckte
seine Hand hinein und zog eine gefüllte Schüssel nach der anderen hervor, bis er ihr alles, was er gesagt hatte, vorgesetzt
hatte. Da fragte sie: ‚Mein Sohn, die Satteltaschen sind doch
klein und waren obendrein leer, nichts war darin. Jetzt hast du
all dies daraus hervorgeholt! Wo waren denn diese Schüsseln?'
‚Wisse, Mutter,' gab er ihr zur Antwort, ‚diese Satteltaschen
hat mir der Maure gegeben. Es sind Zaubertaschen, und sie
haben einen dienstbaren Geist; wenn ein Mensch etwas haben
will und die Zaubernamen darüber spricht und sagt: ‚O Diener
der Satteltaschen, hol mir das und das Gericht!' so bringt er es.'
Nun fragte die Mutter weiter: ‚Kann ich auch meine Hand
hineinstecken und etwas von ihm verlangen?' ‚Tu deine Hand
hinein!' sagte er; und sie steckte ihre Hand hinein und sprach:
‚Bei den Namen, die Gewalt über dich haben, o Diener dieser
Satteltaschen, bringe mir gefüllte Rippchen!' Da sah sie, daß
die Schüssel in der Satteltasche war; sie legte ihre Hand daran
und holte sie heraus und sah darauf zarte gefüllte Rippchen.
Dann verlangte sie Brot und viele andere Arten von Speisen,
die sie sich wünschte. Dschaudar aber sprach zu ihr: ‚Mutter,
wenn du mit dem Essen fertig bist, so tu das, was von den
Speisen noch übrig ist, auf andere Schüsseln und lege die leeren
Zauberschüsseln in die Satteltasche zurück; denn so will es der
Zauber. Doch bewahre die Taschen gut auf!' Darauf nahm sie

402

die Taschen fort und brachte sie an eine sichere Stätte; und er fügte hinzu: ‚Mutter, hüte das Geheimnis und bewahre es in deinem Herzen! Sooft du etwas nötig hast, nimm es aus den Taschen heraus; gib auch Almosen und speise meine Brüder, ob ich da bin oder fern!‘ Dann begann er mit ihr zu essen; und siehe, seine Brüder traten zu ihm ein. Zu denen war die Kunde durch einen Mann aus dem Stadtviertel gedrungen, der ihnen gesagt hatte: ‚Euer Bruder ist heimgekommen, reitend auf einem Maultier, mit einem Sklaven vor sich und in ein Prachtgewand gekleidet, das nicht seinesgleichen hat.‘ Da hatten sie zueinander gesagt: ‚O hätten wir doch unsrer Mutter kein Leid zugefügt! Jetzt wird sie ihm sicherlich erzählen, was wir ihr angetan haben; ach, wie elend stehen wir nun vor ihm da!‘ Doch einer von den beiden sagte: ‚Unsere Mutter hat ein weiches Herz; und wenn sie es ihm sagt, so ist unser Bruder noch weichherziger gegen uns als sie. Wenn wir uns nur vor ihm entschuldigen, so wird er unsere Entschuldigung annehmen.‘ Darauf traten sie zu ihm ein; und er stand auf vor ihnen, begrüßte sie aufs herzlichste und sprach zu ihnen: ‚Setzt euch nieder und esset!‘ So setzten sie sich denn und aßen; denn sie waren schwach von Hunger. Und sie aßen so lange, bis sie gesättigt waren. Da sprach Dschaudar zu ihnen: ‚Liebe Brüder, nehmt, was von den Speisen übrig ist, und verteilt es an die Armen und Bedürftigen!‘ ‚O Bruder,‘ erwiderten sie, ‚laß uns davon zu Nacht essen!‘ Er aber entgegnete ihnen: ‚Zur Zeit des Nachtessen wird euch noch mehr zuteil werden.‘ Nun nahmen sie den Rest der Speisen mit hinaus, und immer, wenn ein Armer an ihnen vorbeiging, sprachen sie zu ihm: ‚Nimm und iß!‘, bis nichts mehr übrig war. Dann brachten sie die Schüsseln zurück, und Dschaudar sprach zu seiner Mutter: ‚Tu sie in die Satteltaschen!‘ – –«

Da bemerkte Schehrezâd, daß der Morgen begann, und sie hielt in der verstatteten Rede an. Doch als die *Sechshundertundsechzehnte Nacht* anbrach, fuhr sie also fort: »Es ist mir berichtet worden, o glücklicher König, daß Dschaudar, nachdem seine Brüder das Mittagsmahl beendet hatten, zu seiner Mutter sprach: ‚Tu die Schüsseln in die Satteltaschen!' Am Abend sodann begab er sich in die Halle und holte aus den Taschen eine Mahlzeit von vierzig Gerichten hervor; dann ging er wieder nach oben, und nachdem er sich zu seinen Brüdern gesetzt hatte, sprach er zu seiner Mutter: ‚Bring uns das Nachtmahl!' Als sie in die Halle trat, sah sie die Schüsseln gefüllt dastehen; dann deckte sie den Tisch und trug die Schüsseln eine nach der anderen auf, bis alle vierzig vor ihnen standen. Nun aßen sie zur Nacht; und nach dem Mahle sprach er: ‚Nehmt und speiset die Armen und Bedürftigen!' Da nahmen sie den Rest der Speisen und verteilten sie. Hernach holte er auch noch Süßigkeiten für sie; und nachdem sie davon gegessen hatten, sagte er: ‚Was übrig ist, das gebet den Nachbarn!' Am nächsten Tage war das Frühmahl ebenso; und in dieser Weise blieben sie zehn Tage zusammen. Da sagte Sâlim zu Salîm: ‚Wie kommt es, daß unser Bruder uns morgens ein Gastmahl vorsetzt, mittags ein Gastmahl und abends ein Gastmahl und dazu noch spät in der Nacht Süßigkeiten, und dann sogar alles, was übrigbleibt, an die Armen verteilt? Das ist doch die Art der Sultane! Woher hat er nur diesen Reichtum? Wollen wir uns nicht einmal nach diesen verschiedenen Gerichten und diesen Süßigkeiten näher umsehen, von denen er alle Reste noch an die Armen und Bedürftigen verteilt? Wir sehen ja nie, daß er etwas einkauft; er zündet auch kein Feuer an und hat weder Küche noch Koch.' ‚Bei Allah,' erwiderte der andere Bruder, ‚ich weiß es nicht. Kennst du etwa jemanden, der uns die

Wahrheit darüber berichten könnte?' Darauf sagte der erste: ,Das kann uns nur unsere Mutter sagen.' Sie verabredeten nun einen Plan und begaben sich zu ihrer Mutter, während ihr Bruder fort war; und sie sprachen zu ihr: ,Mutter, wir sind hungrig!' Sie erwiderte ihnen: ,Seid getrost!', ging in die Halle, verlangte von dem Diener der Satteltaschen warme Gerichte und brachte sie ihnen. ,Mutter,' fragten sie nun, ,diese Speise ist warm; aber du hast doch nicht gekocht, ja, nicht einmal ein Feuer angeblasen!' Da gab sie ihnen zur Antwort: ,Sie kommt aus den Satteltaschen.' ,Was für Satteltaschen sind das?' fragten sie weiter; und die Mutter antwortete: ,Das sind Zaubertaschen; was man will, bringt der Zauber.' Darauf erzählte sie ihnen alles; aber sie fügte hinzu: ,Bewahrt das Geheimnis!' ,Das Geheimnis soll bewahrt bleiben, Mutter,' erwiderten sie, ,doch lehre uns, wie es dabei zugeht.' Nachdem sie es ihnen gezeigt hatte, begannen sie ihre Hände hineinzustecken und herauszuholen, was sie nur verlangten, während ihr Bruder von alledem nichts ahnte. Und als sie nun mit der Art der Satteltaschen vertraut waren, sagte Sâlim zu Salîm: ,Bruder, wie lange wollen wir noch als Diener bei Dschaudar sitzen und Almosen von ihm essen? Wollen wir nicht eine List wider ihn ersinnen, um ihm diese Satteltaschen abzunehmen und sie in unsere Gewalt zu bringen?' ,Wie soll das geschehen?' ,Wir wollen ihn an den Kapitän des Meeres von Suez verkaufen.' ,Wie sollen wir es anfangen, ihn zu verkaufen?' ,Wir wollen zu jenem Kapitän gehen und ihn mit zweien seiner Leute zu einem Mahle einladen. Was ich dann zu Dschaudar sage, das bestätige du mir; und wenn die Nacht zu Ende geht, will ich dir zeigen, was ich tun werde!' Sie kamen also überein, ihren Bruder zu verkaufen, gingen zum Hause des Kapitäns des Meeres von Suez, und als sie dort eingetreten waren, sprachen sie: ‚Herr Kapitän, wir kommen in einer Sache zu dir, die dir Freude machen wird.‘ ‚Gut!‘ erwiderte er; und sie fuhren fort: ‚Wir sind zwei Brüder, und wir haben einen dritten Bruder, einen schlechten Kerl, an dem nichts Gutes ist. Als unser Vater starb, hinterließ er uns viel Geld. Wir verteilten das Erbe, und jener Bruder nahm das, was ihm zufiel, und vergeudete es in liederlichem Lebenswandel, bis er arm geworden war. Dann aber machte er sich über uns her und verklagte uns bei den ungerechten Richtern, indem er behauptete, wir hätten ihm seine Habe und die seines Vaters genommen. Wir stritten darüber vor Gericht, und wir beide verloren das Geld. Dann wartete er eine Weile und verklagte uns zum zweiten Male, bis er uns zu armen Leuten machte; und auch jetzt will er noch nicht von uns lassen. Wir sind seiner überdrüssig, und wir möchten, daß du ihn uns abkaufst.‘ Der Schiffsführer sprach zu ihnen: ‚Könnt ihr ihn überlisten und zu mir hierher schaffen? Dann will ich ihn sofort aufs Meer schicken.‘ Sie antworteten: ‚Wir können ihn nicht bringen; sei du heute abend unser Gast und bringe zwei Leute mit dir, mehr nicht! Wenn er schläft, wollen wir einander helfen und zu fünfen über ihn herfallen, ihn packen und ihm einen Knebel in den Mund stopfen. Dann kannst du ihn im Dunkel der Nacht nehmen und aus dem Hause schaffen; und tu mit ihm, was du willst!‘ ‚Ich höre und gehorche!‘ erwiderte der Kapitän; ‚wollt ihr ihn mir für vierzig Dinare verkaufen?‘ Sie sagten: ‚Jawohl! Komm nach Einbruch der Nacht in die und die Straße; dort wirst du einen von uns auf euch wartend finden!‘ Da sprach der Kapitän: ‚Geht nun!‘ Sie begaben sich darauf zu Dschaudar und warteten eine Weile; dann trat Sâlim auf ihn zu und küßte ihm die Hände. ‚Was ist dir, mein Bruder?‘ fragte Dschaudar; und Sâlim antwortete ihm: ‚Wisse, ich habe einen Freund, der mich manches Mal in sein Haus eingeladen hat, während du fort warst; ja, er hat mir tausend Freundlichkeiten erwiesen, und immer nimmt er mich gastlich auf, wie mein Bruder hier weiß. Als ich ihn heute begrüßte, lud er mich wieder ein; doch ich sagte zu ihm: ‚Ich kann mich nicht von meinem Bruder Dschaudar trennen.‘ Da sagte er: ‚Bring ihn mit!‘ und ich: ‚Das wird er nicht wollen; aber vielleicht könntest du unser Gast sein, zusammen mit deinen Brüdern – denn seine Brüder saßen bei ihm. So lud ich sie ein, da ich glaubte, sie würden meine Einladung nicht annehmen. Doch er nahm sie für sich und seine Brüder an und sagte: ‚Erwarte mich am Klostertor; dann will ich mit meinen Brüdern kommen!‘ Nun fürchte ich, sie werden wirklich kommen; aber ich scheue mich vor dir. Möchtest du wohl meinen Sinn wieder froh machen und die Leute heute abend bewirten? Du bist ja reich begütert, mein Bruder. Wenn es dir aber nicht recht ist, so erlaube mir, sie in ein Nachbarhaus zu führen.‘ Dschaudar antwortete ihm: ‚Warum willst du sie ins Nachbarhaus führen? Ist unser Haus etwa zu eng? Oder haben wir nicht genug, um ihnen ein Nachtmahl zu geben? Schäme dich, daß du mich erst noch fragst! Da sind doch für dich gute Speisen und Süßigkeiten, so viel, daß sogar noch davon übrigbleibt. Wenn Leute kommen und ich fort bin, so bitte deine Mutter darum; sie wird dir Speisen im Überfluß bringen. Geh, hole sie; mögen sie uns Segen bringen!‘ Da küßte Sâlim die Hand Dschaudars, ging fort und setzte sich am Klostertor nieder bis nach Sonnenuntergang; nun kamen die Kumpane auf ihn zu, und er führte sie und brachte sie ins Haus. Als Dschaudar sie sah, hieß er sie willkommen und bat sie, sich zu setzen; und er schloß Freundschaft mit ihnen, ohne zu wissen, was ihm insgeheim von ihnen drohte. Dann bat er seine Mutter, das Nachtmahl zu bringen; und sie holte die Speisen aus den Satteltaschen, während er ihr immer zurief: ‚Bring dasunddas Gericht!‘ bis vierzig Gerichte vor ihnen standen. Sie aßen, bis sie gesättigt waren, und der Tisch ward abgetragen, während die Seeleute meinten, diese reiche Bewirtung gehe von Sâlim aus. Als ein Drittel der Nacht vergangen war, holte Dschaudar ihnen die Süßigkeiten; und Sâlim bediente sie, während Dschaudar und Salîm bei den Gästen saßen, bis sie nach dem Schlafe verlangten. Nun legte Dschaudar sich zum Schlafe nieder; und auch die anderen taten so. Als er aber eingeschlafen war, fielen sie gemeinsam über ihn her, und ehe er erwachte, hatte er schon den Knebel im Munde; und sie fesselten ihm die Hände auf dem Rücken und schleppten ihn aus dem Hause hinaus unter dem Schutze der Nacht. – –«

Da bemerkte Schehrezâd, daß der Morgen begann, und sie hielt in der verstatteten Rede an. Doch als die *Sechshundertundsiebenzehnte Nacht* anbrach, fuhr sie also fort: »Es ist mir berichtet worden, o glücklicher König, daß Dschaudar, nachdem die Leute ihn ergriffen und auf die Schultern geladen und im Dunkel der Nacht aus dem Hause hinausgeschleppt hatten, von ihnen nach Suez geschafft und in Fußfesseln gelegt ward. Dort mußte er nun bleiben und still seine Dienste verrichten; ein volles Jahr tat er die Arbeit von Gefangenen und Sklaven.

Also stand es um Dschaudar. Wenden wir uns aber wieder zu seinen Brüdern! Als es Morgen geworden war, gingen die beiden zu ihrer Mutter und sprachen zu ihr: ‚Mutter, unser Bruder Dschaudar ist noch nicht erwacht!‘ ‚Weckt ihn doch!‘ erwiderte sie ihnen. Da fragten sie: ‚Wo ruht er denn?‘ Und sie antwortete: ‚Bei den Gästen.‘ Nun fuhren sie fort: ‚Vielleicht ist er gar mit den Gästen fortgegangen, dieweil wir schliefen. Mutter, es scheint doch, daß er am Wandern Gefallen gefunden hat, und daß ihm der Sinn danach steht, Schätze zu heben. Wir hörten, wie er mit den Mauren redete, und wie sie zu ihm sagten, sie wollten ihn mit sich nehmen und ihm den Schatz öffnen.' Als sie dann fragte: ,Ist er mit den Mauren zusammen gewesen?' erwiderten sie: ,Waren sie denn nicht als Gäste bei uns?' Darauf sprach sie: ,Vielleicht ist er mit ihnen gegangen. Doch Allah wird ihn auf dem rechten Wege leiten; denn das Glück ist ihm hold, und er wird sicherlich mit reichem Gute heimkehren.' Dennoch weinte sie, und die Trennung von ihrem Sohne war hart für sie. Die beiden aber fuhren sie an: ,Du Verruchte, verschwendest du all diese Liebe an Dschaudar? Wenn wir fort sind, trauerst du nicht um uns; und wenn wir da sind, freust du dich nicht über uns! Sind wir nicht auch deine Söhne, wie Dschaudar dein Sohn ist?' Sie entgegnete darauf: ,Wohl seid ihr meine Söhne; aber ihr seid Bösewichter, und euch gebührt keine Güte von mir. Seit dem Tage, da euer Vater starb, habe ich nichts Gutes von euch erfahren. Doch Dschaudar hat mir viel Liebe erwiesen; er hat mein Herz getröstet und mich lieb und wert gehalten. Drum geziemt es sich, daß ich um ihn weine; denn seine Güte ward mir und euch zuteil.' Als die beiden solche Worte hören mußten, schmähten sie ihre Mutter und schlugen sie. Darauf gingen sie im Hause umher und begannen nach den Satteltaschen zu suchen, bis sie alles fanden. Sie nahmen die Juwelen aus der einen Seite und das Gold aus der anderen, dazu auch die Zaubertaschen und sagten: ,Das ist unseres Vaters Gut!' ,Nein, bei Allah,' rief die Mutter, ,das ist das Gut eures Bruders Dschaudar; er hat es aus dem Lande der Mauren mitgebracht!' Aber die Brüder schalten sie: ,Du lügst! Das ist unseres Vaters Gut, und wir wollen frei darüber verfügen!' Dann verteilten sie die Schätze untereinander; aber wegen der Zaubertaschen erhob sich ein Streit zwischen ihnen. Denn Sâlim rief: ‚Ich will sie haben!' während Salîm schrie: ‚Nein, ich!' Als sie so miteinander zankten, sagte die Mutter: ‚Meine Söhne, ihr habt die Taschen, in denen Gold und Edelsteine waren, geteilt, aber diese Taschen hier lassen sich nicht teilen, noch auch können sie mit Gold aufgewogen werden, und wenn sie in zwei Teile zerschnitten werden, so ist ihr Zauber dahin! Darum laßt sie bei mir; ich will euch jederzeit daraus zu essen geben und will bei euch mit einem Bissen zufrieden sein, wenn ihr mir in eurer Güte noch etwas geben wollt, um mich zu kleiden. Dann mag ein jeder von euch mit den Leuten Handel treiben! Ihr seid doch meine Söhne, und ich bin eure Mutter; so laßt uns leben wie bisher, sonst wird alles ruchbar, wenn euer Bruder etwa kommt!' Aber sie horchten nicht auf ihre Worte, sondern stritten die ganze Nacht hindurch. Da hörte sie ein Wächter, ein Mann von der Wache des Königs, der im Hause neben dem Hause Dschaudars eingeladen war; denn das Fenster war offen. Und der Wächter schaute aus dem Fenster hinaus und hörte den ganzen Streit mit an, wie sie redeten und teilten. Als es Morgen ward, trat dieser Wächtersmann vor den König; des Name war Schams es-Daula, und er war König von Ägypten zu jener Zeit. Als der Wächter vor dem Throne stand, berichtete er, was er gehört hatte; und der König ließ alsbald die Brüder Dschaudars herbeiholen. Dann unterwarf er sie der Folter, bis sie gestanden, nahm ihnen die Satteltaschen ab und ließ die Bösewichter ins Gefängnis bringen. Der Mutter Dschaudars aber bestimmte er ein tägliches Einkommen, so viel, daß sie davon leben konnte.

Wenden wir uns nun von ihnen wieder zu Dschaudar! Der war inzwischen ein ganzes Jahr zu Suez im Dienste gewesen. Und als das Jahr abgelaufen war, erhob sich eines Tages, wie er auf See war, ein widriger Wind über den Fahrenden und warf das Schiff, auf dem sie waren, gegen einen Felsen. Da zerbarst das Schiff, und alles, was darauf war, versank, nur allein Dschaudar erreichte das Festland, während die anderen den Tod fanden. Sobald er an Land war, begann er zu wandern, bis er zu einem Beduinenlager gelangte. Da fragten die Leute ihn, wie es um ihn stehe; und er berichtete ihnen, er sei ein Seefahrer, und erzählte ihnen sein Abenteuer. Nun befand sich in dem Lager ein Kaufmann, der in Dschidda zu Hause war; der hatte Mitleid mit ihm und sprach zu ihm: ‚Willst du bei mir in Dienst treten, Ägypter? Ich will dich kleiden und dich mit mir nach Dschidda nehmen.‘ So ward Dschaudar sein Diener und reiste mit ihm bis nach Dschidda; und jener erwies ihm viel Gunst. Nach einer Weile aber wollte sein Herr, der Kaufmann, die Pilgerfahrt machen, und da nahm er seinen Diener mit sich nach Mekka. Wie sie dort angekommen waren, ging Dschaudar hin, um im heiligen Bezirk das Haus Allahs zu umschreiten. Und während er den Umgang vollzog, erblickte er plötzlich seinen Freund, den Mauren 'Abd es-Samad, der auch um die Kaaba schritt. – –«

Da bemerkte Schehrezâd, daß der Morgen begann, und sie hielt in der verstatteten Rede an. Doch als die *Sechshundertundachtzehnte Nacht* anbrach, fuhr sie also fort: »Es ist mir berichtet worden, o glücklicher König, daß Dschaudar, als er im heiligen Umzuge dahinschritt, plötzlich seinen Freund, den Mauren 'Abd es-Samad, erblickte, der auch um die Kaaba schritt. Als der ihn erkannte, grüßte er ihn und fragte ihn, wie es ihm erginge. Da erzählte Dschaudar ihm unter Tränen, was ihm widerfahren war. Der Maure aber nahm ihn mit sich in sein Haus, bewirtete ihn und gab ihm ein Gewand, so schön, daß es nicht seinesgleichen hatte. Und er sprach zu ihm: ‚Jetzt ist

das Ende deiner Leiden gekommen, o Dschaudar!' Dann befragte er über ihn den Sandzauber, und es ward ihm kund, was
mit den Brüdern Dschaudars geschehen war. So sprach er
denn: ,Wisse, Dschaudar, deinen Brüdern ist es soundso ergangen; jetzt liegen sie im Gefängnis des Königs von Ägypten.
Du aber sei mein willkommener Gast, bis du die Pflichten der
Wallfahrt vollendet hast! Es wird alles gut werden.' ,Hoher
Herr,' erwiderte der Jüngling, ,laß mich gehen, um von dem
Kaufmanne, bei dem ich diene, Abschied zu nehmen; dann
will ich zu dir kommen!' Der Maure fragte noch: ,Schuldest
du Geld?' Und als Dschaudar erwiderte: ,Nein', fuhr er fort:
,So geh und nimm Abschied von ihm und komm auf der Stelle
zurück! Das Brot verpflichtet die Edelgesinnten.' Nun ging
Dschaudar hin und nahm Abschied von dem Kaufmanne, indem er hinzufügte: ,Ich habe ja meinen Bruder getroffen.'
,Geh, hol ihn,' sagte der Kaufmann, ,wir wollen ihm ein Gastmahl bereiten!' Doch Dschaudar erwiderte: ,Das hat er nicht
nötig; denn er ist einer von den Reichen, und er hat viele Diener.' Darauf gab der Kaufmann ihm zwanzig Dinare und
sprach: ,Befreie mich von der Verantwortung!'[1] Nun entließ
er ihn; und Dschaudar ging fort von ihm, und wie er auf dem
Wege einen armen Mann sah, gab er ihm die zwanzig Dinare.
Darauf begab er sich zu 'Abd es-Samad, dem Mauren, und
blieb bei ihm, bis beide die Pflichten der Pilgerfahrt erfüllt
hatten. Da gab der Maure ihm den Ring, den er aus dem
Schatze von esch-Schamardal geholt hatte, indem er zu ihm
sprach: ,Nimm diesen Ring; er wird dich ans Ziel deiner
Wünsche bringen! Denn er hat einen Diener, genannt er-
Ra'd el-Kâsif.[2] Sooft du irgend etwas von den Dingen der

1. Diese Entlassungsformel soll besagen: ,Bestätige, daß ich meine
Pflichten dir gegenüber erfüllt habe!' – 2. Vgl. oben Seite 383.

Welt begehrst, reibe den Ring; dann wird der Diener dir erscheinen und wird alles für dich tun, was du ihm befiehlst!' Darauf rieb er den Ring vor den Augen des Jünglings; sofort erschien der Diener und rief: ‚Zu Diensten, mein Gebieter! Was du nur immer begehrst, soll dir zuteil werden. Willst du eine verfallene Stadt bevölkern oder eine bewohnte Stadt zerstören oder einen König erschlagen oder ein Heer vernichten?' Aber der Maure antwortete: ‚O Ra'd, dieser hier ist dein Herr geworden; diene ihm treu!' Nachdem er den Geist entlassen hatte, sprach er zu Dschaudar: ‚Reibe den Ring, so wird sein Diener vor dir erscheinen; dann befiehl ihm, was du willst, er wird dir nicht zuwiderhandeln! Nun zieh in dein Land und gib acht auf den Ring; durch ihn wirst du deine Feinde überwinden. Verkenne seinen Wert nicht!' Dschaudar erwiderte: ‚Mein Gebieter, mit deiner Erlaubnis will ich jetzt heimkehren.' ‚Reib den Ring,' sagte der Maure, ‚der Diener wird dir erscheinen, und du steig auf seinen Rücken! Und wenn du zu ihm sprichst: ‚Bring mich noch heute in meine Heimat!', so wird er deinem Befehle nicht zuwiderhandeln.' Darauf nahm Dschaudar Abschied von 'Abd es-Samad und rieb den Ring. Alsbald erschien er-Ra'd el-Kâsif vor ihm und sprach: ‚Zu Diensten! Verlange und empfange!' Dschaudar befahl: ‚Bring mich noch heute nach Kairo!' Der Geist erwiderte: ‚Der Wunsch sei dir erfüllt', nahm ihn auf den Rükken und flog mit ihm von Mittag bis Mitternacht dahin; dann setzte er ihn im Hofe des Hauses seiner Mutter nieder und verschwand. Dschaudar aber trat ein zu seiner Mutter; und als die ihn erblickte, hub sie an zu weinen, begrüßte ihn und erzählte ihm, was seinen Brüdern von dem König widerfahren war, und wie der sie hatte schlagen lassen und ihnen die Zaubertaschen samt den Taschen mit Gold und Edelsteinen abgenommen hatte. Als Dschaudar das hörte, ward er besorgt um seine Brüder, und er sprach zu seiner Mutter: ‚Gräme dich nicht um das, was hinter dir liegt! Ich will dir jetzt sogleich zeigen, was ich tun kann, und meine Brüder herbeischaffen.' Er rieb den Ring, und der Diener erschien vor ihm und sprach: ‚Zu Diensten! Verlange und empfange!' Dschaudar gebot: ‚Ich befehle dir, daß du mir meine Brüder aus dem Gefängnis des Königs bringst!' Da versank der Geist in die Erde und stieg mitten im Kerker wieder empor. Dort saßen Sâlim und Salîm ganz allein in arger Not und großer Pein wegen der Qualen der Gefangenschaft, und sie sehnten den Tod herbei. Der eine sprach zum andern: ‚Bei Allah, Bruder, die Not lastet zu lange auf uns. Bis wann sollen wir noch in diesem Gefängnisse schmachten? Im Tode fänden wir Ruhe.' Während sie so redeten, spaltete sich plötzlich der Boden, er-Raʿd el-Kâsif fuhr zu ihnen herauf, packte die beiden und stieg wieder in die Erde hinab. Die Sinne schwanden ihnen im Übermaß der Furcht, und als sie wieder zu sich kamen, sahen sie sich in ihrem Hause und erblickten ihren Bruder Dschaudar, der dort neben seiner Mutter saß. Er rief ihnen zu: ‚Seid mir gegrüßt, meine Brüder! Ihr habt mich erfreut durch euer Kommen.' Sie aber ließen die Köpfe hängen und begannen zu weinen. Da sprach er zu ihnen: ‚Weinet nicht! Der Satan und die Habgier haben euch zu solchem Tun verführt. Wie konntet ihr mich verkaufen! Doch ich tröste mich mit Joseph; an ihm handelten seine Brüder noch ärger, denn ihr getan habt, als sie ihn in die Grube warfen.' – –«

Da bemerkte Schehrezâd, daß der Morgen begann, und sie hielt in der verstatteten Rede an. Doch als die *Sechshundertundneunzehnte Nacht* anbrach, fuhr sie also fort: »Es ist mir berichtet worden, o glücklicher König, daß Dschaudar zu seinen

Brüdern sprach: ‚Wie konntet ihr also an mir handeln! Nun bereut vor Allah und bittet Ihn um Vergebung; so wird Er sie euch gewähren, denn Er ist der Vergebende, der Barmherzige! Ich habe euch schon verziehen und heiße euch willkommen; euch soll kein Leid widerfahren.' So tröstete er sie, bis ihre Herzen sich beruhigt hatten; und dann berichtete er ihnen alles, was er in Suez erduldet hatte, bis daß er den Scheich 'Abd es-Samad wieder traf; auch erzählte er ihnen von dem Ringe. Darauf sagten die beiden: ‚Lieber Bruder, vergib uns noch dies eine Mal! Wenn wir aber zu unserem alten Treiben zurückkehren, so tu mit uns, was du willst!' ‚Seid ohne Sorge,' erwiderte er; ‚doch tut mir kund, wie der König an euch gehandelt hat!' Sie fuhren fort: ‚Er hat uns schlagen lassen und hat uns gedroht und die beiden Satteltaschen von uns genommen.' ‚Er wird sich schon fügen', sagte Dschaudar und rieb den Ring; da stand der Geist vor ihm. Als seine Brüder ihn erblickten, fürchteten sie sich vor ihm und meinten, Dschaudar würde ihm befehlen, sie zu töten. Darum eilten sie zu ihrer Mutter und flehten sie an: ‚Liebe Mutter, wir sind deine Schutzbefohlenen! Liebe Mutter, leg Fürbitte für uns ein!' Sie gab ihnen zur Antwort: ‚Meine Kinder, fürchtet euch nicht!' Darauf sprach Dschaudar zu dem Diener: ‚Ich befehle dir, daß du mir alles bringst, was in der Schatzkammer des Königs ist, Edelsteine und alle anderen Schätze. Laß nichts darin zurück, und bring auch die Zaubertaschen und die Satteltaschen mit Juwelen, die er meinen Brüdern abgenommen hat!' ‚Ich höre und gehorche!' erwiderte der Geist, verschwand alsbald, raffte alles zusammen, was in der Schatzkammer war, holte auch die Satteltaschen mit dem, was sie bargen, und legte den ganzen Inhalt der Schatzkammer vor Dschaudar nieder, indem er sprach: ‚Mein Gebieter, ich habe nichts in der Schatzkammer liegen lassen.' Jener bat nun seine Mutter, die Taschen der Edelsteine aufzubewahren, und legte die Zaubertaschen vor sich nieder. Dann gebot er dem Diener: ,Ich befehle dir, daß du mir in dieser Nacht ein hohes Schloß erbauest, es ganz mit Goldglanz schmückest und mit prächtigem Hausrat ausstattest. Wenn der Tag anbricht, mußt du mit allem fertig sein.' ,Der Wunsch sei dir erfüllt!' erwiderte der Geist und fuhr in den Erdboden hinab. Darauf holte Dschaudar Speisen hervor; und sie aßen, waren guter Dinge und legten sich zum Schlafe nieder.

Sehen wir nun, was der Diener tat! Er holte alle seine Hilfstruppen herbei und befahl ihnen, das Schloß zu erbauen. Und die einen begannen die Steine zu behauen, während andere bauten; wieder andere weißten, noch andere malten, und einige richteten die Gemächer ein. Und noch war es nicht Tag geworden, als das Schloß mit allem Schmuck vollendet war. Darauf begab der Geist sich zu Dschaudar und sprach zu ihm: ,Mein Gebieter, das Schloß ist fertig und vollkommen eingerichtet. Wenn du es dir anschauen willst, so komm!' Da ging Dschaudar mit seiner Mutter und seinen Brüdern hin, und sie sahen, daß dies Schloß nicht seinesgleichen hatte und durch die Schönheit seines Baues die Sinne verwirrte. Dschaudar hatte seine Freude daran; es stand oberhalb der Straße, und es hatte ihn ja nichts gekostet. Dann fragte er seine Mutter: ,Möchtest du wohl in diesem Schlosse wohnen?' ,Ja, mein Sohn', erwiderte sie und flehte Segen auf ihn herab. Er aber rieb den Ring von neuem, und wiederum stand der Geist vor ihm und rief: ,Zu Diensten!' ,Ich befehle dir,' sprach Dschaudar, ,daß du mir vierzig schöne weiße Dienerinnen herbeischaffst, dazu vierzig schwarze Sklavinnen, vierzig Mamluken und vierzig schwarze Sklaven.' ,Der Wunsch sei dir erfüllt!', erwiderte jener und begab sich mit vierzig seiner Gehilfen

416

nach Vorderindien und Hinterindien und dem Lande der Perser; und wo sie nur immer ein schönes Mädchen oder einen schönen Knaben sahen, trugen sie alle davon. Ferner entsandte er vierzig, um anmutige schwarze Mädchen zu holen, und vierzig andere brachten schwarze Sklaven. Und alle kamen zum Hause Dschaudars und füllten es ganz an. Als der Geist sie dem Jüngling zeigte, gefielen sie ihm; dann fuhr dieser fort: ‚Bring für einen jeden ein Prachtgewand!‘ ‚Zu Befehl!‘ erwiderte der Geist; und Dschaudar fuhr fort: ‚Bring auch ein Gewand für meine Mutter und ein Gewand für mich!‘ Nachdem alles gebracht war, kleidete Dschaudar die Dienerinnen ein und sprach: ‚Dies ist eure Herrin; küsset ihr die Hand; handelt ihr nicht zuwider, sondern dienet ihr treulich, weiße wie schwarze!‘ Auch die Mamluken kleidete er ein, und sie küßten ihm die Hand; zuletzt legte er seinen Brüdern Gewänder an. So war Dschaudar gleichwie ein König, und seine Brüder waren gleich Wesiren. Nun war sein Haus geräumig; und also ließ er Sâlim mit seiner Dienerschaft in dem einen Flügel, den Salîm mit der seinen in dem anderen Flügel wohnen. Er selbst aber zog mit seiner Mutter in das neue Schloß. Und ein jeder von ihnen war an seiner Stätte einem Herrscher gleich.

Wenden wir uns von ihnen nun zu dem Schatzmeister des Königs! Der wollte damals gerade etwas aus der Schatzkammer holen und ging hinein. Aber er fand nichts darinnen, sondern entdeckte, daß es dort aussah, wie der Dichter sagt:

Voller Bienen war die Stätte, als der Schwarm sich niederließ;
Als die Bienen sie verließen, war es nur ein leer Verlies.

Da stieß er einen lauten Schrei aus und sank ohnmächtig nieder. Doch als er wieder zu sich kam, ging er aus der Schatzkammer hinaus, ließ die Tür offen stehen und begab sich zum König Schams ed-Daula. Zu dem sprach er: ‚O Beherrscher der Gläubigen, ich muß dir vermelden, daß die Schatzkammer in dieser Nacht leer geworden ist.' Der König fragte ihn: ‚Was hast du mit meinen Schätzen gemacht, die darinnen lagen?' ‚Bei Allah,' erwiderte er, ‚ich habe nichts damit gemacht. Ich weiß auch nicht, wie es kommt, daß sie leer geworden ist. Gestern war ich noch dort und fand die Kammer gefüllt; aber als ich sie heute betrat, fand ich sie leer, ohne Inhalt. Doch die Tore waren verschlossen, die Mauern undurchbohrt, die Riegel ungebrochen; es kann also kein Dieb eingedrungen sein.' Weiter fragte der König: ‚Sind denn auch die beiden Satteltaschen fort?' ‚Ja', erwiderte der Schatzmeister. Nun ward der König wie von Sinnen. – –«

Da bemerkte Schehrezâd, daß der Morgen begann, und sie hielt in der verstatteten Rede an. Doch als die *Sechshundertundzwanzigste Nacht* anbrach, fuhr sie also fort: »Es ist mir berichtet worden, o glücklicher König, daß jener König, als sein Schatzmeister zu ihm gekommen war und ihm gemeldet hatte, daß die Schätze der Kammer verloren waren und ebenso auch die Satteltaschen, wie von Sinnen ward; er sprang auf und schrie den Schatzmeister an: ‚Geh vor mir her!' Der tat es, und der König folgte ihm, bis sie zu der Kammer kamen; und dort fand er nichts. Da ergrimmte er und rief: ‚Wer hat sich an meine Schätze gemacht, ohne sich zu fürchten vor meiner Macht?' Und immer heller loderte sein Zorn. Dann ging er hin und ließ die Staatsversammlung zusammentreten. Da kamen die Führer der Truppen, und jeder von ihnen glaubte, der König sei zornig auf ihn. Doch der König sprach: ‚Ihr Krieger! Wisset, meine Schatzkammer ist in dieser Nacht geplündert worden; und ich weiß nicht, wer diese Tat gewagt und sich wider mich erfrecht hat, ohne sich vor mir zu fürchten!' Als sie fragten: ‚Wie kann das geschehen?' fuhr er fort: ‚Fragt den

Schatzmeister!' Also fragten sie ihn, und er berichtete ihnen: ,Gestern war die Kammer noch gefüllt; aber als ich heute eintrat, fand ich sie leer, obgleich keine Mauer durchbohrt und die Tür nicht gebrochen war.' Mit großem Erstaunen hörten die Krieger diesen Worten zu, aber sie alle konnten dem König keine Antwort geben. Da kam plötzlich der Wächter, der früher Sâlim und Salîm verraten hatte, zum König hereingelaufen und sprach: ,O größter König unserer Zeit, die ganze Nacht hindurch habe ich zugeschaut, wie Baumeister einen Bau errichteten. Und als es Tag ward, sah ich ein Schloß errichtet, das seinesgleichen nicht hat. Und wie ich danach fragte, ward mir gesagt, Dschaudar sei gekommen und habe dies Schloß gebaut, und er habe Mamluken und Sklaven; er sei mit großen Reichtümern heimgekehrt und habe auch seine Brüder aus dem Kerker befreit; jetzt throne er in seinem Schlosse wie ein Sultan.' Darauf befahl der König: ,Schaut im Gefängnis nach!' Sie schauten nach, und als sie Sâlim und Salîm nicht fanden, kehrten sie zum König zurück und brachten ihm die Meldung. Da rief er: ,Mein Widersacher ist entdeckt! Wer den Sâlim und Salîm aus dem Kerker befreit hat, der hat auch meinen Schatz geraubt.' Als nun der Wesir fragte: ,Hoher Herr, wer ist das?' antwortete er ihm: ,Das ist ihr Bruder Dschaudar; und er hat auch die Satteltaschen genommen. Du aber, o Wesir, schicke einen Emir wider ihn mit fünfzig Mann, auf daß sie ihn und seine Brüder ergreifen, all seinen Besitz versiegeln und mir die drei bringen, damit ich sie aufhängen kann!' Und wieder kam heftiger Zorn über ihn, und er rief: ,Heda, schicke sofort einen Emir zu ihnen, er soll sie mir bringen, damit ich sie hinrichten lassen kann!' Doch der Wesir erwiderte: ,Übe Langmut! Denn Allah ist langmütig und übereilt sich nicht, Seinen Knecht zu strafen, wenn er wider Ihn sündigt. Siehe, mit dem, der einen Palast in einer einzigen Nacht erbaut, wie die Leute sagen, kann niemand in der Welt sich messen. Ich fürchte, es könnte dem Emir ein Unheil von Dschaudar widerfahren. Drum gedulde dich, bis ich einen Plan für dich ersinne und du die Wahrheit in dieser Sache schaust. Was du willst, wirst du dann erreichen, o größter König unserer Zeit!' Der König sagte darauf: ,So ersinne mir einen Plan, o Wesir!' Jener fuhr fort: ,Schicke den Emir zu ihm und lad ihn ein! Dann will ich ihn dir in sorgfältige Behandlung nehmen, will Liebe zu ihm heucheln und ihn ausfragen über alles, was ihn angeht; danach werden wir schauen. Ist seine Kraft groß, so wollen wir durch eine List seiner Herr werden; ist sein Mut aber schwach, so ergreife ihn und tu mit ihm, was du willst!' ,Schicke hin, lad ihn ein!', sagte der König; und er befahl einem Emir, der da Emir 'Othmân hieß, er solle zu Dschaudar gehen und zu ihm sagen: ,Der König lädt dich zu einem Gastmahl.' Und der König schärfte ihm ein: ,Kehre nur mit ihm zurück!' Jener Emir nun war töricht und hoffärtigen Sinnes; und als er hinabstieg, sah er schon von ferne vor dem Tor des Schlosses einen Eunuchen auf einem Stuhle sitzen. Wie er dann bei dem Schlosse ankam, erhob der Eunuch sich nicht vor ihm, sondern tat, als ob niemand käme, wiewohl der Emir 'Othmân fünfzig Mann bei sich hatte. Da trat dieser auf ihn zu und herrschte ihn an: ,Sklave, wo ist dein Herr?' ,Im Hause', antwortete der Eunuch und redete mit ihm, während er sich mit dem Arme aufstützte. Darob ergrimmte der Emir 'Othmân, und er rief: ,Du elender Sklave, schämst du dich nicht vor mir? Ich spreche mit dir, und du flegelst dich hin wie ein Galgenstrick!' ,Geh weg, mach nicht viel Worte!' brummte der Eunuch. Kaum aber hatte der Emir diese Worte vernommen, da kam die Wut über ihn, und er zog seine Keule und wollte den Eunuchen schlagen; denn er wußte nicht, daß der ein Dämon war. Jener aber, wie er den Emir die Keule schwingen sah, sprang empor, warf sich auf ihn, entriß ihm die Keule und versetzte ihm vier Schläge. Als die fünfzig Mann das sahen, ergrimmten sie, weil ihr Herr geschlagen wurde, und sie zogen ihre Schwerter und wollten den Sklaven töten. Der aber rief: ‚Zieht ihr die Schwerter, ihr Hunde?‘ Und er stürzte sich auf sie und zerbrach einem jeden, den er mit der Keule traf, die Knochen und ertränkte ihn in seinem Blute. Da flohen die anderen vor ihm und liefen eiligst davon, während er sie mit seinen Hieben verfolgte, bis sie weit von dem Schloßtore entfernt waren. Dann kehrte er zurück und setzte sich wieder auf seinen Stuhl und kümmerte sich um niemanden. – –«

Da bemerkte Schehrezâd, daß der Morgen begann, und sie hielt in der verstatteten Rede an. Doch als die *Sechshundertundeinundzwanzigste Nacht* anbrach, fuhr sie also fort: »Es ist mir berichtet worden, o glücklicher König, daß der Eunuch, nachdem er den Emir ’Othmân, den Hauptmann des Königs, samt seiner Schar verjagt hatte, bis sie weit von dem Schloßtore Dschaudars entfernt waren, zurückkehrte und sich wieder auf den Stuhl neben dem Schloßtore setzte und sich um niemanden kümmerte.

Sehen wir nun, was der Emir ’Othmân und seine Leute taten! Sie liefen in eiliger Flucht, von Wunden bedeckt, immer weiter zurück, bis sie vor König Schams ed-Daula standen, und berichteten ihm, was geschehen war. Also sprach der Emir ’Othmân zum König: ‚O größter König unserer Zeit, als ich zum Tore des Schlosses kam, sah ich einen Eunuchen an der Tür auf einem goldenen Stuhle sitzen mit hochmütiger Gebärde. Wie er mich auf sich zukommen sah, streckte er sich noch aus, während er vorher doch gerade gesessen hatte. Er behandelte mich mit Verachtung und erhob sich nicht vor mir. Dann redete ich ihn an, und er antwortete mir, indem er liegen blieb. Da packte mich die Wut, und ich schwang die Keule wider ihn und wollte auf ihn dreinschlagen. Er aber entriß mir die Keule und schlug mich und meine Leute und streckte sie nieder, so daß wir vor ihm fliehen mußten und nichts wider ihn vermochten.' Da kam der Zorn über den König, und er rief: ‚Es sollen hundert Mann gegen ihn ausziehen!' Die zogen also aus gegen ihn; doch als sie sich ihm näherten, erhob er sich wider sie mit der Keule und schlug ohn Unterlaß auf sie ein, bis sie vor ihm flüchteten. Dann ging er zurück und setzte sich auf den Stuhl. Als die hundert Mann heimkamen und vor den König traten, brachten sie ihm die Meldung, indem sie sprachen: ‚O größter König unserer Zeit, wir sind vor ihm geflohen, da wir ihn fürchteten.' Nun rief der König: ‚Es sollen zweihundert Mann ausziehen.' Die zogen dahin; aber der Eunuch jagte auch sie in die Flucht, und sie mußten heimkehren. Darauf sprach der König zum Wesir: ‚Ich beauftrage dich, o Wesir, daß du mit fünfhundert Mann ausziehest und mir diesen Eunuchen sofort bringest, dazu auch seinen Herren Dschaudar und dessen Brüder.' Doch der Wesir erwiderte ihm: ‚O größter König unserer Zeit, ich habe keine Krieger nötig; nein, ich will allein und unbewaffnet zu ihm gehen.' ‚Geh, und tu, was du für richtig hältst!', sagte der König; und der Wesir tat die Waffen von sich, legte ein weißes Gewand an, nahm einen Rosenkranz in seine Hand und schritt allein dahin, ohne einen Begleiter, bis er zum Tore Dschaudars gelangte. Dort sah er den Sklaven sitzen; und kaum hatte er ihn erblickt, so trat er, waffenlos, wie er war, auf ihn zu und setzte sich ihm höflich zur Seite. Dann sprach er: ‚Friede sei mit euch!' ,Auch mit dir sei Friede!' erwiderte der Wächter; ,o Sterblicher, was wünschest du?' Sowie der Wesir ihn sagen hörte ,o Sterblicher', wußte er, daß jener ein Dämon war, und er bebte vor Furcht. Doch er fragte ihn: ,Lieber Herr, ist dein Gebieter Dschaudar hier?' ,Ja,' erwiderte der Eunuch, ,er ist im Palaste.' Da fuhr der Wesir fort: ,Lieber Herr, geh zu ihm und sprich zu ihm: König Schams ed-Daula lädt dich ein, denn er hat ein Gastmahl für dich bereitet. Er entbietet dir seinen Gruß und läßt dir sagen, du mögest seine Stätte durch dein Kommen ehren und von seiner Speise essen.' Da sagte der Eunuch: ,Bleib hier, ich will ihn befragen!' Nun blieb der Wesir in ehrfurchtsvoller Haltung stehen, während der Mârid zum Schlosse hinaufging und zu Dschaudar sprach: ,Wisse, mein Gebieter, der König schickte einen Emir zu dir mit fünfzig Mann; ich schlug ihn und jagte sie alle davon. Dann schickte er hundert; auch die schlug ich. Darauf sandte er zweihundert Mann; ich vertrieb sie desgleichen. Jetzt aber sendet er den Wesir zu dir ohne Waffen, und er lädt dich zu sich, damit du von seinem Gastmahle essest. Was sagst du?' ,Bring den Wesir hierher!', sagte Dschaudar. Da ging der Mârid hinunter und sprach zu ihm: ,Wesir, folge dem Rufe meines Herrn!' ,Herzlich gern', erwiderte jener, ging hinauf und trat zu Dschaudar ein. Da sah er, wie jener von größerer Pracht umgeben war als der König, und wie er auf einem Teppich saß, dessengleichen der König nicht ausbreiten konnte; und sein Sinn verwirrte sich ob all der Schönheit des Schlosses mit seinem Schmuck und Gerät, so daß er, der Wesir, sich im Vergleich zu Dschaudar wie ein Bettler vorkam. Dann küßte er den Boden und flehte Segen auf den Hausherrn herab. Der aber sprach zu ihm: ,Was ist dein Begehr, o Wesir?' ,Hoher Herr,' gab jener zur Antwort, ,König Schams ed-Daula, dein Freund, läßt dich grüßen, und er sehnt sich danach, dein Antlitz zu schauen. Er hat ein Gastmahl für dich bereitet; willst du kommen und seine Sehnsucht stillen?' Dschaudar erwiderte: ,Da er mein Freund ist, so grüße ihn und sage ihm, er möchte zu mir kommen.' ,Herzlich gern', sagte jener darauf. Nun zog Dschaudar den Ring heraus und rieb ihn; und als der Diener vor ihm stand, sprach er zu ihm: ,Bring mir ein Gewand von den allerbesten!' Als der Geist es gebracht hatte, sprach Dschaudar: ,Lege dies an, o Wesir.' Und nachdem der es angelegt hatte, fuhr Dschaudar fort: ,Geh hin und melde dem König, was ich dir gesagt habe!' Da ging er hinab, angetan mit dem Gewande, dessengleichen er zuvor noch nie getragen hatte; und als er wieder zum König eingetreten war, berichtete er ihm von der Pracht Dschaudars, pries den Palast und alles, was darinnen war, und schloß mit den Worten: ,Wisse, Dschaudar lädt dich ein.' Da rief der König: ,Auf ihr Mannen!' Alle sprangen auf; dann fuhr er fort: ,Besteigt eure Rosse und bringt mir meinen Renner, auf daß wir zu Dschaudar ziehen!' Und alsbald saß der König auf und ritt mit den Kriegern fort, und sie begaben sich zum Hause Dschaudars. Inzwischen aber hatte Dschaudar zu dem Mârid gesagt: ,Ich wünsche, daß du mir einige von den Dämonen bringst, die deinem Befehle unterstehen, die sollen in Menschengestalt Krieger sein und im Hofe des Schlosses stehen, so daß der König sie sieht. Sie werden ihm Furcht und Schrecken einjagen, sein Herz wird erbeben, und er wird erkennen, daß meine Macht größer ist als seine.' Da brachte der Mârid zweihundert Dämonen als Krieger verkleidet, mit prächtigen Waffen gerüstet, starke und kräftige Gestalten. Als nun der König ankam und die starken und stämmigen Leute sah, erschrak sein Herz vor ihnen. Dann schritt er im Palaste hinauf und trat zu Dschaudar ein. Dort sah er ihn sitzen in einer

424

Pracht, in der kein König und kein Sultan zu sitzen pflegte, und er begrüßte ihn und machte eine Verbeugung vor ihm. Aber Dschaudar erhob sich nicht vor ihm, erwies ihm auch keine Ehren und sagte nicht zu ihm: ‚Nimm Platz!' sondern ließ ihn stehen. – –«

Da bemerkte Schehrezâd, daß der Morgen begann, und sie hielt in der verstatteten Rede an. Doch als die *Sechshundertund-zweiundzwanzigste Nacht* anbrach, fuhr sie also fort: »Es ist mir berichtet worden, o glücklicher König, daß Dschaudar, als der König zu ihm eintrat, sich nicht vor ihm erhob, ihm auch keine Ehren erwies und nicht zu ihm sagte: ‚Nimm Platz!' sondern ihn stehen ließ, so daß die Furcht ihn beschlich und er sich weder setzen konnte noch davongehen und bei sich selber sprach: ‚Wenn er mich fürchtete, so würde er mich nicht so unbeachtet lassen; vielleicht wird er mir gar ein Leids antun wegen dessen, was ich seinen Brüdern zugefügt habe.' Darauf hub Dschaudar an: ‚O größter König unserer Zeit, es ziemt sich nicht für deinesgleichen, den Menschen Gewalt anzutun und ihnen ihr Hab und Gut zu nehmen.' ‚Hoher Herr,' erwiderte der König, ‚zürne mir nicht! Die Habgier trieb mich dazu, und das Schicksal mußte sich erfüllen; und gäbe es keine Sünde, so gäbe es auch keine Verzeihung.' So entschuldigte er sich bei ihm ob des Vergangenen und bat ihn um Vergebung und Verzeihung, und unter anderem führte er auch diese Verse zu seiner Entschuldigung an:

> O edler Ahnen Sproß, du stehest gütig da:
> Drum schilt mich nicht ob dessen, was durch mich geschah!
> Wenn du ein Unrecht tust, vergebe ich es dir;
> Wenn ich ein Unrecht tu, verzeihe du auch mir!

So demütigte er sich lange vor ihm, bis Dschaudar zu ihm sprach: ‚Allah vergebe dir!' und ihn sich setzen hieß. Nachdem der König sich gesetzt hatte, bezeigte Dschaudar ihm seine Gnade, und dann befahl er seinen Brüdern, die Tische zu breiten. Und als man gegessen hatte, verlieh er den Begleitern des Königs Ehrengewänder und gab ihnen Spenden. Dann hieß er den König aufbrechen; und der verließ das Haus Dschaudars. Doch hinfort kam er jeden Tag in dessen Schloß und hielt die Staatsversammlung nur noch in Dschaudars Hause ab; und es wuchs zwischen beiden die Vertraulichkeit und die Freundschaft. Eine Weile lebten sie so dahin; danach aber sagte der König zu seinem Wesir, als er mit ihm allein war: ‚Wesir, ich fürchte, Dschaudar wird mich töten und mir das Reich rauben.‘ ‚O größter König unserer Zeit,‘ erwiderte der Wesir, ‚daß er dir das Reich rauben will, brauchst du nicht zu fürchten; denn Dschaudars Rang, den er jetzt einnimmt, ist höher als der Rang eines Königs; und wenn er die Königswürde an sich risse, so würde dadurch sein Ansehen geschmälert. Doch wenn du fürchtest, er wolle dich töten, so hast du ja eine Tochter; gib sie ihm zur Gemahlin, so wirst du eng mit ihm verbunden sein.‘ Da bat der König: ‚O Wesir, sei der Vermittler zwischen mir und ihm!‘ Und jener fuhr fort: ‚Lad ihn zu dir ein; dann wollen wir die Nacht in einem der Säle verbringen! Und du befiehl deiner Tochter, daß sie sich aufs prächtigste schmücke und an der Tür des Saales vorbeigehe! Sobald er sie sieht, so wird er sie liebgewinnen; und wenn wir das an ihm bemerken, so will ich mich zu ihm neigen und ihm zuflüstern, daß sie deine Tochter ist. Und ich werde mit ihm darüber hin und her reden, während es scheint, daß du nichts davon weißt, bis er sie von dir zur Frau erbittet. Wenn du ihn mit deiner Tochter vermählt hast, so seid ihr beide nur noch ein einziges Wesen, und du bist sicher vor ihm; und wenn er stirbt, so erbst du von ihm all das große Gut.‘ ‚Du hast recht,

426

mein Wesir', sagte darauf der König und rüstete ein Festmahl. Zu dem lud er Dschaudar ein; und als dieser zum Schlosse des Sultans gekommen war, blieben sie im trautesten Beisammensein bis zum Abend in dem Saale. Der König aber hatte seiner Gemahlin melden lassen, sie solle der Prinzessin den prächtigsten Schmuck anlegen und mit ihr an der Tür des Saales vorübergehen. Sie tat, wie er befohlen hatte, und ging mit der Prinzessin vorüber. Als Dschaudar sie erblickte, sie, die an Schönheit und Anmut nicht ihresgleichen hatte, richtete er die Augen fest auf sie und seufzte: ,Aah!' Es war ihm, als ob seine Glieder sich verrenkten; denn in ihm entbrannte der sehnenden Liebe Kraft, und er war erfüllt von der heftigsten Leidenschaft. Und als er bleich ward, fragte der Wesir ihn: ,Der Himmel behüte dich vor Bösem, o mein Gebieter, warum muß ich sehen, daß du die Farbe wechselst und Schmerzen leidest?' Dschaudar erwiderte: ,O Wesir, wessen Tochter ist diese Maid? Sie hat mein Herz gefangen und mir den Verstand geraubt!' Da gab der Wesir zur Antwort: ,Sie ist die Tochter deines Freundes, des Königs. Wenn sie dir gefallen hat, so will ich mit dem König sprechen, daß er sie dir vermähle.' ,Ja, Wesir, sprich mit ihm!', bat Dschaudar, ,und so wahr ich lebe, ich will dir geben, was du nur verlangst, und will dem König als Morgengabe für sie alles geben, was er verlangt; so werden wir Freunde und Verwandte sein.' Da sagte der Wesir: ,Du sollst deinen Wunsch gewißlich erreichen'; und er flüsterte dem König zu: ,O größter König unserer Zeit, dein Freund Dschaudar wünscht dein Verwandter zu werden, und er wendet sich durch mich an dich, du mögest ihn mit deiner Tochter, der Prinzessin Âsija[1], vermählen. Drum enttäusche mich

1. So hieß nach der muslimischen Überlieferung die Frau Pharaos, die im Koran mit der Tochter Pharaos verwechselt ist.

nicht und nimm meine Vermittlung an; er will dir als Morgengabe für sie alles geben, was du nur immer verlangst.' Der König erwiderte darauf: ‚Die Morgengabe habe ich bereits erhalten, und die Tochter ist seine Dienstmagd; ich gebe sie ihm zum Weibe, und er ist gütig, wenn er sie annimmt.' – –«

Da bemerkte Schehrezâd, daß der Morgen begann, und sie hielt in der verstatteten Rede an. Doch als die *Sechshundertunddreiundzwanzigste Nacht* anbrach, fuhr sie also fort: »Es ist mir berichtet worden, o glücklicher König, daß der König Schams ed-Daula, als sein Wesir ihm sagte: ‚Dschaudar wünscht dein Verwandter zu werden, indem er sich mit deiner Tochter vermählt,' darauf erwiderte: ‚Die Morgengabe habe ich bereits erhalten, und die Tochter ist seine Dienstmagd, und er ist gütig, wenn er sie annimmt.' Die Nacht über blieben sie beisammen; am nächsten Morgen aber berief der König eine Staatsversammlung, zu der er hoch und niedrig entbot, und bei der auch der Scheich el-Islâm[1] zugegen war. Da erbat Dschaudar die Prinzessin zur Gemahlin; und als der König sprach: ‚Die Morgengabe habe ich bereits erhalten‛, ward der Ehevertrag geschrieben. Nun ließ Dschaudar die Satteltaschen mit den Juwelen herbeibringen und gab sie dem König als Morgengabe für die Prinzessin. Trommelwirbel hallte, und Flötenklang erschallte; die Hochzeit ward prächtig gefeiert, und Dschaudar ging zur Prinzessin ein. So waren er und der König eines Fleisches, und sie blieben viele Tage beieinander. Darauf starb der König. Nun verlangten die Truppen Dschaudar zum Sultan, und obwohl er sich dessen weigerte, drangen sie so lange in ihn, bis er nachgab und sie ihn zum Sultan ausriefen. Da befahl er, eine Moschee über dem Grabe des Königs

---

1. Er ist die oberste Autorität in Rechtsangelegenheiten; dies Amt wurde erst im 15. Jahrhundert begründet, aber der Titel ist älter.

Schams ed-Daula zu bauen, und setzte eine Stiftung für sie fest; und das war im Quartier der Büchsenmacher. Das Haus Dschaudars aber lag im Viertel der Jemenier; und als er Sultan geworden war, baute er Häuser und eine Gemeindemoschee; und so wurde jenes Viertel nach ihm benannt, und dessen Name war hinfort das Dschaudarîje-Viertel.[1] Doch er war nur kurze Zeit König. Nachdem er seine Brüder als Wesire eingesetzt hatte, den Sâlim als Wesir zur Rechten und den Salîm als Wesir zur Linken, blieben sie noch ein Jahr zusammen, länger nicht. Denn damals sprach Sâlim zu Salîm: ‚Bruder, wie lange soll dieser Zustand noch dauern? Sollen wir unser ganzes Leben damit vertrauern, daß wir Dschaudars Diener sind? Wir werden uns nie darüber freuen, daß die Macht und das Glück uns lacht, solange Dschaudar am Leben ist!‘ Und er fügte hinzu: ‚Wie sollen wir es nur beginnen, daß wir ihn töten und ihm den Ring und die Satteltaschen abnehmen?‘ Da sagte Salîm zu Sâlim: ‚Du bist klüger als ich; drum ersinne einen Plan für uns, durch den wir ihn zu Tode bringen können!‘ Jener gab ihm zur Antwort: ‚Wenn ich dir einen Plan ersinne, ihn umzubringen, willst du dann einwilligen, daß ich Sultan werde und du der Wesir zur Rechten bist, daß der Ring mir gehört und die Satteltasche dir?‘ Nachdem Salîm gesagt hatte: ‚Ich willige ein‘, kamen die beiden aus Liebe zur Welt und zur Macht überein, Dschaudar zu ermorden. Und diesen Anschlag gegen Dschaudar führten Salîm und Sâlim aus, indem sie zu ihm sprachen: ‚Lieber Bruder, wir möchten uns deiner rühmen, daß du unsere Häuser betrittst und als Gast von unserem Tische issest und unser Herz erfreuest!‘ Und voll Tücke fuhren sie fort: ‚Erfreue unser Herz und sei unser Gast!‘ Er antwortete: ‚Das ist nichts Böses. In wessen Haus soll das

1. Im westlichen Teile der Stadt Kairo.

Gastmahl sein?' Sâlim erwiderte: ‚In meinem Hause. Und nachdem du mein Gast gewesen bist, sollst du von meines Bruders Speise essen.' ‚Das ist gut so', sprach Dschaudar und ging mit Sâlim zu dessen Haus. Der ließ ihm die Speisen vorsetzen, nachdem er sie vergiftet hatte. Und kaum hatte Dschaudar davon gegessen, so zerfiel sein Leib. Sâlim aber sprang auf, um ihm den Ring vom Finger zu ziehen; und als ihm das nicht gelang, schnitt er den Finger mit dem Messer ab. Sofort rieb er den Ring; der Mârid erschien vor ihm und sprach: ‚Zu Diensten! Verlange, was du willst!' Und nun sprach Sâlim: Ergreif meinen Bruder und töte ihn! Dann nimm die beiden, den Vergifteten und den Getöteten, und wirf sie vor die Truppen hin!' Da packte der Geist den Salîm und tötete ihn; dann trug er die beiden Leichen hinaus und warf sie vor die Anführer der Truppen hin, die schon im Saale des Hauses an der Tafel saßen und speisten. Als sie Dschaudar und Salîm ermordet sahen, hoben sie ihre Hände von den Speisen, und, von Grauen ergriffen, fragten sie den Mârid: ‚Wer hat an dem König und an dem Wesir also gehandelt?' Jener antwortete: ‚Ihr Bruder Sâlim.' Und plötzlich trat Sâlim vor sie hin und rief: ‚Ihr Krieger, esset und seid guter Dinge! Ich habe den Ring von meinem Bruder Dschaudar gewonnen; und diesem Mârid da vor euch, dem Diener des Ringes, habe ich befohlen, meinen Bruder Salîm zu töten, damit er mir die Herrschaft nicht streitig mache; denn er ist ein Verräter, und ich mußte fürchten, daß er treulos an mir handeln würde. Da liegt Dschaudar tot vor euch. Ich bin Sultan über euch geworden! Wollt ihr mich anerkennen? Wo nicht, so reibe ich den Ring, und sein Diener wird euch töten, groß und klein.' – –«

Da bemerkte Schehrezâd, daß der Morgen begann, und sie hielt in der verstatteten Rede an. Doch als die *Sechshundertund-*

vierundzwanzigste Nacht anbrach, fuhr sie also fort: »Es ist mir berichtet worden, o glücklicher König, daß die Krieger, wie Sâlim zu ihnen sprach: ‚Wollt ihr mich als Sultan über euch anerkennen? Wo nicht, so reibe ich den Ring, und der Geist wird euch töten, groß und klein', ihm antworteten: ‚Wir erkennen dich an als König und Sultan!' Darauf befahl er, seine beiden Brüder zu begraben, und berief die Staatsversammlung. Ein Teil des Volkes ging mit dem Leichenzuge; andere aber liefen mit dem Prunkzuge vor Sâlim her. Und als sie in den Staatssaal kamen, setzte er sich auf den Thron, und das Volk huldigte ihm als dem König. Danach hub er an: ‚Ich will mich mit der Gattin meines Bruders vermählen.' Da ward ihm gesagt: ‚Die Tage ihrer Witwenschaft müssen erst vorüber sein.' Doch er rief: ‚Ich kenne weder Tage der Witwenschaft noch sonst etwas. Bei meinem Haupte, ich muß noch heute nacht zu ihr eingehen!' Nun ward der Ehevertrag geschrieben, und ein Bote ward gesandt, um es der Gemahlin Dschaudars, der Tochter des Königs Schams ed-Daula, zu melden. ‚Lasset ihn kommen!' erwiderte sie; und als er zu ihr eintrat, empfing sie ihn mit geheuchelter Freude und hieß ihn willkommen. Hernach aber tat sie ihm Gift ins Wasser und brachte ihn um. Darauf nahm sie den Ring und zerbrach ihn, auf daß ihn hinfort niemand mehr besitzen solle; auch zerriß sie die Satteltaschen. Und schließlich sandte sie zum Scheich el-Islâm und ließ ihm sagen: ‚Wählt euch einen König, der Herrscher über euch sei!' Dies ist alles, was uns von der Geschichte Dschaudars überliefert worden ist, und nichts fehlt daran.

Ferner ist mir berichtet worden

DIE GESCHICHTE
VON 'ADSCHÎB UND GHARÎB

Einst lebte in alten Zeiten ein mächtiger König, Kundamir geheißen; früher war er als tapferer Herrscher bekannt, als ein
Fürst, dem keiner widerstand, aber nun war er ein hochbetagter und hinfälliger Greis geworden. Dennoch schenkte Allah
der Erhabene ihm in seinem hohen Alter einen Sohn; den
nannte er 'Adschîb[1] wegen seiner Schönheit und Anmut, und
er übergab ihn den Pflegerinnen und Ammen, den Dienerinnen und Odalisken, bis daß er heranwuchs und größer ward
und volle sieben Jahre alt war. Da bestimmte sein Vater für ihn
einen Priester aus dem Volke seines Glaubens, und der unterwies ihn in ihren Satzungen, ihrem Unglauben und allem, was
dazu gehört, drei volle Jahre lang, bis daß er unterrichtet war,
von Willen entschlossen und im Geiste klar. So ward er ein
Gelehrter, redegewandt und als Philosoph bekannt, der sich
mit den Weisen maß und im Kreise der Rechtsgelehrten saß.
Als sein Vater das an ihm sah, gefiel es ihm. Darauf ließ er ihn
lehren, das Roß zu besteigen, mit der Lanze zu stoßen und
mit dem Schwerte zu schlagen, bis er ein tapferer Ritter geworden war. Und als er noch nicht zwanzig[2] Jahre alt war,
übertraf er schon die Menschen seiner Zeit in allen Dingen; er
kannte das Kriegshandwerk, ja, er war ein steifnackiger Tyrann und ein eigenwilliger, dämonischer Mann. Wenn er zu
Hatz und Jagd ausritt, zog er dahin inmitten von tausend Reitern, machte Raubzüge gegen die Ritter, trieb Wegelagerei und
raubte die Töchter der Könige und Fürsten. Da ward des Kla-
gens über ihn viel bei seinem Vater; und so rief der König fünf
seiner Sklaven zu sich und sprach zu ihnen, als sie vor ihm stan-

1. Wunderbar. – 2. Im Arabischen ‚zehn‘; das ist wohl ein Versehen.

432

den: ‚Ergreift den Hund da!' Alsbald fielen die Burschen über
'Adschîb her und fesselten ihm die Arme auf dem Rücken.
Darauf befahl er ihnen, sie sollten ihn schlagen; und sie hieben
auf ihn ein, bis er die Besinnung verlor. Und schließlich sperrte
er ihn in ein Verlies, in dem sich weder Himmel noch Erde,
weder Länge noch Breite erkennen ließ. Dort blieb er zwei
Tage und eine Nacht gefangen. Doch nun begaben sich die
Emire zum König, küßten den Boden vor ihm und legten
Fürbitte ein für 'Adschîb, also daß er ihm die Freiheit wiedergab. 'Adschîb wartete noch zehn Tage; dann aber drang er bei
Nacht, als der König schlief, zu ihm ein und schlug ihm mit
einem Hieb den Kopf ab. Als es Morgen ward, setzte 'Adschîb
sich auf den Königsthron seines Vaters und befahl seinen Mannen, vor ihn zu treten, in Stahl gepanzert und mit gezückten
Schwertern, und dann stellte er sie zur Rechten und zur Linken auf. Wie nun die Emire und Hauptleute eintraten, entdeckten sie, daß ihr König erschlagen war, und daß sein Sohn
auf dem Königsthrone saß; und ihre Sinne verwirrten sich.
'Adschîb aber sprach zu ihnen: ‚Ihr Leute, ihr habt gesehen, wie
es eurem König ergangen ist. Wer mir gehorcht, den will ich
ehren; wer mir aber zuwiderhandelt, mit dem werde ich ebenso verfahren wie mit dem König!' Als sie das von ihm hörten,
fürchteten sie, er würde ihnen ein Leid antun, und so riefen sie:
‚Du bist unser König und der Sohn unseres Königs!' und küßten den Boden vor ihm. Er freute sich darüber und dankte
ihnen. Dann befahl er, Geld und Gewänder zu bringen; und
er kleidete sie in prächtige Ehrengewänder und überhäufte sie
mit Geld, so daß sie ihn liebgewannen und ihm gehorchten.
Ebenso verlieh er Gewänder an die Statthalter und an die
Häuptlinge der Beduinen, den freien und den abhängigen; so
unterwarf sich ihm das Land, und seine Herrschaft ward von

allem Volke anerkannt, und er sprach Recht, gebot und verbot, eine Zeit von fünf Monaten. Da sah er im Schlafe ein Traumgesicht und wachte mit Furcht und Zittern auf; bis zum Morgen lag er schlaflos da. Dann setzte er sich auf den Thron, und als die Truppen sich rechts und links von ihm aufgestellt hatten, berief er die Traumausleger und die Sterndeuter und sprach zu ihnen: ‚Legt mir diesen Traum aus!' Sie fragten: ‚Was ist das für ein Traum, den du gesehen hast, o König?' Und er gab zur Antwort: ‚Ich sah meinen Vater vor mir liegen, und seine Scham war entblößt; da stieg aus ihr etwas empor, so groß wie eine Biene, und es ward immer größer, bis es war wie ein mächtiger Löwe mit Pranken gleich Dolchen. Und wie ich es mit Furcht und Staunen ansah, stürzte es plötzlich auf mich los, hieb mit seinen Pranken nach mir und riß mir den Bauch auf. Da erwachte ich mit Furcht und Zittern.' Die Traumdeuter blickten einander an und dachten nach, welche Antwort sie geben sollten. Dann huben sie an: ‚Mächtiger König, dieser Traum deutet auf ein Wesen hin, erzeugt von deinem Vater; zwischen dir und ihm wird Feindschaft sein, und er wird dich überwinden. Drum sei auf deiner Hut vor ihm wegen dieses Traumgesichtes!' Als 'Adschîb die Worte der Traumdeuter vernommen hatte, sprach er: ‚Ich habe keinen Bruder, den ich fürchten müßte; also ist diese eure Rede eitel Lüge.' Sie erwiderten: ‚Wir haben nur das kundgetan, was wir wissen.' Da ergrimmte er wider sie und ließ sie geißeln. Und alsbald erhob er sich, ging in den Palast seines Vaters, untersuchte die Odalisken des Getöteten und fand unter ihnen eine, die seit sieben Monaten schwanger war. Nun gab er zweien seiner Sklaven Befehl, indem er sprach: Nehmt diese Odaliske und bringt sie ans Meer und ertränkt sie!' Sie ergriffen sie bei der Hand, schleppten sie ans Meer und

434

wollten sie ertränken. Als sie aber die Odaliske anschauten und sahen, daß sie von großer Schönheit und Anmut war, sprachen sie: ‚Warum sollen wir diese Frau ertränken? Wir wollen sie in den Wald schleppen und durch sie in wunderbaren Liebesfreuden leben.‘ Und sie nahmen sie und zogen Tage und Nächte mit ihr umher, bis sie fern von allen Wohnungen waren. Dann gingen sie mit ihr in einen Hain, wo viele Bäume mit Früchten sprossen und die Bächlein flossen. Sie hatten verabredet, daß sie beide ihren Willen an ihr haben wollten; doch nun sagte jeder von den beiden: ‚Ich will es zuerst tun!‘ Und wie sie darüber miteinander stritten, kam plötzlich eine Schar von Schwarzen über sie; die Schwerter wurden gezückt, und beide Seiten griffen an. So kam es zu heißem Waffentanze, zu Hieb und zu Stich mit der Lanze; die beiden Sklaven kämpften nach Kräften; aber jene erschlugen sie schneller als im Augenblick. Nunmehr begann die Odaliske allein im Walde umherzuziehen; sie aß von den Früchten, die dort sprossen, und trank von den Bächen, die dort flossen, so lange, bis sie einen Knaben zur Welt brachte, braun und zart und von zierlicher Art. Den nannte sie el-Gharîb[1], weil er in der Fremde geboren war. Sie schnitt ihm die Nabelschnur ab, wickelte ihn in eins ihrer eigenen Kleider und säugte ihn; doch ihr Herz und ihre Seele trauerten um all das Ansehen und Wohlleben, das sie früher genossen hatte. – –«

Da bemerkte Schehrezâd, daß der Morgen begann, und sie hielt in der verstatteten Rede an. Doch als die *Sechshundertund-fünfundzwanzigste Nacht* anbrach, fuhr sie also fort: »Es ist mir berichtet worden, o glücklicher König, daß die Odaliske in dem Walde lebte, und daß ihr Herz und ihre Seele trauerten. Doch sie säugte ihr Söhnlein, obwohl sie voll Trauer und Furcht

1. Der Fremdling.

war ob ihrer Einsamkeit. Und wie sie eines Tages so dasaß in ihrem Elend, kamen plötzlich Reiter und Fußgänger des Wegs, mit Falken und Jagdhunden, und ihre Rosse waren beladen mit Kranichen, Reihern, irakischen Gänsen, Tauchern und anderen Wasservögeln, mit Tieren der Wildnis, Hasen, Gazellen, Antilopen, jungen Straußen, Luchsen, Wölfen und Löwen. Jene Beduinen zogen in den Wald und fanden die Odaliske, die ihren Sohn auf dem Schoße hatte und ihn säugte. Sie traten an sie heran und fragten sie: ‚Bist du ein Menschenkind oder ein Geisterwesen?‘ ‚Ich bin ein Menschenkind, ihr Herren der Araber!‘ antwortete sie; und sie taten es ihrem Emir kund. Der hieß Mirdâs und war der Häuptling des Stammes Kahtân; er war auf die Jagd gezogen mit fünfhundert Emiren, Leuten seines Stammes und seinen Vettern. Und sie hatten so lange gejagt, bis sie jene Odaliske trafen. Sie schauten sie an, und als sie ihnen erzählt hatte, was ihr widerfahren war, von Anfang bis zu Ende, da staunte der Fürst ob ihrer Abenteuer. Dann rief er seinen Leuten und seinen Vettern zu, die Jagd fortzusetzen, bis sie zum Lager der Kahtân kamen. Er aber nahm die Odaliske und wies ihr ein eigenes Zelt an und bestimmte fünf Sklavinnen für ihren Dienst. Und er gewann sie sehr lieb, ging zu ihr ein und wohnte ihr bei; und sie ward alsbald schwanger. Nachdem ihre Monde erfüllet waren, gebar sie einen Knaben und nannte ihn Sahîm el-Lail[1]; und er ward zusammen mit seinem Bruder von den Ammen erzogen, und er wuchs und gedieh unter dem Schutze des Emirs Mirdâs. Der übergab dann die beiden einem Lehrer, um sie in den Dingen ihres Glaubens unterrichten zu lassen. Und danach vertraute er sie den tapferen Haudegen der Araber an; die unterwiesen sie im Speerstechen, im Schwerthieb und im

1. Schütze der Nacht.

Pfeilschießen. Kaum hatten die beiden ihr fünfzehntes Lebensjahr vollendet, da hatten sie auch schon alles gelernt, was sie brauchten, und sie übertrafen jeden Helden des Stammes; denn Gharîb vermochte es mit tausend Rittern aufzunehmen, und sein Bruder Sahîm el-Lail desgleichen. Nun hatte Mirdâs viele Feinde; doch seine Araber waren die tapfersten unter den Beduinen, alle waren wackere Ritter, an deren Feuer niemand sich zu wärmen gewagt hätte. In seiner Nachbarschaft aber hauste ein Emir der Araber, des Namens Hassân ibn Thâbit, der war sein Freund. Dieser Emir hatte eine edle Jungfrau aus seinem Stamme gefreit und lud alle seine Freunde zur Feier ein, darunter auch Mirdâs, den Häuptling des Stammes Kahtân. Der leistete Folge und nahm aus seinem Volke dreihundert Ritter mit sich; vierhundert andere ließ er zurück zum Schutze der Frauen. Und er zog dahin, bis er bei Hassân ankam; jener zog ihm entgegen und wies ihm den höchsten Ehrenplatz an. Nachdem dann all die Ritter zur Hochzeit gekommen waren, ließ er die Gastmähler für sie rüsten und hatte hohe Freude an seinem Feste. Danach kehrten die Araber zu ihren Stätten zurück. Als aber Mirdâs bei seinem Lager ankam, sah er rings umher Erschlagene liegen, über denen zur Rechten und zur Linken die Raubvögel kreisten; da erbebte sein Herz. Er eilte ins Lager, und dort trat ihm Gharîb entgegen, gewappnet mit einem Kettenpanzer, und wünschte ihm Glück zur wohlbehaltenen Heimkehr. Doch Mirdâs rief: ‚Was bedeutet all dies, Gharîb?‘ Jener antwortete: ‚El-Hamal ibn Mâdschid hat uns mit seiner Schar von fünfhundert Rittern überfallen.‘ Der Grund dieses Überfalls aber war folgender: Der Emir Mirdâs hatte eine Tochter, die Mahdîja hieß, so schön, wie noch nie jemand eine Maid gesehen hatte. Davon hörte el-Hamal, der Häuptling des Stammes Nabhân; und alsbald machte er sich mit fünfhundert Rittern auf, begab sich zu Mirdâs und warb um Mahdîja. Jener aber nahm ihn nicht an, so daß der Freier enttäuscht heimkehren mußte. Nun wartete er, bis Mirdâs fortgezogen war, um der Einladung Hassâns Folge zu leisten. Dann saß er mit seinen Recken auf und fiel plötzlich über die Söhne Kahtâns her; da ward ein Teil der Ritter erschlagen, während die übrigen in die Berge flüchteten. Gharîb aber und sein Bruder waren mit hundert Reitersleuten zu Jagd und Hatz fortgeritten, und sie kehrten erst um die Mittagszeit zurück. Da mußten sie sehen, daß el-Hamal und seine Schar das Lager mit allem, was darinnen war, erobert hatten; ja, sie hatten die Töchter des Stammes gefangen genommen, und el-Hamal hatte Mahdîja, die Tochter von Mirdâs, geraubt und trieb sie nun mit dem Gefangenentroß vor sich her. Als Gharîb solches erschaute, ward er außer sich vor Wut und schrie seinen Bruder Sahîm el-Lail an: ‚O du Sohn einer Verfluchten, sie haben unser Lager geplündert und unsere Frauen und Kinder geraubt! Auf, und den Feinden nach, laß uns die Gefangenen befreien, Männer und Frauen und Kinder!‘ Und sofort stürzten Sahîm el-Lail und Gharîb mit den hundert Rittern auf die Feinde los. Immer höher loderte der Grimm Gharîbs, und er ließ, wie ein Schnitter, die Köpfe niedersinken und gab den Helden die Todesbecher zu trinken, bis er zu el-Hamal durchdrang und dort unter den Gefangenen Mahdîja erblickte. Da sprengte er wider el-Hamal, traf ihn mit der Lanze und warf ihn von seinem Schlachtrosse; und ehe noch die Zeit des Nachmittagsgebetes gekommen war, hatte er bereits den größten Teil der Feinde niedergemacht und die übrigen in die Flucht getrieben. So konnte Gharîb die Gefangenen befreien, und er kehrte zu den Zelten zurück, das Haupt von el-Hamal auf seiner Lanzenspitze. Dabei sang er diese Verse:

Ich bin bekannt am Tag der Schlacht im Blachgefild;
Der Erdengeister Schar erschrickt vor meinem Bild.
Ich hab ein Schwert: wenn das in meiner Rechten saust,
So kommt von meiner Linken Tod einhergebraust.
Ich hab auch einen Speer: wes Auge ihn erreicht,
Der sieht dort eine Spitze, die dem Neumond gleicht.
Ich bin Gharîb genannt, der Held des Stammes mein;
Und ich bin nie verzagt, ist meine Schar auch klein.

Kaum hatte Gharîb sein Lied gesungen, da kam Mirdâs und
sah, wie die Erschlagenen umherlagen und die Raubvögel über
ihnen zur Rechten und zur Linken kreisten. Da ward er wie
von Sinnen und sein Herz erbebte. Gharîb aber tröstete ihn;
denn nachdem er ihm zur wohlbehaltenen Heimkehr Glück
gewünscht hatte, berichtete er ihm alles, was im Lager vorgefallen war seit der Abreis des Emirs. Da dankte Mirdâs ihm
für das, was er getan hatte, und sprach: ‚An dir war die Erziehung nicht verloren, Gharîb!' Dann stieg Mirdâs in seinem
Häuptlingszelte ab; die Mannen drängten sich um ihn, und
der ganze Stamm pries Gharîb und sprach: ‚O unser Emir,
wenn Gharîb nicht gewesen wäre, so wäre nicht einer vom
Stamme gerettet worden!' Und von neuem dankte Mirdâs ihm
für seine Heldentaten. – –«

Da bemerkte Schehrezâd, daß der Morgen begann, und sie
hielt in der verstatteten Rede an. Doch als die *Sechshundertund-*
sechsundzwanzigste Nacht anbrach, fuhr sie also fort: »Es ist mir
berichtet worden, o glücklicher König, daß Mirdâs, als er zu
seinem Lager zurückgekehrt war und seine Mannen zu ihm
kamen und Gharîb priesen, ihm von neuem für seine Heldentaten dankte. Der aber war, als er Mahdîja in der Gefangenschaft el-Hamals gesehen und den Räuber getötet und sie von
ihm befreit hatte, von den Pfeilen ihrer Blicke getroffen und
in das Netz der Liebe zu ihr verstrickt, also daß sein Herz sie

nicht mehr vergessen konnte; er versank im Meere der Sehnsucht, bedeckt von der Liebe Wunden, des Schlafes Süße war ihm entschwunden, Speise und Trank wollte ihm nicht mehr munden. Er begann sein Roß zu tummeln und in Bergeshöhen hinaufzudringen, dort Verse zu singen und erst heimzukehren, wenn die Abendschatten ihn umfingen. So waren an ihm die Zeichen der Liebe und Leidenschaft sichtbar. Er entdeckte sein Geheimnis einem seiner Freunde, und bald ward es im ganzen Stamme ruchbar, bis es auch Mirdâs zu Ohren kam. Der begann zu donnern und zu blitzen, aufzuspringen und niederzusitzen, zu hauchen und zu fauchen und Schmähworte gegen Sonne und Mond zu gebrauchen; und er rief: ‚Das ist der Lohn für den, der Bastarde aufzieht! Jedoch, wenn ich Gharîb nicht töte, so will ich mit Schande bedeckt sein.‘ Dann fragte er einen der Weisen des Stammes um Rat, wie er Gharîb zu Tode bringen könne, und offenbarte ihm so sein Geheimnis. Jener erwiderte ihm: ‚O Emir, erst gestern hat er deine Tochter aus der Gefangenschaft befreit. Wenn er denn wirklich sterben muß, so laß es durch eine andere Hand geschehen als durch die deine, damit niemand dich in Verdacht habe.‘ Darauf sagte Mirdâs: ‚Ersinne mir einen Plan, ihn zu töten! Ich weiß niemanden als dich, durch den er zu Tode kommen kann.‘ ‚O Emir,‘ fuhr der Weise fort, ‚warte, bis er zu Jagd und Hatz auszieht; dann nimm tausend Reiter mit dir und lege ihm in einer Höhle einen Hinterhalt! Kommt er dann ahnungslos vorüber, so fallet alle über ihn her und schlagt ihn in Stücke; so wirst du von der Schande befreit sein!‘ Mirdâs sprach: ‚So ist es recht‘, und wählte aus seinem Volke hundertundfünfzig Ritter aus, gewaltige Recken, und spornte und feuerte sie an, den Gharîb zu töten. Von da an lauerte er immer, bis Gharîb zur Jagd auszog; und als der Held weit über

Berg und Tal entfernt war, zog er mit seinen elenden Rittern aus, und sie legten ihm einen Hinterhalt am Wege; wenn er von der Jagd heimkehrte, wollten sie wider ihn hervorbrechen und ihn totschlagen. Doch als Mirdâs und seine Leute dort zwischen den Bäumen auf der Lauer lagen, fielen plötzlich fünfhundert Recken über sie her, erschlugen sechzig von ihnen und nahmen die übrigen neunzig gefangen; dem Mirdâs aber fesselten sie die Hände auf dem Rücken. Der Grund von alledem war dieser. Als el-Hamal und seine Leute erschlagen waren, eilten die Überlebenden immer weiter auf ihrer Flucht dahin, bis sie zu seinem Bruder kamen; dem meldeten sie, was geschehen war. Da machte er einen Höllenlärm, rief seine Recken zusammen und wählte aus ihnen fünfhundert Reiter aus, deren jeder fünfzig Ellen lang war, und machte sich auf, um Blutrache für seinen Bruder zu nehmen. Sie trafen aber auf Mirdâs und seine Helden, und zwischen ihnen geschah, was geschehen war. Nachdem nun Mirdâs und seine Leute gefesselt waren, machten der Bruder el-Hamals und seine Leute halt, und er gab ihnen das Zeichen, sich auszuruhen, indem er hinzufügte: ‚Ihr Leute, die Götzen haben es uns leicht gemacht, Blutrache zu nehmen; nun bewachet Mirdâs und seine Leute, bis ich sie fortführe und des schmählichsten Todes sterben lasse!' Wie Mirdâs sich nun gefesselt sah, bereute er, was er getan hatte, und er sagte sich: ‚Dies ist der Lohn für den Frevel!' Der Feind aber verbrachte die Nacht froh über den Sieg, während Mirdâs und seine Gesellen in ihrer Gefangenschaft nicht mehr auf Lebenshoffnung bauten und den sicheren Tod vor Augen schauten.

Wenden wir uns nun von Mirdâs zu Sahîm el-Lail! Der war verwundet daheim geblieben und begab sich zu seiner Schwester Mahdîja. Die erhob sich vor ihm, küßte ihm die Hände und sprach zu ihm: ‚Nie verdorren mögen die Hände dein, und nie mögen deine Feinde schadenfroh sein! Wäret ihr nicht gewesen, du und Gharîb, so wären wir nicht aus der Gefangenschaft bei den Feinden befreit. Vernimm jedoch, mein Bruder, dein Vater ist mit hundertundfünfzig Reitern ausgezogen und will Gharîb umbringen! Du weißt, daß Gharîbs Tod ein großer Verlust wäre; denn er hat ja eure Ehre gewahrt und euer Gut gerettet.' Als Sahîm diese Worte hörte, da ward das helle Tageslicht finster vor seinem Angesicht. Und er legte die Schlachtrüstung an, bestieg seinen Renner und eilte dorthin, wo sein Bruder jagte. Da sah er, daß jener viel Wild erjagt hatte, und er ritt auf ihn zu, begrüßte ihn und sprach: ‚Lieber Bruder, gehst du fort, ohne es mir zu sagen?' ‚Bei Allah,' erwiderte Gharîb, ‚ich hab es nur deshalb nicht getan, weil ich dich verwundet sah und dir Ruhe gönnen wollte.' Darauf sagte Sahîm: ‚Lieber Bruder, nimm dich vor meinem Vater in acht!', und er erzählte ihm, was geschehen war, daß nämlich Mirdâs mit hundertundfünfzig Rittern ausgezogen sei, um ihn zu töten. Gharîb rief: ‚Allah möge seinen Verrat gegen seinen eigenen Hals wenden!' Dann machten Gharîb und Sahîm sich auf den Heimweg zum Zeltlager; doch die Nacht überraschte sie, und da zogen sie auf dem Rücken der Pferde weiter, bis sie zu dem Tale kamen, in dem sich der Feind befand; und sie hörten das Wiehern der Rosse im Dunkel der Nacht. ‚Bruder,' sagte Sahîm, ‚das ist mein Vater mit seiner Schar, die in diesem Tale im Hinterhalte liegen. Laß uns dies Tal meiden!' Gharîb aber war schon von seinem Pferde abgestiegen, und nun warf er seinem Bruder den Zügel zu, indem er sprach: ‚Bleib stehen, wo du bist, bis ich zu dir zurückkehre!' Dann ging er weiter, bis er die Leute sah, und entdeckte, daß sie nicht von seinem Stamme waren; doch hörte er, daß sie von Mirdâs spra-

442

chen und sagten: ‚Wir wollen ihn erst in unserem eigenen
Lande töten.‘ Nun wußte er, daß sein Oheim Mirdâs bei ihnen
gefangen war, und er sagte sich: ‚Beim Leben Mahdîjas, ich
will nicht eher fortgehen, als bis ich ihren Vater befreit habe;
ich will ihr keinen Kummer machen!‘ Dann begann er, Mirdâs zu suchen, und suchte so lange, bis er ihn gefunden hatte,
ihn, der mit Stricken festgebunden war. Da setzte er sich neben
ihn und flüsterte ihm zu: ‚Der Himmel befreie dich, mein
Oheim, aus dieser Schmach und diesen Fesseln!‘ Als Mirdâs
Gharîb erkannte, war er wie von Sinnen, und er sprach zu ihm:
‚Mein Sohn, ich stehe in deinem Schutze. Befreie mich nun
um der Pflicht gegen den Erzieher willen!‘ Gharîb aber fragte
ihn: ‚Willst du mir, wenn ich dich befreie, Mahdîja geben?‘
‚Mein Sohn,‘ erwiderte er, ‚bei allem, was ich heilig halte, sie
ist dein für alle Zeit!‘ Da löste er ihm die Fesseln und sprach zu
ihm: ‚Geh zu den Pferden; denn dort ist dein Sohn Sahîm!‘
Alsbald schlich Mirdâs fort, bis er zu seinem Sohne kam; und
der freute sich seiner und beglückwünschte ihn zu seiner Rettung. Darauf band Gharîb die Gefangenen los, einen nach dem
anderen, bis er alle neunzig Ritter befreit hatte. Und als alle
fern von den Feinden waren, ließ Gharîb Waffen und Rosse
für sie holen; dann sprach er zu ihnen: ‚Sitzt auf und zerstreut
euch rings um den Feind und erhebt den Kriegsruf; euer Kriegsruf sei: ‚O Volk von Kahtân!‘ Und wenn sie erwachen, so
rückt von ihnen ab und umringt sie in weiterer Ferne.‘ Dann
wartete er bis zum letzten Drittel der Nacht und rief: ‚O Volk
von Kahtân!‘ Und seine Leute riefen desgleichen: ‚O Volk
von Kahtân!‘ alle wie ein Mann. Da hallten die Berge wider,
so daß die Feinde vermeinten, der ganze Stamm habe sie überfallen. Und sie griffen zu den Waffen und fielen übereinander
her. – –«

Da bemerkte Schehrezâd, daß der Morgen begann, und sie hielt in der verstatteten Rede an. Doch als die *Sechshundertundsiebenundzwanzigste Nacht* anbrach, fuhr sie also fort: »Es ist mir berichtet worden, o glücklicher König, daß die Feinde, als sie aus dem Schlafe erwachten und Gharîb und seine Leute schreien hörten: ‚O Volk von Kahtân!' vermeinten, das ganze Volk von Kahtân habe sie überfallen, und daß sie zu den Waffen griffen und mordend übereinander herfielen. Gharîb und seine Leute aber hielten sich zurück, während die Feinde einander erschlugen, bis es Tag ward. Da griffen Gharîb und Mirdâs und die neunzig Recken die übriggebliebenen Feinde an und töteten einige von ihnen, während die anderen flüchteten. Nun erbeuteten die Söhne Kahtans die herrenlosen Rosse und die Waffen der Erschlagenen und machten sich auf den Weg zu ihrem Lager, Mirdâs aber konnte noch gar nicht glauben, daß er von den Feinden befreit war. Sie zogen rasch dahin, bis sie bei ihrem Stamme ankamen; und dort kamen ihnen die Zurückgebliebenen entgegen und freuten sich über ihre glückliche Heimkehr. Alle stiegen bei ihren Zelten ab. Auch Gharîb begab sich in sein Zelt, und alle Jünglinge des Stammes drängten sich um ihn, und groß und klein begrüßte ihn. Als Mirdâs sah, wie die jungen Männer Gharîb umringten, haßte er ihn noch mehr als früher, und er ging zu den Seinen und sprach zu ihnen: ‚Jetzt ist der Haß auf Gharîb noch stärker geworden in meinem Herzen, und nichts quält mich so sehr, wie daß ich diese Burschen ihn umdrängen sehe. Und morgen wird er gar Mahdîja von mir verlangen!' Da sagte sein Ratgeber zu ihm: ‚O Emir, verlange von ihm etwas, das er nicht ausführen kann!' Erfreut konnte nun Mirdâs die Nacht über ruhig schlafen bis zum Morgen. Dann ließ er sich auf seinem Häuptlingssitz nieder, und die Araber versammelten sich bei ihm. Da kam auch

444

Gharîb, umringt von seinen Mannen und den jungen Helden, und er trat vor Mirdâs hin und küßte den Boden vor ihm. Der tat erfreut, erhob sich vor ihm und ließ ihn zu seiner Seite sitzen. Darauf hub Gharîb an: ‚Mein Oheim, du hast mir ein Versprechen gegeben; erfülle es nun!' ‚Mein Sohn,' gab Mirdâs zur Antwort, ‚sie ist dein für alle Zeit; aber es fehlt dir an Gut!' Gharîb entgegnete: ‚Mein Oheim, verlange von mir, was du willst! Ich will die Emire der Araber in ihren Lagern überfallen, ja auch die Könige in ihren Städten, und ich will dir so viel Herden bringen, daß die ganze Welt von Osten bis Westen davon erfüllt wird.' Da fuhr Mirdâs fort: ‚Mein Sohn, ich habe bei allen Götzen geschworen, Mahdîja nur dem zu geben, der meine Blutrache vollstreckt und meine Schande zudeckt.' ‚Sag mir, mein Oheim,' fragte Gharîb, ‚wem unter den Königen gilt deine Blutrache, auf daß ich zu ihm eile und seinen Thron auf seinem Schädel zerschmettere?' Mirdâs erwiderte: ‚Mein Sohn, ich hatte einst einen Sohn, einen Held der Helden, der zog mit hundert Recken aus zu Jagd und Hatz; er ritt von Tal zu Tal und war schon weit ins Bergland vorgedrungen, als er zum Tale der Blumen kam und zum Schlosse des Hâm ibn Schîth ibn Schaddâd ibn Chald. An jener Stätte aber, mein Sohn, haust ein schwarzer Riese, der ist siebenzig Ellen lang und kämpft mit Bäumen. Er reißt die Bäume aus der Erde und schwingt sie dann als Waffen. Als mein Sohn damals in jenes Tal kam, zog dieser Riese wider ihn aus und erschlug ihn samt den hundert Rittern; nur drei Ritter von ihnen konnten sich retten, und die kamen und berichteten uns, was geschehen war. Da sammelte ich die Helden und machte mich auf zum Streite mit ihm. Aber wir vermochten nichts wider ihn, und so traure ich immer noch wegen der unerfüllten Rache für meinen Sohn. Deshalb habe ich auch geschworen, meine Tochter nur dem zu vermählen, der Rache für meinen Sohn nimmt.' Als Gharîb diese Worte von Mirdâs hörte, rief er: ‚Oheim, ich will wider diesen Riesen zu Felde ziehen und Rache für deinen Sohn nehmen, mit der Hilfe Allahs des Erhabenen!'[1] ‚O Gharîb,' erwiderte Mirdâs, ‚wenn du ihn bezwingst, so wirst du von ihm Reichtümer und Schätze erbeuten, die kein Feuer verzehren kann.' Nun sagte Gharîb: ‚Beschwöre mir vor Zeugen, daß du mir deine Tochter zum Weibe geben willst, so daß ich ruhigen Herzens ausziehen kann, mein Glück zu suchen.' Mirdâs beschwor es und rief die Ältesten des Stammes als Zeugen an. Gharîb aber ging fort, voller Freude, daß er sein Ziel erreicht habe, begab sich zu seiner Mutter und erzählte ihr, wie es ihm ergangen war. Doch sie sprach zu ihm: ‚Mein Sohn, wisse, Mirdâs haßt dich, und er sendet dich nur deshalb in jene Berge, damit er mich deiner beraubt. Drum nimm mich mit dir, ich will fortziehen aus dem Lande dieses Tyrannen!' Gharîb entgegnete: ‚Liebe Mutter, ich will nicht eher fortziehen, als bis ich mein Ziel erreicht und meinen Feind bezwungen habe!' Dann ruhte er die Nacht über, bis der Morgen sich einstellte und die Welt mit seinem Licht und Glanz erhellte. Und kaum hatte er seinen Renner bestiegen, da kamen auch schon seine Freunde, die jungen Männer, zweihundert trutzige Ritter an der Zahl, bewaffnet vom Kopf bis zu den Füßen, und riefen ihm zu: ‚Laß uns mit dir ziehen, wir wollen dir helfen und dich auf deiner Fahrt als Freunde begleiten!' Erfreut antwortete Gharîb ihnen: ‚Allah lohne es euch mit Gutem an meiner Statt!' Und er fügte hinzu: ‚Wohlan denn, meine Freunde, auf zur Fahrt!' Nun ritten Gharîb und seine Gefährten den ersten und den zweiten Tag dahin; am Abend machten sie am Fuße eines ragenden Berges halt und fütterten ihre Pferde. Gharîb

1. Hier setzt der Erzähler bereits voraus, daß Gharîb Muslim ist.

446

aber ging fort und wanderte auf jenen Berg hinauf, bis er zu einer Höhle kam, aus der ein Licht hervorschien. Er drang hinein bis an das obere Ende der Höhle, und dort fand er einen Greis, der war dreihundertundvierzig Jahre alt, und ihm hingen die Brauen über die Augen, und sein Bart bedeckte seinen Mund. Als Gharîb jenen Alten erblickte, ward er von Scheu und Ehrfurcht vor einer solchen Gestalt erfüllt. Der Greis aber sprach zu ihm: ‚Mich dünkt, du gehörst zu den Ungläubigen, mein Sohn, die da Steine verehren und nicht den König der allgewaltigen Macht, den Erschaffer von Tag und Nacht und von der kreisenden Sphären Pracht.‘ Wie Gharîb diese Worte aus dem Munde des Alten vernahm, erzitterten seine Glieder, und er fragte: ‚O Scheich, wo ist dieser Herr, auf daß ich ihm diene und mich an ihm satt sehe?‘ ‚Mein Sohn,‘ erwiderte der Greis, ‚dies ist der allmächtige Herr, den niemand in der Welt schauen kann. Er sieht, aber Er wird nicht gesehen. Er ist von Angesicht der Erhabenste, und Er ist allgegenwärtig in Seinen Werken. Er ruft alles Seiende ins Leben; Er läßt die Zeit das Schicksal weben; Er hat Menschen und Geistern das Dasein gegeben. Er hat die Propheten ausgesandt, um die Menschheit auf den rechten Weg zu leiten; und wer Ihm gehorcht, den führt Er ins Paradies, doch wer sich Ihm widersetzt, den wirft Er ins Höllenfeuer.‘ Und weiter fragte Gharîb: ‚Mein Oheim, was muß man sagen, so man diesen allgewaltigen Herren anbetet, der da mächtig ist über alle Dinge?‘ ‚Mein Sohn,‘ gab der Greis ihm zur Antwort, ‚wisse, ich bin von einem Stamme, ’Âd genannt, der da rebellisch war im Land und der nicht an Gott glaubte. Da sandte Allah ihnen einen Propheten, des Namens Hûd; den nannten sie einen Lügner, und da wurden sie durch einen todbringenden Wind vernichtet. Ich aber mit einigen meines Stammes war gläubig geworden, und so entrannen wir dem Unheil. Ich war auch bei dem Stamme der Thamûd und sah, wie es ihnen und ihrem Propheten Sâlih erging.[1] Und nach Sâlih entsandte Allah der Erhabene einen Propheten namens Abraham, den Freund, zu Nimrod, dem Sohne Kanaans, und ihm geschah bei jenem, was geschehen ist. Meine Gefährten, die gläubig geworden waren, sind gestorben, und nun diene ich Allah in dieser Höhle, und Er, der Erhabene, versorgt mich, ohne daß ich mich darum mühe.' ,Oheim,' fragte Gharîb weiter, ,was muß ich sagen, auf daß auch ich zum Volke dieses allmächtigen Herrn gehöre?' Der Greis erwiderte: ,Sprich: Es gibt keinen Gott außer Allah; Abraham ist der Freund Allahs!' Da nahm Gharîb mit Herz und Zunge den Islam an; und der Alte sprach zu ihm: ,Möge die Süße des Islams und des wahren Glaubens in deinem Herzen festgegründet sein!' Dann lehrte er ihn noch einiges von den göttlichen Verordnungen und Schriften, und schließlich fragte er ihn: ,Wie heißest du?' Der Jüngling erwiderte: ,Ich heiße Gharîb!' Weiter fragte der Greis: ,Wohin willst du ziehen, Gharîb?' Da erzählte jener ihm seine ganze Geschichte von Anfang bis zu Ende, bis er auch von dem Ghûl des Berges sprach, gegen den er ausgezogen war. – –«

Da bemerkte Schehrezâd, daß der Morgen begann, und sie hielt in der verstatteten Rede an. Doch als die *Sechshundertundachtundzwanzigste Nacht* anbrach, fuhr sie also fort: »Es ist mir berichtet worden, o glücklicher König, daß Gharîb, als er Muslim geworden war und dem Alten seine ganze Geschichte von Anfang bis zu Ende erzählt hatte, bis er auch von dem Ghûl des Berges sprach, gegen den er ausgezogen war, von

1. Die Legenden von 'Âd und Thamûd stammen bekanntlich aus dem Koran. Unter Thamûd verstand Mohammed die früheren Einwohner von Hegra in Nordwestarabien, die Nabatäer.

dem Greise gefragt ward: ‚O Gharîb, bist du von Sinnen, daß du allein gegen den Ghûl des Berges ziehst?‘ ‚Mein Gebieter,‘ antwortete der Jüngling, ‚ich habe zweihundert Ritter bei mir.‘ Doch der Alte fuhr fort: ‚Und wenn du auch zehntausend Ritter bei dir hättest, du würdest doch nichts wider ihn vermögen; denn sein Name ist ‚Ghûl Menschenfresser Gottseibeiuns‘. Er gehört zu den Kindern Hams, und sein Vater hieß Hindi; der war es, der Indien besiedelte und nach dem das Land benannt wurde, und er hinterließ diesen Sohn, den er Ghûl Sa'dân genannt hatte. Der war nun, mein Sohn, ein steifnackiger Tyrann und ein eigenwilliger, teuflischer Mann, der keine andere Speise kannte als Menschenfleisch. Sein Vater hatte vor seinem Tode es ihm verboten, aber er ließ es sich nicht verbieten, sondern ward immer gottloser. Da verstieß ihn sein Vater und jagte ihn aus dem Lande Indien hinaus, nach Kämpfen und schweren Mühen. So kam er in dies Land, verschanzte sich und blieb hier wohnen; und jetzt verlegt er allen, die da kommen und gehen, den Weg und kehrt dann in seine Behausung zurück, die in diesem Tale liegt. Er hat auch fünf Söhne erzeugt, gewaltige, starke Gesellen, von denen ein jeder es mit tausend Helden aufnimmt; und er hat mit seiner Beute an Schätzen und Waren, an Rossen, Kamelen, Rindern und Schafen fast das Tal gesperrt. Ich bin in Sorge um dich seinetwegen, und ich flehe zu Allah dem Erhabenen, daß Er dir den Sieg über ihn verleihe durch das Bekenntnis der Einheit Gottes. Wenn du die Ungläubigen angreifst, so rufe: Allah ist der Größte! denn dieser Ruf macht die Ungläubigen zuschanden.‘ Darauf gab der Alte dem Jüngling eine stählerne Keule, die wog hundert Pfund und war mit zehn Ringen versehen, die wie der Donner klangen, wenn der Träger sie schwang; ferner schenkte er ihm ein Schwert, das war aus einem Donnerkeil geschmiedet, drei Ellen lang und drei Spannen breit, und wenn es auf einen Felsen schlug, so spaltete es ihn in zwei Hälften. Und schließlich reichte er ihm einen Panzer, einen Schild und ein Heiliges Buch, indem er zu ihm sprach: ‚Geh hin zu deinen Leuten und biete ihnen den Islam dar!' Da ging Gharîb fort, froh über den islamischen Glauben, und begab sich zu seinen Mannen; die begrüßten ihn und sprachen: ‚Weshalb bist du so lange von uns fortgeblieben?' Und er erzählte ihnen, was ihm begegnet war, von Anfang bis zu Ende, und bot ihnen den Islam dar. Darauf wurden sie allzumal Muslime; und nachdem sie die Nacht dort zugebracht hatten, saß Gharîb in der Frühe auf und begab sich zu dem Alten, um von ihm Abschied zu nehmen; nachdem er das getan hatte, verließ er ihn und machte sich auf den Rückweg zu seinen Mannen. Da kam plötzlich ein Ritter daher, starrend in eiserner Wehr, von dem man nur die Augenwinkel sehen konnte. Der stürzte auf Gharîb ein und rief ihm zu: ‚Du Abschaum der Araber, was du trägst, lege ab; sonst werf ich dich in das Verderben hinab!' Doch Gharîb sprengte auf ihn los, und es entbrannte zwischen ihnen ein Kampf, der war so grausig, daß kleinen Kindern graue Haare sprossen und harte Felsen zerflossen. Dann aber hob der Beduine das Visier, und siehe, es war Sahîm el-Lail, der Bruder Gharîbs von Mutters Seite, der Sohn des Emir Mirdâs. Der Grund, weshalb er ausgeritten und dorthin gekommen war, lag darin, daß er, als Gharîb wider den Ghûl des Berges auszog, abwesend war; und als er bei seiner Rückkehr den Bruder nicht sah, ging er zu seiner Mutter und traf sie weinend. Da fragte er sie, warum sie weine, und sie berichtete ihm, wie es dazu gekommen war, daß sein Bruder fortzog; sofort, ohne sich Ruhe zu gönnen, legte er die Kriegsrüstung an, bestieg seinen Renner und ritt davon, bis er seinen

Bruder einholte, und dann geschah zwischen ihnen, was geschehen war. Wie nun Sahîm sein Antlitz enthüllte, erkannte Gharîb ihn, und er grüßte ihn und sprach: ‚Was hat dich zu solcher Tat getrieben?‘ Jener erwiderte: ‚Ich wollte mich mit dir messen im Waffentanze und meine Kraft erproben mit Schwert und Lanze.‘ Dann ritten sie zusammen weiter, und Gharîb bot seinem Bruder den Islam dar, und der nahm ihn an; so zogen sie immer weiter, bis sie in das Tal kamen.

Als der Ghûl des Berges den Staub sah, den die Reiter aufwirbelten, rief er: ‚Meine Söhne, sitzet auf und holt mir die Beute dort!‘ Da stiegen die fünf zu Rosse und ritten auf sie zu. Wie aber Gharîb die fünf Riesen auf sich und die Seinen losstürmen sah, spornte er seinen Renner an und rief ihnen zu: ‚Wer seid ihr? Was ist eure Art? Und was begehrt ihr?‘ Da ritt Falhûn ibn Sa'dân, der älteste von den Söhnen des Bergghûls, hervor und rief: ‚Steigt ab von euren Pferden und fesselt einander! Wir wollen euch zu unserem Vater treiben, auf daß er die einen von euch röste und die anderen koche; denn er hat schon lange kein Menschenfleisch mehr gegessen.‘ Kaum hatte Gharîb diese Worte gehört, da sprengte er wider Falhûn, indem er die Keule schwang, daß die Ringe wie der rollende Donner erklangen und Falhûn verwirrt wurde. Dann schlug er ihn mit der Keule; doch es war nur ein leichter Schlag, der ihn zwischen den Schultern traf, und so fiel der Riese wie ein hochstämmiger Palmbaum zu Boden. Sahîm aber und einige der Ritter fielen über Falhûn her und fesselten ihn; dann legten sie ihm einen Strick um den Hals und zogen ihn dahin wie eine Kuh. Als die anderen Riesen sahen, daß ihr Bruder gefangen war, wollten sie Gharîb angreifen; aber der nahm sie alle gefangen, nur nicht den fünften, der enteilte flüchtig und kam zu seinem Vater. Der fragte ihn: ‚Was ist geschehen? Wo sind deine Brüder?' Jener antwortete ihm: ‚Ein bartloser Jüngling, vierzig Handwurzeln hoch, hat sie gefangen genommen.' Wie der Bergghûl diese Worte vernahm, rief er: ‚Möge die Sonne keinen Segen auf euch senden!' Dann stieg er von seiner Burg herab, riß einen großen Baum aus und suchte nach Gharîb und seinen Gefährten; er ging aber zu Fuß, da kein Roß seinen ungeheuren Leib zu tragen vermochte. Sein Sohn folgte ihm, und beide schritten dahin, bis sie auf Gharîb trafen. Da fiel er, ohne ein Wort zu sagen, über die Mannen her, schlug mit dem Baume auf sie los und zerschmetterte fünf von ihnen. Dann stürmte er wider Sahîm und schlug nach ihm mit dem Baume; doch Sahîm wich ihm aus, und der Hieb ging ins Leere. Darüber ergrimmte der Ghûl, und indem er den Baum aus der Hand warf, sprang er auf Sahîm und packte ihn, wie ein Falke den Sperling packt. Doch als Gharîb seinen Bruder in den Händen des Ghûls sah, rief er laut: ‚Allah ist der Größte! O Ruhm Abrahams, des Gottesfreundes, und Mohammeds – Allah segne ihn und gebe ihm Heil!' – –«

Da bemerkte Schehrezâd, daß der Morgen begann, und sie hielt in der verstatteten Rede an. Doch als die *Sechshundertundneunundzwanzigste Nacht* anbrach, fuhr sie also fort: »Es ist mir berichtet worden, o glücklicher König, daß Gharîb, als er seinen Bruder gefangen in den Händen des Ghûls sah, laut rief: ‚Allah ist der Größte! O Ruhm Abrahams, des Gottesfreundes, und Mohammeds – Allah segne ihn und gebe ihm Heil!' Dann trieb er seinen Renner wider den Bergghûl und schwang die Keule, so daß die Ringe laut erklangen. Und wiederum rief er: ‚Allah ist der Größte!' und traf den Ghûl mit der Keule in die Rippen, also daß er ohnmächtig zu Boden sank und Sahîm sich seinen Händen entwinden konnte. Und als der Ghûl wieder zu sich kam, war er schon gebunden und gefesselt. Wie sein Sohn ihn so in Fesseln erblickte, wandte er sich zur Flucht; aber Gharîb setzte ihm auf seinem Rosse nach und traf ihn mit der Keule zwischen die Schultern, so daß er vom Pferde fiel. Darauf band er dem Riesen die Hände auf dem Rücken zusammen, wie bei seinen Brüdern und seinem Vater. Und sie legten ihnen feste Stricke an und zogen sie wie Lastkamele, die man führen kann. So begaben sie sich weiter, bis sie zur Burg kamen, und die fanden sie voll von Gütern und Schätzen und Kostbarkeiten; auch fanden sie dort zwölfhundert Perser, die gebunden und gefesselt waren. Gharîb setzte sich auf den Thron des Bergghûls, der ursprünglich dem Sâsa[1] ibn Schîth ibn Schaddâd ibn 'Âd gehört hatte. Dann ließ er seinen Bruder Sahîm an seine Rechte treten, während die anderen Gefährten zur Rechten und zur Linken sich aufstellten. Und nun ließ er den Bergghûl bringen und sprach zu ihm: ‚Wie befindest du dich jetzt, du Verfluchter?‘ ‚Mein Gebieter,‘ gab er zur Antwort, ‚in der übelsten Lage von Elend und Plage. Ich und meine Söhne, wir liegen an Stricken fest, so, wie man Kamele anbinden läßt.‘ Darauf hub Gharîb an: ‚Ich wünsche, daß ihr zu meinem Glauben übertretet, das ist der muslimische Glaube, und daß ein jeder von euch das Bekenntnis zur Einheit des allwissenden Königs spricht, des Schöpfers von Finsternis und Licht, der alle Dinge erschaffen hat, des allvergeltenden Königs, außer dem es keinen Gott gibt, und daß ihr zum Prophetentum Abrahams, den der Herr liebt – über ihm sei Frieden! – euch bekennet hienieden!‘ Da nahmen der Bergghûl und seine Söhne den Islam an, und ihr Bekenntnis war schön; deshalb befahl Gharîb, ihre Bande zu lösen. Weinend nahte Sa'dân der Ghûl sich den Füßen Gharîbs und wollte sie küssen, und ebenso taten seine Söhne; der aber verwehrte es ihnen, und so stellten

1. Im Arabischen hier ‚Sâs‘, später ‚Sâsa‘.

sie sich mit den anderen auf, die dort standen. Dann hub Gharîb von neuem an und rief: ‚Sa'dân!' Der antwortete: ‚Zu Diensten, mein Gebieter!' Und Gharîb fuhr fort: ‚Was ist es mit diesen Persern?' ‚Mein Gebieter,' erwiderte der Ghûl, ‚die sind meine Jagdbeute aus dem Perserlande, doch sie sind nicht die einzigen.' ‚Wer ist noch bei ihnen?' fragte Gharîb weiter; und der Ghûl fuhr fort: ‚Bei ihnen ist die Tochter des Königs Sabûr, des Herrschers von Persien; die heißt Fachr Tâdsch[1], und sie hat hundert Mädchen gleich Monden.' Mit Staunen vernahm Gharîb diese Worte, und dann sprach er: ‚Wie bist du zu diesen gekommen?' ‚O Emir,' gab Sa'dân zur Antwort, ‚ich zog einmal mit meinen Söhnen und fünf meiner Sklaven aus, und da wir auf unserem Wege keine Beute fanden, so verteilten wir uns über die Steppen und Wüsten, und da befanden wir uns plötzlich im Perserland, als wir noch nach Raub umherzogen, um nicht mit leeren Händen heimzukehren. Nun erblickten wir eine Staubwolke, und wir sandten einen unserer Sklaven aus, um zu erfahren, was sie bedeute; nachdem er eine Weile fortgeblieben war, kehrte er zurück und sprach: ‚Mein Gebieter, das ist die Prinzessin Fachr Tâdsch, die Tochter des Königs Sabûr, des Herrschers der Perser, Türken und Dailamiten, mit einem Geleit von zweitausend Rittern; sie sind auf der Reise.' Ich rief dem Sklaven zu: ‚Da hast du frohe Botschaft gemeldet. Eine prächtigere Beute als diese gibt es nicht!' Alsbald fiel ich mit meinen Söhnen über die Perser her, und wir töteten von ihnen dreihundert Ritter und nahmen zwölf hundert gefangen; auch erbeuteten wir die Tochter Sabûrs und all ihre Schätze und Kostbarkeiten und schleppten unsere Beute in diese Burg.' Als Gharîb die Worte Sa'dâns vernommen hatte, fragte er: ‚Hast du der Prinzessin Fachr

1. Ruhmeskrone.

454

Tâdsch Gewalt angetan?' ‚Nein,' antwortete jener, ‚bei deinem
Haupte und bei der Wahrheit dieses Glaubens, den ich angenommen habe!' Gharîb sagte darauf: ‚Das war wohlgetan,
Sa'dân; denn ihr Vater ist der König der Welt, und er wird
sicherlich Krieger aussenden hinter ihr her und wird die Länder derer, die sie geraubt haben, verwüsten. Wer das Ende
nicht bedenkt, dem wird vom Schicksal keine Gunst geschenkt.
Wo aber ist diese Prinzessin, o Sa'dân?' Der Ghûl erwiderte:
‚Ich habe für sie und ihre Dienerinnen eine eigene Wohnung
bestimmt.' Da befahl Gharîb: ‚Zeig sie mir!' ‚Ich höre und gehorche!' erwiderte Sa'dân, und er führte Gharîb, bis sie zu dem
Söller der Prinzessin Fachr Tâdsch kamen. Die fanden sie, wie
sie traurig und niedergeschlagen um ihr einstiges Ansehen und
herrliches Leben weinte. Als Gharîb sie sah, glaubte er, der
Mond sei ihm nah; und er verherrlichte Allah, den Allhörenden und Allwissenden. Auch Fachr Tâdsch blickte ihn an und
erkannte in ihm einen fürstlichen Ritter; denn die Tapferkeit
leuchtete zwischen seinen Augen hervor, und sie bezeugte, daß
sie ihn nicht verwarf, sondern erkor. Da erhob die Prinzessin
sich vor ihm, küßte ihm die Hände, warf sich ihm zu Füßen
und sprach: ‚O größter Held unserer Zeit, ich bin unter deinem Schutze; schirme mich vor diesem Ghûl; denn ich fürchte,
er wird mir das Mädchentum nehmen und mich dann auffressen! Nimm mich hin, auf daß ich deinen Sklavinnen diene!'
Gharîb erwiderte: ‚Du bist in Sicherheit und sollst zu deinem
Vater und zur Stätte deiner Macht heimkehren.' Da betete sie,
der Himmel möge ihm langes Leben und Ruhm in wachsender Fülle geben; Gharîb aber befahl, die Perser zu befreien,
und also geschah es. Dann wandte er sich zu Fachr Tâdsch und
fragte sie: ‚Was führte dich fort von deinem Schlosse in jene
Steppen und Wüsten, so daß die Wegelagerer dich rauben

konnten?' ‚Mein Gebieter,' erwiderte sie, ‚wisse, mein Vater und das Volk seines Reiches und des Landes der Türken und Dailamiten und alle Magier bringen dem Feuer Verehrung dar und nehmen des allgewaltigen Königs nicht wahr. Wir haben in unserem Lande ein Kloster, das heißt das Feuerkloster; dort versammeln sich bei jedem Feste die Töchter der Magier und der Feueranbeter und bleiben in ihm einen Monat, so lange wie das Fest währt, und dann kehren sie wieder heim. Ich zog nun, wie gewöhnlich, mit meinen Dienerinnen aus, und mein Vater sandte zweitausend Ritter mit mir zu meinem Schutze. Aber dieser Ghûl überfiel uns, machte einen Teil von uns nieder, nahm die anderen gefangen und sperrte uns in diese Burg ein. Dies ist, was geschah, o tapferer Degen – Gott schütze dich vor den Wechselfällen der Zeit allerwegen!' Da sagte Gharîb: ‚Fürchte dich nicht! Ich will dich zu deinem Schlosse und zu der Stätte deiner Macht heimführen.' Sie flehte Segen auf sein Haupt und küßte ihm Hände und Füße. Dann verließ er sie, nachdem er befohlen hatte, ihr alle Ehren zu erweisen, und verbrachte dort die Nacht bis zum Morgen. Nachdem er sich erhoben hatte, nahm er die religiöse Waschung vor und betete zwei Rak'as[1] nach der Weise unseres Vaters Abraham, des Gottesfreundes – Frieden sei über ihm! Desgleichen taten auch der Ghûl und seine Söhne, und alle Begleiter Gharîbs beteten wie er. Dann wandte Gharîb sich an Sa'dân und sprach zu ihm: ‚Sa'dân, willst du mir nicht das Tal der Blumen zeigen?' ‚Gern, mein Gebieter!' erwiderte jener; und nun machten sich alle auf, Sa'dân und seine Söhne, Gharîb und seine Mannen, die Prinzessin Fachr Tâdsch und ihre Dienerinnen, und zogen aus. Inzwischen aber hatte Sa'dân seinen Knechten und Mägden befohlen, zu schlachten und das

1. Vgl. Band I, Seite 390, Anmerkung.

Mittagsmahl zu bereiten und unter den Bäumen aufzutragen. Er hatte nämlich hundertundfünfzig Sklavinnen und tausend Sklaven, die seine Kamele und Rinder und sein Kleinvieh hüteten. Als nun Gharîb mit seiner Schar im Tale der Blumen ankam und sich dort umschaute, fand er, daß es wunderschön war: Bäume standen dort einzeln und gepaart; Vögel zwitscherten auf den Zweigen ihre Weisen so zart. Der Sprosser trillerte vielerlei Sang; und die Holztaube erfüllte die Lande, die Schöpfung des Barmherzigen, mit ihrer Stimme Klang. – –«

Da bemerkte Schehrezâd, daß der Morgen begann, und sie hielt in der verstatteten Rede an. Doch als die *Sechshundertunddreißigste Nacht* anbrach, fuhr sie also fort: »Es ist mir berichtet worden, o glücklicher König, daß Gharîb, als er mit seiner Schar und mit dem Riesen und seinen Leuten in das Tal der Blumen kam, dort vielerlei Vögel fand. Die Holztaube füllte die Lande, die Schöpfung des Barmherzigen, mit ihrem Sang; die Nachtigall schluchzte mit ihrer schönen Stimme, die wie eine Menschenstimme klang. Der Amsel Flöten war so süß, daß keine Zunge es beschreiben kann; das Gurren der Turteltaube zündete in der Menschen Herzen das Liebesfeuer an; und der Ringeltaube Lieder gab der Papagei mit reiner Stimme wieder. Und die Bäume, die Früchte trugen, standen dort immer in Paaren; da gab es Granatäpfel, die je nach ihrer Art süß oder bitter waren; Mandelaprikosen, Kampferaprikosen und Mandeln aus chorasanischem Land; Pflaumen, um deren Stämme sich das Geäst des Behennußbaumes[1] wand; die Orangen waren Feuerfackeln gleich; der Pomeranzen Zweige neigten sich früchtereich; da gab es Limonen, eine Arznei gegen der Eßlust Versagen; und Zitronen, das Heilmittel wider der Gelbsucht Plagen; Datteln in roter und gelber Pracht, das Werk

1. Die Behennuß enthält ein Öl, das zu Salben verwandt wird.

Allahs, der groß ist an Macht. Von einer Stätte, wie diese es war, singt der liebende Dichter gar:

> *Wenn ihre Vögel singen dort an ihrem See,*
> *Dann bangt am Morgen früh das Herz in Liebesweh.*
> *Sie gleicht dem Paradies mit ihrer Düfte Hauch,*
> *Dem Schatten und der Frucht, dem klaren Wasser auch.*

Gharîb fand hohes Gefallen an diesem Tale, und er gebot, das Prunkzelt der Perserprinzessin Fachr Tâdsch dort zwischen den Bäumen aufzuschlagen. Nachdem das Zelt errichtet und mit prächtigen Teppichen ausgelegt war, setzte Gharîb sich nieder, die Speisen wurden gebracht, und alle aßen, bis sie gesättigt waren. Dann rief Gharîb: ‚Sa'dân!‘ Der antwortete: ‚Zu Diensten, mein Gebieter!‘ ‚Hast du ein wenig Wein?‘ fragte Gharîb; und jener erwiderte: ‚Jawohl, ich habe eine Zisterne voll alten Weines.‘ Da sagte Gharîb: ‚Bring uns etwas davon!‘ Nun schickte der Ghûl zehn seiner Sklaven aus, und die brachten eine große Menge Weines. Und man aß und trank und war fröhlich und guter Dinge. Auch Gharîb war froh gestimmt, er gedachte Mahdîjas und sang diese Verse:

> *Ich denk der schönen Zeit, da ihr mir nahe waret,*
> *Mein Herze ist erregt von heißem Liebesgram.*
> *Bei Allah, nicht mein Wunsch hat mich von euch getrieben –*
> *Der Zeiten Wechselspiel ist doch so wundersam!*
> *Nun komme Heil und Glück und tausendfacher Gruß*
> *Zu dir, dieweil ich mich in Leid verzehren muß!*

Drei Tage lang blieben sie dort, aßen und tranken und erfreuten sich des schönen Anblicks; dann kehrten sie in die Burg zurück. Dort rief Gharîb seinen Bruder Sahîm, und als der gekommen war, sprach er zu ihm: ‚Nimm mit dir hundert Ritter und ziehe zu deinem Vater und deiner Mutter und deinem Stamme, den Söhnen Kahtâns, und bringe sie an diese Stätte, auf daß sie allezeit hier leben können; ich aber will mit der Prinzessin Fachr Tâdsch zu ihrem Vater ins Land der Perser ziehen. Und du, Sa'dân, bleib mit deinen Söhnen in dieser Burg, bis wir zu dir zurückkehren!' Da fragte Sa'dân: ‚Und warum nimmst du mich nicht mit dir ins Land der Perser?' Gharîb antwortete: ‚Weil du die Tochter Sabûrs, des Königs der Perser geraubt hast. Wenn sein Auge auf dich fällt, so wird er dein Fleisch essen und dein Blut trinken.' Als der Bergghûl das hörte, lachte er so laut, wie wenn der Donner rollte. Dann sprach er: ‚Mein Gebieter, bei deinem Haupte, wenn auch alle Perser und Dailamiten sich wider mich vereinigten, ich würde ihnen doch den Trank der Vernichtung zu trinken geben.' Und Gharîb entgegnete: ‚Du bist so, wie du sagst. Aber du sollst dennoch in deiner Burg bleiben, bis ich zu dir zurückkehre.' ‚Ich höre und gehorche!' sagte der Ghûl. Dann brach Sahîm auf; und Gharîb selbst begab sich in das Land der Perser mit seinen Mannen vom Stamme Kahtân und mit der Prinzessin Fachr Tâdsch und ihren Begleitern, und sie zogen zur Hauptstadt Sabûrs, des Königs der Perser.

So viel jetzt von ihnen; wenden wir uns nun zu König Sabûr! Der hatte inzwischen auf die Heimkehr seiner Tochter aus dem Kloster des Feuers gewartet; aber sie war nicht gekommen, die Zeit war verstrichen, und da war ein Feuer in seinem Herzen aufgelodert. Nun hatte er vierzig Wesire, von denen der älteste, verständigste und weiseste Didân hieß; zu dem sprach der König: ‚Wesir, meine Tochter bleibt lange aus, und ich habe noch keine Nachricht von ihr erhalten, obwohl die bestimmte Zeit verstrichen ist. So schicke du einen Eilboten zum Kloster des Feuers geschwind, auf daß er erkunde, was für Dinge vorgefallen sind.' ‚Ich höre und gehorche!' erwiderte der Minister, ging fort und rief den Obersten der Boten und sprach zu ihm: ‚Eile sofort zum Feuerkloster!‘ Der machte sich alsbald auf den Weg, und als er beim Kloster des Feuers ankam, fragte er die Mönche nach der Tochter des Königs. Jene erwiderten ihm: ‚Wir haben sie in diesem Jahre nicht gesehen.‘ Da kehrte er unverzüglich in die Stadt Isbanîr zurück, trat zum Wesir ein und berichtete ihm, was geschehen war. Der Wesir aber eilte zum König Sabûr und brachte ihm die Meldung. Den ergriff ein Todesschrecken, er warf seine Krone zu Boden, raufte sich den Bart und sank ohnmächtig nieder; nachdem man ihn aber mit Wasser besprengt hatte, kam er wieder zu sich. Dann sprach er mit Tränen in den Augen und bekümmerten Herzens das Dichterwort:

> *Als ich nach deinem Scheiden Geduld und Tränen rief,*
> *Da kamen wohl die Tränen, allein Geduld kam nicht.*
> *Und haben uns die Zeiten auf immerdar getrennt –*
> *Verrat steht ja den Zeiten in ihrem Angesicht.*

Dann berief der König zehn Hauptleute und befahl ihnen, mit zehntausend Reitern aufzusitzen und in verschiedenen Richtungen auszureiten, um nach der Prinzessin Fachr Tâdsch zu suchen. Alsbald saßen sie auf, und jeder Hauptmann begab sich mit seiner Schar in eine andere Gegend. Die Mutter der Prinzessin Fachr Tâdsch aber und ihre Dienerinnen kleideten sich schwarz, streuten Asche auf ihr Haupt und setzten sich nieder, zu weinen und zu klagen. So erging es ihnen. – –«

Da bemerkte Schehrezâd, daß der Morgen begann, und sie hielt in der verstatteten Rede an. Doch als die *Sechshundertund-einunddreißigste Nacht* anbrach, fuhr sie also fort: »Es ist mir berichtet worden, o glücklicher König, daß der König Sabûr seine Krieger aussandte, um nach seiner Tochter zu suchen, und daß ihre Mutter und ihre Dienerinnen sich schwarz kleideten. Sehen wir nun, wie es Gharîb erging und mit welch

460

wunderbaren Abenteuern seine Reise ihn umfing! Er war zehn Tage lang auf dem Wege; am elften Tage aber erschien vor ihm eine Staubwolke, die erhob sich bis zu den Wolken des Himmels. Da rief er den Emir, der über die Perser gebot, und sprach zu ihm: ‚Erkunde uns, was diese Wolke bedeutet, die dort erschienen ist!' ‚Ich höre und gehorche!' sprach der Emir und spornte seinen Renner an, bis er inmitten der Staubwolke war, und dort sah er eine Männerschar und fragte sie um Auskunft. Einer von ihnen antwortete ihm: ‚Wir sind vom Stamme Hattâl, und unser Emir ist es-Samsâm ibn el-Dscharrâh. Wir suchen nach etwas, das wir rauben können, und unsere Schar besteht aus fünftausend Reitern.' Da ritt der Perser eilends auf seinem Renner zurück, bis er zu Gharîb kam und ihm die Kunde brachte. Der rief seinen Leuten vom Stamme Kahtân und den Persern zu: ‚Legt eure Waffen an!' Sie taten es und zogen in den Kampf. Da kamen ihnen auch schon die Araber entgegen und schrien: ‚Beute! Beute!' Doch Gharîb rief ihnen zu: ‚Allah mache euch zuschanden, ihr Hunde von Arabern!' Und er ließ seinem Rosse die Zügel und sprengte wider sie wie ein fürstlicher Held, indem er rief: ‚Allah ist der Größte! Für den Glauben Abrahams, des Gottesfreundes – Friede sei über ihm!' Und siehe da, es entbrannte die Schlacht, sie stritten mit Macht, das Schwert kreiste, und hüben und drüben ward lautes Geschrei entfacht. Unaufhörlich stritten sie, bis der Tag sich neigte und die Dunkelheit kam; da trennten sie sich voneinander. Und Gharîb musterte das Kriegsvolk und fand, daß von den Söhnen Kahtâns fünf und von den Persern dreiundsiebenzig gefallen waren, aus dem Volke es-Samsâm jedoch mehr als fünfhundert Ritter. Nun war auch es-Samsâm abgesessen, aber ihn verlangte weder nach Schlummer noch nach Essen. Sondern er sprach zu seinen Mannen:

‚In meinem ganzen Leben habe ich noch niemanden so streiten sehen wie diesen Knaben; bald kämpft er mit dem Schwerte und bald mit der Keule. Aber morgen will ich ihm auf dem Plan entgegenreiten, will ihn fordern zur Stätte, da Schwert und Lanze streiten, und will diesen Arabern den Untergang bereiten.' Doch als Gharîb zu seinem Volke heimkehrte, kam die Prinzessin Fachr Tâdsch ihm entgegen, weinend und erschrocken über das Grausige, was geschehen war; und sie küßte ihm den Fuß im Steigbügel und sprach zu ihm: ‚Nie mögen verdorren die Hände dein, nie sollen deine Feinde schadenfroh sein, o größter Held unserer Zeit! Preis sei Allah, Ihm, der dich heute am Leben erhalten hat! Doch wisse, ich fürchte für dich Gefahr von jenen Arabern.' Als Gharîb diese Worte von ihr vernommen hatte, lächelte er ihr ins Angesicht, stärkte ihr das Herz und beruhigte sie, indem er sprach: ‚Fürchte dich nicht, Prinzessin; wäre diese Wüste auch voll von der Feinde Gewimmel, ich würde sie doch vernichten durch die Kraft des Allerhöchsten im Himmel!' Sie dankte ihm und betete für ihn um Sieg über die Feinde. Dann ging sie wieder zu ihren Frauen; Gharîb aber stieg ab und wusch sich die Hände von dem Blute der Ungläubigen, und sie lagen die Nacht hindurch auf Wache bis zum Morgen. Nun begannen die Heere von beiden Seiten auf den Plan zu reiten, zu der Stätte, wo Schwert und Lanze streiten. Als Erster sprengte Gharîb ins Gefild; er spornte seinen Renner an, bis er nahe bei den Ungläubigen war, und rief: ‚Gibt es einen, der sich mit mir im Felde mißt, der kein Zauderer und kein Schwächling ist?' Da ritt gegen ihn zum Gefecht ein gewaltiger Riese aus 'Âds Geschlecht; er stürmte auf Gharîb los mit den Worten: ‚Du Abschaum der Araber, nimm, was sich für dich frommt, und vernimm die frohe Botschaft, daß jetzt deine letzte Stunde kommt!' Er trug

462

aber eine eiserne Keule, die zwanzig Pfund wog; die hob er und schwang sie gegen Gharîb, doch der wich ihm aus, und die Keule flog eine Elle tief in den Erdboden hinab. Nun hatte der Riese sich beim Hieb nach vorn gebeugt, und im selben Augenblick traf Gharîb ihn mit seiner eisernen Keule und zerschmetterte ihm die Stirn, so daß er tot niederfiel; und Allah sandte seine Seele sofort ins höllische Feuer hinab. Dann tummelte Gharîb sich wild auf dem Blachgefild und rief nach Gegnern; ein zweiter trat vor, den schlug er nieder, und ein dritter und noch mehr bis zum zehnten, aber alle streckte er nieder. Als die Ungläubigen sahen, wie Gharîb stritt und wie seine Schläge sausten, wichen sie ihm aus und zogen sich zurück vor ihm, also daß ihr Emir sie ansah und ihnen zurief: ,Allah segne euch nicht; ich will gegen ihn auf den Plan treten!' Und er legte seine Schlachtrüstung an, spornte seinen Renner, bis er mitten auf dem Schlachtfelde vor Gharîb hielt und ihm zurief: ,Wehe dir, du Araberhund! Bist du so vermessen geworden, daß du mir im offenen Felde trotzest und meine Mannen erschlägst?' Gharîb antwortete ihm: ,Auf zum Kampf! Nun räche du das Blut der erschlagenen Helden!' Da stürmte es-Samsâm wider Gharîb ins Feld, und der empfing ihn wie ein Held, mit schwellender Brust und einem Herzen voll wundersamer Kampfeslust; sie tauschten mit den Keulen Schlag um Schlag, bis auf beiden Heeren staunender Schrecken lag. Und aller Augen blickten auf sie mit Grausen, wie sie sich dort auf dem Plane tummelten und wiederum zwei Schläge von beiden Seiten begannen auf sie niederzusausen. Gharîb vermied seines Gegners Hieb, den Kampfeslust und Angriffswut trieb. Aber es-Samsâm ward von dem Schlage Gharîbs getroffen, und der zerschmetterte ihm die Brust und warf ihn tot zu Boden. Nun sprengte sein ganzes Heer auf einmal wider Gharîb heran; doch er stürmte ihnen zum Angriff entgegen und schrie: ‚Allah ist der Größte! Sieg und Heil! Schmach werde denen zuteil, die da den Glauben verleugnen an Abraham, dem Gottesfreund – Friede sei über ihm!‘ – –«

Da bemerkte Schehrezâd, daß der Morgen begann, und sie hielt in der verstatteten Rede an. Doch als die *Sechshundertundzweiunddreißigste Nacht* anbrach, fuhr sie also fort: »Es ist mir berichtet worden, o glücklicher König, daß Gharîb, als alle Mannen es-Samsâms auf einmal wieder ihn heransprengten, ihnen zum Angriff entgegenstürmte und schrie: ‚Allah ist der Größte! Sieg und Heil! Schmach werde den Ungläubigen zuteil!‘ Als die Heiden hörten, daß er Ihn nannte, den König, den Allbezwinger, den Einen, den Alldurchdringer, den kein Blick erreicht, der selbst aber alle Blicke erreicht, da schauten sie einander an und sprachen: ‚Was für eine Rede ist diese, die unsere Glieder erzittern macht und unseren Mut sinken läßt und unser Leben abschneidet? Unser ganzes Leben lang haben wir noch nichts Herrlicheres vernommen als diese Rede!‘ Und sie riefen einander zu: ‚Laßt ab vom Kampfe, wir wollen den Sinn dieser Worte erkunden!‘ Dann hörten sie auf zu streiten und saßen ab; ihre Ältesten aber versammelten sich und berieten, und danach beschlossen sie, zu Gharîb zu gehen, indem sie sprachen: ‚Zehn von uns sollen sich zu ihm begeben!‘ So wählten sie denn zehn von ihren Besten aus, und die machten sich auf den Weg zu den Zelten Gharîbs. Der war inzwischen mit seinen Mannen bei ihren Zelten abgesessen, verwundert darüber, daß die Feinde vom Kampfe abgelassen hatten. Und während sie noch so dastanden, kamen plötzlich die zehn Männer heran und begehrten, vor Gharîb erscheinen zu dürfen; dann küßten sie den Boden vor ihm und wünschten ihm Ruhm und langes Leben. Er fragte sie: ‚Warum habt ihr den Kampf abgebro

464

chen?' Und sie erwiderten: ‚O unser Gebieter, du hast uns durch die Worte erschreckt, die du uns zuriefest.' Weiter fragte er sie: ‚Was für Unheilswesen betet ihr denn an?'Darauf antworteten sie: ‚Wir verehren Wadd, Suwâ' und Jaghûth[1], die Herren des Volkes Noahs.' Doch Gharîb hub nun an: ‚Wir verehren nur Allah den Erhabenen, Er ist es, der alle Dinge erschafft, Er gibt allem Lebendigen Kraft; Er hat Himmel und Erde geschaffen und die Berge fest gegründet; Er ließ das Wasser aus den Steinen fließen und die Bäume sprießen; Er ist es, der den wilden Tieren in den Steppen ihre Nahrung bringt, Er ist Allah der Eine, der alles bezwingt.' Als die Männer diese Worte aus dem Munde Gharîbs vernahmen, weitete sich ihnen die Brust durch das Bekenntnis des Einheitsglaubens, und sie sprachen: ‚Wahrlich, dieser Gott ist ein Herr der Herrlichkeit, erbarmend und voll Barmherzigkeit!' Dann fragten sie: ‚Was müssen wir sagen, auf daß wir Muslime werden?' Und er antwortete: ‚Sprecht: Es gibt keinen Gott außer Allah, und Abraham ist der Freund Allahs!' Da legten die zehn Ältesten das rechte Bekenntnis zum Islam ab, und Gharîb sprach: ‚Wenn die Süße des Islams in euren Herzen fest gegründet ist, so geht zu euren Volksgenossen und bietet ihnen den rechten Glauben dar; wenn sie den Glauben des Heils annehmen, so werden sie heil ausgehen; wenn sie sich aber weigern, so wollen wir sie mit Feuer verbrennen.' Darauf kehrten die zehn Ältesten zu ihren Volksgenossen zurück und boten ihnen den Islam dar und machten ihnen den Weg der Wahrheit und des Glaubens klar. Alle bekannten nunmehr den rechten Glauben mit Herz und Zunge, und sie eilten zu Fuß dahin, bis sie bei den Zelten Gharîbs ankamen; dort küßten sie den Boden vor ihm, wünschten ihm Ehre und hohen Rang und sprachen: ‚O unser Gebie-

---

1. Das sind altarabische Götternamen aus der Zeit vor dem Islam.

ter, wir sind deine Knechte geworden. Befiehl uns, was du willst! Wir wollen auf dich hören und dir gehorchen und wollen dich nie mehr verlassen, denn Allah hat uns durch deine Hand auf den rechten Weg geleitet.' Da wünschte er ihnen Gottes reichen Lohn und sprach zu ihnen: ‚Ziehet hin an eure Stätten und brechet dann mit euren Gütern und Kindern auf, mir zuvor, nach dem Tale der Blumen und zum Schlosse des Sâsa ibn Schîth! Ich will inzwischen Fachr Tâdsch, die Tochter des Königs Sabûr, des Herrschers von Persien, geleiten und dann zu euch zurückkehren.' ‚Wir hören und gehorchen!' sprachen sie, machten sich alsbald auf den Weg und begaben sich zu ihrem Stamme, froh über den Islam; dort verkündeten sie ihren Frauen und Kindern den rechten Glauben, und alle nahmen ihn an. Darauf nahmen sie ihre Habe und ihr Vieh und zogen zum Tale der Blumen. Der Bergghûl und seine Söhne aber kamen ihnen entgegen. Nun hatte Gharîb sie vorher ermahnt und ihnen gesagt: ‚Wenn der Bergghûl wider euch auszieht und euch angreifen will, so rufet den Namen Allahs des Allschöpfers an! Denn wenn er den Namen Allahs des Erhabenen hört, so wird er vom Kampfe abstehen und euch freundlich willkommen heißen.' Wie also der Bergghûl mit seinen Söhnen auszog und sie angreifen wollte, riefen sie laut den Namen Allahs des Erhabenen an; da empfing er sie aufs freundlichste und fragte sie, wie es mit ihnen stände; und sie erzählten ihm, was sie mit Gharîb erlebt hatten. Da freute Sa'dân sich über sie, nahm sie als Gäste auf und überhäufte sie mit Wohltaten. So erging es ihnen.

Gharîb aber war inzwischen mit der Prinzessin Fachr Tâdsch aufgebrochen und zog nach der Stadt Isbanîr. Fünf Tage lang war er unterwegs; da, am sechsten Tage, gewahrte er eine Staubwolke. Sofort schickte er einen Mann von den Persern aus, um zu erkunden, was das bedeute. Der eilte hin und kehrte zurück, schneller als ein Vogel, wenn er fliegt; und er rief: ‚Mein Gebieter, dieser Staub kommt von tausend Rittern, unseren Freunden, die der König ausgesandt hat, um nach der Prinzessin Fachr Tâdsch zu suchen.' Wie Gharîb das hörte, befahl er seinen Gefährten, abzusitzen und die Zelte aufzuschlagen. Da machten sie halt und schlugen das Lager auf, und wie die Ankömmlinge bei ihnen eintrafen, gingen die Leute der Prinzessin ihnen entgegen und meldeten ihrem Hauptmanne Tumân, daß die Prinzessin Fachr Tâdsch bei ihnen sei. Wie Tumân sie von König Gharîb sprechen hörte, trat er zu ihm ein, küßte den Boden vor ihm und fragte ihn, wie es der Prinzessin Fachr Tâdsch ergehe. Gharîb sandte ihn zu ihrem Zelte; und er trat ein, küßte ihre Hände und Füße und berichtete ihr, wie es ihrem Vater und ihrer Mutter ergangen war. Und sie erzählte ihm alles, was sie erlebt hatte, und wie Gharîb sie von dem Ghûl des Berges befreit hatte. – –«

Da bemerkte Schehrezâd, daß der Morgen begann, und sie hielt in der verstatteten Rede an. Doch als die *Sechshundertunddreiunddreißigste Nacht* anbrach, fuhr sie also fort: »Es ist mir berichtet worden, o glücklicher König, daß die Prinzessin Fachr Tâdsch dem Hauptmanne Tumân alles erzählte, was ihr von dem Ghûl des Berges widerfahren war, wie er sie gefangen gehalten und Gharîb sie befreit hatte, und daß der Ghûl sie sonst sicher noch aufgefressen hätte; und sie fügte hinzu: ‚Es geziemt sich, daß mein Vater ihm die Hälfte seines Reiches gibt.' Darauf erhob er sich, küßte Gharîbs Hände und Füße, dankte ihm für seine gute Tat und sprach zu ihm: ‚Mit deiner Erlaubnis, mein Gebieter, will ich zur Stadt Isbanîr zurückkehren und dem König die frohe Botschaft bringen.' ‚Geh', erwiderte Gharîb, ‚und hole dir von ihm den Lohn für die frohe

Botschaft!' Nun eilte Tumân voraus, und Gharîb zog hinter ihm her. Jener ritt dahin, so rasch er nur konnte, bis er in der Stadt Isbanîr ankam. Dort begab er sich ins Schloß und küßte den Boden vor König Sabûr. Der fragte ihn: ‚Was gibt es Neues, du Bringer froher Botschaft?' Tumân antwortete: ‚Ich will nicht eher zu dir reden, als bis du mir den Lohn für meine Botschaft gibst!' Aber der König entgegnete ihm: ‚Sag mir deine Botschaft, ich will dich zufriedenstellen!' ‚O größter König unserer Zeit,' rief Tumân darauf, ‚freue dich, die Prinzessin Fachr Tâdsch kommt!' Als Sabûr den Namen seiner Tochter nennen hörte, sank er ohnmächtig zu Boden; doch als man ihn mit Rosenwasser besprengt hatte, kam er wieder zu sich. Dann rief er Tumân herbei, indem er sprach: ‚Tritt dicht zu mir her und melde mir deine Botschaft!' Jener trat heran und berichtete ihm, was der Prinzessin Fachr Tâdsch widerfahren war. Als der König all das erfahren hatte, schlug er seine Hände zusammen und rief: ‚Ach, du arme Fachr Tâdsch!' Dann ließ er Tumân zehntausend Dinare geben und beschenkte ihn mit der Stadt Ispahan und ihren Gebieten. Und nun rief er seine Emire herbei und sprach zu ihnen: ‚Sitzet alle auf, wir wollen der Prinzessin Fachr Tâdsch entgegenziehen!' Der Großeunuch aber ging hinein zur Mutter der Prinzessin und brachte ihr und allen Frauen des Harems die frohe Botschaft; darüber herrschte große Freude, und die Königin verlieh dem Eunuchen ein Ehrengewand und gab ihm tausend Dinare. Auch das Volk der Stadt hörte davon, und alle schmückten die Marktstraßen und die Häuser. Der König und Tumân saßen auf und ritten dahin, bis sie Gharîb erblickten; da stieg der König Sabûr vom Rosse und ging zu Fuß, um Gharîb zu begrüßen, und Gharîb tat desgleichen und ging auf den König zu. Sie umarmten und begrüßten einander, und Sabûr beugte
468

sich über Gharîbs Hände und küßte sie und dankte ihm für seine gute Tat. Dann ließen sie die Zelte einander gegenüber aufschlagen. Und alsbald trat Sabûr zu seiner Tochter ein; sie erhob sich vor ihm, schlang sich um seinen Hals und erzählte ihm, was ihr widerfahren war, und wie Gharîb sie aus der Gewalt des Bergghûls befreit hatte. Da rief ihr Vater: ‚Bei deinem Leben, o Herrin der Schönen, ich will ihm geben, ja, ihn mit Gaben überhäufen!‘ Doch sie erwiderte ihm: ‚Nimm ihn zum Eidam, mein Väterchen, auf daß er dir eine Hilfe werde wider deine Feinde; denn er ist ein Held.‘ Diese Worte sprach sie zu ihm, weil ihr Herz Gharîb lieb gewonnen hatte. Ihr Vater jedoch hub an: ‚Liebe Tochter, weißt du nicht, daß König Chirad Schâh den Brokat geworfen[1] und hunderttausend Dinare gegeben hat? Er ist der König von Schiras und seiner Provinzen; er besitzt ein Reich und Reisige und Krieger!‘ Als Fachr Tâdsch diese Worte ihres Vaters vernahm, sprach sie: ‚Väterchen, mich verlangt nicht nach dem, davon du redest; und wenn du mich zu dem zwingest, was ich nicht will, so nehme ich mir das Leben!‘ Da ging der König fort und begab sich zu Gharîb; der erhob sich vor ihm, und Sabûr setzte sich, und er konnte sich an dem Jüngling nicht satt sehen; dabei sprach er in seiner Seele: ‚Bei Allah, meine Tochter ist entschuldbar, wenn sie diesen Beduinen liebt!‘ Dann wurden die Speisen gebracht, und sie aßen und verbrachten die Nacht beisammen. Am nächsten Morgen aber ritten sie dahin, bis sie zur Hauptstadt kamen; und dort zogen sie ein, der König und Gharîb, Steigbügel an Steigbügel, und es war für sie ein großer Tag. Fachr Tâdsch begab sich in ihr Schloß, zu der Stätte ihrer Würde, und dort kamen ihre Mutter und ihre Dienerinnen ihr

1. Dies muß bedeuten, daß der König um die Hand der Prinzessin durch Geschenke angehalten hat.

entgegen und ließen die Freudenrufe erschallen. König Sabûr aber setzte sich auf den Thron seiner Herrschaft und ließ Gharîb zu seiner Rechten sitzen. Und die Könige und Kammerherren, die Emire und Statthalter und Wesire stellten sich zur Rechten und zur Linken auf, und sie wünschten dem König Glück zur Heimkehr seiner Tochter. Da sagte der König zu den Großen seines Reiches: ,Wer mich lieb hat, der verleihe Gharîb ein Ehrengewand!' Und da fielen Gewänder auf ihn wie Regentropfen. Zehn Tage blieb er als Gast des Königs; dann wollte er aufbrechen, aber der König verlieh ihm ein Gewand und schwor bei seinem Glauben, er solle erst nach einem vollen Monate scheiden. Nun sagte Gharîb: ,O König, ich bin einer Maid unter den Töchtern der Araber verlobt, und ich möchte zu ihr eingehen.' Da fragte der König: ,Welche von beiden ist die Schönere, deine Verlobte oder Fachr Tâdsch?' ,O größter König unserer Zeit,' erwiderte Gharîb, ,was ist der Knecht neben dem Herrn?' Aber Sabûr fuhr fort: ,Fachr Tâdsch ist deine Magd; denn du hast sie aus den Klauen des Ghûl befreit, und sie soll niemanden zum Gatten haben als dich.' Jetzt küßte Gharîb den Boden und sprach: ,O größter König unserer Zeit, du bist ein Herrscher, und ich bin ein armer Mann; vielleicht verlangst du eine schwere Morgengabe.' ,Mein Sohn,' erwiderte König Sabûr, ,wisse, der König Chirad Schâh, der Herrscher von Schiras und seinen Provinzen, hat um sie gefreit und hat ihr hunderttausend Dinare als Morgengabe bestimmt; ich aber habe dich vor allen anderen Menschen erwählt. Ich will dich zum Schwerte meines Reiches machen und zum Schilde meiner Rache.' Dann wandte er sich an die Großen seines Volkes und sprach zu ihnen: ,Legt Zeugnis über mich ab, ihr Männer meines Reiches, daß ich meine Tochter Fachr Tâdsch meinem Sohne Gharîb vermähle!' – –«

Da bemerkte Schehrezâd, daß der Morgen begann, und sie hielt in der verstatteten Rede an. Doch als die *Sechshundertund-vierunddreißigste Nacht* anbrach, fuhr sie also fort: »Es ist mir berichtet worden, o glücklicher König, daß Sabûr, der König von Persien, zu seinen Großen sprach: ‚Legt Zeugnis über mich ab, daß ich meine Tochter Fachr Tâdsch meinem Sohne Gharîb vermähle!‘ Darauf gab er ihm die Hand, und so ward sie seine Gemahlin. Gharîb aber sagte: ‚Lege mir eine Morgengabe auf, und ich will sie dir bringen; denn ich habe in der Burg des Sâsa zahlreiche Schätze!‘ ‚Mein Sohn,‘ erwiderte Sabûr, ‚ich verlange von dir weder Gut noch Schätze, noch auch will ich eine andere Morgengabe für sie haben als das Haupt el-Dschamrakâns, des Königs von ed-Dascht[1] und von der Stadt el-Ahwâz[2].‘ Gharîb sagte darauf: ‚O größter König unserer Zeit, ich will hingehen und meine Leute holen und mit ihnen wider den Feind ausziehen und sein Land verwüsten.‘ Da wünschte der König ihm Gottes reichen Lohn und entließ das Volk und die Großen; dabei dachte er, daß Gharîb, wenn er gegen el-Dschamrakân, den König von ed-Dascht, auszöge, niemals wiederkehren würde. Als es dann wieder Morgen ward, saß der König zugleich mit Gharîb auf, und er befahl den Kriegern, ihre Rosse zu besteigen; die taten es, und alle ritten hinaus auf den Plan. Dort sprach der König zu ihnen: ‚Haltet ein Lanzenturnier ab und erfreuet mein Herz!‘ Da fochten die Helden von Persien miteinander; und Gharîb sprach: ‚O größter König unserer Zeit, ich möchte mit den Rittern von Persien fechten, doch nur unter einer Bedingung.‘ ‚Welches ist deine Bedingung?‘ fragte der König; und Gharîb erwiderte ihm: ‚Ich will ein dünnes Gewand anlegen und eine Lanze ohne Spitze nehmen; daran will ich ein Fähnchen binden, das in Safran

1. Landschaft in Südpersien. – 2. Stadt in Südwestpersien.

getaucht ist, und dann soll jeder tapfere Held mit scharfer Lanze wider mich auf den Plan treten. Wenn einer mich besiegt, so will ich mich ihm ergeben; doch wen ich besiege, den will ich auf der Brust zeichnen, und dann soll er das Feld verlassen.' Da rief der König dem Befehlshaber der Truppen zu, er solle die Helden der Perser vortreten lassen. Der wählte und sonderte zwölf hundert tapfere Degen von den Fürsten der Perser aus; und ihnen rief der König in persischer Sprache zu: ,Wer diesen Beduinen zu Tode bringt, dem will ich jeden Wunsch erfüllen!' Da stürmten sie um die Wette gegen Gharîb und griffen ihn an, und nun schied sich die Wahrheit von der Lüge, der Ernst vom Scherz. Gharîb rief: ,Ich vertraue auf Allah, den Gott Abrahams, des Freundes, den Gott, der über alle Dinge mächtig ist und dem nichts verborgen bleibt, den Allbezwinger, dem keiner gleicht und den kein Blick erreicht!' Nun trat ein Riese unter den persischen Helden auf den Plan; aber Gharîb ließ ihn nicht lange vor sich stehen, sondern zeichnete ihn, so daß seine Brust voll von Safran war. Und als er sich wandte, stieß Gharîb ihn mit der Lanze in den Nacken, so daß er zu Boden fiel und seine Diener ihn aus den Schranken tragen mußten. Dann ritt ein zweiter wider ihn heran; auch den zeichnete er, und ebenso erging es einem dritten und vierten und fünften. Held auf Held sprengte gegen ihn vor, bis er sie alle gezeichnet hatte; denn Allah der Erhabene gab ihm den Sieg über sie, und nun verließen alle das Feld. Darauf ward ihnen Speise gebracht, und sie aßen; auch Wein ward aufgetragen, und sie tranken. Und als Gharîb getrunken hatte, ward sein Verstand betäubt. Er stand auf, um einem Rufe der Natur zu folgen, und als er zurückkehren wollte, verlor er den Weg und kam in den Palast der Prinzessin Fachr Tâdsch. Kaum hatte sie ihn erblickt, so entfloh ihr der Verstand, und sie rief ihren

Frauen zu: ‚Geht fort in eure Kammern!‘ Da gingen sie auseinander und begaben sich in ihre Gemächer. Die Prinzessin aber erhob sich, küßte Gharîbs Hand und sprach: ‚Willkommen, mein Gebieter, der du mich von dem Ghûl befreit hast! Ich bin deine Magd für alle Zeit!‘ Und sie zog ihn auf ihr Lager und umarmte ihn; da erwachte heißes Begehren in ihm, und er nahm ihr das Mädchentum und blieb bei ihr bis zum Morgen.

Während nun dies geschah, glaubte der König, Gharîb sei fortgeritten. Doch am nächsten Tage früh trat er zum König ein, und der erhob sich vor ihm und ließ ihn an seiner Seite sitzen. Darauf kamen die Fürsten, küßten den Boden und stellten sich zur Rechten und zur Linken auf, und sie begannen von Gharîbs Tapferkeit zu sprechen und sagten: ‚Gepriesen sei Er, der ihm solches Heldentum verliehen hat, wiewohl er noch so jung an Jahren ist.‘ Und während sie also miteinander redeten, erblickten sie durch das Fenster des Palastes eine Staubwolke von nahenden Rossen. Da rief der König den Läufern zu: ‚He, ihr da, bringt mir Kunde über jene Staubwolke!‘ Einer von ihnen machte sich zu Pferde auf, und als er die Wolke ausgekundschaftet hatte, kehrte er zurück und sprach: ‚O König, wir haben unter der Staubwolke hundert Ritter entdeckt, deren Emir Sahîm el-Lail heißt.‘ Kaum hatte Gharîb diese Worte vernommen, da rief er: ‚Mein Gebieter, das ist mein Bruder! Ich hatte ihm einen Auftrag gegeben, jetzt will ich ihm entgegenreiten.‘ Und alsbald saß er auf mit seinen Mannen, den hundert Rittern vom Stamme Kahtân, und mit tausend Persern, und ritt in großem Prunkzuge dahin – doch wahre Größe ist nur bei Gott allein! Als Gharîb mit seinem Bruder zusammentraf, saßen beide ab und umarmten einander; dann bestiegen sie wieder die Rosse. Und nun fragte Gharîb: ‚Lieber Bruder, hast du unser Volk zur Burg des Sâsa und in das Tal der

473

Blumen geführt?' ,Lieber Bruder,' erwiderte er, ,als der treulose Hund vernahm, daß du die Burg des Bergghûls eingenommen hast, packte ihn die Angst noch mehr, und er sagte: ,Wenn ich diese Stätte nicht verlasse, so kommt Gharîb und nimmt meine Tochter Mahdîja ohne Morgengabe.' Deshalb nahm er seine Tochter, seinen Stamm, die Seinen und sein Gut und zog in das Land Irak; dort begab er sich in die Stadt Kufa und stellte sich unter den Schutz des Königs 'Adschîb; der freit nun um seine Tochter Mahdîja.' Wie Gharîb das von seinem Bruder Sahîm el-Lail hören mußte, hätte er vor Wut beinahe den Geist aufgegeben, und er rief: ,Bei der Wahrheit des Islams, des Glaubens Abrahams, des Gottesfreundes, und bei dem höchsten Herrn, ich will mich wahrhaftig auf den Weg nach dem Lande Irak machen und dort überall Krieg entfachen!' Dann ritten sie in die Hauptstadt ein, und Gharîb begab sich mit seinem Bruder Sahîm in das Schloß des Königs, und sie küßten den Boden vor ihm. Der König erhob sich vor Gharîb und begrüßte Sahîm. Darauf berichtete Gharîb dort, was geschehen war; und der König stellte unter seinen Befehl zehn Hauptleute, deren jeder zehntausend tapfere Ritter von den Arabern und Persern unter sich hatte. Die machten sich in drei Tagen bereit für den Feldzug. Dann brach Gharîb auf und zog dahin, bis er zu der Burg des Sâsa kam; dort kamen ihm der Bergghûl Sa'dân und seine Söhne entgegen, und sie saßen ab und küßten Gharîb die Füße in den Steigbügeln; der aber berichtete dem Ghûl alles, was geschehen war. Da sprach Sa'dân: ,Mein Gebieter, bleib du in deiner Burg und laß mich mit meinen Söhnen und meinen Scharen zum Irak ziehen; ich will die Hauptstadt des Landes niederringen und all ihre Scharen in festen Banden gebunden vor dich bringen!' Gharîb dankte ihm und sprach: ,Sa'dân, wir wollen alle zusammen ausziehen!'

Dem Befehl gemäß machte jener sich bereit, und die Mannen brachen auf, indem sie tausend Ritter als Wächter in der Burg zurückließen, und zogen zum Irak.

Wenden wir uns nun von Gharîb wieder zu Mirdâs! Der war ja mit seinem Volke ausgezogen, bis er im Lande Irak ankam; er hatte auch ein schönes Geschenk mitgenommen, das brachte er nach Kufa und legte es vor 'Adschîb nieder. Dann küßte er den Boden, und nachdem er ihm die Wünsche, die man vor Königen spricht, dargebracht hatte, hub er an: ‚Mein Gebieter, ich komme, um mich unter deinen Schutz zu stellen.' – –«

Da bemerkte Schehrezâd, daß der Morgen begann, und sie hielt in der verstatteten Rede an. Doch als die *Sechshundertundfünfunddreißigste Nacht* anbrach, fuhr sie also fort: »Es ist mir berichtet worden, o glücklicher König, daß Mirdâs, als er vor 'Adschîb stand, zu ihm sprach: ‚Ich komme, um mich unter deinen Schutz zu stellen.' Jener erwiderte ihm: ‚Sage mir, wer dir Gewalt angetan hat; ich will dich vor ihm schützen, und wäre es auch Sabûr, der König der Perser, Türken und Dailamiten!' ‚O größter König unserer Zeit,' fuhr Mirdâs fort, ‚kein anderer hat mir unrecht getan als ein Knabe, den ich an meinem Busen aufgezogen habe. Ich fand ihn in einem Tale auf dem Schoße seiner Mutter; da nahm ich sie zum Weibe, und sie gebar auch mir einen Sohn, den nannte ich Sahîm el-Lail. Ihr eigener Sohn aber heißt Gharîb; der wuchs in meinem Schutze auf und ward zu einem flammenden Donnerkeil und zu einem gewaltigen Unheil. Er tötete el-Hamal[1], den Häuptling des Stammes Nabhân, vernichtete die Mannen und trieb die Ritter von dannen. Nun habe ich eine Tochter, die keinem anderen gebührt als dir. Aber er verlangte sie von mir, und da forderte ich von ihm das Haupt des Bergghûls. Er zog wider ihn aus,

1. Im Arabischen versehentlich: Hassân.

maß sich mit ihm im Zweikampfe und fesselte ihn; so ward der Ghûl einer von seinen Mannen. Ich habe auch gehört, daß er Muslim geworden ist und die Menschen zu seinem Glauben ruft. Er hat die Tochter Sabûrs von dem Ghûl befreit und die Burg des Sâsa ibn Schîth ibn Schaddâd ibn 'Âd eingenommen, darinnen sich die Reichtümer der Alten und der Neuen befinden, alle Schätze der Vorfahren. Nun ist er auf dem Wege, die Tochter Sabûrs heimzugeleiten, und er wird sicherlich mit den Schätzen der Perser heimkehren.' Als 'Adschîb diese Worte von Mirdâs vernahm, erblich er, und sein ganzes Aussehen veränderte sich; denn er hatte sein eigenes Verderben sicher vor den Augen. Und er fragte: ,Mirdâs, lebt die Mutter dieses Knaben bei dir oder bei ihm?' ,Bei mir in meinem Zeltlager', erwiderte jener; und als 'Adschîb fragte: ,Wie heißt sie?' fuhr er fort: ,Ihr Name ist Nusra.' Da rief 'Adschîb: ,Sie ist es', und ließ sie holen. Als er sie anblickte, erkannte er sie und fuhr sie an: ,Du Verruchte, wo sind die beiden Sklaven, die ich mit dir geschickt habe?' Sie gab zur Antwort: ,Die haben sich gegenseitig um meinetwillen erschlagen.' Da zückte 'Adschîb sein Schwert, hieb auf sie und spaltete sie in zwei Hälften. Man schleppte sie fort und warf sie hinaus; aber in 'Adschîbs Herz kehrten böse Ahnungen ein, und er sprach: ,Mirdâs, vermähle mich mit deiner Tochter!' Der antwortete: ,Sie ist eine deiner Mägde, ich gebe sie dir zum Weibe, und ich bin dein Knecht.' Und 'Adschîb fuhr fort: ,Ich wünsche diesen Bastard Gharîb zu sehen, ich will ihn vernichten und ihn mancherlei Foltern kosten lassen.' Dann befahl er, Mirdâs dreißigtausend Dinare als Morgengabe für seine Tochter zu geben, dazu hundert Stücke Seide, die mit goldenen Borten umsäumt und mit Ornamenten geschmückt waren, ferner hundert geränderte Stoffe, Tücher und goldene Halsketten. Mirdâs ging davon mit dieser reichen Morgengabe und beeilte sich, Mahdîja auszustatten. So stand es um jene.

Was aber Gharîb angeht, so war er dahingezogen, bis er nach el-Dschazîra[1] kam; das ist die erste Stadt im Irak, eine starke Festung. Dort befahl er zu halten; und als die Leute der Stadt sahen, daß sein Heer sie belagerte, verschlossen sie die Tore, befestigten die Mauern und eilten zum König, um es ihm zu melden. Der blickte von den Zinnen seines Schlosses hinab, und als er ein gewaltiges Heer, das ganz aus Persern bestand, dort entdeckte, sprach er: ,Ihr Leute, was wollen jene Perser dort?' ,Wir wissen es nicht', gaben sie zur Antwort. Jener König war ed-Dâmigh[2] geheißen, dieweil er die Schädel der Helden im Blachgefilde zu spalten pflegte. Und er hatte unter seinen Garden einen verwegenen Mann, der glich einem Feuerbrand und war Sabu' el-Kifâr[3] genannt. Den rief der König und sprach zu ihm: ,Geh zu dem Heere dort, erkunde, wer sie sind und was sie von uns wollen, und kehre eilends zurück!' Da eilte Sabu' el-Kifâr so geschwind wie der wehende Wind, bis er bei den Zelten Gharîbs ankam; dort fragte ihn eine Schar von Beduinen: ,Wer bist du, und was willst du?' Er antwortete: ,Ich bin ein Bote und Abgesandter von dem Herrn der Stadt an euren Herrn.' Da nahmen sie ihn und begannen sich mit ihm einen Weg zu bahnen durch die Reihen der Zelte, Pavillons und Fahnen. Und als sie bei dem Prunkzelte Gharîbs angekommen waren, traten sie ein und meldeten dem Herrscher den Boten. Er sprach: ,Führt ihn vor mich!' und sie taten es. Sobald jener Bote eingetreten war, küßte er den Boden und wünschte ihm dauernden Ruhm und langes Leben. Gharîb fragte: ,Was ist

1. Dem Erzähler schwebt wohl Dschazîrat Ibn 'Omar vor, eine Stadt am oberen Tigris, die aber nicht mehr zum Irak gehört. – 2. Der Schädelspalter. – 3. Der Wüstenlöwe.

dein Begehr?' und der Mann erwiderte: ,Ich bin ein Abgesandter des Herrschers der Stadt el-Dschazîra, ed-Dâmigh, des Bruders von Kundamir, dem Herren der Stadt Kufa und des Landes Irak.' Wie Gharîb die Worte des Boten vernahm, rannen seine Tränen in Strömen; dann blickte er den Boten an und fragte ihn: ,Wie heißest du?' Der antwortete: ,Mein Name ist Sabu' el-Kifâr.' Und Gharîb sprach zu ihm: ,Geh zu deinem Herrn und sage ihm, der Herr dieses Zeltlagers heiße Gharîb, der Sohn Kundamirs, des Herrn von Kufa, den sein Sohn erschlagen hat, und er sei gekommen, um Blutrache zu nehmen an 'Adschîb, dem treulosen Hunde!' Alsbald ging der Bote zum König ed-Dâmigh zurück und küßte voller Freude den Boden. Der König fragte ihn: ,Was bringst du, Sabu' el-Kifâr?' ,Mein Gebieter,' antwortete er, ,der Führer jenes Heeres ist der Sohn deines Bruders'; und dann erzählte er ihm alles. Der König glaubte zu träumen, und wiederum rief er: ,O Sabu' el-Kifâr!' ,Zu Befehl, o König!' erwiderte jener; und der König fragte: ,Ist alles, was du gesagt hast, wirklich wahr?' ,Bei deinem Haupte, es ist wirklich wahr!' gab der Mann zur Antwort. Sofort befahl der König den Großen seines Volkes aufzusitzen, und nachdem sie das getan hatten, ritt der König mit ihnen hinaus zu den Zelten. Als Gharîb von dem Nahen des Königs ed-Dâmigh erfuhr, zog er hinaus, ihm entgegen; und dann umarmten und begrüßten die beiden einander. Darauf führte Gharîb den König ins Lager, und die beiden setzten sich nieder auf die Herrschersitze. Ed-Dâmigh hatte seine Freude an Gharîb, dem Sohne seines Bruders, und indem er sich zu ihm wandte, sprach er: ,Immer brannte in meinem Herzen der Gedanke an die Blutrache für deinen Vater. Aber ich vermochte nichts wider den Hund, deinen Bruder. Denn seiner Truppen sind viel, doch der meinen sind wenig.' Ihm erwiderte Gharîb: ,Lieber Oheim,

478

siehe, ich bin gekommen, auf daß ich die Blutrache vollstrecke und die Schande zudecke und die Völker zur Freiheit von ihm erwecke!' Doch nun sagte ed-Dâmigh: ‚Sohn meines Bruders, du hast doppelte Blutrache zu nehmen, die Rache für deinen Vater und die Rache für deine Mutter!' ‚Was ist's mit meiner Mutter?' fragte Gharîb; und der König erwiderte; ‚Dein Bruder 'Adschîb hat sie erschlagen.' – –«

Da bemerkte Schehrezâd, daß der Morgen begann, und sie hielt in der verstatteten Rede an. Doch als die *Sechshundertund-sechsunddreißigste Nacht* anbrach, fuhr sie also fort: »Es ist mir berichtet worden, o glücklicher König, daß Gharîb, als er aus dem Munde seines Oheims ed-Dâmigh die Worte vernahm: ‚Dein Bruder 'Adschîb hat deine Mutter erschlagen', ausrief: ‚Oheim, wie konnte er sie töten?' Darauf erzählte jener ihm alles, was seiner Mutter widerfahren war, auch daß Mirdâs seine Tochter dem 'Adschîb zur Frau gegeben habe und daß dieser zu ihr eingehen wolle. Kaum hatte Gharîb das von seinem Oheim erfahren, da ward er wie von Sinnen, und er fiel ohnmächtig nieder, so daß er fast des Todes war. Als er aber wieder zu sich kam, rief er nach seinen Kriegern und befahl: ‚Aufs Pferd!' Doch ed-Dâmigh bat ihn: ‚Sohn meines Bruders, warte, bis ich mich gerüstet habe; dann will ich mit meinen Mannen aufsitzen und mit dir an deinem Steigbügel dahinziehen!' ‚Oheim, ich habe keine Geduld zum Warten,' erwiderte Gharîb, ‚rüste du dich und stoße zu mir bei Kufa!' So machte er sich denn alsbald auf und gelangte zuerst zu der Stadt Babel; und ihre Bewohner gerieten in Schrecken. Dort herrschte aber ein König, Dschamak geheißen, der hatte unter sich zwanzigtausend Ritter; nun sammelten sich bei ihm noch aus den Dörfern ringsum weitere fünfzigtausend und schlugen die Zelte vor Babel auf. Darauf schrieb Gharîb einen Brief und sandte ihn dem Herrn von Babel. Der Bote brach auf, und als er bei der Stadt anlangte, rief er die Worte: ‚Ich bin ein Abgesandter!‘ Der Hüter des Tores begab sich alsbald zu König Dschamak und meldete ihm die Ankunft des Boten. ‚Bring ihn zu mir!‘ befahl der König; und der Wächter ging und brachte den Boten vor den Herrscher. Jener küßte den Boden und überreichte das Schreiben an Dschamak; der öffnete es und las es. Darinnen aber stand geschrieben: ‚Preis sei Allah, dem Herrn der Welt, dem Herrn aller Dinge, der alles Lebendige erhält, der da Macht hat über alle Dinge! Von Gharîb, dem Sohne des Königs Kundamir, des Herrn von Irak und Kufa, an Dschamak. Wenn dieser Brief in Deine Hände kommt, so sei Deine Antwort keine andere, als daß Du Deine Götzen verbrennst und Dich zur Einheit des allwissenden Königs bekennst, des Erschaffers von Tag und Nacht, des Allschöpfers, der über alle Dinge herrscht in seiner Macht! Wenn Du aber nicht tust, was ich Dir gebiete, so werde ich diesen Tag zum unseligsten Deiner Tage machen. Friede sei über dem, so der rechten Leitung nachstrebt und in Furcht vor den Folgen der Schlechtigkeit lebt und sich dem Gehorsam gegen den höchsten König unterstellt, des Herrn dieser und der nächsten Welt, der da spricht zu einem Dinge: ‚Werde!‘, und es wird.‘ Als Dschamak diesen Brief gelesen hatte, schillerten seine Augen grünlich, und sein Angesicht erblich, und er schrie den Boten an: ‚Geh zu deinem Herrn und sage ihm: ‚Morgen, wenn des Tages Lichter aufsteigen, da soll sich im Kampfesreigen der rechte Meister zeigen!‘ Der Bote kehrte heim und berichtete vor Gharîb, was geschehen war; und der befahl sogleich seinen Mannen, sich zu rüsten. Dschamak aber ließ seine Zelte gegenüber Gharîbs Lager aufschlagen; und hinaus strömte das Heer wie das brandende Meer, und alle verbrachten die Nacht zum Kampfe entschlossen. Sowie nun der Tag anbrach, stiegen die beiden Heere zu Pferde und stellten sich in Schlachtreihen auf. Und unter der Trommeln wirbelndem Klang sausten die Renner das Feld entlang, und für ihre gewaltige Menge war die weite Welt zu enge. Die Helden ritten voran, und der erste, der auf den Kampfesplan trat, war der Ghûl des Berges. Er trug auf seiner Schulter einen furchtbaren Baum, und er schrie inmitten der beiden Heere: ‚Ich bin Sa'dân, der Ghûl!' Dann rief er: ‚Ist einer zum Zweikampf bereit? Wagt einer den Streit? Kein feiger, kein schwächlicher Mann trete wider mich heran!' Dann rief er seinen Söhnen zu: ‚Holla, ihr da, bringt mir Brennholz und Feuer; denn mich hungert.' Und jene gaben den Ruf an ihre Sklaven weiter; die holten das Brennholz und zündeten ein Feuer mitten auf dem Schlachtfelde an. Nun ritt ein Mann aus den Reihen der Ungläubigen hervor, ein hochfahrender Riese, der trug auf der Schulter eine Keule, die einem Schiffsmaste glich. Er sprengte auf den Ghûl ein mit dem Rufe: ‚Wehe dir, o Sa'dân!' Kaum drangen des Riesen Worte an sein Ohr, da loderte der Grimm in ihm empor, und er schwang den Baum, so daß er durch die Luft schwirrte, und hieb auf den Riesen ein; der wollte den Hieb mit der Keule abwehren, aber der Baum sauste in seiner vollen Schwere mitsamt der Keule auf den Schädel des Riesen und zertrümmerte ihn, und der Ungläubige sank hin wie ein hochstämmiger Palmenbaum. Sa'dân aber rief seinen Sklaven zu: ‚Schleppt dies fette Kalb fort und röstet es mir sogleich!' Alsdann häuteten sie den Riesen ab, rösteten ihn und brachten ihn dem Ghûl Sa'dân; der fraß ihn auf und zerkaute seine Knochen. Wie die Ungläubigen sahen, was Sa'dân mit ihrem Gefährten tat, erstarrte ihnen Haut und Leib, ihr ganzes Wesen sträubte sich, und ihre Farbe erblich. Und sie sprachen zueinander: ‚Wer gegen diesen Ghûl auszieht, den frißt er, dem zerkaut er die Knochen, so daß der den süßen Hauch der Welt nicht mehr spürt.' Darum wagten sie nicht weiterzukämpfen, aus Furcht vor dem Ghûl und seinen Söhnen, sondern sie wandten sich, um zu fliehen und in ihre Stadt zurückzuziehen. Da rief Gharîb den Seinen zu: ,Vorwärts! Hinter den Fliehenden her!' Nun fielen die Perser und Araber über den König von Babel und sein Kriegsvolk her und ließen das Schwert auf sie niedersausen, bis sie von ihnen zwanzigtausend oder noch mehr erschlagen hatten. Und als sich die Menge am Stadttor zusammendrängte, töteten sie noch viel Volks von ihnen, und es gelang den Ungläubigen nicht, das Tor zu schließen, so daß Araber und Perser weiter auf sie eindringen konnten. Sa'dân nahm einem der Erschlagenen die Keule ab, schwang sie den Feinden ins Gesicht und drang bis zum freien Platze der Stadt vor. Dann stürmte er zum Schlosse des Königs, und als er vor Dschamak stand, traf er ihn mit der Keule, so daß der Herrscher ohnmächtig zu Boden sank. Und weiter fiel Sa'dân über alle her, die im Schlosse waren, und zerschlug sie zu Brei. Nun erhob sich der Ruf: ,Gnade! Gnade!' – –«

Da bemerkte Schehrezâd, daß der Morgen begann, und sie hielt in der verstatteten Rede an. Doch als die *Sechshundertundsiebenunddreißigste Nacht* anbrach, fuhr sie also fort: »Es ist mir berichtet worden, o glücklicher König, daß im Palaste des Königs Dschamak, als der Ghûl Sa'dân dort eindrang und die Leute darin zu Brei zerschlug, sich der Ruf erhob: ,Gnade! Gnade!' Da rief Sa'dân: ,Fesselt euren König!' Als sie ihn gefesselt und aufgeladen hatten, trieb Sa'dân sie wie Schafe vor sich her und führte sie, nachdem die meisten Einwohner der Stadt durch das Schwert der Mannen Gharîbs umgekommen waren, vor seinen Herrn. Und wie Dschamak, der König von Babel, nun aus seiner Ohnmacht erwachte, merkte er, daß er gefesselt war und daß der Ghûl sagte: ,Heute abend will ich diesen König Dschamak verspeisen.' Als er das hören mußte, wandte er sich an Gharîb und sprach zu ihm: ,Ich begebe mich unter deinen Schutz!' Gharîb erwiderte ihm: ,Suche im Islam dein Heil, so wird dir die Rache des Ghûls und die Strafe des Lebendigen, der nimmer aufhört, nicht zuteil!' Da ward Dschamak ein Muslim mit Herz und Zunge, und Gharîb gebot, seine Fesseln zu lösen. Dann bot er seinem Volke den Islam dar, und alle nahmen ihn an und traten in die Dienste Gharîbs. Dschamak aber kehrte in seine Stadt zurück und sandte von dort Speise und Trank. Dann blieb das Heer im Lager vor Babel, bis es Morgen ward. Nun gab Gharîb den Befehl zum Aufbruch, und das Heer zog weiter, bis es vor Maijafarikîn[1] ankam. Dort fanden sie die Stadt von ihren Bewohnern verlassen; die hatten nämlich schon gehört, wie es Babel ergangen war, und so hatten sie ihre Behausungen verlassen und waren nach der Stadt Kufa geeilt, um 'Adschîb zu melden, was geschehen war. Der begann zu rasen, sammelte alle seine Helden und tat ihnen kund, daß Gharîb herannahe; zugleich befahl er ihnen, sich zum Kampfe wider seinen Bruder zu rüsten. Dann hielt er eine Musterung ab unter seinem Volke, und als er nun dreißigtausend Reiter und zehntausend Mann Fußvolk zählte, verlangte er, es sollten noch mehr zur Stelle sein, und so kamen weitere fünfzigtausend Mann zu Pferde und zu Fuß. Und nun brach er mit einem gewaltigen Heere auf und zog fünf Tage lang dahin; da fand er das Heer seines Bruders, wie es vor Mosul lagerte, und er schlug ihm gegenüber seine Zelte auf. Darauf schrieb Gharîb einen Brief, wandte sich an seine Mannen

1. Diese Stadt liegt nördlich vom oberen Tigris; hier, wie überall in dieser Geschichte, hat der Erzähler ganz unklare geographische und historische Vorstellungen.

und fragte: ‚Wer von euch will diesen Brief an ’Adschîb überbringen?‘ Sofort erhob sich Sahîm und rief: ‚O größter König unserer Zeit, ich will mit deinem Brief springen und dir seine Antwort bringen!‘ Gharîb übergab ihm das Schreiben; und Sahîm begab sich mit ihm zum Prunkzelte ’Adschîbs. Als dem seine Ankunft gemeldet war, sprach er: ‚Führt ihn mir vor!‘ Und wie er dann vor dem König stand, fragte der ihn: ‚Woher kommst du?‘ Er gab zur Antwort: ‚Ich komme zu dir von dem König der Perser und Araber, dem Eidam des Kisra[1], des Königs der Welt; er sendet dir einen Brief, drum gib du ihm Antwort!‘ ‚Her mit dem Briefe!‘ befahl ’Adschîb; und wie Sahîm ihn ihm gereicht hatte, öffnete er ihn und las ihn. Und darinnen fand er geschrieben: ‚Im Namen Allahs des Barmherzigen, der Erbarmen übt! Friede sei über Abraham, den Gott liebt! Des weiteren: Sowie dieser Brief in Deine Hände gelangt, bekenne Du die Einheit des allgütigen Königs, des Urgrundes aller Dinge der Welt, der die Wolken wandern läßt am Himmelszelt, und verlasse den Götzendienst! Wenn Du Muslim wirst, so bist Du mein Bruder und der Herrscher über uns; und ich will Dir die Sünde wider meinen Vater und meine Mutter verzeihen und Dir wegen Deiner Taten keinen Vorwurf machen. Wenn Du aber nicht tust, was ich Dir befehle, so will ich Dir das Haupt abschlagen und Deine Stätten verwüsten. Ich komme eilends über Dich; und ich rate Dir gut. Friede über dem, so der rechten Leitung nachstrebt und im Gehorsam gegen den höchsten König lebt!‘ Als aber ’Adschîb die Worte seines Bruders gelesen und seine Drohungen verstanden hatte, versanken ihm die Augen in seinen Schädel, er knirschte mit den Zähnen und geriet in gewaltige Wut. Und er riß den Brief in

1. Kisra (griechisch Chosroes) wird von den Muslimen als Titel der Perserkönige gebraucht.

Fetzen und warf sie fort. Darüber ergrimmte Sahîm, und er schrie 'Adschîb an mit den Worten: ‚Allah lasse deine Hand verdorren für das, was sie getan hat!' Nun rief 'Adschîb seinen Leuten zu: ‚Packt diesen Hund und haut ihn mit euren Schwertern in Stücke!' Da stürzten sie sich auf Sahîm; er aber zog sein Schwert und fiel über sie her und tötete mehr als fünfzig jener Recken. Dann brach er sich Bahn, bis er wieder zu seinem Bruder kam, in Blut gebadet. Der fragte ihn: ‚Was hat dieses zu bedeuten, Sahîm?' Und jener berichtete, was geschehen war. Gharîb rief: ‚Allah ist der Größte!' Und voll des Zornes ließ er sogleich die Kriegstrommeln schlagen. Da sprangen aufs Pferd die Recken zuhauf; das Fußbolk stellte sich in Schlachtreihe auf; es sammelten sich die Genossen und tummelten sich auf ihren Rossen. Die Mannen kleideten sich in das Eisengewand, den Panzer aus Ringen dicht gespannt, sie gürteten sich mit ihren Degen und begann die langen Lanzen einzulegen. Auch 'Adschîb ritt mit seinem Kriegsvolke in die Schlacht, und Heer prallte auf Heer. – –«

Da bemerkte Schehrezâd, daß der Morgen begann, und sie hielt in der verstatteten Rede an. Doch als die *Sechshundertundachtunddreißigste Nacht* anbrach, fuhr sie also fort: »Es ist mir berichtet worden, o glücklicher König, daß damals, als Gharîb und 'Adschîb beide mit ihrem Kriegsvolke in die Schlacht ritten, Heer auf Heer prallte. Nun führte der Richter der Schlacht das Gericht, in dessen Spruch es kein Unrecht gibt, der ein Siegel auf dem Munde trägt und nicht spricht. Und es hub an ein Blutvergießen, seltsame Muster begannen auf der Erde zu fließen; die Haare der Streiter wurden weiß, und die Schlacht ward wild und heiß. Da glitten die Füße aus, der Tapfere hielt stand und drängte zum Strauß, doch der Feige wandte sich und eilte nach Haus. So tobte der Kampf immer weiter, bis der Tag zur Rüste ging und die Nacht alles mit Dunkel umfing. Die Trommeln des Rückzugs wurden geschlagen, die Kämpfenden trennten sich voneinander, und jedes der beiden Heere kehrte ins Lager zurück und hielt Nachtruhe. Kaum aber war der Morgen erwacht, da schlugen die Trommeln zu Kampf und Schlacht. Die Krieger kleideten sich in die Kriegsrüstung, gürteten sich mit den glänzenden Degen und begannen die braunen Lanzen einzulegen; sie stürmten auf feurigen Rossen einher und riefen: ‚Flucht gibt es heute nicht mehr!‘ So wogte auf beiden Seiten ein Heer gleichwie das brandende Meer. Und der erste, der das Buch des Kampfes aufschlug, war Sahîm; der spornte seinen Renner zwischen die beiden Reihen und ließ Schwerter und Lanzen im Kriegsspiele tanzen; ja, er schlug solche Kapitel des Kampfes auf, daß die Beherzten verwirrt wurden. Dann rief er: ‚Ist einer zum Zweikampfe bereit? Wagt einer den Streit? Kein feiger, kein schwächlicher Mann trete wider mich heran!‘ Da trat ein Ritter hervor aus der ungläubigen Schar, der gleichwie ein Feuerbrand war. Doch Sahîm ließ ihn nicht lange vor sich stehen, sondern durchbohrte ihn alsbald und streckte ihn zu Boden. Da ritt ein zweiter hervor, den tötete er; und ein dritter, den zerfetzte er; und ein vierter, den zerschmetterte er. Und so stritt er weiter: jeden, der gegen ihn auf den Plan trat, streckte er nieder, bis es Mittag ward und er zweihundert Helden erschlagen hatte. Da schrie 'Adschîb sein Kriegsvolk an und gab das Zeichen zum Angriff; Helden stürmten wider Helden und begannen gewaltig zu streiten, und viel ward des Rufens auf beiden Seiten. Und es klangen die Schwerter, die leuchtend klaren; von den Mannen stürzten sich Scharen auf Scharen, bis sie in ärgster Bedrängnis waren. Ströme des Blutes flossen, und die Hirnschalen dienten als Huf-eisen den Rossen. Und der wütende Kampf tobte immerfort,

486

bis der Tag zur Rüste ging und die Nacht alles mit Dunkel umfing. Nun trennten sie sich voneinander, begaben sich in ihre Zelte und hielten dort Nachtruhe bis zum Morgen; dann saßen beide Heere von neuem auf und begannen für Kampf und Gefecht zu sorgen. Die Muslime schauten nach Gharîb aus, ob er wie gewöhnlich unter den Feldzeichen ritt; aber er war dort nicht. Drum sandte Sahîm seinen Sklaven zum Zelte seines Bruders; und als dieser ihn nicht fand, fragte er die Zeltdiener, doch die antworteten: ‚Wir wissen nichts von ihm.‘ Darüber war er sehr in Sorge, und er ging hin und tat es den Kriegern kund; die aber weigerten sich zu kämpfen, denn sie sprachen: ‚Wenn Gharîb fern ist, so wird sein Feind uns vernichten.‘ Daß Gharîb nicht kam, hatte einen seltsamen Grund; und den tun wir nun in geziemender Weise kund. Es war aber dieser: Als ’Adschîb aus dem Kampfe mit seinem Bruder Gharîb zurückgekehrt war, rief er einen seiner Leibwächter, namens Saijâr, und sprach zu ihm: ‚Saijâr, ich habe dich nur für einen Tag wie diesen aufgespart; und jetzt befehle ich dir, geh zum Lager Gharîbs, dring bis zum Königszelte vor und bringe Gharîb herbei; so wirst du mir zeigen, wie verwegen und listig du bist.‘ ‚Ich höre und gehorche!‘ sagte Saijâr; und er schlich dahin, bis er ins Prunkzelt Gharîbs eindringen konnte im Dunkel der Nacht, als jedermann zu seiner Ruhestatt gegangen war. Nun stand Saijâr als Diener in Gharîbs Zelt, und als den König dürstete, verlangte er Wasser von Saijâr; der aber brachte ihm einen Krug Wassers, das er mit Bendsch vermischt hatte. Kaum hatte Gharîb das Wasser getrunken, da stürzte er schon vornüber zu Boden. Nun hüllte Saijâr ihn in seinen Mantel, lud ihn auf seinen Rücken und schlich sich zurück, bis er wieder ins Zelt ’Adschîbs eintrat. Vor seinem Herrn blieb er stehen; dann warf er ihm die Last vor die Füße. ‚Was ist das, Saijâr?‘ fragte

'Adschîb; und jener antwortete: ‚Dies ist dein Bruder Gharîb!‘
Hocherfreut rief ’Adschîb: ‚Der Segen der Götzen ruhe auf dir!
Wickele ihn aus und wecke ihn!‘ Nachdem Saijâr ihm Essig zu
riechen gegeben hatte, kam Gharîb wieder zu sich, schlug die
Augen auf und entdeckte, daß er gefesselt in einem fremden
Zelte lag. Da rief er: ‚Es gibt keine Macht und es gibt keine
Majestät außer bei Allah, dem Erhabenen und Allmächtigen!‘
Aber sein Bruder schrie ihn an: ‚Ziehst du wider mich das
Schwert, du Hund, und willst mich töten und Blutrache an
mir nehmen für deinen Vater und deine Mutter? Noch heute
will ich dich ihnen nachsenden und die Welt von dir befreien!‘
‚O du ungläubiger Hund,‘ erwiderte ihm Gharîb, ‚du wirst
schon sehen, gegen wen die Räder des Schicksal sich drehen,
und wen der allbezwingende König niederzwingen wird, Er,
der die geheimsten Gedanken kennt allzumal, und der dich in
die Hölle stürzen wird zu ewiger Folterqual. Hab Erbarmen
mit dir selber und sprich mit mir: Es gibt keinen Gott außer
Allah; Abraham ist der Freund Allahs!‘ Als ’Adschîb diese
Worte von Gharîb vernahm, begann er zu hauchen und zu
fauchen und Schmähworte wider die Steingötter zu gebrauchen; dann befahl er, den Schwertträger und das Blutleder zu
holen. Doch da küßte der Wesir den Boden vor ihm; der war
im Herzen ein Muslim, nach außen hin aber ein Ungläubiger,
und er sprach: ‚O König, weile und handle nicht mit Eile, bis wir
wissen, wer siegt und wer besiegt wird. Wenn wir Sieger bleiben,
so haben wir auch die Macht, ihn zu töten; werden wir aber
besiegt, so wird es unsere Sache stärken, daß er lebend in unseren
Händen ist.‘ Die Emire sprachen: ‚Der Wesir hat recht.‘ – –«

Da bemerkte Schehrezâd, daß der Morgen begann, und sie
hielt in der verstatteten Rede an. Doch als die *Sechshundertund-
neununddreißigste Nacht* anbrach, fuhr sie also fort: »Es ist mir
488

berichtet worden, o glücklicher König, daß der Wesir, als 'Adschîb den Gharîb hinrichten lassen wollte, anhub und sprach: ‚Handle nicht mit Eile! Wir haben immer noch die Macht, ihn zu töten.‘ Da befahl 'Adschîb, seinem Bruder Handschellen und Fußfesseln anzulegen, und wies ihm sein Zelt an, wo er ihn von tausend trutzigen Helden bewachen ließ.

Als nun Gharîbs Heer am Morgen nach seinem König suchte und ihn nicht fand, da war es wie eine Herde ohne Hirt. Sa'dân der Ghûl aber rief: ‚Ihr Krieger, legt eure Rüstungen an und vertraut auf euren Herrn, Er wird euch schützen!‘ Nun schwangen Araber und Perser sich auf ihre Rosse, angetan mit dem eisernen Gewand, von dem engmaschigen Panzer umspannt. Die Hauptleute zogen zum Strauß, die Bannerträger ihnen voraus. Als erster ritt der Bergghûl vor, der trug auf seiner Schulter eine Keule, die zweihundert Pfund wog. Und er tummelte sich, bereit zu Kampf und Streit; dabei rief er: ‚Ihr Götzendiener, tretet hervor! Dies ist der Tag, den der Kampf sich erkor! Wer mich kennt, der hat genug an dem Unheil aus meiner Hand; und wer mich nicht kennt, dem sei mein Name genannt: Ich bin Sa'dân, der Diener des Königs Gharîb! Ist einer zum Zweikampf bereit? Wagt einer den Streit? Kein feiger, kein schwächlicher Mann trete wider mich heran!‘ Da ritt hervor aus der ungläubigen Schar ein Mann, der gleichwie ein Feuerbrand war, und er sprengte auf Sa'dân los; doch der stürmte ihm entgegen, traf in mit seiner Keule und zerbrach ihm die Rippen, so daß er leblos zu Boden fiel. Dann rief der Ghûl seinen Söhnen und Sklaven zu: ‚Zündet das Feuer an! Röstet mir jeden Ungläubigen, der fällt, richtet ihn zu und laßt ihn gar werden im Feuer; dann bringt ihn mir, auf daß ich ihn zu Mittag verspeise!‘ Sie taten, wie er ihnen befohlen hatte, zündeten das Feuer mitten auf dem Plan an und warfen jenen erschlagenen Helden hinein; und sobald er geröstet war, brachten sie ihn dem Sa'dân; der nagte das Fleisch ab und zerkaute die Knochen. Als die Ungläubigen sahen, was der Bergghûl tat, kam grauser Schrecken über sie. Aber 'Adschîb rief seinen Mannen zu: ‚He, ihr da, greift diesen Ghûl dort an, trefft ihn mit euren Schwertern und haut ihn in Stücke!‘ Da stürmten zwanzigtausend Mann auf Sa'dân los, all die Streiter umringten ihn und überschütteten ihn mit Pfeilen und Speeren, so daß er über und über mit Wunden[1] bedeckt war und sein Blut auf die Erde niederrann; und er war immer noch allein. Jetzt aber eilten die Helden der Muslime wider das Volk der Vielgötterei ins Feld und flehten um Hilfe zu dem Herrn aller Welt. Und sie kämpften und stritten unablässig, bis der Tag zur Rüste ging; da trennten sie sich voneinander. Sa'dân aber war gefangen genommen, als er ob des Blutverlustes wie ein Trunkener dalag. Die Ungläubigen hatten ihn mit starken Fesseln gebunden und neben Gharîb niedergelegt. Und als der sah, daß der Ghûl gefangen war, sprach er: ‚Es gibt keine Macht und es gibt keine Kraft außer bei Allah, dem Erhabenen und Allmächtigen!‘ Dann fragte er: ‚O Sa'dân, was hat dies zu bedeuten?‘ ‚Mein Gebieter,‘ erwiderte jener, ‚Allah, der Gepriesene und Erhabene, hat Leid und Freud bestimmt, und da muß es so und so geschehen.‘ Gharîb sagte darauf: ‚Du hast recht, Sa'dân!‘ 'Adschîb aber verbrachte die Nacht voller Freude, und er rief seinen Leuten zu: ‚Sitzt morgen früh auf und fallt über die Muslime her, bis daß keiner von ihnen am Leben bleibt!‘ ‚Wir hören und gehorchen!‘ antworteten sie.

Wenden wir uns nun wieder zu den Muslimen! Die verbrachten die Nacht niedergeschlagen und weinten um ihren

1. Im Arabischen: vierundzwanzig Wunden. Das Bild ist vom Gold genommen, das vierundzwanzig Karat hat.

König und um Sa'dân; doch Sahîm sprach zu ihnen: ‚Ihr Leute, macht euch keine Sorge; denn die Hilfe Allahs des Erhabenen ist nahe!' Darauf wartete er bis Mitternacht, dann begab er sich zum Lager 'Adschîbs und schlich immer weiter zwischen all den Zelten hindurch, bis er 'Adschîb auf dem Throne seiner Macht sitzen sah, umgeben von seinen Fürsten. Das hatte er tun können, da er sich als Zeltdiener verkleidet hatte. Und nun trat er an die brennenden Kerzen heran, putze die Lichter und streute zerstoßenen Bendsch hinein. Und er ging wieder hinaus vor das Zelt und wartete eine Weile, bis der giftige Rauch 'Adschîb und seine Fürsten erreichte, so daß sie wie tot zu Boden sanken. Er ließ sie dort liegen und ging dann zum Kerkerzelte; dort fand er Gharîb und Sa'dân, umgeben von tausend Helden, die alle vom Schlafe überwältigt waren. Und er rief die Wachen an: He, ihr da, schlaft nicht! Bewacht euren Feind und zündet die Fackeln an!' Dann nahm er eine Fackel, zündete sie mit Brennholz an, streute Bendsch darauf und trug sie rings um das Zelt, so daß der Rauch vom Bendsch sich verbreitete und allen in die Nase drang; so wurden alle betäubt, Krieger und Gefangene schliefen ein, vom Rauche des Bendsch überwältigt. Nun hatte Sahîm el-Lail Essig in einem Schwamme bei sich; daran ließ er Gharîb und Sa'dân riechen, bis sie wieder zu sich kamen; vorher aber hatte er ihnen die Ketten und Fesseln abgenommen. Als die beiden ihn erblickten, segneten sie ihn und freuten sich über ihn. Dann gingen sie hinaus und nahmen allen Wächtern ihre Waffen ab; Sahîm aber sprach zu den beiden: ‚Geht in euer Lager zurück!' Und während sie das taten, drang er in das Zelt 'Adschîbs, hüllte ihn in seinen Mantel und lud ihn auf den Rücken; und alsbald machte er sich auf den Heimweg zum Lager der Muslime, und unter dem Schutze des barmherzigen Herrn erreichte er das Zelt Gharîbs. Dort entrollte er den Mantel; und Gharîb, der hinausschaute, um zu sehen, was in dem Mantel war, erkannte darin seinen gefesselten Bruder 'Adschîb. Er rief: ‚Allah ist der Größte! Heil und Sieg!' und segnete Sahîm; dann sprach er: ‚Sahîm, weck ihn auf!' Der trat heran und gab dem Gefangenen Essig mit Weihrauch zu riechen; jener erwachte aus der Betäubung, schlug die Augen auf, und als er sich an Händen und Füßen gefesselt sah, ließ er sein Haupt zu Boden hängen. – –«

Da bemerkte Schehrezâd, daß der Morgen begann, und sie hielt in der verstatteten Rede an. Doch als die *Sechshundertundvierzigste Nacht* anbrach, fuhr sie also fort: »Es ist mir berichtet worden, o glücklicher König, daß 'Adschîb, nachdem Sahîm ihn betäubt, gefesselt und zu seinem Bruder Gharîb gebracht und dort aufgeweckt hatte, die Augen aufschlug und, als er sich an Händen und Füßen gefesselt sah, sein Haupt zu Boden hängen ließ. Sahîm aber fuhr ihn an: ‚Verruchter, hebe dein Haupt!' Der tat es, und nun sah er, daß er sich unter Persern und Arabern befand und wie sein Bruder Gharîb dasaß auf dem Thron seiner Herrschermacht und der Stätte seiner Pracht; aber er schwieg und sprach kein Wort. Da rief Gharîb: ‚Entblößet diesen Hund!' Und die Leute rissen ihm die Kleider herunter und fielen mit Peitschenhieben über ihn her, bis sie ihm den Leib geschwächt und den Stolz gedämpft hatten; dann ließ Gharîb ihn von hundert Rittern bewachen. Kaum aber hatte Gharîb die Strafe an seinem Bruder vollzogen, da hörte man bei den Zelten der Ungläubigen die Rufe: ‚Es gibt keinen Gott außer Allah!' und ‚Allah ist der Größte!' Dies kam daher, daß König ed-Dâmigh, der Oheim Gharîbs, nach dessen Aufbruch von el-Dschazîra noch zehn Tage dort geblieben war und sich dann mit zwanzigtausend Rittern aufgemacht hatte; und er war dahingezogen, bis er sich dem Schlachtfelde näherte; dort entsandte er seinen Läufer auf Kundschaft. Der blieb einen Tag fort, und als er zurückkehrte, berichtete er dem König ed-Dâmigh, was Gharîb von seinem Bruder erlebt hatte. Da wartete er, bis es Nacht ward; dann aber stürmte er mit dem Rufe ‚Allah ist der Größte!‘ wider die Schar der Heiden und sandte auf sie der Schwerter Schneiden. Als nun Gharîb samt seinem Volke jenes Feldgeschrei hörte, rief er seinen Bruder Sahîm el-Lail und sprach zu ihm: ‚Bring uns Nachricht über dies Heer und über den Grund dieses Feldgeschreis!‘ Der machte sich alsbald auf den Weg, bis er in die Nähe der Stätte kam, wo die Rufe erschollen, und dort befragte er die Sklaven; die taten ihm kund, König ed-Dâmigh, Gharîbs Oheim, sei mit zwanzigtausend Rittern angekommen und habe gesagt: ‚Bei dem Gottesfreunde Abraham, ich will den Sohn meines Bruders nicht im Stiche lassen; nein, ich will handeln wie ein tapferer Held. Ich will die Heidenschar zurückschlagen und dem allgewaltigen König gefallen!‘ Und dann habe er mit seinen Mannen im Dunkel der Nacht die Schar der Ungläubigen angegriffen. Da kehrte Sahîm zu seinem Bruder Gharîb zurück und meldete ihm, was sein Oheim getan hatte. Nun rief dieser sogleich seinen Kriegern zu: ‚Legt eure Waffen an! Besteigt eure Rosse! Eilt meinem Oheim zu Hilfe!‘ So saßen denn die Krieger auf und stürmten wider die Heiden und sandten auf sie der Schwerter Schneiden. Und ehe noch der Morgen anbrach, hatten sie fast fünfzigtausend Ungläubige erschlagen und wohl dreißigtausend gefangen genommen; und die übrigen, zur Flucht gewandt, eilten weit und breit ins Land. Die Muslime aber kehrten zurück im Triumph und Siegerglück; und Gharîb ritt seinem Oheim ed-Dâmigh entgegen, begrüßte ihn und dankte ihm für sein wackeres Tun. Darauf sagte ed-Dâmigh: ‚Ob wohl der Hund da in dieser Schlacht gefallen ist?‘ Und

Gharîb gab ihm zur Antwort: ‚Oheim, hab guten Mut und ruhig Blut! Wisse, er liegt bei mir in Ketten.‘ Darüber war jener hocherfreut; und so zogen die beiden Könige ins Lager, saßen ab und traten ins Zelt; aber sie fanden keinen ’Adschîb. Da rief Gharîb: ‚O Ruhm Abrahams, des Gottesfreundes – Friede sei über ihm!‘ Und weiter rief er: ‚Wie unheilvoll endet dieser glorreiche Tag!‘ Dann schrie er die Zeltdiener an mit den Worten: ‚Weh euch, wo ist mein Widersacher?‘ Sie antworteten: ‚Als du aufsaßest und wir mit dir zogen, befahlst du uns nicht, ihn einzusperren.‘ Gharîb aber sprach: ‚Es gibt keine Macht und es gibt keine Majestät außer bei Allah, dem Erhabenen und Allmächtigen!‘ Und sein Oheim sagte zu ihm: ‚Übereile dich nicht und mach dir keine Sorgen! Wohin kann er entweichen, wenn wir auf der Suche nach ihm sind?‘ Die Flucht ’Adschîbs aber war durch seinen Diener Saijâr verursacht worden, der sich im Lager verborgen hatte. Kaum traute er seinen Augen, als Gharîb aufsaß und niemanden bei den Zelten zurückließ, um den Widersacher zu bewachen. Er wartete ein wenig, nahm dann ’Adschîb auf den Rücken und begab sich aufs offene Feld; jener war noch betäubt von den Schmerzen der Schläge. Und nun eilte Sajâr, so rasch er konnte, dahin von Anbeginn der Nacht bis zum nächsten Morgen, bis er zu einer Quelle bei einem Apfelbaum kam. Dort setzte er ’Adschîb nieder und wusch ihm das Gesicht; und als der seine Augen öffnete und Saijâr erblickte, sprach er: ‚Saijâr, trag mich nach Kufa, damit ich mich dort erhole und Heere von Reitern und Fußvolk sammle, um durch sie meinen Feind zu überwinden. Aber hör, Saijâr, ich bin hungrig.‘ Da eilte Saijâr zu einem Wildlager, fing ein Straußenjunges und brachte es seinem Herrn. Nachdem er es geschlachtet und zerlegt hatte, holte er Reisig, rieb die Feuerhölzer und zündete ein Feuer an; dann

494

röstete er das Fleisch und gab es 'Adschîb zu essen, auch gab er ihm Wasser aus dem Quell zu trinken, so daß seine Kraft zurückkehrte; und nun schlich er sich in ein Beduinenlager und stahl dort ein Roß und brachte es zu 'Adschîb, ließ ihn aufsitzen und machte sich mit ihm auf den Weg nach Kufa. Sie zogen mehrere Tage dahin, bis sie in die Nähe der Stadt kamen; der Statthalter zog dem König 'Adschîb entgegen und begrüßte ihn und sah, wie schwach er war infolge der Schläge, die sein Bruder ihm hatte versetzen lassen. Nachdem der König in die Stadt eingezogen war, berief er die Ärzte und sprach zu ihnen, als sie vor ihm standen: ‚Heilt mich in weniger als zehn Tagen!' ‚Wir hören und gehorchen!' erwiderten sie und begannen ihn zu pflegen, bis er von der Krankheit, die ihn infolge jener Schläge befallen hatte, ganz genesen war. Darauf befahl er seinem Wesir, Briefe an alle Statthalter zu schreiben; und der fertigte vierundzwanzig Schreiben aus und sandte sie an die Statthalter. Jene sammelten ihre Truppen und kamen in Eilmärschen nach Kufa. – –«

Da bemerkte Schehrezâd, daß der Morgen begann, und sie hielt in der verstatteten Rede an. Doch als die *Sechshundertundeinundvierzigste Nacht* anbrach, fuhr sie also fort: »Es ist mir berichtet worden, o glücklicher König, daß 'Adschîb Botschaften aussandte, um die Truppen zu sammeln, und daß die gen Kufa zogen und dort ankamen.

Da nun Gharîb wegen der Flucht 'Adschîbs in Sorge war, so schickte er tausend Helden nach ihm aus. Die zerstreuten sich nach allen Richtungen hin und ritten einen Tag und eine Nacht, fanden aber keine Spur von ihm; dann kehrten sie um und meldeten es Gharîb. Nun verlangte er nach seinem Bruder Sahîm, und als der nicht gefunden werden konnte, war er wegen der Wechselfälle des Geschicks um ihn besorgt und grämte sich sehr. Aber da trat plötzlich Sahîm zu ihm ein und küßte den Boden vor ihm. Kaum hatte Gharîb ihn erblickt, so fragte er ihn: ‚Wo bist du gewesen, Sahîm?‘ ‚O König,‘ antwortete der, ‚ich bin bis Kufa gekommen und habe entdeckt, daß der Hund 'Adschîb wieder an die Stätte seiner Macht gelangt ist. Er hat den Ärzten befohlen, ihn von seinem Leiden zu heilen; die haben es getan, und sobald er wieder gesund war, hat er Briefe schreiben lassen und sie an seine Statthalter gesandt; jetzt sind sie mit ihren Truppen bei ihm.‘ Sofort gab Gharîb seinem Heere den Befehl zum Aufbruch; da wurden die Zelte abgebrochen, und die Krieger zogen gen Kufa. Als sie dort ankamen, fanden sie ringsum ein Heer wie das brandende Meer, ohne Anfang und ohne Ende. Gharîb lagerte mit seinen Truppen gegenüber dem Heere der Ungläubigen; die Zelte wurden aufgeschlagen, die Banner sah man in die Lüfte ragen; doch nun begann über beide Seiten die Dunkelheit sich auszubreiten. Die Lagerfeuer wurden entfacht, und beide Heere hielten Wacht, bis daß der Tag anbrach. Da erhob sich König Gharîb, nahm die religiöse Waschung vor und betete zwei Rak'as nach der Sitte unseres Vaters Abraham, des Gottesfreundes – Friede sei über ihm! Da ward der Befehl gegeben, die Schlachttrommeln zu schlagen, und sie ratterten und die Fahnen flatterten; die Ritter legten die Panzer an und schwangen sich auf die Rosse dann, sie zeigten sich als ein Schlachtenbild und ritten hin zum Blachgefild. Der erste nun, der das Tor des Krieges auftat, war König ed-Dâmigh, der Oheim des Königs Gharîb; er sprengte mit seinem Renner die Reihen entlang und zeigte sich den beiden Heeren, indem er zwei Speere und zwei Schwerter schwang, so daß die Ritter ratlos waren und Staunen über ihn sich regte bei beiden Scharen. Und er rief: ‚Nimmt einer den Zweikampf an? Mir nahe kein feiger, kein schwächlicher Mann! Ich bin der König ed-Dâmigh, der Bruder Königs Kundamir!' Da ritt gegen ihn aus der heidnischen Ritterschar ein Held, der gleichwie ein Feuerbrand war. Er griff ed-Dâmigh an, ohne ein Wort zu sagen. Der aber empfing ihn mit der Lanze und stieß sie ihm durch die Brust, so daß die Spitze zwischen den Schultern wieder herausfuhr; und Allah ließ seine Seele ins Höllenfeuer sausen, die Stätte voller Grausen. Dann kam ein zweiter daher, den erschlug er; und ein dritter, den streckte er nieder; und so ging es weiter, bis er sechsundsiebenzig Helden getötet hatte. Nun zauderten die Mannen und die Helden, wider ihn auf den Plan zu treten; doch 'Adschîb, der Heide, schrie seinem Volke zu: ,Heda, ihr Mannen, wenn ihr immer einer nach dem andern mit ihm kämpft, so wird er keinen von euch übriglassen, ob er stehe oder sitze. Greift ihn alle auf einmal an, auf daß ihr die Erde von ihnen säubert und ihre Schädel unter die Hufe eurer Rosse rollen!' Da schwangen sie das furchterregende Banner, und Scharen türmten sich auf Scharen. Das Blut ward vergossen, so daß seine Ströme über die Erde flossen, und der Richter der Schlacht hielt Gericht, der in seinem Urteil kein Unrecht spricht. Der Tapfere stand festen Fußes auf der Stätte der Schlacht; doch der Feige kehrte den Rücken, auf die Flucht bedacht, und konnte kaum warten, bis der Tag zu Ende ging und die Nacht alles mit tiefem Dunkel umfing. So tobte der Kampf im Waffentanze mit Schwert und Lanze, bis der Tag entschwand und die Nacht kam in des Dunkels Gewand. Da ließen die Heiden die Trommeln zum Rückzug schlagen; Gharîb aber wollte noch nicht einhalten, und so stürzte er sich auf die Ungläubigen, und ihm folgten die Gläubigen, die Bekenner der Einheit. Wie zerhieben sie die Köpfe und Nacken! Wie konnten sie die Hände und Rückgrate zerhacken! Wie viele

Kniee und Sehnen zerbrachen sie! Wie viele Männer und Jünglinge erstachen sie! Und noch ehe es Morgen geworden war,
beschloß der Ungläubigen Schar, sich durch Flucht dem
Kampfe zu entziehen, und so flüchteten sie bei des strahlenden
Frührots Erglühen. Die Muslime aber folgten ihnen bis zum
Mittag; da hatten sie mehr als zwanzigtausend Gefangene gemacht und in Fesseln eingebracht. Nun machte Gharîb vor
dem Tore von Kufa Halt und befahl einem Herold, in jener
Stadt zu verkünden: ,Sicherheit und Frieden ist dem beschieden, der sich vom Dienste der Götzen trennt und die Einheit
des allwissenden Königs bekennt, der Tag und Nacht und die
Menschheit erschuf in seiner Macht.' Und so ward auf den
Straßen der Stadt, wie er befohlen hatte, Sicherheit ausgerufen;
und alle, die noch dort waren, groß und klein, traten in den
rechten Glauben ein. Dann zogen sie hinaus und erneuerten ihr
Bekenntnis zum Islam vor König Gharîb; der war über sie aufs
höchste erfreut, und seine Brust ward ihm froh und weit. Und
nun fragte er nach Mirdâs und seiner Tochter Mahdîja; man
berichtete ihm, jener habe sich jenseits des Roten Berges[1] niedergelassen. Da sandte er nach seinem Bruder Sahîm, und als
der vor ihm stand, sprach er: ,Forsche mir nach deinem Vater!'
Ohne Verzug bestieg Sahîm seinen Renner, und die Lanze von
braunem Glanze nahm er mit auf den eiligen Ritt. Er begab
sich zu dem Roten Berge und machte die Runden, doch konnte
er nichts von Mirdâs erkunden, und keine Spur ward von
dessen Volk gefunden. Statt ihrer fand er einen Scheich der
Araber, einen hochbetagten Mann, der durch die Fülle der
Jahre hinfällig geworden war; den fragte Sahîm, wie es um
den Stamm stehe, und wohin er gezogen sei. ,Mein Sohn,' ant-

1. ,Rote Berge' gibt es mehrfach im arabischen Sprachgebiet; hier ist
vielleicht der Rote Berg im mittleren Südarabien gemeint.

wortete er ihm, ,wisse, als Mirdâs hörte, daß Gharîb wider Kufa zog, fürchtete er sich gar sehr, und er nahm seine Tochter und sein Volk, alle seine Sklavinnen und Sklaven und kam in diese wüsten Steppen, aber ich weiß nicht, wohin er jetzt gezogen ist.' Wie Sahîm diese Worte des Alten vernommen hatte, kehrte er zu seinem Bruder zurück und tat sie ihm kund; der aber ward von tiefem Gram ergriffen. Dann setzte er sich auf den Königsthron seines Vaters, öffnete seine Schatzkammern und begann reiche Spenden all seinen Helden zuzuwenden; und er blieb in Kufa und entsandte Späher, um nach 'Adschîb zu forschen. Auch berief er die Großen des Reiches zu sich, und sie kamen und huldigten ihm; und ebenso taten die Bürger der Stadt. Er schmückte sie mit manch prächtigem Gewande und empfahl ihrem Schutze das Volk im Lande. – –«

Da bemerkte Schehrezâd, daß der Morgen begann, und sie hielt in der verstatteten Rede an. Doch als die *Sechshundertund-zweiundvierzigste Nacht* anbrach, fuhr sie also fort: »Es ist mir berichtet worden, o glücklicher König, daß Gharîb, nachdem er dem Volke von Kufa Ehrenkleider verliehen und das Landvolk ihrem Schutze empfohlen hatte, eines Tages zu Jagd und Hatz hinausritt, begleitet von hundert Reitern. Er zog dahin, bis er zu einem Tale kam, voller Bäume mit Früchten behangen, wo Bäche sprangen und Vöglein sangen. Es war ein Weideplatz für Antilopen und Gazellen, wo die Seelen Ruhe fanden und die erschlafften Geister durch den frischen Duft zu neuem Leben erstanden. Dort blieben sie den Tag über, einen sonnigen Tag, und sie verbrachten dort auch noch die Nacht bis zum Morgen. Da betete Gharîb zwei Rak'as, nachdem er die religiöse Waschung vollzogen hatte, und er sandte Preis und Dank zu Allah dem Erhabenen empor. Doch plötzlich erhob sich lautes Geschrei und Getümmel auf jener Wiese. Gharîb sprach zu Sahîm: ‚Erkunde uns, was das bedeutet!‘ Und der machte sich sofort auf und sah Gut, das geplündert war, eine angeseilte Pferdeschar, gefangene Frauen und schreiende Kinder. Da fragte er einige Hirten, indem er zu ihnen sprach: ‚Was gibt es dort?‘ Die antworteten ihm: ‚Das ist der Harem des Mirdâs, des Fürsten des Stammes Kahtân, und sein Gut und das Gut seines Stammes. Denn gestern hat el-Dschamrakân Mirdâs erschlagen, sein Gut geraubt, seine Frauen und Kinder gefangen genommen und die Habe des ganzen Stammes fortgeschleppt. Er übt nach seiner Gewohnheit das Räuberhandwerk frei und treibt Wegelagerei; er ist ein gewalttätiger Tyrann, den kein Araber und kein Fürst überwältigen kann; ja, er ist eine Landplage.‘ So mußte Sahîm vernehmen, daß sein Vater getötet, sein Harem gefangen, seine Habe geplündert war, und er eilte zu seinem Bruder Gharîb zurück und teilte es ihm mit. Da entbrannte in ihm ein zehrendes Feuer, und er ward von dem heißen Verlangen erfüllt, die Schmach zuzudecken und die Rache zu vollstrecken. Und er saß alsbald mit seinem Kriegsvolke auf, zum Kampfe bereit, und sie eilten dahin, bis sie den Feind erreichten. Da rief er den Leuten zu: ‚Allah ist der Größte! Er komme über die verstockten Sünder, des Unglaubens Verkünder!‘ Und er streckte in einem einzigen Ansturm einundzwanzig Helden nieder; dann machte er mitten auf dem Felde halt mit einem Herzen, in dem keine Feigheit galt; und er rief: ‚Wo ist el-Dschamrakân? Er trete wider mich auf den Plan! Ich gieß ihm den Becher der Schmach in den Rachen! Ich will die Lande frei von ihm machen.‘ Kaum hatte Gharîb diese Worte gesprochen, so stürzte el-Dschamrakân hervor, einer Kanonenkugel Bild oder wie ein Felsstück, in Eisen gehüllt. Er war ein gewaltig großer Riese, und ohne Wort oder Gruß griff er Gharîb an gleich einem rebellischen Tyrann. Aber auch

500

Gharîb sprengte ihm entgegen gleichwie ein blutgieriger Löwe. Nun hatte el-Dschamrakân eine Keule aus chinesischem Stahl, so gewaltig schwer, daß er einen Berg hätte zertrümmern können, wenn er mit ihr darauf geschlagen hätte. Die schwang er in der Hand und hieb mit ihr nach dem Haupte Gharîbs; aber der wich aus, und so sauste die Keule in die Erde und versank in ihr eine halbe Elle tief. Da griff Gharîb zu seiner Keule, traf den Feind mit ihr am Griffe seiner Hand und zerschmetterte ihm die Finger, also daß er die Keule aus der Hand fahren ließ. Dann neigte Gharîb sich mitten aus seinem Sattel, packte sie schneller als der blendende Blitz und hieb mit ihr el-Dschamrakân flach auf die Rippen, so daß er wie eine hochstämmige Palme zu Boden stürzte. Und Sahîm ergriff ihn, fesselte ihn und schleifte ihn an einem Seile dahin, während Gharîbs Reiter über die Reiter el-Dschamrakâns herfielen und fünfzig von ihnen niedermachten. Die übrigen flohen und hielten auf ihrer Flucht nicht eher an, als bis sie ihr Stammeslager erreicht hatten; dort erhoben sie ein lautes Klagegeschrei, und alsbald bestiegen alle, die in der Feste waren, ihre Rosse, eilten den Flüchtlingen entgegen und fragten sie, was es gäbe. Jene taten ihnen kund, was geschehen war; und als die Stammesgenossen erfuhren, daß ihr Häuptling gefangen war, eilten sie, ihn zu befreien, um die Wette in jenes Tal. Inzwischen war König Gharîb, nachdem el-Dschamrakân gefangen genommen war und seine Helden sich geflüchtet hatten, von seinem Rosse gestiegen und hatte befohlen, ihm den gefesselten Feind vorzuführen. Als der dann vor ihm erschien, sprach er mit demütigen Worten: ‚Ich stelle mich unter deinen Schutz, o mächtigster Ritter unserer Zeit!‘ Doch Gharîb fuhr ihn an: Du Araberhund, lauerst du den Knechten Allahs des Erhabenen auf und fürchtest dich nicht vor dem Herrn der Welten?‘ ‚Mein Ge-

bieter,' fragte el-Dschamrakân, ,was ist der Herr der Welten?'
Da rief Gharîb: ,Du Hund, was für Unglückswesen betest du
denn an?' ,Mein Gebieter,' antwortete jener, ,ich verehre einen
Gott aus Dattelmus, der mit zerlassener Butter und Honig zu-
sammengeknetet ist, und zuweilen esse ich ihn auf; dann
mache ich mir einen neuen.'[1] Da lachte Gharîb, bis er auf den
Rücken fiel; dann fuhr er fort: ,Elender, niemand ist der Anbetung wert als allein Allah der Erhabene, der dich erschuf, Er,
der alle Dinge erschafft, Er gibt allem Lebendigen Kraft, Ihm
bleibt kein Ding verborgen, und Er ist über alle Dinge mächtig.' Nun fragte el-Dschamrakân: ,Wo ist dieser große Gott,
auf daß ich Ihn anbeten kann?' Gharîb erwiderte ihm: ,Du da,
wisse, dieser Gott heißt Allah! Er hat Himmel und Erde erschaffen, Er ließ die Bäume sprießen und die Ströme fließen, Er
schuf die wilden Tiere und Vögel all, Paradies und Höllenfeuer zumal, Er verbirgt sich vor den Blicken, Er sieht, aber
keiner kann Ihn erblicken. Er ist das höchste Wesen, Er ist es,
der uns erschafft und versorgt, es gibt keinen Gott außer Ihm!'
Als el-Dschamrakân die Worte Gharîbs vernommen hatte,
taten sich die Ohren seines Herzens auf, ein Schauer überlief
ihn, und er rief: ,Mein Gebieter, was muß ich sagen, auf daß
ich einer von euch werde und dieser gewaltige Herr an mir
Gefallen habe?' Gharîb gab ihm zur Antwort: ,Sprich: Es gibt
keinen Gott außer Allah; Abraham, der Gottesfreund, ist der
Gesandte Allahs!' Da sprach el-Dschamrakân das Bekenntnis
der Rechtgläubigkeit und ward verzeichnet unter dem Volke
der Glückseligkeit. Und als Gharîb ihn fragte: ,Hast du die
Süße des Islams gespürt?' antwortete er: ,Jawohl!' Dann rief
Gharîb: ,Löst ihm die Fesseln!' Und wie das geschehen war,

1. Dies wird auch dem Stamme Hanîfa in vorislamischer Zeit nach-
gesagt.

küßte der Häuptling den Boden vor Gharîb und küßte ihm auch den Fuß. Aber plötzlich brach eine Staubwolke hervor, die türmte sich empor, bis sich die Welt den Blicken verlor. – –«

Da bemerkte Schehrezâd, daß der Morgen begann, und sie hielt in der verstatteten Rede an. Doch als die *Sechshundertunddreiundvierzigste Nacht* anbrach, fuhr sie also fort: »Es ist mir berichtet worden, o glücklicher König, daß el-Dschamrakân, nachdem er Muslim geworden war, vor Gharîb den Boden küßte; aber plötzlich brach eine Staubwolke hervor, die türmte sich empor, bis sich die Welt den Blicken verlor. Und Gharîb rief: ‚Sahîm, erkunde uns, was es mit dieser Wolke auf sich hat!‘ Der eilte dahin wie ein Vogel im Fluge, blieb eine Weile fort und kehrte dann zurück mit den Worten: ‚O größter König unserer Zeit, dieser Staub kommt von den Banû ’Âmir, den Gefährten von el-Dschamrakân!‘ Da sprach Gharîb zu dem Häuptling: ‚Sitze auf, reite deinem Volk entgegen und biete ihnen den Islam dar. Wenn sie dir gehorchen, so sollen sie gerettet werden; tun sie es aber nicht, so wollen wir das Schwert unter ihnen walten lassen.‘ Alsbald saß el-Dschamrakân auf und spornte seinen Renner zur Eile an, bis er jene Leute erreicht hatte; und als er sie anrief, erkannten sie ihn, saßen von ihren Rossen ab, traten an ihn heran und sprachen: ‚Wir freuen uns über deine Rettung, o unser Gebieter!‘ ‚Ihr Leute,‘ erwiderte er ihnen, ‚wer mir gehorcht, der wird gerettet; doch wer mir zuwiderhandelt, den zerschlage ich mit diesem Schwerte!‘ Und sie antworteten ihm: ‚Gebiete uns, was du willst, wir werden uns deinem Befehle nicht widersetzen!‘ Da fuhr er fort: ‚Sprechet mit mir: Es gibt keinen Gott außer Allah; Abraham ist der Freund Allahs!‘ Sie aber fragten: ‚O unser Gebieter, woher hast du diese Worte?‘ Und nun erzählte

503

er ihnen, was er mit Gharîb erlebt hatte, und schloß mit den Worten: ‚Ihr Leute, ihr wißt doch, daß ich ein Führer bin unter euch auf dem Blachgefild, der Stätte, da Schwertschlag und Lanzenstich gilt! Und doch konnte dieser einzige Mann mich fassen und mich den Becher der Schmach und Schande kosten lassen.‘ Nachdem seine Leute solche Worte von ihm vernommen hatten, sprachen sie das Bekenntnis der Einheit Gottes. Dann zog el-Dschamrakân mit ihnen zu Gharîb, und sie erneuerten ihr Bekenntnis zum Islam vor ihm und wünschten ihm Sieg und Ruhm, nachdem sie den Boden vor ihm geküßt hatten. Gharîb freute sich ihrer und sprach zu ihnen: ‚Geht zu euren Stammesgenossen und bietet ihnen den Islam dar!‘ Aber el-Dschamrakân und seine Krieger sprachen: ‚O unser Gebieter, wir wollen uns nicht mehr von dir trennen; sondern wir wollen hingehen und unsere Kinder holen und dann wieder zu dir kommen!‘ ‚Ihr Leute,‘ sagte darauf Gharîb, ‚gehet hin und kommt dann zu mir in die Stadt Kufa!‘ Nun ritten el-Dschamrakân und seine Krieger dahin, bis sie zu ihrem Stamm kamen, und boten ihren Frauen und Kindern den Islam dar; und nachdem jene allesamt den rechten Glauben angenommen hatten, brachen sie die Zelte und Hütten ab, trieben die Rosse, die Kamele und das Kleinvieh fort und zogen nach Kufa. Inzwischen war auch Gharîb aufgebrochen, und als er sich Kufa näherte, kamen ihm die Ritter im Prunkzuge entgegen. Darauf begab er sich in das Königsschloß, setzte sich auf den Thron seines Vaters, und die Helden reihten sich auf zur Rechten und zur Linken. Dann traten die Späher herein und meldeten ihm, sein Bruder ’Adschîb habe sich zu el-Dschaland ibn Karkar geflüchtet, dem Herrscher in der Stadt ’Omân und im Lande Jemen. Als Gharîb diese Kunde über seinen Bruder erfuhr, rief er seinen Leuten zu: ‚Ihr Leute, haltet euch bereit zum Marsche in drei Tagen!' Dann bot er den dreißigtausend Mann, die er im ersten Kampfe gefangen genommen hatte, den Islam dar und forderte sie auf, mit ihm zu ziehen. Zwanzigtausend von ihnen wurden gläubig; aber zehntausend weigerten sich, und die wurden getötet. Nun traten el-Dschamrakân und seine Mannen vor und küßten den Boden vor ihm; er verlieh ihnen prächtige Ehrengewänder und machte den Häuptling zum Heerführer, indem er sprach: ‚Dschamrakân, sitz auf mit den Vornehmen deiner Sippe und mit zwanzigtausend Rittern und zieh mit ihnen als Vortrab des Heeres hin zu dem Lande von el-Dschaland ibn Karkar, dem Herrn der Stadt 'Omân.' ‚Ich höre und gehorche!' antwortete el-Dschamrakân und machte sich mit seinen Leuten auf den Weg, nachdem sie ihre Frauen und Kinder in Kufa zurückgelassen hatten. Dann musterte Gharîb den Harem des Mirdâs, und als sein Auge auf Mahdîja fiel, die sich unter den Frauen befand, sank er ohnmächtig zu Boden. Man besprengte sein Gesicht mit Rosenwasser; und als er wieder zu sich kam, umarmte er Mahdîja und führte sie in ein Wohngemach. Dort setzte er sich zu ihr, und sie ruhten beieinander ohne Unkeuschheit. Als es wieder Morgen ward, ging er hinaus, ließ sich auf den Thron seiner Herrschaft nieder, verlieh seinem Oheim ed-Dâmigh ein Ehrengewand und machte ihn zum Statthalter über ganz Irak, indem er zugleich Mahdîja seiner Obhut anvertraute, bis er von dem Feldzuge wider seinen Bruder zurückkehren werde. Nachdem jener den Befehl gehorsam entgegengenommen hatte, brach der König auf mit zwanzigtausend Reitern und zehntausend Mann zu Fuß und zog nach dem Gebiete von 'Omân und dem Lande Jemen.

Als nun 'Adschîb mit seinem Heere auf der Flucht nach der Stadt 'Omân gekommen war, da war der Staub, den sie aufwirbelten, dem Volke der Stadt sichtbar geworden. Auch el-Dschaland ibn Karkar hatte die Staubwolke gesehen und sofort seinen Läufern befohlen, ihm darüber Kunde zu bringen. Die blieben eine Weile fort, und als sie dann zurückkehrten, meldeten sie ihm, daß diese Staubwolke vom Heere eines Königs herrühre, der 'Adschîb heiße und im Irak herrsche; el-Dschaland war erstaunt, daß 'Adschîb in sein Land kam, aber als er dessen gewiß war, sprach er zu seinen Leuten: ,Ziehet aus, ihm entgegen!' Da zogen sie 'Adschîb entgegen und schlugen die Zelte für ihn vor dem Stadttore auf. 'Adschîb selbst aber ging weinend und bekümmerten Herzens zu el-Dschaland hinauf. Nun hatte 'Adschîbs Base, die Tochter seines Oheims väterlicherseits, sich mit el-Dschaland vermählt, und er hatte auch Kinder von ihr; und wie er seinen Schwäher in solchem Zustande sah, sprach er zu ihm: ,Tu mir kund, was dir widerfahren ist!' Da erzählte jener ihm alles, was er mit seinem Bruder erlebt hatte, von Anfang bis zu Ende; und er schloß mit den Worten: ,O König, er befiehlt auch den Menschen, den Herrn des Himmels anzubeten, und verbietet ihnen den Dienst der Götzen und der anderen Götter.' Als el-Dschaland diese Worte vernommen hatte, raste er in sündiger Wut und Glut und rief: ,Bei der Sonne, die uns das Licht gegeben, ich lasse von deines Bruders Volk nicht eine Seele am Leben! Wo hast du sie verlassen? Und wie viele sind ihrer?' 'Adschîb erwiderte: ,Ich habe sie in Kufa verlassen, und es sind ihrer fünfzigtausend Ritter.' Da rief el-Dschaland seine Krieger und seinen Wesir Dschuwamard und sprach zu ihm: ,Nimm mit dir siebenzigtausend Ritter und zieh mit ihnen gen Kufa zu den Muslimen, bringe sie mir lebendig, auf daß ich sie mit vielerlei Foltern bestrafen kann.' So brach denn Dschuwamard mit dem Heere auf in der Richtung von Kufa und zog dahin den ersten Tag und den zweiten Tag bis zum siebenten Tage. Dann kamen sie auf ihrer Fahrt in ein Tal mit Bäumen, fruchtbehangen, unter denen die Bächlein sprangen. Und dort befahl Dschuwamard seinem Heere, halt zu machen. – –«

Da bemerkte Schehrezâd, daß der Morgen begann, und sie hielt in der verstatteten Rede an. Doch als die *Sechshundertund-vierundvierzigste Nacht* anbrach, fuhr sie also fort: »Es ist mir berichtet worden, o glücklicher König, daß Dschuwamard, als el-Dschaland ihn mit dem Heere gegen Kufa gesandt hatte, zu einem Tale kam mit Bäumen, fruchtbehangen, unter denen die Bächlein sprangen; und dort befahl er seinem Heere, halt zu machen, und alle ruhten bis zur Mitte der Nacht. Dann gab er ihnen das Zeichen zum Aufbruch, schwang sich auf seinen Renner und ritt den anderen vorauf bis zur Zeit kurz vor Tagesanbruch. Und sie zogen in ein Tal hinab, in dem sich viele Bäume befanden und duftende Blumen standen, und wo auf schwankenden Zweigen die Vöglein sangen in munterem Reigen. Da blies der Satan ihn auf, so daß ihm die Brust schwoll, und er sang diese Verse:

> *Ich wate mit dem Heer durch jedes Meer von Staub*
> *Und treibe die Gefangnen kühn und stark dahin.*
> *Des Landes Ritter wissen, daß ich bei dem Feind*
> *Gefürchtet, doch dem Stamme ein Beschützer bin.*
> *Gharîb auch schlepp ich fort in Eisenfesseln schwer*
> *Und kehre freudig heim in lauter Fröhlichkeit.*
> *Ich trag das Panzerhemd und greif zu meinem Schwert*
> *Und zieh nach allen Seiten immer kampfbereit.*

Kaum aber hatte Dschuwamard sein Lied gesungen, da trat ihm aus den Bäumen entgegen ein Ritter, die Nase stolz emporgereckt und ganz von Eisen bedeckt. Der schrie ihn an mit den Worten: ‚Bleib stehen, du Araberstrolch, lege deine Kleider und deine Waffen ab, steige von deinem Rosse, daß du mit

507

dem Leben davonkommst!' Als Dschuwamard diese Worte
vernahm, da wurde das helle Tageslicht finster vor seinem Angesicht; und er zückte sein Schwert, stürmte auf el-Dschamrakân los und rief ihm zu: ,O du Araberstrolch, willst du mir
den Weg verlegen? Ich bin der Hauptmann der Schar el-
Dschalands ibn Karkar! Ich will Gharîb und seine Schar gefesselt vor ihn bringen!' Wie el-Dschamrakân das hörte, rief
er: ,Wie kühlt dies mir das Herz!' Und er ritt zum Angriff auf
Dschuwamard, indem er diese Verse sang:

> Ich bin der Rittersmann, bekannt im Schlachtgefild;
> Es fürchtet jeder Feind mein Schwert und meinen Speer.
> Ich bin el-Dschamrakân, auf den man hofft im Krieg;
> Es kennen meinen Stich die Ritter ringsumher.
> Gharîb ist mein Emir, ja, mein Imam, mein Herr,
> Ein Löwe in der Schlacht, wenn Heer auf Heer sich stürzt,
> Ein frommer Glaubensheld voll wildem Kampfesmut,
> Der auf dem Blachgefild dem Feind das Leben kürzt!
> Des Gottesfreundes Glauben bietet er uns dar
> Durch Gottes Wort, zum Trotz der falschen Götzenschar.

El-Dschamrakân war nämlich, nachdem er mit seinen Kriegern
die Stadt Kufa verlassen hatte, zehn Tage lang auf dem Marsche
gewesen, und am elften hatten sie halt gemacht und sich bis
zur Mitternacht ausgeruht. Dann hatte er das Zeichen zum
Aufbruch gegeben und war dem Heere vorangeritten; so
kam er denn in jenes Tal und hörte Dschuwamard die Verse
singen, die wir schon berichtet haben. Und nun drang er auf
ihn ein wie ein reißender Löwe, hieb mit dem Schwerte nach
ihm und spaltete ihn in zwei Hälften; dann wartete er, bis die
Hauptleute kamen, und tat ihnen kund, was geschehen war.
Und weiter sprach er zu ihnen: ,Verteilt euch so, daß je fünf
von euch fünftausend Mann nehmen und das Tal umzingeln!
Ich will mit den Banû 'Âmir, wenn der Vortrab der Feinde
508

ankommt, über sie herfallen und rufen: ‚Allah ist der Größte!‘
Wenn ihr meinen Schlachtruf hört, so greift an, erhebt das
gleiche Feldgeschrei und schlagt auf sie mit dem Schwerte!‘
‚Wir hören und gehorchen!‘ erwiderten sie, kehrten zu ihren
Helden zurück und meldeten ihnen den Befehl. Darauf verteilten sie sich rings um das Tal beim Anbruch der Morgenröte. Plötzlich erschien das feindliche Heer, gleichwie eine
Herde von Schafen, und füllte Berg und Tal. Da fielen el-
Dschamrakân und die Banû 'Âmir über sie her mit dem Rufe
‚Allah ist der Größte!‘, so daß alle Gläubigen und Heiden es hörten. Und nun riefen die Muslime von allen Seiten: ‚Allah ist
der Größte! Sieg und Heil! Den Heiden werde Schmach zuteil!‘ Und von Bergen und Hügeln kam der Widerhall, Wüsten und Wiesen riefen ‚Allah ist der Größte!‘ mit lautem Schall.
Darob gerieten die Heiden in wirren Schrecken, und sie begannen einander mit dem schneidenden Schwerte niederzustrecken, während der Muslime fromme Schar im Angriff
gleichwie ein Feuerbrand war. Und da sah man nichts als Köpfe
sausen, Blutströme brausen und Feiglinge voll Grausen. Als
man die Gesichter wieder erkennen konnte, da waren zwei
Drittel der Heiden tot, und Allah jagte ihre Seelen alsbald ins
Höllenfeuer, an die Stätte der Not. Die übrigen flüchteten und
zerstreuten sich in der Wüste weit und breit; doch die Muslime verfolgten sie, hieben nieder und machten Gefangene bis
zur Mittagszeit. Da kehrten sie mit siebentausend Gefangenen
um; und nur sechsundzwanzigtausend von den Ungläubigen
kamen heim, und auch von ihnen waren die meisten verwundet.
Nachdem so die Muslime siegreich und im Triumphe aus dem
Kampfe hervorgegangen waren, sammelten sie die Pferde und
die Waffen, die Lasten und die Zelte und sandten die Beute
unter dem Schutze von tausend Rittern nach Kufa. – –«

Da bemerkte Schehrezâd, daß der Morgen begann, und sie hielt in der verstatteten Rede an. Doch als die *Sechshundertund-fünfundvierzigste Nacht* anbrach, fuhr sie also fort: »Es ist mir berichtet worden, o glücklicher König, daß el-Dschamrakân, nachdem zwischen ihm und Dschuwamard der Kampf entbrannt war, diesen erschlug; und er richtete auch unter dessen Leuten ein Blutbad an, nahm viel Volks von ihnen gefangen, erbeutete ihr Gut, ihre Pferde und ihre Lasten und sandte sie unter dem Schutze von tausend Rittern nach Kufa. Dann saß er mit dem Heere des Islams ab, und sie boten den Gefangenen den rechten Glauben dar. Nachdem jene darauf mit Herz und Zunge das Bekenntnis abgelegt hatten, nahmen sie ihnen die Fesseln ab, umarmten sie und freuten sich ihrer. Nun waren die Truppen el-Dschamrakâns auf eine große Heeresmasse herangewachsen, und nachdem er sie einen Tag und eine Nacht hatte ruhen lassen, brach er mit ihnen in der Frühe auf nach der Richtung des Landes von el-Dschaland ibn Karkar; die tausend Ritter mit der Beute aber zogen nach Kufa zurück. Dort berichteten sie dem König Gharîb, was geschehen war, und er freute sich über die frohe Botschaft. Dann wandte er sich zu dem Bergghûl und sprach zu ihm: ,Sitz auf und nimm zwanzigtausend Ritter mit dir und folge el-Dschamrakân!' Da saß der Ghûl Sa'dân auf, zusammen mit seinen Söhnen und mit zwanzigtausend Rittern, und sie machten sich auf den Weg nach der Stadt 'Omân.

Inzwischen hatten die flüchtigen Heiden auch die Stadt erreicht; doch sie weinten und erhoben laute Klagerufe. Dadurch ward el-Dschaland ibn Karkar erschreckt, und er rief ihnen zu: ,Welch Unheil hat euch betroffen?' Und nachdem sie ihm berichtet hatten, was ihnen widerfahren war, fuhr er fort: ,Wehe euch! Wie viele waren ihrer?' ,O König,' antworteten sie, ,es waren zwanzig Fähnlein, und unter jedem Fähnlein waren tausend Ritter.' Als er das hörte, rief er: ,Die Sonne sende keinen Segen auf euch hernieder! Weh euch! Wie können zwanzigtausend euch schlagen, da ihr siebenzigtausend waret und Dschuwamard es mit dreitausend auf dem Schlachtfelde aufnehmen konnte!' Und im Übermaße seines Schmerzes zog er sein Schwert und schrie sie an und rief denen, die zugegen waren, die Worte zu: ,Los auf sie!' Da zogen die Mannen ihre Schwerter gegen die Flüchtlinge, vernichteten sie bis zum letzten Mann und warfen die Leichen den Hunden vor. Dann rief el-Dschaland seinen Sohn herbei und sprach zu ihm: ,Sitz auf mit hunderttausend Rittern! Zieh nach Irak mit dieser Schar und verwüste das Land ganz und gar!' Jener Prinz war el-Kuradschân geheißen, und es gab im Heere seines Vaters keinen mutigeren Ritter als ihn; denn er konnte es allein mit dreitausend Rittern aufnehmen. Der ließ also seine Zelte holen, die Helden kamen zuhauf, die Mannen machten sich auf; alle begannen die Hände zu regen und die Rüstungen anzulegen. Dann zogen sie dahin, Reihe hinter Reihe, und el-Kuradschân an ihrer Spitze brüstete sich und sang dies Lied:

> Ich bin el-Kuradschân! Meine Name ist bekannt!
> Ich zwang die Menschen all in Stadt und Wüstenland.
> Wie mancher Reitersmann ward meines Schwertes Raub;
> Der brüllte wie ein Stier und wälzte sich im Staub!
> Wie manches große Heer zerstreut ich übers Feld;
> Die Schädel habe ich gleich Bällen hingeschnellt.
> Jetzt zieh ich gen Irak, bekämpfe dort den Feind,
> Daß seines Blutes Strom dem Regen gleich erscheint.
> Gharîb und seine Schar nehm ich gefangen dann;
> Die seien eine Warnung jedem klugen Mann!

Zwölf Tage lang ritten sie dahin; da plötzlich, während sie auf dem Marsche waren, wirbelte eine Staubwolke empor, die legte dem Horizont und aller Welt einen Schleier vor. Alsbald rief el-Kuradschân die Späher und sprach zu ihnen: ‚Bringt mir Kunde über diese Wolke da!' Die eilten dahin, bis sie unter den Fahnen des Feindes vorbeigehen konnten, und kehrten dann zu el-Kuradschân zurück. Ihm berichteten sie: ‚O König, diese Staubwolke rührt von den Muslimen her.' Erfreut fragte er sie: ‚Habt ihr sie gezählt?' Und sie antworteten: ‚Wir zählten ihrer zwanzig Fähnlein.' Er aber rief: ‚Bei meinem Glauben, ich will nicht einen einzigen Mann wider sie ausschicken, sondern ich will allein gegen sie zu Felde ziehen und ihre Köpfe unter die Hufe der Rosse streuen!' In jener Staubwolke aber befand sich das Heer el-Dschamrakâns; und als er die Heerhaufen der Heiden erblickte und sah, daß sie dem brandenden Meere gleich waren, befahl er seinen Kriegern, abzusitzen und die Zelte aufzuschlagen. Da stiegen sie von ihren Rossen, ließen die Banner wehen und begannen den Namen des allwissenden Königs anzuflehen, durch dessen Macht Licht und Finsternis entstehen, des Herrn aller Dinge, der da sieht, doch Er wird nicht gesehen; Er ist das höchste Wesen, gepriesen und erhaben, es gibt keinen Gott außer Ihm! Auch die Heiden saßen ab und schlugen ihre Zelte auf; und ihr Führer sprach zu ihnen: ‚Behaltet eure Wehr und Waffen und legt euch in voller Rüstung zum Schlafen nieder! Doch wenn das letzte Drittel der Nacht anhebt, so sitzet auf und zerstampft diese Handvoll Leute da!' Aber der Späher von el-Dschamrakân hatte dort gestanden und gehört, welchen Plan die Ungläubigen ausgeheckt hatten; und so kehrte er zu seinem Herrn zurück und brachte ihm die Nachricht. Der sprach zu seinen Helden: ‚Wappnet euch, und sowie es Nacht geworden ist, bringt mir alle Maultiere und Kamele und alle Schellen und Glocken und bindet sie den Tieren um den Hals!' Es waren aber mehr als zwanzigtausend Kamele und Maultiere im Lager. Das Heer der Gläubigen wartete nun, bis die Heiden in Schlaf versunken waren. Dann befahl el-Dschamrakân seinen Leuten, aufzusitzen; und sie stiegen zu Rosse, indem sie auf Allah ihr Vertrauen setzten und von dem Herrn der Welten den Sieg erflehten. Der Führer sprach: ‚Treibt die Kamele und Maultiere in das Lager der Ungläubigen und stachelt sie an mit den Lanzenspitzen!‘ Sie taten, was er ihnen befahl, und nun stürmten Maultiere und Kamele auf das Lager der Ungläubigen, während die Glocken und Schellen rasselten und läuteten; die Muslime aber ritten hinter ihnen her und riefen laut: ‚Allah ist der Größte!‘ Da hallte von Bergen und Hügeln weit und breit der Name des erhabenen Königs, des Herrn der Allmacht und Herrlichkeit. Doch wie die Pferde diesen gewaltigen Lärm hörten, brachen sie aus und zerstampften die Zelte all und die Schläfer zumal. – –«

Da bemerkte Schehrezâd, daß der Morgen begann, und sie hielt in der verstatteten Rede an. Doch als die *Sechshundertundsechsundvierzigste Nacht* anbrach, fuhr sie also fort: »Es ist mir berichtet worden, o glücklicher König, daß die Männer der Vielgötterei, als el-Dschamrakân mit seinen Kriegern, seinen Rossen und Kamelen bei Nacht über die Schläfer kam, erschreckt auffuhren und zu den Waffen griffen; und nun fielen sie mit den Schwertern übereinander her, bis die Mehrzahl von ihnen erschlagen war. Wie sie dann aber einander ansahen, entdeckten sie, daß keiner von den Muslimen getötet war, sondern, daß die in Wehr und Waffen hoch zu Rosse saßen. Da wußten sie, daß sie einer List zum Opfer gefallen waren, und el-Kuradschân rief dem Reste seiner Mannen zu: ‚Ihr Bastarde, was wir ihnen antun wollten, das haben sie uns angetan! Ihre List hat über unsere Schlauheit den Sieg davongetragen.‘ Schon wollten sie angreifen, da wirbelte eine Staubwolke empor, die legte der Welt einen Schleier vor. Doch wie die Winde sie trafen, stieg sie auf und zog wie ein Baldachin hoch oben durch die Lüfte dahin. Unter der Wolke aber begann ein Lichtertanz von leuchtenden Helmen und Panzern und blitzendem Glanz. Und da waren lauter Helden verwegen, gegürtet mit indischen Degen, und man sah sie die biegsamen Lanzen einlegen. Kaum hatten die Ungläubigen jene Staubwolke erblickt, so standen sie vom Kampfe ab; und beide Seiten schickten Späher aus, die unter die Staubwolke eilten; und nachdem sie sich umgeschaut hatten, kehrten sie heim und berichteten, es seien Muslime. Es war aber das herannahende Heer, das Gharîb ausgesandt hatte, das Heer des Bergghûls; er selbst ritt an der Spitze seiner Schar und vereinigte sich nun mit dem Heere der frommen Muslime. Alsbald griff el-Dschamrakân mit seinem Kriegsvolke an, und sie stürzten sich auf der Ungläubigen Schar, so daß ihr Angriff gleichwie ein Feuerbrand war. Sie ließen das scharfe Schwert unter den Feinden tanzen und die starken, zitternden Lanzen; da verfinsterte sich das Tageslicht, ein Schleier legte sich vor jedes Gesicht, denn der Staub war so dicht. Der stürmische Held hielt stand, der Feigling wich, zur Flucht gewandt, und eilte in Wüsten und Steppenland, und das Blut, das auf den Boden floß, war wie ein Sturzbach, der sich ergoß. Unaufhörlich tobte der Kampf, bis der Tag zur Rüste ging und die Nacht alles mit Dunkel umfing. Dann trennten sich die Muslime von den Heiden, und sie ließen sich in ihren Zelten nieder, aßen und hielten Nachtruhe, bis das Dunkel sich neigte und der lächelnde Tag sich zeigte. Dann beteten die Muslime das Frühgebet und saßen wieder auf zum Kampfe. El-Kuradschân aber hatte, als seine Leute aus der Schlacht heimkehrten, fast alle verwundet, nachdem zwei

Drittel ihrer Scharen durch Schwerter und Lanzen gefallen waren, zu den Überlebenden gesagt: ‚Ihr Mannen, morgen trete ich aufs Blachgefild, die Stätte, da Schwertschlag und Lanzenstich gilt, und dann will ich die Recken im Kampfe niederstrecken!' Und wie sich der Morgen einstellte und alles mit seinem Licht und Glanz erhellte, saßen beide Heere auf und begannen laut zu schrein; sie zückten die Schwerter und legten die braunen Lanzen ein und ordneten sich zu Kampf und Streit in Reihn. Der erste, der das Tor der Schlacht auftat, war el-Kuradschân ibn el-Dschaland ibn Karkar; der rief: ‚Kein feiger, kein schwächlicher Mann trete heute wider mich heran!' Dies geschah, während el-Dschamrakân und Sa'dân der Ghûl unter den Feldzeichen hielten. Da stürmte plötzlich ein Häuptling von den Banû 'Âmir zum Kampfe mit el-Kuradschân auf den Plan, und die beiden griffen wie zwei stoßende Widder einander an, bis eine lange Weile verrann. Darauf aber fiel el-Kuradschân über den Häuptling her, packte ihn an seinem Panzerhemd, zog und zerrte ihn aus dem Sattel und warf ihn zu Boden. Dort ließ er ihn liegen; und die Ungläubigen kamen, fesselten ihn und schleppten ihn in ihr Lager. Und von neuem tummelte el-Kuradschân sich weit und breit und rief die Kämpfer zum Streit. Da ritt ein zweiter Häuptling hervor; auch den nahm er gefangen. So brachte er einen Häuptling nach dem andern zu Fall, bis er noch vor der Mittagszeit sieben von ihnen erbeutet hatte. Da stieß el-Dschamrakân einen Schrei aus, von dem das Schlachtfeld widerhallte und der in die Ohren aller Krieger auf beiden Seiten schallte. Und er stürmte gegen el-Kuradschân mit zornentbranntem Herzen heran, indem er sang:

> *Ich bin el-Dschamrakân, der Mann des starken Herzens,*
> *Die Reitersleute alle fürchten meinen Hieb.*

Ich riß die Burgen nieder, ließ die Mauern klagen
Und weinen, weil kein Ritter mehr in ihnen blieb.
Doch du, o Kuradschân, der Weg der rechten Leitung
Liegt da vor dir, verlasse du des Irrtums Pfad!
Bekenn den Einen Gott, der hoch im Himmel thronet,
Der Meere schuf und Berge festgegründet hat!
Wenn sich der Mensch bekehrt, so ist der Himmel sein
Dereinst, und er entgeht der bittren Höllenpein.

Als el-Kuradschân diese Worte hörte, begann er zu hauchen
und zu fauchen und Schmähworte gegen Sonne und Mond
zu gebrauchen; und er sprengte wider el-Dschamrakân, indem er sang:

Ich bin el-Kuradschân, der größte Held der Zeit,
Der Wildnis Löwen fürchten gar mein Schattenbild.
Die Burgen stürme ich; die Leuen jage ich;
Und jeder Ritter fürchtet mich im Kampfgefild.
Und wenn du meinem Wort nicht glaubst, o Dschamrakân,
Komm her, miß dich mit mir im Streit hier auf dem Plan.

Und als el-Dschamrakân seine Worte vernommen hatte, griff
er ihn festen Herzens an; und die beiden hieben die Schwerter,
die aufeinanderprallten, daß die Schlachtreihen davon widerhallten; sie stachen mit den Lanzen aufeinander los, und das
Getümmel zwischen ihnen war groß. Unaufhörlich tobte
Kampf und Gefecht zwischen den beiden, bis die Zeit des
Nachmittagsgebetes vorüber war und der Tag sich neigte.
Da zuletzt stürmte el-Dschamrakân wider el-Kuradschân und
traf ihn mit der Keule auf die Brust, so daß er ihn fällte wie
einen Palmenstamm. Die Muslime fesselten ihn und schleppten
ihn wie ein Kamel am Seile davon. Doch als die Ungläubigen
sahen, daß ihr Anführer gefangen war, packte sie die Wut des
Heidentums, und sie griffen die Muslime an, um ihren Herrn
zu befreien. Aber die Helden der Gläubigen zogen dawider

und streckten die meisten von ihnen zur Erde nieder, so daß die übrigen sich wandten und flüchtig um ihr Leben rannten, während die klirrenden Schwerter ihnen noch im Nacken brannten. Und die Muslime ließen nicht eher von der Verfolgung ab, als bis sie die Feinde über Berg und Steppe zerstreut hatten. Darauf kehrten sie von ihnen zu der Beute zurück, und das war eine ungeheure Menge von Pferden, Zelten und anderen Dingen. Ja, sie machten eine Beute, wie sie nicht gewaltiger sein konnte. Dann begaben sie sich in ihre Zelte, und el-Dschamrakân bot el-Kuradschân den Islam an; doch ob er ihm gleich drohte und Furcht einzuflößen suchte, bekehrte jener sich nicht. Da schlugen die Gläubigen ihm den Nacken durch und steckten sein Haupt auf eine Lanze. Und dann brachen sie auf in der Richtung der Stadt 'Omân.

Sehen wir nun, was die Ungläubigen taten! Sie brachten ihrem König die Kunde von dem Tode seines Sohnes und dem Untergange des Heeres. Und als el-Dschaland solche Kunde vernahm, warf er seine Krone zu Boden und schlug sein Gesicht, bis das Blut ihm aus der Nase drang und er ohnmächtig niedersank. Man sprengte ihm Rosenwasser ins Gesicht, und als er wieder zu sich kam, rief er sogleich seinen Wesir und sprach zu ihm: ‚Schreibe Briefe an alle Statthalter und befiehl ihnen, sie sollen keinen, der mit dem Schwerte zu schlagen, mit der Lanze zu stoßen, den Bogen zu führen weiß, zurücklassen, sondern allesamt hierherbringen.‘ Nachdem die Briefe geschrieben waren, sandte er sie mit Eilboten aus; und die Statthalter rüsteten sich und kamen mit einem gewaltigen Heer, das hundertundachtzigtausend Mann zählte. Nun wurden auch die Zelte, die Kamele und die edlen Rosse bereitgehalten. Und gerade wollten sie aufbrechen, da kamen el-Dschamrakân und der Ghûl Sa'dân mit siebenzigtausend Rittern an, gleich einer trutzigen Löwenschar, und alle mit Eisen bedeckt ganz und gar. Und als el-Dschaland die Muslime daherziehen sah, freute er sich und rief: ‚Bei der Sonne, die uns das Licht gegeben, ich lasse von den Feinden keine Seele am Leben, noch auch einen einzigen Mann, der Kunde zurückbringen kann. Ich will Irak verwüsten und die Rache vollstrecken für meinen Sohn, den kriegerischen Recken; und mein Feuer erkalte nie!‘ Darauf wandte er sich zu ’Adschîb und sprach zu ihm: ‚Du Hund aus dem Irak, dies Unheil hast du über uns gebracht. Aber bei dem, was ich anbete, wenn ich mich nicht an meinem Feinde rächen kann, so lasse ich dich des schimpflichsten Todes sterben.‘ Wie ’Adschîb diese Worte hörte, ward er von tiefem Gram ergriffen, und er schalt sich selber. Dann wartete er, bis die Muslime halt gemacht und ihre Zelte aufgeschlagen hatten; und sobald die Nacht angebrochen war, sprach er zu den Leuten aus seinem Stamme, die sich noch bei ihm befanden und die wie er aus dem königlichen Lager ausgewiesen waren: ‚Söhne meines Oheims, seit die Muslime angekommen sind, bin ich in große Furcht geraten, und wie ich, so auch el-Dschaland. Und ich weiß, daß er mich nicht vor meinem Bruder noch vor irgendeinem anderen schützen kann. So geht denn mein Rat dahin, daß wir uns aufmachen, wenn aller Augen schlafen, und uns zu König Ja’rub ibn Kahtân begeben. Der hat ein größeres Heer und ist stärker an Macht.‘ Als seine Leute diese Worte vernahmen, sagten sie: ‚Dies ist das Rechte!‘ Darauf befahl er ihnen, das Feuer an den Türen der Zelte anzuzünden und im Dunkel der Nacht zu verschwinden. Sie taten, was er ihnen befohlen hatte, und brachen auf, und bei Tagesanbruch hatten sie schon ein weites Land durchmessen. Am Morgen nun standen el-Dschaland und die zweihundertundsechzigtausend Mann gerüstet da,

518

ganz mit Eisen bedeckt und in dichtmaschigen Panzern versteckt. Man schlug die Trommeln zum Streit, und die Schlachtreihen stellten sich auf, zu Hieb und Stich bereit. Und el-Dschamrakân und Sa'dân saßen auf mit vierzigtausend Rittern, tapferen Helden, unter jedem Fähnlein tausend starke, treffliche Degen, im Kampfe verwegen. Die beiden Heere reihten sich, begierig auf Schwerthieb und Lanzenstich, und sie begannen die Klingen zu ziehen und die geschmeidigen Lanzen zu heben, um den Todesbecher zu trinken zu geben. Und der erste, der das Tor der Schlacht auftat, war Sa'dân, einem Berge aus Feuerstein gleich oder einem der Mârids aus dem Geisterreich. Ihm entgegen sprengte ein Held von den Ungläubigen; den tötete er und warf ihn aufs Blachfeld. Dann rief er seine Söhne und Sklaven und sprach: ,Zündet das Feuer an und röstet mir den Toten da!' Sie führten seinen Befehl aus und brachten ihm den gerösteten Feind; da fraß er ihn auf und zerkaute auch die Knochen, während die Ungläubigen dastanden und ihm von fern zuschauten; die riefen: ,O Sonne, Spenderin des Lichtes!' und fürchteten sich davor, mit Sa'dân zu kämpfen. Doch el-Dschaland schrie seinen Kriegern zu: ,Haut das Ekel da nieder!' Da zog ein anderer Hauptmann der Ungläubigen ins Feld; aber Sa'dân erschlug ihn, ja er streckte einen Ritter nach dem anderen nieder, bis er ihrer dreißig gefällt hatte. Nun begannen die elenden Heiden den Kampf mit Sa'dân zu meiden; und sie riefen: ,Wer kann denn mit Geistern und Dämonen kämpfen?' Aber wieder schrie el-Dschaland: ,Hundert Ritter sollen ihn angreifen und ihn vor mich bringen, gefesselt oder tot!' Es ritten also hundert Ritter vor und stürmten wider Sa'-dân einher und griffen ihn an mit Schwert und Speer. Er aber empfing sie mit einem Herzen, härter als Feuerstein, indem er die Einheit des allvergeltenden Königs bekannte, den noch nie eine Sache von einer anderen abwandte. Und indem er rief: ‚Allah ist der Größte!‘ hieb er mit dem Schwert auf sie ein und mähte ihre Köpfe ab; in einem einzigen Ansturm erschlug er ihrer vierundsiebenzig. Als die übrigen die Flucht ergriffen, rief el-Dschaland zehn Hauptleute herbei, von denen ein jeder über tausend Helden gebot, und sprach zu ihnen: ‚Schießet mit Pfeilen auf sein Roß, bis daß es unter ihm zusammenbricht; und dann legt Hand an ihn!‘ Nun stürmten zehntausend Ritter auf Sa'dân ein; doch er sah ihnen festen Herzens entgegen. Als el-Dschamrakân und die Muslime erkannten, daß die Ungläubigen den Angriff auf Sa'dân machten, erhoben sie das Feldgeschrei und warfen sich ihnen entgegen. Aber ehe sie noch den Ghûl erreichen konnten, hatten die Feinde schon sein Pferd getötet und ihn gefangen genommen. Und sie hörten nicht eher mit dem Kampfe gegen die Heiden auf, als bis der Tag entwich bei des Dunkels Nahen und aller Augen nichts mehr sahen. Da schwirrte das Schwert mit dem schneidenden Rand, da hielt jeder tapfere Ritter stand, während den Feigen der Atem schwand. Die Muslime aber waren unter den Ungläubigen wie ein weißes Mal auf einem schwarzen Stier. – –«

Da bemerkte Schehrezâd, daß der Morgen begann, und sie hielt in der verstatteten Rede an. Doch als die *Sechshundertundsiebenundvierzigste Nacht* anbrach, fuhr sie also fort: »Es ist mir berichtet worden, o glücklicher König, daß der Kampf wütete zwischen den Gläubigen und den Heiden, bis die Muslime unter den Ungläubigen wie ein weißes Mal auf einem schwarzen Stier waren. Ohne Unterlaß tobte Kampf und Streit bis zum Anbruche der Dunkelheit; da trennten die Heere sich voneinander. Von den Heiden war eine zahllose Menge gefallen; und el-Dschamrakân und seine Leute kehrten in tiefer Trauer um Sa'dân zurück, Speise und Schlummer raubte ihnen der Kummer, und als sie ihre Scharen musterten, fanden sie, daß weniger als tausend auf ihrer Seite gefallen waren. Da sprach el-Dschamrakân: ‚Ihr Leute, ich will hinausreiten aufs Schlachtgefild, die Stätte, da Schwertschlag und Lanzenstich gilt; ich will ihre Helden niederhauen, ich will ihre Kinder und Frauen erbeuten und gefangen nehmen und mit ihnen Sa'dân loskaufen, wenn der allvergeltende König mir die Erlaubnis schenkt, Er, den nie eine Sache von einer anderen ablenkt.‘ So beruhigten sich ihre Herzen, und froh begaben sie sich in ihre Zelte.

Derweilen war auch el-Dschaland in sein Prunkzelt getreten und hatte sich auf den Thron seiner Herrschaft gesetzt, und seine Mannen scharten sich um ihn. Da rief er nach Sa'dân, und als er vor ihn gebracht war, fuhr er ihn an: ‚Du Hund voll toller Wut, du Gemeinster der Araberbrut, du, nur zum Holzschleppen gut, wer konnte es wagen, meinen Sohn el-Kuradschân zu erschlagen, den tapfersten Mann der Zeit, der die Gegner tötete im Streit und die Helden niederstreckte weit und breit?‘ Sa'dân antwortete ihm: ‚El-Dschamrakân erschlug ihn, der Feldhauptmann des Königs Gharîb, aller Ritter Herr; und ich hab ihn geröstet und aufgegessen, denn mich hungerte sehr.‘ Als el-Dschaland diese Worte von Sa'dân hörte, sanken ihm die Augen vor Wut in den Schädel, und er befahl, dem Ghûl den Hals abzuschlagen. Alsbald kam der Schwertmeister, um seines Amtes zu walten, und trat an Sa'dân heran; der aber reckte sich in seinen Fesseln und zerbrach sie, stürzte sich auf den Schwertmeister, riß ihm das Schwert aus der Hand und schlug ihm den Kopf ab. Dann eilte er auf el-Dschaland zu; doch der warf sich von seinem Throne herab und flüchtete. Nun fiel Sa'dân über die anderen her, die zugegen waren, und tötete zwanzig von den Würdenträgern des Königs, während die übrigen Hauptleute flohen. Da erhob sich ein Geschrei im Lager der Ungläubigen; und Sa'dân stürzte sich auf alle Heiden, die ihm entgegenkamen, und hieb sie nieder rechts und links, so daß sie nach beiden Seiten vor ihm flohen und ihm eine Gasse frei ließen. Er aber eilte weiter, indem er mit dem Schwerte auf die Feinde einhieb, bis er das Lager der Ungläubigen hinter sich hatte und auf die Zelte der Muslime zuschreiten konnte. Inzwischen hatten die Gläubigen das Getöse im Lager der Heiden gehört und gesagt: ‚Vielleicht ist ein Unglück über sie gekommen.‘ Doch während sie noch ganz verwundert dastanden, erschien plötzlich Sa'dân vor ihnen; und alle waren über seine Heimkehr hocherfreut. Am meisten freute sich el-Dschamrakân, und er begrüßte ihn herzlich; auch die anderen Muslime begrüßten ihn und wünschten ihm Glück zu seiner Rettung. So stand es um die Gläubigen.

Was aber die Heiden angeht, so kehrten sie mit ihrem König in das Prunkzelt zurück, nachdem Sa'dân entkommen war. Da sprach el-Dschaland zu ihnen: ‚Ihr Leute, bei der Sonne, die uns das Licht gebracht, und bei der Finsternis der Nacht, bei des Tages heller Pracht und der Wandelsterne Macht, heute glaubte ich nicht, daß ich dem Tode entrinnen würde. Denn wäre ich jenem Ghûl in die Hände gefallen, so hätte er mich aufgefressen, und ich wäre bei ihm nicht einmal so viel wert gewesen wie ein Korn des Weizens oder der Gerste oder irgendein anderes Korn.‘ Die Krieger antworteten: ‚O König, wir haben nie jemanden gesehen, der solches tun kann wie dieser Ghûl.‘ Doch der König fuhr fort: ‚Ihr Leute, legt morgen alle die Waffen an, sitzt auf und stampft sie nieder unter die Hufe eurer Rosse!‘

Inzwischen hatten die Muslime sich versammelt, erfreut über den Sieg und über die Befreiung des Ghûls Sa'dân. Da rief el-

Dschamrakân: ‚Morgen will ich euch auf dem Schlachtfelde vor Augen führen, was ich vermag, und welche Taten sich für einen Held wie mich gebühren! Bei Abraham, dem Gottesfreunde, ich will sie aufs schmählichste zu Tode bringen, ja, ich lasse das Schwert unter ihnen schwirren, bis sich jedem Verständigen die Sinne verwirren. Ich habe aber beschlossen, beide Flügel, den rechten und den linken, anzugreifen; und wenn ihr seht, daß ich mich auf den König stürze dort, wo die Fahnen stehn, so greift hinter mir an in mutigem Vorwärtsgehen; und Allah beschließe, was geschehen soll.‘ Hierauf hielten die beiden Heere Nachtwache, bis der Tag sich einstellte und die Sonne alles den Blicken erhellte. Da saßen die beiden Scharen auf, schneller als im Augenblick; der Trennungsrabe begann zu schrein, und die Gegner sahen einander grimmig ins Auge hinein. Dann stellten die Schlachtreihen sich auf zu Kampf und Streit; und der erste, der das Tor des Kriegs auftat, war el-Dschamrakân, der tummelte sich hin und her und rief: ‚Wer ist zum Zweikampf bereit?‘ Schon wollte el-Dschaland mit seinen Leuten ihn angreifen, da wirbelte plötzlich eine Staubwolke empor, die legte der Welt einen Schleier vor, so daß der Tag sein Licht verlor. Doch die vier Winde stießen darauf, da ward sie zerrissen und tat sich auf. Und unter ihr erschienen lauter gepanzerte ritterliche Degen, Helden verwegen; Schwerter mit schneidenden Klingen, Lanzen, die alles durchdringen, und Männer gleich Leuen, die sich nicht fürchten noch scheuen. Als die beiden Heere jene Staubwolke erblickten, enthielten sie sich des Kampfes und sandten Späher, die ihnen Kunde darüber bringen sollten, von welchem Volke jene Ritter waren, die da heranzogen und solchen Staub aufwirbelten. Die Eilboten machten sich auf den Weg, bis sie sich unter der Wolke befanden und den Augen entschwanden;

dann kehrten sie zurück nach einem Augenblick. Der Bote der Ungläubigen meldete den Seinen, daß jene, die da anrückten, ein Heer der Muslime seien unter ihrem König Gharîb. Und als der Kundschafter der Muslime heimkehrte und ihnen die Ankunft des Königs Gharîb und seiner Schar meldete, freuten sie sich darüber. Alsbald trieben sie ihre Rosse an und ritten ihrem König entgegen; dann saßen sie ab und küßten den Boden vor ihm und sprachen den Friedensgruß. – –«

Da bemerkte Schehrezâd, daß der Morgen begann, und sie hielt in der verstatteten Rede an. Doch als die *Sechshundertund-achtundvierzigste Nacht* anbrach, fuhr sie also fort: »Es ist mir berichtet worden, o glücklicher König, daß die muslimischen Krieger, als König Gharîb bei ihnen eintraf, hoch erfreut waren und den Boden vor ihm küßten und den Friedensgruß sprachen und ihn umringten, während er sie willkommen hieß und sich freute, daß sie wohlbehalten waren. Dann zogen sie alle ins Lager, errichteten Prunkzelte für ihn und pflanzten die Fahnen auf; und König Gharîb setzte sich auf den Thron seiner Herrschaft, umgeben von den Großen seines Reiches. Und nun erzählte man ihm alles, was Sa'dân gerade erlebt hatte.

Inzwischen hatten die Ungläubigen sich zusammengetan, um nach 'Adschîb zu suchen, und als sie ihn weder bei sich noch in seinem Zeltlager fanden, meldeten sie el-Dschaland ibn Karkar, daß er geflohen war. Der machte einen Höllen-lärm und biß sich in die Finger. Und er rief: ,Bei der Sonne, des Lichtes Quell, er ist ein Hund, ein treuloser Gesell; er ist ge-flohen mit seiner elenden Bande in die Steppen und Wüsten-lande. Um diese Feinde abzuwehren, bleibt uns nur der harte Kampf übrig. Drum nehmt euren Mut zusammen, festigt eure Herzen und hütet euch vor den Muslimen!' König Gharîb aber sprach zu den Seinen: ,Nehmt euren Mut zusammen und
524

festigt eure Herzen, fleht um Hilfe zu eurem Herrn und bittet ihn, daß Er euch den Sieg über eure Feinde verleihe!' Und sie erwiderten: ,O König, dú wirst sehen, was wir vermögen auf dem Blachgefild, der Stätte, da Schwertschlag und Lanzenstich gilt!' Dann hielten die beiden Heere Nachtruhe, bis der Morgen kam mit seinem hellen Strahl und die Sonne sich erhob über Berg und Tal. Da betete Gharîb zwei Rak'as nach der Weise Abrahams, des Gottesfreundes – Friede sei über ihm! –, und schrieb dann einen Brief und sandte ihn durch seinen Bruder Sahîm an die Ungläubigen. Als er dort ankam, fragten sie ihn, was er wolle, und er antwortete ihnen: ,Ich suche euren Herrscher.' Sie aber sprachen: ,Warte, bis wir ihn über dich befragt haben!' So blieb er stehen, während sie el-Dschaland über ihn befragten, nachdem sie ihm gemeldet hatten, daß er ein Bote sei. Der König rief: ,Her mit ihm!' und nachdem man ihn herbeigeführt hatte, fragte er: ,Wer hat dich geschickt?' Sahîm gab zur Antwort: ,Der König Gharîb, den Allah zum Herrscher über die Araber und die Perser gemacht hat. Nimm das Schreiben auf, und gib deine Antwort darauf!' Da nahm el-Dschaland den Brief entgegen, öffnete ihn und las ihn. Und darinnen fand er geschrieben: ,Im Namen Allahs, des barmherzigen Erbarmers, des Herrn von Anbeginn der Zeit, des Einen, der da thront in Herrlichkeit, der alle Dinge kennt in Ewigkeit, des Herrn von Noah, Sâlih, Hûd und Abraham, des Herrn aller Dinge! Friede sei mit dem, so der rechten Leitung nachstrebt und in Furcht vor den Folgen der Sünde lebt; der in Gehorsam gegen den höchsten König handelt, der auf dem Wege der rechten Leitung wandelt, und der die jenseitige Welt höher als die diesseitige stellt. Des ferneren: O Dschaland, wisse, keiner ist der Anbetung wert als der einige Gott der Macht, der erschaffen hat den Tag und die Nacht und der kreisenden Sphären Pracht! Er entsandte die reinen Propheten und ließ die Bäche fließen, Er wölbte den Himmel und breitete die Erde aus und ließ die Bäume sprießen; Er speist in den Nestern die Vogelwelt, Er speist die wilden Tiere auf dem Feld. Er ist Allah, der Allmächtige, der Vergebende, der Allgütige, mit Schutz Umwebende, den die Blicke nicht erreichen; Er läßt die Nacht dem Tage weichen; Er entsandte der Propheten Schar und machte die heiligen Schriften offenbar. Vernimm, o Dschaland, es gibt keinen Glauben als den Glauben Abrahams, des Gottesfreundes; drum werde Muslim, so wirst Du gerettet sein vor dem schneidenden Schwert und im Jenseits vor des Feuers Pein. Wenn Du aber den Islam nicht annimmst, so freue Dich dieser Botschaft: Vernichtung kommt über Dich auf Erden, Deine Länder sollen verwüstet und Deine Spur soll ausgetilgt werden. Schicke mir auch den Hund 'Adschîb, auf daß ich Rache an ihm nehme für meinen Vater und meine Mutter!' Als el-Dschaland diesen Brief gelesen hatte, sprach er zu Sahîm: ,Melde deinem Herrn, daß 'Adschîb entflohen ist, samt seinem Volke, und daß wir nicht wissen, wohin er gegangen ist! Was aber el-Dschaland angeht, so wird er von seinem Glauben nicht ablassen. Morgen soll der Kampf zwischen uns beginnen, und die Sonne wird uns den Sieg geben.' Darauf kehrte Sahîm zu seinem Bruder zurück und brachte ihm diese Meldung. Nachdem die Krieger bis zum Morgen geruht hatten, griffen die Muslime zu Waffen und Wehr und ritten auf den stattlichen Rossen einher; und dem allsiegenden König galt ihr Ruf, Ihm, der die Leiber und die Seelen erschuf. Und sie erhoben das Feldgeschrei ,Allah ist der Größte!'; die Trommeln des Angriffs wurden geschlagen, bis die Erde widerhallte, und es zog ins Feld jeder fürstliche Ritter und verwegene Held. Ja, sie zogen zur Schlacht, so daß die Erde dröhnte. Und der

526

erste, der das Tor des Kampfes auftat, war el-Dschamrakân; der spornte seinen Renner dahin auf den Plan, spielte mit Schwert und Spieß, daß sie schwirrten und sich den Verständigen die Sinne verwirrten. Dann rief er: ‚Tritt einer vor zum Streit? Ist einer zum Zweikampf bereit? Doch kein feiger, kein schwächlicher Mann trete heute wider mich heran! Ich habe el-Kuradschân ibn el-Dschaland getötet; wer kommt, um Blutrache zu nehmen?‘ Wie el-Dschaland den Namen seines Sohnes nennen hörte, schrie er seine Leute an: ‚Ihr Bastarde, bringt mir jenen Reiter, der meinen Sohn getötet hat; ich will sein Fleisch essen und sein Blut trinken!‘ Da griffen hundert Helden ihn an; doch er streckte die meisten von ihnen nieder und jagte ihren Führer in die Flucht. Wie aber el-Dschaland sah, was el-Dschamrakân tat, rief er seinen Kriegern zu: ‚Greifet ihn alle auf einmal an!‘ Da schwangen sie das furchterregende Banner, und Heer türmte sich auf Heer. Gharîb stürmte an der Spitze seiner Krieger heran, und el-Dschamrakân tat desgleichen; und es trafen sich die beiden Heere wie zwei zusammenprallende Meere. Da wüteten das jemenische Schwert und der Speer, bis sie Brüste und Leiber zerstückelt hatten ringsumher. Beide Seiten sahen mit eigenen Augen den Todesengel vor sich stehen; und der Staub der Schlacht erhob sich bis zu Wolkenhöhen. Taub waren die Ohren, die Zungen hatten die Sprache verloren; der Tod trat von allen Seiten an sie heran, der Tapfere hielt stand, doch es floh der feige Mann. Unaufhörlich wüteten Kampf und Streit bis zum Anbruch der Dunkelheit. Nun wurden die Trommeln zum Rückzug geschlagen, die Heere trennten sich voneinander und kehrten ein jedes zu seinen Zelten zurück. – –«

Da bemerkte Schehrezâd, daß der Morgen begann, und sie hielt in der verstatteten Rede an. Doch als die *Sechshundert-*

neunundvierzigste Nacht anbrach, fuhr sie also fort: »Es ist mir berichtet worden, o glücklicher König, daß der König Gharîb, als die Schlacht beendet war und die beiden Heere sich voneinander getrennt hatten und ein jedes zu seinen Zelten zurückgekehrt war, sich auf den Thron seiner Herrschaft, die Stätte seiner Macht, niedersetzte, während sich seine Gefährten rings um ihn aufreihten. Und er sprach zu ihnen: ,Ich kann den Zorn kaum ertragen über die Flucht dieses Hundes 'Adschîb, zumal ich nicht weiß, wohin er gegangen ist. Wenn ich ihn nicht fasse und meine Rache an ihm nehme, so sterbe ich vor Zorn.' Da trat sein Bruder Sahîm el-Lail vor, küßte den Boden vor ihm und sprach: ,O König, ich will in das Lager der Heiden gehen und nachforschen, was aus dem verräterischen Hund 'Adschîb geworden ist.' Gharîb erwiderte: ,Geh und erkunde die Wahrheit über dies Schwein!' Da nahm Sahîm die Gestalt der Heiden an, indem er sich in ihre Gewandung kleidete und ganz wie einer von ihnen ward; dann machte er sich auf nach dem Lager der Feinde. Die fand er schlafen, trunken von Kampf und Schlacht; und keiner von dem ganzen Heere war wach außer den Wächtern. Unbemerkt ging er an ihnen vorüber und eilte zu dem Prunkzelte, wo er den König schlafend fand, ohne daß jemand bei ihm war. Er schlich sich hinein und ließ ihn an zerstoßenem Bendsch riechen; da ward er wie ein Toter. Nun ging Sahîm hinaus, holte ein Maultier, hüllte den König in die Decke des Bettes und legte ihn auf den Rücken des Tieres; nachdem er darüber noch die Zeltmatte gelegt hatte, zog er mit dem Tiere dahin, bis er zum Zelte Gharîbs kam. Dort trat er zum König ein; doch alle, die dort zugegen waren, kannten ihn nicht und riefen ihn an: ,Wer bist du?' Lächelnd enthüllte er sein Gesicht, und da erkannten sie ihn. Und Gharîb fragte: ,Was trägst du da, Sahîm?' ,O König,' antwortete er,

528

‚dies ist el-Dschaland ibn Karkar!' Dann deckte er ihn auf, und Gharîb erkannte ihn und fuhr fort: ‚Sahîm, wecke ihn auf!' Der also gab ihm Essig und Weihrauch zu riechen; da stieß el-Dschaland den Bendsch aus der Nase, schlug die Augen auf und sah sich unter den Muslimen. ‚Was ist das für ein gemeiner Traum!' sprach er, machte die Augen wieder zu und schlief weiter. Aber Sahîm stieß ihn an und rief: ‚Mach deine Augen auf, du Verfluchter!' Nun öffnete er von neuem die Augen und fragte: ‚Wo bin ich?' Sahîm sprach: ‚Du bist in Gegenwart des Königs Gharîb ibn Kundamir, des Herrschers von Irak!' Als el-Dschaland diese Worte hörte, rief er: ‚O König, ich stehe unter deinem Schutze! Wisse, mich trifft keine Schuld; sondern er, der uns verführte, wider dich zu kämpfen, war dein Bruder, er hat Feindschaft gesät zwischen uns und dir und ist dann entflohen.' Gharîb fragte sogleich: ‚Weißt du, welchen Weg er genommen hat?' ‚Nein,' erwiderte el-Dschaland, ‚bei der Sonne und ihrem Licht, ich kenne seine Fährte nicht!' Da befahl Gharîb, ihn in Fesseln zu legen und zu bewachen, und alle Hauptleute kehrten in ihre eigenen Zelte zurück. Auch el-Dschamrakân ging dahin mit seinen Leuten und sprach zu ihnen: ‚Ihr Söhne meines Oheims, ich will heute nacht eine Tat tun, durch die ich mein Gesicht vor König Gharîb weiß machen werde!' ‚Tu, was du willst!' antworteten sie, ‚wir hören und gehorchen deinem Befehle.' Und er fuhr fort: ‚Wappnet euch, ich tue das gleiche, und zieht in leisem Schritte dahin, so daß nicht einmal die Ameisen euer gewahr werden; dann verteilt euch rings um die Zelte der Ungläubigen. Wenn ihr aber mein Feldgeschrei hört, so antwortet mir mit dem gleichen Rufe ‚Allah ist der Größte!' und weichet zurück und zieht auf das Stadttor zu; und wir erbitten den Sieg von Allah dem Erhabenen.' Darauf rüsteten sich die Leute vom Kopfe bis zum

Fuße und warteten bis zur Mitte der Nacht; dann verteilten sie sich rings um die Heiden und harrten noch eine kleine Weile. Plötzlich aber schlug el-Dschamrakân mit seinem Schwerte auf den Schild und rief: ‚Allah ist der Größte!', daß es im Tale widerhallte. Und alle seine Leute taten desgleichen und riefen: ‚Allah ist der Größte!', bis daß von Berg und Tal, Dünen und Hügeln zumal, ja, von jedem Trümmerhang der Widerhall erklang. Die Ungläubigen wachten erschrocken auf und fielen übereinander her, und das Schwert machte unter ihnen die Runde. Die Muslime aber wichen zurück, eilten zum Stadttore, erschlugen die Wächter und drangen in die Stadt ein. Und sie nahmen die Stadt in Besitz samt allem, was darinnen war an Schätzen und Frauen. So stand es nun um el-Dschamrakân.

König Gharîb hatte inzwischen das muslimische Feldgeschrei gehört und hatte sich sofort aufs Roß geschwungen, und sein ganzes Heer bis zum letzten Manne saß auf. Sahîm jedoch eilte voraus, und als er dem Schlachtfelde nahe war, erkannte er, daß die Banû 'Âmir unter el-Dschamrakân über die Ungläubigen hergefallen waren und sie den Becher des Todesgeschickes trinken ließen. Und er kehrte zurück und berichtete seinem Bruder, was geschehen war; der flehte um Segen für el-Dschamrakân. Derweilen fielen die Ungläubigen immer noch übereinander her mit dem schneidenden Schwerte, indem sie ihre Kraft vergeudeten, bis der Tag sich einstellte und die Lande mit seinem Lichte erhellte. Da rief Gharîb seinen Mannen zu: ‚Greifet an, ihr edlen Herrn, euer Tun sehe der allwissende König gern!' Und nun stürzten die Reinen auf die Gemeinen; des Schwertes Schneide begann zu tanzen, und es sausten die zitternden Lanzen den Heiden voll Lust in die heuchlerische Brust. Die wollten nun in ihre Stadt eilen; aber da trat ihnen el-Dschamrakân mit seinen Vettern entgegen, und sie trieben die Fliehenden zwischen zwei Bergzüge in die Enge und töteten von ihnen eine zahllose Menge; die Übriggebliebenen zerstreuten sich dann in die Steppen und Wüsten. – –«

Da bemerkte Schehrezâd, daß der Morgen begann, und sie hielt in der verstatteten Rede an. Doch als die *Sechshundertundfünfzigste Nacht* anbrach, fuhr sie also fort: »Es ist mir berichtet worden, o glücklicher König, daß die muslimischen Streiter, als sie gegen die Heiden ausrückten, jene mit dem schneidenden Schwerte zerstückten; da flohen die letzten Heiden in Steppen und Wüstenland, aber die Muslime verfolgten sie mit dem Schwerte in der Hand, bis die Schar in der weiten Ebene und in zerklüfteten Gebirgen verschwand. Dann kehrten sie zu der Stadt 'Omân zurück, und König Gharîb zog in das Schloß el-Dschalands ein und setzte sich auf den Thron seiner Herrschaft. Nachdem seine Mannen sich zur Rechten und zur Linken von ihm aufgereiht hatten, rief er nach el-Dschaland. Da eilten die Leute hin und brachten ihn vor König Gharîb. Der bot ihm den Islam dar, aber jener wies ihn zurück; und nun befahl Gharîb, ihn am Tore der Stadt zu kreuzigen, und die Krieger schossen mit Pfeilen auf ihn, bis er wie ein Stachelschwein aussah. Gharîb verlieh darauf el-Dschamrakân ein Ehrengewand und sprach zu ihm: ,Du bist jetzt Herr und Gebieter dieser Stadt, mit der Macht zu binden und zu lösen; denn du hast sie mit deinem Schwerte und mit deinen Mannen erobert.' Da küßte el-Dschamrakân den Fuß des Königs Gharîb, dankte ihm und wünschte ihm dauernden Sieg und Ruhm und Segen. Und ferner öffnete Gharîb die Schatzkammern el-Dschalands, und nachdem er all die Schätze, die darinnen waren, gesehen hatte, verteilte er sie an die Hauptleute und die

Mannen, so die Fahnen trugen und die Schlacht gewannen, ja, auch an die Mädchen und Knaben, und er spendete von den Schätzen zehn Tage lang. Darauf eines Nachts, als er schlief, sah er im Traume ein furchtbares Gesicht, so daß er mit Furcht und Zittern erwachte. Er weckte sogleich seinen Bruder Sahîm und sprach zu ihm: ,Ich habe im Traume gesehen, daß wir beide in einem Tale waren, und jenes Tal war ein weites Land. Da stießen plötzlich zwei Raubvögel auf uns herab, so groß, wie ich sie noch nie in meinem Leben gesehen habe, und ihre Beine waren wie Lanzen; sie stürzten sich auf uns, und wir waren in großer Furcht vor ihnen. Das ist, was ich gesehen habe.' Als Sahîm diese Worte vernommen hatte, sprach er: ,O König, dies ist irgendein gefährlicher Feind; drum sei auf deiner Hut vor ihm!' Die ganze Nacht hindurch konnte der König keinen Schlaf mehr finden; und als es Morgen ward, rief er nach seinem Renner und bestieg ihn. Da fragte Sahîm ihn: ,Wohin willst du reiten, mein Bruder?' Und jener erwiderte ihm: ,Mir ist heute früh die Brust beengt, und darum will ich zehn Tage lang fortreiten, auf daß mir wieder leicht ums Herz wird.' ,So nimm tausend Helden mit dir!' sagte Sahîm; aber er gab ihm zur Antwort: ,Ich will nur mit dir allein ausreiten.' Nun saßen Gharîb und Sahîm auf und ritten zu den Tälern und Wiesen; sie zogen immer weiter dahin, von Tal zu Tal und von Wiese zu Wiese, bis sie zu einem Tale kamen, in dem viele fruchtbeladene Bäume standen und Bächlein sich zwischen duftenden Blumen wanden. Dort hörte man die Vöglein ihre Weisen auf den Zweigen singen; der Sprosser ließ seine lieblichen Lieder erklingen. Die Holztaube erfüllte die Stätte mit ihrem Schall; und die Nachtigall erweckte mit ihrer Stimme die Schläfer all. Der Amsel Flöten klang wie eines Menschen Gesang; der Turteltaube und Ringeltaube

Lieder gab der Papagei mit reiner Stimme wieder. Und bei den Fruchtbäumen waren die schönsten eßbaren Früchte in Paaren. Jenes Tal gefiel ihnen, und nachdem sie von den Früchten dort gegessen und den Bächlein dort getrunken hatten, setzten sie sich nieder in der Bäume Schatten; da wurden sie von Müdigkeit überwältigt und schliefen – Preis sei Ihm, der nimmer schläft! Und während sie so im Schlafe dalagen, schossen plötzlich zwei gewaltige Mârids auf sie herab; ein jeder von ihnen nahm einen der beiden Schläfer auf den Rükken, und dann stiegen sie wieder in die Luft empor, bis sie über den Wolken waren. Da erwachten Sahîm und Gharîb und sahen sich zwischen Himmel und Erde. Und sie schauten auf die beiden, die sie trugen, und entdeckten, daß es zwei Mârids waren; der eine hatte einen Hundekopf, der andere den eines Affen und war so lang wie ein Palmenbaum. Sie hatten Haare wie Pferdeschwänze und Krallen wie die Klauen der Löwen. Wie Gharîb und Sahîm das sahen, riefen sie: ‚Es gibt keine Macht und es gibt keine Majestät außer bei Allah!'

Der Grund von alledem war dieser: Einer von den Königen der Geister, des Namens Mar'asch, hatte einen Sohn, Sâ'ik geheißen; und der liebte eine junge Dämonin, die Nadschma hieß. Und Sâ'ik und Nadschma pflegten sich in jenem Tale zu treffen unter der Gestalt von zwei Vögeln. Nun hatten Gharîb und Sahîm die beiden, Sâ'ik und Nadschma, gesehen und sie für wirkliche Vögel gehalten. Darum schossen sie mit Pfeilen nach ihnen; aber nur Sâ'ik ward getroffen, und sein Blut floß herab. Nadschma trauerte um ihn und hob ihn auf und flog davon, aus Furcht, sie könne von demselben Unglück betroffen werden wie Sâ'ik. Dann flog sie mit ihm weiter, bis zum Palaste seines Vaters, und dort warf sie ihn am Tore nieder. Die Torwächter trugen ihn hinein und legten ihn vor seinem Vater hin. Als Mar'asch seinen Sohn erblickte und den Pfeil in seinen Rippen stecken sah, rief er: ,Wehe, mein Sohn, wehe! Wer hat dir dies getan? Ich will sein Land ins Verderben stürzen und ihm eiligst das Leben kürzen, auch wenn er der größte von den Geisterkönigen wäre!' Da schlug der Prinz die Augen auf und sprach: ,Lieber Vater, kein anderer hat mir den Tod gebracht als ein sterblicher Mann im Quellental.' Und kaum hatte er diese Worte beendet, da verließ ihn das Leben. Sein Vater aber schlug sich ins Gesicht, bis ihm das Blut aus dem Munde strömte. Dann rief er zwei Mârids und sprach zu ihnen: ,Eilt zum Tal der Quellen und bringt mir jeden, der dort ist!' Die beiden Mârids flogen nun dahin, bis sie zum Quellental kamen; als sie dort Gharîb und Sahîm schlafend fanden, ergriffen sie die beiden und flogen mit ihnen empor, um sie zu Mar'asch zu bringen. Und wie dann Sahîm und Gharîb aus ihrem Schlafe erwachten und sich zwischen Himmel und Erde sahen, riefen sie: ,Es gibt keine Macht und es gibt keine Majestät außer bei Allah, dem Erhabenen und Allmächtigen!' – –«

Da bemerkte Schehrezâd, daß der Morgen begann, und sie hielt in der verstatteten Rede an. Doch als die *Sechshundertund-einundfünfzigste Nacht* anbrach, fuhr sie also fort: »Es ist mir berichtet worden, o glücklicher König, daß die beiden Mârids, nachdem sie Gharîb und Sahîm ergriffen hatten, sie zu Mar'asch, dem König der Geister, brachten. Und als sie sich vor dem König befanden, sahen sie ihn auf dem Thron seiner Herrschaft sitzen; er war aber wie ein gewaltiger Berg, und auf seinem Leibe saßen vier Köpfe, ein Löwenkopf, ein Elefantenkopf, ein Leopardenkopf und ein Pantherkopf. Nun stellten die beiden Mârids den Gharîb und Sahîm vor Mar'asch hin und sprachen: ,O König, diese beiden sind es, die wir im Tal der Quellen gefunden haben. Der blickte sie mit dem Auge des Zornes an, und er hauchte und fauchte, bis Funken ihm aus den Nüstern sprühten und alle, die zugegen waren, in Furcht vor ihm gerieten. Und er schrie: ‚Ihr Menschenhunde, ihr habt meinem Sohne den Tod gebracht und Feuer in meinem Herzen entfacht.' Gharîb aber fragte: ‚Wer ist denn dein Sohn, den wir getötet haben sollen? Wer hat denn deinen Sohn gesehen?' Jener antwortete: ‚Waret ihr nicht im Tal der Quellen und sahet ihr nicht meinen Sohn in der Gestalt eines Vogels? Und habt ihr nicht mit dem Holzpfeile nach ihm geschossen, so daß er starb?' Da sagte Gharîb: ‚Ich weiß nicht, wer ihn getötet hat. Bei dem Herrn der Herrlichkeit, des Einen von Anbeginn der Zeit, in dem sich das Wissen von allen Dingen vereint, und bei Abraham, dem Gottesfreund, wir haben keinen Vogel gesehen, wir haben kein Tier des Feldes und keinen Vogel getötet!' Wie Mar'asch aus den Worten Gharîbs hörte, daß er bei Allah und seiner Allmacht schwor und bei seinem Propheten, dem Gottesfreunde Abraham, erkannte er ihn als einen Muslim. Nun stand jener Dämon in des Feuers Bann und betete nicht den allgewaltigen König an, und so rief er seinen Leuten zu: ‚Bringt mir meine Herrin!' Da brachten sie ihm einen goldenen Ofen und stellten ihn vor ihm auf; dann entzündeten sie darin ein Feuer und warfen Spezereien hinein. Da stiegen grüne und blaue und gelbe Flammen auf, und der König und alle, die zugegen waren, warfen sich anbetend davor nieder, während Gharîb und Sahîm die Einheit Allahs des Erhabenen bekannten und riefen: ‚Allah ist der Größte!' und bezeugten, daß Allah über alle Dinge mächtig ist. Als darauf der König sein Haupt erhob und sah, daß Gharîb und Sahîm aufrecht standen und sich nicht niederwarfen, rief er: ‚Ihr Hunde, warum werft ihr euch nicht nieder?' Gharîb aber hub an: ‚Weh euch, ihr Verfluchten! Niederwerfung gebührt nur dem

König, der würdig der Anbetung ist, und der die Kreatur aus dem Nichts in die Wesenheit ruft zu jeglicher Frist; der das Wasser aus dem harten Felsen rinnen läßt und das Herz des Vaters Liebe zum Kinde gewinnen läßt; den niemand als stehend oder sitzend schildern kann, Ihm, dem Herren von Noah und Sâlih und Hûd und Abraham, dem Gottesmann; dem Schöpfer von Hölle und Paradies, der die Bäume und Früchte wachsen ließ; und Er ist Allah, der Eine, der Allmächtige.' Als Mar'asch diese Worte vernahm, sanken ihm die Augen umgewandt in den Schädel, und er rief seinen Leuten zu: ‚Fesselt diese beiden Hunde und opfert sie meiner Herrin!' Da banden sie die beiden und wollten sie ins Feuer werfen. Aber plötzlich fiel eine von den Zinnen des Palastes auf den Ofen, so daß er zerbrach und das Feuer ausgelöscht ward und als Asche in der Luft umherflog. Gharîb frohlockte: ‚Allah ist der Größte! Sieg und Heil! Schmach werde den Ungläubigen zuteil! ‚Allah ist der Größte' heißt es wider die, so das Feuer anbeten und nicht in den Dienst des allmächtigen Königs treten!' Doch der König sprach: ‚Du bist ein Zauberer, und du hast meine Herrin verzaubert, so daß ihr solches widerfahren ist.' ‚O du Betörter,' erwiderte Gharîb, ‚wenn das Feuer Seele und Verstand besäße, so hätte es das von sich abgewehrt, was ihm Schaden brachte!' Als Mar'asch diese Worte hörte, begann er zu toben und zu brüllen und das Feuer zu schmähen, und er rief: ‚Bei meinem Glauben, ich will euch nur durch das Feuer zu Tode bringen!' Und er befahl, die beiden ins Gefängnis zu werfen; dann rief er hundert Mârids und hieß sie viel Brennholz bringen und es anzünden. Sie taten es, und nun stieg eine mächtige Flamme auf, die unaufhörlich bis zum Morgen brannte. Dann stieg Mar'asch auf einen Elefanten, in eine goldene Sänfte, die mit Edelsteinen besetzt war, und rings um ihn

536

versammelten sich die Stämme der Dämonen in all ihren verschiedenen Arten. Darauf brachte man Gharîb und Sahîm herbei, und als die beiden die Feuerflamme sahen, flehten sie um
Hilfe zu dem Einen, dem Herren der Macht, dem Schöpfer
von Tag und Nacht; dem Hochherrlichen, den die Blicke nicht
erreichen, der aber selbst die Blicke erreicht, da er der Allgütige
ist und über alles wacht. So flehten sie zu Ihm ohne Unterlaß,
bis sich plötzlich von Westen nach Osten eine Wolke erhob
und einen Regen gleich dem brandenden Meer herabsandte und
das Feuer auslöschte. Da erschraken der König und alle seine
Krieger, und sie kehrten in das Schloß zurück. Dann wandte
der König sich zum Wesir und zu den Großen des Reiches und
sprach zu ihnen: ‚Was sagt ihr von diesen beiden Männern?‘
Sie antworteten: ‚O König, wenn sie nicht im Rechte wären,
so wäre dem Feuer dies nicht widerfahren. Wir sagen deshalb,
daß sie mit vollem Rechte die Wahrheit reden.‘ Nun sprach
der König: ‚Jetzt sind mir die Wahrheit und der offenbare
Weg klar geworden; die Anbetung des Feuers ist ein eitel
Ding. Denn wenn die Feuerflamme eine Göttin wäre, so hätte
sie den Regen, der sie auslöschte, und den Stein, der ihren Ofen
zerbrach, so daß sie zu Asche wurde, von sich abgewehrt.
Deshalb glaube ich an Den, dessen Schöpfertat Feuer und Licht,
Schatten und Wärme erschaffen hat. Und ihr, was sagt ihr?‘
Sie erwiderten: ‚O König, wir tun desgleichen, wir folgen und
hören und gehorchen!‘ Dann rief er nach Gharîb, und als der
vor ihm stand, erhob er sich vor ihm, umarmte ihn und küßte
ihn auf die Stirn; und ebenso küßte er Sahîm. Und danach
drängten sich alle Krieger um Gharîb und Sahîm und küßten
ihnen Hände und Haupt. – –«

Da bemerkte Schehrezâd, daß der Morgen begann, und sie
hielt in der verstatteten Rede an. Doch als die *Sechshundertund-*

zweiundfünfzigste Nacht anbrach, fuhr sie also fort: »Es ist mir berichtet worden, o glücklicher König, daß Mar'asch, der Geisterkönig, als er und sein Volk den rechten Weg zum Islam gefunden hatten, Gharîb und seinen Bruder Sahîm kommen ließ und sie auf die Stirn küßte, und daß die Großen seines Reiches sich dazu drängten, ihnen Hände und Haupt zu küssen. Danach setzte Mar'asch sich auf den Thron seiner Herrschaft und ließ Gharîb zu seiner Rechten, Sahîm zu seiner Linken sitzen und sprach: ,Du Menschenkind, was müssen wir sagen, auf daß wir Muslime werden?' Gharîb gab zur Antwort: ,Sprechet: Es gibt keinen Gott außer Allah; Abraham ist der Freund Allahs!' Nun bekannten der König und sein Volk sich zum Islam mit Herz und Zunge. Und Gharîb blieb bei ihnen und lehrte sie beten. Dann aber gedachte er seines Volkes und seufzte; da sprach der Geisterkönig zu ihm: ,Jetzt ist doch die Sorge vergangen und entschwunden, und gekommen sind die frohen und fröhlichen Stunden!' ,O König,' erwiderte Gharîb, ,ich habe viele Feinde, und ich bin ihretwegen um mein Volk besorgt.' Und dann erzählte er ihm, was ihm von seinem Bruder 'Adschîb widerfahren war, von Anfang bis zu Ende. Da sagte der Geisterkönig zu ihm: ,O du König der Menschen, ich will dir jemanden aussenden, der Kunde über dein Volk bringt; denn ich kann dich nicht eher fortziehen lassen, als bis ich mich an deinem Antlitz satt gesehen habe.' Und alsbald rief er zwei starke Mârids, von denen der eine el-Kailadschân, der andere aber el-Kuradschân hieß. Als die beiden vor ihm erschienen, küßten sie den Boden vor ihm, und er sprach zu ihnen: ,Begebt euch nach Jemen und bringet Kunde über die Heere und die Streiter dieser beiden Menschen!' ,Wir hören und gehorchen!' antworteten sie, machten sich auf den Weg und flogen gen Jemen.

538

Wenden wir uns nun von Gharîb und Sahîm zu dem Heere der Muslime! Die waren am Morgen aufgesessen, Mannen und Führer, und hatten sich zum Palaste des Königs Gharîb begeben, um ihm aufzuwarten. Doch die Diener sagten ihnen, daß der König und sein Bruder kurz vor Tagesanbruch ausgeritten seien. Da saßen die Hauptleute auf und zogen über Berg und Tal, indem sie immerfort der Spur folgten, bis sie ins Tal der Quellen gelangten. Dort fanden sie die Waffen von Gharîb und Sahîm am Boden liegen und die beiden Renner auf der Wiese grasen. Die Hauptleute sprachen: ‚Der König muß von dieser Stätte verschwunden sein, beim Ruhme des Gottesfreundes Abraham!' Da verteilten sie sich und suchten im Tale und im Gebirge drei Tage lang, aber es zeigte sich ihnen keine Spur. Nun begannen sie die Trauerfeiern; aber sie ließen doch noch die Eilboten kommen und sprachen zu ihnen: ‚Verteilt euch auf die Städte und Burgen und Festen und forschet nach Kunde von unserem König!' ‚Wir hören und gehorchen!' erwiderten sie; und sie verteilten sich nach allen Seiten, indem ein jeder von ihnen eine andere Gegend aufsuchte. Zu.'Adschîb aber gelangte durch seine Späher die Nachricht, daß sein Bruder verschwunden sei, und daß man keine Spur von ihm gefunden habe. Nun war er froh, daß sein Bruder Gharîb nicht mehr da war, und er freute sich sehr. Und er begab sich zum König Ja'rub ibn Kahtân und bat ihn um seine Hilfe, und der gewährte sie ihm; denn er gab ihm zweihunderttausend Riesen. Da machte 'Adschîb sich mit seinem Heere auf und lagerte sich vor der Stadt 'Omân. Doch el-Dschamrakân und Sa'dân machten einen Ausfall gegen sie und kämpften mit ihnen; als aber viel Volks von den Muslimen gefallen war, zogen sie sich in die Stadt zurück, verschlossen die Tore und befestigten die Mauern. Da erschienen plötzlich die beiden Mârids el-Kaila-

dschân und el-Kuradschân und sahen, wie die Muslime eingeschlossen waren. Sie warteten, bis die Nacht kam; dann aber
ließen sie unter den Ungläubigen zwei schneidende Schwerter
ihres Amtes walten; das waren Geisterschwerter, ein jedes
zwölf Ellen lang, mit denen man einen Felsen hätte spalten
können. Die beiden Geister fielen über die Feinde her mit dem
Rufe: ‚Allah ist der Größte! Sieg und Heil! Schmach werde
den Ungläubigen zuteil, denen, so den Glauben des Gottesfreundes Abraham leugnen!' Und sie stürzten sich auf die
Heiden und richteten ein großes Blutbad unter ihnen an; dabei sprühten sie Feuer aus ihren Mäulern und ihren Nüstern.
Als die Ungläubigen, die aus ihren Zelten wider sie ins Feld
rückten, das grausige Schauspiel sahen, erschauerte ihnen die
Haut auf den Leibern, sie wurden verwirrt und wie von Sinnen. Und so griffen sie nach den Waffen und machten sich
übereinander her, während die beiden Mârids die Häupter der
Heiden mähten und riefen: ‚Allah ist der Größte! Wir sind die
Diener des Königs Gharîb, des Freundes des Königs Mar'asch,
des Herrschers der Geister!' Unaufhörlich kreiste das Schwert
unter ihnen, bis es Mitternacht wurde. Die Heiden glaubten,
die Berge seien ganz voll von Dämonen; und so luden sie ihre
Zelte und Schätze und Lasten auf die Kamele und eilten davon.
Der erste aber, der sich flüchtete, war 'Adschîb. – –«

Da bemerkte Schehrezâd, daß der Morgen begann, und sie
hielt in der verstatteten Rede an. Doch als die *Sechshundertund-
dreiundfünfzigste Nacht* anbrach, fuhr sie also fort: »Es ist mir berichtet worden, o glücklicher König, daß die Ungläubigen
davoneilten und daß 'Adschîb der erste war, der sich flüchtete.
Inzwischen aber waren die Muslime zusammengekommen,
und sie wunderten sich über das, was mit den Heiden geschah;
aber sie fürchteten sich auch vor den Stämmen der Geister.

Die beiden Mârids nun verfolgten die Heiden unverwandt, bis sie ihre Scharen zerstreut hatten über Steppen und Wüstenland; und von all den zweihunderttausend Riesen, die gewesen waren, blieben nur fünfzigtausend am Leben; die kehrten geschlagen und verwundet in ihr Land zurück. Die beiden Dämonen aber sprachen: ,Ihr Mannen, König Gharîb, euer Herr, und sein Bruder lassen euch grüßen; sie sind jetzt zu Gaste bei König Mar'asch, dem Herrscher der Geister, und sie werden bald wieder bei euch sein.' Als die Krieger die Kunde von Gharîb vernahmen und nun wußten, daß er wohlbehalten am Leben sei, freuten sie sich gar sehr und sprachen zu den beiden: ,Allah erfreue euch beide durch gute Botschaft, ihr edlen Geister!' Dann kehrten el-Kailadschân und el-Kuradschân heim und traten vor König Gharîb und König Mar'asch, die sie im Palaste sitzen sahen; und sie berichteten ihnen, was geschehen war und was sie getan hatten. Da wünschten die beiden Könige ihnen reichen Gotteslohn; und Gharîbs Herz fühlte sich beruhigt. Doch nun hub König Mar'asch an: ,Mein Bruder, ich möchte dir unser Land zeigen und dich die Stadt Japhets, des Sohnes Noahs – Friede sei über ihm! – sehen lassen.' ,O König,' antwortete Gharîb, ,tu, was dir gut scheint!' Jener ließ nun für Gharîb und Sahîm zwei Prachtrosse kommen und ritt mit ihnen aus, begleitet von tausend Mârids, und sie flogen dahin, als wären sie ein Stück von einem Berge, das sich der Länge nach abspaltete. Auf ihrer Fahrt erfreuten sie sich des Anblikkes der Täler und der Berge, bis sie zu der Stadt Japhets kamen, des Sohnes Noahs – Friede sei über ihm! Und das Volk der Stadt, groß und klein, kam heraus, dem König Mar'asch entgegen. Der ritt in großem Prachtzuge in die Stadt ein und hinauf zum Schlosse Japhets, des Sohnes Noahs; dort setzte er sich auf den Thron seiner Herrschaft, einen Marmorsessel, zehn Stufen hoch, mit goldenen Stäben vergittert und mit allerlei farbiger Seide bedeckt. Und als das Volk der Stadt vor ihm stand, sprach er zu ihnen: ‚Ihr Sprossen Japhets, des Sohnes Noahs, was pflegten eure Väter und Großväter anzubeten?‘ Sie gaben zur Antwort: ‚Wir haben gesehen, daß unsere Vorfahren das Feuer anbeteten, und wir sind ihrem Beispiele gefolgt; doch du weißt es am besten.‘ ‚Ihr Leute,‘ fuhr er fort, ‚wir haben gesehen, daß das Feuer nur eines der Geschöpfe Allahs des Erhabenen ist, der alle Dinge geschaffen hat. Als ich das erfuhr, da bekannte ich mich zu Allah, dem Einen, dem Herrn der Macht, dem Schöpfer von Tag und Nacht und der kreisenden Sphären Pracht, den die Blicke nicht erreichen, der aber selbst die Blicke erreicht, da Er der Allgütige ist und über alles wacht. Drum nehmt den rettenden Glauben des Islams an, so werdet ihr gerettet sein vor dem Zorn des Allmächtigen und im Jenseits vor des Feuers Pein!‘ Da bekannten sich alle zum Islam mit Herz und Zunge. Nun ergriff Mar’asch die Hand Gharîbs und zeigte ihm das Schloß Japhets und seinen Bau und all die Wunder, die es enthielt. Dann traten sie auch in die Rüstkammer ein, und wie jener ihm die Waffen Japhets zeigte, erblickte Gharîb ein Schwert, das an einem goldenen Pflocke hing. Und er fragte: ‚O König, wem gehört dies?‘ Der König antwortete: ‚Dies ist das Schwert Japhets, des Sohnes Noahs, mit dem er die Menschen und die Geister zu bekämpfen pflegte. Dschardûm, der Weise, hat es geschmiedet, und er hat auf seiner Rückseite gewaltige Zaubernamen eingegraben. Wenn es einen Berg träfe, so würde es ihn zerschlagen. Und es heißt el-Mâhik[1], dieweil es nie auf einen Menschen niedersaust, ohne ihn zu vernichten, noch auf einen Dämon, ohne ihn zu zerschmettern.‘ Als Gharîb diese Worte von ihm vernahm und ihn die Kräfte

1. Der Vernichter.

dieses Schwertes rühmen hörte, sprach er: ‚Ich möchte mir dies Schwert ansehen!‘ ‚Tu, was du willst!‘ sagte Mar'asch; und nun reckte Gharîb seine Hand aus, packte das Schwert und zog es aus der Scheide; und es glitzerte und blitzte, und der Tod kroch über seine Schneide. Es war zwölf Spannen lang und drei Spannen breit. Als Gharîb es behalten wollte, sagte König Mar'asch: ‚Wenn du damit schlagen kannst, so behalt es!‘ ‚Gut!‘ sagte Gharîb und hob es, und es war in seiner Hand wie ein Stab. Da wunderten sich alle, die zugegen waren, Menschen und Geister, und riefen: ‚Vortrefflich, du Herr der Ritter!‘ Mar'asch aber sprach zu ihm: ‚Leg deine Hand auf dies Kleinod, nach dem die Könige der Erde vergeblich seufzen; und nun sitz auf, damit ich dir noch mehr zeige!‘ Und so ritt er mit Mar'asch weiter, und die Menschen und Geister geleiteten sie zu Fuß. – –«

Da bemerkte Schehrezâd, daß der Morgen begann, und sie hielt in der verstatteten Rede an. Doch als die *Sechshundertundvierundfünfzigste Nacht* anbrach, fuhr sie also fort: »Es ist mir berichtet worden, o glücklicher König, daß König Gharîb und König Mar'asch, als sie aus der Stadt Japhets hinausritten, begleitet von den Menschen und Geistern, vorbeizogen an Schlössern und an Häusern, die keine Bewohner mehr besaßen, und an vergoldeten Toren in den Straßen. Und als sie dann durch das Stadttor geritten waren, erblickten sie Gärten, in denen Fruchtbäume sprossen und Bächlein flossen. Dort waren singende Vögel, die Ihn priesen, den Herrn der Allmacht und Ewigkeit; und dort hatten die beiden ihre Freude bis zur Abendzeit. Dann kehrten sie heim, um die Nacht im Schlosse Japhets, des Sohnes Noahs, zu verbringen. Und als sie dort ankamen, wurden ihnen die Tische aufgetragen; und während sie aßen, wandte sich Gharîb zu dem König der Geister und sprach: ‚O König, ich möchte zu meinem Volke und zu meinem Heere zurückkehren; denn ich weiß nicht, was aus ihnen wird, wenn ich fern bin.‘ Auf diese seine Worte erwiderte Mar'asch: ‚Mein Bruder, bei Allah, ich will mich nicht eher von dir trennen und dich nicht eher fortziehen lassen, als bis ein voller Monat verstrichen ist, auf daß ich mich an deinem Antlitz satt sehen kann!‘ Da konnte Gharîb ihm nicht widersprechen, und so blieb er einen ganzen Monat in der Stadt Japhets. Er aß und trank, und König Mar'asch gab ihm viele kostbare Geschenke, Edelmetalle und Juwelen, Smaragde, Ballasrubinen[1] und Diamanten, Barren von Gold und von Silber; ferner auch Moschus, Ambra und golddurchwirkte Seidenstoffe. Auch ließ er für Gharîb und Sahîm zwei Ehrengewänder herstellen aus bunter, goldbestickter Seide und für Gharîb eine Krone, die mit Perlen und Edelsteinen von unschätzbarem Werte besetzt war. All dies ließ er für ihn in gleiche Lasten verteilen, und dann rief er fünfhundert Mârids und sprach zu ihnen: ‚Rüstet euch zur Reise für morgen, damit wir den König Gharîb und Sahîm in ihr Land geleiten.‘ ‚Wir hören und gehorchen!‘ erwiderten sie. Und sie legten sich alle zum Schlafe nieder in der Absicht, aufzubrechen, bis die Zeit des Aufbruchs kam. Doch da erschien plötzlich eine Reiterschar mit Trommelgewirbel und Trompetenklang, die das ganze Land erfüllte; das waren siebenzigtausend Mârids, Flieger und Taucher, unter einem König, Barkân geheißen. Es hatte aber einen ungewöhnlichen und seltsamen Grund, daß dies Heer gekommen war; ja, die Geschichte ist unterhaltend und wunderbar, und wir stellen sie jetzt der Reihe nach dar. Jener Barkân war der Herr der Karneolstadt und des Goldenen Schlosses, und er herrschte über fünf Festen, von denen eine jede fünfhundert-

1. Rubinen aus Badachschân im nördlichen Afghanistan.

544

tausend Mârids barg; sein und seines Volkes Dienst war dem Feuer geweiht statt dem König der Herrlichkeit. Dieser König war ein Vetter von Mar'asch; und unter dem Volke des Mar-'asch war ein ungläubiger Mârid, der heuchlerisch den Islam angenommen hatte, dann aber aus seinem Stamm verschwunden war. Er war dahingezogen, bis er zum Karneoltal kam, und dort war er zum Schlosse des Königs Barkân gegangen, hatte den Boden vor ihm geküßt und ihm dauernden Ruhm und Wohlstand gewünscht. Dann berichtete er ihm, daß Mar'asch den Islam angenommen habe. Barkân fragte: ,Wie kam er dazu, seinen Glauben aufzugeben?' Und jener erzählte ihm alles, was geschehen war. Wie Barkân das hörte, begann er zu hauchen und zu fauchen und Schmähworte gegen Sonne und Mond zu gebrauchen, und auch gegen das Feuer, aus dem die Funken auftauchen. Und er rief: ,Bei meinem Glauben, ich will den Sohn meines Oheims und sein Volk und diesen Sterblichen umbringen und keinen von ihnen am Leben lassen.' Dann berief er die Scharen der Geister und wählte aus ihnen siebenzigtausend Mârids aus; mit denen zog er dahin, bis er bei der Stadt Dschabarsa[1] ankam. Dort umzingelten sie die Stadt, wie wir schon erzählt haben; und König Barkân machte vor dem Stadttore halt und ließ dort seine Zelte aufschlagen. Mar'asch aber rief einen Mârid und sprach zu ihm: ,Geh zu diesem Heere, schau, was sie wollen, und komm eilends zu mir zurück!' Der Mârid eilte dahin, und wie er zum Lager Barkâns kam, stürzten die Mârids auf ihn los und fragten ihn: ,Wer bist du?' ,Ein Bote von Mar'asch', erwiderte er, und sie nahmen ihn und brachten ihn vor Barkân. Dort warf er sich nieder und sprach dann: ,Mein Gebieter, wisse, mein Herr hat mich zu euch geschickt, um ihm über euch Kunde zu

1. Eine Wunderstadt der arabischen Legende.

bringen.' Der König antwortete ihm: ‚Geh zu deinem Herrn und sage ihm: Dies ist dein Vetter Barkân; er ist gekommen, um dich zu begrüßen!' – –«

Da bemerkte Schehrezâd, daß der Morgen begann, und sie hielt in der verstatteten Rede an. Doch als die *Sechshundertundfünfundfünfzigste Nacht* anbrach, fuhr sie also fort: »Es ist mir berichtet worden, o glücklicher König, daß Barkân, als der Mârid, der Bote von Mar'asch, vor ihn kam und sprach: ‚Mein Herr hat mich zu dir gesandt, um ihm Kunde über euch zu bringen', ihm antwortete: ‚Geh zu deinem Herrn und sage ihm: Dies ist dein Vetter Barkân; er ist gekommen, um dich zu begrüßen!' Der Mârid ging zurück und brachte seinem Herrn die Kunde; und der sagte darauf zu Gharîb: ‚Setze du dich auf deinen Thron, so lange, bis ich meinen Bruder begrüßt habe und zu dir zurückgekehrt bin.' Dann saß er auf und ritt auf das Zeltlager zu. Barkân aber hatte dies nur als eine List ersonnen, auf daß Mar'asch herauskäme und er ihn ergreifen könnte; er hatte auch Mârids rings um sich aufgestellt und zu ihnen gesagt: ‚Wenn ihr seht, daß ich ihn umarme, so ergreift ihn und fesselt ihn!' ‚Wir hören und gehorchen!' hatten sie gesagt. Als darauf König Mar'asch in das Zelt seines Vetters kam, erhob der sich vor ihm und umarmte ihn. Da stürzten auch schon die Geister auf ihn los und fesselten ihn an Händen und Füßen. Mar'asch blickte auf Barkân und fragte ihn: ‚Was bedeutet dies?' Aber der fuhr ihn an: ‚O du Hund unter den Geistern, willst du deinen Glauben und den Glauben deiner Väter und Vorväter verlassen und einen Glauben annehmen, den du nicht kennst?' Mar'asch erwiderte ihm: ‚Sohn meines Oheims, ich habe erkannt, daß der Glaube Abrahams, des Gottesfreundes, der wahre ist, und daß jeder andere eitel ist.' ‚Und wer hat euch das gesagt?' fragte Barkân; jener antwortete: ‚Gharîb, der König von Irak; und der steht bei mir in hohen Ehren.' Da rief Barkân: ‚Bei dem Feuer im Lichtgewand, bei dem Schatten und bei der Hitze Brand, ich werde euch wahrlich allesamt mit ihm töten.' Dann warf er ihn ins Gefängnis. Als aber der Diener des Königs Mar'asch sah, was mit seinem Herrn geschah, floh er eiligst in die Stadt und meldete den Scharen der Geister, wie es seinem Herrn ergangen war. Die erhoben ein lautes Geschrei und schwangen sich auf ihre Rosse. ‚Was gibt es?' fragte Gharîb; und als man ihm kundgetan hatte, was geschehen war, rief er nach Sahîm und sprach zu ihm: ‚Sattle mir einen der Renner, die König Mar'asch mir geschenkt hat!' Und als jener ihn fragte: ‚Mein Bruder, willst du mit den Geistern kämpfen?' antwortete er: ‚Ja, ich will sie bekämpfen mit dem Schwerte Japhets, des Sohnes Noahs. Und ich will um Hilfe flehen zu dem Herrn Abrahams, des Gottesfreundes – Friede sei über ihm! –, zu Ihm, dem Herrn und Schöpfer aller Dinge.' Da sattelte Sahîm für ihn einen braunen Renner von den Pferden der Geister; der war hoch wie eine Burg. Und Gharîb legte die Kriegsrüstung an, schritt hinaus und stieg aufs Roß, und die Scharen der Geister zogen aus, mit Panzern bekleidet. Da saßen auch Barkân und seine Mannen auf; die beiden Heere ordneten sich zum Streit, beide Schlachtreihen waren kampfbereit. Und der erste, der das Tor des Kampfes auftat, war König Gharîb; der spornte seinen Renner auf das Schlachtfeld und zückte das Schwert Japhets, des Sohnes Noahs – Friede sei über ihm! Von dem ging ein blitzendes Licht aus, durch das die Augen aller Geister geblendet wurden, so daß Grausen sich in ihre Herzen senkte. Gharîb aber schwang das Schwert hin und her, bis die Sinne der feindlichen Dämonen sich verwirrten. Dann rief er: ‚Allah ist der Größte! Ich bin König Gharîb, der König von Irak, es gibt keinen anderen

Glauben als den Glauben Abrahams, des Gottesfreundes!' Als
Barkân diese Worte aus dem Munde Gharîbs vernommen hatte, rief er: ‚Der ist es, der den Glauben meines Vetters verändert und ihn abtrünnig gemacht hat. Aber, bei meinem Glauben, ich will mich nicht eher wieder auf meinen Thron setzen,
als bis ich Gharîb den Kopf abgeschlagen und ihm den Odem
erstickt und meinen Vetter und sein Volk zu ihrem Glauben
zurückgeführt habe. Und wer sich mir widersetzt, den bringe
ich um!' Dann bestieg er einen Elefanten, der war so weiß wie
Papier und glich einem geweißten Turme; und er schrie ihn an
und stach ihn mit einem stählernen Stachel, der ihm tief ins
Fleisch drang. Da brüllte das Tier auf und eilte zum Blachgefild, der Stätte, da Schwertschlag und Lanzenstich gilt; und als
er nahe bei Gharîb war, rief er: ‚Du Menschenhund, was trieb
dich in unser Land, so daß du meinen Vetter und sein Volk
verdorben und sie von Glauben zu Glauben geführt hast?
Wisse, heute ist der letzte deiner Tage in dieser Welt!' Als
Gharîb das hörte, schrie er: ‚Hinweg, du gemeinster aller Dämonen!' Nun zog Barkân einen Speer, schüttelte ihn und warf
ihn auf Gharîb; doch er verfehlte ihn. Dann schleuderte er
einen zweiten Speer; doch den fing Gharîb mitten in der Luft
auf, schüttelte ihn und schleuderte ihn auf den Elefanten. Und
er drang dem Tiere in die Flanke und fuhr zur anderen Seite
wieder heraus; da sank der Elefant tot zu Boden, und Barkân
fiel nieder gleich einer langstämmigen Palme. Aber ehe er sich
noch von der Stelle rühren konnte, traf Gharîb ihn mit dem
Schwerte Japhets, des Sohnes Noahs, flach auf den Nacken, so
daß ihm die Sinne schwanden. Da stürzten die Mârids auf ihn
und fesselten ihm die Hände auf den Rücken. Doch als Barkâns Leute ihren König so erblickten, stürmten sie hervor und
wollten ihn befreien. Nun wandten Gharîb und mit ihm die

gläubigen Geister sich wider jene. Wie herrlich focht da Gharîb! Wie gefiel er dem Herrn, der die Gebete erhört, und stillte die Rache mit dem Talismanschwert! Jeden, den er traf, spaltete er; und ehe dessen Seele noch entweichen konnte, ward er im Feuer zu einem Häuflein Asche. Die Gläubigen warfen sich auf die ungläubigen Geister, und sie schleuderten feurige Meteore widereinander, bis alle in Rauch eingehüllt waren. Und immerfort hieb Gharîb auf die Feinde ein, nach rechts und nach links, so daß die Reihen sich vor ihm spalteten, bis er durchdrang zum Prunkzelte des Königs Barkân, begleitet von el-Kailadschân und el-Kuradschân. Dort rief er den beiden zu: ‚Befreit euren Herrn!‘ Und sie lösten ihn und zerbrachen seine Fesseln. – –«

Da bemerkte Schehrezâd, daß der Morgen begann, und sie hielt in der verstatteten Rede an. Doch als die *Sechshundertundsechsundfünfzigste Nacht* anbrach, fuhr sie also fort: »Es ist mir berichtet worden, o glücklicher König, daß el-Kailadschân und el-Kuradschân, als König Gharîb ihnen zurief: ‚Befreit euren Herrn!‘ ihn lösten und seine Fesseln zerbrachen. Da sprach König Mar'asch zu ihnen: ‚Bringt mir meine Waffen und mein Flügelroß!‘ Jener König hatte nämlich zwei Rosse, die durch die Luft fliegen konnten; von denen hatte er eines Gharîb gegeben, während das andere sein Eigentum geblieben war; dies ward ihm gebracht, nachdem er seine Schlachtrüstung angelegt hatte. Dann fiel er mit Gharîb über den Feind her; beide sausten auf ihren Rossen durch die Luft dahin, ihre Mannen eilten hinter ihnen her, und beide riefen: ‚Allah ist der Größte! Allah ist der Größte!‘ Und ihr Ruf erdröhnte, bis er von Tiefland und Bergen, Tälern und Hügeln wieder ertönte. Und erst, nachdem sie eine Menge der Feinde, mehr als dreißigtausend Mârids und Satane, getötet hatten, ließen sie von der Verfol-

gung ab. Dann zogen sie in die Stadt Japhets ein; und die beiden Könige setzten sich auf die Throne ihrer Macht und riefen
nach Barkân. Der aber ward nicht gefunden; denn nachdem
sie ihn gefangengenommen hatten, waren sie durch den Kampf
von ihm abgelenkt worden, und da war ein Dämon, einer seiner Diener, zu ihm geeilt, hatte ihn befreit und zu seinem Volke gebracht. Dort fand er, wie ein Teil erschlagen war und der
andere flüchtete; deshalb flog er mit ihm zum Himmel empor
und ließ ihn in der Karneolstadt im Goldenen Schlosse nieder.
Dort setzte König Barkân sich auf den Thron seiner Herrschaft;
und nun kamen die von seinem Volke, die aus der Schlacht
übriggeblieben waren, traten zu ihm ein und wünschten ihm
Glück zu seiner Rettung. Er aber sprach: ‚Ihr Leute, wo ist die
Rettung? Mein Heer ist erschlagen, die Feinde hatten mich gefangen genommen und meine Ehre unter den Stämmen der
Geister in Stücke gerissen.‘ Sie antworteten: ‚O König, immer
doch ist es so, daß die Könige Unheil bringen oder vom Unheil
getroffen werden.‘ Doch er entgegnete ihnen: ‚Ich muß die
Rache vollstrecken und meine Schande zudecken; sonst bleibe
ich für immer ein Schandfleck unter den Stämmen der Geister.‘
Dann schrieb er Briefe und sandte sie an die Stämme in den
Burgen, und die kamen zu ihm, willig und gehorsam. Als er
sie musterte, fand er, daß es dreihundertundzwanzigtausend
trotzige Mârids und Satane waren; die sprachen zu ihm: ‚Was
ist dein Begehr?‘ Er antwortete: ‚Macht euch bereit, in drei Tagen aufzubrechen!‘ ‚Wir hören und gehorchen!‘ erwiderten sie.

Wenden wir uns nun von König Barkân wieder zu König
Mar'asch zurück! Als der heimgekehrt war und nach Barkân
rief und ihn nicht fand, ward es ihm schwer ums Herz, und er
sprach: ‚Wenn wir ihn durch hundert Mârids hätten bewachen
lassen, so wäre er nicht entkommen. Aber wohin sollte er von

uns aus gehen?' Dann fuhr er fort und sprach zu Gharîb: ‚Wisse, mein Bruder, Barkân ist ein verräterischer Mann, und er wird nicht ruhen, bis er Rache nehmen kann. Sicher wird er seine Scharen versammeln und wider uns zu Felde ziehen. Darum will ich ihn jetzt einholen, solange er noch durch die Niederlage geschwächt ist.' Gharîb erwiderte: ‚Dies ist der rechte Rat, ein Wort, das keinen Tadel zu fürchten hat.' Und weiter sprach Mar'asch zu Gharîb: ‚Mein Bruder, laß die Mârids euch wieder in euer Land bringen, und lasset mich den Glaubenskrieg führen gegen die Heidenherde, auf daß mir meine Sündenlast erleichtert werde!' Aber Gharîb entgegnete: ‚Nein, bei dem gütigen Schützer, dem Gnadenreichen, ich will nicht eher von dieser Stätte weichen, als bis ich der ungläubigen Geister Schar vernichtet habe ganz und gar. Dann lasse Allah ihre Seelen in das Höllenfeuer sausen, an die Stätte voller Grausen! Und keiner wird gerettet werden, außer denen, die Allah anbeten, den Einen, den allmächtigen Herrn des Himmels und der Erden. Doch schicke Sahîm nach der Stadt 'Omân, auf daß er von seiner Krankheit genese!' Sahîm war nämlich erkrankt. So rief denn Mar'asch die Mârids und sprach zu ihnen: ‚Tragt Sahîm und diese Schätze und Ehrengeschenke nach der Stadt 'Omân!' ‚Wir hören und gehorchen!' erwiderten sie, nahmen Sahîm und all die Güter und machten sich auf nach dem Lande der Menschen. Dann schrieb Mar'asch Briefe an die Hauptleute seiner Burgen und an alle seine Stadthalter; die waren einhundertundsechzigtausend an der Zahl. Sie rüsteten sich und brachen auf nach der Karneolstadt und dem Goldenen Schlosse; und sie legten an einem Tage den Weg eines Jahres zurück. Und als sie in ein Tal kamen, machten sie halt, um auszuruhen, und verbrachten dort die Nacht, bis es wieder Morgen ward. Als sie dann aufbrechen wollten, erschien plötzlich der Vortrab der feindlichen Geister. Da erhoben alle die Dämonen ein lautes Geschrei, und die beiden Heere prallten in jenem Tale zusammen. Sie griffen einander an, und das Morden unter ihnen begann; es tobte die Schlacht, als bebte die Erde mit Macht, und alle Wildheit ward entfacht; der Ernst kam, und der Scherz zog fort, es verstummte zwischen den Reihen das Wort; manch langes Leben ward gekürzt, und die Heiden wurden in Schimpf und Schande gestürzt. Denn Gharîb griff sie an, indem er die Einheit dessen verkündete, der allein anbetenswert und erhaben ist, und indem er sein Schwert durch die Nacken stieß und die Köpfe im Staube rollen ließ. Ehe noch der Abend kam, hatte er schon an die siebenzigtausend von den Ungläubigen dahingestreckt. Und es wurden die Trommeln des Rückzugs geschlagen, und die Heere trennten sich voneinander. – –«

Da bemerkte Schehrezâd, daß der Morgen begann, und sie hielt in der verstatteten Rede an. Doch als die *Sechshundertundsiebenundfünfzigste Nacht* anbrach, fuhr sie also fort: »Es ist mir berichtet worden, o glücklicher König, daß Mar'asch und Gharîb, als die beiden Heere voneinander sich trennten, sich in ihre Zelte begaben, nachdem sie ihre Waffen abgewischt hatten. Dann ward ihnen das Nachtmahl gebracht, und sie aßen und wünschten einander Glück, daß sie wohlbehalten heimgekehrt und daß auf ihrer Seite weniger als zehntausend Mârids gefallen waren. Barkân aber begab sich in sein Lager, das Herz voller Wunden, weil so viele seiner Kämpen den Tod gefunden. Und er sprach: ,Ihr Leute, wenn wir mit diesen Feinden noch drei Tage lang weiterkämpfen, so werden sie uns bis zum letzten Manne vernichten.' ,Und was sollen wir tun?' fragten die Leute. Er antwortete: ,Wir wollen im Dunkel über sie herfallen, während sie im Schlafe liegen; dann wird keiner von ihnen übrigbleiben, der Kunde davon heimbringt. Also ergreift eure

Waffen und fallet über eure Feinde her und stürzt euch auf sie alle wie ein Mann!' ‚Wir hören und gehorchen!' erwiderten sie und hielten sich zum Angriff bereit. Nun war aber unter ihnen ein Mârid, des Namens Dschandal, dessen Herz sich dem Islam zuneigte; und als der erfuhr, was die Ungläubigen beschlossen hatten, stahl er sich von ihnen weg und begab sich zu Mar'asch und König Gharîb und tat ihnen die Pläne der Heiden kund. Da wandte Mar'asch sich zu Gharîb und sprach zu ihm: ‚Bruder, was wollen wir tun?', Der antwortete ihm: ‚Wir wollen die Heiden angreifen heute nacht, und wir wollen sie in die Steppen und Wüsten zerstreuen durch des allgewaltigen Königs Macht!' Dann berief er die Hauptleute der Geister und sprach zu ihnen: ‚Legt eure Kriegsrüstungen an, ihr und eure Streiter; und sobald die Dunkelheit ihren Schleier tief herabhängen läßt, schleichet heimlich davon, Hundertschaft auf Hundertschaft; laßt die Zelte leer und legt euch zwischen den Bergen in den Hinterhalt! Und wenn ihr dann sehet, daß die Feinde im Lager sind, so fallet von allen Seiten über sie her! Seid fest entschlossen und vertraut auf euren Herrn, so werdet ihr siegen, und siehe, ich bin bei euch!' Als nun die Nacht kam, fielen die Ungläubigen über das Lager her, indem sie zu Feuer und Licht um Hilfe flehten. Und als sie sich zwischen den Zelten befanden, stürzten die Gläubigen sich auf die Heiden, indem sie den Herrn der Welten zu Hilfe riefen mit den Worten: ‚O du, der du von allen Erbarmern der Gnadenreichste bist und der Schöpfer alles dessen, was erschaffen ist!', bis sie die Feinde niedergemäht und zu Boden gestreckt hatten. Als es aber Morgen geworden war, da lag die Heidenschar am Boden als ein Haufe lebloser Schatten, während die Überlebenden sich in die Wüsten und Täler geflüchtet hatten. Mar'asch und Gharîb kehrten siegreich und im Triumphe heim, nachdem sie das Gut der

Ungläubigen erbeutet hatten; und sie ruhten bis zum folgenden Tage. Dann brachen sie auf nach der Karneolstadt und dem Goldenen Schlosse. Barkân aber war, als die Schlacht sich gegen ihn entschieden hatte und die meisten seiner Krieger im Dunkel der Nacht gefallen waren, mit den Überlebenden seines Volkes geflüchtet; und wie er seine Hauptstadt wieder erreichte, begab er sich in sein Schloß und versammelte seine Scharen um sich. Zu denen sprach er: ‚Ihr Mannen, wer noch etwas besitzt, der nehme es und folge mir zum Berge Kâf, zum Blauen König, dem Herrn des Scheckigen Schlosses; er ist es, der uns rächen wird!‘ Da nahmen sie ihre Frauen und Kinder und ihre Habe und machten sich auf zum Berge Kâf. Bald darauf kamen Mar'asch und Gharîb bei der Karneolstadt und dem Goldenen Schlosse an; doch sie fanden die Tore offen, und niemand war dort, der ihnen Nachricht hätte geben können. Mar'asch führte nun Gharîb umher und zeigte ihm die Karneolstadt und das Goldene Schloß. Die Stadtmauern waren aus Smaragd gebaut und ihre Tore aus rotem Karneol mit silbernen Nägeln; die Dächer der Häuser und Paläste bestanden aus Aloeholz und Sandelholz. Sie wanderten ringsumher in den Straßen und Gassen, bis sie zum Goldenen Schloß gelangten. Dort schritten sie von Vorhalle zu Vorhalle und kamen schließlich zu einem Bau aus königlichem Ballasrubin, dessen Boden aus Smaragd und Hyazinth bestand. Als Mar'asch und Gharîb in das Schloß eingetreten waren, wurden sie von seiner Schönheit geblendet; sie gingen darinnen immer weiter, bis sie sieben Vorhallen durchschritten hatten. Erst dann kamen sie in das Innere des Schlosses, und da sahen sie vier Estraden, von denen keine der anderen gleich war; und in der Mitte war ein Springbrunnen aus rotem Golde, umgeben von goldenen Löwengestalten, aus deren Mäulern das Wasser floß. So sahen sie Dinge, dic der Menschen Sinne verwirren konnten. Die Estrade am oberen Ende war belegt mit Teppichen, die aus bunter Seide gewirkt waren; und auf ihr standen zwei Throne aus rotem Golde, eingelegt mit Perlen und Edelsteinen. Mar'asch und Gharîb setzten sich nun auf die beiden Throne Barkâns und hielten prunkvoll Hof im Goldenen Schlosse. – –«

Da bemerkte Schehrezâd, daß der Morgen begann, und sie hielt in der verstatteten Rede an. Doch als die *Sechshundertund-achtundfünfzigste Nacht* anbrach, fuhr sie also fort: »Es ist mir berichtet worden, o glücklicher König, daß Mar'asch und Gharîb sich auf die Throne Barkâns setzten und prunkvoll Hof hielten. Darauf sagte Gharîb zu Mar'asch: ,Was für einen Plan hast du gefaßt?' Jener antwortete ihm: ,O König der Menschen, ich habe hundert Reiter ausgeschickt, die mir Kunde darüber bringen sollen, an welchem Orte Barkân sich befindet, damit wir ihn verfolgen können.' Darauf blieben sie drei Tage lang im Goldenen Schlosse, bis die Mârids wieder zurückkehrten und die Kunde brachten, daß Barkân zum Berge Kâf geflüchtet sei und bei dem Blauen König Schutz gesucht und gefunden habe. Da sprach Mar'asch zu Gharîb: ,Was sagst du, mein Bruder?' Der antwortete: ,Wenn wir sie nicht angreifen, so werden sie uns angreifen.' So befahlen denn Mar'asch und Gharîb dem Heere, sich zum Aufbruche nach drei Tagen bereitzuhalten. Als sie alles vorbereitet hatten und gerade aufbrechen wollten, da kamen plötzlich die Mârids an, die Sahîm mit den Geschenken fortgebracht hatten; sie traten auf Gharîb zu und küßten den Boden vor ihm, und er befragte sie nach seinem Volke. Sie antworteten ihm: ,Wisse, dein Bruder 'Adschîb hatte sich, nachdem er aus der Schlacht geflohen war, zu Ja'-rub ibn Kahtân begeben; dann aber machte er sich auf nach Indien, trat vor den König des Landes, erzählte ihm, was ihm von seinem Bruder widerfahren war, und suchte und fand Schutz bei ihm. Der König schickte Briefe an alle seine Statthalter, und da versammelte sich ein Heer gleich dem brandenden Meer, ohne Anfang und Ende ringsumher; jetzt hat er beschlossen, Irak zu verwüsten.' Als Gharîb das hörte, rief er: ,Verderben über die Heiden! Allah der Erhabene wird dem Islam den Sieg verleihen, und ich will ihnen Hieb und Stich zeigen!' Mar'asch aber sagte: ,O König der Menschen, bei dem größten Namen[1], ich muß mit dir in dein Reich ziehen, deinen Feinden den Untergang bereiten und dich ans Ziel deiner Wünsche geleiten!' Gharîb dankte ihm, und sie legten sich nieder mit dem Entschlusse, aufzubrechen, wenn der Morgen käme. Dann machten sie sich auf und zogen in der Richtung des Berges Kâf dahin und waren manchen Tag auf dem Marsche; dann zogen sie auf das Scheckige Schloß und die Marmorstadt zu. Diese Stadt war aus Marmor und anderem Gestein erbaut, und ihr Baumeister war Bârik ibn Fâki', der Geistervater, er, der auch das Scheckige Schloß erbaut hatte. Dies war so benannt, weil in seinem Bau immer ein Ziegel aus Gold mit einem Ziegel aus Silber abwechselte; und in aller Welt gab es kein Gebäude, das ihm gleich gewesen wäre. Als sie nur noch eine halbe Tagesreise von der Marmorstadt entfernt waren, machten sie halt, um auszuruhen. Und Mar'asch schickte einen Späher auf Kundschaft aus; der Bote blieb eine Weile fort, und als er zurückkehrte, sprach er: ,O König, in der Marmorstadt sind Legionen von Dämonen, zahllos gleichwie der Bäume Blätter und die Tropfen im Regenwetter.' König Mar'asch fragte: ,Was sollen wir tun, o König der Menschen?'

1. Allah hat bekanntlich neunundneunzig ,schöne Namen'. Der hundertste, der ,größte' Name, dem eine besondere Kraft innewohnt, ist unbekannt; über ihn ist viel spekuliert worden.

‚O König,‘ erwiderte Gharîb, ‚teile dein Heer in vier Teile und laß sie das feindliche Lager umzingeln. Dann sollen sie rufen ‚Allah ist der Größte!‘, und wenn sie das getan haben, sollen sie sich zurückziehen. Dies soll um Mitternacht geschehen; dann wirst du sehen, was sich unter den Stämmen der Geister begeben wird.‘ Darauf ließ Mar'asch seine Truppen kommen und verteilte sie, wie Gharîb ihm geraten hatte; die legten ihre Waffen an und warteten, bis es Mitternacht war. Dann machten sie sich auf, umringten das Lager der Feinde und riefen: ‚Allah ist der Größte! Hie der Glaube Abrahams, des Gottesfreundes – Friede sei über ihm!‘ Die Ungläubigen wachten auf, erschreckt durch diesen Ruf, griffen zu den Waffen und fielen übereinander her, bis der Morgen dämmerte. Da war der größte Teil von ihnen vernichtet; nur noch ein kleiner Teil war übrig. Gharîb aber rief den gläubigen Geistern zu: ‚Los auf die Heiden, die noch am Leben sind! Siehe, ich bin bei euch, und Allah ist euer Helfer!‘ Und Mar'asch griff an, zusammen mit Gharîb, und der zückte sein Schwert el-Mâhik, das Geisterschwert. Er hieb die Nasen ab und ließ die Schädel durch die Lüfte fahren, und die feindlichen Scharen trieb er zu Paaren. Und schließlich bekam er auch Barkân zu fassen, hieb auf ihn ein und raubte ihm das Leben, so daß er von seinem Blute rot zu Boden sank. Das gleiche tat er mit dem Blauen König; und als es Morgen geworden war, blieb von der Ungläubigen Schar keine Seele mehr am Leben, nicht einer, um Kunde davon zu geben. Darauf begaben Mar'asch und Gharîb sich in das Scheckige Schloß und sahen, wie dort in den Wänden immer ein Ziegel aus Gold mit einem Ziegel aus Silber abwechselte; die Schwellen waren aus Kristall, und es war mit Bogen aus grünem Smaragd überwölbt. Darinnen war ein Springbrunnen und ein Brunnenhaus, ausgelegt mit Teppichen aus Seide, die mit Goldfäden durchwirkt und mit Edelsteinen besetzt war. Und sie fanden dort Schätze, die man nicht zählen und beschreiben konnte. Dann begaben sie sich in den Haremssaal und fanden dort zierliche und liebliche Frauen; und wie Gharîb den Harem des Blauen Königs betrachtete, fand er unter seinen Töchtern eine so schöne, wie er sie noch nie gesehen hatte. Die trug ein Gewand, das tausend Dinare wert war, und war von hundert Sklavinnen umgeben, die ihre Säume mit goldenen Häkchen hoben; sie glich dem Monde unter den Sternen. Kaum hatte Gharîb sie erblickt, so ward ihm der Verstand berückt, und er war ganz verwirrt. Und er sprach zu einer jener Sklavinnen: ,Wer mag die Maid dort sein?' Da ward ihm gesagt: ,Das ist Kaukab es-Sabâh[1], die Tochter des Blauen Königs.' – –«

Da bemerkte Schehrezâd, daß der Morgen begann, und sie hielt in der verstatteten Rede an. Doch als die *Sechshundertundneunundfünfzigste Nacht* anbrach, fuhr sie also fort: »Es ist mir berichtet worden, o glücklicher König, daß dem König Gharîb, als er eine der Dienerinnen fragte: ,Wer mag die Maid dort sein?' gesagt ward: ,Das ist Kaukab es-Sabâh, die Tochter des Blauen Königs.' Nun wandte er sich zu Mar'asch und sprach zu ihm: ,O König der Geister, ich möchte mich mit dieser Maid vermählen.' König Mar'asch erwiderte ihm: ,Den Palast und alles, was darinnen ist an Gütern und Menschen, hat deine Hand gewonnen. Wenn du nicht die List ersonnen hättest, um Barkân und den Blauen König und ihr Heer zu vernichten, so hätten sie uns bis zum letzten Mann erschlagen. So ist denn das Gut hier dein Gut, und die Menschen sind deine Sklaven.' Für diese schönen Worte sprach Gharîb ihm seinen Dank aus; dann trat er an die Maid heran, schaute auf sie mit

1. Morgenstern.

festem Blicke und entbrannte in heißer Liebe zu ihr. Er vergaß Fachr Tâdsch, die Tochter des Königs Sabûr, des Herrschers der Perser, Türken und Dailamiten; ja, er vergaß auch Mahdîja. Nun war die Mutter dieser Maid die Tochter des Königs von China, die der Blaue König aus ihrem Palast geraubt hatte; er hatte ihr das Mädchentum genommen, und sie hatte von ihm empfangen und diese Maid zur Welt gebracht. Wegen ihrer Schönheit und Anmut hatte er sie Kaukab es-Sabâh genannt, und sie war als die Herrin der Schönen bekannt. Ihre Mutter war gestorben, als die Tochter ein Kind von vierzig Tagen war; dann hatten die Ammen und Eunuchen sie erzogen, und nun war sie siebenzehn Jahre alt, als all dies geschah und ihr Vater getötet ward. Gharîb gewann sie sehr lieb, und er legte seine Hand in die ihre und ging in derselben Nacht zu ihr ein und fand in ihr eine unberührte Jungfrau; sie aber hatte ihren Vater immer gehaßt, und sie freute sich über seinen Tod. Dann befahl Gharîb, das Scheckige Schloß niederzureißen, und als das geschehen war, verteilte er die Beute an die Geister; ihm selbst aber fielen zu einundzwanzigtausend Ziegel aus Gold und aus Silber, ferner an Geld und edlen Metallen eine Menge, die man nicht zählen noch berechnen konnte. Dann führte König Mar'asch den König Gharîb und zeigte ihm den Berg Kâf und seine Wunder. Darauf begaben sie sich wieder zu dem Schlosse Barkâns, und als sie dort angekommen waren, zerstörten sie es, verteilten die Beute und kehrten heim zur Burg des Königs Mar'asch. Dort blieben sie fünf Tage lang; doch dann verlangte Gharîb in sein Land zurückzuziehen. Da hub Mar'asch an: ‚O Menschenkönig, ich will an deinem Steigbügel reiten und dich in deine Heimat geleiten!' Gharîb entgegnete: ‚Nein, bei Abraham, dem Gottesfreunde, ich will nicht dulden, daß du dich so mühst, und ich will von deinem ganzen Volke nur allein el-Kailadschân und el-Kuradschân mitnehmen.' ‚O König,' bat Mar'asch, ‚nimm zehntausend Ritter von den Geistern mit, auf daß sie bei dir in deinen Diensten bleiben.' Aber Gharîb bestand darauf: ‚Ich will keine anderen nehmen, als die ich dir genannt habe.' Darauf befahl Mar'asch, tausend Mârids sollten die Beute, die Gharîb zugefallen war, tragen und ihn in sein Reich geleiten. Den beiden Mârids el-Kailadschân und el-Kuradschân aber befahl er, sie sollten bei Gharîb bleiben und ihm gehorsam dienen. ‚Wir hören, und gehorchen!' sagten die beiden; und Gharîb sprach zu den Mârids: ‚Ihr sollt das Gut und Kaukab es-Sabâh tragen'; denn er gedachte auf seinem Flügelroß fortzureiten. Aber Mar'asch sagte: ‚Dies Roß kann nur in unserem Lande leben; wenn es in das Land der Menschen kommt, so muß es sterben. Ich habe aber ein Seeroß; seinesgleichen ist nicht im irakischen Land noch in der ganzen Welt bekannt.' Dann befahl er, diesen Renner zu bringen; und als sie ihn gebracht hatten und Gharîb ihn sah, verwirrte er ihm die Sinne. Nun wurden dem Tiere die Füße gefesselt, und el-Kailadschân lud es auf den Rücken, während el-Kuradschân trug, so viel er vermochte. Ma'rasch aber umarmte Gharîb und weinte ob der Trennung von ihm und sprach: ‚Lieber Bruder, wenn dir irgend etwas zustößt, darin du machtlos bist, so schicke nach mir, und ich will mit einem Heere zu dir kommen, das die Erde samt allem, was darauf ist, verwüsten kann.' Gharîb dankte ihm für seine Güte und seinen schönen Glaubenseifer. Dann zogen die beiden Mârids mit Gharîb und dem Renner zwei Tage und eine Nacht dahin; da hatten sie eine Strecke von fünfzig Jahren zurückgelegt und waren schon nahe bei der Stadt 'Omân. Dort machten sie halt, um zu rasten; und Gharîb sprach, zu el-Kailadschân gewendet: ‚Geh, bring mir Kunde über mein Volk!'

Der Mârid blieb eine Weile fort, und als er zurückkam, sprach er: ‚O König, vor der Stadt liegt ein heidnisches Heer gleich dem brandenden Meer; und dein Volk ist im Kampfe mit ihm. Die Trommeln des Angriffs haben geschlagen, und el-Dschamrakân trat wider die Feinde auf den Plan.‘ Als Gharîb das hörte, schrie er laut: ‚Allah ist der Größte!‘ Dann rief er: ‚O Kailadschân, sattle mir den Hengst und bringe mir Rüstung und Speer heran! Heute scheidet sich der echte Ritter von dem feigen Mann, dort im Gefild, wo Schwertschlag und Lanzenstich gilt.‘ Nachdem el-Kailadschân ihm alles gebracht hatte, was er wünschte, legte Gharîb die Kriegsrüstung an, gürtete sich mit dem Schwerte Japhets, des Sohnes Noahs, schwang sich auf das Seeroß und ritt auf die feindlichen Heerscharen zu. Doch el-Kailadschân und el-Kuradschân sprachen: ‚Beruhige dein Herz, und laß uns ausziehen wider die Heidenbande, auf daß wir sie zerstreuen in Steppen und Wüstenlande, bis durch die Hilfe Allahs, des Erhabenen und Allgewaltigen, niemand von ihnen am Leben bleibt, kein einziger Mann, nicht einer, der Feuer anblasen kann!‘ Gharîb aber entgegnete ihnen: ‚Bei Abraham, dem Gottesfreunde, ich lasse euch nicht streiten, es sei denn, daß auch ich auf dem Rücken meines Rosses sitze.‘ Mit dem Kommen jenes Heeres hatte es nun eine sonderbare Bewandtnis. – –«

Da bemerkte Schehrezâd, daß der Morgen begann, und sie hielt in der verstatteten Rede an. Doch als die *Sechshundertundsechzigste Nacht* anbrach, fuhr sie also fort: »Es ist mir berichtet worden, o glücklicher König, daß el-Kailadschân, nachdem Gharîb ihm befohlen hatte: ‚Geh, bring mir Kunde über mein Volk‘, zurückkehrte und sagte: ‚Vor deiner Stadt liegt ein zahlreiches Heer.‘ Nun war der Grund, weshalb dieses gekommen war, folgender. Damals, als ’Adschîb mit dem Heere von

Ja'rub ibn Kahtân ausgezogen war und die Muslime belagerte, waren el-Dschamrakân und Sa'dân ins Feld gerückt, und el-Kailadschân und el-Kuradschân waren ihnen zu Hilfe gekommen und hatten die Heere der Ungläubigen vernichtet, und 'Adschîb war geflohen. Da sagte er: ,Ihr Leute, wenn ihr zu Ja'rub ibn Kahtân zurückkehrt, nachdem sein Volk und sein Sohn gefallen sind, so wird er sagen: ,Ihr Leute, wäret ihr nicht gewesen, so wären mein Volk und mein Sohn nicht erschlagen', und er wird uns bis zum letzten Mann töten. Deswegen geht mein Rat dahin, daß wir nach dem Lande Indien ziehen und uns unter den Schutz des Königs Tarkanân stellen, auf daß er uns rächt.' Seine Leute erwiderten ihm: ,Wohlan denn, laß uns dahin ziehen; der Segen des Feuers ruhe auf dir!' So zogen sie denn Tage und Nächte dahin, bis sie zur Hauptstadt von Indien kamen. Dort baten sie um Einlaß zu König Tarkanân, und 'Adschîb erhielt die Erlaubnis, einzutreten. Er ging hinein, küßte den Boden, sprach die Wünsche, die sich für Könige geziemen, und hub an: ,O König, gewähre mir Schutz! Dich beschütze das Feuer in seiner Funkenpracht, und dich schirme mit ihrem dichten Dunkel die Nacht!' Der König von Indien sah 'Adschîb an und sprach zu ihm: ,Wer bist du, und was willst du?' Da gab jener ihm zur Antwort: ,Ich bin 'Adschîb, der König von Irak. Mein Bruder hat mir Unrecht zugefügt; auch hat er den islamischen Glauben angenommen. Und die Menschen haben sich ihm zugewandt, er ist König im Land, und nun verfolgt er mich von Ort zu Ort. Siehe, ich bin zu dir gekommen, um von dir und deiner Hochherzigkeit Schutz zu erflehen.' Als der König von Indien die Worte 'Adschîbs vernommen hatte, erhob er sich und setzte sich wieder, und er rief: ,Beim Feuer, ich will dich wahrlich rächen und will niemanden etwas anderes als meine Herrin, die Feuerflamme, anbeten lassen!' Dann rief er seinen Sohn und sprach zu ihm: ‚Mein Sohn, rüste dich und ziehe zum Lande Irak und verwüste es ganz und gar; alle, die nicht dem Feuer dienen, binde und foltere und mache sie zum warnenden Beispiel; doch töte sie nicht, sondern bringe sie zu mir, damit ich ihnen allerlei Foltern auferlegen kann und sie die Schmach kosten lasse, so daß sie eine Warnung werden für alle, die sich jetzt warnen lassen auf Erden!' Dann wählte er ihm ein Geleit aus von achtzigtausend Streitern zu Pferde und achtzigtausend Streitern auf Giraffen; auch sandte er mit ihm zehntausend Elefanten mit Sänften aus Sandelholz auf dem Rücken, die mit Stäben aus Gold vergittert und mit Platten und Nägeln aus Gold und Silber beschlagen waren, und in jeder Sänfte war ein Thron aus Gold und Smaragd. Er gab ihnen aber auch Kriegssänften mit, von denen jede acht Krieger mit allen Waffen fassen konnte. Der Sohn des Königs war der größte Held seiner Zeit, dem niemand an Tapferkeit gleichkam; und er hieß Ra'd Schâh[1]. Der rüstete sich nun in zehn Tagen aus, und dann zogen die Truppen dahin, einer Wolkenbank gleich, eine Zeit von zwei Monaten. Als sie dann die Stadt 'Omân erreichten, lagerten sie sich rings um sie; und 'Adschîb war froh und siegesgewiß. Da zogen el-Dschamrakân und Sa'dân und alle die anderen Helden auf den Plan; die Trommeln wirbelten, und die Rosse wieherten – das sah el-Kailadschân, und da kehrte er heim und brachte dem König Gharîb die Kunde. Der saß auf, wie wir schon erzählt haben, spornte seinen Renner an, ritt zwischen die Ungläubigen und wartete, wer gegen ihn auf den Plan treten und das Tor des Kampfes auftun würde. Inzwischen war Sa'dân, der Ghûl, vorgeritten und hatte zum Zweikampfe herausgefordert. Einer der indischen Helden kam ihm ent-

1. Donnerkönig.

gegen; doch ehe er noch vor ihm hielt, hatte Sa'dân schon die Keule gegen ihn gereckt, ihm die Knochen zerschmettert und ihn zu Boden gestreckt. Dann trat ein zweiter gegen ihn vor, den tötete er wieder; und ein dritter, auch den schlug er nieder. Und so machte er es mit allen, bis er dreißig Helden erschlagen hatte. Da aber stürmte wider ihn ein Held von den Indern, Battâsch el-Akrân[1] genannt, als der größte Ritter seiner Zeit bekannt, der gleich fünftausend Rittern gerechnet wurde im Blachgefild, wo Schwertschlag und Lanzenstich gilt. Er war der Oheim des Königs Tarkanân. Als er nun gegen Sa'dân vorritt, rief er ihm zu: ‚Du Araberschuft, ist deine Vermessenheit so groß geworden, daß du Indiens Fürsten und Helden erschlägst und ihre Ritter gefangen nimmst? Aber heute ist der letzte deiner Tage in dieser Welt!' Wie Sa'dân diese Worte hörte, wurden ihm die Augen blutrot, und er stürzte sich auf Battâsch und hieb nach ihm mit der Keule; doch der Schlag ging fehl, Sa'dân wurde von der Keule mit fortgerissen und fiel zu Boden. Und ehe er sich noch erholen konnte, war er schon an Händen und Füßen gefesselt, und die Inder schleppten ihn zu ihren Zelten. Als aber el-Dschamrakân seinen Freund gefesselt sah, rief er: ‚Hie der Glaube des Gottesfreundes Abraham!' und er drückte seinem Rosse die Steigbügel in die Flanken und sprengte auf Battâsch el-Akrân los. Eine Weile schwenkten sie umeinander herum; dann aber stürzte sich Battâsch auf el-Dschamrakân, packte ihn an seinem Panzerhemd, riß ihn aus dem Sattel und warf ihn zu Boden. Da fesselten die Feinde ihn und schleppten ihn zu ihren Zelten. Nun ritt ein Hauptmann nach dem anderen zum Zweikampfe vor, aber Battâsch nahm alle gefangen, bis es ihrer vierundzwanzig muslimische Hauptleute waren. Als die Gläubigen das sehen mußten,

1. Held der Zeitgenossen.

564

waren sie tief bekümmert. Doch kaum hatte Gharîb geschaut, was mit seinen Helden geschah, so zog er unter seinem Knie eine goldene Keule hervor, die einhundertundzwanzig Pfund wog; das war die Keule Barkâns, des Geisterkönigs. – –«

Da bemerkte Schehrezâd, daß der Morgen begann, und sie hielt in der verstatteten Rede an. Doch als die *Sechshundertundeinundsechzigste Nacht* anbrach, fuhr sie also fort: »Es ist mir berichtet worden, o glücklicher König, daß König Gharîb, als er schaute, was mit seinen Helden geschah, eine goldene Keule hervorzog, die einst Barkân, dem Geisterkönig, gehört hatte. Dann spornte er sein Seeroß an, und es rannte unter ihm gleich einer Windsbraut und stürmte dahin, bis es mitten auf dem Plane war. Da rief Gharîb: ,Allah ist der Größte! Sieg und Heil! Doch Schmach werde denen zuteil, die den Glauben des Gottesfreundes Abraham leugnen!' Dann versetzte er Battâsch einen Schlag mit der Keule, so daß der zu Boden fiel. Als Gharîb sich nun nach den Muslimen umwandte, fiel sein Blick auf seinen Bruder Sahîm el-Lail, und da rief er ihm zu: ,Fessele diesen Hund!' Kaum hatte Sahîm die Worte Gharîbs vernommen, so stürzte er sich auf Battâsch, band ihn mit starken Fesseln und schleppte ihn fort. Die Helden der Muslime aber wunderten sich, wer dieser Ritter sein mochte, und die Ungläubigen redeten untereinander: ,Wer ist dieser Ritter, der aus ihrer Mitte hervorgekommen ist und unseren Führer gefangen genommen hat?' Derweilen forderte Gharîb wieder zum Kampfe heraus; und kaum war ein Hauptmann von den Indern gegen ihn hervorgesprengt, so hatte Gharîb schon die Keule wider ihn gereckt und ihn zu Boden gestreckt. Und el-Kailadschân und el-Kuradschân fesselten ihn und übergaben ihn Sahîm. Einen Helden nach dem anderen nahm Gharîb gefangen, bis er gegen Abend zweiundfünfzig tapfere und vornehme Hauptleute in seine Gewalt gebracht hatte. Dann schlugen die Trommeln zum Rückzug; und Gharîb verließ das Schlachtfeld und ritt in das Lager der Muslime. Der erste, der ihm entgegenkam, war Sahîm; der küßte ihm den Fuß im Steigbügel und sprach: ‚Mögen deine Hände nie verdorren, o größter Held unserer Zeit! Sag an, wer bist du unter den Männern der Tapferkeit?‘ Da hob Gharîb das Panzervisier von seinem Gesicht, und Sahîm erkannte ihn und rief: ‚Ihr Leute, das ist euer König und Herr, Gharîb, der aus dem Lande der Geister zurückgekehrt ist!‘ Als die Muslime den Namen ihres Königs hörten, warfen sie sich von den Rücken ihrer Rosse, traten an ihn heran, küßten ihm die Füße in den Steigbügeln und begrüßten ihn; und erfreut über seine glückliche Heimkehr geleiteten sie ihn in die Stadt 'Omân. Dort setzte er sich auf den Thron seiner Herrschaft, und sein Volk umdrängte ihn in höchster Freude. Die Speisen wurden aufgetragen, und es ward gegessen; danach erzählte er ihnen alles, was er auf dem Berge Kâf bei den Geisterstämmen erlebt hatte. Darob waren die Hörer aufs höchste erstaunt, und sie priesen Allah für seine Rettung. Die Mârids el-Kailadschân und el-Kuradschân trennten sich nicht von Gharîb; und als er dann seinem Volke das Zeichen gab, sich an die Ruhestätten zu begeben, und alle sich in ihre Wohnungen zerstreut hatten, blieben nur die beiden Mârids bei ihm. Zu ihnen sprach er: ‚Könnt ihr mich nach Kufa tragen, auf daß ich mich meiner Frauen erfreuen kann, und mich dann am Ende der Nacht hierher zurückbringen?‘ ‚Unser Gebieter,‘ antworteten die beiden, ‚was du verlangst, ist leicht.‘ Nun beträgt die Entfernung zwischen Kufa und 'Omân sechzig Tage für einen schnellen Reiter! Da sagte el-Kailadschân zu el-Kuradschân: ‚Ich will ihn auf dem Hinwege tragen, trag du ihn dann auf dem Rückwege‘, und er hob den König auf

566

den Rücken, während sein Gefährte ihm zur Seite blieb; und kaum war eine Stunde verstrichen, da waren sie schon in Kufa und setzten ihn am Tore seines Palastes nieder. Er trat zu seinem Oheim ed-Dâmigh ein, und als der ihn sah, erhob er sich vor ihm und begrüßte ihn. Gharîb fragte: ‚Wie steht es um meine Gemahlinnen Kaukab es-Sabâh[1] und Mahdîja?‘ Jener erwiderte: ‚Sie sind beide wohl und in bester Gesundheit.‘ Darauf ging der Eunuch zu den Frauen hinein und meldete ihnen die Ankunft Gharîbs; die ließen vor Freuden Jubelrufe erschallen und gaben dem Eunuchen den Lohn für die frohe Botschaft. Dann kam König Gharîb selbst; alle standen auf vor ihm und begrüßten ihn, und man begann zu plaudern, bis ed-Dâmigh eintrat. Und nun erzählte Gharîb, was er bei den Geistern erlebt hatte; voll Staunen hörten ed-Dâmigh und die Frauen ihm zu. Den übrigen Teil der Nacht ruhte er bei Kaukab es-Sabâh[1], bis das Frührot nahte. Da ging er zu den beiden Mârids hinaus, nahm Abschied von den Seinen, von seinen Frauen und seinem Oheim ed-Dâmigh und stieg auf den Rükken el-Kuradschâns, dem el-Kailadschân zur Seite flog. Und noch ehe die Dunkelheit gewichen war, befand er sich schon in der Stadt ’Omân. Alsbald legte er die Kriegsrüstung an, und seine Mannen taten desgleichen. Und als er gerade Befehl gegeben hatte, die Tore zu öffnen, kam plötzlich ein Ritter daher aus dem Lager der Ungläubigen mit el-Dschamrakân und dem Ghûl Sa’dân und den gefangenen Hauptleuten, die er befreit hatte, und übergab sie Gharîb, dem König der Muslime. Über deren Rettung waren die Gläubigen hoch erfreut; doch sie stiegen unverzüglich in ihren Panzern zu Pferde. Nun wirbelten die Trommeln zum Streit, und man war zu Hieb und

1. Im Arabischen ist hier Kaukab es-Sabâh mit Fachr Tâdsch verwechselt.

Stich bereit. Auch die Ungläubigen saßen auf und ordneten sich in Reihen. – –«

Da bemerkte Schehrezâd, daß der Morgen begann, und sie hielt in der verstatteten Rede an. Doch als die *Sechshundertundzweiundsechzigste Nacht* anbrach, fuhr sie also fort: »Es ist mir berichtet worden, o glücklicher König, daß die Scharen der Gläubigen hinabritten ins Blachgefild, wo Schwertschlag und Lanzenstich gilt. Und der erste, der das Tor der Schlacht auftat, war König Gharîb; er zog sein Schwert el-Mâhik, das Schwert Japhets, des Sohnes Noahs – Friede sei über ihm! –, und spornte seinen Renner zwischen den Reihen dahin. Und er rief: ‚Wer mich kennt, der hat genug an dem Unheil aus meiner Hand; und wer mich nicht kennt, dem sei mein Name genannt: Ich bin der König Gharîb, der Herrscher von Irak und Jemen, ich bin Gharîb, der Bruder von ’Adschîb!‘ Als Ra’d Schâh, der Sohn des Königs von Indien, die Worte Gharîbs vernahm, rief er den Hauptleuten zu: ‚Bringt mir ’Adschîb!‘ Und nachdem die ihn gebracht hatten, sprach Ra’d Schâh zu ihm: ‚Du weißt, daß dieser Streit dein Streit ist, und daß du die Ursache von allem bist. Da ist nun dein Bruder auf dem Blachgefild, an der Stätte, wo Schwertschlag und Lanzenstich gilt. Zieh hinaus wider ihn und bringe ihn mir gefangen, damit ich ihn verkehrt auf ein Kamel setze und zu einer Warnung für viele mache, bis ich ihn nach dem Lande Indien bringe!‘ Doch ’Adschîb antwortete ihm: ‚O König, sende einen anderen wider ihn aus, nicht mich; denn ich bin heute krank.‘ Wie Ra’d Schâh das hörte, begann er zu hauchen und zu fauchen, und er rief: ‚Bei dem funkensprühenden Feuer im Lichtgewand, beim Schatten und bei der Hitze Brand, wenn du nicht eilends wider deinen Bruder ausreitest und ihn mir bringst, so will ich dir den Kopf abschlagen und deinen Lebensodem verjagen!' Da zog denn 'Adschîb hinaus, spornte sein Roß an, und indem er sich selber Mut zusprach, ritt er nahe an seinen Bruder heran mitten auf dem Felde. Und er rief: ‚Du Hund aus Araberblut, du Gemeinster von der Pflockschläger Brut, willst du dich mit Königen messen? Nimm, was dir zukommt, und empfange die Botschaft deines Todes!' Auf diese Worte erwiderte Gharîb: ‚Wer bist du unter den Königen?' ‚Ich bin dein Bruder,' rief jener, ‚heute ist der letzte deiner Tage in dieser Welt!' Wie Gharîb aber sicher wußte, daß dies sein Bruder 'Adschîb war, schrie er: ‚Auf zur Rache für meinen Vater und meine Mutter!' Dann gab er sein Schwert an el-Kailadschân¹, griff an und versetzte seinem Bruder mit der Keule den Schlag eines trotzigen Recken, so daß er ihm fast die Rippen heraushieb; dann packte er ihn am Kragen, riß ihn aus dem Sattel und warf ihn zu Boden. Da stürzten sich die beiden Mârids auf ihn, banden ihn mit starken Fesseln und führten ihn mit Schimpf und Schanden ab, während Gharîb sich freute, daß sein Feind gefangen war, und diese Dichterworte sang:

> *Erreicht ist das Ziel, und die Müh ist beendet,*
> *Doch dir, unser Herr, gilt das Lob und der Dank!*
> *Ich lebte in Elend und Armut verachtet;*
> *Und Allah gewährte, daß alles gelang.*
> *Die Länder und Völker bezwang ich für mich;*
> *Doch ich, unser Herr, wäre nichts ohne dich!*

Als aber Ra'd Schâh erkannte, wie es 'Adschîb bei seinem Bruder Gharîb erging, rief er nach seinem Renner, legte Rüstung und Panzer an und sprengte ins Feld. Er spornte sein Roß an, bis er sich König Gharîb näherte an der Stätte, da Schwertschlag und Lanzenstich gilt. Dann rief er: ‚Du Gemeinster der

1. Gharîb will das Zauberschwert aus Ritterlichkeit nicht gegen 'Adschîb gebrauchen.

Araberbrut, du, nur zum Holzschleppen gut, bist du so vermessen geworden, daß du Könige und Helden gefangennehmen willst? Herab von deinem Rosse, halte deine Arme auf den Rücken[1], küsse meinen Fuß und gib meine Helden frei! Dann kannst du mit mir in mein Reich ziehen, in Fesseln und Ketten, dort will ich dir verzeihen und dich zu einem Scheich in unserem Lande machen, so daß du einen Bissen Brot zu essen hast.' Über diese Worte lachte Gharîb, so daß er fast auf den Rücken fiel; dann rief er: ,Du toller Hund, du räudiger Wolf, bald sollst du sehen, gegen wen die Räder des Schicksals sich drehen!' Und er rief Sahîm zu: ,Bring mir die Gefangenen her!' Als der sie gebracht hatte, schlug Gharîb ihnen die Köpfe ab. Da sprengte Ra'd Schâh gegen Gharîb herbei wie ein tapferer Reitersmann und griff ihn mit dem Ungestüm eines trotzigen Recken an. Unverdrossen kämpften sie, indem sie bald wichen, bald wieder aufeinander lossprengten und zusammenprallten, bis die Schleier der Dunkelheit wallten. Nun wurden die Trommeln des Rückzuges geschlagen. – –«

Da bemerkte Schehrezâd, daß der Morgen begann, und sie hielt in der verstatteten Rede an. Doch als die *Sechshundertunddreiundsechzigste Nacht* anbrach, fuhr sie also fort: »Es ist mir berichtet worden, o glücklicher König, daß die beiden Könige, als die Trommeln des Rückzuges geschlagen wurden, sich voneinander trennten und ein jeder an seine Stätte zurückkehrte; dort wünschte man ihnen Glück zu ihrer wohlbehaltenen Heimkehr. Die Muslime aber sprachen zu König Gharîb: ,Es ist sonst nicht deine Gewohnheit, o König, den Kampf in die Länge zu ziehen.' Er antwortete ihnen: ,Ihr Mannen, ich kämpfte schon mit manchem Held und Fürsten der Welt, doch

1. Die Hände werden auf dem Rücken gefesselt.

einen tüchtigeren Haudegen als diesen hab ich noch nie gesehen. Ich wollte das Schwert Japhets ziehen und ihn treffen, daß ihm die Knochen krachen, und seinem Leben ein Ende machen. Aber ich zögerte mit ihm, denn ich dachte ihn gefangen zu nehmen, auf daß er am Islam teilhaben könnte.' So sprach Gharîb.

Wenden wir uns nun zu Ra'd Schâh! Der begab sich in sein Zelt und setzte sich auf seinen Thron; da traten die Großen seines Volkes zu ihm ein und fragten ihn nach seinem Gegner. Er antwortete ihnen: ‚Bei dem funkensprühenden Feuer, in meinem ganzen Leben hab ich noch keinen Helden wie diesen gesehen. Aber morgen will ich ihn gefangen nehmen und ihn mit Schimpf und Schande davonschleppen.' Dann ruhten alle bis zum Morgen. Da schlugen die Trommeln zum Streit, und alle waren zu Hieb und Stich bereit; die Schwerter wurden umgeschnallt, das Kriegsgeschrei ertönte bald; und die Streiter ritten auf glatthaarigen, kräftigen Rossen, die kamen aus dem Lager gerannt und erfüllten Hügel und Täler und das ganze weite Land. Der erste, der das Tor zu Hieb und Stich auftat, war der stürmische Reiter und löwengleiche Streiter, König Gharîb. Er tummelte sich hin und her, indem er rief: ‚Wer tritt hervor zum Streit? Wer ist zum Zweikampfe bereit? Kein feiger, kein schwächlicher Mann trete heute wider mich heran!' Kaum hatte er diese Worte beendet, so trat Ra'd Schâh wider ihn ins Feld, hoch oben auf einem Elefanten, der einem gewaltigen Turme glich; auf dem Rücken des Elefanten war eine Kriegssänfte mit seidenen Gurten festgeschnallt, und der Führer saß zwischen den Ohren des Tieres, in der Hand einen Haken, mit dem er es anstachelte und nach rechts und links lenkte. Als nun der Elefant sich dem Renner Gharîbs näherte und das Pferd etwas sah, was es noch nie gesehen hatte, scheute es davor. Da sprang Gharîb ab, übergab das Roß el-Kailadschân, zog sein Schwert el-Mâhik und ging zu Fuß auf Ra'd Schâh los, bis er vor dem Elefanten stand. Nun pflegte Ra'd Schâh, sooft er bemerkte, daß ihm ein Held überlegen war, in die Sänfte des Elefanten zu steigen und ein Ding mitzunehmen, das man Lasso nennt; es war wie ein Netz, unten breit und oben eng, und am Rande waren Ringe, durch die eine seidene Schnur lief. Damit pflegte er Roß und Reiter zu jagen, indem er das Netz über sie warf und die Fangschnur zog; und er riß dann den Reiter vom Roß und nahm ihn gefangen; und so hatte er schon manchen Reiter bezwungen. Als nun Gharîb vor ihm stand, hob er seine Hand mit dem Fangnetz, warf es über ihn, so daß es ihn umstrickte, und zog es, bis der König bei ihm auf dem Rücken des Elefanten war; dann rief er dem Tiere zu, in sein Lager zurückzukehren. Doch el-Kailadschân und el-Kuradschân hatten ihren Herrn nicht verlassen; und als sie sahen, was mit ihm geschah, hielten sie den Elefanten fest, während Gharîb am Netze zerrte, bis er es zerrissen hatte; dann fielen die beiden Mârids über Ra'd Schâh her, fesselten ihn und führten ihn fort an einem Strick aus Palmenfaser. Die Krieger aber griffen einander an wie zwei Meere, die zusammenprallen, oder zwei Berge, die aufeinanderfallen. Der Staub stieg bis zu den Wolken des Himmels empor; die beiden Heere lernten die Blindheit kennen, der Kampf tobte wild, und das Blut rann in Strömen hervor. Unablässig wütete grimmer Streit zwischen den Heeren, es war ein mächtiges Stechen mit Speeren, und die Schwerterschläge konnte man nicht mehren, bis der Tag zur Rüste ging und die Nacht alles mit Dunkel umfing. Da erklangen die Trommeln zum Rückzug, und die beiden Heere trennten sich. Und nun zeigte es sich, daß von den Muslimen, die an jenem Schlachttage teilnahmen,

572

viele getötet und die meisten verwundet waren. Das kam von den Reitern der Elefanten und Giraffen. Darüber grämte sich Gharîb, und er befahl, die Verwundeten zu pflegen; dann wandte er sich zu den Großen seiner Schar und fragte sie: ‚Was ratet ihr zu tun?' ‚O König,' erwiderten sie, ‚nur die Elefanten und die Giraffen haben das Unheil bei uns angerichtet; wären wir vor denen sicher, so würden wir die Feinde überwinden.' Da riefen el-Kailadschân und el-Kuradschân: ‚Wir beide wollen unsere Schwerter ziehen und über sie herfallen und den größten Teil von ihnen erschlagen.' Doch es trat ein Mann aus dem Volke von 'Omân vor; der war ein Ratgeber bei el-Dschaland gewesen, und der sprach: ‚O König, ich will für dies Heer bürgen, wenn du mir folgst und auf mich hörest!' Darauf sagte Gharîb, zu den Hauptleuten gewandt: ‚Was nur immer dieser Meister euch sagt, das befolget!' ‚Wir hören und gehorchen!' erwiderten sie. – –«

Da bemerkte Schehrezâd, daß der Morgen begann, und sie hielt in der verstatteten Rede an. Doch als die *Sechshundertundvierundsechzigste Nacht* anbrach, fuhr sie also fort: »Es ist mir berichtet worden, o glücklicher König, daß die Hauptleute, als König Gharîb zu ihnen sprach: ‚Was nur immer dieser Meister euch sagt, das befolget!', erwiderten: ‚Wir hören und gehorchen!' Da wählte jener Mann zehn Hauptleute aus und fragte sie: ‚Wie viele Helden stehen unter eurem Befehle?' Sie antworteten: ‚Zehntausend Helden.' Darauf nahm er sie mit und führte sie in die Rüstkammer und bewaffnete fünftausend von ihnen mit Gewehren und lehrte sie, wie man damit schießt. Als das Frührot aufleuchtete, rüsteten die Ungläubigen sich zum Kampfe und rückten mit den Elefanten und Giraffen vor, deren Reiter in voller Rüstung waren; diese wilden Tiere mit ihren Streitern zogen vor dem Heere dahin. Da stiegen auch

Gharîb und seine Helden zu Pferde, und die Heere stellten sich in Schlachtreihen auf. Der Trommeln Klang wirbelte empor, die edlen Herren rückten vor; auch die Giraffen und Elefanten zogen vorwärts. Da rief jener Mann aus 'Omân den Schützen zu, und sie begannen die Wurfmaschinen und die Gewehre zu handhaben. Pfeile und Bleikugeln flogen aus ihnen hervor und drangen den Tieren in die Flanken, so daß sie laut auf brüllten und sich gegen die Helden und Mannen der Heiden kehrten und sie mit ihren Füßen niedertraten. Und alsbald fielen die Muslime über die Ungläubigen her und überflügelten sie auf der rechten und linken Seite, während die Elefanten sie nieder-stampften, und jagten sie in die Steppen und Wüsten und ver-folgten sie mit ihren scharfen Schwertern. Von den Elefanten und Giraffen entkamen nur ganz wenige. Und schließlich kehrte Gharîb mit seinem Heere siegesfroh zurück; und am nächsten Tage teilten sie die Beute, und dann rasteten sie noch fünf Tage lang. Darauf setzte Gharîb sich auf den Thron seiner Herrschaft und ließ seinen Bruder 'Adschîb herbeiholen; zu dem sprach er: ‚Du Hund, warum hetzest du die Könige wider uns, wo mir doch Er, der über alle Dinge mächtig ist, immer den Sieg über dich verleiht? Tritt über zum rettenden Glauben des Islams, und du wirst gerettet werden! Dann will ich dir die Rache für meinen Vater und meine Mutter erlassen, um des Glaubens willen; und ich werde dich zum König machen, wie du es gewesen bist, und selber gar unter deiner Hand stehen.‘ Auf diese Worte Gharîbs antwortete 'Adschîb: ‚Ich will mei-nen Glauben nicht verlassen.‘ Da legte Gharîb ihn in Fesseln von Stahl und übergab ihn der Hut von hundert Sklaven, star-ken Männern allzumal. Dann wandte er sich an Ra'd Schâh und fragte ihn: ‚Was sagst du zu dem Glauben des Islams?‘ ‚Mein Gebieter,‘ erwiderte jener, ‚ich will zu eurem Glauben übertreten; denn wenn er nicht der rechte, echte Glaube wäre, so hättet ihr uns nicht besiegt. Strecke deine Hand aus, und ich will bezeugen, daß es keinen Gott gibt außer Allah, und daß Abraham, der Gottesfreund, sein Prophet ist!' Gharîb freute sich über seine Bekehrung und fragte: ‚Ist die Süße des Glaubens fest gegründet in deinem Herzen?' ‚Ja, mein Gebieter!', antwortete jener; und Gharîb fragte weiter: ‚Ra'd Schâh, willst du in deine Heimat und in dein Königreich zurückkehren?' Der gab zur Antwort: ‚O König, mein Vater wird mich töten, weil ich seinen Glauben verlassen habe!' Doch Gharîb sagte darauf: ‚Ich will mit dir ziehen und dich zum König des Landes machen; dann gehorche dir Volk und Land, durch Allahs, des Allgütigen, Allgebenden, hilfreiche Hand!' Und Ra'd Schâh küßte ihm Hand und Fuß. Dann belohnte Gharîb den Ratgeber, der die Flucht des Feindes veranlaßt hatte, und gab ihm großen Reichtum; und schließlich wandte er sich zu el-Kailadschân und el-Kuradschân und sprach zu ihnen: ‚Höret, ihr vom Geistervolk!' ‚Zu deinen Diensten!' erwiderten sie; und er fuhr fort: ‚Ich wünsche, daß ihr mich nach dem Lande der Inder traget.' ‚Wir hören und gehorchen!' war ihre Antwort. Er nahm aber auch el-Dschamrakân und Sa'dân mit, und nun lud el-Kuradschân die beiden auf den Rücken, während el-Kailadschân den König Gharîb und Ra'd Schâh trug; und sie machten sich auf nach dem Lande Indien. – –«

Da bemerkte Schehrezâd, daß der Morgen begann, und sie hielt in der verstatteten Rede an. Doch als die *Sechshundertundfünfundsechzigste Nacht* anbrach, fuhr sie also fort: »Es ist mir berichtet worden, o glücklicher König, daß die beiden Mârids, nachdem sie den König Gharîb und el-Dschamrakân, den Ghûl Sa'dân und Ra'd Schâh auf sich geladen hatten, sich mit ihnen nach dem Lande Indien aufmachten. Als sie aufbrachen, war es die Zeit des Sonnenunterganges; aber die Nacht war noch nicht zu Ende, da trafen sie schon in Kaschmir ein und setzten sie dort auf dem Schlosse nieder, und alle stiegen die Treppen des Palastes hinunter. Nun hatte Tarkanân inzwischen von den Flüchtlingen die Kunde über das erhalten, was seinem Sohn und seinem Heer widerfahren war, daß sie in großer Sorge seien, und daß sein Sohn nicht schlafe und an nichts mehr Gefallen habe. So dachte er denn immer an ihn und an sein Schicksal. Doch da traten plötzlich die Ankömmlinge zu ihm ein. Als der König seinen Sohn und dessen Begleiter erblickte, erschrak er heftig, und Grausen vor den Mârids ergriff ihn. Sein Sohn Ra'd Schâh wandte sich zu ihm und sprach: ,Wie lange noch, du Verräter, du Feueranbeter? Weh dir, laß den Dienst des Feuers fahren, bete zum mächtigen König der himmlischen Scharen, dem Schöpfer von Nacht und Tag, den kein Blick erreichen mag!' Wie sein Vater diese Worte vernahm, griff er zu einer eisernen Keule, die er bei sich hatte, und warf sie nach ihm; aber sie verfehlte ihn und sauste gegen einen Pfeiler des Palastes und schlug drei Steine heraus. Dann rief der König: ,Du Hund, du hast das Heer vernichtet und hast deinen Glauben verloren, und jetzt kommst du und willst mir meinen Glauben nehmen?' Doch da trat Gharîb auf ihn zu, schlug ihn mit der Faust in den Nacken und warf ihn zu Boden; und el-Kailadschân und el-Kuradschân banden ihn mit starken Fesseln. Nun flohen alle die Frauen des Harems. Darauf setzte Gharîb sich auf den Herrscherthron und sprach zu Ra'd Schâh: ,Sprich Recht über deinen Vater!' Der also wandte sich zu ihm mit den Worten: ,Du irrender alter Mann, nimm den rettenden Glauben des Islams an, so wirst du vor des Höllenfeuers Pein und vor des Allmächtigen Zorn gerettet sein.' Aber Tarkanân rief: ,Ich will nur in meinem Glauben sterben!' Da zog Gharîb sein Schwert el-Mâhik und versetzte ihm damit einen Hieb, so daß er in zwei Stücken zu Boden fiel; und Allah ließ seine Seele ins Höllenfeuer sausen, an die Stätte voller Grausen. Dann befahl Gharîb, ihn am Tore des Schlosses aufzuhängen; das geschah, und zwar so, daß je eine Hälfte von ihm rechts und links vom Tore hing. Nachdem sie dann bis zum hellen Tage gewartet hatten, befahl Gharîb Ra'd Schâh, das Königsgewand anzulegen und sich auf den Thron seines Vaters zu setzen. Gharîb setzte sich zu seiner Rechten, und el-Kailadschân und el-Kuradschân, el-Dschamrakân und der Ghûl Sa'dân stellten sich rechts und links von ihm auf. Und weiter befahl der König Gharîb: ,Jeden Fürsten, der jetzt eintritt, legt in Fesseln, lasset auch nicht einen einzigen Hauptmann euren Händen entrinnen!' ,Wir hören und gehorchen!' sprachen sie. Und alsbald kamen die Würdenträger zum Schlosse des Königs, um ihre Aufwartung zu machen. Und der erste, der kam, war der oberste Heeresführer; als der den König Tarkanân in Stücken aufgehängt sah, erschrak er und verlor den Verstand und ward vom Grausen übermannt. Und schon stürzte el-Kailadschân auf ihn, packte ihn am Kragen, warf ihn nieder und fesselte ihm die Hände auf dem Rücken; dann schleppte er ihn in den Palast hinein. Und weiter band und schleppte er, bis er noch, ehe die Sonne hoch am Himmel stand, dreihundertundfünfzig Hauptleute gefesselt und vor Gharîb gebracht hatte. Der sprach zu ihnen: ,Ihr Leute, habt ihr euren König am Schloßtore hängen sehen?' Sie fragten: ,Wer hat eine solche Tat an ihm vollbringen können?' Und Gharîb fuhr fort: ,Ich habe diese Tat an ihm vollbracht, mit der Hilfe Allahs des Erhabenen. Und wer sich mir widersetzt, mit dem tue ich das gleiche!' Sie fragten: ,Was willst du von uns?' Und er antwortete: ,Ich bin Gharîb, der König von Irak.

Ich bin es, der euren Helden den Tot gebracht hat. Nun seht, Ra'd Schâh hat den islamischen Glauben angenommen und ist ein mächtiger König geworden, der über euch gebietet. So tretet denn über zum rettenden Glauben des Islams, und ihr werdet gerettet werden! Wenn ihr euch aber widersetzet, so werdet ihr es bereuen.' Da sprachen sie das Bekenntnis der Rechtgläubigkeit und zählten zum Volke der Glückseligkeit. Gharîb fragte sie: ,Ist die Süße des Glaubens fest in euren Herzen gegründet?' Und sie antworteten: ,Ja!' Nun befahl er, sie loszulassen, kleidete sie in Ehrengewänder und sprach zu ihnen: ,Gehet zu den Euren und bietet ihnen den Islam dar! Wer ihn annimmt, den lasset leben; doch wer sich weigert, den tötet!' – –«

Da bemerkte Schehrezâd, daß der Morgen begann, und sie hielt in der verstatteten Rede an. Doch als die *Sechshundertundsechsundsechzigste Nacht* anbrach, fuhr sie also fort: »Es ist mir berichtet worden, o glücklicher König, daß die Hauptleute Ra'd Schahs, als König Gharîb zu ihnen sprach: ,Gehet zu den Euren, bietet ihnen den Islam dar! Wer ihn annimmt, den lasset leben, doch wer sich weigert, den tötet!' alsbald hingingen, ihre Mannen, die unter ihrer Hand und ihrem Befehle standen, versammelten und ihnen berichteten, was geschehen war. Dann boten sie ihnen den Islam dar, und alle nahmen ihn an, mit Ausnahme von wenigen, und die wurden getötet. Darauf brachten sie Gharîb die Meldung, und der lobte und pries Allah den Erhabenen, indem er sprach: ,Preis sei Allah, der uns dies ohne Kampf leicht gemacht hat!' Vierzig Tage lang blieb Gharîb im indischen Kaschmir, bis er das Land geordnet, alle Häuser und Stätten des Feuers zerstört und an ihrer Stelle Bethäuser und Moscheen errichtet hatte. Inzwischen hatte Ra'd Schâh eine unbeschreibliche Menge von Geschenken und

Kostbarkeiten für ihn bereit gemacht und sandte sie in Schiffen fort. Dann stieg Gharîb auf den Rücken el-Kailadschâns, während Sa'dân und el-Dschamrakân sich auf den Rücken el-Kuradschâns setzten, nachdem alle voneinander Abschied genommen hatten; und sie flogen durch die Nacht dahin, bis sie ihrem Ende nahe war, und noch ehe das Frührot leuchtete, waren sie schon in der Stadt 'Omân. Ihre Truppen kamen ihnen entgegen, begrüßten sie und freuten sich ihrer. Und als Gharîb dann weiter zum Tore von Kufa gekommen war, befahl er alsbald, seinen Bruder 'Adschîb zu bringen. Das geschah; darauf befahl er, ihn zu hängen, und Sahîm holte eiserne Haken und schlug sie ihm durch die Flechsen. Nun wurde er am Tore von Kufa aufgehängt, und Gharîb befahl, mit Pfeilen auf ihn zu schießen; und sie beschossen ihn, bis er wie ein Stachelschwein aussah. Darauf zog Gharîb in Kufa ein, begab sich in seinen Palast, setzte sich auf den Thron seiner Herrschaft und waltete seines Herrscheramtes, bis sein Tagewerk vollendet war. Dann ging er in seinen Harem; Kaukab es-Sabâh erhob sich vor ihm und umarmte ihn; auch alle anderen Frauen wünschten ihm Glück zu seiner wohlbehaltenen Heimkehr. Den Rest jenes Tages und die Nacht über verbrachte er bei Kaukab es-Sabâh; und als es wieder Morgen ward, erhob er sich, vollzog die religiöse Waschung, sprach das Frühgebet und setzte sich auf den Thron seiner Herrschaft. Nun begann er, seine Hochzeit mit Mahdîja zu rüsten; dreitausend Schafe wurden geschlachtet, zweitausend Rinder, tausend Ziegen, fünfhundert Kamele, viertausend Hühner, viele Gänse und fünfhundert Pferde. Eine solche Hochzeit war im Islam bis zu jener Zeit noch nicht gefeiert. Darauf ging Gharîb zu Mahdîja ein und nahm ihr das Mädchentum; und er blieb zehn Tage in Kufa. Dann empfahl er die Untertanen der Gerechtigkeit seines Oheims und zog mit seinen Frauen und Helden fort, bis sie zu den Schiffen mit den Geschenken und Kostbarkeiten kamen. Alles, was darauf war, verteilte er an das Heer, und mancher Held ward reich an Gütern der Welt. Und wieder zogen sie weiter, bis sie zur Stadt Babel gelangten; dort verlieh er seinem Bruder Sahîm el-Lail ein Ehrengewand und machte ihn zum Sultan. – –«

Da bemerkte Schehrezâd, daß der Morgen begann, und sie hielt in der verstatteten Rede an. Doch als die *Sechshundertundsiebenundsechzigste Nacht* anbrach, fuhr sie also fort: »Es ist mir berichtet worden, o glücklicher König, daß König Gharîb, nachdem er seinem Bruder Sahîm ein Ehrengewand verliehen und ihn zum Sultan gemacht hatte, zehn Tage lang bei ihm blieb. Darauf brach er von neuem auf, und seine Scharen zogen ohne Aufenthalt dahin, bis sie zur Burg dés Ghûls Sa'dân gelangten; dort rasteten sie fünf Tage. Nun sprach Gharîb zu el-Kailadschân und el-Kuradschân: ‚Gehet nach Isbanîr el-Madâïn zum Palaste des Perserkönigs und bringt mir Kunde über Fachr Tâdsch! Bringt mir auch einen Mann aus der Sippe des Königs, der mir kundtun kann, was inzwischen geschehen ist!‘ ‚Wir hören und gehorchen!‘ erwiderten die beiden und machten sich auf den Weg nach Isbanîr el-Madâïn. Während sie nun zwischen Himmel und Erde dahinschwebten, erblickten sie plötzlich ein gewaltiges Heer gleich dem brandenden Meer. Da sprach el-Kailadschân zu seinem Gefährten: ‚Laß uns hinabsteigen und nachforschen, was es mit diesem Heere auf sich hat!‘ So schwebten sie denn hinab, und als sie zwischen den Truppen einhergingen, entdeckten sie, daß es Perser waren; und sie fragten einige Leute, was das für ein Heer sei und wohin es ziehe. Jene antworteten ihnen: ‚Wir ziehen wider Gharîb, um ihn und alle, die bei ihm sind, zu erschlagen.‘ Als die beiden das hörten, begaben sie sich zum Zelte des Fürsten, der ihr Anführer war und der Rustem hieß. Dort warteten sie, bis die Perser an ihren Ruhestätten schliefen und auch Rustem auf seinem Lager schlummerte. Alsbald hoben sie ihn mit seinem Lager und flogen zur Burg zurück; und ehe es Mitternacht war, kamen sie schon im Lager des Königs Gharîb an. Sie begaben sich nun zur Tür des königlichen Zeltes und baten um Einlaß. Wie Gharîb sie sprechen hörte, richtete er sich auf und rief: ‚Tretet ein!' So traten sie denn ein mit jenem Ruhelager, auf dem Rustem schlief. Gharîb fragte sie: ‚Wer ist das?' und sie antworteten: ‚Dies ist einer von den Perserfürsten, und er führt ein großes Heer. Er will dich und die Deinen erschlagen; und wir haben ihn zu dir gebracht, damit er dir berichte, was du wünschest.' Da rief Gharîb: ‚Bringt mir hundert Rekken!' Als die gekommen waren, sprach er: ‚Zückt eure Schwerter und stellt euch zu Häupten dieses Persers auf!' Sie taten, wie er ihnen befohlen hatte. Dann wurde Rustem geweckt; er schlug die Augen auf, und als er über sich ein Dach von Schwertern sah, machte er sie wieder zu, indem er sprach: ‚Was ist das für ein häßlicher Traum!' Doch el-Kailadschân stieß ihn mit der Schwertspitze, so daß er sich aufrichtete und fragte: ‚Wo bin ich?' Jener sprach: ‚Du bist in Gegenwart des Königs Gharîb, des Eidams des Königs der Perser! Wie heißest du, und wohin ziehst du?' Als Rustem den Namen Gharîbs hörte, dachte er nach und sprach bei sich selber: ‚Schlafe ich oder wache ich?' Aber Sahîm versetzte ihm einen Schlag und fuhr ihn an: ‚Warum antwortest du nicht?' Da hob er den Kopf und fragte: ‚Wer hat mich aus meinem Zelte mitten unter meinen Leuten hierher gebracht?' Gharîb erwiderte: ‚Diese beiden Mârids haben dich gebracht.' Wie er el-Kailadschân und el-Kuradschân erblickte, beschmutzte er sich die Hosen.

Und die Mârids fielen über ihn her, indem sie ihre Hauer fletschten und ihre Schwerter zückten, und riefen: ‚Weshalb trittst du nicht heran, um den Boden vor König Gharîb zu küssen?' Da begann er vor den Dämonen zu zittern und war sicher, daß er nicht schlief; so stand er denn auf und küßte den Boden und sprach: ‚Der Segen des Feuers ruhe auf dir! Lang sei dein Leben, o König!' Doch Gharîb rief: ‚Du Perserhund, das Feuer ist nicht anbetungswürdig; denn es ist schädlich und nützt nur zum Kochen der Speisen.' ‚Und wer ist denn anbetungswürdig?' fragte Rustem; und Gharîb antwortete: ‚Der Anbetungswürdige ist Allah, der dich geschaffen und dich gestaltet hat, der Himmel und Erde geschaffen hat!' Der Perser fragte weiter: ‚Was muß ich sagen, auf daß ich zum Volke dieses Herren gehöre und in euren Glauben eintrete?' Gharîb gab zur Antwort: ‚Sprich: Es gibt keinen Gott außer Allah; Abraham ist der Freund Allahs!' Da sprach jener das Bekenntnis der Rechtgläubigkeit und zählte zum Volke der Glückseligkeit; dann sagte er: ‚Wisse, mein Gebieter, dein Schwäher, der König Sabûr, sucht dich zu töten; er hat mich mit hunderttausend Mann entsandt und mir geboten, keinen von euch zu verschonen.' Als Gharîb diese Worte von ihm vernahm, rief er: ‚Ist dies mein Lohn von ihm, dieweil ich seine Tochter aus Not und Unheil errettete? Allah möge ihm sein Vorhaben lohnen! Doch wie heißest du?' Jener antwortete: ‚Ich bin Rustem, der Feldhauptmann Sabûrs.' Gharîb fuhr fort: ‚So sollst du auch der Hauptmann meines Heeres sein'; und er fügte hinzu: ‚Sag, Rustem, wie ergeht es der Prinzessin Fachr Tâdsch?' Da rief der Perser: ‚Möge dein Haupt am Leben bleiben, o größter König unserer Zeit!' ‚Was war die Ursache ihres Todes?' fragte Gharîb; und Rustem erwiderte: ‚Mein Gebieter, als du wider deinen Bruder zogst, kam eine Sklavin zu König Sabûr, dei-

nem Schwäher, und sprach zu ihm: ‚Hoher Herr, hast du Gharîb geheißen, bei meiner Herrin Fachr Tâdsch zu ruhen?‘ Er
rief: ‚Nein, beim Feuer!‘ zog sein Schwert und eilte zu seiner
Tochter und schrie sie an: ‚Du Verworfene, wie konntest du
diesen Beduinen bei dir schlafen lassen, ohne daß er dir die
Morgengabe brachte, ohne daß er eine Hochzeit machte!‘
‚Mein lieber Vater,‘ antwortete sie, ‚du selbst hast ihm ja erlaubt, bei mir zu ruhen.‘ Doch er forschte weiter: ‚Ist er dir
genaht?‘ Da schwieg sie und senkte den Kopf zu Boden. Er
aber rief die Ammen und Sklavinnen und sprach zu ihnen:
‚Fesselt dieser Metze die Hände auf dem Rücken und untersucht ihre Scham!‘ Jene taten, wie ihnen befohlen war; dann
sprachen sie: ‚O König, ihr Mädchentum ist dahin!‘ Nun
stürzte er sich auf sie und wollte sie töten; doch ihre Mutter
sprang auf und hielt ihn von ihr zurück, indem sie rief: ‚O
König, töte sie nicht! Sonst wirst du ein Schandfleck. Sperre
sie bis zu ihrem Tode in eine Zelle ein!‘ Da sperrte er sie ein,
bis die Nacht anbrach; dann aber sandte er sie mit zweien seiner Vertrauten fort, denen er gesagt hatte: ‚Entfernt euch mit
ihr und werft sie in den Dschaihûn[1], und sagt niemandem etwas davon!‘ Die beiden führten seinen Befehl aus; nun ist ihr
Andenken vergessen, und ihre Zeit ist dahin.‘ – –«

Da bemerkte Schehrezâd, daß der Morgen begann, und sie
hielt in der verstatteten Rede an. Doch als die *Sechshundertund-
achtundsechzigste Nacht* anbrach, fuhr sie also fort: ‚Es ist mir
berichtet worden, o glücklicher König, daß Rustem, als Gharîb ihn nach Fachr Tâdsch befragte, ihm ihre Geschichte kundtat und ihm berichtete, daß ihr Vater sie im Flusse habe ertränken lassen. Als Gharîb das hören mußte, ward ihm die
Welt schwarz vor den Augen, und von wilder Wut erfüllt

1. Der Oxus oder Amu Darja.

rief er: ‚Beim Gottesfreunde, ich will wahrhaftig wider diesen Hund ziehen und ihn umbringen und sein Land verwüsten!‘ Darauf entsandte er Briefe an el-Dschamrakân und an die Statthalter von Maijafarikîn[1] und Mosul. Zu Rustem gewendet aber sprach er: ‚Wieviel Krieger hast du bei dir?‘ ‚Ich habe hunderttausend persische Reiter‘, antwortete jener; und Gharîb fuhr fort: ‚Zieh mit zehntausend Mann von hier gegen deine Leute und halte sie durch Gefechte fest; ich folge dir auf dem Fuße!‘ Da saß Rustem mit zehntausend Rittern aus dem Lager Gharîbs auf und zog zu seinem Volke, indem er bei sich sprach: ‚Heute will ich eine Tat vollbringen, die mein Gesicht vor König Gharîb weiß machen soll.‘ Sieben Tage lang war er auf dem Marsche, da war er dem Lager der Perser so nahe, daß zwischen ihm und jenen nur noch ein halber Tagemarsch lag. Und nun teilte er sein Heer in vier Scharen und sprach zu ihnen: ‚Umringt das Lager der Perser und fallt dann mit dem Schwerte über sie her!‘ ‚Wir hören und gehorchen!‘ antworteten sie. Dann ritten sie weiter vom Abend bis zur Mitternacht und umzingelten das Lager. Die Perser hatten, seitdem Rustem verschwunden war, in Ruhe und Sicherheit gelagert; doch als die Muslime mit dem Feldgeschrei ‚Allah ist der Größte!‘ über sie herfielen, fuhren sie aus ihrem Schlaf empor, und schon kreiste das Schwert in ihrer Mitten, so daß ihre Füße beim Aufspringen glitten. Der allwissende König war erzürnt wider sie, und Rustem fuhr unter ihnen einher wie das Feuer in dürrem Reisig. Und als die Nacht zu Ende ging, war das ganze Perserheer erschlagen oder verwundet oder flüchtig. Die Muslime aber machten große Beute an Gepäck und Zelten, Geldtruhen, Rossen und Kamelen. Sie ließen sich im Lager der Perser nieder und rasteten dort, bis König Gharîb kam

1. Vgl. Seite 483, Anmerkung.

und sah, was Rustem getan hatte, wie er den klugen Plan ersonnen, die Perser getötet und ihr Heer aufgerieben hatte. Da verlieh er ihm ein Ehrengewand, indem er zu ihm sprach: ‚Rustem, du bist es, der die Perser vernichtet hat; drum ist die ganze Beute dein!' Rustem küßte die Hand des Königs und dankte ihm. Nachdem sie jenen Tag über noch geruht hatten, brachen sie wieder auf, um den König der Perser zu suchen. Inzwischen waren die Flüchtlinge heimgekehrt und waren zu König Sabûr geeilt; und sie klagten mit lautem Wehgeschrei über das große Unheil, das geschehen sei. Sabûr fragte sie: ‚Was ist es, das euch betroffen hat? Wer hat euch getroffen mit böser Tat?' Und sie berichteten ihm, was geschehen war und wie sie im Dunkel der Nacht überfallen wurden. ‚Wer hat euch denn überfallen?' fragte Sabûr weiter; und sie erwiderten: ‚Niemand anders als dein eigener Heerführer; denn er ist Muslim geworden. Gharîb ist uns noch nicht nahe gekommen.' Wie Sabûr das hörte, warf er seine Krone zu Boden und rief: ‚Wir haben allen Wert verloren!' Dann wandte er sich zu seinem Sohne Ward Schâh und sprach zu ihm: ‚Mein Sohn, für diese Aufgabe gibt es niemanden als dich.' ‚Bei deinem Leben, mein Vater,' antwortete Ward Schâh, ‚ich will sicherlich Gharîb und die Großen seines Volkes in Fesseln hierher bringen und alle, die bei ihm sind, vernichten.' Darauf musterte er seine Krieger und zählte ihrer zweihundertundzwanzigtausend. Die alle verbrachten die Nacht mit der Absicht, ins Feld zu ziehen; doch als es Morgen ward und sie aufbrechen wollten, wirbelte plötzlich eine Staubwolke empor, die legte der Welt einen Schleier vor, daß jedes Auge den Blick verlor. König Sabûr saß schon zu Rosse, um seinem Sohne das Abschiedsgeleit zu geben; doch als er diese gewaltige Staubmasse sah, rief er einen Eilboten und befahl ihm: ‚Bring uns Kunde über diese Staub-

wolke!' Der Bote ging, und als er heimkehrte, berichtete er:
‚Mein Gebieter, Gharîb und seine Helden sind da!' Und sofort
wurden die Lasten wieder abgeladen, und die Mannen ordneten sich, bereit zu Kampf und Streit. Wie nun Gharîb vor
Isbanîr el-Madâïn ankam und sah, daß die Perser zu Schlacht
und Gefecht gerüstet waren, feuerte er seine Krieger an mit
den Worten: ‚Greifet an, Allahs Segen ruhe auf euch!' Und als
sie dann die Fahnen schwangen und Araber und Perser auf-
einanderdrangen und Völker auf Völker stießen, da begann
das Blut in Strömen zu fließen. Die Seelen erkannten des Todes Bann; der Tapfere rückte vor und griff an, doch es wich
und floh der feige Mann. Und sie kämpften unermüdlich und
rangen, bis der Tag sich neigte und die Trommeln zum Rückzug erklangen. Da trennten sie sich voneinander. König Sabûr
befahl, das Lager vor dem Stadttore aufzuschlagen; und Gharîb seinerseits ließ seine Zelte gegenüber denen der Perser aufschlagen. Und nun begaben sich alle in ihre Zelte. – –«

Da bemerkte Schehrezâd, daß der Morgen begann, und sie
hielt in der verstatteten Rede an. Doch als die *Sechshundertund-
neunundsechzigste Nacht* anbrach, fuhr sie also fort: »Es ist mir
berichtet worden, o glücklicher König, daß die beiden Heere,
das des Königs Gharîb und das des Königs Sabûr, nachdem sie
voneinander abgelassen hatten, sich zurückzogen, ein jedes in
sein Lager, bis es wieder Morgen ward. Dann bestiegen sie die
glatten, starken Rosse und erhoben das Kriegsgeschrei; mit
eingelegten Lanzen und zum Streite gewappnet, eilten sie herbei; und nun rückten sie vor, all die Helden verwegen und
löwengleichen Degen. Der erste, der das Tor des Kampfes auftat, war Rustem; er sprengte auf seinem Renner mitten in das
Blachfeld und rief: ‚Allah ist der Größte! Ich bin Rustem, der
Vorkämpfer der Helden von Arabern und Persern! Ist einer

zum Zweikampf bereit? Tritt einer hervor zum Streit? Doch
kein feiger, kein schwächlicher Mann trete heute wider mich
heran!' Da ritt Tumân von den Persern hervor und griff Rustem an; und Rustem stürzte auf ihn los, und es entspann sich
zwischen ihnen ein wilder Kampf, bis Rustem auf seinen
Widersacher einsprang und ihn mit einer Keule traf, die er
trug und die siebenzig Pfund wog, und er ihm das Haupt auf
der Brust zerschmetterte; da fiel der Perser tot zu Boden, ertrunken in seinem Blute. Das war für König Sabûr ein harter
Schlag, und darum befahl er seinen Kriegern, anzugreifen.
Und die stürmten auf die Muslime los, indem sie Hilfe erflehten von der Sonne, der Herrin der leuchtenden Strahlen, während die Gläubigen sich dem Schutze des allmächtigen Königs
empfahlen. Doch da die Zahl der Perser größer als die der Araber war, reichten sie ihnen den Becher der Todesgefahr. Nun
aber erhob Gharîb den Schlachtruf, stürzte in seinem Heldenmut hervor und schwang sein Schwert el-Mâhik, das Schwert
Japhets; und er stürmte, mit el-Kailadschân und el-Kuradschân
an seinem Steigbügel, auf die Perser ein. Unablässig hieb er
mit dem Schwerte hin und her, bis er sich einen Weg zu dem
Bannerträger gebahnt hatte; den traf er mit der flachen Klinge
auf das Haupt, so daß er ohnmächtig zu Boden sank; und die
beiden Mârids trugen ihn in ihr Lager. Als die Perser sahen,
daß ihr Banner gefallen war, wandten sie sich, um eilends zu
weichen, und suchten die Tore der Stadt zu erreichen. Doch
die Muslime folgten ihnen mit der Klinge, bis sie an die Tore
gelangten; dort drängten sich die Feinde zuhauf, viel Volks
von ihnen kam um, und die Tore konnten nicht geschlossen
werden. Und nun sausten sie alle einher, Rustem, el-Dschamrakân, Sa'dân, Sahîm, ed-Dâmigh, el-Kailadschân, el-Kuradschân,
die ganzen gläubigen Heldenscharen und die Ritter, die dem

Einheitsglauben ergeben waren, und sie trieben die ungläubigen Perser zu Paaren – dort bei den Toren. Und das Blut der Ketzer begann zu fließen und sich wie ein Sturzbach in die Straßen zu ergießen. Da riefen sie: ‚Gnade! Gnade!' Die Gläubigen hielten ihre Schwerter von ihnen zurück; und nachdem die Perser ihre Waffen und Rüstungen niedergeworfen hatten, trieben die Sieger sie wie eine Schafherde in ihr Lager. Derweilen kehrte Gharîb in sein Prunkzelt zurück, legte seine Rüstung ab und kleidete sich in die Gewänder der Herrscherherrlichkeit, nachdem er zuvor das Blut der Ungläubigen von sich abgewaschen hatte. Dann setzte er sich auf seinen Königsthron und rief nach dem König der Perser. Als der herbeigeführt war und vor ihm stand, schrie er ihn an: ‚Du Perserhund, was trieb dich, also an deiner Tochter zu handeln? Wie kannst du mich als unwürdig ansehen, ihr Gemahl zu sein?' ‚O König,' erwiderte jener, ‚zürne mir nicht ob meiner Tat! Denn ich bereue; ich trat auch nur aus Angst vor dir im Kampf dir entgegen!' Als Gharîb diese Worte vernommen hatte, gab er Befehl, ihn niederzuwerfen und zu geißeln; der Befehl ward ausgeführt, so lange, bis sein Gewinsel zu Ende war; dann warf man ihn unter die Gefangenenschar. Darauf berief Gharîb die Perser zu sich und legte ihnen den Islam dar; einhundertundzwanzigtausend von ihnen nahmen den rechten Glauben an, die anderen fielen dem Schwerte anheim. Alle die Perser aber, die in der Stadt waren, bekannten sich zum Islam; und nun ritt Gharîb in großem Prunkzuge weiter und zog in die Stadt Isbanîr el-Madâïn ein. Dort setzte er sich auf den Thron Sabûrs, des Königs der Perser, verlieh Ehrengewänder und Gaben, verteilte die Beute und das Gold und ließ auch die Perser daran teilnehmen, so daß ihn alle liebgewannen und um Sieg und Macht und langes Leben für ihn beteten. Doch die Mutter der Prinzessin Fachr Tâdsch gedachte ihrer Tochter und erhob den Klageruf, so daß sich der Palast mit lautem Geschrei erfüllte. Als Gharîb das hörte, begab er sich zu den Frauen und fragte sie: ‚Was ist es mit euch?‘ Da trat die Mutter der Prinzessin vor und sprach zu ihm: ‚Mein Gebieter, wisse, als du kamst, gedachte ich meiner Tochter, und ich sagte mir: Wenn sie noch am Leben wäre, so hätte sie sich über dein Nahen gefreut!‘ Gharîb weinte um sie, und nachdem er sich wieder auf seinen Thron gesetzt hatte, rief er: ‚Bringt mir Sabûr!‘ Und wie der König, in seinen Fußfesseln stolpernd, vor ihn kam, fuhr er ihn an: ‚Du Perserhund, was hast du mit deiner Tochter getan?‘ Jener antwortete: ‚Ich gab sie zwei Männern, soundso geheißen, und sprach zu ihnen: Ertränkt sie im Flusse Dschaihûn!‘ Da ließ Gharîb die beiden Männer kommen und fragte sie: ‚Was dieser da gesagt hat, ist das wahr?‘ ‚Jawohl,‘ erwiderten sie, ‚doch, o König, wir haben sie nicht ins Wasser geworfen, sondern wir hatten Mitleid mit ihr und ließen sie am Ufer des Dschaihûn, indem wir zu ihr sprachen: ‚Suche dich zu retten! Kehre aber nicht in die Hauptstadt zurück, damit er nicht dich und uns mit dir tötet! Das ist, was wir zu sagen haben.‘ – –«

Da bemerkte Schehrezâd, daß der Morgen begann, und sie hielt in der verstatteten Rede an. Doch als die *Sechshundertundsiebenzigste Nacht* anbrach, fuhr sie also fort: »Es ist mir berichtet worden, o glücklicher König, daß die beiden Männer dem König Gharîb erzählten, was mit Fachr Tâdsch geschehen war, und mit den Worten schlossen: ‚Wir haben sie am Ufer des Dschaihûn gelassen.‘ Als Gharîb diese Kunde von ihnen vernahm, berief er die Sterndeuter; und nachdem die gekommen waren, sprach er zu ihnen: ‚Entwerfet mir eine Figur des Sandzaubers und forschet nach Fachr Tâdsch, ob sie noch in den

Banden des Lebens weilt oder schon gestorben ist!' Da warfen sie die Sandfigur und sprachen: ,O größter König unserer Zeit, es ist uns kund geworden, daß die Prinzessin noch in den Banden des Lebens weilt und ein Knäblein geboren hat; und beide sind jetzt bei einem Stamme der Geister. Doch sie wird zwanzig Jahre lang von dir getrennt sein; nun berechne, wie viel Jahre du auf Reisen gewesen bist!' Der König rechnete die Zeit der Trennung von ihr nach; und siehe, es waren acht Jahre. Da rief er: ,Es gibt keine Macht und es gibt keine Majestät außer bei Allah, dem Erhabenen und Allmächtigen!' Dann sandte er Boten nach all den Burgen und Festen, die zur Herrschaft Sabûrs gehörten, und deren Herren kamen, um ihm zu huldigen. Während er nun aber eines Tages in seinem Schlosse saß, erblickte er plötzlich eine Staubwolke; die wirbelte empor und legte der ganzen Welt ringsum einen dichten Schleier vor. Alsbald berief er el-Kailadschân und el-Kuradschân und befahl ihnen: ,Bringt mir Kunde über diese Wolke!' Die beiden Mârids eilten davon, bis sie sich unter der Staubwolke befanden, ergriffen einen von den nahenden Rittern, brachten ihn zu Gharîb und stellten ihn vor ihn hin, indem sie sprachen: ,Frage diesen da; denn er gehört zu dem Heere!' Nun fragte Gharîb: ,Wem gehört jenes Heer?' Der Mann gab zur Antwort: ,O König, das ist der König Chirad[1] Schâh, der Herr von Schiras; er kommt, um wider dich zu streiten.'

Der Grund von alledem aber war dieser: Als der Kampf zwischen Sabûr, dem König der Perser, und Gharîb stattgefunden hatte und dann all das andere geschehen war, da hatte sich der Sohn des Königs Sabûr mit einer Handvoll Leute von seines Vaters Heere geflüchtet. Und er war immer weiter geeilt, bis er zur Stadt Schiras gekommen und vor den König

1. Im arabischen Texte irrtümlich: Ward.

Chirad Schâh getreten war. Er küßte den Boden vor ihm, während ihm die Tränen auf die Wangen niederrannen. Der König aber sprach zu ihm: ‚Hebe dein Haupt, o Jüngling, und sage mir, warum du weinst!' Jener antwortete: ‚O König, ein König der Araber, Gharîb geheißen, ist bei uns erschienen und hat das Reich meines Vaters erobert, durch ihn mußten die Perser niedersinken und den Becher des Todes trinken!' Und er erzählte ihm alles, was durch Gharîb geschehen war, von Anfang bis zu Ende. Als Chirad Schâh diese Worte von dem Sohne Sabûrs vernommen hatte, fragte er: ‚Ist meine Gemahlin¹ wohl?' Der Prinz erwiderte: ‚Gharîb hat sie genommen.' Da rief der König: ‚Bei meinem Haupte, ich will keinen Beduinen und keinen Muslim auf dem Angesichte der Erde am Leben lassen!' Dann ließ er Briefe schreiben und entsandte sie an seine Statthalter. Die kamen mit ihren Truppen zu ihm; und als er sie musterte, fand er, daß es fünfundachtzigtausend Mann waren. Darauf ließ er die Rüstkammern auftun und verteilte Panzer und Waffen unter die Leute. Und er zog mit ihnen zu Felde, bis sie bei Isbanîr el-Madâïn ankamen; dort lagerten sie sich alle vor dem Tore der Stadt. Nun traten el-Kailadschân und el-Kuradschân zu Gharîb, küßten seine Kniee und sprachen: ‚Unser Gebieter, gewähre uns die Herzensfreude, daß du dies Heer uns überlässest!' Er antwortete ihnen: ‚Da habt ihr sie! Vorwärts, auf sie!' Alsbald schwebten die beiden Mârids davon, bis sie sich beim Prunkzelte des Königs Chirad Schâh niederließen. Dort fanden sie ihn auf dem Throne seiner Macht; der Sohn des Königs Sabûr saß neben ihm, und die Hauptleute standen um ihn in zwei Reihen, und alle berieten, wie sie die Muslime vernichten könnten. Da eilte el-Kailadschân vor und griff den Prinzen, während el-Kuradschân

1. Das ist: Fachr Tâdsch; vgl. oben Seite 469.

den König Chirad Schâh ergriff; und beide flogen mit ihnen zu Gharîb zurück, und der gab Befehl, sie zu geißeln, bis sie die Besinnung verloren. Die beiden Mârids aber kehrten wieder um, schwangen ihre Schwerter, ein jedes so groß, daß kein anderer es hätte heben können, und fielen über die Heiden her; und Allah ließ ihre Seelen ins Höllenfeuer sausen, an die Stätte voller Grausen. Die Ungläubigen aber sahen nichts als zwei blitzende Schwerter, wie sie die Männer gleich dem Korne mähten; eine Gestalt erblickten sie nicht. Da liefen sie aus dem Lager fort und flüchteten auf den ungesattelten Pferden. Die beiden Mârids verfolgten sie zwei Tage lang und erschlugen viel Volks von ihnen; dann kehrten sie zurück und küßten Gharîb die Hand. Er dankte ihnen für das, was sie getan hatten, und sprach: ‚Die Beute der Ungläubigen soll euch allein gehören; niemand soll sie mit euch teilen.' Da wünschten sie ihm Glück und Segen und gingen hinaus; und nachdem sie die Beute gesammelt hatten, lebten sie friedlich an ihrer Wohnstatt. So erging es Gharîb und seinem Volke. – –«

Da bemerkte Schehrezâd, daß der Morgen begann, und sie hielt in der verstatteten Rede an. Doch als die *Sechshundertundeinundsiebenzigste Nacht* anbrach, fuhr sie also fort: »Es ist mir berichtet worden, o glücklicher König, daß Gharîb, als das Heer des Königs Chirad Schâh in die Flucht geschlagen war, den Mârids el-Kailadschân und el-Kuradschân befahl, die Habe des Feindes als Beute zu nehmen und mit niemandem zu teilen, und daß die beiden, nachdem sie die Beute gesammelt hatten, ruhig an ihrer Wohnstatt blieben. Die Ungläubigen aber flohen immer weiter, bis sie Schiras erreichten; und dort erhoben sie die Totenklage um die Gefallenen. Nun hatte König Chirad Schâh einen Bruder, Sirân der Zauberer geheißen; der war der größte Zauberer seiner Zeit, und er lebte fern von

592

seinem Bruder in einer Feste, in der Bäume sprossen und Bäche flossen, reich an Vögelein und Blümelein. Diese Burg war einen halben Tag weit von der Stadt Schiras gelegen; und zu ihr eilten nun die geschlagenen Mannen und traten bei Sirân dem Zauberer ein, weinend und klagend. Er fragte sie: ,Was ist der Grund eurer Tränen, ihr Leute?' Und sie berichteten ihm, was geschehen war, zumal auch, daß die beiden Mârids seinen Bruder Chirad Schâh und den Sohn Sabûrs geraubt hatten. Wie Sirân diese Kunde vernahm, ward das helle Tageslicht finster vor seinem Angesicht, und er rief: ,Bei meinem Glauben, ich will wahrlich Gharîb und seine Leute umbringen! Keinen will ich von ihnen übriglassen, nicht einen einzigen Mann, nicht einen, der die Kunde heimbringen kann!' Dann murmelte er Zauberworte und beschwor den Roten König; als der vor ihm erschien, sprach er zu ihm: ,Eile nach Isbanîr el-Madâïn und stürze dich auf Gharîb, so wie er auf seinem Throne sitzt!' ,Ich höre und gehorche!' sprach jener, und zog mit seinem Heere dahin, bis er vor König Gharîb stand. Als der ihn erblickte, zog er sein Schwert el-Mâhik und griff ihn an; und ebenso stürzten el-Kailadschân und el-Kuradschân auf die Streiter des Roten Königs und töteten von ihnen fünfhundertunddreißig und brachten ihm selbst eine schwere Wunde bei. Da wandte er sich zur Flucht, und seine verwundeten Streiter flohen mit ihm, und sie eilten ohne Aufenthalt weiter, bis sie zur Burg der Früchte kamen; dort traten sie zu Sirân dem Zauberer ein und begannen zu klagen und zu schrein. Und sie sprachen zu ihm: ,O Weiser, Gharîb hat das Zauberschwert Japhets, des Sohnes Noahs, und wen er damit trifft, den spaltet er; auch hat er zwei Mârids vom Berge Kâf, die ihm König Mar'asch gegeben hat. Er ist es, der Barkân erschlagen hat, als er zum Berge Kâf kam, und auch den Blauen

593

König, und der vielen vom Stamme der Geister den Tod gebracht hat.' Als der Zauberer diese Worte von dem Roten König gehört hatte, sprach er zu ihm: ‚Geh!' Und nachdem der seiner Wege gegangen war, murmelte Sirân Zauberformeln und beschwor einen Mârid namens Zu'âzi'[1]; dem gab er ein Quentchen von zerstoßenem Bendsch, indem er zu ihm sprach: ‚Geh nach Isbanîr el-Madâïn und dringe in den Palast Gharîbs ein, indem du die Gestalt eines Sperlings annimmst; lauere ihm auf, bis er schläft und niemand bei ihm ist! Darauf nimm das Bendsch, tu es in seine Nase und bring ihn mir!' ‚Ich höre und gehorche!' erwiderte der Mârid, und er eilte nach Isbanîr el-Madâïn, drang in den Palast Gharîbs ein, in der Gestalt eines Sperlings, setzte sich in eines der Fenster des Schlosses und wartete, bis es Nacht ward. Nachdem aber alle die Fürsten sich an ihre Ruhestätten begeben hatten und Gharîb eingeschlafen war, flog er hinunter, nahm das zerstoßene Bendsch heraus und streute es dem Schlafenden in die Nase, so daß seine Lebensgeister erloschen. Dann hüllte er ihn in die Decke des Bettes, hob ihn auf und flog mit ihm davon wie die Windsbraut; und noch ehe die Mitternacht kam, war er schon in der Burg der Früchte und brachte seinen Raub zu Sirân dem Zauberer. Der dankte ihm für seine Tat und wollte sogleich den betäubten Gharîb töten; doch einer seiner Leute hielt ihn davon zurück, indem er zu ihm sprach: ‚O Weiser, wenn du ihn tötest, so werden die Geister unser Land verwüsten; denn König Mar'asch, sein Freund, wird mit allen Dämonen, die er hat, über uns herfallen.' ‚Was sollen wir denn mit ihm tun?' fragte Sirân; und jener Mann erwiderte: ‚Wirf ihn in den Dschaihûn, solange er noch betäubt ist und nicht ahnt, wer ihn hineinwirft; und er wird ertrinken, ohne daß

1. Sturmwind.

594

jemand um ihn weiß.' Nun befahl Sirân dem Mârid, Gharîb zu nehmen und in den Dschaihûn zu werfen. – –«

Da bemerkte Schehrezâd, daß der Morgen begann, und sie hielt in der verstatteten Rede an. Doch als die *Sechshundertundzweiundsiebenzigste Nacht* anbrach, fuhr sie also fort: »Es ist mir berichtet worden, o glücklicher König, daß der Mârid Gharîb nahm und zum Dschaihûn brachte. Und schon wollte er ihn in den Strom werfen, da konnte er es nicht übers Herz bringen, und so machte er ein hölzernes Floß und band ihn mit Stricken daran fest; dann stieß er das Floß mit Gharîb in die Strömung, und die trieb ihn von dannen. So erging es Gharîb.

Wenden wir uns nun wieder zu seinem Volke! Als die Leute am Morgen dem König ihre Aufwartung machen wollten, fanden sie ihn nicht; nur seinen Rosenkranz entdeckten sie auf seinem Throne. Da warteten sie, daß er herauskäme; aber er kam nicht. Schließlich suchten sie den Kammerherrn auf und sprachen zu ihm: ,Geh in das Frauenhaus und schau nach dem König! Denn es ist nicht seine Gewohnheit, bis zu dieser Zeit auszubleiben.' Da ging der Kammerherr hinein und fragte die im Frauenhause; und alle antworteten ihm: ,Seit gestern haben wir ihn nicht mehr gesehen.' Darauf kehrte er zu den Leuten zurück und brachte ihnen diese Kunde; die waren bestürzt, und einer sprach zum andern: ,Laßt uns sehen, ob er sich in den Garten begeben hat, um sich zu ergehen!' Und sie fragten die Gärtner, ob der König ihnen begegnet sei; doch die antworteten: ,Wir haben ihn nicht gesehen.' Da waren die Leute sehr betrübt, und sie suchten in allen Gärten umher; erst als der Tag zur Rüste ging, kehrten sie weinend zurück. Dann zogen el-Kailadschân und el-Kuradschân in der Stadt umher, auf der Suche nach ihm; aber sie fanden keine Spur von ihm und kehrten nach drei Tagen wieder heim. Darauf kleidete

sich das Volk in schwarze Gewänder und klagte sein Leid dem
Herrn der Welt, der da tut, was Ihm gefällt. So stand es um jene.

Sehen wir nun, wie es Gharîb des weiteren erging! Er lag auf
dem Floße und ward von der Strömung fünf Tage lang dahingetragen; dann trieb ihn der Strom in das Salzmeer, und dort
begannen die Wogen mit ihm zu spielen, bis daß sein Inneres
in Aufruhr geriet und das Bendsch wieder aus ihm herauskam.
Er schlug die Augen auf, und als er sich mitten im Meere sah,
ein Spielzeug der Wellen, rief er: ,Es gibt keine Macht und es
gibt keine Majestät außer bei Allah, dem Erhabenen und Allmächtigen! Wer mag mir dies angetan haben?' Während er so
dalag, ratlos in seiner Not, sah er plötzlich ein Schiff, das vor-
übersegelte. Da winkte er den Seefahrern mit seinem Ärmel;
und sie kamen zu ihm und nahmen ihn auf und fragten ihn:
,Wer bist du? Aus welchem Lande kommst du?' Doch er
sprach zu ihnen: ,Speiset mich und tränket mich, auf daß meine
Kraft zurückkehre! Dann will ich euch sagen, wer ich bin.' Sie
brachten ihm Wasser und Zehrung, und nachdem er gegessen
und getrunken hatte, gab Allah ihm seinen vollen Verstand
zurück. Nun fragte er sie: ,Ihr Leute, von welchem Volke seid
ihr, und welches ist euer Glaube?' Sie gaben zur Antwort:
,Wir sind aus el-Karadsch[1], und wir beten ein Götterbild an,
das Minkâsch heißt.' Da rief er: ,Verderben euch und dem,
was ihr anbetet, ihr Hunde! Niemand ist der Anbetung würdig als allein Allah, der alle Dinge geschaffen hat und der zum
Dinge spricht: ,Werde!', und es wird.' Aber sie erhoben sich
wider ihn in wilder Wut und wollten Hand an ihn legen. Doch
wiewohl er ohne Waffen war, warf er einen jeden, den er mit
der Faust traf, zu Boden und beraubte ihn des Lebens, bis er

1. An die Stadt el-Karadsch in Nordwestpersien kann hier kaum gedacht werden; vielleicht ist Karatschi an der Indus-Mündung gemeint.

vierzig Mann niedergestreckt hatte. Schließlich aber überwanden sie ihn durch ihre Überzahl und banden ihn fest und sprachen: ,Wir wollen ihn erst in unserem Lande töten, damit wir ihn zuvor dem König zeigen können!' Dann segelten sie weiter, bis sie die Stadt el-Karadsch erreichten. – –«

Da bemerkte Schehrezâd, daß der Morgen begann, und sie hielt in der verstatteten Rede an. Doch als die *Sechshundertunddreiundsiebenzigste Nacht* anbrach, fuhr sie also fort: »Es ist mir berichtet worden, o glücklicher König, daß die Schiffsleute, nachdem sie Gharîb ergriffen und gefesselt hatten, sprachen: ,Wir wollen ihn erst in unserer Stadt töten', und darauf weitersegelten, bis sie die Stadt el-Karadsch erreichten. Der Erbauer jener Stadt war ein gewaltiger Riese gewesen, und er hatte an jedem ihrer Tore eine kunstvolle Gestalt aus Messing aufgestellt, die in ein Horn blies, sooft ein Fremder die Stadt betrat; dann hörten es alle, die in der Stadt waren, und hielten ihn fest und töteten ihn, es sei denn, daß er ihren Glauben annahm. Und als Gharîb eintrat, blies jene Gestalt mit so lautem und gewaltigem Schall, daß der König in seinem Herzen erschrak und aufsprang und zu seinem Götzen hineinging; da sah er, daß Feuer und Rauch dem Bilde aus Mund und Nase und Augen quollen. Satan aber war in den Bauch des Götzenbildes gekrochen und redete wie mit dessen Zunge, indem er sprach: ,O König, zu dir ist einer gekommen, des Namens Gharîb, der ist der König von Irak; und der befiehlt den Menschen, ihren Glauben zu verleugnen und seinem Herrn zu dienen. Wenn man ihn zu dir hereinbringt, so schone seiner nicht!' Nun ging der König wieder hinaus und setzte sich auf seinen Thron; da brachten auch schon die Leute den König Gharîb herein und führten ihn vor ihren König und sprachen: ,O König, wir fanden diesen Burschen, der nicht an unsere Götter

597

glaubt, schiffbrüchig auf See'; dann erzählten sie ihm alles von Gharîb. Er befahl: ‚Bringt ihn in das Haus des großen Gottesbildes und schlachtet ihn vor ihm, auf daß unser Gott Gefallen an uns habe!' Doch da hub der Wesir an: ‚O König, ihn zu schlachten wäre nicht gut; dann wäre er ja im Augenblick tot!' Und er fuhr fort: ‚Wir wollen ihn gefangen setzen und für ihn einen Scheiterhaufen bauen und den anzünden.' Darauf sammelten die Leute das Holz für den Scheiterhaufen und ließen den bis zum Morgen brennen. Und nun ging der König hinaus, begleitet von dem Volke der Stadt, und er befahl, Gharîb zu bringen. Die Leute gingen hin, um ihn zu holen; aber sie fanden ihn nicht, und so kehrten sie zurück und meldeten dem König, daß Gharîb entflohen sei. Als der König nun fragte: ‚Wie konnte er denn fliehen?' antworteten sie: ‚Wir fanden die Ketten und Fußfesseln am Boden liegen und die Türen verschlossen.' Erstaunt fragte der König: ‚Ist dieser Kerl denn gen Himmel geflogen, oder hat ihn die Erde eingesogen?' ‚Wir wissen es nicht', erwiderten sie; und er sagte: ‚Ich will zu meinem Gotte gehen und ihn befragen; er wird mir kundtun, wohin der Mann entflohen ist.' Und alsbald begab er sich zu seinem Götzen und wollte sich vor ihm niederwerfen; doch er fand ihn nicht, und da rieb er sich die Augen und fragte sich: ‚Schläfst du oder wachst du?' Dann wandte er sich zu seinem Wesir und sprach: ‚Wo ist mein Gott? Und wo ist der Gefangene? Bei meinem Glauben, du Hund von einem Wesir, hättest du mir nicht geraten, ihn zu verbrennen, so hätte ich ihn geschlachtet. Jetzt aber hat er meinen Gott gestohlen und ist entflohen; dafür muß ich Rache nehmen!' Und er zog sein Schwert und hieb mit einem Schlage dem Wesir den Kopf ab.

Mit dem Verschwinden Gharîbs und des Götzen hatte es aber eine seltsame Bewandtnis. Als nämlich Gharîb in die Ker-

kerzelle gebracht war, befand er sich neben dem Kuppelbau, in dem das Götzenbild stand. Nun begann er Allah den Erhabenen anzurufen und Ihn, den Allgewaltigen und Glorreichen, um Rettung zu bitten. Das hörte der Mârid, in dessen Obhut der Götze stand und der in seinem Namen redete, und sein Herz erbebte, und er rief: ‚O Schmach! Wer ist es, der mich sieht, und den ich nicht sehe?‘ Darauf trat er zu Gharîb, beugte sich bis auf die Füße nieder und sprach zu ihm: ‚Mein Gebieter, was muß ich sagen, auf daß ich zu deiner Gemeinde gehöre und in deinen Glauben eintrete?‘ Gharîb antwortete: ‚Sprich: Es gibt keinen Gott außer Allah; Abraham ist der Freund Allahs!‘ Da sprach der Mârid das Bekenntnis der Rechtgläubigkeit und zählte zum Volke der Glückseligkeit. Der Name des Mârids aber war Zalzâl ibn el-Muzalzil, und sein Vater war einer der großen Geisterkönige. Er löste nun Ghârib von seinen Fesseln, lud ihn samt dem Götzenbilde auf seinen Rücken und flog mit ihm hoch in die Lüfte empor. – –«

Da bemerkte Schehrezâd, daß der Morgen begann, und sie hielt in der verstatteten Rede an. Doch als die *Sechshundertundvierundsiebenzigste Nacht* anbrach, fuhr sie also fort: »Es ist mir berichtet worden, o glücklicher König, daß der Mârid, nachdem er Gharîb und mit ihm das Götzenbild auf den Rücken geladen hatte, hoch in die Lüfte emporflog. So nun erging es ihm.

Vom König aber wissen wir, daß er, als er in das Zimmer getreten war, um den Götzen nach Gharîb zu fragen, ihn nicht fand, und daß er sich wider den Wesir wandte und ihn tötete. Als aber die Krieger des Königs sahen, was geschehen war, ließen sie von dem Dienste des Götzen ab, zogen ihre Schwerter und erschlugen den König; dann fielen sie übereinander her, und das Schwert kreiste unter ihnen drei Tage lang, bis sie einander vernichtet hatten und nur noch zwei Männer am Leben waren; von denen überwand der eine den anderen und tötete ihn. Nun erhoben sich die Jünglinge gegen den Überlebenden und erschlugen ihn; dann kämpften auch sie miteinander, bis sie alle umgekommen waren. Die Frauen und Mädchen aber eilten von dannen und flüchteten in die Dörfer und Burgen. So ward die Stadt verödet, und es hausten dort nur noch die Eulen.

Wenden wir uns von ihnen wieder zu Gharîb! Den trug Zalzâl ibn el-Muzalzil dahin und brachte ihn in sein Land; das war als die Kampferinsel bekannt, wo das Kristallschloß stand und das verzauberte Kalb sich fand. Der König el-Muzalzil nämlich hatte ein scheckiges Kalb; das hatte er mit allerlei Schmuck und Gewändern, die von rotem Gold durchwirkt waren, bekleidet und zum Gotte gemacht. Eines Tages nun ging el-Muzalzil mit seinen Mannen zu dem Kalbe hinein und sah, daß es vor Unruhe zitterte. Da fragte er: ‚O mein Gott, was hat dich erregt?‘ Der Satan aber im Bauche des Kalbes rief: ‚O Muzalzil, dein Sohn ist zum Glauben des Gottesfreundes Abraham übergegangen durch Gharîb, den Herrn von Irak.‘ Dann erzählte er ihm alles, was geschehen war, von Anfang bis zu Ende. Als der König die Worte des Kalbes vernommen hatte, ging er bestürzt hinaus, setzte sich auf den Thron seiner Herrschaft und berief die Großen seines Reiches. Nachdem sie erschienen waren, erzählte er ihnen, was er von dem Götzenbilde gehört hatte; sie verwunderten sich darüber und sprachen: ‚Was sollen wir tun, o König?‘ Er antwortete: ‚Wenn mein Sohn kommt und ihr seht, wie ich ihn umarme, so legt Hand an ihn!‘ ‚Wir hören und gehorchen!‘ erwiderten sie. Dann, nach zwei Tagen, trat Zalzâl mit Gharîb und dem Götzenbilde des Königs von el-Karadsch zu seinem Vater ein.

Aber kaum war er zur Tür des Schlosses hereingekommen, da stürzten sie sich auf ihn und auf Gharîb, legten Hand an die beiden und schleppten sie vor den König el-Muzalzil. Der sah seinen Sohn mit dem Auge des Zornes an und rief ihm zu: ‚Du Hund unter den Geistern, hast du deinem Glauben, dem Glauben deiner Väter und Vorväter, entsagt?' Zalzâl gab ihm zur Antwort: ‚Ich bin in den wahren Glauben eingetreten; und du – wehe dir! – nimm den rettenden Glauben an, so wirst du gerettet werden vor dem Grimme des Königs der allgewaltigen Macht, des Schöpfers von Tag und Nacht!' Voll Zorn über seinen Sohn schrie der König ihn an: ‚Du Bastard, wagst du mir mit solchen Worten zu nahen?' Dann befahl er, ihn in den Kerker zu werfen; und es geschah. Darauf wandte er sich zu Gharîb und sprach zu ihm: ‚Du Menschenwicht, wie konntest du mit dem Verstande meines Sohnes dein Spiel treiben und ihn von seinem Glauben fortlocken?' Gharîb erwiderte: ‚Ich habe ihn aus dem Irrtum auf den rechten Weg geführt, aus der Hölle in den Himmel, vom Unglauben zum Glauben.' Da rief der König einen Mârid des Namens Saijâr und sprach zu ihm: ‚Nimm diesen Hund und wirf ihn in das Feuertal, auf daß er verderbe!' Jenes Tal war so heiß und voller Glut, daß jeder, der es betrat, umkam und nicht eine einzige Stunde darin leben konnte; und es war von hohen, glatten Bergen umgeben, durch die kein Ausgang führte. Der verruchte Saijâr trat vor, nahm Gharîb auf den Rücken und flog mit ihm nach dem wüsten Viertel der Welt, bis zwischen ihm und dem Feuertale nur noch eine Wegstunde lag. Da ward der Dämon von seiner Last müde, und er stieg mit Gharîb in ein Tal hinab, in dem es Bäume und Flüsse und Früchte gab. Nachdem er sich dort ermattet niedergelassen hatte, kletterte Gharîb, gefesselt wie er war, von seinem Rücken herunter und wartete, bis der Mârid vor Müdigkeit fest eingeschlafen war und schnarchte; dann rang er mit seinen Fesseln, bis er sich von ihnen frei gemacht hatte. Darauf nahm er einen schweren Stein und schleuderte ihn dem Mârid auf den Kopf, so daß er ihm den Schädel zermalmte und jener auf der Stelle tot war. Nun ging Gharîb in jenem Tal weiter. – –«

Da bemerkte Schehrezâd, daß der Morgen begann, und sie hielt in der verstatteten Rede an. Doch als die *Sechshundertundfünfundsiebenzigste Nacht* anbrach, fuhr sie also fort: »Es ist mir berichtet worden, o glücklicher König, daß Gharîb, nachdem er den Mârid getötet hatte, in jenem Tal weiterging; und er entdeckte, daß er auf einer Insel mitten im Meere war. Jene Insel aber war groß, und auf ihr gab es alle Arten von Früchten, wie sie sich Lippe und Zunge nur wünschen konnten. Gharîb begann von den Früchten dort zu essen und aus den Bächen zu trinken, und Tage und Jahre gingen über ihn dahin; auch fing er sich Fische und aß sie und lebte so weiter in seiner verlassenen Einsamkeit, sieben Jahre lang. Während er nun eines Tages dasaß, flogen plötzlich aus der Höhe zwei Mârids auf ihn herunter, von denen ein jeder einen Menschen trug. Als sie Gharîb erblickten, fragten sie ihn: ,Du da, was bist du? Und zu welchem der Stämme gehörst du?' Da nämlich das Haar Gharîbs lang gewachsen war, hielten sie ihn für einen von den Dämonen und fragten ihn, wie es um ihn stehe. Er aber antwortete ihnen: ,Ich gehöre nicht zu den Geistern', und erzählte ihnen alles, was er erlebt hatte, von Anfang bis zu Ende. Sie hatten Mitleid mit ihm, und einer von den beiden Dämonen sprach zu ihm: ,Bleib hier, wo du bist, so lange bis wir diese beiden Lämmer unserem König gebracht haben, damit er das eine zum Mittagsmahl und das andere zum Nachtmahl verspeise! Dann wollen wir zu dir zurückkehren und dich

in dein Land bringen.' Gharîb dankte ihnen; dann fragte er sie:
,Wo sind die beiden Lämmer, die ihr bei euch habt?' ,Das sind
diese beiden Menschen', erwiderten sie; doch Gharîb rief: ,Ich
nehme meine Zuflucht zum Gotte Abrahams, des Gottesfreundes, dem Herrn aller Dinge, der über alle Dinge mächtig ist.'
Alsbald flogen die beiden davon, und Gharîb wartete auf den
Mârid; nach zwei Tagen kam der Dämon zu ihm zurück mit
einem Gewande. Das legte er ihm an; dann hob er ihn auf seinen Rücken und flog mit ihm hoch in die Lüfte empor, bis er
die Welt aus den Augen verlor; da hörte Gharîb im Himmel
der lobsingenden Engel Chor. Plötzlich aber schoß von dort
auf den Mârid ein Feuerpfeil; und da floh der Dämon nach der
Erde zu. Als zwischen ihm und der Erde nur noch die Weite
eines Speerwurfes lag und der Pfeil schon ganz nahe war und
ihn fast erreichte, richtete Gharîb sich auf und warf sich von
den Schultern des Mârids hinab; den aber erreichte der Pfeil,
und er ward zu einem Häuflein Asche. Gharîb jedoch fiel ins
Meer und versank in ihm zwei Klafter tief; dann tauchte er
wieder auf und schwamm weiter, den Tag und die Nacht über
und auch am nächsten Tage, bis seine Kraft versagte und der
sichere Tod ihm vor Augen stand. Am dritten Tage aber, als
er schon ganz am Leben verzweifelte, erblickte er plötzlich ein
hohes Gebirge. Auf das schwamm er zu, und als er dort gelandet war, schritt er auf ihm weiter, um Kräuter der Erde für
seine Nahrung zu suchen. Einen Tag und eine Nacht ruhte er
aus; dann klomm er auf die Höhe des Gebirges und stieg auf
der anderen Seite wieder hinab. Darauf zog er noch zwei Tage
lang weiter und kam zu einer Stadt mit Mauern und Bollwer-
ken, wo Bäume sprossen und Bäche flossen. Als er das Stadttor erreicht hatte, sprangen die Torwächter auf ihn zu, nahmen ihn fest und führten ihn zu ihrer Königin. Die hieß

Dschanschâh[1], und sie war fünfhundert Jahre alt. Sie pflegte jeden Mann, der in ihre Stadt kam, vor sich bringen zu lassen und ihn zu sich zu nehmen, um mit ihm zu schlafen; und wenn er sein Werk verrichtet hatte, so pflegte sie ihn zu töten. In dieser Weise hatte sie schon viele Männer zu Tode gebracht. Als nun Gharîb vor sie geführt wurde, gefiel er ihr; und sie sprach zu ihm: ‚Wie heißest du? Welchen Glauben bekennst du? Und aus welchem Lande bist du?' Er antwortete: ‚Ich heiße Gharîb, König von Irak, und mein Glaube ist der Islam.' Da fuhr sie fort: ‚Gib deinen Glauben auf und tritt zu meinem Glauben über, so will ich mich dir vermählen und dich zum König machen!' Gharîb aber sah sie mit dem Auge des Zornes an und rief ihr zu: ‚Verderben über dich und deinen Glauben!' Nun schrie sie ihn an: ‚Wagst du es, meinen Gott zu schmähen, der aus rotem Karneol ist, besetzt mit Perlen und Edelsteinen?' Und sie gab Befehl: ‚Ihr Leute, sperrt ihn in den Tempel des Gottes ein, auf daß der ihm das Herz erweiche!' Man brachte ihn also in den Dom des Götzen und schloß die Türen hinter ihm. – –«

Da bemerkte Schehrezâd, daß der Morgen begann, und sie hielt in der verstatteten Rede an. Doch als die *Sechshundertundsechsundsiebenzigste Nacht* anbrach, fuhr sie also fort: »Es ist mir berichtet worden, o glücklicher König, daß Gharîb, nachdem die Leute ihn ergriffen und in den Götzentempel eingesperrt, die Tore hinter ihm verschlossen und sich wieder auf den Weg gemacht hatten, nunmehr den Götzen anschaute, der aus rotem Karneol war und Schnüre von Perlen und Edelsteinen um den Hals trug. Und alsbald trat er an ihn heran, hob ihn empor und schleuderte ihn zu Boden, so daß er in Stücke zerbrach. Dann legte er sich schlafen, bis der Tag anbrach. Und als es

1. Wohl verkürzt aus Dschehân-schâh: ‚Königin der Welt.'

Morgen geworden war, setzte sich die Königin auf ihren Thron und rief: ‚Ihr Leute, bringt mir den Gefangenen!' Die gingen hin zu Gharîb; doch als sie die Tür des Domes geöffnet hatten und eingetreten waren, fanden sie den Götzen zerbrochen; da schlugen sie sich ins Gesicht, bis ihnen das Blut aus den Augenwinkeln rann. Dann eilten sie auf Gharîb zu, um ihn zu ergreifen. Aber er schlug einen von ihnen mit der Faust, so daß er tot niedersank; dann traf er einen zweiten, den er ebenfalls tötete, und so weiter, bis er fünfundzwanzig von ihnen erschlagen hatte; da flohen die übrigen. Und als diese mit lautem Geschrei zur Königin Dschanschâh kamen, rief sie ihnen zu: ‚Was gibt es?' Sie erwiderten: ‚Der Gefangene hat deinen Gott zerschlagen und deine Leute getötet!' Und sie erzählten ihr alles, was geschehen war. Da warf sie ihre Krone zu Boden und rief: ‚Die Götter haben keinen Wert mehr!' Dann saß sie inmitten von tausend Helden auf und ritt zum Hause des Götzen. Dort sah sie Gharîb vor dem Dome stehen; er hatte sich aber ein Schwert geholt, und nun begann er die tödliche Waffe zu schwingen wider die Recken und die Mannen zu Boden zu strecken. Und wie sie ihn und seine tapferen Taten anschaute, ward sie von tiefer Liebe zu ihm ergriffen, und sie sagte sich: ‚Des Gottes bedarf ich nun nicht mehr; mein einziger Wunsch ist, daß dieser Fremdling an meinem Busen liege, solange ich noch lebe.' Und sie rief ihren Leuten zu: ‚Haltet euch fern von ihm und geht beiseit!' Dann trat sie vor und murmelte Zauberworte; da erstarrte der Arm Gharîbs, seine Gelenke wurden schlaff, und das Schwert entfiel seiner Hand. Sofort ergriffen ihn die Leute und fesselten ihn, wie er so schwach und elend und verwirrt dastand. Darauf kehrte Dschanschâh zurück, setzte sich auf den Thron ihrer Herrschaft und befahl ihren Mannen, sich zurückzuziehen. Als sie nun dort mit Gharîb allein war, sprach sie zu ihm: ‚Du Araberhund, wagst du es, meinen Gott zu zerschlagen und meine Leute zu töten?' ‚O du Verfluchte,' erwiderte er ihr, ‚wenn er ein Gott wäre, so hätte er sich verteidigt!' Sie aber fuhr fort: ‚Ruhe bei mir, so will ich dir vergeben, was du getan hast!' Darauf antwortete er: ‚Ich tue nichts von dem.' Nun rief sie: ‚Bei meinem Glauben, ich will dich wahrlich mit grimmigen Qualen foltern!' Und sie nahm Wasser, sprach Beschwörungen darüber und sprengte es auf ihn; da wurde er zu einem Affen, und sie gab ihm zu essen und zu trinken; dann sperrte sie ihn in eine Kammer ein und setzte einen Wärter über ihn, der ihn zwei Jahre lang bewachte. Darauf ließ sie ihn eines Tages zu sich kommen und sprach zu ihm: ‚Willst du nun auf mich hören?' Und er winkte ihr mit dem Kopfe ein Ja. Erfreut löste sie ihn von dem Zauber und brachte ihm Speise; und er aß mit ihr und scherzte mit ihr und küßte sie, so daß sie ihm traute. Als es Nacht ward, legte sie sich nieder und sprach zu ihm: ‚Wohlan, tu dein Werk!' ‚Jawohl!' erwiderte er, stieg ihr auf die Brust, packte sie am Genick und zerbrach es; und er ließ nicht eher ab von ihr, als bis sie den Geist aufgegeben hatte. Da erblickte er eine offene Schatzkammer, ging hinein und fand in ihr ein damasziertes Schwert und einen Schild aus chinesischem Eisen. Er wappnete sich von Kopf bis zu Fuß und harrte bis zum Morgen. Dann ging er hinaus und stellte sich am Tore des Palastes auf; und als die Emire kamen und zur Dienstleistung hineingehen wollten, fanden sie Gharîb in Kriegsrüstung dort stehen. Er rief ihnen zu: ‚Ihr Leute, der Götzendienst sei abgetan, betet den allwissenden König an, den Schöpfer von Tag und Nacht, den Herrn der Menschen, der die toten Gebeine lebendig macht, den Schöpfer aller Dinge, der über alle Dinge mächtig ist!' Als die Ungläubigen das hörten, stürmten sie auf ihn ein; doch er stürzte sich auf sie gleich einem reißenden Löwen und wütete unter ihnen und erschlug von ihnen viel Volks. – –«

Da bemerkte Schehrezâd, daß der Morgen begann, und sie hielt in der verstatteten Rede an. Doch als die *Sechshundertund-siebenundsiebenzigste Nacht* anbrach, fuhr sie also fort: »Es ist mir berichtet worden, o glücklicher König, daß Gharîb, als er sich auf die Ungläubigen stürzte, viel Volks von ihnen erschlug; doch wie es Abend ward, drangen sie alle in ihrer Überzahl auf ihn ein und wollten ihn schon ergreifen, da erschienen plötzlich tausend Mârids und fielen mit tausend Schwertern über die Ungläubigen her. Ihr Anführer war aber Zalzâl ibn el-Muzalzil, der an ihrer Spitze kämpfte. Und sie wirkten unter den Heiden mit dem Schwerte, dem scharfen und blanken, bis daß jene den Becher des Verderbens tranken; und Allah der Erhabene sandte ihre Seelen alsbald ins Höllenfeuer hinab, keiner blieb übrig von den Kriegern Dschanschâhs, der Kunde davon gab. Da begann unter den anderen allen der Ruf ‚Gnade, Gnade!‘ zu erschallen, und sie glaubten an den König, der die Vergeltung schenkt, und den nie ein Ding von einem anderen ablenkt, der die Perserkönige sterben hieß, der die alten Riesen verderben ließ, den Herren auf Erden und im Paradies. Darauf begrüßte Zalzâl den König Gharîb und wünschte ihm Glück zu seiner Errettung. Gharîb aber fragte: ‚Wer hat dir Kunde von meiner Not gebracht?‘ ‚Mein Gebieter,‘ gab jener zur Antwort, ‚nachdem mein Vater mich in den Kerker geworfen und dich in das Feuertal gesandt hatte, blieb ich zwei Jahre lang im Gefängnis; dann ließ er mich frei, und ich weilte noch ein Jahr bei ihm, bis ich wieder in der früheren Gunst stand. Darauf erschlug ich meinen Vater, und die Truppen leisteten mir Gehorsam; und ich herrschte ein Jahr lang über sie. Eines Abends jedoch, als ich mich niederlegte und deiner gedachte, sah ich dich im Traume, wie du mit den Kriegern Dschanschâhs kämpftest; da nahm ich alsbald diese tausend Mârids und eilte zu dir.' Gharîb war über dies Zusammentreffen erstaunt; dann ergriff er Besitz von den Schätzen Dschanschâhs und von dem Gute ihrer Krieger und ernannte einen Herrscher über die Stadt. Darauf luden die Mârids den König Gharîb und die Schätze auf den Rücken, und alle waren noch in derselben Nacht in der Stadt Zalzâls. Sechs Monate lang blieb Gharîb bei seinem Freunde zu Gaste; dann wünschte er aufzubrechen. Nun brachte Zalzâl ihm Geschenke und entsandte dreitausend Mârids, die aus der Stadt el-Karadsch die Beute herbeiholten und sie zu den Schätzen Dschanschâhs legten. Alsdann gab er Befehl, die Geschenke und die Schätze aufzuladen, er selber nahm Gharîb auf den Rücken, und sie machten sich auf den Weg nach der Stadt Isbanîr el-Madâïn. Noch ehe es Mitternacht war, kamen sie dort an; da schaute Gharîb sich um und sah, wie die Stadt eingeschlossen war, umgeben von einem gewaltigen Heer gleich dem brandenden Meer; und er sprach zu Zalzâl: ‚Bruder, warum mag diese Belagerung sein? Woher kommt dies Heer?' Dann landete er auf der Dachterrasse des Schlosses und rief: ‚O Kaukab es-Sabâh! O Mahdîja!' Erschrocken fuhren die beiden aus ihrem Schlafe auf und sprachen: ‚Wer ruft uns um diese Stunde?' Und er antwortete: ‚Ich bin es, euer Herr, Gharîb genannt, als Mann der Wundertaten bekannt.' Als die beiden Fürstinnen die Stimme ihres Herren vernahmen, freuten sie sich, und mit ihnen die Sklavinnen und die Eunuchen. Und wie Gharîb dann herabkam, warfen sie sich an seine Brust, und die Frauen erhoben die Freudenrufe, so daß der Palast davon widerhallte. Da sprangen die Hauptleute von ihren Lagern auf und fragten:

‚Was gibt es?‘ Und dann eilten sie zum Palast und fragten die Eunuchen: ‚Hat eine von den Odalisken einen Knaben geboren?‘[1] Jene erwiderten: ‚Nein; doch freuet euch, daß König Gharîb zu euch zurückgekehrt ist!‘ Des freuten sich die Emire. Gharîb aber trat, nachdem er die Frauen begrüßt hatte, zu seinen Gefährten hinaus; und die warfen sich auf ihn, küßten ihm Hände und Füße und lobten und priesen Allah den Erhabenen. Dann setzte er sich auf seinen Thron und rief alle seine Gefährten; als die gekommen waren und sich um ihn gesetzt hatten, fragte er sie nach dem Heere, das sie belagerte. Und sie antworteten ihm: ‚O König, diese Truppen belagern uns seit drei Tagen; bei ihnen sind Dämonen und Menschen. Wir wissen aber nicht, was sie wollen; denn wir haben bisher weder Waffen noch Worte mit ihnen gewechselt.‘ Da sagte Gharîb: ‚Wir wollen morgen früh ein Schreiben an sie schicken und sehen, was sie wollen.‘ Die Leute fügten noch hinzu: ‚Ihr König heißt Mûrad Schâh, und unter seinem Befehl stehn hunderttausend Reiter und dreitausend Mann zu Fuß, dazu noch zweihundert aus den Stämmen der Geister.‘ Mit dem Kommen dieses Heeres aber hatte es eine sonderbare Bewandtnis. – –«

Da bemerkte Schehrezâd, daß der Morgen begann, und sie hielt in der verstatteten Rede an. Doch als die *Sechshundertundachtundsiebenzigste Nacht* anbrach, fuhr sie also fort: »Es ist mir berichtet worden, o glücklicher König, daß es mit dem Kommen jenes Heeres und mit ihrem Lagern vor der Stadt Isbanîr eine sonderbare Bewandtnis hatte. Damals nämlich, als der König Sabûr seine Tochter mit zweien von seinen Leuten fortgeschickt und den beiden befohlen hatte, sie im Dschaihûn zu ertränken, und diese Männer mit ihr fortgegangen waren und

1. Wenn ein Knabe geboren wird, erschallen die Freudenrufe; wird ein Mädchen geboren, so herrscht Schweigen.

zu ihr gesagt hatten: ‚Geh deines Wegs und laß dich nicht mehr vor deinem Vater sehen, auf daß er nicht uns und dich mit uns töte!' da war Fachr Tâdsch verstört weitergegangen, ohne zu wissen, wohin sie sich wenden sollte. Und sie sprach: ‚Wo ist dein Auge, o Gharîb, daß es meine Not und mein Elend schaue?' Und sie wanderte immer weiter, von Land zu Land, von Tal zu Tal, bis sie zu einem Tale kam, in dem viele Bäume sprossen und Bäche flossen. Und in seiner Mitte stand ein hohes, festgefügtes Schloß, ein ragender Bau, schön wie in einer Paradiesesau. Fachr Tâdsch begab sich zu diesem Schlosse, trat ein und fand es mit seidenen Teppichen ausgestattet und mit vielen Geräten aus Gold und Silber; auch erblickte sie dort hundert schöne Mädchen. Als diese Mädchen Fachr Tâdsch kommen sahen, erhoben sie sich vor ihr und begrüßten sie; denn sie hielten sie für eine von den Geisterjungfrauen. Und sie fragten sie, wer sie sei. Da gab sie ihnen zur Antwort: ‚Ich bin die Tochter des Königs der Perser'; und dann erzählte sie ihnen alles, was ihr widerfahren war. Als die Mädchen das hörten, hatten sie Mitleid mit ihr; und sie trösteten ihr das Herz, indem sie sprachen: ‚Hab Zuversicht und quäl dich nicht! Du sollst Speise und Trank und Kleidung erhalten, und wir alle stehen zu deinen Diensten.' Da rief sie Segen auf ihre Häupter herab, und jene brachten ihr Speise, und sie aß, bis sie gesättigt war. Dann sprach sie zu ihnen: ‚Wer ist denn der Herr dieser Burg und euer Gebieter?' Sie antworteten: ‚Unser Herr ist der König Salsâl ibn Dâl. Er kommt in jedem Monat auf eine Nacht hierher und am Morgen bricht er wieder auf, um über die Stämme der Geister zu herrschen.' Nachdem nun Fachr Tâdsch fünf Tage bei ihnen geweilt hatte, gebar sie ein Knäblein, dem Monde gleich; die Frauen durchschnitten ihm die Nabelschnur, salbten ihm die Augen und nannten ihn

Murâd Schâh, und er wuchs auf in seiner Mutter Schoß. Nach einiger Zeit aber kam König Salsâl, reitend auf einem Elefanten, weiß wie Papier, gleich einem hochragenden Turme, und umgeben von den Stämmen der Geister. Als er in das Schloß kam, zogen ihm die hundert Mädchen entgegen und küßten den Boden vor ihm; auch Fachr Tâdsch war unter ihnen. Der König erblickte sie und fragte die Mädchen: ‚Wer ist das Mädchen dort?‘ Und sie antworteten ihm: ‚Das ist die Tochter Sabûrs, des Königs der Perser und Türken und Dailamiten.‘ ‚Wer hat sie hierhergebracht?‘ fragte er weiter; und sie erzählten ihm ihre Geschichte. Da hatte er Mitleid mit ihr und sprach: ‚Betrübe dich nicht, sondern gedulde dich, bis dein Sohn heranwächst und groß wird! Dann will ich ins Land der Perser ziehen und deinem Vater den Kopf von den Schultern schlagen und dir deinen Sohn auf den Thron der Perser und Türken und Dailamiten setzen.‘ Da küßte Fachr Tâdsch seine Hände und rief den Segen des Himmels auf ihn herab. Und sie blieb dort und erzog ihren Sohn mit den Kindern des Königs. Die Knaben pflegten die Rosse zu besteigen und zu Jagd und Hatz auszureiten; und so lernte er die Tiere des Feldes und die reißenden Raubtiere erlegen, und er aß von ihrem Fleische, bis sein Herz härter wurde als Stein. Als er fünfzehn Jahre alt war, ward seine Seele stark in ihm, und er sprach zu seiner Mutter, wer ist denn mein Vater?‘ Sie antwortete ihm: ‚Mein Sohn, dein Vater ist König Gharîb, der Herrscher von Irak, und ich bin die Tochter des Königs der Perser.‘ Und dann erzählte sie ihm alles, was geschehen war. Wie er ihre Worte vernommen hatte, sprach er: ‚Hat wirklich mein Großvater den Befehl gegeben, dich umzubringen und meinen Vater zu töten?‘ ‚Jawohl‘, erwiderte sie; und er fuhr fort: ‚Bei dem Rechte der Erziehung, das du an mich hast, ich will wahrlich in deines Vaters Stadt ziehen und ihm das Haupt abschlagen und es vor dich bringen.' Sie freute sich über seine Worte. ––«

Da bemerkte Schehrezâd, daß der Morgen begann, und sie hielt in der verstatteten Rede an. Doch als die *Sechshundertundneunundsiebenzigste Nacht* anbrach, fuhr sie also fort: »Es ist mir berichtet worden, o glücklicher König, daß Murâd Schâh, der Sohn von Fachr Tâdsch, mit zweihundert Mârids auszureiten sich gewöhnte, bis er erwachsen war; und sie begannen, das Räuberhandwerk zu pflegen und die Straßen zu verlegen. Und sie dehnten ihre Raubzüge so weit aus, daß sie bis in das Land von Schiras gelangten. Sie fielen über das Land her, und Murâd Schâh stürmte in das Schloß des Königs, schlug ihm das Haupt ab, während er auf dem Throne saß, und tötete von seinen Kriegern viel Volks. Bei den übrigen allen begann der laute Ruf ,Gnade! Gnade!' zu erschallen. Dann küßten sie die Kniee Murâd Schâhs; er aber ließ sie zählen, und siehe, es waren zehntausend Reiter, und die ritten mit ihm in seinem Dienste. Dann zog er mit seiner Schar nach Balch[1] und sie töteten den König der Stadt, rieben die Truppen auf und raubten die Güter des Volkes. Und weiter zogen sie, nachdem die Schar Murâd Schâhs auf dreißigtausend Ritter angewachsen war, gegen Nurain[2]; und der Herr von Nurain kam ihnen entgegen, huldigte und brachte ihnen Schätze und Kostbarkeiten. Dann ritt er mit seinen dreißigtausend Rittern weiter nach der Stadt Samarkand im Perserland und nahm sie ein; desgleichen auch nach Achlât[3] und nahm es ein. Und so ging es immer weiter; und jede Stadt, zu der sie kamen, eroberten sie. Nun war Mu-

---

1. Im nördlichen Afghanistan. – 2. Eine Stadt dieses (oder ähnlichen) Namens lag in Azerbaidschân; die geographischen Begriffe sind hier unbestimmt; vgl. oben Seite 483, Anmerkung. – 3. Am Wan-See in Türkisch-Armenien.

râd Schâh zum Herrn eines gewaltigen Heeres geworden, und all die Schätze und Kostbarkeiten, die er aus den Städten erbeutete, verteilte er an seine Mannen, so daß sie ihn liebten wegen seiner Tapferkeit und seiner Freigebigkeit. Schließlich kam er auch nach Isbanîr el-Madâïn; dort sprach er: ‚Wartet, bis ich den Rest meines Heeres geholt habe; dann will ich meinen Großvater gefangen nehmen und ihn vor meine Mutter führen und ihr Herz trösten, indem ich ihm den Hals durchschlage!‘ So schickte er denn alsbald Leute aus, um sie zu holen. Und aus diesem Grunde fand drei Tage lang keine Schlacht statt. Nun kamen gerade Gharîb und Zalzâl mit den vierzigtausend Mârids, die mit den Schätzen und Geschenken beladen waren; sie fragten nach dem Heere der Belagerer, aber man sagte ihnen: ‚Wir wissen nicht, woher sie sind; seit drei Tagen sind sie hier, ohne daß sie mit uns noch wir mit ihnen gekämpft haben.‘ Inzwischen kam Fachr Tâdsch an, und nachdem sie ihren Sohn Murâd Schâh umarmt hatte, sprach er zu ihr: ‚Bleib in deinem Zelte, bis ich dir deinen Vater bringe!‘ Da flehte sie um Sieg für ihn zu dem Herrn der Welten, dem Herrn der Himmel und der Erden. Und als es wieder Morgen ward, ritt Murâd Schâh ins Feld, die zweihundert Mârids zu seiner Rechten und die Fürsten der Menschen zu seiner Linken; und die Trommeln des Krieges wurden geschlagen. Als Gharîb das hörte, stieg auch er zu Pferde und ritt hinaus, indem er seine Mannen zum Kampfe rief; und die Geister reihten sich auf zu seiner Rechten, die Menschen aber zu seiner Linken. Da sprengte auch schon Murâd Schâh hervor, bewaffnet von Kopf bis zu Fuß, und er tummelte seinen Renner nach rechts und nach links und rief: ‚Ihr Leute, kein anderer als euer König trete wider mich auf den Plan! Wenn er mich besiegt, so soll er Herr sein über beide Heere; doch wenn ich ihn

besiege, so will ich ihn töten wie die anderen!' Als Gharîb
diese Worte hörte, rief er: ‚Hinweg, du Araberhund!' Und
alsbald griffen die beiden einander an; sie stießen mit den Lanzen, bis sie zerbrachen, und schlugen mit den Schwertern, bis
sie schartig wurden. So stritten sie unablässig miteinander,
sprengten vor und wichen zurück, schwenkten hin und her,
bis der halbe Tag verstrichen war. Da brachen die Rosse unter
ihnen zusammen; und beide saßen ab und suchten einander zu
packen. Murâd Schâh stürzte sich auf Gharîb, griff ihn, hob
ihn und wollte ihn zu Boden schleudern; aber da packte Gharîb ihn an den Ohren und zerrte sie so heftig, daß Murâd
Schâh vermeinte, der Himmel wäre auf die Erde gestürzt; und
er schrie aus vollem Munde: ‚Ich ergebe mich dir, du größter
Ritter unserer Zeit!' Gharîb aber fesselte ihn. – –«

Da bemerkte Schehrezâd, daß der Morgen begann, und sie
hielt in der verstatteten Rede an. Doch als die *Sechshundertund-
achtzigste Nacht* anbrach, fuhr sie also fort: »Es ist mir berichtet
worden, o glücklicher König, daß Murâd Schâh, als Gharîb
seine Ohren packte und sie zerrte, ausrief: ‚Ich ergebe mich
dir, du größter Ritter unserer Zeit', und daß Gharîb ihn fesselte. Nun wollten die Mârids, die Gefährten Murâd Schâhs,
losstürmen, um ihn zu befreien. Aber Gharîb fiel mit tausend
Mârids über sie her, und sie standen im Begriffe, die feindlichen Dämonen niederzustrecken; da riefen jene: ‚Gnade!
Gnade!' und warfen ihre Waffen fort. Nun setzte sich Gharîb
in sein Prunkzelt; das war aus grüner Seide, mit rotem Golde
bestickt und mit Perlen und Edelsteinen geschmückt. Er ließ
Murâd Schâh rufen; und man brachte ihn, wie er in seinen
Fußfesseln und Ketten dahinstolperte, vor den König. Als der
Gefangene nun den Herrscher erblickte, senkte er vor Scham
das Haupt zu Boden. Gharîb aber fuhr ihn an: ‚Du Araber-

614

hund, was bist du, daß du ausreitest, um dich mit Königen zu messen?' ‚Mein Gebieter,' erwiderte er, ‚zürne mir nicht; denn ich habe eine Entschuldigung!' Und als Gharîb ihn dann fragte: ‚Welcher Art ist deine Entschuldigung?' fuhr er fort: ‚Mein Gebieter, wisse, ich bin ausgezogen, um Blutrache zu nehmen für meinen Vater und für meine Mutter an Sabûr, dem König der Perser. Denn er wollte beide töten; meine Mutter entkam, aber ich weiß nicht, ob er meinen Vater umgebracht hat oder nicht.' Als Gharîb diese Worte von ihm vernahm, rief er: ‚Bei Allah, du bist wirklich entschuldigt. Aber sag, wer war dein Vater, wer ist deine Mutter? Wie hieß dein Vater? Wie heißt deine Mutter?' Murâd Schâh erwiderte: ‚Mein Vater hieß Gharîb, der König von Irak; und meine Mutter heißt Fachr Tâdsch, die Tochter Sabûrs, des Königs der Perser!' Als Gharîb das hörte, stieß er einen lauten Schrei aus und sank ohnmächtig zu Boden. Man besprengte ihn mit Rosenwasser, und als er wieder zu sich gekommen war, fragte er Murâd Schâh: ‚Bist du wirklich der Sohn Gharîbs von Fachr Tâdsch?' ‚Jawohl', erwiderte der Jüngling; und da rief Gharîb: ‚Du bist ein Held, der Sohn eines Helden! Nehmt meinem Sohne die Fesseln ab!' Da traten Sahîm und el-Kailadschân heran und befreiten Murâd Schâh. Gharîb aber umarmte seinen Sohn, ließ ihn an seiner Seite sitzen und fragte ihn: ‚Wo ist deine Mutter?' ‚Sie ist bei mir, in meinem Zelt', antwortete Murâd Schâh; und Gharîb sprach: ‚Bring sie mir!' Da saß Murâd Schâh auf und begab sich in sein Lager; dort kamen ihm seine Gefährten entgegen und freuten sich seiner Rettung. Doch als sie ihn fragten, wie es ihm ergangen sei, sagte er: ‚Dies ist nicht die Zeit zum Fragen!' Dann trat er zu seiner Mutter ein und erzählte ihr, was sich zugetragen hatte; und große Freude kam über sie. Und nun führte er sie zu seinem Vater; da umarmten die beiden sich und freuten sich aneinander. Alsbald nahmen auch Fachr Tâdsch und Murâd Schâh den Islam an und boten ihn ihren Kriegern dar; und alle wurden Muslime mit Herz und Zunge. Gharîb aber freute sich, daß sie den rechten Glauben annahmen. Und er ließ den König Sabûr und seinen Sohn kommen und schalt sie ob ihres bösen Tuns, und er bot ihnen den Islam dar; aber sie wiesen ihn zurück, und so ließ er beide am Stadttore kreuzigen. Das Volk aber schmückte die Stadt und war hocherfreut. Dann ward Murâd Schâh mit der Krone der Perserkönige gekrönt und zum König der Perser, Türken und Dailamiten gemacht; und König Gharîb schickte seinen Oheim, den König ed-Dâmigh, als Herrscher in den Irak. Und vor Gharîbs Herrscherstab legten alle Länder und Völker den Eid des Gehorsams ab. Er blieb nun in seinem Königreiche und herrschte in Gerechtigkeit über die Untertanen, und alle Menschen liebten ihn. So führten sie ein herrliches Leben, bis Der zu ihnen kam, der die Freuden schweigen heißt und der die Freundesbande zerreißt. Preis aber sei Ihm, dessen Ruhm und Bestand ewig währt, und der allen Seinen Geschöpfen Seine Gnaden gewährt!

Das ist alles, was uns von der Geschichte von Gharîb und 'Adschîb überliefert ist.

Ferner wird erzählt

DIE GESCHICHTE
VON 'UTBA UND RAIJA

'Abdallah ibn Ma'mar el-Kaisi berichtete:
Eines Jahres machte ich die Pilgerfahrt zum heiligen Hause Allahs; und nachdem ich meine Wallfahrt vollendet hatte, kehrte ich um und besuchte das Grab des Propheten – Allah segne ihn und gebe ihm Heil! Als ich nun eines Nachts in der

Rauda[1] zwischen dem Grabe und der Kanzel saß, hörte ich eine sanfte Stimme leise seufzen; und wie ich auf sie lauschte, hörte ich diese Worte:

> Hat das Gegirr der Tauben in dem Lotusbaume
> Dir Schmerz erweckt und Sorgen in der Brust erregt?
> Bist du betrübt, weil du an eine Schöne denkest,
> Die deinen Sinn zu bitter Traurigkeit bewegt?
> O über eine Nacht, die lang dem Siechen währet,
> Wenn er in Sehnsucht klagt, verlassen, ohne Mut!
> Du raubtest mir den Schlaf, der ich in Liebesfeuer
> Verbrenne wie die Kohlen in der Flammenglut.
> Der Vollmond ist mein Zeuge, daß in heißer Liebe
> Mein Herz der Vollmondgleichen innig zugetan.
> Ich glaubte nie, daß mich der Liebe Kraft besiegte:
> Sie hat mich heimgesucht, noch ehe ich es ahn'.

Dann verstummte die Stimme; und da ich nicht wußte, woher sie kam, blieb ich ratlos sitzen. Doch plötzlich seufzte sie von neuem und sprach:

> Hat Raijas Traumbild dich besucht und tief bekümmert
> In dieser schwarzgelockten, grausig finstern Nacht?
> Hat Liebe deinem Auge seinen Schlaf genommen?
> Und hat ihr Bild dein Herz um seine Ruh gebracht?
> Ich klagte meiner Nacht, in der das tiefe Dunkel
> Dem Meere mit der hohen Wogen Brandung gleicht:
> O Nacht, wie währst du lang für ihn, den Liebe quälet,
> Und dem allein der Morgen Heil und Hilfe reicht!
> Sie sprach zu mir: Beklage nicht die Länge mein!
> Die Liebe nur allein gibt dir die trübe Pein.

Schon beim ersten dieser Verse sprang ich auf und ging in der Richtung des Schalles weiter, und noch hatte der Sprecher seine Worte nicht beendet, da stand ich schon vor ihm und erkannte in

1. In der Moschee von Medina liegen die Kanzel und das Grab Mohammeds auf der Südseite; der Platz zwischen beiden heißt *er-rauda* ,der Garten'. Wer dort sitzt, soll wie in einem Paradiesesgarten sitzen.

ihm einen Jüngling von höchster Schönheit, auf dessen Wange noch kein Flaum sproß, während die Tränen auf ihnen zwei Furchen gegraben hatten. – –«

Da bemerkte Schehrezâd, daß der Morgen begann, und sie hielt in der verstatteten Rede an. Doch als die *Sechshundertundeinundachtzigste Nacht* anbrach, fuhr sie also fort: »Es ist mir berichtet worden, o glücklicher König, daß 'Abdallah ibn Ma'mar el-Kaisi erzählte: Schon beim ersten dieser Verse sprang ich auf und ging in der Richtung des Schalles weiter, und noch hatte der Sprecher seine Worte nicht beendet, da stand ich vor ihm, einem Jüngling von höchster Schönheit, auf dessen Wangen noch kein Flaum sproß, während die Tränen auf ihnen zwei Furchen gegraben hatten. Und ich sprach zu ihm: ,Gutes widerfahre dir, Jüngling!' Er antwortete: ,Auch dir! Wer bist du, Mann?' Ich fuhr fort: ,'Abdallah ibn Ma'mar el-Kaisi.' Da fragte er: ,Hast du einen Wunsch?' Und ich erwiderte ihm: ,Ich saß in der Rauda, und es geschah nichts, als daß deine Stimme mich in dieser Nacht erschreckte. Ich will mein Leben für dich geben; was quält dich?' ,Setz dich', sagte er; und nachdem ich mich gesetzt hatte, begann er: ,Ich bin 'Utba ibn el-Hubâb[1] ibn el-Mundhir ibn el-Dschamûh el-Ansâri. Ich begab mich am Morgen zu der Moschee el-Ahzâb[2] und verrichtete dort Gebete, indem ich mich verbeugte und niederwarf; dann zog ich mich zurück, um mich in Andacht zu vertiefen. Doch da kamen plötzlich in wiegendem Gange Frauen vorbei, schön wie Monde, und in ihrer Mitte war eine Maid von wunderbarer Anmut und vollendeter Schönheit; die blieb vor mir stehen und sprach zu mir: ,Was sagst du zu der Vereinigung mit jemandem, der mit dir vereint sein möchte?' Dann verließ sie mich und ging fort; und seit der Zeit habe ich keine

1. So nach der Kairoer Ausgabe; die Kalkuttaer hat el-Dschabbân. –
2. Diese Moschee liegt außerhalb Medinas, nordwestlich von der Stadt.

Kunde mehr von ihr vernommen, noch bin ich auf eine Spur
von ihr gekommen. Siehe, ich bin ratlos und ziehe von Ort zu
Ort.' Dann stieß er einen Schrei aus und sank ohnmächtig zu
Boden. Als er wieder zu sich kam, war es, als sei der Brokat
seiner Wangen mit Safran gefärbt; und er sprach diese Verse:

> *Im Herzen seh ich dich in einem fernen Lande,*
> *Darin du weilst; ach, säh dein Herz von fern auch mich!*
> *Mein Herze und mein Auge sind um dich bekümmert;*
> *Bei dir ist meine Seele; dein nur denke ich.*
> *Das Leben freut mich nicht, bis ich dich wiederschau,*
> *Und wär ich auch in Eden, auf der Himmelsau.*

Da sprach ich zu ihm: ‚O 'Utba, mein lieber Sohn, bereue vor
deinem Herrn und bitte um Vergebung für deine Sünden;
denn der Schrecken des Jüngsten Gerichtes steht dir bevor!'
Doch er rief: ‚Das sei fern von mir! Ich werde von meiner
Liebe nicht ablassen, als bis die beiden Sammler der Akazien-
schoten zurückkehren.'[1] Bis zum Anbruche der Morgenröte
blieb ich bei ihm; dann sprach ich zu ihm: ‚Komm, laß uns in
die Moschee gehen!' Wir setzten uns dort nieder, bis wir das
Mittagsgebet sprachen. Da kamen jene Frauen wieder vorbei,
aber die Maid war nicht unter ihnen. Und sie riefen ihm zu:
‚O 'Utba, wie denkst du von ihr, die mit dir vereint zu sein
wünscht?' Er fragte: ‚Was ist mit ihr?' Und sie erwiderten:
‚Ihr Vater hat sie mitgenommen und ist nach es-Samâwa[2] aufgebrochen.' Ich fragte sie nach dem Namen der Maid, und sie
antworteten: ‚Raija, die Tochter von el-Ghitrîf es-Sulami.' Da
hob er sein Haupt und sprach diese beiden Verse:

1. Zwei Männer des alten Arabiens, Jadhkur und 'Âmir, sollen ausgegangen sein, um die Hülsen der Acacia nilotica zu sammeln (zum
Gerben), und nicht zurückgekehrt sein. Daher soll das obige Sprichwort stammen, das soviel bedeutet wie ‚niemals'. – 2. In der Nähe des
unteren Euphrats, also weit von Medina entfernt.

Ihr Freunde, Raija zog dahin mit ihrem Stamm
Und eilte nach Samâwas Flur am frühen Morgen.
Ihr Freunde, noch zu weinen hab ich keine Kraft;
Hat einer von euch Tränen, um sie mir zu borgen?

Nun sagte ich zu ihm: ,'Utba, wisse, ich bin mit reichem Gute
hierher gekommen, durch das ich hochgemuten Männern zu
helfen wünsche; und bei Allah, ich will es vor dir ausschütten,
damit du dein Ziel erreichest und noch mehr. Komm mit mir
zum Rate der Ansâr!'[1] Da machten wir uns auf, bis wir zu
ihrer Versammlung kamen. Ich grüßte sie, und sie erwiderten
den Gruß in höflicher Weise; dann fragte ich: ,Ihr Leute, was
sagt ihr von 'Utba und seinem Vater?' Sie antworteten: ,Die
gehören zu den Herren der Araber.' Und ich fuhr fort: ,Wis-
set, 'Utba ist vom Unheil der Liebe heimgesucht, und ich bitte
euch, verhelft uns nach es-Samâwa!' ,Wir hören und gehorchen!' erwiderten sie; und dann saßen die Männer mit uns auf,
und wir ritten dahin, bis wir uns dem Lagerplatze der Banû
Sulaim näherten. Als el-Ghitrîf von unserer Ankunft hörte,
eilte er uns entgegen und empfing uns mit den Worten: ,Lan-
ges Leben euch, ihr Edlen!' Wir antworteten ihm: ,Auch dir
langes Leben! Siehe, wir kommen als Gäste zu dir.' Darauf
sagte er: ,Ihr seid bei dem gastlichsten der weiten Zelte abgestiegen'; und indem er abstieg, rief er: ,Heda, ihr Sklaven,
kommt herbei!' Da eilten die Sklaven herzu, breiteten Lederdecken und Kissen aus und schlachteten Kamele und Kleinvieh.
Wir aber sprachen: ,Wir wollen nicht eher von dieser Speise
kosten, als bis du unseren Wunsch erfüllt hast.' Er fragte: ,Und

1. Die Ansâr, zu deutsch ,Helfer', waren die Einwohner von Medina,
die Mohammed, nach seiner Auswanderung aus Mekka, Schutz und
Hilfe liehen und darum, wie auch ihre Nachkommen, eine besondere
Ehrenstellung unter den Muslimen einnahmen.

welches ist euer Wunsch?' Und wir gaben ihm zur Antwort:
,Wir erbitten deine edle Tochter zur Gemahlin für 'Utba ibn
el-Hubâb ibn el-Mundhir, den hochberühmten, edelgeborenen.'
,Meine Brüder,' erwiderte er, ,sie, um die ihr werbt, ist ihre
eigene Herrin; ich will hineingehen und es ihr sagen.' Er sprang
aber zornig auf und ging zu Raija hinein; die sprach zu ihm:
,Väterchen, warum sehe ich dich im Zorne?' Er antwortete:
,Zu mir sind Männer von den Ansâr gekommen, die bei mir
um dich werben.' Da sagte sie: ,Es sind edle Herren; für sie
bittet der Prophet – über ihm sei der reichste Segen und das
höchste Heil! Für wen werben sie denn?' ,Für einen Jüngling,
'Utba ibn el-Hubâb geheißen', erwiderte er; und sie fuhr fort:
,Ich habe von diesem 'Utba gehört, daß er hält, was er verspricht, und erreicht, was er will.' Ghitrîf jedoch entgegnete:
,Ich schwöre, daß ich dich nie mit ihm vermählen werde. Mir
ist etwas von deinem Gerede mit ihm hinterbracht.' ,Was kann
das sein?' sagte sie darauf; ,ich aber schwöre, daß die Ansâr
nicht schmählich abgewiesen werden sollen. Kleide die Abweisung schön ein!' ,Wie denn?' fragte er; und sie erwiderte:
,Mache ihnen den Brautpreis zu schwer; dann werden sie abstehen.' Und mit den Worten: ,Trefflich ist, was du sagst',
ging er eilends hinaus und sprach zu den Ansâr: ,Die Maid des
Stammes willigt ein; doch für sie gebührt sich ein Brautpreis,
der ihrer würdig ist. Wer bürgt für den?' ,Ich', erwiderte ich.
Dann fuhr er fort: ,Ich verlange für sie tausend Armbänder aus
rotem Golde und fünftausend Dirhems aus der Münze von
Hadschar[1], hundert Stück wollenen Tuches und gestreifter
Stoffe aus Jemen und fünf Blasen mit Ambra.' Darauf sagte
ich: ,Das sollst du haben. Bist du zufrieden?' ,Ich bin zufrieden',
gab er zur Antwort. Nun entsandte ich einige von den Ansâr

1. Stadt in Nordostarabien.

nach Medina, der erleuchteten Stadt, und sie brachten alles, wofür ich mich verbürgt hatte. Dann wurden die Kamele und das Kleinvieh geschlachtet, und das Volk versammelte sich, um von dem Mahle zu essen. So blieben wir vierzig Tage bei ihnen; darauf sagte Ghitrîf: ‚Nehmt eure Braut mit!' Wir setzten sie in eine Kamelsänfte, und ihr Vater stattete sie mit dreißig Kamellasten kostbarer Dinge aus. Nachdem er sich von uns verabschiedet hatte und umgekehrt war, zogen wir heim, bis zwischen uns und dem erleuchteten Medina nur noch eine Tagereise lag. Da fielen die Reiter über uns her, um uns zu berauben, und mich deucht, sie waren von den Banû Sulaim. 'Utba ibn el- Hubâb trat ihnen entgegen und erschlug gar viele von ihnen; aber schließlich wich er zurück, von einem Lanzenstiche getroffen, und fiel zu Boden. Da kam uns Hilfe von den Bewohnern jenes Landes, und sie vertrieben die Reitersleute. Doch 'Utba hatte schon den Geist aufgegeben. Wir riefen: ‚Wehe um 'Utba!' Und als die Maid das hörte, warf sie sich von dem Rücken des Kamels herunter, beugte sich über ihn und begann herzzereißend zu klagen. Und sie sprach diese Verse:

> *Ich stellte mich geduldig; doch ich war nicht standhaft.*
> *Nein, ich betrog mich selbst, bis daß ich bei dir weilt!*
> *Wär meine Seele treu, so wäre ich im Tode*
> *Vor allen andren Menschen dir vorausgeeilt.*
> *Jetzt ist nach mir und dir kein Treuer in der Welt,*
> *Kein Freund, ja, keine Seele, die noch Treue hält.*

Darauf tat sie noch einen einzigen Seufzer und gab den Geist auf. Wir aber gruben für die beiden ein gemeinsames Grab und betteten sie in der Erde. Darauf kehrte ich in meine Heimat zurück und blieb dort sieben Jahre. Dann zog ich wieder zum Hidschâz, und als ich auf meiner Wallfahrt in das erleuchtete

622

Medina kam, sprach ich: ‚Bei Allah, ich will noch einmal zum Grabe 'Utbas gehen.' Und wie ich dort war, erblickte ich über dem Grabe einen hohen Baum, an dem rote und grüne und gelbe Zeugstreifen[1] hingen. Ich fragte die Leute der Gegend: ‚Wie heißt dieser Baum?' Und sie erwiderten mir: ‚Der Baum der beiden Brautleute.' Einen Tag und eine Nacht blieb ich bei dem Grabe; dann ging ich wieder fort. Das ist meine letzte Kunde von ihm; Allah der Erhabene erbarme sich seiner!

Ferner wird erzählt

DIE GESCHICHTE VON HIND, DER TOCHTER EN-NU'MÂNS, UND EL-HADDSCHÂDSCH

Hind, die Tochter von en-Nu'mân, war die schönste unter den Frauen ihrer Zeit; und als el-Haddschâdsch[2] von ihrer Schönheit und Anmut hörte, warb er um sie, gab viel Geld und Gut für sie dahin und vermählte sich mit ihr, indem er sich verpflichtete, ihr nach der Morgengabe noch zweihunderttausend Dirhems zu zahlen. Nachdem er dann zu ihr eingegangen war, blieb er lange Zeit bei ihr. Danach eines Tages kam er wieder zu ihr, wie sie gerade ihr Antlitz im Spiegel betrachtete und sprach:

> *Ein Füllen ist Hind von arabischem Stamm,*
> *Vom Maultier gedeckt – sie, aus edelstem Blut!*
> *Gebiert sie ein Füllen, dann segne sie Gott!*
> *Gebiert sie ein Maultier, ist's Maultieres Brut!*

Als el-Haddschâdsch das hörte, ging er nicht zu ihr hinein, sondern er kehrte wieder um, ohne daß sie ihn bemerkt hatte. Nun wollte er sich von ihr scheiden und schickte 'Abdallah ibn Tâhir zu ihr, daß er die Scheidung vollziehe. Jener trat also bei

---

1. Zeugstreifen werden im vorderen Orient an heiligen Bäumen aufgehängt. – 2. Vgl. Band II, Seite 533, Anmerkung 1.

ihr ein und sprach zu ihr: ,Dir läßt el-Haddschâdsch Abu Mohammed sagen: ,Hier sind die zweihunderttausend Dirhems,
die er dir noch als Morgengabe schuldet!' Ich habe sie bei mir,
und ich bin von ihm beauftragt, die Scheidung zu vollziehen.'
,Wisse, o Sohn Tâhirs,' erwiderte sie, ,solange wir beisammen
waren, habe ich, bei Allah, nicht einen einzigen Tag Freude an
ihm gehabt. Wenn wir uns jetzt trennen, so werde ich es, weiß
Gott, nie bereuen; und diese zweihunderttausend Dirhems
schenke ich dir als Lohn für die frohe Botschaft meiner Befreiung von dem Hunde von Thakîf.[1] Darauf gelangte die Kunde
von ihr zum Beherrscher der Gläubigen, 'Abd el-Malik ibn
Marwân[2], und er hörte von ihrer Schönheit und Lieblichkeit
und ihres Wuchses Ebenmäßigkeit, von ihrer Worte süßer
Feine und ihrer Blicke Zauberscheine. Und er sandte zu ihr und
warb um sie. – –«

Da bemerkte Schehrezâd, daß der Morgen begann, und sie
hielt in der verstatteten Rede an. Doch als die *Sechshundertund-
zweiundachtzigste Nacht* anbrach, fuhr sie also fort: »Es ist mir
berichtet worden, o glücklicher König, daß der Beherrscher
der Gläubigen, 'Abd el-Malik ibn Marwân, von der Schönheit
und Anmut jener Frau hörte und zu ihr sandte und um sie warb.
Sie aber schickte ihm einen Brief, in dem sie also schrieb: ,Zu-
vor sei Allah gepriesen, und gesegnet sei Sein Prophet Mohammed – Er segne ihn und gebe ihm Heil! Des ferneren: Wisse, o
Beherrscher der Gläubigen, der Hund hat aus dem Gefäße geschleckt.' Wie der Kalif das las, lachte er über ihre Worte und
schrieb ihr mit den Worten dessen, dem Allah Segen und Heil
spenden möge: ,Wenn ein Hund aus dem Gefäße eines von
euch geschleckt hat, so wasche er es siebenmal, darunter einmal

1. El-Haddschâdsch gehörte zum Stamme der Thakîf. – 2. Vgl. Band II,
Seite 533, Anmerkung 2.

mit Sand.' Und er fügte hinzu: ‚Wasch das Stäubchen ab von dem Orte des Gebrauches!' Als sie das Schreiben des Kalifen gelesen hatte, konnte sie ihm nicht mehr widersprechen, und sie schrieb ihm als Antwort: ‚Zuvor sei Allah der Erhabene, gepriesen! Wisse, o Beherrscher der Gläubigen, ich kann den Bund nur unter einer Bedingung eingehen. Und wenn du fragst, so antworte ich, daß el-Haddschâdsch meine Sänfte in die Stadt führen soll, in der du weilst, und dabei soll er barfuß sein, aber die Gewänder tragen, in die er sich sonst kleidet.' Als 'Abd el-Malik diesen Brief las, lachte er laut und herzlich; dann sandte er an el-Haddschâdsch den Befehl, nach ihrem Wunsche zu handeln. Wie der das Schreiben des Kalifen gelesen hatte, fügte er sich, und ohne zu widersprechen, führte er den Befehl aus; er sandte alsbald zu Hind und hieß sie sich rüsten. Nachdem sie das getan und ihre Sänfte bereit gemacht hatte, kam el-Haddschâdsch mit seinem Gefolge vor ihre Tür. Sie stieg in die Sänfte, ihre Frauen und Diener saßen rings um sie zu Rosse, el-Haddschâdsch aber ging zu Fuß, ohne Schuhe, und hielt die Halfter des Kamels und führte es dahin des Wegs; dabei verhöhnte und verspottete und verlachte sie ihn mit ihrer Zofe und ihren Frauen. Dann sprach sie zu ihrer Zofe: ‚Zieh den Vorhang der Sänfte zurück!' Die tat es, und nun sahen sie und el-Haddschâdsch einander von Angesicht zu Angesicht. Wie sie ihn auslachte, sprach er den Vers:

> *Wenn du auch lachst, o Hind, du hast doch manche Nacht*
> *Um meinetwillen wach und klagend zugebracht.*

Doch sie erwiderte ihm mit diesen beiden Versen:

> *Was kümmert's uns – wenn nur die Seele heil geblieben –,*
> *Mag uns an Geld und Gut auch viel verloren sein!*
> *Das Geld wird bald verdient, die Ehre wird gewonnen,*
> *Ist nur der Mensch geheilt von Krankheit und von Pein.*

Und sie lachte und scherzte immer weiter, bis sie sich der Stadt des Kalifen näherte. Und als sie dort ankam, ließ sie aus ihrer Hand einen Dinar auf die Erde fallen und rief el-Haddschâdsch zu: ‚Du Kameltreiber, uns ist ein Dirhem heruntergefallen; sieh nach und gib ihn mir!' Er sah auf der Erde nach, und als er nichts anderes als einen Dinar fand, sprach er zu ihr: ‚Das ist ein Dinar.' ‚Nein,' erwiderte sie, ‚es ist ein Dirhem.' Doch er wiederholte: ‚Es ist ein Dinar.' Nun rief sie: ‚Preis sei Allah, der uns für einen wertlosen[1] Dirhem einen Dinar gegeben hat. Reiche ihn mir her!' Darüber war el-Haddschâdsch beschämt. Dann führte er sie in das Schloß des Beherrschers der Gläubigen 'Abd el-Malik ibn Marwân; und nachdem sie dort eingezogen war, blieb sie als eine Odaliske bei ihm. – –«

Da bemerkte Schehrezâd, daß der Morgen begann, und sie hielt in der verstatteten Rede an. Doch als die *Sechshundertunddreiundachtzigste Nacht* anbrach, fuhr sie also fort: »Es ist mir berichtet worden, o glücklicher König,

DIE GESCHICHTE VON CHUZAIMA IBN BISCHR
UND 'IKRIMA EL-FAIJÂD

Einst lebte in den Tagen des Beherrschers der Gläubigen Sulaimân ibn 'Abd el-Malik[2] ein Mann vom Stamme der Asad; der hieß Chuzaima ibn Bischr, und er war bekannt durch seinen Edelmut, reich gesegnet mit Geld und Gut, und freigebig und lauter gegen seine Stammesbrüder. So lebte er immerdar, bis das Geschick ihn in Not brachte; da bedurfte er der Hilfe eben

---

1. Im Arabischen ein Wortspiel; das Wort für ‚gefallen' und ‚wertlos' ist gleich. Hind will sagen, sie habe für eine geringwertige Münze (das ist: el-Haddschâdsch)nun ein Goldstück (das ist: 'Abd el-Malik) erhalten. – 2. Kalif von 715 bis 717.

jener Brüder, gegen die er freigebig und hilfreich gewesen war, und sie unterstützten ihn auch eine Weile; dann aber wurden sie seiner überdrüssig. Als er nun bemerkte, daß sie anders gegen ihn geworden waren, ging er zu seiner Frau, der Tochter seines Oheims, und sprach zu ihr: ‚Liebe Base, ich sehe, daß meine Brüder anders gegen mich sind; darum habe ich beschlossen, fortan das Haus zu hüten, bis der Tod zu mir kommt.‘ Dann verriegelte er die Tür und blieb im Hause, indem er sich von dem nährte, was er noch bei sich hatte, bis es verbraucht war und er nicht mehr wußte, was er tun sollte. Nun kannte ihn aber 'Ikrima el-Faijâd er-Raba'i, der Statthalter von Mesopotamien; und als der eines Tages in seiner Staatshalle saß, ward der Name Chuzaimas ibn Bischr genannt, und er sprach: ‚Wie steht es mit ihm?‘ Es ward ihm gesagt: ‚Ihm geht es unsagbar traurig; er hat seine Tür verriegelt und hütet das Haus.‘ Da sprach 'Ikrima el-Faijâd: ‚So ist es ihm nur wegen seines übergroßen Edelmutes ergangen. Doch wie kommt es, daß Chuzaima ibn Bischr weder Helfer noch Vergelter findet?‘ Man antwortete ihm: ‚Solche Leute hat er nicht gefunden.‘ Als es aber Nacht war, holte er viertausend Dinare und tat sie in einen Beutel; dann befahl er, sein Reittier zu satteln, verließ heimlich sein Haus und ritt fort, begleitet von einem seiner Sklaven, der das Geld trug. Und er ritt dahin, bis er sich vor der Tür Chuzaimas befand; dort nahm er dem Diener den Beutel ab und hieß ihn sich entfernen; er selbst aber trat zur Tür und klopfte an. Alsbald kam Chuzaima zu ihm heraus, und er gab ihm den Beutel, indem er sprach: ‚Bessere damit deine Lage!‘ Jener nahm den Beutel hin; aber da er bemerkte, daß er schwer war, legte er ihn aus der Hand, ergriff den Zügel des Reittieres und sprach: ‚Wer bist du? Ich gebe mein Leben für dich dahin!‘ Doch 'Ikrima erwiderte: ‚Mann, ich käme nicht um eine solche

Zeit zu dir, wenn ich wünschte, daß du mich erkenntest!' Da rief Chuzaima: ‚Ich lasse dich nicht, bis du mir kundtust, wer du bist!' ‚Ich bin Dschâbir ’Atharât el-Kirâm‘¹, erwiderte ’Ikrima; und Chuzaima bat: ‚Sag mir mehr!' ‚Nein!' sagte ’Ikrima und ritt davon. Chuzaima aber ging mit dem Beutel zu seiner Base und sprach zu ihr: ‚Freue dich! Allah hat uns rasche Hilfe und Gutes gesandt. Wenn dies auch nur Dirhems sind, so sind ihrer doch viele. Erhebe dich und mache Licht!' Doch sie antwortete: ‚Ich habe nichts, um die Lampe anzuzünden.' Nun verbrachte er die Nacht damit, daß er die Goldstücke mit den Fingern betastete, und er fühlte, daß sie dick wie Dinare waren, aber konnte nicht glauben, daß es Gold war. Derweilen kehrte ’Ikrima in sein Haus zurück und erfuhr, daß seine Frau ihn vermißt und nach ihm gefragt hatte; und als man ihr gesagt hatte, er sei ausgeritten, hatte sie das an ihm befremdlich gefunden und Argwohn gegen ihn geschöpft; und nun sagte sie: ‚Der Statthalter von Mesopotamien reitet zu so später Nachtzeit allein ohne Sklaven und heimlich vor den Seinen nur zu einer anderen Frau oder' zu einer Geliebten.' Er aber sprach zu ihr: ‚Allah weiß, daß ich zu keiner von beiden gegangen bin!' ‚So sage mir, zu welchem Zwecke du ausgegangen bist!' ‚Ich bin zu dieser Zeit gerade deshalb ausgegangen, damit niemand es wisse.' ‚Du mußt es mir dennoch kundtun!' ‚Kannst du es geheimhalten, wenn ich es dir sage?' ‚Ja, erwiderte sie; und nun erzählte er ihr alles, wie es wirklich war, und was er getan hatte, und er fügte hinzu: ‚Willst du, daß ich es dir auch noch beschwöre?' ‚Nein,' sagte sie, ‚mein Herz ist jetzt beruhigt und traut deinen Worten.'

Chuzaima aber befriedigte am nächsten Morgen seine Gläubiger und ordnete seine Lage. Dann rüstete er sich für die Reise

1. ‚Der Helfer für die Nöte der Edlen.'

zu Sulaimân ibn 'Abd el-Malik, der damals in Palästina weilte. Und als er vor dem Tore des Herrschers stand, bat er den Kammerherrn um Einlaß; der ging hinein und meldete dem Kalifen seine Ankunft. Nun war er ja berühmt wegen seiner Hochherzigkeit, und Sulaimân wußte von ihm, so daß er ihm die Erlaubnis gab, einzutreten. Nachdem dann Chuzaima hereingekommen war und den Gruß, der dem Kalifen gebührte, vor ihm gesprochen hatte, fragte Sulaimân ibn 'Abd el-Malik: ‚Chuzaima, was hat dich so lange von uns fern gehalten?‘ ‚Die Not‘, erwiderte er; und der Herrscher fuhr fort: ‚Und was hat dich gehindert, zu uns zu kommen?‘ ‚Meine Krankheit, o Beherrscher der Gläubigen!‘ ‚Und weshalb kommst du jetzt?‘ ‚Wisse, o Beherrscher der Gläubigen, ich saß einmal in meinem Hause zu später Nachtstunde; da klopfte ein Mann an die Tür, und er tat dann dasunddas‘; und so erzählte er ihm alles von Anfang bis zu Ende. Da fragte Sulaimân: ‚Kennst du den Mann?‘ ‚Nein,‘ erwiderte Chuzaima, ‚ich kenne ihn nicht, o Beherrscher der Gläubigen. Denn er gab sich nicht zu erkennen, und ich habe nichts weiter von ihm gehört als die Worte: Ich bin Dschâbir 'Atharât el-Kirâm.‘ In Sulaimân ibn 'Abd el-Malik aber entbrannte das heiße Verlangen, den Mann kennen zu lernen, und er sprach: ‚Wenn wir wüßten, wer er ist, so würden wir ihn für seinen Edelmut belohnen.‘ Dann verlieh er Chuzaima ibn Bischr die Amtsabzeichen und machte ihn zum Statthalter von Mesopotamien an Stelle von 'Ikrima el-Faijâd. So zog denn Chuzaima gen Mesopotamien, und als er dort eintraf, kam 'Ikrima ihm entgegen, und auch das Volk von Mesopotamien zog aus, um ihn zu empfangen. Die beiden begrüßten einander und ritten dann gemeinsam in die Hauptstadt ein! dort ließ Chuzaima sich im Palaste des Statthalters nieder und befahl alsbald, 'Ikrima zur Verantwortung zu ziehen und Rechenschaft von ihm zu verlangen. Bei der Abrechnung aber fand sich, daß er viel Geld schuldete. Chuzaima verlangte von ihm, es zu zahlen. Doch 'Ikrima sprach: ‚Ich habe keine Mittel, es zu tun.' Chuzaima sagte darauf: ‚Es muß aber bezahlt werden.' Und als jener wiederholte: ‚Ich habe nichts; tu, was du zu tun hast!', befahl Chuzaima, ihn in den Kerker zu werfen. – –«

Da bemerkte Schehrezâd, daß der Morgen begann, und sie hielt in der verstatteten Rede an. Doch als die *Sechshundertundvierundachtzigste Nacht* anbrach, fuhr sie also fort: »Es ist mir berichtet worden, o glücklicher König, daß Chuzaima, nachdem er befohlen hatte, 'Ikrima el-Faijâd in den Kerker zu werfen, noch zu ihm sandte, um von ihm die Bezahlung seiner Schuld zu verlangen. Der aber ließ ihm sagen: ‚Ich gehöre nicht zu denen, die ihr Geld auf Kosten ihrer Ehre bewahren; tu, was du willst!' Da befahl Chuzaima, ihm Fußeisen anzulegen und im Kerker zu behalten; einen Monat oder noch länger blieb der Gefangene dort, bis er durch die Haft schwach und krank wurde. Nun gelangte die Kunde von seiner Not zu seiner Frau, und die grämte sich sehr deswegen; und sie rief eine ihrer Freigelassenen, die einen trefflichen Verstand und reiche Erfahrung besaß, und sprach zu ihr: ‚Geh sofort zum Tore des Emirs Chuzaima ibn Bischr und sprich: ‚Ich habe einen guten Rat!' Wenn dich jemand fragt, wie er laute, antworte: ‚Ich kann ihn nur dem Emir allein sagen.' Und wenn du dann zu ihm eingetreten bist, so bitte ihn, daß er dich mit sich allein lasse! Und bist du mit ihm allein, so sprich zu ihm: ‚Was hast du da getan? Hat Dschâbir 'Atharât el-Kirâm keinen anderen Lohn von dir verdient, als daß du ihm vergaltest durch die Haft der Strenge und des Eisens Enge?' Die Frau tat, wie ihr befohlen war. Und als Chuzaima ihre Worte vernommen hatte, rief er mit lauter Stimme: ‚O wie abscheulich! War er es wirklich?' ,Ja', erwiderte sie. Da befahl er, sofort sein Reittier zu satteln, ließ die Vornehmen der Stadt rufen und sich bei ihm versammeln, begab sich mit ihnen zur Tür des Kerkers, öffnete sie und trat mit seinem Gefolge ein. Dort sahen sie 'Ikrima sitzen; kaum war seine Gestalt zu erkennen, so elend war er durch Krankheit und Schmerz geworden. Wie 'Ikrima nun Chuzaima erblickte, ließ er beschämt das Haupt zu Boden hängen; doch Chuzaima trat an ihn heran, beugte sich über sein Haupt und küßte es. Da hob jener den Kopf zu ihm empor und fragte ihn: ,Was verschafft mir jetzt dies von dir?' Chuzaima erwiderte: ,Dein edles Tun und mein schmählicher Lohn!' ,Allah vergebe mir wie dir!' sagte 'Ikrima; und Chuzaima befahl sogleich dem Kerkermeister, er solle dem Gefangenen die Fesseln abnehmen und sie ihm selber um die Füße legen. 'Ikrima fragte: ,Was willst du tun?' Und der Emir gab ihm zur Antwort: ,Ich will erdulden, was du erduldet hast.' Doch 'Ikrima bat ihn: ,Ich beschwöre dich bei Allah, tu es nicht!' Dann gingen die beiden gemeinsam hinaus zum Hause Chuzaimas, und dort wollte 'Ikrima Abschied nehmen und fortgehen; aber Chuzaima hielt ihn zurück, und als 'Ikrima ihn fragte: ,Was hast du im Sinne?' sprach er: ,Ich will deine Lage ändern: denn ich schäme mich vor deiner Gattin noch mehr als vor dir.' Dann befahl er, das Bad zu räumen, und als das geschehen war, traten beide zusammen ein; und nun versah Chuzaima selbst die Dienste des Wärters. Als sie dann wieder hinausgegangen waren, verlieh er ihm ein kostbares Ehrengewand, gab ihm ein Reittier und sandte viel Geld mit ihm. Darauf ritt er mit ihm zu seinem Hause, und nachdem er sich von ihm die Erlaubnis erwirkt hatte, daß er seine Gattin um Vergebung bitte, gewann er ihre Verzeihung. Und weiter bat er ihn, mit ihm zu Sulaimân ibn 'Abd el-Malik zu ziehen, der damals in er-Ramla lagerte, und 'Ikrima willigte darin ein. Darauf machten sie sich gemeinsam auf, und als sie das Lager des Kalifen erreichten, ging der Kammerherr hinein und meldete, Chuzaima ibn Bischr sei gekommen. Darüber erschrak der Herrscher und rief: ‚Kommt der Statthalter von Mesopotamien ohne unser Geheiß? Das kann nur einen ernsten Anlaß haben!' Er befahl, ihn hereinzuführen, und nachdem Chuzaima eingetreten war, rief Sulaimân, noch ehe jener den Gruß sprechen konnte: ‚Was bringst du, Chuzaima?' Der antwortete: ‚Gutes, o Beherrscher der Gläubigen!' ‚Was hat dich hierher geführt?' forschte der Herrscher weiter; und er fuhr fort: ‚Ich habe Dschâbir 'Atharât el-Kirâm entdeckt, und ich wollte dich durch ihn erfreuen; denn ich sah dein heißes Verlangen, ihn kennen zu lernen, und deine Sehnsucht, ihn zu schauen.' ‚Wer ist es?' fragte Sulaimân; und Chuzaima erwiderte: ‚Ikrima el-Faijâd.' Da gab der Herrscher Befehl, 'Ikrima solle näher treten, und als der es getan hatte, sprach er den Gruß, der dem Kalifen gebührt; und Sulaimân hieß ihn willkommen, und indem er ihn dicht an seinen Thron herantreten ließ, sprach er zu ihm: ‚O 'Ikrima, deine gute Tat an ihm hat dir nur Unheil gebracht'; und er fügte hinzu: ‚Schreib alles und jedes, was du brauchst und dir wünschest, auf ein Blatt!' Jener tat es, und der Kalif befahl, ihm alles sofort zu geben; ferner schenkte er ihm zehntausend Dinare mehr, als er verlangt hatte, und zwanzig Kisten Kleider mehr, als er aufgeschrieben hatte. Dann ließ er einen Speer bringen und knüpfte daran das Banner der Statthalterschaft über Mesopotamien, Armenien und Azerbaidschân und sagte: ‚Chuzaimas Schicksal steht bei dir. Wenn du willst, so laß ihn in seinem Amte; und wenn du willst, so setz ihn ab!' ‚Nein,' erwiderte 'Ikrima, ‚ich setze ihn wieder in sein Amt ein, o Beherrscher der Gläubigen.' Dann verließen ihn die beiden gemeinsam und

632

blieben die Statthalter Sulaimâns ibn 'Abd el-Malik während der ganzen Zeit seines Kalifats.

Ferner wird erzählt

DIE GESCHICHTE VON DEM SCHREIBER JÛNUS UND WALÎD IBN SAHL

Zur Zeit des Kalifen Hischâm ibn 'Abd el-Malik[1] lebte ein Mann des Namens Jûnus, der Schreiber; und der war weit berühmt. Eines Tages machte er sich auf den Weg nach Damaskus und nahm eine Sklavin mit sich, die unendlich schön und anmutig war und die an Eigenschaften alles besaß, was man von ihr nur wünschen konnte; ihr Preis aber betrug hunderttausend Dirhems. Als man sich Damaskus näherte, machte die Karawane bei einem Teiche halt; da setzte auch er sich nieder an einer der Seiten des Wassers, nahm von der Zehrung, die er bei sich hatte, und holte einen Schlauch mit Wein hervor. Während er so dasaß, kam zu ihm ein Jüngling von schönem Antlitz und vornehmem Aussehn, der auf einem braunen Rosse ritt und zwei Eunuchen bei sich hatte. Der begrüßte ihn und sprach zu ihm: ‚Willst du einen Gast aufnehmen?' ‚Gern', erwiderte Jûnus, und der Fremde ließ sich bei ihm nieder und sprach zu ihm: ‚Laß mich von deinem Weine trinken!' Nachdem Jûnus ihm zu trinken gegeben hatte, fuhr er fort: ‚Willst du uns nicht ein Lied singen?' Da sang Jûnus diesen Vers:

Sie vereint in sich an Schönheit, was kein Mensch in sich vereint;
Ihre Liebe macht mein Auge froh, auch wenn es wacht und weint.

Darüber war der Fremde hocherfreut; und Jûnus gab ihm immer wieder zu trinken, bis die Trunkenheit seiner Herr ward und er sprach: ‚Heiß deine Sklavin singen!' Und da sang sie diesen Vers:

1. Er regierte 724 bis 743.

Wiederum war der Fremde hocherfreut, und Jûnus reichte ihm
den Becher noch manches Mal. So blieben sie beieinander, bis
sie das Abendgebet sprachen. Dann fragte der Jüngling den
Schreiber: ‚Was hat dich in das Land geführt?‘ Der antwortete:
‚Die Suche nach dem, womit ich meine Schulden bezahlen und
meine Lage ordnen kann.‘ Nun fragte der Fremde ihn: ‚Willst
du mir diese Sklavin für dreißigtausend Dirhems verkaufen?‘
Jûnus erwiderte: ‚Ich habe mehr als das nötig, nächst der Gnade
Gottes.‘ Der andere fuhr fort: ‚Bist du mit vierzigtausend für
sie zufrieden?‘ Doch Jûnus sagte: ‚Damit kann ich meine Schulden bezahlen, aber dann bleiben meine Hände leer.‘ Darauf
antwortete der Fremde: ‚Ich will sie um fünfzigtausend Dirhems nehmen, und du sollst außerdem ein Gewand und die
Kosten deiner Reise erhalten und an meinem Leben teilhaben,
solange du unter uns weilst.‘ ‚Dafür verkaufe ich sie dir‘, sprach
Jûnus; und der Fremde fragte: ‚Willst du mir trauen, daß ich
dir morgen ihren Preis bringe und sie jetzt mit mir nehme,
oder soll sie bei dir bleiben, bis ich dir morgen das Geld herbei-
schaffe?‘ Nun ward Jûnus durch Trunkenheit und ängstliche
Scheu vor dem Fremden dazu verleitet, daß er sprach: ‚Ja, ich
traue dir; nimm sie hin, und Allah segne sie dir!‘ Der Fremde
aber befahl einem seiner Diener: ‚Nimm sie auf dein Tier, und
sitz du hinter ihr auf und führe sie heim!‘ Dann bestieg er selbst
sein Roß, nahm Abschied von Jûnus und ritt fort. Er war aber
nur eine kurze Weile dem Verkäufer aus den Augen entschwunden, da dachte dieser bei sich selber nach und erkannte,
daß er mit dem Verkaufe einen Fehler gemacht hatte; und er
sagte sich: ‚Was hab ich da getan, daß ich meine Sklavin einem
Manne übergeben habe, den ich nicht kenne und dessen Na-

men ich nicht einmal weiß? Und gesetzt, ich kennte ihn, wie sollte ich dann zu ihm gelangen?' So blieb er in Gedanken sitzen, bis er das Frühgebet sprach; dann zogen seine Gefährten in Damaskus ein, während er ratlos sitzen blieb, ohne zu wissen, was er tun sollte. Immer saß er so da, bis die Sonne ihn versengte und er des Wartens überdrüssig ward. Er dachte zwar daran, in die Stadt Damaskus zu gehen; doch er sagte sich: ,Wenn ich hineingehe, so bin ich nicht sicher, daß der Bote nicht hierher kommt, und dann findet er mich nicht, und ich begehe eine zweite Sünde wider mich selbst.' Darauf setzte er sich in den Schatten einer Mauer, die dort stand. Doch als der Tag sich neigte, kam plötzlich einer von den beiden Eunuchen, die bei dem Jüngling gewesen waren, auf ihn zu. Wie Jûnus den erblickte, kam große Freude über ihn, und er sprach bei sich selber: ,Ich wüßte nicht, daß ich mich je über etwas mehr gefreut hätte als jetzt über den Anblick dieses Eunuchen.' Der Ankommende sprach, als er vor ihm stand: ,Mein Gebieter, wir haben dich lange warten lassen'; aber Jûnus sagte zu ihm nichts von der Angst, die er ausgestanden hatte. Nun fragte der Eunuch ihn: ,Kennst du den Mann, der die Sklavin mitgenommen hat?' ,Nein', erwiderte Jûnus; und jener fuhr fort: ,Es ist Walîd ibn Sahl, der Thronfolger.' Und Jûnus schwieg nunmehr. Dann sprach der Eunuch: ,Wohlan, sitze auf!' Er hatte nämlich ein Reittier bei sich, und das gab er Jûnus zum Reiten. Darauf ritten die beiden fort, bis sie ein Haus erreichten und dort eintraten. Als die Sklavin ihn erblickte, eilte sie auf ihn zu und begrüßte ihn. Er aber fragte sie: ,Wie ist es dir bei dem gegangen, der dich gekauft hat?' Sie gab zur Antwort: ,Er hat mich in diesem Gemach da untergebracht und hat mir alles angewiesen, was ich nötig habe.' Nachdem er eine Weile bei ihr gesessen hatte, kam ein Diener des Hausherrn

auf ihn zu und sagte zu ihm: ‚Auf!‘ Da machte er sich auf und
begab sich mit ihm zu seinem Herrn und erkannte in ihm seinen Gastfreund vom Tage vorher, den er nun auf seinem Throne sitzen fand. Jener fragte ihn: ‚Wer bist du?‘ ‚Ich bin Jûnus
der Schreiber‘, erwiderte jener; und der Jüngling sprach: ‚Willkommen! Ich habe mich lange danach gesehnt, dich zu schauen;
denn ich habe viel von dir gehört. Wie hast du denn diese
Nacht verbracht?‘ ‚Gut; möge Allah der Erhabene dir Ruhm
geben!‘ ‚Vielleicht hast du schon bereut, was du gestern getan
hast, und dir gesagt: Ich habe meine Sklavin einem fremden
Manne übergeben, den ich nicht kenne und dessen Namen ich
nicht einmal weiß, noch auch weiß ich, von wannen er kommt?‘
‚Allah verhüte, o Emir, daß ich es bereuen sollte! Hätte ich die
Maid dem Emir geschenkt, so wäre sie die geringste der Gaben,
die ihm gebühren.‘ – –«

Da bemerkte Schehrezâd, daß der Morgen begann, und sie
hielt in der verstatteten Rede an. Doch als die *Sechshundertund-
fünfundachtzigste Nacht* anbrach, fuhr sie also fort: »Es ist mir
berichtet worden, ‘o glücklicher König, daß Jûnus der Schreiber zu el-Walîd ibn Sahl sprach: ‚Allah verhüte, daß ich es bereuen sollte! Hätte ich die Maid dem Emir geschenkt, so wäre
sie die geringste der Gaben, die ihm gebühren. Ja, diese Sklavin
ist seines hohen Standes nicht würdig.‘ Aber el-Walîd sagte:
‚Bei Allah, ich bereute schon, daß ich sie dir fortgenommen
hatte; denn ich sagte mir: Dieser Mann ist ein Fremder, der
mich nicht kennt, und ich habe ihn überrascht und habe unüberlegt gegen ihn gehandelt in meiner Eile, das Mädchen zu
erhalten. Entsinnst du dich dessen, was zwischen uns vorgegangen ist?‘ ‚Jawohl‘, erwiderte Jûnus; und er fuhr fort: ‚Verkaufst du mir also die Sklavin um fünfzigtausend Dirhems?‘
Jûnus sagte: ‚Ja‘; und el-Walîd rief: ‚Sklave, bringe das Geld!‘
636

Der brachte es und legte es vor ihm nieder. Wiederum rief er:
,Sklave, hole eintausendundfünfhundert Dinare!' und der
brachte sie. Dann sprach er: ,Dies ist der Preis für deine Sklavin; nimm ihn hin! Diese tausend Dinare sind für deine gute
Meinung von uns; und diese fünfhundert Dinare sind für die
Ausgaben der Reise und für die Geschenke, die du den Deinen
kaufst. Bist du zufrieden?' ,Ich bin zufrieden', antwortete Jûnus,
küßte ihm die Hände und sprach: ,Bei Allah, du hast mir die
Augen und die Hand und das Herz gefüllt.' Doch el-Walîd
sagte: ,Bei Allah, ich bin noch nicht mit ihr allein gewesen, und
ich habe mich auch noch nicht an ihrem Singen satt gehört.
Jetzt soll sie kommen!' Als sie dann kam, befahl er ihr, sich zu
setzen und zu singen. Da sang sie das Lied:

> Oh, die du alle Schönheit ganz in dir vereinest,
> An Herzensgüte und an Liebesanmut reich,
> Wohl ist bei Türken und Arabern manche Schönheit,
> Doch dir, mein Reh, ist von den allen keine gleich.
> Du Schöne, neige dich zu mir, dem Liebeskranken,
> Mit deiner Huld, sei's auch als Traumbild in der Nacht!
> Mir sind um deinetwillen Schmach und Schande lieblich,
> Und wohl ist meinem Auge, wenn es nächtlich wacht.
> Ich bin der erste nicht, den Lieb' zu dir betörte;
> Wie viele Männer ließen vor mir schon ihr Blut!
> Nur dich begehre ich als meinen Teil am Leben;
> Du bist mir lieber als mein Leben und mein Gut.

Darüber war el-Walîd aufs höchste entzückt, und er lobte Jûnus, daß er sie so schön erzogen und unterrichtet hatte. Dann
rief er: ,Sklave, hol ihm ein Reittier mit Sattel und Geschirr,
und ein Maultier, um sein Gut zu tragen!' und er fuhr fort:
,O Jûnus, wenn dir berichtet wird, daß die Herrschaft auf
mich übergegangen ist, so komme zu mir; und bei Allah, ich
will deine Hände mit Geld und Gut füllen; ich will dir

eine hohe Ehrenstelle verleihen und dich reich machen, solange du lebst!'

Da nahm ich – so erzählte Jûnus selber – das Geld und ging
fort. Und als das Kalifat auf ihn übergegangen war, begab
ich mich zu ihm; und bei Allah, er erfüllte mir sein Versprechen
und erwies mir hohe Ehren. So lebte ich bei ihm in aller Freude
und im höchsten Ansehen; mein Besitz wuchs ringsumher, und
meines Reichtums ward immer mehr; und ich erwarb so viele
Ländereien und Güter, daß sie mir bis zu meinem Tode genügen und auch für meine Erben nach mir genug sein werden.
Und ich blieb immerdar bei el-Walîd, bis er ermordet wurde
– Allahs des Erhabenen Gnade ruhe auf ihm!

Ferner wird erzählt

DIE GESCHICHTE VON HARÛN ER-RASCHÎD
UND DER JUNGEN BEDUININ

Der Beherrscher der Gläubigen, Harûn er-Raschîd, zog eines
Tages mit Dscha'far dem Barmekiden seines Weges einher; da
sah er eine Schar von Mädchen, die Wasser holten, und er bog
zu ihnen ab, um zu trinken. Doch gerade wandte sich eine der
Jungfrauen der anderen zu und sprach diese Verse:

> *Sag deiner Traumgestalt, sie solle weichen*
> *Von meinem Lager, wenn der Schlummer naht,*
> *Auf daß ich ruhe und die Glut erlösche,*
> *Die sich in dem Gebein entzündet hat.*
> *Ich Siecher werde hin und her geworfen*
> *Auf meinem Bette von des Leidens Hand.*
> *Du mußt doch wissen, wie es mir ergehet;*
> *Bin ich denn stets aus deiner Näh gebannt?*

Dem Kalifen gefiel ihre reine und feine Rede – –«

Da bemerkte Schehrezâd, daß der Morgen begann, und sie
hielt in der verstatteten Rede an. Doch als die *Sechshundertund-*

sechsundachtzigste Nacht anbrach, fuhr sie also fort: »Es ist mir
berichtet worden, o glücklicher König, daß dem Kalifen, als
er diese Verse aus dem Munde der Maid gehört hatte, ihre reine
und feine Rede gefiel. Und er sprach zu ihr: ›Du Tochter edler
Eltern, hast du diese Verse selber gemacht, oder hat ein anderer
sie erdacht?‹ Sie erwiderte: ›Ich habe sie selbst gemacht.‹ Da
fuhr er fort: ›Wenn deine Worte wahr sind, so bewahre den
Sinn und wechsle die Reime!‹ Und nun sprach sie:

> *Sag deiner Traumgestalt, sie solle weichen*
> *Von meinem Lager in der Schlafenszeit,*
> *Auf daß ich ruhe und die Glut erlösche,*
> *Die meinem Leibe heiße Schmerzen leiht.*
> *Ich Siecher werde hin und her geworfen*
> *Auf meinem Bette von der Hand der Pein.*
> *Du mußt doch wissen, wie es mir ergehet;*
> *Steht denn ein Kaufpreis auf der Nähe dein?*

Da sprach der Kalif: ›Das ist auch entlehnt.‹ ›Nein,‹ erwiderte
sie, ›es ist von mir.‹ Und er fuhr fort: ›Wenn es von dir ist, so
wechsle noch einmal die Reime und behalte die Worte bei!‹
Und sie hub an:

> *Sag deiner Traumgestalt, sie solle weichen*
> *Von meinem Lager in der Zeit der Ruh,*
> *Auf daß ich ruhe und die Glut erlösche,*
> *Die mir im Herzen brennet immerzu.*
> *Ich Siecher werde hin und her geworfen*
> *Auf meinem Bette von der Hand der Qual.*
> *Du mußt doch wissen, wie es mir ergehet;*
> *Steht denn vor deiner Näh ein Trennungsmal?*

Und wieder sprach der Kalif zu ihr: ›Auch das ist entlehnt.‹
›Nein,‹ erwiderte sie, ›es ist von mir.‹ Darauf sagte er: ›Wenn
es von dir ist, so wechsle von neuem die Reime und behalte
die Worte bei.‹ So sprach sie denn:

Sag deiner Traumgestalt, sie solle weichen
Von meinem Lager in der stillen Nacht,
Auf daß ich ruhe und die Glut erlösche,
Die unter meinen Rippen sich entfacht.
Ich Siecher werde hin und her geworfen
Auf meinem Bette von der Hand der Zähren.
Du mußt doch wissen, wie es mir ergehet;
Wirst du mir nimmer deine Näh gewähren?[1]

Nun fragte der Beherrscher der Gläubigen sie: ‚Aus welchem
Teile des Zeltlagers bist du?‘ Sie antwortete: ‚Aus dem mittel-
sten Zelte, mit den höchsten Pfählen.‘ Daran erkannte er, daß
sie die Tochter des Stammeshäuptlings war. ‚Und du,‘ fragte
sie darauf ihn, ‚von welchen unter den Rossehirten bist du?‘ Er
sprach: ‚Von dem höchsten in der Bäume Flucht und dem
reifsten an Frucht.‘ Da küßte sie den Boden und rief: ‚Allah
stärke dich, o Beherrscher der Gläubigen!‘ und rief Segen auf
sein Haupt herab; dann ging sie mit den Töchtern der Araber
fort. Der Kalif aber sprach zu Dscha'far: ‚Ich muß mich mit
ihr vermählen.‘ Darauf begab der Wesir sich zu ihrem Vater
und sprach zu ihm: ‚Der Beherrscher der Gläubigen begehrt
deine Tochter.‘ ‚Herzlich gern,‘ erwiderte jener, ‚sie sei als
Magd Seiner Hoheit, unserem Herrn, dem Beherrscher der
Gläubigen, geschenkt!‘ Dann stattete er sie aus und führte sie
dem Kalifen zu; und der nahm sie zur Gemahlin und ging zu
ihr ein, und sie ward ihm die liebste unter seinen Frauen. Ihrem
Vater aber gab er reiche Geschenke, die ihm unter den Arabern
Ansehen verliehen. Als nach einiger Zeit ihr Vater zur Barmherzigkeit Allahs des Erhabenen entrückt ward und die Kunde
davon den Kalifen erreicht hatte, ging er betrübt zu ihr. Und
wie sie ihn in seiner Betrübnis kommen sah, trat sie alsbald in

1. Im Arabischen sind diese vier Gedichte genau gleich mit Ausnahme der
Reimwörter; dies konnte im Deutschen nicht ganz nachgeahmt werden.

ihr Gemach, legte alle prächtigen Kleider ab, die sie trug, zog Trauergewänder an und erhob die Totenklage um ihren Vater. Als man sie fragte: ‚Warum tust du das?' antwortete sie: ‚Mein Vater ist gestorben.' Da gingen die Diener zum Kalifen und meldeten es ihm. Und er ging alsbald zu ihr und fragte sie: ‚Wer hat dir diese Kunde gebracht?' ‚Dein Antlitz, o Beherrscher der Gläubigen', erwiderte sie; und als er dann weiter fragte: ‚Wieso?' fuhr sie fort: ‚Seitdem ich bei dir weile, habe ich dich noch nie so gesehen wie diesmal, und um niemanden war ich mehr besorgt als um meinen Vater, da er hochbetagt war. Dein Haupt möge leben, o Beherrscher der Gläubigen!' Da rannen ihm die Tränen aus den Augen, und er tröstete sie in ihrem Schmerze. Eine lange Weile trauerte sie um ihren Vater, dann folgte sie ihm nach – Allah habe sie beide selig!

Ferner wird erzählt

DIE GESCHICHTE VON EL-ASMA'I
UND DEN DREI MÄDCHEN VON BASRA

Der Beherrscher der Gläubigen, Harûn er-Raschîd, ward eines Nachts von arger Schlaflosigkeit geplagt; da erhob er sich von seinem Lager und ging von Gemach zu Gemach, aber die Unruhe in seinem Innern ward immer größer. Als es Morgen ward, sprach er: ‚Holt mir el-Asma'i!'[1] Und der Eunuch eilte zu den Türhütern und sprach: ‚Der Beherrscher der Gläubigen läßt euch sagen, ihr sollet nach el-Asma'i senden.' Als jener dann herbeigeholt war und der Kalif die Kunde davon vernommen hatte, befahl er, ihn einzulassen, und er ließ ihn an seiner Seite sitzen und hieß ihn willkommen. Dann hub er an: ‚O

---

1. Ein Sprachgelehrter und Schöngeist aus Basra, der im 8. Jahrhundert am Hof Harûn er-Raschîds in den literarischen Unterhaltungen eine führende Rolle spielte.

Asma'i, ich wünsche, daß du mir das Schönste erzählst, was du an Geschichten über die Frauen und von ihren Versen gehört hast.' ,Ich höre und gehorche!' erwiderte jener; ,ich habe vieles gehört, aber nichts hat mir so gefallen wie drei Verse aus dem Munde dreier Jungfrauen.' – –«

Da bemerkte Schehrezâd, daß der Morgen begann, und sie hielt in der verstatteten Rede an. Doch als die *Sechshundertund-siebenundachtzigste Nacht* anbrach, fuhr sie also fort: »Es ist mir berichtet worden, o glücklicher König, daß el-Asma'i zum Beherrscher der Gläubigen sprach: ,Ich habe vieles gehört, aber nichts hat mir so sehr gefallen wie drei Verse aus dem Munde dreier Jungfrauen.' ,Erzähl mir von ihnen!' befahl der Kalif; und nun berichtete el-Asma'i: ,Wisse, o Beherrscher der Gläu-bigen, ich lebte einmal ein Jahr wieder in Basra; und da litt ich eines Tages schwer unter der Mittagshitze. Ich suchte nach einem Platze, um im Schatten zu ruhen, aber ich fand keinen. Und wie ich so nach rechts und links schaute, sah ich plötzlich eine überdachte Halle, die gefegt und gesprengt war. Darin befand sich eine hölzerne Bank unter einem geöffneten Fenster, aus dem der Duft von Moschus hervorströmte. Ich trat in die Halle ein, ließ mich auf die Bank nieder und wollte mich ge-rade zur Ruhe ausstrecken, als ich die liebliche Stimme einer Maid vernahm. Die sprach: ,Ihr meine Schwestern, wir sitzen hier heute, um uns fröhlich zu unterhalten. Kommt, laßt uns dreihundert Dinare niederlegen; dann soll eine jede von uns einen Vers sprechen, und wer von uns den schönsten und lieb-lichsten Vers vorträgt, der sollen die dreihundert Dinare gehö-ren.' ,Herzlich gern!' sagten die anderen; und nun sprach die älteste einen Vers, der also lautete:

> Ich wäre froh, käm er im Schlafe an mein Lager;
> Doch froher wär ich noch, käm er zu mir im Wachen.

Darauf hub die zweite an, und ihr Vers lautete:

> *Ach, seine Traumgestalt kam nur zu mir im Schlafe;*
> *Da sagte ich: Willkommen, tausendmal willkommen!*

Und der Vers, den die jüngste sprach, lautete:

> *Mein Leben und mein Volk ihm, den ich alle Nächte,*
> *Noch süßer duftend als der Moschus, bei mir sehe!*

Da sagte ich: ‚Wenn diesem schönen Gedicht auch Schönheit des Leibes entspricht, so ist hier etwas, um das sich der Kranz der Vollkommenheit flicht!' Dann stieg ich von der Bank hinab und wandte mich zum Gehen; doch da tat sich die Tür auf, und eine Sklavin kam heraus und sprach zu mir: ‚Bleib sitzen, Alterchen!' Ich setzte mich also wieder auf die Bank nieder; und sie reichte mir einen Brief, der in einer sehr schönen Handschrift mit aufrechten Alifs, bauchigen Hâs und wohlgerundeten Wâws[1] geschrieben war, des Inhalts: ‚Wir tun dem Scheich – Allah gebe ihm ein langes Leben! – zu wissen, daß wir drei jugendliche Schwestern sind, die in fröhlicher Unterhaltung beieinander sitzen. Nun haben wir dreihundert Dinare hinterlegt und die Abrede getroffen, der, die den lieblichsten und schönsten Vers sagt, die ganzen dreihundert zu geben. Dich haben wir zum Schiedsrichter darüber ernannt; so entscheide, wie Du es für recht befindest, und Friede sei mit Dir!' Da sprach ich zur Dienerin: ‚Bring mir Tintenkapsel und Papier!' Sie blieb eine kurze Weile fort und brachte mir dann eine versilberte Tintenkapsel und vergoldete Schreibfedern. Da schrieb ich diese Verse:

> *Ich künde von drei Schönen, die sich unterhielten,*
> *Gleichwie der Mann wohl spricht, der klug ist und erfahren,*

1. Alif, der erste Buchstabe des arabischen Alphabets, ist eine senkrechte Linie; Hâ (h) und Wâw (w) stehen am Ende des Alphabets; Hâ besteht aus einer Schlinge mit einem Ansatz, Wâw aus einem runden Kopfe mit einer runden Linie.

Drei Schönen, die dem jungen Morgen gleich erstrahlten
Und dem gequälten Herz ein Quell der Sehnsucht waren.
Sie weilten ganz allein, von allen abgewendet;
Und auch die Späheraugen sahen nichts, die vielen.
Sie taten kund, was sie im Innersten verbargen,
Und wählten dann das Lied zum Scherzen und zum Spielen.
Da sprach die eine traut, doch hochgemut und würdig,
Und ließ der Zähne Glanz bei süßer Rede lachen:
,Ich wäre froh, käm er im Schlafe an mein Lager,
Doch froher wär ich noch, käm er zu mir im Wachen.'
Und als beendet war, was sie durch Lächeln zierte,
Hab ich der zweiten seufzend holdes Wort vernommen:
,Ach, nur als Traumgestalt kam er zu mir im Schlafe;
Da sagte ich: Willkommen, tausendmal willkommen!'
Und nun hub wahrlich schön die jüngste an zu sprechen
Mit einer Stimme voll von zartem Liebeswehe:
,Mein Leben und mein Volk ihm, den ich alle Nächte,
Noch süßer duftend als der Moschus, bei mir sehe!'
Als ich, was sie gesagt, erwog und sich mein Urteil
Entschied, ließ ich zum Spott dem Weisen keinen Grund;
Den Dichterpreis gab ich der jüngsten unter ihnen,
Dieweil der Wahrheit doch ihr Vers am nächsten stund.

Darauf übergab ich den Brief der Dienerin; und als sie zum
Söller hinaufgegangen war, hörte ich plötzlich von dort Tanzen und Händeklatschen, ja, einen Höllenlärm. Da sagte ich:
,Hier ist meines Bleibens nicht länger', stieg von der Bank hinab und wandte mich zum Gehen. Aber die Dienerin rief mir
auf einmal zu: ,Bleib sitzen, o Asma'i!' Ich fragte: ,Wer hat
dir kundgetan, daß ich el-Asma'i bin?' Und sie erwiderte: ,O
Scheich, ward uns dein Name auch nicht genannt, so war deine
Dichtkunst uns doch bekannt.' Ich setzte mich also wieder;
und alsbald tat die Tür sich auf, und die Maid, die den Preis gewonnen hatte, trat heraus, mit einer Schale voll Früchten und
einer anderen voll Süßigkeiten. Ich aß von der Frucht und

kostete von dem süßen Gebäck, dankte ihr für ihre Güte und wandte mich zum Gehen. Doch die Maid rief: ‚Bleib sitzen, o Asma'i!‘ Nun hob ich meinen Blick zu ihr empor, und da sah ich eine rosige Hand in einem safranfarbenen Ärmel, und ich vermeinte der Vollmond ginge hinter dem Gewölke auf. Sie aber warf mir einen Beutel zu, in dem dreihundert Dinare waren, und sprach: ‚Der gehört mir; aber ich schenke ihn dir zum Lohn für deinen Schiedsspruch.‘

Nun fragte ihn der Kalif: ‚Warum entschiedest du dich für die jüngst?‘ ‚O Beherrscher der Gläubigen,‘ erwiderte el-Asma'i, ‚Allah schenke dir ein langes Leben! Die Älteste sprach: ‚Ich wäre froh, wenn er im Schlafe an mein Lager käme.‘ Das ist beschränkt und an eine Bedingung geknüpft, die sich erfüllen oder nicht erfüllen mag. Zu der zweiten kam ein Traumbild im Schlafe, und sie hieß es willkommen. Doch im Verse der jüngsten ward gesagt, daß sie wirklich an der Seite ihres Geliebten geruht und seinen Hauch verspürt hat, der ihr süßer als Moschus duftete, und daß sie ihr Leben und ihr Volk für ihn dahingeben wollte. Und das Leben wird nur für den dahingegeben, der uns noch teurer ist.‘ Da sagte der Kalif: ‚Du hast recht getan, o Asma'i‘, und gab ihm desgleichen dreihundert Dinare als Lohn für seine Erzählung.

Ferner wird erzählt

DIE GESCHICHTE VON IBRAHÎM EL-MAUSILI UND DEM TEUFEL

Abu Ishâk Ibrahîm el-Mausili berichtete: Einst bat ich Harûn er-Raschîd, mir einen Tag Urlaub zu geben um mit den Meinen und mit meinen Freunden allein zu sein; und er gab mir den Urlaub für den Samstag. Da begab ich mich in meine

Wohnung, und ich begann, Speise und Trank und alles, was ich sonst noch brauchte, bereit zu machen; den Türhütern hatte ich Befehl gegeben, die Türen zu verschließen und niemanden zu mir hereinzulassen. Während ich nun, umgeben von den Frauen, in meinem Gemache saß, erschien plötzlich ein alter Mann von würdevoller und schöner Gestalt, in weißen Kleidern und einem Untergewande aus feinem Stoffe; auf dem Kopfe trug er den Turban eines Gelehrten, in der Hand hielt er einen Stab mit silbernem Griffe, und zarte Wohlgerüche strömten von ihm aus, die Haus und Vorhalle erfüllten. Heftiger Grimm kam über mich, als er zu mir hereinkam, und ich wollte schon die Türhüter fortjagen. Doch der Fremde grüßte mich in vornehmster Weise, so daß ich ihm den Gruß zurückgab und ihn bat, sich zu setzen. Da setzte er sich und begann mich mit Geschichten von den Arabern und mit ihren Gedichten zu unterhalten, bis der Groll schwand, der mich erfüllt hatte; ja, ich glaubte sogar, meine Diener hätten mir eine Freude machen wollen, indem sie einen Mann von so feiner Bildung und Lebensart, wie er es war, zu mir hereinließen. Dann fragte ich ihn: ‚Wünschest du zu speisen?‘ ‚Ich trage kein Verlangen danach‘, erwiderte er. Und als ich ihn weiter fragte: ‚Vielleicht zu trinken?‘ gab er zur Antwort: ‚Nach deinem Belieben!‘ Darauf trank ich ein Maß Wein und gab ihm das gleiche zu trinken. Nun hub er an: ‚Abu Ishâk, willst du uns nicht etwas vorsingen, auf daß wir etwas von deiner Kunst hören, durch die du hoch und niedrig übertriffst?‘ Seine Worte erzürnten mich; dennoch überwand ich meinen Ärger, griff zur Laute, schlug sie und sang. Da rief er: ‚Vortrefflich, Abu Ishâk!‘ Nun ward ich – so berichtete Ibrahîm – noch zorniger und sagte zu mir selber: ‚Ist es ihm nicht genug, daß er ohne Erlaubnis bei mir eingetreten ist und mich belästigt? Muß er

646

mich auch noch bei Namen nennen, als wüßte er nicht, wie man mich höflich[1] anredet?' Doch er fuhr fort: ‚Willst du noch etwas singen, auf daß wir es dir vergelten?' Ich fügte mich in die Notlage, nahm die Laute und sang; und ich gab mir viel Mühe beim Singen und verwendete die größte Sorgfalt darauf, weil er ja gesagt hatte: ‚Auf daß wir es dir vergelten.' – –«

Da bemerkte Schehrezâd, daß der Morgen begann, und sie hielt in der verstatteten Rede an. Doch als die *Sechshundertund-achtundachtzigste Nacht* anbrach, fuhr sie also fort: »Es ist mir berichtet worden, o glücklicher König, daß Abu Ishâk erzählte: Nachdem der Alte zu mir gesagt hatte: ‚Willst du noch etwas singen, auf daß wir es dir vergelten?' fügte ich mich in die Notlage, nahm die Laute und sang; und ich gab mir viel Mühe beim Singen und verwandte die größte Sorgfalt darauf, weil er ja gesagt hatte: ‚Auf daß wir es dir vergelten.' Er war ent-zückt und rief nun: ‚Vortrefflich, mein Herr!' Dann fragte er: ‚Erlaubst du auch mir, zu singen?' ‚Wie du willst!' erwiderte ich; denn ich hielt ihn für schwach von Verstand, dieweil er in meiner Gegenwart singen wollte, nachdem er zuvor mich an-gehört hatte. Er nahm die Laute und glitt über die Saiten da-hin, so daß ich, bei Allah, vermeinte, die Laute selbst rede in arabischen Worten voll Feinheit mit einer Stimme von lieb-licher Reinheit; dann hub er an diese Verse zu singen:

> Ich hab ein wundes Herz. Wer will es mir vertauschen
> Mit einem andren, frei von Wunden und von Schmerz?
> Doch weigert sich ein jeder, es mir abzukaufen –
> Wer kauft denn auch ein krankes für ein heiles Herz?
> Ich stöhn vor Liebesqual, die in dem Herzen mein:
> So stöhnt und schluchzet, wer verwundet ist vom Wein!

1. Als Fremder hätte er ihn mit ‚mein Herr' anreden sollen.

Bei Gott, mir war – so erzählte Abu Ishâk –, als ob die Türen und die Wände und alles, was im Hause war, ihm antworteten und mit ihm sängen; so schön war seine Stimme. Ja, mich dünkte schließlich, daß ich meine Glieder und meine Kleider ihm antworten hörte. Und so saß ich ganz verstört da; denn in der Aufregung meines Herzens konnte ich weder reden noch mich rühren. Darauf sang er diese Verse:

> *Ihr Turteltauben dort am Hange, zieht von dannen!*
> *Denn eure Stimmen machen, daß ich Trübes ahn'. –*
> *Sie wandten waldwärts sich und raubten fast mein Leben,*
> *Fast hätt' ich mein Geheimnis ihnen kundgetan.*
> *Sie riefen einen Fernen, gurrend gleich als wären*
> *Sie weinestrunken oder in des Wahnsinns Bann.*
> *Nie sah mein Auge solche Tauben; denn sie weinten,*
> *Obgleich aus ihren Augen keine Träne rann.*

Dann sang er noch diese Verse:

> *O Zephir aus dem Nedschd[1], wann bist du dort erwacht?*
> *Dein nächtlich Kommen hat mir Qual auf Qual gebracht!*
> *Am hellen Morgen klang der zarte Ruf der Taube*
> *Auf dem Geäst der Weide und im Myrtenlaube.*
> *Sie weinte wie der Jüngling, der vor Liebe weint;*
> *Und Leid, wie ich's nie klag, war in dem Ruf vereint.*
> *Man sagt, wer liebt, wird müde, wenn er nahe weilt,*
> *Und daß die Ferne wohl von Liebesschmerzen heilt.*
> *Ach, ich erprobte beides – Heilung fand ich nimmer;*
> *Allein von Näh und Ferne ist das Fernsein schlimmer.*
> *Doch auch die Nähe kann von keinem Nutzen sein,*
> *Erwidert der Geliebte nicht die Liebe dein.[2]*

1. Nedschd ist das innerarabische Hochland, die Heimat der arabischen Dichtkunst. – 2. Die Verse des Sängers sind nicht von überwältigender Schönheit; ihre Wirkung auf die Hörer müßte also der Melodie und dem Lautenspiel zugeschrieben werden. Dergleichen kann man auch heute im Orient beobachten.

Dann fuhr er fort: ‚Ibrahîm, sing dies Lied, das du gehört hast, indem du seine Weise bei deinem Singen beibehältst, und lehre es deinen Sklavinnen!‘ Ich bat: ‚Wiederhole es mir!‘ Doch der antwortete: ‚Du bedarfst keiner Wiederholung; du hast es schon behalten und kennst es genau.‘ Da plötzlich verschwand er vor meinen Augen. Ganz bestürzt eilte ich zum Schwerte und zog es, lief zur Tür des Harems und fand sie verschlossen. Nun fragte ich die Frauen: ‚Was habt ihr gehört?‘ Sie erwiderten: ‚Wir haben den lieblichsten und schönsten Gesang vernommen!‘ Ich war ratlos; als ich dann zur Haustür ging und auch die verschlossen fand, fragte ich die Türhüter nach dem Alten; die aber sagten: ‚Welcher Alte? Bei Allah, zu dir ist heute niemand hereingekommen!‘ Da ging ich zurück, indem ich über das Ganze nachdachte. Plötzlich jedoch kam eine Stimme aus einer Ecke des Hauses: ‚Sei unbesorgt, Abu Ishâk, ich bin Abu Murra.[1] Heute bin ich dein Zechgenoß gewesen; fürchte dich nicht!‘ Darauf ritt ich zu Harûn er-Raschîd, und nachdem ich ihm alles erzählt hatte, sprach er: ‚Wiederhole die Weisen, die du von ihm behalten hast!‘ Ich nahm die Laute und spielte; und siehe, ich hatte sie alle fest im Gedächtnis behalten. Davon war der Kalif so entzückt, daß er bei ihrem Vortrage zu trinken begann, obgleich er sonst nicht dem Weine ergeben war; ja, er sagte sogar: ‚Ich wollte, er würde uns einmal einen Tag lang durch seine Gegenwart erfreuen, so wie er dich erfreut hat!‘ Dann wies er mir ein Geschenk an, und ich nahm es und ging meiner Wege.

Ferner wird erzählt

---

1. Ein Beiname des Teufels; zur Zeit Mohammeds soll der Teufel einmal unter diesem Namen aufgetreten sein.

Masrûr der Eunuch berichtete: Eines Nachts ward der Beherrscher der Gläubigen Harûn er-Raschîd von arger Schlaflosigkeit geplagt. Da sprach er zu mir: ‚Masrûr, wer von den Dichtern ist an der Tür?' Ich ging in die Vorhalle hinaus und fand
dort Dschamîl ibn Ma'mar vom Stamme 'Udhra, und ich
sagte zu ihm: ‚Folge dem Rufe des Beherrschers der Gläubigen!' ‚Ich höre und gehorche!' erwiderte jener; dann ging ich
mit ihm hinein, und als er vor dem Kalifen stand, grüßte er
ihn mit dem Gruße, der dem Herrscher gebührt. Der erwiderte
den Gruß und hieß ihn sich setzen; dann fragte er: ‚Dschamîl,
kannst du uns etwas von seltsamen Begebenheiten erzählen?'
Der Dichter antwortete: ‚Jawohl, o Beherrscher der Gläubigen! Was ist dir lieber, etwas, das ich selbst mit eigenen Augen
gesehen habe, oder etwas, das ich gehört und behalten habe?'
Der Kalif befahl: ‚Erzähle mir, was du mit eigenen Augen gesehen hast!' ‚Jawohl, o Beherrscher der Gläubigen,' sprach
Dschamîl, ‚neige mir dein Herz und leihe mir dein Ohr!' Darauf nahm der Kalif ein Polster aus rotem Brokat, das mit Gold
bestickt und mit Straußenfedern gefüllt war; das legte er unter
seine Schenkel, und indem er seine Ellenbogen aufstützte,
sprach er: ‚Erzähl deine Geschichte, Dschamîl!' Und der hub
an: ‚Wisse, o Beherrscher der Gläubigen, ich war einmal von
heißer Liebe zu einer Jungfrau erfüllt, und ich pflegte sie oft zu
besuchen.' – –«

Da bemerkte Schehrezâd, daß der Morgen begann, und sie
hielt in der verstatteten Rede an. Doch als die *Sechshundertund-
neunundachtzigste Nacht* anbrach, fuhr sie also fort: »Es ist mir

1. Vgl. Band II, Seite 33, Anmerkung 1.

berichtet worden, o glücklicher König, daß der Beherrscher der Gläubigen, nachdem er sich auf ein Kissen von Brokat gestützt hatte, sprach: ,Erzähl deine Geschichte, Dschamîl!' Und der hub an: ,Wisse, o Beherrscher der Gläubigen, ich war einmal von heißer Liebe zu einer Jungfrau erfüllt, und ich pflegte sie oft zu besuchen; denn sie war mein Wunsch und mein Begehr in dieser Welt. Nach einer Weile aber zog ihr Stamm mit ihr davon, weil die Weide karg wurde, und so sah ich sie eine Zeitlang nicht mehr. Doch die Sehnsucht ließ mich nicht ruhen und zog mich zu ihr hin, und mein Geist trieb mich an, zu ihr zu reisen. Und als eines Nachts die Sehnsucht nach ihr an mir rüttelte, erhob ich mich, sattelte meine Kamelin, band mir den Turban ums Haupt und legte meine Lumpen an. Dann gürtete ich mich mit meinem Schwerte, hängte mir meine Lanze um, bestieg meine Kamelin und zog aus, auf der Suche nach der Maid; und ich ritt rasch dahin. Eines Nachts nun zog ich meines Weges, und es war eine finstere, pechschwarze Nacht; dennoch ritt ich mühsam hinab in die Täler und hinauf zu den Bergen, während ich das Gebrüll der Löwen und das Heulen der Wölfe und das Schreien der andren wilden Tiere auf allen Seiten hörte. Da ward mein Verstand wirre und mein Herz irre; meine Zunge aber hörte nicht auf, den Namen Allahs des Erhabenen anzurufen. Und wie ich in solcher Not dahinzog, übermannte mich plötzlich der Schlaf, und die Kamelin ging mit mir abseits von dem Wege, den ich eingeschlagen hatte. Mitten im Schlafe nun schlug mir auf einmal etwas an den Kopf, so daß ich ganz erschrocken aufwachte. Und da sah ich Bäche und Bäume, auf deren Zweigen die Vöglein ihre vielerlei Weisen und Lieder sangen; die Bäume jener Wiese aber verstrickten sich ineinander, und so stieg ich ab und führte meine Kamelin am Halfter. Vorsichtig suchte ich

einen Ausweg, bis ich aus dem Dickicht ins offene Land hinaus-
kam. Dort brachte ich den Sattel in Ordnung und saß wieder
auf; doch ich wußte nicht, wohin ich mich wenden sollte,
noch an welche Stätte mich das Schicksal führen wollte. Wie
ich aber meine Blicke über jene Steppe schweifen ließ, entdeckte ich mir gegenüber in der Ferne ein Feuer. Ich spornte
meine Kamelin an und ritt darauf zu. Und wie ich nahe an das
Feuer herankam und mich umschaute, entdeckte ich ein auf-
geschlagenes Zelt, vor dem ein Speer mit einem flatternden
Fähnchen in den Boden gesteckt war; Pferde standen dort umher, und Kamele weideten. Da sagte ich mir: ‚Mit diesem
Zelte muß es wohl eine gewichtige Bewandtnis haben, da ich es
so allein hier in der Wüste stehen sehe.‘ Dann trat ich hinzu
und rief: ‚Friede sei mit euch, ihr Bewohner des Zeltes, und
die Gnade und der Segen Allahs!‘ Alsbald trat zu mir ein Jüngling heraus, der zu den Neunzehnjährigen gehören mochte,
schön wie der volle Mond, wenn er am Himmel aufgeht, ein
Held, dem die Tapferkeit aus den Augen leuchtete. Der sprach:
‚Auch über dir sei Friede und die Gnade und der Segen Allahs,
o Bruder Araber! Mich dünkt, du bist vom Wege abgeirrt.‘
‚So ist es,‘ erwiderte ich, ‚führe du mich auf den rechten Weg,
so wird Allah sich deiner erbarmen!‘ Doch er fuhr fort: ‚Bruder Araber, schau, unser Land hier ist reich an wilden Tieren,
und diese Nacht ist düster und unheimlich, voll Finsternis und
Kälte; deshalb bin ich um dich besorgt, die wilden Tiere könnten dich zerreißen. So steige denn ab bei mir in Ruhe und
Muße; und wenn der Morgen graut, will ich dir den Weg
zeigen.‘ Da stieg ich von meiner Kamelin herunter und fesselte
ihr mit dem Ende der Halfter den Fuß[1]; die Oberkleider, die

1. Ein Vorderfuß des Kamels wird umgebogen und an den Schenkel
gebunden, so daß es auf drei Beinen steht und nicht fortlaufen kann.

ich trug, legte ich ab, und nachdem ich es so mir leicht gemacht hatte, setzte ich mich eine Weile nieder. Der Jüngling
aber holte ein Schaf und schlachtete es, zündete ein Feuer an
und entfachte es; dann ging er ins Zelt, holte seine Spezereien
und treffliches Salz, schnitt Stücke von dem Fleisch ab und
röstete sie. Die gab er mir zu essen, indem er bald seufzte und
bald weinte. Zuletzt aber tat er einen tiefen Seufzer, weinte
bitterlich und hub an diese Verse zu sprechen:

> Jetzt blieb ihm nichts als ein fliehender Hauch,
> Ein Aug, dessen Stern vom Irrsinn gebannt;
> Ihm blieb in den Gliedern nicht Ein Gelenk,
> Wo zehrende Sucht keine Stätte fand.
> Ihm rinnen die Tränen, sein armes Herz
> Verbrennet im Feuer, und dennoch er schweigt.
> Es weinen die Feinde aus Mitleid mit ihm –
> Weh ihm, dem ein Feind gar noch Mitleiden zeigt!

Daran erkannte ich – so fuhr Dschamîl fort –, o Beherrscher
der Gläubigen, daß der Jüngling ein verstörter Liebender war –,
ach, die Liebe kennt nur, wer selbst ihren Geschmack gekostet
hat! Und ich sagte mir: ‚Soll ich ihn fragen?‘ Dann aber bedachte ich mich und sagte mir weiter: ‚Wie kann ich mit Fragen auf ihn einstürmen, da ich ein Gast in seinem Zelte bin?‘
So hielt ich mich zurück und aß von dem Fleische, bis ich gesättigt war. Als wir unser Mahl beendet hatten, trat er ins Zelt
und holte ein sauberes Becken, eine schöne Kanne und ein seidenes Tuch, dessen Enden mit rotem Golde bestickt waren,
ferner auch ein Sprengfläschchen voll Rosenwasser, das mit
Moschus gemischt war. Ich staunte über seine Vornehmheit
und feine Lebensweise und sprach in meiner Seele: ‚Ich wußte
bisher noch nichts von üppiger Lebensweise in der Wüste.‘
Dann wuschen wir uns die Hände und plauderten eine Weile
miteinander; schließlich ging er wieder ins Zelt und spannte

ein Stück roten Brokats auf als Scheidewand zwischen uns und sprach: ,Tritt ein, Araberfürst, und ruhe dich aus; denn du hast heute nacht und auf dieser deiner Reise Mühen und Beschwerden im Übermaß erduldet!' Ich trat also ein, und da ich ein Bett aus grünem Brokat fand, so legte ich meine Kleider ab und hatte dort eine Nachtruhe so schön, wie ich sie noch nie in meinem Leben gehabt hatte.' – –«

Da bemerkte Schehrezâd, daß der Morgen begann, und sie hielt in der verstatteten Rede an. Doch als die *Sechshundertundneunzigste Nacht* anbrach, fuhr sie also fort: »Es ist mir berichtet worden, o glücklicher König, daß Dschamîl des weiteren erzählte: ,Und ich hatte eine Nachtruhe so schön, wie ich sie noch nie in meinem Leben gehabt hatte; doch ich machte mir Gedanken über das Schicksal dieses Jünglings. Als es dann tiefe Nacht geworden war und aller Augen schliefen, vernahm ich plötzlich eine leise Stimme, so zart und fein, wie ich sie noch nie gehört hatte. Da hob ich den Vorhang, der zwischen uns aufgespannt war, und erblickte eine junge Frau, die schönste von Angesicht, die ich je gesehen hatte; sie saß an seiner Seite, und beide weinten und klagten über den Schmerz der Leidenschaft und über der Liebe zehrende Kraft und ihre unendliche Sehnsucht nach der Vereinigung. Ich sprach: ,Gottes Wunder! Wer mag diese zweite Gestalt sein? Als ich in dies Zelt trat, habe ich niemand anders darin gesehen als diesen Jüngling; da war doch niemand bei ihm!' Und dann sagte ich mir: ,Das ist sicher eine von den Töchtern der Geister, die diesen Jüngling liebt; und die beiden haben sich miteinander an dieser einsamen Stelle abgeschlossen.' Wie ich aber genauer hinschaute, war sie doch ein Menschenkind, eine Araberin; und als sie den Schleier von ihrem Antlitz hob, beschämte sie gar die leuchtende Sonne; denn das ganze Zelt ward hell durch das Licht ihrer Stirn.

654

Nachdem ich jedoch die Gewißheit gewonnen hatte, daß sie seine Geliebte sein müsse, gedachte ich der Eifersucht der Liebenden; und so ließ ich den Vorhang wieder fallen, bedeckte mein Gesicht und schlief ein. Als es dann Morgen ward, legte ich mein Gewand an, vollzog die religiöse Waschung für das Gebet und sprach all die Gebete, zu denen ich noch verpflichtet war.[1] Dann sprach ich zu ihm: ‚Bruder Araber, willst du mich jetzt auf den rechten Weg führen und deine Güte gegen mich vollkommen machen?‘ Er schaute mich an und sprach: ‚Gemach, o Araberfürst, das Gastrecht währt drei Tage, und ich bin nicht der Mann, dich vor Ablauf dieser Frist ziehen zu lassen.‘ Da blieb ich – so erzählte Dschamîl – drei Tage lang bei ihm; und als wir am vierten Tage uns noch niedersetzten, um ein wenig zu plaudern, hub ich an und fragte ihn nach seinem Namen und seiner Herkunft. Und er gab zur Antwort: ‚Ich stamme von den Banû 'Udhra, mein Name ist Soundso, Sohn des Soundso, und meines Vaters Bruder heißt Soundso.‘ Und siehe da, o Beherrscher der Gläubigen, er war mein Vetter von Vaters Seite, und er gehörte zum vornehmsten Hause der Banû 'Udhra! Nun fragte ich ihn: ‚Sohn meines Oheims, was trieb dich dazu, dich so einsam in diese Wüste zurückzuziehen, wo ich dich jetzt sehe? Wie konntest du deinen Reichtum und den Reichtum deiner Väter aufgeben? Wie konntest du deine Knechte und Mägde verlassen und ganz allein an dieser Stätte dein Zelt aufschlagen?‘ Als er diese Worte von mir vernahm, o Beherrscher der Gläubigen, flossen ihm die Augen von bitteren Tränen über; und er sprach: ‚O Sohn meines Oheims, ich war in heißer Liebe zu meiner Base entbrannt, ja, die verzehrende Leidenschaft zu ihr machte mich irre und wirre, und

1. Während einer Reise können die pflichtmäßigen Gebete abgekürzt oder auf später verschoben werden.

ich konnte es nicht ertragen, ihr fern zu sein. Und da meine Liebe zu ihr noch immer stärker ward, warb ich um sie bei ihrem Oheim. Er aber wies mich ab und vermählte sie einem Manne von den Banû 'Udhra, der im letzten Jahre zu ihr einging und sie zu der Stätte führte, an der er wohnte. Wie sie nun fern von mir war und meine Augen sie nicht mehr sehen konnten, trieben mich die brennenden Schmerzen der Leidenschaft und der sehnenden Liebe Kraft, mein Volk zu verlassen und mich von meinem Stamme, meinen Freunden und meinem Reichtum zu trennen, und ich schlug einsam mein Zelt in dieser Wüste auf und habe mich nun an meine Einsamkeit gewöhnt.' Dann fragte ich weiter: ,Und wo sind die Zelte ihrer Leute?' Er antwortete: ,Ganz in der Nähe, am Kamme des Gebirges dort! Jede Nacht, wenn aller Augen schlafen, wenn alles ruht, stiehlt sie sich heimlich aus dem Lager, ohne daß jemand sie bemerkt, und ich stille die Sehnsucht, indem ich mit ihr rede, und sie tut desgleichen. Schau, so lebe ich dahin und tröste mich eine kleine Weile der Nacht mit ihr, bis Allah vollendet, was geschehen soll, mag sich mein Wunsch erfüllen den Neidern zum Trotz, oder mag Allah anders über mich bestimmen. Er ist der beste Richter!' Als nun – so berichtete Dschamîl – der Jüngling mir alles erzählt hatte, o Beherrscher der Gläubigen, machte sein Schicksal mir Sorge, und ich war fast ratlos; so erregte mich der Eifer um seine Ehre. Dann aber sprach ich zu ihm: ,Sohn meines Oheims, soll ich dich auf einen Plan führen, den ich dir anraten könnte? Durch ihn soll, so Gott will, alles aufs beste gelingen; er soll dich auf den rechten Weg und zum Erfolge bringen, so daß Allah von dir abwendet, was du befürchtest.' Der Jüngling erwiderte: ,Sprich, mein Vetter!' So fuhr ich denn fort: ,Wenn es Nacht ist und die junge Frau kommt, so setze sie auf meine Kamelin; denn

656

die ist schnell im Lauf. Du aber besteige deinen Renner, ich will eine von diesen Kamelinnen hier besteigen, und dann will ich mit euch die ganze Nacht hindurch forteilen. Und ehe der Morgen kommt, werden wir schon Steppen und Wüsten durchmessen haben; dann hast du dein Ziel erreicht und die Geliebte deines Herzens gewonnen. Die Erde Allahs ist weit, und ich will dir, bei Gott, beistehen, solange ich lebe, mit meinem Besitz und meinem Schwerte, ja mit meinem eigenen Leben.‘ – –«

Da bemerkte Schehrezâd, daß der Morgen begann, und sie hielt in der verstatteten Rede an. Doch als die *Sechshundertundeinundneunzigste Nacht* anbrach, fuhr sie also fort: »Es ist mir berichtet worden, o glücklicher König, daß Dschamîl des weiteren erzählte: ‚Nachdem ich meinem Vetter geraten hatte, er solle die Frau entführen und wir wollten mit ihr in der Nacht forteilen, und ich ihm versprochen hatte, zeit meines Lebens ihm Hilfe und Beistand zu leihen, hörte er darauf und sprach: ‚Lieber Vetter, laß mich nur noch sie um Rat darüber fragen; denn sie ist verständig und klug und durchschaut die Dinge.‘ Als es dann dunkle Nacht geworden war und die Stunde ihres Kommens nahte, wartete er auf sie um die bestimmte Zeit; doch sie blieb länger aus, gegen ihre Gewohnheit; da sah ich, wie der Jüngling aus dem Zelte hinausging, seinen Mund auftat und begann, den Windhauch, der von ihrer Seite wehte, einzuatmen, gleich als wollte er ihren Duft erhaschen; und er sprach diese beiden Verse:

> *O Wind des Ostens, Zephir bringst du mir*
> *Aus einem Lande, wo die Traute weilt.*
> *O Hauch, du trägst ein Zeichen meines Liebs;*
> *Weißt du auch, wann sie endlich zu mir eilt?*

Darauf trat er wieder ins Zelt und saß eine ganze Stunde weinend da. Doch dann sprach er: ‚Lieber Vetter, meine Base weiß um diese Nacht; es muß ihr ein Unheil widerfahren sein, oder ein anderer Grund muß sie gehindert haben, zu kommen.' Und er fügte hinzu: ‚Bleib, wo du bist, bis ich dir Nachricht bringe!' Dann nahm er Schwert und Schild und blieb einen Teil der Nacht hindurch fort von mir. Als er aber zurückkehrte, trug er etwas in der Hand und rief laut nach mir. Ich eilte zu ihm, und er rief: ‚Mein Vetter, weißt du, was geschehen ist?' ‚Nein, bei Gott!' erwiderte ich; und er fuhr fort: ‚Heute nacht ist mir meine Base entrissen! Als sie sich zu mir begab, ist ihr ein Löwe auf dem Wege begegnet, und der hat sie verschlungen und hat von ihr nichts übriggelassen, als was du hier siehst!' Mit diesen Worten ließ er zu Boden fallen, was er in der Hand hielt; und das waren die Überreste der jungen Frau, Knorpel und Knochen. Und er weinte bitterlich, warf den Bogen aus der Hand, nahm einen Sack und sprach zu mir: ‚Rühre dich nicht von hinnen, bis ich wieder zu dir komme, so Gott der Erhabene will!' Und er ging fort und blieb nur eine Weile fern; als er zurückkehrte, hatte er in der Hand das Haupt eines Löwen. Das warf er zu Boden. Dann bat er um Wasser, und als ich es ihm gebracht hatte, wusch er das Maul des Löwen und begann, es zu küssen; dabei weinte er, und indem sein Schmerz um sie immer größer ward, sprach er diese Verse:

> O Löwe, der du dich in die Gefahr begabest,
> Du bist dahin! Du hast mir Schmerz um sie erregt,
> Hast einsam mich gemacht, der ich ihr Freund gewesen,
> Hast in die Erde ihren Leib als Pfand gelegt.
> Zum Schicksal, das uns grausam trennte, will ich sagen:
> Du sollst mir keine Freundin mehr zu zeigen wagen!

Dann sprach er: ‚Lieber Vetter, ich beschwöre dich bei Allah und bei der Verwandtschaft und Blutsgemeinschaft, die zwischen uns besteht, wahre meinen letzten Auftrag! Du wirst mich alsbald

tot vor dir sehen. Wenn es dann so ist, so wasche mich, hülle mich
und diese Knochen, die noch von der Tochter meines Oheims
übrig sind, in dies Leichentuch und bestatte uns beide in dem
gleichen Grabe. Und auf unser Grab schreib diese beiden Verse:

> *Wir führten auf der Erde froh das schönste Leben,*
> *Vereint in einem Lande und als Hausgenossen.*
> *Das Schicksal und sein Wechsel trennte unsre Freundschaft;*
> *Und in der Erde hält ein Laken uns umschlossen.'*

Darauf weinte er bitterlich und ging wieder in das Zelt hinein;
und nachdem er eine Weile fortgeblieben war, kam er zu mir
heraus und begann zu stöhnen und zu schreien. Noch einen
tiefen Seufzer stieß er aus; dann schied er von dieser Welt. Als
ich das sehen mußte, ward ich so schwer bekümmert und betrübt, daß ich ihm fast gefolgt wäre im Übermaße meines
Schmerzes. Doch ich trat zu ihm heran, bahrte ihn auf und tat
ihm alles, worum er mich gebeten hatte; ich hüllte die beiden
in ein Laken und bestattete sie in dem gleichen Grabe. Drei
Tage verweilte ich bei dem Grabe; dann zog ich fort. Aber
noch zwei Jahre lang bin ich oftmals zur Stätte der beiden ge-
pilgert. Dies ist ihre Geschichte, o Beherrscher der Gläubigen!'

Als er-Raschîd seiner Geschichte zugehört hatte, fand er Gefallen an ihr und verlieh dem Dichter ein Ehrengewand und
ein schönes Geschenk.

Ferner wird erzählt, o glücklicher König,

DIE GESCHICHTE VON DEM BEDUINEN
UND SEINER TREUEN FRAU

Der Beherrscher der Gläubigen Mu'âwija[1] saß eines Tages zu
Damaskus in einem Gemache, dessen Fenster auf allen vier
Seiten geöffnet waren, so daß der Wind von jeder Richtung
her frei eindringen konnte. Und während er so dasaß, blickte
er nach einer Seite aus. Nun war es ein sehr heißer Tag, an dem
kein Luftzug wehte, und es war um die Mittagszeit, gerade die
heißeste Stunde. Da sah der Kalif einen Mann des Weges kommen; der war versengt von dem glühenden Sande, und er
hinkte, als er barfuß dahinschritt. Eine Weile blickte der Herrscher ihn an, und er sprach zu seinen Höflingen: ‚Hat Allah,
der Hochgepriesene und Erhabene, wohl irgendeinen elenderen
Menschen erschaffen als den, der wie dieser zu einer solchen
Zeit und zu einer solchen Stunde umherwandern muß?‘ Einer
von den Leuten sprach: ‚Vielleicht sucht er den Beherrscher
der Gläubigen.‘ ‚Bei Allah,‘ rief Mu'âwija, ‚wenn er zu mir
kommt, so will ich ihm gewißlich seine Bitte gewähren; und
wenn ihm unrecht geschehen ist, so will ich ihm helfen. He,
Sklave, tritt an die Tür; und wenn dieser Beduine da zu mir
hereinzutreten wünscht, so wehre es ihm nicht!‘ Der Sklave
ging hinaus, und als der Beduine auf ihn zukam, fragte er ihn:
‚Was willst du?‘ Jener erwiderte: ‚Ich will zum Beherrscher
der Gläubigen gehen.‘ Und der Sklave sprach: ‚Tritt ein!‘ So
trat er denn ein und begrüßte den Kalifen. – –«

Da bemerkte Schehrezâd, daß der Morgen begann, und sie
hielt in der verstatteten Rede an. Doch als die *Sechshundertund-
zweiundneunzigste Nacht* anbrach, fuhr sie also fort: »Es ist mir
berichtet worden, o glücklicher König, daß der Beduine, nach-

1. Kalif von 661 bis 680.

dem der Diener ihn eingelassen hatte, hereinkam und den Beherrscher der Gläubigen begrüßte. Mu'âwija fragte: ‚Von welchem Stamme bist du, o Mann?‘ Jener antwortete: ‚Von den Banû Tamîm.‘ Weiter fragte der Herrscher: ‚Was hat dich denn um diese Zeit hierher geführt?‘ Der Araber sagte: ‚Ich komme zu dir, um Klage zu führen und um deinen Schutz zu suchen!‘ ‚Gegen wen?‘ fragte der Kalif; und der Beduine fuhr fort: ‚Gegen Marwân[1] ibn el-Hakam, deinen Statthalter.‘ Dann hub er an und sprach die Verse:

> Mu'âwija, du guter, du milder, edler Herrscher,
> Du Mann des Gebens, Wissens, der Huld und Rechtlichkeit,
> Ich nah' dir, da auf Erden mein Weg mir eng geworden,
> O nimm mir nicht die Hoffnung auf Recht, sei hilfsbereit!
> Verschaffe mir in Güte mein Recht an dem Tyrannen,
> Der mich durch Unrecht quälte, noch schlimmer als der Tod.
> Er hat Su'âd genommen, sich als mein Feind bewiesen,
> Hat mir mein Weib entrissen durch grausam roh Gebot.
> Er hat mich töten wollen, noch eh mein Tag erschien,
> Eh ich die Zeit vollendet, die Gott mir hat verliehn.

Als Mu'âwija gehört hatte, was der Mann mit feuersprühendem Munde vortrug, sprach er: ‚Herzlich willkommen, Bruder Araber! Erzähl deine Geschichte, künde dein Geschick!‘ ‚O Beherrscher der Gläubigen,‘ erwiderte er, ‚ich hatte eine Frau, die liebte ich, die verehrte ich, sie kühlte mein Auge, sie erfreute meine Seele. Ich besaß auch eine Herde Kamele, durch die ich meinen Unterhalt gut bestreiten konnte. Doch es kam ein Jahr über uns, das Sohle und Huf[2] hinwegraffte, so daß ich keinen Besitz mehr hatte. Als nun meiner Habe wenig war, als mein Geld schwand und es schlecht um mein Ansehen stand,

1. Dieser Marwân war unter der Regierung Mu'âwijas Statthalter von Mekka und Medina. – 2. Das bedeutet Kamele und Pferde.

da ward ich verächtlich und eine Last für die, so früher mich zu besuchen verlangten. Als aber ihr Vater erfuhr, wie schlecht es mir erging und welche Not mich umfing, nahm er sie von mir; und er sagte sich los von mir und trieb mich ohne Erbarmen fort. Nun begab ich mich zu deinem Statthalter Marwân ibn el-Hakam, da ich auf seine Hilfe hoffte. Er ließ ihren Vater kommen und fragte ihn nach mir; aber der sprach: ‚Ich kenne ihn nicht.' Da rief ich: ‚Allah segne den Emir! Wenn es ihm belieben möchte, die Frau kommen zu lassen und sie nach ihres Vaters Worten zu fragen, so wird sich die Wahrheit offenbaren.' Marwân schickte nach ihr und ließ sie kommen; doch wie sie vor ihm stand, gefiel sie ihm sehr. So wurde er mein Gegner; er verleugnete mich, zeigte sich zornig wider mich und warf mich ins Gefängnis. Da saß ich nun, als wäre ich vom Himmel gefallen oder als hätte mich der Wind an einen fremden Ort verschlagen. Dann sprach er zu ihrem Vater: ‚Willst du sie mir vermählen um tausend Dinare und eine zweite Gabe von zehntausend Dirhems, wenn ich dir dafür bürge, sie von diesem Beduinen zu befreien?' Den Vater lockte der Preis, und so willigte er ein. Darauf ließ Marwân mich kommen und blickte mich wie ein wütender Löwe an und sprach zu mir: ‚Du Wüstenkerl, scheide dich von Su'âd!' Doch ich sagte: ‚Ich werde mich nie von ihr scheiden!' Da gab er einer Schar von seinen Dienern Gewalt über mich, und sie quälten mich mit vielerlei Foltern, bis daß ich keinen Ausweg mehr sah, als mich von ihr zu scheiden. So tat ich es; er aber warf mich wieder ins Gefängnis, und dort mußte ich bleiben, bis die Wartefrist vorüber war und er sich mit ihr vermählen konnte. Dann ließ er mich frei. Und nun komme ich zu dir, hoffend auf dich, indem ich um deinen Schutz flehe und zu dir meine Zuflucht nehme.' Dann sprach er die Verse:

Feuer ist in meinem Herzen,
Und das Feuer lodert heiß.
Und in meinem Leib ist Krankheit,
Die kein Arzt zu heilen weiß.
Kohle ist in meinem Innern,
In der Kohle Funkenspiel.
Aus dem Auge rinnen Tränen;
Ach, der Tränen sind so viel!
Hilfe find ich nicht mehr hier
Als bei Gott und dem Emir[1]!

Dann begann er zu zittern, seine Zähne knirschten, und er fiel
ohnmächtig nieder, indem er sich krümmte wie eine getötete
Schlange. Als Mu'âwija seine Geschichte und seine Verse vernommen hatte, sprach er: ‚Der Sohn el-Hakams hat sich wider
die Gebote des Glaubens vergangen; er hat unrecht getan und
gewaltsam eine muslimische Frau gefangen.' – –«

Da bemerkte Schehrezâd, daß der Morgen begann, und sie
hielt in der verstatteten Rede an. Doch als die *Sechshundertund-*
dreiundneunzigste Nacht anbrach, fuhr sie also fort: »Es ist mir
berichtet worden, o glücklicher König, daß Mu'âwija, der Beherrscher der Gläubigen, als er die Worte des Beduinen vernommen hatte, sprach: ‚Der Sohn el-Hakams hat sich wider
die Gebote des Glaubens vergangen; er hat unrecht getan und
gewaltsam eine muslimische Frau gefangen.' Und er fügte hinzu: ‚Du Araber, du hast mir einen Bericht überbracht, dessengleichen ich noch nie gehört habe.' Dann ließ er Tintenkapsel
und Papier bringen und schrieb an Marwân ibn el-Hakam:
‚Es ist mir berichtet worden, daß Du Dich an Deinen Untertanen
wider die Gebote des Glaubens vergangen hast. Einem Statthalter aber geziemt es, daß er den Blick von seinen Gelüsten
abwende und sich selbst von den Freuden seines Fleisches zu-

1. Das ist der Emir (der Beherrscher) der Gläubigen.

rückhalte.' Ferner schrieb er noch viele Worte, die ich der Kürze halber nicht berichte; darunter aber waren diese Verse:

> *Weh, dir ward ein Amt verliehen, dessen du nicht würdig bist!*
> *Bitte Allah um Verzeihung für ein Tun, das Unzucht ist.*
> *Jetzo ist zu uns gekommen, weinend, jener arme Mann,*
> *Und er klagte uns die Trennung und die bittern Schmerzen dann.*
> *Ja, ich schwöre meinem Gotte einen ewig festen Eid –*
> *Meinen Glauben will ich missen, meines Herzens Frömmigkeit –:*
> *Wenn du dem zuwiderhandelst, was ich in dem Briefe schreib,*
> *Mache ich zum Fraß der Geier ganz gewißlich deinen Leib!*
> *Gib Su'âd die Freiheit, statte sie mit allem schleunigst aus,*
> *Schick sie mir mit el-Kumait und mit dem Sohn Dhibâns ins Haus!*

Dann faltete er den Brief, drückte sein Siegel darauf und ließ el-Kumait und Nasr ibn Dhibân rufen, denen er wegen ihrer Zuverlässigkeit wichtige Angelegenheiten anzuvertrauen pflegte. Die beiden nahmen den Brief in Empfang und zogen dahin, bis sie nach Medina kamen. Dort traten sie zu Marwân ibn el-Hakam ein, begrüßten ihn, übergaben ihm das Schreiben und berichteten ihm, wie es stand. Marwân las den Brief und begann zu weinen; dann begab er sich zu Su'âd und brachte ihr die Kunde, und da es nicht in seiner Macht stand, dem Befehle Mu'âwijas zu widersprechen, so schied er sich von ihr in Gegenwart von el-Kumait und Nasr ibn Dhibân. Darauf rüstete er die beiden zugleich mit Su'âd aus; und er schrieb auch einen Brief an Mu'âwija, in dem er sagte:

> *Wolle dich nicht übereilen, o du Fürst der gläub'gen Schar!*
> *Siehe, wie ich deinem Auftrag mild und freundlich jetzt willfahr!*
> *Ich beging doch keine Sünde; denn ich hatte sie so lieb.*
> *Wie kannst du mich treulos heißen, einen Mann, der Unzucht trieb?*
> *Eine Sonne wird dir nahen – ihr ist keine einz'ge gleich*
> *Unter allen Menschenkindern oder in dem Geisterreich!*

Und er versiegelte den Brief und übergab ihn den beiden Boten; die reisten zurück, und als sie bei Mu'âwija ankamen, überreichten sie ihm das Schreiben. Nachdem er es gelesen hatte, rief er: ‚Fürwahr, er hat schönen Gehorsam bewiesen, aber er hat im Preisen der Frau das Maß überschritten!' Darauf befahl er, sie zu bringen; und als er sie anschaute, erblickte er eine schöne Gestalt, derengleichen er noch nie gesehen hatte an Schönheit und Lieblichkeit und des Wuchses Ebenmäßigkeit. Dann sprach er mit ihr und erkannte ihrer Rede Feinheit und ihrer Worte Reinheit. Da rief er: ‚Holt mir den Beduinen!' Und man brachte ihn, wie er war, gebrochen von den Schicksalsschlägen, die er hatte dulden müssen. Der Kalif sprach: ‚Du Beduine, willst du sie dir nicht aus dem Sinne schlagen? Ich gebe dir für sie drei Sklavinnen, hochbusige Jungfrauen, wie Monde anzuschauen, und zu jeder Sklavin tausend Dinare; auch will ich dir aus dem Schatzhause ein Jahrgeld anweisen, das dich zufrieden und reich machen wird.' Als der Beduine die Worte Muʾâwijas vernommen hatte, tat er einen tiefen Seufzer; und der Kalif glaubte schon, er sei tot niedergesunken. Doch er kam wieder zu sich, und da fragte ihn der Kalif: ‚Was ficht dich an?' Der Beduine gab zur Antwort: ‚Mit schwerem Herzen und elend vor Schmerzen habe ich zu deiner Gerechtigkeit meine Zuflucht genommen vor der Tyrannei des Sohnes el-Hakams; bei wem soll ich nun Zuflucht suchen wider deine Tyrannei?' Und er sprach diese Verse:

> *O mache mich – Gott schütze dich! – doch nicht zu einem,*
> *Der vor der Hitze zu dem Feuer Zuflucht nimmt!*
> *O, gib Suʾâd dem Armen, ganz Verstörten wieder,*
> *Den früh und spät Erinnerung so trübe stimmt!*
> *Nun mach mich gänzlich frei, mißgönne sie mir nicht!*
> *Tust du's, so gilt dir ewig meine Dankespflicht.*

Und er fügte hinzu: ‚Bei Allah, o Beherrscher der Gläubigen, wenn du mir auch alles anbötest, was Gott dir in deinem Kalifat gegeben hat, so würde ich es doch nicht ohne Su'âd nehmen.' Darauf sprach er diesen Vers:

> *Kein anderes Lieb als Su'âd wünsch ich mir;*
> *Mein tägliches Brot ist die Liebe zu ihr.*

Nun sagte Mu'âwija zu ihm: ,Du bekennst also, daß du sie freigegeben hast, und Marwân bekennt, daß er sich von ihr geschieden hat; so wollen wir ihr freie Wahl lassen. Wenn sie einen anderen als dich erwählt, so wollen wir sie mit ihm vermählen; wählt sie aber dich, so geben wir sie dir zurück.' ,Tu das!' erwiderte der Beduine; da fragte denn Mu'âwija: ,Was sagst du, o Su'âd? Wer ist dir lieber, der Beherrscher der Gläubigen mit all seiner Ehre, seinem Ruhm und seinen Schlössern, seiner Macht, seinem Reichtum und allem anderen, was du bei ihm siehst, oder Marwân ibn el-Hakam mit seiner Gewalttätigkeit und Tyrannei, oder dieser Araber mit seinem Hunger und seiner Armut?' Doch sie sprach diese beiden Verse:

> *Er ist, auch wenn ihn Hunger drückt und arge Not,*
> *Mir lieber als der Nachbar und die Stammesscharen,*
> *Als das gekrönte Haupt und als Marwân, sein Knecht,*
> *Ja, auch als jeder Herr von Dirhems und Dinaren.*

Dann fuhr sie fort: ,Bei Allah, o Beherrscher der Gläubigen, ich will ihn nicht verlassen wegen der Wechselfälle der Zeit, noch wegen des Glückes Unbeständigkeit; denn zwischen uns ist alte Liebe, die nicht vergeht, und eine Gemeinschaft, die ewig besteht. Es ist nur gerecht, daß ich gemeinsam mit ihm das Unglück ertrage, wie ich auch froh war mit ihm während der glücklichen Tage!' Mu'âwija staunte über ihren Verstand und ihre Liebe und Treue; und er wies ihr zehntausend Dirhems an und gab sie dem Beduinen zurück. Der nahm sein Weib und ging seiner Wege.

Ferner wird erzählt, o glücklicher König,

666

DIE GESCHICHTE
VON DEN LIEBENDEN ZU BASRA

Eines Nachts vermochte Harûn er-Raschîd nicht zu schlafen;
da sandte er zu el-Asma'i und Husain el-Chalî', und als sie gekommen waren, sprach er zu ihnen: ‚Erzählet mir beide eine
Geschichte, und du, Husain, mach den Anfang!' ‚Gern, o Beherrscher der Gläubigen', erwiderte Husain und hub an: ‚Ich
zog eines Jahres gen Basra hinunter, um Mohammed ibn Sulaimân er-Rabî'i durch ein Lobgedicht zu feiern; er nahm es
gütig auf und hieß mich bei ihm bleiben. Eines Tages begab
ich mich zum Mirbad¹, indem ich meinen Weg dorthin durch
die Muhalîje² nahm; da mich aber große Hitze bedrückte, so
trat ich in einen großen Torweg, um einen Trunk zu erbitten.
Dort erblickte ich plötzlich eine Maid, die einem schwanken
Reise glich; versonnen schienen ihre Augen dreinzuschauen,
hochgewölbt waren ihre Augenbrauen, rund und glatt ihre
Wangen, und ihr Leib war von einem granatblütenfarbenen
Gewande und einem sanaanischen² Mantel umfangen. Doch
ihr weißer Leib schien noch heller als die Röte des Gewandes,
und so schimmerten darunter zwei Brüstchen wie zwei Granatäpfel, und ein Leib, als wäre er eine Leinenrolle der Kopten,
mit Fältchen wie Blätter blütenreinen, gefalteten Papieres, die
mit Moschus gefüllt sind. Und sie trug, o Beherrscher der
Gläubigen, um den Hals einen Schmuck aus rotem Golde, der
zwischen ihre Brüste hinabfiel; auf der Fläche ihrer Stirn hing

1. El-Mirbad (wörtlich ‚Kamelhalteplatz') war ein berühmter Stadtteil von Basra, am Westtore; dort hielten die Karawanen, die aus der
Wüste kamen, und dort herrschte reges städtisches Leben. – 2. Ein
Stadtteil von Basra. – 3. Aus San'â, der Hauptstadt von Jemen, wo
berühmte Stoffe und Lederarbeiten hergestellt werden.

eine Locke, schwarz wie Jett[1]; sie hatte zusammengewachsene Brauen, die Augen waren groß und weit, die Wangen glatt und rund, eine Adlernase wölbte sich über einem Korallenmund, darinnen die Zähne gleich Perlen glänzten. Kraft und Gesundheit sprachen aus ihr, doch sie schien betrübt und verwirrt, wie sie in der Halle hin und her eilte, gleichsam als träte sie beim Gehen auf die Herzen derer, die sie liebten, und als ließen ihre Beine das Klirren ihrer Fußspangen verstummen. Ja, sie war, wie der Dichter sagt:

> *Ein jeder Teil von ihren Reizen scheint*
> *Als Abbild, drin die ganze Schönheit sich vereint.*

Ich betrachtete sie mit stummer Scheu, o Beherrscher der Gläubigen; dann trat ich näher an sie heran, um sie zu begrüßen, und siehe, das Haus und die Halle und die ganze Straße hauchten Moschusduft. Ich grüßte sie also, und sie gab mir den Gruß zurück mit einer leisen Stimme aus einem traurigen Herzen, das von der Glut der Leidenschaft versengt war. Dann sprach ich zu ihr: ‚Meine Herrin, schau, ich bin ein alter Mann, ein Fremdling, der vom Durst geplagt wird. Möchtest du mir nicht einen Trunk Wassers bringen heißen, auf daß du himmlischen Lohn dafür empfangest?' Doch sie rief: ‚Hinweg von mir, Alter! Meine Gedanken sind fern von Speise und Trank.' – –«

Da bemerkte Schehrezâd, daß der Morgen begann, und sie hielt in der verstatteten Rede an. Doch als die *Sechshundertundvierundneunzigste Nacht* anbrach, fuhr sie also fort: »Es ist mir berichtet worden, o glücklicher König, daß die Jungfrau sprach: ‚Alter, meine Gedanken sind fern von Speise und Trank.' Nun fragte ich – so erzählte Husain –: ‚Um welcher Krankheit willen, meine Herrin?' Sie erwiderte: ‚Weil ich einen

1. Jett oder Gagat ist der sogenannte schwarze Bernstein.

668

liebe, der nicht gerecht an mir handelt, und weil ich nach einem Verlangen trage, der mich nicht will. Deshalb bin ich schlaflos wie jene, die in die Sterne schauen.' Weiter fragte ich: ‚O Herrin, gibt es auf der weiten Erde jemanden, den du begehrst und der dich nicht begehrt?', Ja,‘ gab sie zur Antwort, ‚und das geschieht, weil sich in ihm ein Übermaß vereint an Vollkommenheit, an Lieblichkeit und Zierlichkeit.' Als ich dann fragte: ‚Und warum stehst du denn in dieser Halle?' erwiderte sie: ‚Sein Weg führt hier vorüber, und dies ist die Stunde, da er kommen muß.' ‚Meine Herrin,‘ fuhr ich fort, ‚seid ihr je vereint gewesen, und habt ihr so miteinander gesprochen, daß diese Leidenschaft entstehen konnte?' Da seufzte sie vor Betrübnis, und Tränen rannen auf ihre Wangen herab gleich Tautropfen, die auf Rosen fallen; und sie sprach diese beiden Verse:

> *Wir waren wie zwei Weidenzweige in dem Garten*
> *Und sogen Wonneduft in frohem Leben ein;*
> *Da trennte sich das eine Reis vom andern grausam –*
> *Nun sehnt sich eines, schau, nach dem Gefährten sein.*

‚O Mädchen,‘ so fragte ich weiter, ‚was hast du denn um deiner Liebe zu diesem Jüngling willen zu erdulden?' Sie antwortete: ‚Ich sehe die Sonne an auf den Mauern der Seinen, und ich vermeine, er sei die Sonne; oder bisweilen erblicke ich ihn unvermutet, dann erstarre ich, Blut und Leben fliehen aus meinem Leibe, und ich bleibe eine Woche lang oder auch zwei ohne Vernunft.' Da sprach ich zu ihr: ‚Entschuldige mich, auch ich habe gleiches wie du erduldet durch heiße Sehnsucht, und mein Herz ward gequält von Leidenschaft, mein Leib schwand dahin, und ich ward schwach an Kraft. Und wenn ich dich nun bleich von Farbe und schmal von Leib sehe, so deutet das auf die Quälereien der Liebe hin. Wie sollte auch die Liebe dich unberührt lassen, da du doch im Lande von Basra weilst?' ‚Bei

Allah,' sagte sie darauf, ,ehe ich diesen Jüngling liebte, war ich von höchster Zierlichkeit, strahlend von Lieblichkeit und Vollkommenheit. Ich bezauberte alle Fürsten von Basra, bis auch jener Jüngling durch mich bezaubert ward.' Und als ich nun fragte: ,O Mädchen, wer hat euch denn getrennt?' antwortete sie: ,Die Schläge des Schicksals. Doch wie es mir und ihm erging, das ist eine seltsame Geschichte. Es begab sich also: An einem Neujahrsfeste saß ich da mit einigen Mädchen von Basra, die ich zu mir geladen hatte; unter ihnen befand sich auch eine Maid des Sirân, die er für achtzigtausend Dirhems in 'Omân gekauft hatte. Die liebte mich leidenschaftlich, und als sie eintrat, warf sie sich auf mich und zerriß mich fast durch Kneifen und Beißen. Dann zogen wir uns zurück, um uns am Weine zu ergötzen, bis unser Mahl gerüstet und unsere Freude vollkommen wäre. Und wir tändelten miteinander, bald saß ich auf ihr, bald sie auf mir. Doch dann verführte die Trunkenheit sie dazu, mit der Hand nach der Schnur meiner Hose zu greifen, und die löste sich, ohne daß wir beide an etwas Böses dachten; aber meine Hose fiel herunter im Spiel, und da trat er plötzlich ganz unversehens herein. Als er das sah, ergrimmte er darüber und eilte von mir fort wie ein arabisches Füllen, wenn es das Klirren seines Zügels hört.' – –«

Da bemerkte Schehrezâd, daß der Morgen begann, und sie hielt in der verstatteten Rede an. Doch als die *Sechshundertundfünfundneunzigste Nacht* anbrach, fuhr sie also fort: »Es ist mir berichtet worden, o glücklicher König, daß die Maid zu Husain el-Chalî' sprach: ,Als mein Geliebter mich mit der Sklavin Sirâns so tändeln sah, wie ich dir erzählt habe, ging er zornig von mir fort. Seit drei Jahren nun, o Scheich, habe ich mich immer bei ihm entschuldigt, ihm gute Worte gegeben und ihn zu versöhnen gesucht; aber er schaut mich mit keinem

670

Blicke an, schreibt mir kein Wort, läßt mir nichts durch Boten sagen und will nichts von mir wissen.' Ich fragte sie: ‚O Mädchen, ist er von den Arabern oder von den Persern?' ‚He du,' rief sie, ‚er gehört zu den Fürsten von Basra!' ‚Ist er alt oder jung?' fuhr ich fort. Da sah sie mich lächelnd an und sprach zu mir: ‚Du bist ein Tropf! Er ist wie der Mond in der Nacht seiner Fülle, glattwangig und bartlos, und es ist kein Fehl an ihm, außer daß er sich von mir abgewandt hat.' Weiter fragte ich: ‚Wie lautet sein Name?' Und sie fragte dagegen: ‚Was willst du mit ihm beginnen?' Ich gab zur Antwort: ‚Ich will mich bemühen, zu ihm zu gelangen und die Wiedervereinigung zwischen euch herbeizuführen.' Sie sagte: ‚Unter der Bedingung, daß du ihm einen Brief überbringst!' ‚Dagegen habe ich nichts', erwiderte ich; und sie fuhr fort: ‚Er heißt Damra ibn el-Mughîra, mit dem Beinamen Abu es-Sachâ[1], und sein Palast steht am Mirbad.' Dann rief sie denen, die im Hause waren, zu: ‚Bringt mir Tintenkapsel und Papier!' Darauf entblößte sie ihre Arme, die wie zwei Silberspangen glänzten, und schrieb nach der Anrufung des Namens Allahs: ‚Mein Gebieter, die Auslassung der Segenswünsche zu Eingang meines Briefes deutet mein Unvermögen an. Wisse, wenn mein Gebet erhört worden wäre, so hättest du dich nicht von mir getrennt; denn wie oft habe ich gefleht, du möchtest mich nicht verlassen, aber du hast es doch getan. Und wäre es nicht an dem, daß die Not mich die Grenzen der Zurückhaltung überschreiten läßt, so wäre deiner Magd das, wozu sie sich zwingt, indem sie diesen Brief schreibt, eine Hilfe, wiewohl sie keine Hoffnung auf dich mehr hat, da sie weiß, daß du nicht antworten wirst. Erfülle ihren Wunsch, mein Gebieter, und gewähre ihr einen Blick auf dich zur Zeit, wenn du auf der Straße an

[1]. Vater der Freigebigkeit.

der Halle vorbeigehst; dann wirst du die tote Seele in ihr zu neuem Leben erwecken! Aber noch lieber als das wäre es ihr, wenn du mit deiner eigenen Hand – Allah begnade sie mit aller Vortrefflichkeit! – ihr einen Brief schreiben und ihn zum Ersatz machen würdest für jene traulichen Stunden, die wir in den vergangenen Nächten verlebt haben und an die du dich doch erinnerst. Mein Gebieter, war ich dir nicht eine Liebende, die vor Sehnsucht verging? Wenn du meine Bitte erhörst, so will ich mich dir dankbar erweisen und Allah preisen; und damit – Gott befohlen!' Ich nahm den Brief entgegen und ging davon. Am nächsten Morgen aber begab ich mich zur Tür von Mohammed ibn Sulaimân; dort fand ich eine große Versammlung von Fürsten, und unter ihnen erblickte ich einen Jüngling, der die Versammlung zierte und alle, die zugegen waren, an Schönheit und Herrlichkeit übertraf; ja, der Emir Mohammed hatte ihn sogar über sich selbst gesetzt. Ich fragte nach ihm, und siehe da, es war Damra ibn el-Mughîra. Da sagte ich mir: ‚Wahrlich, der Armen mußte es so ergehen, wie es ihr ergangen ist!' Dann ging ich zum Mirbad hinaus und wartete an der Tür seines Hauses; und als er im Prunkzuge ankam, eilte ich auf ihn zu und überreichte ihm unter vielen Segenswünschen den Brief. Nachdem er ihn gelesen und seinen Sinn verstanden hatte, sprach er zu mir: ‚O Scheich, wir haben sie mit einer anderen vertauscht. Willst du sie sehen, die ihre Stelle einnimmt?' ‚Gern', erwiderte ich; und er rief eine Maid herbei, der Sonne und Mond weichen müßten, mit schwellenden Brüsten, und sie schritt rasch dahin mit furchtlosem Sinn. Der übergab er den Brief, indem er sprach: ‚Beantworte ihn!' Nachdem sie ihn gelesen hatte, erblich sie, da sie nun wußte, was darin geschrieben stand; und sie sprach: ‚O Scheich, bitte Allah um Verzeihung für das, was du gebracht hast!' Da ging ich hinaus, o Beherrscher der Gläubigen, mit schleifenden Füßen, und als ich wieder zu der ersten kam, bat ich um Einlaß bei ihr und trat ein. Sie fragte: ‚Was bringst du?‘ ‚Unheil und Verzweiflung!‘ erwiderte ich. Doch sie fuhr fort: ‚Mach dir keine Sorgen um seinetwillen! Wo bliebe Allah mit Seiner Allmacht?‘ Dann ließ sie mir fünfhundert Dinare geben, und ich ging fort. Nach einigen Tagen jedoch kam ich wieder an jener Stätte vorüber und sah dort Diener und Reiter, und ich trat ein. Da waren es die Freunde Damras, die sie baten, zu ihm zurückzukehren; sie aber sprach: ‚Nein, bei Allah, ich will ihm nie wieder ins Angesicht schauen!‘ Und sie warf sich anbetend nieder und dankte Allah, o Beherrscher der Gläubigen, aus Schadenfreude über Damra. Ich trat an sie heran, und sie zeigte mir einen Brief, in dem nach der Anrufung des Namens Allahs geschrieben stand: ‚Meine Herrin, wenn ich Dich – Allah schenke Dir ein langes Leben! – nicht schonen wollte, so würde ich einiges von dem schildern, was durch Dich geschehen ist, und ich würde mich mit vielen Worten verteidigen gegen Dein Unrecht wider mich; denn Du hast Dich wider Dich und mich versündigt, da Du Bruch des Gelübdes und Treulosigkeit zur Schau trägst und einen anderen uns vorziehst. Du hast Dich gegen meine Liebe vergangen, bei Allah, den wir um Hilfe anrufen wider das, was Du aus freiem Willen tatest. Und damit – Gott befohlen!‘ Und ferner zeigte sie mir die Geschenke und Kleinode, die er ihr geschickt hatte und die einen Wert von dreißigtausend Dinaren hatten. Später sah ich sie noch einmal wieder; da hatte Damra sich mit ihr vermählt.‘ Darauf sagte Harûn er-Raschîd: ‚Wäre Damra nicht vor mir zu ihr geeilt, so hätte ich sicherlich selbst mit ihr zu tun bekommen.‘

Ferner wird erzählt, o König,

Ishâk ibn Ibrahîm el-Mausili erzählte: Eines Abends saß ich
in meiner Behausung, und das war zur Winterszeit; die Wolken
ken hatten sich ausgebreitet, und Regen fiel in Strömen herab
wie aus den Öffnungen der Wasserschläuche. So konnte auch
niemand auf den Straßen gehen und kommen, weil Regen und
Schlamm dort herrschten. Mir war die Brust beengt, weil keiner
meiner Freunde zu mir kam und auch ich nicht zu ihnen gehen
konnte wegen des starken Schlammes und Schmutzes; deshalb
sprach ich zu meinem Diener: ‚Bring mir etwas, wodurch ich
mich zerstreuen kann!‘ Da brachte er mir Speise und Trank;
aber ich hatte keine Lust dazu, weil niemand bei mir war, um
mir Gesellschaft zu leisten. So blickte ich denn immerfort aus
den Fenstern und beobachtete die Straßen, bis es dunkel ward.
Da dachte ich zufällig an die Sklavin eines der Söhne el-Mah-
dîs[1], die ich liebte; die war erfahren im Gesang und im Spiel
auf mancherlei Instrumenten. Und ich sagte mir: ‚Wenn sie
heute bei uns wäre, so wäre meine Freude vollkommen, und
ich würde mir die Nacht verkürzen, so daß meine trüben Gedanken und meine Unruhe mich nicht quälen.‘ Gerade da
pochte es an die Tür, und eine Stimme sprach: ‚Soll ein Lieb
eintreten, das an der Tür steht?‘ Ich sprach zu meiner Seele:
‚Hat das Reis des Wunsches schon Frucht getragen?‘ Und ich
eilte zur Tür, und siehe, es war meine Freundin. Sie trug einen
langen, grünen Rock, den sie sich wie einen Mantel umgelegt
hatte, und auf dem Kopfe ein Tuch von Brokat, um sich gegen
den Regen zu schützen; bis an die Knie war sie vom Schlamm
bespritzt, und alles, was sie trug, war durchnäßt von dem Ge-

1. Abbasidischer Kalif von 755 bis 785, Vater von Harûn er-Raschîd.

träuf der Dachrinnen; kurz, sie war ein seltsam Bild. Ich sprach zu ihr: ‚Meine Herrin, was hat dich bei solchem Schmutzwetter hierher geführt?‘ Und sie gab zur Antwort: ‚Dein Bote kam zu mir und schilderte mir dein Liebesverlangen und deine Sehnsucht, und da konnte ich nichts anderes tun als nachgeben und zu dir eilen.‘ Das überraschte mich – –«

Da bemerkte Schehrezâd, daß der Morgen begann, und sie hielt in der verstatteten Rede an. Doch als die *Sechshundertundsechsundneunzigste Nacht* anbrach, fuhr sie also fort: »Es ist mir berichtet worden, o glücklicher König, daß Ishâk des weiteren erzählte: ‚Als die Maid an meine Tür klopfte, ging ich hinaus und sprach: ‚Meine Herrin, was hat dich bei diesem Schmutzwetter hierher geführt?‘ Und sie gab zur Antwort: ‚Dein Bote kam zu mir und schilderte mir dein Liebesverlangen und deine Sehnsucht, und da konnte ich nichts anderes tun als nachgeben und zu dir eilen.‘ Das überraschte mich; doch ich mochte ihr nicht sagen, daß ich niemanden zu ihr gesandt hätte, und so sprach ich: ‚Preis sei Allah, daß er uns jetzt vereinigt hat, nachdem ich so lange die Pein des Wartens ertragen habe! Wenn du nur noch eine kleine Weile gezögert hättest, so wäre ich sicher zu dir gelaufen; denn ich sehnte mich nach dir, und das Verlangen nach dir erfüllte mich ganz.‘ Darauf rief ich meinem Diener zu: ‚Hol Wasser!‘ Und er brachte einen Kessel voll heißen Wassers, auf daß sie sich säubern könnte. Ich befahl ihm, ihr das Wasser über die Füße zu gießen, während ich selber es auf mich nahm, sie zu waschen. Dann ließ ich eins der prächtigsten Gewänder bringen und kleidete sie darin, nachdem sie abgelegt hatte, was sie trug. Und als wir uns gesetzt hatten, rief ich nach Speise; aber sie lehnte ab. So fragte ich sie: ‚Steht dein Sinn nach Wein?‘ Und als sie darauf antwortete: ‚Jawohl‘, holte ich Becher. Nun fragte sie: ‚Wer soll singen?‘

‚Ich, meine Herrin!‘ ‚Das mag ich nicht.‘ ‚Eine von meinen Sklavinnen?‘, ‚Auch das wünsche ich nicht.‘ ‚So singe du selbst!‘ ‚Nein, auch ich nicht!‘, ‚Wer soll denn für dich singen?‘ fragte ich; und sie erwiderte: ‚Geh hinaus und suche einen, der für mich singt!‘ Da ging ich denn hinaus, um ihr den Willen zu tun; aber ich war verzweifelt und war sicher, daß ich niemanden finden würde bei solchem Wetter. Dennoch schritt ich dahin, bis ich zur Hauptstraße kam, und dort entdeckte ich einen Blinden, der mit dem Stabe auf die Erde stoßend seinen Weg suchte und dabei rief: ‚Allah lohne denen nicht mit Gutem, bei denen ich war! Wenn ich sang, so hörten sie nicht zu; und wenn ich schwieg, so achteten sie meiner nicht.‘ Ich fragte ihn: ‚Bist du ein Sänger?‘ ‚Ja‘, erwiderte er; und ich fragte weiter: ‚Willst du die Nacht bei uns zubringen und uns unterhalten?‘ ‚Wenn du willst,‘ antwortete er, ‚so führe mich an der Hand!‘ Da faßte ich seine Hand und führte ihn zum Hause. Dort sprach ich zu der Maid: ‚Meine Herrin, ich bringe einen blinden Sänger, an dem wir uns erfreuen können, ohne daß er uns sieht.‘ ‚Hol ihn herein zu mir!‘ sagte sie; und ich führte ihn ins Gemach und lud ihn ein, zu essen. Er aß ein wenig; dann wusch er sich die Hände. Als ich ihm darauf Wein vorsetzte, trank er drei Becher. Nun fragte er mich: ‚Wer bist du?‘ Ich antwortete: ‚Ishâk ibn Ibrahîm el-Mausili.‘ Er fuhr fort: ‚Ich habe schon von dir gehört; und jetzt freut es mich, in deiner Gesellschaft zu sein.‘ Ich erwiderte: ‚Lieber Herr, ich freue mich über deine Freude!‘ Dann bat er mich: ‚Sing mir etwas vor, o Ishâk!‘ Ich nahm die Laute zum Scherz und rief: ‚Ich höre und gehorche!‘ Als ich mein Lied zu Ende gesungen hatte, sprach er: ‚O Ishâk, du bist beinahe ein Sänger.‘ Da ich durch seine Worte in meinem Stolze verletzt war, so warf ich die Laute aus der Hand. Er aber sprach: ‚Hast du nicht jemanden

676

bei dir, der schön singen kann?' Ich erwiderte: ,Bei mir ist eine Maid.' ,Heiße sie singen!' sagte er; und ich fragte ihn: ,Willst du auch singen, wenn du genug von ihrem Gesange gehört hast?' ,Ja', sagte er. Nachdem sie dann gesungen hatte, rief er: ,Nein, das war nichts!' Da warf sie erzürnt die Laute aus der Hand und sprach: ,Wir haben unser Bestes verschenkt. Wenn du etwas hast, so gib es uns als Almosen!' Er sprach: ,Man gebe mir eine Laute, die noch nie eine Hand berührt hat.' Ich gab dem Diener Befehl, und der brachte eine neue Laute. Der Fremde stimmte sie, und nachdem er als Vorspiel eine Weise angeschlagen hatte, die ich nicht kannte, hub er an zu singen und trug diese beiden Verse vor:

> *Ein Lieb kam durch die Finsternis in dunkler Nacht,*
> *Der Zeiten eingedenk, da es zum Liebsten geht.*
> *Fürwahr, da schreckten uns der Gruß und ihre Worte:*
> *Gibt's Einlaß für ein Lieb, das an der Türe steht?*

Da schaute die Maid mich mit einem verächtlichen Blicke an und sprach: ,Konnte ein Geheimnis, das zwischen mir und dir besteht, nicht eine Stunde in deiner Brust Platz finden? Mußtest du es denn sogleich diesem Manne da anvertrauen?' Das schwor ich ihr ab, indem ich ihr meine Unschuld beteuerte. Dann begann ich ihre Hände zu küssen und ihre Brüste zu kitzeln und ihr in die Wangen zu beißen, bis sie wieder lachte. Darauf wandte ich mich zu dem Blinden und sprach zu ihm: ,Singe, lieber Herr!' Er nahm die Laute und sang diese beiden Verse:

> *Wie oft hab ich die Schönen besucht! Wie oft auch hab ich*
> *Gefärbte Fingerspitzen berührt mit meiner Hand,*
> *Granatenfrucht der Brüste gekitzelt! Und wie oft hat*
> *Mein Biß auf bunten Äpfeln der Wangen heiß gebrannt!*

Da sagte ich zu ihr: ,Meine Herrin, wer kann ihm kundgetan haben, was wir treiben?' Sie antwortete: ,Du hast recht.' Und wir rückten von ihm weg. Plötzlich sprach er: ‚Ich muß Wasser lassen.' Ich rief: ‚Sklave, nimm die Kerze und geh vor ihm her!' Er ging hinaus; aber er blieb lange fort. Schließlich gingen wir hinaus auf der Suche nach ihm; doch wir konnten ihn nicht finden, und wir sahen, daß die Türen verschlossen waren und daß die Schlüssel vor dem Kämmerlein staken. So wußten wir nicht, ob er zum Himmel emporgefahren oder in die Erde versunken war. Daran erkannte ich, daß er der Teufel gewesen war und daß er mir den Dienst des Kupplers geleistet hatte; und beim Zurückkehren gedachte ich der Worte des Abu Nuwâs, der diese beiden Verse sprach:

> *Der Teufel wundert mich mit seinem Stolz*
> *Und seines Sinns verborgner Hurerei.*
> *Er war zu stolz, vor Adam hinzuknien[1],*
> *Und macht für Adams Stamm die Kuppelei!*

Ferner wird erzählt

DIE GESCHICHTE DER LIEBENDEN
VON MEDINA

Ibrahîm Abu Ishâk erzählte: Ich war den Barmekiden treu ergeben. Und als ich eines Tages in meinem Hause war, klopfte es plötzlich an meine Tür. Mein Diener ging hinaus, und als er zurückkam, meldete er mir: ‚Vor der Tür steht ein schöner Jüngling, der um Einlaß bittet.' Ich gab ihm die Erlaubnis; und da trat ein junger Mann ein, der die Zeichen von Krankheit an sich trug, und er sprach: ‚Seit einer Weile wünsche ich dir zu begegnen; denn ich habe ein Anliegen an dich.' ‚Welcher Art ist es?' fragte ich; und er zog dreihundert Dinare heraus, legte

---

1. Alle Engel sollten Adam anbeten; Luzifer tat es nicht und wurde deshalb zum Teufel.

sie vor mich hin und sprach: ‚Ich bitte dich, nimm das an und mache mir eine Weise für zwei Verse, die ich gedichtet habe!‘ Ich bat ihn: ‚Trag sie mir vor‘, und er hub an zu sprechen – –«

Da bemerkte Schehrezâd, daß der Morgen begann, und sie hielt in der verstatteten Rede an. Doch als die *Sechshundertund- siebenundneunzigste Nacht* anbrach, fuhr sie also fort: »Es ist mir berichtet worden, o glücklicher König, daß Ibrahîm Abu Ishâk des weiteren erzählte: ‚Nachdem der Jüngling zu mir eingetreten war und die Dinare vor mich hingelegt hatte, sprach er zu mir: ‚Ich bitte dich, nimm das an und mache mir eine Weise für zwei Verse, die ich gedichtet habe.‘ Ich bat ihn: ‚Trag sie mir vor!‘ und er hub an zu sprechen:

> *Bei Gott, du tust, mein Auge, meinem Herzen unrecht;*
> *Nun lösch durch meine Tränen heiße Schmerzensglut!*
> *Mich tadelt auch das Schicksal wegen meines Lieblings;*
> *Ich seh ihn nie, auch wenn mein Leib im Laken ruht!*

Da machte ich ihm – so erzählte Ibrahîm – eine Weise, die einer Totenklage glich; und als ich sie ihm vorsang, fiel er in Ohnmacht, so daß ich vermeinte, er sei tot. Doch er kam wieder zu sich und rief: ‚Sing noch einmal!‘ Da beschwor ich ihn bei Gott, es mir zu erlassen, und fügte hinzu: ‚Ich fürchte, du wirst sterben.‘ ‚Ach, wenn das nur geschähe!‘ rief er; und dann bat und flehte er demütig so lange, bis ich Mitleid mit ihm hatte und die Weise noch einmal sang. Nun stieß er einen Schrei aus, noch lauter als das erste Mal, und ich zweifelte nicht mehr an seinem Tode. Dennoch sprengte ich Rosenwasser auf ihn, bis er aus der Ohnmacht erwachte und sich aufsetzte. Ich pries Allah für seine Errettung und legte seine Dinare vor ihn hin, indem ich sprach: ‚Nimm dein Geld und geh von mir!‘ Doch er antwortete: ‚Ich habe das Geld nicht nötig; du sollst noch einmal soviel erhalten, wenn du mir die Weise wiederholst.' Mir ward das Herz weit für das Geld, und ich sprach zu ihm: ‚Ich will sie wiederholen, aber nur unter drei Bedingungen. Erstens mußt du bei mir bleiben und von meiner Speise essen, bis du wieder zu Kräften kommst; zweitens mußt du vom Weine so viel trinken, daß du dir wieder ein Herz fassest; drittens mußt du mir deine Geschichte erzählen.' Er tat alles das und begann zu erzählen: ‚Ich bin einer von dem Volke von Medina; eines Tages zog ich zu einer Lustfahrt aus und schlug mit meinen Gefährten den Weg nach el-'Akîk[1] ein. Da sah ich unter einer Schar von Jungfrauen eine Maid, die einem taubeperlten Zweige glich und aus deren Augen solche Blicke strahlten, daß sie nur mit der Seele dessen, der sie anschaute, zu ihr zurückkehrten. Die Mädchen blieben dort, bis der Tag zur Rüste ging; und wie sie fortgingen, fühlte ich in meinem Herzen Wunden, die schwer vernarbten. Als ich zurückgekehrt war, suchte ich überall nach einer Spur von ihr, doch ich fand keine; ja, ich forschte nach ihr auf allen Straßen und Märkten, dennoch erfuhr ich nichts von ihr. Da ward ich krank vor Gram, und ich entdeckte mein Geheimnis einem der Meinen. Der sprach zu mir: ‚Sei nicht traurig! Diese Frühlingstage sind noch nicht vorüber; wenn der Spätregen fällt, wird sie ausgehen, und dann will ich mit dir kommen, und du magst tun, was du wünschest!' Dadurch ward meine Seele getröstet, und ich wartete, bis der Bach von el-'Akîk wieder strömte; da zogen die Leute hinaus, und auch ich ging mit meinen Brüdern und Anverwandten aus, und wir setzten uns an dieselbe Stätte wie früher. Kaum waren wir dort, so kamen auch schon die Frauen, und es war, als ob unsere und ihre Schar um die Wette gelaufen wären wie zwei Rennpferde. Da flüsterte ich einer Maid aus meiner Sippe zu: ‚Sprich zu jener Jungfrau

1. Ein Tal in der Nähe von Medina.

680

dort: ‚Dieser Mann läßt dir sagen: Schön sprach der Dichter dieses Verses:

> *Mit einem Pfeil durchbohrte sie mein Herz und ging*
> *Und fügte ihm noch neuer Wunden Narben zu.'*

Da trat sie hin zu der Maid und sagte ihr den Vers; und jene erwiderte ihr: ‚Sag ihm: Schön sprach, wer mit diesem Verse antwortete:

> *Ich fühle, was du klagst. Gedulde dich! Vielleicht*
> *Naht Freude, und die Herzen finden ihre Ruh.'*

Nun enthielt ich mich weiterer Worte aus Furcht vor Ärgernis; doch ich erhob mich, um fortzugehen, und sie stand auf, wie sie mich aufstehen sah. Ich folgte ihr, und sie schaute sich nach mir um, bis sie sah, daß ich mir ihre Wohnung merkte. Dann begann sie, zu mir zu kommen, und ich pflegte zu ihr zu gehen, so daß wir oft miteinander vereinigt waren, bis die Sache bekannt und ruchbar ward und auch ihr Vater davon erfuhr. Doch ich ließ nicht nach in meinem Eifer, sie zu treffen; und ich klagte meine Lage meinem Vater. Der versammelte unsere Sippe und begab sich dann zu ihrem Vater, um sie für mich zur Frau zu erbitten; jener aber sprach: ‚Wäre mir dies angetragen worden, ehe er sie ins Gerede brachte, so hätte ich eingewilligt; doch nun ist alles ruchbar geworden, und ich bin nicht willens, das Gerede der Leute wahr zu machen.' Da wiederholte ich ihm – so erzählte Ibrahîm weiter – die Weise, und er ging von dannen, nachdem er mir kundgetan hatte, wo er wohnte; und es entstand Freundschaft zwischen uns. Als aber Dscha'far ibn Jahja[1] wieder im Staatssaale saß und ich wie gewöhnlich ihm meine Aufwartung machte, sang ich ihm die Verse des Jünglings vor. Er hatte seine Freude daran, trank einige Becher Weins und rief: ‚He du, von wem ist diese

1. Vgl. Band III, Seite 500.

Weise?' Da erzählte ich ihm die Geschichte des Jünglings, und er befahl mir, zu ihm zu reiten und ihm zu versichern, daß er sein Ziel erreichen werde. Ich brachte ihn auch vor Dscha'far, und er bat ihn, seine Geschichte zu wiederholen. Nachdem er das getan hatte, sprach Dscha'far zu ihm: ,Ich gebe dir mein Wort, daß ich dich mit ihr vermählen werde.' Des freute sich der Jüngling, und er blieb bei uns. Am nächsten Morgen ritt Dscha'far zu er-Raschîd und erzählte ihm die Geschichte. Der hatte Gefallen daran und befahl, uns beide zu holen; dann ließ er sich die Weise vorsingen und trank dazu. Darauf schrieb er einen Brief an den Statthalter des Hidschâz, in dem er ihm befahl, den Vater der Maid und ihre Angehörigen mit allen Ehren zu Hofe zu schicken und reichliche Kosten auf ihre Ausrüstung zu verwenden. Es dauerte auch nicht lange, da kamen sie schon an. Der Kalif gab Anweisung, den Mann vor ihn zu führen; und als der kam, befahl er ihm, seine Tochter mit dem Jüngling zu vermählen, und er gab ihm hunderttausend Dinare; da kehrte der Mann zu den Seinen zurück. Der junge Mann aber blieb Dscha'fars Tischgenosse, bis geschah, was geschah[1]; dann kehrte er mit den Seinen nach Medina zurück – Allah der Erhabene sei ihren Seelen gnädig insgesamt!

Ferner wird erzählt, o glücklicher König,

DIE GESCHICHTE VON EL-MALIK EN-NÂSIR
UND SEINEM WESIR

Dem Wesir Abu 'Âmir ibn Marwân wurde einst ein Christenknabe geschenkt, so schön, wie ihn noch nie ein Auge erblickt hatte. Den sah el-Malik en-Nâsir, und er sprach zu dem Herrn des Sklaven: ,Woher kommt dieser Knabe?' ,Er ist ein Ge-

1. Das heißt: bis zum Sturze der Barmekiden.

schenk Allahs', erwiderte der Wesir. Da rief der Herrscher: ‚Willst du uns mit Sternen schrecken und uns durch Monde gefangen nehmen?' Der Wesir entschuldigte sich bei ihm, rüstete ein Geschenk und sandte es mit dem Knaben zu ihm, indem er dabei sagte: ‚Sei du ein Teil der Gabe; wäre ich nicht gezwungen, so hätte meine Seele sich nicht von dir getrennt!' Und er gab ihm diese Verse mit:

> Mein Gebieter, dieser Vollmond nahet Eurem Himmelszelt;
> Denn der Mond gebührt dem Himmel eher als der Erdenwelt.
> Und die Seele hohen Wertes biet ich Euch als Gabe hier;
> Doch ich sah noch keinen Menschen, der sein Herzblut gab gleich mir.

Daran hatte en-Nâsir Gefallen, und er vergalt das Geschenk durch eine reichliche Geldgabe; und der Minister stieg in seiner Gunst. Bald darauf wurde dem Wesir eine Sklavin geschenkt, eines der herrlichsten Mädchen der Welt; da fürchtete er, en-Nâsir würde davon hören und sie begehren, und es würde mit ihr ebenso werden wie mit dem Sklaven. So rüstete er denn ein Geschenk, noch kostbarer als das erste, und schickte es mit der Sklavin zum Sultan. – –«

Da bemerkte Schehrezâd, daß der Morgen begann, und sie hielt in der verstatteten Rede an. Doch als die *Sechshundertundachtundneunzigste Nacht* anbrach, fuhr sie also fort: »Es ist mir berichtet worden, o glücklicher König, daß der Wesir Abu 'Âmir, als ihm die Sklavin geschenkt war, fürchtete, die Kunde davon würde zu el-Malik en-Nâsir gelangen und es würde mit ihr ebenso werden wie mit dem Sklaven. So rüstete er denn ein Geschenk, noch kostbarer als das erste, und schickte es zusammen mit der Sklavin zum Sultan; auch schrieb er diese Verse und gab sie ihr mit:

> O mein Herr, dies ist die Sonne, da der Mond bei dir schon scheint;
> Und so sind die beiden Leuchten jetzt in deinem Haus vereint –

Eine Sternenstellung, die – bei meinem Leben! – Glück verspricht;
Edens Quell und Wonnegärten künde dir der beiden Licht!
Ihnen beiden ist an Schönheit – ja, bei Gott – kein dritter gleich;
Und so gleicht an Macht kein zweiter dir im ganzen Weltenreich!

Dadurch wuchs sein Ansehen bei Hofe noch mehr; aber nach einer Weile verleumdete ihn einer seiner Feinde bei en-Nâsir, indem er sagte, es brenne immer noch Sehnsucht nach dem Knaben in dem Wesir und er rede unablässig von ihm, wenn der kühle Nordwind ihn errege, und er knirsche mit den Zähnen, weil er ihn verschenkt habe. Aber der König sprach: ‚Rege deine Zunge nicht wider ihn; sonst lasse ich dir den Kopf abschlagen!‘ Dann schrieb er einen Brief an Abu ’Âmir, als ob er von dem Knaben käme; der lautete: ‚Mein Gebieter, Du weißt, daß Du mein ein und alles warst, und daß ich immerdar in aller Freude bei Dir lebte. Wenn ich auch jetzt bei dem Sultan bin, so möchte ich doch lieber bei Dir allein sein. Doch ich fürchte mich vor der Macht des Königs; darum ersinne Du einen Plan, mich von ihm zu erbitten!‘ Den schickte er durch einen jungen Diener, dem er einschärfte, er solle sagen: ‚Dies kommt von Demunddem, der König hat noch nie mit ihm gesprochen.‘ Als Abu ’Âmir den Brief gelesen und die trügerische Botschaft von dem Diener vernommen hatte, da roch er den Gifttrank und schrieb auf den Rücken des Briefes diese Verse:

Ist es denn nach all dem Urteil der Erfahrung zu verstehn
Von den klugen Leuten, daß sie in das Löwenlager gehn?
Ich bin keiner, den die Liebe den Verstand verlieren lehrt;
Und ich weiß gar wohl die Dinge, die der Neider Schar begehrt.
Wärest du auch meine Seele, willig gäbe ich dich preis.
Kann die Seele wiederkehren, die ich fern dem Leibe weiß?

Als en-Nâsir diese Antwort las, wunderte er sich über den Scharfblick des Wesirs, und er lieh nie wieder sein Ohr einem, der ihn verleumden wollte. Und er sprach zu ihm: ‚Wie bist du dem Netz entgangen?‘ ‚Mein Verstand ist nicht in den Maschen der Liebe gefangen‘, erwiderte er; ‚doch Allah weiß es am besten.‘

Ferner wird erzählt, o glücklicher König,

DIE GESCHICHTE VON DEN STREICHEN DER LISTIGEN DALÎLA

Zur Zeit, da Harûn er-Raschîd als Kalif herrschte, lebte ein Mann, Ahmed ed-Danaf geheißen, und ein anderer namens Hasan Schumân[1]; die waren beide Meister in Lug und Trug, und sie vollführten wunderbare Streiche. Deshalb verlieh der Kalif dem Ahmed ed-Danaf ein Ehrengewand und machte ihn zum Hauptmann der Rechten; auch dem Hasan Schumân verlieh er ein Gewand und machte ihn zum Hauptmann der Linken; und jedem von ihnen wies er einen Monatssold von tausend Dinaren an. Unter den beiden standen je vierzig Mann; und dem Ahmed ed-Danaf war die Verantwortung für das Gebiet außerhalb der Stadt auferlegt. So ritten denn Ahmed ed-Danaf und Hasan Schumân und alle, die ihnen untergeben waren, gemeinsam aus mit dem Emir Châlid, dem Präfekten, während der Herold vor ihnen ausrief: ‚Laut Befehl des Kalifen gibt es in Baghdad keinen Hauptmann zur Rechten als den Hauptmann Ahmed ed-Danaf, und keinen Hauptmann zur Linken als den Hauptmann Hasan Schumân; ihrem Worte ist deshalb zu gehorchen, und ihnen gebührt alle Achtung!‘

Nun lebte in der Stadt ein altes Weib, genannt die listige

---

[1]. Diese beiden Erzgauner kommen schon in der Geschichte von ’Alâ ed-Dîn Abu esch-Schamât vor, Band II, Seite 569 bis 658, besonders Seite 631 ff.

Dalîla[1]; und sie hatte eine Tochter, die man Zainab die Gaunerin hieß. Die beiden hörten den Ruf des Herolds; und da sprach Zainab zu ihrer Mutter Dalîla: ‚Sieh, Mutter, dieser Ahmed ed-Danaf ist als Flüchtling aus Kairo hierher gekommen und hat in Baghdad so viele Streiche gespielt, daß er es schließlich zum Gefährten des Kalifen gebracht hat und nun Hauptmann zur Rechten geworden ist. Und dieser kahlköpfige Bursche Hasan Schumân ist Hauptmann zur Linken geworden. Jetzt haben sie des Morgens einen gedeckten Tisch und des Abends einen gedeckten Tisch; und jeder von ihnen hat einen Sold von tausend Dinaren in jedem Monat, während wir müßig hier in diesem Hause sitzen, ohne Rang und ohne Ehren, und niemanden haben, der nach uns fragt.‘ Der Mann Dalîlas war nämlich früher Stadthauptmann von Baghdad gewesen und hatte vom Kalifen allmonatlich tausend Dinare erhalten; doch er war gestorben und hatte zwei Töchter hinterlassen, von denen die eine vermählt war und einen Sohn namens Ahmed el-Lakît hatte; die andere aber war unvermählt, und sie war es, die Zainab die Gaunerin hieß. Dalîla war eine Meisterin in Lug und Trug und allen Streichen; sie konnte selbst einen Drachen durch ihre List aus seiner Höhle locken, und sogar der Teufel hätte von ihr noch Betrug lernen können. Ihr Vater[2] war Brieftaubenwärter beim Kalifen gewesen und hatte auch einen Monatsgehalt von tausend Dinaren gehabt; er pflegte die Brieftauben abzurichten, so daß sie Schreiben und Botschaften überbrachten, und dem Kalifen war ein jeder dieser Vögel zur Zeit der Not lieber als einer seiner Söhne. Zainab aber fuhr fort und sprach zu ihrer Mutter: ‚Auf, voll-

1. Das ist: die Ränkeschmiedin; vgl. die ‚listige Ränkeschmiedin‘ in Band II, Seite 65. – 2. Im Arabischen steht hier versehentlich ‚ihr Gatte‘.

führe listige Streiche, auf daß unser Name dadurch in Baghdad bekannt werde und wir unseres Vaters Einkünfte gewinnen!' – –«

Da bemerkte Schehrezâd, daß der Morgen begann, und sie hielt in der verstatteten Rede an. Doch als die *Sechshundertundneunundneunzigste Nacht* anbrach, fuhr sie also fort: »Es ist mir berichtet worden, o glücklicher König, daß Zainab die Gaunerin also zu ihrer Mutter sprach: ,Auf, vollführe listige Streiche, auf daß unser Name dadurch in Baghdad bekannt werde und wir unseres Vaters Einkünfte gewinnen!' Und die Alte rief: ,Bei deinem Leben, meine Tochter, ich will in Baghdad größere Schelmenstreiche spielen, als Ahmed ed-Danaf und Hasan Schumân sie je ausgeführt haben!' Dann erhob sie sich, legte sich den Halbschleier vor das Gesicht und kleidete sich in die Tracht armer Derwische, indem sie Hosen, die bis zu den Knöcheln reichten, und ein wollenes Obergewand anzog und einen breiten Gürtel um sich schlug. Dann nahm sie einen Krug, füllte ihn bis zum Halse mit Wasser, legte drei Dinare in seine Mündung und verstopfte sie mit Palmenfasern. Ferner hängte sie sich einen Rosenkranz um, der so schwer war wie eine Last Brennholz, und nahm in ihre Hand eine Fahne aus roten und gelben Fetzen. Dann ging sie hinaus und rief ,Allah, Allah!' indem sie mit der Zunge den Höchsten pries, ihr Herz aber auf der Rennbahn des Bösen sich tummeln ließ. Dabei lugte sie aus, wie sie in der Stadt einen Streich spielen könnte. Sie ging von Gasse zu Gasse, bis sie zu einer Straße kam, die gesprengt war und gefegt und mit Marmor belegt. Dort erblickte sie ein gewölbtes Tor mit einer Alabasterschwelle und einen maurischen Wächter, der an der Tür stand. Jenes Haus gehörte dem Obersten der Türhüter des Kalifen, und dieser Mann besaß Äcker und Ländereien und große Einkünfte. Sein

Name aber war Emir Hasan Scharr et-Tarîk[1], und man hatte ihm diesen Beinamen gegeben, weil sein Schlag seinem Worte vorauseilte. Er war mit einer schönen Frau vermählt, die er liebte und die in der Nacht, als er zu ihr einging, ihn hatte schwören lassen, daß er nie eine andere neben ihr zur Frau nehmen und nie eine Nacht in einem anderen Hause zubringen würde. Und so blieb es, bis er eines Tages in die Staatsversammlung kam und dort sah, wie ein jeder Emir einen Sohn oder gar ihrer zwei bei sich hatte. Vorher war er im Bade gewesen und hatte sein Antlitz im Spiegel geschaut und dabei gefunden, daß die weißen Haare in seinem Barte schon die schwarzen verdeckten; und er hatte sich gesagt: ,Wird nicht Er, der deinen Vater zu sich nahm, dich mit einem Sohne segnen?' Darauf ging er zornig zu seiner Frau, und sie sprach zu ihm: ,Guten Abend!' Aber er rief: ,Geh mir aus den Augen! Seit dem Tage, da ich dich sah, habe ich nichts Gutes erlebt.' ,Warum denn?' fragte sie; und er antwortete ihr: ,In der Nacht, da ich zu dir einging, hast du mich schwören lassen, daß ich nie eine andere neben dir zur Frau nehmen wolle. Heute habe ich nun die Emire gesehen, die alle einen Sohn oder gar ihrer zwei bei sich hatten. Da dachte ich an den Tod und daran, daß mir weder Sohn noch Tochter beschieden ist; und wer keine männlichen Nachkommen hat, dessen Name vergeht in der Nachwelt. Das ist der Grund meines Zornes; denn du bist unfruchtbar und kannst nicht von mir empfangen.' ,Allahs Name sei mit dir!' rief sie, ,ich habe Mörser voll Wolle und Heilkräuter zerstoßen; ich habe keine Schuld, das Hindernis liegt an dir. Du bist ein plattnasiger Maulesel; dein Same ist wässerig und kann weder schwängern noch Kinder erzeugen.' Darauf sagte er: ,Wenn ich von der Reise zurückkehre, werde ich mir eine andere

[1]. Das bedeutet: Unheil des Weges.

Frau zu dir hinzunehmen!' ,Mein Geschick steht bei Allah!' erwiderte sie; und er verließ sie, doch beide bereuten ihren Zank.

Wie nun die Frau des Emirs aus ihrem Fenster schaute, einer Braut gleich in dem Schatze von Juwelen, den sie trug, da blieb Dalîla gerade stehen und sah die Frau, und als sie an ihr den Schmuck und die kostbaren Gewänder entdeckte, sagte sie sich: ,Das wäre ein schöner Streich, Dalîla, diese Dame aus dem Hause ihres Gatten zu locken, ihr den Schmuck und die Kleider abzunehmen und sich mit dem ganzen Raube davonzumachen.' Sie wählte also ihren Stand unter dem Fenster jenes Hauses und begann ihre Litanei, indem sie rief: ,Allah, Allah!' Die Dame sah die Alte, wie sie in ihren weißen Kleidern gleich einer Lichtkuppel dastand, ganz wie die Gestalt der frommen Derwische, und immer rief: ,Kommt herbei, ihr Heiligen Allahs!' Und alle die Frauen in der Straße schauten aus den Fenstern und sprachen: ,Da kommt uns göttliche Hilfe! Aus dem Antlitze dieser Greisin erstrahlt Licht!' Chatûn aber, die Frau des Emirs Hasan, brach in Tränen aus und rief ihrer Sklavin zu: ,Geh hinab, küsse die Hand des Scheichs Abu 'Alî, des Pförtners, und sprich zu ihm: ,Laß sie eintreten, die fromme Alte, damit wir Segen durch sie empfangen!' Die Sklavin ging hinab, küßte dem Pförtner die Hand und sagte: ,Meine Herrin spricht zu dir: ,Laß diese fromme Alte zu mir eintreten, damit wir Segen durch sie empfangen!' – –«

Da bemerkte Schehrezâd, daß der Morgen begann, und sie hielt in der verstatteten Rede an. Doch als die *Siebenhundertste Nacht* anbrach, fuhr sie also fort: »Es ist mir berichtet worden, o glücklicher König, daß die Sklavin zum Pförtner hinabging und ihm sagte: ,Meine Herrin spricht zu dir: ,Laß diese fromme Alte zu mir eintreten, damit wir Segen durch sie empfangen; vielleicht wird ihr Segen uns allen zuteil werden!' Darauf

689

trat der Pförtner an die Alte heran und wollte ihr die Hand
küssen; doch sie wehrte ihm und sprach: ‚Bleib mir fern, damit meine Waschung nicht ungültig werde!¹ Du wirst auch
von den Heiligen aufwärts gezogen und gnädig angeschaut.
Allah möge dich aus diesem Dienste befreien, o Abu 'Alî!'
Nun hatte der Pförtner noch den Lohn für drei Monate von
dem Emir zu fordern, und er war in Not, aber er wußte nicht,
wie er seinen Lohn aus seinem Herrn herausbekommen sollte;
so sprach er denn zu der Alten: ‚Mutter, gib mir aus deinem
Kruge zu trinken, auf daß ich durch dich gesegnet werde!' Da
nahm sie den Krug von ihrer Schulter herunter, schwang ihn
durch die Luft und schüttelte ihn in der Hand, so daß der Verschluß von Palmenbast aus der Öffnung heraussprang und die
drei Dinare zu Boden rollten. Der Pförtner sah sie und hob sie
auf, indem er zu sich selber sagte: ‚Gottes Wunder! Diese
Alte gehört zu den Heiligen, die verborgene Gnadengaben
besitzen; denn sie hat mich durchschaut und hat erkannt, daß
ich in Geldnot bin, und deshalb hat sie mir drei Dinare durch
die Luft herbeigezaubert.' Dann nahm er das Geld in die Hand
und sprach zu ihr: ‚Nimm, liebe Muhme, die drei Dinare, die
aus deinem Krug auf die Erde gefallen sind!' Die Alte aber erwiderte: ‚Nimm sie fort von mir! Denn ich gehöre zu denen,
die gar nichts mit irdischem Gute zu tun haben. Nimm sie und
laß sie dir Nutzen bringen an Stelle derer, die der Emir dir
schuldet!' Und er rief: ‚Da kommt uns göttliche Hilfe. Dies
gehört zum Kapitel der Offenbarung!' Nun erschien die Sklavin, küßte der Alten die Hand und führte sie zu ihrer Herrin
hinauf. Und als jene in das Gemach eingetreten war, entdeckte
sie, daß die Herrin der Sklavin einem Schatze glich, dessen

1. Durch die Berührung mit jemandem, der rituell unrein ist, wird die
eigene Reinheit ungültig; Diener versäumen oft die Waschung.

Zauber gelöst war. Nachdem die Dame sie begrüßt und ihr die Hand geküßt hatte, sprach Dalîla zu ihr: ‚Liebe Tochter, ich komme auf göttliche Anweisung hin zu dir!' Chatûn setzte ihr Speisen vor; doch die Alte sprach: ‚Liebe Tochter, ich esse nur vom himmlischen Brote; ich faste stets und breche mein Fasten nur an fünf Tagen im Jahre. Aber, meine Tochter, ich sehe dich betrübt, und ich möchte, daß du mir sagst, was dich bekümmert.' ‚Mutter,' erwiderte Chatûn, ‚in meiner Hochzeitsnacht ließ ich meinen Gatten schwören, daß er keine andere Frau haben solle neben mir. Aber nun hat er anderer Leute Kinder gesehen, und er sehnt sich, solche zu haben, und er sprach zu mir: ‚Du bist unfruchtbar!' Ich aber sagte zu ihm: ‚Du bist ein Maulesel, du kannst nicht schwängern.' Da ging er zornig fort, indem er sprach: ‚Wenn ich von der Reise heimkehre, werde ich mir eine andere Frau nehmen neben dir.' Und ich fürchte, Mutter, er wird sich von mir scheiden, wenn er die andere nimmt. Er hat auch Ländereien und Äcker und große Einkünfte; und wenn ihm Kinder von einer anderen geboren werden, so werden sie mir das Geld und das Land fortnehmen.' Nun fragte die Alte: ‚Liebe Tochter, weißt du denn nichts von meinem Scheich Abu el-Hamalât?'[1] Wenn den ein Schuldner besucht, so bezahlt Allah seine Schuld; und wenn eine Unfruchtbare ihn besucht, so empfängt sie.' Chatûn entgegnete ihr: ‚Mutter, ich bin seit meinem Hochzeitstage nicht aus dem Hause gegangen, weder zu einem Trauerbesuch noch um Glückwünsche zu überbringen.' Da fuhr die Alte fort: ‚Liebe Tochter, ich will dich mit mir nehmen und dich zu Abu el-Hamalât führen; dann wirf du deine Last auf ihn und tu ihm ein Gelübde, auf daß du, wenn dein Gatte von der Reise heimkehrt und dir beiwohnt, von ihm empfangest,

1. ‚Vater der Lasten' oder ‚der Schwangerschaften'.

sei es eine Tochter oder einen Sohn. Aber sei es nun ein Mädchen oder ein Knabe, was du zur Welt bringst, es soll ein Derwisch des Scheichs Abu el-Hamalât werden.' Darauf erhob sich die Dame, mit all ihrem Schmuck und mit ihren prächtigsten Gewändern angetan, und sprach zur Sklavin: ‚Gib acht auf das Haus!' ‚Ich höre und gehorche, meine Herrin!' erwiderte die. Dann ging Chatûn hinunter, und als Scheich Abu ’Alî, der Pförtner, ihr entgegentrat und sie fragte: ‚Wohin, meine Herrin?' antwortete sie ihm: ‚Ich gehe, um den Scheich Abu el-Hamalât zu besuchen.' Und er fuhr fort: ‚Ich verpflichte mich zu einem Jahre Fasten. Diese fromme Alte gehört wirklich zu den Heiligen Allahs, ja, sie ist voller Heiligkeit, meine Herrin, sie gehört zu denen, die verborgene Gnadengaben besitzen. Sie hat mir drei Dinare roten Goldes gegeben, sie hat mich durchschaut, ehe ich sie um etwas bat, und erkannt, daß ich in Not war.' Darauf gingen die beiden hinaus, die Alte und die Dame, die Gemahlin des Emirs Hasan Scharr et-Tarîk. Und das alte Weib, die listige Dalîla, sprach zu der Dame: ‚So Gott will, meine Tochter, wird dir, wenn du den Scheich Abu el-Hamalât besuchst, Seelentrost zuteil werden; dann wirst du empfangen durch die Macht Allahs des Erhabenen, und dein Gatte, der Emir Hasan, wird dich lieb haben, durch den Segen dieses Scheichs, und er wird dich nie mehr ein Wort hören lassen, das dein Herz verletzt.' ‚Ich will ihn besuchen, meine Mutter', erwiderte Chatûn. Aber die Alte sprach bei sich selber: ‚Wo soll ich sie nur berauben und ihr die Kleider abnehmen, da das Volk hier kommt und geht?' Doch zu der Dame sprach sie: ‚Wenn du gehst, dann geh so weit hinter mir, daß du mich noch sehen kannst! Denn ich, deine Mutter, habe viele Bürden zu tragen; ein jeder, der eine Last trägt, wirft sie auf mich, und alle, die eine fromme Gabe gelobt haben, geben sie mir und küssen mir die Hand.' Da folgte die junge Frau der Alten von fern, und die Alte ging voran, bis sie zum Basar der Kaufleute kamen; dabei klirrten der Dame Spangen, und ihre Haarschmuckstücke klangen. Dort kamen sie an dem Laden eines jungen Kaufmannes vorbei, der Saijid Hasan hieß, der sehr schön war und noch keinen Flaum auf seinen Wangen hatte. Wie der die Dame kommen sah, warf er ihr verstohlene Blicke zu; und als die Alte das merkte, winkte sie ihr und sprach zu ihr: ‚Setze dich in diesen Laden, bis ich zu dir zurückkehre!' Chatûn gehorchte ihrem Worte und setzte sich vorn in den Laden des jungen Kaufmanns nieder; und jener schaute auf sie mit einem Blick, der ließ tausend Seufzer in ihm zurück. Die Alte aber trat zu ihm heran, begrüßte ihn und flüsterte ihm zu: ‚Bist du nicht Saijid Hasan, der Sohn des Kaufmanns Muhsin?' ‚Ja,' erwiderte er ihr, ‚wer hat dir meinen Namen gesagt?' Sie fuhr fort: ‚Gute Leute haben mich an dich verwiesen. Wisse, diese Dame dort ist meine Tochter; ihr Vater war ein Kaufmann, er ist jetzt tot und hat ihr viel Geld hinterlassen. Sie ist nun mannbar geworden; und die Weisen sagen: Such einen Gatten für deine Tochter, doch keine Frau für deinen Sohn. Sie ist ihr Leben lang noch nicht aus dem Hause gegangen, außer an diesem Tage. Mir aber ist eine göttliche Weisung gekommen, und eine innere Stimme hat mich gerufen, meine Tochter dir zu vermählen; wenn du arm bist, so will ich dir ein Kapital geben, so daß du zwei Läden auftun kannst anstatt des einen.' Da sprach der junge Kaufmann bei sich selber: ‚Ich bat Allah um eine Braut, und nun hat er mir dreierlei gegeben: Geld und Gewand und Gattin.' Zu der Alten aber sprach er: ‚Mutter, gut ist, was du mir rätst; wisse, meine Mutter hat mir schon seit langem gesagt, daß sie mich zu vermählen wünscht; aber ich will es nicht, sondern ich sage: Ich will mich nur ver-

mählen, nachdem ich mit eigenen Augen gesehen habe.' Da
sagte Dalîla zu ihm: ‚Steh auf und folge mir; ich werde sie dir
ohne Gewänder zeigen!' Er stand also auf, indem er tausend
Dinare mit sich nahm; denn er sagte sich: ‚Vielleicht brauchen
wir etwas, das wir kaufen müssen.' – –«

Da bemerkte Schehrezâd, daß der Morgen begann, und sie
hielt in der verstatteten Rede an. Doch als die *Siebenhundertund-
erste Nacht* anbrach, fuhr sie also fort: »Es ist mir berichtet worden, o glücklicher König, daß die Alte zu Hasan, dem Sohne
des Kaufmanns Muhsin, sprach: ‚Steh auf und folge mir; ich
werde sie dir ohne Gewänder zeigen!' Er stand also auf, indem
er tausend Dinare mit sich nahm; denn er sagte sich: ‚Vielleicht
brauchen wir etwas, das wir kaufen müssen, oder wir müssen
den festgesetzten Preis für das Schließen des Ehevertrages zahlen.' Die Alte sprach zu ihm: ‚Geh in einiger Entfernung hinter
der Jungfrau her, doch so, daß du sie nicht aus den Augen verlierst!' Bei sich selber aber sprach sie: ‚Wohin sollst du nun mit
dem jungen Kaufmanne gehen, um ihn ebenso zu berauben
wie die Dame, wo doch sein Laden geschlossen ist?' Und sie
schritt weiter, die Dame folgte ihr, und der junge Kaufmann
ging hinter der Dame her, bis die Alte zu einer Färberei kam,
die einem Meister des Namens el-Hâddsch Mohammed gehörte; der war wie das Messer des Kolokasienhändlers[1], das da
männlich und weiblich abschneidet, und er liebte es, Feigen
und Granaten zu essen.[2] Als er das Klingen der Spangen hörte,
hob er die Augen auf und erblickte die Dame und den Jüng-

1. Die Blume der Kolokasie hat unten weibliche und in der Mitte
männliche Blüten; wer sie abschneidet, nimmt also beide auf einmal
fort. Der Ausdruck besagt, daß Hâddsch Mohammed Knaben sowohl
wie Mädchen liebte. – 2. Die Redensart hat denselben Sinn, der in Anmerkung 1 angedeutet ist.

ling. Da setzte sich auch schon die Alte neben ihm nieder, begrüßte ihn und sprach: ‚Du bist doch Hâddsch Mohammed, der Färber?‘, ‚Ja,‘ erwiderte er, ‚der bin ich. Was wünschest du?‘ Sie fuhr fort: ‚Mich haben treffliche Leute an dich verwiesen. Sieh das schöne Mädchen dort, meine Tochter, und den bartlosen, schönen Jüngling, meinen Sohn! Ich habe die beiden aufgezogen und viel Geld auf sie verwandt. Nun wisse, ich habe ein großes, baufälliges Haus, das ich mit Holz habe stützen lassen; und der Baumeister hat zu mir gesagt: ‚Zieh in ein anderes Haus, damit das alte nicht über dir zusammenbricht! Und wenn du dies ausgebessert hast, so kannst du hernach wieder zu ihm heimkehren und dort wohnen.‘ Jetzt bin ich ausgegangen, um mir eine Wohnstätte zu suchen; und da haben rechtschaffene Leute mich an dich verwiesen. Deshalb möchte ich meinen Sohn und meine Tochter bei dir wohnen lassen.‘ Der Färber sprach bei sich selber: ‚Da fällt dir ja Butter auf Kuchen!‘ Aber der Alten sagte er: ‚Es ist wahr, ich habe ein Haus und einen Saal und einen Söller; doch ich kann keinen Raum davon entbehren wegen der Gäste und der Indigobauern.‘ Sie fuhr fort: ‚Mein Sohn, wir werden höchstens einen Monat oder zwei Monate in dem Hause wohnen; und wir sind Fremdlinge. Laß das Gastzimmer uns und dir gemeinsam sein! Bei deinem Leben, mein Sohn, wenn du verlangst, daß deine Gäste auch unsere Gäste sein sollen, so wollen wir sie willkommen heißen, mit ihnen essen und mit ihnen schlafen!‘ Darauf gab er ihr die Schlüssel, einen großen und einen kleinen und einen krummen, indem er zu ihr sprach: ‚Der große Schlüssel ist für das Haus, der krumme für die Halle und der kleine für den Söller!‘ Sie nahm die Schlüssel und ging, ihr folgte die Dame, und hinter der schritt der junge Kaufmann, bis sie zu einer Gasse kam, in der sie das Haus erkannte. Sie öffnete die Tür und trat ein; alsbald kam auch die Dame herein, und die Alte sprach zu ihr: ‚Liebe Tochter, dies ist die Wohnung des Scheichs Abu el-Hamalât – dabei zeigte sie auf die Halle –, doch geh zum Söller hinauf und lege deinen Schleier ab und warte, bis ich zu dir komme!‘ Die Dame ging also zum Söller hinauf und setzte sich nieder. Inzwischen kam auch der junge Kaufmann; die Alte empfing ihn und sprach zu ihm: ‚Setze dich in der Halle nieder, bis ich meine Tochter zu dir bringe, auf daß du sie sehen kannst!‘ Der Jüngling trat in die Halle und setzte sich, während die Alte zu der Dame hineinging. Diese sagte nun: ‚Ich möchte den Scheich Abu el-Hamalât besuchen, ehe die Leute kommen.‘ Die Alte aber hub an: ‚Ach, meine Tochter, wir sind um dich besorgt.‘ ‚Weshalb denn?‘ fragte Chatûn; und Dalîla erwiderte: ‚Weil ein Sohn von mir gerade hier ist, ein heiliger Narr, der den Sommer nicht vom Winter unterscheiden kann und immer nackt geht; er ist der Stellvertreter des Scheichs. Wenn eine Dame wie du den Scheich besucht, so nimmt der Irre ihr die Ringe fort, zerrt sie an den Ohren und zerreißt ihre seidenen Kleider. Drum leg du deinen Schmuck und deine Gewänder ab; ich will sie dir hüten, bis du deinen frommen Besuch beendet hast.‘ Da legte die Dame ihren Schmuck und ihre Gewänder ab und gab sie der Alten; und die sprach zu ihr: ‚Ich will sie dir im Schutze des Scheichs niederlegen, auf daß dir Segen zuteil werde.‘ Und die Alte nahm die Sachen und ging hinaus, indem sie die Dame in Hemd und Hosen zurückließ, und verbarg alles an einer Stelle bei der Treppe; dann trat sie zu dem jungen Kaufmann ein, der auf die Dame wartete; und er rief ihr zu: ‚Wo ist deine Tochter? Ich will sie sehen.‘ Doch da schlug sich die Alte auf die Brust. ‚Was ist dir?‘ fragte der Jüngling; und sie erwiderte ihm: ‚Sterben soll der böse Nachbar! Gäbe es doch keine nei-

dischen Nachbarn! Die haben dich nämlich mit mir hier eintreten sehen, und nun haben sie mich nach dir gefragt. Und als
ich ihnen sagte: ,Das ist ein Bräutigam, den ich für meine
Tochter geworben habe', da wurden sie neidisch auf mich um
deinetwillen; und sie sagten zu meiner Tochter: ,Ist deine
Mutter es überdrüssig geworden, dich zu ernähren, daß sie
dich nun mit einem Aussätzigen vermählen will.' Ich mußte
ihr schwören, daß sie dich nackt sehen solle.' Er rief: ,Ich nehme meine Zuflucht zu Allah vor den Neidern!' Und er entblößte seine Unterarme; da konnte sie sehen, daß sie wie Silber waren. Dann sprach sie: ,Fürchte nichts! Ich will sie dir
nackt zeigen, so wie sie dich nackt sehen soll.' Er darauf: ,Laß
sie nur kommen und mich anschauen!' Mit diesen Worten
legte er seinen Zobelpelz ab, seinen Gürtel, sein Messer und
alle seine Obergewänder, bis er in Hemd und Unterhose dastand. Und er legte die tausend Dinare zu den Kleidern. Darauf sagte sie: ,Gib mir deine Kleider, damit ich sie dir auf bewahre!' Und sie nahm sie hin und tat sie zu den Kleidern der
Dame. Dann lud sie sich alles auf, schlich damit zum Hause
hinaus, schloß die Tür hinter den beiden und ging ihrer
Wege. – –«

Da bemerkte Schehrezâd, daß der Morgen begann, und sie
hielt in der verstatteten Rede an. Doch als die *Siebenhundert-
undzweite Nacht* anbrach, fuhr sie also fort: »Es ist mir berichtet worden, o glücklicher König, daß die Alte, nachdem sie
die Kleider des jungen Kaufmanns und alle Sachen der Dame
genommen hatte, die Tür hinter den beiden schloß und ihrer
Wege ging. Sie hinterlegte ihre Beute bei einem Spezereienhändler und begab sich dann zu dem Färber. Den sah sie dasitzen und auf sie warten; und er sprach zu ihr: ,So Gott will,
hat euch das Haus gefallen.' Und sie erwiderte: ,Es liegt ein

Segen darauf. Ich will jetzt gehen und die Lastträger holen, die unsere Sachen und unser Hausgerät bringen sollen. Meine Kinder haben mich aber um Brot und Fleisch gebeten; darum nimm du diesen Dinar, hole ihnen Brot und Fleisch und geh und iß mit ihnen zu Mittag!' Der Färber fragte: ‚Wer soll derweilen die Färberei hüten, wo doch die Sachen so vieler Leute darin sind?' ‚Dein Diener', erwiderte die Alte; und er sagte: ‚So sei es!' nahm eine Schüssel und den Deckel dazu und ging fort, um das Mittagsmahl zu rüsten. So viel jetzt von dem Färber; von ihm wird noch mehr erzählt werden.

Sehen wir nun, was die Alte tat! Sie holte die Sachen der Dame und des jungen Kaufmannes von dem Spezereienhändler und kehrte dann zu der Färberei zurück. Dort sprach sie zu dem Diener: ‚Lauf deinem Meister nach! Ich will mich nicht von der Stelle rühren, bis ihr beide zu mir zurückkommt!' ‚Ich höre und gehorche!' erwiderte der Diener. Darauf raffte sie alles, was in der Färberei war, zusammen. Da kam ein Eseltreiber des Weges, der dem Haschisch ergeben war und der schon seit einer Woche keine Arbeit mehr gehabt hatte; dem rief sie zu: ‚Komm hierher, du Eseltreiber!' Als er zu ihr gekommen war, fragte sie ihn: ‚Kennst du meinen Sohn, den Färber?' ‚Ich kenne ihn', erwiderte er; und sie fuhr fort: ‚Der arme Kerl ist bankerott, und viele Schulden lasten auf ihm; und jedesmal, wenn er eingesperrt wird, muß ich ihn befreien. Nun wollen wir nachweisen, daß er zahlungsunfähig ist, und ich will hingehen um den Eigentümern ihre Waren zurückzugeben; deshalb möchte ich, daß du mir den Esel leihst, damit ich den Leuten die Sachen auf ihm bringen kann; nimm diesen Dinar als Miete! Und wenn ich fort bin, so nimm die Handsäge, leere die Bottiche und zerbrich sie samt den Krügen, damit der Beamte vom Gerichte des Kadis nichts findet, wenn er

698

in die Färberei kommt!' Der Mann erwiderte: ,Ich bin dem Meister zu Dank verpflichtet; ich will es gern um Allahs willen tun.' Darauf nahm die Alte ihren ganzen Raub, und nachdem sie ihn auf den Esel geladen, zog sie – beschützt von des Allbeschützers Gnaden – in ihr Haus. Und als sie zu ihrer Tochter Zainab eintrat, rief die ihr entgegen: ,Mein Herz war immer bei dir, Mutter! Was für Streiche hast du ausgeführt?' Dalîla erwiderte: ,Ich habe vier Streiche gespielt, bei vier Leuten, einem jungen Kaufmann, der Frau des Obertürhüters, einem Färber und einem Eseltreiber; und ich habe dir alle ihre Sachen auf dem Esel des Treibers mitgebracht.' Aber die Tochter sprach: ,Mutter, du wirst nie mehr in der Stadt umhergehen können wegen des Obertürhüters, dessen Frau du beraubt hast, und wegen des jungen Kaufmannes, den du ausgezogen, wegen des Färbers, aus dessen Werkstatt du die Waren der Leute geholt hast, und wegen des Eseltreibers, dem der Esel gehört.' Da sagte die Alte: ,Ha, Tochter, ich mache mir nichts aus ihnen, außer dem Eseltreiber, der mich kennt.'

Sehen wir nun, was der Meister Färber tat! Er besorgte das Brot und das Fleisch und ließ seinen Diener alles auf dem Kopfe tragen. Als er bei der Färberei vorbeikam, sah er, wie der Eseltreiber die Bottiche zerbrach und wie dort keine Stoffe noch sonst irgend etwas vorhanden waren, ja er sah seine Werkstatt in Trümmern. Da rief er: ,Nimm deine Hand weg, du Eseltreiber!' Der tat es und sprach: ,Allah sei gepriesen für deine Rettung! Lieber Meister, mein Herz war bei dir.' ,Weshalb? Was ist mir denn geschehen?' fragte der Färber; und der andere erwiderte: ,Du bist doch bankerott geworden, und man hat eine Urkunde geschrieben, daß du zahlungsunfähig bist. ,Wer hat dir das gesagt?' ,Deine Mutter, und sie hat mir befohlen, die Bottiche zu zerschlagen und die Krüge zu leeren, damit der Beamte, wenn er kommt, nicht etwa noch Sachen in der Werkstatt findet!' ,Gott verdamme!' rief der Färber – der Fluch möge keinen der Hörer treffen –, meine Mutter ist seit langer Zeit tot!' Und er schlug sich auf die Brust und rief: ,Weh um den Verlust meiner Waren und der Waren der Leute!' Aber auch der Eseltreiber fing an zu weinen und rief: ,Weh um den Verlust meines Esels!' Dann sprach er zu dem Färber: ,Gib mir meinen Esel wieder, Meister, den deine Mutter gestohlen hat!' Da packte der Färber den Eseltreiber an der Kehle, schlug ihn und schrie: ,Bring mir die Alte her!' Und der andere schrie: ,Schaff mir den Esel her!' bis das Volk sich um sie sammelte. – –«

Da bemerkte Schehrezâd, daß der Morgen begann, und sie hielt in der verstatteten Rede an. Doch als die *Siebenhundertunddritte Nacht* anbrach, fuhr sie also fort: »Es ist mir berichtet worden, o glücklicher König, daß der Färber den Eseltreiber packte und der Eseltreiber den Färber packte und daß die beiden einander fluchten, bis das Volk sich um sie sammelte und einer von den Leuten fragte: ,Was gibt es, Meister Mohammed?' Doch der Eseltreiber hub an: ,Ich will euch die Geschichte erzählen'; und er berichtete ihnen, was geschehen war, indem er hinzufügte: ,Ich dachte dem Meister einen guten Dienst zu erweisen; aber als er mich sah, schlug er sich auf die Brust und rief: ,Meine Mutter ist tot!' Jetzt verlange ich meinerseits meinen Esel von ihm; denn er hat mir diesen Streich gespielt, damit er mich um meinen Esel bringe!' Da fragten die Leute: ,Meister Mohammed, kanntest du die Alte, so daß du ihr die Färberei mit allem, was darinnen war, anvertrauen konntest?' Der antwortete: ,Ich kenne sie nicht; aber sie hat heute bei mir Wohnung genommen, sie mit ihrem Sohne und ihrer Tochter.' Nun sagte einer von den Leuten: ,Meiner Treu!

Der Färber ist dem Eseltreiber haftbar!' Ein anderer fragte: ‚Auf Grund wovon?' Jener antwortete: ‚Weil der Eseltreiber erst dann Vertrauen hatte und der Alten den Esel gab, als er sah, daß der Färber ihr die Werkstatt mit allem, was darinnen war, anvertraut hatte.' Und ein dritter sagte: ‚Meister, da du sie bei dir aufgenommen hast, so ziemt es sich, daß du ihm seinen Esel wiederbringst!' Dann machten sie sich alle auf den Weg nach dem Hause; und von ihnen wird noch mehr zu erzählen sein.

Wenden wir uns nun wieder zu dem jungen Kaufmann! Der wartete, daß die Alte kommen sollte; aber sie kam nicht mit ihrer Tochter. Ebenso wartete auch die Dame, daß die Alte zu ihr kommen und von ihrem der Welt entrückten Sohne, dem Stellvertreter des Scheichs Abu el-Hamalât, die Erlaubnis zum Eintritt bringen sollte; aber die Alte kam nicht zurück. Da erhob sie sich, um den Scheich aufzusuchen; doch vor ihr stand der junge Kaufmann, der zu ihr sprach, als sie eintrat: ‚Komm nur herein! Wo ist deine Mutter, die mich hierher gebracht hat, um mich mit dir zu vermählen?' Sie entgegnete: ‚Meine Mutter ist tot; bist du der Sohn der Alten, der Verrückte, der Stellvertreter des Scheichs Abu el-Hamalât?' Da rief er: ‚Diese alte Gaunerin ist nicht meine Mutter. Sie hat mir einen Streich gespielt, um mir meine Kleider und die tausend Dinare zu stehlen!' Und die Dame sprach: ‚Auch mich hat sie betrogen; sie hat mich hierher geführt, um den Scheich Abu el-Hamalât zu besuchen, und statt dessen hat sie mich ausgezogen.' Nun hub der junge Kaufmann an und sagte zu der Dame: ‚Ich halte mich wegen meiner Kleider und der tausend Dinare an dich', während sie hingegen sprach: ‚Und ich halte mich wegen meiner Gewänder und meines Schmuckes an dich. Hol mir deine Mutter her!' In dem Augenblicke aber trat der

Färber zu ihnen ein, und als er den jungen Kaufmann halbnackt und die junge Dame ohne Oberkleider sah, rief er: ‚Sagt mir, wo ist eure Mutter!' Da erzählte Chatûn alles, was ihr geschehen war, und auch der junge Kaufmann berichtete alles, was er erlebt hatte. Nun rief der Färber: ‚Weh über den Verlust meiner Waren und der Waren der Leute!' Und der Eseltreiber rief: ‚Weh über den Verlust meines Esels! Gib mir meinen Esel, du Färber!' Der Färber aber fuhr fort: ‚Diese Alte ist eine Gaunerin. Kommt heraus, ich will die Tür zuschließen!' Allein der junge Kaufmann sagte: ‚Es wäre doch eine Schande für dich, wenn wir, nachdem wir in unseren Kleidern dein Haus betreten haben, es halbnackt wieder verlassen sollten.' Da gab der Färber ihm und der Dame Kleider, und er ließ die Dame in ihr Haus geleiten; wir werden nach der Rückkehr ihres Gatten von der Reise noch mehr von ihr hören. Inzwischen schloß der Färber seine Werkstatt und sprach zu dem jungen Kaufmann: ‚Komm, laß uns nach der Alten suchen und sie dem Präfekten überantworten!' So ging er denn mit ihm fort, und auch der Eseltreiber war bei ihnen, und sie traten in das Haus des Präfekten und begannen Klage vor ihm zu führen. Er fragte sie: ‚Ihr Leute, was ist es mit euch?' Und sie berichteten ihm, was geschehen war. Da sagte er zu ihnen: ‚Wie viele alte Weiber gibt es in der Stadt! Geht hin und sucht nach ihr und nehmt sie fest; dann will ich sie euch schon zum Geständnis bringen!' Darauf zogen sie umher und suchten nach ihr; und bald wird wieder von ihnen zu berichten sein.

Sehen wir jedoch, was die listige Dalîla tat! Sie sprach zu ihrer Tochter Zainab: ‚Mein Töchterlein, ich möchte einen Streich spielen.' ‚Mutter, ich fürchte für dich', erwiderte jene; doch die Alte fuhr fort: ‚Ich bin wie Bohnenabfall, fest gegen Wasser und Feuer.' Und sie machte sich auf, legte das Gewand einer Sklavin vornehmer Leute an und ging fort, um Ausschau zu halten nach einem Streiche, den sie verüben könnte. Da kam sie an einer Gasse vorbei, die mit Matten belegt und durch Hängelampen beleuchtet war; dort hörte sie Gesänge und den Klang der Tamburine, und sie sah eine Sklavin, die auf der Schulter einen Knaben trug. Der hatte Hosen, die mit Silber bestickt waren, und lauter schöne Kleider; auf dem Kopfe trug er einen Fes, der mit Perlen besetzt war, um den Hals einen Schmuck aus Gold und Edelsteinen; und er war in einen Mantel aus Samt gehüllt. Das Haus dort gehörte dem Ältesten der Kaufmannschaft von Baghdad, und der Knabe war sein Sohn. Er hatte aber auch eine jungfräuliche Tochter, die zur Ehe versprochen war, und man feierte an jenem Tage die Vollziehung ihrer Eheurkunde. Bei ihrer Mutter war eine Gesellschaft von Damen und Sängerinnen; aber jedesmal, wenn sie hinauf- oder hinunterging, klammerte sich der Knabe an sie. Deshalb hatte sie die Sklavin gerufen und zu ihr gesagt: ,Nimm deinen jungen Herrn und spiel mit ihm, bis die Gesellschaft aufbricht!' So kam es, daß die alte Dalîla den Knaben auf der Schulter der Sklavin sah; und sie fragte alsbald: ,Was für ein Fest ist heute bei deiner Herrin?' Die Sklavin antwortete: ,Sie feiert heute die Vollziehung der Eheurkunde ihrer Tochter; und sie hat Sängerinnen bei sich.' Nun sagte die Alte in ihrem Innern: ,Dalîla, das ist jetzt der rechte Streich, dieser Sklavin diesen Knaben zu entführen.' – –«

Da bemerkte Schehrezâd, daß der Morgen begann, und sie hielt in der verstatteten Rede an. Doch als die *Siebenhundertundvierte Nacht* anbrach, fuhr sie also fort: »Es ist mir berichtet worden, o glücklicher König, daß die Alte in ihrem Inneren sagte: ,Dalîla, das ist jetzt der rechte Streich, dieser Sklavin diesen Knaben zu entführen.' Dann rief sie laut: ,O Schmach voll Unglück!' Und sie zog aus ihrer Tasche ein kleines, rundes Stück Messing heraus, das einem Dinar ähnlich war; zu der Sklavin aber, die gar einfältig war, sprach sie: ‚Nimm diesen Dinar und bring ihn deiner Herrin hinein[1] und sprich zu ihr: Umm el-Chair freut sich mit dir; sie ist dir für deine Güte verpflichtet, und sie wird dich am Empfangstage mit ihren Töchtern besuchen, und alle werden dann den Kammerfrauen die gewohnten Gaben bringen.' Die Sklavin erwiderte darauf: ‚Mutter, mein junger Herr hier hängt sich an seine Mutter, sooft er sie nur sieht.' Doch die Alte sagte: ‚Laß ihn bei mir, während du hineingehst und wieder zurückkehrst!' Da nahm die Sklavin das Messingstück und ging hinein. Kaum aber hatte die Alte den Knaben in der Hand, so eilte sie in eine Seitengasse und nahm ihm den Schmuck ab und die Kleider, die er trug. Dann sprach sie zu sich selber: ‚Dalîla, das wäre erst ein feiner Streich, wenn du jetzt, wie du die Sklavin begaunert und ihr den Knaben abgenommen hast, ein neues Spiel verübtest und das Kind um eine Sache verpfändest, die tausend Dinare wert ist!' Sie begab sich also in den Basar der Juwelenhändler, und dort sah sie einen jüdischen Goldschmied, der einen Kasten voller Schmucksachen vor sich hatte. Sie sagte sich: ‚Jetzt zeige deine Schlauheit dadurch, daß du den Juden dort begaunerst, ihm Schmucksachen für tausend Dinare abnimmst und ihm den Knaben als Pfand dafür hinterläßt.' Als der Jude nun aufblickte und den Knaben bei ihr sah, erkannte er in ihm den Sohn des Ältesten der Kaufmannschaft. Jener Jude war ein sehr reicher Mann, und doch war er immer noch neidisch auf seinen Nachbarn, wenn der etwas verkaufte, er selber aber nicht. Er fragte darum die Alte: ‚Was wünschest du, meine Herrin?' Da fragte sie ihn: ‚Bist du nicht Meister

1. Das heißt: als Geschenk für die Sängerinnen.

’Adhra, der Jude?‘ Denn sie hatte sich vorher nach seinem Namen erkundigt. ‚Jawohl‘, erwiderte er; und sie fuhr fort: ‚Die Schwester dieses Knaben, die Tochter des Ältesten der Kaufmannschaft, ist verlobt, und heute wird die Eheurkunde vollzogen; daher braucht sie Schmucksachen. Gib mir also zwei Paar goldene Fußspangen, ein Paar goldene Armspangen, Perlenohrringe, einen Gürtel, einen Dolch und einen Siegelring.‘ Sie nahm ihm Schmuckstücke im Werte von tausend Dinaren ab und sprach zu ihm: ‚Ich will diesen Schmuck zur Ansicht mitnehmen; was den Leuten gefällt, werden sie behalten; und bis ich dir den Preis bringe, behalte du diesen Knaben als Pfand bei dir!‘ ‚Wie du willst‘, antwortete er; und sie nahm die Schmucksachen und ging nach Hause. Dort fragte ihre Tochter sie: ‚Was für Streiche hast du heute ausgeführt?‘ Sie erwiderte: ‚Mein Streich war der, daß ich den Sohn des Ältesten der Kaufmannschaft entführt und ihm seine Kleider abgenommen habe; dann bin ich hingegangen und habe ihn verpfändet für Sachen im Werte von tausend Dinaren, die ich von dem Juden erhalten habe.‘ Die Tochter sagte: ‚Du wirst nie wieder in der Stadt ausgehen können.‘

Inzwischen war die Sklavin zu ihrer Herrin hineingegangen und hatte zu ihr gesprochen: ‚Meine Gebieterin, Umm el-Chair läßt dich grüßen, und sie freut sich mit dir, und am Empfangstage wird sie mit ihren Töchtern kommen, und alle werden sie die gewohnten Gaben bringen.‘ Ihre Herrin fragte: ‚Wo ist dein junger Herr?‘ Die Sklavin erwiderte: ‚Ich habe ihn bei ihr gelassen, damit er sich nicht an dich hängt, und sie hat mir auch Geld für die Sängerinnen gegeben.‘ Da sagte die Dame zur Oberin der Sängerinnen: ‚Da, nimm dein Geld!‘ Sie nahm es und entdeckte, daß es ein Stückchen Messing war. Da rief die Herrin der Sklavin zu: ‚Geh hinunter, du Dirne, und sieh nach deinem jungen Herrn!' Die Sklavin ging hinunter, und als sie weder den Knaben noch die Alte fand, stieß sie einen lauten Schrei aus und fiel auf ihr Angesicht nieder; so ward die Freude zur Trauer. Da trat auch gerade der Älteste der Kaufmannsgilde ein, und seine Frau erzählte ihm alles, was sich zugetragen hatte. Sofort ging er hinaus, um nach dem Kinde zu suchen, und auch alle Kaufleute begannen zu suchen, jeder auf einem anderen Wege. Immer weiter forschte der Gildenmeister nach, bis er seinen Sohn entkleidet im Laden des Juden sitzen sah. Da schrie er den Juden an: ,Das ist mein Sohn!' ,Jawohl', erwiderte der Jude; und der Vater riß das Kind an sich, ohne nach seinen Kleidern zu fragen; so sehr freute er sich, daß er es wiedergefunden hatte. Der Jude aber, als er sah, daß der Kaufmann sein Kind mitnahm, hängte sich an ihn und rief: ,Allah helfe dem Kalifen wider dich!' Der Kaufmann fragte ihn: ,Was ficht dich an, Jude?' Und jener antwortete: ,Die Alte hat von mir Schmucksachen für deine Tochter mitgenommen im Werte von tausend Dinaren, und sie hat diesen deinen Sohn als Pfand bei mir gelassen! Ich habe ihr die Sachen nur deshalb gegeben, weil sie den Knaben bei mir als Pfand hinterließ für das, was sie mitnahm. Und ich habe ihr nur deshalb geglaubt, weil ich wußte, daß dieser Knabe dein Sohn ist.' Der Kaufmann sagte darauf: ,Meine Tochter braucht keinen Schmuck; gib mir die Kleider des Knaben!' Da schrie der Jude: ,Kommt mir zu Hilfe, ihr Muslime!' Gerade in demselben Augenblick kamen der Eseltreiber und der Färber und der junge Kaufmann dort vorbei, die umherzogen, um die Alte zu suchen; und sie fragten den Kaufmann und den Juden nach dem Grunde ihres Streites. Die erzählten ihnen, was geschehen war; und die drei erwiderten: ,Diese Alte ist eine Gaunerin; sie hat uns schon vor euch betrogen'; und dann berichteten sie, was sie mit ihr erlebt hatten. Der Älteste der Kaufmannsgilde sprach: ‚Nun ich mein Kind gefunden habe, mögen die Kleider sein Lösegeld sein! Wenn ich aber die Alte treffe, so will ich die Kleider von ihr fordern.‘ Dann begab er sich mit seinem Sohne zu der Mutter; und die freute sich über seine Rettung. Doch der Jude fragte die andern drei: ‚Wohin geht ihr jetzt?‘ ‚Wir wollen sie suchen‘, erwiderten sie; und der Jude sprach: ‚Nehmt mich mit euch!‘ Und er fügte hinzu: ‚Ist einer unter euch, der sie kennt?‘ Der Eseltreiber rief: ‚Ich kenne sie‘; und der Jude fuhr fort: ‚Wenn wir alle zusammen gehen, so werden wir sie nicht fangen können; dann entwischt sie uns. Wir wollen ein jeder einen anderen Weg einschlagen und uns bei dem Laden des Hâddsch Mas'ûd, des maurischen Barbiers, wieder treffen.‘ So schlug denn jeder einen anderen Weg ein.

Nun war Dalîla von neuem ausgezogen, um ihr Unwesen zu treiben. Da sah der Eseltreiber sie, und als er sie erkannte, packte er sie an und schrie: ‚He, du da, treibst du dies Gewerbe schon lange?‘ ‚Was ist dir?‘ fragte sie; und er rief: ‚Gib mir meinen Esel wieder!‘ Darauf entgegnete sie: ‚Verhülle, was Allah verhüllt hat, mein Sohn! Suchst du deinen Esel oder die Sachen anderer Leute?‘ Er rief: ‚Ich suche nur meinen Esel, weiter nichts!‘ Da sagte sie: ‚Ich sah, daß du arm bist, und deshalb stellte ich deinen Esel für dich bei dem maurischen Barbier unter. Tritt ein wenig zurück, ich will zu ihm gehen und ihm gut zureden, daß er ihn dir wiedergibt!‘ Darauf trat sie an den Barbier heran, küßte ihm die Hand und begann zu weinen. ‚Was ist dir?‘ fragte er; und sie antwortete ihm: ‚Mein Lieber, sieh meinen Sohn dort an, der da steht; er war krank und hat sich der Luft ausgesetzt, und nun hat die Luft seinen Verstand verwirrt. Er pflegte Esel zu kaufen; und jetzt ruft er ‚mein

Esel', wenn er steht, und ,mein Esel', wenn er sitzt, und ,mein Esel', wenn er geht. Ein Arzt hat mir gesagt, daß sein Verstand verwirrt ist und daß er nur geheilt werden kann, wenn ihm zwei Backenzähne ausgezogen und seine beiden Schläfen gebrannt werden. Hier hast du einen Dinar; ruf ihn und sag ihm: Dein Esel steht bei mir!' Der Maure sprach: ,Ein Jahr lang will ich fasten, wenn ich ihm nicht seinen Esel in die Hand gebe!'[1] Nun hatte er zwei Tagelöhner, und zu dem einen der beiden sagte er: ,Geh hin, mache zwei Nägel heiß!' Dann rief er den Eseltreiber, während die Alte ihrer Wege ging. Und als der Bursche zu ihm kam, sprach er zu ihm: ,Dein Esel ist bei mir, guter Mann, komm und hole ihn! Bei meinem Leben, ich will ihn dir in die Hand geben!' Darauf führte er ihn an der Hand in einen dunklen Raum; und plötzlich schlug der Maure ihn nieder, und die anderen zerrten an ihm und banden ihm Hände und Füße. Und der Barbier riß ihm zwei Backenzähne aus und brannte ihn auf beiden Schläfen; dann ließ er ab von ihm. Als der Eseltreiber wieder aufstehen konnte, rief er: ,Du Maure, warum hast du mir das angetan?' Jener antwortete: ,Deine Mutter hat mir ja gesagt, daß dein Verstand verwirrt ist, weil du dich erkältet hast bei einer Krankheit, und daß du immer rufst ,mein Esel', magst du stehen oder sitzen oder gehen. Hier hast du deinen Esel in der Hand!' Der andere aber sagte: ,Allah strafe dich dafür, daß du mir meine Zähne ausgezogen hast!' Der Barbier entgegnete ihm: ,Deine Mutter hat es mir befohlen', und erzählte ihm alles, was die Alte gesagt hatte. Der Eseltreiber rief: ,Allah peinige sie!' und ging mit dem Mauren im Streit hinaus, so daß niemand im Laden war. Als aber der Maure in seinen Laden zurückkehrte, fand er ihn leer; denn die Alte hatte, als die beiden hinausgegangen waren, alles gestoh-

[1]. Sprichwörtliche Redensart.

len, was in dem Laden war, und hatte sich zu ihrer Tochter begeben. Der berichtete sie nun, wie es ihr ergangen war und was sie vollbracht hatte. Wie aber der Barbier seinen Laden leer stehen sah, packte er den Eseltreiber und schrie ihn an: ‚Bring mir deine Mutter her!' Doch der versetzte: ‚Sie ist nicht meine Mutter! Sie ist nichts als eine Gaunerin, die schon viele Leute betrogen und mir meinen Esel gestohlen hat.' Da kamen auch schon der Färber und der Jude und der junge Kaufmann des Weges, und als sie sahen, wie der Maure den Eseltreiber festhielt und wie dieser auf beiden Schläfen gebrannt war, riefen sie: ‚Was ist dir widerfahren, du Eseltreiber?' Er berichtete ihnen alles, was mit ihm vorgegangen war, und auch der Maure erzählte seine Geschichte. Die anderen sagten: ‚Diese Alte ist eine Gaunerin, die uns auch betrogen hat!' Und nun erzählten sie ihm, was geschehen war. Der Maure verschloß seinen Laden und ging mit ihnen zum Hause des Präfekten; zu dem sprachen sie: ‚Wir halten uns an dich, unser selbst und unseres Gutes wegen.' Doch der Präfekt erwiderte: ‚Wie viele alte Weiber gibt es in der Stadt! Ist einer unter euch, der sie kennt?' Der Eseltreiber rief: ‚Ich kenne sie; gib uns aber zehn Mann von deiner Wache!' Dann zog der Eseltreiber los mit den Wächtern des Präfekten, und seine Gefährten gingen hinter ihnen drein. Und wie er so mit der ganzen Gesellschaft umherzog, begegnete ihnen plötzlich die alte Dalîla. Da fielen er und die Häscher über sie her und schleppten sie zum Hause des Präfekten; dort stellten sie sich unter seinem Fenster auf, um zu warten, bis er herauskäme. Nun schliefen die Wachtleute ein, weil sie bei ihrem Hauptmann so übermäßig lange hatten wachen müssen; und als die Alte sich schlafend stellte, schliefen auch der Eseltreiber und seine Gefährten ein. Die Alte aber stahl sich fort von ihnen, ging in den Harem des

Präfekten, küßte der Herrin des Hauses die Hand und fragte sie: ‚Wo ist der Präfekt?‘ Jene erwiderte: ‚Er schläft. Was wünschest du?‘ Dalîla fuhr fort: ‚Mein Mann verkauft Sklaven; und er hat mir fünf Mamluken gegeben, um sie zu verkaufen, während er verreist ist. Der Präfekt ist mir begegnet und hat sie mir abgekauft um tausend Dinare mit einem Draufgelde von zweihundert für mich. Er sagte mir auch, ich sollte sie ins Haus bringen; und ich habe sie nun gebracht.‘ – –«

Da bemerkte Schehrezâd, daß der Morgen begann, und sie hielt in der verstatteten Rede an. Doch als die *Siebenhundertundfünfte Nacht* anbrach, fuhr sie also fort: »Es ist mir berichtet worden, o glücklicher König, daß die Alte, nachdem sie in den Harem des Präfekten gegangen war, zu seiner Frau sprach: ‚Der Präfekt hat mir die Mamluken abgekauft um tausend Dinare mit einem Draufgelde von zweihundert Dinaren für mich. Er sagte mir auch, ich sollte sie ins Haus bringen.‘ Nun hatte der Präfekt wirklich tausend Dinare und hatte zu seiner Frau gesagt: ‚Bewahre sie auf, wir wollen Mamluken dafür kaufen!‘ Und als sie jetzt von der Alten diese Worte vernommen hatte, glaubte sie, daß ihr Mann das gesagt habe; und so fragte sie: ‚Wo sind die Mamluken?‘ Die Alte erwiderte: ‚Meine Gebieterin, sie schlafen unter dem Fenster des Hauses, in dem du bist.‘ Da schaute die Dame aus dem Fenster hinaus, und nun sah sie den Mauren im Gewande eines Mamluken, den jungen Kaufmann in der Gestalt eines Mamluken, den Färber und den Eseltreiber und den Juden aber dem Aussehen nach gleich geschorenen Mamluken; und sie sagte sich: ‚Von diesen Mamluken ist jeder einzelne mehr wert als tausend Dinare.‘ Sie öffnete also die Truhe und gab der Alten die tausend Goldstücke, indem sie sprach: ‚Geh jetzt fort, bis der Präfekt aus dem Schlafe erwacht; dann will ich mir die zweihundert

Dinare von ihm geben lassen!' Die Alte erwiderte ihr: ‚Meine Gebieterin, hundert davon gehören dir, unter dem Scherbettkrug, daraus du trinkst[1]; und die anderen hundert bewahre mir auf, bis ich wiederkomme.' Und sie fügte alsbald hinzu: ‚Meine Herrin, laß mich durch die Geheimpforte hinaus!' Nachdem die Dame sie dort hinausgelassen hatte, ging sie zu ihrer Tochter, beschützt vom Allbeschützer. ‚Mutter,' fragte jene, ‚was hast du vollbracht?' ‚Tochter,' erwiderte sie, ‚mein Streich war der, daß ich diese tausend Dinare der Frau des Präfekten abgenommen und ihr die fünf Kerle, den Eseltreiber, den Juden, den Färber, den Barbier und den jungen Kaufmann als Mamluken verkauft habe. Aber, meine Tochter, keiner kann mir schaden als der Eseltreiber; denn der kennt mich.' Doch die Tochter sprach zu ihr: ‚Liebe Mutter, bleib zu Hause; begnüge dich mit dem, was du bisher getan hast. Nicht alleweil bleibt der Krug heil!'

Wenden wir uns nun zu dem Präfekten! Als er aus dem Schlafe erwachte, sprach seine Frau zu ihm: ‚Ich beglückwünsche dich zu den fünf Mamluken, die du von der Alten gekauft hast.' ‚Welche Mamluken?' fragte er; doch sie fuhr fort: ‚Warum leugnest du es vor mir? So Gott will, können sie wie du einmal Ämter bekleiden.' ‚Bei meinem Haupte,' rief er, ‚ich habe keine Mamluken gekauft. Wer hat das denn gesagt?' Sie antwortete: ‚Die Alte, die Maklerin, von der du sie gekauft hast und der du versprochen hast, du wolltest ihr tausend Dinare mit einem Draufgeld für sie von zweihundert als Preis zahlen.' Da fragte er sie: ‚Hast du ihr das Geld gegeben?' ‚Ja,' erwiderte sie ihm, ‚ich habe die Mamluken auch selbst gesehen; ein jeder von ihnen trägt ein Gewand, das allein schon tausend Dinare wert ist. Deswegen habe ich ausgeschickt

1. Ein höflicher Ausdruck für ‚Trinkgeld'.

und sie der Obhut der Wachtleute empfohlen.' Der Präfekt ging hinunter und sah den Juden, den Eseltreiber, den Mauren, den Färber und den jungen Kaufmann. Da fragte er die Wachtleute: ,Wo sind die fünf Mamluken, die wir von der Alten um tausend Dinare gekauft haben?' Die erwiderten: ,Hier sind keine Mamluken, und wir haben hier niemand anders gesehen als diese fünf Leute, die sich der Alten bemächtigt und sie festgenommen haben. Wir sind aber alle eingeschlafen; und da hat sie sich weggestohlen und ist in den Harem geschlichen. Später kam die Sklavin und fragte: ,Sind die fünf bei euch, mit denen die Alte kam?' Und wir erwiderten: ,Ja.' Da rief der Präfekt: ,Bei Gott, dies ist doch die größte Schurkerei!' Und die fünf sagten: ,Wir halten uns an dich wegen unserer Sachen!' Er aber entgegnete ihnen: ,Die Alte, eure Herrin, hat euch mir um tausend Dinare verkauft.' Darauf sagten sie: ,Das ist vor Allah nicht erlaubt; wir sind freie Männer und können nicht verkauft werden. Wir berufen uns wider dich auf den Kalifen!' Er sagte dagegen: ,Niemand hat der Alten den Weg zum Hause gezeigt als ihr, und ich werde einen jeden von euch für zweihundert Dinare auf die Galeeren verkaufen.'

Während sie so miteinander hin und her redeten, erschien der Emir Hasan Scharr et-Tarîk, der von seiner Reise nach Hause gekommen war, seine Frau halbnackt gesehen und dann, als sie ihm all ihre Erlebnisse berichtet hatte, ausgerufen hatte: ,Dafür soll mir der Präfekt einstehen!' Und als er nun zu ihm hereintrat, sprach er: ,Lässest du hier die alten Weiber in der Stadt herumlaufen und die Menschen betrügen und ihnen ihr Hab und Gut stehlen? Dafür bist du verantwortlich, und ich halte mich an dich wegen der Sachen meiner Frau.' Dann sprach er zu den fünf Leuten: ,Was ist mit euch?' Und sie erzählten ihm alles, was ihnen widerfahren war. Da sagte er zu ihnen: ‚Euch ist unrecht geschehen‘; und indem er sich zum Präfekten wandte, fragte er: ‚Weshalb hältst du sie gefangen?‘ Der gab zur Antwort: ‚Niemand anders hat der Alten den Weg zu meinem Hause gezeigt als diese fünf, so daß sie mir mein Geld, die tausend Dinare, stehlen konnte und die Leute selbst meiner Frau verkaufen.‘ ‚O Emir Hasan,‘ riefen sie, ‚du bist unser Sachwalter in diesem Streite.‘ Darauf sagte der Präfekt zum Emir Hasan: ‚Die Sachen deiner Frau fallen mir zur Last, und ich will mich für die Alte verbürgen. Aber wer von euch kennt sie?‘ Alle riefen: ‚Wir kennen sie! Schicke du zehn Hauptleute mit uns, dann wollen wir sie festnehmen!‘ Er gab ihnen also zehn Hauptleute; und der Eseltreiber sprach zu ihnen: ‚Folgt mir, ich kenne sie an den blauen Augen!‘[1] Bald begegnete die alte Dalîla den Leuten, wie sie aus einer Gasse herauskam; da legten sie sogleich Hand an sie und schleppten sie zum Hause des Präfekten. Als der sie erblickte, rief er: ‚Wo sind die Sachen der Leute?‘ Sie antwortete: ‚Ich habe sie weder genommen noch überhaupt gesehen.‘ Nun befahl er dem Kerkermeister: ‚Halte sie bei dir bis morgen gefangen!‘ Aber er rief: ‚Ich will sie nicht mit mir nehmen noch auch gefangen halten, damit sie mir keinen Streich spielt; sonst hätte ich für sie zu haften.‘ Da bestieg der Präfekt sein Pferd, nahm die Alte und die ganze Gesellschaft mit sich und zog mit ihnen zum Ufer des Tigris. Dann ließ er den Henker holen und befahl ihm, sie am Kreuze mit den Haaren aufzuhängen. Und als der Henker sie an den Winden hochgezogen und zehn Mann zu ihrer Bewachung zurückgelassen hatte, begab sich der Präfekt nach Hause. Als dann aber die Dunkelheit kam, wurden die Wächter vom Schlafe überwältigt. Nun hatte ein Beduine

1. Blaue Augen bedeuten Unheil und Zauberei; vgl. Seite 358.

einen Mann zu seinem Freunde sagen hören: ‚Preis sei Allah für deine glückliche Heimkehr! Wo bist du diese ganze Zeit hindurch gewesen?' Der andere hatte gesagt: ‚In Baghdad, und dort habe ich Honigpfannkuchen zu Mittag gegessen.' Da sagte sich der Beduine: ‚Ich muß auch nach Baghdad gehen und dort Honigpfannkuchen essen.' Die hatte er sein ganzes Leben lang noch nie gesehen; und er war auch noch nie in Baghdad gewesen. So bestieg er denn sein Roß und zog dahin, indem er vor sich her sprach: ‚Pfannkuchen zu essen ist etwas Gutes! Bei der Ehre der Araber, ich will nichts als Pfannkuchen mit Honig essen!' – –«

Da bemerkte Schehrezâd, daß der Morgen begann, und sie hielt in der verstatteten Rede an. Doch als die *Siebenhundertundsechste Nacht* anbrach, fuhr sie also fort: »Es ist mir berichtet worden, o glücklicher König, daß der Béduine sein Roß bestieg, um nach Baghdad zu reiten; er zog dahin, indem er vor sich her sprach: ‚Pfannkuchen zu essen ist etwas Gutes! Bei der Ehre der Araber, ich will nichts als Pfannkuchen mit Honig essen!' Da kam er zu der Stätte, an der Dalîla am Kreuze hing, und sie hörte, wie er diese Worte murmelte. Er aber ritt zu ihr hin und fragte sie: ‚Was bist du?' Sie antwortete: ‚Ich bin deine Schutzbefohlene, o Häuptling der Araber!' Er fuhr fort: ‚Allah hat dich in seinen Schutz genommen. Doch warum bist du gekreuzigt?' Da sagte sie: ‚Ich habe einen Feind, einen Ölhändler, der Pfannkuchen bäckt. Bei dem blieb ich einmal stehen, um mir etwas von ihm zu kaufen; aber da mußte ich gerade spucken, und mein Speichel fiel auf die Pfannkuchen. Deshalb führte er Klage wider mich beim Statthalter; und der Statthalter befahl, mich zu kreuzigen, indem er sprach: ‚Ich fälle das Urteil, daß ihr zehn Pfund Honigpfannkuchen nehmt und sie damit füttert, während sie am Kreuze

714

hängt. Wenn sie alles ißt, so nehmt sie wieder herab; wenn sie aber nicht ißt, so lasset sie hängen!' Doch mein Magen verträgt das Süße nicht.' Der Beduine rief: ‚Bei der Ehre der Araber, ich habe das Lager nur deshalb verlassen, um Pfannkuchen mit Honig zu essen! Ich will sie für dich essen!' Sie entgegnete: ‚Niemand darf sie essen, es sei denn, er hänge, wo ich hänge.' Er ließ sich von der List übertölpeln und befreite die Alte; sich selbst aber band er an ihre Stelle, nachdem sie ihm seine Kleider abgenommen hatte. Darauf kleidete sie sich in seine Gewänder, band sich seinen Turban um, bestieg sein Roß und ritt zu ihrer Tochter. Die sprach zu ihr: ‚Wie siehst du denn aus?' Die Alte erwiderte: ‚Man hat mich ans Kreuz gehängt!' und erzählte ihr alles, was sich zwischen ihr und dem Beduinen zugetragen hatte.

Wenden wir uns nun von ihr zu den Wächtern! Als einer von ihnen aufwachte, weckte er seine Gefährten, und sie sahen, daß es schon Tag geworden war. Da hob einer von ihnen die Augen empor und rief: ‚Dalîla!' Der Beduine antwortete: ‚Bei Allah, wir essen keine Balîla![1] Habt ihr die Honigpfannkuchen da?' Die Wächter riefen: ‚Das ist ja ein Beduinenkerl!' Und einer fragte ihn: ‚Du Beduine, wo ist Dalîla? Und wer hat sie losgebunden?' Er antwortete: ‚Ich habe es getan; sie kann keine Honigpfannkuchen wider Willen essen; ihr Magen nimmt sie nicht an.' Da erkannten sie, daß der Beduine nicht wußte, was es mit ihr auf sich hatte, und daß sie ihn betrogen hatte. Und sie sprachen zueinander: ‚Sollen wir fliehen oder hier bleiben und das, was Allah uns bestimmt hat, in Erfüllung gehen lassen?' Da kam aber auch schon der Präfekt mit

[1]. Eine Art Weizenmehlpudding, mit Rosenwasser und Mandeln oder mit Milch und Zucker zubereitet; ein Wortspiel mit dem Namen Dalîla.

all den Leuten, denen die Alte übel mitgespielt hatte, und er sprach zu den Hauptleuten: ‚Auf! Löset Dalîla!‘ ‚Wir essen keine Balîla,‘ rief der Beduine, ‚habt ihr die Honigpfannkuchen mitgebracht?‘ Da hob der Präfekt seine Augen zum Kreuz empor, und als er dort einen Beduinen anstatt der Alten hängen sah, fragte er die Hauptleute: ‚Was ist das?‘ ‚Gnade, o Herr!‘ ‚Sagt mir, was geschehen ist!‘ ‚Wir hatten so viele Nachtwachen bei dir gehalten, und wir sagten uns: ‚Dalîla hängt ja am Kreuze‘, und da sind wir eingeschlafen. Als wir aber aufwachten, sahen wir diesen Beduinen dort hängen; und nun sind wir in deiner Gewalt.‘ ‚Ihr Leute, sie ist eine Gaunerin. Allahs Gnade ruhe auf euch!‘ Dann banden sie den Beduinen los; der aber hängte sich an den Präfekten und rief: ‚Allah helfe dem Kalifen wider dich! Ich halte mich nur an dich wegen meines Pferdes und meiner Kleider.‘ Da fragte der Präfekt ihn nach allem, und der Beduine erzählte ihm seine Geschichte. Verwundert sagte der Präfekt: ‚Warum hast du sie denn losgebunden?‘ Und der Beduine erwiderte: ‚Ich wußte doch gar nicht, daß sie eine Gaunerin ist.‘ Nun riefen all die anderen: ‚Wir halten uns nur an dich wegen unserer Habe, o Präfekt! Wir haben die Alte dir überliefert, und du bist für sie verantwortlich. Wir fordern dich vor den Staatsrat des Kalifen!‘ Nun war Hasan Scharr et-Tarîk schon zum Staatsrat gegangen; und jetzt kamen der Präfekt und der Beduine und die fünf anderen hin und riefen: ‚Uns ist unrecht geschehen!‘ Da fragte der Kalif: ‚Wer hat euch unrecht getan?‘ Einer nach dem anderen trat vor und erzählte, wie es ihm ergangen war; und schließlich sagte der Präfekt: ‚O Beherrscher der Gläubigen, die Alte hat auch mich betrogen; sie hat mir diese fünf Männer um tausend Dinare verkauft, obwohl sie freie Leute sind!‘ Der Kalif sprach: ‚Alles, was ihr verloren habt, nehme ich auf mich.' Und zum Präfekten gewendet, fuhr er fort: ‚Ich mache dich für die Alte haftbar!' Der aber wies die Verantwortung von sich ab und rief: ‚Ich kann nicht mehr für sie haften, nachdem ich sie ans Kreuz habe hängen lassen und sie dann sogar noch diesen Beduinen betrogen hat, so daß er sie befreite und sich an ihre Stelle hängte, während sie seine Kleider und sein Pferd nahm!' ‚Kann ich denn einen anderen als dich haftbar machen?' fragte der Kalif; und der Präfekt erwiderte: ‚Laß Ahmed ed-Danaf für sie haften; er hat tausend Dinare im Monat und vierzig[1] Mann, von denen jeder allmonatlich hundert Dinare erhält.' ‚Hauptmann Ahmed!' befahl der Kalif; und der antwortete: ‚Zu deinen Diensten, o Beherrscher der Gläubigen!' Der Herrscher fuhr fort: ‚Ich beauftrage dich, die Alte herbeizuschaffen.' ‚Ich bürge für sie!' erwiderte Ahmed. Und der Kalif behielt die fünf und den Beduinen bei sich. – –«

Da bemerkte Schehrezâd, daß der Morgen begann, und sie hielt in der verstatteten Rede an. Doch als die *Siebenhundertundsiebente Nacht* anbrach, fuhr sie also fort: »Es ist mir berichtet worden, o glücklicher König, daß Ahmed ed-Danaf, als der Kalif ihn beauftragt hatte, die Alte herbeizuschaffen, erwiderte: ‚Ich bürge für sie, o Beherrscher der Gläubigen!' Nun begaben sich er und seine Leute in die Halle, und dort berieten sie miteinander: ‚Wie sollen wir sie festnehmen? Es gibt doch so viele alte Weiber in der Stadt.' Da hub einer von ihnen an, der 'Alî Kitf el-Dschamal[2] hieß, und sprach zu Ahmed ed-Danaf: ‚Warum beratet ihr euch denn mit Hasan Schumân? Ist Hasan Schumân eine so gewichtige Sache?' Hasan aber rief: ‚'Alî, warum willst du mich verunglimpfen? Bei dem höchsten Namen, diesmal schließe ich mich euch nicht an!' Und er ging zornig von dannen. Darauf befahl Ahmed

1. Im Arabischen ‚einundvierzig'. – 2. 'Alî Kamelschulterblatt.

ed-Danaf: ‚Ihr Männer, jeder Aufseher nehme zehn Mann mit sich und ziehe mit ihnen in je ein besonderes Stadtviertel, um nach Dalîla zu suchen!‘ Da machte ’Alî Kitf el-Dschamal sich mit zehn Mann auf, und jeder Aufseher tat desgleichen, so daß die Scharen davonzogen, immer je eine in ein anderes Viertel. Doch ehe sie aufbrachen und sich verteilten, sagten sie: ‚Wir wollen uns in demunddem Viertel, in derundder Straße wieder treffen.‘ Nun wurde es in der Stadt ruchbar, daß Ahmed ed-Danaf beauftragt war, die listige Dalîla festzunehmen. Da sagte Zainab: ‚Liebe Mutter, wenn du schlau bist, so mußt du auch Ahmed und seine Schar überlisten.‘ ‚Liebe Tochter,‘ erwiderte sie, ‚ich fürchte mich nur vor Hasan Schumân allein.‘ Und Zainab fügte hinzu: ‚Bei meiner Schläfenlocke[1], ich will dir die Kleider aller einundvierzig holen!‘ Dann kleidete sie sich an, verschleierte sich und ging zu einem Spezereienhändler, der einen Saal mit zwei Türen besaß. Sie begrüßte ihn, gab ihm einen Dinar und sprach zu ihm: ‚Nimm dies Goldstück als Entgelt für deinen Saal und laß ihn mir, bis der Tag sich neigt!‘ Da gab er ihr die Schlüssel, und sie ging zurück und holte Teppiche auf dem Esel des Eseltreibers. Dann stattete sie den Saal aus und stellte auf jede Estrade einen Tisch mit Speisen und Wein. Schließlich stellte sie sich mit unverschleiertem Gesicht an der Tür auf. Da kam auch schon ’Alî Kitf el-Dschamal mit seinen Leuten, und sie küßte ihm die Hand. Er sah, daß sie ein schönes Mädchen war, und gewann sie alsbald lieb; und er fragte sie: ‚Was wünschest du?‘ Da fragte sie ihn: ‚Bist du der Hauptmann Ahmed ed-Danaf?‘ ‚Nein,‘ entgegnete er, ‚aber ich gehöre zu seinen Leuten, und ich heiße ’Alî Kitf el-Dschamal.‘ ‚Und wohin geht ihr?‘ fragte sie weiter; da sagte

1. Ein Schwur der Frauen, der etwa dem Schwure der Männer bei ihrem Barte entspricht.

718

er: ‚Wir ziehen umher auf der Suche nach einer alten Gaunerin, die den Leuten ihre Habe gestohlen hat; und wir wollen sie festnehmen. Wer aber bist du? Und was treibst du?' Sie gab darauf zur Antwort: ‚Mein Vater war ein Schankwirt in Mosul, und als er starb, hinterließ er mir viel Geld. Da kam ich in diese Stadt aus Furcht vor den Machthabern, und ich fragte die Leute: Wer wird mich hier schützen? Man sagte mir: Nur Ahmed ed-Danaf wird dich schützen.' Die Männer sprachen darauf zu ihr: ‚Heute stehst du unter seinem Schutze.' Und sie bat sie: ‚Erfreuet mich, indem ihr einen Bissen esset und einen Trunk Wassers zu euch nehmt!' Als sie zusagten, führte Zainab sie hinein, und sie aßen und wurden trunken; sie aber betäubte sie mit Bendsch und nahm ihnen ihre Gewänder. Und ebenso machte sie es mit all den anderen. Denn auch Ahmed ed-Danaf zog aus, um nach Dalîla zu suchen; aber er fand sie nicht und konnte keinen seiner Leute entdecken. Schließlich traf er Zainab, und sie küßte ihm die Hand. Wie er sie anblickte, gewann er sie lieb. Sie fragte ihn: ‚Bist du der Hauptmann Ahmed ed-Danaf?' ‚Ja,' antwortete er, ‚und wer bist du?' Da erzählte sie: ‚Ich bin eine Fremde aus Mosul. Mein Vater war ein Schankwirt, und als er starb, hinterließ er mir viel Geld. Da kam ich hierher aus Furcht vor den Machthabern und eröffnete diese Schenke. Der Präfekt hat mir eine Steuer auferlegt; aber ich möchte unter deinem Schutze stehen, denn du verdienst das, was der Präfekt mir abnimmt, mehr als er.' Ahmed ed-Danaf sprach: ‚Gib ihm nichts; du bist mir willkommen!' Und sie bat ihn: ‚Erfreue mich und iß von meiner Speise!' Da trat er ein und aß und trank Wein, bis er vor Trunkenheit umfiel. Nun betäubte sie auch ihn mit Bendsch und nahm ihm seine Gewänder ab. Dann lud sie ihren ganzen Raub auf das Pferd des Beduinen und den Esel des Eseltreibers, weckte 'Alî

Kitf el-Dschamal und eilte von dannen. Als jener aufgewacht war, sah er, daß er keine Obergewänder hatte; und ferner sah er, wie Ahmed ed-Danaf und die ganze Schar betäubt dalagen. Sofort weckte er sie mit dem Gegengift des Bendsch. Und wie sie nun alle aufgewacht waren und sich halbnackt sahen, rief Ahmed ed-Danaf: ‚Was ist denn das, ihr Männer? Wir zogen aus, um sie zu suchen und zu fangen! Und nun hat uns diese Metze gefangen! Wie wird Hasan Schumân sich über uns freuen! Aber wir wollen warten, bis die Dunkelheit eintritt, und dann heimgehen.‘ Inzwischen kam Hasan Schumân und fragte den Wachthabenden: ‚Wo sind die Leute?‘ Und gerade, als er nach ihnen fragte, kamen sie halbnackt daher. Da sang Hasan Schumân diese beiden Verse:

> *Die Menschen mögen sich in ihrem Wollen gleichen –*
> *Doch Unterschiede sieht man beim Erfolge schnell.*
> *Von Männern sind die einen weise, andre töricht:*
> *Von Sternen sind die einen dunkel, andre hell.*

Dann sah er sie an und fragte sie: ‚Wer hat euch so übel mitgespielt und euch ausgezogen?‘ Sie antworteten: ‚Wir hatten uns für eine Alte verbürgt, die wir suchten; und nun hat uns eine junge Schöne die Kleider geraubt.‘ Hasan Schumân fuhr fort: ‚Vortrefflich hat sie an euch gehandelt!‘ Sie fragten darauf: ‚Kennst du sie, Hasan?‘ Er antwortete: ‚Ich kenne sie und ich kenne die Alte.‘ Als die Leute darauf ihren Hauptmann fragten: ‚Was willst du vor dem Kalifen sagen?‘ sprach Schumân: ‚O Danaf, weis die Verantwortung von dir ab! Dann wird er sagen: ‚Wer ist haftbar für sie?‘ Und wenn er dich fragt, warum du sie nicht festgenommen hast, so sprich: ‚Ich kenne sie nicht; beauftrage Hasan Schumân damit!‘ Und wenn er mich mit ihr betraut, so werde ich sie bestimmt zu fassen bekommen.‘ Darauf gingen sie zur Ruhe; am anderen Morgen

720

begaben sie sich zum Staatsrate des Kalifen und küßten den Boden. ‚Wo ist die Alte, o Hauptmann Ahmed?' fragte der Kalif. Jener wies die Verantwortung von sich, und als der Herrscher ihn fragte, warum er das tue, erwiderte er: ‚Ich kenne sie nicht; beauftrage Schumân damit, er kennt sie und auch ihre Tochter!' Nun hub Hasan an: ‚Sie hat all diese Streiche nicht aus Gier nach der Habe der Leute verübt, sondern nur um zu zeigen, wie klug sie und ihre Tochter sind, damit du ihr das Gehalt ihres Gatten weiterzahlst und das ihres Vaters ihrer Tochter.' Und Schumân bat, ihr Leben zu schonen; dann wolle er sie bringen. Da sprach der Kalif: ‚Bei meinen Ahnen, wenn sie die Sachen der Leute zurückgibt, so soll ihr auf deine Fürbitte hin Gnade zuteil werden.' ‚Gib mir ein Unterpfand, o Beherrscher der Gläubigen!' bat Schumân; und der Herrscher sprach: ‚Auf deine Fürbitte hin', und reichte ihm das Tuch der Gnade. Alsbald stieg Schumân vom Schlosse hinab, ging zum Hause Dalîlas und rief nach ihr. Als ihre Tochter Zainab ihm antwortete, fragte er sie: ‚Wo ist deine Mutter?' ‚Oben', erwiderte sie; und er fuhr fort: ‚Sag ihr, sie soll die Sachen der Leute bringen und mit mir gehen, um vor den Kalifen zu treten! Ich habe ihr das Tuch der Gnade gebracht; und wenn sie nicht gutwillig kommen will, so hat sie niemandem einen Vorwurf zu machen als sich selbst.' Da kam Dalîla herunter, band sich das Tuch der Gnade um den Hals und gab ihm die Sachen der Leute auf dem Esel des Eseltreibers und dem Pferde des Beduinen. Schumân aber sprach: ‚Es fehlen noch die Kleider meines Meisters und seiner Leute.' Doch sie rief: ‚Bei dem höchsten Namen, nicht ich habe sie ausgezogen.' ‚Du hast recht', erwiderte Hasan, ‚das war die Tat deiner Tochter Zainab, und es war eine Gefälligkeit, die sie dir erwies.' Darauf ging sie mit ihm zum Staatsrate des Kalifen. Hasan trat heran, legte die Habe der Leute vor dem Herrscher nieder und führte Dalîla vor ihn. Als der sie erblickte, befahl er, sie auf das Blutleder niederzuwerfen; doch da rief sie: ,Ich rufe deinen Schutz an, o Schumân!' Und Schumân küßte dem Kalifen die Hände und sprach: ,Verzeihung, du hast ihr Gnade zugesichert!' Der Herrscher sprach: ,Sie habe sie, dir zuliebe! Komm her, Alte, wie heißt du?' ,Mein Name ist Dalîla', gab sie zur Antwort; und er fuhr fort: ,Du bist wirklich verschlagen und listig.' Deshalb wurde sie die listige Dalîla genannt. Und weiter sprach der Kalif: ,Weshalb hast du all diese Streiche vollführt und unsere Herzen deiner müde gemacht?' Sie erwiderte: ,Ich habe all das nicht getan aus Gier nach dem Besitze der Leute, sondern weil ich von den Streichen hörte, die Ahmed ed-Danaf in Baghdad gespielt hat, und ebenso auch von den Taten des Hasan Schumân; denn ich sagte mir: Ich will es den beiden gleichtun. Und jetzt habe ich den Leuten ihre Habe zurückgegeben.' Aber der Eseltreiber sprang auf und rief: ,Allahs Gesetz sei zwischen mir und ihr! Sie hatte nicht genug daran, mir meinen Esel zu stehlen; sie hat auch noch den maurischen Barbier über mich gebracht, so daß er mir die Zähne ausriß und mich auf beiden Schläfen brannte.' – –«

Da bemerkte Schehrezâd, daß der Morgen begann, und sie hielt in der verstatteten Rede an. Doch als die *Siebenhundertundachte Nacht* anbrach, fuhr sie also fort: »Es ist mir berichtet worden, o glücklicher König, daß der Eseltreiber aufsprang und rief: ,Allahs Gesetz sei zwischen mir und ihr! Sie hatte nicht genug daran, mir meinen Esel zu stehlen; sie hat auch noch den Barbier über mich gebracht, so daß er mir die Zähne ausriß und mich auf beiden Schläfen brannte.' Da befahl der Kalif, dem Eseltreiber hundert Dinare zu geben; desgleichen wies er auch dem Färber hundert Dinare an, indem er sprach:

‚Geh hin und richte dir deine Färberei von neuem ein!‘ Die beiden flehten den Segen des Himmels auf den Kalifen herab und gingen fort. Auch der Beduine zog mit seinen Kleidern und seinem Pferde ab, indem er sprach: ‚Hinfort soll es mir verboten sein, Baghdad zu betreten und Pfannkuchen mit Honig zu essen.‘ Und auch die anderen nahmen, was ihnen gehörte, und alle gingen davon. Nun sprach der Kalif: ‚Erbitte dir eine Gnade von mir, Dalîla!‘ Und sie antwortete: ‚Sieh, mein Vater war Briefmeister bei dir, und ich zog die Tauben für den Briefdienst auf. Mein Gatte aber war Stadthauptmann von Baghdad. Nun möchte ich das haben, was mir von meinem Gatten her gebührt; und meine Tochter möchte das erhalten, was einst meinem Vater zukam.‘ Der Kalif wies beiden an, was sie wünschten. Doch Dalîla sagte noch: ‚Ich erbitte mir von dir die Gnade, daß ich Pförtnerin in deinem Chân werde!‘ Der Kalif hatte nämlich einen Chân von drei Stockwerken erbaut, in dem die Kaufleute Unterkunft fanden; und er hatte für diesen Chân vierzig Sklaven und vierzig Hunde bestimmt. Die hatte der Kalif von dem König von Sulaimanîja[1] mitgebracht, zur Zeit als er ihn absetzte; und für die Hunde hatte er Halsbänder machen lassen. In dem Chân war ein Sklave der Koch, und der mußte das Essen für die anderen Sklaven kochen und die Hunde mit Fleisch füttern. Der Kalif sprach nun: ‚Dalîla, ich lasse dir die Bestallung als Aufseherin in dem Chân schreiben; und wenn aus ihm irgend etwas verloren geht, wirst du dafür verantwortlich gemacht.‘ ‚Gern,‘ erwiderte sie, ‚laß aber meine Tochter in dem Söller über dem Tor des Châns wohnen; denn er hat Dachterrassen, und Tauben soll man nur im Freien aufziehen!‘

1. Das ist der Name einer Stadt in Kurdistan südöstlich von Mosul. Hier werden aber nach Burton die Afghanen darunter verstanden.

Er gewährte ihr auch diese Bitte; und nun schaffte ihre Tochter alle ihre Sachen in den Söller über dem Eingang zum Chân, und sie nahm die vierzig Brieftauben in Empfang. Ferner hängte Zainab die vierzig Gewänder und das Gewand von Ahmed ed-Danaf bei sich im Söller auf. Der Kalif machte die listige Dalîla zur Aufseherin über die vierzig Sklaven und befahl ihnen, ihr zu gehorchen. Sie selber richtete sich ihren Wohnraum hinter der Tür des Châns ein; und sie pflegte jeden Tag zur Staatsversammlung hinaufzugehen, um zu sehen, ob der Kalif etwa durch die Taubenpost eine Botschaft übermitteln wollte; und erst gegen Abend pflegte sie wieder fortzugehen, während die vierzig Sklaven im Chân auf Wache standen. Und wenn es dunkel ward, so ließ sie die Hunde los, damit sie den Chân die Nacht hindurch bewachten.

Solches waren die Taten und Erlebnisse der listigen Dalîla in der Stadt Baghdad. Hören wir nun

DIE ABENTEUER 'ALî ZAIBAKS AUS KAIRO

'Alî Zaibak war ein Schelm in Kairo zur Zeit eines Mannes namens Salâh el-Misri, des Hauptmannes im Diwan[1] von Kairo, der vierzig Mann unter sich hatte. Die Leute des Hauptmanns stellten dem Schelm 'Alî viele Fallen, und sie glaubten, daß er in sie hineingehen würde, aber wenn sie ihn suchten, so fanden sie, daß er entschlüpft war, so wie das Quecksilber entschlüpft; und deshalb gaben sie ihm den Beinamen ez-Zaibak el-Misri.[2] Eines Tages nun saß der Schelm 'Alî in seiner Halle mit seinen Leuten; und da ward ihm das Herz beklommen und die Brust beengt. Der Hüter der Halle sah ihn mit gerun-

1. Hier: Polizei. – 2. Das Kairiner Quecksilber. Der Kürze halber ist hier in dem Namen ez-Zaibak der Artikel fortgelassen.

zelter Stirn sitzen und sprach zu ihm: ‚Was ist dir, mein Meister? Wenn deine Brust dir eng wird, so mach einen Gang durch Kairo! Deine Sorgen werden schwinden, wenn du durch die Straßen wandelst.' Da stand er auf und ging hinaus, um durch Kairo zu wandern; aber sein Gram und seine Sorge wuchsen nur noch mehr. Wie er dann an einer Weinschenke vorbeikam, sagte er zu sich selber: ‚Tritt ein und werde trunken!' Als er jedoch eintrat, sah er in der Schenke sieben Reihen von Leuten sitzen, und er sprach: ‚He, Wirt, ich will für mich allein sitzen!' Da ließ der Wirt ihn in einem Zimmer für sich allein sitzen und brachte ihm Wein; und 'Alî trank, bis ihm die Sinne schwanden. Dann verließ er die Schenke und wanderte weiter durch die Straßen von Kairo, bis er zur Roten Straße[1] kam; und aus Furcht vor ihm ließen die Leute ihm den Weg frei. Plötzlich wandte er sich um und sah einen Wasserträger, der aus einem Kruge Wasser schenkte und, während er dahinging, ausrief:

> *O Vergelter![2]*
> *Das feinste Getränk ist Rosinenwein!*
> *Beim Lieb nur ist man im trauten Verein!*
> *Nur der Weise nimmt den Ehrenplatz ein!*

'Alî rief ihm zu: ‚Komm her, gib mir zu trinken!' Der Wasserträger sah ihn an und gab ihm den Krug; doch 'Alî schaute in den Krug, schüttelte ihn und goß seinen Inhalt auf die Erde. ‚Warum trinkst du nicht?' fragte der Mann; und 'Alî sagte wiederum: ‚Gib mir zu trinken!' Der Wasserträger füllte den Krug, 'Alî nahm ihn, schüttelte ihn und leerte ihn auf den Boden. Und ebenso tat er ein drittes Mal. Da sagte der Wasserträ-

---

1. Arabisch ed-Darb el-Ahmar, eine Straße im Ostteile von Kairo. -
2. Mit diesem oder einem ganz ähnlichen Worte beginnt der Straßenruf der Wasserverkäufer.

ger: ‚Wenn du nicht trinkst, so geh ich fort.‘ Dennoch wiederholte ’Alî: ‚Gib mir zu trinken!‘ Da füllte der Mann den Krug und gab ihn dem Schelm; der trank und gab dem Träger einen Dinar. Aber der Mann schaute ihn mit einem verächtlichen Blicke an und sprach zu ihm: ‚Viel Glück, viel Glück, Bursche! Kleine Leute sind keine großen Leute!‘ – –«

Da bemerkte Schehrezâd, daß der Morgen begann, und sie hielt in der verstatteten Rede an. Doch als die *Siebenhundertundneunte Nacht* anbrach, fuhr sie also fort: »Es ist mir berichtet worden, o glücklicher König, daß der Wasserträger, als ’Alî der Schelm ihm einen Dinar gab, ihn mit einem verächtlichen Blicke anschaute und zu ihm sprach: ‚Viel Glück, viel Glück! Kleine Leute sind keine großen Leute!‘ Aber da packte ’Alî der Schelm den Wasserträger an seinem Hemd und zückte wider ihn einen kostbaren Dolch, von dem es im Liede heißt:

> *Mit deinem Dolche stoß den Widersacher nieder,*
> *Und fürchte nichts als nur des Schöpfers hohe Macht!*
> *Gemeinem Wesen bleibe fern, und zeige niemals*
> *Dich anders als ein Mann, in dem die Tugend wacht!*

Und er schrie ihn an: ‚Du Scheich, rede vernünftig mit mir! Dein Schlauch ist, wenn er teuer war, höchstens drei Dirhems wert, und die Krüge, die ich auf die Erde ausschüttete, enthielten vielleicht einen Liter Wassers.‘ ‚So ist es‘, erwiderte der Mann; und ’Alî fuhr fort: ‚Ich habe dir aber einen Golddinar gegeben; warum verhöhnst du mich also? Hast du je einen Mann gesehen, der tapferer oder freigebiger war als ich?‘ Darauf sagte der Wasserträger: ‚Ich habe einen Mann gesehen, der tapferer und freigebiger war als du. Solange die Frauen gebären, gab es noch nie einen Helden in der Welt, der nicht auch freigebig gewesen wäre.‘ Nun fragte ’Alî: ‚Wer ist es, den du tapferer und freigebiger als mich gesehen hast?‘ Da erzählte der

Wasserträger: ‚Wisse, ich habe ein seltsames Abenteuer erlebt. Mein Vater war der Scheich der Wasserträger in Kairo, und als er starb, hinterließ er mir fünf Kamele, ein Maultier, einen Laden und ein Haus. Aber der Arme ist nie zufrieden; und wenn er zufrieden ist, dann stirbt er. Damals sprach ich bei mir selber: ‚Ich will nach dem Hidschâz ziehen‘, nahm mir eine Reihe Kamele und borgte solange, bis ich fünfhundert Dinare Schulden hatte; all das verlor ich aber auf der Pilgerfahrt. Da sagte ich mir: ‚Wenn ich nach Kairo zurückkehre, so werden die Leute mich wegen ihres Geldes ins Gefängnis bringen.‘ Deshalb zog ich mit dem syrischen Pilgerzug, bis ich nach Aleppo kam; und von Aleppo begab ich mich nach Baghdad. Dort fragte ich nach dem Scheich der Wasserträger; und nachdem man mir den Weg zu ihm gewiesen hatte, trat ich ein und sprach die erste Sure vor ihm.[1] Er fragte mich, wie es mit mir stehe, und ich erzählte ihm alles, was ich erlebt hatte. Nun wies er mir einen Laden an und gab mir einen Schlauch samt dem nötigen Gerät. So zog ich aus im Vertrauen auf Allah und ging in der Stadt umher. Ich bot einem Manne den Krug, damit er tränke; aber er sprach zu mir: ‚Ich habe noch nichts gegessen, daß ich darauf trinken könnte. Heute war ich bei einem Geizhals eingeladen, und der setzte mir nur zwei Wasserkrüge vor, so daß ich schon zu ihm sagte: Du gemeiner Kerl, hast du mir etwas zu essen gegeben, worauf ich trinken könnte? Also geh deiner Wege, du Wasserträger, bis ich etwas gegessen habe; danach gib mir zu trinken!‘ Dann ging ich zu einem zweiten, und der sagte: ‚Allah sorge für dich!‘[2] So ging es mir bis zum Mittag; niemand gab mir etwas. Da sagte ich mir: ‚Wäre ich doch nicht nach Baghdad gekommen!‘ Plötzlich

1. Vgl. Band II, Seite 578, Zeile 22. – 2. Eine höfliche Form der Abweisung.

aber sah ich die Leute laufen, so schnell sie konnten; ich folgte ihnen, und ich sah einen prächtigen Reiterzug, in Paaren angeordnet, und alle trugen Pelzmützen mit seidenen Turbanen, Burnusse und Panzer aus Filz und Stahl. Als ich einen der Zuschauer fragte, wessen Zug das sei, antwortete er mir: ‚Das ist die Schar des Hauptmanns Ahmed ed-Danaf.' Und als ich weiter fragte: ‚Was für ein Amt hat er?' fuhr der Mann fort: ‚Er ist Hauptmann im Diwan und Stadthauptmann von Baghdad, und ihm ist die Sorge für die Umgebung der Stadt übertragen. Vom Kalifen erhält er jeden Monat tausend Dinare, und jeder von seinen Leuten erhält hundert Dinare. Und Hasan Schumân hat ebenso wie er tausend Dinare. Jetzt ziehen sie von der Staatsversammlung in ihre Halle.' Mit einem Male erblickte mich Ahmed ed-Danaf und rief mir zu: ‚Komm her, gib mir zu trinken!' Ich füllte ihm den Krug und reichte ihn ihm; aber er schüttelte ihn und leerte ihn aus. Ebenso tat er ein zweites Mal, und erst beim dritten Male tat er einen Zug wie du. Dann fragte er mich: ‚Wasserträger, woher bist du?' ‚Aus Kairo', erwiderte ich; und er fuhr fort: ‚Ach ja, Kairo und seine Bewohner! Aus welchem Grunde bist du in diese Stadt gekommen?' Ich erzählte ihm meine Geschichte und gab ihm zu verstehen, daß ich ein Schuldner sei, auf der Flucht vor Schulden und Armut. Er rief: ‚Du bist uns willkommen!' Dann gab er mir fünf Dinare und sprach zu seinen Leuten: ‚Um Allahs willen, schenkt ihm eine Gabe!' Und ein jeder von ihnen gab mir einen Dinar. Er selbst aber fügte noch hinzu: ‚O Scheich, solange du in Baghdad bleibst, sollst du immer das gleiche von uns erhalten, wenn du uns zu trinken gibst.' Ich machte ihnen also häufige Besuche, und Segen kam über mich von den Leuten. Nach einiger Zeit zählte ich, was ich durch sie verdient hatte, und fand, daß es tausend Dinare waren. Da sagte ich mir: ‚Du kannst nichts Besseres tun als heimkehren.‘ So ging ich denn in die Halle zu Ahmed und küßte ihm die Hände. Als er mich fragte: ‚Was wünschest du?‘ antwortete ich ihm: ‚Ich möchte fortreisen‘, und sprach vor ihm die Verse:

> *Des Fremdlings Dasein ist in aller Welt,*
> *Wie wenn man Schlösser auf die Winde stellt.*
> *Des Windes Wehen reißt die Bauten nieder;*
> *Und in die Heimat zieht der Fremdling wieder.*

Und ich fügte hinzu: ‚Die Karawane ist bereit, nach Kairo aufzubrechen, und ich wünsche, zu den Meinen zurückzukehren.‘ Er gab mir eine Mauleselin und hundert Dinare und sagte noch: ‚Ich möchte dich mit einer Botschaft betrauen, o Scheich. Kennst du die Leute in Kairo?‘ ‚Jawohl‘, erwiderte ich.‘ – –«

Da bemerkte Schehrezâd, daß der Morgen begann, und sie hielt in der verstatteten Rede an. Doch als die *Siebenhundertundzehnte Nacht* anbrach, fuhr sie also fort: »Es ist mir berichtet worden, o glücklicher König, daß der Wasserträger des weiteren erzählte: ‚Ahmed ed-Danaf gab mir eine Mauleselin und hundert Dinare und sagte noch: ‚Ich möchte dich mit einer Botschaft betrauen. Kennst du die Leute in Kairo?‘ ‚Jawohl‘, erwiderte ich; und er fuhr fort: ‚Nimm diesen Brief, überbringe ihn an ’Alî Zaibak el-Misri und sprich zu ihm: ‚Dein Meister läßt dich grüßen; und er ist jetzt beim Kalifen!‘ Ich nahm den Brief von ihm entgegen und zog meines Weges, bis ich nach Kairo kam. Als meine Gläubiger mich sahen, gab ich ihnen, was ich schuldete; dann wurde ich wieder ein Wasserträger. Aber den Brief habe ich nicht überbringen können, da ich die Halle von ’Alî Zaibak el-Misri nicht kenne.‘ Da rief ’Alî: ‚Alterchen, hab Zuversicht und gräm dich nicht! Ich bin ’Alî Zaibak el-Misri, der Erste der Burschen des Hauptmanns Ahmed ed-Danaf. Gib mir den Brief her!‘ Der Wasser-

träger gab ihn ihm; und als er ihn geöffnet hatte und las, fand
er darin geschrieben:

> *,Ich schreib an dich, o du, der Schönen Zierde,*
> *Auf einem Blatte, das die Winde bringen.*
> *Ich flög vor Sehnsucht, könnte ich nur fliegen. –*
> *Wie kann man fliegen mit gestutzten Schwingen?*

Gruß zuvor von dem Hauptmann Ahmed ed-Danaf an seinen
ältesten Sohn, 'Alî Zaibak in Kairo! Es sei Dir zu wissen getan,
daß ich mich an Salâh ed-Dîn el-Misri herangewagt und ihm
Streiche gespielt habe, bis ich ihn lebendig begrub und seine
Leute mir gehorchten, unter ihnen auch 'Alî Kitf el-Dschamal;
jetzt bin ich zum Stadthauptmann von Baghdad bestellt im
Staatsrate des Kalifen, und mir ist die Sorge für die Umgegend
anvertraut. Wenn Du noch des Bundes denkst, der zwischen
mir und Dir besteht, so komm zu mir; vielleicht kannst Du in
Baghdad einen Streich vollführen, der Dich zum Dienste beim
Kalifen befördert, so daß er Dir Gehalt und Einkünfte anweist
und Dir eine Halle bauen läßt. All dies kannst Du Dir holen –
und damit Gott befohlen!' Nachdem er den Brief gelesen hatte,
küßte er ihn, legte ihn auf sein Haupt und gab dem Wasserträger zehn Dinare als Lohn für die frohe Botschaft. Dann begab
er sich in seine Halle, trat zu seinen Leuten ein und brachte ihnen
die Kunde, und er sprach zu ihnen: ,Ich empfehle euch einander.' Darauf legte er seine Kleider ab und kleidete sich in Rei-
semantel und Fes und nahm einen Kasten mit einer Lanze aus
Rohr, die vierundzwanzig Ellen lang war und deren einzelne
Teile ineinander geschachtelt waren. Nun fragte ihn sein Stellvertreter: ,Willst du auf die Reise gehen, wo der Schatz leer
ist?' Er antwortete ihm: ,Wenn ich nach Damaskus komme,
will ich euch so viel senden, daß ihr genug habt.' Dann ging er
seiner Wege und schloß sich einer reisigen Schar an, bei der er

den Ältesten der Kaufmannsgilde und vierzig andere Kaufleute erblickte. Sie alle hatten ihre Lasten schon auf die Tiere geladen, nur die Lasten des Ältesten lagen noch auf der Erde. Und 'Alî hörte, wie der Karawanenführer, ein syrischer Mann, zu den Maultiertreibern sagte: ,Einer von euch soll mir helfen!' Aber sie schmähten ihn und beschimpften ihn. 'Alî sprach jedoch bei sich selber: ,Ich werde mit niemandem zusammen besser reisen als mit diesem Führer.' Nun war 'Alî bartlos und von schönem Aussehen; und als er an den Führer herantrat und ihn begrüßte, hieß der ihn willkommen. Dann fragte er: ,Was wünschest du?' ,Lieber Oheim,' erwiderte 'Alî, ,ich sehe dich allein mit vierzig Maultierlasten; warum hast du dir keine Leute mitgebracht, die dir helfen?' ,Mein Sohn,' gab ihm der andere zurück, ,ich hatte mir zwei Burschen gemietet; die hatte ich eingekleidet und jedem zweihundert Dinare in die Tasche getan; die halfen mir bis el-Chânka[1], dann liefen sie fort.' Nun fragte 'Alî: ,Wohin zieht ihr?' ,Nach Aleppo', war die Antwort; und jener fuhr fort: ,Ich will dir helfen.' So luden sie denn die Lasten auf und zogen weiter; auch der Älteste der Kaufmannsgilde bestieg seine Mauleselin und ritt fort. Der syrische Führer aber hatte seine Freude an 'Alî und gewann ihn lieb; und als es Abend ward, lagerten sie und aßen und tranken. Dann kam die Schlafenszeit, und 'Alî legte sich bei ihm auf die Erde und tat, als ob er schliefe. Der Führer legte sich neben ihm nieder; da stand 'Alî von seiner Schlafstätte auf und setzte sich an die Tür zum Zelte des Kaufherrn. Bald darauf legte sich der Syrer auf die andere Seite und wollte 'Alî in seine Arme nehmen; aber er fand ihn nicht und sagte sich: ,Vielleicht hat er sich mit einem anderen verabredet, und der hat ihn mitgenommen; aber ich habe mehr Anrecht auf ihn, und in der

1. Nordöstlich von Kairo.

nächsten Nacht will ich ihn für mich behalten.' 'Alî jedoch blieb an der Tür zum Zelte des Kaufherrn sitzen, bis die Morgendämmerung nahte; dann kehrte er zurück und legte sich neben dem Führer nieder. Als der erwachte und ihn dort fand, sagte er sich: ‚Wenn ich ihn frage, wo er gewesen ist, so wird er mich verlassen und fortgehen.' So täuschte 'Alî ihn immer. Dann kamen sie zu einem Dickicht, in dem sich eine Höhle befand; und in dieser Höhle hauste ein reißender Löwe. Wenn eine Karawane dort vorbeikam, so warfen die Reisenden das Los untereinander; und wen das Los traf, der wurde dem Löwen vorgeworfen. Als nun diesmal gelost wurde, da traf das Los keinen anderen als den Ältesten der Kaufmannschaft. Da stand auch schon der Löwe da, versperrte ihnen den Weg und wartete auf den von der Karawane, den er bekommen würde. Der Meister der Gilde aber war tief betrübt und sprach zu dem Führer: ‚Gott verdamme deine Glücksferse und deine Reise! Doch nun beauftrage ich dich, meine Lasten nach meinem Tode meinen Kindern zu geben.' Da fragte der Schelm 'Alî: ‚Was ist es mit dieser ganzen Geschichte?' Sie erzählten es ihm; und er rief: ‚Warum lauft ihr denn fort vor der wilden Katze? Ich verbürge mich euch, daß ich sie töten werde.' Der Führer ging zum Kaufherrn und meldete es ihm; und der sprach: ‚Wenn er ihn tötet, so gebe ich ihm tausend Dinare.' Und die übrigen Kaufleute sagten: ‚Wir werden ihn gleichfalls belohnen.' Nun machte 'Alî sich auf; er warf den Mantel ab, und darunter zeigte sich ein Panzer aus Stahl, und er nahm ein Schwert aus Stahl und schraubte die Klinge fest. Dann trat er allein dem Löwen entgegen und schrie ihn an. Der Löwe sprang auf ihn los, aber 'Alî el-Misri traf ihn mit dem Schwerte zwischen den Augen und spaltete ihn in zwei Teile, während der Führer und die Kaufleute zuschauten. Dem Führer rief

'Alî zu: ‚Fürchte dich nicht, lieber Oheim!' Der antwortete ihm: ‚Mein Sohn, von jetzt ab bin ich dein Diener!' Der Kaufherr aber umarmte ihn und küßte ihn auf die Stirn und gab ihm die tausend Dinare; und ein jeder von den anderen Kaufleuten gab ihm zwanzig Dinare. Er hinterlegte das Geld bei dem Kaufherrn; und dann ruhten sie die Nacht über und brachen am nächsten Morgen wieder auf, in der Richtung nach Baghdad. Nun aber kamen sie zum Löwendickicht und zum Hundetal. Dort lebte ein räuberischer Beduine, ein Wegelagerer, mit seinem Stamme; die fielen über die Leute her, und alles Volk floh vor ihnen. Der Kaufherr rief schon: ‚Mein Geld und Gut ist verloren!' Doch da zog 'Alî gegen sie aus, gekleidet in ein Lederwams, das ganz mit Schellen behängt war. Er hatte den Speer herausgenommen und seine Teile zusammengesetzt. Rasch ergriff er eins von den Rossen des Beduinen und saß auf; dann rief er: ‚Komm hervor zum Speerkampfe mit mir!' Doch zugleich schüttelte er die Schellen; da scheute das Pferd des Beduinen vor dem Geklingel, und 'Alî schlug nach dem Speere des Beduinen, so daß er zerbrach. Dann traf er ihn selber im Nacken und riß ihm den Schädel herunter. Als die Leute des Beduinen das sahen, stürmten sie auf 'Alî ein; doch er rief: ‚Allah ist der Größte!' und fiel über sie her und trieb sie zurück, bis daß sie sich zur Flucht wandten. Dann steckte er den Schädel des Beduinen auf eine Lanze; die Kaufleute aber machten ihm große Geschenke und zogen darauf weiter, bis sie Baghdad erreichten. Dort erbat 'Alî sich sein Geld von dem Kaufherrn, und nachdem der es ihm gegeben hatte, übergab er es dem Führer, indem er sprach: ‚Wenn du nach Kairo zurückkommst, so frage nach meiner Halle und gib dem Hüter der Halle das Geld!' Dann ruhte er die Nacht über, und am nächsten Morgen betrat er die Stadt, wanderte in ihr umher und fragte nach der Halle von Ahmed ed-Danaf; doch keiner konnte ihm den Weg weisen. Er ging also weiter, bis er zum Platze en-Nafad kam, wo er Kinder beim Spiele sah; unter ihnen war auch ein Knabe namens Ahmed el-Lakît. Da sagte 'Alî zu sich selber: ,Nur bei ihren Knaben kannst du Auskunft haben.' Dann wandte er sich um und kaufte von einem Zuckerbäcker, den er dort sah, türkischen Honig und rief die Kinder. Aber Ahmed el-Lakît trieb die Kinder von ihm zurück, trat selber vor und sprach zu 'Alî: ,Was wünschest du?' 'Alî erwiderte: ,Ich hatte einen Knaben, und der starb; jetzt habe ich ihn im Traume gesehen, wie er mich um türkischen Honig bat. Darum habe ich den gekauft und will nun jedem Knaben ein Stück davon geben.' So gab er denn Ahmed el-Lakît ein Stück; und als der es anschaute, sah er einen Dinar daran kleben, und er sprach: ,Geh weg! Ich tu nichts Gemeines, frage nur nach mir!' Doch 'Alî sagte: ,Nur ein Schlauer nimmt den Lohn, und nur ein Schlauer bezahlt den Lohn. Ich bin in der Stadt umhergezogen, um nach der Halle von Ahmed ed-Danaf zu suchen; aber niemand konnte mir den Weg dahin weisen. Dieser Dinar soll dir gehören, wenn du mich zu der Halle von Ahmed ed-Danaf führst.' Der Knabe erwiderte ihm: ,Ich will vor dir her gehen, und geh du hinter mir, bis ich zu der Halle komme. Dann will ich mit meinem Fuße einen Kieselstein aufheben und ihn gegen die Tür werfen; daran kannst du sie erkennen.' Und der Knabe eilte vorauf, während 'Alî ihm folgte, bis er den Kiesel mit seinen Zehen aufhob und ihn gegen die Tür der Halle warf, so daß 'Alî sie erkannte. – – «

Da bemerkte Schehrezâd, daß der Morgen begann, und sie hielt in der verstatteten Rede an. Doch als die *Siebenhundertundelfte Nacht* anbrach, fuhr sie also fort: »Es ist mir berichtet

734

worden, o glücklicher König, daß 'Alî der Schelm, als Ahmed el-Lakît vor ihm her gelaufen war und ihm die Halle gezeigt hatte, so daß er sie nun kannte, den Knaben packte und ihm den Dinar wieder abnehmen wollte, es aber nicht zu tun vermochte. Und da sagte er zu ihm: ‚Geh, du verdienst die Gabe; denn du bist schlau, starken Verstandes und mutig! So Gott will, werde ich dich, wenn ich Hauptmann beim Kalifen werde, zu einem meiner Burschen machen.‘ Der Knabe lief fort, 'Alî Zaibak el-Misri aber trat an die Halle heran und klopfte an die Tür. Da rief Ahmed ed-Danaf: ‚Türhüter, öffne die Tür! Dies ist das Klopfen von 'Alî Zaibak aus Kairo.‘ Jener öffnete die Tür, und nun trat 'Alî zu Ahmed ed-Danaf ein und begrüßte ihn; der umarmte ihn, und die Vierzig[1] begrüßten ihn. Darauf legte Ahmed ed-Danaf ihm ein Gewand um, indem er sprach: ‚Als der Kalif mich zum Hauptmann bei sich bestallte, kleidete er meine Leute ein, und ich behielt dies Gewand für dich!‘ Dann setzten sie ihn auf den Ehrenplatz der Halle und trugen die Speisen auf und aßen, brachten den Wein und tranken und berauschten sich bis zum Morgen. Dann sprach Ahmed ed-Danaf zu 'Alî aus Kairo: ‚Hüte dich, in den Straßen von Baghdad umherzugehen; bleib lieber hier in dieser Halle sitzen!‘ ‚Weshalb?‘ fragte 'Alî, ‚bin ich denn hierher gekommen, um mich einsperren zu lassen? Ich bin vielmehr gekommen, um mich hier umzuschauen.‘ Doch Ahmed fuhr fort: ‚Mein Sohn, glaube nicht, Baghdad sei wie Kairo. Dies Baghdad ist der Sitz des Kalifats; hier gibt es viele Schelme, ja, die Schelmerei sprießt hier wie das Kraut aus der Erde.‘ Drei Tage lang blieb 'Alî in der Halle; dann sprach Ahmed ed-Danaf zu ihm: ‚Ich möchte dich dem Kalifen vorstellen, auf daß er dir ein Jahrgeld

1. Der Erzähler rechnet manchmal den Hauptmann mit zu der Schar, manchmal nicht; vgl. Seite 717, Anmerkung 1.

anweist.' Doch jener antwortete ihm: ‚Wenn die Zeit kommt.'
Da ließ er ihm seinen Willen. Nach einer Weile saß 'Alî eines
Tages in der Halle, und da ward ihm sein Herz schwer und
seine Brust beengt. Nun sagte er sich: ‚Auf, wandere in Baghdad umher, auf daß deine Brust sich weite!' Er ging also hinaus,
zog von Gasse zu Gasse, bis er mitten im Basar eine Garküche
sah; dort speiste er, und als er wieder hinausging, um sich die
Hände zu waschen, sah er plötzlich vierzig Sklaven, zwei zu
zwei gepaart, mit stählernen Schwertern und in Filzpanzern
daherkommen; als letzte von allen aber kam die listige Dalîla,
reitend auf einer Mauleselin; sie trug auf ihrem Kopfe einen
Helm, der mit Gold überzogen war und eine Kugel aus Stahl
hatte, ferner einen eisernen Ringpanzer und was dazu gehört.
Dalîla kam nämlich aus der Staatsversammlung und ritt zu
ihrem Chân; und als sie 'Alî Zaibak aus Kairo dort sah, schaute
sie ihn genauer an und sah, daß er Ahmed ed-Danaf an Länge
und Breite glich. Er trug einen Arabermantel und einen Bur-
nus, ein Schwert aus Stahl und eine Rüstung, die dazu gehörte;
und die Tapferkeit leuchtete auf seinem Antlitze und legte
Zeugnis ab für ihn, nicht wider ihn. Die Alte begab sich nun in
den Chân und ging zu ihrer Tochter Zainab; dann brachte sie
eine geomantische Tafel[1] und entwarf eine Sandfigur. Durch
die ward ihr kund, daß der Fremde 'Alî el-Misri hieß und daß
sein Glück stärker war als ihr Glück und das ihrer Tochter
Zainab. ‚Liebe Mutter,' fragte Zainab, ‚was ward dir offenbar,
als du die Tafel entwarfest?' Dalîla erwiderte: ‚Ich habe heute
einen jungen Mann gesehen, der dem Ahmed ed-Danaf gleicht;
und ich fürchte, er wird erfahren, daß du Ahmed und seine
Gefährten ihrer Kleider beraubt hast, und wird in den Chân
kommen und uns einen Streich spielen, um Rache zu nehmen

1. Der Sandzauber wird oft auf einer Tafel vorgenommen.

für seinen Meister und für die Vierzig. Ich glaube, er hat seine Wohnung in der Halle Ahmeds aufgeschlagen.' Die Tochter entgegnete ihr: ‚Was tut das? Ich denke, du hast ihn doch wohl richtig eingeschätzt?' Darauf legte sie ihr prächtigstes Gewand an und ging durch die Stadt dahin. Und als die Leute sie sahen, wurden sie alle von Liebe zu ihr erfüllt, und sie versprach und schwor, lauschte und entschwand wieder und eilte von Markt zu Markt, bis sie 'Alî den Kairiner kommen sah. Sie streifte ihn mit ihrer Schulter, wandte sich um und sprach: ‚Allah lasse Leute, die sehen können, lange leben!' ‚Wie schön ist deine Gestalt! Wem gehörst du?' sagte 'Alî. ‚Einem Kavalier wie dir', erwiderte sie. Dann fragte er: ‚Bist du vermählt oder ledig?' ‚Vermählt', antwortete sie. Weiter fragte 'Alî: ‚Bei mir oder bei dir?' Sie sagte darauf: ‚Ich bin die Tochter eines Kaufmannes, und mein Gatte ist ein Kaufmann; und ich bin mein ganzes Leben lang noch nicht aus dem Hause gekommen, bis auf diesen Tag. Und das ist nur deshalb geschehen, weil ich ein Mahl bereitet hatte und, als ich essen wollte, keine Lust dazu verspürte. Als ich aber dich erblickte, da erfüllte die Liebe zu dir mein Herz. Willst du nun mein Herz trösten und einen Bissen mit mir essen?' Er gab ihr zur Antwort: ‚Wer eingeladen wird, der nehme an!' Da ging sie weiter, und er folgte ihr von Straße zu Straße. Aber bald sagte ihm die Stimme des Gewissens, wie er so hinter ihr her ging: ‚Was willst du tun, du, der du ein Fremdling bist? Es heißt doch: Wer in der Fremde sich mit Dirnen abgibt, den sendet Allah voll Schmach nach Hause. Aber entledige dich ihrer in Güte!' Und er sprach zu ihr: ‚Nimm diesen Dinar und bestimme eine andere Zeit!' Doch sie entgegnete ihm: ‚Beim höchsten Namen, es ist nicht anders möglich, als daß du zu dieser Zeit mit mir nach Hause gehst und ich dir meine aufrichtige Liebe beweise.' So folgte er ihr denn, bis sie zum Torweg eines Hauses trat, in dem sich eine hohe Tür mit verschlossenem Riegel befand. Sie sprach zu ihm: ‚Öffne dies Schloß!‘ Er fragte sie: ‚Wo ist der Schlüssel dazu?‘ ‚Der ist verloren‘, erwiderte sie ihm; und er fuhr fort: ‚Wer ein Schloß ohne Schlüssel aufbricht, der ist ein Verbrecher, und es gebührt der Obrigkeit, ihn zu strafen. Ich weiß auch nicht, wie man eine Tür ohne Schlüssel aufmacht.‘ Da hob sie den Schleier von ihrem Antlitz, und er schaute sie an mit einem Blick, der ließ tausend Seufzer in ihm zurück. Dann ließ sie ihren Schleier auf das Schloß fallen, sprach die Namen der Mutter Mose[1] darüber, öffnete die Tür ohne Schlüssel und trat ein. Er folgte ihr und sah Schwerter und andere Waffen aus Stahl dort hängen. Nun legte sie den Schleier ab und setzte sich zu ihm. Und er sprach zu seiner Seele: ‚Laß erfüllet werden, was Allah dir bestimmt hat!‘ Darauf beugte er sich über sie, um einen Kuß von ihrer Wange zu rauben; doch sie legte ihre Hand auf ihre Wange und sprach zu ihm: ‚Das Vergnügen kommt erst zur Nachtzeit.‘ Dann brachte sie einen Tisch mit Speisen und Wein, und sie aßen und tranken. Darauf erhob sie sich, füllte die Kanne am Brunnen und goß ihm das Wasser über die Hände, während er sich wusch. Wie sie nun damit beschäftigt waren, schlug sie sich plötzlich mit der Hand auf die Brust und rief: ‚Mein Gatte hat einen Siegelring mit einem Rubin, der ihm für fünfhundert Dinare verpfändet war. Ich steckte ihn mir an, aber er war mir zu weit, und so machte ich ihn enger mit Wachs. Und als ich den Eimer hinabließ, muß der Ring in den Brunnen gefallen sein. Doch jetzt wende dein Antlitz zur Tür, auf daß ich mich entkleide und in den Brunnen hinabsteige, um ihn zu holen!‘ Da sagte ’Alî: ‚Es wäre eine Schmach für mich, wenn du hinabstiegest, während ich hier

1. Das heißt gewisse Zauberformeln.

bin. Kein anderer soll es tun als ich!' Er legte also seine Kleider ab und band sich den Strick um, und sie ließ ihn in den Brunnen hinab. Nun war das Wasser darin tief, und sie sprach zu ihm: ‚Der Strick wird mir zu kurz; mach dich los und laß dich fallen!' Und er band sich wirklich los und ließ sich ins Wasser fallen, und er sank klaftertief unter, ohne den Grund zu erreichen. Sie aber legte ihren Schleier um, nahm seine Kleider und begab sich zu ihrer Mutter. – –«

Da bemerkte Schehrezâd, daß der Morgen begann, und sie hielt in der verstatteten Rede an. Doch als die *Siebenhundertundzwölfte Nacht* anbrach, fuhr sie also fort: »Es ist mir berichtet worden, o glücklicher König, daß Zainab, sobald 'Alî el-Misri in den Brunnen hinabgesunken war, ihren Schleier umlegte, seine Kleider nahm und sich zu ihrer Mutter begab; zu der sprach sie: ‚Ich habe 'Alî den Kairiner ausgezogen und ihn in den Brunnen des Emirs Hasan, des Hausherrn, geworfen, und schwer wird es sein, daß er wieder herauskommt!'

Der Emir Hasan aber, der Herr des Hauses, war zu jener Zeit abwesend und im Staatsrate. Als er dann heimkehrte, sah er sein Haus offen, und er sprach zu seinem Stallknecht: ‚Warum hast du den Riegel nicht verschlossen?' ‚Mein Gebieter,' antwortete der, ‚ich habe ihn mit eigener Hand verschlossen.' Da rief der Emir: ‚Bei meinem Haupte, in mein Haus ist ein Dieb eingedrungen!' Dann trat er ein und suchte überall im Hause umher, fand aber niemanden. Nun gebot er dem Knechte: ‚Fülle die Kanne, auf daß ich die religiöse Waschung vollziehen kann!' Der Knecht nahm den Eimer und ließ ihn hinab; wie er ihn dann heraufzog, fand er ihn schwer, und er blickte in den Brunnen hinunter. Als er aber etwas auf dem Eimer sitzen sah, ließ er ihn wieder in den Brunnen fallen und schrie und rief: ‚Mein Gebieter, aus dem Brunnen kam ein

Dämon[1] zu mir heraufgestiegen!' Der Emir Hasan befahl ihm: ,Geh hin, hole vier Rechtsgelehrte, damit sie den Koran darüber rezitieren, bis er entflieht!' Als die Gelehrten kamen, sprach er zu ihnen: ,Setzt euch rings um den Brunnen und beschwört diesen Dämon!' Darauf kamen der Pferdeknecht und ein anderer Sklave und ließen den Eimer wieder hinab;' Alî el-Misri aber klammerte sich an ihn, verbarg sich unter ihm und wartete, bis er nahe bei den Leuten war. Dann sprang er hinaus und setzte sich zwischen die Gelehrten; die begannen einander zu schlagen und schrien: ,Ein Dämon! Ein Dämon!' Der Emir Hasan jedoch erkannte in ihm einen Erdenjüngling und fragte ihn: ,Bist du ein Dieb?' ,Nein,' erwiderte jener; und der Emir fuhr fort: ,Weshalb bist du denn in den Brunnen hinabgestiegen?' 'Alî gab ihm zur Antwort: ,Ich schlief und hatte einen feuchten Traum; da ging ich zum Tigris hinab, um mich zu waschen; als ich untertauchte, riß mich der Strom hinweg und trug mich unter der Erde weiter, bis ich aus diesem Brunnen wieder herauskam.' Doch der Emir fuhr ihn an: ,Sag mir die Wahrheit!' Da erzählte 'Alî ihm alles, was ihm widerfahren war[2], und der Emir sandte ihn mit einem alten Gewande aus dem Hause fort. Und er kehrte in die Halle von Ahmed ed-Danaf zurück und berichtete ihm seine Erlebnisse. Der sprach zu ihm: ,Hab ich dir nicht gesagt, daß Baghdad voller Weiber ist, die den Männern Streiche spielen?' Und 'Alî Kitf el-Dschamal fügte hinzu: ,Beim höchsten Namen, sage mir, wie kannst du Hauptmann der Genossen in Kairo sein und dich von einem Mädchen ausziehen lassen?' Das kränkte ihn, und er bereute

1. Nach orientalischem Volksglauben sind die Brunnen beliebte Aufenthaltsorte von Geistern. –2. Zuerst sucht man sich herauszulügen, sagt dann aber bereitwillig die Wahrheit, wenn der andere die Lügen nicht glaubt.

seinen Leichtsinn. Ahmed ed-Danaf aber gab ihm ein anderes Gewand, und Hasan Schumân fragte ihn: ‚Kennst du die Frau?‘ ‚Nein‘, erwiderte er; doch Hasan fuhr fort: ‚Das ist Zainab, die Tochter der listigen Dalîla, der Pförtnerin im Chân des Kalifen. Bist auch du ihr ins Netz gelaufen, ’Alî?‘ ‚Ja‘, gab er zur Antwort; und Hasan erzählte: ‚Sie hat auch die Kleider deines Meisters und aller seiner Genossen geraubt!‘ ‚Das ist ja eine Schmach für euch!‘, Und was gedenkst du zu tun?‘ ‚Ich gedenke mich ihr zu vermählen.‘ ‚Das ist nicht leicht; schlag sie dir lieber aus dem Herzen!‘ ‚Wie kann ich es denn erreichen, mich ihr zu vermählen, o Schumân?‘ ‚Das soll gern geschehen; wenn du aus meiner Hand trinken willst und unter meinem Banner einherziehen, so sollst du dein Ziel bei ihr erreichen.‘ ‚Gut!‘ ‚Zieh deine Kleider aus, ’Alî!‘ Der tat es; und Hasan nahm einen Kessel und kochte etwas darin, das war wie Pech. Damit bestrich er den Kairiner, so daß er wie ein schwarzer Sklave aussah; er bestrich auch seine Lippen und seine Wangen und schminkte ihm die Augen mit roter Schminke. Dann kleidete er ihn in ein Sklavengewand, holte ihm eine Platte mit Rostbraten und Wein und sprach zu ihm: ‚Im Chân wohnt ein schwarzer Koch, und du siehst jetzt aus wie er. Er hat immer vom Markte Fleisch und Gemüse zu holen. Den rede freundlich an und sprich mit ihm, so wie die Neger reden; begrüße ihn und sage zu ihm: ‚Ich bin schon lange nicht mehr mit dir im Bierhaus zusammen gewesen.‘ Er wird dir erwidern: ‚Ich habe so viel zu tun; ich habe vierzig Sklaven auf dem Halse, für die muß ich das Mittagsmahl kochen und das Nachtmahl kochen, außerdem muß ich die Hunde füttern und auch das Essen für Dalîla und das Essen für ihre Tochter Zainab zubereiten.‘ Dann sag du zu ihm: ‚Komm, laß uns Rostbraten essen und Hirsebier trinken‘, und geh mit ihm in die Halle und mach ihn trunken!

Und danach frage ihn aus über seinen Dienst: was er zu kochen hat und wieviel Gerichte, welches Futter die Hunde bekommen und welches der Schlüssel zur Küche und der Speisekammer ist! Er wird dir alles sagen; denn der Trunkene erzählt alles, was er verbergen würde, wenn er nüchtern wäre. Darauf betäube ihn mit Bendsch und zieh seine Kleider an, tu auch die Messer an deinen Gürtel, nimm den Gemüsekorb, geh auf den Markt und kaufe Fleisch und Gemüse! Wenn du das getan hast, so geh zu Küche und Speisekammer und koche die Speisen! Lege sie in Schüsseln, nimm sie und trag das Mahl zu Dalîla hinein! Tu aber Bendsch in alle Speisen, so daß du die Hunde und die Sklaven und Dalîla und ihre Tochter Zainab betäubst! Zuletzt geh zum Söller hinauf und hol von dort all die Gewänder! Und wenn du wirklich dich mit Zainab vermählen willst, nimm auch die vierzig Brieftauben mit dir!' So ging denn 'Alî hinaus und traf auch den schwarzen Koch. Er begrüßte ihn und sprach zu ihm: ,Ich bin schon lange nicht mehr mit dir im Bierhause zusammen gewesen.' Jener antwortete: ,Ich hab so viel zu tun mit dem Kochen für die Sklaven und für die Hunde.' Da nahm 'Alî ihn mit sich, machte ihn trunken und fragte ihn, wie viel Gerichte er zu kochen habe; und der Schwarze erwiderte ihm: ,Jeden Tag fünf Gerichte zum Mittag und fünf Gerichte zum Abend, und gestern haben sie auch noch ein sechstes von mir verlangt, Reis mit Honig und Safran, und sogar ein siebentes, gekochte Granatapfelkerne.' Weiter fragte 'Alî: ,Wie ist es mit den Tischen, die du zu besorgen hast?' Und der Koch erzählte: ,Zuerst trage ich den Tisch für Zainab auf, dann den für Dalîla, darauf gebe ich den Sklaven zu essen und nach ihnen den Hunden; einem jeden gebe ich genug Fleisch zu fressen, keiner ist mit weniger als einem Pfund zufrieden.' Das Schicksal aber wollte es, daß 'Alî vergaß, ihn nach den Schlüsseln zu fragen. Nun zog er dem Trunkenen die Kleider aus und legte sie sich selber an, nahm den Korb und ging auf den Markt. Dort kaufte er Fleisch und Gemüse. – –«

Da bemerkte Schehrezâd, daß der Morgen begann, und sie hielt in der verstatteten Rede an. Doch als die *Siebenhundertunddreizehnte Nacht* anbrach, fuhr sie also fort: »Es ist mir berichtet worden, o glücklicher König, daß 'Alî Zaibak aus Kairo, nachdem er den Koch betäubt hatte, die Messer herauszog und sie in seinen Gürtel steckte und dann den Gemüsekorb nahm. Darauf ging er zum Markt, kaufte das Fleisch und das Gemüse, kehrte um und trat zur Tür des Châns ein. Dort sah er Dalîla sitzen, die jeden, der ein und aus ging, genau beobachtete; auch sah er die vierzig gewappneten Sklaven. Dennoch faßte er sich ein Herz. Dalîla erkannte ihn, sobald sie ihn ansah, und sie rief: ‚Zurück, du Hauptmann der Diebe! Willst du mir im Chân einen Streich spielen?‘ Aber 'Alî el-Misri, der ja ganz wie ein Sklave aussah, wandte sich zu ihr und sprach: ‚Was sagst du, o Pförtnerin?‘ Sie fragte: ‚Was hast du mit dem Sklaven, dem Koch, gemacht? Was hast du ihm angetan? Hast du ihn getötet oder mit Bendsch betäubt?‘ Doch er fragte sie: ‚Was für ein Koch? Ist hier noch ein anderer Koch außer mir?‘ Da rief sie: ‚Du lügst! Du bist 'Alî Zaibak aus Kairo!‘ ‚O Pförtnerin,‘ erwiderte er ihr, ganz in der Sprache der Neger, ‚sind die Kairiner weiß oder schwarz? Ich will hier nicht länger dienen.‘ Nun fragten die Sklaven: ‚Was ist dir, Vetter?‘ Dalîla rief: ‚Dies ist kein Vetter von euch! Dies ist 'Alî Zaibak aus Kairo; und mir scheint, er hat euren Vetter betäubt oder getötet.‘ Und sie antworteten: ‚Dies ist doch unser Vetter Sa'dallâh, der Koch!‘ ‚Nein,‘ rief sie, ‚er ist nicht euer Vetter, er ist 'Alî der Kairiner, er hat sich die Haut gefärbt.‘ Er aber sagte: ‚Wer ist 'Alî? Ich bin Sa'dallâh!‘ Sie sprach: ‚Ich habe ja Schei-

743

desalbe', holte die Salbe, strich sie ihm auf den Unterarm und rieb ihn; aber die schwarze Farbe löste sich nicht. Da sprachen die Sklaven: ‚Laß ihn doch gehen, damit er uns das Essen kocht!' Sie begann jedoch von neuem: ‚Wenn er wirklich euer Vetter ist, so weiß er, was ihr gestern abend von ihm verlangt habt und wieviel Gerichte er jeden Tag kochen muß.' Da fragten sie ihn nach den Gerichten und nach dem, was sie am Tag vorher von ihm verlangt hatten. Und er antwortete: ‚Linsen und Reis und Brühe und Ragout und Rosenscherbett; und gestern verlangtet ihr noch ein sechstes Gericht, Reis mit Honig und Safran, und sogar ein siebentes, Granatapfelkerne; und am Abend war es genau so.' Die Sklaven riefen: ‚Er hat es richtig gesagt!' Da sprach Dalîla: ‚Gehet hinein mit ihm! Und wenn er die Küche und die Speisekammer kennt, so ist er euer Vetter; doch wenn nicht, so tötet ihn!' Nun hatte der Koch eine Katze aufgezogen, und jedesmal, wenn er ins Haus kam, stand die Katze vor der Tür der Küche und sprang ihm auf die Schulter, während er hineinging. Als 'Alî jetzt hereinkam, sprang die Katze auch ihm auf die Schulter, sobald sie ihn sah; aber er schüttelte sie ab, und sie lief vor ihm her bis zur Küche. Er sah ein, daß die Katze nur vor der Küchentür stehen bleiben könne, und so nahm er die Schlüssel, und da er unter ihnen einen sah, an dem noch Spuren der Federn hingen, so erkannte er, daß dies der Küchenschlüssel sein müsse, und er öffnete mit ihm die Tür und setzte den Korb mit Gemüse ab. Dann ging er wieder hinaus, und die Katze lief vor ihm her, bis sie zur Tür der Speisekammer kam. Er sagte sich, daß dies die Speisekammer sein müsse, und so nahm er die Schlüssel, und als er unter ihnen einen sah, an dem Spuren von Fett waren, erkannte er ihn als den richtigen und öffnete die Tür. Da sagten die Sklaven: ‚O Dalîla, wäre er ein Fremder, so hätte er die Küche und die

744

Speisekammer nicht erkannt, und er hätte auch nicht gewußt, welcher von den beiden Schlüsseln zu jedem der beiden Räume gehörte. Der ist wirklich unser Vetter Sa'dallâh.' Doch sie sprach: ‚Die Räume hat die Katze ihm gezeigt, und die Schlüssel hat er an ihren Zeichen erkannt. Dies alles macht mir keinen Eindruck.' Er aber ging in die Küche, kochte die Speisen und brachte den ersten Tisch voll zu Zainab. Dort, in ihrem Obergemache, sah er all die Kleider hängen. Dann ging er wieder nach unten, holte den Tisch für Dalîla, gab den Sklaven zu essen und fütterte die Hunde. Und am Abend machte er es ebenso. Nun wurde das Tor bei Sonnenaufgang geöffnet und bei Sonnenuntergang geschlossen; darum erhob 'Alî seine Stimme und rief in den Chân: ‚Ihr, die ihr in dem Chân wohnt, die Sklaven haben ihre Wachtposten bezogen, und wir haben die Hunde losgelassen. Und jeder, der jetzt noch hinausgeht, hat nur sich selbst zu tadeln!' Er hatte aber die Fütterung der Hunde verzögert, und jetzt, nachdem er Gift in das Futter getan hatte, setzte er es ihnen vor; als die Tiere davon gegessen hatten, starben sie. Alle Sklaven und Dalîla und ihre Tochter Zainab hatte er durch Bendsch in den Speisen betäubt. Und nun ging er wieder hinauf, holte alle die Kleider und die Brieftauben, öffnete die Tür des Châns, ging hinaus und begab sich zur Halle. Hasan Schumân sah ihn und fragte ihn: ‚Was hast du vollbracht?' Er berichtete ihm alles, was geschehen war; und der lobte ihn. Dann zog er ihm die Kleider aus, kochte für ihn Kräuter und wusch ihn mit deren Saft, so daß er wieder weiß wurde, wie er zuvor gewesen war; danach ging er zum Koch, legte ihm seine eigenen Kleider wieder an und weckte ihn aus seiner Betäubung auf. Der Sklave erhob sich, ging zum Grünwarenhändler, kaufte Gemüse und kehrte in den Chân zurück.

Wenden wir uns nun von 'Alî Zaibak el-Misri zu der listigen Dalîla! Zu ihr kam ein Kaufmann, einer von den Bewohnern des Châns, der beim Dämmern der Morgenröte aus seinem Zimmer hinausgegangen war und das Tor offen, die Sklaven betäubt und die Hunde tot gesehen hatte. Als er zu Dalîla eintrat, entdeckte er, daß sie betäubt war und auf ihrem Halse ein Blatt lag und auf ihrem Haupte ein Schwamm mit dem Gegenmittel gegen das Bendsch; er legte ihr den Schwamm an die Nase, und sie wachte auf. Wie sie nun wach war, fragte sie: ,Wo bin ich?' Der Kaufmann antwortete ihr: ,Als ich herunterkam, sah ich das Tor des Châns offen und dich und die Sklaven betäubt; die Hunde aber sah ich tot.' Da nahm ich das Blatt und las auf ihm die Worte: ,Diese Tat hat kein anderer getan als 'Alî der Kairiner.' Darauf ließ sie die Sklaven und ihre Tochter Zainab an dem Gegengifte riechen und sprach zu ihnen: ,Habe ich euch nicht gesagt, daß dies 'Alî der Kairiner war?' Und zu den Sklaven gewandt, fügte sie hinzu: ,Haltet diese Sache geheim!' Dann sprach sie zu ihrer Tochter: ,Wie oft habe ich dir gesagt, daß 'Alî von seiner Rache nicht lassen würde! Jetzt hat er diese Tat vollbracht zur Vergeltung für das, was du ihm angetan hast. Es stand in seiner Macht, noch anderes an dir zu tun als dies; aber dessen hat er sich enthalten, um Güte walten zu lassen und um Freundschaft zwischen uns herzustellen.' Dann legte Dalîla die Männerkleidung ab, kleidete sich in Frauengewänder, band sich das Tuch des Friedens um den Hals und begab sich in die Halle von Ahmed ed-Danaf.

Als 'Alî zur Halle gekommen war mit den Gewändern und den Brieftauben, hatte Schumân dem Verwalter das Geld für vierzig andere Tauben gegeben, und er hatte sie gekauft und für die Leute gekocht. Nun klopfte Dalîla an die Tür, und Ahmed ed-Danaf sprach: ,Dies ist Dalîlas Pochen; geh hin, öffne ihr die Tür, o Verwalter!' Der ging hin, machte ihr auf, und Dalîla trat ein. – –«

Da bemerkte Schehrezâd, daß der Morgen begann, und sie hielt in der verstatteten Rede an. Doch als die *Siebenhundertundvierzehnte Nacht* anbrach, fuhr sie also fort: »Es ist mir berichtet worden, o glücklicher König, daß Schumân, als der Verwalter die Halle öffnete und Dalîla eintrat, zu ihr sprach: ,Was führt dich hierher, du Unglücksalte? Du und dein Bruder Zuraik, der Fischhändler, ihr gehört wahrlich zusammen!' Sie gab ihm zur Antwort: ,Herr Hauptmann, ich bin im Unrecht; und dieser mein Hals ist in deiner Gewalt. Aber sage mir, wer von euch ist der Mann, der mir diesen Streich gespielt hat?' Ahmed ed-Danaf sagte: ,Er ist der Erste unter meinen Leuten.' Und Dalîla bat: ,Tritt für mich bei ihm ein, daß er mir die Brieftauben und das andere zurückgibt; erweise mir diesen großen Dienst!' Da sagte Hasan Schumân: ,Allah vergelte es dir, o 'Alî, warum hast du die Tauben gekocht?' Und 'Alî erwiderte: ,Ich wußte doch nicht, daß es Brieftauben waren.' Darauf befahl Ahmed: ,Verwalter, bringe sie uns!' Der brachte sie; und Dalîla nahm ein Stück von den Tauben, kostete es und sprach: ,Dies ist kein Fleisch von den Brieftauben; ich habe sie mit Moschuskörnern gefüttert, und ihr Fleisch ist wie Moschus geworden.' Darauf hub Schumân an: ,Wenn du die Brieftauben haben willst, so erfülle den Wunsch 'Alîs des Kairiners!' ,Worin besteht sein Wunsch?' fragte sie; und Hasan antwortete ihr: ,Darin, daß du ihn mit deiner Tochter Zainab vermählst.' Sie sagte nun: ,Ich habe keine Gewalt über sie, es sei denn in Güte.' Und Hasan rief 'Alî dem Kairiner zu: ,Gib ihr die Tauben!' Der tat es, und Dalîla nahm sie hin und freute sich ihrer. Dann sprach Schumân zu ihr: ,Du mußt uns eine Antwort geben, die uns befriedigt!' Sie erwiderte: ,Wenn es wirklich sein Wunsch

747

ist, daß er sich mit ihr vermähle, so ist dieser Streich, den er gespielt hat, noch kein Zeichen von Schlauheit. Die wahre Schlauheit besteht darin, daß er sie von ihrem Oheim zur Frau begehrt, dem Hauptmann Zuraik; denn er ist ihr Vormund, er, der da ausruft: ,O, ein Pfund Fische für zwei Heller!' und der vor seinem Laden einen Beutel mit zweitausend Goldstücken aufgehängt hat.' Als die Leute sie das sagen hörten, riefen sie: ,Was für Worte sind das, du Dirne! Du willst nur, daß wir unseren Bruder 'Alî el-Misri verlieren.' Dalîla ging nun von ihnen fort, begab sich zum Chân und sprach zu ihrer Tochter: ,'Alî der Kairiner hat um dich bei mir geworben.' Darüber freute sich Zainab; denn sie hatte ihn lieb gewonnen, weil er sich ihrer keusch enthalten hatte, und sie fragte ihre Mutter, was geschehen sei. Die erzählte ihr alles, was sich begeben hatte, und fügte hinzu: ,Ich habe es ihm zur Bedingung gemacht, daß er dich von deinem Oheim zur Frau begehrt, und so stürze ich ihn ins Verderben.'

Inzwischen wandte 'Alî el-Misri sich an seine Gefährten und fragte sie: ,Was ist es mit Zuraik? Was für ein Mann ist er?' Sie antworteten ihm: ,Er war das Oberhaupt der Genossen des Landes Irak; er hätte fast einen Berg durchbohren, die Sterne vom Himmel herunterholen und die Schminke von den Augenwimpern stehlen können, kurz, er hatte in seiner Art nicht seinesgleichen. Jetzt aber hat er allem abgeschworen und einen Fischladen aufgetan. Er hat durch den Fischhandel zweitausend Dinare zusammengebracht; die hat er in einen Beutel getan, an den Beutel hat er eine seidene Schnur gebunden, und an der Schnur hat er Schellen und Glöckchen aus Erz befestigt; und die Schnur läuft nun von dem Beutel bis zu einem Pflock drinnen im Laden, um den sie gewickelt ist. Und jedesmal, wenn er seinen Laden öffnet, hängt er den Beutel auf und ruft: ,Wo

748

seid ihr, Schelme Ägyptens, Genossen aus Irak, Meister aus dem Perserland? Zuraik, der Fischhändler, hat einen Beutel vor seinem Laden aufgehängt. Wer auf Schlauheit Anspruch macht, der soll ihn mit List entwenden und behalten!' Daher kommen denn auch die Genossen vom Volke der Begehrlichkeit und wollen ihn stehlen; aber sie vermögen es nicht. Denn er hat zu seinen Füßen Scheiben aus Blei, während er brät oder Feuer anmacht; und wenn ein Begehrlicher kommt, um ihn zu überrumpeln, so nimmt er eine Bleischeibe und wirft sie nach ihm und tut ihm einen Schaden oder tötet ihn. Wenn du nun, 'Alî, es mit ihm aufnehmen willst, so gleichst du einem, der einen Toten schlagen will und nicht weiß, wer gestorben ist; du bist ihm nicht gewachsen, dir droht Gefahr von ihm. Du hast es ja nicht nötig, dich mit Zainab zu vermählen; und wer eine Sache aufgibt, lebt auch ohne sie.' Doch 'Alî entgegnete: ‚Das wäre eine Schmach, ihr Mannen! Ich muß den Beutel haben. Bringt mir aber Mädchenkleider!' Da brachten sie ihm solche Gewänder, und er legte sie an. Ferner färbte er sich die Hände mit Henna und ließ den Schleier weit herunterhängen. Auch schlachtete er ein Lamm, nahm das Blut und füllte es in den Darm, den er zuvor gereinigt und unten zugebunden hatte; dann befestigte er ihn an seinem Schenkel und zog Frauenhosen darüber und legte kurze Stiefel an. Schließlich machte er sich ein Paar Brüste aus Vogelkröpfen, die er mit Milch füllte, band sich auf den Bauch einen Packen Leinwand, unter den er Baumwolle legte, und gürtete sich mit einem wohlgestärkten Tuch. Jeder der ihn sah, rief: ‚Welch schöne Hüften sind das!' Ihm begegnete ein Eseltreiber; dem gab er einen Dinar, und der ließ ihn reiten und lief mit ihm bis zum Laden Zuraiks, des Fischhändlers. Dort sah 'Alî den Beutel hängen und das Gold aus ihm herausleuchten. Zuraik aber briet seine Fische; und 'Alî rief: ‚Eseltreiber, was für ein Geruch ist dies?‘ Jener antwortete: ‚Es ist der Geruch von Zuraiks Fischen!‘ Und 'Alî fuhr fort: ‚Ich bin eine schwangere Frau; der Geruch könnte mir schaden. Hole mir ein Stück Fisch von ihm!‘ Der Eseltreiber sprach zu Zuraik: ‚Wie kannst du schon am frühen Morgen solchen Gestank schwangeren Frauen entgegenblasen! Ich habe die Gattin des Emirs Hasan Scharr et-Tarîk bei mir, und sie hat den Gestank riechen müssen, wo sie schwanger ist. Nun bring ihr ein Stück Fisch; denn das Kind regt sich in ihrem Leibe! O Schützer, o Gott, wende das Unheil dieses Tages von uns ab!‘ Da nahm Zuraik ein Stück Fisch und wollte es braten, aber das Feuer war erloschen, und so ging er nach drinnen, um es wieder zu entzünden. Derweilen hatte 'Alî el-Misri sich gesetzt, und er drückte auf den Schafdarm, bis er ihn zum Platzen brachte und das Blut zwischen seinen Beinen hervorströmte. Und er rief: ‚Ach, meine Seite! Ach, mein Rücken!‘ Da wandte der Treiber sich um und sah das Blut fließen; und er fragte: ‚Was ist dir, meine Herrin?‘ Der Schelm aber, der ja als Frau verkleidet war, erwiderte: ‚Ich habe eine Fehlgeburt getan!‘ Auch Zuraik schaute heraus, und als er das Blut sah, lief er voller Schrecken in den Laden zurück. Doch der Eseltreiber rief: ‚Allah strafe dich, Zuraik! Die Dame hat eine Fehlgeburt getan; und du vermagst nichts wider ihren Gatten. Warum hast du auch früh am Morgen solchen Gestank verbreitet? Ich sagte dir doch, du sollst ihr ein Stück Fisch geben; willst du es nicht tun?‘ Darauf nahm der Treiber seinen Esel und ging seiner Wege. Aber als Zuraik in seinen Laden hineinlief, streckte 'Alî seine Hand nach dem Beutel aus. Kaum hatte er ihn berührt, so klirrte das Gold in dem Beutel, und die Schellen und Glöckchen und Ringe begannen zu läuten. Da rief Zuraik: ‚Dein Betrug ist ans Licht gekommen, du Galgenvogel! Willst du mir in Weibergestalt einen Streich spielen? Jetzt nimm, was dir zukommt!' Mit diesen Worten warf er eine Bleischeibe nach ihm, aber sie ging fehl und traf einen anderen. Nun erhob sich das Volk wider Zuraik und rief: ,Bist du ein Kaufmann oder ein Fechter? Wenn du ein Mann des Marktes bist, so nimm den Beutel herunter und verschone das Volk mit deinem Unheil!' Er gab ihnen zur Antwort: ,Im Namen Allahs, gern!' Inzwischen kehrte 'Alî zur Halle zurück, und als Schumân ihn fragte, was er ausgerichtet habe, erzählte er ihm alles, was geschehen war. Dann legte er die Frauenkleider ab und sprach: ,Schumân, gib mir die Tracht eines Reitknechts!' Und er nahm sie hin und legte sie an. Darauf holte er eine Schüssel und fünf Dirhems, ging zu Zuraik, dem Fischhändler, und der sprach zu ihm: ,Was wünschest du, Meister?' Als 'Alî ihm die fünf Dirhems zeigte, wollte er ihm von den Fischen geben, die auf der Platte lagen. Doch 'Alî sagte: ,Ich will nur frisch gebratene Fische haben.' Da legte Zuraik die Fische in die Pfanne und wollte sie braten; aber das Feuer war erloschen, und so ging er weiter nach innen, um es wieder zu entzünden. Schnell streckte 'Alî seine Hand aus, um den Beutel zu ergreifen; aber kaum hatte er das Ende davon berührt, so läuteten die Glöckchen und Ringe und Schellen. Und Zuraik rief ihm zu: ,Deine List hat mich nicht getäuscht, wenn du auch in Gestalt eines Reitknechtes zu mir gekommen bist. Ich habe dich an dem Griffe deiner Hand erkannt, mit dem du das Geld und die Schüssel hieltest.' – –«

Da bemerkte Schehrezâd, daß der Morgen begann, und sie hielt in der verstatteten Rede an. Doch als die *Siebenhundertundfünfzehnte Nacht* anbrach, fuhr sie also fort: »Es ist mir berichtet worden, o glücklicher König, daß, wie 'Alî seine Hand ausstreckte, um den Beutel zu ergreifen, die Glöckchen und

Ringe läuteten, und daß Zuraik ihm zurief: ‚Deine List hat mich nicht getäuscht, wenn du auch in Gestalt eines Reitknechtes zu mir gekommen bist. Ich habe dich an dem Griffe deiner Hand erkannt, mit der du das Geld und die Schüssel hieltest.‘ Zugleich warf er aber eine Bleischeibe nach ihm; ’Alî el-Misrî wich ihr aus, und sie fiel in eine Pfanne, die voll von dem heißen Fleische war. Die Pfanne zerbrach, und ihr Inhalt ergoß sich mitsamt der Brühe auf die Schulter des Kadis, der gerade vorüberging; alles rann ihm dann in den Busen und kam sogar auf seine Schamteile. Da schrie der Kadi: ‚Ach, meine Scham! Welche Gemeinheit, du Elender! Wer hat mir dies angetan?‘ Die Leute sprachen: ‚O Herr, das war ein kleiner Knabe, er hat mit einem Steine geworfen, der zufällig in die Pfanne fiel. Allah hat noch Schlimmeres von dir abgewendet!‘ Dann aber sahen sie sich um und fanden die Bleischeibe und wußten, daß Zuraik, der Fischhändler, sie geworfen hatte. Und sie erhoben sich wider ihn und sprachen: ‚Das ist von Allah nicht erlaubt, Zuraik! Nimm diesen Beutel herunter; das ist besser für dich.‘ ‚So Gott will, werde ich ihn herabnehmen‘, erwiderte Zuraik.

Inzwischen begab ’Alî el-Misrî sich wieder zur Halle und trat bei den Kumpanen ein. Die fragten ihn: ‚Wo ist der Beutel?‘ Da erzählte er ihnen alles, was geschehen war; und sie sagten nun: ‚Du hast schon zwei Drittel seiner Schlauheit erschöpft.‘ Er aber zog seine Kleider aus, legte das Gewand eines Kaufmannes an und ging hinaus. Da traf er einen Schlangenbeschwörer mit einem Sack voll Schlangen und einem Ranzen, in dem er sein Gerät trug; zu dem sprach er: ‚Du Schlangenmeister, ich möchte, daß du meinen Kindern deine Kunst zeigst; dann sollst du ein Geschenk erhalten.‘ Und er nahm ihn mit sich in die Halle, gab ihm zu essen und betäubte ihn mit Bendsch. Darauf zog er die Kleider des Mannes an, ging zu Zuraik, dem Fischhändler, trat auf ihn zu und begann die Flöte zu spielen.[1] Zuraik rief: ‚Allah sorge für dich!‘[2] Aber nun zog ’Alî die Schlangen heraus und warf sie vor sich nieder; und der Fischhändler, der sich vor den Schlangen fürchtete, floh in das Innere des Ladens. Da raffte ’Alî die Schlangen zusammen, tat sie in den Sack, streckte seine Hand nach dem Beutel und faßte sein Ende. Die Ringe und Schellen und Glöckchen erklangen, und Zuraik rief: ‚Willst du mir immer noch Streiche spielen, so daß du dich gar als Schlangenbeschwörer verkleidest?‘ Er warf eine Bleischeibe nach ihm; aber da kam gerade ein Reitersmann vorbei, und hinter ihm lief sein Stallknecht; dem fiel die Scheibe auf den Kopf und streckte ihn nieder. Der Reiter rief: ‚Wer hat ihn zu Boden geworfen?‘ Die Leute sagten: ‚Das war ein Stein, der vom Dache fiel.‘ Als der Reiter seines Weges zog, wandten die Leute sich um und sahen die Bleiplatte; wieder traten sie zu Zuraik und sprachen zu ihm: ‚Nimm den Beutel herunter!‘ ‚So Gott will, werde ich ihn noch heute abend herunternehmen‘, gab er zur Antwort. ’Alî aber versuchte es immer wieder, Zuraik zu überlisten, bis er ihm sieben Streiche gespielt hatte, ohne doch den Beutel zu gewinnen. Dann gab er dem Schlangenbeschwörer seine Kleider und all sein Gerät zurück und machte ihm ein schönes Geschenk. Nun ging er noch einmal zu dem Laden Zuraiks, und da hörte er, wie jener sagte: ‚Wenn ich den Beutel die Nacht über im Laden lasse, so wird der Schelm die Mauer durchbohren und das Geld stehlen; ich will es also lieber mit nach Hause

---

1. Die Schlangenbändiger hocken nieder und blasen eine Rohrflöte, nach deren Takt die gezähmten Schlangen, denen die Giftzähne ausgebrochen sind, ihren Kopf hin und her bewegen. - 2. Vgl. oben Seite 727, Anmerkung 2.

nehmen.' So machte er sich daran, den Laden zu räumen, und nahm auch den Beutel und barg ihn an seinem Busen. 'Alî folgte ihm, bis er in die Nähe seines Hauses kam. Dort bemerkte Zuraik, daß in seines Nachbarn Haus eine Hochzeit war, und er sprach bei sich: ‚Ich will zuerst nach Hause eilen und meiner Frau den Beutel geben; dann will ich mir meine Festkleider anlegen und zu der Hochzeit gehen.' Er schritt also weiter, während 'Ali hinter ihm her schlich. Nun hatte Zuraik eine schwarze Sklavin zum Weibe, eine von den Freigelassenen des Wesirs Dscha'far, und hatte durch sie einen Sohn erhalten, den er 'Abdallah genannt hatte. Und er hatte ihr versprochen, das Geld aus dem Beutel auf die Feier der Beschneidung des Knaben und für seine Verlobung und sein Hochzeitsfest zu verwenden. Jetzt also trat Zuraik zu seiner Frau ein, mit bewölkter Miene; und sie fragte ihn: ‚Warum runzelst du die Stirn?' Er antwortete ihr: ‚Gott hat mich heute mit einem Schelm heimgesucht, der mir sieben Streiche gespielt hat, um den Beutel zu stehlen; aber er hat ihn doch nicht erwischen können.' Da sagte sie: ‚Gib ihn mir, auf daß ich ihn bis zur Hochzeit des Knaben bewahre!' und er gab ihn ihr. 'Alî der Kairiner aber hatte sich in einer Kammer versteckt und konnte alles hören und sehen. Nun zog Zuraik seine Kleider aus und legte sein Festgewand an; dabei sagte er zu seiner Frau: ‚Hüte den Beutel gut, Umm 'Abdallâh! Ich gehe jetzt zur Hochzeit.' Doch sie bat ihn: ‚Ruhe dich erst eine Weile aus!' Da legte er sich nieder und schlief. Jetzt aber erhob sich 'Alî, schlich auf den Zehenspitzen heran, ergriff den Beutel und begab sich dann in das Hochzeitshaus; dort blieb er, um der Feier zuzusehen. Nun hatte Zuraik ein Traumgesicht, daß ein Vogel den Beutel geraubt habe, und da wachte er voller Schrecken auf und rief Umm 'Abdallâh zu: ‚Auf, sieh nach dem Beutel!' Sie

754

schaute nach, aber sie fand ihn nicht; und sie schlug sich mit den Händen ins Gesicht und rief: ‚O über die Schwärze deines Glücks, Umm 'Abdallâh! Den Beutel hat der Schelm gestohlen!' ‚Bei Allah,' rief Zuraik, ‚den hat nur der Schelm 'Alî gestohlen! Ja, kein anderer als er hat den Beutel geraubt. Ich muß ihn wiederhaben!' Die Frau sagte: ‚Wenn du ihn nicht wiederbringst, so schließe ich die Tür vor dir zu und lasse dich auf der Straße schlafen.' Darauf begab Zuraik sich zur Hochzeit und sah, wie der Schelm 'Alî zuschaute; und er sagte sich: ‚Der ist es, der den Beutel gestohlen hat; doch er wohnt in der Halle von Ahmed ed-Danaf.' Und rasch eilte er ihm dorthin vorauf, kletterte auf der Rückseite empor, ließ sich in die Halle hinab und fand die Genossen schlafen. Da kam auch schon 'Alî und pochte an die Tür. Zuraik sprach: ‚Wer steht an der Tür?' ‚'Alî der Kairiner', kam die Antwort; und Zuraik fragte: ‚Hast du den Beutel gebracht?' Nun glaubte 'Alî, es sei Schumân, und so sprach er: ‚Ich habe ihn gebracht; öffne mir die Tür!' Aber Zuraik entgegnete ihm: ‚Ich kann dir nicht eher aufmachen, als bis ich den Beutel sehe; denn ich habe eine Wette mit deinem Meister.' Da rief 'Alî: ‚Streck deine Hand heraus!' Er streckte also seine Hand durch das Loch neben der Türangel[1], 'Alî gab ihm den Beutel, Zuraik nahm ihn hin, kletterte auf demselben Wege zurück, auf dem er gekommen war, und begab sich zur Hochzeit. 'Alî jedoch blieb eine Weile vor der Tür stehen, ohne daß jemand ihm öffnete. Schließlich schlug er donnernd gegen die Tür, so daß die Mannen erwachten; und sie riefen: ‚Dies ist das Klopfen von 'Ali aus Kairo!' Der Verwalter öffnete ihm alsbald und fragte ihn: ‚Hast du den Beutel gebracht?' Doch 'Ali erwiderte: ‚Genug des Scherzes! Schumân, habe ich dir nicht den Beutel durch

1. Eine kleine Öffnung für Hunde und Katzen.

das Loch neben der Türangel gegeben? Und hast du mir nicht gesagt, du hättest geschworen, mir nicht eher die Tür zu öffnen, als bis ich dir den Beutel zeigte?' ,Bei Allah,' rief Schumân, ,ich habe ihn nicht erhalten! Das kann nur Zuraik gewesen sein, der ihn dir abgenommen hat.' Und 'Alî rief: ,Ich muß ihn wiederhaben.' Und alsbald kehrte er zu der Hochzeit zurück; dort hörte er, wie gerade der Possenreißer sagte: ,Eine Gabe, o Abu 'Abdallâh! Möge der Lohn bei dir deinem Sohne zuteil werden.' Da sagte sich 'Alî: ,Ich bin doch ein Glückskerl!'[1] Und er ging zum Hause Zuraiks, kletterte von der Rückseite auf das Haus und ließ sich drinnen hinab. Die Frau, die er im Schlafe fand, betäubte er; dann zog er ihr Gewand an und nahm das Kind in seine Arme. Darauf ging er im Hause umher und suchte, bis er einen Korb mit Kuchen fand, die Zuraik in seinem Geize seit dem Feste[2] aufbewahrt hatte. Bald danach kehrte der Fischhändler nach Hause zurück und pochte an die Tür. Der Schelm 'Alî ahmte die Stimme der Frau nach und fragte: ,Wer steht an der Tür?' ,Abu 'Abdallâh', antwortete Zuraik; und 'Alî fuhr fort: ,Ich habe geschworen, dir nicht eher zu öffnen, als bis du mir den Beutel bringst.' ,Ich habe ihn gebracht', sprach der Fischhändler. ,So gib ihn her, ehe ich die Tür aufmache', rief 'Alî. Da sagte Zuraik: ,Laß den Korb herab und hol ihn darin!' Jener ließ den Korb herab, und Zuraik legte den Beutel hinein. Darauf nahm der Schelm 'Alî ihn an sich, betäubte das Kind und weckte die Frau. Und alsbald stieg er an derselben Stelle wieder hinunter, an der er hinaufgeklettert war, eilte zu der Halle, trat zu den Genossen ein und zeigte ihnen den Beutel und das Kind dazu. Da lobten

1. An dem Ausruf erkennt 'Alî, daß Zuraik, der Vater 'Abdallâhs, bei der Hochzeit ist. – 2. Das Fest am Ende des Fastenmonats Ramadan ist gemeint.

sie ihn; auch gab er ihnen die Kuchen, und sie aßen davon. Zu Schumân aber sprach er: ‚Dieser Knabe ist der Sohn Zuraiks; verbirg ihn bei dir!‘ Der nahm ihn und versteckte ihn, holte ein Lamm und schlachtete es und gab es dem Verwalter; und der Verwalter kochte das Lamm als Ganzes, wickelte es in ein Leichentuch und bahrte es auf wie einen Toten.

Derweilen war Zuraik an der Tür stehen geblieben; dann aber klopfte er donnernd an. Da rief die Frau hinaus: ‚Hast du den Beutel gebracht?‘ Und er antwortete ihr: ‚Hast du ihn nicht in dem Korb emporgezogen, den du heruntergelassen hast?‘ Nun rief sie: ‚Ich habe keinen Korb hinuntergelassen, ich habe auch keinen Beutel gesehen, ich habe überhaupt nichts bekommen.‘ ‚Bei Allah,‘ sagte er, ‚der Schelm ist mir zuvorgekommen und hat ihn noch einmal geholt.‘ Dann suchte er im Hause umher und fand, daß der Kuchen fehlte und der Knabe nicht dort war. Er rief: ‚Wehe, das Kind!‘ Und die Frau schlug sich auf die Brust und rief: ‚Ich und du vor den Wesir! Niemand anders hat meinen Sohn getötet als der Schelm, der die Streiche gespielt hat, und das alles um deinetwillen!‘ Zuraik sprach: ‚Ich will für ihn haften.‘ Dann ging er hin, band sich das Tuch des Friedens um den Hals, begab sich zur Halle von Ahmed ed-Danaf und klopfte an die Tür. Nachdem der Verwalter ihm geöffnet hatte, trat er zu den Kumpanen ein. Da fragte Schumân: ‚Was führt dich hierher?‘ Er antwortete: ‚Tretet für mich bei ’Alî dem Kairiner ein, daß er mir mein Kind zurückgebe! Den Beutel mit Gold will ich ihm überlassen.‘ Schumân rief: ‚Allah vergelte es dir, o ’Alî! Warum hast du uns nicht kundgetan, daß es sein Sohn ist?‘ ‚Was ist mit ihm geschehen?‘ fragte Zuraik; und Schumân erwiderte: ‚Wir haben ihm Trauben zu essen gegeben; da ist er erstickt und gestorben. Und dort ist er nun.‘ Zuraik rief: ‚Wehe, das

Kind! Was soll ich seiner Mutter sagen?' Dann machte er das Leichentuch auf und entdeckte, daß ein gekochtes Lamm darin war, und er sprach: ,Du treibst Scherz mit mir, 'Alî!' Und nun gaben sie ihm sein Kind; Ahmed ed-Danaf aber sprach: ,Du hast den Beutel aufgehängt und gesagt, wer schlau sei, solle ihn nehmen, und wenn ein Schlauer ihn hole, so solle er ihn behalten. Jetzt ist er das Eigentum 'Alîs des Kairiners geworden.' ,Ich mache ihn ihm zum Geschenk', erwiderte Zuraik; und 'Alî Zaibak el-Misri sagte: ,Nimm ihn hin um deiner Nichte Zainab willen!' Als Zuraik dann sprach: ,Ich nehme ihn an', riefen die Genossen: ,Wir verlangen sie von dir zum Weibe für 'Alî den Kairiner.' Doch er entgegnete: ,Ich habe keine Gewalt über sie, es sei denn durch Güte.' Darauf nahm er sein Kind und den Beutel; und Schumân fragte ihn: ,Nimmst du die Werbung von uns an?' Er antwortete: ,Ja, ich nehme sie an von dem, der ihren Brautpreis zu zahlen vermag.' ,Was ist denn ihr Brautpreis?' fragte Hasan; und Zuraik erwiderte: ,Sie hat geschworen, daß niemand an ihrer Brust ruhen soll als er, der ihr das Gewand Kamars, der Tochter des Juden 'Adhra, und ihre anderen Sachen bringt.' – –«

Da bemerkte Schehrezâd, daß der Morgen begann, und sie hielt in der verstatteten Rede an. Doch als die *Siebenhundertundsechzehnte Nacht* anbrach, fuhr sie also fort: »Es ist mir berichtet worden, o glücklicher König, daß Zuraik zu Schumân sagte: ,Zainab hat geschworen, daß niemand an ihrer Brust ruhen soll als er, der ihr das Gewand Kamars, der Tochter des Juden 'Adhra, bringt, dazu auch ihre Krone, den Gürtel und den goldenen Pantoffel.' Nun rief 'Alî: ,Wenn ich ihr nicht heute abend das Gewand bringe, so will ich keinen Anspruch auf sie haben.' Doch Zuraik sagte: ,O 'Alî, du bist des Todes, wenn du ihr einen Streich zu spielen versuchst.' ,Weshalb denn?' fragte 'Alî; und die anderen erzählten ihm: ‚Der Jude 'Adhra ist ein listenreicher und betrügerischer Zauberer, der die Geister zu Dienern hat; er hat vor der Stadt ein Schloß, dessen Wände abwechselnd aus goldenen und silbernen Ziegeln gebaut sind. Jenes Schloß ist für die Menschen sichtbar, solange er darinnen weilt; wenn er aber hinausgeht, so wird es unsichtbar. Er hat eine Tochter namens Kamar; und für sie hat er das Kleid aus einer Schatzhöhle gebracht. Er legt das Kleid auf eine goldene Schüssel, öffnet die Fenster des Schlosses und ruft dann: ‚Wo sind die Schelme von Ägypten, die Genossen aus Irak, die Meister aus dem Perserland? Wer dies Kleid zu entwenden vermag, dem soll es gehören.' Alle Genossen haben versucht, es zu gewinnen; aber sie haben es nicht stehlen können, und er hat sie in Affen und Esel verwandelt.' Dennoch sprach 'Alî: ‚Ich muß es gewinnen; und Zainab, die Tochter der listigen Dalîla, soll in ihm bei der Hochzeit entschleiert werden.' Darauf begab 'Alî el-Misri sich zu dem Laden des Juden, und er fand in ihm einen Mann von hartem und rauhem Aussehen; bei ihm befanden sich eine Waage, Gewichte, Gold, Silber und Schubladen, auch stand dort ein Maultier. Nun erhob sich der Jude, schloß den Laden, tat das Gold und das Silber in zwei Beutel, die er in Satteltaschen legte und dem Maultier auflud. Dann saß er auf und ritt dahin, bis er draußen vor der Stadt war. 'Alî der Kairiner aber folgte ihm, ohne daß jener es bemerkte. Darauf nahm der Jude ein wenig Staub aus seinem Beutel, den er in der Tasche trug, murmelte Beschwörungen darüber und streute ihn in die Luft. Und plötzlich erblickte der Schelm 'Alî ein Schloß, das nicht seinesgleichen hatte. Dann stieg das Maultier mit dem Juden die Treppe hinauf; denn es war ein Geist, den der Jude sich dienstbar gemacht hatte. Er nahm die Satteltaschen von dem Tiere herunter, und es ging davon und verschwand. Darauf setzte sich der Jude in seinem Schlosse nieder, während 'Alî zuschaute, was er tat. Und er holte ein goldenes Rohr, hängte daran eine goldene Schale mit goldenen Ketten und legte das Kleid hinein. Alles das sah 'Alî, der hinter der Tür stand. Und alsbald begann der Jude zu rufen: ,Wo sind die Schelme aus Ägypten, die Genossen aus Irak und die Meister aus dem Perserland? Wer dies Kleid durch seine Schlauheit entwenden kann, dem soll es gehören!' Dann murmelte er wieder Beschwörungen, und ein Tisch ward vor ihm hingestellt, und er aß; darauf erhob sich der Tisch mit Speisen von selbst und verschwand. Von neuem sprach der Jude Zauberworte, und da ward ihm ein Tisch mit Wein gebracht, und er trank. 'Alî sagte sich: ,Du kannst dies Kleid nur dann gewinnen, wenn er trunken ist.' Dann schlich er sich von hinten an den Zauberer heran und zückte ein Schwert aus Stahl in seiner Hand. Der Jude aber wandte sich um und beschwor die Hand, indem er zu ihr sprach: ,Halt ein mit dem Schwerte!' Da blieb die Hand mit dem Schwerte in der Luft stehen. 'Alî streckte die linke Hand aus, doch auch die blieb in der Luft stehen. Und desgleichen erstarrte sein rechter Fuß, so daß er nur noch auf einem Fuße stand. Darauf nahm der Jude den Zauber von ihm, und 'Alî el-Misri ward wieder, wie er zuvor gewesen war. Nun entwarf der Jude eine geomantische Figur, und da ward ihm kund, daß jener Mann 'Alî Zaibak el-Misri hieß. Und er wandte sich zu ihm und sprach: ,Komm heran! Wer bist du, und was treibst du?' Der Schelm erwiderte ihm: ,Ich bin 'Alî der Kairiner, ein Bursche von Ahmed ed-Danaf. Ich habe um Zainab, die Tochter der listigen Dalîla, gefreit, und man hat mir als Brautpreis das Kleid deiner Tochter auferlegt. Also gib es mir, wenn du dein Leben retten willst, und werde Muslim!'

‚Nach deinem Tode!' sagte der Zauberer; ‚schon viele Leute haben mir Streiche spielen wollen, um das Kleid zu entwenden, aber keiner hat es mir rauben können. Wenn du auf guten Rat hören willst, so rette dich selbst! Man hat das Kleid nur deshalb von dir verlangt, damit du ins Verderben stürzest. Und hätte ich nicht erkannt, daß dein Glück größer ist, als das meine, so hätte ich dir den Kopf abgeschlagen.' 'Alî freute sich, daß sein Glück größer war als das des Juden, wie der es selbst erkannt hatte; und so sprach er: ‚Es bleibt kein Ausweg, ich muß das Kleid haben, und du mußt Muslim werden!' ‚Ist dies dein unumstößlicher Wille?' fragte der Jude; und 'Alî antwortete: ‚Jawohl.' Da nahm der Zauberer eine Schale mit Wasser, sprach Beschwörungen darüber und sprach zu 'Alî: ‚Tritt hervor aus der menschlichen Gestalt und nimm die Gestalt eines Esels an!' Und zugleich besprengte er ihn mit dem Zauberwasser. Da ward 'Alî zu einem Esel mit Hufen und langen Ohren und begann iah zu schreien wie die Esel. Dann zog der Jude einen Kreis um ihn, und der ward zu einer Mauer; er selbst aber ergab sich dem Trunke bis zum Morgen. Nun sagte er zu 'Alî: ‚Heute will ich dich reiten und das Maultier ruhen lassen!' Er legte das Kleid und die Schale und das Rohr mit den Ketten in einen Schrank, verließ das Haus und murmelte Beschwörungen über 'Alî, so daß er seinem Befehle folgte. Auch legte er ihm die Satteltaschen auf den Rücken und saß auf. Das Haus war indessen unsichtbar geworden; und so ritt er dahin, bis er bei seinem Laden abstieg. Dort leerte er den Beutel mit Gold und den Beutel mit Silber in die Schubladen vor ihm. 'Alî wurde in seiner Eselsgestalt angebunden; aber er hörte und verstand alles, nur konnte er nicht reden. Da kam plötzlich ein junger Kaufmann des Wegs, gegen den das Schicksal grausam gewesen war und der nur das bescheidene Handwerk eines

Wasserträgers hatte finden können. Der hatte die Armspangen seiner Frau mitgenommen und brachte sie dem Juden mit den Worten: ‚Gib mir den Preis für diese Armspangen, auf daß ich mir einen Esel dafür kaufe‘! ‚Was willst du ihm aufladen?‘ fragte der Jude; und der Kaufmann erwiderte: ‚Meister, ich will auf ihm Wasser aus dem Strome holen und durch den Erlös mein Leben fristen.‘ Der Jude fuhr fort: ‚Nimm meinen Esel dort!‘ So verkaufte der Mann ihm die Armspangen und erhielt als Preis für sie den Esel und einen Rest an Geld, den ihm der Jude aushändigte. Darauf zog er mit dem verzauberten ’Alî el-Misri nach Hause; der aber sagte sich: ‚Wenn der Eseltreiber dir den Packsattel und den Wasserschlauch auflädt und zehn Gänge mit dir macht, so wird er dir die Kraft rauben, und du mußt sterben.‘ Und wie nun die Frau des Wasserträgers herzutrat und ihm das Futter hinwarf, rannte er sie mit seinem Schädel um, so daß sie auf den Rücken fiel; dann sprang er auf sie, stieß mit seinem Maule nach ihrem Kopfe und ließ heraushängen, was sein Vater ihm vermacht hatte. Sie schrie laut auf, und die Nachbarn kamen ihr zur Hilfe und schlugen den Esel und trieben ihn von ihrer Brust fort. Da kam auch ihr Mann, der Wasserträger werden wollte, nach Hause, und sie rief ihm zu: ‚Entweder scheide dich von mir, oder gib den Esel seinem früheren Herrn zurück!‘ ‚Was ist denn geschehen?‘ fragte er; und sie erwiderte: ‚Das ist ein Teufel in Eselsgestalt; er ist auf mich gesprungen, und wenn die Nachbarn ihn nicht von meiner Brust gerissen hätten, so hätte er mir Schmähliches angetan.‘[1] Er nahm den Esel und

1. Der Teufel als Esel erinnert an den altägyptischen Seth; aber auch bei den Arabern erscheint der Esel manchmal als Geistertier. Zur obigen Geschichte vgl. man Band III, Seite 344, Anmerkung. Noch heute wird in Kairo erzählt, daß Frauen sich Eseln preisgeben.

führte ihn zu dem Juden zurück; der sprach zu ihm: ‚Weshalb bringst du ihn zurück?' Der Mann gab ihm zur Antwort: ‚Er hat meiner Frau Schmähliches antun wollen.' Da gab der Jude ihm sein Geld, und er ging seiner Wege. 'Adhra aber wandte sich zu 'Alî und sprach: ‚Nimmst du deine Zuflucht zur List, du unseliger Kerl, so daß er dich mir zurückbringt?' – –«

Da bemerkte Schehrezâd, daß der Morgen begann, und sie hielt in der verstatteten Rede an. Doch als die *Siebenhundertundsiebenzehnte Nacht* anbrach, fuhr sie also fort: »Es ist mir berichtet worden, o glücklicher König, daß der Jude, wie der Wasserträger ihm den Esel zurückbrachte, jenem sein Geld herausgab und sich zu 'Alî dem Kairiner wandte und zu ihm sprach: ‚Nimmst du deine Zuflucht zur List, du unseliger Kerl, so daß er dich mir zurückbringt? Aber da es dir Freude macht, ein Esel zu sein, so will ich dich zu einem Schauspiel machen für groß und klein!' Und er nahm den Esel, setzte sich auf ihn und ritt dahin bis vor die Stadt. Dort nahm er wieder den Staub heraus, sprach Beschwörungen darüber und streute ihn in die Luft; da ward das Schloß sichtbar. Er ging hinauf, nahm die Satteltaschen von dem Rücken des Esels und zog die beiden Beutel mit Gold und Silber heraus; dann holte er das Rohr, hängte die Schale mit dem Kleide daran und rief, wie er jeden Tag zu tun pflegte: ‚Wo sind die Genossen aller Länder? Wer kann dies Kleid stehlen?' Und wie zuvor sprach er Zauberworte; da ward ihm ein Tisch hingestellt, und er aß. Wiederum zauberte er; da stand der Wein vor ihm, und er begann den Trunk. Schließlich holte er eine Schale Wassers, sprach Beschwörungen darüber, sprengte es auf den Esel und sprach: ‚Verlaß deine jetzige Gestalt und nimm deine frühere Gestalt an!' So wurde der wieder zum Menschen, wie er es gewesen war. Und nun sprach der Jude zu ihm: ‚O 'Alî, nimm guten

763

Rat an und laß dir genug sein an dem Unheil, das ich dir angetan habe! Du hast es doch nicht nötig, dich mit Zainab zu vermählen und das Kleid meiner Tochter zu rauben; denn das soll dir nicht leicht werden. Laß ab von der Gier, es ist besser für dich! Sonst verwandle ich dich in einen Bären oder einen Affen, oder ich gebe einem Geist Gewalt über dich, daß er dich hinter den Berg Kâf wirft.' Doch 'Alî entgegnete ihm: ,O 'Adhra, ich habe geschworen, das Kleid zu holen; und ich muß es haben. Und du mußt ein Muslim werden, sonst töte ich dich!' ,O 'Alî,' sagte der Jude darauf, ,du bist wie eine Walnuß; wenn man sie nicht zerbricht, so kann man sie nicht essen.' Und er nahm eine Schale Wassers, sprach Zauberworte darüber und besprengte 'Alî, indem er sagte: ,Werde nun zu einem Bären!' Und sofort verwandelte er sich in einen Bären. Darauf legte er ihm einen Ring um den Hals und band ihm das Maul zu und fesselte ihn an einen eisernen Pflock; und wie er dann wieder beim Essen war, warf er ihm hin und wieder einen Brocken zu und goß die Neigen seines Bechers auf ihn herab. Als es Morgen ward, erhob sich der Jude, holte die Schale und das Gewand und beschwor den Bären, so daß er ihm in den Laden folgte. Dort setzte er sich nieder, leerte das Gold und das Silber in die Schublade und befestigte die Kette, die um den Hals des Bären lag, in dem Laden. 'Alî hörte und verstand alles; aber er konnte nicht reden. Nun kam ein Kaufmann zu dem Juden in seinen Laden und sprach: ,Meister, willst du mir den Bären da verkaufen? Ich habe nämlich eine Frau, und sie ist die Tochter meines Oheims, und man hat ihr verordnet, Bärenfleisch zu essen und sich mit Bärenfett zu salben.' Voller Freude sagte sich der Jude: ,Jetzt will ich ihn verkaufen, damit der Mann ihn schlachte und wir Ruhe vor ihm haben!' Doch 'Alî sprach in seiner Seele: ,Bei Gott, dieser Kerl will mich schlachten! Aber die Rettung steht bei Allah.' Der Jude antwortete nun: ‚Er ist ein Geschenk von mir für dich!' Und der Kaufmann nahm ihn mit, führte ihn zu einem Schlächter und sprach zu dem: ‚Hol deine Werkzeuge und komm mit mir!' Der Schlächter also nahm seine Messer und folgte ihm in sein Haus; dann trat er an den Bären heran, band ihn fest und begann das Messer zu wetzen und wollte ihn schlachten. Doch als 'Alî el-Misri ihn auf sich zukommen sah, entschlüpfte er seinen Händen und flog zwischen Himmel und Erde davon. Und er schwebte immer weiter dahin, bis er sich im Schlosse bei dem Juden niederließ.

Dies aber war auf folgende Weise geschehen. Der Jude war zu seinem Schlosse gegangen, nachdem er dem Kaufmann den Bären gegeben hatte. Dort hatte seine Tochter ihn befragt, und er hatte ihr alles erzählt, was geschehen war. Dann bat sie: ‚Berufe einen Geist und frage ihn, ob dies wirklich 'Alî der Kairiner ist oder ein anderer Mann, der dich zu betrügen sucht!' Der Jude berief durch seinen Zauber einen Geist und fragte ihn: ‚Ist es wirklich 'Alî der Kairiner, oder ist es ein anderer Mann, der einen Streich spielt?' Da griff der Geist ihn und brachte ihn und sprach: ‚Dies ist 'Alî el-Misri selber. Der Schlächter hatte ihn festgebunden und das Messer gewetzt und wollte ihn gerade schlachten, da hab ich ihn seinen Händen entrissen und hierher gebracht.' Wiederum nahm der Jude eine Schale mit Wasser, sprach seinen Zauber darüber und besprengte den Bären, indem er sprach: ‚Kehre wieder in deine menschliche Gestalt zurück!' Da wurde er so, wie er früher gewesen war. Doch als Kamar, die Tochter des Juden, sah, daß er ein schöner Jüngling war, ward ihr Herz von Liebe zu ihm ergriffen, und auch sein Herz ward von Liebe zu ihr erfüllt. Und sie sprach zu ihm: ‚Du Unseliger, warum willst du mein

Kleid rauben und zwingst meinen Vater dazu, daß er also an dir handelt?' Er gab ihr zur Antwort: ,Ich habe geschworen, es zu holen für Zainab die Gaunerin, auf daß ich mich mit ihr vermähle.' Doch sie fuhr fort: ,Schon andere als du haben meinem Vater Streiche gespielt, um mein Kleid zu entwenden; aber es ist ihnen nicht gelungen.' Und sie fügte hinzu: ,Drum laß ab von der Gier!' Dennoch bestand er darauf: ,Ich muß es haben, und dein Vater muß ein Muslim werden, sonst töte ich ihn.' Da sprach ihr Vater zu ihr: ,Sieh nur, meine Tochter, diesen Unseligen an, wie er sein eigenes Verderben sucht!' Und zu 'Alî sprach er: ,Jetzt werde ich dich in einen Hund verwandeln.' Dann nahm er eine Schale, in die Zauberworte eingegraben waren und die mit Wasser gefüllt war, sprach seine Beschwörung darüber und besprengte 'Alî, indem er sprach: ,Nimm die Gestalt eines Hundes an!' Und alsbald wurde der Schelm zu einem Hunde. Der Jude aber und seine Tochter ergaben sich dem Trunke bis zum Morgen. Dann nahm er die Schale und das Kleid wieder fort, bestieg sein Maultier und beschwor den Hund, so daß er ihm folgen mußte. Und die anderen Hunde begannen ihn anzubellen; wie er aber bei dem Laden eines Trödlers vorbeikam, erhob der Mann sich und trieb die Hunde von ihm fort; da legte 'Alî sich vor ihm nieder. Der Jude wandte sich noch nach ihm um, sah ihn aber nicht mehr. Bald darauf räumte der Trödler seinen Laden auf und ging nach Hause, während der Hund ihm folgte. Als aber der Mann in sein Haus trat, schaute seine Tochter hin, und wie sie den Hund erblickte, verhüllte sie ihr Antlitz und sprach: ,Väterchen, bringst du einen fremden Mann und führst ihn zu mir herein?' ,Liebe Tochter,' entgegnete er, ,dies ist doch ein Hund!' Aber sie fuhr fort: ,Dies ist 'Alî der Kairiner, den der Jude verzaubert hat.' Und sie wandte sich zu dem Hunde und fragte ihn: ‚Bist du nicht ’Alî der Kairiner?‘ Da gab er ihr mit dem Kopfe ein Zeichen, das Ja bedeutete. Nun fragte ihr Vater: ‚Warum hat der Jude ihn denn verzaubert?‘ Und sie erwiderte: ‚Wegen des Kleides seiner Tochter Kamar; aber ich kann ihn befreien.‘ ‚Wenn etwas Gutes geschehen soll,‘ sagte darauf der Trödler, ‚so ist jetzt die Zeit dazu.‘ ‚Wenn er sich mir vermählen will,‘ sagte die Tochter, ‚so werde ich ihn befreien.‘ Da nickte der Hund mit seinem Kopfe ein Ja. Und sie nahm eine Schale, in die Zaubersprüche eingeritzt waren, und sprach Beschwörungen darüber. Aber da erscholl ein lauter Schrei, und die Schale entfiel ihrer Hand. Sie wandte sich um und entdeckte, daß es die Sklavin ihres Vaters war, die geschrien hatte; und die sprach jetzt zu ihr: ‚Meine Herrin, ist dies der Bund, der zwischen mir und dir besteht? Niemand hat dich diese Kunst gelehrt als ich allein, und du hast mir versprochen, du wollest nichts tun, ohne mich um Rat zu fragen; und wer sich dir vermähle, der solle sich auch mir vermählen, und eine Nacht solle mir gehören und die andere dir.‘ ‚So ist es‘, sprach die Tochter des Trödlers. Doch wie der Mann diese Worte aus dem Munde der Sklavin vernahm, fragte er seine Tochter: ‚Wer hat es die Sklavin gelehrt?‘ ‚Lieber Vater,‘ antwortete sie, ‚mich hat sie unterrichtet; frage du sie, wer sie unterrichtet hat!‘ Da fragte er die Sklavin, und sie erzählte ihm: ‚Wisse, mein Gebieter, als ich bei dem Juden ’Adhra war, pflegte ich ihn zu belauschen, wenn er Beschwörungen sprach. Und wenn er zu einem Laden ging, so schlug ich die Zauberbücher auf und las darin, bis ich die Geisterwissenschaft gelernt hatte. Eines Tages nun war er trunken und wollte mich zu sich aufs Lager ziehen; aber ich weigerte mich und sprach zu ihm: ‚Das kann ich dir nicht gewähren, es sei denn, du werdest ein Muslim.‘ Dessen weigerte er sich, und so sprach ich zu ihm: ‚Auf zum Markte des Sultans!'[1] Da verkaufte er mich dir, und so kam ich in dein Haus; und hier lehrte ich deine Tochter, aber ich stellte ihr die Bedingung, daß sie nichts von alledem ohne meinen Rat tun dürfe; und wer sich ihr vermähle, der solle sich auch mir vermählen, eine Nacht solle mir gehören und die andere ihr.' Darauf nahm die Sklavin eine Schale Wassers, murmelte Zaubersprüche darüber und besprengte den Hund, indem sie sprach: ,Kehre in deine menschliche Gestalt zurück!' Da ward er wieder ein Mensch, wie er es früher gewesen war. Der Trödler grüßte ihn und fragte ihn nach dem Grunde seiner Verzauberung; und 'Alî erzählte jenem alles, was ihm widerfahren war. – –«

Da bemerkte Schehrezâd, daß der Morgen begann, und sie hielt in der verstatteten Rede an. Doch als die *Siebenhundertundachtzehnte Nacht* anbrach, fuhr sie also fort: »Es ist mir berichtet worden, o glücklicher König, daß 'Alî der Kairiner, als der Trödler ihn begrüßte und nach dem Grunde seiner Verzauberung und seinen Erlebnissen fragte, jenem alles erzählte, was ihm widerfahren war. Und der Trödler sprach zu ihm: ,Sind meine Tochter und die Sklavin nicht genug für dich?' Doch 'Alî erwiderte: ,Ich muß auch Zainab haben.' Plötzlich pochte es an die Tür. Da rief die Sklavin: ,Wer steht an der Tür?' Eine Stimme antwortete: ,Kamar, die Tochter des Juden! Ist 'Alî der Kairiner bei euch?' Die Tochter des Trödlers sprach: ,O du Judentochter! Wenn er bei uns ist, was willst du mit ihm tun? Geh, Sklavin, öffne ihr die Tür!' Die machte ihr die Tür auf, und Kamar trat ein; doch als sie 'Alî erblickte und er sie anschaute, rief er: ,Was hat dich hierher geführt, du Tochter eines Hundes?' Da sprach sie: ,Ich bezeuge, daß es keinen

1. Sie konnte von ihm verlangen, daß er sie verkaufte, weil er als Ungläubiger eine Muslimin zu verführen gesucht hatte.

768

Gott gibt außer Allah, und ich bezeuge, daß Mohammed der Gesandte Allahs ist.' So ward sie Muslimin. Dann fragte sie ihn: ‚Geben im Glauben des Islams die Männer den Frauen die Morgengabe, oder bringen die Frauen den Männern eine Mitgift?' Er antwortete ihr: ‚Die Männer geben den Frauen die Morgengabe.' ‚Dann', fuhr sie fort, ‚gebe ich mir selbst in deinem Namen eine Morgengabe, und zwar das Kleid, das Rohr, die Ketten und das Haupt meines Vaters, der dein Feind und der Feind Allahs war.' Mit diesen Worten warf sie das Haupt ihres Vaters vor ihn hin und sagte noch einmal: ‚Dies ist das Haupt meines Vaters, der dein Feind und der Feind Allahs war.'

Der Grund aber, weshalb sie ihren Vater getötet hatte, war folgender: Als er 'Alî in einen Hund verzaubert hatte, sah sie im Traume eine Gestalt, die zu ihr sprach: ‚Werde Muslimin!' Da nahm sie den Islam an; und als sie am nächsten Morgen aufgewacht war, bot sie ihrem Vater den islamischen Glauben dar; doch er lehnte ihn ab. Und weil er sich weigerte, den Islam anzunehmen, betäubte sie ihn mit Bendsch und tötete ihn. Nun ergriff 'Alî die Sachen, die Kamar gebracht hatte, und sprach zum Trödler: ‚Morgen werden wir uns beim Kalifen treffen, damit ich mich mit deiner Tochter und mit der Sklavin vermähle.' Und er ging voller Freuden hinaus, um sich mit den Sachen in die Halle Ahmeds zu begeben. Unterwegs begegnete er einem Zuckerbäcker, der die Hände zusammenschlug und rief: ‚Es gibt keine Macht und es gibt keine Majestät außer bei Allah, dem Erhabenen und Allmächtigen! Das Streben der Menschen ist sündhaft geworden und ergeht sich nur noch im Betrug. Ich bitte dich um Allahs willen, koste von diesem Zuckerwerk!' 'Alî nahm ein Stück davon und aß es; aber sieh, es war Bendsch darin. So betäubte der Zuckerbäcker ihn, nahm ihm das Kleid, das Rohr und die Ketten ab und legte sie in den Kasten für das Zuckerwerk; dann lud er sich den Kasten und die Platte auf und ging seiner Wege. Gleich darauf traf er einen Kadi, und der rief ihm zu: ‚Komm hierher, du Zuckerbäcker!‘ So trat er heran, setzte sein Gestell nieder, legte die Platte darauf und fragte: ‚Was wünschest du?‘ Der Kadi erwiderte: ‚Türkischen Honig und verzuckerte Mandeln!‘ Darauf nahm er ein wenig von beiden in die Hand und sagte: ‚Dieser Honig und diese Zuckermandeln sind verfälscht.‘ Dann nahm er etwas türkischen Honig aus seiner Brusttasche hervor und sprach zu dem Zuckerbäcker: ‚Schau, wie gut dies zubereitet ist; iß davon und mache desgleichen!‘ Der Zuckerbäcker nahm und aß davon; weil aber Bendsch darin war, ward er betäubt. Da nahm der Kadi das Gestell und den Kasten mitsamt dem Kleid und den anderen Sachen. Den Zuckerbäcker legte er in das Gestell hinein, lud alles auf und begab sich zu der Halle, in der Ahmed ed-Danaf war.

Jener Kadi war nämlich Hasan Schumân. Und diese Geschichte trug sich folgendermaßen zu. Als ’Alî sich auf das Kleid verschworen hatte und fortgegangen war, um es zu holen, hatten die Genossen nichts mehr von ihm gehört. Da sprach Ahmed ed-Danaf: ‚Ihr Mannen, geht und sucht nach eurem Bruder ’Alî el-Misri!‘ Sie zogen alsbald aus und suchten nach ihm in der Stadt. Hasan Schumân aber zog aus als Kadi verkleidet, und wie er dem Zuckerbäcker begegnete, erkannte er in ihm Ahmed el-Lakît; den betäubte er, und dann nahm er ihn mitsamt dem Kleide und brachte ihn zur Halle. Die Vierzig streiften derweilen umher und suchten in den Straßen der Stadt; ’Alî Kitf el-Dschamal trennte sich von seinen Genossen, und als er einen Volksauflauf sah, ging er zu den Leuten, die sich zusammendrängten. Da erblickte er ’Alî den Kairiner,

770

der betäubt in ihrer Mitte lag, und erweckte ihn aus der Betäubung. Wie der Kairiner nun erwachte, schaute er die Leute an, die sich um ihn versammelt hatten; und Kitf el-Dschamal rief ihm zu: ‚Komm wieder zu dir!‘ ‚Wo bin ich?‘ fragte der Kairiner; und 'Alî Kitf el-Dschamal und die anderen Leute sagten: ‚Wir fanden dich betäubt hier liegen; aber wir wissen nicht, wer dich betäubt haben mag.‘ Er aber sprach: ‚Mich hat ein Zuckerbäcker betäubt, und er hat mir alles abgenommen. Doch wohin ist er gegangen?‘ Da ward ihm gesagt: ‚Wir haben niemanden gesehen; komm, wir wollen in die Halle gehen!‘ So begaben sie sich zur Halle, traten ein und fanden dort Ahmed ed-Danaf. Der begrüßte sie und fragte alsbald: ‚Sag, 'Alî, hast du das Kleid mitgebracht?‘ ‚Ich hatte es bei mir,‘ erwiderte 'Alî, ‚und ich hatte auch noch anderes, darunter den Kopf des Juden. Da begegnete mir ein Zuckerbäcker; der betäubte mich und raubte mir alles.‘ So erzählte er ihm all seine Erlebnisse und fügte hinzu: ‚Wenn ich nur den Zuckerbäcker wiedersehe, so werde ich ihn strafen!‘ Da trat plötzlich Hasan Schumân aus einer Kammer und fragte: ‚Hast du die Sachen mitgebracht, 'Alî?‘ Und der Kairiner sagte auch zu ihm: ‚Ich hatte sie bei mir, und ich hatte auch das Haupt des Juden. Da begegnete mir ein Zuckerbäcker und betäubte mich und raubte mir das Kleid und die anderen Sachen. Ich weiß nicht, wohin er gegangen ist; wenn ich nur wüßte, wo er ist, so würde ich es ihm heimzahlen! Weißt du denn, wohin jener Kerl verschwunden ist?‘ ‚Ich weiß, wo er ist‘, erwiderte Hasan, öffnete die Kammer und zeigte ihm den betäubten Zuckerbäcker. Dann weckte er diesen aus der Betäubung, und als der die Augen aufschlug, sah er vor sich 'Alî den Kairiner und Ahmed ed-Danaf und die Vierzig. Er fuhr empor und rief: ‚Wo bin ich? Wer hat Hand an mich gelegt?‘ Hasan Schumân sprach:

‚Ich bin es, der dich gefaßt hat!' Und 'Alî el-Misri sprach: ‚Du
Lump, spielst du mir solche Streiche?' Und er wollte ihn totschlagen. Doch Hasan Schumân rief: ‚Hebe deine Hand weg!
Dieser ist jetzt mit dir verschwägert.' ‚Verschwägert, wieso?'
fragte 'Alî; und Hasan fuhr fort: ‚Dieser ist Ahmed el-Lakît,
der Sohn von Zainabs Schwester.' Nun sprach 'Alî: ‚Warum
hast du das getan, Lakît?' Jener antwortete: ‚Meine Großmutter,
die listige Dalîla, hat es mir befohlen, und zwar nur deshalb,
weil Zuraik, der Fischhändler, bei ihr war und zu ihr sagte:
‚'Alî aus Kairo ist ein Schelm, ein abgefeimter Spitzbube; er
wird sicherlich den Juden töten und das Kleid bringen.' Da ließ
sie mich kommen und sprach zu mir: ‚Ahmed, kennst du 'Alî
den Kairiner?' ‚Ja,' sagte ich, ‚ich kenne ihn, ich habe ihm ja
den Weg zur Halle von Ahmed ed-Danaf gezeigt.' Dann fuhr
sie fort: ‚Geh, stell dein Netz für ihn auf, und wenn er mit den
Sachen kommt, so spiel ihm einen Streich und nimm ihm alles
ab!' Ich zog darauf in den Straßen der Stadt umher, bis ich
einen Zuckerbäcker sah; dem gab ich zehn Dinare, dafür erhielt ich sein Gewand, sein Zuckerwerk und seine Geräte, und
dann geschah, was geschehen ist.' Da sagte 'Alî el-Misri zu
Ahmed el-Lakît: ‚Geh zu deiner Großmutter und zu Zuraik,
dem Fischhändler, und tu ihnen beiden kund, daß ich die
Sachen und den Kopf des Juden gebracht habe. Sag ihnen auch:
‚Morgen werdet ihr ihn in der Staatsversammlung des Kalifen
treffen; dann könnt ihr von ihm die Brautgabe für Zainab in
Empfang nehmen!' Ahmed ed-Danaf aber freute sich über das
alles, und er sprach: ‚An dir ist die Erziehung nicht verloren
gegangen, o 'Alî!'

Als es nun Morgen ward, nahm 'Alî der Kairiner das Kleid
und die Schale und das Rohr und die goldene Kette und das
Haupt des Juden 'Adhra, das er auf eine Lanze gespießt hatte;

und er zog hinauf zur Staatsversammlung mit seinem Oheim Ahmed und seinen Genossen. Dort küßten sie den Boden vor dem Herrscher. – –«

Da bemerkte Schehrezâd, daß der Morgen begann, und sie hielt in der verstatteten Rede an. Doch als die *Siebenhundertundneunzehnte Nacht* anbrach, fuhr sie also fort: »Es ist mir berichtet worden, o glücklicher König, daß 'Alî der Kairiner, als er zur Staatsversammlung hinaufzog mit seinem Oheim Ahmed ed-Danaf und seinen Genossen, dort gemeinsam mit ihnen den Boden vor dem Herrscher küßte. Da blickte der Kalif sie an und sah unter ihnen einen Jüngling, den kein Mann an Tapferkeit hätte übertreffen können; er fragte die Leute nach ihm, und Ahmed ed-Danaf antwortete: ,O Beherrscher der Gläubigen, das ist 'Alî Zaibak el-Misri, das Oberhaupt der Genossen in Kairo; er ist der Erste meiner Jünger.' Nachdem der Kalif ihn betrachtet hatte, gewann er ihn lieb; denn er sah, wie die Tapferkeit ihm aus den Augen leuchtete und für ihn, nicht wider ihn zeugte. Da warf 'Alî den Kopf des Juden vor dem Herrscher nieder und sprach: ,Allen deinen Feinden ergehe es wie diesem, o Beherrscher der Gläubigen!' ,Wessen Haupt ist dies?' fragte der Kalif; und 'Alî erwiderte: ,Das Haupt des Juden 'Adhra!' Und als der Herrscher weiter fragte: ,Wer hat ihn getötet?' erzählte 'Alî der Kairiner ihm alles, was sich mit ihm zugetragen hatte, von Anfang bis zu Ende. Da sagte der Herrscher: ,Ich hätte nicht gedacht, daß du ihn töten könntest; denn er war ja ein Zauberer.' ,O Beherrscher der Gläubigen,' sprach 'Alî, ,Gott gab mir die Kraft dazu.' Darauf entsandte der Kalif den Präfekten in das Schloß des Juden, und der fand ihn dort ohne Kopf liegen. Man legte die Leiche in eine Kiste und brachte sie vor den Herrscher; und er gab den Befehl, sie zu verbrennen. Nun trat Kamar, die Tochter des Juden, hervor und küßte den Boden vor dem Kalifen und tat ihm kund, daß sie die Tochter des Juden 'Adhra sei und daß sie den Islam angenommen habe. Dann erneuerte sie ihr Bekenntnis zum Islam vor dem Thron des Beherrschers der Gläubigen, und sie fügte hinzu: ‚Sei mein Fürsprecher bei dem Schelm 'Alî Zaibak aus Kairo, auf daß er sich mit mir vermähle!' Und zugleich bat sie den Kalifen, ihr Vormund zu sein bei ihrer Vermählung mit 'Alî. Darauf schenkte er dem Kairiner das Schloß des Juden mit allem, was darinnen war, und sprach zu ihm: ‚Erbitte dir eine Gnade von mir!' Und 'Alî erwiderte: ‚Ich erbitte mir von dir die Gnade, daß ich auf deinem Teppich stehe und zum Essen an deine Tafel gehe!' ‚Sag, 'Alî,' fuhr der Herrscher fort, ‚hast du auch Leute?' ‚Ich habe ihrer vierzig,' erwiderte jener, ‚aber sie sind in Kairo.' Da befahl der Kalif: ‚Schicke nach ihnen und laß sie aus Kairo kommen!' Dann fügte er aber hinzu: ‚O 'Alî, hast du auch eine Halle?' ‚Nein', antwortete der Schelm. Da sagte Hasan Schumân: ‚Ich schenke ihm meine Halle mit allem, was darin ist, o Beherrscher der Gläubigen. Doch der Herrscher sprach: ‚Deine Halle soll dein bleiben, o Hasan!' und befahl dem Schatzmeister, er solle dem Baumeister zehntausend Dinare geben, auf daß er eine Halle mit vier Estraden und mit vierzig Kammern für die Leute erbaue. Und weiter fragte der Kalif: ‚O 'Alî, hast du noch einen Wunsch, den wir durch unseren Befehl dir erfüllen könnten?' ‚O größter König unserer Zeit,' gab jener zur Antwort, ‚ich möchte wünschen, daß du mein Fürsprecher seiest bei der listigen Dalîla, damit sie mich mit ihrer Tochter Zainab vermähle und das Gewand der Tochter des Juden und ihre anderen Sachen als Brautpreis annehme.' Dalîla nahm die Fürsprache des Kalifen an und empfing die Schale, das Kleid, das Rohr und die Ketten aus Gold. Nun wurden die Eheurkunden niedergeschrieben,

774

die Urkunde für die Vermählung Zainabs mit 'Alî, ferner für die Tochter des Trödlers und für die Sklavin und für Kamar, die Tochter des Juden. Auch wies der Kalif ihm einen Sold an, gab ihm einen Platz am Tische des Mittags und des Abends, dazu Einkünfte, Gelder für Futter und besondere Geschenke. Nun begann 'Alî der Kairiner die Hochzeit zu rüsten, dreißig volle Tage lang. Er sandte auch einen Brief an seine Leute in Kairo, in dem er ihnen berichtete, welche Ehren ihm der Kalif erwiesen hatte; und er fügte hinzu in seinem Schreiben an sie: ‚Ihr müßt gewißlich hierher kommen, um an der Hochzeitsfeier teilzunehmen; denn ich habe mich mit vier Jungfrauen vermählt.' Nach einer kurzen Weile kamen seine vierzig Genossen und waren bei der Feier zugegen. Er gab ihnen ihre Wohnung in der neuen Halle und erwies ihnen hohe Ehren; dann führte er sie vor den Kalifen, und der verlieh ihnen Ehrengewänder. Und die Kammerfrauen stellten Zainab im Gewande Kamars vor 'Alî el-Misri zur Schau, und er ging zu ihr ein, und da ward ihm offenbar, daß sie gleich einer undurchbohrten Perle und gleich einem noch nie gerittenen Füllen war. Danach ging er auch zu den anderen drei Jungfrauen ein und fand sie vollkommen an Schönheit und Liebreiz.

Später aber geschah es, daß 'Alî der Kairiner eines Nachts bei dem Kalifen auf Wache stand; und da sprach der Herrscher zu ihm: ‚Ich wünsche, o 'Alî, daß du mir alle deine Erlebnisse erzählest von Anfang bis zu Ende!' So berichtete denn 'Alî ihm alles, was er erlebt hatte mit der listigen Dalîla, mit Zainab der Gaunerin und mit dem Fischhändler Zuraik. Dann befahl der Kalif, all das aufzuschreiben und das Buch in der königlichen Schatzkammer niederzulegen. Und so ward alles, was ihm begegnet war, aufgezeichnet, und man legte das Buch zu den anderen Geschichten, die von der Gemeinde des Besten der

Menschen berichten. Und sie lebten herrlich und in Freuden, bis Der zu ihnen kam, der die Freuden schweigen heißt, und der die Freundesbande zerreißt. Allah aber, der Hochgepriesene und Erhabene, weiß es am besten.

Ferner wird erzählt

DIE GESCHICHTE VON EL-MALIK EZ-ZÂHIR RUKN ED-DÎN BAIBARS EL-BUNDUKDÂRI UND DEN SECHZEHN WACHTHAUPTLEUTEN[1]

Man berichtet – doch Allah kennt alle seine Geheimnisse am besten –, daß einst in den Landen, deren Hauptstadt Kairo war, ein König aus Türkenstamm herrschte, einer von den tapferen Fürsten und vortrefflichen Sultanen, der für den Islam die Länder bezwang und die Strandfesten und die Burgen der Christen niederrang; sein Name war el-Malik ez-Zâhir Rukn ed-Dîn Baibars el-Bundukdâri.[2] Und der Oberste der Wachtleute in seiner Hauptstadt war ein Mann, dessen Gerechtigkeit alle Menschen umspann. Nun liebte el-Malik ez-Zâhir alles, was die Leute vom Volk sich erzählten und was die Menschen sich zum Inhalt ihres Glaubens erwählten; und er wünschte immer alles mit eigenen Augen zu sehen und selber zuzuhören, wenn sie über dergleichen redeten. Da traf es sich, daß er eines Nachts von seinem Geschichtenerzähler vernahm, es gebe unter den Frauen solche, die stärker wären als die Männer an Tapferkeit und kräftiger an Entschlossenheit; auch gebe es solche, die mit dem Schwerte stritten, und solche, die den klügsten Präfekten Streiche spielten, sie überlisteten und ins

---

1. Diese Geschichte ist hier eingefügt wie in der ersten Insel-Ausgabe. Ich habe sie nach der Breslauer Textausgabe, Band XI, Seite 321 bis 399, übersetzt. – 2. Ein Mamlukensultan, der 1260 bis 1277 regierte.

Unglück ritten. Da sagte el-Malik ez-Zâhir: ‚Ich möchte über ihre Listen jemanden reden hören, dem selber mitgespielt worden ist, auf daß ich es von ihm vernehme und mir erzählen lasse.' Einer von den Geschichtenerzählern sagte darauf: ‚O König, laß doch den kommen, der diese Stadt verwaltet!' Darauf sandte er nach dem damaligen Präfekten; das war 'Alam ed-Dîn Sandschar. Und als der vor dem König stand, teilte dieser ihm mit, was er auf dem Herzen hatte. Der Präfekt, der in allen Dingen erfahren war, sagte darauf: ‚Ich will mich bemühen um das, nach dem unser Herr, der Sultan, verlangt.' Darauf erhob er sich und kehrte in sein Haus zurück; dann berief er die Hauptleute und die Stellvertreter zu sich und sprach zu ihnen: ‚Wisset, ich will meinen Sohn vermählen und eine Feier für ihn veranstalten, und ich möchte, daß ihr euch alle an einem Ort versammelt. Da werde ich dann mit meinen Gefährten zugegen sein, und ihr sollt erzählen, was ihr an seltsamen Dingen vernahmet, und in was für Erfahrungen ihr kamet.' Die Hauptleute und die Boten und die Späher erwiderten: ‚Ja, im Namen Allahs, du sollst es alles mit deinen eigenen Augen sehen und mit deinen eigenen Ohren verstehen!' Nun machte sich der Präfekt auf und begab sich zu el-Malik ez-Zâhir und tat ihm kund, daß an demunddem Tage die Gesellschaft sich in seinem Hause versammeln würde. Der Sultan sagte: ‚So sei es!' und gab ihm etwas Geld für seine Auslagen. Als aber der festgesetzte Tag erschien, machte der Präfekt für seine Leute einen Saal frei, dessen Fenster in Reihen auf einen Blumengarten schauten; und als der Sultan zu ihm kam, setzte er sich mit ihm in eine Nische. Nun wurden für die Gäste die Tische mit den Speisen ausgebreitet, und sie aßen; und als der Becher unter ihnen kreiste und ihre Herzen froh geworden waren durch Essen und Trinken, erzählten sie sich, was sie wußten, und holten ihre Geheimnisse aus der Verborgenheit hervor. Der erste, der von seinen Erlebnissen etwas erzählte und offenbarte, war ein Wachthauptmann namens Mu'în ed-Dîn, ein Mann, dessen Herz von der Liebe zu den Frauen erfüllt war; und er begann

DIE GESCHICHTE
DES ERSTEN WACHTHAUPTMANNS

Hochansehnliche Versammlung, ich will euch etwas Wunderbares erzählen, was mir begegnet ist. Wisset, als ich in den Dienst dieses Emirs eintrat, hatte ich einen großen Ruf, und jeder Verbrecher fürchtete mich am meisten von allen Menschen; und wenn ich in der Stadt umherritt, so wies ein jeder auf mich mit den Fingern und mit den Blicken. Nun geschah es eines Tages, als ich im Gebäude der Wache saß, mit dem Rücken gegen die Wand gelehnt, und über mich selber nachdachte, daß mir etwas in den Schoß fiel; und siehe da, es war ein Geldbeutel, zugebunden und versiegelt. Ich nahm ihn in die Hand und zählte in ihm hundert Dirhems; aber ich konnte niemanden finden, der ihn mir zugeworfen hatte. Da sprach ich: ‚Preis sei Allah, dem König aller Reiche!‘ Danach, an einem anderen Tage, fiel wieder in gleicher Weise etwas auf mich herab und erschreckte mich; und siehe, es war ein Geldbeutel wie der erste. Ich nahm ihn und hielt das Ganze geheim, indem ich so tat, als ob ich schliefe, wiewohl ich nicht schläfrig war. Und wiederum eines anderen Tages, als ich mich schlafend stellte, fühlte ich plötzlich in meinem Schoß eine Hand, die eine von den allerfeinsten Geldbörsen hielt; ich ergriff die Hand, und siehe da, es war eine schöne Frau. Zu der sprach ich: ‚Meine Herrin, wer bist du?‘ Sie antwortete mir: ‚Laß uns von hier fortgehen, damit ich mich dir zu erkennen geben kann!‘

Da machte ich mich mit ihr auf, und sie ging ohne Säumen dahin, bis wir vor dem Tore eines hohen Hauses halt machten. Nun fragte ich sie: ‚Meine Herrin, wer bist du, die du mir eine Huld erwiesen hast? Und weshalb hast du das getan?' ‚Bei Allah, o Hauptmann Mu'în,' erwiderte sie, ‚ich bin ein Weib, das von Sehnsuchtsqualen verzehrt wird. Ich liebe die Tochter des Kadis Amîn el-Hukm; das Schicksal führte uns zusammen, und die Liebe zu ihr hat mein Herz erfüllt. Ich habe mit ihr eine Verabredung getroffen, nach Möglichkeit und Gelegenheit; aber ihr Vater Amîn el-Hukm hat sie mir fortgenommen. Und immer noch hängt mein Herz an ihr, und um ihretwillen leide ich immer größere Qualen der Sehnsucht.' Ihre Worte verwunderten mich, und ich fragte sie: ‚Was wünschest du denn, daß ich tun soll?' ‚O Hauptmann Mu'în,' gab sie zur Antwort, ‚wisse, ich wünsche, daß du mir eine hilfreiche Hand leihest.' Da rief ich: ‚Wo bin ich, und wo ist die Tochter des Kadis?' Doch sie fuhr fort: ‚Ich weiß, du kannst gegen die Tochter des Kadis nichts mit Gewalt beginnen, aber ich will eine List ersinnen, um das Ziel meiner Hoffnung zu gewinnen. Danach steht mein Sehnen und Trachten; und mein Wunsch kann nur durch deine Hilfe erfüllt werden.' Dann fügte sie hinzu: ‚Ich will mich heute nacht festen Herzens aufmachen, nachdem ich mir wertvolle Schmucksachen geliehen habe, und hingehen und mich auf die Straße setzen, in der Amîn el-Hukm wohnt. Wenn dann die Zeit der Nachtrunde kommt und die Menschen schlafen, so geh du mit deinen Leuten bei mir vorüber; ihr werdet mich in Schmuck und schönen Gewändern sitzen sehen und den Duft der Wohlgerüche an mir verspüren. Frage du mich, wer ich sei, und ich werde dir antworten: ‚Ich komme aus der Burg[1], und ich gehöre zu den

1. Das ist die Zitadelle nahe der Südostecke der Stadt Kairo.

Kindern der Statthalter. Ich bin eines Geschäftes halber heruntergekommen; aber die Nacht überraschte mich unversehens und da wurden das Zuwaila-Tor[1] und alle die anderen Tore vor mir geschlossen, und ich wußte nicht, wohin ich mich wenden sollte heute nacht. Da sah ich diese Straße, und weil sie so schön gebaut und so sauber ist, suchte ich Zuflucht in ihr bis morgen früh.' Wenn ich dies zu dir mit ruhiger Bestimmtheit gesagt habe, so wird der Befehlshaber der Runde keinen Verdacht auf mich haben und wird sagen: ,Wir müssen sie doch bei jemandem lassen, der sie bis zum Morgen behütet.' Sag du dann: ,Es wäre das beste, wenn sie bei Amîn el-Hukm bleibt, bis die Nacht zu Ende ist, bei seinen Frauen und Kindern.' Klopfe sofort bei Amîn el-Hukm an, so werde ich ohne Schwierigkeit in seinem Hause bleiben und mein Ziel erreichen. Und damit Gott befohlen!' ,Bei Allah,' erwiderte ich ihr, ,das ist ein leichtes.' Als es nun dunkle Nacht war, machten wir uns auf zur Runde, begleitet von den Männern mit blanken Schwertern und zogen überall in der Stadt umher, bis wir zu jener Straße kamen, in der die Frau war, gerade um die Mitternacht. Da rochen wir starke Wohlgerüche und hörten das Klirren von Ringen; ich sprach zu meinen Leuten sofort: ,Mir ist, ich sehe einen Schatten dort.' Der Führer der Runde rief: ,Seht nach, wer sich aufhält an diesem Ort!' Alsbald machte ich mich auf, ging in die Gasse hinein und kam wieder heraus und sprach: ,Ich habe eine schöne Frau gesehen; die hat mir gesagt, sie sei von der Burg, und die Nacht habe sie überrascht; als sie diese Straße gesehen habe, da habe sie an ihrer Sauberkeit und an allem, was in ihr ist, erkannt, daß sie einem

1. Im westlichen Teile von Kairo. Früher wurden bei Eintritt der Dunkelheit die Stadttore und die Tore der einzelnen Stadtviertel geschlossen.

hohen Herrn gehöre und daß in ihr ein Wächter sein müsse, der sie behütet; deshalb habe sie in ihr Zuflucht gesucht.' Nun sagte der Befehlshaber der Runde zu mir: ‚Nimm sie mit und führe sie in dein Haus!' ‚Das verhüte Gott,' erwiderte ich, ‚mein Haus ist kein Geldschrank. Diese Frau trägt Schmuck und kostbare Kleider. Bei Allah, wir können diese Frau nur bei Amîn el-Hukm unterbringen, in dessen Straße sie gesessen hat, seit es dunkel ist. Laß sie bei ihm bleiben bis morgen früh!' ‚Tu, was du willst und wünschest!' sagte der Befehlshaber; und nun klopfte ich an die Tür des Kadis. Einer von seinen Sklaven kam heraus, und ich sprach zu ihm: ‚Werter Mann, nimm diese Frau auf und laß sie bis morgen früh bei euch bleiben! Denn der Stellvertreter des Emirs ’Alam ed-Dîn hat sie gefunden, angetan mit Schmuck und kostbaren Gewändern, wie sie an der Tür eures Hauses stand; und wir fürchteten, die Verantwortung für sie könnte auf euch fallen.' Und ich fügte hinzu: ‚Es wäre das beste, wenn sie bei euch übernachtete.' Da öffnete der Sklave die Tür und nahm die Frau bei sich auf. Am nächsten Morgen aber trat zuerst von allen anderen der Kadi Amîn el-Hukm vor den Emir, gestützt auf zwei seiner Sklaven, und schrie und flehte um Hilfe, und er sprach: ‚O Emir voll Lug und Trug, du hast eine Frau meiner Obhut anvertraut, und die ist durch dich in mein Haus und in meine Gemächer gekommen, und sie hat sich darangemacht und mir die Gelder der kleinen Waisen genommen, die aus sechs großen gefüllten Beuteln bestehen; und nun werde ich erst wieder mit dir reden, wenn wir uns vor dem Sultan sehen.' Als der Präfekt diese Worte hörte, erschrak er, und er sprang auf, setzte sich wieder, zog den Kadi an seine Seite, beruhigte ihn und ermahnte ihn zur Geduld, bis er seine Worte erschöpft hatte. Dann wandte er sich an die Hauptleute und befragte sie über die Sache. Sie

781

schoben alles auf mich, indem sie sagten: ‚Wir wissen von dieser Sache nur durch den Hauptmann Mu'în.‘ Nun hielt der Kadi sich an mich und rief: ‚Du hast mit der Frau gemeinsame Sache gemacht; denn sie sagte, sie käme von der Burg.‘ Ich senkte mein Haupt zu Boden unterdessen; denn ich hatte Sunna und Pflichtenlehre vergessen.[1] Und ich stand in Gedanken da, indem ich mir sagte: ‚Wie konnte ich mich nur von einem liederlichen Weibe täuschen lassen!‘ Da sprach der Präfekt zu mir: ‚Was ist es mit dir, daß du nicht antwortest?‘ Ich erwiderte ihm: ‚Mein Gebieter, es ist eine Sitte unter dem Volke, daß der, dem etwas geschuldet wird, drei Tage zu warten hat. Wenn bis dahin der Schuldige nicht gefunden wird, so stehe ich für das Verlorene ein.‘ Als die Leute meine Worte vernahmen, hielten alle sie für recht und billig; und der Präfekt wandte sich an Amîn el-Hukm und schwor ihm, er wolle alles tun, um das gestohlene Geld und Gut wieder herbeizuschaffen, und fügte hinzu: ‚Sonst wird dieser Mann dir überliefert werden.‘ Da saß ich im selben Augenblick auf und begann planlos in der Welt umherzustreifen; denn ich unterstand nun dem Willen einer Frau ohne Ehre und Schamgefühl. Jenen Tag über und die ganze Nacht hindurch machte ich die Runde; aber ich fand keine Spur von der Frau. Ebenso erging es mir am zweiten Tage. Und am dritten Tage sagte ich mir: ‚Du bist doch ein Irrsinniger oder ein Tor!‘ Denn ich zog umher auf der Suche nach einer Frau, die mich kannte, während ich sie nicht kannte; sie war nämlich in Umhang und Schleier verhüllt gewesen, und ich hatte sie nicht erkannt. Doch ich zog auch am dritten Tage umher, bis zur Zeit des Nachmittagsgebetes; da bedrückten Sorge und Gram mich immer mehr, denn ich wußte ja, daß mir vom Leben nur noch der nächste Morgen

1. Das heißt: ich war völlig verwirrt.

782

übrigblieb, an dem der Präfekt mich vor sich fordern würde. Endlich, gegen Sonnenuntergang, zog ich eine Straße entlang, und da sah ich eine Frau an einem Fenster stehn; ihre Tür war nur angelehnt, und sie selbst klatschte in die Hände[1] und warf mir Blicke zu, gleich als wollte sie mir sagen: ‚Komm durch die Tür herauf!‘ Ich ging ohne Argwohn hinauf; und als ich in ihr Zimmer trat, kam sie mir entgegen und schloß mich an ihre Brust. Ich staunte über ihr Tun; sie aber sprach zu mir: ‚Ich bin die Frau, die du bei Amîn el-Hukm untergebracht hattest!‘ ‚Ach, meine Schwester,‘ rief ich, ‚nach dir suche ich immerfort; bei Allah, du hast eine Tat getan, die man aufzeichnen wird, und du hast mich um deinetwillen in einen gewaltsamen Tod gestürzt.‘ Doch sie entgegnete mir: ‚Kannst du, der Mannen Oberhaupt, es wagen, mir solche Worte zu sagen?‘ Ich erwiderte darauf: ‚Wie sollte mir nicht angst sein, da ich mir solche Sorgen machen muß, und noch dazu die ganzen Tage umherziehe und des Nachts mit den Sternen wache!‘ ‚Es wird alles gut werden,‘ rief sie, ‚und du sollst als Sieger dastehen!‘ Dann trat sie an eine Truhe, holte mir aus ihr sechs Beutel voll Gold heraus und sprach zu mir: ‚Wenn du willst, so gib es ihm wieder; wenn nicht, so wird das Ganze dein Eigentum werden. Und wenn du noch mehr haben willst, so wisse, ich besitze große Reichtümer. Meine Absicht war nur die, daß ich mich dir vermähle.‘ Darauf erhob sie sich, öffnete die anderen Truhen und holte viel Geld aus ihnen hervor. Ich aber sprach zu ihr: ‚Schwester, nach alledem steht nicht mein Sinn; ich habe keinen anderen Wunsch, als aus der Not, in der ich mich befinde, herauszukommen.‘ Sie antwortete mir: ‚Ich habe jenes Haus nicht verlassen, ohne an deine Rettung zu den-

1. Wenn man im Orient jemanden rufen will, namentlich Diener, so klatscht man in die Hände.

ken.' Und sie fuhr fort: ‚Wenn morgen der Tag angebrochen ist und Amîn el-Hukm zu dir kommt, so warte ruhig, bis er seine Rede beendet hat! Und wenn er dann schweigt, so gib ihm keine Antwort! Sobald aber der Präfekt dich fragt: ‚Was ist es mit dir, daß du nicht antwortest, so erwidere ihm: ‚O Herr, die beiden Worte sind nicht gleich[1], und wer überwunden wird, hat nur Allah den Erhabenen für sich!' Amîn el-Hukm wird rufen: ‚Was soll das heißen: die beiden Worte sind nicht gleich?' Dann erwidere du ihm: ‚Ich habe bei dir eine Dame aus dem Hause des Sultans untergebracht. Kann nicht jemand in deinem Hause ein Verbrechen an ihr verübt haben? Kann sie nicht heimlich getötet sein? Sie trug Schmuck und Gewänder im Werte von tausend Dinaren! Hättest du deine Sklaven und Sklavinnen vernommen, so wärest du wohl auf irgendeine Spur gekommen.' Wenn er diese Worte von dir hört, so wird seine Aufregung noch wachsen, er wird völlig verwirrt sein und schwören, er müsse mit dir in sein Haus gehen. Du aber sprich zu ihm: ‚Das werde ich nicht tun; denn ich bin der Angeklagte und bin noch dazu von dir verdächtigt!' Wenn er dann immer lauter zu Gott um Hilfe schreit und dich bei dem Eide der Scheidung[2] beschwört und sagt: ‚Du mußt gewißlich kommen', so antworte du: ‚Bei Allah, ich gehe nur, wenn auch der Präfekt mitkommt.' Und wenn du dann in dem Hause bist, beginne damit, die Dachterrassen zu durchsuchen; darauf durchsuche die Schatzkammern und Gemächer. Hast du dort nichts gefunden, so demütige dich, erniedrige dich und tu vor ihm, als ob du ganz gebrochen seiest! Darauf tritt an die Tür und schau suchend umher; denn dort ist ein versteckter Raum! Tritt auf ihn zu mit einem Her-

1. Das heißt: die Aussagen der beiden Parteien sind verschieden. – 2. Das heißt: ‚Ich will mich von meiner Frau scheiden, wenn du das nicht tust.'

zen härter als Feuerstein, ergreif einen der Krüge, die dort stehen und nimm ihn von seiner Stelle fort! Darunter wirst du den Saum eines Frauenmantels finden, den zieh vor aller Augen hervor und ruf sofort nach dem Präfekten, öffentlich vor allen Anwesenden! Öffne den Mantel, und du wirst entdecken, daß er voll von ganz rotem, frischem Blute ist, und daß sich in ihm ein Paar niedrige Stiefel, eine Hose und etwas Wäsche befinden!' Nachdem sie so zu mir gesprochen hatte, erhob ich mich, um fortzugehen; aber sie fügte noch hinzu: ,Nimm diese hundert Dinare, sie werden dir von Nutzen sein; und dies ist mein Gastgeschenk an dich!' Ich nahm das Geld und ging durch die Tür hinaus. Am nächsten Morgen kam der Kadi Amîn el-Hukm, mit einem Gesichte, das der Rindsaugenblüte[1] glich, und rief: ,Im Namen Allahs, wo ist mein Widersacher? Wo ist mein Geld?' Und er hub an zu weinen und zu schreien und sprach zum Präfekten: ,Wo ist dieser Unselige, dieser Oberdieb und Erzgauner?' Darauf wandte der Präfekt sich zu mir und fragte mich: ,Warum gibst du dem Kadi keine Antwort?' Ich erwiderte: ,O Emir, die beiden Häupter sind nicht gleich hoch, und ich habe keinen Helfer; aber wenn das Recht auf meiner Seite ist, so wird es sich zeigen.' Da ward der Kadi noch zorniger, und er rief: ,Heda, du Wicht, was für ein Recht willst du für dich ans Tageslicht kommen lassen?' Doch ich sagte: ,O unser Herr Kadi, ich habe dir ein Gut anvertraut, das war eine Frau, die wir an deiner Tür fanden und die Schmuck und kostbare Gewänder trug. Sie verschwindet, wie der gestrige Tag uns entschwunden ist, und darauf kommst du zu mir und verlangst sechstausend Dinare von mir? Bei Allah, dies ist denn doch ein gewaltiges Unrecht; an ihr hat sicher jemand in deinem Hause ein Verbrechen verübt!' Nun er-

1. Rindsauge (Buphthalmus) hat rote Blüten.

grimmte der Kadi noch mehr, und er schwor mit den heiligsten Eiden, daß ich mit ihm gehen und sein Haus untersuchen müsse. ‚Bei Allah,‘ entgegnete ich, ‚nur dann gehe ich mit, wenn auch der Präfekt bei uns ist. Denn wenn er und die Hauptleute bei uns sind, so wirst du es nicht wagen, mir unrecht zu tun.‘ Wiederum schwor der Kadi und rief: ‚Bei dem Schöpfer der Menschheit, wir wollen nur mit dem Emir gehen!‘ Da begaben wir uns mit dem Präfekten zum Hause des Kadis, und wir gingen hinaus und suchten, fanden aber nichts. Nun kam die Furcht über mich, und der Präfekt wandte sich zu mir mit den Worten: ‚Heda, du Wicht, du hast uns vor den Leuten in Verlegenheit gebracht!‘ Bei alledem weinte ich, und unter strömenden Tränen suchte ich weiter nach rechts und nach links, bis es nahe daran war, daß wir durch die Tür wieder hinausgingen. Da blickte ich nach jenem Orte hin und sprach: ‚Was ist das für ein Raum, den ich dort versteckt sehe?‘ Und weiter sprach ich: ‚Helft mir diesen Krug heben!‘ Sie taten es, und da ich unter dem Krug etwas herauskommen sah, sprach ich: ‚Suchet und sehet nach, was unter dem Kruge ist!‘ Sie forschten also nach, und siehe da, sie entdeckten einen Frauenmantel und Hosen, die voll Blut waren. Als ich das sah, sank ich ohnmächtig nieder. Und wie der Präfekt das erblickte, rief er: ‚Bei Allah, den Hauptmann trifft keine Schuld!‘ Meine Gefährten aber umringten mich und besprengten mein Gesicht mit Wasser. Dann erhob ich mich und trat Amîn el-Hukm entgegen, der ganz verwirrt dastand, und sprach zu ihm: ‚Du siehst, daß du dich hast täuschen lassen! Dies ist aber keine kleine Sache; denn die Sippe dieser Frau wird sich nicht über sie beruhigen.‘ Da erbebte dem Kadi das Herz; denn er wußte nun, daß der Verdacht sich wider ihn gewandt hatte; und seine Farbe ward gelb, und seine Glieder zitterten. Darauf nun, nach

786

diesem Erlebnis, zahlte er aus seinem eigenen Gelde noch einmal soviel, wie er verloren hatte, damit wir dieses Feuer für ihn löschten. Dann gingen wir in Frieden von ihm fort. Ich aber wartete noch drei Tage, und dann ging ich ins Badehaus und wechselte meine Kleider. Indem ich mir sagte: ‚Diese Frau betrügt mich nicht', begab ich mich, eben nach Ablauf dieser drei Tage, zu ihrem Hause; aber ich fand die Tür verschlossen und schon mit Staub bedeckt. Ich fragte nach ihr; und es ward mir gesagt: ‚Seit langer Zeit ist dies Haus ohne Bewohner. Aber vor drei Tagen kam eine Frau mit einem Esel hierher; und gestern abend hat sie ihre Sachen genommen und ist wieder fortgezogen.' Da kehrte ich heim verwirrten Sinnes. Später forschte ich noch lange Zeit jeden Tag nach ihr bei den Nachbarn, aber wir konnten keine Spur mehr von ihr finden. Über die Beredsamkeit ihrer Zunge und über ihre kluge Rede wundere ich mich immer noch. Und dies ist das Wunderbarste von allem, was ich erlebt und erfahren habe.'

Als el-Malik ez-Zâhir diese Rede vernommen hatte, verwunderte er sich. Dann erhob sich der zweite Hauptmann und erzählte

DIE GESCHICHTE
DES ZWEITEN WACHTHAUPTMANNS

Meister, vernimm, was mir früher im Wachtdienste begegnet ist. Ich war einst Vorsteher im Hause des Präfekten; und dies Amt bekleidete damals Dschamâl ed-Dîn el-Atwasch el-Mudschhidi, und er war der Statthalter der beiden Provinzen esch-Scharkîja und el-Gharbîja.[1] Ich war seinem Herzen teuer, und er verbarg mir nichts von dem, was er tun wollte; und er war auch Herr seines Verstandes. Nun begab es sich eines Tages,

1. Provinzen im Nildelta.

daß ihm berichtet wurde, die Tochter eines Mannes, der soundso hieß, habe große Reichtümer, Kleinodien und kostbare
Gewänder; aber sie sei zu jener Zeit unter dem Einflusse[1] eines
jüdischen Mannes, und jeden Tag lade sie ihn zu sich allein,
und er esse und trinke mit ihr, solange es hell sei, und ruhe des
Nachts bei ihr. Der Präfekt glaubte zwar nichts von diesem
Gerede; aber er ließ eines Nachts die Wächter der Straßen
kommen und befragte sie über dies Gerücht. Da sagte einer
von ihnen: ‚O Herr, was mich betrifft, so habe ich gewißlich
einen Juden eines Nachts jene Straße betreten sehen; aber ich
habe nicht genau beobachtet, in welches Haus er ging.‘ Der
Präfekt befahl ihm: ‚Richte deinen Blick auf ihn von jetzt an
und achte darauf, wo er eintritt!‘ Darauf ging der Wächter
hinaus und behielt den Juden im Auge. Und während der Präfekt eines Tages in seinem Hause saß, kam plötzlich der Wächter zu ihm und sprach: ‚O Herr, der Jude ist in dasunddas Haus
eingetreten.‘ Da machte der Präfekt sich selber auf und verließ
sein Haus ganz allein, indem er niemanden mit sich nahm als
mich. Und als wir zusammen dahinschritten, sprach er zu mir:
‚Dies ist sicher ein fetter Bissen!‘ Und wir gingen immer weiter, bis wir zu der Tür kamen; dort blieben wir stehen, bis eine
Sklavin von drinnen kam, die, wie es schien, etwas einkaufen
wollte. Wir warteten, bis sie die Tür öffnete; und kaum sahen
wir sie aufschlagen, so stürzten wir, ohne ein Wort zu sagen,
hinein zu der Dame. Wir fanden eine Halle mit vier Estraden
und darinnen Kochgeräte und Kerzen; der Jude und die Frau
aber saßen beieinander. Als nun der Blick jener Dame auf den
Emir fiel und sie ihn erkannte, erhob sie sich und sprach: ‚Willkommen, herzlich willkommen! Bei Allah, mir ist wahrlich

1. Mit einer leichten Änderung des Textes kann übersetzt werden:
‚sie liebe einen…‘; das ist vielleicht besser.

eine große Ehre widerfahren durch meinen Gebieter! Du verleihest meinem Hause hohes Ansehen.' Dann bat sie ihn, sich
auf die Estrade zu bequemen und auf dem Lager Platz zu nehmen; auch brachte sie ihm Speisen und Wein und kredenzte
ihm den Trunk. Darauf legte sie alles ab, was sie an Schmuck
und Prachtgewändern trug, band es in ein Tuch und sprach:
‚Mein Gebieter, alles dies ist dein Anteil.' Dann wandte sie sich
zu dem Juden und sprach zu ihm: ‚Auf, tu auch du wie ich!'
Der erhob sich schnell und eilte hinaus, indem er kaum noch
an seine Rettung glaubte. Als aber die Dame sicher wußte, daß
er entronnen war, trat sie zu dem Tuche mit ihren Sachen,
nahm es an sich und sprach: ‚O Emir, besteht der Lohn für
Freundlichkeit in anderem als Freundlichkeit? Du hast geruht,
bei uns zu speisen; nun steh auf und verlaß uns, ohne uns ein
Leids zu tun! Sonst stoße ich einen Schrei aus, daß alle Leute,
die in der Straße wohnen, aus ihren Häusern kommen!' Da
verließ der Emir sie, ohne daß er einen einzigen Dirhem erhalten hätte, und so rettete sie den Juden durch ihre kluge List.'

Die Versammlung bewunderte diese Erzählung, und der
Präfekt und el-Malik ez-Zâhir sprachen: ‚Hat wohl je einer
solch eine List ersonnen?' Und auch sie verwunderten sich gar
sehr. Dann erzählte der dritte Hauptmann

DIE GESCHICHTE
DES DRITTEN WACHTHAUPTMANNS

Höret von mir, was ich erlebt habe; denn das ist noch seltsamer und wunderbarer! Als ich eines Tages mit meinen Freunden zusammen war und wir zu unserer Arbeit gingen, da begegneten uns Frauen, wie Monde anzuschauen; unter ihnen
war eine, die war die größte und schönste von allen. Wie ich sie

anschaute und sie mich sah, blieb sie hinter den anderen zurück
und wartete auf mich, bis ich in ihrer Nähe war und sie anredete; dann sprach sie: ,Mein Gebieter – Allah der Erhabene
gebe dir Erfolg! –, ich sehe, du lässest deinen Blick auf mir verweilen, und so vermute ich, daß du mich kennst. Wenn dem
so ist, so laß mich mehr von dir erfahren!' Darauf sagte ich:
,Bei Allah, ich kenne dich nicht. Aber schon hat Allah der Erhabene die Liebe zu dir in mein Herz gesenkt, und dein holdes
Wesen hat mich bezaubert; und diese Augen, die Gott dir gegeben hat, die wie mit Pfeilen schießen, haben mich gefangen
genommen.' ,Bei Allah,' erwiderte sie, ,ich fühle das gleiche,
was du fühlst, ja, noch mehr, so daß mir ist, als hätte ich dich
schon seit meiner Kindheit gekannt.' Ich sagte darauf: ,Der
Mann kann nicht alles, was er braucht, auf dem Markte kaufen.' Dann fragte sie: ,Hast du ein Haus?' ,Nein, bei Allah,'
antwortete ich, ,noch auch ist diese Stadt mein Wohnort.' Und
sie fuhr fort: ,Bei Allah, ich habe auch kein Haus; aber ich
werde dich schon richtig führen.' Mit diesen Worten ging sie
mir vorauf, und ich folgte ihr, bis sie zu einer Herberge kam.
Dort fragte sie die Wirtin: ,Habt ihr ein leeres Zimmer?' ,Ja-
wohl', erwiderte jene; und die Dame sprach zu ihr: ,So gib
uns den Schlüssel!' Wir nahmen also den Schlüssel, gingen hinauf, um das Zimmer anzusehen, und traten ein. Dann ging sie
wieder zu der Wirtin hinaus und sprach: ,Hier hast du eine
kleine Gabe für den Schlüssel; denn das Zimmer gefällt uns.
Und hier ist noch ein Dirhem für deine Mühe; geh, hol uns
einen Krug Wasser, damit wir uns erfrischen können; wenn
dann die Mittagszeit vorbei ist und die Hitze nachläßt, wird
der Mann gehen und das Gepäck holen.' Die Wirtin freute sich
darüber, und sie brachte uns alsbald eine Matte, zwei Krüge
Wassers auf einer Platte, einen Fächer und eine Lederdecke.

790

Wir blieben dort, bis es Zeit ward zum Nachmittagsgebet. Da sagte sie: ‚Ich muß die religiöse Waschung vornehmen, ehe ich gehe.' Ich erwiderte ihr: ‚Nimm Wasser und wasche dich[1] damit!' Und ich holte etwa zwanzig Dirhems aus meiner Tasche, um sie ihr zu geben. Doch sie rief: ‚Das sei ferne!' und holte aus ihrer eigenen Tasche eine Handvoll Silber hervor und sprach: ‚Bei Allah, wäre nicht das Schicksal, und hätte Gott nicht die Liebe zu dir in mein Herz gesenkt, so wäre nicht geschehen, was geschehen ist.' Da sagte ich: ‚So nimm dies für das, was du schon ausgegeben hast!' Sie entgegnete: ‚Lieber Herr, später, wenn wir erst länger zusammen sind, so wirst du sehen, ob eine Frau wie ich auf Geld und Gut sieht oder nicht.' Mit diesen Worten ging sie zum Brunnen und holte einen Krug Wassers; und nachdem sie sich damit gewaschen hatte, kam sie zurück, sprach das Gebet und bat Allah den Erhabenen um Verzeihung für das, was sie getan hatte. Vorher hatte ich sie schon nach ihrem Namen gefragt; und sie hatte gesagt: ‚Raihâna', und hatte mir ihre Wohnung beschrieben. Und als ich nun sah, daß sie die Waschung vorgenommen hatte, sagte ich mir: ‚Diese Frau tut also; soll ich nicht dasselbe tun wie sie?' Darauf sprach ich zu ihr: ‚Willst du vielleicht noch einen Krug Wassers für uns verlangen?' Sie ging zur Wirtin und bat sie: ‚Schwester, nimm hin und hole uns für diesen halben Dirhem Wasser, auf das wir die Fliesen damit waschen können!' Die Wirtin brachte zwei Krüge Wassers, und ich nahm den einen davon, ging ins Brunnenhaus und wusch mich, nachdem ich ihr meine Kleider gegeben hatte. Als ich mit der Waschung fertig war, rief ich: ‚Meine Herrin Raihâna!' Aber niemand antwortete mir. Dann trat ich hinaus; doch ich fand sie nicht. Wohl aber entdeckte ich, daß sie meine Kleider samt allem,

1. Im Arabischen versehentlich: ‚wir wollen uns waschen'.

was an Geld darinnen war, weggenommen hatte; ich hatte nämlich in meinem Zeug vierhundert Dirhems. Auch meinen Turban und mein Tuch hatte sie mitgenommen; und so hatte ich nichts, um meine Blöße zu bedecken. Da litt ich Qualen, die noch schlimmer sind als der Tod; und ich wandte mich nach allen Seiten um, ob ich nicht vielleicht einen Lumpen fände, um meine Blöße zu verhüllen. Eine Weile blieb ich sitzen; dann aber ging ich hin und schlug an die Tür. Und als die Wirtin zu mir heraufkam, sprach ich zu ihr: ‚Schwester, was hat Allah mit dieser Frau getan, die noch soeben hier war?‘ Sie gab mir zur Antwort: ‚Die ist in diesem Augenblick heruntergekommen und hat gesagt, sie wolle hingehen, um die Kinder mit dem Zeug zu bekleiden, und sie fügte noch hinzu: ‚Ich habe ihn schlafen lassen; wenn er aufwacht, so sag ihm, er solle nicht eher fortgehen, als bis die Sachen zu ihm kämen!‘ Da sagte ich zu ihr: ‚Schwester, das Geheimnis ruht bei dem, der gut und von edlem Blut! Bei Allah, diese Frau ist nicht meine Gattin; ich habe sie in meinem ganzen Leben heute zum ersten Male gesehen!‘ Und ich erzählte der Wirtin die ganze Geschichte und bat sie, mich zu verhüllen, indem ich sie wissen ließ, daß sogar meine Scham unbedeckt war. Sie aber fing an zu lachen und rief die Frauen der Herberge mit den Worten: ‚He, Fâtima! He, Chadîdscha! He, Harîfa! He, Sanîna!‘ Und alle Frauen und Nachbarinnen, die in der Herberge waren, versammelten sich bei mir und begannen mich zu verspotten und riefen: ‚Du Kuppler, was hast du mit Liebesabenteuern zu tun?‘ Eine von ihnen kam heran, sah mir ins Gesicht und lachte; eine andere rief: ‚Bei Allah, du hättest doch wissen können, daß sie log, als sie sagte, daß sie dich liebe und verehre! Was wäre an dir zu lieben?‘ Und eine dritte sprach: ‚Das ist ein alter Kerl ohne Verstand!‘ So verhöhnten sie mich, während ich schweren Kummer litt. Doch eine Frau unter ihnen, die mich sah, hatte Mitleid mit mir, und sie warf mir einen Lappen aus dünnem Stoffe zu, mit dem ich meine Scham bedecken konnte, mehr nicht. Dann wartete ich noch eine Weile; als ich mir aber sagte: ‚Gleich werden die Männer dieser Frauen sich bei mir versammeln, und ich gerate in Schimpf und Schande, lief ich eilends aus der Tür der Herberge hinaus. Da drängten sich groß und klein um mich, liefen mir nach und riefen: ‚Das ist ein Verrückter, ein Verrückter!‘, bis ich zu meinem Hause kam und an die Tür pochte. Da kam meine Frau zu mir heraus, und als sie mich in meiner ganzen Länge nackt und barhaupt sah, schrie sie auf und lief wieder hinein und rief: ‚Da ist ein Verrückter, ein Satan!‘ Sobald aber meine Schwieger und meine Frau mich erkannten, freuten sie sich und sprachen: ‚Was ist mit dir?‘ Ich erzählte ihnen, die Räuber hätten mir meine Kleider genommen, mich entblößt und mich beinahe getötet. Wie sie von mir hörten, daß die mich töten wollten, priesen sie Allah den Erhabenen für meine Rettung und beglückwünschten mich. Seht, was war das für eine List, wo ich doch selber Anspruch auf Schlauheit mache!‘

Alle, die zugegen waren, dachten mit Staunen über diese Geschichte nach und über das, was die Frauen vollbringen. Dann trat der vierte Hauptmann vor und erzählte

DIE GESCHICHTE
DES VIERTEN WACHTHAUPTMANNS

Was mir an Abenteuern widerfahren ist, ist noch seltsamer als das bisher Erzählte. Und es ist das Folgende. Wir schliefen eines Nachts auf einer Dachterrasse; und da schlich eine Frau im Dunkel in unser Haus. Die schnürte alles, was sie darin fand, in ein Bündel, lud es sich auf und wollte fortgehen. Nun war sie aber schwanger, und die Zeit ihrer Niederkunft war nahe. Und als sie das Bündel packte und es sich auflud, um fortzugehen, beschleunigte sie die Wehen und gebar im Dunkeln ein Kind. Dann suchte sie nach den Feuerhölzern, machte Feuer durch Reiben, entzündete die Lampe und ging mit dem weinenden Kinde umher. Während sie so im Haus umherwanderte, kam uns, die wir auf dem Dache waren, das Ganze merkwürdig vor. Deshalb standen wir auf, um nachzusehen, was es gäbe; und wir entdeckten, daß dort eine Frau war, die sich die Lampe angezündet hatte, und wir hörten das Weinen des Kindes. Und als wir von oben durch die Öffnung der Halle hinuntersahen, hörte sie uns reden; da hob sie ihren Kopf und rief: ,Schämt ihr euch nicht? Wir handeln so freundlich an euch und besuchen eure Frauen! Wißt ihr nicht, daß euch der Tag gehört und uns die Nacht? Hinweg von uns! Bei Allah, wäret ihr nicht seit Jahren unsere Nachbarn und jetzt ohne Kunde, so würden wir sicherlich das Haus über euch zusammenstürzen lassen.' Wir zweifelten nicht daran, daß sie zu den Geistern gehörte, und zogen in unserer Angst unsere Köpfe zurück; am nächsten Morgen aber entdeckten wir, daß sie alles, was wir besaßen, gestohlen hatte und entflohen war. So wußten wir, daß sie eine Diebin war und daß sie einen Streich gespielt hatte wie noch nie jemand zuvor; und wir bereuten, als die Reue nichts mehr fruchtete.'

Nachdem die Gesellschaft diese Geschichte vernommen hatte, sprach sie ihre größte Verwunderung darüber aus. Dann trat der fünfte Hauptmann vor, das war der Wachhabende von der Bank[1], und erzählte

1. Das heißt: der Bank vor dem Polizeigebäude, auf der er in Alarmbereitschaft zu sitzen hatte.

Das Erzählte war noch kein Wunder. Mir ist etwas begegnet, was noch viel wunderbarer und seltsamer war. Als ich einmal an der Tür der Präfektur saß, trat plötzlich eine menschliche Gestalt ein und sprach zu mir, als ob sie um einen Rat fragen wollte: ‚Hoher Herr, ich bin die Frau des Arztes Soundso; bei ihm ist eine Gesellschaft von den achtbaren Leuten[1] der Stadt, und sie trinken Wein an demunddem Orte.‘ Als ich das hörte, widerstrebte es mir, ein Ärgernis herbeizuführen, und so sandte ich sie von dannen, indem ich ihre Hoffnung darauf zunichte machte. Doch dann ging ich allein fort, und als ich die Stätte erreichte, setzte ich mich draußen nieder, bis die Tür geöffnet wurde, und stürmte dann hinein. Ich fand die Gesellschaft, wie die Frau sie mir beschrieben hatte, und sie selbst war auch dabei. Nachdem ich die Leute gegrüßt hatte und sie meinen Gruß erwidert hatten, hießen sie mich ehrenvoll willkommen, baten mich zu sitzen und trugen mir Speise auf. Ich tat ihnen kund, daß jemand sie angezeigt hätte. ‚Doch‘, so fügte ich hinzu, ‚ich habe ihn fortgejagt und bin allein zu euch gekommen.‘ Da dankten sie mir und priesen mich ob meiner Güte; und dann reichten sie mir zweitausend Dirhems, die sie unter sich gesammelt hatten. Ich nahm sie und ging davon. Aber zwei Monate nach diesem Abenteuer kam ein Beamter von dem Richter mit einem Schreiben, auf dem er mit eigener Hand mich vorlud. Ich ging mit dem Manne und trat zum Richter ein. Dort beanspruchte der Kläger, der meine Vorladung veranlaßt hatte, von mir zweitausend Dirhems, indem er behauptete, ich hätte sie von ihm als dem Vormund der

1. Solche Leute, die als gültige Zeugen vor Gericht zugelassen werden.

Frau geborgt. Ich bestritt es; doch er zeigte mir einen Schuldschein über die Summe mit dem Zeugnis von vier jener Leute, die damals zugegen gewesen waren; auch jetzt waren sie zugegen und bestätigten ihr Zeugnis. Da erinnerte ich sie an meine Güte und zahlte die Summe, indem ich schwor, hinfort niemals mehr auf eine Frau zu hören. Ist das nicht wunderbar?'[1]

Die Gesellschaft wunderte sich über seine schöne Geschichte; und auch el-Malik ez-Zâhir hatte Gefallen an ihr. Und der Präfekt sagte: ‚Bei Allah, das ist eine seltsame Geschichte!' Nun trat der sechste Hauptmann vor und erzählte der Gesellschaft

DIE GESCHICHTE
DES SECHSTEN WACHTHAUPTMANNS

Höret jetzt meine Geschichte und das, was mir begegnet ist, oder eher, was dem Ehrenmanne[2] Soundso begegnet ist; das ist noch großartiger und seltsamer als das, was wir gehört haben. Es trug sich nämlich so zu. Er wurde eines Tages mit einer Frau ertappt, und viel Volks sammelte sich unten bei seinem Hause; auch der Präfekt kam mit seiner Mannschaft und pochte an die Tür. Nun schaute der Ehrenmann oben aus dem Hause heraus, und als er die Leute sah, rief er: ‚Was wollt ihr?' Sie antworteten ihm: ‚Folge dem Rufe des Herrn Präfekten Soundso!' Er kam herunter und öffnete die Tür. Da schrieen die Leute: ‚Bring die Frau heraus, die bei dir ist!' ‚Schämt ihr euch nicht? Wie kann ich meine Gattin herausbringen?' ‚Ist sie deine Gattin durch rechtmäßigen Vertrag oder ohne die Eheurkunde?' ‚Nach dem Buche Allahs und der Verordnung Sei-

1. Die gleiche Geschichte findet sich als ‚Geschichte des Wachthauptmannes von Kairo' in Band III, Seite 312 bis 314. – 2. Vgl. Seite 795, Anmerkung.

nes Apostels!' ‚Wo ist der Vertrag?' ‚Ihr Vertrag ist im Hause ihrer Mutter.' ‚Komm her und zeige uns den Vertrag!' ‚Macht freie Bahn für sie, damit sie hinausgehen kann!' Nun hatte er, sobald er gemerkt hatte, daß die Sache ruchbar wurde, den Vertrag geschrieben, ihn auf ihren Namen ausgestellt und ihn so zur Eheurkunde seiner Frau gemacht; auch hatte er die Namen einiger seiner Freunde als Zeugen eingetragen, wie es gerade kam, hatte die Unterschrift des vollziehenden Kadis und des Vormundes daruntergesetzt und das Ganze so zu einer gesetzlichen Urkunde gemacht. Als die Frau jetzt hinausgehen wollte, gab er ihr den Vertrag, den er gefälscht hatte, und schickte den Eunuchen des Emirs mit ihr, auf daß er sie in das Haus ihres Vaters geleite. Als jener Eunuch nun mit ihr gegangen war und sie zu dem Hause gebracht hatte, und als sie selbst dort eingetreten war, sprach sie: ‚Ich will nicht zu dem Streite vor dem Emir zurückkehren; laßt die ehrenwerten Zeugen kommen und meinen Vertrag in Empfang nehmen!' Wie der Eunuch zum Präfekten zurückkam und ihm, der noch immer an der Tür des Ehrenmannes stand, die Botschaft überbrachte, sprach jener: ‚Das kann gestattet werden.' Und der Ehrenmann rief: ‚O du Eunuch, hol uns den Zeugen Soundso!' Der war nämlich sein Freund. Und als jener, den er durch den Boten holen ließ, bei ihm ankam und er ihn sah, sprach er: ‚Geh zu der und der Frau, mit der ihr mich vermählt habt, und rufe sie, und wenn sie dann zu dir[1] kommt, so verlange von ihr den Ehevertrag, nimm ihn ihr ab und bringe ihn uns!' Dabei machte er ihm ein Zeichen, als wollte er ihm sagen: ‚Mache eine Lüge mit und schütze uns; denn sie ist eine fremde Frau, und wir fürchten uns vor dem Präfekten, der an der Tür steht; und wir bitten Allah den Erhabenen, daß er uns und euch

1. Im Text fälschlich ‚zum König'.

beschirme vor dem Kummer der Welt, Amen!' Da ging der
Mann, der als Zeuge diente, zum Präfekten, der bei den anderen Zeugen stand und sprach zu ihm: ,Gut! Ist sie nicht dieunddie, deren Ehevertrag an derunder Stätte geschlossen
wurde?' Dann begab der Zeuge sich zu der Frau, die bei dem
Ehrenmann gewesen war und der er den gefälschten Vertrag
gegeben hatte; und als er zu ihrem Hause kam, rief er sie, und
sie brachte ihm die Urkunde. Er nahm sie von ihr entgegen
und ging damit zum Präfekten[1] zurück. Und als der gelesen
hatte, was darin stand, rief der Ehrenmann dem Freunde: ,Geh
zu unserem Herrn und Gebieter, dem Oberkadi, und tu ihm
kund, was seinen ehrenhaften Zeugen widerfährt!' Der Freund
wollte hingehen; aber der Präfekt erschrak und begann, den
Ehrenmann inständigst zu bitten und ihm die Hände zu küssen,
bis er ihm vergab. Dann ging der Präfekt fort, in größter
Angst und Furcht. Der Ehrenmann aber brachte so alles in
Ordnung und heiratete die Frau; die Fälschung gelang durch
seine vortreffliche List.'

Alle verwunderten sich darob gar sehr. Und nun trat der
siebente Hauptmann vor und erzählte

DIE GESCHICHTE

DES SIEBENTEN WACHTHAUPTMANNS

Mir geschah in Alexandrien, der Stadt, die Gott behüten möge,
ein wunderbar Ding, und es war dies. Einst kam zu mir eine
alte Frau, die allerlei Wertsachen und Schmuckstücke trug in
einer großen Schatulle von wunderbar schöner Arbeit; und
sie hatte ein schwangeres Mädchen bei sich. Sie setzte sich vor
den Laden eines Leinenhändlers nieder und erzählte ihm, das

1. Dies Wort muß im arabischen Text ergänzt werden.

Mädchen sei durch den Präfekten der Stadt schwanger geworden; dann entnahm sie bei ihm auf Borg Stoffe im Werte von tausend Dinaren und setzte die Schatulle bei ihm nieder. Nachdem sie ihm gezeigt hatte, was darin war, und er Dinge von hohem Werte gesehen hatte, hinterließ sie die Schatulle bei ihm als Pfand, lud der Sklavin, die bei ihr war, die Stoffe auf und ging fort. Doch sie blieb lange weg, und als ihr Ausbleiben dem Händler zu lange währte, glaubte er nicht mehr an ihre Rückkehr und eilte zum Hause des Präfekten. Dort fragte er nach ihr, aber er konnte nichts von ihr erkunden, ja, keine Spur ward von ihr gefunden; da holte er das Schmuckkästchen hervor, allein man sagte ihm, das alles sei vergoldet, und sein Wert betrage nicht mehr als hundert Dirhems. Wie er das zu hören bekam, ward er tief bekümmert; und er ging fort und begab sich zum Stellvertreter des Sultans. Als er bei ihm angekommen und vor ihn getreten war und ihm seine Klage vorgetragen hatte, erkannte der Stellvertreter, daß eine List bei ihm Erfolg gehabt hatte und daß die Menschen ihn belogen und betrogen und ihm seine Stoffe gestohlen hatten. Da er aber in den Dingen der Welt erfahren war und vortreffliche Pläne machen konnte, so sprach er zu dem Manne: ‚Nimm etwas aus deinem Laden fort; und morgen früh zerbrich das Schloß und schrei laut und komm zu mir und führe Klage, daß dein ganzer Laden ausgeplündert sei! Rufe aber Gott um Hilfe an, schrei und sage es den Leuten, damit alles Volk bei dir zusammenströmt und sieht, wie das Schloß zerbrochen und dein Laden geplündert ist; zeige es einem jeden, der zu dir kommt, auf daß sich die Kunde davon verbreitet, und sage den Leuten, deine größte Sorge gelte einer großen Schatulle, die einer von den Großen der Stadt bei dir hinterlegt habe, und du seiest in Furcht vor ihm! Doch fürchte dich nicht, sondern sage nur immer in deinen Worten: ‚Meine Schatulle war die Schatulle des Herrn Soundso, und ich bin in Angst vor ihm und wage nicht, mit ihm zu sprechen; aber ihr Leute die ihr hier bei mir versammelt seid, könnt ja Zeugnis ablegen.‘ Und wenn du noch mehr dergleichen weißt, so sag es; dann wird die Alte schon zu dir kommen.‘ Nachdem der Händler die Worte des Präfekten vernommen hatte, sagte er: ‚Ich höre und gehorche!‘ Dann ging er fort von ihm, begab sich in seinen Laden, nahm daraus eine beträchtliche Menge von Waren und trug sie in seine Wohnung. Als er am nächsten Morgen früh zum Laden kam, zerbrach er das Schloß, schrie und jammerte und flehte zu Gott um Hilfe, bis das Volk bei ihm zusammenströmte und fast alle, die in der Stadt waren, sich dort versammelten. Und er rief ihnen zu und sagte ihnen alles, was der Präfekt ihm geraten hatte; und die Kunde davon verbreitete sich überall. Dann eilte er zum Hause des Präfekten, und sobald er dort war, begann er zu rufen und zu schreien und zu klagen und gab seine Klage bekannt. Und nach drei Tagen kam die Alte zu ihm mit dem Gelde für die Stoffe; sie legte es ihm hin und verlangte nun die Schatulle zurück. Kaum aber hatte er sie erkannt, so ergriff er sie und schleppte sie zum Präfekten der Stadt. Und als sie dort vor den Kadi treten mußte, sprach er zu ihr: ‚Du Teufelin, weh dir! Genügt dir deine erste Tat noch nicht, so daß du auch noch zum zweiten Male kommen mußtest?‘ Sie entgegnete ihm: ‚Ich gehöre zu denen, die ihr Heil in den Städten suchen; wir versammeln uns in jedem Monate, und gestern war unsere Zusammenkunft.‘[1] Da hub der Präfekt an: ‚Kannst du sie ausliefern? ,Jawohl,‘ erwiderte sie; ‚aber wenn du bis morgen wartest, so zerstreuen sie sich

1. In Kairo wurde mir berichtet, daß es dort eine Diebeszunft gebe, deren Mitglieder sich gelegentlich versammeln.

800

wieder. Darum muß ich sie euch noch heute abend überantworten.' ,Geh hin!' befahl der Emir; doch sie fuhr fort:
,Schicke Leute mit mir, die mich zu ihnen geleiten und die
mir in allem gehorchen, was ich ihnen sage! Auf alles, was ich
befehle, müssen sie hören; ja, sie müssen mir aufs Wort gehorchen!' Da sandte er eine Schar von Leuten mit, und sie
nahm sie und führte sie vor eine Tür; dort sprach sie zu ihnen:
,Bleibt hier vor dieser Tür stehen; und wer zu euch herauskommt, den haltet fest; ich werde dann als letzte von allen zu
euch heraustreten!' ,Wir hören und gehorchen!' erwiderten
die Leute und blieben an der Tür, zu der sie gekommen waren,
stehen, während die Alte hineinging. Eine ganze Stunde standen sie dort, aber niemand kam zu ihnen heraus; so lange warteten sie. Da wurden sie des Befehls, den der Stellvertreter des
Sultans ihnen gegeben hatte, überdrüssig, weil sie so lange
stehen mußten. Und da sie das Warten nicht mehr ertragen
konnten, so traten sie an die Tür heran und schlugen so stark
und heftig dagegen, daß sie den hölzernen Riegel fast zerbrachen. Dann ging einer von ihnen hinein und blieb lange
Zeit fort; doch er fand nichts. Und als er zurückkehrte, sagte
er: ,Dies ist die Tür zu einem Durchgange, zu einem Auswege,
der auf dieunddie Straße führt. Die Alte hat sich über euch
lustig gemacht, sie hat euch stehen lassen und ist verschwunden.'
Als sie das von ihm hörten, kehrten sie zum Emir zurück und
meldeten ihm die ganze Geschichte. Da erkannte er, daß sie
eine Lügnerin und Betrügerin war, die ihnen einen listigen
Streich gespielt hatte, um sich selbst zu retten. Sehet nun die
Schlauheit dieser Frau und die listigen Pläne, die sie durchgeführt hat! Sie war zwar so unvorsichtig, daß sie zu dem Lei-
nenhändler[1] zurückkam, ohne zu fürchten, sie könnte in eine

1. Im Texte fälschlich: ,zu mir'.

Falle gehen; aber sobald sie dem Verderben nahe war, rettete sie sich.'

Als die Gesellschaft diese Erzählung gehört hatte, freuten sich alle gar sehr, und ihr Entzücken kannte keine Grenzen mehr. Auch el-Malik ez-Zâhir Baibars freute sich über das, was er gehört hatte, und er sprach: ‚Wahrlich, es geschehen Dinge in der Welt, die vor den Königen wegen ihres hohen Ranges verborgen bleiben.' Da hub ein anderer aus der Gesellschaft an und sprach: ‚Mir ist von einem meiner Freunde eine Geschichte von der List und Tücke der Frauen berichtet, die ist noch seltsamer und wunderbarer, ergötzlicher und spannender als alles, was euch bisher erzählt ist.' Da sagten die Leute, die zugegen waren: ‚Erzähle uns, was du erfahren hast, und berichte uns alles, damit wir sehen, was an ihr wunderbar ist!' Und er begann

DIE GESCHICHTE

DES ACHTEN WACHTHAUPTMANNS

Vernehmet denn, daß ich einst zu einer Gesellschaft geladen wurde, unter der sich ein Freund von mir befand; er war es auch, der mich geladen hatte, und so ging ich mit ihm dorthin. Als wir in sein Haus getreten waren und uns auf seine Kissen gesetzt hatten, sprach er zu mir: ‚Dies ist ein gesegneter Tag, ein Tag der Freude; und wer erlebt wohl einen Tag wie diesen? Ich möchte, daß du es machst wie wir und unser Tun nicht mißbilligst, da du doch gern jemanden hörst, der solches bieten kann.'[1] Ich willigte ein, und bald entspann sich ihre Unterhaltung über Dinge eben dieser Art. Und nun begann unter ihnen mein Freund, der mich eingeladen hatte, und

1. Das heißt: Geschichten über die Listen der Frauen.

sprach zu ihnen: ‚Höret mir zu, ich will euch ein Abenteuer erzählen, das mir widerfahren ist:

Da war einmal ein Mensch, der zu mir in meinen Laden zu kommen pflegte, den ich aber nicht kannte; auch er kannte mich nicht und hatte mich früher noch nie in seinem Leben gesehen. Jedesmal, wenn er einen Dirhem oder zwei entleihen mußte, kam er zu mir und bat mich darum, ohne daß er mich kannte und ohne daß ein Mittelsmann zwischen uns war; ich pflegte auch niemandem etwas davon zu sagen. Das blieb lange so zwischen mir und ihm. Und als es eine geraume Weile gewährt hatte, begann er zehn bis zwanzig Dirhems zu borgen, bald mehr, bald weniger. Nun begab es sich eines Tages, als ich bei meinem Laden stand, daß eine Frau dorthin kam und vor mir stehen blieb; das war eine Frau, so schön wie der Vollmond, wenn er unter den Sternen erstrahlt, und der ganze Raum war hell von ihrem Licht. Kaum hatte ich sie gesehen, so richtete ich meinen Blick auf sie und starrte ihr ins Antlitz; und sie begann mit sanfter Stimme zu mir zu reden. Als ich nun ihre Worte und ihre zarte Stimme hörte, verlangte es mich nach ihr. Und wie sie mein Verlangen gewahrte, richtete sie ihren Auftrag aus, versprach mir, wiederzukommen, und ging fort. Ich aber blieb in Gedanken an sie zurück, und das Feuer glühte weiter in meinem Herzen. So saß ich denn da, ratlos und voll trüber Gedanken über meine Lage und mit dem Feuer in meinem Herzen. Am dritten Tage endlich kam sie wieder, als ich schon kaum mehr glaubte, daß sie noch kommen würde. Sobald ich sie erblickte, begann ich mit ihr zu sprechen, ihr zu schmeicheln und schön mit ihr zu tun; und dann bat ich mit Worten um ihre Gunst und lud sie zu mir ein. Doch sie sprach: ‚Ich gehe zu niemandem ins Haus.‘ ‚So will ich denn mit dir gehen‘, sagte ich darauf; und sie erwiderte mir: ‚Wohlan, komm mit mir!' Ich tat ein Tuch in meinen Ärmel, und in das Tuch hatte ich eine Anzahl von Dirhems gelegt, das war eine beträchtliche Summe. Die Frau ging vor mir her, und ich folgte ihr. So gingen wir dahin, bis sie mich in eine Gasse und zu einer Haustür geführt hatte. Dort befahl sie mir, die Tür zu öffnen; doch ich weigerte mich dessen. Da öffnete sie und führte mich in die Vorhalle; und kaum war ich eingetreten, so verschloß sie die Eingangstür von drinnen und sprach zu mir: ‚Bleib hier sitzen, damit ich hineingehen kann zu den Sklavinnen und sie an einen Ort bringen, von dem aus sie mich nicht zu sehen vermögen!' Wie ich das hörte, setzte ich mich nieder und sagte: ‚So sei es!' Darauf ging sie weiter ins Haus und blieb nur einen Augenblick fort; dann kam sie wieder zu mir, doch ohne Schleier. Und als sie wieder bei mir war, sprach sie: ‚Erhebe dich, im Namen Allahs!' Ich stand auf und folgte ihr nach drinnen; und wir schritten dahin, bis wir in einen Saal kamen. Wie ich mir den genauer anschaute, erkannte ich, daß er weder schön noch freundlich war; er war vielmehr kahl und ohne Ebenmaß, häßlich und abschreckend. Außerdem herrschte in ihm ein abscheulicher Geruch. Nachdem ich das alles mir vorgestellt und mich mitten in den Saal gesetzt hatte, erschienen plötzlich sieben nackte Männer; jene Männer trugen kein Gewand, sondern nur lederne Gürtel um ihren Leib. Sie sprangen von der Estrade herab und eilten alle auf mich zu. Einer von ihnen trat an mich heran und riß mir den Turban herunter; ein zweiter griff nach dem Tuch mit meinem Gelde, das ich im Ärmel trug; ein dritter zog mir meine Kleider aus; und als der mir die Kleider abgenommen hatte, kam ein anderer und fesselte mir mit seinem Gürtel die Hände auf dem Rücken. Darauf hoben mich alle, gefesselt wie ich war, warfen mich wieder zu

Boden und schleppten mich einer Senkgrube zu, die sich dort befand. Und gerade wollten sie mir den Hals durchschneiden, als plötzlich laut an die Tür geklopft wurde. Wie sie das Klopfen hörten, erschraken sie, und ihre Gedanken wurden durch den Schrecken von mir abgelenkt. Die Frau ging hinaus, und als sie wieder zurückkam, sprach sie: ‚Keine Gefahr droht euch heute, keine Furcht! Euer Freund ist es, der euch das Mittagsmahl bringt.' Jener Mann aber, der nun hereinkam, hatte ein geröstetes Lamm bei sich; und als er an die anderen herantrat, sprach er zu ihnen: ‚Was ist es mit euch, warum habt ihr euch aufgeschürzt?' ‚Wir haben ein Wild gefangen', antworteten sie. Wie er diese Worte hörte, kam er an mich heran, sah mir ins Antlitz, schrie auf und rief: ‚Bei Allah, dies ist mein Bruder, der Sohn meines Vaters und meiner Mutter! Allah! Allah!' Und sofort löste er meine Fesseln und küßte mich aufs Haupt; und siehe da, es war mein Freund, der von mir die Dirhems zu entleihen pflegte. Da küßte auch ich ihn aufs Haupt, und er küßte mich wieder, und er sprach: ‚Lieber Bruder, hab keine Furcht!' Dann ließ er alle meine Kleider bringen, die ich getragen hatte, und ließ mir nichts verloren gehen. Auch brachte er mir eine Schale voll Zuckerscherbett mit Limonen darin und gab mir zu trinken. Und alle kamen und baten mich, an einem Tische zu sitzen. Darauf sprach er zu mir: ‚Mein Herr und Bruder, jetzt haben wir Brot und Salz miteinander geteilt; und du hast unser geheimes Tun entdeckt; doch Geheimnisse sind gut aufbewahrt bei Männern von edler Art.' Ich rief: ‚So wahr ich ein ehelich Kind freier Eltern bin, ich will nichts angeben und verraten!' Darauf nahmen sie mir einen Eid ab, um sich meiner zu sichern, und führten mich hinaus. Ich ging davon, indem ich immer noch glaubte, daß ich zu den Toten zählte. Einen vollen Monat lang lag ich krank in meinem Hause; dann ging ich ins Badehaus, und als ich es verlassen hatte, öffnete ich meinen Laden von neuem. Jenen Mann und jene Frau aber sah ich nicht wieder. Eines Tages nun trat an meinen Laden ein Jüngling heran, so schön wie der Vollmond; der war ein Schafhändler, und er trug einen Sack bei sich, in dem das Geld war, das er durch den Verkauf der Schafe erhalten hatte. Die Frau aber folgte ihm, und als er vor meinem Laden halt machte, blieb sie neben ihm stehen und tat schön mit ihm; ich aber verging fast vor Mitleid mit ihm. Und wie er ihr große Neigung bezeigte, begann ich ihm Blicke zuzuwerfen und Zeichen zu machen, bis auch er mich erblickte und sah, daß ich ihm Winke gab. Die Frau aber sah mich an, winkte mit der Hand und ging fort; und der Jüngling, der ein Turkmene war, folgte ihr. Nun wußte ich, daß er unrettbar dem Tode verfallen war, und da auch ich in große Furcht geriet, schloß ich meinen Laden und begab mich ein Jahr lang auf Reisen. Als ich zurückgekehrt war, tat ich meinen Laden wieder auf; doch da kam auch schon die Frau wieder zu mir und sprach zu mir: ,Das war aber ein langes Fernbleiben!' ,Ich war auf Reisen', gab ich ihr zur Antwort; und sie fuhr fort: ,Wie konntest du dem Turkmenen solche Zeichen geben?' ,Das verhüte Gott,' erwiderte ich, ,ich habe ihm keine Zeichen gegeben!' Sie entgegnete nur: ,Hüte dich, mir in den Weg zu treten!' und ging davon. Eine Weile darauf lud ein Freund von mir mich in sein Haus; und als ich bei ihm war, aßen und tranken und plauderten wir. Da fragte er mich: ,Lieber Freund, ist dir in deinem langen Leben einmal eine arge Not begegnet?' Ich erwiderte ihm: ,Erzähl du mir zuerst, ob du einmal in Not geraten bist!' So erzählte er denn:

,Vernimm, eines Tages sah ich eine schöne Frau, und ich folgte ihr und bat sie in mein Haus. Doch sie antwortete mir:

‚Ich gehe in niemandes Haus; es muß bei mir in meinem Hause sein. Wenn du willst, so komme an demundddem Tage!' Als der bestimmte Tag herankam, stellte sich ihr Bote bei mir ein und wollte mich zu ihr führen. Und nachdem er gekommen war, machte ich mich mit ihm auf und gelangte zu einem schönen Hause mit einer großen Tür. Als wir dort eintrafen, öffnete er die Tür, und ich trat ein. Kaum aber war ich drinnen, so verschloß er die Tür und wollte weiter in das Haus hineingehen. Da geriet ich in große Furcht, und ich eilte ihm vorauf zu der zweiten Tür, durch die er mich führen wollte. Die verriegelte ich, und dann schrie ich ihn an mit den Worten: ‚Bei Allah, wenn du mir nicht wieder aufmachst, so schlage ich dich tot. Ich gehöre nicht zu denen, die du überlisten kannst!' ‚Was für eine List siehst du denn?' ‚Ich bin erschrocken durch die kahle Öde dieses Hauses und durch das Fehlen eines Hüters an der Tür; denn ich sehe niemanden erscheinen.' ‚Mein Gebieter, dies ist eine geheime[1] Tür.' ‚Geheim oder öffentlich, mach mir auf!' Da öffnete er mir, und ich ging hinaus; ich hatte mich aber noch nicht weit von der Tür entfernt, da begegnete ich einer Frau, und die sprach zu mir: ‚Dir ist ein langes Leben bestimmt, sonst wärest du nie wieder aus jenem Hause herausgekommen!' ‚Wieso?' fragte ich; und sie antwortete mir: ‚Frag deinen Freund; er wird dir Wunderdinge erzählen!' Und nun, mein Freund, beschwöre ich dich bei Allah, erzähle mir, was dir an Seltsamkeiten und wunderbaren Begebenheiten widerfahren ist; denn ich habe dir berichtet, was ich erlebt habe.'

‚Ach, Bruder,' erwiderte ich, ‚mich bindet ein feierlicher Eid!' ‚Lieber Freund,' sagte er, ‚brich deinen Eid und erzähle

1. An den Haupteingängen zu größeren Häusern pflegen Türhüter zu sitzen.

mir!' Ich sagte noch: ‚Ich fürchte mich vor dem Ausgang‘,
aber ich erzählte ihm dennoch alles, und er war erstaunt. Darauf trennten wir uns.

Nach einer langen Weile aber kam ein anderer Freund zu
mir und sprach: ‚Ein Nachbar hat mich eingeladen, um Sängerinnen anzuhören.‘ Doch ich erwiderte ihm: ‚Ich gehe zu
niemandem.‘ Aber schließlich überredete er mich, und wir
begaben uns zu dem Haus. Dort trafen wir einen Mann, und
der empfing uns mit den Worten: ‚Im Namen Allahs!‘ Darauf nahm er einen Schlüssel und öffnete die Tür. Ich sagte zu
ihm: ‚Wir sind die ersten Gäste; wo sind denn die Sängerinnen?‘ ‚Drinnen im Hause,‘ antwortete er; ‚dies ist eine geheime
Tür. Ängstigt euch nicht, weil die Gäste noch fehlen!‘ Mein
Freund sagte darauf zu mir: ‚Wir sind ja zwei, was können sie
wagen uns anzutun?‘ Nun wurde die Tür hinter uns geschlossen, und als wir den Saal betraten, fanden wir dort keine Menschenseele, aber wir sahen, daß er sehr häßlich war. Da sagte
mein Freund: ‚Wir sind in eine Falle geraten. Doch es gibt
keine Macht und es gibt keine Majestät außer bei Allah, dem
Erhabenen und Allmächtigen!‘ Ich aber sprach: ‚Allah lohne
dir nicht mit Gutem, was du an mir getan hast!‘ Und wir setzten uns an den Rand der Estrade; da erblickte ich neben mir
eine Kammer und schaute hinein. Als mein Freund mich
fragte: ‚Was siehst du dort?‘ gab ich zur Antwort: ‚Ich sehe
dort große Schätze und die Leichen von Ermordeten. Schau!‘
Da schaute er hinein und rief: ‚Bei Allah, wir sind verloren!‘
Und wir beide huben an zu weinen, ich und er. Plötzlich aber
kamen aus der Tür, durch die wir eingetreten waren, vier
Männer; die waren nackt und hatten nur lederne Gürtel um
den Leib. Sie eilten herein und auf meinen Freund zu; er
stürzte sich auf sie und schlug einen von ihnen mit der Faust

zu Boden. Doch nun fielen die drei anderen über ihn her, und ich konnte an meine Rettung denken, während sie mit ihm beschäftigt waren. Ich spähte umher und entdeckte neben mir eine Tür auf dem Boden; rasch stieg ich hinein, aber da geriet ich in eine unterirdische Kammer ohne Ausgang und ohne Fenster. Nun sah ich den sicheren Tod vor Augen und sprach: ‚Es gibt keine Macht und es gibt keine Majestät außer bei Allah, dem Erhabenen und Allmächtigen!‘ Doch als ich nach oben an die Decke des Raumes schaute, sah ich dort eine Reihe kleiner bunter Glasfenster. Ich kletterte um das liebe Leben, bis ich zu den Fenstern kam; aber ich war wie von Sinnen vor Schrecken. Und ich riß die Scheiben heraus, kroch durch die Öffnung nach draußen, und da sah ich mich vor einer Mauer. Die Mauer konnte ich noch erklimmen, und als ich von oben die Leute auf der Straße gehen sah, warf ich mich hinunter, und siehe da, Allah der Erhabene rettete mich. Wie ich auf dem Erdboden ankam, umringten mich die Leute von allen Seiten, und ich begann ihnen zu erzählen. Das Schicksal wollte es, daß der Präfekt gerade durch die Straße kam; sofort machten die Leute ihm Meldung, und er ging auf die Tür zu und befahl, sie aus den Angeln zu heben. Wir drangen im Sturm ins Haus und fanden die Räuber, wie sie meinen Freund niedergeworfen und ermordet hatten; auf mich hatten sie nicht mehr geachtet, da sie sich sagten: ‚Wohin kann er gehen? Er ist ja doch in unserer Gewalt!‘ Der Präfekt ließ nun die Leute festnehmen und verhörte sie; und sie legten ein Geständnis ab und verrieten die Frau und die Genossen in Kairo. Er ließ die Räuber abführen und ging selber weiter, nachdem er die Tür abgeschlossen und versiegelt hatte; ich begleitete ihn, bis er mit seinen Leuten vor dem anderen Hause stand. Da sie die Tür von innen verschlossen fanden, befahl der Präfekt, sie herauszuheben; dann traten wir ein und fanden eine zweite Tür. Auch die ließ er herausheben, indem er seinen Leuten Stille anbefahl, bis alle Türen herausgehoben wären. Und wir fanden die Bande, wie sie wieder mit einem neuen Wild beschäftigt war, dem sie gerade die Kehle durchschneiden wollten. Der Präfekt ließ die Räuber festnehmen und befreite den Mann. Dann fanden sie auch die Frau, die das Wild herbeigeschafft hatte. Nachdem der Mann alles, was ihm geraubt war, wiedererhalten hatte, hielten die Leute des Präfekten die ganze Bande fest, auch die Frau, bis aus dem Hause eine Menge von Schätzen herausgeholt war. Die Räuber wurden sogleich an die Mauern des Hauses genagelt, während die Frau in ihrem großen Schleier auf ein Brett genagelt und auf einem Kamele in der Stadt umhergeführt wurde. Unter den Dingen, die aus dem Hause herausgeholt waren, befand sich auch der Sack des Turkmenen, des Schafhändlers. All dies geschah vor meinen eigenen Augen. So tilgte Allah ihre Wohnstätten und befreite mich von der Furcht, die mich beseelte. Meinen Freund aber, der mich jenes Mal von ihnen befreit hatte, sah ich nicht wieder, und darüber wunderte ich mich sehr. Doch nach einer Reihe von Tagen kam er zu mir; er hatte der Welt entsagt und das Gewand der Fakire angelegt, und nachdem er mich begrüßt hatte, ging er weiter. Danach besuchte er mich wieder häufiger, und ich begann mich mit ihm zu unterhalten und fragte ihn, was es mit der Bande auf sich gehabt habe, und wie es gekommen sei, daß er allein von allen sich retten konnte. Er antwortete mir: ‚Ich verließ sie an dem Tage, an dem Allah der Erhabene dich von ihnen befreite; sie wollten nicht mehr auf meine Worte hören, und so schwor ich, mich ihnen nicht mehr zu gesellen.‘ ‚Bei Allah,‘ sagte ich darauf, ‚es war doch ein Wunder, daß du der Grund meiner Rettung warst!' Dann fuhr er fort: ‚Wisse, die Welt ist voll von dieser Art Leuten, und wir bitten Allah den Erhabenen um Schutz; denn sie betrügen die Menschen mit jeglicher List.' Und nun bat ich ihn: ‚Erzähle mir das seltsamste Abenteuer, das euch bei eurem gefährlichen Treiben begegnet ist!' ‚Lieber Bruder,' gab er zur Antwort, ‚ich war nie zugegen bei dem, was sie taten; sondern ich hatte mich nur um Kauf und Verkauf und um die Speisen zu kümmern. Als Seltsamstes aber, was ihnen begegnet ist, ward mir das Folgende berichtet:

DIE GESCHICHTE DES DIEBES

Jene Frau, die sich mit ihnen abgab und ihnen manche Frau von einer Hochzeit erjagte, fing einstmals wieder eine Frau bei einer solchen Feier, indem sie vorgab, bei ihr selbst fände ein Brautmahl statt. Sie hatte mit ihr einen Tag verabredet, an dem sie zu ihr kommen sollte; und als jener Tag gekommen war, begab sich jene Frau zu dem Hause. Die andere führte sie zu einer Tür hinein, von der sie sagte, es sei eine Geheimtür. Kaum war die Geladene eingetreten, so erblickte sie Männer und Spießgesellen; sie schaute die Leute an und sprach: ‚Ihr Mannen, ich bin eine Frau, mich zu töten ist kein Ruhm; ihr habt auch keine Pflicht der Blutrache wider mich, die ihr an mir erfüllen müßtet. Was ich aber an mir trage, das soll euch gehören.' Sie sagten: ‚Wir fürchten Verrat von dir.' Darauf entgegnete sie: ‚Ich will bei euch bleiben und weder aus noch ein gehen.' Und so sagten sie denn: ‚Wir schenken dir das Leben.' Der Räuberhauptmann sah sie sich an und nahm sie für sich; sie blieb nun ein volles Jahr bei ihm und diente ihm eifrig, bis alle mit ihr vertraut waren. Eines Nachts aber betäubte sie die Räuber, als sie trunken waren; dann ging sie hin, nahm ihnen ihre Kleider, und nahm dem Hauptmann fünfhundert Dinare ab. Auch holte sie ein Messer und rasierte allen den Bart ab und strich ihnen Kesselruß ins Gesicht, so daß sie alle schwarz aussahen. Schließlich öffnete sie die Türen und eilte fort. Als aber die Räuber wieder aufwachten, waren sie ratlos und erkannten, daß die Frau sie überlistet hatte.'

Alle, die zugegen waren, erstaunten über das, was dort geschehen war. Darauf trat der neunte Hauptmann vor und begann

DIE GESCHICHTE
DES NEUNTEN WACHTHAUPTMANNS

Ich will euch das Schönste erzählen, was ich bei einem Hochzeitsfeste gehört habe. Da war einmal eine Sängerin, die schön von Angesicht und weithin berühmt war. Und es begab sich eines Tages, daß sie ausging, um sich in einem Garten zu erquicken. Während sie dort saß, stand plötzlich ein Mann vor ihr, dem eine Hand abgeschlagen war, und bat sie um eine Gabe. Er war durch die Tür hereingekommen und berührte sie mit seinem Armstumpfe und sprach: ,Ein Almosen, um Allahs willen!' Doch sie sprach: ,Allah gebe dir!' und scheuchte ihn fort. Viele Tage darauf kam zu ihr ein Bote[1] und gab ihr den Lohn für einen Abend. Sie nahm eine Dienerin[2] und eine Begleiterin[2] mit; und nachdem sie sich auf den Weg gemacht hatte und zu der Stätte kam, führte der Bote sie durch einen langen Gang, an dessen Ende ein Saal war. Dort traten wir ein – so erzählte die Sängerin selbst –, fanden aber keinen Menschen; dagegen fand ich das Fest vorbereitet mit Kerzen, Zukost und Wein, ferner sah ich in einem anderen Raume die

1. So nach Burton; das betreffende arabische Wort ist sonst nicht bekannt. – 2. Auch diese beiden Wörter sind nicht sicher.

Speisen, und in einem dritten die Betten. Nachdem wir uns gesetzt hatten, schaute ich mir den Mann an, der die Tür geöffnet hatte, und siehe, ihm war eine Hand abgeschlagen. Das mißfiel mir sehr an ihm. Nachdem ich eine Weile gesessen hatte, kam ein Mann herein, der die Lampen im Saale füllte und die Kerzen entzündete; auch dem war eine Hand abgehauen. Dann kamen die Gäste herbei, aber kein einziger trat ein, dem nicht eine Hand fehlte; und das Haus füllte sich mit einer solchen Gesellschaft.[1] Als nun alle Gäste vollzählig beieinander waren, trat der Gastgeber herein, gekleidet in prächtige Gewänder; und man erhob sich vor ihm und ließ ihn an dem Ehrenplatz sitzen. Er hatte aber seine Hände in den Ärmeln, so daß ich nicht erkennen konnte, wie es darum stand. Dann wurde das Essen aufgetragen, und er und alle Gäste aßen; darauf wuschen sie ihre Hände, und der Gastgeber begann verstohlene Blicke auf mich zu werfen. Und nun trank die ganze Gesellschaft, bis alle trunken und ohne Besinnung waren. Da wandte sich der Gastgeber, und das war derselbe Mann, der uns geholt hatte, zu mir und sprach: ‚Willst du nicht freundlich sein zu einem Manne, der dich um eine Gabe bittet und zu dem du sprichst: ‚Wie häßlich bist du!‘ Ich schaute ihn an, und siehe da, er war der Verstümmelte, der zu mir in den Lustgarten gekommen war. Darauf erwiderte ich: ‚Mein Gebieter, was sagst du da?‘ Er aber fuhr fort: ‚Warte nur, du wirst dich seiner schon entsinnen‘! Dabei schüttelte er den Kopf und strich sich den Bart, während ich voll Furcht dasaß. Dann streckte er die Hand aus nach meinem Schleier und nach meinen Stiefeln, nahm sie und legte sie neben sich, und rief: ‚Singe, du Verfluchte!‘ Da sang ich, bis ich müde

1. Also wahrscheinlich Dieben, denen die rechte Hand abgeschlagen war; vgl. Band I, Seite 339, Anmerkung.

war. Die Gäste aber kümmerten sich nur um sich selbst und berauschten sich; und groß war die Hitze ihrer Trunkenheit. Nun kam der Türhüter an mich heran und flüsterte mir zu: ‚Meine Herrin, fürchte dich nicht, aber wenn du gehen willst, so laß es mich wissen!‘ Ich fragte ihn: ‚Willst du meiner spotten?‘ ‚Nein, bei Allah,‘ erwiderte er, ‚ich habe nur Mitleid mit dir. Unser Hauptmann und Meister plant nichts Gutes mit dir, ich glaube gar, er will dich heute nacht umbringen.‘ Da sagte ich zu dem Türhüter: ‚Wenn du etwas Gutes tun willst, so ist jetzt die Zeit dazu.‘ Doch er antwortete: ‚Wenn der Hauptmann aufsteht, um ein Bedürfnis zu verrichten, und zum Aborte geht, so will ich ihm mit dem Lichte vorausgehen und die Haustür offen lassen. Dann geh du, wohin du willst!‘ Darauf sang ich wieder, und der Hauptmann rief: ‚Gut!‘ Ich sagte zu ihm: ‚Bist du aber häßlich!‘ Da sah er mich an und sprach: ‚Bei Allah, du sollst den Duft dieser Welt nicht mehr einatmen!‘ Doch seine Gefährten riefen: ‚Tu es nicht!‘ und beruhigten ihn, bis er sagte: ‚Wenn es denn nicht anders möglich ist, so soll sie ein volles Jahr lang hier bleiben, ohne je hinauszugehen!‘ Ich sagte darauf: ‚Was dir nur immer zu tun beliebt, darein will ich mich fügen. Wenn ich einen Fehler begangen habe, so bist du der Mann, ihn zu verzeihen.‘ Er schüttelte wiederum den Kopf und trank. Als er aber aufstand, um ein Bedürfnis zu verrichten, während seine Gefährten sich ganz ihrem Treiben hingaben, dem Scherzen, Trinken und Spielen, gab ich meinen Begleiterinnen einen Wink, und wir eilten in die Vorhalle. Wir fanden die Tür offen und liefen hinaus, unverschleiert, ohne zu wissen, wohin wir uns wenden sollten, bis wir weit vom Hause einen Garkoch trafen, der gerade kochte. Zu dem sprach ich: ‚Willst du Tote lebendig machen?‘ ‚Kommt herauf!‘ antwortete er; und wir traten in seinen Laden hinauf. Dann sprach er: ‚Legt euch nieder!' Und als wir uns niedergelegt hatten, bedeckte er uns mit dem Halfagras, mit dem er unter den Speisen Feuer zu machen pflegte. Kaum aber lagen wir sicher an jener Stätte, da hörten wir schon das Getrappel von Menschen, die nach rechts und links liefen, und wir hörten, wie sie den Koch fragten: ‚Ist jemand bei dir vorübergekommen?' ‚Bei mir ist kein Mensch vorbeigekommen', gab er zur Antwort. Aber jene Leute liefen noch die ganze Nacht hindurch um den Laden herum, bis es heller Tag ward; dann kehrten sie enttäuscht zurück. Der Koch aber nahm das Halfagras fort und sprach: ‚Steht auf; ihr seid dem Tode entronnen!' Wir erhoben uns, doch wir waren unbedeckt, ohne Mantel und ohne Schleier. Da führte uns der Koch in sein Haus, und wir schickten von dort in unser Haus und ließen uns die Mäntel holen. Darauf entsagten wir dem Gesang, indem wir vor Allah dem Erhabenen bereuten; und dies war eine wunderbare Errettung aus der Not.'

Die Anwesenden hatten der Erzählung mit Staunen zugehört. Dann trat der zehnte Hauptmann vor und hub an: ‚Mir ist etwas widerfahren, das noch wunderbarer ist als alles, was ihr bisher vernommen habt.' ‚Was war das?' fragte el-Malik ez-Zâhir; und er begann

DIE GESCHICHTE

DES ZEHNTEN WACHTHAUPTMANNS

In der Stadt war ein Diebstahl begangen, und zwar handelte es sich um eine große, ganz beträchtliche Menge. Da wurde ich mit meinen Gefährten berufen, und man bedrängte uns sehr. Doch wir baten die Leute um einige Tage Geduld; dann verteilten wir uns auf die Suche nach dem gestohlenen Gut.

Ich selber zog mit fünf Mann aus, und wir streiften an jenem Tage in der Stadt umher; am nächsten Tage aber gingen wir vor die Tore, und als wir eine Parasange[1] oder zwei von der Stadt entfernt waren, plagte uns der Durst, und wir kamen auf ein Feld. Dort ging ich zu dem Schöpfrade und trat in das Gebäude, das dazu gehörte, trank, vollzog die religiöse Waschung und sprach das Gebet. Aber da kam der Wächter des Schöpfwerkes und schrie: ‚He du, wer hat dich hier eintreten heißen?‘ Und sofort schlug er mir ins Gesicht und drückte mir die Rippen ein, bis ich dem Tode nahe war. Darauf spannte er mich mit einem seiner Stiere ein und trieb mich um das Schöpfrad herum und schlug mich mit dem Ochsenziemer, den er bei sich hatte, bis mir das Herz heiß brannte. Schließlich ließ er mich los, und ich eilte hinaus, ohne auf den Weg zu achten; und wie ich draußen war, sank ich ohnmächtig nieder. Danach richtete ich mich wieder auf und blieb sitzen, bis meine Erregung sich legte. Nun begab ich mich zu meinen Gefährten und sprach zu ihnen: ‚Ich habe das Gut gefunden, und ich habe den Dieb gefunden; aber ich habe ihn nicht erschreckt noch beunruhigt, damit er nicht flieht. Jetzt laßt uns zu ihm gehen und eine List gebrauchen, um seiner habhaft zu werden.‘ So nahm ich sie mit, und wir gingen zu dem Hüter, der mich mit Schlägen so gepeinigt hatte; denn ich wollte ihm das gleiche zu kosten geben und ihn verleumden, auf daß er Rutenhiebe zu schmekken bekäme. Wir stürzten auf das Schöpfwerk los und ergriffen den Hüter; nun war bei ihm ein Jüngling, und der rief, als wir den Hüter fesselten: ‚Bei Allah, ich war nicht bei ihnen; ich bin seit sechs Monaten nicht in diese Stadt gekommen, und ich habe diese Stoffe erst hier gesehen!‘ ‚Zeig uns die Stoffe!‘ be-

[1] Die Araber haben die persische Parasange von den Syrern übernommen.

fahlen wir; und da führte er uns an eine Stelle, an der sich ein Brunnen befand, neben dem Schöpfwerk. Dort grub er nach und holte das gestohlene Gut heraus, und es fehlte an ihm kein Faden in der Nadel. Wir nahmen das Gut, und wir nahmen den Hüter und gingen fort, bis wir zum Amtshause des Präfekten kamen. Dort entblößten wir den Hüter und schlugen ihn mit Ruten, bis er viele Diebstähle bekannte. Ich hatte all das nur getan, um meine Gefährten irrezuführen; aber es hatte Erfolg.'

Die Versammlung war darüber höchlichst verwundert. Und nun hub der elfte Hauptmann an und erzählte

DIE GESCHICHTE
DES ELFTEN WACHTHAUPTMANNS

Ich weiß etwas, das noch seltsamer ist, als was wir gehört haben; aber es ist mir nicht selbst begegnet. In früherer Zeit lebte ein alter Wachthauptmann; bei dem kam eines Tags ein Jude vorüber, der in seiner Hand einen Korb trug, und in dem Korb waren fünftausend Dinare. Da sagte jener Hauptmann zu einem seiner Sklaven: ‚Bist du imstande, dies Geld aus dem Korbe dieses Juden zu holen?' ‚Jawohl', erwiderte der, und es währte nur bis zum nächsten Tage, da trat der Sklave mit dem Korbe zu seinem Herren ein. Nun sagte ich – so erzählte der Hauptmann selbst – zu ihm: ‚Geh hin und vergrabe den Korb an derundder Stätte!' Der Sklave führte meinen Befehl aus; dann kehrte er zurück und meldete es mir. Aber kaum hatte er seinen Bericht beendet, da erhob sich ein Höllenlärm; und es kam der Jude, begleitet von einem Manne aus der Umgebung des Königs, und erklärte, daß jenes Gold dem Sultan gehöre und daß er nur uns dafür verantwortlich mache. Wir verlangten drei Tage Frist nach der Sitte; dann sprach ich zu dem, der das Geld geholt hatte: ‚Geh hin und bringe etwas in das Haus des Juden, das ihn mit sich selber beschäftigt!' Da ging er hin und spielte ihm einen argen Streich: er legte nämlich in einen Korb die Hand einer toten Frau, und diese Hand war mit Henna gefärbt und trug an einem Finger einen goldenen Siegelring. Diesen Korb vergrub er unter einer Platte im Hause des Juden. Darauf begaben wir uns dorthin und suchten überall nach und fanden den Korb; unverzüglich legten wir den Juden in eiserne Fesseln wegen der Ermordung einer Frau. Als unsere Frist von drei Tagen abgelaufen war, kam jener Mann von der Umgebung des Königs und sprach: ‚Der Sultan läßt euch sagen: Nagelt den Juden an und bringt das Gold; denn es ist nicht möglich, daß fünftausend Goldstücke verloren gehen sollten!' Da wußten wir, daß die List nicht geglückt war. Ich aber ging aus, und als ich auf der Straße einen Jüngling aus dem Hauran[1] vorübergehen sah, legte ich sofort Hand an ihn, ließ ihn festnehmen, ausziehen und mit Ruten schlagen. Dann legte ich ihn in eiserne Fesseln und brachte ihn zum Amtshause des Präfekten; dort ließ ich ihn wiederum peitschen und sagte zu den Leuten: ‚Dies ist der Dieb, der das Geld gestohlen hat!' Wir versuchten, ihn zum Geständnis zu bringen; aber er gestand nichts. Dann schlugen wir ihn ein drittes und ein viertes Mal, bis wir müde und erschöpft waren und er keine Antwort mehr gab. Als aber das Schlagen und die Folter zu Ende waren, sprach er plötzlich: ‚Ich will euch das Geld sofort herbeischaffen.' Wir gingen mit ihm, und er führte uns zu der Stelle, an der mein Sklave das Gold vergraben hatte. Dort grub er nach und holte es heraus, und wir gingen mit ihm zum Hause des Präfekten zurück. Ich war über das Ganze höchlichst erstaunt. Als aber der Präfekt das Geld sah und mit eigenen Augen er-

1. Also einen Fremdling aus Mittelsyrien.

818

blickte, kam große Freude über ihn, und er gab mir ein Ehren-kleid und sandte das Geld sofort zum Palaste des Sultans. Den Jüngling ließen wir im Kerker liegen. Dann fragte ich meinen Mann, der das Geld entwendet hatte: ‚Hat dieser Jüngling dich gesehen, als du das Geld vergrubest?‘ ‚Nein, bei Allah dem All-mächtigen!‘ antwortete er. Darauf ging ich zu dem gefange-nen Jüngling, gab ihm Wein zu trinken, bis er sich erholt hatte, und sprach zu ihm: ‚Tu mir kund, wie du das Geld ge-stohlen hast!‘ ‚Bei Allah,‘ entgegnete er, ‚ich habe das Geld nicht gestohlen, ich habe es auch nie mit Augen gesehen, bis ich es aus der Erde holte!‘ Als ich dann fragte: ‚Wie ist das möglich?‘ fuhr er fort: ‚Wisse, der Grund, weshalb ich in eure Hände fiel, war der Fluch, den meine Mutter gegen mich aus-gestoßen hatte. Ich bin nämlich gestern abend schlecht gegen sie gewesen und habe sie geschlagen. Da sprach sie zu mir: ‚Bei Allah, mein Sohn, es wird gewißlich geschehen, daß Gott einem Unterdrücker Gewalt über dich gibt.‘ Und sie ist eine fromme Frau. Ich aber ging sofort hinaus, und da sahet ihr mich auf der Straße; und du tatest an mir, was du getan hast. Als nun die Schläge so lange währten, schwanden mir die Sinne, und ich hörte eine Stimme rufen: ‚Hole es!‘ Da sagte ich euch, was ich gesagt habe; und wir gingen hinaus, während die Stimme mich führte, bis ich zu der Stätte gelangte. So kam, was gekommen ist: ich holte das Geld heraus.‘ Darob geriet ich in größte Verwunderung; und ich bemühte mich um seine Freilassung und die Heilung seiner Wunden, da ich erkannte, daß er zu den Kindern der Frommen gehörte. So erbat ich denn seine Lösung von den Fesseln und von der Verantwortung.‘

Nachdem alle, die zugegen waren, ihre größte Verwunde-rung ausgesprochen hatten, trat der zwölfte Hauptmann vor und erzählte

Ich will euch ein Abenteuer berichten, das ich von einem anderen gehört habe, und dem hat es wieder ein anderer berichtet, und der hat es von einem dritten vernommen, als eine Geschichte aus dem Leben eines Diebes. Jener erzählte nämlich folgendermaßen: Als ich eines Tages über den Markt ging, sah ich, wie ein Dieb in den Laden eines Geldwechslers einbrach und daraus eine Schatulle entwendete. Mit der ging er auf den Totenacker, und ich folgte ihm dorthin. Gerade als er sie geöffnet hatte und hineinschaute, trat ich an ihn heran und sprach: ‚Friede sei mit euch!' Da er vor mir erschrak, verließ ich ihn und ging von dannen. Nach einigen Monaten jedoch traf ich ihn wieder, wie er von Häschern und Wächtern abgeführt wurde. Da rief er: ‚Haltet den Mann da fest!' Die Leute ergriffen mich, und als ich vor dem Präfekten stand, fragte er: ‚Was hast du mit dem da zu tun?' In diesem Augenblicke wandte der Dieb sich nach mir um, sah mir eine Weile ins Gesicht und rief: ‚Wer hat diesen Mann ergriffen?' Da ward ihm gesagt: ‚Du hast uns doch gesagt, wir sollten ihn festhalten, und da haben wir es getan.' Doch er rief wiederum: ‚Das verhüte Gott! Ich kenne ihn nicht, und auch er kennt mich nicht. Das habe ich von einem anderen Menschen gesagt.' Darauf wurde ich freigelassen. Nach einer Weile begegnete der Dieb mir wieder auf der Straße, begrüßte mich und sprach: ‚Lieber Herr, Schreck um Schreck! Hättest du mir etwas abgenommen, so hättest du auch an dem Unheil teilgehabt.' Ich antwortete ihm: ‚Allah sei Richter zwischen mir und dir!' Und damit ist meine Geschichte zu Ende.'

Darauf trat der dreizehnte Hauptmann vor und erzählte

DIE GESCHICHTE
DES DREIZEHNTEN WACHTHAUPTMANNS

Ich will euch berichten, was einer meiner Freunde mir erzählt hat. Der sprach folgendermaßen: Ich ging eines Abends zu einem meiner Gefährten; und als es Mitternacht war, ging ich allein wieder fort. Wie ich aber auf der Straße war, erblickte ich eine Diebesbande. Ich sah sie an, und sie sahen mich an; da ward mir der Speichel im Munde trocken. Darauf stellte ich mich trunken, wankte hin und her und schrie: ‚Ich – bin – betrunken!‘ Und ich stieß an die Mauern rechts und links und tat, als hätte ich die Räuber nicht gesehen. Doch sie gingen hinter mir her, bis ich mein Haus erreichte und an die Tür klopfte; dann verließen sie mich. Nach diesem Erlebnis vergingen einige wenige Tage. Da stand ich eines Tages vor meiner Haustür, und plötzlich trat ein Jüngling an mich heran, der eine Kette um den Hals trug und von einem Wächter begleitet wurde. Er bat: ‚Guter Herr, ein Almosen, um Allahs willen!‘ Ich antwortete: ‚Allah gebe dir!‘ Doch er schaute mich eine lange Weile an und sprach dann: ‚Was du mir bietest, ist nicht so viel wert wie dein Turban, oder wie dein Kopftuch oder irgend etwas von deiner Kleidung, geschweige denn wie all das Gold und Silber, das du damals bei dir trugst.‘ ‚Was soll das heißen?‘ fragte ich; und er fuhr fort: ‚In der und der Nacht, als du in Gefahr warest und die Leute dich ausrauben wollten, war ich bei ihnen, und ich sprach zu ihnen: ‚Der da ist mein Herr und Gebieter, der mich aufgezogen hat.‘ So war ich die Ursache deiner Rettung, und ich habe dich vor ihnen beschützt.‘ Als ich das hörte, sprach ich zu ihm: ‚Bleib stehen!‘ Dann trat ich in mein Haus und brachte ihm, was Allah der Erhabene zur Zufriedenheit gegeben hat; er aber ging seiner Wege. Und das ist meine Geschichte.‘

Dann trat der vierzehnte Hauptmann vor und erzählte

DIE GESCHICHTE
DES VIERZEHNTEN WACHTHAUPTMANNS

Wisset, was ich zu erzählen habe, das ist noch heiterer und
seltsamer, als was wir gehört haben. Das ist nämlich folgendes:
Ehe ich in diesen Beruf eintrat, hatte ich einen Tuchladen, und
da pflegte immer der Sklave eines Mannes zu mir zu kommen,
den ich nur vom Ansehen kannte; dem pflegte ich zu geben,
was er verlangte, und ich geduldete mich immer, bis er bezahlen konnte. Eines Abends nun war ich mit meinen Freunden
zusammen, und wir setzten uns zu einem Gelage nieder. Da
tranken wir und waren guter Dinge und spielten Tricktrack;
einen von uns ernannten wir im Spiel zum Wesir, einen anderen zum Sultan und einen dritten zum Henker. Während wir
so dasaßen, kam plötzlich ein Schmarotzer ungebeten zu uns;
wir spielten weiter, und er begann mit uns zu spielen. Nun
sprach der Sultan zum Wesir: ‚Bringt den Schmarotzer, der
ungebeten und ungeladen bei den Menschen eindringt, damit
wir den Fall untersuchen. Dann will ich ihm den Kopf abschlagen lassen!‘ Da erhob sich der Henker und schleppte den
Schmarotzer herbei; es war aber ein Schwert dort, das nicht
einmal geronnene Milch hätte spalten können. Als der Schmarotzer vor dem Sultan stand, sprach der: ‚Schlag ihm den Kopf
ab!‘ Und da hieb er mit jenem Schwerte; aber siehe da, der
Kopf flog dem Manne vom Rumpfe. Als wir das sahen, entfloh der Wein aus unserem Hirn, und wir gerieten in furchtbare Angst. Die anderen nahmen den Rumpf und trugen ihn
hinaus, um sich seiner zu entledigen, während ich den Kopf
aufhob und mich auf den Weg zum Flusse machte. Ich war
aber noch trunken, und meine Kleider wurden von dem Blut

besudelt. Während ich auf der Straße dahinwankte, begegnete ich einem Räuber. Als der mich sah, erkannte er mich und rief: ‚Du, Soundso!‘ ‚Ja, was denn?‘ fragte ich; und er fuhr fort: ‚Was hast du da bei dir?‘ Ich erzählte ihm die ganze Geschichte, und er nahm mir den Kopf ab. Als wir aber zum Flusse kamen und den Kopf gewaschen hatten, sah er ihn genauer an und rief: ‚Bei Allah, das ist mein Bruder, der Sohn meines Vaters! Der pflegte bei den Leuten zu schmarotzen.‘ Und damit warf er den Kopf ins Wasser. Ich war in Todesängsten, aber er sprach zu mir: ‚Fürchte dich nicht, sorge dich nicht; du sollst frei sein von der Schuld am Tode meines Bruders!‘ Darauf nahm er meine Kleider, wusch sie, trocknete sie und legte sie mir wieder an; und nun sprach er zu mir: ‚Geh in dein Haus!‘ Ja, er ging auch noch mit mir, bis ich bei meiner Wohnung ankam. Dort sprach er zu mir: ‚Allah lasse dich nie einsam werden! Ich war dein Freund, und du hast mir Gutes erwiesen; aber von jetzt ab wirst du mich nie wiedersehen!‘ Dann ging er seiner Wege.‘

Alle, die zugegen waren, staunten ob der Hochherzigkeit dieses Mannes, ob seiner Zurückhaltung und seiner vornehmen Gesinnung.‘[1] – –«

* * *

Der König[2] aber sprach: »Erzähle uns noch mehr von deinen Geschichten, Schehrezâd!« »Gern«, erwiderte sie und erzählte nun einen lustigen, vergnüglichen Scherz,

1. Der Bruder des Erschlagenen verzichtete auf die Blutrache, weil der Kaufmann ihm früher durch Stundung der Schulden gefällig gewesen war. – 2. Hier werden die Erzählungen der Wachthauptleute durch andere Geschichten unterbrochen, die in den allgemeinen Rahmen des ganzen Werkes gehören.

DIE GESCHICHTE
VON DEM SCHLAUEN DIEBE

Es wird berichtet, daß einmal einer von den Schelmen der Araber in ein Haus eindrang, um Weizen von einem Kornhaufen zu stehlen, auf dem eine große kupferne Schale lag. Die Leute des Hauses aber bemerkten es und wollten ihn abfassen; da begrub er sich schnell unter der Schale in dem Weizen. So fanden sie ihn nicht und wandten sich zum Gehen; aber gerade wie sie hinausgehen wollten, drang ein gewaltiger Wind aus dem Weizen hervor. Da hoben sie die Schale auf und fanden den Dieb; doch wie sie ihn festhalten wollten, rief er: ‚Ich habe euch die Mühe des Suchens erspart, ich wollte euch den Weg zu meinem Verstecke zeigen. Darum laßt auch mich in Ruhe und habt Erbarmen mit mir, auf daß Allah sich eurer erbarme!' Da ließen sie ihn los und taten ihm nichts. –

Und eine andere Geschichte ähnlicher Art ist

DIE GESCHICHTE
VON DEM ALTEN GAUNER

Es lebte einmal ein alter Mann, der durch seine Gaunereien berühmt war. Der ging mit seinem Genossen auf einen der Märkte, und sie stahlen dort eine Menge von Stoffen. Dann trennten sie sich, und ein jeder von ihnen kehrte heim. Eine Weile darauf versammelte er eine Gesellschaft seiner Genossen, und als sie beim Trunke saßen, zog einer von ihnen ein kostbares Stück Tuch hervor und sprach: ‚Ist einer unter euch, der es wagt, dies Tuch auf demselben Markte zu verkaufen, von dem es gestohlen ist, auf daß wir ihm den Preis der Schlauheit zuerkennen?' Der Alte rief: ‚Ich!' Und die anderen sagten:

‚Wohlan denn, Allah der Erhabene lasse es gelingen!' Am nächsten Morgen nahm er das Stück und ging fort, bis er zu dem Markte kam, von dem es gestohlen war. Dort setzte er sich an den Laden, aus dem es weggenommen war und gab es dem Ausrufer. Als der es nun ausrief, erkannte es der frühere Besitzer und bot hoch darauf; dann schickte er zu dem Präfekten und der ließ den Mann, bei dem das Tuch war, festnehmen. Da er aber in ihm einen ehrbaren, gutgekleideten Mann von würdiger Erscheinung sah, so fragte er ihn: ‚Woher hattest du das Tuch?' Jener antwortete: ‚Von diesem Markte und aus diesem Laden, vor dem ich saß.' Weiter fragte der Präfekt: ‚Hatte sein Eigentümer es dir verkauft?' ‚Nein,' erwiderte der Alte, ‚ich hatte es gestohlen, dies und noch anderes dazu.' Darauf sagte der Präfekt: ‚Wie konntest du es denn wieder an die Stelle bringen, wo du es gestohlen hattest?' ‚Ich will meine Geschichte nur dem Sultan erzählen; und ich habe einen guten Rat, den ich ihm geben möchte.' ‚So nenne ihn!' ‚Bist du der Sultan?' ‚Nein!' ‚Ich will ihn aber nur dem Sultan sagen.' Darauf nahm der Präfekt ihn mit sich und führte ihn zum Sultan; und der Alte sprach: ‚Ich habe einen guten Rat für dich, o unser Gebieter!' Der Sultan fragte: ‚Welches ist dein Rat?' Und der Gauner gab zur Antwort: ‚Ich will bereuen und will euch alle Übeltäter ausliefern; und wen ich nicht zur Stelle schaffe, für den will ich bürgen.' Da rief der Sultan: ‚Legt ihm ein Ehrengewand um und nehmt sein Reuebekenntnis an!' Nachdem der Alte zu seinen Genossen zurückgekehrt war und ihnen die Geschichte erzählt hatte, erkannten sie ihm den Preis der Schlauheit zu, und sie gaben ihm, was sie ihm versprochen hatten. Dann nahm er den Rest des gestohlenen Guts und brachte es dem Sultan. Wie der ihn erblickte, nahm er ihn mit hohen Ehren auf und befahl, ihm nichts abzunehmen. Als er dann fortgegangen war, dachte der König immer weniger und weniger an ihn, bis die ganze Sache in Vergessenheit geriet; und so rettete er die Beute für sich.« –

* * *

Nachdem die Anwesenden ihre Verwunderung ausgesprochen hatten, trat der fünfzehnte Hauptmann vor und sprach: ‚Wisset, unter denen, die das Diebeshandwerk ausüben, gibt es auch solche, die Allah bei ihrem eigenen Zeugnisse wider sie selbst faßt.‘ Man fragte: ‚Wie ist das?‘ Und da erzählte er

DIE GESCHICHTE
DES FÜNFZEHNTEN WACHTHAUPTMANNS

Es wird von einem verwegenen Räuber berichtet, daß er allein auf Raub auszugehen und den Karawanen den Weg zu verlegen pflegte; und immer, wenn die Präfekten und die Machthaber ihn zu fassen suchten, floh er vor ihnen und verschanzte sich in den Bergen. Einst begab es sich, daß ein Mann die Straße zog, an der jener Räuber lauerte; und dieser Mann war allein, und er wußte nicht, welche Pein ihm dort bevorstand. Der Räuber aber überfiel ihn und rief: ‚Gib heraus, was du bei dir hast; ich kann dich töten, da gibt es kein Entrinnen!‘ Da sprach der Mann: ‚Töte mich nicht! Nimm diese Satteltaschen, teile, was darin ist, und behalte ein Viertel!‘ Doch der Räuber rief: ‚Ich will nur das Ganze haben!‘ ‚Nimm die Hälfte und laß mich frei!‘ sprach der Reisende; aber der Räuber bestand darauf: ‚Ich will nur das Ganze haben; und ich will dich obendrein töten.‘ Nun sagte der Mann: ‚So nimm es denn!‘ Der Räuber nahm die Satteltaschen und schickte sich an, den Mann zu töten. Da rief jener: ‚Was ist das? Du hast keine

Blutfehde wider mich, so daß du mich töten müßtest!' Aber der Räuber entgegnete ihm: ‚Ich muß dich dennoch umbringen.' Der Reisende sprang von seinem Pferde und wand sich vor dem Räuber und flehte ihn an und suchte ihn zu erweichen; doch der hörte nicht auf ihn, sondern warf ihn zu Boden. In seiner Todesangst rief der Mann: ‚O Feldhuhn, leg Zeugnis ab, daß dieser Mann mich ungerecht und grausam tötet, obgleich ich ihm all mein Gut gegeben und ihn gebeten habe, mich um meiner Kinder willen freizulassen; das hat er nicht tun wollen! Sei du mein Zeuge wider ihn; und Allah übersieht nicht die Missetat der Frevler!' Aber auch um diese Worte kümmerte der Räuber sich nicht; sondern er hieb auf ihn ein und schlug ihm den Kopf ab. Danach geschah es, daß die Machthaber sich mit ihm über seine Unterwerfung einigten; und als er zu ihnen kam, machten sie ihn reich, und der Statthalter des Sultans nahm sich seiner so an, daß er mit ihm zu essen und zu trinken pflegte. Lange währte die Freundschaft zwischen ihnen bei gemeinsamen Mahlen und Gelagen. Doch dann geschah es wundersamerweise, daß eines Tages, als der Statthalter des Sultans ein Gastmahl gab, auf dem Tische ein geröstetes Feldhuhn war. Wie der Räuber das sah, begann er laut zu lachen; der Statthalter ward ärgerlich darüber und sprach zu ihm: ‚Warum lachst du? Siehst du irgendeinen Fehler, oder machst du dich lustig über uns in deinem Mangel an guter Erziehung?' ‚Nein, bei Allah, mein Gebieter,' antwortete der Räuber, ‚ich sah nur das Feldhuhn dort, und es erinnerte mich an ein wunderbares Abenteuer. Ich pflegte nämlich in der Zeit meiner Jugend Wegelagerei zu treiben, und da begab es sich, daß ich einen Mann überfiel, der ein Paar Satteltaschen mit Geld bei sich hatte. Ich rief ihm zu: ‚Gib mir die Satteltaschen; ich will dich umbringen!' Doch er sprach:

‚Nimm ein Viertel von ihrem Inhalt und laß mir das übrige!‘
Ich entgegnete: ‚Ich muß alles haben und dich noch obendrein
töten.‘ Da rief er: ‚Nimm die Satteltaschen und laß mich meiner Wege ziehen!‘ Dennoch sprach ich zu ihm: ‚Ich muß dich
unweigerlich töten.‘ Während wir so miteinander redeten, sah
er plötzlich einen Vogel, und dem wandte er sich zu und sprach
zu ihm: ‚Leg Zeugnis ab wider ihn, o Feldhuhn, daß er mich
ungerecht tötet und mich nicht zu meinen Kindern ziehen läßt,
obgleich er all mein Gut genommen hat!‘ Doch ich hatte kein
Mitleid mit ihm und hörte nicht auf das, was er sagte, sondern
ich schlug ihn tot und kümmerte mich nicht um das Zeugnis
des Feldhuhns.‘ Darüber war der Statthalter des Sultans empört, mächtiger Zorn erfüllte ihn, und er zückte das Schwert,
und er hieb ein auf den Räuber und schlug ihm die Kehle
durch, daß sein Kopf zu Boden rollte, während er bei Tische
saß. Und siehe da, plötzlich sprach eine Stimme diese Verse:

> *Wenn du kein Übel willst, so tu nichts Übles;*
> *Tu Gutes, laß bei Gott Vergeltung ruhn!*
> *Was dir geschieht, ist dir von Gott beschieden;*
> *Doch deines Schicksals Wurzel ist dein Tun.*

Diese Stimme war die des Feldhuhns, das Zeugnis wider ihn
ablegte.‘[1]

Die Gesellschaft, die zugegen war, verwunderte sich und
alle riefen: ‚Weh dem Ungerechten!‘ Und zuletzt trat der
sechzehnte Hauptmann vor und erzählte

---

[1]. Man vergleiche hierzu ‚Die Kraniche des Ibykus‘.

DIE GESCHICHTE

DES SECHZEHNTEN WACHTHAUPTMANNS

Auch ich will euch noch eine wunderbare Geschichte erzählen.
Die war nämlich so. Ich zog eines Tages aus, um zu reisen; und
da traf ich einen Mann, dessen Gewohnheit es war, Wegelagerei zu treiben. Als er mir begegnete, wollte er mich totschlagen; doch ich sprach zu ihm: ‚Ich habe nichts bei mir,
von dem du Gewinn haben könntest.‘ Darauf erwiderte er
mir: ‚Mein Gewinn ist der, daß ich dir das Leben nehme.‘ Ich
fragte ihn: ‚Warum denn? Hat früher etwa Feindschaft zwischen uns bestanden?‘ ‚Nein,‘ gab er zur Antwort, ‚dennoch
muß ich dich unweigerlich töten.‘ Da flüchtete ich mich vor
ihm bis zum Ufer des Flusses; er aber folgte mir, warf mich zu
Boden und setzte sich mir auf die Brust. Ich flehte zum Schutz-
heiligen der Pilger und rief ihn an: ‚Schütze mich vor diesem
gewalttätigen Menschen!‘ Und siehe da, schon hatte er ein
Messer herausgezogen, um mir den Hals zu durchschneiden,
als plötzlich ein großes Krokodil aus dem Flusse hervorkam,
ihn von meiner Brust herunterriß und in die Fluten zurück-
tauchte; er hielt noch das Messer in der Hand, als er im Rachen
des Krokodils war, dann verschlangen ihn die Wasser. Ich aber
pries Allah den Erhabenen und dankte Ihm für meine Rettung,
da Er mich aus den Händen dieses Missetäters befreit hatte.‘

INHALT

DIE ERZÄHLUNGEN
AUS DEN TAUSENDUNDEIN NÄCHTEN
BAND V

DIE ERZÄHLUNGEN AUS DEN TAUSENDUNDEIN NÄCHTEN

VOLLSTÄNDIGE DEUTSCHE AUSGABE IN SECHS BÄNDEN

ZUM ERSTEN MAL
NACH DEM ARABISCHEN URTEXT
DER CALCUTTAER AUSGABE
AUS DEM JAHR 1839
ÜBERTRAGEN
VON ENNO LITTMANN

BAND V

WAS SCHEHREZÂD DEM KÖNIG SCHEHRIJÂR
IN DER
SIEBENHUNDERTUNDNEUNZEHNTEN BIS
ACHTHUNDERTUNDNEUNUNDNEUNZIG-
STEN NACHT
ERZÄHLTE

DIE GESCHICHTE VON ARDASCHÎR
UND HAJÂT EN-NUFÛS[1]

Einst lebte, o glücklicher König, in der Stadt Schiras ein mächtiger Herrscher; der hieß es-Saif el-A'zam[2] Schâh, und er war schon hochbetagt geworden, ohne daß ihm ein Sohn beschieden wäre. Deshalb versammelte er die Weisen und die Ärzte bei sich und sprach zu ihnen: ‚Seht, ich bin jetzt hochbetagt! Ihr wisset, wie es um mich und um das Reich und seine Leitung steht. Ich aber bin besorgt, was aus den Untertanen werden soll, wenn ich nicht mehr bin; denn bis jetzt ist mir noch kein Sohn beschert.' Da erwiderten sie: ‚Wir wollen dir einen Trank aus Heilkräutern bereiten, der dir helfen wird, so Allah der Erhabene will.' Nun bereiteten sie ihm einen solchen Trank, und er nahm ihn zu sich. Darauf ruhte er bei seiner Gemahlin, und sie empfing nach dem Willen Allahs des Erhabenen, der da spricht zu einem Dinge Werde! und es wird. Als ihre Monde erfüllet waren, brachte sie einen Knaben zur Welt, der war so schön wie der Mond; und sein Vater nannte ihn Ardaschîr.[3] Der wuchs auf und gedieh und ward in den Dingen des Wissens und der feinen Bildung unterrichtet, bis er fünfzehn Jahre alt war. Ferner lebte damals im Irak ein König des Namens 'Abd el-Kâdir[4]; und der hatte eine Tochter, so schön wie der aufgehende Vollmond, die Hajât en-Nufûs[5] geheißen war. Doch sie haßte die Männer, und man wagte es kaum, in ihrer

1. Diese Geschichte ist eine andere Fassung der Geschichte von Tâdsch el-Mulûk und der Prinzessin Dunja; vgl. Band II, Seite 7 bis 133. – 2. Das mächtigste Schwert. – 3. Das ist: Artaxerxes. Die Calcuttaer Ausgabe hat hier fälschlich Azdaschîr; in anderen Ausgaben ist dieser Fehler verbessert. – 4. Der Knecht des Allmächtigen. – 5. Das Leben der Seelen.

Gegenwart von den Männern zu sprechen. Selbst Perserkönige hatten um sie bei ihrem Vater gefreit; allein sooft er zu ihr davon redete, antwortete sie: ‚Das werde ich niemals tun! Wenn du mich aber dazu zwingst, so nehme ich mir das Leben.' Auch Prinz Ardaschîr vernahm von ihrem Ruhm, und er sprach zu seinem Vater davon. Der sah, daß der Prinz von Liebe zu ihr erfüllt war; und da er Mitleid mit ihm hatte, versprach er ihm von Tag zu Tage, ihn mit ihr zu vermählen. Er sandte auch seinen Wesir zu ihrem Vater, um ihre Hand zu erbitten; doch jener wies ihn ab. Als nun der Wesir von König 'Abd el-Kâdir zurückkam und seinem Herrn berichtete, wie es ihm ergangen war, und ihm meldete, daß sein Wunsch nicht erfüllt sei, ward der König erregt und ergrimmte gewaltig. Und er rief: ‚Soll meinesgleichen zu einem der Könige senden mit einer Bitte, ohne daß sie erfüllt wird?' Dann befahl er einem Herold, den Truppen zu verkündigen, sie sollten die Zelte ins Feld schaffen und sich mit allem Eifer rüsten, selbst wenn sie das Geld dafür borgen müßten. Und er sprach: ‚Ich will nicht eher umkehren, es sei denn, ich habe zuvor das Land des Königs 'Abd el-Kâdir verwüstet und seine Mannen erschlagen, seine Spur ausgetilgt und sein Gut als Beute davongetragen!' Wie davon die Kunde zu Ardaschîr kam, erhob er sich von seinem Lager, ging zu seinem Vater hinein, küßte den Boden vor ihm und sprach zu ihm: ‚Großmächtiger König, bemühe dich mit nichts dergleichen!' – –«

Da bemerkte Schehrezâd, daß der Morgen begann, und sie hielt in der verstatteten Rede an. Doch als die *Siebenhundertundzwanzigste Nacht* anbrach, fuhr sie also fort: »Es ist mir berichtet worden, o glücklicher König, daß der Prinz, als jene Kunde zu ihm kam, zu seinem Vater hineinging, den Boden vor ihm küßte und zu ihm sprach: ‚Großmächtiger König, bemühe dich mit nichts dergleichen! Sende diese Helden und diese Truppen nicht aus; verschwende dein Geld nicht; denn du bist stärker als er! Wenn du dies Heer wider ihn aussendest, so wirst du seine Länder und Städte verwüsten, seine Mannen und Helden erschlagen und sein Gut als Beute heimtragen; ja, auch er selbst wird umkommen. Wenn aber dann seine Tochter erfährt, was ihrem Vater und seinem Volke ihretwegen widerfahren ist, so wird sie sich selbst das Leben nehmen; und ich werde um ihretwillen sterben, denn nach ihrem Tode kann ich nimmermehr leben.' Da fragte ihn der König: ‚Und was gedenkst zu tun, mein Sohn?' ‚Ich will mich in meiner Sache selbst auf den Weg machen,' antwortete der Prinz; ‚ich will mich als Kaufmann verkleiden und eine List ersinnen, wie ich zu ihr gelange, und dann will ich sehen, wie ich meinen Wunsch bei ihr erreichen kann.' ‚Bist du zu diesem Plan fest entschlossen?' fragte der König weiter; und der Prinz gab ihm zur Antwort: ‚Jawohl, mein Vater!' Nun berief der König den Wesir und sprach zu ihm: ‚Reise du mit meinem Sohne, mit ihm, der die Wonne meines Herzens ist, und hilf ihm, sein Ziel zu erreichen! Behüte ihn und leite ihn durch deinen rechten Rat; denn du bist mein Stellvertreter bei ihm!' ‚Ich höre und gehorche!' erwiderte der Wesir; und dann gab der König seinem Sohne dreihunderttausend Golddinare, ferner gab er ihm Juwelen, Ringsteine, Schmucksachen, Kaufmannsgüter, Vorräte und dergleichen mehr. Darauf trat der Prinz bei seiner Mutter ein, küßte ihr die Hände und bat um ihren Segen. Nachdem sie ihn gesegnet hatte, ging sie alsbald hin und öffnete ihre Schatzkammer; daraus holte sie für ihn allerlei Schätze, Halsbänder, Schmucksachen, Kleinodien und alle die Dinge, die aus den Zeiten der früheren Könige dort aufgespeichert waren und die nicht mit Geld bezahlt werden konnten. Und er selbst nahm von seinen Mamluken und Sklaven und Saumtieren, so viele er für die Reise nötig hatte, dazu noch mancherlei anderes; und schließlich verkleidete er sich und den Wesir und ihre Begleiter als Kaufleute. Darauf nahm er Abschied von seinen Eltern, seinen Verwandten und Freunden; und sie zogen dahin durch Steppen und Wüsteneinsamkeit bei Tag und Nacht zu jeglicher Zeit. Als ihm nun der Weg lang ward, sprach er die Verse:

> Die Sehnsucht meiner Liebe und das Siechtum wachsen;
> Ich habe keinen Helfer in der Not der Zeit.
> Ich schaue der Plejaden und der Fische Aufgang,
> Dem frommen Beter gleich, im großen Liebesleid.
> Ich spähe nach dem Morgenstern; und wenn er leuchtet,
> Wird immer heißre Liebesglut in mir entfacht.
> So wahr du lebst, ich will von deiner Lieb nicht lassen,
> Ich liebeskranker Mann, des Auge allzeit wacht.
> Ist auch mein Ziel noch fern, wächst auch in mir die Schwäche,
> Will mir auch, fern von dir, Geduld nicht Hilfe leihn,
> So harr ich dennoch aus, bis Allah uns vereinet;
> Drob sollen Feind und Neider schwer bekümmert sein!

Kaum hatte er diese Verse gesprochen, da sank er in Ohnmacht; doch nach einer Weile, als der Wesir ihn mit Rosenwasser besprengt hatte, erwachte er, und jener sprach zu ihm: ‚O Prinz, fasse dich in Geduld; denn der Lohn der Geduld ist die Freude! Sieh, du bist ja auf dem Wege zu dem, was du wünschest!‘ So redete er ihm immer gut zu und tröstete ihn, bis sein Herz sich beruhigte; und sie zogen eilends weiter. Doch wieder währte dem Prinzen die Reise zu lang, und er gedachte seiner Geliebten und sprach diese Verse:

> Die Trennung währt so lang, es wachsen Qual und Sorgen;
> Mein Herz wird von der Glut des Feuers ganz verbrannt.
> Und grau wird mir das Haupt durch all, was ich erdulde
> An Leid, und Tränen rinnen ob der Augen Rand.

Ich schwöre es, mein Wunsch, du Endziel meiner Hoffnung,
Bei Ihm, der alles schuf, darunter Zweig und Blatt:
Ich trage alle Qual von dir, o meine Hoffnung,
Wird unter Menschen auch, wer liebt, des Tragens matt!
Nun fragt nach mir die Nacht: sie wird es euch bekunden,
Ob in der langen Nacht mein Lid den Schlaf gefunden!

Nachdem er diese Verse beendet hatte, weinte er bitterlich
und klagte ob der schweren Liebesqual, die er dulden mußte;
aber der Wesir gab ihm gute Worte und tröstete ihn und versprach ihm, er werde sein Ziel erreichen. Dann zogen sie noch
wenige Tage weiter, bis sie die Weiße Stadt erblickten, bald
nach Sonnenaufgang. Da sprach der Wesir zum Prinzen:
,Freue dich, Königssohn, über alles Gute! Sieh, dies ist die
Weiße Stadt, die du suchest.' Darob war der Prinz hocherfreut,
und er sprach diese Verse:

Ihr Freunde, seht, mein Herz ist wie von Liebe irre,
Und meine Sehnsucht bleibt; die Qual verläßt mich nicht.
Ich klag wie der Verwaiste, den der Kummer wecket;
Die Lieb hat keinen Tröster, wenn die Nacht anbricht.
Doch wenn die Winde schon aus deinem Lande wehen,
So fühle ich die Kühlung, die dem Herzen naht.
Und meine Lider rinnen wie die Regenwolken;
Mein Herze schwimmt im Meer, das sich ergossen hat!

Als sie dann zu der Weißen Stadt gelangten, zogen sie dort ein
und fragten nach dem Chân der Kaufleute, der Stätte der
Handelsherren. Man wies ihnen den Weg dorthin; sie stiegen
dort ab und mieteten sich drei Magazine. Und nachdem sie
die Schlüssel erhalten hatten, schlossen sie auf und brachten
ihre Waren und Güter dort unter. Sie blieben im Chân, bis
sie sich ausgeruht hatten; dann aber begann der Wesir über
einen Plan nachzusinnen, wie er die Sache des Prinzen fördern
könne. – – «

Da bemerkte Schehrezâd, daß der Morgen begann, und sie hielt in der verstatteten Rede an. Doch als die *Siebenhundertundeinundzwanzigste Nacht* anbrach, fuhr sie also fort: »Es ist mir berichtet worden, o glücklicher König, daß damals, als der Wesir und der Prinz im Chân abgestiegen waren und ihre Waren in den Magazinen untergebracht und dort ihren Dienern Wohnung gegeben hatten, dann auch selbst eine Weile geblieben waren, um sich auszuruhen, nunmehr der Wesir begann, über einen Plan nachzusinnen, wie er die Sache des Prinzen fördern könne. Und er sprach zu ihm: ‚Mir kommt etwas in den Sinn, und ich glaube, darin liegt das Gelingen für dich, so Allah der Erhabene will.‘ Der Prinz antwortete ihm: ‚O Wesir, der weisen Ratgeber Zier, tu, was sich dir in Gedanken darbietet, und Allah möge deinen Plan zum Rechten leiten!‘ Und der Wesir fuhr fort: ‚Ich will dir einen Laden im Basar der Tuchhändler mieten, in dem du dich niederlassen kannst. Denn alle, Vornehme wie Geringe, müssen in den Basar kommen; und ich denke, wenn du in dem Laden sitzest und die Leute dich mit eigenen Augen sehen, so werden die Herzen sich zu dir wenden und du wirst imstande sein, deine Absicht zu vollenden. Du bist ja schön anzuschauen; die Blicke werden durch dich entzückt, und die Seelen werden zu dir entrückt!‘ ‚Tu, was du willst und wünschest!‘ erwiderte der Prinz. Darauf begann der Wesir alsbald seine prächtigsten Gewänder anzulegen, und der Königssohn tat desgleichen; er tat aber auch einen Beutel mit tausend Goldstücken in seine Brusttasche. Dann gingen die beiden fort und wanderten in der Stadt umher; und die Leute schauten sie an und staunten ob der Schönheit des Prinzen und riefen: ‚Preis sei Ihm, der diesen Jüngling erschaffen hat aus verächtlichem Wasser!‘[1] Gesegnet

1. Koran, Sure 77, Vers 20.

sei Allah, der beste der Schöpfer!'¹ Viel ward über ihn gesprochen; einige sagten: ‚Das ist kein Sterblicher, das ist nichts anderes als ein edler Engel.'² Andere aber sprachen: ‚Hat vielleicht Ridwân, der Hüter des Paradieses, das Tor des Himmelsgartens außer acht gelassen, so daß dieser Jüngling von dorten herabgekommen ist?' Und das Volk folgte den beiden zum Tuchmarkte, bis sie dort eintraten und stehen blieben. Nun trat ein alter Mann von hoheitsvollem und würdigem Aussehen an sie heran und begrüßte sie; und nachdem sie seinen Gruß erwidert hatten, sprach er zu ihnen: ‚Meine Herren, habt ihr vielleicht einen Wunsch, durch dessen Erfüllung wir uns selbst ehren könnten?' ‚Wer bist du, o Scheich?' fragte der Wesir; und der Alte erwiderte: ‚Ich bin der Vorsteher des Basars.' Da fuhr der Wesir fort: ‚Wisse, o Scheich, dieser Jüngling ist mein Sohn, und ich möchte für ihn in diesem Basar einen Laden mieten, damit er sich dort niederlassen und Kauf und Verkauf, Geben und Nehmen lernen kann und die Gewohnheiten der Kaufleute annehme.' ‚Ich höre und gehorche!' sprach der Vorsteher, ließ alsbald den Schlüssel eines Ladens bringen und befahl den Maklern, ihn zu fegen. Nachdem sie ihn sauber und rein gefegt hatten, ließ der Wesir für den Laden ein hohes Polster kommen, das mit Straußenfedern gefüllt war; darauf lag ein kleiner Gebetsteppich, und ringsherum war die Borte mit rotem Golde bestickt. Ferner ließ er ein Kissen bringen und so viel von den Waren und Stoffen, die er hatte, daß der Laden gefüllt ward. Am nächsten Tag war der Prinz zur Stelle, öffnete den Laden, setzte sich auf jenes Polster und stellte vor sich zwei Mamluken auf, die mit den schönsten Gewändern bekleidet waren, und unten im Laden zwei schwarze Sklaven von den schönsten der Abessinier. Der Wesir

1. Sure 23, Vers 14. – 2. Sure 12, Vers 31.

aber hatte ihm eingeschärft, sein Geheimnis vor den Leuten zu hüten, auf daß er so ein Mittel fände, sein Ziel zu erreichen; dann hatte er ihn verlassen und war zu den Magazinen gegangen, nachdem er ihn auch noch gebeten hatte, ihm alles, was im Laden vor sich gehen würde, Tag für Tag mitzuteilen. So saß nun der Jüngling da in seinem Laden, schön wie der Mond zur Zeit seiner Fülle. Die Leute aber hörten von ihm und von seiner Schönheit reden, und sie strömten zu ihm hin, ohne kaufen zu wollen, ja, sie drängten sich im Basar, nur um seine Schönheit und Lieblichkeit und seines Wuchses Ebenmäßigkeit zu bewundern und um Allah den Erhabenen, der ihn geformt und geschaffen hatte, zu preisen. Und schließlich konnte niemand mehr durch jene Marktstraße gehen, weil eine so große Volksmenge bei ihm sich sammelte. Der Prinz aber schaute nach rechts und nach links; denn er war verwirrt durch die vielen Menschen, die ihn anstaunten, und er hoffte zugleich, er möchte mit jemandem Bekanntschaft schließen, der dem Hofe nahestehe und der ihm etwas über die Prinzessin mitteilen könne. Doch er fand keine Gelegenheit dazu, und deshalb ward ihm die Brust beengt. Derweilen versprach der Wesir ihm tagtäglich, er werde sein Ziel erreichen. So blieb es eine lange Weile. Eines Tages jedoch, als er in seinem Laden saß, kam eine alte Frau des Wegs, eine vornehme, hoheitsvolle und ehrwürdige Gestalt, die mit den Gewändern der Frommen bebekleidet war; und hinter ihr gingen zwei dienende Frauen, wie Monde anzuschauen. Sie blieb vor dem Laden stehen, betrachtete den Jüngling eine Weile und rief dann: ‚Preis sei Ihm, der dies Antlitz gestaltete und dieses Werkes waltete!‘ Darauf grüßte sie ihn; er gab ihr den Gruß zurück und bat sie, sich neben ihm niederzusetzen. Nun fragte sie ihn: ‚Aus welchem Lande kommst du, o Jüngling mit dem schönen Antlitz?‘ ‚Aus

14

indischen Landen, meine Mutter,' erwiderte er; ,ich bin in diese Stadt gekommen, um mich in der Welt umzuschauen.' Sie sprach: ,Dein Besuch ist uns eine Ehre!' Dann fuhr sie fort: ,Was hast du bei dir an Waren, Gütern und Stoffen? Zeige mir etwas Schönes, wie es für Könige paßt!' Als er ihre Worte vernahm, sagte er: ,Wünschest du, daß ich dir die schönen Sachen vorlege? Ich habe Dinge, die sich für jeden Stand eignen.' ,Mein Sohn,' antwortete sie ihm, ,ich wünsche etwas, das hoch an Wert und schön von Aussehen ist, das Beste, was du hast.' Doch er entgegnete ihr: ,So mußt du mir denn sagen, für wen du die Ware haben willst, damit ich dir etwas vorlege, das dem Stande des Käufers entspricht.' ,Du hast recht, mein Sohn,' erwiderte sie, ,ich wünsche etwas für meine Herrin Hajât en-Nufûs, die Tochter des Königs 'Abd el-Kâdir, des Herrn dieses Landes und Königs dieser Stadt.' Kaum hatte der Prinz das Wort aus ihrem Munde gehört, da ward er vor Freude wie von Sinnen, und sein Herz begann zu pochen. Und er streckte seine Hand hinter sich, ohne seinen Mamluken oder seinen Sklaven einen Befehl zu geben, holte einen Beutel mit hundert Dinaren hervor und reichte ihn der Alten, indem er sprach: ,Dieser Beutel ist für die Wäsche deiner Kleider.' Darauf streckte er seine Hand aus nach einem Päckchen und holte aus ihm ein Gewand hervor, das zehntausend Dinare oder noch mehr wert war, und sprach zu der Alten: ,Dies ist etwas von dem, was ich in euer Land mitgebracht habe.' Als sie es erblickte, hatte sie Gefallen daran, und sie fragte: ,Wie hoch ist der Preis dieses Gewandes, o du Jüngling von vollkommener Art?' ,Es kostet nichts', gab er ihr zur Antwort; doch sie dankte ihm und wiederholte ihre Frage. Da sprach er: ,Bei Allah, ich nehme keinen Preis dafür. Ich gebe es dir zum Geschenk, wenn die Prinzessin es nicht annehmen will; dann sei es meine Gastgabe für dich. Preis sei Allah, der uns zusammengeführt hat, so daß ich in dir, wenn ich eines Tages einer Sache bedarf, eine Helferin finde, um sie zu erlangen.' Die Alte wunderte sich über diese feinen Worte, über seine hohe Vornehmheit und seine übergroße Höflichkeit; und sie fragte ihn: ,Wie heißest du, mein Herr?' ,Ardaschîr', antwortete er; und sie fuhr fort: ,Bei Allah, das ist ein seltener Name! So werden die Söhne der Könige genannt, du aber hast die Tracht der Söhne der Kaufleute.' Er sagte darauf: ,Weil mein Vater mich so sehr lieb hatte, gab er mir diesen Namen. Aber ein Name besagt doch nichts.' Die Alte war immer noch voller Verwunderung, und sie bat ihn: ,Mein Sohn, nimm doch den Preis für deine Ware!' Doch er schwor, er wolle nichts nehmen. Dann hub sie an: ,Mein Freund, wisse, die Wahrheit ist das höchste aller Dinge. Diese Freigebigkeit, die du an mir übest, kann nur aus einem bestimmten Grunde stammen. Drum tu mir kund, wie es um dich steht, und was du bei dir in Gedanken verbirgst. Vielleicht hast du einen Wunsch, zu dessen Erfüllung ich dir verhelfen kann.' Da legte er seine Hand in die ihre und ließ sie Verschwiegenheit schwören; dann erzählte er ihr seine ganze Geschichte von seiner Liebe zu der Prinzessin und dem Leide, das er um ihretwillen erduldete. Die Alte jedoch schüttelte ihr Haupt und erwiderte ihm: ,Das mag recht sein; aber, mein Sohn, die Weisen sagen in dem bekannten Sprichwort: Wenn du willst, daß man dir Gehorsam leiht, so befiehl nicht ein Ding der Unmöglichkeit! Und du, mein Sohn, dein Name ist Kaufmann; und hättest du auch die Schlüssel zu den verborgenen Schätzen, du würdest doch immer nur Kaufmann genannt werden. Wenn du einen Rang erhalten willst, der höher ist als dein eigener, so bewirb dich um die Tochter eines Kadis oder gar eines Emirs! Warum mußt du denn, mein Sohn, nach der Tochter des größten Königs unseres ganzen Zeitalters streben? Sie ist noch Jungfrau, sie kennt nichts von den Dingen der Welt und hat in ihrem ganzen Leben noch nichts anderes gesehen als den Palast, darinnen sie wohnt. Und ob sie gleich jung an Jahren ist, so ist sie doch verständig, klug, einsichtsvoll, scharfsinnig, ja, sie hat einen trefflichen Verstand, sie ist gewandt zur rechten Tat, und immer sicher ist ihr Rat. Ihrem Vater ward kein anderes Kind beschert als sie, und sie ist ihm teurer als sein Leben; jeden Tag kommt er zu ihr und wünscht ihr einen guten Morgen, und alle, die im Schlosse sind, fürchten sich vor ihr. Glaub also nicht, mein Sohn, daß irgend jemand ein solches Wort an sie richten könnte; ich habe auch keine Möglichkeit dazu! Bei Allah, mein Sohn, mein Herz, ja mein ganzes Inneres liebt dich, und ich wünsche so sehr, daß du bei ihr sein könntest. Doch ich will dir etwas kundtun, durch das Allah vielleicht dir die Heilung deines Herzens gewährt, ja, ich will für dich mein Leben und mein Gut aufs Spiel setzen, bis daß ich dir deinen Wunsch erfülle.' ‚Und was ist das, meine Mutter?' fragte er. Sie antwortete: ‚Erbitte von mir die Tochter eines Wesirs oder die Tochter eines Emirs. Wenn du dergleichen von mir erbittest, so will ich dir deinen Wunsch gewähren. Aber es ist unmöglich, daß jemand von der Erde zum Himmel mit einem einzigen Sprunge emporstiege.' Darauf sagte der Jüngling zu ihr höflich und verständig: ‚Meine Mutter, du bist eine kluge Frau, und du weißt, wie die Dinge gehen. Sag, wird ein Mann, wenn ihm sein Kopf weh tut, sich die Hand verbinden?' ‚Nein, bei Allah, mein Sohn', erwiderte sie; und er fuhr fort: ‚Ebenso wünscht auch mein Herz keine andere als sie, und nur die Liebe zu ihr hat mich dem Tode nahe gebracht. Ja, bei Allah, ich bin bald ein verlorener Mann, wenn ich nicht die Leitung eines Helfers finden kann. Ich bitte dich um Allahs willen, meine Mutter, erbarme dich meiner Fremdlingseinsamkeit und meiner strömenden Tränen Herzeleid!' – «

Da bemerkte Schehrezâd, daß der Morgen begann, und sie hielt in der verstatteten Rede an. Doch als die *Siebenhundertundzweiundzwanzigste Nacht* anbrach, fuhr sie also fort: »Es ist mir berichtet worden, o glücklicher König, daß Ardaschîr, der Königssohn, zu der Alten sprach: ‚Ich bitte dich um Allahs willen, meine Mutter, erbarme dich meiner Fremdlingseinsamkeit und meiner strömenden Tränen Herzeleid!' ‚Bei Allah, mein Sohn,' gab sie ihm zur Antwort, ‚mein Herz wird zerrissen durch diese deine Worte; und dennoch steht in meiner Gewalt keine List, die ich ausführen könnte.' Da sagte er: ‚Ich möchte, daß du in deiner Güte dies Blatt von mir entgegennehmest und es ihr bringest und ihr in meinem Namen die Hände küssest!' Nun hatte sie Mitleid mit ihm und sprach zu ihm: ‚Schreib darauf, was du willst; und ich will es ihr bringen!' Als er das hörte, ward er vor Freude fast wie von Sinnen; und er rief nach Tintenkapsel und Papier und schrieb diese Verse an die Prinzessin:

> *Hajât en-Nufûs, o gewähr deine Nähe*
> *Dem Freund in der Trennung verzehrendem Schmerz!*
> *Einst lebt ich in Wonne und herrlicher Freude;*
> *Doch jetzt bin ich krank, und verirrt ist mein Herz.*
> *Ich kenne nur Wachen in endlosen Nächten;*
> *Gesell ist der Gram mir zu jeglicher Stund.*
> *Erbarm dich des Liebenden, Kranken, Geplagten!*
> *Er weinte vor Sehnsucht die Lider sich wund.*
> *Und stellet dann endlich der Morgen sich ein,*
> *So ist er berauscht von der Leidenschaft Wein.*

Nachdem er den Brief beendet hatte, faltete er ihn, küßte ihn und gab ihn der Alten. Dann streckte er die Hand aus nach einer Truhe und holte aus ihr einen zweiten Beutel heraus, der auch hundert Goldstücke enthielt. Den gab er ihr, in dem er sprach: ‚Verteile dies unter die Sklavinnen!‘ Sie aber weigerte sich und rief: ‚Bei Allah, mein Sohn, ich bin nicht um solcher Dinge willen bei dir!‘ Da dankte er ihr und sagte: ‚Du mußt ihn dennoch annehmen.‘ So nahm sie ihn denn von ihm entgegen, küßte seine Hände und wandte sich zum Gehen.

Als sie bei der Prinzessin eintrat, sprach sie: ‚Meine Gebieterin, ich habe dir etwas mitgebracht, dessengleichen bei den Leuten unserer Stadt nicht zu finden ist; es kommt von einem schönen Jüngling, wie es auf dem Angesichte der Erde keinen herrlicheren gibt.‘ Da fragte die Prinzessin: ‚Liebe Amme, woher ist denn dieser Jüngling?‘ Und die Alte erwiderte: ‚Er ist aus indischen Landen; er hat mir dies Prunkgewand gegeben, das mit Gold durchwirkt und mit Perlen und Edelsteinen besetzt ist und das so viel wert ist wie das Reich des Perserkönigs und des Kaisers von Rom.‘ Und kaum hatte sie es entfaltet, da erglänzte das ganze Schloß von dem Lichte jenes Gewandes; so herrlich war es gewirkt, und so reich waren die Edelsteine und Juwelen, mit denen es bestickt war. Alle, die im Schlosse waren, erstaunten darüber; auch die Prinzessin betrachtete es, und sie schätzte die Höhe seines Wertes auf nicht weniger als den vollen jährlichen Betrag der Einkünfte aus ihres Vaters Reich. Dann sprach sie zu der Alten: ‚Liebe Amme, kommt dies Gewand von ihm selber oder von einem anderen?‘ ‚Von ihm selber‘, erwiderte jene; und die Prinzessin fragte weiter: ‚Liebe Amme, ist dieser Kaufmann aus unserer Stadt oder ist er ein Fremdling?‘ Die Alte antwortete: ‚Er ist ein Fremdling, meine Herrin, und er ist erst vor kurzem in unsere Stadt gekommen. Und bei Allah, er hat Gefolge und

Diener, er ist schön von Angesicht, von ebenmäßigem Wuchs, von edler Art und hoher Gesinnung, und nach dir ist er der schönste Mensch, den ich je gesehen habe.' Da sagte die Prinzessin: ,Es ist doch wahrlich ein sonderbar Ding, daß ein solches Prachtgewand, das gar nicht mit Geld bezahlt werden kann, in den Händen eines Kaufmanns ist. Wie hoch ist denn der Preis, den er dir dafür genannt hat, liebe Amme?' Die Alte erwiderte: ,Bei Allah, meine Herrin, er hat mir die Höhe des Preises gar nicht genannt, sondern er sagte zu mir: ,Ich nehme kein Geld dafür an; es ist ein Geschenk von mir für die Prinzessin, denn es gebührt nur ihr allein.' Und dann wies er das Gold zurück, das du mir mitgegeben hattest, und schwor, er könne es nicht annehmen, indem er noch hinzufügte: ,Es soll dir gehören, wenn die Prinzessin es nicht annimmt.' Da rief die Prinzessin: ,Bei Allah, das ist wirklich eine gewaltige Freigebigkeit und eine hohe Großmut! Aber ich befürchte den Ausgang des Ganzen; vielleicht wird er gar in Not geraten. Warum hast du ihn nicht gefragt, liebe Amme, ob er irgendeinen Wunsch habe, den wir ihm erfüllen können?' ,Meine Gebieterin,' antwortete die Alte, ,ich habe ihn gefragt, ob er einen Wunsch habe; und da sagte er mir, er habe wohl einen Wunsch, doch er tat ihn mir nicht kund, sondern er gab mir nur dies Blatt mit den Worten: ,Überreiche es der Prinzessin!' Hajât en-Nufûs nahm den Brief, entfaltete ihn und las ihn bis zum Schlusse. Doch da war sie wie verwandelt, sie war fast von Sinnen, und ihre Farbe erblich. Und sie schrie die Alte an: ,Weh dir, du Amme! Wie heißt dieser Hund, der einer Prinzessin solche Worte zu schreiben wagt? Welche Verwandtschaft besteht zwischen mir und diesem Hunde, daß er mir Briefe senden dürfte? Bei Allah, der mächtig das All umspannt, dem Herrn des Zemzem-Brunnens[1]

1. Vgl. Anmerkung in Band I, Seite 325 und Seite 752.

und der heiligen Wand[1], fürchtete ich nicht Gott den Erhabenen, ich schickte hin und ließe diesem Hund die Hände auf den Rücken binden, die Nüstern aufschlitzen und die Nase samt den Ohren abschneiden und ihn hernach als warnendes Beispiel kreuzigen am Tore des Basars, in dem sein Laden ist!' Wie die Alte diese Worte vernahm, erblich sie; ihr ganzer Leib zitterte, und ihre Zunge klebte ihr am Gaumen fest. Dann aber faßte sie sich ein Herz und sprach: ,Sanft, meine Herrin! Was ist denn an diesem Briefe, daß er dich so sehr erregt? Ist er etwas anderes als eine Bittschrift, die er an dich richtet, in der er sich über Armut oder Bedrückung beklagt und durch die er auf deine Güte und auf Befreiung aus der Not hofft?' ,Nein, bei Allah, meine Amme,' erwiderte die Prinzessin, ,es sind Verse und gemeine Worte. Doch, Amme, bei diesem Hunde ist nur eines von drei Dingen möglich: entweder er ist besessen und hat keinen Verstand, oder er sucht seinen eigenen Tod, oder er hat in seinem Unterfangen gegen mich einen Helfer von starker Kraft und gewaltiger Macht. Oder sollte er vielleicht gehört haben, ich sei eine von den Dirnen dieser Stadt, die eine Nacht oder zwei Nächte verweilt bei dem, der ihrer begehrt, daß er mir gemeine Verse zu senden wagt, um meinen Verstand durch solche Dinge zu betören?' Die Alte sagte darauf: ,Bei Allah, meine Herrin, du hast recht! Doch kümmere dich nicht um diesen törichten Hund! Du sitzest ja in deinem hochragenden und unnahbaren Schlosse, über das nicht einmal die Vögel fliegen noch der Wind hinstreichen kann. Er ist sicher ganz verstört; schreib ihm nur einen Brief und schilt ihn, erspare ihm keinerlei Vorwurf, sondern drohe ihm mit den Äußersten und halt ihm den Tod vor

[1]. Die ,heilige Wand' ist eine halbkreisförmige Mauer auf der Nordwestseite der Kaaba; sie umschließt die Gräber Ismaels und Hagars.

Augen! Sprich zu ihm: ‚Woher weißt du von mir, daß du mir zu schreiben wagst, du Hund von einem Kaufmann, der du zeit deines Lebens in Wüsten und Einöden dich umhertreibst, um einen Dirhem zu verdienen oder einen Dinar? Bei Allah, wenn du nicht aus deinem Schlafe erwachst und aus deinem Rausche wieder zu dir kommst, so lasse ich dich kreuzigen am Tore des Basars, in dem dein Laden steht.‘ Doch die Prinzessin entgegnete: ‚Ich fürchte, wenn ich ihm schreibe, so wird er noch verwegener.‘ Da sagte die Alte: ‚Welchen Rang, welchen Stand hat er denn, daß er gegen uns verwegen werden könnte? Wir schreiben ihm ja nur, damit seine Vermessenheit aufhört und seine Furcht größer wird!‘

In dieser Weise redete sie immer weiter mit List auf die Prinzessin ein, bis sie Tintenkapsel und Papier bringen ließ und ihm diese Verse schrieb:

> Der du nach Liebe suchst und nach der Qual des Wachens,
> Die in den langen Nächten Herz und Sinn verzehrt,
> Erstrebest du, Vermeßner, dich dem Mond zu nahen –
> Ja, wird denn einem Mann sein Wunsch vom Mond gewährt?
> Wohlan, ich rate dir; drum hör auf meine Worte:
> Laß ab, du bist umringt von Tod und von Gefahr!
> Kommst du mit dieser Bitte wiederum, so wisse,
> Dir naht von mir die Strafe schwerster Qual, fürwahr!
> Bei Ihm, der alle Dinge aus dem Nichts geschaffen
> Und der den Himmel schmückte mit der Sterne Zier,
> Wenn du noch einmal kommst mit dem, was du gesagt hast –
> Den Kreuzestod am Baumesstamm bereit ich dir!
> Sei sittsam, klug, vernünftig, handle mit Verstand!
> Der Rat durch meiner Verse Wort ist dir bekannt.[1]

1. Die letzten beiden Zeilen stehen im Original vier Zeilen vorher; sie passen jedoch besser an das Ende des Gedichtes. In der Parallele Band II, Seite 103, fehlen sie ganz.

Dann faltete sie den Brief und gab ihn der Alten; die nahm ihn hin und ging durch die Stadt, bis sie zu dem Laden des Jünglings kam; dort überreichte sie ihm die Botschaft. – –«

Da bemerkte Schehrezâd, daß der Morgen begann, und sie hielt in der verstatteten Rede an. Doch als die *Siebenhundert-unddreiundzwanzigste Nacht* anbrach, fuhr sie also fort: »Es ist mir berichtet worden, o glücklicher König, daß die Alte, nachdem sie den Brief von Hajât en-Nufûs hingenommen hatte und durch die Stadt gegangen war und dem Jüngling in seinem Laden die Botschaft überreicht hatte, zu ihm sprach: ,Nun lies deine Antwort! Wisse aber, als sie deinen Brief gelesen hatte, da war sie sehr zornig; dann habe ich sie durch Worte so lange beruhigt, bis sie dir die Antwort schickte.' Erfreut nahm er den Brief hin, las ihn und verstand seinen Sinn. Als er ihn aber zu Ende gelesen hatte, weinte er bitterlich. Darob tat der Alten das Herz weh, und sie sprach: ,Mein Sohn, Allah lasse deine Augen nimmer weinen, noch auch dein Herz trauern! Was kann denn freundlicher sein, als daß sie deinen Brief beantwortete, nachdem du dich eines solchen Tuns vermessen hattest?' Der Jüngling erwiderte: ,Liebe Mutter, was für eine feinere List soll ich denn anwenden als diese, nun, da sie mir in ihrer Botschaft mit dem Tode am Kreuze droht und mir verbietet, ihr zu schreiben? Ich sehe, bei Allah, mir wäre der Tod besser als das Leben; doch ich bitte dich, nimm in deiner Güte noch diesen Brief von mir und trag ihn zu ihr!' ,Schreib nur,' erwiderte sie, ,ich verbürge mich für eine Antwort! Bei Allah, ich will mein Leben für dich wagen, damit du dein Ziel erreichest, und sollte ich auch umkommen dir zuliebe.' Er dankte ihr, küßte ihr die Hände und schrieb dann diese Verse:

> *Du drohest mich zu töten, nur weil ich dich liebe.*
> *Doch Sterben ist Gewinn, der Tod ist ja bestimmt.*

Wer liebt, dem ist der Tod mehr wert als langes Leben,
Das einem Abgewies'nen alle Hoffnung nimmt.
Wenn du den Freund besuchst, der keinen Helfer findet,
Bedenk, dem guten Tun der Menschen winkt der Lohn!
Allein wenn du auf deinem Tun beharrst, so wisse,
Ich bin dein Knecht; der Sklave liegt in Banden schon.
Was soll ich tun, da mir ohn dich Geduld entschwindet?
Wenn Lieb das Herze zwingt, wie kann es anders sein?
Erbarm dich seiner, Herrin, den die Lieb verzehrte:
Denn jedem, der die Edlen liebt, ist zu verzeihn!

Dann faltete er den Brief und gab ihn der Alten, und zugleich
reichte er ihr zwei Beutel, die zweihundert Dinare enthielten.
Sie wollte sie nicht annehmen, aber als er sie beschwor, tat sie
es doch und sagte: ‚Ich muß dir gewißlich zu deinem Ziele verhelfen, deinen Feinden zum Trotze!‘

Darauf ging sie fort, trat zu Hajât en-Nufûs ein und überreichte ihr den Brief. Doch die Prinzessin sprach: ‚Was ist denn
dies, meine Amme? Sind wir schon so weit gekommen, daß
wir im Briefwechsel stehen und du zwischen uns hin und her
gehst? Ich fürchte, die Sache wird ruchbar werden, so daß wir
in Schande geraten.‘ ‚Wieso denn, meine Gebieterin? Wer
darf ein solches Wort sprechen?‘ fragte die Alte. Die Prinzessin nahm den Brief von ihr hin, und als sie ihn gelesen und
seinen Inhalt verstanden hatte, schlug sie die Hände aufeinander und rief: ‚Dies ist doch wirklich eine Plage für uns! Und
wir wissen nicht einmal, wie wir zu diesem Jüngling gekommen sind!‘ Die Alte erwiderte: ‚Meine Herrin, ich bitte dich
um Allahs willen, schreib ihm noch einen Brief; aber gib ihm
harte Worte! Sag ihm: Wenn du mir noch einen Brief schickst,
so lasse ich dir den Kopf abschlagen.‘ Da sprach die Prinzessin
zu ihr: ‚Liebe Amme, ich weiß, daß die Sache auf diese Weise
zu keinem Ende kommt. Das beste wäre, mit dem Briefwech-

sel aufzuhören. Wenn dieser Hund sich nicht durch meine frühere Drohung fortjagen läßt, so lasse ich ihm den Kopf abschlagen.' Dennoch sagte die Alte: ‚Schreib ihm noch einen Brief und tu ihm kund, wie es nun steht!' So ließ denn die Prinzessin wiederum Tintenkapsel und Papier kommen und schrieb ihm diese Verse der Drohung:

O der du um des Schicksals Schläge dich nicht kümmerst,
Des liebend Herz erhofft, es werde mir vereint,
Vermeßner, wähnst du denn den Himmel zu erreichen?
Kannst du zum Mond gelangen, der dort oben scheint?
Mit Feuersglut, die nie erlischt, will ich dich rösten;
Und Unheilsschwerter singen dir dein Todeslied.
Dein Ziel, o Freund, ist doch in weiter, weiter Ferne;
Es ist ein dunkel Ding, das graue Scheitel zieht.
Laß von der Liebe ab! Nimm meine Warnung an!
Hör auf mit deinem Tun; denn es ist mißgetan!

Nachdem sie den Brief gefaltet hatte, gab sie ihn der Alten, die durch all das in große Verwirrung geraten war. Doch sie nahm ihn hin, machte sich auf den Weg, bis sie zu dem Jüngling kam, und überreichte ihm das Schreiben. Als der es in die Hand genommen und gelesen hatte, senkte er sein Haupt und tat, als ob er mit den Fingern schriebe, ohne ein Wort zu sagen. Da hub die Alte an: ‚Mein Sohn, warum muß ich sehen, daß du nicht zu reden beliebst und keine Antwort gibst?' ‚Liebe Mutter,' erwiderte er, ‚was soll ich denn sagen, da sie mir wieder droht und immer größere Härte und Abneigung zeigt?' Sie aber fuhr fort: ‚Schreib ihr in einem Briefe, was du willst! Ich will dich schützen. Dein Herz möge guter Dinge sein; denn ich werde euch sicher vereinen.' Er dankte ihr für ihre Güte, küßte ihr die Hände und schrieb diese Verse:

Bei Gott, da ist ein Herz, das Liebe nicht erhöret!
Ein Freund auch, der die Näh des Liebs allein erstrebt!

Die Augenlider sind ihm immer wund von Tränen,
Sobald die dunkle Nacht die schwarzen Schleier webt.
Sei gütig, zeige Huld, üb Mitleid und Erbarmen
Mit ihm, den Liebe peinigt hier in fremdem Land!
In all den langen Nächten kennt er keinen Schlummer,
Ertränkt im Meer der Tränen und von Qual verbrannt.
O töte doch das Sehnen meines Herzens nicht,
Das heiß in Liebe pocht und fast vor Schmerzen bricht!

Dann faltete er den Brief und reichte ihn der Alten; und diesmal gab er ihr dreihundert Dinare, indem er sprach: ,Dies ist
für das Waschen deiner Hände.‘ Sie dankte ihm, küßte ihm
die Hände und ging zurück, bis sie zu der Prinzessin eintrat;
der gab sie das Schreiben. Doch als jene es in die Hand genommen und bis zum Schluß gelesen hatte, warf sie es aus der Hand
und sprang auf die Füße. Dann schritt sie dahin auf ihren goldenen Stelzschuhen, die mit Perlen und Edelsteinen besetzt
waren, bis sie zum Schlosse ihres Vaters kam; doch die Ader
des Zornes war auf ihrer Stirn geschwollen, und niemand
wagte zu fragen, was ihr geschehen sei. Als sie in den Palast
trat, fragte sie nach dem König, ihrem Vater. Da erwiderten
ihr die Sklavinnen und Odalisken: ,O Herrin, er ist zu Jagd
und Hatz hinausgezogen.‘ So kehrte sie denn zurück, einer
reißenden Löwin gleich, und sprach drei Stunden lang mit
niemandem ein Wort, bis sich ihr Antlitz aufhellte und ihr
Grimm sich legte. Und wie die Alte bemerkte, daß ihre Erregung und der Zorn vorüber waren, trat sie auf sie zu, küßte
den Boden vor ihr und sprach zu ihr: ,Hohe Herrin, wohin
sind diese edlen Schritte gegangen?‘ ,In den Palast meines
Vaters‘, erwiderte die Prinzessin; und die Alte fuhr fort: ,O
Herrin, war niemand dort, deinen Wunsch zu erfüllen?‘ Die
Prinzessin antwortete: ,Ich bin nur deshalb dorthin gegangen,
um meinem Vater zu sagen, was mir durch den Hund von

Kaufmann widerfahren ist, und um ihn anzutreiben, daß er ihn ergreifen lasse, ihn und alle Leute in seinem Basare, und daß er sie alle über ihren Läden kreuzigen lasse und keinem fremden Kaufmann mehr gestatte, sich in unserer Stadt aufzuhalten.' Da fragte die Alte: ,Bist du nur aus diesem Grunde zu deinem Vater gegangen, meine Herrin?' ,Ja,' erwiderte die Prinzessin, ,aber ich fand meinen Vater nicht dort, sondern ich erfuhr, daß er zur Jagd und Hatz fortgezogen ist. Jetzt will ich warten, bis er wiederkehrt.' Da rief die Alte: ,Ich nehme meine Zuflucht zu Allah, dem Allhörenden und Allwissenden! Meine Herrin, du bist – Gott sei gepriesen! – das verständigste Menschenkind; aber wie kannst du dem König dies törichte Geschwätz kundtun, das niemand ans Licht ziehen sollte?' ,Weshalb denn nicht?' fragte die Prinzessin; und die Alte gab zur Antwort: ,Nimm an, du hättest den König in seinem Palaste getroffen und hättest ihm diese Geschichte berichtet, und er hätte nach den Kaufleuten geschickt und befohlen, sie über ihren Läden aufzuhängen, und die Leute hätten sie gesehen; die würden dann sicher darüber nachfragen und reden, was wohl der Grund ihrer Hinrichtung wäre, und darauf würde ihnen geantwortet: ,Sie haben versucht, die Tochter des Königs zu verführen.' – –«

Da bemerkte Schehrezâd, daß der Morgen begann, und sie hielt in der verstatteten Rede an. Doch als die *Siebenhundertundvierundzwanzigste Nacht* anbrach, fuhr sie also fort: »Es ist mir berichtet worden, o glücklicher König, daß die Alte zur Prinzessin sprach: ,Nimm an, du hättest dem König all das kundgetan, und er hätte befohlen, die Kaufleute aufzuhängen, würden dann die Leute sie nicht sehen und fragen, was wohl der Grund ihrer Hinrichtung wäre? Darauf würde ihnen geantwortet: ,Sie haben versucht, die Tochter des Königs zu ver-

27

führen.' Und dann würde man alle möglichen Gerüchte über dich verbreiten. Die einen würden sagen: ,Sie hat sich aus ihrem Palaste entfernt und ist zehn Tage lang bei ihnen gewesen, bis sie genug von ihr hatten!' Und andere würden noch anders sagen. Die Ehre, o meine Herrin, ist wie die Milch, die durch das kleinste Stäubchen beschmutzt wird; oder wie Glas, das, einmal geborsten, nicht wieder heil werden kann. Hüte dich, deinem Vater oder irgend jemand anders etwas von dieser Sache zu erzählen, auf daß deine Ehre nicht besudelt wird, meine Gebieterin! Nie und nimmer könnte es dir von Nutzen sein, wenn die Leute davon erfahren. Erwäge meine Worte mit deinem trefflichen Verstande; und wenn du sie nicht für richtig hältst, so tu, was du willst!' Als die Prinzessin diese Worte aus dem Mund der Alten vernommen hatte, dachte sie darüber nach und fand, daß sie vollkommen richtig waren. Darum sprach sie zu ihr: ,Was du sagst, ist wohl richtig, liebe Amme; doch der Zorn hatte mein Urteil getrübt.' Und die Alte fuhr fort: ,Wisse, es ist vor Allah dem Erhabenen ein guter Entschluß von dir, daß du niemanden etwas davon kundtun willst. Doch bleibt uns noch etwas anderes zu tun übrig, das ist, wir dürfen zu der Schamlosigkeit dieses Hundes, des gemeinsten der Kaufleute, nicht schweigen. So schreib ihm denn einen Brief und sprich zu ihm: ,Du gemeinster der Kaufleute, wenn der König nicht fern gewesen wäre, so hätte ich in diesem Augenblick befohlen, dich und alle deine Nachbarn zu kreuzigen. Doch dir wird nichts davon entgehen. Ich schwöre bei Allah dem Erhabenen, wenn du noch einmal wieder mit solchem Geschwätze beginnst, so werde ich deine Spur vom Angesichte der Erde vertilgen.' Gib ihm harte Worte, damit du ihn von diesem Tun abbringst; weck ihn auf aus seiner Achtlosigkeit!' Die Prinzessin fragte aber wiederum: ,Werden

ihn denn diese Worte von seinem Unterfangen abbringen?'
Die Alte gab zur Antwort: ,Wie sollten sie ihn nicht abbringen,
wenn ich noch mit ihm rede und ihm kundtue, was vorgefallen
ist?' So rief denn die Prinzessin nach Tintenkapsel und Papier
und schrieb diese Verse:

> *Du hängst noch an der Hoffnung, daß du dich mir nahest;*
> *Du könntest noch dein Ziel erreichen, dünket dir.*
> *Den Menschen stürzt doch nur Verblendung ins Verderben;*
> *Und das, was der begehrt, bringt ihm den Tod von mir.*
> *Du bist kein starker Held, bist auch kein Stammeshäuptling;*
> *Du bist kein Fürst, noch auch mit Herrschermacht betraut.*
> *Sogar, wenn unsresgleichen solches Tun begänne,*
> *Er stände davon ab, von wildem Schreck ergraut.*
> *Doch einmal will ich noch dir deine Schuld verzeihn;*
> *Und du sollst in dich gehn hinfort und reuig sein!*

Dann reichte sie den Brief der Alten, indem sie zu ihr sprach:
,Liebe Amme, halt diesen Hund zurück, auf daß ich ihm nicht
den Kopf abschlage und wir nicht um seinetwillen eine Sünde
auf uns laden!' Die Alte antwortete: ,Bei Allah, meine Gebieterin, ich will ihm keine Seite lassen, nach der er sich wenden
kann.' Und sie nahm den Brief und ging mit ihm fort, bis sie
wieder bei dem Jüngling war. Nachdem sie ihn begrüßt und
er ihren Gruß erwidert hatte, reichte sie ihm das Schreiben. Er
nahm es in die Hand, las es und schüttelte den Kopf und sprach:
,Fürwahr, wir sind Allahs Geschöpfe, und zu Ihm kehren wir
zurück.' Und er fügte hinzu: ,Liebe Mutter, was soll ich nun
tun? Meine Geduld versagt, und meine Kraft erlahmt.' ,Mein
Sohn,' entgegnete ihm die Alte, ,gedulde dich noch; vielleicht
wird Allah jetzt etwas geschehen lassen! Schreib, was dir auf
dem Herzen liegt; ich werde dir eine Antwort bringen! Hab
Zuversicht und quäl dich nicht! Ich werde dich sicherlich mit
ihr vereinen, so Allah der Erhabene will.' Da flehte er des Him-

mels Segen auf ihr Haupt herab und schrieb der Prinzessin
einen Brief, dem er diese Verse anvertraute:

> *Da ich in meiner Liebe keinen Schützer finde*
> *Und mir die Pein der Sehnsucht Tod und Unheil bringt,*
> *Ertrage ich die Glut des Feuers tief im Herzen*
> *Bei Tag und bei der Nacht, wenn mir kein Schlummer winkt.*
> *Wie sollte ich auf dich nicht hoffen, Ziel der Wünsche?*
> *Genügt es mir, daß ich der Qual ein Opfer bin?*
> *Ich fleh zum Herrn des Throns, daß Er mir Gnade leihe;*
> *Vor Liebe zu der keuschen Schönen siech ich hin.*
> *Er geb, daß ich mich freudig bald mit dir verein;*
> *Denn ich versinke sonst in grimmer Liebespein!*

Dann faltete er den Brief, reichte ihn der Alten und holte für
sie einen Beutel mit vierhundert Dinaren. Die nahm alles hin
und machte sich auf den Heimweg, bis sie wieder bei der Prinzessin eintrat. Doch als sie ihr den Brief geben wollte, nahm
jene ihn nicht an, sondern rief: ‚Was für ein Blatt ist das?‘
‚Hohe Herrin,‘ erwiderte die Alte, ‚dies ist nur die Antwort
auf den Brief, den du dem Hunde da, dem Kaufmann, geschickt hast.‘ Die Prinzessin fragte darauf: ‚Hast du es ihm nicht
verboten, wie ich dir gesagt habe?‘ ‚Jawohl,‘ gab die Alte zurück, ‚doch dies ist seine Antwort.‘ Da nahm die Königstochter
den Brief von ihr entgegen und las ihn bis zu Ende durch;
dann aber wandte sie sich der Alten zu und fragte sie: ‚Wo
bleibt die Erfüllung deiner Worte?‘ ‚Hohe Herrin, sagt er denn
nicht in seiner Antwort, daß er von seinem Tun abläßt und bereut und sich wegen dessen entschuldigt, was geschehen ist?‘
‚Nein, bei Allah, er wird vielmehr nur noch kühner.‘ ‚Meine
Gebieterin, schreib ihm noch einen Brief, und du sollst sehen,
was ich mit ihm tun werde!‘ ‚Ich will jetzt ohne Schreiben und
ohne Antwort bleiben!‘ ‚Aber ich muß doch einen Brief haben,
damit ich ihn schelten und ihm seine Hoffnung nehmen kann.‘

‚Nimm ihm seine Hoffnung, ohne einen Brief mitzunehmen!'
Doch die Alte entgegnete: ‚Soll er gescholten werden und der
Hoffnung entsagen, so muß ich unbedingt einen Brief zu ihm
tragen.' Da rief die Prinzessin nach Tintenkapsel und Papier
und schrieb ihm diese Verse:

> Wie oft schon schalt ich dich; doch hemmte dich kein Schelten!
> Wie oft verbot ich dir im Lied mit eigner Hand!
> Verbirg die Liebe dein, laß nie von ihr verlauten!
> Wenn du nicht folgst, so sei mir Rücksicht unbekannt!
> Und wenn du nochmals kommst mit dem, was du gesagt hast,
> Erhebt um dich des Todes Bote sein Geschrei.
> Dann fühlst du bald den Wind der Steppe dich umwehen,
> Dort stürzt auf deinen Leib der Geier Schar herbei.
> Zurück zum rechten Weg! Dort winket dir das Heil.
> Doch sinnst du Schlechtes nur, ist grauser Tod dein Teil.

Und als sie diesen Brief beendet hatte, warf sie das Blatt im
Grimm aus der Hand; die Alte aber nahm es an sich und begab
sich zum Jüngling. Rasch ergriff er das Schreiben; doch als er
es zu Ende gelesen hatte, erkannte er, daß sie nicht milder, sondern nur noch zorniger gegen ihn geworden war, und daß er
ihr nie nahen könne. Da kam es ihm in den Sinn, ihr einen
Brief zu schreiben, in dem er sie verwünschte, und so schrieb
er diese Verse:

> O Herr, schaff mir Erlösung – bei den fünf Planeten![1] –
> Von ihr, um derentwillen Liebe mich verbrennt!
> Du kennst die Flamme ja, die mir im Herzen lodert
> Voll heißer Glut zu ihr, die kein Erbarmen kennt.
> Ach sie erbarmt sich nicht der Qualen, die ich dulde;
> Wie quälet sie mich Armen stets durch Tyrannei!
> Jetzt bin ich wie verwirrt durch Schmerzen ohne Ende.
> Ich finde keinen Freund; o Volk, wer steht mir bei?
> Wie oft, dieweil die Nacht den dunklen Schleier senket,
> Beklag ich offen und geheim die Leidenschaft!

1. Vgl. Band II, Seite 109, Anmerkung.

Und dennoch hab ich nie von deiner Lieb gelassen;
Wie konnt ich's tun? Mir nahm die Sehnsucht meine Kraft.
O Trennungsvogel[1], sag mir an: Ist sie gefeit
Vor allen Nöten und dem Wechselspiel der Zeit?

Dann faltete er den Brief und reichte ihn der Alten; und diesmal gab er ihr einen Beutel mit fünfhundert Dinaren. Nachdem sie das Schreiben hingenommen hatte, machte sie sich von neuem auf den Weg zur Prinzessin, und als sie zu ihr eingetreten war, gab sie ihr den Brief. Doch wie die ihn gelesen und seinen Inhalt verstanden hatte, warf sie ihn aus der Hand und rief: ‚Sag mir, du elende Alte, weshalb mußte mir dies alles widerfahren durch dich und deine List und deine Fürsprache für ihn, so daß du mich Brief auf Brief schreiben lässest und unaufhörlich Botschaften zwischen uns hin und her trägst, bis du zwischen ihm und mir Briefwechsel und derlei Geschichten zustande gebracht hast? Jedesmal sagst du mir: ‚Ich will dich von seinem Übel befreien und seine Reden von dir fern halten.‘ Aber das sagst du nur, damit ich ihm immer wieder einen Brief schreibe und damit du am Abend und am Morgen hin und her gehen kannst, bis du schließlich meinen Ruf vernichtet hast. Heda, ihr Eunuchen, packt sie!‘ Und nun befahl sie den Eunuchen, die Alte zu schlagen; und die taten es, bis ihr ganzer Leib von Blut floß und sie in Ohnmacht sank. Dann gebot die Prinzessin den Mägden, die Alte hinauszuschleifen; und die schleppten sie an den Füßen aus dem Palaste hinaus. Ferner gab sie Befehl, eine der Mägde solle zu Häupten der Alten stehen bleiben, und wenn jene aus ihrer Ohnmacht erwache, solle sie zu ihr sprechen: ‚Die Prinzessin hat einen Eid geschworen, daß du nie zu diesem Palaste zurückkehren und ihn nie wieder betreten sollst. Wenn du aber den-

1. Der krächzende Rabe gilt als der ‚Vogel der Trennung‘.

noch zu ihm zurückkommst, so sollst du ohne Erbarmen getötet werden.' Als nun die Alte wieder zur Besinnung kam, tat die Magd ihr kund, was die Fürstin gesagt hatte. ‚Ich höre und gehorche!' erwiderte die Alte. Darauf brachten die Mägde einen Korb für sie und befahlen einem Lastträger, sie darin zu ihrem Hause zu bringen. Der Mann lud sie auf und trug sie zu ihrem Hause. Auch schickten sie einen Arzt zu ihr mit dem Auftrage, sie sorgsam zu pflegen, bis sie genese. Und der Arzt tat, wie ihm befohlen war. Kaum aber war die Alte wieder gesund geworden, so saß sie auf und begab sich zu dem Jüngling, der schon sehr betrübt war wegen ihres Ausbleibens und sich danach sehnte, von ihr zu hören. Als er sie nun kommen sah, sprang er auf, eilte ihr entgegen und begrüßte sie; da er jedoch bemerkte, daß sie leidend war, fragte er sie, wie es ihr ergehe, und nun erzählte sie ihm alles, was ihr von der Prinzessin widerfahren war. Das ging ihm sehr zu Herzen, und er rief, indem er die eine Hand auf die andere schlug: ‚Bei Allah, mir tut bitter leid, was dir widerfahren ist! Doch sag mir, Mütterchen, warum haßt die Fürstin denn die Männer?' ‚Mein Sohn,' gab sie zur Antwort, ‚wisse, sie hat einen schönen Garten, so herrlich, wie es keinen zweiten auf dem Angesichte der Erde gibt. Und es begab sich, daß sie eines Nachts dort schlief; und mitten im süßen Schlummer träumte sie, daß sie in dem Garten weiterging. Dort sah sie einen Vogelsteller, der sein Netz aufgeschlagen, Weizenkörner ringsherum ausgestreut und sich abseits niedergesetzt hatte, um abzuwarten, welche Beute ihm ins Netz fallen würde. Es dauerte nur eine kleine Weile, da versammelten sich schon die Vögel, um die Körner aufzupikken; dabei geriet ein Vogelmännchen in das Netz und begann darin herumzuzappeln, während die anderen Vögel davonflogen. Sein Weibchen aber, das sich unter ihnen befand, blieb nur eine ganz kurze Weile fort; dann kehrte es zu ihm zurück, flog an das Netz heran und suchte die Masche, in die sich der Fuß ihres Männchens gefangen hatte. An der pickte sie so lange mit ihrem Schnabel herum, bis sie das Garn zerrissen und ihr Männchen befreit hatte. All dies trug sich zu, während der Vogelsteller schlafend dasaß. Wie er dann erwachte, blickte er auf das Netz und sah, daß es beschädigt war. Da besserte er es aus, streute von neuem Weizenkörner umher und setzte sich abseits von dem Netze nieder. Nach einer Weile kamen schon die Vögel zurück, unter ihnen auch jenes Weibchen und jenes Männchen. Alle Vögel flogen herbei, um die Körner aufzupicken; doch da fiel das Weibchen ins Netz und begann in ihm herumzuzappeln. Alsbald flatterten alle die Tauben davon; und der Täuber, den jene Taube befreit hatte, war auch unter ihnen, aber er kehrte nicht zu ihr zurück. Den Vogelsteller jedoch hatte der Schlaf wieder überwältigt, und er wachte erst nach einer langen Weile auf. Kaum war der Schlaf von ihm gewichen, da sah er sogleich die Taube in dem Netz, und er stand auf, eilte zu ihr, löste ihren Fuß aus den Maschen und schlachtete sie. Da wachte die Prinzessin erschrocken auf und rief: ‚So handeln die Männer an den Frauen! Die Frau hat Mitleid mit dem Manne und setzt ihr Leben aufs Spiel um seinetwillen, wenn er in Gefahr schwebt. Wenn dann aber der Herr ein widriges Geschick für die Frau bestimmt und sie in Not gerät, so läßt ihr Mann sie im Stich und befreit sie nicht, und was sie ihm an Güte erwies, ist vergessen. Allah verfluche jeden, der sich auf die Männer verläßt! Denn sie erkennen die guten Dienste, die ihnen die Frauen leisten, niemals an.‘ Von jenem Tage an haßte sie die Männer.‘ Nun fragte der Prinz die Alte: ‚Mütterchen, geht sie nie auf die Straße hinaus?‘ ‚Nein, mein Sohn,‘ erwiderte sie, ‚aber sie hat einen Garten, der ist zum

34

Lustwandeln einer der schönsten Orte unserer Zeit. Und in jedem Jahre, wenn die Früchte dort reifen, geht sie zu ihm und vergnügt sich in ihm einen Tag; aber die Nacht verbringt sie stets in ihrem Schlosse. Sie betritt den Garten nur durch eine geheime Tür, die von dem Schlosse zu ihm führt. Und nun will ich dich etwas lehren, durch das dir, so Allah will, der Erfolg zuteil werden soll. Wisse denn, es fehlt ein einziger Monat bis zur Zeit der Fruchtreife, in der sie dorthin geht. Ich rate dir, geh noch heute zu dem Hüter jenes Gartens und schließe enge Freundschaft mit ihm! Er läßt nämlich sonst keins der Geschöpfe Allahs des Erhabenen den Garten betreten, weil dieser ja an das Schloß der Prinzessin anschließt. Und wenn die Prinzessin in ihn hinabgeht, so will ich es dir zwei Tage vorher kundtun, ehe sie herauskommt. Dann begib du dich wie gewöhnlich in den Garten und suche es durch eine List zuwege zu bringen, daß du dort nächtigst. Und wenn die Prinzessin eintritt, so halte du dich an irgendeiner Stätte verborgen!' – –«

Da bemerkte Schehrezâd, daß der Morgen begann, und sie hielt in der verstatteten Rede an. Doch als die *Siebenhundertundfünfundzwanzigste Nacht* anbrach, fuhr sie also fort: »Es ist mir berichtet worden, o glücklicher König, daß die Alte dem Prinzen riet, indem sie sprach: ‚Wenn die Königstochter in den Garten hinabgeht, so will ich es dich zwei Tage vorher wissen lassen. Und wenn sie dann eintritt, so halte du dich an irgendeiner Stätte verborgen! Sobald du sie erblickst, tritt vor sie hin; und wenn sie dich sieht, so wird sie von Liebe zu dir ergriffen werden; denn die Liebe deckt alle Dinge zu. Wisse, mein Sohn, wenn sie dich nur sähe, sie würde in Liebe zu dir entbrennen, da du so schön von Gestalt bist. Hab Zuversicht und gräme dich nicht, mein Sohn; ich werde dich sicherlich

mit ihr vereinigen!' Da küßte er ihr die Hand und dankte ihr.
Zugleich aber gab er ihr drei Stücke Alexandrinischer Seide
und drei Stücke Atlas von verschiedenen Farben; ferner zu
jedem Stücke auch Leinen für Hemden und Stoff für Hosen
und ein Tuch für die Kopfbinde und Baalbeker Zeug für das
Futter, so daß sie drei vollständige Gewandungen hatte, von
denen eine jede noch schöner als die andere war. Und außerdem gab er ihr einen Beutel mit sechshundert Dinaren, indem
er zu ihr sprach: ,Dies ist für das Nähen.' Sie nahm alles hin
und fragte dann: ,Mein Sohn, möchtest du nicht den Weg zu
meinem Hause wissen und auch mir den Weg zu deiner Wohnstatt zeigen?' ,Jawohl', erwiderte er, und er schickte einen
Mamluken mit ihr, auf daß er sich den Weg zu ihrer Wohnung merkte und ihr sein eigenes Haus zeigte. Als nun die Alte
gegangen war, befahl der Königssohn seinen Dienern, den
Laden zu schließen, und er begab sich zu dem Wesir und berichtete ihm alles, was er mit der Alten erlebt hatte, von Anfang bis zu Ende. Nachdem der Wesir diese Kunde von ihm
vernommen hatte, hub er an: ,Mein Sohn, wenn nun Hajât
en-Nufûs kommt und kein Gefallen an dir findet, was willst du
dann tun?' Der Prinz aber antwortete: ,Dann bleibt mir kein
anderer Ausweg, als daß ich von Worten zu Taten schreite
und mein Leben um ihretwillen aufs Spiel setze; dann will ich
sie aus ihrer Eunuchen Mitte rauben und hinter mir aufs Roß
setzen und mit ihr in das weite Wüstenland eilen. Entkomme
ich, so ist das Ziel meiner Wünsche erreicht; und wenn ich zugrunde gehe, so kann ich mich ausruhen von diesem verhaßten
Leben.' Doch der Wesir entgegnete ihm: ,Mein Sohn, willst
du mit dieser Weisheit durchs Leben kommen? Wie sollen wir
denn weiterreisen, da zwischen uns und unserem Lande eine
so große Entfernung ist? Und wie kannst du so handeln an

einem der größten Könige unserer Zeit, dem hunderttausend Reiter untertan sind? Wir sind doch nicht sicher davor, daß er seine Krieger aussendet, die uns den Weg verlegen. Das ist wirklich kein guter Plan, und kein Verständiger würde ihn unternehmen.' Da sagte der Prinz: ,Was soll denn geschehen, o Wesir, du der guten Ratgeber Zier? Sieh, ich bin sicherlich des Todes!' ,Warte nur bis morgen,' erwiderte der Minister, ,dann wollen wir uns diesen Garten ansehen und erfahren, wie er ist und wie es uns mit dem Gärtner ergeht, der dort weilt!' Und als es Morgen ward, machten der Wesir und der Prinz sich auf, indem sie tausend Dinare in der Tasche mitnahmen; als sie dann den Garten erreichten, sahen sie, wie hohe Mauern mit festen Pfeilern ihn umschlossen, wie in ihm viele Bäume mit schönen Früchten sprossen und zahlreiche Bäche flossen; dort dufteten die Blümelein und zwitscherten die Vögelein, und er glich einer der Auen des Paradieses. Innerhalb des Torwegs saß ein hochbetagter Scheich auf einer Bank. Als er die beiden erblickte und ihre würdevollen Gestalten erkannte, erhob er sich, nachdem sie ihn begrüßt hatten, und gab ihnen den Gruß zurück. Dann fuhr er fort: ,Hohe Herren, habt ihr vielleicht einen Wunsch, durch dessen Erfüllung wir uns geehrt fühlen könnten?' Da erwiderte ihm der Wesir: ,Wisse, Alterchen, wir sind Fremdlinge, die Hitze ist uns lästig geworden, und unsere Wohnung ist weit entfernt, am Ende der Stadt. Wir möchten bitten, daß du in deiner Güte diese beiden Dinare von uns nehmest und uns ein wenig Speise kaufest; inzwischen öffne uns das Tor zu diesem Garten und laß uns an einer schattigen Stätte sitzen, wo kühles Wasser fließt, damit wir uns dort abkühlen, bis du mit den Speisen zu uns kommst! Dann wollen wir essen, wir beide und du, und danach, wenn wir uns ausgeruht haben, wollen wir beide unserer Wege gehen.' Mit diesen Worten steckte der Wesir seine Hand in die Tasche, holte zwei Dinare aus ihr heraus und gab sie dem Gärtner in die Hand. Der Mann war siebenzig Jahre alt, aber er hatte noch nie so viel Geld in seiner Hand gesehen; und wie er nun die beiden Dinare betrachtete, ward er fast von Sinnen, und er lief sofort hin, öffnete die Gartentür, führte die beiden hinein und ließ sie unter einem fruchtbeladenen Baume sitzen, der viel Schatten spendete, indem er sprach: ,Setzt euch an dieser Stätte nieder, geht aber nicht weiter in den Garten hinein! Denn dort ist eine geheime Tür, die zu dem Schlosse der Prinzessin Hajât en-Nufûs führt.' Die beiden erwiderten ihm: ,Wir werden uns nicht von unserer Stelle rühren.' Darauf ging der alte Gärtner hin, um zu kaufen, was sie ihm aufgetragen hatten; und nachdem er eine kurze Weile fortgeblieben war, kam er zu ihnen zurück, begleitet von einem Lastträger, der auf seinem Kopfe ein geröstetes Lamm und Brot trug. Sie aßen und tranken zusammen und plauderten eine Weile. Dann schaute der Wesir auf und richtete seine Blicke nach rechts und nach links überall im Garten umher; und nun entdeckte er in seiner Mitte einen hochgebauten Pavillon; der war aber schon alt, der Gips bröckelte von den Wänden ab, und die Pfeiler waren eingestürzt. Da hub der Wesir an: ,Alterchen, ist dieser Garten dein Eigentum, oder hast du ihn gemietet?' ,Ach, Herr,' antwortete jener, ,er ist nicht mein Eigentum, und ich habe ihn auch nicht gemietet; ich bin hier nur der Wächter.' Und weiter fragte der Wesir: ,Wie hoch ist dein Lohn?' ,Hoher Herr,' erwiderte der Alte, ,ein Dinar im Monat.' Da fuhr der Minister fort: ,Damit tut man dir unrecht, zumal wenn du eine Familie hast.' ,Bei Allah, Herr,' rief der Scheich, ,ich habe eine Familie von acht Kindern; dazu komme ich noch!' Und der Wesir rief: ,Es gibt keine Macht und es gibt keine Majestät außer bei

Allah, dem Erhabenen und Allmächtigen! Bei Gott, du tust mir in der Seele leid, du Armer. Aber was würdest du von einem denken, der dir etwas Gutes erweist um der Deinen willen, die du zu ernähren hast?‘ ‚Ach, Herr,‘ gab der Alte zur Antwort, ‚was du nur immer an Gutem tust, soll dir ein Schatz bei Allah dem Erhabenen sein.‘ Nun sagte der Wesir: ‚Alterchen, sieh, dieser Garten ist eine herrliche Stätte, und da ist dieser Pavillon in ihm, aber der ist alt und verfallen. Ich möchte ihn wiederherstellen und neu verkleiden und schön bemalen lassen, damit diese Stätte zur allerschönsten im Garten werde. Wenn dann der Besitzer des Gartens kommt und sieht, daß der Pavillon wieder aufgebaut und schön geworden ist, so wird er dich sicherlich über den Wiederaufbau befragen. Und wenn er dich fragt, so sprich zu ihm: ‚Mein Gebieter, ich habe ihn wiederhergestellt, da ich sah, daß er verfallen war und zu nichts nutze und daß niemand darin sitzen konnte; ja, er war wirklich seinem Ende nahe, und ich habe viel Geld auf ihn verwendet.‘ Fragt er dich dann weiter, woher du das Geld habest, das du für ihn ausgegeben hast, so sprich: ‚Ich habe es mit meinem eigenen Gelde bezahlt, um mein Antlitz vor dir weiß zu machen und in der Hoffnung auf deine Güte.‘ Dann wird er dir sicherlich ein Geschenk machen im Werte dessen, was ich für den Bau ausgegeben habe. Morgen will ich die Baumeister und Gipser und Maler senden, damit sie diese Stätte wieder herrichten, und ich gebe dir jetzt, was ich dir zugedacht habe.‘ Dann zog er einen Beutel mit fünfhundert Dinaren aus der Tasche und sprach zu dem Alten: ‚Nimm diese Goldstücke und gib sie für die Deinen aus und laß sie für mich und für diesen meinen Sohn beten!‘ Der Prinz aber fragte den Wesir: ‚Was ist der Sinn all dessen?‘ Und jener antwortete ihm: ‚Der Ausgang wird dir bald offenbar werden.‘ – –«

Da bemerkte Schehrezâd, daß der Morgen begann, und sie hielt in der verstatteten Rede an. Doch als die *Siebenhundertundsechsundzwanzigste Nacht* anbrach, fuhr sie also fort: »Es ist mir berichtet worden, o glücklicher König, daß der Wesir dem alten Hüter, der in dem Garten war, die fünfhundert Dinare gab und zu ihm sprach: ‚Nimm diese Goldstücke und gib sie für die Deinen aus und laß sie für mich und diesen meinen Sohn beten!‘ Wie der Alte all das Gold erblickte, ward er wie von Sinnen, er warf sich dem Wesir vor die Füße und küßte sie und rief den Segen des Himmels herab auf ihn und auf seinen Sohn. Als sie sich dann zum Gehen wandten, sprach er zu ihnen: ‚Ich werde morgen auf euch warten; bei Allah dem Erhabenen, es soll zwischen uns keine Trennung mehr geben, weder bei Tag noch bei Nacht.‘

Am nächsten Morgen begab sich der Wesir an die Stätte der Bauleute und forschte nach ihrem Meister. Als der zu ihm gekommen war, führte er ihn zu dem Garten. Kaum erblickte der Gärtner ihn, so zeigte er sich hocherfreut. Darauf gab der Wesir ihm den Preis für die Verpflegung der Bauleute und für alles, was sie zum Wiederaufbau jenes Pavillons nötig hatten. Und die Leute bauten, verkleideten mit Gips und malten. Nun sprach der Minister zu den Malern: ‚Ihr Meister, höret meine Rede an und verstehet meinen Wunsch und Plan! Wisset, ich habe einen Garten, diesem gleich, und ich schlief dort eines Nachts. Da sah ich im Traume, wie ein Vogelsteller sein Netz aufschlug und rings darum Weizenkörner streute. Bald kamen die Vögel dort zuhauf und pickten nach den Körnern, und ein Täuber fiel in das Netz. Erschrocken flogen die anderen Vögel davon, und unter ihnen war auch sein Weibchen. Doch jenes Weibchen blieb nur eine kurze Weile fort; dann kehrte es allein zu ihm zurück und pickte an der Masche, in die sich der

Fuß des Männchens gefangen hatte, so lange herum, bis es ihn befreit hatte, so daß er fortfliegen konnte. Der Vogelsteller aber schlief gerade zu der Zeit; und als er aus seinem Schlummer erwachte, sah er, wie das Netz durchlöchert war. So besserte er es aus und streute von neuem Weizenkörner; dann setzte er sich abseits nieder und wartete, bis die Beute ihm in das Netz fiele. Wiederum flogen die Vögel herbei, um die Körner aufzupicken. Auch der Täuber und die Taube kamen mit den anderen Vögeln. Da aber verfing sich die Taube im Netz; alle Vögel flogen sofort auf und davon, unter ihnen auch der Täuber, und der kehrte nicht zu seinem Weibchen zurück. Nun erhob sich der Vogelsteller, ergriff die Taube und schlachtete sie. Das Männchen jedoch ward, als es mit den anderen Vögeln davongeflogen war, von einem Raubvogel gepackt, und der tötete es, trank sein Blut und fraß sein Fleisch. Jetzt wünsche ich, daß ihr mir diesen ganzen Traum im Bilde darstellt, wie ich ihn euch erzählt habe, und zwar mit schönen Farben. Malet also ein schönes Abbild des Gartens mit seinen Mauern und Bäumen und Vögeln, und stellet darin den Vogelsteller dar und sein Netz und das, was dem Täuber geschah durch den Raubvogel, als der ihn packte! Wenn ihr das tut, was ich euch gesagt habe, und wenn es mir gefällt, nachdem ich es gesehen habe, so werde ich euch ein Geschenk machen, das euer Herz erfreut, über euren Lohn hinaus.' Als die Maler diese Worte von ihm vernommen hatten, machten sie sich mit Eifer an die Arbeit und vollendeten sie in meisterhafter Art. Und wie das Werk ganz vollbracht war, zeigten sie es dem Wesir; es gefiel ihm, und er sah, daß die Darstellung des Traumes ganz genau so war, wie er ihn den Malern beschrieben hatte. Deshalb dankte er ihnen und gab ihnen reiche Geschenke. Bald darauf kam der Prinz nach seiner Gewohnheit und trat in den Pavillon ein, ohne zu wissen, was der Wesir getan hatte. Wie er aber dort um sich blickte, sah er das Bild des Gartens, des Vogelstellers mit dem Netze und den Vögeln und des Täubers in den Krallen des Raubvogels, der ihn gerade getötet hatte und nun sein Blut trank und sein Fleisch fraß. Da war er ratlos vor Staunen, und er eilte zu dem Wesir zurück und rief: ‚O Wesir, du der trefflichen Ratgeber Zier, ich habe heute ein Wunder gesehen, würde man das mit Nadeln in die Augenwinkel schreiben, so würde es allen, die sich belehren lassen, ein lehrreiches Beispiel bleiben.‘ ‚Was ist denn das, hoher Herr?‘ fragte der Wesir; und der Prinz fuhr fort: ‚Habe ich dir nicht von dem Traume berichtet, den die Prinzessin gesehen hat und der die Ursache ihres Hasses wider die Männer war?‘ ‚Jawohl‘, erwiderte der Minister; und nun sagte der Königssohn: ‚Bei Allah, o Wesir, ich habe ihn im Bilde unter anderen Malereien dargestellt gesehen, und es war mir, als schaute ich ihn mit eigenen Augen. Aber ich habe dabei noch etwas anderes entdeckt, was der Prinzessin verborgen geblieben ist, so daß sie es nicht gesehen hat, und gerade dies ist es, worauf ich vertraue, daß ich meines Wunsches Erfüllung noch schaue.‘ ‚Und was ist das?‘ fragte der Wesir; der Prinz erwiderte: ‚Ich sah, daß der Täuber, der sein Weibchen verließ, als sie ins Netz gefallen war, und nicht zu ihr zurückkehrte, von einem Raubvogel gepackt war, der ihn getötet hatte und sein Blut trank und sein Fleisch fraß. Ach, hätte doch die Prinzessin den ganzen Traum gesehen! Hätte sie doch nur die Geschichte bis zu Ende miterlebt und geschaut, wie den Täuber der Raubvogel packte, und so erkannt, daß dies der Grund war, weshalb er nicht zu seinem Weibchen zurückkehrte und es nicht aus dem Netze befreite!‘ Darauf sagte der Wesir: ‚O glücklicher König, bei Allah, das ist ein merkwürdig Ding, eine gar seltene Begebenheit.' Der Prinz aber wunderte sich immer noch über dies Gemälde und war traurig, weil die Prinzessin den Traum nicht bis zu Ende gesehen hatte. Und er sprach bei sich selber: ‚Hätte sie doch nur dies alles bis zum letzten geschaut, oder möchte sie bei einem zweiten Male das Ganze sehen, sei es auch in dunklen Traumbildern!' Nun hub der Wesir an: ‚Du fragtest mich, weshalb ich diesen Pavillon wieder aufbauen wolle; und ich antwortete dir, der Ausgang werde dir bald offenbar werden. Siehe, jetzt hat sich der Ausgang davon dir offenbart! Ich bin es, der dies alles getan hat, ich habe den Malern befohlen, den Traum abzubilden und das Männchen in den Krallen des Raubvogels darzustellen, wie er es tötet und sein Blut trinkt und sein Fleisch frißt. Nun wird die Prinzessin, wenn sie hierher kommt und dies Gemälde erblickt, darin das Abbild ihres Traumes erkennen und wird sehen, wie dieses Männchen von dem Raubvogel getötet wurde; und dann wird sie keine Schuld an ihm finden und von ihrem Hasse wider die Männer ablassen.' Kaum hatte der Prinz diese Worte vernommen, da küßte er dem Wesir die Hände, dankte ihm für seine Tat und sprach zu ihm: ‚Deinesgleichen sollte der Minister des allergrößten Königs sein. Bei Allah, wenn ich mein Ziel erreiche und froh zum König heimkehre, so will ich ihm dies alles berichten, auf daß er dir noch größere Ehrungen weiht, deinen Rang erhöht und sein Ohr deinen Worten leiht.' Da küßte der Wesir seine Hand, und dann gingen die beiden zu dem alten Gärtner und sprachen zu ihm: ‚Schau auf die Stätte dort und sieh, wie schön sie ist!' Der Alte erwiderte: ‚Das alles ist das Verdienst Eurer Hoheit.' Darauf sprachen sie zu ihm: ‚Alterchen, wenn die Besitzer dieser Stätte dich über den Neubau des Pavillons befragen, so antworte ihnen: ‚Ich habe ihn mit meinem eigenen Gelde neu gebaut', auf daß dir dadurch Glück und Gunst zuteil werde.' ,Ich höre und gehorche!' erwiderte jener. Und der Prinz besuchte den Alten immerfort. So stand es damals um den Wesir und den Prinzen.

Hören wir nun, wie es Hajât en-Nufûs erging! Als die Briefe und die Botschaften nicht mehr zu ihr kamen und auch die Alte ihr fern war, kam große Freude über sie, und sie glaubte, daß der Jüngling in seine Heimat zurückgekehrt sei. Eines Tages aber brachte man ihr eine verhüllte Schüssel von ihrem Vater; und sie deckte sie auf und fand auf ihr schöne Früchte. Da fragte sie: ,Ist die Zeit dieser Früchte schon gekommen?' Und als man ihr antwortete: ,Jawohl', rief sie: ,Möchten wir uns doch bereit machen, uns in dem Garten zu ergehen!' – –«

Da bemerkte Schehrezâd, daß der Morgen begann, und sie hielt in der verstatteten Rede an. Doch als die *Siebenhundertundsiebenundzwanzigste Nacht* anbrach, fuhr sie also fort: »Es ist mir berichtet worden, o glücklicher König, daß die Prinzessin, als ihr Vater ihr die Früchte geschickt hatte, fragte: ,Ist die Zeit dieser Früchte schon gekommen?' Und als man ihr antwortete: ,Jawohl', rief sie: ,Möchten wir uns doch bereit machen, uns in dem Garten zu ergehen!' ,Hohe Herrin,' erwiderten ihre Dienerinnen, ,das ist ein herrlicher Plan; bei Allah, wir sehnen uns schon lange nach dem Garten dort!' Doch sie fuhr fort: ,Wie sollen wir es jetzt machen? Sonst führte uns in jedem Jahre immer nur meine Amme in dem Garten umher und zeigte uns all die verschiedenen Bäume und Pflanzen. Aber ich habe sie geschlagen und von mir gewiesen. Jetzt bereue ich, was ich ihr angetan habe; denn sie ist doch immerhin meine Amme, und sie hat das Recht der Pflegerin an mir. Allein es gibt keine Macht und es gibt keine Majestät außer bei Allah, dem Erhabenen und Allmächtigen!' Als die Dienerinnen diese Worte aus dem Munde der Prinzessin ver-

44

nahmen, eilten sie alle herbei und küßten den Boden vor ihr, und dann riefen sie: ‚Um Allahs willen, hohe Herrin, verzeih ihr und entbiete sie zu dir!‘ ‚Bei Allah,‘ erwiderte sie, ‚ich bin dazu entschlossen; aber wer von euch will zu ihr gehen? Ich habe auch schon ein prächtiges Ehrengewand für sie bereit gelegt.‘ Da traten zwei Dienerinnen vor; die eine hieß Bulbul[1], die andere aber Sawâd el-'Ain.[2] Sie waren die Ersten unter den Kammerfrauen der Prinzessin und ihre Vertrauten, und sie waren schön und anmutig. Die beiden sprachen: ‚Wir wollen zu ihr gehen, o Prinzessin!‘ Und sie erwiderte: ‚Tut, was euch gut dünkt!‘ Nun begaben sie sich zum Hause der Amme, pochten an ihre Tür und traten zu ihr ein. Kaum hatte jene die beiden erkannt, so eilte sie ihnen mit offenen Armen entgegen und hieß sie willkommen. Nachdem sie dann eine Weile bei ihr gesessen hatten, sprachen sie zu ihr: ‚Liebe Amme, die Prinzessin hat dir verziehen, und sie nimmt dich wieder in Gnaden an.‘ Doch die Amme entgegnete: ‚Das kann nie sein, und müßte ich auch den Becher des Verderbens trinken! Denkt sie denn nicht mehr daran, wie sie mich vor denen, die mich lieben, und vor denen, die mich hassen, beschimpft hat, damals, als meine Kleider von Blut besudelt waren und ich so heftig geschlagen wurde, daß ich fast zu Tode kam? Und wie man mich darauf an den Füßen schleppte wie einen toten Hund und mich vor die Türe warf? Bei Allah, ich kehre nie und nimmer zu ihr zurück! Ihr Anblick soll nie mehr in meine Augen kommen!‘ Da sagten die beiden Dienerinnen: ‚Mach unsere Mühe um dich nicht zuschanden! Wo bliebe dann deine Höflichkeit gegen uns? Bedenke doch, wer sich auf den Weg zu dir gemacht hat und bei dir eingetreten ist! Kannst du etwa jemanden verlangen, der höher als wir in Ansehen bei der

1. Nachtigall. – 2. Das Schwarze des Auges.

Prinzessin steht?' ‚Gott behüte!' gab die Alte zur Antwort; ‚ich weiß ja, daß meine Stellung geringer ist als eure. Wäre die Prinzessin es nicht selbst gewesen, die meinen Rang bei ihren Kammerfrauen erhöhte, dann wäre sogar die Vornehmste unter ihnen, wenn ich ihr zürnte, fast in ihrer Haut erstorben.' Die beiden sagten darauf: ‚Alles ist, wie es war; gar nichts ist verändert. Ja, es ist noch besser als zuvor; denn die Prinzessin demütigt sich selbst vor dir und sucht die Versöhnung ohne Vermittler.' ‚Bei Allah,' erwiderte die Alte, ‚wenn ihr nicht zu mir gekommen wäret, so wäre ich nie zu ihr zurückgekehrt, und hätte sie auch befohlen, mich zu töten!' Dafür dankten ihr die beiden; sie aber legte alsbald ihre Gewänder an und ging mit den Dienerinnen hinaus; und alle schritten ihres Weges dahin, bis sie zur Königstochter eintraten. Kaum aber hatte die Prinzessin sie hereinkommen sehen, da sprang sie auf; und die Amme rief ihr zu: ‚Allah! Allah! O Königstochter, war die Schuld mein oder dein?' ‚Die Schuld war mein,' gab jene zur Antwort, ‚dein aber ist das Verzeihen und Vergeben. Bei Allah, liebe Amme, du stehst bei mir in hohem Ansehen, und du hast das Recht der Pflegerin an mir. Aber du weißt, daß Allah, der Gepriesene und Erhabene, Seinen Geschöpfen viererlei zuerteilt hat: die Sinnesart, das Leben, das tägliche Brot und den Tod. Es steht in keines Menschen Macht, Gottes Ratschluß abzuwenden. Ich war nicht Herrin meiner selbst, und ich konnte damals auch nicht wieder zu mir kommen; doch jetzt, liebe Amme, bereue ich, was ich getan habe.' Nun schwand der Zorn der Alten, und sie ging hin und küßte den Boden vor der Prinzessin. Die aber ließ ein kostbares Ehrengewand bringen und warf es ihr über, so daß sie eine hohe Freude empfand, während alle die Sklaven und Dienerinnen vor ihr standen. Nachdem so das Zusammentreffen zu einem guten Ende geführt hatte, fragte die Prinzessin: ‚Liebe Amme, wie steht es mit den Früchten und den Bäumen in unserem Garten?‘ Die Alte erwiderte: ‚Bei Allah, meine Herrin, ich habe schon fast alle Früchte in der Stadt gesehen; ich will aber noch heute mich danach umschauen und dir Antwort bringen.‘ So ging sie denn fort, mit Ehren überhäuft, und begab sich zu dem Prinzen; der empfing sie mit offenen Armen, freute sich über ihr Kommen und war heiteren Gemüts, da er sich schon so lange nach ihrem Anblick gesehnt hatte. Und nun erzählte sie ihm alles, was sich zwischen ihr und der Prinzessin zugetragen hatte, und daß ihre Herrin die Absicht habe, an dem und dem Tage in den Garten hinunterzugehen. – –«

Da bemerkte Schehrezâd, daß der Morgen begann, und sie hielt in der verstatteten Rede an. Doch als die *Siebenhundertundachtundzwanzigste Nacht* anbrach, fuhr sie also fort: »Es ist mir berichtet worden, o glücklicher König, daß die Alte, nachdem sie zu dem Prinzen gekommen war und ihm erzählt hatte, was zwischen ihr und der Prinzessin Hajât en-Nufûs vorgegangen war, und daß sie an dem und dem Tage in den Garten hinuntergehen werde, des weiteren zu ihm sprach: ‚Hast du auch getan, was ich dir empfohlen habe in bezug auf den Wächter des Gartens, und ist ihm schon etwas von deiner Güte zuteil geworden?‘ ‚Jawohl,‘ gab er ihr zur Antwort, ‚er ist mein Freund geworden, sein Weg ist mein Weg, und er sähe es gern, wenn ich ein Anliegen an ihn hätte.‘ Dann berichtete er ihr, was von seiten des Wesirs geschehen war und wie er den Traum, den die Prinzessin gesehen hatte, nämlich die Geschichte mit dem Vogelsteller und dem Netz und dem Raubvogel, hatte malen lassen. Wie die Alte das hörte, war sie hocherfreut, und sie sprach zu ihm: ‚Um Allahs willen, schließe den Wesir eng in dein Herz; denn sein Tun zeugt von der Schärfe

47

seines Verstandes, und er hat dir zum Ziele deiner Wünsche
verholfen. Mache dich sogleich auf, mein Sohn, begib dich ins
Bad und lege deine prächtigsten Gewänder an; wir könnten
keinen besseren Plan haben als diesen! Dann geh zum Wächter
und suche ihn durch irgendeinen Vorwand zu bewegen, daß
er dich die Nacht im Garten zubringen läßt! Er würde, auch
wenn er so viel Gold erhielte, wie die Erde zu fassen vermag,
jetzt doch niemandem den Eintritt in den Garten gestatten.
Bist du dann aber drinnen, so verbirg dich, so daß kein Auge
dich sehen kann, und bleib verborgen, bis du mich rufen hörst:
,O du, dessen Güte sich im Verborgenen enthüllt, rette uns vor
dem, was uns mit Furcht erfüllt!' Dann tritt hervor aus deinem
Versteck und zeige deine Schönheit und Anmut – doch bleib
von den Bäumen überdacht, da deine Schönheit die Monde
zuschanden macht –, bis daß die Prinzessin Hajât en-Nufûs
dich erblickt und ihr Herz und ihr ganzes Innere von der Liebe
zu dir erfüllt wird. Dann wirst du das Ziel deiner Wünsche erreichen, und all dein Gram wird von dir weichen.' ,Ich höre
und gehorche!' sprach der Jüngling und holte für sie einen
Beutel mit tausend Dinaren; sie nahm ihn aus seiner Hand entgegen und ging davon. Der Prinz aber machte sich alsobald
auf, ging ins Bad und erquickte seinen Leib; dann kleidete er
sich in die prächtigsten Gewänder der Perserkönige und legte
sich einen Gürtel um, auf dem alle Arten der kostbarsten Edelsteine vereinigt waren. Um sein Haupt wand er einen Turban,
der mit Fäden von rotem Golde durchwirkt und mit Perlen
und Juwelen bestickt war. Seine Wangen waren den Rosen
gleich, seine Lippen roten Glanzes reich; seine Augen schienen
die einer Gazelle zu sein, und er wiegte sich wie trunken von
Wein. Er war erfüllt von Schönheit und Lieblichkeit, und die
Zweige wurden beschämt von seines Wuchses zarter Eben-

mäßigkeit. In seine Tasche tat er einen Beutel mit tausend Dinaren, und dann schritt er fort, bis er zum Garten gelangte. Dort pochte er an die Tür; der Wächter antwortete ihm und öffnete ihm das Tor. Wie der den Prinzen erblickte, war er hocherfreut und begrüßte ihn mit dem ehrfürchtigsten Gruße. Aber er entdeckte, daß des Prinzen Antlitz bewölkt war, und so fragte er ihn nach seinem Ergehen. Jener gab ihm zur Antwort: ‚Wisse, o Scheich, ich bin meinem Vater teuer, und noch nie hat er seine Hand an mich gelegt bis auf diesen Tag; heute aber kam es zwischen mir und ihm zu Worten, und da schalt er mich und schlug mich ins Gesicht, ja, er hieb sogar mit dem Stock auf mich ein und trieb mich fort. Nun habe ich keinen Freund hier, und ich bin in Sorge um der Unbeständigkeit des Schicksals willen; du weißt ja, daß der Zorn der Eltern kein leichtes Ding ist. Deshalb bin ich zu dir gekommen, mein lieber Oheim, da du mit meinem Vater bekannt bist, und ich bitte dich, sei so gütig und laß mich bis zum Ende des Tages in dem Garten weilen, oder vielleicht auch die Nacht hier zubringen, bis Allah den Frieden zwischen mir und meinem Vater wiederherstellt!‘ Wie der Alte diese Worte von ihm vernahm, war er betrübt ob dessen, was zwischen Vater und Sohn sich begeben hatte, und er sprach: ‚Mein Gebieter, willst du mir erlauben, daß ich zu deinem Vater gehe und bei ihm eintrete und die Ursache der Versöhnung zwischen euch werde?‘ Doch der Jüngling erwiderte: ‚Mein Oheim, wisse, mein Vater hat eine ungeduldige Sinnesart, und wenn du ihm wegen der Versöhnung nahest, während er in der Hitze seines Zornes ist, so kümmert er sich nicht um dich.‘ ‚Ich höre und gehorche!‘ sagte darauf der Alte, ‚doch, hoher Herr, komm mit mir in mein Haus, ich möchte dich bei meinen Kindern und den meinen nächtigen lassen; daraus kann uns niemand einen Vorwurf machen.' Aber der Prinz entgegnete ihm: ‚Lieber Oheim, ich muß allein sein, wenn ich zornig bin.' Da sprach der Gärtner: ‚Es kommt mir schwer an, wenn du allein in dem Garten schläfst, wo ich doch ein Haus habe.' Doch der Jüngling erwiderte: ‚Mein Oheim, ich habe dabei das Ziel im Auge, daß die Sorge meines Geistes von mir weiche; und ich weiß auch, daß ich gerade hierdurch meines Vaters Gunst wiedergewinne und mir sein Herz geneigt machen kann.' Nun sagte der Scheich: ‚Wenn es denn nicht anders möglich ist, so will ich dir einen Teppich holen, auf dem du schlafen, und eine Decke, mit der du dich zudecken kannst.' Als der Prinz ihm antwortete: ‚Mein Oheim, das mag gern geschehen', öffnete der Alte ihm die Gartentür und holte ihm Teppich und Decke, ohne zu wissen, daß die Prinzessin den Garten besuchen wollte.

Wenden wir uns nun von dem Prinzen wieder zu der Amme! Die war inzwischen zu der Prinzessin zurückgekehrt und hatte ihr berichtet, daß die Früchte auf den Bäumen reif seien. Da sagte jene zu ihr: ‚Liebe Amme, geh morgen mit mir zum Garten hinunter, um zu lustwandeln, so Allah der Erhabene will! Schicke also zum Wächter und laß ihm sagen, daß wir morgen bei ihm im Garten sein werden!' Da sandte die Amme dem Gärtner die Nachricht, daß die Prinzessin am nächsten Tage zu ihm in den Garten kommen werde und daß er weder Wasserträger[1] noch Tagelöhner im Garten belassen noch auch irgendeins von Allahs Geschöpfen hereintreten lassen solle. Als ihm diese Botschaft der Prinzessin ausgerichtet war, brachte er die Wasserläufe in Ordnung; dann suchte er den Jüngling auf und sprach zu ihm: ‚Die Tochter des Königs ist ja die Herrin dieses Gartens. Und nun, mein Gebieter, muß ich dich um

1. Im Urtext steht ‚Händler', doch wahrscheinlich verderbt aus dem im Arabischen ihm sehr ähnlichen obigen Worte. –

Vergebung bitten. Gewißlich ist diese Stätte deine Stätte, und ich lebe nur durch deine Güte; aber meine Zunge liegt unter meinem Fuße.[1] So tu ich dir denn zu wissen, daß die Fürstin Hajât en-Nufûs morgen mit Tagesanbruch in den Garten kommen will; und sie hat Befehl gegeben, ich solle niemanden hier lassen, der sie sehen könnte. Und darum muß ich dich bitten, du wollest gütigst heute den Garten verlassen. Die Prinzessin bleibt nur an diesem einen Tage hier, und zwar bis zur Zeit des Nachmittagsgebetes; sonst aber steht er dir zur Verfügung immerdar, alle Monate und jedes Jahr.' Darauf fragte der Prinz: ‚Alterchen, bist du vielleicht durch uns in Verlegenheit geraten?' ‚Nein, bei Allah, mein Gebieter,' erwiderte jener, ‚durch dich ist uns nur Ehre widerfahren!' Und der Prinz fuhr fort: ‚Wenn es so ist, so soll dir auch hinfort von uns immer nur Gutes zuteil werden. Ich will mich hier im Garten verbergen, so daß niemand mich sieht, bis die Prinzessin wieder zu ihrem Schlosse geht.' Aber der Gärtner wandte ein: ‚Hoher Herr, wenn sie nur den Schatten eines Wesens von den Geschöpfen Allahs des Erhabenen sieht, so schlägt sie mir den Kopf ab.' – –«

Da bemerkte Schehrezâd, daß der Morgen begann, und sie hielt in der verstatteten Rede an. Doch als die *Siebenhundertundneunundzwanzigste Nacht* anbrach, fuhr sie also fort: »Es ist mir berichtet worden, o glücklicher König, daß der Prinz, als der Scheich einwandte: ‚Wenn die Prinzessin nur den Schatten eines Wesens sieht, so schlägt sie mir den Kopf ab', ihm entgegnete: ‚Ich werde mich ganz gewiß von keinem einzigen sehen lassen. Aber ohne Zweifel fehlt es dir heute an Geld für die Bedürfnisse der Deinen.' Und er steckte seine Hand in den Beutel und holte fünfhundert Dinare daraus hervor; dann

1. Das ist: ich muß als Diener gehorchen.

51

sprach er: ‚Nimm dies Gold und gib es für die Deinen aus, damit dein Herz sich über sie beruhigt.' Wie der Alte das Gold sah, schien ihm sein Leben ein leichtes Ding, und nachdem er dem Prinzen eingeschärft hatte, sich im Garten nicht zu zeigen, ließ er ihn dort sitzen. So weit von Gärtner und Prinz.

Sehen wir nun, was die Prinzessin tat! Als der nächste Tag anbrach, kamen die Eunuchen zu ihr herein, und sie befahl, die geheime Tür zu öffnen, die in den Garten mit dem Pavillon führte. Dann legte sie ein königliches Gewand an, das mit Perlen und Juwelen und Edelsteinen besetzt war; darunter aber trug sie ein zartes Hemd, das mit Rubinen bestickt war. Unter alledem aber war etwas verborgen – das vermag keine Zunge zu beschreiben, das läßt den Verstand ratlos stehen bleiben, das kann durch Liebe den Feigling zu tapferen Taten treiben. Auf dem Haupte trug sie eine Krone aus rotem Golde, die mit Perlen und Edelsteinen besetzt war; und stolz schritt sie einher auf Stelzschuhen aus rotem Golde, die mit frischen Perlen und allerlei edlen Steinen übersät waren. Nun legte sie ihre Hand auf die Schulter der Alten und gab Befehl, durch die geheime Tür hinauszugehen. Doch die Alte hatte schon in den Garten geschaut und entdeckt, daß er voll war von Eunuchen und Dienerinnen, die von den Früchten aßen und das Wasser trübten, während sie an den Bächen saßen, und denen es an jenem Tage gefiel, sich zu vergnügen mit Kurzweil und Spiel. Und sie sprach zu der Prinzessin: ‚Du bist doch reich an Einsicht und hast einen vollkommenen Verstand, und daher weißt du, daß du diese Dienerschaft nicht in dem Garten brauchst. Gingest du aus dem Schlosse deines Vaters hinaus auf die Straße, so müßten sie dich um deiner Ehre willen geleiten; aber jetzt, meine Gebieterin, gehst du durch die geheime Pforte in den Garten, wo dich keines von den Geschöpfen Allahs des Erhabenen sehen kann.' ‚Du hast recht, liebe Amme,' erwiderte die Prinzessin, ‚doch was sollen wir tun?' Da sprach die Alte zu ihr: ‚Befiehl den Eunuchen, zurückzukehren! Ich sage dir das nur aus Ehrfurcht vor dem König.' Als die Prinzessin den Eunuchen diesen Befehl gegeben hatte, hub die Amme wieder an: ‚Es sind doch noch einige Eunuchen übrig, die vielleicht auf Übles im Lande sinnen; schick sie auch fort und behalt nur zwei Sklavinnen bei dir, mit denen wir uns vergnügen können!' Als die Amme nun sah, daß ihrer Herrin das Herz leicht ward, und daß ihr die Stunde gefiel, sprach sie: ‚Jetzt haben wir schon einen schönen Anblick gehabt; drum auf, laß uns in den Garten gehen!' Da machte die Prinzessin sich auf, legte ihre Hand auf die Schulter der Amme und trat durch die geheime Tür ein. Die beiden Sklavinnen gingen vor ihr her; sie selbst aber machte Scherze über sie und schritt in ihren schönen Gewändern mit wiegendem Gange einher. Auch die Amme schritt vor ihr dahin und zeigte ihr die Bäume und gab ihr von den Früchten zu essen, während ihr Weg sie von Ort zu Ort führte. Und so zog sie immer weiter, bis sie zu jenem Pavillon gelangte. Als die Prinzessin ihn anschaute, entdeckte sie, daß er wieder neu war; und so sprach sie zu der Alten: ‚Liebe Amme, siehst du nicht den Pavillon dort? Seine Pfeiler sind ja wieder aufgebaut, und seine Wände sind getüncht!' ‚Bei Allah, meine Gebieterin,' erwiderte die Alte, ‚ich habe davon reden hören, daß der Gärtner von einigen Kaufleuten Stoffe erhalten und sie verkauft hat, und daß er für den Erlös Ziegel und Mörtel und Gips und Bausteine und anderes der Art erstanden hat. Und da habe ich ihn gefragt, was er damit getan habe. Er antwortete mir, er habe damit den Pavillon aufgebaut, der in Trümmern lag. Und dann fügte er hinzu: ‚Die Kaufleute verlangten von mir das Geld, das ich ihnen dafür schuldete; aber ich sagte ihnen, sie sollten warten, bis die Prinzessin in den Garten käme; wenn sie den Bau sähe, würde er ihr gefallen, und wenn sie dann fortginge, würde ich von ihr so viel erhalten, wie sie mir zu geben geruhen würde, und danach würde ich ihnen bezahlen, was ihnen gebühre.' Als ich ihn weiter fragte, was ihn dazu veranlaßt habe, erwiderte er mir: ,Ich sah doch, wie der Bau eingestürzt war, wie seine Pfeiler zusammengefallen und sein Gips abgeblättert war. Und da ich sah, daß keiner den Mut hatte, den Bau zu erneuern, so borgte ich mir das Geld auf eigene Rechnung und baute wieder auf. Nun hoffe ich, daß die Prinzessin an mir handeln wird, wie es ihrer Würde ansteht.' Ich antwortete ihm, die Prinzessin sei ganz Güte und Huld. Er hat ja auch dies alles nur in der Hoffnung auf deine Güte getan.' Da sagte die Prinzessin: ,Bei Allah, er hat aus Edelmut den Bau vollendet, er hat getan, was hochherzige Menschen tun. Rufe mir die Schatzmeisterin!' Die Amme rief die Schatzmeisterin, und die erschien alsbald vor der Tochter des Königs. Jene befahl ihr, sie solle dem Gärtner zweitausend Dinare geben; und nun schickte die Alte einen Boten zu dem Gärtner. Als der Bote zu ihm kam, sprach er: ,Dir liegt ob, dem Rufe der Fürstin zu folgen!' Doch wie der Gärtner diese Worte aus dem Munde des Boten vernahm, begann er an allen Gliedern zu zittern, und seine Kraft verließ ihn. Denn er sagte sich: ,Ohne Zweifel hat die Prinzessin den Jüngling gesehen. Und dies wird heute für mich der unseligste Tag sein!' In solchen Gedanken schlich er sich fort, bis er zu seinem Hause kam; dort tat er seiner Frau und seinen Kindern kund, was geschehen war, gab ihnen seine letzten Aufträge und nahm Abschied von ihnen; und alle weinten um ihn. Dann kehrte er zurück und trat vor die Prinzessin hin; dabei war sein Gesicht so gelb wie Safran, und er wäre beinahe der

54

Länge nach auf den Boden gestürzt. Die Alte erkannte, wie es um ihn stand, und so kam sie ihm mit ihren Worten zuvor, indem sie sprach: ‚Alterchen, küsse den Boden aus Dank gegen Allah den Allmächtigen und bete flehentlich um Gottes Segen für die Prinzessin. Ich habe ihr erzählt, wie sehr du dich bemüht hast durch den Wiederaufbau des verfallenen Schlosses; darüber hat sie sich gefreut, und sie schenkt dir als Lohn dafür zweitausend Dinare. Nimm die nun von der Schatzmeisterin entgegen, bete für deine Herrin und küsse den Boden vor ihr und gehe deiner Wege!' Als der Gärtner diese Worte der Amme vernommen hatte, nahm er die zweitausend Dinare hin, küßte den Boden vor der Prinzessin und flehte den Segen des Himmels auf ihr Haupt herab. Darauf eilte er zu seiner Wohnung zurück, und die Seinen freuten sich und segneten ihn, der die erste Ursache von alledem gewesen war. – –«

Da bemerkte Schehrezâd, daß der Morgen begann, und sie hielt in der verstatteten Rede an. Doch als die *Siebenhundertunddreißigste Nacht* anbrach, fuhr sie also fort: »Es ist mir berichtet worden, o glücklicher König, daß der alte Wärter, nachdem er die zweitausend Goldstücke von der Prinzessin erhalten hatte, zu seiner Wohnung zurückeilte, und daß die Seinen sich freuten und ihn segneten, der die erste Ursache von alledem gewesen war.

Wenden wir uns nun von dem Gärtner wieder zu der Alten! Die sagte: ‚Hohe Herrin, diese Stätte ist wirklich prächtig geworden. Ich habe noch nie ein solches Schneeweiß gesehen wie diese Gipsverkleidung, noch auch so schöne Malereien wie die dort. Nun will ich doch einmal schauen, ob er die Innenseite ebenso ausgebessert hat wie die Außenseite, oder ob er nur die Außenseite weiß gemacht, das Innere aber schwarz gelassen hat. Komm, laß uns hineingehen und betrachten, wie es drinnen aussieht!' So ging denn die Amme hinein, und die Prinzessin folgte ihr nach. Da entdeckten sie, daß die Innenseite aufs schönste bemalt und verziert war. Die Prinzessin schaute nach rechts und nach links und schritt so bis zum oberen Ende der Estrade dahin; dort richtete sie ihren Blick auf die Wand und ließ ihn lange darauf verweilen. Die Alte erkannte, daß ihrer Herrin Auge auf der Abbildung des Traumes ruhte, und sie führte die beiden Dienerinnen fort, auf daß die sie nicht in ihrer Betrachtung störten. Als die Prinzessin aber das ganze Gemälde, das ihren Traum darstellte, angeschaut hatte, wandte sie sich voller Staunen nach der Alten um, schlug die eine Hand auf die andere und rief: ,Liebe Amme, komm, schau dir ein wundersam Ding an! Ja, würde man dies mit Nadeln in die Augenwinkel schreiben, es würde allen, die sich belehren lassen, ein lehrreiches Beispiel bleiben.' ,Was ist denn das, meine Gebieterin?' fragte die Alte; und die Prinzessin gab ihr zur Antwort: ,Geh hinein bis zum oberen Ende der Estrade, schau dort um dich, und was du dann siehst, das sage mir!' Da ging die Alte hinein, betrachtete die Abbildung des Traumes, kehrte staunend zurück und sprach: ,Bei Allah, meine Herrin, das ist ja das Bild des Gartens und des Vogelstellers und des Netzes und alles dessen, was du im Traume gesehen hast! Wahrlich, ein großes Hindernis hielt den Täuber davon zurück, nachdem er fortgeflogen war, wieder zu seinem Weibchen zu eilen und es aus dem Netz des Vogelstellers zu befreien; denn ich habe ihn in den Fängen eines Raubvogels gesehen, der ihn getötet hat und sein Blut trinkt und sein Fleisch zerreißt und auffrißt. Also das, o meine Gebieterin, war der Grund, weshalb er nicht zu seinem Weibchen zurückkehrte und es nicht aus dem Netze befreite. Aber, hohe Herrin, es ist doch ein Wunder, wie dieser Traum dort abgebildet ist!

Wenn du das tun wolltest, so würde es dir nicht gelingen, ihn so zu schildern. Bei Allah, dies ist etwas so Wunderbares, daß es in den Geschichten verzeichnet werden müßte! Doch, meine Gebieterin, vielleicht haben die Engel, denen die Obhut über die Menschenkinder anvertraut ist, gewußt, wie dem Täuber ein Unrecht geschah, als wir ihn, den Unschuldigen, deshalb tadelten, weil er nicht zurückkehrte; und sie haben sich seiner Sache angenommen und seine Unschuld an den Tag gebracht. Ach, da sehe ich ihn jetzt erst, in diesem Augenblicke, tot in den Krallen des Raubvogels!' ,Liebe Amme,' sagte darauf die Prinzessin, ,dies ist der Vogel, über den ein grausames Verhängnis gekommen ist; und wir haben ihm unrecht getan.' Die Amme aber fuhr fort: ,Hohe Herrin, vor Allah dem Erhabenen begegnen sich die Widersacher. Jetzt, o Gebieterin, ist uns die Wahrheit offenbar geworden, und die Unschuld des Männchens hat sich uns gezeigt. Hätten die Krallen des Raubvogels es nicht gepackt und hätte er es nicht getötet und sein Blut getrunken und sein Fleisch gefressen, so hätte es nicht gesäumt, zu seinem Weibchen zurückzufliegen. Ja, es wäre bald wieder bei seiner Gefährtin gewesen und hätte es aus dem Netze befreit. Aber mit dem Tode ist alles zu Ende. Und bedenke, wie zumal bei den Menschen der Mann selber hungert, um seine Frau zu speisen, wie er sich selber entblößt, um sie zu kleiden; ja, sogar die Seinen erzürnt er, um ihr gefällig zu sein, und er ist seinen Eltern ungehorsam und versagt ihnen, was er ihr gibt! Sie dringt in seine Geheimnisse und verborgenen Gedanken ein, und sie kann sein Fernsein nicht eine einzige Stunde ertragen. Wenn er auch nur eine einzige Nacht nicht bei ihr ist, so schläft ihr Auge nicht; niemand ist ihr teurer als er, und sie liebt ihn mehr als ihre Eltern. Wenn sie ruhen, so halten sie sich eng umschlungen, und er legt seinen

Arm unter ihren Hals und sie den ihren unter seinen Hals, wie der Dichter sagt:

> *Ihr Kissen war mein Arm, ich lag an ihrer Seite*
> *Und sprach zur Nacht: ‚Sei lang!' im hellen Mondesstrahl.*
> *Ach, eine Nacht wie die hat Allah nie erschaffen;*
> *Ihr Anfang war so süß, ihr Ende bittre Qual.*

Dann küßt er sie, und sie küßt ihn. Es wird gar unter anderem von einem König und seiner Gemahlin erzählt, daß er, als sie nach einer Krankheit gestorben war, sich selbst mit ihr begraben ließ, er, der noch in voller Lebenskraft war; so ging er freiwillig in den Tod aus Liebe zu ihr und um der unlöslich engen Gemeinschaft willen, die zwischen ihnen beiden bestand. Es geschah aber auch, daß einmal, als ein König nach einer Krankheit gestorben war und begraben werden sollte, seine Gemahlin zu den Ihren sprach: ‚Lasset mich lebendig mit ihm begraben werden; sonst töte ich mich selbst, und mein Blut kommt über euer Haupt!' Und als sie sahen, daß sie von diesem Entschlusse nicht abließ, gaben sie ihr nach, und sie warf sich zu ihm ins Grab; so übermäßig groß war ihre Liebe und Neigung zu ihm.' Unablässig erzählte die Alte der Prinzessin dergleichen Geschichten von Männern und Frauen, bis der Haß gegen die Männer, den sie in ihrem Herzen trug, geschwunden war. Und wie nun die Alte erkannte, daß die neue Liebe zu den Männern in ihr erstand, sprach sie: ‚Jetzt ist es an der Zeit, daß wir im Garten lustwandeln.' Da gingen die beiden aus dem Pavillon hinaus und schritten unter den Bäumen einher. Eben jetzt wandte der Prinz seinen Blick, und sein Auge fiel auf die Prinzessin; und er sah ihre herrliche Gestalt, ihres Wuchses Ebenmäßigkeit und ihrer Wangen rosenfarben Kleid, ihrer Augen schwarze Pracht und ihrer Anmut Zaubermacht, ihre strahlende Lieblichkeit und unvergleich-

58

liche Vollkommenheit. Da verwirrte sich ihm der Verstand, und er konnte seinen Blick nicht von ihr wenden. Die Leidenschaft brachte seine Vernunft zum Wanken, und die Liebe durchbrach in ihm alle Schranken; sein Inneres war nun ihrem Dienste zugewandt, und sein ganzes Wesen war von dem Feuer der Liebe entbrannt. Sein Bewußtsein schwand, und er sank zu Boden von Ohnmacht gebannt. Doch als er wieder zu sich kam, entdeckte er, daß sie seinen Blicken entschwunden und zwischen den Bäumen vor ihm verborgen war. – –«

Da bemerkte Schehrezâd, daß der Morgen begann, und sie hielt in der verstatteten Rede an. Doch als die *Siebenhundertundeinunddreißigste Nacht* anbrach, fuhr sie also fort: »Es ist mir berichtet worden, o glücklicher König, daß Prinz Ardaschîr, der sich im Garten verborgen hatte, die Prinzessin erblickte, als sie mit der Alten dorthin gekommen war und unter den Bäumen einherschritt, und daß er alsbald in Ohnmacht sank, da die Allmacht der Liebe ihn überwältigte. Doch als er wieder zu sich kam, entdeckte er, daß sie seinen Blicken entschwunden und zwischen den Bäumen vor ihm verborgen war. Da seufzte er aus tiefstem Herzen und sprach diese Verse:

> Ach, als mein Auge ihre hehre Schönheit schaute,
> Ward mir vor heißer Liebesqual das Herze wund.
> Da sank ich hin und lag bewußtlos auf der Erde;
> Doch der Prinzessin ward von meinem Leid nichts kund.
> Sie schritt dahin und brach das Herz des Liebessklaven;
> Bei Allah, sei doch mild, erbarm dich meiner Not!
> O Herr, laß mich ihr nahn, vereine mich in Freuden
> Mit meinem Lieb, eh ich ins Grab hinsinke, tot!
> Zehn Küsse geb ich ihr, und aber zehn; und zehn
> Soll dann des armen Kranken Wange sich erflehn.

Inzwischen führte die Alte die Königstochter immer weiter im Garten umher, bis sie an die Stätte kam, an der sich der

Prinz befand. Und siehe, da rief sie: ,O du, dessen Güte sich im Verborgenen enthüllt, rette uns vor dem, was uns mit Furcht erfüllt!' Als nun der Prinz das Merkwort hörte, kam er aus seinem Versteck hervor, und er schritt selbstbewußt und stolz unter den Bäumen dahin, und seine Gestalt beschämte die Zweige; seine Stirn war mit Perlentropfen gekrönt, und seine Wange war gleichwie durch das Abendrot verschönt – o allmächtiger Allah, dem aus Seiner Schöpfung Sein Lob ertönt! Da traf ein Blick der Prinzessin auf ihn, und sie schaute ihn an; und kaum hatte sie ihn gesehen, so ließ sie ihren Blick lange auf ihm verweilen. Sie betrachtete seine Schönheit und Lieblichkeit und seines Wuchses Ebenmäßigkeit, seine Augen, deren Gazellenblick zur Liebe entfachte, und seine Gestalt, die der Weide Zweige zuschanden machte. Er verwirrte ihren Verstand und nahm ihre Seele gefangen, als die Pfeile seiner Augen ihr in das Herze drangen. Und sie sprach zu der Alten: ,Liebe Amme, wie kommt diese liebliche Jünglingsgestalt hier zu uns dahergewallt?' ,Wo ist der, meine Gebieterin?' fragte die Alte; und die Prinzessin antwortete: ,Dort ist er, ganz nah, unter den Bäumen.' Nun wandte die Alte sich nach rechts und links, als wüßte sie nichts von ihm; und sie rief: ,Wer mag nur dem jungen Manne den Weg zu diesem Garten gewiesen haben?' Hajât en-Nufûs aber erwiderte ihr: ,Wer kann uns über diesen Jüngling Auskunft geben? Preis sei Ihm, der die Männer erschuf! Doch sag, liebe Amme, kennst du ihn vielleicht?' ,Hohe Herrin,' gab jene ihr zur Antwort, ,es ist der Jüngling, der dir durch mich Botschaften schickte.' Da fuhr die Prinzessin fort, die schon ganz versunken war im Meere ihrer Leidenschaft und der sehnenden Liebe Feuerkraft: ,Ach, liebe Amme, wie schön ist dieser Jüngling! Ja, fürwahr, er ist herrlich anzuschaun! Ich glaube, es gibt auf dem Angesicht der Erde keinen schöneren als ihn.' Wie nun die Alte erkannte, daß die Liebe zu ihm Gewalt über sie gewonnen hatte, sprach sie: ,Habe ich dir nicht gesagt, meine Gebieterin, daß er ein Jüngling ist, um dessen Angesicht die Schönheit ihren Strahlenkranz flicht?' Die Prinzessin erwiderte ihr: ,Liebe Amme, die Königstöchter wissen nichts von den Wegen der Welt, noch kennen sie das Wesen derer, die in ihr leben; sie haben mit niemandem Umgang, sie geben nicht und nehmen nicht. Ach, meine Amme, wie kann ich zu ihm gelangen, wie kann ich mich ihm zeigen, was soll ich zu ihm sagen, und was wird er zu mir sagen?' Darauf erwiderte die Alte: ,Welches Mittel hätte ich jetzt noch in der Hand? Wir sind in dieser Sache jetzt ratlos geworden um deinetwillen.' ,Liebe Amme,' sagte die Prinzessin, ,wisse, wenn je ein Mensch vor Leidenschaft starb, so werde ich sterben. Ich bin gewißlich sogleich des Todes so sehr brennt mich das Feuer der Leidenschaft.' Als die Alte diese Worte aus ihrem Munde vernahm und sah, daß die Sehnsucht nach seiner Liebe über sie kam, da hub sie an: ,Hohe Herrin, daß er zu dir komme, ist unmöglich; und auch du darfst nicht zu ihm gehen, da du noch so jung bist. Doch komm mit mir; ich will dir vorangehen, bis du bei ihm bist! Dann will ich ihn anreden, so daß du dich nicht zu schämen brauchst, und es wird nur einen Augenblick währen, bis Vertrautheit zwischen euch herrscht.' Die Prinzessin erwiderte: ,Geh vor mir her, denn den Ratschluß Allahs kann keiner zurückweisen!' Nun machten die Amme und die Prinzessin sich auf und begaben sich zu dem Prinzen, der dasaß, als wäre er der Mond in seiner Fülle. Und als sie vor ihm standen, sprach die Alte zu ihm: ,Schau, o Jüngling, wer vor dir steht! Dies ist die Tochter des größten Königs unserer Zeit, es ist Hajât en-Nufûs. Bedenke ihren Stand und die Ehre, die dir durch ihr

Kommen widerfährt! Erhebe dich aus Ehrfurcht vor ihr und tritt vor sie hin!' Im selbigen Augenblicke sprang der Jüngling auf, ihrer beiden Augen trafen sich, und beide wurden wie trunken ohne Wein. Ja, die Sehnsucht und das Verlangen nach ihm wurden noch stärker in ihr, und die Prinzessin öffnete ihre Arme, und der Prinz tat desgleichen, und beide umarmten sich in heißem Sehnen. Doch Liebe und Leidenschaft überwältigten sie, so daß sie in Ohnmacht sanken und zu Boden fielen und eine lange Weile dort liegen blieben. Die Alte aber, die das Ärgernis der Entdeckung fürchtete, trug die beiden in den Pavillon hinein und setzte sich an der Tür nieder. Dann sprach sie zu den Dienerinnen: ‚Ergreift die Gelegenheit, euch zu ergehen; denn die Prinzessin schläft!' Da ergingen die Sklavinnen sich wieder im Garten. Die beiden Liebenden aber erwachten aus ihrer Ohnmacht, und als sie sich drinnen im Pavillon sahen, sprach der Jüngling: ‚Um Allahs willen, o Herrin der Schönen, ist dies ein Traum oder spukhafter Schaum?' Wiederum sanken sie sich in die Arme und wurden trunken ohne Wein und klagten einander der Liebe Pein. Und der Prinz sprach diese Verse:

> Die Sonne steigt empor aus ihrem Strahlenantlitz;
> Aus ihren Wangen scheint der Abendröte Glanz.
> Und wenn sich den Beschauern solches offenbaret,
> Verbirgt vor ihm beschämt der Abendstern sich ganz.
> Doch wenn aus ihres Munds Geheg ein Blitzen leuchtet,
> So bricht der Morgen an, es weicht die dunkle Nacht;
> Und wenn ihr schlanker Leib sich biegt und wiegt im Schreiten,
> So wird im Weidenlaub der Zweige Neid entfacht.
> Ach, mir ist alles gleich, wenn ich nur sie erblicke;
> Der Herr des Frühlichts und der Menschen[1] schütze sie!
> Sie lieh dem Vollmond einen Teil von ihren Reizen;

1. Vgl. die beiden letzten Suren des Korans.

Die Sonne wollt ihr gleichen, doch vermocht es nie.
Wie kann die Sonne wohl sich so im Schreiten wiegen?
Wann hat Gestalt und Art so schön der Mondenschein?
Wer tadelt mich, wenn ich in Lieb zu ihr vergehe,
Mag ich ihr ferne weilen oder nahe sein?
Sie ist es, die mit ihrem Blick mein Herz bezwingt –
Was gibt's, das lieberfüllten Herzen Hilfe bringt? – –«

Da bemerkte Schehrezâd, daß der Morgen begann, und sie hielt in der verstatteten Rede an. Doch als die *Siebenhundertundzweiunddreißigste Nacht* anbrach, fuhr sie also fort: »Es ist mir berichtet worden, o glücklicher König, daß damals, als der Prinz seine Verse beendet hatte, die Prinzessin ihn an ihre Brust zog und seinen Mund und seine Stirn küßte; da kehrte seine Seele in ihn zurück, und nun begann er ihr zu klagen, was er hatte dulden müssen durch die Macht der Liebe und die Gewalt der Leidenschaft und durch der verzehrenden Sehnsucht unendliche Kraft, und was er um ihrer Herzenshärte willen hatte ertragen müssen. Als sie seine Worte vernahm, küßte sie ihm Hände und Füße, und sie enthüllte ihr Haupt, und da war es, als leuchte in finsterer Nacht des Vollmonds liebliche Pracht. Dann sprach sie zu ihm: ,O mein Geliebter, o du Ziel meiner Wünsche, hätte es doch nie den Tag der Abweisung gegeben, und Allah mache, daß wir ihn nie wieder erleben!' Und sie umarmten sich von neuem und weinten miteinander; und die Prinzessin sprach diese Verse:

Der du den Mond beschämst, ja auch des Tages Sonne,
Ach, töten willst du mich, von Grausamkeit verzehrt,
Durch eines Blickes Schwert, das meine Seele spaltet;
Wohin kann ich entfliehen vor der Blicke Schwert?
Dem Bogen gleich sind deine Brauen, und sie schießen
Den Pfeil der heißen Liebe mir ins Herz hinein.
Ein Paradies sind mir die Früchte deiner Wangen;
Wie kann vor solcher Frucht mein Herze ruhig sein?

Dein zarter, weicher Wuchs ist wie ein Zweig voll Blüten;
Von solchen Zweiges Blüten reift die schönste Frucht.
Du zogst mich mit Gewalt, du raubtest mir den Schlummer,
Ja, deine Liebe nahm mir alle Scheu und Zucht.
Dir möge Gott den Glanz des reinen Lichtes leihen;
Er bring das Ferne nahe, Er verein uns bald!
Erbarm dich eines Herzens, das in Lieb entbrannt ist!
Dies kranke Herz ergibt sich deiner Allgewalt.

Als sie ihre Verse beendet hatte, überwältigte sie der Liebe
Kraft, und sie war verstört und weinte Tränen quellender
Leidenschaft. Auch des Jünglings Herz war entbrannt, und er
war durch die Liebe zu ihr wie verstört und gebannt. Da trat
er an sie heran, küßte ihre Hände und weinte bitterlich. Und
so blieben sie beisammen, indem sie ihre Liebe klagten und
plauderten und Verse sprachen, bis der Ruf zum Nachmittagsgebet erscholl. Nichts anderes als dies war zwischen ihnen geschehen, und nun mußten sie an die Trennung denken. Die
Prinzessin sprach zu ihm: ‚O du mein Augenlicht, mein Herzlieb, jetzt müssen wir auseinandergehen; und wann werden
wir uns wiedersehen?‘ Der Jüngling aber rief sofort, wie von
Pfeilen getroffen durch ihr Wort: ‚Bei Allah, ich mag nicht
von Trennung sprechen!‘ Doch sie ging aus dem Pavillon hinaus, und als er ihr nachblickte, hörte er ihre Seufzer, vor denen
die Steine zerflossen, und sah ihre Tränen, die sich wie Regenschauer ergossen. Da versank er vor Liebe in der Verzweiflung
Meer, und er sprach diese Verse vor sich her:

Du meines Herzens Wunsch, es wächst mein Kummer,
Und ratlos bin ich durch der Liebe Macht.
Dein Antlitz gleicht dem Morgen, wenn er dämmert;
Und deines Haares Farbe gleicht der Nacht.
Dein schlanker Wuchs ist gleich dem schwanken Zweige,
Vom Hauch des Nordwinds auf und ab bewegt;
Und deine Augen sind wie die der Rehe,

Wenn edler Männer Blick sich auf sie legt.
Dein Leib ist schmal, es lasten deine Hüften –
Die einen schwer, der andre zart und fein;
Dein Lippentau ist gleich dem süßen Weine
Mit Moschusduft und Wasser, kühl und rein.
Du Reh des Stammes, ende meinen Kummer:
Laß huldvoll mich dein Traumbild sehn im Schlummer!

Wie nun die Prinzessin seine Verse zu ihrem Preis vernommen hatte, kehrte sie zu ihm zurück und umarmte ihn; in ihrem Herzen aber brannte ein Feuer, das hatte die Trennung entfacht, und es zu löschen stand nur in des Küssens und Umarmens Macht. Und sie rief: ‚Fürwahr, das Sprichwort sagt: Geduld geziemt sich für den Liebenden, nicht Ungeduld. Jetzt muß ich auf ein Mittel sinnen, daß wir uns wiedersehen.' Darauf nahm sie Abschied von ihm und ging fort; doch im Übermaße ihrer Liebe wußte sie kaum, wohin sie ihre Füße setzte. So ging sie dahin, bis sie sich in ihrem Zimmer niederwarf. Indessen ward der Prinz von Sehnsucht und Leidenschaft immer heftiger geplagt, und des Schlummers Süße blieb ihm versagt. Die Prinzessin nahm keine Speise zu sich, ihre Geduld erlahmte, und ihre Standhaftigkeit ermattete. Sobald der Morgen dämmerte, rief sie nach der Amme; und als die vor ihr stand, entdeckte sie, daß ihre Herrin wie verwandelt aussah. Die Königstochter aber sprach zu ihr: ‚Frage mich nicht nach dem, was ich leide; denn alles, was ich dulde, ist nur dein Werk! Wo ist der Geliebte meines Herzens?' ‚Hohe Herrin, wann habt ihr euch getrennt? Ist er dir denn schon länger fern als diese eine Nacht?' ‚Ach, kann ich die Trennung von ihm auch nur eine Stunde lang ertragen? Wohlan, ersinne ein Mittel, um uns eiligst zu vereinen; denn mir ist, als ob meine Seele mich verlassen wolle!' ‚Gedulde dich, meine Gebieterin, bis ich dir einen klugen Plan ersonnen habe, so daß niemand etwas davon merkt!' ‚Bei Allah dem Allmächtigen, wenn du ihn mir nicht heute noch bringst, so rede ich gewißlich mit dem König und tu ihm kund, daß du mich verführt hast; und dann wird er dir den Kopf abschlagen.' ‚Ich bitte dich um Allahs willen, hab Geduld mit mir! Denn dies Unterfangen ist gefährlich.' Und weiter flehte die Amme sie demütigst an, bis sie ihr drei Tage Frist gewährte; und dann sprach die Prinzessin zu ihr: ‚Ach, liebe Amme, die drei Tage werden mir drei Jahre sein. Wenn aber der vierte Tag kommt und du ihn nicht zu mir bringst, so will ich auf deinen Tod sinnen.' Alsbald verließ die Amme sie und begab sich in ihre Wohnung; und wie der vierte Morgen anbrach, berief sie die Kammerfrauen der Stadt und verlangte von ihnen schöne Farben, um eine Jungfrau zu schmücken und zu schminken. Und jene brachten ihr von allem, was sie verlangte, das Schönste. Dann ließ sie den Jüngling rufen, und als der zu ihr kam, öffnete sie ihre Truhe und holte daraus ein Bündel hervor, das ein Frauengewand im Werte von fünftausend Dinaren enthielt, und ferner ein Kopftuch, das mit allerlei edlen Steinen besetzt war. Dann hub sie an: ‚Mein Sohn, möchtest du mit Hajât en-Nufûs zusammentreffen?' ‚Jawohl', gab er zur Antwort; und nun nahm sie eine Haarzange und zupfte ihm die Haare aus dem Gesicht und schminkte ihm die Augen. Darauf nahm sie ihm die Kleider ab und strich die Farbe auf seine Hände und Arme von den Fingernägeln bis zu den Schultern und auf seine Beine vom Mittelfuße bis zu den Schenkeln; und sie bemalte seinen ganzen Leib, bis er aussah wie rote Rosen auf Alabasterplatten. Nach einer kleinen Weile wusch sie ihn und säuberte ihn; dann holte sie ihm ein Hemd und eine Hose und bekleidete ihn mit jenem königlichen Gewande. Schließlich legte sie ihm Kopftuch und Schleier an und lehrte ihn, wie er gehen solle, indem sie sprach: ‚Schieb die linke Seite vor und zieh die rechte zurück!‘ Er tat, wie sie ihm befahl, und schritt vor ihr dahin, als wäre er eine Huri, die das Paradies verlassen hätte. Darauf sagte sie zu ihm: ‚Fasse dir ein Herz! Denn du gehst in des Königs Palast, und dort stehen immer Wächter und Diener am Tore. Wenn du dich vor ihnen fürchtest oder dich irgendwie verdächtig zeigst, so werden sie dich ins Auge fassen und dich erkennen; dann wird es uns schlimm ergehen, und wir werden unser Leben verlieren. Fühlst du dich dem nicht gewachsen, so sag es mir!‘ Er antwortete ihr: ‚Wahrlich, solches kann mich nicht erschrecken. Also hab Zuversicht und quäl dich nicht!‘ Da gingen sie hinaus, indem sie voranschritt, bis sie zum Tore des Palastes kamen, wo es voll von Eunuchen war. Nun wandte die Alte sich nach ihm um, auf daß sie sähe, ob etwas Verdächtiges an ihm sei oder nicht; aber sie fand, daß er unverändert sich selber gleich war. Wie dann die Alte ankam und der Obereunuch sie erblickte, erkannte er sie; doch da er hinter ihr eine Maid entdeckte, deren Reize den Verstand verwirrten, sprach er bei sich: ‚Die Alte da ist ja die Amme; aber was die angeht, die hinter ihr ist, so gibt es in unserem Lande keine, die ihr an Gestalt gleicht, keine, die ihr an Schönheit und Liebreiz auch nur nahekommt, es sei denn die Prinzessin Hajât en-Nufûs. Allein die lebt doch abgeschlossen und geht niemals aus! Wüßte ich nur, wie sie auf die Straße gekommen ist! Mag sie wohl mit Erlaubnis des Königs oder ohne seinen Willen ausgegangen sein?‘ Und sofort sprang er auf, um über sie Kunde zu gewinnen, und es folgten ihm etwa dreißig Eunuchen. Als die Alte sie erblickte, ward sie wie von Sinnen, und sie sagte: ‚Wir sind Allahs Geschöpfe, und zu Ihm kehren wir zurück! Jetzt ist es um unser Leben geschehen, das ist gewiß!‘ – –«

Da bemerkte Schehrezâd, daß der Morgen begann, und sie hielt in der verstatteten Rede an. Doch als die *Siebenhundertunddreiunddreißigste Nacht* anbrach, fuhr sie also fort: »Es ist mir berichtet worden, o glücklicher König, daß die Alte, als sie den Obereunuchen mit seinen Leuten nahen sah, in große Furcht geriet und sagte: ‚Es gibt keine Macht und es gibt keine Majestät außer bei Allah! Wir sind Allahs Geschöpfe, und zu Ihm kehren wir zurück. Jetzt ist es um unser Leben geschehen, das ist gewiß!' Wie aber der Obereunuch sie also reden hörte, überkam ihn die Angst, da er die Heftigkeit der Prinzessin kannte und wußte, daß ihr Vater unter ihrer Herrschaft stand; und er sprach bei sich selber: ‚Vielleicht hat der König die Amme angewiesen, seine Tochter hinauszuführen, um eine Besorgung zu machen, und will nicht, daß jemand um sie wissen soll. Wenn ich ihr nun in den Weg trete, so wird sie in ihrer Seele gewaltig wider mich ergrimmen und wird sagen: ‚Dieser Eunuch da ist mir in den Weg getreten, um mich zu untersuchen.' Und dann wird sie auf meinen Tod sinnen. Überhaupt geht mich diese Sache nichts an.' So machte er denn kehrt, und die dreißig Eunuchen gingen mit ihm zum Tor des Palastes zurück; dort trieben sie das Volk beiseite, und die Amme trat ein, während sie mit dem Haupte grüßte. Die dreißig Eunuchen aber standen da in ehrfürchtiger Haltung und erwiderten ihren Gruß. Mit der Alten trat auch der Prinz in den Palast ein, indem er ihr folgte, und sie schritten immer weiter durch die Tore dahin, bis sie bei allen Wachen vorbeigekommen waren, beschützt von dem Allschützer, und dann erreichten sie das siebente Tor. Das war das Tor zum großen Palastgebäude, in dem sich der Thron des Königs befand, und von dort gelangte man zu den Zimmern der Odalisken und den Hallen des Harems und auch zum Schlosse der Prinzessin.

68

An jener Stätte machte die Alte halt und flüsterte: ‚Mein Sohn, siehe, so weit sind wir nun gelangt, und Preis sei Ihm, der uns bis zu diesem Orte gebracht hat! Aber, mein Sohn, nur zur Nachtzeit ist es möglich, mit der Prinzessin zusammenzutreffen; denn die Nacht hüllt den, der etwas zu fürchten hat, in ihren Schleier.‘ ‚Du hast recht,‘ antwortete er ihr, ‚doch was ist zu tun?‘ Sie erwiderte ihm: ‚Verbirg dich an dieser dunklen Stätte hier!‘ Da setzte er sich in der Zisterne nieder, während sich die Alte entfernte; und sie ließ ihn dort, bis der Tag zur Rüste ging. Dann kam sie zu ihm zurück und hieß ihn herauskommen, und nun traten sie beide in das Schloßtor ein und gingen immer weiter, bis sie zum Gemach der Prinzessin Hajât en-Nufûs vordrangen. Die Amme klopfte an die Tür, eine kleine Sklavin kam und rief: ‚Wer ist an der Tür?‘ ‚Ich bin's!‘ antwortete die Alte; da kehrte die Sklavin zurück und bat ihre Herrin um Erlaubnis, daß die Amme eintreten dürfe. Die Prinzessin sprach: ‚Öffne ihr und laß sie eintreten mit denen, die bei ihr sind!‘ Nun traten die beiden ein, und als sie näher kamen, blickte die Amme nach Hajât en-Nufûs und erkannte, daß die Prinzessin alles zum Empfang gerüstet hatte; sie hatte die Lampen aufgereiht und die Lager und Estraden mit Teppichen bedeckt, auch hatte sie die Kissen hingelegt und die Kerzen in den goldenen und silbernen Leuchtern angezündet. Ferner hatte sie einen Tisch mit Speisen und Früchten und Süßigkeiten ausgebreitet und Moschus, Aloeholz und Ambra ihren Duft ausströmen lassen. Da saß sie nun inmitten der Lampen und Kerzen; aber das Licht ihres Antlitzes erstrahlte noch heller als alle. Wie sie die Amme erblickte, sprach sie zu ihr: ‚Liebe Amme, wo ist der Geliebte meines Herzens?‘ ‚Hohe Herrin,‘ erwiderte jene, ‚ich habe ihn nicht gefunden, und mein Blick ist nicht auf ihn gefallen. Doch ich habe dir seine leibliche Schwester hier vor dich gebracht.' Die Prinzessin rief: ‚Bist du von Sinnen? Ich habe seine Schwester nicht nötig! Verbindet sich etwa der Mensch die Hand, wenn ihn der Kopf schmerzt?' ‚Nein, bei Allah,' erwiderte die Alte, ‚doch schau sie dir an, und wenn sie dir gefällt, so behalte sie bei dir!' Mit diesen Worten enthüllte sie das Gesicht des Prinzen, und sowie Hajât en-Nufûs ihn erkannte, sprang sie auf und zog ihn an ihre Brust, während auch er sie an sich drückte. Darauf sanken beide zu Boden und lagen eine lange Weile ohnmächtig da. Nachdem die Alte sie jedoch mit Rosenwasser besprengt hatte, kamen sie wieder zu sich. Dann küßte sie ihn auf den Mund wohl mehr als tausendmal und sprach diese Verse:

> *Mein Herzensallerliebster kam zu mir im Dunkel;*
> *Ich stand, um ihn zu ehren, und er setzte sich.*
> *Ich sprach: O du mein Wunsch, mein einzigstes Begehren,*
> *Du kamst zu mir bei Nacht, kein Wächter schreckte dich.*
> *Er sprach zu mir: Wohl hatt ich Furcht, allein die Liebe*
> *Hat mich um meinen Geist und meinen Sinn gebracht.*
> *Und eine Weile hielten wir uns eng umschlungen*
> *In Sicherheit und ohne Furcht vor Dem, der wacht.*
> *Wir standen wieder auf, von Sünde unbefleckt,*
> *Und hoben unsern Saum, den keine Schmach bedeckt. – –«*

Da bemerkte Schehrezâd, daß der Morgen begann, und sie hielt in der verstatteten Rede an. Doch als die *Siebenhundertundvierunddreißigste Nacht* anbrach, fuhr sie also fort: »Es ist mir berichtet worden, o glücklicher König, daß Hajât en-Nufûs, als ihr Geliebter zu ihr ins Schloß gekommen war, in seinen Armen ruhte und dann Verse sprach, die ihr Erleben schilderten. Und als sie die Verse beendet hatte, fuhr sie fort: ‚Ist es denn wirklich wahr, daß ich dich in meinem Hause sehe und daß du mein Tischgenosse und mein Trautgesell geworden bist?' Und wiederum kam die Liebe über sie mit Macht, und heiße Glut war in ihr entfacht, so daß sie vor Freuden fast wie von Sinnen ward; dann sprach sie diese Verse:

> *Mein Leben ihm, der zu mir kam im tiefen Dunkel!*
> *Ich hatte schon geharrt auf unser Stelldichein.*
> *Mich weckte nur die zarte Stimme seines Klagens;*
> *Ich sprach: Du sollst von Herzen mir willkommen sein!*
> *Auf seine Wange drückte ich wohl tausend Küsse,*
> *Umarmte ihn als Freund in aller Heimlichkeit.*
> *Ich rief: Jetzt hab ich doch erreicht, was ich erhoffte;*
> *Wie sich's gebührt, sei Gott der rechte Dank geweiht!*
> *Die schönste Nacht war unser – ach, sie war uns lieb –,*
> *Bis daß des Morgens Licht die Dunkelheit vertrieb.*

Sobald es aber Morgen ward, geleitete sie ihn in eins ihrer Gemächer, das niemandem bekannt war, und verbarg ihn dort bis der Abend anbrach; dann führte sie ihn wieder hinaus, und die beiden setzten sich zum Gelage nieder. Nun hub er an: ‚Ich möchte in mein Land zurückkehren und meinem Vater von dir erzählen, auf daß er seinen Wesir ausrüste, um dich bei deinem Vater für mich zur Gemahlin zu erbitten.‘ ‚Ach, mein Lieb,‘ erwiderte sie, ‚ich fürchte, wenn du in dein Land und dein Reich gezogen bist, so könntest du von mir abgelenkt werden und die Liebe zu mir vergessen; oder dein Vater willigt in deine Bitte nicht ein, und dann würde ich sterben, und alles würde zu Ende sein. Mich dünkt, es wäre das richtige, wenn du bei mir in meinem Bereiche bleibst, so daß du immer mein Antlitz schauen kannst und ich das deine erblicke, bis ich dir einen Plan ersonnen habe; dann wollen wir beide, du und ich, in derselben Nacht entfliehen und uns in dein Land begeben. Ich habe die Hoffnung auf die Meinen aufgegeben und erwarte nichts mehr von ihnen.‘ ‚Ich höre und gehorche!‘ erwiderte er; und so blieben sie beieinander und tranken ihren Wein. Eines Nachts aber mundete ihnen der Rebensaft so sehr, daß sie sich erst zum Schlafe niederlegten, als der Morgen graute. Und gerade damals hatte einer der Könige ihrem Vater Geschenke gesandt, darunter auch ein Halsband von neunundzwanzig einzigartigen Edelsteinen, die alle Schätze eines Königs an Wert übertrafen. Da sprach der König: ,Dies Halsband gebührt nur meiner Tochter Hajât en-Nufûs.‘ Und er wandte sich um nach einem Eunuchen, dem die Prinzessin einst aus irgendeinem Grunde die Backenzähne ausgeschlagen hatte, rief ihn und sprach zu ihm: ,Nimm dies Halsband und trag es zu Hajât en-Nufûs und sprich zu ihr: Einer der Könige hat dies deinem Vater als Geschenk gesandt, sein Wert ist nicht mit Geld zu bezahlen; leg du es um deinen Hals!‘ Der Bursche nahm das Kleinod, indem er bei sich sprach: ,Allah der Erhabene lasse dies das letzte in dieser Welt sein, das sie sich anlegt; denn sie hat mir meine unersetzlichen Backenzähne geraubt.‘ Dann ging er dahin, bis er zum Gemach der Prinzessin kam; dort fand er die Tür verschlossen und die Alte auf der Schwelle schlafen. Er weckte sie, und erschrocken fuhr sie auf und fragte ihn: ,Was willst du?‘ ,Der König schickt mich mit einem Auftrag zu seiner Tochter‘, antwortete er. Sie sagte darauf: ,Der Schlüssel ist nicht hier; geh fort, bis ich ihn geholt habe!‘ Da entgegnete er: ,Ich kann doch nicht so zum König zurückkehren!‘ Nun lief sie fort, um den Schlüssel zu holen; aber die Furcht kam über sie, und so suchte sie ihr Heil in der Flucht. Wie sie jedoch dem Burschen zu lange ausblieb, fürchtete er, sein Fortbleiben würde dem König zu lange dauern, und er begann an der Tür zu rütteln und zu schütteln, bis der Riegel zerbrach und die Tür sich auftat. Dann ging er hinein und schritt immer weiter, bis er zur siebenten Tür kam. Und als er in das Zimmer eintrat, sah er, daß es mit kostbaren Teppichen ausgestattet war, und entdeckte dort Kerzen und

72

Flaschen. Ob dieses Anblicks erstaunte der Eunuch, und indem er weiterschritt, kam er zu dem Bett, vor dem sich ein seidener Vorhang und eine juwelenbesetzte Gardine befanden. Da hob er den Vorhang auf und sah die Prinzessin dort schlafen im Arm eines Jünglings, der noch schöner als sie war. Und er pries Allah den Allmächtigen, der jenen aus verächtlichem Wasser erschaffen hatte. Dann aber sprach er: ‚Wie herrlich das zu einer paßt, die sonst die Männer haßt! Wie mag sie an den da geraten sein? Ich glaube, nur um seinetwillen hat sie mir die Backenzähne ausgeschlagen.‘ Darauf ließ er den Vorhang zurückfallen und ging auf die Tür zu. Die Prinzessin aber war aufgewacht voll Schrecken und hatte den Eunuchen Kafûr gesehen. Sie rief ihn, aber er gab ihr keine Antwort. Da sprang sie auf und eilte hinter ihm her, ja, sie ergriff seinen Saum und legte ihn auf ihr Haupt, küßte ihm die Füße und flehte ihn an: ‚Verhülle, was Allah verhüllt hat!‘ Doch er entgegnete: ‚Allah verhülle dich nicht, noch auch den, der dich in seinen Schutz nimmt! Du hast mir einst die Backenzähne ausgeschlagen und sagtest mir damals, niemand solle zu dir je über das Wesen der Männer reden.‘ Mit diesen Worten riß er sich von ihr los, lief rasch davon, verschloß die Tür, stellte einen anderen Eunuchen als Wache davor und ging zu dem König hinein. Der König fragte ihn: ‚Hast du Hajât en-Nufûs das Halsband gegeben?‘ Doch der Eunuch antwortete: ‚Bei Allah, du verdientest etwas Besseres als all dies.‘ Da rief der König: ‚Was ist geschehen? Sag es mir und beeile deine Worte!‘ Darauf sprach der Eunuch: ‚Ich kann es dir nur sagen, wenn ich mit dir allein bin.‘ ‚Sag es öffentlich!‘ befahl der König; und der Sklave bat: ‚Gewähre mir Sicherheit!‘ Nachdem der König ihm das Tuch der Sicherheit zugeworfen hatte, fuhr jener fort: ‚O König, ich trat ein zur Prinzessin Hajât en-Nufûs und fand sie in einem prächtig ausgestatteten Gemach am Busen eines Jünglings schlafen. Da verschloß ich die Tür vor den beiden, und nun stehe ich wieder vor dir.' Als der König diese Worte von ihm vernahm, sprang er auf, nahm ein Schwert in die Hand, rief den Obereunuchen herbei und sprach zu ihm: ‚Nimm deine Burschen mit dir, geh hinein zu Hajât en-Nufûs und bring sie samt dem, der bei ihr ist, so, wie die beiden auf dem Bette liegen; doch verhüllt sie mit ihrer Decke!' – –«

Da bemerkte Schehrezâd, daß der Morgen begann, und sie hielt in der verstatteten Rede an. Doch als die *Siebenhundertundfünfunddreißigste Nacht* anbrach, fuhr sie also fort: »Es ist mir berichtet worden, o glücklicher König, daß der König dem Obereunuchen befahl, mit seinen Burschen sich zu Hajât en-Nufûs zu begeben und sie samt dem, der bei ihr sei, vor ihn zu bringen, und daß jener darauf mit seinen Leuten fortging und in das Gemach eindrang. Dort fanden sie Hajât en-Nufûs stehen und in Tränen und Klagen zergehen; und ebenso auch den Prinzen. Der Obereunuch sprach zu dem Jüngling: ‚Lege dich wieder auf das Bett, wie du gelegen hast; und die Prinzessin soll desgleichen tun!' Da nun die Prinzessin um ihren Geliebten besorgt war, sprach sie zu ihm: ‚Dies ist nicht die Zeit zum Widerstand.' Und so legten sich denn die beiden wieder auf das Lager, und die Eunuchen trugen sie alsbald vor den König. Als der nun die Decke von ihnen hob, sprang die Prinzessin auf. Ihr Vater sah sie an und wollte ihr das Haupt abschlagen; aber der Jüngling kam ihm zuvor und warf sich ihm an die Brust und rief: ‚O König, sie ist unschuldig, die Schuld trifft nur mich allein, drum töte mich zuerst!' Schon wollte der König ihn töten, da warf Hajât en-Nufûs sich ihrem Vater entgegen und rief: ‚Töte mich allein, nicht ihn, denn er ist der Sohn des mächtigsten Königs, des Herrn aller Lande weit und

74

breit!' Als der König die Worte seiner Tochter vernommen hatte, wandte er sich an den Großwesir, der ein wahrer Ausbund von Bosheit war, und sprach zu ihm: ‚Was sagst du zu dieser Sache, Wesir?' Jener gab zur Antwort: ‚Was ich sage, ist dies: Jeder, der in eine Lage wie diese gerät, hat die Lüge nötig; den beiden gebührt nichts anderes, als daß ihnen der Kopf abgeschlagen wird, nachdem sie mit mancherlei Foltern gepeinigt worden sind.' Da rief der König den Träger des Schwertes seiner Rache, und als der mit seinen Knechten erschien, sprach der König: ‚Nehmt diesen Galgenstrick und schlagt ihm den Kopf ab; danach tut ebenso mit dieser Dirne, und dann verbrennt die beiden! Fragt mich aber nicht noch einmal über sie!' Nun legte der Henker seine Hand auf ihren Rücken, um sie zu packen; aber da schrie der König ihn an und warf etwas nach ihm, das er in der Hand hielt, so daß er ihn fast getötet hätte, und er rief: ‚Du Hund, wie kannst du, wenn ich zornig bin, noch milde sein wollen? Pack sie mit deiner Hand an den Haaren und schleife sie daran fort, so daß sie auf dem Gesichte liegt!' Jener tat, wie ihm der König befohlen hatte, und schleifte sie an ihrem Haar davon, und ebenso tat er mit dem Prinzen. Und als sie den Blutplatz erreichten, riß er einen Streifen von seinem Gewande und verband dem Prinzen die Augen und zückte sein scharfes Schwert. Die Prinzessin hatte er nämlich bis zuletzt zurückgestellt in der Hoffnung, daß ihr noch Fürsprache zuteil werden möchte. Und nun machte er sich an den Jüngling und ließ das Schwert dreimal um ihn kreisen, während alle Krieger insgemein weinten und Allah anflehten, beiden möchte ein Fürsprech zu Hilfe kommen. Dann aber reckte er seinen Arm – da wirbelte plötzlich eine Staubwolke empor, die legte der Welt einen Schleier vor.

Dies war also geschehen. Jener König, der Vater des Prinzen, hatte sich, als die Kunde von seinem Sohn ihm zu lange ausblieb, mit einem großen Heere ausgerüstet und sich selbst aufgemacht, um nach seinem Sohn zu suchen. So war er hierher gekommen. Der König 'Abd el-Kâdir andrerseits rief, als jene Staubwolke aufstieg: ‚Ihr Leute, was gibt es? Was ist es, das da staubt und uns den Ausblick raubt?‘ Da sprang der Großwesir auf und eilte fort, auf jene Staubwolke zu, um zu erkunden, was es mit ihr in Wahrheit auf sich habe. Und er entdeckte, daß dort ein Volk war, zahllos wie Heuschrecken; ihre Menge konnte nicht ermessen werden, und ihr widerstand keine Macht auf Erden, sie erfüllten Berg und Tal und alle Hügel zumal. Alsbald kehrte der Wesir zum König zurück und berichtete ihm, was er gesehen hatte. Der sprach darauf zu ihm: ‚Geh wieder hinab und erkunde uns Näheres über dies Heer und über den Grund, weshalb sie in unser Land kommen! Frage auch nach dem Anführer jenes Heeres und überbring ihm meinen Gruß; dann bitte ihn, dir zu sagen, weshalb er gekommen sei; und wenn er irgendeinen Wunsch zu erfüllen sucht, so wollen wir ihm helfen! Hat er Blutrache wider einen der Könige, so wollen wir mit ihm ziehen; wünscht er irgendeine Gabe, so wollen wir sie ihm geben. Denn dies ist eine ungeheure Zahl und ein gewaltiger Truppenaufwand, und wir befürchten von ihnen einen Angriff auf unser Land.‘ Da ging der Wesir hinab und schritt dahin zwischen den Zelten und Kriegern und Leibwachen; ja, er mußte von Tagesanbruch bis nahe vor Sonnenuntergang wandern, ehe er zu den Männern mit den vergoldeten Schwertern kam und zu den sternenbesetzten Zelten. Danach gelangte er zu den Emiren und Wesiren, den Kammerverwaltern und Statthaltern. Und noch weiter mußte er gehen, bis zum Herrscher selbst gelangte; in ihm erkannte er einen mächtigen König. Kaum hatten die Würdenträger ihn erblickt, so riefen sie: ‚Küsse den Boden! Küsse den Boden!‘ Er tat es; doch als er sich aufrichten wollte, riefen sie es ihm zum zweiten und dritten Male zu. Schließlich erhob er sein Haupt und stand auf; aber da fiel er wieder in voller Länge zu Boden, in Ehrfurcht ersterbend. Doch dann trat er vor den König und sprach: ‚Allah lasse deine Tage lange währen und stärke deine Herrschaft und erhöhe deine Macht, o glücklicher König! Vernimm nunmehr, daß der König 'Abd el-Kâdir dir seinen Gruß entbietet und den Boden vor dir küßt und dich fragen läßt, in welcher wichtigen Angelegenheit du gekommen seiest. Wenn du an irgendeinem König Blutrache zu nehmen wünschest, so will er mit dir ziehen in deinem Dienste. Und wenn du ein Anliegen hast, das er dir erfüllen kann, so steht er dir darin zu Diensten.‘ ‚O Bote,‘ erwiderte ihm der König, ‚geh zu deinem Herrn und sprich zu ihm: Der großmächtige König[1] hat einen Sohn, der seit geraumer Zeit fern von ihm weilt; er konnte auch seit langem nichts mehr von ihm erkunden, und keine Spur ward von ihm gefunden. Wenn der in dieser Stadt ist, so will er ihn nehmen und euch verlassen. Geschah ihm aber irgendein Leid, oder geriet er bei euch in Fährlichkeit, so wird sein Vater euer Land verwüsten und euer Hab und Gut zusammenraffen, eure Männer töten und eure Weiber in die Sklaverei fortschaffen. So kehre denn eiligst zu deinem Herrn zurück und tu ihm dies kund, ehe das Unheil über ihn kommt!‘ ‚Ich höre und gehorche!‘ antwortete der Wesir und wandte sich zum Gehen; doch wiederum riefen die Kammerherren ihm zu: ‚Küsse den Boden! Küsse den Boden!‘ Das tat er nun wohl zwanzigmal,

1. Von hier an wird der zu Anfang es-Saif el-A'zam genannte König als el-Malik el-A'zam ‚der großmächtige König‘ bezeichnet.

und er stand erst wieder auf, als ihm der Atem durch die Nase entschwinden wollte. Dann verließ er die Versammlung des Königs und eilte unablässig dahin, voller Gedanken über das Wesen dieses Königs und seine gewaltige Heeresmacht, bis er wieder vor dem König 'Abd el-Kâdir stand, bleich vor übergroßer Furcht und zitternd am ganzen Leibe. Und er tat ihm darauf kund, was ihm widerfahren war. – –«

Da bemerkte Schehrezâd, daß der Morgen begann, und sie hielt in der verstatteten Rede an. Doch als die *Siebenhundertundsechsunddreißigste Nacht* anbrach, fuhr sie also fort. »Es ist mir berichtet worden, o glücklicher König, daß damals, als der Wesir von dem großmächtigen König zurückgekehrt war und dem König 'Abd el-Kâdir berichtete, was ihm begegnet war, bleich und zitternd am ganzen Leibe vor übergroßer Furcht, den König selbst Unruhe und Sorge um sich und um sein Volk beschlich, und daß er alsbald fragte: ,O Wesir, wer mag der Sohn dieses Königs sein?' ,Ebender, dessen Hinrichtung du befohlen hast,' gab der Minister zur Antwort, ,und Allah sei gepriesen, daß Er seinen Tod nicht beschleunigt hat! Sonst hätte sein Vater unser Land verwüstet und unser Hab und Gut geraubt.' Der König aber sagte darauf: ,Schau nun deinen verderblichen Rat, durch den du uns veranlassen wolltest, ihn zu töten! Wo ist nun der junge Herr, der Sohn dieses Königs von hoher Ehr?' ,O du hochgemuter König,' erwiderte der Wesir, ,du hast doch Befehl gegeben, ihn hinzurichten!' Als der König diese Worte hörte, ward er ganz verwirrt, und er rief aus innerstem Herzen und Sinn: ,Weh euch, eilet zum Henker, auf daß er die Hinrichtung nicht an ihm vollstrecke! Holet mir auch sofort den Henker!' Da ward der Henker geholt, und er berichtete: ,O größter König unserer Zeit, ich habe ihm den Nacken durchgeschlagen, wie du mir befohlen hast.' Der König aber rief: ‚Du Hund, wenn das wahr ist, so sende ich dich ihm unweigerlich nach.‘ ‚O König,‘ erwiderte jener, ‚du hast mir doch befohlen, ihn zu töten, ohne dich noch ein zweites Mal über ihn zu befragen.‘ Als aber der König sagte: ‚Ich war im Zorn; sprich die Wahrheit, ehe dein Leben dahin ist!‘, gestand jener: ‚O König, er ist noch in den Banden des Lebens.‘ Des freute sich ’Abd el-Kâdir, und sein Herz ward beruhigt; dann befahl er, den Prinzen zu bringen, und als der vor ihm stand, erhob er sich, um ihn zu ehren, küßte ihn auf den Mund und sprach zu ihm: ‚Mein Sohn, ich bitte Allah den Allmächtigen um Verzeihung wegen des Unrechts, das dir von mir geschehen ist; und sage du nichts, was mich in Ungnade bringen könnte bei deinem Vater, dem großmächtigen König!‘ ‚O größter König unserer Zeit,‘ rief der Prinz, ‚wo ist denn mein Vater?‘ ‚Er ist um deinetwillen hierher gekommen‘, antwortete ihm ’Abd el-Kâdir; und nun sprach der Jüngling: ‚Bei deiner Würde, ich will dich nicht eher verlassen, als bis ich meine Ehre und die Ehre deiner Tochter von dem gereinigt habe, was du uns zur Last legst; denn sie ist eine reine Jungfrau. Laß die weisen Frauen kommen und sie in deiner Gegenwart untersuchen! Wenn du hörst, daß ihr Mädchentum geraubt ist, so magst du mein Blut vergießen; ist sie aber eine Jungfrau, so ist die Reinheit meiner und ihrer Ehre erwiesen.‘ Da ließ der König die weisen Frauen kommen, und als die sie untersuchten, fanden sie in ihr eine Jungfrau. Sie berichteten es dem König und erbaten sich von ihm eine Gnade; die gewährte er ihnen, indem er seine königlichen Gewänder ablegte und ihnen gab, und ebenso beschenkte er alle, die sich im Harem befanden. Dann wurden die Räucherbecken geholt, und die Großen des Reiches wurden beräuchert und waren hocherfreut. Nun umarmte der König den Prinzen und erwies ihm alle Ehren und Aufmerksamkeiten und ließ ihn durch seine obersten Eunuchen ins Bad geleiten. Und als der Prinz von dort zurückkam, legte er ihm ein kostbares Ehrengewand um, krönte ihn mit einer Juwelenkrone und gürtete ihn mit einem seidenen Gürtel, der mit rotem Golde bestickt und mit Perlen und Edelsteinen besetzt war. Ferner gab er ihm eines seiner edelsten Rosse mit einem goldenen Sattel, in den Perlen und Juwelen eingelegt waren; und er befahl den Großen seines Reiches und den Häuptern seines Landes, aufzusitzen und ihm bis zu seinem Vater das Ehrengeleit zu geben. Und er selbst bat den Prinzen, seinem Vater, dem großmächtigen König, zu sagen, der König 'Abd el-Kâdir stehe ihm zu Diensten und füge sich willig in alle seine Gebote und Verbote. Der Prinz versprach, es sicherlich zu tun, nahm Abschied und machte sich auf den Weg zu seinem Vater. Doch als der ihn erblickte, ward er vor Freuden fast wie von Sinnen, und er sprang auf, schritt ihm entgegen und umarmte ihn; und große Freude verbreitete sich im Heere des großmächtigen Königs. Darauf strömten alle Wesire und Kammerherren herbei, auch alle Truppen und Hauptleute, und sie küßten den Boden vor ihm und freuten sich über sein Kommen; so war es für alle ein hoher Freudentag. Und der Prinz gab seinen Begleitern und allen, die aus der Stadt des Königs 'Abd el-Kâdir mitgekommen waren, die Erlaubnis, sich die Heerscharen des großmächtigen Königs anzuschauen, indem er anordnete, niemand solle sie darin behindern, bis sie die Größe seiner Streitmacht und die Stärke seiner Herrschergewalt erkannt hätten. Da begannen alle die Leute, die früher in den Tuchbasar gekommen waren und den Jüngling gesehen hatten, wie er im Laden saß, sich zu verwundern, daß er bei seiner Vornehmheit und seiner hohen Würde sich dazu hatte verstehen können. Dazu hatte ihn ja auch nur seine herzliche Liebe zur Tochter des Königs veranlaßt. Nun verbreitete sich die Kunde von seiner großen Heeresmacht überall, und auch Hajât en-Nufûs hörte davon. Da schaute sie hinab vom Dache des Schlosses und blickte auf die Berge und sah, wie sie von Kriegern und Streitern bedeckt waren; denn sie wurde noch im Palast ihres Vaters in Gewahrsam gehalten, bis die Nachricht käme, was der König über sie bestimmte, Gnade und Befreiung von der Hut oder Tod und Feuersglut. Wie also Hajât en-Nufûs diese Heerscharen sah, von denen sie erfahren hatte, daß sie dem Vater des Prinzen gehörten, fürchtete sie, ihr Geliebter möchte sie vergessen oder durch seinen Vater von ihr abgelenkt werden und ohne sie fortziehen, und dann würde ihr Vater sie töten. Deshalb schickte sie die Sklavin, die bei ihr im Zimmer war, um sie zu bedienen, zu ihm, nachdem sie ihr befohlen hatte: ‚Geh zu Ardaschîr, dem Sohne des Königs, und sei unbesorgt! Wenn du vor ihn trittst, so küsse den Boden vor ihm und sage ihm, wer du bist, und sprich zu ihm: ‚Meine Herrin läßt dich grüßen; wisse, sie ist jetzt im Schloß ihres Vaters in Gewahrsam, und sie wartet, ob er ihr vergeben oder sie hinrichten lassen will. Sie fleht dich an, daß du sie nicht vergißt noch verlässest. Siehe, du bist jetzt allmächtig, und wenn du irgend etwas anordnest, so vermag niemand deinem Befehle zu widersprechen. Wenn es dich also gut dünkt, sie von ihrem Vater zu befreien und sie mit dir zu nehmen, so geschähe das aus deiner Güte. Wahrlich, sie hat doch all dies Leid um deinetwillen ertragen. Wenn dich das aber nicht gut dünkt, dieweil dein Verlangen nach ihr zu Ende ist, so sprich mit deinem Vater, dem großmächtigen König, auf daß er für sie bei ihrem Vater Fürsprache einlege und nicht eher fortziehe, als bis er von ihm ihre Freilassung erwirkt und ihm ein bindendes Versprechen abgenommen hat, daß er ihr kein Leid zufügen und nicht auf ihren Tod sinnen will. Dies ist ihr letztes Wort; Allah beraube sie deiner nicht – und damit Gott befohlen hier und dort!' – –«

Da bemerkte Schehrezâd, daß der Morgen begann, und sie hielt in der verstatteten Rede an. Doch als die *Siebenhundertundsiebenunddreißigste Nacht* anbrach, fuhr sie also fort: »Es ist mir berichtet worden, o glücklicher König, daß die Sklavin, die von Hajât en-Nufûs an Ardaschîr, den Sohn des großmächtigen Königs, gesandt war, zu ihm ging und ihm die Botschaft ihrer Herrin ausrichtete. Doch als er diese Worte aus ihrem Munde vernommen hatte, weinte er bitterlich und sprach zu ihr: ,Wisse, Hajât en-Nufûs ist meine Herrin, und ich bin ihr Knecht und der Gefangene ihrer Liebe. Ich habe nicht vergessen, was zwischen uns gewesen ist, noch auch die Bitterkeit des Trennungstages. So sage ihr denn, nachdem du ihr die Füße geküßt hast, daß ich mit meinem Vater von ihr sprechen will, auf daß er seinen Wesir, der schon früher für mich um sie geworben hat, wiederum aussende, um sie für mich zur Gemahlin zu erbitten; dann werde ihr Vater es nicht abschlagen können. Wenn er dann zu ihr schickt, um sie darüber zu befragen, so möge sie nicht widersprechen; ich werde nicht ohne sie in mein Land ziehen.' Da kehrte die Sklavin zu ihrer Herrin zurück, küßte ihr die Füße und überbrachte ihr seine Botschaft; und als sie die vernahm, weinte sie vor Freuden und pries Allah den Erhabenen. So stand es um sie.

Wenden wir uns nun wieder zu dem Prinzen zurück! Der blieb in jener Nacht allein mit seinem Vater, und als der König ihn fragte, wie es ihm ergangen und was ihm begegnet sei, erzählte er ihm alle seine Erlebnisse von Anfang bis zu Ende. Da sprach der Vater: ,Was willst du, daß ich für dich tue, mein Sohn? Wenn du nach seinem Verderben trachtest, so verwüste ich seine Lande, plündere seine Schätze und stürze die Seinen in Schande.' Jener aber entgegnete ihm: ,Das wünsche ich nicht, lieber Vater, denn er hat mir nichts angetan, daß er solches verdiente; ich wünsche nur, mit ihr vereint zu werden. Drum bitte ich dich, du wollest in deiner Huld ein Geschenk ausrüsten und es ihrem Vater senden; das möge ein kostbares Geschenk sein, und du mögest es durch deinen Wesir senden, den Mann des richtigen Urteils.' ,Ich höre und willfahre!' sprach der König und begab sich zu den Schätzen, die er aus vergangenen Zeiten aufgespeichert hatte, holte allerlei kostbare Dinge aus ihnen hervor und zeigte sie seinem Sohne; dem gefielen sie. Dann rief er den Wesir und sandte das alles mit ihm, indem er ihm befahl, diese Schätze dem König 'Abd el-Kâdir zu überbringen und ihn um die Hand seiner Tochter für seinen Sohn zu bitten; er solle ihm sagen: ,Nimm diese Geschenke an und gib ihm eine Antwort.' So brach denn der Wesir auf zum König 'Abd el-Kâdir. Der aber war betrübt seit dem Aufbruch des Prinzen, und sein Sinn war immer sorgenvoll, da er befürchtete, sein Land würde verwüstet und sein Besitz geplündert werden. Doch siehe, da kam der Wesir zu ihm, begrüßte ihn und küßte den Boden vor ihm. Der König sprang auf und empfing den Gesandten mit allen Ehren; aber der warf sich ihm rasch zu Füßen, küßte sie und sprach: ,Vergib, o größter König unserer Zeit, deinesgleichen sollte vor meinesgleichen nicht aufstehen; ich bin der geringste Knecht unter den Dienern. Wisse, o König, der Prinz hat mit seinem Vater gesprochen und hat ihm einiges von deiner Huld und Güte gegen ihn erzählt; dafür dankt dir der König, und er schickt dir durch deinen Diener, der vor dir steht, ein Geschenk. Auch läßt er dich ehrenvoll grüßen und legt dir seine Glückwünsche zu Füßen.' Als 'Abd el-Kâdir solches von ihm hörte, vermochte er es im Übermaße seiner Furcht kaum zu glauben, bis die Geschenke kamen. Und wie sie vor ihm ausgebreitet wurden, fand er, daß es Gaben waren, deren Wert nicht mit Geld bezahlt werden konnte und derengleichen kein König der Welt zu erwerben vermochte; da kam er sich selber gering vor, sprang auf, pries und lobte Allah den Erhabenen und sprach seinen Dank gegen jenen Prinzen aus. Darauf sagte der Wesir zu ihm: ‚O edler König, leih meinem Worte dein Ohr und vernimm, daß der großmächtige König hierher gezogen ist, weil er eine Verbindung mit dir wünscht. Und ich bin zu dir gekommen, geführt von dem Wunsche nach deiner Tochter, der wohlbehüteten Herrin mein, dem sorglich bewahrten Edelstein, Hajât en-Nufûs, um sie mit seinem Sohne Ardaschîr zu vermählen. Wenn du darin einwilligst und deine Zustimmung gibst. so einige dich mit mir über die Morgengabe.' Kaum hatte 'Abd el-Kâdir diese Worte vernommen, so rief er: ‚Ich höre und gehorche! Ich von meiner Seite erhebe keinen Einspruch, und es ist mir das Liebste, was geschehen kann. Doch was die Tochter angeht, so ist sie großjährig und verständig, und ihr Schicksal ruht in ihrer Hand. Wisse also, daß diese Angelegenheit ihre Sache ist und daß sie für sich selbst zu wählen hat.' Dann wandte er sich zu dem Obereunuchen und befahl ihm: ‚Geh zu meiner Tochter und mache sie mit diesem Antrag bekannt!' ‚Ich höre und gehorche!' erwiderte der Obereunuch und ging fort, um zum Frauengemach hinaufzusteigen; dort trat er zu der Prinzessin ein, küßte ihr die Hände und tat ihr kund, was der König gesagt hatte; und er fügte hinzu: ‚Was für eine Antwort gibst du auf diesen Antrag?' ‚Ich höre und gehorche!' erwiderte sie. – –«

Da bemerkte Schehrezâd, daß der Morgen begann, und sie hielt in der verstatteten Rede an. Doch als die *Siebenhundert-*

84

undachtunddreißigste Nacht anbrach, fuhr sie also fort: »Es ist mir berichtet worden, o glücklicher König, daß die Prinzessin, als der Obereunuch ihr kundgetan hatte, daß der Sohn des großmächtigen Königs um sie werbe, darauf erwiderte: ‚Ich höre und gehorche!‘ Und wie der Obereunuch diese Worte vernommen hatte, kehrte er zum König zurück und meldete ihm die Antwort. Der war darüber hocherfreut, und er rief alsbald nach einem kostbaren Ehrengewand und legte es dem Wesir um; auch wies er ihm zehntausend Dinare an und sprach zu ihm: ‚Bring die Antwort dem König und bitte ihn, mir zu gestatten, daß ich zu ihm komme!‘ ‚Ich höre und gehorche!‘ sprach der Wesir, begab sich von dem König ’Abd el-Kâdir fort und schritt heimwärts, bis er zum großmächtigen König kam; dem meldete er die Antwort und berichtete ihm alles, was er zu sagen hatte. Darüber war der König erfreut; während der Prinz vor Freuden fast außer sich geriet, und ihm weitete sich die Brust vor lauter Lust. Auch gab der großmächtige König alsbald die Erlaubnis, daß König ’Abd el-Kâdir zu ihm komme, um ihn zu besuchen. So saß der am nächsten Morgen auf und ritt zum großmächtigen König. Der kam ihm entgegen, wies ihm einen hohen Ehrenplatz an und hieß ihn willkommen, und nachdem er neben ihm Platz genommen, stellte sich der Prinz vor die beiden hin. Darauf erhob sich ein Redner von den Vertrauten des Königs ’Abd el-Kâdir und hielt eine beredte Ansprache und wünschte dem Prinzen Glück, daß ihm nun die Erfüllung seines Wunsches zuteil geworden sei, die Vermählung mit der Prinzessin, der Herrin unter den Königstöchtern. Als der Redner sich wieder gesetzt hatte, befahl der großmächtige König, eine Truhe voll von Perlen und Edelsteinen zu bringen und dazu noch fünfzigtausend Dinare. Dann sprach er zum König ’Abd el-Kâdir: ‚Wisse, ich bin der

Sachwalter meines Sohnes in allem, was mit dieser Angelegenheit zusammenhängt.' Da bestätigte der König 'Abd el-Kâdir den Empfang der Morgengabe, darunter auch der fünfzigtausend Dinare für die Feier der Hochzeit seiner Tochter, der Herrin unter den Königstöchtern, Hajât en-Nufûs. Nach alledem holten sie die Kadis und die Zeugen, und nun ward der Ehevertrag aufgesetzt zwischen der Tochter des Königs 'Abd el-Kâdir und dem Sohne des großmächtigen Königs, Ardaschîr. Und es war ein denkwürdiger Tag; an ihm gaben alle Freunde sich der Freude hin, doch alle Hasser und Neider ergrimmten in ihrem Sinn. Nachdem die Hochzeitsmahle und die Gelage gefeiert waren, ging der Prinz zu seiner Gemahlin ein, und er fand in ihr eine Maid an Ehren reich, einer undurchbohrten Perle und einem ungebrochenen Füllen gleich, ein Kleinod kostbar und rein, einen wohlbehüteten Edelstein; und das tat er seinem Vater kund. Nun fragte der großmächtige König seinen Sohn, ob er noch irgendeinen Wunsch habe vor der Abreise. Jener antwortete: ,Ja, o König. Wisse, ich möchte Rache nehmen an dem Wesir, der so übel an uns gehandelt hat, und an dem Eunuchen, der uns verleumdet hat.' Da schickte der großmächtige König alsbald zu König 'Abd el-Kâdir, indem er jenen Wesir und den Eunuchen verlangte. Der sandte die beiden zu ihm, und als sie eintrafen, befahl er, sie über dem Stadttor zu hängen. Eine kurze Weile blieben sie noch dort; dann baten sie den König 'Abd el-Kâdir, er möge seiner Tochter gestatten, daß sie sich zur Reise rüste. Nun stattete ihr Vater sie aus, und die Prinzessin ward in eine Sänfte aus rotem Golde geleitet, die mit Perlen und Edelsteinen besetzt war und von edlen Rossen gezogen wurde. Und sie nahm alle ihre Kammerfrauen und Eunuchen mit sich, auch die Amme, die nach ihrer Flucht an ihre Stelle zurückgekehrt war und ihr Amt wieder angetreten hatte. Der großmächtige König und sein Sohn saßen auf, und auch König 'Abd el-Kâdir und das Volk seines Reiches bestiegen ihre Rosse, um seinem Eidam und seiner Tochter das Geleit zu geben. Das war ein Tag, wie er zu den schönsten Tagen gerechnet wird. Nachdem sie sich aber eine Strecke weit von der Stadt entfernt hatten, beschwor der großmächtige König seinen Schwäher, in seine Heimat zurückzukehren; und der kehrte nun heim, nachdem er ihn umarmt und auf die Stirn geküßt und ihm für alle seine Huld und Güte gedankt und ihm seine Tochter anempfohlen hatte. Er war nach diesem Abschied von dem großmächtigen König und seinem Sohne auch zu seiner Tochter gegangen und hatte sie umarmt; und sie hatte ihm die Hände geküßt, und beide hatten an der Stätte des Abschieds geweint. So begab er sich wieder in sein Reich, während der Sohn des großmächtigen Königs mit seiner Gemahlin und seinem Vater weiterzog, bis sie ihr Land erreichten; dort feierten sie ihre Hochzeit von neuem. Und sie lebten in lauter Herrlichkeit und Fröhlichkeit, Freude und Glückseligkeit, bis Der zu ihnen kam, der die Freuden schweigen heißt und der die Freundesbande zerreißt; der die Schlösser vernichtet und die Gräber errichtet. Und dies ist das Ende der Geschichte.

Ferner wird erzählt

DIE GESCHICHTE VON DSCHULLANÂR, DER MEERMAID, UND IHREM SOHNE, DEM KÖNIG BADR BÂSIM VON PERSIEN

O glücklicher König, einst lebte in alten Zeiten und längst entschwundenen Vergangenheiten im Lande der Perser ein König namens Schahrimân, und seine Hauptstadt befand sich in Chorasân. Der besaß hundert Nebenfrauen, doch durch

keine von ihnen hatte er zeit seines Lebens ein Kind erhalten,
weder einen Knaben noch ein Mädchen. Eines Tages nun
dachte er darüber nach, und er war betrübt, weil der größere
Teil seines Lebens vergangen war, ohne daß ihm ein Sohn beschert wäre, der nach ihm das Reich erben könnte, wie er es
von seinen Vätern und Vorvätern geerbt hatte; deshalb ward
er von tiefem Gram und Kummer und von bitterem Herzeleid
erfüllt. Und wie er nun so dazusitzen pflegte, geschah es eines
Tages, daß einer seiner Mamluken zu ihm eintrat und sprach:
‚Hoher Herr, an der Tür steht eine Sklavin mit einem Händler,
die ist so schön, wie noch nie eine gesehen ward.' Der König
befahl: ‚Bringt mir den Kaufmann und die Sklavin!' Und beide
kamen darauf zu ihm. Wie er die Maid erblickte, sah er, daß
sie einer Lanze von Rudaina[1] glich und in einen Schleier aus
golddurchwirkter Seide eingehüllt war. Nun hob der Kaufmann den Schleier von ihrem Antlitz, und die ganze Halle erstrahlte von ihrer Schönheit. Ihr Haar hing in sieben Strähnen
bis zu den Fußspangen hinab und glich dem Schweife edler
Rosse; ihre Augen blickten voll dunkler Glut umher, ihre
Hüften wiegten sich schwer unter dem Leibe, dem schlanken;
sie heilte das Leiden des Kranken und löschte die brennenden
Schmerzen in liebeglühenden Herzen; denn sie war, wie der
Dichter in diesen Versen spricht:

> *Ich liebe sie, der Schönheit herrlich Bild,*
> *Von Anmut und von Würde ganz erfüllt;*
> *Sie ist nicht übergroß, noch auch zu klein,*
> *Doch hüllt ihr Schleier kaum die Hüften ein.*
> *Ihr Wuchs ist mitten zwischen schmal und breit,*
> *Nicht kurz, noch lang, daß er gen Himmel schreit.*
> *Bis auf die Knöchelspangen reicht ihr Haar;*
> *Doch ist ihr Antlitz immer tagesklar.*

1. Eine besonders schöne und gerade Lanze.

Der König wunderte sich über ihren Anblick, ihre Schönheit und Lieblichkeit und ihres Wuchses Ebenmäßigkeit, und er sprach zu dem Händler: ‚Alterchen, wieviel kostet diese Maid?‘ Und der gab zur Antwort: ‚Hoher Herr, ich habe sie für zweitausend Dinare von dem Händler gekauft, dem sie vor mir gehörte. Und seither bin ich drei Jahre lang mit ihr gereist, und ich habe noch, bis ich hierher gekommen bin, dreitausend Dinare ausgegeben. Doch sie ist ein Geschenk von mir an dich.‘ Da verlieh ihm der König ein kostbares Ehrengewand und wies ihm zehntausend Dinare an. Der Händler nahm alles hin, küßte dem König die Hände, dankte ihm für seine Huld und Güte und ging seiner Wege. Darauf übergab der König die Sklavin den Kammerfrauen und sprach zu ihnen: ‚Widmet euch der Pflege dieser Maid, schmückt sie, richtet ein Gemach für sie her und führt sie hinein!‘ Auch befahl er den Kämmerlingen, ihr alles zu bringen, dessen sie bedurfte. Nun lag das Land, in dem er herrschte, am Meeresufer, und seine Hauptstadt hieß die Weiße Stadt. Man führte also die Maid in ein Gemach, dessen Fenster aufs Meer hinausschauten. – –«

Da bemerkte Schehrezâd, daß der Morgen begann, und sie hielt in der verstatteten Rede an. Doch als die *Siebenhundertundneununddreißigste Nacht* anbrach, fuhr sie also fort: »Es ist mir berichtet worden, o glücklicher König, daß der König, nachdem er die Sklavin erhalten hatte, sie den Kammerfrauen übergab und zu ihnen sprach: ‚Widmet euch ihrer Pflege und führt sie in ein Gemach!‘, und daß er den Kämmerlingen befahl, hinter ihr alle Türen zu schließen, nachdem sie ihr alles gebracht hätten, dessen sie bedürfte, und daß man sie darauf in ein Gemach führte, dessen Fenster aufs Meer hinausschauten. Dann ging der König zu ihr hinein; doch sie erhob sich nicht vor ihm und achtete seiner auch nicht. Da sagte er sich: ‚Es scheint, sie ist bei Leuten gewesen, die sie kein gutes Benehmen gelehrt haben.' Und er ging auf sie zu und sah sie an, wie sie vollkommen war an Schönheit und Lieblichkeit und des Wuchses Ebenmäßigkeit; ihr Antlitz glich dem runden Monde am Tage seiner Fülle oder dem leuchtenden Sonnenball im blauen Weltenall. Und er wunderte sich von neuem über ihre Schönheit und Lieblichkeit und ihres Wuchses Ebenmäßigkeit und pries Allah den Schöpfer, dessen Allmacht hochherrlich ist. Dann trat er nahe an die Sklavin heran und setzte sich neben ihr nieder, drückte sie an seine Brust, zog sie auf seine Kniee und sog den Tau ihrer Lippen, der ihm süßer war als Honig. Darauf ließ er die Tische bringen, die mit den prächtigsten Speisen von jederlei Art gedeckt waren, und er aß selbst und reichte der Maid die Speisen, bis sie gesättigt war; doch sie sprach kein einziges Wort. Auch als der König mit ihr plaudern wollte und sie nach ihrem Namen fragte, blieb sie stumm und gab ihm keine Antwort; kein Laut kam aus ihrem Munde, sie saß immer mit gesenktem Haupte da. Und nur dadurch ward sie vor dem Zorn des Königs gerettet, daß sie so überaus schön und anmutig und liebreizend war. Da sprach der König bei sich: ,Preis sei Allah, dem Erschaffer dieser Maid! Wie entzückend ist sie! Nur daß sie nicht redet! Doch die Vollkommenheit ist nur bei Allah dem Erhabenen!' Nun fragte er die Sklavinnen, ob sie gesprochen habe, und die erwiderten ihm: ,Seit ihrer Ankunft bis zu dieser Stunde hat sie nicht ein einziges Wort gesagt; wir haben sie nicht reden hören.' Darauf ließ der König einige seiner Nebenfrauen und Odalisken kommen und befahl ihnen, vor ihr zu singen und mit ihr vergnügt zu sein, ob sie vielleicht dann reden würde. So spielten denn die Nebenfrauen und Odalisken vor ihr allerlei Musikinstrumente und trieben mancherlei Spiele und sangen, bis alle, die dort anwesend waren, heiter und froh wurden; doch die Maid sah ihnen schweigend zu, sie lächelte nicht, noch sprach sie. Dem König ward die Brust eng, und er entließ die Frauen und blieb mit der Sklavin allein. Dann legte er seine Gewänder ab und entkleidete auch sie mit eigener Hand; und als er ihren Leib betrachtete, erschien er ihm gleich einem Barren Silbers. Da entbrannte er in heißer Liebe zu ihr, und er nahm ihr das Mädchentum; und wie er sie als reine Jungfrau erfand, war er hocherfreut, und er sprach bei sich selber: ,Bei Allah, es ist ein Wunder, daß ein Mädchen, so schön an Gestalt und Antlitz, so lange bei den Händlern als reine Jungfrau bleiben konnte.' Und nun neigte er sich ganz ihr zu und achtete keiner anderen mehr, ja, er mied alle seine Nebenfrauen und Odalisken. Er blieb ein volles Jahr bei ihr, und dies war ihm wie ein einziger Tag; aber sie sprach nie. Eines Tages jedoch, als seine Liebe zu ihr und die Leidenschaft heiß aufloderten, sagte er zu ihr: ,O du Wunsch der Seelen, sieh, meine Liebe zu dir ist übergroß, und ich habe um deinetwillen alle meine Sklavinnen, Nebenfrauen, Frauen und Odalisken gemieden; denn dich habe ich zu meinem Glück in dieser Welt gemacht, und ich habe ein volles Jahr lang bei dir ausgeharrt. Und jetzt flehe ich zu Allah dem Erhabenen, Er möge in Seiner Huld mir dein Herz erweichen, auf daß du mit mir redest. Wenn du aber stumm bist, so tu es mir durch ein Zeichen kund, damit ich die Hoffnung auf ein Wort von dir fahren lasse! Und ich bete zu Gott dem Hochgepriesenen, daß Er mir durch dich einen Sohn gewähre, der nach mir mein Königreich erben soll. Ach, ich bin einsam und verlassen, ich habe keinen Erben und bin doch hochbetagt. Um Allahs willen, wenn du mich liebst, so gib mir eine Antwort!' Da senkte die Maid ihr Haupt und dachte nach. Dann erhob sie ihr Haupt wieder und lächelte dem König ins Antlitz; ihm aber war, als ob ein Blitz das Gemach erhellte. Und nun hub sie an: ‚O König heldenhaft, o du Löwe voller Kraft, Allah hat dein Gebet erhört; denn ich habe durch dich empfangen, und die Zeit der Niederkunft ist nahe; aber ich kann nicht wissen, ob das Kind in meinem Schoße ein Sohn oder eine Tochter ist. Hätte ich nicht von dir empfangen, so hätte ich nie ein Wort mit dir gesprochen.‘ Als der König ihre Rede vernommen hatte, leuchtete aus seinem Antlitz helle Freude, und er küßte ihr Haupt und Hände im Überschwang der Freude, und er rief: ‚Preis sei Allah, der mir gewährt hat, was ich mir wünschte: zum ersten deine Sprache und zum zweiten die Kunde, daß du von mir empfangen hast.‘ Dann erhob er sich und verließ sie und setzte sich auf den Thron seiner Königsherrschaft, von wachsender Freude erfüllt. Und er befahl dem Wesir, unter die Armen und Bedürftigen, die Witwen und das andere Volk hunderttausend Dinare als Almosen zu verteilen zum Danke gegen Allah den Erhabenen. Der Wesir tat, wie ihm der König befohlen hatte. Nachdem dies geschehen war, begab der König sich wieder zu der Maid, setzte sich zu ihr, umarmte sie und drückte sie an seine Brust und sprach zu ihr: ‚Meine Gebieterin, du Herrin über mein Leben, warum war dies Schweigen? Seit einem vollen Jahre bist du bei mir Tag und Nacht, hast geschlafen und gewacht, aber in diesem ganzen Jahre hast du erst heute zu mir gesprochen. Was war der Grund deines Schweigens?‘ Die Maid gab ihm zur Antwort: ‚Höre, o größter König unserer Zeit, ich bin eine arme Heimatlose mit gebrochenem Herzen, und ich bin fern von meiner Mutter und meinem Bruder und den Meinen.‘ Als der König diese Worte von ihr vernahm, erkannte er ihren Wunsch und sprach zu ihr: ‚Wenn du sagst, daß du arm seiest, so ist für solche Worte kein Grund; denn mein ganzes Reich, mein Hab und Gut und alles, was ich besitze, stehen dir zu Diensten, und auch ich bin dein Knecht geworden. Und wenn du sagst, du seiest fern von deiner Mutter und deinem Bruder und den Deinen, so laß mich wissen, wo sie sind, und ich will zu ihnen senden und sie zu dir kommen lassen.' ‚Wisse, o glücklicher König,' erwiderte sie, ‚ich heiße Dschullanâr[1], die Meermaid, und mein Vater war einer der Könige des Meeres; er starb und hinterließ uns das Reich. Doch während wir uns der Herrschaft erfreuten, erhob sich plötzlich ein anderer König wider uns und entriß das Reich unseren Händen. Ich habe noch einen Bruder, Sâlih geheißen, und auch meine Mutter ist ein Meerweib. Nun geriet ich mit meinem Bruder in Streit, und ich schwor, ich wolle mich einem Manne vom Landvolk in die Hände werfen. So verließ ich das Meer und setzte mich am Ufer einer Insel im Mondenschein nieder; da kam ein Mann an mir vorüber, nahm mich mit und führte mich in sein Haus. Dort wollte er mich verführen, aber ich schlug ihm aufs Haupt, so daß er fast gestorben wäre. Darauf schleppte er mich fort und verkaufte mich an diesen Mann, von dem du mich erhalten hast; der war ein trefflicher und rechtschaffener Mann, fromm, zuverlässig und edelmütig. Und hätte dein Herz mich nicht liebgewonnen, und hättest du mich nicht über alle deine Nebenfrauen erhöht, so wäre ich nicht eine einzige Stunde bei dir geblieben; dann hätte ich mich ins Meer geworfen, durch dies Fenster dort, und wäre zu meiner Mutter und den Meinen geschwommen. Nun aber scheute ich mich davor, zu ihnen zu kommen, da ich von dir schwanger bin, und fürchtete, sie könnten Böses von mir denken und mir keinen Glauben schenken, auch wenn ich ihnen schwören und erzählen würde, ein König hätte mich mit seinem Golde erkauft und mich zu sei-

1. ‚Granatapfelblüte', ein persisches Lehnwort im Arabischen.

nem Glück in dieser Welt gemacht, indem er mich über seine Gattinnen stellte und über alles, was seine Hand besitzt. Das ist meine Geschichte, und hiermit ist sie zu Ende.' – –«

Da bemerkte Schehrezâd, daß der Morgen begann, und sie hielt in der verstatteten Rede an. Doch als die *Siebenhundertundvierzigste Nacht* anbrach, fuhr sie also fort: »Es ist mir berichtet worden, o glücklicher König, daß Dschullanâr, die Meermaid, als König Schahrimân sie befragt hatte, ihm ihre Geschichte von Anfang bis zu Ende erzählte; und als er ihre Rede vernommen hatte, dankte er ihr und küßte sie auf die Stirn. Und er sprach zu ihr: ,Bei Allah, meine Gebieterin, du mein Augenlicht, ich kann es nicht ertragen, mich auch nur eine einzige Stunde von dir zu trennen; und wenn du mich verlässest, so werde ich auf der Stelle tot sein. Was wollen wir tun?' ,Hoher Herr,' erwiderte sie, ,die Zeit meiner Niederkunft ist nahe, und die Meinen müssen bei mir sein, um mich zu pflegen; denn die Frauen vom Festlande wissen nicht, wie die Töchter des Meeres gebären, wie auch die Töchter des Meeres nicht die Art der Entbindung der Frauen des Festlandes kennen. Und wenn die Meinen kommen, so werde ich mich mit ihnen versöhnen, und auch sie werden sich mir wieder zuwenden.' Nun fragte der König sie: ,Und wie können sie sich im Meere bewegen, ohne daß sie naß werden?' Sie antwortete: ,Wir bewegen uns im Meere, geradeso wie ihr auf dem Festlande gehet; und das geschieht durch die Kraft der Zaubernamen, die auf dem Ringe Salomos, des Sohnes Davids – über beiden sei Heil! – eingegraben sind. Doch, o König, wenn die Meinen und mit ihnen mein Bruder kommen, so werde ich ihnen kundtun, daß du mich mit deinem Gelde gekauft und mir Freundlichkeit und Güte erwiesen hast. Dann sollst du vor ihnen meine Worte bestätigen, und sie sollen mit ihren eigenen Augen deine Herrlichkeit schauen und erfahren, daß du ein König und der Sohn eines Königs bist.' Darauf sagte der König: ‚Meine Gebieterin, tu, was dir gut scheint und was dir gefällt; bei allem, was du nun tust, will ich mich dir fügen!' Da fuhr die Meermaid fort: ‚Wisse, o größter König unserer Zeit, wir ziehen im Meere umher mit offenen Augen und sehen, was darinnen ist; auch erblicken wir die Sonne und den Mond und die Sterne und den Himmel, wie wenn wir auf der Oberfläche der Erde wären; und das schadet uns nichts. Und wisse ferner, es gibt im Meere viele Völker und mannigfache Gestalten von allerlei Art, wie sie ja auch auf dem Lande sind. Ja, vernimm, daß alles, was sich auf dem Festlande befindet, nur sehr wenig ist im Vergleich zu dem, was die Tiefe birgt.' Ihren Worten hörte der König mit Staunen zu. Dann nahm die Maid von ihrer Schulter zwei Stücke Komoriner[1] Aloeholzes, nahm etwas davon und warf es, nachdem sie ein Feuer in einer Kohlenpfanne angezündet hatte, in die Pfanne hinein; dann ließ sie einen lauten Pfiff erschallen und begann unverständliche Worte zu murmeln. Da stieg ein mächtiger Rauch auf, während der König zuschaute; und sie sprach zu ihm: ‚Hoher Herr, geh, verbirg dich in einer Kammer, damit ich dir meinen Bruder und meine Mutter und die Meinen zeigen kann, ohne daß sie dich sehen; denn ich gedenke sie herbeizurufen, und du wirst hier an dieser Stätte zu dieser Stunde ein Wunder schauen. Du wirst staunen über die mannigfachen Gestalten und die seltsamen Gebilde, die Allah der Erhabene geschaffen hat.' Da ging der König alsogleich hin und trat in eine Kammer und sah ihr von dort aus bei ihrem Tun zu. Und sie fuhr fort zu räuchern und zu beschwören, bis das Meer aufschäumte und brandete und ihm ein Jüngling entstieg, von

1. Eine besonders wertvolle Art indischen Aloeholzes.

schöner Gestalt und mit strahlendem Antlitz, als wäre er der
Mond in seiner Fülle; seine Stirn war blütenrein, seine Wangen
waren von rötlichem Schein und seine Zähne gleich Perlen
und Edelgestein. Von allen Geschöpfen glich er am meisten
seiner Schwester, und die Zunge der Dichtung sprach über ihn
diese beiden Verse:

> Der Mond vollendet sich in jedem Monat einmal,
> Dein schönes Antlitz ist an jedem Tag vollendet.
> Der Vollmond wohnet nur in einem einz'gen Sternbild,
> Doch dir ist jedes Herz als Wohnstatt zugewendet.

Danach stieg aus dem Meer empor eine Frau mit ergrauendem
Haare, begleitet von fünf Jungfrauen, wie Monde anzuschauen,
und die glichen der Maid, deren Name Dschullanâr war. Der
König aber sah, wie der Jüngling und die alte Frau und die
Jungfrauen auf der Oberfläche des Wassers dahinschritten, bis
sie den Weg zu Dschullanâr einschlugen. Als sie nahe an das
Fenster herangekommen waren und die Meermaid sie vor sich
sah, eilte sie ihnen freudig und froh entgegen. Und da auch
jene sie erblickten und erkannten, traten sie zu ihr ein und umarmten sie und weinten bitterlich. Dann sprachen sie zu ihr:
‚O Dschullanâr, wie konntest du uns verlassen und vier Jahre
lang fern sein, ohne daß wir die Stätte kannten, an der du weil-
test? Bei Allah, die Welt ward uns zu enge durch die Qual der
Trennung, Speise und Trank mundeten uns nicht einen einzigen Tag. Ja, wir weinten Tag und Nacht im Übermaß unserer
Sehnsucht nach dir!‘ Darauf begann sie dem Jüngling, ihrem
Bruder, und ihrer Mutter die Hände zu küssen, desgleichen
auch ihren Basen; und sie saßen eine Weile bei ihr und fragten
sie, wie es ihr ergehe und was ihr widerfahren sei und wie es
jetzt um sie stehe. ‚Wisset,‘ erwiderte sie, ‚als ich euch verlassen
hatte und aus dem Meere emporgestiegen war, setzte ich mich
96

am Ufer einer Insel nieder. Da nahm ein Mann mich mit sich und verkaufte mich an einen Händler; und der Händler brachte mich in diese Stadt und verkaufte mich an ihren König um zehntausend Dinare. Der aber hegte und pflegte mich, ja, er verließ alle seine Frauen, Nebenfrauen und Odalisken um meinetwillen und vergaß bei mir alles, was er hatte und was in seiner Stadt vorging.' Als ihr Bruder diese Worte von ihr vernommen hatte, sprach er: ‚Preis sei Allah, der uns wieder mit dir vereinigt hat! Doch jetzt, liebe Schwester, ist es mein Wunsch, daß du dich aufmachst und mit uns in unser Land und zu unserem Volke heimkehrst.' Kaum hatte der König die Worte ihres Bruders gehört, so ward er wie von Sinnen aus Furcht, die Maid könnte dem Wunsch ihres Bruders folgen, und er selbst würde dann nicht vermögen, sie zurückzuhalten, wiewohl er von heißer Liebe zu ihr erfüllt war; und er war ratlos, da er mit Schrecken an ihren Verlust dachte. Doch die Maid Dschullanâr erwiderte ihrem Bruder auf seine Worte: ‚Bei Allah, mein Bruder, der Mann, der mich gekauft hat, ist doch der König dieser Stadt; er ist ein mächtiger Herrscher, ein weiser Mann, edel und gut und so freigebig, wie er nur sein kann. Er hat mich ja auch ehrenvoll behandelt, er, der Mann von Hochherzigkeit und großem Reichtum; doch er hat weder Sohn noch Tochter. Immer war er freundlich gegen mich und erwies mir lauter Gutes; von dem Tage, da ich zu ihm kam, bis zu dieser Stunde habe ich kein böses Wort von ihm gehört, das mein Herz betrübt hätte. Stets war er gütig zu mir und tat nichts, ohne mich um Rat zu fragen; und so lebe ich bei ihm im schönsten Wohlsein und im vollkommensten Glück. Und dazu kommt, daß er des Todes wäre, wenn ich ihn verließe; denn er kann es nicht ertragen, auch nur eine einzige Stunde von mir getrennt zu sein. Und wenn ich von ihm gehe, so werde auch ich sterben; denn ich liebe ihn so innig, da er mir übergroße Huld erwiesen hat, seitdem ich bei ihm weile. Ja, wenn mein Vater noch am Leben wäre, ich würde bei ihm nicht in so hohen Ehren stehen wie bei diesem großmächtigen und ruhmreichen König. Und nun seht ihr doch, daß ich durch ihn Mutter werde. Preis sei Allah, der mich zur Tochter des Meerkönigs gemacht und mich mit dem mächtigsten der Könige des Festlandes vermählt hat! Wahrlich, Allah der Erhabene hat mich nicht verlassen, sondern mich mit Gutem überhäuft.' – –«

Da bemerkte Schehrezâd, daß der Morgen begann, und sie hielt in der verstatteten Rede an. Doch als die *Siebenhundertundeinundvierzigste Nacht* anbrach, fuhr sie also fort: »Es ist mir berichtet worden, o glücklicher König, daß Dschullanâr, die Meermaid, ihrem Bruder ihre ganze Geschichte erzählte und mit den Worten schloß: ,Wahrlich, Allah der Erhabene hat mich nicht verlassen, sondern mich mit Gutem überhäuft. Und weil nun der König keinen Sohn und keine Tochter hat, so flehe ich zu Allah dem Erhabenen, daß er mir einen Sohn gewähre, der von diesem großmächtigen König erbe, was Gott ihm an Bauten und Schlössern und anderen Besitztümern verliehen hat.' Als ihr Bruder und ihre Basen diese Worte von ihr vernahmen, wurden ihre Gemüter durch solche Rede getröstet, und sie sprachen zu ihr: ,O Dschullanâr, du weißt, wie hoch du bei uns in Ehren stehst, du kennst unsere Liebe zu dir, du bist dessen gewiß, daß du uns von allen Geschöpfen am teuersten bist, und du kannst sicher glauben, daß wir dir nur das ungetrübte und ungestörte Glück wünschen. Wenn du unglücklich bist, so mache dich auf mit uns in unser Land und zu unserem Volke; aber wenn du hier glücklich lebst in Ehren und Freuden, so ist das unser Wunsch und Wille; denn wir wünschen dein Wohlergehen jetzt und immerdar.' Da gab sie ihnen zur Antwort: ‚Bei Allah, ich lebe hier in höchster Glück- seligkeit, in Freuden und in Fröhlichkeit.' Wie nun der König diese Worte aus ihrem Munde vernahm, freute er sich, und sein Herz ward wieder beruhigt und von Dankbarkeit gegen sie erfüllt; und seine Liebe zu ihr ward noch größer und durch- drang sein ganzes inneres Wesen. Denn jetzt wußte er, daß sie ihn ebenso heiß liebte wie er sie, und daß sie bei ihm zu bleiben wünschte, um das Kind zu schauen, das ihm von ihr zuteil werden sollte. Darauf gab die Maid – Dschullanâr, die Meer- maid – ihren Dienerinnen Befehl, die Tische mit Speisen von allerei Art zu bringen; und das waren Speisen, die sie selbst in der Küche hatte zubereiten lassen. So brachten ihnen denn die Dienerinnen die Speisen und die Süßigkeiten und die Früchte. Dann aß sie mit den Ihren davon. Aber da huben jene an: ‚Dschullanâr, dein Herr ist uns ein Fremdling; und wir sind in sein Haus eingedrungen, ohne seine Erlaubnis und ohne daß er uns kennt, während du uns seine Herrlichkeit gepriesen hast. Ferner hast du uns von seinen Speisen vorgesetzt, und wir ha- ben gegessen; aber wir sind ihm nicht begegnet und haben ihn nicht gesehen, und auch er hat uns nicht gesehen, er ist nicht bei uns gewesen und hat nicht mit uns gegessen, so daß wir Brot und Salz mit ihm geteilt hätten.' Sogleich ließen sie alle vom Essen ab und zürnten ihr; und Feuer sprühte aus ihrem Munde wie von Fackeln. Doch wie der König das sah, ward er wie von Sinnen, da er so gewaltig vor ihnen erschrak. Dschul- lanâr aber beruhigte ihre Gemüter, begab sich dann in die Kammer, in der ihr Herr, der König, sich befand, und sprach zu ihm: ‚Hoher Herr, hast du gesehen und gehört, wie ich dich vor den Meinen gelobt und gepriesen habe? Und hast du auch vernommen, was sie zu mir sagten, sie wünschten mich mit sich zu unserem Volk und in unser Land zu nehmen?' Er antwortete ihr: ‚Ich habe gehört und gesehen, möge Allah dir statt meiner mit Gutem vergelten! Bei Allah, erst jetzt, in dieser gesegneten Stunde, habe ich die Größe deiner Liebe zu mir erkannt, und ich zweifle nicht mehr daran, daß du mich wirklich lieb hast.' ‚Mein Gebieter,' sagte sie darauf, ‚ist der Lohn für Güte etwas anderes als Güte? Du bist gütig zu mir gewesen und hast in deiner Freigebigkeit mir die höchsten Gnaden erwiesen, und ich sehe, daß du mich innig liebst; ja, du hast mir immer nur Gutes getan und hast mich vor allen erwählt, die du liebtest und begehrtest. Wie könnte da mein Herz einwilligen, mich von dir zu trennen und dich zu verlassen? Wie wäre das denkbar, da du so gütig und huldvoll zu mir bist? Nun bitte ich dich, du möchtest in deiner Huld kommen und die Meinen begrüßen, auf daß du sie siehest und sie dich sehen und auf daß reine Freundschaft und Liebe zwischen euch herrsche. Wisse, o größter König unserer Zeit, mein Bruder und meine Mutter und meine Basen haben dich schon herzlich liebgewonnen, als ich dich vor ihnen pries. Und sie sagten: ‚Wir wollen nicht eher von dir in unser Land zurückkehren, als bis wir mit dem König zusammengetroffen sind und ihn begrüßt haben.' Ja, sie wünschen wahrlich, dich zu sehen und mit dir bekannt zu werden.' Der König erwiderte: ‚Ich höre und gehorche; denn dies ist auch mein Wunsch!' Und alsbald erhob er sich und trat zu ihnen ein und begrüßte sie auf das schönste. Da sprangen sie eiligst auf und empfingen ihn mit höchster Ehrerbietung; und er setzte sich mit ihnen im Saale nieder und aß mit ihnen von der gleichen Tafel. So blieb er dreißig Tage lang mit ihnen zusammen. Als sie dann wieder in ihr Land heimkehren wollten, nahmen sie Abschied vom König und von der Königin Dschullanâr, der Meermaid, und verließen die beiden, nachdem der König ihnen höchste Ehren erwiesen hatte.

Nach einer Weile vollendeten sich für Dschullanâr die Tage ihrer Schwangerschaft, und als die Zeit ihrer Niederkunft kam, schenkte sie einem Knaben das Leben, der dem Monde in seiner Fülle glich. Darüber war der König aufs höchste erfreut, weil ihm ja in seinem ganzen Leben weder Sohn noch Tochter zuteil geworden war. Nun feierte man die Freudenfeste und schmückte die Stadt sieben Tage lang, und alle ergingen sich in Frohsinn und Heiterkeit. Am siebenten Tage aber erschienen die Mutter der Königin Dschullanâr und ihr Bruder und ihre Basen, als sie von ihrer Niederkunft gehört hatten. – –«

Da bemerkte Schehrezâd, daß der Morgen begann, und sie hielt in der verstatteten Rede an. Doch als die *Siebenhundertundzweiundvierzigste Nacht* begann, fuhr sie also fort: »Es ist mir berichtet worden, o glücklicher König, daß der König, als Dschullanâr nach ihrer Niederkunft von den Ihren besucht wurde, die Leute des Meeres in höchster Freude über ihr Kommen empfing und zu ihnen sprach: ‚Ich habe mir gesagt, ich wolle meinem Sohn nicht eher einen Namen geben, als bis ihr kämt und ihn nach eurer Kenntnis benennen würdet.' Da nannten sie ihn Badr Bâsim[1]; und alle hießen diesen Namen gut. Dann brachte man den Knaben seinem Oheim[2] Sâlih dar, und er nahm ihn auf den Arm, schritt aus ihrer Mitte fort und ging im Schlosse hin und her, nach rechts und nach links. Dann aber trug er den Knaben aus dem Schlosse fort und ging mit

1. Lächelnder Vollmond. – 2. Nach dem Glauben der Araber ist der Oheim mütterlicherseits von besonderer Bedeutung für die Kinder seiner Schwester; diese Anschauung soll aus der Zeit des Matriarchats stammen.

ihm zum Salzmeere hinab und schritt dahin, bis er dem Blick des Königs entschwand. Als dieser sah, daß der Meeresjüngling seinen Sohn nahm und mit ihm in der Tiefe des Meeres verschwand, gab er sein Kind verloren und begann zu weinen und zu klagen. Dschullanâr jedoch, die das bemerkte, sprach zu ihm: ‚O größter König unserer Zeit, fürchte dich nicht und gräme dich nicht um deinen Sohn! Sieh, ich liebe mein Kind noch mehr als du. Mein Sohn ist jetzt bei meinem Bruder; sei nicht besorgt um des Meeres willen und fürchte nicht, er könne ertrinken! Wenn mein Bruder wüßte, daß dem Kleinen ein Schaden widerfahren könnte, so hätte er nicht getan, was er getan hat. Noch in dieser Stunde wird er dir deinen Sohn wohlbehalten zurückbringen, so Allah der Erhabene will.‘ Es verging auch keine Stunde, da fing das Meer an zu tosen und zu branden, und ihm entstieg der Oheim des Kleinen, und der Sohn des Königs war wohlbehalten bei ihm. Dann flog er über das Meer dahin, bis er zu denen im Schlosse kam, während das Kind ruhig in seinen Armen lag mit einem Antlitze, das dem Monde in der Nacht seiner Fülle glich. Darauf blickte der Oheim des Prinzen den König an und sprach zu ihm: ‚Du magst wohl gefürchtet haben, deinem Sohne könne ein Leid widerfahren, als ich mit ihm ins Meer hinabstieg.‘ ‚Ja, Herr,‘ erwiderte der König, ‚ich war um ihn besorgt, und ich glaubte, ich würde ihn nie mehr lebend wiedersehen.‘ Doch Sâlih fuhr fort: ‚O König des Festlandes, wir haben seine Augen mit einer Salbe bestrichen, die nur wir kennen, und wir haben über ihm die Zaubernamen gesprochen, die auf dem Ringe Salomos, des Sohnes Davids – über beiden sei Heil! – geschrieben stehen. Wenn bei uns ein Kind geboren wird, so pflegen wir dies, was ich dir beschrieben habe, mit ihm zu tun. Nun brauchst du nicht zu fürchten, daß er je ertrinken oder ersticken werde, auch nicht in irgend einem anderen Meere, wenn er darin hinabsteigt; denn wie ihr auf dem Lande wandelt, so wandeln wir im Meere.' Darauf zog er aus seiner Tasche ein Kästchen hervor, das mit Schriftzeichen bedeckt und versiegelt war; und nachdem er die Siegel gelöst hatte, entleerte er es. Da entfielen ihm aufgereihte Edelsteine von allen Arten, Hyazinthe und andere Juwelen, dreihundert Stäbchen aus Smaragd und dreihundert durchlochte Edelsteine, die so groß waren wie Straußeneier und deren Licht heller erstrahlte als das Licht von Sonne und Mond. Und Sâlih sprach: ,O größter König unserer Zeit, diese Edelsteine und Hyazinthe sind ein Geschenk von mir an dich, da wir dir noch nie ein Geschenk gebracht haben; wir wußten ja auch nicht, wo Dschullanâr weilte, und hatten jede Spur und Nachricht von ihr verloren. Aber jetzt, da wir dich mit ihr vereint sehen und da wir alle gleichsam ein einziges Wesen geworden sind, haben wir dir dies Geschenk gebracht. Und fortan wollen wir dir oft, immer nach wenigen Tagen, dergleichen darbringen, so Allah der Erhabene will; denn diese Edelsteine und Hyazinthe sind bei uns zahlreicher als die Kiesel am Strande; und wir kennen die guten und schlechten von ihnen, die Wege zu ihnen und ihre Fundstätten, und so sind sie leicht für uns zu beschaffen.' Als aber der König jene Juwelen und Hyazinthe erblickte, ward ihm sein Verstand wirre und sein Herz irre, und er rief: ,Bei Allah, ein einziger von diesen Edelsteinen ist so viel wert wie mein ganzes Reich!' Dann dankte er Sâlih, dem Meeresjüngling, für seine Güte, und indem er die Königin Dschullanâr anschaute, sprach er zu ihr: ,Ich stehe beschämt vor deinem Bruder, der so freigebig gegen mich gewesen ist und mir diese herrliche Gabe dargebracht hat, die das Vermögen der Erdbewohner weit übersteigt.' Darum dankte auch sie ihrem Bruder für seine Güte; doch er sprach: ‚O größter König unserer Zeit, du hast ältere Ansprüche an uns, und dir zu danken ist uns eine Pflicht; denn du bist zu unserer Schwester freundlich gewesen, und wir sind in dein Haus gekommen und haben von deiner Speise gegessen, wie der Dichter sagt:

Hätt ich vor ihr geweint in meiner Lieb zu Su'da,
Eh mir die Reue kam, so wär mein Herz geheilt!
Nun weinte sie vor mir, da mußt ich mit ihr weinen
Und sprach: Der Preis wird dem, der vorgeht, zuerteilt.

Dann fuhr Sâlih fort: ‚Und wenn wir auch, o größter König unserer Zeit, tausend Jahre lang mit allem Eifer in deinem Dienste ständen, so könnten wir dir doch nicht vergelten, und all das wäre nur ein karger Teil von dem, was dir gebührt.' Der König dankte ihm aufs herzlichste, und Sâlih blieb mit seiner Mutter und seinen Basen vierzig Tage bei dem König. Darauf ging Sâlih, der Bruder Dschullanârs, hin und küßte den Boden vor dem König, dem Gemahl seiner Schwester. Der fragte ihn: ‚Was wünschest du, o Sâlih?' ‚O größter König unserer Zeit,' erwiderte jener, ‚du hast uns große Huld erwiesen, und jetzt erbitten wir von deiner Güte, daß du uns gnädiglich Erlaubnis gibst, abzureisen. Denn siehe, wir sehnen uns nach unserem Volk und Land, unseren Anverwandten und unseren Heimstätten, obwohl wir nimmermehr den Dienst bei dir und meiner Schwester und meinem Neffen verlassen wollen. Bei Allah, o größter König unserer Zeit, es wird meinem Herzen nicht leicht, mich von euch zu trennen. Aber was sollen wir tun, da wir nun einmal im Meere groß geworden sind und das Festland uns nicht zusagt?' Sowie der König seine Worte vernommen hatte, sprang er auf und nahm Abschied von Sâlih, dem Meeresjüngling, und seiner Mutter und seinen Basen; und alle weinten Tränen des Abschieds miteinander.

Dann sprachen die vom Meere: ‚In kurzer Zeit werden wir wieder bei euch sein; nie werden wir uns ganz von euch trennen, sondern wir werden stets, je nach Verlauf von wenigen Tagen, euch besuchen.' Dann flogen sie auf und dem Meere zu, bis sie dort ankamen und den Blicken entschwanden. – –«

Da bemerkte Schehrezâd, daß der Morgen begann, und sie hielt in der verstatteten Rede an. Doch als die *Siebenhundertunddreiundvierzigste Nacht* anbrach, fuhr sie also fort: »Es ist mir berichtet worden, o glücklicher König, daß die Anverwandten Dschullanârs, der Meermaid, als sie von dem König und von ihr Abschied nahmen, miteinander Tränen des Abschieds weinten; dann flogen sie davon und stiegen ins Meer hinab und entschwanden den Blicken. Der König aber erwies Dschullanâr nur noch mehr Güte und höhere Ehren. Und der Kleine wuchs und gedieh, während sein Oheim und seine Ahne und seine Muhme und die Basen seiner Mutter oftmals, immer nach kurzer Zeit, zum Schlosse des Königs kamen und dort einen Monat oder auch zwei Monate lang blieben und dann zu ihrer Stätte zurückkehrten. Der Knabe aber nahm mit seinen wachsenden Jahren immer mehr zu an Schönheit und Anmut, bis er fünfzehn Jahre alt war und seinesgleichen nicht hatte an Vollkommenheit und des Wuchses Ebenmäßigkeit. Auch hatte er die Kunst zu schreiben und zu lesen gelernt, dazu die Geschichte, die Kunde vom Satzbau und vom Wortschatz, das Pfeilschießen und das Speerspiel; so lernte er das Rittertum und alles andere, was sich für die Söhne der Könige ziemt. Und es gab niemanden unter den Kindern des Stadtvolkes, sei es Mann oder Weib, der nicht von den trefflichen Eigenschaften jenes Jüngling gesprochen hätte; denn er war von unvergleichlicher Lieblichkeit und Vollkommenheit, wie er in den Dichterworten beschrieben ist:

Er schrieb sein Wangenflaum in Perlenschrift mit Ambra
Zwei Zeilen mit Gagat gemalt auf Äpfel fein.
Er tötet mit dem Blick der träumerischen Augen,
Und seine Wangen machen trunken ohne Wein.

Oder auch in den Worten eines anderen:

Es sproßte zarter Flaum auf seiner Wangen Fläche
Gleich einer Stickerei, die dort zu ruhen schien;
Es war, als ob bei Nacht dort eine Lampe hinge,
An Ambraketten, über die sich Schatten ziehn.[1]

Der König aber war ihm mit innigster Liebe zugetan, und so
berief er nun den Wesir und die Emire, die Würdenträger des
Staates und die Großen des Reiches und ließ sie feierliche Eide
schwören, daß sie Badr Bâsim nach dem Tode seines Vaters zu
ihrem König wählen würden. Und jene schworen die feierlichen Eide mit Freuden; denn der König war wohltätig gegen
jedermann, freundlich in seinen Worten und ein Hort von
Güte, und er sprach nichts, als was dem Volke Nutzen brachte.
Am nächsten Tage stieg der König mit den Würdenträgern des
Staates und allen Emiren und seiner ganzen Truppenmacht zu
Pferde und zog mit ihnen durch die Stadt; dann kehrten sie
zurück, und als sie sich dem Palaste näherten, saß der König ab
und ging zum Zeichen der Dienstleistung vor seinem Sohn zu
Fuß; dabei trugen zuerst er und dann alle Emire und Großen
des Reiches die Staatsschabracke vor dem Prinzen her, nacheinander ein jeder eine Weile, und so zogen sie dahin, bis sie
zur Halle des Palastes kamen, während der Prinz immer hoch
zu Rosse saß. Dann stieg er ab, und sein Vater und die Emire
umarmten ihn und setzten ihn auf den Thron der Herrschaft.
Dort standen sie nun vor ihm, der Vater und desgleichen die

1. Die dunklen Schatten sind das schwarze Haar, die Ambraketten der
Flaum, die Lampe ist das Bild für die roten Wangen.

Emire. Badr Bâsim aber sprach Recht unter dem Volke, setzte die Ungerechten ab und belohnte die Gerechten; so waltete er seines Amtes, bis die Mittagszeit nahte. Dann erhob er sich von dem Königsthron und begab sich zu seiner Mutter Dschullanâr, der Meermaid, indem er die Krone auf seinem Haupte trug und so schön war wie der Vollmond, während König Schahrimân vor ihm herging. Als die Mutter die beiden erblickte, stand sie vor ihrem Sohne auf, küßte ihn und beglückwünschte ihn zur Herrscherwürde, und sie betete, der Himmel möchte ihm und seinem Vater langes Leben und Sieg über die Feinde geben. Darauf setzte er sich zu seiner Mutter und ruhte sich aus. Doch als die Zeit des Nachmittagsgebetes kam, ritt er mit den Emiren, die ihn führten, zum Blachfeld hinab und pflog des Waffenspieles bis zur Abendzeit mit seinem Vater und den Großen seines Reiches. Dann kehrte er zum Palaste zurück, während alles Volk vor ihm herzog. Und hinfort ritt er jeden Tag zum Blachfeld hinab, und wenn er zurückgekehrt war, setzte er sich nieder, um unter dem Volke zu richten, und er sprach das Recht über Herr und Knecht. Ein ganzes Jahr lang lebte er so; dann begann er zu Jagd und Hatz auszuziehen und in den Städten und Ländern, die seiner Herrschaft unterstanden, umherzureiten und Frieden und Sicherheit zu verbreiten, und er tat, wie die Könige tun. Und unter den Menschen seiner Tage war er einzig an Ruhm und Tapferkeit und Gerechtigkeit gegen die Untertanen. Es begab sich aber, daß eines Tages der alte König, der Vater von Badr Bâsim, erkrankte und an dem Pochen seines Herzens erkannte, daß er bald zur ewigen Stätte entrückt werden würde. Ja, die Krankheit in ihm ward so heftig, daß er dem Tode nahe kam, und da berief er seinen Sohn und empfahl ihm die Untertanen, desselbigengleichen auch seine Mutter und die Großen seines

Reiches und alle Vasallen, und er ließ die Versammelten noch einmal schwören und nahm ihnen den Treueid gegen seinen Sohn ab und versicherte sich ihrer durch die Schwüre. Darauf siechte er noch einige wenige Tage dahin; dann ging er ein zur Barmherzigkeit Allahs des Erhabenen. Nun trauerten um ihn sein Sohn Badr Bâsim und seine Gemahlin Dschullanâr, die Emire und die Wesire und die Großen des Reiches; und sie erbauten ihm ein Grabhaus und bestatteten ihn darin. Einen ganzen Monat lang dauerte ihre Trauerfeier; dann aber kamen Sâlih, der Bruder Dschullanârs, und ihre Mutter und ihre Basen, und sie trösteten die Betrübten in ihrem Schmerz um den König und sprachen: ‚O Dschullanâr, wenn auch der König dahingeschieden ist, so hat er doch diesen trefflichen Sohn hinterlassen; und wer seinesgleichen hinterläßt, der ist nicht tot; denn dieser ist der Unvergleichliche, der reißende Leu.‘ – –«

Da bemerkte Schehrezâd, daß der Morgen begann, und sie hielt in der verstatteten Rede an. Doch als die *Siebenhundertundvierundvierzigste Nacht* anbrach, fuhr sie also fort: »Es ist mir berichtet worden, o glücklicher König, daß der Bruder Dschullanârs, Sâlih, und ihre Mutter und ihre Basen zu ihr sprachen: ‚Wenn auch der König dahingeschieden ist, so hat er doch diesen unvergleichlichen Jüngling hinterlassen, den reißenden Leu, den gleißenden Mond.‘ Die großen des Reiches aber und die Vornehmen traten zu König Badr Bâsim ein und sprachen zu ihm: ‚O König, es liegt nichts Unrechtes in der Trauer um den Verstorbenen; doch das Trauern ist die Sache der Frauen. Drum quäle nicht dein und unser Gemüt durch die Trauer um deinen Vater; denn er hat ja, da er starb, dich hinterlassen, und wer deinesgleichen hinterläßt, der ist nicht tot!‘ So suchten sie ihn mit milden Worten zu trösten, und darauf geleiteten sie ihn ins Bad. Und als er das Bad verlassen hatte, legte er ein prächtiges Gewand an, das mit Gold durchwirkt und mit Edelsteinen und Hyazinthen besetzt war; auch legte er die Königskrone wieder auf sein Haupt und setzte sich auf den Thron seiner Herrschaft. Nun ordnete er wieder die Angelegenheiten der Menschen, ließ zwischen dem Starken und dem Schwachen Gerechtigkeit walten und verschaffte dem Knecht vor dem Herren sein Recht. Das Volk war ihm in herzlicher Liebe zugetan, und so lebte er wiederum ein volles Jahr dahin. Dabei besuchten ihn seine Anverwandten aus dem Meere immer von Zeit zu Zeit, und sein Leben war schön und sein Auge heiter. Das blieb auch so eine lange Weile.

Nun aber begab es sich, daß sein Oheim eines Nachts zu Dschullanâr eintrat und sie begrüßte. Da erhob sie sich, umarmte ihn und ließ ihn zu ihrer Seite sitzen und fragte ihn: ‚Lieber Bruder, wie ergeht es dir und meiner Mutter und meinen Basen?‘ ‚Liebe Schwester,‘ antwortete er, ‚sie sind wohlauf, gesund und sehr glücklich, und ihnen fehlt nichts als der Anblick deines Gesichtes.‘ Darauf setzte sie ihm etwas Speise vor, und er aß; und nun entspann sich zwischen ihnen ein Gespräch, und sie sprachen von König Badr Bâsim, von seiner Schönheit und Lieblichkeit, seines Wuchses Ebenmäßigkeit, seinem Rittertum, seinem Verstand und seiner Vornehmheit. Der König Badr Bâsim aber lag da, auf seinen Ellenbogen gestützt, und als er hörte, wie seine Mutter und sein Oheim von ihm sprachen, stellte er sich schlafend und lauschte ihrem Gespräche. Und Sâlih sprach zu seiner Schwester Dschullanâr: ‚Siehe, dein Sohn ist jetzt siebenzehn Jahre alt und ist noch nicht vermählt. Da müssen wir fürchten, daß ihm etwas zustoßen könnte, ehe ihm ein Sohn geboren würde; und deshalb möchte ich ihn mit einer von den Prinzessinnen des Meeres vermählen, die ihm an Schönheit und Anmut gleicht.' Dschullanâr sagte darauf: ‚Nenne mir sie; denn ich kenne sie alle!' Nun begann er, sie ihr aufzuzählen, eine nach der andern; doch bei jeder sprach sie: ‚Die möchte ich nicht für meinen Sohn haben; ich will ihn nur mit einer vermählen, die ihm gleich ist an Schönheit und Anmut, an Verstand und Frömmigkeit, an Vornehmheit und Hochherzigkeit, an Macht, an Abkunft und Adel.' Schließlich sagte Sâlih: ‚Ich kenne keine mehr unter den Töchtern der Meereskönige; nun habe ich dir schon über hundert Jungfrauen aufgezählt, aber keine einzige von ihnen gefällt dir! Doch schau, meine Schwester, ob dein Sohn schläft oder nicht.' Da tastete sie nach ihrem Sohne hin, und als sie die Zeichen des Schlummers an ihm fand, sprach sie zu ihrem Bruder: ‚Er schläft; was hast du noch zu sagen, und warum willst du wissen, ob er schläft?' ‚Liebe Schwester,' gab er ihr zur Antwort, ‚mir ist noch eine von den Töchtern des Meeres in den Sinn gekommen, die für deinen Sohn paßt, aber ich fürchtete mich, sie zu nennen; denn wenn er wach wäre, so könnte sein Herz von der Liebe zu ihr ergriffen werden, und wir könnten vielleicht nicht imstande sein, zu ihr zu gelangen; dann würden er und wir und die Großen seines Reiches vergebliche Mühe haben, und das könnte uns viel Beschwerden machen. Sagt doch auch der Dichter:

> Die Liebe ist am Anfang nur ein Tröpfchen Wasser;
> Doch hat sie erst Gewalt, wird sie ein weites Meer.'

Als sie diese Worte von ihm vernahm, sprach sie: ‚Sage mir, was ist es mit dieser Maid? Und wie heißt sie? Ich kenne doch alle Töchter des Meeres, Prinzessinnen und andere. Und wenn ich sie für seiner würdig halte, so will ich für ihn bei ihrem Vater um sie werben, und müßte ich auch alles, was meine Hand besitzt, für sie hingeben. Also sage mir, wer sie ist; fürchte nichts, denn mein Sohn schläft!' Dennoch entgegnete er ihr: ,Ich fürchte, er ist wach. Und der Dichter sagt:

Ich liebte ihn, als ich ihn preisen hörte;
Denn oftmals liebt das Ohr noch vor dem Auge.'

Aber Dschullanâr fuhr fort: ,Sprich und fasse dich kurz und fürchte nichts, mein Bruder!' Da begann er: ,Bei Allah, liebe Schwester, keine ist deines Sohnes würdiger als die Prinzessin Dschauhara, die Tochter des Königs es-Samandal[1]; denn sie ist ihm gleich an Schönheit und Lieblichkeit, Glanz und Vollkommenheit. Weder im Meere noch auf dem Lande findet sich eine, die von feinerem und zarterem Wesen wäre als sie. In ihr paaren sich Schönheit und Lieblichkeit und des Wuchses Ebenmäßigkeit. Ihre Wangen sind von rotem Schein, ihre Stirn ist blütenrein, ihre Zähne glitzern wie Edelgestein; und ihre Augen, die dunkeln, glänzen und funkeln; ihre schweren Hüften schwanken unter dem Leibe dem schlanken, und Anmut umflicht ihr Angesicht. Wenn sie sich umschaut, werden Antilopen und Gazellen beschämt; und ihr Schritt ist so leicht, daß der Weidenzweig vor Neid sich grämt. Durch ihrer Schönheit Strahl beschämt sie Sonne und Mond zumal; wer sie nur erblickt, wird von ihr berückt; ihre Lippen sind an Süße reich, und ihre Formen sind zart und weich.' Wie Dschullanâr die Worte ihres Bruders vernommen hatte, erwiderte sie ihm: ,Du hast recht, mein Bruder, bei Allah, ich habe sie viele Male gesehen, und sie war meine Gefährtin, als wir noch Kinder waren. Jetzt freilich wissen wir nichts mehr voneinander, da wir uns fern gerückt sind; und seit nunmehr achtzehn Jahren habe ich sie nicht gesehen. Bei Allah, nur sie allein ist meines Sohnes würdig!' Badr Bâsim aber, der ihre Rede hörte und von Anfang bis zu Ende alles verstand, was sie zum

1. Der Salamander.

Lobe der Maid sagten, die Sâlih genannt hatte, nämlich Dschau-hara, Tochter des Königs es-Samandal, gewann sie durch Hö-rensagen lieb, während er sich vor ihnen schlafend stellte; und in seinem Herzen loderte um ihretwillen ein Feuer empor, und er versank in ein Meer, in dem er Ufer und Boden verlor. «

Da bemerkte Schehrezâd, daß der Morgen begann, und sie hielt in der verstatteten Rede an. Doch als die *Siebenhundert-undfünfundvierzigste Nacht* anbrach, fuhr sie also fort: »Es ist mir berichtet worden, o glücklicher König, daß Badr Bâsim die Worte seines Oheims Sâlih und seiner Mutter Dschullanâr zum Lobe der Tochter des Königs es-Samandal hörte; und in seinem Herzen loderte um ihretwillen ein Feuer empor, und er versank in ein Meer, in dem er Ufer und Boden verlor. Sâlih aber blickte seine Schwester Dschullanâr an und sprach zu ihr: ,Bei Allah, liebe Schwester, es gibt unter den Königen des Meeres keinen größeren Tor als ihren Vater, noch einen, der gewalttätiger wäre als er. Deshalb erzähle deinem Sohne nichts von dieser Jungfrau, als bis wir ihre Hand von ihrem Vater er-halten haben. Wenn er uns seine Einwilligung gibt, so wollen wir Allah den Erhabenen preisen; wenn er uns aber abweist und sie nicht mit deinem Sohne vermählen will, so wollen wir uns damit zufrieden geben und nach einer anderen Gemahlin suchen.' Auf diese Worte ihres Bruders Sâlih antwortete Dschullanâr: ,Der Plan, zu dem du rätst, ist gut.' Dann hör-ten sie auf zu reden und ruhten die Nacht über, während im Herzen des Königs Badr Bâsim ein Feuer brannte um seiner Liebe zur Prinzessin Dschauhara willen. Doch er verbarg seine Not und sprach weder zu seiner Mutter noch zu seinem Oheim über die Maid, wiewohl er in seiner Leidenschaft für sie wie auf feurigen Kohlen lag. Als es dann Morgen ward, begab sich der König mit seinem Oheim ins Badehaus; und nachdem die beiden sich gewaschen hatten, kehrten sie zurück und tranken Scherbett. Darauf brachte man ihnen die Speisen, und der König Badr Bâsim und seine Mutter und sein Oheim aßen, bis sie gesättigt waren. Nun wuschen sie sich die Hände, und als sie damit fertig waren, stand Sâlih auf und sprach zu König Badr Bâsim und zu dessen Mutter Dschullanâr: ‚Mit eurer Erlaubnis möchte ich mich jetzt zu meiner Mutter begeben; denn ich bin schon seit einer Reihe von Tagen bei euch; und die Meinen sind in ihrem Herzen um mich besorgt, da sie so lange auf mich warten müssen.' Doch König Badr Bâsim bat seinen Oheim Sâlih: ‚Bleib noch diesen Tag bei uns!' Und jener fügte sich seinen Worten. Da sagte der König: ‚Komm, lieber Oheim, laß uns in den Garten gehen!' Sie begaben sich also in den Garten und schritten lustwandelnd einher. Schließlich setzte Badr Bâsim sich unter einem schattigen Baume nieder; denn er wünschte dort sich auszuruhen und zu schlafen. Aber er gedachte dessen, was sein Oheim Sâlih zum Preise der Jungfrau gesagt hatte, und ihrer Schönheit und Anmut; und er vergoß strömende Tränen und sprach diese beiden Verse:

> Spräch man zu mir, wenn eine heiße Flamme glüht
> Und wenn die Feuersglut durch Herz und Brust mir zieht:
> Begehrest du denn mehr, mit ihr vereint zu sein,
> Als kühlen Wassers Trunk? – ich riefe: Sie allein!

Dann hub er an zu klagen und unter Seufzern und Tränen diese Verse vorzutragen:

> Wer schützt mich vor der Lieb zu einem trauten Reh,
> Auf dessen Antlitz ich die hellste Sonne seh?
> Die Lieb zu ihr war meinem Herzen unbekannt –
> Für es-Samandals Tochter ist es nun entbrannt.

Kaum hatte Sâlih die Worte seines Neffen vernommen, so schlug er die Hände aufeinander und rief: ‚Es gibt keinen Gott außer Allah, Mohammed ist der Gesandte Allahs! Es gibt keine Macht und es gibt keine Majestät außer bei Allah, dem Erhabenen und Allmächtigen!' Und er fuhr fort: ‚Mein Sohn, hast du denn gehört, wie wir beide, ich und deine Mutter, von der Prinzessin Dschauhara redeten und ihre Schönheit priesen?' ‚Jawohl, mein Oheim,' erwiderte Badr Bâsim, ‚und ich habe sie durch Hörensagen liebgewonnen, als ich vernahm, was ihr von ihr sprachet. Jetzt hängt mein Herz an ihr, und ich kann ohne sie nicht mehr leben.' Darauf sagte Sâlih: ‚O König, laß uns zu deiner Mutter zurückkehren und ihr alles kundtun! Dann will ich sie um Erlaubnis bitten, daß ich dich mit mir nehme und für dich um die Prinzessin Dschauhara werbe. Sodann wollen wir von ihr Abschied nehmen, und später bringe ich dich ihr wieder. Denn ich scheue mich, dich ohne ihre Erlaubnis mitzunehmen und fortzugehen; sie würde mir sonst zürnen, und dabei wäre das Recht auf ihrer Seite, weil ich die Ursache eurer Trennung wäre, wie ich einst die Ursache ihrer Trennung von uns war. Auch würde die Stadt ohne König bleiben, und die Einwohner würden niemanden haben, der über sie herrscht und für ihre Angelegenheiten sorgt; so würde das Reich wider dich in Wirrwarr geraten, und die Herrschaft würde deiner Hand entgleiten.' Doch Badr Bâsim erwiderte auf diese Worte seines Oheims Sâlih: ‚Wisse, lieber Oheim, wenn ich zu meiner Mutter zurückkehre und sie hierüber um Rat frage, so wird sie es mir nicht gestatten. Darum will ich auf keinen Fall zu ihr zurückkehren, noch sie befragen.' Und unter Tränen fuhr er fort: ‚Ich will mit dir gehen und ihr nichts sagen; später will ich dann heimkehren.' Wie nun Sâlih die Worte des Sohnes seiner Schwester hörte, wußte er nicht, was er tun sollte, und er rief: ‚Ich flehe zu Allah dem Erhabenen um Hilfe in jedem Falle.' Und da er sah, daß es also

114

um seinen Neffen stand, und wußte, daß jener nicht zu seiner Mutter zurückkehren, sondern alsbald mit ihm gehen wollte, zog er von seinem Finger einen Siegelring, auf dem einige der Namen Allahs des Erhabenen eingegraben waren, und reichte ihn dem König, indem er zu ihm sprach: ‚Tu den an deinen Finger, so wirst du sicher sein vor dem Ertrinken und vor anderen Gefahren, auch vor dem Unheil der Meerestiere und der großen Fische!' Da nahm König Badr Bâsim den Ring von seinem Oheim entgegen und steckte ihn auf seinen Finger. Und nun tauchten die beiden hinab in die Tiefe. – –«

Da bemerkte Schehrezâd, daß der Morgen begann, und sie hielt in der verstatteten Rede an. Doch als die *Siebenhundertundsechsundvierzigste Nacht* anbrach, fuhr sie also fort: »Es ist mir berichtet worden, o glücklicher König, daß der König Badr Bâsim und sein Oheim Sâlih, als sie in die Tiefe hinabgetaucht waren, dort ihres Weges immer weiter zogen, bis sie den Palast Sâlihs erreichten. Wie sie dort eintraten, ward der König alsbald von seiner Ahne, der Mutter seiner Mutter, erkannt; die saß dort im Kreise der Ihren. Beide gingen auf sie zu und küßten ihnen die Hände. Die alte Königin aber, die auf ihren Enkel schaute, erhob sich und ging ihm entgegen, umarmte ihn und küßte ihn auf die Stirn und sprach zu ihm: ‚Gesegnet sei deine Ankunft, mein Sohn! Wie hast du deine Mutter Dschullanâr verlassen?' Der König gab ihr zur Antwort: ‚Sie ist wohlauf und gesund, und sie läßt dich und ihre Basen grüßen.' Darauf berichtete Sâlih seiner Mutter, was er mit seiner Schwester besprochen hatte und wie der König Badr Bâsim die Prinzessin Dschauhara, die Tochter des Königs es-Samandal, durch Hörensagen liebgewonnen hatte; so erzählte er ihr alles, was geschehen war, von Anfang bis zu Ende. Und er schloß mit den Worten: ‚Sieh, er ist nur deshalb gekommen, um sie von ihrem Vater zu erbitten und sich mit ihr zu vermählen.' Als die Ahne des Königs Badr Bâsim diese Worte von Sâlih vernommen hatte, ergrimmte sie wider ihn gewaltig, doch es kamen auch Unruhe und Sorge über sie. Und sie sprach zu ihm: ,Mein Sohn, du hast darin gefehlt, daß du die Prinzessin Dschauhara, die Tochter des Königs es-Samandal, vor dem Sohne deiner Schwester nanntest; denn du weißt doch, daß jener König ein gewalttätiger Narr ist, gering von Verstand und jähzornigen Sinnes, der seine Tochter Dschauhara allen ihren Freiern mißgönnt. Alle Könige der Tiefe haben schon bei ihm um sie geworben, doch er war mit keinem von ihnen zufrieden; ja, er wies sie alle zurück, indem er sprach: ,Ihr seid ihr nicht gleich an Schönheit und Anmut noch auch sonst irgendwie!' Darum scheuen wir uns, um sie bei ihrem Vater zu werben; denn wir fürchten, er wird uns ebenso abweisen, wie er andere abgewiesen hat; und wir, ein hochgesinnt Geschlecht, müßten dann gebrochenen Herzens umkehren.' Wie Sâlih diese Worte von seiner Mutter vernahm, sprach er zu ihr: ,Liebe Mutter, was ist denn zu tun? König Badr Bâsim ward von Liebe zu jener Jungfrau erfüllt, damals als ich über sie mit meiner Schwester Dschullanâr sprach; und er sagte, wir müßten um sie bei ihrem Vater freien, wenn er auch sein ganzes Königreich hingeben solle, ach, er behauptete gar, wenn er sich nicht mit ihr vermähle, so würde er um ihretwillen vor Liebe und Sehnsucht sterben.' Und weiter sprach Sâlih zu seiner Mutter: ,Wisse, der Sohn meiner Schwester ist noch schöner und anmutiger als jene Jungfrau; sein Vater war der König aller Perser, und jetzt herrscht er über sie; darum gebührt Dschauhara allein nur ihm. So hab ich mich denn entschlossen, allerlei Edelsteine, Hyazinthe und andere, mit mir zu nehmen und dem König ein Geschenk zu bringen, wie es sich für ihn geziemt, und um seine Tochter bei ihm zu werben. Wenn er uns vorhält, er sei ein König, nun, so ist Badr Bâsim auch ein König, Sohn eines Königs; und wenn er uns wegen ihrer Schönheit Einwände macht, nun, so ist unser König noch schöner als sie. Und wenn er uns darauf die Ausdehnung des Reiches entgegenhält, so ist das Reich unseres Königs noch größer als das ihre und das ihres Vaters, und er hat noch mehr Truppen und Wachen, da ja seine Herrschaft mächtiger ist als die ihres Vaters. Es ist nicht anders möglich, ich muß alles tun, um den Wunsch meines Schwestersohnes zu erfüllen, wenn es mich auch mein Leben kostet; denn ich war ja die Ursache von all dem, was geschehen ist, und wie ich ihn in das Meer der Liebe zu ihr hineingestürzt habe, so will ich mich auch mühen, um ihn mit ihr zu vermählen, und Allah der Erhabene möge mir dazu verhelfen!' Darauf erwiderte ihm seine Mutter: ,Tu, was du willst, doch hüte dich, ihrem Vater rauhe Worte zu geben, wenn du mit ihm redest! Denn du kennst seine Torheit und seinen Jähzorn, und ich fürchte, er wird übel mit dir verfahren, da er ja vor niemandem Achtung hat.' ,Ich höre und gehorche!' antwortete Sâlih; dann machte er sich auf und holte zwei Säcke voller Edelsteine, Hyazinthe und Smaragdstangen, edle Erze und allerlei andere Kleinodien. Nachdem er das alles seinen Dienern aufgeladen hatte, begab er sich mit ihnen und mit dem Sohne seiner Schwester zum Schlosse des Königs es-Samandal. Dort bat er um Einlaß, und der ward ihm gewährt. Als er dann eingetreten war, küßte er den Boden vor dem König und begrüßte ihn aufs schönste. Wie es-Samandal ihn sah, erhob er sich vor ihm und erwies ihm die höchsten Ehren und hieß ihn sich setzen. Jener tat es, und als sie eine Weile gesessen hatten, sprach der König zu ihm: ,Gesegnet sei deine Ankunft! Du hast uns lange deines

Anblicks beraubt, o Sâlih. Was ist dein Begehr, daß du zu uns gekommen bist? Nenne es mir, auf daß ich es dir erfülle!' Da küßte Sâlih den Boden ein zweites Mal und hub an: ,O größter König unserer Zeit, meine Bitte ergeht an Allah und an den König voll Herrscherpracht, den Löwen von gewaltiger Macht, von dessen herrlichen Eigenschaften die Kunde alle Reisenden begleitet und dessen Ruhm sich in allen Gauen und Ländern verbreitet ob seiner Güte und Wohltätigkeit, seiner Gnade und Huld und Freigebigkeit.' Dann öffnete er die beiden Säcke, holte aus ihnen die Edelsteine und andere Kleinodien hervor und breitete sie vor König es-Samandal aus, indem er zu ihm sprach: ,O größter König unserer Zeit, vielleicht nimmst du meine Gabe an und gewährst mir die Gnade, mein Herz zu heilen, indem du sie von mir hinnimmst.' – –«

Da bemerkte Schehrezâd, daß der Morgen begann, und sie hielt in der verstatteten Rede an. Doch als die *Siebenhundertundsiebenundvierzigste Nacht* anbrach, fuhr sie also fort: »Es ist mir berichtet worden, o glücklicher König, daß damals, als Sâlih dem König es-Samandal die Gabe darbrachte und zu ihm sprach: ,Mein Ziel ist, daß der König mir die Gnade gewähre, mein Herz zu heilen, indem er sie hinnimmt', jener ihm antwortete: ,Warum bringst du mir dies Geschenk? Erzähle mir deine Geschichte und tu mir deinen Wunsch kund! Wenn es in meiner Macht steht, ihn zu erfüllen, so will ich es sofort tun und dir alle Mühe ersparen. Wenn ich aber nicht dazu imstande bin, nun, so lädt Allah keiner Seele mehr auf, als sie tragen kann.' Nun küßte Sâlih den Boden dreimal und sprach: ,O größter König unserer Zeit, meinen Wunsch zu erfüllen, steht wahrlich in deiner Macht; das ist in deiner Gewalt, dessen bist du Herr. Ich will doch dem König keine Schwierigkeiten verursachen, und ich bin auch nicht so von Sinnen, daß ich mich in einer Sache an den König wende, die nicht in seiner Macht steht. Einer der Weisen sagt: Willst du, daß dein Wunsch in Erfüllung geht, so erbitte, was im Bereiche des Möglichen steht. Fürwahr, mein Anliegen, das mich veranlaßt hat zu kommen, das steht in der Macht des Königs, den Allah behüten möge!' Da befahl der König: ‚Bitte um das, was du begehrst; sag, was es mit dir ist; nenne deinen Wunsch!' ‚O größter König unserer Zeit,' antwortete Sâlih, ‚wisse denn, ich komme als Werber zu dir, und mein Sinn steht nach der Perle, die ihresgleichen nicht hat, dem wohlbehüteten Juwel, der Prinzessin Dschauhara, der Tochter unseres Gebieters. Drum enttäusche den nicht, der dir bittend naht, o König!' Als der König seine Worte vernommen hatte, lachte er, bis er auf den Rücken fiel, um Sâlih zu verhöhnen. Dann sprach er: ‚O Sâlih, ich habe geglaubt, du wärest ein Mann von Verstand, ein Jüngling als trefflich bekannt, der nur für das Rechte ficht und nur verständige Worte spricht. Was ist denn deinem Verstande widerfahren, was hat dich veranlaßt, so Gewaltiges zu beginnen und so Ungeheuerliches zu ersinnen, daß du begehrst, die Töchter der Könige, der Herren über Länder und Gaue, zu Frauen zu gewinnen? Ist es deinem Stande angemessen, daß du zu dieser hohen Stufe gelangen solltest, oder fehlt es dir an Verstand so sehr, daß du mir mit solchen Worten unter die Augen zu kommen wagst?' ‚Allah fördere den König,' erwiderte Sâlih, ‚ich werbe nicht um sie für mich selbst. Zwar wäre ich, wenn ich sie für mich erbäte, ihr ebenbürtig und noch mehr; denn du weißt, mein Vater war einer von den Königen des Meeres, wenn du auch jetzt unser König bist. Doch ich werbe um sie für den König Badr Bâsim, den Herrscher der Perserlande und den Sohn des Königs Schahrimân, und du kennst seine Macht. Wenn du nun sagst, du seiest ein großer König, so ist König Badr Bâsim noch größer. Und wenn du behauptest, deine Tochter sei anmutig, so ist König Badr Bâsim noch anmutiger als sie, ja, er ist noch schöner von Gestalt und noch höher von Adel und Abkunft; denn er ist der herrlichste Ritter unter dem Volke seiner Zeit. Wenn du also, o größter König unserer Zeit, meine Bitte gewährst, so hast du die Sache geordnet, wie es sich geziemt. Doch wenn du dich über uns überhebst, so handelst du nicht gerecht gegen uns und wandelst in deinem Tun an uns nicht auf dem rechten Wege. Du weißt auch, o König, daß diese Prinzessin Dschauhara, die Tochter unseres Herrn und Königs, sich vermählen muß; denn der Weise sagt: Dem Mädchen ist entweder die Ehe oder das Grab bestimmt. Gedenkst du nun, sie zu vermählen, so ist meiner Schwester Sohn ihrer würdiger als alle anderen Menschen.' Kaum hatte der König diese Worte von Sâlih vernommen, so ergrimmte er gewaltig; fast entfloh ihm der Verstand, und fast verließ seine Seele seinen Körper. Und er rief: ,Du Hund, soll deinesgleichen es wagen, so mit mir zu reden und meine Tochter in voller Versammlung zu nennen und zu sagen, der Sohn deiner Schwester Dschullanâr sei ihr ebenbürtig? Wer bist du denn, wer ist deine Schwester, wer ist ihr Sohn, und wer war sein Vater, daß du so zu mir zu sprechen und solche Worte vor mir zu gebrauchen wagst? Seid ihr denn im Vergleich zu ihr etwas anderes als Hunde?' Dann rief er seine Diener herbei und befahl ihnen: ,Ihr Burschen, nehmt dem Galgenstrick da den Kopf!' Da griffen sie nach den Schwertern, zogen sie aus der Scheide und drangen auf Sâlih ein; der aber wandte sich von hinnen und suchte das Tor des Palastes zu gewinnen. Und wie er dort ankam, fand er seine Vettern und Verwandten, ja seine ganze Sippe und auch seine Sklaven. Das waren mehr als tausend Ritter, starrend von Stahl und engmaschigen Panzern zumal, die ließen mit ihren Händen die Lanzen und blitzenden Schwerter tanzen. Als sie Sâlih in dieser Verfassung erblickten, riefen sie ihm zu: ‚Was gibt es?' und er berichtete ihnen, was geschehen war. Und als jene, die ihm von seiner Mutter zu Hilfe geschickt waren, seine Worte vernahmen, erkannten sie, daß der König ein Narr und ein Hitzkopf war; und sie stiegen von ihren Rossen, zückten ihre Schwerter und eilten zu König es-Samandal hinein. Den fanden sie noch auf seinem Throne sitzen, wie er in seinem heftigen Zorne gegen Sâlih gar nicht auf ihre Ankunft geachtet hatte, und auch seine Diener und Sklaven und Wachen fanden sie unvorbereitet. Wie aber nun der König sie mit gezückten Schwertern vor sich sah, schrie er seine Leute an mit den Worten: ‚He, ihr da, holt den Hunden dort die Köpfe herunter!' Aber nach einer kurzen Weile war das Volk des Königs es-Samandal geschlagen und in die Flucht getrieben. Nun ergriffen Sâlih und die Seinen den König und fesselten ihn. – –«

Da bemerkte Schehrezâd, daß der Morgen begann, und sie hielt in der verstatteten Rede an. Doch als die *Siebenhundertundachtundvierzigste Nacht* anbrach, fuhr sie also fort: »Es ist mir berichtet worden, o glücklicher König, daß Sâlih und die Seinen den König es-Samandal fesselten. Und die Prinzessin Dschauhara erhielt, als sie aufwachte, die Kunde, daß ihr Vater gefangen war und seine Wachen den Tod gefunden hatten. Da verließ sie das Schloß und flüchtete sich nach einer Insel; dort eilte sie auf einen hohen Baum zu und verbarg sich in seinem Gipfel. Als die beiden Scharen miteinander gekämpft hatten, waren einige der Diener des Königs es-Samandal geflohen und davongelaufen; ihrer war Badr Bâsim gewahr geworden, und er hatte sie gefragt, was es mit ihnen wäre, und sie hatten ihm berichtet, was vorgefallen war. Wie er also vernahm, daß an König es-Samandal Hand gelegt war, wandte er sich zur Flucht, da er für sein Leben fürchtete; denn er sagte sich in seinem Herzen: ‚Dieser ganze Aufruhr ist um meinetwillen entstanden, und man wird nur mich dafür verantwortlich machen wollen.' So floh er in Eil und suchte sein Heil; doch wußte er nicht, wohin er sich wenden sollte. Aber das von Ewigkeit her bestimmte Schicksal führte ihn zu eben jener Insel, auf der sich Dschauhara befand, die Tochter des Königs es-Samandal. Und er kam zu jenem Baum und warf sich wie tot nieder und wollte ruhen, wie er dort lag. Allein er dachte nicht daran, daß kein Verfolgter Ruhe findet und daß niemand weiß, was im Schoße des Schicksals für ihn verborgen ist. Als er nun dalag, hob er seinen Blick zu dem Baum empor, und da traf sein Auge das Auge Dschauharas. Er sah sie an und erkannte, daß sie schön war wie der aufgehende Mond. Da sprach er: ‚Preis sei dem Schöpfer dieser herrlichen Gestalt, Ihm, dem Schöpfer aller Dinge, Ihm, der über alle Dinge mächtig ist! Preis sei dem allmächtigen Gott, dem Schöpfer, dem Erschaffer und Bildner! Bei Allah, wenn meine Ahnung richtig ist, so ist dies Dschauhara, die Tochter des Königs es-Samandal! Mich deucht, als sie vernahm, daß der Kampf zwischen den beiden Scharen entbrannt war, da ist sie geflohen und zu dieser Insel gekommen und hat sich im Gipfel dieses Baumes versteckt. Wenn sie aber nicht die Prinzessin Dschauhara ist, so ist diese Maid noch schöner als jene.' Darauf sann er über sie nach und sagte sich: ‚Ich will mich erheben und sie festhalten und fragen, wer sie ist; und wenn sie wirklich die Prinzessin ist, so will ich bei ihr selber um sie werben; denn das ist ja mein Wunsch.' Da richtete er sich auf und sprach zu Dschauhara: ‚O du Ziel aller Wünsche, wer bist du? Und wer hat dich hierher geführt?'

Nun blickte Dschauhara den jungen König an und erkannte, daß er dem Vollmond glich, der unter dem dunklen Gewölk hervorstrahlt, und sie sah seine schlanke Gestalt und seines Lächelns liebliche Gewalt. Dann sprach sie: ‚O du Holdseliger, ich bin die Prinzessin Dschauhara, die Tochter des Königs es-Samandal, und ich habe mich an diese Stätte geflüchtet, weil Sâlih und seine Krieger wider meinen Vater stritten, seine Mannen töteten und ihn samt einigen seiner Leute gefangen nahmen. Deshalb floh ich, da ich um mein Leben besorgt war.‘ Und weiter sprach die Prinzessin Dschauhara zu König Badr Bâsim: ‚Ja, ich bin nur deshalb an diese Stätte gekommen, weil ich auf der Flucht war und mich vor dem Tode fürchtete. Was aber das Schicksal mit meinem Vater getan hat, das weiß ich nicht.‘ Als König Badr Bâsim diese Worte von ihr vernommen hatte, wunderte er sich gar sehr über dies seltsame Zusammentreffen und sagte sich: ‚Es ist kein Zweifel, ich habe mein Ziel erreicht dadurch, daß ihr Vater gefangen genommen ist.‘ Dann schaute er auf die Maid und sprach zu ihr: ‚Komm herab, meine Gebieterin; denn die Liebe zu dir hat mich dem Tode nahe gebracht, und deine Augen haben mich zum Gefangenen gemacht! Um meinetwillen und um deinetwillen ist es zu diesem Aufruhr und zu diesen Kämpfen gekommen. Wisse denn, ich bin der König Badr Bâsim, der Herrscher der Perser, und Sâlih ist mein Oheim; er ist es, der zu deinem Vater ging und um dich bei ihm warb. Ich habe mein Reich um deinetwillen verlassen, und unser Zusammentreffen an dieser Stätte ist ein gar seltsamer Zufall. Nun wohlan, komm herab zu mir, auf daß ich mit dir zum Schlosse deines Vaters gehe und dort meinen Oheim Sâlih bitte, ihn freizulassen, und mich rechtmäßig mit dir vermähle!‘ Kaum hatte Dschauhara diese Worte von Badr Bâsim gehört, so sprach sie bei sich: ‚Um dieses elenden Galgenstrickes willen ist dies alles geschehen, ist mein Vater gefangen genommen, sind seine Kammerherren und Diener getötet, habe ich mein Schloß verlassen müssen und bin als Verbannte zu dieser Insel hinausgezogen! Wenn ich nun aber keine List ersinne, um mich vor ihm zu schützen, so wird er mich in seine Gewalt bekommen und seinen Willen erreichen; denn er ist ein Liebender, und ein Liebender wird nie getadelt wegen dessen, was er tut.‘ Dann betörte sie ihn mit Worten, indem sie ihn sanft anredete, während er nicht ahnte, welche Ränke sie wider ihn schmiedete; denn sie sprach zu ihm: ‚Hoher Herr, Licht meiner Augen, sag an, bist du wirklich der König Badr Bâsim, der Sohn der Königin Dschullanâr?‘ ‚Jawohl, meine Gebieterin‘, gab er ihr zur Antwort. – –«

Da bemerkte Schehrezâd, daß der Morgen begann, und sie hielt in der verstatteten Rede an. Doch als die *Siebenhundert-undneunundvierzigste Nacht* anbrach, fuhr sie also fort: »Es ist mir berichtet worden, o glücklicher König, daß Dschauhara, die Tochter des Königs es-Samandal, zu dem Jüngling sprach: ‚Bist du, hoher Herr, wirklich der König Badr Bâsim, der Sohn der Königin Dschullanar?‘ ‚Jawohl, meine Gebieterin‘, gab er ihr zur Antwort. Dann fuhr sie fort: ‚Möge Allah meinen Vater vernichten und ihm sein Reich nehmen und ihm sein Herz nicht trösten, noch auch das Elend von ihm wenden, wenn er einen Schöneren verlangt als dich oder noch bessere als diese deine herrlichen Eigenschaften! Bei Allah, er hat doch wenig Verstand und Urteil.‘ Doch sie fügte noch hinzu: ‚O größter König unserer Zeit, zürne meinem Vater nicht wegen dessen, was er getan hat; denn wenn du mich eine Spanne liebst, so liebe ich dich eine Elle! Ach, ich bin in das Netz der Liebe zu dir verstrickt, und ich bin eine derer, die du in den

Tod geschickt! Die Liebe, die bei dir war, hat sich in mich ergossen, und bei dir bleibt nur noch ein Zehntel von der Liebeskraft, die in mir wohnt.' Darauf kam sie von dem Baume herab, trat auf ihn zu, ganz nahe, und umarmte ihn, zog ihn an ihre Brust und küßte ihn. Wie sie so mit Badr Bâsim tat, ward seine Liebe zu ihr noch heißer und sein Verlangen nach ihr noch stärker; er glaubte auch, daß sie ihn wirklich liebe, und vertraute ihr, und er liebkoste und küßte sie. Dann sprach er zu ihr: ‚O Prinzessin, bei Allah, mein Oheim Sâlih hat mir nicht den vierzigsten Teil deiner Anmut geschildert, ja, nicht einmal ein viertel Karat von den vierundzwanzig!' Wie nun aber Dschauhara ihn an ihre Brust drückte, murmelte sie einige unverständliche Worte, spie ihm ins Gesicht und sprach: ‚Verlaß diese deine menschliche Gestalt und nimm die Gestalt des schönsten Vogels an, mit weißem Gefieder und mit rotem Schnabel und roten Beinen!' Kaum hatte sie ihre Worte gesprochen, da verwandelte sich König Badr Bâsim auch schon in einen Vogel, den schönsten aller Vögel, und er schüttelte sich, blieb stehen und schaute sie an. Nun hatte Dschauhara unter ihren Sklavinnen eine des Namens Marsîna[1]; nach der schaute sie hin und sprach zu ihr: ‚Bei Allah, wenn ich mich nicht ängstete, weil mein Vater als Gefangener in der Gewalt seines Oheims ist, so würde ich ihn töten! Allah lohne ihm nicht mit Gutem! Welches Unglück hat uns sein Kommen gebracht! Denn all diese Not ist nur um seinetwillen entstanden. Aber du, o Sklavin, nimm ihn und bringe ihn nach der Durstinsel und laß ihn dort, auf daß er vor Durst umkomme!' Da nahm die Sklavin ihn und brachte ihn auf jene Insel; schon wollte sie ihn dort verlassen, doch da sagte sie sich: ‚Bei Allah, wer so schön und lieblich ist, verdient nicht, vor Durst zu

1. Myrte.

sterben.' So nahm sie ihn denn von der Durstinsel fort und brachte ihn zu einer Insel, auf der viele Fruchtbäume sprossen und Bächlein flossen, setzte ihn dort nieder und kehrte zu ihrer Herrin zurück; zu der sprach sie: ,Ich habe ihn auf die Durstinsel gebracht.' So stand es nun um Badr Bâsim.

Sehen wir weiter, was Sâlih, der Oheim des Königs Badr Bâsim, inzwischen tat! Wie er den König es-Samandal in seine Gewalt gebracht und seine Wachen und Diener getötet hatte und jenen nun als Gefangenen bei sich behielt, suchte er nach der Prinzessin Dschauhara, konnte sie aber nicht finden. Da kehrte er in sein Schloß zurück zu seiner Mutter und fragte sie: ,Liebe Mutter, wo ist meiner Schwester Sohn, König Badr Bâsim?' ,Mein Sohn,' erwiderte sie, ,bei Allah, ich habe keine Kunde von ihm; ich weiß nicht, wohin er gegangen ist. Als ihm berichtet ward, du seiest mit dem König es-Samandal in Streit geraten und es werde zwischen euch gekämpft und gefochten, da erschrak er und eilte fort.' Durch diese Worte seiner Mutter ward er betrübt um den Sohn seiner Schwester und sprach: ,Liebe Mutter, bei Allah, wir sind fahrlässig gewesen gegen König Badr Bâsim. Ich fürchte, er wird umkommen, oder einer der Krieger des Königs es-Samandal oder die Prinzessin Dschauhara wird über ihn herfallen; dann würden wir vor seiner Mutter beschämt dastehen und nichts Gutes von ihr zu gewärtigen haben, da ich ihn ja ohne ihre Erlaubnis mitgenommen habe.' Und sogleich entsandte er die Wachen und die Späher nach allen Richtungen durch das Meer und anderswohin auf die Suche nach ihm; aber als sie keine Kunde von ihm vernahmen, kehrten sie zurück und meldeten es dem König Sâlih. Da wuchsen seine Sorge und Kummer, und die Brust ward ihm beklommen um des Königs Badr Bâsim willen.

Wenden wir uns nun von Badr Bâsim und seinem Oheim Sâlih zu seiner Mutter Dschullanâr, der Meermaid! Als ihr Sohn mit seinem Oheim in die Tiefe gestiegen war, da wartete sie auf ihn; aber er kehrte nicht heim zu ihr, und keine Kunde von ihm kam ihr zu Ohren. So saß sie denn viele Tage da und harrte seiner. Dann aber machte sie sich auf, stieg ins Meer hinab und begab sich zu ihrer Mutter. Und als die sie erblickte, eilte sie ihr entgegen, küßte sie und umarmte sie; und ihre Basen taten desgleichen. Dann befragte sie ihre Mutter nach dem König Badr Bâsim, und die berichtete ihr: ‚Liebe Tochter, er kam mit seinem Oheim hierher; dann holte sein Oheim Hyazinthe und Juwelen, brachte sie zusammen mit ihm dem König es-Samandal und warb um dessen Tochter; der aber versagte sie ihm und gebrauchte heftige Worte gegen deinen Bruder. Nun hatte ich deinem Bruder an die tausend Reiter zu Hilfe geschickt, und da kam es zwischen ihnen und König es-Samandal zum Kampfe. Doch Allah half deinem Bruder wider ihn, und so konnte er die Wachen und Krieger des Königs töten und ihn selbst gefangen nehmen. Diese Kunde ward deinem Sohne berichtet; und es scheint, er fürchtete für sein Leben, und verließ uns ohne unseren Willen, seither ist er nicht zu uns zurückgekehrt, und wir haben auch keine Kunde von ihm vernommen.‘ Darauf fragte Dschullanâr nach ihrem Bruder Sâlih; und ihre Mutter berichtete ihr: ‚Er sitzt auf dem Throne der Herrschaft an Stelle des Königs es-Samandal, und er hat nach allen Richtungen ausgesandt, um deinen Sohn und die Prinzessin Dschauhara zu suchen.‘ Als Dschullanâr diese Worte von ihrer Mutter vernommen hatte, ward sie tief betrübt um ihren Sohn; aber gegen ihren Bruder Sâlih ergrimmte sie gewaltig, da er ja ihren Sohn ohne ihre Erlaubnis mitgenommen und ins Meer hinabgeführt hatte. Dann sprach sie:

‚Liebe Mutter, ich bin in Sorge um unser Reich, da ich zu euch gekommen bin, ohne jemandem von dem Volke des Landes etwas zu sagen; und ich fürchte, wenn ich zu lange fortbleibe, so wird das Land in Aufruhr wider uns geraten, und die Herrschaft wird aus unseren Händen gleiten. Darum halte ich es für das Richtige, daß ich heimkehre und das Reich regiere, bis Allah die Sache meines Sohnes für uns zum besten lenkt. Nun vergeßt meinen Sohn nicht und verabsäumt nichts, was ihn angeht; denn wenn ihm ein Leids geschieht, so bin ich des Todes, das ist gewiß! Ich sehe ja die Welt nur in ihm, und ich habe keine Freude außer an seinem Leben.‘ ‚Herzlich gern, liebe Tochter,‘ erwiderte ihr jene, ‚frage nicht nach dem, was wir durch die Trennung von ihm und um seines Fernseins willen leiden!‘ Darauf schickte die Mutter von neuem Leute aus, um nach dem König zu suchen, während Dschullanâr betrübten Herzens und mit Tränen im Auge in ihr Land zurückkehrte; denn die Welt war ihr zu eng geworden. – –«

Da bemerkte Schehrezâd, daß der Morgen begann, und sie hielt in der verstatteten Rede an. Doch als die *Siebenhundertundfünfzigste Nacht* anbrach, fuhr sie also fort: »Es ist mir berichtet worden, o glücklicher König, daß der Königin Dschullanâr, als sie von ihrer Mutter in ihr Land zurückkehrte, die Brust eng und die Sorge schwer ward. So stand es um sie.

Sehen wir aber, wie es dem König Badr Bâsim weiter erging! Als die Prinzessin Dschauhara ihn verzaubert und ihn mit ihrer Sklavin zur Durstinsel geschickt hatte mit dem Befehl, sie solle ihn dort lassen, auf daß er vor Durst stürbe, da hatte ihn ja die Sklavin nicht dorthin, sondern zu einer grünen Insel gebracht, auf der Fruchtbäume sprossen und Bäche flossen. Und er begann von den Früchten zu picken und sich am Wasser der Bäche zu erquicken. So lebte er Tage und Nächte in Vogel-
128

gestalt dahin, ohne zu wissen, wohin er sich wenden, noch auch wie er fliegen sollte. Während er nun so eines Tages auf jener Insel dasaß, kam plötzlich ein Vogelsteller dorthin, der sich etwas erjagen wollte, mit dem er sein Leben fristen könnte. Der sah den König Badr Bâsim in der Gestalt eines Vogels mit weißem Gefieder, mit rotem Schnabel und roten Beinen, so schön, daß er den Blick entzückte und die Sinne berückte. Wie jener Mann ihn anschaute, hatte er Gefallen an ihm, und er sprach bei sich selber: ‚Das ist wirklich ein schöner Vogel, ich habe noch nie einen gesehen ihm gleich an Schönheit und Gestalt!' Dann warf er das Netz über ihn und fing ihn und trug ihn in die Stadt, indem er sich sagte: ‚Ich will ihn verkaufen und Geld mit ihm verdienen.' Da begegnete ihm einer vom Volke der Stadt und fragte ihn: ‚Wieviel kostet dieser Vogel, du Finkler?' Jener antwortete ihm: ‚Wenn du ihn gekauft hast, was willst du dann mit ihm tun?' ‚Ich will ihn schlachten und aufessen', sagte der Mann; doch der Vogelsteller entgegnete ihm: ‚Wer hätte wohl das Herz, diesen Vogel zu töten und zu essen? Nein, ich will ihn dem König schenken; der wird mir mehr geben, als du mir für ihn geben würdest, und der wird ihn nicht schlachten, sondern er wird seine Freude an ihm haben, an seiner Schönheit und Anmut. In meinem ganzen Leben habe ich, solange ich Vogelsteller bin, weder unter den Vögeln des Meeres noch unter dem Getier des Feldes seinesgleichen gesehen. Wenn du ihn auch gern haben möchtest, so würdest du mir als höchsten Preis doch nur einen Dirhem geben. Ich will ihn, bei Allah dem Allmächtigen, nicht verkaufen.' So trug er denn den Vogel zum Palaste des Königs; und als der ihn sah, fand er Gefallen an seiner Schönheit und Anmut und an der roten Farbe seines Schnabels und seiner Beine. Deshalb schickte er einen Diener hin, um ihn dem Manne abzukaufen.

Und als der Diener an den Vogelsteller herantrat, sprach er zu ihm: ‚Willst du diesen Vogel verkaufen?‘ ‚Nein,‘ antwortete jener, ‚er ist ein Geschenk von mir an den König.‘ Da nahm der Diener den Vogel, begab sich mit ihm zum König und tat dem Herrscher kund, was der Mann gesagt hatte. Der König nahm das Geschenk an und ließ dem Vogelsteller zehn Dinare geben; nachdem der sie empfangen hatte, küßte er den Boden und ging von dannen. Der Diener aber brachte den Vogel ins Innere des Palastes, tat ihn in einen schönen Käfig und hängte ihn auf; auch setzte er ihm Speise und Trank hin. Als darauf der König aus dem Staatssaal herunterkam, sprach er zu dem Diener: ‚Wo ist der Vogel? Bring ihn mir, auf daß ich ihn anschaue; denn bei Allah, er ist schön!‘ Da brachte der Diener den Käfig und stellte ihn vor den König hin. Wie der nun sah, daß der Vogel von dem Futter, das neben ihm stand, nicht gefressen hatte, rief er: ‚Bei Allah, ich weiß nicht, was er frißt, auf daß ich ihn damit füttern könnte!‘ Darauf befahl er, die Speisen zu bringen; und als die Tische vor ihm gebreitet waren, aß er davon. Wie aber der Vogel das Fleisch und die anderen Speisen, die Süßigkeiten und Früchte erblickte, aß er von allem, was auf dem Tische vor dem König war; der König staunte über ihn und wunderte sich, daß er so aß, und desgleichen taten alle, die zugegen waren. Da sagte der König zu den Eunuchen und Mamluken, die um ihn standen: ‚In meinem Leben habe ich noch keinen Vogel so essen sehen wie diesen hier.‘ Dann befahl er, seine Gemahlin zu rufen, damit auch sie den Vogel anschauen könnte; und der Diener ging, um sie zu rufen. Als er vor ihr stand, sprach er zu ihr: ‚Hohe Herrin, der König verlangt nach dir, damit du den Vogel da anschauest, den er gekauft hat. Der ist nämlich, als wir das Essen auftrugen, aus dem Käfig geflogen und hat sich auf den Tisch gesetzt und von allem gegessen, was dort war. Drum erhebe dich, o Herrin, und schau den Vogel an; denn er ist schön anzusehen, ja, er ist eins von den Wundern der Zeit!' Als die Königin die Worte des Eunuchen vernommen hatte, kam sie eilends herbei; doch wie sie den Vogel erblickte und genauer betrachtete, verhüllte sie ihr Antlitz und wandte sich ab, um wieder zu gehen. Der König eilte ihr nach und sprach zu ihr: ,Weshalb verhüllst du dein Antlitz? Es ist doch niemand bei dir als die Kammerfrauen und die Eunuchen, die dir dienen, und dein Gemahl!' Da rief sie: ,O König, dieser ist kein richtiger Vogel, sondern ein Mann wie du!' Auf diese Worte seiner Gemahlin erwiderte der König: ,Du lügst! Du machst des Scherzens zuviel! Wie kann er etwas anderes als ein Vogel sein?' Allein sie gab ihm zur Antwort: ,Bei Allah, ich treibe keinen Scherz mit dir! Ich sage dir nur die Wahrheit. Dieser Vogel ist der König Badr Bâsim, der Sohn des Königs Schahrimân, der Herr des Landes der Perser; und seine Mutter ist Dschullanâr, die Meermaid.' – –«

Da bemerkte Schehrezâd, daß der Morgen begann, und sie hielt in der verstatteten Rede an. Doch als die *Siebenhundertundeinundfünfzigste Nacht* anbrach, fuhr sie also fort: »Es ist mir berichtet worden, o glücklicher König, daß damals, als die Königin zu ihrem Gemahle sprach: ,Dies ist kein richtiger Vogel, sondern er ist ein Mann wie du; er ist der König Badr Bâsim, der Sohn des Königs Schahrimân, und seine Mutter ist Dschullanâr, die Meermaid', der König sie fragte: ,Wie ist er zu dieser Gestalt gekommen?' Sie erwiderte ihm: ,Prinzessin Dschauhara, die Tochter des Königs es-Samandal, hat ihn verzaubert.' Und dann erzählte sie ihm alles, was geschehen war, von Anfang bis zu Ende: wie er um Dschauhara bei ihrem Vater geworben hatte, der Vater aber nicht damit einverstanden gewesen war; wie dann sein Oheim Sâlih gegen den König es-

Samandal gekämpft und ihn besiegt und gefangen genommen hatte. Über die Worte seiner Gemahlin war der König aufs höchste erstaunt, und da sie, die Königin, seine Gemahlin, die größte Zauberin ihrer Zeit war, so sprach er zu ihr: ‚Bei meinem Leben, befreie ihn von seinem Zauber, laß ihn nicht in dieser Qual! Allah der Erhabene möge Dschauharas Hand abschlagen! Wie gemein ist sie doch! Wie arm ist sie an Glauben, wie reich aber an List und Tücke!‘ Darauf sagte sie: ‚Sprich zu ihm: O Badr Bâsim, begib dich in die Kammer dort!‘ Der König befahl ihm, sich in die Kammer zu begeben, und als der Vogel den Befehl des Königs vernommen hatte, eilte er dorthin. Die Königin aber verschleierte ihr Antlitz, nahm eine Schale Wassers in die Hand, begab sich auch in die Kammer, murmelte einige unverständliche Worte über dem Wasser und sprach dann zu dem Vogel: ‚Bei diesen Namen, den mächtigen, und diesen Versen, den prächtigen! Bei Allah dem Erhabenen, dem Schöpfer des Himmels und der Erden, der die Toten lässet lebendig werden, dem Verteiler der Lebensgüter und der Lebenszeiten; verlaß diese Gestalt, in der du bist, und kehre zurück in die Gestalt, die dir von Allah bei deiner Erschaffung verliehen ist!‘ Kaum hatte sie ihre Worte zu Ende gesprochen, da ging ein Schütteln über den Vogel, und er kehrte in seine menschliche Gestalt zurück. Und nun sah der König vor sich einen schönen Jüngling, wie es auf dem Angesichte der Erde keinen schöneren gab. König Badr Bâsim aber, der seine frühere Gestalt wieder erschaute, rief: ‚Es gibt keinen Gott außer Allah, Mohammed ist der Gesandte Allahs! Preis sei dem Schöpfer aller Kreatur, dem Bestimmer ihrer Lebensgüter und Lebenszeiten!‘ Dann küßte er dem König beide Hände und wünschte ihm langes Leben; und der König küßte ihm das Haupt und sprach zu ihm: ‚O Badr Bâsim, erzähle mir deine Geschichte von Anfang bis zu Ende!' Da erzählte er dem König seine Erlebnisse und verschwieg ihm nichts. Der König verwunderte sich darüber und sprach zu ihm: ‚O Badr Bâsim, jetzt hat Allah dich von dem Zauber befreit. Was aber hat dein Sinn beschlossen? Was gedenkst du zu tun?' ‚O größter König unserer Zeit,' erwiderte er, ‚ich bitte, daß du mir in deiner Güte ein Schiff ausrüstest mit einer Mannschaft von deinen Dienern und mit allem, dessen ich bedarf. Denn ich bin seit langer Zeit in der Fremde, und ich fürchte, das Reich könnte mir verloren gehen. Ich glaube auch, meine Mutter ist nicht mehr am Leben, weil ich ihr entrissen bin, ja, ich habe die schwere Besorgnis, daß sie aus Gram um mich gestorben ist; denn sie ahnt ja nicht, was aus mir geworden ist, und weiß nicht, ob ich noch am Leben oder tot bin. So bitte ich dich denn, o König, daß du deiner Güte die Krone aufsetzest, indem du meinen Wunsch erfüllst.' Wie nun der König seine Schönheit und Anmut betrachtete und seine beredten Worte vernommen hatte, sprach er: ‚Ich höre und willfahre!' Dann rüstete er ein Schiff aus, ließ alles, dessen er bedurfte, dorthin schaffen und gab ihm eine Schar seiner Diener mit. Badr Bâsim aber ging alsbald an Bord, nachdem er von dem König Abschied genommen hatte. Nun fuhren sie auf dem Meere dahin, bei günstigem Winde, zehn Tage lang ununterbrochen. Als jedoch der elfte Tag kam, geriet das Meer in heftige Wallung, das Schiff hob sich und senkte sich, und die Seeleute konnten es nicht mehr in ihrer Gewalt behalten. So trieben sie dahin, während die Wogen mit ihnen spielten, bis sie sich einem Felsen mitten im Meere näherten. Und jener Fels stürzte plötzlich auf das Schiff nieder, so daß es zerbrach und alle, die auf ihm waren, ertranken, nur allein König Badr Bâsim konnte sich noch auf eine der Schiffsplanken schwingen, nachdem er bereits dem Tode ins Auge gesehen hatte. Jene Planke trieb mit ihm auf dem Meer einher, ohne daß er wußte, wohin die Fahrt ging, und ohne daß er die Kraft hatte, das Brett zu lenken; ziellos ward es mit ihm von Wogen und Wind dahingetragen. Und das währte drei Tage lang; am vierten Tage erst landete das Brett mit ihm an der Meeresküste. Dort erblickte er eine Stadt, die so weiß war, daß sie einer schneeweißen Taube glich, und die war auf einer Landzunge erbaut, die sich ins Meer erstreckte. Das war ein wunderbarer Bau, seine Säulen strebten hoch ins Blau, und seine Mauern sah man ragen, von den Wellen des Meeres geschlagen. Wie nun König Badr Bâsim jene Landzunge, auf der sich eine solche Stadt befand, betrachtete, freute er sich gar sehr, zumal er schon vor Hunger und Durst dem Untergang nahe gewesen war. Er stieg von der Planke und wollte zur Stadt hinauf gehen, aber da kamen Maultiere und Esel und Pferde, zahlreich wie der Sand am Meere, auf ihn zu und begannen nach ihm zu schlagen und ihn zu hindern, daß er vom Meere zur Stadt hinaufstieg. Da schwamm er bis zur Rückseite der Stadt und stieg dort ans Land. Aber er fand keinen Menschen in der Stadt, und verwundert sprach er: ‚Wem mag wohl diese Stadt gehören? In ihr ist kein König noch irgendein Bewohner. Woher mögen diese Maultiere und Esel und Pferde stammen, die mich an der Landung hinderten?‘ Und er begann, versunken in Gedanken über sein Los, weiterzuschreiten, ohne zu wissen, wohin er ging. Nach einer Weile aber sah er einen alten Mann, einen Krämer. Wie König Badr Bâsim seiner gewahr geworden war, grüßte er ihn, und jener gab ihm den Gruß zurück. Dann schaute der Alte ihn an, und wie er in ihm einen schönen Jüngling erkannte, fragte er ihn: ‚Junger Mann, woher kommst du und was hat dich in diese Stadt geführt?‘ Da erzählte Badr Bâsim ihm seine ganze Geschichte von Anfang bis zu Ende.

Darüber staunte der Alte, und dann fragte er weiter: ‚Mein Sohn, hast du niemanden auf deinem Wege gesehen?‘ ‚Mein Vater,‘ antwortete er, ‚ich habe immer nur über diese Stadt gestaunt, weil sie menschenleer war.‘ Nun bat ihn der Scheich: ‚Mein Sohn, tritt in meinen Laden ein, damit du nicht umkommst.‘ Badr Bâsim trat ein und setzte sich im Laden nieder. Darauf ging der Alte hin und holte ihm ein wenig Speise und sagte nunmehr: ‚Mein Sohn, geh noch weiter ins Innere des Ladens. Preis sei Ihm, der dich vor dieser Teufelin behütet hat!‘ Das erschreckte den König Badr Bâsim gewaltig; dennoch aß er von der Speise des Scheichs, bis er gesättigt war. Dann wusch er sich die Hände, blickte den Alten an und sprach zu ihm: ‚Lieber Herr, warum sagtest du solche Worte? Du hast mich wahrlich mit Furcht erfüllt vor dieser Stadt und ihren Bewohnern!‘ Da hub der Scheich an: ‚Mein Sohn, wisse, diese Stadt ist eine Stadt der Zauberer, und ihr herrscht eine Königin, die eine Zauberin ist; die gleicht einer Teufelin, ja, sie ist eine Hexe voll Lug und Tücke und Trug. All die Pferde und Maultiere und Esel, die du gesehen hast, sind in Wirklichkeit Menschenkinder wie du und wie ich. Sie sind Fremdlinge; denn jeden, der in diese Stadt kommt und der ein Jüngling ist wie du, den nimmt diese ungläubige Hexe zu sich und bleibt vierzig Tage mit ihm zusammen. Nach den vierzig Tagen aber verhext sie ihn, und dann wird er ein Maultier oder ein Pferd oder ein Esel, eins von jenen Tieren, die du am Meeresstrande gesehen hast.‘ – –«

Da bemerkte Schehrezâd, daß der Morgen begann, und sie hielt in der verstatteten Rede an. Doch als die *Siebenhundertundzweiundfünfzigste Nacht* anbrach, fuhr sie also fort: »Es ist mir berichtet worden, o glücklicher König, daß der alte Krämer seine Erzählung und seinen Bericht über die Hexenkönigin mit diesen Worten an Badr Bâsim schloß: ‚Sie hat auch schon alle Bewohner der Stadt verzaubert; und jene haben, als du an Land steigen wolltest, gefürchtet, sie würde dich verzaubern gleich ihnen; und deshalb wollten sie dir durch ein Zeichen sagen: Lande nicht, damit die Hexe dich nicht sieht! Das taten sie aus Mitleid mit dir und aus Furcht, sie würde dir dasselbe antun wie ihnen.‘ Dann fuhr er fort: ‚Sie hat diese Stadt ihren Bewohnern durch Zauberei entrissen, und ihr Name ist Königin Lâb – das heißt auf arabisch: Berechnung der Sonne.‘¹ Als Badr Bâsim diese Worte von dem Scheich vernommen hatte, erschrak er über die Maßen und begann zu zittern wie ein Rohr im Winde; und er sprach: ‚Kaum glaubte ich mich befreit von der Not, in die ich durch Zauberei geraten war, da wirft mich schon das Schicksal in eine noch schlimmere Bedrängnis!‘ Dann versank er in Gedanken über sein Los und seine Erlebnisse. Wie aber der Alte ihn anschaute und erkannte, welch arge Furcht ihn erfüllte, sprach er zu ihm: ‚Mein Sohn, setze dich auf die Schwelle des Ladens und betrachte jene Geschöpfe, ihre Gewänder und Farben und die Gestalten, in die sie verzaubert sind! Doch fürchte dich nicht; denn die Königin und alle Bewohner der Stadt lieben und achten mich, sie würden nie mein Herz erregen noch mein Gemüt bekümmern!‘ Nachdem der Alte so gesprochen hatte, ging Badr Bâsim hinaus und setzte sich an der Tür des Ladens nieder, um sich alles anzuschauen. Da zogen die Leute an ihm vorüber, und er sah ein Volk, dessen Zahl unermeßlich war. Doch wie die Leute ihn erblickten, traten sie an den Alten heran und sprachen zu ihm: ‚Scheich, ist dies dein Gefangener und deine Beute dieser Tage?‘ ‚Er ist meines Bru-

---

1. Diese Deutung beruht auf einer falschen Auslegung des griechischen Fremdwortes *astarlâb* ‚Astrolabium‘. Auch die Perser haben in *lâb* ein Wort für ‚Sonne‘ und noch verschiedenes andere gesehen.

ders Sohn,' erwiderte jener; ,da ich hörte, daß sein Vater gestorben sei, sandte ich nach ihm und ließ ihn kommen, um meine heiße Sehnsucht nach ihm zu stillen.' Darauf sagten die andern: ,Fürwahr, dieser ist schön unter den Jünglingen; aber wir sind um ihn besorgt wegen der Königin Lâb und fürchten, sie wird ihre Tücke gegen dich wenden und ihn dir nehmen; denn sie liebt die schönen Jünglinge.' Doch der Alte versetzte: ,Die Königin wird sich meinem Wunsche nicht widersetzen, denn sie achtet und liebt mich; und wenn sie erfährt, daß er der Sohn meines Bruders ist, so wird sie ihm nichts anhaben, noch auch mich quälen oder mein Gemüt betrüben dadurch, daß sie sich an ihm vergreift.' Nun blieb der König Badr Bâsim einen Monat lang bei dem Alten, indem er dort aß und trank; und der Scheich gewann ihn sehr lieb. Als er dann aber eines Tages vor dem Laden des Alten saß, wie er es gewohnt war, kamen plötzlich tausend Eunuchen des Wegs; die trugen gezückte Schwerter in den Händen und waren in mancherlei Gewänder gekleidet, und die Gürtel um ihren Leib waren mit Edelsteinen besetzt; alle ritten sie auf arabischen Rossen, und die Schwerter in ihren Gehenken waren aus indischem Stahl. Wie sie zu dem Laden des Scheichs kamen, grüßten sie und zogen weiter. Nach ihnen kamen tausend Sklavinnen, Monden gleich; auch die trugen mancherlei Gewänder aus Seidenatlas, die mit Goldstickereien verziert und mit allerlei Edelsteinen besetzt waren, und alle waren mit Lanzen bewaffnet. In ihrer Mitte aber ritt eine Maid auf einer Araberstute in einem goldenen Sattel, der mit vielerlei Edelsteinen und Hyazinthen besetzt war. Die zogen dahin, bis sie den Laden des Alten erreichten, grüßten und ritten weiter. Doch dann kam auch die Königin Lâb in einem prächtigen Prunkzuge des Weges und ritt wie die anderen auf den Laden des Alten zu. Da fiel ihr Blick auf Badr Bâsim, der dort vor dem Laden saß, als wäre er der Mond in seiner Fülle. Und wie nun die Königin Lâb ihn anschaute, ward sie von seiner Schönheit und Anmut bezaubert und verwirrt, und heiße Liebe zu ihm erfüllte ihr Herz. Drum ritt sie an den Laden heran, stieg vom Rosse und setzte sich neben König Bâdr Bâsim nieder; zum Scheich aber sprach sie: ,Woher hast du diesen Schönen?' Jener gab ihr zur Antwort: ,Er ist der Sohn meines Bruders; vor kurzem ist er zu mir gekommen.' Die Königin fuhr fort: ,Laß ihn heut abend bei mir sein, auf daß ich mit ihm plaudern kann!' Aber der Alte fragte sie: ,Willst du ihn von mir nehmen und ihn nicht verzaubern?' ,Jawohl', erwiderte sie; und er sagte darauf: ,Schwöre es mir!' Da schwor sie ihm, sie wolle ihm kein Leid antun und wolle ihn nicht verzaubern; dann befahl sie, ihm ein schönes Roß zu bringen, das gesattelt und mit goldenem Zaum geschirrt war und lauter goldenes und juwelenbesetztes Zeug trug. Dem Alten gab sie tausend Dinare mit den Worten: ,Laß sie dir zugute kommen!' Darauf nahm sie den König Badr Bâsim mit sich, und wie sie ihn dahinführte, glich er dem vollen Monde in der vierzehnten Nacht. Alles Volk aber, das ihn bei ihr sah, blickte traurig auf ihn und auf seine Schönheit. Denn alle sagten: ,Bei Allah, dieser Jüngling verdient es nicht, daß die Verfluchte da ihn verzaubert!' Wohl hörte König Badr Bâsim die Worte der Leute, aber er schwieg und stellte seine Sache Allah dem Erhabenen anheim. So zogen sie zum Schlosse weiter. – –«

Da bemerkte Schehrezâd, daß der Morgen begann, und sie hielt in der verstatteten Rede an. Doch als die *Siebenhundertunddreiundfünfzigste Nacht* anbrach, fuhr sie also fort: »Es ist mir berichtet worden, o glücklicher König, daß König Badr Bâsim mit der Königin Lâb und ihrem Gefolge dahinzog, bis sie zum Tor des Schlosses kamen. Dort saßen die Emire und die Eunuchen und die Großen des Reiches ab, und sie ließ durch die Kammerherren allen Würdenträgern des Reiches befehlen, sich zurückzuziehen; jene küßten den Boden und kehrten um, während sie sich mit den Eunuchen und den Dienerinnen in das Schloß begab. Als nun König Badr Bâsim in das Schloß hineinschaute, erblickte er einen Palast, dessengleichen er noch nie gesehen hatte; da waren die Mauern aus Gold erbaut, und in seiner Mitten war ein großes Becken, mit Wasser gefüllt und von einem weiten Blumengarten umgeben. Und weiter schaute König Badr Bâsim in den Garten hinein; dort erblickte er Vögel, die in allen Weisen und Stimmen sangen, solchen, die heiter, und solchen, die traurig klangen, und jene Vögel waren von mancherlei Gestalt und Art. Überall erblickte er große Pracht, und so rief er aus: ,Preis sei Allah! In Seiner Güte und Milde leiht er auch denen Seine Gaben, die andere Götter neben Ihm haben.' Die Königin setzte sich an einem Fenster nieder, das auf den Garten schaute, auf ein Lager aus Elfenbein, das mit einem kostbaren Polster bedeckt war, und König Badr Bâsim setzte sich ihr zur Seite. Da küßte sie ihn und zog ihn an ihre Brust. Dann befahl sie den Dienerinnen, den Tisch zu bringen; und sie brachten einen Tisch aus rotem Golde, der mit Perlen und Edelsteinen besetzt war und auf dem sich Speisen von jeglicher Art befanden. Davon aßen die beiden, bis sie gesättigt waren, und dann wuschen sie sich die Hände. Ferner brachten die Dienerinnen Schalen aus Gold und Silber und Kristall, dazu auch alle Arten von Blumen und Schüsseln voll getrockneter Früchte. Schließlich hieß die Königin die Sängerinnen kommen, und nun traten herein zehn Jungfrauen, wie Monde anzuschauen; die trugen in ihren Händen allerlei Musikinstrumente. Die Königin aber füllte einen Becher und trank ihn aus, und füllte einen zweiten und reichte ihn dem König

Badr Bâsim; der nahm ihn und trank ihn aus. So tranken die beiden miteinander, bis sie genug getrunken hatten. Dann befahl sie den Sängerinnen, zu singen, und sie sangen allerlei Weisen, bis es den König Badr Bâsim deuchte, der ganze Palast tanze mit ihm vor Freuden. Da ward sein Verstand berückt, und seine Brust weitete sich, so daß er die Fremdlingsschaft vergaß und sprach: ,Wahrlich, diese Königin ist jung und schön; ich will sie nimmermehr verlassen. Denn ihr Reich ist größer als das meine, und sie ist schöner als die Prinzessin Dschauhara!' Und nun trank er weiter mit ihr, bis es Abend ward; auch als die Lampen und die Kerzen angezündet waren und die Weihrauchpfannen glühten, tranken die beiden immer weiter, bis sie trunken waren, während die Sängerinnen sangen. Wie aber die Königin Lâb berauscht war, erhob sie sich von der Stätte, da sie saß, legte sich auf ein Ruhelager und befahl den Dienerinnen, fortzugehen; dann hieß sie den König Badr Bâsim, sich an ihrer Seite niederzulegen. Und er ruhte an ihrer Seite in allen Wonnen des Lebens, bis es Tag ward. – –«

Da bemerkte Schehrezâd, daß der Morgen begann, und sie hielt in der verstatteten Rede an. Doch als die *Siebenhundertundvierundfünfzigste Nacht* anbrach, fuhr sie also fort: »Es ist mir berichtet worden, o glücklicher König, daß die Königin, als sie aus dem Schlafe erwachte, in das Bad ging, das sich im Schlosse befand, begleitet von König Badr Bâsim, und daß die beiden sich dort wuschen. Nachdem sie das Bad verlassen hatten, legte sie ihm die schönsten Gewänder an, und dann hieß sie das Weingerät bringen. Sobald die Dienerinnen es gebracht hatten, tranken die beiden. Danach erhob sich die Königin und führte den König Badr Bâsim an der Hand, und beide setzten sich auf die Sessel nieder. Darauf gebot sie, die Speisen zu bringen; und beide aßen und wuschen sich die Hände. Und wiederum brachten die Dienerinnen ihnen das Weingerät, die Früchte, die Blumen und das Naschwerk. So saßen sie da, essend und trinkend, während die Sängerinnen mancherlei Weisen sangen, bis es Abend ward. Vierzig Tage lang taten sie nichts als essen und trinken und fröhlich sein. Da fragte die Königin: ‚Sag, Badr Bâsim, ist diese Stätte schöner oder der Laden deines Oheims, des Krämers?‘ ‚Bei Allah, o Königin,‘ antwortete jener, ‚hier ist es schöner! Mein Oheim ist doch nur ein Bettelmann, der Bohnen verkauft.‘ Sie lachte ob seiner Worte, und dann ruhten die beiden miteinander in allen Freuden bis zum Morgen. Doch als König Badr Bâsim aus dem Schlafe erwachte, fand er die Königin Lâb nicht mehr an seiner Seite. Da sprach er: ‚Wüßte ich doch nur, wohin sie gegangen ist!‘ Und er ward beunruhigt durch ihr Fernsein und wußte nicht, was er selber tun sollte. Als sie aber eine lange Zeit fortblieb und nicht zurückkehrte, sagte er sich immer wieder: ‚Wohin mag sie nur gegangen sein?‘ Dann legte er seine Gewänder an und begann nach ihr zu suchen; doch er fand sie nicht. Schließlich sprach er bei sich: ‚Vielleicht ist sie in den Blumengarten gegangen‘, und er ging in den Garten; dort erblickte er einen fließenden Bach und nahe bei ihm einen weißen Vogel. Am Ufer jenes Baches stand auch ein Baum, und in dessen Krone waren Vögel von mancherlei Farben; er konnte die Vögel schauen, aber sie konnten ihn nicht sehen. Da flog plötzlich ein schwarzer Vogel zu jenem weißen Vogelweibchen hinab und begann mit ihm zu schnäbeln, wie die Tauben schnäbeln; dann besprang der schwarze Vogel jenes weiße Vogelweibchen dreimal. Nach einer Weile jedoch verwandelte das Weibchen sich in Menschengestalt, und als der König sie anschaute, war es die Königin Lâb. Daran erkannte er, daß auch der schwarze Vogel ein verzauberter Mensch war, und daß sie ihn liebte und sich selber in ein Vogelweibchen zu verzaubern pflegte, um seine Liebe zu genießen; und die Eifersucht packte ihn, und er ward zornig wider die Königin Lâb um des schwarzen Vogels willen. Darauf kehrte er an seine Stätte zurück und legte sich nieder auf sein Ruhelager. Nach einer Weile kam auch die Königin Lâb wieder zu ihm und begann ihn zu küssen und mit ihm zu scherzen, während er in seinem großen Zorne wider sie kein einziges Wort mit ihr redete. Sie erkannte, wie es mit ihm stand, und war überzeugt, daß er sie gesehen hatte, wie sie zum Vogel geworden war und wie jener andere Vogel sie besprungen hatte; aber sie sagte ihm nichts davon, sondern verbarg, was in ihr vorging. Als er ihr dann zu Willen gewesen war, sprach er zu ihr: ‚O Königin, ich möchte, daß du mir erlaubtest, zum Laden meines Oheims zu gehen; denn ich sehne mich nach ihm, da ich ihn schon seit vierzig Tagen nicht mehr gesehen habe.‘ ‚Geh zu ihm,‘ erwiderte sie, ‚aber bleib mir nicht zu lange aus! Denn ich kann mich nicht von dir trennen und vermag es nicht zu ertragen, auch nur eine einzige Stunde dir fern zu sein.‘ ‚Ich höre und gehorche!‘ gab er zur Antwort; und er saß auf und begab sich zum Laden des alten Krämers. Der hieß ihn willkommen, trat auf ihn zu, umarmte ihn und fragte ihn: ‚Wie ist es dir bei jener Ketzerin ergangen?‘ ‚Bisher erging es mir wohl und gut,‘ antwortete Badr Bâsim, ‚aber in der letzten Nacht, nachdem sie sich an meiner Seite zur Ruhe gelegt hatte, wachte ich auf und fand sie nicht. Da kleidete ich mich an und lief umher, um nach ihr zu suchen, bis ich in den Garten kam.‘ Und weiter berichtete er ihm alles, was er gesehen hatte an dem Flusse und bei den Vögeln auf dem Baume. Als der Scheich das von ihm vernommen hatte, sprach er: ‚Hüte dich vor ihr! Denn wisse, die Vögel, die auf dem Baume waren, sind lauter fremde Jünglinge, die sie geliebt und durch ihren

Zauber in Vögel verwandelt hat. Und jener schwarze Vogel, den du gesehen hast, war einer ihrer Mamluken; sie war in heißer Liebe zu ihm entbrannt, doch als er ein Auge auf eine ihrer Sklavinnen geworfen hatte, verzauberte sie ihn in die Gestalt eines schwarzen Vogels.' – –«

Da bemerkte Schehrezâd, daß der Morgen begann, und sie hielt in der verstatteten Rede an. Doch als die *Siebenhundertundfünfundfünfzigste Nacht* anbrach, fuhr sie also fort: »Es ist mir berichtet worden, o glücklicher König, daß König Badr Bâsim, als er dem alten Krämer die ganze Geschichte von der Königin Lâb und seine Erlebnisse mit ihr erzählt hatte, von dem Scheich erfuhr, daß die Vögel, die auf dem Baume waren, lauter fremde Jünglinge seien, die sie verzaubert hätte, und daß auch der schwarze Vogel, der einer ihrer Mamluken gewesen, von ihr in jene Gestalt verwandelt worden sei. ,Und', fuhr der Scheich fort, ,sooft es sie nach ihm gelüstet, verwandelt sie sich in ein Vogelweibchen, um seine Liebe zu genießen; denn sie liebt ihn immer noch gar sehr. Als sie aber bemerkte, daß du weißt, wie sie es treibt, plante sie insgeheim Böses wider dich, da sie dich nicht aufrichtig liebt. Doch dir soll nichts Arges durch sie widerfahren, solange ich dich schütze! Drum fürchte dich nicht; denn ich bin ein Muslim, und mein Name ist 'Abdallâh! Es gibt zu meiner Zeit keinen größeren Zauberer als mich; doch ich wende den Zauber nur an, wenn ich dazu gezwungen bin. Oftmals pflege ich den Zauber dieser Verruchten zunichte zu machen und die Menschen von ihr zu befreien; ich kümmere mich nicht um sie, denn sie hat keine Macht über mich. Ja, sie fürchtet sich vielmehr ganz gewaltig vor mir, und auch alle in der Stadt, die gleich ihr die Zauberei verstehen, leben in der gleichen Angst vor mir, sie alle, die gleich ihr das Feuer verehren statt des mächtigen Königs der Ehren. Wenn es wieder Morgen

143

wird, so komm zu mir und laß mich wissen, was sie mit dir tut! Denn sie wird noch heute nacht auf dein Verderben sinnen; ich aber werde dir sagen, was du mit ihr tun sollst, um ihrer Tücke zu entgehen.' Darauf nahm der König Badr Bâsim Abschied von dem Alten und kehrte zur Königin zurück. Er traf sie, wie sie auf ihn wartete; und sobald sie ihn erblickte, eilte sie auf ihn zu, ließ ihn an ihrer Seite sitzen, hieß ihn willkommen und brachte ihm Speise und Trank. Beide aßen, bis sie gesättigt waren; dann wuschen sie sich die Hände. Schließlich befahl sie, den Wein zu bringen, und als der gebracht war, begannen sie zu trinken bis zur Mitte der Nacht. Da neigte sie sich ihm zu und reichte ihm Becher auf Becher, bis er trunken ward und Sinn und Verstand verlor. Als sie ihn in solchem Zustande sah, sprach sie zu ihm: ,Ich beschwöre dich bei Allah und bei dem, was du anbetest, willst du mir, wenn ich dich nach etwas frage, auf meine Frage antworten und mir die Wahrheit darüber sagen?' In seiner Trunkenheit erwiderte er ihr: ,Ja, meine Herrin.' ,Ach, mein Gebieter, du Licht meiner Augen,' fuhr sie fort, ,als du aus deinem Schlafe erwachtest und mich nicht fandest, da suchtest du nach mir und kamst in den Garten und sahest mich in der Gestalt eines weißen Vogels und sahest auch den schwarzen Vogel, der mich besprang. Nun will ich dir über diesen Vogel die Wahrheit sagen: Er war einer meiner Mamluken, und ich war ihm in heißer Liebe zugetan; doch eines Tages warf er ein Auge auf eine meiner Sklavinnen, und da packte mich die Eifersucht, und ich verwandelte ihn in die Gestalt eines schwarzen Vogels, während ich die Sklavin töten ließ. Jetzt aber kann ich ohne ihn nicht eine einzige Stunde leben, und immer, wenn ich mich nach ihm sehne, verwandle ich mich in ein Vogelweibchen und eile zu ihm, damit er mich bespringen und mich besitzen kann, wie du es gesehen hast.

144

Bist du deshalb nicht erzürnt auf mich, wiewohl ich – bei dem Feuer im Lichtgewand, beim Schatten und bei der Hitze Brand! – dich mehr liebe als je und dich zu meinem Anteil an dieser Welt gemacht habe?' Trunken, wie er war, gab er ihr zur Antwort: ‚Ja, wenn du meinst, daß ich zürne aus diesem Grunde, so ist das recht. Mein Zorn hat keinen anderen Grund als diesen.' Da umarmte und küßte sie ihn und täuschte ihm Liebe vor; und als sie sich zur Ruhe begab, legte er sich an ihrer Seite nieder. Bald nach Mitternacht aber erhob sie sich von ihrem Lager; König Badr Bâsim war wach, doch er tat, als ob er schliefe, und blickte verstohlen, um zu sehen, was sie tat. So erkannte er, daß sie aus einem roten Beutel etwas Rotes herausnahm und es mitten im Zimmer einpflanzte; das wurde zu einem Bach, der wie ein Strom dahinfloß. Dann nahm sie eine Handvoll Gerste, streute die auf den Boden und bewässerte sie aus jenem Bache; nun wurden die Körner zu einem Ährenfelde, und die Königin pflückte davon und mahlte es zu Mehl. Das legte sie beiseite, und dann kehrte sie zurück und ruhte wieder neben Badr Bâsim bis zum Morgen. Sobald der neue Tag graute, erhob er sich und wusch sein Antlitz; dann bat er die Königin um Erlaubnis, zum Scheich zu gehen. Nachdem sie ihm dies gewährt hatte, begab er sich zu dem Alten und tat ihm kund, was sie vor seinen Augen getan hatte. Wie der Scheich diese Worte von ihm vernahm, lächelte er und sprach: ‚Bei Allah, diese ketzerische Hexe plant Unheil wider dich; du aber kümmere dich gar nicht um sie!' Dann holte er für ihn etwa ein Pfund von zerstoßenem Röstkorn und sprach zu ihm: ‚Nimm dies mit dir! Wisse, wenn sie das sieht, wird sie dich fragen, was das sei und was du damit tun wollest. Dann sprich zu ihr: ‚Überfluß an Gutem ist gut', und iß davon. Wenn sie aber ihr Röstkorn holt und zu dir sagt: ‚Iß von diesem Korn!'

so tu, als ob du davon äßest, doch iß nur von diesem hier. Hüte dich, von ihrem Röstkorn etwas zu essen, sei es auch nur ein einziges Körnchen! Denn wenn du auch nur ein einziges Korn davon issest, so wird ihr Zauber Macht über dich gewinnen, und sie wird dich verzaubern, indem sie zu dir spricht: ‚Verlasse diese Menschengestalt!‘ und du wirst deine Gestalt verlieren und irgendeine andere annehmen, die sie wünscht. Wenn du aber nicht davon issest, so wird ihr Zauber zunichte und wird dir in keiner Weise schaden. Dann wird sie ganz beschämt zu dir sagen: ‚Ich scherzte nur mit dir‘, und wird heiße Liebe zu dir bekennen; aber das ist alles nur Heuchelei und Tücke von ihr. Nun heuchle auch du Liebe zu ihr und sprich: ‚Meine Gebieterin, du Licht meiner Augen, iß von diesem Röstkorn und sieh, wie köstlich es ist!‘ Wenn sie auch nur ein Körnchen davon gegessen hat, so nimm Wasser in deine Hand, sprenge es ihr ins Antlitz und sprich zu ihr: ‚Verlasse diese Menschengestalt und nimm die und die Gestalt an!‘ eine Gestalt, die du wünschest. Danach verlasse sie und komm zu mir, damit ich dich weiter beraten kann!‘ Darauf nahm Badr Bâsim Abschied von dem Alten und ging wieder fort, bis er zum Schlosse hinaufstieg und zur Königin eintrat. Als sie ihn erblickte, rief sie ihm zu: ‚Willkommen, herzlich willkommen!‘ Und sie eilte auf ihn zu und küßte ihn und sprach: ‚Du bist aber lange ausgeblieben, mein Gebieter!‘ Er gab ihr zur Antwort: ‚Ich war bei meinem Oheim, und er hat mir von diesem Röstkorn zu essen gegeben.‘ ‚Wir haben noch besseres Röstkorn als das‘, erwiderte sie und legte sein Korn in eine Schüssel, während sie ihr eigenes in eine andere Schüssel tat. Dann sagte sie zu ihm: ‚Iß von diesem, denn es ist besser als dein Röstkorn!‘ Er also tat, als ob er davon äße, und als sie vermeinte, daß er das getan hätte, nahm sie Wasser in ihre Hand und besprengte ihn damit, indem sie sprach: ‚Verlasse diese Gestalt, du Galgenvogel, du Elender, und nun sollst du in die eines Maultieres übergehen, einäugig und häßlich anzusehen!‘ Aber er verwandelte sich nicht; und als sie ihn unverändert dastehen sah, eilte sie auf ihn zu, küßte ihn auf die Stirn und rief: ‚Ach, mein Liebling, ich scherzte ja nur mit dir! Zürne mir deshalb nicht!‘ ‚Bei Allah, meine Gebieterin,‘ antwortete er ihr, ‚ich zürne dir ganz und gar nicht, nein, ich glaube fest, daß du mich liebst. Und nun iß du von meinem Röstkorn!‘ Sie nahm einen Mundvoll davon und aß; doch kaum war das Korn in ihren Magen gedrungen, so fiel sie in Krämpfe. König Badr Bâsim aber nahm Wasser in seine Hand und sprengte es ihr ins Gesicht, indem er sprach: ‚Verlasse diese Menschengestalt und werde zu einer grauen Mauleselin alsbald!‘ Und da sah sie sich sofort in ein solches Tier verwandelt. Nun begannen ihr die Tränen über die Wangen zu rinnen, und sie fing an, ihr Gesicht an seinen Füßen zu reiben. Da wollte er ihr die Zügel anlegen, aber sie wollte sich nicht zäumen lassen; so verließ er sie und begab sich zu dem Alten und tat ihm kund, was geschehen war. Der Scheich ging hin und holte ihm einen Zügel und sprach zu ihm: ‚Nimm diesen Zaum und leg ihn ihr an!‘ Jener nahm ihn und ging zu der Königin zurück. Als sie ihn erblickte, kam sie auf ihn zu; und er legte ihr den Zaum ins Maul, bestieg sie und ritt aus dem Palaste hinaus zum Scheich ’Abdallâh. Wie der sie erblickte, lief er ihr entgegen und rief ihr zu: ‚Dich mache Allah der Erhabene zuschanden, du Verruchte!‘ Dann sprach er zu Badr Bâsim: ‚Mein Sohn, jetzt ist deines Bleibens nicht länger in dieser Stadt. Reite fort auf ihr, wohin du willst. Aber hüte dich, den Zügel irgend jemandem anzuvertrauen!‘ König Badr Bâsim dankte ihm, nahm Abschied von ihm und ritt fort, drei Tage lang ohne Aufenthalt. Als er sich dann einer

Stadt näherte, begegnete ihm ein Greis von ehrwürdigem Aussehen und sprach zu ihm: ‚Mein Sohn, woher kommst du?‘ Dem gab er zur Antwort: ‚Aus der Stadt dieser Zauberin hier.‘ Jener fuhr fort: ‚Du bist heute nacht mein Gast.‘ Da willigte er ein und zog mit dem Alten des Weges dahin. Doch plötzlich kam ihnen eine alte Frau entgegen, und als sie die Mauleselin erblickte, weinte sie und rief: ‚Es gibt keinen Gott außer Allah! Diese Mauleselin gleicht der Mauleselin meines Sohnes, die gestorben ist, und um die mein Herz betrübt ist. Um Allahs willen, lieber Herr, verkaufe sie mir!‘ Doch er entgegnete ihr: ‚Bei Allah, Mütterchen, ich kann sie nicht verkaufen.‘ Da fuhr sie fort: ‚Um Allahs willen, schlag mir meine Bitte nicht ab! Mein Sohn wird, wenn ich ihm diese Mauleselin nicht kaufe, des Todes sein, das ist gewiß.‘ Und sie bestürmte ihn mit Bitten, bis er ausrief: ‚Ich verkaufe sie nur um tausend Goldstücke!‘ Denn er sagte sich: ‚Woher kann diese Alte tausend Goldstücke beschaffen?‘ Aber sie zog alsbald tausend Dinare aus ihrem Gürtel; wie König Badr Bâsim das sah, sprach er zu ihr: ‚Mütterchen, ich scherzte nur mit dir; ich kann sie nicht verkaufen.‘ Da blickte der Greis ihn an und sprach zu ihm: ‚Mein Sohn, in dieser Stadt darf niemand lügen; denn jeder, der hier lügt, wird hingerichtet.‘ Nun stieg der König Badr Bâsim von dem Maultier ab. – –«

Da bemerkte Schehrezâd, daß der Morgen begann, und sie hielt in der verstatteten Rede an. Doch als die *Siebenhundertundsechsundfünfzigste Nacht* anbrach, fuhr sie also fort: »Es ist mir berichtet worden, o glücklicher König, daß die Alte, nachdem der König Badr Bâsim von dem Maultier abgestiegen war und es ihr übergeben hatte, sofort ihm den Zaum aus dem Maule zog. Dann nahm sie Wasser in ihre Hand, besprengte die Mauleselin damit und sprach: ‚Meine Tochter, verlasse

148

diese Gestalt und nimm deine einstige Gestalt wieder an.' Und auf der Stelle verwandelte sie sich und kehrte in ihre frühere Gestalt zurück; und die beiden Frauen eilten aufeinander zu und umarmten sich. Nun erkannte König Badr Bâsim, daß die Alte dort die Mutter der Königin Lâb war, und daß man ihn überlistet hatte. Er wollte fliehen; aber da ließ die Alte einen lauten Pfiff erschallen, und alsbald stand vor ihr ein Dämon, wie ein mächtiger Fels so groß. In seinem Schrecken blieb der König Badr Bâsim stehen; die Alte aber stieg auf den Rücken des Dämons, ließ ihre Tochter hinter sich reiten und nahm den König Badr Bâsim vor sich. Dann flog der Dämon mit ihnen davon; und kaum war eine kleine Weile vergangen, als sie schon bei dem Palaste der Königin Lâb ankamen. Nachdem die sich auf ihren Thron gesetzt hatte, wandte sie sich zu König Badr Bâsim und sprach zu ihm: ,Du Galgenvogel, jetzt bin ich wieder an diese Stätte gelangt und habe mein Ziel erreicht; und bald werde ich dir zeigen, was ich mit dir und mit dem alten Krämer dort tun werde. Wieviel Gutes habe ich ihm getan! Und nun handelt er so übel an mir; denn du hast deinen Willen nur durch ihn ausführen können.' Darauf nahm sie Wasser und besprengte ihn damit, indem sie sprach: ,Verlasse diese Gestalt, in der du bist, und gestalte dich zu einem Vogel, häßlich anzusehen, ja dem häßlichsten, den es an Vögeln gibt.' Auf der Stelle verwandelte er sich und ward zu einem Vogel, der häßlich anzusehen war; und sie sperrte ihn in einen Käfig und versagte ihm Speise und Trank. Eine Dienerin aber, die ihn sah, hatte Mitleid mit ihm, und sie begann ihm Futter und Wasser zu bringen, ohne daß die Königin es wußte. Und als nun diese Dienerin eines Tages bemerkte, daß ihre Herrin achtlos war, ging sie hinaus und eilte zu dem alten Krämer und tat ihm kund, was geschehen war. Und sie fügte hinzu: ,Die Königin Lâb ist entschlossen, den Sohn deines Bruders zu verderben.' Der Scheich dankte ihr und sprach zu ihr: ‚Jetzt muß ich gewißlich diese Stadt von ihr nehmen und dich statt ihrer zur Königin machen.' Dann ließ er einen lauten Pfiff erschallen, und es erschien vor ihm ein Dämon mit vier Flügeln. Zu dem sprach er: Nimm diese Maid und trag sie zur Stadt Dschullanârs, der Meermaid, und ihrer Mutter Farâscha; denn die beiden sind die größten Zauberinnen auf dem Angesichte der Erde.' Zu der Dienerin aber sprach er: ‚Wenn du dort angekommen bist, so sage den beiden, daß König Badr Bâsim der Gefangene der Königin Lâb ist.' Der Dämon nahm die Maid auf seinen Rücken und flog mit ihr davon. Kaum war eine kleine Weile vergangen, so stieg er schon mit ihr auf das Schloß der Königin Dschullanâr, der Meermaid, hernieder. Und die Dienerin schritt von der Dachterrasse des Schlosses hinab und begab sich zur Königin Dschullanâr, küßte den Boden vor ihr und tat ihr kund, was ihrem Sohne widerfahren war, von Anfang bis zu Ende. Da erhob Dschullanâr sich vor ihr, erwies ihr Ehren und dankte ihr. Dann ließ sie in der Stadt die Trommeln der Freudenbotschaft schlagen und allem Volk und den Großen ihres Reiches verkünden, daß der König Badr Bâsim gefunden sei. Danach versammelten Dschullanâr und ihre Mutter Farâscha und ihr Bruder Sâlih alle Stämme der Geister und der Krieger des Meeres; denn die Könige der Geister waren ihnen untertan geworden, seit König es-Samandal gefangen genommen war. Und alsbald flogen sie in die Lüfte empor, stürzten sich auf die Stadt der Zauberin hernieder, plünderten den Palast und töteten alle Ketzer, die dort waren, in einem Augenblick. Und Dschullanâr sprach zu der Dienerin: ‚Wo ist mein Sohn?' Da holte die Dienerin den Käfig und brachte ihn vor sie; und indem sie auf den Vogel wies, der darin war, sprach

150

sie: ‚Dies ist dein Sohn!' Sogleich befreite die Königin ihn aus
dem Käfig; nahm Wasser in ihre Hand und besprengte ihn
damit, indem sie sprach: ‚Verlasse diese Gestalt und nimm wieder deine einstige Gestalt an!' Kaum hatte sie diese Worte beendet, da schüttelte er sich und ward wieder ein Mensch, wie
er es zuvor gewesen war. Und als seine Mutter ihn nun in seiner ursprünglichen Gestalt erblickte, eilte sie auf ihn zu und
umarmte ihn und weinte bitterlich. Desgleichen taten sein
Oheim Sâlih und seine Großmutter Farâscha und seine Basen,
und sie küßten ihm die Hände und die Füße. Darauf sandte
seine Mutter nach dem Scheich 'Abdallâh und dankte ihm für
alles, was er an ihrem Sohne getan hatte; ferner vermählte sie
ihn mit der Dienerin, die er mit der Botschaft an sie geschickt
hatte, und er ging zu ihr ein. Dann machte sie ihn zum König
über jene Stadt und ließ die Überlebenden aus der Stadt, die
Muslime waren, sich versammeln und dem Scheich 'Abdallâh
huldigen, indem sie ihnen Eid und Schwur abnahm, daß sie
ihm gehorchen und dienen wollten. ‚Wir hören und gehorchen!' erwiderten sie. Schließlich nahmen sie und die Ihren
Abschied von Scheich 'Abdallâh und kehrten in ihre Hauptstadt zurück. Und als sie zu ihrem Palaste kamen, zogen ihnen
die Einwohner in lautem Jubel entgegen; und drei Tage lang
schmückten sie die Stadt in ihrer großen Freude über ihren
König Badr Bâsim; ja, sie waren hochbeglückt über seine
Heimkehr. Darauf sprach König Badr Bâsim zu seiner Mutter:
‚Liebe Mutter, jetzt bleibt nichts mehr übrig, als daß ich mich
vermähle; dann wollen wir alle immerdar miteinander vereinigt sein.' ‚Mein Sohn,' erwiderte sie, ‚der Plan, den du hast,
ist trefflich. Warte aber, bis wir erforscht haben, welche unter
den Töchtern der Könige für dich die rechte ist!' Und seine
Großmutter Farâscha und seine Basen von Vaters und von

Mutters Seite her sprachen: ‚Wir alle, o Badr Bâsim, wollen dir sogleich zu deinem Wunsche verhelfen.' Dann machte sich eine jede von ihnen auf und ging fort, um in den Landen zu suchen; und Dschullanâr, die Meermaid, schickte ihre Kammerfrauen auf den Rücken von Dämonen aus, indem sie ihnen befahl, sie sollten keine Stadt und keine von den Schlössern der Könige auslassen, sondern überall nach den schönen Mädchen ausschauen, die dort wären. Wie nun König Badr Bâsim sah, daß sie große Mühe hierauf verwandten, sprach er zu seiner Mutter Dschullanâr: ‚Liebe Mutter, laß ab davon; denn mir gefällt nur Dschauhara, die Tochter des Königs es-Samandal, da sie ein Juwel ist, wie ihr Name besagt.' Seine Mutter antwortete ihm: ‚Jetzt weiß ich, was du suchst', und sie sandte Leute aus, die ihr den König es-Samandal bringen sollten. Die führten ihn auch alsbald vor sie; und dann schickte sie nach ihrem Sohne Badr Bâsim und ließ ihn, als er zu ihr kam, wissen, daß der König es-Samandal zugegen sei. So begab sich denn Badr Bâsim zu ihm, und als der ihn kommen sah, erhob er sich vor ihm, begrüßte ihn und hieß ihn willkommen. Darauf erbat König Badr Bâsim von ihm seine Tochter Dschauhara zur Gemahlin. Und jener sprach: ‚Sie steht dir zu Diensten, sie ist deine Sklavin, die deines Befehls gewärtig ist.' Dann entsandte er einige seiner Freunde in sein Land und befahl ihnen, seine Tochter Dschauhara zu holen und ihr kundzutun, daß ihr Vater bei König Badr Bâsim sei, dem Sohne der Meermaid Dschullanâr. Sie flogen in die Luft empor und blieben eine Weile fort; dann kehrten sie mit der Prinzessin Dschauhara zurück. Und als sie ihren Vater erblickte, eilte sie auf ihn zu und umarmte ihn. Er aber schaute sie an und sprach zu ihr: ‚Meine Tochter, wisse, ich habe dich zur Gemahlin bestimmt für diesen König an Edelmut reich, diesen Helden, dem Löwen gleich, den König Badr Bâsim, den Sohn der Königin Dschullanâr. Denn er ist der schönste unter den Männern seiner Zeit, der anmutigste, der höchste nach seinem Range und der adeligste nach seiner Abkunft. Er allein ist deiner wert, und nur du bist seiner wert.' ‚Lieber Vater,' erwiderte sie ihm, ‚ich kann dir nicht widersprechen; handle nach deinem Sinn, Sorge und Kummer sind nun dahin, und ich bin ihm jetzt eine Dienerin!' Da holte man die Kadis und die Zeugen, und man schrieb den Ehevertrag zwischen dem König Badr Bâsim, dem Sohne der Königin Dschullanâr, der Meermaid, und der Prinzessin Dschauhara. Und die Bürger schmückten ihre Stadt, die Freudentrommeln wurden geschlagen, und alle, die in den Gefängnissen waren, wurden freigelassen. Ferner kleidete der König die Witwen und Waisen und verlieh Ehrengewänder an die Großen des Reiches, die Emire und die Vornehmen. Ein großes Fest ward gefeiert, Hochzeitsmahle wurden gerüstet, und zehn Tage lang waren alle Menschen guter Dinge früh und spät. Die Braut aber ward in neun Festgewändern vor König Badr Bâsim zur Schau gestellt; und er verlieh dem König es-Samandal ein Ehrengewand und entließ ihn in seine Heimat, zu seinem Volk und zu den Seinen. Und nun lebten sie herrlich und in Freuden, sie aßen und tranken und genossen alle Wonnen, bis Der zu ihnen kam, der die Freuden schweigen heißt und der die Freundesbande zerreißt. Und dies ist das Ende von ihrer Geschichte; Allahs Barmherzigkeit werde ihnen allen zuteil!

Ferner wird erzählt

DIE GESCHICHTE VON DEN BEIDEN SCHWESTERN,
DIE IHRE JÜNGSTE SCHWESTER BENEIDETEN[1]

In alten Zeiten und in längst entschwundenen Vergangenheiten lebte einst ein König von Persien, Chusrau Schâh geheißen; der war berühmt wegen seiner Gerechtigkeit und Rechtschaffenheit. Sein Vater, der in hohem Alter gestorben war, hatte ihn als einzigen Erben des ganzen Reiches hinterlassen, und unter seiner Herrschaft tranken Tiger und Zicklein nebeneinander aus derselben Tränke[2]; und sein Schatz war stets gefüllt, und seine Truppen und Wachen waren ohne Zahl. Nun war es seine Gewohnheit, sich zu verkleiden und, von einem zuverlässigen Wesir begleitet, des Nachts durch die Straßen zu wandern. So kamen ihm zur Kenntnis Seltsamkeiten und sonderbare Begebenheiten; und wollte ich sie dir alle erzählen, o glücklicher König, so würden sie dich über die Maßen ermüden.

Er setzte sich also auf den Thron seiner Vorväter, und als die festgesetzten Tage der Trauer verstrichen waren, gemäß der Sitte jenes Landes, ließ er seinen erhabenen Namen, das ist Chusrau Schâh, auf alle Münzen des Königreichs prägen und in die Fürbitte im Freitagsgebet aufnehmen. Und als er in seiner Herrschaft gefestigt war, ging er eines Abends fort wie früher, begleitet von seinem Großwesir, und beide wanderten, als Kaufleute verkleidet, durch die Straßen und Gassen, über die Plätze und Märkte, um besser zu erfahren, was an Gutem und an Schlechtem vor sich ging. Als die Nacht zu dunkeln begann, kamen sie zufällig durch ein Stadtviertel, in dem Leute

---

1. Die Geschichte ist hier in derselben Weise übersetzt und eingeschaltet wie die von dem Prinzen Ahmed und der Fee Perî Banû; vgl. Band III, Seite 7, Anmerkung 2. – 2. Vgl. Jesaia 11, Vers 6.

ärmeren Standes wohnten; und wie sie so dahinschritten, hörte der Schâh drinnen in einem Hause Frauen mit lauten Stimmen reden. Er trat näher und spähte hinein durch einen Türspalt, und da sah er drei schöne Schwestern, die zu Nacht gegessen hatten und nun beisammen auf einem Diwan saßen und miteinander plauderten. Der König legte sein Ohr an den Spalt und lauschte aufmerksam auf das, was sie sagten; und er hörte, wie eine jede von ihnen erzählte, was sie sich am meisten wünschte. Die älteste sagte: ‚Ich wollte, ich wäre vermählt mit dem Hofbäcker des Schâhs, denn dann hätte ich immer Brot zu essen, das weißeste und feinste der Stadt, und eure Herzen würden sich füllen mit Neid und Eifersucht und Bosheit ob meines Glücks.‘ Die zweite aber sagte: ‚Ich möchte lieber dem Hofkoch des Schâhs vermählt sein und von den leckeren Gerichten essen, die Seiner Hoheit vorgesetzt werden; denn mit ihnen kann sich das königliche Brot, das im ganzen Palast verteilt wird, an Wohlgeschmack und Würzigkeit nicht messen.‘ Die dritte und jüngste von den dreien, die bei weitem die schönste und anmutigste von allen war, eine Maid von bezauberndem Wesen, voller Witz und Laune, scharfsinnig, wachsam und weise – die sprach, als die Reihe an sie kam, ihren Wunsch zu nennen: ‚Meine Schwestern, mein Ehrgeiz ist nicht so niedrig wie der eure. Mir liegt nichts an feinem Brot, noch auch sehne ich mich wie ein Schlemmer nach leckeren Gerichten. Mein Blick ist auf etwas Edleres und Höheres gerichtet; ja fürwahr, ich möchte mir nichts Geringeres wünschen, als daß der König mich zur Gemahlin nähme und daß ich die Mutter eines schönen Prinzen würde, der vollkommen wäre an Gestalt und in seiner Gesinnung ebenso stolz wie tapfer. Sein Haar müßte auf der einen Seite golden und auf der anderen silbern sein; wenn er weint, so müßte er Perlen statt Tränen vergießen, und wenn er lacht, so müßten seine rosigen Lippen frisch sein wie eine eben aufgebrochene Blüte.' Der Schâh erstaunte über die Maßen, wie er die Wünsche der drei Schwestern vernahm, besonders aber den der jüngsten, und er beschloß bei sich selber, alle drei Wünsche zu erfüllen. Deshalb sprach er zum Großwesir: ,Merke dir dies Haus genau, und morgen bringe diese Mädchen, die wir haben reden hören, vor meinen Thron!' Und der Wesir erwiderte: ,O Zuflucht des Weltalls, ich höre und gehorche!' Darauf kehrten die beiden zum Palaste zurück und legten sich nieder, um zu ruhen.

Als es Morgen ward, ging der Minister zu den Schwestern und brachte sie vor den König; der grüßte sie und sagte freundlich zu ihnen, nachdem er ihren Herzen Mut zugesprochen hatte: ,Ihr guten Mädchen, was habt ihr gestern nacht in lustigen Worten und im Scherz zueinander gesagt? Gebt acht, daß ihr dem Schâh jede Einzelheit genau erzählt; denn uns muß alles bekannt werden! Einiges haben wir schon gehört, aber jetzt wünscht der König, daß ihr euer Gespräch vor seinen königlichen Ohren ausführlich berichtet.' Auf diese Worte des Schâhs wagten die Schwestern, verwirrt und schamerfüllt, nicht zu antworten, sondern sie standen schweigend und gesenkten Hauptes vor ihm; und trotz aller Fragen und aller Ermutigung vermochten sie sich kein Herz zu fassen. Da die jüngste aber von überragender Schönheit an Gestalt und Gesicht war, so ward der Schâh alsbald von heißer Liebe zu ihr ergriffen; und in seiner Liebe begann er ihnen wieder Mut zuzusprechen, indem er sagte: ,O ihr Herrinnen der Schönen, fürchtet euch nicht und seid unbesorgt! Scham und Schüchternheit soll euch nicht hindern, dem Schâh zu erzählen, welche drei Wünsche ihr tatet; denn er will sie gern alle erfüllen.' Da warfen sie sich ihm zu Füßen, und nachdem sie ihn um

Vergebung ob ihrer Kühnheit und freien Rede angefleht hatten, erzählten sie ihm die ganze Unterhaltung, und eine jede wiederholte den Wunsch, den sie getan hatte. Und noch am selben Tage vermählte Chusrau Schâh die älteste Schwester mit seinem Hofbäcker und die zweite mit seinem Hofkoch, und er befahl, alles zu rüsten für seine Vermählung mit der jüngsten Schwester. Als nun die Vorbereitungen für die königliche Hochzeit in kostbarster Weise getroffen waren, ward die Vermählung des Königs mit fürstlichem Prunk und Pomp gefeiert, und die junge Gemahlin erhielt die Titel ‚Licht des Harems‘ und ‚Herrin des Landes Iran‘. Ebenso feierten die anderen beiden Mädchen ihre Vermählung, die eine mit dem Bäcker des Königs, die andere mit dem Hofkoch, wie es ihrem verschiedenen Stand im Leben entsprach, und dabei ward weniger Prunk und Gepränge entfaltet.

Nun wäre es nur recht und verständig gewesen, wenn diese beiden, da doch eine jede von ihnen ihren Wunsch erreicht hatte, ihr Leben in Fröhlichkeit und Glück verbracht hätten; doch des Schicksals Beschluß bestimmte es anders. Denn sobald sie sahen, zu welch hoher Stellung ihre jüngste Schwester emporgestiegen war und mit welcher Pracht ihre Hochzeit gefeiert wurde, da entbrannten ihre Herzen vor Neid und Eifersucht und bitterem Ärger, und sie beschlossen, ihrem Haß und ihrer Bosheit die Zügel schießen zu lassen und der Schwester ein arges Unheil anzutun. So lebten sie viele Monate dahin, bei Tag und Nacht von Groll verzehrt; ja, sie brannten vor Kummer und Zorn, sooft sie das geringste davon sahen, daß ihrer Schwester Stand und Stellung höher war. Eines Morgens nun, als die beiden sich im Badehause trafen und dort eine Gelegenheit zu heimlicher Rede fanden, sprach die älteste Schwester zu der zweiten: ‚Es ist wirklich abscheulich, daß sie, unsere jüngste Schwester, die nicht schöner ist als wir, so zu der Würde und Majestät einer Königin emporgehoben werden konnte; wahrhaftig, der Gedanke ist zu schwer zu ertragen.' ,Ach, Schwester mein,' erwiderte die andere, ,ich bin auch so todunglücklich darüber, und ich weiß gar nicht, was für Vorzüge der Schâh in ihr gesehen haben mag, daß es ihm überhaupt in den Sinn kam, sie zu seiner Gemahlin zu machen. Sie paßt schlecht zu der hohen Stellung, sie mit ihrem Affengesicht; und außer ihrer Jugend wüßte ich nichts, was sie Seiner Hoheit empfehlen konnte, daß er sie so über ihresgleichen erhöhte. Meiner Ansicht nach wärest du, nicht sie, würdig, das Bett des Königs zu teilen; und ich hege einen Groll gegen den König, weil er diese Dirne zu seiner Königin gemacht hat.' Da hub die älteste Schwester wieder an: ,Ich muß mich auch über alle Maßen wundern; und ich schwöre, deine Jugend und Schönheit, dein wohlgestalteter Wuchs und dein liebliches Antlitz und deine glänzenden Gaben, die über jeden Vergleich erhaben sind, hätten wohl genügen können, um den König zu gewinnen, und hätten ihn veranlassen sollen, sich mit dir zu vermählen und dich für sein Bett zu wählen und dich zu seiner gekrönten Königin und herrschenden Gebieterin zu machen, anstatt diese elende Buhlerin in seine Arme zu nehmen. Wirklich, er hat gezeigt, daß er keinen Sinn hat für das, was recht und billig ist, da er dich verschmähte; und nur deshalb betrübt mich das Ganze so unsagbar.' Darauf berieten die beiden Schwestern miteinander, wie sie ihre jüngste Schwester in den Augen des Schâhs erniedrigen und ihren Sturz und ihr völliges Verderben herbeiführen könnten. Tag und Nacht sannen sie darüber nach und sprachen des langen darüber, sooft sie sich nur trafen; und sie dachten zahllose Pläne aus, um ihrer Schwester, der Königin, zu schaden und sie womöglich zu Tode zu bringen; doch sie konnten sich zu keinem entschließen. Während die beiden also diesen Grimm und Haß wider sie hegten und mit emsigem Eifer nach Mitteln suchten, um ihrem bitteren Neid und Haß und Groll Genüge zu tun, sah jene sie hingegen stets mit der gleichen Liebe und Zärtlichkeit an, wie sie es vor der Hochzeit getan hatte, und sie war nur darauf bedacht, wie sie jene aus ihrem niederen Stande erheben könnte. Als nun einige Monate seit der Hochzeit verstrichen waren, zeigte es sich, daß die schöne Königin guter Hoffnung war; diese frohe Botschaft erfüllte den Schâh mit Freude, und er befahl sofort allem Volke in der Hauptstadt und im ganzen Reiche, ein Fest zu feiern mit Gelagen und Tänzen und allerlei Lustbarkeiten, wie es sich für ein so seltenes und wichtiges Ereignis geziemte. Sobald aber die Nachricht den beiden neidischen Schwestern zu Ohren kam, sahen sie sich gezwungen, der Königin ihre Glückwünsche darzubringen; und als die beiden nach einem langen Besuch im Begriffe waren, Abschied zu nehmen, sagten sie: ‚Preis sei Allah dem Allmächtigen, liebe Schwester, daß Er uns diesen glücklichen Tag hat erleben lassen! Um eine Gnade aber möchten wir dich bitten, und die ist, daß wir, wenn die Zeit deiner Entbindung von dem Kinde gekommen ist, dir als Wehmütter zur Seite stehen und dann vierzig Tage lang bei dir sein und dich pflegen dürfen.‘ In ihrer Freude gab die Königin zur Antwort: ‚Liebe Schwestern, gern hätte auch ich es so; denn zu einer Zeit solcher Not wüßte ich niemanden, auf den ich mich so verlassen könnte wie auf euch. In meiner künftigen Heimsuchung wird mir eure Gegenwart höchst willkommen und gelegen sein; aber ich kann nur tun, was der Schâh gebietet, und nichts kann ich ohne seine Erlaubnis tun. Mein Rat ist dieser: Macht eure Gatten, die stets Zutritt zum König haben, mit diesem Wunsche bekannt, und laßt sie selbst um eure Berufung als Wehmütter bitten! Ich zweifle nicht daran, daß der Schâh euch die Erlaubnis geben wird, mir beizustehen und bei mir zu bleiben, zumal wenn er die zärtlichen Bande der Verwandtschaft zwischen uns dreien erwägt.' Dann kehrten die beiden Schwestern heim, voll arger Gedanken und Tücke, und sprachen zu ihren Gatten von ihren Wünschen, und die wiederum sprachen mit Chusrau Schâh, indem sie ihre Bitte in aller Demut vortrugen, ohne zu ahnen, was im Schoße des Schicksals für sie verborgen war. Der König antwortete: ,Wenn ich mir die Sache in meinem Sinn überlegt habe, werde ich euch die entsprechenden Befehle erteilen.' Nachdem er so gesprochen hatte, begab er sich allein zur Königin und sprach zu ihr: ,Meine Herrin, wenn es dir beliebt, so wäre es, dünkt mich, gut, deine Schwestern zu berufen und sich ihrer Hilfe zu versichern für die Zeit, wenn du in Kindesnöten bist, anstatt Fremde zu nehmen; und wenn du derselben Meinung bist wie ich, so laß es mich jetzt gleich wissen, damit ich Schritte tun kann, um ihre Einwilligung und ihr Einverständnis zu erlangen, ehe deine Zeit erfüllet ist! Sie werden dich mit liebevoller Sorgfalt pflegen als irgend eine gemietete Wartefrau, und du wirst dich in ihren Händen sicherer fühlen.' ,Mein Herr und Schâh,' erwiderte die Königin, ,auch ich wage zu glauben, daß es gut wäre, wenn ich in einer solchen Stunde meine Schwestern zur Seite hätte und nicht ganz Fremde.' So sandte er denn den beiden Bescheid, und sie wohnten von dem Tage an im Palaste, um alles für die erwartete Niederkunft zu rüsten; und auf diese Weise fanden sie Mittel und Wege, ihren boshaften Plan auszuführen, den sie schon seit so vielen Tagen geschmiedet hatten, ohne zum Ziele zu gelangen. Als nun ihre volle Zahl der Monde erfüllet war, genas die Herrin eines wunderbar schönen Knaben; darüber entbrannte das Feuer des Neides und Hasses im Herzen der Schwestern mit doppelter Wut. Und wiederum berieten sie sich und ließen kein Erbarmen, keine natürliche Liebe in ihre grausamen Herzen dringen; vielmehr hüllten sie mit großer Sorgfalt und Heimlichkeit das neugeborene Kind sofort in ein Stück von einer Decke, legten es in einen Korb und warfen es in einen Kanal, der dicht unter dem Gemach der Königin dahinfloß. Dann legten sie einen toten jungen Hund an die Stelle des Prinzen und zeigten ihn den anderen Wehmüttern und Wartefrauen, indem sie behaupteten, die Königin hätte eine solche Mißgeburt zur Welt gebracht. Als diese schlimme Nachricht dem König zu Ohren kam, ward er tief bekümmert und von wildem Grimm ergriffen. Dann, in plötzlich aufwallender Wildheit, zog er sein Schwert, und er hätte seine Königin erschlagen, wenn nicht der Großwesir, der damals gerade bei ihm war, seinen Zorn zurückgehalten und ihn von seinem ungerechten Plan und grausamen Vorsatz abgebracht hätte. Er sagte nämlich: ‚O Schatten Allahs auf Erden, dies Unglück war vorherbestimmt durch den allmächtigen Herrn, dessen Willen kein Mensch sich zu widersetzen vermag. Die Königin ist frei von jeder Schuld wider dich; denn was sie geboren hat, ist ohne ihre Wahl zur Welt gekommen, sie hat wahrlich nichts dazu getan.' Mit solchen und anderen klugen Ratschlägen brachte er seinen Herrn davon ab, seinen mörderischen Plan auszuführen, und so rettete er die schuldlose Königin vor einem plötzlichen und grausamen Tode.

Inzwischen ward der Korb, in dem der neugeborene Prinz lag, von der Strömung in einen Bach getragen, der durch die königlichen Gärten floß. Und da der Aufseher der Erholungsplätze und Lustgärten gerade am Ufer entlang ging, so er-

blickte er nach dem Beschlusse des Schicksals den vorüber-
schwimmenden Korb, und er rief einen Gärtner und befahl
ihm, den Korb zu ergreifen und zu ihm zu bringen, damit er
sähe, was darin wäre. Der Mann lief also am Ufer entlang,
und nachdem er den Korb mit einer langen Stange ans Land
gezogen hatte, zeigte er ihn dem Aufseher. Der öffnete ihn
und entdeckte darin ein neugeborenes Kind, einen Knaben
von wunderbarer Schönheit, der in ein Stück von einer Decke
gehüllt war; bei diesem Anblick war er über alle Maßen erstaunt. Nun traf es sich, daß der Aufseher, der einer der Emire
war und bei dem Herrscher in hohem Ansehen stand, keine
Kinder hatte, wiewohl er immerdar zu Allah dem Allmächtigen Gebete und Gelübde emporsandte, daß ihm ein Sohn
geschenkt werden möchte, der sein Gedächtnis erhalten und
seinen Namen fortpflanzen würde. Beglückt von diesem Anblick, nahm er den Korb mit dem Kinde heim, und indem er
ihn seiner Frau gab, sagte er: ‚Sieh, wie Allah uns diesen Knaben gesandt hat, den ich soeben auf dem Wasser habe schwimmen sehen! Mache du dich sogleich bereit und hole eine
Amme, die ihm Milch geben und ihn nähren kann. Und zieh
ihn mit Sorgfalt und Zärtlichkeit auf, als wäre er dein eigen
Kind!‘ Mit großer Freude nahm die Frau des Aufsehers das
Kind in Obhut, und sie zog es mit herzlichster Liebe auf, als
wäre es ihrem eigenen Schoß entsprossen. Der Aufseher aber
sagte niemandem etwas, auch suchte er nicht zu erkunden,
wem das Kind gehöre, damit nicht jemand es beanspruche
und es von ihm nehme. Er war zwar in seinem Herzen überzeugt, daß es aus dem für die Königin bestimmten Teile des
Palastes käme, aber er hielt es nicht für geraten, die Sache allzu
genau zu untersuchen; und er sowohl wie seine Gattin bewahrten das Geheimnis in aller Heimlichkeit. Ein Jahr darauf

schenkte die Königin einem zweiten Sohne das Leben; aber ihre Schwestern, die haßerfüllten Teufelinnen taten mit diesem Kinde ebenso, wie sie mit dem ersten getan hatten: sie hüllten es in ein Tuch und legten es in einen Korb, und den warfen sie in den Fluß; dann gaben sie die Nachricht aus, die Königin habe ein Kätzchen geboren. Doch auch dieser Knabe kam durch die Gnade Allahs des Allmächtigen in die Hände eben jenes Aufsehers der Gärten, und der brachte ihn seiner Frau und vertraute ihn ihrer Hut an, indem er sie streng ermahnte, sich des zweiten Findlings ebenso sorgsam anzunehmen wie des ersten. Der Schâh wütete, als er die schlimme Nachricht hörte, sprang wiederum auf, um die Königin zu töten; doch wie zuvor hielt der Großwesir ihn zurück und beruhigte seinen Zorn mit Worten guten Rates, und so rettete er zum zweiten Male das Leben der unglücklichen Mutter. Nachdem ein weiteres Jahr vergangen war, kam die Herrin wiederum nieder, und diesmal gebar sie eine Tochter; auch an ihr handelten die Schwestern, wie sie an ihren Brüdern gehandelt hatten: sie legten das unschuldige Wesen in einen Korb und warfen es in den Fluß. Und der Aufseher fand auch die Tochter und brachte sie seiner Frau und befahl ihr, den Säugling zugleich mit den beiden Ausgesetzten aufzuziehen. Die neidischen Schwestern aber, ganz wild vor Tücke, berichteten, die Königin habe eine Moschusratte geboren. Nun konnte König Chusrau seinen Zorn und Grimm nicht länger bezwingen, und er schrie in rasender Wut dem Großwesir zu: ‚Wie soll der Schâh es dulden, daß diese Frau, die nichts als Gewürm und Mißgeburten zur Welt bringt, die Freuden seines Bettes teilt? Ja noch mehr, der König kann sie nicht länger am Leben lassen, sonst füllt sie ihm den Palast mit Mißgestalten an; wahrlich, sie ist selbst ein Ungeheuer, und es geziemt uns, diese Stätte von einer so unsauberen und verfluchten Kreatur zu befreien.' Mit diesen Worten befahl der Schâh, sie hinzurichten; doch die Minister und hohen Würdenträger, die vor ihm standen, fielen dem König zu Füßen und flehten um Gnade und Vergebung für die Königin. Und der Großwesir sprach, indem er die Arme auf der Brust kreuzte: ,O König der Könige, dein Sklave möchte dir vorstellig werden, daß es nicht im Einklang mit dem Rechtsbrauch, noch den Gesetzen des Landes steht, einer Frau das Leben zu nehmen wegen etwas, an dem sie selbst unschuldig ist. Sie kann in den Lauf des Schicksals nicht eingreifen, und so kann sie auch die unnatürlichen Geburten nicht hindern, von denen sie dreimal heimgesucht worden ist; solcherlei Unglücksfälle sind öfters schon anderen Frauen begegnet, und ihr Schicksal ruft nach Mitleid, nicht nach Strafe. Wenn sie dem König mißfällt, so möge er aufhören, mit ihr zu leben; und der Verlust seiner huldvollen Gnade wird eine Strafe sein, die hart genug ist. Und wenn der König ihren Anblick nicht mehr ertragen kann, so möge sie in ein besonderes Gemach eingeschlossen werden, und dann möge sie ihre Schuld sühnen durch Almosen und Mildtätigkeit, bis Asraël, der Engel des Todes, ihre Seele von ihrem Leibe trennt.' Als Chusrau Schâh diese Worte des Rates von seinem bejahrten Ratgeber vernahm, erkannte er, daß es unrecht gewesen wäre, die Königin zu töten, da sie doch in keiner Weise etwas, das vom Schicksal und Verhängnis bestimmt war, verhindern konnte; und er sprach sofort zum Großwesir: ,Ihr Leben soll auf deine Fürsprache hin geschont werden, du weiser und wachsamer Mann; doch der König wird sie einem Lose überantworten, das vielleicht noch schwerer zu ertragen ist als der Tod. Bereite du sofort neben der Hauptmoschee einen hölzernen Käfig mit eisernen Stäben und

sperre die Königin darin ein, wie man ein wildes Raubtier ein-
sperrt. Dann soll jeder Muslim, der seines Weges geht, um an
den öffentlichen Gebeten teilzunehmen, ihr ins Gesicht speien,
ehe er seinen Fuß in das Heiligtum setzt; und wer es unterläßt,
diesen Befehl auszuführen, soll in der gleichen Weise bestraft
werden. Deshalb stelle Wachen und Aufseher dorthin, die den
Gehorsam erzwingen, und laß mich hören, ob sich Widerspruch zeigt!' Der Wesir wagte keine Antwort zu geben, sondern führte des Schâhs Befehle aus; aber diese Strafe, die über
die schuldlose Königin verhängt ward, hätte ihren neidischen
Schwestern weit eher gebührt. Der Käfig wurde nun in aller
Eile bereitet; und als die vierzig Tage der Reinigung nach der
Geburt vergangen waren, wurde die Herrin dort eingesperrt;
und nach dem Befehl des Königs mußten alle, die zum Gottesdienste in der Hauptmoschee gingen, ihr vorher ins Gesicht
speien. Die Unglückliche wußte wohl, daß sie diese Schmach
nicht verdiente, aber sie ertrug dennoch ihre Leiden mit aller
Geduld und Seelenstärke. Und es waren derer auch nicht wenige, die da glaubten, sie sei schuldlos und verdiene es nicht,
solche Qualen und Foltern auszuhalten, wie sie der Schâh ihr
auferlegt hatte; und diese hatten Mitleid mit ihr und beteten
und taten Gelübde für ihre Befreiung.

Derweilen nun zog der Aufseher der Gärten und seine Frau
die beiden Prinzen und die Prinzessin mit aller Liebe und Zärtlichkeit auf; und während die Kinder an Jahren wuchsen,
wuchs auch die Liebe der Pflegeeltern für ihre angenommenen Kinder in gleichem Maße. Dem ältesten Prinzen gaben
sie den Namen Bahman[1] und seinem Bruder den Namen Parwêz[1]; und da die Tochter von seltener Schönheit und unvergleichlicher Lieblichkeit und Anmut war, so gaben sie ihr den

1. Altpersische Königsnamen.

Namen Perizâde[1]. Als dann die Prinzen in dem Alter waren, in dem sie Unterricht erhalten mußten, ernannte der Aufseher Lehrer und Meister, die sie lesen und schreiben und alle Künste und Wissenschaften lehren sollten; und da die Prinzessin den gleichen Eifer bewies, sich Kenntnisse zu erwerben, wurde sie von denselben Lehrern unterrichtet und bald konnte sie ebenso fließend und leicht lesen und schreiben wie ihre Brüder. Dann wurden sie den weisesten unter den Philosophen und Schriftgelehrten anvertraut, und die lehrten sie die Auslegung des Korans und die Worte des Propheten, ferner die Wissenschaft der Geometrie sowohl wie die Poesie und Geschichte, ja selbst die geheimen Wissenschaften und die mystischen Lehren der Erleuchteten. Und ihre Lehrer staunten, als sie sahen, wie rasche und wie große Fortschritte alle drei in ihren Studien machten und wie sie versprachen, beinahe die gelehrtesten der Weisen zu übertreffen. Außerdem wurden alle drei dazu erzogen, zu reiten und geschickt zu jagen, mit Pfeilen zu schießen und mit der Lanze zu stoßen, das Schwert zu schwingen und den Polostab zu werfen, sowie zu anderen männlichen und kriegerischen Spielen. Und neben dem allem lernte die Prinzessin Perizâde singen und allerlei Musikinstrumente spielen, und darin wurde sie die unvergleichliche Perle ihres Zeitalters. Der Aufseher war von ganzem Herzen froh, als er sah, daß seine angenommenen Kinder sich in allen Zweigen des Wissens als so tüchtig erwiesen; und da seine Wohnung klein war und nicht mehr für die größere Schar ausreichte, so kaufte er bald in der Nähe der Stadt ein Stück Land, das groß genug war, um Felder, Wiesen und Buschwald zu umfassen. Dort begann er ein Schloß von großer Pracht zu erbauen; Tag und Nacht beschäftigte er sich damit, die Baumeister und Maurer

1. Feenkind.

und anderen Handwerker zu überwachen. Innen und außen schmückte er die Mauern mit schönstem Bildhauerwerk und erlesenen Malereien, und jedes Gemach stattete er mit dem reichsten Geräte aus. Vor dem Hause ließ er einen Garten anlegen und bepflanzte ihn mit duftenden Blumen und wohlriechenden Sträuchern und Fruchtbäumen, deren Früchte denen des Paradieses glichen. Und ferner war dort ein großer Wald, der auf allen Seiten von einer hohen Mauer umgeben war, und darin züchtete er Wild, alles was da kreucht und fleugt, damit die beiden Prinzen und ihre Schwester jagen konnten. Als nun das Schloß vollendet und zum Wohnen geeignet war, bat der Aufseher, der dem Hause des Schâhs mehrere Menschenalter lang treu gedient hatte, seinen Herrn um die Erlaubnis, der Stadt Lebewohl zu sagen und seinen Wohnsitz auf dem neuen Landgut aufzuschlagen. Und der König, der allzeit mit dem Auge der Huld auf ihn geschaut hatte, gewährte ihm die erbetene Gunst von Herzen; und um außerdem noch zu zeigen, wie hoch er seinen alten Diener und dessen Dienste schätzte, fragte er ihn, ob er irgendeine Bitte hätte, auf daß sie ihm erfüllt werde. ‚Mein hoher Herr,‘ erwiderte jener, ‚dein Sklave hat keinen Wunsch als den, daß er den Rest seiner Tage unter dem Schatten des Schutzes des Schâhs verbringe, mit Leib und Seele seinem Dienste ergeben, wie er vor dem Sohne auch dem Vater schon gedient hat.‘ Der Schâh entließ ihn mit Worten des Dankes und der Anerkennung; und jener verließ die Stadt, indem er die beiden Prinzen und ihre Schwester mit sich nahm, und führte sie zu seinem neuerbauten Schlosse. Schon einige Jahre vor jener Zeit war seine Frau zur Gnade Allahs eingegangen, und er selbst hatte kaum fünf oder sechs Monate in seinem neuen Heim gelebt, da erkrankte er plötzlich und ward unter die Zahl derer aufgenommen, die

Erbarmen gefunden haben. Zwar hatte er jede Gelegenheit versäumt, seinen drei Findlingen die seltsame Geschichte von ihrer Herkunft zu erzählen: wie er sie als Ausgesetzte in sein Haus gebracht und als Pfleglinge aufgezogen und sie wie seine eigenen Kinder gehegt hatte. Doch er hatte, ehe er starb, noch Zeit, sie zu ermahnen, daß sie immerdar in gegenseitiger Liebe und Verehrung, Zärtlichkeit und Achtung miteinander leben sollten. Der Verlust ihres Beschützers erfüllte sie mit bitterem Kummer; denn sie alle hielten ihn für ihren wirklichen Vater. Und nun beklagten sie ihn und begruben ihn, wie es sich gebührte; und hinfort lebten die beiden Brüder und ihre Schwester in Frieden und Fülle zusammen. Doch eines Tages ritten die Prinzen, die voll Verwegenheit und hohen Mutes waren, auf die Jagd hinaus, und die Prinzessin Perizâde blieb allein zu Hause, als eine alte Frau, eine Muslimin und fromme Einsiedlerin, an die Tür kam und um Erlaubnis bat, eintreten und ihre Gebete dort sagen zu dürfen, da es gerade die vorgeschriebene Stunde war und sie nur noch eben Zeit für die religiöse Waschung hatte. Perizâde befahl, sie hereinzulassen, bot ihr den Friedensgruß und hieß sie freundlich willkommen. Als die Heilige dann ihre Gebete beendet hatte, führten die Dienerinnen der Prinzessin sie auf deren Befehl durch das ganze Haus und Besitztum, indem sie ihr die Gemächer mit ihrem Hausrat und ihrer Ausstattung und zuletzt die Gärten der Blumen und der Früchte und den Wildpark zeigten. Alles, was sie sah, gefiel ihr sehr, und sie sprach bei sich selber: ‚Der Mann, der dies Schloß gebaut und diese Beete mit ihren Umrahmungen angelegt hat, ist wirklich ein vollendeter Künstler und ein Mann von wunderbarem Geschick gewesen.‘ Schließlich führten die Sklavinnen sie zu der Prinzessin zurück, die im Gartenhause saß und ihrer Rückkehr harrte. Und sie sprach zu der Frommen:

‚Komm, mein gutes Mütterchen, setze dich neben mich und mache mich glücklich durch die Gesellschaft einer frommen Einsiedlerin, die ich durch einen guten Zufall unerwartet bei mir habe aufnehmen können, und laß mich deinen Worten der Gnade lauschen, auf daß ich durch sie großen Gewinn in dieser und in der nächsten Welt habe! Du hast den rechten und geraden Pfad erwählt, um darauf zu wandeln, jenen, nach dem alle Menschen streben und sich sehnen.' Die heilige Frau wollte sich der Prinzessin zu Füßen setzen, aber Perizâde erhob sich höflich, nahm sie bei der Hand und zog sie neben sich nieder. Nun sprach die Alte: ‚Hohe Herrin, meine Augen haben noch nie jemanden von so feiner Sitte gesehen, wie du es bist; ich bin wahrlich unwürdig, neben dir zu sitzen, dennoch, da du gebietest, so will ich nach deinem Gebote tun.' Und als sie plaudernd beieinander saßen, setzten die Sklavinnen ihnen einen Tisch vor, auf dem Schüsseln mit Brot und Kuchen standen, ferner auch Schalen voll frischer und getrockneter Früchte, sowie allerlei Leckerbissen und Süßigkeiten. Die Prinzessin nahm einen der Kuchen, und indem sie ihn der guten Alten reichte, sprach sie: ‚Mütterchen, erquicke dich hieran und iß auch von den Früchten, was du gern hast! Es ist jetzt wohl lange her, seit du dein Haus verließest, und ich glaube, du hast auf dem Wege keine Speise gekostet.' Darauf antwortete die Heilige: ‚O Herrin von edler Geburt, ich bin nicht gewohnt, leckere Speisen wie diese zu essen, aber ich kann deine Fürsorge nicht wohl zurückweisen, da Allah der Allmächtige geruht hat, mir durch eine so freigebige und großmütige Hand, wie die deine, Speise und Unterhalt zu gewähren.' Und als die beiden etwas gegessen und ihre Herzen gelabt hatten, fragte die Prinzessin die Fromme nach der Art ihres Gottesdienstes und ihres asketischen Lebens; auf alles gab sie bereitwillig Antwort und erklärte es nach ihrem besten Wissen. Dann rief die Prinzessin aus: ‚Sage mir, bitte, was du von diesem Hause denkst und von der Art seines Baues und von dem Gerät und dem Zubehör; und sage mir, ist alles vollkommen und angemessen oder fehlt noch etwas im Haus oder Garten?‘ Die Alte gab zur Antwort: ‚Da du geruhst, nach meiner Meinung zu fragen, so will ich dir bekennen, daß sowohl Haus wie Gartenanlagen vollendet und zur Vollkommenheit eingerichtet sind, und das Zubehör ist nach dem besten Geschmack und in schönster Anordnung. Doch nach meinem Dafürhalten fehlen hier noch drei Dinge; wenn du die hättest, so würde diese Stätte ganz vollkommen sein.‘ Da beschwor die Prinzessin Perizâde sie mit den Worten: ‚Liebe Muhme, ich flehe dich an, sage mir, welche drei Dinge noch fehlen, auf daß ich keine Mühe noch Arbeit scheue, um sie zu erhalten!‘ Und da die Jungfrau mit vielen Bitten in sie drang, so sah die Fromme sich gezwungen, es ihr zu sagen; und sie hub an: ‚Edle Herrin, das erste ist der sprechende Vogel, genannt Bulbul-i-hazâr-dâstân[1]; der ist sehr selten und schwer zu finden, aber sooft er seine melodischen Weisen erschallen läßt, fliegen Tausende von Vögeln von allen Seiten herbei und stimmen in seine Klänge ein. Das nächste ist der singende Baum, dessen glatte und glänzende Blätter, wenn der Wind sie bewegt und aneinander reibt, liebliche Klänge entsenden, die gleich den Stimmen süß singender Sänger im Ohr erklingen und die Herzen aller Hörer bezaubern. Das dritte ist das goldene Wasser von durchscheinender Klarheit; wenn von ihm nur ein Tropfen in ein Becken fällt und dies in den Garten gestellt wird, so füllt sich das Gefäß alsbald bis zum Rande und sendet Strahlen empor gleichwie ein Springbrunnen; es hört auch nie auf, sich zu regen, und alles

1. Das ist: die Nachtigall der tausend Geschichten.

Wasser fällt, wenn es nach oben schießt, wieder in das Becken hinab, und nie geht ein Tropfen davon verloren.' Da sagte die Prinzessin: ‚Ich zweifle nicht daran, daß du die Stätte, an der diese wunderbaren Dinge sich finden, genau kennst; und ich bitte dich, nenne sie mir und auch die Mittel, die ich ergreifen kann, um die Dinge zu gewinnen.' Die Heilige erwiderte: ‚Diese drei Seltenheiten finden sich nur auf der Grenze, die sich zwischen dem Lande Hind und den anliegenden Ländern hinzieht, zwanzig Tagemärsche auf dem Wege, der von diesem Hause gen Osten führt. Wer auszieht, sie zu suchen, soll den ersten Mann, dem er am zwanzigsten Tage begegnet, nach der Stätte fragen, an der er den sprechenden Vogel, den singenden Baum und das goldene Wasser finden kann, und jener wird den Sucher dorthin weisen, wo er alle drei treffen wird.' Als die Fromme ihre Worte beendet hatte, nahm sie unter vielen Segnungen und Gebeten und Wünschen für ihr Wohlergehen Abschied von der Herrin Perizâde und machte sich auf den Heimweg. Die Prinzessin jedoch begann unaufhörlich über ihre Worte nachzusinnen und in Gedanken immer bei der Erzählung der heiligen Frau zu verweilen; die hatte freilich nie gedacht, daß ihre Wirtin aus anderen Gründen als aus Neugier um Auskunft gebeten habe, noch auch daß sie wirklich die Absicht hege, sich aufzumachen, um die Seltenheiten zu finden, und so hatte sie ahnungslos alles erzählt, was sie wußte, und sogar noch einen Anhalt für die Entdeckung gegeben. Perizâde aber bewahrte all das tief eingegraben in die Tafeln des Gedächtnisses, und sie war fest entschlossen, den Anweisungen zu folgen, und mit allen Mitteln, die in ihrer Macht standen, diese drei Wunderdinge in ihren Besitz zu bringen. Allein, je mehr sie nachsann, desto schwieriger erschien ihr das Unternehmen, und ihre Furcht vor dem Mißerfolg steigerte nur noch ihre Unruhe. Während sie nun so dasaß, durch ängstliche Gedanken verwirrt und manchmal von heftigen Schrekken ergriffen, kamen ihre Brüder von den Jagdgründen zurück; und sie waren erstaunt, als sie ihre Schwester mit trauriger Miene und niedergeschlagen erblickten, und sie wunderten sich, was sie wohl beunruhigt haben möchte. Und alsbald sagte Prinz Bahman: ‚Liebe Schwester, weshalb bist du heute so schweren Herzens? Allah der Allmächtige verhüte, daß du krank seiest oder daß dir etwas widerfahren wäre, was dein Mißvergnügen erregt oder dich traurig macht. Sage uns, ich bitte dich, was es ist, damit wir an deiner Sorge teilnehmen und dir eiligst helfen können!' Die Prinzessin erwiderte kein Wort; doch nach langem Schweigen hob sie den Kopf und sah ihre Brüder an; dann senkte sie die Augen wieder und sagte mit kurzen Worten, ihr fehle nichts. Da hub Prinz Bahman wieder an: ‚Ich weiß recht wohl, daß du irgend etwas auf dem Herzen hast, was du uns nicht sagen magst; doch nun höre, ich schwöre einen feierlichen Eid, daß ich nie von deiner Seite weichen will, bis du uns gesagt hast, was es ist, das dich bedrückt. Bist du vielleicht unserer Liebe müde und möchtest das geschwisterliche Band, das uns seit unserer Kindheit vereint hat, jetzt lösen?' Als sie ihre Brüder so verstört und verwirrt sah, fühlte sie sich gezwungen zu reden und sagte: ‚Wiewohl es euch, meine Lieblinge, Schmerz bereiten mag, wenn ich euch sage, weshalb ich traurig und betrübt bin, so ist es doch nicht anders möglich, ich muß euch beiden das Ganze erklären. Dies Schloß, das unser lieber Vater – der jetzt zur Gnade eingegangen ist – für uns hat bauen lassen, ist in jeder Hinsicht vollendet, und es fehlt ihm nichts an Behaglichkeit oder Vollkommenheit. Und trotzdem habe ich zufällig heute entdeckt, daß es noch drei Dinge gibt: würden die innerhalb dieser Mauern von Haus und Gärten gebracht, so würden sie unser Besitztum zu einem ganz unvergleichlichen machen, und auf der weiten Erde könnte ihm nichts an die Seite gestellt werden. Dies drei Dinge sind der sprechende Vogel, der singende Baum und das goldene Wasser; und seit ich von ihnen gehört habe, ist mein Herz von der höchsten Sehnsucht erfüllt, sie in unseren Besitz zu bringen, und von dem übermäßigen Verlangen, sie durch alle Mittel, die in meiner Macht stehen, zu gewinnen. Jetzt geziemt es euch, mich mit euren besten Kräften zu unterstützen und zu erwägen, wer mir dazu verhelfen kann, diese Seltenheiten in meine Hand zu bekommen.' Prinz Bahman erwiderte: ‚Mein Leben und das meines Bruders stehen dir zu Diensten, um deinen Wunsch mit aller Kraft des Herzens und der Seele auszuführen; und wenn du mir nur einen Anhalt für die Stätte geben könntest, an der diese seltsamen Dinge sich finden, dann würde ich mit Tagesanbruch, sobald es Morgen wird, auf die Suche nach ihnen ausziehen.' Als Prinz Parwêz erkannte, daß sein Bruder bereit war, diese Fahrt zu unternehmen, hub er an und sprach: ‚Lieber Bruder, du bist der älteste von uns; drum bleib du zu Hause, während ich ausziehe, um diese drei Dinge zu suchen und sie unserer Schwester zu bringen. Es ist doch wahrlich geziemender, daß ich die Aufgabe übernehme, die mich Jahre lang in Anspruch nehmen kann.' Doch Prinz Bahman entgegnete: ‚Ich habe volles Vertrauen zu deiner Kraft und Tapferkeit, und was ich zu leisten vermag, das kannst du ebensogut vollbringen wie ich. Dennoch ist es mein fester Entschluß, allein und ohne Hilfe zu diesem Abenteuer auszuziehen, und du mußt zurückbleiben, um für unsere Schwester und unser Haus zu sorgen.'

Am nächsten Morgen also ließ Prinz Bahman sich von der Prinzessin den Weg beschreiben, den er einschlagen mußte, und ferner die Zeichen und Merkmale, an denen er die Stätte erkennen würde. Und sofort legte er Rüstung und Waffen an, und nachdem er den beiden Lebewohl gesagt hatte, saß er auf und wollte mit dem festesten Herzen fortreiten; aber da füllten sich die Augen der Prinzessin Perizâde mit Tränen, und mit stockender Stimme sprach sie zu ihm: ‚Mein lieber Bruder, diese bittere Trennung ist herzzerreißend; und ich bin in tiefer Trauer, daß ich dich von uns ziehen sehe. Dies Scheiden und dein Fernsein in fremdem Lande verursachen mir weit größeren Schmerz und Kummer, als ich vorher empfand, wie ich mich nach den Seltenheiten sehnte, um derentwillen du uns verlässest. Wenn wir nur von Tag zu Tag irgendeine Nachricht von dir erhalten könnten, so würde ich mich wenigstens etwas getröstet und beruhigt fühlen; aber es ist nun einmal anders, und Kummer fruchtet nichts.‘ Darauf antwortete Prinz Bahman und sprach: ‚Schwester mein, ich bin fest entschlossen, diese Tat zu wagen; doch sei du ohne Furcht und Sorge, denn so Gott will, werde ich als glorreicher Sieger heimkehren. Wenn du nun nach meinem Aufbruch zu irgendeiner Zeit um meine Sicherheit dich ängstigen solltest, so wirst du an diesem Zeichen, das ich dir lasse, mein Schicksalslos erkennen, ob es gut oder schlimm sei.‘ Dann zog er aus seinem Gürteltuch ein kleines Jagdmesser, ähnlich einem Schnitzmesser, und gab es der Prinzessin Perizâde mit den Worten: ‚Nimm diese Klinge und behalt sie immer bei dir; und solltest du an irgendeinem Tage oder zu irgendeiner Stunde um mein Ergehen besorgt sein, so zieh sie aus ihrer Scheide! Wenn der Stahl hell und klar ist so wie jetzt, so wisse, dann bin ich am Leben, sicher und gesund; doch wenn du Blutflecken daran findest, so sollst du wissen, daß ich tot bin, und dann bleibt dir nichts anderes übrig, als für mich wie für einen Toten zu beten.‘ Mit

174

diesen Worten des Trostes machte der Prinz sich auf den Weg und zog geradeswegs auf der Straße nach Indien dahin, indem er sich weder nach rechts noch nach links wandte, sondern immer das gleiche Ziel im Auge behielt. So vergingen zwanzig Tage auf der Reise aus dem Lande Iran, und am zwanzigsten Tage war er am Ziel seiner Fahrt angelangt. Dort erblickte er plötzlich einen alten Mann von furchterregendem Anblick, der unter einem Baume saß, dicht bei seiner Rohrhütte, in die er sich zurückzuziehen pflegte, um sich gegen die Regen des Frühjahrs und die Hitze des Sommers, die herbstlichen Dünste und den Winterfrost zu schützen. So hochbetagt war dieser Scheich, daß Haar und Bart auf Kinn und Lippen und Wangen weiß wie Schnee waren; das Haar auf seiner Oberlippe war so lang und so dicht, daß es seinen Mund ganz verdeckte, während sein Kinnbart bis auf den Boden hing, und die Nägel an seinen Händen und Füßen waren so lang gewachsen, daß sie den Klauen eines wilden Tieres glichen. Auf seinem Kopfe trug er einen breitrandigen Hut aus gewobenen Palmfasern gleich dem eines malabarischen Fischers; und seine ganze übrige Kleidung bestand aus einem Mattenstreifen, den er sich um den Leib gebunden hatte. Dieser Scheich war ein Derwisch, der seit vielen Jahren der Welt und allen weltlichen Freuden entsagt hatte; er lebte ein heiliges Leben der Armut und Keuschheit in Gedanken ans Jenseits, und dadurch war sein Aussehen so geworden, wie ich es dir geschildert habe, o glücklicher König. An jenem Tage war Prinz Bahman vom frühen Morgen an wachsam und aufmerksam gewesen und hatte immer nach allen Seiten hin ausgeschaut, um jemanden zu erspähen, der ihm Auskunft geben könnte, wo die Seltenheiten, die er suchte, zu finden wären; und dies war das erste menschliche Wesen, das er an jenem Tage, dem zwanzigsten und letzten seiner Reise, gesehen hatte. Er ritt also auf den Scheich zu, überzeugt, daß der jener Mensch sein müsse, von dem die heilige Frau gesprochen hatte. Dann saß Prinz Bahman ab, verneigte sich tief vor dem Derwisch und sprach: ‚Mein Vater, Allah der Allmächtige gebe dir ein langes Leben und gewähre dir alle deine Wünsche!‘ Darauf gab der Fakir Antwort, doch mit so undeutlicher Stimme, daß der Prinz kein einziges Wort von dem, was jener sagte, verstehen konnte. Sofort erkannte Bahman, daß der Lippenbart des Alten dessen Mund so ganz verdeckt und verborgen hatte, daß seine Rede undeutlich wurde und er nur noch murmeln konnte, wenn er reden wollte. Darum band er sein Roß an einen Baum, zog eine Schere heraus und sprach: ‚Heiliger Mann, deine Lippen sind ganz in diesem überlangen Haar verborgen; ich bitte dich, erlaube mir, das Borstengewirr zu beschneiden, das dein Gesicht überwuchert und so lang und dicht ist, daß du furchtbar anzuschauen bist; ja, du gleichst eher einem Bären als einem menschlichen Wesen.‘ Der Derwisch zeigte durch ein Nicken, daß er einverstanden war; und als der Prinz das Haar beschnitten und gestutzt hatte, sah das Antlitz des Alten wieder jung und frisch aus wie das eines Mannes in der Blüte der Jahre. Darauf sagte Bahman zu ihm: ‚Ich wollte, ich hätte einen Spiegel, um dir dein Gesicht zu zeigen; dann könntest du sehen, wie jugendlich du erscheinst und wie dein Gesicht jetzt dem eines Menschen viel ähnlicher geworden ist, als es früher war.‘ Diese Schmeichelworte gefielen dem Derwisch, und er sagte lächelnd: ‚Ich danke dir herzlich für diesen deinen guten Dienst und deine freundliche Tat; und wenn ich zur Vergeltung irgend etwas für dich tun kann, so laß es mich, bitte, wissen, und ich will von ganzem Herzen und mit ganzer Seele versuchen, dich in allen Dingen zufrieden zu stellen!‘ Da sagte der Prinz: ‚Heiliger Mann, ich bin aus fernen Landen auf beschwerlichem Wege hierher gekommen, um drei Dinge zu suchen; das sind: ein gewisser sprechender Vogel, ein singender Baum und ein goldenes Wasser. Und eines weiß ich gewiß, daß alle drei ganz in der Nähe hier zu finden sind. Dennoch, o heiliger Mann, kenne ich die genaue Stelle nicht, an der sie sich befinden. Wenn du aber sichere Kunde von der Stätte hast und mir von ihr Mitteilung machen willst, so werde auch ich nie deine Güte vergessen, und dann werde ich das zufriedene Gefühl haben, daß diese lange und beschwerliche Fahrt nicht ganz vergebens gewesen ist.‘ Als der Derwisch diese Worte von dem Prinzen vernahm, kam ein anderes Aussehen über sein Antlitz, sein Blick ward betrübt und seine Farbe bleich; dann senkte er die Augen und saß in tiefem Schweigen da. Doch der Prinz hub wieder an: ‚Heiliger Vater, verstehst du die Worte nicht, die ich zu dir sprach? Wenn du nichts von der Sache weißt, so laß es mich, bitte, gleich wissen, auf daß ich wieder weiter ziehe, bis ich einen Mann finde, der mir Auskunft darüber geben kann!‘ Nach einer langen Weile gab der Derwisch zur Antwort: ‚O Fremdling, es ist wahr, ich kenne die Stätte, die du suchest, recht wohl; aber ich habe dich gern, weil du mir einen Dienst erwiesen hast, und um deiner selbst willen möchte ich dir nicht sagen, wo sie zu finden ist.‘ Und der Prinz entgegnete: ‚Sag mir, o Fakir, weshalb verbirgst du dein Wissen vor mir, und warum siehst du es nicht gern, daß ich davon erfahre?‘ Jener antwortete: ‚Es ist ein schwerer Weg und voller Schrecken und Gefahren. Schon vor dir sind manche hierher gekommen und haben mich nach dem Wege gefragt; ich weigerte mich, ihnen den zu zeigen, aber sie achteten meiner Warnung nicht, sondern drangen in mich und zwangen mich, ihnen das Geheimnis zu enthüllen,

177

das ich gern in meiner Brust verschlossen hätte. Wisse, mein Sohn, all diese Helden sind in ihrem Stolze zugrunde gegangen, nicht einer von ihnen ist sicher und gesund zu mir zurückgekehrt. Nun denn, wenn dir dein Leben lieb ist, so folge meinem Rate und zieh nicht weiter, sondern kehre um, ohne Zögern und ohne Zaudern, und suche dein Haus und Heim und die Deinen!' Fest entschlossen, erwiderte Prinz Bahman darauf: ,Du hast mir in freundlicher Weise und in gütiger Art den besten Rat gegeben; und nachdem ich alles gehört habe, was du zu sagen hattest, danke ich dir von Herzen. Aber ich kümmere mich keinen Deut und kein Tüttelchen um die Gefahren, die mir drohen; und deine Warnungen, so unheilvoll sie auch klingen, werden mich nicht von meinem Vorhaben abbringen. Und wenn Räuber oder Feinde mich überfallen sollten, so bin ich gerüstet und gewappnet, und ich kann und werde mich selbst schützen; denn ich bin sicher, daß niemand mich an Macht und Mut übertrifft.' Darauf entgegnete der Fakir: ,Die Wesen, die dir den Weg sperren und deinen Gang zu jener Stätte aufhalten werden, sind dem Menschen unsichtbar, und sie werden dir in keiner Weise erscheinen; wie willst du dich dann gegen sie wehren?' ,Sei es,' fuhr der Prinz fort, ,dennoch fürchte ich mich nicht, und ich bitte dich nur, zeige mir den Weg dorthin!' Als der Derwisch nun überzeugt war, daß der Prinz sich fest entschlossen hatte, die Tat zu wagen, und auf keinen Fall davon ablassen würde oder abgebracht werden könnte, sein Vorhaben auszuführen, steckte er die Hand in einen Sack, der dicht neben ihm lag, entnahm ihm einen Ball und sprach: ,Ach, mein Sohn, du willst meinen Rat nicht annehmen, und ich muß dich nun deinem Eigensinne folgen lassen. Nimm diesen Ball, steig auf dein Roß und wirf ihn vor dich hin; solange er weiterrollt, reit hinter ihm her;

178

doch wenn er am Fuße des Hügels halt macht, so sitz ab, wirf deinem Rosse die Zügel über den Nacken und laß es allein, denn es wird dort stehen bleiben, ohne sich zu rühren, bis du zurückkommst! Dann steig mutig den Hang hinauf, und zu beiden Seiten des Pfades, rechts und links, wirst du ein Geröll von großen schwarzen Felsblöcken sehen. Dort wird aber der Schall vieler Stimmen, in wirrem Getöse und furchtbar anzuhören, plötzlich in dein Ohr dringen, um deinen Zorn zu erregen und dich mit Schrecken zu erfüllen und dich am weiteren Aufstieg zu hindern. Gib acht, daß du dich nicht entmutigen lässest, und hüte dich, ja, ich sage dir, hüte dich, daß du zu keiner Zeit dein Haupt wendest und rückwärts schaust! Wenn dein Mut versagt oder wenn du nur einen einzigen Blick hinter dich wirfst, so wirst du im selben Augenblick in einen schwarzen Stein verwandelt werden. Denn wisse, o Prinz, alle jene Steine, die du am Wege zerstreut sehen wirst, waren einst Männer und Helden wie du; sie sind es, die da auszogen in der Absicht, die drei Dinge zu gewinnen, die du suchest, aber sie ließen sich durch jene Stimmen schrecken und verloren die menschliche Gestalt und wurden zu schwarzen Blöcken. Solltest du aber den Gipfel des Hügels sicher und gesund erreichen, so wirst du ganz oben einen Käfig finden, darin der sprechende Vogel sitzt, bereit, alle deine Fragen zu beantworten. Den frage, wo du den singenden Baum und das goldene Wasser finden kannst, und er wird dir alles sagen, was du wünschest. Wenn du alle drei sicher in deine Hand gebracht hast, so bist du frei von weiterer Gefahr; doch, da du diesen Weg noch nicht angetreten hast, so leih dein Ohr meinem Rate. Ich bitte dich, steh ab von diesem deinem Vorsatz und kehr in Frieden heim, solange es noch in deiner Macht steht!' Aber der Prinz antwortete: ,O du heiliger Mann, ehe ich nicht mein

Ziel erreicht habe, will ich nicht umkehren, nein, niemals! Daher lebe wohl!' So bestieg er denn sein Roß und warf den Ball vor sich hin; und der rollte mit Windeseile weiter, während der Prinz hinter ihm her ritt, den Blick auf ihn geheftet, und immer mit ihm Schritt hielt. Als er den Hügel, von dem der Derwisch gesprochen hatte, erreichte, hielt der Ball still; und der Prinz saß ab, warf seinem Rosse die Zügel über den Nakken, ließ es stehen und stieg zu Fuß den Abhang hinan. Soweit er sehen konnte, war der Weg, den er gehen mußte, vom Fuße des Hügels bis zum Gipfel mit einem Geröll von großen schwarzen Felsblöcken bestreut; doch spürte sein Herz keine Furcht. Noch aber hatte er nicht mehr als vier bis fünf Schritte getan, so erhob sich ein scheußliches Getöse und ein furchtbarer Wirrwarr von vielen Stimmen, wie der Derwisch es ihm verkündet hatte. Prinz Bahman jedoch schritt tapfer dahin, mit erhobener Stirn und mit furchtlosem Gang, obgleich er kein lebendes Wesen sah und nur all die Stimmen rings um sich hörte. Einige riefen: ,Wer ist der Narr dort? Woher kommt er? Haltet ihn! Laßt ihn nicht vorüber!' Andere schrieen: ,Fallt über ihn her! Packt diesen Hanswurst und schlagt ihn tot!' Und der Lärm ward immer lauter und lauter gleichwie Donnergebrüll, und viele Stimmen gellten: ,Räuber! Meuchler! Mörder!' Und andere flüsterten in höhnischem Tone: ,Laßt ihn, ein feiner Kerl ist er ja! Laßt ihn nur weitergehen, er, natürlich nur er allein wird den Käfig und den sprechenden Vogel kriegen!' Der Prinz fürchtete sich nicht, sondern schritt mit gewohntem Mut und Eifer raschen Fußes dahin; doch plötzlich kamen die Stimmen immer näher und näher an ihn heran und schwollen auf beiden Seiten zu immer größerer Zahl, so daß er ganz verwirrt wurde. Seine Beine begannen zu zittern, er taumelte, und schließlich, von Schrecken überwältigt, vergaß er ganz die Warnung des Derwisches und schaute sich um: da ward er auf der Stelle zu Stein gleich den Scharen der Ritter und Abenteurer, die ihm vorangegangen waren.

Derweilen nun trug die Prinzessin Perizâde das Jagdmesser, das ihr Bruder Bahman ihr hinterlassen hatte, von seiner Scheide umgeben in ihrem Mädchengürtel. Sie hatte es immer dort behalten, seit er zu seinem gefährlichen Ritt aufgebrochen war, und immer, wenn sie daran dachte, pflegte sie die Klinge herauszuziehen und an ihrem Glanze zu sehen, wie es ihrem Bruder erging. Nun hatte sie es bis zu jenem Tage, an dem er zu Stein verwandelt wurde, stets, sooft sie es ansah, klar und hell gefunden; doch an eben jenem Abend, an dem ihn sein böses Schicksal ereilte, sagte zufällig Prinz Parwêz zu Perizâde: ‚Liebe Schwester, ich bitte dich, gib mir das Jagdmesser, damit ich sehe, wie es mit unserem Bruder steht.‘ Sie nahm es aus ihrem Gürtel und reichte es ihm; und kaum hatte er das Messer aus der Scheide gezogen, siehe, da erkannte er, daß Blutstropfen von ihm herabzuträufeln begannen. Als er das sehen mußte, warf er das Messer zu Boden und brach in laute Klagen aus, während die Prinzessin, die schon ahnte, was geschehen war, eine Flut bitterer Tränen vergoß und unter Seufzen und Schluchzen ausrief: ‚Weh, mein Bruder, du hast dein Leben für mich dahingegeben! Ach, wehe, wehe über mich! Warum hab ich dir von dem sprechenden Vogel und dem singenden Baum und dem goldenen Wasser gesprochen? Weshalb habe ich jene heilige Frau gefragt, wie unser Haus ihr gefiele, und mußte als Antwort auf meine Frage von jenen drei Dingen hören? Hätte sie doch nie unsere Schwelle betreten und unsere Türen verfinstert! Undankbare Heuchlerin, lohnst du mir so die Güte und die Ehre, die ich dir so gern erwies? Und warum mußte ich denn auch noch fragen, wie man diese Dinge ge- winnen könne? Und wenn ich sie jetzt noch erlange, was sollen sie mir da nützen, seit mein Bruder Bahman nicht mehr ist? Was soll ich da mit ihnen tun?' So gab Perizâde sich ihrem Schmerze hin und beweinte ihr trauriges Los, während auch Parwêz in überaus tiefer Trauer um seinen Bruder Bahman klagte. Zuletzt aber wandte sich der Prinz, der trotz seiner Trauer daran dachte, daß seine Schwester immer noch den heißen Wunsch hatte, die drei Wunderdinge zu besitzen, an Perizâde und sprach: ,Es geziemt mir, liebe Schwester, sogleich aufzubrechen und zu erforschen, ob unser Bruder Bahman seinen Tod durch den Beschluß des Schicksals gefunden hat, oder ob ein Feind ihn erschlagen hat; denn wenn er getötet worden ist, so muß ich volle Rache an seinem Mörder nehmen.' Perizâde aber flehte ihn unter vielen Tränen und Klagen an, sie nicht zu verlassen, indem sie sprach: ,O du Freude meines Herzens, um Allahs willen, folge nicht den Spuren unseres teu- ren, dahingegangenen Bruders und verlaß mich nicht, um eine so gefahrenreiche Reise zu wagen. Mir liegt nichts mehr an jenen Dingen, denn ich fürchte, ich werde auch dich noch ver- lieren, wenn du solches unternimmst.' Allein Prinz Parwêz wollte gar nicht auf ihre Klage hören, sondern er nahm am nächsten Tage Abschied von ihr. Doch ehe er aufbrach, sprach sie zu ihm: ,Das Jagdmesser, das Bahman mir hinterließ, war das Mittel, um uns von dem Unglück, das ihm zustieß, Kunde zu geben; doch sag, wie soll ich wissen, was dir widerfährt?' Da zog er eine Schnur, die hundert Perlen enthielt, hervor und sprach: ,Solange du diese Perlen alle getrennt voneinander lose auf der Schnur hin und her gleiten siehst, sollst du wissen, daß ich am Leben bin; wenn du aber entdeckst, daß sie festsitzen und aneinander haften, dann erkenne, daß ich tot bin.' Die

Prinzessin nahm die Perlenschnur und legte sie um ihren Hals, entschlossen, sie Stunde um Stunde zu betrachten und zu sehen, wie es ihrem zweiten Bruder erginge. Dann machte Prinz Parwêz sich auf die Fahrt, und am zwanzigsten Tage kam er zu derselben Stelle, an der Bahman den Derwisch getroffen hatte, und er sah ihn dort noch in gleicher Weise sitzen. Der Prinz sprach den Gruß zu dem Alten und fragte dann: ,Kannst du mir sagen, wo ich den sprechenden Vogel und den singenden Baum und das goldene Wasser finde, und auf welche Weise ich in ihren Besitz gelangen kann? Wenn du kannst, so bitte ich dich, gib mir Kunde davon!' Der Derwisch versuchte den Prinzen Parwêz von seiner Absicht abzubringen und malte ihm alle die Gefahren des Weges aus; und er sprach: ,Vor nicht vielen Tagen kam einer, der dir gleich war an Jahren und an Zügen, hierher und fragte mich nach ebendem, was du jetzt suchest. Ich warnte ihn vor all den Gefahren der Stätte und wollte ihn von seinem eigenwilligen Wege abbringen; aber er achtete meiner Warnungen nicht und weigerte sich, meinem Rate zu folgen. Er zog fort, von mir genau darüber unterrichtet, wie er die Dinge finden könnte, die er suchte; doch bis jetzt ist er noch nicht zurückgekehrt, und ohne Zweifel ist er umgekommen wie die vielen, die ihm in jenem gefährlichen Unternehmen vorangegangen sind.' Da sagte Prinz Parwêz: ,Heiliger Vater, ich kenne den Mann, von dem du redest; denn er war mein Bruder. Und ich wußte auch, daß er tot ist; aber ich ahne nicht, wie er umgekommen ist.' ,Junger Herr,' antwortete der Derwisch, ,darüber kann ich dir Auskunft geben; er ist in einen schwarzen Stein verwandelt, ebenso wie die andern, von denen ich gerade zu dir gesprochen habe. Wenn du meinen Rat nicht annehmen und meiner Mahnung nicht folgen willst, so wirst du sicherlich auf dieselbe Weise umkommen wie dein Bruder; und ich warne dich feierlich, laß ab von diesem Unternehmen!' Wie nun Prinz Parwêz diese Worte erwogen hatte, antwortete er alsbald: ‚O Derwisch, ich danke dir wieder und wieder, und ich bin dir tief verpflichtet, dieweil du dich um mein Wohlergehen sorgst und mir den gütigsten Rat und die freundlichste Mahnung gegeben hast; denn solcher Güte gegen einen Fremdling bin ich nicht würdig. Jetzt bleibt mir nur noch die eine Bitte, daß du mir den Pfad zeigen wollest; denn ich bin fest entschlossen, weiterzureiten und um keinen Preis von meinem Vorhaben abzustehen. Ich bitte dich, gewähre mir gütigst volle Auskunft über den Weg, wie du sie meinem Bruder gewährt hast.' Darauf erwiderte der Derwisch: ‚Wenn du meiner Warnung kein Ohr leihen willst noch tun, was ich wünsche, so macht mir das weder viel noch wenig aus. Wähle selbst! Ich muß nach dem Spruche des Schicksals dein Wagnis fördern, und wenn ich auch wegen meines hohen Alters und meiner Schwäche dich nicht zu der Stätte geleiten kann, so will ich dir doch nicht einen Führer versagen.' Da bestieg Prinz Parwêz sein Roß, und der Derwisch nahm einen von vielen Bällen aus seinem Beutel, gab ihn dem Jüngling in die Hand und wies ihn derweilen an, was er zu tun hätte, geradeso wie er seinem Bruder Bahman geraten hatte. Und nachdem er ihm viele Ratschläge und Mahnungen gegeben hatte, schloß er mit den Worten: ‚Junger Herr, gib acht, daß du dich durch die drohenden Stimmen nicht verwirren noch schrecken lässest, durch die Klänge von unsichtbaren Wesen, die an dein Ohr dringen; sondern steig furchtlos bis zum Gipfel des Hügels hinauf, dort wirst du den Käfig mit dem sprechenden Vogel, den singenden Baum und das goldene Wasser finden!' Darauf sagte der Fakir ihm Lebewohl mit Worten voll guter Wünsche, und

184

der Prinz brach auf. Er warf den Ball vor sich hin, und als dieser den Pfad entlang rollte, spornte er sein Roß an, auf daß es mit ihm Schritt halte. Doch als er den Fuß des Hügels erreichte und sah, daß der Ball halt gemacht hatte und still lag, saß er ab und wartete eine Weile, ehe er den Aufstieg begann, und überlegte sich noch einmal einzeln all die Anweisungen, die ihm der Derwisch gegeben hatte. Dann schritt er mit starkem Mute und fest entschlossen vorwärts, um den Gipfel zu erreichen. Aber kaum hatte er zu steigen begonnen, als er neben sich eine Stimme hörte, die ihn in grober Sprache bedrohte und schrie: ‚Du Unglücksjüngling, steh still, damit ich dich für diese deine Frechheit verprügle!‘ Als Prinz Parwêz diese beleidigenden Worte des unsichtbaren Sprechers hörte, fühlte er, wie ihm das Blut überkochte; er konnte seine Wut nicht zügeln, und in seiner Leidenschaft vergaß er ganz die Worte der Weisheit, mit denen der Fakir ihn gewarnt hatte. Er griff nach seinem Schwerte, zog es aus der Scheide und wandte sich, um den Mann zu erschlagen, der ihn so zu beschimpfen wagte; doch er sah niemanden, und in dem Augeblick, in dem er rückwärts schaute, wurden er und sein Roß in schwarze Steine verwandelt.

Derweilen nun pflegte die Prinzessin immerfort zu allen Stunden des Tages und der Nacht die Perlenschnur zu befragen, die Parwêz ihr zurückgelassen hatte; sie zählte die Perlen nachts, wenn sie sich zur Ruhe zurückzog, sie behielt sie beim Schlafen um den Hals während der Stunden der Dunkelheit, und wenn sie beim Dämmern des Morgens aufwachte, so sah sie die Perlen sofort an und prüfte ihren Zustand. Und eben zu der Stunde, in der ihr zweiter Bruder zu Stein wurde, bemerkte sie, wie die Perlen so fest aneinander hafteten, daß sie nicht eine einzige Perle von der anderen zu lösen vermochte; und daran erkannte sie, daß auch Prinz Parwêz auf ewig für sie verloren war. Perizâde ward durch diesen plötzlichen Schlag tief betroffen, und sie sprach bei sich selber: ‚Ach, wehe, wehe über mich! Wie bitter wird das Leben sein ohne die Liebe solcher Brüder, die ihr junges Leben für mich geopfert haben! Es ist nur recht, wenn ich jetzt ihr Schicksal teile, welches auch mein Los sein mag! Was soll ich sonst am Gerichtstage sagen, wenn die Toten auferstehen und die Menschheit gerichtet wird?‘ Deshalb legte sie am nächsten Morgen, ohne zu zögern und zu zaudern, Manneskleidung an; und nachdem sie ihren Dienerinnen und Sklavinnen gesagt hatte, sie würde eine Reihe von Tagen wegen eines Geschäftes abwesend sein und jene sollten während dieser Zeit Haus und Habe hüten, bestieg sie ihr Pferd und brach auf, allein und ungeleitet. Da sie nun im Reiten geschickt war und öfters ihre Brüder begleitet hatte, wenn sie zu Jagd und Beize ausritten, so war sie besser als andere Frauen imstande, die Mühen und Beschwerden der Reise zu ertragen. So kam sie denn am zwanzigsten Tage sicher und gesund bei der Einsiedelei an, und als sie dort denselben Scheich erblickte, setzte sie sich neben ihn; nachdem sie ihm den Friedensgruß dargeboten hatte, bat sie ihn: ‚Heiliger Vater, laß mich eine Weile an dieser glückverheißenden Stätte ruhen und rasten; dann geruhe, ich bitte dich, mir die Richtung zu weisen nach der Stätte, die nicht weit von hier ist und an der sich ein gewisser sprechender Vogel, ein singender Baum und ein goldenes Wasser befinden! Wenn du es mir sagen willst, so werde ich das als die größte Huld erachten.‘ Der Derwisch gab ihr zur Antwort: ‚Deine Stimme verrät mir, daß du ein Weib bist, kein Mann, wiewohl du in Männertracht gekleidet bist. Ich kenne gar wohl die Stätte, von der du sprichst und an der die Wunderdinge sich befinden, die du genannt hast. Aber sage mir, zu welchem Zwecke fragst du mich danach?' Darauf erwiderte die Prinzessin: ,Mir ist mancherlei über diese seltenen und wunderbaren Dinge erzählt worden, und ich würde sie gern in meinen Besitz bringen, um sie in mein Haus zu tragen und sie zu seinem schönsten Schmuck zu machen.' ,Ja, meine Tochter,' fuhr der Derwisch fort, ,wahrlich, diese Dinge sind äußerst selten und wunderbar; sie sind recht geeignet, daß eine solche Schöne wie du sie gewinnt und heimträgt; aber du hast wohl kaum eine Ahnung von den mannigfachen und grausen Gefahren, die sie umlauern. Es wäre besser für dich, du würfest diesen eitlen Gedanken von dir und kehrtest auf dem Wege heim, auf dem du gekommen bist.' Die Prinzessin aber entgegnete: ,O heiliger Vater und weitberühmter Einsiedler, ich komme aus einem fernen Lande, in das ich nie wieder zurückkehren werde, ohne mein Ziel erreicht zu haben, nein, nimmermehr. Ich bitte dich also, sage mir, welcher Art jene Gefahren sind und worin sie bestehen, auf daß mein Herz, wenn ich von ihnen höre, beurteilen kann, ob ich die Kraft und den Mut besitze, ihnen zu begegnen oder nicht!' Da beschrieb der Alte der Prinzessin all die Gefahren des Weges, wie er sie einst den Prinzen Bahman und Parwêz kundgetan hatte, und er schloß mit den Worten: ,Die Gefahren werden sich zeigen, sobald du beginnst, den Hügel hinanzusteigen, und sie werden nicht eher enden, als bis du den Gipfel erreicht hast, wo der sprechende Vogel lebt. Dann, wenn du das Glück hast, ihn zu ergreifen, so wird er dich dorthin weisen, wo der singende Baum und das goldene Wasser zu finden sind. Die ganze Zeit, während der du den Hügel hinaufsteigst, werden Stimmen aus unsichtbaren Kehlen und grause und wilde Klänge dir in die Ohren hallen. Und ferner wirst du schwarze Blöcke und Steine auf deinem Wege umherliegen sehen; und diese sind – das mußt du wissen – die verwandelten Leiber von Männern, die mit ungewöhnlichem Mute dasselbe Wagnis unternommen haben, die aber, von plötzlichem Schrecken erfaßt und dazu verleitet, sich umzuwenden und rückwärts zu blicken, in Steine verwandelt worden sind. Nun denke du immer daran, wie es ihnen ergangen ist! Zuerst hörten sie jenen furchtbaren Tönen und Flüchen mit fester Seele zu; dann aber bangten ihnen Herz und Sinn, oder sie brausten auf vor Wut, wenn sie die gemeinen Worte vernahmen, die an sie gerichtet wurden, und sie wandten sich um und schauten hinter sich, worauf Roß und Reiter zu schwarzen Blöcken wurden.' Doch als der Derwisch ihr alles berichtet hatte, erwiderte die Prinzessin: ,Nach dem, was du mir sagst, scheint es mir klar zu sein, daß diese Stimmen nichts anderes zu tun vermögen, als zu drohen und durch ihr furchtbares Getöse zu schrecken; ferner, daß sonst nichts vorhanden ist, was am Besteigen des Hügels hindern kann, und daß man dort keinen Überfall zu befürchten braucht; was man tun muß, ist nur dies, daß man auf keinen Fall hinter sich blickt.' Und nach einer kurzen Weile fügte sie hinzu: ,O Fakir, wenn ich auch eine Frau bin, so habe ich doch Mut und Kräfte, die mir durch dies Abenteuer hindurchhelfen werden. Ich werde nicht auf die Stimmen achten noch mich durch sie zornig machen lassen, auch werden sie keinerlei Macht haben, mich zu ängstigen; und zu alledem habe ich eine List ersonnen, durch die mir der Erfolg in dieser Sache gesichert ist.' ,Was willst du denn tun?' fragte er; und sie antwortete: ,Ich will mir die Ohren mit Baumwolle verstopfen, so daß mein Geist nicht verwirrt und mein Verstand nicht gestört wird, wenn ich diese furchtbaren Klänge höre.' Der Fakir war aufs höchste erstaunt und rief sogleich: ,Meine Herrin, mich deucht, du bist dazu bestimmt, die Dinge zu gewinnen, die du suchst. Diese List ist bisher noch keinem eingefallen, und daher kommt es wohl, daß sie allesamt elend gescheitert und bei ihrem Versuche umgekommen sind. Doch gib gut acht auf dich selber und setze dich keinen anderen Gefahren aus, als sie das Unternehmen verlangt!' Sie erwiderte: ,Ich habe keinen Grund zur Furcht, da nur diese eine einzige Gefahr, die einen glücklichen Ausgang hindern könnte, mir bevorsteht. Mein Herz sagt mir, daß ich sicherlich den Lohn gewinnen werde, um dessentwillen ich so viel Mühsal und Beschwerden auf mich genommen habe. Doch jetzt sage mir, was ich tun muß, und wohin ich gehen muß, um mein Ziel zu erreichen!' Der Derwisch bat sie noch einmal, nach Hause zurückzukehren; aber Perizâde weigerte sich, darauf zu hören, und blieb fest und entschlossen wie zuvor. Als er nun einsah, daß sie auf jeden Fall ihr Vorhaben auszuführen gedachte, rief er aus: ,So zieh denn hin, meine Tochter, im Frieden Allahs des Allmächtigen und mit Seinem Segen; Er möge deine Jugend und Schönheit vor aller Gefahr beschützen!' Dann nahm er einen Ball aus seinem Sack, gab ihn ihr und sprach: ,Wenn du im Sattel sitzest, so wirf ihn vor dich hin und folge ihm, wohin er dich führen wird! Und wenn er am Fuß des Hügels halt macht, so sitz ab und steig den Hang hinan! Was danach geschehen wird, hab ich dir schon gesagt.' Nachdem die Prinzessin von dem Fakir Abschied genommen hatte, bestieg sie sogleich ihr Roß und warf ihm den Ball vor die Hufe, wie ihr zu tun geboten war. Er rollte in der Richtung auf den Hügel vor ihr her, und sie spornte ihr Pferd an, mit ihm Schritt zu halten, bis er beim Hügel plötzlich halt machte. Da saß die Prinzessin alsbald ab, und nachdem sie ihre beiden Ohren sorgfältig mit Baumwolle verstopft hatte, begann sie den Hang zu ersteigen mit furchtlosem Herzen und unerschrockener Seele. Kaum war sie einige Schritte vorwärts gegangen, da brach ein Getöse von Stimmen rings um sie aus; doch sie vernahm keinen Ton, da ihr Gehör durch die Baumwolle abgestumpft war. Dann erschollen scheußliche Schreie mit furchtbarem Lärm, aber sie hörte sie nicht; und schließlich schwollen sie an zu einem Sturm von schrillen Schreien und stöhnenden Seufzern, untermischt mit eklen Worten, wie schamlose Frauen sie gebrauchen, wenn sie einander beschimpfen. Dann und wann fing sie ein Echo der Klänge auf; doch sie achtete ihrer nicht, sondern lächelte nur und sprach bei sich selber: ,Was kümmert mich ihr Spott und Hohn und ekliges Geschmäh? Laß sie nur kreischen und bellen und tollen, soviel wie sie wollen: das wenigstens wird mich nicht von meinem Ziele abbringen!' Wie sie sich aber dem Ziele näherte, wurde der Weg immer gefährlicher, und die Luft war so erfüllt von höllischem Lärm und grauenhaften Tönen, daß selbst Rustem[1] vor ihnen gebebt und Asfandijârs[1] kühner Mut vor Schrecken gezittert haben würden. Die Prinzessin jedoch schritt in größter Eile und mit unverzagtem Herzen weiter, bis sie dem Gipfel ganz nahe war und schon über sich den Käfig sah, in dem der sprechende Vogel seine melodischen Weisen sang. Doch wie er die Prinzessin nahen sah, brach er, trotz seiner winzigen Gestalt, in Donnertöne aus und rief: ,Zurück, du Närrin! Hinweg von hier, wage nicht näher zu kommen!' Die Prinzessin kümmerte sich nicht im geringsten um sein Geschrei, sondern erklomm beherzt den Gipfel, eilte über die ebene Fläche auf den Käfig zu und ergriff ihn, indem sie sprach: ,Jetzt hab ich dich endlich; du sollst mir nicht mehr entgehen!' Dann zog sie die Baumwolle, mit denen sie ihre Ohren verstopft hatte, heraus und hörte nun, wie der sprechende Vogel in sanften Tönen erwiderte: ,Du tapfere und edle Herrin, sei guten Mutes! Denn

1. Zwei tapfere Helden aus dem Schâh-Nâmeh des Firdausi.

dir soll nichts Arges widerfahren, wie es denen zuteil ward, die mich bisher zu gewinnen suchten. Wenn ich auch in einem Käfig lebe, so hab ich doch viel geheime Kunde von dem, was in der Welt der Menschen vorgeht, und ich freue mich, daß ich dein Sklave werde und daß du meine Herrin wirst. Ferner weiß ich alles, was dich angeht, sogar noch besser als du selbst; und eines Tages will ich dir einen Dienst erweisen, der mir deine Dankbarkeit eintragen wird. Welches ist jetzt dein Befehl? Sprich, damit ich dir deinen Wunsch erfülle!' Prinzessin Perizâde war über diese Worte erfreut, aber mitten in ihrer Freude ward sie betrübt durch den Gedanken daran, daß sie ihre Brüder verloren hatte, an denen sie mit so herzlicher Liebe hing; und sie sprach nun zu dem sprechenden Vogel: ‚Gar vieles wohl wünsche ich, doch zuerst sage mir, ob das goldene Wasser, von dem ich so viel gehört habe, hier in der Nähe ist, und wenn es dort ist, so zeige mir, wie ich es finden kann.' Der Vogel wies ihr den Weg dorthin, und die Prinzessin nahm eine silberne Flasche, die sie mitgebracht hatte, und füllte sie bis zum Rande aus der magischen Quelle. Dann sprach sie wieder zu dem Vogel: ‚Der dritte und letzte Preis, den ich zu suchen auszog, ist der singende Baum: gib mir an, wo auch der zu finden ist!' ‚O Prinzessin der Schönen,' erwiderte der Vogel, ‚hinter deinem Rücken in jenem Gebüsch, das ganz in der Nähe ist, dort wächst der Baum.' Und sie eilte sofort in das Gehölz und fand den Baum, den sie suchte, wie er in den lieblichsten Tönen sang. Da er sich aber zu weit spannte, kehrte sie zu ihrem Sklaven, dem Vogel, zurück und sprach zu ihm: ‚Den Baum hab ich zwar gefunden, aber er ist hoch und breit; wie kann ich ihn entwurzeln?' Er gab zur Antwort: ‚Pflücke ein Zweiglein von dem Baume und pflanze das in deinen Garten, so wird es alsbald Wurzeln schlagen und in kurzer Zeit so groß und schön gewachsen sein wie dort im Busche!' Da brach die Prinzessin einen Zweig ab, und da sie jetzt die drei Dinge besaß, von denen die heilige Frau zu ihr gesprochen hatte, so war sie über die Maßen froh, und indem sie sich zu dem Vogel wandte, sprach sie: ,Ich habe nun wirklich, was ich gewünscht, aber eines fehlt doch noch an meiner vollen Zufriedenheit. Meine Brüder, die sich in gleicher Absicht hinausgewagt haben, liegen hier in der Nähe, zu schwarzen Steinen verwandelt. Gern möchte ich sie wieder zum Leben bringen, auf daß ich sie beide mit mir heimführen kann in aller Zufriedenheit und Freude über den Erfolg. Drum sag mir nun ein Mittel, durch das sich mein Wunsch erfüllen läßt!' Der sprechende Vogel erwiderte: ,O Prinzessin, mache dir keine Sorge, das ist ein leichtes! Sprenge ein wenig von dem goldenen Wasser auf die schwarzen Steine, die rings umherliegen, und durch dessen Kraft werden sie allesamt wieder zum Leben erstehen, deine beiden Brüder sowohl wie die anderen!' Da ward Prinzessin Perizâde ruhig in ihrem Herzen, und indem sie die drei Gewinne mit sich nahm, ging sie zurück und sprengte einige wenige Tropfen aus der silbernen Flasche auf jeden schwarzen Stein, an dem sie vorbeikam, und plötzlich, siehe da, wurden sie alle wieder lebendig, Menschen und Rosse. Unter ihnen waren auch ihre beiden Brüder, und sie erkannte sie sofort, fiel ihnen um den Hals und umarmte sie und fragte sie in ihrer Überraschung: ,Ach, meine Brüder, was tut ihr hier?' ,Wir schliefen fest', erwiderten sie; und die Prinzessin fuhr fort: ,Seltsam, wahrlich, daß ihr euch des Schlafes erfreuet fern von mir und die Absicht vergesset, mit der ihr mich verlassen habt, nämlich den sprechenden Vogel und den singenden Baum und das goldene Wasser zu gewinnen! Habt ihr nicht gesehen, wie diese ganze Stätte mit dunkelfarbenen Steinen bedeckt war?

Schaut jetzt hin und sagt mir, ob noch etwas von ihnen übrig ist! Diese Männer und Rosse, die jetzt rings um uns stehen, waren alle, wie ihr selber, schwarze Steine; aber durch die Gnade Allahs des Allmächtigen sind sie alle wieder lebendig geworden und harren des Zeichens zum Aufbruch. Und wenn ihr nun zu erfahren wünschet, durch welches seltsame Wunder euch und ihnen die menschliche Gestalt wiedergegeben wurde, so wisset, daß es durch die Kraft des Wassers in dieser Flasche geschehen ist: ich habe es auf die Steine gesprengt mit der Erlaubnis des Herrn aller Lebenden. Als ich diesen Käfig mit seinem sprechenden Vogel und auch den singenden Baum, von dem ihr einen Zweig in meiner Hand seht, und schließlich das goldene Wasser in meinen Besitz gebracht hatte, da wollte ich das alles nicht mit nach Hause nehmen, wenn ihr beide nicht bei mir wäret; so fragte ich denn den sprechenden Vogel, wodurch ihr wieder ins Leben zurückgerufen werden könntet. Er hieß mich einige Tropfen des goldenen Wassers auf die Blöcke sprengen, und als ich das getan hatte, kamet ihr beide sowohl wie alle die anderen ins Leben und zu eurer früheren Gestalt zurück.' Als die Prinzen Bahman und Parwêz diese Worte vernahmen, dankten sie ihrer Schwester Perizâde mit preisenden Worten; und all die andern, die sie errettet hatte, überschütteten ihr Haupt mit Dankesworten und Segenswünschen und sprachen alle mit einer Stimme: ,Hohe Herrin, wir sind jetzt deine Sklaven; nicht kann ein lebenslanger Dienst die Verpflichtung des Dankes erfüllen, den wir dir schulden für diese Gnade, die du uns erwiesen hast. Befiehl, und wir sind bereit, dir mit Herz und Seele zu gehorchen!' Perizâde entgegnete: ,Diese meine Brüder zum Leben zu erwecken war mein Ziel und meine Absicht; und als ich es tat, habt auch ihr Nutzen davon gehabt, und ich nehme euren Dank als eine neue Freude hin. Doch jetzt besteiget eure Rosse, ein jeder das seine, und reitet heim im Frieden Allahs auf den Wegen, auf denen ihr gekommen seid! So entließ die Prinzessin sie und machte sich auch selbst zum Aufbruch bereit; doch als sie ihr Roß besteigen wollte, bat Prinz Bahman sie um die Erlaubnis, daß er den Käfig tragen und vor ihr herreiten dürfe. Sie aber sprach: ‚Nicht so, mein Bruder; dieser Vogel ist nun mein Sklave, und ich will ihn selber tragen. Wenn du willst, so nimm diesen Zweig; doch halt mir auch den Käfig, bis ich im Sattel sitze!' Dann bestieg sie ihr Roß, und indem sie den Käfig vor sich auf den Sattelknopf stellte, wies sie ihren Bruder Parwêz an, das goldene Wasser in der silbernen Flasche zu nehmen und es mit aller Sorgfalt zu tragen; und der Prinz erfüllte ihren Wunsch mit größter Willigkeit. Als nun alle bereit waren, aufzubrechen, auch die Ritter und Knappen, die Perizâde durch das goldene Wasser wieder zum Leben erweckt hatte, wandte die Prinzessin sich zu ihnen und sprach: ‚Weshalb verzögern wir unseren Aufbruch, und wie kommt es, daß keiner sich erbietet, uns zu führen?' Doch da alle zögerten, gab sie den Befehl: ‚So möge denn der unter euch, dessen Adel und hoher Stand ihn zu einer solchen Auszeichnung berechtigen, vor uns reiten und uns den Weg zeigen!' Nun erwiderten alle einmütig: ‚O Prinzessin der Schönen, unter uns ist keiner einer solchen Ehre würdig, und niemand darf es wagen, vor dir zu reiten.' Und als sie sah, daß keiner von ihnen den Vorrang oder das Recht der Führung beanspruchte, entschuldigte sie sich, indem sie sprach: ‚O ihr Herren, es kommt mir nach dem Rechte nicht zu, voranzureiten; doch da ihr es befehlt, so muß ich wohl gehorchen.' Dann ritt sie an die Spitze, und hinter ihr kamen ihre Brüder, und hinter denen die anderen. Und wie sie dahinritten, wünschten alle den heiligen Mann zu sehen und ihm für seine Freundlichkeit und seinen gütigen Rat zu danken; aber als sie zu der Stätte kamen, an der er gewohnt hatte, fanden sie ihn tot; und sie wußten nicht, ob das hohe Alter ihn dahingerafft hatte, oder ob er aus verletztem Stolze gestorben war, weil die Prinzessin die drei Dinge, zu deren Wächter und Weiser er durch das Schicksal bestimmt war, gefunden und mitgenommen hatte. Die ganze Schar ritt nun weiter, und sooft einer die Straße erreichte, die in seine Heimat führte, nahm er Abschied von der Herrin Perizâde und zog seiner Wege, bis alle geschieden waren und die Prinzessin mit ihren Brüdern allein blieb. Schließlich erreichten sie sicher und gesund das Ziel ihrer Reise; und als sie ihr Haus betraten, hängte Perizâde den Käfig im Garten auf, nahe beim Gartenhause, und kaum hatte der sprechende Vogel zu singen begonnen, da kamen auch schon Scharen von Ringeltauben, Nachtigallen und Singdrosseln, Lerchen, Papageien und anderen Singvögeln herbeigeflogen von nah und fern. Und ebenso setzte sie den Zweig, den sie von dem singenden Baum genommen hatte, in ein schönes Beet nah beim Gartenhause; und alsbald schlug er Wurzeln und trieb Zweige und Knospen und wuchs herrlich empor, bis er ein ebenso großer Baum geworden war wie der, von dem sie den Zweig gepflückt hatte, und sein Laub ließ liebliche Töne erklingen, die den Klängen des Elternbaumes glichen. Zuletzt befahl sie, ein Becken aus reinem, weißem Marmor zu meißeln und es mitten in den Lustgarten zu setzen; darauf goß sie das goldene Wasser hinein, und es füllte sofort das ganze Becken und schoß empor gleich einem Springbrunnen, etwa zwanzig Fuß hoch; und die Garben und Strahlen fielen alle dahin zurück, von wo sie gekommen waren, so daß kein Tropfen verloren ging; und so regte sich das Wasser ununterbrochen und stets sich selber gleich. Nun verstrichen nur wenige Tage, bis sich das Gerücht von diesen drei Wundern im Lande verbreitet hatte; da strömte das Volk täglich aus der Stadt herbei, um sich des Anblickes zu erfreuen, und die Tore standen immer weit offen, und alle, die da kamen, hatten Zutritt zum Hause und zum Garten und volle Erlaubnis, nach Belieben umherzuwandeln und sich die seltenen Dinge anzusehen, die sie mit Bewunderung und Entzücken erfüllten. Als dann die beiden Prinzen sich von den Beschwerden der Reise erholt hatten, begannen sie auch wieder wie zuvor auf die Jagd zu ziehen. Eines Tages nun, als sie mehrere Meilen weit von Hause fortgeritten waren und beide eifrig bei der Jagd waren, begab es sich, daß der Schâh des Landes Iran durch den Beschluß des Schicksals zur selben Stätte in derselben Absicht kam. Die Prinzen, die eine Schar von Rittern und Jägersleuten kommen sahen, wollten gern heimreiten und einer solchen Begegnung ausweichen; und so verließen sie die Jagdgründe und machten sich auf den Heimweg. Aber wie das Schicksal und Verhängnis es wollte, gerieten sie auf eben die Straße, auf der Chusrau Schâh daherkam, und der Pfad war so schmal, daß sie den Reitern nicht durch eine Schwenkung auf einen anderen Weg ausweichen konnten. So hielten sie denn notgedrungen an, saßen ab, sprachen den Friedensgruß und verneigten sich vor dem Schâh; dann standen sie mit gesenkten Häuptern vor ihm. Als der Herrscher das schöne Geschirr der Rosse und die kostbaren Gewänder der Prinzen sah, glaubte er, die beiden Jünglinge gehörten zum Gefolge seiner Wesire und Staatsminister, und er wünschte sehr, sie von Angesicht zu sehen; deshalb befahl er ihnen, das Haupt zu heben und aufrecht vor ihm dazustehen, und sie gehorchten seinem Befehle mit bescheidener Miene und gesenkten Augen. Er war entzückt, als er ihre schönen Gesichter und anmutigen Gestalten, ihr vornehmes Wesen und ihre höfischen Mienen erblickte;

und nachdem er sie eine Weile in nicht geringer Bewunderung staunend angesehen hatte, fragte er sie, wer sie wären und wie sie hießen und wo sie wohnten. Darauf erwiderte Prinz Bahman: ‚O Zuflucht des Weltalls, wir sind die Söhne eines Mannes, dessen Leben im Dienste des Schâhs dahingegangen ist, des Aufsehers der königlichen Gärten und Erholungsplätze. Als seine Tage sich dem Ende näherten, baute er sich ein Haus vor der Stadt, in dem wir wohnen sollten, bis wir herangewachsen wären und geeignet, deiner Hoheit Dienst und Gefolgschaft zu leisten und deine königlichen Befehle auszuführen.‘ Da fuhr der Schâh fort zu fragen: ‚Wie kommt es, daß ihr auf die Jagd zieht? Das ist ein Vorrecht der Könige, und es ist nicht für die Allgemeinheit seiner Untertanen und Diener bestimmt.‘ Prinz Bahman gab zur Antwort: ‚O Zuflucht des Weltalls, wir sind noch jung an Jahren, und da wir zu Hause aufgewachsen sind, wissen wir wenig von höfischen Sitten; weil wir aber hoffen, in den Heeren des Schâhs die Waffen zu tragen, so wollten wir unsere Leiber gern an Mühen und Beschwerden gewöhnen.‘ Diese Antwort fand die Billigung des Königs, und er fuhr wiederum fort: ‚Der Schâh möchte sehen, wie ihr mit edlem Wilde umzugehen versteht; sucht euch also eine Beute, wie ihr sie wollt, und bringt sie in seiner Gegenwart zur Strecke!‘ Darauf stiegen die Prinzen wieder zu Pferde und schlossen sich dem Herrscher an; und als sie das tiefste Waldesdickicht erreichten, jagte Prinz Bahman einen Tiger auf, und Prinz Parwêz verfolgte einen Bären. Und beide gebrauchten ihre Speere mit solcher Gewandtheit und Entschlossenheit, daß jeder sein Wild tötete und dem Schâh zu Füßen legte. Dann drangen sie von neuem in den Wald ein, und diesmal erlegte Prinz Bahman einen Bären und Prinz Parwêz einen Tiger, und sie taten mit ihrer Beute wie zuvor. Als sie aber zum dritten Male aus-

reiten wollten, verbot der Schâh es ihnen, indem er sprach:
‚Wie? Wollt ihr denn die königlichen Gehege allen Wildes
berauben? Dies ist genug und mehr als genug; der Schâh wollte
nur eure Tapferkeit auf die Probe stellen, und da er sie nun mit
eigenen Augen gesehen hat, ist er vollauf zufrieden. Kommt
jetzt mit uns und stehet vor uns, während wir beim Mahle
sitzen!' Prinz Bahman erwiderte: ‚Wir sind der hohen Ehre
und Würde nicht wert, mit der du uns, deine demütigen Diener, begnadest. Wir bitten deine Hoheit gehorsamst und demütigst, uns für heute zu entschuldigen; wenn aber die Zuflucht des Weltalls eine andere Zeit zu nennen geruht, so werden deine Sklaven mit großer Freude deine glückbringenden
Befehle ausführen.' Als dann Chusrau Schâh, erstaunt ob ihrer
Weigerung, nach deren Ursache fragte, gab Prinz Bahman zur
Antwort: ‚Möge ich mein Leben für dich geben, o König der
Könige, wir haben zu Hause eine einzige Schwester, und wir
drei sind durch die Bande der engsten Liebe verbunden; und
deshalb gehen wir Brüder nirgendwohin, ohne sie zu fragen,
und auch sie tut nichts ohne unsern Rat.' Der König war erfreut, solche geschwisterliche Liebe und Einigkeit zu sehen,
und sagte sogleich: ‚Beim Haupte des Schâhs, er gibt euch gern
für heute Erlaubnis zu gehen; beratet euch mit eurer Schwester und trefft den Schatten Allahs morgen auf diesem Jagd-
grunde und berichtet ihm, was sie gesagt hat und ob sie damit
einverstanden ist, daß ihr beide kommt und dem Schâh bei
Tische aufwartet.' Da nahmen die Prinzen Abschied, indem
sie für ihn beteten; dann ritten sie heim, aber beide vergaßen,
ihrer Schwester zu erzählen, wie sie dem König begegnet waren, und von allem, was zwischen ihnen sich ereignet hatte,
blieb ihnen nichts im Gedächtnis. Am nächsten Tage ritten sie
wieder auf die Jagd, und als sie heimritten, fragte der Schâh

sie: ‚Habt ihr mit eurer Schwester beraten, ob ihr dem König dienen sollt, und was sagt sie dazu? Habt ihr die Erlaubnis von ihr erhalten?‘ Als die Prinzen diese Worte vernahmen, wurden sie starr vor Furcht; die Farbe in ihren Gesichtern erblich, und ein jeder begann dem andern in die Augen zu blicken. Dann hub Prinz Bahman an: ‚Vergebung, o Zuflucht der Welt, für diese unsre Verfehlung! Wir haben beide den Befehl vergessen und nicht daran gedacht, mit unserer Schwester zu sprechen.‘ Der König erwiderte: ‚Es tut nichts. Fragt sie heute und erstattet mir morgen Bericht!‘ Doch es begab sich, daß sie auch an jenem Tage den Auftrag vergaßen; dennoch war der König nicht über ihr kurzes Gedächtnis erzürnt, sondern er nahm drei kleine goldene Kugeln aus seiner Tasche, band sie in ein seidenes Tuch ein und reichte sie dem Prinzen Bahman mit den Worten: ‚Tu diese Kugeln in dein Gürteltuch; dann wirst du nicht vergessen, deine Schwester zu fragen! Und wenn der Gedanke daran dennoch deinem Gedächtnis entschwinden sollte, so wird, wenn du zu Bette gehst und deinen Gürtel ablegst, das Geräusch der zu Boden fallenden Kugeln dich doch wohl an dein Versprechen erinnern.‘ Trotz dieser eindringenden Mahnung des Schattens Allahs vergaßen die Prinzen auch an jenem Tage ganz und gar den Befehl und das Versprechen, das sie dem König gegeben hatten. Als es aber Nacht wurde und Prinz Bahman in sein Gemach ging, um zu schlafen, löste er seinen Gürtel, und herab fielen die goldenen Kugeln, und bei ihrem Klange tauchte der Auftrag des Schâhs plötzlich wieder in seinen Gedanken auf. Da eilten er und sein Bruder Parwêz sogleich in das Gemach Perizâdes, in dem sie sich gerade zur Ruhe begeben wollte, und unter vielen Entschuldigungen wegen der Störung zu einer so unpassenden Stunde berichteten sie ihr alles, was sich begeben hatte. Sie beklagte ihre Gedankenlosigkeit, die sie drei Tage hintereinander den königlichen Befehl hatte vergessen lassen, und schloß mit den Worten: ‚Das Glück ist euch günstig gewesen, meine Brüder, und hat euch so plötzlich zur Kenntnis der Zuflucht des Weltalls gebracht, ein Zufall, der schon manchen auf die Höhe des Glücks gehoben hat. Es tut mir sehr leid, daß ihr in eurer allzu großen Rücksicht auf unsere geschwisterliche Liebe und Einigkeit nicht sofort bei dem König Dienst nahmet, als er geruhte, es euch zu befehlen. Dennoch habt ihr viel mehr Grund zum Bedauern und Bereuen als ich, dieweil ihr keine genügende Entschuldigung geltend gemacht habt; denn die, deren ihr euch bedient habt, muß roh und grob geklungen haben. Es ist ein recht gefährlich Ding, königliche Wünsche zu durchkreuzen. In seiner außerordentlichen Herablassung gebietet euch der König, bei ihm Dienst zu nehmen; ihr aber habt töricht gehandelt, indem ihr euch gegen seine erhabenen Befehle auflehntet, und ihr habt mir große Unruhe verursacht. Doch ich will mir von meinem Sklaven, dem sprechenden Vogel, Rats erholen und sehen, was er wohl sagt; denn immer, wenn ich eine schwierige und gewichtige Frage zu entscheiden habe, unterlasse ich es nicht, ihn um Rat zu fragen.‘ Darauf holte die Prinzessin den Käfig an ihre Seite, und nachdem sie ihrem Sklaven alles erzählt hatte, was ihre Brüder ihr kundgtan hatten, fragte sie ihn um Rat über das, was sie tun sollten. Da gab der sprechende Vogel zur Antwort: ‚Es geziemt den Prinzen, dem Schâh in allen Dingen, die er von ihnen verlangt, zu Willen zu sein; ferner mögen sie ein Fest für den König rüsten und ihn demütig bitten, dies Haus zu besuchen, und ihm dadurch Treue und Ergebenheit für seine königliche Person bezeigen.‘ Die Prinzessin entgegnete: ‚Lieber Vogel, meine Brüder sind mir sehr teuer, und wenn es möglich wäre, möchte ich sie auch nicht einen Augenblick lang aus meinen Augen lassen; und Allah verhüte, daß unter dieser ihrer Kühnheit unsere Liebe und Zuneigung zu leiden habe!' Darauf sagte der sprechende Vogel: ‚Ich habe dir aufs beste geraten und habe dir die richtige Weisung dargeboten; fürchte du nichts, wenn du sie befolgst, denn nur Gutes soll dir daraus entspringen!' ‚Aber', fragte die Prinzessin, ‚wenn der Schatten Allahs uns ehrt, indem er die Schwelle dieses Hauses überschreitet, muß ich mich da vor ihm mit unverschleiertem Angesicht zeigen?' ‚Gewiß,' erwiderte der sprechende Vogel, dies wird dir nicht schaden, nein, es wird eher zu deinem Vorteil sein.'

Am nächsten Tage früh ritten die beiden Prinzen Bahman und Parwêz wie zuvor zu den Jagdgründen und trafen Chusrau Schâh; der fragte sie, indem er sprach: ‚Welche Antwort bringt ihr mir von eurer Schwester?' Da trat der ältere Bruder vor und sprach: ‚O Schatten Allahs, wir sind deine Knechte, und was nur immer du zu befehlen geruhst, dem sind wir bereit zu gehorchen. Sie hier, die geringer sind als die Geringsten, haben die Sache ihrer Schwester vorgetragen und haben ihre Einwilligung erlangt; ja, sie hat sie sogar getadelt und gescholten, weil sie sich nicht beeilt haben, die Befehle der Zuflucht der Welt im selben Augenblick auszuführen, in dem sie erteilt worden waren. Und da sie deshalb sehr unzufrieden mit uns ist, so wünscht sie, daß wir auch um ihretwillen die Vergebung des Königs der Könige erbitten wegen dieses Vergehens, das wir begangen haben.' Der König erwiderte: ‚Ihr habt kein Verbrechen begangen, das des Königs Mißfallen hervorrufen könnte; nein, vielmehr erfreut es den Schatten Allahs gar sehr, die Liebe zu sehen, die ihr beide eurer Schwester entgegenbringt.' Wie die Prinzen solche herablassende und freundliche Worte von dem König hörten, schwiegen sie und ließen beschämt die Köpfe zu Boden hängen; und der König, der an diesem Tage nicht so begierig auf die Jagd war wie sonst, rief die Prinzen, wenn er sie sich zurückhalten sah, zu sich heran und machte ihnen mit gnädigen Worten Mut. Und als er des Reitens müde war, wandte er den Kopf seines Rosses dem Palaste zu und geruhte, den Prinzen zu befehlen, daß sie an seiner Seite ritten; doch die Wesire und Ratgeber und Höflinge schäumten alle vor Wut und Eifersucht, als sie sahen, daß zwei Unbekannte mit so besonderer Gunst behandelt wurden. Als sie nun an der Spitze des Gefolges die Marktstraße hinunterritten, waren aller Augen auf die Jünglinge gerichtet, und die Leute fragten einander: ‚Wer sind die beiden, die neben dem Schâh reiten? Gehören sie in diese Stadt, oder kommen sie aus einem fremden Lande?' Und das Volk pries und segnete sie und sprach: ‚Allah schenke unserem König der Könige zwei Prinzen, die so schön und stattlich sind wie diese beiden, die neben ihm reiten! Wenn unsere unglückliche Königin, die im Kerker schmachtet, durch Allahs Gnade Söhne zur Welt gebracht hätte, so wären sie jetzt im selben Alter wie diese jungen Herren.' Als aber der Zug den Palast erreichte, stieg der König von seinem Roß und führte die Prinzen in sein eigenes Gemach, einen prächtigen Raum, der herrlich eingerichtet war; und dort war ein Tisch mit den kostbarsten Speisen und seltensten Leckerbissen gedeckt. Nachdem er sich an ihm niedergesetzt hatte, winkte er den beiden, das gleiche zu tun; da machten die Brüder eine tiefe Verneigung und nahmen ihre Plätze ein, und sie aßen in wohlerzogenem Schweigen mit ehrfurchtsvoller Haltung. Der Schâh aber, der sie zum Sprechen bringen wollte, um dadurch ihren Witz und ihre Weisheit zu erproben, redete mit ihnen über vielerlei Dinge und richtete manche Fragen an sie; und da sie ja wohlunterrichtet und in jeder Kunst und Wissenschaft gebildet waren, so antworteten sie ihm richtig und mit der größten Leichtigkeit. Von Bewunderung erfüllt, bedauerte der Schâh bitter, daß Allah der Allmächtige ihm nicht solche Söhne gegeben hatte, so schön an Gestalt, so gewandt und so kenntnisreich wie diese beiden; und weil er ihnen so gern zuhörte, blieb er länger bei der Tafel, als er es sonst zu tun pflegte. Nachdem er aber aufgestanden war und sich mit ihnen in sein inneres Gemach zurückgezogen hatte, saß er noch lange mit ihnen im Gespräch, und schließlich rief er in seiner Bewunderung aus: ‚Nie bis auf den heutigen Tag hab ich mit meinen Augen Jünglinge gesehen, die so wohlerzogen waren und so schön und geschickt wie diese, und mich deucht, es dürfte schwer sein, irgendwo ihresgleichen zu finden.' Schließlich sprach er: ‚Es wird schon spät, drum laßt uns jetzt unsere Herzen mit Musik erheitern!' Und alsbald begann die königliche Schar der Sänger und Spieler zu singen und auf allerlei Instrumenten der Freude und des Frohsinns zu spielen, während Tänzerinnen und Knaben ihre Geschicklichkeit entfalteten und Mimen und Mummenschanzer ihre Scherze schauen ließen. Die Prinzen hatten sehr große Freude an dem Schauspiel und die letzten Stunden des Nachmittags verstrichen in fürstlicher Freude und festlicher Feier. Als aber die Sonne untergegangen war und der Abend nahte, baten die Jünglinge den Schâh um Entlassung unter vielen Danksagungen für die hohen Gnaden, die er ihnen zu erweisen geruht hatte; und ehe sie gingen, sprach der König noch mit ihnen, indem er sagte: ‚Kommt morgen wieder in unsere Jagdgründe wie zuvor und laßt uns von dort zum Palast heimkehren! Beim Barte des Schâhs, er hätte euch gern immer bei sich, um sich eurer Gesellschaft und eures Gespräches zu erfreuen!' Da warf Prinz Bahman sich nieder vor der Majestät und antwortete: ‚Es ist gerade das Ziel und der Gipfel unserer Wünsche, o Schatten Allahs auf Erden, daß du morgen, wenn du von der Jagd kommst und an unserem armseligen Hause vorüberreitest, gnädig geruhen wollest, dort einzutreten und eine Weile zu rasten, indem du dadurch uns und unserer Schwester die allerhöchste Ehre erweisest. Wenn auch die Stätte nicht würdig ist der erhabenen Anwesenheit des Königs der Könige, so lassen sich doch zuzeiten mächtige Könige dazu herab, die Hütten ihrer Sklaven zu besuchen.' Der König, der von ihrer Schönheit und ihrer anmutigen Rede immer mehr entzückt war, gewährte ihnen eine höchst gnädige Antwort, indem er sprach: ,Der Wohnsitz von Jünglingen eures Standes und Ranges wird sicherlich schön und eurer würdig sein. Und der Schâh willigt gern ein, morgen Gast zu sein bei euch beiden und eurer Schwester, von der er, obgleich er sie noch nicht gesehen hat, überzeugt ist, daß er sie vollkommen an allen Gaben des Leibes und des Geistes finden wird. Also erwartet beide morgen in aller Frühe den Schâh an der gewohnten Treffstätte!' Darauf baten die Prinzen um Erlaubnis, ihrer Wege gehen zu dürfen; und als sie nach Hause kamen, sprachen sie zu ihrer Schwester: ,Perizâde, der Schâh hat beschlossen, morgen nach der Jagd in unser Haus zu kommen und hier eine Weile zu rasten.' Sie antwortete: ,Wenn dem so ist, müssen wir gewißlich dafür sorgen, daß alles für ein königliches Festmahl gerüstet wird und wir nicht beschämt dastehen, wenn der Schatten Allahs uns zu beschatten geruht. Es ist nicht anders möglich, als daß ich in dieser Sache meinen Sklaven, den sprechenden Vogel frage, welchen Rat er mir geben würde; und ich muß demgemäß auch solche Speisen bereiten, wie sie ihm gebühren und wie sie dem Gaumen des Königs zusagen.' Die Prinzen billigten beide ihren Plan und gingen zur Ruhe, während Perizâde den Käfig kommen ließ; und nachdem sie ihn vor sich hingesetzt hatte, sprach sie: ‚Lieber Vogel, der Schâh hat versprochen und beschlossen, morgen dies unser Haus zu beehren. Deshalb müssen wir gewißlich für unseren höchsten Herrn das beste der Festmähler rüsten, und ich wünsche, daß du mir sagst, welche Gerichte die Köche für ihn zubereiten sollen.‘ Der sprechende Vogel antwortete: ‚Hohe Herrin, du hast die geschicktesten Köche und Zuckerbäcker. Drum befiehl ihnen, die kostbarsten Leckerbissen zu bereiten, doch vor allem achte du mit eigenen Augen darauf, daß sie dem Schâh ein Gericht frischer, grüner Gurken vorsetzen, die mit Perlen gefüllt sind.‘ Höchlichst verwundert erwiderte die Prinzessin: ‚Ich habe noch nie bis auf den heutigen Tag von einem solchen Leckerbissen vernommen! Wie! Gurken mit Perlen gefüllt? Und was wird der König, der doch kommt, um Brot zu essen, nicht um Steine anzustarren, zu einem solchen Gerichte sagen? Ferner besitze ich nicht Perlen genug, um auch nur eine einzige Gurke damit zu füllen.‘ Doch der Vogel fuhr fort: ‚Das ist ein leichtes; fürchte du nichts, sondern handle genau, wie ich dir rate! Ich strebe nach nichts anderem als nach deinem Wohle, und ich würde dir nimmermehr zu deinem Nachteile raten. Was die Perlen angeht, so kannst du sie in dieser Weise sammeln: geh morgen früh beizeiten in die Lustgärten und laß ein Loch graben am Fuße des ersten Baumes in der Allee zu deiner Rechten, dort wirst du von Perlen einen so großen Vorrat finden, wie du ihn nötig hast!‘ Am nächsten Tage nun, nach Anbruch der Dämmerung, befahl die Prinzessin Perizâde einem Gärtnerburschen, sie zu begleiten, und begab sich zu der Stätte in den Lustgärten, von der ihr der sprechende Vogel erzählt hatte. Dort grub der Bursche ein Loch, tief und weit, und plötzlich stieß sein Spaten auf etwas Hartes; da entfernte er die Erde mit seiner Hand und entblößte dem Blick eine goldene Schatulle, die nahezu einen Fuß im Geviert maß. Dann zeigte der junge Gärtner sie der Prinzessin, und sie rief aus: ,Eben zu diesem Zweck habe ich dich mit mir genommen. Gib acht und sieh zu, daß die Schatulle nicht beschädigt wird, grab sie mit aller Sorgfalt aus und bringe sie mir!' Als der Bursche ihren Befehl ausgeführt hatte, öffnete sie den Kasten sofort und fand ihn voll von den schönsten Perlen, die frisch aus dem Meere kamen; sie waren rund wie Ringe und alle von derselben Größe und gerade zu dem Zwecke geeignet, den der sprechende Vogel angegeben hatte. Perizâde war durch den Anblick aufs höchste erfreut, und indem sie die Schatulle mitnahm, kehrte sie nach Hause zurück; die Prinzen aber, die ihre Schwester in der Frühe mit dem Gärtnerburschen hatten fortgehen sehen und sich gewundert hatten, warum sie sich gegen ihre Gewohnheit so zeitig in den Garten begab, legten schnell, als sie ihrer vom Fenster aus gewahr wurden, ihre Gewänder an und kamen ihr entgegen. Und wie die beiden Brüder dahingingen, sahen sie, daß die Prinzessin ihnen mit etwas Ungewohntem unter dem Arme nahte; und als sie zusammentrafen, erwies es sich als eine goldene Schatulle, von der sie nichts ahnten. Da sprachen sie: ,Liebe Schwester, im Frühlicht sahen wir, daß du mit einem Gärtnerburschen in die Lustgärten gingst, ohne etwas in der Hand zu tragen, jetzt aber bringst du diese goldene Schatulle zurück: drum erkläre uns, wo und wie du sie gefunden hast; vielleicht liegt in den Beeten irgendein Schatz verborgen!' Perizâde erwiderte: ,Ihr sprecht die Wahrheit, meine Brüder; ich nahm diesen Burschen mit mir und ließ ihn unter einem bestimmten Baume graben, und dort stießen wir auf diesen Kasten mit Perlen, deren Anblick, deucht mich, eure Herzen erfreuen wird.' Alsbald öffnete die Prinzessin den Kasten, und als ihre Brüder die kostbaren Perlen erblickten, waren sie über die Maßen erstaunt und freuten sich sehr, sie zu sehen. Darauf sagte die Prinzessin: ‚Kommt jetzt beide mit mir; denn ich habe eine wichtige Sache vor!‘ Doch Prinz Bahman hub an: ‚Was gibt es hier zu tun? Ach, ich bitte dich, sage es uns ohne zu zögern, denn du hast uns noch nie in deinem Leben etwas verborgen gehalten!‘ Sie gab zur Antwort: ‚Meine Brüder, ich habe euch nichts zu verbergen; denkt auch nichts Arges von mir; ich will euch jetzt den ganzen Hergang erzählen!‘ Dann tat sie ihnen kund, welchen Rat ihr der sprechende Vogel gegeben hatte; und wie die beiden die Sache sich im Geiste überlegten, wunderten sie sich sehr, warum der Sklave ihrer Schwester ihnen geboten hatte, dem Schâh ein Gericht von grünen Gurken vorzusetzen, die mit Perlen gefüllt waren, und sie konnten sich keinen Grund dafür denken. Doch die Prinzessin fuhr fort: ‚Der sprechende Vogel ist wahrlich weise und wachsam; daher glaube ich, dieser Rat muß doch zu unserem Vorteil sein; und auf jeden Fall kann es nicht ohne Sinn und Absicht sein. Daher geziemt es uns, zu tun, wie er geheißen hat.‘ Dann begab die Prinzessin sich in ihr Gemach, berief den Oberkoch und sprach zu ihm: ‚Heute wird der Schâh, der Schatten Allahs auf Erden, sich herablassen, hier das Mittagsmahl zu speisen. Deshalb gib acht, daß die Speisen vom köstlichsten Wohlgeschmack sind und in jeder Weise geeignet, der Zuflucht der Welt vorgesetzt zu werden. Unter all den Gerichten ist jedoch eines, das du allein bereiten mußt und an das keine andere Hand rühren soll; es soll aus frischen grünen Gurken bestehen, die mit kostbaren Perlen gefüllt sind.‘ Der Oberkoch hörte diesem Befehle der Prinzessin voll Erstaunen zu und sprach bei sich selber: ‚Wer hat je von einem solchen Gericht gehört oder sich träumen lassen, so etwas zu bestellen?‘ Und wie die Herrin das Erstaunen, das sich in seinen Zügen verriet, ohne die Wissenschaft des Gedankenlesens erkannte, sprach sie zu ihm: ‚Deine Miene verrät mir, daß du mich für unverständig hältst, weil ich dir einen solchen Befehl gebe. Ich weiß, daß noch nie jemand ein Gericht dieser Art gekostet hat, aber was geht das dich an? Tu, wie dir befohlen ist! Du siehst diesen Kasten bis an den Rand voll von Perlen; nimm von ihnen, soviel du für das Gericht brauchst, und was übrig bleibt, das laß in dem Kasten!' Der Koch, der in seiner Verwirrung und seinem Staunen nichts zu antworten wußte, wählte von den kostbaren Perlen, soviel er ihrer brauchte, und eilte sofort hinweg, um darüber zu wachen, daß die Speisen für das Fest gekocht und bereit gehalten würden. Derweilen schritt die Prinzessin durch das Haus und durch die Gärten und gab den Sklaven Anweisungen über deren Ausschmückung, indem sie ihre besondere Aufmerksamkeit den Teppichen und Diwanen, den Lampen und all dem anderen Gerät zuwandte. Am nächsten Morgen mit Tagesanbruch ritten die Prinzen Bahman und Parwêz reich gekleidet zu der verabredeten Stätte, jener, an der sie den Schâh zum ersten Male getroffen hatten; und auch er hielt sein Versprechen pünktlich ein und geruhte mit ihnen an der Jagd teilzunehmen. Als aber die Sonne hochgestiegen war und ihre Strahlen heiß wurden, gab der König das Jagen auf und machte sich mit den Prinzen auf den Weg nach ihrem Hause; und als sie sich ihm näherten, ritt der jüngere Bruder voraus und sandte der Prinzessin Bescheid, daß die Zuflucht der Welt in aller guter Vorbedeutung nahe. So eilte sie denn, den König zu empfangen, und harrte seiner Ankunft am inneren Eingang; und dann, als der König zum Tor hineingeritten und im Hofe abgestiegen war und über die Schwelle der Haustür trat, fiel sie zu seinen Füßen nieder und huldigte ihm.

Da sagten die beiden Brüder: ‚O Zuflucht der Welt; dies ist unsere Schwester, von der wir gesprochen haben.' Und der Schâh hob sie mit huldvoller Freundlichkeit und Herablassung an der Hand empor, und als er sie von Angesicht erblickte, staunte er sehr über ihre wunderbare Anmut und Lieblichkeit. Er dachte bei sich selber: ‚Wie gleicht sie doch ihren Brüdern an Gesicht und Gestalt! Ich glaube, unter all meinen Untertanen in Stadt und Land gibt es niemanden, der sich mit ihnen an Schönheit und edlem Wesen messen kann. Auch dies Landhaus übertrifft alles, was ich je gesehen habe, an Glanz und Herrlichkeit.' Dann führte die Prinzessin den Schâh durch das Haus und zeigte ihm dessen ganze Pracht, während er sich an allem, was ihm zu Gesichte kam, über die Maßen freute. Als nun König Chusrau gesehen hatte, was sich in dem Hause befand, sprach er zu der Prinzessin: ‚Dies dein Haus ist weit prächtiger als irgendein Palast, den der Schâh besitzt, und er würde jetzt gern durch den Lustgarten wandeln, da er nicht zweifelt, daß jener ebenso herrlich sein wird wie das Haus.' Da machte die Prinzessin die Tür, durch die man den Garten sehen konnte, weit auf; und sofort sah der König als erstes vor allen anderen Dingen den Springbrunnen, der unaufhörlich in Garben und Strahlen Wasser emporwarf, das klar wie Kristall war und doch von goldener Farbe. Wie er solch ein Wunder sah, rief er: ‚Dies ist wahrlich ein glorreicher Gießbach! Noch nie habe ich etwas so Herrliches gesehen. Doch sag mir, wo ist seine Quelle, und wie kommt es, daß er in so hohen Strahlen emporschießt? Woher kommt diese beständige Zufuhr, und auf welche Weise ist er angelegt worden? Der Schâh möchte ihn gern aus der Nähe betrachten.' ‚O König der Könige und Herr der Lande,' antwortete die Prinzessin, ‚es gefalle dir zu tun, was dir beliebt!' Darauf traten sie zu dem Springbrunnen hinaus, und der Schâh stand da und blickte ihn voll Entzücken an, als er plötzlich ein Klingen von zuckersüßen Stimmen vernahm, die harmonisch und melodisch tönten wie berauschende Musik. Er wandte sich um und schaute aus, um die Sänger zu entdecken; aber es war kein einziger zu sehen; und ob er gleich in die Ferne und in die Nähe blickte, es war alles vergebens: er hörte die Stimmen, aber er konnte keine Sänger entdecken. Und schließlich rief er, ganz verwirrt: ‚Woher kommen diese herrlichsten der Töne? Steigen sie aus dem Innern der Erde auf oder schweben sie hoch oben in der Luft? Sie füllen mein Herz mit Entzücken, aber sie überraschen die Sinne, weil kein Sänger zu sehen ist.‘ Lächelnd erwiderte die Prinzessin: ‚O Herr der Herren, es sind keine Sänger hier; die Klänge, die zum Ohre des Schâhs gelangen, kommen von jenem Baume dort. Ich bitte dich, geruhe weiterzuschreiten, und sieh ihn dir recht an!‘ So trat er denn heran, und die Musik entzückte ihn immer mehr und mehr, und bald schaute er auf das goldene Wasser, bald auf den singenden Baum, bis er sich in Staunen und Verwunderung verlor. Dann sprach er zu sich selber: ‚O Allah, ist all dies ein Werk der Natur oder der Zauberei? Ja, wahrlich, diese Stätte ist der Geheimnisse voll!‘ Doch alsbald wandte er sich zu der Prinzessin und fragte: ‚Liebe Herrin, bitte, wie seid ihr zu diesem Wunderbaume gekommen, der inmitten dieses Gartens gepflanzt ist? Hat ihn jemand aus fernem Lande als ein seltenes Geschenk mitgebracht? Und unter welchem Namen ist er bekannt?‘ Perizâde erwiderte: ‚O König der Könige, dies Wunder, genannt der singende Baum, wächst nicht in unserem Lande. Es würde zu lange währen, zu erzählen, woher und auf welche Weise ich ihn erlangt habe; so möge es für jetzt genügen, zu sagen, daß der Baum und das goldene Wasser und der sprechende Vogel alle zu ein und derselben Zeit von mir gefunden wurden. Geruhe nun deine Magd zu begleiten und diese dritte Seltenheit anzusehen, und wenn der Schâh von den Mühen und Beschwerden des Jagens geruht und gerastet hat, so soll die Geschichte dieser drei seltsamen Dinge der Zuflucht der Welt in aller Ausführlichkeit erzählt werden!' Darauf antwortete der König: ,Die Ermattung des Schâhs ist schon durch den Anblick dieser Wunder gewichen; jetzt, auf zum sprechenden Vogel!' Nun führte die Prinzessin den König, und als sie ihm den sprechenden Vogel gezeigt hatte, kehrten sie in den Garten zurück, wo er nicht müde wurde, den Springbrunnen mit höchstem Erstaunen zu betrachten; und dann rief er aus: ,Wie kommt das? Keine Quelle, aus der all dies Wasser käme, ist dem Auge des Schâhs sichtbar, noch auch ein Kanal; es gibt auch kein Vorratsbecken, das groß genug wäre, um es zu fassen.' Sie sagte darauf: ,Du sprichst die Wahrheit, o König der Könige! Dieser Springbrunnen hat keine Quelle; er entspringt einem kleinen Marmorbecken, das ich mit einer einzigen Flasche des goldenen Wassers gefüllt habe. Aber durch die Kraft Allahs des Allmächtigen schwoll es an und nahm zu, bis es in dieser gewaltigen Garbe, die der Schâh sieht, emporschoß. Ferner, es spielt Tag und Nacht; und, seltsam zu sagen: das Wasser, das aus jener Höhe ins Becken zurückfällt, vermindert sich nicht, ja, nichts von ihm wird verschüttet oder geht verloren.' Darauf befahl der König, von Staunen und Bewunderung erfüllt, zu dem sprechenden Vogel zurückzukehren; und die Prinzessin führte ihn zu dem Gartenhause, aus dem er auf Tausende von Vögeln aller Art schauen konnte, die in den Bäumen sangen und die Luft mit ihren Liedern und Lobgesängen auf den Schöpfer erfüllten. Da fragte er seine Führerin: ,Liebe Herrin, woher kommen diese zahllosen Sänger, die zu jenem Baume fliegen und das Weltall erklingen lassen von ihren melodischen Stimmen, und setzen sich doch auf keinen anderen Baum?' ‚O König der Könige,' erwiderte sie, ‚alle werden von dem sprechenden Vogel angelockt und strömen hier zusammen, um seinen Gesang zu begleiten; und da sein Käfig am Fenster dieses Gartenhauses hängt, so setzen sie sich nun in den nächsten Baum, und hier kann man hören, wie er viel lieblicher singt als all die anderen, ja, sein Klagen klingt weit melodischer als das irgendeiner Nachtigall.' Und als der Schâh sich dem Käfig näherte und dem Singen des Vogels lauschte, rief die Prinzessin ihrem Gefangenen die Worte zu: ‚He, mein gefiederter Sklave, bemerkst du nicht, daß die Zuflucht der Welt hier ist? Du erweist ihm ja nicht die schuldige Ehrerbietung und Huldigung!' Als der sprechende Vogel diese Worte vernahm, hielt er sofort mit seinem Gesang inne, und sogleich saßen auch alle die anderen Sänger in tiefem Schweigen da; denn sie waren ihrem Oberherrn treu ergeben, und keiner wagte mehr einen Ton von sich zu geben, wenn er verstummte. Darauf sprach der sprechende Vogel in menschlicher Rede die Worte: ‚O großer König, möge Allah der Allmächtige dir in Seiner Macht und Majestät Gesundheit und Glück gewähren!' Der Schâh erwiderte den Gruß, und der Sklave der Prinzessin Perizâde rief unaufhörlich Segenswünsche auf sein Haupt herab. Inzwischen waren die Tische in prächtigster Weise gedeckt, und die kostbarsten Speisen wurden der Gesellschaft dargeboten, die nach ihrer geziemenden Rangordnung dasaß; der Schâh aber wählte sich seinen Sitz dicht neben dem sprechenden Vogel, nahe bei dem Fenster, an dem der Käfig hing. Als darauf das Gericht der grünen Gurken ihm vorgesetzt ward, streckte er die Hand aus, um davon zu nehmen; aber er zog sie erstaunt zurück, als er sah, daß die Gurken, die in Reihen auf der Schüssel lagen, mit Perlen gefüllt waren, die auf beiden Enden heraussahen. Er fragte die Prinzessin und ihre Brüder: ‚Was für ein Gericht ist dies? Es kann doch nicht zur Nahrung bestimmt sein; weshalb setzt man es also dem Schâh vor? Erklärt mir, ich befehle es euch, was dies bedeutet!‘ Sie konnten ihm keine Antwort geben, da sie nicht wußten, was sie erwidern sollten; und als alle schwiegen, hub an ihrer Statt der sprechende Vogel an: ‚O größter König unseres Zeitalters, erachtest du es für sonderbar, ein Gericht von Gurken zu sehen, die mit Perlen gefüllt sind? Wieviel sonderbarer ist es, daß du nicht erstaunt warst zu hören, die Königin, deine Gemahlin habe, entgegen den Gesetzen der Weltordnung Allahs, solche Tiere geboren wie einen Hund und eine Katze und eine Moschusratte! Das hätte dich weit mehr wundern müssen; denn wer hat je davon gehört, daß eine Frau solchen Wesen wie diesen das Leben schenkte?‘ Da erwiderte der Schâh dem sprechenden Vogel: ‚Alles, was du sagst, ist in der Tat richtig, und ich weiß, daß solche Dinge nicht dem Gesetze Allahs des Allmächtigen entsprechen; aber ich glaubte den Berichten der Wehmütter, der weisen Frauen, die um die Königin waren zu der Zeit, als sie niederkam; denn es waren keine Fremden, sondern ihre eigenen Schwestern, Kinder derselben Eltern wie sie.‘ Was konnte ich denn anderes tun, als ihren Worten glauben?‘ ‚O König, der Könige,‘ fuhr der sprechende Vogel fort, ‚wahrlich, die Wahrheit in dieser Sache ist mir nicht verborgen. Wenn sie auch die Schwestern der Königin sind, so waren sie doch, als sie sahen, welche Gunst und Liebe der König ihrer jüngsten Schwester entgegenbrachte, von Zorn und Haß und Ärger erfüllt, weil sie neidisch und eifersüchtig waren. Deshalb sannen sie auf arge Listen wider sie, und schließlich gelang es ihren Tücken, deine Gedanken von ihr abzulenken und ihre Tugenden vor deinen Augen zu verbergen. Jetzt aber sollen ihre Bosheit und Falschheit dir offenbar gemacht werden; und wenn du einen weiteren Beweis verlangst, so laß sie kommen und befrage sie in dieser Sache! Sie können dir nichts davon verbergen und werden bekennen müssen und dich um Vergebung anflehen.' Dann fuhr der sprechende Vogel fort: ,Diese zwei königlichen Brüder, so schön und so stark, und diese liebliche Prinzessin, ihre Schwester, sind deine eigenen gesetzmäßigen Kinder, denen die Königin, deine Gemahlin, das Leben geschenkt hat. Die Wehmütter, deine Schwäherinnen, haben, in der Schwärze ihrer Herzen und ihrer Angesichter, die Kinder beiseite geschafft, sowie sie geboren waren; ja, jedesmal, wenn dir ein Kind geboren ward, haben sie es in ein Stück Decke gehüllt, in einen Korb gelegt und den in den Bach geworfen, der am Palaste vorbeifließt, in der Absicht, es eines dunklen Todes sterben zu lassen. Aber das Glück wollte es, daß der Aufseher deiner königlichen Gärten alle diese Körbe sah, wenn sie an seinen Ländereien vorbeischwammen, und die Kinder, die darin lagen, in seine Obhut nahm. Er ließ sie mit aller Sorgfalt nähren und aufziehen, und als sie emporwuchsen zu reiferem Alter, sorgte er dafür, daß sie in allen Künsten und Wissenschaften unterrichtet wurden; und solange sein Leben währte, behandelte er sie und erzog sie mit Liebe und Zärtlichkeit, als ob sie seine eigenen Kinder gewesen wären. Und jetzt, o Chusrau Schâh, erwache aus deinem Schlafe der Unwissenheit und Gedankenlosigkeit und wisse, daß diese beiden Prinzen Bahman und Parwêz und ihre Schwester, die Prinzessin Perizâde, deine eigenen Kinder und deine rechtmäßigen Erben sind.' Als der König diese Worte gehört und die Gewißheit erlangt hatte, daß sie der Wahrheit entsprachen, und die Missetaten jener Teufelinnen, seiner Schwäherinnen, begriffen hatte, da sprach er: ‚O Vogel, ich bin in der Tat von deiner Wahrhaftigkeit überzeugt; denn als ich diese Jünglinge zum ersten Male auf den Jagdgründen sah, da ward mein Innerstes in Liebe zu ihnen hingezogen, und mein Herz fühlte sich gezwungen, sie zu lieben, als ob sie meine eigenen Kinder wären. Sie sowohl wie ihre Schwester zogen meine Liebe zu sich hin, wie ein Magnet das Eisen anzieht; und die Stimme des Blutes schreit in mir und zwingt mich, das Band anzuerkennen und zu gestehen, daß sie meine echten Kinder sind, geboren aus dem Schoße meiner Königin, deren furchtbares Geschick ich vollstrecken mußte.‘ Dann wandte er sich zu den Prinzen und ihrer Schwester und sagte mit Tränen im Auge und mit gebrochener Stimme: ‚Ihr seid meine Kinder, und hinfort sehet mich als euren Vater an!‘ Da eilten sie in lautem Jubel auf ihn zu, fielen ihm um den Hals und umarmten ihn. Dann setzten sie sich alle wieder zu Tische, und als sie gegessen hatten, sprach Chusrau Schâh zu ihnen: ‚Liebe Kinder, ich muß euch jetzt verlassen, aber so Gott will, werde ich morgen wiederkommen und die Königin, eure Mutter, mitbringen.‘ Mit diesen Worten sagte er ihnen herzlich Lebewohl, bestieg sein Roß und ritt zu seinem Palaste; und kaum hatte er sich auf den Thron gesetzt, so berief er den Großwesir und gab ihm den Befehl: ‚Sende sofort nach jenen gemeinen Weibern, den Schwestern meiner Königin, und lege sie in schwere Fesseln; denn ihre Missetaten sind endlich ans Licht gekommen, und sie verdienen, den Tod der Mörder zu sterben! Der Schwertträger soll sofort sein Schwert wetzen; denn die Erde dürstet nach ihrem Blute. Geh und sieh selber zu, daß sie ohne Zaudern und Zögern enthauptet werden; erwarte keinen weiteren Befehl, sondern gehorche auf der Stelle meinem Gebot!‘ Der Großwesir eilte sofort hinweg, und in seiner Gegenwart wurden die neidischen Schwestern enthauptet und erlitten so die gerechte Strafe für ihre Bosheit und ihre Übeltaten. Zugleich aber ging Chusrau Schâh mit seinem Gefolge zu Fuß nach der Hauptmoschee, neben der die Königin so viele Jahre hindurch in bitterem Schmerz und Weh gefangen gehalten war, und mit eigener Hand führte er sie aus ihrem Käfig heraus und umarmte sie zärtlich. Und wie er dann ihren traurigen Zustand und ihre gramverzehrten Züge und ihre jämmerliche Kleidung sah, weinte er und rief: ,Allah der Allmächtige vergebe mir, daß ich so unrecht und ungerecht an dir gehandelt habe! Ich habe deine Schwestern, die tückisch und trügerisch meinen grimmen Zorn wider dich, du Unschuldige und Reine, erregt haben, hinrichten lassen, und sie haben die verdiente Vergeltung für ihre Missetaten empfangen.' So sprach der König freundlich und liebevoll zu seiner Gemahlin und erzählte ihr alles, was ihm begegnet war und was der sprechende Vogel ihm kundgetan hatte, indem er mit diesen Worten schloß: ,Komm jetzt mit mir in den Palast; dort wirst du deine beiden Söhne und deine Tochter sehen, die zu den lieblichsten Wesen herangewachsen sind! Eile mit mir und umarme sie und zieh sie an deine Brust; denn sie sind ja unsere Kinder, das Licht unserer Augen! Doch zuerst begib dich ins Bad und lege deine königlichen Gewänder und Juwelen an!' Derweilen aber hatte sich das Gerücht von diesen Ereignissen in der Stadt verbreitet: wie der König endlich der Königin die gebührende Gunst erwiesen und sie mit eigener Hand aus der Gefangenschaft befreit und sie um Vergebung gebeten habe für all das Unrecht, das er ihr angetan hatte; und wie es sich erwiesen habe, daß die Prinzen und die Prinzessin ihre echtbürtigen Kinder seien, und wie Chusrau Schâh ihre Schwestern, die sich wider sie verschworen hatten, bestraft habe. Da herrschte nun Freude und

Fröhlichkeit in Stadt und Reich, und alles Volk segnete des Schâhs Gemahlin und fluchte den Teufelinnen, ihren Schwestern. Am folgenden Tage, als die Königin sich im Bade gewaschen und ihre königlichen Gewänder und fürstlichen Juwelen angelegt hatte, ging sie mit dem König ihren Kindern entgegen; der führte ihr selbst die Prinzen Bahman und Parwêz und die Prinzessin Perizâde zu und sprach: ‚Siehe, hier sind deine Kinder, die Frucht deines Leibes und dein Herzblut, deine eigenen Söhne und deine eigene Tochter! Umarme sie mit aller Liebe einer Mutter und gewähre ihnen deine Huld und Liebe, wie ich es getan habe! Als du sie zur Welt brachtest, haben deine Unglücksschwestern sie dir fortgenommen und in jenen Bach geworfen und haben gesagt, du wärest zuerst von einem jungen Hund, dann von einem Kätzchen und zuletzt von einer Moschusratte entbunden. Ich kann mich nicht trösten, daß ich ihren Verleumdungen geglaubt habe, und die einzige Vergeltung, die ich dir zuteil werden lassen kann, ist die, daß ich diese drei, die du geboren hast, in deine Arme führe, sie, die Allah der Allmächtige uns zurückgegeben und würdig gemacht hat, unsere Kinder zu heißen.‘ Da fielen die Prinzen und die Prinzessin ihrer Mutter um den Hals und umarmten sie zärtlich, indem sie Fluten von Freudetränen vergossen. Darauf setzten sich der Schâh und die Königin gemeinsam mit ihren Kindern zu Tische, und als sie die Mahlzeit beendet hatten, begab Chusrau Schâh sich mit seiner Gemahlin in den Garten, um ihr den singenden Baum und den Brunnen des goldenen Wassers zu zeigen, und die Königin ward durch sie von Staunen und Entzücken erfüllt. Dann wandten sie sich dem Gartenhause zu und besuchten den sprechenden Vogel, von dem der König zu ihr während des Mahles mit dem höchsten Lobe gesprochen hatte, und die Königin hatte ihre Freude an seiner süßen Stimme und seinem melodischen Gesange. Und als sie alle diese Dinge gesehen hatten, bestieg der König sein Roß, Prinz Bahman ritt zu seiner Rechten und Prinz Parwêz zu seiner Linken, während die Königin die Prinzessin Perizâde zu sich in die Sänfte nahm, und so zogen sie nach dem Palaste. Wie nun der königliche Zug durch die Stadtmauern kam und in die Hauptstadt einzog unter fürstlichem Pomp und Gepränge, da drängten die Untertanen, die von der frohen Botschaft gehört hatten, sich in Scharen herbei, um ihren Einzug zu sehen, und sie erhoben laute Freudenrufe; und wie die Leute einst traurig gewesen waren, als sie die königliche Gemahlin in Gefangenschaft sahen, so freuten sie sich jetzt über die Maßen, sie wieder in Freiheit zu sehen. Vor allem aber staunten sie, wie sie den sprechenden Vogel erblickten; denn die Prinzessin trug den Käfig bei sich, und während sie dahinritten, umschwärmten sie von allen Seiten Tausende von süßstimmigen Sängern, die zum Geleite des Käfigs dahinflogen, und erfüllten die Luft mit wunderbaren Klängen; und Scharen von anderen Vögeln, die auf den Bäumen und auf den Häusern saßen, sangen und zwitscherten, als wollten sie den Käfig ihres Herrn begrüßen, der den königlichen Festzug begleitete. Und als sie den Palast erreicht hatten, setzten der Schâh und die Königin und ihre Kinder sich zu einem prächtigen Festmahle nieder; und die Stadt ward erleuchtet, und überall zeugten Tänze und Lustbarkeiten von der Freude der Untertanen; viele Tage lang dauerten diese fröhlichen Feste in der Hauptstadt und im Königreiche, wo jedermann froh und glücklich war und Gastmähler und Feiern in seinem Hause veranstaltete. Nach diesen Feierlichkeiten machte Chusrau Schâh seinen älteren Sohn Bahman zum Erben seines Thrones und seines Reiches und übertrug seinen Händen die Geschäfte des Staates in ihrer Gesamtheit;

und der Prinz verwaltete die Geschäfte mit so viel Klugheit und Erfolg, daß die Größe und der Ruhm des Reiches auf das Zwiefache anwuchsen. Seinem jüngeren Sohne Parwêz übertrug der Schâh die Sorge für sein Heer, sowohl die Reiter wie das Fußvolk; und die Prinzessin Perizâde ward von ihrem Vater einem mächtigen König, der über ein gewaltiges Reich herrschte, zur Gemahlin gegeben; und schließlich vergaß die Königin-Mutter in reiner Freude und Glückseligkeit all die Qualen der Gefangenschaft. Hinfort schenkte das Schicksal ihnen allen die herrlichsten Tage, und sie führten das schönste Leben, bis zuletzt Der zu ihnen kam, der die Freuden schweigen heißt und die Freundesbande zerreißt, der die Schlösser vernichtet und die Gräber errichtet, Er, der Schnitter für den Auferstehungstag; da wurden sie, als wären sie nie gewesen.

Preis sei dem Herrn, der nicht stirbt und der keinen Schatten des Wandels kennt!

Ferner wird erzählt

DIE GESCHICHTE VON KÖNIG MOHAMMED IBN SABÂÏK UND DEM KAUFMANN HASAN

Einst lebte, o glücklicher König, in alten Zeiten und in längst entschwundenen Vergangenheiten ein König der Perser, des Namens Mohammed ibn Sabâîk; der herrschte über das Land Chorasân. Und er pflegte in jedem Jahre Kriegszüge in die Länder der Ungläubigen zu machen, nach Hinterindien und Vorderindien, nach China und dem Lande, das jenseits des Oxus liegt, und in manches andere Land fremder Völker. Er war ein König der Gerechtigkeit und Tapferkeit, des Edelmuts und der Großherzigkeit; und er liebte es, im trauten Beieinandersein den Überlieferungen sein Ohr zu leihn, den Gedichten und Berichten und Geschichten und Legenden der

Alten, die den Hörer unterhalten. Wer eine seltsame Geschichte wußte und sie ihm erzählte, dem verlieh er eine Gnade. Ja, es ward gesagt, wenn ein fremder Mann zu ihm käme mit einer seltsamen Erzählung und sie ihm so vortrage, daß die Rede ihm gefalle und trefflich erscheine, dann kleide er ihn in ein prächtiges Ehrengewand und schenke ihm tausend Dinare sowie ein Pferd mit Sattel und Geschirr; von oben bis unten kleide er den Mann ein und verleihe ihm kostbare Gaben, und der könne alles hinnehmen und seiner Wege gehen. Nun begab es sich einmal, daß ein alter Mann mit einer seltsamen Geschichte zu ihm kam und sie ihm vortrug, und daß die Rede dem König gefiel und trefflich erschien; der wies ihm kostbare Geschenke an, darunter tausend chorasanische Dinare und ein Pferd mit vollem Geschirr. Dadurch drang das Gerücht von diesem König in alle Lande, und es hörte ein Mann davon, dessen Name Hasan, der Kaufmann, geheißen war; der war ein edler, hochherziger und weiser Mann und ein vortrefflicher Dichter. Jener König aber hatte einen neidischen Wesir, der ein Hort aller Bosheit war und keinen Menschen liebte, ob reich oder arm; und immer, wenn jemand vor den König trat und der ihm etwas schenkte, ward er neidisch auf ihn und sprach: ,Fürwahr, dies Treiben ist ein Verderb für den Staatsschatz und vernichtet das Land; aber das ist nun einmal die Sitte des Königs.' Solche Worte kamen nur aus dem neidischen und boshaften Herzen des Wesirs. Auch der König hörte von dem Kaufmann Hasan und sandte nach ihm und ließ ihn kommen. Und als jener vor ihm stand, sprach er zu ihm: ,Kaufmann Hasan, wisse, der Wesir steht mir im Wege und ist mir gram wegen des Geldes, das ich den Dichtern und Tischgenossen, den Erzählern und Sängern gegeben habe. Nun wünsche ich, daß du mir eine schöne Geschichte vorträgst, eine so seltsame Erzählung, wie ich sie noch nie vernommen habe. Wenn deine Geschichte mir dann gefällt, so will ich dir viele Ländereien geben samt ihren Burgen, und sie sollen deine Lehen sein außer denen, die du schon hast. Auch will ich mein ganzes Reich in deine Hand geben und dich zum obersten meiner Wesire machen: dann sollst du zu meiner Rechten sitzen und über meine Untertanen Recht sprechen. Wenn du mir aber nicht bringst, was ich dir befohlen habe, so will ich dir alles nehmen, was in deiner Hand ist, und dich aus meinem Lande verbannen.' Der Kaufmann Hasan erwiderte: ,Ich höre und gehorche unserem Herrn, dem König! Aber dein Knecht bittet dich, daß du ein Jahr lang mit ihm Geduld habest. Dann will ich dir eine Geschichte erzählen, dergleichen du noch nie in deinem Leben gehört hast; eine solche wie die soll noch kein anderer als du je gehört haben, geschweige denn gar eine schönere.' Der König sagte darauf: ,Ich gewähre dir ein volles Jahr Frist', ließ ein kostbares Ehren- gewand kommen und legte es ihm an. Dann fuhr er fort: ,Hüte dein Haus, besteige kein Pferd und gehe nicht aus noch ein während eines vollen Jahres, bis daß du mir bringst, was ich von dir verlangt habe! Wenn du es mir bringst, so harrt deiner besondere Gunst, und du kannst dich auf das freuen, was ich dir versprochen habe; bringst du es aber nicht, so sollst du nichts mehr mit uns zu schaffen haben, und auch wir wollen dann nichts mehr von dir wissen.' – –«

Da bemerkte Schehrezâd, daß der Morgen begann, und sie hielt in der verstatteten Rede an. Doch als die *Siebenhundert- undsiebenundfünfzigste Nacht* anbrach, fuhr sie also fort: »Es ist mir berichtet worden, o glücklicher König, daß König Mo- hammed ibn Sabâïk zu dem Kaufmann Hasan sprach: ,Wenn du mir bringst, was ich von dir verlangt habe, so harrt deiner besondere Gunst, und du kannst dich auf das freuen, was ich dir versprochen habe; bringst du es aber nicht, so sollst du nichts mehr mit uns zu schaffen haben, und auch wir wollen dann nichts mehr von dir wissen, und daß der Kaufmann darauf den Boden vor dem Herrscher küßte und fortging. Dann wählte er fünf von seinen Mamluken aus, die alle lesen und schreiben konnten, die trefflich, klug und feingebildet waren und zu den erlesensten seiner Mamluken gehörten. Einem jeden von ihnen gab er fünftausend Dinare mit den Worten: ,Ich habe euch nur für einen Tag wie den heutigen aufgezogen; nun helft mir den Willen des Königs erfüllen und befreit mich aus seiner Hand!' Sie erwiderten ihm: ,Was wünschest du, daß wir tun sollen? Unser Leben wollen wir für dich opfern!' Da fuhr er fort: ,Ich wünsche, daß ein jeder von euch in ein anderes Land reise, und daß ihr euch dann nach den gelehrten und gebildeten und hervorragenden Männern umschaut, solchen, die vertraut sind mit wunderbaren Geschichten und seltsamen Berichten, und daß ihr mir die Geschichte von Saif el-Mulûk erforscht und sie mir bringt. Wenn ihr sie bei irgend jemandem findet, so bietet ihm jeden Preis dafür, und was er nur an Gold und Silber verlangt, das gebt ihm, mag er auch tausend Dinare von euch fordern! Gebt ihm, was ihr bei euch habt, und versprecht ihm den Rest, und dann bringt mir die Geschichte! Wer von euch sie findet und sie mir bringt, dem gebe ich kostbare Ehrengewänder und Geschenke in Hülle und Fülle, und niemand soll bei mir in höheren Ehren stehen als er.' Dann sagte der Kaufmann zu dem einen von ihnen: ,Geh du nach Vorderindien und Hinterindien, in all die Länder und Provinzen dort!' Und zu einem anderen: ,Zieh du in die Länder der Perser und nach China, in all ihre Provinzen!' Zu einem dritten: ,Begib du dich in das Land Chorasân und in seine Gebiete und Provinzen!' Zum vierten: ,Eile du in das Land der Mauren, in all seine Landstriche, Provinzen, Gebiete und Gegenden!' Und zu dem letzten, dem fünften: ‚Nimm du deinen Weg nach Syrien und Ägypten, nach den Gebieten und Provinzen dort!' Darauf wählte er einen günstigen Tag für sie aus und sprach zu ihnen: ‚Brechet heute auf und suchet mit Eifer meinen Wunsch zu erfüllen, und seid nicht saumselig, sollte es auch euer Leben in Gefahr bringen!' Da nahmen sie Abschied von ihm und gingen ihrer Wege; ein jeder von ihnen zog in der Richtung fort, die ihm befohlen war. Nun blieben vier von ihnen vier Monate fort, und sie suchten, doch fanden sie nichts; da kehrten sie zurück, und dem Kaufmann Hasan ward das Herz beklommen, als die vier Mamluken zu ihm heimkamen. Denn sie berichteten ihm, daß sie in allen Städten und Ländern und Provinzen nach dem gesucht hatten, was ihr Herr wünschte, und daß sie nichts davon gefunden hatten. Der fünfte Mamluk aber zog seines Weges, bis er in das Land Syrien kam und die Hauptstadt Damaskus erreichte. Er fand, daß sie eine schöne und sichere Stadt war, in der Bächlein flossen und Bäume sprossen, mit Früchten behangen, wo die Vöglein sangen, deren Lieder zum Preise des Einen, Allmächtigen erklangen, aus dessen Schöpfung Tag und Nacht hervorgegangen. Dort blieb er einige Tage, indem er nach dem forschte, was sein Herr verlangte; aber keiner konnte es ihm künden. Da wollte er schon aufbrechen und in eine andere Stadt ziehen, als er plötzlich einen Jüngling erblickte, der in eiligem Laufe über seine Säume stolperte. Der Mamluk fragte ihn: ‚Was ist dir, daß du in solcher Unruhe dahinläufst, und wohin eilest du?' Jener antwortete: ‚Hier lebt ein alter Gelehrter, der sich jeden Tag auf einen Stuhl setzt, etwa um diese Stunde, und schöne Geschichten und Erzählungen und Märchen vorträgt, dergleichen noch nie jemand gehört hat. Jetzt laufe ich, um einen Platz in seiner

Nähe zu finden; aber ich fürchte, ich bekomme keinen Platz mehr, weil so viel Volks dort ist.' Der Mamluk bat ihn: ‚Nimm mich mit dir!' Und als der Jüngling erwiderte: ‚Beeile deinen Schritt!' schloß er seine Tür und eilte mit ihm fort, bis sie zu der Stätte gelangten, an der jener Alte vor den Leuten zu erzählen pflegte. Dort sah er den Scheich, einen Mann von freundlichem Antlitze, auf einem Stuhle sitzen und den Leuten erzählen. Er setzte sich nah bei ihm nieder und lauschte, um seine Erzählung zu hören. Als nun die Zeit des Sonnenuntergangs kam, beendete der Scheich seine Geschichte, und die Leute, die seinen Worten zugehört hatten, zerstreuten sich von dort. Da trat der Mamluk an ihn heran und begrüßte ihn; jener gab ihm den Gruß mit noch größerer Höflichkeit und Ehrerbietung zurück. Der Mamluk hub an: ‚Mein Herr Scheich, du bist ein stattlicher und ehrwürdiger Mann, und deine Erzählung ist vortrefflich; ich möchte dich gern nach etwas fragen.' ‚Frage, was du willst!' erwiderte der Alte; und der Mamluk fuhr fort: ‚Kennst du wohl die Geschichte von Saif el-Mulûk und Badî'at[1] el-Dschamâl?' Doch der Scheich fragte: ‚Von wem hast du darüber reden hören? Wer ist es, der dir von ihr Kunde gegeben hat?' Darauf antwortete der Mamluk: ‚Ich habe sie noch von niemandem gehört. Wisse, ich bin aus einem fernen Lande, und ich bin auf der Suche nach dieser Geschichte hierher gekommen. Was du nur immer verlangst als Preis für sie, das will ich dir geben, wenn du sie kennst und sie mir als ein Almosen deiner Huld mitteilen willst, indem du sie in der Güte deines Wesens zu einem Gnadengeschenk deiner Mildtätigkeit machst. Ja, wenn mein Leben in meiner Hand stände

1. In der Calcuttaer Ausgabe steht meist Badî', seltener Badî'at. Letztere Form ist hier einheitlich durchgeführt; auch die anderen Ausgaben haben sie.

und ich gäbe es dir für sie dahin, so wäre ich auch damit zufrieden.' ,Hab Zuversicht und quäl dich nicht!' erwiderte der Alte, ,du sollst sie haben. Aber dies ist kein Märchen, das man an den Straßenecken erzählt, und ich teile diese Geschichte auch nicht einem jeden mit.' ,Um Allahs willen,' bat der Mamluk, ,lieber Herr, halt sie nicht zurück von mir, fordere von mir, was du nur willst!' Der Alte erwiderte darauf: ,Wenn du diese Geschichte haben willst, so gib mir hundert Dinare, und ich teile sie dir mit, aber nur unter fünf Bedingungen!' Als jener nun wußte, daß der Scheich die Geschichte kannte und sie ihm kundtun wollte, ward er hocherfreut, und er sprach zu ihm: »Ich gebe dir hundert Dinare als Preis für sie und zehn obendrein als Geschenk; und ich nehme sie unter den Bedingungen, von denen du gesprochen hast.' Der Alte fuhr fort: ,So geh und hole das Gold und nimm, was du suchst!' Da küßte der Mamluk dem Scheich die Hände und ging in seine Wohnung voller Freude und Seligkeit. Dort nahm er hundertundzehn Dinare in seine Hand und tat sie in einen Beutel, den er bei sich trug. Und als es Morgen ward, erhob er sich, legte seine Kleider an, nahm das Geld und begab sich damit zu dem Alten. Den fand er vor der Tür seines Hauses sitzend, und nachdem er ihn begrüßt und jener seinen Gruß erwidert hatte, gab er ihm die hundertundzehn Dinare. Der Scheich nahm sie von ihm entgegen, erhob sich und begab sich in sein Haus, indem er den Mamluken mit sich hineinführte; dort wies er ihm eine Stätte zum Sitzen an und holte ihm Tintenkapsel und Rohrfeder und Papier. Dann reichte er ihm ein Buch mit den Worten: ,Schreib dir aus diesem Buche die Erzählung von Saif el-Mulûk ab, die du zu haben wünschest!' Nachdem der Mamluk sich gesetzt hatte, schrieb er so lange an dieser Geschichte, bis er ihre Abschrift beendet hatte. Danach las er sie dem Scheich

vor und verbesserte sie; und schließlich sagte der Alte zu ihm:
‚Wisse, mein Sohn, die erste Bedingung ist die, daß du diese
Geschichte nicht auf öffentlicher Straße erzählst; und weiter
nicht vor Frauen noch vor Sklavinnen, weder vor Sklaven,
noch vor dummen Menschen, noch auch vor Kindern; vielmehr sollst du sie nur Königen und Emiren, Wesiren und
Männern der Wissenschaft, Schriftgelehrten und ähnlichen
Leuten vorlesen.‘ Der Mamluk nahm die Bedingungen an,
küßte dem Alten die Hände, nahm Abschied von ihm und
verließ ihn. – –«

Da bemerkte Schehrezâd, daß der Morgen begann, und sie
hielt in der verstatteten Rede an. Doch als die *Siebenhundert-
undachtundfünfzigste Nacht* anbrach, fuhr sie also fort: »Es ist
mir berichtet worden, o glücklicher König, daß der Mamluk
des Kaufmanns Hasan, nachdem er die Geschichte aus dem
Buche des Alten in Damaskus abgeschrieben, seine Bedingungen angehört, von ihm Abschied genommen und ihn verlassen
hatte, noch am selben Tage aufbrach, voller Freuden und
Seligkeit. Und er zog unablässig eilends dahin, da er so sehr
froh darüber war, daß er die Geschichte von Saif el-Mulûk
erlangt hatte; und sobald er seine Heimat erreicht hatte, sandte
er seinen Begleiter voraus, um dem Kaufmann die frohe Botschaft zu melden und ihm sagen zu lassen: ‚Dein Mamluk ist
wohlbehalten heimgekehrt und hat erreicht, was er wünschte
und erstrebte.‘ Gerade als der Mamluk bei der Stadt seines
Herrn anlangte und den Freudenboten zu ihm sandte, fehlten
an der Frist, die zwischen dem König und dem Kaufmann
Hasan vereinbart war, nur noch zehn Tage. Nun begab der
Mamluk sich selbst zu seinem Herrn, dem Kaufmann, und
berichtete ihm, wie es ihm ergangen war; darüber war jener
gar sehr erfreut. Und nachdem der Knecht sich in seinem Ge-

mache ausgeruht hatte, übergab er seinem Herrn das Buch, in dem die Geschichte von Saif el-Mulûk und Badî'at el-Dschamâl geschrieben stand. Wie der Kaufmann das erblickte, verlieh er dem Mamluken all die Kleider, die er selber an sich trug; ferner schenkte er ihm zehn edle Rosse, zehn Kamele, zehn Maultiere, drei Sklaven und zwei Mamluken. Darauf nahm er die Geschichte und schrieb sie mit eigener Hand in deutlicher Schrift ab; dann begab er sich zum König und sprach zu ihm: ‚O glücklicher König, ich bringe dir ein Märchen mit schönen und seltenen Geschichten, dergleichen noch nie jemand gehört hat.' Als der König diese Worte aus dem Munde des Kaufmanns Hasan vernommen hatte, berief er sofort jeden Emir von hoher Verstandeskraft, jeden trefflichen Mann der Wissenschaft, jeden Feingebildeten und Dichter und klugen Richter. Der Kaufmann Hasan aber setzte sich und las die Geschichte dem König vor. Und als der und alle, die zugegen waren, sie gehört hatten, wunderten sie sich insgesamt und sprachen ihren Beifall aus. Alle, die zugegen waren, hatten Gefallen an ihr und streuten Gold und Silber und Edelsteine über ihn aus. Ferner verlieh der König dem Kaufmann Hasan ein kostbares Ehrenkleid aus der Zahl seiner eigenen Prachtgewänder und schenkte ihm eine große Stadt samt den Burgen und Ländereien, die zu ihr gehörten; und außerdem machte er ihn zu einem seiner Großwesire und ließ ihn zu seiner Rechten sitzen. Dann befahl er den Schreibern, diese Geschichte mit goldenen Lettern aufzuschreiben und sie in seinen eigenen Schatzkammern zu hinterlegen. Und jedesmal, wenn dem König die Brust beklommen ward, ließ er den Kaufmann Hasan zu sich kommen, und der las ihm dann die Geschichte vor, die also lautete:

DIE GESCHICHTE

VON DEM PRINZEN SAIF EL-MULÛK
UND DER PRINZESSIN BADÎ'AT EL-DSCHAMÂL

Einst lebte in alten Zeiten und in längst entschwundenen Vergangenheiten ein König in Ägyptenland, der war 'Âsim ibn
Safwân geheißen. Er war ein freigebiger und edler König, ein
ehrfurchtgebietender und würdevoller Herrscher; und er besaß viele Länder, Burgen und Festen, Truppen und Krieger;
auch hatte er einen Wesir, der Fâris ibn Sâlih hieß. Doch alle
pflegten die Sonne und das Feuer zu verehren statt des mächtigen und majestätischen Königs der Ehren. Nun war dieser
König ein hochbetagter Greis geworden, den Alter und Krankheit und Schwäche gebrechlich gemacht hatten; denn er hatte
hundertundachtzig Jahre gelebt. Aber er hatte keine Kinder,
weder einen Sohn noch eine Tochter; und darum sorgte und
grämte er sich Tag und Nacht. Da begab es sich eines Tages,
daß er auf dem Thron seiner Herrschaft saß, während die Emire
und Wesire, die Hauptleute und die Großen des Reiches ihm
aufwarteten, wie es das Herkommen heischte, ein jeder an
seiner Stelle; und sooft einer der Wesire zu ihm eintrat, der
einen Sohn oder gar zwei Söhne bei sich hatte, beneidete der
König ihn und sprach bei sich selber: ‚Ein jeder von diesen ist
glücklich und freut sich seiner Kinder; nur ich habe kein Kind,
und wenn ich morgen sterbe und mein Reich und meinen
Thron, meine Länder und Schätze und all mein Gut verlasse,
so werden Fremde sie nehmen, niemand wird meiner mehr
gedenken, und mein Andenken wird in der Welt erlöschen.‘
Da versank der König 'Âsim in ein Meer von trüben Gedanken;
und wie die Flut der Sorgen und Ängste auf sein Herz ein-
stürmte, begann er zu weinen; und er stieg von seinem Throne

herab, setzte sich auf den Boden und demütigte sich unter Tränen vor dem Herrn. Als der Wesir und die Schar der Großen des Reiches, die zugegen waren, ihn also mit sich selber tun sahen, riefen sie dem Volke die Worte zu: ‚Geht in eure Häuser und ruhet dort, bis der König sich von dem Leiden erholt, das ihn befallen hat!' Da gingen alle fort, und nun blieben der König und der Wesir allein; und sobald der König wieder zu sich kam, küßte der Wesir den Boden vor ihm und sprach zu ihm: ‚O größter König unserer Zeit, was ist der Grund dieses Weinens? Tu mir kund, wer von den Königen oder den Befehlshabern der Festungen, den Emiren oder den Großen des Reiches sich wider dich empört hat! Laß mich wissen, wer sich dir widersetzt, o König, auf daß wir alle über ihn herfallen und ihm die Seele mitten aus dem Leibe reißen!' Doch der König sprach nicht, noch hob er sein Haupt. Da küßte der Wesir zum zweiten Male den Boden vor ihm und hub wiederum an: ‚O größter König unserer Zeit, ich bin wie dein Sohn und dein Knecht, und du hast mich wie ein Kind gehegt; und dennoch kenne ich nicht den Grund deines Grams, deiner Sorge und deines Kummers und der Not, die dich befallen hat. Aber wer anders als ich sollte ihn wissen? Wer sollte meine Stelle vor dir einnehmen? So tu mir doch den Grund dieses Weinens und dieser Trauer kund!' Doch auch jetzt sprach der König nicht; er tat seinen Mund nicht auf, noch erhob er sein Haupt. Er weinte nur immer weiter, ja, er schrie mit lauter Stimme, er klagte in bitterem Jammer und erhob den Weheruf, während der Wesir ihm still zuschaute. Nach einer Weile aber hub der Wesir von neuem an: ‚Wenn du mir den Grund von alledem nicht sagst, so töte ich mich selbst hier vor deinen Augen noch in dieser Stunde lieber, als daß ich dich in Kummer sehe!' Da endlich erhob König 'Âsim sein Haupt, trocknete seine Tränen und sprach: ‚O du getreuer Wesir, laß mich allein mit meinem Kummer und Gram; denn das Leid, das in meinem Herzen wohnt, ist genug für mich!' Doch der Wesir antwortete ihm: ‚Sage mir, o König, den Grund dieses Weinens; vielleicht wird Allah dir durch mich Trost gewähren!'– –«

Da bemerkte Schehrezâd, daß der Morgen begann, und sie hielt in der verstatteten Rede an. Doch als die *Siebenhundertundneunundfünfzigste Nacht* anbrach, fuhr sie also fort: »Es ist mir berichtet worden, o glücklicher König, daß König 'Âsim, als der Wesir zu ihm sprach: ‚Sage mir den Grund dieses Weinens, vielleicht wird Allah dir durch mich Trost gewähren!' ihm erwiderte: ‚O Wesir, ich weine nicht um Geld und Gut, noch um Rosse, noch um irgend etwas der Art. Aber ich bin doch ein alter Mann geworden, ich bin fast einhundertundachtzig Jahre alt, und ich bin nie mit einem Kinde gesegnet worden, weder mit einem Sohne noch mit einer Tochter. Und wenn ich sterbe und man mich begraben hat, so wird meine Spur ausgewischt, und mein Name erlischt! Dann nehmen Fremde meinen Thron und meine Herrschaft, und keiner denkt mehr an mich!' Der Wesir aber gab zur Antwort: ‚O größter König unserer Zeit, ich bin noch um hundert Jahre älter als du, und auch mir ist nie ein Kind beschert worden. Auch ich sorge und gräme mich Tag und Nacht. Was sollen wir nun tun, ich und du? Doch ich habe die Kunde vernommen von Salomo, dem Sohne Davids – über beiden sei Heil! –, daß er einen mächtigen Herrn hat, der alle Dinge zu tun vermag.[1] Es ge-

1. Von hier bis zum Schlusse des Absatzes ist die Breslauer Ausgabe etwas ausführlicher; danach hat Burton übersetzt, und so steht die Schilderung der Macht Salomos auch in der früheren Insel-Ausgabe. Sie enthält jedoch nichts, was für die Gesamterzählung von Bedeutung wäre.

ziemt sich, daß ich mich mit einem Geschenk zu ihm begebe und mich an ihn wende, damit er seinen Herrn bitte, Er möge einem jeden von uns beiden ein Kind bescheren.' Und alsbald rüstete der Wesir sich zur Reise, nahm ein prächtiges Geschenk und begab sich damit zu Salomo, dem Sohne Davids – über beiden sei Heil!

Also tat der Wesir. Salomo aber, der Sohn Davids – über beiden sei Heil! – empfing von Allah, dem Gepriesenen und Erhabenen, eine Offenbarung, da Er zu ihm sprach: ‚Salomo, wisse, der König von Ägypten sendet seinen Großwesir zu dir mit Geschenken und Kostbarkeiten von derundder Art; nun sende du ihm deinen Wesir entgegen, Âsaf, den Sohn des Barachija, auf daß er ihn ehrenvoll empfange und ihm Wegzehrung an die Lagerstätten bringe. Wenn jener Wesir aber vor dich tritt, so sprich zu ihm: ‚Siehe, dein König hat dich entsandt, um dasunddas zu erbitten, und dein Auftrag ist derundder!' Dann biete du ihm den rechten Glauben dar!' Nun befahl Salomo seinem Wesir Âsaf, er solle eine Schar aus seiner Dienerschaft mit sich nehmen und die Fremden ehrenvoll empfangen und ihnen kostbare Wegzehrung an die Lagerstätten bringen. So brach denn Âsaf auf, nachdem er alles Nötige für den Empfang vorbereitet hatte. Und er zog dahin, bis er zu Fâris, dem Wesir des Königs von Ägypten, gelangte; da hieß er ihn willkommen, bot ihm den Friedensgruß und erwies ihm die höchsten Ehren; das gleiche taten auch die, so bei ihm waren. Dann brachte er den Ankommenden Wegzehrung und Futter für die Lagerstätten und sprach zu ihnen: ‚Willkommen, herzlich willkommen seien die Gäste, die da nahen! Freuet euch; denn euer Wunsch soll euch erfüllt werden! Habt Zuversicht und grämt euch nicht, und eure Brust sei euch frei und weit!' Der Wesir jedoch sprach bei sich selber: ‚Wer hat ihnen das wohl kundgetan?' Dann sagte er zu Âsaf, dem Sohne Barachijas: ,Wer hat euch von uns und von unseren Wünschen berichtet, hoher Herr?' ,Salomo, der Sohn Davids – über beiden sei Heil! –, ist es, der uns davon berichtet hat.' ,Und wer hat es unserem Herrn Salomo kundgetan?' ,Der Herr der Himmel und der Erde, der Gott aller Kreatur, hat es ihm offenbart.' Da rief der Wesir Fâris: ,Der ist doch ein gewaltiger Gott!' Und Âsaf, der Sohn Barachijas, erwiderte ihm: ,Betet ihr ihn denn nicht an?' Fâris, der Wesir des Königs von Ägypten, gab zur Antwort: ,Wir verehren die Sonne und beten sie an.' Darauf sagte Âsaf: ,O Wesir Fâris, die Sonne ist nur ein Gestirn unter vielen anderen, die von Allah, dem Gepriesenen und Erhabenen, erschaffen sind; und es sei fern, daß sie ein Herr sein sollte! Denn die Sonne geht bald auf, bald unter; doch unser Herr ist allgegenwärtig, Er verschwindet nie, und Er ist über alle Dinge mächtig.' Dann zogen sie eine Strecke dahin, bis sie in das Land Saba kamen und sich dem Herrscherthrone Salomos, des Sohnes Davids – über beiden sei Heil! –, näherten. Nun befahl König Salomo seinen Scharen von den Menschen und den Geistern und den anderen Lebewesen, sich neben dem Wege der Nahenden in Reihen aufzustellen. Und bald standen sie da, die Tiere des Meeres und die Elefanten und Leoparden und Panther allzumal, aufgereiht am Wege in zwei Reihen, indem die Arten einer jeden Gattung immer je für sich allein waren. Desgleichen taten auch die Dämonen; sie alle zeigten sich den sterblichen Augen unverborgen in mancherlei grausigen Gestalten. Allesamt rahmten sie auf beiden Seiten den Weg ein, und die Vögel breiteten ihre Schwingen über die Geschöpfe aus, um sie zu beschatten, und sie begannen in allen Sprachen und allen Weisen miteinander um die Wette zu singen. Als aber die Leute aus Ägypten bei ihnen ankamen, fürch-

232

teten sie sich vor ihnen und wagten nicht weiterzuziehen. Da rief Âsaf ihnen zu: ‚Zieht hinein mitten zwischen sie und geht weiter; fürchtet euch nicht vor ihnen! Denn sie sind die Untertanen Salomos, des Sohnes Davids, und keiner von ihnen wird euch ein Leids antun.' Darauf trat er zwischen die Reihen, und hinter ihm her zog alles andere Volk hinein, darunter auch der Wesir des Königs von Ägypten mit seiner Schar, von Furcht erfüllt. Sie zogen immer weiter dahin, bis sie zu der Stadt kamen; dort gab man ihnen im Hause der Gäste eine Wohnstatt, erwies ihnen die höchsten Ehren und bewirtete sie drei Tage lang in prächtigster Weise. Dann führte man sie vor Salomo, den Propheten Allahs, – über ihm sei Heil! Und als sie bei ihm eintraten, wollten sie den Boden vor ihm küssen; doch er verbot es ihnen, indem er sprach: ‚Der Mensch soll sich vor niemandem niederwerfen außer vor Allah, dem Allgewaltigen und Glorreichen, dem Schöpfer der Himmel und der Erde und aller Dinge. Wer von euch stehen will, der mag stehen; doch keiner von euch soll dastehen, um mir zu dienen!' Sie gehorchten also seinem Befehle; der Wesir Fâris und einige seiner Diener setzten sich, während einige von den Leuten geringeren Standes stehen blieben, um ihm aufzuwarten. Nachdem sie eine Weile gesessen hatten, breitete man die Tische vor sie aus, und alle Menschen und anderen Wesen aßen von den Speisen, bis sie gesättigt waren. Darauf befahl Salomo dem ägyptischen Wesir, sein Anliegen vorzutragen, damit es erfüllt werde, und er sprach zu ihm: ‚Rede und verbirg nichts von dem, weshalb du gekommen bist! Denn du bist ja gekommen, damit ein Anliegen erfüllt werde. Ich will dir auch sagen, was es ist; es ist das folgende: Der König von Ägypten, der dich entsandt hat, heißt 'Âsim. Er ist ein hochbetagter, gebrechlicher und schwächlicher Mann geworden; und Allah der Erhabene hat ihm kein

Kind beschert, weder Sohn noch Tochter. Deswegen grämte und sorgte er sich in kummervollen Gedanken Tag und Nacht. Schließlich begab es sich eines Tages, daß er auf dem Throne seiner Herrschaft saß, als die Emire und Wesire und die Großen seines Reiches zu ihm eintraten. Da sah er, wie einige von ihnen einen Sohn, andere zwei Söhne, noch andere gar drei hatten, und wie diese Männer, von ihren Söhnen begleitet, hereinkamen und sich aufstellten, um ihm zu dienen. Und er dachte über sich nach und sagte sich im Übermaße seiner Trauer: ‚Ach, wer wird wohl nach meinem Tode mein Reich erhalten? Kann es einem anderen als einem fremden Manne zufallen? Dann werde ich sein, als wäre ich nie gewesen.‘ Und er versank im Meere der trüben Gedanken, weil es so um ihn stand, und quälte sich immer mehr in seinem Sinne, bis ihm die Augen von Tränen überquollen; da verhüllte er sein Antlitz mit einem Tuche und weinte bitterlich. Schließlich erhob er sich von seinem Throne und setzte sich auf den Boden, indem er weinte und klagte; doch niemand wußte, was in seinem Herzen vorging, als er auf dem Boden saß, außer Allah dem Erhabenen.‘ – –«

Da bemerkte Schehrezâd, daß der Morgen begann, und sie hielt in der verstatteten Rede an. Doch als die *Siebenhundertundsechzigste Nacht* anbrach, fuhr sie also fort: »Es ist mir berichtet worden, o glücklicher König, daß der Prophet Gottes Salomo, der Sohn Davids – über beiden sei Heil! –, nachdem er dem Wesir Fâris kundgetan hatte, wie Trauer und Tränen über den König gekommen waren, und was zwischen ihm und seinem Wesir vorgefallen war von Anfang bis zu Ende, darauf des weiteren zu Fâris sprach: ‚Ist dies, was ich dir gesagt habe, die Wahrheit, o Wesir?‘ Jener gab ihm zur Antwort: ‚O Prophet Allahs, was du gesagt hast, ist wirklich die volle Wahrheit. Doch, o Prophet Allahs, als ich mit dem König über diese

Sache sprach, war gar niemand bei uns, und kein einziger Mensch hat etwas von unserem Geheimnisse erfahren. Wer hat denn dir alle diese Dinge kundgetan?' Der König erwiderte ihm: ‚Mein Herr, der die verstohlenen Blicke kennt und weiß, was in den Herzen verborgen ist, hat es mir offenbart.' Da rief der Wesir Fâris: ‚O Prophet Allahs, dieser ist wahrlich ein gütiger und allgewaltiger Herr, der über alle Dinge mächtig ist!' Und alsbald nahmen Fâris und die, so bei ihm waren, den Islam an. Darauf sagte der Prophet Allahs Salomo zu dem Wesir: ‚Du hast bei dir die und die Kostbarkeiten und Geschenke.' ‚So ist es', erwiderte jener; und Salomo fuhr fort: ‚Ich nehme sie alle von dir entgegen, aber ich schenke sie dir als meine Gabe. Nun ruhe du dich aus mit den Deinen an der Stätte, an der ihr eingekehrt seid, bis daß ihr euch von den Mühen der Reise erholt habt! Und morgen, so Allah der Erhabene will, soll dein Wunsch erfüllt werden in der vollkommensten Weise mit dem Willen Allahs des Erhabenen, des Herrn der Erde und des Himmels, des Schöpfers aller Kreatur.' Darauf begab der Wesir Fâris sich an seine Stätte; und am nächsten Tage kehrte er zu dem Herrn Salomo zurück. Da hub der Prophet Allahs an: ‚Wenn du zu König 'Âsim ibn Safwân zurückgekehrt und wieder mit ihm vereint bist, so steigt beide auf den und den Baum und bleibt dort ruhig sitzen. Wenn dann die Zeit zwischen den beiden Gebeten[1] kommt und die Mittagshitze sich abgekühlt hat, so steigt hinab zum Fuße des Baumes und schaut euch um: ihr werdet zwei Schlangen dort hervorkommen sehen! Der Kopf der einen gleicht dem Kopfe eines Affen, und der Kopf der anderen dem eines Dämonen. Sobald ihr die beiden erblickt, schießt sie mit Pfeilen tot, werfet von ihren Köpfen ein spannenbreites Stück fort und desgleichen von ihren Schwän-

1. Mittagsgebet und Nachmittagsgebet sind gemeint.

zen. So werden ihre Leiber übrig bleiben; die kochet, und zwar so, daß sie ganz gar werden, gebet sie euren Frauen zu essen und ruhet die Nacht über bei ihnen; dann werden sie durch den Willen Allahs des Erhabenen mit Knaben schwanger werden.' Danach ließ Salomo – über ihm sei Heil! – einen Siegelring bringen, ferner ein Schwert und ein Bündel, in dem sich zwei Obergewänder befanden, die mit Juwelen besetzt waren; und er sprach: ,Wesir Fâris, wenn eure Söhne zum Mannesalter herangewachsen sind, so gebt einem jeden von ihnen eins von diesen beiden Gewändern.' Dann fügte er noch hinzu: ,Im Namen Gottes! Allah der Erhabene hat dich dein Ziel erreichen lassen, und es bleibt dir nichts mehr übrig, als daß du aufbrichst unter dem Segen Allahs des Erhabenen; denn der König wartet Tag und Nacht auf deine Heimkehr, und sein Auge späht immerfort auf den Weg hinaus.' Da trat der Wesir Fâris zum Propheten Allahs Salomo, dem Sohne Davids – über beiden sei Heil! –, nahm Abschied von ihm und verließ ihn, nachdem er ihm die Hände geküßt hatte. So zog er zunächst voller Freuden über die Erfüllung seines Auftrags den Rest jenes Tages dahin, und dann ritt er eilends weiter Tag und Nacht. Unablässig zog er seines Weges, bis er in die Nähe von Kairo kam; dort entsandte er einen seiner Diener, um dem König 'Âsim die Kunde zu melden. Und als der hörte, daß sein Wesir nahe und seinen Auftrag ausgeführt habe, war er hocherfreut, und auch seine Vertrauten und die Großen seines Reiches und alle seine Krieger freuten sich mit ihm, und zwar besonders auch über die glückliche Heimkehr des Wesirs Fâris. Wie nun der König und der Wesir zusammentrafen, stieg der Minister von seinem Rosse, küßte den Boden vor seinem Herrn und kündete ihm die frohe Botschaft, daß sein Auftrag in der vollkommensten Weise ausgeführt sei; dann bot er ihm den wahren Glauben des Islams dar. Da nahm König 'Âsim mit all seinen Untertanen[1] den Islam an, und er sprach zum Wesir Fâris: ‚Geh nun nach Hause und ruhe dich dort aus, diese Nacht und dann noch eine ganze Woche; danach geh ins Badehaus, und wenn du das getan hast, komm wieder zu mir, auf daß ich dir etwas kundtue, worüber wir uns beraten wollen!' Der Wesir küßte den Boden und begab sich mit seinem Gefolge, den Dienern und Eunuchen, in sein Haus; dort pflegte er acht Tage lang der Ruhe. Darauf begab er sich zum König und erzählte ihm ausführlich alles, was sich zwischen ihm und Salomo, dem Sohne Davids – über beiden sei Heil! – zugetragen hatte. Und er fügte hinzu: ‚Erheb dich nun und komm allein mit mir!' Da machten die beiden sich auf, indem ein jeder Pfeil und Bogen mit sich nahm, stiegen auf jenen Baum und saßen ruhig da, bis die Zeit der Mittagshitze vergangen war. So lange, bis die Stunde des Nachmittagsgebetes nahte, blieben sie dort; dann stiegen sie hinab und schauten sich um, und da sahen sie, wie zwei Schlangen unter dem Fuße jenes Baumes hervorkamen. Als der König sie erblickte, hatte er sie gern; denn sie gefielen ihm, da er an ihnen goldene Halsringe sah. Und er sprach: ‚O Wesir, sieh, diese beiden Schlangen haben goldene Halsringe; bei Allah, das ist ein wundersam Ding! Laß uns sie fangen und in einen Käfig setzen, damit wir sie immer anschauen können.' Doch der Minister gab zur Antwort: ‚Die beiden hat Allah zu ihrem guten Gebrauch erschaffen. Erschieße du die eine mit einem Pfeile, ich will die andere gleichfalls mit einem Pfeile erschießen.' Da schossen die beiden mit Pfeilen auf sie und töteten sie. Dann schnitten sie ihnen von ihren Köpfen und ihren Schwänzen je ein spannenbreites Stück

1. So nach der Breslauer Ausgabe; in den anderen Ausgaben fehlen diese vier Wörter.

ab und warfen es fort. Den Rest aber trugen sie in das Haus des Königs, und nachdem sie den Koch gerufen hatten, gaben sie ihm das Fleisch, indem sie zu ihm sprachen: ‚Koche dies Fleisch gut mit Zwiebeltunke und Gewürzen und fülle es in zwei Schüsseln; die bring uns hierher zu derundder Zeit und Stunde und säume nicht!' – –«

Da bemerkte Schehrezâd, daß der Morgen begann, und sie hielt in der verstatteten Rede an. Doch als die *Siebenhundertundeinundsechzigste Nacht* anbrach, fuhr sie also fort: »Es ist mir berichtet worden, o glücklicher König, daß damals, als jener König und der Wesir dem Koche das Schlangenfleisch gegeben hatten mit den Worten: ‚Koche es und fülle es in zwei Schüsseln; die bringe uns hierher und säume nicht!' der Koch das Fleisch nahm und es in die Küche brachte. Dann kochte er es ganz gar mit einer vortrefflichen Zwiebeltunke, füllte es in zwei Schüsseln und brachte sie vor den König und den Wesir. Der König nahm die eine Schüssel und der Wesir die andere, und beide gaben ihren Frauen davon zu essen, und schließlich ruhten sie mit ihnen in jener Nacht. Und durch den Willen Allahs, des Gepriesenen und Erhabenen, und durch seine Allmacht und Fügung empfingen beide Frauen in jener Nacht. Drei Monate lebte nun der König besorgten Geistes, indem er immer bei sich selber sprach: ‚Ich möchte doch wohl wissen, ob dies wahr ist oder nicht.' Eines Tages aber, als seine Gemahlin dasaß, regte sich das Kind in ihrem Leibe, und da wußte sie, daß sie schwanger war; auch spürte sie einen Schmerz, und ihre Farbe erblich. Alsbald berief sie einen ihrer Eunuchen, die sie bei sich hatte, und zwar ihren obersten, und sie sprach zu ihm: ‚Geh du zum König, wo er auch sei, und sprich zu ihm: ‚O größter König unserer Zeit, ich künde dir die frohe Botschaft, daß unserer Herrin Schwangerschaft offenbar geworden ist, da das Kind sich in ihrem Leibe geregt hat.' Der Eunuche ging eiligst davon, freudig gestimmt, und als er den König sah, wie er allein dasaß und die Wange auf die Hand stützte, tief in Gedanken versunken, trat er auf ihn zu, küßte den Boden vor ihm und berichtete ihm von der Schwangerschaft seiner Gemahlin. Kaum hatte der König die Worte des Eunuchen gehört, so sprang er auf und küßte im Übermaß seiner Freude dem Eunuchen die Hand und den Kopf; und er legte die Kleider ab, die er trug, und gab sie dem Boten. Dann rief er denen zu, die im Staatsrate versammelt waren: ‚Wer mich liebt, der gebe diesem Manne eine Spende!' Da schenkten jene ihm Geld und Edelsteine und Rubinen, Pferde, Maultiere und Gärten, so viel, daß es nicht berechnet noch ermessen werden konnte. In ebendiesem Augenblick trat auch der Wesir zum König ein und sprach zu ihm: ‚O größter König unserer Zeit, ich saß zu dieser Stunde allein in meinem Hause, indem ich trüben Sinnes über die Schwangerschaft nachdachte und mir sagte: Ich möchte doch wohl wissen, ob es wahr ist, daß Chatûn empfangen hat, oder nicht! Da trat plötzlich ein Eunuch zu mir herein und meldete mir die frohe Botschaft, daß meine Gemahlin Chatûn schwanger ist und daß sich das Kind in ihrem Leibe geregt hat und daß ihre Farbe erblichen ist. In meiner Freude habe ich alle Kleider, die ich an mir trug, ausgezogen und sie dem Eunuchen gegeben; ferner habe ich ihm tausend Dinare geschenkt und ihn zum obersten der Eunuchen gemacht.' Darauf hub der König 'Âsim an: ‚O Wesir, Allah, der Gesegnete und Erhabene, hat uns in Seiner Huld und Güte und Gnade und Wohltätigkeit mit dem rechten Glauben beschenkt; Er hat Seine herrlichen Gaben über uns ausgeschüttet und uns aus der Finsternis zum Licht geführt. Jetzt will auch ich dem Volke eine große Freude bereiten.' ‚Tu, was du wünschest!' erwiderte der Wesir; und der König fuhr fort: ,Wesir, geh sogleich hinunter und befreie alle, die im Kerker sind, die Verbrecher und die Schuldgefangenen! Wer aber hinfort noch eine Sünde begeht, den wollen wir bestrafen, wie es ihm gebührt. Auch wollen wir dem Volke die Steuern auf drei Jahre erlassen; und lasse du rings um diese Stadt Küchenbuden an den Mauern entlang aufstellen, und befiehl den Garköchen, daß sie dort alle Arten von Kochtöpfen aufhängen und allerlei Gerichte zubereiten, und zwar sollen sie Tag und Nacht kochen. Dann sollen alle, die in dieser Stadt wohnen, und auch alle aus den Nachbargebieten von nah und fern essen und trinken und noch mit nach Hause nehmen. Befiehl dem Volke, sieben Tage lang zu feiern und die Stadt zu schmücken und die Schenken Tag und Nacht nicht zu schließen!' Nun ging der Wesir alsbald hinaus und tat, wie ihm der König 'Âsim befohlen hatte; und das Volk schmückte die Stadt und die Burg und die Festungstürme aufs allerschönste, und alle legten ihre schönsten Kleider an und begannen zu essen und zu trinken, zu spielen und sich zu vergnügen, bis eines Nachts die Königin von den Wehen überfallen wurde, da ihre Tage erfüllet waren. Da berief der König alle die Gelehrten, Sterndeuter, Weisen, Doktoren und Astronomen, Männer der Wissenschaft und der Weissagekunst, die es in der Stadt gab; und nachdem die sich versammelt hatten, setzten sie sich nieder, um zu warten, bis die Glaskugel ins Fenster geworfen würde; denn dies war das Zeichen für die Sterndeuter und die ganze hochansehnliche Versammlung. Und während sie allesamt wartend dasaßen, genas die Königin eines Knäbleins, das glich der Mondscheibe in der Vollmondnacht. Da begannen die Gelehrten zu rechnen und den Stern seines Horoskops zu deuten und die Zeitläufte zu erforschen; und als sie gefragt wurden, erhoben sie sich alle und küßten den Boden

und kündeten dem König die frohe Botschaft: ‚Dies neugeborene Kind ist gesegnet, und der Kreislauf der Gestirne ist
ihm günstig. Doch in der ersten Zeit seines Lebens wird ihm
etwas widerfahren, was wir vor dem König zu nennen uns
fürchten.' ‚Sprecht und fürchtet euch nicht im geringsten!' erwiderte der König; und sie fuhren fort: ‚O König, dieser Knabe
wird dies Land verlassen und in die Fremde ziehen; dann wird
er Schiffbruch erleiden und in Not und Gefangenschaft und
Drangsal geraten. Schwere Leiden stehen ihm bevor; aber er
wird schließlich alles überstehen, er wird sein Ziel erreichen
und den Rest seiner Tage hindurch das glücklichste Leben
führen, dann herrscht er über Land und Untertanenstand und
hält das Reich, den Feinden und Neidern zum Trotz, in seiner
Hand.' Als der König diese Worte von den Sterndeutern vernommen hatte, sprach er zu ihnen: ‚Die Zukunft ist dunkel;
alles, was Allah der Erhabene den Menschen an Gutem und
Schlimmem vorherbestimmt hat, das führt er aus. Doch von
heute an bis dahin wird ihm sicherlich noch tausendfache
Freude zuteil werden.' So achtete er denn ihrer Worte nicht,
sondern er kleidete sie und alle Leute, die zugegen waren, in
Ehrengewänder; und dann gingen alle fort. Doch siehe, da trat
der Wesir Fâris zum König ein, voller Freuden, und küßte den
Boden vor ihm; und er hub an: ‚Frohe Botschaft, o König! In
dieser Stunde hat meine Frau einen Knaben geboren, der so
schön ist wie die Mondscheibe.' ‚O Wesir,' sagte darauf der
König, ‚geh hin und bringe ihn hierher, damit die beiden gemeinsam in meinem Hause aufgezogen werden; ja, laß auch
deine Frau bei meiner Gemahlin wohnen, auf daß sie beide ihre
Kinder miteinander erziehen!' Da holte der Wesir seine Frau
und das Kind, und man übergab die beiden Knaben den Ammen und Pflegerinnen. Und als nun sieben Tage vergangen

waren, brachten jene die beiden vor den König 'Âsim und sprachen zu ihm: ‚Wie willst du sie nennen?‘ Aber er antwortete: ‚Gebt ihr ihnen den Namen!‘ Da sagten sie: ‚Nur der Vater gibt dem Kinde den Namen.‘ Nun sprach der König: ‚Nennet meinen Sohn Saif el-Mulûk[1] nach dem Namen meines Großvaters, und den Sohn des Wesirs nennet Sâ'id!‘[2] Dann verlieh er den Ammen und Pflegerinnen Ehrengewänder und sprach zu ihnen: ‚Seid liebevoll gegen sie und zieht sie in bester Weise auf!‘ So zogen denn die Ammen mit größter Sorgfalt die beiden Knaben auf, bis jeder von ihnen fünf Jahre alt war. Dann übergab der König sie einem Schriftgelehrten, und der unterrichtete sie im Lesen und Schreiben, bis daß sie beide zehn Jahre alt waren. Darauf vertraute er sie den Meistern an, die ihnen Unterricht gaben im Reiten und Pfeilschießen, im Lanzenstoßen und Ballspiel und in aller ritterlichen Kunst bis zu ihrem fünfzehnten Lebensjahre. Nun waren sie in allen Wissenschaften und Künsten erfahren, und es gab niemanden, der ihnen an Rittertugend gleichkam; denn ein jeder von beiden nahm es im Kampfe mit tausend Mannen auf und bot ihnen allein die Stirn. Und als sie die Jahre des Verstandes erreicht hatten, freute sich König 'Âsim ihrer gar sehr, sooft er sie anschaute. Doch als sie fünfundzwanzig Jahre alt waren, entbot der König dem Wesir Fâris in ein geheimes Gemach und sprach zu ihm: ‚O Wesir, mir ist etwas in den Sinn gekommen, das ich tun möchte; aber zuvor will ich dich darüber um Rat fragen.‘ Jener gab ihm zur Antwort: ‚Was dir in den Sinn kommt, das tu; denn dein Ratschluß ist gesegnet!‘ Und König 'Âsim fuhr fort: ‚O Wesir, ich bin ein alter Mann geworden, ein hinfälliger Greis, von der Last des Alters gebeugt, und ich gedenke, meine Lagerstatt in einem Bethause aufzuschlagen, um dort

1. Das Schwert der Könige. – 2. Oberhaupt.

Allah dem Erhabenen zu dienen. Mein Reich und meine Herrschaft aber will ich meinem Sohne Saif el-Mulûk übergeben; denn er ist ein trefflicher Jüngling geworden, vollkommen an Rittertugend, Verstand, Bildung, Würde und Herrscherkunst. Was sagst du zu diesem Plane, o Wesir?' Der Minister erwiderte: ,Vortrefflich ist der Plan, den du gefaßt hast; es ist ein gesegneter, glücklicher Entschluß. Wenn du das tust, so will ich das gleiche tun wie du, und mein Sohn Sâ'id soll ihm als Wesir dienen; denn auch er ist ein trefflicher Jüngling und besitzt Verstand und Einsicht. So werden die beiden beisammen bleiben; und wir wollen alles für sie ordnen, wir wollen nichts verabsäumen, sondern sie auf den rechten Weg leiten.' Darauf befahl König 'Âsim seinem Wesir: ,Schreibe Briefe und sende sie durch Eilboten in alle Provinzen und Länder, zu allen Burgen und Festen, die unserer Herrschaft unterstehen, und befiehl ihren Oberhäuptern, in demunddem Monat sich auf dem Elefantenplatze[1] einzustellen.' Da ging der Wesir unverzüglich fort und schrieb Briefe an alle Statthalter und Befehlshaber der Burgen, die unter der Herrschaft des Königs 'Âsim standen, sie sollten insgemein in demunddem Monat zur Stelle sein, auch befahl er, daß alle die sich in der Stadt befanden, von nah und fern, zugegen sein sollten. Als aber der größte Teil der festgesetzten Frist verstrichen war, gebot König 'Âsim den Zeltdienern, die Rundzelte mitten auf dem Platze aufzuschlagen und sie aufs prächtigste zu schmücken, ferner auch den großen Thron aufzustellen, auf dem der König nur bei Festzeiten zu sitzen pflegte. Und jene Leute taten alsbald alles, was er ihnen befohlen hatte; und nachdem sie den Thron aufgestellt hatten, zogen die Statthalter und Kammerherren und Emire mit dem

1. Der ,Elefantenplatz' wird bei dem ,Elefantenteich' im südlichen Kairo gelegen haben oder mit ihm identisch sein.

König hinaus, und er befahl, unter dem Volk ausrufen zu lassen: ‚Im Namen Allahs! Kommt heraus auf den Platz!‘ Da kamen die Emire und Wesire und die Statthalter der Provinzen und die Lehnsherren zu jenem Platze und gingen hin, um dem König aufzuwarten, wie es ihre Gewohnheit war. Ein jeder blieb an seiner Stelle, die einen saßen, die anderen standen, bis daß alles Volk sich versammelt hatte. Darauf gab der König Befehl, die Tische zu breiten; und als das geschehen war, aßen und tranken die Leute und beteten für den König. Nun befahl er den Kammerherren, unter dem Volke auszurufen, niemand solle fortgehen. Da riefen sie aus, und ihr Ruf lautete: ‚Keiner von euch gehe von hinnen, bis er die Worte des Königs vernommen hat!‘ Nachdem aber die Vorhänge zurückgezogen waren, sprach der König selbst: ‚Wer mich liebt, bleibe hier, bis er meine Rede gehört hat!‘ So blieben denn alle sitzen, beruhigt in ihrem Sinne, nachdem sie bereits Furcht gehabt hatten. Und der König fuhr fort: ‚Ihr Emire und Wesire und Herren des Landes, ihr Großen und Kleinen, und ihr alle vom Volke, die ihr hier zugegen seid, wisset ihr, daß dies Reich mein Erbe ist von meinen Vätern und Vorvätern?‘ Sie riefen: ‚Jawohl, o König, wir alle wissen es.‘ Und weiter sprach er: ‚Wir alle, ich und ihr, pflegten die Sonne und den Mond anzubeten; doch Allah der Erhabene hat uns den wahren Glauben geschenkt und hat uns aus der Finsternis zum Lichte gebracht. Ja, Allah, der Gepriesene und Erhabene, hat uns zum Glauben des Islams geführt. Doch nun wisset, ich bin ein alter Mann geworden, ein gebrechlicher und schwacher Greis, und ich will von jetzt ab meine Wohnstatt in einem Bethause aufschlagen, um Allah dem Erhabenen dort zu dienen und ihn um Vergebung für die früheren Sünden zu bitten, während dieser mein Sohn Saif el-Mulûk die Herrschaft führt. Ihr wisset, daß er ein trefflicher Jüngling ist, beredt, erfahren in allen Dingen, klug, gelehrt und gerecht. Drum will ich ihm zu dieser Stunde meine Herrschaft übergeben und ihn zum König über euch machen an meiner Statt. Ich will ihn als Sultan auf meinen Thron setzen und mich selbst in die Einsamkeit zurückziehen, um Allah dem Erhabenen in einem Bethause zu dienen, indessen mein Sohn Saif el-Mulûk des Herrscheramtes waltet und unter euch richtet. Was sagt ihr nun dazu, ihr alle insgesamt?' Da erhoben sich alle, küßten den Boden vor ihm und riefen zur Antwort: ‚Wir hören und gehorchen!' und sie fügten hinzu: ‚O unser König und Schirmherr, auch wenn du einen deiner schwarzen Sklaven über uns eingesetzt hättest, wir hätten dir gehorcht und auf dein Wort gehört und deinen Befehl hingenommen; um wieviel mehr aber, wo es dein Sohn Saif el-Mulûk ist! Wir nehmen ihn an und huldigen ihm mit Herz und Hand.' Da erhob sich der König 'Âsim ibn Safwân, stieg von seinem Throne herab und ließ nun seinen Sohn auf dem großen Thron sitzen; auch nahm er die Krone von seinem eigenen Haupte und setzte sie seinem Sohne aufs Haupt, und schließlich gürtete er ihn mit dem königlichen Gürtel. Nachdem er sich dann neben seinem Sohn auf den Thron seines Königreiches gesetzt hatte, erhoben sich die Emire und Wesire und Großen des Reiches und alles Volk, küßten den Boden vor ihm und blieben dann stehen, indem sie zueinander sprachen: ‚Er ist der Herrschaft würdig, ihm gebührt sie mehr als irgendeinem anderen.' Und sie riefen um Schutz und Sicherheit und erflehten für den König Sieg und Glück. Saif el-Mulûk aber streute Gold und Silber auf die Häupter alles Volkes aus. – –«

Da bemerkte Schehrezâd, daß der Morgen begann, und sie hielt in der verstatteten Rede an. Doch als die *Siebenhundert-undzweiundsechzigste Nacht* anbrach, fuhr sie also fort: »Es ist mir berichtet worden, o glücklicher König, daß damals, als König 'Âsim seinen Sohn Saif el-Mulûk auf den Thron gesetzt und als alles Volk für ihn um Sieg und Glück gebetet hatte, der neue König Gold und Silber auf die Häupter alles Volkes ausstreute, Ehrengewänder verlieh und Gaben und Geschenke verteilte. Nach kurzer Zeit erhob sich dann der Wesir Fâris, küßte den Boden und sprach: ‚Ihr Emire und Herren des Landes, wisset ihr, daß ich der Wesir bin und daß mein Wesirat seit alters her besteht aus der Zeit, ehe noch König 'Âsim ibn Safwân die Herrschaft antrat, er, der jetzt sich der Herrscherwürde entkleidet und seinen Sohn an seiner Statt eingesetzt hat?' Sie antworteten: ‚Ja, wir wissen, daß du dein Wesirat von Vater und Großvater ererbt hast.' Und er fuhr fort: ‚Jetzt will auch ich mich meines Amtes entkleiden und es diesem meinem Sohne Sâ'id übertragen; denn er ist klug, verständig und erfahren. Was sagt ihr nun dazu, ihr alle?' Sie antworteten: ‚Niemand ist wert, Wesir des Königs Saif el-Mulûk zu werden als dein Sohn Sâ'id; denn die beiden passen zueinander.' Da stand der Wesir Fâris auf, nahm den Turban des Wesirs ab, setzte ihn seinem Sohne Sâ'id aufs Haupt und stellte auch die Tintenkapsel des Wesirats vor ihn hin, während die Kammerherren und Emire sprachen: ‚Fürwahr, er verdient das Amt des Wesirs.' Nun gingen der König 'Âsim und der Wesir Fâris hin, öffneten die Schatzkammern und verliehen den Unterkönigen, den Emiren, Wesiren, den Großen des Reiches und allem Volke kostbare Ehrengewänder; ferner verteilten sie allerlei Gnadengeschenke und stellten neue Bestallungen und Urkunden aus mit den Unterschriften von Saif el-Mulûk und dem Wesir Sâ'id, dem Sohne des Wesirs Fâris. Das Volk aber blieb noch eine Woche lang in der Stadt, und danach begab sich ein jeder in sein Land und an seine Stätte. Dann nahm König 'Âsim seinen Sohn Saif el-Mulûk und Sâ'id, den Sohn des Wesirs, und zog mit ihnen durch die Stadt und hinauf zum Palaste. Dort ließ er den Schatzmeister kommen und befahl ihm, den Siegelring, das Schwert, das Bündel und das Siegel[1] zu bringen; dann sprach er: ,Meine Söhne, kommt herbei, und ein jeder wähle etwas von diesen Geschenken und nehme es!' Der erste, der seine Hand ausstreckte, war Saif el-Mulûk, und er nahm das Bündel und den Siegelring; dann streckte Sâ'id seine Hand aus und nahm das Schwert und das Siegel. Darauf küßten beide dem König die Hand und gingen zu ihrer Wohnstatt. Saif el-Mulûk aber öffnete das Bündel, das er genommen hatte, noch nicht und schaute nicht nach, was darin sich befand, sondern er warf es auf die Lagerstatt, auf der er mit seinem Wesir Sâ'id des Nachts zu ruhen pflegte; denn es war ihre Gewohnheit, miteinander zu schlafen. Nachdem ihnen nun das Bett bereitet war, legten die beiden sich gemeinsam auf ihr Lager nieder, während die Kerzen über ihnen brannten; und sie schliefen bis Mitternacht. Da erwachte Saif el-Mulûk aus seinem Schlafe und als der das Bündel zu seinen Häupten sah, sprach er bei sich: ,Ich möchte doch wohl wissen, welche Kostbarkeiten in diesem Bündel, das der König mir geschenkt hat, enthalten sind.' So nahm er denn das Bündel, nahm auch eine Kerze und stieg von dem Lager hinab, indem er Sâ'id im Schlafe liegen ließ. Dann trat er in eine Kammer und öffnete das Bündel; da entdeckte er in ihm ein Obergewand, das von Geistern gewebt war. Das breitete er aus, und wie er es umwandte, fand er auf dem Futter innen auf der Rückseite das Bild einer Maid in Gold gewirkt; deren Liebreiz war wirklich ein wundersam Ding. Und kaum hatte er diese Gestalt gesehen, da ward sein Sinn berückt, er ward wie von Sinnen durch die Liebe zu die-

[1]. Von dem ,Siegel' ist oben nicht die Rede.

sem Bilde, und er sank ohnmächtig zu Boden. Darauf begann er zu weinen und zu klagen und sich ins Gesicht und auf die Brust zu schlagen und das Bildnis zu küssen. Und er sprach diese beiden Verse:

> *Die Liebe gleicht zuerst nur einem Tröpflein Wasser;*
> *Das Schicksal bringt sie und erregt sie in den Herzen.*
> *Doch taucht der Jüngling dann im Meer der Liebe unter,*
> *So nahen ihm bald unerträglich schwere Schmerzen.*

Und auch diese beiden Verse:

> *Ach, hätte ich geahnt, daß uns die Liebe also*
> *Die Seelen raubt, – ich wäre immer auf der Hut.*
> *Doch nun hab ich mit Fleiß mein Leben fortgeworfen,*
> *Ich ahnte von der Liebe gar nicht, was sie tut.*

Und nun hörte Saif el-Mulûk nicht auf zu klagen und zu weinen und sich ins Gesicht und auf die Brust zu schlagen, bis der Wesir Sâ'id aufwachte. Der schaute aufs Bett, und als er Saif el-Mulûk dort nicht fand und auch nur eine Kerze sah, sprach er bei sich: ,Wohin mag Saif el-Mulûk wohl gegangen sein?' Dann nahm er die Kerze und begann im ganzen Schlosse umherzugehen, bis er zu der Kammer gelangte, in der Saif el-Mulûk sich befand; und dort sah er ihn bitterlich weinen und klagen. Da sprach er zu ihm: ,Lieber Bruder, warum diese Tränen? Was ist dir widerfahren? Erzähl mir und berichte mir den Grund von alldem!' Saif el-Mulûk aber sprach nicht zu ihm, noch auch hob er sein Haupt empor, sondern er weinte und klagte nur und schlug sich mit der Hand auf die Brust. Als Sâ'id ihn in solchem Zustande sah, sprach er: ,Ich bin dein Wesir und dein Bruder, wir beide sind gemeinsam aufgezogen, ich und du. Wenn du mir nicht deine Sorgen offenbarst und mich nicht um dein Geheimnis wissen läßt, wem willst du dann dein Geheimnis enthüllen und mitteilen?' Eine ganze

Weile flehte Sâ'id, indem er den Boden küßte; aber Saif el-Mulûk achtete seiner nicht und sprach kein einziges Wort zu ihm, sondern weinte nur immer. Und wie Sâ'id um seines Zustandes willen sich ängstete und seine Qualen nicht mehr ertragen konnte, ging er hinaus, holte ein Schwert, kehrte in die Kammer, in der Saif el-Mulûk weilte, zurück und setzte sich die Spitze auf die eigene Brust, indem er dem König zurief: ‚Wache auf, mein Bruder! Wenn du mir nicht sagst, was dir widerfahren ist, so töte ich mich selber lieber, als daß ich dich in diesem Zustande sehe.' Nun erhob Saif el-Mulûk sein Haupt zu seinem Wesir Sâ'id und sprach zu ihm: ‚Lieber Bruder, ich schäme mich, zu dir zu sprechen und dir zu erzählen, was mir widerfahren ist.' Doch Sâ'id erwiderte ihm: ‚Bei Allah, dem Herrn der Herrlichkeit, der die Nacken befreit, in dem der Ursachen Kette endet, dem Einen, der sich der Gnade zuwendet, dem Gütigen, der alles spendet, ich beschwöre dich, sage mir, was dir geschehen ist; schäme dich nicht vor mir, denn ich bin dein Knecht und dein Wesir und dein Ratgeber in allen Dingen!' Da sagte Saif el-Mulûk: ‚Komm und schau dir dies Bildnis an!' Nachdem jener es erblickt und eine Weile angeschaut hatte, entdeckte er über dem Haupte der Gestalt eine Schrift, die mit Perlen gestickt war: ‚Dies ist das Bild von Badî'at el-Dschamâl, der Tochter des Schammâch[1] ibn Scharûch, eines Königs der gläubigen Dämonen, die da wohnen in der Stadt Bâbil und weilen im Garten Irams, des Sohnes von 'Âd dem Größeren.' – –«

Da bemerkte Schehrezâd, daß der Morgen begann, und sie hielt in der verstatteten Rede an. Doch als die *Siebenhundertunddreiundsechzigste Nacht* anbrach, fuhr sie also fort: »Es ist mir berichtet worden, o glücklicher König, daß Saif el-Mu-

1. Später wird er Schahjâl genannt.

lûk, der Sohn des Königs 'Âsim, und der Wesir Sâ'id, der Sohn des Wesirs Fâris, die Schrift anschauten, die sich auf dem Gewande befand, und nun dort das Bild von Badî'at el-Dschamâl sahen, der Tochter des Schammâch ibn Scharûch, des Königs von Bâbil, eines Königs der gläubigen Dämonen, die da wohnen in der Stadt Bâbil und weilen im Garten Irams, des Sohnes von 'Âd dem Größeren. Und nun sprach der Wesir Sâ'id zum König Saif el-Mulûk: ,Lieber Bruder, weißt du, welche unter den Frauen dies Bildnis darstellt, so daß wir nach ihr suchen könnten?' ,Nein, bei Allah, mein Bruder,' antwortete Saif el-Mulûk, ,ich weiß nicht, wessen Bildnis dies ist.' Doch Sâ'id fuhr fort: ,Komm, lies diese Inschrift!' Da trat Saif el-Mulûk näher und las die Schrift, die sich auf der Krone befand, und verstand ihre Bedeutung; und er schrie aus tiefstem Herzen auf: ,Ach! Ach! Ach!' Sâ'id aber sprach: ,Lieber Bruder, wenn sie, die durch dies Bildnis dargestellt wird, am Leben ist, sie, deren Name Badî'at el-Dschamâl ist, und wenn sie sich in dieser Welt findet, so will ich mich eiligst aufmachen, um sie zu suchen, ohne zu säumen, damit du dein Ziel erreichst. Doch um Allahs willen, mein Bruder, laß dies Weinen, damit die Würdenträger eintreten können, um dir aufzuwarten! Zur Vormittagszeit laß du die Kaufleute und die Derwische, die Pilger und die Bettler kommen und frage sie danach, wie es mit dieser Stadt sich verhält; vielleicht wird einer durch den Segen und die Hilfe Allahs, des Gepriesenen und Erhabenen, uns zu ihr und zu dem Garten Irams den Weg weisen.' Als es dann Morgen ward, erhob sich Saif el-Mulûk und stieg auf den Thron, indem er das Gewand in den Armen trug, da er weder stehen noch sitzen noch schlafen konnte, wenn es nicht bei ihm war. Darauf traten die Emire und Wesire, Krieger und die Großen des Reiches zu ihm ein, und als die

Staatsversammlung vollzählig war und alle an ihren Plätzen waren, sprach König Saif el-Mulûk zu seinem Wesir Sâ'id: ,Tritt hin vor sie und sprich zu ihnen: Der König ist von einem plötzlichen Siechtum befallen; bei Allah, er hat die Nacht krank zugebracht.' Da ging der Wesir hin und berichtete den Leuten, was der König gesagt hatte. Und wie auch der König 'Âsim davon hörte, sorgte er sich sehr um seinen Sohn; und alsbald berief er die Ärzte und die Sterndeuter und führte sie zu seinem Sohne Saif el-Mulûk hinein. Sie schauten ihn an und verordneten ihm einen Heiltrank; als aber seine Krankheit drei Monate dauerte, schrie der König 'Âsim die Ärzte, die dort waren, im Zorne wider sie an: ,Weh euch, ihr Hunde, könnt ihr denn alle meinen Sohn nicht heilen? Wenn ihr ihn nicht in dieser Stunde gesund macht, so lasse ich euch alle hinrichten.' Da sagte ihr Oberster: ,O größter König unserer Zeit, sieh, wir wissen, daß dieser dein Sohn ist, und du weißt, daß wir es nicht leicht nehmen, wenn wir einen Fremden pflegen; wieviel weniger würden wir es bei deinem Sohne tun! Aber dein Sohn hat eine schwierige Krankheit; und wenn du sie wissen willst, so wollen wir sie dir nennen und dir über sie berichten.' König 'Âsim fragte: ,Was ist euch von der Krankheit meines Sohnes offenbar geworden?' Und der Oberarzt antwortete ihm: ,O größter König unserer Zeit, dein Sohn ist jetzt ein Liebender, und zwar liebt er eine, zu deren Nähe er keinen Zugang hat.' Zornig erwiderte der König: ,Woher wißt ihr, daß mein Sohn ein Liebender ist, und wie ist die Liebe zu meinem Sohne gekommen?' Jene gaben ihm zur Antwort: ,Frage seinen Bruder und Wesir Sâ'id; denn er kennt seinen Zustand!' Da erhob König 'Âsim sich und trat allein in die Kammer, berief Sâ'id und sprach zu ihm: ,Sag mir die Wahrheit über die Krankheit deines Bruders!' Der beteuerte: ,Ich weiß nicht, was es in Wirklichkeit ist.' Da sprach König 'Âsim zum Schwertträger: ,Nimm Sâ'id, verbinde ihm die Augen und schlag ihm den Kopf ab!' Nun fürchtete Sâ'id für sein Leben, und er rief: ,O größter König unserer Zeit, gewähre mir Straflosigkeit!' Der König erwiderte: ,Sprich, und du sollst straflos sein!' Da sprach Sâ'id zu ihm: ,Wisse, dein Sohn ist ein Liebender!' ,Und wer ist seine Geliebte?' ,Die Tochter eines Königs der Dämonen; er hat ihr Bild in dem Gewande aus dem Bündel gesehen, das Salomo, der Prophet Allahs, euch geschenkt hat.' Alsbald machte König 'Âsim sich auf und ging zu seinem Sohne Saif el-Mulûk hinein und sprach zu ihm: ,Mein Sohn, was hat dich heimgesucht? Und was ist das für ein Bildnis, das dich mit Liebe erfüllt hat? Und warum hast du mir nichts davon gesagt?' ,Mein lieber Vater,' gab Saif el-Mulûk ihm zur Antwort, ,ich schämte mich vor dir, und ich konnte es nicht über mich bringen, dir davon zu sprechen, ja, ich vermochte überhaupt gar niemandem irgend etwas von der Sache kundzutun. Doch jetzt weißt du, wie es um mich steht, und nun schau, was du tun kannst, um mich zu heilen!' Sein Vater aber fuhr fort: ,Was ist hier zu tun? Wenn sie von den Töchtern der Menschen wäre, so könnten wir bald einen Plan entwerfen, um zu ihr zu gelangen; aber sie ist eine Geisterprinzessin, und wer kann sie gewinnen, es sei denn Salomo, der Sohn Davids? Er ist der einzige, der das vermag. Doch, mein Sohn, erhebe dich nun sofort, fasse Mut, besteig ein Roß und zieh aus zu Jagd und Hatz und zum Waffenspiel auf dem Plane! Zerstreue dich durch Essen und Trinken und verjage Sorgen und Gram aus deinem Herzen! Dann will ich dir hundert Jungfrauen bringen aus der Schar der Königstöchter; du hast ja die Geistertöchter nicht nötig, sie, über die wir keine Macht haben und die nicht von unserer Art sind.' Doch der

Sohn sprach: ‚Ich kann nicht von ihr lassen, und ich will keine andere haben als sie.‘ Der Vater fragte darauf: ‚Was sollen wir denn tun, mein Sohn?‘ Und der Sohn fuhr fort: ‚Bring uns alle Kaufleute und Reisenden und Pilger der Länder, auf daß wir sie darüber befragen. Vielleicht wird Allah uns den Weg weisen zum Garten Irams und zu Stadt Bâbil.‘ Da befahl König ’Âsim, alle Kaufleute, die in der Stadt weilten, alle Fremden, die zugegen waren, und alle Schiffskapitäne sollten zu ihm kommen. Und als sie sich versammelt hatten, fragte er sie nach der Stadt Bâbil und ihrem Lande und nach dem Garten Irams. Aber keiner von ihnen kannte diese Orte, niemand vermochte Auskunft über sie zu geben. Schließlich, als die Versammlung aufbrach, sprach einer von ihnen: ‚O größter König unserer Zeit, wenn du wirklich etwas darüber erfahren willst, so forsche im Lande China nach; denn dort befindet sich eine große Stadt, und vielleicht wird dir von dort jemand den Weg zu deinem Ziele zeigen.‘ Da hub Saif el-Mulûk an: ‚Lieber Vater, rüste mir ein Schiff aus für die Reise nach dem Lande China!‘ Sein Vater jedoch, der König ’Âsim, entgegnete ihm: ‚Mein Sohn, bleib du auf dem Throne deiner Herrschaft sitzen und herrsche über die Untertanen; ich selbst will nach dem Lande China reisen und mich dieser Sache annehmen.‘ ‚Ach, Vater,‘ sprach Saif el-Mulûk, ‚all dies geht doch nur mich an, und niemand kann so danach forschen wie ich. Mag kommen, was da will! Wenn du mir die Erlaubnis zum Reisen gibst, so mache ich mich auf den Weg und bleibe eine Weile fort. Erhalte ich Kunde von ihr, so ist mein Ziel erreicht; finde ich aber keine Spur von ihr, so wird sich durch die Reise meine Brust weiten und mein Gemüt erheitern, und so werde ich dadurch mein Los leichter tragen. Und wenn ich am Leben bleibe, so kehre ich wohlbehalten zu dir zurück.‘ – –«

Da bemerkte Schehrezâd, daß der Morgen begann, und sie hielt in der verstatteten Rede an. Doch als die *Siebenhundert-undvierundsechzigste. Nacht* anbrach, fuhr sie also fort: »Es ist mir berichtet worden, o glücklicher König, daß Saif el-Mulûk zu seinem Vater, dem König 'Âsim, sprach: ,Rüste mir ein Schiff aus, damit ich auf ihm nach dem Lande China fahren kann, um nach dem Ziel meiner Wünsche zu forschen. Und wenn ich am Leben bleibe, so kehre ich wohlbehalten zu dir zurück.' Der König schaute seinen Sohn an und sah keinen anderen Ausweg, als das für ihn zu tun, was ihm Zufriedenheit brachte. Und so gab er ihm die Erlaubnis zur Reise und rüstete ihm vierzig Schiffe aus mit zwanzigtausend[1] Mamluken, abgesehen von den Dienern, und er gab ihm Güter und Schätze und alles Kriegsgerät, dessen er bedurfte. Dann sprach er zu ihm: ,Reise, mein Sohn, in Wohlsein, Gesundheit und Sicherheit! Ich empfehle dich in die Hände Dessen, bei dem ein anvertrautes Pfand nicht verloren geht.' Und schließlich nahmen Vater und Mutter Abschied von ihm, und nachdem die Schiffe mit Wasser und Zehrung, Waffen und Truppen beladen waren, brachen sie auf und fuhren immer weiter, bis sie die Hauptstadt von China erreichten. Als aber das Volk der Chinesen vernahm, daß vierzig Schiffe, beladen mit Kriegern und Rüstzeug, Waffen und Vorräten, bei ihnen eingetroffen waren, glaubten sie, es seien Feinde gekommen, um mit ihnen zu kämpfen und sie zu belagern; deshalb schlossen sie die Tore der Stadt und machten die Wurfmaschinen bereit. Wie jedoch König Saif el-Mulûk davon hörte, schickte er zwei seiner vertrautesten Mamluken zu ihnen mit dem Auftrage: ,Begebt euch zum König von China und sprecht zu ihm: Dies ist Saif el-Mulûk, der Sohn des Königs 'Âsim, und er ist als Gast zu

1. Besser nach der Breslauer Ausgabe: tausend.

deiner Stadt gekommen, um sich eine Weile in deinem Lande umzuschauen, doch nicht, um zu kämpfen und zu streiten. Wenn du ihn empfangen willst, so wird er zu dir an Land kommen; willst du ihn aber nicht aufnehmen, so wird er zurückkehren und weder dich noch das Volk deiner Stadt belästigen.' Als die Mamluken bei der Stadt ankamen, riefen sie dem Volke dort zu: ,Wir sind die Gesandten des Königs Saif el-Mulûk!' Da öffneten die Leute ihnen das Tor, führten sie hinein und brachten sie vor ihren König. Dessen Name war Faghfûr[1] Schâh, und zwischen ihm und dem König 'Âsim hatte früher Bekanntschaft bestanden. Wie jener nun hörte, daß der König, der ihm nahte, Saif el-Mulûk, der Sohn des Königs 'Âsim, war, verlieh er den Boten Ehrengewänder und befahl, die Tore wieder zu öffnen; auch hielt er Gastgeschenke bereit und zog selber hinaus mit den vornehmsten Würdenträgern seines Reiches, um Saif el-Mulûk zu empfangen. Und die beiden Könige umarmten sich. Dann sprach Faghfûr Schâh zu seinem Gaste: ,Willkommen, herzlich willkommen sei er, der uns naht! Ich bin dein Knecht und der Knecht deines Vaters; meine Stadt steht dir zu Diensten, alles, was du wünschest, soll dir gebracht werden.' Und nun überreichte er ihm die Gastgeschenke und die Zehrung für die Lagerplätze. Darauf stiegen König Saif el-Mulûk und sein Wesir Sâ'id zu Rosse mit ihren obersten Würdenträgern und den anderen Kriegern, und sie zogen vom Meeresufer dahin, bis sie in die Stadt kamen; da wurden die Zimbeln geschlagen, und die Trommeln der Freude erklangen. Und sie blieben dort vierzig Tage lang, auf das schönste bewirtet. Dann sprach der König:

1. Bezeichnung des chinesischen Königs bei den Persern und Arabern, wörtlich ,Sohn Gottes', wohl Übersetzung des chinesischen ,Sohn des Himmels'.

,O Sohn meines Bruders, wie steht es mit dir? Gefällt dir mein Land?' Und Saif el-Mulûk erwiderte ihm: ,Möge Allah der Erhabene es immerdar durch dich geehrt sein lassen, o König!' König Faghfûr Schâh aber fuhr fort: ,Dich hat doch nur ein Wunsch hierher geführt, der dir plötzlich gekommen ist. Was du immer von meinem Lande begehrst, das will ich dir erfüllen.' ,O König,' antwortete Saif el-Mulûk, ,mein Schicksal ist wunderbar; ich bin von Liebe erfüllt zu dem Bilde der Badî'at el-Dschamâl.' Da weinte der König von China aus herzlichem Mitleid mit ihm und sprach zu ihm: ,Und was begehrst du jetzt, o Saif el-Mulûk?' Jener gab ihm zur Antwort: ,Ich bitte dich, du möchtest mir alle Wanderer und Reisenden und Leute, die ihr Beruf durch die Lande führt, hierher bringen, damit ich sie nach der frage, die dies Bildnis darstellt; vielleicht kann einer von ihnen mir über sie berichten.' Alsbald entsandte König Faghfûr Schâh die Statthalter und Kammerherren und Leibwachen mit dem Befehle, alle Wanderer und Reisenden, die im Lande weilten, herbeizuholen. Jene führten den Befehl aus, und es war eine große Schar, die sich bei König Faghfûr Schâh zusammenfand. Da fragte König Saif el-Mulûk sie nach der Stadt Bâbil und nach dem Garten Irams; aber keiner von ihnen konnte ihm darauf antworten, so daß König Saif el-Mulûk ganz ratlos war. Doch schließlich hub einer von den Schiffskapitänen an: ,O König, wenn du diese Stadt und jenen Garten kennen lernen willst, so forsche nach ihnen auf den Inseln, die zum Lande Indien gehören.' Nun befahl Saif el-Mulûk, die Schiffe zu bringen, und seine Leute taten es und luden darauf Wasser und Wegzehrung und alles, was sie brauchte. Dann gingen Saif el-Mulûk und sein Wesir Sâ'id an Bord, nachdem sie von König Faghfûr Schâh Abschied genommen hatten. Eine Zeit von vier Monaten segelten sie auf dem Meere dahin bei günstigem Winde, wohlbehalten und sicher. Doch dann begab es sich eines Tages, daß ein Sturm sich wider sie erhob und die Wogen von allen Seiten über sie stürzten. Regenschauer fielen auf sie herab, und das Meer ward von der Gewalt des Sturmes aufgewühlt. Da prallten die Schiffe, vom tobenden Winde getrieben, aufeinander und zerschellten allesamt; ebenso erging es den kleineren Booten, und alle Reisenden ertranken, nur Saif el-Mulûk konnte sich mit einer Schar von Mamluken auf einem kleinen Boote retten. Endlich legte sich der Wind und ward ruhig durch die Allmacht Allahs des Erhabenen, und die Sonne brach durch. Da schlug Saif el-Mulûk die Augen auf; doch er sah keine Spur mehr von den Schiffen, sondern erblickte nur Himmel und Wasser, sich selbst und die, so bei ihm waren in dem kleinen Boote. Und er sprach zu den Mamluken, die mit ihm gerettet waren; ,Wo sind die Schiffe und die kleinen Boote? Und wo ist mein Bruder Sâ'id?' Jene erwiderten ihm: ,O größter König unserer Zeit, keine Schiffe, keine Boote sind übrig geblieben, noch auch einer von denen, die darin waren; alle sind ertrunken und zum Fraß für die Fische geworden.' Nun schrie Saif el-Mulûk laut auf und sprach die Worte, die noch keinen, der sie aussprach, je zuschanden werden ließen: ,Es gibt keine Macht und es gibt keine Majestät außer bei Allah, dem Erhabenen und Allmächtigen!' Und er begann sich ins Gesicht zu schlagen und wollte sich ins Meer stürzen, aber die Mamluken rissen ihn zurück und sprachen zu ihm: ,O König, was soll dir das nützen? Du selbst hast all dies über dich gebracht; hättest du auf die Worte deines Vaters gehört, so wäre dir von alledem nichts widerfahren. Doch all dies stand geschrieben seit Ewigkeit durch den Willen Dessen, der den Seelen das Leben leiht!' – –«

Da bemerkte Schehrezâd, daß der Morgen begann, und sie hielt in der verstatteten Rede an. Doch als die *Siebenhundertundfünfundsechzigste Nacht* anbrach, fuhr sie also fort: »Es ist mir berichtet worden, o glücklicher König, daß Saif el-Mulûk, als er sich ins Meer stürzen wollte, von den Mamluken zurückgerissen wurde und daß sie zu ihm sprachen: ,Was soll dir das nützen? Du selbst hast all dies über dich gebracht; doch dies ist etwas, das geschrieben stand seit Ewigkeit durch den Willen Dessen, der den Seelen das Leben leiht, und so muß der Mensch erfüllen, was Allah ihm zuerteilt hat. Die Sterndeuter haben ja zur Zeit deiner Geburt deinem Vater geweissagt, daß all diese Bedrängnisse über seinen Sohn kommen würden. Also bleibt uns nichts anderes übrig, als daß wir uns gedulden, bis Allah uns aus dieser Not befreit, in der wir uns befinden.' Und von neuem hub Saif el-Mulûk an: ,Es gibt keine Macht und es gibt keine Majestät außer bei Allah, dem Erhabenen und Allmächtigen! Es gibt auch keine Zuflucht noch ein Entrinnen vor dem, was Er beschlossen hat.' Alsdann seufzte er auf und sprach diese Verse:

> Verwirrt bin ich, bei Gott, fürwahr ob meiner Lage;
> Denn Not kam über mich; woher? – das weiß ich nicht.
> Ich will geduldig sein, bis daß die Leute wissen,
> Daß meine Langmut nicht durch bittre Wehmut bricht.[1]
> In dieser meiner Not weiß ich nicht aus noch ein,
> Und auf der Dinge Lenker hoff ich jetzt allein.

Und seine Sinne versanken im Meere der trüben Gedanken, und die Tränen rannen ihm wie ein Gießbach die Wangen hinab, bis er sich für einen Teil des Tages dem Schlafe hingab.

---

1. Wörtlich: ,daß ich Geduld habe bei etwas, das bittrer als Aloe ist'. Ein Wortspiel, da ,Geduld' und ,Aloe' im Arabischen ähnlich oder gleich lauten.

258

Als er dann wieder aufwachte, bat er um ein wenig Nahrung. Er aß, bis er gesättigt war; und die Leute nahmen die Speisen wieder fort. Währenddessen trieb das Boot mit ihnen dahin, und sie wußten nicht, wohin es sie trug. Immer weiter zog es mit ihnen dahin im Spiele der Wellen und der Winde, Tag und Nacht, eine lange Zeit hindurch, bis ihr Vorrat zu Ende ging und Verwirrung sie umfing, und da begannen sie unter Hunger und Durst und Erschöpfung über die Maßen zu leiden. Plötzlich aber winkte ihnen aus der Ferne eine Insel, und die Winde trieben sie weiter, bis sie zu ihr gelangten. Dort machten sie ihr Boot am Lande fest und gingen an Land, nachdem sie einen darin zurückgelassen hatten. Und nun gingen sie weiter auf der Insel und entdeckten dort viele Früchte von allen Arten, und sie aßen von ihnen, bis sie gesättigt waren. Auf einmal sahen sie eine Gestalt mitten zwischen den Bäumen sitzen, die hatte ein langes Gesicht und seltsame Züge, einen weißen Bart und weiße Haut. Jener Mann rief einen der Mamluken bei Namen und sprach zu ihm: ‚Iß nicht von diesen Früchten, denn sie sind noch nicht reif! Komm zu mir her, damit ich dir von den reifen Früchten hier zu essen geben kann!' Der Mamluk sah ihn an und meinte, er sei einer von den Schiffbrüchigen, die gestrandet und auf dieser Insel an Land gegangen wären; deshalb freute er sich über die Maßen, als er ihn sah, und eilte dahin, bis er dicht neben ihm stand. Jener Mamluk aber wußte nicht, was ihm durch den geheimen Ratschluß bestimmt war und was ihm auf der Stirn geschrieben stand. Denn als er dem Alten nahe kam, sprang jener Gesell, der in Wirklichkeit ein Mârid[1] war, auf ihn und setzte sich ihm rittlings auf die Schultern; dann wand er ihm das eine Bein um den Hals, während er das andere auf seinem Rücken nieder-

1. Vgl. Band I, Seite 52, Anmerkung.

hängen ließ. Und er rief: ‚Vorwärts, marsch! Jetzt kannst du mir nicht mehr entrinnen; jetzt bist du mein Esel geworden.' Da rief jener Mamluk seinen Gefährten unter Tränen die Worte zu: ‚Wehe, mein Herr! Flieht, rettet euch aus diesem Walde, eilet von hinnen! Denn einer von seinen Bewohnern ist mir auf die Schulter gesprungen, und die anderen suchen nach euch und wollen auf euch reiten wie dieser auf mir!' Als jene diese Worte, die der Mamluk ihnen zurief, vernommen hatten, flohen sie alle und stiegen in das Boot; die Inselbewohner aber folgten ihnen bis ins Meer und riefen ihnen zu: ‚Wohin wollt ihr fahren? Kommt und bleibet bei uns, wir wollen euch auf den Rücken steigen und euch zu essen und zu trinken geben, und ihr sollt unsere Esel sein!' Doch wie sie diese Worte hörten, fuhren sie nur noch rascher auf der See dahin, bis sie weit von ihren Verfolgern entfernt waren; und dann zogen sie weiter im Vertrauen auf Allah den Erhabenen. Einen Monat lang fuhren sie ohne Aufenthalt dahin, bis eine andere Insel vor ihnen auftauchte. Da gingen sie an Land und fanden dort Früchte von mancherlei Art. Als sie sich nun daran machten, von diesen Früchten zu essen, da leuchtete plötzlich in der Ferne auf dem Wege etwas vor ihnen auf; und als sie näher darauf zugingen, schauten sie es an und erkannten, daß es häßlich anzusehen war und dalag wie eine Säule aus Silber. Ein Mamluk stieß es mit dem Fuße an, und siehe, es war ein menschliches Wesen mit langgeschlitzten Augen und gespaltenem Kopf, verborgen unter einem seiner Ohren; denn es war seine Gewohnheit, zum Schlafen sich ein Ohr unter den Kopf zu breiten und sich mit dem anderen Ohre zu bedecken. Jenes Wesen ergriff den Mamluken, der es mit dem Fuße gestoßen hatte, und schleppte ihn fort ins Innere der Insel. Und siehe da, sie war ganz voll von menschenfressenden Ghûlen. Jener Mamluk aber rief seinen Gefährten die Worte zu: ‚Rettet euer Leben! Denn dies ist die Insel der menschenfressenden Ghûle, und sie wollen euch zerreißen und auffressen.' Als die anderen diese Worte hörten, wandten sie sich um und eilten vom Lande in das Boot hinab, ohne von den Früchten dort einen Vorrat zu sammeln. Dann fuhren sie eine Reihe von Tagen weiter, bis es eines Tages geschah, daß sie eine dritte Insel in Sicht bekamen; und als sie sich ihr näherten, entdeckten sie auf ihr ein hohes Gebirge. Auf das kletterten sie hinauf, und dort oben sahen sie einen Wald von vielen Bäumen; und weil sie hungrig waren, machten sie sich daran, von den Früchten zu essen. Aber ehe sie sich dessen versahen, kamen plötzlich unter den Bäumen her Gestalten auf sie zu von furchtbarem Aussehen und gewaltig groß; eine jede von ihnen war fünfzig Ellen hoch und hatte Eckzähne, die ihr aus dem Munde hervorragten wie die Stoßzähne des Elefanten. Dann erblickten sie auf einmal auch einen Kerl, der auf einem Stück von schwarzem Filze saß, das man über einen Felsblock gelegt hatte; der war von den Negern umgeben, einer großen Schar, die dort standen, um ihm aufzuwarten. Und nun ergriffen die Neger den König Saif el-Mulûk und seine Mamluken und stellten sie vor ihrem König auf, indem sie sprachen: ‚Diese Vögel haben wir unter den Bäumen gefunden.' Da der König gerade Hunger hatte, so nahm er zwei von den Mamluken, schlachtete sie und aß sie auf. – –«

Da bemerkte Schehrezâd, daß der Morgen begann, und sie hielt in der verstatteten Rede an. Doch als die *Siebenhundertundsechsundsechzigste Nacht* anbrach, fuhr sie also fort: »Es ist mir berichtet worden, o glücklicher König, daß die Neger, nachdem sie den König Saif el-Mulûk und seine Mamluken ergriffen hatten, sie vor ihrem König aufstellten mit den Wor-

ten: ‚O König, diese Vögel haben wir unter den Bäumen gefunden‘, und daß ihr König zwei Mamluken nahm, sie schlachtete und aufaß. Doch als Saif el-Mulûk solches erblicken mußte,
fürchtete er für sein Leben, und weinend sprach er diese
beiden Verse:

> Vertraut ist meinem Herzen Leid, und ich bin's ihm,
> Nachdem wir uns gemieden – Edle sind vertraut.
> Ach, meine Sorgen sind nicht nur von einer Art;
> Ich hab sie tausendfach und preise Allah laut.

Dann seufzte er und sprach auch diese beiden Verse:

> Das Schicksal hat so oft mit Leiden mich getroffen,
> Daß Pfeile überall in meinem Herzen sitzen.
> Und kommen neue Pfeile wider mich geflogen,
> So brechen ihre Spitzen an den alten Spitzen.

Als der König sein Weinen und Klagen hörte, sprach er: ‚Fürwahr, diese Vögel haben liebliche Stimmen und können schön
singen; ja, ihre Stimmen gefallen mir. Darum tut sie in Käfige,
jeden in einen für sich!‘ Da setzten die Leute sie in Käfige,
jeden in einen eigenen, und hängten sie dem König zu Häupten auf, damit er ihrem Gesange lauschen könnte. Nun lebten
Saif el-Mulûk und seine Mamluken in den Käfigen, und die
Neger gaben ihnen zu essen und zu trinken. Bald weinten sie,
und bald lachten sie; bald sprachen sie, und bald schwiegen sie,
während der König der Neger an ihren Stimmen seine Freude
hatte. In diesem Zustande verblieben sie eine lange Spanne Zeit.

Der König aber hatte eine Tochter, die auf einer anderen
Insel vermählt war; und die vernahm, daß ihr Vater Vögel
besäße, die liebliche Stimmen hätten. Da sandte sie eine Schar
von ihren Leuten zu ihrem Vater und ließ ihn um einige von
den Vögeln bitten. Darauf schickte ihr Vater ihr Saif el-Mulûk
und drei seiner Mamluken in vier Käfigen durch die Gesandt-

schaft, die gekommen war, um sie zu erbitten. Und als die vier bei ihr ankamen und sie auf sie schaute, gefielen sie ihr, und sie befahl, die Käfige an eine Stätte über ihrem Haupte zu stellen. Nun ward Saif el-Mulûk von alledem, was ihm widerfuhr, tief ergriffen, und er dachte nach über den hohen Stand, in dem er früher gelebt hatte; so weinte er denn über sein Los, und auch die drei Mamluken beweinten das ihre, während die Tochter des Königs glaubte, sie sängen. Es war aber ihre Gewohnheit, sooft ihr einer aus Ägyptenland oder aus anderen Ländern in die Hände geriet und er ihr gefiel, ihn dann hoch zu ehren. Und das geschah durch den Ratschluß und die Bestimmung Allahs des Erhabenen, daß sie, als ihr Auge auf Saif el-Mulûk fiel, Gefallen hatte an seiner Schönheit und Lieblichkeit und seines Wuchses Ebenmäßigkeit; darum befahl sie, man solle die Gefangenen ehrenvoll behandeln. Und ferner geschah es, daß sie eines Tages mit Saif el-Mulûk allein war, und da verlangte sie, er solle bei ihr ruhen; doch er weigerte sich dessen, indem er zu ihr sprach: ,Meine Gebieterin, ich bin ein fremder Mann; und die Leidenschaft zu ihr, die ich liebe, hält mich in der Trauer Bann. Ich wünsche nichts, als mit ihr vereint zu sein.' Darauf begann die Prinzessin ihm zu schmeicheln und wollte ihn verführen; dennoch hielt er sich von ihr zurück, und sie konnte ihm nicht nahen und auf keinerlei Art und Weise zu ihm gelangen. Und als sie schließlich des Werbens um ihn müde wurde, ergrimmte sie wider ihn und seine Mamluken, und sie befahl, daß jene ihr dienen und Wasser und Holz für sie schleppen sollten. In diesem Zustande blieben sie vier Jahre lang; da ward Saif el-Mulûk eines solchen Lebens überdrüssig, und so sandte er einen Fürsprecher zur Königin, damit sie vielleicht ihnen die Freiheit gäbe und gestatte, daß sie ihrer Wege zögen und von ihrer Plage Ruhe hätten. Sie ließ

Saif el-Mulûk zu sich kommen und sprach zu ihm: ‚Wenn du mir meinen Wunsch erfüllst, so will ich dich von deiner Plage befreien, und dann magst du wohlbehalten und reichbeschenkt in dein Land heimkehren.‘ Und wiederum begann sie ihn anzuflehen und ihn zu umschmeicheln; aber er willfahrte ihrem Wunsche nicht. Da wandte sie sich zornig von ihm ab; und Saif el-Mulûk und seine Mamluken mußten in derselben Lage bei ihr auf der Insel bleiben. Das Volk aber wußte, daß sie die Vögel der Prinzessin waren, und keiner von den Einwohnern der Stadt wagte ihnen ein Leids anzutun. Und die Prinzessin machte sich in ihrem Herzen keine Sorge um sie, da sie fest glaubte, es wäre ihnen nicht möglich, von der Insel zu entkommen. So konnten die Gefangenen denn bisweilen zwei bis drei Tage von ihr fernbleiben und im Freien umherstreifen, um das Holz in allen Gegenden der Insel zu sammeln, und dann brachten sie es in die Küche der Prinzessin. In dieser Weise lebten sie fünf Jahre lang dahin.

Nun begab es sich eines Tages, daß Saif el-Mulûk mit seinen Mamluken am Ufer des Meeres saß und mit ihnen über das Los sprach, das sie betroffen hatte. Da schaute er sich um, und es kam ihm zum Bewußtsein, in welcher Lage er und seine Mamluken sich befanden. Und er dachte an seine Mutter und seinen Vater und seinen Bruder Sâ'id und erinnerte sich der hohen Stellung, in der er einst gewesen war. Darüber weinte er, ja, er vergoß bittere Tränen und wehklagte, und auch die Mamluken weinten gleich ihm. Darauf huben jene an: ‚O größter König unserer Zeit, wie lange noch sollen wir weinen, wo doch die Tränen nichts nützen? All dies war uns auf die Stirn geschrieben durch die Vorherbestimmung Allahs, des Allgewaltigen und Glorreichen. Die Feder macht zur Tat, was Er beschlossen hat. Uns kann nur Geduld noch helfen; vielleicht wird Allah, der Gepriesene und Erhabene, der uns durch diese Not heimgesucht hat, uns auch aus ihr befreien.' Saif el-Mulûk erwiderte ihnen: ‚Meine Brüder, was sollen wir denn tun, um uns von dieser Verruchten zu befreien? Ich sehe keinen Weg der Flucht, wenn nicht Allah uns in Seiner Gnade von ihr befreit. Und doch kommt es mir immer in den Sinn, wir könnten fliehen und von all dieser Plage Ruhe finden.' Da sprachen sie zu ihm: ‚O größter König unserer Zeit, wohin sollen wir denn fliehen von dieser Insel? Sie ist ganz voll von den menschenfressenden Ghûlen, und wohin wir uns auch wenden mögen, da werden sie uns finden, und dann werden sie uns entweder auffressen oder uns gefangen nehmen und uns an unsere Stätte zurückbringen, und die Tochter des Königs wird wider uns ergrimmen.' Saif el-Mulûk aber fuhr fort: ‚Ich will euch etwas herstellen, durch das Allah der Erhabene uns vielleicht zur Flucht verhelfen wird, so daß wir von dieser Insel entkommen.' ‚Wie willst du das machen?' fragten sie; und er sagte darauf: ‚Wir wollen einige von diesen langen Stämmen abhauen und aus ihrem Baste Stricke drehen; mit denen wollen wir die Hölzer zusammenbinden und uns so ein Floß herstellen. Das wollen wir aufs Wasser setzen und mit den Früchten dort beladen; wenn wir uns dann auch noch Ruder geschnitten haben, so wollen wir uns einschiffen. Vielleicht wird Allah der Erhabene uns dadurch Rettung bringen; denn Er ist über alle Dinge mächtig. Und vielleicht wird Er uns günstigen Wind gewähren, der uns zum Lande Indien bringt; dann werden wir von dieser Verruchten befreit.' Die Gefährten sprachen: ‚Dies ist ein trefflicher Plan', und waren hocherfreut. Und alsobald machten sie sich daran, die Stämme für das Floß zu fällen; dann flochten sie die Stricke, um die Hölzer zusammenzubinden, und bei dieser Arbeit verbrachten sie einen Monat. Jeden Tag sammelten sie gegen Abend etwas Brennholz und brachten es in die Küche der Prinzessin; den übrigen Teil des Tages aber verwandten sie auf die Arbeit an dem Floße, bis sie es fertiggestellt hatten. – –«

Da bemerkte Schehrezâd, daß der Morgen begann, und sie hielt in der verstatteten Rede an. Doch als die *Siebenhundertundsiebenundsechzigste Nacht* anbrach, fuhr sie also fort: »Es ist mir berichtet worden, o glücklicher König, daß Saif el-Mulûk und seine Mamluken, nachdem sie Stämme auf der Insel gefällt und Stricke gedreht hatten, das Floß, das sie gemacht hatten, zusammenbanden. Und als sie ihre Arbeit beendet hatten, ließen sie es aufs Meer hinab und beluden es mit Früchten, die sie von den Bäumen auf der Insel gepflückt hatten. Und sie rüsteten sich gegen Ende des Tages zum Aufbruch, ohne daß sie jemanden mit ihrem Tun bekannt gemacht hätten. Dann bestiegen sie ihr Floß und fuhren aufs Meer hinaus, vier Monate lang, ohne zu wissen, wohin es sie trieb. Da ging ihre Zehrung zu Ende, und sie begannen unter furchtbarem Hunger und Durst zu leiden. Plötzlich aber begann das Meer zu schäumen und zu branden und sich in hohen Wogen aufzutürmen, und nun stürzte ein furchtbares Krokodil auf sie los, streckte seine Klaue aus und riß einen der Mamluken herunter und verschlang ihn. Wie Saif el-Mulûk sah, was jenes Krokodil mit dem Mamluken tat, weinte er bitterlich. Nun blieb er allein mit dem einen Mamluken[1], der noch übrig war, auf dem Floß zurück, und sie ruderten in großer Furcht von der Stelle fort, wo das Krokodil war. So trieben sie dahin, bis eines Tages ein gewaltiges Gebirge vor ihnen auftauchte, das bis zu furcht-

1. Der Erzähler hat hier vergessen, daß früher drei Mamluken mit Saif el-Mulûk zusammen waren; die Breslauer Ausgabe hat hier die verbesserte Lesart ,zwei Mamluken'.

barer Höhe sich in die Luft emporreckte. Darüber freuten sie sich. Bald darauf bekamen sie auch eine Insel in Sicht, und auf die strebten sie mit allen Kräften zu, in der frohen Hoffnung, bald auf ihr zu landen. Doch während sie so dahinfuhren, ward die See plötzlich wieder unruhig, die Wogen türmten sich hoch, und das ganze Meer geriet in Aufruhr; und wiederum reckte ein Krokodil seinen Kopf empor, streckte seine Klaue aus, ergriff den Mamluken, der von den Gefährten des Saif el-Mulûk noch übrig geblieben war, und verschlang ihn.

Nun war Saif el-Mulûk ganz allein; und bald erreichte er die Insel und begann zu klettern, bis er oben auf dem Gipfel des Berges ankam. Wie er dort um sich schaute, erblickte er einen Hain; in den trat er ein und ging unter den Bäumen dahin und fing an, von den Früchten zu essen. Aber da sah er, daß mehr als zwanzig große Affen auf die Bäume geklettert waren, Tiere, von denen ein jedes größer als ein Maultier war. Und wie Saif el-Mulûk diese Ungeheuer erblickte, kam große Furcht über ihn. Doch alsbald stiegen die Affen wieder herunter und umringten ihn von allen Seiten; darauf traten sie vor ihn hin, winkten ihm, er solle ihnen folgen, und gingen weiter. So schritt er denn hinter ihnen her, und sie zogen immer weiter, indem er ihnen folgte, bis sie eine Burg erreichten, einen Bau, der sich in große Höhe reckte und seine Mauern bis an den Himmel streckte. Dort zogen die Affen hinein, und auch Saif el-Mulûk trat ein, hinter ihnen her; und er entdeckte in ihr allerlei Kostbarkeiten, Juwelen und edle Metalle, die keine Zunge beschreiben kann. Dann sah er in jener Burg einen Jüngling, dem noch kein Haar auf den Wangen sproß, der aber über die Maßen hochgewachsen war. Sein Anblick erfreute ihn, da außer ihm kein menschliches Wesen in der Burg war. Der Jüngling aber staunte gar sehr, als er Saif el-Mulûk erblickte,

und er fragte ihn: ,Wie heißest du? Aus welchem Lande bist
du? Und wie bist du hierher gekommen? Erzähle mir deine
Geschichte und verbirg mir nichts!' Saif el-Mulûk gab ihm
zur Antwort: ,Bei Allah, ich bin nicht aus eigenem Antrieb
hierher gekommen; diese Stätte war nicht mein Ziel. Ich kann
nur wandern von Ort zu Ort, bis ich erreicht habe, was ich
suche.' Und weiter fragte der Jüngling: ,Was ist es, das du
suchest?' Darauf sagte Saif el-Mulûk: ,Ich bin aus dem Lande
Ägypten, und mein Name ist Saif el-Mulûk, und meines Vaters
Name ist König 'Âsim ibn Safwân'; und dann erzählte er ihm
alles, was ihm widerfahren war, von Anfang bis zu Ende. Da
erhob jener Jüngling sich und trat dienend vor Saif el-Mulûk
hin, indem er sprach: ,O größter König unserer Zeit, ich war
in Ägypten und hörte, daß du nach dem Lande China gereist
seiest. Aber wie weit ist dies Land von China entfernt! Dies ist
ein seltsam Ding, fürwahr, und ein Begebnis ganz wunderbar!'
Darauf entgegnete ihm Saif el-Mulûk: ,Du sprichst die Wahrheit. Aber ich bin dann vom Lande China nach dem Lande
Indien in See gegangen. Da erhob sich ein Sturm wider uns,
das Meer tobte, und alle Schiffe, die ich besaß, zerschellten';
und er erzählte ihm alle seine Erlebnisse, bis er mit den Worten
schloß: ,Und so bin ich nun zu dir an diese Stätte gekommen.'
,O Königssohn,' fuhr darauf der Jüngling fort, ,was du durch
diese Wanderschaft und durch ihre Leiden erduldet hast, ist
wahrlich genug. Preis sei Allah, der dich hierher geführt hat!
Bleib jetzt bei mir, auf daß ich mich deiner Gesellschaft erfreue, bis ich sterbe! Dann sollst du König über diese Lande sein,
zu denen auch diese Insel gehört, deren Grenze niemand kennt.
Sieh, diese Affen sind in mancherlei Künsten erfahren, und
alles, was du nur wünschest, kannst du hier finden.' Doch Saif
el-Mulûk erwiderte: ,Lieber Bruder, ich kann an keiner Stätte

verweilen, bis mir mein Wunsch erfüllt ist, müßte ich auch die ganze Welt durchwandern und überall nach meinem Ziele forschen. Vielleicht wird Allah mich noch meinen Wunsch erreichen lassen, sonst muß ich einer Stätte zustreben, an der das Todesschicksal meiner harrt.' Darauf wandte der Jüngling sich einem Affen zu und winkte ihm, und der ging auf kurze Zeit fort; dann kehrte er zurück, begleitet von anderen Affen, die mit seidenen Tüchern gegürtet waren. Und die brachten die Tische und trugen an die hundert goldene und silberne Schüsseln auf, in denen sich vielerlei Speisen befanden. Dann stellten die Affen sich auf, wie Diener es vor den Königen tun; und nun gab der Jüngling den Kammerherren unter den Affen das Zeichen zum Sitzen. Alle setzten sich nunmehr, nur der, dessen Amt es war, aufzuwarten, blieb stehen, während die Jünglinge aßen, bis sie gesättigt waren. Nachdem dann die Tische fortgetragen waren, brachte man Becken und Kannen aus Gold, und sie wuschen ihre Hände. Schließlich brachte man das Weingerät, gegen vierzig Flaschen, von denen eine jede einen anderen Wein enthielt; und sie tranken und waren lustig, vergnügt und guter Dinge. Alle die Affen aber tanzten und spielten, während die Essenden bei Tisch saßen. Als Saif el-Mulûk das sah, staunte er über sie und vergaß die Leiden, die er hatte erdulden müssen. – –«

Da bemerkte Schehrezâd, daß der Morgen begann, und sie hielt in der verstatteten Rede an. Doch als die *Siebenhundertundachtundsechzigste Nacht* anbrach, fuhr sie also fort: »Es ist mir berichtet worden, o glücklicher König, daß Saif el-Mulûk, als er das Treiben und Tanzen der Affen sah, über sie staunte und die Leiden vergaß, die er in der Fremde hatte erdulden müssen. Als es aber Nacht ward, wurden die Kerzen angezündet und in goldene und silberne Leuchter gesetzt; dann brachte man Schalen mit Naschwerk und Früchten, und die Jünglinge aßen davon. Und nachdem die Stunde des Schlafens gekommen war, wurden ihnen die Betten hingebreitet, und sie schliefen. Am nächsten Morgen erhob sich der fremde Jüngling nach seiner Gewohnheit, weckte Saif el-Mulûk und sprach zu ihm: ,Strecke deinen Kopf durch dies Fenster hinaus und schau, was darunter steht!' Jener schaute hinaus und sah, wie die weite Fläche und die ganze Steppe voller Affen war, deren Zahl niemand kannte außer Allah dem Erhabenen. Und er sprach: ,Hier sind so viele Affen, daß sie das ganze Land erfüllen; warum haben die sich zu dieser Zeit versammelt?' Der Jüngling antwortete ihm: ,Das ist ihre Sitte; alle, die sich auf der Insel befinden, sind eingetroffen, und einige haben eine Reise von zwei oder drei Tagen hinter sich. An jedem Sabbat kommen sie und bleiben hier stehen, bis ich aus meinem Schlafe erwache und meinen Kopf aus diesem Fenster hinausstrecke. Wenn sie mich dann sehen, so küssen sie den Boden vor mir; und darauf gehen sie ihrer Wege und an ihre Arbeit.' Alsbald hielt er seinen Kopf zum Fenster hinaus, bis sie ihn sahen; und wie sie ihn erblickt hatten, küßten sie den Boden vor ihm und gingen davon. Saif el-Mulûk aber blieb einen vollen Monat bei dem Jüngling; dann nahm er Abschied von ihm und wanderte weiter. Der Jüngling aber hatte einer Schar von etwa hundert Affen befohlen, ihm das Geleit zu geben; und so zogen diese im Dienste von Saif el-Mulûk sieben Tage dahin, bis sie ihn an die Grenzen ihrer Länder gebracht hatten. Dort nahmen sie Abschied von ihm und kehrten an ihre Wohnstätten zurück, während Saif el-Mulûk allein weiterzog über Berge und Hügel, durch Steppen und Wüsten, vier Monate lang. Bald mußte er hungern, bald konnte er sich sättigen; das eine Mal aß er von den Kräutern der Erde, das andere Mal nährte er sich von den

Früchten der Bäume. Und er begann schon zu bereuen, daß er sich solches angetan und jenen Jüngling verlassen hatte. Gerade wollte er zu ihm zurückkehren auf dem Wege, den er gekommen war, da sah er plötzlich in der Ferne etwas Schwarzes auftauchen. Nun sagte er sich: ‚Ist dies eine schwarze Stadt, oder was mag es sonst sein? Ich will doch nicht eher umkehren, als bis ich gesehen habe, was jenes Ding dort ist.' Wie er aber nahe herankam, sah er, daß es ein hochgebautes Schloß war, das Japhet, der Sohn Noahs – über ihm sei Heil! –, einst erbaut hatte. Dies war das Schloß, das Allah der Erhabene in seinem hochheiligen Buche genannt hat, wo er sagt: ‚Und ein verlassener Brunnen und ein hochragendes Schloß.'[1] Saif el-Mulûk setzte sich am Tor des Schlosses nieder und sprach bei sich selber: ‚Ich möchte wohl wissen, was drinnen in diesem Schlosse ist und welcher König in ihm wohnt! Wer kann mir die Wahrheit sagen, ob seine Bewohner Menschen oder Geisterwesen sind?' Eine Weile saß er nachdenklich da; aber als er niemanden sah, der hineinging oder herauskam, so schritt er vorwärts, indem er auf Allah den Erhabenen vertraute, bis er mitten im Schlosse war; da hatte er auf seinem Wege bereits sieben Vorhallen gezählt, ohne daß er jemanden erblickt hätte. Nun sah er zu seiner Rechten drei Türen und vor sich eine Tür, über die ein Vorhang heruntergelassen war. Auf jene Tür ging er zu, und nachdem er den Vorhang mit seiner Hand gehoben hatte, schritt er durch die Tür hindurch. Da sah er sich in einer großen Halle, die mit seidenen Teppichen belegt war. Und am oberen Ende dieser Halle befand sich ein goldener Thron, auf dem eine Jungfrau saß, deren Antlitz dem Monde glich; sie trug königliche Kleidung und war geschmückt gleich einer Braut in der Hochzeitsnacht. Am Fuße des Thrones standen

1. Koran, Sure 22, Vers 44. Die Stelle ist aber anders aufzufassen.

vierzig Tische mit goldenen und silbernen Schüsseln, die alle voll von prächtigen Speisen waren. Als Saif el-Mulûk die Jungfrau erblickte, trat er auf sie zu und sprach den Friedensgruß; sie erwiderte seinen Gruß und sprach zu ihm: ‚Gehörst du zu den Menschen oder zu den Geistern?' Er gab ihr zur Antwort: ‚Ich gehöre zu den besten der Menschen; denn ich bin ein König, der Sohn eines Königs.' Und sie fuhr fort: ‚Was begehrst du? Zuerst erquicke dich an den Speisen da vor dir; danach erzähle mir deine Geschichte von Anfang bis zu Ende, und sage mir auch, wie du hierher gekommen bist!' Da setzte sich Saif el-Mulûk an einem Tische nieder, hob die Decke von den Speisen, und weil er hungrig war, aß er aus jenen Schüsseln, bis er gesättigt war; dann wusch er sich die Hand[1], trat zum Thron hinauf und setzte sich neben der Jungfrau nieder. Die fragte ihn: ‚Wer bist du? Wie heißt du? Woher kommst du? Und wer hat dich hierher geführt?' ‚Ach, meine Geschichte ist so lang', erwiderte Saif el-Mulûk; doch sie wiederholte: ‚Sage mir nur, woher du bist und aus welchem Grunde du hierher gekommen bist und was du wünschest!' Nun bat er sie: ‚Erzähle du mir, was es mit dir auf sich hat, wie du heißest, was dich hierhergeführt hat und warum du so allein an dieser Stätte sitzest.' Die Maid gab ihm zur Antwort: ‚Ich heiße Daulat Chatûn; ich bin die Tochter des Königs von Indien, und mein Vater wohnt in der Hauptstadt von Ceylon. Er hat einen großen und schönen Garten, den herrlichsten, den es im Lande Indien und all seinen Gebieten gibt; und darin befindet sich ein großer Teich. Eines Tages begab ich mich mit meinen Sklavinnen in jenen Garten; dort legten wir alle, ich und die Sklavinnen, unsere Kleider ab, sprangen in den Teich und begannen zu spielen und uns zu vergnügen. Doch ehe ich mich des-

1. Die Muslime essen nur mit der rechten Hand.

sen versah, kam etwas wie eine Wolke auf mich herab, ergriff mich mitten unter meinen Sklavinnen und flog mit mir zwischen Himmel und Erde davon; dabei sprach das Wesen: ‚O Daulat Chatûn, fürchte dich nicht, sondern sei ruhigen Herzens!‘ Eine kleine Weile flog es mit mir weiter; dann setzte es mich in diesem Schlosse nieder. Nun aber nahm es sofort eine andere Gestalt an und ward zu einem schönen Jüngling von jugendlicher Lieblichkeit und in feinem, reinem Kleid; und der sprach zu mir: ‚Kennst du mich jetzt?‘ ‚Nein, mein Gebieter‘, antwortete ich; und er fuhr fort: ‚Ich bin der Sohn des Blauen Königs, des Königs der Geister; mein Vater wohnt in der Burg von el-Kulzum[1], und ihm unterstehen sechshunderttausend Geister, Flieger sowohl wie Taucher. Als ich unterwegs war und meine Straße dahinzog, geschah es, daß ich dich erblickte; da ward ich von Liebe zu dir erfüllt, und ich flog zu dir hinab und griff dich unter den Sklavinnen auf und brachte dich in dies hochragende Schloß, das meine Wohnstätte ist; hierher kann niemand je gelangen, weder Geister noch Menschen, und von Indien bis hier ist es eine Reise von hundertundzwanzig Jahren. Drum sei gewiß, daß du das Land deines Vaters und deiner Mutter nie wiedersehen wirst, und bleibe bei mir an dieser Stätte mit zufriedenem Herzen und Sinn; ich will dir alles bringen, was du nur wünschest!‘ Dann umarmte und küßte er mich.‘ – – «

Da bemerkte Schehrezâd, daß der Morgen begann, und sie hielt in der verstatteten Rede an. Doch als die *Siebenhundertundneunundsechzigste Nacht* anbrach, fuhr sie also fort: »Es ist mir berichtet worden, o glücklicher König, daß die Jungfrau zu Saif el-Mulûk sagte: ‚Nachdem der Geisterkönig mit mir gesprochen hatte, umarmte und küßte er mich, indem er sagte:

1. Das ist Klysma, an der Stelle des heutigen Suez.

‚Bleib hier und fürchte nichts!‘ Dann verließ er mich und blieb eine Weile fort; danach aber kam er wieder und brachte diese Tische und Teppiche und all dies Hausgerät. An jedem Dienstag besucht er mich und verweilt drei Tage bei mir; am vierten Tage bleibt er bis zur Zeit des Nachmittagsgebetes, dann macht er sich auf, verschwindet aus meinen Augen bis zum nächsten Dienstag und kommt in der gleichen Gestalt zurück. Wenn er hier weilt, ißt und trinkt er mit mir, und er umarmt mich und küßt mich, während ich eine reine Jungfrau bleibe, geradeso wie Allah der Erhabene mich erschaffen hat, da der Geisterprinz mir noch nichts angetan hat. Meines Vaters Name lautet Tâdsch el-Mulûk, und er konnte noch nichts über mich erkunden und hat noch keine Spur von mir gefunden. Dies ist meine Geschichte; nun erzähle du mir die deine!‘ Saif el-Mulûk erwiderte ihr: ‚Meine Geschichte ist lang, und ich fürchte, wenn ich sie dir erzähle, so wird uns die Zeit verstreichen, und der Dämon wird kommen.‘ Doch sie entgegnete ihm: ‚Er hat mich erst, kurz bevor du eintratest, verlassen, und er wird nicht eher als am Dienstag zurückkehren; drum setze dich, sei ruhig und getrosten Mutes und erzähle mir, was dir widerfahren ist, von Anfang bis zu Ende!‘ ‚Ich höre und gehorche!‘ sagte Saif el-Mulûk und begann zu erzählen, bis er alles von Anfang bis zu Ende berichtet hatte. Wie er aber von Badî'at el-Dschamâl sprach, rannen ihr die Augen über von strömenden Tränen, und sie rief: ‚Das hätte ich nicht von dir gedacht, o Badî'at el-Dschamâl! Weh über der Zeiten Lauf! O Badî'at el-Dschamâl, erinnerst du dich meiner nicht mehr? Sprichst du nicht: Wohin ist meine Schwester Daulat Chatûn entschwunden?‘ Dann weinte sie noch immer heftiger und klagte, daß Badî'at el-Dschamâl sie vergessen habe. Saif el-Mulûk aber sprach zu ihr: ‚O Daulat Chatûn, du bist doch eine Sterbliche, und sie ist eine

Geisterfee; wie kann sie denn deine Schwester sein?' Da gab
sie ihm zur Antwort: ‚Sie ist meine Pflegeschwester, und das
hat sich so zugetragen. Meine Mutter ging einst in unseren
Garten hinab, um dort zu lustwandeln; doch es kamen die
Wehen über sie, und sie gebar mich in diesem Garten. Zur selben Zeit aber war auch die Mutter von Badî'at el-Dschamâl
mit ihrem Geistergefolge in dem Garten, und auch sie ward
von den Wehen ergriffen; da ging sie abseits in den Garten
und brachte Badî'at el-Dschamâl zur Welt. Darauf sandte sie
eine ihrer Frauen zu meiner Mutter, um von ihr Speise und die
Sachen, die für das Kindbett nötig sind, zu erbitten. Meine
Mutter sandte ihr alles, was sie wünschte, und lud sie zu sich
ein; dann machte sie sich auf mit Badî'at el-Dschamâl und begab sich zu meiner Mutter, und meine Mutter stillte das Gei-
sterkind. Danach blieb die Geistermutter mit ihrer Tochter
noch zwei Monate lang bei uns in dem Garten. Schließlich
kehrte sie wieder in ihre Heimat zurück; doch zuvor gab sie
meiner Mutter etwas[1] mit den Worten: ‚Wenn du meiner bedarfst, so will ich in diesem Garten zu dir kommen.' Seither
pflegte Badî'at el-Dschamâl uns in jedem Jahre mit ihrer Mutter zu besuchen; wenn sie eine Weile bei uns geblieben waren,
kehrten sie wieder heim. Wäre ich jetzt bei meiner Mutter, o
Saif el-Mulûk, und hätte dich bei mir in meinem Lande, und
wäre ich wie einst mit Badî'at el-Dschamâl zusammen, so würde
ich einen Plan ersinnen, der dir bei ihr zum Ziele verhelfen
soll. Aber nun bin ich hier, und die Meinen wissen nichts von
mir. Wenn sie Kunde von mir hätten und wüßten, daß ich
hier weile, so hätten sie die Macht, mich aus diesem Gefängnisse
zu befreien. Doch alles steht in der Hand Allahs, des Gepriese-

1. Gemeint ist ein Zaubermittel, durch das man Geister herbeirufen
kann.

nen und Erhabenen, und was kann ich tun?' Saif el-Mulûk rief:
‚Mache dich auf, komm mit mir, wir wollen fliehen und uns
dorthin begeben, wohin Allah der Erhabene will!' Doch sie
entgegnete ihm: ‚Das können wir nicht tun; denn, bei Allah,
wenn wir auch eines Jahres Reise weit flüchteten, so würde
dieser Verfluchte uns doch in einer Stunde einholen und uns
umbringen.' Da sagte Saif el-Mulûk: ‚Ich will mich irgendwo
verstecken, und wenn er an mir vorüberkommt, will ich ihn
mit dem Schwerte totschlagen.' ‚Du kannst ihn nur töten,
wenn du seine Seele tötest', erwiderte sie; und er fragte: ‚Wo
ist denn seine Seele?' Darauf gab sie zur Antwort: ‚Ich habe
ihn viele Male danach gefragt, aber er wollte mir ihren Ort
nicht nennen. Schließlich begab es sich eines Tages, als ich wieder in ihn drang, daß er über mich ergrimmte und rief: ‚Wie
oft willst du mich nach meiner Seele fragen? Warum fragst du
denn immerfort danach?' Ich erwiderte ihm: ‚O Hâtim[1], mir
ist außer Allah niemand geblieben als du. Solange du lebst, will
ich immer deine Seele in den Armen halten. Wenn ich deine
Seele nicht hüte und in meinen Augenstern lege, wie kann ich
dann nach deinem Tode leben? Wenn ich wüßte, wo deine
Seele ist, so würde ich sie hüten wie mein rechtes Auge.' Da
sprach er zu mir: ‚Als ich geboren wurde, weissagten die Sterndeuter, daß meine Seele durch die Hand eines von den Söhnen
der menschlichen Könige umkommen würde. Deshalb habe
ich meine Seele genommen und sie in den Kropf eines kleinen
Vogels getan. Den Vogel habe ich in eine Schachtel eingesperrt, die Schachtel habe ich in einen Kasten getan, den Kasten inmitten von sieben anderen Kästen, die Kästen wiederum
in sieben Truhen und die Truhen in einen Marmorschrein, den

---

1. Hâtim (oder, nach der Breslauer Ausgabe, Châtim) ist wohl als
Eigenname des Geisterjünglings aufzufassen.

ich am Ende dieses erdumgürtenden Ozeans verborgen halte. Jene Gegend liegt so fern vom Lande der Menschen, daß kein einziges sterbliches Wesen dorthin gelangen kann. Sieh, nun habe ich es dir gesagt, und du sprich zu niemandem darüber; denn es ist ein Geheimnis zwischen dir und mir!' – –«

Da bemerkte Schehrezâd, daß der Morgen begann, und sie hielt in der verstatteten Rede an. Doch als die *Siebenhundertundsiebenzigste Nacht* anbrach, fuhr sie also fort: »Es ist mir berichtet worden, o glücklicher König, daß Daulat Chatûn, als sie Saif el-Mulûk von der Seele des Dämonen, der sie entführt hatte, berichtete und ihm offenbarte, was jener ihr mitgeteilt hatte, sogar auch seine Worte an sie: ,Dies ist ein Geheimnis zwischen uns', dann des weiteren sagte: ,Ich entgegnete ihm: ,Wem sollte ich es wohl verraten? Es kommt doch niemand außer dir zu mir, so daß ich es ihm sagen könnte!' Und ich fügte hinzu: ,Bei Allah, du hast deine Seele in einer festen und starken Feste verborgen, zu der niemand gelangen kann. Wie sollte wohl ein Mensch dorthin kommen können, wenn nicht das Unmögliche vorherbestimmt ist und Allah es beschlossen hat, wie die Sterndeuter geweissagt haben! Und wie sollte auch ein Mensch wohl diese Stätte hier erreichen können!' Doch der Dämon erwiderte: ,Vielleicht gibt es unter ihnen einen, der den Ring Salomos, des Sohnes Davids – über beiden sei Heil! –, an seinem Finger trägt; der möchte hierher kommen und seine Hand mit diesem Ringe auf die Fläche des Wassers legen und sprechen: ,Bei der Kraft dieser Namen, die Seele Desunddes komme hervor!' Dann wird sich der Schrein an die Oberfläche heben, und er wird ihn aufbrechen, desgleichen auch die Truhen und Kästen, bis er gar den Vogel aus der Schachtel hervorholt und erdrosselt, so daß ich sterbe.' In diesem Augenblick rief Saif el-Mulûk: ,Ich bin ja dieser Königs-

sohn! Hier ist dieser Ring Salomos, des Sohnes Davids – über
beiden sei Heil! –, an meinem Finger! Auf, laß uns zur Küste
dieses Meeres gehen, damit wir schauen, ob seine Worte falsch
oder wahr sind!' Alsbald machten die beiden sich auf und
schritten dahin, bis sie zum Meere kamen. Und Daulat Chatûn
blieb an der Meeresküste stehen, während Saif el-Mulûk bis
zum Gürtel in das Wasser watete und sprach: ‚Bei der Kraft
der Namen und Talismane, die auf diesem Ringe geschrieben
stehen, und bei der Macht Salomos – Heil sei über ihm! – die
Seele Desunddes, des Sohnes des Blauen Königs, des Dämonen, komme hervor!' Da geriet das Meer in Wallung und der
Schrein stieg an die Oberfläche. Saif el-Mulûk aber nahm ihn
und schlug ihn gegen den Felsen; so zerbrach er ihn und die
Truhen und Kästen, und er holte den Vogel aus der Schachtel
hervor. Darauf begaben die beiden sich zum Schlosse und setzten sich auf den Thron; aber plötzlich stieg eine furchtbare
Staubwolke auf, und ein riesenhaftes Etwas kam dahergeflo-
gen, das schrie: ‚Schone mich, o Königssohn! Töte mich nicht!
Mache mich zu deinem Freigelassenen, und ich will dir zu deinem Ziele verhelfen!' Doch Daulat Chatûn rief: ‚Der Dämon
ist da! Töte den Vogel, damit dieser Verfluchte nicht ins Schloß
eindringt und ihn dir entreißt und dich tötet und nach dir auch
mich!' Und sogleich erdrosselte Saif el-Mulûk den Vogel, und
der starb; da fiel auch der Dämon auf der Schwelle des Palastes
nieder und wurde zu einem Häuflein schwarzer Asche. Dann
sprach Daulat Chatûn: ‚Nun sind wir aus der Hand dieses Verruchten befreit. Was wollen wir jetzt beginnen?' Saif el-Mulûk
erwiderte ihr: ‚Wir müssen Hilfe erflehen von Allah dem Erhabenen, der uns heimgesucht hat; denn Er wird unsere Wege
leiten und uns zur Rettung aus unserer Not verhelfen.' Darauf
ging er hin und hob etwa zehn Türen des Schlosses aus den

Angeln; jene Türen aber waren aus Sandelholz und Aloeholz, und die Nägel darin waren aus Gold und aus Silber. Dann nahm er Stricke aus Seide von verschiedener Art, die sich dort befanden, und band damit die Türen zusammen; und nachdem er ein Floß daraus gemacht hatte, trugen er und Daulat Chatûn, die ihm ihre Hilfe lieh, es fort, bis sie zum Strande kamen, warfen es ins Meer und banden es am Ufer fest. Noch einmal kehrten sie ins Schloß zurück und holten von dort die goldenen und silbernen Schüsseln, desgleichen auch die Juwelen und Hyazinthe und Edelmetalle. Alles das, was nicht beschwert und doch von hohem Wert, trugen sie aus dem Schlosse fort und legten es auf jenes Floß. Und schließlich stiegen sie selbst hinauf, indem sie ihr Vertrauen auf Allah den Erhabenen setzten, auf Ihn, der alle, die auf Ihn vertrauen, schützt und nicht im Stiche läßt. Nachdem sie sich auch noch zwei Planken als Ruder zurechtgemacht hatten, lösten sie die Stricke und ließen das Floß mit ihnen ins Meer hinaustreiben. In dieser Weise fuhren sie vier Monate lang dahin, bis ihre Zehrung zu Ende ging; da kam schweres Leid über sie, das Herz ward ihnen beengt, und sie baten Allah, Er möchte ihnen Befreiung aus ihrer Not gewähren. Auf ihrer ganzen Fahrt aber pflegte Saif el-Mulûk, wenn er sich zum Schlafen niederlegte, Daulat Chatûn den Platz hinter seinem Rücken zu geben, und wenn er sich umwandte, so lag sein Schwert zwischen ihnen beiden. Während sie nun in ihrer Not dahinfuhren, geschah es eines Nachts, als Saif el-Mulûk schlief, Daulat Chatûn aber wachte, daß ihr Floß dem Lande zutrieb und in einen Hafen kam, in dem Schiffe lagen. Daulat Chatûn erblickte die Schiffe und hörte, wie ein Mann mit den Seeleuten redete; jener Mann aber, der da sprach, war der Oberste und der Älteste der Schiffsführer. Wie also die Prinzessin des Kapitäns Stimme vernahm, erkannte sie, daß hier am Lande sich der Hafen einer Stadt befand und daß sie nun eine bewohnte Gegend erreicht hatten; darüber war sie hocherfreut. Alsbald weckte sie Saif el-Mulûk aus seinem Schlafe und sprach zu ihm: ‚Auf, befrage diesen Kapitän über den Namen dieser Stadt und über diesen Hafen!' Voller Freuden erhob sich jener und rief: ‚Bruder, wie heißt diese Stadt? Wie nennt man diesen Hafen? Und wie heißt ihr König?' Aber der Kapitän erwiderte ihm: ‚Du Narrengesicht, du Dummbart, wenn du den Namen dieses Hafens und dieser Stadt nicht kennst, wie bist du dann hierher gekommen?' Saif el-Mulûk gab zur Antwort: ‚Ich bin ein Fremdling; ich war auf einem Kauffahrteischiffe; aber das Schiff zerschellte und ging mit Mann und Maus unter; nur ich konnte noch auf eine Planke klettern und bin nun hierher geraten. Darum fragte ich dich, und im Fragen ist doch nichts Arges.' Und der Kapitän fuhr fort: ‚Dies ist die Stadt 'Amarîje¹, und dieser Hafen heißt Kamîn el-Bahrain.' Als Daulat Chatûn diese Worte hörte, freute sie sich gar sehr, und sie rief: ‚Preis sei Allah!' ‚Was gibt es?' fragte Saif el-Mulûk; und sie erwiderte: ‚O Saif el-Mulûk, freue dich der nahen Rettung! Der König dieser Stadt ist mein Oheim, der Bruder meines Vaters.' – –«

Da bemerkte Schehrezâd, daß der Morgen begann, und sie hielt in der verstatteten Rede an. Doch als die *Siebenhundertundeinundsiebenzigste Nacht* anbrach, fuhr sie also fort: »Es ist mir berichtet worden, o glücklicher König, daß Daulat Chatûn zu Saif el-Mulûk sprach: ‚Freue dich der nahen Rettung! Der König dieser Stadt ist mein Oheim, der Bruder meines Vaters, und er heißt 'Âli el-Mulûk.' Und dann fügte sie hinzu: ‚Frage doch den Kapitän: Ist der Sultan dieser Stadt, 'Âli el-Mulûk, wohlauf?' Als aber jener danach fragte, schrie der Kapitän ihn

1. Oder 'Amârije. Dieser und der folgende Name sind wohl erdichtet.

280

zornig an: ‚Du sagst, du seiest in deinem ganzen Leben noch nicht hierher gekommen und du seiest ein Fremdling; wer hat dir denn den Namen des Herrn dieser Stadt kundgetan?‘ Nun freute sich Daulat Chatûn, da sie den Kapitän erkannte; er hieß nämlich Mu'în ed-Dîn, und er war einer der Kapitäne ihres Vaters, und er war ausgefahren, um sie zu suchen, als sie verschwunden war, hatte sie aber nicht gefunden, und war immer weiter umhergefahren, bis er die Stadt ihres Oheims erreicht hatte. Und sie sprach zu Saif el-Mulûk: ‚Sag ihm: He, Mu'în ed-Dîn, komm, folge dem Rufe deiner Herrin!‘ Da rief er ihm diese Worte zu; doch wie der Kapitän sie von ihm vernahm, ward er sehr zornig und erwiderte: ‚Du Hund, wer bist du und woher kennst du mich?‘ Einigen Seeleuten aber rief er zu: ‚Reicht mir einen Eschenstab; ich will hingehen und dem elenden Kerl da den Schädel einschlagen!‘ Man gab ihm den Stab, und er eilte dorthin, wo Saif el-Mulûk war; er sah das Floß, auf ihm sah er etwas Wunderbares, Herrliches, und sein Sinn ward berückt. Dann schaute er genauer hin und ließ seinen Blick verweilen, und er sah Daulat Chatûn, die dasaß, schön gleich der Mondscheibe; und er sprach zu dem Jüngling: ‚Wer ist dort bei dir?‘ Der antwortete ihm: ‚Bei mir ist eine Jungfrau, Daulat Chatûn geheißen.‘ Als der Kapitän diese Worte vernahm, sank er ohnmächtig zu Boden; denn er hatte ja den Namen gehört und erfahren, daß sie seine Herrin war und die Tochter seines Königs. Und als er wieder zu sich kam, ließ er das Floß mit denen, die auf ihm waren, allein und eilte in die Stadt; und weiter eilte er zum Schlosse des Königs und bat um Einlaß. Der Kammerherr trat zum König ein und sprach: ‚Kapitän Mu'în ed-Dîn ist gekommen, um dir gute Nachricht zu bringen.‘ Der König gab Befehl, ihn vorzulassen; und so trat der Kapitän ein, küßte den Boden vor ihm und sprach zu ihm:

‚O König, Lohn für frohe Botschaft ist mir von dir gewiß! Denn deines Bruders Tochter Daulat Chatûn ist zu dieser Stadt gekommen, gesund und wohlbehalten; sie ist auf einem Floße, zusammen mit einem Jüngling, der dem Monde in der Nacht seiner Fülle gleicht.‘ Als der König diese Kunde von seines Bruders Tochter vernahm, freute er sich und verlieh dem Kapitän ein kostbares Ehrengewand. Ferner befahl er sogleich, die Stadt solle geschmückt werden zu Ehren der wohlbehaltenen Ankunft seiner Bruderstochter. Auch entsandte er Boten zu ihr und ließ sie und Saif el-Mulûk zu sich kommen; dann begrüßte er sie und wünschte ihnen Glück zu ihrer Rettung. Und schließlich schickte er Boten zu seinem Bruder, um ihm zu melden, daß seine Tochter gefunden sei und bei ihm weile. Sobald diese Boten bei Tâdsch el-Mulûk, dem Vater von Daulat Chatûn, eingetroffen waren, rüstete er sich, versammelte seine Truppen und machte sich auf den Weg, bis er bei seinem Bruder 'Âli el-Mulûk ankam und wieder mit seiner Tochter Daulat Chatûn vereint war; da waren sie hocherfreut. Eine Woche lang blieb er bei seinem Bruder; dann nahm er seine Tochter und desgleichen auch Saif el-Mulûk und machte sich mit ihnen auf den Heimweg, bis sie in Ceylon ankamen. Das war ja das Vaterland der Prinzessin, und als sie dort auch mit ihrer Mutter wieder vereint war, freuten sich alle über ihre glückliche Heimkehr, und Freudenfeste wurden gefeiert; das war damals ein herrlicher Tag, wie man ihn noch nie erlebt hatte. Der König aber erwies Saif el-Mulûk hohe Ehren und sprach zu ihm: ‚O Saif el-Mulûk, du hast mir und meiner Tochter all dies Gute getan, und ich kann es dir nie vergelten; nur der Herr der Welten kann es dir lohnen! Doch ich wünsche, daß du an meiner Statt den Thron besteigest und im Lande Indien herrschest; sieh, ich schenke dir mein Reich und meinen Thron, meine Schätze und meine Diener – all das soll eine Gabe von mir an dich sein.' Da küßte Saif el-Mulûk den Boden vor dem König und dankte ihm und sprach zu ihm: ,O größter König unserer Zeit, ich nehme alles an, was du mir geschenkt hast; doch ich gebe es dir zurück als ein Geschenk von mir. Denn ich, o größter König unserer Zeit, strebe nicht nach Herrschaft und Sultanswürde, ich wünsche nur ganz allein, daß Allah der Erhabene mich an mein Ziel führe.' Nun fuhr der König fort: ,Meine Schätze hier stehen zu deiner Verfügung, o Saif el-Mulûk; was du nur willst, entnimm aus ihnen, ohne mich darüber zu befragen; und Allah möge dich statt meiner mit allem Guten belohnen!' Hierauf erwiderte Saif el-Mulûk: ,Allah stärke die Macht des Königs! Ich habe keine Freude an der Herrschaft noch an Geld und Gut, bis mir mein Wunsch erfüllt ist. Jetzt aber möchte ich mich in dieser Stadt ergehen und mir ihre Straßen und Märkte anschauen.' Da befahl Tâdsch el-Mulûk, ihm eins der edelsten Rosse zu bringen; und nachdem man ein solches edles Tier, mit Sattel und Zaum versehen, vor ihn geführt hatte, bestieg er es und ritt hinaus auf den Markt und zog in den Straßen der Stadt umher. Und wie er dort nach rechts und nach links hin Ausschau hielt, erblickte er einen Jüngling, der ein Obergewand im Arme trug und es um fünfzehn Dinare feilbot. Er schaute genauer hin und entdeckte, daß er seinem Bruder Sâ'id glich. In Wirklichkeit war er es auch selbst, aber seine Farbe und seine Gestalt sahen jetzt anders aus, da er schon so lange in der Fremde weilte und so viele Mühsale der Reise durchgemacht hatte; deshalb erkannte Saif el-Mulûk ihn nicht genau. Doch er sprach zu seinen Begleitern: ,Bringt mir den Jüngling, ich will ihn befragen!' Sie führten ihn zu ihm, und er fuhr fort: ,Nehmt ihn und führt ihn in das Schloß, in dem ich wohne;

283

dort behaltet ihn bei euch, bis ich von dem Ausritt heimkehre!'
Jene aber verstanden ihn so, als ob er zu ihnen gesagt hätte:
‚Nehmt ihn und führt ihn ins Gefängnis', und sie sagten sich:
‚Vielleicht ist er einer von seinen Mamluken, der ihm entlaufen ist.' Also nahmen sie den Jüngling, führten ihn ins Gefängnis, legten ihm Fesseln an und ließen ihn dort sitzen. Darauf
kehrte Saif el-Mulûk von seinem Ritt heim und begab sich ins
Schloß; aber er vergaß seines Bruders Sâ'id, und keiner erinnerte ihn mehr an ihn. So blieb denn Sâ'id im Gefängnis,
und wenn man die Gefangenen zu den Bauarbeiten hinausführte, so ward auch Sâ'id mitgenommen, und er mußte mit
den Sträflingen arbeiten, so daß er bald ganz mit Schmutz bedeckt war. Einen ganzen Monat lang blieb er in dieser elenden
Lage; und er sann über sein Los nach und fragte sich: ‚Was
mag wohl der Grund meiner Gefangenschaft sein?' Saif el-
Mulûk aber gab sich ganz den Freuden und Zerstreuungen
hin, die ihm zuteil wurden. Doch eines Tages geschah es, daß
Saif el-Mulûk, während er dasaß, sich an seinen Bruder Sâ'id
erinnerte, und sofort fragte er die Mamluken, die bei ihm
waren: ‚Wo ist der Mamluk, der an dem und dem Tage bei
euch war?' Sie antworteten: ‚Hast du uns nicht gesagt, wir
sollten ihn ins Gefängnis bringen?' ‚Das hab ich euch nicht
gesagt,' erwiderte Saif el-Mulûk, ‚ich hab euch doch gesagt,
ihr solltet ihn in das Schloß bringen, in dem ich wohne.' Darauf schickte er die Kammerherren zu Sâ'id, und die brachten
ihn her, gefesselt wie er war; dann lösten sie ihm die Fesseln
und führten ihn vor Saif el-Mulûk. Der fragte ihn: ‚O Jüngling,
aus welchem Lande bist du?' Und jener antwortete ihm: ‚Ich bin
aus Ägypten, und mein Name ist Sâ'id, Sohn des Wesirs Fâris.'
Kaum hatte Saif el-Mulûk diese Worte von ihm vernommen,
so sprang er vom Thron herunter und warf sich dem Freunde

entgegen, hängte sich an seinen Hals und begann vor Freuden heftig zu weinen. Dann sprach er: ‚Lieber Bruder Sâ'id, Preis sei Allah, daß du noch lebst und ich dich sehe! Ich bin ja dein Bruder Saif el-Mulûk, der Sohn des Königs 'Âsim!' Wie Sâ'id diese Worte hörte und ihn erkannte, umarmten beide sich und weinten miteinander; und alle, die zugegen waren, schauten den beiden voll Verwunderung zu. Darauf befahl Saif el-Mulûk, man solle Sâ'id nehmen und ins Bad führen; und es geschah also. Nachdem er dann das Bad verlassen hatte, kleideten die Diener ihn in prächtige Gewänder und führten ihn in den Saal zu Saif el-Mulûk zurück; und der ließ ihn neben sich auf dem Throne sitzen. Als nun Tâdsch el-Mulûk die Kunde vernahm, freute er sich gar sehr, daß Saif el-Mulûk mit seinem Bruder Sâ'id wieder vereinigt war, und kam zu ihnen, und die drei saßen beisammen und begannen über alles zu plaudern, was ihnen von Anfang bis zu Ende widerfahren war. Da erzählte Sâ'id:

‚O mein Bruder, o Saif el-Mulûk, als das Schiff unterging und die Mamluken im Meere versanken, kletterte ich mit einer Anzahl von ihnen auf eine Planke, und die trieb mit uns einen vollen Monat auf dem Meere dahin. Darauf warf der Wind uns nach dem Willen Allahs des Erhabenen an eine Insel, und wir gingen auf ihr an Land, hungrig wie wir waren. Bald schritten wir zwischen den Bäumen einher und begannen von den Früchten zu essen. Während wir nun mit dem Essen beschäftigt waren, kamen plötzlich, ehe wir uns dessen versahen, Leute auf uns zu, die wie Dämonen aussahen, und die sprangen auf uns und ritten auf unsern Schultern und schrieen uns an: ‚Vorwärts, marsch! Ihr seid jetzt unsere Esel.' Ich aber sprach zu dem, der auf mir saß: ‚Was bist du? Und weshalb reitest du auf mir?' Als er mich so reden hörte, wand er sein Bein mir so fest um den Hals, daß ich fast erstickte, und er schlug mir mit seinem anderen Bein so heftig auf den Rükken, daß ich glaubte, er hätte mir das Rückgrat zerbrochen. Da fiel ich nieder auf mein Gesicht, denn Hunger und Durst hatten mir alle Kraft genommen. Als ich zu Boden sank, erkannte er, daß ich hungrig war, und er nahm mich bei der Hand und führte mich zu einem Baume, der voller Früchte hing; das war ein Birnbaum. Dann sprach er zu mir: ,Iß von diesem Baume, bis du satt bist!' Ich aß also von jenen Früchten, bis ich gesättigt war; und schließlich machte ich mich auf und schritt wider Willen weiter. Aber ich hatte kaum ein paar Schritte getan, da wandte jener Kerl sich um und sprang mir von neuem auf die Schultern; bald ging ich im Schritt, bald rannte ich, bald lief ich im Paßgang, während er auf mir ritt und lachte und rief: ,Nie in meinem Leben habe ich einen solchen Esel gesehen wie dich!' Doch eines Tages begab es sich, daß wir Weintrauben sammelten; die legten wir in eine Grube und traten darauf mit unseren Füßen. Bald wurde jene Grube zu einem großen Teich, und nachdem wir eine Weile gewartet hatten, kehrten wir zu ihr zurück. Da fanden wir, daß die Sonne den Saft bestrahlt hatte und daß er zu Wein geworden war. Nun tranken wir immer davon und wurden trunken, so daß unsere Gesichter sich röteten und wir in fröhlichem Rausche sangen und tanzten. Unsere Peiniger aber fragten: ,Was macht eure Gesichter so rot und läßt euch tanzen und singen?' Wir antworteten ihnen: ,Fragt nicht danach! Was wollt ihr mit dieser Frage?' Doch sie bestanden darauf: ,Sagt es uns, damit wir die Wahrheit erfahren!' Endlich sagten wir ihnen: ,Es ist Traubensaft.' Darauf trieben sie uns in ein Tal, von dem wir nicht erkennen konnten, wie lang und wie breit es war. An jenem Tale zogen sich Weinberge hin, so weit, daß man ihren Anfang und ihr Ende nicht übersehen konnte; und eine jede von den Trauben, die dort hingen, wog zwanzig Pfund und war leicht zu flücken. Die Teufel riefen uns zu: ‚Sammelt von diesen!‘ Und nun sammelten wir von ihnen eine gewaltige Menge; und da wir dort auch eine große Grube fanden, die noch größer war als ein weiter Teich, so füllten wir sie mit Trauben an, zertraten sie mit unseren Füßen und taten wie das erste Mal, so daß der Saft zu Wein ward. Dann sprachen wir zu ihnen: ‚Jetzt ist er ganz fertig. Aber woraus wollt ihr ihn trinken?‘ Sie antworteten uns: ‚Wir hatten schon früher Esel gleich euch; die haben wir aufgegessen, doch ihre Köpfe sind uns geblieben, nun gebt uns aus ihren Schädeln zu trinken.‘ Wir gaben ihnen also zu trinken, und sie wurden berauscht und legten sich nieder; es waren ihrer aber an die zweihundert. Darauf sagten wir zueinander: ‚Ist es diesen Kerlen nicht genug, daß sie uns reiten? Müssen sie uns denn auch noch auffressen? Doch es gibt keine Macht und es gibt keine Majestät außer bei Allah, dem Erhabenen und Allmächtigen! Jetzt wollen wir sie aber schwer berauscht machen und sie umbringen, damit wir Ruhe haben vor ihnen und ihren Händen entrinnen!‘ Dann weckten wir sie auf und füllten ihnen von neuem jene Schädel und gaben ihnen zu trinken. Sie sagten: ‚Das ist bitter!‘ Doch wir antworteten: ‚Warum sagt ihr, dies sei bitter? Jeder, der das sagt, muß noch am selben Tage sterben, wenn er nicht zehnmal davon trinkt.‘ Da hatten sie Angst vor dem Tode und sprachen zu uns: ‚Gebt uns volle zehnmal zu trinken!‘ Und als sie bis zum zehnten Male getrunken hatten, kam ein so schwerer Rausch über sie, daß ihre Kraft erlosch und wir sie an den Armen schleppen konnten. Darauf sammelten wir Brennholz von den Weinbergen, eine große Menge, und legten es um sie und auf sie; und nachdem wir das Holz in Brand

287

gesteckt hatten, blieben wir in der Ferne stehen, um zu schauen, was aus ihnen werden würde.' – –«

Da bemerkte Schehrezâd, daß der Morgen begann, und sie hielt in der verstatteten Rede an. Doch als die *Siebenhundertundzweiundsiebenzigste Nacht* anbrach, fuhr sie also fort: »Es ist mir berichtet worden, o glücklicher König, daß Sâ'id des weiteren erzählte: ,Nachdem ich mit meinen Gefährten, den Mamluken, das Brennholz in Brand gesteckt hatte, während die Dämonen mitten darin lagen, blieben wir in der Ferne stehen, um zu schauen, was aus ihnen werden würde. Dann aber, als das Feuer ausgebrannt war, gingen wir wieder nahe an sie heran und sahen, daß sie zu einem Haufen Asche geworden waren. So priesen wir denn Allah den Erhabenen, der uns von ihnen befreit hatte, gingen von der Mitte der Insel fort und begaben uns wieder zum Meeresstrande. Dort trennten wir uns voneinander, und ich zog mit zweien von den Mamluken weiter, bis wir zu einem großen Hain mit vielen Bäumen gelangten, und wir machten uns daran, von den Früchten zu essen. Doch da trat plötzlich ein Kerl auf uns zu, der war gewaltig groß, hatte einen langen Bart und lange Ohren und Augen, die wie Fackeln glühten. Vor sich hatte er eine große Schafherde, die er weidete, und bei ihm war eine Schar ähnlicher Wesen wie er. Als er uns erblickte, zeigte er unverhohlene Freude und empfing uns freundlich, indem er sprach: ,Herzlich willkommen! Kommt zu mir, ich will euch ein Schaf aus dieser Herde schlachten und rösten und euch zu essen geben.' Wir fragten ihn: ,Wo ist deine Heimstätte?' Und er antwortete: ,Nahe bei diesem Berge. Geht weiter in dieser Richtung, bis ihr eine Höhle sehet; in die geht hinein, denn dort werdet ihr viele Gäste finden gleich euch! Tretet hin und setzt euch zu ihnen, während wir euch das Gastmahl bereiten!' Wir glaubten, seine Worte seien wahr, und so gingen wir in jener Richtung weiter und traten in die Höhle dort ein. Wohl sahen wir die Gäste, die in ihr weilten; aber sie waren alle blind. Und wie wir zu ihnen hereinkamen, sprach einer von ihnen: ‚Ich bin krank‘, und ein anderer: ‚Ich bin schwach.‘ Wir riefen ihnen zu: ‚Was sagt ihr da? Wodurch seid ihr krank und schwach geworden?‘ Doch sie fragten uns: ‚Wer seid ihr?‘ Und wir gaben ihnen zur Antwort: ‚Wir sind Gäste.‘ Da fuhren sie fort: ‚Was hat euch denn diesem Verfluchten in die Hände fallen lassen? Es gibt keine Macht und es gibt keine Majestät außer bei Allah, dem Erhabenen und Allmächtigen! Dies ist ein Ghûl, der die Menschenkinder frißt; und er hat uns schon geblendet und will uns auch verschlingen.‘ ‚Wie hat dieser Ghûl euch denn blind gemacht?‘ fragten wir; und sie erwiderten: ‚Jetzt wird er euch auch gleich uns blind machen.‘ ‚Aber wie wird er uns blenden?‘ fragten wir weiter; und da sagten sie: ‚Er wird euch Becher voll Milch bringen und zu euch sprechen: ‚Ihr seid müde von der Reise; da habt ihr Milch, trinkt von ihr!‘ Und wenn ihr davon trinkt, so werdet ihr gleich uns.‘ Nun sprach ich bei mir selber: ‚Wir können uns nur noch durch eine List retten‘, und ich grub ein Loch in die Erde und setzte mich darüber. Nach einer Weile kam dann der verfluchte Ghûl zu uns herein mit Bechern voll Milch; er reichte mir einen Becher und auch jedem meiner beiden Gefährten, indem er sprach: ‚Ihr seid durstig aus der Steppe gekommen; da habt ihr Milch, trinket von ihr, dieweil ich euch das Fleisch röste!‘ Was mich betrifft, so nahm ich den Becher, führte ihn an den Mund, goß aber die Milch in das Loch und schrie: ‚Weh! mein Augenlicht ist geschwunden, ich bin blind.‘ Und ich griff mit der Hand nach meinem Auge und begann zu weinen und zu klagen, während er lachte und sprach: ‚Sei nur nicht bange!' Doch was meine beiden Gefährten angeht, so tranken sie die Milch wirklich und erblindeten. Sofort machte der Ghûl sich auf, schloß die Tür der Höhle und kam auf mich zu; er befühlte meine Rippen, doch er fand, daß ich mager war und kein Fleisch an mir hatte. Dann betastete er einen anderen, und als er fühlte, daß der fett war, freute er sich. Darauf schlachtete er drei Schafe, häutete sie ab, holte Eisenspieße und hielt sie über das Feuer, um das Fleisch zu rösten; das brachte er meinen Gefährten, und sie aßen, während er mit den beiden aß. Schließlich holte er noch einen Schlauch voll Wein, trank ihn aus und warf sich aufs Gesicht nieder und schnarchte. Ich aber sprach bei mir selber: ‚Jetzt ist er in Schlaf versunken; wie kann ich ihn also umbringen?' Da dachte ich an die Bratspieße, nahm zwei von ihnen, legte sie ins Feuer und wartete, bis sie wie Kohlen glühten; dann machte ich mich ans Werk, gürtete mich, sprang auf, nahm je einen Spieß in jede Hand und trat auf den Verruchten zu; dem stieß ich die beiden Spieße in seine Augen und stemmte mich mit aller Kraft auf sie. Er sprang um das liebe Leben auf die Füße und wollte mich greifen; doch da er blind war, so floh ich vor ihm in das Innere der Höhle, während er hinter mir hertappte. Den Blinden jedoch, die dort waren, rief ich zu: ‚Was soll ich mit diesem Verfluchten tun?' Und einer von ihnen antwortete: ‚O Sâ'id, auf, steig zu jener Fensternische dort empor; dort wirst du ein gewetztes Schwert finden. Nimm es und komm zu mir, dann will ich dir sagen, was du tun sollst!' Ich stieg also zu der Nische hinauf, holte das Schwert und ging zu jenem Mann; der sagte mir: ‚Schwing es und triff ihn damit auf den Rumpf; dann wird er sofort sterben!' Da machte ich mich auf und eilte hinter ihm her, während er schon des Umherlaufens müde war und nach den Blinden tappte, um sie zu töten. Und ich stürzte mich auf ihn und traf ihn mit dem Schwerte auf den Rumpf, so daß er in zwei Teile gespalten ward. Er aber schrie mich an und sprach: ‚Mann, da du mich töten willst, so gib mir noch einen zweiten Streich!' Schon holte ich zu einem zweiten Streiche wider ihn aus, da rief jener Mann, der mich zu dem Schwerte gewiesen hatte: ‚Triff ihn nicht zum zweiten Male; sonst stirbt er nicht, nein, dann wird er am Leben bleiben und uns umbringen!' – –«

Da bemerkte Schehrezâd, daß der Morgen begann, und sie hielt in der verstatteten Rede an. Doch als die *Siebenhundertunddreiundsiebenzigste Nacht* anbrach, fuhr sie also fort: »Es ist mir berichtet worden, o glücklicher König, daß Sâ'id des weiteren erzählte: ‚Als ich den Ghûl mit dem Schwerte getroffen hatte, rief er mir zu: ‚Mann, da du mich getroffen hast und mich töten willst, so gib mir noch einen zweiten Streich!' Und schon holte ich zum Streiche wider ihn aus, da rief jener Mann, der mich zu dem Schwerte gewiesen hatte: ‚Triff ihn nicht zum zweiten Male; sonst stirbt er nicht, nein, dann wird er am Leben bleiben und uns umbringen!' Ich gehorchte dem Befehl jenes Mannes und schlug nicht zu; und so verendete der Verfluchte. Nun sprach der Mann zu mir: ‚Wohlan, öffne die Höhle und laß uns hinausgehen; vielleicht wird Allah uns helfen und uns Ruhe geben von dieser Stätte.' Doch ich erwiderte ihm: ‚Jetzt kann uns kein Leid mehr widerfahren; drum wollen wir lieber uns ausruhen und von diesen Schafen schlachten und von diesem Weine trinken; denn das Festland ist weit.' So blieben wir denn zwei Monate lang an jener Stätte, indem wir von den Schafen dort und den Früchten dort aßen. Da begab es sich eines Tages, als wir am Meeresstrande saßen, daß wir ein großes Schiff erblickten, wie es in der Ferne auf dem Meere auftauchte. Wir gaben alsbald den Schiffsleuten Zeichen und riefen ihnen zu; aber sie fürchteten sich vor jenem Ghûl, denn sie wußten, daß auf dieser Insel der menschenfressende Ghûl wohnte. Schon wollten sie sich davonmachen, aber wir winkten ihnen mit den Enden unserer Turbantücher und suchten ihnen näher zu kommen und schrieen ihnen laut zu. Und nun sprach einer von den Seefahrern, der ein scharfes Auge hatte: ‚O ihr Fahrtgenossen, ich sehe, die Gestalten dort sind menschliche Wesen gleich uns; die sehen nicht wie Ghûle aus.‘ Dann fuhren sie ganz langsam auf uns zu, bis sie in unsere Nähe kamen, und als sie sich überzeugt hatten, daß wir wirklich menschliche Wesen waren, riefen sie uns den Friedensgruß zu, und wir erwiderten ihn und teilten ihnen die frohe Botschaft mit, daß der verfluchte Ghûl tot war; da lobten sie uns. Nachdem wir dann noch Zehrung von der Insel herbeigeholt hatten, und zwar von den Früchten, die dort wuchsen, bestiegen wir das Schiff, und es segelte mit uns bei günstigem Winde drei Tage lang dahin. Dann aber erhob sich ein widriger Wind über uns, und der Himmel wurde ganz finster; und es dauerte kaum noch eine Stunde, da warf der Wind das Schiff gegen einen Felsen, und es zerbrach, so daß seine Planken auseinanderfielen. Doch Gott der Allmächtige hatte es so bestimmt, daß ich mich an eine der Planken anklammern konnte und mich rittlings auf sie setzen; zwei Tage lang trieb sie mit mir dahin, da war der Wind auch wieder günstiger geworden, und ich saß auf der Planke, indem ich mit meinen Füßen ruderte, nur noch eine Weile, bis Allah der Erhabene mich wohlbehalten zum Festlande gelangen ließ. Bei dieser Stadt ging ich an Land, ein Fremdling, einsam und verlassen, und wußte nicht, was ich tun sollte; auch quälte mich der Hunger, und ich war in ärgster Not. So ging ich denn auf den

Markt dieser Stadt, und nachdem ich mir in der Verborgenheit dies Obergewand ausgezogen hatte, sagte ich mir: ‚Ich will es verkaufen und von dem Erlös leben, bis Allah erfüllt, was Er beschlossen hat.' Und nun, mein Bruder, hielt ich das Gewand in meiner Hand, während die Leute es anschauten und darauf boten, bis du vorüberkamst und mich anschautest und den Befehl gabst, mich in das Schloß zu führen. Doch die Diener nahmen mich und brachten mich ins Gefängnis; und die Tage vergingen, bis du dich meiner erinnertest und mich zu dir kommen ließest. Nun habe ich dir berichtet, was mir widerfahren ist, und Preis sei Allah, der uns wieder vereinigt hat!'

Als Saif el-Mulûk und Tâdsch el-Mulûk, der Vater von Daulat Chatûn, die Geschichte des Wesirs Sâ'id vernommen hatten, verwunderten sie sich gar sehr. Der König Tâdsch el-Mulûk aber hatte eine schöne Wohnstätte für Saif el-Mulûk und seinen Bruder Sâ'id herrichten lassen, und dort pflegte Daulat Chatûn ihren Retter zu besuchen, ihm zu danken und mit ihm über seine Heldentat zu plaudern. Eines Tages aber sprach der Wesir Sâ'id zu ihr: ‚O Prinzessin, ich möchte, du wollest behilflich sein, daß er sein Ziel erreicht.' Da gab sie zur Antwort: ‚Ja, ich will mich um das bemühen, was er wünscht, auf daß er sein Ziel erreiche, so Allah der Erhabene will.' Und sie wandte sich zu Saif el-Mulûk und sprach zu ihm: ‚Hab Zuversicht und quäl dich nicht!' Also stand es um Saif el-Mulûk und den Wesir Sâ'id.

Sehen wir aber nunmehr, was die Prinzessin Badî'at el-Dschamâl tat! Zu ihr war die Kunde gedrungen, daß ihre Schwester Daulat Chatûn zu ihrem Vater in ihre Heimat zurückgekehrt sei. Und sie sprach: ‚Ich muß sie doch besuchen und sie begrüßen, schön gekleidet in Schmuck und Pracht-

293

gewänder.'[1] Dann begab sie sich zu ihr, und als Prinzessin Daulat Chatûn sie nahen sah, eilte sie ihr entgegen, begrüßte sie und umarmte sie und küßte sie auf die Stirn; die Prinzessin Badî'at el-Dschamâl aber wünschte ihr Glück zur sicheren Heimkehr. Darauf setzten die beiden sich nieder, um zu plaudern, und Badî'at el Dschamâl sprach zu ihrer Pflegeschwester: ‚Was ist dir in der Fremde widerfahren?' Jene antwortete ihr: ‚Liebe Schwester, frage mich nicht nach den Dingen, die mir widerfahren sind! O, welche Mühsale müssen doch die Sterblichen erdulden!' ‚Wieso?' fragte Badî'at el-Dschamâl; und Daulat Chatûn erwiderte: ‚Liebe Schwester, ich war in dem Hochragenden Schlosse, und dort hatte der Sohn des Blauen Königs mich in seiner Gewalt'; und dann erzählte sie ihr ihre ganze Geschichte von Anfang bis zu Ende, desgleichen auch die Geschichte von Saif el-Mulûk und wie es ihm in dem Schlosse ergangen war, welche Mühsale und Schrecken er hatte erdulden müssen, bis er zu dem Hochragenden Schlosse kam, wie er den Sohn des Blauen Königs tötete, wie er die Türen aus den Angeln hob und zu einem Floße machte, wie er Ruder dafür herstellte und schließlich hierher kam. Badî'at el Dschamâl hatte mit Staunen zugehört, und nun sprach sie: ‚Bei Allah, meine Schwester, dies ist eins der seltsamsten Wunder! [Dieser Saif el-Mulûk ist wirklich ein Mann. Aber weshalb hat er Vater und Mutter verlassen und sich auf die Reise begeben und solchen Gefahren ausgesetzt?]'[2] Da sagte

1. Nach der Breslauer Ausgabe geht Daulat Chatûn zu ihrer Mutter und bittet sie, Räucherwerk zu verbrennen zum Zeichen, daß Badî'at el-Dschamâl und ihre Mutter kommen sollen (vgl. oben Seite 275); das geschieht, und jene beiden kommen alsbald. Vielleicht ist dies die ursprüngliche Fassung. – 2. Die eingeklammerten Sätze sind nach der Breslauer Ausgabe ergänzt; sie ergeben einen besseren Zusammenhang.

Daulat Chatûn: ‚Ich möchte dir wohl den Anlaß zu seinen Erlebnissen erzählen, aber die Scham hindert mich daran.‘ Doch Badî'at el-Dschamâl entgegnete ihr: ‚Wo wäre ein Grund zur Scham, da du doch meine Schwester und meine Vertraute bist und zwischen mir und dir so innige Bande bestehen und ich weiß, daß du mir nur Gutes wünschest? Wie solltest du dich da vor mir schämen? Sage mir, was du weißt, schäme dich nicht vor mir und verbirg nichts von alledem vor mir!‘ Da begann Daulat Chatûn zu berichten: ‚Er sah dein Bild auf dem Gewand, das dein Vater an Salomo, den Sohn Davids – über beiden sei Heil! – geschickt hat; der hatte das Gewand nicht aufgetan und nicht gesehen, was darinnen war, sondern hatte es an den König 'Âsim ibn Safwân, den Herrscher von Ägypten, geschickt mit anderen Geschenken und Kostbarkeiten, die er ihm sandte. Und König 'Âsim hatte es, immer noch uneröffnet, seinem Sohn Saif el-Mulûk gegeben. Doch wie der es erhalten hatte, entfaltete er es, um es anzulegen; da erblickte er dein Bild in ihm, und alsbald machte er sich, von Liebe zu dem Bilde ergriffen, auf den Weg, um dich zu suchen, und erduldete all diese Mühsale um deinetwillen.‘– –«

Da bemerkte Schehrezâd, daß der Morgen begann, und sie hielt in der verstatteten Rede an. Doch als die *Siebenhundertundvierundsiebenzigste Nacht* anbrach, fuhr sie also fort: »Es ist mir berichtet worden, o glücklicher König, daß Daulat Chatûn der Prinzessin Badî'at el-Dschamâl erzählte, wie es kam, daß Saif el-Mulûk von Liebe und Leidenschaft zu ihr erfüllt wurde, wie nämlich der Anlaß dazu das Gewand war, das ihr Bildnis enthielt; wie er dann alsbald, nachdem er das Bild gesehen, sein Königtum verlassen hatte, von Leidenschaft verstört, und den Seinen um ihretwillen ferngeblieben war. Und sie schloß mit den Worten: ‚Was er an Drangsalen durchgemacht hat, das hat er alles nur um deinetwillen erduldet.' Da errötete Badî'at el-Dschamâl und schämte sich vor Daulat Chatûn, und sie sprach: ‚Fürwahr, dies ist etwas, das nimmermehr geschehen kann! Denn die Menschen passen nicht zu den Geistern.' Doch Daulat Chatûn begann vor ihr Saif el-Mulûk zu rühmen, wie er so schön gestaltet und edel gesinnt und ritterlich sei; und sie pries ihn lange und nannte ihr all seine trefflichen Eigenschaften, bis sie mit den Worten schloß: ‚Liebe Schwester, um Allahs des Erhabenen willen und um meinetwillen, komm, sprich mit ihm, wäre es auch nur ein einziges Wort!' Dennoch rief Badî'at el-Dschamâl: ‚Was du da sagst, das will ich nicht hören, ich werde dir darin auch nicht willfahren.' Und es war, als hätte sie nichts davon gehört und als hätte ihr Herz von der Liebe zu Saif el-Mulûk und zu seiner schönen Gestalt, zu seinem Edelmut und seiner Ritterlichkeit noch nichts empfunden. Da begann Daulat Chatûn sie anzuflehen und ihr die Füße zu küssen, und sie sprach: ‚O Badî'at el-Dschamâl, bei der Milch, die wir getrunken haben, ich und du, und bei dem, was auf dem Siegelringe Salomos – Heil sei über ihm! – eingegraben steht, höre auf diese meine Worte! Ich habe mich ihm in dem Hochragenden Schlosse verbürgt, daß ich ihm dein Antlitz zeigen würde. Um Allahs willen, laß ihn dich ein einziges Mal sehen, aus Liebe zu mir, und schau auch du ihn an!' Dann weinte sie und flehte von neuem ihre Freundin an und küßte ihr Hände und Füße, bis sie einwilligte und sprach: ‚Um deinetwillen will ich ihm mein Antlitz ein einziges Mal zeigen.' Da ward Daulat Chatûn frohen Mutes und küßte ihr wiederum Hände und Füße; dann ging sie fort und begab sich zu dem größten Pavillon, der sich in dem Garten befand. Dort befahl sie den Sklavinnen, ihn mit

Teppichen auszulegen, ein goldenes Ruhelager aufzustellen und die Weingeräte aufzureihen. Dann ging sie zu Saif el-Mulûk und seinem Wesir Sâ'id hinein, während die beiden in ihrem Gemache saßen; sie brachte Saif el-Mulûk die frohe Botschaft, daß sein Ziel erreicht und sein Wunsch erfüllt sei, und sie fügte hinzu: ‚Begebt euch beide, du und dein Bruder, in den Garten, tretet in den Pavillon ein und verbergt euch dort vor den Augen der Menschen, so daß euch niemand von all den Leuten in dem Gartenhause entdeckt, bis ich mit Badî'at el-Dschamâl zu euch komme!' Sofort erhoben sich die beiden und begaben sich zu der Stätte, die Daulat Chatûn ihnen angegeben hatte. Als sie dort eintraten, sahen sie ein goldenes Ruhelager aufgestellt, das mit Kissen belegt war; auch war dort Speise und Trank aufgetragen. Nachdem die beiden eine Weile gesessen hatten, gedachte Saif el-Mulûk seiner Geliebten; da ward ihm die Brust eng, und Sehnsucht und Leidenschaft stürmten auf ihn ein. Und er stand auf und schritt weiter, bis er aus der Vorhalle des Gartenhauses hinaustrat; sein Bruder Sâ'id wollte ihm folgen, doch er sprach zu ihm: ‚Lieber Bruder, bleib du hier, wo du bist, und folge mir nicht, bis ich wieder zu dir komme!' So blieb denn Sâ'id sitzen, während Saif el-Mulûk hinausging und in den Garten trat, trunken vom Weine der Leidenschaft und verstört durch der sehnenden Liebe allgewaltige Kraft; ja, die Sehnsucht machte ihn zittern, und das Liebesweh überwältigte ihn, und er sprach diese Verse:

> *Badî'at el-Dschamâl, ich hab nur dich allein,*
> *Bin deiner Liebe Sklave, ach, erbarm dich mein!*
> *Du bist mein Ziel, mein Wunsch, bist meiner Freuden Zier;*
> *Mein Herz kann keine lieben, keine außer dir.*
> *Ach, wüßt ich, ob zu dir von Tränen Kunde drang,*
> *Die ich mit wachem Lid vergieße Nächte lang!*

Befiehl dem Schlaf, daß er auf meinem Lide weil'!
Vielleicht wird mir von dir ein Traumgesicht zuteil.
Sei huldvoll ihm, der ganz verstört von Liebesleid;
Befrei ihn von den Schrecken deiner Grausamkeit!
Dir mehre Gott die Schönheit und den frohen Sinn,
Und alle Menschheit geb für dich ihr Leben hin!
Der Liebe Volk soll unter meinem Banner sein
Am Jüngsten Tag, die Schönen bei dem Banner dein!

Dann weinte er und sprach auch diese beiden Verse:

Die Wunderschöne[1] ist mein Wunsch zu allen Zeiten;
Der ist im Innern meines Herzens tief verhüllt.
Und wenn ich rede, sprech ich nur von ihrer Schönheit;
Und schweig ich, ist mein Wesen ganz von ihr erfüllt.

Darauf weinte er bitterlich und sprach noch diese Verse:

In meinem Herzen glüht ein Feuer immer heißer;
Du bist mein Wunsch; die Sehnsucht quält mich, ach, so oft.
Ich neig mich nur zu dir, zu dir und keiner andren;
Ich hoff auf deine Huld; wer liebt, der harrt und hofft.
Erbarm dich meiner; denn die Liebe läßt mich siechen,
Sie hat mich aufgezehrt, mein krankes Herze bricht!
Sei huldvoll, edel, gnädig, zeige deine Güte:
Ich wich von dir noch niemals, und ich wanke nicht!

Und von neuem weinte er und sprach diese beiden Verse:

Es kam zu mir das Leid mit deiner Liebe;
Mich floh der Schlummer, grausam wie dein Herz.
Der Bote sagte mir, du seiest zornig;
Mich hüte Gott vor seiner Botschaft Schmerz!

Inzwischen war Sâ'id des Wartens auf ihn müde geworden,
und so trat er aus dem Pavillon hinaus, um nach ihm in dem
Garten zu suchen. Da fand er ihn, wie er verstört zwischen
den Bäumen einherwandelte und diese beiden Verse sprach:

1. Arabisch *badî' atel-husn*, Anspielung auf den Namen *Badî' atel-Dschamâl*.
298

Bei Gott, bei Gott, dem Herrn der Allmacht, und bei ihm,
Der aus dem heil'gen Buch die Schöpfersure[1] liest,
Nie weilt mein Blick auf Reizen derer, die ich seh,
Ohn daß dein Bild, du Schöne[2], mein Gefährte ist.

Da gesellte Sâ'id sich zu seinem Bruder Saif el-Mulûk, und die
beiden ergingen sich im Garten und aßen von den Früchten.

Wenden wir uns nun von ihnen wieder zu Daulat Chatûn
und Badî'at el-Dschamâl! Als die beiden Prinzessinnen zu dem
Gartenhause kamen, traten sie dort ein, nachdem die Diener es
in schönster Weise geschmückt und ganz so hergerichtet hatten, wie Daulat Chatûn ihnen befohlen hatte; so hatten sie ja
auch für Badî'at el-Dschamâl das goldene Ruhelager bereitet,
auf daß sie darauf sitzen könnte. Und als Badî'at el-Dschamâl
jenes Lager sah, setzte sie sich darauf, neben ihr aber war ein
Fenster, das auf den Garten führte. Nun kamen die Eunuchen
mit allerlei prächtigen Speisen, und die beiden Prinzessinnen
aßen, während Daulat Chatûn ihrer Pflegeschwester die Bissen reichte, bis sie gesättigt war. Darauf ließ sie allerlei Süßigkeiten kommen; und als die Eunuchen sie gebracht hatten,
aßen die beiden davon, soviel sie mochten, und wuschen sich
dann die Hände. Schließlich machte Daulat Chatûn den Wein
und das Trinkgerät bereit, indem sie die Kannen und Becher
aufstellte; und sie begann einzuschenken und Badî'at el-Dschamâl den Trunk zu reichen; und nachher füllte sie den Becher
für sich und trank selber. Badî'at el-Dschamâl aber schaute
aus dem Fenster, das neben ihr war, in den Garten hinaus und
sah dort die Früchte auf den Zweigen; und nun fiel ihr Blick
auf Saif el-Mulûk, und sie sah, wie er in dem Garten umherging, während der Wesir Sâ'id ihm folgte. Auch hörte sie,
wie Saif el-Mulûk die Verse sprach, während ein Tränenstrom

1. Koran, Sure 35. – 2. Arabisch *badî'*.

aus seinen Augen brach. Und wie sie ihn so anschaute, ließ jener eine Blick tausend Seufzer in ihr zurück. – –«

Da bemerkte Schehrezâd, daß der Morgen begann, und sie hielt in der verstatteten Rede an. Doch als die *Siebenhundert-undfünfundsiebenzigste Nacht* anbrach, fuhr sie also fort: »Es ist mir berichtet worden, o glücklicher König, daß Badî'at el-Dschamâl, als sie Saif el-Mulûk im Garten umhergehen sah, ihn anschaute mit einem Blick, der ließ tausend Seufzer in ihr zurück. Da wandte sie sich zu Daulat Chatûn und sprach zu ihr, während der Wein schon mit ihren Sinnen sein Spiel trieb: ,Liebe Schwester, wer ist dieser Jüngling, den ich dort im Garten seh, verstört und erregt und erfüllt von bitterem Lie-besweh?' Daulat Chatûn fragte: ,Willst du erlauben, daß er zu uns kommt, damit wir ihn betrachten können?' Die Geister-prinzessin erwiderte: ,Wenn du ihn bringen kannst, so bring ihn!' Nun rief Daulat Chatûn ihn, indem sie sprach: ,O Kö-nigssohn, komm herauf zu uns und zeige uns deine Schönheit und deine Anmut!' Saif el-Mulûk erkannte ihre Stimme und ging alsbald in das Gartenhaus hinauf. Doch als sein Blick auf Badî'at el-Dschamâl fiel, sank er ohnmächtig zu Boden. Da sprengte Daulat Chatûn etwas Rosenwasser auf ihn, und er wachte aus seiner Ohnmacht auf. Und nun küßte er den Bo-den vor Badî'at el-Dschamâl, während sie von seiner Schön-heit und Lieblichkeit ganz bezaubert war. Daulat Chatûn aber sprach zu ihr: ,Wisse, o Prinzessin, dies ist Saif el-Mulûk, durch dessen Hand ich nach der Bestimmung Allahs des Er-habenen gerettet bin; er ist der, über den all die Mühsale um deinetwillen gekommen sind; drum möchte ich, daß du ihn huldvoll anschaust.' Doch Badî'at el-Dschamâl sprach lächelnd: ,Wer hält denn noch Treue, so daß gerade dieser Jüngling es tun sollte? Es gibt ja bei den Menschen keine echte Liebe.' Da rief Saif el-Mulûk: ‚O Prinzessin, wahrlich, Treulosigkeit wird nie bei mir gefunden werden; nicht alle Menschen sind gleich auf Erden.‘ Dann begann er vor ihr zu weinen, und er sprach diese Verse:

> *Badî'at el-Dschamâl, sei huldvoll dem Betrübten!*
> *Ein grausam Zauberblick gab Siechtum ihm und Not.*
> *Bei all der Schönheit, die auf deinen Wangen weilet,*
> *So weiß, und gleich der Anemone dunkelrot,*
> *O, laß den Kranken nicht durch spröde Abkehr leiden!*
> *Mein Leib verzehrt sich durch der Trennung lange Frist.*
> *Dies ist mein Wunsch, dies ist mein letztes Ziel der Hoffnung:*
> *Vereinigung ersehn' ich, so sie möglich ist!*

Dann weinte er bitterlich, Liebe und Sehnsucht gewannen von neuem Gewalt über ihn, und er begrüßte sie mit diesen Versen:

> *O sei gegrüßt von ihm, den Liebe ganz verstört hat –*
> *Von jedem Edlen wird dem Edlen Huld zuteil.*
> *Sei mir gegrüßt! Möcht ich dein Traumbild niemals missen;*
> *So bist du stets bei mir, wo ich nur ruh und weil'.*
> *Ich wache über dir; nie nenn ich deinen Namen –*
> *Ein jeder Freund erweist dem Freunde Freundlichkeit.*
> *Drum lasse deine Huld dem, der dich liebt, nicht fehlen!*
> *Er ist verzehrt von Trauer und des Siechtums Leid.*
> *Ich schau die Sterne an, die hellen, die mich schrecken;*
> *In meiner Sehnsucht hält die Nacht so lange an.*
> *Mir schwindet die Geduld; kein Plan will sich mir bieten;*
> *Und wenn mich jemand fragt, was sage ich ihm dann?*
> *O sei gegrüßt vor Gott, wenn du auch grausam bist,*
> *Gegrüßt vom Liebeskranken, der geduldig ist!*

Dann sprach er im Übermaß seines Liebeswehs und seiner Sehnsucht noch diese Verse:

> *Begehr ich eine andre je als dich, o Herrin,*
> *Erfülle niemals sich bei dir mein Wunsch und Ziel!*
> *Wer ist wohl außer dir an Schönheit so vollkommen,*

Die mit des Jüngsten Tags Gewalt mich überfiel?
Daß ich der Liebe je vergäße – das sei fern!
Ich opfre dir mein Herz und meines Wesens Kern.

Als er diese Verse gesprochen hatte, weinte er bitterlich. Doch
Badî'at el-Dschamâl sprach zu ihm: ‚O Königssohn, ich
fürchte, wenn ich mich dir ganz hingebe, so werde ich weder
echte Neigung noch Liebe bei dir finden. Denn bei den Menschen ist meist das Gute gering, doch ihre Falschheit ist ein
gewaltig Ding. Ich weiß auch, daß der Herr Salomo, der
Sohn Davids – über beiden sei Heil! –, sich mit Bilkîs[1] aus
Liebe vermählte; wie er aber eine Schönere sah als sie, wandte
er sich von ihr ab und der anderen zu.' Da rief Saif el-Mulûk:
‚O du mein Auge und meine Seele, Gott hat nicht alle Menschen gleich geschaffen! Ich werde, so Gott will, die Treue
halten, ich werde unter deinen Füßen sterben, ja, du sollst
sehen, wie ich gemäß dem, was ich sage, auch handeln werde.
Und Allah ist Bürge für das, was ich sage!' Darauf sprach
Badî'at el-Dschamâl zu ihm: ‚Setz dich in Ruhe nieder und
schwöre mir bei deinem Glauben; so laß uns einen Bund
schließen, daß wir einander nie untreu werden wollen! Und
wenn einer von uns die Treue gegen den anderen bricht, so
möge Allah der Erhabene die Strafe an ihm vollstrecken!' Wie
Saif el-Mulûk diese Worte aus ihrem Munde vernahm, setzte
er sich nieder, und die beiden reichten einander die Hand und
schworen einander, daß keiner von ihnen irgend jemanden
seinem Gefährten vorziehen wolle, weder ein menschliches
Wesen noch eines aus der Geisterwelt. Dann umarmten sie
sich eine lange Weile und weinten heiße Freudentränen. Saif
el-Mulûk aber sprach, von Leidenschaft überwältigt, diese
Verse:

1. Bilkîs ist bei den Arabern die sagenhafte Königin von Saba.

Einst weinte ich in Liebe und in heißem Sehnen
Um sie, der ich mein Herz und Leben ganz geweiht.
Es wuchs in mir der Schmerz, so lang ihr fern zu weilen;
Nach meinem Ziel zu greifen war dem Arm zu weit.
Und meine Trauer, die ich kaum noch tragen konnte,
Erregte noch den Spott der Tadler für mein Leid.
Da wurde wahrlich eng, was vordem weit gewesen:
Mir schwanden Kraft und Stärke zur Beharrlichkeit.
Ich wußte nicht: Wird je uns Allah noch vereinen?
Und werd ich von dem Schmerz, der Not und Angst befreit?

Nachdem nun Badî'at el-Dschamâl und Saif el-Mulûk einander Treue geschworen hatten, erhob sich der Jüngling und
ging in den Garten, auch die Prinzessin machte sich auf und
trat hinaus, und ihr folgte eine Sklavin, die ein wenig Speise
und eine Flasche voll Wein trug. Dann setzte Badî'at el-
Dschamâl sich nieder, und die Sklavin stellte die Speisen und
den Wein vor sie hin. Kaum aber waren sie eine kleine Weile
dort gewesen, so kam auch schon Saif el-Mulûk; und nachdem die Prinzessin ihn mit dem Gruß empfangen hatte, umarmten die beiden einander und setzten sich nieder. – –«

Da bemerkte Schehrezâd, daß der Morgen begann, und sie
hielt in der verstatteten Rede an. Doch als die *Siebenhundert-
undsechsundsiebenzigste Nacht* anbrach, fuhr sie also fort: »Es ist
mir berichtet worden, o glücklicher König, daß Badî'at el-
Dschamâl, nachdem sie Speise und Wein hatte mitbringen
lassen und Saif el-Mulûk, der zu ihr kam, mit dem Gruß empfangen hatte, mit ihm eine Weile bei Speise und Trank beisammen saß. Darauf hub die Prinzessin an: ›O Königssohn,
wenn du in den Garten Irams kommst, so wirst du dort ein
großes Zelt aufgeschlagen sehen; es ist aus rotem Atlas und
von innen mit grüner Seide verkleidet. Tritt festen Herzens in
das Zelt ein; dort wirst du eine alte Frau erblicken, wie sie auf

einem Lager aus rotem Golde sitzt, das mit Perlen und Edelsteinen besetzt ist. Stehst du dann darinnen, so grüße sie mit ehrfurchtsvoller Höflichkeit! Darauf schau nach dem Lager hin, und du wirst unter ihm ein Paar Sandalen finden, die mit Goldfäden durchwirkt und mit Edelsteinen bestickt sind! Nimm jene Sandalen, küsse sie und lege sie auf dein Haupt; dann tu sie unter deine rechte Armhöhle und tritt schweigend und mit gesenktem Haupte vor die alte Frau! Wenn sie dich fragt: ‚Woher kommst du? Wie bist du hierher gelangt? Wer hat dir den Weg zu dieser Stätte gezeigt? Und warum hast du diese Sandalen aufgenommen?‘ so schweig, bis diese meine Sklavin eintritt! Die wird mit ihr reden und sie dir geneigt machen und sie mit ihren Worten günstig für dich stimmen. Vielleicht wird Allah der Erhabene dich dann ihr Herz gewinnen lassen, so daß sie dir gewährt, was du wünschest.‘ Darauf rief sie jene Sklavin, die den Namen Mardschâna trug, und sprach zu ihr: ‚Bei meiner Liebe zu dir, führe heute diesen Auftrag, den ich dir gebe, aus und säume nicht, ihn zu erfüllen! Wenn du ihn heute ausführst, so sollst du frei sein vor dem Angesicht Allahs des Erhabenen; ich will dir hohe Ehren zuteil werden lassen, niemand soll mir lieber sein als du, und nur dich allein will ich zur Vertrauten meiner Geheimnisse machen.‘ Mardschâna gab ihr zur Antwort: ‚O meine Herrin, du Licht meiner Augen, sage mir, wie dein Auftrag lautet, damit ich ihn dir mit der allergrößten Freude ausführe!‘ Da fuhr die Prinzessin fort: ‚Heb diesen Sterblichen auf deine Schultern und bring ihn in den Garten Irams zu meiner Ahne, der Mutter meines Vaters, trag ihn in ihr Zelt und hüte ihn wohl! Wenn du dann mit ihm in das Zelt getreten bist und siehst, daß er die Sandalen genommen und ihnen Verehrung gezollt hat, und wenn die Ahne zu ihm sagt: ‚Woher bist du?

Auf welchem Wege bist du gekommen? Wer hat dich an diese Stätte gebracht? Warum hast du diese Sandalen genommen? Was ist dein Begehr, das ich dir erfüllen soll?' dann tritt
eilig vor sie hin, biet ihr den Segensgruß und sprich zu ihr:
‚Hohe Herrin, ich bin es, die ihn hierher gebracht hat. Er ist
der Sohn des Königs von Ägypten; er ist es, der zu dem Hochragenden Schlosse vordrang, den Sohn des Blauen Königs
tötete, die Prinzessin Daulat Chatûn rettete und sie wohlbehalten zu ihrem Vater brachte. Er ist mir anvertraut worden,
und ich habe ihn zu dir gebracht, auf daß er dir berichte und
dir frohe Botschaft von ihrer glücklichen Heimkehr melde;
drum sei huldvoll gegen ihn!' Und danach sprich zu ihr: ‚Ich
beschwöre dich bei Allah, ist dieser Jüngling nicht schön,
meine Herrin?' ‚So ist es', wird sie zu dir sagen; dann fahr du
fort: ‚Hohe Herrin, er ist vollkommen an Ehre, Mannhaftigkeit und Tapferkeit, er ist der Herr und König von Ägypten
und vereinigt in sich alle rühmlichen Tugenden.' Wenn sie
dich fragt: ‚Was ist sein Begehr?' so antworte ihr: ‚Meine
Herrin läßt dich grüßen und dir sagen: ‚Wie lange noch soll
ich als Jungfrau unvermählt zu Hause sitzen? Die Zeit wird
mir lang; und was habt ihr im Sinne, daß ihr mich nicht vermählt? Ja, warum gebt ihr mir nicht einen Gatten, solange du
noch lebst und meine Mutter lebt, gleich anderen Mädchen?'
Und wenn sie dann fragt: ‚Wie sollen wir es beginnen, sie zu
vermählen? Wenn sie einen weiß oder wenn ihr einer in den
Sinn kommt, so möge sie ihn uns nennen, und wir werden ihr
den Willen tun, soweit es irgend möglich ist', so erwidere du
ihr: ‚Hohe Herrin, deine Tochter läßt dir sagen: ‚Ihr wolltet
mich einst mit Salomo – über ihm sei Heil! – vermählen, und
ihr sticktet für ihn mein Bild in das Obergewand. Aber er war
mir nicht bestimmt; denn er schickte das Gewand an den Kö-

nig von Ägypten, und der gab es seinem Sohne. Dieser aber sah mein Bildnis darin gewirkt und gewann mich lieb; und er verließ das Reich seines Vaters und seiner Mutter, er wandte sich ab von der Welt und ihren Gütern, er zog liebeverstört hinaus in die weite Welt überallhin und erduldete die größten Mühsale und Fährnisse um meinetwillen.' Da hob die Sklavin Saif el-Mulûk auf ihre Schultern und sprach zu ihm: ,Schließe deine Augen!' Er tat es, und sie flog mit ihm in die Lüfte davon; nach einer Weile sprach sie zu ihm: ,O Königssohn, öffne deine Augen!' Als er nun die Augen aufschlug, sah er den Garten; das war der Garten Irams. Dann fuhr die Sklavin Mardschâna fort: ,Tritt ein, o Saif el-Mulûk, in das Zelt dort!' Er sprach darauf den Namen Allahs aus und trat ein, und nachdem er noch einen Blick in den Garten geworfen hatte, schaute er die Alte an, wie sie auf dem Ruhelager saß, von dienenden Sklavinnen umgeben. Und er näherte sich ihr in ehrfuchtsvoller Höflichkeit, nahm die Sandalen, küßte sie und tat mit ihnen, wie Badî'at el-Dschamâl ihm geboten hatte. Da hub die Alte an: ,Wer bist du? Woher kommst du? Aus welchem Lande bist du? Wer hat dich an diese Stätte gebracht? Warum hast du diese Sandalen aufgehoben und geküßt? Und wann hättest du mir eine Bitte vorgetragen, die ich dir nicht erfüllt hätte?' In diesem Augenblicke trat die Sklavin Mardschâna vor und grüßte die Ahne mit Achtung und Ehrerbietung; dann sprach sie zu ihr die Worte, die Badî'at el-Dschamâl ihr gesagt hatte. Wie aber die Alte diese Worte vernommen hatte, ergrimmte sie wider sie und schrie sie an mit den Worten: ,Wie kann zwischen Menschen und Geistern Einklang herrschen?' – –«

Da bemerkte Schehrezâd, daß der Morgen begann, und sie hielt in der verstatteten Rede an. Doch als die *Siebenhundert-*

undsiebenundsiebenzigste Nacht anbrach, fuhr sie also fort: »Es ist mir berichtet worden, o glücklicher König, daß die alte Frau, wie sie die Worte der Sklavin vernommen hatte, wider sie ergrimmte und sprach: ‚Wie sollte zwischen Menschen und Geistern Einklang sein können?' Da rief Saif el-Mulûk: ‚Ich will mit dir im Einklang sein! Ich will dein Diener sein und in der Liebe zu dir sterben; ich will dir die Treue halten und niemanden ansehen als dich allein, dann wirst du sehen, wie ich wahrhaftig bin und ohne Falsch und von schöner und edler Gesinnung gegen dich, so Allah der Erhabene will.' Die alte Frau sann eine Weile nach, indem sie ihr Haupt senkte; dann hob sie den Kopf und sprach: ‚O du schöner Jüngling, willst du Bund und Treue halten?' ‚Ja,' erwiderte er, ‚bei Ihm, der den Himmel hochreckte und die Erde auf dem Wasser ausstreckte, ich will die Treue wahren!' Nun sprach die Alte: ‚Ich werde dir deinen Wunsch erfüllen, so Allah der Erhabene will. Doch geh jetzt in den Garten, schau dich dort um und iß von den Früchten, die ihresgleichen nicht haben und denen in der ganzen Welt nichts ähnlich ist! Ich will derweilen nach meinem Sohne Schahjâl[1] schicken, und wenn er kommt, will ich mit ihm darüber sprechen; daraus soll, so Allah der Erhabene will, nur Gutes ersprießen. Denn er wird mir nicht widersprechen noch meinem Befehle zuwiderhandeln; und so werde ich dich mit seiner Tochter Badî'at el-Dschamâl vermählen. Drum sei gutes Muts; sie wird deine Gemahlin werden, o Saif el-Mulûk!' Für diese Worte dankte ihr der Jüngling, und er küßte ihr die Hände und die Füße; dann verließ er sie und begab sich in den Garten. Die Alte aber wandte sich zu der Sklavin und sprach zu ihr: ‚Geh hin und suche nach meinem Sohne Schahjâl; schau, in welchem Himmelsstrich und

1. Vgl. Seite 249, Anmerkung.

an welcher Stätte er weilt, und bring ihn zu mir!' Da eilte die Sklavin von dannen und suchte nach dem König Schahjâl, und als sie ihn getroffen hatte, brachte sie ihn zu seiner Mutter.

Wenden wir uns nun von ihr zu Saif el-Mulûk! Der hatte begonnen, in dem Garten zu lustwandeln, da plötzlich erblickten ihn fünf Dämonen, die zum Volke des Blauen Königs gehörten. Und sie sagten: ‚Woher kommt der da? Wer hat ihn hierhergebracht? Vielleicht ist dieser es sogar, der den Sohn des Blauen Königs getötet hat!' Und weiter sagten sie zueinander: ‚Wir wollen ihn überlisten und ihn fragen und ausforschen.' Darauf gingen sie ganz langsam weiter, bis sie zu Saif el-Mulûk kamen, der abseits im Garten saß; und sie setzten sich zu ihm und sprachen: ‚Schöner Jüngling, du hast keinen Fehler gemacht, als du den Sohn des Blauen Königs tötetest und Daulat Chatûn von ihm befreitest; denn er war ein verräterischer Hund, der treulos an ihr gehandelt hatte. Wenn Allah dich ihr nicht gesandt hätte, so wäre sie nie und nimmer befreit worden. Doch wie hast du ihn zu Tode gebracht?' Saif el-Mulûk schaute sie an und sprach dann zu ihnen: ‚Ich habe ihn durch diesen Ring getötet, der an meinem Finger ist.' Da ward es ihnen gewiß, daß er es war, der jenen getötet hatte, und sie packten ihn, zwei an den Händen, zwei an den Füßen, während einer ihm den Mund zuhielt, damit er nicht schrie, so daß die Leute des Königs Schahjâl ihn hätten hören und ihn aus ihren Händen hätten befreien können. Dann hoben sie ihn empor und flogen mit ihm fort; immer weiter eilten sie dahin, bis sie sich bei ihrem König hinabließen und ihren Gefangenen vor ihn brachten. Und sie sprachen: ‚O größter König unserer Zeit, wir haben dir den Mörder deines Sohnes gebracht.' ‚Wo ist er?' fragte der König; und sie antworteten: ‚Dieser ist es!' Darauf schrie der Blaue König den Jüngling an:

‚Hast du meinen Sohn getötet, den Kern meines Herzens und das Licht meiner Augen, ohne Recht und ohne daß er sich an dir vergangen hat?‘ Saif el-Mulûk aber antwortete: ‚Ja, ich habe ihn getötet, jedoch um seines grausamen und feindseligen Tuns willen. Denn er raubte Königskinder und brachte sie zu dem Verfallenen Brunnen und zu dem Hochragenden Schlosse; er entriß sie ihrem Volke und verging sich an ihnen. Ich habe ihn mit dem Siegelringe getötet, der an meinem Finger ist, und Allah ließ seine Seele ins höllische Feuer sausen, an die Stätte voller Grausen.‘ Als nun der Blaue König sich überzeugt hatte, daß jener Jüngling ohne Zweifel der Mörder seines Sohnes war, berief er alsbald seinen Wesir und sprach zu ihm: ‚Dies ist der Mörder meines Sohnes, das ist sicher, ohne Zweifel. Was rätst du mir mit ihm zu tun? Soll ich ihn aufs schmählichste zu Tode bringen, oder soll ich ihn in grausamster Weise foltern, oder was soll ich sonst tun?‘ Da sprach der Großwesir: ‚Hack ihm ein Glied nach dem anderen ab!‘ Und jemand anders rief: ‚Laß ihn jeden Tag unbarmherzig schlagen!‘ Ein dritter: ‚Schlagt ihn mitten durch!‘ Ein vierter: ‚Schneidet ihm alle Finger ab und verbrennt ihn im Feuer!‘ Ein fünfter: ‚Kreuzigt ihn!‘ Und ein jeder gab seinen Rat, so gut er es verstand. Nun hatte der Blaue König aber einen hochbetagten Emir, der war mit allen Dingen wohlbekannt und wußte, wie es um die Wechselfälle der Zeitläufte stand, und er sprach: ‚O größter König unserer Zeit, sieh ich will dir etwas sagen; doch bei dir steht die Entscheidung darüber, ob du auf das hören willst, was ich dir rate.‘ Er war nämlich der Ratgeber seines Reiches und sein oberster Würdenträger, und der König pflegte auf seine Worte zu hören und nach seinem Rate zu handeln und sich ihm nie zu widersetzen. Der also erhob sich, küßte den Boden vor dem König und sprach zu ihm:

‚O größter König unserer Zeit, wenn ich dir in dieser Sache einen Rat gebe, wirst du ihn befolgen und mir Straflosigkeit gewähren?' Der König erwiderte ihm: ‚Tu deinen Rat kund, und du sollst straflos sein!' Nun fuhr jener fort: ‚O König, wenn du diesen Mann tötest, ohne meinen Rat anzunehmen und ohne auf mein Wort zu achten, so ist seine Hinrichtung zu dieser Zeit nicht das Rechte; er ist ja in deiner Gewalt und in dem Bereiche deiner Macht und ist dein Gefangener, du kannst ihn also jederzeit, wann du ihn haben willst, holen lassen und mit ihm tun, was dir beliebt. Doch gedulde dich, o größter König unserer Zeit; dieser da ist in den Garten Irams gekommen, er ist zum Gemahl bestimmt für Badî'at el-Dschamâl, die Tochter des Königs Schahjâl, und er ist einer der Ihrigen geworden. Deine Leute haben Hand an ihn gelegt und ihn vor dich geschleppt, und er hat weder vor ihnen noch vor dir verborgen, wer er ist. Wenn du ihn tötest, so wird König Schahjâl Blutrache für ihn an dir zu nehmen suchen, er wird wider dich zu Felde ziehen und mit seinen Kriegern über dich herfallen um seiner Tochter willen; aber du kannst es mit seinem Heere nicht aufnehmen und kannst dich mit ihm nicht messen.' Der König hörte auf seinen Rat und befahl, den Jüngling ins Gefängnis zu bringen. So stand es nun um Saif el-Mulûk.

Wenden wir uns jetzt wieder zu der alten Königin, der Großmutter Badî'at el-Dschamâls! Als sie ihren Sohn, den König Schahjâl, bei sich hatte, schickte sie die Sklavin aus, um nach Saif el-Mulûk zu suchen; doch die fand ihn nicht und kehrte zu ihrer Herrin zurück mit der Meldung: ‚Ich habe ihn im Garten nicht gefunden.' Darauf sandte die Alte nach den Gärtnern und befragte sie über Saif el-Mulûk. Jene sagten aus: ‚Wir haben ihn unter einem Baume sitzen sehen. Da kamen plötzlich fünf von den Leuten des Blauen Königs zu ihm hin und sprachen mit ihm; dann aber hoben sie ihn hoch, nachdem sie ihm den Mund geknebelt hatten, und flogen mit ihm auf und davon.' Als die alte Königin, die Großmutter Badî'at el-Dschamâls, diese Worte auch aus dem Munde der Sklavin vernahm, kam es sie hart an, und sie ergrimmte gewaltig; sie sprang auf und schrie ihrem Sohne, dem König Schahjâl, die Worte zu: ,Wie kannst du König sein, wenn die Leute des Blauen Königs in unseren Garten kommen dürfen und unseren Gast ergreifen und ungestraft fortschleppen, solange du noch am Leben bist?' So reizte seine Mutter ihn auf, und sie fügte noch hinzu: ,Es gebührt sich wirklich nicht, daß irgend jemand zu deinen Lebzeiten sich wider uns vergehe.' ,Liebe Mutter,' gab er ihr zur Antwort, ,dieser Mensch hat den Sohn des Blauen Königs getötet, der doch ein Dämon war, und nun hat Allah ihn jenem in die Hände gegeben. Wie kann ich jetzt hingehen und ihn befehden um eines Sterblichen willen?' Doch seine Mutter fuhr fort: ,Geh hin zu ihm und fordere von ihm unseren Gast; und wenn er noch am Leben ist und jener ihn dir ausliefert, so nimm ihn und kehre zurück! Hat er ihn aber bereits getötet, so ergreife den Blauen König lebendig, ihn und seine Kinder und seine Frauen und alle seine Diener, die unter seinem Schutze stehen; bring sie alle lebendig zu mir, auf daß ich ihnen mit eigener Hand die Köpfe abschlage und sein Reich ausrotte! Tust du aber nicht, was ich dir gebiete, so nehme ich dir das Recht, das meine Milch dir gab, und die Erziehung, die dir von mir zuteil geworden ist, soll nicht mehr zu Rechte bestehen!' – –«

Da bemerkte Schehrezâd, daß der Morgen begann, und sie hielt in der verstatteten Rede an. Doch als die *Siebenhundertundachtundsiebenzigste Nacht* anbrach, fuhr sie also fort: »Es ist mir berichtet worden, o glücklicher König, daß die Groß-

311

mutter Badî'at el Dschamâls zu ihrem Sohne Schahjâl sprach:
,Geh hin zum Blauen König und schau nach Saif el-Mulûk;
wenn er noch am Leben ist, so hole ihn und kehre zurück! Hat
jener ihn aber bereits getötet, so ergreife ihn und seine Kinder
und seine Frauen und alle, die unter seinem Schutze stehen;
bring sie alle lebendig zu mir, auf daß ich ihnen mit eigener
Hand die Köpfe abschlage und sein Reich ausrotte! Gehst du
aber nicht hin zu ihm und tust nicht, was ich dir gebiete, so
nehme ich dir das Recht, das meine Milch dir gab, und deine
Erziehung soll nicht mehr zu Rechte bestehen!' Sofort machte
König Schahjâl sich auf, gab seinem Heere Befehl zum Aufbruch und zog wider den Blauen König zu Felde, seiner Mutter
zuliebe, und um ihr und ihren Lieben eine Freude zu bereiten,
freilich auch, weil das alles schon von Ewigkeit her bestimmt
war. König Schahjâl also machte sich mit seinem Heere auf
den Weg, und sie zogen dahin, bis sie den Blauen König erreichten. Da prallten die beiden Heere aufeinander und kämpften; der Blaue König und sein Heer aber wurden besiegt. Nun
ergriffen die Sieger seine Kinder, groß und klein, und die Herren und Vornehmen seines Reiches, banden sie und schleppten
sie vor König Schahjâl. Und der sprach: ,O Blauer, wo ist Saif
el-Mulûk, der Sterbliche, der mein Gast ist?' Der Blaue König erwiderte: ,O Schahjâl, du bist ein Dämon, und ich bin ein
Dämon, und um eines Sterblichen willen, der meinen Sohn
getötet hat, verübst du all diese Taten? Er hat meinen Sohn,
den Kern meines Herzens, den Trost meiner Seele, ermordet;
wie konntest du all diese Dinge tun und das Blut von soundso
viel tausend Dämonen vergießen?' Doch Schahjâl entgegnete
ihm: ,Laß dies Gerede!¹ Wenn er noch am Leben ist, so bring

1. Die Breslauer Ausgabe hat hier den Satz: ,Weißt du nicht, daß ein
einziges menschliches Wesen bei Allah mehr gilt als tausend Dämonen?'

312

ihn her! Dann will ich dich freilassen und alle deine Söhne, die ich gefangen genommen habe. Wenn du ihn aber schon getötet hast, so will ich dich und deine Söhne hinrichten lassen.' ‚O König,' sagte darauf der Blaue König, ‚ist dieser dir mehr wert als mein Sohn?' Und König Schahjâl antwortete ihm: ‚Dein Sohn war doch ein Übeltäter, der die Kinder der Leute und die Töchter der Könige raubte und sie in dem Hochragenden Schlosse und dem Verlassenen Brunnen einschloß und sich an ihnen verging.' Da sagte der Blaue König: ‚Er ist noch bei mir; doch nun stifte Frieden zwischen uns und ihm!' Darauf stiftete Schahjâl Frieden zwischen ihnen und verlieh ihnen Ehrengewänder; auch ließ er einen Vertrag zwischen dem Blauen König und Saif el-Mulûk niederschreiben, durch den der Tod des Sohnes gesühnt wurde, und König Schahjâl nahm Saif el-Mulûk zu sich. Dann bewirtete er die Fremden in trefflicher Weise; drei Tage lang blieben der Blaue König und seine Krieger bei ihm. Und schließlich nahm er Saif el-Mulûk mit sich und brachte ihn seiner Mutter; da freute sie sich über die Maßen. Schahjâl aber staunte ob der Schönheit des Jünglings, ob seiner Vollkommenheit und Lieblichkeit. Dann erzählte ihm Saif el-Mulûk seine Geschichte von Anfang bis zu Ende, insonderheit auch, was er mit Badî'at el-Dschamâl erlebt hatte. Darauf sagte Schahjâl: ‚Liebe Mutter, da du solches wünschest, so höre und gehorche ich jedem Befehle, der dir beliebt. Nimm ihn hin und bring ihn nach Ceylon und rüste ihm dort ein prächtiges Hochzeitsfest; denn er ist ein schöner Jüngling, und er hat um ihretwillen Schrecknisse erdulden müssen!' Und alsbald machte sie sich mit ihren Dienerinnen auf den Weg, bis sie nach Ceylon gelangten und in den Garten kamen, der das Eigentum der Mutter von Daulat Chatûn war; wie sie dort zu dem Zelte kamen, freute sich Badî'at el-Dschamâl ob seiner

Wiederkunft. Als nun alle wieder vereinigt waren, erzählte ihnen die alte Königin, was ihm von dem Blauen König widerfahren war, und wie er in der Gefangenschaft jenes Königs dem Tode nahe gewesen war; doch zweimal erzählen würde die Hörer nur quälen. Dann versammelte König Tâdsch el-Mulûk, der Vater von Daulat Chatûn, die Großen seines Reiches und ließ den Ehevertrag zwischen Badî'at el-Dschamâl und Saif el-Mulûk vollziehen; und er verteilte kostbare Ehrengewänder und ließ Festmahle herrichten für alles Volk. Nun ging Saif el-Mulûk hin, küßte den Boden vor Tâdsch el-Mulûk und sprach zu ihm: ‚O König, vergib! Ich möchte dich um etwas bitten; doch ich fürchte, du wirst es mir versagen, so daß ich enttäuscht werde.' ‚Bei Allah,' erwiderte der König, ‚wenn du meine Seele von mir verlangtest, ich würde sie dir nicht verweigern, da du so viel Gutes getan hast.' Und Saif el-Mulûk fuhr fort: ‚Ich möchte, daß du die Prinzessin Daulat Chatûn mit meinem Bruder Sâ'id vermählest; dann wollen wir beide deine Diener sein.' ‚Ich höre und gewähre!' erwiderte Tâdsch el-Mulûk; dann berief er die Großen seines Reiches zum zweiten Male und ließ nun den Ehevertrag zwischen seiner Tochter Daulat Chatûn und Sâ'id vollziehen und die Urkunde von den Kadis aufzeichnen. Und nachdem dies geschehen war, streuten sie Gold und Silber unter das Volk, und der König befahl, die Stadt zu schmücken. So ward denn die Hochzeit gefeiert; Saif el-Mulûk ging ein zu Badî'at el-Dschamâl, und in der gleichen Nacht ging auch Sâ'id zu Daulat Chatûn ein. Nachdem aber Saif el-Mulûk vierzig Tage mit Badî'at el-Dschamâl allein geblieben war, sprach sie zu ihm eines Tages: ‚O Königssohn, ist in deinem Herzen noch die Sehnsucht nach irgend etwas geblieben?' ‚Das sei ferne!' erwiderte Saif el-Mulûk, ‚ich habe mein Ziel erreicht, und in meinem Herzen ist keinerlei Sehnsucht geblieben. Dennoch möchte ich gern einmal wieder bei meinem Vater und meiner Mutter im Lande Ägypten sein, um zu sehen, ob es ihnen immer noch wohl ergeht oder nicht.' Alsbald befahl sie einer Schar ihrer Diener, Saif el-Mulûk und Sâ'id nach Ägyptenland zu tragen. Da konnte Saif el-Mulûk seinen Vater und seine Mutter wiedersehen, und ebenso auch Sâ'id seine Eltern; und nachdem sie eine Woche lang bei ihnen geblieben waren, nahmen beide Abschied von Vater und Mutter und kehrten nach der Hauptstadt von Ceylon zurück. Doch immer, wenn sie Sehnsucht nach den Ihren empfanden, pflegten die beiden zu ihnen zu reisen und heimzukehren. Und Saif el-Mulûk lebte mit Badî'at el-Dschamâl herrlich und in Freuden, und desgleichen auch Sâ'id mit Daulat Chatûn, bis Der zu ihnen kam, der die Freuden schweigen heißt und der die Freundesbande zerreißt. Preis aber sei dem Lebendigen, der nie stirbt, der die Geschöpfe geschaffen und ihnen den Tod bestimmt hat, der ohne Anfang der Erste ist und ohne Ende der Letzte ist!

Dies ist alles, was uns von der Geschichte von Saif el-Mulûk und Badî'at el-Dschamâl überliefert ist. Doch Allah kennt die Wahrheit und das Rechte am besten!

Ferner wird erzählt

DIE GESCHICHTE DES JUWELIERS
HASAN VON BASRA

Einst lebte in alten Zeiten und in längst entschwundenen Vergangenheiten ein Kaufherr, der in der Stadt Basra wohnte; jener Mann hatte zwei Söhne, und er besaß großen Reichtum. Nun beschloß Allah, der Allhörende und Allwissende, daß dieser Kaufmann zur Barmherzigkeit Gottes des Erhabenen einging und all jenes Gut verlassen mußte; da erfüllten seine beiden Söhne die Pflicht, ihn aufzubahren und zu begraben. Dann teilten sie das Gut unter sich zu gleichen Teilen, und ein jeder von ihnen nahm hin, was ihm zufiel; und sie eröffneten jeder einen Laden, der eine als Kupferschmied, der andere aber als Goldschmied. Eines Tages, als der Goldschmied in seinem Laden saß, erschien plötzlich ein Perser, der im Basare unter den Leuten dahinschritt, bis er zu dem Laden des jungen Goldschmiedes kam; und er blickte auf seine Arbeit, und nachdem er sie mit kundigem Auge genau betrachtet hatte, gefiel sie ihm. Der Name des Goldschmiedes aber war Hasan. Der Perser sprach zu ihm, indem er bewundernd das Haupt wiegte: ,Bei Allah, du bist ein schöner Goldschmied!' Und wiederum schaute er seine Arbeiten an, während der Jüngling in ein altes Buch schaute, das er in der Hand hielt, und die Leute berückt waren von seiner Schönheit und Lieblichkeit und seines Wuchses Ebenmäßigkeit. Wie es dann Zeit zum Nachmittagsgebete ward, leerte sich der Laden von den Leuten, und nun trat der persische Mann zu dem Goldschmied und sprach zu ihm: ,Mein Sohn, du bist ein schöner Jüngling! Sag, was für ein Buch ist dies? Du hast keinen Vater, und ich habe keinen Sohn. Aber ich kenne eine Kunst, die von allen Künsten der Welt die beste ist.' —«

Da bemerkte Schehrezâd, daß der Morgen begann, und sie hielt in der verstatteten Rede an. Doch als die *Siebenhundert-undneunundsiebenzigste Nacht* anbrach, fuhr sie also fort: »Es ist mir berichtet worden, o glücklicher König, daß der persische Mann zu dem Goldschmied Hasan trat und zu ihm sprach: ,Mein Sohn, du bist ein schöner Jüngling! Du hast keinen Vater, und ich habe keinen Sohn. Aber ich kenne eine Kunst, die von allen Künsten der Welt die beste ist. Viele Menschen haben mich schon gebeten, ich solle sie darin unterweisen; aber ich habe noch nie eingewilligt, auch nur einen von ihnen sie zu lehren. Doch jetzt hat meine Seele freiwillig beschlossen, dich

316

darin zu unterrichten, und ich will dich zu meinem Sohne machen und zwischen dir und der Armut eine Schranke setzen, auf daß du von dieser Arbeit, von der Mühe mit Hammer und Kohle und Feuer befreit werdest.' Da fragte Hasan ihn: ‚Guter Herr, wann willst du mich das lehren?' Jener antwortete: ‚Morgen will ich zu dir kommen und will dir vor deinen Augen aus Kupfer lauteres Gold machen.' Darüber freute sich Hasan, und nachdem er von dem Perser Abschied genommen hatte, begab er sich zu seiner Mutter. Als er bei ihr eintrat, sprach er den Friedensgruß vor ihr; dann aß er mit ihr, und hernach erzählte er ihr von seinem Erlebnis mit dem Perser; doch dabei war er noch ganz verwirrt und ohne rechten Verstand und Besinnung. So sprach denn seine Mutter zu ihm: ‚Was ist dir, mein Sohn? Hüte dich, auf das Geschwätz der Leute zu hören, besonders auf das der Perser, und folge nie ihrem Rate! Denn die Kerle sind Betrüger; sie lehren die Schwarzkunst, aber sie übertölpeln die Menschen und nehmen ihnen ihr Geld ab und verzehren es unter falschen Vorspiegelungen.' Doch Hasan erwiderte ihr: ‚Liebe Mutter, wir sind arme Leute[1], und wir haben nichts, wonach es ihn verlangen könnte, so daß er uns betrügen will. Nein, fürwahr, dieser Perser ist ein rechtschaffener, ehrwürdiger Mann, dem man die Ehrlichkeit ansieht; es ist nur so, daß Allah mir sein Herz geneigt gemacht hat.' Die Mutter verstummte vor Zorn, während ihres Sohnes Herz so voller Erregung war, daß der Schlaf in jener Nacht vor lauter Freude über die Worte des Persers nicht zu ihm kam. Als es Morgen ward, machte er sich auf, nahm die Schlüssel mit und öffnete den Laden; und siehe, da kam auch schon der Perser auf ihn zu. Hasan erhob sich vor ihm und wollte ihm die Hände küssen; aber der entzog ihm die Hand und ließ es nicht zu. Und er

1. Nach der Breslauer Ausgabe hatte Hasan sein Geld verschwendet.

sprach: ‚Hasan, setze den Schmelztiegel auf und halte den Blasebalg bereit!' Der tat, wie ihm der Perser befohlen hatte, und setzte die Kohlen in Brand. Dann fragte der Perser ihn: ‚Mein Sohn, hast du Kupfer bei dir?' ‚Ich habe eine zerbrochene Schüssel', gab er zur Antwort; und jener befahl ihm, die Metallschere fest anzusetzen und die Schüssel in kleine Stücke zu zerschneiden. Er tat, wie jener gesagt hatte, schnitt kleine Stücke und warf sie in den Schmelztiegel; dann fachte er das Feuer mit dem Blasebalg an, bis das Kupfer flüssig geworden war. Nun streckte der Perser seine Hand nach seinem Turban, holte aus ihm ein gefaltetes Papier heraus, öffnete es und streute in den Tiegel von seinem Inhalt etwa ein halbes Quentchen von einem Pulver, das gelbem Arzneipulver glich. Darauf befahl er Hasan, wieder mit den Bälgen zu blasen, und der tat es, bis die Masse ein Barren Goldes geworden war. Als der Jüngling das sah, ward er sprachlos und ganz verwirrt durch die Freude, die über ihn kam. Und er nahm den Barren und wandte ihn hin und her; dann nahm er eine Feile und prüfte ihn und fand, daß er aus lauterem, allerkostbarstem Golde bestand. Da war er wie von Sinnen und ganz starr im Übermaße der Freude; und er neigte sich über die Hand des Persers, um sie zu küssen. Aber der entzog sie ihm und sprach zu ihm: ‚Nimm diesen Barren und trag ihn auf den Markt; verkaufe ihn und nimm den Erlös dafür eilends an dich, ohne zu sprechen!' Nun ging Hasan zum Markt und gab den Barren dem Ausrufer; als der ihn von ihm empfangen hatte, rieb er ihn auf dem Prüfsteine und fand, daß er lauteres Gold war. Das Gebot darauf ward mit zehntausend Dirhems eröffnet; aber bald boten die Kaufleute mehr dafür, und um fünfzehntausend Dirhems verkaufte Hasan seinen Barren. Er nahm sein Geld, eilte nach Hause und erzählte seiner Mutter alles, was er getan hatte; und er fügte

318

hinzu: ,Liebe Mutter, ich habe diese Kunst bereits gelernt.'
Doch sie lächelte über ihn und sprach: ,Es gibt keine Macht
und es gibt keine Majestät außer bei Allah, dem Erhabenen
und Allmächtigen!' – –«

Da bemerkte Schehrezâd, daß der Morgen begann, und sie
hielt in der verstatteten Rede an. Doch als die *Siebenhundert-
undachtzigste Nacht* anbrach, fuhr sie also fort: »Es ist mir berichtet worden, o glücklicher König, daß die Mutter Hasans
des Goldschmieds, als er ihr erzählte, was der Perser getan
hatte, und hinzufügte: ,Liebe Mutter, ich habe diese Kunst bereits gelernt', nur sprach: ,Es gibt keine Macht und es gibt keine
Majestät außer bei Allah, dem Erhabenen und Allmächtigen!'
Dann verstummte sie in ihrem Ärger. Hasan aber nahm in seiner Unwissenheit einen Mörser, brachte ihn dem Perser, der
im Laden geblieben war, und setzte ihn vor ihm nieder. Der
fragte ihn: ,Mein Sohn, was willst du mit diesem Mörser machen?' Hasan erwiderte: ,Wir wollen ihn ins Feuer tun und
Barren Goldes daraus machen.' Da lachte der Perser und sprach
zu ihm: ,Mein Sohn, bist du denn ganz von Sinnen, daß du am
selben Tage zwei Goldbarren zum Markte tragen willst? Weißt
du denn nicht, daß die Leute dann Verdacht gegen uns schöpfen würden, so daß unser Leben in Gefahr käme? Doch, mein
Sohn, wenn ich dich diese Kunst gelehrt habe, so darfst du sie
nur ein einziges Mal im Jahre ausüben, und das wird dir auch
genug einbringen von einem Jahre zum anderen.' ,Du hast
recht, mein Gebieter', antwortete der Jüngling; und er blieb
im Laden, setzte den Schmelztiegel auf und warf Kohlen ins
Feuer. Der Perser fragte: ,Was hast du vor, mein Sohn?' ,Lehre
mich die Kunst!' erwiderte jener. Da lachte der Perser von
neuem und rief: ,Es gibt keine Macht und es gibt keine Majestät außer bei Allah, dem Erhabenen und Allmächtigen! Mein

Junge, du bist wirklich kurz von Verstand, und du bist für diese Kunst ganz und gar nicht geeignet. Kann je im Leben ein Mensch diese Kunst an offener Straße oder in den Basaren lernen? Wenn wir uns an dieser Stätte mit ihr beschäftigen, so werden die Leute über uns reden: Die da treiben die Schwarzkunst! Dann wird auch die Obrigkeit von uns hören, und unser Leben wird auf dem Spiel stehen. Wenn du also, mein Sohn, diese Kunst lernen willst, so komm mit mir in mein Haus!' So machte denn Hasan sich auf, schloß den Laden und ging mit dem Perser fort. Aber während er dahinschritt, kamen ihm plötzlich die Worte seiner Mutter in den Sinn, und er machte sich in seiner Seele tausend Gedanken; und er blieb eine Weile mit gesenktem Haupte stehen. Da wandte der Perser sich um, und als er ihn so dastehen sah, rief er lachend: ‚Bist du denn von Sinnen? Ich habe in meinem Herzen nur Gutes mit dir vor; wie kannst du da glauben, ich wollte dir ein Leids antun?' Und er fügte hinzu: ‚Wenn du dich davor fürchtest, mit mir in mein Haus zu gehen, so will ich mit dir in dein Haus kommen und will dich dort lehren.' ‚So ist es, mein Oheim', erwiderte Hasan; und der Perser fuhr fort: ‚Geh du vor mir her!' Da ging Hasan ihm voran auf dem Wege zu seiner Wohnung, und der Perser folgte ihm, bis sie dort ankamen. Hasan trat in sein Haus ein und kündete seiner Mutter, die er dort fand, daß der Perser mit ihm gekommen sei; der Perser selbst aber blieb an der Haustür stehen. Darauf richtete sie alles im Hause für sie, und als sie ihre Arbeit getan hatte, ging sie fort. Alsbald meldete Hasan dem Perser, er könne hereinkommen, und so trat der Mann ins Haus. Dann nahm Hasan eine Schüssel in seine Hand und eilte mit ihr auf den Markt, um in ihr etwas zum Essen zu holen. Und bald, nachdem er fortgegangen war, kam er mit den Speisen zurück und setzte sie dem Perser vor, indem er zu ihm sprach: ‚Iß, mein Gebieter, auf daß Brot und Salz zwischen uns seien; und Allah der Erhabene strafe den, der dem Bunde von Brot und Salz untreu wird!' ‚Du hast recht, mein Sohn', erwiderte der Perser; aber dann lächelte er und fuhr fort: ‚Ja, ja, mein Sohn! Wer kennt den Wert von Brot und Salz?' Darauf trat er heran und aß mit Hasan, bis sie gesättigt waren; und nun sagte der Perser: ‚Mein Sohn Hasan, hole uns ein wenig Süßigkeiten!' So ging denn Hasan wieder zum Markte und holte zehn Schalen[1] voll Süßigkeiten, erfreut über die Worte des Persers. Und nachdem er sie jenem vorgesetzt hatte, aß er davon, und Hasan aß mit ihm. Zuletzt sagte der Perser zu ihm: ‚Allah lohne dir mit Gutem, mein Sohn! Deinesgleichen nehmen die Menschen sich zum Freunde, und sie offenbaren ihm ihre Geheimnisse und lehren ihn, was ihm Nutzen bringt.' Und er fügte hinzu: ‚Hasan, hol das Gerät!' Kaum hatte Hasan diese Worte vernommen, da sprang er hinaus wie ein Füllen, das im Frühjahr auf die Weide gelassen wird, und er eilte zum Laden, nahm das Gerät, lief zurück und stellte alles vor den Perser hin. Der zog ein Stück Papier hervor und sprach: ‚O Hasan, bei dem Bunde von Brot und Salz, wärest du mir nicht lieber als ein eigen Kind, so würde ich dich nicht in diese Kunst einweihen. Jetzt habe ich von diesem Elixier nur noch dies kleine Päcklein übrig; aber schau zu, wenn ich später die Kräuter mische und vor dich hinlege! Wisse, mein Sohn, mein Hasan, du mußt auf je zehn Pfund Kupfer ein halbes Quentchen von dem nehmen, was in diesem Papier ist; dann werden die zehn Pfund alsbald zu reinem, lauterem Golde.' Und weiter sprach er zu ihm: Mein Sohn, mein Hasan, in diesem Papier sind noch drei Unzen nach ägyptischem Gewicht; und wenn das, was darinnen sich befindet, verbraucht ist, so

1. Das Wort ist nicht ganz sicher.

will ich dir neues bereiten.' Hasan nahm das Päckchen hin und entdeckte in ihm etwas Gelbes, das noch feiner war als das erste; da sagte er: ‚Mein Gebieter, wie heißt dies? Wo ist es zu finden? Und woraus wird es bereitet?' Der Perser lächelte, denn er dachte schon gierig daran, über Hasan Gewalt zu gewinnen; und er sprach zu ihm: ‚Wonach fragst du auch immer! Tu dein Werk und schweig still!' Da holte Hasan eine Schale aus dem Hause, zerschnitt sie und warf die Stücke in den Tiegel; dann streute er darauf ein wenig von dem, was in dem Papier war, und sofort entstand ein Barren von lauterem Golde. Wie er das sah, freute er sich über die Maßen, ja, seine Sinne verwirrten sich, da er nur an jenen Barren denken konnte. Nun aber zog der Perser eilends aus seinem Turban ein Päcklein hervor, in dem sich Bendsch befand, so stark, daß ein Elefant, wenn er daran gerochen hätte, von einer Nacht zur andern in Schlaf gesunken wäre; davon nahm er ein Stückchen und tat es in ein Stück von den Süßigkeiten. Dann sprach er: ‚O Hasan, du bist mein Sohn geworden, ja, du bist mir lieber als meine Seele und mein Gut; ich habe aber eine Tochter, die will ich mit dir vermählen.' Hasan erwiderte ihm: ‚Ich bin dein Diener; was immer du an mir tust, das ist bei Allah dem Erhabenen gut aufgehoben.' Und der Perser fuhr fort: ‚Mein Sohn, sei geduldigen Sinnes und laß deine Seele ausharren, so wird dir nur Gutes widerfahren!' Damit gab er ihm das Stück von den Süßigkeiten, Hasan nahm es, küßte ihm die Hand und tat es in den Mund, ohne zu ahnen, was ihm im Verborgenen bestimmt war. Kaum hatte er das Stück Zuckerwerk verschluckt, so fiel er vornüber, und die Welt versank vor ihm. Als der Perser ihn ansah, wie das Unheil über ihn gekommen war, freute er sich über die Maßen; und er sprang auf und rief: ‚Jetzt bist du mir in die Falle gegangen, du Galgenstrick, du Araberhund! Viele

Jahre habe ich nach dir gesucht, bis ich dich gefunden habe, o Hasan!' – –«

Da bemerkte Schehrezâd, daß der Morgen begann, und sie hielt in der verstatteten Rede an. Doch als die *Siebenhundertundeinundachtzigste Nacht* anbrach, fuhr sie also fort: »Es ist mir berichtet worden, o glücklicher König, daß damals, als Hasan der Goldschmied das Stück von den Süßigkeiten, das der Perser ihm gab, gegessen hatte und ohnmächtig zu Boden gesunken war, der Perser sich über die Maßen freute und rief: ,Viele Jahre habe ich nach dir gesucht, bis ich dich gefunden habe!' Dann gürtete er sich, fesselte Hasan die Arme und band ihm die Füße an die Hände; darauf holte er eine Kiste, nahm die Sachen, die darinnen waren, heraus und legte Hasan hinein und verschloß sie über ihm. Ferner leerte er eine andere Kiste, legte in sie alles Gold, das Hasan besaß, dazu auch die Goldbarren, die er gemacht hatte, den ersten und den zweiten[1], und verschloß auch sie. Nach alledem lief er eilends zum Markt, holte einen Lastträger herbei und lud ihm die beiden Kisten auf; der brachte sie ihm an eine Stätte außerhalb der Stadt und setzte sie an der Meeresküste nieder. Dort begab der Perser sich zu dem Schiffe, das vor Anker lag und das für ihn bestimmt und ausgerüstet war, und dessen Kapitän auf ihn wartete. Als die Schiffsleute ihn sahen, kamen sie zu ihm herab, hoben die beiden Kisten auf und trugen sie an Bord. Und der Perser rief dem Kapitän und all den Seeleuten zu: ,Auf zur Fahrt! Das Werk ist vollbracht, und wir haben unser Ziel erreicht.' Nun rief der Kapitän den Seeleuten zu: ,Lichtet die Anker und hisset die Segel!' Und das Schiff stach bei günstigem Winde in See. So stand es um den Perser und um Hasan.

1. Der Erzähler hat hier vergessen, daß der erste Goldbarren bereits verkauft ist.

Wenden wir uns nun zu Hasans Mutter zurück! Sie wartete auf ihn bis zum Abend; als sie jedoch weder einen Laut noch irgendeine Kunde von ihm vernahm, ging sie zum Hause hinüber. Sie sah es offen stehen, ging hinein, fand aber niemanden darin, auch die beiden Kisten und das Geld konnte sie nicht entdecken. Daran erkannte sie, daß ihr Sohn verloren war und daß ihn das Schicksal ereilt hatte; und sie schlug sich das Gesicht und zerriß ihre Kleider, sie schrie und klagte und begann zu rufen: ,Wehe, mein Sohn! Wehe, die Frucht meines Herzens!' Dann sprach sie diese Verse:

> *Geduld versagte mir, es wuchs in mir die Sorge;*
> *Es wuchs mein Klagen und mein Elend, seit du fern.*
> *Bei Gott, ich kann's nicht fassen, daß du mir genommen!*
> *Wie trag ich's, daß er schwand, er, meiner Hoffnung Stern?*
> *Wie kann mich Schlaf erquicken, seit mein Freund geschieden?*
> *Und wen erfreut denn wohl ein Leben voller Leid?*
> *Du gingst und ließest Haus und Volk in heißem Sehnen;*
> *Du trübtest meinen Quell, so klar vor dieser Zeit!*
> *Du warst in allen Nöten mir ein treuer Helfer;*
> *Mein Ruhm, mein Stolz, mein Halt warst du auf Erden hier.*
> *Verwünscht sei jener Tag, an dem du meinen Augen*
> *Entschwandest, bis zum Tag der Wiederkehr zu mir!*

Dann begann sie wiederum zu weinen und zu klagen bis zum Anbruch des Tages. Da kamen die Nachbarn zu ihr herein und fragten sie nach ihrem Sohne; und sie erzählte ihnen, was zwischen ihm und dem Perser vorgegangen war, und sie glaubte fest, sie würde ihn hinfort niemals mehr wiedersehen. Dann irrte sie weinend im Hause umher. Und wie sie dort so umherging, sah sie plötzlich zwei Zeilen, die an der Wand geschrieben standen; da ließ sie einen Schriftgelehrten kommen, und der las sie ihr vor. Sie lauteten aber also:

Bei Nacht erschien mir Lailas[1] Schattenbild im Schlummer,
Vor Tag; die Freundesschar schlief in der Wüste dort.
Und als das Nachtgebild, das zu mir kam, mich weckte,
Da fand ich leer das Haus, und fern den Wallfahrtsort.[2]

Als die Mutter Hasans diese Verse hörte, schrie sie auf und rief:
‚Ja, wahrlich, mein Sohn, das Haus ist leer, und der Wallfahrtsort ist fern.‘ Die Nachbarn nahmen darauf Abschied von ihr,
nachdem sie ihr gewünscht hatten, sie möge stark bleiben und
bald wieder mit ihrem Sohne vereinigt werden, und gingen
ihrer Wege. Aber die Mutter weinte immerfort, zu allen Stunden der Nacht und zu allen Zeiten des Tages; und sie ließ
mitten im Hofe des Hauses ein Grabmal erbauen und darauf
den Namen Hasans und den Tag schreiben, an dem er verloren ging. Von diesem Grabe trennte sie sich fortan nicht
mehr; immerdar weilte sie bei ihm, seit ihr Sohn ihr genommen war.

Kehren wir nun von ihr zu ihrem Sohne und dem Perser zurück! Der Perser war nämlich ein Feueranbeter, der die Muslime glühend haßte und immer, wenn er einen von den Gläubigen in seine Gewalt bekam, ihn umbrachte. Er war ein gemeiner Schurke, ein Schätzesucher und verbrecherischer
Schwarzkünstler, wie der Dichter von ihm sagt:

Er ist ein Hund, ein Hundesohn und eines Hundes Enkel;
Nichts Gutes ist in einem Hund, der einem Hund entsprossen.

Oder wie ein anderer sagt:

Ein Sohn gemeinen Volks, ein Hundesohn, ein Teufel,
Ein Bastard und ein Sohn der Sünde und ein Ketzer.

1. Laila ist ein altarabischer Mädchenname. – 2. Der Perser hatte diese
Verse geschrieben, um anzudeuten, daß er Hasan mitgenommen habe
und daß dieser nicht zurückkehren werde.

Der Name jenes Verfluchten lautete Bahrâm der Feueranbeter, und er pflegte in jedem Jahre einen von den Muslimen zu rauben und ihn bei einem verborgenen Schatze zu opfern. Und wie nun sein Anschlag wider Hasan den Goldschmied gelungen war und er mit ihm von Tagesanbruch bis zum Beginn der Nacht dahingefahren war, legte das Schiff am Festlande an bis zum Morgen. Als die Sonne aufging und das Schiff wieder weitersegelte, befahl der Perser seinen Sklaven und Dienern, die Kiste zu bringen, in der Hasan lag. Nachdem sie den Befehl ausgeführt hatten, öffnete er sie und nahm den Jüngling heraus; dann ließ er ihn an Essig riechen und blies ihm ein Pulver in die Nase. Da nieste Hasan und gab das Bendsch wieder von sich, öffnete die Augen und schaute nach rechts und links hin um sich. Als er sich aber mitten im Meere auf einem fahrenden Schiffe zur Seite des bei ihm sitzenden Persers sah, erkannte er, daß er überlistet war durch einen Betrug, den der verfluchte Feueranbeter an ihm verübt hatte, und daß er in eben die Gefahr geraten war, vor der seine Mutter ihn gewarnt hatte. Und er sprach die Worte, die keinen, der sie spricht, zuschanden werden lassen, die Worte: ‚Es gibt keine Macht und es gibt keine Majestät außer bei Allah, dem Erhabenen und Allmächtigen! Wahrlich, wir sind Allahs Geschöpfe, und zu Ihm kehren wir zurück. O mein Gott, geruhe deine Güte in deinem Ratschluß mir nicht zu versagen, laß mich deine Heimsuchung geduldig ertragen, o Herr der Welten!‘ Dann wandte er sich zu dem Perser und redete ihn mit sanften Worten an, indem er sprach: ‚O mein Vater, was ist das für eine Tat? Wo bleibt nun der Bund von Brot und Salz und der Eid, den du mir geschworen hast?‘ Der aber starrte ihn an und rief: ‚Du Hund, weiß jemand wie ich etwas von Brot und Salz? Ich habe jetzt schon tausend Burschen wie dich, weniger einen, umgebracht, und du sollst das Tausend vollmachen!' So laut schrie er ihn an, daß Hasan verstummte, da er nun wußte, daß der Pfeil des Schicksals ihn getroffen hatte. – –«

Da bemerkte Schehrezâd, daß der Morgen begann, und sie hielt in der verstatteten Rede an. Doch als die *Siebenhundertundzweiundachtzigste Nacht* anbrach, fuhr sie also fort: »Es ist mir berichtet worden, o glücklicher König, daß Hasan, als er sah, daß er dem verfluchten Perser in die Hände gefallen war, ihn mit sanften Worten anredete, daß es ihm aber nichts nutzte, sondern jener ihn so laut anschrie, daß er verstummte, da er nun wußte, daß der Pfeil des Schicksals ihn getroffen hatte. Alsbald befahl der Verruchte, seine Fesseln zu lösen; und dann gab man ihm ein wenig Wasser zu trinken, während der Feueranbeter lachte und sprach: ,Bei dem Feuer im Lichtgewand, beim Schatten und bei der Hitze Brand, ich glaubte nicht, daß du in mein Netz fallen würdest. Aber das Feuer hat mir Macht über dich gegeben und mir geholfen, dich zu greifen, so daß ich mein Ziel erreichen kann, indem ich heimfahre und dich ihm zum Opfer bringe und seine Gunst gewinne.' Da sagte Hasan zu ihm: ,Du hast also Verrat begangen an Brot und Salz!' Doch der Feueranbeter erhob seine Hand und versetzte ihm einen solchen Schlag, daß er niederfiel und mit den Zähnen in das Schiffsdeck biß und ohnmächtig liegen blieb, während ihm die Tränen über die Wangen rannen. Weiter befahl der Feueranbeter seinen Dienern, ihm ein Feuer anzuzünden; und als Hasan ihn fragte: ,Was willst du damit tun?' antwortete jener: ,Dies ist das Feuer, das Licht und Funken entsendet, und ihm bringe ich Verehrung dar. Wenn du es auch anbetest gleich mir, so will ich dir die Hälfte von meiner Habe geben und dich mit meiner Tochter vermählen.' Hasan aber schrie ihn an mit den Worten: ,Wehe dir, du bist ein Feueranbeter, ein Ketzer; du gehörst zu denen, die das Feuer verehren statt des allmächtigen Königs der Ehren, der Tag und Nacht hervorgebracht! Das ist der unseligste Glaube.' Darob ergrimmte der Feueranbeter, und er rief: ,Willst du dich mir nicht fügen, du Araberhund, und meinen Glauben annehmen?' Aber Hasan fügte sich ihm nicht darin; und nun befahl der verruchte Feueranbeter, nachdem er sich vor dem Feuer niedergeworfen hatte, seinen Dienern, Hasan flach aufs Gesicht niederzuwerfen. Als die das getan hatten, begann er mit einer Geißel aus geflochtenen Riemen so lange auf ihn einzuschlagen, bis ihm die Seiten wund waren; dabei rief der Arme um Hilfe, doch er fand keinen Helfer, und er flehte um Schutz, doch keiner schützte ihn. So erhob er seinen Blick zum allmächtigen König der Ehren und bat Ihn im Namen des auserwählten Propheten, Hilfe zu gewähren. Schon war es, als ob die Kräfte der Geduld ihn verließen, und die Tränen begannen ihm regengleich über die Wangen zu fließen; und er sprach diese beiden Verse:

> Mein Gott, ich will mich deinem Schicksalsspruche fügen;
> Wenn dies dein Wille ist, so übe ich Geduld.
> Sie waren hart und grausam wider uns im Herrschen;
> Verzeihst du wohl in Gnaden die vergangne Schuld?

Darauf befahl der Feueranbeter den Sklaven, sie sollten den Jüngling aufrecht hinsetzen und ihm etwas Speise und Trank bringen; doch als sie es brachten, weigerte er sich zu essen und zu trinken. Der Feueranbeter aber quälte ihn immerfort, Tag und Nacht, solange sie dahinfuhren, während Hasan sich in Geduld faßte und demütig zu Allah dem Allgewaltigen und Glorreichen, flehte; denn das Herz des Verfluchten hatte sich gegen ihn verhärtet. Drei Monate lang segelten sie auf dem Meere weiter, und Hasan ward in dieser Zeit stets von dem Perser gefoltert. Als aber die drei Monate vollendet waren, entsandte Allah der Erhabene einen Sturm; und die See wurde schwarz und warf in wildem Tosen das Schiff hin und her. Da sagten der Kapitän und die Seeleute: ‚Dies alles kommt, bei Allah, nur durch diesen Burschen, der schon seit drei Monaten bei dem Feueranbeter dort Qualen leidet; das ist vor Allah dem Erhabenen nicht erlaubt.‘ Dann erhoben sie sich wider den Perser und töteten seine Diener und alle, die bei ihm waren. Und als jener sah, daß sie seine Leute umgebracht hatten, war er des Todes gewiß und fürchtete für sein Leben. Deshalb befreite er Hasan von seinen Fesseln, zog ihm die alten Kleider aus, die er trug, und legte ihm neue an. Und er suchte ihn zu versöhnen, indem er ihm versprach, er wollte ihn die Kunst lehren und in seine Heimat zurückführen; und er fügte hinzu: ‚Mein Sohn, trag mir nicht nach, was ich dir getan habe!‘ Hasan aber antwortete: ‚Wie kann ich dir je wieder trauen?‘ Da sagte jener: ‚Mein Sohn, gäbe es keine Schuld, so gäbe es auch keine Verzeihung. Fürwahr, ich habe dir alles dies nur angetan, um deine Standhaftigkeit zu erproben; und du weißt, daß alles in Gottes Hand ruht.‘ Die Seeleute und der Kapitän freuten sich über die Befreiung Hasans, und er betete für sie und pries Allah den Erhabenen und dankte ihm. Da legte sich der Sturm, das Dunkel klärte sich auf, und Wind und Fahrt waren wieder günstig. Nun sprach Hasan zu dem Feueranbeter: ‚Du Perser, wohin ziehst du?‘ ‚Mein Sohn,‘ antwortete jener, ‚ich ziehe nach dem Berge der Wolken, auf dem sich das Elixier befindet, das wir zur Schwarzkunst brauchen.‘ Und er schwor beim Feuer und beim Lichte, daß es für Hasan nichts mehr gäbe, was er zu fürchten hätte. So ward denn Hasan ruhig in seinem Herzen und freute sich über die Worte des Feueranbeters, und er aß und trank und schlief mit ihm, und jener kleidete ihn in seine eigenen Kleider. Sie fuhren nochmals drei Monate lang dahin, und schließlich ging das Schiff mit ihnen vor Anker bei einem langen Strande, der mit weißen, gelben, blauen, schwarzen und noch andersfarbigen Kieseln bedeckt war. Als nun das Schiff festlag, erhob sich der Perser und sprach: ‚Auf, Hasan, geh an Land! Wir haben jetzt erreicht, was wir suchten und begehrten.‘ Da machte Hasan sich auf und begab sich mit dem Perser an Land, nachdem der seine Sachen der Obhut des Kapitäns anvertraut hatte. Dann gingen die beiden weiter, bis sie weit von dem Schiffe entfernt und den Blicken der Leute entschwunden waren. Darauf setzte der Feueranbeter sich nieder, holte aus seiner Tasche eine kleine kupferne Trommel hervor und eine seidene Schlagschnur, die mit Gold durchwirkt und mit Talismanen besetzt war, und schlug die Trommel. Sobald er das getan hatte, erhob sich fern am anderen Ende der Steppe eine Staubwolke. Hasan aber wunderte sich über sein Tun und fürchtete sich vor ihm; schon bereute er, daß er mit ihm gelandet war, und seine Farbe erblich. Der Feueranbeter schaute ihn an und sprach zu ihm: ‚Was ist dir, mein Sohn? Bei dem Feuer und dem Licht, dir droht gar keine Gefahr mehr von mir. Wäre es nicht, daß mein Ziel nur durch dich erreicht werden kann, so hätte ich dich nicht aus dem Schiffe herausgeführt. Freue dich alles Guten! Denn diese Staubwolke kommt von etwas, das wir besteigen wollen und das uns helfen wird, diese Steppe zu durchqueren, so daß ihre Beschwerden leicht für uns werden.‘ – –«

Da bemerkte Schehrezâd, daß der Morgen begann, und sie hielt in der verstatteten Rede an. Doch als die *Siebenhundertunddreiundachtzigste Nacht* anbrach, fuhr sie also fort: »Es ist mir berichtet worden, o glücklicher König, daß der Perser zu Hasan sprach: ‚In jener Staubwolke ist etwas, das wir besteigen wollen und das uns helfen wird, diese Steppe zu durchqueren, so daß ihre Beschwerden leicht für uns werden.' Und es dauerte nur eine kleine Weile, da erhob sich die Staubwolke über drei edlen Kamelinnen; und der Perser bestieg die eine, Hasan die zweite, und sie luden ihre Wegzehrung auf die dritte. Dann ritten sie sieben Tage lang dahin, bis sie in ein weites Gelände kamen; und als sie in jenes Gelände hinabritten, erblickten sie eine Kuppel, die auf vier Pfeilern aus rotem Golde ruhte. Dort saßen sie ab von den Kamelinnen und traten unter die Kuppel, aßen und tranken und ruhten sich aus. Als Hasan nun zufällig seitwärts blickte, entdeckte er etwas Hohes, und er fragte: ‚Was ist das, mein Oheim?' ‚Das ist ein Schloß', erwiderte der Feueranbeter; und Hasan fuhr fort: ‚Wollen wir uns nicht aufmachen und dort hineingehen, damit wir uns in ihm ausruhen und es uns anschauen können?' Doch der Perser sprang auf und rief: ‚Sprich mir nicht von diesem Schlosse da! Dort wohnt mein Feind, und mir ist mit ihm etwas begegnet; doch jetzt ist nicht die Zeit, dir davon zu erzählen.' Dann schlug er sofort wieder die Trommel, die Kamelinnen eilten herbei, und die beiden saßen auf und ritten von neuem sieben Tage dahin. Als aber der achte Tag anbrach, fragte der Feueranbeter: ‚Hasan, was siehst du jetzt?' ‚Ich sehe Wolken und Nebel zwischen Osten und Westen', erwiderte der Jüngling; doch der Perser entgegnete ihm: ‚Das sind weder Wolken noch Nebel, nein, das ist ein mächtiger, hoher Berg, an dem sich die Wolken teilen. Doch über ihm gibt es keine Wolken mehr; so unendlich hoch ist er, so gewaltig türmt er sich empor. Dieser Berg ist mein Ziel; auf ihm befindet sich, was wir suchen. Deswegen habe ich dich mit mir hierher gebracht, und was ich vorhabe, kann nur durch deine Hand vollbracht werden.' Als Hasan das hörte, gab er sein Leben verloren; und er sprach zu dem Feueranbeter: ‚Bei dem, was du anbetest, und bei dem Glauben, dem du anhängst, sage mir, welches der Zweck ist, um dessentwillen du mich hierher gebracht hast!' Jener gab ihm zur Antwort: ,Wisse, die Kunst des Goldmachens kann nur mit Hilfe eines Krautes ausgeübt werden, das an der Stätte wächst, wo die Wolken vorüberziehen und sich zerteilen. Das ist eben dieser Berg, und das Kraut findet sich auf ihm; wenn wir dieses Krautes habhaft werden, so will ich dir zeigen, welcher Art diese Kunst ist.' Hasan sagte in seiner Angst nur: ,Ja, mein Gebieter!' Doch er fühlte sich dem Tode nahe und weinte ob der Trennung von seiner Mutter und seinem Volke und seiner Heimat; und er bereute, daß er dem Rate seiner Mutter nicht gefolgt war, und sprach diese beiden Verse:

> Schau auf das Tun des Herren, wie er deinen Weg
> So bald zur heißersehnten Rettung lenkt!
> Verzweifle nicht, wenn du in Not geraten bist;
> Wie oft wird Wundergnade in der Not geschenkt!

Die beiden ritten nun weiter, bis sie jenen Berg erreichten; an seinem Fuße machten sie halt, und da erblickte Hasan eine Burg auf der Höhe des Berges. Drum fragte er den Feueranbeter: ,Was ist das für eine Burg?' Jener antwortete: ,Das ist die Stätte der Dämonen, der Ghûle und Satane.' Darauf stieg der Perser von seiner Kamelin herunter und befahl auch Hasan abzusitzen; und er ging auf ihn zu, küßte ihm das Haupt und sprach zu ihm: ,Trag mir nicht nach, was ich an dir getan habe! Ich will dich bewachen, während du zur Burg hinaufsteigst, und ich beschwöre dich, betrüge mich um nichts von dem, was du von dort mitbringen wirst! Wir beide, ich und du, wollen dann gleichen Teil daran haben.' ,Ich höre und gehorche!' erwiderte Hasan; der Perser aber öffnete einen Sack und zog daraus eine Mühle hervor; desgleichen nahm er aus ihm ein Maß Weizen. Den mahlte er auf jener Mühle; und aus dem Mehl knetete er drei runde Brotfladen und buk sie, nachdem er das Feuer entzündet hatte. Schließlich holte er wiederum die Kupfertrommel und die bestickte Schlagschnur und schlug die Trommel. Da kamen die Kamele; eins von ihnen wählte er aus, und nachdem er es geschlachtet hatte, zog er ihm die Haut ab. Und nun wandte er sich zu Hasan und sprach zu ihm: ,Höre, mein Sohn, o Hasan, auf das, was ich dir einschärfe!' ,Ich tu es', erwiderte jener; und der Perser fuhr fort: ,Lege dich in diese Haut! Ich will dich darin einnähen und auf der Erde liegen lassen; dann werden die Geier kommen und mit dir auf den Gipfel des Berges fliegen. Nimm dies Messer mit, und wenn die Vögel aufhören zu fliegen und du merkst, daß sie dich dort oben niedergelegt haben, so schneide mit ihm die Haut auf und krieche heraus! Die Vögel werden vor dir erschrecken und von dir fortfliegen; du aber schau herab zu mir vom Gipfel des Berges und rufe mich an, so werde ich dir sagen, was du zu tun hast!' Darauf machte er ihm die drei Brotfladen zurecht sowie einen Schlauch Wassers und legte alles zu ihm in die Haut; erst dann nähte er ihn darin ein. Nachdem er sich von ihm entfernt hatte, kamen die Geier, hoben ihn auf, flogen mit ihm zur Höhe des Berges empor und legten ihn dort nieder. Sobald Hasan bemerkte, daß die Geier ihn hingelegt hatten, schlitzte er die Haut auf, kroch aus ihr heraus und rief den Feueranbeter. Als der seine Worte vernahm, freute er sich und begann im Übermaß der Freude zu tanzen und rief ihm zu: ,Wende dich um und sage mir, was du siehst!' Da wandte Hasan sich um und erblickte viele vermoderte Gebeine und daneben eine Fülle von Brennholz; und wie er dem Perser alles, was er gesehen, kundgetan hatte, rief der: ,Das ist das Gewünschte und Gesuchte. Nimm von dem

Brennholz sechs Bündel und wirf sie mir herunter; denn damit üben wir die Schwarzkunst!' Hasan warf ihm die sechs Bündel zu; und als der Feueranbeter sah, daß sie bei ihm waren, rief er Hasan zu: ,Du Galgenstrick, ich habe erreicht, was ich von dir wollte; wenn du es wünschest, so bleib auf diesem Berge; sonst wirf dich zur Erde hinab, so daß du den Tod findest!' Damit ging er fort. Hasan aber rief: ,Es gibt keine Macht und es gibt keine Majestät außer bei Allah, dem Erhabenen und Allmächtigen! Dieser Hund hat mich betrogen.' Dann setzte er sich nieder und beklagte sein Los, indem er diese Verse sprach:

> Hat Gott einmal dem Menschen Unglück zuerkannt,
> Und hat dann dieser auch Gesicht, Gehör, Verstand,
> So macht Er ihm die Ohren taub, das Herze blind,
> Zieht den Verstand aus ihm gleichwie ein Haar geschwind,
> Bis Er, wenn Er an ihm sein Werk vollendet hat,
> Verstand ihm wiedergibt; – der geht mit sich zu Rat.
> Drum frag von dem, was eintritt, niemals, wie's geschah;
> Denn alles hier ist nur durch Los und Schicksal da! – –«

Da bemerkte Schehrezâd, daß der Morgen begann, und sie hielt in der verstatteten Rede an. Doch als die *Siebenhundertundvierundachtzigste Nacht* anbrach, fuhr sie also fort: »Es ist mir berichtet worden, o glücklicher König, daß der Feueranbeter, nachdem er Hasan zum Bergesgipfel hinaufgeschickt hatte und sich von ihm das, was er brauchte, hatte herabwerfen lassen, ihn schmähte und verließ und seiner Wege ging, und daß der Jüngling ausrief: ,Es gibt keine Macht und es gibt keine Majestät außer bei Allah, dem Erhabenen und Allmächtigen! Dieser verfluchte Hund hat mich betrogen.' Dann stand er auf, blickte nach rechts und nach links und schritt auf dem Kamm des Berges dahin, in seiner Seele gewiß, daß er des Todes sei. So ging er weiter, bis er zu der anderen Seite des Berges kam; dort sah er zu Füßen der Höhe ein blaues Meer, brandend und von Wogen gepeitscht, deren jede so hoch wie ein großer Berg war. Er setzte sich nieder und sprach die Verse aus dem Koran, die ihm gegenwärtig waren, und er flehte zu Allah dem Erhabenen, Er möchte ihn erlösen, sei es durch den Tod oder durch Befreiung aus dieser Not. Dann sprach er für sich selbst das Begräbnisgebet und warf sich ins Meer hinab; und siehe da, die Wogen trugen ihn durch die Huld Allahs des Erhabenen wohlbehalten dahin, bis er unversehrt aus dem Meere an Land gehen konnte; so geschah es durch die Allmacht Gottes des Erhabenen. Da freute er sich und pries Allah den Erhabenen und dankte ihm. Und alsbald machte er sich auf den Weg, um etwas zu suchen, das er essen könnte. Während er nun so dahinschritt, kam er zu der Stätte, an der er zusammen mit Bahrâm dem Feueranbeter gewesen war; von dort ging er noch eine Weile weiter, da sah er plötzlich ein großes Schloß, das in die Lüfte emporragte. In das trat er ein, und siehe, es war das Schloß, nach dem er den Feueranbeter gefragt und über das jener ihm gesagt hatte: ‚In diesem Schlosse wohnt mein Feind.‘ Nun sagte sich Hasan: ‚Bei Allah, ich muß in das Innere dieses Schlosses gehen; vielleicht wartet meiner dort die Rettung.‘ Er hatte aber, als er dorthin gekommen war, die Tür offen gefunden und war durch sie eingetreten, und nun sah er in der Vorhalle eine Bank, auf der zwei Jungfrauen saßen, Monden gleich; zwischen den beiden stand ein Schachbrett, und sie waren beim Spiel. Eine von ihnen hob den Kopf nach ihm und rief voller Freuden: ‚Bei Allah, das ist ein Menschenkind; und ich glaube, er ist der, den Bahrâm der Feueranbeter in diesem Jahre hierhergeschleppt hat.‘ Als Hasan ihre Worte vernahm, warf er sich den beiden zu Füßen und weinte bitterlich; und er sprach: ‚Ja, meine Gebieterinnen, ich bin, bei Allah, jener Unglückliche!‘ Da sagte die jüngere Maid

335

zu ihrer älteren Schwester: ‚Sei du meine Zeugin, o Schwester, daß dieser hier mein Bruder ist durch einen Bund und Eid vor Allah! Sein Tod soll mein Tod sein, sein Leben mein Leben, ich will mich freuen ob seiner Freude und will trauern ob seiner Trauer.' Darauf trat sie zu ihm, umarmte ihn und küßte ihn, nahm ihn bei der Hand und führte ihn weiter ins Schloß hinein, während ihre Schwester sie begleitete. Dort nahm sie ihm die zerfetzten Kleider ab, die er trug, und brachte ihm ein königliches Gewand und legte es ihm an. Dann bereitete sie für ihn Speisen von allerlei Art, und nachdem sie ihm die vorgesetzt hatte, ließ sie sich mit ihrer Schwester bei ihm nieder, und beide aßen mit ihm. Dann sprachen sie zu ihm: ‚Erzähl uns, wie es dir mit dem Hund, dem gemeinen Zauberer ergangen ist, von der Zeit an, da du in seine Hände fielst, bis zu der Zeit, da du dich von ihm befreitest! Nachher wollen wir dir erzählen, was wir mit ihm erlebt haben, von Anfang bis zu Ende, damit du auf deiner Hut bist, wenn du ihn einmal wieder siehst.' Als Hasan diese Worte von ihnen vernommen und ihre Freundlichkeit gegen ihn erkannt hatte, ward seine Seele ruhig, und er kam wieder zu Sinnen und begann ihnen seine Erlebnisse mit jenem Perser zu erzählen, von Anfang bis zu Ende. Dann fragten sie ihn: ‚Hast du ihn auch nach diesem Schlosse gefragt?' Er gab zur Antwort: ‚Jawohl, ich habe ihn gefragt; aber er sagte mir: Ich höre nicht gern von ihm sprechen; denn dies Schloß gehört den Satanen und Teufeln.' Da wurden die beiden Jungfrauen sehr zornig, und sie riefen: ‚Hat dieser Ketzer uns zu Satanen und Teufeln gemacht?' ‚So ist es', erwiderte Hasan; und die jüngere Maid, die Schwester Hasans, rief: ‚Bei Allah, ich will ihn des schmählichsten Todes sterben lassen und ihm den Hauch der Welt nehmen.' Hasan fragte darauf: ‚Wie willst du zu ihm gelangen und ihn töten?

Er ist doch ein tückischer Zauberer.' Jene fuhr fort: ,Er wohnt in einem Garten, der al-Muschaijad¹ heißt; es geht nicht anders, ich muß ihn in Kürze umbringen.' Und ihre Schwester sprach: ,Hasan hat die Wahrheit gesprochen; alles, was er von diesem Hund gesagt hat, ist wahr. Jetzt aber erzähle du ihm unsere ganze Geschichte, auf daß sie ihm im Gedächtnis bleibe.' Nun hub die jüngere Maid an: ,Wisse, mein Bruder, wir gehören zu den Königstöchtern; unser Vater ist einer von den großmächtigsten Geisterkönigen, und er hat Heere und Wächter und Diener aus der Schar der Mârids. Allah der Erhabene hat ihm sieben Töchter von einer Frau geschenkt; aber Torheit, Eifersucht und Halsstarrigkeit erfüllten ihn über alle Maßen, so daß er uns mit keinem Manne vermählt hat. Und er berief seine Wesire und Freunde und sprach zu ihnen: ,Könnt ihr mir einen Ort nennen, den niemand betreten kann, weder ein menschliches Wesen noch eines aus der Geisterwelt, an dem viele Bäume mit Früchten sprießen und viele Bäche fließen?' Sie gaben ihm zur Antwort: ,Was willst du damit tun, o größter König unserer Zeit?' Und er fuhr fort: ,Ich will meine sieben Töchter dorthin bringen.' ,O König,' erwiderten sie, ,der rechte Ort für sie ist das Schloß am Berge der Wolken, das ein Dämon aus der Zahl der abtrünnigen Geister errichtet hat, jener, die sich wider den Bund mit unserem Herrn Salomo – über ihm sei Heil! – empörten. Seit der den Tod gefunden, hat niemand mehr nach ihm dort gewohnt, weder ein Geisterwesen noch ein Mensch, weil es so weit abgelegen ist, daß niemand zu ihm gelangen kann. Dort siehst du ringsumher die Bäume mit Früchten sprießen und die Bächlein fließen, und das Wasser, das es rings umströmt, ist

1. ,Der Hochragende'; vielleicht Verwechslung mit dem Hochragenden Schlosse, vgl. oben Seite 271.

süßer als Honig und kühler als Schnee, und wenn irgendeiner, der mit Aussatz oder Knollsucht oder irgendeiner anderen Krankheit behaftet ist, daraus trinkt, so wird er zur selbigen Stunde geheilt.' Als unser Vater davon gehört hatte, schickte er uns zu diesem Schlosse; auch sandte er Streiter und Mannen mit uns und ließ für uns alles aufspeichern, dessen wir hier bedürfen. Wenn er zu uns reiten will, so läßt er die Trommel schlagen; dann versammeln sich bei ihm alle, und er wählt aus, wer mit ihm reiten soll, während die übrigen wieder fortziehen. Wenn unser Vater aber wünscht, daß wir zu ihm kommen, so befiehlt er seinen Zauberdienern, uns zu bringen; die kommen dann zu uns, nehmen uns mit und führen uns vor ihn, auf daß er sich unserer erfreue und wir unsere Sehnsucht nach ihm stillen; danach bringen sie uns an unsere Wohnstatt zurück. Wir haben noch fünf Schwestern; aber die sind fortgegangen, um in der Steppe dort zu jagen, wo es so viel Wild gibt, daß man seine Zahl nicht berechnen kann. An je zwei von uns kommt immer die Reihe, daheimzubleiben, um die Speisen zu bereiten; heute war die Reihe an uns, an mir und meiner Schwester hier, und so sind wir geblieben, um für sie das Mahl zu rüsten. Wir haben schon oft zu Allah, dem Gepriesenen und Erhabenen, gefleht, er möchte uns ein menschliches Wesen schicken, das uns Gesellschaft leiste. Drum sei Allah Dank, daß er dich zu uns geführt hat! Hab Zuversicht und quäl dich nicht; dir soll kein Leid widerfahren!' Hasan aber freute sich und sprach: ,Preis sei Allah, der uns auf den Weg der Rettung geführt und uns die Herzen geneigt gemacht hat!' Dann erhob sich seine Schwester, faßte ihn an der Hand und führte ihn in ein Gemach; dort holte sie für ihn Linnen und Decken, wie sie kein Sterblicher besitzen kann. Und nach einer Weile kamen auch die Schwestern von Jagd und Hatz wieder heim, und die beiden machten sie mit der Geschichte Hasans bekannt; jene freuten sich über ihn, kamen in das Gemach, begrüßten ihn und wünschten ihm Glück zu seiner Rettung. Dann lebte er bei ihnen in Herrlichkeit und Freuden, er zog mit ihnen aus zu Jagd und Hatz und erlegte das Wild. So ward Hasan mit ihnen vertraut, und er blieb in solcher Weise bei ihnen, bis sein Leib wieder gesund war und geheilt von allem, was ihn betroffen hatte; ja, sein Leib ward wieder stark und dick und fett, da er so gut bewirtet wurde und bei ihnen an jener Stätte weilen durfte. Er konnte sich mit ihnen ergötzen und erquicken in jenem herrlichen Schlosse und in den Gärten der Bäume und Blumen. Die Schwestern waren stets freundlich zu ihm und heiterten ihn mit Worten auf; so war denn auch bald alles Trübe und Häßliche von ihm gewichen, und die Mädchen hatten ihre große Freude an ihm. Auch er hatte seine Freude an ihnen, ja fast noch mehr als sie an ihm. Nun erzählte die jüngste Prinzessin ihren Schwestern von dem Feueranbeter Bahrâm, und daß er sie zu Satanen und Teufeln und Ghûlen gemacht hätte; und sie schworen ihr, sie wollten ihn gewißlich umbringen.

Als das Jahr sich vollendet hatte, erschien der Verfluchte von neuem, und er hatte einen jungen Muslim bei sich, der so schön war wie der Mond; der lag in Fesseln und litt die grausamsten Qualen. Der Perser machte mit ihm halt bei den Mauern des Schlosses, in dem Hasan die Mädchen getroffen hatte; und gerade saß Hasan an dem Bache unter den Bäumen. Als er aber jenen erblickte, bebte ihm das Herz, und seine Farbe erblich, und er schlug die Hände zusammen. – –«

Da bemerkte Schehrezâd, daß der Morgen begann, und sie hielt in der verstatteten Rede an. Doch als die *Siebenhundertundfünfundachtzigste Nacht* anbrach, fuhr sie also fort: »Es ist mir berichtet worden, o glücklicher König, daß Hasan dem Goldschmied, als er den Feueranbeter erblickte, das Herz bebte und daß seine Farbe erblich und er seine Hände zusammenschlug. Und er sprach zu den Jungfrauen: ‚Um Allahs willen, meine Schwestern, helft mir, diesen Verfluchten zu töten! Da ist er schon wieder! Aber er ist in eurer Hand. Und er hat einen jungen Muslim bei sich, einen Sohn vornehmer Leute; den quält er mit vielen schmerzlichen Foltern. Jetzt möchte ich ihn töten und meines Herzens Durst an ihm stillen; ich will diesen Jüngling von seinen Qualen befreien und mir himmlischen Lohn erwerben. Wenn dieser junge Muslim dann in seine Heimat zurückkehrt und wieder mit seinen Brüdern und seiner Sippe und seinen Freunden vereinigt ist, so ist das ein Almosen von euch, und ihr werdet den Lohn Allahs des Erhabenen gewinnen.‘ ‚Wir hören und gehorchen Allah und dir, o Hasan!‘ erwiderten die Mädchen; und alsbald schlugen sie sich die Kinnschleier um, legten die Rüstungen an und gürteten sich mit den Schwertern. Für Hasan aber brachten sie einen edlen Renner, eins der herrlichsten Rosse, und sie statteten ihn mit einer vollständigen Rüstung aus und wappneten ihn mit prächtigen Waffen. Dann zogen sie alle hinaus und trafen den Feueranbeter, wie er gerade ein Kamel geschlachtet und abgehäutet hatte und wie er den Jüngling quälte und zu ihm sprach: ‚Kriech in diese Haut hinein!‘ Da plötzlich kam Hasan von rückwärts auf ihn zu, ohne daß der Perser eine Ahnung davon hatte, und schrie ihn so laut an, daß er ihn in Todesschrecken versetzte. Dann eilte er zu ihm hin und sprach zu ihm: ‚Halt ein, du Verruchter! Du Feind Allahs und Feind der Muslime! Du Hund, du Verräter! Du Feueranbeter! Du bösen Weges Betreter! Verehrst du das Feuer im Lichtgewand und schwörst beim Schatten und bei der Hitze Brand?‘ Der Perser blickte auf, und als er Hasan erkannte, sprach er zu ihm: ‚Mein Sohn, wie bist du entronnen? Wer hat dich zur ebenen Erde heruntergebracht?‘ Hasan erwiderte: ‚Mich hat Allah der Erhabene gerettet, Er, der jetzt dein Leben in die Hände deiner Feinde gegeben hat! Du schlugst mich den ganzen Weg hindurch wund, du Ketzer, du ungläubiger Hund; dafür bist du jetzt im Netze der Not gefangen und vom Wege ab in die Irre gegangen. Weder Mutter noch Bruder kann dir jetzt nützen, weder ein Freund im Leid noch ein heiliger Eid. Du sagtest ja selbst: Wer da Brot und Salz verrät, an dem soll Allah Rache nehmen. Und du hast Brot und Salz verraten; deshalb hat Allah der Erhabene dich in meine Hand fallen lassen, und der Weg zur Rettung von mir ist dir fern.‘ Da winselte der Feueranbeter: ‚Bei Allah, mein Sohn, du bist mir lieber als mein Leben und als das Licht meiner Augen!‘ Doch Hasan trat auf ihn zu und traf ihn eilends auf den Nacken, so daß sein Schwert ihm glitzernd durch die Halssehnen fuhr; und Allah ließ seine Seele ins Höllenfeuer sausen, an die Stätte voller Grausen. Darauf nahm der Jüngling den Sack, den jener bei sich gehabt hatte, öffnete ihn und holte daraus die Trommel und die Schlagschnur hervor, und als er mit dieser auf die Trommel schlug, kamen die Kamele wie der Blitz auf ihn zu. Nun befreite er den Jüngling von seinen Fesseln, setzte ihn auf eines der Kamele und belud das andere mit Wegzehrung und Wasser, indem er sprach: ‚Zieh, wohin du willst!‘ So zog denn jener von dannen, nachdem Allah der Erhabene ihn aus aller Not durch die Hand Hasans befreit hatte. Die Jungfrauen aber, als sie sahen, wie Hasan dem Feueranbeter den Hals durchschlug, freuten sich unendlich über ihn, umringten ihn und bewunderten seine Tapferkeit und seine große Kühnheit; und sie priesen ihn ob seiner Heldentat und wünschten ihm Glück zu seiner

Rettung, und sie fügten hinzu: ‚O Hasan, durch die Tat, die du getan, hast du dem Rachegedanken Heilung gebracht und hast Wohlgefallen gefunden vor dem hochherrlichen König der Macht.' Dann kehrte er mit den Jungfrauen in das Schloß zurück und weilte dort mit ihnen bei Speise und Trank, Spiel und Vergnügen; ja, das Leben bei ihnen gefiel ihm so sehr, daß er seiner Mutter vergaß. Doch während er so mit ihnen das herrlichste Leben führte, erhob sich plötzlich vor ihnen auf der ferneren Seite der Steppe eine große Staubwolke, die den Himmel verdunkelte. Da sprachen die Jungfrauen zu ihm: ‚Erhebe dich, Hasan, geh in dein Gemach und verbirg dich; oder, wenn du willst, so geh in den Garten und verstecke dich zwischen den Bäumen und Reben; doch dir soll kein Leid widerfahren!' Da machte er sich auf, ging hin und verbarg sich innerhalb des Schlosses in seinem Gemache, nachdem er dessen Tür verriegelt hatte. Nach einer Weile tat sich die Staubwolke auf, und unter ihr erschien ein gewaltiges Heer gleich dem tosenden Meer; das kam von dem König, dem Vater der Jungfrauen. Als nun die Truppen angekommen waren, nahmen die Prinzessinnen sie mit den höchsten Ehren auf und bewirteten sie drei Tage lang; und dann fragten sie sie, wie es ihnen ergehe und was ihr Begehr sei. Jene erwiderten: ‚Wir kommen vom König, um euch zu holen.' ‚Und was wünscht der König von uns?' fragten die Prinzessinnen; die Leute antworteten: ‚Einer der Könige rüstet eine Hochzeit, und er möchte, daß ihr bei dieser Feier zugegen seid und euch ergötzet.' Nun fragten die Jungfrauen weiter: ‚Wie lange sollen wir von unserer Wohnstätte fern sein?' Da ward ihnen gesagt: ‚Die Reise dorthin und zurück und der Aufenthalt werden zwei Monate dauern.' Die Prinzessinnen gingen darauf ins Schloß hinein zu Hasan, taten ihm alles kund und sprachen zu ihm: ‚Sieh, diese

Stätte ist deine Stätte, unser Haus ist dein Haus; hab Zuversicht und gräm dich nicht, hab keine Furcht und sei nicht traurig; denn du weißt ja, daß niemand hierher zu uns gelangen kann! Sei ruhigen Herzens und frohen Sinnes, bis wir wieder bei dir sind! Da hast du auch die Schlüssel zu unseren Gemächern. Aber, lieber Bruder, wir bitten dich bei dem Bunde der Brüderschaft, öffne jene Tür dort nicht; denn sie zu öffnen geht dich nichts an!' Darauf nahmen sie Abschied von ihm und machten sich auf den Weg zusammen mit den Kriegern, während Hasan allein im Schlosse zurückblieb. Aber bald ward ihm die Brust beklommen, seine Geduld hatte ein Ende genommen, und tiefe Betrübnis war über ihn gekommen; er fühlte sich so verlassen, und er empfand schmerzliche Trauer ob der Trennung von ihnen, ja, das weite, weite Schloß ward ihm eng. Wie er sich nun einsam und verlassen sah, sprach er in Gedanken an die Jungfrauen diese Verse:

> *Die ganze weite Welt ward eng in meinen Augen,*
> *Und trübe ward bei ihrem Anblick mir der Sinn;*
> *Mir trübte sich die Freude, seit die Freunde gingen,*
> *Und Tränen rinnen über meine Lider hin.*
> *Der Schlummer wich von meinem Auge, seit sie schieden,*
> *Mein ganzes Innre ist von Traurigkeit durchtränkt.*
> *Wer weiß, ob wohl die Zeit uns jemals wieder einet*
> *Und mir ihr nächtlich trautes Plaudern wieder schenkt? – –«*

Da bemerkte Schehrezâd, daß der Morgen begann, und sie hielt in der verstatteten Rede an. Doch als die *Siebenhundertundsechsundachtzigste Nacht* anbrach, fuhr sie also fort: »Es ist mir berichtet worden, o glücklicher König, daß Hasan, nachdem die Jungfrauen von ihm gegangen waren, allein im Schlosse zurückblieb und daß ihm die Brust ob der Trennung von ihnen beklommen ward. Dann begann er allein auf Jagd in die Steppe zu ziehen, das Wild heimzubringen und zu schlachten und allein zu essen; dennoch wuchs in ihm das Gefühl der Verlassenheit und die Unruhe, eben weil er immer einsam war. Nun machte er sich auf und streifte im Schlosse umher und erforschte alle seine Teile. Er öffnete die Gemächer der Prinzessinnen und fand in ihnen so viele Schätze, daß sie den Beschauern wohl den Verstand rauben konnten; aber er hatte an nichts der Art seine Freude, weil die Jungfrauen fern waren. Da entbrannte in seinem Herzen ein Feuer um der Tür willen, die ihm seine Schwester zu öffnen verboten hatte; denn sie hatte ihm ja befohlen, er solle sich ihr nicht nahen und sie niemals aufmachen. Und er sprach bei sich selber: ‚Meine Schwester hat mir sicher nur deshalb verboten, diese Tür zu öffnen, weil dort etwas ist, das sie vor aller Augen behüten will. Bei Allah, ich will hingehen und sie aufmachen und sehen, was darinnen ist, sollte meiner dort auch das Todesgeschick warten.‘ So nahm er denn den Schlüssel und öffnete die Tür; aber er fand dort nichts von Schätzen, sondern er entdeckte nur eine Treppe am oberen Ende des Raumes, die mit Steinen von jemenischem Onyx überwölbt war. Er stieg auf jener Treppe empor und ging hinauf, bis er zur Dachterrasse des Schlosses kam. ‚Also dies ist es, was sie mir vorenthalten hat‘, sagte er sich und ging dort oben umher; da sah er hinab auf eine Stätte unten vor dem Schlosse, die voller Felder und Gärten war, mit Bäumen und Blumen, wilden Tieren und der Vögel Schar; die brachten zum Preise Allahs des Erhabenen, des Einigen, des Allbezwingers ihre Lieder dar. Und während er auf die Lustgärten schaute, sah er plötzlich ein tosendes Meer mit brandenden Wogen ringsumher. Dann forschte er immer weiter auf jenem Schlosse, nach rechts und links, und kam schließlich zu einem Pavillon, der auf vier Säulen ruhte; darin sah er einen Ruheplatz, der kunstvoll ausgelegt war mit Edelsteinen aller Art, wie Hyazinthen, Smaragden, Ballasrubinen und noch anderen Juwelen. Die Bausteine aber waren abwechselnd aus Gold, Silber, Hyazinth und grünem Smaragd. In der Mitte des Pavillons befand sich ein Becken, das mit Wasser gefüllt war; und darüber war ein Gitterwerk aus Sandelholz und Aloeholz, dessen Maschen gebildet waren aus Stäbchen von rotem Golde und von grünem Smaragd, und es trug einen Schmuck von mancherlei Edelsteinen und Perlen, deren jede so groß war wie ein Taubenei. Neben dem Becken stand ein Thron aus Aloeholz, der mit Perlen und Juwelen besetzt und mit rotem Golde vergittert war; alle Arten von farbigen Edelsteinen und kostbaren Metallen befanden sich an ihm, und sie waren so eingelegt, daß immer die gleichen Arten einander in der Reihenfolge entsprachen. Und ringsumher sangen die Vögel ihre mannigfachen Weisen, um Allah den Erhabenen mit ihren schönen Stimmen und verschiedenen Melodien zu preisen. Kurz, es war ein Prachtbau, wie ihn kein Perserkönig und kein Kaiser besaß. Hasan aber ward verwirrt, als er ihn erblickte, und er setzte sich in ihm nieder und hielt Umschau nach allen Seiten. Während er nun dort saß, voll Staunen über den prächtigen Bau und über die Herrlichkeit dessen, was er an Perlen und Edelsteinen barg, und über all die anderen kunstvollen Dinge, die sich dort befanden, und als er weiterhin mit Verwunderung auf jene Felder schaute und hörte, wie die Vöglein sangen, deren Lieder zum Preise Allahs, des Einen und Allmächtigen, erklangen, und als er über das Werk dessen nachsann, dem Allah der Erhabene die Kraft gegeben hatte, diesen Pavillon von so gewaltiger Pracht zu erbauen –, da erblickte er plötzlich zehn Vögel, die von der Landseite her kamen und auf das Becken in jenem Pavillon zuflogen. Hasan erkannte, daß sie zu dem Becken fliegen wollten, um von seinem Wasser

345

zu trinken; und deshalb verbarg er sich vor ihnen, da er befürchtete, sie würden vor ihm flüchten, wenn sie ihn erblickten. Sie flogen zu einem großen schönen Baum hinab und um-
kreisten ihn; unter ihnen schaute Hasan einen Vogel von
wunderbarer Schönheit, den herrlichsten unter ihnen, den die
anderen dienstbereit umgaben; und staunend sah er, wie jener
Vogel mit seinem Schnabel nach den neun anderen pickte und
sich gegen sie stolz gebärdete, während sie sich scheu zurückzogen. Doch Hasan stand in der Ferne, als er ihnen zuschaute.
Darauf setzten sich die Vögel auf den Thron, und ein jeder von
ihnen riß sich mit seinen Krallen die Haut auf und schlüpfte
hinaus; denn siehe da, es waren Federkleider, und aus diesen
Kleidern kamen zehn Jungfrauen hervor, durch deren Schönheit der Mond seinen Glanz verlor. Nachdem sie also ihre
Kleider abgelegt hatten, stiegen sie alle in das Wasserbecken
und badeten sich; dabei begannen sie zu spielen und zu scherzen, indem die schönste Vogelmaid die anderen niederwarf
und untertauchte, während sie vor ihr flohen und nicht wagten, ihre Hände nach ihr auszustrecken. Als Hasan sie nun so
erblickte, war er wie von Sinnen, und sein Verstand ward ihm
geraubt; und jetzt wußte er, daß die Prinzessinnen ihm nur
aus diesem Grunde verboten hatten, die Tür zu öffnen. Denn
sogleich ward er von heftiger Liebe zu der Vogelmaid ergriffen, als er sie dort sah in ihrer Schönheit und Lieblichkeit und
ihres Wuchses Ebenmäßigkeit, wie sie spielte und scherzte und
mit Wasser besprengte. Er stand da und starrte sie an und
seufzte, daß er nicht bei ihnen sein konnte; sein Verstand war
berückt von der Schönheit der vornehmsten Maid, sein Herz
hing in den Maschen der Liebe zu ihr, er war ganz in das
Netz der Leidenschaft verstrickt. Das Auge schaute, und im
Herzen brannte ein Feuer; und die Seele ist leicht zum Bösen ge-

346

neigt.[1] Hasan weinte vor Sehnsucht nach ihrer Schönheit und ihrer Anmut; immer heißer loderten die Flammen in seinem Herzen um ihretwillen, ja, eine wilde Glut, deren Funken nie erloschen, stieg in ihm empor und eine Leidenschaft, deren Spur sich nicht verlor. Dann traten die Mädchen aus jenem Becken heraus, während Hasan sie sah, ohne daß sie ihn erblicken konnten. Immer noch schaute er voll Staunen auf ihre Schönheit und Anmut, ihr holdes Wesen und ihren Liebreiz. Und als sein Blick auf die vornehmste Maid fiel und er sie betrachtete, wie sie nackt dastand, ward ihm sichtbar, was zwischen ihren Schenkeln lag, gleich einer herrlichen runden Kuppel, die auf vier Pfeilern ruht, und die wie eine Schale aus Silber oder aus Kristall erstrahlte.[2] Als nun alle aus dem Wasser hervorgekommen waren, legte eine jede von ihnen ihre Kleider und ihren Schmuck an. Die vornehmste Maid aber kleidete sich in ein grünes Prachtgewand; da übertraf sie durch ihre Anmut die Schönen in aller Welt, und der Glanz ihres Antlitzes überstrahlte den Vollmond, der die Nacht erhellt. Sie beschämte die schwanken Reiser durch der Bewegungen Lieblichkeit und verwirrte die Gedanken der Liebenden durch Ahnung von stolzer Grausamkeit; sie war, wie der Dichter sagt:

> *Die Maid erschien im hellen Strahlenglanz;*
> *Von ihrer Wange borgt die Sonne Licht.*
> *Sie kam in ihrem Prachtgewand, so grün*
> *Wie Laub, das sich um die Granate flicht.*
> *Ich sprach zu ihr: Wie heißet dies Gewand?*
> *Worauf sie Worte schönen Sinnes sprach:*

1. Koran, Sure 12, Vers 53. – 2. Hier steht im Arabischen noch: ‚Da gedachte er des Dichterwortes‘, und dann folgen die beiden Verse, die oben in Band II, Seite 67, übersetzt sind. Diese Verse wirken hier sehr störend und sind wohl von einem Abschreiber nach der früheren Stelle hinzugefügt.

Da bemerkte Schehrezâd, daß der Morgen begann, und sie
hielt in der verstatteten Rede an. Doch als die *Siebenhundert-
undsiebenundachtzigste Nacht* anbrach, fuhr sie also fort: »Es ist
mir berichtet worden, o glücklicher König, daß Hasan, als er die
Vogelmädchen aus dem Wasserbecken herauskommen sah
und als die vornehmste Maid ihm durch ihre Schönheit und
Anmut den Verstand geraubt hatte, jene Verse sprach. Und als
darauf die Mädchen ihre Gewänder angelegt hatten, setzten sie
sich nieder, um zu plaudern und zu scherzen, während Hasan
noch immer dastand und sie anschaute, versunken im Meere
seiner Liebe und irrend im Tale seiner trüben Gedanken. Dabei sagte er sich: ‚Bei Allah, meine Schwester hat mir nur deshalb gesagt, ich solle diese Tür nicht öffnen, weil diese Mädchen
hier sind und weil sie fürchtet, ich könnte einer von ihnen in
Liebe anhangen.‘ Und immer wieder schaute er auf die Reize
jener Maid; denn sie war ja das lieblichste Wesen, das Allah zu
ihrer Zeit geschaffen hatte, und sie übertraf an Schönheit alle
Menschen. Sie hatte einen Mund gleich Salomos Zauberring;
ihr Haar war schwärzer als die Nacht für den Liebeskranken,
wenn ihn die Geliebte mit Härte empfing. Dem Neumond
am Ramadan-Feste[2] glich ihre Stirn, die helle; ihre Augen
waren wie die der Gazelle. Ihre Adlernase war von Strahlen-
glanz umfangen; rot wie Anemonen waren ihre Wangen.
Korallengleich waren ihre Lippen beide; ihre Zähne glichen
Perlen auf güldenem Geschmeide. Ihr Hals war wie ein Silber-

1. Statt ‚Herz‘ steht im Arabischen ‚Gallenblase‘; nach dem Glauben
der Araber platzt die Gallenblase bei heftigen Erregungen. Der letzte
Vers enthält eine noch unaufgeklärte Anspielung. – 2. Dies Fest beendet
den Fastenmonat; der Neumond dieses Tages wird sehnlich erwartet.

barren über einem Rumpfe, dem Weidenzweige gleich; im Leib war an Fältchen und Winkeln reich. Und sein Anblick hätte den Liebeskranken zu Allah flehen lassen; ihr Nabel konnte eine Unze Moschus von süßestem Wohlgeruch fassen. Ihre Schenkel waren dick und rund wie ein marmornes Säulenpaar, oder wie zwei Kissen, deren jedes mit Straußendaunen angefüllt war. Und dazwischen war etwas einem herrlichen Hügel gleich, oder wie ein Hase mit gestutzten Ohren, so weich, und es hatte Dach und Pfeiler zugleich. Diese Maid übertraf an Schönheit und Wuchs alle beide, das Schilfrohr und den Zweig der Weide. Und sie war, wie der liebeskranke Dichter von ihr sagt:

> Der Jungfrau Lippentau ist süß gleichwie der Honig;
> Ihr Blick ist schärfer als ein Schwert aus Inderstahl.
> Und sie beschämt, wenn sie sich biegt, den Zweig der Weide;
> Und lacht sie, kommt aus ihrem Mund ein Blitzesstrahl.
> Ich glich den aufgereihten Rosen ihre Wange;
> Sie wies es ab und sprach: Wer mich zu Rosen bannt
> Und meine Brust Granatenfrüchten gleicht, ist schamlos;
> Granaten fehlt ein Zweig, der meine Brust umspannt.
> Bei meiner Anmut, meinen Augen, meinem Herzblut,
> Beim Himmel meiner Gunst, der Härte Höllenpein,
> Wenn er mich wieder so vergleicht, will ich die Süße
> Des Naheseins ihm weigern, ihn dem Elend weihn.
> Da heißt es: In den Gärten sind der Rosen viele! –
> Wie meine Wange nicht! Kein Zweig dem Leibe gleich!
> Wenn drum bei ihm im Garten, was mir gleicht, sich findet,
> Weshalb kommt er zu mir und sucht in meinem Reich?

Die Mädchen spielten und scherzten immer weiter, während Hasan still auf seinen Füßen stand und sie anstarrte und Essen und Trinken vergaß, bis die Zeit des Nachmittagsgebetes nahte. Da sprach die Maid zu ihren Gespielinnen: ‚Ihr Königskinder, es wird schon spät für uns, und unser Land ist fern;

wir haben auch diese Stätte hier schon zur Genüge genossen. Wohlan, laßt uns jetzt in unsere Heimat fliegen!' So machte sich denn eine jede von ihnen auf und legte ihr Federkleid an. Und als sie sich ganz in diese ihre Gewänder eingeschlossen hatten, wurden sie wieder zu Vögeln, wie sie es zuvor gewesen waren, und sie flogen allesamt davon, mit jener Maid in ihrer Mitten. Da gab Hasan die Hoffnung auf sie verloren, und er wollte sich erheben, um in den Palast hinunterzugehen; aber die Kraft zum Aufstehen versagte ihm. Tränen rannen ihm über die Wangen, die stärkste Leidenschaft erfüllte ihn, und er sprach diese Verse:

> *Erfüllung des Gelübdes möge Gott mir weigern,*
> *Ist mir hinfort des Schlummers Süße noch bekannt!*
> *Nach eurem Scheiden soll mein Aug sich nie mehr schließen,*
> *Noch Ruhe mich erquicken, seit ihr euch gewandt!*
> *Und doch, im Schlummer möcht ich wähnen euch zu schauen –*
> *O wären nur des Schlafes Träume Wirklichkeit!*
> *So lieb ich denn den Schlummer, ohne ihn zu wünschen,*
> *Auf daß ihr doch im Traume mir zugegen seid!*

Darauf schritt Hasan langsam weiter, ohne auf den Weg zu achten, bis er wieder unten im Schlosse war; von dort schleppte er sich weiter und kam schließlich zur Tür seines Gemaches. Er trat ein und verschloß alsbald die Tür hinter sich; dann legte er sich krank darnieder, ohne zu essen, ohne zu trinken, nur versunken im Meer seiner trüben Gedanken. Doch er weinte und klagte über sein Leid bis zum Morgen; und als es Tag ward, sprach er diese Verse:

> *Die Vögel flogen fort am Abend und entschwanden;*
> *Doch wer aus Liebe stirbt, ist nicht mit Schuld im Bund.*
> *Die Liebe halte ich geheim, solang ich's trage;*
> *Erst wenn die heiße Sehnsucht siegt, so wird sie kund.*
> *Es kam zu mir bei Nacht das Bild der Morgenschönen;*
> *Doch meiner Nacht des Sehnens strahlt kein Morgenrot.*

Ich klag um sie; wer keine Liebe kennt, der schlummert;
Mit mir trieb grausam Spiel ein Sturm der Liebesnot.
Gern geb ich meine Tränen hin, mein Gut, mein Herzblut,
Verstand und auch mein Leben – Geben bringt Gewinn.
Die allerschlimmste Art von Übel und von Elend
Ist immer doch der Schönen spröder, harter Sinn.
Man sagt, die Gunst der keuschen Schönen sei verboten,
Und liebend Blut vergießen sei erlaubtes Ziel.
Was kann der Liebeskranke tun, als nur sich opfern?
Er gibt sich gern dahin um Liebe, wie im Spiel.
Ich schreie auf in Sehnsucht, heißer Liebesglut –
Ach, Klagen ist des Liebestoren einzig Gut!

Nachdem die Sonne aufgegangen war, öffnete er die Tür des
Gemaches und ging wieder zu der Stätte hinauf, an der er am
Tage zuvor gewesen war; dort setzte er sich nieder, gegenüber dem Pavillon, bis daß der Abend nahte; aber keiner von
den Vögeln kam wieder, solange Hasan auch auf sie wartete.
Da weinte er bitterlich, bis er ohnmächtig ward und auf den
Boden niedersank. Und als er wieder zu Bewußtsein kam,
schleppte er sich fort und stieg ins Schloß hinunter; nun war
es Nacht geworden, und die ganze Welt ward ihm eng. Und
er weinte und klagte über sein Los die ganze Nacht hindurch,
bis der Morgen kam mit seinem Strahl und die Sonne aufging
über Berg und Tal. Er aß nicht und trank nicht, er schlief
nicht und hatte keine Ruhe; bei Tage war er in Trostlosigkeit
versunken, bei Nacht war er wach und starrte wie trunken, so
sehr erfüllten ihn die Gedanken an seine Not und die Übermacht der Sehnsucht. Und er sprach die Worte des liebeskranken Dichters:

Die du der Morgensonne Strahlenschein verdunkelst,
Die du das zarte Reis beschämst und es nicht weißt,
Wüßt ich, ob mir die Zeit einst deine Rückkehr schenket
Und ob die Glut erlischt, die mir das Herz zerreißt,

Und ob wir dann beim Wiedersehen uns umarmen,
Und ob einst Brust an Brust und Wang an Wange ruht!
Wenn einer sagt, die Lieb sei Süßigkeit, der wisse:
Die Lieb hat Tage, bittrer als der Aloe Blut. – –«

Da bemerkte Schehrezâd, daß der Morgen begann, und sie
hielt in der verstatteten Rede an. Doch als die *Siebenhundert-*
undachtundachtzigste Nacht anbrach, fuhr sie also fort: »Es ist
mir berichtet worden, o glücklicher König, daß Hasan der
Goldschmied, als die Liebe so mächtig in ihm ward, jene Verse
sprach, während er allein in dem Schloß war und niemanden
hatte, der ihn trösten konnte. So saß er dort in seinem großen
Liebesschmerze; da plötzlich erhob sich eine Staubwolke aus
der Steppe, und nun machte er sich auf und lief hinab und verbarg sich; denn er wußte, daß die Herrinnen des Schlosses
kamen. Es dauerte nur eine kleine Weile, bis die Truppen halt
machten und rings um das Schloß lagerten. Auch die Prinzessinnen saßen ab, traten in das Schloß und legten ihre Waffen
ab und die Rüstungen, die sie trugen. Doch die jüngste Prinzessin, die Schwester Hasans, legte ihre Rüstung nicht ab,
sondern eilte sofort in sein Gemach, und als sie ihn dort nicht
fand, suchte sie nach ihm; schließlich entdeckte sie ihn in einer
der Kammern des Schlosses, wie er dort lag, krank und abgezehrt; sein Leib war hager, seine Glieder waren mager, seine
Farbe war bleich, und seine Augen waren tief eingesunken; da
er ja Speise und Trank verschmäht und immerdar geweint
hatte um seiner heißen Liebe zu jener Maid willen. Als aber
seine Schwester, die Fee, ihn in solchem Zustande sah, erschrak
sie und war fast wie von Sinnen; und sofort fragte sie ihn, wie
es um ihn stehe, in welcher Not er sei, was ihn betroffen habe,
indem sie mit den Worten schloß: ,Sag mir's, mein Bruder,
damit ich auf ein Mittel sinne, dein Leid zu verscheuchen, und

mich für dich opfere!' Doch er weinte bitterlich und sprach als Antwort die Verse:

> *Wer liebt, dem bleibt in seiner Einsamkeit,*
> *Fern seinem Lieb, nur Kümmernis und Leid,*
> *Von innen Siechtum, draußen Fieberglut,*
> *Zuerst Gedenken, dann Gedankenflut!*

Wie seine Schwester das hörte, bewunderte sie seine beredten und feinen Worte und die schöne Rede, die sich in den Versen seiner Antwort offenbarte; und sie sprach zu ihm: ‚Lieber Bruder, wann bist du in diese Not geraten, in der du bist? Wann ist solches über dich gekommen? Denn ich sehe dich dein Leid in Verse ergießen und dein Tränen in Strömen fließen. Um Allahs willen, mein Bruder, und bei der Heiligkeit der Liebe, die zwischen uns besteht, sage mir, was es mit dir auf sich hat, enthülle mir dein Geheimnis und verbirg mir nichts von dem, was dir zugestoßen ist, als wir fern waren; denn um deinetwillen ist mir die Brust beklommen und das Leben verdüstert!' Doch er seufzte und vergoß Tränen gleich dem Regen und sprach: ‚Ich fürchte, liebe Schwester, wenn ich es dir sage, so wirst du mir nicht zu meinem Ziele verhelfen, sondern mich elend sterben lassen in meiner Qual.' ‚Nein, bei Allah,' erwiderte sie, ‚ich will dich nicht im Stiche lassen, auch wenn es mich das Leben kosten sollte!' Da erzählte er ihr, was ihm widerfahren war und was er gesehen, nachdem er die Tür geöffnet hatte, und er gestand ihr, daß die heiße Liebe zu der Maid, die er geschaut habe, der Grund seines Kummers und seiner Not sei; ferner auch, daß er seit zehn Tagen keine Speise und keinen Trank mehr gekostet habe. Dann weinte er bitterlich und sprach diese Verse:

> *Gebt mir das Herz in meine Brust, so wie ich's kannte,*
> *Den Augen gebet Schlummer, und dann geht, ihr Leute!*

Da weinte seine Schwester über seine Tränen, gerührt durch seine Not, und sie hatte Mitleid mit ihm, weil er so verlassen war. Dann sprach sie zu ihm: ‚Lieber Bruder, hab Zuversicht und gräm dich nicht! Ich will mein Leben für dich aufs Spiel setzen und mich für dich opfern, damit du zufrieden werdest; und ich will einen Plan für dich ersinnen, wenn er mich auch Gut und Blut kostet, um dir deinen Wunsch zu erfüllen, so Allah der Erhabene will. Doch ich rate dir ernst, mein Bruder, verbirg das Geheimnis vor meinen Schwestern und offenbare keiner von ihnen, wie es um dich steht, auf daß nicht mein Leben mit dem deinen verloren gehe! Und wenn sie dich fragen, ob du die Tür geöffnet habest, so antworte ihnen: ‚Nein, ich habe sie gar nicht aufgemacht; mein Herz war ja so bekümmert, weil ihr fern von mir weiltet und ich mich nach euch sehnte und so einsam im Schlosse saß.‘ ‚Ja, das ist der rechte Rat‘, erwiderte Hasan; dann küßte er ihr das Haupt, und sein Sinn ward heiter, und die Brust ward ihm weit. Er hatte sich ja vor seiner Schwester gefürchtet, weil er die Tür geöffnet hatte, und jetzt verspürte er neues Leben in sich, nachdem er vor übergroßer Angst schon den Tod vor Augen gesehen hatte. Dann bat er seine Schwester um ein wenig Speise, und sie ging hin und holte sie für ihn. Darauf aber trat sie zu ihren Schwestern ein, traurig und weinend über ihren Bruder. Jene fragten sie, was es mit ihr auf sich habe, und sie sagte ihnen, sie sei betrübt um ihren Bruder, der krank sei und seit zehn Tagen gar keine Nahrung zu sich genommen habe. Als jene dann nach dem Grunde seiner Krankheit fragten, fuhr sie fort: ‚Daran ist unsere Trennung von ihm schuld; denn wir hatten ihn ja allein gelassen. Diese Tage, in denen wir ihm fern waren, sind

354

ihm länger geworden als tausend Jahre. Wir dürfen ihm keinen Vorwurf machen; denn er ist ein einsamer Fremdling. Wir haben ihn allein zurückgelassen, er hatte niemanden, der ihn tröstete oder seinem Herzen Mut zusprach; er ist doch auch noch sehr jung, und vielleicht hat er an die Seinen und an seine Mutter gedacht, die eine hochbetagte Frau ist. Und da mag er geglaubt haben, daß sie zu jeder Stunde der Nacht und zu jeder Tageszeit um ihn weint und um ihn trauert, während wir früher ihn durch unsere Gesellschaft von solchen Gedanken ablenkten.' Als ihre Schwestern diese Worte von ihr vernommen hatten, weinten sie tief bekümmert um ihn und sprachen: ‚Bei Allah, ihn trifft kein Vorwurf!' Darauf gingen sie zu den Kriegern hinaus und entließen sie; und nun begaben sie sich zu Hasan und begrüßten ihn. Wie sie sahen, daß seine Schönheit geschwunden war, daß seine Farbe erblichen und sein Leib abgezehrt war, da weinten sie aus Mitleid mit ihm, setzten sich zu ihm, trösteten ihn und suchten sein Herz aufzuheitern, indem sie mit ihm plauderten und ihm erzählten, welch seltsame und wunderbare Dinge sie erlebt hatten und wie es dem Bräutigam mit seiner Braut ergangen war. Einen ganzen Monat über blieben die Prinzessinnen bei ihm, indem sie ihn trösteten und freundlich mit ihm sprachen; doch mit jedem Tag häufte sich bei ihm Krankheit auf Krankheit, und jedesmal, wenn die Schwestern ihn in solchem Elend sahen, weinten sie bitterlich um ihn, am meisten von ihnen aber weinte die jüngste Maid. Als jedoch der Monat zu Ende war, sehnten die Prinzessinnen sich danach, zu Jagd und Hatz auszureiten, und als sie dies beschlossen hatten, luden sie ihre jüngste Schwester ein, mit ihnen zu reiten. Aber sie erwiderte ihnen: ‚Bei Allah, liebe Schwestern, ich kann nicht mit euch hinausziehen, solange mein Bruder in diesem Zustande ist, ja, nicht eher, als bis er wieder gesund ist und die Schmerzen, die er jetzt leidet, ihn verlassen haben. Nein, ich will bei ihm bleiben und ihn pflegen.' Als die anderen diese Worte von ihr hörten, lobten sie ihre Hochherzigkeit und sprachen zu ihr: ‚Für alles, was du an diesem Fremdling tust, wirst du von Allah belohnt werden.' Und sie ließen sie bei ihm im Schlosse zurück und ritten aus, indem sie Zehrung für zwanzig Tage mit sich nahmen. – –«

Da bemerkte Schehrezâd, daß der Morgen begann, und sie hielt in der verstatteten Rede an. Doch als die *Siebenhundertundneunundachtzigste Nacht* anbrach, fuhr sie also fort: »Es ist mir berichtet worden, o glücklicher König, daß die Prinzessinnen, als sie zu Pferde stiegen und zu Jagd und Hatz ausritten, ihre jüngste Schwester bei Hasan im Schlosse zurückließen. Wie sie sich dann von dem Schlosse entfernt hatten und ihre Schwester wußte, daß sie schon eine weite Strecke geritten waren, begab sie sich zu ihrem Bruder und sprach zu ihm: ‚Lieber Bruder, wohlan, zeige mir jene Stätte, an der du die Mädchen gesehen hast!' Er rief: ‚Im Namen Allahs![1] Herzlich gern!' und freute sich über ihre Worte und war schon sicher, sein Ziel zu erreichen. Dann wollte er sich mit ihr aufmachen, um ihr die Stätte zu zeigen, aber er konnte nicht gehen; so trug sie ihn denn auf ihren Armen fort, öffnete für ihn die Tür zu der Treppe und brachte ihn bis zum Dache des Schlosses hinauf. Als sie nun beide oben waren, wies er ihr die Stätte, an der er die Mädchen gesehen hatte, zeigte ihr den Pavillon und das Wasserbecken. Da sprach sie zu ihm: ‚Lieber Bruder, beschreib mir, wie sie aussahen und wie sie kamen!' Und nun schilderte er ihr, was er von ihnen gesehen hatte, vor allem be-

1. Mit diesem Ausruf beginnt der Muslim jede Handlung; oft deutet er, wie hier, damit die Bereitwilligkeit an, etwas zu tun.

schrieb er ihr die Maid, die er liebte; doch als sie diese Beschreibung hörte, erblich ihr Antlitz, und sie sah aus wie verwandelt. Er fragte sie: ‚Meine Schwester, dein Antlitz ist erblichen, und du siehst aus wie verwandelt!' Und sie antwortete ihm: ‚Mein Bruder, wisse, diese Maid ist die Tochter eines der großmächtigen Geisterkönige; ihr Vater herrscht über Menschen und Geister, über Zauberer und Wahrsager, über Stämme und Wächter, über viele Länder und Städte und Inseln, und er besitzt gewaltigen Reichtum. Unser Vater ist einer seiner Statthalter, und niemand vermag etwas wider ihn wegen der großen Anzahl seiner Krieger und der weiten Ausdehnung seines Reiches und der Fülle seines Reichtums. Er hat seinen Kindern, den Mädchen, die du gesehen hast, ein Land angewiesen, das eine volle Jahresreise lang und breit ist, und dies Land ist von einem mächtigen Strom rings umgeben, so daß niemand dorthin gelangen kann, sei es ein Mensch oder ein Geisterwesen. Und er hat ein Heer von Jungfrauen, die mit dem Schwerte schlagen und mit der Lanze stechen können, fünfundzwanzigtausend, von denen eine jede, wenn sie ihr Roß bestiegen und ihre Kriegsrüstung angelegt hat, es mit tausend tapferen Rittern aufnimmt. Er hat sieben Töchter, die ihren Schwestern[1] an Tapferkeit und Rittertugend gleich sind, ja, sie noch übertreffen; und die älteste Tochter hat er über jenes Land gesetzt, das ich dir genannt habe. Sie ist Herrin über ihre Schwestern, und sie ist an Tapferkeit und Rittertum, an List und Klugheit und Zauberkraft stärker als alles Volk in ihrem Reiche. Die Mädchen, die bei ihr waren, sind die Großen ihres Reiches, ihre Wächterinnen und Vertraute ihrer Herrschaft. Und jene Federkleider, in denen sie fliegen, sind das Werk der Zauberer unter den Geistern. Wenn du diese Maid gewinnen und dich

1. Das heißt den Kriegerinnen.

mit ihr vermählen willst, so mußt du hier sitzen und auf sie warten. Sie kommen immer am ersten Tage eines jeden Monats an diese Stätte; wenn du sie nahen siehst, so verbirg dich und hüte dich sehr, dich zu zeigen, sonst ist unser aller Leben verloren. Merke dir, was ich dir sage, und bewahre es in deinem Gedächtnisse! Setze dich also an eine Stätte, die ihnen nahe ist, von der du sie erblicken kannst, während sie dich nicht sehen! Wenn sie dann ihre Federkleider abgelegt haben, so wirf deinen Blick auf das Kleid, das der Vornehmsten gehört, eben jener, die dein Begehr ist; das nimm an dich, und gib acht, daß du kein anderes nimmst! Dies Kleid ist es, das sie in ihr Land trägt, und hast du es in Besitz, so hast du sie in deiner Gewalt. Doch sei auf deiner Hut, daß du dich nicht von ihr betören lässest, wenn sie sagt: ‚O du, der du mein Kleid fortgenommen hast, gib es mir zurück; sieh, ich bin hier, bin vor dir und in deiner Gewalt.‘ Wenn du es ihr gibst, so tötet sie dich und reißt unseren ganzen Palast über uns nieder und tötet auch unseren Vater. Du weißt also, wie es um dich steht! Wenn ihre Schwestern sehen, daß ihr Kleid fortgenommen ist, so werden sie auffliegen und sie allein sitzen lassen; dann tritt du zu ihr, ergreife sie bei den Haaren und zieh sie an dich! Wenn du sie an dich gezogen hast, so hast du sie in deiner Macht; dann ist sie wirklich in deiner Gewalt. Danach aber achte immer sorgfältig auf das Federkleid; denn nur so lange du es hast, ist sie in deiner Hand und deine Gefangene, da sie nur in ihm zu ihrem Lande zurückfliegen kann. Trag sie dann hinunter in dein Gemach; verrate ihr aber nicht, daß du das Federkleid im Besitz hast!‘ Als Hasan die Worte seiner Schwester hörte, ward sein Herz ruhig, seine Erregung legte sich, und alle seine Schmerzen wichen von ihm. Rasch erhob er sich auf seine Füße, küßte seiner Schwester das Haupt und machte sich dann auf und ging mit ihr von der Höhe des Schlosses hinunter; dort legten sich beide zur Nachtruhe nieder, und er pflegte seiner selbst, bis daß der Morgen kam. Als die Sonne aufgegangen war, erhob er sich, öffnete die Tür und stieg zum Dache hinauf. Dann setzte er sich nieder und blieb bis zum Abend dort sitzen, während seine Schwester ihm etwas Speise und Trank und Kleider zum Wechseln brachte; darauf schlief er ein. In dieser Weise blieb er dort jeden Tag, bis der neue Monat kam. Sobald er den Neumond erblickt hatte, begann er nach den Vögeln zu spähen; und während er so dasaß, kamen sie plötzlich auf ihn zu wie der Blitz. Kaum hatte er sie erblickt, so verbarg er sich an einer Stätte, wo er sie beobachten konnte, während sie ihn nicht sahen. Nun kamen die Vogelmädchen herunter, ein jedes von ihnen ging an seine Stelle und legte sein Kleid ab, desgleichen tat auch die Maid, die er liebte; und all das geschah dicht neben Hasan. Als die Maid dann mit ihren Schwestern in das Becken gestiegen war, machte sich Hasan ans Werk und schlich ganz leise, leise dahin, indem er sich versteckt hielt und Allah der Erhabene seine Verborgenheit schützte. Und er ergriff das Kleid, ohne daß ihn eine einzige von ihnen bemerkte, da sie miteinander spielten und scherzten. Wie sie aber ihr Spiel beendet hatten, kamen sie hervor, und eine jede von ihnen legte ihr Federkleid an, nur die Maid, die er liebte, suchte nach dem ihren und fand es nicht. Da schrie sie auf und schlug sich ins Gesicht und zerriß ihr Gewand. Ihre Schwestern eilten zu ihr hin und fragten sie, was mit ihr geschehen sei; und als sie ihnen berichtete, daß ihr Federkleid verschwunden sei, weinten sie alle und schrieen und schlugen sich ins Angesicht. Doch als der Abend nahte, konnten sie nicht mehr bei ihr verweilen und ließen sie auf dem Dache des Schlosses zurück. – –«

Da bemerkte Schehrezâd, daß der Morgen begann, und sie hielt in der verstatteten Rede an. Doch als die *Siebenhundertundneunzigste Nacht* anbrach, fuhr sie also fort: »Es ist mir berichtet worden, o glücklicher König, daß die Maid, nachdem Hasan ihr Federkleid fortgenommen hatte, nach ihm suchte, es aber nicht fand, und daß ihre Schwestern aufflogen und sie allein zurückließen. Und als Hasan sah, daß sie fortgeflogen und ihrem und seinem Auge entschwunden waren, lauschte er nach ihr und hörte, wie sie sagte: ,O du, der mein Kleid genommen und mich nackt gemacht hat, ich bitte dich, gib es mir zurück und bedecke meine Blöße, auf daß Allah dich nie meine Qual kosten lasse!' Kaum hatte Hasan ihre Stimme vernommen, so ward ihm der Verstand durch seine Liebe zu ihr berückt, ja, seine Leidenschaft wuchs noch, und er hatte keine Geduld mehr, ihr fern zu bleiben. Er sprang aus seinem Versteck hervor, eilte dahin und stürzte auf sie zu, und nachdem er sie ergriffen hatte, zog er sie an sich und trug sie nach unten ins Schloß hinab; da brachte er sie in sein Gemach und warf seinen Mantel über sie, während sie weinte und sich auf die Hände biß. Dann schloß er sie ein, begab sich zu seiner Schwester und tat ihr kund, daß er sie erbeutet und in seine Gewalt bekommen und in sein Gemach getragen habe; und er schloß mit den Worten: ,Dort sitzt sie jetzt und weint und beißt sich auf die Hände.' Als seine Schwester das hörte, begab sie sich alsbald zu dem Gemach und trat zu der Gefangenen ein; die fand sie weinend und trauernd dasitzen. Sie küßte den Boden vor ihr und begrüßte sie; die junge Herrin aber sprach zu ihr: ,O Königstochter, tun Leute wie ihr so schmähliche Taten an Töchtern der Könige? Du weißt, daß mein Vater ein mächtiger König ist und daß alle Könige der Geister vor ihm zittern und seine Macht fürchten. Bei ihm sind Zauberer und

Weise, Wahrsager, Teufel und Mârids, denen keiner zu widerstehen vermag. Unter seiner Hand steht so viel Volks, daß nur Allah seine Zahl kennt. Wie ziemt euch da, ihr Königstöchter, sterbliche Männer bei euch aufzunehmen und sie in unsere und eure Geheimnisse schauen zu lassen? Wie sollte denn sonst dieser Mensch uns haben nahen können?' Die Schwester Hasans erwiderte ihr: ,O Königstochter, dieser Mensch ist vollkommen an Edelmut, er plant kein übel Ding; sondern er liebt dich – und die Frauen sind doch nur für die Männer geschaffen. Wenn er dich nicht liebte, wäre er nicht um deinetwillen so krank geworden, daß er beinahe aus Verlangen nach dir sein Leben verloren hätte.' Und sie erzählte ihr alles, was Hasan ihr von seiner Liebe berichtet hatte, wie die Mädchen im Fluge gekommen seien und sich gebadet hätten, und wie ihm von ihnen allen keine gefallen habe außer ihr, da die anderen ja ihre Dienerinnen seien, die sie in das Becken unterzutauchen pflegte, und da keine einzige von ihnen ihre Hand nach ihr zu recken wagte. Als die Prinzessin das hörte, gab sie die Hoffnung auf Befreiung verloren; Hasans Schwester aber ging fort und brachte ihr ein kostbares Gewand und legte es ihr an. Ferner holte sie ihr etwas Speise und Trank und aß mit ihr; so beruhigte sie ihr das Herz und verscheuchte ihr die Sorgen. Und sie fuhr fort, ihr in sanfter und milder Weise freundlich zuzusprechen, und schloß mit den Worten: ,Hab doch Mitleid mit ihm, der dich nur ein einziges Mal sah und dann wurde wie einer, dem die Liebe zu dir den Tod brachte!' Und wieder und wieder sprach sie ihr Trost zu und versuchte sie zu versöhnen, indem sie Worte lieblicher Rede an sie richtete. Doch die Maid weinte immer noch, bis der Morgen anbrach. Da endlich faßte sie wieder Mut und hörte auf zu weinen, weil sie erkannt hatte, daß sie gefangen war und daß es keine Befreiung für sie mehr gab.

So sprach sie denn zu Hasans Schwester: ‚O Königstochter, dies alles hat Allah mir auf die Stirn geschrieben, diese Verbannung und diese Trennung von meiner Heimat, meinem Volke und meinen Schwestern; und in Geduld muß ertragen werden, was der Herr bestimmt hat!‘ Darauf wies die Schwester Hasans ihr ein Gemach im Schlosse an, das schönste, das es dort gab; und sie blieb bei ihr, um sie noch weiter zu trösten und ihr Gemüt zu beruhigen, bis sie sich endlich mit ihrem Schicksal zufrieden gab, so daß ihre Brust sich weitete und sie wieder lachen konnte; und nun wich von ihr alle Trauer und Angst wegen der Trennung von den Ihren und ihrem Vaterlande, von ihren Schwestern und ihren Eltern und ihrer Herrschaft. Dann ging Hasans Schwester zu ihm und sprach zu ihm: ‚Wohlan, geh zu ihr in ihr Gemach und küsse ihre Hände und Füße!‘ Er ging hinein und tat es; dann küßte er sie auf die Stirn und sprach zu ihr: ‚O Herrin der Schönen, o Leben der Seelen und Wonne der Beschauer, sei ruhigen Herzens, ich habe dich nur deshalb gefangen genommen, daß ich bis zum Tage der Auferstehung dein Knecht sei; und diese meine Schwester soll deine Magd sein. Meine Gebieterin, ich begehre nichts anderes, als mich mit dir zu vermählen nach dem Gesetze Allahs und seines Gesandten; und ich will in meine Heimat reisen, dort will ich mit dir in der Stadt Baghdad leben und will dir Sklavinnen und Sklaven kaufen. Ich habe auch eine Mutter, eine der besten unter den Frauen, die wird dir dienen. Es gibt dort kein schöneres Land als unser Land; alles dort ist besser als irgendwo in einem anderen Lande. Auch das Volk und die Leute dort sind trefflich und heiteren Angesichts.‘ Während er ihr so Trost zusprach, ohne daß sie ihm ein einziges Wort erwiderte, pochte es plötzlich an die Tür des Schlosses. Und als Hasan hinausging, um zu sehen, wer dort sei, fand er die Prinzessinnen, die von Jagd und Hatz heimgekehrt waren. Er freute sich dessen und empfing sie mit Grüßen des Willkommens; sie wünschten ihm Heil und Gesundheit, und er wünschte ihnen das gleiche. Darauf stiegen sie von ihren Rossen und traten in das Schloß ein; eine jede von ihnen ging in ihr Gemach, legte die beschmutzten Kleider ab und hüllte sich in schöne Gewänder. Sie hatten aber auf ihrer Jagd und Hatz viel Wild erjagt, Gazellen und Wildkühe, Hasen und Löwen, Hyänen und andere Tiere; einige davon ließen sie zum Schlachten herbeibringen, doch die übrigen verwahrten sie bei sich im Schlosse. Nun stand Hasan da mit geschürzten Kleidern und schlachtete das Wild für sie, während sie spielten und sich vergnügten und an allem ihre große Freude hatten. Als er mit dem Schlachten fertig war, setzten sie sich und machten etwas von dem Fleisch zurecht, um es als Morgenmahl zu verzehren; Hasan aber trat zu der ältesten Prinzessin hin und küßte ihr das Haupt, und ebenso küßte er die Häupter der übrigen, eines nach dem anderen. Da sprachen sie zu ihm: ‚Du lässest dich wirklich gar sehr zu uns herab, lieber Bruder, und wir bewundern das Übermaß deiner Liebe zu uns. Doch das sei ferne, o Bruder! Dies ist etwas, was wir an dir tun müssen; denn du bist ein Mensch und als ein solcher würdiger denn wir, die wir nur Geister sind.' Ihm aber brachen die Tränen aus den Augen, und er weinte bitterlich. Und nun fuhren sie fort: ‚Was ist dir? Warum weinst du? Du machst uns das Leben traurig heute durch deine Tränen. Es scheint, du sehnst dich nach deiner Mutter und nach deiner Heimat. Wenn dem so ist, wollen wir dich ausrüsten und mit dir in deine Heimat und zu deinen Lieben ziehen.' ‚Bei Allah,' rief er, ‚ich wünsche nicht, mich von euch zu trennen!' Da fragten sie: ‚Wer von uns hat dir denn etwas zuleide getan, daß du so traurig bist?'

Doch er schämte sich zu sagen: ‚Mich quält nur die Liebe zu der Maid‘, da er fürchtete, sie würden das an ihm mißbilligen; und so schwieg er und tat ihnen nichts über sich kund. Seine Schwester aber hub an: ‚Er hat einen Vogel aus der Luft gefangen, und er möchte, daß ihr ihm helft, ihn zu zähmen.‘ Da schauten sie alle ihn an und sprachen zu ihm: ‚Wir stehen dir alle zu Diensten; was du nur verlangst, wollen wir tun. Erzähle uns jedoch deine Geschichte und verbirg uns nichts von dem, was dich betroffen hat!‘ Nun sagte er zu seiner Schwester: ‚Erzähle du ihnen meine Geschichte! Ich schäme mich vor ihnen, und ich kann ihnen nicht mit diesen Worten unter die Augen treten.‘ – –«

Da bemerkte Schehrezâd, daß der Morgen begann, und sie hielt in der verstatteten Rede an. Doch als die *Siebenhundertundeinundneunzigste Nacht* anbrach, fuhr sie also fort: »Es ist mir berichtet worden, o glücklicher König, daß Hasan zu seiner Schwester sprach: ‚Erzähle du ihnen meine Geschichte! Ich schäme mich vor ihnen, und ich kann ihnen nicht mit diesen Worten unter die Augen treten.‘ So sprach sie denn zu ihnen: ‚Liebe Schwestern, als wir fortgezogen waren und diesen Unglücklichen allein gelassen hatten, ward es ihm Angst im Schlosse, und er fürchtete, es könne jemand zu ihm einbrechen; ihr wißt ja, die Menschkinder haben einen schwachen Verstand. Und so öffnete er die Tür, die zum Dache des Schlosses führt, in seiner Herzensangst und im Gefühl seiner Einsamkeit; er stieg hinauf und setzte sich dort nieder, schaute dabei ins Tal hinab, blickte aber auch immer nach der Tür hin, aus Furcht, es könne jemand ins Schloß kommen. Während er eines Tages so dasaß, erschienen plötzlich zehn Vögel vor ihm, die auf das Schloß zuflogen und immer näher kamen, bis sie sich in dem Becken niederließen, das sich in dem Pavillon befindet. Dann blickte er auf den Vogel, der unter ihnen der schönste war und der nach den anderen mit seinem Schnabel pickte, während unter ihnen keiner war, der seine Kralle nach ihm auszustrecken wagte. Dann legten sie plötzlich ihre Krallen an den Hals, rissen die Federkleider herunter und traten aus ihnen hervor, indem ein jeder von ihnen zu einer Maid wurde, so schön wie der Mond in der Nacht seiner Fülle. Darauf entkleideten sie sich der Gewänder, die sie trugen, während Hasan dastand und ihnen zuschaute, stiegen in das Wasser und begannen zu spielen; die vornehmste Maid aber tauchte die anderen unter, ohne daß eine von ihnen die Hand nach ihr zu recken wagte; sie war die schönste unter ihnen von Angesicht und die ebenmäßigste an Wuchs, und sie hatte das prächtigste Gewand. Bei ihrem Spiel blieben sie, während Hasan dastand und ihnen zuschaute, bis die Zeit des Nachmittagsgebetes nahte; dann erst kamen sie aus dem Becken hervor, legten ihre Gewänder wieder an, schlüpften in die Federkleider und hüllten sich darin ein und flogen von dannen. Da wurde ihm der Sinn verstört, und in seinem Herzen entbrannte ein Feuer um des vornehmsten Vogels willen, und er bereute, daß er jenem nicht sein Federkleid fortgenommen hatte. Und nun wurde er krank, und er blieb oben auf dem Schlosse, um auf sie zu warten; er versagte sich Speise und Trank und Schlaf und lebte in dieser Weise dahin, bis der Neumond erschien. Da kamen, während er dort saß, die Vögel nach ihrer Gewohnheit wieder, legten ihre Kleider ab und stiegen in das Becken; er aber nahm das Kleid der vornehmsten Maid weg. Denn da er wußte, daß sie nur mit ihm fliegen konnte, holte er es und verbarg es aus Furcht, sie könnten ihn sehen und ihn töten. Dann wartete er, bis die anderen aufgeflogen waren, ergriff die Maid und brachte sie vom Dache des Schlosses herunter.' ‚Wo ist sie jetzt?' fragten ihre Schwestern; und sie gab ihnen zur Antwort: ,Sie ist bei ihm in demunddem Gemach.' Weiter sprachen sie: ,Schildere sie uns, liebe Schwester!' Da hub sie an: ,Sie ist schöner als der Mond in der Nacht seiner Fülle; ihr Antlitz ist leuchtender als die Sonne, ihr Lippentau süßer als Honig, und ihr Wuchs ist schlanker als das schwanke Reis. Aus schwarzem Auge kommt ihres Blickes Macht, ihr Angesicht strahlt wie der Mond in der Nacht, ihre Stirn ist gleich weißer Blütenpracht; ihr Busen ist wie aus Edelstein, ihre Brüste sind wie zwei Granatäpflein, ihre Wangen könnten zwei Äpfel sein. Ihr Leib ist ganz in Fältchen gehüllt, ihr Nabel gleicht einem Elfenbeinbüchschen mit Moschus gefüllt, und ihre Beine gar gleichen einem marmornen Säulenpaar. Sie bezaubert die Herzen durch ihrer dunklen Augen Gewalt, durch ihres schlanken Leibes zierliche Gestalt und durch ihrer Hüften schwere Wucht, und ihr Wort heilt des Kranken Sucht. Ihr Wuchs ist herrlich, ihr Lächeln lieblich, als wäre sie der Mond, der in seiner Fülle am Himmel thront.' Als die Prinzessinnen diese Lobpreisungen gehört hatten, blickten sie auf Hasan und sprachen zu ihm: ,Zeige sie uns!' Da machte er sich auf mit ihnen, liebeverstört wie er war, und führte sie zu dem Gemache, in dem die Königstochter war; nachdem er es geöffnet hatte, trat er zuerst ein, während die Mädchen ihm folgten. Und als die sie erblickten und ihre Anmut mit eigenen Augen sahen, küßten sie den Boden vor ihr, indem sie ihre schöne Gestalt und ihre herrlichen Eigenschaften bewunderten; dann boten sie ihr den Friedensgruß und sprachen zu ihr: ,Bei Allah, o Tochter des großmächtigen Königs, dies ist ein gewaltig Ding. Hättest du unter den Frauen diesen Sterblichen rühmen hören, so hättest du dein ganzes Leben lang ihn bewundert. Er liebt dich über alle Maßen; aber, o Königstochter, er begehrt nichts Schimpfliches, nein, er wünscht dich zu seiner gesetzmäßigen Gattin. Hätten wir gewußt, daß Jungfrauen ohne Männer leben können, so hätten wir ihn von seinem Vorhaben zurückgehalten, wiewohl er keinen Boten zu dir sandte, sondern selbst zu dir kam. Er hat uns auch berichtet, daß er das Federkleid verbrannt hat; sonst hätten wir es ihm abgenommen.' Dann erbot sich eine von den jungfräulichen Prinzessinnen, als ihr Sachwalter bei der Eheschließung zu dienen, und so schloß diese ihren Ehebund mit Hasan; er reichte der Sachwalterin die Hand und legte seine Hand in die ihre, während sie die Prinzessin auf Grund ihrer Einwilligung mit ihm vermählte. Danach feierten sie ihr Hochzeitsfest, wie es sich für Königstöchter geziemt, und führten Hasan zu ihr ein. Nun öffnete Hasan das Tor und hob den Schleier empor, und er brach ihre Siegel; da wuchs seine Liebe zu ihr, und mächtig ward seine Leidenschaft im Verlangen nach ihr. Und als er nun das Ziel seiner Wünsche erreicht hatte, wünschte er sich Glück und sprach diese Verse:

> *Bezaubernd ist dein Wuchs und dunkelschwarz dein Auge;*
> *Auf deinem Antlitz ruht der Schönheit Strahlenschein.*
> *Ich seh in meinem Aug der Bilder allerschönstes,*
> *Die Hälfte ist Rubin, ein Drittel Edelstein;*
> *Ein Fünftel ist aus Moschus, Ambra ist ein Sechstel.*
> *Die Perle, der du gleichst, ist nicht an Glanz so reich.*
> *Gleich dir hat Eva niemals jemanden geboren;*
> *Auch in den Himmelsgärten ist dir niemand gleich.*
> *Wenn du mich quälen willst, so ist es Brauch der Liebe;*
> *Und willst du mir verzeihn, so steht's dir frei, zu tun.*
> *O schönste Zier der Welt, o höchstes Ziel der Wünsche,*
> *Wen läßt die Schönheit deines Angesichtes ruhn? – –«*

Da bemerkte Schehrezâd, daß der Morgen begann, und sie hielt in der verstatteten Rede an. Doch als die *Siebenhundert-*

undzweiundneunzigste Nacht anbrach, fuhr sie also fort: »Es ist mir berichtet worden, o glücklicher König, daß Hasan, nachdem er zu der Königstochter eingegangen war und ihr das Mädchentum genommen hatte, Wonnefreuden durch sie genoß, so daß seine Liebe zu ihr und sein Verlangen nach ihr noch wuchsen, und daß er dann zu ihrem Lobe jene Verse sprach, während die Prinzessinnen an der Tür standen. Als die seine Verse vernahmen, riefen sie ihr zu: ‚O Königstochter, hörst du die Worte des Sterblichen? Wie kannst du uns noch tadeln, seit ihn die Liebe zu dir die Verse hat sprechen lassen?‘ Und wie sie das hörte, ward sie fröhlich und heiter und voll Freuden. Darauf blieb Hasan vierzig Tage lang bei ihr in Glück und Fröhlichkeit, in Wonnen und in Seligkeit. Und die Prinzessinnen rüsteten für ihn jeden Tag ein neues Fest und überhäuften ihn mit Güte und mit Geschenken und Kostbarkeiten. Während er in solch herrlicher Freude bei ihnen weilte, versöhnte sich auch die Königstochter mit dem Aufenthalt bei ihnen und vergaß die Ihren. Nach diesen vierzig Tagen aber sah Hasan eines Nachts, als er schlief, im Traume seine Mutter, die um ihn trauerte; ihre Glieder waren hager, und ihr Leib war mager, ihre Farbe war erblichen, und ihre Schönheit war gewichen, während es ihm doch so gut erging. Und wie sie ihn in diesem Glücke schaute, sprach sie zu ihm: ‚O mein Sohn, o Hasan, wie kannst du so vergnüglich in der Welt leben und mich vergessen? Sieh, wie es mir ergeht, seitdem du fort bist! Ich vergesse dich nie, und meine Zunge wird nie ablassen, deinen Namen zu nennen, bis ich sterbe. Ich habe auch ein Grabmal für dich bei mir im Hause erbaut, so daß ich dich nie vergesse. O wüßte ich doch, ob ich es noch erleben werde, daß ich dich wiedersehe, mein Sohn, und daß wir dann wieder wie zuvor miteinander vereint sind!‘ Da erwachte Hasan aus seinem Schlafe, weinend und klagend, seine Tränen rannen ihm über die Wangen wie der Regen, und er ward von seinem Kummer tief erregt, so daß seine Tränen nicht trockneten und der Schlaf nicht mehr zu ihm kam; er konnte keine Ruhe finden, und seine Geduld begann zu schwinden. Am nächsten Morgen kamen die Prinzessinnen zu ihm, wünschten ihm einen guten Morgen und begannen bei ihm fröhlich zu sein, wie es ihr Brauch war; er aber achtete ihrer nicht. Deshalb fragten sie seine Gemahlin, was ihm sei; doch sie erwiderte: ‚Ich weiß es nicht.' Sie fuhren fort: ‚Frage ihn nach seinem Leid!' Nun trat sie an ihn heran und sprach zu ihm: ‚Was ist dir, mein Gebieter?' Da seufzte er auf in seinem Kummer und berichtete ihr, was er im Traume gesehen hatte; dann sprach er diese beiden Verse:

> Der Unruh Geist kam über uns, wir wurden ratlos.
> Wir möchten nahe sein und können es doch nicht.
> Jetzt müssen wir der Liebe wachsend Leid erfahren;
> So leicht sie ist –, für uns ist sie ein schwer Gewicht.

Seine Gemahlin teilte den Prinzessinnen mit, was er ihr gesagt hatte, und als jene seine Verse hörten, hatten sie Mitleid mit seiner Not, und sie sprachen zu ihm: ‚Beliebe es dir; im Namen Allahs! Wir können dich nicht hindern, sie zu besuchen, nein, wir wollen dir dazu verhelfen mit allen unseren Kräften. Doch es geziemt sich, daß du dich nicht ganz von uns trennst, sondern uns besuchst, wäre es auch nur einmal in jedem Jahre.' ‚Ich höre und gehorche!' erwiderte er ihnen; und die Prinzessinnen begannen alsbald, ihm Zehrung für die Reise zu rüsten und ihm seine junge Gemahlin auszustatten mit Schmuck und Prachtgewändern und allen anderen wertvollen Dingen, die niemand beschreiben kann; und für ihn hielten sie Kostbarkeiten bereit, die keine Feder aufzuzählen vermag. Dann schlugen sie die Trommel, und von allen Seiten kamen die Dromedare herbei. Aus ihnen wählten sie solche, die alles das tragen konnten, was sie vorbereitet hatten. Darauf hießen sie die junge Frau und Hasan aufsitzen und ließen ihnen fünfundzwanzig Kisten voll Gold und fünfzig voll Silber aufladen. Drei Tage lang ritten sie mit ihnen dahin, und sie legten in dieser Zeit einen Weg von drei Monaten zurück; dann nahmen sie Abschied von den beiden und wollten heimkehren. Aber die Jüngste von ihnen, Hasans Schwester, fiel ihm um den Hals und weinte, bis sie in Ohnmacht sank. Und als sie wieder zu sich kam, sprach sie diese Verse:

> O wäre doch der Tag der Trennung nie gewesen!
> Er ließ in unsre Augen keinen Schlummer kommen;
> Er hat die Bande zwischen uns und dir zerrissen;
> Er hat uns allen Mut und Lebenskraft genommen.

Nachdem sie diese Verse gesprochen hatte, nahm sie von ihm Abschied, indem sie ihm einschärfte, wenn er in seine Heimat gekommen und mit seiner Mutter wieder vereinigt wäre und wenn dann sein Herz sich beruhigt hätte, so solle er nie vergessen, sie alle sechs Monate einmal zu besuchen; und sie schloß mit den Worten: ‚Wenn dich irgendein Leid bedrückt, oder wenn du ein Unheil fürchtest, so schlag die Trommel des Feueranbeters; dann werden die Dromedare zu dir kommen, und du sitz auf und kehre zu uns zurück, bleib uns nicht fern!‘ Er versprach es ihr mit einem Eide; und dann beschwor er die Prinzessinnen, sie möchten umkehren. Da wandten sie sich zur Heimkehr, nachdem sie ihm Lebewohl gesagt hatten; und sie trauerten ob der Trennung von ihm, am meisten aber seine Schwester, die jüngste Maid; die war um ihre Ruhe gebracht, zum Ausharren hatte sie nicht mehr die Macht, und sie weinte Tag und Nacht.

Lassen wir sie nun heimziehen und sehen wir, wie es Hasan erging! Er zog mit seiner Gemahlin dahin Tage und Nächte lang, indem er durch Steppen und Wüsten drang, durch Täler und über Felsgestein, in der Mittagsglut und im Morgensonnenschein. Allah aber hatte ihnen glückliche Ankunft bestimmt, und so erreichten sie die Stadt Basra und zogen in ihr weiter, bis sie ihre Dromedare vor dem Tor seines Hauses niederknien ließen. Hasan schickte die Tiere fort und trat an die Tür, um sie zu öffnen, da hörte er, wie seine Mutter weinte mit leiser Stimme aus einem Herzen, durchwühlt von brennenden Schmerzen; und sie sprach diese Verse:

> *Wie kann der Schlummer kosten, den der Schlaf geflohen,*
> *Der in den Nächten wacht, wenn alle andren ruhn?*
> *Einst war er im Besitz von Reichtum, Sippe, Ehre;*
> *Ein Fremdling seines Hauses, einsam ward er nun.*
> *In seinem Herzen brennen Kohlen, wohnen Seufzer*
> *Und eine Sehnsucht – ach, sie kann nicht stärker sein!*
> *Ihn traf das Liebesleid, ein Leid, das mächtig herrschet;*
> *Er klagt ob seiner Not, doch fügt er sich darein.*
> *Sein Aussehn zeigt, daß er, verzehrt von Liebesglut,*
> *In Trauer lebt; und das bezeugt der Tränen Flut.*

Hasan weinte, als er seine Mutter weinen und klagen hörte; dann aber pochte er laut an die Tür. Seine Mutter fragte: ‚Wer ist dort?' und er rief ihr zu: ‚Mach die Tür auf!' Doch als sie geöffnet hatte und ihn anschaute und erkannte, sank sie ohnmächtig zu Boden. Da sprach er ihr so lange sanft und freundlich zu, bis sie wieder zu sich kam; und nun umarmte er sie, und sie zog ihn an ihre Brust und küßte ihn. Dann brachte er all sein Hab und Gut ins Haus hinein, während seine Gemahlin ihm und seiner Mutter zuschaute. Die Mutter aber sprach, da jetzt ihr Herz getröstet war und Allah sie mit ihrem Sohne wieder vereinigt hatte, diese Verse:

Das Schicksal hat sich mein erbarmt,
Gerührt durch all mein heißes Leid.
Es hat mir meinen Wunsch erfüllt
Und mich von meiner Angst befreit.
Ich will die Sünden all verzeihn,
Die es an mir bis heute tat,
Ja, auch die Schuld, daß es mein Haupt
In weißes Haar gekleidet hat. – –«

Da bemerkte Schehrezâd, daß der Morgen begann, und sie hielt in der verstatteten Rede an. Doch als die *Siebenhundertunddreiundneunzigste Nacht* anbrach, fuhr sie also fort: »Es ist mir berichtet worden, o glücklicher König, daß Hasans Mutter sich dann niedersetzte und mit ihrem Sohne plauderte. Und sie fragte ihn: ›Wie ist es dir mit dem Perser ergangen, mein Sohn?‹ Er antwortete ihr: ›Liebe Mutter, er war nicht nur ein Perser, sondern auch ein Feueranbeter; er pflegte das Feuer zu verehren statt des mächtigen Königs der Ehren.‹ Und dann erzählte er ihr, wie jener an ihm gehandelt hatte; wie er mit ihm fortzog und ihn in die Kamelshaut legte und einnähte, wie die Raubvögel ihn aufhoben und auf dem Gipfel des Berges niederlegten. Auch berichtete er ihr, wie er dort oben alle die toten Menschen sah, die der Feueranbeter überlistet und auf dem Berge zurückgelassen hatte, nachdem sie seinen Auftrag ausgeführt hatten; wie er sich dann von dem Berge ins Meer hinabstürzte und Allah der Erhabene ihn beschützte und zu dem Schlosse der Prinzessinnen brachte; wie dort die eine Maid ihn zu ihrem Bruder machte und er bei ihnen blieb; wie Allah den Feueranbeter dorthin führte und er ihn tötete. Und schließlich erzählte er ihr von seiner Liebe zu der Prinzessin, wie er sie einfing und was sonst noch mit ihr geschah, bis Allah sie beide, Mutter und Sohn, wieder vereinigte. Mit Staunen hörte sie seine Geschichte an, und sie pries Allah den Erhabenen, der ihn wohlbehalten und sicher hatte heimkehren lassen. Dann trat sie an die Lasten heran, betrachtete sie und fragte ihn danach; als er ihr berichtet hatte, was darinnen war, freute sie sich über die Maßen. Und zuletzt ging sie zu der jungen Frau, um mit ihr zu plaudern und sie zu unterhalten; doch als ihr Blick auf sie fiel, ward ihr Verstand durch deren Liebreiz bezaubert, und voller Freude bewunderte sie ihre Schönheit und Lieblichkeit und ihres Wuchses Ebenmäßigkeit. Wiederum hub die Mutter an: ‚Preis sei Allah, mein Sohn, für deine wohlbehaltene und glückliche Heimkehr!‘ Und dann setzte sie sich neben der jungen Frau nieder und heiterte sie auf und tröstete ihr das Herz. Am nächsten Morgen früh aber ging sie zum Basar hinunter und kaufte zehn Gewänder, das Prächtigste, was es in der Stadt an Kleidern gab; auch brachte sie herrlichen Hausrat für sie herbei. Dann kleidete sie die junge Frau ein und schmückte sie mit allem Schönen. Darauf begab sie sich zu ihrem Sohne und sprach: ‚Mein Sohn, mit all diesem Reichtum können wir nicht in dieser Stadt wohnen bleiben; du weißt, wir sind arme Leute, und das Volk wird uns verdächtigen, daß wir Schwarzkunst treiben. So laß uns denn nach der Stadt Baghdad ziehen, dem Horte des Friedens, damit wir dort unter dem Schutze des Kalifen bleiben können; dann sollst du in einem Laden sitzen und Kaufhandel treiben, in der Furcht Allahs, des Allmächtigen und Glorreichen, und Er wird dir das Tor zum Glück öffnen durch diesen Reichtum.‘ Hasan hieß ihre Worte gut und machte sich sofort ans Werk, indem er fortging, sein Haus verkaufte und die Dromedare kommen ließ; und nachdem er sie mit seinem Hab und Gut beladen und auch Mutter und Gemahlin hatte aufsitzen lassen, brach er auf. Zuerst zog er dahin, bis er zum Tigris kam; dort mietete er ein Schiff nach Baghdad und ließ alles

an Bord bringen, sein Hab und Gut, seine Mutter und seine
Gemahlin, ja alles, was bei ihm war. Als er darauf selbst an
Bord gegangen war, fuhr das Schiff mit ihnen bei günstigem
Winde zehn Tage lang stromauf, bis sie Baghdad in Sicht be-
kamen. Über diesen Anblick waren sie erfreut, und als das
Schiff mit ihnen in den Hafen eingelaufen war, eilte er sofort
in die Stadt und mietete ein Vorratshaus in einem der Châne.
In das ließ er seine Habe aus dem Schiffe überführen; dann
ging er mit den Seinen zum Chân und blieb dort eine Nacht.
Am nächsten Morgen wechselte er seine Kleider, und als der
Makler ihn sah, fragte er ihn, wessen er bedürfe und was er
wünsche. Hasan erwiderte ihm: ‚Ich brauche ein Haus, das
schön und geräumig ist.‘ Da zeigte jener ihm die Häuser, die
er zu verkaufen hatte, und Hasan fand Gefallen an einem
Hause, das früher einem der Wesire gehört hatte; er kaufte es
von dem Makler um hunderttausend Golddinare und zahlte
ihm den Preis. Darauf kehrte er zu dem Chân zurück, in dem
er abgestiegen war, und ließ alles, was er mitgebracht hatte, in
das Haus schaffen. Dann ging er auf den Markt und kaufte
alles, was für das Haus nötig war, Geräte, Teppiche und sonstigen Hausrat, auch kaufte er Sklaven, darunter einen kleinen
schwarzen Sklaven fürs Haus. Nun wohnte er dort mit seiner
Gattin herrlich und in Freuden, drei Jahre lang; und sie
schenkte ihm zwei Söhne, von denen er den einen Nâsir, den
anderen Mansûr nannte. Doch als die Zeit verstrichen war,
gedachte er seiner Schwestern, der Prinzessinnen, und erinnerte sich an ihre Güte gegen ihn, wie sie ihm zu seinem
Ziele verholfen hatten; und die Sehnsucht nach ihnen überkam ihn. So begab er sich zum Basar der Stadt und kaufte dort
Schmuck und kostbare Stoffe und Naschwerk, wie sie es nie
gesehen noch kennen gelernt hatten. Seine Mutter fragte ihn,

374

weshalb er solche Kostbarkeiten gekauft habe, und er antwortete ihr: ‚Ich habe beschlossen, zu meinen Schwestern zu reisen, die mir so viel Wohltaten erwiesen haben und durch deren Güte und Huld ich all meinen Reichtum erhalten habe, den ich besitze. So will ich denn mich zu ihnen begeben und sie wiedersehen und dann bald zurückkehren, so Allah der Erhabene will.‘ ‚Mein Sohn, bleib nicht lange fern von mir!‘ sagte sie darauf; und er fuhr fort: ‚Wisse, liebe Mutter, wie du es mit meiner Gattin halten sollst! Jenes Federkleid von ihr liegt in einer Kiste, die in der Erde vergraben ist; bewahre es, damit sie es nicht findet und nimmt und mit ihren Kindern davonfliegt! Wenn sie fort sind, werde ich nie mehr eine Kunde von ihnen vernehmen und aus Gram um sie sterben. Drum gib acht, liebe Mutter, ich warne dich, sprich nie zu ihr davon! Denke daran, daß sie die Tochter eines Geisterkönigs ist und daß es unter allen Geisterherrschern keinen mächtigeren gibt als ihren Vater, keinen, der reicher wäre an Truppen und Schätzen! Bedenke auch, daß sie die Herrin ihres Volkes war und bei ihrem Vater die höchste Ehrenstellung hatte; sie ist gar hochgemut, drum diene du ihr selbst und laß es nie zu, daß sie zur Tür hinausgeht oder zum Fenster hinausschaut oder über die Mauer! Denn ich bin um sie besorgt wegen eines Windhauches, wenn er weht. Sollte ihr irgendein Unheil dieser Welt zustoßen, so töte ich mich selbst um ihretwillen!‘ Da sagte die Mutter: ‚Allah verhüte, daß ich dir zuwiderhandle, mein Sohn! Ich bin nicht irre, so daß ich diesen Auftrag, den du mir einschärfst, nicht befolgen sollte. Reise, mein Sohn, und sei gutes Mutes; so Allah der Erhabene will, wirst du wohlbehalten heimkehren und sie wiedersehen, und dann wird sie dir berichten, wie ich an ihr gehandelt habe. Doch bleib nicht länger aus, mein Sohn, als die Reise erfordert!‘ – –«

Da bemerkte Schehrezâd, daß der Morgen begann, und sie hielt in der verstatteten Rede an. Doch als die *Siebenhundertundvierundneunzigste Nacht* anbrach, fuhr sie also fort: »Es ist mir berichtet worden, o glücklicher König, daß Hasan, als er die Reise zu den Prinzessinnen beschlossen hatte, seiner Mutter den Auftrag gab, wie wir ihn erzählt haben. Nun wollte es aber das Schicksal, daß seine Gemahlin hörte, wie er mit seiner Mutter sprach, ohne daß die beiden etwas davon wußten. Darauf ging Hasan vor die Stadt hinaus und schlug die Trommel; alsbald kamen die Kamele, und er lud zwanzig Lasten von Kostbarkeiten des Irak auf sie. Dann nahm er Abschied von seiner Mutter und von seiner Gemahlin und seinen Kindern, von denen das eine ein Jahr, das andere jedoch zwei Jahre alt war. Nachdem er jetzt noch einmal zu seiner Mutter gegangen war und ihr alles von neuem eingeschärft hatte, saß er auf und zog zu seinen Schwestern. Ohne Aufenthalt ritt er dahin Tag und Nacht über Berg und Tal, durch der Ebenen Sand und über felsiges Land, zehn Tage hindurch. Am elften Tage aber kam er zu dem Schlosse, und er trat zu seinen Schwestern ein mit den Geschenken, die er ihnen gebracht hatte. Als sie ihn erblickten, freuten sie sich und beglückwünschten ihn zu seiner wohlbehaltenen Ankunft. Seine eigene Schwester aber schmückte das Schloß von innen und von außen. Dann nahmen sie die Geschenke in Empfang, führten ihn in sein altes Gemach wie zuvor und fragten ihn nach seiner Mutter und seiner Gemahlin; und er berichtete ihnen, daß sie ihm zwei Söhne geboren hatte. Als seine Schwester, die jüngste Prinzessin, ihn so wohl und glücklich sah, freute sie sich über die Maßen und sprach diesen Vers:

> *Ich frag den Wind nach dir, wenn er vorüberzieht;*
> *An meinem Herzen ziehst vorüber du allein.*

Drei Monate lang blieb er bei ihnen als hochgeehrter Gast; er lebte herrlich und in Fröhlichkeit, in Glück und Seligkeit und zog auf Jagd und Hatz. So stand es um ihn.

Sehen wir aber, was bei seiner Mutter und bei seiner Gemahlin geschah! Als Hasan fortgezogen war, blieb seine Gemahlin einen Tag und einen zweiten bei seiner Mutter; doch am dritten Tage sprach sie zu ihr: ‚Ach Gott! Ach Gott! Nun bin ich seit drei Jahren bei ihm, und soll ich da nicht einmal ins Badehaus gehen?' Und sie weinte, so daß ihre Mutter Mitleid mit ihrem Kummer hatte und zu ihr sprach: ‚Liebe Tochter, wir sind hier doch Fremde, und dein Gemahl weilt nicht in der Stadt. Wenn er hier wäre, so würde er selbst dich bedienen; aber ich weiß niemanden. Also, liebe Tochter, ich werde dir das Wasser wärmen und dir das Haupt waschen in dem Bade, das in unserem Hause ist.' Doch jene erwiderte ihr: ‚Meine Gebieterin, hättest du solche Worte zu einer der Sklavinnen gesprochen, sie hätte verlangt, daß du sie auf dem Markt verkauftest, und wäre nicht bei euch geblieben. Die Männer trifft kein Vorwurf, meine Gebieterin; denn sie sind eifersüchtig, und ihnen kommt rasch der Gedanke, daß die Frau, wenn sie aus dem Hause geht, vielleicht etwas Schamloses tun könnte. Aber die Frauen sind doch nicht alle gleich, meine Gebieterin, und du weißt, daß die Frau, wenn sie sich etwas in den Kopf gesetzt hat, sich durch niemanden davon abbringen läßt; dann kann keiner über sie wachen oder sie hüten, keiner kann sie zurückhalten vom Badehause oder von irgend etwas anderem, sie tut doch, was sie will.' Dann weinte sie, fluchte ihrem Schicksal und begann um sich und ihre Verlassenheit Klage zu erheben. Die Mutter aber, die Mitleid mit ihrem Jammer hatte und wußte, daß alles, was sie sagte, unvermeidlich war, ging hin und machte alles bereit, dessen sie für das Bad bedurfte, nahm sie mit sich und führte sie zum Badehaus. Als die beiden dort eingetreten waren, legten sie ihre Kleider ab, und alle Frauen schauten die junge Frau an und priesen Allah, den Allgewaltigen und Glorreichen, und betrachteten die herrliche Gestalt, die Er geschaffen hatte. Auch alle die Frauen, die nur am Bade vorübergingen, kamen herein und bewunderten sie, und bald drängten sich die Frauen um sie, und man konnte nicht mehr durch das Bad hindurchgehen wegen der Menge von Frauen, die darin waren. Nun traf es sich, daß wegen dieses seltsamen Ereignisses an jenem Tage auch eine von den Sklavinnen des Beherrschers der Gläubigen Harûn er-Raschîd in das Bad kam; die hieß Tuhfa die Lautnerin. Als sie das Gedränge von Frauen sah und das Bad so voll von Frauen und Mädchen, daß niemand hindurchgehen konnte, fragte sie, was es gäbe. Da erzählte man ihr von der jungen Frau; und sie trat an sie heran, blickte sie an und betrachtete sie, und ganz bezaubert von ihrer Schönheit und Anmut, pries sie Allah, den herrlichen Herrn der Herrlichkeit, für die schönen Gestalten, die Er erschaffen hat. Aber sie ging nicht weiter hinein und badete nicht, sondern blieb stehen und starrte die Prinzessin an, bis sie ihr Bad beendet hatte und herauskam und ihre Kleider anlegte; sie erschien ihr aber immer noch schöner. Nachdem jene also den heißen Raum verlassen hatte, setzte sie sich auf den Teppich und die Kissen, während die Frauen sie anschauten; und als sie das bemerkte, ging sie fort. Tuhfa die Lautnerin jedoch, die Sklavin des Kalifen, begleitete sie, bis sie ihr Haus erfahren hatte; dann nahm sie Abschied von ihr und kehrte zum Kalifenpalast zurück. Sie hielt nicht eher ihren Schritt inne, als bis sie vor die Herrin Zubaida kam und den Boden vor ihr küßte. Die sprach zu ihr: ‚O Tuhfa, warum bist du so lange im Bade geblieben?‘ ‚Meine

378

Gebieterin,' erwiderte sie ihr, ,ich habe ein Wunder gesehen, wie ich nie ein gleiches weder unter den Männern noch unter den Frauen erblickt habe; das hat mich so gefangen genommen, mich so verwirrt und sprachlos gemacht, daß ich mir nicht einmal den Kopf gewaschen habe.' Als Zubaida nun fragte: ,Was war es denn?' fuhr sie fort: ,Ich habe im Badehause eine junge Frau gesehen mit zwei kleinen Knaben, so schön wie Monde; ihresgleichen hat noch nie jemand gesehen, weder vor ihr noch nach ihr, und in der ganzen Welt gibt es keine so schöne Gestalt wie sie. Bei deiner Huld, meine Herrin, wenn du den Beherrscher der Gläubigen mit ihr bekannt machst, so läßt er ihren Gatten töten und nimmt sie von ihm fort; denn ihresgleichen findet sich nie wieder unter den Frauen. Ich habe auch nach ihrem Gatten gefragt, und da sagte man mir, ihr Gatte sei ein Kaufherr und heiße Hasan aus Basra; und dann bin ich ihr gefolgt, von dem Augenblicke an, da sie das Bad verließ, bis sie in ihr Haus ging. Und ich habe gesehen, daß es das Haus des Wesirs ist mit den zwei Toren, von denen eines auf den Fluß, das andere aufs Land führt. Ich fürchte wirklich, meine Herrin, der Beherrscher der Gläubigen wird, wenn er von ihr hört, das Gesetz übertreten und ihren Gatten töten, um sich mit ihr zu vermählen.' – –«

Da bemerkte Schehrezâd, daß der Morgen begann, und sie hielt in der verstatteten Rede an. Doch als die *Siebenhundertundfünfundneunzigste Nacht* anbrach, fuhr sie also fort: »Es ist mir berichtet worden, o glücklicher König, daß die Herrin Zubaida, als die Sklavin des Beherrschers der Gläubigen die Gemahlin Hasans aus Basra gesehen und ihre Schönheit der Herrscherin beschrieben hatte, indem sie hinzufügte: ,Ich fürchte wirklich, der Beherrscher der Gläubigen wird, wenn er von ihr hört, das Gesetz übertreten und ihren Gatten töten, um sich mit ihr zu vermählen', darauf erwiderte: ‚He, Tuhfa, besitzt die Frau da wirklich so viel Schönheit und Anmut, daß der Beherrscher der Gläubigen um ihretwillen sein Seelenheil für weltliche Lust verkaufen und die heilige Satzung übertreten sollte? Doch bei Allah, ich muß diese Frau gewißlich sehen; und wenn sie nicht so ist, wie du gesagt hast, so lasse ich dir den Kopf abschlagen. Du Dirne, es gibt im Palaste des Beherrschers der Gläubigen dreihundertundsechzig Frauen, den Tagen des Jahres an Zahl gleich; sollte sich unter ihnen nicht eine finden so schön wie die, von der du sprichst?' Die Sklavin gab zur Antwort: ‚Nein, bei Allah, meine Gebieterin, auch in ganz Baghdad ist keine ihr gleich, sogar unter allen Persern und Arabern nicht; fürwahr, Allah, der Allgewaltige und Glorreiche, hat keine wie sie erschaffen!' Da rief die Herrin Zubaida nach Masrûr; und als der kam und den Boden vor ihr küßte, sprach sie zu ihm: ‚Masrûr, geh in das Haus des Wesirs, das mit den zwei Toren, dem einen am Wasser und dem andern auf der Landseite, und bring mir die junge Frau, die dort wohnt, samt ihren Kindern und der Alten, die bei ihr ist, eilends und ohne Verzug!' ‚Ich höre und gehorche!' erwiderte Masrûr, ging hinaus und eilte weiter, bis er vor der Tür jenes Hauses ankam. Nachdem er gepocht hatte, kam die alte Mutter Hasans herbei und fragte: ‚Wer ist vor der Tür?' Er antwortete ihr: ‚Masrûr, der Diener des Beherrschers der Gläubigen.' Sie öffnete, und er trat ein; er sprach den Gruß, und sie erwiderte ihn und fragte nach seinem Begehr. Da hub er an: ‚Die Herrin Zubaida, die Tochter el-Kâsims, die Gemahlin des Beherrschers der Gläubigen Harûn er-Raschîd, des sechsten der Nachkommen von el-'Abbâs[1], dem Oheim des

---

1. Harûn er-Raschîd war der fünfte Abbasidenkalif, gehörte aber der sechsten Generation seit el-'Abbâs an.

Propheten – Allah segne ihn und gebe ihm Heil! –, entbietet dich zu sich, dich und die Frau deines Sohnes und ihre Kinder; denn die Frauen haben ihr von ihr und von ihrer Schönheit erzählt.' ‚O Masrûr,' antwortete die Mutter Hasans, ‚wir sind Fremdlinge, und mein Sohn, der Gatte der jungen Frau, ist nicht in der Stadt; und er hat mir befohlen, daß weder ich noch sie zu irgendeinem der Geschöpfe Allahs des Erhabenen gehe; und ich fürchte, es könnte irgend etwas geschehen, und wenn mein Sohn dann kommt, so wird er sich töten. Darum bitte ich, o Masrûr, verlange in deiner Güte nicht das von uns, was wir nicht zu tun vermögen!' Doch er fuhr fort: ‚Meine Gebieterin, wenn ich wüßte, daß hierin eine Gefahr für euch läge, so würde ich nicht von euch verlangen, daß ihr kommt. Die Herrin Zubaida will sie nur sehen; dann soll sie heimkehren. Also widersetze dich nicht, sonst mußt du es bereuen! Wie ich euch mitnehme, ebenso will ich euch auch wohlbehalten heimführen, so Allah der Erhabene will.' Da nun Hasans Mutter sich ihm nicht widersetzen konnte, so ging sie ins Haus hinein, machte die junge Frau bereit und führte sie dann mit ihren Kindern hinaus. Darauf zogen sie hinter Masrûr her, der ihnen voranging, bis zum Schlosse des Kalifen; dort führte er sie hinauf, bis er sie vor die Herrin Zubaida brachte. Sie küßte den Boden vor ihr und flehte den Segen des Himmels auf sie herab; die junge Frau aber war verschleiert. Da sprach die Herrscherin zu ihr: ‚Willst du dein Antlitz nicht entschleiern, auf daß ich es anschauen kann?' Die Prinzessin küßte den Boden vor ihr und enthüllte ein Antlitz, das den Vollmond am Himmelszelte beschämte. Als nun die Herrin Zubaida sie sah, heftete sie ihren Blick auf sie und ließ ihn über sie hinschweifen, während das Schloß von ihrem Lichte und dem Glanze ihres Antlitzes erstrahlte. Da ward die Herrscherin von ihrer Schönheit bezaubert, und ebenso ein jeder, der im Schlosse war; ja, alle, die sie erblickten, wurden berückt, und keiner vermochte mit dem andern zu reden. Doch die Herrin Zubaida erhob sich, hieß auch die Prinzessin aufstehen, zog sie an ihre Brust und setzte sie neben sich auf den Thron; dann befahl sie, das Schloß zu schmücken. Ferner gab sie Befehl, ihr eins der prächtigsten Gewänder zu bringen, dazu ein Halsband von den kostbarsten Edelsteinen, und legte ihr beides an. Dann sprach sie zu ihr: ‚O Herrin der Schönen, wahrlich, du hast mir gefallen und meine Augen mit Bewunderung erfüllt. Doch sag, was für Schätze hast du?‘ ‚Hohe Herrin,‘ erwiderte die Prinzessin, ‚ich habe ein Federkleid; und wenn ich es anlegen würde vor deinen Augen, so könntest du eins der schönsten Wunderwerke sehen und würdest darüber staunen, und alle, die es erblickten, würden von Geschlecht zu Geschlecht über seine Schönheit sprechen.‘ ‚Und wo ist dies dein Kleid?‘ fragte die Herrscherin. Darauf sagte die Prinzessin: ‚Es ist bei der Mutter meines Gatten; verlange du es für mich von ihr!‘ Nun fuhr die Herrin Zubaida fort: ‚Mütterchen, bei meinem Leben, geh hin und bring mir ihr Federkleid, auf daß sie uns zeige, was sie damit tun kann; hernach nimm es wieder mit!‘ Doch die Alte erwiderte ihr: ‚Die da ist eine Lügnerin! Hast du je eine Frau im Federkleid gesehen? Das kommt doch nur den Vögeln zu.‘ Allein die Prinzessin sagte zu der Herrin Zubaida: ‚Bei deinem Leben, hohe Herrin, sie hat mein Federkleid, und es ist in einer Truhe, die in der Schatzkammer des Hauses vergraben ist.‘ Da nahm die Herrscherin von ihrem Halse eine Juwelenkette, die alle Schätze des Perserkönigs und des Kaisers wert war, und sagte: ‚Mütterchen, nimm diese Kette!‘ Und sie reichte sie ihr und fuhr fort: ‚Bei meinem Leben, geh hin und bring mir das Kleid, damit wir es uns ansehen, und dann nimm es zurück!' Die Alte aber schwor ihr, sie hätte dies Kleid nie gesehen und wisse auch nicht, wo es zu finden sei. Da schrie die Herrin Zubaida sie an und nahm ihr den Hausschlüssel ab; dann rief sie Masrûr, und als der kam, befahl sie ihm: ‚Nimm diesen Schlüssel, geh zum Hause, öffne es und tritt in die Schatzkammer, deren Tür soundso aussieht; in ihrer Mitte ist eine Truhe vergraben; die hole herauf, brich sie auf und bringe das Federkleid, das darinnen ist, und lege es vor mich hin!' – –«

Da bemerkte Schehrezâd, daß der Morgen begann, und sie hielt in der verstatteten Rede an. Doch als die *Siebenhundertundsechsundneunzigste Nacht* anbrach, fuhr sie also fort: »Es ist mir berichtet worden, o glücklicher König, daß die Herrin Zubaida, nachdem sie der Mutter Hasans den Schlüssel abgenommen und ihn Masrûr gegeben hatte, zu ihm sprach: ‚Nimm diesen Schlüssel, öffne die und die Schatzkammer, hole aus ihr die Truhe heraus, brich sie auf und nimm aus ihr das Federkleid, das darinnen ist, und lege es vor mich hin!' und daß Masrûr darauf sagte: ‚Ich höre und gehorche!' Dann nahm er den Schlüssel von der Herrscherin entgegen und machte sich auf den Weg; und auch die alte Mutter Hasans stand auf, mit Tränen im Auge und voller Reue, daß sie der Prinzessin willfahrt hatte und mit ihr ins Badehaus gegangen war, da jene doch nur aus List nach dem Bade verlangt hatte. Und die alte Frau trat nun mit Masrûr in das Haus ein und öffnete selbst die Schatzkammer; und er ging in sie hinein, holte die Truhe heraus und entnahm ihr das Federkleid. Nachdem er es in ein Tuch eingehüllt hatte, brachte er es der Herrin Zubaida; die nahm es in die Hände, wandte es hin und her, indem sie seine schöne Arbeit bewunderte, und reichte es der jungen Frau mit den Worten: ‚Ist dies dein Federkleid?' ‚Ja, meine Gebieterin!' ant-

383

wortete sie, streckte ihre Hand danach aus und nahm es von ihr voller Freuden entgegen. Dann prüfte sie es und erkannte, daß es unverletzt war wie zuvor, und daß keine Feder von ihm verloren war. Hocherfreut darüber erhob sie sich von ihrem Sitze neben der Herrin Zubaida, öffnete das Federkleid, das sie in den Händen hielt, nahm ihre beiden Kinder an ihren Busen und hüllte sich darin ein. Nun ward sie durch die Macht Allahs, des Allgewaltigen und Glorreichen, zu einem Vogel; darüber erstaunte die Herrin Zubaida und jedermann, der zugegen war, – alle verwunderten sich über ihr Tun. Darauf begann sie sich zu biegen und zu wiegen, und sie schritt dahin, tanzend und spielend, während alle, die zugegen waren, auf sie schauten, ganz bezaubert durch ihre Bewegungen. Und sie hub mit lieblicher Stimme an: ‚O meine Herrinnen, ist dies schön getan?‘ ‚Jawohl,‘ erwiderten die Anwesenden, ‚o Herrin der Schönen, alles, was du tust, ist schön.‘ Und sie fuhr fort: ‚Was ich jetzt aber tun werde, ist noch schöner, o meine Herrinnen!‘ Und alsbald breitete sie ihre Flügel, flog mit ihren Kindern empor, schwebte über die Kuppel des Schlosses und setzte sich auf das Dach des Saales. Alle schauten ihr mit großen Augen zu und riefen: ‚Bei Allah, dies ist eine seltsame und schöne Kunst, so etwas haben wir noch niemals gesehen!‘ Als aber die Prinzessin in ihre Heimat fortfliegen wollte, gedachte sie Hasans; und sie rief: ‚Höret, o meine Herrinnen!‘ und sprach diese Verse:

> *Der du dieses Land verlassen und die Ferne aufgesucht,*
> *Der du zu geliebten Freunden hingeeilt in rascher Flucht,*
> *Meinst du denn, ich hätte nur in Freuden unter euch geweilt*
> *Und durch euch sei nie mein Leben von der Kümmernis ereilt?*
> *Seit ich einst gefangen wurde und ins Netz der Liebe fiel,*
> *Machte er die Lieb zum Kerker und zog fort zu fernem Ziel.*
> *Als mein Kleid verborgen wurde, glaubte er, ich würde nie*

Zum Allmächt'gen, Einen, flehen, daß er es mir wieder lieh.
Seiner Mutter gab er Auftrag, daß sie es verwahren sollt
Im Gemache, und er wurde mir zum Feinde, der mir grollt.
Doch ich hörte, was sie sagten, und ich prägte es mir ein,
Und ich hoffte noch, mir würde reiches Glück beschieden sein.
Denn mein Gang zum Badehause war nur eine List derart,
Daß dem Volk bei meinem Anblick der Verstand verworren ward.
Er-Raschîds Gemahlin ward von meiner Schönheit ganz entzückt,
Als sie erst mit eignen Augen rechts und links mich angeblickt.
Und ich rief: Es sei, Gemahlin des Kalifen, dir bekannt,
Aus den allerschönsten Federn habe ich ein Prachtgewand.
Trüg ich es auf meinem Leibe, sähest du ein Wunder dann,
Das die Sorgen all zerstreuen und den Kummer tilgen kann.
Die Gemahlin des Kalifen fragte mich: Wo ist denn dies?
Und ich sprach: Im Hause dessen, der es dort verbergen ließ.
Eilends stürzte sich Masrûr darauf und brachte es ihr her;
Siehe da, von ihm erstrahlte bald ein helles Lichtermeer.
Ich entnahm es seinen Händen, und als ich es aufgetan,
Sah ich rasch des Busens Wölbung und die Knöpfe auch daran.
Und ich stieg hinein, indem ich meine Kinder bei mir trug,
Und ich breitete die Flügel und stieg auf in raschem Flug.
O du Mutter meines Gatten, sag ihm, wann er wiederkehrt:
Haus und Hof muß er verlassen, so er mir zu nahn begehrt!

Und als sie ihr Lied beendet hatte, sprach die Herrin Zubaida
zu ihr: ‚Willst du nicht wieder zu uns herunterkommen, auf
daß wir uns an deiner Schönheit satt sehen können, o du Herrin
der Holdseligen? Preis sei Ihm, der dir verlieh der Rede Lieblichkeit und der Schönheit Strahlenkleid!' Doch sie erwiderte:
‚Es sei ferne, daß wiederkehren sollte, was vergangen ist!' Dann
sprach sie zur Mutter Hasans – ach, der war nun dem Leid und
Elend geweiht –: ‚Bei Allah, meine Gebieterin, o Mutter Hasans, die Trennung von dir betrübt mich. Wenn dein Sohn
heimkommt, und wenn ihm die Tage der Trennung zu lang
erscheinen und er begehrt, mir zu nahen und sich mit mir zu

vereinen, von den Stürmen zerzaust, in denen die sehnende Liebe braust, so soll er auf den Inseln von Wâk[1] zu mir kommen!' Und alsbald flog sie mit ihren Kindern in die Höhe und schwebte ihrer Heimat zu. Wie aber die Mutter Hasans das sah, weinte sie und schlug sich ins Angesicht, und sie jammerte, bis sie in Ohnmacht fiel. Als sie wieder zu sich kam, sprach die Herrin Zubaida zu ihr: ,O meine Herrin Pilgerin[2], ich ahnte nicht, daß dies geschehen würde; hättest du mir von ihrem Wesen berichtet, so hätte ich dir nicht widersprochen. Erst jetzt habe ich erfahren, daß sie zu den fliegenden Geistern gehört. Ja, wenn ich gewußt hätte, daß sie von der Art ist, so hätte ich ihr nicht gestattet, das Kleid anzulegen, und hätte sie nicht ihre Kinder fortnehmen lassen. Doch nun, meine Herrin, sprich mich von Schuld frei!' Die alte Frau konnte nichts anderes tun als sagen: ,Du bist frei von Schuld!' Dann aber eilte sie aus dem Kalifenschlosse fort und immer weiter, bis sie in ihr Haus kam; dort schlug sie sich wieder ins Angesicht, bis sie von neuem in Ohnmacht fiel. Und als sie aus ihrer Ohnmacht erwachte, kam über sie die Sehnsucht nach der jungen Frau und ihren Kindern und nach dem Anblick ihres Sohnes; und sie sprach diese Verse:

> Am Tag der Trennung mußt ich weinen, weil ihr schiedet;
> Mir bricht das Herz, weil ihr jetzt fern der Heimat seid.
> Ich rief im Trennungsschmerze, der mich ganz versenget,
> Von Tränen wund das Aug in bittrem Herzeleid:
> Dies ist die Trennung! Gibt's für uns ein Wiedersehn? –
> Denn ohne Kraft zu schweigen ließt ihr mich zurück. –
> Ach, daß sie wiederkehrten, um die Treu zu wahren!
> Vielleicht kommt, wenn sie kommen, auch mein einstig Glück.

1. Die Inseln von Wâk oder Wâkwâk liegen für die Araber ,am äußersten Ende der Welt'. Die japanischen Inseln sind gemeint; vgl. Seite 425, Anmerkung. – 2. Höfliche Anrede an eine ältere Frau.

Dann ging sie hin und grub im Hofe des Hauses drei Gräber; zu denen ging sie weinend in allen Stunden der Nacht und zu allen Tageszeiten. Als sie aber das Fernsein ihres Sohnes nicht mehr ertragen konnte und als Unruhe, Sehnsucht und Kummer mächtig in ihr wurden, sprach sie diese Verse:

> *Dein Bild ist zwischen meinen Lidern immerdar;*
> *Dein denk ich, mag mein Herze pochen oder schweigen.*
> *Und deine Liebe kreist in meinem ganzen Leib*
> *Gleichwie die Säfte in den Früchten auf den Zweigen.*
> *Sobald ich dich nicht seh, ist mir die Brust beengt;*
> *Die Tadler schelten mich nicht mehr ob meiner Leiden.*
> *O du, der mich mit Liebe ganz durchdrungen hat,*
> *Ob dessen Liebe alle Sinne von mir scheiden:*
> *Hab Mitleid, fürchte den Erbarmer auch in mir!*
> *Denn Todesängste litt ich durch die Lieb zu dir. – –«*

Da bemerkte Schehrezâd, daß der Morgen begann, und sie hielt in der verstatteten Rede an. Doch als die *Siebenhundertundsiebenundneunzigste Nacht* anbrach, fuhr sie also fort: »Es ist mir berichtet worden, o glücklicher König, daß die Mutter Hasans in allen Stunden der Nacht und zu allen Tageszeiten weinte, weil ihr Sohn und seine Gattin und seine Kinder fern von ihr waren. So stand es um sie.

Wenden wir uns nun zu Hasan! Als der zu den Prinzessinnen gekommen war, beschworen sie ihn, drei Monate bei ihnen zu bleiben; darauf brachten sie Schätze für ihn herbei, beluden zehn Kamele damit, fünf mit Gold und fünf mit Silber, ferner rüsteten sie Wegzehrung für ihn, eine Traglast, und dann ließen sie ihn aufbrechen und begleiteten ihn. Als er sie aber beschwor, sie möchten umkehren, kamen sie auf ihn zu, um ihn zu umarmen und ihm Lebewohl zu sagen. Zuerst trat die jüngste Prinzessin zu ihm, umarmte ihn und weinte, bis sie in Ohnmacht sank. Hernach sprach sie diese beiden Verse:

> *Wann wird durch deine Näh gelöscht das Trennungsfeuer,*
> *Mein Wunsch nach dir erfüllt, erneuert alte Zeit?*
> *Mich hat der Trennungstag erschreckt und tief bekümmert,*
> *Gebieter mein, der Abschied mehrte noch mein Leid.*

Dann kam die zweite Prinzessin zu ihm, umarmte ihn und sprach diese beiden Verse:

> *Von dir zu scheiden heißt vom Leben Abschied nehmen;*
> *Und dich zu missen ist, wie wenn man Zephir[1] mißt.*
> *Dein Fernsein ist ein Feuer, das mein Herz versenget;*
> *Im Garten Eden weil' ich, wenn du nahe bist.*

Darauf trat die dritte Prinzessin an ihn heran, umarmte ihn und sprach diese beiden Verse:

> *Den Abschied unterließen wir am Trennungstage:*
> *Das war nicht Überdruß noch böse Art zu nennen.*
> *Du bist ja meine Seele, wahrlich und wahrhaftig;*
> *Wie kann ich mich von meiner eignen Seele trennen?*

Auch die vierte Prinzessin trat heran, umarmte ihn und sprach diese beiden Verse:

> *Daß er von Trennung sprach, ließ meine Tränen rinnen,*
> *Als er bei seinem Abschied dieses Wort genannt.*
> *Nun seht den Perlenschmuck an meinem Ohre hängen,*
> *Der dort aus meiner heißen Zähren Flut entstand!*

Dann kam die fünfte Prinzessin herbei, umarmte ihn und sprach diese beiden Verse:

> *O zieh nicht fort! Ich kann doch ohne dich nicht leben,*
> *Ja, selbst zum Abschiednehmen hab ich keine Kraft.*
> *Mir fehlen auch Geduld, um Trennung zu ertragen,*
> *Und Tränen, die verlaßner Stätten Anblick schafft.*

1. So nach Lanes Gewährsmann (*nasîm*); der Urtext hat *nadîm* ‚Zechgenosse‘. Da es sich um einen Vergleich handelt, ist die Lesart von Lane vorzuziehen; der kühle Lufthauch ist im Morgenland an heißen Tagen die schönste Erquickung.

388

Und die sechste Prinzessin trat hervor, umarmte ihn und sprach diese beiden Verse:

> *Als jene Schar in weite Ferne zog*
> *Und als die Sehnsucht mir das Herz zerriß,*
> *Rief ich: O hätt ich eines Königs Macht,*
> *Ich nähm gewaltsam jedes Schiff gewiß!*

Zuletzt kam die siebente Prinzessin zu ihm, umarmte ihn und sprach diese beiden Verse:

> *Siehst du ihn Abschied nehmen, hab Geduld*
> *Und lasse dich durch Fernsein nicht erschrecken!*
> *Doch warte auf die rasche Wiederkehr;*
> *Denn Heimkehrhoffnung muß der Abschied wecken!*

Dazu sprach sie noch diese beiden Verse:

> *Ich traure um dein Fernsein und um deine Trennung;*
> *Doch hab ich nicht das Herz, dir Lebewohl zu sagen.*
> *Und Allah weiß, wenn ich von dir nicht Abschied nehme,*
> *So ist es Furcht davor, den Abschied zu ertragen.*[1]

Darauf wollte Hasan von ihnen Abschied nehmen; doch weil er sich von ihnen trennen mußte, weinte er, bis er in Ohnmacht sank; hernach sprach er diese Verse:

> *Am Trennungstag vergossen meine Augen Perlen,*
> *Die ich zu einem Tränenhalsband aufgereiht.*
> *Der Treiber trieb die Tiere singend, mir versagten*
> *Geduld und Herzensfassung und Beharrlichkeit.*
> *Ich sagte Lebewohl und zog betrübt von dannen,*
> *Verließ die Orte und die Stätten, mir so traut;*
> *Ich kehrte um, des Wegs nicht achtend; meine Seele*
> *Ist nur erfreut, wenn sie dich wiederkehren schaut.*
> *Du mein Gefährte, horche auf der Liebe Worte;*

1. Diese Verse fehlen in der Kairoer Ausgabe; sie sind auch wenig angebracht und wohl in Nachahmung der Verse der dritten Prinzessin hier später eingefügt.

Fern sei es, daß dein Herz, was ich dir sag, vergißt!
O Seele, wenn du dich von ihnen trennst, so scheide
Von Lust des Lebens, wünsch ihm keine lange Frist!

Und nun zog er eilends fort, Tag und Nacht, bis er in Baghdad ankam, der Stätte des Friedens und dem heiligen Asyl der Abbasidenkalifen; doch er ahnte nicht, was dort nach seiner Abreise geschehen war. So trat er denn zu seiner Mutter ins Haus ein, um sie zu begrüßen; aber da sah er ihren Leib so hager, ihr Gebein so mager von all dem Klagen und Wachen, all dem Weinen und Jammern, daß sie gleichwie ein Zahnstocher geworden war und ihm kein Wort erwidern konnte. Rasch entließ er die Kamele; dann trat er an seine Mutter heran und fragte sie nach seiner Gattin und seinen Kindern. Doch sie weinte, bis sie in Ohnmacht sank; und als er sie in solchem Elend sah, eilte er weiter ins Haus und suchte nach seiner Gattin und seinen Kindern, aber er fand von ihnen keine Spur. Darauf blickte er nach der Schatzkammer und entdeckte, daß sie offen stand, daß die Truhe geöffnet war und daß in ihr kein Kleid mehr lag. Nun wußte er, daß sie den Weg zu ihrem Federkleide gefunden und es an sich genommen hatte, daß sie davongeflogen war und auch ihre Kinder mit sich genommen hatte. Als er dann zu seiner Mutter zurückkehrte und sah, daß sie wieder zu sich gekommen war, fragte er sie nach seiner Gattin und nach seinen Kindern. Sie weinte und sprach: ‚Mein Sohn, Allah möge dir ihren Verlust reichlich ersetzen! Hier sind ihre drei Gräber.‘ Wie Hasan diese Worte von seiner Mutter vernahm, stieß er einen lauten Schrei aus, fiel ohnmächtig zu Boden und blieb so liegen vom frühen Morgen bis zum Mittag; da kam über seine Mutter neuer Kummer zu dem alten hinzu, und schon gab sie sein Leben verloren. Als er aber wieder erwachte, weinte er, schlug sich ins Angesicht, zerriß seine

Kleider und irrte verstört im Hause umher. Dann sprach er diese beiden Verse:

> *Die Liebe hat enthüllt, was einst verborgen war.*
> *O daß der Sehnsucht Feuer nimmermehr erlischt!*
> *Wem ward der Jugend Feuer in den Trank gemischt?*
> *Ich trank den Trunk der Liebe voll und rein und klar!*

Dazu auch diese beiden:

> *Es klagten über Trennungsleid schon Menschen früher;*
> *Wer lebt, wer starb, ward schon durch Scheiden sinnverstört.*
> *Doch wahrlich, dies Gefühl, das meine Rippen bergen,*
> *Hab ich noch nie erlebt, noch auch davon gehört!*

Als er diese Verse gesprochen hatte, nahm er sein Schwert, zückte es und ging zu seiner Mutter. Zu ihr sprach er: ‚Wenn du mir nicht die volle Wahrheit sagst, so schlag ich dir den Kopf ab und töte auch mich selbst!' ‚Ach, lieber Sohn,' rief sie, ‚tu solches nicht! Ich will es dir sagen.' Dann fuhr sie fort: ‚Tu dein Schwert in die Scheide und setze dich, auf daß ich dir berichte, was geschehen ist!' Nachdem er dann sein Schwert in die Scheide gestoßen und sich neben seine Mutter gesetzt hatte, erzählte sie ihm alles von Anfang bis zu Ende; und sie fügte hinzu: ‚Lieber Sohn, hätte ich nicht gesehen, wie sie weinte, weil sie in das Badehaus gehen wollte, und hätte ich nicht befürchtet, du würdest mir zürnen, wenn sie nach deiner Rückkehr sich bei dir beklagte, so wäre ich nie mit ihr dorthin gegangen. Und wenn die Herrin Zubaida nicht wider mich ergrimmt wäre und mir nicht mit Gewalt den Schlüssel abgenommen hätte, so hätte ich nie das Federkleid herausgegeben, sollte es auch mein Tod gewesen sein! Aber du weißt, mein Sohn, daß niemand um den Vorrang an Macht mit dem Kalifen streiten kann. Als man ihr das Kleid gebracht hatte, nahm sie es und wandte es hin und her, da sie glaubte, es könne etwas daran fehlen; doch wie sie entdeckte, daß nichts mit ihm geschehen war, freute sie sich, nahm ihre Kinder und band sie an ihrem Gürtel fest und warf sich das Federkleid über, nachdem die Herrin Zubaida sogar alles, was sie selber trug, abgelegt und ihr gegeben hatte, um sie zu ehren und um ihrer Schönheit willen. Kaum hatte sie das Federkleid angelegt, so schüttelte sie sich und ward zum Vogel; dann schritt sie im Palast hin und her, während alle, die sie sahen, ihre Schönheit und Anmut bewunderten. Dann aber flog sie empor, und als sie oben auf dem Schlosse war, da blickte sie mich an und rief mir zu: ‚Wenn dein Sohn heimkommt und wenn ihm die Nächte der Trennung zu lang erscheinen und er begehrt, mir zu nahen und sich mit mir zu vereinen, von den Stürmen zerzaust, in denen die sehnende Liebe braust, so soll er seine Heimat verlassen und zu den Inseln von Wâk kommen!' Dies ist es, was sich mit ihr zugetragen hat, während du fern warst.' – –«

Da bemerkte Schehrezâd, daß der Morgen begann, und sie hielt in der verstatteten Rede an. Doch als die *Siebenhundertundachtundneunzigste Nacht* anbrach, fuhr sie also fort: »Es ist mir berichtet worden, o glücklicher König, daß Hasan, als er die Worte seiner Mutter vernommen hatte, die ihm alles erzählte, was seine Gattin bei ihrer Flucht getan hatte, einen lauten Schrei ausstieß und in Ohnmacht sank; so blieb er bis zum Abend liegen. Als er dann endlich wieder zu sich kam, schlug er sich ins Angesicht und wand sich auf dem Boden, einer Schlange gleich, während seine Mutter ihm zu Häupten saß und weinte bis Mitternacht. Da kam er wieder zur Besinnung und weinte bitterlich und sprach diese Verse:

> So haltet an und schaut auf ihn, den ihr verlasset!
> Wird nach der Härte eure Huld ihm zugewandt?
> Ihr seht ihn zweifelnd an ob seiner langen Krankheit;

Es ist, bei Gott, als hättet ihr ihn nie gekannt.
Er ist, weil er euch liebt, nicht anders als ein Toter;
Als Toter gilt er; doch er klagt noch seine Not.
Drum glaubet nicht, die Trennung wäre leicht zu tragen:
Wer liebt, dem ist sie schwer, noch schwerer als der Tod!

Als er diese Verse gesprochen hatte, begann er von neuem im Hause umherzuirren, klagend und weinend und jammernd, fünf Tage lang, ohne Speise und Trank zu kosten. Doch dann trat seine Mutter zu ihm und beschwor ihn flehentlich, vom Weinen abzulassen; allein er achtete ihrer Worte nicht, sondern weinte und klagte immer weiter, während seine Mutter ihn zu trösten suchte, ohne daß er auf sie hörte. Darauf sprach er diese Verse:

Ist dies der Lohn für jedes Treugesinnten Liebe?
Soll dies die Art der schwarzgeäugten Rehe sein?
Ist zwischen ihre Lippen nicht der Bienen Honig
Geträufelt oder auch ein edler, süßer Wein?
Erzählt mir die Geschichte des, der vor Lieb gestorben;
Denn Trost gibt jedem Ruh, den Kümmernis beschlich!
Komm nicht bei Nacht aus Scheu vor Tadelwort des Tadlers;
Der erste bist du nicht, des Mut dem Zauber wich![1]

In solchem Elend weinte Hasan immer weiter bis zum Morgen. Doch schließlich fielen ihm die Augen zu, und er sah seine Gattin im Traume, wie sie betrübt war und weinte; da fuhr er mit einem Schrei aus seinem Schlaf empor und sprach diese beiden Verse:

Dein Bild entschwindet nie, nicht eine einz'ge Stunde;
Im Herzen wies ich ihm den Platz der Ehren zu.
Hofft ich auf Heimkehr nicht, ich wäre bald gestorben;
Wär nicht das Bild im Traum, ich fände keine Ruh.

1. Dies Gedicht wird verschieden überliefert; der Zusammenhang ist nicht ganz klar.

Als es dann heller Morgen ward, begann er nur noch mehr zu klagen und zu weinen; immer rannen ihm die Tränen aus den Augen, immer ward sein Herz betrübt, er wachte bei Nacht und enthielt sich der Speise, und er verharrte in diesem Zustande einen ganzen Monat lang. Erst als dieser Monat vergangen war, kam es ihm in den Sinn, sich zu seinen Schwestern zu begeben, auf daß jene ihm vielleicht bei seinem Plane, sie wiederzugewinnen, behilflich wären. Er ließ alsbald die Dromedare kommen und belud fünfzig von ihnen mit Kostbarkeiten aus dem Irak, während er eines von ihnen bestieg. Nachdem er die Sorge für das Haus seiner Mutter anvertraut und alle seine Schätze, abgesehen von wenigen Dingen, die er im Hause ließ, sicher verborgen hatte, machte er sich auf den Weg zu seinen Schwestern, um bei ihnen Hilfe zu suchen, daß er wieder mit seiner Gattin vereint würde. So zog er ohne Aufenthalt dahin, bis er das Schloß der Prinzessinnen auf dem Wolkenberge erreichte. Und als er dort zu ihnen eingetreten war, überreichte er ihnen die Geschenke; sie hatten ihre Freude an ihnen, wünschten ihm Glück zu seiner sicheren Ankunft und sprachen zu ihm: ‚O unser Bruder, was ist der Grund dafür, daß du so schnell wiederkommst? Du bist doch erst vor zwei Monaten von uns gegangen.‘ Da weinte er und sprach diese Verse:

> Betrübt ist meine Seele, seit ihr Lieb geschwunden,
> Und keine Lebenslust kann ihr noch Freude leihn.
> Ich krank' an einem Leid, des Heilung niemand kennet;
> Die Krankheit heilen kann doch nur ihr Arzt allein.
> O die du mir des Schlummers Süße raubst, du machtest,
> Daß ich nach dir den Wind befrage, wenn er weht,
> Ob er dem Lieb wohl nahe war, das alle Reize
> Vereint, um die mein Auge jetzt in Tränen steht.
> O Wind, in ihrem Lande pflegest du zu schweben –
> Kann wohl ein Hauch mit ihrem Duft das Herz beleben?

Und als er diese Verse gesprochen hatte, stieß er einen lauten Schrei aus; dann sank er ohnmächtig nieder. Die Prinzessinnen aber saßen rings um ihn und weinten, bis er aus seiner Ohnmacht erwachte. Als er wieder zu sich kam, sprach er diese beiden Verse:

> *Vielleicht mag das Geschick noch seine Zügel wenden*
> *Und doch noch Gutes bringen trotz der Zeiten Neid;*
> *Vielleicht hilft mir mein Schicksal, fördert meine Wünsche*
> *Und schafft mir neue Freude noch aus altem Leid.*

Auch nach diesen Versen weinte er, bis er in Ohnmacht fiel. Und als er wieder zu sich kam, sprach er die folgenden beide Verse:

> *O die du mir das schwerste Leid und Siechtum brachtest,*
> *Bist du in Liebe glücklich, daß auch ich es sei?*
> *Kannst du mich so verlassen ohne Schuld und Ursach?*
> *Ach, nahe mitleidsvoll! Die Trennung sei vorbei!*

Als er seine Verse beendet hatte, weinte er von neuem, bis er in Ohnmacht sank. Und als er erwachte, sprach er diese Verse:

> *Mich floh der Schlummer, und es nahte mir das Wachen;*
> *Das Auge mein vergießt verborgner Tränen viel.*
> *Aus Liebe weint es Tränen gleich den Karneolen;*
> *Die werden mehr und mehr in langer Zeiten Spiel.*
> *O Volk der Liebe, Sehnsucht weckte mir ein Feuer,*
> *Das unter meinen Rippen seine Glut entfacht. –*
> *Ach, wenn ich dein gedenke, fließen mir die Tränen,*
> *Wie wenn die Blitze zucken und der Donner kracht.*

Gleichfalls nach diesen Versen weinte er, bis die Ohnmacht über ihn kam. Und als sie ihn verließ, sprach er die folgenden Verse:

> *Hast du in Lieb und Kümmernis wie ich gelitten?*
> *Ist deine Lieb zu mir gleich meiner Lieb zu dir?*
> *Die Liebe sei verflucht! Wie ist sie doch so bitter!*
> *Und wissen möcht ich's wohl, was will sie denn von mir?*
> *Sind wir auch weit entfernt, dein schönes Antlitz spiegelt*
> *Sich stets in meinen Augen, wo ich auch nur bin.*

Mein Herze denkt betrübt der Stätte, da du weilest;
Und wenn die Taube gurrt, erregt sie mir den Sinn.
Ach, Taube, die du nächtelang dem Freunde rufest,
Du mehrest mir die Sehnsucht, bringst mir herbes Leid.
Du machst, daß meine Augen ohn Ermüden weinen
Um eine Herrin, die dem Blicke jetzt so weit.
Um sie nur klage ich zu jeder Zeit und Stunde;
Mich schmerzt in dunkler, schwarzer Nacht der Sehnsucht Wunde.

Als seine Schwester seine Worte vernommen hatte, war sie zu
ihm geeilt; und wie sie ihn ohnmächtig am Boden liegen
sah, schrie sie auf und schlug sich ins Angesicht. Ihre Schwestern hatten sie gehört und waren herbeigekommen; da sahen
auch sie Hasan in Ohnmacht liegen und setzten sich rings um
ihn und beklagten ihn.[1] Und als sie ihn anschauten, blieb es
ihnen nicht mehr verborgen, wie er ergriffen war von heftiger
Leidenschaft und von der sehnenden Liebe Kraft. Nun fragten
sie ihn nach seinem Erlebnisse; und weinend berichtete er ihnen, was während seines Fernseins geschehen war, wie seine
Gattin davongeflogen sei und ihre Kinder mit sich genommen
habe. Tief betrübt um seinen Schmerz fragten sie ihn, was sie
beim Fortfliegen gesagt habe. Er gab zur Antwort: ‚Liebe
Schwestern, sie hat zu meiner Mutter gesagt: ‚Sage deinem
Sohne, wenn er heimkommt und wenn ihm die Nächte der
Trennung zu lang erscheinen und er begehrt, mir zu nahen und
sich mit mir zu vereinen, von den Stürmen zersaust, in denen
die sehnende Liebe braust, so soll er zu mir nach den Inseln von
Wâk kommen!' Als sie diese Worte aus seinem Munde vernahmen, blinzelten sie einander zu und versanken in Nachdenken. Dann schauten die Prinzessinnen alle einander an, und
Hasan blickte auf sie. Und nachdem sie darauf eine Weile die

1. Der Erzähler hat hier die Ereignisse nicht ganz in der rechten Reihenfolge geschildert.

Köpfe zu Boden gesenkt hatten, schauten sie wieder auf und sprachen: ‚Es gibt keine Macht und es gibt keine Majestät außer bei Allah, dem Erhabenen und Allmächtigen!' Und sie fügten hinzu: ‚Recke deine Hand zum Himmel empor, und wenn du den Himmel erreichen kannst, so wirst du auch deine Gemahlin wieder erreichen!' – –«

Da bemerkte Schehrezâd, daß der Morgen begann, und sie hielt in der verstatteten Rede an. Doch als die *Siebenhundertundneunundneunzigste Nacht* anbrach, fuhr sie also fort: »Es ist mir berichtet worden, o glücklicher König, daß die Prinzessinnen zu Hasan sprachen: ‚Recke deine Hand zum Himmel empor, und wenn du ihn erreichen kannst, so wirst du auch deine Gemahlin und deine Kinder wieder erreichen!', und daß ihm darauf die Tränen wie Regen über die Wangen rannen, bis sie ihm die Kleider benetzten. Dann sprach er diese Verse:

> Mich quälten rote Wangen und die Augensterne;
> Seit mich der Schlummer floh, ist mir die Kraft geraubt.
> Den Leib verzehrte mir der zarten Schönen Härte;
> Ihm blieb kein Lebensodem, wie die Menschheit glaubt.
> Schwarzäugig schreiten sie gazellengleich und strahlen
> Von Schönheit, deren Anblick Fromme selbst verführt.
> Sie schweben gleich dem Windhauch morgens früh im Garten;
> Ich sank in Qual und Gram, von ihrem Bann berührt.
> Der Schönsten unter ihnen weihte ich mein Hoffen;
> Sie hat mein Herz zu heißer Feuersglut entfacht,
> Die Maid, so zart von Gliedern, die voll Anmut schreitet;
> Ihr Antlitz gleicht dem Morgen, doch ihr Haar der Nacht.
> Sie bannte mich. Wie oft erlag ein tapfrer Mann
> Durch Wang und Aug der Schönen schon dem Liebesbann!

Als er seine Verse beendet hatte, weinte er wieder, und die Prinzessinnen weinten mit ihm, von Mitleid und Eifer für ihn ergriffen. Und sie begannen ihn zu trösten, und sie sprachen ihm Mut zu und wünschten ihm, daß er bald wieder mit seiner Gattin vereint würde. Dann trat seine Schwester an ihn heran und sprach zu ihm: ,Lieber Bruder, hab Zuversicht und gräm dich nicht; fasse dich in Geduld, so wirst du dein Ziel erreichen! Denn wer sich in Geduld und Ausharren bewährt, der erlangt, was er begehrt. Geduld ist der Schlüssel zum Heil; denn der Dichter sagt:

> Laß nur das Schicksal mit verhängten Zügeln jagen,
> Und leichten Sinnes stets verbringe du die Nacht!
> Denn eh des Auges Blick, gesenkt, sich wieder hebet,
> Hat Allah schon ein Ding zum anderen gemacht.

Dann fuhr sie fort: ,So fasse dir ein Herz und stärke deinen Sinn! Wer zehn Jahre alt werden soll, stirbt nicht im neunten Jahre. Weinen und Gram und Kummer bringen Krankheit und Siechtum. Bleibe bei uns, bis du ausgeruht bist! Und ich werde dir einen Plan ersinnen, wie du zu deiner Gattin und zu deinen Kindern gelangen kannst, so Allah der Erhabene will.' Doch er weinte bitterlich und sprach diese beiden Verse:

> Wenn ich von meines Leibes Siechtum auch genese,
> So wird doch meines Herzens Krankheit nicht geheilt.
> Denn für der Liebe Krankheit gibt es keine Heilung,
> Als wenn das Lieb bei dem Geliebten wieder weilt.

Darauf setzte er sich neben seine Schwester, und sie begann mit ihm zu plaudern. Als sie ihn nach dem Grunde fragte, weshalb seine Gattin fortgeflogen wäre, erzählte er ihr davon; und da sagte sie zu ihm: ,Bei Allah, mein Bruder, ich wollte dir raten, du solltest das Federkleid verbrennen; aber Satan ließ es mich vergessen.' Und sie begann wieder mit ihm zu plaudern und ihn zu trösten. Als er aber ungeduldig ward und die Unruhe ihn überwältigte, sprach er diese Verse:

> In meinem Herzen wohnt ein Lieb, das mir vertraut;
> Was Gott beschlossen hat, das läßt sich nie vermeiden.

Sie hat Arabiens Schönheit ganz in sich vereint;
Sie ist ein Reh und will auf meinem Herzen weiden.
In meiner Lieb zu ihr versagt mir Kraft und Mut;
Ich weine – mag das Weinen keinen Nutzen tragen!
Ach, sieben Jahr und sieben zählt die Schöne jetzt,
Ein neuer Mond von fünf und fünf und noch vier Tagen.[1]

Als seine Schwester ihn so ergriffen sah von heftiger Leidenschaft und von der verzehrenden Liebe Kraft, trat sie zu ihren
Schwestern, mit Tränen im Auge und Trauer im Herzen, und
weinte sich aus vor ihnen; und sie warf sich vor ihnen nieder,
küßte ihnen die Füße und bat sie, ihrem Bruder zu helfen, daß
er sein Ziel erreiche und wieder mit seinen Kindern und seiner
Gattin vereint werde, und beschwor sie, einen Plan zu ersinnen,
der ihn zu den Inseln von Wâk bringen würde. Sie weinte so
lange vor ihren Schwestern, bis auch sie zu weinen begannen
und zu ihr sprachen: ‚Sei gutes Mutes; wir wollen uns eifrig
darum mühen, daß er mit den Seinen wieder vereint wird, so
Allah der Erhabene will!‘ Dann blieb er noch ein volles Jahr bei
ihnen, aber nie vermochte sein Auge die Tränen zurückzuhalten.
Nun hatten die Prinzessinnen einen Oheim, einen leiblichen
Bruder ihres Vaters, und der hieß ’Abd el-Kuddûs; er war der
ältesten Schwester in herzlicher Liebe zugetan, und er pflegte
in jedem Jahre einmal zu ihr zu kommen und ihr alle ihre
Wünsche zu erfüllen. Ihm hatten die Prinzessinnen erzählt, wie
es Hasan mit dem Feueranbeter ergangen war und wie er den
Unhold hatte töten können; und darüber hatte der Oheim
sich gefreut. Er hatte der ältesten Prinzessin auch einen Beutel
voll Weihrauch geschenkt mit den Worten: ‚Tochter meines
Bruders, wenn dir irgend etwas Sorge macht oder etwas Ver-
drießliches dir begegnet oder wenn dir ein Wunsch in den

1. Das heißt: die Schöne ist jung wie der Neumond, aber schön wie der
Vollmond.

Sinn kommt, so wirf diesen Weihrauch ins Feuer und nenne meinen Namen; dann werde ich schnell bei dir sein und dir deinen Wunsch erfüllen.' Diese Worte waren am ersten Tage des Jahres gesprochen. Und jetzt sprach jene Prinzessin zu einer von ihren Schwestern: ,Sieh, das ganze Jahr ist verstrichen, und mein Oheim ist noch nicht gekommen. Wohlan, reib die Feuerhölzer und bring mir die Büchse mit dem Weihrauch!' Jene ging erfreut hin und brachte die Büchse, öffnete sie, nahm etwas von dem Weihrauch heraus und reichte es ihrer Schwester. Die nahm es und warf es ins Feuer und sprach den Namen ihres Oheims aus. Und noch war der Weihrauch nicht verbrannt, da erhob sich vom anderen Ende des Tales eine Staubwolke; nach einem Weilchen tat die Wolke sich auf, und unter ihr erschien ein Scheich, der auf einem Elefanten ritt, während das Tier unter seinem Reiter brüllte. Als die Prinzessinnen ihn sehen konnten, winkte er ihnen mit seinen Händen und Füßen. Wiederum nach einem Weilchen kam er bei ihnen an, stieg von dem Elefanten und trat zu ihnen ein; da umarmten sie ihn, küßten ihm die Hände und sprachen den Friedensgruß vor ihm. Dann setzte er sich, und die Mädchen begannen mit ihm zu plaudern und fragten ihn, weshalb er ferngeblieben sei. Er gab zur Antwort: ,Ich saß noch eben mit meiner Gattin, eurer Muhme, zusammen; da roch ich den Weihrauch, und ich kam sofort zu euch auf dem Elefanten da. Doch was wünschest du, Tochter meines Bruders?' Darauf sagte sie: ,Lieber Oheim, wir hatten Sehnsucht nach dir; das Jahr war schon verstrichen, und du pflegst sonst nicht länger als ein Jahr von uns fernzubleiben.' Und er fuhr fort: ,Ich war beschäftigt; aber ich hatte schon beschlossen, morgen zu euch zu kommen.' Sie dankten ihm und wünschten ihm Segen und plauderten weiter mit ihm. – –«

Da bemerkte Schehrezâd, daß der Morgen begann, und sie hielt in der verstatteten Rede an. Doch als die *Achthundertste Nacht* anbrach, fuhr sie also fort: »Es ist mir berichtet worden, o glücklicher König, daß die älteste Prinzessin, als sie und ihre Schwestern mit ihrem Oheim plauderten, zu ihm sprach: ›Lieber Oheim, wir haben dir von Hasan aus Basra erzählt, den der Feueranbeter Bahrâm hierher geführt hatte, und auch davon, wie Hasan den Unhold umbrachte; ferner haben wir dir von der Maid erzählt, der Tochter des Großkönigs, die er gefangen nahm, und von all den Drangsalen und Schrecknissen, die er damals ertrug, und davon, wie er die Königstochter einfing und sich mit ihr vermählte, und wie er schließlich mit ihr in seine Heimat zog.‹ ›Jawohl,‹ erwiderte er, ›und was ist ihm seither widerfahren?‹ Die Prinzessin antwortete: ›Sie hat ihn verraten, nachdem er durch sie mit zwei Kindern gesegnet war; sie hat die Kleinen genommen und ist mit ihnen in ihr Land geflogen, während er fern war. Zu seiner Mutter sprach sie damals: ›Wenn dein Sohn wieder da ist, und wenn ihm die Nächte der Trennung zu lang erscheinen und er begehrt, mir zu nahen und sich mit mir zu vereinen, von den Stürmen zerzaust, in denen die sehnende Liebe braust, so soll er zu mir nach den Inseln von Wâk kommen.‹ Da schüttelte der Alte sein Haupt und biß sich auf den Finger; dann neigte er sein Haupt zu Boden und begann mit seinem Finger Zeichen auf die Erde zu malen. Nun wandte er sich nach rechts und nach links und schüttelte wiederum den Kopf, während Hasan ihm zuschaute, ohne daß jener ihn sehen konnte. Die Prinzessinnen aber sprachen zu ihrem Oheim: ›Gib uns eine Antwort; denn unsere Herzen sind schon zerrissen!‹ Doch er schüttelte wiederum den Kopf und sprach zu ihnen: ›Meine Töchter, dieser Mann hat sich viel gemüht und sich in schauerliche Schrecknisse und gewaltige Gefahren gestürzt; denn er kann zu den Inseln von Wâk keinen Zutritt erlangen.' Da riefen die Prinzessinnen Hasan herbei, und als er zu ihnen kam, trat er zum Scheich 'Abd el-Kuddûs, küßte ihm die Hand und sprach den Friedensgruß vor ihm. Der Alte hatte seine Freude an ihm und ließ ihn an seiner Seite sitzen. Darauf sagten die Prinzessinnen zu ihrem Oheim: ‚Lieber Oheim, tu unserem Bruder die Wahrheit kund von dem, was du uns gesagt hast!' Und jener hub an: ‚Mein Sohn, erspare dir diese schweren Qualen! Du kannst nicht zu den Inseln von Wâk gelangen, dienten dir auch die fliegenden Geister und die Wandersterne als ihrem Meister; denn zwischen dir und jenen Inseln liegen sieben Täler und sieben Meere und sieben gewaltige Gebirge. Wie kannst du also an jenen Ort gelangen? Wer soll dich dorthin bringen? Um Allahs willen, kehr bald um und mühe dein Herz nicht ab!' Als Hasan diese Worte von dem Scheich 'Abd el-Kuddûs vernahm, weinte er, bis er in Ohnmacht fiel; und die Prinzessinnen, die rings um ihn saßen, weinten mit ihm. Die jüngste Prinzessin aber zerriß ihre Kleider und schlug sich ins Angesicht, bis auch sie ohnmächtig niedersank. Als nun der Scheich 'Abd el-Kuddûs sie in diesem Übermaße des Grams und der schmerzlichen Erregung sah, erbarmte er sich ihrer, und von Mitleid mit ihnen ergriffen sprach er zu ihnen: ‚Schweiget!' Dann sprach er zu Hasan: ‚Sei gutes Mutes und hoffe mit Freuden darauf, dein Ziel zu erreichen, so Allah der Erhabene will!' Und er fügte hinzu: ‚Auf, mein Sohn, sammle deine Kraft und folge mir!' Da machte Hasan sich auf, nachdem er von den Prinzessinnen Abschied genommen hatte, und folgte ihm in der freudigen Hoffnung, daß er sein Ziel erreichen werde. Der Scheich aber rief den Elefanten, und als der gekommen war, stieg er auf, nahm Hasan hinter sich und jagte mit ihm drei Tage und Nächte dahin wie der blendende Blitz, bis er zu einem ungeheuren blauen Gebirge kam, dessen Steine alle von blauer Farbe waren. Inmitten jenes Gebirges lag eine Höhle, und vor ihr befand sich ein Tor aus chinesischem Eisen. Nun nahm der Scheich den Jüngling bei der Hand und ließ ihn hinab; dann saß er selber ab und sandte den Elefanten fort. Nachdem er darauf an das Tor der Höhle herangetreten war und angeklopft hatte, tat die Tür sich auf, und ein schwarzer, haarloser Sklave trat heraus, der einem Dämonen glich; in der rechten Hand trug er ein Schwert und in der linken einen Schild aus Stahl. Wie er den Scheich 'Abd el-Kuddûs erblickte, warf er Schwert und Schild aus der Hand, trat auf den Alten zu und küßte ihm die Hand. Da nahm der Alte Hasan bei der Hand und führte ihn hinein, während der Sklave die Tür hinter ihnen schloß. Hasan aber sah, daß die Höhle sehr groß und geräumig war und daß sie einen gewölbten Gang hatte; in dem schritten sie etwa eine Meile dahin. Ihr Weg endete in einer weiten Ebene; und von hier begaben sie sich zu einer Ecke des Berges, in der sich zwei große Tore aus gegossenem Messing befanden. Scheich 'Abd el-Kuddûs öffnete eines von den beiden, trat ein und schloß es, nachdem er zu Hasan gesagt hatte: ,Bleib du hier bei dieser Tür; doch hüte dich, sie zu öffnen und hineinzugehen, während ich eintreten und bald zu dir zurückkehren will!' Als nun der Scheich hineingegangen war, blieb er eine volle Stunde fort; dann kam er wieder, indem er einen gezäumten Hengst mit sich führte; der lief so geschwind, als flög er im Wind, und flog er drein, so holte der Staub ihn nicht mehr ein. Der Alte brachte das Tier zu Hasan und sprach zu ihm: ,Sitz auf!' Dann öffnete er das zweite Tor, und hinter ihm erschien eine weite Wüste. Nachdem Hasan das Roß bestiegen hatte, zogen beide durch das Tor und befanden sich nun in jener Wüste. Da sprach der Scheich zu Hasan: ‚Mein Sohn, nimm dies Schreiben und reit auf diesem Roß dorthin, wohin es dich trägt! Wenn du siehst, daß es am Tor einer Höhle gleich dieser stille steht, so steig ab von seinem Rücken, wirf ihm die Zügel über den Sattelknopf und laß es frei! Es wird in die Höhle hineingehen; du aber tritt nicht mit ihm ein, sondern bleib am Tore fünf Tage lang stehen, ohne zu ermüden. Am sechsten Tage wird ein schwarzer Scheich zu dir heraustreten, der trägt ein schwarzes Gewand, und sein langer weißer Bart wallt ihm bis auf den Nabel herab. Sobald du ihn erblickst, küsse ihm die Hände, ergreif den Saum seines Gewandes und lege ihn auf dein Haupt, und dann weine vor ihm, bis er sich deiner erbarmt und dich nach deinem Begehren fragt! Wenn er also zu dir spricht: ‚Was ist dein Begehr?‘ so überreiche ihm dies Schreiben. Er wird es von dir hinnehmen, ohne dir ein Wort zu sagen, und wird hineingehen und dich allein lassen. Bleib du wiederum an deiner Stätte stehen, fünf Tage lang, ohne zu ermüden! Am sechsten Tage aber schau nach ihm aus, ob er zu dir kommt. Tritt er selber zu dir heraus, so wisse, daß dein Wunsch dir erfüllt wird; kommt aber einer seiner Diener zu dir, so wisse, daß jener, der zu dir heraustritt, dich töten will – und damit ist alles zu Ende. Wisse, mein Sohn, daß jeder, der sich in Gefahr begibt, auch sein Leben aufs Spiel setzt.‘ – –«

Da bemerkte Schehrezâd, daß der Morgen begann, und sie hielt in der verstatteten Rede an. Doch als die *Achthundertunderste Nacht* anbrach, fuhr sie also fort: »Es ist mir berichtet worden, o glücklicher König, daß der Scheich 'Abd el-Kuddûs, nachdem er Hasan das Schreiben übergeben hatte, ihm kundtat, was ihm begegnen würde, und zu ihm sprach: ‚Jeder, der sich in Gefahr begibt, setzt auch sein Leben aufs Spiel. Wenn du also für dein Leben fürchtest, so setze es nicht dem Untergange aus. Fürchtest du dich aber nicht, dann auf, an dein Werk! Jetzt habe ich dir alles klargemacht. Wenn du zu deinen Freundinnen zurückkehren willst, so ist der Elefant noch da, und er kann dich zu den Töchtern meines Bruders zurückbringen; die werden dich dann in dein Land geleiten und dich deiner Heimat wiedergeben; und Allah wird dir etwas Besseres gewähren als diese Frau, an die du dein Herz gehängt hast.' Doch Hasan antwortete dem Scheich: ‚Wie kann mich das Leben noch freuen, wenn ich mein Ziel nicht erreiche? Bei Allah, ich werde nie und nimmer umkehren, bis ich meine Geliebte erlange oder mein Geschick mich ereilt!' Dann weinte er und sprach diese Verse:

> *Als mich mein Lieb verließ, stand ich im Übermaße*
> *Der Leidenschaft und schrie in meinem tiefen Leid.*
> *In Sehnsucht küßte ich den Staub, wo sie gelagert;*
> *Doch das verlieh mir nur noch größre Bitterkeit.*
> *Sie, die entschwunden, schütze Gott! Mein Herz denkt ihrer;*
> *Ich ward dem Schmerz vertraut, der Freude ward ich gram.*
> *Sie sagten mir: Geduld! und zogen mit ihr weiter,*
> *Entfachten meine Seufzer, als die Trennung kam.*
> *Mich schreckte nur der Abschied und ihr Wort: Gedenke*
> *Doch meiner, fern von mir; vergiß die Freundschaft nie!*
> *Bei wem soll ich hinfort noch Schutz und Hoffnung suchen?*
> *In Freuden und in Leiden hoffte ich auf sie.*
> *Weh Qual, als ich beim Abschied mich zur Umkehr wandte!*
> *Darüber freute sich der bösen Feinde Chor.*
> *Weh Schmerz, dies war es ja, wovor ich mich gefürchtet!*
> *Du Glut in meinem Herzen, lohe hoch empor!*
> *Ist fern mein Lieb, so will ich nicht mehr weiterleben;*
> *Doch kehrt es heim, o welche Freude, welches Glück!*
> *Seit sie entschwunden, rann mir Träne über Träne;*
> *Bei Gott, mein Auge hielt die Zähren nie zurück.*

Als der Scheich 'Abd el-Kuddûs die Worte Hasans und seine Verse vernommen hatte, wußte er, daß der Jüngling von seinem Vorhaben nicht ablassen würde und daß Worte auf ihn keinen Eindruck machten; er war fest überzeugt, daß er ganz gewiß sein Leben aufs Spiel setzen würde, wenn er auch den Tod vor Augen hätte. So sprach er denn: ‚Wisse, mein Sohn, die Inseln von Wâk sind sieben an der Zahl; auf ihnen wohnt ein gewaltiges Heer, und jenes Heer besteht nur aus Jungfrauen. Die Bewohner der inneren Inseln sind Teufel und Mârids und Zauberer und verschiedene Geisterstämme; wer ihr Land betritt, der kehrt nie zurück; und noch nie ist einer, der zu ihnen vorgedrungen ist, wieder heimgekommen. Um Allahs willen, kehre du jetzt rasch um zu deinem Volke! Du weißt doch, die Prinzessin, die du suchst, ist die Tochter des Königs aller dieser Inseln. Wie kannst du Zutritt zu ihr erlangen? Höre auf mich, mein Sohn; und vielleicht wird Allah dir eine bessere als sie an ihrer Statt geben!‘ Doch Hasan rief: ‚Bei Allah, mein Gebieter, wenn ich auch um der Liebe zu ihr willen in Stücke zerschnitten werden sollte, so würde meine Leidenschaft und Sehnsucht nur wachsen. Ich muß, ja, ich muß meine Gattin und meine Kinder wiedersehen und zu den Inseln von Wâk vordringen; und so Allah der Erhabene will, werde ich nur mit ihr und meinen Kindern heimkehren.‘ Da sprach der Scheich 'Abd el-Kuddûs: ‚So ist es denn gar nicht anders möglich, als daß du die Fahrt unternimmst?‘ ‚So ist es,‘ erwiderte Hasan, ‚und ich erbitte von dir nur Gebete um Hilfe und Beistand, auf daß Allah mich bald wieder mit meiner Gattin und meinen Kindern vereine.‘ Darauf weinte er im Übermaße seiner Sehnsucht und sprach diese Verse:

> *Du bist mein Wunsch, du bist das schönste der Geschöpfe;*
> *Du bist mir lieb gleichwie mein Auge und mein Ohr.*

Du hast mein Herz gewonnen, und du wohnst darinnen;
Ich leb in Trauer, Herrin, seit ich dich verlor.
Doch glaube nicht, ich ließe ab von meiner Liebe;
Ach, deine Liebe hat mir Armem Leid gebracht.
Du schiedest, meine Freude schied bei deinem Scheiden,
Und was so hell einst war, ward mir zur trüben Nacht.
Du ließest mich im Schmerze auf die Sterne schauen,
Ich weine Tränen gleich dem wilden Regenguß.
O Nacht, du währest lang dem, der in bangen Sorgen
Der Liebe auf den Strahl des Mondes harren muß.
Wenn du, o Wind, dem Stamm dich nahst, in dem sie weilet,
So bring ihr meinen Gruß – das Leben, ach, vergeht! –
Und künde ihr von dem, was ich an Schmerzen leide!
Denn die Geliebte weiß nicht, wie es um mich steht.

Als Hasan seine Verse beendet hatte, weinte er bitterlich, bis er
wieder in Ohnmacht fiel. Und als er zur Besinnung kam,
sprach Scheich 'Abd el-Kuddûs zu ihm: ,Mein Sohn, du hast
noch eine Mutter, laß sie nicht den Schmerz deines Verlustes
kosten!' Aber Hasan rief: ,Bei Allah, mein Gebieter, ich will
nur mit meiner Gattin heimkehren; sonst mag mich mein Geschick ereilen!' Und wiederum weinte und klagte er, und er
sprach diese Verse:

Beim Recht der Liebe, nie soll Fernsein Treue brechen!
Ich bin der Mann nicht, der dem Bunde untreu wird.
Und wenn ich meine Qual den Leuten schildern wollte,
Sie sprächen: Der da ist von Wahnsinn ganz verwirrt.
Ach, Liebesleid und Trauer, Jammer, Herzenspein –
Wer alles das erträgt, wie kann der anders sein?

An diesen Versen erkannte der Alte von neuem, daß Hasan
von seinem Vorhaben nicht ablassen würde, trotz aller Todesgefahr; so gab er ihm denn das Schreiben, betete für ihn und
ermahnte ihn, wie er handeln solle, indem er sprach: ,Ich habe
dich in dem Schreiben empfohlen an Abu er-Ruwaisch, den

Sohn der Bilkîs, der Tochter von Mu'în; er ist mein Meister und Lehrer, und alle Menschen und Geister verehren ihn und fürchten ihn.' Dann fügte er hinzu: ,Nun ziehe hin mit dem Segen Gottes!' Also machte Hasan sich auf, er ließ dem Rosse die Zügel schießen und flog mit ihm dahin schneller als der Blitz. Zehn Tage lang jagte er auf seinem Renner ohne Aufenthalt weiter, bis er vor sich etwas gewaltiges Großes erblickte, das schwärzer war als die Nacht und die Welt von Ost bis West versperrte. Als er sich dem näherte, wieherte das Roß unter ihm; da eilten plötzlich Scharen von Rossen herbei, zahlreich wie die Regentropfen, für die ward keine Zahl genannt und Hilfe wider sie war unbekannt; und sie begannen sich an Hasans Roß zu reiben. Er fürchtete sich vor ihnen und ritt voller Angst weiter, umringt von jenen Pferden, bis er zu der Höhle kam, die der Scheich 'Abd el-Kuddûs ihm beschrieben hatte. Das Roß machte bei ihrem Tore Halt, und Hasan stieg ab und warf ihm die Zügel über das Sattelhorn. Darauf lief das Roß in die Höhle hinein, während Hasan am Tore stehen blieb, wie der Scheich 'Abd el-Kuddûs ihm befohlen hatte; und er begann darüber nachzudenken, wie wohl der Ausgang seines Unterfangens sein würde, ratlos und verstört, ohne zu wissen, wie es ihm noch ergehen sollte. – –«

Da bemerkte Schehrezâd, daß der Morgen begann, und sie hielt in der verstatteten Rede an. Doch als die *Achthundertundzweite Nacht* anbrach, fuhr sie also fort: »Es ist mir berichtet worden, o glücklicher König, daß Hasan, nachdem er von dem Rücken des Rosses abgestiegen war, bei dem Tore der Höhle stehen blieb und darüber nachdachte, wie wohl der Ausgang seines Unterfangens sein würde, ohne zu wissen, wie es ihm noch ergehen sollte. Dort, am Eingange der Höhle, blieb er ununterbrochen stehen, fünf Tage und fünf Nächte

lang, wachend und bang, ratlos und in Gedanken daran, daß
er sich getrennt hatte von Sippe und Heimatland, von Gefährten und Freundesband, mit Tränen im Auge und Trauer im
Herzen. Auch gedachte er seiner Mutter und sann nach über
sein Schicksal und über die Trennung von seiner Gattin und
seinen Kindern und über alles, was er schon erduldet hatte; und
er sprach diese Verse:

> *Bei dir ist Herzensheilung, wenn das Herze schwindet,*
> *Und wenn der Tränenstrom vom Saum der Lider rinnt,*
> *Wenn Trennung, Trauer, Sehnen, Pilgern in der Fremde,*
> *Der Heimat fern, und Leid – wenn all das Macht gewinnt.*
> *Ich bin ja nur ein Mann, erfüllt von heißer Liebe,*
> *Die Ferne der Geliebten brachte herbes Leid.*
> *Und wenn mich meine Liebe so ins Elend stürzte –*
> *Welch Edler wäre gegen Schicksalsschlag gefeit?*

Kaum hatte Hasan diese Verse beendet, da kam auch schon
der Scheich Abu er-Ruwaisch heraus zu ihm, schwarz und in
schwarzen Gewändern. Als Hasan ihn erblickte, erkannte er
ihn alsbald nach der Beschreibung, die ihm der Scheich 'Abd
el-Kuddûs gegeben hatte. Und er warf sich sogleich vor ihm
nieder, rieb seine Wangen an seinen Füßen, ergriff einen Fuß
des Alten und legte ihn auf sein Haupt und weinte vor ihm.
Da sprach der Scheich Abu er-Ruwaisch zu ihm: ‚Was ist dein
Begehr, mein Sohn?' Hasan streckte ihm seine Hand mit dem
Schreiben entgegen und reichte es ihm; der Scheich aber nahm
es von ihm hin und trat in die Höhle zurück, ohne ihm noch
ein Wort zu sagen. Nun blieb Hasan wieder an seiner Stätte
vor dem Tore sitzen, wie ihm der Scheich 'Abd el-Kuddûs
befohlen hatte; und er weinte. Ununterbrochen saß er dort an
derselben Stelle, fünf Tage lang; seiner Unruhe ward noch
mehr, seine Furcht wuchs, und Angst bedrängte ihn gar sehr,

er weinte und verzweifelte fast durch den Schmerz der Trennung und der Schlaflosigkeit Last. Dann sprach er diese Verse:

> *Dem König des Himmels soll Lobgesang sein!*
> *Der Liebende banget in schwebender Pein.*
> *Wer nie vom Geschmacke der Liebe geschmeckt,*
> *Der weiß nicht, welch furchtbare Leiden sie weckt.*
> *Ja, schlöß ich dem Strom meiner Tränen das Tor,*
> *So quöllen die Ströme des Blutes hervor.*
> *Wie mancher der Freunde verhärtet sein Herz*
> *Und richtet den Sinn auf der anderen Schmerz!*
> *Doch wenn der Gefährte die Treue mir wahrt,*
> *So sag ich: Mir bleiben die Tränen erspart.*
> *Allein ich vergeh, da Leid mich befiel,*
> *Und wurde dem Auge des Unheils ein Ziel.*
> *Es weint um mein Weh das Getier auf dem Feld;*
> *Es weinen die Vögel am himmlischen Zelt.*

So klagte Hasan ohne Unterlaß, bis die Morgenröte leuchtete.
Da aber kam der Scheich Abu er-Ruwaisch zu ihm heraus, in
weiße Gewänder gekleidet, und winkte ihm mit der Hand, er
solle eintreten. Hasan trat ein, und der Alte ergriff ihn bei der
Hand und führte ihn in das Innere der Höhle, während der
Jüngling von Freude erfüllt ward und schon sicher glaubte, er
habe sein Ziel erreicht. Einen halben Tag lang schritt der Scheich
mit ihm dahin; dann kamen sie zu einem gewölbten Torweg
mit einem stählernen Tor. Der Alte öffnete das Tor und führte
Hasan hindurch in eine Vorhalle, die mit Onyxsteinen überwölbt und mit Goldschmuck verziert war. In ihr schritten sie
weiter, bis sie in eine große, weite Halle kamen, die mit Mar-
morsteinen ausgelegt war; in ihrer Mitte befand sich ein Garten, vom Dufte der Blüten umfangen, reich an Bäumen mit
Früchten behangen, wo auf den Bäumen die Vöglein sangen
und ihre Lieder zum Preis des allmächtigen Königs erklangen.

In jener Halle befanden sich vier Estraden, immer eine der anderen gegenüber, und auf jeder Estrade war eine Stätte zum Sitzen hergerichtet, rings um einen Springbrunnen; und an jeder Ecke dieser Springbrunnen befand sich ein goldenes Löwenbildnis. An jeder dieser Stätten stand ein Stuhl, auf dem eine menschliche Gestalt saß mit einer großen Menge von Büchern vor sich und eine goldene Räucherpfanne in den Händen, die Feuer und Räucherwerk enthielt. Vor den Alten saßen Jünger, die ihnen aus den Büchern vorlasen. Als nun die beiden dort eintraten, erhoben sich die Alten vor ihnen, um sie zu ehren, und Abu er-Ruwaisch gab ihnen ein Zeichen, die Jünger zu entlassen. Nachdem jene es getan hatten, traten sie alle vier heran, setzten sich vor dem Scheich nieder und fragten ihn, was es mit Hasan auf sich habe. So gab er denn Hasan ein Zeichen und sprach zu ihm: ‚Erzähle der Versammlung deine Geschichte, alles, was dir widerfahren ist, von Anfang bis zu Ende!' Doch Hasan weinte bitterlich und berichtete ihnen dann erst seine ganze Geschichte. Und als er mit seinem Bericht zu Ende war, riefen alle die Alten: ‚Ist dieser wirklich der, den der Feueranbeter zum Wolkenberge durch Geier hinauftragen ließ, eingenäht in eine Kamelshaut?' ‚Jawohl', erwiderte Hasan; und sie wandten sich an den Scheich Abu er-Ruwaisch mit den Worten: ‚Meister Bahrâm brachte es durch eine List dahin, daß der Jüngling auf den Berg hinaufkam. Doch wie ist er heruntergekommen, und was für Wunderdinge hat er dort oben gesehen?' Da sprach der Scheich Abu er-Ruwaisch: ‚Hasan, erzähle ihnen, wie du heruntergekommen bist, und berichte ihnen auch, welche Wunderdinge du gesehen hast!' Nun tat er ihnen alles, was er erlebt hatte, im einzelnen kund, von Anfang bis zu Ende; wie er den Perser in seine Gewalt bekommen und ihn getötet, ferner wie er den

Jüngling befreit und die Prinzessin eingefangen hatte, wie seine Gattin ihm aber die Treue gebrochen hatte und mit seinen Kindern davongeflogen war, kurz, alles, was er an Schrecknissen und Drangsalen erduldet hatte. Die Alten erstaunten über seine Erlebnisse, und indem sie sich zu dem Scheich Abu er-Ruwaisch wandten, sprachen sie zu ihm: ,Großmeister, bei Allah, dieser Jüngling ist des Mitleids wert. Willst du ihm wohl helfen, daß er seine Gattin und seine Kinder wiedergewinne?' – –«

Da bemerkte Schehrezâd, daß der Morgen begann, und sie hielt in der verstatteten Rede an. Doch als die *Achthundertunddritte Nacht* anbrach, fuhr sie also fort: »Es ist mir berichtet worden, o glücklicher König, daß die Alten, nachdem Hasan ihnen seine Geschichte erzählt hatte, zum Scheich Abu er-Ruwaisch sagten: ,Dieser Jüngling ist des Mitleids wert. Willst du ihm wohl helfen, daß er seine Gattin und seine Kinder wiedergewinne?' Darauf erwiderte er ihnen: ,Meine Brüder, dies ist ein groß und gefährlich Ding. Ich habe noch niemanden gesehen, der seines Lebens so wenig achtete wie dieser Jüngling. Ihr wißt doch, daß die Inseln von Wâk schwer zugänglich sind und daß noch nie einer dorthin gelangt ist, ohne sein Leben zu gefährden. Ferner kennt ihr die Stärke der Bewohner und ihre Wächtergeister. Ich habe auch einen Eid geschworen, ihren Boden nie zu betreten noch auch mich wider sie in irgend etwas zu vergehen. Wie soll dieser da zu der Tochter des Großkönigs gelangen? Wer hat die Macht, ihn zu ihr zu führen oder ihm in seinem Unterfangen zu helfen?' ,O Großmeister,' antworteten die Alten, ,dieser Jüngling ist von der Sehnsucht verzehrt; er hat sein Leben aufs Spiel gesetzt und hat dir das Schreiben deines Bruders 'Abd el-Kuddûs überbracht; nun geziemt es sich für dich, ihm zu helfen.'

Da küßte Hasan dem Scheich die Füße, hob den Saum seines Gewandes und legte ihn sich aufs Haupt, indem er weinte und sprach: ‚Ich flehe dich an, bei Allah, vereinige mich wieder mit meinen Kindern und meiner Gattin, sollten mir dadurch auch Leben und Seele verloren gehen!' Die vier Alten aber weinten mit ihm und sprachen zum Scheich Abu er-Ruwaisch: ‚Erwirb dir himmlischen Lohn durch diesen Unglücklichen und handle edel an ihm um deines Bruders Scheich ʼAbd el-Kuddûs willen!' Nun sagte er: ‚Dieser unglückliche Jüngling weiß nicht, wessen er sich unterfängt; doch wir wollen ihm helfen, soweit es in unserer Macht steht.' Hasan freute sich, als er seine Worte vernahm, und küßte allen die Hand, einem nach dem andern, indem er sie um Hilfe anflehte. Da nahm Abu er-Ruwaisch Papier und Tintenkapsel, schrieb einen Brief, versiegelte ihn und gab ihn Hasan; ferner überreichte er ihm einen Lederbeutel, der Weihrauch und Feuerhölzer und noch andere Dinge enthielt, und sprach zu ihm: ‚Gib acht auf diesen Beutel; und wenn du in irgendeine Not gerätst, so verbrenne etwas von diesem Weihrauch und nenne meinen Namen; dann werde ich alsbald bei dir sein und dich aus der Not befreien!' Darauf befahl er einem der Alten, ihm sogleich einen Dämonen von den fliegenden Geistern zu bringen. Als der zur Stelle war, fragte ihn der Scheich Abu er-Ruwaisch: ‚Wie heißest du?' und jener antwortete: ‚Dein Knecht heißt Dahnasch ibn Faktasch.' Und der Scheich fuhr fort: ‚Tritt dicht an mich heran!' Jener tat es, und Scheich Abu er-Ruwaisch legte seinen Mund an das Ohr des Dämonen und flüsterte ihm Worte zu; und der Dämon bewegte seinen Kopf. Dann sprach der Scheich zu Hasan: ‚Wohlan, mein Sohn, steig auf die Schulter dieses fliegenden Dämonen Dahnasch. Doch wenn er dich zum Himmel emporträgt und du den Lobgesang der Engel in der Höhe hörst, so stimme du nicht in den Lobgesang ein; sonst seid ihr beide des Todes, du und er!' Hasan erwiderte: ,Ich werde kein einziges Wort sagen.' Und der Scheich fuhr fort: ,O Hasan, wenn er mit dir fortfliegt, wird er dich am nächsten Tage zur Zeit der Morgendämmerung in einem Lande absetzen, das schneeweiß ist wie Kampfer. Und wenn er dich dort niedergelassen hat, so geh zehn Tage allein weiter, bis du zum Tore einer Stadt gelangst! Bist du dort angekommen, so tritt ein und frage nach ihrem König. Sobald du vor ihn gebracht bist, sprich den Gruß vor ihm, küsse ihm die Hand und gib ihm diesen Brief! Was er dir dann rät, darauf gib acht!' ,Ich höre und gehorche!' erwiderte Hasan, und er erhob sich zugleich mit dem Dämonen; auch die Alten erhoben sich, beteten für ihn und empfahlen ihn der Obhut des Dämonen. Nachdem dieser nun den Jüngling auf seine Schulter genommen hatte, schwebte er mit ihm bis zu den Wolken des Himmels empor und flog mit ihm den Tag und die Nacht über dahin, während er den Lobgesang der Engel im Himmel hören konnte. Als aber der Morgen dämmerte, setzte er ihn in einem Lande nieder, das so weiß wie Kampfer war, verließ ihn und eilte von dannen. Wie Hasan dessen gewahr wurde, daß er sich auf der Erde befand und daß niemand bei ihm war, zog er weiter, Tag und Nacht, zehn Tage lang, bis er zum Tor einer Stadt gelangte. Dort trat er ein und fragte nach dem König; man wies ihm den Weg zu dem Herrscher und sagte ihm, er heiße König Hassûn, der Herrscher des Kampferlandes; und er habe so viele Krieger und Mannen, daß sie die ganze Erde in ihrer Länge und Breite anfüllen könnten. Nun bat Hasan um Zulassung vor den König, und als ihm die Erlaubnis gewährt war, trat er ein und sah einen mächtigen Herrscher vor sich; und er küßte den Boden vor ihm. Der König sprach zu ihm: ,Was ist dein Begehr?' Da küßte Hasan den Brief und reichte ihn dem Herrscher. Der nahm ihn, und nachdem er ihn gelesen hatte, schüttelte er eine Weile sein Haupt. Dann sprach er zu einem seiner Würdenträger: ‚Nimm diesen Jüngling und bring ihn im Hause der Gäste unter!‘ Jener nahm ihn und führte ihn fort, bis er ihm dort seine Wohnstätte angewiesen hatte. Drei Tage lang blieb Hasan in dem Hause, indem er aß und trank und niemanden sah außer dem Diener, der bei ihm war. Jener Diener aber plauderte mit ihm und unterhielt sich mit ihm und fragte ihn nach seinen Erlebnissen und danach, wie er in dies Land gekommen sei. So erzählte ihm denn Hasan alles, was ihm begegnet war und in welcher Not er sich befand. Am vierten Tage aber führte der Diener ihn fort und brachte ihn vor den König. Der sprach zu ihm: ‚O Hasan, du bist zu mir gekommen mit dem Wunsche, die Inseln von Wâk zu betreten, wie mir der Großmeister kundgetan hat. Mein Sohn, ich will dich in diesen Tagen dorthin senden, aber auf deinem Wege liegen viele Gefahren und dürre Wüsten voller Schrecknisse. Harre aus, es wird sich alles zum Guten wenden, ich werde gewißlich ein Mittel finden, um dich an dein Ziel zu bringen, so Allah der Erhabene will! Wisse, mein Sohn, hier liegt ein Heer von Dailamiten[1], die in die Inseln von Wâk eindringen wollen, und sie sind versehen mit Waffen und Rossen und Kriegsgerät; aber sie haben bisher noch nicht eindringen können. Jedoch, mein Sohn, um des Großmeisters Abu er-Ruwaisch willen, des Sohnes der Bilkîs, der Tochter Mu'îns, kann ich dich nicht unverrichteter Sache zu ihm zurückschicken. Bald werden Schiffe von den Inseln von Wâk kommen; bis dahin ist es nur noch

---

1. Die Dailamiten wohnten im nördlichen Persien und galten als tapfere Krieger. Nach der Breslauer Ausgabe steht hier jedoch nur ‚ein großes Heer‘.

eine kurze Zeit. Und sobald eines von ihnen eintrifft, werde ich dich auf ihm einschiffen; und ich werde dich den Seeleuten anempfehlen, auf daß sie dich behüten und zu den Inseln von Wâk bringen. Jedem, der dich nach deinem Stande und nach deiner Geschichte fragt, erwidere, du seiest aus der Sippe des Königs Hassûn, des Herrschers im Kampferlande; und wenn das Schiff bei den Inseln anlegt und der Kapitän dich an Land gehen heißt, so steige aus! Du wirst dort überall am Strande eine große Menge von Bänken sehen; wähle dir eine Bank aus, setze dich darunter und rühre dich nicht! Wenn es dann Nacht wird und du siehst, wie das Heer der Frauen sich um die Waren drängt, so strecke du deine Hand aus und fasse die Frau an, die sich auf die Bank setzt, unter der du verborgen bist, und flehe um ihren Schutz! Wisse, mein Sohn, wenn sie dir Schutz gewährt, so hast du dein Ziel erreicht und wirst zu deiner Frau und deinen Kindern gelangen; doch wenn sie dir ihren Schutz verweigert, so traure um dich selbst und gib alle Hoffnung auf das Leben verloren, sei gewiß, daß du dann des Todes bist! Darum, mein Sohn, bedenke, daß du dein Leben aufs Spiel setzest! Mehr kann ich für dich nicht tun; und damit Gott befohlen!' – –«

Da bemerkte Schehrezâd, daß der Morgen begann, und sie hielt in der verstatteten Rede an. Doch als die *Achthundertundvierte Nacht* anbrach, fuhr sie also fort: »Es ist mir berichtet worden, o glücklicher König, daß König Hassûn, nachdem er diese Worte zu Hasan gesprochen und ihm die Ermahnungen gegeben hatte, die wir erwähnt haben, und ihm ferner gesagt hatte: ‚Mehr kann ich nicht für dich tun', darauf noch hinzufügte: ‚Hätte die Gnade des Himmelsherrn sich nicht deiner angenommen, so wärest du nicht bis hierher gekommen.' Als Hasan diese Worte von König Hassûn hörte, weinte er, bis er

in Ohnmacht fiel; und als er wieder zu sich kam, sprach er
diese beiden Verse:

> *Ganz unverrückbar ist die Zeit, die mir bestimmt ist.*
> *Sind ihre Tage einst erfüllt, so sterbe ich.*
> *Und griffen mich auch Löwen an in ihrem Dickicht,*
> *Ich würde ihrer Herr – bis meine Zeit verstrich.*

Nachdem er die Verse gesprochen hatte, küßte er den Boden
vor dem König und sprach zu ihm: ,Großmächtiger König,
wie viele Tage sind es noch, bis die Schiffe kommen?' Der
Herrscher antwortete ihm: ,Es ist noch ein Monat; dann werden sie zwei Monate hier verweilen, um die Waren zu verkaufen, die sie geladen haben. Darauf kehren sie erst in ihre
Heimat zurück, und so kannst du nicht eher hoffen dorthin zu
fahren, als nach drei[1] vollen Monaten.' Dann befahl der König
dem Jüngling, ins Haus der Gäste zu gehen, und gab Anweisung, ihm alles zu bringen, dessen er bedurfte an Speise und
Trank und Kleidung, wie es sich für Könige ziemte. Einen
Monat also blieb Hasan im Hause der Gäste; danach kamen
die Schiffe, und der König zog, von den Kaufleuten begleitet,
hinaus und nahm auch Hasan mit zu den Schiffen. Dort erblickte er ein großes Fahrzeug, auf dem sich viel Volks befand,
zahlreich wie der Sand am Meere, dessen Zahl niemand kannte
außer Ihm, der es erschaffen hatte. Jenes Fahrzeug ging draußen auf der See vor Anker, und es hatte kleine Boote, auf denen seine Warenladung an Land geschafft wurde. Hasan blieb
dort bei den Leuten, bis sie die Waren aus dem Schiffe an Land
gebracht und verkauft und neue Einkäufe gemacht hatten; da
fehlten an der Zeit zum Aufbruch nur noch drei Tage. Nun
ließ der König den Jüngling vor sich kommen, rüstete ihn mit
allem aus, dessen er bedurfte, und gab ihm große Geschenke.

1. Im Arabischen ,sechs'; das ist wohl ein Versehen.

Danach berief er den Kapitän jenes Schiffes und sprach zu ihm: ‚Nimm diesen Jüngling mit in deinem Fahrzeug; doch laß niemanden von ihm wissen! Bring ihn zu den Inseln von Wâk und laß ihn dort; aber kehre nicht mit ihm hierher zurück!‘ ‚Ich höre und gehorche!‘ erwiderte der Kapitän; und der König ermahnte Hasan: ‚Laß keinen von den Leuten auf dem Schiffe etwas von dir wissen, teile auch niemandem deine Geschichte mit, sonst bist du des Todes!‘ Auch Hasan sprach: ‚Ich höre und gehorche!‘ und er sagte dem König Lebewohl, nachdem er gebetet hatte, er möge lange leben und immerdar möge Allah ihm Sieg über alle seine Neider und Feinde geben. Dafür dankte ihm der König, und er wünschte dem Jüngling gute Ankunft und Erfüllung seines Wunsches. Dann übergab er ihn dem Kapitän; der tat ihn in eine Kiste und brachte ihn darin auf einem Boot an Bord, während die Mannschaft damit beschäftigt war, die Waren zu laden. Darauf ging das Schiff in See und fuhr ohne Aufenthalt zehn Tage lang dahin; am elften Tage aber erreichten sie Land, und der Kapitän führte ihn aus dem Schiffe heraus. Wie Hasan nun an Land gestiegen war, sah er dort viele Bänke, deren Zahl nur Allah kannte; und er schritt weiter, bis er zu einer Bank gelangte, die ihresgleichen nicht hatte, und unter der verbarg er sich. Als die Nacht anbrach, kam eine große Schar von Frauen gleich schwärmenden Heuschrecken; sie gingen zu Fuß und hielten gezückte Schwerter in den Händen und waren ganz eingehüllt in Panzer. Kaum hatten die Frauen die Waren erblickt, so machten sie sich mit ihnen zu schaffen; danach aber setzten sie sich auf die Bänke, um auszuruhen, und eine von ihnen ließ sich auf die Bank nieder, unter der Hasan sich befand. Der ergriff den Saum ihres Gewandes, legte ihn auf sein Haupt, warf sich vor ihr nieder und begann ihr Hände und Füße zu küssen und zu weinen. Sie sprach: ‚He, du da, steh auf, ehe dich jemand sieht und totschlägt!‘ Da kam Hasan unter der Bank hervor, sprang auf seine Füße und küßte ihr die Hände; dann sprach er zu ihr: ‚Meine Gebieterin, ich stehe unter deinem Schutze.‘ Und er weinte von neuem und sprach: ‚Hab Erbarmen mit einem, der von seinem Volke, seiner Gattin und seinen Kindern getrennt ist, der herbeigeeilt ist, um mit ihnen wieder vereinigt zu werden, der sein Leben und seine Seele aufs Spiel gesetzt hat! Hab Erbarmen mit mir und sei gewiß, daß du dafür mit dem Paradiese belohnt werden wirst! Wenn du aber meine Bitte nicht erhören willst, so flehe ich dich an bei Allah, dem allmächtigen Schützer, schütze mich!‘ Die Kaufleute starrten ihn an, während er zu ihr sprach. Doch als sie seine Worte vernommen hatte und sah, wie er sich demütigte, erbarmte sie sich seiner, und ihr Herz hatte Mitleid mit ihm; denn sie erkannte, daß er nur um einer ernsten Sache willen sein Leben in Gefahr gebracht hatte und dorthin gekommen war. So sprach sie denn zu Hasan: ‚Mein Sohn, hab Zuversicht und gräm dich nicht! Beruhige dein Herz und dein Gemüt, geh an deine Stätte zurück und verbirg dich unter der Bank wie zuvor bis zur kommenden Nacht!‘ Darauf nahm sie Abschied von ihm, und Hasan kroch wieder unter die Bank wie zuvor. Die Kriegerinnen aber blieben die Nacht über dort, zündeten Kerzen an, die mit Aloeholz und Nadd[1] und rohem Ambra vermischt waren. Als der Tag anbrach, kamen die Boote wieder zum Lande, und die Kaufleute waren damit beschäftigt, alle Güter und Waren heranzuschaffen, bis die Nacht kam, während Hasan immer noch unter der Bank verborgen war, mit Tränen im Auge und Trauer im Herzen, und nicht wußte, was ihm im Verborgenen vorherbestimmt war. Wie er nun so dasaß, kam plötzlich die

1. Vgl. Band II, Seite 798, Anmerkung.

Kaufherrin, deren Schutz er angefleht hatte, zu ihm, reichte ihm einen Panzer, ein Schwert, einen vergoldeten Gurt und einen Speer. Dann verließ sie ihn aus Furcht vor den Truppen; Hasan aber wußte, als er das sah, daß die Kaufherrin ihm diese Rüstung gebracht hatte, damit er sie anlege. So legte er sich denn den Panzer um, schnallte den Gurt um seinen Leib, schlang sich das Schwert um die Schulter, so daß es ihm unter der Achselhöhle hing, und nahm den Speer in die Hand. Dann setzte er sich auf jene Bank; und seine Zunge versäumte es nicht, den Namen Allahs des Erhabenen anzurufen, sondern bat um Seinen Schutz. – –«

Da bemerkte Schehrezâd, daß der Morgen begann, und sie hielt in der verstatteten Rede an. Doch als die *Achthundertund-fünfte Nacht* anbrach, fuhr sie also fort: »Es ist mir berichtet worden, o glücklicher König, daß Hasan, als er die Waffen erhielt, die ihm die Kaufherrin gegeben hatte, eben jene Frau, deren Schutz er vorher angefleht und die ihm damals gesagt hatte: ‚Setze dich unter die Bank und laß niemanden etwas von dir erfahren!‘ sich die Rüstung anlegte und sich auf die Bank setzte, indem seine Zunge nicht vergaß, den Namen Allahs zu nennen, und Gott um Schutz anflehte. Während er nun so dasaß, erschienen plötzlich Fackeln und Laternen und Kerzen; denn die Heere der Frauen waren gekommen. Da stand Hasan auf, mischte sich unter die Schar und ward gleich einer von ihnen. Als aber die Morgendämmerung nahte, machten sich die Scharen wieder auf den Weg, und Hasan zog mit ihnen dahin, bis er zu ihrem Lager kam; dort ging eine jede in ihr Zelt. Hasan aber trat in das Zelt einer von ihnen, und siehe, es war das Zelt jener Frau, die er um Schutz angefleht hatte. Sobald sie darinnen war, warf sie ihre Waffen nieder und legte Panzer und Schleier ab; da tat auch Hasan seine Waffen von

420

sich. Und er blickte auf seine Schutzherrin und mußte sehen, daß sie eine grauhaarige Alte war mit blauen Augen[1] und einer großen Nase, ein Schrecken der Schrecken, das häßlichste Geschöpf, das es nur geben konnte; ihr Gesicht war pockennarbig, sie hatte keine Augenbrauen, die Zähne waren ihr abgebrochen, die Wangen voller Runzeln, ihr Haar war grau, ihre Nase troff, und ihr Mund floß über von Geifer. Sie war, wie der Dichter von ihresgleichen sagt:

> Sie birgt in des Gesichtes Winkeln neun der Plagen,
> Von denen jede grausig wie die Hölle ist.
> Ja, eklig sieht sie aus, und häßlich ist ihr Wesen –,
> Ein Bild des Schweines, das im Schmutze wühlt und frißt.

Sie war ein haarloses Teufelsweib gleich einer Schlange mit fleckigem Leib. Als nun die Alte auf Hasan blickte, sprach sie verwundert: ‚Wie mag dieser da in diese Lande gekommen sein? Auf welchem Schiffe ist er hierher gelangt? Wie konnte er unversehrt bleiben? Und sie fragte ihn, was es mit ihm auf sich habe, immer noch erstaunt über seine Ankunft. Da fiel Hasan vor ihr nieder und rieb sein Gesicht an ihren Füßen und weinte, bis er ihn Ohnmacht fiel. Als er dann wieder zu sich kam, sprach er diese Verse:

> Wann wird uns das Geschick Vereinigung gewähren?
> Wann bringt es nach der Trennung uns ein Wiedersehn?
> Wann werd ich ihrer mich erfreuen, die ich liebe?
> Wann weicht der Tadel und die Liebe bleibt bestehn?
> Ach, wenn des Niles Flut gleich meinen Tränen strömte,
> Sie ließ auf Erden nichts von Wasser unbedeckt,
> Sie überschwemmte den Hidschâz, das Land Ägypten,
> Das Syrerland und auch, wo sich Irâk erstreckt.
> Dies hat, o du mein Lieb, die Härte dein getan:
> Sei gütig und versprich, dich wieder mir zu nahn!

1. Vgl. Band IV, Seite 358, Anmerkung.

Nachdem Hasan seine Verse gesprochen hatte, ergriff er den Saum der Alten, legte ihn auf sein Haupt und begann zu weinen und sie um Schutz anzuflehen. Und wie die Greisin sah, daß Liebesweh in ihm brannte und daß schmerzlicher Kummer ihn bannte, neigte sich ihr Herz ihm zu, und sie gewährte ihm ihren Schutz, indem sie sprach: ‚Sei ganz unbesorgt!' Dann fragte sie ihn wiederum, wie es um ihn stehe, und er erzählte ihr alles, was ihm widerfahren war, von Anfang bis zu Ende. Voll Staunen hörte sie seiner Erzählung zu, und dann fuhr sie fort: ‚Beruhige dein Herz und beruhige dein Gemüt! Du hast nichts mehr zu fürchten; du bist an das Ziel deiner Wünsche gelangt und hast erreicht, was du begehrst, so Allah der Erhabene will.' Darüber war Hasan hocherfreut; die Alte aber ließ den Hauptleuten des Heeres melden, sie sollten sich versammeln, und das war am letzten Tage des Monats. Als jene nun vor ihr erschienen, sprach sie zu ihnen: ‚Geht hin und verkündet dem ganzen Heere, es solle morgen in der Frühe ausziehen! Niemand solle zurückbleiben; denn wer zurückbleibt, soll des Todes sein!' ‚Wir hören und gehorchen!' sprachen die Hauptleute, und sie gingen hin und gaben im ganzen Heere Befehl zum Aufbruch am nächsten Morgen; darauf kehrten sie zurück und meldeten es ihr. Daran erkannte Hasan, daß sie die Befehlshaberin der Truppen war und Macht und Gewalt über sie hatte; und er legte jenen ganzen Tag über seine Waffen nicht von seinem Leibe. Der Name jener Alten aber, bei der er war, hieß Schawâhi, und sie trug den Beinamen Umm ed-Dawâhi.[1] Diese Alte nun erließ Befehle und Verbote, bis der Morgen graute; da zogen alle Truppen von ihren Standorten

1. Umm ed-Dawâhi bedeutet ‚die Mutter des Unheils'. Der Name ist entlehnt aus dem Romane von 'Omar ibn en-Nu'mân; vgl. Band I, Seite 512, Anmerkung, und Band II, Seite 167, Zeile 15 f.

aus, doch die Alte zog nicht mit ihnen. Als die Truppen aufgebrochen waren und das Lager geräumt hatten, sprach Schawâhi zu Hasan: ‚Tritt nah an mich heran, mein Sohn!‘ Er trat herzu und blieb vor ihr stehen; sie aber redete ihn an und sprach: ‚Was ist der Grund, der dich veranlaßte, dein Leben aufs Spiel zu setzen und in dies Land zu kommen? Wie konntest du dich freiwillig ins Verderben stürzen? Sage mir die Wahrheit über alles, was dich angeht, und verbirg mir nichts davon! Doch fürchte dich nicht; denn du bist einer, dem ich mein Wort gegeben habe, ich habe dir Schutz versprochen, ich habe Erbarmen und Mitleid mit deiner Not!‘ Wenn du mir die Wahrheit sagst, so werde ich dir helfen, dein Ziel zu erreichen, sollten dadurch auch Seelen sterben und Leiber verderben. Da du zu mir gekommen bist, soll dir von mir kein Leid widerfahren, und ich will keinen von allen Bewohnern der Inseln von Wâk dir in Bösem nahen lassen.‘ Da erzählte er ihr seine Geschichte von Anfang bis zu Ende und berichtete ihr von seiner Gattin und den Vögeln, wie er die eine von den zehn Vogeljungfrauen eingefangen und sich mit ihr vermählt hatte; wie er dann mit ihr zusammen gewesen war, bis sie ihm zwei Söhne geschenkt hatte; wie sie dann aber die Kinder genommen und mit ihnen davongeflogen war, nachdem sie erfahren hatte, wo sich ihr Federkleid befand. Kurz, er verbarg ihr nichts von dem, was er von Anfang an bis zu jenem Tage erlebt hatte. Doch wie die Alte seine Worte vernommen hatte, schüttelte sie den Kopf und sprach zu Hasan: ‚Preis sei Allah, der dich behütet und hierher gebracht und zu mir geführt hat! Wärest du einer anderen in die Hände gefallen, so wäre dein Leben verwirkt gewesen, und dein Wunsch wäre dir nicht erfüllt worden. Aber deine reine Absicht und deine echte Liebe und das Übermaß deiner Sehnsucht nach deiner Gattin und deinen Kindern, all das hat dich dem Ziele deiner Wünsche nahe gebracht. Liebtest du sie nicht und littest du nicht um ihretwillen, so hättest du dich nicht in diese Gefahr gestürzt. Gott sei Lob und Dank für deine glückliche Ankunft! So ziemt es uns denn, daß wir deinen Wunsch erfüllen und dir zu deinem Ziele verhelfen, damit du bald erreichst, was du erstrebst, so Allah der Erhabene will. Doch wisse, mein Sohn, deine Gattin ist auf der siebenten von den Inseln von Wâk, und zwischen uns und ihr liegt eine Reise von sieben Monaten bei Tag und bei Nacht. Von hier aus müssen wir zuerst in ein Land reisen, das man das Vogelland nennt; und dort kann keiner von uns die Rede des anderen verstehen, weil die Vögel so laut schreien und mit den Flügeln schlagen.' – –«

Da bemerkte Schehrezâd, daß der Morgen begann, und sie hielt in der verstatteten Rede an. Doch als die *Achthundertundsechste Nacht* anbrach, fuhr sie also fort: »Es ist mir berichtet worden, o glücklicher König, daß die Alte zu Hasan sprach: ,Deine Gattin ist auf der siebenten Insel, und das ist die größte der Inseln von Wâk, und zwischen uns und ihr liegt eine Reise von sieben Monaten. Von hier aus müssen wir zuerst zum Vogellande reisen, und dort kann keiner von uns die Rede des anderen verstehen, weil die Vögel so laut schreien und mit den Flügeln schlagen. In jenem Lande ziehen wir elf Tage und Nächte lang dahin. Danach kommen wir von ihm zu einem anderen Lande, das heißt das Land der wilden Tiere; und weil das Geschrei der Tiere des Feldes, der Hyänen und der anderen wilden Tiere und das Geheul der Wölfe und das Gebrüll der Löwen so laut ist, können wir nichts anderes hören. In jenem Lande müssen wir zwanzig Tage lang dahinziehen. Dann verlassen wir es und kommen in ein drittes Land, das das Geisterland genannt wird; dort schreien die Geister laut, Feuer steigen auf, Funken und Rauch fliegen aus ihren Mäulern hervor, sie heulen und gebärden sich wild, versperren uns den Weg, betäuben unsere Ohren und blenden unsere Augen, so daß wir nicht mehr hören noch sehen können. Dort darf niemand hinter sich schauen, sonst kommt er um; und der Reiter legt in jenem Lande seinen Kopf auf das Sattelhorn und hebt ihn drei Tage lang nicht empor. Schließlich aber liegt vor uns ein großer Berg und ein strömender Fluß, die beide an die Inseln von Wâk angrenzen. Wisse aber, mein Sohn, alle diese Truppen bestehen aus Jungfrauen, und über uns herrscht eine königliche Frau von den sieben Inseln von Wâk; und diese sieben Inseln haben eine Ausdehnung von einer vollen Jahresreise für einen schnellen Reiter. Am Ufer jenes Stromes steht ein anderer Berg, der heißt der Berg von Wâk, dieser Name ist ihm gegeben nach einem Baume, dessen Zweige Menschenköpfen gleichen. Wenn die Sonne dort aufgeht, so schreien alle jene Köpfe, und: ,Wâk! Wâk!'[1] erschallt ihr Ruf, ,Preis sei dem König, der die Welt erschuf!' Sobald wir ihren Ruf hören, wissen wir, daß die Sonne aufgeht. Ebenso auch, wenn die Sonne untergeht, schreien jene Köpfe, und: ,Wâk! Wak!' erschallt ihr Ruf, ,Preis sei dem König, der die Welt erschuf!' Und dann wissen wir, daß die Sonne untergegangen ist. Kein sterblicher Mann darf unter uns verweilen, ja, er darf uns nicht einmal nahen und unseren Boden betreten. Zwischen uns und der Königin, die über dies Land herrscht, liegt eines Monats Reise von dieser Küste aus. Alle Untertanen, die in jenem Lande wohnen, sind in ihrer Gewalt; und ferner sind in ihrer Gewalt die Stämme der Dämonen, der Mârids und Satane; und dazu noch sind in ihrer

1. *Wâk* wird hier als ein Ausruf der Bewunderung gedeutet und arabischem *wâh* gleichgesetzt. In Wirklichkeit geht *wâkwâk* auf chinesisch *wo-kuok* ,Zwergland' zurück, einen Spottnamen für Japan.

Gewalt so viele Zauberer, daß ihre Zahl niemand kennt außer Dem, der sie erschuf. Wenn du nun Furcht hast, so will ich einen mit dir schicken, der dich an die Küste bringt, und einen anderen kommen lassen, der dich mit sich auf ein Schiff nimmt und dich in dein Land führt. Wenn es dir aber gefällt, bei uns zu bleiben, so will ich dich nicht hindern; dann will ich dich hüten gleich meinem Augapfel, bis daß du dein Ziel erreichst, so Allah der Erhabene will.' Er gab ihr zur Antwort: ‚Meine Gebieterin, ich will mich nie von dir trennen, bis ich wieder mit meiner Gattin vereint bin oder das Leben verliere.' Und sie erwiderte ihm: ‚Das ist ein leichtes. Sei gutes Muttes; denn bald soll dir dein Wunsch erfüllt werden, so Allah der Erhabene will! Ich muß aber auch die Königin von dir wissen lassen, auf daß sie dir hilft, zu deinem Ziele zu gelangen.' Da betete Hasan für sie, küßte ihr Haupt und Hände und dankte ihr für ihre gute Tat und das Übermaß ihrer Freundlichkeit. Dann rüstete er sich zum Aufbruch mit ihr; aber er dachte dabei an den Ausgang seines Unterfangens und an all die Schrecken seiner Wanderschaft; und er begann zu weinen und zu klagen und diese Verse zu sprechen:

> Ein Zephir wehte von der Stätte der Geliebten;
> Du siehst mich krank im Übermaß von Liebesleid.
> Die Nacht des Wiedersehens ist ein heller Morgen,
> Der Tag des Scheidens eine Nacht voll Dunkelheit.
> Der Abschied von dem Lieb ist, ach, so hart, so bitter;
> Das Scheiden der Gefährtin ist unsagbar schwer.
> Nur ihr allein will ich ob ihrer Härte klagen;
> Ich habe keinen trauten Freund auf Erden mehr.
> Daß ich dich je vergessen könnte, ist undenkbar,
> Der böse Tadler kann mein Herze nie entweihn.
> O du, an Schönheit einzig, meine Lieb ist einzig;
> O du, allein in deiner Art, ich bin allein!

Wenn einer sich in Liebe dir zu weihn begehrt
Und Tadel fürchtet, ist er selbst des Tadels wert.

Darauf befahl die Alte, die Trommeln zum Aufbruch zu schlagen; das Heer machte sich auf den Weg, und auch Hasan brach auf, zusammen mit der Alten, doch er war versunken in der Gedanken Meer und sprach jene Verse vor sich her. Die Alte suchte ihn zu stärken und ihm Trost zu spenden; aber er konnte nicht zur Besinnung kommen, noch dem, was sie ihm sagte, seinen Geist zuwenden. So zogen sie ohne Aufenthalt dahin, bis sie zu der ersten Insel von den sieben kamen; und das war die Vogelinsel. Als sie dort einzogen, glaubte Hasan wegen des furchtbaren Geschreis, die Welt sei auf den Kopf gestellt; ihm schmerzte der Kopf, sein Verstand ward verwirrt, seine Augen wurden geblendet und seine Ohren betäubt; gewaltiger Schrekken kam über ihn, und er sah schon den Tod vor Augen. Dabei sagte er sich: ,Wenn dies das Land der Vögel ist, wie mag dann erst das Land der wilden Tiere sein!' Wie jene Alte, die da Schawâhi genannt ward, ihn in solchen Ängsten sah, lächelte sie über ihn und sprach zu ihm: ,Mein Sohn, wenn es dir so auf der ersten Insel ergeht, was soll dann aus dir werden, wenn du zu den andern Inseln kommst?' Da flehte er zu Allah und demütigte sich vor ihm und bat ihn, daß er ihm helfe wider das, womit er ihn heimgesucht hatte, und ihn sein Ziel erreichen lasse. Und sie zogen weiter, bis sie das Land der Vögel durchquert und verlassen hatten. Dann traten sie in das Land der wilden Tiere ein, und nachdem sie es verlassen hatten, kamen sie in das Land der Dämonen. Als Hasan das erblickte, kam Furcht über ihn, und er bereute es, daß er mit dorthin gezogen war. Er flehte jedoch Allah den Erhabenen um Hilfe an und zog mit dem Heere weiter; wie sie dann das Land der Dämonen hinter sich hatten, erreichten sie den Strom und stiegen am Fuße eines mächtigen hochragenden Berges ab; dort, am Ufer des Stromes, schlugen sie ihre Zelte auf. Und die Alte ließ für Hasan neben dem Strome eine marmorne Bank aufstellen, die mit Perlen und Edelsteinen und Barren roten Goldes verziert war. Nachdem er sich darauf gesetzt hatte, rückten die Kriegerinnen heran, und die Alte stellte sie vor ihm zur Schau. Dann ward das ganze Zeltlager rings um ihn aufgeschlagen, und alle ruhten eine Weile aus; danach aßen und tranken sie und schliefen sorglos, da sie nun das Land ihrer Bestimmung erreicht hatten. Hasan aber hatte einen Kinnschleier vor sein Antlitz gelegt, so daß von ihm nur seine Augen zu sehen waren. Nun kam eine Schar von den Mädchen nahe zum Zelte Hasans heran. Dort legten sie ihre Kleider ab und gingen in den Strom hinein, während Hasan ihnen zuschaute, wie sie badeten und spielten und sich vergnügten, ohne zu wissen, daß er sie sah; denn sie glaubten doch, er sei eine von den Töchtern der Könige. Da reckte sich ihm die Rute, als er sie ihrer Gewänder entkleidet sah. Auch sah er, was sich zwischen ihren Schenkeln befand von mannigfacher Art, von schlanker Zierlichkeit, von voller Üppigkeit, an den Lippen breit, vollkommen und eben und weit. Dem Monde gleich war einer jeden Angesicht, und ihre Haare glichen der Nacht über dem Tageslicht; denn sie waren Königstöchter. Das alles geschah, während er auf dem Lager saß, das die Alte für ihn hatte aufstellen lassen. Und als sie fertig waren, kamen sie aus dem Flusse hervor, nackt und dem Monde gleich in der Nacht seiner Fülle. Alle Kriegerinnen versammelten sich vor Hasan, da die Alte befohlen hatte, im ganzen Lager auszurufen, sie sollten sich vor seinem Zelte versammeln, ihre Kleider ablegen, in den Strom hinabgehen und sich baden; denn sie wollte erfahren, ob seine Gattin unter ihnen wäre und er sie erkennen würde. Und sie

428

begann, ihn über jede zu befragen, wenn eine Schar nach der anderen vorbeikam; doch er antwortete immer: ‚Unter diesen ist sie nicht, meine Gebieterin!‘ – –«

Da bemerkte Schehrezâd, daß der Morgen begann, und sie hielt in der verstatteten Rede an. Doch als die *Achthundertundsiebente Nacht* anbrach, fuhr sie also fort: »Es ist mir berichtet worden, o glücklicher König, daß die Alte Hasan über die Mädchen befragte, wenn eine Schar nach der anderen vorbeikam, ob er seine Gattin unter ihnen erkenne; doch jedesmal, wenn sie ihn nach einer Schar fragte, antwortete er ihr: ‚Unter diesen ist sie nicht, meine Gebieterin!‘ Danach aber als letzte von allen kam eine Maid, bedient von zehn Sklavinnen und dreißig Kammerfrauen, die alle hochbusige Jungfrauen waren; sie legten ihre Kleider ab und gingen mit ihr in den Strom, doch sie begann ihr Spiel mit ihnen zu treiben, warf sie ins Wasser und tauchte sie unter. Das tat sie eine ganze Weile; dann kamen alle aus dem Wasser hervor und setzten sich nieder. Nun brachte man ihr Tücher aus golddurchwirkter Seide; und sie nahm sie und trocknete sich mit ihnen ab. Darauf brachte man ihr Kleider und Prachtgewänder und Schmuck, alles Arbeiten der Dämonen; und sie nahm sie und legte sie an. Dann begann sie mit ihren Dienerinnen im Heere umherzuschreiten; und als Hasan sie sah, war es ihm, als flöge sein Herz, und er sprach: ‚Diese ist von allen am ehesten der Vogelmaid gleich, die ich in dem Teiche des Schlosses meiner Schwestern gesehen habe; auch sie pflegte mit ihren Gefährtinnen ihr Spiel zu treiben wie diese hier.‘ Da fragte die Alte: ‚Hasan, ist dies deine Gattin?‘ Doch er antwortete: ‚Nein, bei deinem Leben, meine Gebieterin, diese ist doch nicht meine Gattin; ich habe sie auch in meinem ganzen Leben noch nicht gesehen. Unter all den Mädchen, die ich auf der Insel gesehen habe, ist keine

meiner Gattin gleich; keine gleicht ihr an des Wuchses Ebenmäßigkeit noch an Schönheit und Lieblichkeit.' Weiter sagte
die Alte: ‚Beschreib sie mir und tu mir all ihre Eigenschaften
kund, auf daß ihr Bild sich meinem Geiste einpräge; denn ich
kenne jede Maid auf den Inseln von Wâk, da ich die Befehlshaberin des Heeres der Jungfrauen bin und über sie gebiete;
wenn du sie mir beschreibst, so werde ich sie erkennen und für
dich ein Mittel ersinnen, wie du sie wiedergewinnen kannst.'
Und Hasan erwiderte ihr: ‚Aus meiner Gattin Antlitz leuchtet
der Schönheit Gewalt, und sie hat eine herrliche Gestalt; glatt
sind ihre Wangen, hoch sieht man den Busen prangen; dunkel
glänzt ihrer Augen Licht, ihre Schenkel sind von schwerem
Gewicht; die Zähne erglänzen im weißen Kleid, ihre Rede ist
von süßer Lieblichkeit; ihr ganzes Wesen ist zart und weich,
und sie ist dem schwanken Zweige gleich; ihre Reize sind
wunderbar, rosig ist ihr Lippenpaar[1]; auf ihrer rechten Wange
ist ein Mal, und auf ihrem Leib, dem weichen, ist unter dem
Nabel ein Zeichen; ihr Antlitz, an Glanz so reich, ist dem runden Monde gleich; ihr Leib ist schmal, doch schwer sind die
Hüften zumal; ihr Lippentau setzt dem Leiden des Kranken
ein Ziel, gleichwie el-Kauthar und es-Salsabîl.'[2] Da sprach die
Alte: ‚Wolle mir deine Beschreibung in noch mehr Worte
fassen; Allah soll dich noch mehr von ihr bezaubert werden
lassen!' Und Hasan fuhr fort: ‚Meine Gattin hat ein holdselig
Angesicht, schwarzen Glanz sprüht ihrer Augen Licht; glatt
sind ihre Wangen über dem Halse, dem schmalen und langen; der Anemone gleicht ihrer Wangen rosiger Schein, ihr

1. Hier steht im Original noch: ‚mit Augen schwarz wie Antimon und
mit weichen Lippen'. Diese Worte sind ein späterer Zusatz; sie wiederholen Gesagtes und fallen aus der Reimprosa heraus. – 2. Zwei Ströme
des Paradieses.

Mund einem Siegelringe mit rotem Edelstein; und ob ihrer Zähne blitzendem Glanz vergißt man Becher und Weinkrug ganz. Sie ward geschaffen im Tempel der Lieblichkeit, und zwischen ihren Schenkeln ist der Thron der Kalifenherrlichkeit, und diesem Schreine gleicht keine andere Stätte der Heiligkeit, wie ihm auch der Dichter die Verse geweiht:

> *Ein Wort, das meine Sinne band,*
> *Hat Lettern, weit und breit bekannt.*
> *Nimm viermal fünf, und hänge dann*
> *Sogleich noch sechsmal zehn daran.*[1]

Dann weinte Hasan und sang dies Lied:

> *O Herz, wenn dich dein Lieb verrät, so meid es nicht,*
> *Und sag ihm nicht das Wort, das von Vergessen spricht!*
> *Üb stets Geduld; du bringst die Feinde noch ins Grab;*
> *Denn Allah ließ noch nie von dem, der ausharrt, ab.*

Und auch dies Lied:

> *Willst du zu allen Zeiten immer sicher sein,*
> *So darfst du nicht zu froh, noch ganz verzweifelt sein.*
> *Harr aus und traure nie; leb nicht in Saus und Braus!*
> *Bist du in Not, so denke: ‚Dehnten wir nicht aus?‘*[2]

Da neigte die Alte ihr Haupt eine Weile zu Boden; und als sie es wieder zu Hasan emporhob, sprach sie: ‚O Gott, allmächtiger Gott! Wahrlich, durch dich bin ich heimgesucht, o Hasan! Hätte ich dich doch nie kennen gelernt! Die Frau, die du mir beschrieben hast, ist also wirklich deine Gattin; und ich kenne sie sehr wohl nach deiner Beschreibung: sie ist die älteste Tochter des Großkönigs, die über alle die Inseln von Wâk herrscht. Öffne deine Augen und mache dir deine Lage

---

1. Der Buchstabe *k* hat den Zahlwert 20, *s* den Zahlwert 60; dann ist *ks* als *kuss* zu lesen. Was *kuss* bedeutet, ergibt sich aus Band I, Seite 105, Zeile 28. - 2. Das heißt: rezitiere die Sure 94, die mit diesen Worten anfängt.

431

klar; und wenn du schläfst, so erwache: es ist dir unmöglich, jemals zu ihr zu gelangen! Und solltest du auch bis zu ihr durchdringen, so kannst du sie doch nimmermehr gewinnen, denn zwischen dir und ihr ist ein Abstand wie zwischen Himmel und Erde. Also, mein Sohn, kehre sofort um, stürze dich nicht selbst ins Verderben, noch auch mich mit dir; denn mich deucht, sie ist dir nicht beschieden! Geh dorthin zurück, woher du gekommen bist, damit wir nicht beide unser Leben verlieren!' Und sie fürchtete für sich und für ihn. Als Hasan die Worte der Alten vernommen hatte, weinte er bitterlich, bis er in Ohnmacht fiel; die Alte aber sprengte ihm so lange Wasser ins Gesicht, bis er aus seiner Ohnmacht erwachte. Da begann er wieder zu weinen, also daß er seine Kleider mit den Tränen benetzte; so sehr bedrängten ihn Kummer und Gram, weil die Alte ihm dies gesagt hatte; und er gab sein Leben verloren. Dann sprach er zu der Alten: ,Meine Gebieterin, wie kann ich denn umkehren, nachdem ich bis hierher gekommen bin? Ich hatte in meiner Seele nicht geglaubt, daß es dir unmöglich wäre, meinen Wunsch zu erfüllen, zumal du die Befehlshaberin über das Heer der Jungfrauen bist und Gewalt über sie hast.' Doch sie erwiderte ihm: ,Ich beschwöre dich bei Allah, mein Sohn, wähle dir eine Jungfrau unter jenen aus! Ich will sie dir geben anstatt deiner Gattin, auf daß du nicht in die Hand der Könige fallest und ich dann keine Macht habe, dich zu befreien. Noch einmal, ich beschwöre dich bei Allah, höre auf meine Worte, wähle dir eine von diesen Jungfrauen, laß ab von jener Frau, kehre alsbald wohlbehalten in dein Land zurück und laß mich nicht deine Angst kosten! Bei Allah, du stürzest dich in große Not, daß schwere Gefahr dir droht, aus der dich niemand erretten kann.' Da senkte Hasan sein Haupt zu Boden und weinte bitterlich; dann aber sprach er diese Verse:

Ich sprach zu meinen Tadlern: Lasset ab vom Tadel!
Für nichts als nur für Tränen ward mein Aug gemacht.
Die Tränen meines Auges quellen, strömen über
Auf meine Wangen, seit mein Lieb mir Qual gebracht.
Laßt mich der Liebe! Ach, mein Leib ist hingeschwunden;
Denn in der Liebe lieb ich meinen Unverstand.
O du mein Lieb, ich sehn' nach dir mich immer wilder;
Warum wird mir denn nicht dein Mitleid zugewandt?
Nach Schwur und nach Gelübde tatest du mir unrecht,
Verrietest unsern Bund und ließest mich allein.
Am Tag der Trennung, als du in die Ferne zogest,
Da schenktest du mir hart den Trank des Elends ein.
O Herze mein, vergeh in heißer Liebesglut!
O Auge mein, ergieße deiner Tränen Flut! – –«

Da bemerkte Schehrezâd, daß der Morgen begann, und sie
hielt in der verstatteten Rede an. Doch als die *Achthundertund-
achte Nacht* anbrach, fuhr sie also fort: »Es ist mir berichtet
worden, o glücklicher König, daß Hasan, als die Alte zu ihm
gesagt hatte: ‚Ich beschwöre dich bei Allah, mein Sohn, höre
auf meine Worte, wähle dir eine von diesen Jungfrauen, laß
ab von deiner Gattin und kehre alsbald wohlbehalten in dein
Land zurück!' sein Haupt zu Boden senkte und bitterlich
weinte und die genannten Verse sprach. Und als er sein Lied
beendet hatte, weinte er, bis er in Ohnmacht fiel; die Alte
aber sprengte ihm so lange Wasser ins Gesicht, bis er wieder
aus seiner Ohnmacht erwachte. Darauf hub sie an und sprach:
‚Liebster Herr, kehre in dein Land zurück; denn wenn ich mit
dir in die Stadt ziehe, so ist dein Leben und mein Leben verloren! Und wenn die Königin von alledem erfährt, so wird sie
mir Vorwürfe machen, weil ich mit dir in ihr Land gekommen bin, auf ihre Inseln, zu denen keiner von den Söhnen der
Menschenkinder Zutritt hat. Ja, sie wird mich töten, weil ich
dich mit mir gebracht und dir diese Jungfrauen gezeigt habe,

die du im Strome gesehen hast, obwohl noch nie ein Mann sie berührte, noch ein Gemahl sie zur Ehe führte.' Hasan schwor ihr, daß er sie nicht mit irgendeinem bösen Gedanken angeschaut habe. Doch sie fuhr fort: ,Mein Sohn, kehre zurück in dein Land! Ich will dir so viel Reichtümer und Schätze und Kostbarkeiten geben, daß du alle Frauen entbehren kannst. Höre auf mein Wort, kehre sogleich um und bringe dein Leben nicht in Gefahr! Siehe, ich rate dir gut!' Als aber Hasan ihre Worte vernommen hatte, weinte er und rieb seine Wangen an ihren Füßen und sprach: ,Meine Herrin und Gebieterin, du Trost meiner Augen, wie kann ich umkehren, nachdem ich zu dieser Stätte gelangt bin, ohne sie, die ich suche, gesehen zu haben? Jetzt bin ich nahe der Stätte, an der die Geliebte weilt, ich hoffe, daß die Zeit des Wiedersehens näher eilt, und vielleicht wird mir vom Geschick noch die Vereinigung zuerteilt.' Dann sprach er diese Verse:

> O Königin der Schönheit, Gnade dem Gefangnen
> Der Augen, die von Perserkönigs Macht erglühn!
> Du übertriffst mit deinem Hauch den Duft des Moschus;
> Du strahlest heller als der schönen Rosen Blühn.
> Der weiche Zephir bläst, wo du dich niederlässest;
> Der Frühlingswind verbreitet süßen Duft von dort.
> O Tadler, halte ein zu tadeln und zu raten!
> Ich höre jetzt nicht mehr auf solcher Mahnung Wort.
> Warum denn tadelst du und schiltst du meine Liebe,
> Da dir von alledem doch keine Kenntnis ward?
> Mich schlug ein schmachtend Augenpaar in seine Bande,
> Gab mich der Liebe preis, erbarmungslos und hart.
> Ich streue ungebundne Tränen, wenn ich dichte;
> Da hast du ungebundne Rede und ein Lied!
> Der Wangen Röte hat mein Herze schmelzen lassen;
> Es loht mein Leib, wie wenn ihn Kohlenglut durchzieht.
> Sagt, Freunde, wenn ich nun von meiner Rede lasse:

Welch Rede gibt es dann, die mir das Herz erfreu?
Mein Leben weihte ich der Liebe zu den Schönen;
Doch Allah schafft Verlornes oftmals wieder neu.

Als Hasan diese Verse beendet hatte, ward die Alte von Mitleid mit ihm gerührt; und sie schaute ihn an, tröstete ihn und sprach zu ihm: ‚Hab Zuversicht und quäl dich nicht, befreie deine Gedanken von der Sorge! Bei Allah, ich will mit dir mein Leben wagen, bis du dein Ziel erreichst oder mein Geschick mich ereilt.' Da ward ihm das Herz leicht und die Brust weit, und er setzte sich nieder, um mit der Alten zu plaudern, bis der Tag zur Rüste ging. Und als es Abend ward, zerstreuten sich alle die Jungfrauen, die einen von ihnen gingen in ihre Häuser in der Stadt, die anderen nächtigten in den Zelten. Darauf nahm die Alte Hasan mit sich, führte ihn in die Stadt und wies ihm einen Raum für sich allein an, damit niemand ihn sähe und es der Königin melde, so daß sie ihn töte und den töte, der ihn gebracht hatte. Und sie bediente ihn selber und suchte ihn mit Furcht zu erfüllen vor der Majestät des Großkönigs, des Vaters seiner Gattin; er aber weinte vor ihr und sprach: ‚Meine Gebieterin, ich wähle den Tod für mich selbst und bin der Welt überdrüssig, wenn ich nicht wieder mit meiner Gattin und meinen Kindern vereinigt werde. Ich wage mein Leben daran: entweder erreiche ich mein Ziel, oder ich sterbe.' Und nun begann die Alte darüber nachzusinnen, auf welche Weise er seine Gattin finden und wieder mit ihr vereint werden könne, und wie diesem Armen geholfen werden könne, der sein Leben aufs Spiel setzte, der sich weder durch Furcht noch durch irgend etwas anderes von seinem Vorhaben abbringen ließ und seiner selbst vergaß, wie es im Sprichworte heißt: Der Liebende hört nicht auf die Worte dessen, der von Liebe frei ist. Jene Jungfrau also, von der die Alte gesprochen hatte, war die Königin der Insel, auf der die beiden weilten, und sie hieß Nûr el-Huda; und diese Königin hatte sechs[1] jungfräuliche Schwestern, die bei ihrem Vater wohnten, dem Großkönig, der über die sieben Inseln und alle Gebiete von Wâk herrschte. Der Thron jenes Königs stand in der größten Stadt jenes Landes; seine älteste Tochter jedoch, eben jene Nûr el-Huda, herrschte über die Stadt, in der sich Hasan befand, und über die Gebiete, die zu ihr gehörten. Da nun die Alte sah, wie Hasan von dem brennenden Verlangen erfüllt war, mit seiner Gattin und seinen Kindern wiedervereint zu werden, machte sie sich auf und begab sich zum Palaste der Königin Nûr el-Huda; dort trat sie zu ihr ein und küßte den Boden vor ihr. Jene Alte aber hatte Anspruch auf die Gunst der Königin, da sie alle Töchter des Königs erzogen hatte; so hatte sie auch Einfluß auf alle, war geehrt bei ihnen und stand beim König in Ansehen. Nachdem sie nun bei der Königin Nûr el-Huda eingetreten war, erhob diese sich vor ihr, umarmte sie, ließ sie an ihrer Seite sitzen und fragte sie nach ihrer Reise. Die Alte erwiderte ihr: ‚Bei Allah, meine Gebieterin, es war eine gesegnete Reise, und ich habe dir ein Geschenk mitgebracht, das ich dir alsbald überreichen werde.‘ Und sie fügte hinzu: ‚Meine Tochter, du, die größte Königin unseres Zeitalters, ich habe etwas Wunderbares mitgebracht, und ich möchte es dir zeigen, damit du mir hilfst, ihm seinen Wunsch zu erfüllen.‘ ‚Was ist denn das?‘ fragte die Königin; und da erzählte die Alte ihr die Geschichte Hasans von Anfang bis zu Ende, doch sie zitterte wie ein Rohr an dem Tage, an dem der Sturmwind weht, und fiel gar vor der Königstochter nieder, indem sie zu ihr sprach: ‚Hohe Herrin, ein Mensch erflehte meinen Schutz an der Meeresküste; er hatte sich unter der

1. Im Arabischen ‚sieben‘; es waren im ganzen sieben.

436

Bank verborgen, und ich gewährte ihm Schutz. Dann nahm ich ihn mit mir in dem Heere der Jungfrauen, nachdem er die Rüstung angelegt hatte, so daß ihn niemand erkennen konnte, und ich führte ihn in die Stadt.' Und weiter sprach sie zu ihr: ‚Ich versuchte ihn mit Furcht vor deiner Majestät zu erfüllen, und ich schilderte ihm deine Macht und deine Stärke; aber sooft ich ihn auch zu schrecken suchte, immer weinte er und sprach Verse und sagte: ‚Ich muß meine Gattin und meine Kinder gewinnen, oder ich sterbe; ohne sie kann ich nicht in mein Land zurückkehren.' Er hat sein Leben aufs Spiel gesetzt und ist zu den Inseln von Wâk gekommen; in meinem ganzen Leben habe ich noch nie einen Sterblichen gesehen, der ein festeres Herz und kühneren Mut besäße als er; nur hat die Liebe ganz und gar Macht über ihn gewonnen.' – –«

Da bemerkte Schehrezâd, daß der Morgen begann, und sie hielt in der verstatteten Rede an. Doch als die *Achthundertundneunte Nacht* anbrach, fuhr sie also fort: »Es ist mir berichtet worden, o glücklicher König, daß die Alte, nachdem sie der Königin Nûr el-Huda die Geschichte Hasans erzählt hatte, mit den Worten schloß: ‚Ich habe noch nie jemanden gesehen, der ein festeres Herz besäße als er; nur hat die Liebe ganz und gar Macht über ihn gewonnen.' Doch als die Königin ihre Worte vernommen und die Geschichte Hasans begriffen hatte, ergrimmte sie gewaltig und neigte ihr Haupt eine Weile zu Boden; nachdem sie es dann wieder emporgehoben hatte, blickte sie auf die Alte und sprach zu ihr: ‚O du Unglücksalte, ist deine Schlechtigkeit so weit gediehen, daß du Männer aufliest und sie mit dir auf die Inseln von Wâk bringst, ja sogar mit ihnen vor mich treten willst, ohne dich vor meiner Majestät zu fürchten? Beim Haupte des Königs, hätte ich nicht Pflichten gegen dich, weil du mich erzogen und immer ver-

ehrt hast, so würde ich dich und ihn in diesem Augenblicke
den schimpflichsten Tod erleiden lassen, auf daß sich die
Wanderer an dir ein Beispiel nähmen, du Verfluchte, und
kein einziger je wieder etwas täte, wie du es getan hast, solch
eine verruchte Tat, die noch nie jemand gewagt hat! Doch
geh hin und bring ihn mir sofort, auf daß ich ihn sehe!' Da
ging die Alte fort von ihr, ganz verwirrt und ohne zu wissen,
wohin sie ihre Schritte lenkte, indem sie sich sagte: ,Mit all
diesem Unheil hat Allah mich durch diese Königin um Hasans willen heimgesucht.' So schritt sie dahin, bis sie zu Hasan
eintrat; zu dem sprach sie: ,Auf, folge dem Rufe der Königin,
o du, dessen letztes Stündlein gekommen ist!' Da machte er
sich auf mit ihr; doch seine Zunge rief unaufhörlich den Namen Allahs des Erhabenen an, und er betete: ,O Gott, steh
mir huldvoll in deinem Ratschlusse bei und mach mich von
deiner Heimsuchung frei!' Sie ging mit ihm dahin, bis sie
ihn vor Nûr el-Huda gebracht hatte; vorher aber schärfte
sie ihm ein, wie er mit der Königin reden solle. Als er dann
vor der Herrscherin stand, sah er, daß sie den Kinnschleier
angelegt hatte, und nachdem er den Boden vor ihr geküßt
hatte, begrüßte er sie mit dem Heilsgruße und sprach diese
beiden Verse:

> Gott lasse deine Macht in Freuden dauern,
> Mit Seinen Gaben überschütt Er dich!
> Der Herr erhöhe dich an Ruhm und Ansehn
> Und helf dir wider Feinde mächtiglich!

Nachdem er seine Verse vorgetragen hatte, gab die Königin
der Alten ein Zeichen, ihm vor ihr Fragen zu stellen, damit sie
seine Antworten höre. So hub denn die Alte an: ,Die Königin
erwidert deinen Gruß und läßt dich fragen, wie du heißest,
aus welchem Lande du kommst, wie deine Gattin und deine

438

Kinder heißen, um derentwillen du hierher gekommen bist, und welches der Name deiner Heimatstadt ist.' Da sprach er, festen Herzens und vom guten Geschick begünstigt: ‚O größte Königin unserer ganzen Zeit, in den Tagen unseres Zeitalters von einzigartiger Herrlichkeit, was mich angeht, so heiße ich Hasan, der Tiefbetrübte, und meine Heimatstadt ist Basra. Den Namen meiner Gattin kenne ich nicht; doch von meinen Söhnen heißt der eine Nâsir, der andere Mansûr.' Als die Königin die Worte seines Berichts vernommen hatte, sprach sie: ‚Von wo hat sie ihre Kinder mit sich genommen?' ‚O Königin,' gab er zur Antwort, ‚aus der Stadt Baghdad, und zwar aus dem Schlosse des Kalifen.' Und weiter fragte sie: ‚Hat sie auch etwas gesagt, als sie fortflog?' Hasan erwiderte: ‚Sie sprach zu meiner Mutter: ‚Wenn dein Sohn heimkehrt und wenn ihm die Zeit der Trennung zu lange währt und er mir wieder zu nahen begehrt, von den Stürmen zerzaust, in denen die sehnende Liebe braust, so soll er zu mir kommen auf die Inseln von Wâk!' Die Königin Nûr el-Huda schüttelte ihr Haupt und fuhr dann fort: ‚Wenn sie nicht mehr nach dir verlangt hätte, so hätte sie deiner Mutter nicht diese Worte gesagt. Ja, wenn sie dich nicht mehr wünschte und dein Kommen nicht begehrte, so hätte sie dich ihre Stätte nicht wissen lassen und dich nicht in ihr Land entboten.' Darauf sagte Hasan: ‚O du, der Könige Gebieterin und aller Reichen und Armen Herrscherin, was geschehen ist, habe ich dir kundgetan; ich habe dir nichts von allem verborgen. Und nun nehme ich meine Zuflucht zu Allah und zu dir. Sei nicht grausam gegen mich, sondern hab Mitleid mit mir und gewinne dir um meinetwillen den Lohn und die Vergeltung des Himmels, hilf mir, daß ich mit meiner Gattin und meinen Kindern wieder vereinigt werde! Gib mir zurück mein verlorenes Glück

und meinen Augentrost, meine Kinder, und hilf mir, sie wie-
derzuschauen!' Dann begann er zu weinen und zu seufzen und
zu klagen und diese Verse vorzutragen:

> Ich preis dich laut, solang die Ringeltaube girrt,
> Wenn mein gerechter Wunsch auch nicht erfüllet wird.
> Und werd ich von vergangner Freude jetzt durchbebt,
> So hab ich doch den Grund davon in dir erlebt.

Die Königin Nûr el-Huda senkte ihr Haupt zu Boden und
schüttelte es eine lange Weile; als sie es dann wieder emporhob, sprach sie zu Hasan: ‚Ich habe Erbarmen und Mitleid mit
dir, und ich habe beschlossen, dir alle Mädchen der Stadt und
meines ganzen Insellandes zu zeigen. Wenn du deine Gattin
erkennst, so will ich sie dir übergeben; erkennst du sie aber
nicht, so lasse ich dich töten und über der Haustür der Alten
kreuzigen.' Hasan gab ihr zur Antwort: ‚Ich nehme diese Bedingung von dir an, o größte Königin unserer Zeit.' Und dann
sprach er diese Verse:

> Du wecktest Liebesqual in mir und bliebest ruhig;
> Du nahmst dem wunden Aug den Schlaf und schliefest dann.
> Du hattest mir versprochen, mich nicht hinzuhalten;
> Doch du verrietest mich in deiner Ketten Bann.
> Ich liebte dich als Kind und wußte nichts von Liebe.
> So töte mich denn nicht; ob Unrecht klag ich laut!
> Hält dich die Gottesfurcht nicht ab, ein Lieb zu töten,
> Das nachts, wenn andre schlafen, auf die Sterne schaut?
> Bei Gott, mein Volk, wenn ich gestorben bin, so schreibet
> Auf meines Grabes Stein: Ein Liebestor ruht hier.
> Dann spricht ein Jüngling wohl, den auch die Liebe quälet,
> Wenn er mein Grab erblickt, den Friedensgruß vor mir.

Als er seine Verse beendet hatte, wiederholte er: ‚Ich willige
in die Bedingung ein, die du mir gestellt hast', und rief: ‚Es
gibt keine Macht und es gibt keine Majestät außer bei Allah,

dem Erhabenen und Allmächtigen!' Dann gab die Königin Nûr el-Huda Befehl, alle Mädchen der Stadt sollten zum Schlosse heraufkommen und an Hasan vorüberziehen, keine sollte zurückbleiben; und zwar befahl sie der alten Schawâhi, sie sollte selbst in die Stadt hinuntergehen und alle Mädchen von dort vor die Königin in ihr Schloß führen. Und bald darauf konnte die Herrscherin die Mädchen zu Hasan hineinführen, immer je hundert zur Zeit, bis es keine Mädchen mehr in der Stadt gab, die sie ihm nicht gezeigt hätte. Doch seine Gattin erblickte er nicht unter ihnen. Und als die Königin ihn fragte mit den Worten: ‚Hast du sie unter diesen allen gesehen?' antwortete er ihr: ‚Bei deinem Leben, o Königin, sie ist nicht unter ihnen!' Da ergrimmte die Königin gewaltig wider ihn und sprach zu der Alten: ‚Geh hin und hole alle, die im Palaste sind, und führe sie ihm vor!' Doch auch, als jene ihm alle Mädchen, die im Palaste waren, zeigte, konnte er seine Gattin unter ihnen nicht entdecken; und so sprach er zur Königin: ‚Bei deinem Haupte, o Königin, sie ist nicht unter ihnen!' Die Königin aber rief voll Zorn denen zu, die sie umgaben: ‚Ergreift ihn und schleift ihn fort, mit dem Gesicht zur Erde! Schlagt ihm den Kopf ab, auf daß keiner nach ihm sich erdreiste, seinen Blick zu unserem Wesen zu erheben, zu uns in unser Land zu kommen und den Boden unserer Inseln zu betreten!' Da schleppten die Leute ihn auf dem Boden fort, warfen den Saum seines Kleides über ihn, so daß sie ihm die Augen bedeckten, und stellten sich mit den Schwertern ihm zu Häupten auf, des Befehls gewärtig. Doch nun trat Schawâhi zur Königin heran, küßte den Boden vor ihr, ergriff den Saum ihres Gewandes, legte ihn sich aufs Haupt und sprach: ‚O Königin, bei dem Rechte der Erziehung, das ich an dir habe, übereile dich nicht mit ihm, zumal du weißt, daß dieser

Ärmste ein Fremdling ist und sein Leben aufs Spiel gesetzt hat, daß er Dinge erduldet hat, wie sie noch nie einer vor ihm ertragen hat, und daß Allah, der Allmächtige und Glorreiche, ihn vor dem Tode beschützt hat, weil ihm ein langes Leben bestimmt ist! Er hat von deiner Gerechtigkeit gehört und ist in dein Land und zu deiner wohlbehüteten Stätte gekommen. Wenn du ihn jetzt töten lässest, so wird die Kunde von dir durch die Wanderer verbreitet werden, daß du die Fremden hassest und sie umbringst. Auf alle Fälle aber ist er, wenn seine Frau sich nicht in deinem Lande findet, in deiner Gewalt und kann durch dein Schwert getötet werden. Wann du nur immer verlangst, daß er vor dir erscheine, kann ich ihn dir zurückbringen. Ferner habe ich ihm nur deshalb meinen Schutz gewährt, weil mein Sinn auf deine Großmut gerichtet war, um des Rechtes der Erziehung willen, das ich an dir habe, und so habe ich ihm mich dafür verbürgt, daß du ihm zu seinem Ziele verhelfen würdest; denn ich kenne doch deine Gerechtigkeit und Barmherzigkeit. Wenn ich nicht all das von dir gewußt hätte, so hätte ich ihn doch nie in dein Land gebracht. Ich habe mir auch gesagt, die Königin würde an ihm Gefallen finden und an den Versen, die er spricht, sowie an seiner reinen und feinen Rede, die einer Schnur von aufgereihten Perlen gleicht. Jetzt ist dieser Jüngling nun einmal in unser Land gekommen und hat von unserem Brote gegessen; darum haben wir Pflichten gegen ihn.' – –«

Da bemerkte Schehrezâd, daß der Morgen begann, und sie hielt in der verstatteten Rede an. Doch als die *Achthundertundzehnte Nacht* anbrach, fuhr sie also fort: »Es ist mir berichtet worden, o glücklicher König, daß damals, als die Königin Nûr el-Huda ihren Dienern befohlen hatte, Hasan zu ergreifen und ihm den Kopf abzuschlagen, die Alte sie zu besänfti-

gen suchte und zu ihr sprach: ,Er ist nun einmal in unser Land
gekommen und hat von unserem Brote gegessen; darum haben wir Pflichten gegen ihn, zumal ich ihm auch versprochen
hatte, ihn mit dir zusammenzuführen. Du weißt, daß die
Trennung ein schweres Leid ist, und du weißt auch, daß die
Trennung den Tod bringen kann, zumal die Trennung von
den Kindern. Jetzt ist von allen unseren Frauen keine mehr
übrig außer dir; so zeige auch du ihm dein Antlitz!' Da lächelte die Königin und sprach: ,Woher soll der mein Gatte
sein und Kinder von mir haben, so daß ich ihm mein Antlitz
zeigen sollte?' Dennoch befahl sie, Hasan herbeizubringen;
und als er zu ihr hereingeführt war und vor ihr stand, entschleierte sie ihr Antlitz. Kaum aber hatte er es gesehen, da
stieß er einen lauten Schrei aus und sank ohnmächtig zu Boden. Die Alte jedoch sprach ihm so lange gütig zu, bis er wieder zur Besinnung kam. Und als er aus seiner Ohnmacht erwachte, sprach er diese Verse:

> O Zephir, der du wehest aus dem Land Irâk
> Auf die Gefilde derer, die da rufen: ,Wâk',
> Eil hin und künde ihr, der ich mein Herze gab,
> Daß ich der Liebe bittren Trank gekostet hab!
> Mein Liebling, sei mir hold und üb Barmherzigkeit;
> Denn ach, mein Herz vergehet ob der Trennung Leid!

Als er seine Verse beendet hatte, erhob er sich, schaute die Königin an und stieß von neuem einen Schrei aus, der so laut war,
daß der Palast durch ihn fast auf alle niederstürzte, die in ihm
waren. Und wiederum fiel er ohnmächtig zu Boden. Doch
die Alte sprach ihm immer gütig zu, bis er erwachte; und als
sie ihn fragte, was ihm sei, sprach er: ,Diese Königin ist entweder meine Gattin, oder sie gleicht meiner Gattin am meisten von allen Leuten.' – –«

Da bemerkte Schehrezâd, daß der Morgen begann, und sie hielt in der verstatteten Rede an. Doch als die *Achthundertundelfte Nacht* anbrach, fuhr sie also fort: »Es ist mir berichtet worden, o glücklicher König, daß die Alte, als sie Hasan fragte, was ihm sei, von ihm die Antwort erhielt: ‚Diese Königin ist entweder meine Gattin, oder sie gleicht meiner Gattin am meisten von allen Leuten.‘ Da sagte die Königin zu der Alten: ‚Weh dir, o Amme, dieser Fremdling ist entweder besessen oder von Sinnen; denn er schaut mir mit starren Augen ins Antlitz.‘ Doch die Alte erwiderte ihr: ‚O Königin, dieser Jüngling ist entschuldbar. Denn das Sprichwort sagt: Für Liebesleid ist kein Mittel bereit, nur sein Wesen gleicht der Besessenheit.‘ Hasan aber weinte bitterlich und sprach diese beiden Verse:

> *Ich sehe ihre Spuren und vergeh vor Sehnsucht;*
> *An der verlaßnen Statt vergieß ich meine Zähren*
> *Und bitte Ihn, der mich durch ihren Fortgang quälte,*
> *Er möge ihre Heimkehr gnädig mir gewähren.*

Darauf sprach Hasan zur Königin: ‚Bei Allah, du bist nicht meine Gattin; aber du gleichst ihr am meisten von allen Leuten.‘ Da lachte Königin Nûr el-Huda, bis sie auf den Rücken fiel und sich dann auf die Seite neigte. Aber danach hub sie an: ‚Mein Freund, sei behutsam, prüfe mich genau und antworte mir dann auf das, wonach ich dich frage! Tu von dir all die Verzücktheit, Ratlosigkeit und Befangenheit; denn siehe, das Heil ist dir nahe!‘ Hasan erwiderte: ‚O du der Könige Gebieterin, der Reichen und Armen Schützerin, als ich dich erblickte, ward ich wie von Sinnen, da du entweder meine Gattin sein oder ihr von allen Leuten am meisten gleichen mußtest. Jetzt aber frage mich, was du willst!‘ Und sie fuhr fort: ‚Was ist es an deiner Gattin, das mir gleicht?‘ Er gab ihr zur Antwort: ‚Hohe Herrin, alles, was an dir ist an Schönheit und Lieblichkeit, Anmut und Zierlichkeit, wie deines Wuchses Ebenmäßigkeit und deiner Rede Süßigkeit, das zarte Rot deiner Wangen und deiner Brüste Prangen, und all die anderen Reize – alles gleicht ihr!' Da wandte die Königin sich zu Schawâhi Umm ed-Dawâhi und sprach zu ihr: ‚Mütterchen, führe ihn zu der Stätte zurück, an der er bei dir weilte, und nimm ihn in deine eigene Obhut, bis ich erforscht habe, was es mit ihm auf sich hat! Wenn dieser Mann wirklich hochherzigen Sinn besitzt, indem er Freundschaft und Treue und Liebe wahrt, so geziemt es uns, ihm zu helfen, daß er sein Ziel erreicht, zumal er in unser Land gekommen ist und von unserer Speise gegessen hat, trotz allem, was er ertragen mußte an Beschwerden der Reisen von Land zu Land und an furchtbaren Gefahren, die er bestand. Doch wenn du ihn in dein Haus gebracht hast, so empfiehl ihn der Pflege deiner Dienerschaft und kehre eiligst zu mir zurück. Und so Allah der Erhabene will, wird sich alles zum Guten wenden!' Darauf machte die Alte sich auf den Weg, indem sie Hasan mit sich nahm, führte ihn in ihre Wohnung und befahl ihren Sklavinnen und Sklaven und Dienern, ihm aufzuwarten. Sie gab Befehl, daß jene ihm alles bringen sollten, dessen er bedurfte, und daß ihm nichts von allem, was ihm zukam, fehlen sollte. Darauf kehrte sie eiligst zur Königin zurück, und die befahl ihr, sie solle ihre Rüstung anlegen und mit tausend heldenhaften Reiterinnen aufbrechen. Die alte Schawâhi gehorchte dem Befehl, legte ihre Waffenrüstung an und brachte die tausend Reiterinnen herbei. Und als sie dann vor der Königin stand und ihr meldete, daß die Schar zur Stelle sei, gab diese den weiteren Befehl, nach der Stadt des Großkönigs, ihres Vaters, zu ziehen und dort bei seiner Tochter Manâr es-Sanâ, ihrer jüngsten Schwester, abzusteigen und zu ihr zu sprechen: ‚Kleide deine beiden Söhne in die Panzer, die ihre Muhme ihnen gemacht hat, und schicke sie zu ihr; denn sie sehnt sich nach ihnen!' Und sie fügte noch hinzu: ‚Ich mache es dir zur Pflicht, mein Mütterchen, daß du Hasans Sache geheim hältst; und wenn du die beiden Kinder von ihr erhalten hast, so sprich zu ihr: ‚Deine Schwester lädt dich ein, sie zu besuchen.' Wenn sie dir also ihre Kinder gegeben hat und sich selbst zum Besuche aufmacht, so komm du mit den beiden eilends zu mir und laß die Mutter in Muße folgen. Und komm du auf einem anderen Wege als dem, den sie einschlägt; deine Reise sei bei Tag und bei Nacht, und sei auf deiner Hut, daß niemand etwas von alledem erfährt! Ich schwöre jetzt mit allen Eiden, wenn es sich erweist, daß meine Schwester seine Gattin ist, und wenn es offenbar wird, daß ihre Kinder seine Söhne sind, so will ich ihn nicht hindern, sie alle an sich zu nehmen und mit ihnen in seine Heimat zurückzukehren.' – –«

Da bemerkte Schehrezâd, daß der Morgen begann, und sie hielt in der verstatteten Rede an. Doch als die *Achthundertundzwölfte Nacht* anbrach, fuhr sie also fort: »Es ist mir berichtet worden, o glücklicher König, daß die Königin sprach: ‚Ich schwöre bei Allah und verpflichte mich mit allen Eiden, wenn es sich erweist, daß sie seine Gattin ist, so will ich ihn nicht hindern, sie an sich zu nehmen, nein, ich will ihm vielmehr helfen, sie zu gewinnen und mit den Seinen in seine Heimat zurückzukehren.' Die Alte vertraute ihren Worten; denn sie wußte nicht, was jene bei sich beschlossen hatte. Die Böse hatte nämlich in ihrer Seele den Plan gefaßt, Hasan zu töten, wenn ihre Schwester nicht seine Frau wäre und wenn deren Kinder ihm nicht gleich sähen. Und weiter sprach die Königin zu der Alten: ‚Mein Mütterchen, wenn meine Vermutung

mich nicht trügt, so ist meine Schwester Manâr es-Sanâ seine
Gattin; doch Allah weiß es am besten. Denn jene Beschreibung ist ihre Beschreibung, und alle die Eigenschaften, die er
geschildert hat, die herrliche Anmut und die strahlende Schönheit, finden sich bei niemandem außer bei meinen Schwestern,
zumal bei der jüngsten.' Darauf küßte die Alte ihr die Hand,
kehrte zu Hasan zurück und tat ihm kund, was die Königin
gesagt hatte; er aber ward von Freuden wie von Sinnen, eilte
auf sie zu und küßte ihr das Haupt. Doch sie sprach zu ihm:
‚Mein Sohn, küsse mich nicht auf das Haupt, küsse mich auf
den Mund, und dieser Kuß möge die Freude über deine Rettung besiegeln! So hab denn Zuversicht und quäl dich nicht;
und deine Brust werde weit und frei! Mißgönne mir nicht
den Kuß auf den Mund; denn ich bin die Ursache deines Wiedersehens mit ihr! Drum noch einmal, tröste Herz und Gemüt, atme voll aus freier Brust, dein Blick sei froh und deine
Seele heiter!' Darauf sagte sie ihm Lebewohl und wandte sich
zum Gehen, während er diese beiden Verse sprach:

> *Ich hab in meiner Lieb zu dir nun vier der Zeugen,*
> *Wo sonst in allen Dingen nur zwei Zeugen sind:*
> *Das Pochen meines Herzens, meiner Glieder Beben,*
> *Mein sicher Leib, die Zunge, der das Wort gerinnt.*

Ferner sprach er auch diese beiden Verse:

> *Wenn mein Aug um zweier Dinge willen blut'ge Tränen weint,*
> *Bis es gar von seinem Schwinden Kunde uns zu geben scheint,*
> *Wird den beiden ihres Rechtes nicht der zehnte Teil gebracht:*
> *Das ist Scheiden der Geliebten und der Jugendblüte Pracht.*[1]

Die Alte machte sich also, gerüstet wie sie war, mit den tausend gewappneten Reiterinnen, die sie herbeigeholt hatte, auf

1. Der Sinn ist, daß selbst blutige Tränen nicht genügen, um den vollen
Abschiedsschmerz und die ganze Liebe zur jungen Schönen auszudrücken.

den Weg zu jener Insel, auf der die Schwester der Königin weilte; und sie zog ihres Weges dahin, bis sie im Lande der Prinzessin ankam; es lag zwischen der Stadt von Nûr el-Huda und der Stadt ihrer Schwester ein Weg von drei Tagen. Als nun Schawâhi jene Stadt erreicht hatte und zu Manâr es-Sanâ, der Schwester der Königin, eingetreten war, sprach sie den Friedensgruß vor ihr, überbrachte ihr die Grüße ihrer Schwester Nûr el-Huda und berichtete ihr, daß jene nach ihr und ihren Kindern Sehnsucht habe. Auch tat sie ihr kund, daß die Herrscherin ihr Vorwürfe mache, weil sie ihr keinen Besuch abgestattet habe. Da sagte Prinzessin Manâr es-Sanâ zu ihr: ‚Ich bin im Unrecht gegen meine Schwester, und ich habe meine Pflicht verabsäumt, da ich sie nicht besucht habe. So will ich ihr denn sofort einen Besuch abstatten.' Dann befahl sie, ihre Zelte vor die Stadt zu bringen, und sie nahm mit sich für ihre Schwester Geschenke und Kostbarkeiten, wie sie ihr gebührten. Der König aber, ihr Vater, schaute gerade durch ein Fenster seines Palastes, und als er die Zelte aufgeschlagen sah, fragte er, was das bedeute. Es ward ihm geantwortet: ‚Die Prinzessin Manâr es-Sanâ hat ihre Zelte an jener Straße aufschlagen lassen, da sie ihre Schwester Nûr el-Huda zu besuchen gedenkt.' Als der König das hörte, rüstete er ein Heer aus, das sie zu ihrer Schwester geleiten sollte; auch ließ er aus seinen Schatzkammern so viele Schätze, Vorräte an Speise und Trank, Kostbarkeiten und Edelsteine herbeischaffen, daß keine Worte sie beschreiben können. Nun hatte der König sieben Töchter, leibliche Schwestern von demselben Vater und derselben Mutter mit Ausnahme der jüngsten. Die älteste hieß Nûr el-Huda, die zweite Nadschm es-Sabâh, die dritte Schams ed-Duha, die vierte Schadscharat ed-Durr, die fünfte Kût el-Kulûb, die sechste Scharaf el-Banât; die siebente aber hieß

Manâr es-Sanâ, und sie war die jüngste, sie, die Gattin Hasans, und sie war nur von Vaters Seite her die Schwester der anderen. Die Alte aber trat von neuem heran und küßte den Boden vor Manâr es-Sanâ; da fragte die Prinzessin: ‚Hast du einen Wunsch, mein Mütterchen?‘ Und Schawâhi gab ihr zur Antwort: ‚Die Königin Nûr el-Huda, deine Schwester, gebietet dir, deine beiden Söhne anders zu kleiden und ihnen die Rüstungen anzulegen, die sie ihnen gemacht hat, und die beiden durch mich zu ihr zu senden; ich soll sie mitnehmen und mit ihnen vorausreiten, um ihr die frohe Botschaft deiner Ankunft zu melden.‘ Als Manâr es-Sanâ die Worte der Alten vernommen hatte, erblich sie und senkte ihr Haupt zu Boden. Lange Zeit saß sie gebeugten Hauptes da; dann aber schüttelte sie ihr Haupt und hob es zu der Alten empor und sprach zu ihr: ‚O Mutter, mein Innerstes zittert, und mir pocht das Herz, da du von meinen Kindern sprichst. Seit der Zeit, da sie geboren wurden, hat niemand ihre Gesichter geschaut, weder ein Geisterwesen noch ein Menschenkind, weder Frau noch Mann; ja, ich hüte sie sogar vor dem Zephir, wenn er bläst.‘ Die Alte aber rief: ‚Was für Worte sind das, meine Gebieterin? Fürchtest du etwa, daß deine Schwester ihnen ein Leids antut?‘ – –«

Da bemerkte Schehrezâd, daß der Morgen begann, und sie hielt in der verstatteten Rede an. Doch als die *Achthundertunddreizehnte Nacht* anbrach, fuhr sie also fort: »Es ist mir berichtet worden, o glücklicher König, daß die Alte zur Herrin Manâr es-Sanâ sprach: ‚Was für Worte sind das, meine Gebieterin? Fürchtest du etwa, daß deine Schwester ihnen ein Leids antut? Der Himmel schütze deinen Verstand! Wenn du auch der Königin hierin nicht gehorchen wolltest, so könntest du doch nicht ihrem Willen zuwider handeln; denn sie wird dich deshalb zur Rede stellen. Freilich, meine Gebieterin, diese Kinder sind noch klein, und es ist zu verstehen, daß du um sie besorgt bist; denn die Liebe ist rasch bereit, Schlimmes zu ahnen. Aber, liebe Tochter, du kennst doch meine Zärtlichkeit und meine Liebe zu dir und zu deinen Kindern; ich habe euch ja vor ihnen aufgezogen. Und wenn ich sie in meine Obhut nehme, so will ich meine Wange für sie zum Kissen machen, ich will mein Herz auftun und sie darin bergen; darum bedarf ich auch keiner Ermahnung, sie in einem Falle wie diesem zu schützen. Hab Zuversicht und quäl dich nicht, schicke sie mit mir zu ihr; ich werde höchstens einen Tag oder zwei vor dir dort sein!' So drang sie unablässig in sie, bis die Prinzessin ihr nachgab, aus Furcht vor dem Zorn ihrer Schwester und ohne zu wissen, was in der dunklen Zukunft für sie verborgen war. Und sie willigte ein, die Kinder mit der Alten zu schicken. Aber zuvor ließ sie die beiden noch zu sich kommen, badete sie und übergab sie der Alten, nachdem sie alles für sie bereitet, ihre Kleider ausgezogen und ihnen die Rüstungen angelegt hatte. Jene nahm sie und eilte mit ihnen davon wie ein Vogel im Fluge, doch auf einem anderen Wege als dem, den ihre Mutter einschlagen wollte, genau so wie die Königin Nûr el-Huda ihr eingeschärft hatte; und sie zog in aller Eile mit ihnen dahin, da sie um sie besorgt war, bis sie in die Nähe der Stadt von Königin Nûr el-Huda kam. Dann überschritt sie mit ihnen den Strom, zog in die Stadt ein und begab sich mit ihnen alsbald zu ihrer Muhme, der Königin. Als die sie erblickte, hatte sie ihre Freude an ihnen; und sie umarmte sie, zog sie an ihre Brust und ließ den einen auf ihrem rechten Beine, den anderen auf dem linken Beine sitzen. Dann wandte sie sich zu der Alten und sprach zu ihr: ,Hole mir jetzt Hasan! Ich habe ihm meinen Schutz gewährt und ihn verschont mit meinem Schwert; er hat in meinem Hause Zuflucht begehrt und ist in meinem Heime eingekehrt, er, der furchtbare Gefahren bestand und Schrecken des Todes, die immer stärker wurden, überwand. Doch auch jetzt ist er nicht sicher vor Gefahr, noch kann er den Todesbecher trinken, noch kann sein Lebenshauch ins Nichts versinken.' – –«

Da bemerkte Schehrezâd, daß der Morgen begann, und sie hielt in der verstatteten Rede an. Doch als die *Achthundertundvierzehnte Nacht* anbrach, fuhr sie also fort: »Es ist mir berichtet worden, o glücklicher König, daß die Königin Nûr el-Huda, nachdem sie der Alten befohlen hatte, Hasan zu bringen, zu ihr sprach: ,Er ist es, der furchtbare Gefahren bestand und Schrecken des Todes, die immer stärker wurden, überwand; doch auch jetzt ist er nicht sicher vor Gefahr, noch kann er den Todesbecher trinken, noch kann sein Lebenshauch ins Nichts versinken.' Darauf erwiderte ihr die Alte: ,Wenn ich ihn jetzt vor dich bringe, willst du ihn dann mit seinen Kindern vereinen? Und willst du, wenn sie nicht seine Kinder sind, ihm verzeihen und ihn in sein Land heimsenden?' Die Königin aber, als sie diese Worte vernahm, ergrimmte gewaltig und rief: ,Weh dir, du Unglücksalte! Wie lange noch willst du mich in Sachen dieses fremden Mannes überlisten, dessen, der sich wider uns erdreistet und unseren Schleier aufgedeckt und unser Leben ausgeforscht hat? Glaubt er denn, er könnte in unser Land kommen und unsere Gesichter anschauen und unsere Ehre beflecken und hernach wohlbehalten in sein Land zurückkehren? Dann möchte er wohl in seinem Lande und unter seinem Volke sein Wissen über uns preisgeben, so daß die Kunde von uns zu allen Königen in der ganzen Welt dringt; dann möchten wohl die Kaufleute mit Berichten über uns nach allen Himmelsrichtungen ziehen und erzählen: ‚Ein Sterblicher ist in die Inseln von Wâk eingedrungen, hat das Land der Zauberer und Wahrsager durchzogen, die Gebiete der Dämonen und der wilden Tiere und der Raubvögel betreten und ist wohlbehalten zurückgekehrt!' Das soll nimmermehr geschehen! Ich schwöre bei Ihm, der den Himmel schuf und seinen Bau bereitete, der die Erde ebnete und weitete, der die Geschöpfe erschuf und ihre Zahl leitete, wenn sie nicht seine Kinder sind, so will ich ihn gewißlich töten, ja, ich will ihm mit meiner eigenen Hand den Kopf abschlagen.' Dann schrie sie die Alte so laut an, daß die vor Schrecken zu Boden fiel; und sie hetzte den Kammerherrn und zwanzig Mamluken auf sie, indem sie zu ihnen sprach: ‚Schleppt diese Alte mit euch und bringt mir eilends den Burschen, der bei ihr in ihrem Hause ist!' So wurde denn die Alte von dem Kammerherrn und den Mamluken dahingeschleppt, bleich von Angesicht und zitternd an allen Gliedern; und als sie bei ihrer Wohnung ankam, schlich sie zu Hasan hinein. Wie der sie hereinkommen sah, erhob er sich vor ihr, küßte ihr die Hände und begrüßte sie. Doch sie gab ihm den Gruß nicht zurück, sondern sprach zu ihm: ‚Auf, folge dem Rufe der Königin! Hab ich dir nicht gesagt, du solltest in dein Land heimkehren? Hab ich dir nicht von alledem abgeraten? Aber du wolltest nicht auf meine Worte hören! Hab ich dir nicht gesagt, ich wollte dir geben, was keiner je erlangen kann, aber du solltest sogleich wieder in deine Heimat ziehen? Doch du gehorchtest mir nicht und hörtest nicht auf mich, du handeltest wider meinen Rat und wähltest lieber das Verderben für mich und für dich. Da hast du nun, was du erwählt hast; der Tod ist nahe. Nun folge dem Rufe dieser gemeinen Dirne, dieser grausamen Tyrannin!' Da sprang Hasan auf, gebrochenen Mutes und betrübten Herzens, und rief in seiner Angst:

‚O Himmel, hilf! Mein Gott, sei mir gnädig in der Not, die du über mich verhängt hast, schütze mich, du barmherzigster Erbarmer!' Und indem er sein Leben schon verloren gab, ging er mit den zwanzig Mamluken, dem Kammerherrn und der Alten. Die führten ihn vor die Königin, und da sah er, wie seine beiden Söhne Nâsir und Mansûr auf ihrem Schoße saßen, während sie mit ihnen friedlich spielte. Sowie sein Blick auf sie fiel, erkannte er sie; und er stürzte mit einem lauten Schrei ohnmächtig zu Boden, so sehr hatte ihn die Freude an seinen Kindern überwältigt. – –«

Da bemerkte Schehrezâd, daß der Morgen begann, und sie hielt in der verstatteten Rede an. Doch als die *Achthundertundfünfzehnte Nacht* anbrach, fuhr sie also fort: »Es ist mir berichtet worden, o glücklicher König, daß Hasan, sowie sein Blick auf seine Kinder fiel, sie erkannte und mit einem lauten Schrei ohnmächtig zu Boden fiel. Als er dann wieder zu sich kam, erkannte er sie von neuem; und auch sie erkannten ihn, und die natürliche Liebe trieb sie, so daß sie sich von dem Schoße der Königin losmachten und zu Hasan eilten; und Allah, der Allgewaltige und Glorreiche, ließ sie reden und ausrufen: ‚O unser Vater!' Da weinten die Alte und alle, die zugegen waren, von zärtlichem Erbarmen mit ihnen gerührt, und sie riefen: ‚Preis sei Allah, der euch mit eurem Vater wiedervereinigt hat!' Hasan aber, der gerade aus seiner Ohnmacht erwacht war, umarmte seine Söhne unter Tränen und verlor dann von neuem die Besinnung. Und als er von dieser Ohnmacht sich erholt hatte, sprach er die folgenden Verse:

> So wahr du lebst, ich kann die Trennung nicht ertragen,
> Und brächte mir das Wiedersehen auch den Tod!
> Mir sagt dein Schattenbild im Traum: Wir sehn uns morgen.
> Doch leb ich noch bis morgen trotz der Feindesnot?

So wahr du lebst, o Herrin, seit dem Trennungstage
Erfreut mich nimmermehr die Wonne dieser Welt.
Wenn Allah mich in meiner Liebe sterben lässet,
Sterb ich den Liebestod als großer Glaubensheld.[1]
Im Innern meines Herzens äste die Gazelle;
Jetzt floh ihr Leib, wie auch kein Schlaf im Aug mir ruht.
Wenn sie dem Richter sagt, mein Blut sei nicht vergossen,
Ist ihrer Wangen Röte Zeuge für das Blut!

Als nun die Königin sich überzeugte, daß die Kleinen die Kinder Hasans waren und daß ihre Schwester, die Herrin Manâr es-Sanâ, seine Gattin war, die zu suchen er gekommen war, ergrimmte sie sehr, und ihre Wut wider sie kannte keine Grenzen mehr. ––«

Da bemerkte Schehrezâd, daß der Morgen begann, und sie hielt in der verstatteten Rede an. Doch als die *Achthundertundsechzehnte Nacht* anbrach, fuhr sie also fort: »Es ist mir berichtet worden, o glücklicher König, daß die Königin Nûr el-Huda, als sie sich überzeugt hatte, daß die Kleinen die Kinder Hasans waren und daß ihre Schwester, die Herrin Manâr es-Sanâ, seine Gattin war, die zu suchen er gekommen war, so sehr von Zorn wider sie entbrannte, daß ihre Wut keine Grenzen mehr kannte. Und sie schrie Hasan ins Gesicht, so daß er ohnmächtig niedersank. Als er dann wieder zu sich kam, sprach er diese Verse:

Fern bist du, doch von allen Menschen mir die nächste;
Du weilst in meinem Herzen und bist doch so weit.
Bei Allah, nie hab ich mich andren zugewendet;
Doch trug ich in Geduld des Schicksals Grausamkeit.
Die Nächte kommen wohl und gehn, seit ich dich liebe;
In meinem Herzen lohen Glut und Feuerbrand.

1. Der Tod um der Liebe willen soll dem Märtyrertod gleich geachtet werden.

Einst konnte ich die Trennung keine Stunde tragen;
Wie nun? – Es zogen Monde über mich ins Land!
Der Zephir gar, der dich umweht, weckt mir den Neid;
Und eifersüchtig denk ich an die schöne Maid!

Nachdem Hasan seine Verse beendet hatte, fiel er alsbald wieder in Ohnmacht. Als er aber zur Besinnung kam, sah er, daß man ihn auf seinem Gesicht hinausgeschleift hatte; da erhob er sich und schritt weiter, indem er über seine Säume stolperte und kaum noch glaubte, daß er dem entronnen sei, was er von der Königin erleiden mußte. Das war für die Alte Schawâhi schmerzlich anzusehen; aber sie wagte es nicht, zur Königin ein Wort über ihn zu sprechen, da jene so wild ergrimmt war. Und wie Hasan sich nun draußen vor dem Schlosse befand, ward er völlig verstört, und er wußte nicht, wohin er gehen, zu wem er kommen, noch welchen Weg er einschlagen sollte. Die Welt in all ihrer Weite ward ihm zu eng, und er hatte niemanden, der ein freundlich Wort mit ihm redete oder ihn tröstete, niemanden, den er um Rat fragen, bei dem er Schutz und Zuflucht suchen konnte. So sah er den sicheren Tod vor Augen, da er nicht zurückreisen konnte und niemanden wußte, der mit ihm reisen würde; ja, er kannte nicht einmal den Weg, und es war ihm unmöglich, das Tal der Dämonen und das Land der wilden Tiere und die Inseln der Raubvögel zu durchziehen; und so gab er sich ganz verloren. Dann weinte er um sein Schicksal, bis er in Ohnmacht sank; als er das Bewußtsein wiedererlangte, gedachte er seiner Kinder und seiner Gattin und ihrer Reise zu ihrer Schwester, und er stellte sich im Geiste vor, was ihr wohl von der Königin, ihrer Schwester, widerfahren würde. Und er bereute, daß er in jenes Land gezogen war und auf niemandes Wort gehört hatte; und er sprach diese Verse:

Laßt meine Augen weinen, da die Lieben schwanden!
Jetzt ist mein Trost gering, jetzt ward der Not noch mehr.
Ich hab der Trennung Leidensbecher ganz geleeret;
Wem ist Verlust der Lieben nicht untragbar schwer?
Ihr habt der Schande Teppich zwischen uns gebreitet –
Wer hebt dich, Unheilsteppich, endlich von uns ab?
Ich wachte; doch ihr schlieft und glaubtet, ich vergäße
Der Lieb – Vergessen ist's, was ich vergessen hab.
Fürwahr, mein Herz brennt heiß danach, mich euch zu nahen;
Ihr seid ja meine Ärzte, habt die Arzenei.
Seht ihr denn nicht, was ich durch eure Härte leide?
Vor hoch und niedrig ward mein Leid den Blicken frei.
Ach, ich verbarg die Liebe; doch die Sehnsucht zeigt sie;
Mein Herz wird immer von der Liebesglut verbrannt.
Erbarmt euch meiner Not, habt Mitleid mit mir Armem!
Ich gab, getreu dem Bund, Verborgnes nie bekannt.
Ach, wird wohl das Geschick mit euch mich noch vereinen?
Ihr seid mein Herzenswunsch, euch liebt die Seele mein.
Mein Herz ward durch die Trennung wund; o möchte Kunde
Von eurer Stätte mir zum Glück beschieden sein!

Als er diese Verse gesprochen hatte, ging er weiter, bis er vor die Stadt kam; dort gelangte er zu dem Strom, und an dessen Ufer zog er entlang, ohne zu wissen, wohin er sich wenden sollte. So stand es um Hasan.

Sehen wir nun, wie es seiner Gattin Manâr es-Sanâ erging! Sie wollte sich am Tage darauf, nachdem die Alte fortgezogen war, auch selbst auf den Weg machen; und während sie sich zum Aufbruch rüstete, trat plötzlich der Kammerherr des Königs, ihres Vaters, zu ihr herein und küßte den Boden vor ihr. – –«

Da bemerkte Schehrezâd, daß der Morgen begann, und sie hielt in der verstatteten Rede an. Doch als die *Achthundertundsiebenzehnte Nacht* anbrach, fuhr sie also fort: »Es ist mir berichtet worden, o glücklicher König, daß damals, als Manâr es-Sanâ sich zum Aufbruch rüstete, plötzlich der Kammerherr des Königs, ihres Vaters, zu ihr eintrat, den Boden vor ihr küßte und sprach: ‚O Prinzessin, der Großkönig entbietet dir seinen Gruß und ruft dich zu sich.' Da erhob sie sich und begab sich mit dem Kammerherrn zu ihrem Vater, um zu erfahren, was er wünsche. Und als ihr Vater sie sah, ließ er sie an seiner Seite auf dem Thron sitzen und sprach zu ihr: ‚Liebe Tochter, wisse, ich habe in dieser Nacht einen Traum gesehen, der mich um dich besorgt macht und mich fürchten läßt, dir könnte aus dieser deiner Reise langer Kummer erwachsen.' Sie fragte: ‚Warum, mein Väterchen? Was hast du im Traume gesehen?' Und er fuhr fort: ‚Ich träumte, ich wäre in eine Schatzkammer gekommen und hätte dort große Reichtümer, Edelsteine und viele Rubinen gesehen. Und es war, als ob mir von all den Schätzen und all den Edelsteinen nur sieben Steine gefielen; die waren am schönsten von allem, was dort war. Von diesen sieben Edelsteinen wählte ich einen aus; der war wohl der kleinste von ihnen, aber auch der schönste und glänzendste. Und weiter träumte mir, ich nähme diesen Stein in die Hand, da ich an seiner Schönheit Gefallen hatte, und ging mit ihm aus der Schatzkammer hinaus. Und als ich aus der Tür trat, öffnete ich voll Freuden meine Hand und wandte den kostbaren Stein hin und her. Aber da erschien plötzlich ein fremder Vogel, der aus einem fernen Land kam und nicht zu den Vögeln unseres Landes gehörte; der stürzte vom Himmel auf mich herab, riß mir den Stein aus der Hand und kehrte mit ihm dorthin zurück, von wo er gekommen war.[1] Da kam Sorge und Trauer und Angst über mich, und große Furcht schreckte mich aus dem Schlafe auf. So erwachte ich denn betrübt und bekümmert um jenen kostbaren Stein. Und als ich wieder wach war, berief ich die Traumdeuter und Ausleger

1. So nach der besseren Lesart der Breslauer Ausgabe.

und erzählte ihnen meinen Traum. Sie aber sprachen zu mir: ‚Siehe, du hast sieben Töchter, von ihnen wirst du die jüngste verlieren, sie wird dir mit Gewalt wider deinen Willen genommen werden.' Nun bist du, meine Tochter, die jüngste und mir die teuerste und liebste von meinen Töchtern; und du stehst im Begriffe, zu deiner Schwester zu reisen. Ich weiß aber nicht, was dir von ihr widerfahren wird; drum geh nicht fort, sondern kehre in dein Schloß zurück!' Als Manâr es-Sanâ die Worte ihres Vaters vernahm, pochte ihr das Herz, und sie ward um ihre Kinder besorgt; und sie senkte ihr Haupt eine Weile zu Boden. Nachdem sie es dann wieder zu ihrem Vater emporgehoben hatte, sprach sie zu ihm: ‚O König, die Königin Nûr el-Huda hat für mich ein Gastmahl gerüstet, und sie wartet von Stunde zu Stunde auf mein Kommen. Seit vier Jahren hat sie mich nicht mehr gesehen; und wenn ich es unterlasse, sie zu besuchen, so wird sie mir zürnen. Höchstens einen Monat werde ich bei ihr bleiben; dann werde ich wieder bei dir sein. Wer ist denn der Mann, der in unser Land eindringen und zu den Inseln von Wâk gelangen kann? Wer ist imstande, das Weiße Land und den Schwarzen Berg zu betreten und die Kampferinseln und das Kristallschloß[1] zu erreichen? Wie könnte er durch das Tal der Vögel, dann durch das Tal der wilden Tiere, dann durch das Tal der Dämonen ziehen und so auf unseren Inseln landen? Ja, wenn ein Fremdling wirklich hierher kommen sollte, so würde er doch im Meere des Verderbens ertrinken. Drum hab Zuversicht und quäl dich nicht wegen meiner Reise; es hat doch niemand die Macht, unser Land zu betreten!' In dieser Weise redete sie ihm so lange zu, bis er ihr die Erlaubnis zur Reise gewährte. – –«

1. So nach der wohl besseren Lesart der Breslauer Ausgabe; vgl. auch Band II, Seite 78, Zeile 13 f.

Da bemerkte Schehrezâd, daß der Morgen begann, und sie hielt in der verstatteten Rede an. Doch als die *Achthundertund-achtzehnte Nacht* anbrach, fuhr sie also fort: »Es ist mir berichtet worden, o glücklicher König, daß die Prinzessin ihrem Vater so lange zuredete, bis er ihr die Erlaubnis zur Reise gewährte. Dann gab er Befehl, tausend Reiter sollten mit ihr ziehen, bis sie zum Strome kämen, und dort sollten sie warten, während sie zur Stadt ihrer Schwester zöge und sich in ihren Palast begäbe; ferner befahl er, sie sollten nach ihrer Rückkehr bei ihr bleiben und sie zu ihrem Vater geleiten. Ihr selbst aber schärfte er ein, nur zwei Tage bei ihrer Schwester zu bleiben und danach eilends heimzukehren. ,Ich höre und gehorche!' erwiderte sie; dann erhob sie sich und ging hinaus, und er gab ihr zum Abschied das Geleit. Die Worte ihres Vaters jedoch hatten tiefen Eindruck auf ihr Herz gemacht, und sie war in Sorgen um ihre Kinder. Doch was kann es nützen, sich gegen den Ansturm des Schicksals durch Vorsicht zu schützen? Sie zog nun drei Tage und Nächte eilends dahin, bis sie den Strom erreichte und an seinem Ufer ihre Zelte aufschlug; dann überschritt sie den Strom, begleitet von einigen ihrer Diener, Gefolgsleute und Wesire. Nachdem sie darauf die Stadt der Königin Nûr el-Huda erreicht hatte, zog sie zum Schlosse hinauf, trat ein zur Königin und erblickte ihre Kinder, wie sie dort weinten und immer riefen: ,O unser Vater!' Da rannen ihr die Tränen aus den Augen, und sie mußte weinen. Dann zog sie die Kinder an ihre Brust und sprach zu ihnen: ,Habt ihr euren Vater gesehen? Wäre die Stunde doch nie gewesen, in der ich mich von ihm trennte! Wüßte ich, daß er noch im Hause der Welt lebt, so würde ich euch zu ihm bringen!' Und sie klagte um sich und um ihren Gatten und um ihre weinenden Kinder und sprach diese Verse:

O du mein Lieb, trotz allen Fernseins, aller Härte
Begehr ich dein und liebe dich, wo du auch bist.
Mein Auge wendet immer sich nach deinem Lande;
Mein Herz beklagt die Zeit, die uns verloren ist.
Wie manche Nacht verbrachten wir, von Angst befreit,
In Liebe und beglückt von Treu und Zärtlichkeit.

Als aber ihre Schwester sah, wie sie ihre Kinder ans Herz drückte, und hörte, wie sie sprach: ‚Ich selber habe so an mir und an meinen Kindern gehandelt und habe mein Haus zugrunde gerichtet‘, da bot sie ihr keinen Gruß, sondern schrie sie an: ‚Du Dirne, woher hast du diese Kinder? Hast du dich ohne Wissen deines Vaters vermählt oder hast du gebuhlt? Wenn du gebuhlt hast, so müssen wir dich aufs härteste bestrafen; doch wenn du dich ohne unser Wissen vermählt hast, warum hast du dann deinen Gatten verlassen und deine Söhne mitgenommen, so daß du sie von ihrem Vater trenntest, und bist in unser Land gekommen?‘ – –«

Da bemerkte Schehrezâd, daß der Morgen begann, und sie hielt in der verstatteten Rede an. Doch als die *Achthundertundneunzehnte Nacht* anbrach, fuhr sie also fort: »Es ist mir berichtet worden, o glücklicher König, daß Königin Nûr el-Huda zu ihrer Schwester Manâr es-Sanâ sprach: ‚Wenn du dich ohne unser Wissen vermählt hast, warum hast du dann deinen Gatten verlassen und deine Söhne mitgenommen, so daß du sie von ihrem Vater trenntest, und bist in unser Land gekommen? Du hast deine Kinder vor uns verborgen. Glaubst du denn, daß wir darum nicht wüßten? Allah der Erhabene, der die verborgenen Dinge kennt, hat dein Geheimnis ans Licht gebracht, er hat dein Leben offenbar gemacht und deine Blöße enthüllt!‘ Alsbald befahl sie ihren Wächtern, sie zu ergreifen; und die legten Hand an sie, und die Königin selber band ihr die Hände auf den Rücken, legte ihr eiserne Fesseln an und schlug sie so grausam, daß sie ihr das Fleisch zerschnitt, und hängte sie an den Haaren auf. Und sie warf sie ins Gefängnis und schrieb einen Brief an den Großkönig, ihren Vater, um ihm von ihr zu berichten, des Inhalts: ,Wisse, es ist in unserem Lande ein Sterblicher erschienen, und meine Schwester Manâr es-Sanâ behauptet, daß sie ihm rechtmäßig vermählt ist und ihm zwei Söhne geboren hat; sie hat die beiden aber vor uns und vor dir verborgen und nichts über sich laut werden lassen, bis jener Sterbliche, dessen Name Hasan ist, zu uns kam und uns berichtete, daß er sich mit ihr vermählt habe und daß sie lange Zeit bei ihm geblieben sei; dann habe sie ihre Kinder genommen und sei ohne sein Wissen fortgeeilt; zu seiner Mutter aber habe sie bei ihrem Fortgang die Worte gesprochen: ,Deinem Sohn sage, wenn ihn die Sehnsucht plage, so solle er auf den Inseln von Wâk zu mir kommen.' Ich ließ den Mann festnehmen und sandte die alte Schawâhi, um sie und ihre Kinder zu mir zu holen; und sie rüstete sich und kam. Vorher aber hatte ich der Alten befohlen, sie solle mir die Kinder zuerst bringen, indem sie mit ihnen vorauseilte, ehe meine Schwester käme; und so kam die Alte mit den Kindern, ehe Manâr es-Sanâ eintraf. Da schickte ich nach dem Manne, der behauptete, ihr Gatte zu sein; und als er zu mir eintrat und die Kinder sah, erkannte er sie, und sie erkannten ihn. Da war ich überzeugt, daß die Kleinen seine Kinder sind und daß sie seine Gattin ist, und ich sah ein, daß die Rede des Mannes wahr ist und daß ihn kein Tadel trifft. Ich ward mir aber auch dessen bewußt, daß Schmach und Schande nur auf meiner Schwester ruhen, und ich geriet in Sorge, daß unsere Ehre vor dem Volke unserer Inseln bloßgestellt werden könnte. Als nun diese gemeine Dirne zu mir eintrat, da ergrimmte ich wider sie und schlug sie heftig und hängte sie an den Haaren auf. Nun habe ich dir von ihr Kunde gegeben; der Befehl aber steht bei dir, und was du uns befiehlst, werden wir tun. Du weißt, daß von dieser Sache unsere Ehre abhängt und daß sie Schmach bringen kann über uns und über dich. Vielleicht werden die Bewohner der Inseln davon hören, und dann werden wir zum Sprichworte unter ihnen. Deshalb geziemt es sich, daß du uns rasche Antwort gibst.' Diesen Brief übergab sie einem Boten, und der brachte ihn dem König. Als aber der Großkönig ihn gelesen hatte, ergrimmte er gewaltig wider seine Tochter Manâr es-Sanâ, und er schrieb sofort einen Brief an seine Tochter Nûr el-Huda, des Inhalts: ‚Ich lege ihr Schicksal in deine Hand, und ich gebe dir Gewalt über ihr Blut. Wenn alles sich so verhält, wie du mir gemeldet hast, so töte sie, ohne mich über sie zu befragen!' Als sie den Brief ihres Vaters erhalten und gelesen hatte, ließ sie Manâr es-Sanâ vor sich kommen; die Schwester kam, ertrunken in ihrem Blute, die Hände mit ihrem Haar auf dem Rücken gebunden, mit schweren Eisenketten gefesselt und mit einem härenen Gewande bekleidet. Da stand sie nun vor der Königin, in Schmach und Elend; und als sie sich so furchtbar gedemütigt und so tief erniedrigt sah, gedachte sie ihrer früheren Herrlichkeit, und sie weinte bitterlich und sprach diese beiden Verse:

> O Herr, die Feinde trachten mich zu töten.
> ‚Er kann uns nicht entfliehen', ist ihr Wort.
> Ich fleh zu dir, daß du ihr Tun vernichtest;
> Du, Herr, bist des bedrängten Beters Hort.

Dann weinte sie von neuem bitterlich, bis sie in Ohnmacht sank; und als sie wieder zu sich kam, sprach sie diese beiden Verse:

> Vertraut ist meinem Herzen Leid, und ich bin's ihm,
> Nachdem wir uns gemieden – Edle sind vertraut.

Ach, meine Sorgen sind nicht nur von Einer Art;
Ich hab sie tausendfach und preise Allah laut.

Und weiter sprach sie diese beiden Verse:

Wie manches Unglück gibt es, gegen das dem Manne,
Wenn Gott ihm keine Hilfe leiht, die Kraft gebricht!
Schwer war's –, als seine Maschen immer enger wurden,
Kam Rettung. Ach, ich glaubte, Rettung käme nicht! – –«

Da bemerkte Schehrezâd, daß der Morgen begann, und sie
hielt in der verstatteten Rede an. Doch als die *Achthundertund-*
zwanzigste Nacht anbrach, fuhr sie also fort: »Es ist mir berichtet worden, o glücklicher König, daß damals, als die Königin Nûr el-Huda befohlen hatte, ihre Schwester Manâr es-
Sanâ herbeizubringen, diese vor sie gebracht wurde, gefesselt
wie sie war, und daß sie die genannten Verse sprach. Darauf
ließ die Königin für sie eine hölzerne Leiter bringen und warf
sie darauf der Länge nach nieder; den Eunuchen befahl sie, die
Prinzessin rücklings auf der Leiter festzubinden, während sie
selbst ihr die Arme ausbreitete und die mit Stricken festband.
Dann entblößte sie ihrer Schwester Haupt und wand ihr das
Haar um die Leiter; so sehr war alles Mitgefühl aus ihrem
Herzen entschwunden. Und als Manâr es-Sanâ sich in einem
solchen Zustande der Demütigung und Erniedrigung sah,
schrie sie auf und weinte; aber niemand kam ihr zu Hilfe. Da
sprach sie zur Königin: ,O Schwester, wie konnte dein Herz
sich wider mich erhärten? Hast du denn kein Mitleid mit mir,
kein Erbarmen mit diesen kleinen Kindern?' Jene aber, als sie
diese Worte hörte, ward nur noch verstockter, und sie
schmähte ihre Schwester, indem sie rief: ,O du Buhlerin! O
du Dirne! Allah erbarme sich nie dessen, der sich deiner erbarmt! Wie sollte ich Mitleid haben mit dir, du gemeines
Weib?' Da sagte Manâr es-Sanâ, die ausgestreckt dalag: ,Ich

rufe den Herrn des Himmels wider dich an: das, wegen dessen du mich schmähst, hab ich nicht begangen! Bei Allah, ich habe nicht gebuhlt, ich bin rechtmäßig mit ihm vermählt; der Herr weiß, ob ich die Wahrheit spreche oder nicht. Mein Herz erglüht von Zorn wider dich wegen deiner maßlosen Herzenshärte gegen mich. Wie kannst du ohne jedes Wissen mich mit der Anklage der Buhlerei bewerfen? Aber der Herr wird mich von dir befreien. Wenn jedoch das, was du mir von Buhlschaft vorwirfst, wirklich wahr ist, so soll Allah mich deswegen sogleich bestrafen!' Die Königin dachte eine Weile bei sich nach, als sie die Worte ihrer Schwester vernommen hatte; dann aber rief sie: ‚Wie wagst du es, mir mit solchen Worten zu nahen?' Und sie stürzte sich auf sie und schlug sie, bis sie ohnmächtig wurde. Da besprengte man ihr Antlitz mit Wasser, bis sie wieder zu sich kam; nun waren ihre Reize erblichen von den harten Schlägen, den engen Banden und dem Übermaß der Demütigung, die sie ertragen mußte. Darauf sprach sie diese beiden Verse:

> *Hab ich denn eine Sünde einst begangen*
> *Und hab ich, was verboten war, getan,*
> *So will ich, was vergangen ist, bereuen;*
> *Ich komm und fleh dich um Verzeihung an.*

Als jedoch Nûr el-Huda ihre Verse hörte, ergrimmte sie noch heftiger und sprach zu ihr: ‚Willst du vor mir in Versen reden, du Dirne, und willst du dich wegen deiner Todsünden auch noch entschuldigen? Es war meine Absicht, daß du zu deinem Gatten zurückkehren solltest; dann wollte ich deine Schamlosigkeit und dein freche Stirn sehen! Denn du rühmst dich gar noch dessen, was du an Unzucht und Buhlerei und schwerer Sünde begangen hast.' Darauf befahl sie den Dienern, ihr eine Palmenrute zu bringen; und als jene die geholt hatten, streifte sie sich die Ärmel auf und fiel über die Prinzessin her und schlug sie vom Kopf bis zu den Füßen. Schließlich rief sie nach einer geflochtenen Geißel; wenn man mit der einen Elefanten geschlagen hätte, so wäre er schnell davongerannt. Und mit jener Geißel fiel sie über ihre Schwester her, über Rücken und Leib und alle Glieder, bis sie wieder ohnmächtig ward. Als aber die alte Schawâhi das von der Königin sehen mußte, entfloh sie aus ihrer Gegenwart, indem sie weinte und ihr fluchte. Doch Nûr el-Huda schrie die Eunuchen an mit den Worten: ‚Holt sie herbei!' Da eilten sie um die Wette ihr nach, ergriffen sie und schleppten sie vor die Königin; die befahl sofort, sie auf den Boden zu werfen, und sprach zu ihren Sklavinnen: ‚Schleift sie auf ihrem Gesicht hinaus!' Und jene schleiften sie dahin und entfernten sie aus den Augen der Königin.

Wenden wir uns nun von ihnen wieder zu Hasan zurück! Der hatte sich, als er seine Kraft zurückgewann, erhoben und war am Ufer des Flusses entlang geschritten. So zog er der Steppe entgegen, immer noch verstört und sorgenvoll und hoffnungslos; ja, er war von all dem Schweren, das ihn getroffen hatte, so betäubt, daß er Tag und Nacht nicht mehr unterscheiden konnte. Immer weiter ging er dahin, bis er zu einem Baume gelangte, an dem er ein Blatt Papier hängen fand; das nahm er mit der Hand herunter und schaute es an, und siehe, es standen diese Verse darauf geschrieben:

> Ich sorgte schon für dich, als du
> Geborgen warst in Mutters Schoß;
> Ich machte dir ihr Herz geneigt,
> Daß sie dich in die Arme schloß.
> Ich schütze dich vor alle dem,
> Was dich in Gram und Kummer bannt.
> Erheb in Demut dich vor mir:
> Ich führe dich an meiner Hand!

Und wie er dies Blatt gelesen hatte, gewann er die feste Zuversicht, daß er aus der Not errettet werden und die Wiedervereinigung mit den Seinen erreichen würde. Als er dann aber einige Schritte weitergegangen war, sah er sich plötzlich allein an einer gefährlichen, wüsten Stätte, an der er niemanden fand, der sich ihm hätte gesellen können; da sank ihm das Herz in seiner Einsamkeit und Angst, und seine Glieder bebten ihm an dieser grauenvollen Stätte, und er sprach diese Verse:

Kommst du zum Lande meiner Lieben, Morgenzephir,
So mach, daß meiner Grüße Fülle sie erreicht;
Sag ihnen, daß ich als der Liebe Geisel schmachte
Und daß kein Sehnen meinem Sehnen gleicht.
Vielleicht wird dann ein Hauch von ihrer Liebe wehn
Und mein verfault Gebein zu neuer Kraft erstehn. – –«

Da bemerkte Schehrezâd, daß der Morgen begann, und sie hielt in der verstatteten Rede an. Doch als die *Achthundertundeinundzwanzigste Nacht* anbrach, fuhr sie also fort: »Es ist mir berichtet worden, o glücklicher König, daß Hasan, als er das Blatt gelesen hatte, die feste Zuversicht gewann, daß er aus der Not gerettet würde, und überzeugt war, daß er die Wiedervereinigung mit den Seinen erreichen würde. Als er dann aber einige Schritte weitergegangen war, sah er sich plötzlich allein an einer gefährlichen, wüsten Stätte, an der keiner war, der sich ihm hätte gesellen können; da weinte er bitterlich und sprach die genannten Verse. Und wiederum ging er einige Schritte am Ufer des Flusses weiter; nun fand er auf einmal zwei kleine Knaben, Söhne der Zauberer und Wahrsager, und vor ihnen lag eine Messingrute, die mit Zauberzeichen versehen war, und neben der Rute befand sich eine Lederkappe, die aus drei Keilstücken zusammengesetzt und mit stählernen Zaubernamen und Siegeln bedeckt war. Kappe und Rute lagen am Boden, und die beiden Knaben stritten sich um sie und schlugen sich, bis Blut zwischen ihnen floß. Der eine rief: ‚Ich allein will die Rute haben!' Und ebenso rief der andere: ‚Ich allein will die Rute haben!' Da trat Hasan zwischen sie, trennte sie voneinander und sprach zu ihnen: ‚Warum dieser Streit?' Sie antworteten ihm: ‚Oheim, sei du Richter zwischen uns; Allah der Erhabene hat dich sicherlich zu uns geschickt, damit du zwischen uns gerecht entscheidest.' Da fuhr er fort: ‚Erzählt mir eure Geschichte, so will ich zwischen euch richten!' Und nun berichteten sie: ‚Wir sind zwei leibliche Brüder, und unser Vater war einer von den großen Zauberern. Er lebte in einer Höhle jenes Berges dort, und als er starb, hinterließ er uns diese Kappe und diese Rute. Mein Bruder sagt nun, er allein wolle die Rute haben; und ich sage: Nein, ich will sie haben. Deshalb richte du zwischen uns und befreie uns voneinander.' Als Hasan ihre Worte vernommen hatte, sprach er zu ihnen: ‚Was für ein Unterschied ist zwischen der Rute und der Kappe? Wieviel sind die beiden wert? Die Rute scheint doch nur sechs Heller und die Kappe drei Heller wert zu sein!' Aber sie erwiderten: ‚Du kennst ihre Kräfte nicht.' ‚Welches sind denn ihre Kräfte?' ‚Beiden wohnt eine wunderbare geheime Kraft inne; die Rute ist so viel wert wie die Einkünfte der Inseln von Wâk aus allen ihren Gebieten, und die Kappe ebensoviel.' ‚Meine Söhne, um Allahs willen, entdeckt mir ihr Geheimnis!' Und nun erzählten sie: ‚Oheim, ihre geheimen Kräfte sind gewaltig; denn unser Vater hat hundertundfünfunddreißig Jahre gebraucht, um sie herzustellen, bis er sie ganz und gar vollkommen machte und die geheimen Kräfte in sie legte und sich ihrer zu wunderbaren Dingen bedienen konnte. Er grub auf ihnen das Bild der kreisenden Sphären ein und konnte mit ihrer Hilfe alle Zauber lösen. Doch als er die beiden vollendet hatte, ereilte ihn der Tod, dem keiner entrinnen kann. Das Geheimnis der Kappe besteht darin, daß jeder, der sie sich aufs Haupt setzt, für die Augen aller Menschen unsichtbar wird, so daß niemand ihn erblicken kann, solange er sie auf dem Kopfe behält. Die Rute aber hat die geheime Kraft, daß jeder, der sie besitzt, über sieben Stämme der Geister herrscht, die alle jener Rute dienen und ihrem Befehl und Gebot untertan sind; wenn also irgendeiner, der sie besitzt und in der Hand hält, mit ihr auf den Boden stößt, so huldigen ihm die Könige der Geisterwelt, und alle Dämonen stehen ihm zu Diensten.' Als Hasan diese Worte vernommen hatte, senkte er sein Haupt eine Weile zu Boden; und er sagte sich: ‚Bei Allah, ich werde den Sieg erringen durch diese Rute und diese Kappe, so Allah der Erhabene will; und daher gebühren sie mir eher als diesen beiden Knaben. Ich will sie ihnen sofort durch eine List abnehmen, damit ich durch sie eine Hilfe gewinne, mich selbst zu retten und meine Gattin und meine Kinder von dieser tyrannischen Königin zu befreien. Dann wollen wir diese düstere Stätte verlassen, von der kein Sterblicher sonst befreit werden noch entfliehen kann. Sicher hat Allah mich nur deshalb zu diesen beiden Knaben geführt, damit ich ihnen die Rute und Kappe abnehme.' Dann hob er sein Haupt wieder empor und sprach zu den beiden Knaben: ‚Wenn ihr eine Entscheidung des Streites wünschet, so muß ich euch auf die Probe stellen. Wer seinen Bruder überwindet, der soll die Rute erhalten; und wer unterliegt, der soll die Kappe haben. Erst wenn ich euch geprüft und zwischen euch unterschieden habe, kann ich wissen, was ein jeder von euch verdient.' ‚Lieber Oheim,' erwiderten sie, ‚wir stellen es dir anheim, uns zu prüfen; entscheide zwischen uns, wie du es für richtig hältst!' Und Hasan fuhr fort: ‚Wollt ihr auf mich hören und auf meine Worte achten?'

‚Jawohl', gaben sie ihm zur Antwort; und nun sprach er zu ihnen: ‚Ich will einen Stein nehmen und ihn werfen. Wer von euch zuerst bei ihm ankommt und ihn eher aufhebt als sein Bruder, der soll die Rute haben; wer aber zurückbleibt und ihn nicht als erster erreicht, der erhält die Kappe.' Da sagten sie: ‚Wir nehmen dies Wort von dir an und sind damit einverstanden.' Da nahm Hasan einen Stein und warf ihn mit aller Macht, der Stein entschwand den Blicken, und die beiden Knaben liefen um die Wette hinter ihm her. Sobald sie sich aber entfernt hatten, nahm Hasan die Kappe und legte sie an; auch nahm er die Rute in seine Hand. Dann trat er beiseite, um zu sehen, ob das, was die beiden ihm über das Geheimnis ihres Vaters gesagt hatten, auch wahr sei. Der jüngere Knabe erreichte den Stein zuerst, hob ihn auf und kehrte zu der Stätte zurück, an der Hasan sich befand, doch er sah von ihm keine Spur. Da rief er seinem Bruder zu: ‚Wo ist der Mann, der zwischen uns entscheiden sollte?' Der andere erwiderte ihm: ‚Ich seh ihn nicht, und ich weiß nicht, ist er zum hohen Himmel emporgeflogen oder hat ihn die Tiefe der Erde aufgesogen?' Und nun suchten sie nach ihm, aber sie sahen ihn nicht, während doch Hasan stand, wo er war. Da begannen sie einander zu schmähen und riefen: ‚Jetzt sind Rute und Kappe dahin; ich hab sie nicht, und du hast sie nicht. Gerade dies hat uns unser Vater vorhergesagt, aber wir haben vergessen, wovor er uns gewarnt hat.' Dann gingen sie ihres Wegs zurück, während Hasan sich in die Stadt begab, mit der Kappe bekleidet und die Rute in der Hand, ohne daß irgend jemand ihn sehen konnte. Dann trat er in den Palast ein und ging zu der Stätte hinauf, an der Schawâhi Dhât ed-Dawâhi[1] sich befand. Unter dem Schutze der Kappe konnte er zu ihr hereinkommen, ohne daß

1. ‚Frau des Unheils'; oben heißt sie ‚Mutter des Unheils'.

sie ihn erblickte. Darauf schritt er weiter, bis er vor einem Wandbrette stand, das über ihrem Haupte angebracht war und auf dem sich Glas und Porzellan befand. Er rüttelte daran mit seiner Hand, und sofort fiel alles, was darauf war, zu Boden. Schawâhi Dhât ed-Dawâhi schrie auf und schlug sich ins Angesicht; dann erhob sie sich und stellte die gefallenen Geräte wieder an ihre Stelle, indem sie bei sich sprach: ‚Bei Allah, mich deucht, die Königin Nûr el-Huda hat einen Satan zu mir geschickt, der mir diesen Streich gespielt hat. Ich flehe zu Allah dem Erhabenen, daß er mich befreie und mich vor ihrem Zorne schütze. O Gott, wenn sie so abscheulich an ihrer Schwester handelt, sie schlägt und aufhängt, sie, die ihrem Vater so teuer ist, wie wird sie dann erst jemandem tun, der ihr fremd ist wie ich, wenn sie ihm zürnt?‘ – –«

Da bemerkte Schehrezâd, daß der Morgen begann, und sie hielt in der verstatteten Rede an. Doch als die *Achthundertundzweiundzwanzigste Nacht* anbrach, fuhr sie also fort: »Es ist mir berichtet worden, o glücklicher König, daß die alte Dhât ed-Dawâhi sprach: ‚Wenn die Königin Nûr el-Huda so an ihrer Schwester handelt, wie wird es dann erst einem Fremden bei ihr ergehen, wenn sie wider ihn ergrimmt?‘ Dann hub sie an: ‚Ich beschwöre dich, o Satan, bei dem Langmütigen, dem Allgütigen, dem Herrn der Pracht, dem Herrscher der Macht, der Menschen und Geister ins Dasein gebracht, und bei der Schrift, die da eingegraben ist auf dem Siegel Salomos, des Sohnes Davids – über beiden sei Heil! –, daß du mir Rede und Antwort stehest!‘ Und Hasan antwortete ihr und sprach: ‚Ich bin kein teuflischer Geist; ich bin Hasan, den Liebeskummer zerreißt, der da verwirrt und von Sinnen heißt.‘ Dann hob er die Kappe von seinem Haupte und ward der Alten sichtbar; als sie ihn erkannte, nahm sie ihn bei der Hand und führte ihn beiseite und sprach zu ihm: ‚Was ist deinem Verstande widerfahren, daß du wieder hierher kommst? Geh fort, verbirg dich! Wenn diese Dirne deine Gattin, die doch ihre Schwester ist, mit solchen Foltern gepeinigt hat, was wird geschehen, wenn sie dich entdeckt?‘ Darauf erzählte sie ihm alles, was seiner Gattin widerfahren war, und in welchen Ängsten, Qualen und Foltern sie daniederlag. Desgleichen erzählte sie ihm, welche Pein sie erlitten hatte, und sie schloß mit den Worten: ‚Die Königin bereut es, daß sie dich hat ziehen lassen, und sie hat dir jemanden nachgeschickt, der dich ihr bringen soll; dem will sie hundert Pfund Goldes geben und zu meinem Range in ihrem Dienst erheben; und sie hat geschworen, wenn man dich zurückbringt, dich und deine Gattin und deine Kinder zu töten.‘ Dann hub sie an zu weinen und tat Hasan von neuem alles kund, was die Königin ihr angetan hatte, so daß auch er weinte und sprach: ‚Meine Gebieterin, wie ist es möglich, aus diesem Land und vor dieser tyrannischen Königin zu entrinnen? Welches Mittel gibt es, das mir dazu verhilft, meine Gattin und meine Kinder zu befreien und dann wohlbehalten mit ihnen in meine Heimat zurückzukehren?‘ Doch die Alte erwiderte ihm: ‚Weh dir! Rette dich selber!‘ Und als er sagte: ‚Ich muß gewißlich sie und meine Kinder von der Königin, ihr zum Trotz, befreien‘, fuhr sie fort: ‚Wie kannst du sie denn, der Königin zum Trotz, befreien? Geh und verbirg dich, mein Sohn, bis Allah der Erhabene Erlaubnis gewährt.‘ Darauf aber zeigte Hasan ihr die Messingrute und die Kappe; und als die Alte sie erblickte, hatte sie an ihnen eine große Freude und sprach zu ihm: ‚Preis sei Ihm, der die Gebeine belebt, wenn sie schon vermodert sind![1] Bei Allah, mein Sohn, du und deine Gattin, ihr gehörtet schon zu den Verlorenen; aber jetzt, mein Sohn, seid ihr alle gerettet,

1. Koran, Sure 36, Vers 78.

du und deine Gemahlin und deine Kinder! Denn ich kenne die Rute, und ich kenne den, der sie gemacht hat. Er war mein Meister, der mich in der Zauberei unterwiesen hat, er war ein gewaltiger Zauberer, er hat hundertundfünfunddreißig Jahre gebraucht, bis er diese Rute und diese Kappe vollendete; und als er sie in ihrer Vollkommenheit hergestellt hatte, ereilte ihn der Tod, dem niemand entrinnen kann. Ich habe auch gehört, wie er zu seinen beiden Söhnen sagte: ,Meine Söhne, diese beiden Dinge sind nicht für euch bestimmt; nein, es wird aus fremden Landen einer kommen, der sie euch mit Gewalt abnimmt, ohne daß ihr wisset, wie er sie euch nimmt.' Da sagten sie: ,Vater, tu uns kund, wie es ihm gelingen wird, sie uns zu rauben!' Doch er antwortete: ,Das weiß ich nicht.' Und wie, mein Sohn – so fuhr die Alte fort –, ist es dir gelungen, sie zu gewinnen?' Nun erzählte er ihr, wie er sie den Knaben abgenommen hatte. Und als er ihr das berichtet hatte, freute sie sich darüber und sprach zu ihm: ,Mein Sohn, da du nunmehr deine Gattin und deine Kinder wiedergewinnen wirst, so höre auf das, was ich dir sage! Für mich ist meines Bleibens nicht länger bei dieser Dirne, nachdem sie gewagt hat, mich so schmählich zu behandeln; ich will mich zur Höhle der Zauberer begeben, um bei ihnen zu bleiben und mit ihnen den Rest meiner Tage zu verbringen. Du aber, mein Sohn, lege die Kappe an und nimm die Rute in die Hand und geh zu deiner Gemahlin und deinen Kindern in den Raum, in dem sie weilen; dort schlag mit der Rute auf den Boden und sprich: ,O ihr Diener dieser Namen!' Dann werden die Diener der Rute zu dir emporsteigen, und wenn einer von den Stammeshäuptern erscheint, so befiehl ihm, was du wünschest und was dir beliebt!' Darauf nahm er Abschied von ihr und verließ sie, indem er die Kappe aufsetzte und die Rute mit sich nahm; und er trat in den Raum, in dem seine Gattin lag. Da sah er sie, wie sie fast leblos an der Leiter hing, an die sie mit ihren Haaren festgebunden war, wie ihre Augen in Tränen schwammen und ihr Herz von Kummer erfüllt war wegen ihres Elends, in dem sie keinen Weg zur Befreiung wußte. Ihre Kinder spielten unter der Leiter, während sie ihnen zuschaute und um sie und um sich selber weinte, da solches Unheil über sie gekommen war, da sie durch die Foltern und die schmerzenden Schläge solche Qualen erdulden mußte. Ja, er sah sie furchtbar leiden und hörte sie ihren Schmerz in diese Verse kleiden:

> *Jetzt blieb ihm nichts als ein fliehender Hauch,*
> *Ein Aug, dessen Stern vom Irrsinn gebannt.*
> *Des Liebenden Herz ist von Feuer versengt, –*
> *Er, der die Worte zum Sprechen nicht fand.*
> *Der Feind wird gerührt durch das furchtbare Leid –*
> *Weh ihm, dem ein Feind gar noch Mitleiden weiht!*

Als Hasan sie in solchem Zustande der Qual und des Elends und der Schmach sehen mußte, weinte er, bis er ohnmächtig ward. Und als er wieder zu sich kam und sah, wie seine Kinder spielten, während ihre Mutter vor dem Übermaß der Schmerzen in Ohnmacht gesunken war, nahm er die Kappe von seinem Haupte. Da riefen sie: ‚O unser Vater!‘ Er aber bedeckte sein Haupt wieder; nun erwachte die Mutter aus ihrer Ohnmacht durch das Rufen der Kinder, doch sie konnte ihren Gatten nicht sehen, sie erblickte nur ihre Kinder, die da weinten und riefen: ‚O unser Vater!‘ Ihre Tränen rannen, als sie hörte, daß die Kleinen nach ihrem Vater riefen und weinten; ihr brach das Herz, und ihr Inneres ward zerrissen. Und aus wundem Herzen und einer Seele voll Schmerzen rief sie: ‚Ach, wo seid ihr und wo ist euer Vater?‘ Dann gedachte sie der Zeiten ihres früheren Zusammenseins, sie gedachte auch all dessen, was sie nachher erlebt hatte, seit sie von ihm geschieden war, und sie weinte so bitterlich, daß ihre Tränen ihr die Wangen wund machten und die Erde benetzten; ja, ihre Wangen ertranken in ihren Tränen, da sie so heftig weinte. Ihr war auch keine Hand frei, daß sie die Tränen von ihren Wangen hätte abwischen können, und die Fliegen sättigten sich an ihrer Haut; doch sie fand keine Hilfe außer in ihren Tränen, und nur in den Versen fand sie einen Trost, und so sprach sie:

> *Ich denke an den Trennungstag nach meinem Abschied;*
> *Mir rann ein Tränenstrom, als ich mich abgewandt.*
> *Der Treiber trieb die Tiere, die sie trugen, vorwärts;*
> *Mir brach Geduld und Mut, mein Herze hielt nicht stand.*
> *So kehrt ich planlos um; ich konnt ihn nicht verwinden,*
> *Den heißen Liebeskummer und den grimmen Schmerz.*
> *Doch nahte, als ich heimkam, mir zum ärgsten Leide*
> *Ein Feind in Demut, doch mit schadenfrohem Herz.*
> *O Seele, wenn der Freund dir ferne weilt, so scheide*
> *Von Lebensfreude, lang zu leben wünsche nicht!*
> *O mein Gefährte, hör, was ich von Lieb erzähle;*
> *Dein Herz vergesse nie, was meine Zunge spricht!*
> *Ich künde dir der Liebe seltsam Melodie*
> *Und ihre Wunderdinge gleich el-Asma'i.* [1] – –«

Da bemerkte Schehrezâd, daß der Morgen begann, und sie hielt in der verstatteten Rede an. Doch als die *Achthundertunddreiundzwanzigste Nacht* anbrach, fuhr sie also fort: »Es ist mir berichtet worden, o glücklicher König, daß Hasan, nachdem er zu seiner Gemahlin eingetreten war, seine Kinder sah und hörte, wie sie die genannten Verse sprach. Dann wandte sie sich nach rechts und nach links, um zu sehen, aus welchem Grunde wohl die Kleinen nach ihrem Vater gerufen hätten; aber sie sah niemanden. Und als sie nichts entdecken konnte,

1. Vgl. Band IV, Seite 641, Anmerkung.

wunderte sie sich sehr, daß ihre Kinder gerade zu jener Zeit
von ihrem Vater gesprochen hatten. Während sie nun staunend dalag, begann Hasan, der ihre Verse gehört hatte, zu
weinen, bis er in Ohnmacht fiel und seine Tränen ihm wie
Regengüsse über die Wangen strömten. Danach trat er wieder
an die Kinder heran und nahm die Kappe von seinem Haupte.
Kaum hatten sie ihn gesehen, so erkannten sie ihn und riefen
laut von neuem: ,O unser Vater!' Wiederum mußte die Mutter
weinen, als sie hörte, wie jene ihren Vater nannten; und sie
rief: ,Dem Ratschlusse Allahs kann niemand entrinnen.' Bei
sich selber aber sprach sie: ,Wie seltsam! Warum müssen sie
gerade jetzt ihren Vater nennen und nach ihm rufen?' Und sie
weinte von neuem und sprach diese Verse:

> Des Landes Himmel hat des Mondes Licht verloren;
> O Auge mein, vergieße deiner Tränen Flut!
> Er ging; wie bleibt mir noch Geduld nach seinem Scheiden?
> Ich schwör, jetzt habe ich kein Herz und keinen Mut!
> O der du gingst und der du mir im Herzen wohnest,
> Gebieter mein, kehrst du zurück nach dieser Zeit?
> Was schadet's, wenn er kommt und ich mich seiner freue
> Und er den Tränen und den Schmerzen Mitleid weiht?
> Am Trennungstag hat er mein staunend Aug verdunkelt,
> Und nie erlischt die Glut, in meiner Brust entfacht.
> Ich wünschte, daß er bliebe; doch ein widrig Schicksal
> Hat durch die Trennung meinen Wunsch zunicht gemacht.
> Bei Allah, mein Geliebter, kehr zurück zu mir!
> Was ich an Tränen schon vergoß, genüge dir!

Nun konnte Hasan sich nicht mehr gedulden, sondern er riß
die Kappe von seinem Haupte: da konnte seine Gattin ihn
sehen. Und als sie ihn erkannte, stieß sie einen lauten Schrei
aus, der alle, die im Palaste waren, erschreckte. Dann sprach
sie zu ihm: ,Wie bist du hierher gekommen? Bist du vom

Himmel niedergefallen oder aus der Erde emporgestiegen?'
Und ihre Augen quollen über von Tränen, und auch Hasan
weinte. Doch sie sprach zu ihm: ‚Mann, dies ist nicht die Zeit
zum Weinen, nicht die Zeit zum Tadeln! Das Schicksal hat
seinen Lauf genommen, der Blick ward geblendet; die Feder
machte zur Tat, was Gott in seinem Rat von Anbeginn beschlossen hat. Um Allahs willen, woher du auch kommst, geh,
verbirg dich, auf daß niemand dich sieht und es meiner Schwester kundtut; sonst wird sie mich und dich ermorden!' Er gab
ihr zur Antwort: ‚Meine Gebieterin, Herrin aller Königinnen,
ich habe mein Leben gewagt und bin hierher gekommen, um
entweder zu sterben oder dich aus deiner Not zu befreien und
mit dir und meinen Kindern in mein Land zurückzukehren,
dieser Dirne, deiner Schwester, zum Trotz.' Als sie diese Worte
von ihm vernahm, lächelte sie, ja, sie mußte laut lachen; sie
schüttelte ihr Haupt eine lange Weile, und dann sprach sie zu
ihm: ‚Weit entfernt, o du meine Seele, weit entfernt ist es, daß
irgend jemand mich aus meiner Not erretten könnte, es sei
denn Allah der Erhabene! Flieh um dein Leben, eile fort, stürze
dich nicht selber ins Verderben! Sie hat ein gewaltiges Heer,
dem niemand entgegentreten kann. Und selbst angenommen,
du könntest mich befreien und fortziehen, wie willst du dann
in dein Land gelangen? Wie kannst du von diesen Inseln und
aus den Gefahren dieser furchtbaren Stätten entrinnen? Du hast
doch schon auf deinem Wege all die wunderbaren und seltsamen Dinge gesehen, all die Schrecknisse und Fährlichkeiten,
die nicht einmal einer der rebellischen Dämone überwinden
kann. Drum geh sogleich, häufe mir nicht Kummer auf Kummer, noch Jammer auf Jammer; behaupte nicht, du wollest
mich aus diesem Elend erlösen! Denn wer soll mich in dein
Land bringen durch all diese Täler, diese dürren Steppen und

gefährlichen Stätten?' Doch Hasan erwiderte ihr: ‚Bei deinem Leben, o du Licht meiner Augen, ich ziehe nicht von hier, ich gehe nicht von dannen, es sei denn mit dir!' Darauf entgegnete sie: ‚Mann, wie vermagst du das zu vollbringen? Was für ein Geschöpf bist du? Du weißt nicht, was du sprichst! Wenn du auch über Geister und Dämonen, Zauberer und Scharen und Wächter der überirdischen Welt Macht hättest – niemand kann aus diesen Landen entrinnen. Flieh um dein Leben und rette dich und laß mich allein; vielleicht läßt Allah noch ein Ding zum anderen werden!' Hasan aber fuhr fort: ‚O Herrin der Schönen, ich bin nur deshalb gekommen, um dich mit Hilfe dieser Rute und dieser Kappe zu retten.' Darauf begann er ihr sein Erlebnis mit den beiden Knaben zu erzählen; doch während er noch sprach, trat die Königin zu ihnen ein, da sie die beiden hatte reden hören. Kaum ward Hasan ihrer gewahr, da setzte er die Kappe auf; die Königin aber sprach zu ihrer Schwester: ‚Du Dirne, wer ist der, mit dem du sprachest?' Die Prinzessin antwortete ihr: ‚Wer sollte bei mir sein, um mit mir zu sprechen, außer diesen Kindern?' Da griff die Königin zur Geißel und hieb auf ihre Schwester ein, während Hasan dabeistand und zusehen mußte; und sie schlug so lange, bis die Arme ohnmächtig ward. Dann befahl sie, die Prinzessin aus jenem Raume in einen anderen zu schaffen; und man band sie los und brachte sie in eine andere Kammer, und Hasan folgte bis zu der Stätte, an die sie geschleppt ward. Dann warfen die Leute sie, ohnmächtig wie sie war, zu Boden und blieben wartend bei ihr stehen. Als sie aus ihrer Ohnmacht erwachte, sprach sie die Verse:

> *Ich trauerte schon lang, weil das Geschick uns trennte;*
> *Und immer rannen mir aus meinem Aug die Tränen.*
> *Ich schwor, wenn je die Zeit uns noch vereinen sollte,*

Ich wolle Trennung nie mit einem Wort erwähnen.
Jetzt sag ich meinen Neidern: Sterbt in eurem Kummer!
Bei Gott, ich hab das Ziel erreicht, an das ich dachte.
Jetzt hat die Freude mich so plötzlich überwältigt,
Daß mich das Übermaß des Glücks zum Weinen brachte.
O Auge, warum weinst du denn zu jeder Zeit?
Du weinst in meiner Freude und in meinem Leid!

Als sie ihre Verse beendet hatte, gingen die Sklavinnen fort von ihr. Darauf nahm Hasan die Kappe ab; und seine Gattin sprach zu ihm: ,O Mann, sieh, all dies hat mich nur deshalb betroffen, weil ich mich wider dich aufgelehnt habe und gegen deinen Befehl ohne deine Erlaubnis fortgeflogen bin. Doch ich bitte dich um Gottes willen, zürne mir nicht ob meines Vergehens! Denke daran, daß die Frau erst dann den Wert des Mannes erkennt, wenn sie ihn verloren hat. Ich habe gesündigt, ich habe gefehlt; doch ich flehe zu Allah dem Allmächtigen um Vergebung für das, was ich getan habe. Und wenn Gott uns wiedervereinigt hat, so will ich nie und nimmer mich wieder gegen dein Gebot auflehnen.' – –«

Da bemerkte Schehrezâd, daß der Morgen begann, und sie hielt in der verstatteten Rede an. Doch als die *Achthundertundvierundzwanzigste Nacht* anbrach, fuhr sie also fort: »Es ist mir berichtet worden, o glücklicher König, daß Hasans Gattin ihn um Vergebung bat und zu ihm sprach: ,Zürne mir nicht ob meines Vergehens! Ich flehe zu Allah dem Allmächtigen um Verzeihung.' Doch Hasan, dem das Herz um sie weh tat, sprach zu ihr: ,Dich trifft keine Schuld; nur ich allein habe gefehlt, da ich fortzog und dich bei Leuten zurückließ, die deinen Rang nicht kannten noch auch deinen Wert und deine Würde ermessen konnten. Wisse, du Geliebte meines Herzens, du Freude meiner Seele und Licht meiner Augen, Allah der Hochgepriesene hat mir die Macht gegeben, dich zu befreien;

478

nun sag, möchtest du, daß ich dich in das Reich deines Vaters bringe, damit du dort bei ihm erfüllest, was Allah dir bestimmt hat, oder willst du sogleich mit mir in mein Land ziehen, jetzt, da die Rettung genaht ist?' Sie aber erwiderte ihm: ,Wer kann mich erretten, es sei denn der Herr des Himmels? Geh in deine Heimat, gib den Wunsch auf; denn du kennst nicht die Gefahren dieser Länder! Wenn du meinem Rate nicht folgst, so wirst du ja sehen!' Darauf sprach sie diese Verse:

> Bei mir, in meiner Macht ist alles, was du wünschest;
> Warum denn wendest du dich zornig von mir ab?
> Was auch geschah, die Liebe, die uns beide einet,
> Sie werde nie vergessen, sinke nie ins Grab!
> Zwar der Verleumder hielt sich immer scheu zur Seite;
> Als er Entfremdung sah, da trat er erst hervor.
> Doch wahrlich, ich vertraue deinem rechten Denken,
> Mag der Verleumder stachelnd reden, er, der Tor!
> Wir beide wollen das Geheimnis treulich hüten,
> Wenn auch des Tadels Schwert gezückt ist und uns dräut.
> Den ganzen Tag verlebe ich in heißer Sehnsucht;
> Vielleicht kommt noch vor dir ein Bote, der mich freut.

Dann weinte sie mit ihren Kindern; und als die Sklavinnen ihre klagenden Stimmen hörten, traten sie zu ihnen ein und fanden die Prinzessin Manâr es-Sanâ und ihre Kinder in Tränen; aber Hasan sahen sie nicht bei ihnen. Da weinten die Sklavinnen aus Mitleid mit ihnen und fluchten der Königin Nûr el-Huda. Nun wartete Hasan, bis die Nacht anbrach und die Wachen, die mit ihrer Obhut betraut waren, zu ihren Ruhestätten gingen; dann aber erhob er sich, gürtete sich, trat zu seiner Gattin ein und befreite sie von den Fesseln. Und er küßte sie aufs Haupt und zog sie an seine Brust, küßte sie auf die Stirn und sprach zu ihr: ,Wie lange haben wir uns danach gesehnt, in unserer Heimat vereinigt zu sein! Ist nun unsere

Vereinigung hier ein Traum oder Wirklichkeit?' Dann nahm er den älteren Knaben auf den Arm, während sie den jüngeren trug, und beide gingen aus dem Schlosse hinaus; und Allah senkte seinen schützenden Schleier auf sie, so daß sie in Sicherheit dahinschreiten konnten. Als sie draußen vor dem Schlosse waren, blieben sie vor dem Tore stehen, das den Eingang zum Serail der Königin abschloß; doch wie sie dort waren, fanden sie es verschlossen. Da sprach Hasan: ,Es gibt keine Macht und es gibt keine Majestät außer bei Allah, dem Erhabenen und Allmächtigen. Wahrlich, wir sind Allahs Geschöpfe, und zu Ihm kehren wir zurück!' Nun gaben sie die Hoffnung auf Rettung auf; Hasan sprach: ,O du Zerstreuer der Sorgen!' Dann schlug er die Hände aufeinander und sprach: ,An alles habe ich gedacht und seine Folgen erwogen, nur hieran nicht! Wenn der Tag anbricht, so werden sie uns ergreifen. Und welcher Ausweg bleibt uns dann in dieser Lage?' Darauf sprach Hasan diese beiden Verse:

> Du dachtest gut von Tagen, die auch dir gut waren,
> Und gabst nicht auf des Schicksals drohend Unheil acht.
> Du ließest von der Nächte Frieden dich umgaukeln;
> Doch oftmals kommt das Dunkel auch in klarer Nacht.

Dann weinte Hasan, und seine Gattin weinte wegen seiner Tränen und wegen der Schmach, die sie erduldet hatte, und wegen der Schmerzen, die ihr das Schicksal zugefügt hatte. Er aber schaute seine Gemahlin an und sprach diese beiden Verse:

> Das Schicksal tritt mir gleichsam als mein Feind entgegen,
> An jedem Tage kommt es mir mit neuer Plag;
> Es bringt das Gegenteil des Guten, das ich suche,
> Und jedem heitren Tage folgt ein trüber Tag.

Alsdann sprach er noch diese Verse:

> Mein Schicksal ward mir gram, und doch, es ahnte nicht,
> Wie sich an meinem Stolz des Schicksals Tücke bricht.

Es zeigte mir bei Nacht, was seine Feindschaft bringt;
Ich zeigte ihm dagegen, wie Geduld bezwingt.

Seine Gattin aber sprach zu ihm: ‚Bei Allah, wir haben keinen anderen Ausweg, als daß wir uns selber töten und so Ruhe finden vor dieser furchtbaren Not; sonst erleiden wir Höllenqualen im Morgenrot!' Während sie so miteinander sprachen, erklang plötzlich draußen vor dem Tore eine Stimme: ‚Bei Allah, o meine Herrin Manâr es-Sanâ, ich werde dir und deinem Gatten Hasan nur öffnen, wenn ihr mir in dem willfahrt, was ich euch sage.' Als sie diese Worte vernahmen, schwiegen sie still und wollten zu der Stätte zurückkehren, an der sie gewesen waren. Aber da sprach die Stimme wieder: ‚Was ist euch, daß ihr beide schweigt und mir keine Antwort gebt?' Und nun erkannten sie, wer da sprach; es war die alte Schawâhi Dhât ed-Dawâhi, und sie riefen ihr zu: ‚Was du uns auch befiehlst, das wollen wir tun; doch erst öffne uns die Tür, denn dies ist nicht die Zeit zum Reden!' Aber die Alte erwiderte ihnen: ‚Bei Allah, ich werde euch nicht eher öffnen, als bis ihr mir beide geschworen habt, daß ihr mich mit euch nehmen wollt und mich nicht bei dieser Metze lassen. Was euch widerfährt, soll auch mir widerfahren; wenn ihr euch rettet, werde auch ich gerettet, und wenn ihr umkommt, so will auch ich umkommen. Denn diese Dirne, diese Tribadin, behandelt mich schmählich und foltert mich immer noch zu jeder Stunde um euretwillen; du aber, meine Tochter, du kennst meinen Wert.' Als die beiden sie nun sicher erkannt hatten, vertrauten sie ihr und schwuren ihr einen Eid, auf den sie sich verließ; und jetzt endlich, nachdem die beiden ihr den verläßlichen Schwur geleistet hatten, öffnete sie ihnen die Tür, und die beiden traten hinaus. Als sie draußen waren, sahen sie die Alte reitend auf einem griechischen Krug aus rotem Ton, um dessen

Hals ein Strick aus Palmenbast lag, und dieser Krug rollte unter ihr dahin und lief schneller, als ein Füllen aus dem Nedschd[1] laufen kann. Und sie kam auf die beiden zu und sprach zu ihnen: ‚Folget mir und fürchtet nichts! Denn ich kenne vierzig Arten der Zauberei, durch deren geringste ich diese Stadt verwandeln kann in ein brausendes Meer mit brandenden Wogen ringsumher, und dazu könnte ich jedes Mädchen dieser Stadt verzaubern, daß es zu einem Fische würde; alles das könnte ich tun, ehe der Morgen graut. Dennoch vermochte ich nichts von diesem Unheil auszuführen aus Furcht vor dem König, ihrem Vater, und aus Rücksicht auf ihre Schwestern; denn sie sind mächtig durch ihre vielen Wachen und Stämme und Diener aus der Geisterwelt. Aber ich werde euch noch Wunder meiner Zauberkunst zeigen; jetzt laßt uns fortziehen im Vertrauen auf den Segen und die Hilfe Allahs des Erhabenen!‘ Nun freuten sich Hasan und seine Gemahlin; denn sie waren ihrer Rettung gewiß. – –«

Da bemerkte Schehrezâd, daß der Morgen begann, und sie hielt in der verstatteten Rede an. Doch als die *Achthundertundfünfundzwanzigste Nacht* anbrach, fuhr sie also fort: »Es ist mir berichtet worden, o glücklicher König, daß Hasan und seine Gattin und die alte Schawâhi, als sie, ihrer Rettung gewiß, das Schloß verlassen hatten, vor die Stadt hinausgingen. Dort nahm Hasan die Rute in die Hand, schlug mit ihr auf den Boden und sprach, indem er sein Herz festigte: ‚Ihr Diener dieser Namen, erscheint und gebt mir Auskunft über eure Brüder!‘[2] Da spaltete sich plötzlich die Erde, und aus ihr stiegen sieben[3] Dämonen hervor, deren Füße noch tief im Innern

1. Innerarabien, berühmt wegen seiner Pferdezucht. 2. So nach der Kairoer Ausgabe; in der Calcuttaer Ausgabe ‚euren Zustand‘. – 3. Im arabischen Text ‚zehn‘; aber nachher ist immer von sieben die Rede.

der Erde staken, während ihre Köpfe schon weit in die Wolken ragten. Dreimal küßten sie den Boden vor Hasan, und sie sprachen alle mit Einer Stimme: ‚Zu Diensten, o unser Herr, der du über uns herrschest! Was du uns nur gebietest, das führen wir aus, gehorsam deinem Befehle. Wenn du willst, so trocknen wir die Seen aus und rücken dir die Berge von ihren Stätten.' Hasan freute sich über ihre Worte und über ihren schnellen Gehorsam und sprach zu ihnen, indem er sich ein Herz faßte und in seinem Geiste mutig und entschlossen ward: ‚Wer seid ihr? Wie heißt ihr? Zu welchen Stämmen gehört ihr und von welchem Geschlechte, von welcher Sippe, von welchem Volke seid ihr?' Da küßten sie den Boden von neuem und erwiderten mit Einer Stimme: ‚Wir sind sieben Könige, und ein jeder von uns herrscht als König über sieben Stämme der Geister, Dämonen und Mârids, so daß wir sieben Könige zusammen über neunundvierzig Stämme gebieten, und das sind alle Geister, Dämonen, Mârids, Truppen und Wächter, fliegende und tauchende, Bewohner der Berge, der Steppen und der Leere und die Völker der Meere. Befiehl uns, was du willst! Wir sind deine Diener und Knechte; wer nur immer diese Rute besitzt, herrscht über unsere Nacken insgesamt, und wir schulden ihm Gehorsam.' Als Hasan diese Worte von ihnen vernommen hatte, freute er sich über die Maßen, und desgleichen taten seine Gemahlin und die Alte; und alsbald sprach er zu den Geistern: ‚Ich möchte, daß ihr mir eure Stämme und Heere und Wächter zeigt.' Doch sie erwiderten ihm: ‚O unser Gebieter, wenn wir dir unser Volk zeigen, so fürchten wir für dich und für die, so bei dir sind; denn es sind gewaltige Scharen, in denen sich Aussehen, Gestalt und Art, Gesichter und Leiber vielfältig offenbaren. Einige von uns sind Köpfe ohne Leiber, andere sind Leiber ohne Köpfe, wiederum andere von uns haben das Aussehen von reißenden Tieren und von Löwen. Wenn du es denn nicht anders willst, so würden wir zuerst die Geister vorführen, die wie reißende Tiere aussehen. Doch, o Herr, was verlangst du von uns zur Stunde?' Hasan sagte darauf: ,Ich verlange von euch, daß ihr mich und meine Gattin und diese fromme Frau in dieser Stunde nach der Stadt Baghdad tragt!' Nach diesen Worten ließen sie ihre Köpfe hängen, und Hasan sprach zu ihnen: ,Warum gebt ihr keine Antwort?' Wie aus Einem Munde entgegneten sie: ,O Herr, der du über uns gebietest, wir lebten schon zur Zeit des Herrn Salomo, des Sohnes Davids – über beiden sei Heil! –, und er hat uns schwören lassen, daß wir nie ein Menschenkind auf unseren Rücken tragen würden; und seit jener Zeit haben wir nie einen Sterblichen auf unseren Schultern noch auf unseren Rücken getragen. Doch wir wollen dir sogleich Geisterpferde aufschirren, die dich und deine Gefährten in dein Land bringen werden.' Nun fragte Hasan: ,Wie weit ist denn der Weg von hier nach Baghdad?' Sie antworteten: ,Ein Weg von sieben Jahren für einen schnellen Reiter.' Darob erstaunte Hasan, und er fragte weiter: ,Wie bin ich aber hierher in weniger als einem Jahre gekommen?' Sie erwiderten ihm: ,Allah hat dir die Herzen Seiner frommen Diener geneigt gemacht; sonst wärest du niemals in diese Länder und Gegenden gelangt und hättest sie nie mit eigenem Auge geschaut. Denn der Scheich 'Abd el-Kuddûs, der dich den Elefanten besteigen hieß und der dich auf dem glückbringenden Renner[1] reiten ließ, hat mit dir in drei Tagen eine Strecke durchmessen, die ein schneller Reiter in drei Jahren zurücklegt. Der Scheich Abu er-Ruwaisch gab dich an Dahnasch weiter, und der trug

1. ,Glückbringend' ist ein Name für Geister; es ist also das Geisterroß gemeint.

dich in einem Tage und in einer Nacht eine Strecke von drei Jahren. All das geschah durch den Segen Allahs des Allmächtigen; denn der Scheich Abu er-Ruwaisch ist vom Stamme des Âsaf, des Sohnes Barachijas, und er kennt den größten Namen Allahs. Ferner liegt zwischen Baghdad und dem Schlosse der Jungfrauen ein Weg von einem Jahre; und so sind es insgesamt sieben Jahre.' Als Hasan diese Worte aus ihrem Munde vernommen hatte, erstaunte er gewaltig, und er rief: ‚Preis sei Allah, der da leicht macht, was schwer bedrängt, der dem Zerbrochenen Heilung schenkt; der das Ferne nahe rückt und den übermütigen Tyrannen in den Staub hinabdrückt; Ihm, der auch uns alles Schwere leicht gemacht hat, der uns in diese Länder gelangen ließ und mir diese Geschöpfe unterwarf und mich mit meiner Gattin und meinen Kindern wiedervereinigte! Ich weiß nicht, bin ich wach oder in Schlaf versunken, bin ich nüchtern oder trunken?' Dann sprach er, zu ihnen gewendet: ‚Wenn ihr uns auf eure Rosse setzt, in wieviel Tagen werden sie uns dann nach Baghdad bringen?' Sie sagten: ‚In weniger als einem Jahre werden sie dich dorthin bringen; doch vorher mußt du noch schwere Gefahren und Schrecknisse und Bedrängnisse überstehen, du mußt viele dürre Täler, schaurige Wüsten, Einöden und Stätten des Verderbens durchqueren. Und wir können dir keine Sicherheit versprechen, o Herr, vor dem Volke dieser Inseln.' – –«

Da bemerkte Schehrezâd, daß der Morgen begann, und sie hielt in der verstatteten Rede an. Doch als die *Achthundertundsechsundzwanzigste Nacht* anbrach, fuhr sie also fort: »Es ist mir berichtet worden, o glücklicher König, daß die Geister zu Hasan sagten: ‚Wir können dir keine Sicherheit versprechen, o Herr, vor dem Volke dieser Inseln, noch auch vor dem Unheil des Großkönigs oder vor den Zauberern und Hexenmeistern. Vielleicht werden sie uns überwältigen und euch uns entreißen; dann wird es uns schlimm ergehen bei ihnen, und ein jeder, den später die Kunde davon erreicht, wird zu uns sprechen: ,Ihr seid Missetäter! Wie konntet ihr dem Großkönig entgegentreten und einen Sterblichen aus seinem Lande entführen und noch dazu seine Tochter mit euch nehmen?' Wärest du allein bei uns – so schlossen sie ihre Worte –, dann wäre es ein leichtes für uns. Doch Er, der dich diese Inseln hat erreichen lassen, hat auch die Macht, dich in deine Heimat zurückzuführen und dich mit deiner Mutter zu vereinen, gar bald und ohne Aufenthalt. So sei denn entschlossen, vertrau auf Allah und fürchte dich nicht! Wir stehen dir zu Diensten, um dich in deine Heimat zu bringen.' Hasan dankte ihnen dafür, indem er zu ihnen sagte: ,Allah vergelte es euch mit Gutem!' Und dann gebot er ihnen: ,Lasset die Rosse eilends kommen!' ,Wir hören und gehorchen!' erwiderten sie, stampften mit den Füßen auf den Boden, so daß er sich spaltete, und verschwanden darin eine Weile. Dann kamen sie wieder, und siehe, sie stiegen mit drei Rossen empor, die waren gesattelt und gezäumt, und über dem Vorderknopf eines jeden Sattels war ein Satteltaschenpaar befestigt, in dessen einer Seitentasche sich ein Krug voll Wasser befand, während die andere mit Wegzehrung angefüllt war. Die Rosse wurden herbeigeführt; Hasan bestieg den einen Renner und nahm eins der Kinder vor sich, seine Gattin aber stieg auf den zweiten und nahm das andere Kind vor sich; und die Alte stieg von ihrem Krug herunter und bestieg das dritte Roß. So brachen sie auf und ritten die ganze Nacht hindurch weiter, bis es Morgen ward; dann lenkten sie vom Wege ab und zogen auf das Gebirge zu, indem ihre Zungen unablässig Allah anriefen, und ritten den ganzen Tag am Fuß der Berge entlang. Während sie so ihres

Weges dahinzogen, erblickte Hasan plötzlich vor sich einen Berg, gleich einer gewaltigen Rauchsäule, die zum Himmel emporstieg; da sprach er einige Verse aus dem Koran und nahm seine Zuflucht zu Allah vor dem verfluchten Teufel. Jenes Schwarze aber wurde immer deutlicher, je näher sie ihm kamen; und als sie dicht vor ihm waren, erkannten sie in ihm einen Dämon, dessen Kopf einer mächtigen Kuppel glich; seine Eckzähne waren wie Enterhaken, und sein Gaumen schien eine Straße zwischen Häusern zu bilden; seine Nüstern glichen Wasserkannen und seine Ohren ledernen Schilden; sein Maul war wie eine Höhle so weit, und seine Zähne waren gleich steinernen Säulen aufgereiht; er hatte ein Händepaar, das zwei Wurfschaufeln gleich sah, und seine Beine standen wie zwei Masten da; sein Haupt ragte bis in die Wolken empor, während seiner Füße Paar sich tief in der Erde unter der Oberfläche verlor. Als Hasan den Dämon anblickte, verneigte der sich und küßte den Boden vor ihm und sprach zu ihm: ‚O Hasan, fürchte dich nicht vor mir; ich bin der Häuptling der Bewohner dieses Landes. Dies ist die erste der Inseln von Wâk; und ich bin ein Muslim, der den einigen Gott verehrt. Ich habe von euch und von eurem Kommen gehört; und als ich erfuhr, wie es um euch steht, hatte ich den Wunsch, aus dem Lande der Zauberer in ein anderes Land zu ziehen, in dem keinerlei Wesen wohnen, fern den Menschen und den Dämonen, um dort allein für mich zu leben und mich, bis mein Schicksal mich ereilt, dem Dienste Allahs zu ergeben. Darum will ich euch geleiten und euer Führer sein, bis ihr diese Inseln verlassen habt; und ich werde nur bei Nacht sichtbar sein. So seid um meinetwillen unbesorgt; denn ich bin ein Muslim, wie ihr Muslime seid!‘ Über diese Worte des Dämonen freute sich Hasan gar sehr; und er glaubte wieder an die Rettung und

487

sprach, zu ihm gewendet: ,Allah vergelte es dir mit Gutem;
zieh mit uns unter Allahs Segen!' Da zog der Dämon vor ihnen
her, während sie plauderten und scherzten, da ihnen das Herz
froh und die Brust weit geworden war; dabei erzählte Hasan
seiner Gattin wieder von allem, was ihm widerfahren war und
was er gelitten hatte. Die ganze Nacht hindurch zogen sie
unablässig weiter. – –«

Da bemerkte Schehrezâd, daß der Morgen begann, und sie
hielt in der verstatteten Rede an. Doch als die *Achthundertund-
siebenundzwanzigste Nacht* anbrach, fuhr sie also fort: »Es ist
mir berichtet worden, o glücklicher König, daß sie die ganze
Nacht hindurch bis zum Morgen unablässig weiterzogen; und
die Pferde fuhren mit ihnen einher wie der blendende Blitz.
Als aber der Tag anbrach, streckten sie alle ihre Hände in ihre
Satteltaschen; da holten sie Zehrung hervor und aßen sie,
auch nahmen sie Wasser heraus und tranken es. Dann ritten sie
eilends weiter, ohne Aufenthalt, während der Dämon ihnen
voranzog; er hatte sich aber mit ihnen abseits von der Straße
gewandt auf einen anderen Weg, der nicht begangen war und
der am Ufer des Meeres entlang führte; dort zogen sie immer
weiter durch Täler und Steppen, einen ganzen Monat lang.
Am einunddreißigsten Tage aber stieg vor ihnen eine Staubwolke empor, die legte der Welt einen Schleier vor, daß der
Tag durch ihn sein Licht verlor. Als Hasan die erblickte, war
ihm, als ob sein Verstand von ihm wich, und seine Farbe
erblich; und nun hörten sie ein furchtbares Getöse. Da wandte
die Alte sich zu Hasan und sprach zu ihm: ,Mein Sohn, das
sind die Heere der Inseln von Wâk; sie haben uns eingeholt,
und noch in dieser Stunde werden sie Hand an uns legen und
uns gefangen nehmen.' Hasan fragte: ,Was soll ich tun, Mütterchen?' Sie antwortete ihm: ,Schlag mit der Rute auf die

Erde!' Er tat es, und alsbald erschienen vor ihm die sieben Könige, sprachen den Gruß vor ihm und küßten den Boden vor ihm und sagten ihm: ,Fürchte dich nicht und sei nicht betrübt!' Hasan freute sich über ihre Worte und sprach: ,Wohlgetan, ihr Herren der Geister und Dämonen! Jetzt ist eure Zeit gekommen.' Und sie fuhren fort: ,Steig du mit deiner Gemahlin und deinen Kindern und mit ihr, die bei euch ist, auf den Berg hinauf! Lasset uns mit jenen da allein; denn wir wissen, daß ihr im Recht seid, jene aber im Unrecht sind, und Allah wird uns den Sieg über sie verleihen!' Nun saßen Hasan und seine Gattin mit den Kindern und auch die Alte von den Rücken der Rosse ab, entließen die Geistertiere und stiegen den Berghang hinauf. – –«

Da bemerkte Schehrezâd, daß der Morgen begann, und sie hielt in der verstatteten Rede an. Doch als die *Achthundertundachtundzwanzigste Nacht* anbrach, fuhr sie also fort: »Es ist mir berichtet worden, o glücklicher König, daß Hasan und seine Gattin mit den Kindern und die Alte den Berghang hinaufstiegen, nachdem sie die Rosse entlassen hatten. Darauf rückte die Königin Nûr el-Huda heran mit ihren Heeren zur Rechten und zur Linken, und die Hauptleute ritten ringsumher und stellten Schar auf Schar in Schlachtreihen auf. Da prallten die beiden Heere zusammen, und die Scharen begannen sich ineinander zu rammen, und es sprühten die Feuerflammen; der Tapfere drängte heran, doch es floh der furchtsame Mann; und die Dämonen sprühten aus ihren Mäulern feurige Funken, bis die tiefdunkle Nacht über sie hereingesunken. Da trennte sich Heer von Heer, und beide Scharen kämpften nicht mehr; und nachdem sie die Rücken der Pferde verlassen hatten und sich ihre Ruhestätten auf der Erde zurechtgemacht, wurden die Lagerfeuer entfacht. Nun stiegen die sieben Könige zu

Hasan hinauf und küßten den Boden vor ihm; er aber eilte ihnen entgegen, dankte ihnen und erflehte vom Himmel den Sieg für sie; dann fragte er sie, wie es ihnen mit dem Heere der Königin Nûr el-Huda ergangen sei. Sie erwiderten ihm: ‚Jene werden uns nicht länger als drei Tage standhalten können; wir haben sie heute besiegt und etwa zweitausend von ihnen gefangen genommen, und wir haben viel Volks von ihnen getötet, so viele, daß ihre Zahl nicht gezählt werden kann. Drum sei guten Mutes und weite deine Brust!' Dann verließen sie ihn und gingen zu ihrem Heere hinab, um es zu bewachen. Und sie hielten ihr Lagerfeuer immer in Brand, bis der Morgen sich einstellte und alles mit seinem Licht und Glanz erhellte. Da schwangen sich die Ritter auf die feurigen Rosse und ließen die scharfen Schwerter widereinander tanzen und stachen einander mit den braunen Lanzen. Ja, sie blieben auch die Nacht hindurch auf ihren Rossen, wie zwei Meere, die immer aufeinanderprallten, und des Krieges lodernde Fackel ward unter ihnen in Brand gehalten. Und sie hörten nicht auf zu streiten und aufeinander loszufahren, bis die Heere von Wâk geschlagen waren; da zerbrach ihre Macht, und es sank ihre stolze Pracht; ihre Füße glitten aus, und wohin sie nur flohen, war vor ihnen der Niederlage Graus. Alle wandten den Rükken und konnten ihr Heil nur in der Flucht erblicken. Die meisten von ihnen wurden getötet; die Königin Nûr el-Huda aber ward mit den Großen ihres Reiches und ihren Würdenträgern gefangen genommen. Und als es Morgen ward, traten die sieben Könige vor Hasan hin und errichteten ihm einen Thron aus Marmor, der mit Perlen und Edelsteinen eingelegt war. Nachdem er sich daraufgesetzt hatte, stellten sie einen zweiten Thron auf für seine Gemahlin, die Herrin Manâr es-Sanâ; und jener Thron war aus Elfenbein, belegt mit Gold von funkelndem Schein. Sie setzte sich darauf; dann stellten die Geister einen dritten Thron daneben für die alte Schawâhi Dhât ed-Dawâhi, und auch sie ließ sich dort nieder. Danach führten sie die Gefangenen vor Hasan, unter ihnen auch die Königin Nûr el-Huda, der die Hände auf dem Rücken zusammengebunden und die Füße gefesselt waren. Als nun die Alte sie erblickte, rief sie ihr zu: ‚Dein Lohn, du Dirne, du Tyrannin, soll nichts anderes sein, als daß man zwei Hündinnen hungern und zwei Stuten dürsten läßt und dich an die Schweife der Stuten festbindet; dann soll man die Pferde zum Wasser treiben, mit den Hündinnen hinter dir, so daß dir die Haut zerrissen wird; und hernach soll man von deinem Fleisch abschneiden und es ihnen zu fressen geben![1] Wie konntest du nur so an deiner Schwester handeln, o du Metze, da sie doch rechtmäßig nach der Vorschrift Allahs und seines Gesandten vermählt war! Im Islam gibt es keine Möncherei, und die Ehe gehört zu den Verordnungen der Propheten, über denen der Friede sei! Und die Frauen sind nur für die Männer geschaffen.‘ Nun gab Hasan den Befehl, die Gefangenen allesamt töten zu lassen, und die Alte schrie: ‚Tötet sie, lasset keinen von ihnen übrig!‘ Doch als die Prinzessin Manâr es-Sanâ ihre Schwester so gefesselt und gefangen sah, weinte sie über ihre Not und sprach zu ihr: ‚Schwester, wer ist es, der uns in unserem eigenen Lande gefangen und besiegt hat?‘ Jene antwortete ihr: ‚Dies ist ein gewaltig Ding, daß dieser Mann, der da Hasan heißt, uns überwältigt hat! Allah hat ihm die Macht über uns und über unser ganzes Reich gegeben, und er hat uns die Könige der Geister besiegt.‘ Doch ihre Schwester fuhr fort: ‚Allah half ihm wider euch nur durch diese Kappe und diese Rute,

1. Das ist wohl der Sinn dieser Stelle, die in den arabischen Texten verschieden überliefert wird.

mit deren Hilfe er Gewalt über euch erhalten und euch gefangen genommen hat.' Nûr el-Huda war davon überzeugt und wußte nun, daß Hasan seine Gattin auf diese Weise befreit hatte; und sie demütigte sich vor ihrer Schwester, bis diese in ihrem Herzen Mitleid mit ihr empfand und zu ihrem Gatten Hasan sprach: ,Was willst du mit meiner Schwester tun? Siehe, sie ist in deiner Hand, und sie hat dir doch kein Leids angetan, so daß du sie dafür strafen müßtest.' Hasan erwiderte: ,Daß sie dich quälte, ist genug der Missetat!' Doch sie fuhr fort: ,Für all das Leid, das sie mir angetan hat, soll sie entschuldigt sein. Du aber hast das Herz meines Vaters durch meinen Verlust entflammt, und wie soll es ihm ergehen, wenn er auch noch meine Schwester verliert?' Da sprach Hasan zu ihr: ,Die Entscheidung stehe bei dir! Was du wünschest, das tu!' Nun befahl die Prinzessin Manâr es-Sanâ, alle Gefangenen zu befreien; da wurden ihnen um der Schwester willen die Fesseln gelöst und ebenso der Schwester selbst. Als dies geschehen war, trat Manâr es-Sanâ auf ihre Schwester zu und umarmte sie, und beide weinten miteinander; und nachdem sie sich so eine ganze Weile umschlungen gehalten hatten, sprach die Königin Nûr el-Huda zu ihrer Schwester: ,Liebe Schwester, zürne mir nicht wegen dessen, was ich dir angetan habe!' Und die Herrin Manâr es-Sanâ gab ihr zur Antwort: ,Liebe Schwester, all dies war über mich verhängt.' Dann zog sie ihre Schwester zu sich auf den Thron, und beide plauderten miteinander. Darauf stiftete Manâr es-Sanâ aufs schönste Frieden zwischen der Alten und ihrer Schwester, so daß ihnen beiden das Herz leicht ward. Nun entließ Hasan das Heer, das im Dienste der Rute stand, und dankte allen für das, was sie für ihn getan hatten, um seine Feinde zu besiegen. Und die Herrin Manâr es-Sanâ erzählte ihrer Schwester alles, was sie mit ihrem Gatten Hasan erlebt hatte, und alles, was er um ihrtewillen erlitten und erduldet hatte, indem sie mit den Worten schloß: ‚Liebe Schwester, wer solche Taten getan hat, wer solche Kraft besitzt, wem Allah der Erhabene solchen Heldenmut verliehen hat, daß er in unser Land eindrang, dich gefangen nahm, dein Heer in die Flucht schlug und deinem Vater, dem Großkönig, der über alle Könige der Geister herrscht, trotzen konnte, – dem darf sein Recht nicht verkürzt werden.‘ Nûr el-Huda erwiderte: ‚Bei Allah, liebe Schwester, du hast recht in dem, was du mir von den Wundern berichtest, die dieser Mann überstanden hat. Ist das alles nur um deinetwillen geschehen, Schwester?‘ – –«

Da bemerkte Schehrezâd, daß der Morgen begann, und sie hielt in der verstatteten Rede an. Doch als die *Achthundertund-neunundzwanzigste Nacht* anbrach, fuhr sie fort: »Es ist mir berichtet worden, o glücklicher König, daß die Königin, nach-dem ihre Schwester ihr von Hasans Heldentum berichtet hatte, zu ihr sprach: ‚Bei Allah, diesem Manne darf sein Recht nicht verkürzt werden, zumal ihn solche Tugend ziert. Ist nun das alles nur um deinetwillen geschehen?‘ ‚So ist es‘, erwiderte Manâr es-Sanâ; und dann blieben sie plaudernd beieinander bis zum Morgen. Doch als die Sonne aufging, dachten sie an die Weiterreise und nahmen Abschied voneinander; und Ma-nâr es-Sanâ sagte auch der Alten Lebewohl, nachdem sie ja zwischen ihr und Nûr el-Huda, ihrer Schwester, Frieden ge-stiftet hatte. Und alsbald schlug Hasan mit der Rute auf den Boden; da erschienen wiederum vor ihm deren Diener, spra-chen den Gruß vor ihm und sagten zu ihm: ‚Preis sei Allah, daß er dein Herz beruhigt hat! Befiehl uns, was du willst, auf daß wir es für dich rascher als im Augenblick tun!‘ Er dankte ihnen für ihre Worte, indem er sprach: ‚Allah vergelte euch mit Gutem!‘ Dann fuhr er fort: ‚Schirret uns zwei Renner von den besten der Rosse!' Sie taten auf der Stelle, was er ihnen geboten hatte, indem sie ihm zwei gesattelte Renner brachten; da bestieg Hasan den einen von beiden und nahm den älteren Sohn vor sich, seine Gattin aber bestieg den anderen und nahm ihren jüngeren Sohn vor sich. Auch die Königin Nûr el-Huda und die Alte stiegen aufs Roß; und nun machten sich alle auf den Weg in ihr Land, Hasan und seine Gemahlin zogen zur Rechten, während die Königin Nûr el-Huda und die Alte den Weg zur Linken einschlugen. Einen ganzen Monat lang ritt Hasan mit seiner Gattin und mit seinen Kindern dahin. Danach erblickten sie eine Stadt und sahen, daß rings um sie Bäume sprossen und Bäche flossen. Und als sie jene Bäume erreichten, stiegen sie von den Rossen ab und wollten der Ruhe pflegen. So setzten sie sich denn nieder, um zu plaudern; doch da kamen plötzlich viele Reiter auf sie zu. Als Hasan die erblickte, sprang er auf und eilte ihnen entgegen; und siehe da, es war König Hassûn, der Herrscher des Kampferlandes und des Kristallschlosses[1], mit seinem Gefolge. Darauf trat Hasan zu dem König, küßte ihm die Hände und begrüßte ihn; sowie der König ihn erkannte, saß er ab vom Rücken seines Renners und ließ sich mit Hasan auf die Teppiche unter den Bäumen nieder, nachdem er zuvor ihm den Gruß erwidert und ihm voller Freuden Glück zu seiner sicheren Heimkehr gewünscht hatte. Dann sprach er zu ihm: ‚Hasan, erzähle mir, was du erlebt hast, von Anfang bis zu Ende!' Als jener ihm dann alles berichtet hatte, bewunderte König Hassûn ihn und sprach zu ihm: ‚Mein Sohn, noch niemals ist jemand zu den Inseln von Wâk gelangt und von dort zurückgekehrt außer dir allein; es ist ein wunderbar Ding um dich. Doch Allah sei gepriesen für deine glückliche Heimkehr!' Darauf erhob sich der König und stieg zu

1. Vgl. oben Seite 458, Anmerkung.

Pferde; auch befahl er Hasan, aufzusitzen und mit ihm zu reiten. Der tat es; und nun ritten alle weiter, bis sie zur Stadt kamen. Dort zogen sie in das Königsschloß ein, König Hassûn saß ab, und Hasan und seine Gemahlin und seine Kinder kehrten im Hause der Gäste ein. Nachdem sie sich dort niedergelassen hatten, blieben sie drei Tage bei ihm und aßen und tranken, scherzten und waren guter Dinge. Darauf bat Hasan den König Hassûn um Erlaubnis, in seine Heimat zurückkehren zu dürfen; der gab sie ihm, und dann saßen sie auf, Hasan und seine Gattin und seine Kinder und auch der König, und sie ritten zehn Tage miteinander dahin. Als der König umzukehren wünschte, sagte er ihnen Lebewohl, und Hasan und seine Gattin und seine Kinder setzten ihre Reise fort. Einen ganzen Monat zogen sie dahin; und als dieser Monat vollendet war, schauten sie eine große Höhle, deren Boden aus Messing war. Da sprach Hasan zu seiner Gemahlin: ‚Sieh die Höhle dort! kennst du sie?‘ ‚Nein‘, gab sie zur Antwort; und er fuhr fort: ‚In ihr wohnt ein Scheich, Abu er-Ruwaisch geheißen, und dem bin ich zu großem Dank verpflichtet; denn er ist es, durch den ich mit dem König Hassûn bekannt wurde.‘ Dann erzählte er ihr weiter von Abu er-Ruwaisch, und schon trat der Scheich selber aus dem Eingang zur Höhle heraus. Kaum hatte Hasan ihn erblickt, so sprang er von seinem Renner und küßte dem Alten die Hand; der aber begrüßte ihn und wünschte ihm Glück zu seiner wohlbehaltenen Rückkehr und freute sich seiner; und er nahm ihn bei der Hand, führte ihn in die Höhle und setzte sich dort mit ihm nieder. Als Hasan dem Scheich darauf erzählte, was er auf den Inseln von Wâk erlebt hatte, staunte dieser über alle Maßen, und er sprach: ‚O Hasan, wie war es dir möglich, deine Gattin und deine Kinder zu befreien?‘ Da berichtete er ihm von der Rute und von der Kappe; und als Abu er-Ruwaisch deren Geschichte vernommen hatte, sprach er voll Verwunderung: ‚O Hasan, mein Sohn, wenn diese Rute und diese Kappe nicht gewesen wären, so hättest du nie deine Gattin und deine Kinder befreien können.' ‚So ist es, mein Gebieter!' antwortete ihm Hasan. Doch während sie noch so redeten, klopfte es plötzlich an die Tür der Höhle; der Scheich Abu er-Ruwaisch eilte hin, öffnete die Tür und fand den Scheich 'Abd el-Kuddûs, der auf dem Elefanten reitend angekommen war. Und er trat heran und begrüßte den Gast, umarmte ihn, freute sich seiner über die Maßen und beglückwünschte ihn zu seiner wohlbehaltenen Ankunft. Danach aber sprach der Scheich Abu er-Ruwaisch zu Hasan: ‚Erzähle dem Scheich 'Abd el-Kuddûs alles, was dir widerfahren ist, o Hasan!' Nun begann Hasan dem anderen Scheich alles zu erzählen, was ihm begegnet war, von Anfang bis zu Ende, bis er zu der Geschichte der Rute und der Kappe gelangte. – –«

Da bemerkte Schehrezâd, daß der Morgen begann, und sie hielt in der verstatteten Rede an. Doch als die *Achthundertunddreißigste Nacht* anbrach, fuhr sie also fort: »Es ist mir berichtet worden, o glücklicher König, daß Hasan dem Scheich 'Abd el-Kuddûs und dem Scheich Abu er-Ruwaisch, mit dem er plaudernd in der Höhle saß, alles erzählte, was ihm begegnet war, von Anfang bis zu Ende, bis er zu der Geschichte von der Rute und von der Kappe gelangte. Da sprach der Scheich 'Abd el-Kuddûs zu Hasan: ‚Mein Sohn, du hast jetzt deine Gattin und deine Kinder befreit, und du hast die beiden Dinge nicht mehr nötig. Wir aber haben dir dazu verholfen, daß du zu den Inseln von Wâk gelangen konntest, und ich habe dir Gutes erwiesen um der Töchter meines Bruders willen. Drum bitte ich dich, sei so gütig und freundlich, mir die Rute zu geben und dem Scheich Abu er-Ruwaisch die Kappe zu schenken!' Als

Hasan die Worte aus seinem Munde vernommen hatte, senkte er sein Haupt zu Boden; denn er schämte sich zu sagen: ‚Ich kann sie euch nicht geben‘, und er sprach bei sich selber: ‚Fürwahr, diese beiden Scheiche haben mir große Güte erwiesen, und nur durch sie ist es mir gelungen, die Inseln von Wâk zu erreichen. Wären sie nicht gewesen, so wäre ich nie in jene Gegenden gekommen, hätte meine Frau und meine Kinder nicht befreit und hätte auch diese Rute und diese Kappe nie erhalten.‘ So hob er denn sein Haupt wieder empor und sprach: ‚Ja, ich will euch beides geben. Doch, meine Gebieter, ich fürchte, der Großkönig, der Vater meiner Gattin, wird mit seinen Truppen mir in mein Land nachziehen, und die werden wider mich streiten; ich aber kann mich ihrer nur durch die Rute und die Kappe erwehren.‘ Da sprach der Scheich 'Abd el-Kuddûs zu Hasan: ‚Mein Sohn, fürchte dich nicht! Wir werden hier an dieser Stätte als Wächter und Helfer für dich bleiben; und wenn je einer von dem Vater deiner Gattin kommt, so wehren wir ihn von dir ab. So fürchte denn nichts, ganz und gar nichts im geringsten; hab Zuversicht und gräm dich nicht und atme aus freier Brust; denn dir wird kein Leid geschehen!‘ Als Hasan diese Worte des Alten vernahm, überkam ihn die Scham, und er gab die Kappe dem Scheich Abu er-Ruwaisch, während er zum Scheich 'Abd el-Kuddûs sprach: ‚Begleite mich in meine Heimat; dort will ich dir die Rute geben!‘ Darüber waren die beiden Alten hocherfreut, und sie rüsteten für Hasan so große Schätze und Reichtümer, daß niemand sie beschreiben kann. Nachdem er dann noch drei Trage bei ihnen geblieben war, verlangte es ihn danach, weiterzureisen, und der Scheich 'Abd el-Kuddûs machte sich bereit, mit ihm zu ziehen. Als darauf Hasan sein Reittier bestiegen und seine Gattin auf das andere gesetzt hatte, pfiff 'Abd el-Kuddûs, und siehe, da kam mitten aus der Steppe ein gewaltiger Elefant herbei, der Vorderbeine und Hinterbeine im Trabe hob. Den hielt der Scheich an und bestieg ihn, und nun machte er sich mit Hasan und seiner Gattin und seinen Kindern auf den Weg, während der Scheich Abu er-Ruwaisch in die Höhle zurückging. Die andern aber ritten weiter, indem sie die Länder weit und breit durchquerten, während der Scheich 'Abd el-Kuddûs sie auf den leichten Wegen und den kürzesten Strecken führte, bis sie sich dem Ziele näherten; da freute Hasan sich, weil er nun dem Lande seiner Mutter nahe war und weil auch seine Gattin und seine Kinder ihm zurückgegeben waren. Und wie Hasan sich nun wiederum in jenem Lande sah, nachdem er all jene furchtbaren Schrecken überstanden hatte, pries er Allah den Erhabenen und dankte ihm für seine Güte und Huld und sprach diese Verse:

> Vielleicht wird Allah uns in kurzer Zeit vereinen;
> Dann ruhn wir eng umschlungen Arm in Arm.
> Dann künd ich dir das größte Wunder, das ich schaute,
> Und was ich leiden mußte durch der Trennung Harm.
> Ich will mein Auge heilen, wenn ich auf dich blicke;
> Denn ach, das Herz ist mir von Sehnsucht ganz erfüllt.
> Ich barg für dich in meinem Herzen eine Kunde;
> Die sei bei unsrem Wiedersehen dir enthüllt!
> Wenn auch, was du mir tatest, mich zum Tadel triebe –
> Mein Tadel würde enden, und es bleibt die Liebe.

Kaum hatte Hasan diese Verse gesprochen, da schaute er aus, und siehe, schon lagen vor ihnen die grüne Kuppel und der Springbrunnen und das grüne Schloß, und der Wolkenberg ward ihnen aus der Ferne sichtbar. Da sprach der Scheich 'Abd el-Kuddûs zu ihnen: ,O Hasan, freue dich der guten Botschaft; denn heute abend noch wirst du als Gast bei den Töchtern meines Bruders sein!' Dessen freute sich Hasan über die Maßen, und ebenso auch seine Gemahlin. Darauf stiegen sie bei der Kuppel ab, ruhten und aßen und tranken; dann stiegen sie wieder zu Pferde und ritten weiter, bis sie sich dem Schlosse näherten. Und als sie dort ankamen, traten die Töchter des Königs, des Bruders von Scheich 'Abd el-Kuddûs, zu ihnen heraus, hießen sie willkommen und begrüßten die Ankommenden, zumal auch ihren Oheim; und der erwiderte ihren Gruß und sprach zu ihnen: ‚Ihr Töchter meines Bruders, seht, ich habe den Wunsch eures Bruders Hasan erfüllt, ich habe ihm geholfen, seine Gattin und seine Kinder wiederzugewinnen.' Da eilten die Jungfrauen auf Hasan zu und umarmten ihn voller Freuden; sie wünschten ihm Glück zu seiner wohlbehaltenen Heimkehr und zu seiner Wiedervereinigung mit Gattin und Kindern, und es war ein Tag des Festes für sie alle. Dann trat die jüngste Prinzessin, die Schwester Hasans, noch einmal zu ihm, umarmte ihn und weinte bitterlich; und auch er weinte mit ihr ob der langen Einsamkeit; und sie klagte ihm die Schmerzen, die sie ob der Trennung erduldet hatte, und ihres Herzens Qual, die sie während seines Fernseins erlitten hatte, und sie sprach diese beiden Verse:

> Seit deinem Fortgang hat mein Auge nie auf jemand
> Geblickt, ohn daß es doch in ihm dein Bildnis sieht.
> Ich schloß das Auge nie, ohn dich im Schlaf zu sehen;
> Es ist, als wohntest du mir zwischen Aug und Lid.

Und als sie diese Verse gesprochen hatte, freute sie sich über die Maßen, und Hasan sprach zu ihr: ‚Liebe Schwester, ich danke für all dies nur dir allein vor deinen Schwestern; möge Allah der Erhabene dir Hilfe und Beistand gewähren!' Dann erzählte er ihr alles, was er auf seiner Fahrt erlebt hatte, von Anfang bis zu Ende, alles, was er durchgemacht hatte und was ihm von der Schwester seiner Gattin widerfahren war, und wie er schließlich seine Gattin und seine Kinder befreien konnte; ferner berichtete er ihr, was er an Wunderdingen und furchtbaren Schrecknissen gesehen hatte und wie sogar die Schwester ihn und seine Gattin und seine Kinder hatte töten wollen, so daß nur Allah der Erhabene sie vor ihr erretten konnte. Dann erzählte er ihr auch die Geschichte der Rute und der Kappe, und wie der Scheich Abu er-Ruwaisch und der Scheich 'Abd el-Kuddûs ihn um beides gebeten hatten, und daß er sie ihnen nur um ihretwillen gegeben habe. Sie dankte ihm für alles und wünschte ihm ein langes Leben; und er rief: ‚Bei Allah, ich werde nie vergessen, was du alles an Gutem mir von Anfang bis zu Ende getan hast!' – –«

Da bemerkte Schehrezâd, daß der Morgen begann, und sie hielt in der verstatteten Rede an. Doch als die *Achthundertundeinunddreißigste Nacht* anbrach, fuhr sie also fort: »Es ist mir berichtet worden, o glücklicher König, daß Hasan, als er zu den Prinzessinnen zurückgekehrt war, seiner Schwester alles erzählte, was er hatte erdulden müssen, und zuletzt sagte: ‚Ich werde nie vergessen, was du an mir getan hast von Anfang bis zu Ende.' Da wandte seine Schwester sich zu seiner Gattin Manâr es-Sanâ, umarmte sie und zog ihre Kinder an ihre Brust; darauf sprach sie zu ihr: ‚O du Tochter des Großkönigs, hattest du denn kein Mitleid in deinem Herzen, daß du ihn von seinen Kindern trennen und ihm um ihretwillen das Herz mit brennendem Schmerz erfüllen konntest? Wolltest du ihn etwa durch solches Tun den Tod bringen?' Jene aber lächelte und sprach: ‚Dies hatte Allah, der Gepriesene und Erhabene, beschlossen; und wer gegen Menschen untreu ist,[1] dem bleibt auch Allah nicht treu!' Dann wurden Speise und Trank aufgetragen und alle aßen und tranken und waren guter Dinge.

1. Wie Hasan, als er das Federkleid verbarg.

ZehnTage lang blieb er bei ihnen, und es ward fröhlich ge-
schmaust und getrunken; danach aber machte Hasan sich zum
Aufbruch bereit. Nun ging seine Schwester hin und rüstete
für ihn solche Schätze und Kostbarkeiten, wie sie niemand beschreiben kann. Und schließlich zog sie ihn an ihre Brust, da es
den Abschied galt, und umarmte ihn; und er sprach, indem er
an sie dachte, diese Verse:

> Der Trost ist immer fern für die, so lieben;
> Durch Abschied wird der Liebe Glück vergällt.
> Das Fernsein und die Härte schaffen Kummer;
> Der Liebe Opfer stirbt als Glaubensheld.
> Wie lange währt die Nacht dem Lieberfüllten,
> Der, fern von der Geliebten, einsam ruht!
> Die Tränen rinnen über seine Wangen;
> Er spricht: Nimmst du kein Ende, Tränenflut?

Darauf gab Hasan dem Scheich 'Abd el-Kuddûs die Rute; und
der freute sich ihrer über die Maßen, dankte ihm für das
Geschenk, und nachdem er sie von ihm entgegengenommen
hatte, saß er auf und kehrte in seine Heimat zurück. Dann ritten auch Hasan und seine Gemahlin und seine Kinder von dem
Schlosse der Jungfrauen fort; und die Prinzessinnen geleiteten
ihn zum Abschied und kehrten dann wieder heim. Hasan aber
zog weiter, seiner Heimat zu, und er reiste durch das Wüstenland zwei Monate und zehn Tage, bis er bei der Stadt Baghdad,
dem Horte des Friedens, ankam. Dort begab er sich zu seinem
Hause durch das geheime Tor, das nach der Seite der Wüste
und der Steppe lag, und klopfte an die Tür. Seine Mutter hatte,
weil er so lange fortblieb, dem Schlafe entsagt und sich ganz
der Trauer, den Tränen und Klagen hingegeben, bis sie krank
ward, keine Speisen mehr aß und sich nicht mehr am Schlummer erquickte, sondern Tag und Nacht weinte und immer nur
den Namen ihres Sohnes nannte; die Hoffnung auf seine Heim-

kehr hatte sie schon aufgegeben. Gerade, als er nun vor der
Tür stand, hörte er, wie sie weinte und diese Verse sprach:

> *Bei Allah, mein Gebieter, heile deinen Kranken!*
> *Sein Leib ist ganz verzehrt, das Herze bricht ihm fast.*
> *Wenn du ein Wiedersehn in deiner Huld gewährest,*
> *So wird der Freund erdrückt von Liebesgnadenlast.*
> *Er hofft noch auf dein Kommen – Allah hat die Macht;*
> *Oft nahet schon das Glück, wenn noch das Unglück wacht.*

Kaum hatte sie diese Verse gesprochen, da hörte sie, wie ihr
Sohn Hasan vor der Tür rief: ‚O liebe Mutter, das Geschick
hat uns gnädig wiedervereint!' Als sie seine Worte vernommen hatte, erkannte sie die Stimme und eilte zur Tür, schwankend zwischen Glauben und Unglauben; doch sobald sie die
Tür geöffnet hatte, sah sie, wie er und seine Gemahlin mit den
Kindern dort standen. Da schrie sie im Übermaß der Freude
laut auf und sank ohnmächtig zu Boden. Doch Hasan sprach
ihr gütig zu, bis sie wieder zu sich kam und ihn umarmte; dann
brach sie in Tränen aus. Darauf aber rief sie ihre Diener und
Sklaven und befahl ihnen, all sein Gut ins Haus zu schaffen.
Nachdem die all seine Lasten in das Haus getragen hatten, trat
auch die Gattin mit den Kindern ein. Da eilte die Mutter
Hasans auf sie zu, umarmte sie, küßte ihr das Haupt, küßte ihr
die Füße und sprach zu ihr: ‚O Tochter des Großkönigs, wenn
ich es an dem habe fehlen lassen, was dir gebührt, siehe, so bitte
ich Allah den Allmächtigen um Verzeihung.' Dann schaute sie
ihren Sohn an und sprach zu ihm: ‚Ach, mein Sohn, warum
bist du so lange fortgeblieben?' Als sie ihn so fragte, berichtete
er ihr alles, was er erlebt hatte, von Anfang bis zu Ende. Und
wie sie seiner Erzählung zugehört hatte, stieß sie einen lauten
Schrei aus und fiel ohnmächtig zu Boden, überwältigt von
alledem, was ihr Sohn hatte erdulden müssen. Doch er sprach

ihr liebevoll zu, bis sie wieder zu sich kam; und dann sagte sie: ‚Mein Sohn, bei Allah, du hast die Rute und die Kappe voreilig fortgegeben. Wenn du sie behalten und aufbewahrt hättest, so wäre die ganze Welt dein, weit und breit. Doch Preis sei Allah, mein Sohn, für deine glückliche Heimkehr mit deiner Gattin und deinen Kindern!‘ Und nun verbrachten sie die schönste und glücklichste Nacht. Als es wieder Morgen ward, legte Hasan die Kleider ab, die er trug, und hüllte sich in eins der schönsten Gewänder; dann begab er sich auf den Markt und kaufte Sklaven und Sklavinnen, Tuche und wertvolle Dinge, wie Prachtgewänder, Schmucksachen, Teppiche und kostbare Geräte, wie sie keiner der Könige sein eigen nennt. Ferner kaufte er Häuser und Gärten und Güter und mancherlei anderes. Und von nun an lebte er mit seinen Kindern und seiner Gattin und seiner Mutter, indem sie aßen und tranken und glücklich waren. Ja, sie lebten herrlich und in Freuden, bis Der zu ihnen kam, der die Freuden schweigen heißt und der die Freundesbande zerreißt. Preis sei dem Herrn der sichtbaren und unsichtbaren Welt, dem Lebendigen, Ewigen, der nie dem Tode verfällt!

Ferner wird erzählt

DIE GESCHICHTE

VON DEM FISCHER CHALÎFA

In alten Zeiten und in längst entschwundenen Vergangenheiten lebte einst in der Stadt Baghdad ein Fischersmann, Chalîfa geheißen; jener Mann hatte kein Geld und Gut, er war ein armer Schlucker, der sich in seinem ganzen Leben noch keine Frau hatte nehmen können. Nun begab es sich eines Tages, daß er sein Netz nahm und wie gewöhnlich zum Flusse ging, um vor den anderen Fischern zu fischen. Wie er dann am Ufer stand, gürtete er sich und zog die Ärmel empor. Darauf trat er ans Wasser, breitete sein Netz aus und warf es einmal und zweimal, ohne daß etwas darin heraufkam. Und er warf es immer wieder aus, bis er zehn Würfe mit ihm getan hatte; als er auch dann noch nichts gefangen hatte, ward ihm die Brust beklommen, und sein Sinn ward ihm verwirrt, und er rief: ‚Ich bitte Allah den Allmächtigen um Verzeihung, Ihn, außer dem es keinen Gott gibt, den Lebendigen und Beständigen, und ich bereue vor Ihm. Es gibt keine Macht und es gibt keine Majestät außer bei Allah, dem Erhabenen und Allmächtigen! Was Allah will, das geschieht; und was Er nicht will, das geschieht nicht. Unser täglich Brot kommt von Allah, dem Allgewaltigen und Glorreichen. Wenn Allah Seinem Knechte gibt, so versagt ihm niemand; doch wenn Er Seinem Knechte versagt, so gibt ihm niemand.‘ Dann sprach er im Übermaß seines Kummers diese beiden Verse:

> Trifft das Geschick dich eines Tags mit seinem Unheil,
> So weite deine Brust und halt Geduld bereit!
> Denn der Geschöpfe Herr schenkt dir in seiner Gnade
> Und seiner reichen Güte Freude nach dem Leid.

Darauf setzte er sich eine Weile nieder und sann über sein Schicksal nach, indem er sein Haupt zu Boden senkte; und danach sprach er diese Verse:

> Gedulde dich in des Geschickes Bitterkeit und Süße;
> Und wisse, Gott kann, was er will, zu Ende führen.
> Die Sorgen können über Nacht Geschwüren gleichen,
> Die du gepflegt hast, bis sie ihre Heilung spüren.
> Die Schicksalsschläge fahren über uns einher
> Und schwinden aus dem Sinn, als wären sie nicht mehr.

Und nun sprach er bei sich selber: ‚Ich will noch dies eine Mal das Netz auswerfen im Vertrauen auf Allah; vielleicht wird Er meine Hoffnung nicht zuschanden werden lassen!' Dann trat er ans Ufer und warf das Netz, soweit sein Arm reichte, in den Strom, wickelte das Seil auf und wartete eine ganze Weile. Danach zog er das Netz an sich und fand, daß es schwer war. – –«

Da bemerkte Schehrezâd, daß der Morgen begann, und sie hielt in der verstatteten Rede an. Doch als die *Achthundertundzweiunddreißigste Nacht* anbrach, fuhr sie also fort: »Es ist mir berichtet worden, o glücklicher König, daß der Fischer Chalîfa sein Netz manches Mal ins Meer warf, ohne etwas zu fangen; daß er dann über sein Schicksal nachsann und die genannten Verse sprach; daß er sich schließlich sagte: ,Ich will noch dies eine Mal das Netz auswerfen im Vertrauen auf Allah, vielleicht wird Er meine Hoffnung nicht zuschanden werden lassen'; daß er dann sich aufmachte und das Netz warf und eine ganze Weile wartete, es an sich zog und fand, daß es schwer war. Als er dessen Schwere bemerkte, bewegte er es vorsichtig in die Höhe und zog es, bis es ans Land kam, und siehe, darin befand sich ein lahmer und einäugiger Affe! Wie Chalîfa den erblickte, rief er: ,Es gibt keine Macht und es gibt keine Majestät außer bei Allah! Wir sind Allahs Geschöpfe, und zu Ihm kehren wir zurück! Was ist das für ein gemeines Glück, was für ein elendes Gewinnerstück! Was ist es denn mit mir an diesem gesegneten Tage? Doch all dies geschieht nach dem Ratschlusse Allahs des Erhabenen!' Dann nahm er den Affen, legte ihm einen Strick um, ging mit ihm auf einen Baum zu, der dort am Ufer des Stromes wuchs, und band das Tier an ihm fest. Er hatte aber auch eine Geißel bei sich; die nahm er nun in die Hand, hob seinen Arm empor und wollte die Geißel auf den Affen niedersausen lassen. Doch da ließ Allah diesen Affen mit deutlicher Stimme reden; und das Tier sprach zu ihm: ,O Chalîfa, halte deine Hand zurück und schlag mich nicht; laß mich hier, wie ich am Baum gebunden bin, geh wieder zum Fluß hinab, wirf dein Netz und vertraue auf Allah, er wird dir dein täglich Brot gewähren!' Nachdem Chalîfa diese Worte aus dem Munde des Affen vernommen hatte, ergriff er das Netz, schritt zum Flusse, warf es aus und ließ das Seil hängen. Dann zog er es an und fand, daß die Last noch schwerer war als das erste Mal. Und so mühte er sich denn mit dem Netze ab, bis es ans Land kam. Aber schau, es war wieder ein Affe darin; der hatte gespaltene Vorderzähne, seine Augen waren mit Bleiglanz geziert und seine Hände mit Henna gefärbt; sein Gesicht grinste, und um den Leib trug er einen zerfetzten Lappen. Da rief Chalîfa: ,Preis sei Allah, der die Fische des Meeres in Affen verwandelt hat!' Dann ging er zu jenem ersten Affen, der noch an dem Baume festgebunden war, und sprach zu ihm: ,Sieh, du Unglücksvieh, wie scheußlich war der Rat, den du mir gegeben hast! Nur du hast mich auf diesen zweiten Affen gebracht. Nur weil du mir in deiner Lahmheit und Einäugigkeit[1] am Morgen begegnet bist, habe ich heute früh solch Mißgeschick und Mühe und gewinne keinen Dirhem, keinen Dinar!' Darauf nahm er seinen Stock in die Hand, schwang ihn dreimal durch die Luft und wollte den Affen damit treffen. Doch der schrie ihn um Gnade an und rief: ,Ich beschwöre dich bei Allah, vergib mir um dieses meines Gefährten willen; erbitte von ihm, was du willst; er wird dich zu dem führen, was du wünschest!' Chalîfa warf den Stock fort und ließ von dem Tiere ab. Und alsbald wandte er sich zu dem zweiten Affen, und als er neben ihm stand, sprach jener zu ihm: ,Chalîfa, meine Worte werden dir nichts nützen, wenn du nicht auf das hörst, was ich dir sage. Aber wenn du auf mich hörst und mir folgst und mir nicht zuwider handelst, so wirst du durch mich

1. Einäugige bringen Unglück.

zu Reichtum kommen.' ‚Was hast du mir zu sagen,' antwortete Chalîfa, ‚daß ich dir darin gehorchen sollte?' Der Affe fuhr fort: ‚Laß mich angebunden hier, wo ich bin, und geh zum Flusse, und wirf dein Netz, und hernach will ich dir sagen, was du tun sollst!' Da nahm Chalîfa denn sein Netz, schritt zum Flusse, warf es aus und wartete eine Weile; dann zog er es hoch und fand, daß es schwer war. Wiederum mühte er sich mit ihm ab, bis er es ans Land gebracht hatte; und siehe, wiederum war ein Affe darin, doch dieser Affe war rot und trug blaue Kleider, seine Hände und Füße waren aber auch mit Henna gefärbt, und ebenso waren seine Augen mit Bleiglanz geschminkt. Kaum hatte Chalîfa den erblickt, so rief er aus: ‚O Gott, o großer Gott! Gepriesen sei der Herr der Herrlichkeit! Fürwahr, dieser Tag ist gesegnet von Anfang bis zu Ende; sein Stern ging glückverheißend auf im Antlitze des ersten Affen, und den Inhalt eines Blattes erkennt man aus der Überschrift. Dieser Tag ist der Tag der Affen; in dem Flusse gibt es keine Fische mehr. Heute sind wir ausgezogen, um nichts als Affen zu fischen. Gelobt sei Allah, der die Fische in Affen verwandelt hat!' Dann wandte er sich zu dem dritten Affen und sprach zu ihm: ‚Was bist du denn, du Unglücksvieh?' Der Affe erwiderte: ‚Kennst du mich nicht, Chalîfa?' ‚Nein', sagte der Fischer; und das Tier fuhr fort: ‚Ich bin der Affe von Abu es-Sa'adât, dem jüdischen Wechsler.' ‚Und was tust du für ihn?' fragte Chalîfa. Darauf gab der Affe zur Antwort: ‚Morgens früh begebe ich mich zu ihm, und dann verdient er fünf Dinare; und spät am Abend zeige ich mich ihm wieder, und er verdient noch einmal fünf Dinare.' Da wandte Chalîfa sich zu dem ersten Affen und sprach zu ihm: ‚Sieh, du Unglückstier, wie trefflich die Affen anderer Leute sind! Aber du begegnest mir am Morgen mit deiner Lahmheit und Einäugigkeit und deinem Unglücksgesicht, und so werde ich ein armer und hungriger Bettler.' Darauf griff er wieder zum Stock, schwang ihn dreimal durch die Luft und wollte ihn auf das Tier niederfahren lassen. Doch da rief der Affe von Abu es-Sa'adât ihm zu: ,Laß ihn, o Chalîfa, und heb deine Hand von ihm! Komm zu mir, auf daß ich dir sage, was du tun sollst.' Also warf Chalîfa den Stock wieder aus der Hand, trat zu ihm hin und fragte ihn: ,Was hast du mir zu sagen, du Herr aller Affen?' Jener antwortete ihm: ,Nimm das Netz und wirf es in den Fluß; laß mich und jene beiden Affen hier bei dir bleiben! Und was du heraufholst, das bringe her zu mir, so will ich dir sagen, was dich erfreut!' – –«

Da bemerkte Schehrezâd, daß der Morgen begann, und sie hielt in der verstatteten Rede an. Doch als die *Achthundertunddreiunddreißigste Nacht* anbrach, fuhr sie also fort: »Es ist mir berichtet worden, o glücklicher König, daß der Affe von Abu es-Sa'adât zu Chalîfa sprach: ,Nimm dein Netz und wirf es in den Strom. Und was du nun darin heraufholst, das bringe her zu mir; so will ich dir sagen, was dich erfreut!' ,Ich höre und gehorche!' erwiderte der Fischer, nahm das Netz, warf es über die Schulter und sprach diese Verse:

> Ist mir die Brust beengt, so fleh ich zu dem Schöpfer,
> Der alles Schwere bald zum Leichten machen kann.
> Denn eh der Blick sich hebt, wird frei durch Gottes Güte,
> Wer im Gefängnis liegt, und heil der kranke Mann.
> Befiehl dem Herren deine Wege immerdar!
> Denn Seine Huld ist jedem Klugen offenbar.

Darauf sprach er noch diese beiden Verse:

> O du, der du die Menschen in die Mühsal stürzest,
> Du machst, daß Sorge wie des Elends Ursach weicht.
> O laß mich nie begehren, was sich mir versaget;
> Wie mancher, der begehrt, hat nie sein Ziel erreicht!

Als Chalîfa diese Verse gesprochen hatte, ging er zum Flusse hinab, warf das Netz aus und wartete eine Weile; dann zog er es hoch, und siehe da, in ihm befand sich ein Barsch mit einem großen Kopfe, mit einem Schwanze, der einem Schöpflöffel glich, und Augen, die wie zwei Dinare aussahen. Wie Chalîfa diesen Fisch erblickte, freute er sich; denn er hatte noch nie in seinem Leben seinesgleichen gefangen. Und voll Verwunderung nahm er ihn und trug ihn zu dem Affen des Juden Abu es-Sa'adât, so stolz, als besäße er schon die ganze Welt. Da fragte ihn der Affe: ‚Was willst du mit diesem Fische tun, o Chalîfa? Und was willst du mit deinem Affen anfangen?' Der Fischer antwortete ihm: ‚Ich will dir sagen, o Herr aller Affen, was ich tun will. Wisse denn, zuallererst will ich auf ein Mittel sinnen, das verfluchte Tier dort, meinen Affen, zu beseitigen; an seiner Stelle will ich dich annehmen, und ich will dir jeden Tag zu essen geben, was du nur wünschest.' Und der Affe fuhr fort: ‚Da du nun mich erwählt hast, will ich dir sagen, was du tun sollst, und dadurch soll dein Schicksal gebessert werden, so Allah der Erhabene will. Drum achte auf das, was ich dir sage! Das ist, daß du noch einen Strick bereit hältst und mich mit ihm an einen Baum bindest, mich dann verlässest, mitten auf den Damm gehst und dein Netz in den Tigrisfluß wirfst. Wenn du es ausgeworfen hast, so warte ein wenig, und dann zieh es hoch, so wirst du in ihm einen Fisch finden, so schön, wie du ihn in deinem ganzen Leben noch nicht gesehen hast. Den bringe her zu mir, und ich werde dir sagen, was du weiter tun sollst!' Und alsobald ging Chalîfa hin, warf das Netz in den Tigrisfluß und zog es wieder hoch. Da erblickte er in ihm einen Wels von der Größe eines Lammes, wie er noch in seinem ganzen Leben nie einen gesehen hatte; der war noch größer als der erste Fisch. Er nahm ihn und brachte ihn dem Affen; und jener sprach zu ihm: ‚Hole dir etwas grünes Gras und tu die Hälfte davon in einen Korb; lege den Fisch darauf und deck ihn mit der anderen Hälfte zu! Uns aber laß hier angebunden zurück, und geh, nachdem du den Korb auf deine Schulter gehoben hast, in die Stadt Baghdad! Wenn dich jemand anredet oder dich fragt, so gib ihm keinerlei Antwort, bis du in die Straße der Geldwechsler eintrittst; dort findest du am oberen Ende den Laden des Meisters Abu es-Sa'adât, des Juden, des Scheichs der Wechsler, und du wirst ihn sehen, wie er auf einem Polster sitzt mit einem Kissen hinter sich und zwei Kästen vor sich, einen für das Gold und einen für das Silber, umgeben von Mamluken, Sklaven und Dienern. Tritt auf ihn zu, setze den Korb vor ihm nieder und sprich zu ihm: ‚O Abu es-Sa'adât, ich zog heute zum Fischfang aus und warf das Netz auf deinen Namen; da schickte mir Allah der Erhabene diesen Fisch.‘ Er wird fragen: ‚Hast du ihn schon jemand anders gezeigt außer mir?‘ Und du erwidere ihm: ‚Nein, bei Allah!‘ Dann wird er ihn dir abnehmen und dir einen Dinar geben; den gib ihm zurück! Darauf wird er dir zwei Dinare geben; auch die gib ihm zurück! Alles, was er dir reicht, gib ihm wieder, und gäbe er dir auch das Gewicht des Fisches in Gold! Nimm nichts von ihm an! Schließlich wird er zu dir sprechen: ‚Sage mir, was du haben willst!‘ und du antworte ihm: ‚Bei Allah, ich verkaufe ihn nur um zwei Worte.‘ Wenn er dann fragt: ‚Welches sind die beiden Worte?‘ so erwidere ihm: ‚Erhebe dich und sprich: Bezeuget ihr, die ihr auf dem Markte anwesend seid, daß ich den Affen des Fischers Chalîfa eintausche gegen meinen Affen, daß ich sein Los eintausche gegen mein Los, und sein Glück gegen mein Glück! Das ist der Preis für den Fisch, und ich habe kein Gold nötig.‘ Wenn er das tut, so will ich jeden Morgen und jeden Abend zu dir kommen, und dann wirst du jeden Tag zehn Dinare verdienen. Zu dem Juden Abu es-Sa'adât aber wird an jedem Morgen sein neuer Affe kommen, das ist dies einäugige und lahme Tier, und Allah wird ihn jeden Tag mit einer Buße heimsuchen, die er bezahlen muß; das wird so lange geschehen, bis er arm geworden ist und gar nichts mehr besitzt. Höre auf das, was ich dir sage; dann hast du Segen und bist auf rechten Wegen!' Als der Fischer Chalîfa diese Worte des Affen vernommen hatte, sprach er zu ihm: ,Ich nehme den Rat an, den du mir gibst, o König aller Affen. Aber diesen Unseligen dort möge Allah nimmer segnen! Ich weiß nicht, was ich mit ihm tun soll.' Der Affe erwiderte ihm: ,Laß ihn ins Wasser gehen und laß auch mich dorthin gehen!' ,Ich höre und gehorche!' sagte Chalîfa, trat an die Affen heran, band sie los und ließ sie ihrer Wege gehen. Nachdem nun jene in den Fluß hinabgelaufen waren, machte Chalîfa sich wieder an den Fisch; er nahm ihn, wusch ihn, legte ihn auf grünem Grase in den Korb und bedeckte ihn auch mit Gras; dann nahm er seine Last auf die Schulter und ging fort, indem er dies Lied sang:

Überlaß dein Los dem Herrn des Himmels: du bist sicher dann.
Übe Güte all dein Leben: keine Reue ficht dich an!
Geh nicht zu verdächt'gem Volke; sonst kommt auch auf dich Verdacht;
Hüte deine Zunge, schmäh nicht; wirst mit Schmähung sonst bedacht! – –«

Da bemerkte Schehrezâd, daß der Morgen begann, und sie hielt in der verstatteten Rede an. Doch als die *Achthundertundvierunddreißigste Nacht* anbrach, fuhr sie also fort: »Es ist mir berichtet worden, o glücklicher König, daß der Fischer Chalîfa, als er sein Lied gesungen hatte, mit dem Korb auf der Schulter weiterging und dahinschritt, bis er in die Stadt Baghdad kam. Wie er aber durch die Straßen zog, erkannten ihn die Leute und riefen ihm zu: ,Was hast du da, o Chalîfa?' Doch er wandte sich nach keinem einzigen von ihnen um, bis er zur Straße der Geldwechsler kam; und er schritt zwischen den Läden weiter, wie ihm der Affe geraten hatte, und schließlich erblickte er jenen Juden. Er sah ihn, wie er in seinem Laden thronte, umgeben von dienenden Sklaven, als wäre er einer der Könige von Chorasân. Kaum war Chalîfas Blick auf ihn gefallen, so erkannte er ihn, ging auf ihn zu und trat vor ihn hin. Und als der Jude sein Haupt erhob, erkannte auch er ihn und sprach zu ihm: ‚Sei mir willkommen, Chalîfa! Was begehrst du? Was wünschest du? Wenn jemand dich angefahren oder mit dir gestritten hat, so sage es mir, und ich will mit dir zum Wachthauptmann gehen, auf daß er dir dein Recht wider ihn verschafft!‘ Doch Chalîfa entgegnete: ‚Nein, bei deinem Haupte, Meister der Juden, niemand hat mich angefahren. Aber ich zog heute von Hause fort, indem ich meine Sache auf dein Glück stellte; ich ging zum Flusse und warf mein Netz in den Tigris, und da kam dieser Fisch hoch.‘ Damit öffnete er den Korb und warf den Fisch vor den Juden hin. Wie der ihn sah, hatte er Gefallen an ihm und sprach: ‚Bei der Thora und bei den zehn Geboten,[1] als ich gestern nacht schlief, sah ich im Traume Esra[2] vor mir stehen, der zu mir sprach: ‚Wisse, o Abu es-Sa'adât, ich habe dir ein schönes Geschenk gesandt!‘ Vielleicht ist dieser Fisch das Geschenk, ja, ganz gewiß.‘ Dann schaute er Chalîfa an und sprach zu ihm: ‚Bei deinem Glauben, hat jemand schon den Fisch gesehen außer mir?‘ Der Fischer antwortete: ‚Nein, bei Allah und bei Abu Bekr, dem Wahrhaftigen, du Meister der Juden, niemand hat ihn gesehen außer dir!‘ Da wandte der Jude sich zu einem seiner Diener und sprach zu ihm: ‚Komm, nimm diesen Fisch und trag ihn ins

1. Im Arabischen verderbt; das Richtige ist schon von Lane erkannt. –
2. So nach der besseren Lesart der Kairoer Ausgabe.

Haus! Laß Sa'âda ihn zurichten und backen und braten, bis ich meine Arbeit getan habe und heimkehre!' Und Chalîfa sagte auch zu ihm: ,Geh, Bursche, laß die Frau des Meisters einen Teil davon backen und den anderen braten!' ,Ich höre und gehorche, mein Gebieter!' antwortete der Diener, nahm den Fisch und brachte ihn ins Haus. Der Jude aber streckte seine Hand nach einem Dinar aus und reichte ihn dem Fischer Chalîfa, indem er zu ihm sprach: ,Nimm das für dich, o Chalîfa, und gib es für die Deinen aus!' Als der nun das Geldstück in seiner Hand sah, rief er: ,Preis sei dem Herrn der Herrlichkeit!' als ob er noch nie in seinem Leben Gold gesehen hätte. Und nachdem er den Dinar genommen hatte, ging er einige Schritte weiter. Aber da dachte er an den Rat des Affen und eilte zurück; er warf dem Juden den Dinar hin und rief: ,Nimm dein Gold und gib den Fisch her, der anderen Leuten gehört! Dienen andere Leute dir etwa zum Spott?' Als der Jude seine Worte vernahm, glaubte er, Chalîfa scherze mit ihm, und gab ihm noch zwei Dinare zu dem ersten hinzu. Doch der Fischer sprach zu ihm: ,Gib den Fisch her ohne Scherz! Woher kannst du wissen, daß ich den Fisch um diesen Preis verkaufe?' Nun ergriff der Jude wieder zwei Dinare mit der Hand und sprach: ,Nimm diese fünf Dinare als Preis für den Fisch und laß ab von der Habgier!' Chalîfa nahm sie in seine Hand und ging mit ihnen davon voller Freuden; dabei starrte er das Gold an und rief in seinem Staunen: ,Gott sei gepriesen! Der Kalif von Baghdad hat sicher nicht so viel, wie ich heute habe!' Und er ging dahin, bis er das Ende der Marktstraße erreichte; da aber dachte er wieder an die Worte des Affen und an den Auftrag, den der ihm gegeben hatte, und so kehrte er noch einmal zum Juden zurück. Er warf ihm das Gold hin, und da sagte der Wechsler: ,Was ist das mit dir, Chalîfa? Was willst du denn

haben? Willst du deine Dinare in Dirhems umwechseln?' Doch
jener rief: ‚Ich will weder Dirhems noch Dinare; ich will nur,
daß du mir den Fisch herausgibst, der anderen Leuten gehört.'
Da ward der Jude zornig und schrie ihn an mit den Worten:
‚Du Fischer, du bringst mir da einen Fisch, der nicht einen
Dinar wert ist, und ich gebe dir dafür fünf Dinare, und du bist
noch nicht zufrieden? Bist du denn besessen? Sage mir, für
wieviel willst du ihn verkaufen?' Chalîfa gab ihm zur Antwort: ‚Ich verkaufe ihn weder um Silber noch um Gold, ich
verkaufe ihn nur für zwei Worte, die du mir sagen sollst.' Als
der Jude ihn von zwei Worten[1] reden hörte, traten ihm die
Augen aus dem Schädel heraus, sein Atem ging schwer, und
er knirschte die Zähne hin und her; und er rief: ‚O du Abschaum der Muslime, willst du, daß ich um deines Fisches willen
meinen Glauben aufgebe, und willst du mich abwendig machen von dem Bekenntnis und der Überzeugung, die ich von
meinen Vorfahren ererbt habe?' Dann rief er nach seinen Dienern, und als die vor ihm erschienen, sprach er zu ihnen: ‚He,
ihr da, ergreift diesen Unglückskerl, zerschlagt ihm mit Hieben
den Nacken und laßt die bittersten Schmerzen der Schläge ihn
zwacken!' Da fielen sie mit Schlägen über ihn her und prügelten ihn so lange, bis er unter den Ladentisch fiel; nun rief der
Jude ihnen zu: ‚Laßt ab von ihm, damit er wieder aufstehen
kann!' Chalîfa jedoch sprang auf, als ob ihm nichts geschehen
sei; und der Jude sprach zu ihm: ‚Sage mir, was willst du als
Preis für diesen Fisch haben? Ich will ihn dir geben; denn du
hast jetzt gerade nichts Gutes von mir erhalten.' Der Fischer
gab ihm zur Antwort: ‚Mache dir keine Sorgen wegen der

---

1. ‚Die zwei Worte', das heißt: ‚die zwei Sätze' sind eine Bezeichnung
für die beiden Sätze des islamischen Glaubensbekenntnisses; der Jude
versteht sie in diesem Sinne.

Schläge, Meister! Ich kann so viel Schläge vertragen wie zehn Esel.' Über diese Worte mußte der Jude lachen, und er sprach zu ihm: ‚Um Gottes willen, sage mir, was du haben willst, ich will es dir – bei meinem Glauben – geben!' Darauf erwiderte der Fischer: ‚Als Preis für diesen Fisch wird mich nichts von dir zufrieden stellen außer den beiden Worten!' Der Jude fuhr fort: ‚Mich deucht, du verlangst von mir, ich solle Muslim werden.' ‚Bei Allah,' rief nun Chalîfa, ‚wenn du, o Jude, zum Islam übertrittst, so wird dein Bekenntnis weder den Muslimen nützen noch den Juden schaden. Und wenn du in deinem Unglauben beharrst, so schadet er nicht den Muslimen noch auch nützt er den Juden. Nein, was ich vor dir wünsche, ist dies, daß du dich erhebst und sprichst: Bezeuget mir, o ihr Leute des Marktes, daß ich meinen Affen gegen den Affen des Fischers Chalîfa umtausche und mein Los in der Welt gegen sein Los, mein Glück gegen sein Glück!' Der Jude erwiderte darauf: ‚Wenn das dein Wunsch ist, so ist es für mich ein leichtes.' – –«

Da bemerkte Schehrezâd, daß der Morgen begann, und sie hielt in der verstatteten Rede an. Doch als die *Achthundertundfünfunddreißigste Nacht* anbrach, fuhr sie also fort: »Es ist mir berichtet worden, o glücklicher König, daß der Jude zum Fischer Chalîfa sprach: ‚Wenn das dein Wunsch ist, so ist es für mich ein leichtes.' Und sogleich erhob sich der Jude, und als er auf seinen Füßen stand, sprach er die Worte, wie sie der Fischer Chalîfa ihm gesagt hatte; dann wandte er sich zu ihm und sprach zu ihm: ‚Hast du sonst noch etwas von mir zu fordern?' ‚Nein', erwiderte der Fischer; und der Jude sagte: ‚So zieh hin in Frieden!' Zur selbigen Stunde machte Chalîfa sich auf, nahm seinen Korb und sein Netz und begab sich zum Tigrisfluß; dort warf er das Netz aus, und als er es wieder heraufzog, fand er, daß es schwer war, und er konnte es nur mit Mühe heraufholen. Als er es aber an Land gebracht hatte, sah er, daß es gefüllt war mit Fischen von allen Arten. Da kam auch schon eine Frau auf ihn zu, die eine Schüssel trug; sie gab ihm einen Dinar, und er gab ihr Fische dafür. Nach ihr kam auch noch ein Eunuch zu ihm und kaufte ihm gleichfalls für einen Dinar Fische ab; und so ging es weiter, bis er für zehn Dinare Fische verkauft hatte. Dann verkaufte er täglich für zehn Dinare, zehn Tage lang, bis er hundert Golddinare zusammengebracht hatte.

Nun wohnte dieser Fischer in einem Raume an einer Stätte, wo die Kaufleute vorbeigingen. Und während er eines Nachts dort in seinem Gemache lag, sagte er bei sich selber: ‚Du, Chalīfa, alle Leute kennen dich als einen armen Fischersmann; du hast aber jetzt hundert goldene Dinare. Sicherlich wird der Beherrscher der Gläubigen Harûn er-Raschîd durch irgendwelche Leute von dir hören; und vielleicht hat er gerade Geld nötig und wird dich holen lassen und zu dir sagen: ‚Ich brauche eine Summe von Dinaren; und mir ist berichtet worden, daß du hundert Dinare besitzest; leih sie mir!‘ Dann werde ich sagen: ‚O Beherrscher der Gläubigen, ich bin ein armer Mann, und wer dir berichtet hat, ich hätte hundert Dinare, der hat über mich gelogen. Die habe ich nämlich nicht, und ich habe auch nichts dergleichen.‘ Dann wird er mich dem Wachthauptmann überantworten und zu ihm sagen: ‚Zieh ihm die Kleider aus und foltere ihn mit Schlägen, bis er bekennt und die hundert Dinare, die er hat, hergibt!‘ Also scheint es mir, das Beste, was ich tun kann, um mich gegen diese Gefahr zu schützen, ist dies, daß ich mich sofort daran mache und mich selbst mit der Geißel foltere, damit ich schon an die Schläge gewöhnt bin.‘ Und so sprach sein Haschischrausch zu ihm:

‚Auf! zieh deine Kleider aus!' Sofort sprang er auf, legte seine
Kleider ab und nahm eine Geißel, die er besaß, in die Hand. Er
hatte aber auch ein ledernes Kissen; und nun führte er abwechselnd einen Schlag auf jenes Kissen und auf seine eigene Haut,
indem er rief: ‚Ach! Ach! Bei Allah, das ist nicht wahr, mein
Gebieter, sie lügen von mir, ich bin ein armer Fischersmann,
ich besitze nichts von den eitlen Gütern dieser Welt!' Nun
hörten die Leute, wie der Fischer Chalîfa sich selber geißelte
und mit der Geißel auf das Kissen schlug; denn dadurch, daß
die Schläge auf seinen Leib und auf das Kissen niedersausten,
entstand Lärm in der Stille der Nacht. Unter denen, die ihn hörten, waren auch die Kaufleute, und die sprachen: ‚Was ist wohl
mit diesem armen Kerl, daß er so schreit? Wir hören auch die
Hiebe auf ihn niederfallen. Sind etwa Räuber bei ihm eingebrochen, und sind sie es, die ihn so mißhandeln?' Da machten
sich denn alle auf, weil sie den Schall der Schläge und das Geschrei hörten, und sie kamen aus ihren Wohnungen hervor
und begaben sich zu der Kammer Chalîfas, aber sie fanden sie
geschlossen. Nun sagten sie zueinander: ‚Vielleicht sind die
Räuber von rückwärts durch die Halle bei ihm eingedrungen;
wir müssen aufs Dach klettern.' Deshalb stiegen sie auf das
Dach und kletterten durch die Dachluke hinunter. Da sahen
sie ihn nackt, wie er sich selbst geißelte, und sie sprachen zu
ihm: ‚Was ist dir, Chalîfa? Was ist mit dir geschehen?' Er gab
ihnen zur Antwort: ‚Wisset, ihr Leute, ich habe einige Dinare
verdient, und ich fürchte, die Kunde davon wird dem Beherrscher der Gläubigen Harûn er-Raschîd hinterbracht werden,
und dann wird er mich vor sich kommen lassen und diese Dinare von mir verlangen; dann werde ich leugnen, und wenn
ich leugne, so fürchte ich, er wird mich foltern lassen. Nun
foltere ich mich also selber, um mich an das zu gewöhnen, was

da kommen wird.' Die Kaufleute lachten ihn aus und sprachen zu ihm: ‚Laß doch solche Narreteien! Allah segne dich nicht, noch die Dinare, die du verdient hast! Du hast uns in dieser Nacht wirklich beunruhigt und unsere Herzen erschreckt.' Da hörte Chalîfa auf, sich zu geißeln, und schlief bis zum Morgen. Als er sich dann aus dem Schlafe erhob und an seine Arbeit gehen wollte, dachte er an die hundert Dinare, die in seinem Besitz waren, und er sprach bei sich selber: ‚Wenn ich die zu Hause lasse, so werden die Diebe sie stehlen; und wenn ich sie in einen Gürtel um meinen Leib tue, so wird sie vielleicht jemand bemerken und mir auflauern, bis ich an einsamer Stelle fern von den Menschen allein bin, und mich töten und mir das Geld abnehmen. Aber ich habe einen Plan, der ist fein, der ist ganz vortrefflich!' Und er machte sich auf der Stelle daran, sich eine Tasche im Kragen seines Kittels zu nähen; und er band die hundert Dinare in einen Beutel und steckte ihn in die Tasche, die er gemacht hatte. Dann ging er hin, holte sein Netz und seinen Korb und seinen Stab und machte sich auf den Weg, bis er zum Tigrisflusse kam. – – «

Da bemerkte Schehrezâd, daß der Morgen begann, und sie hielt in der verstatteten Rede an. Doch als die *Achthundertundsechsunddreißigste Nacht* anbrach, fuhr sie also fort: »Es ist mir berichtet worden, o glücklicher König, daß der Fischer Chalîfa, nachdem er die hundert Dinare in seine Tasche gesteckt hatte, seinen Korb und seinen Stab und sein Netz nahm und zum Tigrisflusse ging; dort warf er sein Netz aus, doch als er es herauszog, hatte er nichts darin gefangen. Darauf begab er sich von jener Stätte an eine andere und warf an ihr sein Netz von neuem aus; aber wiederum kam es leer hoch. Und dann wanderte er von Ort zu Ort, bis er eine halbe Tagereise weit von Baghdad entfernt war; immer warf er das Netz aus, ohne etwas zu fangen. Da sprach er zu sich: ‚Bei Allah, ich will mein Netz nur noch dies eine Mal ins Wasser werfen, mag mir ein Fang glücken oder nicht.' Und er schleuderte das Netz mit all seiner Kraft und in all seiner Wut hinaus; und siehe, da flog der Beutel mit den hundert Dinaren aus seinem Kragen und fiel mitten in den Strom hinein und wurde von der starken Strömung fortgetragen. Rasch warf Chalîfa das Netz aus der Hand, zog seine Kleider aus, ließ sie am Ufer zurück, sprang in den Fluß und tauchte hinter dem Beutel her. Immer wieder tauchte er unter und wieder auf, wohl an die hundert Male, bis seine Kraft ermattete und er ganz erschöpft auftauchte, ohne jenen Beutel gefunden zu haben. Wie er nun die Hoffnung auf ihn verloren gab, kam er wieder ans Ufer, und dort fand er nur den Stock, das Netz und den Korb; als er aber nach seinen Kleidern suchte, fand er keine Spur von ihnen. Da sprach er bei sich selber: ‚Das ist doch der gemeinste von denen, für die das Sprichwort geprägt ward: Die Pilgerfahrt ist nicht vollkommen ohne die Paarung mit dem Kamel.'[1] Darauf breitete er das Netz aus und schlang es sich um den Leib; den Stock nahm er in die Hand, den Korb auf die Schulter und lief von dannen, indem er wie ein brünstiges Kamel trabte und bald nach rechts, bald nach links, bald rückwärts, bald vorwärts rannte, mit wirrem Haar und staubbedeckt, gleich als wäre er ein rebellischer Dämon, aus Salomos Kerker losgelassen. So viel von dem Fischer Chalîfa!

Nun wende unsere Erzählung sich zu dem Kalifen Harûn er-Raschîd! Der hatte einen Freund, einen Juwelier, des Namens Ibn el-Kirnâs; und alle Leute, Kaufherren, Makler und

1. Chalîfa denkt an den Dieb der Kleider. Nach der Pilgerfahrt, wenn alle Sünden vergeben waren, stürzten sich manche sogleich in neue Ausschweifungen.

Unterhändler wußten, daß Ibn el-Kirnâs der Kaufmann des Kalifen war. Alles, was in der Stadt Baghdad an Kostbarkeiten und seltenen Dingen jeder Art verkauft wurde, konnte nicht eher zum Verkauf kommen, als bis es ihm gezeigt wurde; dazu gehörten auch die Mamluken und die Sklavinnen. Eines Tages, als jener Kaufmann, der da Ibn el-Kirnâs genannt war, in seinem Laden saß, kam der Scheich der Makler zu ihm mit einer Sklavin, wie sie noch kein Auge je erblickt hatte, vollkommen an Schönheit und Lieblichkeit und des Wuchses Ebenmäßigkeit; und zu ihren Vorzügen gehörte auch, daß sie in allen Wissenschaften und Künsten bewandert war, daß sie Verse zu dichten und alle Musikinstrumente zu spielen verstand. Ibn el-Kirnâs, der Juwelier, kaufte sie um fünftausend Golddinare, kleidete sie für tausend Dinare ein und brachte sie dem Beherrscher der Gläubigen. Sie blieb jene Nacht über bei ihm; und der Kalif prüfte sie in jeder Wissenschaft und in jeder Kunst und fand, daß sie in allen Zweigen des Wissens und Könnens erfahren war, ohnegleichen in ihrer Zeit. Ihr Name aber war Kût el-Kulûb, und sie war, wie der Dichter sagt:

> *Den Blick wend ich zurück, sooft sie sich enthüllet;*
> *Sie weist zurück, wenn sie dem Blicke sich versagt.*
> *Ihr Hals gleicht dem des Rehs, sooft sie sich nur wendet;*
> *,Das Reh hat manche Wendung', ward schon oft geklagt.*

Doch wo bleibt dies neben den Worten eines anderen:

> *Wer bringt mir eine Braune von vielbesung'nem Wuchse,*
> *Der braunen, schlanken Speeren vom Samhar-Rohre[1] gleicht,*
> *Mit sehnsuchtsvollen Lidern und seidenweichem Flaume,*
> *Die aus dem wunden Herzen des Liebsten nie entweicht?*

Als es wieder Morgen ward, schickte der Kalif Harûn er-Raschîd nach dem Juwelier Ibn el-Kirnâs; und als der vor ihm

1. Vgl. Band III, Seite 295, Anmerkung 2.

520

erschien, wies er ihm zehntausend Dinare als Preis für jene Sklavin an. Das Herz des Kalifen aber ward ganz von jener Sklavin, die Kût el-Kulûb geheißen war, eingenommen; er vernachlässigte die Herrin Zubaida bint el-Kâsim, die Tochter seines Oheims, und vernachlässigte auch alle seine Odalisken. Einen ganzen Monat lang ging er nicht von jener Sklavin fort außer zum Freitagsgebet; aber auch dann kehrte er sogleich zu ihr zurück. Die Großen des Reiches waren darüber ungehalten, und sie führten deshalb Klage bei dem Wesir Dscha'far, dem Barmekiden. Der Wesir hatte Geduld mit dem Beherrscher der Gläubigen, bis es wieder Freitag ward; dann ging er in die Moschee, und als er mit dem Beherrscher der Gläubigen zusammentraf, erzählte er ihm alles, was er an Geschichten vernommen hatte, die mit seltsamer Liebe zusammenhängen, um ihn so von dem abzulenken, was ihm im Sinne lag. Da sprach der Kalif zu ihm: ‚O Dscha'far, bei Allah, dies ist nicht durch meinen freien Willen geschehen; mein Herz ist im Netze der Liebe gefangen, und ich weiß nicht, was ich tun soll.' Der Wesir Dscha'far erwiderte ihm: ‚Wisse, o Beherrscher der Gläubigen, diese Odaliske Kût el-Kulûb ist jetzt dein Eigentum geworden, und sie gehört zur Zahl deiner Dienerinnen; was aber die Hand besitzt, danach begehrt die Seele nicht mehr. Doch ich möchte dir noch etwas anderes sagen; und das ist dies: der höchste Ruhm der Könige und Prinzen ist es, wenn sie sich tummeln im Jagdrevier und sich üben im Spiel und Turnier. Wenn du das tust, so wirst du dadurch von ihr abgelenkt werden, und vielleicht wirst du sie vergessen.' ‚Gut ist, was du sagst, o Dscha'far,' sprach der Kalif, ‚laß uns sogleich noch in dieser Stunde zur Jagd aufbrechen!' Als nun das Freitagsgebet beendet war, verließen die beiden die Moschee, saßen alsbald auf und zogen aus zu Jagd und Hatz. – –«

Da bemerkte Schehrezâd, daß der Morgen begann, und sie hielt in der verstatteten Rede an. Doch als die *Achthundertundsiebenunddreißigste Nacht* anbrach, fuhr sie also fort: »Es ist mir berichtet worden, o glücklicher König, daß der Kalif Harûn er-Raschîd und Dscha'far, nachdem sie zu Jagd und Hatz ausgeritten waren, ihres Weges dahinzogen, bis sie ins offene Land kamen. Beide, der Beherrscher der Gläubigen und der Wesir Dscha'far, waren auf Maultieren beritten, und da sie in das Gespräch miteinander vertieft waren, so eilte das Geleit ihnen voraus. Bald aber ward ihnen die Hitze allzu groß, und da sagte er-Raschîd: ,Dscha'far, ich bin sehr durstig geworden.' Dann schaute er sich um und erblickte auf einem hohen Hügel eine Gestalt; da fragte er den Wesir: ,Siehst du, was ich sehe?' Jener antwortete: ,Ja, o Beherrscher der Gläubigen, ich sehe eine Gestalt auf einem hohen Hügel. Das ist entweder ein Gartenhüter oder der Wächter eines Gurkenfeldes. Auf jeden Fall wird es in seiner Nähe nicht an Wasser mangeln.' Und er fügte hinzu: ,Ich will zu ihm hingehen und dir Wasser von dort holen.' Doch er-Raschîd sagte: ,Mein Maultier ist rascher als deins; darum bleib du hier um des Geleites willen. Indessen will ich selbst hinreiten und bei dem Manne Wasser trinken und dann zurückkehren.' Alsbald spornte er sein Maultier an, und das schoß dahin wie der sausende Wind oder wie Wasser, das im Sturzbach rinnt; und so stob es weiter, bis der Kalif bei jener Gestalt ankam, und das war nur ein Augenblick. In der Gestalt aber trat ihm der Fischer Chalîfa entgegen. Und er-Raschîd sah, wie er nackt dastand, nur in ein Fischernetz gehüllt; er sah seine hochroten Augen wackeln, als wären sie zwei Feuerfackeln; es war ein Bild, vor dem ihm graute, als jener vornüber schaute, mit Staub bedeckt und wirrem Haar, als wäre er ein Löwe oder ein Dämon gar. Als er-Raschîd ihn grüßte, erwiderte er den Gruß; doch er war voll Wut, und man hätte Feuer entzünden können an seines Atems Glut. Dann fragte ihn der Kalif: ‚Mann, hast du vielleicht Wasser bei dir?' Chalîfa erwiderte: ‚Du da, bist du blind oder verrückt? Dort ist der Tigrisfluß vor dir, hinter diesem Hügel.' So ritt er-Raschîd denn um den Hügel herum und zum Tigrisflusse hinab; dort trank er und tränkte sein Maultier. Dann kam er sofort wieder herauf und kehrte zu dem Fischer Chalîfa zurück und sprach zu ihm: ‚Was ist dir, Mann, daß du hier stehst? Was für ein Gewerbe hast du?' Jener gab ihm zur Antwort: ‚Diese Frage ist noch absonderlicher und merkwürdiger als deine Frage nach Wasser! Siehst du denn nicht das Gerät meines Gewerbes auf meiner Schulter?' Da fragte ihn der Kalif: ‚Bist du etwa ein Fischer?' ‚Jawohl', erwiderte jener; und er-Raschîd fuhr fort: ‚Wo ist dein Kittel? Wo ist dein Rock? Wo ist dein Gürtel? Und wo sind deine anderen Kleider?' Nun waren das eben die Dinge, die dem Fischer gestohlen waren, genau so wie der Kalif sie genannt hatte, Stück für Stück. Und als Chalîfa den Kalifen so reden hörte, glaubte er in seinem Sinne, jener sei der Mann, der ihm seine Kleider am Ufer des Flusses gestohlen habe. Da lief er denn sofort von dem Hügel herunter, schneller als der blendende Blitz, fiel dem Maultier des Kalifen in die Zügel und schrie ihn an: ‚Mann, her mit meinen Sachen! Laß das Scherzen und Spaßen!' Doch er-Raschîd antwortete: ‚Bei Allah, ich habe deine Kleider nicht gesehen, und ich weiß nichts von ihnen!' Weil der Kalif dicke Wangen und einen kleinen Mund hatte, so sprach der Fischer zu ihm: ‚Vielleicht bist du von Beruf ein Sänger oder ein Flötenspieler. Doch das ist gleich, gib mir meine Sachen, wie sie sind, sonst schlage ich dich mit diesem Stock so mächtig, daß du dein Wasser auf dich laufen läßt und deine Kleider besudelst!' Als der Kalif sah, daß der Fischer Chalîfa den Stock in Händen hatte und ihm überlegen war, sagte er sich: ,Bei Allah, ich kann von diesem wahnsinnigen Bettler auch nicht einen halben Schlag mit diesem Stock ertragen.' Er trug aber ein Obergewand aus Atlas; das legte er ab, und dann sprach er zu Chalîfa: ,Mann, nimm dies Gewand an Stelle deiner Kleider!' Der Fischer nahm es, drehte es hin und her und sagte: ,Meine Kleider sind zehnmal soviel wert wie der bunte Mantel da!' Doch der Kalif entgegnete: ,Zieh ihn an, bis ich dir deine Kleider bringe!' Chalîfa legte das Gewand, das er genommen hatte, an und sah, daß es ihm zu lang war; da ergriff er ein Messer, das er bei sich hatte und das an den Henkel seines Korbes angebunden war, und schnitt damit unten an dem Gewande etwa ein Drittel des Ganzen ab, so daß es ihm bis eben unter die Kniee reichte. Dann wandte er sich zu er-Raschîd und sprach zu ihm: ,Um Allahs willen, Pfeifer, sag mir, wie hoch ist dein Lohn im Monat bei deinem Meister für das Flötenspiel?' Der Kalif antwortete ihm: ,Mein Lohn beträgt in jedem Monat zehn Golddinare.' Und Chalîfa fuhr fort: ,Bei Allah, armer Kerl, du tust mir leid. So wahr Gott lebt, die zehn Dinare verdiene ich jeden Tag! Willst du nicht bei mir in Dienst treten? Ich will dich die Kunst des Fischfanges lehren und den Gewinn mit dir teilen. Dann kannst du jeden Tag fünf Dinare verdienen; du bist dann mein Diener, und ich schütze dich mit diesem Stock gegen deinen Meister.' ,Ich bin es zufrieden', gab er-Raschîd zur Antwort; und Chalîfa sagte darauf: ,Steig jetzt ab von der Eselin und binde sie an, damit sie uns später dazu dient, die Fische zu tragen; und du komm her, ich will dich sogleich das Fischen lehren!' Alsbald stieg der Kalif von dem Rücken seiner Mauleselin, band sie fest und schürzte seine Säume in seinen

Gürtel. Chalîfa aber rief ihm zu: ‚He, Pfeifer, fasse dies Netz so an, lege es so über deinenUnterarm und wirf es so in den Tigris!' Da faßte der Kalif sich ein Herz, tat, wie der Fischer es ihm gezeigt hatte, warf das Netz in den Strom und zog daran, vermochte es aber nicht heraufzuziehen. Nun eilte Chalîfa herbei und zog mit ihm daran; aber auch die beiden konnten es nicht einholen. Und Chalîfa rief: ‚O du Unglückspfeifer, ich hab deinen Mantel für meine Kleider genommen beim ersten Male, aber diesmal will ich deine Eselin für mein Netz nehmen, und wenn ich sehe, daß es zerrissen ist, so verprügle ich dich, daß dein Wasser auf dich fließt und du dich besudelst.' Doch er-Raschîd sprach zu ihm: ‚Laß uns beide zugleich anziehen!' Da zogen die beiden selbander; aber sie konnten jenes Netz nur mit großer Mühe ans Ufer bringen. Und als sie es endlich hochgezogen hatten, schauten sie es an, und siehe, es war voll von Fischen aller Art und jeglicher Farbe. – –«

Da bemerkte Schehrezâd, daß der Morgen begann, und sie hielt in der verstatteten Rede an. Doch als die *Achthundertundachtunddreißigste Nacht* anbrach, fuhr sie also fort: »Es ist mir berichtet worden, o glücklicher König, daß der Fischer Chalîfa und der Kalif, nachdem sie das Netz eingeholt hatten, es voll von Fischen jeglicher Art fanden. Da rief Chalîfa: ‚Bei Allah, Pfeifer, du bist zwar häßlich; aber wenn du dich auf den Fischfang verlegst, so wirst du einmal ein berühmter Fischer werden. Und jetzt ist es das beste, wenn du auf deine Eselin steigst und auf den Markt reitest und zwei Körbe holst; ich will so lange auf die Fische hier achten, bis du wiederkommst, und dann wollen wir sie auf die Eselin laden. Ich habe die Waage und die Pfundgewichte und alles, was wir brauchen; dann können wir das Ganze mit uns nehmen, und du hast nichts zu tun, als die Waage zu halten und die Preise einzustecken. Wir haben jetzt Fische, die zwanzig Dinare wert sind; also beeile dich, die Körbe zu bringen, und bleib mir nicht zu lange fort!' ,Ich höre und gehorche!' erwiderte der Kalif, ließ den Fischer bei den Fischen und ritt eilends auf seiner Mauleselin davon; dabei war er höchst vergnügt und mußte immer über sein Abenteuer mit dem Fischer lachen, bis er wieder zu Dscha'far kam. Als der ihn erblickte, sprach er zu ihm: ,O Beherrscher der Gläubigen, du hast wohl, als du zum Trinken gingst, einen schönen Garten gefunden und bist hineingegangen und hast allein in ihm gelustwandelt.' Wie er-Raschîd die Worte des Ministers hörte, lachte er von neuem; und nun kamen alle Barmekiden und küßten den Boden vor ihm und sprachen zu ihm: ,O Beherrscher der Gläubigen, Allah mache dir die Freuden von langer Dauer und behüte dich vor aller Trauer! Was war der Grund deines langen Ausbleibens, als du zum Trinken gingst, und was ist dir begegnet?' Der Kalif erwiderte ihnen: ,Ich hatte ein seltsames Erlebnis, ein vergnügliches, wunderbares Begebnis.' Dann erzählte er ihnen von dem Fischer Chalîfa, was er mit ihm erlebt hatte und wie der zu ihm gesagt hatte: ,Du hast mir meine Kleider gestohlen'; wie er dem Fischer sein Obergewand gegeben und wie jener ein Stück davon abgeschnitten hatte, als er sah, daß es ihm zu lang war. Da rief Dscha'far: ,Bei Allah, o Beherrscher der Gläubigen, ich hatte schon im Sinne, dich um das Gewand zu bitten; jetzt aber will ich sofort zu dem Fischer eilen und es ihm abkaufen.' Doch der Kalif sprach zu ihm: ,Bei Allah, er hat am unteren Ende ein Drittel des Ganzen abgeschnitten und es so verdorben. Aber, Dscha'far, ich bin müde von meiner Fischerei im Strom, denn ich habe viele Fische gefangen; die hab ich am Ufer des Stromes bei meinem Meister Chalîfa liegen lassen, und er steht noch dort und wartet auf mich, daß ich zu ihm zurückkehre und ihm zwei Körbe bringe und dazu noch das Hackmesser.[1] Dann sollen wir beide, ich und er, auf den Markt gehen und die Fische verkaufen und den Erlös dafür teilen.' Da hub Dscha'far an: ‚O Beherrscher der Gläubigen, ich will euch jemanden bringen, der von euch kauft.' Doch der Kalif sprach: ‚O Dscha'far, bei meinen reinen Vorfahren, wer nur immer mir einen von den Fischen bringt, die vor Chalîfa liegen, jenem Manne, der mich das Fischen gelehrt hat, dem gebe ich einen Golddinar dafür!' Und nun verkündete der Ausrufer unter dem Gefolge: ‚Gehet hin und kauft Fische für den Beherrscher der Gläubigen!' Alsbald machten die Mamluken sich auf und eilten zum Ufer des Flusses; und während Chalîfa auf den Beherrscher der Gläubigen wartete, daß er ihm zwei Körbe brächte, da stürzten plötzlich die Mamluken wie die Geier über ihn her, rissen die Fische an sich und taten sie in Tücher, die mit Gold durchwirkt waren, indem sie sich darum schlugen, zu ihm zu gelangen. Chalîfa rief: ‚Diese Fische gehören sicher zu den Fischen des Paradieses!' Darauf nahm er zwei Fische in die rechte Hand und zwei in die linke, lief bis an den Hals in das Wasser und rief: ‚O Allah, um dieser Fische willen laß deinen Knecht, den Pfeifer, meinen Teilhaber, in diesem Augenblick zu mir kommen!' Doch da trat plötzlich ein schwarzer Sklave auf ihn zu; das war der Oberste von allen schwarzen Sklaven, die der Kalif besaß, und der Grund, weshalb er hinter den Mamluken zurückgeblieben war, war der, daß sein Roß unterwegs stehen geblieben war, um Wasser zu lassen. Als der nun zu der Stätte Chalîfas ankam und dort keine Fische mehr fand, weder wenig noch viel, schaute er nach rechts und nach links und sah den Fischer Chalîfa im Wasser

1. Die Bedeutung ist nicht ganz sicher; die Kairoer Ausgabe läßt das Wort aus.

stehen mit seinen Fischen. Und er rief ihm zu: ‚Du Fischer, komm!' Aber der entgegnete ihm: ‚Geh weg, und sei nicht aufdringlich!' Darauf trat der Eunuch näher zu ihm heran und sprach: ‚Her mit den Fischen da, ich will dir den Preis bezahlen.' Doch Fischer Chalîfa erwiderte dem Eunuchen: ‚Bist du kurz von Verstand? Ich verkaufe sie nicht.' Da schwang der Schwarze seine Keule wider ihn; und Chalîfa schrie ihm zu: ‚Schlag nicht, du Wicht! Das Geschenk ist besser als die Keule!' Dann warf er ihm die Fische zu, der Eunuch ergriff sie, legte sie in sein Tuch und steckte seine Hand in die Tasche. Als er darin aber keinen einzigen Dirhem fand, sprach er: ‚Du Fischer, du hast Unglück; denn bei Allah, ich habe gar kein Geld bei mir. Aber komm morgen in den Palast des Kalifen und sprich: ‚Führt mich zu dem Eunuchen Sandal.' Dann werden dich die Eunuchen zu mir führen, und wenn du dort zu mir kommst, so wird dir von mir zuteil werden, was dir bestimmt ist, und darauf kannst du wieder deiner Wege gehen.' ‚Ach ja,' rief jetzt der Fischer, ‚dieser Tag ist gesegnet; sein Segen zeigte sich von Anfang an!' Alsdann nahm er sein Netz auf die Schulter und ging weiter, bis er nach Baghdad zurückkam. Wie er dort durch die Straßen schritt, sahen die Leute das Gewand des Kalifen an ihm und starrten ihm nach, bis er in das Viertel kam, an dessen Eingangstor der Laden des Schneiders des Beherrschers der Gläubigen lag. Als der Schneider den Fischer Chalîfa sah, angetan mit einem Gewande, das tausend Dinare wert war und das zu den Kleidern des Kalifen gehörte, rief er: ‚He, Chalîfa, woher hast du dies Gewand?' Der Fischer antwortete ihm: ‚Was bist du so vorwitzig? Ich habe es von dem erhalten, dem ich das Fischen beigebracht habe und der mein Lehrling geworden ist. Ich habe ihm den Verlust seiner Hand erspart[1];

1. Vgl. Band I, Seite 339, Anmerkung.

528

denn er hatte meine Kleider gestohlen, und dafür hat er mir diesen Mantel gegeben.' Nun erkannte der Schneider, daß der Kalif ihm begegnet war, als er fischte, und daß er mit ihm seinen Scherz getrieben und ihm das Gewand gegeben hatte.--«

Da bemerkte Schehrezâd, daß der Morgen begann, und sie hielt in der verstatteten Rede an. Doch als die *Achthundertund-neununddreißigste Nacht* anbrach, fuhr sie also fort: »Es ist mir berichtet worden, o glücklicher König, daß der Schneider erkannte, daß der Kalif dem Fischer Chalîfa begegnet war, als er fischte, und mit ihm seinen Scherz getrieben und ihm das Gewand gegeben hatte. Darauf begab sich der Fischer nach Hause.

Wenden wir uns nun wieder von ihm zu dem Kalifen Harûn er-Raschîd! Der war damals ja nur deshalb zu Jagd und Hatz ausgeritten, damit er von der Sklavin Kût el-Kulûb abgelenkt würde. Inzwischen war Zubaida, als sie von der Sklavin hörte und von der Liebe des Kalifen zu ihr, von dem ergriffen, was die Frauen ergreift, von der Eifersucht, und zwar so sehr, daß sie Speise und Trank verweigerte und sich den süßen Schlaf versagte. Und sie hatte nur darauf gewartet, daß der Kalif einmal abwesend oder verreist wäre, um Kût el-Kulûb in eine tückische Falle zu locken. Und als sie damals erfahren hatte, daß der Kalif zu Jagd und Hatz ausgeritten war, befahl sie den Sklavinnen, daß sie den Palast aufs schönste und prächtigste schmücken sollten; auch hielt sie Speisen und Süßigkeiten bereit und füllte unter anderm eine Porzellanschale mit dem aller-feinsten Zuckerwerk, in das sie Bendsch getan und das sie so ver-giftet hatte. Dann befahl sie einem der Eunuchen, zu der Sklavin Kût el-Kulûb zu gehen und sie einzuladen, mit der Herrin Zu-baida bint el-Kâsim, der Gemahlin des Beherrschers der Gläu-bigen, zu speisen und ihr zu sagen: ‚Die Gemahlin des Beherr-schers der Gläubigen hat heute Arznei getrunken, und da sie von deiner lieblichen Stimme vernommen hat, so wünscht sie zu ihrer Unterhaltung etwas von deiner Kunst zu hören.' Darauf erwiderte die Sklavin: ,Ich höre und gehorche Allah und der Herrin Zubaida!' Und sie erhob sich sofort, ohne zu ahnen, was in der dunklen Zukunft für sie verborgen war; die Instrumente, deren sie bedurfte, nahm sie mit sich, und dann machte sie sich mit dem Eunuchen auf den Weg. Sie schritt dahin, bis sie zur Herrin Zubaida eintrat, und als sie zu ihr hereingekommen war, küßte sie den Boden vor ihr viele Male. Danach erhob sie sich wieder und sprach: ,Mit der Herrin der wohlbehüteten Erhabenheit und der majestätischen Unnahbarkeit, dem Sproß der Abbasiden, der Prophetentochter, sei der Frieden! Von Allah werde dir Glück und Heil in allen Tagen und Jahren zuteil!' Dann trat sie unter die Sklavinnen und Eunuchen; und nun hob die Herrin Zubaida ihr Haupt zu ihr empor und schaute auf ihre Schönheit und Anmut. Da erblickte sie eine herrliche Maid; ihre Wangen waren rund und weich, ihre Brüste den Granatäpfeln gleich; ihr Antlitz strahlte im Vollmondschein, ihre Stirne war blütenrein, ihre Augen schauten tiefdunkel drein; versonnen senkten sich ihre Lider, doch heller Glanz schien von ihrem Angesicht wider; als höbe sich von ihrer Stirn die Sonne empor und als bräche das Dunkel der Nacht aus ihren Locken hervor; als hauchte ihr Odem Moschusduft aus und als blühte auf ihren Wangen ein Blumenstrauß. Es war, als ginge der Mond aus ihrer Stirn auf und als beugte sich ein Zweig in ihrer schwanken Gestalt; sie glich dem vollen Mond, der im Dunkel der Nacht am Himmel thront. Aus ihren Augen sprach der Liebe Gewalt, ihre Brauen waren von Bogengestalt, während ihrer Lippen Paar aus Korallen gebildet war. So geschah es, daß sie jeden, der sie erblickte, durch ihre Schönheit verwirrte und jeden, der sie schaute, durch ihre Blicke blendete – Ruhm sei Ihm, der sie schuf und bildete und vollendete! – und daß man auf sie die Worte des Dichters über eine, die ihr glich, anwendete:

> *Du siehst, wie Menschen sterben, wenn sie zürnet,*
> *Und durch ihr Holdsein Leben wiederkehrt.*
> *Aus ihren Augen wirft sie Zauberblicke*
> *Und tötet und belebt, wen sie begehrt.*
> *Sie nimmt die Menschen durch den Blick gefangen,*
> *Als müßten sie an ihr gleich Knechten hangen.*

Darauf sprach die Herrin Zubaida zu ihr: ‚Willkommen, herzlich willkommen, o Kût el-Kulûb! Setze dich und unterhalte uns durch deine Kunst und dein schönes Können!‘ ‚Ich höre und gehorche!‘ sprach die Sklavin, setzte sich, streckte ihre Hand aus und ergriff das Tamburin, von dem einer seiner Lobredner diese Verse gesungen hat:

> *Du mit dem Tamburin, mein Herz verging in Sehnsucht;*
> *Es schreit, wenn du noch spielst, in seinem wilden Weh.*
> *Du hast doch nur ein wundes Herze hingerissen;*
> *Der Mensch begehrt, daß deine Hand nun stille steh.*
> *Dann mögest du ein Wort, ob leicht, ob schwer, mir sagen;*
> *Und spiele, was du willst, wenn nur dein Spiel beglückt!*
> *Sei froh, enthülle deine Wangen, du mein Herzlieb!*
> *Auf, tanze, wiege dich, entzücke, sei entzückt!*

Dann schlug sie das Tamburin so lebhaft und sang so schön, daß die Vögel im Fluge innehielten, und daß der ganze Palast mit ihnen zu tanzen schien. Als sie aber das Tamburin aus der Hand gelegt hatte, nahm sie die Flöte, von der dieser Vers gedichtet ward:

> *In ihren Augen ist ein Kind[1], das mit den Fingern*
> *Auf echte, schöne Weisen ohne Mißklang zeigt.*

1. ‚Kind‘ (arabisch ‚Mensch‘) ist die Pupille des Auges: die Flötenlöcher werden mit Augen verglichen. Das ganze Bild ist etwas gewagt.

Und wie auch der Dichter in diesem Verse sagt:

> *Verrät sie ihren Willen, Lieder uns zu spielen,*
> *So ist die Zeit uns hold zu frohem Wiedersehen.*

Darauf legte sie die Flöte nieder, nachdem sie alle, die zugegen waren, durch sie entzückt hatte, und griff zur Laute, von der ein Dichter sagt:

> *Wie mancher grüne Zweig ward zu des Mädchens Laute;*
> *Ihm beuget sich der Edlen Schar von hohem Rang.*
> *In ihrer hohen Kunst berührt die Maid und schlägt ihn*
> *Mit ihren Fingern; ihn verschönt der Töne Klang.*

Und sie stimmte die Saiten und straffte die Wirbel, legte die Laute in den Schoß und neigte sich darüber, wie eine Mutter sich über ihr Kind neigt; und es war, als ob der Dichter in diesen Versen von ihr und von ihrer Laute gesungen hätte:

> *Süß redet sie auf Saiten aus dem Perserland*
> *Und macht verständlich, was man nie zuvor verstand.*
> *Sie kündet, daß die Liebe nur ein Mörder ist*
> *Und daß sie auch dem Muslim den Verstand zerfrißt.*
> *Wie schön gestaltet ist, bei Gott, die Hand der Maid,*
> *Die, ohne einen Mund, der Rede Klang verleiht!*
> *Sie hält der Liebe Strom mit ihrer Laute an,*
> *Gleichwie der kluge Arzt den Blutstrom stillen kann.*

Sie spielte ein Vorspiel von vierzehn Weisen und sang ein ganzes Stück zur Laute, das die Zuschauer berückte und die Hörer entzückte. Darauf sang sie diese beiden Verse:

> *O Segen, daß ich zu dir kam!*
> *Das brachte neue Fröhlichkeit*
> *Und Glück, das nie ein Ende nahm,*
> *Und unbegrenzte Seligkeit. ––«*

Da bemerkte Schehrezâd, daß der Morgen begann, und sie hielt in der verstatteten Rede an. Doch als die *Achthundertundvierzigste Nacht* anbrach, fuhr sie also fort: »Es ist mir berichtet worden, o glücklicher König, daß die Sklavin Kût el-Kulûb, nachdem sie vor der Herrin Zubaida diese Lieder gesungen und dazu die Saiten geschlagen hatte, nunmehr begann, Zaubereien und Taschenspielerkunststücke und allerlei schöne Handfertigkeiten vorzuführen, so daß die Herrin Zubaida sie fast lieb gewann und bei sich sprach: ‚Mein Vetter er-Raschîd ist nicht zu tadeln, daß er sie liebt.' Nun küßte die Sklavin wiederum den Boden vor Zubaida und setzte sich nieder. Dann wurden ihr die Speisen aufgetragen und die Süßigkeiten gereicht, und dabei gab man ihr auch die Schale, in der das Bendsch war; und sie aß davon. Kaum war jedoch dies Zuckerwerk in ihren Magen gelangt, da sank ihr Kopf zurück, und sie fiel im Schlaf zu Boden. Die Herrin Zubaida aber sprach zu ihren Sklavinnen: ‚Tragt sie in eine der Kammern, bis ich wieder nach ihr rufe!' ‚Wir hören und gehorchen!' erwiderten sie; und Zubaida sprach zu einem der Eunuchen: ‚Mach mir eine Truhe und bring sie mir her!' Dann befahl sie, ein Scheingrab zu errichten und zu verbreiten, die Sklavin sei erstickt und gestorben; und sie drohte ihren nächsten Vertrauten, sie würde jedem, der da sage, Kût el-Kulûb sei am Leben, den Kopf abschlagen lassen. Da kehrte plötzlich, gerade zu jener Stunde, der Kalif von Jagd und Hatz zurück, und seine erste Frage galt der Sklavin. Einer seiner Eunuchen, den die Herrin Zubaida beauftragt hatte, er solle, wenn der Kalif nach seiner Sklavin frage, ihm sagen, daß sie gestorben sei, trat nun vor, küßte den Boden vor er-Raschîd und sprach zu ihm: ‚Mein Gebieter, dein Haupt möge leben! Vernimm in Gewißheit, daß Kût el-Kulûb an einem Bissen erstickt und gestorben ist.' Da schrie der Kalif: ‚Allah erfreue dich nie mit guter Botschaft, du Unglückssklave!' Darauf trat er in den Palast ein und hörte von allen, die im Schlosse waren, daß sie gestorben sei. Und als er fragte, wo ihr Grab sei, führte man ihn zu der Grabstätte, zeigte ihm das Grab, das zum Schein gemacht war, und sprach zu ihm: ,Dies ist ihre letzte Ruhestatt.' Und als er es sah, schrie er auf, umklammerte den Leichenstein und weinte und sprach diese Verse:

> *Bei Gott, o Grab, ging ihre Schönheit jetzt von dannen?*
> *Und schwand der Glanz, der sonst in hehrem Licht erscheint?*
> *O Grab, du bist für mich kein Garten und kein Himmel:*
> *Wie kommt's, daß sich der Zweig hier mit dem Mond vereint?*

Und wiederum weinte der Kalif bitterlich, und er blieb dort eine lange Weile; dann verließ er die Grabstätte in tiefer Trauer. Als die Herrin Zubaida nun wußte, daß ihre List geglückt war, sprach sie zu dem Eunuchen: ,Her mit der Truhe!' Der brachte sie, und Zubaida ließ die Sklavin herbeischaffen, und nachdem sie die Schlafende hineingelegt hatte, sprach sie zu dem Eunuchen: ,Gib dir alle Mühe, die Truhe zu verkaufen, und mach es dem Käufer zur Bedingung, daß er sie verschlossen kauft; den Erlös aber verteile als Almosen!' Da nahm der Diener die Truhe und verließ die Herrscherin, um ihr Gebot zu erfüllen. So weit von jenen!

Sehen wir nun, wie es dem Fischer Chalífa weiter erging! Als der Morgen sich einstellte und die Welt mit seinem Licht und Glanz erhellte, sprach er: ,Heute habe ich keine bessere Arbeit, als daß ich zu dem Eunuchen gehe, der mir die Fische abgekauft hat; denn er hat doch mit mir verabredet, ich sollte zu ihm in den Palast des Kalifen kommen.' Darauf trat er aus seiner Wohnstatt hinaus, um sich zum Kalifenschlosse zu begeben. Als er dort ankam, fand er die Mamluken und schwarzen Sklaven und Eunuchen, die da standen und saßen. Er schaute sie an, und siehe, da war auch der Eunuch, der ihm die Fische abgenommen hatte; der saß, und die weißen Sklaven warteten ihm auf. Zufällig rief einer von den Mamluken nach ihm, und als er sich umwandte, um zu sehen, wer gerufen habe, erblickte er plötzlich den Fischer. Und wie Chalífa bemerkte, daß jener ihn gesehen und erkannt hatte, sprach er zu ihm: ,Ich hab nicht verfehlt, Tülpchen![1] So halten es Leute von Wort.' Als der Eunuch seine Worte vernommen hatte, lachte er und erwiderte ihm: ,Bei Allah, du hast recht, Fischer!' Nun wollte der Eunuch Sandal ihm etwas geben und steckte schon seine Hand in die Tasche, da erscholl plötzlich ein großer Lärm. Rasch erhob er sein Haupt, um zu sehen, was es gäbe, und siehe, der Wesir Dscha'far, der Barmekide, kam gerade vom Kalifen. Als der Eunuch ihn erblickte, sprang er auf seine Füße vor ihm und ging vor ihm her; und die beiden begannen zu plaudern, indem sie umherwandelten, bis eine lange Zeit verstrichen war. Der Fischer Chalífa aber stand derweilen da, während der Eunuch seiner nicht mehr achtete. Doch als ihm das Stehen zu lange währte, machte er sich ihm von ferne bemerkbar, winkte ihm mit der Hand und rief: ,Mein Herr Tülpchen, laß mich gehen!' Der Eunuch hörte ihn wohl, aber er schämte sich, ihm zu antworten, weil der Wesir Dscha'far bei ihm war, und so plauderte er weiter mit dem Minister, indem er sich stellte, als bemerke er den Fischer nicht. Doch der begann zu rufen: ,Du säumiger Zahler! Möge Allah jeden Grobian zuschanden werden lassen, jeden, der erst den Leuten ihre Ware abnimmt und sich nachher noch grob gegen sie benimmt! Ich stelle mich jetzt unter deinen Schutz, du mein Herr Kleiebauch[2], damit du mir gibst, was mir zukommt und ich gehen kann!' Der Eunuch hörte ihn, aber er schämte sich

1. Das arabische Wort ist die Verkleinerungsform von einem Worte für Anemone oder eine andere rote Blume oder überhaupt etwas Rotes. Die Neger haben es gern, wenn man ihre Farbe als rot bezeichnet. – 2. Der Fischer redet den Wesir an.

vor Dscha'far. Doch auch der Wesir sah, wie Chalîfa dem Eunuchen winkte und auf ihn einredete, obgleich er nicht verstand, was er sagte; so sprach er denn zu dem Eunuchen, dessen Benehmen ihm mißfiel: ‚Was will dieser arme Bittsteller von dir?‘ Da fragte Sandal der Eunuch: ‚Kennst du den dort nicht, o unser Herr Wesir?‘ ‚Bei Allah, ich kenne ihn nicht,‘ antwortete der Minister, ‚und woher sollte ich diesen Mann kennen, da ich ihn bis zu diesem Augenblick noch nie gesehen habe?‘ ‚O unser Herr,‘ erwiderte der Eunuch, ‚das ist ja der Fischer, dem wir am Ufer des Tigris die Fische weggenommen haben! Ich hatte keine Fische mehr vorgefunden, und ich schämte mich, mit leeren Händen zum Beherrscher der Gläubigen zurückzukehren, während alle Mamluken welche hatten. Aber als ich dorthin kam, fand ich den Fischer mitten im Flusse stehen, wie er zu Gott betete, mit vier Fischen in den Händen. Ich rief ihm zu: ‚Her mit dem, was du bei dir hast, und nimm den Preis dafür!‘ Nachdem er mir die Fische gegeben hatte, steckte ich meine Hand in die Tasche und wollte ihm etwas geben; aber ich fand nichts darin. Deshalb sagte ich ihm: ‚Komm zu mir ins Schloß; dort will ich dir etwas geben, mit dem du dir in deiner Armut helfen kannst.‘ Nun kam er heute zu mir, und ich griff wieder in meine Tasche und wollte ihm etwas geben, da kamst du gerade, und ich sprang auf, um dir aufzuwarten, so daß ich durch dich von ihm abgelenkt wurde; ihm ist die Sache aber zu lang geworden. Das ist seine Geschichte, und das ist der Grund, weshalb er hier steht.‘ – –«

Da bemerkte Schehrezâd, daß der Morgen begann, und sie hielt in der verstatteten Rede an. Doch als die *Achthundertundeinundvierzigste Nacht anbrach,* fuhr sie also fort: »Es ist mir berichtet worden, o glücklicher König, daß der Eunuch Sandal, als er dem Barmekiden Dscha'far das Erlebnis mit dem Fischer

536

Chalîfa erzählt hatte, mit den Worten schloß: ‚Dies ist seine Geschichte, und das ist der Grund, weshalb er hier steht.' Als der Wesir die Worte des Eunuchen vernommen hatte, lächelte er darüber und sprach: ‚Du, Eunuch, wie ist es möglich, daß dieser Fischer hierher kommt, zur Zeit, da seine Forderung fällig ist, und du sie ihm nicht begleichst? Weißt du nicht, wer er ist, du Oberhaupt der Eunuchen?' ‚Nein', erwiderte jener; und der Wesir fuhr fort: ‚Er ist der Lehrmeister und der Teilhaber des Beherrschers der Gläubigen. Unserem Herrn, dem Kalifen, ist heute früh die Brust beklommen, das Herz betrübt und der Sinn bekümmert, und nichts wird ihm die Brust weit machen als eben dieser Fischer. Darum laß ihn nicht fortgehen, bis ich mit dem Kalifen über ihn spreche und ihn vor ihn führe! Dann wird Allah ihn vielleicht von seiner Trauer befreien und ihn durch die Anwesenheit des Fischers über den Verlust von Kût el-Kulûb trösten. Und der Herrscher wird ihm etwas geben, durch das er Hilfe findet, und du bist von alledem der Anlaß.' Der Eunuch gab ihm zur Antwort: ‚Mein Gebieter, tu, was du wünschest, und Allah der Erhabene erhalte dich als einen Pfeiler für die Herrschaft des Beherrschers der Gläubigen — Er möge ihren Schatten lange dauern lassen und ihren Zweig und ihre Wurzel behüten!' Da machte der Wesir Dscha'far sich auf den Weg zum Kalifen, während der Eunuch den Mamluken befahl, den Fischer nicht zu verlassen. Doch der Fischersmann rief: ‚Wie herrlich ist deine Güte, du Tülpchen! Der Suchende ist nun zum Gesuchten geworden! Ich bin gekommen, um mir mein Geld zu holen, und nun hat man mich eingesperrt wegen unbezahlter Steuern.'

Als Dscha'far zum Kalifen eintrat, fand er ihn dasitzen mit gesenktem Haupte und beklommener Brust und in trübe Gedanken versunken; dabei sprach er die Dichterworte vor sich hin:

Die Tadler quälen mich, ich soll mich ihrer trösten.
Was soll ich tun? Mein Herz hört nicht auf mein Gebot!
Wie kann ich bei der Liebe einer Maid mich fassen?
Gefaßte Liebe nützt mir nichts seit ihrem Tod.
Nein, ich vergeß sie nie, die mir den Becher brachte
Und mich durch ihrer Blicke Wein zum Trunknen machte!

Wie Dscha'far dann vor dem Kalifen stand, sprach er: ‚Mit dir, o Beherrscher der Gläubigen, sei Frieden, mit dir, dem Hüter der Ehre des Glaubens hienieden, dem Sproß des Oheims des Herrn der Gottesgesandten – Allah segne ihn und gebe ihm Heil und all seinen Anverwandten!' Da hob der Herrscher sein Haupt und sprach: ‚Auch mit dir sei Friede und die Gnade und der Segen Allahs!' Und Dscha'far fuhr fort: ‚Mit der Erlaubnis des Beherrschers der Gläubigen möge sein Knecht ohne Rückhalt reden!' Darauf sagte der Kalif: ‚Wann ist dir je Zurückhaltung in der Rede auferlegt worden, dir, dem Herrn der Wesire? Sprich, was du willst!' Und nun hub der Wesir Dscha'far an: ‚Siehe, ich ging hinaus von dir, o unser Gebieter, und wollte mich nach Hause begeben; doch da sah ich deinen Meister und Lehrer und Teilhaber, den Fischer Chalîfa, an der Tür stehen, wie er dir zürnte und sich über dich beklagte und sagte: ‚O Gott im Himmel! Ich lehrte ihn den Fischfang, und er ging fort, um mir zwei Körbe zu holen; aber er kam nicht zurück zu mir! Das verträgt sich nicht mit der Teilhaberschaft noch auch mit der Würde der Lehrmeister!' Wenn du jetzt noch Lust zur Teilhaberschaft hast, so ist es gut; wenn nicht, so laß es ihn wissen, damit er sich einen anderen Teilhaber sucht als dich!' Wie der Kalif seine Worte vernahm, lächelte er, und seine Brust ward frei von allem Kummer. Dann sprach er zu Dscha'far: ‚Bei meinem Leben, ich beschwöre dich, ist es wahr, was du sagst, daß der Fischer an der Tür steht?' ‚Bei deinem Leben, o Beherrscher der Gläubigen,' antwortete Dscha'far, ,er steht an der Tür!' Da sprach der Kalif: ,O Dscha'far, bei Allah, ich will mein Bestes tun, ihm sein Teil zukommen zu lassen! Wenn Allah ihm durch meine Hand Elend sendet, so soll er es haben; und wenn er ihm durch mich Glück zuteil werden läßt, so soll er das erhalten.' Darauf nahm er ein Blatt Papier, zerschnitt es in kleine Stücke und sprach: ,Dscha'far, schreib mit deiner Hand zwanzig Summen Geldes darauf, von einem Dinar bis zu tausend Dinaren; ferner auch die Ämter von Statthaltern und Emiren, von dem geringsten Amte bis zum Kalifat; dazu noch zwanzig Arten von Strafen, von der leichtesten Züchtigung bis zur Hinrichtung.' ,Ich höre und gehorche, o Beherrscher der Gläubigen!' erwiderte Dscha'far und beschrieb die Blätter mit eigener Hand, wie ihm der Kalif befohlen hatte. Danach hub der Kalif an: ,Dscha'far, ich schwöre bei meinen reinen Vorfahren und bei meiner Verwandtschaft mit Hamza und 'Akîl[1], ich will den Fischer Chalîfa kommen lassen und ihm befehlen, eins von diesen Blättern zu nehmen, deren Inhalt niemand kennt außer mir und dir. Was darauf steht, das will ich ihm gewähren, ja sogar, wenn das Kalifat darauf steht, so will ich mich seiner entkleiden und es ihm übertragen und es ihm nicht mißgönnen. Wenn hingegen darauf steht, daß er gehängt oder verstümmelt oder sonstwie getötet werden soll, so will ich es an ihm zur Tat machen. Nun geh hin und bring ihn mir!' Als Dscha'far diese Rede hörte, sprach er bei sich: ,Es gibt keine Macht und es gibt keine Majestät außer bei Allah, dem Erhabenen und Allmächtigen! Womöglich wird für diesen armen Kerl etwas herauskommen, das ihm den Tod einbringt, und dann bin ich die Ursache. Aber der Kalif hat geschworen, und nun bleibt nichts anderes übrig,

1. Hamza war der Oheim, 'Akîl der Vetter Mohammeds.

als daß er hereinkommt; und es geschieht ja auch nichts, als was Allah will.' Dann ging er zum Fischer Chalîfa, faßte ihn bei der Hand und wollte ihn hineinführen; aber da ward der Fischer wie von Sinnen, und er sprach bei sich selber: ‚Was für eine Torheit von mir, daß ich zu dem Unglückssklaven, dem Tülpchen, gegangen bin, so daß er mich mit dem Kleiebauch zusammenbrachte!' Dscha'far aber ging mit ihm weiter, während die Mamluken vor ihm und hinter ihm schritten und der Fischer sagte: ‚Genügte die Verhaftung noch nicht, daß auch noch die Leute da vor mir und hinter mir herlaufen müssen, um mich am Entweichen zu verhindern?' Und Dscha'far führte ihn weiter, bis sie durch sieben Vorhallen gekommen waren; dann sprach er zu Chalîfa: ‚Heda, du Fischer, du bist hier vor den Beherrscher der Gläubigen beschieden, den Schützer der Ehre des Glaubens hienieden!' Als er nun den großen Vorhang hob, fiel das Auge des Fischers Chalîfa auf den Kalifen, wie der auf seinem Throne saß, umgeben von den Großen des Reiches, die ihm aufwarteten. Kaum hatte er ihn erkannt, so trat er auf ihn zu und sprach: ‚Willkommen, willkommen, mein Pfeiferlein! Es war nicht recht von dir, Fischer zu werden und mich dann sitzen zu lassen, daß ich die Fische bewachte, und selber wegzugehen und nicht wiederzukommen. Eh ich mich dessen versah, kamen die Mamluken auf allen möglichen Tieren an und rissen mir die Fische weg, wie ich so allein dastand; und all das ist deine Schuld. Wenn du rasch mit den Körben gekommen wärest, so hätten wir für hundert Dinare Fische verkauft. Und wie ich nun hierher kam, um mir mein Recht zu holen, haben mich die Leute verhaftet. Aber du, wer hat dich hier verhaftet?' Der Kalif lächelte; dann hob er eine Seite des Vorhangs empor, streckte den Kopf heraus und sprach: ‚Komm her und nimm dir eins von diesen Blättern!' Da sagte der Fischer Chalîfa zum Beherrscher der Gläubigen: ‚Gestern warst du ein Fischer, und heute seh ich, daß du ein Sterndeuter geworden bist. Aber je mehr Gewerbe einer hat, desto ärmer wird er.‘ Doch Dscha'far fuhr ihn an: ‚Nimm sofort das Blatt, ohne zu schwätzen, und tu, wie der Beherrscher der Gläubigen dir befohlen hat!‘ Nun ging der Fischer Chalîfa hin, streckte seine Hand aus und sprach: ‚Das soll nicht wieder vorkommen, daß dieser Pfeifer je mein Diener wird und mit mir fischt!‘ Dann nahm er das Blatt, reichte es dem Kalifen und sprach: ‚Du, Pfeifer, was ist da für mich herausgekommen? Verbirg mir nichts davon!‘ – –«

Da bemerkte Schehrezâd, daß der Morgen begann, und sie hielt in der verstatteten Rede an. Doch als die *Achthundertundzweiundvierzigste Nacht* anbrach, fuhr sie also fort: »Es ist mir berichtet worden, o glücklicher König, daß der Fischer Chalîfa, nachdem er eins von den Blättern genommen und es dem Kalifen gereicht hatte, zu ihm sprach: ‚Du, Pfeifer, was ist da für mich herausgekommen? Verbirg mir nichts davon!‘ Der Kalif nahm das Blatt in die Hand, reichte es dem Wesir Dscha'far und sprach zu ihm: ‚Lies, was darauf steht!‘ Jener blickte es an und rief: Es gibt keine Macht und es gibt keine Majestät außer bei Allah, dem Erhabenen und Allmächtigen!‘ Da sprach der Kalif: ‚Gute Nachricht, Dscha'far? Was hast du darauf gesehen?‘ Der Wesir gab zur Antwort: ‚O Beherrscher der Gläubigen, auf dem Blatte steht, daß der Fischer hundert Stockschläge erhalten soll.‘ Sogleich befahl der Kalif, ihm hundert Schläge zu geben; der Befehl ward ausgeführt, und Chalîfa erhielt seine hundert Streiche. Dann aber sprang er auf und rief:, Gottverdammt ist dies Spiel, du Kleiebauch! Gehören Verhaftung und Prügel zum Spiel?‘ Da hub Dscha'far an: ‚O Beherrscher der Gläubigen, dieser arme Kerl kam zum

541

Flusse[1]; wie kann er da durstig wieder umkehren? Wir hoffen von der Mildtätigkeit des Beherrschers der Gläubigen, daß er noch ein zweites Blatt nehmen dürfe; vielleicht kommt dann etwas für ihn heraus, das er mitnehmen kann, um sich in seiner Armut zu helfen.' ,Bei Allah, o Dscha'far,' rief der Kalif, ,wenn er jetzt ein Blatt zieht, auf dem der Tod für ihn steht, so werde ich ihn sicherlich hinrichten lassen; und dann bist du schuld.' Dscha'far erwiderte: ,Wenn er stirbt, so hat er Ruhe.' Doch der Fischer Chalîfa sprach zu ihm: ,Allah erfreue dich nie durch gute Botschaft! Habe ich euch Baghdad zu eng gemacht, daß ihr mich töten wollt?' Da sprach Dscha'far: ,Nimm dir ein Blatt und flehe um den Segen Allahs des Erhabenen!' Der Fischer streckte also seine Hand aus, zog ein Blatt und reichte es Dscha'far. Wie der es von ihm hingenommen und gelesen hatte, blieb er stumm. Der Kalif fragte: ,Weshalb schweigst du, o Sohn des Jahja?' Jener gab zur Antwort: ,O Beherrscher der Gläubigen, auf dem Blatte steht, daß der Fischer nichts erhalten soll.' Darauf sagte der Kalif: ,Sein täglich Brot soll ihm nicht von uns kommen; heiß ihn fortgehen aus meinen Augen!' Aber Dscha'far bat: ,Bei deinen reinen Vorfahren, laß ihn noch ein drittes Blatt nehmen; vielleicht wird das ihm den Unterhalt bringen.' Und der Kalif gebot: ,Laß ihn noch ein Blatt nehmen; aber nicht mehr!' Wiederum streckte der Fischer seine Hand aus und zog nun das dritte Blatt; und siehe, darauf stand, dem Fischer solle ein Dinar gegeben werden. Nun sprach Dscha'far zu dem Fischer Chalîfa: ,Ich suchte das Glück für dich; aber Allah gewährte dir nichts als diesen Dinar.' Doch der Fischer antwortete: ,Immer hundert Hiebe für einen Di-

1. Gemeint ist der Kalif, der mit einem ,Meere (Flusse) der Freigebigkeit' verglichen wird; für ,Meer' und ,Fluß' wird im Arabischen das gleiche Wort gebraucht.

nar, das ist ein großes Glück. Möge Allah dir den Bauch nicht gesund machen!' Der Kalif lachte darüber, und nun führte Dscha'far den Fischer an der Hand hinaus. Als er zum Tor gelangte, sah ihn der Eunuch Sandal und sprach zu ihm: ‚Hierher, Fischer, gib uns etwas ab von dem, was der Beherrscher der Gläubigen dir geschenkt hat, als er mit dir scherzte!' Chalîfa erwiderte ihm: ‚Bei Allah, du hast recht, Tülpchen! Willst du mit mir teilen, du Schwarzhaut? Ich habe hundert Stockschläge zu fressen bekommen und einen einzigen Dinar erhalten; und der steht dir frei.' Damit warf er das Goldstück dem Eunuchen zu und ging hinaus, während ihm die Tränen über die Backen niederliefen. Als der Eunuch ihn in dieser Verfassung sah, erkannte er, daß jener die Wahrheit gesprochen hatte; deshalb eilte er ihm nach und rief den Dienern zu, sie sollten ihn zurückholen. Wie die ihn dann zurückgebracht hatten, griff Sandal mit der Hand in die Tasche und zog aus ihr einen roten Beutel hervor; den öffnete und schüttelte er, und siehe, es fielen hundert Golddinare aus ihm heraus. Dann sagte er: ‚Du, Fischer, nimm dies Gold als Preis für deine Fische und geh deiner Wege!' Da strahlte Fischer Chalîfa vor Freuden, er nahm die hundert Dinare, hob auch den Dinar des Kalifen wieder auf, ging von dannen und vergaß die Hiebe. Wie nun Allah der Erhabene es wollte, um seinen Ratschluß zur Tat zu machen, ging der Fischersmann über den Markt der Sklavinnen und sah dort einen großen Kreis, in dem sich viele Leute drängten. Er sprach bei sich: ‚Was hat es wohl mit den Leuten dort auf sich?' ging hin und brach sich Bahn durch das Gedränge von Kaufleuten und anderen Zuschauern, und die riefen: ‚Gebt Raum für Kapitän Tunichtgut!' Man machte ihm Platz, und nun konnte Chalîfa auch zuschauen. Siehe, dort war ein alter Mann, der aufrecht dastand und vor sich eine Truhe hatte, und auf ihr saß ein Eunuch. Der Alte aber

543

rief und sprach: ‚O ihr Kaufleute all, ihr Männer des Geldes zumal, wer will es wagen und eilends sein Geld hertragen für diese Truhe unbekannten Inhalts aus dem Hause der Herrin Zubaida bint el-Kâsim, der Gemahlin des Beherrschers der Gläubigen er-Raschîd? Wieviel bietet ihr – Gott segne es euch –?' Einer von den Kaufleuten hub an: ‚Bei Allah, dies ist ein Wagnis! Ein Wort will ich sagen, das wird mir keinen Tadel eintragen: ich biete für sie zwanzig Dinare.' Ein anderer rief: ‚Fünfzig Dinare!' Dann boten die Kaufleute immer höher darauf, bis der Preis auf hundert Dinare gestiegen war. Nun fragte der Ausrufer: ‚Bietet einer von euch noch mehr, ihr Kaufleute?' Und der Fischer Chalîfa rief: ‚Sie sei mein für hundertundeinen Dinar!' Als die Kaufleute das von Chalîfa hörten, glaubten sie, er scherze, und indem sie über ihn lachten, sprachen sie :‚Eunuch, verkaufe sie an Chalîfa um hundertundeinen Dinar!' ‚Bei Allah,' erwiderte der Eunuch, ‚ich will sie nur ihm verkaufen. Also nimm sie hin, du Fischer, Gott gesegne sie dir, und her mit dem Geld!' Da holte Chalîfa das Gold heraus, übergab es dem Eunuchen, und der Kauf war abgeschlossen. Dann verteilte der Eunuch das Gold als Almosen an Ort und Stelle, kehrte ins Schloß zurück und berichtete der Herrin Zubaida, was er getan hatte; die war darüber erfreut. Derweilen hob der Fischer Chalîfa die Truhe auf seine Schulter, aber er konnte sie wegen ihrer großen Schwere nicht tragen. So hob er sie denn auf seinen Kopf und brachte sie in sein Stadtviertel; dort nahm er sie wieder herunter und blieb ermüdet stehen, dachte über das nach, was er erlebt hatte, und sprach bei sich: ‚Ich möchte wohl wissen, was in dieser Truhe ist!' Dann öffnete er die Tür zu seiner Wohnung und machte sich mit der Truhe zu schaffen, bis er sie in die Wohnung hineingeschoben hatte; darauf bemühte er sich, sie zu öffnen, aber das gelang ihm nicht. Nun sagte er sich: ‚Was ist eigentlich mit meinem Verstande geschehen, daß ich diese Kiste kaufen mußte? Ich muß sie aufbrechen und sehen, was darin ist!' Darauf machte er sich an das Schloß, aber er konnte es nicht öffnen; und er sprach bei sich: ‚Ich will sie bis morgen lassen.' Als er sich jedoch zum Schlafe niederlegen wollte, fand er keinen Platz, auf dem er hätte liegen können, weil die Kiste die ganze Kammer ausfüllte. Deshalb stieg er hinauf und legte sich auf ihr nieder; doch als er eine Weile gelegen hatte, siehe, da bewegte sich etwas. Darüber erschrak er, so daß der Schlaf ihn floh und sein Verstand ihm entschwand. – –«

Da bemerkte Schehrezâd, daß der Morgen begann, und sie hielt in der verstatteten Rede an. Doch als die *Achthundertund-dreiundvierzigste Nacht* anbrach, fuhr sie also fort: »Es ist mir berichtet worden, o glücklicher König, daß der Fischer Cha-lîfa, als er sich auf die Truhe gelegt und dort eine Weile ge-ruht hatte und als sich dann plötzlich etwas bewegte, erschrak und wie von Sinnen ward. Er sprang aus dem Schlafe auf und rief: ‚Mir ist's, als wären Geister in der Kiste! Gott sei Dank, daß ich sie nicht aufgemacht habe! Wenn ich sie aufgemacht hätte, dann wären die im Dunkel über mich hergefallen und hätten mich umgebracht; ja, bei ihnen wäre es mir nicht gut gegangen!' Dann legte er sich wieder hin, um zu schlafen; aber plötzlich bewegte sich die Truhe zum zweiten Male, und zwar noch stärker als zuvor. Chalîfa sprang auf die Füße und rief: ‚Da, schon wieder! Das ist aber doch fürchterlich!' Dar-auf suchte er eiligst nach einer Lampe; aber er fand keine und hatte auch kein Geld, um eine neue zu kaufen; deshalb ging er zum Hause hinaus und rief: ‚He, ihr Leute im Viertel!' Die meisten Leute des Stadtviertels schliefen schon, doch bei sei-nem Geschrei erwachten sie und riefen: ‚Was ist dir, Chalîfa?'

Er antwortete: ‚Bringt mir eine Lampe; denn die Geister sind über mich gekommen!‘ Sie lachten ihn aus, gaben ihm aber eine Lampe, und er nahm sie und kehrte mit ihr in seine Kammer zurück. Dann schlug er mit einem Stein auf das Schloß der Truhe und zerbrach es, und als er sie öffnete, erblickte er darin eine Maid, die einer Paradiesesjungfrau glich. Sie lag dort in der Truhe, vom Bendsch betäubt, doch gerade in diesem Augenblick gab sie das Gift wieder von sich. Und sie erwachte und schlug die Augen auf, und da sie sich beengt fand, rührte sie sich. Als Chalîfa sie erblickte, trat er an sie heran und sprach zu ihr: ‚Bei Allah, meine Gebieterin, sag, woher bist du?‘ Sie aber rief, indem sie die Augen wieder öffnete: ‚Bring mir Jasmin und Narzisse!‘¹ Da sagte Chalîfa: ‚Hier habe ich nur Hennablüten.‘ Jetzt kam sie ganz wieder zu sich, und da sie den Fischer erblickte, sprach sie zu ihm: ‚Was bist du?‘ Und sie fügte sogleich hinzu: ‚Wo bin ich denn?‘ Er antwortete ihr: ‚Du bist in meiner Wohnung!‘ Und als sie weiter fragte: ‚Bin ich nicht im Palaste des Kalifen Harûn er-Raschîd?‘ rief er: ‚Was ist er-Raschîd? Du Verrückte, du bist nichts anderes als meine Sklavin; heute hab ich dich für hundertundeinen Dinar gekauft und dich in meine Wohnung gebracht, wie du in dieser Kiste lagst.‘ Als die Sklavin seine Worte vernommen hatte, fragte sie ihn: ‚Wie heißest du?‘ Er gab zur Antwort: ‚Ich heiße Chalîfa. Wie kommt’s, daß mein Stern jetzt günstig ist? Ich kenne meinen Stern doch auch anders!‘ Lächelnd fuhr sie fort: ‚Hör mit solchem Gerede auf! Hast du etwas zu essen?‘ Darauf sagte er: ‚Nein, bei Allah, noch auch etwas zum Trinken. Ich habe, bei Gott, seit zwei Tagen nichts gegessen, und jetzt hätte ich auch gern einen Bissen.‘ ‚Hast du denn kein Geld?‘ fragte sie weiter; und er rief: ‚Gott bewahr diese Kiste,

¹. Namen von Sklavinnen.

die mich arm gemacht hat! Für sie hab ich alles weglaufen lassen, was ich besaß; und jetzt bin ich bankrott.' Wiederum mußte die Sklavin über ihn lachen, und sie sprach: ‚Bitte deine Nachbarn um etwas, das ich essen kann; denn ich bin hungrig!' Sofort eilte Chalîfa aus dem Hause hinaus und rief: ‚He, ihr Leute vom Viertel!' Die lagen schon wieder im Schlafe, und als sie jetzt aufwachten, riefen sie: ‚Was ist dir denn immer, Chalîfa?' ‚Liebe Nachbarn,' gab er zur Antwort, ‚ich bin hungrig und habe nichts zu essen.' Da brachte ihm der eine einen Laib Brotes, der andere ein Stück Brot, der dritte ein Stück Käse, der vierte eine Gurke; so ward sein Schoß gefüllt, und er ging ins Haus zurück, legte alles vor Kût el-Kulûb nieder und sprach zu ihr: ‚Iß!' Doch sie lachte über ihn und sagte: ‚Wie kann ich von diesen Dingen essen, da ich keinen Krug Wassers bei mir habe, aus dem ich trinken könnte! Ich fürchte, ich werde an einem Bissen ersticken und dann sterben.' Chalîfa rief: ‚Ich will dir diesen Krug füllen', nahm den Krug und ging mitten auf die Straße und schrie: ‚He, ihr Leute des Viertels!' Die aber antworteten ihm: ‚Welches Unheil plagt dich heute nacht, Chalîfa?' Da sagte er: ‚Ihr gabt mir zu essen, und ich habe gegessen; doch jetzt bin ich durstig, drum gebt mir zu trinken!' Da kam der eine mit einem Krug, der andere mit einer Kanne, der dritte mit einer Tonflasche; so konnte er seinen Krug füllen, und als er wieder in die Kammer trat, sprach er zu ihr: ‚Meine Gebieterin, jetzt fehlt dir doch nichts mehr!' ‚Recht,' erwiderte sie, ‚für jetzt fehlt mir nichts mehr.' Darauf bat er sie: ‚Sprich und erzähle mir deine Geschichte!' Sie entgegnete ihm: ‚Heda, wenn du mich nicht kennst, so will ich dir sagen, wer ich bin. Ich bin Kût el-Kulûb, die Sklavin des Kalifen Harûn er-Raschîd! Die Herrin Zubaida ist auf mich eifersüchtig geworden und hat mich mit Bendsch betäubt und in diese Truhe gelegt.' Und sogleich fügte sie hinzu: ‚Gott sei Dank, daß die Sache noch so leicht ausgegangen und nicht noch viel schlimmer geworden ist! Dies ist mir nur um deines Glückes willen widerfahren; denn du wirst sicherlich vom Kalifen er-Raschîd viel Geld erhalten, das der Grund zu deinem Reichtum werden wird.' Da fragte er: ‚Ist er-Raschîd nicht der, in dessen Palast ich gefangen war?' ‚Er ist es', erwiderte sie; und der Fischer fuhr fort: ‚Bei Allah, ich habe noch nie einen größeren Geizhals gesehen als ihn, jenen Pfeifer, der so wenig Güte und Verstand besitzt! Er hat mir gestern hundert Stockschläge und einen einzigen Dinar gegeben, obwohl ich ihn das Fischen gelehrt und ihn zu meinem Teilhaber gemacht habe. So treulos hat er an mir gehandelt!' Doch sie sprach zu ihm: ‚Laß ab von diesen häßlichen Worten, öffne deine Augen und befleißige dich der Höflichkeit, wenn du ihn hinfort wieder siehst; denn dann wirst du ans Ziel deiner Wünsche gelangen!' Als er diese Worte von ihr vernahm, war es ihm, als erwache er aus dem Schlafe, und Allah hob die Hülle von seinem Verstand, um seines Glückes willen; und er sprach: ‚Herzlich gern!' Dann sagte er zu ihr: ‚Schlaf im Namen Allahs!' So legte sie sich denn zum Schlafe nieder, und auch er schlief, entfernt von ihr, bis zum Morgen. Am nächsten Tage verlangte sie von ihm Tintenkapsel und Papier, und als er ihr beides gebracht hatte, schrieb sie an den Kaufmann, der des Kalifen Freund war, indem sie ihm mitteilte, wie es jetzt um sie stand und wie es ihr ergangen war, so auch, daß sie jetzt bei dem Fischer Chalîfa weile, der sie gekauft habe. Darauf übergab sie ihm das Blatt mit den Worten: ‚Nimm dies Blatt und trag es zum Markte der Juweliere; dort frage nach dem Laden des Juweliers Ibn el-Kirnâs; dem gib diesen Brief, ohne ein Wort zu sprechen.' ‚Ich höre und ge-

548

horche!' erwiderte Chalîfa, nahm das Blatt aus ihrer Hand entgegen und trug es zum Juwelenbasar; dort fragte er nach dem Laden von Ibn el-Kirnâs, und als man ihm den gezeigt hatte, trat er auf den Juwelier zu und bot ihm den Friedensgruß. Jener erwiderte den Gruß mit verächtlicher Miene und fragte: ‚Was willst du?' Der Fischer reichte ihm das Blatt; der Kaufmann nahm es hin, las es aber nicht, da er vermeinte, dieser Mann sei ein Bettler, der ein Almosen von ihm haben wollte. Dann rief er einem seiner Diener zu: ‚Gib ihm einen halben Dirhem!' Aber Chalîfa sprach zu ihm: ‚Ich begehre kein Almosen; lies nur diesen Brief!' So nahm denn der Kaufmann den Brief wieder in die Hand, las ihn und verstand seinen Inhalt. Kaum aber hatte er erkannt, was dort geschrieben war, so küßte er das Blatt und legte es auf sein Haupt. – –«

Da bemerkte Schehrezâd, daß der Morgen begann, und sie hielt in der verstatteten Rede an. Doch als die *Achthundertundvierundvierzigste Nacht* anbrach, fuhr sie also fort: »Es ist mir berichtet worden, o glücklicher König, daß Ibn el-Kirnâs, nachdem er den Brief gelesen und seinen Inhalt verstanden hatte, ihn küßte und sich aufs Haupt legte; dann stand er auf und sprach zu dem Fischer: ‚Mein Bruder, wo ist dein Haus?' Jener fragte: ‚Was willst du denn mit meinem Hause? Willst du dorthin gehen und mir meine Sklavin stehlen?' ‚Nein,' erwiderte der Kaufmann, ‚im Gegenteil, ich will für dich etwas kaufen, auf daß du mit ihr davon essen kannst!' ‚Mein Haus ist in demunddem Stadtviertel', sagte Chalîfa; und der Kaufmann fuhr fort: ‚Das hast du gut gemacht, du bist doch ein vermaledeiter Teufelskerl!'[1] Dann rief er zwei seiner Sklaven

---

1. Wörtlich: ‚Allah gebe dir keine Gesundheit, du Unseliger!' Dieser Fluch ist hier als Bewunderungsformel gedacht und im Deutschen etwa wie oben wiederzugeben.

und befahl ihnen: ‚Führt diesen Mann zum Laden des Geldwechslers Muhsin und sprecht zu ihm: ‚Muhsin, gib diesem
Manne tausend Golddinare‘; dann bringt ihn mir eiligst wieder
zurück!‘ Die beiden Sklaven gingen mit Chalîfa zum Laden
des Wechslers und sprachen zu ihm: ‚Muhsin, gib diesem
Manne tausend Golddinare!‘ Der gab sie ihm, Chalîfa nahm
sie hin und kehrte mit den beiden Sklaven zum Laden ihres
Herrn zurück. Den fanden sie, wie er schon auf einem graugе-
scheckten Maultier saß, das tausend Dinare wert war, umgeben von seinen Mamluken und Dienern, und neben ihm stand
ein zweites Maultier, dem seinen gleich, gesattelt und gezäumt.
Und er sprach zu Chalîfa: ‚Im Namen Allahs, steig auf dies
Maultier!‘ Doch der Fischer rief: ‚Ich kann nicht reiten; bei
Allah, ich fürchte, es wirft mich ab!‘ Der Kaufmann Ibn el-
Kirnâs aber bestand darauf: ‚Bei Allah, du mußt reiten!‘ So
ging Chalîfa denn heran, um aufzusitzen; und er kletterte
hinauf, das Gesicht nach rückwärts, ergriff den Schwanz des
Tieres und fing an zu schreien. Da warf es ihn zu Boden, und
alle mußten über ihn lachen. Er aber stand wieder auf und
sprach: ‚Hab ich dir nicht gesagt, daß ich auf diesem großen
Esel nicht reiten kann?‘ Nun ließ Ibn el-Kirnâs den Fischer auf
dem Basar zurück, begab sich zum Beherrscher der Gläubigen
und berichtete ihm von der Sklavin; dann kehrte er um und
ließ sie in sein Haus bringen. Inzwischen ging Chalîfa zu seiner
Wohnung, um nach der Sklavin zu sehen; da erblickte er die
Leute des Stadtviertels, die sich zusammengeschart hatten und
sprachen: ‚Fürwahr, Chalîfa ist heute ganz und gar in furchtbarer Not. Woher mag er diese Sklavin haben?‘ Einer von den
Leuten sagte: ‚Er ist doch ein verrückter Kuppler. Wahrscheinlich hat er sie trunken am Wege liegend gefunden und
sie aufgehoben und sie in sein Haus geschleppt. Er ist auch nur

deshalb verschwunden, weil er sich seiner Schuld bewußt ist.'
Während sie so miteinander redeten, trat Chalîfa plötzlich auf
sie zu, und sie sprachen zu ihm: ,Wie geht es dir, armer Kerl?
Weißt du nicht, was über dich gekommen ist?' ,Nein, bei
Allah!' erwiderte er; und sie fuhren fort: ,Soeben sind Mamluken hiergewesen; die haben deine Sklavin, die du gestohlen
hast, mitgenommen, und sie suchten auch nach dir, aber sie
konnten dich nicht finden.' Chalîfa fragte: ,Ja, wie kamen sie
denn dazu, mir meine Sklavin zu nehmen?' Da sprach einer:
,Wäre er hier gewesen, so hätten sie ihn totgeschlagen.' Chalîfa jedoch kümmerte sich nicht mehr um sie, sondern lief rasch
zum Laden des Ibn el-Kirnâs zurück. Er sah den Kaufmann angeritten kommen und sprach zu ihm: ,Bei Allah, das ist nicht
recht von dir; mich hast du abgelenkt, und inzwischen hast du
deine Mamluken geschickt, und die haben meine Sklavin geraubt.' Doch der Kaufmann rief: ,Du Tor, komm und schweig
still!' Darauf nahm er ihn mit sich und führte ihn zu einem
schön gebauten Hause; und nachdem er ihn dort hineingeführt
hatte, sah der Fischer die Sklavin auf einem goldenen Lager
sitzen, umgeben von zehn Kammerfrauen, wie Monde anzuschauen. Als Ibn el-Kirnâs sie erblickte, küßte er den Boden
vor ihr; und sie fragte ihn: ,Was hast du mit meinem neuen
Herrn getan, der mich für alles, was er besaß, gekauft hat?'
,Meine Gebieterin,' gab er ihr zu Antwort, ,ich habe ihm tausend Golddinare gegeben'; und er erzählte ihr die Geschichte
Chalîfas von Anfang bis zu Ende. Da lachte sie und sprach:
,Sei ihm nicht gram; er ist ein Mann aus dem niederen Volk!'
Und sie fügte hinzu: ,Diese weiteren tausend Dinare sind ein
Geschenk von mir an ihn; und so Allah der Erhabene will, soll
er vom Kalifen so viel erhalten, daß er ein reicher Mann wird.'
Während sie so miteinander sprachen, trat plötzlich ein Eunuch

vom Kalifen herein, der gekommen war, um Kût el-Kulûb zu holen; denn der Herrscher hatte erfahren, daß sie im Hause des Ibn el-Kirnâs weilte, und als er das wußte, konnte er die Trennung von ihr nicht mehr ertragen, sondern befahl, sie sofort zu bringen. Und als sie sich nun dorthin begab, nahm sie den Fischer mit sich und zog dahin, bis sie zum Kalifen kam. Wie sie vor ihm stand, küßte sie den Boden vor ihm; er aber erhob sich ihr zu Ehren, begrüßte sie, hieß sie willkommen und fragte sie, wie es ihr bei dem ergangen sei, der sie gekauft habe. Sie erwiderte ihm: ‚Das ist ein Mann, namens Fischer Chalîfa, und er steht jetzt dort an der Tür. Er sagte mir, er habe mit unserem Herrn, dem Beherrscher der Gläubigen, noch eine Abrechnung wegen der Teilhaberschaft im Fischfang, die zwischen ihnen beiden bestanden habe.‘ ‚Steht er wirklich an der Tür?‘ fragte der Kalif; und sie erwiderte: ‚Jawohl!‘ Da befahl er, den Fischer herbeizuführen; und als der herzukam, küßte er den Boden vor dem Kalifen und wünschte ihm Dauer des Ruhmes und des Glücks. Der Kalif wunderte sich darüber, und indem er ihm zulächelte, fragte er ihn: ‚Sag, Fischer, warst du wirklich gestern mein Teilhaber?‘ Chalîfa verstand die Worte des Beherrschers der Gläubigen, faßte sich ein Herz und festigte seinen Sinn und hub an: ‚Bei Dem, der dir die Nachfolge des Sohnes deines Oheims verliehen hat, ich kenne die Maid in keiner Weise, ich habe sie nur gesehen und gesprochen.‘ Darauf berichtete er ihm alles, was ihm begegnet war, von Anfang bis zu Ende, und der Kalif mußte darüber lachen. So erzählte er auch denn die Geschichte mit dem Eunuchen und was er mit dem erlebt hatte, wie der ihm noch die hundert Dinare zu dem einen hinzugegeben, der ihm vom Kalifen zuteil geworden war. Und ferner berichtete er ihm, wie er auf den Markt gegangen war und die Truhe für hundertundeinen Dinar gekauft hatte, ohne zu wissen, was darin war. Ja, er erzählte die ganze Geschichte vom ersten bis zum letzten. Derweilen lachte der Kalif immerfort, und die Brust ward ihm frei, und er sprach zu Chalîfa: ‚Wir wollen dir geben, was immer du begehrst, du, der du den Besitzern ihr rechtmäßig Gut zurückbringst.‘ Der aber schwieg; und nun wies der Kalif ihm fünfzigtausend Golddinare an, dazu ein kostbares Ehrengewand, wie es die großen Kalifen tragen, und außerdem ein Maultier. Auch schenkte er ihm schwarze Sklaven, so daß er wurde wie einer der Könige jener Zeit. Der Kalif aber freute sich, daß seine Sklavin wieder zu ihm gekommen war, und er wußte, daß all dies ein Werk seiner Gemahlin, der Herrin Zubaida, war.——«

Da bemerkte Schehrezâd, daß der Morgen begann, und sie hielt in der verstatteten Rede an. Doch als die *Achthundertundfünfundvierzigste Nacht* anbrach, fuhr sie also fort: »Es ist mir berichtet worden, o glücklicher König, daß der Kalif sich über die Rückkehr seiner Sklavin Kût el-Kulûb freute und wußte, daß all dies ein Werk seiner Gemahlin, der Herrin Zubaida, war; deshalb ergrimmte er wider sie und hielt sich eine lange Zeit fern von ihr, also daß er nie zu ihr hineinging und sich ihr nicht zuneigte. Als sie dessen gewiß war, grämte sie sich sehr wegen seines Zornes, und ihre Farbe erblich, die einst so rosig war. Doch als die Geduld ihr versagte, sandte sie einen Brief an ihren Gemahl, den Beherrscher der Gläubigen, indem sie sich vor ihm entschuldigte und ihre Schuld bekannte und diese Verse schrieb:

> *Ich sehn' mich nach der Huld, die du mir früher schenktest,*
> *Auf daß ich Gram und Kummer lösche, die ich trug.*
> *O Herr, erbarm dich meiner übergroßen Liebe!*
> *Was ich durch dich erlitt, ist wahrlich schon genug.*

Mein Freund, ich kann's nicht tragen, daß du mir nicht nahest;
Du trübtest mir das Leben, das so licht einst war.
Erfüllst du die Gelübde, die du schworst, so leb ich;
Mein Tod ist's, bringst du mir die Treue nicht mehr dar.
Es sei, ich hab gesündigt; doch vergib mir nun.
Verzeihen ist, bei Gott, der Freunde schönstes Tun!

Als der Brief der Herrin Zubaida den Kalifen erreichte, und als er, nachdem er ihn gelesen hatte, erkannte, daß sie ihre Schuld eingestand und sich durch ihr Schreiben vor ihm wegen ihres Tuns entschuldigte, sprach er bei sich: ,Siehe, Allah vergibt die Sünden allzumal; denn er ist der Vergebende, der Barmherzige.'[1] Und er sandte ihr eine Antwort auf ihren Brief, in der seine Genugtuung und seine Vergebung für das, was vergangen war, ausgesprochen wurde; darüber war sie hocherfreut. Dann wies der Kalif dem Fischer Chalîfa einen monatlichen Sold von fünfzig Dinaren an, und hinfort genoß dieser bei dem Herrscher großes Ansehen, eine hohe Stellung, Ehre und Achtung. Der Fischer aber küßte den Boden vor dem Beherrscher der Gläubigen zum Abschied und schritt mit stolzem Gang von dannen. Als er jedoch zur Tür hinausging, sah ihn der Eunuch Sandal, der ihm die hundert Dinare gegeben hatte, und da er ihn erkannte, sprach er zu ihm: ,Fischer, woher hast du das alles?' Chalîfa erzählte ihm all seine Erlebnisse von Anfang bis zu Ende, und der Eunuch freute sich darüber, zumal er ja der Anlaß seines Reichtums gewesen war; und er sprach zu ihm: ,Willst du mir nicht eine Spende geben von all diesen Schätzen, die dir zugefallen sind?' Da griff Chalîfa mit seiner Hand in die Tasche, zog aus ihr einen Beutel hervor, der tausend Golddinare enthielt, und reichte ihn dem Eunuchen. Der aber entgegnete ihm: ,Behalt dein Geld; Allah

1. Koran, Sure 39, Vers 54.

gesegne es dir!' Denn er war erstaunt über den Edelmut und die Herzensgüte des Mannes, der noch eben so arm gewesen war. Dann verließ Chalîfa den Eunuchen, reitend auf dem Maultier, während die Sklaven ihre Hände hinter dem Sattel auf das Tier legten, und so zog er dahin, bis er zu seiner Herberge kam; die Leute aber starrten ihm nach und verwunderten sich über die Ehren, die ihm zuteil geworden waren. Und nachdem er von dem Rücken des Maultieres abgestiegen war, traten die Leute auf ihn zu und fragten ihn nach der Ursache dieses Glückes; da erzählte er ihnen alle seine Erlebnisse von Anfang bis zu Ende. Dann kaufte er sich ein schöngebautes Haus und verwandte viel Geld darauf, bis es in jeder Weise vollkommen war. In jenem Hause schlug er nun seinen Wohnsitz auf, indem er diese Verse sprach:

> Sieh da, ein Haus gleich einem Paradieseshaus;
> Es heilt die Kranken, und es treibt die Sorgen aus.
> Zu einer Ruhmesstätte ist sein Bau geweiht,
> Und eitel Glück soll in ihm wohnen allezeit.

Nachdem er sich nun in seinem Hause niedergelassen hatte, bewarb er sich um eine von den Töchtern der vornehmen Leute der Stadt, eine schöne Jungfrau; und er ging zu ihr ein, und er lebte ganz in Wonne und Glück und Freuden; ja, sein Wohlstand wuchs noch immer mehr, und sein Glück ward vollkommen. Und wie er sich in solcher Herrlichkeit sah, dankte er Allah, dem Gepriesenen und Erhabenen, für die Hülle und Fülle der Gnaden und Gaben, die Er ihm verliehen hatte; er pries seinen Herrn als ein dankbarer Mann und führte die Worte des Dichters an:

> Gepriesen seist du, dessen Gnade immer währet,
> Du, dessen Güte alle Menschen glücklich macht.
> Gepriesen seist du mir, o nimm den Preis entgegen!

Denn deiner Güte, Wohltat, Gnade sei gedacht.
Du hast mich ja mit Huld und Gaben überschüttet
Und überreicher Wohltat; Herr, ich danke dir.
Ja, deiner Güte Meer gibt aller Welt zu trinken;
Du bist in Nöten ihre Zuflucht für und für.
Und du gewährst, o Herr, die Zeichen deiner Gnade,
Du gibst sie reichlich hin, du, der die Schuld verzeiht
Um dessen willen, der den Menschen Mitleid brachte –
Prophet, so wahr und edel und von Schuld befreit,
Dem Allah Segen und das Heil gewähren möge –
Um seiner Helfer¹ willen und der Heil'gen Schar²
Und der Gefährten³ auch, der reinen, edlen, weisen,
Solang im Wald ein Vogel singt, auf immerdar!

Und hinfort besuchte Chalîfa oft den Kalifen Harûn er-Raschîd, da er bei ihm Gnade gefunden hatte; und er-Raschîd
überhäufte ihn mit seinen Wohltaten und seiner Güte. So lebte
Chalîfa immerdar in höchster Freude und Seligkeit, in Ruhm
und in Fröhlichkeit, sein Wohlstand ward vermehrt, seine
Stellung immer höher geehrt, kurz, er führte ein Leben voll
lauterer Wonne, und ihm schien des Glückes hellstrahlende
Sonne, bis Der zu ihnen kam, der die Freuden schweigen heißt
und der die Freundesbande zerreißt – Preis sei Ihm, dessen
Macht sich in ewiger Dauer erhält, dem Lebendigen, Beständigen, der nie dem Tode verfällt!

Ferner wird erzählt

---

1. Die ‚Helfer des Propheten' sind die Leute in Medina, die den Islam
annahmen. – 2. Das heißt: die Anverwandten des Propheten. – 3. Die
‚Gefährten' sind die Leute, die Mohammed persönlich gekannt haben.

DIE GESCHICHTE VON MASRÛR

UND ZAIN EL-MAWÂSIF[1]

Einst lebte in alten Zeiten und längst entschwundenen Vergangenheiten ein Kaufherr des Namens Masrûr; dieser Mann
war einer der schönsten Männer seiner Zeit, viel Geld und Gut
war ihm gegeben, und er führte das herrlichste Leben. Doch
er liebte es, sich in den Blumengärten und Baumgärten zu ergehen, und sein Herz war von der Liebe zu den schönen Frauen
ganz erfüllt. Nun traf es sich eines Nachts, als er im Schlafe lag,
daß ihm träumte, er sei in einem wunderschönen Blumengarten, und dort waren vier Vögel, darunter auch eine Taube, weiß
wie glänzendes Silber. Jene Taube gefiel ihm, und eine heiße Liebe zu ihr überkam sein Herz. Danach aber mußte er sehen, wie
ein großer Vogel, der auf ihn niederschoß, ihm diese Taube aus
der Hand riß; und darüber grämte er sich sehr. Als er dann erwachte und die Taube nicht fand, rang er mit seiner Sehnsucht
bis zum Morgen; und er sagte sich: ,Ich muß gewißlich heute
zu jemandem gehen, der mir diesen Traum deuten kann.' – –«

Da bemerkte Schehrezâd, daß der Morgen begann, und sie
hielt in der verstatteten Rede an. Doch als die *Achthundertund-
sechsundvierzigste Nacht* anbrach, fuhr sie also fort: »Es ist mir
berichtet worden, o glücklicher König, daß der Kaufmann
Masrûr, als er aus seinem Schlafe erwachte, mit seiner Sehnsucht bis zum Morgen rang und dann, als der Tag anbrach,
sich sagte: ,Ich muß gewißlich heute zu jemandem gehen, der
mir diesen Traum deuten kann.' Darauf ging er fort, indem er

1. Die Übersetzung beruht auf der zweiten Calcuttaer Ausgabe. Burton hat nach der Breslauer Ausgabe einige Zusätze gemacht, die auch
in die erste Insel-Ausgabe übergegangen sind; sie sind hier als unwichtig
fortgelassen.

sich bald nach rechts und bald nach links wandte, bis er schon
weit von seiner Wohnung entfernt war; doch er fand niemanden, der ihm den Traum hätte auslegen können. Darauf wollte
er nach Hause zurückkehren, und wie er so auf seinem Wege
dahinschritt, kam ihm plötzlich der Gedanke, im Hause eines
der Kaufherren einzukehren; jenes Haus gehörte einem der
reichsten Männer. Als er aber dort ankam, hörte er plötzlich,
wie in ihm aus betrübtem Herzen eine Stimme der Schmerzen
diese Verse sprach:

> *Der Morgenzephir weht zu uns von ihrer Stätte*
> *Mit zartem Hauche, dessen Duft den Kranken heilt.*
> *An der verlaßnen Wohnstatt Spuren stand ich fragend;*
> *Von Trümmern ward den Tränen Antwort still erteilt.*
> *Ich sprach: O Zephirwind, bei Allah, laß mich wissen,*
> *Ob dieser Stätte Wonne einstmals wiederkehrt!*
> *Wird mich das Reh von zartem, schönem Wuchs beglücken?*
> *Versonnen war sein Blick, der mich durch Leid verzehrt.*

Als Masrûr diese Stimme hörte, schaute er durch das Tor hinein und sah einen der herrlichsten Gärten und am fernen Ende
einen Vorhang aus rotem Brokat, der mit Perlen und Juwelen
bestickt war. Hinter ihm befanden sich vier junge Frauen,
unter denen eine saß, die nicht ganz fünf Fuß, aber mehr als
vier Fuß maß, leuchtend wie der volle Mond, der droben am
Himmelszelte thront; ihre Augen waren von schwarzem
Licht, ihre Brauen beieinander dicht; ihr Mund schien Salomos Siegel zu sein, ihre Lippen Korallen und ihre Zähne Perlenreihn. Sie bezauberte den Verstand durch ihre Schönheit
und Lieblichkeit und ihres Wuchses Ebenmäßigkeit. Als Masrûr sie erblickte, trat er durch das Tor hinein und ging weiter,
bis er zu dem Vorhang kam; da hob sie ihr Haupt zu ihm empor und schaute ihn an. Er grüßte sie, und sie erwiederte seinen
Gruß in süßer Rede Fluß. Doch wie er sie nun aus der Nähe be-

trachtete, ward sein Verstand entzückt und sein Herz entrückt. Dann schaute er den Garten an, und dort sah er Jasmin und Levkoien, Veilchen und Rosen, Orangenblüten und all die anderen duftenden Blumen. Jeder Baum war mit Früchten bedeckt; und Wasser rann von vier Estraden herab, die einander gegenüberlagen. Er blickte die erste Estrade an, und rings um ihr fand er ein Schriftband, auf dem mit Zinnober diese Verse geschrieben waren:

O Haus, die Trauer kehre niemals bei dir ein,
Und möge deinem Herrn das Glück nie untreu sein!
Ein herrlich, freundlich Haus sei du für jeden Gast,
Wird auch dem Gaste sonst die Stätte oft zur Last!

Dann schaute er die zweite Estrade an und fand auf ihr ein Schriftband von rotem Golde mit diesen Versen:

O Haus, du mögest stets im Glücksgewande leuchten,
Solang im Garten Vögel singen, immerdar!
Und süße Düfte mögen allzeit in dir wehen!
In dir mög Glück erstrahlen jedem Liebespaar!
Es lebe stets dein Volk in Ehren und in Wonnen,
Solang am Himmel glänzt der Wandelsterne Schar!

Als er darauf die dritte Estrade anschaute, sah er ein azurblaues Schriftband, das diese Verse enthielt:

In dir, o Haus, sei immer Glück mit Ruhm vereint,
Solang die Nächte dunkeln und das Taglicht scheint!
Das Glück empfange jeden, der dein Tor betrat,
Und Segen überhäufe jeden, der dir naht!

Und an der vierten Estrade entdeckte er, als er hinschaute, ein Schriftband in gelber Farbe, die aus diesem Verse bestand:

Dies ist ein Garten hier und dies hier ist sein Teich,
Ein schöner Ort, – o Herr, du bist erbarmungsreich.

Und ferner waren in jenem Garten Vögel von allen Arten, Nachtigallen, Turteltauben, Holztauben und andere Tauben, von denen jede ihr eigenes Lied sang, während die junge Frau

sich anmutig hin und her wiegte in ihrer Schönheit und Lieblichkeit und ihres Wuchses Ebenmäßigkeit, so daß ein jeder,
der sie sah, von ihr bezaubert wurde. Und sie rief: ‚O du Mann
dort, was führt dich in ein Haus, das nicht dein Haus ist, und
zu Frauen, die nicht deine Frauen sind, ohne daß ihr Herr es
dir erlaubt hat?‘ ‚O meine Gebieterin,‘ erwiderte er ihr, ‚ich
sah diesen Garten, und mir gefiel sein herrlich grüner Schein,
der Duft seiner Blümelein und der Gesang seiner Vögelein; so
trat ich denn ein, um mich hier eine Weile umzuschauen und
dann wieder meiner Wege zu gehen.‘ Darauf sagte sie: ‚Das
geschehe herzlich gern!‘ Wie nun der Kaufmann Masrûr ihre
Worte hörte und dabei ihren liebreizenden Blick und ihren
herrlichen Wuchs anschaute, ward er bezaubert von ihrer
Schönheit und Anmut und von der Lieblichkeit des Gartens
und der Vögel. Da war es, als ob sein Verstand ihn verließe, er
war ganz ratlos, und er sprach diese Verse:

> Der Mond geht auf in aller seiner Herrlichkeit
> Und scheint auf duftig kühle Hügel weit und breit,
> Auf Myrten, Heckenrosen und auf Veilchen auch –
> Von allen Blättern weht ein Duft mit zartem Hauch.
> O Garten, aller Schönheit ein vollkommen Bild,
> In dir hat sich der schönste Blumenschmuck enthüllt.
> Und neben Schatten scheint der volle Mond hervor;
> Und seine schönsten Weisen singt der Vögel Chor.
> Von Turteltaube, Drossel, von der Nachtigall,
> Der wilden Taube klingt in mir der süße Schall.
> In meinem Herzen weilt die Sehnsucht, ganz verwirrt
> Ob ihrer Schönheit, wie der Trunkne ratlos irrt.

Als nun Zain el-Mawâsif diese Verse von Masrûr gehört hatte,
schaute sie ihn an mit einem Blick, der ließ tausend Seufzer in
ihm zurück und raubte ihm Sinn und Verstand. Und sie antwortete auf sein Lied mit diesen Versen:

560

Glaub nicht, du könntest ihr, an der du hängst, dich nahen;
Und schneid die Wünsche ab, die dir die Hoffnung gab!
Laß ab von deinem Streben; sieh, du wendest nimmer
Die Schöne, die du liebst, von ihrem Wege ab!
Mein Blick bringt denen, so da lieben, herbe Pein;
Und was du sagst, soll nie bei mir geachtet sein!

Als Masrûr ihre Worte vernommen hatte, wappnete er sich mit Geduld; er verbarg sein Geheimnis in seinem Innern, dachte nach und sprach bei sich selber: ‚Gegen Unglück hilft nur die Geduld.' Sie blieben nun so beisammen, bis die Nacht hereinbrach; dann befahl sie, den Tisch zu bringen, und der ward vor die beiden hingebreitet; auf ihm aber lagen allerlei Gerichte, Wachteln, junge Tauben und Lammfleisch. Und sie aßen, bis sie gesättigt waren. Darauf gebot sie, den Tisch fortzutragen, und als das geschehen war, ließ sie die Geräte zum Waschen bringen. Nachdem die beiden ihre Hände gewaschen hatten, ließ sie die Leuchter aufstellen, und darin wurden Kerzen entzündet, die mit Kampfer durchduftet waren. Und schließlich sprach Zain el-Mawâsif: ‚Bei Allah, meine Brust ist mir heute nacht beklommen; denn ich bin vom Fieber gepackt.' Da rief Masrûr: ‚Allah weite dir die Brust und verscheuche deinen Gram!' Doch sie fuhr fort: ‚O Masrûr, ich bin gewohnt, Schach zu spielen; sag an, verstehst du etwas davon?' ‚Jawohl, ich bin darin erfahren', antwortete er ihr. Darauf ließ sie das Schachbrett vor sich bringen; und siehe, es war aus Ebenholz, eingelegt mit Elfenbein; und die Felder waren geschmückt mit Gold von leuchtendem Schein; die Figuren aber waren aus Perlen und Rubinen. – –«

Da bemerkte Schehrezâd, daß der Morgen begann, und sie hielt in der verstatteten Rede an. Doch als die *Achthundertundsiebenundvierzigste Nacht* anbrach, fuhr sie also fort: »Es ist mir berichtet worden, o glücklicher König, daß die Sklavinnen, als Zain el-Mawâsif sie das Schachbrett bringen hieß, es brachten und vor sie hinstellten. Wie Masrûr es erblickte, bewunderte er es in seinem Sinne; Zain el-Mawâsif aber wandte sich zu ihm und fragte ihn: ,Willst du die roten oder die weißen?' Er gab ihr zur Antwort: ,O Herrin der schönen Frauen und Zierde der Welt im Morgengrauen, nimm du die roten, denn sie sind schön und geziemen dir mehr, und laß mir die weißen Figuren!' Sie sagte: ,Ich bin es zufrieden', nahm die roten Figuren und stellte sie gegenüber den weißen auf; dann hob sie die Hand zu den Figuren, um den ersten Zug auf dem Plane zu tun. Da erblickte Masrûr ihre Fingerspitzen und sah, daß sie schneeweiß waren wie der Kuchenteig; durch deren Schönheit und durch die zarte Anmut der Schönen ward er ganz verwirrt. Sie aber schaute ihn an und sprach zu ihm: ,Masrûr, laß dich nicht verwirren, sondern fasse dich und bleib fest!' Darauf erwiderte er: ,O du Schöne, der die Monde den Vorrang lassen, wie kann ein Liebender, wenn er dich sieht, in Geduld sich fassen?' Während er so sprach, da rief sie auch schon: ,Schachmatt!' und so schlug sie ihn. Zain el-Mawâsif wußte jedoch, daß er von der Liebe zu ihr betört war, und sie sprach zu ihm: ,Ich spiele mit dir nur um einen Einsatz, der genannt ist, und eine Summe, die bekannt ist.' ,Ich höre und gehorche!' erwiderte er; und sie fuhr fort: ,Schwöre mir, und ich will dir schwören, daß keiner von uns beiden den anderen betrügt.' Nachdem die beiden dies einander geschworen hatten, sprach sie: ,Masrûr, wenn ich dich schlage, so will ich zehn Dinare von dir haben; und wenn du mich schlägst, so gebe ich dir ein Nichts.' Er glaubte, daß er gewinnen würde, und so sprach er zu ihr: ,Meine Gebieterin, bleib aber deinem Eid getreu, denn ich sehe, du bist mir in diesem Spiel überlegen.' ,Ich bin damit einverstanden', erwiderte sie; und die beiden begannen wieder zu spielen, indem sie mit den Bauern vorrückten. Sie aber ließ rasch die Königinnen folgen, reihte sie auf und vereinte sie mit den Türmen und rückte nach Herzenslust die Springer vor. Nun trug Zain el-Mawâsif auf dem Haupte ein Tuch aus blauem Brokat; das nahm sie von ihrem Kopfe, und nachdem sie ihren Ärmel von einem Handgelenk, das einer Lichtsäule glich, aufgestreift hatte, fuhr sie mit der Hand über die roten Figuren und sprach: ,Gib acht auf dich!' Allein Masrûr ward ganz verwirrt, Sinn und Verstand verließen ihn, er blickte nur auf die schlanke Gestalt und ihre zarten Reize und war entzückt und ganz berückt, so daß seine Hand, die er nach den weißen Figuren hob, sich auf die roten legte. ,O Masrûr,' rief sie, ,wo ist dein Verstand? Die roten gehören mir und die weißen dir!' Er antwortete ihr: ,Wer dich anschaut, hat keine Gewalt über seinen Verstand.' Und als sie sah, wie es mit ihm stand, nahm sie ihm die weißen und gab ihm die roten. Da spielte er mit diesen; aber sie schlug ihn doch. Immer weiter spielte er mit ihr, während sie ihn schlug und er ihr jedesmal zehn Dinare zahlte. Darum sprach Zain el-Mawâsif, in der Erkenntnis, daß die Liebe zu ihr ihn ganz erfüllte: ,Masrûr, du wirst nie dein Ziel erreichen, es sei denn, du schlägst mich, wie wir vereinbart haben; von jetzt an will ich mit dir nur noch um einen Einsatz von hundert Dinaren spielen.' ,Herzlich gern!' erwiderte er ihr, und sie spielte von neuem mit ihm und gewann das Spiel. Und so ging es immer weiter, indem er ihr jedesmal die hundert Dinare zahlte. Bis zum Morgen blieben sie bei ihrem Tun, ohne daß er sie ein einziges Mal geschlagen hätte. Da sprang er auf die Füße; und als sie ihn fragte: ,Was willst du tun, Masrûr?' gab er zur Antwort: ,Ich will in meine Wohnung gehen und Geld holen; vielleicht erreiche ich doch noch das Ziel meiner Hoffnungen.' ‚Tu, was du willst und was dir gut dünkt!' sprach sie; und er ging nach Hause und holte all sein Geld. Und als er wieder bei ihr war, sprach er diese beiden Verse:

> *Ich sah im Traum, ein Vogel flog an mir vorüber;*
> *Das war im trauten Garten voller Blütenpracht.*
> *Allein, wenn er nun wirklich kommt und ich ihn jage,*
> *So wird durch deine Gunst der Traum erst wahr gemacht.*

Masrûr kehrte also mit all seinem Gelde zu ihr zurück und begann wieder mit ihr zu spielen; doch sie schlug ihn immer, und er konnte nicht ein einziges Mal von ihr gewinnen. Drei Tage lang spielten sie, bis sie ihm alles abgenommen hatte, was er besaß. Und wie all sein Geld verspielt war, fragte sie ihn: ‚Masrûr, was willst du jetzt tun?' ‚Ich will mit dir um meinen Spezereiladen spielen', erwiderte er. Sie fragte weiter: ‚Wieviel ist jener Laden wert?' ‚Fünfhundert Dinare', gab er zur Antwort; und dann spielte er mit ihr fünf Spiele um den Laden, und sie gewann auch den. Und weiter spielte er mit ihr um seine Sklavinnen, Äcker, Gärten und Grundstücke, und sie nahm ihm alles ab, alles, was er besaß. Schließlich schaute sie ihn an und fragte ihn: ‚Hast du noch etwas im Besitz, das du einsetzen kannst?' Da sagte er zu ihr: ‚Bei Dem, der mich in das Netz der Liebe zu dir verstrickt hat: nichts ist in meiner Hand geblieben, weder Geld noch sonst etwas, weder viel noch wenig!' Doch sie sprach zu ihm: ‚O Masrûr, eine Sache, die in Freuden begann, soll nicht in Trauer enden. Wenn du jetzt traurig bist, so nimm dein Geld, verlaß uns und geh deiner Wege, und ich will dich von aller Verpflichtung gegen mich lossprechen!' Masrûr erwiderte ihr: ‚Bei Dem, der uns diese Dinge bestimmt hat: wolltest du mir auch das Leben nehmen, es würde für deine Huld nur ein geringer Einsatz sein; denn ich liebe nur dich allein!' Dann fuhr sie fort: ‚Masrûr, geh nunmehr und hole den Kadi und die Zeugen und verschreib mir alle deine Besitztümer und Ländereien!' ‚Herzlich gern!' erwiderte er; dann machte er sich alsobald auf, holte den Kadi und die Zeugen und führte sie zu ihr. Als der Kadi sie erblickte, entfloh ihm der Verstand und vergingen ihm die Sinne, und sein Gemüt ward verwirrt durch die Schönheit ihrer Fingerspitzen. Und er sprach zu ihr: ‚Ich stelle dir diese Urkunde nur unter der Bedingung aus, daß du die Ländereien und Sklavinnen und anderen Besitztümer kaufst und daß sie so in dein freies Verfügungsrecht übergehen.' Darauf sagte sie: ‚Das haben wir schon vereinbart. Schreib du mir also eine Urkunde, daß der Besitz von Masrûr, seine Sklavinnen und sein Eigentum übergehen sollen in das Besitztum von Zain el-Mawâsif um einen Preis, der soundso viel beträgt!' Der Kadi schrieb die Urkunde, und die Zeugen setzten ihre Unterschriften darunter; und Zain el-Mawâsif nahm das Schriftstück an sich. – –«

Da bemerkte Schehrezâd, daß der Morgen begann, und sie hielt in der verstatteten Rede an. Doch als die *Achthundertundachtundvierzigste Nacht* anbrach, fuhr sie also fort: »Es ist mir berichtet worden, o glücklicher König, daß Zain el-Mawâsif, nachdem sie das Schriftstück von dem Kadi erhalten hatte, das da besagte, alles, was Masrûrs Eigentum gewesen sei, solle nun ihr Eigentum werden, zu ihm sprach: ‚Masrûr, nun geh deiner Wege!' Doch ihre Sklavin Hubûb wandte sich zu ihm und sprach zu ihm: ‚Sage uns einige Verse her!' Und da sprach er über das Schachspiel diese Verse:

> *Jetzo klag ich um das Schicksal, was es alles mir gebracht;*
> *Ja, ich klage um Verlust und Schachspiel und der Blicke Macht,*
> *Um die Liebe einer Schönen, die so zart und wonnig ist,*
> *Daß auf dieser Erde weder Weib noch Mann mit ihr sich mißt.*

Ach, sie kerbte ihre Pfeile, die ihr Auge auf mich schoß,
Und sie rückte allbesiegend vor auf mich mit ihrem Troß,
Mit den Roten und den Weißen, Kriegern all von starker Macht;
Und sie stand vor mir zum Kampfe, und sie rief mir zu: Hab acht!
Ihre Fingerspitzen, die sie zeigte, überwanden mich,
Als die Nacht das Dunkel senkte, das dem schwarzen Haare glich.
Keine Rettung kam den Weißen, die ich zog, daß ich gewann,
Da mich in der Liebe Qual ein Strom der Tränen überrann.
Bauern, Türme mußten weichen und der Königinnen Schar;
Und es kehrte um das Heer der Weißen, das geschlagen war.
Ja, sie traf mich mit dem Pfeile, der aus ihren Blicken kam;
Jener Pfeil zerriß das Herz mir und erfüllte es mit Gram.
Und sie legte mir die Wahl dann zwischen beiden Heeren vor;
Ach, ich wählte jene weißen Heereshaufen – und verlor.
Freilich sprach ich: ,Diese weißen Heereshaufen freuen mich,
Sie sind das, was ich begehre; und die Roten sind für dich.'
Und wir spielten um den Einsatz, der auch meinem Wunsch entsprach;
Doch erreichte ich mein Ziel nicht, da's an ihrer Huld gebrach.
O du Feuer meines Herzens, meine Sehnsucht, meine Pein
In dem Wunsche, einer mondesgleichen Schönen nah zu sein.
Was mein Herz mit Glut erfüllet und mit Schmerzen, das ist nicht
Geld und Gut, nein, nur der Blick aus deiner hellen Augen Licht.
Ach, nun bin ich ganz verworren und bestürzt in meinem Leid;
Und ob solcher Schicksalsschläge tadle ich die böse Zeit.
Als sie sagte: ,Weshalb bist du so bestürzt?' sprach ich zu ihr:
,Wer da trinkt, kommt nicht durch Trunkenheit zu des Verstandes Zier.'
Mein Verstand ward mir entrissen durch das zarte Menschenbild;
Oh, das felsenharte Herz in seinem Innern werde mild!
Und ich raffte mich zusammen, sagte: Heute wird sie mein
Durch den Einsatz, und ich brauche nicht voll Furcht und Angst zu sein.
Immer sehnte sich mein Herz nach ihrer Nähe, bis ich gar
Nun zu meinem großen Elend doppelt arm geworden war.
Kehrt sich wohl, wer liebt, von Liebe, die ihn quälte, wieder ab,
Sänke er auch in des Liebesleides tiefes Wellengrab?
Und da ist er nun, der Sklave; keinen Heller nennt er sein,
Fern vom Ziele, und gefangen von der Sehnsucht und der Pein.

Als Zain el-Mawâsif diese Verse von ihm hörte, wunderte sie sich ob der Beredsamkeit seiner Zunge, und sie sprach zu ihm: ‚Masrûr, tu solche Torheit ab von dir! Kehr zu deiner Vernunft zurück und geh deiner Wege! Du hast jetzt dein Geld und Gut im Schachspiel vergeudet; aber dein Ziel hast du nicht erreicht. Und dir bleibt von allen Wegen kein einziger mehr offen, der dich zum Ziele führen könnte.‘ Da schaute Masrûr auf Zain el-Mawâsif und sprach zu ihr: ‚Meine Gebieterin, verlange von mir irgend etwas; alles, was du verlangst, soll dir gegeben werden, ich will es dir bringen und dir zu Füßen legen.‘ Doch sie gab ihm zur Antwort: ‚Masrûr, du hast ja gar kein Geld mehr!‘ ‚O du mein alles in der Welt, bleibt mir auch gar kein Geld, so hilft mir unter den Männern ein Held.‘ ‚Soll nun der Gebende zu einem werden, der sich geben läßt?‘ ‚Ich habe Anverwandte und Freunde, und die werden mir alles geben, um was ich sie bitte.‘ ‚Ich wünsche von dir vier Blasen mit stark duftendem Moschus, vier Unzen Galia[1], vier Pfund Ambra, viertausend Dinare und vierhundert Gewänder aus goldgesticktem Königsbrokat. Wenn du mir diese Dinge bringst, Masrûr, so will ich dir meine Gunst gewähren.‘ ‚Das ist mir ein leichtes, o du, die du die Monde beschämst‘, erwiderte er; und dann verließ er sie, um ihr das zu holen, was sie von ihm verlangt hatte. Doch sie schickte ihm die Sklavin Hubûb nach, damit sie sähe, in welchem Ansehen er bei den Leuten stände, von denen er gesprochen hatte. Während er nun in den Straßen der Stadt dahinging, wandte er sich zufällig um, und da erblickte er Hubûb in der Ferne. Deshalb blieb er stehen, bis sie ihn erreicht hatte, und fragte sie: ‚Hubûb, wohin gehst du?‘ Sie erwiderte ihm: ‚Meine Herrin

1. Eine zusammengesetzte Spezerei, deren Bestandteile als Moschus und Ambra angegeben werden.

hat mich aus demunddem Grunde hinter dir hergeschickt', und erzählte ihm, was Zain el-Mawâsif ihr gesagt hatte, von Anfang bis zu Ende. Er sagte darauf: ‚Bei Allah, Hubûb, ich habe keinerlei Gut mehr in meiner Hand.' Nun fragte sie: ‚Warum hast du es ihr denn versprochen?' Er antwortete: ‚Wieviel verspricht man nicht, ohne es zu halten! In der Liebe muß man Zeit gewinnen.' Als Hubûb dies von ihm hörte, sprach sie zu ihm: ‚O Masrûr, hab Zuversicht und quäl dich nicht! Bei Allah, ich werde das Mittel sein, durch das du mit ihr vereint wirst.' Dann ging sie auf und davon; und sie schritt immer weiter dahin, bis sie zu ihrer Herrin zurückkam, und dort weinte sie bitterlich. Dann aber sprach sie zu ihr: ‚Meine Gebieterin, bei Allah, er ist ein Mann von großem Ansehen, und er ist geehrt unter den Menschen.' Da hub ihre Herrin an: ‚Wider den Ratschluß Allahs des Erhabenen gibt es kein Mittel! Dieser Mann hat wahrlich kein mitleidvolles Herz bei uns gefunden; wir haben ihm seine Habe abgenommen, und er hat bei uns keine Liebe gefunden und keine Neigung, ihm hold zu sein. Ach, wenn ich mich seinem Wunsche füge, so muß ich fürchten, daß die Sache ruchbar wird.' Doch Hubûb erwiderte ihr: ‚Meine Gebieterin, es ist uns nicht leicht, daß er in solche Not gekommen ist und daß ihm seine Habe genommen ist. Und du hast doch niemanden bei dir außer mir und deiner Sklavin Sukûb; wer von uns beiden sollte über dich zu schwätzen wagen, da wir doch deine ergebenen Dienerinnen sind?' Sie senkte eine Weile ihren Kopf zu Boden; und dann sprachen die Sklavinnen zu ihr: ‚O Herrin, unser Rat ist der, daß du ihm nachsendest und ihm Huld erweisest und nicht duldest, daß er einen von den Geizhälsen anbetteln muß. Wie bitter ist doch das Betteln!' Da hörte sie auf die Worte der Sklavinnen, rief nach Tintenkapsel und Papier und schrieb ihm diese Verse:

Die Liebe naht, Masrûr; drum freu dich ohne Zögern;
Wenn schwarze Nacht sich senkt, so komm zur frohen Tat!
Doch bitte nicht um Geld bei Filzen, o du Jüngling!
Ich war ja trunken, jetzt kam mir verständ'ger Rat.
Jetzt sei dir all dein Gut von mir zurückgegeben;
Und obendrein, Masrûr, schenk ich dir meine Huld.
Denn trotz der Härte, die dein grausam Lieb dir zeigte,
Warst du noch voller Süße, willig zur Geduld.
Drum eile, dir zum Heil, genieße unsre Liebe,
Und handle rasch, so daß kein Mensch die Kunde teilt!
Komm eilends her zu mir und laß kein Säumen walten
Und iß der Liebe Frucht, wenn fern der Gatte weilt!

Nachdem sie den Brief gefaltet hatte, gab sie ihn der Sklavin Hubûb; die nahm und brachte ihn zu Masrûr, den sie weinend fand und die Dichterworte sprechen hörte:

Es blies mir in das Herz ein Wind von Liebesnöten,
Zerriß mein ganzes Innre durch die heiße Glut.
Noch größer ward mein Leiden, seit mein Lieb geschwunden,
Und aus den Lidern rann der Tränen reiche Flut.
Ach, würde ich die Ängste, die mich quälen, künden,
So würde harter Stein und Fels zur Stunde weich.
O wüßt ich, ob ich noch, was mich erfreut, erlebe,
Ob Hoffnung sich erfüllt, ob ich mein Ziel erreich,
Ob sich der Härte Nächte nach der Trennung wenden
Und ob die Schmerzen, die im Herzen wohnen, enden!—«

Da bemerkte Schehrezâd, daß der Morgen begann, und sie hielt in der verstatteten Rede an. Doch als die *Achthundertund-neunundvierzigste Nacht* anbrach, fuhr sie also fort: »Es ist mir be-richtet worden, o glücklicher König, daß Masrûr, als die Leiden-schaft ihn durchtobte, Verse sprach, von heißer Sehnsucht erfüllt. Und gerade während er jene Verse leise vor sich her sprach und wiederholte, hörte ihn Hubûb, und sie klopfte an seine Tür. Da ging er hin und öffnete ihr; und sie trat ein und reichte ihm den Brief. Nachdem er ihn hingenommen und gelesen hatte, sprach er zu ihr: ‚Hubûb, was für Kunde bringst du von deiner Herrin?‘ Sie antwortete: ‚Mein Gebieter, du weißt, daß in diesem Briefe sich findet, was mich der Antwort entbindet, und du bist bekannt als ein Mann von Verstand.‘ Masrûr freute sich über die Maßen, und er sprach diese beiden Verse:

> *Es kam der Brief und seine Worte brachten Freude;*
> *Ich schlösse ihn so gern in meines Herzens Schrein!*
> *Als ich ihn küßte, wuchs in mir die heiße Sehnsucht;*
> *Es schien der Liebe Perle drin verhüllt zu sein.*

Dann schrieb er einen Brief als Antwort und gab ihn Hubûb; die nahm ihn, trug ihn zu Zain el-Mawâsif, und als sie bei ihr war, begann sie vor ihrer Herrin seine Reize zu schildern und seine trefflichen Eigenschaften und seine edle Gesinnung zu preisen; denn sie war ihm eine Helferin dazu geworden, daß er mit ihrer Herrin vereinigt werden sollte. Zain el-Mawâsif aber sprach: ‚Ach, Hubûb, er zögert, zu uns zu kommen.‘ ‚Er wird sogleich hier sein‘, antwortete Hubûb; und kaum hatte sie diese Worte gesprochen, da kam er auch schon und klopfte an die Tür. Sie öffnete ihm, empfing ihn und führte ihn zu ihrer Herrin Zain el-Mawâsif hinein; und die begrüßte ihn, hieß ihn willkommen und zog ihn an ihre Seite nieder. Dann sprach sie zu ihrer Sklavin Hubûb: ‚Bring ihm ein Gewand von den allerschönsten!‘ Da ging Hubûb hin und holte ein goldgesticktes Gewand; Zain el-Mawâsif aber nahm es in die Hand und warf es ihm über, während sie sich selber eins der prächtigsten Kleider anlegte und ein Netz aus glänzenden Perlen um ihr Haupt schlang. Und um dies Netz band sie eine Binde aus Brokat, die mit Perlen, Rubinen und anderen Juwelen bestickt war; unter diese Binde aber ließ sie von den Schläfen zwei Zöpfe herabhängen, deren jeder einen mit gleißendem Golde eingefaßten Rubin trug; und ihr Haar ließ sie herabwallen schwarz wie die dunkle Nacht. Zuletzt beräucherte sie sich mit Aloeholz und durchduftete sich mit Moschus und Ambra. Während ihre Sklavin Hubûb zu ihr sprach: ‚Allah behüte dich vor dem bösen Blick!‘[1] schritt sie dahin in stolzem Gang und wiegte sich anmutig; und die Sklavin sprach von den schönen Versen, die sie wußte, die folgenden:

> *Den schwanken Weidenzweig beschämt sie, wenn sie schreitet;*
> *Der Liebe Volk bezaubert ihrer Blicke Macht.*
> *Ein Mond, der aus dem Dunkel ihrer Haare leuchtet,*
> *Ja, eine Sonne über dunkler Locken Pracht!*
> *O glücklich, wem sie ihre Schönheit nächtens lieh!*
> *Er schwört bei ihrem Leben, und er stirbt durch sie.*

Zain el-Mawâsif dankte ihr; dann trat sie zu Masrûr hervor wie der leuchtende Vollmond hinter der Wolken Flor. Als er sie sah, sprang er auf die Füße und rief: ‚Wenn mein Gedanke mich nicht trügt, so ist dies kein menschliches Wesen, sondern eine Paradiesesbraut!‘ Darauf hieß sie den Tisch bereiten, und als der kam, waren auf seinen Rand diese Verse geschrieben:

> *Kehr dort ein, wo die Löffel und die Pfannen weilen;*
> *Erfreue dich am Rebhuhn und an Bratenteilen;*
> *Dazu noch eine Wachtel, die ich immer meine,*
> *Mit zarten Hühnern und mit Küken im Vereine!*
> *Wie schön war doch der Braten, der so rosig leuchtet,*
> *Wenn Essig aus den Schalen das Gemüse feuchtet!*
> *Wie schön war auch der Reis mit zarter Milch – da drangen*
> *Die Hände tief hinein in ihn bis zu den Spangen!*
> *Ach, wie beklagt mein Herz zwei Arten von den Fischen;*
> *Die lagen neben Brot vom Dreschpflug[2] auf den Tischen!*

1. Der Blick des ‚neidischen Auges‘, der den Menschen besonders dann trifft, wenn er schön geschmückt ist. – 2. Das heißt: Brot aus dem Mehl des Kornes, das durch die Dreschtafel ausgedroschen ist; die Lesart ist aber wohl verderbt. Man vergleiche die anderen Fassungen dieses Gedichtes in Band I, Seite 152, und Band III, Seite 268, von denen die erste die ursprünglichste ist.

Und sie aßen und sie tranken, waren vergnügt und voll heiterer Gedanken; dann ward der Speisetisch fortgenommen, und man ließ den Tisch des Weines kommen. Nun kreisten Becher und Schale bei ihnen immer weiter, und ihre Gemüter wurden heiter. Masrûr aber sprach, indem er den Becher füllte: ‚O du, deren Sklave ich bin und die du meine Herrin bist!‘ und dann sang er diese Verse:

> *Mich wundert's, wird mein Auge jemals satt sich sehen*
> *An einer Maid, die hehr im Schönheitsglanze scheint?*
> *Sie kann zu ihrer Zeit nicht ihresgleichen haben,*
> *Die Leibesschönheit und der Seele Adel eint.*
> *Der Zweig der Weide neidet ihr des Wuchses Zartheit,*
> *Wenn ihren Gang des Ebenmaßes Kleid umflicht.*
> *Den Vollmond in der Nacht beschämt ihr strahlend Antlitz;*
> *Auf ihrem Scheitel ruht des Neumonds Silberlicht.*
> *Wenn sie auf Erden wandelt, breitet sich ihr Duft*
> *Wohl über Berg und Tal in lauer Zephirsluft.*

Als er sein Lied beendet hatte, sprach sie: ‚O Masrûr, wer treu an seinem Glauben festhält und Brot und Salz mit uns gegessen hat, dem müssen wir das Seine geben. Tu alle diese Gedanken von dir, und ich will dir deinen Besitz zurückgeben, alles, was ich dir abgenommen habe!‘ Er gab zur Antwort: ‚Meine Gebieterin, ich spreche dich frei von dem, was du da sagst, wenn du auch den Eid, der zwischen mir und dir bestand, gebrochen hast; und ich will hingehen und ein Muslim werden.‘ Ihre Sklavin Hubûb aber sprach zu ihr: ‚Meine Herrin, du bist jung an Jahren und weißt viel, und ich bitte um die Fürsprache des Allmächtigen bei dir. Wenn du meinem Geheiß nicht folgst und mir das Herz nicht tröstest, so will ich heute nacht nicht in deinem Hause schlafen.‘ Da erwiderte ihr die Herrin: ‚Hubûb, es geschehe, wie du willst! Erhebe dich und rüste uns ein anderes Zimmer!‘ Die Sklavin Hubûb erhob sich, rüstete ein anderes Zimmer, schmückte es und durchduftete es aufs schönste, wie ihre Herrin es liebte und gern hatte. Sie holte die Speisen herein und brachte dann auch den Wein; Becher und Schale kreisten unter ihnen immer weiter, und ihre Gemüter wurden heiter. – –«

Da bemerkte Schehrezâd, daß der Morgen begann, und sie hielt in der verstatteten Rede an. Doch als die *Achthundertundfünfzigste Nacht* anbrach, fuhr sie also fort: »Es ist mir berichtet worden, o glücklicher König, daß die Sklavin Hubûb, als Zain el-Mawâsif ihr befahl, das traute Gemach herzurichten, sich erhob; sie brachte die Speisen herein und auch den Wein; Becher und Schale kreisten unter ihnen immer weiter, und ihre Gemüter wurden heiter. Da sagte Zain el-Mawâsif: ,O Masrûr, genaht ist die Zeit der Vereinigung und der Gunst; und erstrebst du meine Liebe mit solcher Brunst, so sing uns ein Lied von hoher Kunst!' Da sang Masrûr dies Lied:

Ach, ich ward gefangen, und mein Herz war heiß entbrannt,
Als die Hoffnung auf das Nahsein durch die Trennung schwand,
Als die Maid ich liebte, deren Wuchs mein Herz entzückt,
Die durch ihre zarte Wange mir den Geist berückt.
Sie hat dicht vereinte Brauen, Augen schwarzer Pracht;
Ihre Zähne leuchten gleichwie Blitze, wenn sie lacht.
Ihres Alters Jahre zählen zehn und dazu vier;
Drachenblut sind meine Tränen in der Lieb zu ihr.
Zwischen Bach und Garten hab ich sie zuerst erspäht
Mit dem Antlitz gleich dem Monde, der am Himmel steht.
Und ich stand vor ihr, gefangen und von Scheu ereilt;
,Allah grüße,' sprach ich, ,die im Heiligtume weilt!'
Meinen Gruß gab sie zurück mir; denn sie war bedacht
Auf die Reihe süßer Worte gleich der Perlenpracht.
Doch als sie mein Wort an sie vernommen, sah sie ein,
Was ich wollte; und ihr Herz ward hart gleichwie von Stein.
Und sie sprach: ,Ist solche Rede nicht Verwegenheit?'

Ich darauf: ,Von dem, der liebet, sei der Tadel weit!
Bist du heute mir zu Willen, ist die Sache leicht.
Deinesgleichen ist geliebt, und liebend, wer mir gleicht.'
Als sie meinen Wunsch erkannte, kam von ihr der Ruf,
Unter Lächeln: ,Bei dem Herrn, der Erd und Himmel schuf,
Ich bin Jüdin, streng ist meines Judenglaubens Welt;
Aber du hast dich den Nazarenern beigesellt.
Wie kannst du mir nahen, da du nicht von meiner Art?
Willst du solches tun, so bleibt dir Reue nicht erspart.
Ist's in Lieb erlaubt? Mit beiden Glauben spielst du gar;
Und man wird von mir mit Tadel reden immerdar.
Um die beiden Glauben ist es ganz und gar geschehn,
Gegen meinen und den deinen wirst du dich vergehn.
Liebst du mich, so werde Jude, nur aus Liebesbrunst.
Alles soll dir nichts mehr gelten außer meiner Gunst!
Schwör bei deinem heil'gen Buche[1] einen wahren Eid,
Daß du unsre Liebe treu bewahrst in Heimlichkeit.
Hoch und heilig bei der Thora[2] schwör ich dir zur Stund
Immer wahre ich die Treue unserm Liebesbund.'
Und ich schwör bei allem, was ich glaube und verehr;
Ebenso schwor sie mir einen Eid, gar hoch und hehr.
Und ich fragte sie: ,Wie heißt du, Ziel der Wünsche, sag?'
Da sprach sie: ,Zain el-Mawâsif[3] in dem Rosenhag.'
,O Zain el-Mawâsif,' rief ich, ,schaue mich hier an,
Dessen Herze ganz gefangen in der Liebe Bann!'
Hinter ihrem Schleier sah ich ihre Lieblichkeit.
Ach, da ward ich ganz erfüllt von sehnsuchtsvollem Leid.
Vor dem Schleier stehend klagt ich demutsvoll die Not,
Die in meinem Herzen jetzt mit Allgewalt gebot.
Als sie sah, wie ich das Opfer übergroßer Liebe war,
Bot sie fröhlich lächelnd meinem Blick ihr Antlitz dar.
Von dem Glück der Liebe spürten wir schon einen Hauch;
Duft des Moschus legte sie auf Hals und Hände auch.
Und von ihrem Dufte schien der Raum erfüllt zu sein;

---

1. Arabisch *Indschîl* = Evangelium. – 2. ,Das Gesetz (Mosis)', im weiteren Sinne = Altes Testament. 3. Zierde der guten Eigenschaften.

Von dem Mund küßt ich ein Lächeln und den reinsten Wein.
Gleich dem Weidenzweige bog sie sich in Kleiderpracht;
Ihre Gunst, die einst verboten, ward erlaubt gemacht.
Und wir waren eng beisammen auf der Liebe Au,
Küßten und umarmten uns und sogen Lippentau.
Höchste Erdenfreude ist es, wenn der, den man liebt,
An derselben Stätte weilet und sich ganz ergibt! –
Sie erhob sich, um zu scheiden, bei des Tages Nahn;
Schöner war ihr Antlitz als der Mond am Himmelsplan.
Und beim Abschied stand ihr auf der Wange ein Geschmeid
Von der Tränen Perlen, ausgestreut und aufgereiht. –
Nie vergeß ich Allahs Bund in meines Lebens Zeit,
Noch der Nächte süße Wonnen, noch den hehren Eid!

Darüber war Zain el-Mawâsif entzückt, und sie sprach: ‚O
Masrûr, wie herrlich sind doch deine Geistesgaben! Möge
dein Feind keine Lebensdauer haben!' Dann trat sie in die
Kammer und rief Masrûr zu sich; da trat auch er zu ihr ein
und zog sie an seine Brust und umarmte und küßte sie; so erreichte er, was ihm einst erschien als ein Ding der Unmöglichkeit, und er freute sich über des Liebesglückes Süßigkeit, die
sich ihm jetzt doch noch geweiht. Nun sagte Zain el-Mawâsif:
‚Masrûr, deine Habe ist mir jetzt verwehrt, und sie ist wieder
dein, da wir ja Liebende geworden sind.' So gab sie ihm all
sein Hab und Gut zurück, das sie ihm abgenommen hatte; und
dann fragte sie: ‚Masrûr, hast du einen Blumengarten, in den
wir uns begeben können, um uns dort zu ergötzen?' Er gab
zur Antwort: ‚Jawohl, meine Herrin, ich habe einen Blumengarten, wie es seinesgleichen nicht gibt.' Darauf begab er sich
in sein Haus und befahl seinen Sklavinnen, ein prächtiges Mahl
zu bereiten und ein schönes Zimmer mit einem großen Kronleuchter herzurichten. Alsdann berief er Zain el-Mawâsif zu
sich, und nachdem sie mit ihren Sklavinnen gekommen war,

aßen sie und tranken sie, waren fröhlich und guter Dinge; der Becher kreiste zwischen ihnen immer weiter, und ihre Gemüter wurden heiter. Und als Lieb mit Lieb allein war, sprach sie: ‚Masrûr, mir kommt ein zierliches Lied in den Sinn, das möchte ich zur Laute singen.' ‚Sing es!' antwortete er; und sie nahm die Laute in die Hand, stimmte sie und griff in die Saiten; und sie begann lieblich zu singen und ließ dies Lied erklingen:

> *Vom Klang der Saiten zieht die Freude in mich ein.*
> *Wie mundet in der Frühe uns der edle Wein!*
> *Die Liebe offenbart das sinnbetörte Herz,*
> *Der Schleier fällt, Gefühl erhebt sich himmelwärts*
> *Mit klarem Weine, den die Schönheit hell umkränzt,*
> *Wie wenn die Sonne in der Hand von Monden[1] glänzt*
> *In einer Nacht, die uns mit ihren Freuden naht*
> *Und die des Schmerzes Reif durch Glück vertrieben hat.*

Und als sie ihre Verse beendet hatte, sprach sie zu ihm: ‚O Masrûr, sing uns etwas von deinen Gedichten und laß uns kosten von deinen Früchten!' Da sang er diese Verse:

> *Wir freuen uns des Vollmonds, der den Wein uns bringt,*
> *Wenn in den Gärten uns der Laute Spiel erklingt,*
> *Wenn früh die Taube girrt und wenn der Zweig sich neigt,*
> *Und wenn dort auf den Pfaden höchste Lust sich zeigt.*

Nachdem er seine Verse beendet hatte, sprach Zain el-Mawâsif zu ihm: ‚Sing uns ein Lied über das, was zwischen uns vorgefallen ist, wenn du in deiner Liebe zu mir aufrichtig bist.' – –«

Da bemerkte Schehrezâd, daß der Morgen begann, und sie hielt in der verstatteten Rede an. Doch als die *Achthundertundein-undfünfzigste Nacht* anbrach, fuhr sie also fort: »Es ist mir berichtet worden, o glücklicher König, daß Zain el-Mawâsif zu Masrûr

---

1. Die Knaben oder die Mädchen, die den Wein reichen.

sprach: ‚Wenn du in deiner Liebe zu mir aufrichtig bist, so sing uns ein Lied über das, was zwischen uns beiden vorgefallen ist.‘ ‚Herzlich gern!‘ erwiderte er und trug diesen Gesang vor:

> Steh und hör, was mir geschehen
> In der Liebe zu dem Reh!
> Mit dem Pfeil schoß die Gazelle,
> Und ihr Blick tat mir so weh.
> Liebe hat mich überwältigt,
> Lieb, in der kein Plan mir nützt;
> Ich ergab mich einer Schönen,
> Die ein Wall von Pfeilen schützt.
> Ich erblickte sie im Garten
> Voller Ebenmäßigkeit.
> Grüßend naht ich, und sie grüßte,
> Mich zu hören gern bereit.
> Fragt ich nach dem Namen, sprach sie:
> ‚Der ist meiner Schönheit Bild;
> Denn er ist Zain el-Mawâsif.‘
> Und ich rief: ‚O sei mir mild!
> Ach, es brennt in mir die Sehnsucht;
> Keiner liebt dich, so wie ich.‘
> Doch sie sprach: ‚Lockt meine Gunst dich,
> Liebst du mich herzinniglich,
> Nun, so wünsch ich großen Reichtum,
> Der kaum je ermessen ward.
> Kleider will ich von dir haben
> Aus der feinsten Seidenart;
> Einen viertel Zentner Moschus
> Für die Liebe einer Nacht;
> Ferner Perlen, Karneole
> Von der allerschönsten Pracht;
> Silber auch, vom ungemischten,
> Zu des Schmuckes schönster Zier.‘
> Ach, ich zeigte mich geduldig;
> Doch mein Herz verzagte schier!
> Endlich gab sie ihre Gunst mir

In der Nacht beim Neumondschein.
Wenn mich einer darob tadelt,
Sage ich: ,Ihr Leute mein,
Sie hat langer Locken Fülle,
Deren Farbe gleich der Nacht;
Auf der Wange glühen Rosen,
Wie zu Feuersglut entfacht.
Ihre Augen bergen Schwerter,
Und ihr Blick ist gleich dem Pfeil;
Rauschtrank wird aus ihrem Munde,
Reiner Lippentau, zuteil.
Ihre Zähne sind wie Schnüre
Edler Perlen aufgereiht,
Und ihr Hals gleicht dem des Rehes,
Herrlich in Vollkommenheit.
Wie von Marmor ist ihr Busen,
Hügeln sind die Brüste gleich;
Und im Leib hat sie ein Fältchen,
Das an Wohlgerüchen reich.
Doch darunter ist noch etwas,
Meiner Hoffnung schönster Stern;
Das ist weich, und das ist rundlich,
Ach, es ist so zart, ihr Herrn!
Einem Königsthrone gleicht es;
Darauf richt ich meinen Sinn;
Zwischen beiden Pfeilern ziehen
Sich Estraden hoch dahin.
Doch was dorten noch verborgen,
Raubt den Männern den Verstand;
Denn es sind da große Lippen
Und dazu ein schwellend Band.
Wie das Rot im Auge glänzt es,
Was Kameles Lippe gleicht;
Kommst du zu ihm mit dem Willen,
Der durch Tat sein Ziel erreicht,
Findest du ein warm Willkommen,
Doch in Kraft und Feierstaat,

> *Das den Kühnen gar zurücktreibt,*
> *Wenn er keine Kampfkraft hat.*
>
> *Manchmal kannst du ihm begegnen*
> *Mit dem Bart seit langer Zeit;*
> *Solches meldet dir ein edler,*
> *Schöner Mann der Stattlichkeit,*
> *Wie ja auch Zain el-Mawâsif,*
> *Sie, so schön und wunderbar.*
>
> *Nachts kam ich zu ihr gegangen,*
> *Fand dort, was so süß mir war.*
> *Eine Nacht verbracht ich mit ihr –*
> *Aller Nächte schönstes Licht! –*
> *Als der Morgen nahte, ging sie,*
> *Neumondgleich von Angesicht.*
> *Gleich der hohen Lanze schwankte*
> *Ihres Leibes schlanke Pracht;*
> *Und sie sprach zu mir beim Abschied:*
> *‚Kehrt wohl wieder solche Nacht?‘*
> *Ich sprach: ‚Meiner Augen Zier,*
> *Wann du willst, dann komm zu mir!‘*[1]

Zain el-Mawâsif war über die Maßen entzückt von diesem
Gesang, und höchste Fröhlichkeit kam über sie. Dann sprach
sie: ‚O Masrûr, fast ist die Dämmerung schon zu sehen, so
bleibt nichts übrig als fortzugehen; sonst könnte ein Ärgernis
entstehen.‘ ‚Herzlich gern!‘ erwiderte er; und er stand auf und
brachte sie in ihr Haus zurück. Dann begab er sich wieder
heim und verbrachte den Rest der Nacht, indem er über ihre
Reize nachsann. Als dann der Morgen sich einstellte und die
Welt mit seinem Glanz und Licht erhellte, machte er ein prächtiges Geschenk bereit, brachte es ihr und setzte sich an ihre

1. Die Übersetzung und Erklärung dieses Gesanges ist an einzelnen
Stellen etwas unsicher. Ich habe die Wiedergabe so wörtlich wie möglich gestaltet, habe aber davon abgesehen, die anatomischen Anspielungen restlos aufzuklären.

Seite. So lebten sie eine Reihe von Tagen in Herrlichkeit und Freuden. Dann aber kam eines Tages zu ihr ein Brief von ihrem Gatten, der ihr seine baldige Rückkehr meldete. Da sprach sie bei sich selber: ,Möge Allah ihn nicht behüten noch am Leben erhalten! Wenn er hierher kommt, so wird unser Leben getrübt; wollte der Himmel, daß ich die Hoffnung auf ihn aufgeben könnte!' Als darauf Masrûr zu ihr kam und sich setzte, um wie immer mit ihr zu plaudern, sprach sie zu ihm: ,O Masrûr, eine Botschaft von meinem Gatten ist zu uns gekommen, die besagt, daß er in Kürze von seiner Reise zu uns zurückkehren wird. Was ist nun zu tun, da keiner von uns beiden ohne den anderen leben kann?' Er gab ihr zur Antwort: ,Ich weiß nicht, was geschehen soll. Aber du kennst das Wesen deines Gatten besser und genauer; und obendrein gehörst du zu den klügsten Frauen und bist eine Meisterin in allen Listen, die da Pläne ersinnen kann, deren die Männer nicht fähig sind.' Darauf sagte sie: ,Er ist ein harter Mann, und er wacht eifersüchtig über die Seinen. Aber wenn er von der Reise kommt und du von seiner Ankunft hörst, so begib dich zu ihm, begrüße ihn und setz dich an seine Seite; dann sprich zu ihm: ,Bruder, ich bin ein Spezereienhändler', und kaufe von ihm einige Spezereien verschiedener Art. Darauf besuche ihn öfters, unterhalte dich des längeren mit ihm, und wenn er irgend etwas von dir verlangt, dann widersprich ihm nicht! So wird vielleicht, was ich plane, wie durch Zufall geschehen.' ,Ich höre und gehorche!' erwiderte Masrûr; und er verließ sie, während in seinem Herzen das Feuer der Liebe brannte. Als nun ihr Gatte nach Hause kam, zeigte sie sich über seine Ankunft erfreut, und sie hieß ihn willkommen und begrüßte ihn. Als er ihr aber ins Gesicht schaute, sah er, daß es von gelber Farbe war; denn sie hatte es vorher mit Safran gewaschen und so eine Weiberlist angewandt. Nun fragte er sie nach ihrem Ergehen, und sie erzählte, sie sei seit der Zeit seiner Abreise krank gewesen, sie samt ihren Sklavinnen; und sie fügte hinzu: ‚Ach, unsere Herzen waren um dich besorgt, da du so lange fortbliebst!' Dann klagte sie ihm, wie wehe die Trennung tut, und sie vergoß eine Tränenflut. Schließlich sagte sie noch: ‚Hättest du nur einen Genossen bei dir gehabt, so hätte mein Herz nicht in all dieser Sorge um dich geschwebt. Drum bitte ich dich um Allahs willen, mein Gebieter, reise nicht wieder ohne einen Gefährten, und laß mich nicht ohne Kunde von dir, auf daß ich in Herz und Sinn über dich beruhigt bin!' – –«

Da bemerkte Schehrezâd, daß der Morgen begann, und sie hielt in der verstatteten Rede an. Doch als die *Achthundertundzweiundfünfzigste Nacht* anbrach, fuhr sie also fort: »Es ist mir berichtet worden, o glücklicher König, daß damals, als Zain el-Mawâsif zu ihrem Gatten sagte: ‚Reise nicht ohne einen Gefährten und laß mich nicht ohne Kunde von dir, auf daß ich in Herz und Sinn über dich beruhigt bin!' jener ihr antwortete: ‚Herzlich gern! Bei Allah, du mahnst zu rechter Tat, vortrefflich ist dein Rat! So wahr mir dein Leben am Herzen liegt, es soll geschehen, wie du wünschest!' Dann schaffte er einen Teil seiner Waren in seinen Laden, eröffnete ihn wieder und setzte sich, um sie im Basar zu verkaufen. Während er so in seinem Laden saß, siehe, da kam Masrûr des Wegs; der begrüßte ihn, setzte sich ihm zur Seite und begann ein Gespräch mit ihm, ja, er plauderte eine ganze Weile mit ihm. Dann zog er einen Geldbeutel hervor, band ihn auf und entnahm ihm Goldgeld; das reichte er dem Gatten von Zain el-Mawâsif mit den Worten: ‚Gib mir für diese Dinare einige Arten von Spezereien, ich will sie in meinem Laden verkaufen.' ‚Ich höre und gehorche!' erwiderte der Kaufmann und gab ihm, was er verlangte. Hinfort besuchte Masrûr ihn von Tag zu Tage, bis schließlich der Gatte von Zain el-Mawâsif sich zu ihm wandte und sprach: ‚Ich suche nach einem Manne als Teilhaber im Geschäfte.‘ Masrûr erwiderte ihm: ‚Auch ich suche nach einem Manne, mit dem ich das Geschäft teilen kann. Mein Vater war ein Kaufmann im Lande Jemen, und er hinterließ mir viel Geld, und ich fürchte, daß dies mir dahinschwinden könnte.‘ Da blickte der Kaufmann ihn an und sprach: ‚Willst du mir ein Teilhaber sein? So will ich dir ein Teilhaber sein, ein Freund und Gefährte, mögen wir uns auf Reisen begeben oder still zu Hause leben; und dann lehre ich dich Verkauf und Kauf, des Nehmens und des Gebens Verlauf.‘ ‚Herzlich gern!‘ antwortete ihm Masrûr; und alsbald nahm der Kaufmann ihn mit sich, führte ihn in sein Haus und bat ihn, in der Vorhalle sich zu setzen, während er selbst zu seiner Gattin hineinging und zu ihr sprach: ‚Sieh, ich habe einen Teilhaber gewonnen, und ich habe ihn zu Gast geladen; darum richte uns ein schönes Mahl her!‘ Zain el-Mawâsif war erfreut; denn sie erkannte, daß Masrûr es war. So rüstete sie denn ein prächtiges Gastmahl, indem sie die schönsten Speisen auftrug, da sie sich so sehr freute, daß ihr Plan mit Masrûr geglückt war. Und weil der Gast schon im Hause des Kaufmanns war, sprach der zu seiner Gattin: ‚Geh mit mir zu ihm hinaus, heiß ihn willkommen und sprich zu ihm: ‚Du beehrst uns.‘ Sie aber zeigte sich zornig und sprach zu ihm: ‚Willst du mich vor einem fremden, unbekannten Mann führen? Ich nehme meine Zuflucht zu Allah! Wenn du mich auch in Stücke schnittest, ich will mich nicht vor ihm zeigen!‘ Ihr Gatte entgegnete ihr: ‚Warum scheust du dich vor ihm? Er ist ein Christ, und wir sind Juden; und außerdem werden wir beide, ich und er, Teilhaber.‘ Dennoch bestand sie darauf: ‚Ich habe keine Lust, mich vor dem fremden Manne zu zeigen, den mein Auge noch nie gesehen hat und den ich nicht kenne.' Ihr Gatte glaubte, daß sie die volle Wahrheit spräche, und so drang er denn immer weiter in sie, bis sie sich erhob, sich in ihre Gewänder hüllte, die Speisen nahm und zu Masrûr hinausging und ihn willkommen hieß. Er aber neigte sein Haupt zu Boden, als schäme er sich; und wie der Kaufmann ihn so gesenkten Hauptes dastehen sah, sprach er bei sich: ‚Der ist sicher ein Frommer!‘ Dann aßen sie, bis sie gesättigt waren; und als die Speisen abgetragen waren, brachte man den Wein. Zain el-Mawâsif aber saß Masrûr gegenüber, und sie sah ihn an, und er sah sie an, bis der Tag vergangen war. Da begab Masrûr sich nach Hause, mit lodernden Flammen im Herzen. Der Gatte von Zain el-Mawâsif aber dachte noch lange über die feine Art und die Schönheit seines Gefährten nach. Als die Nacht kam, brachte seine Gattin wie immer das Nachtmahl. Nun hatte er einen Sprosser[1] im Hause; und wenn er beim Essen saß, so pflegte der Vogel zu ihm zu kommen und mit ihm zu essen und über seinem Kopfe zu schweben. Aber der Vogel hatte sich inzwischen an Masrûr gewöhnt und hatte mit ihm gegessen und ihn umflattert, sooft er bei Tische saß. Als jetzt Masrûr verschwand und sein Herr wieder da war, erkannte er ihn nicht und nahte sich ihm nicht; da begann der Kaufmann nachzusinnen, was es mit dem Vogel auf sich habe und weshalb er sich von ihm fern halte. Zain el-Mawâsif aber konnte nicht schlafen, da ihr Herz immer nur an Masrûr dachte; und das blieb so noch eine zweite und eine dritte Nacht. Da merkte der Jude ihren Zustand, und als er sie in ihrer Verstörtheit beobachtete, schöpfte er Verdacht gegen sie. In der vierten Nacht erwachte er aus seinem Schlafe um Mitternacht und hörte seine Gattin im Schlafe reden, wie sie Masrûrs Namen

1. Eine Nachtigallenart.

nannte, während sie an ihres Gatten Seite ruhte; wieder schöpfte er Verdacht gegen sie, doch er verbarg seinen Argwohn. Als es Morgen ward, ging er zu seinem Laden und setzte sich nieder. Während er dort saß, kam Masrûr auf ihn zu und grüßte ihn; er gab ihm den Gruß zurück und sprach: ‚Willkommen, mein Bruder!' Dann fügte er noch hinzu: ‚Ich hatte schon Sehnsucht nach dir.' Sie saßen eine ganze Weile plaudernd beisammen, und danach hub er wieder an: ‚Auf, Bruder, komm mit mir in mein Haus, damit wir den Bund der Brüderschaft abschließen können!' Masrûr erwiderte: ‚Herzlich gern!' Und als sie das Haus erreicht hatten, ging der Jude voraus und meldete seiner Frau, daß Masrûr käme und daß er mit ihm Geschäfte beraten und den Bund der Brüderschaft abschließen wolle; und er fügte hinzu: ‚Bereite uns ein schönes Mahl; du mußt auch bei uns zugegen sein und sehen, wie wir Brüderschaft schließen!' Doch sie rief: ‚Um Gottes willen, führe mich nicht vor diesen fremden Mann; ich habe nicht den Wunsch, mich vor ihm zu zeigen.' Da ließ er ab von ihr und befahl den Sklavinnen, Speise und Trank zu bringen; danach lockte er auch den Vogel, den Sprosser, herbei, aber der setzte sich auf den Schoß Masrûrs und achtete seines Herrn nicht. Nun fragte der Jude: ‚Lieber Herr, wie heißt du denn?' Und jener antwortete: ‚Ich heiße Masrûr.' Dies war aber ja gerade der Name, den seine Gattin die ganze Nacht hindurch im Schlafe genannt hatte. Und wie er nun seinen Kopf hob, sah er, daß sie ihm zuwinkte und mit den Augen Zeichen gab; so wußte er denn, daß er überlistet war; und er sprach: ‚Lieber Herr, entschuldige mich noch so lange, bis ich meine Vettern geholt habe, damit sie Zeugen der Verbrüderung werden!' ‚Tu, was dir gut dünkt!' erwiderte Masrûr; und der Gatte von Zain el-Mawâsif ging fort, stellte sich aber hinter dem Wohnzimmer auf. – –«

Da bemerkte Schehrezâd, daß der Morgen begann, und sie hielt in der verstatteten Rede an. Doch als die *Achthundertunddreiundfünfzigste Nacht* anbrach, fuhr sie also fort: »Es ist mir berichtet worden, o glücklicher König, daß der Gatte von Zain el-Mawâsif zu Masrûr sprach: ‚Entschuldige mich noch so lange, bis ich meine Vettern geholt habe, damit sie Zeugen des Abschlusses der Verbrüderung zwischen uns beiden werden!‘ Dann aber ging er fort, begab sich hinter das Wohnzimmer und stellte sich dort auf; denn es befand sich da ein Fenster, das in den Saal führte, und zu dem war er gegangen, so daß er die beiden beobachten konnte, während sie ihn nicht sahen. Inzwischen hatte Zain el-Mawâsif ihre Magd Sukûb gefragt: ‚Wohin ist dein Herr gegangen?‘ und die hatte ihr erwidert: ‚Hinaus aus dem Hause.‘ Darauf sprach sie: ‚Verschließe die Tür und lege den eisernen Riegel vor und öffne ihm nicht eher, als bis er an die Tür klopft und du es mir sagst!‘ ‚So sei es!‘ erwiderte die Sklavin. All das geschah, während ihr Gatte sie beobachtete. Darauf nahm Zain el-Mawâsif den Becher, mischte den Wein mit Rosenwasser und Moschuspulver und ging zu Masrûr. Der aber eilte auf sie zu und sprach zu ihr: ‚Bei Gott, der Tau deiner Lippen ist süßer als dieser Wein.‘ Und sie gab ihm, und er gab ihr zu trinken; dann besprengte sie ihn mit Rosenwasser vom Scheitel bis zu den Füßen, bis daß der Duft davon den ganzen Raum erfüllte. Während alledem sah ihr Gatte ihnen zu, erstaunt über die große Liebe, die zwischen den beiden bestand; zugleich aber füllte sich sein Herz mit Zorn über das, was er sehen mußte, und nicht nur der Grimm kam über ihn, sondern er ward auch von heftiger Eifersucht gepackt. So ging er denn an die Tür, allein er fand sie verschlossen; da pochte er in seinem großen Zorn gar heftig. Die Sklavin rief: ‚O Herrin, mein Gebieter ist gekommen.‘ Jene

rief: ‚Öffne ihm! Hätte Gott ihn nur nicht in Sicherheit heimgeführt!' Als die Sklavin dann geöffnet hatte, fragte er sie:
‚Was ist denn mit dir, daß du die Tür zuschließt?' Sie antwortete: ‚So war es während deiner Abwesenheit; sie war immer
geschlossen und nie geöffnet weder bei Tag noch bei Nacht.'
Da sagte er: ‚Das hast du gut gemacht, so gefällt es mir.' Dann
ging er zu Masrûr hinein, indem er lachte und seinen Kummer
verbarg; und er sprach: ‚O Masrûr, laß uns heute noch von
der Verbrüderung absehen, wir wollen unseren Bruderbund
an einem anderen Tage abschließen, nur nicht heute!' ‚Ich höre
und gehorche!' erwiderte jener, ‚tu, wie du willst!' So ging
denn Masrûr nach Hause, während der Gatte von Zain el-Mawâsif über seine Lage nachzusinnen begann und nicht wußte,
was er tun sollte; sein Gemüt war schwer betrübt, und er sprach
bei sich selber: ‚Selbst der Sprosser verleugnet mich, und die
Sklavinnen verschließen mir die Tür vor der Nase und kehren
sich einem anderen zu.' Und im Übermaße seines Kummers
begann er diese Verse zu sprechen:

> *Masrûr verlebt die Zeit, die durch der Tage Wonnen*
> *Verschönt ihm wird, allein mein Leben ist zerstört.*
> *In meiner Liebe hat das Schicksal mich verraten;*
> *In meinem Herzen brennt die Glut, die sich noch mehrt.*
> *Mein Glück war durch die Schöne hell – es ist vergangen;*
> *Und dennoch hält die Schönheit mich in ihrem Bann.*
> *Mit eigenem Auge schaut ich ihre hohe Anmut;*
> *Und ihre Liebe tat es meinem Herzen an.*
> *Ach, lange ist es her, da stillte sie mir huldvoll*
> *Den Durst durch Wein von ihren Lippen, süß und klar!*
> *Warum, o Sprosser, hast du mich denn auch verlassen*
> *Und botest deine Liebe einem andren dar?*
> *Ach, meine Blicke schauten wunderbare Dinge –*
> *Die hätten mir im Schlaf die Augen aufgeweckt!*
> *Ich sah mein eigen Lieb die Liebe mein vergeuden,*

Und wie mein Sprosser auch sich scheu vor mir versteckt!
Ja, bei dem Herrn der Menschen, der, was Er beschlossen,
In dieser Welt noch immer sicher durchgeführt:
Dem frechen Wicht, der sich in ihre Nähe wagte
Und ihre Gunst genoß, zahl ich, was ihm gebührt!

Als Zain el-Mawâsif seine Verse hörte, begann ihr ganzer Leib
zu zittern, und sie erblich und sprach zu ihrer Sklavin: ‚Hast
du diese Verse gehört?' Die antwortete: ‚Ich hab ihn in meinem
ganzen Leben noch nicht solche Verse reden hören. Aber laß
ihn sagen, was er will!'

Da nun der Gatte von Zain el-Mawâsif sich von der Wahrheit seines Argwohns überzeugt hatte, begann er alles zu verkaufen, was er besaß; denn er sagte sich: ‚Wenn ich sie nicht
aus ihrer Heimat fortführe, so werden die beiden nie und nimmer von dem ablassen, was jetzt zwischen ihnen vorgeht.'
Nachdem er dann all seinen Besitz verkauft hatte, fälschte er
einen Brief und las ihn ihr vor, indem er behauptete, dieser
Brief käme von seinen Vettern, und er enthalte deren Wunsch,
daß er und seine Gattin sie besuchen möchten. Sie fragte: ‚Wie
lange werden wir bei ihnen sein?' ‚Zwölf Tage', gab er zur
Antwort; und sie willigte darin ein. Dann fragte sie weiter:
‚Soll ich einige Sklavinnen mit mir nehmen?' Er antwortete:
‚Nimm Hubûb und Sukûb mit, und laß Chatûb hier.' Dann
machte er eine schöne Kamelsänfte für sie bereit und rüstete
zum Aufbruch mit ihnen. Zain el-Mawâsif aber sandte eine
Botschaft an Masrûr: ‚Wenn die Zeit, die zwischen uns verabredet wurde, verstrichen ist, ohne daß wir zurückgekehrt
sind, so wisse, daß er uns einen Streich gespielt und uns überlistet hat und daß es ihm gelungen ist, uns zu trennen. Du aber
vergiß nicht die Treuschwüre, die uns verbinden! Ich bin in
Sorge wegen seiner argen List.' Und während ihr Gatte mit

den Vorbereitungen für die Reise beschäftigt war, begann Zain el-Mawâsif zu weinen und zu klagen, sie fand keine Ruhe mehr und irrte Tag und Nacht umher. Ihr Gatte bemerkte es wohl, aber er achtete ihrer nicht. Als sie nun sah, daß ihr Gatte von der Reise nicht ablassen wollte, suchte sie ihre Kleider und all ihre Sachen zusammen und hinterlegte sie bei ihrer Schwester; nachdem sie der alles erzählt hatte, was ihr widerfahren war, nahm sie Abschied von ihr und verließ sie unter Tränen. Dann kehrte sie zu ihrem Hause zurück und sah, wie ihr Gatte schon die Kamele geholt hatte und damit beschäftigt war, die Lasten aufzuladen; für Zain el-Mawâsif hielt er das schönste Kamel bereit. Und als sie nun einsah, daß sie sich unweigerlich von Masrûr trennen mußte, ward sie ganz verstört. Es traf sich aber, daß ihr Gatte noch in Geschäften fortgehen mußte; nun trat sie zur ersten Tür und schrieb darauf diese Verse. – –«

Da bemerkte Schehrezâd, daß der Morgen begann, und sie hielt in der verstatteten Rede an. Doch als die *Achthundertund-vierundfünfzigste Nacht* anbrach, fuhr sie also fort: »Es ist mir berichtet worden, o glücklicher König, daß Zain el-Mawâsif ganz verstört wurde, als sie sah, wie ihr Gatte schon die Kamele geholt hatte, so daß sie der Abreise nun gewiß sein mußte. Es traf sich aber, daß ihr Gatte noch in Geschäften fortging; da trat sie zur ersten Tür und schrieb darauf diese Verse:

> *O Taube dieser Stätte, bringe unsre Grüße*
> *Vom Lieb zu dem Geliebten, da man uns getrennt!*
> *Und künde ihm, daß immer ob der schönen Tage,*
> *Die nun entflohn, der Schmerz in meiner Seele brennt!*
> *So soll auch meine Liebe immerdar erglühen*
> *In Trauer um das Glück, das einst uns froh gemacht!*
> *Ja, wir verlebten Zeiten reiner Lust und Freude*
> *Und konnten beieinander weilen Tag und Nacht.*
> *Doch ach, da schreckte uns der Ruf des Trennungsraben,*

Der uns die Abschiedsstunde krächzend offenbart.
Wir zogen fort und ließen leer die trauten Stätten;
O, blieb' uns das Verlassen unsres Heims erspart!

Dann trat sie zu der zweiten Tür und schrieb auf sie diese Verse:

Der du dem Tore nahst, bei Gott, ich bitt dich, schaue
Die Schönheit meines Liebs im Dunkeln, und dann sage,
Daß ich, gedenk ich seiner Nähe, immer weine,
Daß meine Tränen nutzlos fließen, wenn ich klage!
Und sprich: Vermagst du nicht im Leiden auszuharren,
So magst du Staub und Asche auf das Haupt dir legen.
Und zieh nach Ost und Westen hin durch alle Lande;
Und sei geduldig; Gott ist hilfreich allerwegen!

Darauf trat sie zur dritten Tür, weinte bitterlich und schrieb
darauf diese Verse:

Gemach, Masrûr, wenn du dich ihrem Hause nahest,
So tritt dort an die Türen; lies, was sie dort schrieb!
Vergiß den Bund der Liebe nicht, bist du wahrhaftig;
Und denk, wie manche Nacht ihr süß und bitter blieb!
Bei Gott, Masrûr, vergiß doch nie, wie du ihr nah warst,
Und wie sie Glück und Freude jetzt in dir verließ!
Nein, weine um die Zeit, da wir uns froh vereinten
Und sie bei deinem Nahn die Schleier fallen hieß!
Zieh durch die fernsten Länder hin um meinetwillen;
Durchwate Ströme, suche mich im Wüstensand!
Vergangen sind die Nächte, die uns einst vereinten,
Seit vor der Trennung Dunkelheit ihr Licht entschwand.
Behüte Gott die fernen Tage unsrer Freude,
Da wir die Blumen pflückten in der Wünsche Land!
Warum sind sie nicht so geblieben, wie ich hoffte?
Ihr Kommen und ihr Gehen ward von Gott gesandt.
Kehrt wohl der Tag einst wieder, der uns neu vereinet,
Daß ich an ihm dem Herrn Gelübdes Lösung biet?
Bedenke, alle Dinge stehn in Dessen Händen,
Der jedem auf die Stirn des Schicksals Zeichen zieht![1]

1. Dem Menschen ist von Gott sein Schicksal auf die Stirn geschrieben.

Danach weinte sie bitterlich und kehrte ins Haus zurück, indem sie klagte und jammerte. Und im Gedenken an das, was vergangen war, sprach sie: ‚Preis sei Gott, der dies über uns verhängt hat!' Doch von neuem begann sie zu trauern, daß sie von ihrem Geliebten scheiden und ihr Haus verlassen mußte. Und sie sprach diese Verse:

> *Der Friede Gottes sei mit dir, du leeres Haus!*
> *Das Schicksal hat in dir die Freuden jetzt geendet.*
> *O Taube dieser Stätte, klage immerdar*
> *Um sie, die sich von ihren schönen Monden wendet.*
> *Gemach, Masrûr, jetzt weine, da du mich verlierst!*
> *Das Auge mein verliert den Glanz, da wir uns trennen.*
> *Und säh dein Aug am Abschiedstag mein brennend Herz,*
> *So würde meiner Tränen Glut noch heißer brennen.*
> *Vergiß du nie den Bund in eines Garten Schatten,*
> *Wo Schleier sich auf uns herabgelassen hatten!*

Und schließlich trat sie zu ihrem Gatten; der hob sie in die Sänfte, die er für sie gerüstet hatte. Und als sie auf dem Rücken des Kamels saß, sprach sie diese Verse:

> *Der Friede Gottes sei mit dir, du leere Stätte!*
> *Wir waren dort so lang, und harrten immer mehr.*
> *O wären meines Lebens Nächte abgeschnitten,*
> *Daß ich in deinem Schutz verzückt gestorben wär!*
> *Ich traure in der Ferne, sehn' mich nach der Heimat,*
> *Die ich so lieb; ich weiß noch nicht, wie mir geschah.*
> *O wüßt ich, ob ich einst die Wiederkehr erlebe*
> *Und alles froh dort seh, wie ich es früher sah!*

Da sprach ihr Gatte zu ihr: ‚O Zain el-Mawâsif, sei nicht traurig ob der Trennung von deinem Heim; du wirst bald zu ihm zurückkehren!' Und so begann er ihr Herz zu trösten und ihr freundlich zuzusprechen. Dann ritten sie weiter dahin, bis sie draußen vor der Stadt waren und die Landstraße einschlugen; nun fühlte sie, wie die Trennung zur Gewißheit geworden war, und sie grämte sich sehr darob.

Während all das geschah, saß Masrûr in seinem Hause und dachte über sein Schicksal und das Geschick seiner Geliebten nach. Da kam über sein Herz ein Ahnen von der Trennung; und er stand alsobald auf und eilte fort, bis er zu ihrem Hause kam. Dort fand er das Tor geschlossen und sah die Verse, die Zain el-Mawâsif geschrieben hatte. Zuerst las er die Zeilen auf der äußeren Tür; und als er die gelesen hatte, sank er ohnmächtig zu Boden. Wie er dann aus seiner Ohnmacht erwachte, öffnete er die erste Tür, trat ein zu der zweiten Tür und sah, was sie dort geschrieben hatte; und desselbigengleichen tat er an der dritten Tür. Wie er all diese Inschriften gelesen hatte, wuchs in ihm der sehnenden Liebe Kraft und die heftige Leidenschaft; und er zog hinaus auf ihrer Spur, indem er eilends dahinschritt, bis er die Karawane erreichte. Da sah er sie in der Nachhut, während ihr Gatte um seiner Ware willen im Vortrab ritt. Und wie er sie erblickte, klammerte er sich an die Sänfte, weinend und klagend vor Trennungsqual, und er sprach diese Verse:

> O wüßt ich doch, um welcher Schuld uns trafen
> Die Trennungspfeile auf so lange Zeit!
> O Herzenswunsch, ich kam zum Hause heute,
> Als ich gepeinigt war vom Liebesleid.
> Da sah ich denn die Stätte leer und öde,
> Und klagte um den Abschied, klagte immer mehr.
> Die Mauern fragte ich nach der Geliebten,
> Wohin sie ging; und ach, mein Herz war schwer.
> Sie sprachen: Aus dem Haus zog sie von dannen,
> Im Herzen barg sie ihre Liebe scheu. –
> Sie schrieb für mich die Zeichen auf die Mauern;
> So handelt nur das wissend Volk der Treu.

Als Zain el-Mawâsif diese Verse hörte, erkannte sie, daß Masrûr sie sprach. – –«

Da bemerkte Schehrezâd, daß der Morgen begann, und sie hielt in der verstatteten Rede an. Doch als die *Achthundertundfünfundfünfzigste Nacht* anbrach, fuhr sie also fort: »Es ist mir berichtet worden, o glücklicher König, daß Zain el-Mawâsif, als sie diese Verse vernahm, erkannte, daß Masrûr sie sprach; und sie weinte mit ihren Sklavinnen und sprach zu ihm: ,O Masrûr, um Gottes willen, kehre um, damit mein Gatte dich und mich nicht beisammen sieht!' Wie Masrûr das hörte, sank er in Ohnmacht; und als er wieder zu sich kam, nahmen die beiden Abschied voneinander. Da sprach er diese Verse:

> *Früh zum Aufbruch rief der Führer, ehe noch das Dunkel wich*
> *Vor dem Morgen; und das Volk des Lagerplatzes regte sich.*
> *Tiere wurden aufgesattelt, alles mühte sich im Drang,*
> *Und die Karawane eilte, als der Sänger summend sang.–*
> *Süßer Duft von ihr erfüllte bald die Lande überall!*
> *Rasch bewegten sich die Schritte hin durch jenes Wüstental.*
> *Sie bezwang mein Herz durch Liebe; dennoch zog sie durch die Flur,*
> *Und sie ließ mich einsam irren morgens früh auf ihrer Spur.*
> *Ihr Gefährten, ach, ich wünschte, ewiglich bei ihr zu sein;*
> *Und jetzt netze ich den Boden durch die Flut der Tränen mein.*
> *Wehe, wehe meinem Herzen nach der Trennung! Welchen Schmerz*
> *Legte mir die Hand des Abschieds grausam in mein armes Herz!*

Doch Masrûr folgte immer noch weinend und klagend den Reiterinnen, während sie ihn anflehte, vor Tagesanbruch umzukehren und sie nicht zu entehren. Da trat er denn wiederum an die Sänfte heran, nahm zum zweiten Male Abschied von ihr und sank eine Zeitlang in Ohnmacht. Als er aber wieder zu sich kam, entdeckte er, daß die Karawane weitergezogen war; und nun wandte er sich in die Richtung, in der sie gegangen

war, und indem er den Wind, der von dort kam, in sich ein-
sog, begann er diese Verse zu singen:

> *Kein Wind des Nahseins kam dem Sehnsuchtsvollen;*
> *Er klagte ob der Liebe Gluten nur.*
> *Es wehte ihm ein Zephir in der Frühe:*
> *Da fand er sich allein auf weiter Flur,*
> *Aufs Krankenbett geworfen durch das Leiden,*
> *Wie ihm das Aug voll blut'ger Tränen blieb.*
> *Die Freundin zog mit meiner Seel von dannen*
> *Auf einem Tiere, das der Treiber trieb.*
> *Bei Gott, der Wind des Nahseins weht allein,*
> *Blick ich ihr in den Augenstern hinein.*

Darauf kehrte Masrûr zu ihrem Hause zurück, von heißer
Sehnsucht verzehrt, und er fand es von allem Gerät geleert;
auch die Freundin war ja fortgegangen, und er weinte, bis
seine Tränen ihm durch die Kleider drangen. Da fiel er in Ohnmacht, und es war, als wollte seine Seele den Leib verlassen.
Als er wieder zu sich kam, sprach er diese beiden Verse:

> *Erbarme dich, o Stätte, meines Leids und Elends*
> *Und meines Siechtums, meiner Tränen Flut!*
> *Gewähr mir einen Hauch von ihrem süßen Dufte;*
> *Vielleicht tut der dem wunden Herzen gut!*

Als Masrûr dann aber in sein eigenes Haus zurückgekehrt war,
ward er ganz verwirrt durch all das, was geschehen war, und
er weinte immerdar; zehn Tage lang blieb er so dort.

Wenden wir uns nun von Masrûr wieder zu Zain el-Mawâsif! Sie erkannte, daß ihr Gatte sie überlistet hatte, da er zehn
Tage lang mit ihr dahinzog; danach machte er mit ihr in einer
Stadt halt. Dort schrieb Zain el-Mawâsif einen Brief an Masrûr und übergab ihn ihrer Sklavin Hubûb mit den Worten:
‚Sende diesen Brief an Masrûr, auf das er wisse, wie der Jude
uns überlistet und hintergangen hat!‘ Die Sklavin nahm das

Schreiben von ihr entgegen und sandte es an Masrûr. Und als der es empfing, bedrückten die Worte ihn schwer, und er weinte, bis der Boden benetzt ward ringsumher. Dann schrieb er einen Brief und sandte ihn an Zain el-Mawâsif; an seinen Schluß aber hatte er diese beiden Verse geschrieben:

> *Wo ist denn noch ein Weg wohl zu des Trostes Pforten?*
> *Und wie kann der sich trösten, den die Glut verzehrt?*
> *Wie herrlich waren uns die Zeiten, die entschwanden!*
> *Ach, wär uns doch von ihnen etwas noch beschert!*

Als dies Schreiben Zain el-Mawâsif erreichte, nahm sie es hin, las es und gab es ihrer Sklavin Hubûb mit den Worten: ‚Halt es geheim!‘ Dennoch erfuhr ihr Gatte von ihrem Briefwechsel; und deshalb nahm er Zain el-Mawâsif und ihre Sklavinnen und reiste mit ihnen eine Strecke von zwanzig Tagen; dann machte er mit ihnen in einer anderen Stadt halt. So stand es nun um Zain el-Mawâsif.

Was aber Masrûr betraf, so versagte sich ihm der Schlaf; er konnte keine Ruhe finden, und seine Geduld begann zu schwinden. In solchem Zustand blieb er eine ganze Weile, bis sich ihm eines Nachts die Augen schlossen; und da sah er im Traum, daß Zain el-Mawâsif im Garten zu ihm kam und ihn umarmte. Als er aber aus dem Schlaf erwachte und sie nicht fand, da ward der Verstand ihm irre und der Geist wirre, von seinen Augen strömte die Tränenflut, und sein Herz war erfüllt von heißer Liebesglut. Und er sprach diese Verse:

> *Ich grüße sie, die mich im Schlaf besucht als Traumbild,*
> *Die meine Sehnsucht weckt und meine Liebe mehrt.*
> *Aus solchem Schlaf erheb ich mich in heißem Sehnen*
> *Nach ihr, die ihren Anblick mir im Traum gewährt.*
> *Sagt wohl der Traum die Wahrheit über die Geliebte*
> *Und stillet mein Verlangen und mein Liebesleid?*
> *Ach, bald umarmt sie mich, und bald läßt sie mich nahen,*

> *Bald tröstet mich ihr Wort voll süßer Lieblichkeit;*
> *Und als wir uns im Traume dann genug gescholten*
> *Und als mein Auge voll von heißen Tränen war,*
> *Da sog ich süßen Tau von ihren roten Lippen,*
> *Der war wie Wein voll Moschusduft, so rein und klar;*
> *Es war so wundersam, was uns im Traum geschehen,*
> *Wie ich bei ihr Erfüllung meiner Wünsche fand! –*
> *Doch als ich mich vom Schlaf erhob, da war kein Traumbild,*
> *Nein, nur der Sehnsucht und der Liebe heißer Brand.*
> *Jetzt, da ich sie gesehen, bin ich wie von Sinnen;*
> *Und ohne Wein zu trinken, bin ich trunken schier.*
> *O du mein Zephirwind, bei Gott, trag du die Wünsche*
> *Der Sehnsucht zu ihr hin und grüße sie von mir!*
> *Sprich: Deinem Lieb, dem du in Treuen zugewandt,*
> *Gab das Geschick den Todeskelch mit rauher Hand.*

Darauf begab er sich wieder zu ihrem Hause; weinend ging er des Weges, bis er dort ankam und die Stätte anschaute und von neuem sah, daß sie leer war. Doch plötzlich war ihm, als schaue er vor sich ihr Bild, als sei ihre Gestalt vor seinen Augen enthüllt; nun lohte Feuer in seinem Herzen, und heißer wurden seine Schmerzen, und er sank ohnmächtig nieder. – –«

Da bemerkte Schehrezâd, daß der Morgen begann, und sie hielt in der verstatteten Rede an. Doch als die *Achthundertundsechsundfünfzigste Nacht* anbrach, fuhr sie also fort: »Es ist mir berichtet worden, o glücklicher König, daß Masrûr, als er Zain el-Mawâsif im Traume sah, wie sie ihn umarmte, sich über die Maßen freute. Und als er aus seinem Schlafe erwachte, ging er zu ihrem Hause; doch da er es immer noch leer fand, ward er tief betrübt und sank ohnmächtig zu Boden. Wie er dann wieder zu sich kam, sprach er diese Verse:

> *Ich sog den Duft von ihr, von Weidenblüten, ein,*
> *Und ging mit einem Herzen, voll von Qual und Pein.*
> *Die Sehnsucht wollt ich heilen, armer Liebestor,*

An einer Stätte, die den trauten Freund verlor.
Doch ach, ich wurde krank durch Trennung, Sehnsucht, Leid:
Ich dachte der Geliebten und der alten Zeit.

Als er diese Verse zu Ende gesprochen hatte, hörte er, wie ein
Rabe neben dem Hause krächzte; da brach er in Tränen aus
und rief: ‚Ach Gott, nur über dem verlassenen Haus stößt der
Rabe sein Krächzen aus.‘ Dann seufzte er und stöhnte und
sprach diese Verse:

Was klagt der Rabe um die Stätte der Geliebten?
In meinem Innern loht ein Feuer hoch empor
Aus Trauer um die Zeit der Liebe, die vergangen,
Bis sich mein Herz gleichwie im Abgrund ganz verlor.
Ich sterb in Leid; in mir erglüht der Sehnsucht Flamme;
Ich schreibe Briefe, doch der Bote fehlet mir.
Weh um den hagern Leib! Mein Lieb ist nun entschwunden;
Verleb ich wohl wie einst die Nächte noch mit ihr?
O Zephir, wenn dein Hauch am Morgen zu ihr eilt,
So bring er Gruß und Wunsch zur Stätte, da sie weilt.

Nun hatte Zain el-Mawâsif eine Schwester des Namens
Nasîm[1], und die hatte ihm von einer hohen Stelle aus zugeschaut.
Wie sie ihn dort in solchem Zustande sah, weinte sie und
seufzte und sprach diese Verse:

Wie oft kehrst du zu dieser Stätte und beklagst sie,
Wo doch das Haus betrübt um dem Erbauer weint?
Eh die Bewohner schwanden, herrschten hier die Freude
Und heller Sonnenglanz, der in die Herzen scheint.
Wo sind die vollen Monde, die hier einst erstrahlten?
Das arge Schicksal raubte ihre schönste Zier.
Nun laß die Schöne, der du dich so traut geselltest;
Und schau, vielleicht kommt noch ein Tag und zeigt sie dir!
Wenn du nicht wärst, die Menschen wären nie geschwunden,
Du hättest auch den Raben droben nicht gefunden.

1. Zephir.

Masrûr weinte bitterlich, als er diese Worte vernahm und als ihm der Sinn der Verse zu Bewußtsein kam. Die Schwester wußte auch, daß die beiden erfüllt waren von der sehnenden Liebe Kraft und von der heftigsten Leidenschaft. Und sie sprach zu ihm: ‚Um Gottes willen, Masrûr, verlaß diese Stätte, auf daß niemand dich bemerke und etwa glaube, du kämst um meinetwillen! Du hast ja schon meine Schwester vertrieben, und nun willst du auch noch mich vertreiben? Du weißt, wenn du nicht gewesen wärest, so wäre dies Haus nicht von seinen Bewohnern verlassen. Vergiß sie und laß ab von ihr; was vergangen ist, ist vergangen!' Als Masrûr diese Worte von ihrer Schwester hörte, weinte er bitterlich; und er sprach zu ihr: ‚Nasîm, wenn ich fliegen könnte, so würde ich in meiner Sehnsucht zu ihr fliegen. Wie kann ich sie da vergessen?' Sie erwiderte ihm: ‚Dir bleibt nichts, als dich zu gedulden!' Doch er sprach: ‚Um Gottes willen, ich bitte dich, schreib du ihr einen Brief von dir aus und verschaffe mir eine Antwort, auf daß meine Seele sich tröste und das Feuer erlösche, das in meinem Innern brennt!' ‚Herzlich gern!' antwortete sie, und sie nahm Tintenkapsel und Papier, während Masrûr ihr seine große Sehnsucht und, was er durch den Trennungsschmerz litt, beschrieb. So sprach er denn: ‚Dieser Brief bringt die Worte eines Betrübten, der von der Liebe betört ist, eines Armen, der durch die Trennung verstört ist, der keine Ruhe zu finden vermag, weder bei Nacht noch bei Tag, der Tränen vergießt und in ihnen zerfließt. Wahrlich, die Tränen haben seine Lider wund gemacht, und brennender Schmerz ward in seinem Innern entfacht. Lang währt sein Leid, groß ist seine Ratlosigkeit, gleich der eines Vogels, der seinen Genossen verlor; und der Tod steht ihm nahe bevor. Ach, mein Schmerz um die Trennung von dir! Ach, meine Trauer um das verlorene Vereintsein mit

dir! Meinen Leib verzehrt die Hagerkeit, meine Tränen rinnen
zu jeder Zeit; mich beengen Berg und Tal, und ich spreche
diese Verse im Übermaße meiner Qual:

> *Mein Schmerz um diese Stätte muß auf immer bleiben;*
> *Nach ihr, die in ihr wohnte, sehn' ich mich so sehr.*
> *Ich send euch eine Botschaft meiner zarten Inbrunst;*
> *Der Schenke reichte mir den Liebesbecher her.*
> *Weil du entschwunden bist und in der Ferne weilest,*
> *Ergießt sich von den Lidern meiner Tränen Flut.*
> *Der du die Sänften führst, halt an mit der Geliebten!*
> *In meinem Herzen lodert immer heißre Glut.*
> *Verkünde der Geliebten meinen Gruß und sage:*
> *,Von roten Lippen nur wird Heiltrunk ihm zuteil.*
> *Die Zeit zermalmte ihn und trennte die Gemeinschaft,*
> *Sie traf den Lebensodem mit der Trennung Pfeil.'*
> *Sprich ihr von meiner Pein, von meinen heißen Qualen,*
> *Seitdem sie von mir schied – was alles ich erleid!*
> *Ich schwöre einen Eid bei deiner Liebe, daß ich*
> *Den Bund der Treue dir bewahre allezeit.*
> *Nie wankte ich, und nie vergaß ich deine Liebe;*
> *Wer kann vergessen, wenn ihn echte Lieb erfüllt?*
> *Dir send ich meinen Gruß, dir send ich meine Wünsche*
> *In einem Brief vom Duft des Moschus eingehüllt.*

Ihre Schwester Nasîm staunte ob der Beredsamkeit seiner
Zunge und seiner schönen Gedanken und zierlichen Verse, und
sie fühlte Mitleid mit ihm. Und sie versiegelte den Brief mit
feinstem Moschus, nachdem sie ihn mit Nadd[1] und Ambra
durchduftet hatte. Dann brachte sie ihn einem der Kaufleute
und sprach zu ihm: ,Übergib dies nur meiner Schwester oder
ihrer Sklavin Hubûb!' Er antwortete: ,Herzlich gern!'

Als nun der Brief zu Zain el-Mawâsif kam, wußte sie, daß
Masrûr ihn vorgesprochen hatte; denn sie erkannte in ihm seine

1. Vgl. Band II, Seite 798, Anmerkung.

598

Seele an der Zartheit seiner Gedanken. Sie küßte ihn und legte ihn auf ihre Augen, während die Tränen ihr von den Lidern rannen; und sie weinte so lange, bis sie in Ohnmacht sank. Als sie wieder zu sich kam, rief sie nach Tintenkapsel und Papier und schrieb ihm eine Antwort auf seinen Brief, und darin schilderte sie ihm ihre Sehnsucht und ihr Verlangen und ihre Liebesqual, alles, was sie erdulden mußte in ihrem Wunsche nach dem Geliebten, und sie klagte ihm ihr Leid und wie der Schmerz um ihn sie erfüllte. – –«

Da bemerkte Schehrezâd, daß der Morgen begann, und sie hielt in der verstatteten Rede an. Doch als die *Achthundertund-siebenundfünfzigste Nacht* anbrach, fuhr sie also fort: »Es ist mir berichtet worden, o glücklicher König, daß Zain el-Mawâsif an Masrûr als Antwort auf seinen Brief schrieb: ,Dieser Brief gelange zu meinem Herrn und Meister und Gebieter, meines tiefsten Geheimnisses Hüter! Wisse, ich irre schlaflos ohne Ruhe umher, und meiner sorgenvollen Gedanken werden immer mehr. Dein Fernsein kann ich nicht länger ertragen, o du, dessen herrliche Reize Sonne und Mond überragen. Die Sehnsucht plagt mich, die Leidenschaft zernagt mich. Und wie sollte es wohl anders sein, da ich schon zu den Sterbenden zähle? Du Glanz der Welt, du Zierde des Lebens, wird sie, deren Lebensgeister versinken, noch einmal den süßen Becher trinken? Ich gehöre weder zu der Lebenden noch zu der Toten Schar.' Und dazu brachte sie ihm diese Verse dar:

> *Dein Brieflein, o Masrûr, erregte bittre Schmerzen;*
> *Bei Gott, ich kann's nicht tragen, fern von dir zu sein.*
> *Als ich die Zeilen las, da sehnte sich mein Innres;*
> *Und immer strömten Tränen aus dem Auge mein.*
> *Wenn ich ein Vogel wär, ich flög, von Nacht beschattet;*
> *Dir ferne kenn ich Wachteln und das Manna[1] nicht.*

1. Vgl. 2. Mos. 16, 13 ff.

Dann bestreute sie den Brief mit Pulver aus Moschus und Ambra, versiegelte ihn und sandte ihn durch einen Kaufmann, zu dem sie sprach: ,Übergib ihn nur meiner Schwester Nasîm!' Sobald aber Nasîm ihn erhalten hatte, schickte sie ihn zu Masrûr; der küßte ihn und legte ihn auf seine Augen und weinte, bis er in Ohnmacht fiel. So stand es nun um die beiden.

Sehen wir aber, was der Gatte von Zain el-Mawâsif tat! Als der wiederum von den Briefen zwischen ihnen hörte, zog er mit ihr und ihren Sklavinnen weiter von Ort zu Ort. Da sprach Zain el-Mawâsif zu ihm: ,Ach Gott, wohin willst du mit uns ziehen und uns immer weiter von der Heimat fortführen?' Er gab zur Antwort: ,Ich will mit euch ein Jahr lang reisen, auf daß euch keine Botschaften von Masrûr mehr erreichen können. Ich sehe, wie ihr all mein Geld genommen und es an Masrûr gegeben habt; aber alles, was ich verloren habe, will ich von euch wieder eintreiben. Ich will doch sehen, ob Masrûr euch nützt, oder ob er die Macht hat, euch aus meiner Hand zu befreien!' Dann begab er sich zu einem Schmied und ließ von ihm drei Paar eiserne Fußfesseln machen und holte sie sich. Nachdem er den Frauen darauf ihre seidenen Gewänder abgenommen, ihnen härene Kleider angelegt und sie mit Schwefel durchräuchert hatte, ließ er den Schmied zu ihnen kommen und sprach zu ihm: ,Leg diese Fesseln an die Füße dieser Frauen!' Zuerst führte er Zain el-Mawâsif zu ihm; als der Schmied sie sah, wußte er nicht, wie ihm geschah, er biß sich in die Fingerspitzen, sein Verstand entwich aus seinem Haupte, und heißes Verlangen kam über ihn. Und er sprach zu dem Juden: ,Was haben denn diese Frauen verbrochen?' Jener erwiderte: ,Sie sind meine Sklavinnen; sie haben mein Geld gestohlen und sind mir davongelaufen!' Der Schmied aber fuhr fort: ‚Allah mache deine Gedanken zuschanden! Bei Gott, stände diese Frau vor dem Oberkadi, er würde sie nicht strafen, wenn sie auch täglich tausend Sünden beginge! Aber sie trägt auch gar nicht das Aussehen einer Diebin zur Schau, und sie kann es nicht ertragen, daß ihr das Eisen an die Füße gelegt wird.' Dann bat er den Juden, sie nicht in Fesseln zu schmieden, und legte bei ihm Fürbitte für sie ein, daß ihr die Fesselung erspart bleiben möchte. Als sie nun sah, daß der Schmied für sie bei ihrem Gatten bat, sprach sie zu diesem: ‚Ich bitte dich um Gottes willen, zeige mich nicht vor diesem fremden Mann!' Da fragte der Jude sie: ‚Wie konntest du dich denn vor Masrûr zeigen?' Sie aber gab ihm keine Antwort. Dann nahm er die Fürsprache des Schmiedes insoweit an, daß dieser ihr leichte Fesseln an die Füße legen durfte, während er den Sklavinnen schwere Eisen anlegen mußte; denn Zain el-Mawâsif hatte einen zarten Leib, der keine Härte ertragen konnte. Doch sie und ihre Sklavinnen mußten die härenen Kleider bei Tag und bei Nacht tragen, bis daß ihre Leiber abgemagert waren und ihre Farbe erblich. Das Herz des Schmiedes aber war von heißer Liebe zu Zain el-Mawâsif erfüllt; und während er nach Hause ging, begann er in laute Seufzer auszubrechen, und er hub an, diese Verse zu sprechen:

> Die Rechte dein, o Schmied, verdorre; denn um Füße
> Und Muskeln legte sie die Fesseln dort so hart!
> Du fesseltest die Füße einer zarten Herrin,
> Der Menschheit größtes Wunder, das erschaffen ward.
> Ja, wärest du gerecht, so wären jene Spangen
> Aus Eisen nicht, sie wären nur von reinem Gold.
> Und wenn der Oberkadi ihre Schönheit sähe,
> Er setzte stolz sie auf den Thron und wär ihr hold.

Nun ging aber zufällig der Oberkadi gerade an dem Hause des Schmiedes vorbei, als er diese Verse sang, und er ließ ihn holen. Wie der Mann vor ihm stand, sprach er zu ihm: ‚Du Schmied, wer ist die, von der du so voll Inbrunst sprichst und die dein Herz so mit Liebe erfüllt hat?' Der Schmied richtete sich auf vor dem Kadi, küßte ihm die Hand und sprach zu ihm: ‚Allah lasse die Tage unseres Herrn Kadi lange dauern und schenke ihm Freude im Leben! Die Frau sieht soundso aus.' Und er schilderte ihm Zain el-Mawâsif, ihre Schönheit und Lieblichkeit, ihres Wuchses Ebenmäßigkeit, ihre Anmut und Vollkommenheit, ihr liebliches Gesicht, ihren schlanken Leib und ihre Hüften schwer von Gewicht. Ferner berichtete er ihm, was sie durch schmähliche Gefangenschaft, durch Fesseln und Mangel an Nahrung erleiden mußte. Da sagte der Kadi: ‚Du Schmied, führ sie zu mir und zeige sie mir, auf daß ich ihr zu ihrem Recht verhelfe! Denn du bist nunmehr für diese Frau verantwortlich geworden; wenn du sie nicht zu mir führst, so wird Allah dich strafen am Tage des Gerichts.' ‚Ich höre und gehorche!' erwiderte der Schmied und begab sich unverzüglich zur Wohnung von Zain el-Mawâsif. Doch er fand die Tür verschlossen, und er hörte eine Stimme von zartem Klang, die aus betrübtem Herzen drang; denn Zain el-Mawâsif sprach zu jener Zeit diese Verse:

> Ich war in meiner Heimat mit dem Freund verbunden;
> Er füllte mir die Becher mit dem klaren Wein.
> Die kreisten dann bei uns in ungetrübter Freude;
> Wir kannten Abend nicht, noch Morgensonnenschein.
> Ja, wir verlebten eine Zeit, die uns erfreute
> Durch Becher, Laute, Harfe und Glückseligkeit.
> Jetzt trennte des Geschickes Wechsel unsre Freundschaft;
> Mein Lieb ist fern, die Zeit der reinen Freude weit.
> Ach, hätte doch der Trennungsrabe nie geschrien!
> Ach, daß der Tag der Liebesnähe wieder schien!

Der Schmied vernahm diese Verse, die feinen, und weinte, gleichwie die Wolken weinen. Dann klopfte er bei ihnen an die Tür, und die Frauen fragten: ‚Wer steht an der Tür?' Er antwortete ihnen: ‚Ich, der Schmied'; und dann berichtete er ihnen, was der Kadi gesagt hatte, und wie er wünsche, sie möchten zu ihm kommen und Klage vor ihm erheben, auf daß er ihnen ihr Recht verschaffe. – –«

Da bemerkte Schehrezâd, daß der Morgen begann, und sie hielt in der verstatteten Rede an. Doch als die *Achthundertundachtundfünfzigste Nacht* anbrach, fuhr sie also fort: »Es ist mir berichtet worden, o glücklicher König, daß Zain el-Mawâsif, als der Schmied ihr berichtet hatte, was der Kadi gesagt, und wie er wünsche, sie möchten zu ihm kommen und Klage vor ihm erheben, und daß er ihren Gegner strafen wolle, um ihnen ihr Recht zu verschaffen, darauf zur Antwort gab: ‚Wie können wir zu ihm gehen, da doch die Tür vor uns verschlossen ist und die Fesseln an unseren Füßen sind, während der Jude die Schlüssel hat?' Der Schmied rief ihnen zu: ‚Ich will Schlüssel für die Schlösser machen, und mit ihnen will ich die Tür und die Fesseln öffnen.' Da fragte sie: ‚Wer wird uns denn das Haus des Kadis zeigen?' ‚Ich will es euch beschreiben', erwiderte der Schmied; doch Zain el-Mawâsif fuhr fort: ‚Wie können wir zum Kadi gehen, da wir härene Kleider tragen, die mit Schwefel durchräuchert sind?' Der Schmied sagte: ‚Euch wird der Kadi keinen Vorwurf machen, da ihr ja in solcher Not seid.' Dann ging er sofort hin und machte Schlüssel für die Schlösser; und darauf öffnete er die Tür und die Fesseln, nahm ihnen die Fesseln von den Füßen und führte die Frauen hinaus und zeigte ihnen den Weg zum Hause des Kadis. Hubûb aber nahm ihrer Herrin die härenen Kleider ab, die sie trug, ging mit ihr ins Bad, wusch sie und kleidete sie in seidene Ge-

wänder, so daß sie wieder schön war wie sonst. Zum großen
Glücke traf es sich, daß ihr Gatte bei einem der Kaufleute zu
einer Feier eingeladen war; und so legte Zain el-Mawâsif ihren
schönsten Schmuck an und begab sich zum Hause des Kadis.
Als der sie erblickte, erhob er sich vor ihr. Sie begrüßte ihn
mit sanfter Rede und Worten voll Süßigkeit, und sie durchbohrte ihn mit den Pfeilen ihrer Blicke zu gleicher Zeit, indem sie zu ihm sprach: ,Gott schenke unserem Herrn Kadi ein
langes Leben und stärke durch ihn alle, die sich vor Gericht begeben!' Dann berichtete sie ihm, was sie von dem Schmied erfahren, wie seine Taten für sie so edel gewesen waren, während der Jude ihnen solche Qual auferlegte, daß sie die Herzen
tief erregte. Ja, sie sagte ihm, daß sie schon vor dem Tode standen und keine Rettung mehr fanden. Da fragte der Kadi:
,Edle Frau, wie heißest du?' ,Ich heiße Zain el-Mawâsif,' erwiderte sie, ,und diese meine Sklavin heißt Hubûb.' Darauf
sagte der Kadi zu ihr: ,Dein Name paßt zu der, die er benennt,
so daß man am Worte den Sinn erkennt.' Sie aber lächelte
und verhüllte ihr Antlitz. Und der Kadi fuhr fort: ,Zain el-
Mawâsif, hast du einen Gatten oder nicht?' Sie erwiderte: ,Ich
habe keinen Gatten.' ,Und welches ist dein Glaube?' ,Der
Glaube, Islam genannt, von dem besten der Menschen[1] bekannt.' ,Schwöre mir bei dem heiligen Gesetze, das voller
Zeichen und Mahnungen ist, daß du eine Bekennerin des
Glaubens des besten der Geschöpfe bist!'[1] Sie schwor es ihm
und sprach das Glaubensbekenntnis. Dann fragte der Kadi sie:
,Wie konnte deine Jugend bei diesem Juden verschwendet
werden?' Sie gab zur Antwort: ,Wisse, o Kadi – Allah möge
dir ein langes Leben voller Gnaden geben, Er lasse dir alle
deine Wünsche geraten und besiegle deine Handlungen durch

[1]. Das ist der Prophet Mohammed.

fromme Taten! –, mein Vater hinterließ mir bei seinem Tode fünfzehntausend Dinare; aber er legte sie in die Hände dieses Juden, auf daß er damit Handel treibe, und zwar so, daß der Gewinn zwischen mir und ihm geteilt werde, während das Kapital durch die gesetzliche Urkunde gesichert war. Da nun mein Vater gestorben war, so begehrte der Jude mich und erbat mich von meiner Mutter, auf daß er sich mit mir vermähle. Meine Mutter sagte zu ihm: ‚Wie kann ich sie ihrem Glauben abwendig und zur Jüdin machen? Bei Allah, ich werde dich der Obrigkeit anzeigen.' Bei diesen Worten erschrak der Jude, und so nahm er das Geld und floh nach der Stadt Aden. Sobald wir hörten, daß er in der Stadt Aden war, begaben wir uns auf die Suche nach ihm; und als wir ihn in jener Stadt trafen, sagte er uns, er treibe Warenhandel und kaufe eine Ware nach der anderen. Wir glaubten ihm, doch er betrog uns immerfort, bis er uns schließlich sogar gefangen setzte, uns fesselte und uns aufs schlimmste quälte. Jetzt sind wir Fremde im Lande, und wir haben keinen Helfer außer Allah dem Erhabenen und unserem Herrn Kadi.' Als der Kadi diesen Bericht vernommen hatte, sprach er zu ihrer Sklavin Hubûb: ‚Ist dies deine Herrin? Seid ihr Fremde? und hat sie keinen Gatten?' ‚So ist es', erwiderte die Sklavin; und er fuhr fort: ‚Vermähle mich mit ihr! Und ich verpflichte mich, die Sklaven freizulassen, zu fasten, die Pilgerfahrt zu machen und Almosen zu geben, wenn ich euch nicht euer Recht verschaffe wider diesen Hund, nachdem ich ihn bestraft habe für das, was er tat!' ‚Ich höre und gehorche dir!' erwiderte ihm Hubûb; und der Kadi sagte: ‚Geh hin und tröste dein Herz und das Herz deiner Herrin! Morgen, so Allah der Erhabene will, werde ich diesen Ketzer holen lassen und euch euer Recht wider ihn verschaffen, und dann sollst du Wunder der Strafe an ihm sehen.' Die Sklavin rief Segen auf sein Haupt herab und verließ ihn, während er zurückblieb voll Kummer und Verlangen, von Sehnsucht und Liebe gefangen. Sie ging also mit ihrer Herrin fort von ihm und fragte nach dem Hause des zweiten Kadis, und die Leute wiesen ihr den Weg zu ihm. Wie die beiden dann vor ihn traten, berichteten sie ihm das gleiche; und ebenso machten sie es mit dem dritten und vierten Kadi, bis ihre Sache allen vier Kadis vorgetragen war. Jeder von ihnen bat sie, sich mit ihm zu vermählen, und zu jedem sagte sie: ‚Es sei!‘ Doch keiner von den vieren wußte etwas von dem andern. Jeder von ihnen trug Verlangen nach ihr, ohne daß der Jude etwas davon ahnte, da er noch immer in dem Hause der Festfeier war. Als der Morgen anbrach, erhob sich die Sklavin, legte ihrer Herrin die prächtigsten Gewänder an und begab sich mit ihr zu den vier Kadis in den Gerichtssaal. Als sie die Kadis dort sitzen sah, enthüllte sie ihr Antlitz, indem sie ihren Schleier hob, und begrüßte sie. Die gaben ihr den Gruß zurück, und ein jeder von ihnen erkannte sie. Einer von ihnen war beim Schreiben; dem fiel die Feder aus der Hand. Der andere sprach gerade und begann nun zu stottern. Der dritte war beim Rechnen, und der verrechnete sich. Und sie sprachen zu ihr: ‚O du herrliche Maid von wundersamer Lieblichkeit, sei du nur gutes Muts; wir werden dir ganz gewißlich dein Recht verschaffen und deinen Wunsch erfüllen!‘ Sie rief den Segen des Himmels auf sie herab, nahm Abschied von ihnen und ging ihrer Wege. – –«

Da bemerkte Schehrezâd, daß der Morgen begann, und sie hielt in der verstatteten Rede an. Doch als die *Achthundertundneunundfünfzigste Nacht* anbrach, fuhr sie also fort: »Es ist mir berichtet worden, o glücklicher König, daß die Kadis zu Zain el-Mawâsif sprachen: ‚O du herrliche Maid von wundersamer

Lieblichkeit, sei du nur gutes Muts, da dir zum Ziel verholfen und dein Wunsch erfüllt werden soll!' Sie rief den Segen des Himmels auf sie herab, nahm Abschied von ihnen und ging ihrer Wege. All dies geschah, während der Jude mit seinen Freunden beim Mahle saß und nichts davon erfuhr. Zain el-Mawâsif aber bat alle, denen die Entscheidungen gebührten, und alle, die dort die Feder führten, sie möchten ihr Hilfe wider diesen ungläubigen Ketzer leihn und sie von der schmerzlichen Qual befrein. Dann weinte sie und sprach diese Verse:

> O Auge mein, vergieße Tränen gleich der Sintflut;
> Vielleicht erlischt durch meine Tränen noch mein Leid!
> Nachdem ich goldbestickte Seide einst getragen,
> Ward zum Gewande mir der Mönche hären Kleid.
> Als Wohlgeruch ward Schwefel Duft für meine Kleider;
> Wie anders als von Nadd und Myrte duften sie!
> Ach, wüßtest du, Masrûr, wie es mir jetzt ergehet,
> Du trügest meine Schmach und meine Schande nie.
> Und in des Eisens Fesseln liegt Hubûb gefangen
> Bei ihm, der nicht den Einen Gott als Richter nennt.
> Ich hab der Juden Art und Glauben abgeschworen;
> Mein Glaube ist der höchste, den die Menschheit kennt.
> Vor dem Erbarmer fall ich nieder wie Muslime,
> Und drum befolg ich das Gesetz Mohammeds nur.
> Masrûr, gedenke stets der Liebe, die uns bindet;
> Bewahre du den Bund der Treue und den Schwur!
> Um deiner Liebe willen ließ ich meinen Glauben
> Und ich verbarg die Liebe, die so hoch und hehr.
> Nun eile du zu mir, wenn du die Treue wahrest,
> Wie es die Edlen tun, und säume nimmermehr!

Darauf schrieb sie einen Brief, dem sie alles anvertraute, was der Jude ihr angetan hatte, von Anfang bis zu Ende; auch die Verse, die sie gesprochen hatte, schrieb sie darin. Dann faltete sie den Brief und übergab ihn ihrer Sklavin Hubûb, indem sie zu ihr sprach: ‚Bewahre diesen Brief in deiner Tasche, bis wir ihn an Masrûr senden können!‘ In demselben Augenblick trat plötzlich der Jude zu ihnen herein und sah, daß sie fröhlich waren. Da rief er: ‚Was sehe ich euch so vergnügt? Habt ihr vielleicht einen Brief von eurem Freunde Masrûr erhalten?‘ Doch Zain el-Mawâsif gab ihm zur Antwort: ‚Wir haben keinen Helfer außer Allah, dem Gepriesenen und Erhabenen! Er ist es, der uns von deiner Grausamkeit befreien wird. Wenn du uns nicht in unser Land und an unsere Heimstätte zurückbringst, so werden wir morgen bei dem Statthalter und dem Kadi dieser Stadt Klage wider dich führen.‘ Der Jude aber fuhr fort: ‚Wer hat euch die Fesseln von den Füßen genommen? Ja, wahrhaftig, ich muß für jede von euch Fesseln machen lassen, die zehn Pfund schwer sind, und dann mit euch durch die Stadt ziehen.‘ Da sagte Hubûb: ‚Alles, was du wider uns ersinnst, wird auf dich selbst zurückfallen, so Allah der Erhabene will, auf dich, der du uns aus unserer Heimat fortgeschleppt hast! Morgen werden wir mit dir vor den Statthalter dieser Stadt treten.‘ So verbrachten sie die Nacht bis zum Morgen; dann erhob sich der Jude und eilte zum Schmied, um neue Fesseln für die Frauen machen zu lassen. Aber auch Zain el-Mawâsif erhob sich mit ihrer Sklavin und begab sich zum Gerichtssaale. Nachdem sie eingetreten war, schaute sie die Richter an und begrüßte sie. Alle Richter gaben ihr den Gruß zurück; und der Oberkadi sprach zu denen, die ihn umgaben: ‚Wahrlich, die Frau ist schön wie Fâtima, die Tochter des Propheten! Und jeder, der sie schaut, liebt sie und beugt sich vor ihrer Schönheit und Anmut.‘ Darauf entsandte er mit ihr vier Boten, die alle Nachkommen des Propheten waren, indem er zu ihnen sprach: ‚Schleppt ihren Widersacher in schimpflichster Weise herbei!‘ So geschah es dort.

Inzwischen war der Jude, nachdem er die Fesseln hatte machen lassen, in seine Wohnung zurückgekehrt; als er aber die Frauen dort nicht fand, wußte er nicht, was er tun sollte. Und wie er so dasaß, erschienen plötzlich die Boten, legten Hand in ihn und versetzten ihm heftige Schläge; dann schleppten sie ihn auf seinem Gesicht dahin, bis sie ihn vor den Kadi gebracht hatten. Kaum hatte der ihn erblickt, so schrie er ihm ins Gesicht: ‚Weh dir, du Feind Allahs! Ist es so weit mit dir gekommen, daß du diese Schandtaten verübst, diese Frauen hier aus ihrer Heimat fortschleppst, ihnen ihr Geld stiehlst und sie zu Jüdinnen machen willst? Wie kannst du es wagen, Gläubige zu Ketzern machen zu wollen?' Der Jude erwiderte: ‚Mein Gebieter, diese Frau ist mein Weib.' Als die Kadis diese Worte aus seinem Munde vernahmen, schrieen sie alle auf und riefen: ‚Werft diesen Hund zu Boden, macht euch mit euren Schuhen über sein Gesicht und schlagt ihn, so daß es ihm weh tut; denn sein Verbrechen kann nicht verziehen werden!' Da rissen sie ihm seine seidenen Kleider herunter, legten ihm die härenen Gewänder seiner Gattin an und warfen ihn zu Boden; und sie zupften ihm den Bart aus und versetzten ihm mit den Schuhen schmerzliche Schläge ins Gesicht. Schließlich setzten sie ihn auf einen Esel, mit dem Gesicht dem Hinterteil des Tieres zugewandt, und gaben ihm den Schwanz des Esels in die Hand; so zogen sie mit ihm durch die ganze Stadt, bis sie ihn überall an den Pranger gestellt hatten. Dann führten sie ihn, tief erniedrigt, wie er war, zum Kadi zurück. Und die vier Kadis fällten das Urteil, man solle ihm die Hände und die Füße abschlagen und darauf kreuzigen. Über diese Worte erschrak der Verfluchte gewaltig, ja, er ward wie von Sinnen und rief: ‚O ihr Herren Richter, was wollt ihr nur von mir?' Sie antworteten ihm: ‚Sprich: ‚Diese Frau ist nicht mein Weib, und das

Geld ist ihr Geld, und ich habe mich an ihr vergangen und sie aus ihrer Heimat fortgeschleppt.' Da bekannte er all das; die Richter setzten eine Urkunde über sein Geständnis auf, nahmen ihm das Geld ab und gaben es an Zain el-Mawâsif; auch überreichten sie ihr die Urkunde. Darauf ging sie fort, und alle, die ihre Schönheit und Anmut sahen, wurden ganz verwirrt; und ein jeder von den Kadis glaubte, daß ihr Weg sie zu ihm führen würde. Doch als sie ihre Wohnung erreicht hatte, rüstete sie sich mit allem aus, dessen sie bedurfte, und wartete, bis die Nacht eintrat. Dann nahm sie, was nicht beschwert, doch hoch an Wert, und ging mit ihren Sklavinnen in das Dunkel der Nacht hinaus; drei Tage und Nächte lang zog sie ohne Aufenthalt dahin. Während es nun so um Zain el-Mawâsif stand, gaben die Richter ihrerseits Befehl, den Juden, der ihr Gatte war, ins Gefängnis zu werfen. – –«

Da bemerkte Schehrezâd, daß der Morgen begann, und sie hielt in der verstatteten Rede an. Doch als die *Achthundertundsechzigste Nacht* anbrach, fuhr sie also fort: »Es ist mir berichtet worden, o glücklicher König, daß die Richter Befehl gaben, den Juden, den Gatten von Zain el-Mawâsif, ins Gefängnis zu werfen. Als es wieder Morgen ward, erwarteten die Richter und die Zeugen, daß Zain el-Mawâsif vor ihnen erscheinen würde; doch sie kam zu keinem von ihnen. Darauf sagte der Kadi, zu dem sie zuerst gegangen war: ,Ich will heute mich draußen vor der Stadt umsehen; denn ich habe dort zu tun.' Dann bestieg er sein Maultier, nahm seinen Diener mit und ritt überall in den Gassen der Stadt umher, weit und breit, um nach Zain el-Mawâsif zu suchen; allein er konnte keine Kunde von ihr erhalten. Und während er damit beschäftigt war, traf er die anderen drei Kadis, die auch umherzogen; denn jeder von ihnen glaubte, sie habe sich mit keinem anderen verabredet als nur

610

mit ihm. Er fragte sie, weshalb sie ausgeritten seien und in den Gassen der Stadt umherstreiften; und als sie ihm berichteten, wie es um sie stand, erkannte er ihre Lage als seine Lage und ihre Frage als seine Frage. Nun suchten sie alle zusammen nach ihr, aber sie konnten keine Kunde von ihr erhalten, und so kehrte ein jeder von ihnen liebeskrank zu seiner Wohnung zurück, und alle legten sich auf das Bett des Siechtums. Doch da erinnerte der Oberkadi sich des Schmiedes und sandte nach ihm. Als der vor ihm stand, sprach er zu ihm: ‚O Schmied, weißt du etwas von der Frau, zu der du mir den Weg gewiesen hast? Bei Allah, wenn du sie mir nicht zeigst, so lasse ich dich mit Peitschen schlagen!‘ Wie der Schmied die Worte des Kadis vernahm, sprach er diese Verse:

Sie, die mich gewann durch Liebe, sie gewann die Schönheit ganz,
Und sie ließ auch nirgend etwas übrig von der Schönheit Glanz.
Rehgleich blickt sie, Ambra haucht sie, und sie strahlt der Sonne gleich;
Meergleich wogt sie, und sie wiegt sich wie der schwanke Zweig so weich.

Dann sagte der Schmied: ‚Bei Allah, mein Gebieter, seit ich deine hohe Gegenwart verließ, hat mein Auge sie nicht mehr erblickt. Sie hat von meinem Herzen und von meinem Verstand Besitz ergriffen; alle meine Worte, alle meine Gedanken gehören ihr. Ich ging zu ihrem Hause, aber ich fand sie nicht; auch sah ich niemanden, der mir Kunde von ihr hätte geben können. Es ist, als habe die Meerestiefe sie eingesogen, oder als sei sie zum Himmel emporgeflogen.‘ Nachdem der Kadi seine Worte vernommen hatte, tat er einen so tiefen Seufzer, daß mit ihm seine Seele fast davonflog; und er sprach: ‚Bei Allah, hätten wir sie doch nie gesehen!‘ Der Schmied ging davon, und der Kadi sank wieder auf sein Bett und siechte um ihretwillen dahin, desselbigengleichen auch die Zeugen und die anderen drei Richter. Die Ärzte kamen häufig zu ihnen;

aber ach, sie hatten keine Krankheit, die des Arztes bedurfte. Danach traten die Vornehmen unter den Einwohnern zum Oberkadi ein, sprachen den Gruß vor ihm und fragten, wie es ihm ergehe; aber er seufzte und tat ihnen seines Herzens Geheimnis kund, indem er diese Verse sprach:

> Lasset ab von eurem Tadel, mir genügt des Siechtums Leid;
> Und entschuldigt einen Kadi, der sein Amt den Menschen weiht!
> Wer mich wegen Liebe tadelt, der verzeiht mir auch, fürwahr;
> Und er schelte nicht! Der Liebe Opfer ist des Tadels bar.
> Ja, ich war ein Kadi, und das Schicksal hob mich hoch empor
> Durch die Hilfe meiner Schrift und durch die Feder aus dem Rohr,
> Bis ich von dem Pfeil getroffen, der da keinen Arzt mehr hat,
> Durch die Blicke einer Frau, die blutvergießend mir genaht.
> Der Muslimin gleich beklagte sie sich ob der Grausamkeit;
> Ihres Mundes Zähne waren gleichwie Perlen aufgereiht.
> Als ich ihr ins Antlitz schaute, strahlte mir ein voller Mond,
> Der zu finstrer Nacht im Dunkel hoch am Himmelszelte thront.
> Lächeln spielte wundersam dem hellen Antlitz um den Mund,
> Und vom Scheitel bis zum Fuße tat in ihr sich Schönheit kund.
> Niemals sah, bei Gott, mein Auge ein Gesicht dem ihren gleich
> Unter Menschen in der Perser und in der Araber Reich.
> O du Schönheit! Was versprach sie! Damals sagte sie zu mir:
> Was ich dir verspreche, Kadi aller Menschen, halt ich dir. –
> Also steht's um mich, und dies ist, was mich schwer betroffen hat;
> Fraget nicht nach meinem Leiden, Männer ihr von klugem Rat!

Als der Kadi diese Verse gesprochen hatte, weinte er bitterlich. Dann tat er einen Seufzer, und sein Geist schied aus seinem Leibe. Wie die Leute das sahen, wuschen sie ihn und hüllten ihn in das Totenlaken; und nachdem sie über ihm gebetet und ihn bestattet hatten, schrieben sie diese Verse auf sein Grab:

> Die Liebe ward in dem vollendet, der im Grabe
> Hier ruht, vom Lieb durch seine Härte hingerafft.
> Er war ein Richter einstmals dem Geschlecht der Menschen,
> Sein Urteil war gezücktes Schwert und Kerkerhaft.

Die Lieb hat ihn gerichtet, niemals sahen wir,
Daß sich ein Herr gebeugt vor seiner Magd wie hier.

Darauf empfahlen sie ihn der Gnade Allahs und begaben sich zu dem zweiten Kadi, zusammen mit dem Arzte; doch sie fanden in ihm keinen Schaden noch ein Leiden, das des Arztes bedurfte. Sie fragten ihn, wie es ihm ergehe und wie es um das Sinnen seines Herzens stehe. Er tat ihnen seine Geschichte kund; doch als sie ihn ob eines solchen Zustandes tadelten und schalten, antwortete er ihnen, indem er diese Verse sang:

Durch sie geprüft, so bin ich nicht zu tadeln;
Mich traf ein Pfeil aus eines Schützen Hand.
Es kam zu mir ein Weib, Hubûb geheißen,
Und zählte Jahre, von der Zeit gesandt.
Bei ihr war eine Maid mit einem Antlitz,
Noch heller als der Mond in dunkler Nacht.
Sie zeigte ihre Schönheit, und sie klagte;
Es quoll der Augen Tränenflut mit Macht.
Ich lauschte ihrem Wort, als ich sie schaute
Und mich des Mundes Lächeln überwand;
Sie zog, wohin ich ging, mit meinem Herzen
Und machte mich zu meiner Liebe Pfand.
So steht's um mich. Erbarmt euch meiner Pein,
Setzt meinen Schüler hier als Richter ein!

Dann tat er einen Seufzer, und sein Geist entfloh aus seinem Leibe. Die Leute richteten ihn her und begruben ihn; und nachdem sie ihn der Barmherzigkeit Allahs empfohlen hatten, begaben sie sich zu dem dritten Richter. Auch den fanden sie krank, und es erging ihm wie dem zweiten. Ebenso stand es auch um den vierten; sie fanden alle krank vor Liebe zu ihr. Ja, sogar auch die Zeugen waren liebeskrank; denn alle, die sie gesehen hatten, starben aus Liebe zu ihr, oder wenn sie nicht starben, so lebten sie weiter, von heißer Leidenschaft gequält. – –«

Da bemerkte Schehrezâd, daß der Morgen begann, und sie hielt in der verstatteten Rede an. Doch als die *Achthundertundeinundsechzigste Nacht* anbrach, fuhr sie also fort: »Es ist mir berichtet worden, o glücklicher König, daß die Leute der Stadt alle Kadis und Zeugen krank fanden vor Liebe zu ihr, und daß alle, die sie gesehen hatten, aus Liebe zu ihr starben oder, wenn sie nicht starben, weiterlebten, gequält von heißer Leidenschaft, da sie von heftiger Liebe zu ihr entbrannt waren – Allah erbarme sich ihrer aller! So erging es jenen.

Inzwischen aber war Zain el-Mawâsif in aller Eile eine Reihe von Tagen dahingezogen, bis sie eine weite Strecke durchmessen hatte. Da geschah es eines Tages, als sie mit ihren Sklavinnen ins Land wanderte, daß sie an einem Kloster vorbeikam, in dem ein Abt, des Namens Dânis, mit vierzig Mönchen lebte. Wie der die Schönheit von Zain el-Mawâsif sah, ging er zu ihr hinaus und lud sie ein, indem er sprach: ,Ruhet euch zehn Tage lang bei uns aus! Dann ziehet weiter!' Da stieg sie mit ihren Sklavinnen in jenem Kloster ab. Nachdem sie aber eingetreten war und er ihre Schönheit und Anmut von neuem betrachtet hatte, galt ihm sein Gelübde nichts mehr, und er ward ganz durch sie betört. Und er begann, die Mönche als Boten zu ihr zu senden, einen nach dem andern, um ihre Gunst zu gewinnen. Doch jeder, den er zu ihr schickte, ward von Liebe zu ihr erfüllt und suchte sie zu verführen, während sie sich entschuldigte und sich ihnen versagte. Und immer wieder schickte er einen Mönch nach dem andern zu ihr, bis er alle vierzig abgesandt hatte; ein jeder von ihnen wurde, sobald er sie sah, von Leidenschaft zu ihr ergriffen, und dann suchte er sie mit vielen Schmeichelworten zu verführen, ohne daß er den Namen Dânis erwähnte. Sie aber versagte sich ihnen und gab ihnen die härtesten Antworten. Als nun Dânis keine Geduld mehr hatte und von heftiger Leidenschaft bedrängt ward, sprach er zu sich: ‚Das Sprichwort besagt: Nur mein eigener Nagel kratzt meine Haut, und nur mein eigener Fuß trägt mich ans Ziel.' Und alsbald erhob er sich und rüstete prächtige Speisen; die trug er hin und setzte sie ihr vor. Nun war dies der neunte von den zehn Tagen, die sie mit ihm als Ruhezeit bei ihm verabredet hatte. Und als er die Speisen vor sie hinsetzte, sprach er: ‚Geruhe zu essen, im Namen Gottes, es ist die beste Speise, die wir haben!' Da streckte sie ihre Hand aus und sagte: ‚Im Namen Allahs, des barmherzigen Erbarmers!' und aß mit ihren Sklavinnen! Als das Mahl beendet war, sprach er zu ihr: ‚Meine Herrin, ich möchte dir einige Verse vortragen.' ‚Sprich!', sagte sie, und er sprach diese Verse:

> Mein Herz bezwangest du mit Blicken und mit Wangen,
> Und deiner Liebe gilt mein Wort und mein Gedicht.
> Willst du den Kranken, der so glühend liebt, verlassen,
> Der mit der Liebe ringt sogar im Traumgesicht?
> O laß mich nicht in Liebesleid danieder liegen!
> Ich ließ die Klosterpflicht, seit Liebeslüfte wehn.
> O Zarte, die in Liebe Blutvergießen billigt,
> Erbarm dich meiner Not, erhöre doch mein Flehn!

Als Zain el-Mawâsif sein Lied vernommen hatte, antwortete sie darauf mit diesen beiden Versen:

> Der du die Gunst erstrebst, laß Hoffnung dich nicht täuschen,
> Und wende dein Verlangen von mir ab, o Mann!
> Laß deine Seele nicht, was ihr versagt ist, wünschen;
> An die Begierden schließt sich das Verhängnis an!

Als er nun ihr Lied vernommen hatte, kehrte er in seine Zelle zurück, in trüben Gedanken, und er wußte nicht, was er mit ihr beginnen sollte; und jene Nacht verbrachte er in ärgster Not. Doch wie die Nacht ihren Schleier gesenkt hatte, stand Zain el-Mawâsif auf und sprach zu ihren Sklavinnen: ‚Auf, laßt uns forteilen; denn wir vermögen nichts gegen vierzig Mönchsgesellen, von denen ein jeder mich verführen will!' ‚Herzlich gern!' erwiderten ihr die Mägde. Dann stiegen sie auf ihre Reittiere und ritten zum Klostertor hinaus. – –«

Da bemerkte Schehrezâd, daß der Morgen begann, und sie hielt in der verstatteten Rede an. Doch als die *Achthundertundzweiundsechzigste Nacht* anbrach, fuhr sie also fort: »Es ist mir berichtet worden, o glücklicher König, daß Zain el-Mawâsif, nachdem sie mit ihren Sklavinnen bei Nacht aus dem Kloster geritten war, ihres Weges dahinzog. Da begegneten sie einer reisigen Karawane und schlossen sich ihr an. Jene Karawane aber war aus der Stadt Aden, in der Zain el-Mawâsif geweilt hatte; und da hörte sie denn, wie die Karawanenleute sich über Zain el-Mawâsif unterhielten und auch erzählten, daß die Kadis und die Zeugen aus Liebe zu ihr gestorben waren, daß die Leute der Stadt sich andere Richter und Zeugen erwählt und den Gatten von Zain el-Mawâsif aus dem Gefängnis befreit hatten. Als sie diese Rede vernommen hatte, wandte sie sich zu ihren Sklavinnen und fragte Hubûb: ‚Hörst du nicht, was die da reden?' Die antwortete ihr: ‚Wenn sogar die Mönche, deren Satzung besagt, daß die Enthaltung von den Frauen ein frommes Werk ist, von der Liebe zu dir betört wurden, wie sollte es da den Kadis anders ergehen, deren Satzung besagt, daß es im Islam keine Möncherei gibt? Aber laß uns in unsere Heimat eilen, solange es noch verborgen ist, wer wir sind!' So zogen sie denn in aller Eile weiter dahin.

Wenden wir uns nun von Zain el-Mawâsif und ihren Frauen, wieder zu den Mönchen zurück! Als die am nächsten Morgen Zain el-Mawâsif aufsuchen wollten, um sie zu begrüßen, fanden sie die Stätte leer, und Krankheit erfüllte ihre Herzen. Und der erste Mönch zerriß sich das Gewand und sprach diese Verse:

Ihr meine lieben Freunde, kommt herbei, ich scheide
Gar bald von euch und muß dann in der Ferne sein.
Denn ach, in meinem Innern wüten heiße Schmerzen,
Ein tödlich Liebesseufzen schnürt das Herz mir ein
Um einer Schönen willen, die uns hier besuchte
Und die dem vollen Mond am Himmelszelte gleicht.
Sie ging und ließ mich hier, ein Opfer ihrer Schönheit,
Vom Pfeile, der des Lebens Odem trifft, erreicht.

Darauf sprach ein zweiter Mönch diese Verse:

Die du mit meinem Herzen fortzogst, hab Erbarmen
Mit deinem Opfer, bring zurück, was ich verlor! –
Sie führte meinen Frieden mit sich in die Ferne;
Sie ging, die süße Stimme klingt mir noch im Ohr.
Ja, fern ist sie, und fern ist ihre Wallfahrtsstätte[1];
Ach, blühte mir im Traum des Wiedersehens Glück!
Sie raubte mir das Herz, als sie von dannen eilte,
Und ließ mich ganz in meiner Tränen Flut zurück.

Und ein dritter Mönch sprach diese Verse:

Du thronst in meinem Herzen, meinen Augen, Ohren;
Mein Herz ist deine Statt, du bist mein ganzes Sein.
Dem Munde ist dein Name süßer noch als Honig;
Wie in den Leib die Seele dringt er in mich ein.
Du ließest mich gleich einem Spane hager werden,
In Liebestränenfluten hast du mich ertränkt.
Laß mich im Traum dich wiedersehn! Vielleicht wird dennoch
Den Wangen Ruhe von der Tränen Schmerz geschenkt.

Darauf sprach ein vierter Mönch diese Verse:

Die Zunge ist verstummt; ich kann von dir nicht reden.
Von deiner Liebe kommt mir Schmerz und bittres Leid.
O voller Mond, der du am Himmel droben thronest,
Durch dich bin ich der Qual und Liebespein geweiht.

1. Das heißt: die Stätte, an der zu ihr wie zu einer Heiligen gewallfahrtet wird.

Ein fünfter Mönch wiederum sprach diese Verse:

> Ich liebe einen Mond, die Maid von zartem Wuchse;
> Ihr schlanker Leib bringt allen Menschen Liebespein.
> Der Tau der Lippen gleicht dem Most und edlem Weine,
> Die Hüften lasten schwer – sie muß ein Engel sein!
> In meinem Herzen brennen Feuer heißen Sehnens;
> Und während Menschen reden, naht der Liebestod.
> Auf meine Wange rinnen Tränen gleichwie Regen;
> Die Tränen glänzen dort wie Karneol so rot.

Dann sprach ein sechster Mönch diese Verse:

> Die du in großer Härte mich durch Liebe tötest,
> O Weidenzweig, ob dem ein helles Sternbild stand,
> Ich klage dir mein Leid und meine heißen Schmerzen,
> Du hast mich durch der Rosenwangen Glut verbrannt.
> Wer hat aus Lieb zu dir dem Glauben abgeschworen,
> Wie ich, und hat Gebet und Andacht ganz verloren?

Und ein siebenter sprach noch diese Verse:

> Ach, sie nahm mein Herz gefangen, als des Auges Träne rann,
> Und sie hat das Leid erneuert, daß ich's nicht mehr tragen kann.
> O, wie bitter ist die Härte, die sich süßen Reizen eint
> Und den Pfeil ins Herze sendet jedem, dem sie nur erscheint!
> Tadler, lasse deinen Tadel! An Vergangnes rühre nicht!
> Niemand wird dir Glauben schenken, wenn dein Mund von Liebe spricht.

Die anderen Mönche und Einsiedler weinten und sprachen Verse ebenso wie jene. Ihr Abt Dânis aber begann noch lauter zu klagen und zu weinen, da er keinen Weg sah, sich mit ihr zu vereinen. Und dann sang er diese Verse:

> Geduld versagte mir, als die Geliebte fortzog,
> Als sie von mir sich trennte, sie, mein Wunsch, mein Glück.
> O du, der Sänften Führer, treib die Tiere gütig;
> Vielleicht kehrt sie noch einst zu meinem Haus zurück.
> Die Augen mied der Schlaf am Tage ihres Abschieds,
> Und neuer Schmerz hat alle Freude hingerafft.

Was ich durch Liebe leide, klag ich meinem Gotte;
Mein Leib ist mir verzehrt – sie raubte mir die Kraft.

Und da sie nun alle Hoffnung auf sie verloren gaben, kamen sie überein, in ihrem Kloster ein Bildnis von ihr zu schaffen. Und darin vereinigten sich alle, bis Der zu ihnen kam, der die Freuden schweigen heißt. So erging es jenen Mönchen, den Klosterbrüdern.

Sehen wir nun, was mit Zain el-Mawâsif geschah! Sie zog ihres Weges weiter dahin, um ihren Geliebten Masrûr zu suchen, und machte nicht eher halt, als bis sie zu ihrer Wohnstätte gelangte. Dort öffnete sie die Türen und trat ins Haus ein; dann sandte sie zu ihrer Schwester Nasîm. Und wie ihre Schwester diese Botschaft hörte, ward sie von hoher Freude erfüllt und brachte ihr das Hausgerät und die kostbaren Stoffe. Dann richtete sie ihr das Haus ein, kleidete sie in ihre Gewänder und ließ die Vorhänge über die Türen hinab. Auch räucherte sie mit Aloeholz und Nadd, Ambra und Moschus von feinster Art, bis das Haus von jenem Duft ganz erfüllt war, so herrlich wie nur möglich. Und nachdem Zain el-Mawâsif ihre prächtigsten Gewänder angelegt hatte, schmückte sie sich aufs schönste. All das geschah, während Masrûr noch nicht wußte, daß sie gekommen war; ihn drückte die Sorge schwer, und seine Trauer kannte keine Grenzen mehr. – –«

Da bemerkte Schehrezâd, daß der Morgen begann, und sie hielt in der verstatteten Rede an. Doch als die *Achthundertunddreiundsechzigste Nacht* anbrach, fuhr sie also fort: »Es ist mir berichtet worden, o glücklicher König, daß damals, als Zain el-Mawâsif ihr Haus betreten hatte, ihre Schwester zu ihr kam mit dem Hausgerät und den Stoffen und ihr das Haus einrichtete und sie in die prächtigsten Gewänder kleidete; all das geschah, während Masrûr noch nicht wußte, daß sie gekommen war; ihn drückte die Sorge schwer, und seine Trauer kannte keine Grenzen mehr. Inzwischen setzte Zain el-Mawâsif sich nieder und plauderte mit ihren Dienerinnen, die zurückgeblieben waren, als sie abreisen mußte; denen erzählte sie alles, was sie erlebt hatte, von Anfang bis zu Ende. Dann wandte sie sich zu Hubûb, gab ihr einige Dirhems und hieß sie fortgehen, um Speisen für sie und ihre Dienerinnen zu holen; die ging hin und brachte das Verlangte, Speise und Trank. Und nachdem sie sich an Essen und Trinken gesättigt hatten, befahl sie Hubûb, zu Masrûr zu gehen, zu erkunden, wo er wäre, und zu schauen, wie es wohl um ihn stände.

Masrûr aber konnte keine Ruhe mehr finden, und alle Geduld begann ihm zu schwinden. Wenn er nun erfüllt war von der sehnenden Liebe Kraft und von der heftigsten Leidenschaft, so suchte er Trost in Versen, die der Schmerz ihm weckte, und darin, daß er zu dem Hause ging und die Mauern mit Küssen bedeckte. Und so begab es sich, daß er wieder zu der Stätte schritt, an der sie einst voneinander gingen, und dort ließ er dies wundersame Lied erklingen:

> Ich barg, was ich erlitt, doch kam es an den Tag;
> Des Auges Schlummer wich, so daß es schlaflos lag.
> Ich rief, da mir der Gram das Herze fast zerbricht:
> Geschick, mit deinem ew'gen Wechsel quäl mich nicht!
> O sehet, wie mein Geist in Qual und Fahrnis schwebt!
>
> Wenn nur der Liebe Herr gerecht mit mir verfährt,
> So wäre meinem Aug der Schlummer nicht verwehrt.
> O Herrin, sei ihm hold, den Sehnsucht krank gemacht,
> Sei mild dem Volkesherrn, den Lieb in Not gebracht,
> Ihm, der so reich einst war und jetzt in Armut lebt!
>
> Die Tadler quälten mich, ich folgte ihnen nicht;
> Ich machte taub mein Ohr und starr ihr Angesicht.
> Den Bund mit der Geliebten hüt ich immerdar.

Sie sagten: Eine Ferne liebst du. Mein Spruch war:
Laßt ab, der Blick wird blind, wenn Schicksal Unheil webt.

Dann kehrte er in sein Haus zurück und setzte sich weinend nieder; doch schließlich übermannte ihn der Schlaf, und da sah er im Traum, wie Zain el-Mawâsif in ihr Haus kam. Er wachte auf, mit Tränen im Auge, und er machte sich auf den Weg zum Hause von Zain el-Mawâsif, indem er diese Verse sprach:

Kann ich sie denn je vergessen, die durch Liebe mich bezwang,
Seit ein Feuer in mein Herze, heißer als von Kohlen, drang?
Ja, ich liebe sie, um deren Fernsein ich vor Allah klag,
Um der Liebesnächte Schwinden und der Zeiten Schicksalsschlag.
Wann, du meines Herzens höchste Sehnsucht, kehrst du einst zurück,
Daß mich, o du Mondengleiche, noch erfreut der Nähe Glück?

Wie er den letzten dieser Verse sprach, ging er schon in der Straße von Zain el-Mawâsif, und als er dort die Weihrauchdüfte roch, begann Erregung sein Inneres zu bedrängen, und sein Herz drohte ihm die Brust zu sprengen; seine Sehnsucht ward entfacht, und seine Leidenschaft wuchs mit Macht. Da erschien plötzlich Hubûb, die sich aufgemacht hatte, um ihren Auftrag zu erfüllen, und er sah sie, wie sie ihm von dem anderen Ende der Straße entgegenkam. Ihr Anblick erfüllte ihn mit überquellender Freude. Und als Hubûb seiner gewahr wurde, eilte sie auf ihn zu, begrüßte ihn und brachte ihm die frohe Botschaft von der Heimkehr ihrer Herrin Zain el-Mawâsif, und sie fügte hinzu: ‚Wisse, sie hat mich ausgesandt, um dich zu suchen.' Ach, da freute er sich so sehr, und sein Glück kannte keine Grenzen mehr. Dann führte Hubûb ihn hinein und kehrte mit ihm zu ihrer Herrin zurück. Kaum hatte die ihn erblickt, so eilte sie von ihrem Ruhelager herab und küßte ihn; und er küßte sie, und sie umarmte ihn, und er umarmte sie. Und sie küßten und umarmten einander so lange,

621

bis sie beide im Übermaß der Liebe und des Trennungsschmerzes auf lange Zeit in Ohnmacht sanken. Als sie dann
aus ihrer Bewußtlosigkeit erwachten, befahl sie ihrer Sklavin
Hubûb, einen Krug voll Zuckerscherbett und einen Krug voll
Limonenscherbett zu bringen. Nachdem die Magd alles Verlangte gebracht hatte, aßen und tranken sie miteinander und
saßen beisammen, bis die Nacht anbrach, indem sie sich alles
erzählten, was ihnen widerfahren war, von Anfang bis zu
Ende. So berichtete sie ihm denn auch, daß sie Muslimin geworden war; darüber freute er sich, und auch er nahm den
Islam an; das gleiche taten ihre Dienerinnen, und so bekehrten
sich alle zu Allah dem Erhabenen. Als es aber Morgen ward,
ließ sie den Kadi und die Zeugen rufen und tat ihnen kund,
daß sie Witwe sei und daß die gesetzliche Wartefrist verstrichen sei; und nun wünsche sie sich mit Masrûr zu vermählen.
Jene schrieben den Ehevertrag zwischen ihr und ihm nieder,
und nun lebten die beiden in aller Freude.

Wenden wir uns nun von Zain el-Mawâsif und Masrûr zu
ihrem Gatten, dem Juden! Als das Volk der Stadt ihn aus dem
Gefängnisse befreit hatte, brach er von dort auf und begab sich
heimwärts. Immer weiter zog er dahin, bis zwischen ihm und
der Stadt, in der Zain el-Mawâsif weilte, nur noch ein Weg
von drei Tagen lag. Als Zain el-Mawâsif davon Kunde erhielt,
rief sie ihre Sklavin Hubûb und sprach zu ihr: ‚Geh zum Friedhof der Juden, grab dort ein Grab, lege Basilienkräuter darüber und sprenge Wasser ringsherum. Wenn der Jude kommt
und nach mir fragt, so sage ihm: ‚Meine Herrin ist in ihrem
Gram um dich gestorben; jetzt sind zwanzig Tage seit ihrem
Tode verstrichen.‘ Spricht er zu dir: ‚Zeige mir ihr Grab!‘ so
führe ihn zu der Grube und bring es zuwege, daß du ihn dort
lebendig begräbst.‘ ‚Ich höre und gehorche!‘ erwiderte sie.
622

Dann räumten sie den Hausrat zusammen und brachten ihn in eine Vorratskammer; sie selbst aber begab sich zum Hause Masrûrs, und dort blieben die beiden zusammen bei Essen und Trinken, immerfort, bis die drei Tage vergangen waren.

Während jene sich so vergnügten, kam der Jude an und pochte an die Tür. Hubûb rief: ‚Wer ist an der Tür?' Und er gab zur Antwort: ‚Dein Herr.' Da öffnete sie ihm die Tür, und er sah, wie ihr die Tränen über die Wangen rannen. Er fragte alsbald: ‚Warum weinst du? Und wo ist deine Herrin?' ‚Meine Herrin ist aus Gram um dich gestorben', erwiderte sie; und als er diese Worte von ihr vernahm, ward er ganz verwirrt und weinte bitterlich. Dann fragte er: ‚O Hubûb, wo ist ihr Grab?' Da führte sie ihn zum Friedhof und zeigte ihm das Grab, das sie gegraben hatte; er aber vergoß wiederum bittere Tränen und sprach diese Verse:

> *Wenn mein Aug um zweier Dinge willen blut'ge Tränen weint,*
> *Bis es gar von seinem Schwinden Kunde uns zu geben scheint,*
> *Wird den beiden ihres Rechtes nicht der zehnte Teil gebracht;*
> *Das ist Scheiden der Geliebten und der Jugendblüte Pracht.*[1]

Dann weinte er von neuem bitterlich und sprach diese Verse:

> *O wehe, wehe! Schmerz! Ich kann es nicht ertragen!*
> *Seit mir mein Lieb genommen, quäl ich mich zu Tod.*
> *Es ist um mich geschehen, seit mein Lieb entschwunden.*
> *Mein Herz zerreißt ob dem, was meine Hand gebot.*
> *Hätt ich doch mein Geheimnis allezeit verborgen,*
> *Die Sehnsucht nicht verkündet, die mein Herz durchloht!*
> *Einst lebte ich ein schönes und zufriednes Leben;*
> *Doch seit sie fern, leb ich in Elend und in Not.*
> *Hubûb, du brachtest mir das Leid durch deine Botschaft;*
> *Denn sie, die in der Welt mir Zuflucht war, ist tot.*
> *Zain el-Mawâsif, wär die Trennung nie gewesen!*
> *Sie ist es, die mir Leib und Geist zu trennen droht.*

1. Vgl. oben Seite 447.

Ach, ich bereu, daß ich nicht treu dem Bunde blieb,
Und tadle, was ich selbst in Pflichtversäumnis trieb.

Als er seine Verse beendet hatte, begann er zu weinen und Stöhnen und Klagen zu vereinen; dann sank er ohnmächtig nieder. Wie er aber in seiner Ohnmacht dalag, eilte Hubûb herbei, schleppte ihn zum Grabe und legte ihn hinein, während er noch am Leben, aber ohne Besinnung war. Dann schloß sie das Grab über ihm, kehrte zu ihrer Herrin zurück und berichtete ihr, was geschehen war. Die freute sich darüber gar sehr und sprach diese beiden Verse:

Das Schicksal schwor, es wolle immer mich betrüben;
Gebrochen ward dein Schwur, so schaffe Sühnung, Zeit!
Der Tadler starb; doch mein Geliebter ist mir nahe;
Auf denn, zum Freudenrufer! Gürte dir dein Kleid!

Und hinfort blieben sie beieinander, und sie aßen und tranken, scherzten und spielten in frohen Gedanken, bis Der zu ihnen kam, der die Freuden schweigen heißt und die Freundesbande zerreißt und Söhne und Töchter ins Reich der Toten verweist.

Ferner wird erzählt:

DIE GESCHICHTE VON NÛR ED-DÎN
UND MARJAM DER GÜRTLERIN

Einst lebte in alten Zeiten und längst entschwundenen Vergangenheiten ein Kaufherr in Ägyptenland; der war Tâdsch ed-Dîn geheißen, und er gehörte zu den vornehmen Männern vom Handel, den edlen Leuten von unsträflichem Wandel. Doch zum Wandern in allen Gegenden hatte er einen lebhaften Hang, durch Wüsten und Steppen führte ihn sein Reisedrang, durch Niederungen und über steinige Höhen und zu den Inseln in den Meeren, um die Dirhems und Dinare zu vermehren. Er hatte Sklaven und Mamluken, Diener und Mägdescharen, und seit langem trotzte er den Gefahren, ja, durch das, was er durchmachte auf seinen Reisen, würden kleine Kinder zu Greisen. Er war der reichste Kaufmann seiner Zeit und besaß die schönste Beredsamkeit. An Rossen und Maultieren war er reich, an Kamelen und Dromedaren zugleich; Säcke, groß und klein, Waren und Güter nannte er sein, dazu Stoffe, unvergleichlich fein: da waren Musseline, in Hims gemacht, und feine Gewänder, aus Baalbek gebracht, Brokate und Kleider, aus Merw gesandt, und Stoffe aus dem Inderland, Knöpfe, in Baghdad hergestellt, und Burnusse aus der maurischen Welt, türkische Mamluken, abessinische Eunuchen, Sklavinnen aus Griechenlands Gauen und Diener aus Ägyptens Auen. Die Hüllen seiner Ballen aber waren aus Seide, denn sein Reichtum ging so weit; auch war er von großer Stattlichkeit, würdevoll schritt er dahin, und Güte erfüllte seinen Sinn, und so sang zu seinem Preise einer von ihm in dieser Weise:

> *Ich schaute die, so einen Kaufmann liebten;*
> *Sie kämpften miteinander heiß und schwer.*
> *Er sprach: ,Warum ist dort das Volk in Aufruhr?'*
> *Ich sprach: ,Um deiner Augen willen, Herr!'*

Und ein anderer, dessen Schilderung vortrefflich war, brachte ihm in diesen Worten seine Huldigung dar:

> *Ein Kaufmann kam zu uns in seiner Freundschaft;*
> *Sein Blick verstörte mir das Herze schwer.*
> *Er fragte mich: ,Warum so in Verstörung?'*
> *Ich sprach: ,Um deiner Augen willen, Herr!'*

Jener Kaufmann hatte einen Sohn Namens 'Alî Nûr ed-Dîn; der war wie der volle Mond, wenn er in der vierzehnten Nacht am Himmel thront, herrlich an Schönheit und Lieblichkeit, zierlich an Wuchs und Ebenmäßigkeit. Nun saß jener Jüngling eines Tages im Laden seines Vaters, wie es seine Gewohnheit war, um seinem Handelsberufe zu leben, zu nehmen und zu geben. Da umringten ihn die Söhne der Kaufleute, und er war unter ihnen gleichwie der Mond unter den Sternen, mit einer Stirn, so hell und klar, einem rosigen Wangenpaar, bedeckt von Flaum, so zart und fein, mit einem Leibe wie von Marmorstein, wie der Dichter von ihm sagt:

> Ein Schöner sprach: ‚Beschreibe mich!
> Du bist ja der Beschreiber Zier.‘[1]
> Ich sprach darauf mit kurzem Wort:
> ‚Ach, alles ist so schön an dir.‘

Und wie ein anderer ihn mit diesen Worten beschrieb:

> Das Mal auf seiner Wange gleicht dem Körnchen
> Von Ambra, das auf Marmorgrund erscheint.
> Und seine schwertergleichen Blicke rufen
> Den Schlachtruf wider jeden Liebesfeind.

Da luden die Söhne der Kaufleute ihn ein mit den Worten: ‚Lieber Herr Nûr ed-Dîn, wir möchten uns heute mit dir in demunddem Garten vergnügen.‘ Er gab ihnen zur Antwort: ‚Darüber muß ich erst meinen Vater befragen; denn ich kann nicht ohne seine Erlaubnis fortgehen.‘ Während sie so miteinander sprachen, da kam gerade sein Vater Tâdsch ed-Dîn; der Sohn schaute ihn an und sprach: ‚Vater, die Söhne der Kaufleute haben mich eingeladen, ich möchte mich mit ihnen in demunddem Garten ergehen; gibst du mir die Erlaubnis dazu?‘ ‚Ja, mein Sohn‘, erwiderte jener; und dann gab er ihm etwas Geld, indem er hinzufügte: ‚So geh denn mit ihnen!‘ Da bestiegen die Söhne der Kaufleute Esel und Maultiere, und auch Nûr ed-Dîn stieg auf eine Mauleselin und ritt mit ihnen zu einem Garten, in dem alles war, was die Seele begehrt und das Auge erfreut. Er hatte Mauern, die sich in die Höhe reckten,

1. Diese Zeile nach der besseren Lesart der Kairoer Ausgabe.

fest gebaut, daß sie sich in die Lüfte erstreckten; darinnen war ein gewölbtes Portal, gleich Arkaden in einem Saal, mit einer Tür so blau wie die Türen der Paradiesesau; der Torwächter war Ridwân[1] genannt, und darüber waren hundert Gitter mit Trauben von allen Farben gespannt: die roten trugen der Korallen Schein, die schwarzen schienen Nüstern von Negern, die weißen aber Taubeneier zu sein. Und darinnen waren Pfirsiche und Granatäpfel, Birnen, Aprikosen und Äpfel; und alle diese verschiedenen Bäume standen in Reihn oder auch allein. – –«

Da bemerkte Schehrezâd, daß der Morgen begann, und sie hielt in der verstatteten Rede an. Doch als die *Achthundertundvierundsechzigste Nacht* anbrach, fuhr sie also fort: »Es ist mir berichtet worden, o glücklicher König, daß die Söhne der Kaufleute, als sie den Garten betreten hatten, alles, was Lippe und Zunge begehren, darinnen gewahrten und Trauben fanden von verschiedensten Arten, dazu Fruchtbäume in Reihn oder auch allein. Von ihnen singt der Dichter:

> *Dort wachsen Trauben, die da schmecken gleich dem Wein;*
> *Die schwarze Farbe könnte die des Raben sein.*
> *Und zwischen Rebenblättern leuchten sie versteckt*
> *Wie Frauenfinger, von der Henna Glanz bedeckt.*

Oder auch, wie ein andrer Dichter sagt:

> *Dort wachsen Trauben, die an Stengeln hängen:*
> *Die scheinen wie mein hagrer Leib zu sein.*
> *Sie gleichen Honigwasser in der Schale;*
> *Aus grünen Früchten wird ein edler Wein.*

Dann begaben sie sich zu der Laube des Gartens; und dort schauten sie Ridwân, den Torwächter des Gartens, wie er in jener Laube saß, als wäre er der Engel, Ridwân genannt, der

1. Vgl. Band II, Seite 95, Anmerkung.

die Gärten hütet im himmlischen Land. Über der Tür zu der Laube sahen sie diese beiden Verse geschrieben:

> *Den Garten tränkte Gott, darinnen Trauben hängen*
> *An schwanken Reben, von des Saftes Fülle schwer.*
> *Und wenn die Zweige dort im Hauch des Zephirs tanzen,*
> *So wirft der Regenstern[1] darauf ein Perlenmeer.*

Und ferner sahen sie, wie in der Laube drinnen diese beiden Verse geschrieben standen:

> *Wohlan, tritt mit uns ein, o Freund, in einen Garten,*
> *Der dir das Herze frei vom Rost des Kummers macht!*
> *Dort stolpert gar der Zephir über seine Säume,*
> *Indes der Blumen Schar sich in den Ärmel lacht.[2]*

Und in jenem Garten waren Fruchtbäume von mancherlei Arten, um die sich vielerlei Vögel von allen Farben scharten; da waren Ringeltauben, Nachtigallen, Brachvögel, Turteltauben und die anderen Tauben all, und von den Zweigen herab erklang ihrer Stimmen Schall. In seinen Bächen rann das Wasser klar, und darinnen spiegelte sich wunderbar der Blumen und der Früchte Bild, das den Beschauer mit Lust erfüllt, wie es der Dichter in diesen beiden Versen ausgedrückt hat:

> *Es weht ein Zephir dort um Zweige, und sie gleichen*
> *Den Mädchen, die in ihren schönen Kleidern schwanken.*
> *Des Gartens Bäche blitzen wie gezückte Schwerter,*
> *Der Scheid' entrissen von der Ritter Hand, die blanken.*

Oder wie ein andrer Dichter von ihm singt:

> *Das Bächlein fließet an den Zweigen hin und spiegelt*
> *Ihr lieblich Bild in seinem Herzen immerfort;*
> *Allein der Zephir merkt es, und er eilt zu ihnen*
> *In seiner Eifersucht und zieht sie von ihm fort.*

1. Das heißt: das Gestirn, bei dessen Aufgang die Regenzeit beginnt. –
2. Diese Bilder muten uns etwas sonderbar an.

Und auf den Bäumen jenes Gartens befanden sich Früchte jeglicher Art in Paaren, unter ihnen auch Granatäpfel, die gleich Bällen aus Silberschlacke waren, wie der Dichter so schön von ihnen sagt:

> Granaten dort, mit zarter Haut, sie gleichen
> Den festen Brüsten einer jungen Maid.
> Lös ich die Haut, so zeigen sich Rubinen;
> Ich schau sie an in Traumverlorenheit.

Und ein andrer Dichter singt von ihnen:

> Wer in ihr Innres blickt, dem zeigt die Frucht, die runde,
> Rubinen, in den Falten zarten Tuchs versteckt.
> Doch ich vergleiche die Granate, die ich anschau,
> Der Mädchenbrust, der Kuppel, die der Marmor deckt.
> Sie bringt dem kranken Manne Heilung und Genesung;
> Auch der Prophet, der reine, hat sie einst genannt.
> Und schöne Worte spricht von ihr der Hocherhabne
> In dem geschriebnen Buch, das Er herabgesandt.[1]

In dem Garten waren auch Zuckeräpfel und Muskatäpfel[2], die den Beschauer entzückten, wie der Dichter von ihnen sagt:

> Im Apfel sind der Farben zwei, gleichwie die Wangen
> Des Freundes und der Freundin, wenn sie eng vereint.
> Zwei wunderbare Gegensätze dort am Aste,
> Von denen einer hell, der andre dunkel scheint!
> Ein Späher sah den Kuß, sie schraken auf sogleich,
> Die eine rot vor Scham, der andre liebesbleich.

Ferner waren in dem Garten Mandelaprikosen und Kampferaprikosen und solche aus Gilân[3] und aus 'Antâb[4], von denen der Dichter spricht:

> Die Mandelaprikose gleicht dem Liebestor,
> Der bei der Freundin Nahen den Verstand verlor.

1. Koran, Sure 6, Vers 99 und 142; Sure 55, Vers 68. – 2. Die Calcuttaer Ausgabe nennt noch Damani-Äpfel; in der Kairoer Ausgabe fehlt dies Wort. – 3. In Nordwestpersien. – 4. In Nordsyrien.

> *Der Frucht ward er in seinem Wahne gleich,*
> *Sein Herz[1] zerbrach, sein Antlitz wurde bleich.*

Und ein anderer sagt auch vortrefflich:

> *Schau auf die Aprikose in der Blütezeit –*
> *Ein Garten, der dem Auge froh entgegenlacht!*
> *Wie Sterne sind die Blüten, wenn sie aufgewacht –*
> *Den Zweig bedeckt der Blüten und der Blätter Kleid.*

Auch Pflaumen waren in dem Garten vorhanden, dazu Kornelkirschen und Weintrauben, die den Kranken von allen Leiden heilen und bewirken, daß Schwindel und Gelbsucht aus dem Kopfe enteilen. Und Feigen waren auf ihren Zweigen, rot und grün, deren Anblick Sinn und Auge hoch erfreut, wie ihnen auch der Dichter die Worte weiht:

> *Die Feigen gleichen, wenn das Weiße mit dem Grünen*
> *Sich zwischen Blättern auf den Bäumen eng gesellt,*
> *Den Griechensöhnen auf den hohen Burgen,*
> *Die dort in dunkler Nacht die Pflicht der Wache hält.*

Schön sagt auch ein andrer:

> *Willkommen, Feigen, die uns nahen*
> *Auf einem Teller aufgereiht,*
> *Gleich einem reich gedeckten Tische,*
> *Dem doch kein Ring ein Band verleiht.*

Und ebenso schön sagt ein dritter:

> *Gib mir die süßen Feigen im Gewand der Anmut;*
> *Ihr äußrer Anblick gleicht der innren Wesenheit.*
> *Wenn du sie kostest, werden sie dir bringen*
> *Zugleich Kamillenduft und Zuckersüßigkeit;*
> *Wenn du sie auf die Teller schüttest, wird ein Bild*
> *Von grünen Seidenbällen deinem Blick enthüllt.*

1. Für Herz und Kern wird im Arabischen das gleiche Wort gebraucht; der Aprikosenkern wird gespalten, und das Innere wird gegessen.

Und wie herrlich sind die Verse eines anderen:

> *Sie fragten, als ich nur die Feigen essen wollte*
> *Und keine andre Frucht, auf die sie immer schworen:*
> *‚Warum denn liebst du Feigen?‘ Und ich sprach: ‚Der eine*
> *Hat Feigen gern, der andre liebt die Sykomoren.‘*

Doch noch herrlicher sind die Verse eines anderen:

> *Von allen andern Früchten liebe ich die Feige,*
> *Wenn sie am schönen Zweig mir reif entgegenlacht.*
> *Da gleicht sie, wenn die Wolken regnen, einem Beter,*
> *Der heiße Tränen weint in Furcht vor Gottes Macht.*

Und in jenem Garten waren Birnen aus Tûr[1] und aus Aleppo und aus Griechenland, alle von mancherlei Art, gepaart und auch nicht gepaart. – –«

Da bemerkte Schehrezâd, daß der Morgen begann, und sie hielt in der verstatteten Rede an. Doch als die *Achthundertund-fünfundsechzigste Nacht* anbrach, fuhr sie also fort: »Es ist mir berichtet worden, o glücklicher König, daß die Söhne der Kaufleute, als sie sich in jenen Garten begaben, dort all die Früchte sahen, die wir genannt haben; so fanden sie dort auch Birnen aus Tûr und aus Aleppo und aus Griechenland, alle von mancherlei Art, gepaart und auch nicht gepaart, gelbe und grüne, ein Anblick, der den Beschauer zum Staunen bringt, so wie der Dichter von ihnen singt:

> *Dir munde gut die Birne, deren helle Farbe*
> *So gelb ist wie der Mann, den Liebe hart bedrängt.*
> *Sie gleicht der jungen Maid, die in der Kammer weilet,*
> *Von deren Antlitz sich der Schleier niedersenkt.*

Es waren auch Sultanspfirsiche dort von allerlei verschiedenen Farben, gelbe und rote, von denen der Dichter sagt:

1. Wahrscheinlich ist Tûr auf der Sinaihalbinsel am Meerbusen von Suez gemeint.

In seinem Garten ist der Pfirsich,
Wenn er so rot wie Drachenblut,
Der Kugel gleich von rotem Golde,
Darauf des Blutes Farbe ruht.

Und weiter waren dort grüne Mandeln von herrlicher Süße,
die dem Palmenmark glichen, und ihr Kern war geborgen in
dreifachem Gewand, gewirkt von des allgütigen Königs Hand,
wie es von ihnen heißt:

Auf frischem Leibe ruht ein dreierlei Gewand,
In mancherlei Gestalt gewirkt von Gottes Hand.
Es zeigt ihm Tag und Nacht der Härte Grausamkeit;
Und doch tat der Gefangne keinem je ein Leid.

Und trefflich sagt ein andrer:

O siehst du nicht die Mandeln, die ein Pflücker
Von ihren Zweigen nahm mit seiner Hand?
In ihren Schalen leuchten uns die Kerne
Den Perlen gleich, die man in Muscheln fand.

Doch noch trefflicher sang ein dritter:

Die grünen Mandeln, o, wie schön!
Die Hand umspannt die kleinste kaum.
Ach, ihre feinen Härchen sind
Wie zarten Jünglings Wangenflaum.
Und ihre Kerne drinnen sind
Gedoppelt bald, und bald allein.
Den hellen Perlen gleichen sie,
Geborgen im Smaragdenschrein.

Und ebenso trefflich sagt ein vierter:

Mein Aug sah niemals, was den Mandeln gliche
An Lieblichkeit in ihrer Blütezeit.
Die Häupter sind bedeckt von grauem Haare,
Wenn sie gereift in zarten Flaumes Kleid.

Dann waren auch Lotusfrüchte im Garten dort von verschiedener Art, gepaart und auch nicht gepaart, von denen ein Dichter sagt, der sie schildert:

> *Die Lotusfrüchte schau dort aufgereiht an Ästchen!*
> *Wie schöne Aprikosen[1] glänzen sie am Rohr;*
> *Und den Beschauern leuchten ihre gelben Früchte*
> *Wie goldgeformte Glöckchen aus dem Busch hervor.*

Schön sagt auch ein andrer:

> *Der Lotusbaum hat jeden Tag*
> *Ein neu Gewand der Lieblichkeit.*
> *Und seine Früchte scheinen dann,*
> *Wenn sich das Auge ihnen weiht,*
> *Wie Glöckchen aus dem reinsten Gold,*
> *An Zweigen hängend aufgereiht.*

Ferner waren dort Orangen von der Farbe des Chalandschholzes[2], für die ein Dichter, in Liebe entbrannt, die Worte fand:

> *Die Rote füllt die Hand, sie glänzt in voller Schöne;*
> *Von außen ist sie Feuer, drinnen ist sie Schnee.*
> *O Wunder, daß der Schnee nicht schmilzt bei solchem Feuer!*
> *O Wunder, daß ich keine Feuerflamme seh!*

Und ein andrer sagte so schön:

> *Dort sind Orangenbäume, ihre Früchte gleichen,*
> *Wenn der Beschauer sie genau betrachtet hat,*
> *Den Wangen einer Frau, die sich zum Schmucke einhüllt*
> *Am Tag des Festes in Gewänder aus Brokat.*

Und ebenso schön sagt ein dritter:

> *Wenn in den Orangenhainen lau der Zephir weht*
> *Und durch alle ihre Zweige leises Zittern geht,*
> *Sind die Früchte gleichwie Wangen in der Anmut Kleid,*
> *Denen andre Wangen nahen zu des Grußes Zeit.*

1. Noch heute vergleichen die Kairiner Straßenverkäufer im Ausruf die Lotusfrüchte mit Aprikosen. – 2. Das ist gelbrot.

Ebenso schön sagte auch ein vierter:

> Da war ein Reh; ich sagte ihm: ,Beschreibe mir
> Den Blumengarten mein und die Orangen hier!'
> Es sprach zu mir: ,Dein Garten gleicht dem Antlitz mein;
> Doch wer Orangen sammelt, sammelt Feuer ein.'

Auch Zitronen wuchsen in jenem Garten, deren Farbe der des Goldes glich; die Bäume standen auf einem erhöhten Ort, und ihre Früchte hingen an den Zweigen dort, als wären sie ein Goldbarrenhort; ihnen hat im Liebesleid ein Dichter diese Verse geweiht:

> Schau auf die Zitronenhaine, wenn die Furcht dir nahet,
> Daß die Zweige mit den Früchten brechen und versagen.
> So der Zephir durch sie hinstreicht, scheint es deinem Auge,
> Daß die Zweige dort nur Barren reinen Goldes tragen.

Dazu gab es auch noch Zedraten in dem Garten, die an ihren Zweigen hingen und deren jede der Brust einer gazellengleichen Jungfrau glich; sie waren so schön, wie man nur zu wünschen wagt, und sie sind es, von denen der Dichter trefflich sagt:

> Du siehest die Zedrate dort am Gartenwege,
> Am frischen Zweige, der sich biegt wie eine Maid.
> Wenn sie der Wind bewegt, so schwingt sie gleich dem Balle
> Aus Gold, dem ein smaragdner Schlegel Schwung verleiht.

So war dort auch noch die süßduftende Limone, die dem Hühnerei gleicht, nur daß die reife Frucht sich mit gelbem Kleide schmückt; und ihr Duft erfrischt den, der sie pflückt. Das hat einer, der sie beschrieb, in diesen Worten ausgedrückt:

> O sieh doch die Limone, wenn ihr Glanz
> Erstrahlt und aller Augen bald entzückt!
> Sie gleicht dem Ei des Huhnes, wenn die Hand
> Es mit der gelben Safranfarbe schmückt.

Ja, in jenem Garten befanden sich alle Früchte und duftenden Pflanzen, grüne Kräuter und Blumen; da waren Jasmin, Hennablüten, Pfefferpflanzen, Ambranarden, Rosen jeglicher Art, Wegerich, Myrten, kurz, duftende Kräuter von allen Arten. Jener Garten war unvergleichlich schön, und er schien dem, der ihn anschaute, ein Stück des Paradieses zu sein. Wenn ein Kranker ihn betrat, verließ er ihn als ein reißender Löwe. Ihn zu beschreiben vermag keine Zunge auf Erden, da er solche Wunder und Seltenheiten enthielt, die sonst nur im Paradiese gefunden werden. Wie sollte es auch anders gewesen sein? Denn sein Türhüter war Ridwân genannt, wiewohl zwischen beider Rang ein großer Unterschied bestand! Nachdem die Söhne der Kaufleute sich im Garten umgeschaut hatten, setzten sie sich nieder; nun hatten sie sich vergnügt und ergötzt und saßen auf einer der Estraden. Nûr ed-Dîn aber hatten sie in der Mitte jener Estrade Platz nehmen lassen. – –«

Da bemerkte Schehrezâd, daß der Morgen begann, und sie hielt in der verstatteten Rede an. Doch als die *Achthundertundsechsundsechzigste Nacht* anbrach, fuhr sie also fort: »Es ist mir berichtet worden, o glücklicher König, daß die Söhne der Kaufleute, als sie sich auf die Estrade setzten, Nûr ed-Dîn dort in der Mitte Platz nehmen ließen, auf einem Stück aus goldgesticktem Leder, wo er sich auf ein rundes Kissen lehnen konnte, das mit Straußendaunen gefüllt und aus Hermelinpelz hergestellt war. Dann reichten sie ihm einen Fächer aus Straußenfedern, auf dem diese beiden Verse geschrieben standen:

> *Ein Fächer, den der Hauch des Zephirs süß durchduftet,*
> *Der Freude schöner Zeiten ins Gedächtnis ruft.*
> *Ins Antlitz eines edlen, hochgemuten Jünglings*
> *Weht er zu allen Stunden seinen süßen Duft.*

Darauf legten jene Jünglinge die Turbane und Obergewänder ab, die sie trugen, und saßen da, indem sie plauderten und sich unterhielten und einer den anderen ins Gespräch zog; ein jeder von ihnen aber schaute nur auf Nûr ed-Dîn und betrachtete seine schöne Gestalt. Nachdem sie eine Weile so in Ruhe dagesessen hatten, kam ein schwarzer Sklave zu ihnen mit einer Speiseplatte auf dem Kopfe, auf der sich Schüsseln aus Porzellan und Kristall befanden; denn einer von den Söhnen der Kaufleute hatte die Seinen zu Hause damit beauftragt, ehe er sich zu dem Garten begeben hatte. Auf jener Platte befand sich von allem, was da kreucht und fleugt und im Wasser schwimmt; da waren Flughühner, Wachteln, junge Tauben, Lammbraten und die feinsten Fische. Als die Platte vor ihnen niedergesetzt war, rückten sie heran und aßen, bis sie gesättigt waren. Und nachdem sie die Mahlzeit beendet hatten, erhoben sie sich vom Tische und wuschen sich die Hände mit reinem Wasser und Moschusseife; darauf trockneten sie ihre Hände in Tüchern, die mit Seide und Fäden aus Gold und Silber gestickt waren. Für Nûr ed-Dîn aber brachten sie ein Tuch, das ganz mit rotem Golde bestickt war, und er trocknete sich die Hände daran ab. Dann wurde der Kaffee gebracht, und ein jeder von ihnen trank, soviel er wollte. Als sie danach wieder plaudernd beisammensaßen, ging plötzlich der Hüter des Gartens fort, und er kehrte mit einem Korb voll Rosen zurück und sprach: ‚Was sagt ihr zu den Blumen, meine Gebieter?‘ Einer von den jungen Kaufleuten antwortete ihm: ‚Die können nichts schaden, besonders die Rosen, die niemand zurückweisen kann.‘ ‚So ist es,‘ fuhr der Gärtner fort, ‚doch es ist Sitte bei uns, die Rosen nur in heiterer Unterhaltung zu verschenken. Wer also Rosen haben möchte, der spreche ein paar Verse, wie sie zur Gelegenheit passen!‘ Nun waren die Söhne der Kaufleute ihrer zehn; und einer von ihnen sprach: ‚Wohlan, gib mir davon, ich will dir ein paar passende Verse vortragen.‘ Da reichte der Gärtner ihm einen Rosenstrauß, und jener nahm ihn, indem er diese Verse sprach:

Die Rose steht bei mir in Ehr;
Denn sie verdrießet nimmermehr.
Der duft'gen Blumen Heeresbann
Befehligt sie als Feldhauptmann.
Sie prahlen prunkend, ist sie fern;
Doch kommt sie, ducken sie sich gern.

Darauf reichte der Gärtner dem zweiten einen Rosenstrauß, und der sprach die folgenden beiden Verse, als er ihn nahm:

Nimm eine Rose, Herr, aus meiner Hand,
Die dir an Moschus die Erinnrung weckt!
Sie gleicht der Maid, die, wenn ihr Freund sie sieht,
Mit ihrem Ärmel ihr Gesicht verdeckt.

Als er dann dem dritten einen Strauß gab, nahm der ihn hin und sprach diese beiden Verse:

Der Anblick einer schönen Rose freut die Herzen,
Der Rose, deren Duft dem Nadd an Süße gleicht.
Der Zweig umschließt sie wonniglich mit seinen Blättern,
Wie wenn die Lippe willig sich zum Kusse reicht.

Darauf gab er dem vierten einen Strauß, und der empfing ihn, indem er diese beiden Verse sprach:

Sieh doch den Rosengarten, wo sich Wunderdinge
Dem Blicke zeigen, an den Zweigen aufgereiht.
Dort sind Rubinen, von Smaragden rings umgeben,
Und denen auch das Gold von seinem Glanze leiht.

Und als der fünfte den Strauß empfing, den der Gärtner ihm reichte, sprach er diese beiden Verse:

Smaragdne Zweige trugen ihre Früchte,
Die gleichwie Barren reinen Goldes scheinen.
Und Tropfen fallen dort von ihren Blättern,
Wie müde Augenlider Tränen weinen.

Dann reichte er dem sechsten einen Strauß, und wie der ihn hinnahm, sprach er diese beiden Verse:

Ach, herrlich ist der Rose Schönheit; sie vereinet
Die trauten Reize all, mit denen Gott sie schmückt.
Sie gleicht der Wange der Geliebten, wenn beim Nahen
Ein sehnsuchtsvoller Freund auf sie ein Goldstück drückt.[1]

Der siebente aber sprach die folgenden Verse, als er den Strauß
in Empfang nahm, den der Gärtner ihm gab:

Ich sprach zur Rose: ‚Warum stechen deine Dornen
Den, der sie anrührt, und verwunden ihn so sehr?‘
Sie sprach: ‚Mein Kriegsheer ist die Schar der duft'gen Blumen;
Ich bin ihr Herrscher, und mein Dorn ist meine Wehr.‘

Dann reichte er dem achten einen Strauß; der nahm ihn und
sprach diese beiden Verse:

Gott schütze die Rosen, die gelblich erglühen,
So frisch und so glänzend wie lauteres Gold!
Er schütze die blühenden, lieblichen Zweige,
Beladen mit gelblichen Sonnen so hold!

Auch der neunte nahm den Strauß entgegen, den der Gärtner
ihm reichte, und sprach diese Verse:

Die Büsche goldner Rosen füllen jede Brust
Von liebeskrankem Volk mit mannigfacher Lust.
O Wunder, daß ein Garten, den ein Wasser tränkt,
So silberklar, uns dennoch goldne Früchte schenkt!

Und zuletzt reichte er dem zehnten einen Strauß; der nahm
ihn hin und sprach diese beiden Verse:

O sieh doch, wie vom Rosenheer die gelben
Und roten Scharen glänzen im Gefild!
Und ich vergleiche sie und ihre Dornen
Smaragdnen Pfeilen in dem goldnen Schild.

1. Den Sängerinnen und Tänzerinnen werden zum Lohn Goldstücke
auf Stirn und Wangen gedrückt, und dort bleiben sie eine Weile in der
Schminke haften.

Als nun jeder seinen Rosenstrauß in der Hand hielt, brachte der Gärtner den Tisch des Weines und setzte eine Porzellanplatte vor sie hin, die mit rotem Gold verziert war, indem er diese beiden Verse sprach:

> *Im Lichtglanz rief der Morgen: ,Gib mir Wein zu trinken,*
> *Der weise Leute töricht macht, den alten Wein!*
> *Ob seiner zarten Klarheit kann ich nicht erkennen:*
> *Ist er's im Glase? Ist's das Glas in seinem Schein?'*

Darauf schenkte der Gärtner ein und trank, und der Becher kreiste, bis er zu Nûr ed-Dîn kam, dem Sohne des Kaufmanns Tâdsch ed-Dîn; doch als der Gärtner ihm den vollen Becher reichte, sprach er: ,Du weißt, daß ich solches nicht kenne! Ich habe noch nie davon getrunken; denn darin liegt eine große Missetat, die der allmächtige Herr in seinem Buche verboten hat.'
Der Gärtner gab ihm zur Antwort: ,Lieber Herr Nûr ed-Dîn, wenn du nur um der Sünde willen ihn nicht trinkst, so bedenke, Allah, der Gepriesene und Erhabene, ist gütig und langmütig, vergebend und voll Barmherzigkeit, der selbst die schwere Sünde verzeiht; und Sein Erbarmen umfaßt alle Dinge. Die Gnade Allahs ruhe auf jenem Dichter, der da sprach:

> *Sei wie du willst, denn Gott ist aller Gnaden Herr;*
> *Begingst du eine Sünde, nimm sie nicht zu schwer!*
> *Allein zwei Dinge gibt's – die meide jederzeit:*
> *Treib nie Vielgötterei, tu Menschen nie ein Leid!*

Einer von den jungen Kaufleuten aber sprach: ,Bei meinem Leben, ich bitte dich, lieber Herr Nûr ed-Dîn, trink diesen Becher!' Dann trat ein zweiter Jüngling vor und beschwor ihn bei der Scheidung[1]; und ein dritter blieb so lange vor ihm stehen, bis er sich schämte und den Becher aus der Hand des

---

1. Das heißt: ,Ich will mich scheiden lassen, wenn du das und das nicht tust!' Vgl. auch Band II, Seite 594, Anmerkung.

Gärtners hinnahm. So tat denn Nûr ed-Dîn einen Zug aus dem Becher, aber er spie den Wein aus und rief: ‚Das ist bitter!' Da sprach der Gärtnerjüngling: ‚Lieber Herr Nûr ed-Dîn, wenn er nicht bitter wäre, hätte er nicht so gute Eigenschaften; du weißt doch, daß alles Süße, das als Heilmittel genommen wird, dem, der es nimmt, bitter schmeckt. Wisse, dieser Wein hat mancherlei nützliche Kräfte; darunter sind die, daß er die Verdauung der Speisen befördert, Sorgen und Gram verscheucht, die Winde des Leibes vertreibt, das Blut reinigt, die Hautfarbe klärt, den Leib belebt, dem Feigling Mut verleiht und die Manneskraft stärkt. Wollten wir alle seine Vorzüge aufzählen, so würde das ein langer Bericht werden. Sagt doch auch ein Dichter:

Wir tranken – Gott gewährt Verzeihung allen Sündern!
Den Becher schlürfend konnt ich meine Krankheit lindern.
Ich kenn die Sünde wohl; doch täuschten mich die Worte
Von Gott: Der Wein bringt Nutzen auch den Menschenkindern.'[1]

Dann sprang der Gärtner unverzüglich auf und öffnete einen der Schränke, die sich an jener Estrade befanden; nachdem er aus ihm einen Laib raffinierten Zuckers herausgenommen hatte, brach er ein großes Stück davon ab und legte es in den Becher für Nûr ed-Dîn, indem er sprach: ‚Lieber Herr, wenn du dich scheust, den Wein zu trinken wegen seiner Bitterkeit, so trinke jetzt, denn er ist süß!' Und nun ergriff Nûr ed-Dîn den Becher und leerte ihn. Dann füllte einer von den Söhnen der Kaufleute den Becher und sprach: ‚Herr Nûr ed-Dîn, ich bin dein Knecht!' Ebenso sprach ein zweiter: ‚Ich bin dein Diener', ein dritter sagte: ‚Um meinetwillen', und ein vierter rief: ‚Um Allahs willen, mein Herr Nûr ed-Dîn, heile mein Herz!' Und so ließen die zehn jungen Kaufleute nicht eher von

1. Koran, Sure 2, Vers 216. Vgl. Band III, Seite 669 oben.

Nûr ed-Dîn ab, als bis sie ihm zehn Becher zu trinken gegeben hatten, ein jeder einen. Nûr ed-Dîns Leib war aber noch ganz unberührt vom Wein gewesen; nie in seinem Leben hatte er davon getrunken bis zu jener Stunde. Darum erfüllte der Wein sein Gehirn, und schwere Trunkenheit kam über ihn; und er stand auf und sprach, obgleich seine Zunge schwer war und er die Worte nur lallen konnte: ,Ihr Leute, bei Allah, ihr seid schön, eure Rede ist schön, eure Stätte ist schön; aber süße Musik muß man auch noch hören. Denn dem Trunk fehlt ohne Musik das Wichtigste von allem, was zu ihm gehört, wie ja der Dichter darüber diese beiden Verse singt:

> Laß ihn kreisen, den Wein, bei allen, großen und kleinen!
> Nimm ihn hin aus der Hand des strahlenden Mondes, des Schenken!
> Trinke auch nie, ohne daß gesungen wird; denn ich schaute,
> Wie sogar Knechte pfeifen, wenn sie die Pferde tränken!

Da erhob sich der junge Gärtner, bestieg eins der Maultiere, die den Söhnen der Kaufleute gehörten, und blieb eine Weile fort. Dann kehrte er zurück im Geleit einer Kairiner Maid, die war wie ein Fettschwanz frisch und zart oder wie Silber von reinster Art oder ein Goldstück in einer Schüssel aus Porzellan oder eine Gazelle auf der Wüste weitem Plan. Ihr Antlitz beschämte die Sonne im strahlenden Schein, ihre Augen schauten verführerisch drein; ihre Brauen waren wie Bogen gespannt, ihre Wangen in rosenrotem Gewand; die Zähne waren perlenhaft, die Lippen süß wie Zuckersaft und die Augen voll versonnener Leidenschaft; die Brüste wie von Elfenbein, der Rumpf war schlank und fein und der Leib voll Fältelein; die Hüften wie gepolsterte Kissen und die Schenkel wie Säulen aus syrischem Stein; und dazwischen war etwas wie ein kleines Kissen mit Spezereien angefüllt und in ein Tüchlein eingehüllt. Von ihr singt der Dichter in diesen Versen:

Alle Götzendiener müßten, würde sie vor ihnen stehn,
Ihr Gesicht als Gott verehren und die Götzen nicht mehr sehn.
Aber hätte sie im Osten dem Asketen sich gezeigt,
Würde er den Osten lassen, nur dem Westen zugeneigt.[1]
Spiee sie ins Meereswasser, wo das Meer doch salzig ist,
Würde doch von ihrem Speichel süß das Meer zur selben Frist.

Und ein anderer sang diese Verse:

Heller als der Vollmond strahlt sie, schwarz ist ihrer Augen Pracht;
Sie ist der Gazelle gleich, die Jagd auf junge Löwen macht.
Und die Nächte ihrer Locken decken sie mit einem Zelt,
Wohl aus Haar gewebt und dennoch ohne Pflöcke aufgestellt.
Von den Rosen ihrer Wangen zündet sich ein Feuer an,
Das nur liebessieche Herzen tief im Innern treffen kann. –
Ja, die Schönen des Jahrhunderts, sähen sie die Schönheit dein,
Ständen auf dem Kopf und riefen: Dir gebührt der Preis allein!

Und wie schön sprach noch ein andrer Dichter:

Drei Dinge haben sie gehindert, uns zu nahen
Aus Furcht vor Spähern und des Neiders blasser Wut:
Der helle Glanz der Stirn und ihrer Spangen Klirren,
Ihr süßer Ambraduft, der auf den Gliedern ruht.
Bedeckt sie ihre Stirn mit ihrem Ärmel auch,
Mag sie den Schmuck abtun – wie schön bleibt doch ihr Hauch!

Jene Maid war wie der volle Mond, wenn er in der vierzehnten Nacht am Himmel thront, und sie trug ein blaues Gewand,
während um ihre blütenweiße Stirn sich ein grüner Schleier
wand; durch sie wurden die Sinne betört und selbst die weisen Männer verstört. – –«

Da bemerkte Schehrezâd, daß der Morgen begann, und sie
hielt in der verstatteten Rede an. Doch als die *Achthundertund-
siebenundsechzigste Nacht* anbrach, fuhr sie also fort: »Es ist mir
berichtet worden, o glücklicher König, daß der Gärtner eine
Maid zu ihnen brachte, die wir soeben geschildert haben in

[1]. Die Gebetsrichtung der Christen im Orient ist der Osten.

ihrer herrlichen Schönheit und Lieblichkeit und ihres Wuchses schlanker Ebenmäßigkeit; und es war, als ob sie mit den Worten des Dichters gemeint wäre:

> *Sie nahte in einem blauen Gewand,*
> *Vergleichbar des Himmels azurner Pracht.*
> *Ich sah auf das Kleid, und darin erschien*
> *Ein Sommermond in der Winternacht.*

Und wie herrlich und trefflich lauten die Worte eines anderen Dichters:

> *Sie kam verschleiert; und ich rief ihr zu: ‚Enthülle*
> *Dein Antlitz gleich dem Mond in seinem hellen Licht.'*
> *Sie sprach: ‚Ich fürchte Schmach!' Ich sagte ihr: ‚Sei stille;*
> *Der Tage Wechsel schrecke dir das Herze nicht!'*
> *Sie hob der Schönheit Schleier auf von ihren Wangen,*
> *Da fiel kristallnes Licht auf einen Edelstein.*
> *Ich wollte einen Kuß auf ihre Wange drücken,*
> *Mag sie am Jüngsten Tag auch meine Feindin sein,*
> *Und seien wir das erste Liebespaar, das streitet*
> *Am Auferstehungstage vor dem höchsten Herrn –*
> *Dann ruf ich: Laß uns lang vor deinem Throne stehen;*
> *Mein Blick verweilt auf der Geliebten, ach, so gern!*

Der junge Gärtner aber sprach zu jener Maid: ‚Wisse, o Herrin der Lieblichkeit, der jeglicher Stern seinen Glanz verleiht, wir haben dich nur deshalb an diese Stätte gebracht, damit du diesen herrlich gestalteten Jüngling, den Herrn Nûr ed-Dîn, mit deiner Kunst unterhältst; denn er ist heute zum ersten Male an diese unsere Stätte gekommen.' Da gab die Maid ihm zur Antwort: ‚Hättest du mir das nur zuvor gesagt, so hätte ich mitgebracht, was ich zu Hause habe!' Er sagte darauf: ‚Meine Herrin, ich will hingehen und es dir bringen!' ‚Wie du willst', erwiderte die Maid; und er bat sie: ‚Gib mir ein Zeichen!' Darauf gab sie ihm ein Tuch, und nun eilte er hinaus und blieb eine Weile fort. Als er zurückkehrte, trug er einen

Beutel aus grünem Atlas mit zwei goldenen Schleifen. Die Maid nahm den Beutel von ihm entgegen, löste die Schleifen und schüttelte ihn; da fielen aus ihm zweiunddreißig Holzstücke heraus. Dann paßte sie die Stücke eins ins andere, die männlichen in die weiblichen und die weiblichen in die männlichen, indem sie selbst dabei ihre Handgelenke entblößte, richtete das Ganze auf, und nun ward es eine schön geglättete Laute von indischer Arbeit. Darauf neigte jene Maid sich über sie, wie eine Mutter sich über ihr Kind neigt, und glitt mit den Fingerspitzen über die Saiten, daß die Laute tönte und stöhnte und sich nach der alten Heimat sehnte; denn sie gedachte der Wasser, die einst sie getränkt hatten, und der Erde, aus der sie entsprossen und in der sie aufgewachsen war. Auch gedachte sie der Zimmerleute, die einst den Baum gefällt, und der Männer, die sie in ihrer Glätte hergestellt, und der Kaufleute, die sie hinausgeführt hatten in die Welt; ja, auch der Schiffe, die sie getragen hatten. Und sie schrie laut auf und ließ ihren Klagen und Seufzern freien Lauf. Es war, als ob die Maid sie nach alledem gefragt hätte, und als ob die Laute ihr in der Sprache der Töne mit diesen Versen antwortete:

> Ich war ein Baum, auf dem die Nachtigallen wohnten;
> Ich neigt auf sie mein grün Gezweig: von Sehnsucht wund
> Auf meinen Ästen klagten sie, ich lernt ihr Klagen;
> Nun wird durch solche Klagen mein Geheimnis kund.
> Mein Fäller warf mich schuldlos nieder, und er machte
> Aus mir die schlanke Laute, die ihr jetzt erschaut.
> Wenn mich die Finger schlagen, künden meine Töne,
> Daß ich bei Menschen bin gleich einer Mumienbraut.
> So kommt es, daß ein jeder von den Zechgenossen
> Verstört und trunken wird, wenn meine Stimme klagt.
> Doch hat der Herr mir ihre Herzen zugewendet,
> Der Ehrenplätze höchster ist mir zugesagt;

> *Und meinen Leib umarmen alle herrlich Schönen –*
> *Die Rehe, schwarzgeäugt, versonnen blicken sie.*
> *Es möge Gott, der Allbeschützer, nie uns trennen;*
> *Jedoch ein Lieb, das spröde forteilt, lebe nie!*

Dann hielt die Maid eine Weile inne; doch danach nahm sie die Laute wieder auf ihren Schoß, beugte sich von neuem über sie, wie sich die Mutter über ihr Kind beugt, und nachdem sie verschiedene Weisen gespielt hatte, kehrte sie zu der ersten Weise zurück und und sang zu ihr diese Verse:

> *Ach, wenn sie dem Geliebten nahte und sich neigte,*
> *So wär er von der schweren Sehnsucht bald geheilt.*
> *Wie manche Nachtigall sitzt einsam auf dem Zweige;*
> *Es ist, als ob ihr Lieb an ferner Stätte weilt.*
> *Wohlan, wach auf, die Nacht der Liebe strahlt im Mondlicht,*
> *Dem Morgen gleich, der Liebesglück vollkommen macht.*
> *Ja, heute haben uns die Neider ganz vergessen;*
> *Die Saiten rufen uns dorthin, wo Freude lacht.*
> *Schau, wie vier Dinge sich zur Wonne hier vereinen:*
> *Levkoie, Rose, Myrte, Anemone hold.*
> *Und heute sind noch vier beisammen, Glück zu bringen:*
> *Der Freund und die Geliebte, kühler Wein und Gold.*
> *Genieße drum die Freuden deiner Erdentage;*
> *Die Lust vergeht, es bleiben Kunde nur und Sage!*

Als Nûr ed-Dîn diese Verse aus dem Munde der Maid erklingen hörte, schaute er sie mit dem Auge der Liebe an und konnte sich kaum noch zurückhalten ob der Heftigkeit seiner Neigung zu ihr. Ebenso empfand auch sie; denn als sie auf die Gesellschaft der jungen Kaufleute schaute, die dort versammelt waren, und auch auf Nûr ed-Dîn, erkannte sie, daß er unter ihnen war wie der Mond unter den Sternen; denn er war von sanfter Rede und Zärtlichkeit, vollkommen an des Wuchses Ebenmäßigkeit und an strahlender Lieblichkeit, ja, er war sanfter als der Nasîm[1] und zarter als Tasnîm[2], wie von ihm in diesen Versen gesungen ist:

> Ja, ich schwör's bei seiner Wange, bei dem Lächeln um den Mund,
> Bei den Pfeilen, die er sandte, wie es ihm durch Zauber kund;
> Bei der Weichheit seiner Formen, bei des Blickes Strahlenlicht;
> Bei der Weiße seiner Stirne, bei den Locken, schwarz und dicht;
> Bei der Braue, die mir gar den Apfel meines Auges stiehlt,
> Die mich überwältigt, wenn sie mir verbietet und befiehlt;
> Und bei seiner Locken Fülle, die um seine Schläfen weht,
> Die der Liebe Volk bald tötet, wenn er nur von dannen geht;
> Bei den Rosen seiner Wangen und dem Haarflaum, myrtenfein,
> Den Korallen seiner Lippen und der Zähne Perlenreihn;
> Bei dem Zweige, der sein Leib ist, mit der schönsten Frucht beglückt,
> Den Granatenblüten, deren Paar die zarte Brust ihm schmückt;
> Und bei seinen schweren Hüften, die da beben, mag er gehn
> Oder ruhen, und bei seinem Rumpfe, der so schlank und schön;
> Bei der Seide seiner Kleider und bei seiner feinen Art,
> Und bei allem, was an Schönheit sich in ihm uns offenbart:
> Seine Düfte hat der Moschus von dem Hauch, der ihm entstammt,
> Und von seinem Atem düften Wohlgerüche allesamt.
> Ja, sogar die helle Sonne wird vor seiner Schönheit bleich;
> Und der Neumond ist auch nicht dem Spane seines Nagels gleich.[3] – –«

Da bemerkte Schehrezâd, daß der Morgen begann, und sie hielt in der verstatteten Rede an. Doch als die *Achthundertundachtundsechzigste Nacht* anbrach, fuhr sie also fort: »Es ist mir berichtet worden, o glücklicher König, daß Nûr ed-Dîn, als er die Verse und den Gesang der Maid hörte, an ihrem Vortrag Gefallen fand und dann, schon von Trunkenheit schwankend, sie mit diesen Worten pries:

> Uns neigte sich die Lautnerin,
> Als Wein uns bis zum Rausch getränkt.
> Da sagten ihre Saiten uns:
> Die Sprache hat uns Gott geschenkt.

1. Der Zephir. – 2. Quelle im Paradiese; vgl. Koran, Sure 83, Vers 27. – 3. In diesem Liede ist der Jüngling gleich einem Mädchen beschrieben.

Als Nûr ed-Dîn diese Worte an sie richtete und diese Verse
aus dem Stegreif dichtete, schaute jene Maid ihn mit dem
Auge der Liebe an, ja, sie ward mit wachsendem Sehnen und
Verlangen nach ihm erfüllt; sie bewunderte seine Schönheit
und Lieblichkeit und seines schlanken Wuchses Ebenmäßigkeit, so daß sie sich kaum noch bezwingen konnte, sondern
von neuem die Laute in den Schoß nahm und diese Verse sang:

> *Er schilt mich, daß ich wag ihn anzuschauen;*
> *Er flieht und trägt mein Leben in der Hand.*
> *Er treibt mich fort und weiß doch, was mein Herz sagt,*
> *Als wär es ihm durch Gottes Spruch bekannt.*
> *In meine Hand hab ich sein Bild gezeichnet;*
> *Ich sprach zu meinem Aug: ,Beklage ihn!'*
> *Denn nimmer sieht mein Auge seinesgleichen,*
> *In seiner Nähe muß Geduld mich fliehn.*
> *O Herz, aus meiner Brust möcht ich dich reißen,*
> *Denn du mißgönnest mir die Liebe sein.*
> *Und wenn ich meinem Herzen sag: ,Vergiß ihn!'*
> *So neigt sich doch mein Herz zu ihm allein.*

Als die Maid diese Verse gesungen hatte, geriet Nûr ed-Dîn in
Entzücken über die Schönheit ihrer Dichtkunst, die Feinheit
ihrer Worte, die Lieblichkeit ihrer Stimme und die Reinheit
ihrer Sprache; und er ward wie von Sinnen vor dem Übermaß der Leidenschaft und der sehnenden Liebe Kraft. So
konnte er denn keinen Augenblick mehr an sich halten, sondern er neigte sich ihr zu und drückte sie an seine Brust; und
auch sie neigte sich über ihn und gab sich ganz seiner Umarmung hin. Sie küßte ihn auf die Stirn, und er küßte sie auf
den Mund, während sie in seinen Armen ruhte; und das
Spiel seiner Küsse war wie bei einem schnäbelnden Taubenpaar. Auch sie war in ihn versunken, und sie tat mit ihm, wie
er mit ihr tat. Doch alle, die zugegen waren, gerieten in höchste

Erregung und sprangen auf die Füße; da schämte sich Nûr ed-Dîn und ließ von ihr ab. Sie aber griff wieder zur Laute, spielte mancherlei Weisen, kehrte dann zur ersten Weise zurück und sang dazu diese Verse:

Ein Mond – wenn er sich neiget, dringt aus seinen Augen
Ein Schwert, er höhnt des Rehs mit seines Blickes Kraft.
Ein König – seine Heerschar sind der Schönheit Reize,
Wenn er die Lanze schwingt, so gleicht er ihrem Schaft.
Wär seines Leibes Zartheit auch in seinem Herzen,
Dann zeigte er sich nie dem Lieb so grausam hart.
O, Härte seines Herzens, Zartheit seines Leibes!
Wie kommt's, daß diese nicht auch jenem eigen ward.
Der du mich ob der Liebe tadelst, schilt mich nicht!
Dir bleibt ja seine Schönheit, mich macht sie zunicht.

Nûr ed-Dîn lauschte den Worten der Lieblichkeit und den Versen der Zierlichkeit, und er neigte sich ihr zu, von Freude beglückt, und war seiner Sinne nicht mehr mächtig, so sehr war er entzückt. Darauf trug er diese Verse vor:

Sie, die vor dem Geistesaug mir gleich der Morgensonne stand,
Sie erschien und hat mit ihren Strahlen mir das Herz verbrannt.
Ach, was hätt es ihr geschadet, hätte sie mir den Gruß geschickt
Mit den Fingerspitzen oder mit den Wimpern nur genickt!
Ja, sogar der strenge Tadler schaute in das Antlitz ihr,
Und bestrickt von ihrer Schönheit Reizen, sagte er zu mir:
,Ist es sie, um deren Liebe dich die Sehnsucht so zerfrißt?
Wahrlich, dann bist du entschuldbar.' Und ich sagte: ,Ja, sie ist
Jene, die des Blickes Pfeile eifrig auf mich warf und nie
Meinem Elend, meinem Leiden, meiner Not Erbarmen lieh.'
Ach, nun ist mein Herz gefangen, und ich ward ein Liebestor;
Und ich klage, meine Tränen brechen Tag und Nacht hervor.

Nachdem Nûr ed-Dîn seine Verse gesprochen hatte, nahm die Maid, entzückt von seiner Beredsamkeit und seiner Zierlichkeit, wieder ihre Laute und spielte – ach, wie schön war ihr

Spiel! Von neuem ließ sie alle ihre Weisen erklingen, und dann hub sie an, dies Lied zu singen:

Bei deiner Wange, o du Leben aller Seelen,
Ich laß dich nie, mag ich verzweifeln oder nicht!
Auch wenn du grausam bist, steht mir dein Bild vor Augen;
Bist du den Blicken fern, – dein denken ist mir Pflicht.
Der du mein Auge traurig machst, obgleich dir kund ist,
Daß nichts als deine Liebe mir zu Herzen spricht:
Dein Lippentau ist Wein, die Wangen dein sind Rosen;
Gönn mir an dieser Stätte doch dein Angesicht!

Da ward Nûr ed-Dîn durch den Gesang jener Maid von höchster Freude beglückt, und er war über die Maßen von ihr entzückt; und er erwiderte ihr Lied mit diesen Versen:

Heller als das Sonnenantlitz strahlt im Dunkel sie hervor,
Wenn der Vollmond in des Horizontes Schleier sich verlor.
Und dem Aug' des jungen Morgens zeigen ihre Locken sich,
Wenn die Dämmerung der Frühe dort vor ihrem Scheitel wich.
Nimm vom Strome meiner Tränen, die sich gleich der Kette reihn;
Singe von der Macht der Liebe, die sich zeigt im Lose mein!
Ach, ich sprach zu mancher, die mit ihren Pfeilen auf mich schoß:
‚Säume doch mit deinen Pfeilen, da das Herz in Furcht zerfloß!
Wenn mein Tränenstrom sein Gleichnis in dem Strom des Niles fand,
Ist die Lieb zu dir vergleichbar Fluten auf dem Uferland.'
‚Bring mir deinen Reichtum!' sprach sie; und ich sagte: ‚Nimm ihn dir!'
‚Deinen Schlaf auch?' Und ich sagte: ‚Nimm ihn von den Lidern mir!'

Als die Maid diese Worte schönster Beredsamkeit aus Nûr ed-Dîns Munde vernahm, ward sie wie von Sinnen vor Freude, ihr Geist ward hingerissen, und ihr ganzes Herz ward von Liebe zu ihm erfüllt. Sie zog ihn an ihre Brust und begann ihn zu küssen, wie Tauben schnäbeln. Und er erwiderte durch immer neue Küsse das, was sie ihm dargebracht; doch der Vorrang gebührt dem, der den Anfang macht. Als sie einander genug geküßt hatten, griff sie zur Laute und sang diese Verse:

,Wehe ihm und wehe mir auch ob des Tadlers Grausamkeit!
Soll ich ihn beklagen oder klag ich ihm mein bittres Leid? –
Der du dich mir ganz versagest, niemals hätte ich gedacht,
Daß, wer mir wie du gehöret, meine Lieb zuschanden macht!
Einstens höhnte ich das Volk der Liebe ob der Leidenschaft;
Jetzt bekenn ich deinen Tadlern meine eigne schwache Kraft.
Gestern schalt ich noch die Menschen, die ihr Heil in Liebe sehn;
Heut vergeb ich allen denen, die in Liebesleid vergehn.
Und jetzt bin ich überwältigt von der Trennung harter Pein;
Jetzo bete ich zu Allah, o'Alî[1]*, im Namen dein.*

Nachdem die Maid dies Lied vorgetragen hatte, sang sie noch
diese beiden Verse:

Es spricht der Liebe Volk: Gibt er uns nicht zu trinken
Von seinem Lippentau gleich edlem, süßem Wein,
So flehen wir zum Herrn der Welten, – Er erhört uns;
Und ,o'Alî!' wird unser aller Ausruf sein.

Nûr ed-Dîn lauschte diesen Worten der Maid, den Versen,
durch die Dichtkunst geweiht, und er bewunderte ihrer Zunge
Beredsamkeit und pries ihre verführerische Lieblichkeit. Als
aber die Maid hörte, wie Nûr ed-Dîn sie lobte, erhob sie sich
sofort, nahm alles, was sie an kostbaren Obergewändern und
an Schmuckstücken trug, und legte es ab. Dann setzte sie sich
auf seine Kniee, küßte ihn auf die Stirn und auf das Mal seiner
Wange und schenkte ihm alles, was sie abgelegt hatte. – –«

Da bemerkte Schehrezâd, daß der Morgen begann, und sie
hielt in der verstatteten Rede an. Doch als die *Achthundertund-
neunundsechzigste Nacht* anbrach, fuhr sie also fort: »Es ist mir
berichtet worden, o glücklicher König, daß die Maid alles,
was sie abgelegt hatte, an Nûr ed-Dîn gab, indem sie zu ihm
sprach: ,Wisse, o Geliebter meines Herzens, die Gabe entspricht der Geberin.' Da nahm er es von ihr an und gab es ihr

[1]. Das ist 'Alî Nûr ed-Dîn.

650

zurück, indem er sie auf Mund und Wangen und Augen küßte. Als das geschehen war – denn nichts ist von Dauer außer dem Lebendigen, ewig Beständigen, dem Eulen und Pfauen[1] als ihrem Ernährer vertrauen –, da erhob sich Nûr ed-Dîn von seinem Sitze und stellte sich auf seine Füße. Die Maid aber fragte ihn: ,Wohin, mein Geliebter?' Und er gab ihr zur Antwort: ,In das Haus meines Vaters.' Nun beschworen ihn die Söhne der Kaufleute, er solle bei ihnen nächtigen; doch er weigerte sich und bestieg sein Maultier. Dann ritt er seines Wegs, bis er seines Vaters Haus erreichte; dort trat seine Mutter ihm entgegen und sprach zu ihm: ,Mein Sohn, weshalb bist du bis zu dieser Stunde ferngeblieben? Bei Allah, du hast mir und deinem Vater durch dein Ausbleiben Sorge gemacht, und unsere Herzen waren in Unruhe um deinetwillen.' Darauf trat die Mutter an ihn heran, um ihn auf den Mund zu küssen; weil sie aber den Geruch des Weines an ihm verspürte, so sprach sie: ,Mein Sohn, wie ist es möglich, daß du nach dem Gebet und nach dem Gottesdienste Wein hast trinken können und das Gebot Dessen übertrittst, dem Schöpfung und Befehl gehören?' Während sie so miteinander redeten, kam auch der Vater herzu. Nûr ed-Dîn aber warf sich auf sein Lager und blieb dort liegen. Der Vater fragte: ,Was ist es mit Nûr ed-Dîn, daß er so daliegt?' Die Mutter antwortete ihm: ,Es scheint, daß ihm der Kopf schmerzt von der Gartenluft.' Da trat der Vater an ihn heran, um ihn nach seinem Leiden zu fragen und ihn zu begrüßen; und nun roch auch er die Dünste des Weines. Jener Kaufmann aber, Tâdsch ed-Dîn geheißen, war ein Feind aller, die da Wein trinken; darum fuhr er seinen Sohn an: ,Weh dir, mein Sohn, ist es mit deiner Torheit so weit gekommen, daß du sogar Wein trinkst?' Als Nûr ed-Dîn diese

1. Diese Tiere sind hier im Arabischen des Reimes wegen genannt.

Worte seines Vaters vernahm, hob er den Arm und schlug, trunken wie er war, seinem Vater ins Gesicht. Und der Schlag traf, wie es das Schicksal wollte, das rechte Auge des Vaters, so daß es auslief auf seine Wange herab. Da sank er ohnmächtig zu Boden, und er blieb dort eine Weile bewußtlos liegen. Nachdem man ihn mit Rosenwasser besprengt hatte und er wieder zu sich gekommen war, wollte er seinen Sohn schlagen; doch die Mutter hielt ihn davon zurück. Er aber schwor bei der Scheidung von seiner Gattin, er wolle, sobald der Morgen tage, seinem Sohne die rechte Hand abschlagen. Als sie nun die Worte ihres Gatten vernahm, ward ihr die Brust beklommen, und sie fürchtete für ihren Sohn; darum suchte sie ihren Gatten zu besänftigen und redete ihm so lange gütig zu, bis Schlaf über ihn kam. Dann wartete sie noch, bis der Mond aufgegangen war, ging zu ihrem Sohne, von dem der Rausch gewichen war, und sprach zu ihm: ‚O Nûr ed-Dîn, was ist das für eine schändliche Tat, die du an deinem Vater verübt hast!‘ ‚Was habe ich ihm denn getan?‘ fragte er; und sie fuhr fort: ‚Du hast ihn mit deiner Faust ins rechte Auge geschlagen, und es ist ausgelaufen auf seine Wange herab. Jetzt hat er bei der Scheidung geschworen, er wolle dir gewißlich, wenn der Morgen tage, die rechte Hand abschlagen.‘ Nûr ed-Dîn bereute, was er getan hatte, als die Reue nichts mehr fruchtete; und seine Mutter sprach zu ihm: ‚Mein Sohn, diese Reue nützt dir nichts; jetzt bleibt dir nichts übrig, als daß du dich sogleich aufmachst und fortgehst und dein Heil in der Flucht suchest. Verlaß heimlich das Haus und begib dich zu einem deiner Freunde; dort warte auf das, was Allah tun wird, denn Er kann ein Ding zum andern wenden!‘ Dann öffnete die Mutter eine Geldtruhe, nahm aus ihr einen Beutel mit hundert Dinaren und sprach zu ihm: ‚Mein Sohn, nimm diese Dinare und be-

streite damit die Dinge, deren du bedarfst! Wenn sie verbraucht
sind, so sende einen Boten und laß es mich wissen, damit ich
dir neue schicken kann; und durch den Boten gib mir zugleich
heimliche Kunde von dir! Vielleicht wird Allah dir dazu verhelfen, daß du wieder nach Hause zurückkehren kannst.' Darauf nahm sie Abschied von ihm und weinte so bitterlich, daß
ihrem Schmerze kein andrer glich. Nûr ed-Dîn aber nahm den
Beutel mit Dinaren von seiner Mutter hin und wollte hinausgehen; da erblickte er einen großen Beutel mit tausend Dinaren, den seine Mutter neben der Truhe vergessen hatte. Den
nahm er auch noch, und nachdem er die beiden Beutel an
seinen Gürtel gebunden hatte, ging er durch die Straßen weiter dahin und schlug die Richtung nach Bulak ein, ehe noch
der Morgen graute. Als aber der Tag anbrach und die Menschen sich erhoben, um die Einheit Allahs, des allhelfenden
Königs, zu bekennen, und ein jeder von ihnen seinem Geschäfte nachging, um das zu verdienen, was Gott ihm zugewiesen hatte, da kam Nûr ed-Din in Bulak an. Als er dort am
Ufer des Nilstroms entlang schritt, sah er ein Schiff mit herabge-
lassener Landungsplanke, auf der die Menschen von Bord an
Land und von Land an Bord gingen; die vier Anker waren
am Lande befestigt, und die Seeleute sah er dort umherstehen.
Er fragte sie: ‚Wohin fahrt ihr?' ‚Nach der Stadt Alexandria!'
erwiderten sie ihm; und er fuhr fort: ‚Nehmt mich mit euch!'
Da sagten sie: ‚Du bist uns herzlich willkommen, schöner
Jüngling!' Nun machte Nûr ed-Dîn sich sofort auf, ging zum
Basar und kaufte sich Lebensmittel, Betten und Decken, die er
brauchte; danach kehrte er zu dem Schiffe zurück, das zur
Ausfahrt bereit war. Nachdem Nûr ed-Dîn an Bord gegangen war, wartete es nur noch eine kleine Weile und fuhr dann
sogleich ab; und es segelte ohne Aufenthalt weiter, bis es bei der

Stadt Rosette anlangte. Als sie dort angekommen waren, erblickte Nûr ed-Dîn ein kleines Fahrzeug, das im Begriffe war, nach Alexandrien zu fahren. Das bestieg er alsbald und fuhr mit ihm durch den Kanal und immer weiter, bis es bei einer Brücke landete, deren Name Brücke von el-Dschâmi war. Dort verließ er das Boot und ging in die Stadt durch ein Tor, das Lotustor geheißen war; Allah aber beschützte ihn, so daß keiner von denen, die im Tore standen, ihn erblickte. Und er ging weiter, bis er sich in der Stadt Alexandrien befand. – –«

Da bemerkte Schehrezâd, daß der Morgen begann, und sie hielt in der verstatteten Rede an. Doch als die *Achthundertundsiebenzigste Nacht* anbrach, fuhr sie also fort: »Es ist mir berichtet worden, o glücklicher König, daß Nûr ed-Dîn, nachdem er in Alexandria eingezogen war, sah, daß es eine Stadt mit festen Mauern und schönen Lustgärten war, die ihren Bewohnern viel Freude brachte und den Wunsch, dort zu weilen, in den Fremden entfachte. Der Winter mit seiner Kälte hatte gerade Abschied von ihr genommen, und der Lenz mit seiner Rosenpracht war zu ihr gekommen; die Blumen standen in Blütenpracht, die Bäume waren mit Laub überdacht; die reifen Früchte winkten, und die vollen Bäche blinkten. Die Stadt war schön angelegt, und alles war dort im Ebenmaß hergestellt; und ihre Bewohner waren eine Schar von den besten Menschen der Welt. Wenn ihre Tore geschlossen waren, so fürchteten die Menschen darinnen keine Gefahren. Sie war, wie es von ihr in diesen Versen heißt:

> Eines Tags sprach ich zu einem Freunde,
> Dem die Rede zu Gebote stand:
> ,Alexandria beschreib!‘ Er sagte:
> ,Eine schöne Stadt am Meeresstrand.‘
> Als ich fragte: ,Ist sie auch beleb.?‘
> Sagte er: ,Ja, wenn der Wind sich hebt.‘

Oder wie ein anderer Dichter sagt:

Alexandria, die Stadt der Grenzmark,
Die so süßen Tau der Lippen hat, –
Ach, wie schön ist es bei ihr zu weilen[1],
Wenn der Trennungsrabe ihr nicht naht!

Nûr ed-Dîn ging in jener Stadt umher und schritt immer weiter dahin, bis er zum Basar der Kaufleute kam; von dort gelangte er zu dem der Geldwechsler und weiter zu den Basaren
der Zukosthändler, der Fruchthändler und der Spezereienhändler, indem er die Stadt bewunderte, deren Art ihrem Namen entsprach.[2] Während er gerade durch den Basar der Spezereienhändler ging, kam plötzlich ein Mann aus seinem Laden herab
und begrüßte ihn; dann nahm er ihn bei der Hand und führte
ihn zu seinem Hause. Dort sah Nûr ed-Dîn eine schöne Straße,
die gefegt und gesprengt war, wo durch den Hauch des Zephirs die Luft sich klärte und das Laub der Bäume Schatten
gewährte. In jener Straße befanden sich drei Häuser, und an
ihrem oberen Ende stand ein viertes Haus, mit Fundamenten,
die fest im Wasser steckten, und Mauern, die sich bis zu den
Wolken des Himmels reckten. Der Platz vor ihm war gefegt
und frisch gesprengt; Blütendüfte wehten den Ankommenden entgegen, die ein Zephir weiterblies, wie ein Hauch aus
dem Paradies. Der Anfang der Straße war gesprengt und gefegt, und ihr Ende war mit Marmor belegt. Der Scheich führte
Nûr ed-Dîn in jenes Haus hinein, setzte ihm einige Speisen vor
und aß mit ihm. Und als das Mahl beendet war, fragte der
Alte ihn: ,Wann bist du aus Kairo zu dieser Stadt gekommen?'
Nûr ed-Dîn erwiderte: ,Mein Vater, erst heute abend.' Und
weiter fragte der Scheich: ,Wie heißest du?' ,Alî Nûr ed-Dîn',

1. Die Stadt wird mit einem Mädchen verglichen. – 2. Die Stadt
Alexanders des Großen.

erwiderte der Jüngling; und nun sagte der Alte: ‚Mein lieber Nûr ed-Dîn, ich will dreimal die Scheidung von meiner Gattin aussprechen, wenn du mich verlässest, solange du in dieser Stadt weilst! Ich will dir ein Gemach anweisen, in dem du für dich allein wohnen kannst.' Da sprach Nûr ed-Dîn zu ihm: ‚O Herr und Scheich, laß mich noch mehr von dir wissen!' Und jener gab ihm zur Antwort: ‚Wisse, mein Sohn, ich zog vor einigen Jahren mit Waren nach Kairo; die verkaufte ich dort, und dann kaufte ich mir andere Güter dafür. Dabei hatte ich aber noch tausend Dinare nötig; die wägte dein Vater Tâdsch ed-Dîn für mich ab, ohne daß er mich näher gekannt hätte, auch ließ er nicht einmal einen Schuldschein darüber auf mich schreiben. Dann wartete er, bis ich in diese Stadt zurückgekehrt war und ihm das Geld nebst einem Geschenk durch einen meiner Diener zusandte. Damals sah ich dich, als du noch ein Kind warst, und so Allah der Erhabene will, werde ich dir einen Teil der Güte vergelten, die dein Vater mir erwiesen hat.' Als Nûr ed-Dîn diese Worte vernahm, war er so erfreut, daß ein Lächeln über sein Antlitz kam, zog den Beutel mit den tausend Dinaren heraus und gab ihn dem Alten, indem er sprach: ‚Nimm dies für mich in Obhut, bis ich mir einige Waren dafür kaufe, um mit ihnen Handel zu treiben!' So blieb denn Nûr ed-Dîn eine Reihe von Tagen in Alexandrien, indem er sich täglich in den Straßen erging, aß und trank und sich der Lust und heiteren Freude hingab, bis er die hundert Dinare, die er für seine Ausgaben bei sich führte, verbraucht hatte. Dann begab er sich zu dem alten Spezereienhändler, um sich einige von den tausend Dinaren zu holen und sie auszugeben; aber da er ihn nicht in seinem Laden fand, so setzte er sich dort nieder, um zu warten, bis jener zurückkehre. Er schaute sich dabei die Kaufleute an und blickte bald nach rechts

656

und bald nach links. Während er so dasaß, kam plötzlich ein Perser in den Basar, der auf einer Mauleselin ritt und hinter sich eine Maid führte, die war reinem Silber gleich, oder einem glänzenden Nilfisch[1] im Springbrunnenteich, oder einer Gazelle in der Steppe Reich. Ihr Antlitz beschämte der Sonne Strahlenschein, ihre Augen blickten verführerisch drein, ihre Brüste waren wie von Elfenbein, ihre Zähne wie Perlenreihn, der Rumpf war schlank und fein und der Leib voll Fältelein, und die Waden schienen Fettschwänze von Schafen zu sein; sie war vollkommen an Schönheit und Lieblichkeit und des schlanken Wuchses Ebenmäßigkeit, wie ihr einer, der sie beschrieb, die Worte geweiht:

> *Es ist, als wäre sie nach ihrem Wunsch geschaffen*
> *In aller Schönheit Glanz, nicht kurz und auch nicht lang.*
> *Die Rose rötet sich aus Scham vor ihrer Wange;*
> *Am Zweig erglüht die Frucht vor ihrem Wuchse bang.*
> *Wie Moschus ist ihr Hauch, ihr Antlitz wie der Vollmond.*
> *Ihr Wuchs ist wie ein Reis; kein Wesen kommt ihr gleich.*
> *Es ist, als wäre sie aus Perlenglanz gegossen;*
> *Aus jedem Glied erstrahlt ein Mond an Schönheit reich.*

Nun saß der Perser von seinem Maultier ab und ließ auch die Maid absteigen; dann rief er nach dem Makler, und als der vor ihn kam, sprach er zu ihm: ‚Nimm diese Sklavin und ruf sie auf dem Markte zum Verkauf aus!' Da nahm der Makler sie, führte sie mitten auf den Markt und ging auf eine kurze Weile fort; wie er zurückkehrte, trug er einen Stuhl aus Ebenholz, der mit Elfenbein eingelegt war. Den stellte er auf die Erde und hieß die Maid sich darauf setzen. Dann hob er den Schleier von ihrem Antlitz, und dies erglänzte nun wie ein dailamitischer[2] Schild oder wie ein funkelndes Gestirn; ja, sie war gleich

1. Labrus niloticus. – 2. Über die Dailamiten vgl. oben Seite 415, Anmerkung.

dem vollen Mond, wenn er in der vierzehnten Nacht am Himmel thront, im Glanze vollkommenster Lieblichkeit, wie ihr der Dichter die Worte weiht:

> *Einst verglich der Mond sich töricht ihrer lieblichen Gestalt;*
> *Ach, da ward er bald verfinstert, ihn zerriß vor Zorn ein Spalt.*
> *Wenn der schlanke Baum der Weide sich mit ihrem Wuchse mißt –*
> *Treffe Fluch die Hände derer, die des Holzes Trägrin[1] ist!*

Und wie schön sagte ein andrer Dichter:

> *Sprich zu der Schönen in dem golddurchwirkten Schleier:*
> *Was hast du mit dem frommen Gottesknecht gemacht?*
> *Das Licht vom Schleier und von deinem Antlitz drunter*
> *Vertrieb die Schar der Finsternis durch seine Pracht;*
> *Und als mein Aug auf deine Wang verstohlen blickte*
> *Bewarfen es mit Sternen Hüter auf der Wacht.[2]*

Der Makler rief den Kaufleuten zu: ‚Wieviel bietet ihr Leute für des Tauchers Perle und des Jägers Beute?‘ Einer der Kaufleute antwortete: ‚Ich nehme sie für hundert Dinare!‘ Ein anderer rief: ‚Für zweihundert!‘ und ein dritter: ‚Für dreihundert!‘ So trieben die Kaufleute einander mit dem Gebote auf die Sklavin immer höher, bis sie ihren Preis auf neunhundertundfünfzig Dinare gebracht hatten. Nun blieb das Gebot stehen, und man wartete auf Zuschlag und Annahme. – –«

Da bemerkte Schehrezâd, daß der Morgen begann, und sie hielt in der verstatteten Rede an. Doch als die *Achthundertundeinundsiebenzigste Nacht* anbrach, fuhr sie also fort: »Es ist mir berichtet worden, o glücklicher König, daß die Kaufleute einander mit ihrem Gebote auf die Sklavin immer höher trieben, bis ihr Preis die Höhe von neunhundertundfünfzig Dinaren erreicht hatte. Dann trat der Makler zu dem Perser, ihrem Herrn, und sprach zu ihm: ‚Das Gebot für deine Sklavin ist

---

1. Eine Anspielung auf Koran, Sure 111. – 2. Die Engel werfen mit Sternen nach den Dämonen.

auf neunhundertundfünfzig Dinare gestiegen. Willst du sie um diesen Preis verkaufen, und soll ich das Geld für dich in Empfang nehmen?' Der Perser gab zur Antwort: ,Ist sie damit einverstanden? Ich möchte auf ihre Wünsche Rücksicht nehmen; denn ich wurde auf dieser Reise krank, und diese meine Sklavin pflegte mich mit der größten Sorgfalt; deshalb habe ich geschworen, ich wolle sie nur dem verkaufen, den sie wünsche und wolle, und so habe ich ihren Verkauf in ihre eigene Hand gelegt. Frage sie, und wenn sie einwilligt, so verkaufe sie dem, den sie wünscht; doch wenn sie nein sagt, so verkaufe sie nicht!' Darauf ging der Makler zu ihr hin und sprach zu ihr.: ,O Herrin der Schönen, wisse, dein Herr hat deinen Verkauf in deine eigene Hand gelegt, und der Preis für dich hat die Höhe von neunhundertundfünfzig Dinaren erreicht. Erlaubst du nun, daß ich dich verkaufe?' Die Sklavin sprach zum Makler: ,Zeig mir den, der mich kaufen will, ehe du den Verkauf abschließest!' Nun brachte er sie zu einem der Kaufleute, einem hochbetagten und hinfälligen Greise. Den schaute die Maid eine Weile an; doch dann wandte sie sich zu dem Makler und sprach zu ihm: ,Du Makler, bist du von Sinnen oder hast du an deinem Verstand gelitten?' Jener fragte sie: ,Warum, o Herrin der Schönen, sprichst du solche Worte zu mir?' Und sie antwortete ihm: ,Ist es dir von Allah erlaubt, meinesgleichen an einen solchen hinfälligen Greis zu verkaufen, der von seiner Gattin diese Verse spricht:

> *Sie hatte mich gebeten, doch geschah es nie;*
> *Da rief sie denn erzürnt ob ihrer Liebesmüh:*
> *Erfüllest du an mir nicht deine Mannespflicht,*
> *So tadle, wenn du bald gehörnt erwachst, mich nicht!*
> *Dein Stab in seiner Schlaffheit ist dem Wachse gleich;*
> *Und wenn ihn meine Hand berührt, so bleibt er weich.*

Und ferner sprach er von seinem Stabe:

> *Ich habe einen Stab, der schläft in Schmach und Schanden,*
> *Wenn die Geliebte mir zur Liebesnacht genaht;*
> *Doch wenn ich ganz allein in meinem Hause weile,*
> *So sehnt er einsam sich nach Stoß und Heldentat.*

Und wiederum sprach er von seinem Stabe:

> *Einen Stab des Elends hab ich, dem die Grausamkeit gefällt;*
> *Er beschimpfet seinen Herren, der ihn hoch in Ehren hält.*
> *Schlafe ich, so steht er aufrecht; stehe ich, so schläft er ein;*
> *Gott gewähre kein Erbarmen denen, die ihm Mitleid weihn!'*

Als der alte Kaufmann solche häßlichen Spottreden aus dem Munde der Sklavin vernahm, ergrimmte er gar sehr, und sein Zorn kannte keine Grenzen mehr; und er sprach zu dem Makler: ,Du hast uns da eine edle Sklavin auf den Markt gebracht, die so frech gegen mich ist, daß sie mich vor den Kaufleuten lächerlich macht!' Der Makler aber nahm sie beiseite und sprach zu ihr: ,Herrin, laß es nicht an Achtung fehlen! Siehe, dieser Alte, den du verspottet hast, ist der Scheich des Basars, der Marktaufseher und der Oberste im Rate der Kaufherren.' Doch sie lachte und sprach diese Verse:

> *Es wär die Pflicht der Richter unsrer Zeit,*
> *Und es geziemte sich der Obrigkeit,*
> *Daß man den Wali hängt vor seiner Tür,*
> *Und seinen Schergen prügelt nach Gebühr.*[1]

Und dann sagte die Maid noch zu dem Makler: ,Bei Allah, o mein Herr, ich will diesem Alten nicht verkauft werden; verkaufe mich einem anderen Manne! Vielleicht hat dieser doch Scheu vor mir und verkauft mich weiter, und dann würde ich zu einer bloßen Dienstmagd; aber es schickt sich nicht für mich, daß ich mich mit niederem Dienst beschmutze. Und du

---

1. Der Wali ist der Polizeipräfekt; ,sein Scherge' ist der Marktaufseher.

weißt auch, daß der Entscheid über meinen Verkauf mir übertragen ist.' ‚Ich höre und gehorche!' erwiderte der Makler; dann führte er sie zu einem Manne, der zu den großen Kaufherren gehörte. Und als sie dicht vor ihm standen, sprach der Makler zu ihr: ‚Meine Herrin, soll ich dich dem Herrn Scharîf ed-Dîn da verkaufen für neunhundertundfünfzig Dinare?' Die Maid schaute jenen an und sah, daß er alt war, aber seinen Bart gefärbt hatte; deshalb sprach sie zu dem Makler: ‚Bist du immer noch von Sinnen, oder hast du an deinem Verstand gelitten, daß du mich an diesen hinfälligen Greis verkaufen willst? Bin ich denn Flockenabfall von Seide oder ein dünner Fetzen von einem Kleide, daß du mich von einem Greis zum andern umherführst, die beide sind wie eine baufällige Wand oder wie ein Dämon, von einem niedersausenden Stern verbrannt? Dem ersten von den beiden dort gilt dem Sinne nach dies Dichterwort:

> *Ich bat um einen Kuß von ihrem Mund; ihr Ruf*
> *Erklang: Bei Ihm, der alles aus dem Nichts erschuf,*
> *Mit grauem Barte schließ ich wahrlich keinen Bund!*
> *Stopft man im Leben schon mir Watte in den Mund?*[1]

Und wie schön ist auch das Dichterwort:

> *Sie sagten: ‚Weiße Haare sind ein helles Licht,*
> *Das Glanz und Würde um die Angesichter flicht.'*
> *Doch bis des Alters Zeichen mir den Scheitel bleicht,*
> *Wünsch ich, daß nie das Dunkel meines Hauptes weicht;*
> *Und trägt am Jüngsten Tag dem Barte gleich der Greis*
> *Ein Buch, so wollte ich, das meine wär nicht weiß.*[2]

Und schöner noch ist das Wort eines anderen:

> *Ach, ein ungeehrter Gast ist meinem Haupte jetzt genaht;*
> *Besser wär das Schwert den Locken, als was er mit ihnen tat!*

1. Vgl. Band III, Seite 213, Anmerkung 2. – 2. Das Buch der guten Taten ist weiß, das der bösen Taten ist schwarz.

Weiche fern von mir, o Weiße, die doch keine Weiße[1] ist,
Du, die du in meinen Augen schwärzer als das Dunkel bist!

Was aber den anderen angeht, so ist er ein trauriger Held, der sich verstellt, und der da macht, daß des weißen Haares Aussehen der Schwärze verfällt; er begeht mit dem Färben seines weißen Haares den schändlichsten Betrug, und von ihm reden diese beiden Verse deutlich genug:

Sie sprach: ,Ich seh, du färbst dein weißes Haar.' Da sprach ich:
,Ach, ich verbarg es nur vor dir, mein Aug und Ohr.'
Da lachte sie und sprach:, Fürwahr, es nimmt doch wunder,
So viel des Trugs, daß drin sich gar das Haar verlor!'

Wie trefflich sagt auch ein anderer Dichter:

Der du dein graues Haar mit Schwärze färbest,
Auf daß die Jugend dir verbleib zum Schein,
Schau her, mein Los ist einmal schwarz geworden,
Und sei verbürgt, es wird nie anders sein!'

Als der Alte mit dem gefärbten Bart solche Worte aus dem Munde der Sklavin vernahm, ergrimmte er gar sehr, und seine Wut kannte keine Grenzen mehr. Und er sprach zu dem Makler: ,O du unseligster aller Makler, hast du heute auf unsern Markt nur ein dummes Weib gebracht, das sich über alle auf dem Basar lustig macht, über einen nach dem andern, und sie verspottet mit Poeterei und Worten der Schwätzerei?' Darauf sprang jener Kaufmann aus seinem Laden herab auf die Straße und schlug dem Makler ins Gesicht. Der nahm die Sklavin und führte sie in seinem Zorn an ihren Platz zurück; dort sprach er zu ihr: ,Bei Allah, ich habe in meinem Leben noch keine schamlosere Sklavin gesehen als dich! Du hast mich und dich heute brotlos gemacht, und alle Kaufleute sind um deinetwillen wider mich aufgebracht.' Doch auf ihrem Wege hatte einer

1. Die weiße Farbe ist sonst ein Zeichen der Freude.

der Kaufleute die beiden gesehen, und der bot nun zehn Dinare mehr für sie; der Name jenes Kaufmannes aber war Schihâb ed-Dîn. Der Makler bat die Sklavin, sie jenem verkaufen zu dürfen; und sie sprach: ‚Zeige ihn mir, auf daß ich ihn mir ansehen und ihn nach etwas fragen kann! Wenn er das in seinem Hause hat, so will ich ihm verkauft werden; wenn aber nicht, dann nicht.‘ Darauf ließ er sie stehen, trat an den Kaufmann heran und sprach zu ihm: ‚Mein Herr Schihâb ed-Dîn, vernimm, diese Sklavin hat zu mir gesagt, sie wolle dich nach etwas fragen, und wenn du das im Hause hättest, so wolle sie dir verkauft werden. Nun aber hast du gehört, was sie zu deinen Freunden unter den Kaufleuten gesagt hat.‘ – –«

Da bemerkte Schehrezâd, daß der Morgen begann, und sie hielt in der verstatteten Rede an. Doch als die *Achthundertundzweiundsiebzigste Nacht* anbrach, fuhr sie also fort: »Es ist mir berichtet worden, o glücklicher König, daß der Makler zu dem Kaufmann sprach: ‚Du hast gehört, was diese Sklavin zu deinen Freunden unter den Kaufleuten gesagt hat. Und bei Allah, ich scheue mich, sie dir zu bringen, damit sie dir nicht das gleiche antue, was sie deinen Nachbarn angetan hat, und ich nicht vor dir in Unehren dastehe. Doch wenn du mir erlaubst, sie zu dir zu führen, so will ich es tun.‘ Der Kaufmann sagte zu ihm: ‚Bring sie mir!‘ ‚Ich höre und gehorche!‘ erwiderte der Makler und brachte das Mädchen zu ihm. Sie schaute ihn an und sprach zu ihm: ‚Mein Herr Schihâb ed-Dîn, gibt es in deinem Hause Kissen, die mit Abfällen von Hermelinpelzen gestopft sind?‘ ‚Jawohl, du Herrin der Schönen,‘ antwortete er ihr, ich habe zehn Kissen im Hause, die mit Abfällen von Hermelinpelzen gestopft sind. Doch sage mir um Allahs willen, was willst du mit diesen Kissen tun?‘ Sie fuhr fort: ‚Ich will warten, bis du schläfst, und sie dir dann auf Mund und Nase

663

drücken, bis du erstickst.' Dann wandte sie sich zum Makler
und fuhr ihn an: ‚O du gemeinster aller Makler, mir scheint,
du bist von Sinnen, daß du mich seit einer Stunde zunächst
zwei Graubärten vorführst, deren jeder zwei Fehler hat, und
dann zu dem Herrn Schihâb ed-Dîn bringst, der drei Fehler
besitzt: erstens ist er zu kurz geraten, zweitens hat er eine zu
große Nase und drittens einen zu langen Bart. Von ihnen gilt,
was einer der Dichter gesagt hat:

> *Wir sahen nie und hörten nie von einem Menschen,*
> *Der unter den Geschöpfen all gleich diesem ist:*
> *Die Länge einer Spanne hat die Nase, einer Elle*
> *Der Bart, indes sein Wuchs nur einen Finger mißt.*

Ferner sagt ein anderer von ihm:

> *Im Antlitz ragt ihm ein Moscheenturm hervor;*
> *So strebt der kleine Finger aus dem Ring empor;*
> *Und würde alle Welt in seine Nase gehn,*
> *So wäre bald kein Mensch auf Erden mehr zu sehn.'*

Als der Kaufmann Schihâb ed-Dîn solche Worte aus dem
Munde der Sklavin vernahm, kam er aus seinem Laden herab,
ergriff den Makler beim Kragen und schrie ihn an: ‚Du Unseligster der Makler, wie kannst du mit einer Sklavin zu uns
kommen, die uns einen nach dem andern schmäht und verspottet mit Poeterei und Worten der Schwätzerei?' Da packte
der Makler sie wieder und führte sie vor sich her von dannen,
indem er zu ihr sprach: ‚Bei Allah, mein Leben lang habe ich,
seit ich in diesem Berufe bin, noch nie eine Sklavin gesehen,
die schamloser wäre als du, und kein Stern brachte mir mehr
Unglück als der deine. Denn du hast mich heute brotlos gemacht und hast mir nichts anderes eingebracht, als daß ich auf
den Nacken geschlagen und am Kragen gepackt wurde.' Danach trat er mit ihr vor einen anderen Kaufmann, der Sklaven

664

und Diener besaß, und sprach zu ihr: ‚Willst du diesem Kaufmann, dem Herrn 'Alâ ed-Dîn, verkauft werden?' Sie schaute ihn an, und als sie bemerkte, daß er bucklig war, rief sie: ‚Der da hat ja einen Buckel! Von ihm hat der Dichter gesagt:

> *Die Schultern sind ihm kurz, doch hoch wölbt sich sein Rücken;*
> *Er gleicht dem Satan, der den Stern zum Wurfe hebt;*
> *Es ist, als hätte er den ersten Hieb gekostet*
> *Und fühlt erstaunt schon, wie der zweite vor ihm schwebt.*

Und ein anderer Dichter sagt von ihm:

> *Wenn euer Buckelmann aufs Maultier steigt,*
> *So wird auf ihn mit Fingern bald gezeigt.*
> *Ist's nicht zum Lachen? Staunet nicht, ihr Leut,*
> *Wenn unter ihm das Tier vor Schrecken scheut!*

Und ein dritter sagt von ihm:

> *Oft hat der Buckelmann zu seinem Buckel auch*
> *Noch andre Fehler, daß die Augen all erschrecken;*
> *Er schrumpft in sich zusammen wie ein trockner Zweig,*
> *Den die Zitronen, lang schon ausgedörrt, bedecken.'*

Aber eilends ergriff der Makler sie, führte sie zu einem andern Kaufmann und sprach zu ihr: ‚Willst du an diesen verkauft werden?' Als sie ihn anblickte und sah, daß er triefäugig war, rief sie: ‚Der da hat Triefaugen! Wie kannst du mich an ihn verkaufen? Von ihm hat einer der Dichter gesagt:

> *Dem Manne, dem das Auge trieft,*
> *Zerstört sein Leiden alle Kraft.*
> *Ihr Leute, bleibet stehn und seht,*
> *Was dort der Staub im Auge schafft!'*

Da führte der Makler sie wieder fort, brachte sie zu einem anderen Kaufmann und sprach zu ihr: ‚Willst du ihm verkauft werden?' Doch da sie sah, daß jener einen langen Bart hatte, antwortete sie dem Makler: ‚Heda, dieser Mann ist ein Widder, dem der Schwanz aus dem Halse wächst! Wie kannst du mich an ihn verkaufen, du unseligster der Makler? Hast du nie gehört, daß alle Langbärte kurzen Verstand haben und daß, je länger der Bart, desto geringer der Verstand ist? Das ist unter den Verständigen bekannt, wie ja auch der Dichter dafür die Worte fand:

> Wenn je dem Mann mit langem Bart
> Der Bart die äußre Würde wahrt,
> So wird, je kürzer sein Verstand,
> Doch immer länger ihm der Bart.

Oder wie ein anderer Dichter von ihm sagt:

> Wir haben einen Freund, und der hat einen Bart;
> Den machte Allah lang, so daß er nutzlos wallt.
> Es ist, als wäre er gleich einer Wintersnacht,
> So voller Finsternis, so lang und auch so kalt.'

Nun aber packte der Makler sie und ging mit ihr zurück. ‚Wohin gehst du mit mir?' fragte sie ihn; und er antwortete ihr: ‚Zu deinem Herrn, dem Perser; mir genügt, was mir an diesem Tage schon um deinetwillen widerfahren ist. Du hast durch deinen Mangel an feiner Sitte uns beide, mich und ihn, um unseren Verdienst gebracht.' Doch sie schaute auf dem Markte umher, blickte nach rechts und nach links, vorwärts und rückwärts; da wollte es das Geschick, daß ihr Auge auf Nur ed-Dîn 'Alî, den Kairiner, fiel, und sie erkannte in ihm einen schönen Jüngling, mit Wangen so blank, von Wuchse so schlank, der erst vierzehn Jahre zählte, herrlich an Schönheit und Lieblichkeit, Anmut und Zierlichkeit, gleich dem vollen Mond, wenn er in der vierzehnten Nacht am Himmel thront, mit einer Stirne blütenrein, einer Wange von rötlichem Schein, einem Halse wie Marmorstein, Zähnen wie Juwelenreihn und Lippentau süßer als Zuckerwein, wie einer, der ihn beschrieb, gesagt hat:

666

Seine große Schönheit lockte einst zum Wettstreit in die Reihn
Volle Monde und Gazellen; doch ich sagte: ,Haltet ein!
Haltet euch zurück, Gazellen, und vergleichet euch doch nicht
Diesem Schönen, und ihr Monde, scheuet euch vor dem Gericht!'

Und wie schön ist das Wort eines anderen Dichters:

Mein Freund ist schlank; aus seinen Haaren, seiner Stirne
Entstehen Finsternis und Licht auf Erden hier.
Das Mal auf seiner Wange soll euch nicht verwundern;
Der schwarze Fleck ist jeder Anemone Zier.

Als nun jene Maid auf Nûr ed-Dîn schaute, war es, als ob ihr
Verstand von ihr wiche, und ihre Seele ward von heftiger
Leidenschaft zu ihm ergriffen, ja, ihr ganzes Herz ward von
der Liebe zu ihm erfüllt. – –«

Da bemerkte Schehrezâd, daß der Morgen begann, und sie
hielt in der verstatteten Rede an. Doch als die *Achthundertund-
dreiundsiebenzigste Nacht* anbrach, fuhr sie also fort: »Es ist mir
berichtet worden, o glücklicher König, daß der Sklavin Herz,
als sie 'Alî Nûr ed-Dîn erblickte, ganz von der Liebe zu ihm
erfüllt ward. Da wandte sie sich zu dem Makler und sprach zu
ihm: ,Wird nicht der junge Kaufmann dort, der zwischen den
Kaufherren sitzt, angetan mit dem gestreiften Ärmelgewand,
ein wenig mehr für mich bieten?' ,O Herrin der Schönen,' erwiderte ihr der Makler, ,dieser Jüngling ist ein Fremdling aus
Kairo, und sein Vater gehört dort zu den größten Kaufherren
und hat mehr Ansehen als alle Kaufleute und Großen jener
Stadt. Erst vor kurzer Zeit ist er in diese Stadt gekommen, und
er wohnt bei einem der Freunde seines Vaters; aber er hat noch
nicht auf dich geboten, weder mehr noch weniger.' Als die
Maid die Worte des Maklers vernommen hatte, zog sie einen
kostbaren Siegelring mit einem Rubin von ihrem Finger und
sprach zu dem Makler: ,Führe mich zu dem schönen Jüngling

dort; und wenn er mich kauft, so soll dieser Ring dir gehören als Entgelt für die Mühe, die du heute mit mir gehabt hast!' Erfreut ging der Makler mit ihr zu Nûr ed-Dîn; und als sie vor ihm stand, betrachtete sie ihn genau und sah von neuem, daß er dem vollen Monde glich, so herrlich war seine Lieblichkeit, so zart seines Wuchses Ebenmäßigkeit, wie einer von denen, die ihn beschrieben, ihm die Verse weiht:

> Auf seinem Antlitz glänzt der Schönheit heller Strahl;
> Aus seinen Blicken eilen Pfeile allzumal.
> Und wer ihn liebt, erstickt, wenn er das bittre Leid
> Der Härte kostet; seine Gunst bringt Seligkeit.
> Der hellen Stirn, dem Wuchs ist meine Lieb geweiht –
> Vollkommnes dem Vollkommnen in Vollkommenheit!
> Und siehe, auf ihm ruht das liebliche Gewand,
> Geknüpft wie um den Neumond mit des Halses Band.
> Wenn um das Aug, die Male meine Träne weint,
> Ist Nacht mit dunkler Nacht in Trauernacht vereint.
> Mein Leib und seine Braue und sein Angesicht
> Sind Neumond bei dem Neumond in des Neumonds Licht.
> Und seine Augen reichen einen Becher Wein
> Den Freunden; der ist süß, mag er auch bitter sein.
> Er stillte meinen Durst mit einem klaren Trank
> Vom frohen Mund, als er in meine Arme sank.
> Daß er mein Blut vergießt und mich dem Tode weiht,
> Gilt ihm als rechtes Recht und als Gerechtigkeit.

Als die Maid so auf Nûr ed-Dîn schaute, sprach sie zu ihm: ‚Mein Gebieter, um Allahs willen, bin ich nicht schön?' Er gab ihr zur Antwort: ‚Du Herrin der Schönen, gibt es in der Welt eine Schönere als dich?' Dann fuhr sie fort: ‚Warum hast du denn zugesehen, wie die Kaufleute immer höher auf mich boten, und hast geschwiegen, ohne ein Wort zu sagen, ohne auch nur einen einzigen Dinar mehr für mich zu bieten, als gefiele ich dir nicht, mein Gebieter?' ‚Ach, meine Herrin,' sagte er darauf, ‚wenn ich in meiner Heimat wäre, so würde ich dich mit allem Gelde, das ich besitze, gekauft haben.‘ Da erwiderte sie ihm: ‚Mein Gebieter, ich sage dir nicht, du sollest mich wider Willen kaufen; aber wenn du nur ein wenig zu meinem Preise hinzufügen wolltest, so würde das mein Herz beruhigen, auch wenn du mich nicht kauftest. Denn dann würden die Kaufleute sagen: ‚Wäre diese Sklavin nicht schön, so hätte dieser Kaufmann aus Kairo nicht höher auf sie geboten, denn die Kairiner sind Kenner in Sklavinnen.‘ Nun ward Nûr ed-Dîn durch die Worte, die das Mädchen sprach, beschämt, und sein Antlitz errötete; und alsbald fragte er den Makler: ‚Wie hoch ist der Preis dieser Sklavin gestiegen?‘ Jener antwortete: ‚Auf neunhundertundsechzig[1] Dinare; dazu kommen noch die Maklergebühren, aber die Abgabe an den Sultan fällt dem Verkäufer zur Last.‘ Da sprach Nûr ed-Dîn zu dem Makler: ‚Gib sie mir für tausend Dinare, Preis und Maklergebühren!‘ Die Sklavin eilte darauf zurück, indem sie den Makler stehen ließ, und rief: ‚Ich verkaufe mich diesem schönen Jüngling um tausend Dinare!‘ Nûr ed-Dîn aber schwieg. Da sprach einer: ‚Wir verkaufen sie ihm‘, und ein anderer: ‚Er verdient sie.‘ Ein dritter rief: ‚Verflucht und der Sohn eines Verfluchten ist einer, der mehr bietet, aber nicht kauft!‘ Und ein vierter: ‚Bei Allah, sie passen zueinander!‘ Und ehe Nûr ed-Dîn sich dessen versah, brachte der Makler schon die Kadis und die Zeugen; und sie schrieben den Vertrag über Kauf und Verkauf auf ein Blatt, und der Makler reichte es Nûr ed-Dîn hin mit den Worten: ‚Nimm deine Sklavin in Empfang, und Allah gesegne sie dir; denn sie gebührt nur dir allein, und nur du passest für sie!‘ Und dann sprach der Makler diese Verse:

1. Im Arabischen versehentlich ‚neunhundertundfünfzig‘.

Das Glück kam zu ihm als gefesselte Maid,
Sie schleifte die Säume am wallenden Kleid.
Und keinem gebührt sie als ihm nur allein –
Auch er kann für sie nur der Würdige sein.

Nûr ed-Dîn schämte sich vor den Kaufleuten und ging alsobald hin und wägte die tausend Dinare ab, die er bei dem Spezereienhändler, dem Freunde seines Vaters, hinterlegt hatte. Dann führte er die Sklavin in das Gemach, das ihm jener alte Spezereienhändler zum Wohnen angewiesen hatte. Als sie dort eintrat, sah sie in ihm einen zerfetzten Teppich und eine alte Lederdecke; da sprach sie zu ihm: ‚Mein Gebieter, habe ich denn gar kein Ansehen bei dir? Verdiene ich nicht, daß du mich in dein eigenes Haus führst, in dem deine Sachen sich befinden? Warum bringst du mich nicht in deines Vaters Haus?‘ ‚Bei Allah, o Herrin der Schönen,‘ erwiderte Nûr ed-Dîn ihr, ‚dies ist das Haus, in dem ich wohne; aber es gehört einem alten Spezereienhändler, einem Einwohner dieser Stadt, der hat es mir angewiesen, daß ich darin wohnen kann. Ich habe dir schon gesagt, daß ich hier ein Fremdling bin und zu den Söhnen der Stadt Kairo gehöre.‘ Da sprach sie zu ihm: ‚Mein Gebieter, das geringste der Häuser genügt mir, bis du in deine Heimat zurückkehrst. Doch, lieber Herr, um Allahs willen, geh hin und hole uns etwas gebratenes Fleisch, dazu Wein, Naschwerk und Früchte!‘ Nûr ed-Dîn aber erwiderte ihr: ‚Bei Allah, o Herrin der Schönen, ich hatte kein Geld bei mir außer den tausend Dinaren, die ich als Preis für dich abgewägt habe, und ich besitze nun kein anderes Geld mehr; ich hatte noch einige Dirhems, die habe ich gestern ausgegeben.‘ Darauf sagte sie zu ihm: ‚Hast du in dieser Stadt keinen Freund, von dem du fünfzig Dirhems borgen kannst, auf daß du sie mir bringst und ich dir sage, was du mit ihnen tun sollst?‘ ‚Ich habe keinen Freund

670

außer dem Spezereienhändler', antwortete er und begab sich sofort zu diesem und sprach zu ihm: ‚Friede sei mit dir, lieber Oheim!' Der Alte erwiderte seinen Gruß und sprach zu ihm: ‚Mein Sohn, was hast du heute für die tausend Dinare gekauft?' Der Jüngling gab zur Antwort: ‚Ich habe für sie eine Sklavin gekauft.' Da rief der Alte: ‚Mein Sohn, bist du von Sinnen, daß du eine einzige Sklavin für tausend Dinare kaufst? Ich möchte wissen, welcher Art diese Sklavin ist!' Nûr ed-Dîn erwiderte: ‚Lieber Oheim, sie ist eine Maid von den Töchtern der Franken.' – –«

Da bemerkte Schehrezâd, daß der Morgen begann, und sie hielt in der verstatteten Rede an. Doch als die *Achthundertund-vierundsiebenzigste Nacht* anbrach, fuhr sie also fort: »Es ist mir berichtet worden, o glücklicher König, daß Nûr ed-Dîn zu dem alten Spezereienhändler sprach: ‚Sie ist eine Maid von den Töchtern der Franken.' Darauf erwiderte der Alte: ‚Wisse, mein Sohn, die besten von den Töchtern der Franken kosten bei uns in dieser Stadt nur hundert Dinare. Bei Allah, mein Sohn, mit dieser Sklavin bist du betrogen worden. Wenn sie dir gefällt, so verbringe diese eine Nacht bei ihr und stille dein Begehren an ihr! Morgen aber führe sie wieder auf den Markt und verkaufe sie, auch wenn du zweihundert Dinare an ihr verlieren solltest! Nimm an, du hättest Schiffbruch erlitten oder Räuber hätten dich unterwegs überfallen!' Nûr ed-Dîn antwortete: ‚Deine Worte sind recht; doch, lieber Oheim, du weißt ja, daß ich nur die tausend Dinare besaß, für die ich die Sklavin gekauft habe, und daß mir nicht ein einziger Dirhem übrig geblieben ist, den ich ausgeben könnte. Nun möchte ich, daß du in deiner Güte und Huld mir fünfzig Dirhems leihest, für die ich bis morgen etwas kaufen kann. Dann will ich die Sklavin wieder verkaufen und dir von dem Erlös für sie das

Geld zurückzahlen.' Da sagte der Alte: ‚Die will ich dir gern geben, mein Sohn.' Und nachdem er ihm fünfzig Dirhems abgewägt hatte, fuhr er fort: ‚Lieber Sohn, du bist ein Jüngling, jung an Jahren, und diese Sklavin ist schön. Nun wird sich vielleicht dein Herz an sie hängen, und dann wird es dir nicht leicht werden, sie zu verkaufen. Du besitzest aber nichts, das du ausgeben könntest, und wenn du mit diesen fünfzig Dirhems fertig geworden bist, so wirst du wieder zu mir kommen, und ich werde dir wieder Geld leihen, einmal, zweimal, dreimal bis zum zehnten Male. Kommst du aber dann noch wieder zu mir, so werde ich dir den Gruß unseres Glaubens nicht erwidern, und du wirst unserer Freundschaft mit deinem Vater ein Ende bereiten.' Darauf gab ihm der Scheich die fünfzig Dirhems, Nûr ed-Dîn nahm sie hin und brachte sie der Sklavin; die sprach zu ihm: ‚Mein Gebieter, geh sogleich zum Basar und hole uns für zwanzig Dirhems gefärbte Seide in fünf Farben; und für die übrigen dreißig Dirhems kaufe uns Fleisch, Brot, Früchte, Wein und Blumen.' So begab er sich denn zum Basar und kaufte dort alles, was jene Sklavin verlangt hatte, und brachte es ihr. Da erhob sie sich sofort, streifte ihre Ärmel auf, kochte die Speisen und bereitete sie aufs beste zu; dann setzte sie ihm das Mahl vor, und die beiden aßen miteinander, bis sie sich gesättigt hatten. Schließlich trug sie den Wein auf und trank mit ihm; und indem sie ihm freundlich zuredete, gab sie ihm so lange Wein zu trinken, bis er trunken ward und einschlief. Nun aber erhob die Maid sich alsbald, entnahm ihrem Bündel eine Tasche von Leder aus Tâïf[1], öffnete die und holte aus ihr zwei Nadeln hervor; dann setzte sie sich nieder und arbeitete so lange, bis sie ihr Werk vollendet hatte; das war ein schöner Gürtel, und den hüllte sie, nachdem sie ihn ge-

1. Eine Stadt in Arabien, südlich von Mekka.

säubert und geglättet hatte, in ein Tuch und legte das Ganze unter das Kissen. Danach nahm sie ihre Kleider ab, legte sich neben Nûr ed-Dîn nieder und knetete ihn, bis er aus seinem Schlafe erwachte. Nun fand er neben sich eine Maid, die da war wie reines Silber, weicher als Seide und zarter als der Fettschwanz des Schafes, sichtbarer als ein Panier, und schöner als unter Kamelen das rote Tier[1]; fünf Fuß hoch war ihre Gestalt, ihre Brüste waren fest geballt; die Brauen geschweift gleich den Bogen, von denen die Pfeile schnellen, ihre Augen gleich den Augen der Gazellen; die Wangen schienen Anemonen zu sein, der Rumpf war zart und fein; der Leib voll kleiner Falten, der Nabel konnte eine Unze von Behennußöl enthalten; und ihre Schenkel waren weich, zwei Kissen aus Straußendaunen gleich; doch dazwischen lag, was keine Zunge zu schildern vermag, bei dessen Erwähnung die Träne schon weint; und es war, als hätte der Dichter sie mit diesen Versen gemeint:

> *Nacht entstammet ihren Haaren, ihrem Scheitel Morgenrot;*
> *Ihren Wangen Rosenblüten, ihrem Lippentau der Wein.*
> *Paradies ist ihre Nähe, doch ihr Fernsein Höllentod;*
> *Aus den Zähnen stammen Perlen, aus dem Antlitz Vollmondschein.*

Und wie trefflich ist das Wort eines anderen Dichters:

> *Sie kommt dem Monde gleich, sie neigt sich gleich der Weide;*
> *Sie blickt gazellengleich; ihr Hauch ist Ambra fein.*
> *Es ist, als sei der Gram mir fest ins Herz geschmiedet;*
> *Wenn sie von dannen geht, so findet er sich ein.*
> *Ihr Antlitz überstrahlt der Plejaden Glanz;*
> *Und ihrer Stirne Licht beschämt den Neumond ganz.*

Und ein dritter Dichter sagt:

> *Wie Monde strahlen sie, entschleiern ihre Sicheln,*
> *Sie neigen sich wie Zweige, blicken Rehen gleich.*

1. Die roten Kamele gelten als die edelsten; daher bezeichnet der Ausdruck ,rotes Kamel' auch alles Wertvolle und Vortreffliche.

Und Schwarzgeäugte strahlen dort; und ihre Schönheit
Macht sie durch der Plejaden[1] Gunst an Gütern reich.

Und sofort wandte Nûr ed-Dîn sich der Sklavin zu und zog sie an seine Brust, sog erst an ihrer Unterlippe, dann an ihrer Oberlippe und ließ schließlich die Zunge zwischen den Lippen in ihren Mund gleiten. Dann kam er über sie, und ihm ward offenbar, daß sie eine undurchbohrte Perle und ein ungebrochenes Füllen war. Er nahm ihr das Mädchentum und konnte ihre Gunst genießen, und ein unlösliches, untrennbares Band der Liebe begann sie zu umschließen. Er ließ Küsse auf ihre Wange fallen, gleichwie die Kiesel ins Wasser sausen, und regte sich wie die fliegenden Lanzen in Kampfesgrausen. Denn Nûr ed-Dîn sehnte sich danach, Nacken zu umschlingen und Lippen saugend zu bezwingen, Locken frei wallen zu lassen und Rümpfe eng zu umfassen, die Zähne in Wangen zu drücken und sich eng an Brüste zu rücken, mit Kairiner Bewegungen und jemenischen Regungen, mit abessinischem Liebesstöhnen und der Hingabe von Indiens Söhnen, mit nubischer Brunst und unterägyptischer Kunst, mit dem Schluchzen, wie es in Damietta bekannt, der Glut wie im oberägyptischen Land, und der Weltvergessenheit, wie sie die Alexandriner übermannt. Und dieser Maid waren all diese Vorzüge geweiht, zusamt ihrer übergroßen Lieblichkeit und Zierlichkeit, wie der Dichter von ihr singt:

> *In all der Zeit kann ich sie nimmermehr vergessen;*
> *Ich nahe keinem je, der sie nicht nahe bringt.*
> *Es ist, als sei sie nach des Vollmonds Bild erschaffen,*
> *Daß ihrem Herrn und Schöpfer Lob und Preis erklingt.*
> *Ist meine Sünde groß, weil ich sie lieb, so bin ich,*
> *Wenn ich sie sehe, doch zur Reue nicht bereit.*

1. Die Plejaden bringen Regen und Fruchtbarkeit und sind daher ein Glücksgestirn.

> *Sie raubte mir den Schlaf, sie brachte Leid und Qualen;*
> *Mein Herze staunt verwirrt ob ihrer Wesenheit.*
> *Ich sang ein Liebeslied, das andre nie verstehen*
> *Als nur der Jüngling, der den Sinn der Lieder kennt.*
> *Ach, niemand weiß von Sehnsucht, wenn sie ihn nicht quälte;*
> *Die Liebe kennt nur der, in dessen Herz sie brennt.*

So ruhte nun Nûr ed-Dîn bei jener Maid bis zur Morgensonne in Freude und Wonne. – –«

Da bemerkte Schehrezâd, daß der Morgen begann, und sie hielt in der verstatteten Rede an. Doch als die *Achthundertundfünfundsiebenzigste Nacht* anbrach, fuhr sie also fort: »Es ist mir berichtet worden, o glücklicher König, daß Nûr ed-Dîn bei jener Maid ruhte bis zur Morgensonne in Freude und Wonne, angetan mit der Umarmung festgeknüpftem Kleid, sicher vor der Nächte und des Tages Leid; die beiden verbrachten die Nacht im schönsten Beieinandersein, und im trauten Verein brauchten sie um Geschwätz und Gerede nicht besorgt zu sein; wie ein Dichter der Trefflichkeit ihnen diese Worte weiht:

> *Geh hin zu deinem Lieb und laß des Tadlers Worte!*
> *Denn wer da neidet, ist der Liebe niemals gut.*
> *Ach, der Erbarmer schuf nie einen schönren Anblick,*
> *Als wenn ein liebend Paar auf Einem Bette ruht.*
> *Umschlungen liegen sie, bedeckt vom Kleid der Freude;*
> *Als Kissen dienen ihnen beiden Arm und Hand,*
> *Und sind die Herzen dann in treuer Lieb verbunden,*
> *Zerschlägt auf Erden keiner solch ein stählern Band.*
> *Der du die Liebe an dem Volk der Liebe tadelst,*
> *Kannst du dem kranken Herzen wohl ein Retter sein?*
> *Wenn dir in deinem Leben je ein Treuer nahet,*
> *Ein solcher Freund ist trefflich. Leb für ihn allein!*

Als nun der Morgen sich erhob und die Welt mit seinen leuchtenden Strahlen durchwob, erwachte Nûr ed-Dîn aus seinem Schlafe und sah, wie die Maid schon Wasser gebracht hatte.

Da vollzogen beide die religiöse Waschung, und er sprach die Gebete, die er seinem Herrn schuldig war. Darauf brachte sie ihm ein wenig zu essen und zu trinken, und er aß und trank. Schließlich aber griff die Maid mit ihrer Hand unter das Kissen, zog den Gürtel hervor, den sie in der Nacht gearbeitet hatte, und reichte ihn dem Jüngling, indem sie sprach: ‚Mein Gebieter, nimm diesen Gürtel an dich!‘ Er fragte alsbald: ‚Woher ist dieser Gürtel?‘ Und sie fuhr fort: ‚Mein Gebieter, dies ist die Seide, die du gestern um zwanzig Dirhems gekauft hast! Jetzt mache dich auf und trag ihn zum Basar der Perser; gib ihn dem Makler, daß er ihn zum Verkauf ausrufe, aber verkaufe ihn nur für zwanzig Dinare, bar in die Hand!‘ ‚O Herrin der Schönen,‘ erwiderte er, ‚kann etwas, das zwanzig Dirhems gekostet hat, für zwanzig Dinare verkauft werden, wenn es in einer einzigen Nacht gearbeitet ist?‘ Darauf sagte sie zu ihm: ‚Mein Gebieter, du kennst seinen Wert nicht; bring ihn nur auf den Markt und gib ihn dem Makler, und wenn er ihn ausruft, so wird dir der Wert des Gürtels offenbar werden!‘ Da nahm Nûr ed-Dîn den Gürtel von der Maid entgegen, trug ihn zum Basar der Perser und gab ihn dem Makler, indem er ihm befahl, ihn auszurufen; er selbst aber setzte sich auf die Bank vor einem Laden. Der Makler ging fort, und als er nach einer Weile zurückkehrte, sprach er zu dem Jüngling: ‚Wohlan, mein Herr, nimm den Erlös für deinen Gürtel in Empfang, er hat zwanzig Dinare eingebracht, bar in die Hand!‘ Als Nûr ed-Dîn diese Worte von dem Makler hörte, verwunderte er sich gar sehr und tanzte vor Freuden hin und her. Dann ging er hin, um die zwanzig Dinare zu holen, aber er schwankte noch zwischen Glauben und Unglauben. Doch als er das Geld erhalten hatte, ging er auf der Stelle fort und kaufte dafür Seide von allen Farben, damit die Maid Gürtel daraus verfertige. Darauf kehrte er nach Hause zurück und gab ihr die Seide, indem er sprach: ‚Mache all das zu Gürteln und lehre auch mich die Kunst, auf daß ich mit dir arbeiten kann; denn in meinem ganzen Leben habe ich noch nie eine schönere Kunst gesehen als diese, noch auch eine, die reicheren Gewinn einträgt! Bei Allah, sie ist tausendmal schöner als das Kaufmannsgewerbe!‘ Die Maid lächelte über seine Worte und sprach zu ihm: ‚Lieber Herr Nûr ed-Dîn, geh zu deinem Freunde, dem Spezereienhändler, und borge von ihm dreißig Dirhems. Morgen kannst du sie ihm aus dem Erlös des Gürtels zurückzahlen mitsamt den fünfzig Dirhems, die du bereits von ihm geliehen hast!‘ Da machte er sich auf und ging zu seinem Freunde, dem Spezereienhändler, und sprach zu ihm: ‚Lieber Oheim, leih mir noch dreißig Dirhems; morgen, so Allah der Erhabene will, werde ich dir die achtzig Dirhems zusammen wiedergeben.‘ Der Alte wägte ihm dreißig Dirhems ab, Nûr ed-Dîn nahm sie und ging damit auf den Markt; dort kaufte er Fleisch und Brot, Naschwerk, Früchte und Blumen, wie er es am Tage zuvor getan hatte, und brachte alles der Maid. Der Name jener Maid aber war Marjam die Gürtlerin. Nachdem sie nun das Fleisch erhalten hatte, begann sie alsobald prächtige Speisen zu bereiten, und die setzte sie ihrem Herrn Nûr ed-Dîn vor. Dann richtete sie den Weintisch und trat selber herzu, um mit ihm zu trinken; und sie schenkte ihm ein und reichte ihm den Becher, und auch er füllte ihn und gab ihr zu trinken. Wie nun der Wein ihnen beiden die Sinne betörte, gefielen ihr seine anmutige Art und sein feines Wesen, und sie sprach diese Verse:

> Ich sprach zum Schlanken, als er aus dem Becher trank,
> In den der Moschusduft von seinem Odem sank:
> ‚Ward der gepreßt aus deinen Wangen?‘ Er sprach: ‚Nein!
> Seit wann denn preßt man aus den Rosenblättern Wein?‘

So zechten die Maid und Nûr ed-Dîn miteinander, und immer wieder ward ihm von ihrer Hand Becher und Schale dargebracht, und sie bat ihn, ihr einzuschenken und sie zu tränken mit dem, was die Seelen fröhlich macht. Doch jedesmal, wenn er die Hand nach ihr ausstreckte, zog sie sich von ihm zurück in tändelndem Spiel, so daß ihm in der Trunkenheit ihre Schönheit und Anmut noch immer mehr gefiel; und da sprach er diese Verse:

Eine Schlanke, die den Wein begehrte, sprach zum Trautgesell,
Als er sorgte, daß sich ihr die Lust am Freudentag vergäll:
‚Reichst du mir den Kelch des Weines nicht zum Trunke in die Hand,
Magst du ferne von mir nächten!‘ Und er ward von Furcht gebannt.

In dieser Weise tranken die beiden miteinander, bis die Trunkenheit ihn übermannte und er einschlief. Nun machte sie sich sofort an ihr Werk und begann nach ihrer Gewohnheit an einem Gürtel zu arbeiten. Als sie damit fertig war, säuberte sie ihn und hüllte ihn in ein Blatt Papier; dann legte sie ihre Gewänder ab und ruhte ihm zur Seite bis zum Morgen. – «

Da bemerkte Schehrezâd, daß der Morgen begann, und sie hielt in der verstatteten Rede an. Doch als die *Achthundertundsechsundsiebenzigste Nacht* anbrach, fuhr sie also fort: »Es ist mir berichtet worden, o glücklicher König, daß Marjam die Gürtlerin, als sie die Arbeit an dem Gürtel beendet, ihn gesäubert und in ein Blatt Papier gehüllt hatte, ihre Kleider ablegte und zur Seite des Jünglings ruhte bis zum Morgen; und sie waren beisammen in Liebesvereinigung. Dann erhob Nûr ed-Dîn sich und erfüllte seine Pflicht des Gebetes; und sie reichte ihm den Gürtel mit den Worten: ‚Trag ihn auf den Markt und verkaufe ihn für zwanzig Dinare, wie du gestern den ersten verkauft hast!‘ Da nahm er ihn hin, brachte ihn zum Basar und verkaufte ihn um zwanzig Dinare; dann begab er sich zu dem

Spezereienhändler und zahlte ihm die achtzig Dirhems zurück, indem er ihm für seine Güte dankte und den Segen des Himmels auf ihn herabrief. Der fragte ihn: ‚Mein Sohn, hast du die Sklavin verkauft?' Doch Nûr ed-Dîn erwiderte: ‚Willst du mein Unglück herauf beschwören? Wie könnte ich die Seele aus meinem Leibe verkaufen?' Darauf erzählte er ihm sein Erlebnis von Anfang bis zu Ende und berichtete ihm alles, was geschehen war. Dessen freute sich der alte Spezereienhändler gar sehr, und seine Freude kannte keine Grenzen mehr; und er sprach: ‚Bei Allah, mein Sohn, du machst mich froh. So Gott will, möge es dir immer gut gehen! Wahrlich, ich will nur dein Bestes um meiner Liebe zu deinem Vater und der Dauer unserer Freundschaft willen.' Da verließ Nûr ed-Dîn den Scheich und begab sich alsbald zum Basar, kaufte Fleisch und Früchte, Wein und alles, was er brauchte, nach seiner Gewohnheit, und brachte es der Maid. Und von nun an blieben der Jüngling und die Maid ein ganzes Jahr zusammen bei Speise und Trank, in Frohsinn und Heiterkeit, in Liebe und trautem Verein. In jeder Nacht verfertigte sie einen Gürtel, und am nächsten Morgen verkaufte er ihn für zwanzig Dinare; von denen gab er so viel aus, wie er nötig hatte, während er das übrige der Maid gab, damit sie es für die Zeit der Not aufbewahre. Als aber das Jahr verstrichen war, sprach die Maid zu ihm: ‚O Nûr ed-Dîn, mein Gebieter, wenn du morgen den Gürtel verkaufst, so kaufe mir für den Erlös bunte Seide in sechs Farben! Denn ich gedenke ein Tuch zu machen, das du um deine Schultern legen sollst, so schön, wie sich seiner noch kein Kaufmannssohn, ja auch kein Königssohn erfreut hat.' Als danach Nûr ed-Dîn zum Basar gegangen war und den Gürtel verkauft hatte, kaufte er die bunte Seide, wie die Maid es ihm gesagt hatte, und brachte sie ihr. Und Marjam die Gürtlerin arbeitete eine volle Woche an dem Tuche; jede Nacht, wenn sie den Gürtel beendet hatte, arbeitete sie an dem Tuch, bis es fertig war. Darauf gab sie es Nûr ed-Dîn, und der legte es um die Schultern und ging auf dem Basar umher. Da blieben die Kaufherren und die vornehmen Leute der Stadt in Reihen um ihn stehen, um seine Schönheit und jenes Tuch, das so schön gearbeitet war, anzuschauen.

Nun begab es sich, daß Nûr ed-Dîn, als er eines Nachts im Schlafe ruhte, plötzlich aus dem Schlummer erwachte und hörte, wie seine Sklavin bitterlich weinte und diese Verse sprach:

> *Der Abschied vom Geliebten ist in nächster Näh –*
> *Ach, wehe ob der Trennung, weh, o Unglück, weh!*
> *Zersprungen ist mein Herz, ach, wehe meinem Leid*
> *Um all die Freudennächte in vergangner Zeit!*
> *Nun muß der Neider bald mit seinem bösen Spiel*
> *Der Augen auf uns schaun; und er gewinnt sein Ziel.*
> *Ach, größres Unheil als der Neid bedroht uns nicht,*
> *Wenn uns das Aug der Späher und Verleumder sticht.*

Da fragte er sie: ‚O Marjam, meine Gebieterin, was ist dir, daß du weinst?‘ Sie gab ihm zur Antwort: ‚Ich weine ob der Qual der Trennung; denn mein Herz fühlt sie schon.‘ ‚O Herrin der Schönen,‘ rief er, ‚wer sollte uns denn trennen können, da ich dich doch von allen Geschöpfen am innigsten liebe und am zärtlichsten hege?‘ Und sie entgegnete: ‚Ach, ich liebe dich zwiefach so sehr wie du mich; doch wenn die Menschen zu gut von den Schicksalsmächten denken, so geraten sie in Leid; und schön spricht der Dichter in seinen Worten:

> *Du dachtest gut von Tagen, wenn sie günstig waren;*
> *Und auf des Schicksals Drohen gabst du keine acht.*
> *Du ließest von der Nächte Frieden dich umgaukeln;*
> *Doch oftmals kommt das Dunkel auch in klarer Nacht.*
> *Am Himmel stehen Sterne, ungezählte Scharen;*
> *Allein die Finsternis bedeckt nur Sonn und Mond.*

Wie viele Bäume sind auf Erden, grüne, kahle!
Doch nur was Früchte trägt, wird nicht vom Stein verschont.
Du siehst ja, wie im Meer das Aas nach oben treibt,
Die Perle aber drunten in der Tiefe bleibt.

Dann fuhr sie fort: ‚O Nûr ed-Dîn, mein Gebieter, wenn du willst, daß wir nicht getrennt werden, so nimm dich vor einem fränkischen Manne in acht, der auf dem rechten Auge blind und am linken Beine lahm ist! Er ist ein alter Mann, mit dunklem Gesicht und struppigem Bart, und er wird die Ursache unserer Trennung sein. Ich hab gesehen, daß er in diese Stadt gekommen ist, und ich glaube, daß er nur um mich zu suchen hier ist.‘ Nûr ed-Dîn sagte darauf: ‚O Herrin der Schönen, wenn meine Augen ihn erblicken, so schlage ich ihn tot und mache ihn zu einem warnenden Beispiel!‘ Doch Marjam rief: ‚Mein Gebieter, töte ihn nicht! Sprich nicht mit ihm und laß dich nicht auf Kauf und Verkauf mit ihm ein, verkehr nicht mit ihm, sitz und geh nicht mit ihm, ja, wechsle kein einziges Wort mit ihm! Ich flehe zu Allah, daß er uns vor des Mannes Unheil und Tücke bewahre!‘ Als es Morgen ward, nahm Nûr ed-Dîn den Gürtel, trug ihn zum Basar und setzte sich auf die Bank vor einem Laden, um mit den Söhnen der Kaufleute zu plaudern. Doch da kam Schläfrigkeit über ihn, und er schlief auf jener Ladenbank ein. Während er nun dort schlummerte, geschah es, daß jener Franke, begleitet von sieben anderen Franken, zur selben Zeit über den Markt kam. Da sah er, wie Nûr ed-Dîn auf der Bank lag, das Gesicht mit jenem Tuch bedeckt, dessen einen Zipfel er in der Hand hielt. Der Franke setzte sich neben ihm nieder, nahm den Zipfel des Tuchs und wandte ihn in seiner Hand hin und her; das tat er eine Weile, bis Nûr ed-Dîn es bemerkte und aus dem Schlaf erwachte. Nun sah er den Franken, den die Maid ihm beschrieben hatte, wirklich zu seinen Häupten sitzen, und da schrie er ihn mit einem lauten Schrei an, so daß jener erschrocken auffuhr und zu ihm sprach: ‚Warum schreist du uns so an? Haben wir dir denn etwas gestohlen?' Doch Nûr ed-Dîn rief: ‚Bei Allah, Verfluchter, hättest du mir etwas gestohlen, so würde ich dich zum Wachthauptmann schleppen!' Der Franke aber fuhr fort: ‚Du Muslim, bei deinem Glauben und bei dem, was dir heilig ist, sage mir, woher du dies Tuch hast!' Und Nûr ed-Dîn antwortete: ‚Es ist die Arbeit meiner Mutter.' – –«

Da bemerkte Schehrezâd, daß der Morgen begann, und sie hielt in der verstatteten Rede an. Doch als die *Achthundertundsiebenundsiebenzigste Nacht* anbrach, fuhr sie also fort: »Es ist mir berichtet worden, o glücklicher König, daß Nûr ed-Dîn, als der Franke ihn fragte, wer jenes Tuch gemacht habe, ihm zur Antwort gab: ‚Es ist die Arbeit meiner Mutter; sie hat es für mich mit eigener Hand verfertigt.' Nun fragte der Franke weiter: ‚Willst du es mir verkaufen und das Geld dafür von mir in Empfang nehmen?' ‚Bei Allah, du Verfluchter,' rief Nûr ed-Dîn, ‚ich verkaufe es nicht, weder dir noch einem andern. Sie hat nur dies eine gemacht, und zwar allein für mich.' ‚Verkaufe es mir, ich will dir auf der Stelle fünfhundert Dinare dafür geben; und laß sie, die es für dich gemacht hat, dir ein anderes, schöneres verfertigen.' ‚Ich verkaufe es nie und nimmer, denn es gibt in dieser ganzen Stadt nicht seinesgleichen.' ‚Lieber Herr, willst du es mir nicht einmal für sechshundert Dinare feinen Goldes verkaufen?' Und nun bot der Franke immer je hundert Dinare mehr, bis er neunhundert geboten hatte. Da sagte Nûr ed-Dîn: ‚Allah wird mir schon anderen Verdienst schenken als durch diesen Verkauf. Ich will es nie und nimmer verkaufen auch nicht für zweitausend Dinare oder noch mehr!' Aber jener Franke ließ nicht ab, den Jüngling mit Geldangeboten für das Tuch in Versuchung zu führen, und nun bot er gar tausend Dinare. Da sagten einige von den Kaufleuten, die zugegen waren: ‚Wir verkaufen dir dies Tuch; zahle diesen Preis!' Dennoch rief Nûr ed-Dîn: ‚Ich verkaufe es nicht, bei Allah!' Darauf sprach einer der Kaufleute zu ihm: ‚Bedenke, mein Sohn, dies Tuch ist hundert Dinare wert, wenn es hoch kommt und wenn sich jemand findet, der darauf begierig ist. Wenn nun dieser Franke im ganzen tausend Dinare dafür bezahlt, so gewinnst du neunhundert, und was willst du noch mehr als einen solchen Gewinn? Deshalb rate ich dir, verkaufe ihm dies Tuch und nimm die tausend Dinare an; dann sag der, die es für dich gemacht hat, sie solle dir ein anderes, schöneres verfertigen! So nimmst du diesem verfluchten Franken, dem Feinde unseres Glaubens, die tausend Dinare ab.' Aus Scheu vor den Kaufleuten verkaufte Nûr ed-Dîn dem Franken das Tuch um tausend Dinare, und der zahlte ihm das Geld in Gegenwart der Leute; doch als der Jüngling sich umwenden und zu seiner Sklavin Marjam gehen wollte, um ihr die frohe Botschaft von seinem Verdienst durch den Franken zu bringen, rief jener: ‚Ihr Herren Kaufleute, haltet den Herrn Nûr ed-Dîn zurück; denn ihr sollt mit ihm heute abend meine Gäste sein! Ich habe nämlich ein Faß alten griechischen Weines bei mir, dazu ein fettes Lamm, Früchte, Naschwerk und Blumen; deshalb erfreut mich heute abend durch eure Gesellschaft, und keiner von euch bleibe zurück!' Da sprachen die Kaufleute: ‚Lieber Herr Nûr ed-Dîn, wir wünschen, daß du an einem solchen Abend bei uns seiest, auf daß wir mit dir plaudern können, und wir bitten dich, du wollest in deiner Güte bei uns bleiben, so daß wir mit dir die Gäste dieses Franken sein können; er ist doch ein freigebiger Mann.' Dann beschworen sie ihn sogar bei dem Eide der Scheidung und hinderten ihn mit

Gewalt daran, nach Hause zu gehen. Und danach gingen sie sogleich hin, schlossen die Läden, nahmen Nûr ed-Dîn mit sich und begleiteten den Franken zu einem schönen, geräumigen Saal mit zwei Estraden. Dort hieß er sie sich setzen und breitete vor ihnen einen Tisch von wunderbarer Arbeit, ein herrliches Kunstwerk; darauf waren Gestalten von solchen, die das Herz zerbrechen, und anderen, denen es gebrochen ward, von Liebenden und Geliebten, von Bittenden und Gebetenen. Auf jenen Tisch stellte der Franke kostbare Schalen aus Porzellan und aus Kristall, die alle mit Naschwerk, Früchten und Blumen von köstlicher Art gefüllt waren. Darauf brachte er ihnen ein Faß voll alten griechischen Weines und befahl, ein fettes Lamm zu schlachten; und nachdem er ein Feuer entzündet hatte, begann er jenes Fleisch zu rösten und die Kaufleute damit zu speisen. Auch gab er ihnen von jenem Weine zu trinken, indem er sie durch Zeichen auf Nûr ed-Dîn hinwies, daß sie ihn zum Trinken ermuntern sollten; so schenkten sie ihm denn immerfort ein, bis er trunken ward und die Besinnung verlor. Als der Franke ihn nun im Rausche versunken sah, sprach er zu ihm: ,Du erfreust uns heut abend durch deine Gesellschaft, lieber Herr Nûr ed-Dîn; willkommen, herzlich willkommen!' Und er, der Mann aus dem Frankenland, redete mit freundlichen Worten auf den Jüngling ein, trat nahe an ihn heran, setzte sich an seine Seite und flüsterte ihm eine Weile heimliche Worte zu; schließlich sprach er zu ihm: ,Mein lieber Herr Nûr ed-Dîn, willst du mir nicht deine Sklavin verkaufen, jene, die du in Gegenwart dieser Kaufherren vor einem Jahre um tausend Dinare gekauft hast? Ich will dir sogleich fünftausend als Preis für sie zahlen, so gewinnst du viertausend Dinare.' Nûr ed-Dîn weigerte sich, aber jener Franke ließ nicht ab, ihm mit Speise und Trank zuzusetzen und in ihm den Wunsch nach dem Gelde zu erwecken, bis er ihm schließlich zehntausend Goldstücke für die Sklavin bot. Da lallte Nûr ed-Dîn in seinem Rausche vor all den Kaufleuten: ‚Ich verkaufe sie dir, her mit den zehntausend Dinaren!' Über diese Worte war der Franke aufs höchste erfreut, und er rief die Kaufleute zu Zeugen an; und nun verbrachten sie die Nacht bei Speise und Trank und in lauter Wonne bis zum Aufgang der Sonne. Darauf rief der Franke seine Diener und befahl ihnen: ‚Bringt das Geld!' Als sie es ihm gebracht hatten, zählte er vor Nûr ed-Dîn die zehntausend Dinare in barem Gelde hin und sprach zu ihm: ‚Mein lieber Herr Nûr ed-Dîn, nimm dies Geld als Preis für deine Sklavin, die du mir in der letzten Nacht in Gegenwart dieser muslimischen Kaufleute verkauft hast.' Aber Nûr ed-Dîn rief: ‚Du Verruchter, ich habe dir nichts verkauft, du belügst mich, ich habe ja gar keine Sklavinnen!' Der Franke jedoch fuhr fort: ‚Du hast mir deine Sklavin verkauft, und diese Kaufherren sind Zeugen wider dich für den Verkauf.' Und alle Kaufleute sagten: ‚Jawohl, Nûr ed-Dîn, du hast ihm deine Sklavin in unserer Gegenwart verkauft; wir sind Zeugen wider dich, daß du sie ihm für zehntausend Dinare verkauft hast. Wohlan, nimm das Geld, übergib ihm die Sklavin, und Allah wird dir statt ihrer eine bessere geben! Verdrießt es dich etwa, Nûr ed-Dîn, daß du eine Sklavin für tausend Dinare gekauft, ein und ein halbes Jahr ihre Schönheit und Anmut genossen, jeden Tag und jede Nacht dich ihrer Gesellschaft und ihrer Liebe erfreut hast, und daß du jetzt neuntausend Dinare mehr erhalten hast, als sie ursprünglich gekostet hat? Außerdem hat sie dir jeden Tag einen Gürtel gemacht, den du für zwanzig Dinare verkaufen konntest. Nach alledem weigerst du dich jetzt, sie zu verkaufen, und hältst den Gewinn für zu gering! Welcher Gewinn könnte größer sein als dieser Gewinn? Welcher Nutzen größer als dieser Nutzen? Wenn du sie liebst, nun wohl, du hast dich doch in dieser ganzen Zeit an ihr sättigen können: also nimm doch das Geld und kaufe dir eine andere, die noch schöner ist als sie! Oder auch wir wollen dir eine von unseren Töchtern vermählen gegen eine Morgengabe von weniger als die Hälfte dieses Preises. Die Tochter soll noch schöner sein als die Sklavin, und du kannst dann den Rest des Geldes als Kapital in deiner Hand behalten.' So redeten die Kaufleute unablässig auf Nûr ed-Dîn ein mit freundlichen und bestechenden Worten, bis er die zehntausend Dinare als Preis für die Sklavin annahm. Sofort ließ der Franke die Kadis und die Zeugen rufen, und sie schrieben ihm eine Urkunde darüber, daß er die Sklavin namens Marjam die Gürtlerin von Nûr ed-Dîn gekauft habe.

Während all dies mit Nûr ed-Dîn geschah, saß Marjam die Gürtlerin da und wartete auf ihren Herrn den ganzen Tag bis Sonnenuntergang und von Sonnenuntergang bis Mitternacht. Als ihr Herr auch dann noch nicht zu ihr zurückkehrte, ward sie bekümmert und begann bittere Tränen zu vergießen. Der alte Spezereienhändler hörte, wie sie weinte, und sandte seine Frau zu ihr; als die zu der Maid eintrat und ihre Tränen sah, sprach sie zu ihr: ,Liebe Herrin, was ist dir, daß du weinst?' Jene gab zur Antwort: ,Liebe Mutter, sieh, ich warte auf die Heimkehr meines Herren Nûr ed-Dîn; aber bis zu dieser Stunde ist er noch nicht gekommen, und ich fürchte, jemand hat meinetwegen eine List wider ihn ersonnen, damit er mich verkauft, und die List ist gelungen, so daß er mich wirklich verkauft hat.' – –«

Da bemerkte Schehrezâd, daß der Morgen begann, und sie hielt in der verstatteten Rede an. Doch als die *Achthundertund-achtundsiebenzigste Nacht* anbrach, fuhr sie also fort: »Es ist mir
686

berichtet worden, o glücklicher König, daß Marjam die Gürtlerin zur Frau des Spezereienhändlers sprach: ‚Ich fürchte, jemand hat um meinetwillen eine List wider meinen Herrn ersonnen, damit er mich verkauft, und die List ist gelungen, so daß er mich wirklich verkauft hat.' Doch jene erwiderte ihr: ‚Liebe Herrin Marjam, wenn man deinem Herrn auch diesen Saal voll Gold böte, er würde dich nie verkaufen; denn ich kenne seine Liebe zu dir. Nein, liebe Herrin Marjam, es ist wohl eine Gesellschaft aus der Stadt Kairo von seinen Eltern eingetroffen, und er hat ihnen ein Gastmahl bereitet an der Stätte, an der sie abgestiegen sind, weil er sich schämte, sie hierher zu führen; denn diese Stätte wäre nicht geräumig genug für sie. Oder vielleicht ist ihr Stand auch zu gering, als daß er sie in sein eigenes Haus bringen könnte. Oder er will dich vor ihnen verbergen und verbringt die Nacht bei ihnen bis zum Morgen. So Allah der Erhabene will, wird er morgen früh wohlbehalten zu dir kommen. Darum belade deine Seele nicht mit Harm und Gram, meine Herrin; denn das ist sicher der Grund, weshalb er heute nacht von dir fern weilt! Sieh, ich will diese Nacht über bei dir bleiben und dich trösten, bis dein Herr heimkehrt!' Und so suchte die Frau des Spezereienhändlers die Sorgen Marjams zu verscheuchen und ihr Trost zuzusprechen, bis die Nacht ganz vorüber war. Als es aber Morgen ward, sah Marjam, wie ihr Herr Nûr ed-Dîn in die Gasse eintrat, begleitet von jenem Franken und umgeben von einer Schar von Kaufleuten. Kaum hatte sie ihn erblickt, so begann sie an allen Gliedern zu erbeben, ihre Farbe erblich, und sie begann zu schwanken wie ein Schiff auf hoher See im Sturm. Als die Frau des Spezereienhändlers das sah, sprach sie zu ihr: ‚Liebe Herrin Marjam, warum muß ich sehen, daß sich dein Anblick verwandelt, daß dein Antlitz erbleicht und deine Züge ganz erschlaffen?' Die Maid gab ihr zur Antwort: ‚Meine Herrin, bei Allah, mein Herz sagt mir, die Trennung ist nah und das Ende des Beisammenseins ist da!' Darauf begann sie zu stöhnen und in Seufzer auszubrechen, und sie hub an diese Verse zu sprechen:

> *Denke an den Abschied nie;*
> *Denn er bringt uns bittre Leiden!*
> *Wenn die Sonne untergeht,*
> *Wird sie bleich vor Schmerz im Scheiden.*
> *Doch bei froher Wiederkehr*
> *Geht sie auf im Strahlenmeer.*

Dann weinte Marjam so bitterlich, daß ihrem Schmerz kein anderer glich; denn sie war der Trennung gewiß. Und sie sprach zur Frau des Spezereienhändlers: ‚Liebe Herrin, sagte ich dir nicht, man würde wider meinen Herrn Nûr ed-Dîn eine List ersinnen, damit er mich verkaufe? Ich zweifle nicht, daß er mich in der vergangenen Nacht an diesen Franken verkauft hat, gerade den, vor dem ich ihn gewarnt habe. Doch Vorsicht hilft wider das Schicksal nicht, und jetzt ist dir die Wahrheit meiner Worte offenbar geworden.' Während sie so mit der alten Frau redete, trat auch schon ihr Herr Nûr ed-Dîn zu ihr ein; die Maid schaute ihn an und sah, daß seine Farbe erblichen war, daß er an allen Gliedern zitterte und daß Gram und Reue sein Antlitz durchfurchten. Da sprach sie zu ihm: ‚O Nûr ed-Dîn, mein Gebieter, mir scheint, du hast mich verkauft!' Er aber weinte bitterlich, stöhnte und seufzte und sprach diese Verse:

> *Dies ist der Lauf der Welt! Ach, Vorsicht bringt kein Heil!*
> *Hab ich gefehlt, so fehlt doch nie des Schicksals Pfeil.*
> *Hat Gott einmal dem Menschen Unglück zuerkannt,*
> *Und hat dann dieser auch Gehör, Gesicht, Verstand,*
> *So macht Er ihm die Ohren taub, das Auge blind,*
> *Zieht den Verstand aus ihm gleichwie ein Haar geschwind,*

Bis Er, wenn Er an ihm sein Werk vollendet hat,
Verstand ihm wiedergibt; – der geht mit sich zu Rat.
Drum frag von dem, was eintritt, niemals, wie's geschah;
Denn alles hier ist nur durch Los und Schicksal da!

Und nun begann Nûr ed-Dîn sich vor der Maid zu entschuldigen, indem er zu ihr sprach: ‚Bei Allah, o Marjam, meine Gebieterin, die Feder macht zur Tat, was Allah beschlossen hat. Die Leute haben eine List wider mich ersonnen, damit ich dich verkaufte; und die List ist gelungen, und ich habe dich wirklich verkauft. Wahrlich, ich habe mich aufs schwerste wider dich vergangen; aber vielleicht wird durch Ihn, der jetzt die Trennung über uns verhängt, dereinst in Gnaden ein Wiedersehen geschenkt.‘ Sie erwiderte ihm: ‚Ich habe dich davor gewarnt; denn ich ahnte das Unheil.‘ Darauf zog sie ihn an ihre Brust, küßte ihn auf die Stirn und sprach diese Verse:

Bei deiner Liebe, nie vergeß ich deine Freundschaft,
Wenn auch die heiße Sehnsucht mich zu Tode plagt!
Ich klage und ich weine stets bei Nacht und Tage,
Gleichwie im Baum auf sand'ger Höh die Taube klagt.
Mein Leben ist vergällt, mein Lieb, nach deinem Scheiden;
Ach, seit du fern, ist mir ein Wiedersehn versagt!

Während die beiden sich noch umschlungen hielten, erschien plötzlich der Franke vor ihnen und trat heran, um die Hände der Herrin Marjam zu küssen. Sie aber schlug ihm mit der Hand auf die Wange und rief: ‚Hinweg, Verruchter! Unablässig bist du mir gefolgt, bis du schließlich meinen Herrn betört hast. Aber, du Verfluchter, so Allah der Erhabene will, wird noch alles gut werden!‘ Der Franke lachte ob ihrer Worte, doch er staunte ob ihrer Tat, und so entschuldigte er sich vor ihr, indem er sprach: ‚Marjam, meine Herrin, was ist denn meine Schuld? Dieser dein Herr Nûr ed-Dîn hat dich mit seiner Zustimmung und nach freiem Belieben verkauft. Beim Messias, hätte er dich lieb, so hätte er sich nicht wider dich vergangen! Und hätte er nicht sein Verlangen an dir gestillt, so hätte er dich nicht verkauft. Sagt doch einer der Dichter:

> *Wer mich nicht mag, der flieh und weiche bald von mir!*
> *Wenn ich ihn wieder nenne, bin ich ja ein Tor.*
> *Die weite, weite Welt ist mir noch nicht so eng,*
> *Daß ich mir den, der mich nicht mag, allein erkor!'*

Nun war diese Sklavin die Tochter des Königs der Franken; und dessen Hauptstadt dehnte sich nach allen Seiten weit, und sie war reich an Kunstwerken, seltsamen Dingen und des Wachstums Fruchtbarkeit, gleich der Stadt Konstantinopel. Daß diese Maid aber ihres Vaters Stadt verließ, war eine seltsame Geschichte, und daran knüpfen sich wunderbare Berichte; und die wollen wir jetzt der Reihe nach aneinanderfügen, um den Hörer zu erfreuen und zu vergnügen. – «

Da bemerkte Schehrezâd, daß der Morgen begann, und sie hielt in der verstatteten Rede an. Doch als die *Achthundertundneunundsiebenzigste Nacht* anbrach, fuhr sie also fort: »Es ist mir berichtet worden, o glücklicher König, daß der Grund, weshalb Marjam die Gürtlerin ihren Vater und ihre Mutter verließ, verbunden war mit einer seltsamen Geschichte und einem wunderbaren Berichte. Sie war bei ihrem Vater und ihrer Mutter in Liebe und Zärtlichkeit erzogen worden und war unterrichtet in der Kunst der Rede, des Schreibens und des Rechnens, ferner im Reiten und in der Rittertugend. Auch hatte sie alle Handfertigkeiten gelernt, Sticken und Nähen, Weben, Gürtelmachen und Knüpfen, Vergolden des Silbers und Versilbern des Goldes, kurz alle Künste der Männer und der Frauen, und so wurde sie die Perle ihrer Zeit und in den Tagen ihres Jahrhunderts die herrlichste Maid. Dazu hatte

Allah, der Allgewaltige und Glorreiche, sie mit Schönheit und Lieblichkeit, Anmut und Vollkommenheit so reichlich ausgestattet, daß sie auch darin alles Volk ihrer Zeit übertraf. Nun warben um sie die Könige der Inseln bei ihrem Vater; aber immer, wenn einer sie von ihm zur Gemahlin erbat, so weigerte er sich, sie ihm zu vermählen, da er sie so innig liebte und sich nicht eine einzigeStunde lang von ihr trennen konnte. Er hatte keine andere Tochter als sie, und obwohl er viele Söhne hatte, so stand sie seinem Herzen doch näher als sie alle. Nun begab es sich in einem der Jahre, daß sie in eine schwere Krankheit verfiel und dem Tode nahe war. Da tat sie ein Gelübde, sie wolle, wenn sie von dieser Krankheit geheilt würde, eine Pilgerfahrt zu demunddem Kloster machen, das auf derundder Insel lag. Jenes Kloster stand nämlich bei den Franken in hohen Ehren, und sie brachten ihm Gelübde dar und erhofften Segen von ihm. Als darauf Marjam von ihrer Krankheit genas, wollte sie das Gelübde, das sie für sich jenem Kloster dargebracht hatte, zur Tat machen. Da entsandte ihr Vater, der König der Franken, sie auf einem kleinen Schiffe zu dem Kloster; auch sandte er einige von den Töchtern der Vornehmen seiner Hauptstadt mit ihr sowie einige Ritter, die ihr zu Diensten sein sollten. Doch gerade als sie sich dem Kloster näherten, kam des Wegs ein Schiff der Muslime, der Glaubensstreiter auf dem Wege Allahs; die raubten alles, was sich auf jenem Schiffe befand, Ritter und Jungfrauen, Schätze und Kostbarkeiten. Und sie verkauften ihre Beute in der Stadt Kairawân; dabei fiel Marjam in die Hand eines persischen Mannes, eines der Kaufleute. Jener Perser aber war unfähig zu zeugen, er konnte nicht zu den Frauen eingehen, und keiner Frau Nacktheit war je vor ihm enthüllt worden; der nahm sie in seinen Dienst. Doch bald darauf verfiel dieser Mann in eine schwere Krankheit, so daß er dem Tode nahe war, und die Krankheit dauerte eine Reihe von Monaten. Während dieser Zeit pflegte Marjam ihn mit der größten Sorgfalt, bis daß Allah ihn von seiner Krankheit genesen ließ. Da gedachte der Perser all der Fürsorge und Güte und der treuen Pflege, die sie ihm hatte zuteil werden lassen, und er wollte sie für das Gute belohnen, das sie an ihm getan hatte. So sprach er denn zu ihr: ‚Erbitte dir eine Gunst von mir, Marjam!‘ Sie antwortete: ‚Mein Gebieter, ich erbitte mir von dir, daß du mich nur an den verkaufst, den ich wünsche und liebe.‘ Und er fuhr fort: ‚So sei es! Das soll meine Pflicht gegen dich sein. Bei Allah, Marjam, ich will dich nur dem Manne verkaufen, den du wünschest, und ich lege deinen Verkauf in deine Hand!‘ Das erfreute sie über die Maßen. Der Perser hatte ihr aber auch den Islam dargeboten, und sie war Muslimin geworden, nachdem er sie die Pflichten des Gottesdienstes gelehrt hatte. So lernte sie in jener Zeit von dem Perser die Satzungen ihres neuen Glaubens und die Dinge, die ihr oblagen; auch lehrte er sie den Koran sowie etwas von den Wissenschaften des göttlichen Rechts und von den Überlieferungen des Propheten. Als er schließlich mit ihr nach Alexandria kam, bot er sie zum Verkaufe aus an den, der ihr gefallen würde, indem er den Verkauf in ihre Hand legte, wie wir bereits erzählt haben. Und es kaufte sie, wie wir auch berichtet haben, 'Alî Nûr ed-Dîn. So war es gekommen, daß sie ihr Land verließ.

Wenden wir uns nun zu ihrem Vater, dem König der Franken! Als der vernahm, wie es seiner Tochter und ihren Begleitern ergangen war, kam ein gewaltiger Schrecken über ihn; und er sandte Schiffe hinter ihr her, die besetzt waren mit Heerführern, Rittern und mannhaften Helden. Aber sie fanden keine Spur von ihr, trotzdem sie auf allen Inseln der Muslime suchten, und so kehrten sie zu ihrem Vater zurück mit Klageruf und Wehgeschrei und des Jammers Litanei. Ihr Vater aber sandte in seiner tiefen Trauer um sie nunmehr jenen Alten nach ihr aus, der auf dem rechten Auge blind und am linken Beine lahm war; das war nämlich sein Großwesir, ein trutziger Tyrann voller Listen und Trug. Dem befahl er, in allen Ländern der Muslime nach ihr zu suchen und sie zu kaufen, sei es auch um eine Schiffsladung von Gold. Jener Verruchte forschte also nach ihr auf den Inseln des Meeres und in allen Städten, ohne daß er eine Kunde von ihr erhalten hätte, bis er zur Stadt Alexandria kam. Dort fragte er nach ihr, und bald erfuhr er, daß sie bei Nûr ed-Dîn 'Alî, dem Kairiner, war; und nun nahm das Schicksal seinen Lauf. Er ersann eine List wider ihren Herrn und kaufte sie von ihm, wie wir berichtet haben, nachdem er ihre Spur gefunden hatte durch das Tuch, das niemand so schön herstellen konnte wie sie; er hatte auch vorher die Kaufleute verständigt und war mit ihnen übereingekommen, daß er die Maid durch eine List gewinnen wolle. Als sie dann in seine Gewalt gekommen war, weinte und jammerte sie immerfort. Er aber sprach zu ihr: ‚O Marjam, meine Gebieterin, tu ab von dir diese Trauer und dies Weinen; mache dich auf mit mir zur Stadt deines Vaters, zum Lande deiner Herrschaft, zur Stätte deiner Macht und deiner Heimat, damit du wieder bei deinen Dienerinnen und Dienern bist! Laß doch dies elende Leben in der Fremde! Ich habe um deinetwillen genug mühevolle Reisen gemacht und genug Geld ausgegeben; denn ein und ein halbes Jahr bin ich umhergezogen, habe mich abgemüht und Schätze aufgewendet, seit mir dein Vater befahl, dich zu kaufen, sei es auch um eine Schiffsladung von Gold!‘ Darauf begann der Wesir des Königs der Franken ihr die Füße zu küssen und sich vor ihr zu demütigen; immer und immer wieder küßte er ihr die Hände und die Füße, aber ihr Grimm gegen ihn wuchs um so mehr, je mehr er sich vor ihr erniedrigte; und sie sprach zu ihm: ‚Du Verfluchter, Allah der Erhabene lasse dich Ziel dein nicht erreichen!' Und nun brachten ihr die Diener ein Maultier mit goldgesticktem Sattel und setzten sie darauf; und über ihrem Haupte errichteten sie einen Baldachin aus Seide mit goldenen und silbernen Stäben. Die Franken aber umringten sie und eilten mit ihr fort, bis sie mit ihr durch das Meerestor hinauszogen; und sie führten sie in ein kleines Boot, ruderten es bis zu einem großen Schiffe hin und brachten sie auf ihm an Bord. Dann rief der einäugige Wesir den Seeleuten zu: ‚Richtet den Mast auf!' Sie taten es sogleich, hißten die Segel und die Flaggen, rollten Linnen und Baumwolle auf und bemannten die Ruder; und nun fuhr das Schiff mit ihnen ab. Derweilen aber schaute Marjam immer nach Alexandria zurück, bis es ihren Augen entschwand, und sie weinte heimlich bittere Tränen. – –«

Da bemerkte Schehrezâd, daß der Morgen begann, und sie hielt in der verstatteten Rede an. Doch als die *Achthundertundachtzigste Nacht* anbrach, fuhr sie also fort: »Es ist mir berichtet worden, o glücklicher König, daß Marjam die Gürtlerin, als der Wesir des Königs der Franken sie auf dem Schiffe entführte, immer nach Alexandria zurückschaute, bis es ihren Augen entschwand. Dann begann sie zu weinen und zu klagen und in Tränen auszubrechen und hub an, diese Verse zu sprechen:

> *O Heimat des Geliebten, sehe ich dich einstens*
> *Noch wieder? Doch wie wär mir Gottes Absicht kund?*
> *Der Trennung Schiffe segeln eilends mit uns weiter;*
> *Mein müdes Auge wird von meinen Tränen wund.*
> *Ich wein um einen Freund, mein höchstes Ziel im Leben,*
> *Der meine Schmerzen lindert und mein Siechtum heilt.*

> *O du mein Gott, sei du bei ihm mein Stellvertreter;*
> *Ein Gut, dir anvertraut, wird einst zurückerteilt!*

So weinte und klagte Marjam immerfort, wenn sie ihres Freundes gedachte. Die Ritter kamen wohl zu ihr, um sie zu trösten; doch sie achtete ihrer Worte nicht, da sie nur dem Rufe der Leidenschaft und der Sehnsucht folgte. Und wiederum begann sie zu weinen und zu stöhnen und zu klagen, und sie sprach diese Verse:

> *Der Liebe Zunge spricht zu dir in meinem Innern;*
> *Sie kündet dir von mir, daß ich so lieb dich hab.*
> *In meiner Brust erglüht der Liebe Kohlenfeuer,*
> *Ein wundes, banges Herz, das mir dein Abschied gab.*
> *Wie oft verberge ich der Liebe heiße Glut;*
> *Doch sind die Lider wund, es rinnt die Tränenflut!*

In solchem Zustande blieb Marjam während der ganzen Reise, da sie keine Ruhe fand und da ihr alle Geduld entschwand. So erging es ihr bei dem einäugigen, lahmen Wesir.

Sehen wir nun, was mit Nûr ed-Dîn 'Alî, dem Kairiner, geschah, dem Sohne des Kaufmannes Tâdsch ed-Dîn! Ihm ward, als Marjam das Schiff bestiegen hatte und fortgefahren war, die Welt zu eng, so daß auch er keine Ruhe fand und auch ihm alle Geduld entschwand. Und er begab sich zu dem Gemache, in dem er mit Marjam gewohnt hatte; und der Anblick erschien seinen Augen schwarz und düster. Als er aber dort das Gerät sah, mit dem sie die Gürtel verfertigt hatte, und die Kleider, die ihren Leib einst schmückten, drückte er alles an seine Brust und weinte; die Tränen begannen mit Gewalt aus seinen Augen hervorzubrechen, und er hub an, diese Verse zu sprechen:

> *Kehrt nach der Trennung wohl Vereinigung noch wieder,*
> *Nach all der langen Zeit des Seufzens und der Qual?*

Ach, was vergangen ist, kann niemals wiederkehren –
Und doch, naht mir zum Glück die Freundin noch einmal?
Und wird uns Allah wohl in Zukunft noch vereinen?
Sind meinem Lieb die Liebesschwüre noch bekannt?
Sie, die ich ahnungslos verlor, hält sie die Treue
Und hütet sie den Bund, der früher uns verband?
Ich bin dem Tod verfallen, seit sie mir genommen;
Gefällt's dem Lieb, wenn mich der Tod von hinnen rafft?
Ich bin so traurig – ach, was nützt denn meine Trauer?
Ich schwinde hin im Leid der heißen Leidenschaft.
Die Zeit verging, in der wir uns vereinigt sahen.
Wird mir vom Schicksal wohl dereinst mein Wunsch gewährt?
O Herz, mehr' deinen Schmerz! O Auge, ströme über
Von Tränen, bis in dir die Träne sich verzehrt!
Weh, daß mein Lieb so fern! Weh, daß Geduld mich meidet,
Daß mir ein Helfer fehlt und daß mein Leid sich mehrt!
Ich fleh zum Herrn der Menschen, daß er mir in Gnaden
Die Rückkehr meines Liebs, mein einstig Glück, beschert.

Dann weinte Nûr ed-Dîn so bitterlich, daß seinem Schmerze
kein anderer glich; und während er in alle Winkel des Gemaches schaute, sprach er diese beiden Verse:

Ich sehe ihre Spuren und vergeh vor Sehnsucht;
An ihrer Lagerstatt vergieß ich meine Zähren.
Ich bitte Ihn, der jetzt mich scheiden hieß von ihnen,
Er möge gnädig einst die Heimkehr mir gewähren.

Dann sprang Nûr ed-Dîn plötzlich auf, verschloß die Tür des
Hauses und lief eilends zum Meeresstrand; dort blickte er auf
die Ankerstätte des Schiffes, das mit Marjam fortgesegelt war,
und er weinte und begann in Seufzer auszubrechen und hub
an, diese Verse zu sprechen:

Ich grüße dich, die du mir immer unersetzlich!
Jetzt bin ich nah und fern, mich quält ein zwiefach Leid.
Nach dir verlange ich zu jeder Zeit und Stunde,
Ich sehn' mich, wie der Durst'ge nach der Tränke schreit.

Bei dir nur weilt mein Ohr, mein Herze und mein Auge;
Und süßer ist als Honig die Erinnrung mir.
Und o mein Schmerz, als dich die fremde Schar mir raubte!
Auf jenem Schiff entschwand die Hoffnung mein mit dir.

Nun begann Nûr ed-Dîn sein Jammern und Weinen mit Seufzen und Stöhnen und Klagen zu vereinen; und er rief: ‚O Marjam, Marjam! Hab ich dich nur im Traume gesehen, oder ist
alles nur in den Irrgängen von Nachtgesichtern geschehen?‘
Und wieder begann er in leidenschaftliche Seufzer auszubrechen, und er hub an, diese Verse zu sprechen:

Werd ich dich wiedersehen, seit ich dich verlor?
Klingt wohl in unserm Heim dein Ruf noch an mein Ohr?
Wird uns das Haus vereinen, wo das Glück uns schien?
Wird mir mein Herzenswunsch, der deine dir verliehn?
Für mein Gebein nimm einen Sarg, wohin du eilst;
Begrab mich neben dir, wo du nur immer weilst!
Hätt ich der Herzen zwei, mit einem würd ich leben,
Das andre, sehnsuchtsvolle, deiner Liebe geben.
Und wollt man mich nach meinem Wunsch an Gott befragen,
‚Des Herren Huld, und dann die deine‘, würd ich sagen.

Während aber Nûr ed-Dîn immer noch so weinte und rief:
‚O Marjam, Marjam!‘ kam plötzlich ein alter Mann aus einem
Schiffe an Land und trat auf ihn zu; er sah den Jüngling wei-
nen und hörte ihn diese beiden Verse sprechen:

O Marjam, schönste Maid, kehr heim! Von meinen Augen
Strömt wie ein Wolkenbruch der Tränen heiße Flut.
Das künde meinen Tadlern hier, auf daß sie sehen,
Wie meines Auges Lid ertränkt im Wasser ruht!

Da sprach der Alte zu ihm: ‚Mein Sohn, mich deucht, du
weinst um die Sklavin, die gestern mit dem Franken fortgefahren ist.‘ Als Nûr ed-Dîn diese Worte aus dem Munde des
Scheichs vernahm, sank er zu Boden und blieb eine lange

Weile in Ohnmacht liegen; doch wie er dann wieder zu sich kam, weinte er so bitterlich, daß seinem Schmerze kein andrer glich. Darauf sprach er diese Verse:

> *Kehrt wohl Vereinigung nach solcher Trennung wieder?*
> *Und kommt zu uns des trauten Glücks Vollkommenheit?*
> *Denn ach, in meinem Herzen brennt die heiße Sehnsucht;*
> *Gerede der Verleumder bringt ihm bittres Leid.*
> *Bei Tag umfangen mich Verstörung und Verwirrung;*
> *Zur Nachtzeit hoffe ich dein Traumbild zu erspähn.*
> *Bei Gott, nicht eine Stunde laß ich von der Liebe;*
> *Wie könnt es anders sein, obgleich Verleumder schmähn?*
> *Die Maid, so zart gebildet und so schlanken Leibes,*
> *Hat Augen, deren Pfeil mich tief ins Herze sticht.*
> *Ihr Wuchs ist gleich dem Reis der Weide dort im Garten;*
> *Vollkommen schön, beschämt sie gar der Sonne Licht.*
> *Und scheute ich nicht Gott, den Herrn der Herrlichkeit,*
> *Ich nennte diese Schöne Herrn der Herrlichkeit.*

Wie nun jener Alte auf Nûr ed-Dîn blickte und sich überzeugte von seiner Lieblichkeit und seines Wuchses Ebenmäßigkeit, von seiner Zunge Beredsamkeit und seiner mannigfachen Worte Zierlichkeit, da ward sein Herz um ihn betrübt, und er hatte Mitleid mit seiner Not. Dieser Scheich aber war der Führer eines Schiffes, das nach der Stadt jener Sklavin fahren sollte, und auf dem sich hundert gläubige muslimische Kaufleute befanden. Und er sprach zu dem Jüngling: ‚Gedulde dich; es wird noch alles gut werden! So Allah, der Gepriesene und Erhabene will, werde ich dich zu ihr bringen.‘ – –«

Da bemerkte Schehrezâd, daß der Morgen begann, und sie hielt in der verstatteten Rede an. Doch als die *Achthundertund-einundachtzigste Nacht* anbrach, fuhr sie also fort: »Es ist mir berichtet worden, o glücklicher König, daß der alte Schiffsführer zu Nûr ed-Dîn sprach: ‚Ich werde dich zu ihr bringen, so Allah der Erhabene will‘, und daß der Jüngling fragte:

698

‚Wann fährt dein Schiff ab?‘ Darauf erwiderte jener: ‚Nach drei Tagen wollen wir zu Glück und Gedeihen aufbrechen.‘ Als Nûr ed-Dîn dies von dem Kapitän hörte, freute er sich gar sehr, und er dankte ihm für seine Güte und seine Freundlichkeit. Dann gedachte er der Tage der Liebesseligkeit und der Vereinigung mit seiner unvergleichlichen Maid; und er weinte bitterlich und sprach diese Verse:

> *Wird der Erbarmer wohl mich noch mit dir vereinen?*
> *Werd ich mein Ziel erreichen, Herrin, oder nicht?*
> *Wird das Geschick mir deine Wiederkunft gewähren,*
> *So daß ich auf dein Bild mein sehnend Auge richt?*
> *Wenn ich ein Wiedersehn erkaufen könnt, mein Leben*
> *Gäb ich; allein ich seh den Preis noch höher streben.*

Dann begab Nûr ed-Dîn sich unverzüglich zum Basar, kaufte dort alles, was er an Zehrung und Ausrüstung für die Reise nötig hatte, und kehrte zu dem Schiffsführer zurück. Als der ihn wieder erblickte, sprach er zu ihm: ‚Mein Sohn, was hast du da bei dir?‘ Der Jüngling antwortete: ‚Meine Wegzehrung und was ich sonst noch für die Reise nötig habe.‘ Über diese Worte lachte der Alte, und er fuhr fort: ‚Mein Sohn, willst du etwa einen Ausflug machen, um dir die Säule der Masten[1] anzusehen? Zwischen dir und deinem Ziele liegt eine Reise von zwei Monaten, wenn der Wind gut und das Wetter günstig ist!‘ Dann ließ er sich von Nûr ed-Dîn einige Dirhems geben, ging selber auf den Markt und kaufte ihm alles, was er für die Reise nötig hatte, in genügender Menge; auch ließ er ihm einen Krug mit frischem Wasser füllen. Nun wartete Nûr ed-Dîn noch drei Tage auf dem Schiffe, bis die Kaufleute sich

---

1. Die sogenannte Pompejussäule im südlichen Teile von Alexandrien, die dort von Kaiser Theodosius aufgestellt worden sein soll, nachdem sie vorher im Serapistempel gestanden hatte.

reisefertig gemacht und alle ihre Angelegenheiten geordnet
hatten und an Bord gingen. Dann ließ der Kapitän die Segel
spannen, und man fuhr einundfünfzig Tage lang zur See.
Doch danach kamen die Korsaren über sie, die Piraten der
See; die plünderten das Schiff, nahmen alle, die an Bord waren, gefangen und schleppten sie in die Stadt der Franken, um
sie dem König vorzuführen; unter ihnen befand sich auch
Nûr ed-Dîn. Der König befahl, sie ins Gefängnis zu werfen;
und gerade, als man sie zum Kerker führte, traf das Fahrzeug
ein, auf dem sich die Prinzessin Marjam die Gürtlerin mit dem
einäugigen Wesir befand; und als die Korvette die Stadt erreichte, eilte der Wesir an Land zum König und brachte ihm
die frohe Botschaft von der wohlbehaltenen Ankunft seiner
Tochter Marjam der Gütlerin. Da wurden die Freudentrommeln geschlagen, und die Stadt ward aufs schönste geschmückt;
und der König zog mit seinem ganzen Heere und den Großen
seines Reiches auf den Weg zum Meere hinaus, um sie zu empfangen. Nachdem das Schiff im Hafen vor Anker gegangen
war, kam die Prinzessin Marjam an Land, und er umarmte
und begrüßte sie; und auch sie begrüßte ihn. Dann befahl er,
ihr ein edles Roß zu bringen, und ließ sie auf ihm reiten. Als
sie in den Palast kamen, eilte ihre Mutter ihr entgegen, umarmte sie und begrüßte sie und fragte sie, wie es ihr ergehe und
ob sie noch Jungfrau wäre wie vordem bei ihnen, oder ob sie
eine vom Manne berührte Frau geworden sei. Marjam antwortete ihr: ‚Wenn eine Maid im Lande der Muslime von
Händler zu Händler verkauft wird und einem jeden untertan
ist, wie kann sie dann wohl Jungfrau bleiben? Der Händler,
der mich erstand, bedrohte mich mit Schlägen und vergewal-
tigte mich und nahm mir das Mädchentum; dann verkaufte er
mich einem anderen, und der andere wieder einem anderen.‘

Als ihre Mutter diese Worte von ihr vernehmen mußte, ward das helle Tageslicht finster vor ihrem Angesicht. Darauf wiederholte sie diese Worte vor dem König, und da er sich die Sache sehr zu Herzen nahm, erfaßte ihn ein schwerer Gram; und alsbald berichtete er den Großen seines Reiches und den Rittern, was mit ihr geschehen war. Die sprachen zu ihm: ‚O König, sie ist von den Muslimen besudelt worden, und nur das Fallen von hundert Häuptern der Muslime kann sie wieder reinigen.‘ Da befahl der König, die gefangenen Muslime, die im Kerker lagen, allesamt vor ihn zu führen, unter ihnen auch Nûr ed-Dîn. Und weiter befahl der König, ihnen die Köpfe abzuschlagen. Der erste, der enthauptet wurde, war der Schiffsführer; dann wurden die Kaufleute enthauptet, einer nach dem andern, bis allein noch Nûr ed-Dîn übrig war. Schon hatten sie ihm den Saum seines Kleides abgerissen und ihm damit die Augen verbunden, schon hatten sie ihn zum Blutleder geführt und wollten ihm den Kopf abschlagen, da eilte plötzlich, gerade in jenem Augenblick, eine alte Frau auf den König zu und sprach zu ihm: ‚Mein Gebieter, du hast jeder Kirche fünf gefangene Muslime gelobt, wenn Gott dir deine Tochter Marjam wiedergäbe, damit sie uns in unserem Dienste behilflich sein sollten. Nun ist deine Tochter, die Herrin Marjam, zu dir zurückgekehrt; drum erfülle dein Gelübde, das du gelobt hast!‘ Der König erwiderte ihr: ‚Mütterchen, bei des Messias Leben, der uns den rechten Glauben gegeben, von den Gefangenen ist mir nur noch dieser eine übrig geblieben, der gerade getötet werden soll. Nimm ihn mit dir, damit er dir im Dienste der Kirche helfe, bis daß wieder gefangene Muslime zu uns kommen; dann will ich dir vier andere schikken! Wärest du früher gekommen, ehe diese Gefangenen enthauptet wurden, dann hätte ich dir so viele gegeben, wie du wünschtest.' Die Alte dankte dem König für seine Gnade und wünschte ihm Dauer des Lebens, des Ruhmes und des Gedeihens. Dann trat sie sogleich an Nûr ed-Dîn heran und hob ihn vom Blutleder empor; und als sie ihn anschaute, erkannte sie in ihm einen Jüngling lieblich und zierlich, von zarter Haut und mit einem Antlitz gleich dem vollen Mond, wenn er in der vierzehnten Nacht am Himmel thront. Sie nahm ihn mit und führte ihn in die Kirche und sprach zu ihm: ‚Mein Sohn, zieh deine Kleider aus, die du trägst; denn die taugen nur für den Dienst des Sultans.' Darauf brachte die Alte dem Jüngling eine Kutte aus schwarzer Wolle und eine Kapuze aus schwarzer Wolle und einen breiten Gürtel. Jene Kutte legte sie ihm an, die Kapuze zog sie ihm über den Kopf, und den Gürtel band sie ihm um den Leib; dann befahl sie ihm, in der Kirche seinen Dienst zu tun. Sieben Tage lang verrichtete er dort den Dienst; da kam, während er bei seiner Arbeit war, jene Alte plötzlich auf ihn zu und sprach zu ihm: ‚O Muslim, nimm deine seidenen Kleider und lege sie an; nimm auch diese zehn Dirhems und geh auf der Stelle fort: du kannst dir heute die Stadt ansehen, bleib aber keinen Augenblick länger hier, damit du nicht dein Leben verlierst!' Nûr ed-Dîn fragte sie: ‚O Mutter, was gibt es?' Und die Alte antwortete ihm: ‚Wisse, mein Sohn, die Tochter des Königs, die Herrin Marjam die Gürtlerin, will jetzt in die Kirche kommen, um durch diese Wallfahrt ihres Segens teilhaftig zu werden; sie will Opfer darbringen zum Dank für ihre glückliche Befreiung aus dem Lande der Muslime und die Gelübde erfüllen, die sie dem Messias gelobt hat, wenn er sie erretten würde. Bei ihr sind vierhundert Jungfrauen, die alle vollkommen sind an Schönheit und Lieblichkeit; unter ihnen ist die Tochter des Wesirs, und die anderen sind die Töchter der Emire und der Großen des

Reiches. Sie werden in diesem Augenblick eintreffen, und wenn ihre Augen dich in dieser Kirche erblicken, so werden sie dich mit Schwertern in Stücke schlagen.' Nûr ed-Dîn nahm die zehn Dirhems von der Alten, nachdem er seine eigenen Kleider wieder angelegt hatte, ging hinaus zum Basar und wanderte in den Straßen der Stadt umher, bis er alle Stadtteile und Tore kannte. – –«

Da bemerkte Schehrezâd, daß der Morgen begann, und sie hielt in der verstatteten Rede an. Doch als die *Achthundertundzweiundachtzigste Nacht* anbrach, fuhr sie also fort: »Es ist mir berichtet worden, o glücklicher König, daß Nûr ed-Dîn, nachdem er seine eigenen Kleider wieder angelegt hatte, die zehn Dirhems von der Alten entgegennahm, zum Basar hinausging und eine Weile fortblieb, bis er die Stadtteile kannte; dann kehrte er zur Kirche zurück. Da sah er, wie Marjam die Gürtlerin, die Tochter des Königs der Franken, der Kirche nahte, begleitet von vierhundert Mädchen, hochbusigen Jungfrauen, wie Monde anzuschauen; unter ihnen war die Tochter des einäugigen Wesirs, und die anderen waren die Töchter der Emire und der Großen des Reiches; und sie selbst schritt in ihrer Mitte dahin, als wäre sie der Mond unter den Sternen. Als Nûr ed-Dîn sie nun wiederschaute, konnte er nicht mehr an sich halten, sondern rief aus tiefstem Herzen: ,O Marjam! O Marjam!' Kaum hatten die Jungfrauen diesen Schrei des Jünglings, der ihre Herrin anrief, gehört, so stürzten sie auf ihn und zückten die blanken Klingen wie der Blitz und wollten ihn sofort erschlagen. Marjam aber wandte sich um, und als sie ihn betrachtete, erkannte sie, daß er es wirklich war. Da rief sie den Mädchen zu: ,Laßt ab von diesem Jüngling! Ohne Zweifel ist er von Sinnen; die Zeichen des Wahnsinns stehen ihm im Gesicht geschrieben.' Als Nûr ed-Dîn diese Worte von der Herrin Marjam vernahm, entblößte er sein Haupt, rollte mit den Augen, ließ die Arme hängen und krümmte die Füße, indem er den Geifer aus beiden Mundwinkeln herausschäumen ließ. Die Herrin Marjam aber sprach: ‚Habe ich euch nicht gesagt, daß der dort wahnsinnig ist? Bringt ihn mir her und tretet dann von ihm zurück, damit ich höre, was er sagen will; denn ich verstehe die Sprache der Araber! Ich will schauen, was es mit ihm ist und ob die Krankheit seines Irrsinns geheilt werden kann oder nicht.' Darauf schleppten ihn die Jungfrauen herbei, brachten ihn vor die Prinzessin und traten zurück. Sie aber sprach zu ihm: ‚Bist du wirklich um meinetwillen hierher gekommen und hast dein Leben aufs Spiel gesetzt und dich irrsinnig gestellt?' Nûr ed-Dîn gab ihr zur Antwort: ‚Meine Gebieterin, hast du nicht das Dichterwort vernommen:

> Sie sprachen: ‚Liebe macht dich irre.' Und ich sagte:
> ‚Das Leben gibt ja nur den Irren Süßigkeit.
> Bringt meinen Wahnsinn her! Bringt sie, die mich berückte!
> Wenn sie den Wahnsinn teilt, sei mir der Tadel weit!'

Darauf sagte Marjam: ‚Bei Allah, o Nûr ed-Dîn, du hast wider dich selbst gesündigt. Ich habe dich vor all dem gewarnt, ehe es eintraf; aber du hast nicht auf mein Wort geachtet, sondern bist deinem eigenen Gelüste gefolgt. Und ich habe dir das doch kundgetan nicht infolge einer Offenbarung noch durch Deutung der Gesichtszüge noch wegen eines Traumgesichts, sondern weil meine eigenen Augen es mir bezeugten; denn ich hatte den einäugigen Wesir gesehen, und ich wußte, daß er nur auf der Suche nach mir in jene Stadt gekommen war.' ‚Ach, meine liebe Herrin Marjam,' rief er, ‚wir suchen Zuflucht bei Allah vor dem Fehltritt der Verständigen!' Und überwältigt von dem schweren Bewußtsein seiner Tat, sprach er, wie der Dichter gesprochen hat:

Verzeih die Schuld, in die mein Fuß hineingeglitten!
Dem Knecht gebühret ja von seinem Herren Huld.
Die bittre Reue kommt, wenn Reue nichts mehr nützet;
Dem Sünder ist's genug als Strafe für die Schuld.
Ich tat, was Strafe fordert, und ich hab's gestanden;
Wo ist nun das Gebot der Gnade und der Huld?

Darauf machten Nûr ed-Dîn und die Herrin Marjam die Gürtlerin einander so viele zärtliche Vorwürfe, daß es zu lange währen würde, sie alle zu erzählen. Ein jeder von beiden berichtete dem anderen, was ihm widerfahren war, und sie vertrauten ihr Leid den Versen an, während über ihre Wangen die Tränenflut in Strömen rann; sie klagten einander ihre heftige Leidenschaft und der heißen Liebespein Schmerzenskraft, bis sie keine Kraft zum Reden mehr hatten und der Tag zur Rüste ging und sich verlor in des Dunkels Schatten. Nun trug die Herrin Marjam ein grünes Prachtgewand, das war mit rotem Golde bestickt und mit Perlen und Edelsteinen geschmückt, und dadurch ward ihre Schönheit und Anmut und die Zartheit ihres Wesens noch erhöht, wie so trefflich der Dichter von ihr sagte:

Sie nahte vollmondgleich, in wallenden Gewändern,
Den grünen, und im Haar, das frei herab ihr hing.
‚Wie heißt du?‘ fragte ich; sie sprach: ‚Ich bin die Schöne,
Die in der heißen Liebesglut die Herzen fing.
Ich bin das weiße Silber, bin das Gold, das edle,
Mit dem Gefangne sich aus harter Haft befrein.‘
Dann sprach ich: ‚Deine Härte hat mich ganz vernichtet!‘
Sie sagte: ‚Klagst du mir? Mein Herz ist ja von Stein!‘
Da rief ich: ‚Mag dein Herze auch ein Felsen sein,
Gott ließ die Quelle sprudeln aus dem Felsgestein.‘

Weil aber die Nacht dunkelte, trat die Herrin Marjam zu den Jungfrauen und fragte sie: ‚Habt ihr die Tür verschlossen?‘ Jene antworteten: ‚Ja, wir haben es getan.‘ Da nahm die Prinzessin ihre Frauen und führte sie an eine Stätte, genannt die Stätte der Jungfrau Maria, der Mutter des Lichts, weil die Christen glauben, daß ihr Geist und ihre geheime Kraft sich dort befinden. Nun begannen die Mädchen dort um Segen zu flehen, und dann zogen sie durch die ganze Kirche. Nachdem sie ihre Wallfahrt beendet hatten, wandte die Herrin Marjam sich zu ihnen, indem sie sprach: ‚Ich will jetzt allein in dieser Kirche bleiben und ihres Segens teilhaftig werden. Denn mich quält die Sehnsucht nach ihr, da ich so lange fern im Lande der Muslime war. Ihr aber, die ihr nunmehr eure Wallfahrt vollzogen habt, schlafet nun, wo ihr wollt!' ‚Herzlich gern! Tu du, was dir beliebt!' erwiderten jene, verließen sie, verteilten sich in der Kirche und legten sich zum Schlafe nieder. Die Herrin Marjam wartete, bis sie nichts mehr bemerken konnten; dann machte sie sich auf und suchte nach Nûr ed-Dîn. Den fand sie, wie er in einer Ecke gleichsam auf Kohlen saß und ihrer harrte. Als sie ihm nahte, sprang er auf und küßte ihr die Hände; doch sie setzte sich nieder und ließ ihn an ihrer Seite sitzen. Darauf legte sie ihren Schmuck und ihre Prachtgewänder und das kostbare Linnen ab und zog Nûr ed-Dîn an ihre Brust und umschlang ihn mit den Armen. Und die beiden hörten nicht auf, sich zu küssen und in die Arme zu schließen und das Liebesspiel zu genießen. Dabei sprachen sie: ‚Wie kurz ist die Nacht, die uns vereint, indes der Tag der Trennung so lang erscheint!' Und sie sprachen auch diese Dichterworte:

O Liebesnacht, du Erstlingsfrucht der Zeit,
Du strahlst als heller Nächte Herrlichkeit!
Am Nachmittag bringst du den Morgen mir;
Bist du des Morgenrotes Augenzier?
Bist du ein Traum, der müden Augen kam?

O Trennungsnacht, wie lange währest du!
Dein Ende neigt sich deinem Anfang zu –
Ein leerer Kreis, der doch kein Ende hat,
Bis sich der Tag der Auferstehung naht!
Verschmähtes Lieb stirbt, auferweckt, vor Gram.

Während sie so beisammen waren in höchster Seligkeit und schönster Fröhlichkeit, begann plötzlich einer von den Dienern der heiligen Frau die Glocke[1] zu schlagen oben auf dem Kirchenbau; und er rief nach ihrer Weise zu des Glaubens Pflicht, wie der Dichter von ihm spricht:

Ich sah, wie er die Glocke schlug, und sprach zu ihm:
Wer lehrte denn das Reh, daß es die Glocke schlägt?
Zu meiner Seele sprach ich: Was betrübt dich mehr,
Wenn dir die Glocke oder Abschiedsstunde schlägt? – –«

Da bemerkte Schehrezâd, daß der Morgen begann, und sie hielt in der verstatteten Rede an. Doch als die *Achthundertunddreiundachtzigste Nacht* anbrach, fuhr sie also fort: »Es ist mir berichtet worden, o glücklicher König, daß Marjam die Gürtlerin und Nûr ed-Dîn in Freuden und Wonnen beisammen waren, bis der Glockendiener auf das Dach der Kirche stieg und die Glocke läutete. Sogleich erhob sie sich und legte ihre Kleider und ihren Schmuck wieder an. Darüber ward Nûr ed-Dîn bekümmert, und seine Freude ward getrübt, und er begann zu weinen und in Tränen auszubrechen und hub an, diese Verse zu sprechen:

Ich küßte immerdar die Wange rosenrot
Und biß voll Leidenschaft, was mir die Wange bot,
Bis daß, als uns zur Freude unser Späher schlief
Und als der Schlummer dessen Augen zu sich rief,

[1]. Was hier durch Glocke wiedergegeben wird, ist eigentlich das Schlagholz oder die Ratsche, ein Brett, an das mit einem Eisenstabe geschlagen wird; dies diente bei den orientalischen Christen früher allgemein als Kirchenglocke.

Der Glockenklang erscholl, der für der Seinen Schar
Gleichwie der Ruf zum Beten den Muslimen war.
Da stand sie eilends auf und glitt in ihr Gewand,
Als fürchte sie den Stern, vom Neid herabgesandt,
Und rief: O du mein Wunsch, du aller Wünsche Ziel,
Es naht der Morgen schon in weißen Lichtes Spiel.
Ich schwöre: Hätte ich nur einen Tag der Macht
Und wäre Sultan in gewalt'ger Herrscherpracht,
So risse ich die Mauern aller Kirchen ein
Und ließe jeden Pfaff der Welt des Todes sein!

Noch einmal zog die Herrin Marjam den Jüngling an ihre
Brust und küßte ihm die Wange, und dann sprach sie zu ihm:
‚Sag, Nûr ed-Dîn, seit wieviel Tagen bist du in dieser Stadt?‘
‚Sieben Tage‘, antwortete er; und sie fragte weiter: ‚Bist du
schon in dieser Stadt umhergegangen, und kennst du ihre
Straßen und Durchgänge und ihre Tore auf der Landseite und
auf der Seeseite?‘ ‚Jawohl.‘ ‚Und kennst du auch den Weg zum
Opferkasten in der Kirche?‘ ‚Jawohl.‘ ‚Da du dies alles kennst,
so geh, wenn es wieder Nacht wird und wenn das erste Drittel der Nacht verstrichen ist, alsbald zum Opferkasten und
nimm aus ihm, soviel du wünschest und begehrst! Dann öffne
die Kirchentür zu dem unterirdischen Gang, der zum Meere
führt! Dort wirst du ein kleines Schiff mit zehn Seeleuten finden; und wenn der Schiffsführer dich sieht, so wird er dir seine
Hand reichen. Gib du ihm deine Hand, so wird er dich ins
Schiff holen; dann warte, bis ich zu dir komme! Doch hüte
dich, und noch einmal hüte dich, daß dich in dieser Nacht der
Schlaf übermannt; sonst wirst du bereuen, wenn die Reue dir
nichts mehr nützt!‘ Darauf nahm die Herrin Marjam Abschied
von Nûr ed-Dîn und verließ ihn sogleich; und sie weckte ihre
Dienerinnen und all die Jungfrauen aus ihrem Schlaf, nahm sie
mit sich und führte sie zur Tür der Kirche. Dort pochte sie,

und die Alte öffnete ihr. Nachdem sie hinausgetreten war, er- blickte sie die Diener und die Ritter, die dort warteten, und sie brachten ihr ein scheckiges Maultier. Sie stieg auf, und die Diener errichteten über ihr einen seidenen Baldachin, während die Ritter den Zügel des Maultieres ergriffen und die Jung- frauen sich hinter ihr aufreihten. Dann umringten die Wächter sie mit gezogenen Schwertern und schritten mit ihr dahin, bis sie ihr zum Palaste ihres Vaters das Geleit gegeben hatten.

Wenden wir uns nun von Marjam der Gürtlerin wieder zu Nûr ed-Dîn, dem Kairiner! Der hielt sich weiter hinter dem Vorhang versteckt, hinter dem er und Marjam verborgen ge- wesen waren, und wartete, bis es heller Tag war und die Tür der Kirche offen stand. Da strömte das Volk in Scharen hinein, und er mischte sich unter die Menge. Als er aber jener Alten, der Vorsteherin der Kirche, begegnete, fragte sie ihn: ‚Wo hast du in der letzten Nacht geschlafen?‘ Er antwortete: ‚An einem Orte in der Stadt, wie du mir befohlen hast.‘ Und die Alte fuhr fort: ‚Du hast recht getan, mein Sohn; denn wenn du in der Kirche übernachtet hättest, so hätte sie dich des schmählichsten Todes sterben lassen.‘ Da rief Nûr ed-Dîn: ‚Preis sei Allah, der mich vor den Schrecken dieser Nacht be- hütet hat!‘ Dann versah er eifrig seinen Dienst in der Kirche, bis der Tag zur Rüste ging und die Nacht alles mit dunkler Finsternis umfing; da ging er hin und öffnete den Opferkasten und nahm aus ihm an Juwelen heraus, was nicht beschwert und doch von hohem Wert. Danach wartete er, bis das erste Drittel der Nacht vergangen war; und nun machte er sich auf und schlich zu der Tür des unterirdischen Ganges, der zum Meere führte, indem er Allah um Schutz anflehte. Dann schritt er in dem Gange weiter, bis er zur Ausgangstür kam; die öffnete er, trat hinaus und ging zum Meeresstrand. Dort, nicht weit von der Tür, fand er das Schiff am Meeresufer vor Anker liegen. Auch sah er den Kapitän, einen betagten Greis von schönem Aussehen und mit langem Barte, wie er mitten auf dem Schiffe dastand, während die zehn Leute vor ihm aufgereiht waren. Nûr ed-Dîn reichte ihm die Hand, wie Marjam ihm befohlen hatte; und der Alte nahm die Hand und zog ihn vom Ufer hinüber, so daß der Jüngling auch mitten aufs Schiff kam. Darauf rief der Kapitän den Seeleuten zu: ‚Holt den Anker des Schiffes vom Ufer ein und laßt uns abfahren, ehe der Tag anbricht!' Doch einer von den zehn Seeleuten sprach: ‚Herr Kapitän, wie können wir abfahren, da doch der König uns kundgetan hat, er wolle morgen auf diesem Schiffe dies Meer durchfahren, um zu erforschen, was sich hier herumtreibt, weil er die muslimischen Räuber für seine Tochter fürchtet?' Da schrie der Kapitän sie an: ‚Weh euch, ihr Verfluchten! Ist es so weit mit euch gekommen, daß ihr mir nicht gehorchen wollt und mir Widerworte gebt?' Darauf zog der alte Kapitän sein Schwert aus der Scheide und schlug damit dem, der gesprochen hatte, auf den Hals, so daß die Klinge ihm blitzend zum Nacken herausfuhr. Nun hub ein zweiter an: ‚Was hat denn unser Gefährte Arges begangen, daß du ihm den Kopf abschlägst?' Da reckte der Alte wiederum seine Hand nach dem Schwert und hieb auch diesem Sprecher den Hals durch. Ja, dieser Kapitän dort schlug allen Seeleuten die Köpfe ab, einem nach dem anderen, bis er alle zehn getötet hatte; dann warf er die Leichen an Land. Schließlich wandte er sich zu Nûr ed-Dîn und schrie ihn mit einem so furchtbaren Schrei an, daß der Jüngling erzitterte, und er sprach: ‚Geh an Land und zieh den Ankerpfahl heraus!' Nûr ed-Dîn hatte Angst vor dem Schwertstreich und lief eilends hin, sprang an Land und zog den Pflock heraus; dann kletterte er schneller als der blendende Blitz wieder an

710

Bord. Der Kapitän erteilte ihm seine Befehle: ‚Tu dies und tu das! Wende hierhin und dorthin und schau nach den Sternen!' Alles, was der Schiffsführer ihm befahl, tat Nûr ed-Dîn mit zagendem und zitterndem Herzen, während der Alte selber die Segel des Schiffes ausspannte; und so segelte es mit ihnen dahin auf das tosende Meer mit den brandenden Wogen ringsumher. – –«

Da bemerkte Schehrezâd, daß der Morgen begann, und sie hielt in der verstatteten Rede an. Doch als die *Achthundertundvierundachtzigste Nacht* anbrach, fuhr sie also fort: »Es ist mir berichtet worden, o glücklicher König, daß der alte Kapitän, nachdem er die Segel des Schiffes ausgespannt hatte, mit Nûr ed-Dîn auf das tosende Meer hinausfuhr, von günstigem Winde getrieben. Derweilen hielt Nûr ed-Dîn sich an der Rahe[1] fest, versunken im Meer der Gedanken und immer von seinen Sorgen bedrängt, da er nicht wußte, was in der Zukunft für ihn verborgen war; und sooft er den Kapitän ansah, erbebte ihm das Herz, und er ahnte nicht, wohin der Schiffsführer mit ihm steuerte. So blieb er von Sorgen und Nöten beunruhigt, bis es heller Tag ward; als er dann aber den Kapitän anblickte, sah er, daß er sich mit der Hand an den langen Bart gegriffen hatte und daran zupfte, so daß er ihm abfiel und in der Hand blieb; und wie er genauer hinschaute, erkannte er, daß es ein falscher, angeklebter Bart gewesen war. Darauf schaute Nûr ed-Dîn die Gestalt des Kapitäns von neuem an und ließ seinen Blick prüfend auf ihr verweilen, und siehe da, es war die Herrin Marjam, seine Geliebte, die seinem Herzen so teuer war. Sie hatte nämlich eine List ersonnen, also daß sie den eigentlichen Kapitän töten konnte, ihm die Gesichtshaut mit dem Barte abzog und

1. Das Wort kann Rahe oder Gaffel bedeuten; letztere Bedeutung ist hier vielleicht noch wahrscheinlicher.

das Ganze nahm und vor ihr Gesicht klebte. Nûr ed-Dîn bewunderte ihre tapfere Tat und ihr mutiges Herz; er ward fast von Sinnen ob seiner Fröhlichkeit, und die Brust ward ihm weit vor Seligkeit. Und er sprach zu ihr: ,Willkommen, du mein Wunsch und mein Begehr und Ziel meiner Hoffnung!' Von Sehnsucht und Freude umfangen, in der festen Zuversicht, er werde an das Ziel seines Hoffens gelangen, begann er mit schöner Stimme zu singen und ließ dies Lied erklingen:

> Erzähl dem Volk, das meine Lieb nicht kennt
> Zur Maid, von der sie all die Ferne trennt,
> Wie unter meinem Volk ich litt; ja, fraget dann! –
> Mein süßer Sang, mein zartes Lied begann
>   Voll Lieb zu ihr, die mir im Herzen ruht.
>
> Gedenk ich ihrer, wird mein Leid geheilt
> In meinem Herzen, und der Schmerz enteilt.
> Doch heiße Sehnsucht wächst in mir und bangt,
> Wenn mein betrübtes Herz nach ihr verlangt
>   Und Menschen reden, was die Liebe tut.
>
> Ich kümmre mich um ihren Tadel nicht
> Und achte nie, wenn man von Trost mir spricht.
> Allein die Liebe weihte mich dem Schmerz,
> Verbrannte wie mit Kohlen mir das Herz;
>   In meinem Innern brennt die heiße Glut.
>
> O Wunder, sie hat Siechtum mir gebracht,
> Daß mich der Schlummer flieht in finstrer Nacht.
> Sie wandte sich, ließ mich allein und glaubt,
> In Liebe Blut vergießen sei erlaubt,
>   Und hält ihr grausam Tun gar noch für gut.
>
> Sag an, wer ist's, der solchen Rat dir gibt.
> Daß du den Jüngling meidest, der dich liebt?
> So wahr ich leb, bei Ihm, der dich erschuf:
> Erreichet dich der bösen Tadler Ruf,
>   Bei Gott, sie reden wie die Lügenbrut!

Mir heile Allah nie das bittre Leid,
Mein Herze werde nie von seiner Glut befreit,
Wenn ich ob deiner Liebe müde klag,
Ich, der ich neben dir doch keine mag!
    Quäl nur mein Herz, und wenn du willst, sei gut!

Ich hab ein Herz, das dir die Treue hält,
Bist du auch hart, daß es dem Leid verfällt.
Magst du mir zürnen oder gütig sein –
Tu, was du wünschest, mit dem Knechte dein!
    Er geizet nie für dich mit seinem Blut.

Als Nûr ed-Dîn sein Lied beendet hatte, war die Herrin Marjam von höchster Bewunderung erfüllt, und sie dankte ihm für seine Worte; und dann sprach sie zu ihm: ‚Wem es so ergeht, dem geziemt es, daß er auf dem Wege der Männer wandle und nicht wie verächtliche Wichte handle!' Nun hatte die Herrin Marjam ein starkes Herz und war vertraut mit der Kunst der Schiffahrt auf dem Salzmeere, auch kannte sie alle Winde und ihre Wechsel und alle Fahrstraßen des Meeres. Und Nûr ed-Dîn sprach zu ihr: ‚Meine Gebieterin, hättest du mich noch länger in diesem Zustande gelassen, so wäre ich im Übermaße der Angst und des Schreckens gestorben, zumal ein Feuer in mir brannte von Sehnsucht und Liebesleid und schmerzlicher Qual der Verlassenheit.' Sie lächelte ob seiner Worte; doch dann ging sie alsobald hin und holte ein wenig Speise und Trank. Da aßen sie und tranken, erquickten sich und waren voll froher Gedanken. Dann aber holte sie Rubine hervor und andere Edelsteine, alle Arten von Juwelen und kostbaren Schätzen, allerlei Schmuck aus Gold und aus Silber, was nicht beschwert und doch von hohem Wert, Dinge, die sie mitgenommen und aus dem Palast ihres Vaters und aus seinen Schatzkammern entführt hatte; all das breitete sie vor Nûr ed-Dîn aus, und er freute sich dessen über die Maßen. Derweilen war der Wind gleichmäßig günstig, und das Schiff segelte immer weiter; so fuhren sie dahin, bis sie die Stadt Alexandria erreichten und ihre alten und neuen Landzeichen, auch die Säule der Masten, erblickten. Als sie in den Hafen eingefahren waren, sprang Nûr ed-Dîn sogleich von Bord an Land und band das Schiff an einen der Steine, die den Walkern gehörten; dann nahm er etwas von den Schätzen, die Marjam mitgebracht hatte, und sprach zu ihr: ‚Warte im Schiff, meine Gebieterin, bis ich mit dir in Alexandrien einziehen kann, wie ich es gern tun möchte.‘ Sie gab ihm zur Antwort: ‚Es ist aber nötig, daß dies schnell geschieht; denn Saumseligkeit in Geschäften hat Reue im Gefolge.‘ ‚Bei mir gibt es keine Saumseligkeit‘, rief er, und indem er Marjam im Schiffe zurückließ, begab er sich zum Hause des Spezereienhändlers, des Freundes seines Vaters, um von seiner Frau einen Schleier, einen Überwurf, Schuhe und einen Umhang zu entleihen, wie sie die Frauen von Alexandria tragen. Aber er dachte nicht an das, was jenseits aller Berechnung war, an die Wechselfälle der Zeit, die da reich ist an Dingen wunderbar.

Kehren wir nun von Nûr ed-Dîn und Marjam der Gürtlerin zurück zu ihrem Vater, dem König der Franken! Der vermißte, als es Morgen ward, seine Tochter Marjam, und als er sie nicht finden konnte, fragte er ihre Dienerinnen und ihre Eunuchen nach ihr. Sie gaben zur Antwort: ‚O unser Herr, sie ist gestern abend ausgegangen und hat sich in die Kirche begeben; hernach haben wir nichts mehr von ihr vernommen.‘ Während noch der König mit den Dienerinnen und Eunuchen redete, ertönten plötzlich, zu eben jener Zeit, unten am Schlosse zwei so laute Schreie, daß sie von überall widerhallten. Der König fragte: ‚Was ist geschehen?‘ Und die Leute erwiderten: ‚O König, am Meeresstrande sind zehn Männer ermordet aufge-

714

funden, und das Schiff des Königs ist verschwunden. Wir sahen auch die Tür des Ganges, der von der Kirche zum Meere führt, offen stehen; auch der Gefangene, der als Diener bei der Kirche war, ist nicht mehr da.' Nun rief der König: ‚Wenn mein Schiff, das am Strande lag, verschwunden ist, so befindet sich ohne allen Zweifel meine Tochter Marjam auf ihm.' – –«

Da bemerkte Schehrezâd, daß der Morgen begann, und sie hielt in der verstatteten Rede an. Doch als die *Achthundertund-fünfundachtzigste Nacht* anbrach, fuhr sie also fort: »Es ist mir berichtet worden, o glücklicher König, daß der Frankenkönig, als seine Tochter Marjam vermißt wurde und ihm auch die Meldung gebracht wurde, daß sein Schiff verschwunden sei, ausrief: ‚Wenn mein Schiff verschwunden ist, so befindet sich ohne allen Zweifel meine Tochter Marjam auf ihm.' Dann ließ er unverzüglich den Hafenaufseher kommen und sprach zu ihm: ‚Bei des Messias Leben, der uns den rechten Glauben gegeben, wenn du nicht sofort mit einer Schar von Kriegern meinem Schiffe nachsetzest und es mir mit denen bringst, die sich auf ihm befinden, lasse ich dich des schmählichsten Todes sterben und mache dich zu einer Warnung für viele.' Dann schrie der König ihn laut an, so daß er zitternd von ihm forteilte; er begab sich aber zur Alten von der Kirche und fragte sie: ‚Hast du von dem Gefangenen, der bei dir war, nichts über seine Heimat vernommen noch darüber, aus welchem Lande er kam?' Sie erwiderte ihm: ‚Er pflegte zu sagen, daß er aus der Stadt Alexandria sei.' Als der Hauptmann diese Worte von der Alten gehört hatte, kehrte er sogleich zum Hafen zurück und rief den Seeleuten zu: ‚Macht euch bereit und hißt die Segel!' Sie taten, wie er ihnen befahl, und stachen in See. Tag und Nacht fuhren sie ohne Aufenthalt dahin, bis sie die Stadt Alexandria erreichten, und zwar zu eben jener Stunde, in der Nûr ed-Dîn von Bord gegangen war und die Herrin Marjam auf dem Schiffe zurückgelassen hatte. Unter den Franken befand sich aber auch der einäugige Wesir, der sie von Nûr ed-Dîn gekauft hatte. Als sie nun das angebundene Schiff sahen, erkannten sie es, und sie banden ihr eigenes Schiff etwas entfernt von ihm fest; dann fuhren sie hinüber in einem kleinen Boot, das sie bei sich hatten und das nur zwei Ellen Tiefgang besaß. Hundert Streiter befanden sich in diesem Boote, darunter auch der einäugige, lahme Wesir, jener tyrannische, trutzige Gesell und teuflische Rebell, jener verschlagene Räbersmann, vor dessen Listen niemand sicher war, als wäre er Abu Mohammed el-Battâl[1] sogar. Sie ruderten rasch dahin, bis sie das Schiff erreichten; und sie sprangen hinauf und fielen alle auf einmal darüberher, aber sie fanden auf ihm niemanden außer der Herrin Marjam. Nachdem sie die Prinzessin und das Schiff, auf dem sie sich befand, in ihre Gewalt gebracht hatten und an Land gestiegen und dort eine Weile geblieben waren, kehrten sie schnurstracks zu ihren Schiffen zurück; jetzt hatten sie erreicht, was sie wollten, ohne Kampf und ohne Schwertstreich. Danach machten sie sich wieder auf zum Lande der Christen; sie fuhren bei günstigem Winde dahin, immer weiter, in sicherer Hut, bis sie bei der Stadt der Franken ankamen; dort begaben sie sich mit der Prinzessin Marjam zu ihrem Vater, der auf dem Throne seiner Herrschaft saß. Doch als der König sie erblickte, sprach er zu ihr: ›Wehe dir, du Verräterin, wie konntest du den Glauben der Väter und Vorväter ablegen und den Schutz des Messias, auf den wir vertrauen allerwegen? Und dem Glauben der Vagabunden folgen, das heißt dem Islam, der mit dem Schwerte wider das Kreuz und die Bilder

1. Ein gewaltiger muslimischer Held, der sich in den Kämpfen mit den Byzantinern hervorgetan haben soll.

kam?' Marjam gab ihm zur Antwort: ‚Mich trifft keine Schuld!
Ich ging bei Nacht zur Kirche, um zur Jungfrau Maria zu wallfahrten und ihres Segens teilhaftig zu werden; und während
ich nichts ahnte, überfielen mich dort plötzlich muslimische
Räuber, verstopften mir den Mund und fesselten mich; dann
schleppten sie mich auf das Schiff und führten mich in ihr Land.
Ich aber hinterging sie und redete mit ihnen von ihrem Glauben, bis sie mir die Fesseln lösten; und ehe ich mich dessen versah, holten deine Mannen mich ein und befreiten mich. Und
bei des Messias Leben, der uns den rechten Glauben gegeben,
beim Kreuze und dem, der an ihm gekreuzigt wurde, ich freue
mich über die Maßen, daß ich ihren Händen entronnen bin,
meine Brust ist weit, und froh ist mein Sinn, weil mir die Befreiung aus den Banden der Muslime zuteil geworden ist.' Aber
ihr Vater rief: ‚Du lügst, du Metze, du Dirne! Bei dem, was
das Evangelium, wohlbewahrt, an Verbotenem und Erlaub-
tem offenbart, ich lasse dich des schmählichsten Todes sterben
und mache dich zu einer Warnung voll Verderben. War es dir
nicht genug, was du früher getan hattest, als deine List wider
uns gelang, und mußt du jetzt wieder mit deinen Lügen zu uns
kommen?' Darauf befahl der König, sie zu töten und über dem
Palasttore zu kreuzigen. Aber in eben jenem Augenblick trat
der einäugige Wesir ein, der seit langer Zeit die Prinzessin
liebte, und er rief: ‚O König, töte sie nicht, sondern vermähle
sie mit mir! Ich will sie aufs sorgfältigste bewachen, und ich
will nicht eher zu ihr eingehen, als bis ich für sie ein Schloß aus
festem Gestein errichtet habe mit so hohen Mauern, daß kein
einziger Dieb auf seine Dachterrasse klettern kann. Und wenn
ich es fertig gebaut habe, so will ich vor seinem Tore dreißig
Muslime töten und zum Sühneopfer an den Messias für mich
und für sie werden lassen!' Der König gewährte ihm seine Bitte

und erlaubte den Priestern, Mönchen und Rittern, ihm die Prinzessin zu vermählen; und als jene sie darauf mit dem einäugigen Wesir vermählt hatten, gab er die Erlaubnis, daß man mit dem Bau eines hochragenden Schlosses beginne, wie es ihrem Stande entsprach. Da machten sich die Arbeiter ans Werk. So viel von der Prinzessin Marjam und ihrem Vater und dem einäugigen Wesir!

Wenden wir uns nun zu Nûr ed-Dîn und zu dem Spezereienhändler! Als der Jüngling zu dem Freunde seines Vaters gekommen war, entlieh er von dessen Frau einen Umhang, einen Schleier und Schuhe, kurz, alle Kleidungsstücke, wie die Frauen Alexandrias sie tragen; dann kehrte er mit diesen Sachen zum Meeresstrande zurück und suchte das Schiff, auf dem die Herrin Marjam war; doch er fand die ,Luft leer und das Heiligtum fern'[1]. – –«

Da bemerkte Schehrezâd, daß der Morgen begann, und sie hielt in der verstatteten Rede an. Doch als die *Achthundertundsechsundachtzigste Nacht* anbrach, fuhr sie also fort: »Es ist mir berichtet worden, o glücklicher König, daß Nûr ed-Dîn, als er ,die Luft leer und das Heiligtum fern' fand, betrübten Herzens ward, und er vergoß Tränen immerfort und sprach das Dichterwort:

> *Bei Nacht erregte Su'das[2] Schatten mir die Seele.*
> *Vor Tag; die Freundesschar schlief in der Wüste dort.*
> *Und als das Nachtgebild, das mir genaht, mich weckte,*
> *Da fand ich leer die Luft und fern den Wallfahrtsort.*

Dann ging Nûr ed-Dîn an der Küste des Meeres entlang und blickte nach rechts und nach links; da sah er plötzlich, wie Leute sich am Strande zusammenrotteten und riefen: ,Ihr Muslime, die Ehre der Stadt Alexandria ist dahin, seitdem die Franken

1. Vgl. oben Seite 325 und Band III, Seite 307. – 2. Vgl. Band III, Seite 307, Anmerkung.

in sie eindringen können, um ihre Bewohner zu rauben, und dann in aller Gemächlichkeit in ihr Land zurückkehren, ohne verfolgt zu werden von einem derer, die den Islam bekennen, noch auch derer, die sich Glaubensstreiter nennen!' Als Nûr ed-Dîn sie fragte, was geschehen sei, berichteten sie ihm: ,Junger Herr, eines von den Schiffen der Franken ist soeben voll Bewaffneter in diesen Hafen eingedrungen; die Leute haben ein Schiff, das hier vor Anker lag, mit allem, was darinnen war, fortgeschleppt und sind dann in aller Sicherheit wieder zu ihrem Land gefahren.' Wie der Jüngling diese Worte von ihnen vernahm, fiel er ohnmächtig nieder; und nachdem er wieder zu sich gekommen war, fragten die Leute ihn nach seiner Geschichte, und da berichtete er ihnen seine Erlebnisse von Anfang bis zu Ende. Kaum hatten jene alles begriffen, so fing ein jeder von ihnen an, ihn zu schelten und zu schmähen und zu rufen: ,Warum konntest du sie denn nicht ohne Umhang und Schleier in die Stadt hinaufbringen?' So fuhren ihn die Leute mit harten Worten an, einer nach dem andern. Nur einige sagten: ,Laßt ihn; er trägt genug an dem, was er gelitten hat!' Doch immer noch hatte fast ein jeder ein schmerzendes Wort für ihn und schoß den Pfeil des Tadels wider ihn, bis er von neuem in Ohnmacht sank. Während nun die Leute sich so mit Nûr ed-Dîn beschäftigten, kam plötzlich der alte Spezereienhändler des Wegs, und als er das Gedränge sah, ging er dorthin, um zu erfahren, was es gäbe; da sah er Nûr ed-Dîn ohnmächtig in ihrer Mitte liegen. Sogleich setzte er sich ihm zu Häupten nieder und suchte ihn zum Bewußtsein zurückzurufen. Als aber der Jüngling wieder zu sich kam, sprach er zu ihm: ,Mein Sohn, in welchem Zustande muß ich dich sehen?' Jener gab ihm zur Antwort: ,Lieber Oheim, ich hatte die Maid, die mir verloren gegangen war, aus ihres Vaters Stadt in einem

Schiffe hierher gebracht, nachdem ich auf der Fahrt viel Ungemach erduldet hatte; und als ich mit ihr hier ankam, band ich das Schiff am Ufer fest, ließ sie darin zurück und begab mich zu deiner Wohnung; dort empfing ich von deiner Gattin Sachen für die Maid, in denen ich sie zur Stadt führen wollte; doch da kamen die Franken und raubten das Schiff mit der Maid darauf und fuhren in aller Sicherheit zu ihren eigenen Schiffen zurück.' Als der alte Spezereienhändler diese Worte von Nûr ed-Dîn vernommen hatte, ward das helle Tageslicht finster vor seinem Angesicht; und er grämte sich gar sehr um den Jüngling. Dann sprach er zu ihm: ‚Mein Sohn, warum hast du sie denn nicht ohne Umhang vom Schiffe in die Stadt geführt? Aber jetzt nützt das Reden nichts mehr; drum erhebe dich, mein Sohn, und komm mit mir in die Stadt; vielleicht wird Allah dir eine Sklavin bescheren, die noch schöner ist als sie und die dich über ihren Verlust trösten wird. Preis sei Allah, der dich an ihr nichts verlieren ließ! Ja, mögest du durch sie noch gewinnen! Und, mein Sohn, dir ist bekannt, Vereinigung und Trennung liegen in des höchsten Königs Hand.' Doch Nûr ed-Dîn erwiderte ihm: ‚Lieber Oheim, ich kann mich nie und nimmer über ihren Verlust trösten, ich werde nie ablassen, sie zu suchen, wenn ich auch um ihretwillen den Kelch des Unheils leeren muß!' ‚Mein Sohn,' fuhr der Alte fort, ‚was hast du in deinem Sinne beschlossen zu tun?' Der Jüngling antwortete darauf: ‚Ich gedenke ins Land der Christen zurückzukehren, in die Stadt der Franken einzudringen und mein Leben zu wagen, mag es sich zum Guten oder zum Bösen wenden!' Da sprach der Alte zu ihm: ‚Mein Sohn, es gibt ein bekanntes Sprichwort: Nicht alleweil bleibt der Krug heil! Wenn sie dir auch beim ersten Male nichts angetan haben, so werden sie dich diesmal vielleicht umbringen, zumal sie dich jetzt ja ganz genau kennen.' Dennoch beharrte Nûr ed-Dîn darauf: ‚Laß mich ziehen, lieber Oheim! Eher will ich um ihrer Liebe willen eines raschen Todes sterben, als fern von ihr langsam aus Verzweiflung zugrunde gehen.'

Nun hatte der Zufall des Schicksals es gewollt, daß im Hafen ein Schiff zur Ausfahrt bereit lag, dessen Reisende schon alle ihre Geschäfte erledigt hatten; gerade hatten die Seeleute die Ankerpflöcke herausgezogen, und da sprang Nûr ed-Dîn an Bord. Das Schiff segelte dann eine Reihe von Tagen dahin, und Wind und Wetter waren den Reisenden günstig. Während sie so auf der Fahrt waren, erschien plötzlich eines der fränkischen Schiffe, die auf hoher See umherkreuzten und jedes Schiff kaperten, das sie in Sicht bekamen, aus Besorgnis um die Königstochter vor den muslimischen Piraten; und wenn sie ein Schiff erbeutet hatten, so brachten sie alle, die darauf waren, zum König der Franken, und der ließ sie hinrichten, um durch sie das Gelübde zu erfüllen, das er um seiner Tochter Marjam willen getan hatte. Als die Franken jenes Schiff erblickten, auf dem sich Nûr ed-Dîn befand, kaperten sie es, nahmen alle, die darauf waren, mit sich und führten sie zum König, dem Vater Marjams. Wie sie nun vor ihm standen, sah er, daß es ihrer hundert muslimische Männer waren, und er gab sofort Befehl, sie hinzurichten. Nûr ed-Dîn war auch unter ihnen, und von allen, die dort abgeschlachtet wurden, blieb er allein übrig; denn der Henker hatte ihn bis zuletzt übrig gelassen, da es ihn um seine Jugend und um seine schlanke Gestalt leid tat. Als aber der König auf ihn schaute, erkannte er ihn recht wohl, und er sprach zu ihm: ‚Bist du nicht Nûr ed-Dîn, der schon früher einmal bei uns war vor diesem Tage?' Da rief jener: ‚Ich bin nie bei euch gewesen, und ich heiße auch nicht Nûr ed-Dîn, ich heiße Ibrahim!' ‚Du lügst,' fuhr der

König ihn an, ,du bist Nûr ed-Dîn, der, den ich der alten Vorsteherin der Kirche geschenkt habe, damit er ihr im Kirchen-
dienste helfe.' Doch Nûr ed-Dîn wiederholte: ,Hoher Herr,
ich heiße Ibrahîm!' Nun sagte der König: ,Wenn die Alte, die
Vorsteherin der Kirche, kommt und dich sieht, so wird sie
wissen, ob du Nûr ed-Dîn bist oder ein anderer.' Während die
beiden noch miteinander redeten, trat plötzlich, zu eben jener
Zeit, der einäugige Wesir ein, der sich mit der Tochter des
Königs vermählt hatte; und nachdem er den Boden vor dem
König geküßt hatte, sprach er zu ihm: ,O König, vernimm,
der Bau des Schlosses ist beendet. Du weißt, daß ich dem Messias gelobt habe, ich wolle, wenn ich den Bau beendet hätte,
vor seinem Tore dreißig Muslime opfern; deshalb komme ich,
um mir von dir dreißig Muslime zu holen, damit ich sie töten
und durch sie mein Gelübde an den Messias erfüllen kann. Sie
sollen mir übergeben werden als eine Anleihe, für die ich verantwortlich bin, und wenn ich selbst Gefangene habe, will ich
dir andre dreißig dafür wiedergeben.' Der König erwiderte:
,Bei des Messias Leben, der uns den rechten Glauben gegeben,
ich habe nur noch diesen einen Gefangenen übrig.' Und indem
er auf Nûr ed-Dîn zeigte, sprach er: ,Nimm ihn und töte ihn
jetzt; die anderen will ich dir schicken, sobald ich wieder Gefangene von den Muslimen erhalte!' Da nahm der einäugige
Wesir den Jüngling in Empfang und führte ihn zu dem Schlosse,
um ihn auf der Schwelle des Tores zu opfern. Doch die Maler
sprachen zu ihm: ,Hoher Herr, wir haben noch zwei Tage mit
dem Malen zu tun; hab Geduld mit uns und warte mit der
Hinrichtung dieses Gefangenen, bis wir mit dem Malen ganz
fertig sind! Vielleicht kommen auch noch volle dreißig für
dich zusammen, und dann kannst du alle auf einmal opfern
und dein Gelübde an einem einzigen Tage erfüllen.' Darauf

befahl der Wesir, man solle Nûr ed-Dîn in den Kerker werfen. – –«

Da bemerkte Schehrezâd, daß der Morgen begann, und sie hielt in der verstatteten Rede an. Doch als die *Achthundertundsiebenundachtzigste Nacht* anbrach, fuhr sie also fort: »Es ist mir berichtet worden, o glücklicher König, daß der Wesir befahl, man solle Nûr ed-Dîn in den Kerker werfen; da schleppten die Leute ihn gefesselt in den Stall, wo er hungernd und dürstend sein Los beklagte und schon den Tod vor Augen sah.

Nun traf es sich nach dem vorherbestimmten Ratschluß und dem unabänderlichen Schicksal, daß der König zwei Hengste besaß, leibliche Brüder, von denen der eine Sâbik und der andere Lâhik hieß; Tiere, wie ihrer eines zu besitzen selbst die Perserkönige vergeblich gewünscht hätten. Der eine von den beiden Hengsten war von reinem Grau, der andere aber schwarz wie die finstere Nacht. Und die Könige der Inseln pflegten zu sagen: Wer uns einen von diesen beiden Hengsten stiehlt, dem wollen wir alles geben, was er verlangt, an rotem Golde, Perlen und Edelsteinen.' Aber es gelang niemandem, einen von diesen beiden Hengsten zu stehlen. Einer von den beiden nun erkrankte in der Art, daß ihm das Weiße in den Augen gelb wurde. Da ließ der König alle Tierärzte kommen, um ihn zu heilen; doch keiner von ihnen vermochte es. Eines Tages trat der einäugige Wesir, der Gemahl der Prinzessin, zum König ein, und da er ihn um jenes Hengstes willen bekümmert sah, wollte er ihn von seiner Kümmernis befreien, und so sprach er zu ihm: ,O König, gib mir den Hengst, ich will ihn heilen!' Der König übergab ihm das Tier und ließ es in den Stall bringen, in dem Nûr ed-Dîn gefangen lag; doch als das Pferd von seinem Bruder getrennt war, stieß es einen lauten Schrei aus und wieherte so stark, daß es alle Leute durch sein Geschrei erschreckte. Da der Wesir wohl wußte, daß der Hengst nur deshalb so laut schrie, weil er von seinem Bruder getrennt war, so ging er zum König und meldete es ihm. Und als der Herrscher sich von der Wahrheit seiner Worte überzeugt hatte, sprach er: ‚Wenn dieser Hengst, der doch nur ein Tier ist, die Trennung von seinem Bruder nicht ertragen kann, wie soll es dann mit denen sein, die vernunftbegabt sind?‘ Darauf befahl er den Stallknechten, sie sollten den anderen Hengst zu seinem Bruder in das Haus des Wesirs, des Gatten Marjams, bringen, und fügte hinzu: ‚Sagt dem Wesir: Der König läßt dir sagen, daß diese beiden Hengste ein Geschenk von ihm an dich sind um seiner Tochter Marjam willen.‘ Während Nûr ed-Dîn gefesselt und gebunden dort im Stalle lag, sah er die beiden Hengste an und entdeckte in den Augen des einen von ihnen eine Trübung. Da er ein wenig von Pferden und von der Behandlung ihrer Krankheiten verstand, so sprach er bei sich: ‚Bei Allah, dies ist die rechte Gelegenheit für mich! Ich will den Wesir belügen, indem ich zu ihm spreche: ‚Ich kann dies Pferd heilen.‘ Dann will ich etwas mit ihm tun, was seine Augen völlig vernichtet, und der Wesir wird mich töten lassen, so daß ich endlich Ruhe habe von diesem elenden Leben.‘ Er wartete also, bis der Wesir in den Stall kam, um nach den beiden Hengsten zu schauen. Sobald jener eintrat, sprach Nûr ed-Dîn zu ihm: ‚Mein Gebieter, was wird mir von dir zuteil werden, wenn ich dies Pferd heile und ihm durch ein Mittel seine Augen wieder gesund mache?‘ ‚Bei meinem Haupte,‘ antwortete der Wesir, ‚wenn du es heilst, so will ich dein Leben verschonen und dich eine Gnade von mir erbitten lassen.‘ Der Jüngling fuhr fort: ‚Hoher Herr, befiehl, daß man mir die Hände löse!‘ Da befahl der Wesir, sie ihm zu lösen; Nûr ed-Dîn aber ging hin, nahm ungeformtes Glas und zerstieß es;

724

ferner nahm er ungelöschten Kalk und vermischte ihn mit Zwiebelsaft. Das Ganze legte er auf die Augen des Hengstes und verband sie ihm, und dann sprach er bei sich: ‚Jetzt werden seine Augen erlöschen, und mich wird man töten, so daß ich Ruhe finde von diesem elendem Leben.‘ Darauf legte er sich nieder und verbrachte jene Nacht frei von den quälenden Sorgen, und er demütigte sich vor Allah dem Erhabenen, indem er sprach: ‚O Herr, du weißt alles, und das überhebt mich des Bittens.‘ Als nun der Morgen kam mit seinem Strahl und die Sonne leuchtete über Berg und Tal, trat der Wesir in den Stall, und wie er dem Pferde die Binde von den Augen genommen hatte und sie anschaute, sah er in ihnen die schönsten Augen von der Welt durch die Macht des Königs, der alles erhellt. Da sprach er zu Nûr ed-Dîn: ‚O Muslim, ich habe in der ganzen Welt noch niemanden gefunden, der so schöne Kenntnisse hat wie du. Bei des Messias Leben, der uns den rechten Glauben gegeben, du machst mich über die Maßen staunen, denn kein einziger Tierarzt in unserem Lande vermochte dies Pferd zu heilen.‘ Dann trat er an Nûr ed-Dîn heran, löste ihm mit eigener Hand die Fußfesseln und kleidete ihn in ein kostbares Prachtgewand; ferner machte er ihn zu seinem Stallmeister, wies ihm Gehalt und Einkünfte an und gab ihm eine Wohnung in einem Stockwerk über dem Stalle. In dem neuen Schlosse aber, das der Wesir für die Herrin Marjam gebaut hatte, befand sich ein Fenster, das auf das alte Haus des Wesirs und auf das Stockwerk, in dem Nûr ed-Dîn wohnte, hinausführte. Nun blieb der Jüngling eine Reihe von Tagen dort, indem er sich durch Essen und Trinken pflegte, sich freute und heitere Gedanken hegte und über die Pferdeknechte zu gebieten und verbieten hatte. Jeden von ihnen, der ausblieb und die Pferde in dem Stalle, in dem er Dienst hatte, nicht fütterte, den warf er zu Boden, verprügelte ihn mit heftigen Schlägen und ließ ihm eiserne Fesseln an die Füße legen. Der Wesir aber hatte an dem Jüngling die allergrößte Freude, ihm weitete sich die Brust, und er war voller Lust; freilich ahnte er nicht, wie sich sein Schicksal noch gestalten sollte. Doch Nûr ed-Dîn ging jeden Tag zu den beiden Hengsten hinunter und striegelte sie mit eigener Hand, da er wußte, wie lieb und wert die beiden dem Wesir waren.

Nun hatte der einäugige Wesir eine Tochter, eine Jungfrau von höchster Anmut, einer flüchtigen Gazelle gleich oder einem Zweige, wiegend und weich. Und es begab sich eines Tages, daß sie an dem Fenster saß, das auf das Haus des Wesirs schaute und auf das Gemach, in dem Nûr ed-Dîn wohnte. Da hörte sie, wie des Jünglings Stimme erklang und wie er sich über sein Leid tröstete, indem es diese Verse sang:

> O Tadler mein, du lebst so froh dahin,
> Und alle Wonnen freuen deinen Sinn.
> Wenn dich das Schicksal träf mit seinem Leid,
> Du sprächest bald ob seiner Bitterkeit:
>   Ach, die Lieb und ihre Schmerzen
>   Brennen heiß in meinem Herzen!
>
> Doch du bist sicher jetzt vor seinem Neid,
> Vor seiner Mißgunst, seiner Grausamkeit.
> Drum schilt den Armen, schwer Geprüften nicht,
> Der in dem Übermaß der Sehnsucht spricht:
>   Ach, die Lieb und ihre Schmerzen
>   Brennen heiß in meinem Herzen!
>
> Sei gegen die, so lieben, gut und mild,
> Und hilf doch dem nicht, der sie immer schilt,
> Auf daß dich nicht das gleiche Band umschlingt
> Und man dir nicht den Kelch der Leiden bringt!
>   Ach, die Lieb und ihre Schmerzen
>   Brennen heiß in meinem Herzen!

Eh ich dich kannte, lebt ich auf der Welt
Gleichwie ein freier, sorgenloser Held.
Die Liebe kannt ich nicht, die immer wacht,
Bis sie auch mich bezwang mit ihrer Macht:
    Ach, die Lieb und ihre Schmerzen
    Brennen heiß in meinem Herzen!

Die Liebe und ihr Elend kennt nur der,
Auf dem ihr Siechtum lastet, lang und schwer,
Dem in der Sehnsucht sein Verstand entflieht
Und der den bittren Becher vor sich sieht:
    Ach die Lieb und ihre Schmerzen
    Brennen heiß in meinem Herzen!

Wie manches Auge, das im Dunkel wacht,
Ward nur durch sie um süßen Schlaf gebracht!
Wie oft erregte sie der Tränen Flut,
Die über Wangen strömt mit heißer Glut:
    Ach, die Lieb und ihre Schmerzen
    Brennen heiß in meinem Herzen!

Wie mancher Mann, von Liebespein geplagt,
Ist wach, da ihm das Leid den Schlaf versagt!
Er legt das Kleid des schweren Siechtums an,
Weil er den Schlummer nicht mehr finden kann:
    Ach, die Lieb und ihre Schmerzen
    Brennen heiß in meinem Herzen!

Geduld versagt, Gebein vergeht vor Glut,
Die Tränen rinnen gleichwie Drachenblut;
Mich hungert, bitter ward die Speise jetzt,
Die sonst durch ihre Süßigkeit mich letzt:
    Ach, die Lieb und ihre Schmerzen
    Brennen heiß in meinem Herzen.

Unselig ist ein Mann, der liebt wie ich,
Von dem in dunkler Nacht der Schlummer wich!
Er schwimmt im Meere der Verlassenheit
Und klagt um Liebe und ihr schweres Leid:

Ach, die Lieb und ihre Schmerzen
Brennen heiß in meinem Herzen!

Wer ist es, den die Liebe nicht zerfrißt?
Und wer entrinnt auch ihrer kleinsten List?
Wer dann noch lebt, der lebt so ganz allein.
Und wer kann dann noch froh und ruhig sein?
Ach, die Lieb und ihre Schmerzen
Brennen heiß in meinem Herzen!

O Herr, nimm du dich des Gequälten an!
Beschütz ihn, Herr, der Schutz gewähren kann!
Und schenke ihm die rechte Festigkeit,
Und sei ihm hold in allem seinem Leid:
Ach, die Lieb und ihre Schmerzen
Brennen heiß in meinem Herzen!

Kaum hatte Nûr ed-Dîn alle seine Worte beendet und die Verse seines Liedes vollendet, da sprach die Tochter des Wesirs bei sich: ‚Bei des Messias Leben, der uns den rechten Glauben gegeben, dieser Muslim ist ein schöner Jüngling! Doch er ist ohne Zweifel ein Liebender, der von seiner Geliebten getrennt ist. Ich möchte wohl wissen, ob die Geliebte dieses Jünglings ebenso schön ist wie er, und ob sie ebenso empfindet wie er oder nicht. Wenn seine Geliebte ebenso schön ist wie er, dann geziemt es ihm, Tränen zu vergießen und in Klagen ob seiner Leidenschaft zu zerfließen. Ist sie aber nicht schön, so vergeudet er sein Leben, wenn er klagt, und der Freuden Speise ist ihm versagt.‘ – –«

Da bemerkte Schehrezâd, daß der Morgen begann, und sie hielt in der verstatteten Rede an. Doch als die *Achthundertundachtundachtzigste Nacht* anbrach, fuhr sie also fort: »Es ist mir berichtet worden, o glücklicher König, daß die Tochter des Wesirs bei sich sprach: ‚Wenn seine Geliebte schön ist, so geziemt es ihm, daß er Tränen vergießt; ist sie aber nicht schön, so vergeudet er sein Leben, wenn er in Seufzer zerfließt.' Nun war Marjam die Gürtlerin, die Gattin des Wesirs, am Tage zuvor in den neuen Palast hinübergeführt worden; und da die Tochter des Wesirs erfahren hatte, daß ihr die Brust beklommen war, so beschloß sie, zu ihr zu gehen, mit ihr zu plaudern und ihr über jenen Jüngling Nachricht zu bringen und über das, was sie gehört hatte von seinem Singen. Doch noch ehe sie ihre Absicht ausführen konnte, sandte die Herrin Marjam, die Gattin ihres Vaters, schon nach ihr, auf daß sie mit ihr plaudere und sie aufheitere. Als sie nun zu der Prinzessin kam, sah sie, wie ihr das Herz schwer war, wie ihr die Tränen über die Wangen rannen; ja, die Arme weinte so bitterlich, daß ihrem Schmerze kein anderer glich; aber dann hielt sie die Tränen zurück und beklagte in diesem Lied ihr Geschick:

> Mein Leben schwindet hin, die Liebesleiden bleiben;
> Die Brust ist mir beengt, da Sehnsucht mich verzehrt.
> Mein Herz ist mir geschmolzen durch den Schmerz der Trennung;
> Es hofft, daß noch der Tag des Nahseins wiederkehrt,
> Auf daß die Liebesnacht uns ganz vereint!
>
> So scheltet ihn nicht mehr, ihn, dessen Herz gefangen
> Und dem die Sehnsuchtsqual den hagren Leib verzehrt!
> Entsendet nicht des Tadels Pfeil auf seine Liebe;
> Wer liebt, dem ist auf Erden größtes Leid beschert,
> Wiewohl die bittre Liebe süß erscheint.

Da sprach die Tochter des Wesirs zur Herrin Marjam: ‚Was ist dir, o Prinzessin? Dein Herz ist schwer, und dein Sinn findet keine Ruhe mehr.' Doch als die Herrin Marjam diese Worte vernahm, dachte sie von neuem daran, wie jetzt die Stunden dahingeschwunden mit all der wonnevollen Seligkeit, und sie klagte in diesen Versen ihr Leid:

> Ich will die Trennung von dem Freund geduldig tragen
> Und Tränen weinen gleichwie Perlen aufgereiht;

Vielleicht wird Gott mir doch noch einstmals Trost gewähren,
Denn Er verbirgt die Freude in des Leides Kleid.

Darauf sprach die Tochter des Wesirs: ‚O Prinzessin, laß dir
das Herz nicht schwer sein, sondern komm mit mir sogleich
an das Fenster des Schlosses! Wir haben nämlich im Stalle
einen schönen Jüngling von schlanker Gestalt und süßer Redegewalt, der scheint ein einsamer Liebender zu sein.‘ Die Herrin
Marjam fragte: ‚Aus welchen Anzeichen erkennst du, daß er
ein einsamer Liebender ist?‘ ‚O Prinzessin,‘ antwortete die
Wesirstochter, ‚ich erkenne es daran, daß er Lieder und Verse
singt, so daß seine Stimme Tag und Nacht erklingt.‘ Da sprach
die Herrin Marjam bei sich selber: ‚Sind die Worte der Wesirstochter wahr, so ist es offenbar, daß sie sich auf den armen,
betrübten Jüngling beziehn, auf ’Alî Nûr ed-Dîn. Ich möchte
doch wohl wissen, ob er wirklich jener Jüngling ist, von dem
sie spricht!‘ Und wiederum ward die Herrin Marjam ergriffen
von der heftigen Leidenschaft und von der sehnenden Liebe
Kraft; sie erhob sich sofort und ging mit der Tochter des
Wesirs zum Fenster und schaute hinaus. Da sah sie ihren Geliebten, ihren Herrn Nûr ed-Dîn, und als sie ihren Blick fest
auf ihn richtete, erkannte sie ihn mit aller Sicherheit. Freilich
war er krank durch seine leidenschaftliche Liebe zu ihr und
verzehrt von dem Feuer der Liebespein und von den Schmerzen der Verlassenheit und der sehnsuchtsvollen Traurigkeit;
ja, die Auszehrung schien ihn fast zu zernagen, und er hub an,
sein Leid mit diesem Liede zu klagen:

Mein Herze ist ein Knecht, und meine Tränen rinnen,
Daß selbst die Regenwolke nicht mehr folgen kann!
Mein Weinen und mein Wachen und die Glut der Liebe,
Das Klagen und der Schmerz um den geliebten Mann,
Und ach, mein brennend Herz, mein Seufzen und mein Kummer –

Das sind in voller Zahl acht Plagen, die ich trag,
An die sich fünf und fünf in gleicher Folge reihen.
Wohlan, seid still und hört auf das, was ich euch sag:
Erinnerung und Sorge, Stöhnen, schweres Siechtum
Und heiße Sehnsucht, dann das ewig bange Leid
Durch Mühsal und durch Fremde und durch Jugendhoffen,
Durch Schmerz um den Verlust und starre Traurigkeit.
Geduld entschwindet mir, die Leiden zu ertragen;
Und wenn Geduld versagt, so naht Verzweiflung mir.
In meinem Herzen toben heiße Liebeswünsche;
O der du fragest nach der Glut im Herzen hier,
Weshalb die Tränen Feuer in der Brust entfachen,
Weshalb die Lohe immer brennt im Herzen mein:
Vernimm, mich hat ertränkt diě Sintflut meiner Zähren;
Von einer Hölle tret ich in die andre ein!

Wie nun die Herrin Marjam ihren Herrn Nûr ed-Dîn anschaute
und seines Liedes schönen Klang und seinen herrlichen Sang
hörte, ward sie immer gewisser, daß er es wirklich war. Doch
sie verbarg ihr Geheimnis vor der Tochter des Wesirs und
sprach zu ihr: ‚Bei des Messias Leben, der uns den rechten
Glauben gegeben, ich hatte nicht geglaubt, daß du etwas von
meiner Traurigkeit wüßtest!' Dann erhob sie sich sogleich,
trat von dem Fenster zurück und ging wieder in ihr Gemach,
während die Tochter des Wesirs sich an ihre Arbeit begab.
Nachdem die Herrin Marjam eine geraume Weile gewartet
hatte, begab sie sich wieder zum Fenster und setzte sich dort
nieder; dann schaute sie zu ihrem Herrn Nûr ed-Dîn hinüber
und betrachtete seinen Liebreiz und die Anmut seines Wesens,
und sie sah in ihm den vollen Mond, wie er in der vierzehnten
Nacht am Himmel thront. Doch er seufzte ohne Unterlaß, und
es strömte seiner Tränen Naß; denn er gedachte der Freude in
vergangenen Tagen, und er begann sein Leid in diesen
Versen zu klagen:

Ich hoffte, meinem Lieb vereint zu werden; – nie
Geschah's, und bitter war, was mir das Leben lieh.
Es strömen gleich der Meeresflut die Tränen mein;
Doch wenn ich meinen Tadler seh, so halt ich ein.
Weh ihm, der rief, daß uns die Trennung nahe sei!
Hätt ich die Zunge sein, ich schnitte sie entzwei.
Kein Tadel trifft das Schicksal, was es auch nur schafft;
Mir mischte es den Trank mit reinster Galle Saft.
Zu wem soll ich mich wenden, als zu dir allein?
Dort, wo du weilest, ließ ich ja das Herze mein.
Wer schafft mir Recht vor ihr, die grausam Herrschaft führt
Und desto härter wird, je mehr sie Macht verspürt?
Ich stellte meine Seele unter ihre Hand,
Sie raffte mich dahin und auch das Unterpfand.
Um ihre Liebe opfert ich mein Leben schon;
Für das, was ich geopfert, sei die Gunst mein Lohn!
O liebes Reh, das mir in meinem Herzen weilt,
Genug der Trennungsschmerzen haben mich ereilt.
In deinem Antlitz eint sich aller Reize Huld;
Und ach, um deinetwillen flieht mich die Geduld –.
Ich nahm sie in mein Herz, da nahte ihm der Gram;
Und doch, ich murrte nicht, daß ich zu Gast sie nahm.
Ach, meine Tränen fluten wie ein wildes Meer;
Und wüßt ich einen Pfad, ich schritt' auf ihm einher.
Ich fürchte, ich muß sterben ob der heißen Qual:
So schwindet mir nun auch der letzte Hoffnungsstrahl.

Als Marjam hörte, wie Nûr ed-Dîn, der einsam Liebende, arme Verstörte, diese Verse sang, kamen ihr die Zähren bei seiner Stimme Klang. Ihr Auge begann in eine Tränenflut auszubrechen, und sie hub an, diese Verse zu sprechen:

Ich sehnte mich nach meinem Freund; als ich ihn fand,
War ich befangen, Blick und Zunge war gebannt.
Ich hielt bereit zum Schelten ganze Bände schon;
Als wir uns sahen, war mir jedes Wort entflohn.

Kaum hatte Nûr ed-Dîn die Worte der Herrin Marjam vernommen, so erkannte er sie; und er weinte bitterlich und sprach: ‚Bei Allah, dies ist der Gesang der Herrin Marjam der Gürtlerin; das ist wahr, bei meiner Seel, ohne Zweifel und ohne Fehl!‘ – –«

Da bemerkte Schehrezâd, daß der Morgen begann, und sie hielt in der verstatteten Rede an. Doch als die *Achthundertundneununddachzigste Nacht* anbrach, fuhr sie also fort: »Es ist mir berichtet worden, o glücklicher König, daß Nûr ed-Dîn, als er die Stimme diese Verse singen hörte, bei sich selber sprach: ‚Dies ist der Gesang der Herrin Marjam; das ist wahr, bei meiner Seel, ohne Zweifel und ohne Fehl! Nun möchte ich wissen, ob meine Vermutung richtig ist, ob sie wirklich dort ist oder eine andere.‘ Dann begann er ob der wachsenden Schmerzen in Klagen auszubrechen, und er hub an, diese Verse zu sprechen:

> *Als er, der meine Liebe schalt, mich einstmals sah,*
> *Wie ich mein Liebchen traf in einem fernen Land*
> *Und ich beim Wiedersehn kein Wort des Tadels sprach,*
> *Wiewohl schon manch Betrübter Trost im Tadel fand,*
> *Da sprach er: ‚Was bedeutet denn dies Schweigen nur,*
> *Das dich zurückhält vom gerechten harten Wort?‘*
> *Ich sprach zu ihm: ‚O du, der du kein Wissen hast*
> *Von echter Liebe Art, o du, des Zweifels Hort,*
> *Das Zeichen dessen, der die rechte Liebe hat,*
> *Ist, daß er schweigt, wenn er sich der Geliebten naht.‘*

Als er dies Lied beendet hatte, holte die Herrin Marjam Tintenkapsel und Papier und schrieb darauf: ‚Nach der Anrufung des hochgeehrten Namens Allahs schreibe ich dir des ferneren: Der Friede Allahs sei mit dir und Seine Barmherzigkeit und Sein Segen, und ich melde dir, daß deine Sklavin Marjam dich grüßt, sie, die sich so sehr nach dir sehnt, und dies ist ihre Botschaft an dich. Sobald dies Schreiben in deine Hände gelangt, mache dich unverzüglich daran, alles, was sie von dir verlangt, auf das sorgsamste zu erfüllen; und hüte dich, ja hüte dich, ihr zuwider zu handeln oder zu schlafen! Wenn das erste Drittel der Nacht verstrichen und somit die günstigste Zeit genaht ist, so tu nichts andres, als daß du die beiden Rosse sattelst und mit ihnen vor die Stadt hinausziehst! Wenn dich jemand fragt, wohin du gehst, so erwidere ihm: ,Ich mache den Tieren Bewegung'; wenn du das sagst, wird dich niemand hindern, weil das Volk sich darauf verläßt, daß die Tore geschlossen sind.' Dann hüllte die Herrin Marjam das Blatt in ein seidenes Tuch und warf es aus dem Fenster dem Jüngling hinüber; der fing es auf, las es und verstand was darinnen geschrieben war, und erkannte die Handschrift der Herrin Marjam. Da küßte er den Brief und führte ihn an seine Stirn und gedachte an alles, was er mit ihr an Wonnen der Liebeslust genossen hatte; er begann in Tränen auszubrechen und hub an, diese Verse zu sprechen:

> *Es kam ein Brief von dir zu mir in finstrer Nacht;*
> *Der hat im Herzen Freud und Liebesleid entfacht;*
> *Er weckte Liebesfreuden aus vergangner Zeit.*
> *Gepriesen sei der Herr ob all dem Trennungsleid!*

Sobald die dunkle Nacht anbrach, machte Nûr ed-Dîn sich daran, die beiden Hengste aufzuschirren, und dann wartete er, bis das erste Drittel der Nacht verstrichen war. Nun legte er ihnen alsbald die schönsten Sättel auf und führte die beiden Hengste aus dem Stall hinaus, verriegelte die Tür und begab sich mit ihnen zum Stadttor; dort setzte er sich nieder und wartete auf die Herrin Marjam.

Wenden wir uns nun von Nûr ed-Dîn zur Prinzessin Marjam! Die ging sofort in den Saal, der für sie in dem Schlosse hergerichtet war, und fand den einäugigen Wesir dort sitzen, wie er sich auf ein Kissen lehnte, das mit Straußendaunen gefüllt war; doch er scheute sich, die Hand nach ihr auszustrecken oder sie anzureden. Als sie ihn erblickte, rief sie im Herzen ihren Gott an und sprach in Gedanken: ‚O Gott, laß ihn nicht sein Ziel bei mir erreichen, und verhänge nicht über mich Befleckung nach der Reinheit!' Darauf trat sie an ihn heran, indem sie tat, als ob sie ihn liebe, setzte sich an seine Seite und schmeichelte ihm, indem sie sprach: ‚Mein Gebieter, warum wendest du dich ab von mir? Bist du zu stolz oder zierst du dich nur bei mir? Ein bekanntes Sprichwort besagt: Wo das Grüßen lässig vor sich geht, grüßt der Sitzende den, der steht! Wenn du also, mein Gebieter, nicht zu mir kommst noch auch mich anredest, so werde ich zu dir kommen und dich anreden.' Da gab er ihr zur Antwort: ‚Dein ist die Gunst und die Güte, o Königin der Herrlichkeit auf der Erde weit und breit! Kann ich etwas anderes als einer deiner Knechte sein und der geringste von den Dienern dein? Ich scheute mich nur, mich mit Reden vorzudrängen in deiner erlauchten Gegenwart, o du Perle von einziger Art! Mein Antlitz liegt vor dir auf dem Boden.' Doch sie erwiderte: ‚Laß dies Gerede und bring uns zu essen und zu trinken!' Da rief der Wesir seine Dienerinnen und Eunuchen und befahl ihnen, Speise und Trank zu bringen; und nun trugen sie einen Tisch auf mit allem, was da kreucht und fleugt und im Meere des Weges zeucht: Flughühner und Wachteln gepaart, junge Tauben und Milchlämmer zart, fette Gänse, gebratene Hühner und andere Tiere von jeglicher Farbe und Art. Die Herrin Marjam streckte ihre Hand aus nach dem Tische und aß, auch reichte sie dem Wesir die Bissen mit den Fingerspitzen und küßte ihn auf den Mund. Und beide aßen, bis sie gesättigt waren; dann wuschen sie sich die Hände. Danach hoben die Eunuchen den Speisetisch empor und setzten ihnen den Tisch mit dem Weine vor; Marjam schenkte ein und trank und reichte dem Wesir zu trinken, indem sie ihn so eifrig bediente, daß ihm das Herz fast davonflog vor Fröhlichkeit und seine Brust sich füllte mit lauter Seligkeit. Als ihm aber der Verstand der rechten Besinnung schwand und die Gewalt des Rausches ihn band, griff sie mit der Hand in ihre Tasche und holte aus ihr ein Kügelchen von reinem maghrebinischen Bendsch hervor; wenn von dem ein Elefant auch nur ein ganz klein wenig gerochen hätte, so schliefe er gar von Jahr zu Jahr; und dies hatte sie für jene Stunde bereit gehalten. Sie lenkte nun die Aufmerksamkeit des Wesirs ab, zerbröckelte das Kügelchen in den Becher, füllte ihn und reichte ihn dem Trunkenen, der schon vor Freuden so ohne Besinnung war, daß er seinem Auge nicht traute, wenn sie ihm den Becher reichte. Doch kaum hatte er ihn genommen und getrunken und kaum war das Gift in seinen Magen gesunken, da fiel er sofort wie in Krämpfen zu Boden. Die Herrin Marjam aber sprang auf, holte eiligst zwei Paare von großen Satteltaschen und füllte sie mit dem, was nicht beschwert und doch kostbar ist an Wert, mit Juwelen, Rubinen und allen Arten von Edelsteinen; auch nahm sie etwas Speise und Trank mit sich und hüllte sich in Rüstung und Waffenkleid, die Gewandung für Kampf und Streit. Ferner nahm sie für Nûr ed-Dîn Dinge, die ihn erfreuen sollten, Kleider von königlicher Pracht und Waffen von allbezwingender Macht. Dann warf sie sich die Satteltaschen über die Schulter und eilte zum Schlosse hinaus, da sie hochgemut und tapfer war, und machte sich auf den Weg zu dem Jüngling.

So stand es nun um Marjam; was aber Nûr ed-Dîn anging, – –«

Da bemerkte Schehrezâd, daß der Morgen begann, und sie hielt in der verstatteten Rede an. Doch als die *Achthundertund-neunzigste Nacht* anbrach, fuhr sie also fort: »Es ist mir berichtet worden, o glücklicher König, daß Marjam, nachdem sie das Schloß verlassen hatte, sich auf den Weg zu dem Jüngling machte, da sie hochgemut und tapfer war. So stand es nun um Marjam; was aber Nûr ed-Dîn anging, der trotz allem Unglück treu seiner Liebe anhing, so saß er am Stadttor, um auf Marjam zu warten, und hielt die Zügel der beiden Hengste in der Hand. Da sandte Allah, der Allgewaltige und Glorreiche, einen Schlaf auf ihn herab, und er schlief ein – doch Er, der niemals schläft, soll gepriesen sein! Nun pflegten gerade damals die Könige der Inseln viel Geld aufzuwenden, um Leute zu bestechen, diese beiden Hengste oder einen von ihnen zu stehlen; und es lebte in jenen Tagen ein schwarzer Sklave, der auf den Inseln aufgewachsen war und der sich auf den Pferdediebstahl verstand. Den hatten die Könige der Franken mit vielem Geld bestochen, einen von den Hengsten zu stehlen, und sie hatten ihm versprochen, sie würden ihm, wenn es ihm gelänge, beide Tiere zu stehlen, eine ganze Insel schenken und ihn in ein prunkvolles Ehrengewand kleiden. Dieser Sklave war schon eine lange Zeit heimlich in der Stadt der Franken umhergezogen, aber hatte die Hengste nicht rauben können, solange sie bei dem König waren. Doch als er sie dem einäugigen Wesir geschenkt und jener sie in seinen Stall gebracht hatte, freute der Sklave sich über die Maßen, und er entbrannte vor Verlangen, sie in seine Gewalt zu bekommen; denn er sagte sich: ‚Bei des Messias Leben, der uns den rechten Glauben gegeben, ich werde sie sicher beide stehlen können!' In eben jener Nacht war der Sklave ausgezogen auf dem Wege zum Stalle, um die Tiere zu rauben. Und während er dahinschlich, fiel sein Blick auf Nûr ed-Dîn, den er dort schlafen sah mit den Zügeln der Pferde in seiner Hand. Rasch nahm er ihnen die Zügel vom Kopfe und wollte gerade das eine Roß besteigen, um das andere zu führen, als plötzlich die Herrin Marjam herbeikam, mit den Satteltaschen über der Schulter. Sie hielt den Sklaven für Nûr ed-Dîn, und so reichte sie ihm das eine Paar Satteltaschen; er legte es auf den einen Hengst, und als sie ihm das andere Paar reichte, legte er es auf das andre Tier. Bei alledem sagte er kein Wort, und sie war in dem Glauben, der Mohr sei Nûr ed-Dîn. Dann ritt sie zum Tore hinaus, während der Sklave ihr schweigend folgte; doch nun sprach sie zu ihm: ‚Lieber Herr Nûr ed-Dîn, warum schweigst du?' Da wandte der Sklave sich ihr zu und rief voll Zorn: ‚Was redest du da, du Mädchen?' Als sie die barbarischen Laute des Sklaven hörte, wußte sie, daß dies nicht die Sprache Nûr ed-Dîns war; so hob sie denn die Augen auf und schaute ihn an, und nun sah sie, das er Nüstern hatte wie Wasserkrüge. Wie sie das sah, war ihr, als würde das helle Tageslicht finster vor ihrem Angesicht; doch sie sprach zu ihm: ‚Wer bist du, o Scheich derer, die als Söhne Hams bekannt, und wie bist du unter den Menschen genannt?' Er antwortete ihr: ‚O Tochter der gemeinen Leute, ich heiße Mas'ûd, ich, der ich, wenn die Menschen schlafen, die Rosse erbeute.' Sie hielt ihn für keiner Antwort wert, sondern zückte im selben Augenblick das Schwert und versetzte ihm einen Hieb, der in den Nacken glitt, daß die Klinge blitzend die Halssehnen durchschnitt. Er stürzte zu Boden und wälzte sich in seinem Blute; und Allah ließ seine Seele ins Höllenfeuer sausen, an die Stätte voller Grausen. So gewann die Herrin Marjam beide Hengste wieder; sie ritt auf dem einen, während sie das andere am Zügel führte, und kehrte auf ihrer Spur zurück, um Nûr ed-Dîn zu suchen. Den fand

738

sie schlafend an der Stätte, die sie mit ihm für ihre Zusammenkunft verabredet hatte; er hielt die Zügel noch in der Hand,
aber er schnarchte in seinem Schlafe und konnte Hand und
Fuß nicht unterscheiden. Da stieg sie vom Rücken des Pferdes
ab und stieß ihn mit der Hand, so daß er voll Schrecken emporfuhr und ausrief: ‚Meine Gebieterin, Preis sei Allah, daß du
wohlbehalten angekommen bist!‘ Doch sie sprach zu ihm:
‚Auf, besteige dies Roß, und schweig still!‘ Alsbald bestieg er
den einen Hengst, während die Herrin Marjam den anderen
bestieg; so ritten sie zur Stadt hinaus und zogen eine Weile
ihres Wegs dahin. Dann wandte Marjam sich zu Nûr ed-Dîn
und sprach zu ihm: ‚Hab ich dir nicht gesagt, du solltest nicht
schlafen? Wer schläft, dem blüht kein Glück.‘ Er gab ihr zur
Antwort: ‚Meine Gebieterin, ich schlief nur deshalb ein, weil
mein Herz durch dein Versprechen so ruhig geworden war.
Was ist denn geschehen, liebe Herrin?‘ Da erzählte sie ihm die
Geschichte mit dem Sklaven von Anfang bis zu Ende; und er
wiederholte: ‚Preis sei Allah für deine glückliche Ankunft!‘
Dann ritten sie in aller Eile weiter und befahlen ihre Wege
dem allgütigen, allweisen Leiter; dabei plauderten sie miteinander, bis sie zu dem Sklaven kamen, den die Herrin Marjam
getötet hatte, und Nûr ed-Dîn sah, wie jener im Staube dalag
einem Dämonen gleich. Da sprach Marjam zu ihm: ‚Steig ab,
zieh ihm die Kleider aus und nimm ihm die Waffen ab!‘ Doch
er rief: ‚Meine Gebieterin, bei Allah, ich kann nicht vom Rükken des Pferdes steigen, ich kann nicht bei ihm stehen, ja, ich
kann mich ihm nicht einmal nähern!‘ Voll Staunen schaute er
die grause Gestalt des Toten an, und er dankte der Herrin
Marjam für ihre Tat und bewunderte ihre Tapferkeit und
ihres Herzens Festigkeit. Dann zogen sie ohne Unterlaß weiter
in eiligem Ritt die ganze Nacht hindurch, bis der Morgen sich

einstellte und die Welt mit seinem Licht und Glanz erhellte und die Sonne mit ihrem Strahl sich breitete über Berg und Tal. Da kamen sie zu einer weiten Au, auf der die Gazellen spielten im Morgentau; ihre Hänge bedeckte das Grün so zart, und überall standen Fruchtbäume von mancherlei Art; ihre Blumen waren bunt gleich den Häuten der Schlangen, während die Vögel sich dort durch die Lüfte schwangen und die Bächlein in mancherlei Windungen sprangen, wie ein Dichter so trefflich singt und darin seine Gedanken zum Ausdruck bringt:

> Uns schirmte vor der heißen Glut ein Tal
> Mit zweifach hohen Bäumen allzumal.
> Wir hielten; Zweige neigten sich uns lind
> Gleichwie die Amme zum entwöhnten Kind.
> Dort stillten wir den Durst mit Wasser klar,
> Das süßer als der Wein dem Zecher war.
> Vor Sonnenstrahlen schützte uns der Hain;
> Er hielt sie fern, doch ließ den Zephir ein.
> Die Kiesel schrecken die geschmückte Maid;
> Sie tastet rasch nach ihrem Perlgeschmeid.[1]

Und ein anderer sagt:

> Ein Tal, in dem die Vöglein zwitschern bei dem Teich,
> Wo sehnend Liebeskranke früh am Morgen lauschen;
> Und seine Ufer sind dem Paradiese gleich,
> An Schatten und an Früchten reich, und Wasser rauschen.

Dort nun saßen die Herrin Marjam und Nûr ed-Dîn ab, um sich in dem Tale auszuruhen. – –«

Da bemerkte Schehrezâd, daß der Morgen begann, und sie hielt in der verstatteten Rede an. Doch als die *Achthundertundeinundneunzigste Nacht* anbrach, fuhr sie also fort: »Es ist mir

1. Die Kiesel gleichen Perlen, und die Maid glaubt, sie habe ihr Geschmeide verloren.

berichtet worden, o glücklicher König, daß die Herrin Marjam und Nûr ed-Dîn, als sie in jenem Tale abgestiegen waren, die Früchte zum Essen pflückten und sich durch den Trank aus den Bächen erquickten; sie ließen auch die Hengste los, damit sie auf der Wiese weiden könnten, und die beiden fraßen von dem Grase und tranken aus den Bächen. Dann saßen der Jüngling und die Prinzessin plaudernd beisammen und erzählten einander ihre Geschichte, alles, was sie erlebt hatten. Ein jeder von beiden begann dem andern zu klagen, was er durch den Abschiedsschmerz erlitten und durch das Fernsein und die Sehnsucht ertragen. Während sie so beisammen waren, wirbelte plötzlich eine Staubwolke empor und legte der Welt einen Schleier vor; und die beiden hörten das Wiehern von Rossen und das Klirren von Waffen.

Die Ursache davon aber war folgende: Nachdem die Prinzessin mit dem Wesir vermählt worden war und dieser in ebenjener Nacht zu ihr hatte eingehen wollen, wünschte am nächsten Tag in der Frühe der König den beiden einen guten Morgen zu bieten, wie es bei den Königen gegenüber ihren Töchtern Sitte ist. So machte er sich denn auf und nahm seidene Stoffe mit sich; auch streute er Gold und Silber aus, auf daß die Eunuchen und die Kammerfrauen danach greifen sollten. Begleitet von einigen Dienern, schritt er dahin, bis er den neuen Palast erreichte; dort aber fand er den Wesir auf dem Teppich liegen und in solchem Zustande, daß er seinen Kopf nicht von seinen Füßen unterscheiden konnte. Alsbald schaute der König im Palast umher, nach rechts und nach links, und da er seine Tochter nirgens erblickte, betrübte sich sein Herz, und sein Gemüt ward voll von Schmerz, und fast entschwand ihm der Verstand. Doch er befahl, heißes Wasser und reinen Essig und Weihrauch zu bringen; und als das alles gebracht war, mischte er es zusammen und ließ es dem Wesir in die Nase fließen. Dann schüttelte er ihn, und plötzlich kam das Bendsch wie ein Stück Käse aus seinem Innern hervor. Darauf flößte der König dem Wesir jene Arznei zum zweiten Male durch die Nase ein; und als der Bewußtlose nun erwachte, fragte ihn der König, was mit ihm und mit seiner Tochter Marjam geschehen sei. Jener antwortete ihm: ‚Großmächtiger König, ich weiß nichts von ihr, als daß sie mir einen Becher Wein mit eigener Hand zu trinken gab; von jenem Augenblick an bis zu diesem habe ich kein Bewußtsein gehabt, und ich weiß auch nicht, was aus ihr geworden ist.‘ Als der König die Worte des Wesirs vernommen hatte, ward das helle Tageslicht finster vor seinem Angesicht, er zückte sein Schwert und versetzte dem Wesir einen Hieb, der auf sein Haupt niederglitt und blitzend durch seine Backenzähne schnitt. Dann ließ er sofort die Diener und die Stallknechte kommen; und als sie vor ihm standen, fragte er sie nach den beiden Hengsten. Sie antworteten ihm: ‚O König, die beiden Hengste sind in dieser Nacht verschwunden, und unser Stallmeister ist auch mit ihnen verschwunden, und als wir aufwachten, fanden wir alle Türen offen.‘ Da rief der König: ‚Bei meines Glaubens Wahrheit und bei meiner heiligen Überzeugung Klarheit, niemand anders hat die beiden Hengste geraubt als meine Tochter und der Gefangene, der einst in der Kirche diente und schon einmal mit ihr geflohen ist. Ich habe ihn ja ganz gewiß erkannt, und nur dieser einäugige Wesir hat ihn meiner Hand entrissen; doch jetzt hat er den Lohn für seine Tat dahin.‘ Sogleich berief der König seine drei Söhne; das waren heldenhafte Recken, von denen ein jeder es mit tausend Rittern aufnahm im Blachgefild, der Stätte, wo Schwerterhieb und Lanzenstich gilt; und er schrie ihnen den Befehl zu, sie sollten aufsitzen. Sie taten es, und auch er selbst saß auf zugleich mit den erlesensten Rittern und den Großen und Vornehmen seines Reiches; und sie folgten den beiden auf der Spur und holten sie in jenem Tale ein. Kaum hatte Marjam sie erkannt, so sprang sie auf ihren Renner, nachdem sie sich mit ihrem Schwerte umgürtet und ihre Waffenrüstung angelegt hatte. Und sie rief dem Jüngling zu: ,Wie steht es mit dir? Ist dir dein Herz bereit zu Kampf und Schlacht und Streit?' Doch er rief ihr zu: ,Ach, ich stehe so fest auf dem Kampfesfeld, wie ein Pflock in der Kleie sich hält!' Und dann sprach er die Verse:

> Marjam, sieh nur ab vom Tadel, der mein Herz zerfrißt!
> Wolle nicht, ich solle töten, was mir peinlich ist!
> Mit dem Ruhme eines Streiters werd ich nie bedeckt;
> Sieh, vom Krächzen eines Raben werd ich schon erschreckt!
> Seh ich eine Maus, so werd ich schon vor Schrecken blaß,
> Und ich mache meine Kleider mir vor Ängsten naß.
> Ach, ich liebe nur das Stoßen in der Einsamkeit,
> Wenn der Leib erfährt, wie Glieder stürmen kampfbereit.[1]
> Dieses ist die rechte Ansicht, und wer anders spricht,
> Als wie diese Ansicht aussagt, kennt das Rechte nicht.

Als Marjam hörte, wie Nûr ed-Dîn diese Worte sprach und solche dichterischen Ergüsse verbrach, da erwehrte sich ihr Angesicht eines herzlichen Lächelns nicht. Und sie sprach: ,Mein lieber Herr Nûr ed-Dîn, bleib, wo du bist, ich will dich vor ihrem Unheil bewahren, und wären sie auch zahlreich wie der Sand am Meere!' Doch sie hielt sich sofort kampfbereit und tummelte sich auf dem Rücken ihres Renners; sie ließ die Zügel locker in der Hand und hielt ihre Lanze gegen die Lanzenspitzen der Feinde gewandt. Da stürmte der Hengst unter ihr gleich dem brausenden Winde vor, oder wie das Wasser spritzt aus einem engen Rohr. Denn Marjam war die Tapferste

1. Im Arabischen steht für ,Leib' *vulva*; für ,Glieder' *membra virilia*.

unter den Menschen ihrer Zeit, und sie war in den Tagen ihres Jahrhunderts eine einzigartige Maid. Ihr Vater hatte sie in ihrer Jugend gelehrt, auf Rossen zu reiten und durch das Meer der Schlacht zu waten, wenn die nächtlichen Dunkel sich breiten. Zu Nûr ed-Dîn aber rief sie zurück: ‚Besteig deinen Renner und reite hinter mir, und wenn wir geschlagen werden, so gib acht, daß du nicht herunterfällst; denn niemand kann dein Roß einholen!' Wie nun der König seine Tochter Marjam erblickte, erkannte er sie mit Sicherheit, und er wandte sich an seinen ältesten Sohn mit den Worten: ‚O Bartaut, du mit dem Beinamen Râs el-Killaut[1], das ist deine Schwester Marjam, ohne Zweifel und ohne Fehl! Sie ist wider uns ins Feld gezogen und will mit uns kämpfen und streiten; drum reit wider sie heran und greif sie an! Bei des Messias Leben, der uns den rechten Glauben gegeben, wenn du sie besiegst, so töte sie nicht, eh daß du ihr den Christenglauben dargeboten hast! Kehrt sie zu ihrem alten Glauben zurück, so nimm sie gefangen zu uns heim! Tut sie es aber nicht, so laß sie des schimpflichsten Todes sterben und schmählich zur Warnung für viele verderben; und ebenso soll der Verfluchte, der bei ihr ist, sich durch dich den schimpflichsten Warnungstod erwerben!' ‚Ich höre und gehorche!' erwiderte Bartaut; dann ritt er sofort wider seine Schwester Marjam ins Feld und griff sie an; und auch sie ritt auf ihn los zum Angriff und stürmte nahe an ihn heran. Bartaut aber rief ihr zu: ‚O Marjam, ist dir das noch nicht genug, was uns durch dich geschehen ist, seit du den Glauben der Väter und Vorväter verlassen hast und dem Islam, dem Glauben der Vagabunden, nachgefolgt bist?' Und er fügte noch hinzu: ‚Bei des Messias Leben, der uns den rechten Glauben gegeben, wenn du nicht wieder den Glauben deiner könig-

1. Dämonenkopf.

744

lichen Väter und Vorväter teilst und dabei im schönsten Wandel verweilst, so lasse ich dich des schimpflichsten Todes sterben und schmählich zur Warnung für viele verderben!' Marjam lachte über die Worte ihres Bruders und rief: ‚Ferne sei es, fern gar sehr, daß Vergangenes wiederkehr, und wer starb, der lebt nicht mehr! Nein, bitterste Pein flöße ich dir ein! Ich werde nie ablassen von dem Glauben Mohammeds, des Sohnes 'Abdallâhs, dessen Heil alle umfaßt; das ist der wahre Glaube, und ich werde vom rechten Wege nicht weichen, sollte man mir auch den Becher des Verderbens reichen!' – –«

Da bemerkte Schehrezâd, daß der Morgen begann, und sie hielt in der verstatteten Rede an. Doch als die *Achthundertundzweiundneunzigste Nacht* anbrach, fuhr sie also fort: »Es ist mir berichtet worden, o glücklicher König, daß Marjam ihrem Bruder zurief: ‚Ferne sei es, fern gar sehr, daß ich jemals abließe von dem Glauben Mohammeds, des Sohnes 'Abdallâhs, dessen Heil alle umfaßt, dem Glauben, der uns die rechte Leitung schenkt, wenn man mich auch mit dem Becher des Verderbens tränkt!' Als der verruchte Bartaut diese Worte von seiner Schwester vernahm, ward das helle Tageslicht finster vor seinem Angesicht, ja, das ward ihm schwer und bedrückte ihn sehr. Dann entbrannte zwischen ihnen ein Streit und ein grimmiger Kampf voll Heftigkeit, und die beiden tummelten sich im Tale weit und breit. Beide hielten allen Gefahren stand, und aller Augen richteten sich auf sie, von Staunen gebannt. Dann schwenkten sie eine Weile umeinander und bedrängten einander lange Zeit. Sooft Bartaut seiner Schwester Marjam ein Tor des Kampfes auftat, schloß sie es ihm und vereitelte seinen Plan durch ihre große Geschicklichkeit und ihre mutige Entschlossenheit, durch ihre Kampferfahrung und ihre Rittergebarung; und so kämpften sie immer weiter, bis der Staub sich wie ein Gewölbe über ihren Häuptern bog und Reiter und Rosse den Blicken entzog. Unablässig drang Marjam auf ihn ein und verlegte ihm den Weg, bis er müde ward und sein Mut schwankte, seine Entschlossenheit versagte und seine Kraft wankte. Da versetzte sie ihm mit dem Schwert einen Hieb, der ihm in den Nacken glitt, so daß die Klinge blitzend durch seine Halssehnen schnitt. Und Allah ließ seine Seele ins Höllenfeuer sausen, an die Stätte voller Grausen. Marjam aber tummelte sich weiter auf dem Blachgefild, an der Stätte, da Schwertstreich und Lanzenstich gilt; sie forderte zum Zweikampf heraus und lud ein zum Waffenstrauß, indem sie rief: ‚Ist hier ein Kämpfer, ist hier ein streitbarer Mann? Doch kein Schwächling, kein Feigling trete wider mich heran! Wider mich sollen sich nur die Helden der Glaubensfeinde erheben, und ich will ihnen den Kelch schmählicher Strafe zu trinken geben. O ihr götzendienerischen Gesellen, ihr Ketzer und Rebellen, heute sollen die Gesichter der Gläubigen erstrahlen in lichtem Schein, die Gesichter derer aber, die den Barmherzigen leugnen, sollen von schwarzer Farbe sein!‘ Als der König sah, daß sein ältester Sohn erschlagen war, schlug er sich ins Angesicht, zerriß seine Kleider, rief seinen zweiten Sohn und sprach zu ihm: ‚O Bartûs, du mit dem Beinamen Chara es-Sûs[1], zieh eilends aus, mein Sohn, zum Kampfe wider deine Schwester Marjam! Nimm Rache an ihr für deinen Bruder Bartaut und bring sie mir in Banden, in Schmach und in Schanden!‘ ‚Lieber Vater, ich höre und gehorche!‘ sprach der Sohn; dann sprengte er vor gegen seine Schwester Marjam und griff sie an, und auch sie ritt ihm entgegen und griff ihn an. Nun kämpften die beiden einen heftigen Kampf, der noch

1. Wohl = Wurmdreck.

746

heftiger war als der erste. Doch der zweite Bruder sah bald, daß er im Kampf mit ihr versagen mußte, und er wollte sein Heil in eiliger Flucht suchen; allein es war ihm nicht möglich wegen ihrer gewaltigen Kriegskunst. Denn sooft er weichen wollte, nahte sie ihm und hängte sich an ihn und trieb ihn in die Enge, bis sie ihm mit dem Schwert einen Hieb versetzte, der ihm in den Nacken glitt, so daß die Klinge blitzend seine Kehle durchschnitt; so sandte sie ihn seinem Bruder nach. Dann tummelte sie sich wieder im Blachgefild, der Stätte, da Schwertstreich und Lanzenstich gilt, und rief: ,Wo sind die Degen und Ritter verwegen? Wo ist der einäugige, lahme Wesir, des verkrüppelten[1] Glaubens würdige Zier?' Ihr Vater, der König, aber schrie aus verwundetem Herzen und mit tränenden Augen voll heißer Schmerzen, und er rief: ,Jetzt hat sie auch meinen zweiten Sohn getötet, bei des Messias Leben, der uns den rechten Glauben gegeben!' Dann rief er seinen jüngsten Sohn und sprach zu ihm: ,O Fasjân, du mit dem Beinamen Salh es-Subjân[2], zieh aus, mein Sohn, zum Kampfe mit deiner Schwester, nimm Rache für deine beiden Brüder, miß dich im Streite mit ihr, mag er sich für dich oder wider dich entscheiden! Und wenn du sie besiegst, so laß sie des schimpflichsten Todes sterben.' Da ritt ihr jüngster Bruder gegen sie vor und griff sie an, und auch sie machte sich wider ihn auf voll Entschlossenheit und griff ihn an mit herrlicher Kunst und Tapferkeit, mit ihrer Kriegserfahrung und Rittergebarung, indem sie ihm zurief: ,Du Verfluchter, du Feind Allahs und Feind der Gläubigen, ich sende dich deinen beiden Brüdern nach, und schaurig ist die Stätte der Ungläubigen!' Dann zog sie ihr Schwert aus der Scheide, hieb auf ihn

1. = falsch; der Ausdruck ist gewählt als Anspielung auf den Wesir und auch des Reimes wegen. – 2. Kinderkot.

drein und schlug ihm den Kopf und beide Arme ab; so sandte sie ihn seinen beiden Brüdern nach ins Grab. Und Allah ließ seine Seele ins Höllenfeuer sausen, an die Stätte voller Grausen. Als nun die Ritter und Reitersmannen, die mit ihrem Vater ausgezogen waren, sahen, daß seine drei Söhne erschlagen waren, jene tapfersten Männer ihrer Zeit, da wurden ihre Herzen mit Schrecken vor der Herrin Marjam erfüllt; die Angst verwirrte sie, und sie ließen ihre Köpfe zu Boden hangen; denn jetzt mußten sie voll Grauen dem Verderben und dem Untergang, der Schmach und der Vernichtung ins Auge schauen. In ihren Herzen war vor Zorn eine feurige Flamme entbrannt, schon hatten sie die Rücken gewandt, und sie flohen hinaus ins weite Land. Doch als der König sehen mußte, daß jetzt, nachdem seine drei Söhne getötet waren, seine Truppen flüchteten, kam Verwirrung über ihn, ihm sank der Mut, und auch in seinem Herzen brannte eine heiße Glut; und er sprach bei sich selber: ,Fürwahr, die Herrin Marjam hat uns überwunden; wenn ich nun mein Leben wage und allein wider sie ausziehe, so wird sie mich vielleicht besiegen und in ihre Gewalt bekommen; dann läßt sie mich des schimpflichsten Todes sterben und als Warnung für viele schmählich verderben, wie sie ja auch ihre Brüder getötet hat. Sie hat jetzt kein Verlangen mehr nach uns, und auch wir begehren nicht, daß sie zurückkehrte. Deshalb halte ich es für das beste, wenn ich meine Ehre wahre und in meine Hauptstadt heimkehre!' Darauf ließ er seinem Rosse die Zügel schießen und ritt in seine Stadt zurück. Doch als er sich in seinem Palaste befand, entbrannte von neuem ein Feuer in seinem Herzen ob des Todes seiner drei Söhne und ob der Flucht seiner Krieger und der Schändung seiner eigenen Ehre. Kaum war eine halbe Stunde vergangen, so berief er die Großen seiner Herrschaft und die Vornehmen seines Reiches und klagte ihnen, was seine Tochter Marjam ihm durch die Tötung ihrer Brüder angetan und was er selbst an Kummer und Gram erlitten hatte; und er fragte sie um Rat. Da rieten sie ihm alle, er solle einen Brief schreiben an den Stellvertreter Allahs auf Erden, an den Beherrscher der Gläubigen Harûn er-Raschîd, und solle ihm das Geschehene kundtun. So schrieb er denn an er-Raschîd einen Brief, der nach dem Gruße an den Beherrscher der Gläubigen also lautete: ‚Wir haben eine Tochter, Marjam die Gürtlerin geheißen, die wurde uns verführt durch einen der muslimischen Gefangenen, namens Nûr ed-Dîn 'Alî, den Sohn des Kaufmanns Tâdsch ed-Dîn in Kairo; er hat sie bei Nacht mit sich genommen und ist mit ihr auf dem Wege nach seiner Heimat davongeeilt. Deshalb erbitte ich von der Gnade unseres Herrn, des Beherrschers der Gläubigen, er möge sich mit Briefen an alle Länder der Muslime wenden, man solle sie ergreifen und mit einem zuverlässigen Boten wieder zu uns senden.' – –«

Da bemerkte Schehrezâd, daß der Morgen begann, und sie hielt in der verstatteten Rede an. Doch als die *Achthundertunddreiundneunzigste Nacht* anbrach, fuhr sie also fort: »Es ist mir berichtet worden, o glücklicher König, daß der König der Franken an den Kalifen, den Beherrscher der Gläubigen Harûn er-Raschîd, einen Brief schrieb, in dem er ihn demütig um seine Tochter Marjam bat und ihn anflehte, er möge sich in seiner Gnade an alle Länder der Muslime wenden, man solle sie ergreifen und mit einem zuverlässigen Boten aus den Dienern seiner Majestät des Beherrschers der Gläubigen wieder zu ihm senden. Und in jenem Brief stand auch noch geschrieben: ‚Wir wollen Euch zum Lohn für Eure Hilfe in dieser Angelegenheit die Hälfte der Stadt Rom überlassen, damit ihr dort Moscheen für die Muslime erbauen könnt, und die Abgaben

749

aus ihr sollen Euch gebracht werden.' Nachdem der König diesen Brief auf den Rat der Herren seines Reiches und der Großen seiner Herrschaft geschrieben hatte, faltete er ihn und berief den Wesir, den er an Stelle des einäugigen Wesirs ernannt hatte, und befahl ihm, das Siegel des Königs unter den Brief zu setzen, und desgleichen setzten die Großen des Reiches ihre Siegel darunter, nachdem sie ihre Unterschriften hinzugefügt hatten. Darauf sprach der König zum Wesir: ‚Wenn du sie mir zurückbringst, so sollst du von mir die Lehnsgüter zweier Emire erhalten, und ich werde dir ein Ehrenkleid mit zwei Säumen verleihen.' Mit diesen Worten reichte er ihm den Brief und befahl ihm, nach der Stadt Baghdad, dem Horte des Friedens, aufzubrechen und das Schreiben dem Beherrscher der Gläubigen mit eigener Hand zu überreichen. So machte sich denn der Wesir mit dem Briefe auf den Weg und zog durch Täler und Steppen, bis er die Stadt Baghdad erreichte. Und nachdem er sie betreten hatte, verweilte er in ihr drei Tage, bis er sich erholt und ausgeruht hatte; dann fragte er nach dem Schlosse des Beherrschers der Gläubigen Harûn er-Raschîd, und man wies ihm den Weg dorthin. Wie er dort ankam, bat er, der Beherrscher der Gläubigen möge ihm erlauben einzutreten; und nachdem ihm diese Erlaubnis gewährt worden war, trat er zum Herrscher ein, küßte den Boden vor ihm und überreichte ihm das Schreiben des Königs der Franken, zugleich auch Geschenke und wunderbare Kostbarkeiten, wie sie sich für den Beherrscher der Gläubigen geziemten. Kaum hatte der Kalif das Schreiben geöffnet und gelesen, und seinen Inhalt verstanden, so befahl er seinen Wesiren, unverzüglich Briefe in alle Länder der Muslime zu entsenden; und sie führten seinen Befehl aus. In diesen Briefen beschrieben sie das Aussehen von Marjam und das

Aussehen von Nûr ed-Dîn und gaben ihrer beider Namen an; ferner teilten sie mit, daß beide auf der Flucht seien, und jeder, der sie fände, solle sie ergreifen und dem Beherrscher der Gläubigen zuschicken; und schließlich warnten sie davor, in dieser Sache Säumigkeit, Lässigkeit oder Unachtsamkeit walten zu lassen. Dann wurden die Briefe mit Siegeln versehen und durch Eilboten an die Statthalter gesandt; und die machten sich rasch daran, dem Befehle nachzukommen, indem sie überall in den Ländern nach Leuten suchten, die dieser Beschreibung entsprachen. Jenes also geschah von seiten der Könige und ihrer Untertanen.

Sehen wir nun, wie es Nûr ed-Dîn, dem Kairiner, und Marjam der Gürtlerin, der Tochter des Königs der Franken, weiter erging! Die beiden waren nach der Flucht des Königs und seiner Truppen sogleich fortgeritten. Sie zogen nach dem Lande Syrien, vom Allbeschützer geschirmt, und erreichten die Stadt Damaskus. Die Eilboten aber, die der Kalif entsandt hatte, waren einen Tag vor den beiden dort eingetroffen, und der Emir von Damaskus wußte, daß er den Auftrag hatte, beide zu ergreifen, wenn er sie fände, und sie dem Kalifen zu schicken. So geschah es, daß an dem Tage, an dem die beiden in Damaskus einzogen, die Späher ihnen entgegentraten und sie nach ihren Namen fragten. Da sagten sie ihnen die Wahrheit und erzählten ihnen ihre Geschichte und alles, was sie erlebt hatten. Die Späher erkannten die beiden, ergriffen sie und nahmen sie mit sich und brachten sie zum Emir von Damaskus. Der schickte sie zum Kalifen nach der Stadt Baghdad, dem Horte des Friedens; und als ihre Begleiter dort angekommen waren, baten sie um Zutritt zum Beherrscher der Gläubigen Harûn er-Raschîd. Nachdem ihnen die Erlaubnis gewährt worden war, traten sie ein, küßten den Boden vor ihm und sprachen zu ihm:

751

‚O Beherrscher der Gläubigen, diese hier ist Marjam die Gürtlerin, die Tochter des Königs der Franken, und jener dort ist
Nûr ed-Dîn, der Sohn des Kaufmanns Tâdsch ed-Dîn in Kairo,
der Gefangene, der sie ihrem Vater abwendig gemacht hat, sie
aus ihrer Heimat und ihrem Lande entführt hat und mit ihr
nach Damaskus geflohen ist. Wir haben sie dort entdeckt, gerade als sie die Stadt betraten, und wir haben sie nach ihrem
Namen gefragt. Sie sagten uns die Wahrheit, und darauf nahmen wir sie mit; und jetzt haben wir sie vor dich geführt.‘ Der
Kalif blickte Marjam an und sah ihre schlanke und ebenmäßige
Gestalt; lieblich war ihrer Rede Gewalt, sie war die schönste
der Menschen ihrer Zeit und in den Tagen ihres Jahrhunderts
eine einzigartige Maid, durch ihrer Zunge Süßigkeit, ihres
Sinnes Festigkeit und ihres Herzens Tapferkeit. Als sie vor ihn
trat, küßte sie den Boden vor ihm; dann wünschte sie ihm
Macht und Gedeihen von ewiger Dauer und das Ende der
Feindschaften und der Trauer. Der Herrscher fand großes Gefallen an ihrer schönen Gestalt, an der Lieblichkeit ihrer Rede
und ihrer schnellen Antwort; und er sprach zu ihr: ‚Bist du
Marjam die Gürtlerin, die Tochter des Königs der Franken?‘
Sie erwiderte: ‚Jawohl, o Beherrscher derer, die sich die Gläubigen nennen, und oberster Leiter derer, die Gottes Einheit
bekennen, du, durch den der Glaube im Kampf geborgen ist,
und der du ein Sproß des Oheims des Herren der Gottesgesandten bist.‘ Danach wandte der Kalif seinen Blick auf ’Alî
Nûr ed-Dîn, und als er in ihm einen schönen Jüngling erkannte,
der von lieblicher Gestalt war und dem leuchtenden Monde in
der Nacht seiner Fülle glich, sprach er zu ihm: ‚Bist du ’Alî
Nûr ed-Dîn, der Gefangene, der Sohn des Kaufmanns Tâdsch
ed-Dîn in Kairo?‘ Er gab zur Antwort: ‚Jawohl, o Beherrscher
derer, die im rechten Glauben leben, und Stütze derer, die

752

rechtschaffen streben!' Dann fuhr der Kalif mit seinen Fragen fort: ‚Wie kam es, daß du diese Maid aus dem Reiche ihres Vaters entführtest und mit ihr flüchtetest?' Nun begann Nûr ed-Dîn dem Herrscher alles zu erzählen, was ihm widerfahren war, von Anfang bis zu Ende. Als er aber seinen Bericht beendet hatte, verwunderte der Kalif sich darüber gar sehr, und in seinem Staunen freute er sich fast noch mehr; und er rief: ‚Wieviel müssen doch die Menschen erdulden!' – –«

Da bemerkte Schehrezâd, daß der Morgen begann, und sie hielt in der verstatteten Rede an. Doch als die *Achthundertund-vierundneunzigste Nacht* anbrach, fuhr sie also fort: »Es ist mir berichtet worden, o glücklicher König, daß der Kalif Harûn er-Raschîd, als er Nûr ed-Dîn nach seiner Geschichte gefragt und dieser ihm alles berichtet hatte, was ihm widerfahren war, von Anfang bis zu Ende, sich darüber gar sehr verwunderte und rief: ‚Wieviel müssen doch die Menschen erdulden!' Dann redete er die Herrin Marjam an und sprach zu ihr: ‚Wisse, Marjam, dein Vater, der König der Franken, hat mir über dich geschrieben. Was sagst du dazu?' Sie erwiderte: ‚O Kalif Allahs auf Erden und Vollstrecker der Verordnungen und Pflichten, die uns von seinem Propheten überliefert werden, Er verleih dir Gedeihen von ewiger Dauer und schütze dich vor Feind-schaften und Trauer! Du bist der Stellvertreter Allahs auf Erden, und ich bin zu eurem Glauben übergetreten, weil er der rechte und wahre Glaube ist; ich habe den Glauben der Ketzer aufgegeben, die den Messias überziehen mit Lügen-geweben. Ich vertraue auf Allah, den Allgütigen, und glaube an die Offenbarung Seines Gesandten, des langmütigen. Ich diene Allah, dem Gepriesenen und Erhabenen, und bekenne Seine Einheit; ich werfe mich demütig vor Ihm nieder und preise Seine Herrlichkeit. Und ich spreche vor dem Kalifen:

Ich bezeuge, daß es keinen Gott gibt außer Allah und daß Mohammed Allahs Gesandter ist, den Er mit der rechten Leitung und dem wahren Glauben entsandte, daß Er ihm über jeden anderen Glauben Sieg verleihe, auch wenn es denen, die Gott einen Gefährten geben, ein Greuel ist.[1] Steht es nun in deiner Befugnis, o Beherrscher der Gläubigen, daß du dem Briefe des Königs der Ketzer Gehorsam zuwendest und mich in das Land der Ungläubigen sendest, die dem allwissenden König Gefährten geben, das Kreuz verherrlichen und in Verehrung der Bilder leben, ferner auch an die Gottheit Jesu glauben, wiewohl er nur ein Geschöpf war? Wenn du dies mit mir tust, o Kalif Gottes, so werde ich mich an deine Säume hängen am Tage der Heerschau vor Allah, und ich werde mich beklagen bei dem Brudersohn deines Vorfahren, bei dem Gesandten Allah – Gott segne ihn und gebe ihm Heil! – an jenem Tage, an dem weder Gut noch Kinder Nutzen bringen, sondern nur, daß man heilen Herzens zu Allah kommt.'[2] Da sprach der Kalif: ,O Marjam, Gott verhüte, daß ich je solches tun könnte! Wie könnte ich eine muslimische Frau, die sich zu dem einigen Gott und zu seinem Gesandten bekennt, zu dem zurücksenden, was Allah und sein Gesandter verboten haben?' Marjam wiederholte ihr Bekenntnis: ,Ich bezeuge, daß es keinen Gott gibt außer Allah, und ich bezeuge, daß Mohammed der Gesandte Allahs ist.' Und der Beherrscher der Gläubigen fuhr fort: ,Marjam, Allah segne dich und leite dich noch schöner im Islam! Da du eine Muslimin bist, die den einigen Gott bekennt, so habe ich jetzt gegen dich die bindende Pflicht, daß ich dir nie ein Unrecht tue, wenn mir auch für dich die ganze Welt voll Gold und Edelsteine geboten würde. Drum hab Zuversicht und quäl dich nicht; fühle dich frei in der Brust und froh im

1. Koran, Sure 9, Vers 33; Sure 61, Vers 9. – 2. Sure 26, Vers 88 und 89.

Herzen! Sag, willigst du ein, soll dieser Jüngling 'Alî aus Kairo dich als Gatte frein und willst du ihm Gemahlin sein?' Darauf sagte Marjam: ‚O Beherrscher der Gläubigen, wie sollte ich nicht einwilligen, daß er mein Gatte sei, zumal er mich mit seinem Gelde gekauft und mir die reichste Güte erwiesen hat? Ist er doch in seiner Güte so weit gegangen, daß er um meinetwillen oftmals sein Leben aufs Spiel gesetzt hat!' Da gab unser Herr, der Beherrscher der Gläubigen, sie ihm zur Gemahlin, indem er ihr eine Morgengabe überwies; er berief den Kadi und die Zeugen und die Großen des Reiches an jenem Tage, an dem die Eheurkunde geschrieben wurde, und es war ein großer Tag. Gleich darauf aber wandte der Herrscher sich an den Wesir des Königs der Christen, der zu jener Zeit noch dort war, und sprach zu ihm: ‚Hast du gehört, was sie gesagt hat? Wie kann ich sie zu ihrem ungläubigen Vater zurückschicken, da sie doch eine Muslimin ist und die Einheit Gottes bekennt? Vielleicht wird er ihr ein Leids tun oder hart wider sie sein, zumal sie seine Söhne getötet hat, und dann hätte ich am Auferstehungstage die Schuld davon zu tragen. Allah der Erhabene aber hat gesagt: Nie wird Allah den Ungläubigen Gewalt über die Gläubigen geben.[1] Drum kehre zu deinem König zurück und sage ihm: ‚Laß ab von diesem Vorhaben und trachte nicht mehr danach!' Nun war aber jener Wesir ein Schwachkopf, und er sprach zum Kalifen: ‚O Beherrscher der Gläubigen, bei des Messias Leben, der uns den rechten Glauben gegeben, es ist mir nicht möglich, ohne Marjam zurückzukehren, wenn sie auch eine Muslimin geworden ist. Würde ich ohne sie zu ihrem Vater heimkommen, so würde er mich töten!' Da rief der Kalif: ‚Nehmt diesen Verfluchten und richtet ihn hin!' Und dazu sprach er diesen Vers:

1. Sure 4, Vers 140.

Dies ist der Lohn für den, der sich empört
Und der auf seinen Herrn und mich nicht hört.

Dann befahl er, dem verruchten Wesir den Kopf abzuschlagen und seine Leiche zu verbrennen. Doch die Herrin Marjam sprach: ‚O Beherrscher der Gläubigen, beschmutze dein Schwert nicht mit dem Blute dieses Verfluchten!' Und sie zückte selber ihr Schwert und hieb auf ihn ein und trennte ihm den Kopf von seinem Rumpfe; da ging er ein zum Orte des Verderbens und mußte in der Hölle hausen, einer Stätte voller Grausen. Der Kalif aber wunderte sich über die Kraft ihres Arms und die Stärke ihres Herzens. Danach verlieh er an Nûr ed-Dîn ein prächtiges Ehrengewand und wies ihnen beiden eine Wohnstätte in seinem Schlosse an; auch setzte er ihnen Gehälter, Einkünfte und Pfründen fest und befahl, daß alles, was sie an Kleidern, Hausrat und kostbaren Geräten bedurften, zu ihnen gebracht würde.

So blieben sie eine Weile in Baghdad, indem sie das schönste und froheste Leben führten. Dann jedoch empfand Nûr ed-Dîn Sehnsucht nach seiner Mutter und seinem Vater, und er trug sein Anliegen dem Kalifen vor, indem er ihn um Erlaubnis bat, in seine Heimat zu ziehen und die Seinen besuchen zu dürfen; zugleich aber hatte er Marjam gerufen und sie vor den Herrscher geführt. Da erlaubte jener ihm zu reisen, gab ihm Geschenke und kostbare Seltenheiten und empfahl Marjam und Nûr ed-Dîn einander; ferner befahl er, Briefe zu schreiben an die Emire und Gelehrten und Vornehmen von Kairo, der wohlbewahrten Stadt, in denen er ihnen Nûr ed-Dîn und seine Eltern und seine Gemahlin empfahl und ihnen auftrug, jenen die höchsten Ehren zu erweisen. Als die Kunde davon nach Kairo kam, freute sich der Kaufmann Tâdsch ed-Dîn über die Rückkehr seines Sohnes, und auch seine Mutter freute sich über die Maßen. Die Vornehmen und die Emire und die Großen des Reiches zogen ihm entgegen, gemäß dem Auftrag des Kalifen, und hießen ihn willkommen. Und das war ein denkwürdiger und wunderbar schöner Tag, an dem Liebender und Geliebte sich wiederfanden, an dem Sucher und Gesuchte beieinander standen. Dann wurden Festmahle bei den Emiren gefeiert, Tag für Tag der Reihe nach; die Freude an den Gästen begann sich immer noch zu mehren, und man erwies ihnen immer höhere Ehren. Und als Nûr ed-Dîn wieder mit seiner Mutter und seinem Vater vereint war, waren sie über die Maßen erfreut, und es wich von ihnen Kummer und Leid. Ebenso aber freuten sie sich über die Herrin Marjam und ließen ihr die höchsten Ehren angedeihn; und Geschenke und Kostbarkeiten von allen Emiren und großen Kaufherren trafen bei ihnen ein. Jeden Tag erlebten sie neue Freude und eine Seligkeit, die größer war als die Freuden zur Festeszeit. So konnten sie sich immer in Freuden und Wonnen und in höchster Glückseligkeit sonnen; schmausend und trinkend verbrachten sie lange Zeit in der schönsten Fröhlichkeit, bis Der zu ihnen kam, der die Freuden schweigen heißt und die Freundesbande zerreißt, der die Häuser und Schlösser vernichtet und die Grabeshöhlen errichtet. Da wurden sie vom Tode aus der Welt entboten und gehörten zu den Scharen der Toten. Preis sei Ihm, dem Lebendigen, der nicht stirbt, und der zur sichtbaren und unsichtbaren Welt die Schlüssel in Seinen Händen hält!

Ferner wird erzählt

DIE GESCHICHTE VON DEM OBERÄGYPTER
UND SEINEM FRÄNKISCHEN WEIBE

Der Emir Schudschâ' ed-Dîn Mohammed, der Statthalter von Kairo, hat berichtet:

Wir nächtigten einst im Hause eines Mannes aus Oberägypten, und er bewirtete uns aufs gastlichste. Jener Mann war aber dunkel, so dunkel, wie er nur sein konnte, und er war hochbetagt; doch er hatte kleine Kinder, deren Farbe rötlichweiß war. Da sprachen wir zu ihm: ‚Du da, wie kommt es, daß diese deine Kinder weiß sind, während du selbst so dunkel bist?‘ Er antwortete: ‚Ihre Mutter ist eine Fränkin, die ich einst erbeutet habe; und was ich mit ihr erlebt habe, ist wunderbar.‘ Wir sagten darauf: ‚Laß es uns hören!‘ Und er sprach: ‚Gern!‘

‚So wisset denn, ich hatte einst in dieser Gegend Flachs gesät, hatte ihn dann raufen und hecheln lassen, und hatte dafür fünfhundert Dinare ausgegeben. Dann wollte ich ihn verkaufen, aber ich konnte nicht mehr dafür bekommen, als er mich gekostet hatte. Da sagten die Leute zu mir: ‚Bring ihn doch nach Akko; vielleicht wirst du dort großen Gewinn durch ihn erzielen.‘ Nun war Akko damals noch in den Händen der Franken, und als ich dorthin gekommen war, verkaufte ich einen Teil des Flachses mit einer Zahlungsfrist von sechs Monaten. Eines Tages aber, als ich gerade verkaufte, kam eine fränkische Frau auf mich zu; und die fränkischen Frauen haben die Sitte, ohne Schleier auf den Basar zu gehen. Sie kam, um Flachs von mir zu kaufen; doch ich sah so viel von ihrer Schönheit, daß mein Verstand geblendet ward; und so verkaufte ich ihr etwas um einen sehr geringen Preis, und sie nahm es und ging davon. Nach einigen Tagen kam sie wieder zu mir, und ich verkaufte ihr etwas um einen noch geringeren Preis als das erste Mal; dann wiederholte sie ihre Besuche noch öfters, denn sie erkannte, daß ich sie lieb hatte. Es war aber ihre Gewohnheit, in Begleitung einer Alten zu gehen; und so sprach ich zu jener Alten, die bei ihr war: ‚Ich bin von heißer Liebe zu ihr entbrannt. Kannst du es für mich erwirken, daß ich mit ihr vereint werde?‘ Sie erwiderte: ‚Das will ich dir erwirken; aber dies Geheimnis muß unter uns dreien bleiben, mir und dir und ihr! Und außerdem mußt du natürlich Geld aufwenden.‘ Ich sprach: ‚Sollte auch mein Leben der Preis für mein Beisammensein mit ihr sein, es wäre nicht zuviel.‘ – –«

Da bemerkte Schehrezâd, daß der Morgen begann, und sie hielt in der verstatteten Rede an. Doch als die *Achthundertundfünfundneunzigste Nacht* anbrach, fuhr sie also fort: »Es ist mir berichtet worden, o glücklicher König, daß die Alte jenem Manne zur Antwort gab: ‚Doch dies Geheimnis muß zwischen uns dreien bleiben, mir und dir und ihr; und du mußt natürlich auch Geld aufwenden.‘ ‚Und ich sprach‘ – so erzählte der Mann weiter –: ‚Sollte auch mein Leben der Preis für mein Beisammensein mit ihr sein, es wäre mir nicht zuviel.‘ Wir kamen überein, daß ich ihr fünfzig Dinare zahlen und daß sie zu mir kommen sollte; und als ich das Geld beschafft hatte, übergab ich es der Alten. Nachdem sie die fünfzig Goldstücke erhalten hatte, sprach sie zu mir: ‚Rüste ihr ein Gemach in deinem Hause; so wird sie heute nacht zu dir kommen!‘ Darauf ging ich hin und machte bereit, soviel ich vermochte, an Speise und Trank, Wachskerzen und Süßigkeiten. Mein Haus aber schaute aufs Meer, und weil es damals um die Sommerszeit war, so breitete ich das Lager auf der Dachterrasse aus. Als nun die Fränkin kam, aßen und tranken wir. Dann ward die Nacht dunkel, und wir ruhten unter freiem Himmel; der Mond schien auf uns herab, und wir konnten sehen, wie die Sternbilder sich im Meere spiegelten. Da sprach ich bei mir selber: ,Schämst du dich nicht vor Allah, dem Allgewaltigen und Glorreichen, du, ein Fremdling im Lande, daß du hier unter freiem Himmel und angesichts des Meeres dich gegen Gott mit einer Nazarenerin versündigen und dir die Strafe des höllischen Feuers verdienen willst? O mein Gott, ich rufe dich als Zeugen an, daß ich mich in dieser Nacht dieser Christin enthalten habe aus Scheu vor dir und aus Furcht vor deiner Strafe!' Dann schlief ich bis zum Morgen; sie aber erhob sich zornig, sobald der Tag graute, und kehrte heim.' Darauf begab ich mich zu meinem Laden und setzte mich dort nieder; und siehe da, schon kam sie wieder des Wegs, schön wie der Mond, begleitet von der Alten, die auch ergrimmt war. Ich wollte fast vergehen, und ich sprach zu mir selber: ,Was für ein Mensch bist du denn, daß du dieser Maid entsagen kannst? Bist du etwa es-Sarî es-Sakatî oder Bischr el-Hâfi oder el-Dschunaid el-Baghdâdi oder el-Fudail ibn 'Ijâd?'[1] Und ich lief der Alten nach und sprach zu ihr: ,Bring sie mir noch einmal!' Doch sie erwiderte: ,Beim Messias, sie wird nicht wieder zu dir kommen, es sei denn um hundert Dinare.' Darauf sagte ich: ,Ich will dir hundert Goldstücke geben.' Und als ich ihr das Geld gegeben hatte, kam die Fränkin ein zweites Mal zu mir. Wie sie aber bei mir war, stiegen wieder die gleichen Gedanken in mir auf, und ich enthielt mich ihrer und ließ sie unberührt, um Allahs des Erhabenen willen. Nachdem sie fortgegangen war, begab ich mich zu meinem Laden; und wiederum kam die Alte voll Zorn zu mir, und ich bat sie: ,Bring sie mir noch einmal!' Sie entgegnete: ,Beim Messias, du sollst dich ihrer Anwesenheit nie mehr erfreuen, es sei denn um fünfhundert Dinare, sonst magst du vor Kummer sterben!' Darüber erschrak

[1]. Berühmte muslimische Asketen.

ich, und ich beschloß, den ganzen Erlös für den Flachs aufzuwenden, um so mein Leben loszukaufen. Doch ehe ich mich dessen versah, hörte ich, wie der Ausrufer verkündete: ‚Ihr Muslime allzumal, der Waffenstillstand zwischen uns und euch ist abgelaufen. Wir geben allen Muslimen, die hier sind, eine Woche Zeit, auf daß sie ihre Geschäfte erledigen und in ihr Land fortziehen können!‘ So wurde sie von mir getrennt; und ich machte mich daran, das Geld für den Flachs einzutreiben, den die Leute von mir mit Zahlungsfrist gekauft hatten, und das, was von ihm noch übrig blieb, gegen andere Waren einzutauschen. Ich nahm schöne Waren mit und verließ Akko, das Herz voll von heißer und leidenschaftlicher Liebe zu der Fränkin, an die ich mein Herz und mein Geld verloren hatte. Ich zog aber meines Weges weiter, bis ich nach Damaskus kam, und dort verkaufte ich die Waren, die ich von Akko mitgebracht hatte, zu den höchsten Preisen, da die Stadt wegen des Ablaufs des Waffenstillstandes von allen Verbindungen abgeschnitten war; so gewährte Allah, der Gepriesene und Erhabene mir großen Gewinn. Nun begann ich mit gefangenen Sklavinnen zu handeln, damit mein Herz von seinem Verlangen nach der Fränkin befreit würde; und ich widmete mich eifrig dieser Beschäftigung. Nachdem ich drei Jahre lang solchen Handel getrieben hatte, kam es zwischen el-Malik en-Nâsir[1] und den Franken zu den bekannten Schlachten; Allah gab ihm den Sieg über die Feinde, so daß er alle ihre Fürsten gefangen nahm und das Küstenland von Palästina mit der Erlaubnis Gottes des Erhabenen eroberte. Da traf es sich, daß ein Mann zu mir kam und von mir eine Sklavin für el-Malik en-Nâsir kaufen wollte; ich hatte damals eine schöne Sklavin, und als

1. ‚Der siegreiche König‘, Beiname Saladdins, der Akko im Jahre 1187 eroberte.

ich sie ihm zeigte, kaufte er sie von mir für den Herrscher um hundert Dinare. Neunzig Dinare brachte er mir sofort, doch zehn blieb er mir schuldig, da sich an jenem Tage nicht mehr Geld im Schatze vorfand; denn der König hatte all sein Geld für den Krieg mit den Franken ausgegeben. Als man ihm dies berichtete, sprach er: ‚Führt den Mann zu dem Raum, in dem die Kriegsgefangenen sind, und laßt ihn unter den Töchtern der Franken wählen, damit er sich eine von ihnen an Stelle der zehn Dinare nehmen kann!' – –«

Da bemerkte Schehrezâd, daß der Morgen begann, und sie hielt in der verstatteten Rede an. Doch als die *Achthundertund-sechsundneunzigste Nacht* anbrach, fuhr sie also fort: »Es ist mir berichtet worden, o glücklicher König, daß el-Malik en-Nâsir sprach: ‚Laßt ihn eine wählen, damit er sie an Stelle der zehn Dinare nehme, die ihm gebühren!' Darauf nahmen sie mich und führten mich zum Raume der Gefangenen; als ich mich dort umsah und alle Gefangenen anschaute, erblickte ich auch die fränkische Frau, zu der ich einst in Liebe entbrannt war, und ich erkannte sie mit Sicherheit. Sie war die Gattin eines von den fränkischen Rittern; und ich sprach: ‚Gebt mir die!' Ich empfing sie und führte sie in mein Zelt; doch wie ich sie fragte: ‚Kennst du mich?' erwiderte sie: ‚Nein.' Dann sagte ich zu ihr: ‚Ich bin dein Freund, der frühere Flachshändler, und ich habe mit dir erlebt, was damals geschah, und du hast das Gold von mir genommen. Du ließest mir sagen, ich solle dich nie wiedersehen, es sei denn um fünfhundert Dinare; und jetzt habe ich dich für zehn Dinare zum Eigentum erhalten.' Darauf sprach sie zu mir: ‚Das geschah durch die geheime Kraft deines wahren Glaubens; ich bezeuge jetzt, daß es keinen Gott gibt außer Allah, und ich bezeuge, daß Mohammed der Gesandte Allahs ist!' So wurde sie Muslimin, und ihr Glaube

762

war schön. Ich aber sprach bei mir selber: ‚Bei Allah, ich will nicht eher zu ihr eingehen, als bis ich sie freigelassen und es dem Kadi gemeldet habe.' So ging ich denn zu Ibn Schaddâd und erzählte ihm, was geschehen war, und der vermählte mich mit ihr. In der nächsten Nacht ruhte ich bei ihr, und sie empfing durch mich; bald darauf zogen die Truppen ab; und wir kehrten nach Damaskus zurück. Nach wenigen Tagen jedoch kam ein Bote des Frankenkönigs und forderte alle Gefangenen zurück auf Grund eines Vertrages, der zwischen den Königen geschlossen war. Nun wurden alle Gefangenen, Männer und Frauen zurückgegeben; nur die Frau, die bei mir war, blieb noch übrig. Da sagten die Franken: ‚Die Frau des Ritters So-undso ist noch nicht da'; und sie forschten nach ihr emsig und eifrig. Schließlich erfuhren sie, daß sie bei mir war, und sie forderten sie von mir. Ich eilte zu ihr hin, tief betrübt und mit bleichem Antlitz; und sie fragte mich: ‚Was ist dir? Welches Unheil ist dir widerfahren?' Ich antwortete: ‚Ein Bote vom König ist gekommen, um alle Gefangenen zu holen, und man hat dich von mir gefordert.' Doch sie sprach: ‚Sorge dich nicht! Führe mich zum König; ich weiß, was ich vor ihm zu sagen habe!' So nahm ich sie denn und führte sie vor den Sultan el-Malik en-Nâsir, zu dessen rechter Seite der Bote des Frankenkönigs saß, und ich sprach: ‚Dies ist die Frau, die bei mir war.' Da sagten el-Malik en-Nâsir und der Gesandte zu ihr: ‚Willst du in dein Land oder zu deinem Gatten zurück-kehren? Gott hat dich und die anderen befreit.' Sie antwortete dem Sultan: ‚Ich bin eine Muslimin geworden, und ich bin schwanger, wie ihr es an meinem Leibe seht; jetzt haben die Franken keinen Nutzen mehr von mir.' Doch der Gesandte fragte: ‚Wer ist dir lieber, dieser Muslim oder dein erster Gatte, der Ritter Soundso?' Und sie gab ihm die gleiche Antwort wie dem Sultan. Der Gesandte sagte darauf zu den Franken, die bei ihm waren: ,Habt ihr ihre Worte vernommen?' ,Jawohl', erwiderten sie; und der Gesandte sprach zu mir: ,Nimm deine Frau und geh mit ihr deiner Wege!' Doch als ich mit ihr fortgegangen war, schickte er mir einen Eilboten nach und ließ mir sagen: ,Ihre Mutter ließ ihr durch mich etwas senden, da sie sprach: ,Meine Tochter ist gefangen und nackend; ich möchte, daß du ihr diese Truhe bringst.' So nimm du sie denn hin und übergib sie ihr!' Ich nahm die Truhe in Empfang, brachte sie nach Hause und gab sie meiner Gattin. Sie öffnete sie und entdeckte in ihr alle ihre eigenen Gewänder; auch fand ich die beiden Beutel voll Goldstücke wieder, einen mit fünfzig und einen mit hundert Dinaren, und ich erkannte sie an meiner Schnur, an der nichts geändert war. Da dankte ich Allah dem Erhabenen. Diese hier sind die Kinder, die sie geboren hat; und sie lebt noch bis auf den heutigen Tag, und sie ist es, die euch diese Speisen zubereitet hat.'

Wir verwunderten uns über seine Geschichte und über das Glück, das ihm widerfahren war. Allah aber weiß es am besten.

Und ferner wird erzählt

DIE GESCHICHTE VON DEM JUNGEN MANNE AUS BAGHDAD UND SEINER SKLAVIN

In alten Zeiten lebte einst ein Mann in Baghdad, ein Kind von begüterten Eltern, der von seinem Vater großen Reichtum geerbt hatte. Der gewann eine Sklavin lieb, und er kaufte sie; und sie liebte ihn, wie er sie liebte. So gab er denn immerfort alles für sie dahin, bis daß sein ganzer Reichtum geschwunden war und ihm nichts mehr übrig blieb. Nun suchte er nach einem Mittel, seinen Unterhalt zu verdienen, damit er davon leben könnte; doch es gelang ihm nicht. Jener Jüngling aber hatte in den Tagen seines Überflusses oft die Gesellschaften derer besucht, die in der Sangeskunst bewandert waren, und er hatte es darin zu höchster Vollkommenheit gebracht. Und als er sich mit einem seiner Freunde beriet, sprach der zu ihm: ‚Ich weiß keinen besseren Beruf für dich als daß du mit deiner Sklavin singst; dadurch wirst du viel Geld verdienen, und dann hast du zu essen und zu trinken.‘ Doch das mißfiel ihm und auch der Sklavin, und sie sprach zu ihm: ‚Ich habe einen Plan für dich.‘ ‚Wie ist der?‘ fragte er; und sie fuhr fort: ‚Verkaufe mich, dann werden wir beide von dieser Not befreit. Ich werde im Wohlstand leben; denn meinesgleichen wird nur einer kaufen, der mit Glücksgütern gesegnet ist, und so kann ich auch die Ursache werden, daß ich wieder zu dir zurückkehre.‘ Da führte er sie auf den Markt; und der erste, der sie sah, war ein Haschimit[1] vom Volke Basras, ein Mann von guter Erziehung, feinem Wesen und edlem Sinn; der kaufte sie um tausendundfünfhundert Dinare. ‚Als ich nun – so erzählte der Jüngling, der Besitzer der Sklavin – den Preis erhalten hatte, gereute es mich, und ich weinte, und die Sklavin mit mir, und ich wollte den Kauf rückgängig machen; aber der Käufer willigte nicht ein. So tat ich denn die Dinare in einen Beutel, und ich wußte nicht, wohin ich mich wenden sollte, da mein Haus mir ohne sie verödet war; ich weinte und schlug mir das Gesicht und klagte, wie ich es nie zuvor getan hatte. Dann trat ich in eine Moschee und setzte mich dort weinend nieder; dabei war ich so verwirrt, daß ich mich selbst nicht mehr kannte. Und nachdem ich mir den Beutel als Kissen unter den Kopf gelegt hatte, schlief ich ein; doch ehe ich mich

1. Ein Nachkomme Hâschims, des Urgroßvaters Mohammeds und Großvaters von el-’Abbâs, dem Stammvater der Abbasiden.

dessen versah, zog mir ein Mann den Beutel unter dem Kopfe fort und lief eilends davon. Ich erwachte in großem Schrecken, und wie ich den Beutel nicht fand, sprang ich auf, um hinter ihm her zu laufen; aber siehe da, meine Füße waren mit einem Stricke zusammengebunden, so daß ich aufs Gesicht fiel. Nun begann ich wieder zu weinen und mein Gesicht zu schlagen, und ich sagte zu mir selbst: ,Du hast dich von deiner Seele getrennt, und dein Gut ist dahin!' – –«

Da bemerkte Schehrezâd, daß der Morgen begann, und sie hielt in der verstatteten Rede an. Doch als die *Achthundertundsiebenundneunzigste Nacht* anbrach, fuhr sie also fort: »Es ist mir berichtet worden, o glücklicher König, daß der junge Mann, dem nun der Beutel geraubt war, weiter erzählte: ,Ich sagte zu mir selbst: ,Du hast dich von deiner Seele getrennt, und dein Gut ist dahin.' Und im Übermaße meines Kummers ging ich zum Tigris, verhüllte mir das Gesicht mit meinen Kleidern und warf mich in den Strom. Die Umstehenden bemerkten mich und riefen: ,Dem da muß wahrlich ein großes Unglück widerfahren sein!' Und sie sprangen mir nach, brachten mich ans Land und fragten mich, was mir geschehen sei; da berichtete ich ihnen, wie es mir ergangen war, und sie bedauerten mich deswegen. Doch ein alter Mann trat aus ihrer Mitte hervor und sprach zu mir: ,Du hast dein Geld verloren; weshalb willst du nun auch noch dein Leben verlieren und zum Volke des Höllenfeuers gehören? Komm mit mir und zeige mir deine Wohnung!' Ich fügte mich seinem Wunsche, und als wir zu meiner Wohnung kamen, setzte er sich eine Weile zu mir, bis sich meine Erregung legte; dafür dankte ich ihm, und dann ging er fort. Kaum hatte er mich verlassen, so war ich wieder nahe daran, mich zu töten; aber ich dachte an das Jenseits und an das Höllenfeuer, und darum lief ich aus meinem Hause fort zu einem meiner Freunde und erzählte ihm, was mir widerfahren war. Er weinte aus Mitleid mit mir und gab mir fünfzig Dinare, indem er sprach: ‚Nimm meinen Rat an und verlaß Baghdad noch in dieser Stunde! Dies Geld möge dir zum Unterhalt dienen, bis dein Herz von der Liebe zu ihr abgelenkt ist und du sie vergissest. Du gehörst zu den Kanzlisten und Sekretären, deine Handschrift ist schön und deine Bildung vortrefflich; so suche dir einen von den Statthaltern aus, wen du willst, und setze deine Hoffnung auf ihn; vielleicht wird Allah dich dann wieder mit deiner Sklavin vereinigen!‘ Ich hörte auf seine Worte; denn mein Geist war schon wieder gekräftigt, etwas von meinem Kummer hatte schon nachgelassen, und ich beschloß, nach Wâsit[1] zu reisen, weil ich dort Anverwandte hatte. So begab ich mich denn zum Ufer des Flusses, wo ich ein Schiff vor Anker liegen sah, während die Seeleute prächtige Stoffe und allerlei Waren einluden. Ich bat sie, mich mitzunehmen; aber sie sagten: ‚Dies Schiff gehört einem Haschimiten, und wir können dich so, wie du bist, nicht mitnehmen.‘ Da erweckte ich in ihnen das Begehren nach dem Lohne, und sie sprachen zu mir: ‚Wenn es denn unbedingt sein muß, so zieh die feinen Kleider aus, die du trägst, lege die Kleidung der Seefahrer an und setze dich zu uns, als wärest du einer der Unsrigen!‘ Ich ging also zurück, kaufte mir einige Seemannskleider, legte sie an und begab mich wieder zu dem Schiff, das jetzt nach Basra abfahren sollte. Mit den Seeleuten stieg ich aufs Schiff; und kaum hatte ich dort eine kleine Weile gesessen, da sah ich meine Sklavin in leibhaftiger Gestalt und bei ihr zwei Kammerfrauen, die sie bedienten. Nun wich all mein Kummer, und ich sprach bei mir selber: ‚Jetzt werde ich sie sehen und singen hören, bis wir nach Basra gelangen.‘

1. Eine Stadt zwischen Baghdad und Basra.

Gleich darauf kam auch der Haschimit angeritten, begleitet von einer Schar von Leuten, und nachdem sie an Bord gegangen waren, fuhr das Schiff stromabwärts. Dann holte der Haschimit Speisen hervor, und er aß mit der Sklavin, während die anderen mittschiffs aßen. Und schließlich sagte er zu ihr: ,Wie lange noch willst du dem Gesang entsagen und in Trauer und Tränen verharren? Du bist doch nicht die erste, die von ihrem Geliebten getrennt wurde.' Daran erkannte ich, was sie aus Liebe zu mir litt. Nun zog er an einer Seite des Schiffs einen Vorhang vor sie hin, rief die Leute, die abseits von ihm in meiner Nähe saßen, und setzte sich mit ihnen außerhalb des Vorhangs nieder. Ich fragte, wer die Leute seien, und man sagte mir, sie wären seine Brüder. Er holte für sie Wein und Zukost, soviel sie bedurften; und dann redeten sie immer auf sie ein, sie möchte singen, bis sie schließlich nach der Laute rief, sie stimmte und diese beiden Verse sang:

> *Die Schar brach auf mit meinem Lieb im tiefen Dunkel*
> *Und zog mit meiner Hoffnung rasch dahin bei Nacht.*
> *Ach, wenn die Karawane fortzieht, wird im Herzen*
> *Des Jünglings eine Glut von Ghada-Holz[1] entfacht.*

Doch dann kamen die Tränen wieder über sie, und sie warf die Laute zu Boden und hörte auf zu singen. Darüber wurden die Leute beunruhigt; ich aber sank in Ohnmacht. Sie hielten mich für besessen, und einer von ihnen begann mich zu besprechen, indem er mir ins Ohr flüsterte; die anderen aber gaben ihr gute Worte und baten sie inständigst, sie möchte wieder singen, bis sie die Laute von neuem stimmte und sang:

> *Klagend steh ich, wenn die Sänfte mit dem Lieb von dannen eilt,*
> *Das in meinem Herzen wohnet, wenn es mir auch ferne weilt.*

1. Der Ghada-Strauch ist wahrscheinlich eine Tamariskenart; sein Holz liefert eine lange glimmende Kohle.

768

Und ferner sang sie:

Ich stand bei den Trümmern und fragte nach ihr;
Doch wüst war die Stätte und leer das Quartier.

Dann fiel sie ohnmächtig nieder, und unter den Leuten erhob sich ein Wehklagen; ich aber schrie laut auf und sank wiederum bewußtlos zu Boden. Die Seeleute gerieten in große Erregung über mich, und einer von den Dienern des Haschimiten rief: ‚Wie konntet ihr diesen Besessenen an Bord nehmen?‘ Dann sprach einer zum andern: ‚Wenn ihr zum nächsten Dorfe kommt, so setzt ihn an Land, damit wir Ruhe vor ihm haben!‘ Darob ward mir das Herze schwer, und ich grämte mich gar sehr; doch ich nahm meine ganze Kraft zusammen und sprach bei mir selber: ‚Ich habe kein anderes Mittel, mich aus ihren Händen zu befreien, als daß ich der Maid meine Anwesenheit auf dem Schiffe kundtue, damit sie mich davor bewahrt, ausgesetzt zu werden.‘ Dann fuhren wir weiter, bis wir dicht an einem Weiler vorüberkamen; dort sprach der Schiffsführer: ‚Laßt uns an Land gehen!‘ Alle, die auf dem Schiffe waren, stiegen an Land; und da es um die Abendzeit war, so ging ich hin und trat hinter den Vorhang, nahm die Laute und änderte ihre Akkorde, einen nach dem andern, und stellte sie auf die Weise ein, die jene Maid von mir gelernt hatte. Dann kehrte ich an meine Stätte im Schiffe zurück.‘ – –«

Da bemerkte Schehrezâd, daß der Morgen begann, und sie hielt in der verstatteten Rede an. Doch als die *Achthundertundachtundneunzigste Nacht* anbrach, fuhr sie also fort: »Es ist mir berichtet worden, o glücklicher König, daß der Jüngling des weiteren erzählte: ‚Ich kehrte also an meine Stätte im Schiffe zurück; alsbald kamen auch die Leute vom Ufer herab und begaben sich an ihre Stätten auf dem Schiffe. Der Mond aber hüllte Wasser und Land in ein helles Lichtgewand. Der Haschimit sprach nun zu der Sklavin: ‚Um Allahs willen, trübe nicht unser Leben!' Da nahm sie die Laute, und als sie mit der Hand darüber strich, seufzte sie auf, so daß die Leute glaubten, ihre Seele verließe ihren Leib. Und sie rief: ‚Bei Allah, mein Meister ist bei uns auf diesem Schiffe.' ‚Bei Allah,' sagte der Haschimit, ‚wenn er bei uns wäre, so würde ich ihn nicht von unserer Gesellschaft fern halten; denn er würde dir vielleicht deine Last erleichtern, so daß wir uns deines Gesanges erfreuen könnten. Aber es ist unmöglich, daß er an Bord ist.' Doch sie fuhr fort: ‚Ich kann die Laute nicht schlagen noch die Weisen singen, wenn mein Herr bei uns ist.' Darauf sagte der Haschimit: ‚Laß uns die Seeleute fragen!' ‚Tu es!' erwiderte sie; und er fragte: ‚Habt ihr irgend jemanden mitgenommen?' Sie antworteten: ‚Nein'; und weil ich fürchtete, er würde nicht weiter fragen, sprach ich lächelnd: ‚Ja, ich bin ihr Meister, und ich habe sie gelehrt, als ich noch ihr Herr war.' Da rief sie: ‚Bei Allah, das ist die Stimme meines Herrn.' Nun kamen die Diener und führten mich vor den Haschimiten; und als er mich erkannte, rief er: ‚Wehe, in welchem Zustande muß ich dich sehen! Was ist dir widerfahren, daß du in solchem Elend bist?' Ich erzählte ihm, wie es mir ergangen war, und ich weinte, und die Sklavin hinter dem Vorhang erhob ihre Klage. Auch der Haschimit und seine Brüder weinten bitterlich aus Mitleid mit mir; und er sprach: ‚Bei Allah, ich bin dieser Sklavin nicht genaht, und ich hab sie nicht berührt, und ihren Gesang hab ich erst heute gehört. Ich bin ein Mann, dem Allah viel Geld und Gut verliehen hat, und ich bin nur nach Baghdad gekommen, um Gesang zu hören und mir meine Einkünfte vom Beherrscher der Gläubigen zu holen. Ich hatte schon beides getan; aber als ich in meine Heimat zurückkehren wollte, sprach ich bei mir: Ich will mir doch noch ein wenig Gesang von Baghdad anhören. Und dann kaufte ich diese Sklavin, ohne zu wissen, daß es so mit euch stand; nun rufe ich Allah zum Zeugen an, daß ich sie freilassen werde, sobald ich Basra erreiche. Dort will ich sie mit dir vermählen und euch beiden so viel anweisen, daß es euch genügt, ja noch mehr; doch nur unter der Bedingung, daß, sooft es mich gelüstet, Gesang zu hören, ein Vorhang für sie aufgehängt wird und sie hinter ihm singt; du selbst aber sollst zur Zahl meiner Tischgenossen und brüderlichen Freunde gehören.' Dessen freute ich mich; und der Haschimit steckte seinen Kopf hinter den Vorhang und sprach zu ihr: ,Bist du es zufrieden?' Da begann sie, ihn zu segnen und ihm zu danken. Und er rief einen seiner Diener und sprach zu ihm: ,Nimm diesen Jüngling, zieh ihm seine Kleider aus und lege ihm kostbare Kleider an; durchdufte ihn mit Weihrauch und bringe ihn dann wieder zu uns!' Der Diener nahm mich mit sich, tat mit mir, wie sein Herr ihm befohlen hatte, und führte mich zu ihm zurück; auch setzte er mir Wein vor, wie er ihn den anderen vorgesetzt hatte. Darauf begann die Maid in schönster Weise zu singen und ließ dies Lied erklingen:

> *Sie schalten mich ob meiner Tränen Flut,*
> *Als der Geliebte von mir Abschied nahm.*
> *Sie fühlten nie, wie weh die Trennung tut,*
> *Noch wie die Brust entbrennt in heißem Gram.*
> *Nur der Betrübte kennt der Sehnsucht Brand,*
> *Wenn er sein Herz verlor im Heimatland.*

Darüber gerieten die Hörer in das größte Entzücken; und auch ich – so sprach der Jüngling – freute mich über die Maßen, und ich nahm der Maid die Laute ab, begann in schönster Weise zu singen und ließ dies Lied erklingen:

> *Erbitte Wohltat nur vom edlen Mann,*
> *Der sich in Glück und Reichtum sonnen kann!*

Wer Edle bittet, dem folgt Ehre nach;
Doch wer Gemeine bittet, erntet Schmach.
Und bleibt dir denn die Demut nicht erspart,
Sei Demut nur den Großen offenbart!
Wer Edlen Ehre bringt, wird nicht entehrt;
Nur der erniedrigt sich, der Kleine ehrt.

Die Hörer freuten sich über meinen Gesang, ja ihre Freude kannte keine Grenzen mehr, und immer und immer wieder gaben sie ihrer Freude und ihrem Entzücken Ausdruck. Das eine Mal sang ich, das andere Mal die Maid, bis wir zu einem der Landeplätze kamen; dort legte das Schiff an, und alle, die auf dem Schiffe waren, stiegen ans Ufer, und auch ich ging mit ihnen. Doch ich war trunken, und als ich mich niederhockte, um Wasser zu lassen, übermannte mich der Schlaf, und ich schlief ein, während die anderen Reisenden wieder auf das Schiff gingen. Das fuhr mit ihnen weiter stromabwärts, ohne daß sie mich dachten, da auch sie trunken waren; ich aber hatte nichts mehr bei mir, weil ich all mein Geld der Sklavin gegeben hatte. Die anderen kamen nun bald nach Basra; doch ich wachte erst wieder auf, als die Sonne heiß ward, und als ich aufstand und mich umschaute, sah ich niemanden mehr. Ich hatte auch vergessen, den Haschimiten zu fragen, wie er hieß und wo er in Basra wohnte und wie er dort aufzufinden war. Nun war ich ratlos, und es schien mir, als ob mein frohes Wiedersehen mit der Maid nur ein Traum gewesen wäre. In meiner Verwirrung blieb ich dort stehen, bis ein großes Schiff an mir vorüberkam; das konnte ich besteigen, und so kam ich nach Basra. Weil ich dort aber niemanden kannte und auch nicht das Haus des Haschimiten wußte, ging ich zu einem Krämer und ließ mir von ihm Tintenkapsel und Papier geben.' – – «

Da bemerkte Schehrezâd, daß der Morgen begann, und sie hielt in der verstatteten Rede an. Doch als die *Achthundertundneunundneunzigste Nacht* anbrach, fuhr sie also fort: »Es ist mir berichtet worden, o glücklicher König, daß der Mann aus Baghdad, dem das Mädchen gehörte, und der nun nach Basra gekommen war, aber ratlos war, da er das Haus des Haschimiten nicht kannte, des weiteren erzählte: ‚Ich ging also zu einem Krämer, ließ mir von ihm Tintenkapsel und Papier geben und setzte mich nieder, um zu schreiben. Meine Handschrift gefiel ihm, und als er sah, daß mein Gewand schmutzig war, fragte er mich, wer und was ich sei; und ich tat ihm kund, daß ich ein armer Fremdling sei. Da sagte er: ‚Willst du bei mir bleiben, wenn ich dir jeden Tag einen halben Dirhem und deine Nahrung und Kleidung gebe, und mir dafür die Bücher in meinem Laden führen?‘, ‚Jawohl‘, sagte ich und blieb bei ihm, indem ich ihm die Bücher führte und die Eingänge und Ausgänge ordnete. Nachdem ein Monat verstrichen war, sah der Mann, daß seine Einnahmen gestiegen, seine Ausgaben aber gesunken waren; dafür dankte er mir, und von nun an gab er mir jeden Tag einen Dirhem, bis ein Jahr vergangen war. Dann bot er mir an, mich mit seiner Tochter zu vermählen und Teilhaber seines Ladens zu werden. Ich nahm seinen Vorschlag an, ging zu meiner Gattin ein und widmete mich ganz dem Laden; doch ich war im Herzen und im Geist gebrochen, und die Trauer zeigte sich in meinem Antlitz; der Krämer pflegte Wein zu trinken und mich dazu einzuladen, allein ich lehnte es in meiner Traurigkeit ab. So lebte ich zwei Jahre lang dort, bis eines Tages, während ich im Laden saß, plötzlich eine Schar von Leuten vorüberkam, die Speise und Trank bei sich hatten. Ich fragte den Krämer, was das bedeute, und er sagte: ‚Heute ist der Tag der fröhlichen Leute; da ziehen die

Musikanten und Spielleute und das junge reiche Volk hinaus zum Strome und essen und trinken unter den Bäumen am Kanal von el-Ubulla.'[1] Meine Seele lockte mich, mir das Schauspiel anzuschauen, und ich sprach bei mir selber: ,Vielleicht sehe ich unter diesen Leuten auch sie, die ich liebe.' So sagte ich denn zu dem Krämer: ,Ich möchte auch dorthin gehen'; und er antwortete: ,Es steht dir frei, mit ihnen hinauszuziehen.' Dann rüstete er mir Speise und Trank, und ich ging meines Weges, bis ich zum Kanal von el-Ubulla kam; doch da wollten die Leute gerade wieder umkehren. Schon wollte ich mit ihnen zurückgehen, aber ich sah plötzlich den Führer des Schiffes, auf dem der Haschimit mit der Sklavin gefahren war; der zog in eigener Person den Kanal von el-Ubulla entlang. Ich rief ihn und seine Gefährten an, und sie erkannten mich und nahmen mich mit sich. ,Ach, bist du noch am Leben?' riefen sie und umarmten mich und fragten mich nach meinen Erlebnissen; die erzählte ich ihnen. Dann sagten sie: ,Wir glaubten wirklich, der Rausch hätte dich übermannt und du wärest im Wasser ertrunken.' Als ich aber fragte, wie es der Sklavin ergehe, antworteten sie: ,Sobald sie von deinem Verlust erfuhr, zerriß sie ihre Gewänder, verbrannte die Laute und begann sich zu schlagen und zu klagen. Nachdem wir mit dem Haschimiten wieder in Basra angekommen waren, sprachen wir zu ihr: ,Laß ab von diesem Weinen und Trauern!' Doch sie erwiderte: ,Ich will schwarze Kleider anlegen und mir ein Grab neben diesem Hause errichten; und bei jenem Grabe will ich sitzen und das Singen bereuen.' Wir ließen ihr den Willen, und so lebt sie noch bis auf den heutigen Tag.' Dann nahmen sie mich mit sich, und als ich zum Hause des

1. Basra ist mit dem Tigris durch einen Kanal verbunden, der bei el-Ubulla in den Strom mündet.

Haschimiten kam, sah ich sie so, wie mir gesagt war. Kaum erblickte sie mich, da schrie sie so laut auf, daß ich vermeinte, sie sei gestorben; doch dann umarmte ich sie eine lange Zeit. Der Haschimit aber sprach zu mir: ,Nimm sie!' und ich erwiderte: ,Gern; doch laß du sie frei, wie du mir versprochen hast, und vermähle sie mir!' Er tat es und schenkte uns kostbare Waren, Gewänder in großer Zahl, Hausgeräte und fünfhundert Dinare, indem er sprach: ,Dies ist der Betrag, den ich euch für jeden Monat anzuweisen gedenke, doch unter der Bedingung, daß du mein Tischgenosse wirst und daß ich ihren Gesang hören kann.' Ferner bestimmte er ein Haus für uns allein und ließ alles, dessen wir bedurften, dorthin schaffen; und als ich mich zu jenem Hause begab, fand ich, daß es mit Hausrat und Stoffen angefüllt war, und so brachte ich die Maid dorthin. Darauf ging ich zu dem Krämer und tat ihm alles kund, was ich inzwischen erlebt hatte; zugleich aber bat ich ihn, mir die Scheidung von seiner Tochter zu gestatten, ohne daß eine Schuld vorläge; und ich zahlte ihr die Morgengabe und was mir sonst noch oblag.[1] Auf diese Weise lebte ich zwei Jahre lang bei dem Haschimiten, und ich wurde ein Mann von großem Reichtum, so daß ich wieder in dem gleichen Überflusse leben konnte wie einst mit der Sklavin in Baghdad. Allah, der Allgütige, machte unserer Not ein Ende und überschüttete uns mit der Fülle von Glücksgütern; Er bestimmte, daß der Lohn für unsere Geduld die Erreichung unserer Wünsche war, und Ihm gebührt Lob in dieser und in jener Welt immerdar. Und Allah weiß es am besten!'

1. Bei der Scheidung muß, wenn die Morgengabe bei der Eheschließung nicht voll ausbezahlt wurde, der Rest gezahlt werden; ferner ist der Mann verpflichtet, die Frau nach der Scheidung noch eine gewisse Zeit lang zu unterhalten.

INHALT

DIE ERZÄHLUNGEN
AUS DEN TAUSENDUNDEIN NÄCHTEN
BAND VI

DIE ERZÄHLUNGEN AUS DEN TAUSENDUNDEIN NÄCHTEN

VOLLSTÄNDIGE DEUTSCHE AUSGABE IN SECHS BÄNDEN

ZUM ERSTEN MAL
NACH DEM ARABISCHEN URTEXT
DER CALCUTTAER AUSGABE
AUS DEM JAHR 1839
ÜBERTRAGEN
VON ENNO LITTMANN

BAND VI

Lizenzausgabe für KOMET MA-Service und Verlagsgesellschaft mbH
Diese Ausgabe ist text- und seitenidentisch
mit der sechsbändigen gebundenen Ausgabe des Insel Verlages
© Copyright 1953 by Insel-Verlag Wiesbaden
Alle Rechte bei und vorbehalten durch
Insel Verlag Frankfurt am Main 1976
ISBN 3-89836-308-2

WAS SCHEHREZÂD DEM KÖNIG SCHEHRIJÂR
IN DER NEUNHUNDERTSTEN BIS
TAUSENDUNDEINE NACHT
ERZÄHLTE

DIE GESCHICHTE DES KÖNIGS DSCHALI'ÂD
UND SEINES SOHNES WIRD CHÂN

Einst lebte in alten Zeiten und längst entschwundenen Vergangenheiten ein König im Lande Indien; der war ein mächtiger König, von hohem Wuchs, schön von Gestalt und schön von innerem Wesen, voll edler Eigenschaften, wohltätig gegen die Armen und liebreich gegen die Untertanen und gegen alles Volk seines Reiches. Sein Name war Dschali'âd; und unter seiner Herrschaft standen zweiundsiebenzig Könige, und in seinen Städten lebten dreihundertundfünfzig Kadis. Ferner hatte er siebenzig Wesire, und über je zehn von dieser Schar hatte er einen Oberwesir gesetzt. Der höchste aller Wesire aber war ein Mann, namens Schimâs; der war zweiundzwanzig Jahre alt, ein Mann von schönem Aussehen und Wesen, freundlich in seiner Rede, klug in seiner Antwort, erfahren in allen seinen Geschäften, ein weiser und geschickter Führer trotz seinen jungen Jahren, kundig in aller Wissenschaft und feinen Bildung. Der König liebte ihn herzlich und war ihm zugetan wegen seiner Erfahrenheit in der Kunst der feinen Rede und in den Geschäften des Staates, zumal auch wegen der Barmherzigkeit und Leutseligkeit gegen das Volk, die Allah ihm verliehen hatte. Jener König war gerecht in seiner Herrschaft, ein Schirmherr seiner Untertanen, der groß und klein mit seiner Wohltat umfaßte und ihnen zukommen ließ, was ihnen gebührte, Schutz und Gaben, Sicherheit und Ruhe, und der allem Volke die Abgaben leicht machte. Ja, er war liebevoll gegen hoch und niedrig, handelte an ihnen mit Wohlwollen und Fürsorge und regierte unter ihnen so vortrefflich, wie vor ihm noch keiner regiert hatte. Doch bei alldem hatte Allah der

Erhabene ihm kein Kind geschenkt, und das betrübte ihn und das Volk seines Reiches. Eines Nachts aber, als der König auf seinem Lager ruhte, gequält von sorgenvollen Gedanken darüber, was aus seinem Reiche wohl noch werden möchte, begab es sich, daß der Schlaf ihn übermannte und daß ihm träumte, er gösse Wasser auf die Wurzel eines Baumes. – –«

Da bemerkte Schehrezâd, daß der Morgen begann, und sie hielt in der verstatteten Rede an. Doch als die *Neunhundertste Nacht* anbrach, fuhr sie also fort: »Es ist mir berichtet worden, o glücklicher König, daß König Dschali'âd im Traume sah, wie er Wasser auf die Wurzel eines Baumes goß, der von vielen anderen Bäumen umgeben war; und siehe, da stieg ein Feuer aus jenem Baum empor und verbrannte all die Bäume, die ihn rings umgaben. Voll Furcht und Schrecken wachte er aus seinem Schlafe auf, rief einen seiner Diener und sprach zu ihm: ,Geh eilends hin und bringe mir sogleich den Wesir Schimâs!' Der Diener eilte zu Schimâs und sprach zu ihm: ,Der König entbietet dich auf der Stelle zu sich; denn er ist voll Schrecken aus seinem Schlaf erwacht und hat mich zu dir gesandt, damit du sogleich vor ihm erscheinst.' Als Schimâs die Worte des Dieners vernahm, erhob er sich unverzüglich, begab sich zum König und trat in sein Gemach ein; er sah ihn auf seinem Lager sitzen, und nachdem er sich unter Segenswünschen für die Dauer seines Ruhms und Gedeihens vor ihm niedergeworfen hatte, sprach er zu ihm: ,Möge Allah dich nie betrüben, o König! Was hat dich in dieser Nacht beunruhigt, und was ist der Grund, daß du mich so eilig zu dir entboten hast?' Der König hieß ihn sich setzen, und nachdem der Wesir das getan hatte, erzählte er ihm, was er geträumt hatte, indem er sprach: ,Ich habe in dieser Nacht einen Traum gesehen, der mich erschreckt hat; mir war nämlich, als ob ich Wasser auf

8

die Wurzel eines Baumes gösse, der von vielen Bäumen umgeben war; und während ich das tat, stieg plötzlich ein Feuer aus der Wurzel jenes Baumes empor und verbrannte all die Bäume rings um ihn. Darüber erschrak ich, Angst ergriff mich, und ich wachte alsbald auf; und dann sandte ich nach dir, da du so große Kenntnisse hast und die Träume deuten kannst, und da ich weiß, wie ausgebreitet dein Wissen und wie reich deine Einsicht ist.' Schimâs senkte eine Weile sein Haupt; dann aber lächelte er. Da fragte ihn der König: ‚Was dünkt dich, Schimâs? Sag mir die volle Wahrheit und verbirg mir nichts!' Schimâs antwortete ihm und sprach: ‚O König, wisse, Allah der Erhabene erfüllt dir deinen Wunsch und kühlt dir deine Augen; denn die Bedeutung dieses Traumes verheißt alles Gute. Er besagt nämlich, daß Allah der Erhabene dir einen Sohn schenken wird, der nach deinem langen Leben das Reich von dir erben soll. Freilich liegt noch etwas anderes darin, das ich dir jetzt nicht erklären möchte, da die Zeit für seine Deutung nicht günstig ist.' Der König freute sich darüber gar sehr, und er war so hoch beglückt, daß seine Furcht von ihm wich und sein Geist sich beruhigte; darum sprach er: ‚Wenn es also steht mit der glücklichen Bedeutung dieses Traumes, so vollende mir die Auslegung, wenn die passende Zeit für die völlige Deutung gekommen ist. Denn was jetzt noch nicht gedeutet werden darf, das zu deuten geziemt dir, wenn die Zeit dazu gekommen ist, auf daß meine Freude erfüllet werde; ich suche hierin nichts anderes als das Wohlgefallen Allahs, des Gepriesenen und Erhabenen.' Der Wesir Schimâs erkannte wohl, daß es den König sehr nach der vollen Deutung verlangte, aber er nahm seine Zuflucht zu einem Vorwand, durch den er ihn hinhielt. Deshalb berief der König alle Sternkundigen und Traumdeuter, die in seinem Reiche waren; und wie sie allesamt vor ihm standen, erzählte er ihnen jenen Traum und fügte hinzu: ‚Ich verlange von euch, daß ihr mir seine wahre Deutung verkündet!‘ Da trat einer von ihnen vor und erbat vom König die Erlaubnis, reden zu dürfen. Als jener es ihm gestattet hatte, begann er: ‚Wisse, o König, dein Wesir Schimâs ist keinesweges außerstande, dir dies zu deuten; er hat sich nur vor dir gescheut und davor, deine Ruhe zu stören; darum hat er dir nicht die ganze Deutung in ihrer Vollkommenheit kundgetan. Doch wenn du mir erlaubst zu sprechen, so will ich reden.‘ Der König erwiderte: ‚Sprich, du Traumdeuter, ohne Scheu und sage mir die Wahrheit!‘ So hub denn der Deuter von neuem an: ‚Wisse, o König, dir wird ein Knabe geboren werden, der soll nach deinem langen Leben das Reich von dir erben. Aber er wird unter dem Volke nicht wandeln, wie du wandelst, nein, er wird deine Vorschriften übertreten und dein Volk bedrücken, und dann wird ihm widerfahren, was der Katze mit der Maus widerfahren ist; ich aber nehme meine Zuflucht zu Allah dem Erhabenen.‘ Da fragte der König: ‚Was ist das für eine Geschichte mit der Katze und der Maus?‘ Der Deuter antwortete: ‚Allah schenke dem König ein langes Leben! Vernimm

DIE GESCHICHTE
VON DER KATZE UND DER MAUS

Eines Nachts strich Hinz der Kater auf einem der Felder umher, um einen Fang zu tun; aber er fand nichts, und daher ward ihm schwach vor dem Übermaß der Kälte und des Regens, der in jener Nacht strömte. Deshalb sann er auf eine List, durch die er etwas gewinnen könnte. Wie er nun so umherschlich, gewahrte er plötzlich ein Loch am Fuß eines Baumes, und er begann zu schnüffeln und zu schnurren, bis er spürte, daß in dem Loch eine Maus war; und er ging darum herum und wollte hineindringen, um sie zu packen. Als jedoch die Maus ihn bemerkte, wandte sie ihm den Rücken und begann mit Vorderpfoten und Hinterpfoten im Boden zu kratzen, um dem Kater den Eingang zu dem Loch zu versperren. Da begann der Kater mit schwacher Stimme zu rufen und sprach: ‚Warum tust du das, liebe Schwester? Ich suche doch Schutz bei dir, damit du dich meiner erbarmst und mich heute nacht in deinem Loche beherbergst; denn ich bin schwach vor Alter, und meine Kraft ist geschwunden, so daß ich mich kaum noch zu rühren vermag. Ich habe mich heute nacht auf dies Feld gewagt; aber wie oft habe ich mir schon den Tod herbeigerufen, damit ich Ruhe hätte! Siehe, hier liege ich vor deiner Tür, zitternd vor Kälte und Regen, und ich bitte dich um Allahs willen, ergreif in deiner Güte meine Hand und zieh mich zu dir hinein, gib mir ein Obdach in der Vorhalle deines Nestes; denn ich bin ein armer Fremdling, und es heißt doch: Wer einem armen Fremdling in seinem Hause Herberge leiht, dem steht am Jüngsten Tage das Paradies als Herberge bereit. Du, liebe Schwester, verdienst es, dir himmlischen Lohn um meinetwillen zu erwerben, indem du mir gestattest, bei dir heute nacht bis zum Morgen zu verbleiben; dann will ich wieder meiner Wege gehen.‘ – –«

Da bemerkte Schehrezâd, daß der Morgen begann, und sie hielt in der verstatteten Rede an. Doch als die *Neunhundertunderste Nacht* anbrach, fuhr sie also fort: »Es ist mir berichtet worden, o glücklicher König, daß der Kater zu der Maus sprach: ‚Gestatte mir, bei dir heute nacht zu verbleiben; dann will ich wieder meiner Wege gehen!‘ Doch als die Maus die Worte des Katers vernommen hatte, sprach sie zu ihm: ‚Wie dürftest du in mein Nest kommen, da du mein natürlicher Feind bist und von meinem Fleische lebst? Ich muß doch fürchten, daß du an mir Verrat übst; denn das ist dir eingeboren, und du übst keine Treue. Es heißt ja auch: Man soll einem liederlichen Mann keine schöne Frau anvertrauen, noch einem kinderreichen Armen Geld, noch auch dem Feuer das Brennholz. So geziemt es mir auch nicht, mich dir anzuvertrauen, da es heißt: Die Feindschaft der Natur wird um so stärker, je schwächer der Feind wird.' Der Kater sagte darauf mit erlöschender Stimme, als wäre er schon dem Tode nahe: ‚Was du da anführst an warnenden Beispielen, ist richtig, und ich kann es dir nicht abstreiten. Doch ich bitte dich, vergib mir, was hinter uns liegt an natürlicher Feindschaft zwischen uns beiden! Denn es heißt: Wer einem Geschöpfe seinesgleichen vergibt, dem vergibt sein Schöpfer. Ja, ich bin früher dein Feind gewesen, aber siehe, heute suche ich deine Freundschaft. Es heißt doch: Wenn du willst, daß dein Feind dir zum Freunde werde, so tu ihm Gutes! Ich, liebe Schwester, ich schwöre dir bei Allah einen feierlichen Eid, daß ich dir nimmermehr ein Leid antun will; ich habe ja außerdem gar keine Kraft mehr dazu. So vertraue denn auf Gott, tu Gutes und nimm meinen feierlichen Eid an!' Die Maus erwiderte: ‚Wie kann ich einen Eid von dem annehmen, zwischen dem und mir eine eingewurzelte Feindschaft besteht und dessen Gewohnheit es ist, an mir Verrat zu üben? Wäre die Feindschaft zwischen uns etwas anderes als eine Feindschaft auf Tod und Leben, so wäre es ein leichtes; aber es ist eine angeborene Feindschaft zwischen den Seelen, und es heißt: Wer sich seinem Feinde anvertraut, der ist wie einer, der seine Hand in den Rachen einer Viper steckt.' Nun sprach der Kater voller Grimm: ‚Meine Brust ist beklommen, und meine Seele ist schwach; siehe, ich liege im Sterben, und in Kürze werde ich tot vor deiner Tür liegen, dann wird mein Blut über dich kommen, dieweil es in deiner Macht stand, mich aus meiner Not zu retten. Dies ist mein letztes Wort an dich.' Da ward die Maus von Furcht vor Allah dem Erhabenen erfüllt, Erbarmen rührte sich in ihrem Herzen, und sie sprach bei sich selbst: ‚Wer von Allah dem Erhabenen Hilfe haben will vor seinem Feinde, der möge ihm Erbarmen und Güte erweisen. So will ich denn auf Allah vertrauen in dieser Sache und will den Kater aus seiner Not befreien, um mir durch ihn den himmlischen Lohn zu verdienen.' Nun kam die Maus zu dem Kater hinaus und zog ihn in ihr Loch herein. Dort blieb er liegen, bis er sich erholt und ausgeruht hatte und sich ein wenig besser fühlte; dann fing er an zu klagen über seine Schwäche und über das Schwinden seiner Kraft und darüber, daß er keine Freunde habe. Und die Maus war gütig zu ihm, tröstete ihn, behandelte ihn als Freund und mühte sich ab, ihm zu dienen. Der Kater aber kroch langsam zum Ausgang des Loches, bis er ihn in seiner Gewalt hatte, da er fürchtete, die Maus könne hinausschlüpfen. Und als nun die Maus hinauslaufen wollte, kam sie dem Kater zu nahe, was sie ja vorher schon getan hatte; wie sie ihm jetzt jedoch nahe war, ergriff er sie und packte sie mit den Krallen, und er begann sie zu beißen und zu schütteln, ins Maul zu nehmen, aufzuheben und niederzuwerfen, hinter ihr her zu laufen, sie zu quälen und zu peinigen. Die Maus schrie um Hilfe und flehte zu Allah um Rettung; dem Kater aber machte sie Vorwürfe, indem sie sprach: ‚Wo ist der Eid, den du mir geschworen hast? Wo sind die Schwüre, die du mir geleistet hast? Ist dies mein Lohn von dir dafür, daß ich dich in mein Nest geholt und mich dir anvertraut habe? Wahrlich, der hat recht, der da sagte: Wer von seinem Feinde einen Schwur annimmt, der sucht nicht das Heil für sich selbst. Und ebenso jener, der da sagte: Wer sich selbst dem Feinde ausliefert, der verdient das eigene Verderben. Doch ich habe mein Vertrauen auf meinen Schöpfer gesetzt, und Er wird mich von dir befreien!' Als es nun so um den Kater stand und er gerade auf die Maus losspringen wollte, um sie zu zermalmen, da kam plötzlich ein Jägersmann des Wegs mit bissigen Hunden, die zur Jagd abgerichtet waren; einer von den Hunden kam beim Ausgange des Loches vorbei, und als er einen großen Lärm darin hörte, glaubte er, es sei dort ein Fuchs, der etwas zerrisse. Deshalb kroch er hinein, um den Fuchs zu packen; doch da traf er den Kater und zerrte ihn an sich. Und als der Kater nun in die Gewalt des Hundes gefallen war, mußte er an sich selber denken und ließ die Maus los, die noch unverletzt war. Der bissige Hund aber holte den Kater heraus, nachdem er ihm das Genick zerbrochen hatte, und warf ihn draußen tot nieder; und so wurde durch die beiden die Wahrheit des Spruches kund: Wer sich erbarmt, wird später Erbarmen finden; doch wer da hart ist, den wird die Härte bald schinden.'

*

,Solches also geschah mit den beiden, o König, und deshalb soll niemand dem, der ihm vertraut, die Treue brechen; denn wer Verrat und Treulosigkeit übt, dem wird widerfahren, was dem Kater widerfuhr. Wie der Mensch richtet, so soll er gerichtet werden; doch wer sich der Güte befleißigt, der soll seinen Lohn empfahen. Aber sei nicht traurig, o König, und laß es dir nicht zu Herzen gehen; denn dein Sohn wird nach seiner Härte und Grausamkeit wohl zurückkehren zu deinem trefflichen Wandel! Und ich wünschte, dieser Weise, der dein Wesir Schimâs ist, hätte dir in seiner Deutung nichts verborgen; dann wäre er wohlberaten gewesen, denn es heißt: Die Menschen, die am meisten Besorgnis hegen, haben auch die

14

reichsten Kenntnisse und sind die eifrigsten im Guten.' Der König fügte sich nun und befahl, den Sterndeutern große Geschenke zu geben. Nachdem er sie dann entlassen hatte, machte er sich auf, begab sich in seine Gemächer und begann über den Ausgang seines Geschickes nachzusinnen.

Als es aber Nacht geworden war, ging der König zu einer von seinen Gemahlinnen ein, zu der, die ihm die teuerste und liebste war; und er ruhte bei ihr. Und nachdem vier Monde über sie dahingegangen waren, regte sich das Kind in ihrem Leibe, und dessen freute sie sich über die Maßen. Sie meldete es dem König, und der sprach: ‚So hat denn mein Traum die Wahrheit gesagt, bei Allah, den wir um Hilfe anflehen!' Dann ließ er sie in den schönsten Gemächern wohnen, erwies ihr die höchsten Ehren, machte ihr reiche Geschenke und überhäufte sie mit vielerlei Gnaden. Danach rief er einen seiner Diener und schickte ihn fort, um Schimâs zu holen. Als der vor ihm stand, erzählte ihm der König, daß seine Gemahlin schwanger sei, und er fügte erfreut hinzu: ‚Mein Traum hat mir die Wahrheit enthüllt, und meine Hoffnung hat sich erfüllt. Vielleicht ist das noch ungeborene Kind ein Knabe, der nach mir mein Reich erben wird. Was meinst du dazu, Schimâs?' Doch der Wesir schwieg und gab keine Antwort, so daß der König zu ihm sprach: ‚Warum muß ich sehen, daß du dich nicht mit mir freust und mir keine Antwort gibst? Sollte dir dies etwa mißfallen, Schimâs?' Da warf der Wesir sich vor ihm nieder und sprach: ‚O König, Allah schenke dir ein langes Leben! Was nützt es, daß man im Schatten eines Baumes sitzt, wenn Feuer aus ihm emporsteigt? Welche Freude hat der, so lauteren Wein trinkt, wenn er daran ersticken muß? Welchen Nutzen hat der, so seinen Durst an frischem, kühlem Wasser stillt, wenn er darin ertrinkt? Ich bin nur ein Knecht Allahs und dein

Knecht, o König, aber es heißt: Drei Dinge gibt es, von denen der Weise nicht reden soll, ehe sie erfüllt sind: der Wanderer, ehe er heimgekehrt ist, von seiner Reise; der Kämpfer, ehe er den Feind besiegt hat, vom Kriege; und die schwangere Frau, ehe sie geboren hat, vom Kinde.' – –«

Da bemerkte Schehrezâd, daß der Morgen begann, und sie hielt in der verstatteten Rede an. Doch als die *Neunhundertund-zweite Nacht* anbrach, fuhr sie also fort: »Es ist mir berichtet worden, o glücklicher König, daß der Wesir Schimâs, als er dem König die drei Dinge genannt hatte, von denen der Weise nicht eher reden soll, als bis sie erfüllt sind, des weiteren sprach: ‚Wisse denn, o König, wer von einer Sache redet, ehe sie erfüllt ist, gleicht dem Frommen, dem sich die zerlassene Butter aufs Haupt ergoß.' Da fragte der König: ‚Was ist das für eine Geschichte mit dem Frommen? Was ist ihm widerfahren?' Nun erzählte der Wesir

DIE GESCHICHTE VON DEM FROMMEN
UND SEINEM BUTTERKRUG[1]

Vernimm, o König, es lebte einmal ein frommer Mann bei einem der Vornehmen in einer der Städte; jener Fromme erhielt eine tägliche Gabe durch die Güte des Vornehmen, und das waren drei Laibe Brot und dazu etwas zerlassene Butter und Honig. Nun war die Butter teuer in jenem Lande, und der Fromme sammelte alles, was er davon erhielt, in einen Krug, den er bei sich hatte, bis er voll war; dann hängte er ihn sich zu Häupten auf, aus Besorgnis und Vorsicht. Als er aber eines Nachts auf seinem Lager dasaß, mit einem Stab in seiner Hand, begann er über die Butter nachzudenken und darüber,

1. Ähnlich ist die Erzählung des Barbiers von Baghdad von seinem fünften Bruder, Band I, Seite 385 ff.

daß sie so teuer war; und er sprach bei sich selber: ‚Ich muß all diese Butter, die ich besitze, verkaufen und mir von dem Erlös ein Schaf kaufen; dann will ich mich mit einem Bauern zusammentun. Im ersten Jahre wird es dann ein Bocklamm und ein Schaflamm zur Welt bringen, und ebenso im zweiten Jahre ein solches Pärchen; und diese Tiere werden dann immer weiter Bocklämmer und Schaflämmer zur Welt bringen, bis eine große Herde daraus geworden ist. Dann will ich meinen Anteil nehmen und davon verkaufen, soviel ich will. Darauf will ich mir ein Stück Land kaufen und dort einen Garten anlegen und ein herrliches Schloß bauen; auch will ich Kleider und Gewänder erwerben, dazu mir Sklaven und Sklavinnen kaufen und mich mit der Tochter des Kaufmanns Soundso vermählen; und eine Hochzeit will ich feiern, wie sie noch nie dagewesen ist. Ich will Vieh schlachten, ich will prächtige Speisen, Süßigkeiten und Zuckerwerk bereiten lassen, ich will dazu alle Spielleute, Künstler und Musikanten kommen lassen, und ich will Blumen, Wohlgerüche und allerlei duftende Kräuter besorgen. Dann will ich Reiche und Arme einladen, die Gelehrten, die Hauptleute und die Großen des Landes; und wer nur immer um etwas bittet, dem will ich es bringen lassen. Alle Arten von Speisen und Getränken will ich bereit halten und einen Herold aussenden, der soll rufen: ‚Wen es nach etwas verlangt, der soll es erhalten!‘ Zuletzt werde ich zu meiner jungen Frau eingehen, wenn sie entschleiert ist, und mich ihrer Schönheit und Lieblichkeit erfreuen. Ich will essen und trinken und lustig sein und zu mir selbst sagen: ‚Jetzt hast du dein Ziel erreicht‘, und ich will von der Frömmigkeit und dem Gottesdienste mich erholen. Dann wird meine Frau schwanger werden und einen Knaben gebären; ich werde mich seiner freuen, für ihn Gastmähler abhalten, und dann werde ich ihn mit der zärtlichsten Fürsorge erziehen. Ich will ihn in der Philosophie, der Literatur und der Mathematik unterrichten lassen und seinen Namen unter den Menschen bekannt machen; dann darf ich mich seiner rühmen in den Versammlungen der Gelehrten. Ich werde ihm gebieten, Gutes zu tun, und er wird mir nicht zuwiderhandeln; ja, ich will ihm die Unzucht und das Schlechte verbieten und ihn zur Gottesfurcht und Rechtschaffenheit ermahnen. Ich will ihm auch schöne und kostbare Geschenke geben; wenn ich sehe, daß er eifrig ist im Gehorsam, so will ich ihm noch viel mehr treffliche Geschenke geben; sehe ich aber, daß er zum Ungehorsam neigt, so will ich mit diesem Stab über ihn kommen.' Und er hob den Stab, um seinen Sohn damit zu schlagen; doch er traf den Butterkrug, der ihm zu Häupten hing, und zerbrach ihn. Da fielen die Scherben auf ihn herunter, und die Butter floß ihm auf den Kopf und auf die Kleider und auf den Bart. So ward er zu einem warnenden Beispiel.'

*

‚Deshalb, o König, geziemt es dem Menschen nicht, von etwas zu reden, ehe es eingetreten ist.' Der König erwiderte ihm: ‚Du hast recht mit dem, was du gesagt hast. Du bist ein trefflicher Wesir, da du die Wahrheit sprichst und zum Guten rätst. Du stehst in so hohem Ansehen bei mir, wie du dir nur wünschen kannst, und du sollst immerdar mein Wohlgefallen finden.' Da warf sich Schimâs nieder vor Gott und vor dem König und wünschte ihm Dauer des Gedeihens, indem er sprach: ‚Allah lasse deine Tage lange währen und erhöhe deine Macht! Wisse, ich verberge dir nichts, weder im geheimen noch öffentlich; dein Wohlgefallen ist mein Wohlgefallen, und dein Mißfallen ist mein Mißfallen. Ich habe keine andere

Freude als deine Freude; ich kann nicht schlafen, wenn du mir zürnst, denn Allah der Erhabene hat mir alles Gute durch deine Huld gewährt. Deshalb bitte ich Allah den Erhabenen, daß Er dich durch Seine Engel behüte und dir schönen Lohn zuteil werden lasse, wenn du vor Sein Angesicht trittst.' Der König freute sich über diese Worte, und Schimâs erhob sich und verließ ihn.

Nach einer Weile gebar die Gemahlin des Königs ein Knäblein; und die Freudenboten eilten zum Herrscher und brachten ihm die frohe Nachricht von dem Knaben. Dessen freute sich der König über die Maßen, und er dankte Gott von ganzem Herzen, indem er sprach: ,Preis sei Allah, der mir einen Sohn geschenkt hat, nachdem ich schon die Hoffnung aufgegeben hatte; denn Er ist gnadenreich und barmherzig gegen seine Diener!' Dann ließ der König an alle Völker seines Reiches Briefe schreiben, um ihnen die Kunde mitzuteilen und sie in seine Hauptstadt zu entbieten. Da kamen zu ihm die Emire und die Häuptlinge, die Gelehrten und die Großen des Reiches, die ihm untertan waren.

Sehen wir nun, was der König für seinen Sohn tat! Er ließ die Freudentrommeln um der Geburt des Knaben willen in allen seinen Landen schlagen; und so strömte denn das Volk von allen Seiten herbei; da waren auch die Männer der Wissenschaften, die Philosophen, die Literaten und die Weisen, und alle zogen zum König, und er machte einem jeden ein Geschenk nach dessen Rang. Dann gab er den sieben Großwesiren, deren Oberhaupt Schimâs war, ein Zeichen, sie sollten, ein jeder nach dem Maße seiner Weisheit, über das reden, was ihm damals am Herzen lag. Da begann ihr Oberhaupt, der Wesir Schimâs, und bat den König um Erlaubnis zu reden; nachdem jener sie ihm gegeben hatte, hub er an: ,Preis sei Allah, der uns aus dem Nichtsein ins Dasein rief und der Seinen

Dienern gnädiglich Könige gibt, die Recht und Gerechtigkeit walten lassen in der Herrschaft, mit der Er sie bekleidet hat, und rechtschaffen handeln in dem, was Er ihren Händen zur Versorgung ihrer Untertanen zugewiesen hat; besonders aber unseren König, durch den Er die Toten unseres Landes wieder zum Leben auferweckt hat mit dem, was Er uns an Güte spendete, und durch dessen Wohlergehen Er uns ein behagliches Leben und Ruhe und Gerechtigkeit beschert hat! Welcher König handelt wohl je so an seinem Volke, wie dieser König an uns gehandelt hat, indem er unsere Bedürfnisse erfüllte, uns gab, was uns zukam, einem jeden wider den andern sein Recht verschaffte, uns nie außer Augen ließ, und abschaffte, was uns bedrückte? Es ist wahrlich eine Gnade Allahs gegen die Menschen, wenn ihr König eifrig ihre Geschäfte leitet und sie gegen ihre Feinde schützt; denn es ist ja das höchste Ziel des Feindes, seinen Feind zu unterdrücken und in seiner Hand zu halten. Viele Menschen bringen ihre Söhne als Diener zu den Königen, und sie nehmen bei ihnen die Stellen von Knechten ein, um die Feinde von ihnen fernzuhalten. Bei uns aber hat in den Tagen dieses unseres Königs kein Feind den Boden unseres Landes betreten; so groß ist sein Segen, so überreich sein Glück, das niemand schildern kann, da es alle Beschreibung übersteigt. Du, o König, bist würdig dieses reichen Segens, und wir stehen unter deinem Schutz und im Schatten deiner Schwingen; möge Allah dir den schönsten Lohn verleihen und dein Leben von langer Dauer sein lassen! Wir haben schon früher eifrig zu Allah dem Erhabenen gefleht, Er möchte uns gnädiglich erhören und dich uns erhalten und dir einen trefflichen Sohn schenken, der deinen Augen Kühlung bringt. Nun hat Allah, der Gepriesene und Erhabene, sich unser angenommen und unser Gebet erhört.' – –«

20

Da bemerkte Schehrezâd, daß der Morgen begann, und sie hielt in der verstatteten Rede an. Doch als die *Neunhundertunddritte Nacht* anbrach, fuhr sie also fort: »Es ist mir berichtet worden, o glücklicher König, daß der Wesir Schimâs zum König sprach: ‚Allah der Erhabene hat sich unser angenommen und unser Gebet erhört; er hat uns schnellen Trost gebracht, wie er ihn einmal den Fischen im Wasserteich brachte.‘ Der König fragte: ‚Was ist das für eine Geschichte mit den Fischen? Wie war das?‘ Da sprach Schimâs: ‚Vernimm, o König,

DIE GESCHICHTE VON DEN FISCHEN
UND DEM KREBS

Irgendwo war einmal ein Wasserteich, in dem einige Fische lebten, und es begab sich, daß in jenem Teiche das Wasser abnahm und allmählich versiegte; da blieb den Fischen kaum noch genug Wasser zum Leben, und sie waren dem Tode nahe. Nun sprachen sie: ‚Was soll aus uns werden? Was können wir ersinnen, und wen können wir um Rat fragen, auf daß wir gerettet werden?‘ Einer von ihnen, der unter ihnen der weiseste und älteste war, hub an: ‚Uns bleibt kein anderes Mittel übrig, uns zu retten, als daß wir zu Allah flehen. Wir wollen aber auch den Krebs um seine Meinung fragen; denn er ist der Größte unter uns. Wohlan denn, auf zu ihm, wir wollen sehen, wie sein Rat lautet! Er hat doch mehr Einsicht in das wahre Wesen der Dinge als wir.‘ Die anderen billigten diesen Vorschlag und zogen allesamt zum Krebse; den fanden sie ruhig in seinem Loche liegen, ohne daß er eine Kunde oder Nachricht von dem erhalten hatte, was sie bedrängte. Sie grüßten ihn und sprachen zu ihm: ‚O unser Herr, geht dir unsere Sache nicht zu Herzen, da du doch unser Herrscher und Oberhaupt bist?‘ Der Krebs antwortete und sprach zu ihnen: ‚Auch mit

euch sei Friede! Was habt ihr, und was wollt ihr?' Da erzählten sie ihm ihre Geschichte und berichteten ihm, in welche
Not sie durch das Schwinden des Wassers geraten seien, und
daß ihnen der Untergang drohte, wenn das Wasser ganz austrocknen würde; und sie fügten hinzu: ‚Deshalb kommen wir
zu dir und harren deines Rates und dessen, wodurch wir
gerettet werden können; denn du bist unser Meister und der
Klügste unter uns.' Darauf senkte der Krebs sein Haupt eine
Weile zu Boden; dann sprach er: ‚Ohne Zweifel fehlt es euch
an Verstand, da ihr an der Barmherzigkeit Allahs des Erhabenen verzagt und daran, daß Er für die Notdurft aller seiner
Geschöpfe sorgt. Wißt ihr denn nicht, daß Allah, der Gepriesene und Erhabene, Seine Diener versorgt, ohne zu rechnen,
daß Er ihnen ihr täglich Brot vorausbestimmte, ehe Er noch
irgendeines der Dinge schuf, und daß Er einem jeden Geschöpf
in Seiner göttlichen Allmacht eine bestimmte Lebenszeit und
einen zugemessenen Unterhalt festsetzte? Wie sollten wir uns
da mit der Sorge um irgend etwas beladen, das in Seiner geheimen Absicht vorherbestimmt ist? Also ist es mein Rat, daß
ihr nichts Besseres tun könnt, als Gott den Erhabenen anzuflehen. Es geziemt sich, daß ein jeder von uns sein Gewissen
vor dem Herrn reinigt, insgeheim und öffentlich, und daß er
zu Allah betet, uns zu erretten und aus unseren Drangsalen zu
befreien. Allah der Erhabene läßt die Hoffnung derer nicht
zuschanden werden, die auf Ihn vertrauen, und weist das Flehen derer nicht ab, die sich mit ihren Gebeten an Ihn wenden.
Wenn wir einen rechtschaffenen Wandel führen, so wird es
uns gut ergehen, und lauter Glück und Segen wird uns zuteil
werden. Und wenn der Winter kommt und unser Land vermöge des Gebetes eines Gerechten unter uns überschwemmt
wird, so wird Der das Gute nicht wieder einreißen, der es er-

baut hat. Also noch einmal, ich rate, daß wir uns gedulden und dessen harren, was Allah mit uns tun will. Kommt der Tod zu uns nach seiner Gewohnheit, so werden wir Ruhe haben; geschieht etwas, das uns zur Flucht zwingt, so flüchten wir und ziehen aus unserem Lande dort hin, wo Gott will.' Darauf erwiderten die Fische allesamt wie aus einem Munde: ‚Du hast recht, unser Herr, Allah lohne es dir mir Gutem an unserer Statt!' Dann kehrte ein jeder von ihnen an seine Stätte zurück, und kaum waren einige Tage vergangen, da sandte Allah ihnen einen heftigen Regen, so daß der Teich noch voller wurde, als er es zuvor gewesen war.'

*

‚So ist es auch uns ergangen, o König; wir hatten schon die Hoffnung aufgegeben, daß du einen Sohn haben würdest. Jetzt aber, da Gott uns und dir diesen gesegneten Knaben gnädiglich geschenkt hat, beten wir zu Allah dem Erhabenen, daß Er ihn wirklich zu einem gesegneten Kinde machen möge, daß Er deine Augen durch ihn kühle und dir in ihm einen würdigen Nachfolger gebe, durch den uns der gleiche Segen beschert wird wie durch dich; denn Allah der Erhabene läßt den nicht zuschanden werden, der Ihn sucht, und niemanden geziemt es, daß er seine Hoffnung auf die Barmherzigkeit Gottes fahren lasse.'

Darauf erhob sich der zweite Wesir und sprach den Friedensgruß vor dem König; der antwortete ihm und sprach: ‚Auch mit euch sei Friede!' Und nun hub jener Wesir an: ‚Fürwahr, der König verdient nur dann den Namen eines Königs, wenn er Gaben verteilt, in Gerechtigkeit herrscht, gütig ist und vor seinen Untertanen einen schönen Wandel führt, indem er die Satzungen und Vorschriften, die unter den Menschen gelten, aufrecht erhält, dem einen wider den anderen sein Recht ver-

schafft, ihr Blut nicht vergießt und Schaden von ihnen abwehrt. Es gehört auch zu seinen Eigenschaften, daß er die Armen
unter ihnen nicht vergißt und den Höchsten und Niedrigsten
hilft und einem jeden gibt, was ihm gebührt, so daß alle den
Segen des Himmels auf ihn herabflehen und seinem Befehle
gehorchen. So kann es nicht ausbleiben, daß ein König, der
diese Tugenden besitzt, von den Untertanen geliebt wird und
in dieser Welt irdischen Ruhm gewinnt, in jener aber Ehre
und Gunst bei ihrem Schöpfer. Und wir, die wir als deine
Diener versammelt sind, bezeugen dir, o König, daß alles, was
wir aufgezählt haben, in dir vorhanden ist; wie es heißt: Das
beste der Dinge ist es, daß der König eines Volkes gerecht sei,
daß sein Arzt geschickt und sein Wesir erfahren sei und nach
seinem Wissen handle. Wir erfreuen uns jetzt dieses Glückes,
nachdem wir früher schon die Hoffnung aufgegeben hatten,
daß dir noch ein Sohn beschert würde, der dein Reich erben
sollte. Allah jedoch, dessen Name glorreich ist, hat deine Hoffnung nicht zuschanden werden lassen, sondern Er hat deine
Bitte erhört, dieweil du Ihm so schön vertraut und deine Sache
Ihm anheimgestellt hast. Ein treffliches Hoffen war dein
Hoffen! Dir ist es ergangen wie dem Raben mit der Schlange.'
,Wie war das', fragte der König, ,und was ist das für eine Geschichte mit dem Raben und der Schlange?' Und der Wesir
fuhr fort: ,Vernimm, o König,

DIE GESCHICHTE VON DEM RABEN
UND DER SCHLANGE

Einst wohnte ein Rabe auf einem Baume mit seinem Weibchen, und sie führten dort das schönste Leben, bis ihre Brutzeit kam; das war in den Tagen des Hochsommers, und da
kroch eine Schlange aus ihrem Loch hervor, klomm jenen

Baum hinauf und schlängelte sich von Ast zu Ast, bis sie das Rabennest erreichte. In ihm rollte sie sich zusammen und blieb die Sommertage hindurch liegen, so daß der Rabe daraus vertrieben ward und nun keine Gelegenheit und keine Stätte mehr fand, wo er ruhen konnte. Als aber die Tage der Hitze vergangen waren, kehrte die Schlange in ihr Loch zurück; und der Rabe sprach zu seinem Weibchen: ‚Laß uns Allah dem Erhabenen danken, daß Er uns von dieser Viper befreit und errettet hat, wenn uns auch in diesem Jahre das Leben verkümmert wurde. Allah der Erhabene wird unsere Hoffnung nicht zuschanden machen, und Ihm wollen wir Dank sagen, daß Er uns gnädiglich Schutz und Gesundheit des Leibes gewährt hat. Nur auf Ihn können wir vertrauen, und wenn es Sein Wille ist und wir das nächste Jahr noch erleben, so wird Er uns andere Nachkommenschaft geben.‘ Als nun im nächsten Jahre ihre Brutzeit kam, kroch die Schlange wieder aus ihrem Loch hervor und auf den Baum hinauf. Doch als sie sich um einen der Äste ringelte, um zu dem Rabenneste zu gelangen wie zuvor, stürzte plötzlich eine Weihe auf sie herab, schlug ihr die Krallen in den Kopf und zerriß ihn; da fiel die Schlange ohnmächtig zu Boden, und die Ameisen kamen über sie und fraßen sie auf. Nun konnte der Rabe mit seinem Weibchen in Sicherheit und Ruhe leben, und sie brüteten viele Junge aus und dankten Allah für ihre Rettung und für die Jungen, die ihnen geschenkt wurden.‘

*

‚Uns nun, o König, geziemt es, Allah für das zu danken, was Er dir und uns durch dies gesegnete und glückverheißende Kind gewährt hat, nachdem wir schon verzagt und alle Hoffnung aufgegeben hatten. Möge Er dir schönen Lohn im Jenseits und einen guten Ausgang deiner Sache geben!‘ – – –«

Da bemerkte Schehrezâd, daß der Morgen begann, und sie hielt in der verstatteten Rede an. Doch als die *Neunhundertundvierte Nacht* anbrach, fuhr sie also fort: »Es ist mir berichtet worden, o glücklicher König, daß der zweite Wesir, als er seine Rede beschloß, sie mit diesen Worten beendete: ‚Möge Allah dir schönen Lohn im Jenseits und einen guten Ausgang deiner Sache geben!‘

Darauf erhob sich der dritte Wesir und sprach: ‚Freue dich, o gerechter König, des Guten, das dir hier gegeben ward, und des künftigen Lohnes, der deiner harrt! Denn wen das Volk der Erde liebt, den liebt auch das Volk des Himmels; und Allah der Erhabene hat die Liebe zu deinem Teil gemacht und hat sie in die Herzen der Untertanen deines Reichs gelegt. Deshalb sei Ihm von uns und von dir Lob und Dank dargebracht, auf daß in dir Seine Gnade gegen dich und gegen uns sich mehre! Wisse, o König, der Mensch vermag nichts ohne den Befehl Allahs des Erhabenen; denn Er ist der Spender, und alles Gute, das einem Geschöpf zuteil wird, ist in Ihm beschlossen. Er verteilt an Seine Knechte die Gaben, wie es Ihm beliebt; den einen spendet Er Gaben in Fülle, und die anderen läßt Er sich mühen, daß sie ihr täglich Brot verdienen. Die einen macht Er zu Hauptleuten, die anderen macht Er zu Menschen, die der Welt entsagen und nur nach Ihm streben; denn Er ist es, der da sprach: ‚Ich bin es, der Schaden und Nutzen bringt. Ich mache gesund und mache krank. Ich mache reich und mache arm. Ich lasse sterben und mache lebendig. In meiner Hand liegt alles, und alles kehrt zu mir zurück.‘ Deshalb geziemt es allen Menschen, Ihm zu danken. Nun gehörst du, o König, zu den Glücklichen und Frommen, von denen es heißt: Der Glücklichste der Frommen ist der, dem Allah das Gute dieser Welt und das Gute jener Welt vereinigt hat, und der da zufrieden

26

ist mit dem, was Allah ihm zuerteilt hat, und Ihm dankt für das, was Er ihm sendet. Wer aber aufbegehrt und nach anderem verlangt, als dem, was Allah für ihn und wider ihn bestimmt hat, der gleicht dem Wildesel und dem Schakal.' Da fragte der König: ‚Was ist das für eine Geschichte mit den beiden?' Und der Wesir fuhr fort: ‚Vernimm, o König,

DIE GESCHICHTE VON DEM WILDESEL
UND DEM SCHAKAL

Ein Schakal pflegte jeden Tag von seinem Lager auszuziehen, um seine tägliche Nahrung zu suchen. Während er sich nun eines Tages in einem Gebirge befand, ging der Tag zur Rüste; und da machte er sich auf den Heimweg und vereinigte sich mit einem anderen Schakal, den er dahintraben sah. Nun begann ein jeder von beiden dem andern zu erzählen, was für Beute er gemacht hatte. Der eine von beiden sprach: ‚Ich traf neulich, als ich ganz ausgehungert war, auf einen Wildesel; drei Tage lang hatte ich nichts zu fressen gehabt, und so freute ich mich über die Beute und dankte Allah dem Erhabenen, der mich sie hatte finden lassen. Dann machte ich mich über sein Herz und fraß es; und als ich gesättigt war, kehrte ich zu meinem Lager zurück. Jetzt sind schon wieder drei Tage vergangen, ohne daß ich etwas zu fressen gefunden habe; aber trotzdem bin ich immer noch satt.' Als der andere Schakal die Geschichte hörte, beneidete er seinen Gefährten um seine Sättigung und sprach bei sich: ‚Ich muß auch unbedingt ein Wildeselherz fressen.' Darauf enthielt er sich mehrere Tage des Fressens, bis er ganz ausgezehrt und dem Tode nahe war; ohne sich zu rühren und um einen Fang zu bemühen, lag er in seiner Höhle. Während er nun so dort lag, kamen eines Tages zwei Jäger des Wegs, die dem Wilde nachspürten und gerade einen

Wildesel verfolgten; den ganzen Tag über brachten sie damit zu, daß sie seiner Spur nachjagten. Dann schoß der eine von den beiden auf ihn mit einem gegabelten Pfeil; und der traf ihn, drang ihm in die Eingeweide und blieb in seinem Herzen stecken. Gerade vor der Höhle jenes Schakals wurde der Esel getötet; und nun kamen die beiden Jäger herzu, fanden ihn tot daliegen und zogen den Pfeil, der ihn getroffen hatte, aus dem Herzen, doch nur der Pfeilschaft kam heraus, während die gegabelte Spitze im Bauche des Esels stecken blieb. Als es Abend ward, kam der Schakal aus seinem Loch heraus, stöhnend vor Schwäche und Hunger, und sah jenen Wildesel tot vor seiner Tür liegen; da freute er sich über die Maßen, und es war ihm, als müßte er vor Freude fliegen. Er rief: ‚Preis sei Allah, der mich ohne Mühe mein Ziel hat erreichen lassen! Ich wagte schon nicht mehr zu hoffen, einen Wildesel oder irgendeine andere Beute zu finden; doch jetzt hat Allah wohl diesen hier zu Fall gebracht, nachdem er ihn mir zu meinem Lager geschickt hatte.‘ Dann sprang er auf ihn, zerriß ihm den Bauch, steckte seinen Kopf hinein und wühlte mit seiner Schnauze in den Eingeweiden herum, bis er das Herz fand; da schnappte er gierig mit dem Maule und verschlang es. Kaum aber war es in seiner Kehle, so blieb die gegabelte Spitze in seinem Schlundknochen stecken, und nun konnte er es weder in den Leib hinunterschlucken noch auch zum Maule herauswürgen. Er sah den Tod vor Augen und sprach: ‚Fürwahr, es geziemt dem Geschöpfe nicht, daß er für sich mehr begehre, als was Allah ihm zuerteilt hat. Wäre ich mit dem zufrieden gewesen, was Allah mir zuwies, so wäre ich nicht in mein Verderben gerannt.‘

*

‚Deshalb, o König, gebührt es sich für den Menschen, daß er sich mit dem begnüge, was Allah ihm zuerteilt hat, und Ihm danke für Seine Güte und daß er nie die Hoffnung auf seinen Herrn fahren lasse. Sieh, o König, um deiner lauteren Absicht und deiner guten Werke willen hat Allah dir einen Sohn geschenkt, nachdem du schon die Hoffnung verloren hattest. Und nun beten wir zu Allah dem Erhabenen, daß Er ihm ein langes Leben und immerwährendes Glück schenke und ihn zu einem gesegneten Nachfolger mache, der nach dir treu deinen Bund bewahrt, wenn du dein langes Leben beschlossen hast.'

Dann erhob sich der vierte Wesir und sprach: ‚Wenn der König verständig ist und die Tore der Weisheit kennt' – –«

Da bemerkte Schehrezâd, daß der Morgen begann, und sie hielt in der verstatteten Rede an. Doch als die *Neunhundertundfünfte Nacht* anbrach, fuhr sie also fort: »Es ist mir berichtet worden, o glücklicher König, daß der vierte Wesir sich erhob und sprach: ‚Wenn der König verständig ist und die Tore der Weisheit, des Urteilens und der Staatskunst kennt, und wenn er ferner eine lautere Absicht hat und Gerechtigkeit gegen die Untertanen übt, indem er die ehrt, denen Ehre gebührt, und die auszeichnet, die der Auszeichnung wert sind, wenn er Milde mit Macht vereint, wo es notwendig ist, wenn er Herrscher und Beherrschte schützt und ihre Bürden erleichtert und ihnen Spenden verleiht, ihr Blut schont, ihre Blöße bedeckt und sein Versprechen hält – ein solcher König ist des Glückes in dieser und in jener Welt würdig; und all dies gehört zu dem, was ihn schützt und ihm hilft, seine Herrschaft zu festigen, und ihm über seine Feinde Sieg verleiht, was ihm seine Hoffnungen erfüllt und ihm zugleich die Güte Gottes mehrt, ihm für seine dankbare Gesinnung Förderung und Schutz durch Gott einträgt. Doch wenn der König das Gegenteil davon ist, so wird er immerdar von Unglück und Mißgeschick betroffen, er selbst und das Volk seines Reiches; denn dann lastet seine Härte auf Fremden und auf den eigenen Volksgenossen, und es ergeht ihm, wie es dem ungerechten König mit dem Pilgerprinzen erging.' ‚Und wie war das?' fragte der König. Da erzählte der Wesir dem König

DIE GESCHICHTE
VON DEM UNGERECHTEN KÖNIG
UND DEM PILGERPRINZEN

Vernimm, o König, einst lebte im Westlande ein König, der ungerecht herrschte, ein grausamer, tyrannischer, gewalttätiger Mann, der sich nicht darum kümmerte, seine Untertanen zu schützen, noch alle Fremden, die sein Land betraten; ja, niemand konnte sein Land betreten, ohne daß seine Zöllner ihm vier Fünftel seines Geldes abnahmen, so daß ihm nur noch ein einziges Fünftel blieb. Nun hatte aber Allah der Erhabene es gefügt, daß dieser König einen glückseligen und Gott wohlgefälligen Sohn hatte; und als der sah, daß die Dinge dieser Welt vergänglich sind, verließ er sie. Von Jugend auf zog er als Pilger hinaus, um Allah dem Erhabenen zu dienen; er schüttelte die Welt ab und alles, was in ihr ist, und ging von dannen im Gehorsam gegen Allah den Erhabenen, indem er die Steppen und die Wüsten durchwanderte und auch die Städte betrat. Eines Tages aber kam er in jene Stadt, und als er vor den Wächtern stand, ergriffen sie ihn und durchsuchten ihn; doch sie fanden an ihm nur zwei Gewänder, ein neues und ein altes. Da zogen sie ihm das neue aus und ließen ihm allein das alte, nachdem sie ihn schmählich und schändlich behandelt hatten. Er aber hub an zu klagen und rief: ‚Weh euch, ihr Bedrücker! Ich bin ein armer Pilgersmann; was könnte dies Gewand euch wohl nützen? Wenn ihr es mir nicht wiedergebt, so gehe ich zum König und verklage euch bei ihm.' Doch sie antworteten ihm und sprachen: ‚Wir haben dies auf Befehl des Königs getan; was dir gut dünkt zu tun, das magst du tun.' Der Pilger ging weiter, bis er zum Palaste des Königs kam, und wollte dort eintreten; aber die Kämmerlinge ließen ihn nicht ein, und er mußte umkehren. Nun sprach er bei sich: ‚Mir bleibt nichts anderes übrig, als daß ich auf ihn warte, bis er herauskommt, und ihm dann meine Not und mein Unglück klage.' Während er also auf das Herauskommen des Königs wartete, hörte er plötzlich, wie einer der Wachen das Nahen des Königs ankündigte. Da schlich er sich langsam heran, bis er vor dem Tore stand; und ehe er sich dessen versah, kam der König heraus. So trat ihm denn der Pilger in den Weg, wünschte ihm Heil und Sieg, berichtete ihm, was ihm von den Wächtern widerfahren war, und klagte ihm sein Leid. Auch tat er ihm kund, er sei ein Mann vom Volke Allahs und habe diese Welt von sich abgeschüttelt und sei ausgezogen, um nur das Wohlgefallen Allahs des Erhabenen zu suchen; er wandere hier auf Erden umher, und jeder Mensch, dem er begegne, tue ihm Gutes nach seinem Vermögen; in jede Stadt und in jedes Dorf ziehe er in solcher Weise ein. Und er schloß mit den Worten: ‚Als ich nun in diese Stadt kam, hoffte ich, ihre Einwohner würden an mir handeln, wie man sonst an Pilgersleuten zu handeln pflegt. Doch deine Mannen traten mir entgegen, zogen mir eines meiner Gewänder aus und versetzten mir harte Schläge. Drum nimm du dich meiner an, reich mir deine Hand und schaffe mir mein Gewand wieder; dann will ich keine einzige Stunde mehr in dieser Stadt verweilen!' Aber der ungerechte König antwortete ihm und sprach: ‚Wer hat dich angewiesen, diese Stadt zu betreten, wo du doch nicht weißt, was ihr König zu tun pflegt?' ‚Wenn ich mein Gewand erhalten habe,' erwiderte der Pilger, ‚dann tu mit mir, was du willst!' Als der grausame König diese Worte aus dem Munde des frommen Wanderers vernahm, verfinsterte sich sein Gemüt, und er rief: ‚O du Tor, wir haben dir dein Gewand nehmen lassen, auf daß du gedemütigt werdest; jetzt aber, da du ein solches Geschrei vor mir erhebst, werde ich dir das Leben nehmen lassen.' Dann befahl er, ihn in den Kerker zu werfen; und als der Pilger im Gefängnis lag, begann er zu bereuen, was er zur Antwort gegeben hatte, und er machte sich Vorwürfe, daß er sein Gewand nicht im Stich gelassen hatte, um sein Leben zu retten. Und als es Mitternacht geworden war, stand er auf und sprach ein langes Gebet, und er flehte: ‚O Gott, du bist der gerechte Richter, du kennst meine Not, du weißt, wie es um meine Sache bei diesem grausamen König steht; und ich, dein bedrückter Knecht, bitte dich, du wollest in deiner übergroßen Barmherzigkeit mich aus der Hand dieses ungerechten Königs befreien und deine Strafe über ihn kommen lassen; denn keines Tyrannen Grausamkeit bleibt dir verborgen. Wenn du daher weißt, daß er mir unrecht getan hat, so sende deine Rache noch in dieser Nacht auf ihn herab und laß deine Strafe über ihn kommen. Denn dein Walten ist gerecht, und du bist der Helfer eines jeden Betrübten, o du, dem Macht und Herrlichkeit gehören bis an das Ende der Zeiten!' Als der Kerkermeister das Gebet jenes Armen hörte, begannen ihm alle seine Glieder zu zittern; und während er in solcher Angst schwebte, flammte plötzlich ein Feuer auf in dem Palaste, in dem der König war, und verbrannte alles, was sich darin befand, bis zum Tor des Gefängnisses; und niemand entrann dem Verderben außer dem Kerkermeister und dem Pilger. So wurde der fromme Wanderer befreit und zog mit dem Kerkermeister fort; die beiden gingen ihres Weges, bis sie in eine andere Stadt kamen, während die Stadt des ungerechten Königs wegen der Grausamkeit ihres Herrschers ganz und gar niederbrannte.'

*

‚Wir aber, o glücklicher König, wir beten jeden Abend und jeden Morgen für dich, und wir danken Allah dem Erhabenen für Seine Güte, in der Er dich uns schenkte, so daß wir durch deine Gerechtigkeit und deinen frommen Wandel in Sicherheit leben können. Wir grämten uns sehr, weil dir kein Sohn beschieden war, der dein Reich erben sollte; denn wir befürchteten, es würde nach dir ein König von anderer Art als du über uns herrschen. Aber jetzt hat Gott uns Seine Güte gewährt, Er hat den Kummer von uns genommen und uns die Freude gebracht durch die Geburt dieses gesegneten Knaben; und so flehen wir zu Allah dem Erhabenen, daß Er ihn zu einem rechtschaffenen Herrscher mache und ihm Ruhm und dauerndes Glück und bleibendes Wohlergehen verleihe.'

Dann erhob sich der fünfte Wesir und sprach: ‚Gepriesen sei Allah der Allmächtige' – –«

Da bemerkte Schehrezâd, daß der Morgen begann, und sie hielt in der verstatteten Rede an. Doch als die *Neunhundertundsechste Nacht* anbrach, fuhr sie also fort: »Es ist mir berichtet worden, o glücklicher König, daß der fünfte Wesir sprach: ‚Gepriesen sei Allah der Allmächtige, der Spender aller guten Gaben und kostbaren Geschenke! Des ferneren aber sind wir gewiß, daß Allah dem gnädig ist, der Ihn lobt und seinen Glauben treulich wahrt. Und du, o glücklicher König, bist weitberühmt ob dieser erlauchten Tugenden und ob der Gerechtigkeit, und weil du deinen Untertanen ihr Recht gewährst, wie es Allah dem Erhabenen wohlgefällig ist. Deshalb hat Gott

deine Macht erhöht und deine Tage beglückt und hat dir
dies herrliche Geschenk verliehen, diesen glückseligen Knaben, nachdem du schon die Hoffnung aufgegeben hattest. Dadurch ist uns dauernde Freude zuteil geworden und Fröhlichkeit, die immer währet; denn früher waren wir in schweren
Sorgen und wachsendem Gram, weil du keinen Sohn hattest,
und wir gedachten voll Trauer deiner Gerechtigkeit und deiner
Milde, die du an uns übtest; wir fürchteten ja, Allah könne dir
den Tod senden, ohne daß du jemanden hättest, der dir folgen
und nach dir dein Reich erben könnte, so daß wir uns in unserem Rat gespalten hätten und uneins geworden wären und
es uns ergangen wäre, wie es den Raben erging.' Da fragte der
König: ,Was ist das für eine Geschichte mit den Raben?' Und
der Wesir antwortete ihm und sprach: ,Vernimm, o glücklicher König,

DIE GESCHICHTE VON DEN RABEN
UND DEM FALKEN

In einer der Steppen befand sich einst ein weites Tal, in dem
Bäche flossen und Bäume sprossen, mit Früchten behangen,
wo die Vöglein sangen zum Lobe Allahs, des Einzigen, des
Herrn der Macht, des Schöpfers von Tag und Nacht. Unter
den Vögeln dort gab es auch eine Schar von Raben, die das
schönste Leben führten. Ihr Oberster aber, der über sie herrschte,
war ein Rabe, der Milde und Güte bei ihnen walten ließ, so
daß sie unter ihm in Sicherheit und Frieden lebten; und da sie
alles, was sie anging, so gut verwalteten, vermochte keiner von
den anderen Vögeln etwas wider sie. Doch dann begab es sich,
daß ihr Häuptling aus dem Leben schied, da ihn das Geschick
ereilte, das für alle Kreatur bestimmt ist; und sie betrauerten
ihn schmerzlich. Was ihren Gram aber noch vermehrte, war

dies, daß sich unter ihnen keiner fand, der ihm glich und an seine Stelle hätte treten können. Deshalb versammelten sie sich alle und berieten miteinander, was sie tun sollten, damit einer über sie herrsche, der rechtschaffen sei. Nun wählte ein Teil von ihnen einen Raben und sagte: ,Diesem gebührt es, König über uns zu sein.' Andere jedoch widersprachen dem und wollten ihn nicht; so entstand unter ihnen Zwiespalt und Streit, und es erhob sich ein gewaltiger Kampf. Schließlich aber einigten sie sich, indem sie verabredeten, jene Nacht über zu schlafen, und dann sollte am nächsten Tage keiner in der Frühe seiner Nahrung nachgehen, sondern alle sollten bis zum hellen Morgen warten; wenn es heller Tag geworden sei, sollten sie sich an einem Orte versammeln und dann schauen, welcher Vogel höher fliegen könne als die anderen. Denn sie sprachen: ,Der ist es, der uns von Allah bestimmt ist, auf daß er bei uns zum Herrscher gewählt werde; wir wollen ihn zum König über uns machen und ihm unsere Sache anvertrauen.' Damit waren alle zufrieden, und sie schlossen einen Bund miteinander und wurden sich über diesen Bund einig. Während sie das taten, stieg plötzlich ein Falke auf; und sie riefen ihm zu: ,O du Vater des Guten, wir wählen dich zum Herrscher über uns, auf daß du unsere Angelegenheiten verwaltest!' Der Falke war mit dem, was sie sagten, einverstanden, und er sprach zu ihnen: ,So Allah der Erhabene will, wird euch durch mich großes Heil widerfahren.' Nachdem sie ihn jedoch zum Herrscher über sich gemacht hatten, begann er jeden Tag, wenn er mit den Raben ausflog, einen von ihnen beiseite zu nehmen; den stieß er nieder und fraß sein Gehirn und seine Augen; während er das übrige liegen ließ. Das tat er immerfort, bis die Raben darauf achteten und dessen gewahr wurden, daß der größte Teil von ihnen vernichtet war. Als sie aber den Tod vor Augen

sahen, sprach einer zum anderen: ‚Was sollen wir tun? Nun
sind die meisten von uns dahin; und wir haben erst jetzt, da
unsere Großen vernichtet sind, dessen geachtet. Wir müssen
für unsere eigene Sicherheit sorgen.' Und am nächsten Morgen flogen sie fort von ihm und verließen ihn, indem sie sich
nach allen Richtungen zerstreuten.'

*

‚So fürchteten auch wir, daß es uns ähnlich ergehen könnte,
wenn ein König von anderer Art als du über uns herrschen
würde; aber jetzt hat Allah uns diese Huld gewährt und dein
Antlitz uns zugewandt, und jetzt sind wir des Gedeihens und
der Einigkeit und des Friedens und der Sicherheit und des
Heiles in der Heimat gewiß. Gepriesen sei Allah der Allmächtige, Ihm sei Lob und Dank und der schönste Preis! Gott segne
den König und uns, die Schar der Untertanen, Er beschere
ihm und uns das höchste Glück und gebe, daß seine Zeit voll
Segen und sein Wirken voll Erfolg sei!'

Danach erhob sich der sechste Wesir und sprach: ‚Allah gewähre dir, o König, die höchste Seligkeit in dieser Welt und
in der nächsten. Von den Alten ist uns ein Wort überliefert,
das da lautet: ‚Wer betet und fastet und den Eltern das Ihre
gibt und in seinem Walten gerecht ist, der wird seinen Herrn
schauen, und Er wird Wohlgefallen an ihm haben.' Du wurdest über uns gesetzt und warst gerecht, und dadurch war all
dein Tun gesegnet; deshalb flehen wir zu Allah dem Erhabenen, daß er dir reichen Lohn gebe und dir deine Güte vergelte.
Ich habe nun vernommen, was dieser weise Mann darüber gesagt hat, daß wir befürchteten, unser Glück zu verlieren durch
das Ableben des Königs oder durch das Auftreten eines anderen
Königs, der ihm nicht gleich wäre; und daß nach seinem Tode

36

heftiger Streit unter uns entstehen und daraus dann Unheil erwachsen könnte; und daß es uns in Anbetracht dessen geziemte, Allah den Erhabenen in aller Demut zu bitten, Er möge dem König einen glücklichen Sohn gewähren und ihn nach ihm zum Erben der Herrschaft machen. Aber schließlich ist dem Menschen der Ausgang dessen, was er auf Erden wünscht und begehrt, unbekannt, und somit geziemt es ihm nicht, seinen Herrn um etwas zu bitten, dessen Ausgang er nicht kennt; denn vielleicht ist der Schaden, der daraus entsteht, ihm näher als sein Nutzen, und in dem, was er verlangt, kann sein Verderben liegen, und ihm mag widerfahren, was dem Schlangenbeschwörer, seiner Frau, seinen Kindern und den Leuten seines Hauses widerfuhr.' – –«

Da bemerkte Schehrezâd, daß der Morgen begann, und sie hielt in der verstatteten Rede an. Doch als die *Neunhundertundsiebente Nacht* anbrach, fuhr sie also fort: »Es ist mir berichtet worden, o glücklicher König, daß der sechste Wesir zum König sprach: ,Es geziemt dem Menschen nicht, seinen Herrn um etwas zu bitten, dessen Ausgang er nicht kennt; denn vielleicht ist der Schaden, der daraus entsteht, ihm näher als sein Nutzen, und in dem, was er verlangt, kann sein Verderben liegen, und ihm mag widerfahren, was dem Schlangenbeschwörer, seinen Kindern, seiner Frau und den Leuten seines Hauses widerfuhr.' Da fragte der König: ,Was ist das für eine Geschichte mit dem Schlangenbeschwörer, seinen Kindern, seiner Frau und den Leuten seines Hauses?' Und der Wesir hub an: ,Vernimm, o König,

DIE GESCHICHTE

VON DEM SCHLANGENBESCHWÖRER

Es war einmal ein Schlangenbeschwörer, der pflegte die Schlangen abzurichten, und solches war sein Gewerbe; und er hatte einen großen Korb, in dem drei Schlangen waren, ohne daß die Leute seines Hauses etwas davon wußten. Jeden Tag pflegte er fortzugehen und mit den Schlangen in der Stadt umherzuziehen, um dadurch den Unterhalt für sich und für die Seinen zu verdienen; wenn er des Abends nach Hause kam, so legte er die Schlangen heimlich in den Korb, und am nächsten Morgen nahm er sie wieder heraus und zog mit ihnen in der Stadt umher. Das tat er eine lange Weile, wie er es gewohnt war; und die Leute seines Hauses ahnten nicht, was in dem Korbe war. Einmal aber begab es sich, als der Schlangenbeschwörer wie gewöhnlich nach Hause kam, daß seine Frau ihn fragte: ‚Was ist in diesem Korbe?‘ Er gab ihr zur Antwort: ‚Was willst du denn damit? Habt ihr nicht genug und übergenug zu essen? Sei zufrieden mit dem, was Allah dir zuerteilt hat, und frage nicht nach anderen Dingen!‘ Da schwieg die Frau; aber sie sprach bei sich selber: ‚Ich muß doch noch diesen Korb durchsuchen und erfahren, was darinnen ist.‘ Sie war fest dazu entschlossen und tat es auch ihren Kindern kund; denen schärfte sie zunächst ein, sie sollten ihren Vater nach jenem Korbe fragen und sollten ihn mit Fragen bedrängen, daß er es ihnen sagte. Den Kindern aber schwebte der Gedanke vor, in dem Korbe wäre etwas zu essen, und sie begannen ihren Vater tagtäglich zu bitten, er möchte ihnen zeigen, was darin sei. Der Vater wies sie in freundlicher Weise ab und verbot ihnen solches Fragen. Nun verging wiederum eine Zeit, während derer die Kinder so hingehalten wurden, ihre Mutter sie aber immer von neuem anreizte. Schließlich verabredeten sie mit ihr, sie wollten hinfort bei ihrem Vater keine Speise mehr kosten und keinen Trank mehr trinken, bis er ihnen ihre Bitte gewähre und ihnen den Korb öffne. Nachdem dies geschehen war, kam eines Abends der Schlangenbeschwörer heim mit einer großen Menge von Speise und Trank; er setzte sich nieder und rief sie, auf daß sie mit ihm äßen; sie aber weigerten sich, zu ihm zu kommen, und zeigten, daß sie ihm zürnten. Da begann er sie mit schönen Worten zu begütigen und sprach zu ihnen: ‚Schaut her und sagt, was ihr wünscht, damit ich es euch bringe, sei es Speise oder Trank oder Kleidung!‘ ‚O unser Vater,‘ erwiderten sie ihm, ‚wir wünschen nichts von dir, als daß du diesen Korb öffnest, damit wir sehen, was darinnen ist; sonst töten wir uns selbst.‘ Doch der Vater fuhr fort: ‚Meine Söhne, nichts Gutes für euch ist darin; wenn er geöffnet wird, so ist es nur euer Schade!‘ Da wurden sie noch zorniger; und als er das sah, begann er sie einzuschüchtern und mit Schlägen zu bedrohen, wenn sie nicht von diesem Vorhaben abständen. Dennoch wurden sie immer zorniger und bestanden immer dringender auf ihrer Forderung. Wie sie das taten, ergrimmte er wider sie und ergriff einen Stock, um sie damit zu schlagen; sie aber flohen vor ihm ins Haus hinein. Der Korb nun stand da, ohne daß der Schlangenbeschwörer ihn irgendwo versteckt hätte; deshalb ließ die Frau ihren Mann sich mit den Kindern beschäftigen und öffnete rasch den Korb, um zu sehen, was darin war. Siehe, da kamen die Schlangen aus dem Korb heraus, und sie bissen zuerst die Frau tot, dann eilten sie im Hause umher und töteten groß und klein, mit Ausnahme des Beschwörers; der verließ das Haus und ging fort.‘

*

‚Wenn du also dies beachtest, o glücklicher König, so wirst du erkennen, daß es einem Menschen nicht zukommt, etwas zu begehren, was Allah der Erhabene nicht will; nein, er soll sich zufrieden geben mit dem, was Gott ihm nach Seinem Willen bestimmt hat. Schau, o König, um deines reichen Wissens und deiner trefflichen Einsicht willen hat Allah deinem Auge Trost verliehen dadurch, daß dir ein Sohn geboren ward, nachdem du schon die Hoffnung aufgegeben hattest; und er hat dein Herz erfreut. Darum flehen wir zu Gott dem Erhabenen, daß er ihn zu einem der gerechten Herrscher mache, die vor Allah dem Erhabenen und den Untertanen wohlgefällig wandeln.'

Dann erhob sich der siebente Wesir und sprach: ‚O König, siehe, ich weiß und kenne die Wahrheit dessen, was meine Brüder gesagt haben, diese gelehrten und in Weisheit bewährten Minister, ja, alles dessen, was sie in deiner Gegenwart gesprochen haben, o König, und was sie rühmend verkündet haben von deiner Gerechtigkeit und deinem schönen Wandel, wodurch du dich von allen anderen Königen unterscheidest, weshalb sie dir vor ihnen den Vorzug gaben. Das ist ja auch nur eine unserer Pflichten gegen dich, o König. Und ich sage: Preis sei Allah, der dir Seine Huld gewährte und dir in Seiner Gnade die Wohlfahrt des Reiches bescherte! Er hat dir und uns geholfen, so daß wir Ihn um so mehr preisen, und all das nur um deinetwillen. Solange du unter uns weilst, fürchten wir kein Unrecht und erwarten keine Grausamkeit, und niemand vermag uns in unserer Schwachheit zu vergewaltigen. Es heißt doch: Das Beste für die Untertanen ist es, wenn ein gerechter König über sie herrscht, das größte Übel für sie aber ist ein grausamer König. Und ferner heißt es: Lieber unter reißenden Löwen wohnen als einem grausamen Sultan fronen! Deshalb: Preis sei Allah ewiglich dafür, daß Er uns mit dir begnadet und dir diesen gesegneten Sohn geschenkt hat, nachdem du in deinem hohen Alter schon die Hoffnung aufgegeben hattest; denn die herrlichste der Gaben in dieser Welt ist ein rechtschaffener Sohn! Und es heißt: Wer keinen Sohn hat, der hat kein Lebensziel und hinterläßt kein Andenken. Dir aber ist wegen deiner wahrhaften Gerechtigkeit und wegen deines schönen Vertrauens auf Allah den Erhabenen dieser glückliche Sohn geschenkt; ja, dieser gesegnete Knabe ist als eine Gabe von Gott dem Erhabenen zu dir und zu uns gekommen um deines schönen Wandels und deiner trefflichen Geduld willen. Darin ist es dir ergangen, wie es der Spinne und dem Winde erging.' Der König fragte: ,Was ist denn das für eine Geschichte von der Spinne und dem Winde?' – –«

Da bemerkte Schehrezâd, daß der Morgen begann, und sie hielt in der verstatteten Rede an. Doch als die *Neunhundertundachte Nacht* anbrach, fuhr sie also fort: »Es ist mir berichtet worden, o glücklicher König, daß jener König den Wesir fragte: ,Was ist denn das für eine Geschichte von der Spinne und dem Winde?' Dann fuhr der Wesir fort: ,Vernimm, o König,

DIE GESCHICHTE VON DER SPINNE
UND DEM WINDE

Eine Spinne hatte sich einst an ein hohes Tor gehängt, das abseits stand, und sie spann ihr Gewebe und wohnte dort in Frieden. Sie pflegte Allah dem Allmächtigen zu danken, der ihr diese Stätte bereitet und sie vor der Gefahr durch feindliche Kriechtiere gesichert hatte. So lebte sie eine lange Weile dahin, indem sie immerdar Gott dankte für ihr ruhiges Leben und die ständige Gabe ihres täglichen Brotes. Doch da prüfte

ihr Schöpfer sie und trieb sie fort, um ihre Dankbarkeit und
Geduld zu erkennen. Er schickte ihr nämlich einen heftigen
Ostwind[1], und der trug sie mit ihrem Gewebe fort und warf
sie ins Meer; dann aber brachten die Wogen sie wieder ans
Land. Da pries sie Allah den Erhabenen ob ihrer Rettung;
doch sie schalt den Wind, indem sie sprach: ,O Wind, warum hast du mir dies angetan? Welcher Vorteil ist dir daraus
erwachsen, daß du mich von meiner Stätte hierher geweht
hast? Ich lebte doch sicher und ruhig in meinem Hause dort
oben an dem Tore!' Der Wind aber antwortete ihr: ,Hör auf
zu schelten, ich werde dich zurücktragen und wieder an deine
Stätte bringen, wo du früher warst!'[1] Da wartete die Spinne
geduldig in der Hoffnung, sie würde an ihre Stätte heimkehren, bis der Nordwind, der sie nicht zurückbringen konnte, zu
wehen abließ und der Südwind sich erhob; der wehte an ihr
vorüber, hob sie auf und flog mit ihr in der Richtung ihrer
Wohnstätte davon. Und als sie dort vorüberkam, erkannte sie
die Stätte und hängte sich wieder daran.'

*

,So beten auch wir zu Gott, der den König für sein stand-
haftes Ausharren in seiner Einsamkeit belohnt und ihm diesen
Knaben geschenkt hat, nachdem er in seinem hohen Alter die
Hoffnung schon aufgegeben hatte, zu Ihm, der ihn nicht eher
aus dieser Welt fortnehmen wollte, als bis Er ihm seinen Augentrost gewährte und ihm Königtum und Herrschaft verlieh

1. So im arabischen Text; nach dem Folgenden wäre hier besser ,Nord-
wind' zu lesen. – 2. Nach der Breslauer Ausgabe (VIII, Seite 49–50)
macht der Wind die Spinne darauf aufmerksam, daß irdisches Glück
keinen Bestand hat und daß Gott die Geduld seiner Geschöpfe auf die
Probe stellt, und die Spinne gibt ihm darin recht.

und sich seiner Untertanen erbarmte und ihnen seine Huld zuteil werden ließ.'

Da sprach der König: ‚Preis sei Allah über allem Preise, und Lob sei Ihm über allem Lob! Es gibt keinen Gott außer Ihm, dem Schöpfer aller Dinge, dessen herrliche Allmacht wir an dem Lichte Seiner Zeichen erkennen und der Königtum und Herrschaft in Seinem Lande dem unter Seinen Knechten verleiht, wem Er will! Er wählt unter ihnen aus, wen Er will, auf daß Er ihn zu Seinem Statthalter mache und zu Seinem Sachwalter über Seine Geschöpfe, und befiehlt ihm, Recht und Gerechtigkeit unter ihnen zu pflegen, die göttlichen Satzungen und die Überlieferungen aufrecht zu erhalten, das Rechte zu tun und ihre Angelegenheiten getreulich zu verwalten, so wie es Ihm und ihnen lieb ist. Wer unter ihnen tut, was Gott befohlen hat, der erreicht sein Ziel und gehorcht dem Befehl seines Herrn; und Er schützt ihn vor den Schrecken dieser Welt und gibt ihm schönen Lohn im Jenseits; denn Er läßt den Lohn der Rechtschaffenen nicht verloren gehen.[1] Wer unter ihnen aber anders handelt, als Allah befohlen hat, begeht eine schwere Sünde und widersetzt sich seinem Herrn, indem er sein Diesseits über sein Jenseits stellt; der wird in dieser Welt nicht ob edler Eigenschaften gepriesen und hat an jener Welt keinen Anteil. Wohl gewährt Allah einen Aufschub den Missetätern und Ungerechten, aber Er vergißt keinen von Seinen Knechten. Diese unsere Wesire haben dargelegt, wie Allah uns wegen unserer Gerechtigkeit gegen sie und unseres guten Waltens über sie uns und sie mit Seiner Huld begnadet hat, dieweil wir Ihm den gebührenden Dank für Seine überreiche Güte darbringen. Ein jeder von ihnen hat ausgesprochen, was Gott ihm darüber eingegeben hat, und sie haben Allah dem

1. Koran, Sure 9, 121; 11, 117; 12, 90.

43

Erhabenen Lob und Preis überschwenglich dargebracht um Seiner Huld und Gnade willen. Und auch ich preise Gott; denn ich bin nur ein Knecht unter Befehl; mein Herz ist in Seiner Hand, und meine Zunge ist Ihm untertan, ich bin zufrieden mit dem, was Er mir und ihnen bestimmt, mag kommen, was da will. Jeder von ihnen sagte, was ihm in den Sinn kam betreffs dieses Knaben; sie haben verkündet, welch neue Gnade uns zuteil wurde, als ich in meinem Alter bereits die Grenze erreicht hatte, da die Verzweiflung die Oberhand gewinnt und die Zuversicht schwach wird. Preis sei Allah, der uns vor der Enttäuschung bewahrt hat und vor einer Reihenfolge von Herrschern, die da gewesen wäre wie die Folge der Nacht auf den Tag! Das war gewißlich eine große Gnade für sie und für uns; so preisen wir denn Allah den Erhabenen, der uns diesen Knaben schenkte, indem Er schnelle Erhörung brachte, und ihn an hoher Stelle zum Erben der Kalifenwürde machte. Und nun erflehen wir von Seiner Güte und Milde, daß Er ihn glücklich mache in all seiner Tätigkeit und zu frommen Werken bereit, damit er ein König und Sultan werde, der über seine Untertanen in Recht und Gerechtigkeit gebietet und sie vor dem Elend der Gewalttätigkeit behütet in Seiner Huld und Güte und Hochherzigkeit.' Als der König seine Rede beendet hatte, erhoben sich die Weisen und Gelehrten und warfen sich dann vor Allah nieder und dankten dem König und küßten ihm die Hände; darauf begab sich ein jeder von ihnen nach seinem Hause. Nun zog sich der König in seinen Palast zurück; dort schaute er das Kind an, segnete es und gab ihm den Namen Wird Chân. Als der Knabe sein zwölftes Jahr erreicht hatte, beschloß der König, ihn in den Wissenschaften unterrichten zu lassen; so ließ er ihm inmitten der Stadt einen Palast erbauen, und darin ließ er dreihundertundsechzig Zim-

mer herrichten. Dann brachte er den Knaben dorthin und bestimmte für ihn drei von den Weisen und Gelehrten, denen er
befohlen hatte, sie sollten Tag und Nacht auf seine Unterweisung bedacht sein; in jedem Zimmer sollten sie einen Tag mit
ihm sitzen und mit Eifer darüber wachen, daß keine Wissenschaft übrig bliebe, in der sie ihn nicht unterrichteten, auf daß
er in allen Wissenschaften erfahren werde; auch sollten sie an
die Tür eines jeden Zimmers schreiben, welchen von den
Zweigen der Gelehrsamkeit sie ihn darin lehrten, und alle sieben Tage sollten sie ihm selber berichten, was der Prinz an
Wissen erworben hatte. Darauf begaben sich die Gelehrten zu
dem Knaben und waren Tag und Nacht auf seine Unterweisung
bedacht, indem sie ihm nichts vorenthielten von allem, was sie
wußten. Alsbald zeigten sich in dem Knaben ein so scharfer
Verstand und eine so treffliche Begabung, das Wissen aufzunehmen, wie sie sich noch nie in jemand gezeigt hatten. Seine
Lehrer aber erstatteten in jeder Woche dem König Bericht
über das, was sein Sohn gelernt und begriffen hatte, und so
gewann auch der König dadurch treffliches Wissen und reiche
Bildung. Und die Gelehrten sagten: ‚Wir haben noch nie jemand gesehen, der so reich mit Verstand begabt wäre wie dieser Knabe. Allah segne dich in ihm und gebe dir Freude an seinem Leben!‘ Als nun der Knabe sein zwölftes Lebensjahr vollendet hatte, wußte er schon das Beste von allen Wissenschaften und übertraf alle Gelehrten und Weisen, die zu seiner Zeit
lebten. Da brachten die Gelehrten ihn zum König, seinem
Vater, und sprachen zu ihm: ‚Allah tröste deine Augen, o
König, durch diesen glücklichen Jüngling! Wir bringen ihn
dir, nachdem er jede Wissenschaft gelernt hat; ja, keiner der
Gelehrten und Weisen unserer Zeit vereinigt so viel Wissen in
sich wie er.‘ Darüber freute sich der König gar sehr, und er

pries Allah den Erhabenen noch lauter, indem er sich niederwarf vor Ihm, dem Allgewaltigen und Glorreichen; und er
sprach: ‚Lob sei Allah für Seine zahllosen Gnaden!' Dann rief
er den Wesir Schimâs und sprach zu ihm: ‚Wisse, Schimâs,
die Gelehrten sind zu mir gekommen und haben mir berichtet,
daß dieser mein Sohn jede Wissenschaft erlernt hat und daß es
keine von allen Wissenschaften mehr gibt, in der sie ihn nicht
unterrichtet hätten, so daß er darin alle Früheren übertrifft.
Was sagst du, o Schimâs?' Da warf der Wesir sich nieder vor
Allah, dem Allgewaltigen und Glorreichen, und küßte dem
König die Hand. Dann sagte er: ‚Auch wenn der Rubin im
härtesten Felsen ruht, so kann er nichts anderes tun als Licht aus-
strahlen gleich einer Leuchte. Dieser dein Sohn ist ein Edelstein;
seine Jugend hindert ihn nicht daran, ein Weiser zu sein, – Preis
sei Allah für das, was Er ihm verliehen hat! Morgen werde ich,
so Allah der Erhabene will, ihn fragen und prüfen über das,
was er weiß, in einer Versammlung der vornehmsten Gelehrten und Emire, die ich für ihn berufen möchte.' – –«

Da bemerkte Schehrezâd, daß der Morgen begann, und sie
hielt in der verstatteten Rede an. Doch als die *Neunhundertund-
neunte Nacht* anbrach, fuhr sie also fort: »Es ist mir berichtet
worden, o glücklicher König, daß König Dschali'âd, als er die
Worte seines Wesirs Schimâs vernommen hatte, Befehl gab,
es sollten die scharfsinnigsten Gelehrten und die klügsten
Männer der Wissenschaft und die erfahrensten Meister sich
am nächsten Tage im Königsschlosse einfinden; und da kamen sie alle. Nachdem sie sich beim Tor des Königs versammelt hatten, befahl er, sie einzulassen. Darauf trat der Wesir
Schimâs vor und küßte dem Prinzen die Hände; doch der
warf sich vor Schimâs nieder. Da sprach der Wesir: ‚Es geziemt nicht dem jungen Löwen, daß er sich vor einem der

46

Tiere des Feldes niederwerfe; noch auch gebührt es sich, daß Licht und Finsternis miteinander wetteifern.' Der Prinz erwiderte: ,Wenn der junge Löwe den Wesir des Königs erblickt, so wirft er sich vor ihm nieder.' Darauf hub Schimâs an: ,Sage mir, was ist das Ewige, das Absolute? Welches sind seine beiden Erscheinungsformen? Und welche von diesen beiden ist die dauernde?' Darauf gab der Knabe zur Antwort: ,Das Ewige, das Absolute ist Allah, der Allgewaltige und Glorreiche; denn Er ist der erste ohne Anfang und der letzte ohne Ende. Was seine beiden Erscheinungsformen betrifft, so sind das diese Welt und das Jenseits, und die dauernde dieser beiden Wesenheiten ist die künftige Seligkeit.' ,Du hast recht mit deiner Antwort, und ich nehme sie von dir an; aber ich möchte noch, daß du mir kundtuest, woher du weißt, daß die eine der beiden Erscheinungsformen diese Welt, die andere das Jenseits ist.' ,Daher, daß diese Welt erschaffen wurde aus dem Nichtsein; deshalb ist ihr Ursprung auf die erste Erscheinungsform zurückzuführen, aber sie ist ein Etwas, das schnell vergeht und das Vergeltung für die Handlungen verlangt, und daraus ergibt sich die Notwendigkeit der Neuschöpfung des Vergänglichen, und zwar im Jenseits, der zweiten Erscheinungsform.' ,Du hast recht mit deiner Antwort, und ich nehme sie von dir an; aber ferner möchte ich, daß du mir kundtuest, woher du weißt, daß die künftige Seligkeit die dauernde der beiden Daseinsformen ist.' ,Ich weiß es daher, daß sie die Stätte der Vergeltung ist für die Taten dieser Welt, von dem Ewigen, Unvergänglichen dazu bestellt.' ,Sag mir weiter, welche Leute auf Erden sind am meisten zu preisen wegen ihres Tuns?' ,Die, so ihr Jenseits ihrem Diesseits vorziehen.' ,Und wer ist es, der sein Jenseits seinem Diesseits vorzieht?' ,Der, so da weiß, daß er an einer endlichen Stätte wohnt und nur geschaffen wurde, um dahinzugehen, und daß er zur Rechenschaft gezogen wird, wenn er dahingegangen ist, und daß, auch wenn jemand ewig in dieser Welt leben könnte, er sie doch nicht dem Jenseits vorziehen würde.' ‚Nun tu mir kund, kann das Jenseits ohne das Diesseits bestehen?' ‚Wer kein Diesseits hat, kann auch kein Jenseits haben. Ich vergleiche nun diese Welt und ihre Bewohner und die Stätte, zu der sie wandern, mit den Bewohnern jener Dörfer, für die ihr Emir ein enges Haus gebaut hat, in das er sie hineinführt; er hat ihnen befohlen, eine bestimmte Arbeit zu leisten, hat jedem von ihnen eine Frist bestimmt und einen Aufseher darüber gesetzt. Wer von ihnen die ihm befohlene Aufgabe vollbracht hat, den führt der Aufseher aus jener Enge heraus. Wer aber nicht tut, was ihm befohlen ward, und die ihm gesetzte Frist verstreichen läßt, der wird bestraft. Während sie aber in dem Hause weilen, sickert plötzlich vor ihren Augen aus den Ritzen des Hauses etwas Honig; und wenn sie von diesem Honig gegessen und seinen süßen Geschmack gekostet haben, werden sie lässig in der Arbeit, die ihnen aufgetragen ward, und werfen sie hinter ihren Rücken. Und dann ertragen sie geduldig die Enge und Not, in der sie leben, obwohl sie jene Strafe kennen, der sie entgegengehen, und begnügen sich mit jener dürftigen Süße. Der Aufseher aber holt einen jeden, sobald dessen Zeit gekommen ist, aus jenem Hause heraus. Wir wissen also, daß diese Welt eine Stätte ist, in der die Blicke verwirrt werden, und daß für ihre Bewohner die Fristen festgesetzt sind; und wer die geringe Süße, die in der Welt ist, findet und sich durch sie verlocken läßt, der gehört zu den Verlorenen, dieweil er die Dinge seines Diesseits seinem Jenseits vorzieht; wer aber das Glück seines Jenseits seinem Diesseits vorzieht und sich nicht um jene armselige Süßigkeit kümmert, der gehört zu

48

denen, die gerettet werden. ‚Ich habe vernommen, was du von den Dingen dieser und jener Welt gesagt hast, und ich nehme es von dir an. Nun meine ich aber, daß die beiden als Herren über den Menschen Macht haben, und daß er nicht umhin kann, beide zusammen zufrieden zu stellen, obgleich sie einander widersprechen. Wenn jedoch der Mensch sich daranmacht, seinen Lebensunterhalt zu suchen, so ist das ein Schaden für seine Seele in jener Welt; und wenn er sich dem Jenseits zuwendet, so ist das ein Schaden für seinen Leib. Also hat er keine Möglichkeit, die beiden Gegensätze zugleich zu befriedigen.‘ ‚Siehe, wer seinen Lebensunterhalt in dieser Welt gewinnt, hat an ihm eine Stärkung für das Jenseits. Ich vergleiche die Dinge dieser und jener Welt mit zwei Königen, einem gerechten und einem ungerechten.

DIE GESCHICHTE
VON DEN ZWEI KÖNIGEN

Das Land des ungerechten Königs war reich an Bäumen und Früchten und Kräutern; und doch ließ jener Herrscher keinen Kaufmann dort, dem er nicht sein Geld und seine Waren raubte. Die Kaufleute ertrugen das in Geduld, weil die Fruchtbarkeit jenes Landes ihnen Lebensunterhalt bot. Was aber den gerechten König betrifft, so entsandte er einen Mann von dem Volke seines Landes, indem er ihm viel Geld gab und ihm befahl, sich damit zum Lande des ungerechten Königs zu begeben, um dort Juwelen zu kaufen. Da machte jener Mann sich auf mit dem Gelde, und als er in dem anderen Lande ankam, ward dem König gesagt: ‚Siehe, in dein Land ist ein Kaufmann gekommen, der viel Geld bei sich trägt; dafür will er hier Juwelen kaufen.‘ Alsbald sandte er zu ihm und ließ ihn vor sich kommen; dann fragte er ihn: ‚Wer bist du? Woher

49

kommst du? Wer hat dich in mein Land gebracht? Und was ist dein Begehr?' Der Kaufmann gab ihm zur Antwort: ‚Ich bin aus dem Lande Soundso, und der König jenes Landes hat mir Geld gegeben und mir befohlen, ihm dafür Juwelen aus diesem Lande zu kaufen; ich habe seinem Befehle gehorcht und bin hierher gekommen.' Da rief der König: ‚Wehe dir! Weißt du nicht, wie ich an dem Volke meines Landes handle, wie ich ihnen jeden Tag ihr Geld abnehme? Wie kannst du da mit deinem Gelde zu mir kommen? Und siehe, du weilst schon seit dannunddann in meinem Lande!' Der Kaufmann erwiderte: ‚Wisse, von dem Gelde gehört mir gar nichts; es ist ein Pfand in meinen Händen, bis ich es dem übergebe, dem es zukommt.' Aber der König sprach: ‚Ich werde nicht zulassen, daß du deinen Lebensunterhalt aus meinem Lande entnimmst, es sei denn, daß du dich mit diesem ganzen Gelde loskaufst!' – –«

Da bemerkte Schehrezâd, daß der Morgen begann, und sie hielt in der verstatteten Rede an. Doch als die *Neunhundertund-zehnte Nacht* anbrach, fuhr sie also fort: »Es ist mir berichtet worden, o glücklicher König, daß der ungerechte König zu dem Kaufmanne, der in seinem Lande Juwelen kaufen wollte, sprach: ‚Es ist nicht möglich, daß du aus meinem Lande deinen Lebensunterhalt entnimmst, es sei denn, daß du dich mit diesem Gelde loskaufst; sonst mußt du sterben.' Da sagte sich der Mann: ‚Ich bin zwischen zwei Könige geraten! Ich weiß, daß die Ungerechtigkeit dieses Königs alle trifft, die in seinem Lande weilen; und wenn ich ihn nicht zufrieden stelle, so ist das mein Verderben, und auch das Geld geht verloren, ganz sicher, und ich kann meinen Auftrag nicht ausrichten. Gebe ich ihm aber alles Geld, so gerate ich in Not bei dem König, dem es gehört; daran ist auch kein Zweifel. Mir bleibt also kein anderer Ausweg, als daß ich dem da von diesem Gelde einen kleinen Teil gebe und ihn so befriedige, um von mir selber das Verderben abzuwenden und dies Geld vor dem Verlust zu bewahren. Dann kann ich von dem Überflusse dieses Landes meine Nahrung gewinnen, bis ich so viele Juwelen gekauft habe, wie ich brauche. So stelle ich den König zufrieden durch das, was ich ihm gebe, so gewinne ich meinen Anteil an diesem seinem Lande, und so kann ich zu dem Besitzer des Geldes gehen, nachdem ich seinen Auftrag erfüllt habe; und ich erhoffe von seiner Gerechtigkeit und Nachsicht, daß ich bei ihm keine Strafe zu fürchten habe, weil dieser König mir Geld abgenommen hat, zumal, wenn es nur wenig ist.' Darauf wünschte er dem König Glück und Segen und sprach zu ihm: ,O König, ich möchte mich und dies Geld mit einem kleinen Teile davon loskaufen für die Zeit von meinem Einzug in dein Land bis dahin, wann ich es wieder verlasse.' Der König nahm das von ihm an und ließ ihn ein Jahr lang seiner Wege gehen; nun kaufte der Mann für all sein anderes Geld Juwelen und kehrte dann zu seinem Herrn zurück.

Der gerechte König ist ein Gleichnis des Jenseits, und die Juwelen, die im Lande des ungerechten Königs waren, sind ein Gleichnis für die schönen Taten und guten Werke. Der Mann, dem das Geld anvertraut ward, gleicht dem, der dem Irdischen nachgeht; das Geld, das er bei sich hatte, ist ein Abbild des menschlichen Lebens. Wenn du dies erwägst, so weißt du, daß es dem, der den Lebensunterhalt in dieser Welt sucht, geziemt, keinen Tag verstreichen zu lassen, ohne auch nach dem Jenseits zu trachten. So leistet er der Welt Genüge durch das, was er von dem Überfluß der Erde erwirbt, und er leistet dem Jenseits Genüge durch das, was er im Streben nach ihm von seinem Leben aufwendet.'

*

Schimâs aber fuhr fort: ‚Nun sage mir, sind Leib und Seele gleichermaßen beteiligt an Lohn und Strafe, oder trifft die Strafe nur den, der im Banne der Lüste steht und der die Sünden begeht?‘ Und der Knabe erwiderte: ‚Die Neigung zu Lüsten und Sünden kann der Anlaß von Belohnung sein, wenn die Seele sich ihrer enthält und sie bereut; doch in der Hand dessen, der da tut, was er will, liegt der Entscheid, und die Dinge werden unterschieden durch ihre Gegensätzlichkeit. So ist der Lebensunterhalt unumgänglich notwendig für den Leib; aber es gibt keinen Leib ohne Seele, und die Reinheit der Seele besteht in der Lauterkeit der Absicht in Dingen dieser Welt und in der Hinkehr zu dem, was in jener Welt von Nutzen ist. Die beiden, Leib und Seele, sind wie zwei Pferde, die im Wettlauf eilen, oder wie zwei Milchbrüder, die miteinander die Mutterbrust teilen, oder wie zwei Männer, die ein Geschäft gemeinsam betreiben; und durch die Beziehung auf die Absicht muß in der Gesamtheit das Einzelne unterschieden bleiben. So sind denn Leib und Seele Teilhaber in den Handlungen und in Lohn und Strafe; darin gleichen sie dem Blinden und dem Krüppel.

DIE GESCHICHTE VON DEM BLINDEN
UND DEM KRÜPPEL

Die beiden nahm ein Mann, der einen Garten besaß, mit sich und führte sie in seinen Garten, indem er ihnen befahl, in ihm nichts zu verderben noch auch etwas zu tun, was ihm schaden könnte. Als aber die Früchte des Gartens reif waren, sagte der Krüppel zum Blinden: ‚Heda, ich sehe reife Früchte, und mich gelüstet nach ihnen; aber ich kann mich nicht zu ihnen erheben, um von ihnen zu essen. Drum steh du auf, denn du hast zwei gesunde Beine, und hole uns von ihnen etwas zum Essen!‘

Doch der Blinde erwiderte: ‚Weh dir, jetzt lässest du mich an sie denken; vorher wußte ich nichts von ihnen. Aber ich kann nicht zu ihnen gelangen, da ich sie nicht sehen kann! Was sollen wir nun tun, damit wir sie erreichen?‘ Während sie so miteinander redeten, kam zu ihnen der Aufseher des Gartens, der ein kluger Mann war, und der Krüppel sagte zu ihm: ‚Heda, du Aufseher, mich gelüstet es nach etwas von diesen Früchten; aber ich bin verkrüppelt, wie du siehst, und mein Freund dort ist blind und kann nicht sehen. Was sollen wir nun tun?‘ Der Aufseher sprach zu ihnen: ‚Weh euch, wißt ihr nicht mehr, was ihr dem Besitzer des Gartens versprochen habt, nämlich, daß ihr euch in nichts einmischen wollt, woraus dem Garten Schaden erwachsen könne? Also laßt ab und tut es nicht!‘ Doch die beiden bestanden darauf: ‚Wir müssen notwendig unseren Anteil an diesen Früchten haben, den wir essen können; drum sage uns ein Mittel, das du weißt!‘ Wie die beiden nun nicht von ihrer Absicht ließen, sprach er zu ihnen: ‚Das Mittel dazu wäre, daß der Blinde sich aufmacht und dich, o Krüppel, auf seinen Rücken nimmt und nahe an den Baum heranträgt, dessen Früchte dir gefallen; und dann, wenn er dich zu ihm gebracht, magst du so viele Früchte pflücken, wie du erreichen kannst.‘ Da machte der Blinde sich auf und nahm den Krüppel auf seinen Rücken, während dieser ihn auf den Weg leitete, bis er ihn nahe an einen Baum herangetragen hatte; dort begann der Krüppel nach Herzenslust zu pflücken. Und sie hörten mit ihrem Tun nicht eher auf, als bis sie alle Bäume im Garten völlig geplündert hatten. Plötzlich aber kam der Herr des Gartens und rief sie an: ‚Wehe euch beiden! Was habt ihr da getan? Hab ich euch nicht versprechen lassen, daß ihr diesen Garten nicht beschädigen wollt?‘ Sie gaben ihm zur Antwort: ‚Du weißt, daß wir nicht imstande sind, irgend etwas zu tun, da einer von uns ein Krüppel ist, der sich nicht aufrichten kann, und der andere ein Blinder, der nicht sieht, was vor ihm ist. Was ist denn unsere Schuld?' Doch der Herr des Gartens fuhr fort: ,Meint ihr beide denn, ich wüßte nicht, wie ihr es gemacht habt, meinen Garten zu verwüsten? Mich deucht, daß du, o Blinder, dich aufgemacht und den Krüppel auf deinen Rücken genommen hast, und daß er dir den Weg zeigte, bis du ihn zu den Bäumen brachtest.' Darauf nahm er die beiden, bestrafte sie schwer und jagte sie zum Garten hinaus. Der Blinde ist ein Gleichnis für den Leib, da der nur durch die Seele zu sehen vermag; und der Krüppel gleicht der Seele, die sich nur durch den Leib zu bewegen vermag. Der Garten aber ist ein Gleichnis der Werke, für die der Mensch seine Vergeltung empfängt; und der Aufseher ist die Vernunft, die das Gute gebietet und das Böse verbietet. Daher haben Leib und Seele gleichermaßen Anteil an Lohn und Strafe.'

*

Darauf sagte Schimâs: ,Du hast recht gesprochen, und ich nehme diese deine Rede an. Nun tu mir kund, welcher von den Gelehrten ist deines Erachtens am höchsten zu preisen?' Der Knabe erwiderte: ,Wer in der Kenntnis Gottes gelehrt ist und wem sein Wissen nützt.' ,Und wer ist das?' ,Wer nach dem Wohlgefallen seines Herrn strebt und Seinen Zorn meidet.' ,Und wer von ihnen ist der Trefflichste?' ,Wer das beste Wissen von Gott hat.' ,Und wer ist von ihnen der Erfahrenste?' ,Wer im Handeln gemäß seiner Erkenntnis am beharrlichsten ist.' ,Sage mir, wer von ihnen das lauterste Herz hat!' ,Wer sich am besten für den Tod vorbereitet und den Herrn am meisten preist, aber am wenigsten hofft. Denn wer seine Seele von den Nöten des Todes durchdringen läßt, ist wie einer, der in einen klaren Spiegel schaut: er erkennt die Wahrheit, und der Spiegel nimmt immer noch zu an Klarheit und Glanz.' ‚Welche Schätze sind die besten?' ‚Die Schätze des Himmels.' ‚Welcher von den Schätzen des Himmels ist der beste?' ‚Die Verherrlichung und der Lobpreis Gottes.' ‚Und welcher von den Schätzen der Erde ist der trefflichste?' ‚Die Übung der Güte.' – –«

Da bemerkte Schehrezâd, daß der Morgen begann, und sie hielt in der verstatteten Rede an. Doch als die *Neunhundertundelfte Nacht* anbrach, fuhr sie also fort: »Es ist mir berichtet worden, o glücklicher König, daß der Prinz, als der Wesir Schimâs ihn fragte, welcher von den Schätzen der Erde der trefflichste sei, zur Antwort gab: ‚Die Übung der Güte.' Dann fuhr der Wesir fort: ‚Du hast recht gesprochen, und ich nehme diese deine Rede an. Nun gib mir Auskunft über drei verschiedene Dinge, über Wissen, Urteil und Verstand, sowie über das, was sie verbindet.' ‚Das Wissen entsteht aus dem Lernen, das Urteil aus der Erfahrung, der Verstand aus dem Nachdenken, und alle drei sind in der Vernunft fest gegründet und vereint. Der nun, in dem diese drei Eigenschaften vereinigt sind, ist vollkommen, und wenn er hierzu noch die Gottesfurcht hinzutut, so erreicht er das rechte Ziel.' ‚Du hast recht gesprochen, und ich nehme dies von dir an. Nun aber tu mir weiter kund, können dem wissenden Gelehrten, dem Manne des rechten Urteils, der leuchtenden Erkenntnis und des überragenden, die Klarheit in sich tragenden Verstandes – können dem Lust und Begierde diese erwähnten Eigenschaften trüben?' ‚Wenn diese beiden Leidenschaften in den Menschen eindringen, so trüben sie sein Wissen, seine Einsicht, sein Urteil und seinen Verstand. Dann ist er wie der Adler, der Raubvogel, der in seiner Furcht vor den Jägern aus übergroßer Klugheit in den Lüften schwebt und plötzlich, während er dort oben weilt, einen Vogelsteller sieht, der sein Netz aufgeschlagen hat; wenn der Mann nun das Netz fest aufgestellt und ein Stück Fleisch hineingelegt hat, so erblickt der Adler den Köder, und Lust und Begierde kommen über ihn, so daß er vergißt, was er früher gesehen hat von Fallen und von dem üblen Schicksal aller Vögel, die hineingeraten sind; und dann stößt er hernieder aus dem Luftraum, stürzt sich auf das Stück Fleisch und verstrickt sich im Netz. Wenn der Vogelsteller kommt, sieht er den Adler in seinem Netz und verwundert sich gar sehr und spricht: ,Ich habe doch mein Netz aufgestellt, damit Tauben oder ähnliche kleine Vögel hineinfallen sollen; wie ist nun dieser Adler hineingeraten?' Es wird aber auch gesagt: Wenn Lust und Begierde einen verständigen Mann zu etwas reizen, so erwägt er den Ausgang dieser Sache mit seinem Verstande und achtet nicht auf das, wodurch jene sie ihm schön erscheinen lassen, sondern er bezwingt Lust und Begierde durch seinen Verstand. Denn wenn diese beiden Leidenschaften ihn zu etwas verlocken wollen, so geziemt es sich, daß er seinen Verstand zu einem Reitersmanne mache, der in der Reitkunst erfahren ist und der, wenn er ein wildes Pferd besteigt, es fest im Zaume hält, so daß es gehorsam ihn trägt, wohin er will. Wer aber töricht ist, weder Wissen noch Urteil hat, so daß ihm alle Dinge dunkel sind und Lust und Begierde ihn beherrschen, der handelt nach diesen Leidenschaften und gehört zu den Verlorenen; und unter den Menschen gibt es keinen, dem es schlimmer erginge als ihm.' ,Du hast recht mit dem, was du gesagt hast, und ich nehme es von dir an. Nun sage mir weiter, wann das Wissen sich nützlich erweist und der Verstand das Unheil der Lust und Begierde weichen heißt!' ,Wenn ihr Besitzer sie im Streben nach dem Jenseit verwendet; denn Verstand und Wissen sind zwar allzeit nützlich, aber es geziemt ihrem Besitzer nicht, daß

56

er sie im Streben nach irdischen Dingen verwendet, es sei denn in dem Maße, daß er durch sie seine irdische Nahrung gewinnt und das Übel der Welt von sich abwehrt; im übrigen soll er sich ihrer nur im Wirken für das Jenseits bedienen.' ,Nun tu mir kund, was verdient es am meisten, daß der Mensch sich ihm widme und sein Herz daran hänge?' ,Die guten Werke.' ,Wenn der Mensch das tut, so lenkt es ihn ab vom Erwerb des täglichen Brotes; was soll er also für seinen Lebensunterhalt tun, den er doch nicht entbehren kann?' ,Sein Tag hat vierundzwanzig Stunden, und es geziemt ihm, daß er einen Teil davon auf die Suche nach seinem Lebensunterhalt verwende, einen anderen Teil auf Rast und Ruhe und den übrigen Teil auf das Streben nach Wissen. Denn wenn der vernunftbegabte Mensch kein Wissen hat, so gleicht er nur einem dürren Lande, das keine Stätte hat, an der man pflügen, Bäume setzen oder Gras säen kann. Wird es nicht für den Pflug und die Bepflanzung gerüstet, so trägt es keine gute Frucht; wird es aber zum Pflügen und Bepflanzen bereit gemacht, so bringt es schöne Früchte hervor. So steht es auch mit dem Menschen ohne Wissen; er ist so lange nutzlos, bis Kenntnisse in ihn hineingepflanzt werden; sind diese aber in ihn gepflanzt, so trägt er Frucht.' ,Nun sprich mir von dem Wissen ohne Verstand; wie steht es darum?' ,Das ist wie das Wissen eines Tieres, das die Stunden kennt, in denen es gefüttert und getränkt wird und aufwacht, aber keine Vernunft besitzt.' ,Du hast mir hierauf eine kurze Antwort erteilt; doch ich nehme diese Rede von dir an. Sage mir, wie soll ich mich vor dem Sultan hüten?' ,Gib ihm keine Gelegenheit wider dich!' ,Wie wäre ich imstande, ihm keine Gelegenheit wider mich zu geben, da er doch als Herr über mich gesetzt ist und die Zügel meiner Sache in seinen Händen hält?' ,Seine Herrschaft über dich besteht in den

Rechten, die er an dich hat. Wenn du ihm also gibst, was sein ist, so hat er keine Macht mehr über dich.' ,Welches Recht hat der König an seinem Wesir?' ,Der soll ihm guten Rat geben, ihm eifrig dienen im Verborgenen und in der Öffentlichkeit, rechtes Urteil fällen und sein Geheimnis behüten; ferner soll er ihm nichts von dem verbergen, was ihm zu wissen gebührt, er soll in der Ausführung der Angelegenheiten, mit denen sein Herr ihn betraut hat, es an nichts fehlen lassen; auf jede Weise soll er sein Wohlgefallen suchen und seinen Zorn gegen ihn vermeiden.' ,Sage mir weiter, wie soll der Wesir es mit dem König halten?' ,Wenn du Wesir des Königs bist und vor ihm sicher sein willst, so soll dein Hören auf ihn und deine Rede vor ihm alles übertreffen, was er von dir erwartet; dein Anliegen an ihn sei nach Maßgabe deiner Stellung bei ihm; hüte dich davor, dir selbst eine Stellung anzumaßen, deren er dich nicht würdig erachtet, denn das würde an dir eine Vermessenheit wider ihn sein! Wenn du aber seine Milde ausnutzest und dich zu einer Stellung erhebst, deren er dich nicht für wert hält, so gleichst du dem Jäger, der wilde Tiere fing, um ihnen ihre Felle abzuziehen, deren er bedurfte, und dann ihr Fleisch fortwarf. Nun pflegte ein Löwe zu jener Stätte zu kommen, um von dem Aas zu fressen; und nachdem er oft dorthin gekommen war, ward er mit dem Jäger vertraut und befreundet. Dann kam der Jäger ihm entgegen, warf ihm das Fleisch hin und streichelte ihm mit der Hand den Rücken, während der Löwe mit dem Schweife wedelte. Wie nun der Jäger sah, daß der Löwe zahm und vertraut mit ihm und unterwürfig gegen ihn war, sprach er bei sich selber: ,Dieser Löwe ist mir untertan, und ich bin sein Herr. Und jetzt will ich nichts anderes tun, als mich auf ihn setzen und ihm dann die Haut abziehen wie den anderen Tieren.' So faßte er sich denn Mut, sprang dem Löwen auf den Rücken und wollte sich an ihn machen. Doch als der Löwe sah, was der Jäger begann, ergrimmte er gewaltig; und alsbald erhob er seine Pranke und schlug nach dem Jäger, so daß jenem die Krallen in die Eingeweide drangen. Dann warf er ihn unter seine Füße und zerriß ihn in Stücke. Hieraus kannst du erkennen, daß es dem Wesir geziemt, sich dem König gegenüber so zu verhalten, wie der seine Stellung ansieht, und sich nicht gegen ihn zu überheben, weil er sich selber höher einschätzt, auf daß der König ihm nicht zürne.' – –«

Da bemerkte Schehrezâd, daß der Morgen begann, und sie hielt in der verstatteten Rede an. Doch als die *Neunhundertund- zwölfte Nacht* anbrach, fuhr sie also fort: »Es ist mir berichtet worden, o glücklicher König, daß der Knabe, der Sohn des Königs Dschali'âd, zum Wesir Schimâs sprach: ,Dem Wesir geziemt es, sich dem König gegenüber so zu verhalten, wie der seine Stellung ansieht, und sich nicht gegen ihn zu über- heben, weil er sich selbst höher einschätzt, auf daß der König ihm nicht zürne.' Dann fragte Schimâs weiter: ,Sage mir, wie soll sich der Wesir vor dem König angenehm machen?' Und der Knabe erwiderte: ,Er soll das Vertrauensamt, das der Kö- nig ihm übertragen hat, erfüllen durch guten Rat, rechtes Urteil und Ausführung seiner Befehle.' ,Was du da sagst von der Pflicht des Wesirs gegen den König, daß er seinen Zorn meide und tue, was sein Wohlgefallen findet, und für das sorgt, was jener ihm aufträgt, so ist das etwas, das an sich notwendig ist. Doch sage mir, was soll er tun, wenn der König immer nur an Ungerechtigkeit und am Begehren von tyrannischer Ge- walttat sein Gefallen findet? Was soll der Wesir tun, wenn er durch das Zusammensein mit einem solchen ungerechten Herr- scher geplagt wird? Wenn er ihn von seiner Lust und Begierde und seiner Laune abbringen will, so vermag er es nicht zu tun;

wenn er aber seinen Lüsten nachgibt und seine Laune gutheißt, so lädt er die Last der Verantwortung auf sich und wird ein Feind der Untertanen. Was sagst du dazu?' ‚Was du, o Wesir, von der Verantwortung und der Schuld redest, das gilt nur, wenn er dem König im sündigen Wandel folgt. Aber es liegt dem Wesir doch ob, daß er dem König, wenn der sich mit ihm über solche Dinge berät, den Weg des Rechts und der Gerechtigkeit zeige, ihn vor Ungerechtigkeit und Gewalttat warne und ihm den guten Wandel unter dem Volke vorhalte, indem er den Wunsch nach dem künftigen Lohne, der darin liegt, in ihm erweckt und ihn durch die Strafe, die ihn ereilen muß, schreckt. Wenn der König ihm geneigt ist und seinen Worten sich fügt, so erreicht er sein Ziel; wenn nicht, so bleibt ihm nichts zu tun übrig, als daß er sich von ihm in freundlicher Weise trennt; denn durch die Trennung wird ihnen beiden die Ruhe zuteil.' ‚Sage mir, welches Recht hat der König an seine Untertanen, und welches Recht haben die Untertanen an den König?' ‚Was er ihnen befiehlt, das müssen sie tun in reiner Absicht, und sie müssen ihm gehorchen in dem, was ihm gefällt und Allah und Seinem Gesandten gefällt. Das Recht der Untertanen an den König ist, daß er ihr Hab und Gut schirmt und ihre Frauen schützt, wie es ihre Pflicht gegen ihn ist, daß sie auf ihn hören und ihm gehorchen, ihr Leben für ihn opfern, ihm geben, was sein ist, und ihn für die Gerechtigkeit und Güte, die er ihnen erweist, geziemend preisen.' ‚Du hast mir die Rechte des Königs und der Untertanen, nach denen ich dich gefragt habe, nunmehr klargelegt. Aber sag, gibt es für die Untertanen noch einen anderen Anspruch an den König außer dem, was du gesagt hast?' ‚Ja; das Recht des Volkes an den König ist bindender als das Recht des Königs an die Untertanen; denn der Verlust ihrer Rechte ihm gegenüber ist schädlicher als der Verlust seiner Rechte ihnen gegenüber, da das Verderben des Königs und der Untergang seines Reiches und seines Wohlstandes nur eintreten, wenn die Rechte der Untertanen verloren gehen. Wer also mit der Königswürde betraut ist, dem geziemt es, daß er sich dreier Dinge befleiße; das sind die Förderung des Glaubens, die Förderung der Untertanen und die Förderung der Staatspflege. Wenn er sich dieser drei Dinge befleißt, so ist seine Herrschaft von Dauer.' ,Tu mir kund, in welcher Weise er für die Förderung der Untertanen sorgen muß!' ,Er soll ihnen geben, was ihnen gebührt, er soll ihre Sitten und Gebräuche aufrecht erhalten, Gelehrte und Weise bestallen, um sie zu unterrichten, und ihnen Recht untereinander verschaffen; er soll ihr Blut schonen, sich ihres Besitzes enthalten, ihre Lasten erleichtern und ihre Heere stärken.' ,Welches Recht hat der Wesir an den König?' ,Der König hat gegen keinen von allen Menschen eine stärkere Verpflichtung als die, so ihm gegenüber dem Wesir obliegt, und zwar aus drei Gründen: erstlich, wegen dessen, was ihm vom König widerfährt, wenn sein Rat falsch ist, und wegen des allgemeinen Nutzens für König und Volk, wenn sein Rat richtig ist; zweitens, damit die Menschen seine hohe Stellung bei dem König erkennen und damit die Untertanen mit dem Auge der Ehrfurcht und Achtung und Demut zu ihm emporschauen; und drittens, auf daß der Wesir, wenn er dies vom König und von den Untertanen erfährt, von ihnen fernhält, was sie verabscheuen, und ihnen erfüllt, was sie lieben.' ,Ich habe nunmehr alles vernommen, was du mir über die Eigenschaften des Königs und des Wesirs und der Untertanen gesagt hast, und ich nehme es an von dir. Jetzt aber tu mir kund, was nötig ist, um die Zunge vor Lüge und Torheit, Verleumdung und Übertreibung in der Rede zu bewahren.' ,Es geziemt dem Menschen, daß er nur Gutes und Treffliches rede und nicht von dem spreche, was ihn nichts angeht, daß er sich der Verleumdung enthalte und nichts von dem, was er über einen Mann gehört hat, seinem Feinde hinterbringe; ferner soll er weder seinem Freunde noch seinem Feinde bei seinem Herrscher zu schaden suchen; auch soll er sich weder um den kümmern, von dem er Gutes erhofft, noch um den, dessen Unheil er fürchtet, sondern nur um Allah den Erhabenen; denn Er ist es, der in Wahrheit schadet und nützt. Und er soll von niemandem Schlechtes berichten noch töricht von ihm reden, damit er nicht vor Allah die Last der Sünde auf sich nehme und nicht bei den Menschen Haß ernte. Wisse, die Rede ist wie ein Pfeil; wenn der abgeschossen ist, so kann niemand ihn zurückbringen. Er hüte sich, sein Geheimnis jemandem anzuvertrauen, der es verrät, auf daß ihm aus diesem Verrat kein Schaden erwachse, nachdem er darauf vertraut hatte, daß es geheim bliebe; ja, er soll sein Geheimnis vor seinem Freunde noch mehr verbergen als vor seinem Feinde; sieh, etwas Anvertrautes vor allen anderen Menschen bei sich zu behalten, das ist die rechte Erfüllung des Vertrauens.' ,Berichte mir von dem rechten Verhalten gegenüber den Angehörigen und den Verwandten!' ,Die Menschenkinder finden nur im rechten Verhalten Ruhe; deshalb geziemt es dem Menschen, daß er den Seinen gebe, worauf sie ein Recht haben, und seinen Brüdern, was ihnen zukommt.' ,Sag also, was ist es, das er den Seinen geben soll?' ,Was er den Eltern geben soll, ist Demut, bescheidene Rede, Sanftmütigkeit, Rücksicht und Ehrfurcht. Was er aber den Brüdern geben soll, ist guter Rat, bereitwillige Hilfe durch Geld, Beistand in ihren Unternehmungen, Freude an ihrer Freude und Übersehen dessen, was sie im Irrtum gefehlt haben. Wenn sie solches durch ihn erfahren, so vergelten sie ihm mit dem besten Rat, den sie geben können, und geben ihr Leben für ihn dahin. Wenn du daher deinem Bruder vertrauen kannst, so verschwende deine Liebe an ihn und hilf ihm in allen seinen Angelegenheiten!' – –«

Da bemerkte Schehrezâd, daß der Morgen begann, und sie hielt in der verstatteten Rede an. Doch als die *Neunhundertunddreizehnte Nacht* anbrach, fuhr sie also fort: »Es ist mir berichtet worden, o glücklicher König, daß der Jüngling, der Sohn des Königs Dschali'âd, als der Wesir Schimâs die vorbenannten Fragen an ihn richtete, ihm die Antworten darauf gab. Dann fuhr der Wesir Schimâs fort: ,Ich denke, es gibt zwei Arten von Brüdern, Brüder zuverlässiger Freundschaft und Brüder der Gesellligkeit. Jenen, den Brüdern zuverlässiger Freundschaft gebührt das, was du erwähnt hast; nun möchte ich dich über die anderen fragen, die Brüder der Gesellligkeit.' ,Von den Brüdern der Gesellligkeit erfährst du Vergnügen, freundliche Behandlung, gefällige Rede und schöne Gesellligkeit; enthalte ihnen keine Freude vor, sondern gib ihnen reichlich, so wie sie dir reichlich geben; tritt ihnen entgegen, so wie sie dir entgegentreten, mit heiterem Antlitz und mit freundlichen Worten, so wird dein Leben schön sein, und deine Worte werden ihnen wohlgefallen!' ,All das haben wir nun erfahren; doch sprich mir weiter von dem Lebensunterhalt, der dem Geschöpfe vom Schöpfer bestimmt ist! Ist bei Menschen und Tieren jedem Einzelwesen Lebensunterhalt bis zu seinem Ende zuerteilt? Und wenn dem so ist, was treibt den, der seinen Unterhalt sucht, Mühen auf sich zu nehmen im Streben nach etwas, von dem er weiß, daß es, wenn es ihm vorherbestimmt ist, ihm sicher zuteil wird, auch wenn er die Mühe der Sorge nicht auf sich nimmt; und daß es, wenn es ihm nicht bestimmt ist, ihm nie zufällt, mag er sich auch noch so sehr darum be-

mühen? Soll er also von dem Bemühen ablassen, sein Vertrauen auf den Herrn setzen und Leib und Seele ruhen lassen?'
,Wohl sehen wir, es ist einem jeden sein Anteil bestimmt an den Gütern der Welt, und es ist ihm eine Lebensfrist gestellt; aber zu jedem Unterhalt gibt es Mittel und Wege. Wer da sucht, würde wohl in seinem Suchen sich ausruhen können, wenn er vom Suchen abließe; dennoch muß er immer nach dem Lebensunterhalt suchen. Nun ist aber der Suchende in zwiefacher Lage: entweder er findet das Gesuchte, oder es bleibt ihm verwehrt. Wer findet, hat eine zwiefache Freude: einmal, daß er seinen Lebensunterhalt gefunden, und zweitens, daß sein Suchen einen glücklichen Ausgang genommen hat. Und der, dem es verwehrt bleibt, hat eine dreifache Befriedigung: erstens, daß er bereit ist, sein tägliches Brot zu suchen; zweitens, daß er es vermeidet, den Leuten zur Last zu fallen; und drittens, daß er frei davon ist, Tadel zu verdienen.' ,Nun sprich mir von dem Thema, wie man den Lebensunterhalt suchen soll!' ,Der Mensch soll das für erlaubt halten, was Gott ihm erlaubt hat, und das für verboten, was Allah, der Allgewaltige und Glorreiche, ihm verboten hat.'

Nachdem die beiden bis zu diesem Punkte gelangt waren, wurde die Prüfung beendet. Schimâs und alle Gelehrten, die zugegen waren, warfen sich vor dem Jüngling nieder, indem sie ihn rühmten und priesen. Sein Vater jedoch zog ihn an seine Brust, setzte ihn dann auf den Thron der Königswürde und sprach: ,Preis sei Allah dafür, daß er mich mit einem Sohne gesegnet hat, der immerdar in meinem Leben mein Augentrost sein wird!' Darauf sprach der Jüngling zu Schimâs und zu den Gelehrten, die dort zugegen waren: ,O Wesir, der du die geistigen Dinge beherrschest, wenn Allah mir auch nur ein klein wenig von der Wissenschaft erschlossen hat, so habe ich doch deine Absicht verstanden, die darin lag, daß du die Antworten gelten ließest, die ich auf deine Fragen gab, einerlei, ob ich das Rechte traf oder mich irrte; vielleicht hast du auch von meinen Irrtümern abgesehen. Nun möchte ich dich noch etwas fragen, das meine Einsicht nicht zu erfassen, meine Verstandeskraft nicht zu erreichen und meine Zunge nicht zu beschreiben vermag, da es mir dunkel ist wie klares Wasser in einem schwarzen Gefäß. Deshalb wünsche ich von dir, daß du es mir erklärst, auf daß in Zukunft jemandem wie mir nichts davon so unklar bleibe, wie es in der Vergangenheit war; denn wie Allah das Leben durch den Samen, die Kraft durch die Nahrung und die Heilung des Kranken durch die Geschicklichkeit des Arztes entstehen läßt, so läßt er die Heilung des Unwissenden durch das Wissen des Weisen entstehen. Drum leih meinem Worte dein Ohr!' Schimâs erwiderte: ‚O du, so licht an Verstand, du Meister in Fragen der Wahrheit, dem alle Gelehrten den Vorrang zuerkannt haben, der du die Dinge so schön zergliedern und einteilen kannst und in deinen Antworten auf die Fragen, die ich an dich gerichtet, das Rechte getroffen hast, du weißt, daß du mich nach nichts fragen kannst, für dessen Deutung du nicht eine bessere Einsicht hättest und wahrere Worte fändest; denn Allah hat dir an Wissen verliehen, was er noch nie einem anderen Menschen verliehen hat. Doch tu mir diese Dinge kund, nach denen du mich fragen willst!' Da sprach der Prinz: ‚Sage mir, woraus der Schöpfer, dessen Allmacht hochherrlich ist, die Schöpfung erschaffen hat, da vorher doch nichts vorhanden war und da in dieser Welt sich nichts findet, das nicht aus etwas erschaffen ist! Der Schöpfer, der Gesegnete und Erhabene, ist wohl imstande, die Dinge aus dem Nichts zu erschaffen; aber Sein Wille hat bestimmt, daß Er trotz der Vollkommenheit Seiner Allmacht und

Größe nichts erschuf, es sei denn aus etwas.' Der Wesir Schimâs erwiderte: ‚Was die angeht, die Gefäße aus Töpferton anfertigen, und ebenso die anderen Handwerker, so können sie nur ein Ding aus einem anderen erschaffen, da sie selbst erschaffene Wesen sind. Was aber den Schöpfer betrifft, der die Welt so wunderbar kunstvoll erschuf, so mußt du, wenn du die Allmacht des Gesegneten und Erhabenen zur Erschaffung der Dinge erkennen willst, deine Gedanken auf die verschiedenen Arten des Geschaffenen ausdehnen. Dann wirst du Zeichen und Merkmale für die Vollkommenheit Seiner Allmacht finden, die zugleich beweisen, daß Er imstande ist, die Dinge aus dem Nichts zu erschaffen; ja, Er hat sie sogar aus dem absoluten Nichts ins Dasein gerufen, da die Elemente, das heißt der Stoff der Dinge, ein absolutes Nichts waren. Ich will dir dies so klarlegen, daß du nicht im Zweifel darüber sein kannst; die Wunderzeichen von Nacht und Tag werden dir das begreiflich machen. Die beiden folgen aufeinander, so daß, wenn der Tag geschwunden ist und die Nacht kommt, der Tag für uns verborgen ist und wir nicht wissen, wo er weilt; und wenn die Nacht mit ihrem Dunkel und Grauen gewichen ist, so kommt der Tag, und wir wissen nicht, wo die Nacht weilt. Wenn die Sonne über uns aufgeht, so wissen wir nicht, wo ihr Licht zusammengefaltet war; und wenn sie untergeht, so wissen wir nicht die Stätte, in die sie verschwindet. Und solcher Beispiele aus den Werken des Schöpfers, dessen Namen gewaltig und dessen Allmacht hochherrlich ist, gibt es viele, durch die selbst das Denken der Scharfsinnigen unter den Geschöpfen ratlos wird.' Der Prinz fuhr fort: ‚O Weiser, du hast mir von der Allmacht des Schöpfers das kundgetan, was sich nicht bestreiten läßt. Doch sage mir nun, wie Er Seine Schöpfung ins Dasein rief!' Schimâs gab zur Antwort: ‚Die Welt ist nur geschaffen durch Sein Wort, das vor der Zeit existierte und durch das alle Dinge geschaffen sind.' Da sagte der Prinz: ,Allah, dessen Name allgewaltig und dessen Macht hocherhaben ist, hat also die Welt ins Dasein rufen wollen, ehe sie existierte.' Und Schimâs fuhr fort: ,Und mit Seinem Willen hat Er sie durch Sein Wort erschaffen; hätte Er nicht gesprochen und das Wort offenbart, so würde die Schöpfung nicht existieren.' – –«

Da bemerkte Schehrezâd, daß der Morgen begann, und sie hielt in der verstatteten Rede an. Doch als die *Neunhundertundvierzehnte Nacht* anbrach, fuhr sie also fort: »Es ist mir berichtet worden, o glücklicher König, daß Schimâs, als der Prinz ihm die vorbenannten Fragen stellte, sie ihm beantwortete; dann fuhr er fort: ,Mein lieber Sohn, keiner der Menschen wird dir etwas anderes kundtun, als was ich gesagt habe, es sei denn, daß er die Worte, die im heiligen Gesetze überliefert sind, falsch auslegt und den Wahrheiten ihren rechten Sinn nimmt. Dazu gehört es zum Beispiel, wenn jemand sagt, daß dem Worte eine eigne Kraft innewohne – ich nehme meine Zuflucht zu Gott vor einem solchen Glauben! Nein, meine Worte in betreff Allahs, des Allgewaltigen und Glorreichen, daß er die Schöpfung durch Sein Wort erschaffen habe, bedeuten, daß der Erhabene eins ist in Seinem Wesen und Seinen Attributen und sie bedeuten nicht, daß dem Worte Allahs eine eigene Kraft innewohne. Im Gegenteil, die Kraft ist eines der Attribute Allahs, wie auch das Wort und die andren Attribute der Vollkommenheit Attribute sind für Allah, der da erhaben ist in Seiner Macht und allgewaltig in Seiner Herrscherpracht. Er ist ohne Sein Wort nicht zu denken, und Sein Wort ist nicht zu denken ohne Ihn. Allah, dessen Ruhm hochherrlich ist, erschuf durch Sein Wort Seine ganze Schöpfung, und ohne Sein Wort erschuf er nichts. Er schuf die Dinge durch Sein Wort, das die Wahrheit ist, und durch die Wahrheit sind wir erschaffen.' Da sagte der Prinz: ‚Ich verstehe, was du über den Schöpfer und die Macht Seines Wortes sagst, und ich nehme das mit Verständnis von dir an. Doch ich hörte dich sagen, daß Er die Schöpfung nur erschuf durch Sein Wort, das die Wahrheit ist. Nun ist die Wahrheit das Gegenteil des Falschen. Aber von wo aus ist die Falschheit in Erscheinung getreten, und wie konnte sie sich der Wahrheit entgegenstellen, so daß sie ihr ähnlich ward und den Geschöpfen zweifelhaft, und daß sie nun zwischen den beiden unterscheiden müssen? Und liebt der Schöpfer, der Allgewaltige und Glorreiche, die Falschheit, oder haßt Er sie? Wenn du sagst, daß Er die Wahrheit liebt und durch sie Seine Schöpfung erschaffen hat und die Falschheit haßt, woher konnte denn dies, was der Schöpfer haßt, eindringen in das, was Er liebt, das heißt in die Wahrheit?' Darauf erwiderte Schimâs: ‚Als Gott den Menschen durch die Wahrheit erschaffen hatte, war dieser nicht eher der Reue bedürftig, als bis die Falschheit in die Wahrheit eindrang, durch die er geschaffen war, und zwar infolge der Fähigkeit, die Gott in den Menschen gelegt hatte, nämlich des Willens und der Neigung, die man Gewinnsucht heißt. Nachdem also die Falschheit in die Wahrheit auf diese Weise eingedrungen war, ward das Falsche mit dem Wahren vermischt, und zwar durch den Willen des Menschen und seine Fähigkeit und die Gewinnsucht, die auf seiner freien Wahl beruhen, zugleich auch auf der Schwäche der menschlichen Natur. Daher erschuf Gott für ihn die Reue, damit sie ihn von jenem Falschen fernhalte und ihn in der Wahrheit festige; doch Er schuf auch für ihn die Strafe, wenn er im Dunkel der Falschheit beharren sollte.' Weiter fragte der Prinz: ‚Sage mir nun, weshalb ist diese Falschheit der Wahrheit entgegengetreten, so daß sie mit ihr verwechselt wurde, und wie konnte die Strafe für den Menschen nötig werden, so daß er der Reue bedurfte?' Schimâs antwortete: ,Als Gott den Menschen durch die Wahrheit erschuf, machte Er ihn so, daß er sie liebte, und es gab für ihn weder Strafe noch Reue; und er blieb so, bis Gott ihn mit der Seele versah, die zum vollkommenen Wesen des Menschen gehört, wiewohl sie von Natur auch die Neigung zu den Lüsten hat. Daraus entsprang das Aufkommen der Falschheit und ihre Vermischung mit der Wahrheit, durch die der Mensch geschaffen und die zu lieben ihm von Natur bestimmt war. Als aber der Mensch so weit gekommen war, wandte er sich im Ungehorsam von der Wahrheit ab; und wer sich von der Wahrheit abwendet, gerät nur in die Falschheit hinein.' Darauf sagte der Prinz:, So drang denn die Falschheit in die Wahrheit nur infolge des Ungehorsams und der Widersetzlichkeit?' ,So ist es,' erwiderte Schimâs, ,denn Gott liebt den Menschen, und wegen Seiner großen Liebe zu ihm schuf Er den Menschen so, daß er Seiner bedurfte, das heißt eben der Wahrheit selbst. Aber oftmals wird der Mensch lässig hierin wegen der Neigung seiner Seele zu den Lüsten; und er wendet sich dann zum Widerspruch. So fällt er durch den Ungehorsam, mit dem er sich seinem Herrn widersetzte, jener Falschheit anheim und verdient die Strafe. Aber wenn er die Falschheit von sich fernhält durch seine Reue und seine Rückkehr zur Liebe der Wahrheit, so verdient er sich den künftigen Lohn.' Und weiter sprach der Prinz: ,Erzähle mir nun von dem Ursprung der Widersetzlichkeit, da doch die ganze Menschheit so weit zurückgeführt werden kann, bis daß sie von Adam abstammt; den aber hat Gott durch die Wahrheit geschaffen. Wie konnte er da den Ungehorsam an sich ziehen, so daß seinem Ungehorsam sich die Reue verband, nachdem die Seele in ihn gelegt war, und sein Ausgang Lohn oder Strafe wurde? Wir sehen, daß einige Menschen in der Widersetzlichkeit beharren, indem sie sich dem zuneigen, was Er nicht liebt, und dem ursprünglichen Zweck ihrer Erschaffung, das heißt der Liebe zur Wahrheit, zuwiderhandeln und sich den Zorn ihres Schöpfers zuziehen. Andere aber sehen wir, wie sie in dem, was ihrem Schöpfer wohlgefällt, und in dem Gehorsam gegen Ihn beharren und sich Gnade und künftigen Lohn verdienen. Was ist der Grund für den Unterschied, der zwischen ihnen besteht?' Schimâs gab zur Antwort: ,Der Ursprung des Auftretens dieses Ungehorsams in der Menschheit ist nur bei dem Teufel zu suchen; er war zuerst der Vornehmste unter allen Engeln und Menschen und Geistern, die Allah, dessen Name hochherrlich ist, geschaffen hatte, und er war von Natur zur Liebe geschaffen, so daß er nichts anderes kannte als sie. Doch weil er hierin einzigartig war, drangen in ihn Stolz und Dünkel, Anmaßung und Überhebung wider die Treue und den Gehorsam gegen seinen Schöpfer; deshalb erniedrigte Allah ihn unter alle Geschöpfe und schloß ihn von der Liebe aus, und jener bereitete sich selber eine Stätte im Ungehorsam. Als er nun erkannte, daß Allah, dessen Name hochherrlich ist, den Ungehorsam nicht liebt, und zugleich sah, wie Adam in der Wahrheit und der Liebe und im Gehorsam gegen seinen Schöpfer beharrte, drang der Neid in ihn, und er ersann eine List, um Adam von der Wahrheit abzuwenden, auf daß der mit ihm an der Falschheit teilnähme. So erwirkte denn Adam die Strafe, weil er sich zum Ungehorsam neigte, den sein Feind ihm so schön darstellte, und sich von seiner Lust beherrschen ließ, so daß er dem Befehle seines Herrn zuwiderhandelte und die Falschheit sich erheben konnte. Als darauf der Schöpfer, dessen Preis hochherrlich ist und dessen Namen geheiligt sind, die Schwäche

70

des Menschen erkannte und sah, daß er sich rasch seinem Feinde zuneigte und die Wahrheit verließ, da schuf Er für ihn in Seiner Barmherzigkeit die Reue, auf daß er sich durch sie aus dem Abgrunde der Neigung zum Ungehorsam erhöbe und die Rüstung der Reue anlege, um durch sie seinen Feind, den Teufel und dessen Heerscharen zu überwinden und zur Wahrheit zurückzukehren, die ihm von Natur bestimmt war. Doch wie der Teufel sah, daß Allah, dessen Preis hochherrlich ist und dessen Namen geheiligt sind, ihm eine ferne Grenze festgesetzt hatte, eilte er, den Menschen zu befehden, und berannte ihn mit Listen, um ihn aus der Gunst seines Herrn zu verdrängen und ihn zum Genossen zu machen in dem Zorn, den er und seine Heerscharen verdient hatten. Deshalb gab Allah, dessen Preis hochherrlich ist, dem Menschen die Fähigkeit zur Reue und gebot ihm, an der Wahrheit festzuhalten und in ihr auszuharrem; doch Er verbot ihm den Ungehorsam und die Widersetzlichkeit und offenbarte ihm, daß er auf Erden einen Feind habe, der da Krieg führe und weder bei Tage noch bei Nacht von ihm abließe. So hat denn der Mensch ein Anrecht auf künftigen Lohn, wenn er an der Wahrheit festhält, die zu lieben seine Natur geschaffen ward; doch er zieht sich Strafe zu, wenn seine Seele über ihn herrscht und ihn den Lüsten geneigt macht.' – –«

Da bemerkte Schehrezâd, daß der Morgen begann, und sie hielt in der verstatteten Rede an. Doch als die *Neunhundertundfünfzehnte Nacht* anbrach, fuhr sie also fort: »Es ist mir berichtet worden, o glücklicher König, daß der Prinz, nachdem er an Schimâs die vorbenannten Fragen gerichtet und dieser sie ihm beantwortet hatte, des weiteren sprach: ,Sage mir, durch welche Kraft sind die Menschen fähig, sich ihrem Schöpfer zu widersetzen, da Er doch unbegrenzte Allmacht hat, wie du schon gesagt hast, und da nichts Ihn überwinden und von Seinem Willen abbringen kann? Glaubst du nicht, daß Er imstande wäre, Seine Geschöpfe von diesem Ungehorsam abzuwenden und sie dauernd bei der Liebe festzuhalten?' Schimâs antwortete: ,Sieh, Allah der Erhabene, dessen Name hochherrlich ist, übt Recht und Gerechtigkeit und Milde gegen das Volk Seiner Liebe; Er offenbarte ihnen den Weg zum Guten und schenkte ihnen die Fähigkeit und die Kraft, das Gute zu tun, das sie wollen. Wenn sie aber dem zuwiderhandeln, so verfallen sie dem Untergang und dem Ungehorsam.' ,Wenn der Schöpfer es war, der ihnen die Fähigkeit schenkte und sie deshalb imstande sind, zu tun, was sie wollen, weshalb tritt Er da nicht zwischen sie und das, was sie an Bösem begehren, so daß Er sie zur Wahrheit zurückführt?' ,Das geschieht wegen Seiner großen Barmherzigkeit und Seiner herrlichen Weisheit; denn wie Er zuvor gegen den Teufel ergrimmte und sich seiner nicht erbarmte, so gab Er einst Adam das Gnadengeschenk der Reue und hatte Wohlgefallen an ihm, nachdem Er wider ihn ergrimmt gewesen war.' ,Dies ist in der Tat die volle Wahrheit; denn Er ist es, der einem jeden nach seinem Tun vergilt, und es gibt keinen Schöpfer außer Allah, der da Macht hat über alle Dinge. Hat Allah nun erschaffen, was Er liebt und was Er nicht liebt, oder hat Er nur erschaffen, was Er liebt, und nichts anderes?' ,Er hat alle Dinge geschaffen, doch Er hat nur an dem Wohlgefallen, das Er liebt.' ,Wie steht es aber mit diesen beiden Dingen, von denen das eine vor Gott wohlgefällig ist und dem, der es übt, künftigen Lohn einträgt, während das andere Gott erzürnt und dem, der es tut, Strafe erwirkt?' ,Erkläre mir diese beiden Dinge und mache sie mir begreiflich, auf daß ich über ihr Wesen sprechen kann!' ,Die beiden sind das Gute und das Böse, die in Leib und Seele vereint sind.' ,O verständiger

Jüngling, ich sehe, du weißt, daß das Gute und das Böse zu den Werken gehören, die der Leib und die Seele begehen. Das Gute von den beiden wird gut genannt, weil es vor Gott wohlgefällig ist; und das Böse heißt das Böse, weil es das ist, worauf Gottes Zorn ruht. Es geziemt dir, daß du Gott kennst und Sein Wohlgefallen erregst durch das Tun des Guten; denn das hat Er uns geboten, doch Er hat uns verboten, das Böse zu tun.' ‚Ich sehe, daß diese beiden Dinge, das Gute und das Böse, nur von den fünf Sinnen ausgeführt werden, wie sie im Leibe des Menschen bekannt sind und wie sie das Empfindungsleben darstellen, von dem Rede, Gehör, Gesicht, Geruch und Gefühl ausgehen. Nun möchte ich, daß du mir kundtust, ob diese fünf Sinne zusammen für das Gute oder für das Böse geschaffen sind.' ‚Vernimm, o Mensch, die Erklärung dessen, nach dem du gefragt hast; sie ist ein klarer Beweis, drum bewahre sie in deinem Denken und laß sie dein Herz durchdringen! Es ist aber diese: Gott, der Gesegnete und Erhabene, schuf den Menschen durch die Wahrheit und erfüllte seine Natur mit der Liebe zu ihr, und kein erschaffenes Wesen geht aus ihr hervor, es sei denn durch die Macht des Höchsten, die sich in allem Geschehen ausprägt. Und von Ihm, dem Gesegneten und Erhabenen, kann nichts anderes ausgesagt werden, als daß Er in Gerechtigkeit und Recht und Güte richtet. Er hat den Menschen zur Liebe geschaffen und die Seele in ihn gelegt, deren Natur zu den Lüsten hinneigt, und ihm die Fähigkeit gegeben und ihm diese fünf Sinne verliehen, die ihn zum Paradies oder zur Hölle ziehen.' ‚Wie ist das?' ‚Er schuf die Zunge zum Sprechen, die Hände zum Arbeiten, die Füße zum Gehen, die Augen zum Sehen und die Ohren zum Hören; und Er verlieh einem jeden dieser fünf Sinne eine Fähigkeit und veranlaßte sie zu Tätigkeit und Bewegung, indem Er einem jeden gebot, nur das zu tun, was Ihm wohlgefällt. Was Ihm aber an der Rede wohlgefällt, ist die Wahrhaftigkeit und das Meiden ihres Gegenteils, nämlich der Lüge. Was Ihm am Auge wohlgefällt, ist der Blick auf das, was Gott liebt, und das Meiden seines Gegenteils, nämlich des Hinwendens der Blicke auf das, was Gott verabscheut, wie zum Beispiel den Blick auf die Lüste. Was Ihm am Gehör wohlgefällt, ist dies, daß es nur auf die Wahrheit horcht, wie die Ermahnung und das, was in den Schriften Allahs steht, und daß es das Gegenteil davon meidet, das heißt nicht auf solches hört, was Gottes Zorn herbeiführt. Was Ihm an den Händen wohlgefällt, ist dies, daß sie nicht bei sich behalten, was Er ihnen geschenkt hat, sondern es so ausgeben, wie es Ihm lieb ist, und daß sie das Gegenteil davon meiden, das heißt den Geiz oder die Verschwendung der Gaben Gottes in Ungehorsam. Und was Ihm an den Füßen gefällt, ist ihr Wandel im Guten, wie zum Beispiel in der Suche nach Belehrung, und das Meiden seines Gegenteils, nämlich des Wandels auf anderen Wegen als denen Gottes. Was nun die übrigen Lüste betrifft, die der Mensch übt, so entspringen sie dem Leibe auf Befehl der Seele. Und die Lust, die aus dem Leibe hervorgeht, ist von zweierlei Art: die Lust der Zeugung und die Lust des Bauches. Was Gott an der Lust zur Zeugung wohlgefällt, ist dies, daß sie sich nur an das Erlaubte hält, und es erregt Seinen Zorn, wenn sie dem Unerlaubten sich hingibt. Die Lust des Bauches besteht in Essen und Trinken; und was Gott an ihr gefällt, ist dies, daß ein jeder davon nur das nimmt, was Allah ihm gewährt hat, sei es wenig oder viel, und daß er Allah lobt und preist; was aber an ihr Gottes Zorn erregt, ist dies, daß der Mensch nimmt, was ihm Rechtens nicht zukommt. Alle anderen Ansichten hierüber sind falsch; du weißt, daß Gott alle Dinge erschaffen hat, aber nur am Guten Wohlgefallen hat, und daß Er einem jeden von den Gliedern des Leibes befohlen hat, das zu tun, was Er ihm zur Pflicht gemacht hat, denn Er ist der Allwissende, der Allweise.' ,War es Allah, dessen Macht hochherrlich ist, im voraus bekannt, daß Adam von dem Baume essen würde, den Er ihm verboten hatte, so daß mit ihm geschah, was geschehen ist, und er sich dadurch vom Gehorsam zum Ungehorsam wandte?' ,Ja, du weiser Jüngling, das war Allah dem Erhabenen im voraus bekannt, ehe er Adam erschuf; und der Beweis und das Zeichen dafür ist dies, daß Er ihn vorher warnte, von dem Baume zu essen, und ihm kundtat, er würde ein Sünder sein, wenn er davon äße; dies geschah aus Gründen der Gerechtigkeit und Billigkeit, damit Adam keine Entschuldigung hätte, um sich durch sie vor seinem Herrn rein zu waschen. Als er aber in den Abgrund der Sünde gestürzt war und Schmach und Tadel schwer auf ihm lasteten, ging das alles in der Folgezeit auf seine Nachkommen über. Deshalb schickte Allah der Erhabene die Propheten und die Gesandten und gab ihnen Schriften; und sie lehrten uns die göttlichen Gebote und erklärten uns, was darin an Ermahnungen und Vorschriften enthalten ist, ja, sie zeigten uns klar und deutlich den Weg, der zum Ziele führt, und erklärten uns, was uns zu tun geziemt und was wir unterlassen müssen. Wir aber sind Herren des freien Willens; und wer innerhalb dieser Grenzen handelt, erreicht sein Ziel und hat Gewinn; wer aber diese Grenzen überschreitet und diesen Geboten zuwiderhandelt, der ist ungehorsam und erleidet Schaden in dieser und der nächsten Welt. Dies also ist der Pfad des Guten und des Bösen. Du weißt, daß Allah mächtig ist über alle Dinge und daß Er die Triebe in uns mit Seinem Willen und Wohlgefallen geschaffen hat, indem Er uns befahl, sie nur in erlaubter Weise walten zu lassen, auf daß sie uns zum Guten dienen; denn wenn wir sie in unerlaubter Weise gebrauchen, so dienen sie uns zum Bösen. Alles Gute, was uns trifft, kommt von Allah dem Erhabenen; doch alles Böse, was uns widerfährt, stammt von uns selber, der Schar der geschaffenen Wesen, nicht von dem Schöpfer, – darüber ist Allah weit und hoch erhaben!' – –«

Da bemerkte Schehrezâd, daß der Morgen begann, und sie hielt in der verstatteten Rede an. Doch als die *Neunhundertundsechzehnte Nacht* anbrach, fuhr sie also fort: »Es ist mir berichtet worden, o glücklicher König, daß der Jüngling, der Sohn des Königs Dschali'âd, als er dem Wesir Schimâs diese Fragen vorgelegt und der sie ihm beantwortet hatte, des weiteren zu ihm sprach: ‚Deine Beschreibung dessen, was man von Allah dem Erhabenen annehmen und was man Seinen Geschöpfen zuschreiben soll, habe ich verstanden. Doch gib mir noch über eine andere Sache Bescheid, die meinen Verstand in ratloses Staunen versetzt! Denn ich wundere mich über die Menschenkinder, die so gar nicht an die künftige Welt denken und es unterlassen, von ihr zu sprechen, und nur diese Welt lieben, wiewohl sie wissen, daß sie von ihr scheiden und elend aus ihr fortziehen müssen.' ‚Ja, wahrlich; und wenn du siehst, daß sie dem Wechsel unterworfen ist und treulos an ihren Kindern handelt, so ist das ein Beweis dafür, daß dem Glücklichen sein Glück nicht dauernd hold ist und dem Unglücklichen das Unglück nicht ewig währt. Niemand in ihr ist sicher vor ihrem Wechsel, und auch wenn einer Macht über sie hat und sich in ihr zufrieden fühlt, so muß dennoch sein Zustand sich wandeln, und der Abschied von ihr muß ihm bald nahen. Deshalb kann der Mensch kein Vertrauen auf sie setzen, noch kann der Flittertand, den sie ihm bietet, ihm von wahrem Nutzen sein. Da wir aber dies wissen, so wissen wir auch, daß es dem unter den Menschen am schlechtesten ergeht, der sich von ihr täuschen läßt und das Jenseits vergißt; denn jenes Glück, das er genossen hat, wiegt nicht die Furcht und die Drangsal und die Schrecken auf, die ihm nach seinem Scheiden aus ihr zuteil werden. Und ferner wissen wir, daß der Mensch, wenn er ahnte, was ihm bevorsteht, sobald der Tod naht und ihn trennt von den Wonnen und Freuden, in denen er weilt, sicherlich die Welt mit allem, was in ihr ist, von sich werfen würde; und wir sind dessen gewiß, daß die künftige Welt besser und nützlicher für uns ist.' ‚O Weiser,' sagte darauf der Prinz, ‚jetzt ist das Dunkel gewichen, das auf meinem Herzen lag, durch das helle Licht deiner Leuchte; du hast mich auf die Wege gewiesen, die ich wandeln muß, um der Wahrheit zu folgen, und du hast mir eine Leuchte gegeben, durch deren Licht ich sehen kann.' Da erhob sich einer von den Weisen, die zugegen waren, und sprach: ‚Wenn die Frühlingszeit kommt, so muß der Hase sowohl wie der Elefant eine Weide suchen. Ich habe von euch beiden Dinge vernommen an Fragen und Erklärungen, die ich noch nie in meinem Leben gehört habe; und das veranlaßt mich dazu, euch nach etwas zu fragen. So tut mir denn kund: welche ist die beste von den Gaben dieser Welt?' Der Prinz erwiderte: ‚Die Gesundheit des Leibes, rechtmäßig Brot und ein rechtschaffener Sohn.' ‚Nun sagt mir, was ist das Größere und was das Kleinere?' ‚Das größere ist das, dem sich ein Kleineres fügt, und das Kleinere das, was sich einem Größeren fügt.' ‚Sagt mir ferner, welches sind die vier Dinge, in denen sich alle Geschöpfe gleich sind?' ‚Die Geschöpfe sind sich gleich in Speise und Trank, in der Süße des Schlafs, in der Begierde nach dem Weibe und im Todeskampf.' ‚Welches sind die drei Dinge, deren Häßlichkeit niemand beseitigen kann?' ‚Dummheit, Gemeinheit der Natur und Lüge.' ‚Welche Lüge ist die

beste, wiewohl eine jede an sich gemein ist?' ‚Die Lüge, die
den, der sie ausspricht, vor Schaden bewahrt und ihm Nutzen
einbringt.' ‚Welche Wahrheit ist häßlich, obgleich eine jede
an sich schön ist?' ‚Die selbstgefällige Eitelkeit des Menschen
auf das, was er besitzt.' ‚Und was ist das Häßlichste des Häßlichen?' ‚Wenn der Mensch auf das stolz ist, was er nicht besitzt.' ‚Welcher Mann ist der dümmste?' ‚Wer an nichts anderes denkt als an das, was er sich in den Bauch stecken kann.'

Nun aber sprach Schimâs: ‚O König, du bist unser Herrscher; doch wir wünschen, daß du das Königreich nach dir
deinem Sohne vermachst; wir sind die Diener und Untertanen.' Darauf ermahnte der König die Gelehrten und alle anderen, die zugegen waren, das im Gedächtnis zu bewahren,
was sie von ihm gehört hatten, und danach zu handeln; und er
befahl ihnen, dem Gebot seines Sohnes zu gehorchen, da er ihn
zu seinem Thronfolger nach ihm gemacht habe, auf daß er an
seines Vaters Statt über das Reich herrsche. Allem Volke seines
Reiches, den Kriegern und den Weisen, den Jungen und den
Greisen und allen übrigen Menschen nahm er einen Eid ab,
daß sie sich ihm nicht widersetzen und seinem Befehle nicht
ungehorsam sein wollten.

Als der Prinz siebenzehn Jahre alt geworden war, ward der
König von einer schweren Krankheit heimgesucht, so daß er
dem Tode nahe kam. Und da der König gewiß wußte, daß
der Tod bei ihm eingekehrt war, sprach er zu den Seinen: ‚Dies
ist die Todeskrankheit, die mich befallen hat; drum beruft
meine Anverwandten und meinen Sohn und versammelt um
mich alles Volk meines Reiches, keiner von ihnen bleibe zurück, alle sollen zugegen sein!' Da gingen sie hinaus und verkündeten es denen, die nahe waren, und ließen es denen, die
fern waren, durch eine Botschaft kundtun, bis daß alle kamen

und zum König eintraten. Darauf sprachen sie zu ihm: ‚Wie geht es dir, o König? Und was hältst du von dieser Krankheit für dich?' Der König erwiderte ihnen: ‚Diese meine Krankheit ist die, in der das Verhängnis liegt; der Pfeil des Todes hat erfüllt, was Allah der Erhabene über mich beschlossen hat; dies ist der letzte meiner Tage in dieser Welt und der erste meiner Tage in jener Welt.' Dann sprach er zu seinem Sohne: ‚Tritt nahe heran zu mir!' So trat der Jüngling denn an ihn heran, indem er so bitterlich weinte, daß seine Tränen fast das Bett überströmten; doch auch dem König traten die Zähren in die Augen, und es weinten alle, die zugegen waren. Darauf sprach der König zu seinem Sohne: ‚Weine nicht, mein Sohn; ich bin nicht der erste, dem dies Unvermeidliche widerfahren ist, nein, es muß allen zuteil werden, die Allah erschaffen hat! Fürchte Gott und tu Gutes, das dir voraneilt zu der Stätte, die das Ziel aller Geschöpfe ist! Gehorche der Lust nicht, beschäftige deine Seele damit, den Namen Gottes anzurufen, wenn du dich erhebst und wenn du dich setzest, wenn du aufwachst und wenn du einschläfst! Mache die Wahrheit zum Merkzeichen für dein Auge! Dies ist mein letztes Wort an dich; und damit Gott befohlen!' – –«

Da bemerkte Schehrezâd, daß der Morgen begann, und sie hielt in der verstatteten Rede an. Doch als die *Neunhundertundsiebenzehnte Nacht* anbrach, fuhr sie also fort: »Es ist mir berichtet worden, o glücklicher König, daß damals, als König Dschali'âd seinem Sohne diese Ermahnungen vorgehalten und ihm für die Zeit nach seinem Tode das Reich übergeben hatte, der Prinz seinem Vater antwortete: ‚Du weißt, lieber Vater, daß ich dir immer gehorsam gewesen bin, deine Ermahnungen beobachtet, deine Befehle erfüllt und nur dein Wohlgefallen erstrebt habe; denn du bist mir der beste Vater gewesen.

Wie sollte ich nach deinem Tode von dem abweichen, was dir wohlgefällig ist? Jetzt nun, nachdem du mich so trefflich hast erziehen lassen, willst du von mir gehen, und ich habe keine Macht, dich zu mir zurückzubringen. Doch wenn ich deiner Ermahnungen eingedenk bleibe, werde ich durch sie glücklich sein, und das schönste Los wird mir zuteil werden.' Der König, der schon fast in den letzten Todeszuckungen lag, sprach darauf: ,Mein lieber Sohn, halt fest an zehn Geboten, deren Erfüllung dir vor Gott in dieser und in jener Welt Segen bringen wird! Und sie lauten: ,Wenn du zornig bist, so zügle deinen Zorn; wirst du von Leid heimgesucht, so sei standhaft; wenn du redest, so sage die Wahrheit; wenn du versprichst, so erfülle; wenn du richtest, so sei gerecht; wenn du Macht hast, so vergib; sei gütig gegen deine Beamten; verzeih deinen Feinden; überhäufe deinen Gegner mit Huld; füge ihm keinen Schaden zu! Und ferner halt fest an zehn anderen Geboten, durch die Allah dir unter dem Volke deines Reiches Nutzen verleihen wird; es sind diese: Wenn du teilst, sei gerecht; wenn du strafst, sei nicht grausam; wenn du dich verpflichtest, so erfülle deine Verpflichtung; nimm guten Rat an; laß Verstocktheit fern von dir sein; schärfe den Untertanen ein, sich an die göttlichen Gesetze und die löblichen Überlieferungen zu halten; richte gerecht unter den Menschen, auf daß hoch und niedrig dich lieben, die Übermütigen und Missetäter unter ihnen dich fürchten!' Dann sprach er zu den Gelehrten und Emiren, die als Zeugen zugegen waren, als er seinen Sohn zu seinem Nachfolger in der Herrschaft einsetzte: ,Hütet euch, dem Befehle eures Königs zuwider zu handeln und den Gehorsam gegen euren Herrscher zu versäumen; denn das führt zum Untergang eures Landes, zur Trennung eurer Gemeinschaft, zum Schaden für euren Leib und zum Verlust eures Besitzes, worüber eure Feinde frohlocken würden! Seht, ihr wisset doch, was ihr mir gelobt habt, und so sei auch euer Gelöbnis diesem Jüngling gegenüber; und der Bund zwischen mir und euch walte auch zwischen euch und ihm! Drum ist es eure Pflicht, auf seinen Befehl zu hören und ihm zu gehorchen; denn darin liegt euer Wohlergehen. Haltet fest an ihm, wie ihr an mir getan habt; dann wird es gut stehen um eure Sache, und alles wird euch gedeihen! Seht, dort ist euer Herr und der Sachwalter eures Glückes, und damit Gott befohlen!' Darauf kam der Todeskampf mit solcher Gewalt über ihn, daß seine Zunge stockte; er drückte seinen Sohn ans Herz und küßte ihn und pries Allah. Dann verschied er und gab seinen Geist auf. Alle seine Untertanen, das ganze Volk seines Reiches, beweinten ihn; und er ward ins Leichentuch gehüllt und mit Ehren und feierlicher Pracht zur letzten Ruhestatt gebracht. Darauf kehrte das Volk mit dem Jüngling zurück; und man legte ihm die königlichen Gewänder an, setzte ihm die Krone seines Vaters aufs Haupt, schob den Siegelring auf seinen Finger und setzte ihn auf den Thron der Herrschaft. Nun wandelte der Jüngling unter ihnen nach der Weise seines Vaters in Milde und Gerechtigkeit und Wohlwollen, doch nur eine kleine Weile. Da trat ihm die Welt in den Weg und erfüllte mit ihren Lüsten seinen Sinn, und er gab sich ihren Wonnen hin; er hängte sich an ihren Flittertand und vergaß die Pflichten, die ihm sein Vater auferlegt hatte, er achtete nicht des Gehorsams gegen den Vater und vernachlässigte sein Reich, und so ging er einen Weg, auf dem sein eigenes Verderben lag. Stark ward in ihm die Liebe zu den Frauen, und er konnte von keiner schönen Maid hören, ohne daß er nach ihr sandte und sich mit ihr vermählte; und bald brachte er eine größere Zahl von Frauen zusammen, als je Salomo, Davids Sohn, der König der Kinder

Israel, sie gehabt hatte.[1] Und er begann sich abzuschließen, jedesmal mit einer anderen Schar von ihnen, und dann mit denen, die bei ihm waren, einen ganzen Monat zu verbringen, indem er sie nie verließ; dabei kümmerte er sich nicht um sein Reich und seine Herrschaft, achtete nicht auf die Beschwerden seiner Untertanen, die vor ihm Klage führen wollten, und wenn sie ihm schrieben, so gab er ihnen keine Antwort. Als sie nun das an ihm sehen mußten und gewahrten, wie er es ganz und gar unterließ, in ihre Angelegenheiten Einsicht zu nehmen, und wie er alles vernachlässigte, was sein Reich und seine Untertanen anging, da waren sie gewiß, daß bald das Unheil über sie hereinbrechen würde; und das bereitete ihnen Kummer. So kamen sie denn zusammen, um miteinander zu klagen, und einer sagte zum anderen: ‚Kommt, laßt uns zu Schimâs gehen, dem obersten seiner Wesire, und ihm unsere Sache darlegen und ihm kundtun, wie es mit diesem König steht, auf daß er ihn ermahne! Sonst wird binnen kurzer Zeit das Unheil über uns kommen; denn die Welt hat diesen König durch ihre Wonnen geblendet und mit ihren Stricken an sich gezogen.‘ Alsdann machten sie sich auf und begaben sich zu Schimâs und sprachen zu ihm: ‚O du gelehrter und weiser Mann, die Welt hat diesen König durch ihre Wonnen geblendet und mit ihren Stricken an sich gezogen; er hat sich der Torheit zugewendet, und sein Tun dient seinem Reiche zum Verderben. Wenn aber das Reich zugrunde geht, so geht auch das Gemeinwesen zugrunde, und wir geraten ins Verderben. Dies liegt daran, daß wir ihn tagelang und monatelang nicht sehen, und daß von ihm kein Befehl zu uns ergeht weder für

1. Im ersten Buch der Könige, Kapitel 11, Vers 3, heißt es von Salomo: Er hatte siebenhundert Weiber zu Frauen und dreihundert Kebsweiber; und seine Weiber neigten sein Herz.

den Wesir noch für jemand anders. Daher ist es unmöglich, daß ihm ein Anliegen vorgetragen wird, er kümmert sich nicht um die Rechtsprechung, noch sorgt er für irgendeinen von seinen Untertanen; so wenig nimmt er sich ihrer an. Deshalb sind wir zu dir gekommen, um dir die Wahrheit der Dinge kundzutun; denn du bist der Erste und Vornehmste unter uns. Es geziemt sich nicht, daß ein Unglück über ein Land komme, in dem du weilst; denn du hast von allen am meisten Macht, den König zu bessern. Drum geh hin und sprich mit ihm; vielleicht wird er deine Worte annehmen und wieder zu Gott zurückkehren!' Da machte Schimâs sich auf und begab sich dorthin, wo er jemanden traf, durch den er Zugang zum König zu erlangen hoffte; zu dem sprach er: ‚Guter Knabe, ich bitte dich, erwirke mir die Erlaubnis, zum König einzutreten; denn ich habe eine Sache, die ich ihm von Angesicht zu Angesicht vortragen möchte, um zu hören, was er mir selbst darauf erwidert.' Doch der Sklave antwortete ihm: ‚Bei Allah, Herr, seit einem Monat hat er niemandem erlaubt, zu ihm einzutreten; auch ich habe in dieser ganzen Zeit sein Antlitz nie gesehen. Aber ich will dich zu jemand führen, der ihn für dich um Erlaubnis bitten kann; halt dich an denunden den Sklaven, der zu seinen Häupten zu stehen pflegt und ihm die Speisen aus der Küche holt! Wenn er herauskommt und zur Küche geht, um das Essen zu holen, so erbitte von ihm, was dir beliebt; er wird dir deinen Wunsch erfüllen!' Darauf begab sich Schimâs zur Tür der Küche, und kaum hatte er dort eine kleine Weile gesessen, da kam auch schon der Sklave und wollte in die Küche hineingehen; Schimâs aber redete ihn an und sprach zu ihm: ‚Mein lieber Sohn, ich möchte vor den König treten, um ihm etwas mitzuteilen, was ihn besonders angeht. Drum sei so gut und sprich mit ihm für mich, wenn er sein Mittagsmahl beendet hat und freundlicher Stimmung ist, und erwirke mir von ihm die Erlaubnis, ihm zu nahen, auf daß ich mit ihm über das reden kann, was ihn angeht!' ,Ich höre und gehorche!' erwiderte der Sklave; und als er die Speisen erhalten und vor den König gebracht hatte, und als der gegessen hatte und freundlicher Laune war, sprach er zu ihm: ,Schimâs steht an der Tür und erbittet von dir die Erlaubnis, zu dir eintreten zu dürfen, um dir Dinge mitzuteilen, die dich besonders angehen.' Der König erschrak und ward von Unruhe erfaßt; und er befahl dem Sklaven, den Minister zu ihm hereinzuführen. – –«

Da bemerkte Schehrezâd, daß der Morgen begann, und sie hielt in der verstatteten Rede an. Doch als die *Neunhundertundachtzehnte Nacht* anbrach, fuhr sie also fort: »Es ist mir berichtet worden, o glücklicher König, daß der Sklave, als der König ihm befahl, Schimâs zu ihm hereinzuführen, zu dem Wesir hinausging und ihm zurief, er möge eintreten. Wie dieser nun vor dem Herrscher stand, warf er sich anbetend vor Allah nieder, küßte dann dem König die Hände und flehte Segen auf sein Haupt herab. Da fragte der König: ,O Schimâs, was hat dich betroffen, daß du Einlaß zu mir begehrst?' Jener gab zur Antwort: ,Seit langem habe ich das Antlitz meines Herrn des Königs nicht mehr gesehen, und ich sehnte mich sehr nach dir. Nun aber schaue ich dein Angesicht, und ich bin zu dir gekommen, um dir ein Wort zu sagen, o König, der du in allem Gedeihen gefestigt sein mögest!' Der König fuhr fort: ,Sprich, was dir beliebt!' Und Schimâs hub an: ,Denke daran, o König, daß Allah der Erhabene dir in deinem jugendlichen Alter an Wissen und Weisheit so viel verliehen hat, wie er es noch keinem der Könige vor dir geschenkt hat! Und Er hat das Maß Seiner Güte gegen dich voll gemacht, indem Er dir die Herrschaft gab. Gott aber liebt es nicht, daß du dich von dem, was Er dir gnädig gewährte, zu etwas anderem abwendest, indem du gegen Ihn ungehorsam bist; drum trotze Ihm nicht im Vertrauen auf deine Schätze, nein, es geziemt dir, daß du an Seine Gebote denkst und Seinen Befehlen Gehorsam schenkst! Ich habe seit einigen Tagen gesehen, daß du deinen Vater und seine Ermahnungen vergessen, sein Vermächtnis verworfen, seinen Rat und seine Worte zunichte gemacht und dich nicht mehr an seine Gerechtigkeit und an seine gute Herrschaft gehalten hast; so hast du der Güte Allahs nicht mehr gedacht und hast ihr nicht durch Danksagung vergolten.' ,Wie meinst du das,' fragte der König, ,und was hat all das zu bedeuten?' Nun fuhr Schimâs fort: ,Es bedeutet, daß du aufgehört hast, für die Angelegenheiten deines Reiches zu sorgen und für die Angelegenheiten deiner Untertanen, mit denen Gott dich betraut hat, und daß du dich von der menschlichen Natur treiben lässest zu allem, was sie dir von den armseligen Lüsten der Welt schön erscheinen läßt. Es heißt aber, daß die Wohlfahrt des Reiches und des Glaubens und der Untertanen zu dem gehört, was zu behüten dem König geziemt; und deshalb ist es mein Rat, o König, daß du deinen Ausgang recht im Auge behältst, denn so wirst du den offenkundigen Weg finden, auf dem das Heil liegt. Wende dich doch nicht der armseligen, vergänglichen Lust zu, die zum Abgrund des Verderbens führt; sonst wird es dir ergehen, wie es dem Fischer erging!' ,Wie war denn das?' fragte der König; und Schimâs erwiderte: ,Mir ist berichtet worden

DIE GESCHICHTE

VON DEM TÖRICHTEN FISCHER

Einst zog ein Fischer zum Flusse hinab, um dort nach seiner
Gewohnheit zu fischen; und als er am Flusse angelangt war
und dann über die Brücke ging, erblickte er einen großen
Fisch. Da sagte er sich: ‚Es ist gar nicht nötig für mich, hier
stehen zu bleiben; ich will mich aufmachen und diesem Fische folgen, wohin er schwimmt, bis ich ihn fange; dann wird
er mich auf eine Reihe von Tagen des Fischens überheben.‘
Alsbald legte er seine Kleider ab und sprang hinter dem Fische
her; und die Strömung des Flusses trug ihn dahin, bis er den
Fisch einholte und ergreifen konnte. Darauf blickte er um
sich, und er entdeckte, daß er weit vom Ufer entfernt war. Obwohl er nun sah, was die Strömung mit ihm getan hatte, ließ
er den Fisch doch nicht los, um zurückzukehren, sondern er
setzte sein Leben aufs Spiel, indem er das Tier mit beiden
Händen festhielt und sich selbst vom fließenden Wasser dahin-
tragen ließ. Das Wasser aber trug ihn immer weiter, bis es ihn
in einen Strudel warf, aus dem keiner, der in ihn geriet, sich
retten konnte. Da begann er zu schreien und zu rufen: ‚Rettet
einen Ertrinkenden!‘ Einige von den Stromwächtern eilten
herbei und riefen ihm zu: ‚Was ist es mit dir? Was ist dir geschehen, daß du dich in diese große Gefahr gestürzt hast?‘ Er
antwortete ihnen: ‚Ich selber habe den offenkundigen Pfad
verlassen, auf dem das Heil liegt, und habe mich der Habgier
und dem Verderben hingegeben.‘ Darauf sagten die Leute:
‚Mann, wie konntest du den Weg des Heils verlassen und dich
selbst in dies Verderben stürzen? Du weißt doch von jeher,
daß keiner, der hier hineingerät, gerettet wird! Was hinderte
dich daran, das fortzuwerfen, was du in der Hand hältst, und

dich selbst zu retten? Dann wärest du mit deinem Leben davongekommen und nicht in dies Verderben geraten, aus dem es keine Rettung mehr gibt; jetzt kann dich keiner von uns aus dieser Not befreien.' Da ließ der Mann alle Hoffnung auf sein Leben fahren; er verlor, was er in seiner Hand hielt, und wozu seine Begier ihn verlockt hatte, und er starb eines elenden Todes.'

*

,Dies Gleichnis, o König, habe ich dir nur deshalb erzählt, damit du dies verächtliche Treiben aufgibst, das dich von deinen Pflichten ablenkt, und damit du auf das achtest, was dir anvertraut ist, nämlich auf die Regierung deiner Untertanen und die Sorge für die Ordnung in deinem Reiche, so daß niemand in dir einen Fehler erblicken kann.' ,Was heißest du mich denn tun?' fragte der König; und Schimâs antwortete: ,Wenn es wieder Morgen wird und du wohl und gesund bist, so gib dem Volke Erlaubnis, bei dir einzutreten, und dann nimm Einsicht in die Angelegenheiten deiner Untertanen, entschuldige dich bei ihnen und versprich ihnen aus eigenem Antrieb Gutes und rechten Wandel.' Da sagte der König: ,Schimâs, du hast recht gesprochen; ich werde morgen, so Allah der Erhabene will, das tun, was du mir geraten hast.' Darauf ging der Wesir fort von ihm und tat dem Volke alles kund, was er ihm gesagt hatte. Als der Morgen tagte, trat der König aus seiner Verborgenheit hervor und befahl, das Volk zu ihm einzulassen. Dann entschuldigte er sich vor seinen Untertanen und versprach ihnen, er wolle an ihnen handeln, wie sie es wünschten; dessen waren sie zufrieden, und sie gingen wieder fort, indem ein jeder sich zu seiner Wohnung begab. Danach aber trat eine der Frauen des Königs, die er am liebsten hatte und am höchsten ehrte, zu ihm ein, und sie sah, daß seine Farbe erblichen war, und wie er über seine Angelegenheiten nachsann auf Grund dessen, was er von seinem Großwesir vernommen hatte. So sprach sie denn zu ihm: ‚O König, wie kommt es, daß ich dich beunruhigten Gemütes sehe? Hast du über irgend etwas zu klagen?‘ ‚Nein,‘ erwiderte er, ‚aber die Wonnen haben mich von meinen Pflichten abgelenkt. Welches Recht hatte ich, meine und meiner Untertanen Angelegenheiten also zu vernachlässigen? Wenn ich so fortfahre, wird binnen kurzer Zeit meine Herrschaft mir aus den Händen gleiten.‘ Sie aber antwortete ihm und sprach: ‚Ich sehe, o König, daß du dich von deinen Statthaltern und Wesiren hast täuschen lassen; sie wollen dich nur quälen und überlisten, damit dir in deiner Herrschaft diese Freude versagt bleibe und damit du keinen Genuß und keine Ruhe mehr findest. Ja, sie möchten, daß du dein Leben damit hinbringst, Mühen von ihnen abzuwenden, so daß deine Tage in Qual und Plage hinschwinden und du einem gleichst, der sich selbst für das Wohl eines anderen umbringt, oder daß es dir ergeht wie dem Knaben mit den Dieben.‘ ‚Wie war denn das?‘ fragte der König; und sie hub an: ‚Man erzählt

DIE GESCHICHTE VON DEM KNABEN
UND DEN DIEBEN

Eines Tages zogen sieben Diebe aus, um zu stehlen, wie es ihre Gewohnheit war. Da kamen sie an einem Garten vorbei, in dem es frische Walnüsse gab, und sie beschlossen, in jenen Garten einzudringen. Nun sahen sie aber, wie ein kleiner Knabe bei ihnen stand, und zu dem sprachen sie: ‚Knabe, willst du mit uns in diesen Garten gehen und auf den Baum dort klettern, von seinen Nüssen essen, soviel du magst, und uns dann auch einige von seinen Früchten herunterwerfen?‘

Der Knabe war damit einverstanden und ging mit ihnen hinein.' – –«

Da bemerkte Schehrezâd, daß der Morgen begann, und sie hielt in der verstatteten Rede an. Doch als die *Neunhundertundneunzehnte Nacht* anbrach, fuhr sie also fort: »Es ist mir berichtet worden, o glücklicher König, daß der Knabe den Dieben willfahrte und mit ihnen hineinging; und da sagte der eine von ihnen zum anderen: ,Schaut, wer von uns der leichteste und kleinste ist; den laßt hinaufklettern!' Und weiter sagten sie: ,Wir finden unter uns keinen, der schmächtiger wäre als dieser Knabe.' Nachdem sie ihn aber auf den Baum hatten klettern heißen, riefen sie: ,Knabe, rühre keine von den Früchten des Baumes an, damit dich nicht jemand sieht und dir ein Leid antut!' ,Was soll ich denn tun?' fragte der Knabe; und sie erwiderten ihm: ,Setz dich mitten in den Baum und schüttle jeden einzelnen Zweig mit aller Kraft, so daß alles herabfällt, was an ihm hängt, und wir es auflesen! Wenn du alles, was an ihm ist, heruntergeschüttelt hast und zu uns herabgestiegen bist, so nimm deinen Teil von dem, was wir aufgelesen haben!' Der Knabe nun, der oben auf dem Baume war, begann jeden Zweig zu schütteln, den er erreichen konnte, und die Nüsse fielen von ihm herab, während die Diebe sie aufsammelten. Doch als sie damit beschäftigt waren, kam plötzlich der Besitzer des Baumes und blieb bei ihnen stehen, wie sie solches trieben. Und er fuhr sie an: ,Was habt ihr mit diesem Baum zu schaffen?' Sie antworteten ihm: ,Wir haben nichts von ihm weggenommen; wir kamen hier nur vorüber und sahen dort oben diesen Knaben. Und da wir glaubten, er wäre der Herr des Baumes, baten wir ihn, er möchte uns einige seiner Früchte zu essen geben; er schüttelte auch einige Zweige, so daß die Nüsse von ihnen herunterfielen. Uns trifft keine

Schuld!' Darauf sprach der Besitzer des Baumes zu dem Knaben: ,Und was sagst du dazu?' Der aber rief: ,Die da lügen! Ich will dir die Wahrheit sagen. Und die ist, daß wir zusammen hierher kamen; da befahlen sie mir, auf diesen Baum zu steigen und die Zweige zu schütteln, damit die Nüsse zu ihnen niederfielen, und ich mußte ihrem Befehle gehorchen.' Der Herr des Baumes fuhr fort: ,Du hast dich in großes Unheil gestürzt. Hast du denn wenigstens auch Nutzen davon gehabt, indem du einige Früchte davon gegessen hast?' Der Knabe erwiderte: ,Ich habe gar nichts davon gegessen.' Da sagte der Mann: ,Jetzt erkenne ich deine Torheit und Dummheit, die darin besteht, daß du dir selber geschadet hast, um anderen zu nützen.' Zu den Dieben sprach er: ,Euch kann ich nicht fassen; geht eurer Wege!' Den Knaben aber ergriff er und bestrafte ihn.'

*

,So wollen auch deine Wesire und Würdenträger dich zugrunde richten zu ihrem eigenen Vorteil, und sie wollen an dir handeln, wie die Diebe an dem Knaben gehandelt haben.' Da sagte der König: ,Recht ist, was du gesagt hast; du hast die Wahrheit gesprochen in deinen Worten! Ich will nicht zu ihnen hinausgehen und will meine Freuden nicht aufgeben.' Dann ruhte er die Nacht über bei seiner Gemahlin in allen Wonnen, bis der Morgen anbrach. Als es Morgen war, machte der Wesir sich auf, versammelte die Großen des Reiches samt den Untertanen, die bei ihnen zugegen waren; darauf zogen sie alle zum Tor des Königs, frohen und heiteren Sinnes. Aber er ließ ihnen das Tor nicht öffnen, er kam nicht zu ihnen heraus, und er gab ihnen auch nicht die Erlaubnis, zu ihm einzutreten. Und schließlich, als sie die Hoffnung aufgaben, sprachen sie zu Schimâs: ,O du trefflicher Wesir und vollendeter Weiser,

90

siehst du nicht das Tun dieses halbwüchsigen unverständigen Knaben, der mit seinen anderen Sünden auch noch die Lüge vereint? Sieh, wie er dir sein Versprechen gebrochen, wie er gar nicht erfüllt hat, was er dir gelobte! Dies Vergehen mußt du noch zu seinen anderen Vergehen hinzutun. Doch wir bitten, daß du noch einmal zu ihm hineingehest und schaust, weshalb er säumt und nicht herauskommt. Wir erkennen recht wohl seine schmähliche Art, die sich hierin zeigt; ja, er hat den höchsten Grad der Verstocktheit erreicht.' So begab sich denn Schimâs wieder zu ihm, trat ein und sprach: ,Friede sei mit dir, o König! Wie kommt es, daß ich sehen muß, wie du dich von neuem einer geringfügigen Freude hingibst und die große Aufgabe versäumst, die eifrig zu erfüllen dir geziemt? Du bist wie der Mann, der eine Kamelin hatte und immer nur an ihre Milch dachte, so daß er ob der Süße ihrer Milch vergaß, ihre Halfter festzuhalten; eines Tages kam er, um sie zu melken, dachte aber nicht an ihr Halfterband, und als die Kamelin fühlte, daß er den Strick nicht hielt, riß sie sich los und suchte das Weite. So verlor der Mann die Milch und die Kamelin, und so war der Schaden, den er hatte, größer als der Nutzen. Darum, o König, achte auf das, worin dein eigenes Wohl und das Wohl deiner Untertanen liegt; denn wie es dem Manne nicht geziemt, immer an der Küchentür zu sitzen, weil er das Essen nötig hat, so soll er auch nicht zu viel bei den Frauen sich aufhalten, weil er zu ihnen neigt. Nein, wie ein Mann nur dessen an Speise bedarf, was die Qual des Hungers abwehrt, und nur dessen an Trank, was den Schmerz des Durstes fernhält, so geziemt es dem verständigen Manne, von diesen vierundzwanzig Stunden nur zwei Stunden an jedem Tage bei den Frauen zu verweilen und die übrige Zeit auf seine Geschäfte und auf die Geschäfte seines Volkes zu verwenden. Nicht länger als zwei Stunden soll er bei den Frauen bleiben und mit ihnen allein sein; sonst erleidet er Schaden an Leib und Verstand, da sie nie das Gute gebieten noch auf den rechten Weg dazu leiten. Er soll daher weder Wort noch Tat von ihnen annehmen; denn mir ist schon berichtet worden, daß viele Männer durch ihre Frauen ins Verderben geraten sind, so auch, daß einmal ein Mann umkam, weil er mit seiner Frau zusammen war und auf das hörte, was sie ihm befahl.' ,Wie war denn das?' fragte der König; und Schimâs erzählte

DIE GESCHICHTE

VON DEM MANNE UND SEINER FRAU

Man berichtet, daß einmal ein Mann eine Frau hatte, die er liebte und ehrte; und er hörte auf ihre Worte und handelte nach ihrem Rate. Er hatte auch einen Garten, den er mit eigener Hand neu gepflanzt hatte; und er ging jeden Tag dorthin, um ihn zu pflegen und zu begießen. Eines Tages nun sprach seine Frau zu ihm: ,Was hast du in deinem Garten gepflanzt?' Er gab ihr zur Antwort: ,Alles, was du liebst und begehrst. Sieh, ich bin eifrig dabei, ihn zu pflegen und zu begießen!' Dann fuhr sie fort: ,Willst du mich nicht mitnehmen und ihn mir zeigen, auf daß auch ich ihn sehe und ein frommes Gebet für dich verrichte? Denn siehe, meine Gebete werden erhört.' ,Gern,' erwiderte er, ,doch warte noch auf mich, bis ich morgen zu dir komme und dich mitnehme!' Am nächsten Morgen nahm der Mann seine Frau mit sich und begab sich mit ihr zu dem Garten; dort traten die beiden ein. Doch gerade, als sie eintraten, wurden sie von zwei Jünglingen aus der Ferne gesehen; und der eine von ihnen sprach zum anderen: ,Der Mann da ist sicher ein Ehebrecher und die Frau da eine Dirne; und die beiden sind nur in den Garten gegangen, um Unzucht zu treiben.' Deshalb folgten die beiden Jünglinge ihnen, um zu sehen, was mit ihnen geschehen würde; dann blieben sie in einem Winkel des Gartens stehen. Der Mann und seine Frau blieben, nachdem sie in den Garten eingetreten waren, eine Weile darin; dann sprach er zu ihr: ‚Verrichte jetzt das Gebet für mich, das du mir versprochen hast!' Doch sie entgegnete: ‚Ich bete nicht eher für dich, als bis du mir zu Willen gewesen bist, wie es die Frauen von den Männern begehren.' Da rief er: ‚Weh dir, Weib! Ist das, was zu Hause von mir geschieht nicht genug? Hier fürchte ich ein Ärgernis für mich, und du hältst mich auch von meinen Pflichten ab. Ja, fürchtest du denn gar nicht, daß jemand uns sehen könnte?' Sie aber fuhr fort: ‚Darum brauchen wir uns nicht zu sorgen; denn wir begehen doch nichts Schändliches noch Verbotenes. Und mit dem Bewässern des Gartens hat es noch Zeit; den kannst du begießen, wann du willst.' Und sie nahm keine Entschuldigung, keinen Grund von ihm an, sondern drang hartnäckig in ihn, er solle sie umarmen. Schließlich gab er nach und legte sich zu ihr; kaum aber sahen das die erwähnten Jünglinge, so eilten sie auf die beiden zu, legten Hand an sie und sprachen zu ihnen: ‚Wir lassen euch nicht los; denn ihr seid Ehebrecher. Und wenn wir nicht bei dem Weibe ruhen dürfen, so bringen wir eure Sache vor Gericht.' Der Mann erwiderte ihnen: ‚Weh euch! Dies ist meine Gattin, und ich bin der Herr des Gartens.' Sie aber hörten nicht auf seine Worte, sondern fielen über die Frau her; da schrie sie auf und rief ihren Gatten um Hilfe, indem sie sprach: ‚Dulde nicht, daß die Männer mich schänden!' Wie er nun auf die beiden losging und dabei auch um Hilfe rief, wandte sich einer von ihnen wider ihn, traf ihn mit seinem Dolche und tötete ihn. Dann machten sich beide über die Frau her und vergewaltigten sie.' – –«

Da bemerkte Schehrezâd, daß der Morgen begann, und sie hielt in der verstatteten Rede an. Doch als die *Neunhundertund-zwanzigste Nacht* anbrach, fuhr sie also fort: »Es ist mir berichtet worden, o glücklicher König, daß die beiden Jünglinge, nachdem der eine den Gatten der Frau getötet hatte, sich über die Frau hermachten und sie vergewaltigten.‘

*

‚Dies, o König, habe ich dir nur deshalb erzählt, damit du erkennst, daß es dem Manne nicht geziemt, auf die Rede der Frau zu hören, noch ihr in irgend etwas zu gehorchen, noch auch in der Beratung ihr Urteil anzunehmen. Hüte dich, das Gewand der Torheit anzulegen, nachdem du das Gewand der Weisheit und Kenntnis getragen hast, und schlechtem Rate zu folgen, nachdem du gewußt hast, was rechter und nützlicher Rat ist! Geh nicht länger einem armseligen Vergnügen nach, das zum Verderben führt und dessen Ausgang großen und schweren Verlust bringt!‘ Als der König diese Worte von Schimâs vernommen hatte, sprach er zu ihm: ‚Morgen werde ich, so Allah der Erhabene will, zu ihnen hinausgehen.‘ Da kehrte Schimâs zu den Großen des Reiches zurück, die dort zugegen waren, und berichtete ihnen, was der König gesagt hatte. Aber auch der Frau kam zu Ohren, was Schimâs gesagt hatte; und daher trat sie zum König ein und sprach zu ihm: ‚Die Untertanen sind doch nur die Knechte des Königs; allein ich sehe jetzt, daß du, o König, ein Knecht deiner Untertanen geworden bist, da du Angst vor ihnen hast und ihr Unheil fürchtest. Sie wollen ja nur dein inneres Wesen auf die Probe stellen; und wenn sie dich als schwach finden, so verachten sie dich; finden sie aber, daß du stark bist, so werden sie Ehrfurcht vor dir haben. So handeln die schlechten Wesire an ihrem König; denn ihrer Listen sind viel. Ich aber tu dir kund, wie es in Wahrheit um ihre Tücke steht. Wenn du ihnen nachgibst in dem, was sie wollen, so werden sie dich von deinem Willen zu dem ihren hinüberdrängen; dann werden sie dich von einem zum anderen bringen, bis sie dich ins Verderben stürzen. Und dir wird es ergehen wie dem Kaufmann mit den Dieben.' ,Wie war denn das?' fragte der König; und sie erzählte

DIE GESCHICHTE VON DEM KAUFMANN
UND DEN DIEBEN

Es ist mir berichtet worden, daß einmal ein Kaufmann lebte, der viel Geld besaß; der zog mit Waren aus, um sie in einer anderen Stadt zu verkaufen. Und als er in einer Stadt ankam, mietete er sich dort ein Haus und ließ sich in ihm nieder. Es sahen ihn aber einige Diebe, die den Kaufleuten aufzulauern pflegten, um ihre Waren zu stehlen; und die machten sich auf zu dem Hause jenes Kaufmannes und suchten dort einzudringen, allein sie fanden keine Gelegenheit dazu. Da sprach ihr Hauptmann zu ihnen: ,Ich werde die Sache für euch besorgen.' Dann ging er fort, legte die Kleider der Ärzte an, warf über seine Schulter einen Sack, der einige Heilmittel enthielt, und zog dahin, indem er rief: ,Wer bedarf eines Arztes?' bis er zu der Wohnung jenes Kaufmannes kam und sah, wie der beim Mittagsmahle saß. Er sprach zu ihm: ,Brauchst du einen Arzt?' ,Nein,' erwiderte jener, ,ich brauche keinen Arzt; doch setz dich und iß mit mir!' Da setzte der Dieb sich ihm gegenüber und begann mit ihm zu essen. Nun war jener Kaufmann ein starker Esser; und da sprach der Dieb bei sich selber: ,Jetzt habe ich meine Gelegenheit gefunden.' Darauf blickte er den Kaufmann an und sprach zu ihm: ,Es ist meine Pflicht, dir einen guten Rat zu geben, nachdem du so gütig gegen mich gewesen bist; ja, es ist mir nicht möglich, ihn dir vorzuenthalten. Die Sache liegt nämlich so: ich sehe, du bist ein Mann, der viel ißt, und der Grund davon ist eine Krankheit in deinem Magen; wenn du dich nun nicht eilst, auf deine Heilung Sorge zu verwenden, so wird deine Sache mit Schrecken enden.' Doch der Kaufmann entgegnete: ‚Mein Leib ist gesund, und mein Magen verdaut rasch; und wenn ich auch ein starker Esser bin, so ist doch keine Krankheit in meinem Leibe – Gott sei Lob und Dank!' Der Dieb fuhr fort: ‚Das ist so nur dem Scheine nach, der dich trügt; nein, ich habe erkannt, daß in deinem Inneren eine verborgene Krankheit ist; und wenn du auf mich hören willst, so laß dich heilen.' Da fragte der Kaufmann: ‚Wo soll ich denn jemanden finden, der mein Heilmittel kennt?' ‚Der wahre Heiler ist nur Allah,' erwiderte der Dieb, ‚doch ein Arzt wie ich heilt den Kranken nach seinem besten Können.' Darauf sagte der Kaufmann: ‚Zeige mir sogleich mein Heilmittel und gib mir etwas davon!' Nun gab jener ihm ein Pulver, in dem sich viel Aloe befand, und sprach zu ihm: ‚Nimm dies heute nacht ein!' Der Kaufmann nahm es von ihm hin, und als es Nacht geworden war, gebrauchte er etwas davon; aber wiewohl er fand, daß es Aloe von widerlichem Geschmack war, hielt er das nicht für befremdlich; ja, nachdem er es gebraucht hatte, fand er sogar dadurch in jener Nacht Erleichterung. Am folgenden Abend brachte der Dieb ihm wieder ein Pulver, das noch mehr Aloe enthielt als das erste, und gab ihm etwas davon. Nachdem der Kaufmann es eingenommen hatte, verursachte es ihm in der Nacht eine starke Abführung; dennoch ließ er das geduldig über sich ergehen, ohne Verdacht zu schöpfen. Wie der Dieb nun sah, daß der Kaufmann auf sein Wort achtete und ihm vertraute, und nachdem er dessen gewiß geworden war, daß jener ihm nicht widersprach,

ging er fort und holte ihm eine tödliche Arznei; er gab sie
ihm, der Kaufmann nahm sie und schluckte sie hinunter. Aber
kaum hatte er jenes Gift getrunken, da zerfiel alles, was in seinem Leibe war, seine Eingeweide zerrissen, und er sank tot
nieder. Nun kamen die Diebe und nahmen alles, was dem
Kaufmann gehörte.'

*

,Sieh, o König, ich erzähle dir dies nur, damit du kein Wort
von diesem Betrüger annimmst und damit dich nichts ereilt,
wodurch dein Leben zugrunde geht.' ,Du hast recht,' sagte der
König, ,ich werde nicht zu ihm hinausgehen.' Als es Morgen
ward, versammelten die Leute sich und begaben sich zum Tor
des Königs; dort blieben sie den größten Teil des Tages, bis sie
die Hoffnung, daß er herauskommen würde, aufgeben mußten. Darauf wandten sie sich wieder an Schimâs und sprachen
zu ihm: ,O du weiser Philosoph und erfahrener Meister, sieh
doch, wie dieser törichte Knabe uns immer noch mehr belügt!
Es wäre nur recht, wenn man ihm die Königsmacht aus der
Hand nähme und sie einem anderen als ihm übertrüge, auf daß
durch den unsere Geschäfte geordnet würden und unsere ganze
Verwaltung in richtige Bahnen käme. Doch geh noch ein
drittes Mal zu ihm und laß ihn wissen, daß nichts uns zurückhält, uns wider ihn zu erheben und ihm die Herrschaft zu entreißen, als allein die Güte seines Vaters gegen uns und die
Schwüre und Eide, die er uns abgenommen hat! Morgen aber
werden wir uns alle bis zum letzten Mann mit unseren Waffen versammeln und das Tor dieser Festung niederreißen.
Wenn er dann zu uns herauskommt und tut, was wir wünschen, so ist es gut; sonst jedoch werden wir zu ihm eindringen
und ihn töten und die Königswürde in eine andere Hand legen
als die seine.' Da ging der Wesir Schimâs hin, trat zum König

97

ein und sprach zu ihm: ‚O König, der du dich ganz deinen Begierden und deinem Vergnügen hingibst, was machst du da mit dir selber? Wüßte ich nur, wer dich hierzu antreibt! Wenn du wider dich selber sündigst, so ist es zu Ende mit der Rechtschaffenheit und Weisheit und Reinheit, die wir früher an dir gewahrten. Könnte ich nur erfahren, wer dich so verwandelt hat und dich von der Weisheit zur Torheit, von der Treue zur Untreue, von der Milde zur Härte, von der Freundlichkeit gegen mich zur Abneigung wider mich verführt hat! Wie kommt es, daß ich dich dreimal ermahnen muß, ohne daß du meinen Rat annimmst, und daß ich dir guten Rat gebe, ohne daß du meine Worte befolgst? Sage mir, was ist das für ein Leichtsinn? Was ist das für ein frevles Spiel? Wer hat dich dazu verführt? Wisse, das Volk deines Reiches hat sich schon verschworen, zu dir einzudringen und dich zu töten und dein Reich einem anderen zu geben. Hast du etwa Macht über sie alle, und kannst du dich aus ihren Händen retten? Oder vermagst du dich wieder zum Leben zu erwecken, nachdem man dich getötet hat? Freilich, wenn all dies in deiner Macht steht, so bist du sicher davor und hast meinen Rat nicht nötig. Wenn dir aber das Leben in der Welt und die Königswürde noch am Herzen liegen, so komm zu dir selber, halt dein Reich in fester Hand, zeige den Leuten die Kraft deines Mutes und tu ihnen deine Entschuldigungen kund; denn sie wollen dir entreißen, was in deiner Hand ist, und es einem anderen übergeben, sie sind entschlossen zu Aufstand und Empörung! Dazu sind sie veranlaßt, weil sie wissen, wie jung an Jahren du bist, und daß du dich ganz dem Vergnügen und den Lüsten ergeben hast. Mögen Steine auch noch so lange im Wasser liegen, wenn sie herausgenommen und aufeinander geschlagen werden, so sprüht doch Feuer aus ihnen. Nun sind deine Untertanen ein zahlreich Volk; sie verschwören sich wider dich und wollen die Königswürde von dir auf einen anderen übertragen, sie werden ihren Willen an dir durchsetzen und dich ins Verderben stürzen. Dann wird es dir ergehen wie dem Wolf bei den Schakalen.' – –«

Da bemerkte Schehrezâd, daß der Morgen begann, und sie hielt in der verstatteten Rede an. Doch als die *Neunhundertundeinundzwanzigste Nacht* anbrach, fuhr sie also fort: »Es ist mir berichtet worden, o glücklicher König, daß der Wesir Schimâs zum König sprach: ,Sie werden ihren Willen an dir durchsetzen und dich ins Verderben stürzen. Dann wird es dir ergehen wie dem Wolf bei den Schakalen.' ,Wie war denn das?' fragte der König; und der Wesir erzählte

DIE GESCHICHTE VON DEN SCHAKALEN

UND DEM WOLF

Man berichtet, daß ein Rudel von Schakalen eines Tages auszog, um zu suchen, was sie fressen könnten; und während sie auf der Suche danach umherstrichen, trafen sie auf ein totes Kamel. Da sprachen sie bei sich selber: ,Jetzt haben wir etwas gefunden, von dem wir lange Zeit leben können; aber wir fürchten, bei uns wird einer den anderen vergewaltigen, der Starke wird sich mit seiner Kraft wider den Schwachen wenden, und so werden die Schwachen unter uns umkommen. Deshalb geziemt es uns, einen Richter zu suchen, der zwischen uns richtet, und wir wollen ihm auch einen Anteil geben; so wird der Starke keine Gewalt über den Schwachen haben.' Wie sie nun so miteinander darüber berieten, kam plötzlich ein Wolf auf sie zu, und da sagten die Schakale, einer zum anderen: ,Wenn das der rechte Rat ist, so macht doch diesen Wolf zum Richter unter uns; denn er ist der Stärkste von allen!

Sein Vater war früher auch schon Herrscher über uns, und wir hoffen zu Allah, daß er gerecht unter uns entscheidet.' Darauf wandten sie sich an ihn und taten ihm kund, welchen Beschluß sie gefaßt hatten, indem sie sprachen: ‚Wir haben dich zum Richter über uns erwählt, damit du einem jeden von uns seine tägliche Nahrung gibst nach dem Maße seines Bedürfnisses, so daß der Starke von uns nicht den Schwachen vergewaltige und wir uns nicht gegenseitig vernichten.' Der Wolf willfahrte ihrem Wunsche und übernahm die Verwaltung bei ihnen, indem er an jenem Tage ihnen zuteilte, was einem jeden genügte. Am nächsten Morgen aber sprach der Wolf bei sich: ‚Die Verteilung dieses Kamels unter diese Schwächlinge bringt mir nichts weiter ein als den kleinen Teil, den sie mir zuweisen. Wenn ich das Ganze allein fresse, so können sie mir keinen Schaden antun; sie sind doch eine Beute für mich und für die von meinem Hause. Wen gibt es, der mich hindern könnte, dies alles für mich zu nehmen, zumal da Allah sicher es mir verliehen hat, ohne daß ich ihnen für eine Wohltat verpflichtet wäre? Drum ist es das Beste für mich, ich nehme es für mich an ihrer Statt; von jetzt ab will ich ihnen nichts mehr geben.' So kamen denn am Morgen die Schakale zu ihm wie vorher, um ihre Nahrung von ihm zu verlangen; und sie sprachen zu ihm: ‚O Abu Sirhân[1], gib uns die Zehrung für den heutigen Tag!' Doch er antwortete ihnen und sprach: ‚Ich habe nichts mehr übrig, was ich euch geben könnte.' Da verließen sie ihn, elend wie sie waren, und sprachen: ‚Fürwahr, Allah hat uns in große Sorgen gestürzt durch diesen verworfenen Verräter, der Allah nicht ehrt noch fürchtet; doch wir haben weder Kraft noch Macht.' Darauf sprachen sie untereinander: ‚Vielleicht hat ihn nur die Not des Hungers dazu ge-

1. Beiname des Wolfs.

bracht; laßt ihn heute essen, bis er satt ist, morgen wollen wir wieder zu ihm gehen!' Am anderen Morgen also begaben sie sich wieder zu ihm und sprachen zu ihm: ‚O Abu Sirhân, wir haben dich nur deshalb über uns gesetzt, damit du einem jeden von uns seine Nahrung zuweisest und dem Schwachen sein Recht gegen den Starken verschaffst; und wenn dies hier zu Ende ist, so solltest du dich bemühen, anderes für uns zu gewinnen, und wir wollten immer unter deinem Schutz und deiner Obhut stehen. Jetzt aber hat der Hunger uns gepackt, da wir zwei Tage lang nichts gegessen haben; also gib uns unsere Nahrung, und du magst nach freiem Ermessen über alles verfügen, was dann noch bleibt.' Doch der Wolf gab ihnen keine Antwort, sondern ward nur noch verstockter; auch wie sie sich von neuem an ihn wandten, ließ er sich davon nicht abbringen. Da sprachen die Schakale, einer zum anderen: ‚Es bleibt uns kein anderer Ausweg, als daß wir uns zum Löwen begeben und uns seinem Schutze unterwerfen und ihm das Kamel überliefern. Wenn er uns dann etwas davon schenkt, so geschieht es durch seine Huld; wenn nicht, so verdient er es doch eher als dieser Schurke.' Darauf begaben sie sich zum Löwen und berichteten ihm, wie es ihnen mit dem Wolf ergangen war, indem sie mit den Worten schlossen: ‚Wir sind deine Knechte, und wir sind zu dir gekommen, um bei dir Schutz zu suchen, damit du uns von diesem Wolf befreiest; ja, wir wollen dir als Knechte dienen.' Als der Löwe die Worte der Schakale vernommen hatte, ergriff ihn heiliger Eifer für Allah den Erhabenen, und er ging mit ihnen zu dem Wolf. Doch wie der Wolf den Löwen nahen sah, wollte er vor ihm entfliehen; allein der Löwe eilte ihm nach, packte ihn, zerriß ihn in Stücke und gab den Schakalen ihre Beute wieder.

*

‚Daraus erkennen wir, daß es sich für keinen der Könige geziemt, die Angelegenheiten seiner Untertanen zu vernachlässigen; also nimm meinen Rat an und glaube den Worten, die ich vor dir gesprochen habe! Denke daran, daß dein Vater vor seinem Hinscheiden dich ermahnt hat, auf guten Rat zu hören! Dies ist mein letztes Wort an dich; und damit Gott befohlen!'
Der König sagte darauf: ‚Ja, ich will auf dich hören. Morgen, so Allah der Erhabene will, werde ich zu ihnen hinausgehen.'
Da verließ Schimâs ihn und teilte den Leuten mit, der König habe seinen Rat angenommen und ihm versprochen, am nächsten Tage zu ihnen herauszukommen. Doch als die Gemahlin des Königs jene Worte vernahm, die ihr über Schimâs hinterbracht wurden, und sie nun überzeugt war, daß der König sicherlich zu den Untertanen hinausgehen würde, begab sie sich eiligst zu ihm und sprach zu ihm: ‚Wie sehr muß ich mich wundern über deine Unterwürfigkeit und deinen Gehorsam gegen deine Knechte! Denkst du nicht daran, daß diese deine Wesire für dich nur Knechte sind? Warum erhöhst du sie zu dieser hohen Bedeutung, daß du sie glauben lässest, sie wären es, die dir dies Reich gegeben und dir diesen hohen Rang verliehen hätten, und sie hätten dir Gaben gespendet, während sie doch nicht die Macht besitzen, dir das geringste zuleide zu tun? Nicht du bist es, der ihnen Unterwürfigkeit schuldet, sondern es ist ihre Pflicht, sich dir zu unterwerfen und deine Befehle auszuführen. Wie kannst du nur so gewaltige Angst vor ihnen haben? Es heißt doch: Wenn du nicht ein Herz wie von Eisen hast, so bist du nicht wert, König zu sein. Deine Milde hat die Leute getäuscht, so daß sie sich wider dich erfrecht und dir den Gehorsam versagt haben, obgleich es sich gebührt, daß sie zum Gehorsam gegen dich gezwungen und mit Gewalt dir untertänig gemacht werden.

Wenn du dich beeilst, ihre Worte anzunehmen, und sie lässest, wie sie jetzt sind, und ihnen das geringste wider deinen Willen gewährst, so werden sie schwer auf dir lasten und dich bedrängen; und das wird ihre Gewohnheit werden. Wenn du auf mich hörst, so wirst du keinem von ihnen hohen Rang verleihen und wirst von keinem unter ihnen ein Wort annehmen und sie nicht ermutigen zur Anmaßung wider dich; sonst geht es dir wie dem Hirten mit dem Dieb.' ,Wie war denn das?' fragte der König; und sie erzählte

DIE GESCHICHTE VON DEM HIRTEN

UND DEM DIEBE

Man berichtet, daß einst ein Mann war, der Schafe in der Steppe hütete und sie sorgsam bewachte. Eines Nachts aber kam ein Dieb dorthin, der einige seiner Schafe zu stehlen gedachte; er sah jedoch, wie der Hirt sie eifrig bewachte, da er bei Nacht nicht schlief und bei Tage nie achtlos war, und nun schlich er die ganze lange Nacht um ihn herum, allein er konnte ihm nichts rauben. Als er dann des Planes müde ward, begab er sich weiter in die Steppe hinein und erjagte einen Löwen; dem zog er das Fell ab und stopfte es mit Häcksel aus. Darauf nahm er es mit und stellte es an einer hohen Stätte auf in dem Teile der Steppe, wo der Hirt es sehen konnte, damit er es für einen lebendigen Löwen hielte. Dann ging der Dieb zu dem Hirten und sprach zu ihm: ,Der Löwe dort hat mich zu dir geschickt, um sein Nachtmahl von diesen Schafen zu fordern.' ,Wo ist denn der Löwe?' fragte der Hirt; und der Dieb antwortete ihm: ,Hebe deinen Blick; dort steht er!' Der Hirt hob sein Haupt und sah die Gestalt des Löwen; und wie er sie anschaute, glaubte er, es sei ein lebendiger Löwe, so daß er gewaltig vor ihr erschrak.' – –«

Da bemerkte Schehrezâd, daß der Morgen begann, und sie hielt in der verstatteten Rede an. Doch als die *Neunhundertund-zweiundzwanzigste Nacht* anbrach, fuhr sie also fort: »Es ist mir berichtet worden, o glücklicher König, daß der Hirt, als er die Gestalt des Löwen sah, glaubte, es sei ein lebendiger Löwe, so daß er gewaltig vor ihr erschrak; die Angst ergriff ihn, und er sprach zu dem Dieb: ,Bruder, nimm, was du willst; ich werde mich dir nicht widersetzen.' Da nahm der Dieb so viel von den Schafen, wie er begehrte; dann aber ward er immer gieriger, weil der Hirte so große Furcht hatte, und er kam in kurzen Zwischenräumen zu ihm, versetzte ihn in Schrecken und sprach zu ihm: ,Der Löwe verlangt dies und dies, und er will das und das tun'; dann nahm er von den Schafen sein Genüge. So verfuhr der Dieb mit dem Hirten, bis er den größten Teil der Herde hatte verschwinden lassen.'

*

,Diese Worte, o König, habe ich nur deshalb vor dir gespro-chen, damit diese Großen deines Reiches sich nicht durch deine Milde und Nachgiebigkeit verleiten lassen, dich auszu-nutzen. Nach rechtem Urteil wäre es besser, sie stürben, als daß sie so an dir handeln.' Der König hörte auf ihre Worte, indem er zu ihr sprach: ,Ich nehme diesen Rat von dir an, ich will ihrer Mahnung nicht folgen und nicht zu ihnen hinaus-gehen.'

Als es wieder Morgen ward, versammelten sich die Wesire und die Großen des Reiches und die Angesehenen unter dem Volke, von denen ein jeder seine Waffen mit sich trug; und sie begaben sich zum Palaste des Königs, um über ihn herzufallen, ihn zu töten und einen anderen an seine Stelle zu setzen. Nach-dem sie bei dem Palaste angekommen waren, verlangten sie von dem Wächter, er solle ihnen das Tor öffnen. Da er ihnen aber nicht aufmachte, schickten sie fort, um Feuer zu holen und damit die Türen zu verbrennen und dann einzudringen. Der Torwächter hörte, wie sie so redeten, und er lief eilends hin und meldete dem König, daß sich das Volk bei dem Tore versammelt habe, indem er hinzufügte: ,Sie verlangten von mir, daß ich ihnen öffnete; doch ich weigerte mich, und da schickten sie, um Feuer zu holen und mit ihm die Tore zu verbrennen; dann wollen sie zu dir eindringen und dich töten. Was befiehlst du mir zu tun?' Der König sprach bei sich: ,Jetzt bin ich in das größte Unheil geraten.' Dann sandte er nach der Gemahlin, und als sie kam, sprach er zu ihr: ,Fürwahr, Schimâs hat mir noch nie etwas berichtet, was ich nicht als wahr erfunden hätte; nun ist alles Volk gekommen, Vornehme und Geringe, und sie wollen mich und euch umbringen. Als der Torwächter ihnen nicht öffnete, schickten sie, um Feuer zu holen und mit ihm die Türen niederzubrennen; dann wird das Schloß verbrannt und wir in ihm. Was rätst du uns an?' Die Frau erwiderte: ,Sei unbesorgt, laß dich von all dem nicht schrecken! Dies ist eine Zeit, in der sich die Toren wider ihre Könige erheben.' Doch der König fuhr fort: ,Was rätst du mir zu tun? Welchen Ausweg gibt es in dieser Not?' Sie gab ihm zur Antwort: ,Mein Rat geht dahin, daß du dir eine Binde um den Kopf legst und dich krank stellst; dann schicke nach dem Wesir Schimâs, damit er zu dir komme und sehe, in welchem Zustande du bist! Wenn er vor dich tritt, so sprich zu ihm; ,Heute habe ich wirklich zum Volke hinausgehen wollen; aber diese Krankheit hat mich gehindert. Geh du nun zu den Leuten hinaus und sag ihnen, wie es mit mir steht! Teil ihnen auch mit, daß ich morgen sicher zu ihnen hinauskommen werde, um ihre Wünsche zu erfüllen und in ihre Angelegenheiten Einsicht zu nehmen, auf daß sie sich wieder beruhigen und ihr Zorn sich legt!' Du aber berufe morgen früh zehn von den Sklaven deines Vaters, Männer von Mut und Kraft, denen du dich anvertrauen kannst, die auf dein Wort hören und deinem Befehle gehorchen, die dein Geheimnis bewahren und dir treu ergeben sind; die stelle zu deinen Häupten auf und befiehl ihnen, immer nur einen nach dem anderen einzulassen! Sobald aber einer eingetreten ist, sprich zu den Sklaven: ,Packt ihn und schlagt ihn tot!' Wenn du dies vorher mit ihnen verabredet hast, so laß am Morgen deinen Thron in deinem Staatssaale aufstellen und laß dein Tor öffnen! Wenn die Leute das Tor offen sehen, werden sie gutes Mutes sein und unbesorgten Herzens zu dir kommen; sie werden um Erlaubnis bitten, zu dir eintreten zu dürfen, und du erlaube ihnen, einzeln nacheinander einzutreten, wie ich dir gesagt habe; dann tu mit ihnen nach deinem Belieben! Doch es ist nötig, daß du zuerst Schimâs, ihren obersten Meister, töten lässest; denn er ist der Großwesir und der Rädelsführer. Ihn laß als ersten umbringen, danach laß sie alle töten, einen nach dem andern, verschone keinen unter ihnen, von dem du weißt, daß er bundbrüchig wider dich ist; ebenso auch keinen, dessen Macht du fürchtest! Wenn du so an ihnen handelst, werden sie keine Kraft mehr wider dich besitzen; du wirst in voller Ruhe vor ihnen leben, du wirst dich deiner Herrschaft heiter erfreuen und tun können, was dir beliebt. Glaube mir, es gibt keinen besseren Plan für dich als diesen!' Der König sagte darauf: ,Recht ist dieser dein Rat, er weist auf die richtige Tat; ich werde sicherlich tun, was du gesagt hast.' Dann ließ er eine Binde bringen, verband sich mit ihr sein Haupt, stellte sich krank und sandte nach Schimâs. Als der vor ihn getreten war, sprach er zu ihm: ,Schimâs, du weißt doch, daß ich dich liebe und deinen Rat befolge. Du bist mir wie ein Bruder und ein Vater, mehr als alle anderen. Du weißt auch, daß ich von dir alles annehme, was du mich tun heißest; und da du mich hießest, zu den Untertanen hinauszugehen und mich niederzusetzen, um Recht vor ihnen zu sprechen, wußte ich sicher, daß dies ein guter Rat von dir für mich war, und ich wollte gestern zu ihnen hinausgehen. Aber da kam diese Krankheit über mich, und ich kann nicht aufrecht sitzen. Nun ist mir zu Ohren gekommen, daß die Untertanen des Reiches in Unruhe sind, weil ich nicht zu ihnen hinausgekommen bin, und daß sie mir Böses antun wollen, was sich nicht gebührt, da sie nicht wissen, an welcher Krankheit ich jetzt leide. Drum geh du zu ihnen hinaus und tu ihnen kund, wie es um mich steht und in welchem Elend ich mich befinde; entschuldige mich bei ihnen, denn ich will ja ihre Worte befolgen und tun, was sie wünschen! Ordne du diese Sache, verbürge dich an meiner Statt hierfür; du warst ja immer ein treuer Ratgeber für mich und für meinen Vater vor mir, und du pflegst Frieden zu stiften unter den Menschen! So Allah der Erhabene will, werde ich morgen zu ihnen hinausgehen; denn vielleicht wird heute nacht diese Krankheit von mir weichen durch den Segen meiner reinen Absicht und des Guten, das ich für sie in meinem Herzen plane.' Da warf Schimâs sich nieder vor Allah, betete für den König, küßte ihm die Hände und war hocherfreut über das Geschehene. Dann ging er zu den Leuten hinaus, teilte ihnen mit, was er von dem König gehört hatte, und hielt sie zurück von dem, was sie tun wollten, indem er ihnen kundtat, wie der König entschuldigt sei durch den Grund, der ihn zurückgehalten hatte hinauszugehen; auch berichtete er ihnen, daß er versprochen habe, am nächsten Tage vor sie zu treten und für sie zu tun, was sie wünschten. Nun kehrten alle nach Hause zurück.−−«

Da bemerkte Schehrezâd, daß der Morgen begann, und sie hielt in der verstatteten Rede an. Doch als die *Neunhundertunddreiundzwanzigste Nacht* anbrach, fuhr sie also fort: »Es ist mir berichtet worden, o glücklicher König, daß Schimâs zu den Großen des Reiches hinausging und zu ihnen sprach: ‚Morgen wird der König vor euch treten und für euch tun, was ihr wünscht‘, und daß dann alle nach Hause zurückkehrten. So nun stand es um sie.

Sehen wir aber, was der König darauf tat! Er ließ die zehn Sklaven kommen, starke Gesellen, die er aus den Recken seines Vaters hatte auswählen lassen, Männer von fester Entschlossenheit und gewaltiger Tapferkeit; zu denen sprach er: ‚Ihr wißt, was euch bei meinem Vater an Ehre und hohem Ansehen zuteil wurde, wie er euch Wohltaten erwies, gütig gegen euch war und euch beschenkte. Nun will ich euch, nachdem er dahingegangen ist, bei mir zu einer Stufe erheben, die noch höher ist, als jene es war, und ich will euch den Grund davon kundtun; derweilen gewähre ich euch vor Gott sicheres Geleit. Zuerst aber will ich euch nach etwas fragen, ob ihr darin meinem Befehle, wie ich ihn euch erteile, gehorsam sein wollt, indem ihr mein Geheimnis vor allen Leuten behütet. Euch sollen von mir noch höhere Gnaden erwiesen werden, als ihr wünscht, wenn ihr meinem Befehle gehorcht.‘ Die zehn erwiderten wie aus einem Munde und mit den gleichen Worten, indem sie sprachen: ‚Alles, was du uns befiehlst, o unser Herr, das wollen wir tun; wir wollen nicht von dem abweichen, was du uns heißest, nie und nimmer, denn du bist es, der über uns gebietet.‘ Er aber fuhr fort: ‚Allah lasse es euch wohlergehen! Jetzt will ich euch kundtun, weshalb ich euch ausersehen habe, um euch noch mehr zu ehren. Es ist das Folgende: Ihr wißt, welche Ehren mein Vater den Untertanen seines

Reiches erwies, welchen Eid er sie für mich schwören ließ, und wie sie ihm gelobten, sie wollten mir nie die Treue brechen und meinem Befehle nie widersprechen; ihr habt auch gesehen, was sie gestern getan haben, wie sie sich alle bei mir zusammenrotteten und mich töten wollten. Nun will ich etwas mit ihnen tun, und zwar dies. Da ich geschaut habe, wessen sie sich gestern unterfingen, und da ich eingesehen habe, daß nur eine schwere Strafe sie von dergleichen abhalten wird, so bin ich gezwungen, euch damit zu beauftragen, alle heimlich zu töten, deren Hinrichtung ich euch befehle, auf daß ich Übel und Unheil von meinem Lande abwende, indem ich ihre Anführer und Häupter zu Tode bringe. Dies möge so geschehen: Morgen werde ich mich auf diesen Thron in diesem Gemach niedersetzen und ihnen Erlaubnis geben, einzeln nacheinander bei mir einzutreten; sie sollen durch die eine Tür hereinkommen und durch die andere hinausgehen. Ihr zehn sollt dann vor mir stehen und auf mein Zeichen achten. Jeden, der einzeln hereintritt, den ergreift, schleppt ihn in das Zimmer dort, tötet ihn und verbergt seinen Leichnam!' Sie erwiderten: ‚Wir hören auf dein Wort und gehorchen deinem Befehl.' Darauf gab er ihnen Geschenke, entließ sie und ruhte die Nacht über. Als es Morgen ward, berief er sie und befahl ihnen, den Thron aufzustellen; dann legte er die königlichen Gewänder an, nahm das Buch des Gesetzes in die Hand und gebot, das Tor zu öffnen. Das Tor ward aufgetan, er ließ die zehn Sklaven vor sich treten, und der Herold rief aus: ‚Wer ein Amt hat, der trete zum Teppich des Königs!' Da kamen die Wesire und die Heerführer und die Kammerherren und stellten sich auf, ein jeder nach seinem Range. Darauf gab er Befehl, sie sollten einzeln nacheinander hereinkommen. Zuerst trat der Wesir Schimâs herein, wie es der Brauch des Großwesirs ist; aber kaum war er drinnen und stand vor dem König, so umringten ihn, ehe er sich dessen versah, die zehn Sklaven, ergriffen ihn, schleppten ihn in das andere Zimmer und töteten ihn. Dann machten sie sich an die anderen Wesire, an die Gelehrten und an die Vornehmen und erschlugen sie, einen nach dem anderen, bis sie allen den Garaus gemacht hatten. Darauf berief er die Henker und befahl ihnen, das Schwert an alle zu legen, die noch übrig waren vom Volke der Tapferkeit und des starken Mutes. Keinen von denen, die sie als starke Leute kannten, verschonten sie mit dem Tode; nur das gemeine Volk und das Gesindel ließen sie am Leben. Und die trieben sie fort, so daß ein jeder von ihnen sich zu den Seinen begab. Der König blieb hinfort wieder allein mit seinen Freuden und gab sich ganz seinen Begierden hin; ja, er übte auch Bedrückung, Ungerechtigkeit und Grausamkeit, bis er alle Bösewichter übertraf, die vor ihm gewesen waren. Nun war aber das Land dieses Königs eine Mine von Gold und Silber, Rubinen und anderen Edelsteinen; und alle Könige ringsum beneideten ihn um dies Reich und warteten nur darauf, daß ihm ein Unheil widerführe. Einer der Könige, die ihm benachbart waren, sprach damals bei sich selber: ,Jetzt habe ich erreicht, was ich wünschte, jetzt kann ich dies Reich dem törichten Knaben dort entreißen, da solches geschehen ist, daß er die Großen seines Reiches, alle mutigen und starken Männer, die in seinem Lande waren, umgebracht hat. Dies ist die Zeit der Gelegenheit, die Zeit, in der ihm genommen werden kann, was er in der Hand hält; denn er ist jung, er hat keine Kenntnis des Krieges und hat keine Einsicht. Auch hat er niemanden mehr um sich, der ihm recht raten oder ihm helfen könnte. Deshalb will ich noch heute bei ihm das Tor des Unheils öffnen, indem ich ihm einen Brief schreibe, darin ich ihn verhöhne und ihn grob anfahre wegen dessen, was er getan hat; dann will ich sehen, was er antwortet.‘ Und so schrieb er ihm einen Brief des Inhaltes: ‚Im Namen Allahs, des allbarmherzigen Erbarmers! Des ferneren: Mir ist berichtet worden, was du mit deinen Wesiren, Gelehrten und starken Männern getan hast, sowie auch, in welches Unheil du dich selber gestürzt hast, so daß dir keine Kraft noch Stärke geblieben ist, den abzuwehren, der über dich herfällt, zumal da du einen sündigen und verworfenen Wandel führst. Jetzt hat Allah mir den Sieg über dich verliehen und Macht über dich gegeben; drum höre auf mein Wort und gehorche meinem Befehl: Erbaue mir ein festes Schloß mitten im Meere! Wenn du das nicht kannst, so verlaß dein Land und flieh um dein Leben! Denn ich werde aus dem äußersten Indien zwölf Reitergeschwader wider dich entsenden, von denen ein jedes aus zwölftausend Streitern besteht; die werden in dein Land eindringen, dein Hab und Gut als Beute wegtragen, deine Mannen erschlagen und deine Frauen in die Gefangenschaft schleppen. Zu ihrem Anführer mache ich meinen Wesir Ba-dî'a, und ich gebe ihm den Befehl, deine Stadt zu belagern, bis er sie erobert. Diesem Diener aber, den ich zu dir sende, habe ich befohlen, nur drei Tage bei dir zu verweilen. Wenn du dich meinem Gebote fügst, so bist du gerettet; sonst entsende ich wider dich, was ich dir genannt habe.‘ Dann versiegelte er den Brief und gab ihn dem Boten; der zog mit ihm fort, bis er zu jener Stadt kam. Dort begab er sich zum König und über-reichte ihm den Brief. Doch als der König ihn gelesen hatte, versagte ihm die Kraft, seine Brust ward beklommen, und seine Lage ward ihm so unsicher, daß er schon den Tod vor Augen hatte; auch fand er keinen, den er um Rat fragen konnte, keinen, den er um Hilfe bitten konnte, keinen, der ihm hätte beistehen können. Da machte er sich auf und begab sich zu

seiner Gemahlin, bleich, wie er war. Und die sprach zu ihm:
‚Was ist dir, o König?' Er antwortete: ‚Heute bin ich kein
König mehr, sondern ich bin der Sklave eines Königs!' Darauf
öffnete er den Brief und las ihn ihr vor. Und als sie ihn hörte,
begann sie zu weinen und zu klagen und zerriß sich die Kleider.
Als der König sie aber fragte: ‚Weißt du irgendeinen Rat,
irgendeinen Ausweg in dieser argen Not?' erwiderte sie: ‚Die
Frauen wissen in Kriegszeiten keinen Ausweg; da haben sie
weder Kraft noch Rat, nur bei den Männern sind in solchen
Dingen Kraft und Rat und Plan.' Wie der König diese Worte
von ihr vernahm, ergriff ihn ein Übermaß von Reue und Gram
und Kummer darüber, daß er sich so gegen sein eigenes Volk
und die Wesire seines Reiches vergangen hatte. – –«

Da bemerkte Schehrezâd, daß der Morgen begann, und sie
hielt in der verstatteten Rede an. Doch als die *Neunhundertund-
vierundzwanzigste Nacht* anbrach, fuhr sie also fort: »Es ist mir
berichtet worden, o glücklicher König, daß jener König, als
er solche Worte von seiner Gemahlin vernahm, ergriffen ward
von einem Übermaß von Reue und Gram darüber, daß er
sich so durch die Ermordung seiner Wesire und der Vornehmsten seiner Untertanen vergangen hatte; und er wünschte, daß
er gestorben wäre, ehe ihm eine solche schmähliche Kunde
überbracht wurde. Dann sprach er zu seinen Frauen: ‚Mir ist
durch euch widerfahren, was dem Rebhuhn von den Schildkröten widerfuhr!' ‚Was war denn das?' fragten sie ihn; und
der König hub an:

DIE GESCHICHTE VON DEM REBHUHN
UND DEN SCHILDKRÖTEN

Man berichtet, daß einmal Schildkröten auf einer Insel lebten; das war eine Insel, auf der Bäume mit Früchten sprossen und Bäche flossen. Nun begab es sich eines Tages, daß ein Rebhuhn dort vorüberflog und von der Hitze und der Ermattung übermannt wurde; und weil es sehr darunter litt, so hielt es im Fluge inne und ließ sich auf jener Insel nieder, auf der jene Schildkröten waren. Als es die Tiere erblickte, suchte es Zuflucht bei ihnen und kehrte bei ihnen ein. Aber die Schildkröten waren gerade auf der Suche nach Futter in die verschiedenen Gegenden der Insel gegangen und kehrten nun zu ihrer Stätte zurück. Als sie von ihren Weideplätzen zu ihrer Wohnstatt heimgekommen waren, fanden sie das Rebhuhn dort. Und wie sie es anschauten, gefiel es ihnen, und Allah machte es lieblich vor ihren Augen, so daß sie ihren Schöpfer priesen und dies Rebhuhn sehr lieb gewannen und ihre Freude an ihm hatten. Darauf sprachen sie zueinander: ‚Ganz gewiß ist dieser einer der schönsten Vögel.‘ Und eine jede von ihnen war ihm freundlich zugetan. Dieweil das Rebhuhn sah, daß sie es mit dem Auge der Liebe anschauten, ward es ihnen geneigt und mit ihnen vertraut; und wenn es des Morgens ausflog, wohin es wollte, so kehrte es doch am Abend zurück, um bei ihnen zu übernachten; am anderen Tage flog es dann wieder, wohin es wünschte. Das ward seine Gewohnheit, und es lebte in dieser Weise eine ganze Weile dahin. Die Schildkröten aber fühlten, daß sein Fernsein sie betrübte, und sie wußten nun, daß sie es nur zur Nachtzeit sehen konnten, daß es aber am Morgen immer eilends davonflog, ehe sie es bemerkten, trotz ihrer großen Liebe zu ihm. So sprachen sie denn eine zur anderen:

‚Seht, wir haben dies Rebhuhn lieb gewonnen, es ist uns ein Freund geworden, und wir können die Trennung von ihm nicht mehr ertragen. Welche List gäbe es nun, die bewirken könnte, daß es immer bei uns bleibt? Ach, wenn es auffliegt, so bleibt es uns den ganzen Tag fern, und wir sehen es nur bei Nacht!' Eine von ihnen aber gab ihnen einen Rat und schloß mit den Worten: ‚Seid ruhig, meine Schwestern, ich will so dafür sorgen, daß es sich keinen Augenblick mehr von uns trennt!' Da sagten alle anderen zu ihr: ‚Wenn du das tust, so wollen wir alle deine Mägde sein.' Als nun das Rebhuhn von seinem Futterplatz heimkehrte und sich unter ihnen niedersetzte, nahte ihm jene listige Schildkröte, rief Segen auf sein Haupt herab und wünschte ihm Glück zur sicheren Heimkehr; dann sprach sie zu ihm: ‚Lieber Herr, wisse, Allah hat dir unsere Liebe geschenkt und ebenso dein Herz mit der Liebe zu uns erfüllt; und du bist uns in dieser Einöde ein trauter Freund geworden. Nun ist die schönste Zeit für die Liebenden, wenn sie vereint sind; und schweres Leid kommt durch Fernsein und Trennung. Aber du verlässest uns, wenn der Morgen dämmert, und du kommst erst bei Sonnenuntergang zu uns zurück; und das betrübt uns gar sehr. Ja, es bekümmert uns tief, und wir leben deshalb in bitterer Qual.' Das Rebhuhn erwiderte ihr: ‚Ja, auch ich liebe euch, und ich sehne mich nach euch noch mehr als ihr nach mir, und die Trennung von euch fällt mir wahrlich nicht leicht. Aber ich habe kein Mittel in der Hand, um dem abzuhelfen; denn ich bin ein Vogel mit Flügeln, und es ist mir unmöglich, immer bei euch zu bleiben, da es wider meine Natur ist. Seht, ein Vogel, der Flügel hat, kann nicht still sitzen außer allein bei Nacht, um zu schlafen; wenn es Morgen wird, so fliegt er fort und sucht sich sein Futter, wo es ihm beliebt.' ‚Du hast recht,' fuhr die Schildkröte fort, ‚aber

114

ein geflügeltes Geschöpf hat zu den meisten Zeiten keine Ruhe, und es gewinnt so an Gutem nicht ein Viertel von dem, was ihm an Mühsal zuteil wird; doch das höchste Ziel für jeden sind Behaglichkeit und Ruhe. Zwischen uns und dir hat Allah die Liebe und die Freundschaft entstehen lassen; und nun sind wir besorgt um dich, daß einer deiner Feinde dich erjagen könnte und du umkämst und wir des Anblickes deines Gesichtes beraubt würden.' Das Rebhuhn antwortete ihr und sprach: ‚Du sagst die Wahrheit; aber was für einen Rat, was für einen Ausweg weißt du für mich?' Da hub jene wieder an: ‚Mein Rat geht dahin, daß du deine Schwungfedern, mit denen du im Fluge dahineilst, ausreißest und bei uns in Ruhe weilest, von unserer Speise issest und von unserem Tranke trinkest, hier an dieser Futterstätte, wo der reifen Früchte Pracht uns aus vielen Bäumen entgegenlacht. Dann wollen wir mit dir an dieser fruchtbaren Stätte verweilen, und ein jeder von uns kann sich seines Gefährten erfreuen.' Das Rebhuhn gab ihren Worten nach, da es sich auch nach der Ruhe sehnte; dann rupfte es sich eine Feder nach der anderen aus, soviel es, von der Schildkröte beraten, für gut befand. Und nun blieb es bei ihnen und lebte mit ihnen, indem es an der armseligen Lust und der vergänglichen Freude Gefallen hatte. Während sie so dahinlebten, kam einmal ein Wiesel dort vorbei und schaute das Rebhuhn an und betrachtete es genau; da sah es, daß ihm die Flügel gestutzt waren, so daß es sich nicht erheben konnte. Als es solches an ihm bemerkte, freute es sich gar sehr und sprach bei sich: ‚Sieh an, dies Rebhuhn dort ist fett an Fleisch und arm an Federn!' Darauf schlich das Wiesel an das Rebhuhn heran und packte es. Das Rebhuhn aber begann zu schreien und rief die Schildkröten zu Hilfe; allein die halfen ihm nicht, sondern sie eilten fort von ihm und krochen dicht zusammen, wie sie es in den Krallen des Wiesels erblickten. Und als sie sehen mußten, daß es vom Wiesel gequält wurde, erstickten sie vor Tränen. Da rief das Rebhuhn: ‚Habt ihr nichts anderes als Tränen?‘ Doch sie erwiderten ihm: ‚Lieber Bruder, wir haben keine Kraft und keine Macht und kein Mittel wider ein Wiesel.‘ Darüber war das Rebhuhn betrübt, und indem es alle Hoffnung auf sein Leben fahren ließ, sprach es zu ihnen: ‚Euch trifft keine Schuld; es ist nur meine eigene Schuld, daß ich euch gehorcht und meine Schwungfedern ausgerissen habe, mit denen ich fliegen konnte. Ich verdiene den Tod dafür, daß ich auf euch gehört habe, und ich tadle euch in nichts.‘

*

‚Ebenso tadle ich euch jetzt nicht, ihr Frauen, sondern ich tadle und schelte nur mich selbst, dieweil ich nicht dessen eingedenk war, daß ihr der Grund für die Sünde waret, die unser Vater Adam beging und derentwegen er das Paradies verlassen mußte. Ich hatte vergessen, daß ihr die Wurzel alles Übels seid, ich habe auf euch gehört in meiner Torheit, meinem Mangel an Einsicht und meiner Unvorsichtigkeit und habe meine Wesire und die Verweser meines Reiches töten lassen, die meine treuen Ratgeber waren in allen Dingen, meine Stärke und meine Kraft in allem, was mir Sorge machte. Jetzt finde ich keinen Ersatz für sie, keinen sehe ich, der an ihre Stelle treten könnte, und so bin ich in großes Unheil geraten.‘ – –«

Da bemerkte Schehrezâd, daß der Morgen begann, und sie hielt in der verstatteten Rede an. Doch als die *Neunhundertundfünfundzwanzigste Nacht* anbrach, fuhr sie also fort: »Es ist mir berichtet worden, o glücklicher König, daß jener König sich selber tadelte und sprach: ‚Ich habe ja in meiner Torheit auf euch gehört und habe meine Wesire töten lassen; und nun

116

finde ich keinen Ersatz für sie, keinen, der an ihre Stelle treten könnte. Wenn Allah mir nicht einen Ausweg zeigt durch jemanden, dessen rechter Rat mich dorthin führt, wo Rettung meiner wartet, so bin ich in großes Unheil geraten.' Dann ging er fort und begab sich in sein Schlafgemach; doch vorher klagte er noch um seine Wesire und Weisen, indem er rief: ‚Ach, daß diese Löwen jetzt bei mir wären, wenn auch nur auf eine einzige Stunde, auf daß ich mich vor ihnen entschuldigen und auf sie schauen könnte; dann könnte ich ihnen auch meine Not klagen und alles, was mir nach ihrem Tode widerfahren ist!' Den ganzen Tag über blieb er versunken im Meere der Sorgen, und er aß nicht und er trank nicht. Als es aber dunkle Nacht ward, erhob er sich, tat seine Gewänder ab und legte alte Kleider an, so daß er unkenntlich ward; dann ging er fort, um durch die Stadt zu wandern und vielleicht von jemanden ein Wort zu hören, durch das er Ruhe fände. Und während er durch die Hauptstraßen dahinzog, traf er plötzlich zwei Knaben, die ganz allein neben einer Mauer saßen; sie waren gleichen Alters, ein jeder von ihnen mochte zwölf Jahre alt sein. Und als er hörte, daß sie miteinander redeten, trat er näher an sie heran, bis er ihre Worte genauer hören und verstehen konnte. Da vernahm er, wie der eine von den beiden zum anderen sagte: ‚Höre, Bruder, was mir gestern abend mein Vater erzählt hat über das Unglück, das ihn befallen hat, dieweil seine Saaten vor der Zeit verwelkt sind, weil der Regen mangelt und eine so schwere Heimsuchung über diese Stadt gekommen ist.' Der andere fragte: ‚Kennst du die Ursache dieser Heimsuchung?' ‚Nein, sagte der erste,' ‚aber wenn du sie kennst, so sage sie mir!' Der andere antwortete ihm und sprach: ‚Ja, ich kenne sie und will sie dir kundtun. Wisse, einer von den Freunden meines Vaters erzählte mir, daß der König seine

Wesire und die Großen seines Reiches hat töten lassen, ohne daß sie eine Schuld begangen hätten, sondern nur weil er die Frauen liebte und zu ihnen neigte; die Wesire suchten ihn davon abzubringen, aber er wollte nicht davon lassen, sondern befahl, sie zu ermorden, indem er auf seine Frauen hörte; ja, er hat sogar meinen Vater Schimâs hinrichten lassen, seinen Wesir, der schon vor ihm der Wesir seines Vaters und sein Ratgeber gewesen war. Aber du wirst bald sehen, was Allah mit ihm tun wird um der Sünden willen, die er an ihnen beging, und wie er sie an ihm rächen wird.' Da fragte der erste Knabe wieder: ‚Was kann denn Allah ihm wohl antun, nachdem sie umgekommen sind?' Der andere erwiderte ihm: ‚Wisse, der König vom äußersten Indien mißachtet unseren König und hat ihm einen Brief geschickt, in dem er ihn schmäht und ihm sagt: ‚Erbaue mir ein Schloß mitten im Meere; wenn du das nicht tust, so werde ich zwölf Reitergeschwader wider dich entsenden, von denen ein jedes aus zwölftausend Streitern besteht! Zum Anführer dieser Scharen mache ich meinen Wesir Badî'a; der soll dir dein Reich nehmen, deine Mannen töten und dich samt deinen Frauen in die Gefangenschaft schleppen.' Als der Bote des Königs vom äußersten Indien mit diesem Briefe zu ihm kam, gab er ihm eine Frist von drei Tagen. Wisse aber auch, mein Bruder, jener König ist ein trutziger Degen, ein Mann von Kraft und an Mut verwegen. In seinem Reiche wohnt viel Volks; und wenn unser König kein Mittel findet, ihn von sich abzuwehren, so wird er ins Verderben geraten. Und nach dem Untergang unseres Königs wird jener König unser Hab und Gut rauben, unsere Männer töten und die Frauen in Gefangenschaft schleppen.' Als der König diese Worte von ihnen vernahm, wuchs seine Erregung noch mehr, und er war den beiden geneigt und sprach bei sich: ‚Dieser Knabe ist sicher ein Weiser; denn er hat über etwas Auskunft gegeben, das ihm nicht von mir berichtet ist. Den Brief, der von dem König des äußersten Indien gekommen ist, habe ich bei mir, und das Geheimnis hüte ich; niemand außer mir hat Kenntnis von diesen Dingen. Wie hat denn dieser Knabe davon erfahren? Ich will doch Hilfe bei ihm suchen und mit ihm sprechen, und ich will Allah bitten, daß unsere Rettung durch ihn geschehe.‘ Darauf trat der König freundlich an den Knaben heran und sprach zu ihm: ‚Du lieber Knabe, was hast du da von unserem König erzählt, daß er so schweres Unrecht getan habe durch die Ermordung seiner Wesire und der Großen seines Reiches? Ja, er hat in Wahrheit übel gehandelt an sich selbst und an seinen Untertanen; und du hast recht in dem, was du gesagt hast. Doch laß mich wissen, Knabe, woher hast du erfahren, daß der König des äußersten Indien einen Brief an unseren König geschrieben hat, in dem er ihn schmäht und ihm die harten Worte sagt, die du genannt hast?‘ Der Knabe erwiderte ihm: ‚Ich habe dies erfahren nach dem Worte der Alten, daß vor Allah kein Ding verborgen ist, und daß im Geschlechte der Söhne Adams eine geistige Kraft wohnt, die ihnen die verborgensten Geheimnisse offenbart.‘ ‚Du hast recht, mein Sohn.‘ fuhr der König fort, ‚aber sage mir, bleibt unserem König noch irgendein Ausweg oder ein Mittel, durch das er dies große Unheil von sich und von seinem Reiche abwenden kann?‘ Da antwortete der Knabe und sprach: ‚Jawohl; wenn der König zu mir schickt und mich fragt, was er tun soll, um seinen Feind abzuwehren und seiner List zu entfliehen, so werde ich ihm kundtun, wie er gerettet werden kann durch die Kraft Allahs des Erhabenen.‘ Der König fragte darauf: ‚Wer soll denn dem König davon Nachricht geben, so daß er nach dir sende, um dich zu rufen?‘ Und der

Knabe gab ihm zur Antwort: ‚Ich habe gehört, daß er nach Männern von Erfahrung und rechter Einsicht sucht. Wenn er nun zu mir schickt, so werde ich mit ihnen zu ihm gehen und ihm zu wissen tun, worin sein Heil liegt, und wodurch er das Unheil von sich abwehren kann. Wenn er aber diese schwere Sache vernachlässigt und sich wieder seinem Getändel mit den Frauen hingibt, und wenn ich ihm dann sagen wollte, worin seine Rettung liegt, und aus eigenem Antriebe zu ihm ginge, so würde er mich töten lassen wie jene Wesire, und meine Freundlichkeit gegen ihn würde die Ursache meines Todes sein. Dann würden die Menschen mich verachten und meinen Verstand gering einschätzen, und von mir gälte dann auch das Wort dessen, der da sprach: ‚Wenn einer mehr Wissen als Verstand hat, – ein solcher Weiser kommt durch seine Torheit um.‘ Als der König die Worte des Knaben vernommen hatte, ward er von seiner Weisheit überzeugt und erkannte seine Vortrefflichkeit und war gewiß, daß ihm und seinen Untertanen die Rettung durch den Knaben kommen würde. So richtete er denn wieder seine Worte an ihn, indem er sprach: ‚Woher bist du, und wo ist dein Haus?‘ Der Knabe erwiderte: ‚Diese Mauer grenzt an unser Haus.‘ Nachdem der König sich jene Stelle gemerkt hatte, nahm er von dem Knaben Abschied und kehrte erfreut in seinen Palast zurück. Und als er sich in seinem Gemache befand, legte er seine rechten Gewänder wieder an und ließ Speise und Trank bringen, aber die Frauen hielt er von sich fern. Er aß und trank und pries Allah den Erhabenen und bat ihn um Rettung und Hilfe, doch auch um Vergebung und Verzeihung für das, was er an den Gelehrten und Vornehmen seines Reiches getan hatte. Ja, er bereute vor Allah mit lauterem Herzen und erlegte sich durch ein Gelübde langes Fasten und viele Gebete auf. Dann rief er einen seiner vertrauten Diener, beschrieb ihm die Wohnung des Knaben und befahl ihm, zu ihm zu gehen und ihn in freundlicher Weise vor ihn zu führen. Jener Sklave begab sich also zu dem Knaben und sprach zu ihm: ‚Siehe, der König beruft dich, auf daß dir Gutes von ihm widerfahre, und daß er eine Frage an dich richte; dann sollst du wohlbehalten nach Hause zurückkehren.‘ Der Knabe antwortete und sprach: ‚Was ist des Königs Anliegen, wegen dessen er mich zu sich beruft?‘ Der Diener sprach: ‚Das Anliegen meines Herrn, wegen dessen er dich zu sich beruft, ist Frage und Antwort.‘ Da sagte der Knabe: ‚Ich höre tausendmal und gehorche tausendmal dem Befehle des Königs!‘ Dann ging er mit ihm, bis er zum König kam. Und wie er nun vor ihm stand, warf er sich vor Allah nieder und betete für den König, nachdem er den Gruß vor ihm gesprochen hatte; der König erwiderte seinen Gruß und hieß ihn sich setzen. Der Knabe setzte sich. – –«

Da bemerkte Schehrezâd, daß der Morgen begann, und sie hielt in der verstatteten Rede an. Doch als die *Neunhundertundsechsundzwanzigste Nacht* anbrach, fuhr sie also fort: »Es ist mir berichtet worden, o glücklicher König, daß der Knabe, als er zum König gekommen war und den Gruß vor ihm gesprochen hatte, dieser ihn sich setzen hieß, und daß er sich dann setzte. Da fragte der König ihn: ‚Weißt du, wer gestern mit dir gesprochen hat?‘ ‚Jawohl!‘ erwiderte der Knabe. Und als der König weiter fragte: ‚Wo ist er?‘ antwortete er ihm und sprach: ‚Der ist es, der jetzt mit mir redet.‘ ‚Du hast recht, mein Lieber‘, erwiderte der König und gab alsbald Befehl, einen Stuhl neben seinen Thron zu stellen; darauf ließ er den Knaben sich setzen, und dann befahl er, Speise und Trank zu bringen. Nachdem sie eine Weile miteinander geplaudert hatten, sagte der König zu dem Knaben: ‚Du, o Wesir, du hast gestern ein Gespräch mit mir gehabt und darin gesagt, du habest ein Mittel, um die Tücke des Königs von Indien von uns abzuwehren. Was ist das für ein Mittel? Wie sollen wir es beginnen, sein Unheil von uns abzuwenden? Tu es mir kund, auf daß ich dich zum Ersten derer mache, die da im Reiche mit mir reden, und dich zum Wesir für mich auserwähle, deinen Rat in allem befolge, was du mir zu tun rätst, und dir einen hohen Ehrensold bestimme.' Doch der Knabe entgegnete ihm: ,Deinen Ehrensold magst du behalten, o König, und Rat und Plan magst du bei deinen Frauen suchen, die dich angestiftet haben, meinen Vater Schimâs zu töten mit all den anderen Wesiren.' Wie der König das von ihm hörte, schämte er sich und seufzte auf; dann fuhr er fort: ,Lieber Knabe, war Schimâs wirklich dein Vater, wie du es sagst?' Der Knabe antwortete ihm und sprach: ,Schimâs war wirklich mein Vater, und ich bin in Wahrheit sein Sohn!' Da neigte sich der König in Demut, Tränen strömten aus seinen Augen, und er bat Gott um Verzeihung. Dann hub er an: ,O Knabe, siehe, ich tat das in meiner Unwissenheit, und weil die Frauen mich schlecht berieten; denn ihre List ist groß![1] Doch ich bitte dich, verzeih mir, und ich will dich an deines Vaters Stelle setzen, ja, ich will deinen Rang noch höher machen als seinen Rang. Ferner will ich dich, wenn diese Heimsuchung, die auf uns herabkam, abgewandt ist, mit einer goldenen Halskette schmücken und dich auf das stolzeste Roß setzen; und ich will dem Herold befehlen, vor dir auszurufen: ,Dies ist der ruhmreiche Knabe, der Herr des zweiten Thrones nach dem König!' Und was das angeht, was du von den Frauen sagst, so gedenke ich meine Rache an ihnen zu nehmen; das werde ich dann tun, wenn Allah der Erhabene es will. Nun aber tu mir kund, was du für

1. Vergl. Koran, Sure 12, Vers 28.

einen Plan hast, auf daß mein Herz sich beruhige!' Darauf erwiderte ihm der Knabe mit den Worten: ‚Schwöre mir einen
Eid, daß du in dem, was ich dir sage, meinem Rate nicht zuwiderhandeln willst, und daß ich vor dem, was ich befürchte,
sicher sein soll!' Da sprach der König zu ihm: ‚Dies sei der
Bund Allahs zwischen mir und dir, daß ich von deinem Worte
nicht abweichen will, daß du mein Ratgeber sein sollst, und
daß ich alles tun will, was du mich heißest; und Zeuge zwischen uns für das, was ich sage, sei Allah der Erhabene!' Da
ward des Knaben Brust von Sorgen befreit, und das Feld der
Rede öffnete sich ihm weit; und er hub an: ‚O König, mein
Plan und mein Ausweg ist der, daß du die Zeit abwartest, in
der jener Bote wieder zu dir kommt, um Antwort zu heischen,
nachdem die Frist verstrichen ist, die du von ihm erhalten hast;
und wenn er dann vor dich tritt und die Antwort verlangt, so
halt ihn hin und verweise ihn auf einen anderen Tag. Dann
wird er dich um Entschuldigung bitten, weil sein König ihm
eine bestimmte Anzahl von Tagen festgesetzt habe, und er
wird auf eine Antwort von dir dringen. Du aber jage ihn fort
und verweise ihn nur auf einen anderen Tag, ohne ihm jenen
Tag festzusetzen! Dann wird er dich zornig verlassen und mitten in die Stadt gehen und offen vor den Leuten reden, indem
er sagt: ‚Ihr Leute der Stadt, ich bin ein Eilbote des Königs vom
äußersten Indien; der ist ein Herr an Mut unerreicht und von
einer Entschlossenheit, die das Eisen erweicht. Er hat mich mit
einem Briefe an den König dieser Stadt geschickt und mir eine
bestimmte Frist von Tagen festgesetzt und mir gesagt: ‚Wenn
du nicht nach Ablauf der Tage, die ich dir festgesetzt habe, zurückkehrst, so wird meine Rache über dich kommen. Seht,
ich bin zum König dieser Stadt gekommen und habe ihm den
Brief gegeben; und als er ihn gelesen hatte, bat er mich um eine

Frist von drei Tagen, dann würde er mir Antwort auf jenes
Schreiben geben. Ich willigte darin ein aus Höflichkeit gegen
ihn und Achtung vor ihm. Nachdem aber die drei Tage verstrichen waren, ging ich hin, um die Antwort von ihm zu verlangen; doch er verwies mich auf einen anderen Tag. Jetzt kann
ich nicht mehr warten; jetzt will ich zu meinem Herrn gehen,
dem König des äußersten Indien, und ihm kundtun, wie es mir
ergangen ist. Und ihr, ihr Leute, seid Zeugen zwischen mir
und ihm!' Seine Worte werden dir bald hinterbracht werden;
dann sende du nach ihm, laß ihn vor dich kommen und sprich
milde mit ihm, indem du sagst: ,O Eilbote, der du in dein
eigenes Verderben eilst, was hat dich bewogen, uns vor unseren
Untertanen zu tadeln? Du hast wahrlich eiliges Verderben von
uns verdient. Aber die Alten haben gesagt: Die Vergebung ist
eine von den Eigenschaften der Edlen. Wisse, die Verzögerung
der Antwort geschah nicht aus unserem Unvermögen, sondern
durch die Häufung unserer Geschäfte und aus Mangel an
Muße, eurem König eine Antwort zu schreiben.' Darauf laß
den Brief bringen und lies ihn noch einmal; und wenn du ihn
zu Ende gelesen hast, so lache laut auf und sprich zu ihm:
,Hast du noch einen anderen Brief als diesen Brief, damit wir
auch den beantworten?' Er wird dir sagen: ,Ich habe keinen
anderen Brief als diesen'; du aber wiederhole ihm die Frage
ein zweites und ein drittes Mal, und er wird immer sagen: ,Ich
habe überhaupt nichts anderes.' Dann sprich zu ihm: ,Fürwahr,
dieser dein König ist des Verstandes bar, da er in diesem
Briefe Worte an uns richtet, durch die er uns reizen will, daß
wir mit unserem Heere wider ihn ziehen und sein Land plündern und ihm seine Herrschaft entreißen. Doch wir wollen ihn
diesmal noch nicht strafen für sein unziemliches Verhalten in
diesem Briefe, da er ja kurz von Verstand und schwach an

Einsicht ist. Es geziemt sich für unsere Würde, daß wir ihn zuvor ermahnen und warnen, solche törichten Worte zu wiederholen. Wenn er jedoch sein Leben aufs Spiel setzen will und dergleichen noch einmal tut, so verdient er schnelle Heimsuchung. Mich deucht, dieser König, der dich gesandt hat, ist unwissend, töricht und denkt nicht an den Ausgang der Dinge und hat keinen verständigen Wesir von rechtem Urteil, den er um Rat fragen kann; denn wenn er verständig wäre, so hätte er sich mit einem Wesir beraten, ehe er solche lächerlichen Worte wie diese an uns geschrieben hätte. Doch er soll seine Antwort von mir haben, die seinem Briefe entspricht, ja, ihn noch übertrifft; ich will sein Schreiben einem der Schulknaben reichen, daß er es beantworte.' Dann schicke nach mir und laß mich kommen; und wenn ich vor dir stehe, so befiehl mir, den Brief zu lesen und zu beantworten.' Da weitete sich des Königs Brust, er hieß den Rat des Knaben gut und hatte Gefallen an seinem Plan; er beschenkte ihn und setzte ihn in das Amt seines Vaters ein und entließ ihn hocherfreut. Nachdem nun die drei Tage verstrichen waren, die er dem Boten als Frist gesetzt hatte, kam dieser, trat zum König ein und verlangte Antwort; der aber verwies ihn auf einen anderen Tag. Da ging der Bote zum anderen Ende des Teppichs und sprach unziemliche Worte, wie es der Knabe vorausgesagt hatte; danach begab er sich in den Basar und rief: ,Ihr Leute dieser Stadt, ich bin ein Abgesandter des Königs vom äußersten Indien an euren König, ich habe ihm eine Botschaft überbracht, aber er hält mich hin mit seiner Antwort darauf. Die Frist, die mir unser König festgesetzt hat, ist verstrichen, jetzt hat euer König keine Entschuldigung mehr, und ihr seid Zeugen dafür!' Als diese Worte dem König berichtet wurden, sandte er nach jenem Boten, ließ ihn vor sich kommen und sprach zu ihm: ,O Eilbote, der du in dein eigenes Verderben eilst, bist du nicht der Überbringer eines Briefes von einem König an einen König, zwischen denen Geheimnisse bestehen? Wie kannst du da unter das Volk treten und die Geheimnisse der Könige vor der Menge kundtun? Du hast wahrlich Strafe von uns verdient. Doch wir wollen dies ertragen, damit du diesem törichten König deine Antwort heimbringen kannst. Es gebührt sich nun am ehesten, daß niemand anders als der kleinste Schulbube ihm eine Antwort für uns gibt.' Dann befahl er, jenen Knaben zu bringen, und er kam. Als er vor den König trat, während der Eilbote zugegen war, warf er sich vor Allah nieder und betete um dauernden Ruhm und langes Leben für den König. Der aber warf dem Knaben den Brief zu, indem er sprach: ‚Lies diesen Brief und schreib schnell eine Antwort darauf!' Da nahm der Knabe den Brief, las ihn, lächelte, lachte und sprach zum König: ‚Hast du wegen der Antwort auf diesen Brief nach mir gesandt?' ‚Ja,' erwiderte der König; und der Knabe gab darauf zur Antwort: ‚Ich höre und gehorche bereitwilligst!' Dann holte er Tintenkapsel und Papier hervor und begann zu schreiben. – –«

Da bemerkte Schehrezâd, daß der Morgen begann, und sie hielt in der verstatteten Rede an. Doch als die *Neunhundertundsiebenundzwanzigste Nacht* anbrach, fuhr sie also fort: »Es ist mir berichtet worden, o glücklicher König, daß der Knabe, nachdem er den Brief genommen und gelesen hatte, Tintenkapsel und Papier hervorholte und zu schreiben begann: ‚Im Namen Allahs, des allbarmherzigen Erbarmers! Friede sei mit denen, die Schutz erlangen und des Erbarmers Mitleid empfangen! Des ferneren: Ich tu dir zu wissen, o du, der du beanspruchst ein großer König zu sein, nicht in Wahrheit, sondern nur durch des Namens Schein, dein Brief ist bei mir eingetroffen, wir haben ihn gelesen, und wir haben verstanden, was darin steht an Schwätzereien und sonderbaren Faseleien. Und wir haben uns davon überzeugt, daß du töricht bist und uns Unrecht zufügen möchtest; ja, du hast deine Hände ausgestreckt nach dem, was du nimmer vermagst. Und wäre nicht das Mitleid mit den Geschöpfen Allahs und den Untertanen über uns gekommen, so hätten wir nicht mit dir gezaudert. Was deinen Gesandten betrifft, so ist er in den Basar hinausgegangen und hat die Kunde von deinem Briefe bei vornehm und gering verbreitet; und dafür verdient er Strafe von uns. Dennoch haben wir ihn verschont aus Mitleid mit ihm, und weil er im Hinblick auf dich zu entschuldigen ist; nicht aus Achtung vor dir haben wir ihn straflos ausgehen lassen. Wenn du in deinem Briefe davon sprichst, daß ich meine Wesire und Gelehrten und die Großen meines Reiches habe hinrichten lassen, so ist das Wahrheit; es ist jedoch aus einem bestimmten Grunde geschehen. Ich habe auch keinen von den Gelehrten töten lassen, ohne daß ich von seiner Art tausend hätte, die gelehrter, verständiger und weiser sind als er. Ja, bei mir lebt kein Kind, das nicht von Kenntnissen erfüllt wäre, und an Stelle eines jeden von den Hingerichteten habe ich so viele Vortreffliche seiner Art, daß ich sie nicht zählen kann. Ein jeder von meinen Kriegern nimmt es mit einem Geschwader von deinen Truppen auf. Und was das Geld angeht, so habe ich Werkstätten für Silber und Gold; und die Edelsteine sind bei mir wie die Kiesel. Endlich, was die Leute meines Reiches betrifft, so kann ich dir ihre Schönheit und Anmut und ihren Reichtum gar nicht beschreiben. Wie kannst du dich also wider uns erdreisten und uns sagen: Bau mir ein Schloß mitten im Meere? Das ist doch ein wunderbar Ding! Das kann nur aus dem Schwachsinn deines Verstandes entstanden sein; denn wenn du wirklichen Verstand hättest, so hättest du zuerst forschen müssen nach dem Branden der Wogen und dem Wehen der Winde dort, wo ich dir ein Schloß bauen sollte. Wenn du ferner gar behauptest, du würdest mich besiegen, so möge Allah das verhüten! Wie könnte deinesgleichen uns vergewaltigen und über unser Land herrschen? Nein, Allah der Erhabene hat mir den Sieg über dich verliehen, da du dich ohne Grund wider mich zu Bösem erhoben hast. Wisse, du hast vor Gott und vor mir Strafe verdient; doch meine Gottesfurcht hält mich von dir und deinen Untertanen zurück, und ich will erst nach dieser Warnung wider dich zu Rosse steigen. Wenn du also Allah fürchtest, so eile und schicke mir Tribut für dies Jahr; sonst werde ich unweigerlich gegen dich ausreiten mit tausendmaltausend und hunderttausend Streitern, lauter Recken auf Elefanten, und ich werde sie aufreihen rings um unseren Wesir und ihm befehlen, dich drei Jahre zu belagern, wie du deinem Boten drei Tage Frist gegeben hast. Ich werde mich deines Reiches bemächtigen, indem ich niemanden dort töte als dich allein und niemanden gefangen nehme als deine Frauen.' Dann zeichnete der Knabe sein Bildnis auf das Schriftstück und schrieb daneben: ,Diese Antwort schrieb der kleinste der Schulknaben.' Schließlich versiegelte er den Brief und reichte ihn dem König; der gab ihn dem Boten. Und der Bote nahm ihn hin, küßte dem König die Hände und verließ ihn, indem er Allah dem Erhabenen und dem König dankte für seine Milde gegen ihn; und als er fortging, wunderte er sich immer noch über die Klugheit, die er an dem Knaben beobachtet hatte. Als er wieder bei seinem König ankam, ergab es sich, daß sich sein Eintreffen bei ihm um drei Tage verzögert hatte hinter der ihm festgesetzten Frist mit dem Aufenthalt von drei Tagen; und der König hatte schon gerade den Staatsrat zusammenberufen, weil der Bote über die Zeit hinaus fortgeblieben war, die ihm bestimmt war. Wie dieser nun vor den König trat, warf er sich vor ihm nieder und überreichte ihm dann den Brief. Der König nahm ihn und fragte den Boten nach dem Grunde seines Ausbleibens und danach, wie es mit dem König Wird Chân stehe. Doch als jener ihm Bericht erstattet und ihm alles erzählt hatte, was er mit seinen Augen gesehen und mit seinen Ohren gehört hatte, verwirrte sich dem König der Verstand, und er sprach zu dem Boten: ‚Weh dir, was sind das für Nachrichten, die du mir von einem solchen König bringst!‘ Der Bote antwortete ihm und sprach: ‚Großmächtiger König, hier stehe ich vor dir, öffne den Brief und lies ihn, so wird dir Wahrheit und Lüge offenbar werden.‘ Da öffnete der König den Brief und las ihn; auch sah er darin das Bild des Knaben, der ihn geschrieben hatte. Und nun sah er schon das Ende seiner Herrschaft vor Augen und war ratlos, was er tun sollte. Dann wandte er sich zu seinen Wesiren und den Großen seines Reiches, tat ihnen kund, was geschehen war, und las ihnen den Brief vor. Da erschraken sie gewaltig und suchten die Angst des Königs zu beschwichtigen mit Worten, die nur von der Zunge rollten, während ihre Herzen vor Pochen in Stücke zerreißen wollten. Darauf hub Badî'a, der Großwesir, an: ‚Wisse, o König, in dem, was meine Brüder unter den Wesiren sagten, liegt kein Nutzen. Mein Rat geht dahin, daß du diesem König einen Brief schreibst und dich darin vor ihm entschuldigst, indem du zu ihm sprichst: ‚Ich bin dir ein Freund, und ich war es deinem Vater vor dir; und ich sandte dir den Boten mit diesem Briefe nur, um dich zu erproben und um zu schauen, ob du entschlossen seiest, und welche Tapferkeit du besitzest, wie du in Dingen des Wissens und des Handelns dich verhältst und bei verborgenen Anspielungen, und endlich, welche allgemeinen Vollkommenheiten dir verliehen sind. Nun flehen wir zu Allah dem Erhabenen, daß er dich segne in deinem Königreich, die Burgen deiner Hauptstadt festige und deine Herrschaft mehre, zumal du auf dich selber achtest und die Angelegenheiten deiner Untertanen zum guten Ende zu führen suchst.' Und diesen Brief sende ihm durch einen anderen Boten.' Da rief der König: ‚Bei Allah dem Allmächtigen, dies ist doch ein mächtiges Wunder! Wie kann dieser noch ein mächtiger König sein, bereit zum Kriege, nachdem er die Gelehrten seines Reiches und seine Ratgeber und die Hauptleute seines Heeres hat töten lassen? Wie kann sein Reich danach noch gedeihen, so daß von ihm diese mächtige Kraft ausgehen sollte? Doch noch wunderbarer ist es, daß die Kleinen der Schulen dort eine solche Antwort für ihren König geben können. Ja, ich habe in meiner bösen Gier dies Feuer über mich und über das Volke meines Reiches entzündet, und ich weiß nicht, wer es löschen kann, es sei denn der Plan dieses meines Wesirs.' Darauf rüstete er ein kostbares Geschenk sowie vielerlei Diener und Sklaven und schrieb einen Brief des Inahlts: ‚Im Namen Allahs, des allbarmherzigen Erbarmers! Des ferneren: O großmächtiger König Wird Chân, Sohn meines teuren Bruders Dschali'âd – Allah habe ihn selig und schenke dir ein langes Leben! –, deine Antwort auf unseren Brief ist bei uns eingetroffen, und wir haben sie gelesen und verstanden, was darinnen steht. Wir haben aus ihr erfahren, was uns erfreut, und das ist das Höchste, was wir von Allah für dich erbitten. Denn wir flehen zu ihm, daß er deine Macht erhöhe, die Pfeiler deines Reiches festige und dir über deine Feinde, die dir übelwollen, Sieg verleihe. Wisse, o König, daß dein Vater mir ein Bruder war, und daß zwischen mir und ihm zeit seines Lebens Bünde und Verträge bestanden; er hat von mir nur Gutes erfahren, und auch wir erfuhren desgleichen nur Gutes von ihm. Als er entschlafen war und du den Thron seines Reiches bestiegst, widerfuhr uns größte Freude und Fröhlichkeit; doch als uns berichtet wurde, was du an deinen Wesiren und an den Großen deines Reiches getan hattest, befürchteten wir, die Kunde davon könnte einen anderen König außer uns erreichen, und der könnte sich wider dich erfrechen. Denn wir vermeinten, du wärest nachlässig in deinen Geschäften und in der Bewachung deiner Burgen, indem du dich um die Angelegenheiten deines Reiches nicht kümmertest; deshalb schrieben wir dir, um dich dadurch aufzurütteln. Nachdem wir aber gesehen haben, daß du uns eine solche Antwort gabst, ward unser Herz um dich beruhigt. Allah möge dir Freude geben an deinem Königreiche und dich festigen in deiner Würde! Und damit Gott befohlen!' Dann sandte er den Brief und die Geschenke, die er gerüstet hatte, mit hundert Reitern zu König Wird Chân. – –«

Da bemerkte Schehrezâd, daß der Morgen begann, und sie hielt in der verstatteten Rede an. Doch als die *Neunhundertundachtundzwanzigste Nacht* anbrach, fuhr sie also fort: »Es ist mir berichtet worden, o glücklicher König, daß der König vom äußersten Indien, nachdem er die Geschenke für den König Wird Chân gerüstet hatte, sie mit hundert Reitern zu ihm sandte. Die ritten dahin, bis sie zum König Wird Chân kamen; und nachdem sie vor ihm den Gruß gesprochen hatten, übergaben sie ihm den Brief. Der König las ihn und verstand seinen Inhalt; dann bestimmte er für den Hauptmann der hundert Reiter eine Stätte, wie sie ihm gebührte, nachdem er ihm Ehren erwiesen und die Geschenke von ihm angenommen hatte. Alsbald verbreitete sich die Kunde davon unter dem Volke, und der König freute sich darüber gar sehr. Dann schickte er nach dem Knaben, dem Sohn des Wesirs Schimâs, ließ ihn vor sich kommen und erwies ihm Ehren; zugleich aber sandte er auch nach dem Hauptmann der hundert Reiter. Darauf ließ er sich den Brief geben, den jener von seinem König mitgebracht hatte, und reichte ihn dem Knaben; der öffnete ihn und las ihn vor. Darüber freute sich der König von neuem gar sehr, während er vor dem Hauptmann der hundert Reiter tadelnde Worte sprach, so daß dieser ihm die Hände küßte und sich vor ihm entschuldigte und für ihn um langes Leben und ewiges Glück betete. Dafür dankte ihm der König und erwies ihm noch höhere Ehren; auch gab er ihm und allen, die bei ihm waren, was ihnen gebührte, und rüstete Geschenke, die sie mitnehmen sollten. Dem Knaben aber befahl er, eine Antwort auf den Brief zu schreiben; da schrieb der Knabe die Antwort, darin er nach einer schön gewählten Anrede kurz von der Versöhnung sprach und dann das treffliche Benehmen des Gesandten und seiner Reitersleute hervorhob. Und als er den Brief beendet hatte, reichte er ihn dem König; der sprach zu ihm: ,Lies ihn, teurer Knabe, damit wir alle erfahren, was in ihm geschrieben steht!' Da las der Knabe ihn vor in Gegenwart der hundert Reiter; und der König und alle, die zugegen waren, fanden Gefallen an den schönen Worten und ihrem Inhalt. Dann setzte der König sein Siegel darunter und übergab den Brief dem Hauptmann der hundert Reiter, entließ ihn und sandte mit ihm eine Schar von seinen eigenen Truppen, die ihn bis zur Grenze ihres Landes geleiten sollten.

Wenden wir uns nun von dem König und dem Knaben zu dem Hauptmann der Hundert! Der war in seinem Sinne ganz verwirrt über das, was er an dem Knaben gesehen hatte, zumal über seine Kenntnisse; und er dankte Allah dem Erhabenen, daß sein Auftrag so rasch erledigt, und daß der Friede angenommen war. Dann zog er seines Weges dahin, bis er zum

König vom äußersten Indien kam; dem brachte er die Geschenke und Kostbarkeiten, führte ihm auch all die anderen Gaben vor, überreichte ihm den Brief und berichtete ihm, was er geschaut hatte. Darüber war der König hoch erfreut, er pries Allah den Erhabenen und erwies dem Hauptmann der Hundert Ehren, dankte ihm für den Eifer bei seinem Tun und erhöhte seinen Rang. Von jener Zeit an lebte er in Sicherheit und Frieden, Ruhe und wachsender Freude. Soviel über den König des äußersten Indien!

Sehen wir weiter, wie es dem König Wird Chân dann erging! Er kehrte nunmehr zu Allah zurück und wandte sich ab von seinem schlimmen Wege und bereute vor Gott mit aufrichtigem Herzen alles, was er getan hatte. Die Frauen verließ er ganz und gar und widmete sich nur allein der Wohlfahrt seines Reiches und der Sorge für seine Untertanen in der Furcht des Herrn. Den Sohn des Schimâs machte er zum Wesir an seines Vaters Statt und zu seinem ersten Ratgeber im Reiche und zum Hüter seiner Geheimnisse. Und er befahl, die Hauptstadt sieben Tage lang zu schmücken, ebenso auch alle anderen Städte. Des freuten sich die Untertanen, und Furcht und Angst wichen von ihnen; ja, sie erfreuten sich der Gerechtigkeit und der Pflege des Rechts und waren inständig im Gebet für den König und den Wesir, der diese Sorge von ihm und von ihnen genommen hatte. Danach sprach der König zum Wesir: ‚Welches ist dein Rat, damit wir das Reich und die Wohlfahrt der Untertanen sichern, und daß es wieder dahin gebracht werde, wo es früher war, hinsichtlich der Hauptleute und der Ratgeber?‘ Der Wesir antwortete ihm und sprach: ‚O König von hohem Ruhm, mein Rat geht dahin, daß du vor allen Dingen damit beginnst, die Wurzel der Sünden aus deinem Herzen zu reißen und von deinem früheren Treiben abzulassen, von dem

Vergnügen und der Ungerechtigkeit und der Hingabe an die Frauen; denn wenn du zur Wurzel der Sünden zurückkehrst, so wird der Rückfall in die Verirrung stärker sein, als sie es zuvor war.' Da fragte der König: ‚Welches ist denn die Wurzel der Sünden, die ich ausreißen muß?' Darauf antwortete ihm jener Wesir, der so jung an Jahren, doch so alt an Einsicht war, indem er sprach: ‚O großer König, wisse, die Wurzel der Sünde ist die Hingabe an die Liebe zu den Frauen und die Neigung zu ihnen, und das Annehmen ihrer Ratschläge und Weisungen; denn die Liebe zu ihnen verwandelt den klaren Verstand und verdirbt das gesunde Wesen. Zeuge für das, was ich sage, sind klare Beweise; und wenn du über sie nachdenkst und ihren Lehren mit festem Blicke folgst, so wirst du einen treuen Berater wider die eigene niedere Seele finden und meines Rates gar nicht mehr bedürfen. Drum erfülle dein Herz nicht mit Gedanken an sie, tilge ihre Spur aus deinem Sinn, zumal da Allah der Erhabene durch den Propheten Moses befohlen hat, sich ihres übermäßigen Gebrauches zu enthalten! Hat doch auch sogar einer von den weisen Königen zu seinem Sohn gesagt: ‚Mein Sohn, wenn du nach meinem Tode die Herrschaft angetreten hast, so gib dich nicht zu viel mit den Frauen ab, auf daß dein Herz nicht irre und dein Urteil sich nicht verwirre! Kurz gesagt, der häufige Umgang mit ihnen führt zur Liebe zu ihnen, und die Liebe zu ihnen führt zur Verwirrung des Urteils.' Der Beweis dafür ist das, was unserem Herrn Salomo, dem Sohne Davids – über beiden sei Heil! – widerfahren ist, ihm, den Allah insbesondere begnadet hatte mit Wissen und Weisheit und großer Herrschermacht, ihm, dem Er verliehen hatte, was noch keinem einzigen der Könige vor ihm zuteil geworden war: die Frauen waren die Ursache der Versündigung seines Vaters. Solcher Beispiele gibt es viele,

134

o König; und ich habe dir nur deshalb Salomo genannt, damit du daran denkst, daß es niemandem beschieden war, solche Macht zu besitzen, wie er sie besaß, so daß ihm alle Könige der Erde gehorchten. Wisse also, o König, die Liebe zu den Frauen ist die Wurzel alles Übels, und keine einzige von ihnen hat ein richtiges Urteil. Daher geziemt es dem Manne, daß er sich hinsichtlich ihrer auf das notwendige Maß beschränke und sich ihnen nicht ganz und gar hingebe; denn das stürzt ihn in Verderben und Unheil. Wenn du also auf meine Worte hörst, o König, so werden dir alle Dinge gedeihen; doch wenn du sie beiseite lässest, so wirst du bereuen, wo die Reue dir nichts mehr nützt.' Der König antwortete ihm und sprach: ‚Jetzt habe ich die übermäßige Neigung zu ihnen, die ich früher hatte, von mir abgetan.' – –«

Da bemerkte Schehrezâd, daß der Morgen begann, und sie hielt in der verstatteten Rede an. Doch als die *Neunhundertundneunundzwanzigste Nacht* anbrach, fuhr sie also fort: »Es ist mir berichtet worden, o glücklicher König, daß König Wird Chân zu seinem Wesir sprach: ‚Jetzt habe ich die Neigung zu ihnen, die ich früher hatte, von mir abgetan, und ich habe mich gänzlich davon bekehrt, mit den Frauen mich abzugeben. Doch was soll ich ihnen antun, um sie für das zu strafen, was sie getan haben? Denn die Ermordung deines Vaters Schimâs war ein Werk ihrer Tücke; das geschah nicht aus meinem freien Willen, und ich weiß gar nicht, was mit meinem Verstande vorgegangen sein muß, daß ich ihnen nachgab und ihn töten ließ.' Dann begann er zu wehklagen, und er schrie auf und rief: ‚O Jammer um den Verlust meines Wesirs und seines trefflichen Rates und seiner schönen Leitung! Und weh um den Verlust von seinesgleichen unter den Wesiren und den Häuptern des Staates mit all der Schönheit ihrer trefflichen und

rechten Ratschläge!' Da antwortete ihm der Wesir und sprach:
,Wisse, o König, die Schuld liegt nicht bei den Frauen allein;
denn sie sind gleich einer schönen Ware, nach der die Begierden der Beschauer sich regen. Wer da Lust hat und kaufen
will, dem wird sie verkauft; wer aber nicht kaufen will,
den kann keiner zwingen, sie zu kaufen. Deshalb liegt die
Schuld bei dem Käufer, zumal wenn er weiß, wie schädlich
jene Ware ist. Nun warne ich dich, wie dich vor mir mein
Vater zu warnen pflegte, ohne daß du guten Rat von ihm an-
nahmst.' Der König erwiderte ihm: ,Ich habe mir selber die
Schuld aufgeladen, wie du gesagt hast, o Wesir, und ich habe
keine Entschuldigung als allein das göttliche Verhängnis.'
,Wisse, o König,' fuhr dann der Wesir fort, ,Allah der Erhabene hat uns erschaffen, und Er hat zugleich Fähigkeiten für
uns geschaffen, indem er uns Willen und freie Wahl verlieh;
wenn wir also wollen, so tun wir, und desgleichen, wenn wir
wollen, so tun wir nicht. Gott hat uns nicht befohlen, Schädliches zu tun, damit sich die Sünde nicht an uns hängt. Deshalb
geziemt es uns, daß wir uns darüber Rechenschaft ablegen,
was zu tun richtig ist; denn der Erhabene befiehlt uns in allen
Fällen nur das Gute und verbietet uns das Böse. Was wir aber
tun, das tun wir aus eigenem Willen, sei es gut oder böse.' Da
sagte der König: ,Du hast recht; meine Sünde kam nur aus
mir selber, weil ich mich den Begierden hingab. Freilich habe
ich mich selbst oft genug davor gewarnt, wie auch dein Vater
Schimâs mich warnte; dennoch siegte meine Lust über meinen
Verstand. Weißt du nun etwas, das mich davor behüten kann,
diese Sünde noch einmal zu begehen, also daß nunmehr mein
Verstand über die Begierden meiner Lust den Sieg davontrage?'
,Ja,' erwiderte der Wesir, ,ich weiß etwas, das dich davor bewahren kann, wieder in diesen Fehler zu verfallen; es ist aber

dies, daß du das Gewand der Torheit ablegst und dich in das Gewand der rechten Sinnesart kleidest, deiner Lust widerstrebst und deinem Herrn gehorsam lebst; daß du zu dem Wandel des gerechten Königs, deines Vaters, zurückkehrst und alles tust, was dir obliegt an Pflichten gegen Allah den Erhabenen und an Pflichten gegen deine Untertanen, daß du deinen Glauben und deine Untertanen beschützest, dich selber recht verhältst und deine Untertanen nicht mehr töten lässest; daß du den Ausgang der Dinge bedenkst und dich abwendest von Grausamkeit, Ungerechtigkeit, Gewalttat und Schlechtigkeit; daß du Recht und Gerechtigkeit und Demut übst, den Befehlen Allahs des Erhabenen gehorchst und dich der Sorge für Seine Geschöpfe eifrig widmest, über die Er dich zu Seinem Stellvertreter gemacht hat, und daß du immer nur an das denkst, was dir ihren Segen einträgt. Wenn du darin beharrlich bist, so wird deine Lebenszeit heiter sein, und Allah wird dir in Seiner Barmherzigkeit vergeben und allen, die dich schauen, Ehrfurcht vor dir einflößen; deine Feinde werden zuschanden werden, denn Allah der Erhabene wird ihre Heerscharen in die Flucht schlagen, du wirst vor Gott Wohlgefallen finden, und Seine Geschöpfe werden dich in Ehrfurcht lieben.' Da sprach der König zu ihm: ,Du hast mein Herz zu neuem Leben erweckt und mein Inneres erleuchtet durch deine liebliche Rede, und du hast mein Auge entschleiert, nachdem es blind gewesen ist. Ich bin entschlossen, alles zu tun, was du mir gesagt hast, durch die Hilfe Allahs des Erhabenen; ich will dahinfahren lassen, was früher an Ungerechtigkeit und an Lüsten in mir war, und ich will meine Seele aus der Enge in die Weite, aus der Furcht in die Sicherheit führen. Darüber sollst du froh und fröhlich werden; denn ich bin trotz meinem höheren Alter dir ein Sohn geworden, und du bist mir ein lieber Vater geworden, wiewohl du noch jung an Jahren bist. So ist es mir auch zur Pflicht geworden, allen Eifer auf das zu verwenden, was du mir gebietest. Und ich preise die Güte Allahs des Erhabenen und deine Güte; denn Er hat mir durch dich Glück und rechte Leitung und trefflichen Rat verliehen, die allen Kummer und Gram von mir abwehren; auch die Sicherheit meiner Untertanen ist durch dich erwirkt worden, durch deine herrlichen Kenntnisse und dein treffliches Planen. Von jetzt an sollst du der Lenker meines Reiches sein, und ich will nur dadurch höher geehrt sein, daß ich auf dem Throne sitze; alles, was du tust, soll mir Gesetz sein, und ich will deinem Worte nicht widersprechen, auch wenn du noch jung an Jahren bist; denn du bist alt an Verstand und reich an Wissen. So preise ich denn Allah, der dich mir geschenkt hat, so daß du mich auf den geraden Pfad des Heils leiten konntest, nachdem ich den krummen Weg des Verderbens betreten hatte.' ‚O glücklicher König,' erwiderte der Wesir, ‚wisse, ich habe keinen Anspruch auf dein Lob, weil ich dir mit Eifer guten Rat gegeben habe; denn all mein Reden und Tun ist nur ein Teil von dem, was mir obliegt, da ich ein Pflänzling deiner Güte bin; und nicht nur ich allein, sondern auch mein Vater vor mir ward überhäuft mit deiner reichen Huld. Wir alle bekennen deine Huld und Güte; und wie sollten wir das nicht anerkennen? Denn du, o König, bist unser Hirte und Herrscher, du kämpfst für uns wider unsere Feinde, du bist mit unserem Schutz betraut, du behütest uns und sorgst voll Eifer um unsere Wohlfahrt. Wenn wir unser Leben dahingeben in deinem Dienste, so erfüllen wir noch nicht, was wir dir an Dank schuldig sind. Doch wir flehen demütig zu Allah dem Erhabenen, der dich über uns gesetzt und zum Herrscher über uns gemacht hat, und wir bitten Ihn, daß Er dir ein langes Leben gebe und dir Erfolg verleihe in all deinem Tun; daß Er dich in der Zeit deines Lebens nicht durch Prüfungen heimsuche, sondern dich an dein Ziel geleite und bis zur Zeit deines Todes Ehrfurcht vor dir verbreite; daß Er in Großmut deinen Arm ausrecke, damit du jeden Weisen führen und jeden Widersacher bezwingen kannst, daß bei dir in deinem Reiche nur weise und tapfere Männer gefunden werden und alle Toren und Feiglinge dort ausgerottet werden mögen; daß Er teure Zeit und Fährlichkeit von deinen Untertanen fernhalte und Freundschaft und Liebe unter sie säe; so werde dir in dieser Welt Glück zuteil und in jener Welt das ewige Heil, durch Seine Güte und Seine Huld und Seine verborgene Gnade. Amen! Denn auf allen Dingen ruht Seiner Allmacht Kleid, kein Ding bereitet Ihm Schwierigkeit, und zu Ihm führt die Rückkehr und das Ziel aller Zeit!' Als der König dies Gebet von ihm vernommen hatte, freute er sich über die Maßen, und er ward ihm von ganzem Herzen geneigt und sprach zu ihm: ‚Wisse, o Wesir, du bist mir wie ein Bruder, ein Sohn und ein Vater geworden, und nichts als der Tod soll mich von dir trennen. Alles, was meine Hand besitzt, soll dir zur freien Verfügung stehen; und wenn ich keinen Nachkommen habe, sollst du an meiner Statt auf meinem Throne sitzen; denn du bist der Würdigste von allem Volk meines Reiches, und ich will dich mit meiner Königsherrschaft vor allen Großen meines Reiches betrauen, indem ich dich zu meinem Thronfolger nach mir ernenne, so Allah der Erhabene will.' – –«

Da bemerkte Schehrezâd, daß der Morgen begann, und sie hielt in der verstatteten Rede an. Doch als die *Neunhundertunddreißigste Nacht* anbrach, fuhr sie also fort: »Es ist mir berichtet worden, o glücklicher König, daß König Wird Chân zu dem Sohne des Wesirs Schimâs sprach: ‚Ich will dich an meiner Statt zum Herrscher machen und dich zu meinem Thronfolger nach mir ernennen und die Großen meines Reiches zu Zeugen dafür nehmen, durch die Hilfe Allahs des Erhabenen.' Danach berief er seinen Schreiber, und als der vor ihm stand, befahl er ihm, an alle Großen seines Reiches zu schreiben, sie sollten vor ihm erscheinen; auch ließ er es durch Ausruf in der Stadt allen, die zugegen waren, Vornehmen und Geringen, bekanntgeben. So befahl er, daß die Emire und Heerführer, Kammerherren und andere Würdenträger sich in Gegenwart des Königs versammeln sollten, desgleichen auch die Gelehrten und Weisen. Und der König hielt eine große Staatsversammlung ab und ließ ein Gastmahl feiern, wie es noch niemals gefeiert worden war. Dazu lud er alle Leute ein, vornehm und gering, und so waren alle bei ihm fröhlich vereint zu Speise und Trank einen ganzen Monat lang. Dann verteilte er Gewänder an alle seine Diener und an die Armen seines Landes, und den Gelehrten verlieh er reichliche Gaben. Ferner wählte er eine Schar von Gelehrten und Weisen aus, die dem Sohne des Schimâs bekannt waren, und ließ sie zu sich hereinkommen; dort befahl er ihm, er solle aus ihrer Zahl sechs¹ erwählen, um sie zu Wesiren zu machen, die unter seinem Befehle ständen, und er solle ihr Oberhaupt sein. Da wählte der Knabe, der Sohn des Schimâs, solche von ihnen aus, die an Jahren die ältesten, an Verstand die vollkommensten, an Wissen die reichsten und an Beobachtung die schnellsten waren, indem er genau prüfte, welche sechs Männer diese Eigenschaften besaßen. Darauf stellte er sie dem König vor, und der kleidete sie in die Gewänder der Wesire und redete sie an, indem er sprach: ,Ihr seid jetzt meine Wesire unter dem Befehle des Sohnes des Schimâs. Alles, was dieser mein Wesir, der

1. Im Arabischen hier: sieben; nachher: sechs.

Sohn des Schimâs, euch sagt oder befiehlt, dürft ihr nie und nimmer unterlassen; denn wenn er auch an Jahren der jüngste von euch ist, so ist er doch an Verstand der älteste von euch.' Alsdann ließ der König sie sich auf Stühle setzen, die nach der Sitte der Wesire mit Gold verziert waren, und setzte ihnen Einkünfte und Unterhalt fest. Ferner befahl er, aus den Großen des Reiches, die sich bei ihm zum Gastmahl versammelt hatten, die auszuwählen, die für den Staatsdienst im Heere am geeignetsten wären, auf daß er sie zu Hauptleuten mache über Tausendschaften, Hundertschaften und Zehnschaften; zugleich setzte er für sie die Ämter fest und bestimmte ihnen die Einkünfte nach der Art der Großen. Und das ward in kürzester Zeit getan. Weiter befahl er, allen anderen, die zugegen waren, reiche Geschenke zu geben und sie mit Ehren und Auszeichnung zu entlassen, einen jeden in sein Land. Seinen Statthaltern gab er die Weisung, gegen die Untertanen gerecht zu sein, und ermahnte sie, für Reiche und Arme in gleicher Weise zu sorgen, und befahl, allen je nach ihrem Range aus dem Schatz Unterstützungen zu gewähren. Nachdem die Wesire ihm dauernden Ruhm und langes Leben gewünscht hatten, gab er noch den Befehl, die Hauptstadt drei Tage lang zu schmücken zum Dank gegen Allah den Erhabenen für die Gnade, die Er ihm hatte zuteil werden lassen. Soviel von dem König und seinem Wesir, dem Sohne des Schimâs, und davon, wie das Reich geordnet ward und die Emire und Statthalter dort eingesetzt wurden!

Sehen wir nun, wie es den Frauen erging, den Vertrauten unter den Odalisken und den anderen, die durch ihre List und Tücke die Ermordung der Wesire und das Verderben des Reiches veranlaßt hatten! Nachdem alle, die aus der Stadt und den Dörfern an der Staatsversammlung teilgenommen hatten, wieder heimgekehrt und ihre Angelegenheiten in Ordnung gebracht waren, befahl der König dem Wesir, der so jung an Jahren, doch alt an Verstand war, jenem Sohne des Schimâs, er solle die anderen Wesire herbeirufen. Als sie alle vor den König getreten waren, schloß er sich mit ihnen ein und sprach zu ihnen: ‚Wisset, ihr Wesire, ich war von dem rechten Wege abgewichen, und versunken in Torheit, widersetzte ich mich gutem Rate, brach Versprechen und Gelübde und horchte nicht auf die Ratgeber. Der Grund von all dem war, daß ich mit diesen Frauen tändelte und daß sie mich betrogen und durch ihre gleisnerischen Worte und Falschheit betörten; ich nahm das alles an, da ich vermeinte, ihre Rede sei aufrichtig, wegen ihrer Süße und Lieblichkeit; aber siehe da, sie war ein tödliches Gift. Und jetzt bin ich überzeugt, daß sie nur mein Verderben und meinen Untergang erstrebten, und darum haben sie Strafe und Vergeltung von mir verdient um der Gerechtigkeit willen, auf daß ich sie zu einer Warnung mache für alle, die sich warnen lassen. Was ist nun der rechte Rat betreffs ihrer Hinrichtung?‘ Da antwortete ihm der Wesir Ibn Schimâs und sprach: ‚Großmächtiger König, ich habe dir schon früher gesagt, daß die Schuld nicht allein an den Frauen liegt, sondern verteilt ist zwischen ihnen und den Männern, die ihnen gehorchen. Dennoch verdienen die Frauen eine Strafe auf alle Fälle aus zwei Gründen: erstlich, auf daß dein Wort erfüllet werde, da du der Großkönig bist, und zweitens, weil sie sich wider dich erfrechten und dich betrogen und sich in Dinge mischten, die sie nichts angehen und von denen zu reden ihnen nicht gebührt. Deswegen haben sie gar wohl den Tod verdient; es möge ihnen aber genügen, was ihnen bereits widerfahren ist! Erniedrige sie von jetzt ab zum Range von Sklavinnen! Doch der Befehl steht bei dir, hierin und in allen anderen Dingen.‘

Einer der Wesire riet dem König das gleiche, was der Sohn des Schimâs ihm gesagt hatte. Ein anderer aber trat vor den König, warf sich vor ihm nieder und sprach: ‚Allah lasse die Tage des Königs lange währen! Wenn du nicht umhin kannst, an ihnen etwas zu tun, das ihnen Verderben bringt, so tu, was ich dir sage.‘ ‚Und was hast du mir zu sagen?‘ fragte der König; da fuhr jener fort: ‚Das beste wäre, wenn du einer deiner vertrauten Sklavinnen befiehlst, sie solle die Frauen, die dich betrogen haben, mit sich nehmen und in das Zimmer führen, in dem die Wesire und Weisen ermordet wurden, und sie dort einschließen; und wenn du ferner befiehlst, man solle ihnen nur wenig Speise und Trank reichen, gerade so viel, daß ihr Leben gefristet wird. Dann soll es ihnen nie erlaubt sein, jenes Gemach zu verlassen; und jede, die stirbt, soll unter ihnen liegen bleiben, wie sie ist, bis daß sie alle, auch die letzte, gestorben sind. Dies ist das geringste, was sie verdienen; denn sie waren die Ursache dieses großen Unheils, ja, die Wurzel aller Heimsuchungen und Prüfungen, die in dieser Zeit hereingebrochen sind; und an ihnen ist zur Wahrheit geworden das Wort dessen, der da gesagt hat: Wer eine Grube gräbt dem Bruder sein, fällt selbst hinein, mag es ihm auch noch lange wohl ergehen.‘ Der König nahm seinen Rat an und tat, wie er ihm gesagt hatte. Er sandte nach vier kräftigen Sklavinnen und übergab ihnen die Frauen, indem er ihnen befahl, sie sollten sie in das Zimmer der Ermordeten schleppen und dort gefangen setzen, und er bestimmte für sie nur ein wenig grobe Speise und nur ein wenig trübes Wasser. So geschah es, daß sie tief betrübt wurden und bereuten, was sie verbrochen hatten, und bitterlich klagten. Und so gab Allah ihnen als ihren Lohn in dieser Welt die Schande und bereitete ihnen die Strafe im Jenseits vor; sie blieben immer in jenem finsteren Gemach mit dem eklen Geruch, und jeden Tag starb eine von ihnen, bis sie alle umgekommen waren, auch die letzte von ihnen. Und die Kunde von diesem Ereignisse verbreitete sich in alle Länder und Gegenden.

Dies ist das Ende der Geschichte von dem König und seinen Wesiren und seinen Untertanen. Und Preis sei Allah, der da macht, daß die Völker vergehen und die mordenden Gebeine wieder auferstehen, Ihm, dem da gebühren Preis und Herrlichkeit und Heiligung in Ewigkeit!

Ferner wird erzählt

DIE GESCHICHTE VON ABU KÎR
UND ABU SÎR

Einst lebten zwei Männer in der Stadt Alexandrien, der eine von ihnen war ein Färber und hieß Abu Kîr, der andere aber war ein Barbier und hieß Abu Sîr. Die beiden waren einander benachbart in der Marktstraße; denn der Laden des Barbiers stand neben dem Laden des Färbers. Der Färber nun war ein Betrüger und Belüger, ein arger Bösewicht, als wäre seine Schläfe aus hartem Felsen hergekommen oder aus der Schwelle einer Synagoge der Juden entnommen; und er schämte sich keiner Schandtat, die er unter den Menschen verübte. Wenn jemand ihm ein Stück Zeug zum Färben brachte, so pflegte er von ihm zuerst den Lohn zu verlangen, indem er vorgab, er müsse dafür Stoffe kaufen, mit denen er färbe; und jener gab ihm dann den Lohn im voraus. Sobald der Färber aber das Geld von ihm in Händen hatte, gab er es für Essen und Trinken aus; und dann verkaufte er auch noch das Zeug, das er erhalten hatte, sowie dessen Besitzer fortgegangen war, und gab den Erlös für Essen und Trinken und andere Dinge aus. Er aß nur das feinste von den leckersten Gerichten und trank nur das

144

beste von den Getränken, die den Verstand vernichten. Wenn dann der Eigentümer des Stoffes kam, so sprach er zu ihm: ‚Komm morgen vor Sonnenaufgang wieder zu mir, so wirst du dein Zeug gefärbt vorfinden!' Der Eigentümer ging darauf seiner Wege, indem er bei sich sprach: ‚Ein Tag ist dem andern nahe.' Wenn er aber am folgenden Tage zur verabredeten Zeit kam, so sagte der Färber zu ihm: ‚Komm morgen wieder; gestern hatte ich keine Zeit; denn es waren Gäste bei mir, und ich mußte für ihre Bewirtung sorgen, bis sie fortgingen; aber morgen vor Sonnenaufgang magst du kommen und deinen gefärbten Stoff mitnehmen!' Wieder ging der Mann fort und kam am dritten Tage zurück; und der Färber sagte ihm: ‚Gestern war ich wirklich zu entschuldigen; denn meine Frau kam in der Nacht nieder, und ich hatte den ganzen Tag über mit allen möglichen Dingen zu tun. Aber wenn du morgen kommst, so sollst du auf alle Fälle dein Zeug gefärbt mitnehmen.' Kam der Mann jedoch zu der bestimmten Zeit wieder zu ihm, so trat er ihm mit einer anderen Ausrede entgegen, einerlei welcher, und schwor ihm einen Eid. – –«

Da bemerkte Schehrezâd, daß der Morgen begann, und sie hielt in der verstatteten Rede an. Doch als die *Neunhundertund-einunddreißigste Nacht* anbrach, fuhr sie also fort:» Es ist mir berichtet worden, o glücklicher König, daß der Färber jedesmal, wenn der Eigentümer der Sache zu ihm kam, ihm mit einer anderen Ausrede entgegentrat, einerlei welcher, und ihm einen Eid schwor. Und er versprach und schwor immer wieder, wenn der Kunde zu ihm kam, bis dieser die Geduld verlor und zu ihm sprach: ‚Wie oft willst du zu mir sagen: morgen? Gib mir meinen Stoff; ich will ihn nicht mehr färben lassen.' Dann pflegte der Färber zu sagen: ‚Bei Allah, mein Bruder, ich schäme mich vor dir; aber ich muß dir die Wahrheit sagen –

möge Allah jeden schädigen, der die Menschen in ihrem Besitze schädigt!' ,Sage mir, was ist denn geschehen?' pflegte der Kunde zu sagen; und der Färber antwortete: ,Deinen Stoff hatte ich unvergleichlich schön gefärbt, und ich hatte ihn auf die Leine gehängt, aber er ist mir gestohlen, und ich weiß nicht wer ihn gestohlen hat.' Gehörte nun der Eigentümer des Stoffes zu den gutmütigen Leuten, so sagte er wohl: ,Allah wird ihn mir ersetzen.' Wenn er aber zu den übelwollenden Menschen gehörte, so drang er bei ihm auf Schimpf und Schande; dennoch erreichte er nichts von ihm, wenn er ihn auch beim Richter verklagte. Solches Tun trieb er so lange, bis sich sein Ruf unter den Leuten verbreitete und diese sich gegenseitig vor Abu Kîr warnten und ihn zum Sprichwort machten und sich alle von ihm fernhielten. Keiner fiel mehr in sein Netz, außer denen, die nicht wußten, wie es mit ihm stand; und außerdem hatte er jeden Tag Schimpf und Schande zu erdulden bei den Geschöpfen Allahs des Erhabenen. So kam es, daß er schlechte Geschäfte machte, und er begann, zu dem Laden seines Nachbars Abu Sîr, des Barbiers, zu gehen und sich darinnen niederzusetzen mit dem Blick auf die Färberei, so daß er deren Tür im Auge behielt. Und wenn er jemanden, der ihn nicht kannte, mit einem Stück Stoff, das er färben lassen wollte, an der Tür der Färberei stehen sah, so verließ er den Laden des Barbiers und sprach zu dem Kunden: ,Was suchst du, Mann?' Jener antwortete ihm: ,Nimm dies Stück und färbe es mir!' Dann fuhr er fort: ,Welche Farbe wünschest du?' Denn trotz seiner schurkischen Streiche lag es in seiner Hand, daß er in allerlei Farben färbte; aber er war nie gegen jemanden ehrlich, und so war die Not über ihn gekommen. Dann nahm er den Stoff dem Kunden aus der Hand und sprach zu ihm: ,Gib mir den Lohn im voraus, und komm morgen wieder und hole deinen Stoff!' Der Fremde gab ihm das Geld und ging fort; und wenn der dann seiner Wege gegangen war, so nahm Abu Kîr den Stoff und trug ihn zum Basar und verkaufte ihn; für den Erlös kaufte er sich Fleisch und Gemüse, Tabak und Früchte und was er sonst brauchte. Doch sooft er einen von denen vor dem Laden stehen sah, die ihm etwas zum Färben gegeben hatten, ging er nicht zu ihm hinaus und zeigte sich ihm nicht. In dieser Weise lebte er mehrere Jahre; aber da begab es sich eines Tages, daß er von einem harten Manne ein Stück Zeug erhielt; er verkaufte es und verbrauchte den Erlös. Nun kam der Eigentümer jeden Tag zu seinem Laden und fand ihn nicht dort, weil der jedesmal, wenn er einen sah, der einen Anspruch an ihn hatte, vor ihm fortlief in den Laden des Barbiers Abu Sîr. Da nun jener harte Mann ihn nicht in seinem Laden fand und des Wartens überdrüssig wurde, so ging er zum Kadi; von dem holte er einen Gerichtsboten, und dann nagelte er die Tür des Ladens zu in Gegenwart einer Schar von Muslimen und versiegelte sie; denn er hatte dort nur einige zerbrochene irdene Geräte gesehen, aber nichts darunter gefunden, was ihm seine Sache hätte ersetzen können. Dann nahm der Gerichtsbote den Schlüssel an sich und sprach zu den Nachbarn: ‚Sagt ihm, er solle das Zeug dieses Mannes herbeischaffen; dann mag er kommen, um sich den Schlüssel seines Ladens zu holen!' Darauf gingen der Mann und der Gerichtsbote ihrer Wege. Abu Sîr aber sprach zu Abu Kîr: ‚Was ist das für eine arge Sache mit dir? Jedesmal, wenn einer dir etwas bringt, lässest du ihn dessen verlustig gehen. Wohin ist der Stoff dieses harten Menschen verschwunden?' Der Färber antwortete: ‚Lieber Nachbar, er ist mir gestohlen.' Da rief Abu Sîr: ‚Sonderbar, jedesmal, wenn dir jemand etwas gibt, so stiehlt es dir ein Dieb. Bist du denn ein Sammelplatz aller Diebe geworden? Doch ich glaube, du lügst; nun erzähl mir deine Geschichte in Wahrheit!' ‚Lieber Nachbar,' erwiderte der Färber, ‚niemand hat mir etwas gestohlen.' Abu Sîr fragte darauf: ‚Was machst du denn mit den Sachen der Leute?' Und der Färber gestand: ‚Wenn jemand mir etwas bringt, so verkaufe ich es und gebe den Erlös für mich aus.' Als aber Abu Sîr fragte: ‚Ist dir das vor Gott erlaubt?' gab jener zur Antwort: ‚Ich tu es nur aus Not; denn mein Geschäft geht schlecht; ich bin arm und habe nichts.' Und nun begann er ihm zu klagen über die schlechten Geschäfte und über den Mangel an Mitteln; da hub auch Abu Sîr an, ihm zu erzählen, das es um sein Gewerbe schlimm bestellt sei, indem er sprach: ‚Ich bin ein Meister, meinesgleichen gibt es nicht in dieser Stadt. Aber niemand läßt sich bei mir scheren, weil ich ein armer Kerl bin; ich habe keine Lust mehr zu dieser Kunst, mein Bruder!' Da sagte Abu Kîr, der Färber, zu ihm: ‚Auch ich habe keine Lust mehr zu meinem Gewerbe, weil es so schlecht geht; doch, mein Bruder, was hält uns denn in dieser Stadt fest? Wir beide, ich und du, wollen uns auf die Wanderschaft machen und uns in den Ländern der Menschen umsehen, mit unserer Kunst in unseren Händen; denn die gilt in der ganzen Welt. Und wenn wir reisen, kommen wir an die frische Luft und haben Ruhe vor dieser schweren Sorge.' Und Abu Kîr fuhr fort, vor Abu Sîr das Reisen schön auszumalen, bis auch der begierig ward aufzubrechen. So einigten sich denn die beiden darüber, daß sie reisen wollten. – –«

Da bemerkte Schehrezâd, daß der Morgen begann, und sie hielt in der verstatteten Rede an. Doch als die *Neunhundertundzweiunddreißigste Nacht* anbrach, fuhr sie also fort: »Es ist mir berichtet worden, o glücklicher König, daß Abu Kîr fortfuhr, vor Abu Sîr das Reisen schön auszumalen, bis auch der begierig ward aufzubrechen, und daß die beiden sich dann darüber einigten, daß sie reisen wollten; nun war Abu Kîr froh, daß auch Abu Sîr Lust zum Reisen hatte, und sang die Worte des Dichters:

> *Zieh fort aus deinem Land, erstrebe hohe Dinge*
> *Und reise! Reisen bringt doch Nutzen funferlei:*
> *Es macht von Sorgen frei, laßt dich dein Brot gewinnen,*
> *Bringt Wissen, feine Bildung, edle Kumpanei.*
> *Und wenn es heißt, das Reisen bringe Gram und Kummer*
> *Und Trennung der Gemeinschaft, schwerer Muhen Leid,*
> *So ist der Tod dem Manne besser als ein Leben*
> *Im Hause der Verachtung zwischen Haß und Neid!*

Nachdem die beiden sich also zum Aufbruch entschlossen hatten, sprach Abu Kîr zu Abu Sîr: ‚Lieber Nachbar, jetzt sind wir Brüder geworden, und es gibt keinen Unterschied zwischen uns. Daher geziemt es uns, die Fâtiha[1] daraufhin zu sprechen, daß, wer von uns Arbeit hat, aus seinem Verdienst den ernähren soll, der keine Arbeit hat, und daß wir alles, was übrig bleibt, in eine Truhe legen. Wenn wir dann nach Alexandrien zurückkehren, so wollen wir es zwischen uns gerecht und ehrlich teilen.‘ ‚So sei es!‘, erwiderte Abu Sîr; und nun sagten beide die Fâtiha her daraufhin, daß der Arbeitende aus seinem Verdienste den Arbeitslosen ernähren solle. Darauf schloß Abu Sîr den Laden und übergab die Schlüssel ihrem Verwalter; Abu Kîr aber ließ den Schlüssel bei dem Boten des Kadi und ließ den Laden verschlossen und versiegelt zurück. Beide nahmen ihre Habseligkeiten mit und machten sich auf die Reise, indem sie eine Galeone bestiegen, die auf dem Salzmeer fuhr; noch am selben Tage gingen sie unter Segel, und das Glück war ihnen hold. Zur höchsten Freude des Barbiers war unter allen, die sich an Bord der Galeone befanden, kein einziger Barbier, wiewohl dort hundertundzwanzig Menschen waren

1. Die erste Sure des Korans.

außer dem Kapitän und den Seeleuten. Als man nun die Segel
des Schiffs gespannt hatte, hub der Barbier an und sprach zum
Färber: ‚Bruder, hier auf dem Meere haben wir Essen und
Trinken nötig; aber wir haben nur wenig Zehrung bei uns.
Vielleicht wird einer zu mir sagen: ‚Komm her, Barbier, scher
mich!‘ Dann will ich ihn scheren für einen Laib Brot oder für
einen Para oder für einen Trunk Wassers; und so haben wir
beide Nutzen davon, ich und du.‘ ‚Das kann nicht schaden‘,
antwortete ihm der Färber, legte sein Haupt nieder und schlief
ein, während der Barbier sich aufmachte, indem er sein
Handwerkszeug und seine Schale nahm und einen Lumpen
über die Schulter warf, der ihm als Handtuch diente, da
er arm war; und er ging zwischen den Reisenden umher.
Einer von ihnen sprach zu ihm: ‚Meister, komm und scher
mich!‘ Da schor er ihn, und als er das getan hatte, gab jener
Mann ihm einen Para. Aber der Barbier sprach: ‚Bruder, ich
kann dies Parastück nicht brauchen. Hättest du mir einen Laib
Brot gegeben, so wäre er mir auf diesem Meere von größerem
Segen; denn ich habe noch einen Gefährten, und unser Vor-
rat ist sehr gering.‘ Da gab jener ihm einen Laib Brot und ein
Stück Käse und füllte ihm die Schale mit süßem Wasser. Der
Barbier nahm alles, trug es zu Abu Kîr und sprach zu ihm:
‚Nimm dies Brot und iß es mit dem Käse und trink, was in der
Schale ist!‘ Und jener nahm, aß und trank. Danach griff Abu
Sîr, der Barbier, wieder zu seinem Handwerkszeug, legte den
Lumpen über seine Schulter, nahm die Schale in die Hand und
ging auf dem Schiff unter den Reisenden umher. Einen schor
er für zwei Brote, einen anderen für ein Stück Käse, und es
entstand große Nachfrage nach ihm; daher begann er von
einem jeden, der da rief: ‚Scher mich, Meister!‘, sich zwei
Brote und einen Para auszubedingen; denn es war ja kein an-

derer Barbier auf der Galeone außer ihm. Und noch ehe die Sonne unterging, hatte er schon dreißig Brote und dreißig Parastücke beisammen, dazu noch Käse, Oliven und Fischrogen; denn alles, was er von den Reisenden verlangte, gaben sie ihm, und so war er bald im Besitz vieler Dinge. Er schor auch den Kapitän, und als er dem klagte, daß er zu wenig Zehrung für die Reise habe, sagte dieser zu ihm: ‚Du bist mir jeden Abend willkommen, und bring auch deinen Gefährten mit; dann könnt ihr bei mir essen und braucht keine Sorge mehr zu haben, solange ihr mit uns fahrt!‘ Darauf kehrte Abu Sîr zu dem Färber zurück, und als er ihn schlafend fand, weckte er ihn auf. Wie nun Abu Kîr die Augen aufschlug, fand er zu seinen Häupten eine Fülle von Brot, Käse, Oliven und Fischrogen; und er fragte: ‚Woher hast du das?‘ ‚Durch die Güte Allahs des Erhabenen‘, antwortete der Barbier. Abu Kîr wollte gleich zugreifen, doch Abu Sîr sprach zu ihm: ‚Iß nicht davon, Bruder; laß es liegen, damit es uns ein andermal von Nutzen sein kann! Denn wisse, ich habe den Kapitän geschoren und ihm über unseren Mangel an Vorrat geklagt; da sprach er zu mir: ‚Du bist mir jeden Abend willkommen, und bring auch deinen Gefährten mit; dann sollt ihr bei mir essen!‘ Und unsere erste Mahlzeit bei dem Kapitän ist heute abend.‘ Abu Kîr gab ihm jedoch zur Antwort: ‚Mir dreht sich der Kopf bei dem Seegang, und ich kann mich nicht von der Stelle rühren; deshalb laß mich von diesen Dingen hier essen, und geh du allein zum Kapitän!‘ Abu Sîr sagte: ‚Das ist mir auch recht‘, setzte sich und schaute dem anderen zu, wie er aß; da sah er, daß jener sich Bissen abhieb, wie ein Steinhauer Steine aus dem Felsen schlägt, und sie hinunterschlang wie ein Elefant, der seit Tagen nichts gefressen hat; und er schluckte immer schon einen neuen Bissen, ehe er den anderen ganz hinuntergewürgt

hatte. Dabei starrte er das, was vor ihm lag, groß an wie mit
Augen von Dämonen, und er schnaufte, wie ein hungriger
Stier schnauft bei Häcksel und Bohnen. Doch nun kam ein
Seemann und sprach: ‚Meister, der Kapitän läßt dir sagen:
Bring deinen Gefährten mit und komm zum Abendessen!‘
Da sagte Abu Sîr zu Abu Kîr: ‚Willst du mitkommen?‘ Der
antwortete ihm: ‚Ich kann nicht gehen.‘ So ging denn der
Barbier allein hin und sah den Kapitän vor einem Tische sitzen, auf dem zwanzig oder noch mehr verschiedene Gerichte
standen, während er mit seiner Gesellschaft auf den Barbier
und seinen Gefährten wartete. Sobald der Kapitän ihn erblickte, fragte er ihn: ‚Wo ist dein Gefährte?‘ ‚Hoher Herr,‘
erwiderte jener, ‚ihm schwindelt der Kopf beim Seegang.‘ Der
Kapitän fuhr fort: ‚Ich wünsche ihm Besserung; der Schwindel wird ihn bald verlassen. Komm du und iß mit uns, ich
habe schon auf dich gewartet!‘ Dann nahm er eine Schüssel
beiseite und tat von jedem Gericht etwas hinein, so daß sich
zehn daran hätten satt essen können. Und nachdem der Barbier gegessen hatte, sprach der Kapitän zu ihm: ‚Nimm diese
Schüssel mit für deinen Gefährten!‘ Der nahm sie also und
brachte sie zu Abu Kîr; doch er sah, daß jener mit seinen Zähnen wie ein Kamel die Speisen zermalmte, die vor ihm lagen,
und es gar eilig hatte, Bissen auf Bissen hinunterzujagen. Abu
Sîr sprach zu ihm: ‚Hab ich dir nicht gesagt, du solltest hiervon nicht essen? Der Kapitän ist sehr gütig; sieh, was er dir
geschickt hat, weil ich ihm erzählte, dir sei schwindelig!‘ ‚Her
damit!‘ rief der Färber, und der Barbier reichte ihm die Schüssel hin. Jener riß sie ihm aus der Hand, gierig nach ihr wie
nach all den anderen Speisen, gleichwie ein Hund, der die
Zähne weist, oder ein Leu, der alles zerreißt, oder auch gleichwie ein Geier, der auf eine Taube niederfährt, oder wie einer,

der dem Hungertode nahe ist und plötzlich etwas sieht, das ihn nährt. Und Abu Kîr fing an zu essen, während Abu Sîr ihn verließ und sich zum Kapitän begab und dort Kaffee trank. Als er zu Abu Kîr zurückkam, sah er, wie der alles gegessen, was in der Schüssel war, und sie leer beiseite geworfen hatte. – –«

Da bemerkte Schehrezâd, daß der Morgen begann, und sie hielt in der verstatteten Rede an. Doch als die *Neunhundertunddreiunddreißigste Nacht* anbrach, fuhr sie also fort: »Es ist mir berichtet worden, o glücklicher König, daß Abu Sîr, als er zu Abu Kîr zurückkam, sah, wie der alles aufgegessen, was in der Schüssel war, und sie leer beiseite geworfen hatte; er nahm sie auf und brachte sie einem der Diener des Kapitäns, ging wiederum zu Abu Kîr zurück und schlief bis zum Morgen. Am nächsten Tage begann Abu Sîr wieder zu scheren, und alles, was er verdiente, gab er Abu Kîr. Der aber aß und trank und blieb, wo er war; nur wenn er ein Bedürfnis verrichten mußte, stand er auf. Und jeden Abend brachte ihm sein Gefährte eine gefüllte Schüssel vom Kapitän. In dieser Weise lebten die beiden zwanzig Tage dahin, bis die Galeone in einem Hafen vor Anker ging. Da verließen sie das Schiff, gingen in jene Stadt hinein und nahmen ein Zimmer in einer Herberge. Abu Sîr stattete es aus und kaufte alles, was die beiden nötig hatten, holte Fleisch und kochte es, während Abu Kîr immer dalag und schlief, von dem Augenblick an, da sie das Zimmer in dem Chân betreten hatten, und erst aufwachte, als Abu Sîr ihn weckte und den Tisch vor ihn hinsetzte. Als er nun aufgewacht war, aß er; danach sagte er zu seinem Gefährten: ,Nimm es mir nicht übel; mir ist immer noch schwindelig', und schlief wieder ein. So trieb er es vierzig Tage lang, während der Barbier jeden Tag sein Gerät nahm und in der Stadt umherging, für das arbeitete, was ihm zufiel, heimkehrte und

Abu Kîr schlafend fand und ihn aufweckte. Wenn der dann wach war, so machte er sich gierig über das Essen her und aß wie einer, der nie genug erhält und den nichts zufrieden stellt; danach schlief er wieder ein.

Dies dauerte wiederum vierzig Tage lang; jedesmal, wenn Abu Sîr sagte: ‚Setz dich auf, mache es dir bequem, geh aus und wandere in der Stadt umher; denn sie ist schön anzusehen und hat nicht ihresgleichen unter den Städten!' antwortete ihm Abu Kîr, der Färber: ‚Nimm es mir nicht übel; mir ist noch schwindelig!' Abu Sîr aber, der Barbier, brachte es nicht übers Herz, ihn zu betrüben oder ihn ein verletzendes Wort hören zu lassen; doch am einundvierzigsten Tage erkrankte er selbst und vermochte nicht auszugehen; deshalb dang er den Pförtner des Châns, und der besorgte den beiden, was sie brauchten, und brachte ihnen zu essen und zu trinken. All das geschah, während Abu Kîr nur aß und schlief. Vier Tage lang hatte der Barbier den Pförtner in seinem Dienst, so daß er für ihre Bedürfnisse sorgte; danach aber ward die Krankheit in ihm so heftig, daß er das Bewußtsein verlor in seinem schweren Siechtum. Was Abu Kîr betraf, so quälte ihn bald der brennende Hunger, und er suchte in den Kleidern seines Gefährten nach, bis er darin eine Anzahl Dirhems entdeckte; die nahm er an sich, dann schloß er die Tür des Zimmers hinter Abu Sîr und ging davon, ohne jemandem etwas zu sagen; der Pförtner aber war auf dem Markte und sah ihn nicht hinausgehen. Nun begab Abu Kîr sich auf den Markt, kleidete sich in kostbare Gewänder und ging umher in der Stadt und schaute sie sich an; dabei sah er, daß es eine Stadt war, derengleichen es unter den Städten nicht gab. Als er aber bemerkte, daß alle Kleider dort nur weiß und blau waren und von keiner anderen Farbe, ging er zu einem Färber, und er sah, daß alles in dessen Laden blau war. Da zog er ein Tuch heraus und sprach zu ihm: ‚Meister, nimm dies Tuch, färbe es mir und nimm deinen Lohn dafür!‘ Der Färber sagte darauf: ‚Das zu färben kostet zwanzig Dirhems.‘ Abu Kîr entgegnete: ‚Wir können das in unserem Lande für zwei Dirhems färben lassen.‘ ‚So geh und laß es in eurem Lande färben! Ich färbe es dir nur für zwanzig Dirhems; von diesem Preise lasse ich nichts ab.‘ ‚In welcher Farbe willst du es färben?‘ ‚Ich färbe es nur in blauer Farbe.‘ ‚Ich will aber, daß du es mir rot färbst.‘ ‚Ich weiß nicht, wie man rot färbt.‘ ‚Dann grün!‘ ‚Ich weiß auch nicht, wie man grün färbt.‘ ‚Dann gelb!‘ ‚Ich weiß auch nicht, wie man gelb färbt.‘ Nun begann Abu Kîr ihm alle Farben aufzuzählen, eine nach der anderen, bis der Färber zu ihm sprach: ‚Wir sind in unserem Lande vierzig Meister, nie um einen mehr noch um einen weniger. Wenn einer von uns stirbt, so lehren wir seinen Sohn das Gewerbe; hinterläßt er aber keinen Sohn, so haben wir einen zu wenig. Und wenn einer zwei Söhne hat, so lehren wir einen von den beiden; stirbt der, so lehren wir seinen Bruder. Dies unser Gewerbe ist streng geordnet; und wir wissen nur, wie man blau färbt, doch in keiner anderen Farbe.‘ Da sprach Abu Kîr, der Färber, zu ihm: ‚Wisse, auch ich bin ein Färber, und ich verstehe in allen Farben zu färben; und ich möchte, daß du mich bei dir um Lohn in Dienst nimmst, so will ich dich in allen Farben zu färben lehren, auf daß du dich dadurch vor der ganzen Färberzunft auszeichnest.‘ Jener aber erwiderte ihm: ‚Wir lassen nie einen Fremden in unsere Zunft eintreten.‘ Da fragte Abu Kîr: ‚Und wie, wenn ich mir selbst für mich allein eine Färberei auftue?‘ ‚Das wird dir niemals möglich sein‘, erwiderte der Färber; und nun verließ Abu Kîr ihn und begab sich zu einem zweiten, doch der sagte ihm das gleiche wie der erste. Dann wandte er sich von Färber zu Färber, bis er bei allen vierzig Meistern die Runde gemacht hatte; aber keiner nahm ihn an, weder als Lehrling noch als Meister. Schließlich begab er sich zum Scheich der Färber und meldete ihm alles; aber der erwiderte ihm auch: ‚Wir lassen keinen Fremden in unsere Zunft eintreten.‘ Da kam gewaltiger Zorn über Abu Kîr, und er ging hin, um bei dem König jener Stadt Klage zu führen, und er sprach zu ihm: ‚O größter König unserer Zeit, ich bin ein Fremdling, und mein Gewerbe ist die Färberei, und soundso ist es mir bei den Färbern ergangen. Ich verstehe rot in verschiedenen Tönen zu färben, wie zum Beispiel rosenrot und brustbeerenrot; auch grün in verschiedenen Tönen, wie grasgrün, pistaziengrün, olivengrün und papageiengrün; ferner schwarz von verschiedener Art wie kohlschwarz und antimonschwarz; und ebenso auch gelb von verschiedener Art, wie orangengelb und zitronengelb.‘ Und so zählte er ihm alle Farben auf; dann sprach er: ‚O größter König unserer Zeit, alle Färber, die in deiner Stadt sind, haben nicht die Fähigkeit, in irgendeiner von diesen Farben zu färben, sie verstehen nur blau zu färben. Sie wollen mich aber auch nicht bei sich aufnehmen, weder als Meister noch als Lehrling.‘ Der König erwiderte ihm: ‚Das ist richtig; aber ich will dir eine Färberei auftun und dir Kapital geben. Mach dir keine Sorge um die Leute; jeden, der dir ein Hindernis in den Weg legt, lasse ich über seiner Ladentür aufhängen!‘ Dann ließ er die Baumeister kommen und sprach zu ihnen: ‚Geht mit diesem Meister und zieht mit ihm in der Stadt umher; wenn ihm ein Platz gefällt, so treibt den Eigentümer fort, einerlei ob es ein Laden oder Chân oder irgend etwas anderes ist, und baut ihm eine Färberei nach seinem Wunsche! Was er euch nur befiehlt, das tut; widersprechet seinen Worten nicht!‘ Darauf ließ der König ihm ein schönes Gewand bringen und

156

gab ihm tausend Dinare, indem er zu ihm sprach: ‚Gib die für dich selbst aus, bis der Bau vollendet ist!' Auch gab er ihm zwei Mamluken zu seiner Bedienung und ein Roß mit goldverziertem Geschirr. Nachdem Abu Kîr das Gewand angelegt und das Roß bestiegen hatte, ward er einem Emir gleich. Ferner wies der König ihm ein Haus an und befahl, es auszustatten; und es ward für ihn hergerichtet. – –«

Da bemerkte Schehrezâd, daß der Morgen begann, und sie hielt in der verstatteten Rede an. Doch als die *Neunhundertundvierunddreißigste Nacht* anbrach, fuhr sie also fort: »Es ist mir berichtet worden, o glücklicher König, daß jener König dem Abu Kîr ein Haus anwies und befahl, es auszustatten, und daß es für ihn hergerichtet wurde; und nun schlug er darin seinen Wohnsitz auf. Am nächsten Tage aber stieg er zu Roß und ritt durch die Stadt, während die Baumeister vor ihm herzogen; dabei schaute er sich immer um, bis ihm eine Stelle gefiel. Dort sprach er: ‚Diese Stelle ist gut'; und seine Begleiter warfen den Eigentümer hinaus und brachten ihn vor den König. Der zahlte ihm den Preis für sein Grundstück, und zwar so hoch, daß er mehr als zufrieden war. Dann ward der Bau auf ihm begonnen, und Abu Kîr sagte zu den Bauleuten: ‚Baut soundso und tut dasunddas!' bis sie ihm eine Färberei erbaut hatten, die nicht ihresgleichen besaß. Darauf trat er vor den König und meldete ihm, daß der Bau der Färberei beendet sei und daß nur noch das Geld für die Farbstoffe nötig sei, um sie zu eröffnen. Der König sprach zu ihm: ‚Nimm diese viertausend Dinare und verwende sie als Betriebskapital; dann zeige mir die Frucht deiner Färbekunst!' Da nahm jener das Geld, ging auf den Markt und fand dort Farbstoffe in Mengen, die fast umsonst zu haben waren; und nun kaufte er alles ein, was er zum Färben nötig hatte. Darauf sandte der König ihm fünfhundert Stücke Zeug; und er zog sie durch die Farben und färbte sie in allen Arten und breitete sie dann vor der Tür der Färberei aus. Als die Leute dort vorbeigingen, sahen sie etwas so Wunderbares, wie sie es ihr ganzes Leben lang noch nicht erschaut hatten. Und das Volk drängte sich vor der Tür der Färberei zusammen und schaute zu; dann fingen sie an zu fragen, indem sie zu Abu Kîr sprachen: ,Meister, wie heißen diese Farben?' Er antwortete ihnen: ,Dies ist rot, und dies ist gelb, und dies ist grün', und nannte ihnen so die Namen der Farben. Alsbald brachten sie ihm allerlei Stoffe und sprachen zu ihm: ,Färbe sie uns wie dies oder wie jenes und nimm, was du verlangst!' Sobald er mit dem Färben der Stoffe des Königs fertig war, nahm er sie und brachte sie in den Staatssaal. Wie der König jenes gefärbte Zeug erblickte, freute er sich darüber und machte dem Färber reiche Geschenke. Nun kamen auch alle Truppen mit Zeug zu ihm und sprachen: ,Färbe es uns soundso!' Und er färbte es ihnen nach ihren Wünschen, und sie warfen ihm Gold und Silber zu. Hinfort verbreitete sich sein Ruf, und seine Färberei wurde die Königliche Färberei genannt; zu jeder Tür strömte der Reichtum zu ihm herein, und keiner von all den anderen Färbern vermochte mehr ein Wort gegen ihn zu sagen, sondern sie kamen zu ihm, küßten ihm die Hände, entschuldigten sich bei ihm wegen dessen, was sie ihm früher zuleide getan hatten, und boten sich ihm an, indem sie sprachen: ,Mache uns zu Dienern bei dir!' Er geruhte aber keinen von ihnen anzunehmen; denn er besaß nun Sklaven und Sklavinnen und hatte großen Reichtum angehäuft.

Wenden wir uns jedoch von Abu Kîr wieder zu Abu Sîr zurück! Abu Kîr war ja, nachdem er ihm sein Geld genommen und die Tür hinter ihm verschlossen hatte, fortgegangen und hatte ihn dort allein gelassen, krank und bewußtlos, wie er war.

So blieb der Barbier in jenem Zimmer bei geschlossener Tür liegen und verharrte drei Tage in diesem Zustande. Da ward der Pförtner des Châns auf die Tür des Zimmers aufmerksam, weil er sie verschlossen sah und keinen von den beiden bis zum Sonnenuntergang erblickte und keine Kunde von ihnen erhielt. So sagte er sich: ‚Vielleicht sind sie abgereist, ohne die Miete für das Zimmer zu zahlen, oder sie sind tot; oder was mag sonst mit ihnen geschehen sein?‘ Darauf ging er zu der Tür des Zimmers, die er immer noch verschlossen fand, und hörte den Barbier drinnen stöhnen. Weil er aber den Schlüssel im Riegel stecken sah, öffnete er die Tür und trat ein. Als er nun den Barbier erblickte, wie er dort stöhnte, sprach er zu ihm: ‚Möge es dir gut gehen! Wo ist dein Freund?‘ Jener erwiderte ihm: ‚Bei Allah, ich bin erst heute aus meiner Krankheit zum Bewußtsein gekommen, und da fing ich an zu rufen, aber niemand gab mir eine Antwort. Um Allahs willen, mein Bruder, sieh nach dem Beutel unter meinem Kopfe, nimm fünf Parastücke heraus und kaufe mir dafür etwas zum Essen; denn mich hungert gewaltig!‘ Der Pförtner streckte die Hand aus und nahm den Beutel; da er ihn aber leer fand, sprach er zu dem Barbier: ‚Siehe, der Beutel ist leer; es ist nichts darin.‘ Da wußte Abu Sîr, der Barbier, daß Abu Kîr genommen hatte, was darin gewesen war, und sich davongemacht hatte; und er fragte den Pförtner: ‚Hast du meinen Freund nicht gesehen?‘ Jener gab ihm zur Antwort: ‚Seit drei Tagen habe ich ihn nicht gesehen, und ich glaubte nichts anderes, als daß du mit ihm abgereist wärest.‘ Da rief der Barbier: ‚Nein, wir sind nicht abgereist; aber ihn gelüstete nach meinem Gelde, und er hat es genommen und ist entflohen, als er mich krank sah.‘ Dann begann er zu weinen und zu klagen; doch der Pförtner des Châns sprach zu ihm: ‚Möge es dir gut gehen! Allah wird ihm

seine Tat vergelten!' Dann ging er fort, kochte für ihn eine
Brühe, füllte ihm einen Teller und brachte ihm den; und so
pflegte er ihn zwei Monate lang, während er alles aus seinem
Beutel bezahlte, bis daß der Barbier in Schweiß kam und Allah
ihn von der Krankheit, die in ihm war, genesen ließ. Darauf
erhob sich Abu Sîr und sprach zu dem Pförtner des Châns:
‚So Allah der Erhabene es mir möglich macht, werde ich dir
das Gute vergelten, das du an mir getan hast; doch der wahre
Vergelter ist nur Gott in Seiner Güte.' Jener sagte darauf:
‚Preis sei Allah für deine Genesung! Ich habe dies nur aus Verlangen nach dem Antlitze des allgütigen Gottes an dir getan.'
Dann verließ der Barbier die Herberge und wanderte in den
Marktstraßen umher; da führte ihn das Schicksal auch zu der
Straße, in der die Färberei des Abu Kîr sich befand, und er sah
die buntgefärbten Stoffe ausgebreitet vor der Tür der Färberei
liegen, während das Volk sich zusammendrängte und sie anschaute. Er fragte nun einen Mann von den Einwohnern der
Stadt und sprach zu ihm: ‚Was für ein Ort ist das? Und wie
kommt es, daß ich die Menschen sich drängen sehe?' Der Gefragte erwiderte ihm: ‚Das ist die Färberei des Sultans, die er
für einen fremden Mann namens Abu Kîr gegründet hat.
Immer wenn er einen Stoff gefärbt hat, versammeln wir uns
bei ihm und schauen uns sein Werk an; denn in unserem Lande
gibt es keine Färber, die in solchen Farben zu färben verstehen.
Mit den Färbern der Stadt aber ist es ihm soundso ergangen.'
Und er berichtete ihm alles, was sich zwischen Abu Kîr und
den Färbern zugetragen hatte, und wie er beim Sultan Klage
geführt und der sich seiner angenommen, ihm diese Färberei
erbaut und ihm dasunddas gegeben hatte; kurz, er berichtete
ihm alles, was geschehen war. Darüber war Abu Sîr erfreut,
und er sprach bei sich selber: ‚Preis sei Allah, der ihm den Weg

öffnete, so daß er zum Meister ward! Und der Mann ist zu entschuldigen; wahrscheinlich wurde er durch sein Handwerk von dir abgelenkt und hat dich vergessen. Aber du hast freundlich und gütig an ihm gehandelt, während er ohne Arbeit war; und wenn er dich jetzt sieht, so wird er seine Freude an dir haben und dich ebenso hochherzig behandeln, wie du gegen ihn gewesen bist.' Darauf trat er an die Tür der Färberei heran und sah, wie Abu Kîr auf einem hohen Polster saß, das über eine Bank im Eingang zur Färberei gebreitet war; er war in königliche Gewänder gekleidet, und vor ihm standen vier Negersklaven und vier weiße Mamluken, die mit den prächtigsten Kleidern angetan waren. Auch sah er die Arbeiter, zehn Sklaven, bei ihrer Arbeit stehen; denn die hatte er, als er sie kaufte, die Kunst des Färbens gelehrt. Abu Kîr selbst aber saß zwischen den Kissen, als wäre er ein Großwesir oder ein mächtiger König, der keine Arbeit mit seiner Hand tat, sondern nur zu seinen Leuten sprach: ‚Tut dies und das!' Nun trat Abu Sîr vor ihn hin, in dem Glauben, er würde, wenn er ihn sähe, seine Freude an ihm haben und ihn begrüßen und ehrenvoll behandeln und freundlich aufnehmen. Doch als Auge auf Auge traf, schrie Abu Kîr ihn an: ‚Du Schuft! Wie oft habe ich dir schon gesagt, du sollst nicht im Eingang dieser Werkstatt herumstehen? Willst du mich bei den Leuten in Verruf bringen, du Dieb? Ergreift ihn!' Da liefen die Sklaven auf ihn zu und packten ihn; Abu Kîr aber richtete sich auf, ergriff einen Stock und rief: ‚Werft ihn nieder!' Nachdem sie ihn niedergeworfen hatten, versetzte er ihm hundert Schläge auf den Rücken; dann drehten sie ihn um, und er schlug ihn auch noch hundertmal auf den Bauch. Darauf schrie er ihn an: ‚Du Schuft, du Schurke, wenn ich dich von heute an noch einmal an der Tür dieser Färberei stehen sehe, so sende ich auf der Stelle zum

König, und der wird dich dem Wachthauptmann übergeben, damit er dir den Kopf abschlägt! Fort von hier, Allah segne dich nicht!' Nun ging Abu Sîr fort von ihm, gebrochenen Herzens ob der entehrenden Schläge, die ihm versetzt worden waren; die Umstehenden aber fragten Abu Kîr, den Färber: ‚Was hat der Mann da getan?' Und jener antwortete ihnen: ‚Er ist ein Dieb, der die Stoffe der Leute stiehlt.' – –«

Da bemerkte Schehrezâd, daß der Morgen begann, und sie hielt in der verstatteten Rede an. Doch als die *Neunhundertund- fünfunddreißigste Nacht* anbrach, fuhr sie also fort: »Es ist mir berichtet worden, o glücklicher König, daß Abu Kîr den Abu Sîr schlug und fortjagte und zu den Leuten sprach: ‚Der da ist ein Dieb, der die Stoffe der Leute stiehlt. Wie oft hat er mir schon Zeug gestohlen! Immer sagte ich mir: ‚Allah verzeihe ihm! Er ist ein armer Mann.' Und ich wollte ihn nicht in Verlegenheit bringen, sondern ich ersetzte den Leuten den Wert ihrer Sachen und verbot es ihm in Güte, aber er ließ es sich nicht verbieten. Wenn er jetzt noch einmal wiederkommt, so schicke ich zum König, damit er ihn hinrichten läßt und die Menschen von dem Schaden durch ihn befreit.' Da begannen die Menschen ihm noch zu fluchen, nachdem er schon fortgegangen war. Solches tat Abu Kîr.

Sehen wir nun, wie es Abu Sîr erging! Er kehrte zur Herberge zurück und setzte sich nieder und sann nach über das, was Abu Kîr ihm angetan hatte; und er saß so lange da, bis ihn die Schläge nicht mehr brannten. Dann ging er hinaus und wanderte in den Marktstraßen der Stadt umher; dabei kam es ihm in den Sinn, in das Badehaus zu gehen, und er fragte einen Mann von den Leuten der Stadt, indem er zu ihm sprach: ‚Bruder, wo ist der Weg zum Badehaus?' Der aber fragte ihn: ‚Was ist denn ein Badehaus?' Abu Sîr antwortete ihm: ‚Ein Ort,

162

an dem man sich wäscht und sich von seinem Schmutz reinigt; das gehört zum Besten der guten Dinge dieser Welt.' Da rief der Städter: ‚Geh doch zum Meer!' Aber der Barbier bestand darauf: ‚Ich will ins Badehaus gehen.' Nun erzählte jener: ‚Wir wissen nicht, wie ein Badehaus ist; wir gehen immer alle zum Meer, auch der König, wenn er sich waschen will, begibt sich zum Meer.' Als Abu Sîr sich überzeugt hatte, daß es in der Stadt kein Badehaus gab, und daß die Einwohner dort kein Warmbad kannten noch wußten, wie es beschaffen war, ging er zur Staatsversammlung des Königs, trat zu ihm ein, küßte den Boden vor ihm und flehte den Segen des Himmels auf sein Haupt. Dann sprach er zu ihm: ‚Ich bin ein landfremder Mann und meines Gewerbes ein Badediener; und als ich in deine Stadt kam, wollte ich ins Badehaus gehen, doch ich fand in ihr auch nicht ein einziges Warmbad. Wie kann eine Stadt, die so schön ist wie diese, ohne ein Warmbad sein, da dies doch eine der höchsten Wonnen der Welt ist?' Als der König dann fragte: ‚Was ist denn ein Warmbad?' begann Abu Sîr ihm die Art eines Badehauses zu beschreiben und fügte noch hinzu: ‚Deine Hauptstadt ist keine vollkommene Stadt, wenn es kein Badehaus in ihr gibt.' ‚Sei mir willkommen!' rief der König, ließ ihn in ein Gewand kleiden, das nicht seinesgleichen hatte, und gab ihm ein Roß und zwei Sklaven; ferner schenkte er ihm vier Sklavinnen und zwei Mamluken und wies ihm ein schön eingerichtetes Haus an, ja, er ehrte ihn noch mehr als den Färber. Dann schickte er die Bauleute mit ihm aus, nachdem er ihnen befohlen hatte: ‚Erbaut ihm ein Badehaus an der Stätte, die ihm gefällt!' Jener nahm die Leute und zog mit ihnen mitten durch die Stadt, bis ihm eine Stätte gefiel; er zeigte sie den Baumeistern, und sie begannen dort zu bauen, während er sie in der Ausführung anleitete, bis sie ihm ein Badehaus errichtet

hatten, das seinesgleichen suchte. Dann befahl er ihnen, es auszumalen, und sie schmückten es mit so wunderbaren Malereien, daß es eine Freude für die Beschauer war. Darauf ging
Abu Sîr zum König und meldete ihm, der Bau und die Ausschmückung des Bades seien vollendet; und er fügte hinzu:
‚Jetzt fehlt ihm nichts mehr als die Einrichtung.‘ Da gab der
König ihm zehntausend Dinare; und Abu Sîr nahm sie, richtete
das Badehaus ein und reihte darin die Badetücher an den Leinen auf. Alle, die an der Tür des Bades vorüber kamen, starrten es an und wurden von seinem Schmuck ganz bezaubert;
das ganze Volk drängte sich dort zusammen bei etwas, dessengleichen sie in ihrem ganzen Leben noch nicht gesehen hatten.
Und während sie es anschauten, riefen sie: ‚Was ist denn das?‘
Abu Sîr antwortete ihnen: ‚Das ist ein Badehaus‘, und sie waren voll von Bewunderung. Dann machte er das Wasser heiß
und setzte das Bad in Betrieb; und in dem großen Becken
richtete er einen Springbrunnen ein, der die Sinne aller Städter,
die ihn erblickten, gefangen nahm. Von dem König aber erbat
er sich zehn Mamluken, die noch nicht erwachsen waren; und
der gab ihm zehn Mamluken so schön wie Monde. Darauf
knetete er sie und sprach zu ihnen: ‚Tut so mit den Kunden!‘
Nachdem er noch Weihrauch angezündet hatte, sandte er
einen Ausrufer aus, der in der Stadt ausrief und sprach: ‚Ihr
Geschöpfe Allahs, auf ins Bad, das da heißt das Königliche Bad!‘
Die Leute strömten zu ihm herbei, und er befahl den Mamluken, ihnen den Leib zu waschen; danach stiegen die Leute in
das Becken, und nachdem sie wieder herausgekommen waren,
setzten sie sich auf die Estrade, und die Mamluken kneteten sie,
wie Abu Sîr es sie gelehrt hatte. Drei Tage lang konnten die
Leute ins Bad kommen und sich dort nach Herzenslust erquicken und dann wieder fortgehen, ohne zu bezahlen. Am

vierten Tage aber lud er den König ins Bad; und der saß mit den Großen seines Reiches auf und ritt mit ihnen zum Badehause. Dort legte er seine Kleider ab und trat ins Innere, während Abu Sîr mit ihm ging; der rieb den König und holte von seinem Leibe den Schmutz herunter, Lampendochten gleich, und als er sie ihm zeigte, war der Herrscher froh; wenn er nun die Hand auf seinen Leib legte, ertönte ein Klang von Weichheit und Sauberkeit. Nachdem Abu Sîr den Leib des Königs gewaschen hatte, mischte er Rosenwasser in das Wasser des Beckens, und der König stieg hinein; als er wieder herauskam, war sein Leib erfrischt, und ein Wohlgefühl kam über ihn, wie er es noch nie in seinem Leben verspürt hatte. Darauf bat der Barbier ihn, sich auf die Estrade zu setzen, und die Mamluken kneteten ihn, während die Räucherpfannen den Duft von Nadd[1] verbreiteten. Da sagte der König: ,Meister, ist dies das Warmbad?' ,Jawohl', erwiderte jener; und der König fuhr fort: ,Bei meinem Haupte, meine Stadt ist erst durch dies Badehaus zur Stadt geworden.' Dann fragte er den Meister: ,Welchen Lohn nimmst du von jedem Besucher?' Abu Sîr erwiderte: ,Was du mir befiehlst, will ich nehmen.' Der König befahl, ihm tausend Dinare zu geben, und sagte zu ihm: ,Nimm von jedem, der sich bei dir badet, tausend Dinare.' Doch Abu Sîr entgegnete: ,Verzeihung, o größter König unserer Zeit, die Menschen sind nicht alle gleich, sondern es gibt unter ihnen Reiche und Arme. Wenn ich von einem jeden tausend Dinare nehme, so wird das Bad leer stehen; denn die Armen können nicht tausend Goldstücke bezahlen.' ,Wie willst du es denn mit dem Preise halten?' fragte der König; und der Barbier gab zur Antwort: ,Ich will den Preis der Großmut überlassen. Ein jeder, der etwas zu zahlen vermag und

1. Vgl. Band II, Seite 798, Anmerkung.

dem seine Seele es nicht verargt, wird es geben; wir wollen von jedermann das nehmen, was er zu geben vermag. Wenn es so gehalten wird, dann werden die Leute zu uns kommen; wer da reich ist, soll nach seinem Stande zahlen; wer da arm ist, möge geben, wie es seiner Seele beliebt. Auf diese Weise wird das Bad blühen und herrlich gedeihen. Was aber die tausend Dinare betrifft, so sind sie eines Königs Gabe, und nicht ein jeder ist dazu imstande.' Die Großen des Reiches pflichteten ihm bei, indem sie sprachen: ,Das ist wahr, o größter König unserer Zeit! Glaubst du, alle Menschen wären dir gleich, o ruhmvoller König?' ,Eure Worte sind richtig,' erwiderte der Herrscher, ,doch dieser Mann ist ein armer Fremdling, und es geziemt uns, großmütig an ihm zu handeln. Denn er hat in unserer Stadt dies Badehaus errichtet, dessengleichen wir nie in unserem Leben gesehen haben und ohne das unsere Stadt schmucklos war und kein Ansehen hatte. Wenn wir ihm also einen höheren Lohn schenken, so ist es doch nicht zuviel.' Darauf sagten die Großen: ,Wenn du freigebig gegen ihn sein willst, so lohne ihn mit deinem Gelde; und den Armen möge sich die Huld des Königs darin zeigen, daß der Preis des Bades niedrig sei, auf daß die Untertanen dich segnen! Was die tausend Dinare betrifft, so sind wir die Großen deines Reiches, und dennoch sträubt unsere Seele sich dagegen, sie auszugeben; wie sollte es also den Armen möglich sein, sie zu zahlen?' Da fuhr der König fort: ,Ihr Großen meines Reiches, ein jeder von euch gebe ihm für diesmal hundert Dinare, einen Mamluken, eine Sklavin und einen Sklaven!' ,Gern,' erwiderten sie, ,das wollen wir ihm geben; doch wer von heute an hier eintritt, möge nicht mehr bezahlen, als ihm möglich ist.' ,So möge es sein!' sagte der König; und nun gab ein jeder von den Großen dem Barbier hundert Dinare, eine Sklavin, einen

Mamluken und einen Sklaven. Die Zahl der Vornehmen aber, die sich an jenem Tage mit dem König gebadet hatten, betrug vierhundert Seelen. – –«

Da bemerkte Schehrezâd, daß der Morgen begann, und sie hielt in der verstatteten Rede an. Doch als die *Neunhundertundsechsunddreißigste Nacht* anbrach, fuhr sie also fort: »Es ist mir berichtet worden, o glücklicher König, daß die Zahl der Vornehmen, die sich an jenem Tage mit dem König gebadet hatten, vierhundert Seelen betrug; und so belief sich die Gesamtheit dessen, was sie ihm gaben, an Geld auf vierzigtausend Dinare, an weißen Mamluken auf vierhundert, an schwarzen Sklaven auf vierhundert und an Sklavinnen auf vierhundert: an einem solchen Geschenk kann man schon genug haben! Aber der König gab ihm auch noch zehntausend Dinare und zehn Mamluken, zehn Sklavinnen und zehn Sklaven. Darauf trat Abu Sîr vor, küßte den Boden vor dem König und sprach zu ihm: ,O König der Glückseligkeit, der da urteilt in Gerechtigkeit, welche Stätte könnte für mich alle diese Mamluken und Sklavinnen und Sklaven aufnehmen?' Der König erwiderte ihm: ,Ich habe dies meinen Hofleuten nur befohlen, damit wir für dich eine große Menge von Hab und Gut zusammenbringen. Denn vielleicht wirst du deiner Heimat gedenken und der Deinen und dich nach ihnen sehnen und wirst in dein Vaterland zurückkehren wollen. Dann sollst du aus unserem Lande eine gewaltige Fülle von Hab und Gut mitnehmen, davon du zeit deines Lebens in deiner Heimat dich nähren kannst.' ,O größter König unserer Zeit,' sagte Abu Sîr darauf, ,diese vielen Mamluken und Sklavinnen und Sklaven geziemen nur Königen. Hättest du befohlen, mir bares Geld zu geben, so wäre das besser für mich gewesen als dieser Troß; denn die Leute wollen essen und trinken und Kleider

167

haben, und alles Geld, das ich verdiene, genügt nicht für ihren Unterhalt.' Da lachte der König und sprach: ,Bei Allah, du hast recht! Dies ist wirklich ein gewaltiges Heer geworden, und du hast nicht die Mittel, um die Ausgaben dafür zu bestreiten. Doch willst du sie mir verkaufen um hundert Dinare für den Kopf?' ,Ich verkaufe sie dir für diesen Preis', antwortete Abu Sîr; und alsbald ließ der König dem Schatzmeister sagen, er solle das Geld herbeischaffen. Der brachte es und gab dem Barbier den Preis für alle voll und ganz. Darauf schenkte der König sie ihren Eigentümern, indem er sprach: ,Jeder, der seinen Sklaven oder seine Sklavin oder seinen Mamluken kennt, möge sie an sich nehmen; denn sie sind ein Geschenk von mir an euch.' Sie gehorchten dem Befehle des Königs, und ein jeder von ihnen nahm, was ihm zukam, während Abu Sîr zum König sprach: ,O größter König unserer Zeit, Allah gebe dir Ruhe, wie du mir Ruhe gegeben hast vor diesen Dämonen, die nur Er allein satt zu machen imstande ist.' Über diese seine Worte lachte der König, und er gab ihm recht; dann nahm er die Großen seines Reiches und zog aus dem Badehaus wieder in seinen Palast zurück. Abu Sîr aber verbrachte jene Nacht damit, daß er das Gold zählte und in Beutel tat und versiegelte. Und er hatte nun zwanzig Sklaven und zwanzig Mamluken und vier Sklavinnen für seine Bedienung. Als es wieder Morgen ward, öffnete er das Badehaus und sandte einen Ausrufer umher, der da ausrief und sprach: ,Jeder, der das Bad besucht und sich badet, soll zahlen, was ihm möglich ist und was sein Edelmut ihn geben heißt.' Während Abu Sîr nun neben dem Geldkasten saß, strömten die Kunden zu ihm herein, und ein jeder, der wieder herauskam, bezahlte, so viel, wie er leicht entbehren konnte; und ehe noch der Abend kam, war der Kasten schon voll von den guten Gaben Allahs des Erhabenen. Bald darauf wollte auch die Königin das Bad besuchen, und als dies dem Abu Sîr berichtet wurde, teilte er um ihretwillen den Tag in zwei Teile; die Zeit von Tagesanbruch bis zum Mittag bestimmte er für die Männer, und die Zeit von Mittag bis Sonnenuntergang wies er den Frauen zu. Und sowie die Königin kam, stellte er eine Sklavin hinter den Geldkasten; denn er hatte vier Sklavinnen den Dienst im Badehause gelehrt, so daß sie geschickte Badewärterinnen geworden waren. Als dann die Königin eintrat, gefiel es ihr dort, und die Brust ward ihr weit; und sie zahlte tausend Dinare. So verbreitete sich sein Ruf in der Stadt, und einen jeden, der da kam, behandelte er ehrenvoll, mochte der reich oder arm sein. Von allen Türen strömte Reichtum zu ihm herein; und er wurde auch mit den Leibgarden des Königs bekannt und gewann sich Freunde und Vertraute. Der König selbst pflegte in jeder Woche an einem Tage zu ihm zu kommen und ihm jedesmal tausend Dinare zu geben; die anderen Tage der Woche waren für die Vornehmen und die Armen bestimmt. Und Abu Sîr war gegen alle Leute zuvorkommend und behandelte sie auf das freundlichste. Eines Tages begab es sich, daß auch der Kapitän des Königs zu ihm ins Badehaus kam; da zog Abu Sîr selbst ihm die Kleider aus, ging mit ihm hinein und begann ihn zu kneten und behandelte ihn mit der größten Höflichkeit. Und als jener aus dem Bade kam, bereitete er ihm Scherbette und Kaffee; doch wie er ihm etwas geben wollte, schwor Abu Sîr, daß er nichts von ihm nehmen wolle. Daher fühlte der Kapitän sich ihm verpflichtet wegen seiner übergroßen Freundlichkeit und Güte gegen ihn, und er wußte nicht, was er dem Badebesitzer schenken sollte, um ihm seine Großmut zu vergelten. So nun erging es Abu Sîr.

Sehen wir aber, was Abu Kîr inzwischen tat! Er hörte, wie alle Leute immer von dem Bad redeten und wie ein jeder von ihnen sagte: ‚Dies Bad ist ein Paradies auf Erden, ganz sicherlich. Du da, du mußt, so Gott will, morgen mit uns in dies köstliche Bad gehen!' Da sprach Abu Kîr bei sich selber: ‚Ich muß doch auch wie die anderen Leute hingehen und mir dies Bad anschauen, das die Sinne der Menschen bezaubert.' Darauf legte er die prächtigsten Gewänder an, die er besaß, bestieg ein Maultier und nahm vier Sklaven und vier Mamluken mit sich, die hinter ihm und vor ihm laufen mußten; so begab er sich zum Badehause und stieg an dessen Tür ab. Wie er nun dort an der Tür stand, roch er schon den Duft des Nadd und sah, wie die Leute ein und aus gingen und wie die Steinbänke voll waren von Vornehmen und Geringen. Da trat er in die Vorhalle ein und erblickte Abu Sîr, der sich erfreut vor ihm erhob. Abu Kîr aber sprach zu ihm: ‚Ist dies die Art wohlgeborner Leute? Ich habe eine Färberei eröffnet und bin Meister dieser Stadt geworden, ich bin mit dem König bekannt und bin zu Glück und Ansehen gelangt, und doch kommst du nicht zu mir, fragst nicht nach mir und sagst nicht: ‚Wo ist mein Gefährte? Ich habe immer vergeblich nach dir gesucht, ich habe meine Sklaven und Mamluken ausgesandt, um nach dir zu forschen in den Herbergen und an allen anderen Orten; aber sie erfuhren nicht, wohin du gegangen warst, und niemand konnte ihnen von dir Kunde geben.' Abu Sîr erwiderte ihm: ‚Bin ich nicht zu dir gekommen? Hast du mich nicht einen Dieb geheißen, mich geschlagen und mich vor allem Volk entehrt?' Nun stellte Abu Kîr sich bekümmert und sprach: ‚Was für ein Gerede ist das? Bist du es etwa gewesen, den ich geschlagen habe?' ‚Ja, ich bin es gewesen', antwortete Abu Sîr; doch Abu Kîr schwor ihm tausend Eide, daß er ihn

170

nicht erkannt habe, und sprach: ‚Da war einer, der dir gleich
sah und der jeden Tag kam, um die Stoffe der Leute zu stehlen,
und da muß ich gedacht haben, du wärst der Mann.' Und er
heuchelte Reue, schlug die eine Hand auf die andere und rief:
‚Es gibt keine Macht und es gibt keine Majestät außer bei
Allah, dem Erhabenen und Allmächtigen. Ja, wahrlich, wir
haben böse an dir gehandelt. Hättest du dich nur zu erkennen
gegeben und gesagt: Ich bin Derundder! Eigentlich ist es deine
Schuld, weil du dich mir nicht zu erkennen gabst, zumal da
ich durch das Übermaß von Geschäften ganz verwirrt war!'
Darauf sagte Abu Sîr: ‚Allah vergebe dir, mein Freund! Dies
war im geheimen Ratschluß vorherbestimmt, und Allah
macht alles wieder gut. Nun tritt ein, lege deine Kleider ab,
bade und sei guter Dinge!' Als Abu Kîr bat: ‚Um Allahs willen, vergib mir, mein Bruder!' erwiderte Abu Sîr: ‚Allah
spreche dich frei von deiner Schuld und vergebe dir! Dies war
von Ewigkeit her für mich bestimmt.' Dann fragte Abu Kîr
ihn: ‚Woher ward dir diese hohe Stellung zuteil?' Und jener
gab ihm zur Antwort: ‚Der dir Segen verlieh, verlieh ihn
auch mir! Ich ging zum König und schilderte ihm die Art
eines Warmbads; da befahl er, mir eins zu erbauen.' Darauf
sagte Abu Kîr: ‚So wie du mit dem König bekannt bist, bin
auch ich mit ihm bekannt.' – –«

Da bemerkte Schehrezâd, daß der Morgen begann, und sie
hielt in der verstatteten Rede an. Doch als die *Neunhundertund-
siebenunddreißigste Nacht* anbrach, fuhr sie also fort: »Es ist mir
berichtet worden, o glücklicher König, daß Abu Kîr, nachdem er und Abu Sîr sich gegenseitig Vorwürfe gemacht hatten, zu jenem sprach: ‚So wie du mit dem König bekannt bist,
bin auch ich mit ihm bekannt; und so Allah der Erhabene will,
werde ich ihn veranlassen, daß er dich um meinetwillen noch

mehr liebt und noch höher ehrt als bisher. Denn er weiß nicht, daß du mein Freund bist; ich aber will ihm von unserer Freundschaft berichten und dich ihm empfehlen.' Doch Abu Sîr entgegnete ihm: ‚Es bedarf keiner Empfehlung; denn Er, der die Herzen geneigt macht, lebt noch. Der König hat mich schon lieb gewonnen und, wie er, so auch sein ganzer Hof; und er hat mir dies und das gegeben.' Nachdem er dem Färber darauf seine ganze Geschichte erzählt hatte, sprach er zu ihm: ‚Lege deine Kleider ab hinter der Kiste und tritt ins Bad ein; ich komme mit dir, um dich abzureiben!' Da legte Abu Kîr seine Gewänder ab und trat in das Bad ein; und Abu Sîr ging mit ihm, seifte ihn ein und rieb ihn ab, legte ihm die Kleider wieder an und bediente ihn, bis er wieder hinausging. Nachdem aber der Färber herausgekommen war, brachte Abu Sîr ihm das Mittagsmahl und die Scherbette; und alle Leute wunderten sich darüber, daß er ihm so hohe Ehren erwies. Als jedoch Abu Kîr ihm etwas geben wollte, schwor er, von ihm könne er nichts nehmen, und fügte hinzu: ‚Schäme dich, so etwas zu tun! Du bist doch mein Gefährte, und zwischen uns ist kein Unterschied.' Dann aber sagte Abu Kîr zu Abu Sîr: ‚Lieber Freund, bei Allah, dies Bad ist großartig, allein deiner Kunst hier mangelt noch etwas.' ‚Was fehlt ihr denn?' fragte jener; und Abu Kîr fuhr fort: ‚Das Mittel, das aus einer Verbindung von Arsenik und ungelöschtem Kalk besteht und das die Haare mit Leichtigkeit entfernt. Bereite dir dies Mittel; und wenn der König kommt, so reiche es ihm und zeige ihm, wie dadurch die Haare ausfallen; dann wird er dich sehr lieb gewinnen und dich ehren!' ‚Du hast recht,' erwiderte Abu Sîr, ‚so Allah will, werde ich das bereiten.' Darauf ging Abu Kîr hinaus, bestieg sein Maultier und ritt zum König, trat vor ihn und sprach zu ihm: ‚Ich möchte dir einen guten Rat geben, o

172

größter König unserer Zeit.' ,Und wie lautet dein Rat?' fragte
der Herrscher; da sagte der Färber: ,Zu mir drang die Kunde,
daß du ein Badehaus hast bauen lassen.' Der König sprach:
,Jawohl; es kam ein Fremdling zu mir, und ich habe es ihm
errichtet, wie ich dir die Färberei da errichtet habe. Es ist
ein prächtiges Bad, und es gereicht meiner Stadt zur Zierde.'
Und er begann ihm alle Vorzüge jenes Bades zu schildern.
Und Abu Kîr fragte nun: ,Hast du es besucht?' und als der König
erwiderte: ,Jawohl', rief er: ,Preis sei Allah, der dich vor
dem Unheil dieses Schurken und Glaubensfeindes, des
Bademeisters dort, errettet hat!' ,Was ist es mit ihm?' fragte
der König; und Abu Kîr antwortete: ,Wisse, o größter
König unserer Zeit, wenn du von heute ab noch einmal
dorthin gehst, so bist du des Todes.' ,Warum denn?' fragte
nun der König; und der Färber fuhr fort: ,Der Bademeister
ist dein Feind und der Feind des Glaubens, und er hat dich
nur deshalb dazu bewogen, dies Bad zu errichten, weil
er dir darin Gift einflößen will. Denn er hat etwas für dich
vorbereitet, und wenn du ins Bad eintrittst, so wird er es dir
bringen und zu dir sprechen: ,Dies ist ein Mittel, das einem
jeden, der sich unten damit einreibt, mit Leichtigkeit die Haare
entfernt.' Es ist aber kein solches Mittel, sondern eine gefährliche Arznei, ja, ein tödliches Gift. Denn der Sultan der Christen hat diesem gemeinen Kerl versprochen, er wolle ihm,
wenn er dich töte, seine Frau und seine Kinder aus der Gefangenschaft freilassen; seine Frau und seine Kinder sind nämlich
in Gefangenschaft bei dem Sultan der Christen, und auch ich
war bei ihm in ihrem Lande gefangen. Aber ich tat eine Färberei auf, und ich färbte für sie in mancherlei Farben, so daß sie
mir das Herz des Königs geneigt machten und er zu mir
sprach: ,Welche Gnade erbittest du dir?' Da erbat ich mir von

ihm die Freilassung; und er ließ mich frei, und ich kam in diese Stadt. Als ich jenen Mann aber im Badehause erblickte, fragte ich ihn, indem ich zu ihm sprach: ‚Wie ist es dir und deiner Frau und deinen Kindern gelungen, frei zu werden?‘ Und er gab mir zur Antwort: ‚Ich und meine Frau und meine Kinder waren noch immer in Gefangenschaft, bis ich eines Tages, als der Christenkönig eine Staatsversammlung abhielt, auch zugegen war und unter der Schar von Leuten stand; da hörte ich, wie sie die Könige aufzählten, bis sie auch den König dieser Stadt nannten. Und nun rief der Christenkönig: ‚Wehe!‘ und sprach: ‚Nichts in der ganzen Welt quält mich so sehr wie der König dieser Stadt! Wer mir eine List ersinnt, ihn zu Tode zu bringen, dem gebe ich alles, was er sich wünscht.‘ Da trat ich vor ihn hin und sprach zu ihm: ‚Wenn ich es dir erwirke, daß er zu Tode kommt, willst du dann mich und meine Kinder freilassen?‘ ‚Jawohl,‘ antwortete er, ‚ich will euch freilassen und will dir alles geben, was du dir wünschest.‘ Nachdem wir dies verabredet hatten, schickte er mich auf einer Galeone zu dieser Stadt; und ich ging zu diesem König, und er ließ mir dies Badehaus erbauen. Nun habe ich nichts mehr zu tun, als ihn umzubringen; hernach will ich mich zum Christenkönig begeben, meine Kinder und meine Frau befreien und mir von ihm eine Gnade erbitten.‘ Als ich ihn dann fragte: ‚Welches Mittel hast du denn ersonnen, um ihn umzubringen, so daß er zu Tode kommt?‘ sagte er mir: ‚Das ist ein einfaches Mittel, das einfachste, das es gibt. Sieh, er kommt doch zu mir in dies Bad; und da habe ich etwas für ihn zubereitet, in dem sich Gift befindet. Sobald er wieder da ist, werde ich zu ihm sagen: ‚Nimm dies Mittel und reib dich unten damit ein; denn es wird die Haare dort beseitigen!‘ Dann wird er es nehmen und sich unten damit salben; das Gift aber wird einen Tag und eine Nacht lang in ihm wirken, bis es zu seinem Herzen dringt, und es wird ihn verrecken lassen, und damit ist alles zu Ende!' Als ich diese Worte von ihm vernahm – so schloß Abu Kîr –, fürchtete ich für dein Leben; denn du hast mir Gutes erwiesen. Und deshalb habe ich dir dies mitgeteilt.' Wie der König diese Rede angehört hatte, kam gewaltiger Zorn über ihn, und er sprach zu dem Färber: ,Halt dies geheim!' Alsdann verlangte er ins Bad zu gehen, um dem Zweifel durch Gewißheit ein Ende zu machen. Nachdem der König das Bad betreten hatte, entkleidete sich Abu Sîr wie gewöhnlich, bediente den König und rieb ihn ab. Danach sprach er: ,O größter König unserer Zeit, ich habe ein Mittel bereitet, um die unteren Haare zu beseitigen.' ,Bring es mir!' befahl der König; und als jener es vor ihn gebracht hatte, fand der König den Geruch widerlich und war sicher, daß es Gift wäre. Voll Zorn schrie er die Leibwächter an und rief: ,Ergreift ihn!' Da ergriffen ihn die Wachen, und der König ging fort, von Zorn erfüllt; doch niemand kannte den Grund seines Zornes, da der König im Übermaße seines Grimms niemandem etwas sagte und auch niemand ihn zu fragen wagte. Darauf legte er die Staatsgewänder an, begab sich in den Staatssaal und ließ Abu Sîr in Fesseln vorführen. Ferner ließ er den Kapitän kommen, und als der erschien, sprach der König zu ihm: ,Nimm diesen Schurken und tu ihn in einen Sack; tu aber auch zwei Zentner ungelöschten Kalkes in den Sack und binde seine Öffnung zu über diesem und über dem Kalk! Dann lege ihn in ein Boot und fahre unter meinem Palast vorbei; sobald du mich am Fenster sitzen siehst, frage mich: ,Soll ich ihn hineinwerfen?' und ich werde dir zurufen: ,Wirf ihn hinein!' Wenn ich dir das befohlen habe, wirf ihn ins Wasser, so daß der Kalk über ihm gelöscht wird und er stirbt, ertränkt und von Feuer versengt.' ‚Ich höre und gehorche!' sprach der Kapitän und führte den Gefangenen aus der Gegenwart des Königs zu einer Insel gegenüber dem königlichen Palast. Dort sprach er zu Abu Sîr: ‚Du da, ich bin einmal zu dir ins Badehaus gekommen, und da hast du mich ehrenvoll behandelt und sorgsam bedient, und ich hatte große Freude durch dich; aber du schworst, du wollest von mir keine Bezahlung annehmen; und so gewann ich dich sehr lieb. Nun sag mir, was ist zwischen dir und dem König geschehen? Was für ein Verbrechen hast du an ihm begangen, so daß er wider dich ergrimmt ist und mir befohlen hat, dich diesen scheußlichen Tod sterben zu lassen?' Abu Sîr gab ihm zur Antwort: ‚Bei Allah, ich habe nichts getan, und ich bin mir keiner Sünde bewußt, die ich an ihm begangen hätte und die solches verdiente!' – –«

Da bemerkte Schehrezâd, daß der Morgen begann, und sie hielt in der verstatteten Rede an. Doch als die *Neunhundertundachtunddreißigste Nacht* anbrach, fuhr sie also fort: »Es ist mir berichtet worden, o glücklicher König, daß Abu Sîr, als der Kapitän ihn nach der Ursache des königlichen Zornes wider ihn gefragt hatte, ihm zur Antwort gab: ‚Bei Allah, mein Bruder, ich habe kein Verbrechen wider ihn begangen, das solches verdiente!' Dann fuhr der Kapitän fort: ‚Sieh, du standest in so hohem Ansehen bei dem König, wie noch niemand vor dir es erreicht hat; und jeder, dem es wohl ergeht, wird beneidet. Vielleicht ist jemand auf dich neidisch geworden wegen dieses Glückes und hat beim König einige Worte wider dich fallen lassen, so daß der König von diesem Zorn wider dich ergriffen wurde. Doch du bist bei mir willkommen, und dir soll nichts Böses widerfahren! Wie du mich ehrenvoll behandelt hast, ohne daß zwischen mir und dir Bekanntschaft bestand, so will ich dich jetzt erretten. Wenn ich dich aber freigelassen habe, so mußt du bei mir auf dieser Insel bleiben, bis von dieser Stadt eine Galeone nach deinem Lande fährt; dann will ich dich mit ihr dorthin senden.' Abu Sîr küßte dem Kapitän die Hand und dankte ihm für seine Güte; dann holte jener den ungelöschten Kalk und tat ihn in einen Sack; ferner legte er einen großen Stein hinein, der so groß war wie ein Mann, und sprach: ‚Ich setze mein Vertrauen auf Allah!' Darauf gab er dem Abu Sîr ein Netz mit den Worten: ‚Wirf dies Netz in die See, damit du vielleicht einige Fische fängst. Ich muß nämlich jeden Tag die Fische für des Königs Küche besorgen; und jetzt bin ich durch dies Unglück, das dich betroffen hat, vom Fischfang abgehalten worden, und ich fürchte, die Küchenjungen werden kommen und Fische verlangen und keine finden. Wenn du also etwas fängst, so werden sie es vorfinden; inzwischen kann ich hingehen und meine List unter dem Palast ausführen, indem ich tue, als ob ich dich ins Meer würfe.' Abu Sîr erwiderte ihm: ‚Ich werde fischen, geh du nur, und Allah stehe dir bei!' Da legte der Kapitän den Sack ins Boot und fuhr dahin, bis er unter dem Schlosse ankam; als er den König am Fenster sitzen sah, sprach er: ‚O größter König unserer Zeit, soll ich ihn hineinwerfen?' Der König rief: ‚Wirf ihn hinein!' und wie er ihm zugleich mit der Hand winkte, blitzte plötzlich etwas auf und fiel ins Meer. Was aber dort ins Meer fiel, das war der Siegelring des Königs; und der trug einen Zauber in sich von dieser Art: Wenn der König wider jemanden ergrimmte und seinen Tod wünschte, so zeigte er auf ihn mit seiner rechten Hand, die diesen Ring trug; und alsbald fuhr ein Blitz aus dem Ringe hervor und traf den Menschen, auf den er gezeigt hatte, und dem fiel das Haupt von den Schultern herab. Und nur um dieses Ringes willen gehorchten ihm die Truppen, nur durch ihn hatte er die Gewaltigen bezwungen. Als ihm nun der Ring vom Finger fiel, hielt er die Sache geheim; denn er wagte nicht zu sagen: ‚Mein Ring ist ins Meer gefallen‘, da er befürchtete, die Truppen möchten sich wider ihn erheben und ihn töten; so schwieg er denn.

Wenden wir uns von dem König nun zu Abu Sîr! Der hatte, nachdem der Kapitän fortgefahren war, das Netz genommen und es ins Meer geworfen; dann zog er es herauf, und es war voll von Fischen. Auch als er es zum zweiten Male auswarf, kam es voll von Fischen wieder herauf; so tat er mehrere Male, indem er auswarf, während das Netz voll wieder hochkam, bis ein großer Berg von Fischen vor ihm lag. Da sprach er bei sich selber: ‚Bei Allah, ich habe seit langer Zeit keine Fische mehr gegessen!‘ Darauf suchte er sich einen großen, fetten Fisch aus, indem er sagte: ‚Wenn der Kapitän wiederkommt, will ich ihn bitten, daß er mir diesen Fisch brate, damit ich ihn zu Mittag essen kann.‘ Dann tötete er ihn mit einem Messer, das er bei sich hatte, aber das Messer blieb in den Kiemen des Fisches hängen; und dort erblickte er des Königs Siegelring! Den hatte der Fisch verschlungen, und dieser war vom Schicksal an jene Insel getrieben und dort ins Netz geraten. Abu Sîr nahm den Ring und steckte ihn an seinen kleinen Finger, ohne zu ahnen, welche besonderen Kräfte er hatte. Nun kamen zwei Knaben von den Dienern des Kochs herbei, um Fische zu holen; und als sie vor Abu Sîr standen, sprachen sie: ‚Mann, wohin ist der Kapitän gegangen?‘ ‚Ich weiß es nicht‘, gab er zur Antwort und winkte ihnen mit seiner rechten Hand; da fielen plötzlich die Köpfe der beiden Knaben von ihren Schultern herunter, im selben Augenblick, in dem er ihnen winkte und sagte, er wisse es nicht. Darüber erstaunte Abu Sîr, und er sprach: ‚Wer mag die beiden wohl getötet haben?‘ Sie taten ihm leid, und er begann darüber nachzudenken, als plötzlich der Kapitän zurückkam; und wie der den großen Berg von Fischen erblickte und die beiden Toten sah und den Siegelring am Finger des Abu Sîr erkannte, rief er ihm zu: ‚Bruder, rühre nicht die Hand, an der du den Ring hast! Wenn du sie bewegst, so tötest du mich.‘ Abu Sîr wunderte sich, daß jener sagte: ‚Rühre nicht die Hand, an der du den Ring hast! Wenn du sie bewegst, so tötest du mich.‘ Und als der Kapitän auf ihn zutrat, sprach der zu ihm: ‚Wer hat diese beiden Knaben getötet?‘ ‚Bei Allah, mein Bruder, ich weiß es nicht.‘ ‚Du sagst die Wahrheit; aber tu mir kund, woher du diesen Ring bekommen hast?‘ ‚Ich fand ihn in den Kiemen dieses Fisches.‘ ‚Du sprichst die Wahrheit,‘ sagte der Kapitän, ‚denn ich habe gesehen, wie er blitzend aus dem Schlosse des Königs herabkam und ins Meer fiel, als er wider dich winkte und mir zurief: ‚Wirf ihn hinein!‘ Als er das Zeichen gab, warf ich den Sack ins Meer; aber sein Ring fiel ihm vom Finger und versank ins Meer, und da hat dieser Fisch ihn verschlungen, und der ward vom Schicksal zu dir getrieben, damit du ihn fangen solltest; dies war dir vorherbestimmt. Kennst du aber die besonderen Kräfte dieses Ringes?‘ ‚Ich kenne keine besonderen Eigenschaften an ihm‘, erwiderte Abu Sîr; und der Kapitän fuhr fort: ‚Wisse, die Truppen unseres Königs gehorchen ihm nur aus Furcht vor diesem Ringe; denn er birgt einen Zauber. Wenn der König wider jemand ergrimmt ist und seinen Tod wünscht, so zeigt er auf ihn mit diesem Ringe, und jenem fällt das Haupt von den Schultern herunter; denn es fährt ein Blitz aus ihm hervor, und sein Strahl trifft jenen, dem er zürnt, so daß der im selben Augenblick tot ist.‘ Als Abu Sîr diese Worte vernahm, war er hoch erfreut und sprach zum Kapitän: ‚Führe mich nach der Stadt zurück!‘ Und der gab ihm zur Antwort: ‚Ich will dich gern zurückführen; denn nun fürchte ich nichts mehr für dich von dem König. Wenn du mit deiner Hand auf ihn weisest und ihm den Tod wünschest, so wird sein Haupt vor dir niederrollen. Ja, auch wenn du nicht nur den König, sondern auch sein ganzes Heer töten wolltest, so könntest du sie alle umbringen, ohne behindert zu werden.' Darauf ließ er ihn ins Boot steigen und fuhr mit ihm zur Stadt. – –«

Da bemerkte Schehrezâd, daß der Morgen begann, und sie hielt in der verstatteten Rede an. Doch als die *Neunhundertund-neununddreißigste Nacht* anbrach, fuhr sie also fort: »Es ist mir berichtet worden, o glücklicher König, daß der Kapitän, nachdem er Abu Sîr hatte ins Boot steigen lassen, mit ihm zur Stadt fuhr. Als sie dort ankamen, begab Abu Sîr sich alsbald zum Schlosse des Königs. Dort trat er in den Staatssaal und sah den König sitzen, während die Truppen vor ihm standen; doch der war in schwerer Sorge um seinen Ring und wagte keinem seiner Mannen etwas von dessen Verlust zu sagen. Wie nun der König den Barbier erblickte, sprach er zu ihm: ,Haben wir dich nicht ins Meer werfen lassen? Wie hast du es gemacht, daß du wieder aus ihm herausgekommen bist?' Abu Sîr erzählte ihm darauf: ,O größter König unserer Zeit, als du Befehl gabst, mich ins Meer zu werfen, nahm mich dein Kapitän und er fuhr mit mir nach einer Insel; dort fragte er mich nach dem Grunde deines Zornes wider mich, indem er zu mir sprach: ,Was hast du dem König angetan, daß er deinen Tod befahl?' Ich antwortete ihm: ,Bei Allah, ich weiß nicht, daß ich irgendein Verbrechen wider ihn begangen hätte.' Dann sagte er zu mir: ,Sieh, du standest doch in hohem Ansehen bei dem König; vielleicht ist jemand auf dich neidisch geworden und hat beim König Worte wider dich fallen lassen, so daß der zornig auf dich ward. Aber ich bin zu dir in dein Badehaus gekommen, und du hast mich ehrenvoll behandelt; und zur

180

Vergeltung dafür, daß du in deinem Badehause gütig gegen mich warst, will ich dich erretten und dich in deine Heimat entsenden.' Darauf nahm er an meiner Statt einen Stein ins Boot und warf den ins Meer. Doch als du ihm das Zeichen wider mich gabst, fiel der Ring von deinem Finger ins Meer, und ein Fisch verschlang ihn. Während ich nun auf jener Insel war und Fische fing, kam jener Fisch mit vielen anderen Fischen im Netz herauf. Ich nahm ihn und wollte ihn braten; doch als ich ihm den Leib aufschnitt, fand ich den Ring, und den ergriff ich und tat ihn an meinen Finger. Dann kamen zwei von den Dienern der Küche zu mir und suchten Fische; ich winkte ihnen, ohne die Kraft des Ringes zu kennen, und da fielen ihre beiden Köpfe herunter. Schließlich kam auch der Kapitän wieder, und als er den Ring an meinem Finger erkannte, berichtete er mir von seinem Zauber. Jetzt bringe ich ihn dir zurück, denn du hast freundlich an mir gehandelt und mir die höchsten Ehren erwiesen; und was du Gutes an mir getan hast, das ist nicht bei mir verloren. Hier ist dein Ring, nimm ihn hin! Und wenn ich dir irgend etwas angetan habe, das den Tod verdient, so tu mir mein Verbrechen kund und töte mich; und du sollst der Schuld an meinem Blute ledig sein!' Darauf zog er den Ring von seinem Finger und reichte ihn dem König; als der König sah, was Abu Sîr in seinem Edelmute tat, nahm er den Ring von ihm entgegen, schob ihn auf den Finger und fühlte, wie neues Leben in ihn kam. Dann sprang er auf und umarmte Abu Sîr, und er sprach zu ihm: ‚O Mann, du gehörst wirklich zu den Auserlesenen unter den edlen Menschen! Sei mir nicht böse, vergib mir, was dir von mir zuleide geschah! Hätte irgendein anderer als du diesen Ring in seine Gewalt bekommen, so hätte er ihn mir nicht gegeben.' Darauf sagte Abu Sîr: ‚O größter König unserer Zeit,

wenn du willst, daß ich dir vergebe, so tu mir meine Sünde
kund, die deinen Zorn wider mich veranlaßte, so daß du Befehl gabst, mich zu töten!' Der König erwiderte ihm: ,Bei
Allah, es ist mir sicher, daß du unschuldig bist und du dich in
gar nichts vergangen hast, seit du so edel gehandelt hast. Es war
nur der Färber, der mir soundso berichtete'; und er tat ihm
kund, was der Färber gesagt hatte. Da hub Abu Sîr an: ,Bei
Allah, ich kenne keinen König der Christen und bin in meinem ganzen Leben noch nie in das Land der Christen gereist;
auch ist es mir nie in den Sinn gekommen, dich zu töten. Doch
dieser Färber war mein Gefährte und mein Nachbar in der
Stadt Alexandrien. Dort ward uns das Leben zu eng; und wir
zogen fort von ihr, eben weil wir in Bedrängnis lebten, nachdem wir die Fâtiha darüber gesprochen hatten, daß, wer von
uns Arbeit fände, den Arbeitslosen ernähren solle. Mit ihm ist
es mir jedoch soundso ergangen.' Und nun erzählte er dem
König alles, was er mit Abu Kîr, dem Färber, erlebt hatte, wie
der ihm sein Geld genommen und ihn krank in dem Zimmer
der Herberge hatte liegen lassen; wie der Pförtner des Châns
ihn während seiner Krankheit aus eigenen Mitteln verpflegte,
bis Allah ihn genesen ließ; wie er dann ausging und mit seinem
Handwerkszeug in der Stadt umherzog nach seiner Gewohnheit; und wie er auf seinem Wege plötzlich eine Färberei sah,
bei der die Leute sich zusammendrängten, und, als er nach der
Tür der Färberei schaute, dort Abu Kîr auf einer Bank sitzen
sah; wie er dann eintrat, um den Freund zu begrüßen, und wie
ihm von jenem Schläge und entehrende Behandlung zuteil
wurden, da er behauptete, er sei ein Dieb, und ihm schmerzhafte Schläge versetzte; kurz, er berichtete dem König alles,
was ihm widerfahren war, von Anfang bis zu Ende, indem er
zuletzt erzählte: ,O größter König unserer Zeit, er ist es, der

mir sagte: ,Bereite das Mittel und biete es dem König dar! Denn dein Bad ist in allen Dingen vollkommen, nur daß ihm noch dies Mittel fehlt.' Wisse, o größter König unserer Zeit, dies Mittel ist ganz harmlos, und wir bereiten es immer in unserem Lande; es gehört zu den Erfordernissen des Bades, aber ich hatte es vergessen. Als der Färber zu mir kam und ich ihn ehrenvoll aufgenommen hatte, erinnerte er mich daran und sagte mir, ich solle das Mittel bereiten. Du aber, o größter König unserer Zeit, laß den Pförtner der Herberge Soundso und die Arbeiter der Färberei kommen und frage sie nach alledem, was ich dir berichtet habe.' Da sandte der König nach dem Pförtner des Châns und den Arbeitern der Färberei, und als alle zugegen waren, fragte er sie, und sie taten ihm kund, was geschehen war. Dann sandte er nach dem Färber, indem er sprach: ,Bringt ihn mir barfuß, barhaupt und gefesselt herbei!' Nun saß der Färber in seinem Hause da, froh über den Tod des Abu Sîr. Doch ehe er sich dessen versah, stürzten die Wachen des Königs auf ihn zu, und Hiebe sausten auf seinen Nacken; dann fesselten sie ihn und schleppten ihn vor den König. Dort sah er Abu Sîr neben dem König sitzen und den Pförtner des Châns und die Arbeiter der Färberei vor ihm stehen. Der Pförtner der Herberge fragte ihn: ,Ist dies nicht dein Gefährte, dem du sein Geld gestohlen und den du krank bei mir im Zimmer hast liegen lassen und dem du dasunddas angetan hast?' Und die Arbeiter der Färberei sagten: ,Ist dies nicht der Mann, den du uns ergreifen hießest und den wir prügeln mußten?' Da wurde dem König die Gemeinheit des Abu Kîr offenbar, und er sah ein, daß jener noch ärgere Strafen verdiente als die von Munkar und Nakîr.[1] Deshalb sprach der König: ,Ergreift ihn und führt ihn in der Stadt und auf dem Markte umher! '– –«

1. Vgl. Band III, Seite 526, Anmerkung.

Da bemerkte Schehrezâd, daß der Morgen begann, und sie hielt in der verstatteten Rede an. Doch als die *Neunhundertundvierzigste Nacht* anbrach, fuhr sie also fort: »Es ist mir berichtet worden, o glücklicher König, daß jener König, als er die Worte des Pförtners der Herberge und der Arbeiter aus der Färberei vernommen hatte, von der Schlechtigkeit des Abu Kîr überzeugt war; und er bezeigte seinen Abscheu vor ihm und sprach zu seinen Wachen: ,Ergreift ihn und führt ihn in der Stadt umher; dann tut ihn in einen Sack und werft ihn ins Meer!' Doch Abu Sîr sagte: ,O größter König unserer Zeit, nimm meine Fürsprache für ihn an; denn ich vergebe ihm alles, was er mir angetan hat!' Allein der König erwiderte: ,Wenn du ihm auch seine Vergehen gegen dich verzeihst, so kann ich ihm doch nicht verzeihen, was er an mir gesündigt hat.' Und so rief er: ,Ergreift ihn!' Da ergriffen sie ihn und führten ihn umher; und dann legten sie ihn in einen Sack und taten zu ihm ungelöschten Kalk hinein und warfen ihn ins Meer. Und er starb ertränkt und vom Feuer versengt. Nun sprach der König: ,O Abu Sîr, erbitte eine Gande von mir, sie soll dir gewährt sein.' Jener erwiderte ihm: ,Ich erbitte von dir die Gnade, daß du mich in mein Land heimsendest; denn ich trage kein Verlangen mehr danach, hier zu weilen.' Da schenkte der König ihm noch viel zu dem hinzu, was er schon an Geld und Gut und Gaben besaß; ferner gab er ihm eine Galeone, die mit Gütern beladen war und deren Mannschaft aus Mamluken bestand; auch diese schenkte er ihm, nachdem er ihm angeboten hatte, ihn zum Wesir zu machen, Abu Sîr es aber abgelehnt hatte. Darauf nahm dieser vom König Abschied und reiste ab; alles auf der Galeone war sein Eigentum, auch die Seeleute waren seine Mamluken. So fuhr er dahin, bis er zum Lande von Alexandrien kam; dort bei der Stadt Alexandrien warfen sie Anker und gingen an Land. Einer von seinen Mamluken aber entdeckte einen Sack am Strande, und er sprach: ‚O Herr, dort am Strande liegt ein großer, schwerer Sack; seine Öffnung ist zugebunden, und ich weiß nicht, was darin ist.' Da kam Abu Sîr herbei und öffnete den Sack; und er fand darin Abu Kîr, den die Meeresströmung nach Alexandrien getrieben hatte. Er nahm die Leiche heraus und begrub sie in der Nähe der Stadt, erbaute darüber eine Grabkapelle und stattete sie mit Stiftungen aus. Über der Tür des Grabmals aber ließ er diese Verse einmeißeln:

> *Der Mann wird in der Welt erkannt an seinem Handeln;*
> *Des Edlen, Freien Taten sind gleich seiner Art.*
> *Verleumde nicht, sonst wirst auch du gar bald verleumdet;*
> *Wer etwas sagt, dem bleibt das gleiche nicht erspart!*
> *Vermeide schlechtes Wort und führ es nie im Munde,*
> *Magst du im Ernste reden oder auch im Scherz!*
> *Ein Hund, der edles Wesen wahrt, wird gern geduldet;*
> *Dem Löwen, ist er toricht, trifft der Ketten Schmerz.*
> *Und einsam treibt die Leiche oben auf dem Meere,*
> *Indes die Perle drunten liegt in seinem Sand.*
> *Ein Sperling wurde nie nach einem Falken jagen,*
> *Es sei aus Narrheit denn und Schwäche an Verstand.*
> *Im Himmel steht geschrieben auf der Liebe Blättern:*
> *Wer Gutes tut, dem wird der gleiche Lohn gereicht.*
> *Drum suche keinen Zucker bei der Koloquinte,*
> *Da jedes Dings Geschmack nur seinem Wesen gleicht!*

Hinfort lebte Abu Sîr noch eine Weile, bis Allah ihn zu sich nahm; da begrub man ihn neben dem Grabe seines Gefährten Abu Kîr. Und deshalb erhielt diese Stätte den Namen Abu Kîr und Abu Sîr; aber jetzt ist sie nur als Abu Kîr bekannt. Dies ist es, was uns von der Geschichte der beiden berichtet wurde. Und Preis sei Ihm, der da lebet in Ewigkeit und durch dessen Willen Tag an Nacht sich im Wechsel reiht!

DIE GESCHICHTE VON 'ABDALLÂH,
DEM LANDBEWOHNER,
UND 'ABDALLÂH, DEM MEERMANN

Es war einmal ein Fischersmann, 'Abdallâh geheißen; der hatte eine große Familie, denn bei ihm waren neun Kinder und deren Mutter. Aber er war arm und besaß nichts als sein Netz. Jeden Tag ging er zum Meere, um zu fischen; und wenn er wenig gefangen hatte, so verkaufte er es und verwandte den Erlös für seine Kinder je nach Maßgabe dessen, was Allah ihm beschert hatte; fing er aber viel, so kochte er ein gutes Gericht und holte Früchte. Dann gab er so lange Geld aus, bis ihm nichts mehr übrig blieb; und er pflegte darauf bei sich zu sprechen: ‚Das Brot für morgen kommt morgen!‘ Als seine Frau ihm noch ein Kind schenkte, waren es ihrer zehn; und gerade an jenem Tage mußte es sein, daß der Mann ganz und gar nichts besaß. Die Frau sprach zu ihm: ‚Mein Gebieter, schau doch für mich nach etwas, von dem ich mich nähren kann!‘ Er gab ihr zur Antwort: ‚Ich will noch heute, auf den Segen Allahs des Erhabenen hin, zum Meere gehen, für das Glück dieses Neugeborenen, auf daß wir sehen, ob das Geschick ihm günstig ist.‘ Darauf sagte sie zu ihm: ‚Setze dein Vertrauen auf Allah!‘ So nahm er denn das Netz und begab sich zum Meere. Dann warf er es aus für das Glück jenes kleinen Kindleins, indem er sprach: ‚O Gott, laß den Lebensunterhalt leicht für ihn werden und ohne Beschwerden, reichlich und nicht kärglich!‘ Nachdem er eine Weile gewartet hatte, zog er es hoch; und es kam hoch, voll von Abfall, Sand, Kieseln und Tang, aber von Fischen konnte er nichts darin entdecken, weder viel noch wenig. Dann warf er es ein zweites Mal aus und wartete; doch als er es herauszog, fand er wieder keine Fische darin. Und von neuem warf er es aus, ein drittes, ein viertes und ein fünftes Mal; dennoch kam kein Fisch in ihm hoch. Da ging er an eine andere Stelle und flehte zu Allah dem Erhabenen um sein täglich Brot. Unaufhörlich mühte er sich so, bis der Tag sich neigte; aber er fing auch nicht einmal ein kleines Fischlein. Da wunderte er sich in seiner Seele und sprach: ‚Hat Allah denn dies Neugeborene ohne sein täglich Brot erschaffen? Das ist doch ganz unmöglich! Denn Er, der den Menschen mit dem Spalt des Mundes vollendet, hat sich auch für seine Speise verpfändet; und Allah der Erhabene ist der Allgütige, der die Nahrung spendet.‘ Alsdann lud er sein Netz auf und kehrte heim, gebrochenen Mutes und das Herz voll von Sorgen um die Seinen, daß er sie ohne Speise lassen mußte, zumal da seine Frau im Kindbett lag. So zog er seines Weges weiter, indem er bei sich selber sprach: ‚Was soll ich nur tun? Was soll ich heute abend den Kindern sagen?‘ Wie er aber zu dem Ofen eines Bäckers gelangte, sah er dort ein Gedränge; denn es war eine Zeit der Teuerung, und in jenen Tagen ward nur wenig Nahrung bei den Menschen gefunden; die Leute hielten dem Bäcker das Geld hin, aber er achtete ihrer nicht, weil das Gedränge so groß war. Der Fischer blieb dort stehen und schaute zu; und als er den Duft des warmen Brotes roch, gelüstete es seine Seele danach, weil ihn hungerte. Da erblickte ihn der Bäcker, und er rief ihm zu: ‚Komm her, Fischer!‘ Als der zu ihm herangetreten war, fragte er ihn: ‚Willst du Brot?‘ Doch der Fischer schwieg. Dann fuhr der Bäcker fort: ‚Sprich nur, scheue dich nicht; denn Allah ist gütig! Wenn du kein Geld bei dir hast, so will ich dir Brot geben und warten, bis es dir wieder gut geht.‘ ‚Bei Allah,‘ erwiderte der Fischer, ‚Meister, ich habe kein Geld; doch gib mir Brot genug für die Meinen, und ich

187

will dies Netz als Pfand bis morgen bei dir lassen.' Da sagte der Bäcker: ,Armer Kerl, dies Netz ist dein Laden und das Tor zu deinem täglichen Brot. Wenn du es verpfändest, womit willst du fischen? Sage mir nur, wieviel dir genügt!' ,Für zehn Para', antwortete der Fischer; und da gab der Bäcker ihm Brot für zehn Para und reichte ihm auch noch zehn Para hin, indem er zu ihm sprach: ,Nimm diese zehn Parastücke und koche dir dafür ein Gericht Fleisch; dann bist du mir zwanzig Para schuldig! Morgen kannst du mir Fische dafür bringen. Wenn du aber nichts fängst, so komm und hol dir dein Brot und deine zehn Para; ich will gern warten, bis das Glück wieder zu dir kommt!' – –«

Da bemerkte Schehrezâd, daß der Morgen begann, und sie hielt in der verstatteten Rede an. Doch als die *Neunhundertundeinundvierzigste Nacht* anbrach, fuhr sie also fort: »Es ist mir berichtet worden, o glücklicher König, daß der Bäcker zum Fischer sprach: ,Nimm, was du brauchst; ich will gern warten, bis das Glück wieder zu dir kommt! Dann bringe mir Fische für alles, was ich von dir zu fordern habe!' Da sagte der Fischer: ,Allah der Allmächtige lohne es dir und vergelte dir an meiner Statt mit allem Guten!' Darauf nahm er das Brot und die zehn Parastücke und ging freudigen Herzens von dannen; nachdem er gekauft hatte, was ihm erreichbar war, trat er zu seiner Frau ein, und er sah, wie sie dasaß und die Kinder tröstete, die vor Hunger weinten, indem sie zu ihnen sprach: ,Gleich bringt euer Vater euch etwas zum Essen!' Als er nun wirklich bei ihnen war, legte er das Brot vor sie hin, und sie aßen, während er seiner Frau erzählte, wie es ihm ergangen war; und sie sprach: ,Allah ist gütig!' Am nächsten Tage lud er sein Netz wieder auf und ging aus seinem Hause, indem er sprach: ,Ich flehe dich an, o Herr, gewähre mir heute so viel, daß ich mit

reinem Gesicht vor dem Bäcker dastehe!' Als er zum Meere
kam, warf er das Netz aus und zog es wieder ein; aber es kam
kein Fisch darin hoch. Wiederum mühte er sich unablässig, bis
der Tag zur Rüste ging, ohne daß er etwas gefangen hätte.
Voll schweren Kummers kehrte er heim; und da der Weg zu
seinem Hause an dem Ofen des Bäckers vorbeiführte, so sprach
er bei sich selber: ,Wie soll ich nun zu meinem Hause gehen?
Ich will doch meinen Schritt beeilen, damit der Bäcker mich
nicht sieht!' Als er dann zum Ofen des Bäckers kam, sah er
dort wieder ein Gedränge, und er beeilte seinen Gang aus Scheu
vor dem Bäcker, auf daß der ihn nicht sähe. Aber der Bäcker
hob seinen Blick zu ihm auf und rief: ,Du, Fischer, komm her,
hol dir dein Brot und dein Geld. Du hast es wohl vergessen!'
,Nein, bei Allah,' erwiderte jener, ,ich hab es nicht vergessen;
ich schämte mich nur vor dir, weil ich auch heute keine Fische
gefangen habe.' Doch der Bäcker fuhr fort: ,Schäme dich
nicht! Habe ich dir nicht gesagt, daß es Zeit für dich hat, bis
das Glück wieder zu dir kommt?' Darauf gab er ihm das Brot
und die zehn Para; und der Fischer ging zu seiner Frau und berichtete ihr das Geschehene. Sie sagte darauf: ,Allah ist gütig!
So Gott der Erhabene will, wird das Glück wieder bei dir einkehren, und du kannst ihm deine Schuld bezahlen.' Vierzig
Tage lang ging es so weiter; jeden Tag zog er zum Meere von
Sonnenaufgang bis Sonnenuntergang und mußte ohne Fische
heimkehren; und immer holte er Brot und Geld von dem
Bäcker, ohne daß der je einmal von den Fischen zu ihm sprach
oder ihn warten ließ wie die anderen Leute, sondern er gab
ihm stets die zehn Para und das Brot. Sooft der Fischer zu ihm
sprach: ,Bruder, rechne ab mit mir!' erwiderte er ihm: ,Geh,
dies ist nicht die Zeit zum Abrechnen; wenn das Glück wieder
zu dir kommt, will ich mit dir abrechnen!' Dann segnete der

Fischer ihn und verließ ihn, indem er ihm dankte. Am einundvierzigsten Tage nun sprach er zu seiner Frau: ‚Ich will dies Netz zerreißen und vor diesem Leben Ruhe haben!‘ ‚Weshalb denn?‘ fragte sie; und er gab ihr zur Antwort: ‚Es scheint, als ob mein Lebensunterhalt nicht mehr aus dem Meere kommt. Wie lange soll dies Leben noch dauern? Bei Allah, ich vergehe aus Scham vor dem Bäcker; und ich will hinfort nicht zum Meere gehen, damit ich nicht bei seinem Ofen vorbeikomme. Ich habe ja keinen andren Weg als den, der an ihm vorbeiführt; und jedesmal, wenn ich dort vorüberkomme, ruft er mich und gibt mir das Brot und die zehn Parastücke. Wie lange soll ich noch Schulden bei ihm machen?‘ Da sprach sie zu ihm: ‚Preis sei Allah dem Erhabenen, der dir sein Herz geneigt gemacht hat, so daß er dir die Nahrung gibt! Was mißfällt dir daran?‘ Er entgegnete: ‚Jetzt hat er schon eine große Summe von Dirhems von mir zu fordern, und er wird sicherlich verlangen, was ihm gebührt!‘ ‚Hat er dir harte Worte gegeben?‘ ‚Nein; er will sogar nicht mit mir abrechnen und sagt immer: Wenn das Glück wieder zu dir kommt.‘ ‚Wenn er dich mahnen sollte, so sprich du zu ihm: Warte, bis das Glück kommt, auf das wir beide hoffen, ich und du.‘ ‚Und wann kommt endlich das Glück, auf das wir hoffen?‘ ‚Allah ist gütig!‘ ‚Du hast recht!‘ sagte der Fischer, lud sich sein Netz wieder auf und begab sich zum Meere, indem er betete: ‚O Herr, gewähre mir etwas, sei es auch nur ein einziger Fisch, damit ich ihn dem Bäcker schenken kann!‘ Dann warf er das Netz ins Meer; und als er es herausziehen wollte, fand er, daß es schwer war; er mühte sich lange mit ihm ab, bis er ganz ermattet war. Wie er es aber am Lande hatte, entdeckte er darin einen toten Esel, der schon aufgedunsen war und abscheulich stank. Ihm ward ganz übel, und als er das Tier aus dem Netze herausgeholt

190

hatte, sprach er: ‚Es gibt keine Macht und es gibt keine Majestät außer bei Allah, dem Erhabenen und Allmächtigen! Ich
verzweifle jetzt! Ich sage da zu meiner Frau: ‚Aus dem Meere
kommt kein Lebensunterhalt mehr für mich; laß mich dies
Gewerbe aufgeben!' Und sie antwortet mir: ‚Allah ist gütig!
Das Glück wird zu dir kommen.' Ja, ist denn dieser tote Esel
etwa das Glück?' Nun kam wieder schwerer Kummer über
ihn, und er begab sich an eine andere Stelle, um dem Geruch des
Esels fern zu sein; dort nahm er das Netz und warf es von
neuem aus. Nachdem er eine ganze Weile gewartet hatte, zog
er daran und fühlte, daß es schwer war, und er mühte sich so
lange damit ab, bis ihm das Blut aus den Händen rieselte. Als
er es schließlich am Lande hatte, entdeckte er darin ein menschliches Wesen, und er vermeinte, daß es einer von den Dämonen des Herrn Salomo sei, die er in kupferne Flaschen zu sperren und ins Meer zu werfen pflegte, und daß die Flasche im
langen Laufe der Jahre zerbrochen und jener Dämon aus ihr
herausgekrochen und in das Netz geraten sei. Deshalb floh er
vor ihm und schrie: ‚Gnade! Gnade! O Dämon Salomos!'
Doch jenes Menschenwesen rief ihm aus dem Netze zu: ‚Komm
her, Fischer, und flieh nicht vor mir; denn ich bin ein Mensch
wie du! Befreie mich, auf daß du himmlischen Lohn dafür
empfangest!' Wie der Fischer seine Worte vernahm, beruhigte
sich sein Herz, und er trat zu ihm hin und fragte ihn: ‚Bist du
denn nicht ein Dämon aus der Geisterwelt?' ‚Nein,' erwiderte
jener, ‚ich bin ein Mensch, der an Allah und Seinen Gesandten
glaubt.' Und als der Fischer ihn fragte: ‚Wer hat dich ins Meer
geworfen?' fuhr er fort: ‚Ich gehöre zu den Kindern des Meeres, und ich wandelte gerade umher, als du das Netz über mich
warfst. Wir sind ein Volk, das den Befehlen Allahs gehorcht,
und wir sind gütig gegen die Geschöpfe Allahs des Erhabenen.

Wenn ich mich nicht fürchtete und mich nicht scheute, zu den Ungehorsamen zu gehören, so hätte ich dein Netz zerrissen; aber ich fügte mich in das, was Allah mir vorherbestimmt hat. Und du wirst, so du mich befreist, mein Gebieter; denn ich bin dein Gefangener. Willst du mich nun freilassen im Begehren nach dem Antlitze Allahs des Erhabenen und einen Bund mit mir schließen und mein Freund werden? Dann will ich jeden Tag an dieser Stätte zu dir kommen; und wenn du mich besuchst, so bringe mir ein Geschenk mit von den Früchten des Landes. Denn bei euch gibt es Trauben und Feigen, Wassermelonen und Pfirsiche, Granatäpfel und dergleichen mehr; alles, was du mir bringst, soll mir von dir willkommen sein. Wir aber haben Korallen und Perlen, Chrysolithe und Smaragde, Rubinen und andere Edelsteine, und ich will dir den Korb, in dem du mir die Früchte bringst, mit Juwelen von den Edelsteinen des Meeres füllen. Was sagst du zu diesem Vorschlag, mein Bruder?' Der Fischer gab ihm zur Antwort: ,Die Fâtiha sei zwischen mir und dir auf diesen Vorschlag!' Da sprachen sie alle beide die Fâtiha, und der Fischer befreite ihn aus dem Netze. Nun fragte er den Mann: ,Wie heißest du?' Und jener erwiderte: ,Ich heiße 'Abdallâh der Meermann; und wenn du an diese Stätte kommst und mich nicht siehst, so ruf und sprich: ,Wo bist du, o 'Abdallâh, o Meermann?' Dann werde ich sofort bei dir sein!' – –«

Da bemerkte Schehrezâd, daß der Morgen begann, und sie hielt in der verstatteten Rede an. Doch als die *Neunhundertundzweiundvierzigste Nacht* anbrach, fuhr sie also fort: »Es ist mir berichtet worden, o glücklicher König, daß 'Abdallâh der Meermann zu dem Fischer sprach: ,Wenn du an diese Stätte kommst und mich nicht siehst, so ruf und sprich: ,Wo bist du, o 'Abdallâh, o Meermann? Dann werde ich sofort bei dir sein.

Du aber, wie heißest du?' Der Fischer antwortete: ,Ich heiße
'Abdallâh!' Und der andere fuhr fort: ,So bist du denn 'Abdallâh der Landbewohner, und ich bin 'Abdallâh der Meermann. Warte du hier, bis ich wiederkomme und dir ein Geschenk bringe!' ,Ich höre und gehorche!' erwiderte der Fischer,
während 'Abdallâh der Meermann im Wasser verschwand.
Schon bereute 'Abdallâh der Landbewohner, daß er jenen aus
dem Netz befreit hatte; denn er sagte sich: ,Woher soll ich
wissen, daß er zu mir zurückkehrt? Vielleicht hat er mich nur
zum besten gehabt, damit ich ihn losließ. Hätte ich ihn festgehalten, so hätte ich ihn vor dem Volke in der Stadt zur Schau
stellen können; dann hätte ich für ihn Geld von jedermann eingenommen und hätte ihn auch in die Häuser der Vornehmen
führen können.' So bereute er, daß er ihn freigelassen hatte,
und sagte zu sich selber: ,Dein Fang entschwand aus deiner
Hand!' Während er noch darüber klagte, daß jener seiner
Hand entwischt sei, kehrte plötzlich 'Abdallâh der Meermann
zu ihm zurück, die Hände voll von Perlen und Korallen, Smaragden, Rubinen und anderen Edelsteinen, und er sprach zu
ihm: ,Nimm hin, mein Bruder, und sei mir nicht böse! Ich hatte
keinen Korb bei mir; sonst hätte ich ihn für dich gefüllt.' Darüber war 'Abdallâh der Landbewohner erfreut, und er nahm
die Edelsteine von dem Meermanne hin; der aber sprach zu
ihm: ,Komm jeden Tag vor Sonnenaufgang an diese Stätte!'
nahm Abschied von ihm, wandte sich und verschwand im
Meere. Der Fischer nun eilte voller Freuden in die Stadt zurück und hielt nicht eher an, als bis er zu dem Ofen des Bäckers
kam und zu ihm sprach: ,Mein Bruder, jetzt ist das Glück zu
uns gekommen; drum rechne mit mir ab!' Der Bäcker antwortete ihm: ,Es bedarf keiner Abrechnung; wenn du etwas
hast, so gib es mir, und wenn du nichts hast, so nimm dein

Brot und dein Geld und geh, bis das Glück bei dir einkehrt!
Doch der Fischer fuhr fort: ‚Mein Freund, das Glück ist ja bei
mir eingekehrt durch die Güte Allahs. Du hast jetzt eine große
Summe von mir zu fordern; nimm doch dies hier!' Und er
nahm für ihn eine Handvoll von Perlen und Korallen, Rubinen und anderen Edelsteinen; und diese Handvoll, die von
dem, was er bei sich hatte, die Hälfte ausmachte, gab er dem
Bäcker, indem er zu ihm sprach: ‚Gib mir etwas Bargeld, das
ich heute ausgeben kann, bis ich diese Edelsteine verkauft habe!'
Da gab der Bäcker ihm alles, was er an Geld besaß, sowie auch
alles Brot in dem Korbe, den er bei sich hatte; er freute sich
über jene Edelsteine und sprach zu dem Fischer: ‚Ich bin dein
Knecht und dein Diener!' Dann hob er sich alles Brot, das er
dort hatte, auf den Kopf und schritt hinter dem Fischer her bis
nach Hause; dort gab er es dessen Frau und Kindern, ging alsbald zum Markte und kehrte mit Fleisch und Gemüse und
allen Arten von Früchten zurück. Auch verließ er den Ofen
und blieb jenen ganzen Tag über bei 'Abdallâh dem Landbewohner, indem er sich mühte, ihm zu dienen, und alles besorgte, dessen er bedurfte. Da sprach der Fischer zu ihm: ‚Bruder, du hast dich selber ermüdet.' Doch der Bäcker antwortete:
‚Das ist meine Pflicht; denn ich bin dein Diener geworden,
und du hast mich mit deiner Güte überhäuft.' Der Fischer aber
sagte: ‚Du warst mein Wohltäter in der Zeit der Not und der
Teuerung.' Jene Nacht über blieb er bei ihm, nachdem sie
gut gespeist hatten; und so wurde der Bäcker dem Fischer ein
Freund. Der berichtete nun seiner Frau, wie es ihm mit 'Abdallâh dem Meermanne ergangen war; und sie sprach zu ihm:
‚Bewahre dein Geheimnis, damit die Obrigkeit nicht über dich
herfällt!' Er gab ihr zur Antwort: ‚Wenn ich mein Geheimnis
auch vor allen Leuten bewahre, so will ich es dem Bäcker doch

nicht vorenthalten.' Am nächsten Tage machte er sich früh auf, nachdem er noch am Abend vorher einen Korb mit Früchten aller Art gefüllt hatte; den lud er sich vor Sonnenaufgang auf, begab sich zur Meeresküste und setzte ihn am Ufer nieder. Dann rief er: ,Wo bist du, o 'Abdallâh, o Meermann?' Alsbald erschien jener und sprach zu ihm: ,Zu deinen Diensten!' Und wie er aus dem Meere an Land gekommen war, brachte der Fischer ihm die Früchte; der Meermann lud sie auf, ging damit zum Wasser hinab und tauchte wieder unter. Nachdem er eine Weile fortgeblieben war, kehrte er zurück mit dem Korbe, der nun voll von allerlei Edelsteinen und Juwelen war. 'Abdallâh der Landbewohner lud ihn sich auf den Kopf und ging damit fort. Als er zum Ofen des Bäckers kam, sprach der zu ihm: ,Lieber Herr, ich habe dir vierzig Semmeln gebacken und in dein Haus geschickt; jetzt backe ich dir noch Feinbrot, und wenn es fertig ist, will ich es dir nach Hause bringen, und dann will ich gehen, um Gemüse und Fleisch für dich zu holen.' Da griff der Fischer drei Händevoll aus seinem Korbe heraus, reichte sie ihm und begab sich nach Hause; dort setzte er den Korb nieder. Dann nahm er von jeder Art einen kostbaren Edelstein, ging zum Basar der Juweliere und blieb vor dem Laden des Basarscheichs stehen und sprach zu ihm: ,Kaufe mir diese Edelsteine ab!' ,Zeig sie mir!' sprach jener; und der Fischer zeigte sie ihm. Nun fragte der Scheich: ,Hast du noch andere als diese?' Der Fischer antwortete: ,Ich habe zu Hause einen ganzen Korb voll.' ,Wo ist dein Haus?' fragte der Scheich darauf; und 'Abdallâh erwiderte: ,In dem und dem Stadtviertel.' Der Scheich nahm ihm die Edelsteine ab; doch dann rief er plötzlich seinen Dienern zu: ,Haltet ihn fest, denn er ist der Dieb, der die Sachen der Königin, der Gemahlin des Sultans, gestohlen hat!' Ferner befahl er ihnen, den Fischer zu schlagen;

und nachdem sie ihn geschlagen hatten, fesselten sie ihn. Darauf machte der Scheich sich mit allen Leuten des Basars der Juweliere auf den Weg, und sie schrieen: ‚Wir haben den Dieb gefaßt!' Einer hub an: ‚Niemand anders hat die Waren von Demunddem gestohlen als dieser Schurke.' Und ein anderer sagte: ‚Alles, was im Hause Desunddes war, das hat auch nur er gestohlen.' So sagte der eine dies und der andere das in einem fort, während der Fischer schwieg und an keinen eine Antwort verschwendete, noch auch sich mit Worten an jemanden wendete, bis man ihn vor den König gebracht hatte. Dort hub der Scheich an: ‚O größter König unserer Zeit, als das Halsband der Königin gestohlen war, sandtest du und ließest es uns melden und verlangtest von uns die Entdeckung des Schuldigen. Nun habe ich mir mehr Mühe gegeben als alles Volk, und ich habe dir den Schuldigen entdeckt. Da steht er vor dir! Und diese Juwelen haben wir ihm aus der Hand genommen.' Der König befahl dem Eunuchen: ‚Nimm diese Edelsteine, zeige sie der Königin und frage sie: Sind dies deine Schmuckstücke, die dir verloren gegangen sind?' Da nahm der Eunuch die Juwelen und trug sie zur Königin hinein; doch als sie die erblickte, ward sie darüber erstaunt und ließ dem König sagen: ‚Ich habe mein Halsband in meinem Gemach gefunden; dies ist nicht mein Eigentum. Auch sind diese Juwelen noch schöner als die Edelsteine meines Halsbandes. Drum tu dem Manne kein Unrecht!' – –«

Da bemerkte Schehrezâd, daß der Morgen begann, und sie hielt in der verstatteten Rede an. Doch als die *Neunhundertunddreiundvierzigste Nacht* anbrach, fuhr sie also fort: »Es ist mir berichtet worden, o glücklicher König, daß die Gemahlin jenes Königs ihm sagen ließ: ‚Dies ist nicht mein Eigentum. Auch sind diese Juwelen noch schöner als die Edelsteine meines Hals-

bandes. Drum tu dem Manne kein Unrecht! Wenn er sie ver-
kaufen will, so kaufe sie von ihm für deine Tochter Umm es-
Su'ûd, auf daß wir sie ihr in ein Halsband fassen lassen.' Als der
Eunuch zurückgekehrt war und dem König die Worte der
Königin gemeldet hatte, verfluchte dieser den Scheich der
Juweliere samt seiner Gesellschaft mit dem Fluche von 'Âd
und Thamûd.[1] Da sprachen sie: ,O größter König unserer
Zeit, wir wußten nur, daß dieser Mann ein armer Fischer war,
und erachteten dies als zu viel für ihn und glaubten, er hätte
es gestohlen.' Doch der König rief: ,Ihr Schurken, mißgönnt ihr einem Gläubigen sein Glück? Warum habt ihr
ihn nicht gefragt? Vielleicht hat Allah der Erhabene sie ihm
aus einer Quelle beschert, auf die er nicht rechnen konnte.
Wie könnt ihr ihn zum Diebe machen und ihn vor aller
Welt entehren? Hinaus mit euch, und Allah möge euch nicht
segnen!' Da gingen sie voll Angst von dannen; und nun genug
von ihnen!

Sehen wir aber, was der König weiter tat! Er sprach: ,Mann,
Allah segne dich in allem, was er dir verliehen hat! Ich gewähre
dir Sicherheit: sag mir also die Wahrheit, woher hast du diese
Juwelen? Denn ich bin ein König, und bei mir finden sich nicht
ihresgleichen.' Der Fischer gab zur Antwort: ,O größter König unserer Zeit, ich habe einen ganzen Korb voll von ihnen ;
und das kam soundso.' Und er berichtete ihm von seiner
Freundschaft mit 'Abdallâh dem Meermanne, indem er mit
den Worten schloß: ,Zwischen mir und ihm besteht ein Bund,
daß ich ihm jeden Tag den Korb mit Früchten fülle, und daß
er ihn mir voll von diesen Edelsteinen bringt.' Da sagte der

1. Zwei vorislamische Araberstämme, die nach der Legende von Allah
verflucht wurden, weil sie seine Propheten nicht aufnahmen; sie werden mehrfach im Koran genannt und sind sprichwörtlich geworden.

König: ‚Mann, das ist dir vom Geschick bestimmt. Doch Reichtum verlangt hohen Stand. Ich kann dich in diesen Tagen vor der Gewalttätigkeit der Menschen schützen; aber vielleicht werde ich abgesetzt, oder ich sterbe, und dann herrscht ein anderer an meiner Statt; der könnte dich töten aus Liebe zu den Gütern der Welt und aus Habgier. Deshalb ist es mein Wille, dich mit meiner Tochter zu vermählen und dich zu meinem Wesir zu machen; und ich will dir das Reich nach meinem Tode vererben, damit keiner dir nachstelle, wenn ich gestorben bin.' Dann befahl der König: ‚Nehmt diesen Mann und führt ihn ins Badehaus!' Da nahmen ihn die Diener und wuschen seinen Leib und kleideten ihn in königliche Gewänder; und nachdem sie ihn wieder vor den König geführt hatten, machte der ihn zu seinem Wesir. Auch schickte er die Boten und Wachen und alle Frauen der Vornehmen zum Hause 'Abdallâhs; und die kleideten seine Frau und seine Kinder in königliche Gewänder. Darauf setzten sie die Frau, mit dem Kleinsten im Schoße, in eine Sänfte, und alle Frauen der Vornehmen und die Krieger und Boten und Wachen schritten vor ihr her und geleiteten sie zum Schlosse des Königs. Sie führten auch die größeren Kinder zum König hinein, und der ehrte sie, nahm sie auf den Schoß und ließ sie an seiner Seite sitzen. Es waren aber neun Knaben, während der König keine anderen Nachkommen hatte als jene Tochter, Umm es-Su'ûd geheißen. Derweilen erwies die Königin der Frau 'Abdallâhs des Landbewohners alle Ehren, verlieh ihr Geschenke und machte sie zu ihrer Wesirin. Darauf befahl der König, die Eheurkunde zwischen 'Abdallâh dem Landbewohner und seiner Tochter niederzuschreiben, und dieser bestimmte zu ihrer Brautgabe alle Edelsteine und Juwelen, die er besaß. Nun ward das Tor der Freude geöffnet. Der König gab durch einen Herold Be-

fehl, die Stadt zu Ehren der Hochzeit seiner Tochter zu schmükken. Am nächsten Tage aber, nachdem 'Abdallâh zur Königstochter eingegangen war und ihr das Mädchentum genommen hatte, schaute der König aus dem Fenster und erblickte
'Abdallâh, der einen Korb voll Früchte auf seinem Haupte
trug. Da rief er ihn an: ‚Was hast du da, mein Eidam? Und
wohin gehst du?‘ Jener antwortete: ‚Zu meinem Freunde 'Abdallâh dem Meermanne!‘ Doch der König fuhr fort: ‚Mein
Eidam, dies ist nicht die Zeit, zu deinem Freunde zu gehen!‘
Da sagte 'Abdallâh: ‚Ich fürchte, ihm mein Wort zu brechen,
damit er mich nicht für einen Lügner halte und zu mir sage:
Die Dinge der Welt haben dich von mir abgelenkt.‘ ‚Du hast
recht,‘ erwiderte der König, ‚geh zu deinem Freunde, Allah
helfe dir!‘ So schritt er denn durch die Stadt dahin auf dem
Wege zu seinem Freunde. Da erkannten ihn die Leute, und er
hörte, wie sie sagten: ‚Das ist der Eidam des Königs; der geht
hin, um Früchte für Edelsteine einzutauschen.‘ Die ihn aber
nicht kannten noch wußten, wer er war, riefen: ‚Mann, wieviel kostet das Pfund? Komm, verkauf mir etwas!‘ Dann sagte
er: ‚Warte, bis ich zu dir zurückkehre‘; denn er wollte niemanden kränken. Darauf ging er hin und traf mit 'Abdallâh
dem Meermanne zusammen, gab ihm die Früchte und tauschte
dafür die Juwelen ein. Das tat er nun jeden Tag, und dabei kam
er immer an dem Ofen des Bäckers vorbei, den er verschlossen fand. Zehn Tage lang blieb es dabei; aber da er den Bäcker
nie erblickte und seinen Ofen verschlossen sah, sprach er bei
sich: ‚Dies ist doch ein seltsam Ding! Wohin mag der Bäcker
wohl gegangen sein?‘ So fragte er denn dessen Nachbarn und
sprach zu ihm: ‚Bruder, wo ist dein Nachbar, der Bäcker?
Was hat Allah mit ihm getan?‘ ‚Lieber Herr,‘ gab der zur Antwort, ‚er ist krank und darf sein Haus nicht verlassen.‘ ‚Wo ist

sein Haus?' fragte 'Abdallâh weiter; und der andere erwiderte ihm: ,In demunddem Stadtviertel.' Da begab er sich dorthin und fragte nach ihm; und als er an die Tür pochte, schaute der Bäcker zum Fenster heraus, und wie der seinen Freund, den Fischer, mit einem vollen Korbe auf dem Kopfe erblickte, eilte er zu ihm hinunter und öffnete ihm die Tür. Nun trat 'Abdallâh ein, warf sich ihm entgegen und umarmte ihn und weinte; und er sprach zu ihm: ,Wie geht es dir, mein Freund? Ich ging jeden Tag an dem Ofen vorbei und sah ihn verschlossen; nun habe ich deinen Nachbarn gefragt, und er sagte mir, du wärest krank. Dann fragte ich nach deinem Hause, um dich zu besuchen.' Der Bäcker aber sagte zu ihm: ,Allah vergelte dir an meiner Statt mit allem Guten! Ich bin nicht krank; mir ist nur berichtet worden, der König habe dich gefangen genommen, weil einige Leute dich verleumdeten und behaupteten, du wärest ein Dieb. Deshalb fürchtete ich mich und verschloß den Ofen und verbarg mich.' ,Das ist wahr', sprach 'Abdallâh und erzählte ihm seine Geschichte, und wie es ihm mit dem König und mit dem Scheich des Basars der Juweliere ergangen war; und er schloß mit den Worten: ,Der König hat mich auch mit seiner Tochter vermählt und hat mich zu seinem Wesir gemacht.' Dann aber fügte er noch hinzu: ,Nimm, was in diesem Korbe ist, als deinen Anteil hin und sei unbesorgt!' Nachdem er dem Bäcker seine Furcht verscheucht hatte, verließ er ihn und begab sich zum König mit dem leeren Korb. Da sprach der König zu ihm: ,Mein Eidam, du hast wohl deinen Freund, 'Abdallâh den Meermann, heute nicht getroffen?' Er gab zur Antwort: ,Ich war bei ihm; doch was er mir gab, habe ich meinem Freunde, dem Bäcker, gegeben, dem ich Dank für seine Güte schulde.' ,Wer ist dieser Bäcker?' fragte der König; und 'Abdallâh erwiderte ihm: ,Er ist ein gefälliger

Mann, und in den Tagen der Armut hat er soundso an mir gehandelt; nie hat er mich vernachlässigt, nie hat er mich verletzt.' ‚Wie heißt er?' fragte der König weiter; und sein Eidam erwiderte: ‚Er heißt 'Abdallâh der Bäcker, und ich heiße 'Abdallâh der Landbewohner, und mein Freund heißt 'Abdallâh der Meermann.' Da rief der König: ‚Auch ich heiße 'Abdallâh! Die Knechte Allahs[1] sind alle Brüder. Drum sende nach deinem Freunde, dem Bäcker, und laß ihn kommen, auf daß wir ihn zum Wesir der Linken machen!' So sandte er denn nach ihm, und als er vor dem König stand, kleidete der ihn in das Gewand eines Wesirs und setzte ihn als Wesir zur Linken ein, während 'Abdallâh der Landbewohner sein Wesir zur Rechten war. – –«

Da bemerkte Schehrezâd, daß der Morgen begann, und sie hielt in der verstatteten Rede an. Doch als die *Neunhundertundvierundvierzigste Nacht* anbrach, fuhr sie also fort: »Es ist mir berichtet worden, o glücklicher König, daß jener König seinen Eidam 'Abdallâh den Landbewohner als Wesir zur Rechten einsetzte, 'Abdallâh den Bäcker aber als Wesir zur Linken. Hinfort lebte 'Abdallâh ein volles Jahr in dieser Weise dahin, indem er an jedem Tage den Korb, der mit Früchten gefüllt war, mitnahm und ihn voller Juwelen und Edelsteine heimbrachte. Als aber die Früchte in den Gärten zur Neige gegangen waren, nahm er Zibeben und Mandeln, Haselnüsse und Walnüsse, trockene Feigen und dergleichen mehr. Alles, was er ihm mitbrachte, nahm der Meermann von ihm hin, und wie immer gab er ihm den Korb voll von Edelsteinen zurück. Eines Tages aber, als 'Abdallâh der Landbewohner wie gewöhnlich den Korb voll trockener Früchte gebracht und der Meermann ihn von ihm hingenommen hatte, begab es sich,

1. 'Abdallâh bedeutet ‚Knecht Allahs'.

daß die beiden sich niedersetzten, der eine am Strande, und der andere im Wasser, nahe dem Ufer. Dann begannen sie miteinander zu plaudern, und die Rede zwischen ihnen ging hin und her, bis sie auf die Gräber zu sprechen kamen. Da sagte der Meermann: ‚Bruder, man sagt, daß der Prophet – Allah segne ihn und gebe ihm Heil! – bei euch auf dem Lande begraben ist. Kennst du sein Grab?‘ ‚Jawohl‘, erwiderte der andere; und der Meermann fragte weiter: ‚Wo ist es?‘ ‚In einer Stadt, die man ‚gute Stadt‘¹ nennt‘, gab ’Abdallâh zur Antwort, und als der Meermann fragte: ‚Besuchen es die Leute vom Lande?‘, sagte er: ‚Jawohl.‘ Dann fuhr der Meermann fort: ‚Heil euch, ihr Leute vom Lande, daß ihr zu diesem edlen, barmherzigen Propheten wallfahrt, dessen Fürsprache jeder verdient, der ihn besucht! Hast du schon die Wallfahrt zu ihm gemacht, mein Bruder?‘ ‚Nein,‘ sagte ’Abdallâh, ‚denn ich war zu arm und hatte nicht das Geld, das ich für die Reise brauchte; und ich bin erst zu Reichtum gekommen, seit ich dich kennen lernte und du mich mit diesem Gut beschenktest. Aber ein solcher Besuch ist meine Pflicht, nachdem ich die Pilgerfahrt zum heiligen Hause Allahs² gemacht habe; daran hat mich bisher nur die Liebe zu dir gehindert; denn ich kann mich nicht einen einzigen Tag von dir trennen.‘ Da sprach zu ihm der Meermann: ‚Geht dir denn die Liebe zu mir über die Wallfahrt zum Grabe Mohammeds – Allah segne ihn und gebe ihm Heil! –, der für dich Fürsprache einlegen wird am Tage der Heerschau vor Gott und dich vom höllischen Feuer erretten und dich durch seine Fürbitte ins Paradies führen wird? Ja, unterlässest du aus Liebe zu dieser Welt die Wallfahrt zum Grabe deines Propheten Mohammed – Allah segne ihn und gebe ihm

1. Gemeint ist Medina; im Arabischen bedeutet *madîna* ‚Stadt‘. – 2. Die Kaaba in Mekka.

Heil – ?' ‚Nein, bei Gott,' erwiderte 'Abdallâh darauf, ‚die Wallfahrt zu ihm geht mir über alles. So bitte ich dich, mir zu erlauben, daß ich noch in diesem Jahre die Pilgerfahrt dorthin mache.' Der Meermann fuhr fort: ‚Ich gebe dir die Erlaubnis zu dieser Wallfahrt; und wenn du am Grabe des Propheten stehst, so grüße ihn von mir. Ferner habe ich ein Pfand bei mir; deshalb komm mit mir ins Meer, ich will dich mitnehmen zu meiner Stadt und dich in mein Haus führen und bewirten und dir das Pfand geben, auf daß du es am Grabe des Propheten – Allah segne ihn und gebe ihm Heil! – niederlegen kannst. Dann sprich zu ihm: ‚O Gesandter Allahs, Abdallâh der Meermann läßt dich grüßen und bringt dir diese Gabe dar, und er bittet um deine Fürsprache zur Erlösung von dem Höllenfeuer!' Doch 'Abdallâh der Landbewohner entgegnete ihm: ‚Mein Bruder, du bist im Wasser geschaffen, und das Wasser ist deine Wohnstatt und schadet dir nicht; wenn du aber aus ihm heraus an Land kommst, würde dir das nicht Schaden bringen?' ‚Ja,' antwortete der Meermann, ‚mein Leib würde austrocknen, und die Winde des Landes würden mich anwehen, und ich müßte sterben.' Darauf sagte 'Abdallâh: ‚Und ebenso bin ich auf dem Lande geschaffen, und das Land ist meine Wohnstatt; wenn ich ins Meer ginge, so würde das Wasser in meinen Leib eindringen und mich ersticken, und ich müßte sterben.' Doch der Meermann entgegnete ihm: ‚Davor fürchte dich nicht! Ich werde dir eine Salbe bringen, mit der du deinen Leib salben sollst, und dann wird das Wasser dir nicht schaden. Wenn du auch alle übrige Zeit deines Lebens im Meere umhergehen und dort im Wasser schlafen und dich erheben würdest, so würde es dir nicht schaden.' Da sagte 'Abdallâh: ‚Wenn es so steht, so ist alles gut. Bring mir die Salbe, damit ich sie versuche!' ‚So sei es!' rief der Meermann, nahm den Korb und stieg ins Meer hinab; nachdem er eine kleine Weile fortgeblieben war, kehrte er zurück mit einem Fett, das wie Rinderfett aussah und eine goldgelbe Farbe und einen starken Geruch hatte. 'Abdallâh der Landbewohner fragte ihn: ‚Was ist das, mein Bruder?' Und jener antwortete: ‚Dies ist das Leberfett einer Art von Fischen, die Dandân heißt; das ist die größte an Gestalt von den Arten der Fische, und sie ist unser grimmigster Feind. Dieser Fisch ist an Wuchs größer als alle Tiere, die bei euch auf dem Lande gefunden werden, und wenn er ein Kamel oder einen Elefanten sähe, so würde er sie verschlingen.' Weiter fragte 'Abdallâh: ‚Mein Bruder, was frißt denn dies Ungetüm?' und sein Freund erwiderte ihm: ‚Es nährt sich von den Tieren des Meeres. Hast du nicht gehört, daß im Sprichworte gesagt wird: Wie die Fische des Meeres: der Starke frißt den Schwachen?' ‚Du hast recht. Aber gibt es denn bei euch im Meere viele von diesen Dandâns?' ‚Es gibt so viele bei uns, daß nur Allah der Erhabene allein sie zählen kann.' ‚Ich fürchte, wenn ich mit dir in die Tiefe gehe, so wird ein solcher Fisch mir begegnen und mich auffressen.' ‚Fürchte dich nicht! Wenn er dich erblickt, so weiß er, daß du ein Menschenkind bist; und er wird Angst vor dir haben und forteilen. Er fürchtet niemanden im ganzen Meere so sehr, wie er ein Menschenkind fürchtet; denn wenn er einen Menschen frißt, so muß er auf der Stelle sterben, weil das menschliche Fett für diese Art von Tieren ein tödliches Gift ist. Wir können auch sein Leberfett nur durch einen Menschen gewinnen; wenn nämlich einer ins Wasser fällt und ertrinkt, so verändert sich seine Gestalt, und manchmal zerreißt sein Fleisch, und dann frißt der Dandân es, da er meint, es wäre von einem Tiere des Meeres, und er stirbt. So treffen wir ihn tot an, nehmen das Fett seiner Leber und salben uns den

Leib damit, so daß wir im Meere umherwandeln können. Ja sogar, wenn irgendwo ein Menschenkind ist, und wenn dort hundert oder zweihundert oder tausend oder noch mehr von diesen Fischen wären und den Schrei des Menschen hörten, so würden sie alle sofort auf einmal durch diesen Schrei sterben.' – –«

Da bemerkte Schehrezâd, daß der Morgen begann, und sie hielt in der verstatteten Rede an. Doch als die *Neunhundertund-fünfundvierzigste Nacht* anbrach, fuhr sie also fort: »Es ist mir berichtet worden, daß 'Abdallâh der Meermann zu 'Abdallâh dem Landbewohner sprach: ,Wenn tausend oder noch mehr von diesen Fischen einen einzigen menschlichen Schrei hörten, so würden sie sofort sterben, keiner von ihnen könnte sich mehr von seiner Stelle rühren.' Da rief 'Abdallâh der Landbewohner: ,Ich setze mein Vertrauen auf Allah', legte die Kleider ab, die er trug, machte eine Grube am Strande des Meeres und verbarg seine Gewänder darin. Dann rieb er seinen Leib vom Scheitel bis zur Sohle mit jener Salbe ein, stieg ins Wasser hinab und tauchte unter; als er dann die Augen öffnete, tat ihm das Wasser keinen Schaden, und er konnte nach rechts und nach links gehen. Er stieg in die Höhe, wenn er wollte, und ließ sich zum Boden hinab, wenn er wollte; und er sah, wie das Meereswasser gleich einem Zeltdach über ihn gespannt war und ihm keinen Schaden tat. Nun fragte 'Abdallâh der Meermann ihn: ,Was siehst du, mein Bruder?' Und er gab ihm zur Antwort: ,Ich sehe nur Gutes, mein Bruder! Du hattest recht mit deinen Worten; denn das Wasser tut mir keinen Schaden.' Als darauf der Meermann zu ihm sprach: ,Folge mir!', folgte er ihm, und die beiden schritten immer weiter von Ort zu Ort, während der Mann vom Lande vor sich zu seiner Rechten und seiner Linken Wasserberge sah und seine

Augenweide an ihnen hatte sowie an den Arten von Fischen, die im Meere spielten, die einen groß und die anderen klein. Unter ihnen waren einige, die wie Büffel aussahen, andere, die Rindern glichen, wieder andere sahen wie Hunde aus und noch andere wie menschliche Wesen. Alle Arten aber, denen die beiden nahe kamen, entflohen, sobald sie 'Abdallâh den Landbewohner erblickten. Da sprach er zum Meermanne: ,Mein Bruder, warum muß ich sehen, daß alle Fische, denen wir uns nähern, vor uns entfliehen?' Jener erwiderte ihm: ,Das tun sie aus Furcht vor dir; denn alle Wesen, die Allah der Erhabene erschaffen hat, fürchten den Menschen.' Immer wieder schaute 'Abdallâh der Landbewohner die Wunder des Meeres an, bis sie zu einem hohen Berge kamen, und während er an jenem Berge entlang schritt, hörte er plötzlich, ehe er sich dessen versah, einen gewaltigen Schrei. Er wandte sich um und sah etwas Schwarzes von jenem Berge auf ihn herunterkommen, das war so groß wie ein Kamel oder noch größer und schrie. Da fragte er seinen Freund: ,Was ist das, mein Bruder?' Und der Meermann gab ihm zur Antwort: ,Das ist der Dandân; er kommt herab auf der Suche nach mir und will mich fressen. Schrei du ihn an, Bruder, ehe er uns erreicht und mich packt und auffrißt!' Sofort schrie 'Abdallâh der Landbewohner ihn an, und siehe da, das Tier sank tot zu Boden; als er den Leichnam sah, rief er: ,Allah sei gepriesen und gelobt! Ich habe den da nicht mit einem Schwerte getroffen noch auch mit einem Messer; wie ist es möglich, daß dies Wesen, das von so gewaltiger Größe ist, meinen Schrei nicht ertragen kann, sondern stirbt?' Doch 'Abdallâh der Meermann sprach zu ihm: ,Wundere dich nicht! Bei Allah, mein Bruder, wenn von dieser Art auch tausend oder gar zweitausend da wären, so würden sie nicht den Schrei eines Menschenkindes ertragen!' Darauf schritten sie weiter zu einer Stadt und sahen, daß deren Volk aus lauter Mädchen bestand, unter denen kein männliches Wesen war. Der Landbewohner fragte: ‚Mein Bruder, was für eine Stadt ist dies? Und was für Mädchen sind das?‘ ‚Dies ist die Weiberstadt; denn ihr Volk besteht aus Meerweibern.‘ ‚Gibt es denn keine Männer unter ihnen?‘ ‚Nein!‘ ‚Wie können sie denn empfangen und gebären ohne Männer?‘ ‚Der König des Meeres verbannt sie nach dieser Stadt, und sie empfangen nicht, noch gebären sie. Wenn er irgendeiner von den Töchtern des Meeres zürnt, so schickt er sie in diese Stadt. Dann darf sie nie wieder aus ihr hinausgehen; kommt sie aber dennoch aus ihr heraus, so kann sie von jedem Tiere des Meeres, dem sie begegnet, gefressen werden. Doch in den anderen Städten gibt es Männer und Frauen.‘ ‚Gibt es denn noch andere Städte im Meere als diese?‘ ‚Ja, viele.‘ ‚Herrscht über euch auch ein Sultan im Meere?‘ ‚Jawohl!‘ ‚Ach, mein Bruder, ich habe doch im Meere schon viele Wunder gesehen!‘ ‚Was hast du an Wundern gesehen? Hast du nie das Sprichwort gehört, das da lautet: Der Wunder des Meeres sind mehr als der Wunder des Landes?‘ ‚Du hast recht‘, erwiderte der Landbewohner und begann, sich nun diese Mädchen anzuschauen; da sah er, daß ihre Gesichter mondengleich waren und daß sie Haare hatten gleich den Haaren menschlicher Frauen; doch Hände und Füße saßen ihnen am Rumpf, und sie hatten Schwänze gleich den Schwänzen von Fischen. Nachdem der Meermann ihm das Volk jener Stadt gezeigt hatte, führte er ihn weiter, indem er vor ihm herging, zu einer anderen Stadt, und ’Abdallâh sah, daß sie voll von männlichen und weiblichen Wesen war, die an Gestalt den Meermädchen glichen und auch Schwänze hatten. Es gab bei ihnen weder Verkauf noch Kauf wie bei den Bewohnern des Landes; und

sie trugen keine Kleider, sondern waren alle nackt und hatten die Scham unbedeckt. Da sprach der Landbewohner zu seinem Gefährten: ‚Mein Bruder, ich sehe, daß die Frauen und die Männer ihre Scham nicht verhüllt haben.‘ Der Meermann antwortete ihm: ‚Das kommt daher, weil die Leute des Meeres keine Kleiderstoffe haben.‘ Weiter fragte ’Abdallâh: ‚Wie machen sie es, wenn sie heiraten?‘ ‚Sie heiraten gar nicht; vielmehr jeder, dem ein weibliches Wesen gefällt, stillt sein Begehr an ihr.‘ ‚Das ist etwas Sündhaftes! Warum freit er denn nicht um sie und gibt ihr eine Brautgabe und richtet ihr ein Hochzeitsfest und heiratet sie, wie es Allah und Seinem Gesandten wohlgefällt?‘ ‚Wir sind nicht alle von einem Glauben; unter uns gibt es Muslime, die Gottes Einheit bekennen, und unter uns gibt es Christen, Juden und noch andere. Die aber unter uns, die sich vermählen, sind vornehmlich Muslime.‘ ‚Ihr seid doch nackt, und bei euch gibt es weder Kauf noch Verkauf. Worin besteht dann die Brautgabe für eure Frauen? Gebt ihr ihnen Juwelen und Edelsteine?‘ Da erzählte ihm der Meermann: ‚Juwelen sind für uns nur Steine, die keinen Wert haben. Aber wenn jemand sich vermählen will, so verlangt man von ihm eine bestimmte Menge von Fischen verschiedener Art, die er fangen muß, etwa tausend oder zweitausend, oder auch mehr oder weniger, je nachdem die Vereinbarung darüber zwischen ihm und dem Vater der Braut getroffen wird. Sobald er das Verlangte bringt, versammeln sich die Leute des Bräutigams und die Leute der Braut und verzehren das Hochzeitsmahl; danach führen sie ihn zu seiner Frau ein. Nachher fängt er Fische und gibt sie ihr zu essen; und wenn er das nicht kann, so fängt sie und nährt ihn.‘ Und weiter fragte der Landbewohner: ‚Wenn sie untereinander Ehebruch treiben, was geschieht dann?‘ ‚Wenn das Wesen, das einer solchen
208

Tat überführt wird, eine Frau ist, so wird sie nach der Weiberstadt verbannt; und wenn sie durch Ehebruch schwanger geworden ist, so läßt man sie in Ruhe, bis sie geboren hat; bringt
sie eine Tochter zur Welt, so verbannt man sie mit ihr, und
die heißt dann immer Dirne, Tochter einer Dirne, und bleibt
Jungfrau, bis sie stirbt; wenn das Kind aber ein Knabe ist, so
bringen sie es vor den König, den Sultan des Meeres, und der
läßt es töten.' 'Abdallâh der Landbewohner wunderte sich darüber; dann führte 'Abdallâh der Meermann ihn weiter zu
einer anderen Stadt und von dort abermals in eine andere.
Immer mehr zeigte er ihm, bis er ihm achtzig Städte gezeigt
hatte, und er sah, daß immer in jeder Stadt die Leute anders
aussahen als in den übrigen Städten. Nun fragte der Landbewohner den Meermann: ‚Mein Bruder, gibt es noch mehr
Städte im Meere?' Doch jener erwiderte: ‚Was hast du denn
schon von den Städten und den Wundern des Meeres gesehen?
Beim Propheten, dem Gütigen, dem Barmherzigen und
Langmütigen, wenn ich dir auch tausend Jahre lang an jedem
Tage tausend Städte zeigte und dich in jeder Stadt tausend
Wunder sehen ließe, so hätte ich dir doch noch nicht ein Karat von den vierundzwanzig Karaten der Städte und der Wunder des Meeres gezeigt. Ich habe dich bis jetzt nur in unserem
Land und bei unseren Wohnstätten umhergeführt, sonst nirgends.' ‚Mein Bruder,' sagte darauf 'Abdallâh, ‚da dem so ist,
genügt mir, was ich geschaut habe. Mich ekelt davor, noch
mehr Fische zu essen; jetzt bin ich schon achtzig Tage bei dir,
und immer, morgens und abends, speisest du mich nur mit
rohen Fischen, die weder gebraten noch gekocht sind!' ‚Was
heißt gekocht und gebraten?' ‚Wir braten die Fische über dem
Feuer, und wir kochen sie im Wasser und bereiten sie auf mancherlei Weise und machen viele Gerichte daraus.' ‚Woher

sollten wir Feuer bekommen? Wir kennen weder Gebratenes noch Gekochtes noch irgend etwas dergleichen.' ‚Wir backen sie auch in Olivenöl und Sesamöl.‘ ‚Woher sollten wir Olivenöl und Sesamöl bekommen hier im Meere? Wir kennen nichts von dem, was du da sagst.‘ ‚Du hast recht; doch, mein Bruder, du hast mir schon viele Städte gezeigt, nur deine eigene Stadt hast du mir noch nicht gezeigt!‘ ‚An meiner eigenen Stadt sind wir schon längst vorübergekommen; sie liegt nahe dem Festlande, von dem wir gekommen sind. Aber ich habe sie liegen lassen und habe dich hierher geführt, weil ich dich durch den Anblick der anderen Städte im Meer erfreuen wollte.‘ ‚Was ich bisher gesehen habe, genügt mir, und ich möchte, daß du mir jetzt deine Stadt zeigst.‘ ‚So sei es!‘ erwiderte der Meermann, und er führte den Landbewohner zu seiner eigenen Stadt zurück; als sie dort ankamen, sprach er zu ihm: ‚Dies ist meine Stadt.‘ Da erkannte ’Abdallâh der Landbewohner in ihr eine Stadt, die kleiner war als die Städte, die er gesehen hatte; dann ging er in der Stadt weiter, zusammen mit ’Abdallâh dem Meermanne, bis sie zu einer Höhle kamen; dort sagte der Meermann: ‚Dies ist mein Haus! Alle Häuser dieser Stadt sind wie dies, große und kleine Höhlen in den Bergen; ebenso sind alle Städte des Meeres von dieser Art. Wenn jemand sich ein Haus bauen will, so geht er zum König und spricht zu ihm: ‚Ich will mir an derundder Stätte ein Haus gründen.‘ Dann schickt der König mit ihm eine Schar von Fischen, die man Schnabelhauer nennt, und setzt als Lohn für sie eine bestimmte Anzahl von Fischen fest; die haben nämlich Schnäbel, mit denen sie das härteste Felsgestein zerbröckeln. Sie kommen also zu dem Berge, den der Hausbauer wünscht, und hauen darin eine Wohnung aus, während der Mann für sie Fische fängt und sie speist, bis die Höhle fertig ist; dann gehen sie fort, und der Besitzer des Hauses schlägt darin seinen Wohnsitz auf. So machen es alle Bewohner des Meeres; nur um Fische handeln sie miteinander und dienen einander, und sie alle sind ja auch selber Fische.' Darauf sprach er zu seinem Freunde: ,Tritt ein!' Und als der eingetreten war, rief 'Abdallâh der Meermann: ,Heda, Tochter!' Da kam seine Tochter zu ihm; die hatte ein rundes Gesicht, dem Monde gleich, langes Haar, ein schweres Hüftenpaar, Augen von tief-dunklem Schein, einen Leib schmal und fein; doch sie war nackt und hatte einen Schwanz. Als sie 'Abdallâh den Land-bewohner bei ihrem Vater erblickte, sprach sie zu ihm: ,Vater, was ist das für ein Ohneschwanz, den du da mitgebracht hast?' Er antwortete ihr: ,Liebe Tochter, das ist mein Freund der Landbewohner, von dem ich dir immer die Früchte des Fest-landes brachte. Komm, begrüße ihn!' Da trat sie vor und be-grüßte ihn mit einer Zunge der Gewandtheit und Worten der Beredsamkeit; und ihr Vater sprach zu ihr: ,Hol Speise für unseren Gast, durch dessen Kommen der Segen bei uns ein-gekehrt ist!' Alsbald brachte sie ihm zwei große Fische, von denen ein jeder so groß wie ein Lamm war, und sprach zu ihm: ,Iß!' Er aß, weil er hungrig war, doch nur mit Wider-willen; denn es ekelte ihn, wieder Fische zu essen, aber sie hat-ten ja nichts anderes als ihre Fische. Kaum war eine kleine Weile vergangen, da kam auch die Frau des Meermannes 'Abdallâh; die war von schönem Aussehen, und sie hatte zwei Knaben bei sich, von denen ein jeder einen jungen Fisch in der Hand hielt, an dem er kaute wie ein Mensch an einer Gurke. Als sie 'Abdallâh den Landbewohner bei ihrem Gatten sah, sprach sie: ,Was ist das für ein Ohneschwanz?' Und nun liefen die beiden Knaben und ihre Schwester und ihre Mutter hin und schauten 'Abdallâh den Landbewohner von hinten an und riefen: ‚Ja, bei Allah, er hat keinen Schwanz!‘ Als sie ihn aber auslachten, sprach er zu dem Meermanne: ‚Bruder, hast du mich hierher geführt, um mich zum Gespött für deine Kinder und deine Frau zu machen?‘ – –«

Da bemerkte Schehrezâd, daß der Morgen begann, und sie hielt in der verstatteten Rede an. Doch als die *Neunhundertund-sechsundvierzigste Nacht* anbrach, fuhr sie also fort: »Es ist mir berichtet worden, o glücklicher König, daß ’Abdallâh der Landbewohner zu ’Abdallâh dem Meermanne sprach: ‚Hast du mich hierher geführt, um mich zum Gespött für deine Kinder und deine Frau zu machen?‘ Darauf erwiderte ihm ’Abdallâh der Meermann: ‚Verzeihung, lieber Bruder! Leute ohne Schwanz werden sonst nicht bei uns gefunden. Wenn sich aber einmal jemand ohne Schwanz findet, so holt ihn der Sultan, um seinen Scherz mit ihm zu treiben. Doch, mein Bruder, nimm es diesen Kindern und der Frau nicht übel; denn ihr Verstand ist gering.‘ Dann schrie er die Seinen an und rief ihnen zu: ‚Schweigt!‘ Und sie fürchteten sich und schwiegen. Er aber fuhr fort, seinen Freund zu beruhigen; doch während er mit ihm redete, kamen plötzlich zehn Gestalten herein, große, kräftige und wuchtige Wesen, und die riefen: ‚’Abdallâh, es ist dem König berichtet worden, daß du einen Ohne-schwanz von den schwanzlosen Landbewohnern bei dir hast.‘ Darauf erwiderte der Meermann: ‚Jawohl; es ist dieser Mann. Er ist mein Freund, der als Gast zu mir gekommen ist, und ich will ihn zum Festlande zurückbringen.‘ Doch sie fuhren fort: ‚Wir können nicht ohne ihn fortgehen; und wenn du etwas zu sagen hast, so steh auf, führe ihn und bringe ihn vor den König; und was du uns sagen willst, das sage dem König!‘ Da sprach ’Abdallâh der Meermann: ‚Lieber Bruder, meine Entschuldigung liegt klar zutage; es ist uns unmöglich, dem

König zuwiderzuhandeln. Geh nur mit mir zum König! Ich
werde dafür sorgen, daß du von ihm befreit wirst, so Gott
will. Fürchte dich nicht; denn wenn er dich sieht, so erkennt
er, daß du zu den Kindern des Festlandes gehörst; und wenn er
weiß, daß du ein Landbewohner bist, so wird er dich sicherlich
ehren und dich zum Festlande zurücksenden!' Darauf erwiderte 'Abdallâh der Landbewohner: ,Du hast ja zu entscheiden;
so will ich denn mein Vertrauen auf Allah setzen und mit dir
gehen.' Also nahm der Meermann ihn mit und führte ihn, bis
er vor dem König stand. Sobald der König ihn erblickte,
lachte er über ihn und rief: ,Willkommen, Ohneschwanz!'
Und auch alle, die den König umgaben, lachten über ihn und
riefen: ,Ja, bei Allah, er hat keinen Schwanz!' Doch nun trat
'Abdallâh der Meermann vor den König und meldete ihm,
wie es um den Landbewohner stand, indem er sprach: ,Die-
ser gehört zu den Kindern des Festlandes; er ist mein Freund,
und er kann nicht unter uns leben, da er die Fische nur gebraten und gekocht essen mag. Deshalb wünsche ich, du
möchtest mir erlauben, daß ich ihn zum Lande zurückbringe.'
Der König antwortete: ,Da es so steht und er nicht unter uns
leben kann, so erlaube ich dir, daß du ihn nach der Bewirtung
zu seiner Stätte zurückbringst'; und er fügte alsbald hinzu:
,Bringt ihm das Gastmahl!' Da brachte man ihm Fische von
mancherlei Art und Gestalt; und er aß, gehorsam dem Befehle des Königs. Darauf sprach zu ihm der König: ,Erbitte dir
eine Gnade von mir!' Und 'Abdallâh der Landbewohner
sagte: ,Ich erbitte von dir die Gnade, daß du mir Juwelen
gebest.' Nun befahl der König: ,Führt ihn ins Juwelenhaus
und laßt ihn dort auswählen, was er begehrt!' So führte sein
Freund ihn denn in das Juwelenhaus, und er las auf, soviel er
wollte. Darauf brachte der Meermann ihn in seine Stadt zu-

rück und holte für ihn einen Beutel heraus; dann sagte er zu
ihm: ,Nimm dies Pfand und bring es zum Grabe des Propheten – Allah segne ihn und gebe ihm Heil!' Jener nahm den
Beutel, ohne zu wissen, was darin war. Schließlich ging der
Meermann mit ihm fort, um ihn ans Land zu bringen; unterwegs aber vernahm 'Abdallâh der Landbewohner Gesang und
Freudenrufe und sah, wie ein Tisch mit Fischen bedeckt war,
während die Leute aßen und sangen und in heller Festesfreude
waren. Da sprach er zu 'Abdallâh dem Meermanne: ,Warum
sind die Leute in so großer Freude? Ist bei ihnen eine Hochzeit?'
Jener gab zur Antwort: ,Es ist keine Hochzeit bei ihnen; nein,
es ist einer bei ihnen gestorben.' Als nun der Landbewohner
fragte: ,Freut ihr euch denn, wenn einer von euch stirbt, und
singt und esset?' fuhr der andere fort: ,Jawohl; und ihr, ihr
Leute vom Lande, was tut ihr denn?' Der Landbewohner
sprach: ,Wenn bei uns einer stirbt, so trauern wir um ihn und
weinen; und die Frauen schlagen sich ins Antlitz und zerreißen
die Busen ihrer Kleider aus Trauer um den Toten.' Da starrte
'Abdallâh der Meermann den Landbewohner 'Abdallâh mit
weiten Augen an und sprach zu ihm: ,Gib mir das Pfand wieder!' Der gab es ihm. Dann führte jener den Gefährten ans
Land und sprach zu ihm: ,Ich zerreiße das Band der Freundschaft und Liebe zu dir! Von diesem Tage an wirst du mich
nicht wiedersehen, und auch ich werde dich nie mehr schauen.'
,Warum solche Worte?' fragte der Landbewohner; und der
Meermann erwiderte: ,Seid ihr nicht, ihr Leute vom Festlande, ein Unterpfand Allahs?' ,Jawohl!' ,Wie kommt es, daß
ihr, wenn Allah sein Unterpfand zurücknimmt, nicht froh
seid, sondern weint? Wie kann ich dir ein Pfand anvertrauen
für den Propheten – Allah segne ihn und gebe ihm Heil –?
Wenn euch ein Kind geboren wird, so freut ihr euch, wiewohl
214

Allah die Seele doch nur als Unterpfand hineinlegt; und wenn er es zurücknimmt, wie kann euch das so schwer werden, daß ihr weint und trauert? Wir bedürfen eurer Freundschaft nicht!' Und alsbald verließ er ihn und verschwand im Meere. Darauf legte 'Abdallâh der Landbewohner seine Kleider wieder an, nahm seine Juwelen und begab sich zum König; der empfing ihn voll Sehnsucht und freute sich seiner und sprach zu ihm: ,Wie geht es dir, mein Eidam? Und was ist der Grund deines so langen Fernbleibens von mir?' Da erzählte er ihm seine Geschichte und alles, was er von den Wundern des Meeres gesehen hatte; dem hörte der König voll Staunen zu. Als 'Abdallâh ihm aber berichtete, was der Meermann zuletzt gesagt hatte, sprach der König zu ihm: ,Du hast darin einen Fehler begangen, daß du ihm dies erzähltest.' Noch eine lange Zeit fuhr 'Abdallâh fort zur Meeresküste zu gehen und nach 'Abdallâh dem Meermanne zu rufen; doch der gab ihm keine Antwort und kam auch nicht zu ihm. So ließ denn 'Abdallâh der Landbewohner alle Hoffnung auf ihn fahren, und er führte zusammen mit dem König, seinem Schwiegervater, und mit ihrer beider Sippen ein Leben, in dem sie voller Freude wandelten und immer rechtschaffen handelten, bis Der zu ihnen kam, der die Freuden schweigen heißt und die Freundesbande zerreißt, und sie alle starben. Preis sei Ihm, der nie dem Tode verfällt, dem Herrn der sichtbaren und unsichtbaren Welt, der über alle Dinge mächtig ist, seinen Dienern Huld gewährt und um sie weiß zu jeglicher Frist!

DIE GESCHICHTE VON ZAIN EL-ASNÂM[1]

Es ist mir berichtet worden, o König, daß einst in der Stadt Basra ein mächtiger Sultan lebte, der sehr reich war; doch er besaß gar keinen Sohn, der sein Erbe hätte werden können. Darum war dieser Sultan in Sorgen; und er begann, Almosen an die Armen und Bedürftigen zu verteilen, desgleichen auch Gaben an die Heiligen und Frommen, indem er nur dies eine durch sie erbat, daß ihm ein Sohn beschert werden möge. Und durch seine Wohltaten an den Armen und Elenden ward ihm sein Wunsch gewährt. Da versammelte er die Sterndeuter allesamt und mit ihnen die Männer, die des Sandzaubers[2] kundig waren, und sprach zu ihnen: ‚Es ist mein Wunsch, daß ihr mir kundtut, ob das Kind, das mir in Bälde geboren werden soll, ein Knabe oder ein Mädchen sein wird, und wie sich sein Leben gestalten wird.‘ Die Sandzauberer warfen den Sand, und zugleich berechneten die Sterndeuter das Gestirn des Kindes, und dann huben sie an: ‚O größter König unserer Zeit, unseres Jahrhunderts und Zeitalters größter Mann im Herrscherkleid, das Kind, das dir von der Königin geboren werden soll, ist ein Knabe, und es geziemt sich, daß du ihn Zain el-Asnâm[3] nennst.‘ Und weiter sprachen die Sandzauberer: ‚O größter König unserer Zeit, siehe, dieser Knabe wird ein Held werden; doch Ungemach und Mühsale werden über ihn kommen. Wenn er alles überwindet, was ihm vom Schicksal

---

1. Diese Geschichte ist nur in einer Pariser Handschrift erhalten. Nach der Ausgabe dieser Handschrift von Florence Groff (Paris 1889) ist hier übersetzt. – 2. Aus den Figuren des Sandes, der auf die Erde geworfen wird, deutet man die Zukunft. – 3. Die Zierde der Bilder, oder: Zain (abgekürzter Name) von den Bildsäulen.

zuteil wird, so wird er der reichste König seiner Zeit werden.' Darauf erwiderte der Sultan: ,Da der Knabe ein Held sein wird, so werden die Schicksalsschläge für ihn nichts bedeuten; denn die Wechselfälle des Geschicks dienen den Söhnen der Könige zur Mahnung und lehren sie, weise zu handeln.' Als der Knabe heranwuchs, wurde er reich an Schönheit und Anmut – Preis sei Ihm, der ihn erschuf! – und so war er mit Recht Zain el-Asnâm genannt; er war wie jener, von dem die Dichter sangen:

> *Er kam; die Leute riefen: Allah sei gepriesen!*
> *Ja, glorreich ist der Herr, der ihm Gestaltung gab.*
> *Dies ist der König aller schönen Menschen;*
> *Sie alle beugen sich vor seinem Herrscherstab.*

Als er nun – o ihr Zuhörer – fünf Jahre alt war, brachte man ihm einen Lehrer, der in den Wissenschaften erfahren und in der Philosophie und anderen Kenntnissen bewandert war, so daß Zain el-Asnâm nunmehr ein Jüngling ward, der sich auf alle Wissenschaften der feinen Bildung und auf die Philosophie verstand und sogar die Meister seines Zeitalters übertraf. Da geschah es, daß der Sultan, sein Vater, erkrankte; und sein Siechtum war schwer und unheilbar, und er erkannte, daß der Tod ihn schon in seiner Gewalt hatte und daß die Ärzte ihm nichts mehr nützen konnten. So befahl er denn, seinen Sohn Zain el-Asnâm zu ihm zu bringen, und er versammelte auch die Großen seines Reiches und seine Wesire um sich. Darauf begann er seinem Sohne guten Rat und weise Lehren zu erteilen, indem er zu ihm sprach: ,Mein Sohn, hüte dich davor, dem Armen ein Unrecht zu tun oder ihm kein Gehör zu leihen; verschaffe dem Armen sein Recht vor dem Reichen! Meide es, nur das zu glauben, was dir die Großen deines Reiches sagen; glaube vielmehr den Worten des Volks! Denn jene suchen dich zu betrügen, auf daß sie erreichen, was ihnen genehm ist; und sie lassen das Wohl des Volkes außer acht!' Dann tat er seinen letzten Atemzug. Sein Sohn Zain el-Asnâm trug nun sechs Tage lang die Kleider der Trauer um seinen Vater; darauf, am siebenten Tage, ging er hin und setzte sich auf den Thron der Herrschaft. Und er berief die Staatsversammlung; das war eine große Menge Volks, und alle traten heran, beglückwünschten ihn zu seiner Thronbesteigung und wünschten ihm Macht und langes Leben. Als Zain el-Asnâm sich nun in solcher Würde sah, kam sein jugendlicher Sinn wieder über ihn, und da er es liebte, Geld auszugeben und zu verschwenden, so gesellte er sich zu Jünglingen seinesgleichen und gab viel Geld aus, während er die Staatsgeschäfte vernachlässigte. Seine Mutter, die Königin, riet ihm von solchem Tun ab und suchte seinen Sinn auf die Verwaltung des Landes zu richten, damit er dem Volke nicht zur Last fiele und das Volk sich nicht wider ihn erhöbe. Doch er wollte nicht auf sie hören, so daß unter den Leuten ein großes Murren entstand ob der Ungerechtigkeit, die ihnen von seiten der Regierung widerfuhr; und sie wollten sich wider den Sultan erheben. Wäre seine Mutter nicht eine kluge Frau und bei dem Volke gar sehr beliebt gewesen, so wären sie damals nicht vor Zain el-Asnâm zurückgewichen. Darauf sprach sie zu ihm: ,Habe ich dir nicht gesagt, daß du dein Leben und dein Reich durch diesen Wandel verlieren wirst? Du hast die Leitung des Reiches in die Hände der jungen Leute gegeben und hast die Alten beiseite gelassen; und du hast dein Gut und das Staatsgut verschleudert.' Da ließ Zain el-Asnâm von seiner Torheit ab und übergab die Leitung des Reiches den alten Männern; dennoch blieb er bei seinem Tun, bis er das Gut des Reiches vertan hatte und ein armer Mann geworden war. Nun begann er zu bereuen, was er getan hatte, und Trauer kam über ihn, so daß er keine Ruhe mehr fand. Während er aber eines Nachts im Schlafe dalag, erschien ihm im Traume ein alter Mann, der sprach zu ihm: ‚O Zain el-Asnâm, sei nicht traurig! Denn auf die Trauer folgt stets die Freude; und es gibt keine Not, der die Rettung nicht nahe wäre. Wenn es drum nicht anders möglich ist, so begib dich nach Kairo; dort wirst du Schätze von Reichtümern finden.‘ Nachdem er sich von seinem Ruhelager erhoben hatte, erzählte er den Traum seiner Mutter; die aber fing an zu lachen. Da sprach er zu ihr: ‚Lache nicht! Ich muß jetzt nach Kairo gehen.‘ Doch sie erwiderte ihm: ‚Nicht doch, mein Sohn! Glaube nicht an Träume; denn die sind alle nur trügerische Vorspiegelungen und Einbildungen!‘ ‚Dies ist kein Traum,‘ sagte er darauf, ‚und der mir erschienen ist, der ist kein Mann der Lüge; nein, er ist ein ehrwürdiger Mann, ich glaube, er war der Prophet – Allah segne ihn und gebe ihm Heil! –, der meine Trauer gesehen hat. Darum ist es mir sicher, daß ich nicht unterlassen darf, dorthin zu gehen; denn ich habe Vertrauen zu diesem Manne, und seine Worte sind wahr.‘ Alsbald entkleidete er sich seiner Herrscherwürde und zog eines Nachts hinaus; und er ritt dahin auf dem Wege nach Kairo, Tag und Nacht, bis er in jene große Stadt kam. Dort ließ er sich in einer der Moscheen nieder, gänzlich ermattet, und nachdem er sich etwas zum Essen gekauft hatte, speiste er davon zu Nacht. Dann legte er sein müdes Haupt nieder und schlief ein. Kaum aber hatte er die Augen geschlossen, so erschien ihm der Alte wieder und sprach zu ihm: ‚O Zain el-Asnâm, du hast getan, was ich dir gesagt habe, und hast meinen Worten vertraut. Ich habe dich nur auf die Probe stellen wollen, um zu erfahren, ob du ein Held bist oder nicht. Jetzt habe ich dich erkannt; und nun kehre du in deine Stadt zurück, denn ich will dich zu einem reichen König machen, so reich, wie keiner der Könige vor dir gewesen ist, noch einer nach dir sein wird.' Wie er dann aus seinem Schlafe erwachte, sprach er: ,Im Namen Allahs, des allbarmherzigen Erbarmers! Ist das nicht der Alte, der mir solche Mühe gemacht hat, von dem ich glaubte, er spräche die Wahrheit, und den ich für den Propheten hielt? Doch es gibt keine Macht und es gibt keine Majestät außer bei Allah, dem Erhabenen und Allmächtigen! Ich habe gut daran getan, daß ich niemanden von meinem Fortgehen unterrichtete, nicht einmal meine Diener; ich habe diesem Alten geglaubt, und jetzt ist es mir klar, daß dieser Mann nicht zu den Menschen gehört, sondern zu denen, die Gott, den Hochgepriesenen, kennen. Er stellt mich heute wahrlich auf die Probe; darum will ich auch in meinem Glauben an diesen Alten nicht wankend werden!' Als es Morgen ward, bestieg er sein Roß und machte sich auf den Heimweg nach Basra, seiner Hauptstadt; und als er seine Stadt erreicht hatte, begab er sich bei Nacht zu seiner Mutter. Die fragte ihn, ob ihm etwas von dem, was der Alte ihm gesagt hatte, zuteil geworden sei; und sie begann ihm Trost zuzusprechen, indem sie sagte: ,Sei nicht traurig, mein lieber Sohn, wenn es dir bestimmt ist, so hat Allah etwas mit dir im Sinne, das du ohne Mühe erreichen wirst! Jetzt bitte ich dich, sei weise und tugendhaft, laß ab von den Dingen, die dich in diese Lage gebracht haben, als da sind Tanz und Gesang, Verschwendung und dergleichen mehr!' Da schwor er ihr, er wolle ihrer Mahnung nicht mehr zuwiderhandeln, sondern alle ihre Lehren wohl beachten und seinen Sinn auf das weise Handeln richten. Und dann ließ er ab von all diesen Dingen, von dem Verkehr mit den jungen Leuten und von all jenen Untugenden. In jener Nacht erschien ihm wiederum der Alte im Traum und sprach zu ihm: ,O

220

Zain el-Asnâm, du tapferster der Helden, wenn du aus dem Schlafe erwachst, werde ich mein Versprechen an dir erfüllen. Nimm du dann eine Hacke und geh zu demunddem Palast an dieunddie Stelle am Fuße des Palastes deines Vaters; dort grab in der Erde, und du wirst finden, was dich reich machen wird!' Sobald er nun aus dem Schlafe erwacht war, eilte er zu seiner Mutter und tat ihr kund, was sich begeben hatte. Er war voller Freude; aber sie lachte ihn aus, und sie sagte zu ihm: ,Mein Sohn, dieser Alte spottet deiner, ganz sicher; laß ab von ihm!' Doch er antwortete ihr und sprach: ,Nein, liebe Mutter, ich glaube, daß dieser Mann die Wahrheit spricht und nicht lügt; das erste Mal hat er mich auf die Probe gestellt, und jetzt will er sein Versprechen erfüllen.' Sie erwiderte ihm: ,Dies macht dir auf alle Fälle keine Mühe; geh nur hin und tu, was du willst; versuche dein Heil, vielleicht wirst du heute meinen Worten glauben!' Da nahm er eine Hacke, ging hinunter zum Fuße des Schlosses des Sultans, seines Vaters, und begann dort zu graben. Nachdem er ein wenig gegraben hatte, entdeckte er einen Ring; dann grub er weiter, und siehe da, der Ring war an einer weißen Platte befestigt. Alsbald hob er die Platte hoch; darauf ging er auf einer Treppe hinunter und erblickte eine große Höhle, die ganz mit Marmor ausgelegt war. Und als er in sie eingetrten war, erblickte er dort weiter im Innern der Höhle einen Saal, und darin befanden sich acht Krüge aus grünem Jaspis. Jener Saal nahm seinen Sinn gefangen, und so sprach er: ,Was mögen diese Krüge enthalten? Was mag in ihnen sein?' Nachdem er die Krüge näher angeschaut und sie aufgedeckt hatte, sah er, daß sie mit lauterem Golde gefüllt waren. Er nahm etwas davon in seine Hand, ging zu seiner Mutter und gab es ihr, indem er zu ihr sprach: ,Siehst du nun, liebe Mutter?' Darüber war sie erstaunt, und sie gab ihm zur

Antwort: ‚Hüte dich, mein Sohn, dies Gold so auszugeben, wie du dein Gold früher verschwendest hast!‘ Da schwor er und sprach: ‚Liebe Mutter, dein Herz soll um meinetwillen immer beruhigt sein, wahrlich, du wirst in Zukunft immer mit mir zufrieden sein!‘ Und nun machte sie sich auf und ging mit ihm; sie begaben sich beide hinab in jenen Saal, und da sah sie etwas, das den Blick bezauberte, als sie die Goldkrüge anschaute. Während beide sich die Krüge ansahen, erblickten sie plötzlich in einem kleinen Kruge aus grünem Jaspis einen Schlüssel aus Gold. Da sagte sie zu ihm: ‚Mein Sohn, zu diesem Schlüssel gehört sicherlich eine Tür, die durch ihn geöffnet wird.‘ Und während sie suchte, sprach sie: ‚Vielleicht werden wir noch etwas entdecken.‘ So spähten sie an jener Stätte umher, indem sie sagten: ‚Vielleicht finden wir eine Tür.‘ Unterdessen entdeckten sie plötzlich ein verriegeltes Schloß, und sie erkannten, daß jener Schlüssel zu diesem Schlosse gehörte. Da steckte er den Schlüssel hinein und öffnete die Tür; die führte in einen Saal, der noch größer war als der erste. Er war ganz mit Marmor ausgelegt, und er nahm den Blick gefangen. In ihm sah man kein Feuer und keine Kerze, sondern nur acht Bildsäulen aus Edelsteinen; jede einzelne Bildsäule war aus einem einzigen Edelstein, nichts war hinzugesetzt. Die Sinne der beiden waren ganz verwirrt, und Zain el-Asnâm sprach: ‚Woher mögen diese Dinge kommen?‘ Darauf begann er umherzuschauen und erblickte vor sich[1] einen seidenen Vorhang, auf dem folgendes geschrieben stand: ‚O mein Sohn, wundere dich nicht über diese Dinge! Es ist wahr, ich habe sie mit Mühe erworben; aber es gibt immer noch in der Welt eine andere

1. Der arabische Text ist hier fehlerhaft; die Wörter ‚und seine Mutter erblickte‘ verbessere ich durch eine leichte Änderung zu ‚und erblickte vor sich‘.

Gestalt, die zwanzigmal soviel wert ist wie diese Gestalten. Wenn du jene Gestalt sehen und gewinnen willst, so zieh nach Kairo; dort lebt ein Sklave des Namens Mubârak, der einst mein Sklave war, und der wird dich zu jener Gestalt führen. Wenn du die Stadt Kairo betreten hast, so wird dich der erste Mensch, den du dort triffst, zu Mubârak führen; denn er ist in ganz Kairo bekannt.' Nachdem Zain el-Asnâm diese Worte gelesen hatte, sprach er: ,Mutter, ich will nach Kairo ziehen, um nach der Gestalt zu suchen; aber ich glaube, du wirst sagen, dies sei ein Traum.' Doch sie antwortete und sprach zu ihm: ,Nein, durchaus nicht, mein Sohn! Denn du stehst jetzt unter dem Schutze des Propheten; so reise denn fort und sei unbesorgt, ich werde mit dem Wesir das Land verwalten! Reise, wann du willst!' Alsbald ging er fort, rüstete sich für die Reise und zog seines Weges dahin, bis er Kairo erreichte. Dort fragte er nach dem Hause Mubâraks, und man gab ihm zur Antwort: ,O Herr, dies ist der reichste und edelste Mann in Kairo; sein Haus ist für den Fremdling das beste.' Und die Leute gingen vor ihm her, bis er zu jenem Hause kam; dort klopften sie an die Tür, und einer von den Sklaven öffnete und fragte ihn: ,Wer bist du? Und was willst du?' Zain el-Asnâm erwiderte ihm: ,Ich bin ein Fremdling aus fernem Lande; ich habe von Mubârak gehört und davon, daß er als edel berühmt ist; deshalb bin ich gekommen, um bei ihm zu Gaste zu sein.' Darauf ging der Sklave hinein, um eine Antwort für ihn einzuholen; und nachdem er mit seinem Herrn Mubârak gesprochen hatte, kehrte er zurück und sagte: ,O Herr, dein Kommen bringt uns Segen ins Haus; tritt ein, mein Herr Mubârak erwartet dich!' Nun kam er in einen sehr weiten Vorhof, der ganz voll Bäumen und fließenden Wassern war; danach trat er in die Halle ein, in der Mubârak war. Nachdem er ihn begrüßt hatte,

sprach jener zu ihm: ‚Reicher Segen ist bei uns eingekehrt!
Wer bist du, o Jüngling? Und wohin führt dich dein Weg?‘
Zain el-Asnâm antwortete ihm: ‚Mein Weg führt mich zu
dem Sklaven Mubârak, dem Sklaven des Sultans von Basra,
der gestorben ist und dessen Sohn ich bin.‘ ‚Was sagst du da?‘
rief Mubârak, ‚du willst der Sohn des Königs von Basra sein?‘
‚Jawohl,‘ erwiderte der Jüngling, ‚ich bin sein Sohn!‘ ‚Dieser
König hat doch keinen Sohn hinterlassen. Wie alt bist du
denn?‘ ‚Gegen sechsundzwanzig Jahre.‘ ‚Was für einen Beweis
kannst du mir geben, damit ich sicher bin, daß du der Sohn
meines Herrn, des Königs von Basra, bist?‘ ‚Du weißt, daß
mein Vater unterhalb seines Schlosses einen Bau errichtete,
und daß sich in diesem Bau vierzig[1] Krüge aus grünem Jaspis
befinden, die mit Gold gefüllt sind, und ferner, daß sich in der
zweiten Halle acht Gestalten aus Edelsteinen befinden, von
denen jede einzelne aus einem einzigen Stein ist und auf einem
goldenen Throne sitzt. Desgleichen ist dir bekannt, daß dort
eine Inschrift sich befindet, die besagt, daß ich zu dir gehen
solle, da du weißt, wo die neunte Gestalt ist, die so viel Wert
hat wie die acht alle zusammen.‘ Wie Mubârak dies, das heißt
die Worte von Zain el-Asnâm, vernommen hatte, fiel er ihm
zu Füßen und begann ihm die Hände zu küssen und zu rufen:
‚Fürwahr, du bist der Sohn meines Herrn!‘ Dann fuhr er fort:
‚Mein Gebieter, ich habe ein Gastmahl bereitet für alle vornehmen Leute Kairos; will deine hohe Gegenwart uns beehren?‘
‚Das mag gern geschehen‘, erwiderte Zain el-Asnâm; und der
Sklave Mubârak ging vor seinem Herrn her bis zu der Halle,
in der alle Vornehmen von Kairo versammelt waren. Darauf
befahl Mubârak das Mahl aufzutragen, und es geschah. Zain

1. Der Erzähler hat hier vergessen, daß oben nur von acht bzw. neun
Krügen die Rede war.

el-Asnâm, der Sultan von Basra, saß da, während Mubârak stand und ihn bediente; manchmal hatte er die Arme auf der Brust gekreuzt, manchmal kniete er nieder. Darüber wunderten sich die Gäste, wie es möglich war, daß Mubârak, der vornehmste Mann Kairos, diesen Jüngling bediente, und sie waren ganz ratlos, da sie nicht wußten, woher dieser junge Mann kam. Nachdem sie gegessen und getrunken und sich dem Frohsinn hingegeben hatten, hub Mubârak an: ‚Ihr Leute, wundert euch nicht darüber, daß ich diesen Jüngling bedient habe, indem ich ihm alle Ehren erwies! Denn das war meine Pflicht, da er der Sohn meines Herrn, des Sultans von Basra, ist. Sein Vater starb, und ich blieb als unfreier Mann zurück, weil ich sein Sklave war, den er mit seinem Gelde gekauft hatte. Deshalb war es heute meine Pflicht, meinen Gebieter zu bedienen, und alles Hab und Gut, das ihr bei mir seht, gehört ihm, nichts gehört mir.' Alsbald erhob sich die ganze Versammlung und erwies dem Sultan, was ihm an Ehren und an Segenswünschen gebührte. Darauf sprach jener: ‚Ihr Leute, ich erkläre in eurer Gegenwart, und ihr seid meine Zeugen, daß du, o Mubârak, nunmehr frei bist zu tun, was du willst, und daß alles Gut, was du besitzest, dein Eigentum ist. Fordere auch von mir jegliche Gnade, die du begehrst, und ich will sie dir erweisen!' Mubârak aber küßte ihm die Hand und dankte ihm für seine Güte und sprach: ‚Mein Gebieter, ich begehre nur, daß es dir gut ergehe. Dies Gut, das ich besitze, ist zu viel für mich.' Nun blieb Zain el-Asnâm drei bis vier Tage dort, während die Vornehmen Kairos kamen und ihn begrüßten und alle mit ihm an demselben Tische aßen, bis er genug der Ruhe gepflegt hatte. Darauf sagte er: ‚Mubârak, die Zeit ist nahe, daß wir aufbrechen müssen.' Doch jener erwiderte ihm: ‚Mein Gebieter, du weißt, daß die Sache, die zu suchen du gekommen bist, schwer zu erreichen ist, ja in Todesgefahr bringen kann; ich weiß nicht, ob dir dein Vorhaben gelingen wird. Diese Aufgabe erfordert hohen Mut.' Da antwortete Zain el-Asnâm und sprach zu ihm: ‚Höre, Mubârak, ich weiß, daß Reichtum oft mit Blut bezahlt wird, aber auch, daß nichts in der Welt geschieht ohne den Willen des Barmherzigen. Drum fasse Mut und fürchte dich nicht!' Darauf befahl Mubârak seinen Sklaven, die Vorbereitungen für die Reise zu treffen; und die rüsteten sofort alles. Ehe aber zu Pferde gestiegen ward, sprachen alle das Gebet und lasen die erste Sure des Korans; dann falteten sie das Buch und zogen dahin unter der schützenden Hand des Barmherzigen, Tag und Nacht, Nacht und Tag; dabei erschauten sie an jedem Tage Dinge, die den Verstand verwirrten, dergleichen sie noch nie in ihrem Leben gesehen hatten. Als sie sich ihrem Ziele näherten, stiegen sie von ihren Rossen ab, und Mubârak gab seinen Sklaven Befehl, indem er zu ihnen sprach: ‚Bleibt hier und bewacht die Rosse, bis wir wieder zurückkehren!' Darauf gingen die beiden zusammen fort, indem Mubârak sprach: ‚Mein Gebieter, hier ist hoher Mut vonnöten; wir sind hier im Lande der Gestalt, die zu suchen du gekommen bist.' Und sie zogen weiter dahin, bis sie zu einem großen See gelangten; dort sagte Mubârak: ‚Mein Gebieter, wisse vor allem, daß jetzt ein kleines Schiff kommen wird, einer Gondel gleich, auf dem sich ein blaues Banner befindet und das aus Sandelholz und Ambra verfertigt ist. Und ich will dir einen Rat geben, den du behüten und bewahren mögest.' ‚Was ist das für ein Rat?' fragte Zain el-Asnâm; und der Alte antwortete ihm: ‚In jenem Boote ist ein Fährmann, dessen Gestalt ungeheuerlich ist; hüte dich, ihn anzureden, sonst mußt du ertrinken! Dort ist das Land, über das der König der Geister gebietet, und alles, was du vor dir siehst, ist das

226

Werk der Geister.' Da kam auch schon ein Boot, von dem ein
Duft von Sandelholz und Ambra ausströmte; darinnen saß ein
Fährmann, dessen Kopf ein Elefantenkopf war und dessen Leib
dem eines Raubtieres glich. Als der ihnen nahe kam, wickelte
er seinen Rüssel um die beiden und holte sie in das Boot hinein.
Dann ruderte er mit ihnen weiter, bis sie den See durchfahren
hatten und wieder an Land gehen konnten. Als sie nun weiterschritten, sahen sie Bäume von Ambra und Aloe und Sandelholz, Früchte, wie sie der Sinn begehrt, und Blumen, die das
Herz erfreuen; und die Stimmen der Vögel sangen ihre Weisen und berückten die Menschen durch ihren Klang. Mubârak
fragte: ‚Wie findest du diese Stätte, mein Gebieter?' Jener antwortete ihm: ‚Mich deucht, daß dies das Paradies ist, das der
Prophet – Allah segne ihn und gebe ihm Heil! – dem verheißt, der Sein Gebot achtet.' Darauf zogen sie weiter, bis sie
sich vor einem großen Schlosse befanden, das ganz aus Smaragden und Rubinen gebaut war und dessen Tore aus reinem
Golde waren. Vor diesem Schlosse befand sich eine Brücke,
die hundertundfünfzig Ellen lang und fünfzig Ellen breit war;
am Ende dieser Brücke stand ein Heer von Geistern, die erschrecklich anzusehen waren, so häßlich, wie es keine anderen
Wesen gab, mit schweren Lanzen aus Stahl, die in der Sonne
leuchteten wie der Blitz. Da sagte Mubârak: ‚Tritt nicht weiter vor, als bis uns ein Befehl gebracht wird!' Dann holte er
aus seinem Gewande vier Stücke gelben Seidenzeugs heraus;
mit dem einen gürtete er sich, ein zweites legte er auf seine
Schulter, und die anderen beiden gab er Zain el-Asnâm; und
der tat gleich wie er. Darauf breitete er vor jedem von ihnen
beiden ein Tuch von weißer Seide aus; ferner holte er aus seiner
Tasche Edelsteine, desgleichen auch Spezereien, wie Ambra
und Aloe. Nun setzte sich ein jeder von ihnen auf sein Tuch,

und dann hub Mubârak an, diese Worte an Zain el-Asnâm zu richten, indem er ihn lehrte, er solle zum Geisterkönig also sprechen: ‚Mein Gebieter, o König der Geister, wir sind heute unter deinem Schutz.' Dann fuhr er fort: ‚Wisse, jetzt will ich ihn beschwören, damit er uns freundlich empfängt; und bedenke, daß wir in Gefahr sind; drum bin ich in großer Sorge! Wenn er uns empfangen will, ohne uns ein Leid zu tun, so kommt er in Gestalt eines Menschen, der sehr schön anzuschauen ist; wenn wir aber diese Stätte betreten und er uns nicht wohlwill, so kommt er in häßlicher Gestalt, die erschrecklich anzusehen ist. Siehst du ihn also in schöner Gestalt, so bleib vor ihm stehen und sprich den Gruß!' ‚Ich höre und gehorche!' gab der Jüngling ihm zur Antwort; und weiter sprach Mubârak zu ihm: ‚Dein Gruß sei ‚an den König der Geister und den Gebieter der Erde', und sprich zu ihm: ‚Meinen Vater, den König von Basra, hat der Tod uns entrissen, und das ist dir nicht verborgen, da du ihn immer unter deinen Schutz genommen hast; und jetzt bin ich gekommen, um deinen Schutz zu gewinnen, wie mein Vater ihn besaß.' Dies seien deine Worte an ihn, wenn er dir entgegentritt.' Dann fuhr Mubârak noch fort: ‚Wenn der König der Geister uns mit glückverheißendem Antlitz entgegenkommt, so wird er ohne Zweifel dich fragen und zu dir sprechen: ‚Erbitte von mir, was du wünschest; dir soll dein Wunsch sofort erfüllt werden!' Dann sprich du zu ihm: ‚Hoher Herr, ich erbitte von deiner Majestät die neunte Gestalt, die das Kostbarste ist, was es auf Erden gibt, und die deine Majestät meinem Vater zu geben versprochen hat.' Nachdem nun Mubârak seinen Herrn Zain el-Asnâm gelehrt hatte, wie er mit dem Geisterkönig reden solle, und ihm auch gezeigt hatte, wie er von ihm die Gestalt, die er wünschte, erbitten müsse, begann er die Zauberformel zu murmeln. Nach einer kurzen Weile begann es zu blitzen und zu donnern, und es kam eine Finsternis, die das Antlitz der Erde bedeckte; darauf erhob sich ein gewaltiger Wind und ein furchtbares Getöse, so daß die Erde zu beben schien; dergleichen wird nie erhört, es sei denn am Tage der Auferstehung. Prinz Zain el-Asnâm rief: ‚Dies ist wahrlich ein großer Tag!' Und als er all diese Dinge erleben mußte, zitterte er am ganzen Leibe; so sehr erschrak er über all dies, das er noch nie in seinem ganzen Leben gesehen oder gehört hatte. Mubârak aber begann zu lächeln, und er sprach zu ihm: ‚Mein Gebieter, dies, vor dem du dich fürchtest, ist das, was ich wünsche; denn es ist uns ein Vorbote des Glücks. Drum sei munter und zuversichtlich!' Alsbald ward die Welt auch wieder klar und ganz ruhig, und es säuselten gar lieblich duftende Lüfte. Und nun kam der König der Geister in Gestalt eines Menschen, unvergleichlich an Schönheit und Anmut, und er blickte auf die beiden mit freundlichem Antlitz. Als der Prinz ihn erblickte, sprach er vor ihm die ehrfurchtsvollen Grüße und die Segenswünsche, die Mubârak ihn gelehrt hatte. Darauf erwiderte ihm der König, indem die Zähne der Zufriedenheit aus seinem lächelnden Munde blinkten: ‚Prinz Zain, ich war ein Freund deines Vaters, des Sultans von Basra; und jedesmal, wenn er zu mir kam, gab ich ihm eine von den Gestalten, die du gesehen hast, jene, von denen jede einzelne aus einem einzigen Edelstein gefertigt ist. Und du sollst bei mir im selben Ansehen stehen wie dein Vater, ja in noch höherem! Ehe er aus dem Leben schied, machte ich es ihm zur Pflicht, die Inschrift zu schreiben, die du auf dem Stück Seide gesehen hast; und dann versprach ich ihm, ich wolle auch dich in meinen Schutz nehmen gleichwie ihn, und ich wolle dir die neunte Gestalt geben, die so viel wert ist wie alles, was du gesehen hast.

Jetzt will ich das Versprechen erfüllen, das ich deinem Vater gegeben habe, indem ich dir meinen Schutz gewähre.' Dann fuhr er fort: ,Der Mann, den du im Traume gesehen hast, jener Alte, der bin ich. Und ich bin es, der dir gesagt hat, du sollest die Schatzkammer aufgraben, in der du die Krüge voll Gold und die Gestalten aus Edelsteinen gefunden hast. Ich weiß auch, warum du hierher gekommen bist; denn ich bin ja der Grund deines Kommens. Und ich will dir gewähren, was du durch dein Kommen zu erreichen suchst; doch schwöre du mir einen heiligen Eid, einen Eid, den du nie brechen wirst, daß du zu mir zurückkommen willst mit einer Jungfrau, die fünfzehn Jahre alt ist und die an Schönheit nicht ihresgleichen hat, und daß du sie treu hüten und dich nicht an ihr vergehen willst, wenn du mit ihr auf dem Wege hierher bist!' Da schwor Prinz Zain ihm einen heiligen Eid, indem er sprach: ,Mein Gebieter, du erweisest mir eine hohe Ehre durch diesen Auftrag; doch ich sehe eine Schwierigkeit in ihm. Gesetzt den Fall, ich finde die Jungfrau, die deine Majestät begehrt, wie soll ich diese Eigenschaften erkennen, die du an ihr wünschest?' Der König antwortete ihm darauf: ,O Zain, du hast recht; denn die Menschenkinder können dies nicht erkennen.' Und dann fuhr er fort: ,Mach dir keine Sorge um dieser Schwierigkeit willen; denn ich will dir einen Spiegel geben! Wenn du die Maid gefunden und angeschaut hast und ihre Schönheit dir gefällt, so öffne den Spiegel, den ich dir geben will; siehst du, daß er klar ist und ohne dunkle Flecken, so wisse, daß die Maid eine Jungfrau ohne Tadel ist und alle die Eigenschaften besitzt, die ich dir genannt habe. Ist sie es aber nicht, so wirst du entdecken, daß der Spiegel dunkel ist und von Staub bedeckt, und dann wirst du wissen, daß die Maid einen Fehl hat; hüte dich, sie zu nehmen! Hast du jedoch die rechte gefunden, so bringe sie mit dir; wenn du dann aber nicht die Treue wahrst, so muß ich dir dein Leben nehmen!' Nun schwur der Prinz Zain einen bindenden Eid, einen Eid der Söhne der Könige, daß er nie die Treue brechen werde. So gab denn der Fürst den Spiegel dem Jüngling, indem er sprach: ,Mein Sohn, nimm diesen Spiegel, von dem ich dir gesagt habe; jetzt kannst du reisen, nichts hält dich zurück!' Und sogleich kehrten der Sklave Mubârak und der Prinz Zain el-Asnâm zurück zum Ufer des Sees, nachdem sie von dem Geisterfürsten Abschied genommen hatten. Bald darauf kam einer von den Geistern, deren Köpfe denen von Elefanten glichen und die das Boot ruderten; mit dem fuhren sie hinüber, und das geschah auf Befehl des Geisterfürsten. Darauf kehrten Mubârak und Prinz Zain el-Asnâm nach Kairo zurück; nachdem der Prinz dort bei Mubârak in Kairo kurze Zeit verweilt hatte, um sich auszuruhen, sprach er zu ihm: ,Mubârak, laß uns jetzt nach der Stadt Baghdad ziehen, um ein Mädchen zu finden, wie es der Geisterkönig wünscht.' Doch Mubârak antwortete und sprach zu ihm: ,Mein Gebieter, wir sind hier in Kairo; das ist die Stadt der Städte und das Wunder der Welt. Hier müssen wir doch eine Jungfrau finden, und wir brauchen nicht in ein fernes Land zu gehen.' ,Du sprichst die Wahrheit, Mubârak,' antwortete der Prinz, ,aber auf welche Weise können wir eine solche Jungfrau finden? Wer soll sie für uns suchen?' Darauf sagte jener zu ihm: ,Mach dir deshalb keine Sorge, mein Gebieter! Denn ich weiß hier eine Alte – verflucht sei sie! –, ein kluges und listiges Weib; die kann eine Aufgabe wie diese sicher erfüllen.' Alsbald holte Mubârak die Alte und tat ihr kund, was geschehen sollte, indem er hinzufügte: ,Du wirst von mir eine hohe Belohnung erhalten, wenn du diese Aufgabe mit allem Eifer ausführst.' Sie erwiderte ihm: ,Mein Gebieter, du kannst beruhigt sein; ich werde diese Aufgabe vollbringen, und dein Wunsch wird sogleich erfüllt werden; denn ich habe solche Mädchen zur Hand, die alle an Schönheit und Anmut übertreffen, und alle sind Töchter vornehmer Leute.' Allein – o ihr Zuhörer –, sie wußte nichts von dem Spiegel! So ging sie denn in die Stadt, und nachdem sie eine Schar von Mädchen gefunden hatte, die alle fünfzehn Jahre alt waren und vollkommene Schönheit und Anmut besaßen, nahm Zain el-Asnâm den Spiegel heraus und blickte auf die Mädchen im Spiegel. Da sah er, daß sich der Spiegel verdunkelte und verdüsterte, nicht bei einer einzigen von ihnen erblickte er Klarheit in dem Spiegel. So beschloß er denn, nach Baghdad zu ziehen, da es ihm nicht möglich war, in Kairo ein Mädchen zu finden, das vollkommen keusch und rein war. Darauf zogen die beiden fort, bis sie in Baghdad ankamen; dort mieteten sie ein großes Schloß in der Stadt und wohnten darinnen. Fast alle Vornehmen der Stadt pflegten an der Tafel des Prinzen zu speisen, und was von den Mahlzeiten übrig blieb, wurde den Armen und Bedürftigen gegeben. Auch alle, die von nah und fern zu all den Moscheen kamen, aßen von seiner Tafel, so daß sein Ruhm in der Stadt groß ward und man in Baghdad nur noch von Zain el-Asnâm und von seiner Freigebigkeit und seinem Reichtum redete. Es traf sich aber, daß in einer der Moscheen ein verruchter, elender, neidischer Imam war, wie es selbst in der Hölle keinen gemeineren Schuft geben konnte, und er wohnte nahe bei dem Schlosse des Prinzen Zain el-Asnâm. Der Neid auf den Prinzen hatte solche Gewalt über ihn gewonnen, daß er darüber nachzudenken begann, wie er ihm schaden könne; zumeist pflegt auch der Neid nur die Reichen zu treffen. Eines Tages nun stand der Imam in der Moschee zur Zeit des Nachmittagsgebetes, und er hub an zu predigen: ,O

meine Brüder, höret auf mich! Seht, in diesem unserem Stadtviertel wohnt ein fremder Mann; vielleicht habt ihr schon von
ihm gehört und auch von der Verschwendung, die er treibt,
die geht doch über alle Maßen. Ich vermute, daß er ein Dieb
aus der Fremde ist und er gekommen ist, um hier das auszugeben, was er in seinem Lande gestohlen hat.' Und weiter
sprach er zum Volke: ,O meine Brüder, ich gebe euch guten
Rat, um Allahs willen hütet euch vor diesem Verruchten! Es
ist ja möglich, daß der Kalif solche Verschwendung triebe wie
dieser Mann, und dann würde das Unglück über eure Häupter
hereinbrechen. Ich wasche meine Hände in Unschuld, wenn
ihr auch sündigt; sehet, ich habe euch gewarnt, nun tut, was
ihr wollt!' Da antworteten ihm die, so zugegen waren, alle
insgesamt mit lauter Stimme und riefen: ,Wir wollen alles tun,
was du willst, o Abu Bakr, o Imam der Religion Mohammeds.'
Darauf begann dieser verfluchte Imam, eine Beschwerdeschrift an den Kalifen gegen den Prinzen Zain el-Asnâm zu
verfassen. Der Zufall aber hatte es gewollt, daß der Sklave
Mubârak in der Moschee war und die Predigt des verruchten
Imams hörte. Drum war er nicht lässig, sondern kehrte nach
Hause zurück, holte hundert Golddinare und wickelte sie in
ein Bündel von seidenen Stoffen, von allem, was nicht beschwert, und doch von hohem Wert. Das nahm er und begab
sich eilends zum Hause des Imams; nachdem er dort an die
Tür geklopft hatte, kam der Imam, öffnete die Tür und fragte
ihn zornig, indem er sprach: ,Was willst du? Und wer bist du?'
Mubârak antwortete und sprach zu ihm: ,Ich bin dein Sklave,
o mein Herr Imam Abu Bakr! Ich komme von meinem Herrn,
dem Prinzen Zain el-Asnâm; denn er hat von Eurem Wissen
und von Eurem guten Tun gehört, und es ist sein Wunsch,
mit Euch bekannt zu werden. Darum möchte er tun, was ihm

seine Pflicht ist, und er sendet mich mit diesen Stoffen und mit dieser Tasche, und er bittet Euch, ihm nicht gram zu sein; denn dies ist kaum, was Eurem Stande und hohen Range gebührt!' Sobald Abu Bakr das Gold und das Bündel der Stoffe erblickte, sprach er: ,Mein Gebieter, ich bitte deinen Herrn, den Prinzen, um Verzeihung, und ich schäme mich vor ihm, und es fällt mir schwer auf die Seele, daß ich meine Pflicht nicht erfüllt habe; ich bitte dich, entschuldige mich bei ihm wegen meines Versäumnisses! So der Schöpfer will, werde ich meine Pflicht tun und zu ihm gehen und ihm die Ehren erweisen, die seinem Stande gebühren.' Mubârak aber fuhr fort: ,Meinem Herrn, dem Prinzen, ist sein Wunsch erfüllt, wenn er Euer Hochwohlgeboren schaut, indem er sich die Ehre gibt, zu Euch zu kommen.' Darauf küßte Mubârak die Hand des Imams und kehrte nach Hause zurück. Abu Bakr jedoch trat am nächsten Morgen zum Frühgebet in die Moschee und hub an: ,O meine Brüder, höret auf mich! Wisset, der Neid trifft nur die Reichen und Vornehmen; die Armen und Elenden trifft er nicht. So vernehmet denn, der fremde Mann, von dem ich gestern zu euch gesprochen habe, ist ein Prinz von adliger und hoher Abkunft! Er ist nichts von dem, was mir einige Neider zugetragen haben, nämlich daß er ein Dieb sei. Hütet euch, meine Brüder, daß auch nur einer von euch die Ehre dieses Mannes mit Worten antaste und Späher von seiten des Beherrschers der Gläubigen auf sich lenke! Denn ein Mann wie dieser kann nicht in der Stadt wohnen, ohne daß der Kalif von ihm wüßte.' So nahm der Imam Abu Bakr den bösen Verdacht hinweg aus den Köpfen der Leute, mit denen er über den Prinzen Zain el-Asnâm gesprochen hatte; und nachdem er von dem Frühgebet heimgekehrt war, legte er sein Staatsgewand an, ließ die Säume schwer schleppen [1]

[1]. So nach einer kleinen Verbesserung des Textes.

und die Ärmel lang herunterhängen, machte sich auf den Weg und begab sich zum Prinzen und trat in den Saal ein. Und der Prinz Zain, der ein höflicher junger Mann war, erwies ihm gebührende Ehren und ließ ihn auf einem hohen Polster sitzen. Dann ließ er Kaffee mit Ambra und Morgenimbiß bringen, und nachdem die beiden ihr Mahl beendet hatten, begannen sie über mancherlei Dinge zu plaudern. Da fragte der Imam Abu Bakr den Prinzen, indem er zu ihm sprach: ‚Hoher Herr, gedenkt Eure Durchlaucht länger hier in Baghdad zu verweilen?‘ ‚Jawohl,‘ erwiderte ihm der Prinz, ‚ich möchte eine Weile hier bleiben, bis ich mein Ziel erreicht habe.‘ Darauf sagte jener: ‚Und was ist das Ziel meines Herrn Prinzen? Vielleicht kann ich ihm seinen Wunsch erfüllen; auch wenn das schwer wäre, würde es mir eine leichte Last sein.‘ Der Prinz gab ihm zur Antwort: ‚Ich suche nach einer Maid, die fünfzehn Jahre alt ist und die von vornehmer Abkunft, züchtig und von reicher Schönheit und Anmut sein muß.‘ ‚Hoher Herr,‘ fuhr der Imam fort, ‚dies ist etwas, das schwer zu finden ist. Doch ich weiß eine Jungfrau, die von herrlicher Anmut ist; ihr Vater war ein Wesir, und er hat sich von dem Wesirat zurückgezogen; jetzt wohnt er in seinem Schlosse und wacht mit großem Eifer über der Erziehung seiner Tochter. Ich glaube, daß sie für Eure Durchlaucht passend sein und daß sie sich auch über einen Prinzen wie deine Hoheit freuen würde, ebenso wie ihr Vater.‘ Da sagte der Prinz: ‚Vielleicht ist sie das Ziel meiner Wünsche. Doch ich muß sie zuvor anschauen, um zu wissen, ob sie züchtig ist oder nicht. Mein Blick genügt, um ihre Art und Schönheit zu erkennen; ihr aber vermögt es nicht mit Sicherheit zu wissen.‘ Abu Bakr fragte nunmehr: ‚Und wie ist es Euch, mein Herr Prinz, möglich, aus ihrem Antlitze zu erkennen, ob sie rein ist oder nicht? Vielleicht habt Ihr Kunde von geheimer

Wissenschaft. Wenn also deine Hoheit es wünscht, sie mit mir zu sehen, so will ich dich zu ihrem Schlosse geleiten und dich mit ihrem Vater bekannt machen, so daß er sie vor dich führe.' Darauf geleitete der Imam Abu Bakr den Prinzen und begab sich mit ihm zu dem Hause des Wesirs, des Vaters der Maid. Als die beiden dort eingetreten waren, hieß der Wesir den Prinzen Zain el-Asnâm herzlich willkommen, nachdem er erfahren hatte, daß jener ein Prinz war und seine Tochter begehrte. Dann ließ er sie kommen; und wie sie vor ihm stand, befahl er ihr, den Schleier von ihrem Antlitz zu heben. Kaum hatte sie das getan, so ward der Prinz wie geblendet; denn er war überrascht durch ihre Schönheit und Anmut, und er hatte noch nie in seinem Leben ihresgleichen gesehen. Dann sprach er bei sich selber: ‚Ob ich wohl je ihresgleichen finde? Ob diese wohl für mich bestimmt ist?' So zog er denn den Spiegel aus der Tasche und schaute hinein; da sah er, daß des Spiegels Kristall so klar war wie reines Silber. Und alsobald ward der Ehebund geschlossen, der Kadi ward geholt, die Urkunde ward geschrieben, und so war die Vermählung vollzogen. Man feierte die Hochzeit, und der Prinz führte den Vater der jungen Frau in sein Schloß und machte ihm reichliche Geschenke; auch schickte er der jungen Frau wertvolle Edelsteine, Diamanten und Perlen, Rubinen und Smaragde, so viele, daß sie den Verstand berückten. Ja, es war eine große Hochzeit, derengleichen noch nie gewesen war; die ganze Stadt feierte Gastmähler bei ihm acht Tage lang. Auch dem Imam Abu Bakr sandte er Geschenke. Nachdem aber die Hochzeit beendet war, sprach Mubârak: ‚Mein Gebieter, laß uns an unsere Stätte ziehen und keine Zeit verlieren; denn wir haben gefunden, was wir suchten!' ‚Es sei!' erwiderte ihm der Prinz, und Mubârak begann für die Reise zu rüsten; auch ließ er eine

Sänfte für die junge Frau herrichten. Dann brachen sie auf unter der schützenden Hand des Barmherzigen. Als aber Mubârak erkannte, daß der Prinz von heftiger Liebe zu der ihm angetrauten Maid entbrannt war, sprach er zu ihm: ‚Mein Gebieter, ich möchte dich daran erinnern, daß du die Treue wahren mußt, die der Geisterkönig dir geboten hat.‘ ‚Ach,‘ rief da der Prinz, ‚o Mubârak, wenn du wüßtest, welche Qualen mir die Liebe zu dieser Maid bereitet, so würdest du mich entschuldigen. Ich denke daran, sie mit nach Basra zu nehmen.‘ Doch jener entgegnete ihm: ‚Mein Gebieter, hüte die Treue, brich nicht dein Wort, auf daß dir kein arges Leid widerfahre und du nicht dein Leben verlierst um dieser Maid willen! Denke immer an den Eid, den du geschworen hast; laß die Begierde nicht Macht über dich gewinnen, damit du nicht deine Ehre verlierst!‘ Darauf sagte Zain el-Asnâm zu ihm: ‚O Mubârak, sei der Hüter über sie und laß mich sie nie mehr anschauen!‘ Nachdem der Emir so vorgesorgt hatte, daß die junge Frau behütet wurde, verbarg er sich ganz und gar vor ihr, damit er sie nicht mehr erblicke. Und nun zogen sie auf dem Wege zur Insel des Geisterkönigs weiter, nachdem sie die ägyptische Straße verlassen hatten. Als aber die junge Frau bedachte, daß ihr der Weg lang ward und sie ihren Gatten in dieser ganzen Zeit nicht erblickte, weil er seit der Hochzeitsnacht verschwunden war, so daß sie ihn nie mehr zu Gesicht bekam, da sprach sie: ‚Mubârak, tu mir kund – beim Leben des Prinzen, deines Herrn! –, bin ich jetzt der schützenden Hand meines Gatten, des Prinzen Zain, entrissen?‘ ‚Ach, meine Herrin,‘ gab er ihr zur Antwort, ‚es ist mir schwer, dir das Verborgene zu enthüllen. Denkst du, daß der Prinz Zain, der König von Basra, dein Gemahl ist? Nein, er ist nicht dein Gemahl; er hat nur den Ehevertrag mit dir ausstellen lassen als Vorwand vor deinen

Eltern. Du wirst jetzt die Gemahlin des Geisterkönigs, der dich von dem Emir Zain verlangt hat.' Als die Maid die Worte Mubâraks vernommen hatte, weinte sie bitterlich darüber. Und wie der Prinz das hörte, begann auch er heftig zu weinen, da er sie ja so lieb hatte. Darauf rief sie den beiden zu: ,Habt ihr denn kein Mitleid mit mir, da ich so verlassen bin? Wenn ihr mir einen Gefallen tun wollt, so steht mir Rede über den Betrug, den ihr an mir verübt habt!' Aber ihr Weinen nutzte ihr nichts. Nein, sie brachten sie dem Geisterkönig dar, sobald sie bei ihm ankamen. Als der sie erblickte, gefiel sie ihm, und er wandte sich zum Prinzen Zain mit den Worten: ,Die Jungfrau, die du mir gebracht hast, ist sehr schön. Kehr nun in deine Heimat zurück! Die neunte Gestalt, die du von mir erbeten hast, wirst du an der Stätte der anderen finden; denn ich sende sie mit einem der Geister, meiner Knechte, dorthin.' Da küßte Zain el-Asnâm ihm die Hand und kehrte mit Mubârak heim auf dem Wege über Kairo; doch er mußte lange warten, ehe er die neunte Gestalt zu sehen bekam. Dabei war er immer traurig und in Sorge um jene Maid und ihre Schönheit und Anmut; und er seufzte und sprach: ,Ach, mein trübes Geschick! Nun habe ich dich verlassen, du Perle der Anmut; ich habe dich vom Busen deiner Eltern genommen und habe dich dem Geisterkönig dargebracht! Ach, mein Elend!' Und er machte sich Vorwürfe darüber, daß er sie durch Lug und Trug zum Geisterkönig geschleppt hatte. Wie er dann in Basra ankam, begrüßte er die Königin, seine Mutter, und erzählte ihr, was geschehen war; da freute sie sich gar sehr über die neunte Gestalt, die der Geisterkönig ihm geschenkt hatte, und sie sprach zu ihm: ,Wohlan, mein Sohn, laß uns diese Gestalt anschauen; ich bin hoch erfreut über sie!' Alsbald zogen alle in die Schatzkammer hinunter, zusammen mit Zain el-Asnâm. Doch da mußten sie ein großes Wunder erleben: denn anstatt eine Bildgestalt zu finden, fanden sie eine junge Maid, die wie die Sonne erstrahlte und den leuchtenden Sternen glich. Der Prinz Zain erkannte sie sogleich, und sie sprach zu ihm: ‚Wundere dich nicht, daß du mich hier findest an Stelle dessen, was du suchst! Ich glaube auch nicht, daß du es bereuen wirst, wenn du mich nimmst anstatt dessen, was du wünschtest.‘ ‚Nein,‘ rief er, ‚ganz gewiß nicht; denn du bist mein höchster Wunsch, und ich will dich nicht um Edelsteine, ja nicht um die ganze Welt hergeben. Wenn du nur wüßtest, welche Qual ich wegen der Liebe zu dir erduldete, als ich dich deinen Eltern entführte! Ja, nur gegen meinen Willen habe ich dich dem Geisterkönig übergeben.‘ Er hatte seine Worte noch nicht beendet, da hörte er ein Donnergetöse, von dem die Berge wankten und die Erde erbebte, und die Königin, die Mutter des Prinzen, ward von Furcht ergriffen. Nach einer kleinen Weile erschien der Geisterkönig und sprach zu ihr: ‚Meine Herrin, fürchte dich nicht; ich bin der Schützer deines Sohnes! Ich liebe ihn, und ich behüte ihn. Ich bin es, der ihm im Traume erschienen ist, und ich wollte durch dies alles nur seinen Heldensinn auf die Probe stellen, um zu erfahren, ob er seine Leidenschaften besiegen könne; freilich hat die Schönheit dieser Maid ihn verführt, und er hat seinen Bund mit mir nicht ganz vollkommen gehalten.‘ Und noch einmal sprach der Geisterkönig zu der Königin, der Mutter des Prinzen: ‚Zain es-Asnâm hat den Bund und die Treue gegen die Maid nicht vollkommen gewahrt, sondern er hat gewünscht, daß sie seine eigene Gemahlin werde. Doch ich kenne die Schwäche der menschlichen Natur, und darum bin ich nicht in ihn gedrungen, als er seine Gedanken verbarg. Ich habe diesen seinen Heldensinn gelten lassen, und so schenke ich sie ihm denn auch zur Gemahlin, samt der neunten Bildgestalt, die ich ihm versprochen habe, sie, die noch schöner ist als alle diese Gestalten und derengleichen in der Welt nicht gefunden wird.' Dann wandte der Geisterkönig sich zu Zain el-Asnâm und sprach zu ihm: ‚O Prinz Zain, dies ist nun deine Gemahlin, nimm sie hin und gehe ein zu ihr, doch nur unter der Bedingung, daß du sie immer lieb hältst und keine andere nimmst außer ihr! Ich bin der Bürge für ihre edle Treue.' Noch am selben Tage ging der Prinz zu ihr ein und hatte große Freude an ihr; und ein prächtiges Hochzeitsfest ward in seinem ganzen Reiche gefeiert. Dann saß er auf seinem Throne und herrschte über sein Land, und seine Gemahlin ward die Königin von Basra genannt. Und sie lebten in Herrlichkeit und Freuden, bis Der zu ihnen kam, der die Freuden schweigen heißt und der die Freundesbande zerreißt.

Ferner wird erzählt

DIE GESCHICHTE VON DEM NÄCHTLICHEN ABENTEUER DES KALIFEN[1]

Es ist mir berichtet worden, o glücklicher König, daß der Kalif Harûn er-Raschîd eines Nachts immerfort wachen mußte; und als er am Morgen sich erhob, kam Unruhe über ihn. Darum waren auch die Leute seiner Umgebung beunruhigt; denn das Volk folgt gern der Weise des Fürsten: es freut sich sehr, wenn er sich freut, und ist sorgenvoll, wenn er sich sorgt, wiewohl es den Grund nicht kennt, weshalb er so gestimmt ist.

---

1. Diese Geschichte und die beiden folgenden Geschichten sind in derselben Weise übersetzt wie die Geschichte von dem Prinzen Ahmed und der Fee Perî Banû und die Geschichte von den beiden Schwestern, die ihre jüngste Schwester beneideten; vgl. Band III, Seite 7, Anmerkung 2, und Band V, Seite 154, Anmerkung 1.

Alsbald aber sandte der Beherrscher der Gläubigen nach Masrûr, dem Eunuchen; und als der zu ihm kam, rief er: ‚Hole mir meinen Wesir, den Barmekiden Dscha'far, ohne Zögern und Zaudern!' So ging denn jener fort und kehrte mit dem Minister zurück; und da dieser den Herrscher allein fand, was wahrlich selten geschah, und, als er näher trat, erkannte, daß er sich in düsterer Stimmung befand und nicht einmal seine Augen hob, so blieb er stehen, bis sein Gebieter geruhen würde, ihn anzublicken. Schließlich warf der Beherrscher der Gläubigen einen Blick auf Dscha'far; doch er wandte sein Haupt sogleich wieder ab und saß regungslos da, wie zuvor. Da nun der Wesir im Antlitz des Kalifen nichts gewahrte, was ihn selber anging, so faßte er sich Mut und redete ihn mit diesen Worten an: ‚O Beherrscher der Gläubigen, will deine Hoheit mir gnädigst gestatten zu fragen, woher diese Traurigkeit kommt?' Da antwortete der Kalif ihm mit einer freundlicheren Stirn: ‚O Wesir, diese Stimmungen haben mich letzthin gequält; und ich kann mich ihrer nur dadurch erwehren, daß ich seltsame Geschichten und Verse höre. Drum, falls du jetzt nicht mit dringenden Geschäften kommst, so wirst du mich erfreuen, wenn du mir etwas erzählst, um meine Traurigkeit zu verscheuchen.' ‚O Beherrscher der Gläubigen,' erwiderte der Wesir, ‚mein Amt zwingt mich, stets dir zu dienen, und so möchte ich dich daran erinnern, daß dies der Tag ist, der dafür bestimmt wurde, daß du dich über die gute Verwaltung deiner Hauptstadt und ihrer Umgebung unterrichtest. Dies wird, so Gott will, deinen Geist ablenken und seine trübe Stimmung verscheuchen.' Der Kalif gab zur Antwort: ‚Du tust recht daran, mich zu erinnern; denn ich hatte es ganz vergessen. Drum geh und wechsle deine Kleider, während ich das gleiche mit den meinen tue.' Alsbald legten beide die Gewänder von fremden Kaufleuten an und gingen hinaus durch eine geheime Tür des Palastgartens, die auf die Felder führte. Nachdem sie dann am Saume der Stadt entlang geschritten waren, erreichten sie das Ufer des Euphrats[1] in einiger Entfernung von dem Tore, das auf jener Seite lag, ohne daß sie irgendwelche Gesetzwidrigkeit bemerkt hätten. Dann fuhren sie über den Fluß in dem ersten Fährboot, das sie fanden; und nachdem sie auf der anderen Seite einen zweiten Rundgang gemacht hatten, kamen sie über die Brücke, durch die beide Hälften der Stadt Baghdad miteinander verbunden werden. Am Ende der Brücke fanden sie einen blinden Alten, der sie um ein Almosen bat; da wandte der Kalif sich um und legte ihm einen Dinar auf die Hand. Der Bettler aber ergriff seine Hand und hielt ihn fest, indem er sprach: ‚O Wohltäter, wer du auch sein magst, du, dem Allah es eingab, mir ein Almosen zu reichen, versage mir nicht die Gunst, um die ich dich bitte, und die ist, daß du mir einen Backenstreich gibst, denn ich verdiene eine solche Züchtigung, ja, eine noch größere!‘ Nach diesen Worten ließ er die Hand des Kalifen los, damit sie ihn schlagen könnte; aber aus Furcht, der Fremde möchte weitergehen, ohne es getan zu haben, hielt er ihn an seinem langen Gewande fest. Der König jedoch, überrascht von den Worten und dem Tun des Blinden, erwiderte: ‚Ich kann dir deine Bitte nicht erfüllen, und ich will auch nicht das Verdienst meiner Mildtätigkeit verringern, indem ich dich behandle, wie du möchtest, daß ich an dir tun soll.‘ Mit diesen Worten suchte er von dem Blinden loszukommen; jener aber, der nach seiner langen Erfahrung diese Weigerung seines Wohltäters erwartet hatte, tat sein Äußerstes, um ihn festzuhalten, und rief: ‚O mein Herr, verzeih meine Kühnheit und meine Hartnäckigkeit! Ich flehe dich an, daß du mir entweder einen

1. Ein Fehler der Überlieferung; Baghdad liegt am Tigris.

Backenstreich gibst oder dein Almosen zurücknimmst; denn ich darf es nur unter der Bedingung annehmen, wenn ich nicht einen feierlichen Eid brechen will, den ich vor dem Angesichte Allahs geschworen habe. Und wenn du den Grund wüßtest, so würdest du mir darin beipflichten, daß die Strafe wahrlich gering ist.' Der Kalif nun, der nicht länger aufgehalten werden mochte, gab dem Drängen des Blinden nach und versetzte ihm einen leichten Streich; darauf ließ jener ihn sofort los und dankte ihm und segnete ihn. Nachdem der Kalif und der Wesir sich eine kleine Strecke von dem Blinden entfernt hatten, rief der erstere aus: ,Dieser blinde Bettler muß wirklich einen guten Grund haben, daß er sich in dieser Weise allen gegenüber benimmt, die ihm Almosen geben, und ich würde gern darum wissen. Kehre zu ihm zurück und sage ihm, wer ich bin, und befiehl ihm auch, nicht zu versäumen, daß er in meinem Palaste um die Zeit des Nachmittagsgebetes erscheine, auf daß ich mit ihm rede und höre, was er zu sagen hat!' Darauf ging Dscha'far zurück, reichte dem Blinden ein Almosen, indem er ihm gleichfalls einen Backenstreich gab, machte ihn mit dem Befehl des Kalifen bekannt und kehrte sogleich zu seinem Herrn zurück. Als die beiden nun die Stadt erreichten, fanden sie auf einem Platze eine ungeheure Menge Volks, die auf einen schönen und wohlgestalteten Jüngling schaute; der ritt auf einer Stute, die er in rasender Eile um den offenen Platz jagte, indem er das Tier so grausam spornte und peitschte, daß es von Schweiß und Blut bedeckt war. Als der Kalif dies sah, war er entsetzt über die Roheit des Jünglings, und er blieb stehen, um die Anwesenden zu fragen, ob sie wüßten, weshalb er die Stute in solcher Weise quälte und folterte; aber er konnte nur erfahren, daß jener seit einiger Zeit jeden Tag um dieselbe Stunde sie in derselben Weise behandelte. Wie sie dann weiterschritten, gebot der Kalif dem Wesir, sich den Platz genau zu merken und dem Jüngling zu befehlen, daß er am nächsten Tage unweigerlich zu kommen habe, und zwar zu der Stunde, die für den Blinden bestimmt war. Doch ehe der Kalif noch seinen Palast erreichte, sah er in einer Straße, durch die er seit vielen Monaten nicht mehr gekommen war, ein neuerbautes Haus, das ihm der Palast eines großen Herrn im Lande zu sein schien. Er fragte den Wesir, ob er den Besitzer kenne; doch Dscha'far erwiderte, er kenne ihn nicht, darum wolle er sich erkundigen. So fragte dieser denn einen Nachbarn, und der erzählte ihm, daß der Hausbesitzer ein gewisser Chawâdscha Hasan sei, der nach seinem Gewerbe den Beinamen el-Habbâl[1] habe; er selber hätte den Mann in den Tagen seiner Armut bei der Arbeit gesehen, aber wisse nicht, wie Glück und Geschick ihm hold geworden seien; doch dieser Chawâdscha habe solch übermäßigen Reichtum erworben, daß er imstande gewesen sei, alle die Ausgaben, die er auf sich genommen, als er das Haus baute, ehrlich und reichlich zu bezahlen. Dann kehrte der Wesir zum Kalifen zurück und erstattete ihm genauen Bericht über alles, was er gehört hatte. Da rief der Beherrscher der Gläubigen: ‚Ich muß diesen Chawâdscha Hasan el-Habbâl sehen! Drum geh du, o Wesir, und sage ihm, er solle in meinen Palast kommen zur selben Stunde, die du den anderen beiden angegeben hast!‘ Der Minister führte den Befehl seines Herrn aus; und am nächsten Tage nach dem Nachmittagsgebet zog sich der Kalif in sein eigenes Gemach zurück. Dann führte Dscha'far die drei Männer, von denen wir gesprochen haben, herein und stellte sie dem Kalifen vor. Alle drei warfen sich vor seinen Füßen nieder, und als sie sich wieder erhoben hatten, fragte der Beherrscher der Gläu-

1. Der Seiler.

bigen den Blinden nach seinem Namen; der antwortete, er heiße Baba Abdullah[1]. ‚O Knecht Allahs,‘ rief der Kalif, ‚deine Art, wie du gestern um Almosen batest, schien mir so absonderlich, daß ich dir deine Bitte nicht gewährt hätte, wäre es nicht um gewisser Erwägungen willen geschehen; ja, ich hätte dich gehindert, fürderhin beim Volk Anstoß zu erregen. Jetzt aber habe ich dich hierher entboten, um von dir selbst zu erfahren, was dich veranlaßt hat, jenen voreiligen Eid zu schwören, von dem du mir erzählt hast, auf daß ich besser beurteilen kann, ob du recht oder übel daran getan hast, und ob ich dulden soll, daß du in einem Tun beharrst, das meiner Meinung nach ein so verderbliches Beispiel geben muß. Sage mir offen, wie ein so unsinniger Gedanke dir in den Kopf kommen konnte, und verbirg mir nichts; denn ich will die Wahrheit, die volle Wahrheit erfahren!‘ Baba Abdullah, erschrocken durch diese Worte, warf sich ein zweites Mal vor den Füßen des Kalifen mit dem Gesicht auf den Boden; und als er sich wieder erhoben hatte, sprach er: ‚O Beherrscher der Gläubigen, ich flehe deine Hoheit um Vergebung an für meine Kühnheit, dieweil ich zu fordern wagte, ja, fast von dir erzwang, daß du etwas tatest, was wirklich dem gesunden Verstande zu widersprechen scheint. Ich gestehe meine Schuld ein; aber da ich deine Hoheit zu jener Zeit nicht kannte, so flehe ich deine Milde an, und ich bitte dich, du wollest meine Unkenntnis deines hocherhabenen Ranges bedenken. Was nun die Absonderlichkeit meines Tuns angeht, so gebe ich gern zu, daß es den Menschenkindern seltsam erscheinen muß; aber in den Augen Allahs ist es nur eine geringe Strafe, die ich mir selbst auferlegt habe um eines ungeheuren Verbrechens willen, dessen ich schuldig bin

1. Die persisch-türkische Form für arabisches ’Abd Allâh, ‚Knecht Allahs‘.

und für das es noch keine hinreichende Sühne wäre, wenn alle Menschen der Welt samt und sonders mir einen Backenstreich geben würden. Deine Hoheit soll selbst darüber urteilen, wenn ich deinem Befehle gemäß meine Geschichte erzählt und dir darin mitgeteilt habe, welcher Art mein Vergehen war.' Und nun begann er zu erzählen

DIE GESCHICHTE DES BLINDEN
BABA ABDULLAH

O mein Herr und Kalif, ich, der niedrigste deiner Sklaven, wurde in Baghdad geboren, und mein Vater und meine Mutter, die bald nacheinander innerhalb weniger Tage starben, hinterließen mir ein Vermögen, so groß, daß es mir für mein ganzes Leben genügt hätte. Doch ich kannte seinen Wert nicht, und in kurzer Zeit hatte ich es in Wohlleben und leichtfertigem Wandel vergeudet; denn ich dachte nicht an Sparsamkeit, noch daran, mein Gut zu vermehren. Als aber nur noch wenig von meinem Vermögen übrig war, bereute ich meinen schlechten Wandel und mühte und plagte mich Tag und Nacht, um den Teil meines Geldes, der mir noch verblieben war, zu vergrößern. Es heißt mit Recht: ‚Nach der Verschwendung kommt die Erkenntnis des Wertes.' So brachte ich denn ganz allmählich achtzig Kamele zusammen, die vermietete ich an Kaufleute, und auf diese Weise hatte ich jedesmal, wenn sich Gelegenheit dazu bot, einen beträchtlichen Gewinn; ferner pflegte ich selbst mich mit meinen Tieren zu verdingen, und so durchzog ich alle Länder und Gebiete deiner Hoheit. Kurz, ich hoffte, in Bälde eine überreiche Golderente einzuheimsen durch das Vermieten meiner Lasttiere.

Einmal nun hatte ich Kaufmannsgüter nach Basra gebracht, die nach Indien verschifft werden sollten, und befand mich

246

mit meinen unbeladenen Tieren auf dem Rückwege nach Baghdad. Wie ich so heimwärts zog, traf es sich, daß ich über eine Ebene kam, die ausgezeichnete Weidegründe hatte, aber brachlag und fern von jedem Dorfe war. Dort nahm ich den Kamelen die Packsättel ab, legte ihnen Fußfesseln an und band sie zusammen, damit sie die üppigen Kräuter und Büsche abweiden könnten, ohne sich in der Ferne zu verlaufen. Da erschien plötzlich ein Derwisch, der zu Fuß nach Basra zog; und er setzte sich an meiner Seite nieder, um Ruhe nach der Unruhe zu genießen. Ich fragte ihn, woher des Weges er käme und wohin er wandere. Auch er richtete die gleiche Frage an mich, und nachdem wir einander von uns selbst berichtet hatten, holten wir unsere Zehrung hervor und stillten unseren Hunger, indem wir beim Essen über mancherlei Dinge plauderten. Da sagte der Derwisch: ‚Ich weiß eine Stelle ganz in der Nähe, die einen Schatz birgt; und dessen Reichtum ist so wunderbar groß, daß dort, wenn du auch deine achtzig Kamele mit den schwersten Lasten von Goldmünzen und kostbaren Edelsteinen aus dem Schatze beladen würdest, dennoch keine Lücke zu sehen wäre.‘ Als ich diese Worte vernahm, freute ich mich gar sehr; und weil ich aus seiner Miene und Haltung ersah, daß er mich nicht belog, sprang ich sofort auf und fiel ihm um den Hals, indem ich rief: ‚O Heiliger Allahs, der du nicht an den Gütern dieser Welt hängst und der du aller irdischen Lust und Pracht entsagt hast, du hast gewißlich genaue Kunde von diesem Schatz; denn heiligen Männern wie dir bleibt nichts verborgen. Ich bitte dich, sage mir, wo er zu finden ist, damit ich meine achtzig Tiere mit Lasten von Goldstücken und Juwelen beladen kann; ich weiß wohl, daß dich nicht nach dem Reichtum dieser Welt gelüstet, aber nimm, ich bitte dich, eins von diesen meinen achtzig Kamelen zum

Lohn und Dank für deine Güte!' Also sprach ich mit meiner Zunge, aber in meinem Herzen war ich doch tief bekümmert durch den Gedanken, daß ich eine einzige Kamelslast von Münzen und Edelsteinen verlieren sollte; freilich überlegte ich mir, daß die anderen neunundsiebzig Kamelslasten Reichtümer genug enthalten würden, um mein Herz zu befriedigen. Wie ich nun so im Geist hin und her schwankte, indem ich in einem Augenblick zugestand, im nächsten aber schon wieder Reue empfand, bemerkte der Derwisch meine Habsucht und Gierigkeit und Unersättlichkeit, und er antwortete mir deshalb: ,Nein, mein Bruder, ein einziges Kamel genügt mir nicht dafür, daß ich dir diesen ganzen Schatz zeigen soll. Nur unter der einen Bedingung will ich dir die Stelle zeigen, nämlich der, daß wir beide die Tiere dorthin führen und mit den Schätzen beladen, und daß du dann die eine Hälfte mir gibst und die andere Hälfte für dich behältst. Mit vierzig Kamelen kostbarer Erze und Steine kannst du dir mehr als tausend Kamele kaufen.' Da ich einsah, daß eine Weigerung unmöglich war, rief ich: ,So sei es! Ich nehme deinen Vorschlag an, und ich will tun, wie du es wünschest.' Denn ich hatte die Sache in meinem Herzen erwogen und wußte recht wohl, daß vierzig Kamelslasten Gold und Edelsteine für mich und viele Geschlechter meiner Nachkommen genug sein würden; und ich fürchtete zugleich, ich würde, wenn ich ihm widerspräche, es für immer und ewig zu bereuen haben, daß ich mir einen so großen Schatz aus der Hand schlüpfen ließ. Indem ich also in alles einwilligte, was er sagte, holte ich meine sämtlichen Tiere zusammen und machte mich auf den Weg mit dem frommen Manne. Nachdem wir eine kurze Strecke zurückgelegt hatten, kamen wir in eine Schlucht zwischen zwei schroffen Felswänden, die sich halbmondförmig emportürmten, und der Paß war äußerst schmal, so daß die Tiere gezwungen waren, in einzelner Reihe hintereinander hindurch zu gehen; doch weiterhin wurde der Pfad breiter, und wir konnten ihn ohne Mühe hinabsteigen bis zu dem offenen Tal unter uns. Nirgends war ein menschliches Wesen zu sehen oder zu hören in dieser Einöde, und wir waren daher ungestört und frohen Mutes und fürchteten nichts. Da sagte der Derwisch: ‚Laß die Tiere hier und komm mit mir!‘ Ich tat, wie der Derwisch mir befahl, ließ alle Kamele niederknieen und folgte seinen Spuren. Nachdem wir uns nur eine kurze Strecke von dem Halteplatz entfernt hatten, zog er Feuerstein und Stahl heraus, schlug Feuer damit und zündete einige Reiser an, die er gesammelt hatte; und indem er eine Handvoll von stark duftendem Weihrauch in die Flammen warf, murmelte er Zauberworte, von denen ich gar nichts verstand. Alsbald stieg eine Rauchwolke auf und wirbelte hoch empor, so daß sie die Berge verhüllte; doch gleich darauf, als der Dunst verschwand, sahen wir einen mächtigen Felsen mit einem Pfade, der bis zu seiner senkrechten Wand emporführte. Und dort hatte diese Wand eine offene Tür, durch die mitten in dem Felsen ein herrlicher Palast sichtbar wurde; das war ein Werk der Geister, denn kein Mensch hätte etwas dergleichen zu schaffen vermocht. Nach schwerer Mühsal konnten wir ihn schließlich betreten, und wir fanden in ihm einen unendlich großen Schatz, der in einzelnen Haufen mit genauester Ordnung und Regelmäßigkeit aufgestapelt war. Als ich dort einen Berg von Goldstücken sah. fiel ich über ihn her, wie ein Geier auf seine Beute, das Aas, hinabstürzt, und ich begann nach Herzenslust die Säcke mit goldenen Münzen zu füllen. Die Säcke waren groß, und ich durfte sie nur so weit füllen, wie meine Tiere sie tragen konnten. Auch der Derwisch machte sich in derselben Weise zu schaffen; allein er füllte seine Säcke nur mit Edelsteinen und Juwelen und riet mir derweilen, das gleiche zu tun wie er. So warf ich denn die Goldstücke beiseite und füllte meine Säcke nur mit den kostbarsten Steinen. Als wir unsere Arbeit nach Kräften getan hatten, legten wir die wohlgefüllten Säcke auf die Rücken der Kamele und rüsteten zum Aufbruch; doch ehe wir das Schatzhaus verließen, in dem auch Tausende von goldenen Gefäßen von erlesener Gestalt und Arbeit aufgereiht standen, ging der Derwisch in eine verborgene Kammer und holte aus einem silbernen Schrein ein kleines goldenes Kästchen, das mit einer Salbe gefüllt war; er zeigte es mir und steckte es dann in seine Tasche. Dann warf er wieder Weihrauch ins Feuer und sprach seine Zauberformeln und Beschwörungen; und nun schloß die Tür sich, und der Fels wurde wieder, wie er zuvor gewesen war. Darauf teilten wir die Kamele, er nahm die eine Hälfte und ich die andere; und nachdem wir die enge und düstere Schlucht wiederum in Einzelreihe durchzogen hatten, kamen wir zurück in das offene Land. Dort teilten sich unsere Wege, da er gen Basra zog, ich aber die Richtung nach Baghdad einschlug; und als ich im Begriff stand, ihn zu verlassen, überschüttete ich den Derwisch mit Danksagungen dafür, daß er mir all diese Schätze und Reichtümer im Werte von tausendmal tausend Goldstücken verschafft hatte, und sagte ihm Lebewohl, von tiefster Dankbarkeit erfüllt. Dann umarmten wir uns, und ein jeder zog seiner Wege. Aber kaum hatte ich von dem frommen Manne Abschied genommen und hatte mich mit meinem Kamelzug eine kurze Strecke von ihm entfernt, als der Teufel mich durch Habgier in Versuchung brachte, so daß ich bei mir selber sprach: ‚Der Derwisch ist allein in der Welt, ohne Freunde und Anverwandte, und ihm sind alle weltlichen Dinge fremd. Was sollen ihm diese Kamelslasten schmutzigen Reichtums nützen? Außerdem, wenn die Sorge um die Kamele noch auf ihm lastet, von dem trügerischen Wesen des Reichtums gar nicht zu reden, so wird er vielleicht seine Gebete und seine Andacht vernachlässigen; deshalb ist es meine Pflicht, einige meiner Tiere ihm wieder abzunehmen.' Kurz entschlossen ließ ich meine Kamele halten, und nachdem ich ihnen die Vorderbeine gefesselt hatte, lief ich dem heiligen Manne nach und rief seinen Namen. Er hörte meine lauten Rufe und wartete sogleich auf mich, und sobald ich ihn erreicht hatte, sprach ich: ,Als ich dich verlassen hatte, kam mir ein Gedanke in den Sinn, nämlich der, daß du ein Einsiedler bist, der sich von allen irdischen Dingen fernhält und reinen Herzens ist und sich nur mit Gebet und Andacht beschäftigt. Nun wird die Sorge um all diese Kamele dir nichts bringen als Mühsal und Qual, Unruhe und Verlust von kostbarer Zeit; es wäre also besser, du gäbest sie zurück und setztest dich nicht der Gefahr dieser Unannehmlichkeiten und Fährlichkeiten aus.' ,Mein Sohn,' erwiderte der Derwisch, ,du sprichst die Wahrheit. Die Pflege all dieser Tiere wird mir nur Kopfschmerzen eintragen; drum nimm so viele von ihnen, wie du wünschest. Ich hatte nicht an die Bürde und Plage gedacht, bis du mich darauf aufmerksam machtest; jetzt aber bin ich davor gewarnt. Möge Allah der Erhabene dich mit Seinem heiligen Schutz behüten!' Demgemäß nahm ich ihm zehn Kamele ab und wollte eben wieder meiner Wege gehen, als mir plötzlich der Gedanke kam: ,Dieser Fromme hat sich nichts daraus gemacht, zehn Kamele herzugeben; drum wäre es besser, wenn ich noch mehr von ihm verlange.' Darauf trat ich näher an ihn heran und sagte: ,Du kannst schwerlich mit dreißig Kamelen fertig werden; gib mir, ich bitte dich, noch zehn andere!' ,Mein Sohn,' gab er zur

Antwort, ‚tu, was du willst! Nimm dir noch zehn Kamele; für mich werden zwanzig genug sein!' Ich tat nach seinem Geheiß, trieb die zwanzig fort und fügte sie zu meinen vierzig hinzu. Aber der Geist der Habgier nahm mich ganz in Besitz, und ich sann immer mehr darauf, noch weitere zehn Kamele von seinem Anteil zu erhalten; so lenkte ich denn zum dritten Male meine Schritte zu ihm zurück und bat ihn um zehn andere, und wirklich, ich schwatzte ihm diese ab, ja auch sogar die zehn, die noch übrig waren. Der Derwisch gab freudig die letzten seiner Kamele her und rüstete sich zum Aufbruch, nachdem er seine Säume geschüttelt hatte; aber meine verruchte Gier ließ mich immer noch nicht los. Wiewohl ich nun die achtzig Tiere, beladen mit Goldstücken und Juwelen, in meinem Besitz hatte und glücklich und zufrieden hätte heimkehren können mit Reichtümern für achtzig Geschlechter, so führte der Teufel mich noch mehr in Versuchung und reizte mich, auch noch das Kästchen mit Salbe zu gewinnen, von dem ich vermeinte, es enthielte etwas noch Kostbareres als Rubinen. Als ich nun wiederum Abschied genommen und ihn umarmt hatte, blieb ich eine Weile stehen und sprach: ‚Was willst du mit dem Salbenkästchen tun, das du zu deinem Teil hinzugenommen hast? Ich bitte dich, gib mir auch das noch.' Der Fromme wollte sich ganz und gar nicht davon trennen, und deshalb gelüstete mich nur um so mehr danach, es zu besitzen; ja, ich beschloß in meinem Geiste, wenn der Heilige es freiwillig hergebe, so solle das schön und gut sein; wenn nicht, so wollte ich es ihm mit Gewalt abnehmen. Sobald er meine Absicht erkannte, zog er das Kästchen aus seiner Brusttasche und reichte es mir mit den Worten: ‚Mein Sohn, wenn du wirklich dies Salbenkästchen haben willst, so gebe ich es dir aus freiem Willen; aber zuvor geziemt es sich, daß du die

Kraft der Salbe erfährst, die es enthält.' Als ich diese Worte
vernahm, sprach ich: ‚Sintemal du mir all diese Güte erwiesen
hast, so bitte ich dich herzlich, erzähle mir von dieser Salbe
und sage mir, welche Eigenschaften sie besitzt!' Da sagte er:
‚Die Wunderkräfte dieser Salbe sind über die Maßen merkwürdig und seltsam. Wenn du dein linkes Auge schließest und
nur ein klein wenig von dieser Salbe aufs Lid reibst, so werden
alle Schätze der Welt, die jetzt deinem Blick verborgen sind,
sichtbar werden; wenn du aber ein wenig davon auf dein
rechtes Auge reibst, so wirst du alsbald auf beiden Augen
stockblind.' Da gedachte ich diese Wundersalbe auf die Probe
zu stellen, und ich legte das Kästchen in seine Hand mit den
Worten: ‚Ich sehe, du verstehst dies Ding aus dem Grunde;
darum bitte ich dich jetzt, tu mir mit eigener Hand etwas von
der Salbe auf mein linkes Augenlid!' Darauf drückte der Derwisch mein linkes Auge zu und rieb mit seinem Finger ein
wenig von der Salbe auf das Lid; als ich es aber wieder aufschlug und umherschaute, sah ich die verborgenen Schätze der
Erde in zahllosen Mengen, genau so, wie der fromme Mann es
mir gesagt hatte. Dann schloß ich mein rechtes Auge und bat
ihn, auch auf dies Auge ein wenig von der Salbe zu tun. Doch
er sagte: ‚Mein Sohn, ich habe dich davor gewarnt, daß du
auf beiden Augen stockblind wirst, wenn ich die Salbe auf
dein rechtes Augenlid reibe. Tu diesen törichten Gedanken
weit von dir! Warum solltest du dies Unheil nutzlos über dich
bringen?' Er sprach wirklich die Wahrheit; aber mein ver-
ruchtes Mißgeschick wollte es, daß ich seiner Worte nicht
achtete, sondern mir im Geist überlegte: ‚Wenn das Bestreichen meines linken Augenlids mit der Salbe schon eine solche
Wirkung hervorgerufen hat, so wird sicherlich der Erfolg
noch viel wunderbarer sein, sobald sie auf das rechte Auge ge-

rieben wird. Dieser Bursche hintergeht mich und verbirgt
mir die Wahrheit des Ganzen.' Nachdem ich in meinem Sinne
diesen Entschluß gefaßt hatte, lachte ich und sprach zu dem
Heiligen: ,Du täuschest mich in der Absicht, daß ich von dem
Geheimnis keinen Nutzen haben soll; denn das Bestreichen
des rechten Augenlids mit der Salbe birgt eine noch größere
Kraft in sich, als wenn man sie auf das linke Augenlid tut, und
du willst mir die Sache verheimlichen. Es ist doch nicht möglich, daß dieselbe Salbe so gegensätzliche Eigenschaften, so
verschiedenartige Kräfte hat.' Darauf erwiderte der andere:
,Allah der Erhabene ist mein Zeuge, daß die Wunderkräfte
der Salbe keine anderen sind als diese, von denen ich dir gesagt habe! Mein lieber Freund, habe Vertrauen zu mir; denn
ich habe dir nur gesagt, was die reine Wahrheit ist!' Dennoch
wollte ich seinen Worten nicht glauben, da ich dachte, er
täusche mich und halte die Hauptkraft der Salbe vor mir geheim. Von diesem törichten Gedanken erfüllt, drängte ich ihn
also in stürmischer Weise und bat ihn, die Salbe auf mein rechtes Augenlid zu streichen; er weigerte sich aber immer noch
und sprach: ,Du siehst doch, wieviel Gunst ich dir erwiesen
habe; wie könnte ich dir nun ein so arges Unheil antun? Wisse,
es ist sicher, daß es dir lebenslanges Leid und Elend bringen
würde; und ich bitte dich flehentlich, bei Allah dem Erhabenen, gib diese deine Absicht auf und glaube meinen Worten!'
Allein, je mehr er sich weigerte, desto hartnäckiger ward ich;
und schließlich schwor ich einen Eid bei Allah, indem ich rief:
,O Derwisch, alles, was ich von dir erbeten habe, das hast du
mir freiwillig gegeben; und jetzt habe ich nur noch diese eine
Bitte an dich. Um Allahs willen, widersprich mir nicht, gewähre mir diese letzte deiner Wohltaten! Und was mir auch
widerfahren mag, ich will dich nicht dafür verantwortlich

machen. Laß das Geschick entscheiden, zum Guten oder zum Schlimmen!' Als nun der Heilige sah, daß seine Weigerung nichts fruchtete und daß ich ihn mit äußerster Beharrlichkeit drängte, tat er ein ganz klein wenig von der Salbe auf mein rechtes Lid, und als ich meine Augen weit öffnete, da waren beide wirklich stockblind! Nichts konnte ich sehen wegen der schwarzen Dunkelheit, die vor ihnen lag, und seit jenem Tage bin ich ohne Augenlicht und hilflos, wie du mich antrafst. Als ich erkannte, daß ich geblendet war, rief ich: ,O du Unglücksderwisch, was du vorausgesagt hast, ist jetzt eingetroffen!' Und ich begann ihm zu fluchen, indem ich rief: ,Wollte der Himmel, du hättest mich nie zu dem Schatz geführt und mir nie solchen Reichtum gegeben! Was nützt mir nun all dies Gold und Edelgestein? Nimm deine vierzig Kamele zurück und mache mich wieder sehend!' Doch er gab zur Antwort: ,Was habe ich dir Böses getan? Ich habe dir mehr Wohltaten erwiesen, als je ein Mensch einem anderen hat zuteil werden lassen. Du wolltest nicht auf meinen Rat hören, sondern verhärtetest dein Herz und wolltest in deiner Gier alle diese Reichtümer gewinnen und auch noch die verborgenen Schätze der Erde erspähen. Du wolltest dich mit dem, was du hattest, nicht zufrieden geben, und du zweifeltest an meinen Worten, da du dachtest, ich hintergehe dich. Dein Geschick ist ganz hoffnungslos, denn du wirst dein Augenlicht nie und nimmer wiedergewinnen.' Darauf sagte ich unter Tränen und Klagen: ,O frommer Mann, nimm deine achtzig Kamele, beladen mit Gold und Edelgestein, wieder an dich und zieh deiner Wege! Ich spreche dich von aller Schuld frei; doch ich bitte dich flehentlich bei Allah dem Erhabenen, gib mir mein Augenlicht wieder, so du es vermagst!' Er gab mir keine Antwort mehr, sondern ließ mich mit meinem Elend allein und machte sich alsbald auf den Weg nach Basra, indem er die achtzig mit Schätzen beladenen Kamele vor sich her trieb. Ich schrie laut und flehte ihn an, mich mit sich zu nehmen, fort aus der todbringenden Einöde, oder mich auf den Weg einer Karawane zu bringen; doch er achtete nicht auf meine Rufe und ließ mich dort zurück. Als nun der Derwisch von mir fortgezogen war, wäre ich fast gestorben vor Gram und Wut über den Verlust meines Augenlichtes und meiner Schätze und vor den Qualen des Durstes und des Hungers. Am nächsten Tage kam zum Glück eine Karawane aus Basra dort vorbei, und da die Kaufleute mich in solch traurigem Zustande sahen, hatten sie Mitleid mit mir und nahmen mich mit nach Baghdad. Ich konnte nichts anderes mehr tun, als mir mein Brot erbetteln, um mein Leben zu fristen; so wurde ich ein Bettler und tat dies Gelübde vor Allah dem Erhabenen, daß ich zur Strafe für meine unselige Gier und verruchte Habsucht von jedem, der Mitleid mit meiner Not hätte und mir ein Almosen geben würde, einen Backenstreich erbitten wollte. Daher kam es, daß ich dich gestern mit solcher Hartnäckigkeit bedrängte.'

Als der Blinde seine Geschichte beendet hatte, sprach der Kalif: ,Baba Abdullah, dein Vergehen war schwer; möge Allah dir darum gnädig sein! Jetzt bleibt dir nichts mehr übrig, als daß du dein Schicksal den Frommen und Einsiedlern erzählst, auf daß sie für dich ihre fruchtenden Fürbitten emporsenden. Mach dir keine Sorgen um dein täglich Brot; ich habe beschlossen, daß du für deinen Lebensunterhalt eine Spende von vier Dirhems täglich aus meinem königlichen Schatzhause erhalten sollst, wie du sie nötig hast, solange du lebst. Hüte dich aber, hinfort noch in meiner Stadt Almosen heischend umherzugehen!' Da sagte Baba Abdullah dem Beherrscher der Gläubigen Dank und sprach: ‚Ich will nach deinem Geheiß tun.‘

Nachdem nun der Kalif Harûn er-Raschîd die Geschichte von Baba Abdullah und dem Derwisch gehört hatte, wandte er sich mit seiner Rede an den jungen Mann, den er gesehen hatte, wie er in rasender Eile auf der Stute ritt und sie grausam peitschte und quälte. ‚Wie heißt du?‘ fragte er; und der Jüngling antwortete, indem er die Stirn senkte: ‚O Beherrscher der Gläubigen, mein Name ist Sîdi Nu'mân.‘ Dann fuhr der Kalif fort: ‚Höre einmal, Sîdi Nu'mân! Oft habe ich Reitersleuten zugeschaut, wie sie ihre Rosse übten; und ich habe selbst manchmal desgleichen getan. Aber nie habe ich einen gesehen, der so unbarmherzig ritt wie du auf deiner Stute; denn du gebrauchtest zugleich die Peitsche und das Steigbügeleisen[1] in der grausamsten Weise. Alles Volk stand da und starrte voll Staunen, vor allem aber ich, der ich wider meinen Willen gezwungen war, stehen zu bleiben und die Zuschauer nach dem Grunde zu fragen. Freilich konnte niemand mir die Sache aufklären; alle Leute sagten, du pflegtest jeden Tag die Stute in dieser schauerlich rohen Weise zu reiten, so daß ich mich nur noch mehr wunderte. Jetzt frage ich dich nach dem Grunde dieser unbarmherzigen Grausamkeit; gib acht, daß du mir alles erzählst und nichts verheimlichst!‘ Als Sîdi Nu'mân den Befehl des Beherrschers der Gläubigen vernahm, wußte er, daß der Herrscher fest entschlossen war, alles zu hören, und daß er ihn sicher nicht eher gehen lassen würde, als bis alles erklärt wäre. Deshalb ward die Farbe seines Antlitzes bleich, und er stand sprachlos da, einer Bildsäule gleich, voll Furcht

---

1. Im Orient hat man Steigbügel, deren unterer Teil aus einer etwas gebogenen Eisenplatte mit scharfen Kanten besteht; diese gebraucht man zugleich als Sporen.

und Angst. Doch der Beherrscher der Gläubigen sprach: ‚Sîdi Nu'mân, fürchte dich nicht, sondern erzähle mir deine ganze Geschichte! Schau mich an, als wäre ich einer deiner Freunde, und sprich ohne Rückhalt; erkläre mir alles ganz genau so, wie du es tun würdest, wenn du zu deinen vertrauten Freunden sprächest! Überdies, solltest du fürchten, mir irgend etwas anzuvertrauen, und vor meinem Zorn bangen, so gewähr ich dir Straflosigkeit und volle Vergebung.‘ Bei diesen tröstenden Worten des Kalifen faßte Sîdi Nu'mân sich Mut und antwortete, indem er die Arme kreuzte: ‚Ich hoffe, daß ich in dieser Sache nichts getan habe, was dem Gesetz und dem Brauch deiner Hoheit zuwiderläuft, und dann will ich gern deinem Geheiß gehorchen und dir meine ganze Geschichte erzählen. Wenn ich mich in irgend etwas vergangen habe, so will ich deiner Strafe schuldig sein. Es ist wahr, ich habe jeden Tag die Stute geritten und sie in größter Eile um den Platz gejagt, wie du es mich tun sahst; und ich peitschte sie und bohrte ihr die Steigbügel mit aller Macht in die Flanken. Du hattest Mitleid mit der Stute und hieltest mich für hartherzig, weil ich sie so behandelte; aber wenn du mein ganzes Erlebnis gehört hast, dann wirst du, so Allah will, zugeben, daß dies nur eine ganz geringe Strafe für ihr Vergehen ist, und daß nicht ihr, sondern mir dein Mitleid und deine Gnade gebühren.‘ Darauf gab der Kalif Harûn er-Raschîd dem Jüngling die Erlaubnis, zu sprechen; und der Reiter der Stute begann in diesen Worten

O Herr der Wohltat und des Wohlwollens, meine Eltern waren so reich an Hab und Gut, daß sie ihrem Sohne, als sie starben, reichliche Mittel für seinen lebenslänglichen Unterhalt hinterließen und er seine Tage gleich einem Großen des Landes sorgenlos in Genuß und Freude hinbringen konnte. Ich nun, ihr einziges Kind, brauchte mich um nichts zu kümmern und zu sorgen, bis ich eines Tages in der Blüte meines Mannesalters mich entschloß, mir eine Frau zu nehmen, eine Maid von munterem Wesen und holdselig anzuschauen, auf daß wir in gegenseitiger Liebe und doppeltem Glück miteinander leben könnten. Doch Allah der Erhabene wollte es nicht, daß eine vorbildliche Gehilfin die meine würde; ach nein, das Schicksal vermählte mich dem Gram und dem schwersten Elend. Ich freite eine Jungfrau, die nach ihrer äußeren Gestalt und ihren Zügen ein Vorbild von Schönheit und Lieblichkeit war, aber keine einzige liebreiche Gabe des Gemüts und der Seele besaß; und schon am zweiten Tage nach der Hochzeit begann ihre schlechte Natur sich zu zeigen. Du weißt ja, o Beherrscher der Gläubigen, daß nach unserer muslimischen Sitte niemand das Antlitz seiner Braut vor Abschluß der Eheurkunde sehen darf, noch auch nach der Hochzeit sich beklagen darf, wenn es sich zeigt, daß seine junge Gattin ein Zankteufel oder ein Scheusal ist; er muß durchaus bei ihr ausharren, so gut er es vermag, und muß seinem Schicksal dankbar sein, mag es gut oder schlimm sein.[1] Als ich das Antlitz meiner jungen Gattin zum ersten Male sah und erkannte, daß es über die

1. In diesen Sätzen zeigt sich der europäische Bearbeiter (Galland); ein Muslim hätte von sich aus anders gesprochen. Ähnliche Stellen finden sich mehrfach in diesen Geschichten.

Maßen schön war, freute ich mich gar sehr und dankte Allah dem Erhabenen, daß er mir eine so liebliche Gefährtin geschenkt hatte. In jener Nacht ruhte ich bei ihr in Freude und Liebeswonne; doch am nächsten Tage, als das Mittagsmahl für uns beide ausgebreitet war, fand ich sie nicht an der Tafel, und darum sandte ich nach ihr; nach einiger Zeit kam sie und setzte sich nieder. Ich verbarg mein Mißbehagen und unterließ es, wegen dieses Zuspätkommens etwas an ihr auszusetzen; doch dazu hatte ich bald reichlichen Grund. Es traf sich, daß unter den vielen Speisen, die für uns aufgetragen waren, sich auch ein vortrefflicher Pilaw[1] befand; ich begann von ihm nach der Sitte unserer Stadt mit einem Löffel zu essen, sie aber zog statt dessen einen Ohrlöffel aus ihrer Tasche und fing an, mit diesem den Reis aufzupicken, und sie aß ihn Korn für Korn. Als ich dies sonderbare Tun sah, war ich sehr erstaunt, und obwohl ich innerlich vor Zorn tobte, sagte ich in sanftem Ton: ,Meine liebe Âmina, was ist das für eine Art zu essen? Hast du das von den Deinen gelernt, oder zählst du die Reiskörner, um hernach ein kräftiges Mahl einzunehmen? Du hast in dieser ganzen Zeit nur zehn bis zwanzig Körner gegessen. Oder vielleicht willst du Sparsamkeit üben? Wenn dem so ist, möchte ich dir zu wissen tun, daß Allah der Erhabene mir überreiches Gut beschert hat; sorge dich also darum nicht! Nein, mein Liebling, tu, wie alle tun, und iß, wie du deinen Gatten essen siehst!' Ich war töricht genug, zu glauben, sie würde sicher einige Worte des Dankes an mich richten, aber sie sagte keine einzige Silbe und ließ auch nicht ab, Korn für Korn aufzupicken; ja, noch mehr, sie machte, um mich zu größerem Zorn zu reizen, zwischen je zweien eine lange Pause. Als nun der

1. Das bekannte persisch-türkische Gericht aus körnigem Reis, der mit Butter übergossen wird.

260

nächste Gang kam, der aus Kuchen bestand, brach sie lässig
etwas von dem Backwerk und warf sich ein oder zwei Krumen
in den Mund; sie aß in der Tat weniger, als was den Magen
eines Sperlings hätte sättigen können. Ich staunte sehr, als ich
sie so hartnäckig und eigensinnig fand; doch ich sprach bei mir
in meiner Harmlosigkeit: ‚Vielleicht ist sie es nicht gewohnt,
mit Männern zu essen, und vor allem mag sie zu schüchtern
sein, um in Gegenwart ihres Gatten herzhaft zu essen; sie wird
mit der Zeit tun, wie andere Leute tun.' Ich dachte mir auch,
daß sie vielleicht schon gefrühstückt und so die Eßlust verloren
hätte, oder es möchte überhaupt ihre Gewohnheit gewesen
sein, allein zu essen. Deshalb sagte ich nichts und ging nach der
Mahlzeit hinaus, um frische Luft zu schöpfen und mich im
Speerspiel zu Pferde zu üben; und ich dachte nicht mehr an
die Sache. Als wir aber wiederum zu Tische saßen, aß meine
Gattin in derselben Weise wie zuvor; ja, sie beharrte immer in
ihrer unsinnigen Torheit. Deshalb ward ich in meinem Geiste
sehr unruhig, und ich wunderte mich, wie sie ohne Nahrung
am Leben bleiben konnte. Eines Nachts jedoch geschah es, daß
sie in dem Glauben, ich sei in tiefem Schlafe, sich heimlich von
meiner Seite erhob, während ich ganz wach war; und ich sah,
wie sie vorsichtig aus dem Bette stieg, als fürchtete sie, mich
zu stören. Ich wunderte mich über die Maßen, weshalb sie sich
so aus dem Schlafe erhob und mich verließ; und ich war entschlossen, die Sache zu untersuchen. Deshalb stellte ich mich
auch weiterhin schlafend und schnarchte; doch ich beobachtete sie, während ich dalag, und ich sah, wie sie rasch ihre Kleider anlegte und das Zimmer verließ. Dann sprang ich vom
Bett herab, warf mein Gewand um, hängte mein Schwert über
die Schulter und schaute aus dem Fenster, um zu sehen, wohin
sie ginge. Alsbald schlich sie über den Hof, öffnete die Tür zur

Straße und eilte fort; auch ich lief durch das Tor, das sie offen gelassen hatte, und folgte ihr beim Schein des Mondes, bis sie auf einen Friedhof ging, der nah bei unserem Hause lag. Als ich sah, wie Âmina, meine junge Gattin, den Friedhof betrat, blieb ich draußen stehen, und zwar dicht an der Mauer, über die ich hinübersehen konnte, so daß ich imstande war, sie genau zu beobachten, während sie mich nicht zu entdecken vermochte. Und was mußte ich nun erblicken? Âmina saß da mit einem Ghûl! Deine Hoheit weiß recht wohl, daß die Ghûle zum Geschlecht der bösen Geister gehören; sie sind ja unsaubere Dämonen, die in Ruinen hausen und einsame Wanderer erschrecken und manchmal packen, um ihr Fleisch zu fressen; und wenn sie bei Tage keinen Wanderer finden, den sie fressen können, so gehen sie bei Nacht auf die Friedhöfe, graben Leichen aus und verschlingen sie.[1] So war ich denn gar sehr erstaunt und erschrocken, wie ich meine Gattin dort mit einem Ghûl sitzen sah. Dann gruben die beiden einen Leichnam, der vor kurzem beigesetzt war, aus dem Grabe aus, und der Ghûl und meine Frau Âmina rissen Stücke vom Fleisch ab und aßen sie; dabei war sie guter Dinge und plauderte mit ihrem Genossen; weil ich aber in einiger Entfernung stand, konnte ich nicht verstehen, was sie sagten. Bei diesem Anblick zitterte ich vor grausem Entsetzen. Und als sie zu essen aufhörten, warfen sie die Knochen in die Grube und häuften die Erde wieder darüber, so wie sie zuvor gewesen war. Bei dieser scheußlichen und ekelhaften Arbeit verließ ich sie und eilte nach Hause; die Tür zur Straße ließ ich halb offen, wie meine Gattin es getan hatte, und begab mich in mein Gemach; dort warf ich mich auf

1. Für einen arabisch sprechenden Muslim ist diese Erklärung unnötig; vgl. oben Seite 259, Anmerkung. Der Glaube an dämonische Wesen, die Leichen verzehren, ist weit verbreitet.

unser Bett nieder und stellte mich schlafend. Bald darauf kam Âmina und legte sich, nachdem sie ihre Kleider abgetan hatte, ruhig an meine Seite; und ich erkannte an ihrem Wesen, daß sie mich nicht gesehen hatte, noch auch ahnte, daß ich ihr zu dem Friedhof gefolgt war. Das beruhigte mich sehr, obschon mir davor ekelte, im Bette neben einem Weibe zu ruhen, das Menschen und Leichen fraß; dennoch lag ich still, trotz meinem großen Abscheu, bis der Muezzin zum Frühgebete rief; dann stand ich auf, nahm die religiöse Waschung vor und brach zur Moschee auf. Als ich dort meine Gebete gesprochen und meine Andachtspflichten erfüllt hatte, streifte ich in den Gärten umher, und nachdem ich während dieser Wanderung mir das Ganze im Geiste überlegt hatte, kam ich zu der Überzeugung, daß es mir geziemte, meine Gattin aus so übler Gesellschaft zu reißen und sie von der Gewohnheit, Leichen zu verzehren, abzubringen. In diesem Gedanken kam ich zur Essenszeit nach Hause, und als Âmina mich heimkehren sah, befahl sie den Dienern, das Mittagsmahl aufzutragen. Wir beide setzten uns zu Tisch; aber wie zuvor begann sie den Reis Korn für Korn aufzupicken. Darauf sagte ich zu ihr: ‚Liebe Frau, es verdrießt mich sehr, zu sehen, wie du jedes Korn gleich einer Henne aufpickst. Wenn dies Gericht deinem Geschmack nicht zusagt, so sieh, wir haben doch durch Allahs Gnade und des Allmächtigen Güte alle Arten von Speisen vor uns. Iß von dem, was dir am besten gefällt! Jeden Tag ist der Tisch mit Speisen von mancherlei Art bedeckt; und wenn diese dir nicht gefallen, so brauchst du nur die Speise zu befehlen, nach der deine Seele verlangt. Doch möchte ich eine Frage an dich richten: Ist denn auf dem Tische kein Gericht so nahrhaft und schmackhaft wie Menschenfleisch, so daß du alle Speisen zurückweisest, die dir vorgesetzt werden?' Ehe ich noch meine Worte beendet hatte, war meine Frau überzeugt, daß ich um ihr nächtliches Abenteuer wußte. Und sofort geriet sie in die höchste Wut; ihr Gesicht ward rot wie Feuer, ihre Augäpfel traten aus ihren Höhlen hervor, und der Schaum kam ihr aus dem Munde in ihrer wilden Raserei. Als ich sie in diesem Zustande sah, erschrak ich, und meine Sinne und mein Verstand verließen mich vor lauter Entsetzen. Sie aber nahm in ihrer rasenden Leidenschaft eine Schale mit Wasser, die neben ihr stand, tauchte ihre Finger hinein und murmelte einige Worte, die ich nicht verstehen konnte; dann sprengte sie einige Tropfen auf mich und rief: ‚Verruchter, der du bist! Für diese deine Frechheit und Verräterei sollst du auf der Stelle in einen Hund verwandelt werden.‘ Sofort war ich verzaubert, und sie ergriff einen Stab und begann, mich damit so unbarmherzig zu schlagen, daß sie mich dem Tode nahe brachte. Ich lief von Zimmer zu Zimmer umher, aber sie verfolgte mich mit dem Stab und hieb mit aller Macht und Kraft unaufhörlich auf mich ein, bis sie fast erschöpft war. Schließlich stieß sie die Tür zur Straße halb auf, und ich lief dorthin, um mein Leben zu retten; da wollte sie die Tür mit Gewalt zuschlagen, um mir die Seele aus dem Leibe zu pressen. Doch ich erkannte ihre Absicht und vereitelte sie; freilich mußte ich die Spitze meines Schwanzes zurücklassen. Da heulte ich jämmerlich, doch ich entrann weiteren Schlägen und hielt mich noch für glücklich, daß ich ihr ohne gebrochene Knochen entkam. Als ich nun auf der Straße stand, immer noch winselnd und von Schmerz gequält, stürzten sich sofort die Hunde des Stadtviertels, da sie einen fremden Hund erblickten, bellend und beißend auf mich; und ich lief, den Schwanz zwischen den Beinen, den Marktplatz entlang und rannte in den Laden eines Mannes, der Köpfe und Füße von Schafen und Ziegen verkaufte; dort kroch ich weiter und verbarg mich in einem dunklen Winkel. Der Ladenbesitzer hatte zwar Gewissensbedenken, da er alle Hunde für unrein hielt, aber er hatte doch Mitleid mit meiner erbärmlichen Lage, und er trieb die kläffenden und zähnefletschenden Köter fort, die mir in den Laden folgen wollten. So war ich nun der Todesgefahr entronnen und verbrachte die ganze Nacht in meinem Winkel verborgen. Früh am nächsten Morgen ging der Fleischer aus, um seine gewohnte Ware einzukaufen, Köpfe und Füße von Schafen; und als er mit einem großen Vorrat davon zurückkam, begann er sie in dem Laden zum Verkauf auszulegen. Wie ich nun ein ganzes Rudel von Hunden, die durch den Fleischgeruch angelockt waren, sich dort versammeln sah, schloß ich mich ihnen an. Der Ladenbesitzer aber, der mich unter den zottigen Kötern erblickte, sprach bei sich: ‚Dieser Hund hat nichts gefressen seit gestern, als er hungrig kläffend in meinen Laden lief und sich dort versteckte.‘ Dann warf er mir ein ziemlich großes Stück Fleisch zu, doch ich verschmähte es und lief zu ihm hin und wedelte mit dem Schwanz, damit er erkennen sollte, daß ich bei ihm zu bleiben und durch seinen Laden beschützt zu werden wünschte; er glaubte jedoch, ich hätte mich schon satt gefressen, und ergriff einen Stab, drohte mir und jagte mich von dannen. Als ich einsah, daß der Fleischer sich nicht mehr um mich kümmern wollte, trabte ich fort, und indem ich hierhin und dorthin lief, kam ich alsbald zu einer Bäckerei und blieb vor der Tür stehen, durch die ich den Bäcker beim Frühstück sitzen sah. Obgleich ich nicht zu erkennen gab, daß ich etwas zu fressen begehrte, warf er mir doch ein Stück Brot zu; anstatt es aber aufzuschnappen und gierig zu verschlingen, wie es die Art aller Hunde ist, der vornehmen und der geringen, lief ich damit auf ihn zu, schaute ihm ins Gesicht und wedelte mit dem Schwanz, um meinen

Dank zu zeigen. Er freute sich über mein wohlerzogenes Benehmen und lächelte mich an; darauf begann ich, obwohl ich ganz und gar nicht hungrig war, nur ihm zu Gefallen das Brot zu essen, Bissen für Bissen, langsam und gemächlich, um meine Achtung zu zeigen. Da hatte er noch mehr Freude an meinem Benehmen und wünschte mich in seinem Laden zu behalten; wie ich seine Absicht bemerkte, setzte ich mich an der Tür nieder und blickte ihn aufmerksam an, und dadurch erkannte er, daß ich von ihm nur seinen Schutz begehrte. Darauf streichelte er mich und nahm mich in seine Obhut und behielt mich als Wächter für seinen Laden; ich wollte aber nicht eher sein Haus betreten, als bis er mir vorangegangen war; er zeigte mir auch, wo ich des Nachts liegen sollte, und fütterte mich gut bei jeder Mahlzeit und behandelte mich mit aller Freundlichkeit. Ich meinerseits pflegte jede seiner Bewegungen zu beobachten und legte mich stets nieder oder stand auf, wie er es mir befahl; und wenn er seine Wohnung verließ, jedesmal wenn er irgendeinen Gang machte, nahm er mich mit sich. Wenn er je ausging, während ich schlief, und er mich nicht fand, so stand er draußen auf der Straße still und rief mich laut: ‚Bacht! Bacht!‘[1]; denn diesen Glücksnamen hatte er mir gegeben. Sobald ich ihn hörte, eilte ich hinaus und sprang lustig vor der Tür; und wenn er ausging, um frische Luft zu schöpfen, so lief ich neben ihm her, und bald sprang ich voraus, bald folgte ich ihm, und immer blickte ich ihm von Zeit zu Zeit ins Gesicht. So verging einige Zeit, während deren ich bei ihm in allem Behagen lebte. Eines Tages aber begab es sich, daß eine Frau zu der Bäckerei kam, um sich Brot zu kaufen, und dem Bäcker einige Dirhems in Zahlung gab, von denen einer schlechte Münze war, während die anderen gut waren. Mein Herr prüfte all die Silber-

1. Persisch = Glück.

stücke, und als er das falsche Geldstück erkannte, gab er es zurück und verlangte einen echten Dirhem dafür; die Frau aber fing an zu zanken und wollte es nicht zurücknehmen, sondern schwor, er sei echt. Der Bäcker sagte: ‚Dieser Dirhem ist ohne allen Zweifel wertlos; sieh meinen Hund dort, er ist zwar nur ein Tier, aber paß auf, er wird dir sagen, ob dies ein echtes oder ein falsches Silberstück ist.‘ Dann rief er mich bei meinem Namen: ‚Bacht! Bacht!‘, und alsbald sprang ich auf und lief zu ihm hin; und er warf all die Silberstücke vor mich auf den Boden, indem er rief: ‚Da, sieh dir diese Dirhems an, und wenn eine falsche Münze unter ihnen ist, so lege sie abseits von all den anderen!‘ Ich schaute die Silberstücke an, eins nach dem andern, und fand das unechte; darauf schob ich es auf eine Seite und all die übrigen auf die andere, legte meine Pfote auf das falsche Silberstück und wedelte mit meinem Schwanzstumpfe, indem ich meinen Herrn ansah. Der Bäcker war über meinen Scharfsinn entzückt; und die Frau ihrerseits, höchlichst erstaunt über das, was geschehen war, nahm den falschen Dirhem zurück und zahlte einen echten an seiner Statt. Nachdem die Käuferin sich entfernt hatte, rief mein Herr seine Nachbarn und Gevattern zusammen und erzählte ihnen dies Begebnis; da warfen sie denn gute und falsche Münzen vor mich auf den Boden, damit ich sie anschaute und sie mit eignen Augen sähen, ob ich so klug wäre, wie mein Herr von mir behauptete. Viele Male nacheinander suchte ich das falsche Geldstück unter den echten heraus und setzte meine Pfote darauf, ohne mich ein einziges Mal zu versehen. Da gingen alle erstaunt von dannen und erzählten die Geschichte jedem einzelnen, den sie sahen; und so verbreitete sich die Kunde von mir überall in der Stadt. Jenen ganzen Tag verbrachte ich damit, daß ich echte und falsche Dirhems auseinander las. Und von jenem

Tage an hielt der Bäcker mich noch höher in Ehren, und all seine Freunde und Bekannten sagten scherzend: ‚In dem Hunde da hast du wirklich einen ganz ausgezeichneten Geldwechsler!‘ Und manche beneideten meinen Herrn um das Glück, daß er mich in dem Laden hatte, und versuchten oft, mich fortzulocken, aber der Bäcker behielt mich bei sich und wollte nie dulden, daß ich von seiner Seite wich; denn mein Ruhm brachte ihm eine Schar Kunden von aus allen Teilen der Stadt, selbst aus den fernsten. Wenige Tage darauf kam eine andere Frau, um Brot in unserem Laden zu kaufen, und sie zahlte dem Bäcker sechs Dirhems, von denen einer wertlos war. Mein Herr reichte sie mir, um sie zu proben und zu prüfen, und alsbald nahm ich das falsche Stück heraus; dann legte ich meine Pfote darauf und blickte der Frau ins Gesicht. Dadurch wurde sie verwirrt, und sie gestand, daß es gefälscht war, und lobte mich, weil ich es entdeckt hatte; als sie nun fortging, machte mir eben diese Frau Zeichen, ich sollte ihr folgen, ohne daß der Bäcker darum wüßte. Ich hatte inzwischen unaufhörlich zu Allah gebetet, er möchte mir irgendwie meine menschliche Gestalt wiedergeben, und hatte immer gehofft, irgendein frommer Diener des Allmächtigen würde meinen jämmerlichen Zustand erkennen und mir Hilfe bringen. Wie also jene Frau sich noch einige Male umwandte und mich ansah, war ich in meinem Innersten überzeugt, daß sie wußte, wie es um mich stand; deshalb behielt ich sie im Auge, und als sie das sah, kam sie zurück, ehe sie noch viele Schritte getan hatte, und winkte mir, ihr zu folgen. Ich verstand ihr Zeichen, schlich mich von dem Bäcker fort, der damit beschäftigt war, den Ofen zu heizen, und folgte ihr auf den Fersen. Sie war über die Maßen froh, als sie sah, daß ich ihr gehorchte, und eilte schnurstracks mit mir nach Hause; nachdem wir dort eingetreten waren, verschloß sie die Tür und führte mich in ein Gemach, in dem eine schöne Jungfrau saß, mit gestickten Gewändern bekleidet, und nach ihren Zügen hielt ich sie für die Tochter der guten Frau. Diese Maid nun war in allen Zauberkünsten bewandert, und also sprach die Mutter zu ihr: ‚Liebe Tochter, hier ist ein Hund, der falsche Dirhems von echten unterscheiden kann. Schon als ich zum ersten Male von diesem Wunder hörte, dachte ich mir, dies Tierchen müßte ein Mensch sein, den irgendein gemeiner und grausamer Wicht in einen Hund verwandelt habe. Deshalb beschloß ich heute, mir dies Tier anzusehen und es auf die Probe zu stellen, wenn ich Brot in dem Laden jenes Bäckers kaufte, und siehe da, es hat sich aufs schönste bewährt und Probe und Prüfung bestanden. Sieh dir diesen Hund genau an, liebe Tochter, und schau, ob er wirklich ein Tier ist oder ein Mensch, der durch Zauberkunst in ein Tier verwandelt ist!‘ Die junge Dame, die ihr Gesicht verschleiert hatte[1], schaute mich darauf genau an und rief alsbald: ‚Liebe Mutter, es ist, wie du sagst, und ich will es dir sogleich beweisen.‘ Dann erhob sie sich von ihrem Sitze, nahm ein Becken mit Wasser, und nachdem sie ihre Hand eingetaucht hatte, sprengte sie einige Tropfen auf mich, indem sie sprach: ‚Wenn du als Hund geboren bist, so bleibe ein Hund! Bist du aber als Mensch geboren, so nimm denn durch die Kraft dieses Wassers deine menschliche Form und Gestalt wieder an!‘ Im selben Augenblick verwandelte ich mich aus der Gestalt eines Hundes wieder in ein menschliches Wesen, und ich fiel der Jungfrau zu Füßen und küßte den Boden vor ihr, um ihr zu danken. Dann küßte ich den Saum ihres Gewandes und rief: ‚Meine Gebieterin, du bist über die Maßen gütig gewesen

1. Dies tut sie, um nicht von einem fremden Manne angeschaut zu werden; vgl. Band I, Seite 38.

gegen einen Fremden, der dir ganz unbekannt war. Wie kann ich Worte finden, um dir zu danken und dich zu segnen, wie du es verdienst? Sage mir jetzt, ich bitte dich, wie und wodurch ich dir meine Dankbarkeit beweisen kann! Von heute an bin ich dir für deine Güte verpflichtet und bin dein Sklave geworden.' Dann erzählte ich ihr meine ganze Geschichte und berichtete ihr auch von Âminas Bosheit und von den Missetaten, die sie an mir verübt hatte; und ich sprach ihrer Mutter geziemenden Dank aus dafür, daß sie mich in ihr Haus gebracht hatte. Nun sprach die Jungfrau zu mir: ‚Sîdi Nu'mân, ich bitte dich, spende mir nicht so überschwenglichen Dank; vielmehr bin ich selbst erfreut und dankbar, daß ich jemandem, der es so verdient wie du, diesen Dienst erweisen konnte. Ich bin lange Zeit mit deiner Frau Âmina vertraut gewesen, ehe du dich ihr vermähltest; ich wußte auch, daß sie in der Zauberei erfahren ist, und auch sie weiß um meine Kunst, da wir beide bei einer und derselben Meisterin der Geheimwissenschaft in der Lehre waren. Wir trafen uns manchmal als Freundinnen im Badehaus; aber da sie von üblem Wesen und von übler Art war, so lehnte ich es ab, noch weiter mit ihr zu verkehren. Glaube nicht, daß es mir genügt, wenn ich dich deine Gestalt habe wiedergewinnen lassen, so wie sie ehedem war! Nein, wahrlich, ich muß auch gebührende Rache an ihr nehmen wegen des Bösen, das sie dir angetan hat. Und das will ich durch dich tun, so daß du Gewalt über sie gewinnst und in deinem eigenen Haus und Hof wieder Herr bist. Warte hier eine Weile, bis ich wiederkomme!' Mit diesen Worten trat die Jungfrau in ein anderes Gemach, während ich sitzen blieb und mit ihrer Mutter plauderte und ihre Vortrefflichkeit und Güte gegen mich rühmte. Die alte Dame erzählte mir auch von seltsamen und merkwürdigen Wundertaten, die ihre Tochter in reiner Absicht und mit erlaubten Mitteln verrichtet hatte, bis die Maid mit einer Kanne in der Hand zurückkam und sprach: ‚Sîdi Nu'mân, meine Zauberkunst sagt mir, daß Âmina zu dieser Stunde nicht zu Hause ist, aber bald dorthin zurückkehren wird. Seither verstellt sie sich vor den Dienern und heuchelt Kummer über die Trennung von dir; sie hat behauptet, du seiest, als du mit ihr zu Tische saßest, plötzlich aufgestanden und in irgendeiner wichtigen Angelegenheit fortgeeilt; dann sei plötzlich ein Hund durch die offene Tür hereingelaufen, und sie habe ihn mit einem Stock fortgejagt.' Darauf gab die Maid mir einen kleinen Krug voll von dem Wasser und fuhr fort: ‚Sîdi Nu'mân, geh nun zu deinem eigenen Hause und warte, indem du diesen Krug bei dir behältst, geduldig auf Âminas Rückkehr! Bald wird sie heimkehren, doch wenn sie dich sieht, wird sie sehr erschrecken und wird eilen, dir zu entkommen; aber ehe sie hinausgelangt, sprenge einige Tropfen aus diesem Becher auf sie und sprich diese Zauberformeln, die ich dich lehren will! Mehr brauche ich dir nicht zu sagen; du wirst mit eigenen Augen sehen, was dann geschehen wird.' Nachdem die junge Herrin also gesprochen hatte, lehrte sie mich Zauberformeln, die ich mir ganz fest in mein Gedächtnis einprägte, und danach nahm ich Abschied von beiden und sagte ihnen Lebewohl. Als ich mein Haus erreicht hatte, geschah alles genau so, wie die junge Zauberin mir gesagt hatte; ich hatte auch nur eine kurze Zeit im Hause zu warten, bis Âmina eintrat. Ich hielt den Krug in der Hand, und als sie mich erblickte, begann sie zu zittern und zu beben und wollte sogleich entrinnen; doch ich besprengte sie rasch mit einigen Tropfen und sprach die Zauberworte; da ward sie in eine Stute verwandelt, in ebenjenes Tier, das deine Hoheit gestern zu beachten geruhte. Ich war sehr ver wundert, als ich diese Verwandlung sah, ergriff aber die Stute an der Mähne, führte sie in den Stall und band sie mit einer Halfter fest. Dann überhäufte ich sie mit Vorwürfen wegen ihrer Bosheit und ihres gemeinen Tuns, und ich schlug sie mit einer Peitsche, bis mein Arm lahm ward. Und nun beschloß ich in meinem Herzen, sie jeden Tag in rasender Eile um den Platz zu jagen und ihr so die gerechte Strafe zuteil werden zu lassen.'

Da schwieg Sîdi Nu'mân still, nachdem er seine Geschichte zu Ende erzählt hatte; aber alsbald fuhr er fort: ‚O Beherrscher der Gläubigen, ich hoffe, du bist nicht ungehalten wegen dieses meines Tuns, ja, ich glaube, du würdest ein solches Weib noch härter strafen, als ich es tue.' Darauf küßte er den Saum von des Kalifen Gewand und schwieg wiederum; und als Harûn er-Raschîd erkannte, daß jener alles gesagt hatte, was er zu sagen hatte, rief er: ‚Wirklich und wahrhaftig, deine Geschichte ist über die Maßen seltsam und merkwürdig. Die Missetaten deiner Frau sind nicht zu entschuldigen, und deine Vergeltung deucht mich angemessen und gerecht zu sein. Doch ich möchte dich noch eins fragen: Wie lange willst du sie so züchtigen, und wie lange soll sie in Tiergestalt bleiben? Es wäre doch wohl besser, wenn du die junge Herrin aufsuchtest, durch deren Zauberkunst deine Frau verwandelt wurde, und sie bätest, ihr die menschliche Gestalt wiederzugeben. Und doch fürchte ich sehr, daß diese Zauberin, die Ghûla, wenn sie sich in die Gestalt einer Frau zurückverwandelt sieht und ihre Beschwörungen und Zaubereien wieder aufnimmt, dir vielleicht, wer weiß, mit einem noch größeren Unheil vergilt, als sie dir zuvor angetan hat, und daß du dann nicht imstande sein möchtest, diesem zu entrinnen.' So unterließ der Beherrscher der Gläubigen es denn, auf dieser Angelegenheit zu bestehen, wiewohl er von

Natur mild und barmherzig war; und indem er den dritten Mann anredete, den der Wesir vor ihn gebracht hatte, sprach er: ‚Als ich in demunddem Stadtteile umherging, wunderte ich mich, dein Haus zu sehen, so groß und prächtig ist es; und wie ich mich bei den Städtern erkundigte, antworteten mir alle insgesamt, daß der Palast jemandem – nämlich dir – gehöre, der Chawâdscha Hasan heiße. Sie fügten hinzu, du seiest ehedem über die Maßen arm und bedürftig gewesen, doch Allah der Erhabene habe dir reichere Mittel verliehen und dir jetzt Reichtum in solcher Fülle gesandt, daß du dir den herrlichsten Bau errichten konntest; ferner seiest du, obwohl du ein so fürstliches Haus und solchen Überfluß an Reichtum besäßest, doch nicht deines früheren Standes uneingedenk, und du verschwendest deinen Besitz nicht in schwelgerischem Leben, sondern mehrest ihn durch rechtmäßigen Handel. Die ganze Nachbarschaft spricht gut von dir, und nicht ein einziger von den Leuten hat etwas wider dich zu sagen; deshalb möchte ich jetzt von dir die Wahrheit über all diese Dinge erfahren und von deinen eigenen Lippen hören, wie du diesen Überfluß an Reichtum gewonnen hast. Ich habe dich vor mich berufen, damit ich durch eigenes Hören von all diesen Dingen sicher unterrichtet werde; drum fürchte dich nicht, mir deine ganze Geschichte zu erzählen; ich wünsche nichts von dir, als von diesem deinem Schicksal Kunde zu haben. Genieße du nach Herzenslust den Wohlstand, den Allah der Erhabene dir zu verleihen geruht hat, und laß deine Seele sich seiner freuen!‘ Also sprach der Kalif; und die huldreichen Worte beruhigten den Mann. Nun warf Chawâdscha Hasan sich vor dem Beherrscher der Gläubigen nieder, und nachdem er den Teppich zu Füßen des Thrones geküßt hatte, rief er: ‚O Beherrscher der Gläubigen, ich will dir getreulich Bericht erstatten von meinen Erlebnissen, und Allah der Erhabene sei mein Zeuge, daß ich nichts getan habe, was deinen Gesetzen und gerechten Geboten zuwider ist; denn dieser mein ganzer Reichtum kommt allein von der Gnade und Güte Allahs!' Darauf befahl Harûn er-Raschîd ihm von neuem, offen zu sprechen, und alsbald begann jener mit folgenden Worten

DIE GESCHICHTE

VON CHAWÂDSCHA HASAN EL-HABBÂL

O Herr des Wohltuns, gehorsam deinem königlichen Geheiß, will ich jetzt deine Hoheit davon unterrichten, durch welche Mittel und Wege das Schicksal mich mit solchem Reichtum beglückt hat; aber zuvor möchte ich, daß du etwas von zweien meiner Freunde vernimmst, die in Baghdad, der Stätte des Friedens, wohnen. Die beiden leben noch, und beide kennen die Geschichte, die dein Sklave dir jetzt erzählen will. Den einen nennen die Leute Sa'd, den anderen Sa'di. Sa'di war der Ansicht, daß ohne Reichtum niemand in dieser Welt glücklich und unabhängig sein könne; und ferner, daß ohne schwere Mühe und Arbeit und ohne Wachsamkeit und Weisheit es obendrein unmöglich sei, reich zu werden. Sa'd aber war anderer Meinung und behauptete, Wohlstand werde dem Menschen nur zuteil durch den Spruch des Schicksals und das Gebot des Glückes und Geschickes. Sa'd war ein armer Mann, aber Sa'di hatte viel Geld und Gut; doch zwischen ihnen entstand eine feste Freundschaft und eine herzliche Neigung zueinander. Sie pflegten auch nie über irgend etwas zu streiten, außer allein über dies: nämlich darüber, daß Sa'di sich nur auf Überlegung und Vorbedacht verließ, Sa'd aber auf das Verhängnis und des Menschen Los. Eines Tages begab es sich, daß

Sa'di, als sie beisammen saßen und wieder über die Frage plauderten, behauptete: ‚Das ist ein armer Mann, der entweder als Armer geboren ist und alle seine Tage in Bedürftigkeit und Mangel zubringt, oder der in Reichtum und Wohlstand geboren ist, aber alles, was er hat, in seinen Mannesjahren vergeudet und in arge Not gerät und dann nicht mehr die Kraft hat, seine Reichtümer wiederzugewinnen und durch seinen Verstand und Fleiß in Behaglichkeit zu leben.‘ Sa'd antwortete und sprach: ‚Weder Verstand noch Fleiß nützen einem irgend etwas, sondern allein das Schicksal macht es einem möglich, Reichtümer zu erwerben und zu bewahren. Elend und Mangel sind nur Zufälle, Überlegung ist nichts. Gar mancher Arme ist wohlhabend geworden durch die Gunst des Geschicks, und viele Reiche sind trotz ihrem Wissen und Wohlstand in Elend und an den Bettelstab geraten.‘ Da sagte Sa'di: ‚Du redest töricht. Aber wir wollen doch einmal die Sache richtig erproben und uns einen Handwerksmann suchen, der nur spärliche Mittel hat und von seinem täglichen Verdienst leben muß; den wollen wir mit Geld versehen, dann wird er ohne Zweifel sein Vermögen vermehren und in Ruhe und Behaglichkeit leben, und dann wirst du dich überzeugen, daß meine Worte wahr sind.‘ Als die beiden dann ihres Weges dahingingen, kamen sie durch die Gasse, in der mein Haus stand, und sahen, wie ich Seile drehte, ein Handwerk, das mein Vater und Großvater und viele Geschlechter vor mir ausgeübt hatten. Aus dem Zustande meines Hauses und meiner Kleidung schlossen sie, daß ich ein bedürftiger Mann war; so wies denn Sa'd seinen Gefährten auf mich hin und sprach: ‚Wenn du diese unsere Streitfrage durch einen Versuch erproben möchtest, so sieh den Mann dort! Er wohnt hier seit vielen Jahren, und durch sein Seilerhandwerk verdient er einen dürftigen Unterhalt für sich

und die Seinen. Ich kenne seine Lage sehr genau seit langer
Zeit; er ist der rechte Mann für den Versuch; drum gib ihm
einige Goldstücke und erprobe die Sache!' ,Recht gern,' erwiderte Sa'di, ,aber laß uns zuerst genauer mit ihm bekannt
werden!' So kamen denn die beiden Freunde auf mich zu, und
ich verließ meine Arbeit und grüßte sie. Sie erwiderten meinen Gruß, und darauf sagte Sa'di: ,Mit Verlaub, wie ist dein
Name?' Ich antwortete: ,Mein Name ist Hasan, aber wegen
meines Seilerhandwerks nennen mich alle Leute Hasan el-
Habbâl.' Weiter fragte Sa'di mich: ,Wie geht es dir bei diesem
Gewerbe? Mich deucht, du bist vergnügt und ganz mit ihm
zufrieden. Du hast lange und tüchtig gearbeitet, und ohne
Zweifel hast du eine große Menge Hanf und andere Vorräte
angehäuft. Deine Vorfahren haben dies Handwerk viele Jahre
schon betrieben und müssen dir viel Geld und Gut hinterlassen
haben, das du gut verwertet hast, und in dieser Weise hast du
deinen Besitz gewißlich sehr vermehrt.' Doch ich gab zur Antwort: ,Ach, hoher Herr, ich habe in meinem Beutel kein Geld,
von dem ich glücklich leben oder mir auch nur genug zu essen
kaufen könnte. Mit mir steht es so, daß ich jeden Tag von früh
bis spät damit verbringe, Seile zu machen, und ich habe keinen
einzigen Augenblick Zeit, um mich auszuruhen; dennoch fällt
es mir sehr schwer, nur das trockene Brot für mich und meine
Familie herbeizuschaffen. Ich habe eine Frau und fünf kleine
Kinder, die noch zu jung sind, um mir zu helfen, dies Gewerbe
zu betreiben; es ist aber keine leichte Sache, für ihre täglichen
Bedürfnisse zu sorgen; wie kannst du also glauben, ich wäre
imstande, einen großen Vorrat an Hanf und anderen Dingen
aufzuspeichern? Die Seile, die ich täglich drehe, verkaufe ich
sofort, und von dem Geld, das ich dafür erhalte, gebe ich einen
Teil für unsere Bedürfnisse aus, und für das übrige kaufe ich

Hanf, aus dem ich am nächsten Tage Seile drehe. Doch Allah der Erhabene sei gepriesen, daß Er uns trotz dieser meiner armseligen Lage mit so viel Brot versorgt, wie es für unsere Bedürfnisse genug ist!' Nachdem ich so meine Lage genau geschildert hatte, hub Sa'di wieder an: ,O Hasan, jetzt bin ich über deine Lage unterrichtet; sie ist wirklich anders, als ich gedacht hatte. Wenn ich dir nun einen Beutel mit zweihundert Goldstücken gebe, so wirst du dadurch deinen Verdienst gewißlich sehr vermehren und in Ruhe und Wohlstand leben können; was sagst du dazu?' Ich erwiderte: ,Wenn du mir gütigst so viel Geld geben willst, so könnte ich hoffen, reicher zu werden als alle meine Zunftgenossen insgesamt, obgleich Baghdad so begütert wie bevölkert ist.' Sa'di, der mich für treu und vertrauenswürdig hielt, zog darauf aus seiner Tasche einen Beutel mit zweihundert Goldstücken und reichte ihn mir mit den Worten: ,Nimm dies Geld und treib Handel damit! Möge Allah dich fördern; doch gib acht, daß du dies Geld mit aller Vorsicht verwendest, und vergeude es nicht in Torheit und Gottlosigkeit! Ich und mein Freund Sa'd, wir werden hocherfreut sein, von deinem Wohlergehen zu hören; und wenn wir wiederkommen und dich in Glück und Gedeihen finden, so wird es uns beiden eine große Genugtuung sein.' Daraufhin, o Beherrscher der Gläubigen, nahm ich den Beutel voll Gold mit großer Freude und dankbarem Herzen an, legte ihn in meine Tasche und dankte Sa'd, indem ich den Saum seines Gewandes küßte; dann gingen die beiden Freunde fort. Und als ich, o Beherrscher der Gläubigen, die beiden aufbrechen sah, fuhr ich mit meiner Arbeit fort; doch ich war in großer Verlegenheit und ganz ratlos, wo ich den Beutel unterbringen sollte, da in meinem Hause kein Schrank und keine Truhe war. Ich nahm ihn jedoch mit nach Hause und hielt die

Sache vor meiner Frau und meinen Kindern geheim. Und als ich allein und unbeobachtet war, nahm ich zehn Goldstücke für meine Ausgaben heraus; dann verschloß ich die Öffnung des Beutels mit einer Schnur, band ihn fest in die Falten meines Turbans und wand mir das Tuch um den Kopf. Darauf ging ich in die Marktstraße und kaufte mir einen Vorrat an Hanf, und auf dem Heimwege erstand ich etwas Fleisch zum Nachtmahl; denn es war lange her, seit wir Fleisch gekostet hatten. Während ich so, das Fleisch in der Hand, den Weg dahinschritt, stieß plötzlich eine Weihe herab[1], und sie hätte mir das Fleisch aus der Hand gerissen, wenn ich den Vogel nicht mit der anderen Hand fortgescheucht hätte. Dann wollte er das Fleisch von der anderen Seite packen; aber ich trieb ihn wieder weg, und wie ich nun in wilder Verzweiflung mich abmühte, den Vogel fernzuhalten, fiel zum Unglück mein Turban auf den Boden. Sofort stieß jene verruchte Weihe herunter und flog davon, indem sie ihn in den Krallen hielt; ich lief hinterher und schrie laut. Als die Leute im Basar mein Schreien hörten, Männer und Frauen und eine Schar von Kindern, taten sie, was sie nur konnten, um den gräßlichen Vogel zu erschrecken, damit er seine Beute fallen ließe; doch vergebens schrieen sie und warfen mit Steinen. Die Weihe wollte den Turban nicht fallen lassen und flog bald ganz außer Sicht davon. Ich war sehr bekümmert und schweren Herzens, weil ich die Goldstücke verloren hatte, als ich mich nun nach Hause begab mit dem Hanf und der Zehrung, die ich gekauft hatte; besonders aber war ich ärgerlich und betrübt im Geiste und wollte vor

---

1. Die Weihen (Schmarotzermilane und andere Raubvögel) stürzen im Orient oft mit großer Geschwindigkeit auf die Straße herunter und heben Dinge auf oder reißen sie den Menschen (namentlich Kindern) aus der Hand.

Scham sterben, wenn ich daran dachte, was Sa'di sagen würde; zumal da ich erwog, wie er an meinen Worten zweifeln und die Geschichte nicht für wahr halten würde, wenn ich ihm erzählte, eine Weihe hätte meinen Turban mit den Goldstücken fortgerafft, und wie er vielleicht glauben müßte, ich hätte irgendeinen Betrug verübt und zur Entschuldigung ein lächerliches Märchen erdacht. Immerhin hatte ich noch große Freude an dem, was mir von den zehn Goldstücken übrig geblieben war, und ich lebte einige Tage herrlich mit meiner Frau und meinen Kindern. Als dann aber alles Gold ausgegeben war und nichts mehr davon übrig blieb, ward ich wieder so arm und bedürftig wie zuvor; doch ich war zufrieden und dankbar gegen Allah den Erhabenen und schalt mein Los nicht. Er hatte mir in Seiner Gnade diesen Beutel mit Gold unversehens gesandt, und nun hatte Er ihn wieder genommen, und so war ich dankbar und zufrieden; denn was Er tut, ist immerdar wohlgetan. Meine Frau, die von der Geschichte mit den Goldstücken nichts wußte, bemerkte bald, daß ich aufgeregt war, und um der Ruhe meines Lebens willen war ich gezwungen, sie in mein Geheimnis einzuweihen. Dazu kamen auch noch die Nachbarn herbei, um mich nach meinem Ergehen zu fragen; allein es widerstrebte mir sehr, ihnen alles zu erzählen, was geschehen war, denn sie konnten das Verlorene doch nicht wiederbringen, und sicherlich hätten sie über mein Unglück Schadenfreude empfunden. Jedoch, als sie sehr in mich drangen, erzählte ich ihnen alles; einige dachten, ich hätte gelogen, und spotteten meiner, andere meinten, ich wäre toll und nicht recht bei Sinnen, und meine Worte wären das wirre Geschwätz eines Irrsinnigen oder das Gefasel von Traumphantasien. Die jungen Leute machten sich unmäßig lustig über mich und lachten über den Gedanken, daß ich, der ich in meinem ganzen Leben noch nie eine Goldmünze gesehen hatte, behaupten wollte, ich hätte so viele Goldstücke erhalten, und eine Weihe sei mit ihnen davongeflogen. Nur meine Frau schenkte meiner Erzählung vollen Glauben, und sie weinte und schlug sich die Brust vor Kummer. So gingen sechs Monate über uns dahin; da begab es sich eines Tages, daß die beiden Freunde, Sa'di und Sa'd, in mein Stadtviertel kamen, und dort sagte Sa'd zu Sa'di: ‚Schau, da ist die Straße, in der Hasan el-Habbâl wohnt! Wohlan, laß uns hingehen und sehen, wie er sein Vermögen vermehrt hat und wie er zu Wohlstand gekommen ist durch die zweihundert Goldstücke, die du ihm gegeben hast!' ‚Wohlgesprochen,' erwiderte Sa'di, ‚in der Tat, wir haben ihn seit vielen Tagen nicht mehr gesehen; ich möchte ihn gern aufsuchen und würde mich freuen, zu hören, daß es ihm gut ergangen ist.' So schritten denn die beiden weiter auf mein Haus zu, und da sagte Sa'd zu Sa'di: ‚Fürwahr, ich sehe, daß er noch immer der gleiche zu sein scheint, arm und dürftig wie zuvor; er trägt noch alte und zerfetzte Gewänder, nur sein Turban ist vielleicht etwas neuer und sauberer. Sieh doch genau hin und überzeuge dich selbst, ob es so ist, wie ich sagte!' Darauf trat Sa'di näher zu mir heran, und auch er sah ein, daß meine Lage unverändert war; und alsbald sprachen die beiden Freunde mich an. Nach der üblichen Begrüßung fragte Sa'd: ‚Hasan, wie geht es dir? Und wie steht es mit deinem Gewerbe? Haben die zweihundert Goldstücke dir gut genützt und dein Geschäft verbessert? Darauf gab ich zur Antwort: ‚Ach, meine Herren, wie kann ich euch von dem schweren Unglück erzählen, das mich betroffen hat? Ich wage vor lauter Scham nicht zu reden, doch kann ich das Geschehnis nicht verborgen halten. Wahrlich, ein wunderbar und seltsam Ding ist mir widerfahren, und der Bericht darüber wird euch mit Verwunderung und Verdacht erfüllen; denn ich weiß recht wohl, daß ihr mir nicht glauben werdet, und daß ich vor euch dastehen werde wie einer, der sich mit Lügen abgibt. Dennoch muß ich euch das Ganze erzählen, so ungern ich es tue.' Darauf berichtete ich ihnen jede Einzelheit, die mir begegnet war, von Anfang bis zu Ende, besonders wie es mir mit der Weihe ergangen war; doch Sa'di beargwöhnte mich und mißtraute mir und rief: ,O Hasan, du sprichst nur im Scherz und willst uns hintergehen. Die Geschichte, die du erzählst, ist schwer zu glauben. Weihen fliegen sonst nicht mit Turbanen davon, sondern nur mit solchen Dingen, die sie fressen können. Du möchtest uns überlisten, und du bist einer von denen, die alsbald, wenn ihnen ein unvorhergesehenes Glück zuteil wird, ihre Arbeit und ihr Geschäft verlassen und dann, nachdem sie alles für Vergnügungen verschwendet haben, wieder arm werden und hinfort, mögen sie wollen oder nicht, ihr Dasein fristen müssen, so gut sie können. Dies scheint mir besonders der Fall zu sein mit dir; du hast in aller Eile unsere Gabe vergeudet und bist nun so bedürftig wie zuvor.' ,O mein guter Herr, nicht so,' rief ich, ,diesen Vorwurf und diese harten Worte verdiene ich nicht; denn ich bin gänzlich unschuldig an all dem, was du mir zur Last legst. Das sonderbare Mißgeschick, von dem ich dir berichtet habe, ist die reinste Wahrheit, und ich kann beweisen, daß es keine Lüge ist, denn alle Leute in der Stadt haben Kenntnis davon; ich treibe wirklich und wahrhaftig kein falsches Spiel mit dir. Gewißlich fliegen Weihen sonst nicht mit Turbanen davon; aber solche wunderbaren und merkwürdigen Mißgeschicke können den Menschen widerfahren, zumal denen, die ein unglücklich Los haben.' Sa'd nahm sich meiner Sache an und sprach: ,O Sa'di, oftmals haben wir gesehen oder gehört, wie Weihen mancherlei andere Dinge forttragen als nur eßbare Sachen; darum braucht seine Geschichte nicht ganz und gar der Vernunft zu widersprechen.' Darauf zog Sa'di aus seiner Tasche einen Beutel voll Goldstücke, zählte mir weitere zweihundert ab und gab sie mir mit den Worten: ,Hasan, nimm diese Goldstücke, doch gib acht, daß du sie mit aller Sorgfalt und allem Fleiß auf bewahrst; hüte dich, ich sage dir noch einmal, hüte dich, daß du sie nicht verlierst wie die anderen! Gib sie in solcher Weise aus, daß du vollen Nutzen von ihnen hast und wohlhabend wirst, wie deine Nachbarn wohlhabend sind!' Ich nahm das Geld von ihm hin und überschüttete sein Haupt mit Danksprüchen und Segenswünschen; und als sie ihre Wege gingen, kehrte ich zu meiner Reeperbahn zurück und ging von dort zur rechten Zeit nach Hause. Meine Frau und meine Kinder waren ausgegangen; so nahm ich wieder zehn Goldstücke von den zweihundert und band die übrigen sicher in ein Tuch. Dann schaute ich umher, einen Ort zu finden, an dem ich meinen Schatz so verbergen könnte, daß meine Frau und meine Kinder nichts davon erführen und auch nichts davon in die Hände bekämen. Und alsbald erblickte ich einen großen irdenen Krug voll Kleie, der in einem Winkel des Zimmers stand; darin verbarg ich das Tuch mit den Goldmünzen, und fälschlich glaubte ich, dort sei es sicher vor Weib und Kind verborgen. Nachdem ich die Goldstücke unten in dem Kleiekrug versteckt hatte, kam meine Frau herein; aber ich sagte ihr nichts von den beiden Freunden, noch irgend etwas von dem, was geschehen war, sondern ich ging auf den Markt, um Hanf zu kaufen. Doch kaum hatte ich das Haus verlassen, so wollte es das Unheil, daß ein Mann vorbeikam, der Walkererde verkaufte, mit der sich die ärmeren Frauen die Haare zu waschen pflegen. Meine Frau wollte gern etwas davon kaufen, aber sie hatte keine einzige Kaurimuschel noch auch eine Mandel[1] bei sich. Deshalb dachte sie nach und sprach bei sich selber: ‚Dieser Kleiekrug da ist nutzlos; ich will ihn für die Tonerde eintauschen.' Auch der Händler willigte in diesen Tausch ein, und er ging weiter, nachdem er den Kleiekrug als Preis für die Wascherde erhalten hatte. Bald darauf kam ich zurück mit einer Last Hanf auf dem Kopfe und anderen fünf Lasten auf den Köpfen von ebensoviel Trägern, die mich begleiteten; ich half ihnen ihre Bündel abnehmen, und nachdem wir den Vorrat in einem Zimmer aufgestapelt hatten, bezahlte ich sie und entließ sie. Danach streckte ich mich auf dem Boden aus, um ein wenig der Ruhe zu pflegen, und wie ich dabei in den Winkel schaute, in dem der Krug vorher gestanden hatte, entdeckte ich, daß er verschwunden war. Die Worte versagen mir, o Beherrscher der Gläubigen, um den Aufruhr der Gefühle zu schildern, die mein Herz bei diesem Anblick erfüllten. Ich sprang auf, so rasch ich vermochte, rief meine Frau und fragte sie, wohin der Krug gekommen wäre. Sie erwiderte mir, sie hätte seinen Inhalt für ein wenig Walkererde vertauscht. Da rief ich laut: ‚O du Elende, o du Unglückselige, was hast du getan! Du hast mich und deine Kinder zugrunde gerichtet, denn du hast großen Reichtum an jenen Tonerdeverkäufer weggegeben!' Dann erzählte ich ihr alles, was geschehen war, wie die beiden Freunde gekommen waren und wie ich die hundertundneunzig Goldstücke in dem Kleiekrug verborgen hatte. Als sie das hörte, weinte sie bitterlich und schlug sich die Brust und raufte sich das Haar, indem sie rief: ‚Wo kann ich nun den Händler da finden? Der Mann ist ein Fremdling, ich habe ihn nie zuvor in dieser Straße oder

1. Die Muschel der Kauri-Schnecke war in Asien und Afrika als Geldstück weit verbreitet und ist teilweise noch im Gebrauch. Mandeln sollen in Indien als Kleingeld bekannt sein.

in diesem Stadtviertel gesehen!' Dann wandte sie sich zu mir und fuhr fort: ‚Darin hast du sehr töricht gehandelt, daß du mir nicht zuvor von der Sache erzähltest und daß du kein Vertrauen zu mir hattest; sonst wäre dies Unglück nie und nimmer über uns gekommen.' Dann klagte sie laut und bitterlich, also daß ich sprach: ‚Mache nicht solchen Lärm und zeige nicht solche Erregung, damit unsere Nachbarn dich nicht hören und, wenn sie von unserm Mißgeschick erfahren, sich nicht etwa über uns lustig machen und uns Narren heißen! Es geziemt uns, in den Willen Allahs des Erhabenen uns zu ergeben.' Die zehn Goldstücke, die ich von den zweihundert genommen hatte, genügten mir zwar, einige Zeitlang mein Handwerk leichter fortzuführen und in größerer Behaglichkeit zu leben; aber ich grämte mich immer und wußte keinen Rat, was ich Sa'di sagen sollte, wenn er wiederkäme; denn da er mir schon beim ersten Male nicht geglaubt hatte, war ich im Innern überzeugt, daß er mich nunmehr laut einen Lügner und Betrüger schelten würde. Eines Tages kamen denn auch die beiden, Sa'd und Sa'di, auf mein Haus zu, indem sie beim Wandeln sich unterhielten und wie gewöhnlich über mich und meinen Fall miteinander stritten. Als ich sie von ferne sah, verließ ich meine Arbeit, um mich zu verbergen; denn ich konnte vor lauter Scham nicht vortreten und sie anreden. Da sie das bemerkten, aber den Grund nicht ahnten, traten sie in meine Wohnung ein, boten mir den Gruß und fragten mich, wie es mir ergangen sei. Ich wagte nicht, meine Augen zu heben, so beschämt und zerknirscht war ich; daher erwiderte ich den Gruß mit gesenkter Stirn. Nun bemerkten sie meine klägliche Verfassung und fragten verwundert: ‚Geht alles gut bei dir? Weshalb bist du in diesem Zustande? Hast du keinen guten Gebrauch von dem Golde gemacht, oder hast du deinen

Reichtum in liederlichem Leben verschwendet?' ‚Ach, meine Herren,' sprach ich, ‚die Geschichte der Goldstücke ist keine andere als diese: Als ihr mich verließet, ging ich mit dem Beutel voll Geld nach Hause, und da ich dort niemanden fand, weil alle ausgegangen waren, nahm ich zehn Goldstücke heraus. Dann legte ich die übrigen mitsamt dem Beutel in einen großen irdenen Krug, der ganz voll Kleie war und lange in einem Winkel des Zimmers gestanden hatte; auf diese Weise wollte ich die Sache vor meiner Frau und meinen Kindern geheim halten. Aber während ich auf dem Markt war, um mir Hanf zu kaufen, kam meine Frau nach Hause, und in demselben Augenblick kam ein Mann zu ihr herein, der Walkererde zum Waschen der Haare verkaufte. Sie hatte sie nötig, doch sie hatte nichts zum Bezahlen; und so ging sie denn zu ihm hin und sprach: ‚Ich habe keinen Heller, aber ich habe etwas Kleie; sage mir, willst du die für deine Tonerde in Tausch nehmen?' Der Mann war einverstanden, und also nahm meine Frau die Erde von ihm hin und gab ihm dafür den Krug voll Kleie; er trug ihn fort und ging seiner Wege. Wenn ihr nun fragt: ‚Warum hast du die Sache deiner Frau nicht anvertraut und ihr gesagt, daß du das Geld in den Krug getan hattest?' – so erwidere ich meinerseits, daß ihr mir strengen Befehl gabt, das Geld diesmal mit äußerster Sorgfalt und Vorsicht aufzubewahren. Mir schien jener Ort der sicherste zu sein, um das Gold zu verwahren, und es widerstrebte mir, das Geheimnis meiner Frau anzuvertrauen, damit sie nicht etwa einiges von dem Gelde nähme und es im Haushalt verwende. Ach, meine Herren, ich bin von eurer Güte und Gnädigkeit überzeugt: aber Armut und Elend stehen für mich im Buche des Schicksals geschrieben, wie kann ich da noch auf Güter und Gedeihen hoffen? Doch nimmer, solange ich noch den Odem des

Lebens atme, werde ich diese eure hochherzige Huld vergessen!' Da sagte Sa'di: ,Mir scheint, ich habe vierhundert Goldstücke nutzlos ausgegeben, indem ich sie dir schenkte; doch die Absicht, in der ich sie dir gab, war die, daß du Nutzen davon haben solltest, nicht die, von dir Lob und Dank zu beanspruchen.' Beide hatten nun Mitleid mit meinem Unglück und sprachen mir ihre Teilnahme aus; und alsbald zog Sa'd, der ein rechtschaffener Mann war und mich seit vielen Jahren kannte, eine Bleimünze hervor, die er von der Straße aufgelesen hatte und noch in seiner Tasche trug; die zeigte er Sa'di, und dann sprach er zu mir: ,Siehst du dies Stückchen Blei? Nimm es, und durch die Gunst des Geschicks sollst du erfahren, welchen Segen es dir bringen wird.' Als Sa'di es sah, lachte er laut auf und machte sich darüber lustig und sagte spottend: ,Welchen Vorteil wird Hasan von diesem Scherflein Blei haben, und wie soll er es benutzen?' Doch Sa'd reichte mir die Bleimünze und erwiderte: ,Achte nicht auf das, was Sa'di sagen mag, sondern behalte dies bei dir! Laß ihn nur lachen, wenn es ihm beliebt! Eines Tages wird es vielleicht, so Allah der Erhabene will, geschehen, daß du hierdurch ein reicher und vornehmer Mann wirst.' Ich nahm das Stückchen Blei und tat es in meine Tasche; die beiden aber sagten mir Lebewohl und gingen ihrer Wege. Sobald Sa'd und Sa'di fortgegangen waren, begann ich wieder Seile zu drehen, bis die Nacht herankam; und als ich mein Gewand ablegte, um zu Bett zu gehen, fiel die Bleimünze, die Sa'd mir gegeben hatte, aus meiner Tasche heraus; ich hob sie auf und legte sie achtlos in eine kleine Wandnische. In eben jener Nacht traf es sich nun, daß ein Fischer, einer meiner Nachbarn, eine kleine Münze nötig hatte, um etwas Zwirn zu kaufen, mit dem er sein Schleppnetz ausbessern wollte, wie er es in den dunklen

Stunden zu tun pflegte; dann konnte er vor Tagesanbruch die Fische fangen und von dem Erlös seiner Beute Lebensmittel für sich und seinen Haushalt kaufen. Da er also gewohnt war aufzustehen, ehe die Nacht ganz verstrichen war, befahl er seiner Frau, bei allen Nachbarn die Runde zu machen und eine Kupfermünze zu borgen, damit er den nötigen Zwirn kaufen könnte; und die Frau ging überall hin, von Haus zu Haus, aber sie konnte nirgends einen Heller entleihen, und zuletzt kam sie müde und enttäuscht nach Hause. Da fragte der Fischer sie: ‚Bist du auch bei Hasan el-Habbâl gewesen?‘ Sie antwortete: ‚Nein, in seinem Hause habe ich es nicht versucht. Das ist das fernste unter allen Nachbarhäusern, und meinst du denn, ich hätte etwas von da zurückgebracht, wenn ich dorthin gegangen wäre?‘ ‚Fort mit dir, o du faulste unter den Weibern, du nichtsnutzigste unter den Dirnen,‘ rief der Fischer, ‚fort mit dir in diesem Augenblick! Vielleicht hat er doch eine Kupfermünze, die er uns leihen kann.‘ So ging denn die Frau murrend und brummend fort, und als sie zu meiner Wohnung kam, klopfte sie an die Tür und rief: ‚O Hasan el-Habbâl, mein Gatte braucht dringend einen Heller, um dafür etwas Zwirn zum Ausbessern seiner Netze zu kaufen.‘ Da ich mich an die Münze erinnerte, die Sa’d mir gegeben hatte, und auch an den Ort, an den ich sie gelegt hatte, rief ich ihr zu: ‚Warte, meine Gattin wird zu dir hinauskommen und dir geben, was du brauchst!‘ Als meine Frau all diesen Lärm hörte, erwachte sie aus dem Schlaf, und ich sagte ihr, wo sie das Geldstück finden würde; darauf holte sie es und gab es der Fischersfrau, und die sagte hoch erfreut: ‚Du und dein Gatte, ihr habt meinem Mann große Güte erwiesen, und deshalb verspreche ich dir, daß alle Fische, die er beim ersten Wurf des Netzes fangen wird, euch gehören sollen, und ich bin sicher, daß mein Ehe-

gatte, wenn er von diesem meinem Versprechen hört, es gut-
heißen wird.' Als darauf die Frau das Geldstück ihrem Manne
brachte und ihm erzählte, welches Versprechen sie gegeben
hatte, war er ganz einverstanden und sprach zu ihr: ,Du hast
recht und verständig darin gehandelt, daß du dies Gelöbnis
tatest.' Nachdem er also etwas Zwirn gekauft und alle seine
Netze ausgebessert hatte, erhob er sich vor Tagesanbruch und
eilte zum Fluß hinab, um Fische zu fangen wie gewöhnlich.
Aber als er das Netz zum ersten Wurf in den Strom geworfen
hatte und wieder einholte, fand er, daß es nur einen einzigen
Fisch enthielt, der aber ungefähr eine Spanne dick war; den
legte er als meinen Anteil beiseite. Dann warf er das Netz wieder und wieder aus, und bei jedem Wurf fing er viele Fische,
große und kleine, doch keiner kam dem an Größe gleich, den
er zuerst im Netz herausgeholt hatte. Sowie der Fischer heimgekehrt war, kam er alsbald zu mir und brachte den Fisch, den
er für mich gefangen hatte, indem er sprach: ,Lieber Nachbar,
meine Frau versprach in der letzten Nacht, du solltest alle
Fische haben, die beim ersten Wurf des Netzes eingebracht
würden. Dies ist nun der einzige Fisch, den ich dabei fing.
Hier ist er; bitte, nimm ihn hin als eine Gabe des Dankes für
deine Güte in der vergangenen Nacht und als Erfüllung des
Versprechens! Wenn Allah der Erhabene mir ein ganzes
Schleppnetz voll von Fischen gewährt hätte, so wäre alles dein
gewesen; aber es war dein Schicksal, daß nur dieser eine beim
ersten Wurf ans Land kam.' Ich erwiderte: ,Das Scherflein,
das ich dir gestern nacht gab, war nicht von solchem Werte,
daß ich eine Gegengabe erwarten könnte.' So weigerte ich
mich, den Fisch anzunehmen. Auch nach langem Hin- und
Herreden wollte er den Fisch nicht zurücknehmen, sondern
bestand darauf, daß er mir gehöre; schließlich willigte ich ein,

ihn zu behalten, und gab ihn meiner Frau mit den Worten: ‚Frau, dieser Fisch ist eine Gegengabe für das Scherflein, das ich in der letzten Nacht unserm Nachbarn, dem Fischer, gegeben habe. Sa'd hat behauptet, ich würde durch jene Münze zu großem Reichtum und zu hohem Wohlstand gelangen.' Nun erzählte ich meiner Frau, wie meine beiden Freunde mich wieder aufgesucht und was sie gesagt und getan hatten, und berichtete ihr alles über die Bleimünze, die Sa'd mir gegeben hatte. Sie wunderte sich, wie sie nur den einen Fisch sah, und sagte: ‚Wie soll ich ihn zubereiten? Ich glaube, es wäre das beste, ihn zu zerschneiden und für die Kinder zu braten, zumal wir keinerlei Spezereien und Gewürze haben, mit denen ich ihn anders bereiten könnte.' Als sie nun den Fisch aufschnitt und säuberte, fand sie in seinem Bauche einen großen Diamanten, den sie für ein Stück Glas oder Kristall hielt; denn sie hatte zwar oft von Diamanten reden hören, aber nie mit ihren eigenen Augen einen gesehen. Daher gab sie ihn dem jüngsten der Kinder zum Spielen, und als die anderen ihn sahen, wollten ihn alle haben wegen seines hellen und glänzenden Scheines, und abwechselnd behielt ihn jeder eine Weile; und wie die Nacht kam und die Lampe angezündet wurde, drängten sie sich um den Stein und starrten seine Schönheit an und jauchzten und schrieen vor Entzücken. Nachdem meine Frau den Tisch gebreitet hatte, setzten wir uns zum Nachtmahl nieder, und der älteste Knabe legte den Diamanten auf die Tafel; doch sobald wir mit dem Essen fertig waren, stritten und balgten sich die Kinder wieder darum wie zuvor. Erst achtete ich nicht auf ihr Lärmen und Toben; doch wie es allzu laut und lästig wurde, fragte ich meinen ältesten Jungen, aus welchem Grunde sie stritten und solchen Lärm machten. Da sagte er: ‚Der Lärm und der Streit drehen sich um ein Stück Glas, von dem ein Licht ausgeht so hell wie das der Lampe.' Nun befahl ich ihm, es mir zu zeigen; und ich wunderte mich sehr, wie ich seinen funkelnden Glanz sah; und ich fragte meine Frau, wann sie das Stück Kristall bekommen hätte. Sie erwiderte: ,Ich fand es im Bauche des Fisches, als ich ihn ausnahm.' Aber ich hielt es immer noch für nichts anderes als Glas. Dann befahl ich meiner Frau, die Lampe hinter dem Herde zu verbergen; und als sie das getan hatte, war der Glanz des Diamanten so hell, daß wir sehr gut ohne ein anderes Licht sehen konnten; deshalb legte ich ihn auf den Herd, damit wir bei seinem Schein arbeiten könnten, und sprach bei mir selber: ,Die Münze, die Sa'd mir hinterließ, hat doch diesen Nutzen gebracht, daß wir keine Lampe mehr brauchen; wenigstens erspart sie uns das Öl.' Als die Kleinen sahen, daß ich die Lampe auslöschte und das Glas an ihrer Statt gebrauchte, sprangen und tanzten sie vor Freude und schrieen und jauchzten vor Entzücken, so daß alle Nachbarn ringsum sie hören konnten; deshalb schalt ich sie und schickte sie ins Bett, und auch wir gingen zur Ruhe und schliefen alsbald ein. Am nächsten Tage wachte ich beizeiten auf und begab mich an meine Arbeit, ohne weiter an das Stück Glas zu denken. Nun wohnte dicht bei uns ein reicher Jude, ein Juwelier, der alle Arten von Edelsteinen kaufte und verkaufte; und wie er und seine Frau in jener Nacht schlafen wollten, wurden sie durch das Lärmen und Schreien auf viele Stunden hin gestört, und der Schlaf mied ihre Augen. Als es Morgen ward, kam die Frau des Juweliers zu unserem Hause, um sich in ihrem und ihres Gatten Namen über den Lärm und das Geschrei zu beklagen. Ehe sie aber ein Wort des Tadels hatte sagen können, erriet meine Frau schon die Absicht, in der sie kam, und richtete die Worte an sie: ,Rahîl[1],

[1]. Das ist Rahel.

ich fürchte, meine Kinder haben dich in der letzten Nacht durch ihr Lachen und Schreien belästigt. Ich bitte dich dafür um Nachsicht; du weißt doch wohl, wie Kinder über Kleinigkeiten bald lachen und bald weinen. Komm herein und sieh dir die Ursache ihrer Aufregung an, wegen deren du mich mit Recht zur Rede stellen willst!' Sie tat es und schaute das Stück Glas an, wegen dessen die Kleinen solches Getöse und solchen Lärm gemacht hatten; und als sie, die eine lange Erfahrung in Edelsteinen jeglicher Art besaß, den Diamanten betrachtete, war sie von Staunen erfüllt. Dann erzählte meine Frau ihr, wie sie ihn in dem Bauch des Fisches gefunden hatte, und darauf sagte die Jüdin: ,Dies Stück Glas ist besser als alle anderen Sorten von Glas. Ich habe auch ein solches Stück wie dies, und ich pflege es manchmal zu tragen; wenn du es verkaufen willst, so will ich dir dies Ding gern abkaufen.' Als die Kinder hörten, was sie sagte, fingen sie an zu schreien und riefen: ,Liebe Mutter, wenn du es nicht verkaufst, versprechen wir dir, nie mehr Lärm zu machen.' Da die Frauen einsahen, daß die Kleinen sich auf keinen Fall davon trennen wollten, sprachen sie nicht mehr darüber, und bald darauf ging die Jüdin fort; doch ehe sie Abschied nahm, flüsterte sie meiner Frau ins Ohr: ,Sieh zu, daß du niemandem davon erzählst, und wenn du Lust hast, es zu verkaufen, so laß es mich sofort wissen!'

Der Jude saß gerade in seinem Laden, als seine Frau zu ihm kam und ihm von dem Glasstück erzählte. Da sagte er: ,Geh sogleich zurück und biete einen Preis dafür, indem du sagst, es sei für mich. Fang mit einem kleinen Gebot an, und biete immer höher, bis du es bekommst!' Darauf kehrte die Jüdin zu meinem Hause zurück und bot zwanzig Goldstücke; das schien meiner Frau eine hohe Summe zu sein für eine solche Kleinigkeit, aber sie wollte den Handel doch nicht abschließen.

In diesem Augenblick verließ ich gerade meine Arbeit, und als ich zum Mittagsmahle heimkam, sah ich die beiden Frauen redend an der Schwelle stehen. Meine Frau hielt mich an und sagte: ‚Diese Nachbarin bietet zwanzig Goldstücke als Preis für das Stück Glas; aber ich habe ihr bis jetzt noch keine Antwort gegeben. Was sagst du dazu?‘ Da gedachte ich dessen, was Sa'd mir gesagt hatte, nämlich, daß mir durch diese Bleimünze großer Reichtum zuteil werden sollte. Als die Jüdin sah, wie ich zögerte, glaubte sie, ich wolle nicht in den Preis einwilligen, und so sprach sie: ‚Lieber Nachbar, wenn du dich für zwanzig Goldstücke nicht von dem Stück Glas trennen willst, will ich dir sogar fünfzig geben.‘ Nun überlegte ich mir, wenn die Jüdin ihr Angebot so bereitwillig von zwanzig auf fünfzig Goldstücke erhöhte, so müßte dies Glas sicher von großem Werte sein; deshalb schwieg ich und erwiderte ihr kein Wort. Als sie sah, daß ich immer noch schwieg, rief sie: ‚So nimm denn hundert, das ist sein voller Wert, ja, ich weiß nicht einmal, ob mein Gatte mit einem so hohen Preise einverstanden sein wird.‘ Ich gab zur Antwort: ‚Gute Frau, warum so töricht schwätzen? Ich verkaufe es nicht für weniger als hunderttausend Goldstücke, und du kannst es zu dem Preise erhalten, doch nur deshalb, weil du unsere Nachbarin bist.‘ Die Jüdin steigerte ihr Gebot nach und nach bis zu fünfzigtausend Goldstücken und sagte dann: ‚Bitte, warte bis morgen und verkaufe es nicht vorher, damit mein Gatte kommen und es ansehen kann!‘ ‚Recht gern,‘ erwiderte ich, ‚auf jeden Fall laß deinen Gatten nur herkommen und es sich ansehen!‘ Am nächsten Tage kam der Jude in unser Haus, und ich zog den Diamanten heraus und zeigte ihn ihm; da glänzte und glitzerte er in meiner Hand mit einem Lichte, das so hell war wie von einer Lampe. So überzeugte er sich, daß alles, was seine Frau ihm von seinem gleißenden Schein erzählt hatte, ganz der Wahrheit entsprach, und er nahm ihn in die Hand, prüfte ihn, wandte ihn hin und her und wunderte sich gar sehr über seine Schönheit; dann sagte er: ‚Meine Frau hat dir fünfzigtausend Goldstücke geboten; schau, ich will dir noch zwanzigtausend dazulegen.‘ Doch ich erwiderte: ‚Deine Gattin hat dir sicherlich die Summe genannt, die ich festgesetzt habe, das heißt, einhunderttausend Goldstücke und nicht weniger; von diesem Preise lasse ich keinen Deut und kein Tüttelchen ab.‘ Der Jude tat, was er nur konnte, um es für eine geringere Summe zu erwerben, aber ich antwortete nur: ‚Es macht nichts aus; wenn du mir meinen Preis nicht zahlen willst, muß ich ihn einem anderen Juwelier verkaufen.‘ Schließlich willigte er ein und wägte mir zweitausend Goldstücke ab als Handgeld, indem er sprach: ‚Morgen will ich dir den Betrag, den ich dir geboten habe, bringen und meinen Diamanten mitnehmen.‘ Damit war ich zufrieden; und so kam er am folgenden Tage zu mir und wägte mir die volle Summe von hunderttausend Goldstücken ab, die er unter seinen Freunden und Geschäftsteilhabern aufgebracht hatte. Darauf gab ich ihm den Diamanten, der mir so übermäßigen Reichtum eingetragen hatte, und dankte ihm und pries Allah den Erhabenen für dies große Glück, das mir so unerwartet zuteil geworden war, und ich hoffte sehr, bald meine beiden Freunde Sa'd und Sa'di wiederzusehen, um auch ihnen zu danken. Ich brachte nun zunächst mein Haus in Ordnung und gab meiner Frau einiges Geld, das sie für die Bedürfnisse des Hauses und für ihre eigene Kleidung und die der Kinder ausgeben sollte; dann aber kaufte ich mir ein schönes Wohnhaus und stattete es aufs beste aus. Darauf sprach ich zu meiner Frau, die an nichts anderes dachte als an prächtige Kleider und an gutes Essen und ein Leben in Herr-

lichkeit und Freuden: ‚Es geziemt uns nicht, dies unser Handwerk aufzugeben; wir müssen etwas Geld beiseite legen und
das Geschäft weiterführen.' Ich ging also zu allen Seilern der
Stadt, kaufte mit vielem Gelde verschiedene Werkstätten und
ließ darin arbeiten; über jede Werkstatt setzte ich einen Aufseher, einen verständigen und vertrauenswürdigen Mann, und
jetzt gibt es in der ganzen Stadt Baghdad keinen Bezirk und
kein Viertel, in denen sich nicht Reeperbahnen und Seilereien
von mir befänden. Ja, noch mehr, ich habe in jedem Bezirk, in
jeder Stadt des Irak Warenhäuser, alle unter der Obhut ehrlicher Aufseher; so ist es gekommen, daß ich solch eine Menge
von Reichtümern aufgehäuft habe. Schließlich kaufte ich ein
anderes Haus zu meinem eigenen Geschäftshaus; das war ein
zerfallener Bau, an den genügend viel Land angrenzte, aber
ich ließ das alte Gemäuer niederreißen und erbaute an seiner
Statt das große und geräumige Gebäude, das deine Hoheit
gestern anzuschauen geruht hat. Dort finden alle meine Arbeiter ihr Unterkommen, und dort werden meine Geschäfts-
bücher und Rechnungen geführt; und es enthält außer meinem Warenhaus auch noch Gemächer, versehen mit einfachem
Hausrat, wie er für mich und die Meinen genügt. So konnte
ich nach einiger Zeit meine alte Heimstätte, an der Sa'd und
Sa'di mich hatten arbeiten sehen, verlassen und in das neue
Haus ziehen und dort wohnen. Nicht lange nach dieser Über-
siedlung dachten meine beiden Freunde und Wohltäter daran,
mich wieder zu besuchen. Sie wunderten sich sehr, als sie in
meine alte Werkstatt kamen und mich dort nicht fanden; und
sie fragten die Nachbarn: ‚Wo wohnt der Seiler Soundso?
Lebt er noch, oder ist er tot?' Die Leute antworteten: ‚Er ist
jetzt ein reicher Kaufherr, und man nennt ihn nicht mehr einfach Hasan, sondern gibt ihm den Titel: Meister Hasan, der

Seiler. Er hat sich ein prächtiges Haus gebaut und wohnt in demunddem Stadtviertel.' Darauf gingen die beiden Gefährten hin, um mich zu suchen. Sie waren über die gute Botschaft erfreut; doch Sa'di wollte sich auf keine Weise davon überzeugen lassen, daß all mein Reichtum, wie Sa'd behauptete, aus jener Wurzel entsprungen sei, nämlich aus der kleinen Bleimünze. Nachdem er nun die Sache im Geiste überlegt hatte, sprach er zu seinem Begleiter: ,Es freut mich dennoch, von all diesem Glück zu hören, das Hasan widerfahren ist, obgleich er mich zweimal getäuscht und mir vierhundert Goldstücke abgenommen hat, durch die er zu solchem Reichtum gekommen ist; denn es ist widersinnig, anzunehmen, daß der von der kleinen Bleimünze herrühren sollte, die du ihm gegeben hast. Doch ich vergebe ihm und trage ihm nichts nach.' Der andere erwiderte: ,Du bist im Irrtum. Ich kenne Hasan von alters her als einen guten und wahrhaften Mann; er würde dich nie täuschen, und was er uns erzählt hat, ist die reine Wahrheit. Ich bin in meinem Innern davon überzeugt, daß er all dies Geld und Gut durch die Bleimünze erworben hat; allein, wir werden ja bald hören, was er zu sagen hat.' Unter solchen Gesprächen kamen sie in die Straße, in der ich jetzt wohne, und als sie dort ein großes und prächtiges, neu errichtetes Gebäude sahen, ahnten sie, daß es das meine wäre. Deshalb pochten sie an, und wie der Pförtner öffnete, wunderte Sa'di sich ob solcher Pracht und ob der vielen Leute, die darinnen saßen, und er fürchtete schon, sie seien vielleicht, ohne es zu wissen, in das Haus irgendeines Emirs eingedrungen. Doch er faßte sich ein Herz und fragte den Pförtner: ,Ist dies die Wohnung von Chawâdscha Hasan el-Habbâl?' Und der Pförtner antwortete: ,Dies ist in der Tat das Haus von Chawâdscha Hasan el-Habbâl. Er ist zu Hause und sitzt in seiner

Kanzlei. Bitte, tritt ein, und einer der Sklaven wird ihm dein Kommen melden!' Darauf gingen die beiden Freunde hinein, und sowie ich sie sah, erkannte ich sie; und ich erhob mich, lief ihnen entgegen und küßte die Säume ihrer Gewänder. Sie wollten mir um den Hals fallen und mich umarmen, aber aus lauter Bescheidenheit wollte ich nicht dulden, daß sie es taten; so führte ich sie denn in einen großen und geräumigen Saal und bat sie, sich auf die höchsten Ehrenplätze zu setzen. Sie wollten mich zwingen, auf dem obersten Platze zu sitzen, aber ich rief: ‚Hohe Herren, ich bin um nichts besser als der arme Seiler Hasan, der immer, eingedenk eurer Würde und Güte, für euer Wohlergehen betet und nicht verdient, an höherer Stelle zu sitzen als ihr.' Da setzten sie sich, und ich setzte mich ihnen gegenüber, und Sa'di sprach: ‚Mein Herz ist über die Maßen erfreut, da ich dich in diesem Wohlstand sehe; denn Allah hat dir alles gegeben, was du nur wünschen konntest. Ich zweifle nicht daran, daß du all diesen Reichtum und Überfluß durch die vierhundert Goldstücke gewonnen hast, die ich dir einst gab; nun sage mir aber ehrlich, warum hast du mich zweimal getäuscht und mir die Unwahrheit gesagt?' Sa'd hörte diesen Worten mit stiller Entrüstung zu, und ehe ich noch etwas erwidern konnte, hub er an: ‚O Sa'di, wie oft habe ich dir versichert, daß alles, was Hasan früher über den Verlust der Goldstücke gesagt hat, keine Lüge, sondern die Wahrheit ist?' Darauf begannen sie miteinander zu streiten, während ich, sobald ich mich von meiner Überraschung erholt hatte, ausrief: ‚Ach, meine Herren, wozu dieser Streit? Entzweit euch nicht um meinetwillen, ich flehe euch an! Alles, was mir früher widerfahren ist, habe ich euch mitgeteilt, und ob ihr meinen Worten glaubt oder nicht glaubt, darauf kommt wenig an. Vernehmet nun meine ganze Geschichte der Wahrheit gemäß!' Dann erzählte ich ihnen die Geschichte von dem Bleistück, das ich dem Fischer gegeben hatte, und von dem Diamanten, der sich im Bauche des Fisches fand; kurz, ich berichtete ihnen alles genau so, wie ich es jetzt deiner Hoheit kundgetan habe. Nachdem Sa'di mein ganzes Erlebnis vernommen hatte, sagte er: ‚O Chawâdscha Hasan, es erscheint mir über die Maßen seltsam, daß ein so großer Diamant sich in dem Bauche eines Fisches finden sollte; und ich halte es auch für ein unmöglich Ding, daß eine Weihe mit deinem Turban fortgeflogen oder daß deine Frau den Krug mit Kleie für die Walkererde weggegeben haben könnte. Du sagst, die Geschichte sei wahr; dennoch kann ich deinen Worten keinen Glauben schenken, denn ich weiß doch recht wohl, daß die vierhundert Goldstücke dir all diesen Reichtum verschafft haben.' Als die beiden jedoch aufstanden, um Abschied zu nehmen, erhob auch ich mich und sprach: ‚Hohe Herren, ihr habt mir die Gunst erwiesen, daß ihr mich in meiner armen Hütte zu besuchen geruhtet. Ich bitte euch nun herzlich, kostet auch von meiner Speise und verweilet hier diese Nacht unter dem Dache eures Dieners; denn morgen möchte ich euch gern auf dem Flusse in ein Landhaus führen, das ich vor kurzem erworben habe!' Darin willigten sie ein nach etlichen Einwendungen; und nachdem ich die Anordnungen für das Nachtmahl gegeben hatte, führte ich sie im Hause umher und zeigte ihnen die Einrichtung, indem ich sie mit gefälligen Worten und heiterem Geplauder unterhielt, bis ein Sklave kam und meldete, daß die Abendmahlzeit aufgetragen sei. Da geleitete ich sie in den Saal, in dem die Platten aufgereiht waren, beladen mit mancherlei Gerichten; auf allen Seiten standen Kerzen, die nach Kampfer dufteten, und vor dem Tische waren Spielleute versammelt, die sangen und auf mancherlei

Instrumenten der Fröhlichkeit und Freude spielten, während am oberen Ende des Saales Männer und Frauen tanzten und allerlei zum Zeitvertreib aufführten. Als wir zu Nacht gegessen hatten, gingen wir zu Bett; dann standen wir beizeiten wieder auf, sprachen das Frühgebet und bestiegen ein großes und gut ausgerüstetes Boot, und die Ruderer ruderten mit der Strömung und landeten uns bald bei meinem Landsitz. Dort wandelten wir gemeinsam über das Land und traten ins Haus; ich zeigte ihnen auch unsere neuen Bauten und wies ihnen alles, was dazu gehörte; und sie betrachteten es mit größter Verwunderung. Darauf begaben wir uns in den Garten und sahen, in Reihen an den Wegen gepflanzt, Fruchtbäume jeglicher Art, die sich unter den reifen Früchten beugten; die wurden mit Wasser vom Strom her durch Kanäle aus Ziegelsteinen bewässert. Ringsum standen blühende Büsche, deren Duft dem Zephir Freude machte; hie und da ließen Springbrunnen ihre Wasserstrahlen hoch in die Luft steigen, und mit süßen Stimmen sangen die Vöglein zwischen den laubreichen Zweigen Loblieder dem Einen, dem Ewigen. Kurz, der Anblick und die Wohlgerüche erfüllten die Seele mit Freude und Fröhlichkeit. Meine beiden Freunde schritten erfreut und entzückt umher und dankten mir immer wieder, daß ich sie an einen so herrlichen Ort geführt hatte, und sprachen: ‚Allah der Erhabene, lasse es dir in Haus und Garten wohlergehen!‘ Zuletzt führte ich sie an den Fuß eines hohen Baumes, nahe einer der Gartenmauern, und dort zeigte ich ihnen ein kleines Sommerhaus, wo ich mich auszuruhen und zu erfrischen pflegte; der Raum war mit Kissen und Polstern und Diwanen ausgestattet, die mit reinem Golde bestickt waren. Nun traf es sich, als wir in jenem Sommerhause der Ruhe pflegten, daß zwei meiner Söhne, die ich mit ihrem Erzieher des Luftwechsels halber zu meinem Landsitz geschickt hatte, im Garten umherstreiften und nach Vogelnestern suchten. Da entdeckten sie ein großes Nest, hoch im Gipfel, und versuchten, den Stamm hinaufzuklettern, um es zu holen; aber sie wagten sich doch nicht so hoch hinauf, weil sie nicht so stark und geübt waren, und deshalb befahlen sie einem jungen Sklaven, der sie immer begleitete, den Baum zu erklimmen. Er tat nach ihrem Geheiß; aber als er in das Nest hineinschaute, staunte er über die Maßen, weil er sah, daß es zum großen Teile aus einem alten Turban gemacht war. Dann brachte er das Nest herunter und hielt es den Knaben hin. Mein ältester Sohn nahm es ihm aus den Händen und brachte es in die Laube, um es mir zu zeigen; und indem er es mir zu Füßen legte, rief er in heller Freude: ‚Vater, schau hier, dies Nest ist aus Zeug gemacht!‘ Sa'd und Sa'di waren über diesen Anblick höchlichst erstaunt, und das Staunen wuchs noch um so mehr, als ich das Nest näher ansah und darin eben den Turban erkannte, auf den die Weihe sich gestürzt hatte und der mir von jenem Vogel geraubt war. Darauf sagte ich zu meinen beiden Freunden: ‚Seht euch diesen Turban näher an und überzeugt euch selbst, daß er genau derselbe ist, den ich auf dem Kopfe trug, als ihr mich zum ersten Male mit eurem Besuch beehrtet!‘ Sa'd sagte: ‚Ich kenne ihn nicht.‘ Und Sa'di sprach: ‚Wenn du in ihm die hundertundneunzig Goldstücke findest, so kannst du gewiß sein, daß es wirklich dein Turban ist.‘ ‚Lieber Herr,‘ erwiderte ich, ‚ich weiß ganz genau, daß dies derselbe Turban ist.‘ Und als ich ihn in meiner Hand hielt, fand ich, daß er schwer von Gewicht war; dann entfaltete ich ihn und fühlte, daß in einem Zipfel des Tuches etwas eingebunden war. Rasch rollte ich die Wickel auf, und siehe da – ich fand den Beutel mit den Goldstücken. Ich zeigte ihn Sa'di und rief: ‚Kannst du diesen Beutel nicht wiedererkennen?' Und er gab zur Antwort: ‚Dies ist wirklich derselbe Beutel mit Goldstücken, den ich dir gab, als wir einander zum ersten Male sahen.' Dann öffnete ich ihn und schüttete das Gold in einem Haufen auf den Teppich aus und hieß ihn sein Geld zählen; er zählte es, Münze auf Münze, und stellte fest, daß es einhundertundneunzig Goldstücke waren. Tief beschämt und verwirrt rief er nun: ‚Jetzt glaube ich deinen Worten; indessen du wirst doch zugeben, daß du die Hälfte dieses deines ungeheuren Reichtums durch die zweihundert Goldstücke erworben hast, die ich dir bei unserm zweiten Besuche gab, und nur die andere Hälfte durch das Scherflein, das du von Sa'd erhieltest.' Darauf gab ich keine Antwort; doch meine Freunde ließen nicht ab, darüber zu streiten. Dann setzten wir uns nieder zu Speise und Trank, und als wir gesättigt waren, gingen ich und meine beiden Freunde in der kühlen Laube zur Ruhe; und als die Sonne dem Untergang nahe war, saßen wir auf und ritten nach Baghdad zurück, während die Diener uns folgen sollten. Doch nachdem wir die Stadt erreicht hatten, fanden wir alle Läden geschlossen und konnten nirgends Korn und Futter für unsere Pferde finden; deshalb sandte ich zwei junge Sklaven, die neben uns her gelaufen waren, auf die Suche nach Futter. Einer von ihnen fand im Laden eines Kornhändlers einen Krug voll Kleie, und nachdem er für den Inhalt bezahlt und versprochen hatte, er würde das Gefäß am nächsten Tage zurückbringen, brachte er die Kleie samt dem Krug. Dann begann er die Kleie im Dunkeln herauszuholen, Handvoll auf Handvoll, und sie den Pferden vorzuwerfen. Plötzlich aber traf seine Hand auf ein Tuch, in dem etwas Schweres war. Er brachte es mir so, wie er es gefunden hatte, und sagte: ‚Sieh, ist dies Tuch nicht gerade das, von dessen Verlust du oft zu uns gesprochen hast?' Ich nahm es und erkannte zu meinem höchsten Erstaunen, daß es dasselbe Stück Zeug war, in das ich die hundertundneunzig Goldstücke eingebunden hatte, ehe ich sie in dem Kleiekrug verbarg. Dann aber sprach ich zu meinen Freunden: ‚Liebe Herren, es hat Allah dem Erhabenen gefallen, ehe wir uns voneinander trennen, meine Worte zu bezeugen und zu beweisen, daß ich euch nichts als die lautere Wahrheit erzählt habe.‘ Dann fuhr ich fort, indem ich mich zu Sa'di wandte: ‚Schau hier die andere Summe Geldes, das heißt, die hundertundneunzig Goldstücke, die ich, nachdem du sie mir gegeben hattest, in ebendies Tuch einband, das ich nun wiedererkenne.‘ Sogleich ließ ich den Tonkrug bringen, damit sie ihn sehen könnten; und ich befahl, ihn auch zu meiner Frau zu tragen, damit sie ebenfalls Zeugnis ablegte, ob es derselbe Kleiekrug war, den sie damals für die Walkererde hingegeben hatte. Sie schickte uns alsbald Bescheid und ließ uns sagen: ‚Jawohl, ich erkenne ihn genau. Dies ist derselbe Krug, den ich mit Kleie gefüllt hatte.‘ Jetzt gab Sa'di endlich zu, daß er im Unrecht war, und er sagte zu Sa'd: ‚Nun weiß ich, daß du recht hast, und ich bin überzeugt, daß Reichtum nicht durch Reichtum kommt; sondern allein durch die Gnade Allahs des Erhabenen wird ein Armer zu einem reichen Manne.‘ Und er bat um Vergebung für sein Mißtrauen und seinen Unglauben. Wir nahmen seine Entschuldigung an, und dann begaben wir uns alle zur Ruhe. Früh am nächsten Morgen sagten meine beiden Freunde mir Lebewohl und zogen heim, fest davon überzeugt, daß ich kein Unrecht begangen und die Gelder, die sie mir gegeben hatten, nicht verschwendet hatte.‘

Als der Kalif Harûn er-Raschîd die Geschichte des Chawâdscha Hasan bis zum Schluß vernommen hatte, sprach er: ‚Ich kenne dich seit langer Zeit durch den guten Ruf, den du

beim Volke hast; denn alle, einer wie der andere, erklären, daß
du ein guter und wahrhaftiger Mann bist. Überdies ist dieser
selbe Diamant, durch den du so großen Reichtum erlangt
hast, jetzt in meiner Schatzkammer. Deshalb möchte ich gern
sofort nach Sa'di ausschicken, auf daß er ihn mit eigenen Augen
sehe und sicher wisse, daß die Menschen nicht durch Geld
reich oder arm werden.' Ferner sagte der Beherrscher der
Gläubigen noch zu Chawâdscha Hasan el-Habbâl: ,Geh hin
und erzähle deine Geschichte meinem Schatzmeister, damit er
sie zu ewigem Gedächtnis aufzeichne und die Schrift in der
Schatzkammer bei dem Diamanten niederlege.' Darauf entließ der Kalif den Chawâdscha Hasan mit einem Wink, und
Sîdi Nu'mân und Baba Abdullah küßten den Fuß des Thrones
und gingen gleichfalls ihrer Wege.

Ferner wird erzählt

DIE GESCHICHTE VON CHUDADÂD
UND SEINEN BRÜDERN[1]

O glücklicher König, diese meine Geschichte erzählt von dem
Königreich von Dijâr Bakr[2], in dessen Hauptstadt Harrân[3] ein
Sultan von erlauchter Herkunft lebte, ein Schirmherr des
Volks, der seine Untertanen liebte, ein Freund der Menschen,
der berühmt war, weil er alle guten Eigenschaften besaß. Nun
hatte Allah der Erhabene ihm alles verliehen, was sein Herz
nur begehren konnte, doch mit einem Kinde hatte Er ihn
nicht gesegnet; denn wiewohl er anmutige Gemahlinnen und
schöne Nebenfrauen in großer Zahl in seinem Harem hatte,
so war ihm doch kein Sohn beschert worden, und deshalb

1. Vgl. oben Seite 240, Anmerkung 1. – 2. Nordmesopotamien ist gemeint; die Stadt Dijâr Bakr am oberen Tigris hieß früher Amida. –
3. Südlich von Edessa.

sandte er unablässig Gebete zum Schöpfer empor. Eines Nachts aber erschien ihm im Traume ein Mann von schöner Erscheinung und heiligem Aussehen, gleich einem Propheten; der sprach ihn an und sagte: ‚Mächtiger König, deine Gebete sind endlich erhört. Erhebe dich morgen, wenn der Tag anbricht, und verrichte ein Frühgebet von zwei Rak'as[1] und sende deine Bitten empor; dann eile zum Obergärtner deines Palastes und verlange von ihm einen Granatapfel; von dem iß dann so viele Kerne, wie dir gut dünkt. Dann verrichte noch einmal ein Gebet von zwei Rak'as, und Allah wird dein Haupt mit Huld und Gnade überschütten.‘ Als nun der König bei Tagesanbruch erwachte, entsann er sich des Traumgesichts und dankte dem Allmächtigen, verrichtete seine Gebete und flehte kniend um Segen. Darauf erhob er sich und begab sich in den Garten; und nachdem er einen Granatapfel von dem Obergärtner erhalten hatte, zählte er fünfzig Kerne davon und aß sie, einen für eine jede seiner Frauen. Dann ruhte er nacheinander eine Nacht bei jeder, und durch die Allmacht des Schöpfers offenbarte sich nach Erfüllung der Zeit bei allen, daß sie empfangen hatten, außer bei einer, die Firûza[2] geheißen war. Darum hegte der König einen Groll gegen sie, indem er bei sich sprach: ‚Allah erachtet diese Frau für gering und unselig, und Er will nicht, daß sie die Mutter eines Prinzen werde, und darum ist der Fluch der Unfruchtbarkeit ihr zuteil geworden.‘ Er wollte sie hinrichten lassen, aber der Großwesir legte Fürbitte für sie ein und bat ihn, er möge bedenken, daß Firûza vielleicht doch guter Hoffnung sei und trotzdem nicht die äußeren Anzeichen davon an sich trüge, wie es mancher Frau ergehe; wenn er sie also töten ließe, so möchte er vielleicht einem Prinzen mit der Mutter das Leben nehmen.

1. Vgl. Band I, Seite 390, Anmerkung. – 2. Persisch=Türkis.

Der König erwiderte: ‚So sei es! Töte sie nicht, aber sorge dafür, daß sie nicht länger am Hofe noch in der Stadt bleibt, denn ich kann ihren Anblick nicht mehr ertragen!‘ Darauf sagte der Minister: ‚Es soll geschehen, wie deine Hoheit befiehlt. Möge sie der Obhut des Sohnes deines Bruders, des Prinzen Samîr, anvertraut werden!‘ Der König folgte dem Rate seines Wesirs und entsandte die verabscheute Königin nach Samaria, zugleich mit einem Schreiben folgenden Inhaltes an seinen Neffen: ‚Wir vertrauen diese Herrin deiner Obhut an; behandle sie ehrenvoll, und solltest du an ihr Zeichen bemerken, daß sie guter Hoffnung ist, so denke daran, daß du uns alsbald und ohne Verzug davon Nachricht gibst!‘ So reiste denn Firûza nach Samaria, und als ihre Zeit erfüllt war, schenkte sie einem Knäblein das Leben und ward Mutter eines Prinzen, dessen Antlitz so hell erstrahlte wie der leuchtende Tag. Da sandte der Herr von Samaria einen Brief an den Sultan von Harrân mit der Botschaft: ‚Ein Prinz ist geboren aus dem Schoße Firûzas; Allah der Erhabene gebe dir Dauer des Glücks!‘ Durch diese Nachricht wurde der König von Freude erfüllt, und alsbald antwortete er seinem Neffen, dem Prinzen Samîr: ‚Jede von meinen neunundvierzig Frauen ist mit einem Sprößling gesegnet, und es erfreut mich über die Maßen, daß auch Firûza mir einen Sohn geschenkt hat. Laß ihn Chudadâd[1] heißen und hüte ihn sorgsam; und was du nur immer brauchst für die Feierlichkeit seiner Geburt, soll dir ohne Rücksicht auf die Kosten ausgezahlt werden!‘ Da übernahm Prinz Samîr mit der allergrößten Freude die Sorge für den Prinzen Chudadâd, und sobald der Knabe das Alter erreichte, Unterricht zu empfangen, bestellte er für ihn Lehrer in der Reitkunst, im Bogen-

1. Persisch = von Gott gegeben, wie hebräisch Nathanael, griechisch Theodor u. a. m.

schießen und in allen Künsten und Wissenschaften, die zu lernen Königssöhnen geziemt, so daß er in allen Kenntnissen vollkommen ward. Mit achtzehn Jahren war er von herrlicher Gestalt, und seine Stärke und Tapferkeit waren so groß, daß niemand in der ganzen Welt sich ihm vergleichen konnte. Und da er nun fühlte, daß er von ungewöhnlicher Kraft und männlichem Wesen erfüllt war, so wandte er sich eines Tages an seine Mutter Firûza und sprach zu ihr: ‚Liebe Mutter, gib mir Urlaub, auf daß ich Samaria verlasse und auf der Suche nach dem Glück ausziehe, zumal auf dem Schlachtfelde, wo ich meine Kraft und Kühnheit erweisen kann. Mein Vater, der König von Harrân, hat viele Feinde, von denen es manche gelüstet, Krieg wider ihn zu führen, und es wundert mich, daß er in solcher Zeit mich nicht beruft, um mich in diesen wichtigsten aller Dinge zu seinem Helfer zu machen. Da ich sehe, daß ich solchen Mut und solche gottgegebene Kraft besitze, so geziemt es mir, nicht müßig zu Hause zu sitzen. Mein Vater weiß nicht von meiner Stärke und denkt wirklich überhaupt nicht an mich; trotzdem gebührt es mir, daß ich in solcher Zeit vor ihn hintrete und ihm meine Dienste anbiete, bis auch meine Brüder fähig sind, zu fechten und gegen seine Feinde Fehde zu führen.‘ Darauf erwiderte seine Mutter: ‚Mein lieber Sohn, dein Fernsein ist mir leid; doch in der Tat, es geziemt dir, deinem Vater gegen die Feinde zu helfen, die ihn von allen Seiten angreifen, falls er nach deiner Hilfe verlangt.‘ Chudadâd aber antwortete seiner Mutter Firûza: ‚Ich bin wahrlich nicht imstande noch länger zu warten; ferner habe ich solch eine Sehnsucht in meinem Herzen, den Sultan, meinen Vater, zu sehen, daß ich sicher sterben werde, wenn ich nicht hingehe, ihn zu besuchen und ihm die Füße zu küssen. Ich will als ein Fremdling, der ihm ganz unbekannt ist, in seinen Dienst treten, ohne ihm zu sagen, daß ich sein Sohn bin; ich will ihm als einer seiner Dienstmannen aus fremdem Lande gelten und ihm mit solcher Hingabe folgen und dienen, daß er mir, wenn er erfährt, daß ich wirklich sein Kind bin, seine Gunst und Zuneigung schenkt.' Auch Prinz Samîr wollte nicht dulden, daß er von dannen zöge, und er verbot es ihm; dennoch verließ der Prinz eines Tages Samaria ganz plötzlich unter dem Vorwande, daß er zu Jagd und Hatz ausreite. Er bestieg ein milchweißes Roß, dessen Zügel und Steigbügel aus Gold waren und das einen Sattel und Schabracken aus blauem Atlas trug, die mit Juwelen besetzt und mit Fransen aus hellen Perlen verziert waren. Sein Säbel hatte einen Griff aus einem einzigen Diamanten, die Scheide aus Sandelholz war mit Rubinen und Smaragden besetzt, und sie war an einem Gürtel voller Juwelen befestigt, während sein Bogen und sein reich verzierter Köcher ihm zur Seite hingen. So ausgerüstet und von seinen Freunden und Vertrauten begleitet, traf er bald wohlbehalten in der Stadt Harrân ein; und als sich die Gelegenheit bot, erschien er vor dem König und wartete ihm auf bei der Staatsversammlung. Da der König seine Schönheit und sein stattliches Aussehen bemerkte, oder vielleicht auch, weil sich die natürliche Zuneigung in ihm regte, geruhte er seinen Gruß zu erwidern; dann rief er ihn huldvoll an seine Seite und fragte ihn nach seinem Namen und seiner Herkunft. Darauf erwiderte Chudadâd: ‚Hoher Herr, ich bin der Sohn eines Emirs in Kairo. Die Lust zum Reisen hat mich getrieben, meine Vaterstadt zu verlassen und von Land zu Land zu wandern, bis ich schließlich hierher gekommen bin; und da ich gehört habe, daß du wichtige Dinge betreibst, so hege ich den Wunsch, dir meine Tapferkeit zu beweisen.' Der König war über die Maßen erfreut, als er diese festen und mannhaften Worte vernahm, und er gab ihm sogleich das Amt eines Befehlshabers in seinem Heer. Chudadâd aber gewann sich schnell durch sorgsame Aufsicht über die Truppen die Achtung seiner Hauptleute, die er alle zufrieden zu stellen suchte, und auch die Herzen der Krieger durch seine Kraft und seinen Mut, sein gütiges Wesen und seine freundliche Gesinnung. Er brachte ferner das Heer und seine ganze Ausrüstung und das Kriegsgerät in eine so trefflich geordnete Verfassung, daß der König entzückt war, als er eine Musterung über sie abhielt, und den Fremdling zum Oberbefehlshaber ernannte und ihn zu seinem besonderen Günstling machte; und als die Wesire und Emire, die Statthalter und die Vornehmen bemerkten, daß er in hoher Ehre und Achtung stand, zeigten auch sie ihm nichts als Wohlwollen und Zuneigung. Allein die anderen Prinzen, die nun in den Augen des Königs und der Untertanen nichts mehr galten, wurden neidisch auf seine hohe Stellung und Würde. Chudadâd aber gefiel dem Sultan, seinem Herrn, immerdar zu allen Zeiten, wenn sie miteinander sprachen, durch seine Klugheit und Besonnenheit, seine Einsicht und Weisheit und gewann seine Achtung immer noch mehr; und als die Feinde, die einen Raubzug in das Reich geplant hatten, von der Manneszucht im Heere und von Chudadâds Waffenrüstungen hörten, gaben sie jegliche feindliche Absicht auf. Nach einer Weile übertrug der König an Chudadâd auch die Obhut und die Erziehung der neunundvierzig Prinzen, da er sich ganz auf seine Weisheit und sein Geschick verließ, und so wurde Chudadâd, obwohl er im gleichen Alter stand wie seine Brüder, dennoch ihr Meister durch seine Einsicht und seinen Verstand. Sie aber haßten ihn deshalb nur noch um so mehr; und als sie sich eines Tages berieten, sprach einer zum anderen: ,Was hat unser Vater da getan, daß er einen fremden Kerl zu seinem Vertrauten gemacht und zum Herrn über uns gesetzt hat? Wir können nichts mehr tun ohne die Erlaubnis dieses unseres Lehrmeisters, und unsere Lage ist ganz unerträglich; wir wollen darum etwas ersinnen, um uns von diesem Fremdling zu befreien oder doch wenigstens ihn in den Augen unseres Vaters, des Sultans, gemein und verächtlich zu machen.' Einer hub an: ,Wir wollen uns zusammentun und ihn an einer einsamen Stelle totschlagen.' Doch ein anderer entgegnete: ,Nicht so! Wenn wir ihn töten, so nützt uns das nichts; denn wie könnten wir die Sache vor dem König verborgen halten? Er würde unser Feind werden, und nur Allah weiß, welches Unheil dann über uns käme. Nein, wir wollen ihn vielmehr um Erlaubnis bitten und auf die Jagd ziehen und dann in einer fernen Stadt bleiben; nach einer Weile wird der König sich über unser Ausbleiben wundern, danach wird er sich tief grämen, und schließlich, wenn er zornig und argwöhnisch wird, so wird er diesen Gesellen zum Palast hinausjagen oder gar vielleicht hinrichten lassen. Dies ist der einzige wirklich sichere Weg, sein Verderben herbeizuführen.' Die neunundvierzig Brüder stimmten darin überein, daß dieser Plan der klügste sei; dann gingen sie alsbald gemeinsam zu Chudadâd und baten ihn um Erlaubnis, eine Weile im Lande umherzureiten und auf die Jagd zu ziehen, indem sie ihm versprachen, sie würden bei Sonnenuntergang heimkehren. Er ließ sich überlisten und erlaubte ihnen zu gehen; darauf ritten sie fort zur Jagd, allein sie kehrten weder an jenem noch am nächsten Tage zurück. Der König aber, der sie vermißte, fragte am dritten Tage Chudadâd, wie es käme, daß keiner seiner Söhne zu sehen wäre; und der antwortete, sie hätten vor drei Tagen von ihm die Erlaubnis erhalten, auf Jagd zu reiten, und wären noch nicht heimgekehrt. Darüber

machte sich der Vater schwere Sorgen; und als noch mehrere
Tage verstrichen waren und die Prinzen immer noch nicht erschienen, wurde der alte Sultan sehr erregt in seinem Innern,
so daß er seinen Unwillen kaum noch zurückhalten konnte;
und er berief Chudadâd und fuhr ihn in hellem Zorn an: ,O
du pflichtvergessener Fremdling, was ist das für eine Kühnheit
und Vermessenheit von dir, daß du meine Söhne auf die Jagd
reiten ließest und nicht mit ihnen rittest? Jetzt liegt es dir ob,
dich aufzumachen, um nach ihnen zu suchen und sie zurückzubringen; sonst ist der Tod dir sicher.' Als Chudadâd diese
harten Worte vernahm, ward er bestürzt und erschrak; doch
er machte sich bereit, bestieg sofort sein Roß und verließ die
Stadt, um nach den Prinzen, seinen Brüdern, zu suchen; so zog
er von Land zu Land, gleichwie ein Hirte, der eine verirrte
Ziegenherde sucht. Da er nun keine Spur von ihnen entdeckte,
weder in bewohntem Lande noch in der Wüste, wurde er
über die Maßen bekümmert und betrübt, und er sprach in seiner Seele: ,Ach, meine Brüder, was ist euch widerfahren, und
wo mögt ihr jetzt weilen? Vielleicht hat irgendein mächtiger
Feind euch gefangen genommen, so daß ihr nicht entrinnen
könnt! Doch ich kann nie mehr nach Harrân zurückkehren,
wenn ich euch nicht finde, denn das würde dem König bitteren Kummer und Gram bringen.' Nun bereute er es immer
tiefer, daß er sie ohne sein Geleit und seine Führung hatte ziehen lassen. Schließlich, wie er so nach ihnen suchte von Tal zu
Tal und von Wald zu Wald, kam er plötzlich zu einer weiten
und geräumigen Flur, in deren Mitte sich ein Schloß von
schwarzem Marmor erhob; er ritt langsam darauf zu, und als
er dicht unter den Mauern war, erblickte er eine Maid von unvergleichlicher Schönheit und Anmut, die in tiefer Trauer an
einem Fenster saß und keinen anderen Schmuck an sich hatte

als ihre eigenen Reize. Ihr schönes Haar hing in losen Locken herunter; ihr Gewand war zerfetzt, und ihr Antlitz war bleich und verriet Trauer und Kummer. Doch sie sprach ihn mit gedämpfter Stimme an, und als Chudadâd aufmerksam lauschte, hörte er, wie sie diese Worte sprach: ‚O Jüngling, flieh diese unselige Stätte, sonst fällst du in die Hände des Ungeheuers, das hier wohnt! Ein schwarzer[1] Menschenfresser ist der Herr dieses Schlosses, der ergreift alle, die das Schicksal zu dieser Flur sendet, und sperrt sie in dunkle und enge Zellen ein, um sie sich als Speise aufzubewahren.' Da rief Chudadâd ihr zu: ‚Meine Herrin, sage mir, ich bitte dich, wer bist du, und wo ist deine Heimat?' Und sie antwortete: ‚Ich gehöre zu den Töchtern Kairos und bin eine der edelsten unter ihnen. Vor kurzem, als ich auf dem Wege nach Baghdad war, machte ich auf dieser Ebene halt, und da begegnete ich jenem Mohren; der erschlug alle meine Diener, und nachdem er mich mit Gewalt fortgeschleppt hatte, sperrte er mich in diesen Palast ein. Ich mag nicht länger leben, ja, es wäre tausendmal besser für mich, wenn ich stürbe; denn diesen Mohr gelüstet es nach mir, und wiewohl ich bisher den Liebkosungen dieses unreinen Schurken entgangen bin, so wird er doch morgen, wenn ich mich wieder weigere, sein Begehren zu erfüllen, mich ganz sicher schänden und ums Leben bringen. So habe ich denn alle Hoffnung auf Rettung fahren lassen; aber du, weshalb bist du hierher gekommen, um zu verderben? Flieh, ohne Zögern und Zaudern! Denn er ist ausgegangen, um Wanderer zu suchen, und er wird recht bald zurückkommen. Überdies, er kann weit und breit sehen und alle erkennen, die diese Steppe durch-

---

1. Der hindustanische Text hat hier *zangi*, später *habaschi* (bzw. *habschi*); beide Wörter bedeuten allgemein ‚Neger', obwohl letzteres ursprünglich den ‚Abessinier' bezeichnet.

ziehen.' Kaum hatte die Maid diese Worte gesprochen, als der Neger schon in Sicht kam; er war ein Teufel der Wildnis, ein riesiger Recke, gruselig von Gesicht und Gestalt, und er ritt auf einem starken tatarischen Rosse und schwang im Reiten eine schwere Klinge, die niemand führen konnte außer ihm. Als Chudadâd dies Ungetüm erblickte, ward er ganz bestürzt, und er betete zum Himmel, daß er jenen Teufel besiegen möchte; dann aber zog er sein Schwert und erwartete das Nahen des Negers mutig und standhaft. Der Mohr freilich dachte, als er näher kam, der Prinz sei zu winzig und zu schwach, um mit ihm zu kämpfen, und er beschloß, ihn lebendig zu fangen. Wie Chudadâd bemerkte, daß sein Feind nicht streiten wollte, versetzte er ihm mit seinem Schwert einen so gewaltigen Hieb, daß der Neger vor Wut schäumte und einen so lauten Schrei ausstieß, daß die ganze Ebene von seinem Klageruf widerhallte. Dann erhob sich der Räuber wutentbrannt aufrecht in seinen Steigbügeln und holte mit seinem gewaltigen Schwert zu einem Streich gegen Chudadâd aus; und wenn der Prinz nicht so geschickt ausgewichen und sein Renner nicht so gewandt gewesen wäre, so hätte der Schwarze ihn in zwei Teile gespalten wie eine Gurke. Obgleich das Schwert durch die Luft sauste, tat der Hieb doch keinen Schaden, und im Nu versetzte Chudadâd ihm einen zweiten Streich und schlug ihm die rechte Hand ab, so daß sie mit dem Schwerte, das sie hielt, auf den Boden fiel; der Mohr aber verlor das Gleichgewicht und stürzte aus dem Sattel, daß die Erde von dem Anprall erdröhnte. Da sprang der Prinz von seinem Rosse, trennte rasch den Kopf des Feindes von seinem Rumpfe und warf ihn beiseite. Nun hatte die Maid durch das Gitterfenster hinabgeschaut und dabei inbrünstig für den tapferen Jüngling gebetet; wie sie aber den Neger erschlagen und den Prinzen siegreich sah, ward sie von Freude überwältigt und rief ihrem Befreier zu: ‚O mein Gebieter, Preis sei Allah dem Erhabenen, der diesen Teufel durch deine Hand geschlagen und vernichtet hat! Komm jetzt zu mir in das Schloß, dessen Schlüssel der Neger bei sich trägt; nimm sie ihm ab und öffne die Tür und befreie mich!‘ Chudadâd fand ein großes Schlüsselbund unter dem Gürtel des Erschlagenen; so öffnete er denn die Tore der Feste und kam in einen großen Saal, in dem die Maid sich befand. Kaum hatte sie ihn erblickt, so eilte sie auf ihn zu und wollte sich ihm zu Füßen werfen und sie küssen; allein Chudadâd hinderte sie daran. Sie pries ihn, so hoch sie vermochte, und rühmte ihn ob seiner Tapferkeit mehr als alle Helden der Welt; und er bot ihr den Gruß, und als er sie aus der Nähe sah, deuchte es ihn, daß sie mit noch mehr Anmut und Liebreiz begabt wäre, als es aus der Ferne geschienen hatte. Darüber war der Prinz hoch erfreut, und beide setzten sich nieder zu heiterem Geplauder. Plötzlich aber hörte Chudadâd Schreie und Rufe, Weinen und Wimmern, Seufzen und Ächzen und Klagen, die immer lauter erschollen; da fragte er die Maid, indem er sprach: ‚Von wo kommen diese Schreie? Wer klagt dort so jämmerlich?‘ Sie deutete auf eine kleine Pforte in einem verborgenen Winkel des Hofes drunten und antwortete: ‚Mein Gebieter, diese Laute kommen von dort. Viele Unglückliche sind, vom Schicksal getrieben, dem schwarzen Dämon in die Klauen gefallen und sind in Zellen fest eingeschlossen; jeden Tag pflegte er einen der Gefangenen zu rösten und zu fressen.‘ ‚Es wäre mir eine hohe Freude,‘ erwiderte Chudadâd, ‚wenn ich das Mittel zu ihrer Befreiung würde; komm, meine Herrin, zeige mir, wo sie eingesperrt sind!‘ Darauf gingen die beiden zu jener Stätte, und der Prinz versuchte sogleich einen Schlüssel an dem Kerkerschloß, doch er paßte nicht; dann versuchte er einen zweiten, und mit diesem konnten sie die Pforte öffnen. Während sie dies taten, wurde das Jammern und Wimmern der Gefangenen immer lauter und lauter, so daß Chudadâd, von ihrer Ungeduld ergriffen und betroffen, nach der Ursache fragte. Die Maid gab zur Antwort: ‚Mein Gebieter, sie haben unsere Schritte und das Rasseln des Schlüssels im Schloß gehört und glauben nun, der Menschenfresser sei nach seiner Gewohnheit gekommen, um ihnen Speise zu bringen und sich einen von ihnen zum Nachtmahl zu holen. Jeder fürchtet, er sei an der Reihe, gebraten zu werden, und deshalb sind alle in der größten Angst und schreien und rufen um so lauter.‘ Die Laute aus jenem versteckten Raum schienen aus der Erde zu kommen, gleichwie aus den Tiefen eines Brunnens. Und als der Prinz die Kerkertür öffnete, sah er eine steile Treppe; die stieg er hinab, und dann fand er sich in einer tiefen, engen und dunklen Grube. In ihr waren mehr als hundert Menschen mit zusammengebundenen Ellenbogen und gefesselten Füßen eingepfercht, und Licht sah er nur durch ein kleines, rundes Fenster. Er rief ihnen zu: ‚Ihr Unglücklichen, fürchtet euch nicht mehr! Ich habe den Neger getötet; preiset drum Allah den Erhabenen, der euch von eurem Peiniger befreit hat; ich bin gekommen, um euch die Fesseln abzunehmen und euch die Freiheit wiederzugeben!‘ Als die Gefangenen diese frohe Botschaft vernahmen, kam ein Rausch der Verzückung über sie, und sie erhoben allesamt ein Geschrei der Freude und des Jubels. Dann begannen Chudadâd und die Maid, ihnen die Arme und die Füße von den Fesseln zu befreien; und ein jeder half, sobald er von der Haft befreit war, seine Mitgefangenen zu erlösen; kurz, nach einer kleinen Weile waren alle aus Banden und Kerker befreit. Darauf küßten sie alle, einer nach

dem andern, Chudadâds Füße, dankten ihm und beteten für
sein Wohlergehen; als aber jene befreiten Gefangenen den
Hof betraten, wo hell die Sonne schien, erkannte Chudadâd
unter ihnen seine Brüder, die er auf so langer Wanderschaft
gesucht hatte. Er staunte über die Maßen und rief: ,Preis sei
dem Herrn, daß ich euch alle unverletzt und unversehrt wiedergefunden habe; euer Vater ist über euer Ausbleiben schwer
betrübt und bekümmert, und der Himmel verhüte, daß dieser
Teufel einen von euch verschlungen hätte!' Dann zählte er
ihre Zahl, neunundvierzig, und er trennte sie von den andern;
und alle fielen einander um den Hals in übermäßiger Freude
und ließen nicht ab, ihren Retter zu umarmen. Darauf ließ der
Prinz ein Festmahl herrichten für alle die Gefangenen, die er
befreit hatte; und als sie sich an Speise und Trank gesättigt
hatten, gab er ihnen alles zurück, was der Neger den Karawanen abgenommen hatte, das Gold und das Silber, die türkischen Teppiche und chinesischen Seidenstoffe, die Brokate
und zahllosen anderen Dinge von hohem Wert; ferner auch
ihr eigen Hab und Gut, indem er sie anwies, ein jeder solle sein
Eigentum fordern. Was dann noch übrig blieb, das verteilte er
unter sie zu gleichen Teilen. ,Doch wie könnt ihr', fragte er
sie, ,alle diese Lasten in eure Heimat schaffen? Wo könnt ihr
Lasttiere finden in dieser öden Wildnis?' Sie erwiderten: ,Un-
ser Gebieter, der Neger raubte uns auch unsere Kamele mitsamt ihren Lasten, und die sind sicher in den Ställen des
Schlosses.' Alsbald begab Chudadâd sich mit ihnen zu den
Ställen, und dort fand er, gefesselt und gebunden, nicht nur
die Kamele, sondern auch die neunundvierzig Rosse seiner
Brüder, der Prinzen, und so gab er denn einem jeden sein Tier.
Ferner waren in den Ställen Hunderte von Negersklaven; und
als die jene Gefangenen befreit sahen, wußten sie, daß ihr Herr,

der Menschenfresser, getötet war; und deshalb flohen sie voll Entsetzen in den Wald, doch niemand dachte daran, sie zu verfolgen. Nun luden die Kaufleute ihre Waren auf die Rükken der Kamele und zogen fort in ihre Heimat, nachdem sie dem Prinzen Lebewohl gesagt hatten. Chudadâd aber sprach zu der Maid: ‚O du, so herrlich schön und keusch, woher kamst du, als der Neger dich raubte, und wohin willst du jetzt dich begeben? Sage es mir, auf daß ich dich wieder in deine Heimat bringe! Vielleicht kennen diese Prinzen, meine Brüder, die Söhne des Sultans von Harrân, die Stätte, da du wohnst, und sie werden dich sicherlich dorthin geleiten.‘ Da blickte die Maid auf Chudadâd und antwortete: ‚Ich wohne weit von hier, und mein Land, das Land Ägypten, ist zu weit, um dorthin zu reisen. Doch du, o tapferer Prinz, hast meine Ehre und mein Leben vor dem Neger gerettet, und du hast mir einen so großen Dienst erwiesen, daß es mir übel anstände, dir meine Geschichte zu verheimlichen. Ich bin die Tochter eines mächtigen Königs, der in Oberägypten herrschte; doch als ein tükkischer Feind ihn gefangen nahm und ihn des Lebens und seines Reiches beraubte, indem er den Thron und die Herrschaft an sich riß, da floh ich, um mein Leben und meine Ehre zu retten.‘ Darauf baten Chudadâd und seine Brüder die Maid, alles zu erzählen, was ihr widerfahren sei, und sie beruhigten sie, indem sie sprachen: ‚Hinfort sollst du in Freude und Überfluß leben, Mühe und Not sollen dir nie mehr nahen!‘ Als sie nun sah, daß ihr nichts anderes möglich war, als ihre Geschichte zu erzählen, begann sie mit folgenden Worten

DIE GESCHICHTE
DER PRINZESSIN VON DARJABÂR

Auf einer Insel steht eine große Stadt, Darjabâr geheißen, und in ihr lebte ein König von hoher Würde. Aber trotz seiner Tugend und Tapferkeit war er immer traurig und betrübt, da er keine Nachkommen hatte, und deshalb sandte er unablässig Gebete empor. Nach langen Jahren und vielem Beten wurde ihm eine halbe Gnade gewährt, nämlich eine Tochter, und zwar ich selbst. Mein Vater, der zuerst sehr traurig war, war aber doch bald von hoher Freude erfüllt über meine unselige, unglückliche Geburt; und als ich alt genug war, um zu lernen, befahl er, mich lesen und schreiben zu lehren; auch ließ er mich unterrichten in höfischer Sitte, in königlichen Pflichten und in den Annalen der Vergangenheit, mit der Absicht, daß ich ihm einst folgen sollte als die Erbin seines Thrones und seiner Herrschaft. Nun begab es sich eines Tages, daß mein Vater auf die Jagd ritt und einem Wildesel mit solch hitzigem Eifer nachsetzte, daß er sich am Abend von seinem Gefolge getrennt fand; ermüdet durch den Ritt, sprang er nun von seinem Rosse und setzte sich an einem Waldpfade nieder, indem er sich sagte: ‚Der Wildesel wird sicher in diesem Dickicht Unterschlupf suchen.‘ Plötzlich aber sah er ein Licht, das hell zwischen den Bäumen erglänzte, und da er glaubte, ein Weiler wäre in der Nähe, entschloß er sich, dort zu nächtigen und mit Tagesanbruch über seinen weiteren Weg zu entscheiden. So erhob er sich denn, und wie er auf das Licht zuschritt, erkannte er, daß es aus einer einsamen Hütte im Walde kam; als er aber hineinlugte, erblickte er dort einen Neger von gewaltiger Größe und schwarz wie der Satan, der auf einem Diwan saß. Vor ihm standen viele große Krüge voll Wein, und über einem

316

Kohlenfeuer röstete er einen ganzen Ochsen, dessen Fleisch er verzehrte, indem er von Zeit zu Zeit tiefe Züge aus einem der Krüge tat. Doch weiter erblickte der König in jener Hütte eine Herrin von wunderbarer Schönheit und Anmut, die voll tiefer Trauer in einem Winkel saß; ihre Arme waren mit Stricken festgebunden, und zu ihren Füßen lag ein Kind von zwei oder drei Jahren, das über seiner Mutter Elend weinte. Als nun mein Vater den jammervollen Zustand dieser beiden sah, ward er von Mitleid erfüllt und wollte sich mit dem Schwert in der Hand auf das Ungeheuer stürzen; doch da er nicht imstande war, es mit ihm aufzunehmen, unterdrückte er seinen Jähzorn und blieb heimlich auf der Wacht. Nachdem der Riese alle Krüge voll Wein geleert und die Hälfte des gerösteten Ochsen verschlungen hatte, wandte er sich an die Herrin und sprach: ‚O du lieblichste aller Prinzessinnen, wie lange willst du noch spröde sein und dich mir versagen? Siehst du nicht, wie es mich danach verlangt, dein Herz zu gewinnen, und wie ich aus Liebe zu dir vergehe? Drum wäre es doch nur recht, daß du meine Liebe erwiderst und mich als dein eigen ansiehst; dann werde ich der gütigste Mensch zu dir sein.‘ ‚O du Teufel der Wildnis,‘ rief die Herrin, ‚was für ein Geschwätz führst du da im Munde? Niemals, nein, niemals sollst du erreichen, was du von mir begehrst, mag es dich auch noch so sehr danach gelüsten. Foltere mich, und wenn du willst, töte mich auf der Stelle, ich aber werde mich nie deinen Lüsten ergeben!‘ Bei diesen Worten brüllte der rasende Wilde laut auf: ‚Es ist genug und mehr als genug; dein Haß weckt Haß in mir, und jetzt wünsche ich weniger dich zu haben und zu besitzen, als dich ums Leben zu bringen.‘ Dann ergriff er sie mit einer Hand, zog seinen Säbel mit der anderen und hätte ihr den Kopf vom Leibe geschlagen, wenn mein Vater ihn nicht so

317

geschickt mit einem Pfeil getroffen hätte, daß der sein Herz durchbohrte und ihm glitzernd zum Rücken herausfuhr; da sank der Riese zu Boden und fuhr sogleich zur Hölle. Darauf trat mein Vater in die Hütte, löste die Fesseln der Herrin und fragte sie, wer sie sei, und wie das Ungeheuer sie dorthin gebracht habe. Sie gab zur Antwort: ‚Nicht weit von hier lebt an der Küste ein Stamm von Beduinen, die den Dämonen der Wüste gleichen. Ganz wider meinen Willen wurde ich ihrem Fürsten vermählt, und der ekelhafte Schurke, den du soeben getötet hast, war einer der Hauptleute meines Gatten. Er war von rasender Liebe zu mir erfüllt, und er entbrannte in heißem Verlangen danach, mich in seine Gewalt zu bekommen und mich aus meinem Hause zu entführen. Als nun eines Tages mein Gatte sich fortbegeben hatte und ich allein war, schleppte er mich mit diesem meinem Kinde aus dem Schlosse in diesen wilden Wald, in dem niemand weilt als der Allgegenwärtige, und wo, wie er wohl wußte, alles Suchen und Forschen vergeblich ist. Und von Stunde zu Stunde schmiedete er arge Pläne wider mich, doch durch die Gnade Allahs des Erhabenen bin ich aller fleischlichen Besudelung durch jenes schmutzige Scheusal entgangen. Heute abend verzweifelte ich schon an meiner Rettung, als ich sein viehisches Ansinnen abwies und er mich umzubringen versuchte; doch bei diesem Versuch wurde er von deiner tapferen Hand getötet. Dies also, was ich dir erzählt habe, ist meine Geschichte.‘ Mein Vater beruhigte die Prinzessin, indem er sprach: ‚Meine Herrin, dein Herz möge guten Mutes sein! Morgen früh will ich dich aus dieser Wildnis fortführen und dich nach Darjabâr geleiten, der Stadt, deren Sultan ich bin; wenn dir die Stadt gefällt, so magst du dort bleiben, bis dein Gatte kommt, dich zu suchen.‘ Sie erwiderte: ‚Mein Gebieter, dieser Plan mißfällt mir nicht.‘ So nahm denn mein Vater am nächsten Tage beim ersten Morgengrauen Mutter und Kind aus dem Walde fort, und gerade wollte er sich auf den Heimweg begeben, als er plötzlich seine Heerführer und Hauptleute traf, die während der ganzen Nacht überall auf der Suche nach ihm umhergewandert waren. Sie waren hoch erfreut, als sie den König erblickten, und staunten über die Maßen, wie sie eine Verschleierte bei ihm sahen; denn sie wunderten sich sehr, daß eine so anmutige Herrin in einem so wilden Walde wohnen sollte. Darauf erzählte ihnen der König die Geschichte von dem Ungeheuer und der Prinzessin, und wie er den Mohr getötet hatte. Dann ritten sie heimwärts weiter; einer der Emire nahm die Herrin hinter sich aufs Roß, während einem anderen die Obhut des Kindes anvertraut wurde. Nachdem sie die Hauptstadt erreicht hatten, befahl der König, für seinen Gast ein großes und prächtiges Haus zu erbauen; und auch das Kind erhielt die gebührende Pflege. So verbrachte denn die Mutter ihre Tage in aller Behaglichkeit und Zufriedenheit. Als aber nach dem Verlauf einiger Monate immer noch keine Nachricht von ihrem Gatten kam, obwohl sie sehnsüchtig darauf wartete, willigte sie ein, sich meinem Vater zu vermählen, den sie durch ihre Schönheit und Anmut und ihr liebliches Wesen bezaubert hatte; darauf nahm er sie zur Gemahlin, und nachdem die Eheurkunde nach der Sitte der damaligen Zeit niedergeschrieben war, lebten sie beide an gemeinsamer Stätte. Mit der Zeit wuchs der Knabe zu einem kräftigen Jüngling von schönen Angesicht heran, und er ward auch vollkommen in höfischer Sitte und in allen Künsten und Wissenschaften, die sich für Prinzen geziemen. Der König und alle Wesire und Emire hatten großes Gefallen an ihm, und sie beschlossen, daß ich ihm vermählt würde und daß er dem Herrscher als Erbe des Thrones und der Königswürde folgen sollte. Auch der Jüngling war über diese Zeichen der Gunst meines Vaters erfreut; doch die allergrößte Freude bereitete es ihm, daß er hörte, wie von seiner Verbindung mit der einzigen Tochter seines Beschützers gesprochen wurde. Eines Tages nun wünschte mein Vater, meine Hand in die seine zu legen, um die Hochzeitsfeier sofort stattfinden zu lassen; aber zuvor wollte er meinem künftigen Gatten noch gewisse Bedingungen auferlegen, unter anderen die, daß er neben mir, der Tochter seiner Gemahlin, keine andere Frau zur Gattin nehmen solle. Diese Verpflichtung mißfiel dem hochmütigen Jüngling, und er versagte sogleich seine Einwilligung, da er glaubte, das Verlangen einer solchen Bedingung mache aus ihm einen verächtlichen und mißachteten Freier von niedriger Herkunft. So wurde denn die Hochzeit verzögert, und dieser Aufschub erregte in dem Jüngling heftigen Unwillen, so daß er in seinem Herzen glaubte, mein Vater sei sein Feind. Deshalb suchte er ihm immer aufzulauern, damit er ihn in seine Gewalt bekäme, bis er eines Tages in einem Anfall von Wut ihn erschlug und sich selbst zum König von Darjabâr ausrief. Ja, der Mörder wollte sogar in mein Gemach eindringen, um auch mich zu töten; aber der Wesir, ein treu ergebener Diener seines Herrschers, hatte mich bei der Nachricht vom Tode des Königs rasch fortgeführt und in dem Hause eines Freundes verborgen, und dort befahl er mir, mich versteckt zu halten. Zwei Tage später rüstete er ein Schiff aus und bestieg es mit mir und einer alten Kammerfrau; dann begann er mit uns die Fahrt nach einem Lande, dessen König ein Freund meines Vaters war. Unter dessen Obhut wollte er mich stellen, und von ihm wollte er ein Hilfsheer erlangen, mit dem er sich an dem undankbaren und gottlosen Jüngling rächen könnte, an ihm, der sich als Verräter am

Salz[1] erwiesen hatte. Doch wenige Tage, nachdem wir die Anker gelichtet hatten, erhob sich ein rasender Sturm, der dem Kapitän und der Mannschaft alle Besinnung raubte; da schlugen die Wogen alsbald mit so ungeheurer Macht auf das Schiff, daß es unterging, und der Wesir, die Kammerfrau und alle, die an Bord waren, ertranken in den Wogen, nur ich wurde gerettet. Obgleich ich fast ohnmächtig war, klammerte ich mich doch an eine Planke, und ich wurde bald darauf von der Meeresströmung an den Strand geworfen; denn Allah hatte in Seiner Allmacht mich vor dem drohenden Tod in der tosenden See sicher und gesund bewahrt, freilich nur dazu, daß noch mehr Leid über mich käme. Als ich Besinnung und Bewußtsein wiedergewann, fand ich mich lebend am Strande liegen, und ich sandte innigen Dank zu Allah dem Erhabenen empor; da ich aber weder den Wesir noch irgend jemand aus unserem Geleite sah, wußte ich, daß alle in den Wassern umgekommen waren. Dann dachte ich daran, daß mein Vater ermordet war, und ich stieß einen lauten Schrei des bittersten Schmerzes aus; denn ich fürchtete mich sehr ob meiner Verlassenheit, und ich wollte mich schon wieder ins Meer stürzen, als plötzlich die Stimme eines Menschen und das Stapfen von Pferdehufen an mein Ohr klangen. Da schaute ich mich um und entdeckte eine Schar von Reitern, in deren Mitte sich ein schöner Prinz befand; der ritt auf einem Roß von edelstem arabischen Geblüt und war mit einem goldgestickten Mantel bekleidet; um die Lenden trug er einen Gürtel, der mit Diamanten besetzt war, und auf seinem Haupte ruhte eine goldene Krone; kurz, seine Gewandung und seine Gestalt zeigten, daß er ein geborener Herrscher über Menschen war. Als mich die Ritter nun allein am Strande erblickten, wunderten sie sich über die Maßen; und der Prinz entsandte

1. Das ist: der Gastfreundschaft.

einen von seinen Hauptleuten, daß er sich nach meiner Geschichte erkundige und ihm darüber berichte. Doch wiewohl der Hauptmann mit Fragen in mich drang, antwortete ich ihm kein Wort, sondern vergoß nur im tiefsten Schweigen einen Strom von Tränen. Als sie dann die Trümmer am Strande erblickten, dachten sie bei sich: ‚Vielleicht ist ein Schiff an dieser Küste untergegangen, und seine Planken und Balken sind hier an Land geworfen; sicher war diese Herrin auf jenem Schiff und ist auf einer Planke an den Strand getrieben.‘ Darauf umringten die Reiter mich und baten mich inständig, ihnen zu erzählen, was mir widerfahren sei; doch immer noch erwiderte ich ihnen kein Wort. Schließlich ritt der Prinz nahe an mich heran, und von großem Staunen ergriffen, schickte er sein Gefolge fort und redete mich mit diesen Worten an: ‚Meine Herrin, fürchte nichts Arges von mir und quäle dich nicht durch nutzlose Angst! Ich möchte dich in mein Haus geleiten und dich der Obhut meiner Mutter anvertrauen; deshalb möchte ich gern von dir erfahren, wer du bist. Die Königin wird sicherlich deine Freundin werden und dich in Behaglichkeit und Zufriedenheit bei sich behalten.‘ Da ich nun erkannte, daß sein Herz sich mir zuneigte, erzählte ich ihm alles, was ich erlebt hatte, und als er die Geschichte meines traurigen Schicksals vernahm, ward er von tiefstem Mitleid gerührt, und seine Augen standen voll Tränen. Dann tröstete er mich und führte mich mit sich und übergab mich der Königin, seiner Mutter; auch sie lieh meiner Erzählung ein freundliches Ohr, und nachdem sie mein ganzes Leben von Anfang bis zu Ende kennen gelernt hatte, war auch sie tief betrübt, und sie ward nicht müde, mich Tag und Nacht zu pflegen und mich, soweit sie es vermochte, glücklich zu machen. Da sie zudem erkannte, daß ihr Sohn von tiefer Zuneigung zu mir ergriffen und von Liebe verstört war, so willigte sie ein, daß ich seine Gemahlin werden sollte; und auch ich war damit einverstanden, da ich die Schönheit und den Adel seines Gesichts und seiner Gestalt sah und an seine erprobte Liebe zu mir und an seine Herzensgüte dachte. So wurde denn die Vermählung zu ihrer Zeit mit königlichem Prunk und Aufwand gefeiert. Doch wer vermag dem Schicksal zu entrinnen? In eben jener Nacht, der Hochzeitsnacht, geschah es, daß der König von Zanzibar, der nahe bei jener Insel wohnte und auch früher schon Anschläge gegen jenes Reich gemacht hatte, die günstige Gelegenheit ergriff und uns mit einem gewaltigen Heere überfiel; und nachdem er viele Leute getötet hatte, beschloß er, mich und meinen Gatten lebendig gefangen zu nehmen. Allein wir entrannen seinen Händen, und nachdem wir im Dunkel der Nacht an die Meeresküste geflohen waren, fanden wir dort ein Fischerboot; das bestiegen wir, indem wir unseren Sternen dankten, und wir fuhren ab und ließen uns von der Strömung weit forttreiben, ohne zu wissen, wohin das Geschick uns führen würde. Am dritten Tage bemerkten wir ein Schiff, das auf uns zukam; und darüber freuten wir uns gar sehr, denn wir vermeinten, es sei irgendein Kauffahrer, der uns zu Hilfe käme. Kaum aber lag es längsseit von uns, da tauchten mit einem Male fünf oder sechs Piraten auf, deren jeder ein gezücktes Schwert schwang, und als sie auf unserem Schiffe waren, banden sie uns die Arme auf dem Rücken zusammen und schleppten uns auf ihr Fahrzeug. Darauf rissen sie mir den Schleier vom Angesicht und wollten mich sogleich besitzen, indem einer zum andern sprach: ‚Ich will diese Dirne haben!' Auf diese Weise entbrannte Zank und Streit, bis es nach kurzer Zeit zu Kampf und Blutvergießen kam, und nun fielen die Räuber, einer nach dem andern, in wenigen Augenblicken tot nieder, bis alle erschlagen waren, außer einem einzigen Piraten, dem tapfersten der Bande. Der sprach zu mir: ‚Du sollst mit mir nach Kairo reisen; denn dort wohnt ein Freund von mir, und dem will ich dich geben, da ich ihm früher versprochen habe, ich wollte ihm von dieser Reise eine schöne Frau als Sklavin mitbringen.‘ Dann aber sah er meinen Gatten, den die Piraten in Fesseln hatten liegen lassen, und er rief: ‚Wer ist dieser Hund? Ist der dein Liebhaber oder dein Freund?‘ Ich antwortete: ‚Er ist mein angetrauter Gatte.‘ ‚Schön,‘ rief er, ‚es geziemt mir wahrlich, ihn von den bitteren Qualen der Eifersucht zu befreien und ihm den Anblick zu ersparen, wie du von einem anderen liebevoll umarmt wirst.‘ Und sogleich hob der Schurke den unglücklichen Prinzen, der an Händen und Füßen gebunden war, in die Höhe und warf ihn ins Meer, während ich laut aufschrie und um Gnade flehte, doch vergebens. Wie ich den Prinzen in den Wellen ringen und ertrinken sah, schrie ich von neuem und klagte und schlug mir das Gesicht und raufte mir das Haar; ach, wie gern hätte ich mich selbst ins Wasser gestürzt, doch ich konnte es nicht tun, da der Räuber mich festhielt und mich an den Großmast band. Dann fuhren wir bei günstigem Winde weiter und erreichten bald ein kleines Hafendorf; nachdem er dort Kamele und Sklaven gekauft hatte, zog er weiter gen Kairo. Doch als wir schon mehrere Tagesreisen zurückgelegt hatten, überfiel uns plötzlich der Neger, der in diesem Schlosse hier wohnte. Von fern hielten wir ihn für einen hohen Turm, und als er uns nahte, konnten wir kaum glauben, daß er ein menschliches Wesen war. Aber der Neger zückte sogleich sein Riesenschwert, stürzte auf den Piraten los und befahl ihm, sich gefangen zu geben, samt mir und allen seinen Sklaven, und ihm mit gefesselten Ellenbogen zu folgen. Da griff der Räuber mit feurigem Mut an der

324

Spitze seiner Mannen den Neger an; und lange tobte der Kampf mächtig und stark, bis er und die Seinen tot auf dem Felde lagen. Dann führte der Mohr die Kamele fort und schleppte mich und die Leiche des Räubers zu seinem Schloß; dort verschlang er das Fleisch seines Feindes zum Nachtmahl. Darauf schaute er mich an, wie ich bitterlich weinte, und sprach zu mir: ,Verbanne dies Weh und diesen Gram aus deiner Brust; lebe in diesem Schlosse mit aller Ruhe und Behaglichkeit und tröste dich durch meine Umarmungen! Da du jedoch jetzt in tiefer Trauer zu sein scheinst, so will ich dich für diese Nacht entschuldigen; aber morgen mußt du dich ganz sicher mir ergeben.' So führte er mich denn in ein getrenntes Gemach und legte sich selbst, nachdem er Tore und Türen fest verschlossen hatte, an einer anderen Stätte allein zum Schlafe nieder. Als er sich dann am nächsten Morgen früh erhoben hatte, durchsuchte er das ganze Schloß, öffnete die Pforte und verriegelte sie wieder und brach wie immer auf, um nach Wanderern zu suchen. Aber die Karawane entging ihm, und er kehrte mit leeren Händen zurück – da kamst du über ihn und schlugst ihn tot.'

*

So erzählte die Prinzessin von Darjabâr ihre Geschichte dem Prinzen Chudadâd, und er hatte Mitleid mit ihr; dann tröstete er sie, indem er sprach: ,Hinfort fürchte nichts mehr und mache dir keinerlei Sorgen! Diese Prinzen sind die Söhne des Königs von Harrân; und wenn es dir beliebt, so laß sie dich an seinen Hof geleiten und dir dort ein Leben in Behaglichkeit und Überfluß bereiten; und der König wird dich auch vor allem Unheil behüten! Oder sollte es nicht dein Wunsch sein, mit ihnen zu ziehen, möchtest du dann nicht einwilligen, den zum Gatten zu nehmen, der dich aus so großem Elend befreit hat?' Die Prinzessin von Darjabâr willigte ein, sich mit ihm zu vermählen; und nun wurde alsbald die Hochzeit mit großer Pracht in dem Schlosse gefeiert; denn dort fanden sie Speisen und Trank von mancherlei Art, auch köstliche Früchte und herrliche Weine, mit denen der Menschenfresser sich gütlich zu tun pflegte, wenn er des Menschenfleisches überdrüssig geworden war. So ließ denn Chudadâd Gerichte von aller Art zubereiten und bewirtete seine Brüder. Am nächsten Tage brachen alle gen Harrân auf, nachdem sie an Zehrung mitgenommen hatten, was zur Hand war; und am Ende einer jeden Tagereise wählten sie eine passende Stätte aus, um dort zu nächtigen. Wie nun noch ein Tagesmarsch vor ihnen lag, verspeisten die Prinzen am Abend alles, was ihnen an Zehrung übrig geblieben war, und sie tranken auch des Weines letzte Neige. Als aber der Wein ihrer Sinne Herr geworden war, redete Chudadâd seine Brüder an, indem er sprach: ‚Bislang habe ich euch das Geheimnis meiner Geburt verborgen; doch jetzt muß ich es euch enthüllen. Wisset denn, daß ich euer Bruder bin; auch ich bin ein Sohn des Königs von Harrân, den der Herr des Landes Samaria erzog und unterrichten ließ, meine Mutter aber ist die Prinzessin Firûza.' Dann sprach er zu der Prinzessin von Darjabâr: ‚Du kanntest meinen Rang und meine Herkunft nicht; hätte ich mich dir früher entdeckt, so wäre dir vielleicht eine Kränkung erspart geblieben, nämlich die, daß ein Mann von gemeinem Blute dich freite. Jetzt aber beruhige dein Gemüt; denn dein Gemahl ist ein Prinz!' Darauf erwiderte sie: ‚Wiewohl du mir bis zu dieser Zeit nichts enthüllt hast, so fühlte ich doch in meinem Herzen gewißlich, daß du von edler Geburt und der Sohn eines mächtigen Herrschers seiest.' Alle Prinzen schienen äußerlich sehr erfreut zu sein, und ein jeder von ihnen brachte ihm warme Glückwünsche dar, während sie die Hochzeit feierten; im Innern aber waren sie von Neid und argem Verdruß erfüllt ob eines so unwillkommenen Ausganges der Dinge. Als Chudadâd sich dann mit der Prinzessin von Darjabâr in sein Zelt zurückzog, um zu schlafen, schmiedeten jene Undankbaren sogar schwarze Pläne, uneingedenk des Dienstes, den ihr Bruder ihnen geleistet hatte, da er sie befreite, während sie in den Händen des schwarzen Menschenfressers gefangen waren; und sie suchten sich einen sicheren Ort und berieten miteinander, ihn zu töten. Da sprach der erste unter ihnen: ‚Brüder, unser Vater bewies ihm die größte Liebe, da er uns nichts war als ein Landstreicher und ein Unbekannter, und machte ihn sogar zu unserem Herrscher und Lehrmeister; wenn er nun von seinem Siege über das Ungeheuer hört und erfährt, daß der Fremdling sein Sohn ist, wird er da nicht diesen Bastard sogleich zu seinem einzigen Erben machen und ihm Gewalt über uns geben, so daß wir alle gezwungen sind, ihm zu Füßen zu fallen und sein Joch zu tragen? Mein Rat ist, daß wir hier auf der Stelle ein Ende mit ihm machen.‘ Daraufhin schlichen sie leise in sein Zelt und hieben von allen Seiten mit ihren Schwertern auf ihn ein, bis sie ihm alle Glieder zerfetzt hatten; und sie vermeinten, sie hätten ihn tot auf dem Bette liegen lassen, ohne daß die Prinzessin erwacht wäre. Am nächsten Morgen zogen sie in die Stadt Harrân ein und machten ihre Aufwartung vor dem König, der schon daran verzweifelte, sie je wiederzusehen; so freute er sich denn über die Maßen, wie er sah, daß sie ihm wiedergeschenkt waren, sicher und munter und gesund, und er fragte sie, warum sie so lange von ihm ferngeblieben wären. In ihrer Antwort verbargen sie ihm sorgfältig, daß sie von dem schwarzen Teufel in den Kerker geworfen waren und daß Chudadâd sie gerettet hatte; vielmehr erklärten sie alle, sie

327

wären aufgehalten worden, als sie gejagt und die umliegenden Städte und Länder besucht hätten. Der Sultan schenkte ihrem Bericht vollen Glauben und schwieg. So stand es nun mit ihnen.

Was aber Chudadâd anging, so fand die Prinzessin von Darjabâr, als sie am Morgen erwachte, ihren Gemahl im Blute schwimmen, zerrissen und zerfetzt von vielen Wunden. Und da sie ihn für tot hielt, weinte sie bitterlich bei diesem Anblick, und sie gedachte seiner Jugendschönheit, seiner Tapferkeit und seiner vielen Tugenden, und während sie sein Gesicht mit ihren Tränen tränkte, rief sie: ,Weh mir, wehe! O mein Geliebter, o Chudadâd, müssen diese Augen dich schauen, wie ein jäher und gewaltsamer Tod dich ereilt hat? Sind diese deine Brüder, die Teufel, die dein Mut gerettet hat, deine Mörder? Nein, ich allein bin deine Mörderin; ich, die ich duldete, daß du dein Schicksal mit meinem unseligen Geschick verkettetest, mit einem Los, das alle meine Freunde dem Untergange weiht!' Als sie aber den Leib aufmerksam betrachtete, bemerkte sie, daß noch der Atem langsam durch seine Nase kam und ging, und daß seine Glieder noch warm waren. So schloß sie denn die Zelttür und lief zur Stadt, um einen Arzt zu suchen; und nachdem sie einen geschickten Mann der Heilkunde gefunden hatte, kehrte sie sofort mit ihm zurück. Aber, siehe da, Chudadâd war verschwunden! Sie wußte nicht, was aus ihm geworden war; doch glaubte sie in ihrem Sinne, irgendein wildes Tier hätte ihn fortgeschleppt. Nun weinte sie wiederum bittere Tränen und beklagte ihr Unglück, so daß der Arzt von Mitleid erfüllt ward und ihr mit Worten des Trostes und der Zusprache sein Haus und seine Dienste anbot; und schließlich geleitete er sie in die Stadt und wies ihr eine eigene Wohnung an. Auch bestimmte er zwei Sklavinnen, um ihr zu dienen; und wiewohl er nichts von ihrem Stande wußte, diente er ihr stets mit der Ehrfurcht und Ergebenheit, die Königen gebührt. Eines Tages nun, als sie weniger traurigen Herzens war, richtete der Arzt, der inzwischen davon gehört hatte, an sie die Bitte: ‚Meine Gebieterin, es beliebe dir, deinen Stand und deine Mißgeschicke mir kundzutun, und soweit es in meiner Macht liegt, will ich mich bemühen, dir Hilfe und Beistand zu leisten.‘ Da sie erkannte, daß der Arzt klug und zuverlässig war, machte sie ihn mit ihrer Geschichte bekannt. Darauf sagte der Arzt: ‚Wenn es dein Wunsch ist, so möchte ich dich gern zu deinem Schwiegervater geleiten, dem König von Harrân, der in Wahrheit ein weiser und gerechter Herrscher ist; er wird sich freuen, dich zu sehen, und er wird an den unmenschlichen Prinzen, seinen Söhnen, Rache nehmen, weil sie das Blut deines Gemahls so ungerecht vergossen haben.‘ Diese Worte gefielen der Prinzessin; und nachdem der Arzt zwei Kamele gemietet hatte, saßen die beiden auf und machten sich auf den Weg nach der Stadt Harrân. Noch am selben Tage stiegen sie in einer Karawanserei ab, und der Arzt fragte, was es Neues aus der Stadt gäbe; da sprach zu ihm der Pförtner: ‚Der König von Harrân hatte einen Sohn, überaus tapfer und untadelig, der einige Jahre hindurch bei ihm als Fremdling weilte; doch seit kurzer Zeit ist er verschollen, und niemand weiß, ob er tot oder noch am Leben ist. Seine Mutter, die Prinzessin Firûza, hat überall nach ihm suchen lassen, doch hat sie weder Spur noch Nachricht von ihm gefunden. Seine Eltern und, wahrlich, alles Volk, reich und arm, beweinen und beklagen ihn; und obgleich der Sultan noch neunundvierzig Söhne hat, so kann sich doch keiner von ihnen mit ihm vergleichen an tapferen Taten und kluger Gewandtheit, und keiner von ihnen vermag ihm den geringsten Trost zu bieten. Man hat überall gesucht und geforscht; doch bisher ist alles vergeblich gewesen. Der Arzt tat diese Worte der Prinzessin von Darjabâr kund; da gedachte sie alsbald zu Chudadâds Mutter zu gehen und sie mit allem, was ihrem Gemahl widerfahren war, bekannt zu machen; aber der Arzt sprach nach reiflicher Überlegung: ‚O Prinzessin, wenn du dich in dieser Absicht aufmachen würdest, so könnten schon vielleicht vor deiner Ankunft die neunundvierzig Prinzen von deinem Nahen hören; dann werden sie dich gewißlich auf irgendeine Weise umbringen, und dein Leben wird nutzlos vergeudet sein. Nein, laß mich zuerst zu Chudadâds Mutter gehen, ich will ihr deine ganze Geschichte erzählen, und sie wird dann sicher nach dir senden. Bis dahin bleib du in dieser Karawanserei verborgen!‘ So ritt denn der Arzt gemächlich zur Stadt, und auf dem Wege begegnete er einer Herrin auf einer Mauleselin, deren Decken von der reichsten und schönsten Art waren, und hinter ihr schritten vertraute Diener, denen eine Schar von Reitern und Fußvolk und schwarzen Sklaven folgte; und während sie dahinritt, stellte sich das Volk zu beiden Seiten in Reihen auf und grüßte sie auf ihrem Wege. Auch der Arzt mischte sich unter die Menge und machte seine Verbeugung; dann sagte er zu einem der Zuschauer, einem Derwisch: ‚Mich deucht, dies muß die Königin sein.‘ ‚So ist es,‘ erwiderte jener, ‚sie ist die Gemahlin unseres Königs, und alles Volk ehrt und achtet sie höher als die anderen Frauen des Sultans, da sie doch die Mutter des Prinzen Chudadâd ist, von dem du sicherlich gehört hast.‘ Darauf ging der Arzt mit dem Reiterzug; und als die Herrin bei einer Hauptmoschee abstieg und Goldmünzen als Almosen unter die Anwesenden verteilte – denn der König hatte ihr befohlen, daß sie bis zu Chudadâds Rückkehr den Armen mit eigener Hand spenden und dafür beten sollte, daß der Jüngling in Frieden und Sicherheit heimkehren möchte –, da mischte sich der Arzt unter die Leute, die sich zum Gebet für ihren Liebling vereinten, und flüsterte einem Sklaven die Worte zu: ‚Bruder, ich muß unverzüglich der Königin Firûza ein Geheimnis mitteilen, das ich hüte.' Jener antwortete: ‚Wenn es etwas über den Prinzen Chudadâd ist, gut, so wird die Gemahlin des Königs dir sicherlich ihr Ohr leihen; ist es aber etwas anderes, so wirst du schwerlich Gehör finden, denn sie ist durch die Trennung von ihrem Sohne verstört und hat für nichts anderes Sinn.' Da fuhr der Arzt fort, immer noch leise sprechend: ‚Mein Geheimnis betrifft das, was ihr am Herzen liegt.' ‚Wenn es so ist,' antwortete der Sklave, ‚dann folge heimlich dem Zuge, bis er das Tor des Palastes erreicht.' Wie nun die Herrin Firûza bei ihren königlichen Gemächern angelangt war, trat der Mann bittend an sie heran und sprach: ‚Ein Fremder möchte dir heimlich etwas kundtun.' Und sie geruhte, Befehl und Erlaubnis zu geben, indem sie rief: ‚Gut, er möge hierher geführt werden!' Darauf brachte der Sklave den Arzt zu ihr, und die Königin gebot mit huldvoller Miene, er möge näher treten; nachdem er den Boden vor ihr geküßt hatte, trug er sein Anliegen vor mit den Worten: ‚Ich habe deiner Hoheit eine lange Geschichte zu erzählen, über die du sehr staunen wirst.' Und nun schilderte er ihr Chudadâds Geschichte, die Schurkerei seiner Brüder und seinen Tod durch ihre Hand; auch berichtete er ihr, daß seine Leiche von wilden Tieren fortgeschleppt sei. Als aber die Königin Firûza von der Ermordung ihres Sohnes hörte, fiel sie sogleich ohnmächtig zu Boden; und die Diener eilten herbei, richteten sie auf und besprengten ihr Gesicht mit Rosenwasser, bis sie wieder zu Verstand und Bewußtsein kam. Dann gab sie dem Arzte Befehl, indem sie sprach: ‚Begib dich sofort zur Prinzessin von Darjabâr und überbringe ihr von mir und von seinem Vater Grüße und den Ausdruck des Mitgefühls.' Sobald aber der Arzt gegangen war, gedachte sie wieder ihres Sohnes und weinte bitterlich. Zufällig ging der Sultan dort vorbei, und wie er sah, daß Firûza weinte und seufzte und in schwere und bittere Klagen ausbrach, fragte er sie nach dem Grunde. Da erzählte sie ihm alles, was sie von dem Arzt gehört hatte, und ihr Gemahl wurde von heißem Grimm gegen seine Söhne erfüllt. So erhob er sich denn und eilte geradewegs in den Staatssaal, in dem sich das Volk der Stadt versammelt hatte, um Anliegen vorzutragen und um Gerechtigkeit und Abhilfe zu erbitten; doch als sie seine Züge vor Wut zucken sahen, wurden alle von großer Furcht erfüllt. Dann setzte sich der Sultan auf den Thron seiner Herrschaft und erteilte seinem Großwesir Befehl, indem er sprach: ‚Wesir Hasan, nimm mit dir tausend Mann von den Wächtern, denen die Hut und Bewachung des Palastes anvertraut ist, und hole die neunundvierzig Prinzen, meine unwürdigen Söhne, dann wirf sie in den Kerker, der für Totschläger und Mörder bestimmt ist; doch gib wohl acht, daß keiner von ihnen entkommt!' Der Wesir tat, wie ihm befohlen war; er ließ die Prinzen allesamt ergreifen und in den Kerker werfen zu den Mördern und anderen Verbrechern, und er berichtete seinem Herrn darüber. Darauf entließ der Sultan einige Kläger und Bittsteller und sprach: ‚Für den Zeitraum eines vollen Monats von heute an geziemt es mir nicht, in der Halle der Rechtsprechung zu sitzen. Geht fort von hier, und wenn die dreißig Tage verstrichen sind, so mögt ihr wieder hierher kommen!' Danach verließ er den Thron, nahm den Wesir Hasan mit sich und begab sich zum Gemach der Königin Firûza; dort befahl er dem Minister in aller Eile, doch mit königlicher Pracht und Würde, die Prinzessin von Darjabâr und den Arzt aus der Karawanserei zu holen. Der Wesir saß alsbald auf, begleitet von den Emiren und den Kriegern; und nachdem er eine schöne weiße Mauleselin, die reich mit juwelenbesetztem Geschirr geschmückt war, aus den königlichen Ställen geholt hatte, ritt er zu der Karawanserei, in der die Prinzessin von Darjabâr wohnte. Er berichtete ihr alles, was der König getan hatte, und ließ sie dann die Mauleselin besteigen; dem Arzt aber gab er ein Roß aus turkmenischem Blut zu reiten, und nun zogen alle drei in Pracht und Herrlichkeit zum Palast. Die Ladenbesitzer und das Stadtvolk eilten herbei, um die Herrin zu begrüßen, während der Reiterzug sich durch die Straßen bewegte; und als sie hörten, daß sie die Gemahlin des Prinzen Chudadâd war, waren sie hoch erfreut, weil sie nun doch etwas über seinen Aufenthalt erfahren mußten. Sobald der Zug die Tore des Palastes erreichte, sah die Prinzessin von Darjabâr den Sultan, der ihr entgegenkam, um sie zu begrüßen, und sie sprang von ihrem Maultier und küßte ihm die Füße. Der König aber ergriff ihre Hand und richtete sie auf, und dann führte er sie in das Gemach, in dem Königin Firûza saß und ihren Besuch erwartete. Dort fielen alle drei einander um den Hals und weinten bitterlich, ja, sie konnten ihren Gram gar nicht mehr beherrschen. Doch als ihr Kummer sich ein wenig gelegt hatte, sprach die Prinzessin von Darjabâr zum König: ‚O mein Gebieter und Sultan, ich möchte demütig bitten, daß volle Rache über alle jene komme, von denen mein Gemahl so schmählich und grausam ermordet worden ist.‘ Der König erwiderte: ‚Mein Gebieterin, sei versichert, daß ich gewißlich alle jene Schurken hinrichten lassen werde zur Strafe für das vergossene Blut Chudadâds.‘ Und er fügte hinzu: ‚Freilich ist die Leiche meines tapferen Sohnes nicht gefunden worden; doch scheint es mir nur recht, daß ein Grabmal erbaut werde, ein leeres Grabgebäude, durch das seine Größe und Güte ewiglich im Gedächtnis festgehalten werde.' Alsbald berief er den Großwesir und gab Befehl, daß ein großes Mausoleum aus weißem Marmor mitten in der Stadt gebaut würde; und der Minister ernannte sofort Werkleute, nachdem er eine passende Stätte mitten im Herzen der Stadt ausgesucht hatte. Dort nun errichteten sie ein prunkvolles Grabgebäude, das von einer stolzen Kuppel gekrönt war, und darunter ward ein Bildnis Chudadâds ausgemeißelt. Nachdem die Kunde von der Vollendung dem König überbracht war, bestimmte er einen Tag für die Trauerfeier und die Lesungen aus dem Koran. Zur bestimmten Zeit versammelten sich das Volk der Stadt, um dem Trauerzuge und der Totenfeier für den Dahingeschiedenen zuzuschauen; und der Sultan begab sich im Prunkzuge zu dem Mausoleum, begleitet von allen Wesiren und Emiren und Herren des Landes, und er setzte sich auf Decken aus schwarzem Atlas, die mit goldenen Blumen bestickt waren und die über den Marmorboden ausgebreitet lagen. Nach einer Weile kam eine Schar von Reitern angeritten, mit gesenkten Häuptern und niedergeschlagenen Augen; nachdem sie zweimal um das Mausoleum gezogen waren, machten sie beim dritten Male halt vor dem Tor und riefen laut: ,O Prinz, o Sohn unseres Sultans, könnten wir durch das Schwingen unserer guten Schwerter und die Kraft unserer tapferen Arme dich zum Leben erwecken, so würden unser Herz und unsere Stärke nicht versagen in heißem Bemühen! Doch vor dem Spruche Allahs des Erhabenen müssen alle Nacken sich beugen.' Dann ritten die Reiter wieder zu dem Platze hin, von dem sie gekommen waren, und ihnen folgten hundert weißhaarige Einsiedler, Bewohner der Höhlen, die ihr Leben in Einsamkeit und Entsagung verbracht und nie mit einem Mann oder einer Frau gesprochen hatten, sondern nur dann in Har-

rân erschienen, wenn eine Totenfeier des Königshauses stattfand. An ihrer Spitze schritt einer dieser Graubärte, der mit
einer Hand ein großes und schweres Buch hielt, das er auf dem
Haupte trug. Alle diese Heiligen zogen dreimal um das Mausoleum, dann machten sie auf der Straße halt, und der Älteste
rief mit lauter Sitmme: ‚O Prinz, könnten wir dich durch
Gebete und Andacht ins Leben zurückrufen, so würden diese
unsere Herzen und Seelen nur daran denken, dich aufzuer-
wecken; und wenn wir dich auferstehen sähen, so wollten wir
dir die Füße mit unseren altersweißen Bärten abwischen.‘ Als
auch sie sich zurückgezogen hatten, kamen hundert Jungfrauen
von wunderbarer Schönheit und Anmut, beritten auf weißen
Berberrossen, deren Sättel reich bestickt und mit Juwelen
besetzt waren; ihre Gesichter waren entblößt, und auf ihren
Häuptern trugen sie goldene Körbchen, die mit Edelsteinen,
Rubinen und Diamanten gefüllt waren. Auch sie ritten rings
um das Grabgebäude, und als sie an dem Tore hielten, sprach
die Jüngste und Schönste unter ihnen im Namen ihrer Schwestern und rief: ‚O Prinz, vermöchte unsere Jugend und unsere
Schönheit dir etwas zu nützen, so würden wir uns dir darbieten und deine Mägde werden. Aber ach, du weißt recht wohl,
daß all unsere Schönheit nutzlos ist und daß unsere Liebe
deinen Staub nicht zu erwärmen vermag.‘ Darauf zogen auch
sie in tiefster Trauer von dannen. Sobald sie den Blicken entschwunden waren, erhoben sich der Sultan und alle, die bei
ihm waren, und sie schritten dreimal um die Bildsäule, die
unter der Kuppel errichtet war; dann blieb der Vater zu ihren
Füßen stehen und sprach: ‚O mein geliebter Sohn, mach diese
Augen hell, die von den Tränen ob des Trennungsschmerzes
verdunkelt sind.‘ Und er weinte bitterlich, und alle seine
Minister und Hofmänner und Großen trauerten und klagten

mit ihm. Als aber die Totenfeier beendet war, kehrte der Sultan mit seinem Gefolge in den Palast zurück, und die Tür des Mausoleums ward geschlossen. Darauf gab der König Befehl, eine ganze Woche lang in den Moscheen Gemeindegebete abzuhalten; und er selbst weinte und trauerte acht Tage hindurch unaufhörlich vor dem Mausoleum seines Sohnes. Nachdem diese Zeit verstrichen war, befahl er dem Großwesir, die Rache für den Mord des Prinzen Chudadâd zu vollstrecken; die Prinzen sollten aus ihren Kerkern geholt und hingerichtet werden. Die Nachricht davon verbreitete sich in der Stadt, die Vorkehrungen für die Hinrichtung der Mörder wurden getroffen, und große Volksscharen versammelten sich und schauten auf das Blutgerüst, als plötzlich gemeldet ward, daß ein Feind, den der König in früheren Zeiten geschlagen hatte, mit einem Eroberungsheere wider die Stadt heranrücke. Darüber war der König sehr erschrocken und bestürzt, und die Minister sagten zueinander: ‚Ach, wäre Prinz Chudadâd noch am Leben, er hätte die Scharen der Feinde, so grimmig und grausam sie auch wären, alsbald in die Flucht geschlagen.‘ Nun zog der Herrscher sofort mit seinem Gefolge und seinem Heer ins Feld; doch er traf zugleich Vorkehrungen, um auf dem Flusse in ein anderes Land zu flüchten, wenn die Truppen des Feindes siegreich sein sollten. Dann prallten die beiden Heere in heißem Kampfe aufeinander; und die Eindringlinge, die das Heer des Königs Harrân auf allen Seiten umzingelten, hätten ihn und alle seine Krieger in Stücke zerhauen, wenn nicht plötzlich eine bewaffnete Schar, die man bisher noch nicht gesehen hatte, quer über das Feld geritten wäre, so schnell und so sicher, daß die beiden feindlichen Könige sie in höchster Verwunderung anstarrten, und niemand wußte, woher jene Schar kam. Als sie aber näher rückte, fielen die Reiter über die Feinde her und schlugen sie im Nu in die Flucht; und sie fällten sie in hitziger Verfolgung mit dem schneidenden Schwert und dem durchbohrenden Speer. Als der König von Harrân diesen Ansturm sah, staunte er gar sehr, und nachdem er seinen Dank gen Himmel gesandt hatte, sprach er zu denen, die ihn umgaben: ‚Erkundet den Namen des Hauptmanns jener Schar und erforscht, wer er ist und woher er kam!‘ Als nun die Feinde auf dem Felde gefallen waren, bis auf wenige, die nach allen Seiten hin flüchteten, und bis auf den feindlichen Sultan, der gefangen genommen war, da kehrte der Hauptmann der befreundeten Schar zufrieden zurück von der Verfolgung, um den König zu begrüßen. Doch wie die beiden einander näher kamen, siehe, da erkannte der Sultan, daß der Hauptmann kein anderer war als sein geliebter Sohn Chudadâd, der einst verloren, aber nun wiedergefunden war. Eine unsagbare Freude kam über ihn, daß sein Feind so besiegt worden war, und daß er selbst seinen Sohn Chudadâd wiedersah, der lebend und sicher und gesund dort vor ihm stand. ‚Mein Vater,‘ rief der Prinz, ‚ich bin der, den du für tot hieltest; allein Allah der Erhabene hat mich am Leben erhalten, auf daß ich an diesem Tage für dich einstände und diese deine Feinde vernichtete.‘ ‚Ach, mein geliebter Sohn,‘ erwiderte der Vater, ‚wahrlich, ich hatte die Hoffnung verloren und glaubte nicht mehr, daß ich dich je mit eigenen Augen wiedersehen würde.‘ Da sprangen Vater und Sohn vom Rosse und fielen einander um den Hals, und der Sultan ergriff die Hand des Jünglings und sprach: ‚Seit langem kannte ich deine tapferen Taten, und ich wußte auch, daß du deine unseligen Brüder aus den Händen des schwarzen Menschenfressers befreit hast und daß sie dir so übel vergolten haben. Eile jetzt zu deiner Mutter, die so bitterlich um dich weint, daß von ihr nur noch Haut und Knochen übrig

sind; sei du der erste, der ihr Herz erfreut und ihr die frohe
Kunde von deinem Siege bringt!' Als sie dann weiter ritten,
fragte der Prinz den Sultan, wie er von dem Neger und von
der Befreiung der Prinzen aus den Klauen des Menschenfressers gehört habe. ,Hat einer von meinen Brüdern', so fügte er
hinzu, ,dir von diesem Abenteuer berichtet?', Ach nein, mein
Sohn,' erwiderte der König, ,sie sagten nichts, sondern die
Prinzessin von Darjabâr hat mir die jammervolle Geschichte
erzählt; sie wohnt schon seit vielen Tagen bei mir, und sie hat
als erste und am meisten nach Rache für dein Blut verlangt.'
Wie Chudadâd vernahm, daß die Prinzessin, seine Gemahlin,
als Gast bei seinem Vater weilte, freute er sich über die Maßen
und rief: ,Laß mich erst meine Mutter sehen! Dann will ich
zur Prinzessin Darjabâr eilen.' Darauf schlug der König von
Harrân seinem Erzfeinde das Haupt ab und ließ es öffentlich
durch die Straßen seiner Hauptstadt tragen; und alles Volk
freute sich nicht nur über den Sieg, sondern auch über die
wohlbehaltene und sichere Heimkehr Chudadâds, und in allen
Häusern gab es Tanz und Feiern. Dann traten Königin Firûza
und die Prinzessin von Darjabâr vor den Sultan und brachten
ihm ihre Glückwünsche dar; und nun begaben sich die beiden Hand in Hand zu Chudadâd, und da fielen alle drei einander um den Hals und weinten vor eitel Freude. Danach unterhielten sich der König und seine Königin und seine Schwieger-
tochter lange miteinander, und sie wunderten sich, wie Chudadâd, obwohl er von den Schwertern schwer verwundet und
zerhauen war, doch noch lebendig aus jener öden Wildnis
entronnen sei; da erzählte der Prinz auf das Geheiß seines
Vaters in diesen Worten seine Geschichte: ,Es traf sich, daß
ein Bauer, der auf einem Kamel ritt, an meinem Zelt vorüberkam; und als er sah, wie ich schwer verwundet war und mich

in meinem Blute wälzte, hob er mich auf sein Reittier und führte mich zu seinem Hause; dann wählte er einige Wurzeln der Steppenkräuter aus und legte sie auf die Wunden, so daß sie sanft heilten und ich bald wieder bei Kräften war. Nachdem ich meinem Wohltäter gedankt und ihm ein reiches Geschenk gegeben hatte, machte ich mich auf nach der Stadt Harrân, doch auf meinem Wege sah ich, wie die Scharen der Feinde in gewaltiger Zahl gegen deine Stadt zogen. Deshalb meldete ich es den Einwohnern der Flecken und Dörfer ringsum und bat sie um Hilfe; so sammelte ich eine große Streitmacht und stellte mich an ihre Spitze, und da ich gerade noch zur rechten Zeit eintraf, konnte ich die Scharen der Eindringlinge vernichten.' Der Sultan dankte Allah dem Erhabenen von neuem und sagte dann: ,Alle die Prinzen, die sich wider dein Leben verschworen haben, sollen jetzt hingerichtet werden'; und er schickte sogleich nach dem Träger des Schwertes seiner Rache. Aber Chudadâd legte bei seinem Vater Fürbitte ein, indem er sprach: ,Wahrlich, o mein Herr und König, sie alle verdienen mit Recht das Schicksal, das du für sie bestimmt hast! Doch sind sie nicht meine Brüder und auch dein Fleisch und Blut? Ich habe ihnen schon aus freien Stücken ihre Schuld gegen mich vergeben, und ich bitte dich demütig, du mögest ihnen ihr Leben schenken; denn Blut ruft wieder nach Blut.' Der Sultan willigte schließlich ein und vergab ihnen ihre Missetat. Dann berief er alle Wesire und erklärte Chudadâd zu seinem Erben und Nachfolger in Gegenwart der Prinzen, die er aus dem Gefängnis hatte bringen lassen. Chudadâd aber ließ ihnen ihre Ketten und Fesseln abnehmen und umarmte sie, einen nach dem andern, indem er ihnen die gleiche Liebe und Freundlichkeit zeigte, die er ihnen in dem Schlosse des schwarzen Menschenfressers bewiesen hatte. Und alles Volk brach in Rufe des Beifalls aus, als dies edle Verhalten des Prinzen Chudadâd bekannt wurde, und liebte ihn noch mehr als zuvor. Der Arzt, der sich um die Prinzessin von Darjabâr so verdient gemacht hatte, empfing ein Ehrengewand und großen Reichtum; und so endete das, was in Leid begonnen hatte, in eitel Freude. – –«

Danach fuhr die Königin Schehrezâd auf Befehl des Königs Schehrijâr fort und erzählte

DIE GESCHICHTE VON 'ALÎ CHAWÂDSCHA UND DEM KAUFMANNE VON BAGHDAD[1]

Unter der Regierung des Kalifen Harûn er-Raschîd lebte in der Stadt Baghdad ein Kaufmann, 'Alî Chawâdscha geheißen; der hatte einen kleinen Vorrat an Waren, mit dem er Handel trieb und ein kärgliches Brot verdiente, indem er allein und ohne Angehörige im Hause seiner Vorväter wohnte. Nun begab es sich, daß er drei Nächte hintereinander in jeder Nacht im Traume einen ehrwürdigen Scheich sah, der also zu ihm sprach: ,Du bist verpflichtet, eine Pilgerfahrt nach Mekka zu machen. Warum verharrst du versunken in achtlosen Schlummer und machst dich nicht auf, wie es dir geziemt?' Als er diese Worte vernahm, ward er bestürzt und so erschrocken, daß er Laden und Waren und all sein Hab und Gut verkaufte und in der festen Absicht, das heilige Haus Allahs des Erhabenen zu besuchen, sein Haus vermietete und sich einer Karawane anschloß, die nach dem hochgeehrten Mekka reiste. Doch ehe er seine Vaterstadt verließ, legte er tausend Goldstücke, die er über das Reisegeld hinaus noch besaß, in einen irdenen Krug und füllte ihn dann mit Sperlingsoliven[2], und nachdem er die Öffnung des Kruges verschlossen hatte, trug er ihn zu

1. Vgl. oben Seite 240, Anmerkung. – 2. Vgl. Band II, Seite 461.

einem Kaufmanne, mit dem er seit vielen Jahren befreundet war, und sprach: ‚Mein Bruder, vielleicht hast du vernommen, daß ich die Absicht habe, mit einer Karawane die Pilgerfahrt zu machen nach Mekka, der heiligen Stadt; ich habe nun hier einen Krug Oliven bei mir, und ich möchte dich bitten, ihn mir als anvertrautes Pfand bis zu meiner Rückkehr aufzubewahren.‘ Der Kaufmann überreichte sofort den Schlüssel zu seinem Warenhause an 'Alî Chawâdscha und sprach: ‚Hier, nimm den Schlüssel, öffne den Speicher und stelle den Krug dorthin, wo es dir gut dünkt, und wenn du wiederkehrst, sollst du ihn genau so finden, wie du ihn verlassen hast.‘ 'Alî Chawâdscha tat nach dem Geheiße seines Freundes, und als er die Tür wieder verschlossen hatte, gab er den Schlüssel seinem Herrn zurück. Dann lud er seine Reisevorräte auf ein Kamel, stieg selbst auf ein zweites Tier und brach mit der Karawane auf. Schließlich erreichten sie Mekka, die hochgeehrte Stadt; das war im Monate Dhu el-Hiddscha[1], in dem Zehntausende von Muslimen dorthin pilgern und vor dem Tempel der Kaaba beten und sich niederwerfen. Und nachdem er das heilige Haus umschritten und alle Bräuche und Zeremonien erfüllt hatte, wie sie von den Pilgern erfordert werden, tat er einen Laden auf zum Verkauf von Waren. Da begab es sich, daß zwei Kaufleute durch jene Straße gingen und die feinen Stoffe und Waren im Laden von 'Alî Chawâdscha bemerkten; sie fanden großen Gefallen an ihnen und lobten ihre Schönheit und Vortrefflichkeit. Dann sprach der eine zum anderen: ‚Dieser Mann bringt höchst seltene und kostbare Waren hierher; in Kairo, der Hauptstadt von Ägyptenland, würde er aber erst den vollen Wert dafür erhalten, weit mehr als auf den Märkten dieser Stadt.‘ Als nun 'Alî Chawâdscha Kairo nennen hörte, über-

1. Der Monat der Pilgerfahrt, im islamischen Jahr der zwölfte Monat.

kam ihn eine heiße Sehnsucht, jene berühmte Hauptstadt zu besuchen, und so gab er seine Absicht auf, nach Baghdad heimzukehren, und beschloß, gen Ägypten zu ziehen. Deshalb schloß er sich einer neuen Karawane an, und als er dort ankam, hatte er großes Gefallen sowohl an dem Lande wie an der Stadt; auch machte er großen Gewinn, als er seine Waren verkaufte. Dann kaufte er andere Waren und Stoffe und faßte die Absicht, nach Damaskus zu reisen; doch er blieb noch einen ganzen Monat in Kairo und besuchte dort die Heiligtümer und geweihten Stätten; und als er die Mauern der Stadt verlassen hatte, ergötzte er sich damit, manche berühmten Städte zu sehen, die einige Tagereisen von der Hauptstadt entfernt an den Ufern des Nilstromes lagen. Danach nahm er Abschied von Ägypten und kam zur heiligen Stadt Jerusalem; dort betete er in dem Tempel der Kinder Israel, den die Muslime wieder aufgebaut hatten. Zur angemessenen Zeit traf er in Damaskus ein, und er sah, daß die Stadt schön gebaut und volkreich war; auch schaute er die Felder und Wiesen, die von Quellen und Kanälen reich bewässert wurden, und die Gärten und Haine, die in einer Fülle von Blumen und Früchten prangten. Inmitten solcher Freuden dachte 'Alî Chawâdscha kaum an Baghdad; doch er setzte seine Reise fort und zog durch Aleppo, Mosul und Schiras, und in jeder von diesen Städten, besonders aber in Schiras, verweilte er eine Zeit lang, bis er schließlich nach sieben Jahren der Wanderschaft wieder in Baghdad ankam.

Jetzt mußt du nun, o glücklicher König, von dem Kaufmann in Baghdad und von seiner Unehrlichkeit hören. Sieben lange Jahre hatte er nicht ein einziges Mal an 'Alî Chawâdscha gedacht, noch an das Pfand, das seiner Obhut anvertraut war. Schließlich aber, als er eines Tages mit seiner Frau beim Nachtmahle saß, kam ihr Gespräch auf Oliven, und sie sagte: ‚Ich möchte jetzt gern einige zum Essen haben.‘ Da gab er zur Antwort: ‚Weil du gerade davon sprichst, fällt mir ein, daß ’Alî Chawâdscha, der vor sieben Jahren auf die Pilgerfahrt nach Mekka zog, vor seiner Abreise mir einen Krug mit Sperlingsoliven anvertraute, der noch im Speicher steht. Wer weiß, wo er jetzt weilt und was ihm widerfahren ist? Ein Mann, der kürzlich mit der Pilgerkarawane heimgekehrt ist, erzählte mir, daß ’Alî Chawâdscha Mekka, das hochgeehrte, verlassen habe mit der Absicht, nach Ägypten zu ziehen. Einzig Allah der Erhabene weiß, ob er noch am Leben oder schon gestorben ist; indessen, wenn seine Oliven noch gut sind, so will ich hingehen und einige davon bringen, damit wir sie kosten; gib mir also den Schlüssel und eine Lampe, daß ich einige davon holen kann!‘ Seine Frau jedoch, die ein ehrlich und rechtschaffen Weib war, erwiderte: ‚Allah verhüte, daß du eine so gemeine Tat begehst und dein Wort und Gelöbnis brichst! Wer kann es wissen? Du hast von niemandem sichere Kunde, daß er tot ist; vielleicht kommt er morgen oder übermorgen sicher und gesund aus Ägypten zurück; dann wirst du, wenn du ihm nicht unbeschädigt wiedergeben kannst, was er dir einst anvertraute, dich wegen deines gebrochenen Wortes schämen müssen, wir werden vor den Menschen in Schande geraten und vor deinem Freunde entehrt sein. Ich wenigstens will an solcher Schändlichkeit keinen Teil haben, ich will auch die Oliven nicht kosten; überdies widerspricht es aller Vernunft, daß sie nach sieben Jahren noch eßbar sein sollten. Ich flehe dich an, laß ab von dieser argen Absicht!‘ In dieser Weise erhob die Frau des Kaufmanns Einspruch, und sie bat ihren Gatten, sich an ’Alî Chawâdschas Oliven nicht zu vergreifen, und brachte ihn durch Scham von seinem Vorhaben ab, so daß er sich für den Augenblick die Sache aus dem Sinne schlug. Obwohl der Kaufmann es an jenem Abend unterließ, 'Alî Chawâdschas Oliven anzurühren, so behielt er doch den Plan im Gedächtnis, bis er eines Tages in seiner Hartnäckigkeit und Treulosigkeit beschloß, sein Vorhaben auszuführen; da machte er sich auf und begab sich mit einer Schüssel in der Hand zum Vorratshause. Zufällig traf er seine Frau, und die rief: ‚Ich habe mit dir an dieser argen Tat keinen Anteil. Wahrlich, dir wird Böses widerfahren, wenn du eine solche Tat begehst.' Er hörte sie, aber er achtete ihrer nicht; und als er im Speicher war, öffnete er den Krug und fand, daß die Oliven verdorben und weiß von Schimmel waren. Wie er dann jedoch den Krug umstürzte und einen Teil seines Inhalts in die Schüssel schüttete, sah er plötzlich, daß ein Goldstück zusammen mit den Früchten herausfiel. Von Gier erfüllt, schüttete er nunmehr alles, was darinnen war, in einen anderen Krug und wunderte sich über die Maßen, als er die untere Hälfte voll von Goldstücken fand. Dann legte er das Geld und die Oliven beiseite, schloß das Gefäß, kehrte zu seiner Frau zurück und sprach zu ihr: ‚Du hattest recht; denn ich habe den Krug untersucht und gefunden, daß die Früchte schimmelig sind und verdorben riechen. Deshalb habe ich sie wieder in den Krug getan und ihn stehen lassen, wie er war.' In jener Nacht konnte der Kaufmann kein Auge zutun, da er immer an das Gold dachte und grübelte, wie er es sich aneignen könnte; und als der Morgen graute, nahm er alle die Goldstücke heraus, kaufte auf dem Markte einige frische Oliven, füllte den Krug mit ihnen auf, verschloß die Öffnung und stellte ihn wieder an seinen alten Platz.

Nun begab es sich, daß durch Allahs Gnade 'Alî Chawâdscha sicher und gesund am Ende des Monats wieder nach Baghdad heimkehrte. Zuerst begab er sich zu seinem alten

Freunde, dem Kaufmann; der begrüßte ihn mit geheuchelter Freude und fiel ihm um den Hals, aber er war doch sehr in Sorgen und Verlegenheit wegen dessen, was da kommen möchte. Nachdem sie sich also begrüßt und beide ihrer großen Freude Ausdruck gegeben hatten, begann 'Alî Chawâdscha von Geschäften zu sprechen und bat den Kaufmann, ihm seinen Krug mit Sperlingsoliven zurückzugeben, den er einst der Obhut seines Freundes anvertraut hatte. Da sagte der Kaufmann zu 'Alî Chawâdscha: ‚Lieber Freund, ich weiß nicht, wohin du deinen Olivenkrug gestellt hast. Aber hier ist der Schlüssel; geh hinunter in den Speicher und nimm alles, was dein ist!' 'Alî Chawâdscha tat, wie ihm gesagt war; er holte den Krug aus dem Vorratshaus, nahm Abschied und eilte heim. Als er aber den Krug öffnete und die Goldstücke nicht fand, ward er bestürzt und von Schmerz überwältigt, und er klagte bitterlich. Dann eilte er zu dem Kaufmann zurück und sagte: ‚Mein Freund, Allah, der Allgegenwärtige und Allsehende, sei mein Zeuge, daß ich in dem Kruge tausend Goldstücke zurückließ, als ich auf die Pilgerfahrt zog nach Mekka, dem hochgeehrten, und jetzt finde ich sie nicht; kannst du mir nicht etwas über sie sagen? Wenn du in arger Not von ihnen Gebrauch gemacht hast, so tut es nichts; denn du wirst sie mir zurückgeben, sobald du kannst.' Der Kaufmann erwiderte, indem er sich den Anschein gab, als bemitleide er ihn: ‚Mein guter Freund, du hast den Krug mit deiner eigenen Hand in den Speicher gestellt. Ich wußte nicht, daß du etwas anderes darin hattest als Oliven; genau wie du ihn verlassen hast, so hast du ihn wiedergefunden und fortgetragen; und jetzt beschuldigst du mich des Diebstahls von Goldstücken! Es kommt mir seltsam, ja noch mehr als seltsam vor, daß du eine solche Anklage zu erheben wagst. Als du fortgingst, sprachst du von keinem

Gelde in dem Krug, sondern du sagtest nur, er sei voll von
Oliven, so wie du ihn auch angetroffen hast. Hättest du Goldmünzen darin gelassen, so hättest du sie sicherlich auch wiedergefunden.' Darauf begann 'Alî Chawâdscha inständig und flehentlich zu bitten, indem er sprach: ,Jene tausend Goldstücke
waren alles, was ich besaß, das Geld, das ich in Jahren mühe-
voller Arbeit verdient hatte; ich flehe dich an, hab Mitleid mit
meiner Not und gib sie mir zurück!' Aber der Kaufmann ergrimmte heftig und rief: ,Mein Freund, du bist ein feiner Gesell, daß du von Ehrlichkeit redest und dennoch solche falschen
und lügnerischen Anklagen erhebst. Geh, hebe dich von dannen und komm mir nicht wieder in mein Haus; denn jetzt
weiß ich, was du bist – ein Schwindler und Betrüger!' Alle
Leute des Stadtviertels aber kamen herbei und drängten sich
um den Laden, als sie den Streit zwischen 'Alî Chawâdscha
und dem Kaufmann hörten; und die Menge griff die Sache
hitzig auf, und so wurde es allen, Reichen und Armen, in der
Stadt Baghdad bekannt, daß ein Mann namens 'Alî Chawâdscha tausend Goldstücke in einem Olivenkruge verborgen
und sie einem gewissen Kaufmann anvertraut hatte; daß ferner
der arme Mann nach der Pilgerfahrt gen Mekka und nach
sieben Jahren der Wanderschaft zurückgekehrt war und der
Reiche seine Worte in betreff des Goldes bestritten hatte und
bereit war, zu schwören, er habe keinerlei derartiges Pfand erhalten. Schließlich, als nichts anderes mehr fruchtete, war 'Alî
Chawâdscha gezwungen, die Sache vor den Kadi zu bringen
und von seinem falschen Freunde tausend Goldstücke einzu-
klagen. Der Richter fragte: ,Welche Zeugen hast du, die für
dich einstehen können?' Darauf erwiderte der Kläger: ,O Herr
Kadi, ich fürchtete mich, die Sache irgend jemandem mitzuteilen, damit nicht alle von meinem Geheimnis erführen. Allah

der Erhabene ist mein einziger Zeuge. Dieser Kaufmann war mein Freund, und ich glaubte nicht, daß er sich als unehrlich und ungetreu erweisen würde.' Der Richter fuhr fort: ‚Dann muß ich den Kaufmann kommen lassen und hören, was er unter Eid aussagt.' Wie nun der Beklagte kam, ließen sie ihn schwören bei allem, was ihm heilig war, das Gesicht nach der Kaaba gewandt, mit erhobenen Händen; und er rief: ‚Ich schwöre, daß ich nichts weiß von irgendwelchen Goldstücken, die 'Alî Chawâdscha gehören.' Da sprach der Kadi ihn frei und entließ ihn aus dem Gericht; 'Alî Chawâdscha aber ging traurigen Herzens nach Hause und sprach bei sich selber: ‚Weh, was ist das für eine Rechtsprechung, die mir zuteil geworden ist! Ich soll mein Geld verlieren, und meine gerechte Sache soll für ungerecht erklärt werden? Mit Recht heißt es: Wer vor einem Schurken klagt, dem wird sein Recht versagt.' Am nächsten Tage verfaßte er einen Bericht über seine Sache; und als der Kalif Harûn er-Raschîd sich auf dem Wege zum Freitagsgebet befand, warf er sich vor ihm zu Boden und überreichte ihm das Schriftstück: Der Beherrscher der Gläubigen las die Bittschrift, und nachdem er sich den Fall überlegt hatte, geruhte er zu befehlen, indem er sprach: ‚Man bringe morgen den Kläger und den Beklagten in die Audienzhalle und lege mir die Bittschrift vor; denn ich will diese Angelegenheit selbst untersuchen!'

An jenem Abend nun legte der Beherrscher der Gläubigen, wie es seine Gewohnheit war, eine Verkleidung an, um in Baghdad über die Märkte und durch die Straßen und Gassen zu wandern; und begleitet von Dscha'far, dem Barmekiden, und Masrûr, dem Träger des Schwertes seiner Rache, zog er aus, um zu erforschen, was in der Stadt geschah. Bald nachdem er hinausgegangen war, kam er auf einen offenen Platz im

Basar, und dort hörte er den Lärm von spielenden Kindern. Dann sah er in geringer Entfernung etwa zehn bis zwölf Knaben, die sich im Mondenschein vergnügten; und er blieb eine Weile stehen, um ihrem Spiele zuzuschauen. Nun sagte einer von den Knaben, ein hübscher Bursche von heller Hautfarbe, zu den anderen: ‚Kommt her und laßt uns jetzt Kadi spielen[1]; ich will der Richter sein, einer von euch sei ’Alî Chawâdscha und ein anderer der Kaufmann, dem er die tausend Goldstücke anvertraute, ehe er auf die Pilgerfahrt ging. Tretet nur vor mich her, und ein jeder rede für seine Sache!‘ Als der Kalif den Namen ’Alî Chawâdscha hörte, dachte er an die Schrift, die ihm überreicht war mit der Bitte um Rechtsprechung wider den Kaufmann, und er beschloß zu warten, um zu sehen, wie der Knabe die Rolle des Kadis im Spiel darstellen und welche Entscheidung er treffen würde. So beobachtete denn der Herrscher das Prozeßspiel mit lebhafter Aufmerksamkeit, indem er sich sagte: ‚Dieser Fall hat wirklich die ganze Stadt in solche Erregung gebracht, daß selbst die Kinder davon wissen und ihn in ihren Spielen darstellen.‘ Dann traten beide vor, der Knabe, der die Rolle des Klägers ’Alî Chawâdscha spielte, und sein Gefährte, der den wegen des Diebstahls verklagten Kaufmann von Baghdad darstellte, und sie standen vor dem Knaben, der als Kadi ernsthaft und würdevoll dasaß. Der Richter hub also an: ‚’Alî Chawâdscha, wie lautet deine Klage wider diesen Kaufmann?‘ Und der Kläger brachte seine Klage in allen Einzelheiten vor. Darauf sprach der Kadi zu dem Knaben, der den Kaufmann spielte: ‚Was erwiderst du auf diese Klage,

1. Knaben sind manchmal bei den öffentlichen Gerichtsverhandlungen zugegen und spielen dann nachher unter sich solche Verhandlungen, bei denen sie große Geschicklichkeit, Beredsamkeit und Leidenschaft zeigen.

und warum hast du die Goldstücke nicht zurückgegeben?' Der Angeklagte gab dieselbe Antwort, die der wirkliche Beklagte gegeben hatte, indem er vor dem Richter alles ableugnete und sich bereit erklärte, seine Aussage zu beschwören. Nun sagte der junge Kadi: ,Ehe du einen Eid schwörst, daß du das Geld nicht genommen hast, möchte ich gern selbst den Olivenkrug sehen, den der Kläger in deiner Obhut zurückließ.' Und dann wandte er sich zu dem Knaben, der 'Alî Chawâdscha vertrat, und rief: ,Geh hin und bringe mir sofort den Krug, damit ich ihn untersuchen kann!' Als der Krug gebracht war, sprach der Richter zu den beiden Streitführenden: ,Schaut nach und sagt mir: ist dies derselbe Krug, den du, Kläger, bei dem Beklagten zurückgelassen hast?' Und beide erwiderten, es sei derselbe. Alsdann sagte der Richter von eigenen Gnaden: ,Öffnet nun den Krug und bringt mir etwas von seinem Inhalt, damit ich sehe, in welchem Zustande die Sperlingsoliven jetzt sind.' Und er kostete von den Früchten und rief: ,Wie geht das zu? Ich sehe, sie schmecken frisch und sind in vortrefflichem Zustand! Im Laufe von sieben Jahren müßten die Oliven doch gewißlich schimmelig geworden und verdorben sein. Bringt mir jetzt zwei Ölhändler aus der Stadt; sie sollen ihr Urteil darüber abgeben!' Darauf übernahmen zwei andere von den Knaben die befohlenen Rollen, traten in den Gerichtshof und standen vor dem Kadi still; der fragte: ,Seid ihr Olivenhändler von Beruf?' Sie antworteten: ,Das sind wir, und dies ist der Beruf unserer Vorfahren gewesen seit vielen Geschlechtern; durch den Handel mit Oliven verdienen wir unser täglich Brot.' Weiter fragte der Kadi: ,Sagt mir jetzt, wie lange halten sich Oliven frisch und schmackhaft?' Sie erwiderten: ,O Herr, wenn wir sie auch noch so sorgfältig aufbewahren, so verlieren sie doch nach dem dritten Jahre ihren Geschmack und ihre

Farbe, und dann taugen sie nicht mehr zum Essen, sondern sind zu nichts mehr gut als zum Wegwerfen.' Dann fuhr der Kadi fort: ,Prüfet nun diese Oliven, die sich in diesem Kruge befinden, und sagt mir, wie alt sind sie und wie ihr Zustand und ihr Geschmack ist!' Die beiden Knaben, die als Ölhändler auftraten, gaben sich den Anschein, als ob sie einige Früchte aus dem Kruge nähmen und sie kosteten, und dann sagten sie: ,O Herr Kadi, diese Oliven sind in gutem Zustande und haben den vollen Geschmack.' Doch der Kadi rief: ,Ihr redet falsch; es ist sieben Jahre her, seit 'Alî Chawâdscha sie in den Krug legte, damals, als er sich auf die Pilgerfahrt begeben wollte.' Sie entgegneten aber: ,Sage, was du willst; diese Oliven sind von der Ernte dieses Jahres, und es gibt keinen einzigen Ölhändler in ganz Baghdad, der uns darin nicht beistimmen würde.' Ferner hieß man den Beklagten die Früchte kosten und riechen, und er konnte nicht umhin, einzugestehen, daß es sich genau so verhielt, wie jene behauptet hatten. Darauf sprach der junge Kadi zu dem jungen Beklagten: ,Es ist klar, daß du ein Schurke und ein Schuft bist, und du hast eine Tat getan, für die du reichlich den Galgen verdienst.' Als die Kinder das hörten, sprangen sie umher und klatschten froh und fröhlich in die Hände; dann ergriffen sie den, der den Kaufmann von Baghdad spielte, und führten ihn wie zur Hinrichtung ab.

Der Beherrscher der Gläubigen, Harûn er-Raschîd, hatte großes Gefallen an dem Scharfsinn des Knaben, der den Richter in dem Spiele dargestellt hatte, und er gab seinem Wesir Dscha'far den Befehl: ,Merke dir den Knaben genau, der in diesem Prozeßspiel der Kadi war, und sieh, daß du ihn mir morgen vorführst; er soll den Fall vor mir wirklich und in vollem Ernst untersuchen, genau so wie wir ihn im Spiel haben handeln sehen! Berufe auch den Kadi dieser Stadt, damit er von diesem Kinde die Rechtsprechung lerne! Ferner sende Bescheid an 'Alî Chawâdscha, daß er den Olivenkrug mitbringen soll, und halt mir auch zwei Ölhändler aus der Stadt bereit!' Diese Befehle erteilte der Kalif dem Wesir, als sie dahinschritten; dann kamen sie zum Palast zurück. Am nächsten Morgen begab sich der Barmekide Dscha'far zu jenem Stadtteile, in dem die Kinder das Prozeßspiel aufgeführt hatten, und fragte den Schulmeister, wo seine Schüler wären; der antwortete: ,Sie sind alle fortgegangen, ein jeder in sein Haus.' Darauf besuchte der Minister die Häuser, die ihm bezeichnet wurden, und befahl, daß die Kleinen vor ihm erscheinen sollten. Als sie ihm dann vorgeführt wurden, sprach er zu ihnen: ,Wer von euch ist es, der gestern abend die Rolle des Kadis gespielt und in der Sache von 'Alî Chawâdscha das Urteil gefällt hat?' Der Älteste unter ihnen antwortete: ,Das war ich, o Herr Wesir'; aber dann ward er bleich, da er nicht wußte, weshalb die Frage gestellt war. Der Minister rief: ,Komm mit mir; der Beherrscher der Gläubigen bedarf deiner!' Darüber erschrak die Mutter des Knaben gar sehr, und sie begann zu weinen; doch Dscha'far tröstete sie, indem er sprach: ,Gute Frau, hab keine Furcht und mach dir keine Sorge! Dein Sohn wird wohlbehalten zu dir zurückkehren, so Gott will, und mich dünkt, der Sultan wird ihm viel Gunst erweisen.' Als die Frau diese Worte des Wesirs vernommen hatte, ward ihr Herz beruhigt, und sie legte ihrem Sohne voller Freuden sein bestes Gewand an, ehe sie ihn mit dem Wesir fortgehen ließ; der leitete ihn an der Hand in die Audienzhalle des Kalifen und führte auch alle die anderen Befehle aus, die ihm sein Herr gegeben hatte. Nachdem der Beherrscher der Gläubigen sich selber auf den Richterthron gesetzt hatte, wies er dem Knaben einen Sitz zu seiner

Seite an; und sobald die streitenden Parteien, nämlich 'Alî
Chawâdscha und der Kaufmann von Baghdad, vor ihm erschienen, befahl er einem jeden, seine Sache vor dem Knaben
vorzutragen, denn der solle den Prozeß entscheiden. Beide also,
der Kläger und der Beklagte, berichteten über ihren Streit vor
dem Knaben in allen Einzelheiten; doch als der Beklagte alle
Schuld bestimmt ableugnete und schon einen Eid schwören
wollte, daß seine Aussage wahr sei, mit erhobenen Händen
und das Gesicht nach der Kaaba gewandt, hielt der junge Kadi
ihn zurück und sprach: ‚Genug! Schwöre nicht eher, als bis es
dir befohlen wird! Zunächst soll der Olivenkrug vor den Gerichtshof gebracht werden.' Alsbald wurde der Krug geholt
und vor ihn gestellt; dann befahl der Knabe, ihn zu öffnen,
kostete eine Frucht und gab auch den beiden Ölhändlern, die
vorgeladen waren, damit sie gleichfalls kosteten und erklärten,
wie alt die Früchte wären, und ob ihr Geschmack gut oder
schlecht wäre. Sie taten nach seinem Geheiß und sagten: ‚Der
Geschmack dieser Oliven ist unverändert, und sie sind von der
Ernte dieses Jahres.' Darauf sprach der Knabe: ‚Mir scheint, ihr
irrt euch; denn 'Alî Chawâdscha legte die Oliven vor sieben
Jahren in den Krug. Wie könnten Früchte aus diesem Jahre
hineingelangt sein?' Doch sie erwiderten: ‚Es ist, wie wir sagen;
wenn du unseren Worten nicht glaubst, sende sofort nach anderen Ölhändlern und befrage sie, dann wirst du sehen, ob wir
die Wahrheit oder die Unwahrheit sagen!' Als nun der Kaufmann von Baghdad einsah, daß es ihm nicht mehr gelingen
konnte, seine Unschuld zu erweisen, gestand er alles, nämlich
daß er die Goldstücke herausgenommen und den Krug mit
frischen Oliven gefüllt hatte. Wie der Knabe das hörte, sprach
er zu dem Beherrscher der Gläubigen: ‚O huldreicher Herrscher, gestern abend haben wir diese Sache im Spiel entschie-

den; aber du allein hast die Macht, die Strafe zu verhängen. Ich habe das Urteil in deiner Gegenwart gefällt, und ich bitte dich in Demut, daß du diesen Kaufmann nach dem Gesetze des Korans und dem Brauche des Propheten bestrafst; und dann befiehl, daß die tausend Goldstücke an 'Alî Chawâdscha zurückgegeben werden; denn es ist bewiesen, daß sie sein Eigentum sind!' Darauf befahl der Kalif, daß der Kaufmann von Baghdad abgeführt und gehängt werden sollte, nachdem er gestanden habe, wo er die tausend Goldstücke verborgen hatte, und daß diese dann ihrem rechtmäßigen Eigentümer 'Alî Chawâdscha zurückgegeben würden. Dann wandte er sich auch zu dem Kadi, der die Sache so voreilig abgeurteilt hatte, und hieß ihn von jenem Knaben lernen, wie er seine Pflicht eifriger und gewissenhafter ausüben könnte. Den Knaben aber umarmte der Beherrscher der Gläubigen, und er befahl dem Wesir, ihm tausend Goldstücke aus dem königlichen Schatze zu geben und ihn sicher in sein Haus zu seinen Eltern zurückzuführen. Und als der Knabe zum Mann herangewachsen war, machte der Beherrscher der Gläubigen ihn zu einem seiner Tischgenossen und förderte sein Wohlergehen und erwies ihm stets die höchsten Ehren.

DIE GESCHICHTE VON HARÛN ER-RASCHÎD UND ABU HASAN, DEM KAUFMANN AUS OMAN[1]

Eines Nachts war der Kalif Harûn er-Raschîd von Schlaflosigkeit heftig geplagt; da rief er nach Masrûr, und als der gekommen war, sprach er zu ihm: ‚Hole mir sogleich Dscha'far!' Jener ging hin und holte den Wesir, und als der vor dem Herrscher stand, sprach dieser: ‚Dscha'far, heute nacht ist Schlaf-

1. Von hier an ist wieder nach dem Arabischen übersetzt.

losigkeit über mich gekommen, und der Schlummer ist mir versagt; nun weiß ich nicht, was mir Ruhe verschaffen könnte.' ‚O Beherrscher der Gläubigen,' erwiderte Dscha'far, ‚die Weisen sagen: In den Spiegel schauen, ins Badehaus gehen, dem Gesange lauschen, all das vertreibt Kummer und Sorgen.' Doch der Kalif sagte darauf: ‚Ach, Dscha'far, ich habe ja dies alles schon getan; aber es hat mir keine Ruhe gebracht. Jetzt schwöre ich bei meinen frommen Vorvätern, wenn du mir kein Mittel ersinnst, mich von dieser Unruhe zu befreien, so lasse ich dir den Kopf abschlagen.' Der Wesir fuhr fort: ‚O Beherrscher der Gläubigen, willst du tun, was ich dir rate?' ‚Was rätst du mir denn?' fragte der Herrscher; und Dscha'far gab ihm zur Antwort: ‚Dies, daß wir ein Boot besteigen und in ihm den Tigrisfluß mit der Strömung hinabfahren, bis zu einem Orte, der Karn es-Sarât[1] genannt wird. Vielleicht hören wir dann etwas, das wir noch nicht gehört haben, oder sehen etwas, das wir noch nicht gesehen haben; denn es heißt: Befreiung von Sorgen liegt in einem von drei Dingen: darin, daß man sieht, was man noch nie gesehen hat, oder daß man hört, was man noch nie gehört hat, oder daß man ein Land betritt, das man noch nie betreten hat. Und so wird dies vielleicht auch ein Mittel sein, um die Unruhe von dir zu vertreiben, o Beherrscher der Gläubigen.' Alsbald machte er-Raschîd sich auf, begleitet von Dscha'far, von dessen Bruder el-Fadl, ferner von Ishâk dem Tischgenossen, von Abu Nuwâs, Abu Dulaf und Masrûr, dem Schwertträger. – –«

Da bemerkte Schehrezâd, daß der Morgen begann, und sie hielt in der verstatteten Rede an. Doch als die *Neunhundertundsiebenundvierzigste Nacht* anbrach, fuhr sie also fort: »Es ist mir berichtet worden, o glücklicher König, daß der Kalif und

1. Der Stadtteil nahe der Mündung des Sarât-Kanals in den Tigris.

Dscha'far und die anderen Begleiter, nachdem sie sich erhoben hatten, in die Kleiderkammer eintraten und alle sich in Gewänder von Kaufleuten kleideten. Dann begaben sie sich zum Tigris und bestiegen ein Boot, das mit Gold verziert war; in ihm fuhren sie mit der Strömung hinab und erreichten die Stätte, die sie erstrebten. Dort vernahmen sie plötzlich die Stimme einer Maid, die zur Laute sang und diese Verse vortrug:

> Ich sprech zu ihm, wenn mir der Wein im Becher leuchtet
> Und wenn die Nachtigall im dichten Laube singt:
> Wie lange willst du dich der Freude noch enthalten?
> Erwach! Ein Leh'n ist alles, was das Leben bringt.
> So nimm den Trank aus Händen eines lieben Freundes,
> Der dich versonnen anschaut mit verhaltner Sucht!
> Ich sät auf seine Wangen eine frische Rose;
> Da reifte bei den Locken der Granate Frucht.
> Du siehst, wo sonst Betrübte ihr Gesicht zerfleischen,
> Verglommne Asche; doch der Wangen Feuer blinkt.[1]
> Der Tadler sagt zu mir, ich solle sein vergessen;
> Wie könnt ich das, solang der Flaum mir heimlich winkt!

Als der Kalif diesen Gesang hörte, rief er: ‚O Dscha'far, wie herrlich ist diese Stimme!‘ Und der Wesir erwiderte: ‚O unser Gebieter, nie ist etwas Lieblicheres oder Schöneres als dieser Gesang in meinen Ohren erklungen! Doch, hoher Herr, hinter einer Mauer hören, heißt nur halb hören. Wie wäre es, hinter einem Vorhang zu hören?‘ Da sprach der Kalif: ‚Wohlan denn, Dscha'far, wir wollen uns selbst bei dem Herrn dieses Hauses zu Gaste laden; vielleicht werden wir dann die Sängerin mit unseren eigenen Augen erblicken.‘ ‚Wir hören und gehorchen!‘ antwortete Dscha'far; und nun verließen sie alle das Boot und baten um Einlaß. Siehe, da trat ein Jüngling zu ihnen heraus;

1. Das heißt: die Stelle im Gesicht, die von Klagenden sonst zerfleischt wird, ist bei ihm mit grauem Flaum bedeckt, doch die Wangen sind hellrot.

der war schön von Angesicht und sprach zierlich und in gewählten Worten: ‚Herzlich willkommen, ihr Herren, die ihr mir die Gunst eurer Gegenwart erweiset! Tretet ein zu Gemach und Behagen!' So traten sie denn ein, indem er ihnen voranging, und sie erblickten einen Saal mit vier Fronten, dessen Decke mit Gold verziert war und dessen Wände azurnen Schmuck trugen. Darinnen befand sich eine Estrade, und auf ihr stand eine schöne gepolsterte Bank mit Rückenlehnen; dort saßen hundert Mädchen, schön wie Monde. Denen rief der Herr des Hauses, und nachdem sie von ihren Sitzen heruntergekommen waren, wandte er sich zu Dscha'far und sprach zu ihm: ‚Ich weiß nicht, wer von euch der Allerhöchste an Rang ist. In Allahs Namen, wer von euch der Höchste ist, geruhe sich auf den Ehrenplatz zu setzen, und ein jeder von seinen Gefährten setze sich nach dem Range, der ihm gebührt!' Da ließen sie sich alle nieder, jeder an seine Stätte, während Masrûr vor ihnen stand, um ihnen aufzuwarten. Nun fragte der Herr des Hauses sie: ‚Meine Gäste, soll ich euch mit eurer Erlaubnis etwas zu essen bringen?' ‚Gern', erwiderten sie; und er gebot alsbald den Dienerinnen, die Speisen aufzutragen. Vier Mädchen mit geschürzten Gewändern stellten einen Tisch vor sie hin; auf dem befanden sich alle Arten von seltenen Gerichten, was da läuft und sich in den Lüften bewegt, und was in den Meeren sich regt; unter anderem waren dort Flughühner und Wachteln, Küken und Tauben. Und um den Rand des Tisches standen Verse geschrieben, die einer solchen Gelegenheit angemessen waren. Die Gäste aßen, bis sie gesättigt waren, und wuschen sich danach die Hände. Da sprach der Jüngling: ‚Liebe Herren, wenn ihr noch einen Wunsch habt, so tut ihn mir kund, auf daß wir die Ehre haben, ihn zu erfüllen!' ‚Ja,' erwiderten sie, ‚wir sind eigentlich nur deshalb in deine Wohnung gekommen, um eine Stimme zu hören, die wir hinter der Mauer deines Hauses vernommen haben; und nun möchten wir ihr noch einmal lauschen und die Maid, die so singt, kennen lernen. Wenn du es darum für recht hältst, uns diese Gunst zu gewähren, so wäre das ein neues Zeichen von der Großmut deines Wesens. Danach wollen wir dorthin zurückkehren, von wo wir gekommen sind.' ,Das sei euch gewährt!' sagte der Wirt, wandte sich an eine schwarze Sklavin und sprach zu ihr: ,Hole deine Herrin Soundso!' Da ging die Sklavin fort, kam mit einem Stuhl zurück und setzte ihn nieder; dann entfernte sie sich noch einmal und kehrte mit einer Maid zurück, die dem Mond in der Nacht seiner Fülle glich. Die setzte sich auf den Stuhl, und nachdem ihr die schwarze Sklavin ein Tuch aus Atlas gereicht hatte, holte sie daraus eine Laute hervor, die mit Edelsteinen und Rubinen eingelegt war und Wirbel aus Gold hatte. – –«

Da bemerkte Schehrezâd, daß der Morgen begann, und sie hielt in der verstatteten Rede an. Doch als die *Neunhundertundachtundvierzigste Nacht* anbrach, fuhr sie also fort: »Es ist mir berichtet worden, o glücklicher König, daß die Maid, nachdem sie hereingetreten war, sich auf den Stuhl setzte und die Laute aus dem Beutel nahm, jene, die mit Edelsteinen und Rubinen eingelegt war und Wirbel aus Gold hatte. Dann stimmte sie die Saiten zu reinem Lautenklang, und es war, wie der Dichter von ihr und ihrer Laute sang:

> *Sie legte sie auf ihren Schoß, wie eine Mutter*
> *Voll Liebe ihren Sohn, und schlug die Saiten an.*
> *Und immerdar, wenn ihre rechte Hand sie ruhrte,*
> *War's ihre Linke, die den reinen Ton gewann.*

Und so zog sie die Laute an ihre Brust und neigte sich über sie, wie eine Mutter sich über ihr Kind neigt; dann rührte sie die

357

Saiten, und die klagten, wie das Kindlein seiner Mutter klagt, und schließlich spielte sie und hub an, diese Verse zu singen:

> *Wenn mir die Zeit den Freund zurückgibt, will ich schelten:*
> *Gefährte mein, nun laß die Becher kreisen, lab*
> *Am Weine dich, der nie ins Herz des Mannes eindrang,*
> *Ohn daß er ihm der Freude höchste Wonne gab!*
> *Der Zephir nahte sich und trug des Weines Becher;*
> *Hast du den Stern gesehen in des Vollmonds Hand?*[1]
> *Wie manche Nacht verbracht ich plaudernd, wenn der Vollmond*
> *So hell im Dunkel ob des Tigris Fluten stand!*
> *Dann senkte sich der Mond, dem Schwinden zugekehrt,*
> *Als reckt' er übers Wasser hin ein gülden Schwert.*

Als sie ihr Lied beendet hatte, weinte sie bitterlich; und alle, die im Saale zugegen waren, weinten laut, bis sie fast den Geist aufgaben. Keiner war unter ihnen, der um ihres schönen Gesanges willen nicht den Verstand fast verloren, seine Kleider zerrissen und sich ins Angesicht geschlagen hätte. Da sprach er-Raschîd: ,Fürwahr, der Gesang dieser Maid beweist, daß sie eine verlassene Liebende ist.' Ihr Herr erwiderte: ,Sie hat Vater und Mutter verloren'; doch er-Raschîd fuhr fort: ,Dies ist nicht das Weinen einer, die Vater und Mutter verloren hat; nein, es ist das Klagen einer, die ihren Geliebten verloren hat.' Und entzückt von ihrem Gesang, sprach der Kalif zu Ishâk: ,Bei Allah, ihresgleichen habe ich nie gesehen!' Und Ishâk sagte: ,Ich bewundere sie über alle Maßen, ja, ich kann mich vor Entzücken nicht halten.' Derweilen schaute er-Raschîd immer den Hausherrn an und betrachtete seine Schönheit und all seine Lieblichkeit. Doch in seinem Antlitz entdeckte er Zeichen der Blässe, und so wandte er sich zu ihm und rief: ,Du Jüngling!' Jener antwortete: ,Zu Diensten, mein Gebieter!'

1. Der Schenke wird mit Zephir und Vollmond verglichen, der Becher mit einem Stern.

Und der Kalif fuhr fort: ‚Weißt du, wer wir sind?‘ ‚Nein‘, erwiderte der Jüngling; und dann fragte Dscha'far: ‚Wünschest du, daß wir dir von einem jeden von uns den Namen kundtun?‘ ‚Ja‘, gab der Jüngling zur Antwort; und nun hub Dscha'far an: ‚Dies ist der Beherrscher der Gläubigen, der Nachkomme des Oheims des Herrn der Gottesgesandten‘, und er nannte ihm die Namen der anderen, die bei ihm waren. Darauf sagte er-Raschîd: ‚Ich wünsche, daß du mir kundtust, ob diese Blässe in deinem Antlitz erworben oder dir angeboren ist.‘ ‚O Beherrscher der Gläubigen,‘ erwiderte der Jüngling, ‚meine Geschichte ist seltsam gar, und mein Erlebnis ist wunderbar. Würde man sie mit Nadeln in die Augenwinkel schreiben, so würde sie allen, die sich belehren lassen, ein warnendes Beispiel bleiben.‘ ‚Tu sie mir kund; vielleicht liegt deine Heilung in meiner Hand!‘ ‚O Beherrscher der Gläubigen, wolle dein Ohr mir leihen und mir deine ganze Aufmerksamkeit weihen!‘ ‚Fang an und erzähle mir, du hast mich begierig gemacht, deine Geschichte zu hören!‘

Da hub der Jüngling an: ‚Wisse, o Beherrscher der Gläubigen, ich bin einer von den Kaufleuten, die das Meer befahren, und ich stamme aus der Stadt von Oman. Mein Vater war ein sehr reicher Kaufmann, und er besaß dreißig Schiffe für den Handel über See; ihre Pacht trug ihm alljährlich dreißigtausend Dinare ein. Er war ein edler Mann; und er lehrte mich schreiben und alles, dessen ein junger Mann bedarf. Als der Tod ihm nahte, rief er mich und gab mir die Ermahnungen, die man zu geben pflegt. Dann ließ Allah der Erhabene ihn zu Seiner Barmherzigkeit eingehen – möge Allah den Beherrscher der Gläubigen am Leben erhalten! Mein Vater hatte aber Teilhaber, die mit seinem Gelde Handel trieben und auf See fuhren. Und es begab sich eines Tages, als ich in meinem Hause saß mit einer Schar von Kaufleuten, daß einer von meinen Dienern zu mir eintrat und sprach: ‚Mein Gebieter, an der Tür steht ein Mann, der um Erlaubnis bittet, zu dir hereinkommen zu dürfen.‘ Ich gab ihm die Erlaubnis, und er trat ein, indem er etwas auf dem Kopfe trug, das zugedeckt war. Das legte er vor mir nieder und deckte es auf; es waren Früchte außer der Zeit, kostbare und seltsame Dinge, die es nicht in unserem Lande gab. Ich dankte ihm dafür und gab ihm hundert Dinare; und er ging dankbar davon. Dann verteilte ich jene Dinge an alle Gefährten, die zugegen waren; und ich fragte die Kaufleute, woher solches käme. Man antwortete mir: ‚Diese kommen aus Basra‘, und pries sie hoch. Dann begannen die Leute Basras Schönheit zu beschreiben, und sie waren sich darin einig, daß es in der Welt nichts Schöneres gäbe als das Land von Baghdad und sein Volk. Und nun beschrieben sie mir Baghdad und das feine Wesen seiner Bewohner, die Herrlichkeit seiner Luft und die Schönheit seiner Anlage. Da sehnte sich meine Seele nach dieser Stadt, und alle meine Hoffnungen hängten sich daran, sie zu sehen. Drum machte ich mich auf und verkaufte meine Grundstücke und Besitztümer; auch verkaufte ich die Schiffe um hunderttausend Dinare und verkaufte die Sklaven und die Sklavinnen. Darauf sammelte ich meine Habe, und das waren tausendmaltausend Dinare, ausgenommen die Edelsteine und Juwelen; und ich mietete ein Schiff und belud es mit meinem Gelde und all meinem Gut. Auf dem reiste ich Tag und Nacht dahin, bis ich nach Basra kam; und dort blieb ich eine Weile. Dann mietete ich mir ein anderes Schiff und belud es mit meiner Habe; und wir fuhren wenige Tage stromaufwärts, bis wir Baghdad erreichten. Dort fragte ich, wo die Kaufleute wohnten, und welches Viertel das angenehmste zum Wohnen wäre. Man ant-

wortete mir: ‚Im Viertcl el-Karch.'[1] So begab ich mich dorthin, mietete ein Haus in der Straße, die ‚Safranstraße‘ genannt
wird, schaffte all meinen Besitz in jenes Haus und blieb dort
eine Weile. Eines Tages aber ging ich aus, um mich zu vergnügen, indem ich etwas Geld mitnahm; jener Tag war ein
Freitag, und als ich zu der Moschee kam, die Mansûrs Moschee
heißt, wurde dort die Freitagsandacht abgehalten. Nachdem
wir den Gottesdienst beendet hatten, ging ich mit den Leuten
hinaus zu einer Gegend, die Karn es-Sarât heißt; und an jener
Stätte sah ich ein hohes und schönes Haus mit einem Söller,
der das Ufer überschaute und auf der Seite ein Fenster hatte.
Ich ging mit einer Schar von den Leuten zu jenem Gebäude,
und dort sah ich einen alten Mann sitzen, der schöne Kleider
trug und von dem Wohlgerüche ausströmten; sein Bart wallte
herab und teilte sich auf seiner Brust in zwei Äste, die wie
Stäbe reinen Silbers aussahen. Um ihn standen vier Dienerinnen und fünf Diener. Ich fragte einen der Leute: ‚Wie heißt
dieser Alte, und was für ein Gewerbe hat er?‘ Jener Mann antwortete mir: ‚Dies ist Tâhir ibn el-'Alâ, und er ist ein Mädchen-
wirt; jeder, der bei ihm eintritt, kann dort essen und trinken
und schöne Mädchen sehen.‘ Ich sprach zu ihm: ‚Bei Allah,
seit langem bin ich auf der Suche nach dergleichen.‘ – –«

Da bemerkte Schehrezâd, daß der Morgen begann, und sie
hielt in der verstatteten Rede an. Doch als die *Neunhundertund-*
neunundvierzigste Nacht anbrach, fuhr sie also fort: »Es ist mir
berichtet worden, o glücklicher König, daß der Jüngling sprach:
‚Bei Allah, seit langem bin ich auf der Suche nach dergleichen.‘
Und nun fuhr er fort zu erzählen: ‚Ich trat auf ihn zu, o Beherrscher der Gläubigen, grüßte ihn und sprach zu ihm: ‚Lieber Herr, ich habe ein Anliegen an dich.‘ ‚Was ist dein Be-

1. Die Vorstadt von Baghdad auf dem Westufer des Tigris.

gehr?' fragte er; und ich antwortete: ,Ich wünsche heute nacht
dein Gast zu sein.' ,Herzlich gern', erwiderte er; und dann
fügte er hinzu: ,Mein Sohn, ich habe viele Mädchen, solche,
deren Nacht zehn Goldstücke kostet, und solche, deren Nacht
vierzig Goldstücke erfordert, ja auch solche, deren Nacht noch
mehr wert ist. Wähle, welche du willst!' Da sprach ich zu ihm:
,Ich wähle eine, deren Nacht zehn Dinare kostet', und wägte ihm
dreihundert Dinare ab, den Preis für einen Monat. Darauf
übergab er mich einem Diener, und jener Knabe führte mich
und brachte mich in ein Bad im Obergeschoß; dort wartete er
mir in trefflicher Weise auf. Als ich das Bad verlassen hatte,
führte er mich zu einem Gemach und klopfte an die Tür. Nun
trat eine Maid zu ihm heraus, und er sprach zu ihr: ,Nimm
deinen Gast!' Sie empfing mich mit herzlichem Willkommensgruß, lieblich lächelnd, und führte mich in einen wunderbaren
Raum, der mit Gold ausgeschmückt war. Als ich mir jene
Maid anschaute, erkannte ich, daß sie so schön war wie der
Vollmond in der Nacht seiner Fülle; und sie ward bedient von
zwei Sklavinnen, die Sternen glichen. Sie hieß mich nieder-
sitzen und setzte sich selbst neben mich; dann gab sie den Dienerinnen einen Wink, und die brachten einen Tisch, auf dem
sich mancherlei Fleischgerichte befanden, Küken und Wachteln, Flughühner und Tauben. Wir aßen, bis wir gesättigt waren; und nie in meinem Leben habe ich etwas Köstlicheres
kennen gelernt als jene Speisen. Nachdem wir also gegessen
hatten, ließ sie jenen Tisch forttragen und den Tisch des Weines, der Blumen, der Süßigkeiten und der Früchte bringen. In
dieser Weise blieb ich einen Monat lang bei ihr; und als der
Monat verstrichen war, begab ich mich ins Bad, und danach
ging ich zu dem Alten und sprach zu ihm: ,Lieber Herr, ich
möchte eine, deren Nacht zwanzig Dinare kostet.' ,Wäge das

Gold ab!' sprach er; und so ging ich fort, holte das Gold und
wägte ihm sechshundert Dinare ab für einen Monat. Da rief
er einen Diener und sprach zu ihm: ,Führe deinen Herrn!' Der
führte mich und brachte mich ins Bad; und als ich es verlassen
hatte, geleitete er mich zur Tür eines Gemaches und klopfte
an. Eine Maid trat heraus, und er sprach zu ihr: ,Nimm deinen
Gast!' Sie empfing mich in freundlichster Weise und befahl
den vier Sklavinnen, die bei ihr waren, die Speisen aufzutragen. Die brachten einen Tisch, auf dem sich alle Arten von
Speisen befanden, und ich aß. Als ich mein Mahl beendet hatte,
ließ sie den Tisch forttragen, nahm die Laute zur Hand und
sang diese Verse:

> *Ihr duftgen Moschuswolken aus dem Land von Babel,*
> *– Bei meiner Sehnsucht! – traget meiner Botschaft Wort!*
> *Ich habe meinem Lieb gelobt, in jenen Landen*
> *An einem Ort zu sein – wie schön ist jener Ort!*
> *Und dort ist sie, für die sie alle heiß erglühn,*
> *Von Liebe ganz erfüllt, – vergeblich ist ihr Muhn.*

Ich blieb also einen Monat bei ihr; dann begab ich mich zu
dem Alten und sprach zu ihm: ,Ich möchte die zu vierzig Dinaren.' ,Wäge mir das Gold ab!' sprach er; und ich wägte ihm
für einen Monat eintausendundzweihundert Dinare ab und
blieb einen Monat bei ihr, als wäre es ein einziger Tag, da ich
ihren Anblick so schön und ihr Gespräch so lieblich erfand.
Darauf begab ich mich wieder zu dem Alten; das war an einem
Abend, und da hörte ich plötzlich ein großes Getöse und laute
Stimmen. Als ich ihn fragte, was das zu bedeuten habe, antwortete er mir: ,Diese Nacht ist bei uns die berühmteste aller
Nächte; in ihr vergnügt sich alles Volk miteinander. Hast du
Lust, aufs Dach zu steigen und dir die Leute anzusehen?' ,Gern',
erwiderte ich und stieg aufs Dach. Oben entdeckte ich plötz-

lich einen schönen Vorhang und hinter dem Vorhang eine geräumige Stätte, auf der sich eine Bank mit Rückenlehnen befand, bedeckt mit einem prächtigen Teppich. Dort saß eine schöne Maid, die aller Augen entzückte durch ihre Schönheit und Lieblichkeit und ihres Wuchses Ebenmäßigkeit; und neben ihr saß ein Jüngling, der seine Hand um ihren Hals gelegt hatte, während er sie küßte und sie ihn küßte. Als ich die beiden sah, o Beherrscher der Gläubigen, konnte ich nicht mehr an mich halten, und ich wußte nicht, wo ich war, da mich die Schönheit ihrer Gestalt ganz verwirrt hatte. Sobald ich wieder nach unten kam, fragte ich die Maid, bei der ich gewesen war, indem ich ihr die Gestalt beschrieb. Da sprach sie: ‚Was ist es mit dir und ihr?‘ Ich antwortete: ‚Sie hat mir den Verstand geraubt!‘ Lächelnd fragte sie: ‚O Abu el-Hasan, verlangt es dich nach ihr?‘ ‚Ja, bei Allah; sie hat mir Herz und Seele gefangen genommen.‘ ‚Dies ist die Tochter von Tâhir ibn el-’Alâ; sie ist unsere Herrin, und wir alle sind ihre Mägde. Weißt du aber auch, o Abu el-Hasan, wieviel ihre Nacht und ihr Tag kosten?‘ ‚Nein.‘ ‚Fünfhundert Dinare! Sie erweckt Seufzer in den Herzen der Könige.‘ ‚Bei Allah, ich will all mein Gut für diese Maid ausgeben!‘ Die ganze Nacht hindurch ward ich von Sehnsucht gepeinigt; und als es Morgen ward, begab ich mich ins Bad, legte das prächtigste der königlichen Gewänder an und ging dann zu ihrem Vater. Zu dem sprach ich: ‚Lieber Herr, ich möchte die, deren Nacht fünfhundert Dinare kostet.‘ ‚Wäge mir das Gold ab!‘ sagte er; und ich wägte ihm für den ganzen Monat fünfzehntausend Dinare ab. Nachdem er sie empfangen hatte, sprach er zu dem Diener: ‚Begib dich mit ihm zu deiner Herrin Soundso!‘ Der führte mich und brachte mich in ein Gemach, so prächtig, wie mein Auge auf dem Angesichte der Erde noch nie eines geschaut hatte; ich trat ein und sah darinnen eine Maid sitzen. Als ich die erblickte, ward mein Verstand durch ihre Schönheit verwirrt, o Beherrscher der Gläubigen; denn sie war wie der Vollmond in der vierzehnten Nacht.' – –«

Da bemerkte Schehrezâd, daß der Morgen begann, und sie hielt in der verstatteten Rede an. Doch als die *Neunhundertundfünfzigste Nacht* anbrach, fuhr sie also fort: »Es ist mir berichtet worden, o glücklicher König, daß der Jüngling, als er dem Beherrscher der Gläubigen jene Maid beschrieb, des weiteren sprach: ‚Sie war wie der Vollmond in der vierzehnten Nacht, sie besaß Schönheit und Lieblichkeit und des Wuchses Ebenmäßigkeit; ihre Rede beschämte die Klänge der Laute, und es war, als ob der Dichter dieser Verse sie im Geiste erschaute:[1] Und wie schön sind die Worte eines anderen:

> *Alle Gotzendiener müßten, würde sie vor ihnen stehn,*
> *Sie allein als Gott verehren und die Götzen nicht mehr sehn.*
> *Spiee sie ins Meereswasser, wo das Meer doch salzig ist,*
> *Würde doch von ihrem Speichel süß das Meer zur selben Frist.*

1. Die hier folgenden neun Verse sind so obszön, daß sie sich deutsch nicht wiedergeben lassen; eine lateinische Übersetzung in Prosa, bei der mich ein befreundeter Latinist unterstützte, lautet folgendermaßen: Dixit puella, cum iam libido sub artus demanaret, nocte obscura tenebras demittente: ‚O nox, aderitne mihi in tua caligine sodalis aliquis vel isto cunno fututor?‘ Ac manu cunnum pulsans suspiria suspirabat dolentis maerentis plorantis. Ordinis dentium quae sit pulchritudo apparet e dentiscalpio, et mentula cunnis instar est dentiscalpii. O Mohammedani, nonne stant vobis mentulae? Nonne vestrum est aliquis, qui maerenti succurrat? Mihi autem erecta sub vestimentis stetit mentula et clamavit: ‚Ecce veniet tibi! Ecce veniet tibi!‘ Ac solvi ei zonam vestis; sed illa perterrita ‚quisnam‘, inquit, ‚tu es?‘ Ast ego: ‚Juvenis oboediens voci tuae.‘ Et pertudi eam mentula sicut bracchium crassa, trudens usque ad clunes in modum eius, qui subtilitates pernoscit, quoad illa, cum ego re ter patrata surgerem, dixit: ‚bene tibi vortat hic coitus!‘ et ego: ‚tibi quoque bene vortat!‘

> *Aber hätte sie im Osten dem Asketen sich gezeigt,*
> *Würde er den Osten lassen, nur dem Westen zugeneigt.*[1]

Wie schön auch die Worte eines dritten:

> *Ich warf auf sie nur einen Blick; mein ganzes Herz*
> *Ward bald durch ihrer Reize Herrlichkeit gefangen.*
> *Daß ich sie liebte, tat ihr eine Ahnung kund;*
> *Und diese Ahnung zeigte sich auf ihren Wangen.*

Ich grüßte sie, und sie sprach: ‚Willkommen, herzlich willkommen!‘ Und sie ergriff meine Hand, o Beherrscher der
Gläubigen, und zog mich neben sich nieder. Doch da die Leidenschaft Gewalt über mich gewann, hub ich aus Furcht vor
der Trennung zu weinen an, so daß der Tränenstrom aus meinen Augen brach, während ich diese beiden Verse sprach:

> *Die freudelosen Trennungsnächte muß ich lieben;*
> *Nach ihnen bringt vielleicht das Glück ein Wiedersehn!*
> *Ich hass’ die Tage des Zusammenseins, dieweil ich*
> *Dann denk, daß alle Dinge, ach, so bald vergehn.*

Darauf begann sie mir sanfte Worte zuzusprechen von trösten-
der Kraft, während ich versunken war im Meere der Leidenschaft, und ich fürchtete die Trennung schon beim Zusammensein im Übermaß der gewaltigen Liebespein; denn ich
gedachte der brennenden Schmerzen von Scheiden und Meiden, und ich sprach von Versen diese beiden:

> *Als ich ihr nahe war, gedachte ich der Trennung;*
> *Da strömten meine Tränen gleichwie Drachenblut.*
> *Und ich begann, an ihrem Hals mein Aug zu trocknen:*
> *Um Blut zu stillen, ist des Kämpfers Art so gut.*[2]

Dann befahl sie, die Speisen zu bringen, und nun kamen vier
Mädchen, hochbusige Jungfrauen, und setzten vor uns Spei-

1. Vgl. Band V, Seite 642, Anmerkung. – 2. Die Tränen werden mit
Blut, der weiße Hals des Mädchens wird mit Kampfer verglichen.

sen, Früchte, Süßigkeiten, Blumen und Wein, wie sie nur den Königen geziemen. So aßen wir denn, o Beherrscher der Gläubigen, und blieben beim Weine sitzen, umgeben von süßduftenden Kräutern, in einem Beisammensein, wie es einem König zukommt. Darauf kam zu ihr, o Beherrscher der Gläubigen, eine Dienerin mit einem Beutel aus Seide; sie nahm ihn hin und holte eine Laute aus ihm hervor. Die legte sie auf ihren Schoß, und dann schlug sie die Saiten, so daß sie klagten, wie ein Kind seiner Mutter klagt; und sie sang diese beiden Verse:

> Trink immer nur den Wein aus Händen eines Schönen,
> Zu dem du zierlich sprichst, und der zu dir so spricht!
> Denn nimmer kann der Trinker sich am Wein erfreuen,
> Zeigt ihm der Schenke nicht ein strahlend Angesicht.

Und nun blieb ich, o Beherrscher der Gläubigen, eine lange Weile bei ihr, bis all mein Geld verbraucht war. Da begann ich, während ich bei ihr saß, der Trennung von ihr zu gedenken; und meine Tränen strömten wie Bäche über meine Wangen einher, und ich kannte den Unterschied von Tag und Nacht nicht mehr. Sie fragte mich: ‚Warum weinst du?‘ Und ich gab ihr zur Antwort: ‚Meine Gebieterin, seit ich zu dir gekommen bin, hat dein Vater mir für jede Nacht fünfhundert Dinare abgenommen; und jetzt bin ich aller Mittel bar – ja, der Dichter sprach in diesem Verse wahr:

> Die Armut macht die Heimat uns zur Fremde;
> Der Reichtum macht die Fremde uns zur Heimat.

Darauf sagte sie: ‚Wisse, mein Vater hat die Sitte, einen Kaufmann, der bei ihm gewesen und verarmt ist, noch drei Tage als Gast bei sich zu behalten; danach treibt er ihn fort, und jener darf nie wieder zu uns kommen. Doch hüte du dein Geheimnis und verbirg deine Not! Ich will ein Mittel ersinnen daß ich mit dir vereint bleiben kann, solange es Allah gefällt, da mein Herz in heißer Liebe für dich glüht. Wisse, alles Geld meines Vaters steht unter meiner Hand, und er weiß nicht, wieviel es ist; ich will dir also jeden Tag einen Beutel mit fünfhundert Dinaren geben, gib du den meinem Vater mit den Worten: ,Ich will dir hinfort das Geld Tag für Tag geben.' Jedesmal, wenn du ihm gezahlt hast, zahlt er es mir aus, und dann gebe ich es dir wieder; in dieser Weise können wir zusammenbleiben, solange es Allah gefällt.' Ich dankte ihr dafür und küßte ihre Hand; und dann blieb ich, o Beherrscher der Gläubigen, in gleicher Weise ein ganzes Jahr lang bei ihr. Doch eines Tages begab es sich, daß sie eine ihrer Sklavinnen heftig schlug; und die sprach zu ihr: ,Bei Allah, ich will deinem Herzen weh tun, wie du mir weh getan hast!' Darauf ging jene Sklavin zu ihrem Vater und erzählte ihm unsere ganze Geschichte von Anfang bis zu Ende. Als Tâhir ibn el-'Alâ die Worte der Sklavin vernommen hatte, machte er sich sofort auf und kam zu mir herein, während ich bei seiner Tochter saß. Er rief mich an: ,He, du da!' ,Zu deinen Diensten!' erwiderte ich; und er fuhr fort: ,Es ist unsere Sitte, einen Kaufmann, der bei uns gewesen und verarmt ist, drei Tage lang als Gast bei uns zu behalten. Du aber hast nun schon ein ganzes Jahr lang bei uns gegessen und getrunken und getan, was du wolltest!' Dann wandte er sich zu seinen Sklaven und befahl ihnen: ,Zieht ihm die Kleider aus!' Sie taten es und gaben mir ein schäbiges Gewand, das fünf Dirhems wert war, und dazu reichten sie mir zehn Dirhems. Darauf sprach er zu mir: ,Geh von dannen; ich will dich weder schlagen noch schmähen! Aber zieh deiner Wege; wenn du noch länger in dieser Stadt verweilst, so werde dein Blut ungestraft vergossen!' Da ging ich fort, o Beherrscher der Gläubigen, wider meinen Willen, und ich wußte nicht, wohin ich mich wenden sollte; auf meinem Herzen lastete das Leid der ganzen Welt, und trübe Gedanken quälten mich. Und ich sagte mir: ‚Wie konnte es nur geschehen, daß mir, nachdem ich mit hunderttausendmaltausend Dinaren, von denen ein Teil der Erlös von dreißig Schiffen war, zu Meere hierhergekommen bin, all dies in dem Hause dieses Unglücksalten verlorengegangen ist! Und jetzt muß ich sein Haus verlassen, nackt und gebrochenen Herzens! Doch es gibt keine Macht und es gibt keine Majestät außer bei Allah, dem Erhabenen und Allmächtigen!‘ Dann blieb ich drei Tage in Baghdad, ohne Speise oder Trank zu kosten. Am vierten Tage aber entdeckte ich ein Schiff, das nach Basra fahren wollte; auf das ging ich und mietete mir einen Platz bei seinem Führer. Als wir in Basra ankamen, eilte ich sofort auf den Markt, da ich sehr hungrig war. Dort erkannte mich ein Mann, ein Krämer, und der kam auf mich zu und umarmte mich, da er früher mein und meines Vaters Freund gewesen war. Er fragte mich, wie es mir ergangen sei, und ich berichtete ihm alles, was mir widerfahren war. Da rief er: ‚Bei Allah, dies ist nicht das Tun eines verständigen Mannes! Aber was hast du nach allem, was dir widerfahren ist, nunmehr im Sinne zu tun?‘ ‚Ich weiß nicht, was ich tun soll‘, erwiderte ich; und er fuhr fort: ‚Willst du bei mir bleiben und über meine Ausgaben und meine Einnahmen Buch führen? Dann sollst du jeden Tag zwei Dirhems erhalten und dazu noch dein Essen und Trinken.‘ Ich sagte es ihm zu und blieb bei ihm, o Beherrscher der Gläubigen, ein volles Jahr lang, indem ich verkaufte und kaufte, bis ich im Besitz von hundert Dinaren war. Dann mietete ich mir ein Obergemach am Ufer des Stromes, um zu sehen, ob nicht ein Schiff mit Waren vorbeikäme, die ich für meine Dinare kaufen und nach

Baghdad bringen könnte. Nun begab es sich eines Tages, daß die Schiffe ankamen und alle Kaufleute dorthin eilten, um einzukaufen; auch ich ging mit ihnen. Aus dem Inneren eines Schiffes kamen zwei Männer hervor, die stellten sich zwei Stühle hin und setzten sich darauf. Und alsbald versammelten sich die Kaufleute bei ihnen, um zu kaufen. Die beiden befahlen einigen Dienern, den Teppich zu bringen; und als die ihn gebracht hatten, holte einer von den beiden eine Satteltasche, entnahm ihr einen Sack, öffnete den und leerte den Inhalt auf den Teppich aus. Ach, der blendete die Augen mit all seinen Edelsteinen, Perlen, Korallen, Rubinen, Karneolen und all seinen anderen Arten von Juwelen.' – –«

Da bemerkte Schehrezâd, daß der Morgen begann, und sie hielt in der verstatteten Rede an. Doch als die *Neunhundertundeinundfünfzigste Nacht* anbrach, fuhr sie also fort: »Es ist mir berichtet worden, o glücklicher König, daß der Jüngling, als er dem Kalifen von der Geschichte mit den Kaufleuten und dem Sack und dessen Inhalt an allerlei Edelsteinen erzählte, des weiteren sagte: ,O Beherrscher der Gläubigen! Darauf wandte sich der eine von den beiden Männern, die auf den Stühlen saßen, an die Kaufleute und sprach zu ihnen: ,Ihr Männer des Handels, ich will heute nur dies verkaufen, da ich müde bin.' Nun begannen die Kaufleute auf den Preis der Juwelen zu bieten und boten immer höher, bis er auf vierhundert Dinare stieg. Der Besitzer des Sackes aber, der ein alter Bekannter von mir war, sprach zu mir: ,Weshalb sprichst und bietest du nicht wie die anderen Kaufleute?' ,Bei Allah, lieber Herr,' gab ich ihm zur Antwort, ,ich habe in der ganzen Welt nur noch hundert Dinare.' Und da ich mich vor ihm schämte, füllten sich meine Augen mit Tränen. Er sah mich an, betrübt über meine Not, und sprach zu den Kaufleuten: ,Seid meine

Zeugen, daß ich alles, was in diesem Sack an verschiedenerlei Juwelen und Edelsteinen enthalten ist, diesem Manne für hundert Dinare verkaufe, wiewohl ich weiß, daß er soundso viele tausend Dinare wert ist. Es sei ein Geschenk von mir an ihn.' Dann gab er mir die Satteltasche und den Sack und den Teppich mit all den Juwelen, die auf ihm lagen; und ich dankte ihm dafür, während alle Kaufleute, die zugegen waren, ihn priesen. Darauf nahm ich das alles und trug es zum Juwelenbasar; dort setzte ich mich nieder, um Handel zu treiben. Nun befand sich unter jenen Edelsteinen ein rundes Amulett, das von den Meistern der Zauberkunst gearbeitet war und ein halbes Pfund wog; es war von rötestem Rot, und auf seinen beiden Seiten befanden sich Schriftzeichen, die wie Ameisenspuren aussahen; ich wußte aber nicht, welche Kraft es hatte. Ein volles Jahr lang trieb ich dort Handel; dann nahm ich das Amulett zur Hand und sagte: ,Dies liegt schon eine lange Weile bei mir, ohne daß ich wüßte, was es ist und welche Kraft es hat.' Deshalb gab ich es dem Makler; und der nahm es und zog damit herum. Als er wiederkam, sagte er: ,Keiner der Kaufleute hat mehr als zehn Dirhems geboten.' Da sprach ich: ,Um diesen Preis will ich es nicht verkaufen'; er aber warf es mir ins Gesicht und ging davon. Später an einem anderen Tage bot ich es von neuem zum Verkauf aus, und der Preis stieg auf fünfzehn Dirhems; da nahm ich es dem Makler zornig weg und warf es zu meinen Sachen. Während ich noch immer dasaß, kam eines Tages ein Mann auf mich zu, und nachdem er mich gegrüßt hatte, sprach er zu mir: ,Darf ich mit deiner Erlaubnis durchsehen, was du an Waren bei dir hast?' ,Gern', erwiderte ich; aber ich war noch ärgerlich, o Beherrscher der Gläubigen, weil das runde Amulett keinen Käufer gefunden hatte. Jener Mann also durchsuchte die Waren und nahm wirklich nichts von ihnen als gerade das runde Amulett! Und als er es erblickte, o Beherrscher der Gläubigen, küßte er seine Hand und rief: ‚Preis sei Allah!‘ Dann fragte er: ‚Mein Herr, willst du es verkaufen?‘ In steigendem Grimm antwortete ich ihm: ‚Jawohl!‘ ‚Wieviel kostet es?‘ fragte er weiter; und ich fragte dagegen: ‚Wieviel zahlst du?‘ ‚Zwanzig Dinare‘, sagte er; und weil ich vermeinte, er spotte meiner, rief ich: ‚Geh deiner Wege!‘ Doch er fuhr fort: ‚Fünfzig Dinare!‘ Als ich ihm darauf keine Antwort gab, sagte er: ‚Tausend Dinare!‘ Und wie ich, o Beherrscher der Gläubigen, auch dabei noch schwieg und ihn keines Wortes würdigte, lächelte er über mein Schweigen und fragte: ‚Warum antwortest du mir nicht?‘ ‚Geh doch deiner Wege!‘ sagte ich und wollte schon mit ihm zanken, während er immer Tausend auf Tausend höher bot. Doch ich erwiderte ihm nichts, sogar als er sagte: ‚Willst du es für zwanzigtausend Dinare verkaufen?‘, da ich ja glaubte, er wolle mich verspotten. Nun umringten uns die Leute, und ein jeder von ihnen sprach: ‚Verkaufe es! Und wenn er es nicht kauft, so sind wir alle wider ihn; dann wollen wir ihn verprügeln und zur Stadt hinausjagen.‘ Ich fragte ihn darauf: ‚Willst du kaufen, oder treibst du Scherz?‘ Er aber fragte mich: ‚Willst du verkaufen, oder treibst du Scherz?‘ ‚Ich will verkaufen‘, antwortete ich; und er sagte: ‚Also für dreißigtausend Dinare; nimm sie und schließe den Verkauf ab!‘ Da sprach ich zu den Leuten, die zugegen waren: ‚Legt Zeugnis ab wider ihn! Aber ich stelle die Bedingung, daß er mir kundtut, welchen Nutzen und welche Kraft das Amulett hat!‘ Er rief: ‚Schließ den Verkauf ab, dann will ich dir seinen Nutzen und seine Kraft kundtun!‘ ‚Ich verkaufe es dir‘, erwiderte ich; und er sprach: ‚Allah sei Bürge für das, was ich sage!‘ Danach holte er das Gold, und während er es mir reichte, nahm er das Amulett und tat es in seine Tasche. Schließlich fragte er mich: ‚Bist du nun zufrieden?‘, und ich antwortete: ‚Jawohl.‘ Zu den Leuten aber sprach er: ‚ Seid meine Zeugen wider ihn, daß er den Verkauf abgeschlossen und den Preis erhalten hat, dreißigtausend Dinare!‘ Dann wandte er sich wieder an mich und sprach zu mir: ‚Armer Kerl, bei Allah, hättest du den Verkauf noch länger hinausgezogen, so wäre ich bis auf hunderttausend Dinare gegangen, ja, bis auf tausendmaltausend Dinare.‘ Als ich diese Worte hörte, o Beherrscher der Gläubigen, da entfloh mir das Blut aus meinem Antlitz, und seit jenem Tage ist diese Blässe in ihm aufgestiegen, die du siehst. Ich sagte darauf zu dem Manne: ‚Künde mir, was für einen Grund dies hat, und welche Kraft dies Amulett besitzt.‘ Da hub er an: ‚Wisse, der König von Indien hat eine Tochter, das schönste Wesen, das man je erschaut hat; doch sie hat die Krankheit der fallenden Sucht.[1] Deshalb berief der König die Zauberer und die Gelehrten und die Wahrsager; aber sie konnten sie nicht davon befreien. Ich war in der Versammlung zugegen, und so sprach ich zu ihm: ‚O König, ich kenne einen Mann, der heißt Sa'dallâh der Babylonier, und auf dem Angesichte der Erde gibt es niemanden, der diese Dinge besser kennt als er. Wenn du es für recht hältst, mich zu ihm zu schicken, so tu es!‘ ‚Geh hin zu ihm!‘ sprach er; und ich bat ihn: ‚Laß mir ein Stück Karneol bringen!‘ Da ließ er mir ein großes Stück Karneol bringen, dazu noch hunderttausend Dinare und ein Geschenk; und ich nahm das alles und begab mich nach dem Lande Babel. Dort fragte ich nach dem Scheich, und als man ihn mir gezeigt hatte, gab ich ihm die hunderttausend Dinare und das Geschenk. Er nahm beides von mir entgegen, dazu auch das Stück Karneol

1. So nach der Breslauer Ausgabe.

und ließ einen Steinschneider kommen; der machte daraus dies Amulett. Dann blieb der Scheich sieben Monate versunken in der Betrachtung der Sterne, bis er eine günstige Zeit erwählen konnte, um es mit Schrift zu versehen. Und er schrieb alsbald diese Talismanzeichen darauf, die du siehst. Danach brachte ich es dem König.' – –«

Da bemerkte Schehrezâd, daß der Morgen begann, und sie hielt in der verstatteten Rede an. Doch als die *Neunhundertundzweiundfünfzigste Nacht* anbrach, fuhr sie also fort: »Es ist mir berichtet worden, o glücklicher König, daß der Jüngling dem Beherrscher der Gläubigen des weiteren erzählte: ,Jener Mann sagte mir darauf: ,Ich nahm also dies Amulett und brachte es dem König; und als der es auf seine Tochter legte, war sie im selben Augenblick gesund, trotzdem sie mit vier Ketten hatte gebunden werden müssen und trotzdem in jeder Nacht eine Sklavin hatte wachen müssen und am nächsten Morgen mit durchschnittener Kehle aufgefunden wurde. Als er nun dies Amulett auf sie gelegt hatte und sie sofort genesen war, freute der König sich dessen über die Maßen, und er verlieh mir ein Ehrengewand und spendete viel Geld als Almosen; das Amulett aber ließ er in das Halsband der Prinzessin einfügen. Da begab es sich eines Tages, daß sie mit ihren Dienerinnen ein Schiff bestieg, um sich auf dem Meere zu ergötzen. Und als eine von den Mägden ihre Hand nach ihr ausstreckte, um mit ihr zu spielen, zerriß das Halsband und fiel ins Meer; zur selbigen Zeit fuhr der Dämon wieder in die Prinzessin. Da kam die Trauer von neuem über den König, und er gab mir viel Geld und sprach zu mir: ,Geh zum Scheich, auf daß er ein anderes Amulett für sie mache anstatt des verlorenen!' Ich reiste darauf zu dem Alten, aber ich erfuhr, daß er gestorben war; drum kehrte ich zum König zurück und meldete es ihm. Da schickte er mich und zehn andere aus, um die Welt zu durchstreifen, ob wir ein Heilmittel für die Prinzessin fänden. Und jetzt hat Allah es mich bei dir finden lassen.' So nahm er das Amulett fort von mir, o Beherrscher der Gläubigen, und ging seiner Wege. Das also war die Ursache der Blässe, die auf meinem Antlitze liegt. Ich begab mich dann nach Baghdad mit all meiner Habe und wohnte wieder in dem Hause in dem ich früher gelebt hatte. Und am folgenden Morgen legte ich meine Gewänder an und ging zum Hause von Tâhir ibn el-'Alâ, um vielleicht die zu sehen, die ich liebte; denn die Liebe zu ihr war in meinem Herzen unaufhörlich gewachsen. Doch als ich zu seinem Hause kam, sah ich die Fenster zerbrochen; ich fragte einen Burschen und sprach zu ihm: ‚Was hat Allah mit dem Alten getan?‘ Jener gab mir zur Antwort: ‚Mein Bruder, in einem der Jahre kam ein Kaufmann zu ihm, des Namens Abu el-Hasan aus Oman; der verweilte eine lange Zeit bei seiner Tochter. Als aber sein Geld verbraucht war, jagte der Alte ihn aus dem Hause, gebrochenen Herzens, wie er war. Nun war jedoch die Maid von heißer Liebe zu ihm erfüllt, und als sie von ihm getrennt war, erkrankte sie so schwer, daß sie dem Tode nahe war. Sowie ihr Vater das erfuhr, schickte er nach dem Jüngling in alle Lande, und er verbürgte sich, dem hunderttausend Dinare zu geben, der ihn brächte. Aber niemand konnte ihn finden, noch auch eine Spur von ihm entdecken; und jetzt liegt sie auf den Tod danieder.‘ Ich fragte weiter: ‚Und wie steht es um ihren Vater?‘ Und jener erwiderte: ‚Er hat die Mädchen in seinem großen Kummer verkauft.‘ Darauf sprach ich zu ihm: ‚Soll ich dich zu Abu el-Hasan aus Oman führen?‘ ‚Um Allahs willen,‘ rief er, ‚mein Bruder, führe mich zu ihm!‘ Und ich fuhr fort: ‚Geh zu ihrem Vater und sprich zu ihm: ‚Frohe Botschaft bei dir! Abu el-Hasan aus Oman steht vor der Tür.' Da eilte der Mann so rasch fort, als wäre er ein Maultier, das aus der Mühle davongelaufen ist. Nachdem er eine Weile fortgeblieben war, kehrte er mit dem Alten zurück, und wie der meiner gewahr wurde, kehrte er in sein Haus zurück und gab dem Manne hunderttausend Dinare. Als jener sie erhalten hatte, ging er davon, indem er mich segnete. Dann trat der Scheich zu mir, umarmte mich unter Tränen und rief: ,Ach, lieber Herr, wo bist du in all dieser Zeit gewesen? Meine Tochter ist dem Tode nahe wegen der Trennung von dir. Komm mit mir ins Haus!' Als ich eingetreten war, fiel er anbetend nieder, um Allah dem Erhabenen zu danken, und er sprach: ,Preis sei Allah, der uns wieder mit dir vereinigt hat!' Dann ging er zu seiner Tochter hinein und sprach zu ihr: ,Allah hat dich von dieser Krankheit geheilt.' Doch sie erwiderte: ,Lieber Vater, ich werde nur dann von meiner Krankheit genesen, wenn ich Abu el-Hasan ins Antlitz schaue.' Er sagte darauf: ,Wenn du einen Bissen essen und ins Bad gehen willst, werde ich euch zusammenführen.' Als sie seine Worte vernommen hatte, rief sie: ,Ist das wahr, was du sagst?' ,Bei Allah dem Allmächtigen,' antwortete er, ,was ich gesagt habe, ist wahr.' Darauf sagte sie: ,Wenn ich sein Antlitz erblicke, bedarf ich keiner Speise mehr.' Nun gebot er seinem Diener: ,Führe deinen Herrn herein!' So trat ich denn ein; doch als sie mich erblickte, o Beherrscher der Gläubigen, sank sie ohnmächtig hin. Sobald sie wieder zu sich gekommen war, sprach sie diesen Vers:

> Gar oft vereinigt Allah die Getrennten dennoch,
> nachdem sie fest geglaubt, sie sahen sich nie wieder.

Dann richtete sie sich auf zum Sitzen und sprach: ,Bei Allah, mein Gebieter, ich hatte nie geglaubt, ich würde dein Antlitz je wiedersehen, es sei denn im Traume!' Darauf umarmte sie

mich unter Tränen und sprach: ‚O Abu el-Hasan, jetzt will
ich essen und trinken.' Und man brachte ihr Speise und Trank.
Nun blieb ich, o Beherrscher der Gläubigen, eine lange Weile
bei ihnen, und ihre frühere Schönheit kehrte zu ihr zurück.
Dann ließ ihr Vater den Kadi und die Zeugen kommen und
ließ den Ehevertrag zwischen ihr und mir niederschreiben;
auch rüstete er ein gewaltig großes Hochzeitsfest. Und sie ist
meine Gattin bis zum heutigen Tag.'

Dann verließ jener junge Mann den Kalifen und kehrte zu
ihm mit einem Knaben[1] zurück; der war von großer Lieblichkeit und hatte einen Wuchs von schlanker Ebenmäßigkeit.
Abu el-Hasan sprach zu ihm: ‚Küsse den Boden vor dem Beherrscher der Gläubigen!' Da küßte er den Boden vor dem
Kalifen; und der Herrscher bewunderte seine Schönheit und
pries seinen Schöpfer. Dann machte er-Raschîd sich mit seinen
Gefährten auf den Heimweg, und er sprach: ‚O Dscha'far,
dies ist doch wirklich etwas Wunderbares, ich habe noch nie
etwas Seltsameres gesehen oder gehört.' Und als er-Raschîd
im Palaste saß, rief er: ‚He, Masrûr!' ‚Zu deinen Diensten,
mein Gebieter!' erwiderte jener; und der Herrscher fuhr fort:
‚Leg auf diese Estrade den Tribut von Basra und den Tribut
von Baghdad und den Tribut von Chorasan!' Da häufte Masrûr ihn dort auf, und es ward eine gewaltige Menge Geldes,
deren Größe nur Allah der Erhabene berechnen konnte. Nun
rief er-Raschîd: ‚He, Dscha'far!' ‚Zu deinen Diensten!' antwortete der; und der Kalif befahl ihm: ‚Bring mir Abu el-
Hasan!' ‚Ich höre und gehorche!' erwiderte der Wesir und
holte den Jüngling. Als der eintrat, küßte er den Boden vor
dem Kalifen; und er befürchtete, der Herrscher hätte nach
ihm gesandt wegen eines Versehens, das er begangen hätte,

1. Sein Sohn von der Tochter des Tâhir ibn el-'Alâ ist gemeint.

als jener in seinem Hause war. Da hub er-Raschîd an: ‚Du Mann aus Oman!' Und jener antwortete: ‚Zu deinen Diensten, o Beherrscher der Gläubigen! Möge Allah dir ewiglich seine Gunst gewähren!' Dann befahl der Kalif: ‚Zieh diesen Vorhang zurück!' Denn er hatte seinen Leuten geboten, nicht nur den Tribut der drei Provinzen dorthin zu schaffen, sondern auch einen Vorhang davor zu ziehen. Als jedoch der Mann aus Oman den Vorhang vor der Estrade zurückgezogen hatte, ward ihm der Verstand wirr ob der Menge des Goldes. Da fragte der Kalif ihn: ‚Sag, Abu el-Hasan, ist diese Summe größer als jene, die du durch das Amulett verloren hast!' Jener gab ihm zur Antwort: ‚Diese hier ist vielmals größer, o Beherrscher der Gläubigen!' Dann fuhr er-Raschîd fort: ‚Seid Zeugen, alle, die ihr zugegen seid, daß ich dies Gold diesem jungen Manne schenke!' Abu el-Hasan küßte beschämt den Boden und weinte Freudentränen vor er-Raschîd. Und wie er so weinte, rannen ihm die Tränen über die Wangen, und das Blut kehrte in seine Adern zurück, so daß sein Antlitz wurde wie der Vollmond in der Nacht seiner Fülle. Da rief der Kalif: ‚Es gibt keinen Gott außer Allah! Preis sei Ihm, der Wandel auf Wandel verursacht und selbst der Gleiche bleibt, der sich nie wandelt!' Darauf ließ er einen Spiegel bringen und hieß den Jüngling sein Antlitz darin betrachten. Wie der das sah, warf er sich nieder, um Allah dem Erhabenen zu danken. Dann gab der Kalif Befehl, ihm das Geld ins Haus zu bringen, und er bat ihn, sich nicht von ihm fernzuhalten, auf daß er sein Tischgenosse werde. Und so pflegte Abu el-Hasan häufig den Kalifen zu besuchen, bis dieser zur Gnade Allahs des Erhabenen einging – Preis sei Ihm, der nie dem Tode verfällt, dem Herrn der sichtbaren und der unsichtbaren Welt!

Ferner wird erzählt, o glücklicher König,

DIE GESCHICHTE
VON IBRAHÎM UND DSCHAMÎLA

El-Chasîb, der Herr von Ägyptenland, hatte einen Sohn, so schön, wie es keinen anderen gab; und aus Besorgnis um ihn ließ er ihn nie ausgehen, außer zum Freitagsgebet. Nun kam der Jüngling einmal, als er von dem Freitagsgebete heimkehrte, an einem alten Manne vorüber, der viele Bücher bei sich hatte; da saß er von seinem Pferde ab und setzte sich neben ihn nieder und begann die Bücher zu wenden und anzuschauen. In einem aber erblickte er das Bildnis einer Frau, die fast zu sprechen schien, der schönsten, die auf dem Angesichte der Erde gefunden wurde; da ward ihm der Verstand geraubt und sein Sinn verwirrt. Und er sprach: ‚O Scheich, verkaufe mir dies Bild!' Jener küßte den Boden vor ihm und sprach: ‚Mein Gebieter, es ist dein ohne Preis!' Da zahlte der Jüngling ihm hundert Dinare und nahm das Buch, in dem sich dies Bild befand; dann begann er es anzustarren, mit Tränen im Auge, Tag und Nacht, und er enthielt sich der Speise und des Tranks und des Schlafes. Und er sprach bei sich selber: ‚Wenn ich den Buchhändler nach dem Maler dieses Bildes frage, so wird er ihn mir vielleicht kundtun; und wenn das Urbild am Leben ist, so will ich zu ihm zu gelangen suchen. Ist es aber nur ein Bild, so will ich davon ablassen, dieser Frau in Liebe anzuhängen, und will mich nicht um etwas quälen, das keine Wirklichkeit hat.' – –«

Da bemerkte Schehrezâd, daß der Morgen begann, und sie hielt in der verstatteten Rede an. Doch als die *Neunhundertunddreiundfünfzigste Nacht* anbrach, fuhr sie also fort: »Es ist mir berichtet worden, o glücklicher König, daß der Jüngling bei sich selber sprach: ‚Wenn ich den Buchhändler nach dem Maler dieses Bildes frage, so wird er ihn mir vielleicht kundtun. Und ist es nur ein Bild, so will ich davon ablassen, dieser Frau in Liebe anzuhängen, und will mich nicht mit etwas quälen, das keine Wirklichkeit hat.' Als es wieder Freitag wurde, ritt er bei dem Buchhändler vorbei; und wie der vor ihm aufsprang, sprach er zu ihm: ,Oheim, tu mir kund, wer dies Bild gemalt hat!' ,Hoher Herr,' gab jener ihm zur Antwort, ,ein Mann aus dem Volke von Baghdad hat es gemalt; er heißt Abu el-Kâsim es-Sandalâni, und er wohnt in einem Viertel des Namens el-Karch. Aber ich weiß nicht, wessen Bildnis dies ist.' Da verließ der Jüngling ihn, und ohne irgendeinem aus dem Volke seines Reiches etwas von seinen Absichten zu verraten, verrichtete er das Freitagsgebet und kehrte nach Hause zurück. Dann nahm er einen Sack und füllte ihn mit Gold und Edelsteinen im Werte von dreißigtausend Dinaren. Nachdem er bis zum anderen Morgen gewartet hatte, ging er fort, ohne jemandem etwas zu sagen. Er schloß sich einer Karawane an, und als er einen Beduinen erblickte, fragte er ihn: ,Sag, Oheim wie weit ist es zwischen mir und Baghdad!' ,Ach, mein Sohn,' antwortete jener, ,wo bist du und wo ist Baghdad? Zwischen dir und jener Stadt liegt eine Reise von zwei Monaten!' Doch Ibrahîm fuhr fort: ,Oheim, wenn du mich nach Baghdad bringst, so will ich dir hundert Dinare geben, dazu noch diese Stute, die ich reite und die tausend Dinare wert ist.' Da sprach der Beduine: ,Allah sei Bürge für das, was wir reden! Heute nacht sollst du bei niemand anders zu Gaste sein als bei mir.' Der Jüngling willigte in seinen Vorschlag ein und verbrachte die Nacht bei ihm. Als die Morgenröte anbrach, nahm der Beduine ihn mit sich und führte ihn eiligst auf dem kürzesten Wege aus Gier nach jener Stute, die er ihm versprochen hatte; und sie zogen unablässig weiter, bis sie vor den Mauern von

Baghdad anlangten. Dort sprach der Beduine zu ihm: ,Preis sei Allah für die glückliche Ankunft, mein Herr! Dies ist Baghdad.' Des freute sich der Jüngling über die Maßen, und nachdem er von der Stute abgestiegen war, gab er sie dem Manne der Wüste zugleich mit den hundert Dinaren. Dann nahm er den Sack und begann nach dem Viertel von el-Karch zu fragen sowie nach der Stätte der Kaufleute; da führte ihn das Schicksal in eine Gasse, in der sich zehn kleine Häuser befanden, auf jeder Seite fünf, die einander gegenüber lagen. Am oberen Ende der Gasse befand sich ein Tor mit zwei Türflügeln, an denen ein silberner Ring erglänzte; und in dem Torweg standen zwei Marmorbänke, die mit den schönsten Teppichen bedeckt waren. Auf einer von beiden saß ein Mann von ehrwürdigem Aussehen und schöner Gestalt, der in prächtige Gewänder gekleidet war; und vor ihm standen fünf Mamluken, so schön wie Monde. Als der Jüngling das sah, erkannte er die Zeichen, die ihm der Buchhändler beschrieben hatte, und er grüßte den Mann; jener gab ihm den Gruß zurück, hieß ihn willkommen, bat ihn, sich zu setzen, und fragte ihn nach seinem Ergehen. Der Jüngling erwiderte ihm: ,Ich bin ein Fremdling, und ich bitte dich, sei so gütig, mir in dieser Straße ein Haus auszusuchen, in dem ich wohnen kann.' Da rief der andere laut: ,He, Ghazâla!'[1] Und nun kam eine Sklavin zu ihm heraus und sprach: ,Zu deinen Diensten, mein Herr!' Er befahl ihr: ,Nimm einige Diener mit dir und dann geht zu dem und dem Haus, säubert es, stattet es aus und bringt alles dorthin, was es an Geräten und anderen Dingen bedarf, und zwar für diesen schöngestalteten Jüngling!' Die Sklavin ging hin und tat, wie er ihr befohlen hatte. Dann nahm der Scheich den Jüngling mit und zeigte ihm das Haus. Und als

1. Gazelle; Name einer Sklavin.

jener fragte: ‚Lieber Herr, wie hoch ist die Miete dieses Hauses?‘ antwortete er: ‚O Schöngesicht, ich nehme keine Miete von dir, solange du darin wohnst.‘ Dafür dankte ihm der Jüngling; und dann rief der Scheich eine andere Sklavin; nun trat ein Mädchen heraus, so schön wie die Sonne, und zu der sprach er: ‚Bring das Schachspiel!‘ Als sie es gebracht hatte, breitete ein Mamluk das Schachbrett aus; und der Greis sprach zu dem Jüngling: ‚Willst du mit mir spielen?‘ ‚Gern‘, erwiderte jener; und sie spielten mehrere Male. Ibrahîm gewann, und der Scheich rief: ‚Das hast du gut gemacht, Jüngling! Du bist fürwahr vollkommen in deinen Eigenschaften. Bei Allah, es gibt in Baghdad niemanden, der mich besiegen kann; und nun hast du mich besiegt.‘ Als die Diener das Haus mit Teppichen und allem anderen, dessen es bedurfte, ausgestattet hatten, übergab der Alte dem Jüngling die Schlüssel und sprach zu ihm: ‚Mein Gebieter, willst du nicht in mein Haus eintreten und von meinem Brot essen, so daß wir durch dich beehrt werden?‘ Der Jüngling willigte darin ein und ging mit ihm; und als sie zu dem Hause kamen, sah er ein schönes, prächtiges Gebäude, das mit Gold verziert war; in ihm befanden sich allerlei Gemälde, ferner viele Arten von Teppichen und andere Dinge, die keine Zunge beschreiben kann. Dort hieß der Alte ihn willkommen und befahl, die Speisen zu bringen; die Diener brachten einen Tisch, der aus San'â in Jemen stammte, und setzten ihn nieder; dann brachten sie die seltensten Speisen, wie sie prächtiger und köstlicher nirgends gefunden werden. Der Jüngling aß, bis er gesättigt war, wusch sich danach die Hände und begann das Haus und die Ausstattung anzusehen. Darauf wandte er sich um und schaute nach dem Sack, den er mitgebracht hatte; doch er fand ihn nicht, und so sprach er: ‚Es gibt keine Macht und es gibt keine Majestät außer bei

Allah, dem Erhabenen und Allmächtigen! Ich habe einen Bissen gegessen, der einen Dirhem oder zwei wert ist, und ich habe einen Sack verloren, in dem dreißigtausend Dinare waren. Doch ich suche Hilfe bei Allah.' Dann schwieg er und konnte nicht weiterreden. – –«

Da bemerkte Schehrezâd, daß der Morgen begann, und sie hielt in der verstatteten Rede an. Doch als die *Neunhundertundvierundfünfzigste Nacht* anbrach, fuhr sie also fort: »Es ist mir berichtet worden, o glücklicher König, daß der Jüngling, als er sah, daß der Sack verloren war, von schwerer Sorge ergriffen ward und schwieg und nicht mehr reden konnte. Da brachte der Scheich das Schachspiel und sprach zu ihm: ‚Willst du mit mir spielen?' ‚Jawohl', erwiderte der Jüngling; und nun spielten sie, doch diesmal gewann der Alte. Da sagte Ibrahîm: ‚Gut!', verließ das Spiel und stand auf. ‚Was ist dir, Jüngling?' fragte der Scheich; und jener antwortete: ‚Ich suche den Sack.' Sofort erhob sich der Alte und holte ihn her und sprach: ‚Da ist er, lieber Herr. Willst du jetzt wieder mit mir spielen?' ‚Gern', erwiderte der Jüngling, spielte mit ihm und gewann wiederum. Der Alte sprach: ‚Als deine Gedanken mit dem Sack beschäftigt waren, gewann ich; aber da ich ihn dir wiedergebracht habe, hast du mich besiegt.' Dann fuhr er fort: ‚Mein Sohn, sage mir, aus welchem Lande bist du?' ‚Aus Ägypten', antwortete jener; und der Scheich fragte weiter: ‚Aus welchem Grunde bist du denn nach Baghdad gekommen?' Nun holte Ibrahîm das Bildnis heraus und sprach: ‚Wisse, Oheim, ich bin der Sohn von el-Chasîb, dem Herrn von Ägypten; ich sah dies Bild bei einem Buchhändler, und es raubte mir den Verstand. Als ich nach seinem Maler fragte, ward mir gesagt, das sei ein Mann im Viertel el-Karch, des Namens Abu el-Kâsim es-Sandalâni, in einer Gasse, die man als die Safrangasse kenne. Da nahm ich etwas Geld mit mir und kam allein hierher, ohne daß jemand um mein Tun wußte; ich möchte nun, daß du in der Fülle deiner Güte mich zu ihm führest, damit ich ihn fragen kann, weshalb er dies Bild gemalt hat und wessen Bild es ist. Was er nur immer von mir verlangt, das will ich ihm geben.' ,Bei Allah, mein Sohn,' erwiderte der Alte, ,ich bin Abu el-Kâsim es-Sandalâni; und dies ist ein wundersam Ding, wie das Schicksal dich zu mir geführt hat!' Als der Jüngling diese Worte von ihm vernommen hatte, eilte er auf ihn zu, umarmte ihn, küßte ihm Haupt und Hände und sprach zu ihm: ,Um Allahs willen, tu mir kund, wessen Bild es ist!' ,Ich höre und gehorche!' sprach der Alte, ging hin, öffnete eine Kammer und holte eine Anzahl von Büchern heraus, in die er dasselbe Bild gemalt hatte. Dann sprach er: ,Wisse, mein Sohn, daß sie, die auf diesem Bilde dargestellt ist, meine Base ist; sie lebt in Basra, ihr Vater ist der Statthalter von Basra und heißt Abu el-Laith, sie selbst aber heißt Dschamîla. Es gibt auf dem Angesichte der Erde keine, die schöner wäre als sie; aber sie ist den Männern abgeneigt, und sie läßt nicht zu, daß man das Wort Mann in ihrer Gegenwart ausspricht. Ich bin schon zu meinem Oheim gegangen, um ihn zu bitten, daß er mich mit ihr vermähle, und ich habe viel Geld dafür ausgegeben; aber er konnte mir diesen Wunsch nicht erfüllen. Und als seine Tochter dies erfuhr, ergrimmte sie und ließ mir eine Botschaft zukommen, in der sie unter anderem sagte: ,Wenn du noch Verstand hast, so verweile nicht länger in dieser Stadt, sonst wirst du umkommen, und die Schuld ruht auf deinem Haupte.' Sie ist eine herzlose Tyrannin; und so mußte ich denn gebrochenen Herzens Basra verlassen. Doch ich malte das Bild in Bücher und schickte sie in fremde Länder, auf daß ihr Bild vielleicht in die

Hand eines schönen Jünglings fiele, wie du es bist; dann sollte er sich Zutritt zu ihr verschaffen, und sie sollte ihn lieb gewinnen; ich aber wollte ihm das Versprechen abnehmen, sie mir zu zeigen, wenn auch nur einen Augenblick von ferne.' Als Ibrahîm ibn el-Chasîb diese Worte hörte, senkte er sein Haupt eine Weile in tiefen Gedanken; doch es-Sandalâni hub von neuem an: ,Mein Sohn, ich habe in Baghdad niemanden gesehen, der schöner wäre als du; und ich glaube, sie wird dich lieb gewinnen, wenn sie dich sieht. Willst du also, wenn du mit ihr vereinigt bist und sie gewonnen hast, sie mir zeigen, sei es auch nur einen Augenblick von ferne?' ,Jawohl', erwiderte Ibrahîm; und der Scheich fuhr fort: ,Wenn dem wirklich so ist, so bleibe bei mir, bis du aufbrichst!' Doch der Jüngling warf ein: ,Ich kann nicht länger verweilen; denn die Liebe zu ihr ist wie ein immer heißer brennendes Feuer in meinem Herzen.' Da sprach der Scheich zu ihm: ,Habe drei Tage Geduld, daß ich dir ein Schiff ausrüste, mit dem du nach Basra fahren kannst!' So wartete jener, bis Abu el-Kâsim ihm ein Schiff ausgerüstet und mit allem versehen hatte, was er an Speise und Trank und anderen Dingen nötig hatte. Nach drei Tagen sprach der Scheich zu dem Jüngling: ,Halte dich bereit zur Reise! Denn ich habe dir ein Schiff ausgerüstet, auf dem alles ist, was du brauchst. Das Schiff ist mein Eigentum, und die Seeleute sind meine Diener; und an Bord befindet sich so viel, daß es dir genügen wird, bis du heimkehrst; auch habe ich den Seeleuten ans Herz gelegt, dich zu bedienen, bis du wohlbehalten wieder zurückkommst.' Alsbald machte der Jüngling sich auf und begab sich zum Schiffe, nachdem er von seinem Wirte Abschied genommen hatte; und dann segelte er stromabwärts, bis er in Basra ankam; dort holte er hundert Dinare für die Seeleute heraus, doch die sprachen zu ihm:

‚Wir haben unseren Lohn von unserem Herrn erhalten.' ‚So nehmt dies als Gabe,' sagte er, ‚und ich werde es ihm nicht mitteilen!' Da nahmen sie es und beteten für ihn. Dann begab sich der Jüngling in die Stadt Basra und fragte: ‚Wo wohnen die Kaufleute?' Man erwiderte ihm: ‚In dem Chân, der da heißt Chân Hamdân.' Deshalb ging er weiter, bis er zu dem Basar kam, an dem der Chân stand; und aller Augen richteten sich auf ihn, da er so überaus schön und lieblich war. Darauf trat er in den Chân ein, begleitet von einem Seemann, und fragte nach dem Pförtner; man führte ihn zu ihm, und er erkannte in ihm einen hochbetagten Scheich von ehrwürdigem Aussehen. Er grüßte ihn, und jener gab ihm den Gruß zurück. Dann hub Ibrahîm an: ‚Oheim, hast du ein hübsches Zimmer?' ‚Jawohl', erwiderte jener, führte ihn und den Schiffer, öffnete ihnen ein schönes Zimmer, das mit Gold verziert war, und sprach: ‚Junger Herr, sieh, dies Zimmer ist dir angemessen.' Da zog Ibrahîm zwei Dinare hervor und sprach zu dem Pförtner: ‚Nimm diese beiden als Schlüsselgeld!' Jener nahm sie und betete für ihn; dann befahl der Jüngling dem Seemann, zum Schiffe zu gehen, und trat selbst in das Zimmer ein. Der Pförtner des Châns aber blieb bei ihm und bediente ihn, indem er sprach: ‚Hoher Herr, durch dich ist die Freude bei uns eingekehrt.' Nun gab der Jüngling ihm einen Dinar mit den Worten: ‚Hol uns dafür Brot und Fleisch und Süßigkeiten und Wein!' So ging der Türhüter denn auf den Basar, und nachdem er all das für zehn Dirhems gekauft hatte, kehrte er zu Ibrahîm zurück und gab ihm die übrigen zehn. Doch der sprach zu ihm: ‚Gib sie für dich selbst aus!' Dessen freute sich der Pförtner des Châns über die Maßen. Dann aß der Jüngling von alledem, was er hatte kommen lassen, nur ein Brot mit etwas Zukost und sprach zu dem Pförtner: ‚Nimm dies für die

386

Leute deines Hauses!' Der nahm es, brachte es den Seinen und sprach zu ihnen: ,Ich glaube, es lebt auf dem Angesichte der Erde kein edlerer und kein liebenswürdigerer Mensch als der Jüngling, der heute bei uns eingekehrt ist. Wenn er länger bei uns bleibt, so werden wir reich werden.' Dann trat der Pförtner wieder zu Ibrahîm ein und sah ihn weinen. Da setzte er sich nieder und begann ihm die Füße zu reiben, und er küßte sie und sprach: ,Hoher Herr, warum weinst du? Möge Allah dich nie weinen lassen!' ,Oheim,' erwiderte Ibrahîm, ,ich möchte heute abend mit dir trinken.' ,Ich höre und gehorche!' sagte darauf der Türhüter; und der Jüngling gab ihm fünf Dinare mit den Worten: ,Kaufe uns dafür Früchte und Wein!' Dann reichte er ihm wiederum fünf Dinare und sprach zu ihm: ,Kaufe uns dafür Nachtisch und Blumen und fünf fette Hühner; auch bringe mir eine Laute!' Nun eilte der Alte fort, kaufte, was jener ihm befohlen hatte, und sprach zu seiner Frau: ,Bereite diese Speisen zu und kläre uns diesen Wein! Was du zubereitest, muß aber sehr gut sein; denn dieser Jüngling hat uns mit seiner Güte überhäuft.' Seine Frau tat, wie er ihr befohlen hatte, mit der allergrößten Sorgfalt; und er nahm alles und brachte es zu Ibrahîm, dem Sohne des Sultans, hinein. – –«

Da bemerkte Schehrezâd, daß der Morgen begann, und sie hielt in der verstatteten Rede an. Doch als die *Neunhundertund-fünfundfünfzigste Nacht* anbrach, fuhr sie also fort: »Es ist mir berichtet worden, o glücklicher König, daß der Pförtner des Châns, nachdem seine Frau die Speisen und den Wein zubereitet hatte, alles nahm und zu Ibrahîm, dem Sohne des Sultans hineinbrachte. Darauf aßen die beiden und tranken und waren guter Dinge. Doch dann begann der Jüngling zu weinen und sang diese beiden Verse:

Mein Freund, wenn ich mein ganzes Leben opfern müßte,
Dazu auch all mein Geld, die Welt und was sie beut,
Das ganze Paradies und auch das ew'ge Leben
Für eine Liebesstunde, – war mein Herz bereit.

Dann tat er einen tiefen Seufzer und sank ohnmächtig nieder; und auch der Pförtner des Châns begann zu schluchzen. Als der Jüngling wieder zu sich kam, sprach der Türhüter zu ihm: ‚Hoher Herr, was veranlaßt dich zu weinen, und wer ist sie, die du mit diesen Versen meinst? Sie kann doch nur Staub zu deinen Füßen sein.' Doch Ibrahîm ging hin und holte ein Bündel der schönsten Frauenkleider und sprach zu ihm: ‚Nimm dies für deine Frauen!' Da nahm der Pförtner sie von ihm hin und brachte sie seiner Frau; sie kam mit ihm und trat zu dem Jüngling ein; doch siehe, er weinte wiederum. Nun sprach sie zu ihm: ‚Du brichst unsere Herzen. Tu uns kund, nach welcher Schönen du begehrst, und sie soll alsbald nichts anderes sein als deine Magd!' Der Jüngling erwiderte: ‚Oheim, wisse, ich bin der Sohn el-Chasîbs, des Herrn von Ägypten, und ich bin von Liebe erfüllt zu Dschamîla, der Tochter des Statthalters el-Laith.' Doch die Frau des Türhüters rief: ‚Allah, Allah! Mein Bruder, laß diese Reden, damit uns niemand hört; sonst sind wir des Todes! Denn es gibt auf dem Angesicht der Erde keine, die gewalttätiger wäre als sie; und niemand darf vor ihr das Wort Mann aussprechen, da sie den Männern abgeneigt ist. Mein Sohn, wende dich von ihr zu einer anderen!' Als er ihre Worte vernommen hatte, weinte er bitterlich, und der Pförtner des Châns sprach zu ihm: ‚Ich habe nichts als mein Leben; aber das will ich wagen aus Liebe zu dir, und ich will dir ein Mittel finden, durch das du dein Ziel erreichen mögest.' Darauf gingen die beiden von ihm fort; aber er begab sich am nächsten Morgen ins Bad und legte dann ein könig-

388

liches Gewand an. Da traten auch schon der Pförtner und seine
Frau zu ihm herein und sprachen zu ihm: ‚Hoher Herr, wisse,
es wohnt hier ein buckliger Schneidersmann, der ist der Schneider der Herrin Dschamîla. Geh zu ihm und tu ihm kund, wie
es um dich steht, vielleicht kann er dir einen Weg zeigen, auf
dem du zu deinem Ziele gelangen kannst!' Sofort machte der
Jüngling sich auf und begab sich zu dem buckligen Schneider;
und als er zu ihm eintrat, fand er bei ihm zehn Mamluken, so
schön wie Monde. Er begrüßte sie, und sie gaben ihm den
Gruß zurück; dann hießen sie ihn willkommen und baten ihn,
sich zu setzen, fast verwirrt durch seine Schönheit und Anmut;
auch als der bucklige Schneider ihn sah, ward ihm der Sinn
berückt durch die schöne Gestalt. Da sprach der Jüngling zu
ihm: ‚Ich wünsche, daß du mir meine Tasche nähest'; und der
Schneider trat heran, nahm einen seidenen Faden und nähte
die Tasche, die jener absichtlich zerrissen hatte. Und als der
Mann mit dem Nähen fertig war, holte der Jüngling fünf
Dinare heraus, gab sie ihm und kehrte in seine Wohnung zurück. Der Schneider sprach: ‚Was habe ich für diesen jungen
Herrn getan, daß er mir die fünf Dinare gegeben hat?' Dann
verbrachte er die Nacht in Gedanken an seine Schönheit und
seinen Edelmut. Am nächsten Morgen ging Ibrahîm wieder
zu dem Laden des buckligen Schneiders, trat ein und begrüßte
ihn; jener gab ihm den Gruß zurück und hieß ihn in höflich-
ster Weise willkommen. Nachdem der Jüngling sich gesetzt
hatte, sprach er zu dem Buckligen: ‚Nähe mir meine Tasche!
Sie ist mir wieder zerrissen.' Jener antwortete ihm: ‚Herzlich
gern, mein Sohn', trat heran und nähte sie. Darauf gab Ibrahîm ihm zehn Dinare; und der Schneider nahm sie, ganz erstaunt ob seiner Schönheit und Großmut. Dann sprach er:
‚Bei Allah, junger Herr, dein Tun muß ganz sicher einen

Grund haben; denn so verfährt man nicht beim Nähen einer Tasche. Doch sage mir, wie es in Wahrheit um dich steht! Wenn du einen dieser Knaben liebst, so ist – bei Allah – unter ihnen keiner schöner als du; sie alle sind Staub zu deinen Füßen, ja, sie sind Sklaven vor dir. Oder wenn es etwas anderes ist als dies, so tu es mir kund!' ,Oheim,' erwiderte Ibrahîm, ,dies ist nicht der Ort zum Reden; denn meine Geschichte ist seltsam gar, und mein Erlebnis ist wunderbar.' Der Schneider fuhr fort: ,Wenn dem so ist, so komm mit mir in ein besonderes Zimmer!' Darauf führte er ihn an der Hand und trat mit ihm in ein Zimmer hinter dem Laden. Dort sprach er zu ihm: ,Junger Herr, jetzt erzähle mir!' Ibrahîm also erzählte ihm seine Geschichte von Anfang bis zu Ende; der Schneider aber staunte über seine Worte und rief: ,Junger Herr, fürchte Allah für dich! Die du da nennst, ist eine Tyrannin, die den Männern abhold ist. Hüte deine Zunge, mein Bruder; sonst wirst du dich selbst zugrunde richten!' Als der Jüngling solche Worte von ihm vernahm, weinte er bitterlich, und er rief, indem er sich an die Säume des Schneiders klammerte: ,Hilf mir, Oheim; sonst bin ich des Todes! Ich habe mein Reich und das Reich meines Vaters und meines Großvaters verlassen und bin ein einsamer Fremdling in fernem Lande geworden; ich kann nicht länger ohne sie sein.' Wie der Schneider nun sah, was über ihn gekommen war, hatte er Mitleid mit ihm und sprach: ,Mein Sohn, ich habe nur mein Leben; aber das will ich wagen aus Liebe zu dir; denn du hast mein Herz verwundet. Darum will ich dir morgen ein Mittel ersinnen, durch das dein Herz Trost finden soll.' Ibrahîm segnete ihn und kehrte zum Chân zurück; dort erzählte er dem Pförtner, was der Bucklige ihm gesagt hatte, und jener sprach: ,Er hat fürwahr freundlich an dir gehandelt.' Als es wieder Morgen ward, legte der Jüngling seine prächtigsten Kleider an, nahm einen Beutel voll Dinare mit sich und begab sich zu dem Buckligen. Nachdem er ihn begrüßt und sich gesetzt hatte, sprach er zu ihm: ,Oheim, halte mir dein Versprechen!' Darauf antwortete ihm jener: ,Mach dich sogleich auf, hol drei fette Hühner und drei Unzen Zuckerkand und zwei kleine Krüge; die fülle mit Wein und nimm auch einen Becher dazu! All das tu in einen Beutel und steig morgen nach dem Frühgebet zu einem Fährmann ins Boot und sprich zu ihm: ,Ich wünsche, daß du mich nach unterhalb von Basra fährst.' Wenn er dann sagt: ,Ich kann nicht weiter fahren als eine Parasange', so sprich zu ihm: ,Wie du willst!' Wenn er aber so weit gefahren ist, erwecke die Geldgier in ihm, daß er dich ans Ziel führe; wenn du dann dahin kommst, so ist der erste Blumengarten, den du siehst, der Garten der Herrin Dschamîla. Sobald du ihn erblickst, geh zu seinem Tor! Dort findest du zwei hohe Stufen, die mit Teppichen aus Brokat belegt sind und auf denen ein buckliger Mann gleich mir sitzt. Dem klage deine Not und flehe ihn um seine Hilfe an; vielleicht wird er mit deinem Elend Mitleid haben und dir dazu verhelfen, daß du sie siehst, wenn auch nur mit einem Blick aus der Ferne! Ich weiß keinen anderen Weg als diesen. Wenn jener aber kein Mitleid mit deinem Elend hat, so sind wir beide des Todes, ich und du. Dies ist der Rat, den ich geben kann; die Sache aber steht bei Allah dem Erhabenen.' Ibrahîm sprach: ,Ich flehe Allah um Hilfe an. Was Allah will, das geschieht. Es gibt keine Macht und es gibt keine Majestät außer bei Allah!' Dann verließ er den buckligen Schneider und begab sich in seine Wohnung; nachdem er dann alles, was jener ihm nannte, erhalten hatte, tat er es in einen kleinen Beutel. Am nächsten Morgen eilte er zum Ufer des Tigris, und dort fand er einen schlafenden Fährmann; den weckte er, gab ihm zehn Dinare und sprach zu ihm: ‚Setze mich über nach unterhalb von Basra!' Jener erwiderte ihm: ‚Mein Gebieter, nur unter der Bedingung, daß ich nicht weiter als eine Parasange zu fahren brauche; wenn ich nämlich diese Strecke auch nur um eine Spanne überschreite, so sind wir des Todes, ich und du.' Ibrahîm sagte: ‚Wie du willst!' Da nahm jener ihn und fuhr mit ihm stromabwärts; und als sie sich dem Garten näherten, rief er: ‚Mein Sohn, von hier aus kann ich nicht weiter fahren; wenn ich diese Grenze überschreite, so sind wir des Todes, ich und du.' Doch Ibrahîm zog wiederum zehn Dinare für ihn heraus und sprach zu ihm: ‚Nimm dies Geld und suche damit deine Lage zu bessern!' Weil nun der Fährmann Scheu vor ihm hatte, sprach er: ‚Ich befehle die Sache in die Hand Allahs des Erhabenen.' – –«

Da bemerkte Schehrezâd, daß der Morgen begann, und sie hielt in der verstatteten Rede an. Doch als die *Neunhundertundsechsundfünfzigste Nacht* anbrach, fuhr sie also fort: »Es ist mir berichtet worden, o glücklicher König, daß der Fährmann, als der Jüngling ihm wiederum zehn Dinare reichte, sie hinnahm und sprach: ‚Ich befehle die Sache in die Hand Allahs des Erhabenen.' Und er fuhr weiter mit ihm stromabwärts. Kaum aber waren sie dem Garten nahe, da erhob Ibrahîm sich in seiner Freude und sprang vom Boote aus ans Ufer, etwa einen Speerwurf weit, und warf sich dort nieder; der Ferge jedoch kehrte um und flüchtete. Dann schritt der Jüngling weiter und fand alles, was der Bucklige ihm von dem Garten geschildert hatte; er sah auch das Tor offen und im Torweg ein Lager aus Elfenbein, auf dem ein buckliger Mann von freundlichem Aussehen saß, angetan mit vergoldeten Kleidern und in der Hand eine silberne Keule, die mit Gold überzogen war. Auf den eilte der Jüngling zu, beugte sich über seine Hand und küßte

392

sie. Der Bucklige fragte ihn: ‚Wer bist du? Woher kommst
du? Wer hat dich hierher gebracht, mein Sohn?‘ Jener Mann
war aber, als er Ibrahîm ibn el-Chasîb erblickte, über dessen
Anmut erstaunt. Da sprach der Jüngling zu ihm: ‚Ach, Oheim,
ich bin ein unwissender Knabe und ein Fremdling‘; und er
weinte. Da hatte jener Mitleid mit ihm und zog ihn zu sich
auf das Lager, wischte ihm die Tränen ab und sprach zu ihm:
‚Dir soll kein Leid widerfahren! Wenn du ein Schuldner bist,
so möge Allah deine Schulden tilgen; und wenn du in Gefahr
bist, so möge Allah dich gegen die Gefahr sichern!‘ ‚Ach,
Oheim,‘ erwiderte Ibrahîm, ‚ich bin nicht in Gefahr, und ich
habe keine Schulden; vielmehr habe ich Geld in Fülle dank
der Hilfe Allahs.‘ Nun fragte der Bucklige: ‚Mein Sohn, was
ist denn dein Begehr, so daß du dich und deine Schönheit an
eine Stätte wagst, an der das Verderben lauert?‘ Da erzählte der
Jüngling ihm seine Geschichte und berichtete ihm, wie es um
ihn stand. Doch als jener seine Worte vernommen hatte, senkte
er sein Haupt eine Weile zu Boden; dann fragte er: ‚Ist der
Mann, der dich zu mir wies, der bucklige Schneider?‘ ‚Jawohl‘,
antwortete der Jüngling, und der andere fuhr fort: ‚Er ist
mein Bruder, und er ist ein gesegneter Mann.‘ Dann fügte er
hinzu: ‚Mein Sohn, hätten sich die Liebe zu dir und das Mitleid mit dir nicht in mein Herz gesenkt, so wäret ihr alle verloren, du und mein Bruder und der Pförtner des Châns und
seine Frau.‘ Und wiederum sagte er: ‚Wisse, dieser Garten hat
auf dem Angesichte der Erde nicht seinesgleichen, und er heißt
der Garten der wilden Färse.[1] Während meines ganzen Lebens
hat ihn noch kein anderer Mensch betreten als der Sultan und
ich und Dschamîla, der er gehört. Ich lebe hier seit zwanzig
Jahren, aber noch nie habe ich gesehen, daß jemand an diese

1. Das Wort kann auch ‚Perle‘ bedeuten.

Stätte gelangt wäre. Alle vierzig Tage kommt die Herrin in einer Barke hierher und geht an Land, umgeben von ihren Dienerinnen unter einem Baldachin aus Atlas, dessen Säume zehn Mädchen an goldenen Haken halten, bis sie hineingegangen ist; und so habe ich noch nie etwas von ihr gesehen. Doch ich habe ja nur mein Leben; und das will ich für dich wagen.' Da küßte der Jüngling ihm die Hand, und der Wächter sprach zu ihm: ‚Setze dich zu mir, bis ich einen Plan für dich ersonnen habe.' Danach nahm er ihn bei der Hand und führte ihn in den Garten hinein. Als Ibrahîm jenen Blumengarten erblickte, deuchte es ihn, er wäre das Paradies; denn er sah dort, wie die Bäume ineinander verschlungen waren, wie die Palmen hoch aufragten, die Bäche sprangen und die Vöglein mit mancherlei Stimmen sangen. Dann führte der Wärter ihn in einen Pavillon, und dort sprach er zu ihm: ‚Dies ist die Stätte, an der die Herrin Dschamîla zu sitzen pflegt.' Da schaute der Jüngling den Pavillon an und erkannte, daß er eines der seltensten Lusthäuser war. Denn an ihm befanden sich lauter Gemälde in Gold und Azurfarbe, und er hatte vier Türen, zu denen man auf fünf Stufen hinaufstieg. In der Mitte aber war ein Wasserbecken, zu dem Stufen aus Gold hinabführten, und diese Stufen waren mit Edelsteinen eingelegt; und inmitten des Beckens stand ein goldener Springbrunnen mit großen und kleinen Figuren, die das Wasser aus dem Munde spieen. Und da die Figuren, wenn das Wasser herausfloß, in verschiedenen Klängen ertönten, so schien es dem, der sie hörte, als ob er im Paradies wäre. Rings um den Pavillon floß ein Kanal mit einem Wasserwerk, dessen Eimer aus Silber gearbeitet und mit Brokat bedeckt waren. Und links neben dem Wasserwerk befand sich ein Gitter aus Silber, durch das man auf eine grüne Aue sah; dort waren allerlei wilde Tiere,

394

Gazellen und Hasen. Rechts daneben aber war ein zweites Gitter, das auf eine Wiese führte; und dort waren lauter Vögel, die alle in mancherlei Stimmen sangen und den Hörer berückten. Als der Jüngling das alles geschaut hatte, war er von Entzücken erfüllt. Dann setzte er sich wieder an den Torweg des Gartens; und der Gärtner setzte sich neben ihn und sprach zu ihm: ‚Wie gefällt dir mein Garten?' ‚Er ist das Paradies auf Erden', antwortete Ibrahîm; der Gärtner lächelte und ging dann eine Weile fort. Als er zurückkehrte, hatte er eine Platte bei sich, auf der Hühner und Wachteln waren, allerlei leckere Speisen und Süßigkeiten aus Zucker; die stellte er vor den Jüngling hin mit den Worten: ‚Iß dich satt!' So aß denn Ibrahîm[1], bis er gesättigt war; und als der Gärtner sah, wie jener gegessen hatte, freute er sich und rief: ‚Bei Allah, dies ist die Art von Königen und Prinzen.' Dann fragte er: ‚O Ibrahîm, was hast du bei dir in diesem Beutel?' Der Jüngling öffnete ihn vor seinen Augen, und der Gärtner sprach: ‚Nimm ihn mit dir; er wird dir nützen, wenn die Herrin Dschamîla kommt! Denn wenn sie hier ist, kann ich dir nichts mehr zu essen bringen.' Dann erhob er sich, nahm Ibrahîm bei der Hand und führte ihn an eine Stätte gegenüber dem Pavillon Dschamîlas; dort machte er ihm eine Laube zwischen den Bäumen und sprach zu ihm: ‚Hier steig hinauf; und wenn sie kommt, so kannst du sie sehen, während sie dich nicht sieht! Dies ist das Äußerste, was ich für dich tun kann; auf Allah aber ruht unser Vertrauen! Wenn sie singt, so trink du zu ihrem Gesang; und wenn sie fortgeht, mögest du in Sicherheit dorthin zurückkehren, von wo du gekommen bist, so Allah der Erhabene will.' Der Jüngling dankte ihm und wollte ihm die

1. Im Arabischen steht hier mehrfach die erste Person, so daß Ibrahîm als Erzähler eingeführt wird.

Hand küssen; doch der entzog sie ihm. Darauf legte Ibrahîm den Beutel in die Laube, die jener für ihn gemacht hatte; und nun sprach der Gärtner zu ihm: ‚Ibrahîm, schau dich im Garten um und iß von seinen Früchten! Die Zeit der Ankunft deiner Herrin ist auf morgen festgesetzt.' Nachdem Ibrahîm sich also in dem Garten ergötzt und von seinen Früchten gegessen hatte, brachte er die Nacht bei dem Gärtner zu. Als aber der Morgen sich erhob und die Welt mit seinen leuchtenden Strahlen durchwob, sprach Ibrahîm das Frühgebet; da trat auch schon der Gärtner bleichen Angesichts zu ihm und sprach: ‚Wohlan, mein Sohn, steig in die Laube hinauf! Denn die Dienerinnen sind schon gekommen, um die Stätte zu bereiten; und sie kommt hinter ihnen her.' – –«

Da bemerkte Schehrezâd, daß der Morgen begann, und sie hielt in der verstatteten Rede an. Doch als die *Neunhundertundsiebenundfünfzigste Nacht* anbrach, fuhr sie also fort: »Es ist mir berichtet worden, o glücklicher König, daß der Gärtner, als er zu Ibrahîm ibn el-Chasîb in den Garten trat, zu ihm sprach: ‚Wohlan, mein Sohn, steig in die Laube hinauf! Denn die Dienerinnen sind schon gekommen, um die Stätte zu bereiten; und sie kommt hinter ihnen her. Hüte dich auszuspucken oder zu schnauben oder zu niesen, sonst sind wir beide des Todes, ich und du!' Da ging der Jüngling hin und stieg in die Laube hinauf; doch der Gärtner ging fort und sprach: ‚Allah gewähre dir Sicherheit, mein Sohn!' Während Ibrahîm nun dort saß, erschienen plötzlich fünf Dienerinnen, derengleichen noch nie jemand gesehen hatte; die traten in den Pavillon ein, legten ihre Oberkleider ab und wuschen ihn, besprengten ihn mit Rosenwasser, beräucherten ihn mit Aloeholz und Ambra und statteten ihn mit Brokatdecken aus. Nach ihnen kamen fünfzig Dienerinnen mit Musikinstrumenten, und unter ihnen schritt Dschamîla unter einem Baldachin aus rotem Brokat, dessen Säume die Sklavinnen an goldenen Haken hielten, bis sie in den Pavillon eintrat; doch Ibrahîm sah nichts von ihr, noch auch von ihren Gewändern, und so sprach er bei sich: ‚Bei Allah, meine ganze Mühe war vergeblich! Doch es ist nicht anders möglich, als daß ich warte, bis ich sehe, wie es wird.‘ Da brachten die Dienerinnen Speise und Trank; und nachdem sie gegessen und ihre Hände gewaschen hatten, stellten sie für die Herrin einen Stuhl auf, und sie setzte sich nieder. Darauf spielten sie alle auf den Musikinstrumenten und sangen mit unvergleichlich schönen Stimmen. Plötzlich trat eine alte Kammerfrau hervor, klatschte in die Hände und tanzte, während die Mädchen sie hin und her zogen, bis der Vorhang gehoben wurde und Dschamîla lächelnd heraustrat. Nun konnte Ibrahîm sie schauen, wie sie mit Schmuck und Prachtgewändern bedeckt war und auf dem Haupte eine Krone, besetzt mit Perlen und Edelsteinen, trug; um ihren Hals schlang sich ein Halsband aus Perlen, und um ihren Leib lag ein Gürtel aus Chrysolithstäbchen mit Schnüren aus Rubinen und Perlen. Die Mädchen küßten vor ihr den Boden, während sie lächelte. ‚Als ich sie ansah‘ – so erzählte Ibrahîm ibn el-Chasîb –, ‚ward ich wie von Sinnen, mein Verstand ward berückt, meine Gedanken verwirrten sich; so sehr überwältigte mich eine Schönheit, derengleichen es auf dem Angesichte der Erde nicht gab. Und ich sank in Ohnmacht; als ich aber wieder zu mir kam, standen mir die Tränen in den Augen, und ich sprach diese beiden Verse:

> *Ich schau dich an und kann die Augen nimmer schließen;*
> *Dein Bild soll durch der Lider Schleier nicht verblassen.*
> *Ach, wenn ich auch mit allen meinen Blicken schaute,*
> *Die Augen könnten deine Reize doch nicht fassen.‘*

Darauf sprach die Alte zu den Mädchen: ‚Zehn von euch sollen nun beginnen zu tanzen und zu singen!' Doch als Ibrahîm sie sah, sprach er bei sich: ‚Ich wünschte, die Herrin Dschamîla tanzte selber.' Als nun die zehn Mädchen ihren Tanz beendet hatten, umringten sie die Prinzessin und sprachen: ‚O Herrin, wir möchten, daß du bei dieser Feier tanzest, auf daß unsere Freude dadurch vollkommen werde; wir haben noch nie einen schöneren Tag erlebt als den heutigen.' Wieder sprach Ibrahîm ibn el-Chasîb bei sich: ‚Jetzt sind sicher die Tore des Himmels aufgetan, und Allah hat mein Gebet erhört!' Dann küßten die Mädchen ihrer Herrin die Füße und sprachen zu ihr: ‚Bei Allah, wir haben deine Brust noch nie so freudig erregt gesehen wie heute.' Und sie ließen nicht ab, in ihr die Lust zum Tanzen zu erregen, bis sie ihre Obergewänder ablegte; und nun stand sie da in einem Hemde, das mit Gold durchwirkt und mit allerlei Edelsteinen besetzt war, und zeigte Brüste, die Granatäpfeln glichen, und enthüllte ein Antlitz, gleich dem Monde in der Nacht seiner Fülle. Und Ibrahîm erschaute Bewegungen, wie er sie in seinem ganzen Leben noch nie gesehen hatte; sie schritt tanzend dahin in Weisen, wundersam und unbekannt, die sie so herrlich selbst erfand, bis sie bewirkte, daß alle der Perlen vergaßen, die in den Bechern schäumten, und von wiegenden Turbanen auf den Häuptern träumten. Ja, sie war, wie der Dichter sagt:

> *Sie ward nach ihrem Wunsch geschaffen; und im Gleichmaß,*
> *Nicht kurz und auch nicht lang, ist sie die Schönheit ganz.*
> *Es ist, als wäre sie aus Perlenglanz geschaffen;*
> *Aus jedem Glied erstrahlt des Mondes Schönheitsglanz.*

Oder wie ein anderer sagt:

> *Schau, wie des Tänzers Leib dem Weidenzweige gleicht,*
> *Wie mir, wenn er sich wiegt, die Seele fast entweicht!*

‚Während ich sie anschaute' – so erzählte Ibrahîm –, ‚fiel ein
Blick von ihr auf mich, so daß sie meiner gewahr wurde. Sobald sie mich sah, erblich ihr Antlitz; und sie sprach zu ihren
Dienerinnen: ‚Singt, bis ich zu euch zurückkehre!' Dann ging
sie und holte ein Messer, das eine halbe Elle lang war, und
schritt auf mich zu, indem sie sprach: ‚Es gibt keine Macht
und es gibt keine Majestät außer bei Allah, dem Erhabenen und
Allmächtigen!' Als sie nahe vor mir stand, verlor ich fast das Bewußtsein. Doch wie sie mich betrachtete und mir von Angesicht zu Angesicht gegenüberstand, entfiel das Messer ihren Händen, und sie rief: ‚Preis sei Ihm, der die Herzen wandelt!' Dann
sprach sie zu mir: ‚Jüngling, sei guten Mutes; dir sei Sicherheit
gewährt vor dem, was du befürchtest!' Da begann ich zu weinen; sie aber trocknete mir mit eigener Hand die Tränen, indem sie sprach: ‚Jüngling, sage mir, wer du bist und was dich
an diese Stätte geführt hat!' Nun küßte ich den Boden vor ihr
und ergriff ihren Saum; und sie fuhr fort: ‚Dir soll kein Leid
widerfahren; kein andrer Mann als du hat meine Augen erfüllt.
Drum sage mir, wer du bist!' Da erzählte ich ihr' – so berichtete Ibrahîm weiter –, meine Geschichte von Anfang bis zu Ende;
und erstaunt rief sie: ‚Mein Gebieter, ich beschwöre dich bei
Allah, bist du Ibrahîm, der Sohn von el-Chasîb?', ‚Jawohl', erwiderte ich; und nun warf sie sich auf mich und sprach: ‚Mein Gebieter, du bist es, um dessentwillen ich die anderen Männer gemieden habe! Denn als ich hörte, daß in Ägypten ein Jüngling lebe, wie auf dem Angesichte der Erde kein schönerer zu finden sei,
da gewann ich dich lieb nach der Beschreibung, und mein Herz
ward dir in Liebe zugetan, weil ich so viel von deiner herrlichen
Anmut hörte; und es erging mir mit dir wie der Dichter sagt:

Mein Ohr gewann ihn vor dem Auge lieb;
Denn oftmals liebt das Ohr noch vor dem Auge.

Drum Preis sei Allah, der mich dein Antlitz hat sehen lassen! Bei Gott, wäre es ein anderer gewesen als du, so hätte ich den Gärtner und den Pförtner des Châns und den Schneider kreuzigen lassen, sie und jeden, der zu ihnen seine Zuflucht nimmt!' Dann fügte sie hinzu: ,Wie soll ich etwas beschaffen, das du essen kannst, ohne daß meine Frauen es bemerken?' Darauf gab ich ihr zur Antwort: ,Ich habe bei mir, was wir essen und trinken können'; und ich öffnete den Beutel vor ihr. Sie nahm ein Huhn, und nun gaben wir einander die Bissen in den Mund; als ich solches von ihr erleben durfte, wähnte ich, es wäre ein Traum. Danach holte ich den Wein hervor, und wir tranken; und all das geschah, während sie bei mir weilte und die Mädchen mit dem Singen beschäftigt waren. In dieser Weise verbrachten wir die Zeit vom Morgen bis zum Mittag; doch dann hub sie an und sprach: ,Mache dich auf und rüste dir ein Boot und warte auf mich an derundder Stätte, bis ich zu dir komme; denn ich kann es nicht ertragen, von dir getrennt zu sein!' ,Meine Gebieterin,' erwiderte ich, ,wisse, ich habe ein Boot bei mir; das gehört mir, und die Seeleute stehen in meinem Solde; sie warten jetzt auf mich.' Sie sagte: ,Das ist, was wir wünschen', und begab sich zu den Dienerinnen. – –«

Da bemerkte Schehrezâd, daß der Morgen begann, und sie hielt in der verstatteten Rede an. Doch als die *Neunhundertundachtundfünfzigste Nacht* anbrach, fuhr sie also fort: »Es ist mir berichtet worden, o glücklicher König, daß die Herrin Dschamîla, nachdem sie sich zu ihren Frauen begeben hatte, zu ihnen sprach: ,Auf, laßt uns in unser Schloß gehen!' Jene aber wandten ein: ,Wie können wir jetzt schon fortgehen, wo wir sonst doch immer drei Tage zu bleiben pflegen?' Sie erwiderte:

400

‚Ich fühle einen schweren Druck auf mir, als ob ich krank wäre, und ich fürchte, der wird noch schwerer werden.‘ ‚Wir hören und gehorchen!‘ gaben sie zur Antwort und legten ihre Obergewänder an. Dann begaben sie sich zum Ufer und stiegen in das Boot. Alsbald ging der Gärtner zu Ibrahîm, da er nichts von dem wußte, was geschehen war; und er sprach: ‚Ibrahîm, du hast nicht das Glück gehabt, dich ihres Anblicks zu erfreuen; sonst pflegt sie immer drei Tage hier zu verweilen, und ich fürchte, sie hat dich gesehen.‘ Ibrahîm antwortete: ‚Sie hat mich nicht gesehen, und auch ich habe sie nicht gesehen; denn sie hat den Pavillon nicht verlassen.‘ ‚Du sprichst die Wahrheit, mein Sohn,‘ fuhr der Gärtner fort, ‚denn wenn sie dich gesehen hätte, wäre es um uns geschehen; doch bleibe bei mir, bis sie in der nächsten Woche wiederkommt und du sie erblickst und dich an ihr satt siehst!‘ Darauf entgegnete Ibrahîm: ‚Lieber Herr, ich habe Geld bei mir und bin darum besorgt; auch habe ich Leute daheim gelassen, und ich fürchte, sie werden sich mein Fernsein zunutze machen.‘ Nun sagte der Gärtner: ‚Ach, mein Sohn, es fällt mir schwer, mich von dir zu trennen‘ und umarmte ihn und nahm Abschied von ihm. Ibrahîm aber kehrte in den Chân zurück, in dem er wohnte; und als er den Pförtner des Hauses traf, ließ er sich von ihm sein Geld geben. Jener sprach zu ihm: ‚Gute Nachricht, so Gott will!‘ Doch Ibrahîm erwiderte: ‚Ich habe keinen Weg zu meinem Ziele gefunden; darum will ich zu den Meinen zurückkehren.‘ Da weinte der Pförtner und sagte ihm Lebewohl; und er lud sich die Sachen des Jünglings auf und geleitete ihn zum Schiff. Nachdem dies geschehen war, begab Ibrahîm sich zu der Stätte, die Dschamîla ihm angegeben hatte, und wartete dort auf sie. Wie es nun dunkle Nacht wurde, siehe, da kam sie auf ihn zu, aber in Gestalt eines verwegenen

Mannes, mit einem Barte, der das Gesicht rings umschloß, und einem Gürtel um den Leib; in der einen Hand trug sie Pfeil und Bogen, in der anderen ein blankes Schwert. Und sie fragte ihn: ,Bist du der Sohn von el-Chasîb, dem Herrn Ägyptens?' ,Der bin ich', erwiderte Ibrahîm; doch sie fuhr ihn an: ,Was für ein Galgenstrick bist du, daß du kommst, um die Töchter der Könige zu verführen? Auf, steh dem Sultan Rede!' ,Da sank ich' – so erzählte Ibrahîm – ohnmächtig nieder; und die Seeleute erstarben vor Furcht in ihrer Haut. Doch als sie sah, wie es um mich stànd, riß sie jenen Bart herunter, warf das Schwert aus der Hand und nahm den Gürtel ab; da erkannte ich sie als die Herrin Dschamîla. Und ich sprach zu ihr: ,Bei Allah, du hast mir das Herz zerrissen!' Den Seeleuten aber rief ich zu: ,Lasset das Schiff rasch fahren!' Da machten sie die Segel los und fuhren rasch dahin; und kaum waren wenige Tage verstrichen, so kamen wir in Baghdad an. Dort sahen wir ein Schiff am Ufer liegen; und als die Seeleute, die auf ihm waren, uns bemerkten, riefen sie den Seeleuten zu, die bei uns waren, und huben an: ,He, du da, und he, du da, wir wünschen euch Glück zur guten Heimkehr!' Darauf trieben sie ihr Schiff an das unsere heran, und als wir hineinschauten, war Abu el-Kâsim es-Sandalâni darin! Kaum erblickte er uns, so rief er: ,Dies ist es, was ich wünschte. Ziehet hin in Allahs Hut! Ich will mich an meine Geschäfte begeben.' Er hatte aber eine Fackel in der Hand; und nachdem er mir zugerufen hatte: ,Preis sei Allah für deine glückliche Heimkehr! Hast du dein Ziel erreicht?', und ich geantwortet hatte: ,Jawohl', hielt er die Fackel dicht an uns heran. Als Dschamîla ihn erblickte, ward sie verwirrt und ihre Farbe erblich. Doch es-Sandalâni rief, als er sie erkannte: ,Gehet hin in Allahs Schutz! Ich fahre jetzt nach Basra in Geschäften des Sultans; doch das Geschenk wird

dem zuteil, der zugegen ist.' Dann holte er eine Schachtel mit
Süßigkeiten hervor und warf sie in unser Schiff; doch in ihnen
war Bendsch. Ich sprach zu ihr: ,Mein Augentrost, iß davon!'
Sie aber weinte und sprach: ,O Ibrahîm, weißt du, wer dies
ist?' ,Jawohl,' erwiderte ich, ,dies ist derundder.' Da fuhr sie
fort: ,Er ist der Sohn meines Oheims; und er hat mich früher
von meinem Vater zur Ehe begehrt, aber ich wies ihn ab. Nun
fährt er nach Basra und wird gewiß meinem Vater von uns
berichten.' ,Meine Gebieterin,' antwortete ich, ,er wird in
Basra nicht eher ankommen, als bis wir Mosul erreicht haben.'
Aber wir wußten nicht, was im Schoße des Schicksals für uns
beide verborgen war. So aß ich den ein Stück von den Süßigkeiten; doch kaum war es in meinen Magen gekommen, so
schlug ich mit dem Kopfe auf den Boden. Als der Morgen
graute, mußte ich niesen, und da flog das Bendsch mir zur
Nase heraus. Ich tat die Augen auf, und wie ich mich nackt
unter Trümmern liegen sah, schlug ich mir ins Gesicht und
sprach bei mir: ,Dies ist ein Streich, den mir es-Sandalâni
gespielt hat.' Ich wußte nicht, wohin ich mich wenden sollte;
und ich hatte nichts auf dem Leibe als eine Hose. Doch ich
stand auf und schritt etwas weiter; da kam plötzlich der
Wachthauptmann mir entgegen, begleitet von Leuten mit
Schwertern und Stöcken, so daß ich erschrak. Wie ich nun
dort ein verfallenes Badhaus erblickte, lief ich hinein, um mich
zu verstecken; dabei stolperte mein Fuß über etwas, und als ich
mit der Hand danach griff, ward sie von Blut besudelt. Ich
wischte die Hand an meiner Hose ab, ohne zu wissen, was es
war, und streckte meine Hand noch einmal aus; da traf sie auf
eine Leiche, und deren Kopf kam auf meine Hand zu liegen.
Den warf ich alsbald nieder, indem ich sprach: ,Es gibt keine
Macht und es gibt keine Majestät außer bei Allah, dem Erha-

benen und Allmächtigen!' Dann verkroch ich mich in einen
der Winkel des Badhauses; der Wachthauptmann aber blieb
vor dem Eingang zum Hause stehen und rief: ‚Geht hier hinein
und sucht nach!' Da traten zehn von ihnen mit Fackeln ein,
während ich mich in meiner Furcht hinter eine Mauer schlich;
von dort konnte ich mir nun den Leichnam ansehen, und ich
erkannte, daß es eine junge Frau war, deren Antlitz dem Vollmond glich; ihr Haupt lag auf der einen Seite, und ihr Leib auf
der anderen, gekleidet in kostbare Gewänder. Wie ich das
sehen mußte, erbebte mein Herz vor Entsetzen. Dann trat auch
noch der Wachthauptmann selbst ein und rief: ‚Durchsucht
alle Winkel des Hauses!' So kamen die Leute bald in den Raum
in dem ich mich befand, und als einer von ihnen mich erblickte,
kam er auf mich zu mit einem Messer in der Hand, das eine
halbe Elle lang war; und wie er nahe vor mir stand, rief er:
‚Preis sei Allah, dem Erschaffer dieses schönen Angesichts!
Jüngling, woher bist du?' Dann aber packte er mich bei der
Hand und fragte: ‚Jüngling, warum hast du diese Frau getötet?'
Ich antwortete: ‚Bei Allah, ich habe sie nicht getötet, ich weiß
auch nicht, wer sie getötet hat. Ich habe mich nur aus Furcht
vor euch an diesen Ort geflüchtet.' Und ich erzählte ihm meine
Geschichte und bat ihn: ‚Um Allahs willen, tu mir kein Unrecht! Ich bin jetzt in Sorge um mein Leben.' Er aber nahm
mich und führte mich vor den Wachthauptmann; und als er
die Blutspuren auf meiner Hand erblickte, sprach er: ‚Hier bedarf es keines Beweises; schlagt ihm den Kopf ab!' – –«

Da bemerkte Schehrezâd, daß der Morgen begann, und sie
hielt in der verstatteten Rede an. Doch als die *Neunhundertund-
neunundfünfzigste Nacht* anbrach, fuhr sie also fort: »Es ist mir
berichtet worden, o glücklicher König, daß der Sohn von el-
Chasîb des weiteren erzählte: ‚Als man mich vor den Wacht-

hauptmann geführt hatte und der die Blutspuren auf meiner Hand sah, sprach er: ‚Hier bedarf es keines Beweises; schlagt ihm den Kopf ab!‘ Wie ich diese Worte vernahm, weinte ich bitterlich; eine Tränenflut begann aus den Augen hervorzubrechen, und ich hub an, diese Verse zu sprechen:

> *Wir gehen einen Pfad, der für uns vorgesehen;*
> *Und wem ein Pfad beschieden ist, der muß ihn gehen.*
> *Und droht an einer Stätte einem sein Verderben,*
> *So wird er nur gerad an dieser Stätte sterben.*

Dann tat ich einen tiefen Seufzer und sank ohnmächtig zu Boden. Des Henkers Herz hatte Mitleid mit mir, und er sprach: ‚Bei Allah, dies ist nicht das Gesicht eines Mörders.‘ Doch der Wachthauptmann wiederholte: ‚Schlagt ihm den Kopf ab!‘ Da setzte man mich auf das Blutleder und legte mir eine Binde um die Augen. Der Schwertträger ergriff sein Schwert, bat den Wachthauptmann um Erlaubnis und wollte mir eben den Kopf abschlagen, während ich rief: ‚Weh mir armen Fremdling!‘ – da kamen plötzlich Reiter herangesprengt, und eine Stimme erscholl: ‚Laßt ab von ihm! Zieh deine Hand zurück, Henker!‘

Mit diesem wunderbaren Geschehnis hatte es eine seltsame Bewandtnis. Der Herr von Ägypten, el-Chasîb, hatte nämlich seinen Kammerherrn an den Kalifen Harûn er-Raschîd gesandt, und zwar mit Geschenken und Kostbarkeiten und zugleich mit einem Briefe, in dem er ihm mitteilte: ‚Wisse, mein Sohn ist seit einem Jahr verschwunden; und ich habe vernommen, daß er in Baghdad sei. Drum wende ich mich an die Güte des Stellvertreters Allahs, er möge nach Kunde von ihm forschen und eifrig nach ihm suchen und ihn mit dem Kammerherrn zu mir senden.‘ Als der Kalif das Schreiben gelesen hatte, befahl er dem Wachthauptmann nachzuforschen,

wie es in Wahrheit um ihn stände. Unaufhörlich fragte der
Wachthauptmann und der Kalif nach ihm, bis dem Hauptmann gesagt ward, er sei in Basra, und dieser teilte es dem Herrscher mit. Darauf schrieb jener einen Brief und gab ihn dem
Kammerherrn von Ägypten, indem er ihm befahl, nach Basra
zu reisen und eine Schar aus dem Gefolge des Wesirs mit sich
zu nehmen. In seinem Eifer, den Sohn seines Herrn zu finden,
zog der Kammerherr sofort hinaus; und da traf er den Jüngling, wie er auf dem Blutleder vor dem Wachthauptmann saß.
Als der nun den Kammerherrn erblickte und ihn erkannte,
saß er ab vor ihm; da fragte ihn der Kammerherr: ‚Was ist das
für ein Jüngling? Und was ist sein Verbrechen?‘ Der Wachthauptmann erzählte ihm den Hergang; aber der Kammerherr,
der freilich nicht wußte, daß jener der Sohn des Sultans war,
sagte darauf: ‚Fürwahr, das Antlitz dieses Jünglings ist nicht
das Antlitz eines Mörders.‘ Dann befahl er dem Hauptmann,
ihm die Fesseln zu lösen; und als der das getan hatte, sprach er:
‚Führ ihn her zu mir!‘ Nun führte er ihn zu ihm; aber die
Schönheit des Jünglings war geschwunden durch die Schrekken, die er durchgemacht hatte. Da sprach der Kammerherr zu
ihm: ‚Tu mir deine Geschichte kund, Jüngling! Und sage mir,
wie diese ermordete Frau zu dir kommt!‘ Als Ibrahîm den
Kammerherrn anblickte, erkannte er ihn, und er sprach zu
ihm: ‚Weh dir! Kennst du mich nicht? Bin ich nicht Ibrahîm,
der Sohn deines Herrn? Vielleicht bist du gekommen, um
mich zu suchen?‘ Der Kammerherr schaute ihn genau an, und
als er ihn ganz sicher erkannte, fiel er ihm zu Füßen. Kaum
hatte aber der Wachthauptmann gesehen, was der Kammerherr tat, so erblich seine Farbe, und der Kammerherr fuhr ihn
an: ‚Weh dir, du Tyrann! Hast du den Sohn meines Gebieters
el-Chasîb, des Herrn von Ägypten, töten wollen?‘ Da küßte

der Hauptmann den Saum des Kammerherrn und er sprach zu ihm: ‚O mein Herr, wie konnte ich ihn kennen? Wir haben ihn doch nur in diesem Zustande gesehen und die tote Frau neben ihm gefunden.‘ Doch jener fuhr fort: ‚Weh dir, du taugst nicht für das Amt des Wachthauptmanns. Dies ist ein Knabe von fünfzehn Jahren, der noch kein Vöglein getötet hat; wie sollte der einen Menschen ermorden? Warum hast du dich nicht mit ihm geduldet und ihn gefragt, wie es um ihn stand?‘ Darauf riefen der Kammerherr und der Hauptmann: ‚Suchet nach dem Mörder der Frau!‘ Nun gingen die Leute von neuem in das Badhaus und entdeckten dort ihren Mörder; den ergriffen sie und schleppten ihn vor den Wachthauptmann. Jener nahm ihn und brachte ihn in den Palast des Kalifen und tat dem Herrscher kund, was geschehen war. Da befahl er-Raschîd, den Mörder der Frau hinzurichten; und zugleich gab er Befehl, den Sohn von el-Chasîb herbeizuführen. Als er dann vor ihm stand, lächelte der Herrscher ihm ins Antlitz und sprach zu ihm: ‚Erzähle mir deine Geschichte, alles, was dir widerfahren ist!‘ Da berichtete der Jüngling ihm seine Erlebnisse von Anfang bis zu Ende, und dadurch ward der Kalif gewaltig erregt; drum rief er Masrûr, den Träger des Schwertes, und sprach: ‚Geh sofort, dring in das Haus von Abu el-Kâsim es-Sandalâni und bring ihn und die Jungfrau zu mir!‘ Jener eilte alsbald dorthin, und als er in das Haus eindrang, sah er, wie die Jungfrau mit ihrem eigenen Haar gefesselt und dem Tode nahe war. Masrûr befreite sie und brachte sie und es-Sandalâni vor er-Raschîd. Wie der sie erblickte, staunte er ob ihrer Anmut; dann aber blickte er es-Sandalâni an und sprach: ‚Nehmt ihn und hackt ihm die Hände ab, mit denen er diese Maid geschlagen hat! Dann kreuzigt ihn und liefert all sein Hab und Gut an Ibrahîm aus!‘ Sie führten diesen Befehl aus;

doch während sie es taten, kam plötzlich Abu el-Laith zu ihnen, der Statthalter von Basra, der Vater der Herrin Dschamîla, um bei dem Kalifen Hilfe zu suchen gegen Ibrahîm, den Sohn von el-Chasîb, dem Herrn von Ägypten, und bei ihm Klage zu führen, daß er ihm seine Tochter geraubt habe. Da gab ihm er-Raschîd zur Antwort: ‚Sieh, er war die Ursache ihrer Befreiung von Qual und Tod!' Dann ließ er Ibn el-Chasîb kommen; und als der zugegen war, sprach er zu Abu el-Laith: ‚Willigst du nicht ein, daß dieser Jüngling, der Sohn des Sultans von Ägypten, der Gatte deiner Tochter werde?' ‚Ich höre und gehorche Allah und dir, o Beherrscher der Gläubigen!' erwiderte der Statthalter; und der Kalif ließ alsbald den Kadi und die Zeugen rufen. Dann vermählte er die Maid mit Ibrahîm ibn el-Chasîb, gab ihm allen Besitz von es-Sandalânî und rüstete ihn aus für die Rückkehr in seine Heimat. Dort lebte Ibrahîm mit seiner Gemahlin in größter Fröhlichkeit und schönster Seligkeit, bis Der zu ihnen kam, der die Freuden schweigen heißt und die Freundesbande zerreißt. Preis sei dem Lebendigen, der nimmer stirbt!'

Ferner wird erzählt, o glücklicher König,

DIE GESCHICHTE

VON ABU EL-HASAN AUS CHORASAN

Wisse, el-Mu'tadid-billâh[1] war ein hochgemuter und edelgesinnter Herrscher; er hatte in Baghdad sechshundert Wesire, und von dem, was unter dem Volke vorging, blieb ihm nichts verborgen. Eines Tages zog er nun mit Ibn Hamdûn aus, um sich bei den Untertanen umzuschauen und zu hören, was für Neuigkeiten es bei den Menschen gab; doch als der heiße Mittagswind ihnen zu drückend ward, wandten sie sich von

1. Der sechzehnte Abbasidenkalif; er regierte von 892 bis 902.

der Hauptstraße zu einer kleinen Seitengasse, und als sie in diese Gasse eingetreten waren, erblickten sie an ihrem oberen Ende ein schönes Haus, einen Bau, der sich hoch in die Lüfte schwang und gleichsam mit beredter Zunge das Lob seines Herrn sang. Die beiden setzten sich nun am Tore nieder, um sich auszuruhen; da kamen auch schon zwei Diener aus dem Hause, schön wie zwei Monde in der vierzehnten Nacht. Der eine von ihnen sprach zum andern: ‚Wenn doch nur heute ein Gast um Einlaß bitten wollte! Mein Herr will ja nur mit Gästen speisen; und jetzt haben wir schon lange gewartet, ohne daß ich einen gesehen hätte.' Über ihre Rede wunderte sich der Kalif, und er sagte: ‚Dies ist ein Zeichen von der Freigebigkeit des Hausherrn. Wir müssen doch sein Haus betreten und seine Großmut kennen lernen, und dies soll der Anlaß sein, daß ihm von uns eine Gnade zuteil wird.' So sprach er denn zu dem Eunuchen: ‚Bitte deinen Herrn um Einlaß für zwei fremde Gäste!' Zu jener Zeit pflegte nämlich der Kalif, wenn er bei den Untertanen Umschau hielt, sich in dem Gewande eines Kaufmanns zu verkleiden. Der Eunuch ging zu seinem Herrn hinein und brachte ihm die Meldung; und der freute sich, erhob sich und trat selbst zu ihnen hinaus. Er war schön von Angesicht, trefflich von Gestalt, und er trug ein Untergewand von Seide aus Nisabur und darüber einen goldgestickten Mantel; auch hatte er sich mit duftenden Essenzen gesalbt, und an seiner Hand befand sich ein Siegelring mit Rubinen. Als er die beiden erblickte, rief er: ‚Herzlich willkommen, ihr Herren, die ihr uns durch euer Nahen die allerhöchste Ehre erweist!' Als sie dann in jenes Haus eingetreten waren, erkannten sie, daß es den Menschen die Seinen und seine Heimat vergessen ließ; denn es glich einem Stück aus dem Paradies. – –«

Da bemerkte Schehrezâd, daß der Morgen begann, und sie hielt in der verstatteten Rede an. Doch als die *Neunhundertundsechzigste Nacht* anbrach, fuhr sie also fort: »Es ist mir berichtet worden, o glücklicher König, daß der Kalif und sein Begleiter, als sie in das Haus eingetreten waren, erkannten, daß es den Menschen die Seinen und seine Heimat vergessen ließ; denn es glich einem Stück aus dem Paradies. Im Hofe war ein Blumengarten, den auch vielerlei Bäume schmückten, die aller Augen entzückten, und die Wohnräume waren mit dem kostbarsten Hausrat ausgestattet. Man setzte sich, und nun saß el-Mu'tadid da und betrachtete das Haus und den Hausrat. Davon erzählte Ibn Hamdûn: ,Als ich den Kalifen anschaute, sah ich, daß seine Züge sich verändert hatten; und da ich in seinem Gesichte lesen konnte, ob er zufrieden oder mißvergnügt war, sagte ich mir, wie ich ihn so anblickte: ,Was mag ihm wohl fehlen, daß er zornig ist?' Darauf brachte man ein Becken aus Gold, und wir wuschen uns die Hände; dann breitete man ein seidenes Tuch aus und legte darauf eine Tischplatte aus Bambusrohr. Und als die Decken von den Schüsseln genommen waren, sahen wir darin Speisen, so kostbar wie die Blüten des Lenzes zur Zeit ihrer größten Seltenheit, einzeln und auch in Paaren aufgereiht. Da sagte der Hausherr: ,Im Namen Allahs[1], meine Herren! Bei Gott, der Hunger quält mich schon; also tut mir die Ehre an und esset von dieser Speise nach edler Männer Weise!' Darauf begann er, Hühner zu zerlegen und sie uns zu reichen; derweilen scherzte er und unterhielt uns mit Gedichten und erzählte Geschichten und allerlei lustige Märlein, wie sie sich für eine solche Gelegenheit geziemen.' Und weiter berichtete Ibn Hamdûn: ,Wir aßen und tranken und begaben uns dann in ein anderes Gemach, dessen Schön-

1. Mit diesen Worten beginnt man zu essen.

heit die Augen berückte und das von zarten Wohlgerüchen duftete. Darauf ließ er einen Tisch vor uns breiten mit frischen Früchten und köstlichen Süßigkeiten, so daß unsere Freude sich noch mehrte und alle Sorge sich von uns kehrte. Trotzdem aber schaute der Kalif immer noch finster darein, und er lächelte nicht ob der Dinge, die den Seelen Freude verleihn, wiewohl er sonst Lust und Heiterkeit zu lieben pflegte und alles, was die Sorgen bannte, und ich ihn auch nicht als einen grausamen Neidhart kannte. So sprach ich denn bei mir: ,Warum macht er wohl ein so finsteres Gesicht, und warum weicht seine Verdrossenheit nicht?' Dann brachte man den Tisch mit dem Wein, der die Freunde verbindet zu trautem Verein; und man setzte den geklärten Trank in goldenen und kristallenen und silbernen Krügen vor uns hin. Nun schlug der Hausherr mit einem Rohrstabe an die Tür eines anderen Gemaches; und siehe, die Tür tat sich auf, und aus ihr traten drei hochbusige, jungfräuliche Mädchen zu uns herein, mit Angesichtern so schön, wie um die vierte Tagesstunde der Sonne Schein. Von jenen Mädchen war die eine eine Lautnerin, die andere eine Harfnerin und die dritte eine Tänzerin. Man brachte uns wiederum trockene und frische Früchte; und dann ward zwischen uns und den drei Mädchen ein Vorhang aus Brokat gezogen, dessen Quasten aus Seide und dessen Ringe aus Gold waren. Doch der Kalif beachtete all das nicht, und der Hausherr ahnte auch nicht, wer bei ihm war. Plötzlich fragte der Kalif den Hausherrn: ,Bist du ein Nachkomme des Propheten?'[1] ,Nein, mein Gebieter,' antwortete jener, ,ich bin nur einer von den Söhnen der Kaufleute, und ich bin unter dem Volke bekannt als Abu el-Hasan 'Alî, der Sohn Ahmeds aus Chorasan.' Weiter fragte der Kalif: ,Kennst du mich, Mann?' Der andere er-

1. Etwa gleich: ,Bist du adlig?'

widerte: ‚Bei Allah, mein Gebieter, ich kenne keinen von euch Hochedlen!' Da sprach ich zu ihm: ‚O Mann, dies hier ist der Beherrscher der Gläubigen, el-Mu'tadid-billâh, der Enkel von el-Mutawakkil-'alallâh.'[1] Alsbald küßte der Mann den Boden vor dem Kalifen, zitternd in seiner Furcht, und er sprach: ‚O Beherrscher der Gläubigen, ich beschwöre dich bei deinen frommen Vorvätern, wenn du an mir irgendein Versäumnis oder einen Mangel an feiner Sitte vor deiner Majestät bemerkt hast, so vergib mir!' Der Kalif erwiderte: ‚Was du uns an ehrenvoller Bewirtung hast zuteil werden lassen, das kann nicht übertroffen werden. Wenn du mir nun über das, was ich hier an dir befremdlich finde, wahrhaftige Auskunft gibst und diese meinem Verstande einleuchtet, so sollst du nichts von mir zu fürchten haben; wenn du mir aber nicht die Wahrheit darüber sagst, so will ich dich auf Grund eines klaren Beweises ergreifen lassen und dich strafen wie noch nie jemanden zuvor.' Darauf sagte der Mann: ‚Allah verhüte, daß ich die Unwahrheit spräche! Was ist es, das du an mir befremdlich findest, o Beherrscher der Gläubigen?' Und der Kalif antwortete: ‚Seit ich dein Haus betreten und seine Schönheit, seine Geräte und Teppiche und all seinen Schmuck, ja auch deine Kleider angeschaut habe, finde ich überall den Namen meines Großvaters el-Mutawakkil-'alallâh!' ‚So ist es,' sagte der Kaufmann, ‚wisse, o Beherrscher der Gläubigen – Allah stärke dich! – die Wahrheit ist dein Gewand und die Wahrhaftigkeit dein Mantel, und niemand vermag in deiner Gegenwart anders als wahrhaftig zu reden.' Nun befahl der Kalif ihm, sich zu setzen; er tat es, und der Kalif sprach zu ihm: ‚Erzähle!' Da sagte der Kaufmann: ‚Wisse, o Beherrscher der Gläubigen – Allah stärke dich durch Seine Hilfe und bedecke dich mit Seinen Gnaden! – in Baghdad

1. Der zehnte Abbasidenkalif, der von 847 bis 861 regierte.

gab es keinen, der wohlhabender gewesen wäre als ich oder mein Vater. Nun leih mir Sinn und Gehör und Gesicht, damit ich dir den Grund dessen berichte, was du an mir befremdlich fandest.' Der Kalif wiederholte: ‚Ezähle deine Geschichte!' Und nun hub jener an:

‚Wisse, o Beherrscher der Gläubigen, mein Vater war Kaufherr in den Basaren der Geldwechsler und der Spezereienhändler und der Linnenverkäufer; er hatte in jedem dieser Basare einen Laden und einen Verwalter und Waren von vielerlei Art, und hinter dem Laden, der im Basare der Geldwechsler war, hatte er noch ein Gemach, in dem er allein sein konnte, während er den Laden nur für den Kauf und Verkauf bestimmt hatte. Größer als jede Zahl war, was er besaß, ja, es überstieg jedes Maß. Doch hatte er kein anderes Kind außer mir, und er liebte und hegte mich zärtlich. Als nun sein letztes Stündlein nahte, rief er mich zu sich und empfahl meine Mutter meiner Fürsorge und ermahnte mich zur Gottesfurcht. Und er starb – Allah habe ihn selig und erhalte den Beherrscher der Gläubigen! Ich aber gab mich den Freuden des Lebens hin und aß und trank und gesellte mich zu Freunden und Gefährten. Meine Mutter pflegte mir das zu verbieten und mich deshalb zu tadeln; aber ich hörte nicht auf ihre Worte, bis alles Geld vergeudet war. Dann verkaufte ich die Ländereien, so daß mir nichts mehr übrig blieb als das Haus, in dem ich wohnte; und es war ein schönes Haus, o Beherrscher der Gläubigen! Da sprach ich zu meiner Mutter: ‚Ich will das Haus verkaufen.' Doch sie entgegnete: ‚Mein Sohn, wenn du es verkaufst, so kommt Schmach über dich, und du kennst keine Stätte mehr, wo du dein Obdach findest.' Darauf sagte ich: ‚Es ist fünftausend Dinare wert; ich will dann für tausend Dinare aus dem Erlös ein anderes Haus kaufen und mit dem übrigen Gelde Handel treiben.' Sie fragte mich: ‚Willst du mir dies Haus um diesen Preis verkaufen?' ‚Gern', erwiderte ich; und sie ging zu einer Truhe und holte aus ihr ein Porzellangefäß heraus, in dem sich fünftausend Dinare befanden; da schien es mir, als ob das ganze Haus eitel Gold sei. Sie aber sprach zu mir: ‚Mein Sohn, glaube nicht, daß dies Geld deines Vaters Gut ist! Bei Allah, mein Sohn, es ist von dem Gelde meines Vaters, und ich habe es aufgespart für die Zeit der Not. Zu deines Vaters Zeiten war ich so reich, daß ich dieses Geldes nicht bedurfte.' Ich nahm also das Geld von ihr hin, o Beherrscher der Gläubigen, und kehrte zu meinem früheren Leben zurück; ich schmauste und zechte und vergnügte mich mit Freunden, bis ich die fünftausend Dinare vertan hatte, ohne auf die Worte und auf die Ermahnungen meiner Mutter zu achten. Darauf sagte ich wieder zu ihr: ‚Ich will das Haus verkaufen.' Doch sie erwiderte: ‚Mein Sohn, ich habe dir schon einmal verboten, es zu verkaufen, da ich wußte, daß du seiner bedürfen würdest; wie kannst du es nun zum zweiten Male verkaufen wollen?' Ich sagte darauf zu ihr: ‚Halt mir keine langen Reden; ich muß es verkaufen!' Und sie fuhr fort: ‚Dann verkaufe es mir für fünfzehntausend Dinare unter der Bedingung, daß ich selbst deine Geschäfte beaufsichtige.' Und so verkaufte ich es ihr um jenen Preis und unter der Bedingung, daß sie selbst meine Geschäfte verwaltete. Sie ließ die Verwalter meines Vaters kommen und übergab einem jeden von ihnen tausend Dinare; doch sie behielt die Verfügung über alles Geld in ihrer Hand, Einnahmen und Ausgaben standen bei ihr, und mir gab sie einen Teil des Geldes, auf daß ich damit Handel triebe, indem sie zu mir sprach: ‚Setze dich in den Laden deines Vaters!' Ich tat also nach dem Geheiß meiner Mutter, o Beherrscher der Gläubigen, und begab mich in das Gemach

414

im Basar der Wechsler; und meine Freunde kamen und kauften von mir, und ich verkaufte ihnen; so hatte ich guten Verdienst, und mein Geld mehrte sich. Wie aber meine Mutter mich so auf rechtem Wege sah, zeigte sie mir, was sie an Juwelen und Edelsteinen, Perlen und Gold aufgespeichert hatte. Dann kam ich wieder in den Besitz der Grundstücke, die ich vergeudet hatte, und mein Reichtum wurde wieder so groß wie zuvor. So lebte ich eine Weile dahin, während auch die Verwalter meines Vaters zu mir kamen und ich ihnen die Waren gab; ferner baute ich mir ein zweites Gemach hinter dem Laden. Als ich nun eines Tages nach meiner Gewohnheit dort saß, o Beherrscher der Gläubigen, da trat plötzlich eine Maid zu mir ein, so schön von Angesicht, wie meine Augen noch nie eine andere geschaut hatten. Die fragte: ‚Ist dies das Gemach von Abu el-Hasan 'Alî ibn Ahmed aus Chorasan?‘ ‚Jawohl‘, erwiderte ich ihr; und sie fragte weiter: ‚Wo ist er?‘ ‚Ich bin es‘, gab ich zur Antwort; doch mein Verstand war ganz von ihrer wunderbaren Schönheit berückt, o Beherrscher der Gläubigen. Dann setzte sie sich und sprach zu mir: ‚Sage deinem Diener, er solle mir dreihundert Dinare abwägen!‘ Ich befahl ihm also, ihr jene Summe abzuwägen; und nachdem er es getan hatte, nahm sie das Geld und ging fort, während ich immer noch ganz verstörten Sinnes war. Da sagte mein Diener zu mir: ‚Kennst du sie?‘ ‚Nein, bei Allah‘, erwiderte ich; und er fragte weiter: ‚Warum hast du mir denn gesagt, ich solle ihr das Geld abwägen?‘ Da rief ich: ‚Bei Allah, ich wußte nicht, was ich sagte, so verwirrt war ich durch ihre Schönheit und Anmut.‘ Der Diener aber folgte ihr ohne mein Wissen und kehrte alsbald zurück mit Tränen im Auge und den Spuren eines Schlages in seinem Gesicht. Ich fragte ihn: ‚Was fehlt dir?‘ und er antwortete: ‚Ich bin der Dame gefolgt, um zu

sehen, wohin sie ging; als sie mich aber bemerkte, kehrte sie
sich um und versetzte mir diesen Streich, ja, es fehlte nur
wenig daran, daß sie mir mein Auge ausschlug und ihm den
Garaus machte.' Dann verstrich ein Monat, ohne daß ich sie
wiedersah; sie kam nicht zurück, während mein Sinn immerdar von der Liebe zu ihr berückt war, o Beherrscher der Gläubigen. Am Ende des Monats aber erschien sie plötzlich wieder
und grüßte mich; ach, da war mir, als müßte ich vor Freuden
auffliegen. Sie fragte mich, wie es mir ergehe, und fuhr dann
fort: ,Vielleicht hast du schon bei dir selber gesprochen: Was
ist es mit dieser Betrügerin? Wie konnte sie mein Geld nehmen
und von dannen gehen?' Doch ich rief: ,Bei Allah, meine Gebieterin, mein Geld und mein Leben sind dein Eigentum!' Da
entschleierte sie ihr Antlitz und setzte sich nieder, um sich auszuruhen, während Schmuck und Geschmeide um ihr Gesicht
und ihren Busen spielten. Nun sagte sie zu mir:, Wäge mir
dreihundert Dinare ab!' ,Ich höre und gehorche!' erwiderte
ich; und nachdem ich ihr die Goldstücke abgewägt hatte, nahm
sie das Geld und ging fort. Zum Diener sprach ich:, Folge ihr!'
und er ging ihr nach; doch bald kehrte er verstört zurück, und
wiederum verging eine Weile, ohne daß sie kam. Doch eines
Tages, als ich dasaß, trat sie wieder zu mir ein und plauderte
eine Weile; dann sprach sie zu mir: ,Wäge mir fünfhundert
Dinare ab; denn ich habe sie nötig.' Schon wollte ich zu ihr
sagen: ,Weshalb sollte ich dir mein Geld geben?', aber meine
übergroße Liebe hinderte mich am Reden; denn jedesmal,
wenn ich sie anschaute, o Beherrscher der Gläubigen, zitterten
meine Glieder und erblich meine Farbe, und ich vergaß, was
ich sagen wollte. Ja, ich war, wie der Dichter sagt:

> *Es ist nur dies: wenn ich sie plötzlich vor mir sehe,*
> *Bin ich verwirrt, so daß mir fast die Sprache fehlt.*

Nachdem ich ihr also die fünfhundert Dinare abgewägt hatte, nahm sie das Geld und ging von dannen. Diesmal aber stand ich selber auf und folgte ihr, bis sie in den Basar der Juweliere gelangte; dort blieb sie bei einem Manne stehen und kaufte von ihm ein Halsband. Als sie sich dann umwandte und mich erblickte, sprach sie: ‚Wäge ihm für mich fünfhundert Dinare ab!‘ Und als der Verkäufer des Halsbandes mich erblickte, erhob er sich vor mir und bezeigte mir seine Ehrfurcht. Ich aber sprach zu ihm: ‚Gib ihr das Halsband; ich will dir den Preis dafür schulden!‘ ‚Ich höre und gehorche!‘ erwiderte er, und sie nahm das Halsband und ging ihrer Wege.‘ – –«

Da bemerkte Schehrezâd, daß der Morgen begann, und sie hielt in der verstatteten Rede an. Doch als die *Neunhundertundeinundsechzigste Nacht* anbrach, fuhr sie also fort: »Es ist mir berichtet worden, o glücklicher König, daß Abu el-Hasan aus Chorasan des weiteren erzählte: ‚Ich aber sprach zu ihm: ‚Gib ihr das Halsband; ich will dir den Preis dafür schulden!‘ Und sie nahm das Halsband und ging ihrer Wege. Doch ich folgte ihr, bis sie zum Tigris kam und ein Boot bestieg; da machte ich mit der Hand ein Zeichen nach der Erde hin, als wollte ich den Boden vor ihr küssen. Sie fuhr lächelnd davon, während ich stehen blieb und ihr nachschaute, bis sie in einen Palast hineinging; ich sah genauer hin, und siehe da, es war der Palast des Kalifen el-Mutawakkil. Als ich dann heimkehrte, o Beherrscher der Gläubigen, da trug ich allen Schmerz der Welt in meinem Herzen; denn sie hatte mir dreitausend Dinare abgenommen, und ich sagte mir: ‚Sie hat mir schon mein Geld genommen und meinen Verstand geraubt; vielleicht werde ich aus Liebe zu ihr auch noch das Leben verlieren.‘ Ich kehrte also nach Hause zurück und erzählte meiner Mutter alles was ich erlebt hatte; da sprach sie zu mir: ‚Mein Sohn, hüte dich, ihr hinfort noch einmal in den Weg zu kommen; sonst bist du des Todes!' Und als ich darauf in meinen Laden gegangen war, kam zu mir mein Verwalter im Basare der Spezereienhändler, ein hochbetagter Mann; der sprach zu mir: ‚Mein Gebieter, warum muß ich sehen, daß du so verändert bist und die Zeichen des Kummers trägst? Sage mir, wie es um dich steht!' So erzählte ich ihm denn alles, was mir mit ihr begegnet war; und er sprach zu mir: ‚Mein Sohn, sie ist wohl eine der Sklavinnen aus dem Palaste des Beherrschers der Gläubigen und vielleicht gar die Favoritin des Kalifen; also rechne das Geld, als hättest du es um Allahs des Erhabenen willen ausgegeben, und denke nicht mehr an sie! Wenn sie noch einmal zu dir kommt, so verhüte, daß sie sich dir wieder zeigt, und tu es mir kund, damit ich dir etwas ersinne, daß du nicht ins Verderben gerätst!' Danach verließ er mich und ging fort, während in meinem Herzen eine Feuerflamme lohte. Doch am Ende des Monats, siehe, da trat sie wieder zu mir ein, und ich freute mich ihrer über die Maßen. Sie fragte mich: ‚Was bewog dich, mir zu folgen?' Und ich erwiderte ihr: ‚Mich bewog dazu die übermächtige Liebe, die ich im Herzen trage.' Dann brach ich vor ihr in Tränen aus; und sie weinte aus Mitleid mit mir und sprach: ‚Bei Allah, wenn dein Herz von Sehnsucht erfüllt ist, so ist es das meine noch viel mehr! Doch was soll ich tun? Bei Gott, es bleibt mir kein anderer Weg übrig, als daß ich dich in jedem Monat einmal sehe.' Darauf reichte sie mir ein Blatt mit den Worten: ‚Nimm dies zu demunddem dortunddort; der ist mein Verwalter. Und laß dir von ihm das geben, was darauf geschrieben steht!' Doch ich erwiderte: ‚Ich brauche kein Geld; mein Geld und mein Leben gebe ich für dich dahin.' Dann fuhr sie fort: ‚Ich will dir einen Plan ersinnen, durch den du zu mir gelangen kannst, sollte er mir auch viel Mühe bereiten.' Und sie nahm Abschied von mir und ging fort; ich aber begab mich zu dem alten Spezereienhändler und erzählte ihm, was geschehen war. Er ging mit mir zum Palaste el-Mutawakkils, und den erkannte ich als jenen, in dem die Maid verschwunden war. Der alte Händler war zuerst ratlos, was er tun sollte, aber dann sah er einen Schneider, der gegenüber dem Fenster, das zum Flußufer führte, mit seinen Gesellen arbeitete, und nun sprach er: ,Durch diesen wirst du dein Ziel erreichen; doch erst zerreiß deine Tasche, und dann geh zu ihm und sage ihm, er solle sie dir nähen. Wenn er das getan hat, so gib ihm zehn Dinare!' ,Ich höre und gehorche!' erwiderte ich; und ich begab mich zu jenem Schneider, indem ich zwei Stücke griechischen Brokats mit mir nahm. Dann sprach ich zu ihm: ,Mache mir aus diesen beiden vier Gewänder, zwei mit langen Ärmeln und zwei ohne sie!' Als er sie fertig geschnitten und genäht hatte, gab ich ihm zum Lohn viel mehr, als sonst üblich war. Er wollte mir jene Kleider mit der Hand reichen; aber ich sprach zu ihm: ,Behalt sie für dich und für die Deinen!' Dann setzte ich mich zu ihm und blieb lange bei ihm sitzen, und ich bestellte bei ihm noch andere Gewänder, indem ich sprach: ,Hänge sie vor deinem Laden auf, damit die Leute sie sehen und kaufen!' Er tat es, und wenn nun irgend jemand aus dem Palaste des Kalifen kam und an einem der Kleider Gefallen fand, so gab ich es ihm, sogar auch dem Pförtner. Eines Tages aber sagte der Schneider zu mir: ,Mein Sohn, ich möchte, daß du mir die Wahrheit über dich erzählst; denn du hast bei mir schon hundert kostbare Gewänder machen lassen, von denen ein jedes viel Geldes wert ist, und die meisten davon hast du an die Leute verschenkt. Das ist nicht Kaufmannsart; denn ein Kaufmann rechnet mit jedem Dirhem. Wie groß muß dein Besitz sein, daß du solche

Gaben verteilen kannst! Und wie hoch muß dein Verdienst in jedem Jahre sein! Sage mir die Wahrheit, auf daß ich dir zu deinem Ziele verhelfen kann!' Und er fügte hinzu: ,Ich beschwöre dich bei Allah, sage mir, bist du nicht von Liebe erfüllt?' ,So ist es', erwiderte ich; und er fragte weiter: ,Zu wem?' Ich antwortete: ,Zu einer von den Sklavinnen aus dem Palaste des Kalifen.' Da rief er: ,Allah bringe Schande über sie! Wie lange wollen sie die Leute noch betören?' Dann fragte er mich: ,Kennst du ihren Namen?' ,Nein', gab ich zur Antwort; und er bat mich: ,Schildere sie mir!' Nachdem ich sie ihm geschildert hatte, sprach er: ,Wehe! Das ist die Lautnerin des Kalifen el-Mutawakkil und seine Favoritin. Aber sie hat einen Mamluken, mit dem schließ Freundschaft; vielleicht wird er die Ursache werden, daß du zu ihr gelangst.' Während wir so miteinander sprachen, kam plötzlich jener Mamluk aus dem Tor des Kalifen, schön wie der Mond in der vierzehnten Nacht. Vor mir lagen die Gewänder, die der Schneider mir angefertigt hatte, und die waren aus Brokat von allen Farben. Als jener sie sah und betrachtet hatte, trat er auf mich zu; und ich erhob mich vor ihm und grüßte ihn. Er fragte mich: ,Wer bist du?' Da antwortete ich: ,Einer von den Kaufleuten.' ,Willst du diese Kleider verkaufen?' fragte er weiter; und ich erwiderte: ,Jawohl.' Dann wählte er fünf von ihnen aus und fragte: ,Wieviel kosten diese fünf?' Doch ich sagte: ,Sie sind ein Geschenk von mir für dich, auf daß Freundschaft uns verbinde.' Darüber freute er sich; und nun eilte ich nach Hause und holte ein Gewand, das mit Juwelen und Rubinen besetzt und dreitausend Dinare wert war. Ich bot es ihm dar, und er nahm es von mir an. Dann führte er mich in ein Gemach drinnen im Palaste und fragte mich: ,Wie heißest du unter den Kaufleuten?' ,Ich bin einer von ihnen', erwiderte ich; und er

fuhr fort: ‚Ich habe einen Verdacht gegen dich.‘ Da fragte ich:
‚Warum denn?‘ Er gab zur Antwort: ‚Weil du mir ein großes
Geschenk gemacht und dadurch mein Herz gewonnen hast;
jetzt bin ich überzeugt, daß du Abu el-Hasan aus Chorasan bist,
der Geldwechsler.‘ Als ich nun zu weinen begann, o Beherrscher der Gläubigen, fragte er: ‚Weshalb weinst du? Bei Allah,
sie, um die du weinst, ist noch von viel größerer und heißerer
Sehnsucht nach dir erfüllt als du nach ihr. Und allen Mädchen
im Schloß ist bekannt, wie es zwischen dir und ihr steht.‘ Alsdann fragte er mich: ‚Was wünschest du?‘ Ich erwiderte: ‚Ich
wünsche, daß du mir in meiner Not zu Hilfe kommst.‘ Da
bestellte er mich auf den folgenden Tag, und ich begab mich
nach Hause. Am nächsten Morgen eilte ich zu ihm, und nachdem ich sein Gemach betreten hatte, kam auch er und sprach
zu mir: ‚Wisse, als sie gestern ihren Dienst beim Kalifen beendet hatte und wieder in ihr Gemach eingetreten war, erzählte
ich ihr alles von dir; und sie ist nun entschlossen, mit dir zusammenzutreffen. Bleib also bei mir, bis der Tag zur Rüste
geht!‘ So blieb ich denn dort, und als die Dunkelheit anbrach,
kam der Mamluk mit einem Untergewand aus golddurchwirktem Stoffe und einem der Prachtgewänder des Kalifen; er
legte mir die beiden an und beräucherte mich mit Wohlgerüchen, so daß ich dem Kalifen gleich ward. Darauf geleitete
er mich in eine Halle mit je einer Reihe von Gemächern auf
beiden Seiten und sprach zu mir: ‚Dies sind die Gemächer der
Lieblingssklavinnen; wenn du an ihnen vorbeigehst, so lege
vor jede Tür eine Bohne; denn es ist die Sitte des Kalifen,
allnächtlich so zu tun.‘ – –«

Da bemerkte Schehrezâd, daß der Morgen begann, und sie
hielt in der verstatteten Rede an. Doch als die *Neunhundertund-
zweiundsechzigste Nacht* anbrach, fuhr sie also fort: »Es ist mir

berichtet worden, o glücklicher König, daß Abu el-Hasan des
weiteren erzählte: ,Der Mamluk sprach zu mir: ,Wenn du an
ihnen vorbeigehst, so lege vor jede Tür eine Bohne; denn es
ist die Sitte des Kalifen, so zu tun! Wenn du dann zum zweiten
Gange rechter Hand gelangst, so wirst du ein Gemach sehen,
dessen Türschwelle aus Marmor ist. Die berühre mit der Hand,
sobald du dort angekommen bist; oder wenn du willst, so
zähle die Türen, deren soundso viele sind, und tritt in die Tür
ein, die soundso aussieht: deine Freundin wird dich sehen und
dich zu sich einlassen! Deinen Ausgang aber wird Allah mir
leicht machen, wenn ich dich auch in einer Kiste hinausschaffen müßte!' Dann verließ er mich und kehrte zurück, während ich weiterging und die Türen zählte und vor jede Türe
eine Bohne legte. Als ich aber die Mitte der Halle erreicht
hatte, hörte ich plötzlich ein lautes Geräusch und sah das Licht
von Kerzen, und dies Licht kam auf mich zu, bis es ganz in
meiner Nähe war. Ich blickte verstohlen hin und erkannte,
daß es der Kalif war, umgeben von den Sklavinnen, die jene
Kerzen trugen. Auch hörte ich, wie eine von ihnen zu einer
anderen sagte: ,Schwester, haben wir heute zwei Kalifen? Der
Kalif ist schon an meinem Gemach vorbeigegangen, und ich
habe auch den Duft seiner Spezereien und Wohlgerüche
gespürt, ja, er hat auch wie immer die Bohne vor mein
Zimmer gelegt. Und soeben sah ich das Licht der Kerzen des
Kalifen, und er kam selbst mit ihnen daher.' Und die andere
sagte: ,Das ist wirklich sonderbar. Es wird doch niemand sich
gegen den Kalifen herausnehmen, seine Gewänder anzulegen!'
Als aber das Licht noch näher kam, zitterten mir die Glieder.
Plötzlich jedoch rief ein Eunuch den Frauen zu: ,Hierher!'
Da wandten sie sich zu einem der Gemächer und traten dort
ein; und nachdem sie wieder herausgekommen waren, gingen
422

sie weiter, bis sie das Gemach meiner Freundin erreichten. Nun hörte ich, wie der Kalif sagte: ‚Wessen Gemach ist dies?‘ ‚Es ist das Gemach von Schadscharat ed-Durr‘, ward ihm gesagt; und er gebot: ‚Ruft sie!‘ Als man sie gerufen hatte, kam sie heraus und küßte die Füße des Kalifen. Er fragte sie: ‚Willst du heute abend trinken?‘ Und sie gab ihm zur Antwort: ‚Wäre es nicht um deiner Gegenwart willen und um dein Antlitz zu schauen, so würde ich nicht trinken; denn heute abend gelüstet es mich nicht nach dem Weine.‘ Da sprach der Kalif zum Eunuchen: ‚Sage dem Schatzmeister, er solle ihr dasunddas Halsband geben!‘ Dann befahl er, in ihr Gemach[1] einzutreten, und die Wachskerzen wurden ihm vorangetragen, während er ihnen dorthin folgte. Nun aber kam plötzlich eine Maid, die ihnen vorausgeeilt war und deren Antlitz das Licht der Kerze in ihrer Hand überstrahlte, und trat auf mich zu und sprach: ‚Wer ist denn das?‘ Dann ergriff sie mich und zog mich in eines der Zimmer; dort fragte sie mich: ‚Wer bist du?‘ Ich küßte den Boden vor ihr und rief: ‚Ich beschwöre dich bei Allah, meine Gebieterin, schone mein Blut, habe Erbarmen mit mir und verdiene dir Gottes Lohn, indem du mein Leben rettest!‘ In meiner Todesangst weinte ich; doch sie sprach: ‚Du bist sicherlich ein Dieb!‘ ‚Nein, bei Allah, ich bin kein Dieb,‘ erwiderte ich, ‚sehe ich dir etwa wie ein Dieb aus?‘ Da sagte sie: ‚Tu mir die Wahrheit über dich kund, so will ich dich in Sicherheit bringen!‘ Und ich gestand: ‚Ich bin ein törichter, einfältiger Liebender, den die Leidenschaft und sein Unverstand zu solchem Tun getrieben haben, wie du es jetzt an ihm siehst; so bin ich in diesen Abgrund der Gefahr geraten.‘ ‚Dann sprach sie: ‚Bleib hier, bis ich zu dir zurückkomme!‘ Darauf

1. So im arabischen Text; es muß jedoch ein anderes Gemach gemeint sein.

cilte sie fort und kehrte mit den Kleidern einer ihrer Dienerinnen zurück; die legte sie mir in jenem Raume an, und nun befahl sie: ‚Folge mir!' Ich ging also hinter ihr her, bis sie ihr eigenes Gemach erreichte und zu mir sprach:‚Tritt hier ein!' Als ich in ihr Gemach hineingegangen war, führte sie mich zu einem Lager, über das ein prächtiger Teppich gebreitet war, und sprach: ‚Setze dich; dir soll kein Leid widerfahren! Bist du nicht Abu el-Hasan aus Chorasan, der Wechsler?'‚Der bin ich', erwiderte ich; und sie fuhr fort: ‚Allah hat dein Blut verschont, wenn du die Wahrheit sprichst und kein Dieb bist; sonst wärest du des Todes, zumal du als Kalif auftrittst, seine Kleider trägst und mit seinen Wohlgerüchen beräuchert bist. Wenn du aber wirklich der Wechsler Abu el-Hasan’ Alî aus Chorasan bist, so bist du in Sicherheit, und dir soll kein Leid geschehen; denn dann bist du der Freund von Schadscharat ed-Durr, die meine Schwester ist. Sie hört nie auf, deinen Namen zu nennen und uns zu erzählen, wie sie das Geld von dir entnahm, ohne daß du ungehalten wurdest, und wie du ihr bis zum Ufer des Stromes folgtest und ehrerbietig mit der Hand auf den Boden wiesest; und in ihrem Herzen brennt für dich ein noch heißeres Feuer als in deinem für sie. Aber wie bist du hierher gekommen? Geschah es auf ihren Befehl oder ohne ihre Weisung? Du hast wahrlich dein Leben gefährdet, und was erwartest du von dem Zusammensein mit ihr?'‚Bei Allah, meine Gebieterin,' erwiderte ich, ich habe mein Leben aufs Spiel gesetzt, und ich wünsche von dem Zusammensein mit ihr nur, daß ich ihr Antlitz schaue und ihre Stimme höre.' Da rief sie: ‚Das ist recht von dir.' Und ich fuhr fort: ‚Meine Gebieterin, Allah ist mein Zeuge für das, was ich sage: meine Seele hat mich noch nie zu einem Vergehen wider ihre Ehre verleiten wollen.' Sie sagte darauf: ‚Wegen dieser Absicht hat Allah dich geschützt und ist mein Herz von Mitleid mit dir ergriffen worden.' Dann rief sie ihrer Dienerin zu: ‚Du da, geh zu Schadscharat ed-Durr und melde ihr: ‚Deine Schwester läßt dich grüßen und bittet dich, du wollest heute abend zu ihr kommen, wie du es zu tun pflegst; denn ihr ist die Brust beklommen.' Die Dienerin begab sich zu ihr, und als sie zurückkehrte, berichtete sie ihrer Herrin: ‚Deine Schwester läßt dir sagen: ‚Allah erhalte dich mir lange und gebe, daß ich mein Leben für dich opfern möge! Bei Gott, hättest du mich zu einer anderen Zeit gerufen, so würde ich nicht fern bleiben; aber nun zwingen mich die Kopfschmerzen des Kalifen dazu, und du weiß ja, in welch hohem Ansehen ich bei ihm stehe.' Da sagte die Maid zu ihrer Dienerin: ‚Geh doch noch einmal zu ihr und sprich zu ihr: ‚Du mußt wegen eines Geheimnisses zwischen dir und meiner Herrin zu ihr kommen.' So ging denn die Dienerin zum zweiten Male zu ihr, und nach einer Weile kam sie mit der Herrin zurück, deren Angesicht leuchtete wie der volle Mond. Ihre Schwester eilte ihr entgegen und umarmte sie; dann sprach sie: ‚Abu el-Hasan, komm heraus zu ihr und küsse ihr die Hände!' Denn ich war in einer Kammer hinter dem Gemach; doch nun trat ich hervor zu ihr, o Beherrscher der Gläubigen, und als sie mich erblickte, warf sie sich auf mich, drückte mich an ihre Brust und sprach zu mir: ‚Wie kommt es, daß du die Gewänder des Kalifen und seinen Schmuck und seine Düfte an dir trägst?' Dann fuhr sie fort: ‚Erzähle mir, wie es dir ergangen ist!' So erzählte ich ihr denn, wie es mir ergangen war, und was ich an Furcht und anderem durchgemacht hatte. Sie sagte darauf: ‚Was du um meinetwillen erlitten hast, betrübt mich schwer; doch Preis sei Gott, der alles zum guten Ende geführt hat! Denn jetzt bist du ganz sicher, da du in meine und meiner Schwester Wohnung eingetreten bist.' Dann führte sie mich in ihr eigenes Gemach, indem sie zu ihrer Schwester sprach: ,Ich habe mit ihm einen Bund geschlossen, daß ich nur in allen Ehren mit ihm zusammensein will; und wie er sein Leben aufs Spiel gesetzt und diese Schrecken ertragen hat, so will ich die Erde sein unter dem Schritt seiner Füße und der Staub für seine Sandalen.' – –«

Da bemerkte Schehrezâd, daß der Morgen begann, und sie hielt in der verstatteten Rede an. Doch als die *Neunhundertunddreiundsechzigste Nacht* anbrach, fuhr sie also fort: »Es ist mir berichtet worden, o glücklicher König, daß Abu el-Hasan des weiteren erzählte: ,Die Herrin sprach zu ihrer Schwester: ,Ich habe einen Bund mit ihm geschlossen, daß ich nur in allen Ehren mit ihm zusammen sein will; und wie er sein Leben aufs Spiel gesetzt und diese Schrecken ertragen hat, so will ich die Erde sein unter dem Schritt seiner Füße und der Staub für seine Sandalen.' Darauf erwiderte ihr die Schwester: ,Durch diese Absicht errette ihn Allah der Erhabene!' Dann fuhr meine Freundin fort: ,Bald sollst du sehen, was ich tun werde, auf daß ich mich mit ihm in Ehren vereinige; ja, ich muß mein Herzblut hingeben, damit ich dies erreiche.' Doch während wir noch sprachen, vernahmen wir ein lautes Geräusch, und als wir uns umwandten, erblickten wir den Kalifen, der sich wieder zu ihrem Gemach begeben wollte, da er so sehr von Liebe zu ihr erfüllt war. Da nahm sie mich, o Beherrscher der Gläubigen, und verbarg mich in einem unterirdischen Raum und verschloß die Falltür über mir. Dann eilte sie dem Kalifen entgegen und hieß ihn willkommen; er aber setzte sich, während sie vor ihm stand und ihn bediente; darauf befahl er, Wein zu bringen. Nun liebte der Kalif eine Maid, die el-Bandscha hieß, die Mutter von el-Mu'tazz-billâh¹; aber sie

1. Der dreizehnte Abbasidenkalif; er regierte von 866 bis 869.

426

hatten sich voneinander abgewandt. Im Stolz ihrer Schönheit und Lieblichkeit wollte sie ihm nicht die Hand zum Frieden reichen; noch auch wollte el-Mutawakkil ihr Versöhnung anbieten und sich vor ihr demütigen, und zwar um der Würde des Kalifats und der Herrschaft willen, wiewohl sein Herz von Leidenschaft zu ihr entflammt war. So suchte er denn seinen Sinn von ihr abzulenken, indem er sich ihresgleichen unter den Odalisken zuwandte und sie in ihren Gemächern besuchte. Er liebte auch den Gesang von Schadscharat ed-Durr; deshalb befahl er ihr zu singen. Da nahm sie die Laute, stimmte die Saiten zum rechten Klingen und hub an diese Verse zu singen:

Staunend sah ich, wie das Schicksal mich von dir zu trennen suchte;
Doch als unser Glück geendet, sah ich auch das Schicksal ruhn.
Ach, ich mied dich, bis man sagte: Liebe ist ihm fremd geworden;
Und ich suchte dich, bis daß es hieß: Geduld versagt ihm nun.
Liebe, quäle mich allnächtlich immer noch mit neuer Pein!
Aber du, o Trost der Tage, stell am Jüngsten Tag dich ein! –
Ihre Haut ist wie von Seide, ihre Stimme zart von Klang,
Und sie plaudert nicht zu wenig, doch sie schwatzt auch nicht zu lang.
Von den Augen sagte Allah: Werdet! – und da wurden sie.
Und sie schaun ins Herz, als ob der Wein die Rauschkraft ihnen lieh.

Als der Kalif ihr Lied vernahm, war er aufs höchste entzückt und auch ich, o Beherrscher der Gläubigen, ward in dem unterirdischen Verlies so entzückt, daß ich laut aufgeschrieen hätte, wenn nicht die gütige Vorsehung Allahs des Erhabenen gewesen wäre – und dann wären wir entdeckt worden. Darauf sang sie auch diese Verse:

Ich umarm ihn – doch die Seele ist noch voller Sehnsuchtspein;
Dennoch, kann man sich denn näher als in der Umarmung sein?
Und ich küsse seine Lippen, daß die heiße Glut vergeh;
Doch es brennt in meinem Innern stärker noch das Liebesweh.
Ach, es ist, als ob der Durst im Herzen Heilung nie gewinnt,
Bis du siehst, daß beide Seelen ganz in eins verschmolzen sind.

Auch davon war der Kalif entzückt, und er sprach: ‚Erbitte
dir eine Gnade von mir, Schadscharat ed-Durr!' Sie erwiderte:
‚Ich erbitte als Gnade von dir meine Freilassung, o Beherrscher
der Gläubigen, auf daß du dir den Lohn des Himmels verdienst!' Da sagte er: ‚Du bist frei um Allahs des Erhabenen
willen'; und sie küßte den Boden vor ihm. Dann fuhr er fort:
‚Nimm die Laute zur Hand und sing uns etwas von meiner
Sklavin, der mein Herz in Liebe zugetan ist und deren Wohlgefallen ich suche wie das Volk das meine.' So griff sie denn
zur Laute und sang diese Verse:

> O schöne Herrin, die du meine Andacht raubtest,
> Du mußt die Meine werden, sei es, wie es sei:
> Sei's, daß die Demut spricht, wie sie die Liebe zieret,
> Sei's durch Gewalt – die steht dem Herrscherthrone frei.

Der Kalif ward von neuem entzückt, und nun sprach er:
‚Nimm deine Laute noch einmal zur Hand und sing ein Lied,
das da schildert, wie es mir mit drei Mädchen ergeht, die meine
Zügel in den Händen tragen und meinen Schlaf verjagen; es
sind aber du und jene eigensinnige Odaliske und eine andere,
die ich nicht nennen will und die nicht ihresgleichen hat!' Da
nahm sie die Laute und ließ die Saiten erklingen und hub an,
diese Verse zu singen:

> Sie drei, die zarten Mägdlein, halten meine Zügel
> Und thronen mir im Herzen als die höchste Zier.
> Ich schulde niemand in der ganzen Welt Gehorsam;
> Und doch gehorch ich ihnen, und sie trotzen mir.
> Das ist allein der Liebe allgewalt'ge Macht:
> So ward ich um der Herrschaft höchstes Gut gebracht.

Da ward der Kalif von größter Verwunderung ergriffen über
diese Verse, die seine Lage so trefflich schilderten, und die große
Freude machte ihn geneigt, sich mit der eigensinnigen Odaliske wieder zu versöhnen. Darauf ging er hinaus und begab

428

sich zu ihrem Gemach; aber eine Dienerin eilte vorauf und meldete ihr das Nahen des Kalifen. So kam ihm denn die Odaliske entgegen und küßte den Boden vor ihm; dann küßte sie seine Füße, und er versöhnte sich mit ihr, wie sie mit ihm sich ausgesöhnt hatte.

Wenden wir uns nun von dem Kalifen wieder zu Schadscharat ed-Durr! Die kam erfreut zu mir und sprach: ‚Ich bin frei geworden durch dein gesegnetes Kommen. Nun möge Allah mir helfen, daß ich einen Plan ersinne, durch den ich in Ehren mit dir vereint werden kann!' Da rief ich: ‚Allah sei gepriesen!' Doch während wir noch miteinander sprachen, kam ihr Eunuch zu uns herein, und wir erzählten ihm, was bei uns geschehen war. Er sprach: ‚Preis sei Allah, der bislang alles zu gutem Ende geführt hat, und wir wollen den Allmächtigen bitten, daß Er nun das Ganze vollende, indem du wohlbehalten fortgehen kannst!' Und als wir in diesem Gespräch waren, kam auch jene andere Sklavin, ihre Schwester, die den Namen Fâtir trug. Zu der sprach Schadscharat ed-Durr: ‚Schwester, wie sollen wir es beginnen, daß wir ihn wohlbehalten aus dem Palast schaffen? Siehe, Allah der Erhabene hat mir gnädigst die Freilassung gewährt, und ich bin nun eine Freie geworden durch den Segen seines Kommens.' Fâtir antwortete ihr: ‚Ich habe kein anderes Mittel, um ihn hinauszubringen, als daß ich ihm Frauenkleider anlege.' Darauf holte sie Frauengewänder und kleidete mich darein; und alsbald ging ich hinaus, o Beherrscher der Gläubigen; doch als ich bis zur Mitte des Palastes gekommen war, saß dort der Beherrscher der Gläubigen, und die Diener standen vor ihm. Wie er mich erblickte, betrachtete er mich mit dem größten Befremden, und er rief seinen Dienern zu: ‚Eilt hin und bringt mir die Sklavin, die dort vorbeischleicht!' Nachdem sie mich vor ihn geführt hatten, hoben

429

sie meinen Schleier auf; und sobald er mein Gesicht sah, erkannte er mich und stellte mich zur Rede. Ich tat ihm alles kund
und verbarg nichts vor ihm. Und als er meine Geschichte vernommen hatte, sann er darüber nach; dann aber sprang er
plötzlich auf, begab sich in das Gemach von Schadscharat
ed-Durr und fragte sie: ‚Wie kannst du mir einen von den Söhnen der Kaufleute vorziehen?‘ Da küßte sie den Boden vor ihm
und erzählte ihm ihre ganze Geschichte von Anfang bis zu Ende
der Wahrheit gemäß; und als er ihre Worte vernommen hatte,
hatte er Mitleid mit ihr, und sein Herz erbarmte sich ihrer, so
daß er ihr um der Liebe und ihrer Nöte willen verzieh; dann
ging er fort. Darauf trat ihr Eunuch zu ihr herein und sprach
zu ihr: ‚Sei guten Mutes; als dein Freund vor dem Kalifen stand,
hat der ihn gefragt, und er hat ihm Wort für Wort die gleiche
Geschichte erzählt wie du.‘ Nun kehrte der Kalif zurück und
ließ mich wieder vor sich kommen und fragte mich: ‚Was trieb
dich dazu, dich in den Palast des Kalifats zu wagen?‘ ‚O Beherrscher der Gläubigen,‘ erwiderte ich, ‚mich trieben dazu
meine Liebestorheit und das Vertrauen auf deine Verzeihung
und deine Großmut.‘ Dann brach ich in Tränen aus und küßte
den Boden vor ihm; er aber sprach: ‚Ich habe euch beiden verziehen‘, und befahl mir, mich zu setzen. Nachdem ich mich niedergesetzt hatte, berief er den Kadi Ahmed ibn Abi Duwâd,
und der vermählte mich mit ihr. Nun befahl er, alles, was ihr
gehörte, solle in mein Haus geschafft werden. Sie ward in
ihrem Gemach mir als Braut zugeführt, und drei Tage danach
ging ich fort und ließ all jenes Gut in mein Haus bringen. Was
du, o Beherrscher der Gläubigen, hier in meinem Hause siehst,
und was dich befremdete, das ist alles insgesamt von ihrer Ausstattung. Doch eines Tages sprach sie zu mir: ‚Wisse, el-Mutawakkil ist ein hochherziger Mann; aber ich fürchte, er wird

430

vielleicht einmal nicht gern an uns zurückdenken, oder einer von den Neidern wird ihn an uns erinnern. Darum will ich etwas tun, was uns davor sichern soll.' ‚Was ist denn das?' fragte ich; und sie antwortete: ‚Ich will ihn um Erlaubnis bitten, daß ich die Pilgerfahrt mache und reumütig von dem Singen ablasse.'Darauf sagte ich: ‚Der Plan, den du gefaßt hast, ist vortrefflich.' Doch während wir noch miteinander redeten, kam plötzlich ein Bote des Kalifen zu mir, um sie zu holen; denn el-Mutawakkil liebte ihren Gesang. So ging sie denn hin und versah ihren Dienst bei ihm; und er sprach zu ihr: ‚Laß uns dich nie entbehren!' ‚Ich höre und gehorche!' erwiderte sie. Nun begab es sich eines Tages, als sie wieder zu ihm gegangen war, da er seiner Gewohnheit gemäß nach ihr geschickt hatte, daß sie plötzlich, ehe ich mich dessen versah, mit zerrissenen Gewändern und mit Tränen im Auge von ihm zurückkam. Erschrocken rief ich: ‚Siehe, wir sind Allahs Geschöpfe, und zu Ihm kehren wir zurück!' Denn ich vermutete, er hätte befohlen, uns zu ergreifen; so fragte ich sie denn: ‚Ist el-Mutawakkil etwa wider uns ergrimmt?' Doch sie rief: ‚Ach, wo ist el-Mutawakkil? Wisse, el-Mutawakkils Herrschaft hat ihr Ende gefunden, und seine Spur auf Erden ist geschwunden!' ‚Sage mir die Wahrheit, was ist geschehen?' rief ich darauf; und nun erzählte sie mir: ‚Er saß hinter seinem Vorhang und trank mit el-Fath ibn Chakân und Sadaka ibn Sadaka. Da fiel plötzlich sein Sohn el-Muntasir mit einer Schar von Türken über ihn her und tötete ihn. So wurde die Heiterkeit zum bitteren Leid und fröhliches Behagen zu Weinen und Klagen. Ich flüchtete mit der Sklavin, und Allah errettete uns.'Nun machte ich mich sofort auf, o Beherrscher der Gläubigen, und zog hinab gen Basra. Dort erreichte mich nach einer Weile die Kunde von dem Ausbruche des Krieges zwischen el-Muntasir und el-Musta'în[1]; und in meiner Furcht brachte ich meine Frau und all mein Gut nach Basra. Dies ist meine Geschichte, o Beherrscher der Gläubigen; ich habe nichts hinzugefügt und nichts fortgelassen. Und so ist alles, was du in meinem Hause siehst und was den Namen deines Großvaters el-Mutawakkil trägt, eine Gabe seiner Huld gegen uns; denn wir verdanken den Ursprung unseres Glückes den Hochedlen, denen du deinen Ursprung verdankst. Wahrlich, ihr seid Männer der Wohltätigkeit und die Quelle aller Freigebigkeit!'

Darüber war der Kalif hoch erfreut, und die Geschichte erfüllte ihn mit Verwunderung. Dann ließ ich – so berichtete uns Abu el-Hasan – die Herrin und meine Kinder von ihr kommen; sie küßten den Boden vor ihm, und er staunte ob ihrer Anmut. Ferner rief er nach dem Schreibzeug und schrieb uns eine Urkunde, daß unsere Besitztümer auf zwanzig Jahre von der Grundsteuer befreit sein sollten.

Der Kalif hatte solches Gefallen an Abu el-Hasan, daß er ihn zu seinem Tischgenossen machte, bis das Geschick sie trennte und sie aus der Schlösser Pracht einzogen in die Grabesnacht – Preis sei dem König der allvergebenden Macht!

Ferner wird erzählt, o glücklicher König,

DIE GESCHICHTE VON KAMAR EZ-ZAMÂN UND SEINER GELIEBTEN

Einst lebte in alten Zeiten ein Kaufmann, 'Abd er-Rahmân geheißen, den Allah mit einer Tochter und mit einem Sohne gesegnet hatte; er hatte der Tochter den Namen Kaukab es-Sabâh[2] gegeben, wegen ihrer hohen Schönheit und Anmut; dem Knaben aber den Namen Kamar

---

1. El-Muntasir war der elfte Abbasidenkalif; er regierte von 861 bis 862. Sein Vetter el-Musta'în regierte von 862 bis 866. – 2. Morgenstern.

ez-Zamân[1], da er auch über die Maßen schön war. Als er nun sah, wie sehr Allah die beiden geschmückt hatte mit Schönheit und Lieblichkeit, Anmut und Ebenmäßigkeit, fürchtete er, daß böse Blicke sie erspähten und Zungen der Neider ihnen ein Leids antäten, daß der tückischen Menschen Tücke und die List der Bösen sie berücke; deshalb verschloß er sie vierzehn Jahre lang vor den Menschen in einem Hause, und niemand sah die beiden als ihre Eltern und eine Sklavin, die bei ihnen ihren Dienst versah. Nun konnte der Vater den Koran hersagen, wie Allah ihn herabgesandt hatte, und desgleichen vermochte die Mutter ihn zu rezitieren; so lehrte denn die Mutter ihre Tochter, und der Mann lehrte seinen Sohn, bis die Kinder den Koran auswendig wußten. Ferner lernten die beiden von Vater und Mutter schreiben und rechnen und wurden in Gelehrsamkeit und feine Bildung eingeweiht, und sie bedurften keines Lehrers. Als aber der Knabe zum Manne herangereift war, sprach die Kaufmannsfrau zu ihrem Gatten: ‚Wie lange noch willst du deinen Sohn Kamar ez-Zamân vor den Augen der Menschen verbergen? Ist er etwa ein Mädchen, oder ist er ein Jüngling?‘ ‚Ein Jüngling‘, erwiderte er; und sie fuhr fort: ‚Da er ein Jüngling ist, weshalb nimmst du ihn denn nicht mit dir zum Basar und lässest ihn im Laden sitzen, damit er die Leute kennen lernt und sie ihn erblicken, auf daß er unter ihnen als dein Sohn bekannt werde, und damit du ihn kaufen und verkaufen lehrst? Vielleicht kann dir einmal etwas widerfahren; dann wissen die Leute, daß er dein Sohn ist, und er kann seine Hand auf deine Hinterlassenschaft legen. Aber wenn du stirbst, wie es jetzt steht, und wenn er dann zu den Leuten sagt: ‚Ich bin der Sohn des Kaufmanns ’Abd er-Rahmân‘, so werden sie ihm nicht glauben, sondern sprechen: ‚Wir haben dich nie gesehen, und

1. [Schönster] Mond der Zeit.

wir wissen auch nicht, daß er einen Sohn hatte'; und dann wird die Obrigkeit deine Habe einziehen, und dein Sohn wird mittellos dastehen. Ebenso steht es mit unserer Tochter; ich will sie unter den Leuten bekannt machen, auf daß einer, der ihr ebenbürtig ist, um sie wirbt und wir sie mit ihm vermählen und unsere Freude an ihr haben.' Er gab ihr zur Antwort: ,Ich bin um die beiden besorgt wegen der Augen der Menschen.' – –«

Da bemerkte Schehrezâd, daß der Morgen begann, und sie hielt in der verstatteten Rede an. Doch als die *Neunhundertundvierundsechzigste Nacht* anbrach, fuhr sie also fort: »Es ist mir berichtet worden, o glücklicher König, daß der Kaufmann seiner Frau, als sie so zu ihm gesprochen hatte, zur Antwort gab: ,Ich bin um die beiden besorgt wegen der Augen der Menschen; denn ich habe sie lieb, und die Liebe wird immer von eifersüchtiger Sorge geplagt, wie so schön der Dichter dieser Verse sagt:

> Um dich bin ich voll Eifersucht auf meinen Blick,
> Auf mich, auf dich, auf deine Stätte und die Zeit.
> Und schloß ich dich auch ganz in meine Augen ein,
> Ach, deine Nähe würde mir doch niemals leid.
> Ja, wäre ich auch jeden Tag mit dir vereint,
> Es wär mir nie genug in alle Ewigkeit.'

Da sprach seine Frau zu ihm: ,Vertraue nur auf Allah! Denn dem widerfährt nichts Arges, den Allah behütet. Nimm den Knaben noch heute mit dir zum Laden!' Darauf legte sie ihm die prächtigsten Gewänder an, so daß er die Beschauer durch seinen verführerischen Anblick erregte und die Herzen der Liebenden zu heißem Schmerz bewegte. Sein Vater also nahm ihn mit sich und führte ihn auf den Basar; und ein jeder, der ihn erblickte, ward von ihm bezaubert, trat an ihn heran, küßte ihm die Hand und begrüßte ihn. Sein Vater aber schalt die Leute, die ihm um der Neugier willen folgten. Da sagte wohl einer von den Leuten: ‚Die Sonne ist daundda aufgegangen und scheint nun auf dem Basar.' Und ein anderer sagte: ‚Der Vollmond geht jetzt in derundder Gegend auf.' Und ein dritter sprach: ‚Der Neumond des Festes leuchtet herab auf die Diener Allahs.' In dieser Weise deuteten sie mit ihren Worten auf den Jüngling hin und segneten ihn. Seinen Vater aber überkam die Scham wegen des Geredes der Leute; doch er konnte keinen von ihnen hindern, zu reden. So schalt er denn die Mutter und hub an, ihr zu fluchen, weil sie es veranlaßt hatte, daß der Knabe ausging. Und als er sich dann umschaute, sah er, daß die Menschen sich hinter ihm und vor ihm zusammendrängten, während er dahinschritt, bis er den Laden erreichte. Dort öffnete er die Ladentür, setzte sich nieder und hieß seinen Sohn sich vor ihm niedersetzen. Darauf sah er sich von neuem nach den Leuten um und erkannte, daß sie die Straße gesperrt hatten; denn ein jeder, der vorbeischritt, mochte er kommen oder gehen, blieb vor dem Laden stehen und schaute sich das schöne Gesicht dort an und konnte sich nicht von ihm trennen. So sammelte sich um ihn von Frauen und Männern eine große Schar, und sie machten das Wort des Dichters wahr:

> *Du schufest die Schönheit für uns zur Verführung*
> *Und sprachst: Meine Knechte, habt Ehrfurcht vor mir!*
> *Doch du bist der Schöne, du liebst auch die Schönheit –*
> *Wie wären denn lieblos die Knechte von dir?*

Als nun der Kaufmann 'Abd er-Rahmân sah, wie die Menschen sich bei ihm zusammenscharten und in Reihen vor ihm standen, Männer und Frauen, um seinen Sohn anzustarren, kam große Verlegenheit über ihn; und er war ganz ratlos und wußte nicht, was er tun sollte. Doch ehe er sich dessen versah, kam von der anderen Seite des Basars ein Wanderderwisch des Wegs, ein Mann, der das Gewand der frommen Diener Allahs trug; der schritt auf den Jüngling zu, und er hub an, seine Litaneien zu singen und ließ einen Tränenstrom aus seinen Augen dringen. Doch als er Kamar ez-Zamân dort sitzen sah, an Schönheit reich, einem Weidenzweige auf einem Safranhügel gleich, begann er in noch heftigere Tränen auszubrechen und die Verse zu sprechen:

> Ich sah ein Reis auf einem Hügel sprießen,
> Dem Vollmond gleich in seinem hellen Schein.
> Ich rief: ,Wie heißt du?' Und es sagte: ,Perle.'
> Ich sprach: ,Für mich?' Es rief: ,Nein, nein!'[1]

Darauf schritt der Derwisch langsam hin und her, indem er mit seiner rechten Hand über sein graues Haar strich, und die Menge wich aus Ehrfurcht vor ihm mitten auseinander. Doch als er den Jüngling wieder anschaute, verwirrten sich ihm Blick und Verstand, und es schien, daß der Dichter für ihn diese Worte erfand:

> Als jener schöne Knabe dort im Hause weilte,
> Und als der Festesmond[2] aus seinem Antlitz schien,
> Da kam ein wurdevoller alter Mann des Weges,
> Und Ruhe und Bedächtigkeit erfüllte ihn,
>   An ihm ward der Entsagung Spur geschaut.
>
> Er hatte Tag und Nacht das Liebesspiel gekostet,
> Er tauchte in des Guten und des Bösen Reich.
> Den Frauen und den Männern hatt er sich ergeben;
> Er ward an Hagerkeit dem Zähnestocher gleich
>   Und ward ein alt Gebein, bedeckt von Haut.
>
> Er war in jener Kunst ein Mann von Art der Perser,
> Der Alte, dem zur Seite sich ein Knabe fand.
> In Frauenlieb war er ein Mann vom Stamm der Asra[3], –
> In beiden Dingen kundig und von Lust entbrannt:
>   Ihm waren Zaid und Zainab[4] gleich vertraut.

1. Im Arabischen ein Wortspiel zwischen lûlû (Perle), lî lî (für mich, für mich) und lâ lâ (nein, nein). – 2. Der Neumond nach dem Fastenmonat. – 3. Vgl. Band II, Seite 33, Anmerkung 1. – 4. Eigennamen als Gattungsnamen für Knabe und Mädchen.

Zur Schönen zog es ihn, er liebte heiß die Schöne;
Des Lagers Spur beweinte er, von Schmerz erregt.
Ob seiner großen Sehnsucht glich er einem Aste,
Der sich im Frühlingswinde hin und her bewegt.
Von harter Art ist, wem vor Tränen graut.

Er war erfahren in der Wissenschaft der Liebe
Und spänte wachsam aus für sich zu jeder Zeit.
Er wandte sich zu allem, Leichtem oder Schwerem;
Und schlang die Arme um den Knaben und die Maid.[1]
Zu alt und jung war ihm die Liebe traut.

Dann trat er nahe an den Jüngling heran und gab ihm eine
Wurzel des Basilienkrauts; sein Vater aber streckte seine Hand
in die Tasche und holte für den Frommen heraus, was er an
Dirhems bei sich hatte, indem er sprach: ‚Nimm, was dir das
Glück beut, o Derwisch, und geh deiner Wege!‘ Jener nahm
die Silberlinge von ihm hin und setzte sich auf die Bank vor
dem Laden, dem Jüngling gegenüber, und er begann ihn anzustarren und zu weinen, so daß ein Tränenstrom gleich einer
sprudelnden Quelle aus seinen Augen drang, während sich
Seufzer auf Seufzer seiner Brust entrang. Da begannen die
Leute ihn anzuschauen und ihm Vorwürfe zu machen; einige
sagten: ‚Alle Derwische sind doch unzüchtige Kerle‘, und andre:
‚Wahrlich, das Herz dieses Derwisches ist in Liebe zu dem
Jüngling entbrannt.‘ Als nun der Vater dies sah, hub er an und
sprach: ‚Auf, mein Sohn, wir wollen den Laden schließen und
nach Hause gehen; heute ziemt es uns nicht, Handel zu treiben.
Allah der Erhabene vergelte deiner Mutter, was sie uns ange-
tan hat; denn sie hat all dies veranlaßt!‘ Dann fuhr er fort:
‚Derwisch, erhebe dich, damit ich den Laden schließen kann!‘
Da stand der Derwisch auf; der Kaufmann aber schloß seinen

1. Im Urtext: weibliche und männliche Gazelle.

Laden, nahm seinen Sohn und ging fort. Doch der Derwisch und die Leute folgten den beiden, bis sie ihr Haus erreichten. Nachdem der Jüngling in die Wohnung hineingegangen war, wandte der Kaufmann sich nach dem Derwisch um und fragte ihn: ‚Was willst du, Derwisch? Und weshalb seh ich dich weinen?' ‚Lieber Herr,' erwiderte jener, ‚ich möchte heute nacht dein Gast sein; und ein Gast ist der Gast Allahs des Erhabenen.' Der Kaufmann sagte darauf: ‚Willkommen sei der Gast Allahs! Tritt ein, Derwisch!' – –«

Da bemerkte Schehrezâd, daß der Morgen begann, und sie hielt in der verstatteten Rede an. Doch als die *Neunhundertund-fünfundsechzigste Nacht* anbrach, fuhr sie also fort: »Es ist mir berichtet worden, o glücklicher König, daß der Kaufmann, der Vater von Kamar ez-Zamân, als der Derwisch gesagt hatte: ‚Ich bin der Gast Allahs', ihm erwiderte: ‚Willkommen sei der Gast Allahs! Tritt ein, Derwisch!' Bei sich selber jedoch sprach er: ‚Wenn dieser Derwisch den Jüngling liebt und Schlechtes von ihm begehrt, so muß ich ihn heute nacht umbringen und heimlich begraben. Wenn aber keine Sünde in ihm wohnt, so soll der Gast erhalten, was ihm zukommt.' Dann führte er ihn zusammen mit Kamar ez-Zamân in einen Saal, nachdem er zuvor heimlich dem Knaben gesagt hatte: ‚Mein Sohn, setze dich, wenn ich euch verlassen habe, dem Derwisch zur Seite und schmeichle ihm und scherze mit ihm! Wenn er dann etwas Schlechtes von dir verlangt, während ich euch von dem Fenster, das in den Saal führt, beobachte, so will ich über ihn herfallen und ihn umbringen.' Sowie nun Kamar ez-Zamân mit dem Derwisch allein in jenem Saale war, setzte er sich ihm zur Seite, und der fromme Alte schaute ihn an und begann wieder zu seufzen und zu weinen. Sooft der Jüngling zu ihm sprach, gab er ihm freundlich Antwort; doch dann zitterte er

438

und schaute den Jüngling an und seufzte und weinte. Und als das Nachtmahl gebracht war, begann er zu essen, während seine Augen immer auf Kamar ez-Zamân gerichtet waren und unaufhörlich voll Tränen standen. Nachdem dann ein Viertel der Nacht vergangen und das Geplauder beendet und die Schlafenszeit gekommen war, sagte der Vater des Jünglings: ,Mein Sohn, widme dich dem Dienste deines Oheims Derwisch und handle ihm nicht zuwider!' Dann wollte er hinausgehen, aber der fromme Alte sprach zu ihm: ,Lieber Herr, nimm deinen Sohn mit dir oder schlaf mit uns!' ,Nicht doch,' erwiderte jener, ,sieh, mein Sohn soll bei dir schlafen; vielleicht verlangt deine Seele nach irgend etwas, dann kann er dir deinen Wunsch erfüllen und dir zu Diensten sein.' Darauf ging er hinaus und ließ die beiden allein; er setzte sich aber in ein anderes Gemach, von dem ein Fenster auf den Saal führte, in dem die beiden waren.

Lassen wir nun den Kaufmann dort, und sehen wir, was der Jüngling tat! Der trat an den Derwisch heran und begann, ihm zu schmeicheln und sich ihm anzubieten. Aber der Alte ward zornig und sprach zu ihm: ,Was sind das für Reden, mein Sohn? Ich nehme meine Zuflucht zu Gott vor dem verfluchten Teufel. O Allah, dies ist ein Greuel, der dir nicht gefällt. Entferne dich von mir, mein Sohn!' Darauf erhob sich der Derwisch von seinem Sitze und ließ sich in einiger Ferne von dem Jüngling nieder; doch der folgte ihm und warf sich auf ihn und sprach zu ihm: ,Weshalb, o Derwisch, willst du dir die Freude versagen, mich zu genießen, da doch mein Herz dich liebt?' Nun ward der Derwisch noch heftiger ergrimmt, und er sprach: ,Wenn du dich nicht von mir zurückhältst, so rufe ich deinen Vater und sage ihm, was du da treibst.' Aber der Jüngling erwiderte ihm: ,Mein Vater weiß, daß ich von dieser

Art bin, und es ist unmöglich, daß er mich hindern würde; also erfülle meinen Wunsch! Weshalb hältst du dich von mir zurück? Gefalle ich dir denn nicht?' Darauf sagte jener: ,Bei Allah, mein Sohn, das tu ich nie, würde ich auch mit den scharfen Schwertern in Stücke geschlagen.' Und dann hub er an, das Dichterwort vorzutragen:

> Mein Herz ist voller Liebe zu den Schönen allen,
> Zu Knaben und zu Mädchen, und ich säume nicht.
> Doch schau ich sie nur an des Abends und des Morgens:
> Ich bin kein Wüstling, keiner, der die Ehe bricht.

Dann weinte er und sprach: ,Wohlan, öffne mir die Tür, auf daß ich meiner Wege gehen kann! Ich will nicht mehr an dieser Stätte ruhen.' Und alsbald sprang er auf; aber der Jüngling hängte sich an ihn und sagte: ,Schau doch mein strahlendes Gesicht und meiner Wangen rotes Licht, meines Leibes weiche Art und mein Lippenpaar so zart!' Dann enthüllte er ihm eine Wade, die den Wein und den Schenken beschämte; und er schaute ihn an mit einem lieblichen Blick, der den Zauber und den Zauberer bezähmte. Er war ja von so herrlicher Lieblichkeit und von so sanfter Zierlichkeit, wie ihm einer der Dichter die Worte geweiht:

> Ich kann ihn nicht vergessen, seit er vor mir stand,
> Mit einer Wade wie von Perlenglanz erfüllt.
> Drum staunet nicht, wenn mir die Seele auferstand: [1]
> Am Tag der Auferstehung wird das Bein enthüllt. [2]

Nun zeigte der Jüngling ihm gar seinen Busen und sprach zu ihm: ,Schau meine Brüste, sie übertreffen die Brüste der Jung-

---

1. Das heißt: ein Aufruhr der Gefühle erhob sich in mir. – 2. Im Koran (Sure 68, Vers 42) heißt es vom Jüngsten Gericht: ,am Tage, an dem der Schenkel entblößt wird'. Das ist ein Ausdruck für eine Schlacht oder ein großes Unglück.

frauen an Lieblichkeit, und mein Lippentau ist zarter als Zukkerkand an Süßigkeit. Drum laß ab von Entsagung und Enthaltsamkeit! Denke nicht mehr an frommes Leben und Gottergebenheit! Erfreu dich dessen, was ich dir bin, und nimm meine ganze Anmut hin! Fürchte ganz und gar nichts; denn du bist sicher vor allem Arg! Tu ab von dir dies schwere Blut; denn solche Gewohnheit ist nicht gut!' So zeigte er ihm seine verborgenen Reize und wollte ihn blenden, und er suchte durch zierliche Windungen die Zügel seines Verstandes zu wenden. Aber der Derwisch wandte sein Antlitz ab und rief: ,Ich nehme meine Zuflucht zu Allah. Schäme dich, mein Sohn, das ist ein sündiges Beginnen, darauf könnte ich nicht einmal im Traume sinnen!' Als der Jüngling ihn jedoch immer noch bedrängte, riß der Derwisch sich von ihm los, wandte sich in die Richtung nach Mekka und begann zu beten. Wie jener ihn beten sah, ließ er von ihm ab, bis er zwei Rak'as gebetet und zum Schlusse den Gruß an die Engel gesprochen hatte. Nun wollte er von neuem auf ihn zukommen; doch der Derwisch machte sich wiederum zum Gebet bereit und betete zwei Rak'as. Und das tat er auch noch ein drittes und viertes und fünftes Mal. Da sprach der Jüngling: ,Was soll dies Beten? Willst du auf den Wolken entweichen? Wenn du die ganze Nacht in der Gebetsnische bist, lässest du unser Glück verstreichen.' Und noch einmal warf sich der Jüngling auf ihn und küßte ihn auf die Stirn. Da sprach der Derwisch zu ihm: ,Mein Sohn, laß doch den Satan von dir weichen und widme dich dem Gehorsam gegen den Erbarmungsreichen!' Doch jener erwiderte: ,Wenn du nicht mit mir tust, was ich will, so rufe ich meinen Vater und spreche zu ihm: Der Derwisch will Schlechtes mit mir tun. Dann wird er über dich kommen und dich schlagen; dann werden dir deine Knochen in deinem

Fleische zerbrochen.' All dies geschah, während der Vater mit eigenen Augen zuschaute und mit eigenen Ohren zuhörte; und so überzeugte der Kaufmann sich, daß in dem Derwisch keine Sünde wohnte. Und er sprach bei sich selber: ‚Wäre dieser Derwisch ein verdorbener Mensch, so hätte er all dieser Drangsal nicht widerstanden.' Dabei fuhr der Jüngling immer fort in seinem Bemühen, den Derwisch in Versuchung zu führen; und sooft jener sich zum Gebet bereit machte, unterbrach er ihn, bis der fromme Mann gewaltig gegen ihn ergrimmte und hart gegen ihn wurde und ihn schlug. Kamar ez-Zamân weinte, und da trat sein Vater zu ihm herein, wischte ihm die Tränen ab und tröstete ihn; zum Derwisch aber sprach er: ‚Bruder, wenn es so mit dir steht, weshalb weintest und seufztest du da, sooft du meinen Sohn anblicktest? Ist dafür ein Grund vorhanden?' ‚Ja', erwiderte jener; und der Kaufmann fuhr fort: ‚Als ich dich bei seinem Anblick weinen sah, faßte ich Argwohn wider dich, und ich befahl dem Jüngling also zu tun, um dich auf die Probe zu stellen. Ich hatte aber den Plan, über dich herzufallen und dich zu töten, wenn ich sähe, daß du Schlechtes von ihm verlangtest. Nun ich aber gesehen habe, wie du in Wirklichkeit gehandelt hast, weiß ich, daß du zu denen gehörst, die über die Maßen tugendhaft sind. Aber um Allahs willen, ich bitte dich, tu mir den Grund deines Weinens kund!' Da seufzte der Derwisch und sprach zu ihm: ‚Lieber Herr, reiß eine vernarbte Wunde nicht auf!' Doch der Kaufmann bestand darauf: ‚Du mußt es mir berichten.' So hub denn jener an: ‚Wisse, ich bin ein Derwisch, der durch die Lande und Reiche der Welt seines Weges zieht und in den Werken des Schöpfers von Tag und Nacht eine Lehre für sich sieht. Es begab sich einmal, daß ich an einem Freitage in der Frühe die Stadt Basra betrat.' – –«

Da bemerkte Schehrezâd, daß der Morgen begann, und sie hielt in der verstatteten Rede an. Doch als die *Neunhundertundsechsundsechzigste Nacht* anbrach, fuhr sie also fort: »Es ist mir berichtet worden, o glücklicher König, daß der Derwisch zu dem Kaufmann sprach: ‚Wisse, ich bin ein wandernder Derwisch. Es begab sich einmal, daß ich an einem Freitag in der Frühe die Stadt Basra betrat; da sah ich die Läden offen, und in ihnen befanden sich alle Arten von Waren, Speisen und Getränken. Aber die Stadt war leer; kein Mann, keine Frau war in ihr, kein Mädchen und kein Knabe. Auf den Straßen und Basaren war kein Hund und keine Katze zu sehen; man hörte kein Geräusch, keinen Laut, kein freundliches Lebewesen ward geschaut. Darüber wunderte ich mich, und ich sprach: ‚Wohin mögen wohl die Einwohner dieser Stadt mit ihren Katzen und Hunden gegangen sein? Was mag Allah mit ihnen getan haben?‘ Nun war ich hungrig, und ich nahm mir ein heißes Brot aus dem Ofen eines Bäckers; dann ging ich in den Laden eines Ölhändlers, bestrich das Brot mit geklärter Butter und Honig und aß es. Weiter begab ich mich zu einem Scherbettladen, und dort trank ich, was mir gefiel. Schließlich sah ich auch das Kaffeehaus offen, und so trat ich dort ein; da sah ich die Töpfe voll Kaffee auf dem Feuer stehen, aber niemand war dort. Ich trank, bis ich genug hatte, und sprach: ‚Dies ist wirklich sonderbar! Es ist, als wäre der Tod über die Leute dieser Stadt gekommen und als wären sie alle zu dieser Stunde gestorben; oder als wären sie durch eine Gefahr erschreckt, die ihnen drohte, und wären geflohen, ehe sie ihre Läden hätten schließen können.‘ Während ich nun darüber nachdachte, hörte ich plötzlich, wie Trommeln geschlagen wurden, und in meiner Angst verbarg ich mich eine Weile. Dann spähte ich durch die Spalten und Ritzen und sah Mädchen kommen, so schön wie Monde, und die schritten durch den Basar dahin, je zu zweit, mit unbedeckten Häuptern und entschleierten Gesichtern; es waren vierzig Paare, im ganzen also achtzig Mädchen. Ferner sah ich eine Herrin, reitend auf einem Rosse, das kaum seine Füße vorwärts bewegen konnte, weil es so schwer beladen war, gleich seiner Herrin, mit Gold und Silber und Edelsteinen. Ihr Angesicht war ganz entschleiert, und sie war mit dem kostbarsten Schmuck und mit den prächtigsten Kleidern bedeckt; um ihren Hals trug sie ein Halsband aus Edelsteinen, und auf ihre Brust hing goldenes Geschmeide herab; um ihre Handgelenke lagen Spangen, die wie Sterne leuchteten, und um ihre Knöchel goldene Ringe, die mit Edelsteinen besetzt waren. Die Sklavinnen schritten vor ihr und hinter ihr, zu ihrer Rechten und zu ihrer Linken; und ihr voran ging eine Sklavin, gegürtet mit einem Schwert, dessen Griff aus einem Smaragd bestand und dessen goldenes Gehänge mit Juwelen besetzt war. Als jene Herrin in der Gegend vor meinem Versteck angelangt war, hielt sie den Zügel des Rosses fest und rief: ‚Ihr Mädchen, ich höre ein Geräusch in dem Laden dort; durchforscht ihn, vielleicht ist einer darin verborgen, der uns beobachten will, während wir unsere Gesichter entschleiert haben!‘ Darauf durchsuchten sie den Laden gegenüber dem Kaffeehaus, in dem ich mich versteckt hielt. Da saß ich nun in meiner Angst und beobachtete, wie die Mädchen einen Mann herausholten und zu der Herrin sprachen: ‚Gebieterin, wir haben dort einen Mann entdeckt, und hier steht er vor dir.‘ Alsbald rief sie der Sklavin, die das Schwert trug, zu: ‚Schlag ihm den Kopf ab!‘ Die Sklavin trat an ihn heran und hieb ihm den Kopf ab; dann ließen sie den Leichnam am Boden liegen und zogen weiter. Als ich das sah, ward ich von Grauen erfüllt; dennoch war mein Herz von Liebe zu der jungen Herrin er-

444

griffen. Nach einer Weile erschienen die Einwohner wieder, und jeder, der einen Laden besaß, trat in ihn ein; und die Leute schritten durch die Basare und sammelten sich um den Getöteten und schauten ihn an. Da schlich ich mich heimlich aus meinem Versteck hervor, ohne daß jemand auf mich achtete; aber die Liebe zu jener Herrin hatte mein Herz ganz gefangen genommen. Ich begann insgeheim nach ihr zu forschen; doch niemand konnte mir Auskunft über sie geben. So zog ich wieder fort von Basra mit einem Herzen, in dem die Liebe zu ihr heiß entbrannt war. Doch als ich diesen deinen Sohn sah, erkannte ich, daß er von allen Menschen jener Maid am meisten gleicht. Sogleich erinnerte er mich an sie, ja, er hat von neuem in mir das Feuer der Sehnsucht entfacht und in meinem Herzen die Glut der Leidenschaft zum Lohen gebracht. Dies ist der Grund meines Weinens.' Dann fing er wieder heftig zu weinen an, wie kein Mensch bitterer weinen kann. Und er sprach: ,Lieber Herr, ich bitte dich um Allahs willen, öffne mir dir Tür, auf daß ich meiner Wege gehen kann!' So öffnete jener denn die Tür, und der Derwisch ging fort.

Wenden wir uns nun von ihm zu Kamar ez-Zamân! Als der die Worte des Derwisches hörte, ward seine Seele von Liebe zu jener Herrin ergriffen; da kam über ihn die Leidenschaft, und es regte sich in ihm der Sehnsucht heiße Kraft. Am nächsten Morgen sprach er zu seinem Vater: ,Alle Söhne der Kaufleute ziehen umher in der Welt, um zu erreichen, was ihnen gefällt; es gibt keinen unter ihnen, den sein Vater nicht mit Waren ausrüstet, so daß er mit ihnen reisen und durch sie Gewinn haben kann. Weshalb denn, lieber Vater, rüstest du mich nicht mit Kaufmannsgut aus, so daß auch ich damit auf Reisen gehen und mein Glück suchen kann?' ,Lieber Sohn,' erwiderte jener, ,solchen Kaufleuten fehlt es an Geld, und sie senden ihre

Söhne aus, damit sie verdienen und Gewinn haben und irdisches Gut erwerben. Ich aber besitze viel Geld und Gut, und es verlangt mich nicht nach mehr. Wie sollte ich dich in die Fremde schicken, da ich mich nicht eine Stunde von dir zu trennen vermag, zumal du einzig bist an Lieblichkeit, Schönheit und Vollkommenheit und ich um dich besorgt bin?' Doch der Sohn entgegnete ihm: ‚Lieber Vater, es ist nicht anders möglich, als daß du mich mit Waren ausrüstest, auf daß ich mit ihnen auf Reisen gehe; sonst muß ich, ohne daß du es weißt, entfliehen, sei es auch ohne Geld und ohne Waren. Wenn du also meine Sehnsucht stillen willst, so versieh mich mit Waren, auf daß ich hinausziehe und mir die Länder der Menschen ansehe.' Als nun der Kaufmann sah, daß der Jüngling sein Herz an das Reisen gehängt hatte, tat er das seiner Gattin kund, indem er zu ihr sprach: ‚Dein Sohn wünscht, daß ich ihm Waren rüste, mit denen er in die Fremde ziehen möchte, wiewohl die Fremdlingsschaft nur Mühen schafft.' Seine Gattin gab ihm zur Antwort: ‚Wie kann dir daraus ein Schaden erwachsen? Das ist doch die Gewohnheit der jungen Kaufleute; sie alle wetteifern um den Ruhm der Reisen und des Verdienstes.' Er sagte darauf: ‚Die meisten Kaufleute sind arm und erstreben mehr Besitz; ich aber habe doch Reichtum in Fülle.' ‚Zuwachs an Gut schadet nichts,' erwiderte sie, ‚und wenn du es ihm nicht erlaubst, so werde ich ihm aus meinem eigenen Geld Waren verschaffen.' Doch der Kaufmann fuhr fort: ‚Ich fürchte für ihn die Fremdlingsschaft, da sie doch nur arge Mühsal schafft.' Dem entgegnete sie: ‚In der Wanderschaft liegt kein Verderben, wenn sie dazu dient, Gewinn zu erwerben. Wenn wir nicht einwilligen, so wird unser Sohn fortgehen, und wir werden ihn suchen und nicht finden; dann werden wir ins Gerede kommen bei den Menschen.' Der Kaufmann nahm den Rat seiner Frau an und versah seinen Sohn mit Waren im Werte von tausend Dinaren; die Mutter aber gab ihm dazu einen Beutel mit vierzig Siegelsteinen, kostbaren Juwelen, von denen ein jeder zum mindesten den Wert von fünfhundert Dinaren hatte, und sie sprach: ‚Mein Sohn, hüte diese Edelsteine; denn sie werden dir von Nutzen sein!' So nahm denn Kamar ez-Zamân all das Gut und machte sich auf den Weg nach Basra. – –«

Da bemerkte Schehrezâd, daß der Morgen begann, und sie hielt in der verstatteten Rede an. Doch als die *Neunhundertundsiebenundsechzigste Nacht* anbrach, fuhr sie also fort: »Es ist mir berichtet worden, o glücklicher König, daß Kamar ez-Zamân all das Gut nahm und sich auf den Weg nach Basra machte, nachdem er die Edelsteine in einen Gürtel getan und sich den um den Leib gebunden hatte. So zog er denn immer weiter dahin, bis zwischen ihm und Basra nur noch eine Tagereise lag. Dort aber fielen die Beduinen über ihn her und plünderten ihn aus; und als sie seine Leute und Diener töteten, warf er sich unter die Erschlagenen und wälzte sich im Blut, so daß die Beduinen glaubten, er sei tot, und ihn liegen ließen, ohne daß einer näher an ihn heranging. Dann nahmen sie seine Güter und eilten davon. Nachdem aber die Räuber ihrer Wege gegangen waren, erhob sich Kamar ez-Zamân unter den Toten und schritt weiter; und nun besaß er nichts mehr als die Edelsteine, die in seinem Gürtel waren. Ohne Aufenthalt zog er dahin, bis er in Basra ankam. Nun traf es sich, daß der Tag seiner Ankunft ein Freitag war; und da war die Stadt menschenleer, wie es der Derwisch erzählt hatte. Er fand die Basare verlassen und die Läden offen, doch voll von Waren; so aß er und trank und schaute sich um. Während er das tat, hörte er plötzlich, wie die Trommeln geschlagen wurden; darum verbarg er sich

in einem Laden, und dann kamen die Mädchen, und er sah sie
an. Als er aber die Herrin auf ihrem Rosse erblickte, ergriff ihn
der Liebe Leidenschaft, er war von Sehnsucht und Verlangen
wie hinweggerafft, und zum Stehen hatte er nicht mehr die
Kraft. Nach einer Weile erschienen die Leute wieder, und die
Basare füllten sich. Da ging er auf den Basar und begab sich zu
einem Juwelier; dem zeigte er einen von den vierzig Edelsteinen, der tausend Dinare wert war, und nachdem er ihn ihm
verkauft hatte, kehrte er an seine Stätte zurück. Dort verbrachte
er die Nacht, und am nächsten Morgen wechselte er seine
Kleider, begab sich ins Badehaus, und als er heraustrat, sah er
wie der Vollmond aus. Danach verkaufte er vier Siegelsteine
um viertausend Dinare; und nun wandelte er durch die Straßen von Basra dahin, angetan mit den prächtigsten Kleidern,
bis er zu einem Basar kam, in dem er einen Barbier erblickte.
Zu dem ging er hinein, und nachdem jener ihm das Haupt geschoren hatte, schloß er Freundschaft mit ihm; dann sagte er
zu ihm: ,Mein Vater, ich bin ein Fremdling im Lande; gestern
kam ich in diese Stadt, und da fand ich sie verlassen von denen,
die hier wohnen, ja, niemand war dort, weder Menschen noch
Dämonen. Dann aber erblickte ich Mädchen und unter ihnen
eine Herrin, die im Festzug dahinritt.' So erzählte er ihm, was
er gesehen hatte; da fragte ihn der Barbier: ,Mein Sohn, hast
du schon jemand anders als mir davon erzählt?' ,Nein', erwiderte der Jüngling; und der Barbier fuhr fort: ,Mein Sohn,
hüte dich, diese Worte vor irgend jemand anders zu erwähnen! Denn nicht alle Leute können Worte und Geheimnisse für
sich behalten; und du bist noch ein unerfahrener Jüngling. Ich
fürchte für dich, das Gerede könnte von Mund zu Mund eilen,
bis es die Leute erreicht, die es angeht; und dann würden sie
dich umbringen. Wisse, mein Sohn, was du gesehen hast, hat

man noch nie gesehen und kennt man auch nicht außer in dieser Stadt. Die Leute von Basra sterben hin durch diese Plage; jeden Freitag am Vormittag müssen sie ihre Hunde und Katzen einschließen und verhindern, daß sie auf die Basare laufen; und alle Einwohner der Stadt müssen in die Moscheen gehen und die Türen hinter sich verschließen. Keiner von ihnen darf über den Basar gehen noch aus einem Fenster schauen; und niemand weiß die Ursache dieser Plage. Aber, mein Sohn, heute abend will ich meine Frau nach dem Grunde fragen; denn sie ist eine Wehmutter, die in die Häuser der Vornehmen kommt und weiß, was in dieser Stadt vorgeht. So Allah will, komm du morgen wieder zu mir; dann will ich dir kundtun, was sie mir berichtet hat.' Da zog der Jüngling eine Handvoll Gold hervor und sprach: ,Mein Vater, nimm dies Gold und gib es deiner Gattin; denn sie ist meine Mutter geworden!' Dann zog er eine zweite Handvoll hervor und sprach: ,Nimm dies für dich!' Der Barbier aber sprach: ,Mein Sohn, bleib sitzen, wo du bist; ich will indessen zu meiner Frau eilen und sie fragen und dir dann die rechte Nachricht bringen!' So ließ er jenen im Laden, lief zu seiner Frau und erzählte ihr von dem Jüngling. Und er sprach zu ihr: ,Ich wünsche, daß du mir die Wahrheit sagst über das, was in dieser Stadt vorgeht, damit ich es diesem jungen Kaufmann berichten kann; denn er ist von heißem Begehren erfüllt, die Wahrheit darüber zu erfahren, weshalb die Menschen und die Tiere jeden Freitag am Vormittag nicht auf die Basare kommen dürfen. Mich dünkt, er ist ein Liebender, denn er ist freigebig und hat eine offene Hand; und wenn wir ihm die Sache mitteilen, so können wir viel Nutzen von ihm haben.' Darauf gab sie ihm zur Antwort: ,Geh hin und hole ihn, indem du zu ihm sprichst: ,Komm und sprich mit deiner Mutter, meiner Frau; denn sie läßt dich grü-

ßen und dir sagen, daß dein Ziel erreicht ist!' Alsbald kehrte er
zum Laden zurück; und als er Kamar ez-Zamân dort sitzen
und auf ihn warten fand, tat er ihm alles kund, indem er zu
ihm sprach: ,Laß uns zu deiner Mutter, meiner Frau, gehen;
denn sie läßt dir sagen, daß dein Ziel erreicht ist!' Und er nahm
ihn mit sich und führte ihn, bis sie zu der Frau eintraten; die
hieß den Jüngling willkommen und bat ihn, sich zu setzen. Er
aber zog hundert Dinare heraus und gab sie ihr mit den Worten: ,Liebe Mutter, sage mir, wer diese junge Herrin ist!' Sie
gab ihm zur Antwort: ,Mein Sohn, wisse, der Sultan von
Basra erhielt einst von dem König von Indien ein Juwel und
wünschte es durchbohrt zu sehen. Da ließ er alle Juweliere
kommen und sprach zu ihnen: ,Ich wünsche, daß ihr mir dies
Juwel durchbohrt. Wer das für mich vollbringt, der darf sich
etwas von mir wünschen; und was er nur verlangt, das werde
ich ihm geben. Aber wenn er es zerbricht, so werde ich ihm
den Kopf abschlagen lassen.' Darüber erschraken sie und sprachen: ,O größter König unserer Zeit, ein Juwel nimmt leicht
Schaden, und es ist selten, daß jemand es durchbohrt, indem
es ganz heil bleibt; denn die meisten haben einen Sprung. Darum erlege uns nichts auf, was wir nicht vollbringen können;
unseren Händen wird es doch nicht gelingen, diesen Edelstein
zu durchbohren! Aber unser Scheich ist erfahrener als wir.'
,Wer ist denn euer Scheich?' fragte der König; und sie antworteten ihm: ,Meister 'Obaid; er ist in dieser Kunst geschickter als wir, und er hat große Reichtümer und vortreffliche
Kenntnisse. Drum schicke nach ihm und laß ihn vor dich
kommen, und befiehl ihm, diesen Stein zu durchbohren!' Da
schickte der König nach ihm und gebot ihm, das Juwel zu
durchbohren, indem er ihm die genannte Bedingung auferlegte. Jener nahm es und durchbohrte es nach dem Wunsche

450

des Königs; darauf sprach dieser zu ihm: ‚Erbitte dir eine Gnade von mir, Meister!' Doch 'Obaid bat: ‚O größter König unserer Zeit, gib mir bis morgen Frist.' Der Grund davon war nämlich der, daß er sich mit seiner Frau beraten wollte; und seine Frau ist jene Herrin, die du im Prunkzug sahst. Er liebt sie inniglich, und in seiner herzlichen Neigung zu ihr tut er nichts, ohne sie vorher darüber um Rat zu fragen. Deshalb bat er auch um Aufschub für seinen Wunsch, um sich mit ihr zu beraten. Als er dann zu ihr kam, sprach er zu ihr: ‚Ich habe für den König ein Juwel durchbohrt, und er hat mir einen Wunsch verstattet; aber ich habe um Aufschub gebeten, auf daß ich dich um Rat fragen könnte. Was willst du nun, das ich erbitten soll?' Sie erwiderte: ‚Wir haben so viel Reichtümer, daß kein Feuer sie verzehren kann. Aber wenn du mich wirklich liebst, so erbitte von dem König, er möchte in den Straßen von Basra verkünden lassen, daß alle Einwohner der Stadt am Freitag zwei Stunden vor dem Gebet in die Moscheen gehen; niemand, weder groß noch klein, soll sich in der Stadt anderswo aufhalten als in der Moschee oder im Hause; und dann sollen sie die Türen der Moscheen und der Häuser hinter sich schließen und sollen die Läden der Stadt offen lassen. Ich aber will mit meinen Dienerinnen ausreiten und durch die Stadt ziehen, ohne daß mich jemand durch ein Fenster oder durch ein Gitter sieht; jeden, den ich draußen treffe, will ich töten lassen.' Der Mann ging zum König und bat ihn um diese Gnade; und der gewährte ihm seine Bitte und ließ unter den Leuten von Basra ausrufen.' – –«

Da bemerkte Schehrezâd, daß der Morgen begann, und sie hielt in der verstatteten Rede an. Doch als die *Neunhundertund-achtundsechzigste Nacht* anbrach, fuhr sie also fort: »Es ist mir berichtet worden, o glücklicher König, daß die Frau des Bar-

biers des weiteren erzählte: ‚Als der König dem Juwelier seine
Bitte gewährt hatte und unter dem Volke von Basra ausrufen
ließ, um was jener gebeten hatte, sagten die Leute: ‚Wir sind
um unsere Waren besorgt wegen der Katzen und der Hunde.‘
Nun befahl der König, die Tiere an jenem Tage einzusperren,
bis die Leute vom Freitagsgebet zurückkehrten. So begann
denn jene Herrin, an jedem Freitag zwei Stunden vor dem
Gebet auszureiten und im Prunkzug mit ihren Dienerinnen in
den Straßen von Basra umherzuziehen; dann darf niemand
über den Basar gehen noch durch ein Fenster oder durch ein
Gitter schauen. Dies ist also der Grund; und nun weißt du, wer
die Herrin ist; doch, mein Sohn, war es nur dein Wunsch,
von ihr Kunde zu erhalten, oder möchtest du mit ihr zusammentreffen?‘ ‚Liebe Mutter,‘ erwiderte er, ‚ich möchte mit ihr
zusammenkommen.‘ Dann fuhr sie fort: ‚Sage mir, was für
kostbare Schätze du bei dir hast!‘ Er antwortete: ‚Liebe Mutter,
ich habe vier Arten von wertvollen Edelsteinen bei mir; von
der ersten Art ist ein jeder fünfhundert Dinare wert, von der
zweiten ein jeder siebenhundert Dinare, von der dritten ein
jeder achthundert Dinare, von der vierten ein jeder tausend
Dinare.‘ Nun fragte sie ihn: ‚Bist du bereit, vier von ihnen zu
opfern?‘ ‚Ich will sie alle opfern‘, erwiderte er; und darauf riet
sie ihm: ‚Mache dich ohne Verzug auf, mein Sohn, und hole
einen Siegelstein, der fünfhundert Dinare wert ist! Dann frage
nach dem Laden des Meisters ’Obaid, des Scheichs der Juweliere; geh zu ihm, und du wirst ihn in seinem Laden sitzen
sehen, in prächtige Gewänder gekleidet und von seinen Gesellen umgeben. Grüße ihn, setz dich beim Laden nieder und
hol den Siegelstein heraus; dann sprich zu ihm: ‚Meister,
nimm diesen Stein und fasse ihn mir in einen goldenen Siegelring. Doch mach ihn nicht zu groß, sondern laß ihn nur ein

Mithkâl[1] wiegen, mehr nicht; mach aber ein schönes Stück Arbeit!' Dann gib ihm zwanzig Dinare und jedem der Gesellen einen Dinar; bleib auch eine Weile bei ihm sitzen und plaudere mit ihm, und wenn ein Bettler vorbeikommt, so gib ihm einen Dinar, um deine Freigebigkeit zu zeigen, auf daß der Meister dich lieb gewinnt! Darauf geh fort von ihm, begib dich in deine Wohnung und verbringe dort die Nacht! Am nächsten Morgen aber nimm hundert Dinare mit dir und gib sie deinem Vater hier; denn er ist ein armer Mann!' ,So sei es!' erwiderte der Jüngling, verließ die Frau und begab sich in den Chân. Von dort holte er einen Siegelstein, der fünfhundert Dinare wert war, und nahm ihn mit sich auf den Juwelenbasar; dann fragte er nach dem Laden des Meisters 'Obaid, des Scheichs der Juweliere, und man führte ihn zu ihm. Wie er den Laden erreicht hatte, sah er, daß der Scheich der Juweliere ein würdevoller Mann war und prächtige Kleider trug und daß er vier Gesellen unter sich hatte. Er sprach zu ihm: ,Friede sei mit Euch!' Und nachdem jener seinen Gruß erwidert und ihn willkommen geheißen hatte, bat er ihn, sich zu setzen. Der Jüngling tat es und zeigte ihm dann den Siegelstein, indem er sprach: ,Meister, ich möchte, daß du mir diesen Stein in einen goldenen Siegelring fassest; aber mach ihn nur ein Mithkâl schwer, nicht mehr, und verfertige mir daraus ein schönes Kleinod!' Dann zog er zwanzig Dinare heraus und sprach zu ihm: ,Nimm dies für das Gravieren, die Bezahlung des Ganzen bleibt für später!' Als er noch jedem Gesellen einen Dinar gab, gewannen die Leute ihn lieb, und auch Meister 'Obaid ward ihm geneigt. Danach blieb er sitzen und plauderte mit dem Scheich, und sooft ein Bettler zu ihm kam, gab er ihm einen Dinar, so daß die Leute seine Freigebigkeit bewunder-

1. Vgl. Band I, Seite 556, Anmerkung

ten. Nun hatte Meister 'Obaid auch Werkzeuge in seinem Hause, gleich denen, die er im Laden hatte; und er pflegte, wenn er eine ganz besondere Arbeit verfertigen wollte, diese in seinem Hause herzustellen, damit die Gesellen diese besondere Kunstfertigkeit nicht von ihm lernen sollten. Dann pflegte die Herrin, seine Gattin, vor ihm zu sitzen; und wenn sie so dasaß und er sie anblickte, pflegte er wunderbar schöne Sachen zu arbeiten, wie sie sich nur für Könige geziemten. Darum setzte er sich auch, um diesen Siegelring in wunderbarer Weise zu gestalten, in seinem Hause nieder. Und als seine Frau ihn sah, fragte sie ihn: ‚Was willst du mit diesem Siegelsteine machen?‘ Er antwortete: ‚Ich will ihn in einen goldenen Ring fassen; denn er ist fünfhundert Dinare wert.‘ Weiter fragte sie: ‚Für wen?‘ Und er erwiderte: ‚Für einen jungen Kaufmann, der schön von Gestalt ist. Er hat Augen, die Wunden schlagen, und Wangen, die Feuer in sich tragen. Sein Mund ist wie der Siegelring des Sulaimân[1]; seine Wangen gleichen der Anemone des Nu'mân.[2] Aus seinen Lippen scheinen Korallen hervorzuquellen; und er hat einen Hals gleich dem der Gazellen. Seine Haut ist weiß, mit Rot überhaucht, er ist zierlich und lieblich, auch ist er freigebig und hat soundso gehandelt.‘ Und so schilderte er ihr bald seine Schönheit und Lieblichkeit, bald seinen Edelmut und seine Vollkommenheit; ja, er beschrieb ihr seine Reize und seine edle Art so lange, bis sie von Liebe zu ihm erfüllt ward; denn es gibt keinen größeren Kuppler als den, der seiner Frau von einem Manne erzählt, er besitze Schönheit und Lieblichkeit und in Sachen des Geldes übermäßige Freigebigkeit. Als nun die Sehnsucht in ihr überhand nahm, fragte sie ihn: ‚Findet sich in ihm auch etwas von meinen Reizen?‘ Und er antwortete ihr: ‚Alle deine Reize insgesamt sind

1. Das ist König Salomo. – 2. Das sind rote Anemonen.

in ihm vereint; er scheint dein Ebenbild zu sein. Auch ist er an Alter etwa dir gleich; und wenn ich nicht fürchtete, dich zu verletzen, so würde ich sagen, er sei noch tausendmal schöner als du.' Da schwieg sie; aber das Feuer der Liebe war in ihrem Herzen entzündet. Und der Juwelier plauderte immer weiter mit ihr, indem er die Reize des Jünglings aufzählte, bis er den Siegelring fertig geschmiedet hatte. Dann reichte er ihn ihr; sie schob ihn auf ihren Finger, und er paßte genau darauf. Da sprach sie: ‚Mein Gebieter, mein Herz hat diesen Siegelring lieb gewonnen; ich wünschte, er gehörte mir, und ich möchte ihn nicht wieder von meinem Finger nehmen.' Er gab ihr zur Antwort: ‚Hab Geduld! Sein Eigentümer ist großherzig; ich will versuchen, ihn von ihm zu kaufen, und wenn er ihn mir verkauft, so will ich ihn dir bringen. Oder wenn er noch einen anderen solchen Stein hat, so will ich ihn für dich kaufen und ihn einfassen wie diesen.' – –«

Da bemerkte Schehrezâd, daß der Morgen begann, und sie hielt in der verstatteten Rede an. Doch als die *Neunhundertund-neunundsechzigste Nacht* anbrach, fuhr sie also fort: »Es ist mir berichtet worden, o glücklicher König, daß der Juwelier zu seiner Frau sprach: ‚Hab Geduld! Der Eigentümer des Ringes ist großherzig; ich will versuchen, ihn von ihm zu kaufen, und wenn er ihn mir verkauft, so will ich ihn dir bringen. Oder wenn er noch einen anderen solchen Stein hat, so will ich ihn kaufen und ihn für dich einfassen wie diesen.' So stand es nun um den Juwelier und seine Gattin.

Kamar ez-Zamân aber verbrachte die Nacht in seiner Wohnung, und am folgenden Morgen nahm er hundert Dinare und brachte sie der Alten, der Frau des Barbiers, indem er zu ihr sprach: ‚Nimm diese hundert Dinare!' Doch sie erwiderte ihm: ‚Gib sie deinem Vater!' Da gab er sie dem Barbier. Dann fragte

455

sie den Jüngling: ‚Hast du getan, wie ich dir geraten habe?‘
‚Jawohl‘, antwortete er; und sie fuhr fort: ‚Wohlan, begib
dich jetzt zum Scheich der Juweliere. Wenn er dir den Ring
gibt, so tu ihn auf die Spitze deines Fingers und zieh ihn eilig
wieder ab und sprich zu ihm: ‚Meister, du hast dich versehen,
der Ring ist zu eng geworden.‘ Dann wird er zu dir sagen:
‚Kaufmann, soll ich ihn zerbrechen und weiter machen?‘ Doch
du erwidere ihm: ‚Es scheint mir nicht nötig, ihn zu zerbrechen und neu zu schmieden. Nimm ihn und gib ihn einer deiner Sklavinnen!‘ Dann zeige ihm einen anderen Stein, der
siebenhundert Dinare wert ist, und sprich zu ihm: ‚Nimm diesen Stein und fasse ihn für mich; er ist noch schöner als jener!‘
Ferner gib ihm dreißig Dinare und gib jedem Gesellen zwei
Dinare und sprich zu ihm: ‚Diese Goldstücke sind für das Gravieren; die Bezahlung des Ganzen bleibt für später.‘ Darauf
kehre in deine Wohnung zurück, verbringe die Nacht dort
und komme am Morgen mit zweihundert Dinaren zu mir; so
will ich dir alles mitteilen, was noch weiter zu tun ist.‘ Darauf
ging der Jüngling zu dem Juwelier; und der hieß ihn willkommen und bat ihn, sich in seinem Laden zu setzen. Nachdem der Jüngling sich gesetzt hatte, sprach er: ‚Hast du den
Auftrag ausgeführt?‘ ‚Jawohl‘, erwiderte der Juwelier und
reichte ihm den Ring; Kamar ez-Zamân nahm ihn und tat ihn
auf die Spitze seines Fingers, aber dann zog er ihn rasch wieder
herunter und sprach: ‚Du hast dich versehen, Meister.‘ Und er
warf ihn ihm zu mit den Worten: ‚Er ist zu eng für meinen
Finger.‘ Da fragte der Juwelier ihn: ‚Kaufmann, soll ich ihn
weiter machen?‘ Doch jener entgegnete: ‚Nein; nimm ihn
als Geschenk und steck ihn einer deiner Sklavinnen an! Er ist
nicht viel wert, nur fünfhundert Dinare; es lohnt sich nicht,
ihn neu zu fassen.‘ Dann zeigte er ihm einen anderen Siegel-

stein, der siebenhundert Dinare wert war, und sprach zu ihm:
‚Mach mir den zurecht!' Darauf gab er ihm dreißig Goldstücke und jedem der Gesellen zwei. Doch der Juwelier sagte:
‚Hoher Herr, wir wollen den Preis nehmen, wenn wir den
Ring geschmiedet haben.' Kamar ez-Zamân jedoch rief: ‚Das
ist nur für das Gravieren; die Bezahlung des Ganzen bleibt für
später.' Dann verließ er ihn und ging fort; der Juwelier aber
war ganz verwirrt durch die große Freigebigkeit von Kamar
ez-Zamân, und desgleichen waren es die Gesellen. Nun eilte
der Juwelier zu seiner Gattin und sprach zu ihr: ‚O du, noch
nie hat mein Auge einen freigebigeren Mann gesehen als diesen Jüngling; und du hast wirklich großes Glück, denn er hat
mir den Ring umsonst geschenkt und zu mir gesagt, ich sollte
ihn einer meiner Sklavinnen geben.' Und so erzählte er ihr,
was geschehen war, und schloß mit den Worten: ‚Dieser Jüngling kann nicht zu den Söhnen der Kaufleute gehören; er muß
einer der Söhne der Könige und Sultane sein.' Je mehr er ihn
pries, desto stärker ward in ihr die Leidenschaft und der Liebe
heiße Kraft. Sie schob also den Ring auf ihren Finger, während der Juwelier einen zweiten schmiedete, der ein wenig
weiter war als der erste. Als er mit seiner Arbeit fertig war,
schob sie den neuen Ring auf ihren Finger, und zwar etwas
tiefer als den ersten; dann rief sie: ‚Mein Gebieter, sieh, wie
schön die beiden Ringe an meinem Finger sind! Ich möchte,
daß beide Ringe mir gehören!' Doch er entgegnete ihr: ‚Gedulde dich! Vielleicht kann ich den zweiten für dich kaufen.'
Dann schlief er die Nacht hindurch, und am nächsten Morgen
nahm er den Ring und begab sich in seinen Laden.

Wenden wir uns nun von dem Juwelier wieder zu Kamar ez-
Zamân! Der begab sich am Morgen zu der Alten, der Frau des
Barbiers, und gab ihr zweihundert Dinare. Und sie sprach zu

ihm: ,Begib dich zu dem Juwelier, und wenn er dir den Ring gibt, so stecke ihn auf deinen Finger und zieh ihn eilends wieder ab, indem du sagst: ,Du hast dich versehen, Meister; der Ring ist zu weit geworden! Wenn zu einem Meister, wie du es bist, jemand wie ich mit einem Auftrag kommt, so geziemt es sich, daß er das rechte Maß nimmt. Hättest du das Maß meines Fingers genommen, so hättest du dich nicht versehen!' Dann zeige ihm einen anderen Stein, der tausend Dinare wert ist, und sprich zu ihm: ,Nimm diesen und mache ihn mir zurecht; den Ring da gib einer deiner Sklavinnen!' Ferner gib ihm vierzig Dinare und jedem der Gesellen drei, indem du zu ihm sagst: ,Dies ist für das Gravieren; die Bezahlung des Ganzen bleibt für später.' Dann beachte, was er sagen wird. Hernach komm zu uns mit dreihundert Dinaren und gib sie deinem Vater, auf daß er durch sie sich besser durch die Zeit helfe; denn er ist ein armer Mann.' ,Ich höre und gehorche!' erwiderte der Jüngling und begab sich alsbald zu dem Juwelier. Der hieß ihn willkommen, bat ihn, sich zu setzen, und reichte ihm den Ring; Kamar ez-Zamân steckte ihn auf seinen Finger, nahm ihn aber eilends wieder ab und sprach: ,Wenn zu einem Meister, wie du es bist, jemand wie ich mit einem Auftrag kommt, so gebührt es sich, daß er das rechte Maß nimmt. Hättest du das Maß meines Fingers genommen, so hättest du dich nicht versehen. Nimm den Ring und gib ihn einer deiner Sklavinnen!' Darauf zeigte er ihm einen Stein, der tausend Dinare wert war, und fuhr fort: ,Nimm diesen und fasse ihn mir in einen Ring nach dem Maße meines Fingers!' ,Du sprichst wahr, du hast recht', erwiderte 'Obaid und nahm das Maß. Der Jüngling aber zog vierzig Dinare heraus und sprach: ,Nimm dies für das Gravieren; die Bezahlung des Ganzen bleibe für später!' ,Hoher Herr,' sagte der Juwelier, ,wieviel

Lohn haben wir dir schon abgenommen! Deine Güte gegen uns ist zu groß!' ,Das ist nicht der Rede wert', erwiderte Kamar ez-Zamân; und er plauderte wiederum eine Weile mit ihm und gab jedem Bettler, der an ihm vorbeikam, einen Dinar. Dann verließ er ihn und ging davon.

Sehen wir nun, was der Juwelier weiter tat! Er begab sich nach Hause und sprach zu seiner Gattin: ,Wie freigebig ist doch dieser junge Kaufmann! Ich habe nie einen Menschen gesehen, der freigebiger wäre als er, nie einen, der schöner wäre als er, ja, auch keinen, der lieblicher zu reden wüßte als er!' Und wie er ihr so seine Reize und seinen Edelmut schilderte und ihn über die Maßen pries, rief sie: ,O du Mann ohne Lebensart, nachdem du solche Eigenschaften an ihm kennen gelernt hast und er dir zwei wertvolle Siegelringe geschenkt hat, geziemt es sich doch für dich, ihn einzuladen und ein Gastmahl für ihn herzurichten und ihm jegliche Freundlichkeit zu erzeigen. Wenn er sieht, daß du ihn gern hast, und in unser Haus kommt, so wirst du vielleicht noch viel Gutes von ihm erfahren. Wenn du ihm aber ein Gastmahl nicht gönnst, so lad ihn ein, und ich will ihn auf meine eigenen Kosten bewirten.' Er entgegnete ihr: ,Kennst du mich etwa als einen Knauser, daß du solche Worte sprichst?' Darauf sagte sie: ,Du bist kein Knauser; aber dir fehlt es an Lebensart. Lad ihn noch heute abend ein und komm nicht ohne ihn zurück! Wenn er ablehnt, so beschwöre ihn bei der Scheidung und bitte ihn dringend!' ,Herzlich gern', erwiderte er; doch dann schmiedete er den Ring, legte sich schlafen und begab sich am Morgen des nächsten Tages zu seinem Laden. Dort setzte er sich nieder.

Kamar ez-Zamân andererseits holte dreihundert Dinare, ging zu der Alten und gab sie ihr für ihren Gatten. Da sagte sie zu ihm: ,Wahrscheinlich wird er dich heute einladen; wenn er das tut und du bei ihm die Nacht verbringst, so erzähle mir am Morgen alles, was du erlebt hast; bring dann aber auch vierhundert Dinare mit und gib sie deinem Vater!' ,Ich höre und gehorche!' antwortete der Jüngling; und sooft er kein Geld mehr hatte, verkaufte er einige Steine. Er begab sich also wieder zu dem Juwelier, und der erhob sich vor ihm und nahm ihn in seine Arme, und indem er ihn herzlich begrüßte, schloß er Freundschaft mit ihm. Dann holte er den Siegelring hervor; Kamar ez-Zamân fand ihn genau nach dem Maße seines Fingers, allein er sprach:, Allah segne dich, du Herr aller Meister! Dein Werk paßt jetzt, aber ich mag den Stein nicht.' – –«

Da bemerkte Schehrezâd, daß der Morgen begann, und sie hielt in der verstatteten Rede an. Doch als die *Neunhundertund-siebenzigste Nacht* anbrach, fuhr sie also fort: »Es ist mir berichtet worden, o glücklicher König, daß Kamar ez-Zamân zu dem Juwelier sprach: ,Dein Werk paßt jetzt; aber ich mag den Stein nicht. Ich habe noch einen schöneren; behalt diesen und gib ihn einer deiner Sklavinnen!' Dann holte er wieder einen anderen hervor und gab ihm hundert Dinare, indem er sprach: ,Nimm deinen Lohn und nimm es uns nicht übel, daß wir dir so viel Mühe gemacht haben!' Darauf erwiderte ihm 'Obaid: ,O Kaufmann, alle Mühe, die wir gehabt haben, hast du uns schon vergolten; denn du hast uns mit deiner Güte überhäuft, so daß mein Herz dich lieb gewonnen hat, und ich kann es nicht ertragen, mich von dir zu trennen. Um Allahs willen, ich bitte dich, sei heute nacht mein Gast und erfreue meine Seele!' Der Jüngling erwiderte: ,Das soll gern geschehen; doch ich muß vorher in den Chân gehen und meinen Dienern Anweisungen geben und ihnen sagen, daß ich heute nacht auswärts schlafen werde, damit sie nicht auf mich warten.' ,In welchem Chân bist du eingekehrt?' fragte der Juwelier; und

Kamar ez-Zamân antwortete: ‚In dem Chân Soundso.‘ Weiter fragte 'Obaid: ‚Darf ich dich dort abholen?‘ ‚Das mag gern geschehen‘, erwiderte der Jüngling. So begab sich denn der Juwelier vor Sonnenuntergang zu jenem Chân; denn er fürchtete, seine Gattin würde ihm zürnen, wenn er ohne den Gast nach Hause käme. Und er nahm den Jüngling mit und führte ihn in sein Haus; dort setzten sich die beiden in einem unvergleichlich schönen Saal nieder; die Herrin aber hatte den jungen Kaufmann gesehen, wie er hereinkam, und sie war von ihm bezaubert. Dann plauderten die beiden, bis das Nachtmahl aufgetragen ward; und nachdem sie gegessen und getrunken hatten, wurden der Kaffee und die Scherbette gebracht. Und weiter unterhielt der Juwelier seinen Gast bis zur Zeit des Nachtgebets; da verrichteten beide ihre Andachtspflicht. Darauf kam eine Dienerin zu ihnen mit zwei Schalen, die mit einem Trank gefüllt waren. Nachdem sie den getrunken hatten, überkam sie die Müdigkeit, und sie schliefen ein. Nun aber trat die junge Herrin ein, und als sie die beiden schlafen sah, schaute sie Kamar ez-Zamân ins Antlitz, und ihr Sinn ward berückt von seiner Anmut. Da sprach sie: ‚Wie kann der schlafen, der die Schönen liebt?‘ Und sie wandte ihn um, so daß er auf dem Rücken lag, und setzte sich auf seine Brust. Überwältigt von wilder Leidenschaft bedeckte sie seine Wangen mit einem Schauer von Küssen, so daß die Spuren davon auf ihnen zurückblieben, denn sie wurden hochrot; und die Haut über den Wangenknochen leuchtete hell. Dann begann sie an seinen Lippen zu saugen, und sie sog an ihnen so lange, bis ihr das Blut in den Mund rann; aber trotzdem blieb ihr Feuer ungelöscht wild, und ihr Durst ward nicht gestillt. Und immer wieder küßte sie ihn und schloß ihn in die Arme ein und umschlang Bein mit Bein, bis der Morgen seine schimmernde Stirn erhob und das Frührot die Welt mit seinen Strahlen durchwob. Nun legte sie vier Spielknöchel in seine Tasche, verließ ihn und ging davon; und dann schickte sie ihre Dienerin mit einem Pulver, das dem Schnupftabak glich, und die tat es ihnen in die Nase, so daß sie niesten und aufwachten. Da sagte die Dienerin zu ihnen: ‚Bedenket, meine Herren, das Gebet ist Pflicht; drum erhebt euch zum Frühgebet!‘ Und sie brachte ihnen Becken und Kanne. Kamar ez-Zamân aber rief: ‚Meister, es ist spät geworden, wir haben uns verschlafen.‘ Und der Juwelier sprach zu dem Kaufmanne: ‚Mein Freund, der Schlaf in diesem Zimmer ist schwer; jedesmal, wenn ich hier schlafe, ergeht es mir so.‘ Jener erwiderte: ‚Du hast recht.‘ Darauf begann Kamar ez-Zamân die religiöse Waschung vorzunehmen; doch als er sein Gesicht mit dem Wasser berührte, brannten ihm Wangen und Lippen, und er rief: ‚Sonderbar, wenn die Luft in diesem Saale drückend ist und wir in tiefen Schlaf versunken gewesen sind, wie kommt es denn, daß meine Wangen und Lippen so brennen?‘ Und wiederum rief er: ‚Meister, mir brennen die Wangen und die Lippen!‘ Jener antwortete ihm: ‚Mich deucht, das kommt von Stichen der Mücken.‘ Doch der Jüngling fuhr fort: ‚Seltsam! Geht es dir denn auch so wie mir?‘ ‚Nein,‘ erwiderte ’Obaid, ‚aber immer, wenn ein Gast wie du bei mir ist, klagt er am Morgen über die Stiche der Mücken; doch es geschieht nur, wenn er bartlos ist wie du. Ist er bärtig, so sammeln sich die Mücken nicht bei ihm; mich hat nur mein Bart gegen die Mücken geschützt. Es scheint, als ob die Mücken bärtige Männer nicht lieben.‘ ‚Du hast wohl recht‘, sagte der Jüngling. Dann brachte die Dienerin ihnen das Frühmahl, und nachdem die beiden gespeist hatten, gingen sie fort. Kamar ez-Zamân begab sich zu der Alten; und als die ihn erblickte, sprach sie:

‚Ich sehe die Spuren des genossenen Glücks auf deinem Antlitz; berichte mir, was du erlebt hast!' Er gab zur Antwort: ‚Ich
habe nichts erlebt. Ich habe nur mit dem Hausherrn in einem
Saale zur Nacht gespeist; dann haben wir das Nachtgebet gesprochen und sind eingeschlafen und erst am Morgen wieder
aufgewacht.' Doch sie lachte und fragte: ‚Was sind das für
Spuren auf deiner Wange und auf deiner Lippe?' ‚Das haben
die Mücken im Saale mir angetan', antwortete er; und sie fuhr
fort: ‚Du magst recht haben; aber ist es dem Hausherrn auch
so ergangen wie dir?' ‚Nein,' erwiderte er, ‚aber er hat mir
gesagt, daß die Mücken jenes Saales bärtige Männer nicht belästigen, sondern sich nur bei bartlosen sammeln. Sooft ein
bartloser Gast bei ihm sei, beklage er sich am Morgen über die
Stiche der Mücken; wenn der Gast aber einen Bart habe, so
geschehe ihm nichts dergleichen.' Darauf sagte sie: ‚Du magst
recht haben; doch sage mir, hast du sonst nichts bemerkt?' Er
sprach: ‚Ich habe vier Spielknöchel in meiner Tasche gefunden.' Als sie dann bat: ‚Zeige sie mir', gab er sie ihr, und sie
nahm sie, lachte und fuhr fort: ‚Diese Knöchel hat deine Geliebte dir in die Tasche gesteckt!' ‚Wieso?' fragte er; und sie
erklärte ihm: ‚Sie deutet dir dadurch an: ‚Wenn du ein Liebender wärest, so würdest du nicht schlafen; denn wer liebt, der
schläft nicht. Aber du bist immer noch ein Kind, und für dich
paßt sich nur das Spielen mit diesen Knöcheln. Was trieb
dich denn an, die Schönen zu lieben?' Sie ist bei Nacht zu dir
gekommen und hat dich schlafend gefunden; dann hat sie dir
die Wangen wund geküßt und dir dies Zeichen hinterlassen.
Aber das wird ihr nicht genügen; sie wird sicherlich ihren
Gatten wieder zu dir schicken, daß er dich heute abend einlade.
Wenn du dann mit ihm gegangen bist, so eile nicht mit dem
Einschlafen; morgen nimm fünfhundert Dinare mit und

komm und berichte mir, was dann geschehen sein wird. Ich will dir den Plan vollenden.' ,Ich höre und gehorche!' erwiderte er ihr und begab sich alsbald zu dem Chân.

Wenden wir uns nun von ihm zu der Frau des Juweliers! Die fragte ihren Gatten: ,Ist der Gast fortgegangen?' ,Jawohl', gab er zur Antwort, ,aber du, die Mücken haben ihn in der Nacht geplagt und ihm die Wangen und Lippen zerstochen, so daß ich mich vor ihm schämte.' Darauf sagte sie: ,Das tun die Mücken unseres Saales immer; sie lieben ja nur die Bartlosen. Aber lad ihn doch wieder für heute nacht ein!' So begab er sich denn zu dem Chân, in dem der Jüngling wohnte, lud ihn ein und führte ihn wieder in den Saal. Dort aßen und tranken die beiden und verrichteten das Nachtgebet; dann kam die Dienerin zu ihnen herein und gab einem jeden eine Schale mit dem Trank. – –«

Da bemerkte Schehrezâd, daß der Morgen begann, und sie hielt in der verstatteten Rede an. Doch als die *Neunhundertundeinundsiebenzigste Nacht* anbrach, fuhr sie also fort: »Es ist mir berichtet worden, o glücklicher König, daß die Dienerin zu den beiden hereinkam und einem jeden eine Schale mit dem Tranke gab; und beide tranken und schliefen ein. Darauf kam die Herrin und sprach: ,Du Schlingel, wie kannst du schlafen und behaupten, du seiest ein Liebender? Der Liebende schläft nicht!' Darauf setzte sie sich wieder auf seine Brust und fiel über ihn her mit Küssen und Beißen und Saugen und Liebesspiel bis zum Morgen; nachdem sie ihm dann ein Messer in die Tasche gesteckt hatte, schickte sie ihre Dienerin zur Zeit des Frühgebets. Die weckte die beiden; doch die Wangen des Jünglings waren von so einer heißen Röte bedeckt, daß es schien, als ob sie von Feuer glühten, und seine Lippen waren wie Korallen von all dem Saugen und Küssen. Der Juwelier fragte ihn: ‚Haben die Mücken dich vielleicht wieder geplagt?‘ ‚Nein‘, erwiderte jener; denn da er jetzt das Treiben erkannt hatte, unterließ er es, zu klagen. Dann jedoch bemerkte er das Messer in seiner Tasche; aber er schwieg. Nachdem er das Frühmahl gegessen und den Kaffee getrunken hatte, verließ er den Juwelier und begab sich zum Chân. Dort holte er fünfhundert Dinare und ging dann zu der Alten und berichtete ihr, was er erlebt hatte, indem er sprach: ‚Sieh, ich bin wider meinen Willen eingeschlafen; und als ich am Morgen erwachte, bemerkte ich nichts, als daß ich ein Messer in der Tasche hatte.‘ Da rief sie: ‚Möge Allah dich in der nächsten Nacht vor ihr schützen! Denn jetzt deutet sie dir an: ‚Wenn du noch einmal schläfst, so töte ich dich.‘ Du wirst heute nacht wieder bei ihnen zu Gaste sein, und wenn du dann schläfst, schneidet sie dir den Hals ab.‘ ‚Was soll ich denn tun?‘ fragte er darauf; und sie sprach: ‚Sage mir, was du dort vor dem Einschlafen issest und trinkst!‘ Er sagte: ‚Wir essen zu Abend wie alle Leute; dann kommt nach dem Abendgebet eine Dienerin und gibt einem jeden von uns eine Schale mit einem Trank. Sobald ich meine Schale geleert habe, schlafe ich ein und wache erst wieder am Morgen auf.‘ Da fuhr sie fort: ‚Das Unheil liegt in der Schale. Nimm sie hin, aber trink nicht aus ihr, sondern warte, bis der Herr des Hauses getrunken hat und eingeschlafen ist! Wenn die Dienerin sie dir reicht, so sprich zu ihr: ‚Gib mir einen Trunk Wasser!‘ Wenn sie dann geht, um dir den Wasserkrug zu holen, so gieß die Schale hinter dem Kissen aus und stelle dich schlafend. Sobald sie mit dem Kruge zurückkommt, wird sie glauben, du seiest nach dem Trunk aus der Schale eingeschlafen, und wird dich verlassen. Nach einer Weile wird dir alles klar werden. Hüte dich aber, meinem Rate zuwider zu handeln!‘ ‚Ich höre und gehorche!‘ sagte er und begab sich zum Chân.

Hören wir nun, was weiter geschah! Die Gattin des Juweliers sprach inzwischen zu ihrem Manne: ‚Einen Gast bewirtet man drei Nächte; lad ihn also ein drittes Mal ein!‘ Da begab er sich zu dem Jüngling, lud ihn ein, nahm ihn mit und führte ihn in den Saal. Nachdem die beiden zu Nacht gegessen und das Abendgebet verrichtet hatten, trat auch schon die Dienerin ein und gab einem jeden seine Schale; der Hausherr trank und schlief ein. Kamar ez-Zamân jedoch trank nicht; und als die Dienerin ihn fragte: ‚Trinkst du nicht, mein Gebieter?‘ sprach er zu ihr: ‚Ich bin durstig; hole mir den Wasserkrug!‘ Während sie hinging, um ihm den Krug zu bringen, goß er die Schale hinter dem Kissen aus und legte sich nieder; und als die Dienerin zurückkam und ihn schlafen sah, meldete sie es ihrer Herrin, indem sie sagte: ‚Er hat die Schale ausgetrunken und schläft.‘ Nun sprach die Herrin bei sich: ‚Es ist besser, daß er stirbt, als daß er am Leben bleibt!‘ Dann nahm sie ein scharfes Messer, ging zu ihm hinein und sprach: ‚Dreimal, und du hast das Zeichen nicht beachtet, du Narr! Jetzt werde ich dir den Leib aufschlitzen.‘ Als er sie nun mit dem Messer in der Hand auf sich zukommen sah, machte er die Augen weit auf und sprang lachend empor. Da sagte sie: ‚Nicht aus eigenem Verstand hast du dies Zeichen begriffen, sondern nur mit Hilfe eines listigen Kopfes; drum sage mir, woher du dies Wissen hast!‘ ‚Von einer alten Frau,‘ erwiderte er, ‚und mir ist es soundso mit ihr ergangen‘, und er berichtete ihr, was geschehen war. Dann fuhr sie fort: ‚Morgen, wenn du von uns fortgehst, begib dich zu der Alten und sprich zu ihr: ‚Hast du noch mehr Listen als diese?‘ Und wenn sie sagt: ‚Ja‘, so sprich zu ihr: ‚Tu dein Bestes, daß ich sie öffentlich gewinnen kann!‘ Sagt sie aber: ‚Ich habe kein Mittel mehr, und dies ist meine letzte List‘, so schlag sie dir aus dem Sinne! Morgen abend wird mein Gatte zu dir kommen und dich einladen; komm du mit ihm und gib mir Nachricht; dann werde ich schon wissen, was weiter zu tun ist.' ,Das mag gern geschehen', antwortete er; und dann blieb er die Nacht über bei ihr in Umarmungen und Umschlingungen: er gebrauchte die Präposition in der rechten Konstruktion und vereinte den Verbindungssatz mit dem Verbindungswort, doch ihr Gatte fiel wie die Nominal-Endung vor dem Genitiv fort; und in dieser Weise blieben sie bis zum Morgen zusammen. Dann sprach sie zu ihm: ,Mir genügt nicht eine Nacht mit dir, auch nicht ein Tag oder ein Monat oder ein Jahr; nein, es ist mein Wunsch, mein ganzes Leben lang bei dir zu sein. Aber warte, bis ich meinem Gatten einen Streich spiele, der die Männer des Verstandes irre macht und durch den uns die Erreichung des Zieles entgegenlacht! Ich will Zweifel in ihm erwecken, bis er sich von mir scheidet, so daß ich mich dir vermählen und mit dir in dein Land ziehen kann; ich will auch alle seine Schätze zu dir schaffen und dir einen Plan ersinnen zur Vernichtung seiner Fluren und Verwischung seiner Spuren. Du aber höre auf meine Worte und gehorche mir in dem, was ich dir sage, und handle mir nicht zuwider!' ,Ich höre und gehorche!' erwiderte er, ,und ich widerspreche dir nicht.' Da sprach sie: ,Geh zum Chân, und wenn mein Gatte kommt und dich einlädt, so sprich zu ihm: ,Lieber Bruder, ein Mensch kann lästig werden, und wenn er seine Besuche zu oft wiederholt, so wird der Hochherzige seiner ebenso überdrüssig wie der Geizige. Wie kann ich jeden Abend mit dir gehen und mit dir im Saale schlafen? Und wenn du nicht zornig wirst wider mich, so werden vielleicht deine Frauen mir zürnen, weil ich dich von ihnen fern halte. Wenn dir der Umgang mit mir erwünscht ist, so verschaffe mir ein Haus neben dem deinen; dann können wir beiden, du und ich, ab-

wechselnd bei mir oder bei dir uns des Abends bis zur Schlafenszeit unterhalten, und danach gehe ich in mein Gemach, und du
begibst dich zu deinen Frauen! Dieser Plan ist besser, als daß du
jede Nacht deinen Frauen fernbleibst.' Danach wird er zu mir
kommen und mich um Rat fragen; ich werde ihm raten, er
solle unseren Nachbarn fortgehen heißen; denn das Haus, in
dem er wohnt, ist unser Haus, und der Nachbar wohnt darin
nur zur Miete. Wenn du erst in das Haus eingezogen bist,
wird Allah uns die weitere Ausführung unseres Planes schon
leicht machen.' Und sie schloß mit den Worten: ,Geh jetzt
und tu, wie ich dir befohlen habe!' ,Ich höre und gehorche!'
erwiderte er; und sie verließ ihn und ging fort, während er sich
schlafend stellte. Nach einer Weile kam die Sklavin und weckte
sie; als der Juwelier aufwachte, fragte er: ,Kaufmann, haben die
Mücken dich vielleicht wieder gequält?' ,Nein', antwortete
jener; und 'Obaid fuhr fort: ,Vielleicht hast du dich an sie gewöhnt.' Dann aßen die beiden das Frühmahl und tranken Kaffee
und gingen ihren Geschäften nach; Kamar ez-Zamân begab
sich zu der Alten und berichtete ihr, was geschehen war. – –«

Da bemerkte Schehrezâd, daß der Morgen begann, und sie
hielt in der verstatteten Rede an. Doch als die *Neunhundertund-
zweiundsiebenzigste Nacht* anbrach, fuhr sie also fort: »Es ist mir
berichtet worden, o glücklicher König, daß Kamar ez-Zamân,
nachdem er sich zu der Alten begeben hatte, ihr alles berichtete,
was geschehen war. Er sagte: ,Sie hat soundso mit mir gesprochen, und ich habe ihr dasunddas geantwortet. Hast du nun
noch einen weiteren Plan, wie du mich öffentlich mit ihr vereinen kannst?' ,Mein Sohn,' erwiderte sie, ,bis hierher hat
meine Kunst gereicht, doch jetzt bin ich am Ende meiner
Listen.' Darauf verließ er sie und kehrte in den Chân zurück. Am
nächsten Tage kam der Juwelier gegen Abend zu ihm und lud

ihn ein; doch der Jüngling sprach: ‚Es ist unmöglich, daß ich mit dir gehe.‘ ‚Warum denn?‘ fragte der Juwelier, ‚ich habe dich doch so lieb, und ich kann es nicht ertragen, mich von dir zu trennen. Um Allahs willen, ich bitte dich, komm mit mir!‘ Kamar ez-Zamân gab ihm zur Antwort: ‚Wenn der längere Umgang mit mir und die dauernde Freundschaft zwischen uns beiden dir erwünscht sind, so verschaffe mir ein Haus neben deinem Hause; dann kannst du, wenn du willst, den Abend bei mir verbringen, oder ich komme für den Abend zu dir, und zur Schlafenszeit kann jeder von uns in sein Gemach gehen und dort schlafen.‘ Da sagte ’Obaid: ‚Ich habe ein Haus neben meinem Hause, und es ist mein Eigentum; komme heute noch mit mir, morgen will ich das Haus für dich räumen lassen!‘ Jener ging also mit ihm; sie speisten zur Nacht und verrichteten das Abendgebet. Dann trank der Juwelier die Schale mit dem Schlaftrunk aus und schlief ein; an der Schale für Kamar ez-Zamân aber war kein Falsch, und so konnte er sie leeren, ohne daß er einschlief. Und nun kam die Frau des Juweliers und setzte sich nieder und plauderte mit ihm, bis der Morgen anbrach, während ihr Gatte wie tot dalag. Als er dann wie gewöhnlich wieder wach wurde, ließ er den Mieter kommen und sprach zu ihm: ‚Lieber Mann, räume mir mein Haus; denn ich habe es nötig!‘ ‚Herzlich gern‘, erwiderte der Mann; und er räumte ihm das Haus, so daß Kamar ez-Zamân darin einziehen und all sein Gepäck dorthin schaffen konnte. An jenem Abend weilte der Juwelier bei Kamar ez-Zamân, bis er in sein eigenes Haus zurückkehrte. Am nächsten Tage schickte die Herrin nach einem kundigen Baumeister und ließ ihn zu sich kommen; dann bestach sie ihn mit Geld, daß er ihr einen unterirdischen Gang machte, der von ihrem Gemach in das Haus des Kamar ez-Zamân hinüberführte, und ihn mit einer

Falltür im Boden versah. Ehe sich nun der junge Kaufmann dessen versah, trat sie bei ihm ein mit zwei Beuteln voll Geld. Er rief ihr zu: ‚Woher kommst du?' Da zeigte sie ihm den Gang und sprach zu ihm: ‚Nimm diese beiden Beutel, die mit seinem Gelde gefüllt sind!' Dann setzte sie sich nieder und koste und scherzte mit ihm bis zum Morgen; und darauf sprach sie zu ihm: ‚Warte auf mich; ich will derweilen zu ihm gehen und ihn aufwecken, damit er in seinen Laden geht, alsdann komm ich wieder zu dir.' So wartete er denn, während sie zu ihrem Gatten ging und ihn weckte; der erhob sich, vollzog die religiöse Waschung, sprach das Frühgebet und begab sich in seinen Laden. Doch kaum war er fort, so nahm sie vier Beutel und eilte durch den unterirdischen Gang zu Kamar ez-Zamân und sprach zu ihm: ‚Nimm dies Geld!' Nachdem sie eine Weile bei ihm gessesen hatte, gingen beide ihrer Wege; sie kehrte in ihr Haus zurück, und Kamar ez-Zamân begab sich in den Basar. Als er aber um die Zeit des Sonnenuntergangs heimkehrte, fand er in seinem Hause zehn Beutel, dazu auch Juwelen und andere Kostbarkeiten. Dann kam der Juwelier zu ihm in sein Haus und nahm ihn mit in den Saal; dort verbrachten die beiden den Abend miteinander. Wie gewöhnlich kam auch die Dienerin und brachte ihnen den Trunk; ihr Herr versank in Schlummer, während mit Kamar ez-Zamân nichts geschah, da sein Trank rein und unverfälscht war. Darauf kam die Herrin zu ihm und setzte sich nieder, um mit ihm zu tändeln; die Dienerin aber brachte derweilen Hab und Gut durch den unterirdischen Gang in das andere Haus hinüber. So taten sie bis zum Morgen; dann weckte die Dienerin ihren Herrn und brachte ihm den Kaffee, und ein jeder von ihnen ging seiner Wege. Am dritten Tag nun brachte die Frau dem jungen Kaufmann ein Messer ihres Gatten, das er mit eigener Hand geschmiedet und sich fünfhundert Dinare hatte kosten lassen. Dessengleichen gab es nicht an Schönheit der Schmiedearbeit; und da die Leute es immer so eifrig von ihm begehrten, hatte er es in eine Truhe getan, und er konnte sich nicht entschließen, es irgend jemand in der Welt zu verkaufen. Sie sagte zu ihm: ‚Nimm dies Messer und stecke es in deinen Gürtel; geh dann zu meinem Gatten, setze dich zu ihm und hole das Messer aus deinem Gürtel heraus. Darauf sprich zu ihm: ‚Meister, schau dies Messer an, ich habe es heute gekauft; sage mir, ob ich dabei verloren oder gewonnen habe.‘ Er wird es erkennen, aber er wird sich scheuen, zu dir zu sagen: ‚Dies ist mein Messer!‘ Wenn er dich dann fragt: ‚Wo hast du es gekauft, und für wieviel hast du es erhalten?‘ so antworte ihm: ‚Ich sah zwei türkische Seesoldaten miteinander streiten, und einer sprach zum anderen: ‚Wo bist du gewesen?‘ Der andere sagte: ‚Ich bin bei meiner Geliebten gewesen; die gibt mir jedesmal Geld, wenn ich bei ihr bin, doch heute sprach sie zu mir: ‚Jetzt habe ich kein Geld zur Hand, doch nimm dies Messer da, das meinem Gatten gehört.‘ Da nahm ich es hin von ihr, und ich habe die Absicht, es zu verkaufen.‘ Das Messer gefiel mir; und als ich ihn so reden hörte, fragte ich ihn: ‚Willst du es mir verkaufen?‘ ‚Kaufe es!‘ erwiderte er; und ich erwarb es von ihm für dreihundert Dinare. Nun möchte ich wissen, ob das billig oder teuer ist.‘ Dann achte auf das, was er dir sagen wird! Plaudere auch noch eine Weile mit ihm, und wenn du ihn verlassen hast, so komm eilig zu mir! Du wirst mich an der Tür des unterirdischen Ganges sitzen und auf dich warten sehen; gib mir dann das Messer!‘ ‚Ich höre und gehorche!‘ erwiderte er, nahm jenes Messer und steckte es in seinen Gürtel; darauf ging er zum Laden des Juweliers und begrüßte ihn, und jener hieß ihn willkommen und bat ihn, sich zu setzen. Als der Juwelier aber das

Messer in seinem Gürtel erblickte, erstaunte er und sprach bei sich: ‚Das ist doch mein Messer! Wer mag es diesem Kaufmann in die Hände gespielt haben?' Und er begann zu sinnen und sich zu sagen: ‚Ist dies wohl auch mein Messer, oder ist es ein Messer, das ihm nur ähnlich ist?' Nun zog Kamar ez-Zamân es heraus und sprach: ‚Meister, nimm dies Messer und schau es dir an!' Als jener es aus seiner Hand entgegengenommen hatte, erkannte er es ganz sicher; doch er scheute sich zu sagen: ‚Dies ist mein Messer!' – –«

Da bemerkte Schehrezâd, daß der Morgen begann, und sie hielt in der verstatteten Rede an. Doch als die *Neunhundertunddreiundsiebenzigste Nacht* anbrach, fuhr sie also fort: »Es ist mir berichtet worden, o glücklicher König, daß der Juwelier, als er das Messer von Kamar ez-Zamân hingenommen hatte, es erkannte, aber sich scheute zu sagen: ‚Dies ist mein Messer!' So fragte er ihn denn: ‚Wo hast du es gekauft?' Und der Jüngling erzählte ihm, was die junge Herrin ihm zu sagen befohlen hatte. Da sagte 'Obaid zu ihm: ‚Es ist billig um diesen Preis; denn es ist fünfhundert Dinare wert.' Aber in seinem Herzen entbrannte ein Feuer, und seine Hände waren ihm wie gebunden, so daß er an seinem Werk nicht weiterarbeiten konnte. Kamar ez-Zamân begann mit ihm zu plaudern, während er im Meere der trüben Gedanken versunken war; und auf fünfzig Worte, die der Jüngling sprach, erwiderte er nur ein einziges Wort. Denn im Herzen litt er schwer, und sein Leib flog gleichsam hin und her, sein Gemüt war trüb und bang, und er war, wie einst der Dichter sang:

> *Verlangt man, daß ich rede, find ich keine Worte;*
> *Man sieht, mein Geist ist ferne, redet man mich an.*
> *Versunken in der Sorgen bodenlosem Meere,*
> *Erkenn ich unter Menschen nicht, ob Frau, ob Mann.*

Als Kamar ez-Zamân ihn so verwandelt sah, sprach er zu ihm:
‚Du hast jetzt wohl viel zu tun?‘ Und er verließ ihn und begab
sich eilends nach Hause; dort sah er die junge Frau an der Tür
des unterirdischen Ganges stehen und auf ihn warten. Kaum erblickte sie ihn, so sprach sie zu ihm: ‚Hast du getan, wie ich dir
befohlen habe?‘ ‚Jawohl‘, erwiderte er; und sie fragte weiter:
‚Was hat er zu dir gesagt?‘ Darauf gab er zur Antwort: ‚Er
sagte mir, das Messer sei billig um diesen Preis; denn es sei
fünfhundert Dinare wert. Aber er war wie verwandelt; deshalb verließ ich ihn, und ich weiß nicht, was danach geschehen
ist.‘ ‚Gib mir das Messer!‘ rief sie, ‚und mach dir keine Sorgen
um ihn!‘ Darauf nahm sie das Messer, legte es wieder an seinen
Ort und setzte sich.

Sehen wir nun, was der Juwelier tat! Nachdem Kamar
ez-Zamân von ihm fortgegangen war, entflammte im Herzen
des Mannes ein Feuer, und schwerer Argwohn bedrängte ihn, so
daß er bei sich selber sprach: ‚Ich muß aufstehn und nach dem
Messer fragen und den Zweifel durch die Gewißheit verjagen.‘
So erhob er sich denn und begab sich nach Hause; dort trat er
zu seiner Frau ein, schnaubend wie ein Drache. ‚Was ist dir,
mein Gebieter?‘ fragte sie ihn, und er rief: ‚Wo ist mein Messer?‘ Sie gab zur Antwort: ‚In der Truhe.‘ Dann schlug sie sich
mit der Hand auf die Brust und rief: ‚Ach, mein Kummer!
Vielleicht hast du mit jemand gestritten und kommst nun, um
das Messer zu holen und ihn damit zu stechen!‘ Doch er befahl
ihr: ‚Her mit dem Messer! Laß mich es sehen!‘ Darauf erwiderte sie: ‚Schwör mir zuerst, daß du niemand damit erstechen
willst!‘ Nachdem er das geschworen hatte, öffnete sie die
Truhe und holte es ihm heraus. Er drehte es hin und her, indem er sagte: ‚Das ist doch eine sonderbare Sache!‘ Dann
sprach er zu seiner Frau: ‚Nimm es und lege es wieder an

seinen Ort!' Nun hub sie an: ‚Tu mir kund, was dies alles bedeutet!' Er antwortete ihr: ‚Ich sah bei unserem Freunde ein Messer wie dies', und er tat ihr die ganze Geschichte kund und schloß mit den Worten: ‚Da ich es nun in der Truhe gesehen habe, so habe ich den Zweifel durch die Gewißheit verjagt.' Da rief sie: ‚Hast du etwa bösen Argwohn gegen mich gehegt und geglaubt, ich sei die Geliebte des türkischen Seesoldaten und hätte ihm das Messer gegeben?' ‚Ja,' erwiderte er, ‚ich hatte einen solchen Verdacht; aber da ich nun das Messer gesehen habe, ist der Argwohn aus meinem Herzen gewichen.' Doch sie fuhr fort: ‚Mann, in dir ist nichts Gutes.' Da begann er, sich bei ihr zu entschuldigen, bis er sie versöhnt hatte; und dann ging er fort und begab sich in seinen Laden. Am nächsten Tage aber gab sie Kamar ez-Zamân die Uhr ihres Gatten, die er mit eigener Hand verfertigt hatte und derengleichen niemand besaß, indem sie zu ihm sprach: ‚Geh zu seinem Laden, setz dich zu ihm und sprich zu ihm: ‚Den Mann, den ich gestern sah, habe ich heute wiedergesehen, und er hatte eine Uhr in der Hand. Er fragte mich: ‚Willst du diese Uhr kaufen?' Als ich ihn darauf fragte: ‚Woher hast du diese Uhr?' antwortete er: ‚Ich war bei meiner Geliebten; die hat sie mir gegeben.' Da kaufte ich sie ihm für achtundfünfzig Dinare ab. Schau, ob sie billig oder teuer ist um diesen Preis.' Und du, achte auf das, was er sagen wird; und wenn du ihn verlassen hast, komm eilends zu mir und gib sie mir!' So ging denn Kamar ez-Zamân zu ihm und tat bei ihm, wie sie befohlen hatte. Als der Juwelier die Uhr erblickte, sprach er: ‚Die ist siebenhundert Dinare wert'; und Argwohn beschlich ihn. Der Jüngling aber verließ ihn, begab sich zu der jungen Herrin und gab ihr jene Uhr; alsbald trat auch schon ihr Gatte schnaufend ein und fuhr sie an: ‚Wo ist meine Uhr?' Sie erwiderte: ‚Da liegt sie doch!'

‚Her damit!' befahl er ihr, und sie brachte sie ihm. Da rief er:
‚Es gibt keine Macht und es gibt keine Majestät außer bei
Allah, dem Erhabenen und Allmächtigen!' Nun sprach sie:
‚Mann, mit dir ist sicher etwas geschehen; tu mir kund, was es
ist!' ‚Ach,' erwiderte er, ‚was soll ich sagen? Ich bin ob dieser
Dinge ein ratloser Tor!' Und dann trug er diese Verse vor:

> *Bei Gott, ich bin fürwahr verwirrt ob meiner Lage;*
> *Die Not kam über mich; woher? – das weiß ich nicht.*
> *Ich will geduldig sein, bis daß Geduld erfahre,*
> *Daß meine Langmut nicht durch bittre Wehmut bricht.*[1]
> *Ach, bittrer noch als Wermut*[2] *ist doch meine Langmut;*
> *Denn ich ertrug, was heißer noch als Feuer loht.*
> *Was mir geboten, bot sich nicht nach meinem Wunsche,*
> *Da der Gebieter schöne Langmut mir gebot.*

Dann fuhr er fort: ‚Frau, ich habe bei dem Kaufmanne, unserem
Freunde, zuerst mein Messer gesehen, und ich habe es erkannt,
da seine Ausführung die Erfindung meines eigenen Verstandes
ist und seinesgleichen nicht wieder gefunden wird; dann erzählte er mir Geschichten, die das Herz mit Gram erfüllen;
aber ich kam und sah es hier. Nun habe ich aber auch bei ihm
die Uhr gesehen, deren Ausführung die Erfindung meines
eigenen Verstandes ist und derengleichen nicht in Basra gefunden wird; wiederum erzählte er mir Geschichten, die das Herz
mit Gram erfüllen. Darum bin ich ratlos in meinem Sinn, und
ich weiß nicht, was mit mir vorgeht.' Doch sie erwiderte ihm:
‚Der Sinn deiner Worte ist also, daß ich die Freundin und
Geliebte jenes Kaufmanns sein und ihm deine Sachen gegeben
haben soll; daß du meine Untreue habest erweisen wollen und
deshalb gekommen seist, um mich auszufragen; und daß, wenn
du nicht das Messer und die Uhr bei mir gesehen hättest, meine
Untreue für dich erwiesen wäre. Aber, Mann, da du solchen

1. Vgl. Band V, Seite 258, Anmerkung. – 2. Wörtlich ‚Aloe'.

Verdacht gegen mich hegen konntest, so will ich hinfort nie wieder Brot mit dir essen noch Wasser trinken; denn ich verabscheue dich wie die Sünde!' Er begann sie zu beruhigen, bis er sie versöhnt hatte, und er ging fort, voll Reue, daß er solche Worte an sie gerichtet hatte, und begab sich in seinen Laden und setzte sich dort. – –«

Da bemerkte Schehrezâd, daß der Morgen begann, und sie hielt in der verstatteten Rede an. Doch als die *Neunhundertundvierundsiebenzigste Nacht* anbrach, fuhr sie also fort: »Es ist mir berichtet worden, o glücklicher König, daß der Juwelier, als er von seiner Frau fortgegangen war, seine Worte zu bereuen begann; und er begab sich in seinen Laden und setzte sich dort. Aber Unruhe bedrückte ihn schwer, und seine Sorge kannte keine Grenzen mehr, und er schwebte zwischen Glauben und Unglauben hin und her. Gegen Abend ging er alleine nach Hause und brachte Kamar ez-Zamân nicht mit sich. Da fragte die junge Herrin ihn: ,Wo ist der Kaufmann?' Er antwortete: ,In seinem Hause.' Und sie fuhr fort: ,Ist die Freundschaft zwischen dir und ihm erkaltet?' ,Bei Allah,' erwiderte er, ,ich habe eine Abneigung gegen ihn wegen dessen, was mir durch ihn widerfahren ist.' Doch sie bat ihn: ,Geh, hole ihn mir zu Gefallen!' So machte er sich auf und ging zu dem Jüngling ins Haus; dort sah er seine Sachen umherliegen, und als er die erkannte, entbrannte ein Feuer in seinem Herzen, und er begann zu seufzen. Kamar ez-Zamân fragte: ,Wie kommt es, daß ich dich in trüben Gedanken sehe?' Doch 'Obaid scheute sich zu sagen: ,Meine Sachen sind bei dir; wer hat sie zu dir gebracht?' Und so erwiderte er nur: ,Eine Mißstimmung ist über mich gekommen; doch wohlan, laß uns in mein Haus gehen, auf daß wir uns dort erheitern!' Da sagte der Jüngling: ,Laß mich doch hier in meinem Hause; ich möchte nicht mit dir gehen!'

476

Aber der Juwelier beschwor ihn und nahm ihn mit sich. Dann speisten sie gemeinsam zur Nacht und blieben an jenem Abend beieinander, indem Kamar ez-Zamân mit 'Obaid plauderte, dieser aber im Meere der trüben Gedanken versunken war; wenn der junge Kaufmann hundert Worte sprach, so antwortete der Juwelier ihm nur ein einziges Wort. Dann trat, wie gewöhnlich, die Dienerin zu ihnen ein mit zwei Schalen; als beide getrunken hatten, schlief der Juwelier ein, aber der Jüngling blieb wach, da der Trank in seiner Schale ohne Falsch war. Nun kam die junge Frau zu Kamar ez-Zamân und sprach zu ihm: ‚Was hältst du von diesem Gehörnten, der in seiner Achtlosigkeit trunken ist und nichts weiß von der Frauen List? Ich muß ihn gewiß noch so überlisten, daß er sich von mir scheidet. Morgen will ich mich als Sklavin verkleiden und dir in seinen Laden folgen. Dann sprich du zu ihm: ‚Meister, ich kam heute in den Chân der Sklavenhändler, und dort sah ich diese Sklavin; die habe ich um tausend Dinare gekauft. Schau sie an und sage mir, ob sie um diesen Preis billig ist oder teuer!‘ Dann enthülle ihm mein Gesicht und meine Brüste und laß ihn mich anschauen! Schließlich aber nimm mich und kehre mit mir in dein Haus zurück; ich will von dort durch den unterirdischen Gang in mein Haus eilen, um zu sehen, wie unsere Sache mit ihm ausgeht!‘ Danach verbrachten die beiden die Nacht in Frohsinn und Heiterkeit, mit Unterhaltung und Liebesgetändel, in Freude und ohne Sorgen bis zum Morgen. Und nun ging sie wieder in ihr Gemach und schickte die Dienerin; die weckte ihren Herrn und Kamar ez-Zamân. Da erhoben sich beide, verrichteten das Frühgebet, aßen das Morgenmahl und tranken Kaffee. Der Juwelier ging fort zu seinem Laden; Kamar ez-Zamân aber begab sich in sein Haus. Alsbald trat auch die junge Herrin aus dem unterirdischen Gang

heraus zu ihm, in Gestalt einer Sklavin, wie sie ja auch ihrer
Herkunft nach eine Sklavin war. Er machte sich nun auf zu
dem Laden des Juweliers, während sie ihm folgte, und beide
schritten ihres Wegs dahin, er voraus und sie hinter ihm, bis
sie zum Laden des Juweliers gelangten; er grüßte ihn, setzte
sich und hub an: ‚Meister, ich kam heute in den Chân der
Sklavenhändler, da ich mich dort umschauen wollte, und ich
sah diese Sklavin in den Händen des Maklers. Sie gefiel mir,
und ich kaufte sie um tausend Dinare. Nun möchte ich, daß du
sie dir anschaust und nachsiehst, ob sie billig ist um diesen Preis
oder nicht.‘ Und er enthüllte ihm ihr Antlitz, so daß der Juwelier seine eigene Gattin sah, gekleidet in ihre prächtigsten Gewänder und angetan mit dem schönsten Schmuck, die Augen
mit Bleiglanz geschminkt und die Hände mit Henna gefärbt,
genau so wie sie sich vor ihm in seinem Hause zu schmücken
pflegte. Er erkannte sie mit voller Sicherheit an ihrem Gesicht
und ihrer Kleidung und ihrem Schmuck, den er mit eigener
Hand geschmiedet hatte; ja, er sah auch an ihrem Finger die
Siegelringe, die er erst vor kurzem für Kamar ez-Zamân verfertigt hatte, und so war er denn ganz fest überzeugt, daß sie
seine Frau sein mußte. Er fragte sie: ‚Wie heißt du, Mädchen?‘
Sie antwortete: ‚Halîma.‘ Seine Gattin hieß wirklich Halîma,
und sie wagte es, ihm ihren eigenen Namen zu nennen. Darüber war er sehr erstaunt, und er sprach zu dem Jüngling: ‚Für
wieviel hast du sie gekauft?‘ ‚Für tausend Dinare‘, antwortete
jener, und der Juwelier fuhr fort: ‚Dann hast du sie umsonst
erhalten; denn tausend Dinare sind weniger als der Preis der
Siegelringe, und ihre Gewänder und ihr Schmuck haben dann
auch nichts gekostet.‘ Der Jüngling sagte darauf: ‚Möge Allah
dich mit froher Botschaft erfreuen; da sie dir gefällt, will ich
sie in mein Haus bringen!‘ ‚Tu, was dir beliebt!‘ sagte ’Obaid;
478

und Kamar ez-Zamân nahm sie und führte sie in sein Haus. Von dort ging sie durch den unterirdischen Gang und setzte sich in ihrem Gemach nieder.

Wenden wir uns nun von ihr wieder zu dem Juwelier! Ihm brannte ein Feuer im Herzen, und er sprach bei sich selber: ‚Ich will sofort hingehen und nach meiner Frau sehen. Wenn sie zu Hause ist, so ist diese Sklavin ihr Ebenbild – herrlich ist Er, der kein Ebenbild hat! Wenn meine Frau aber nicht zu Hause ist, so ist sie es ohne Zweifel.' Da machte er sich auf und eilte dahin, bis er in sein Haus kam; und dort sah er sie sitzen in ihren Gewändern und ihrem Schmuck, wie er sie im Laden gesehen hatte. Er schlug die Hände aufeinander und rief: ‚Es gibt keine Macht und es gibt keine Majestät außer bei Allah, dem Erhabenen und Allmächtigen!' ‚O Mann,' fragte sie ihn, ‚bist du irre geworden, oder was ist es mit dir? So etwas pflegst du doch sonst nicht zu tun. Dir muß unbedingt etwas widerfahren sein!' Er gab ihr zur Antwort: ‚Wenn du wünschest, daß ich es dir kund tu, gräme dich nicht!' ‚Sprich!' sagte sie zu ihm; und er berichtete: ‚Der Kaufmann, unser Freund, hat eine Sklavin gekauft, deren Wuchs gleich deinem Wuchs und deren Höhe gleich deiner Höhe ist; ja, auch ihr Name ist wie dein Name, und ihre Gewandung ist gleich deiner Gewandung. Sie gleicht dir in allen deinen Eigenschaften, und an ihren Fingern trägt sie die gleichen Siegelringe wie du, und ihr Schmuck ist wie dein Schmuck. Als er sie mir zeigte, glaubte ich, du wärest es selbst, und ich war ganz ratlos. O hätten wir doch diesen Kaufmann nie gesehen und uns nie mit ihm befreundet! O hätte er doch nie sein Land verlassen, so daß wir ihn nie kennen gelernt hätten! Jetzt hat er mein Leben getrübt, nach all der Heiterkeit; er stiftete Zwistigkeit nach all der trauten Einigkeit; und er säte den Zweifel in mein Herz!'

Da sagte sie zu ihm: ‚Schau mir ins Gesicht! Vielleicht bin ich jene, die bei ihm war, und der Kaufmann ist mein Geliebter; vielleicht habe ich mich als Sklavin verkleidet und mit ihm verabredet, daß er mich dir zeigen sollte, um dir eine Falle zu stellen!' Doch er sprach: ‚Was für Worte sind das? Ich glaube nimmer, daß du dergleichen tun könntest.' Nun war jener Juwelier aber unerfahren in den Listen der Frauen; und was sie den Männern antun, war ihm nie zu Ohren gekommen; auch hatte er nie den Spruch des Dichters vernommen:

> Dich zog ein wallend Herze zu den Schönen
> Bald nach der Jugend, als das Alter kam.
> Mich quälet Laila[1]; fern ist ihre Liebe;
> Uns wurden Feinde und Gefahren gram.
> Wenn ihr mich nach den Frauen fragt, so wisset:
> Ich kenn der Frauen Leiden alleweil.
> Ergraut des Mannes Haupt und schmilzt sein Reichtum,
> Hat er an ihrer Liebe keinen Teil.

Noch auch den eines anderen:

> Auf Frauen höre nie; das ist der beste Wahlspruch!
> Wer Frauen seinen Halfter gibt, der hat kein Glück.
> Wenn er auch tausend Jahre sich um Wissen mühet,
> Sie halten ihn von seinem höchsten Ziel zurück.

Noch auch den eines dritten:

> Die Frauen sind für uns als Teufel doch erschaffen;
> Ich flüchte mich zu Gott vor solchen Teufelsschlingen.
> Doch wen zu seinem Unglück Frauenlieb erfüllet,
> Verliert gar bald den Sinn in Welt- und Glaubensdingen.

Darauf sprach sie zu ihm: ‚Während ich hier in meinem Gemache sitzen bleibe, geh du zu ihm auf der Stelle, poche an die Tür und sieh zu, daß du schnell zu ihm hineinkommst! Wenn du beim Hineintreten das Mädchen dort erblickst, so ist es seine

1. Arabischer Mädchenname.

480

Sklavin, mein Ebenbild – herrlich ist Er, der kein Ebenbild hat! Wenn du aber das Mädchen nicht bei ihm erblickst, so bin ich die Sklavin, die du bei ihm gesehen hast, und dein arger Verdacht gegen mich ist bestätigt.' ,Du hast recht', erwiderte 'Obaid, verließ sie und eilte fort; doch auch sie machte sich auf und ging durch den unterirdischen Gang, setzte sich bei Kamar ez-Zamân nieder und erzählte ihm die Sache, indem sie hinzufügte: ,Öffne die Tür schnell und zeige mich ihm!' Während sie noch so miteinander redeten, ward plötzlich an die Tür gepocht, und der Jüngling rief: ,Wer ist an der Tür?' ,Ich, dein Freund,' antwortete der Juwelier, ,du hast mir auf dem Basar die Sklavin gezeigt, und ich freute mich über sie für dich; aber ich habe mich noch nicht genug über sie gefreut, darum öffne mir die Tür und laß mich sie noch einmal anschauen!' Kamar ez-Zamân erwiderte: ,Das mag gern geschehen'; und er öffnete dem Gaste die Tür, so daß dieser seine eigene Gemahlin bei ihm sitzen sah. Sie erhob sich und küßte beiden die Hand; 'Obaid schaute sie an, während sie sich eine Weile mit ihm unterhielt, und er sah, daß sie sich in nichts von seiner Frau unterschied. So sprach er denn: ,Allah schafft, was Er will!' Dann ging er fort, während die Unruhe in seinem Herzen noch größer ward; als er in sein Haus zurückgekehrt war, sah er dort seine Gattin sitzen, denn sie war ihm durch den unterirdischen Gang voraufgeeilt zur selben Zeit, als er durch die Haustür hinausging. – –«

Da bemerkte Schehrezâd, daß der Morgen begann, und sie hielt in der verstatteten Rede an. Doch als die *Neunhundertundfünfundsiebenzigste Nacht* anbrach, fuhr sie also fort: »Es ist mir berichtet worden, o glücklicher König, daß die junge Frau ihrem Gatten durch den unterirdischen Gang voraufeilte zur selben Zeit, als er durch die Haustür hinausging; und sie setzte sich in ihr Gemach, und wie ihr Gatte zu ihr eintrat, sprach sie zu ihm: ‚Was hast du gesehen?‘ Er antwortete: ‚Ich habe sie bei ihrem Herrn gesehen, und sie ist dein Ebenbild.‘ Da rief sie: ‚Geh in deinen Laden, laß es genug sein des argen Verdachts, und hege nie wieder schlechte Gedanken wider mich!‘ ‚So sei es,‘ erwiderte er ihr, ‚sei mir nicht böse wegen dessen, was durch mich geschah!‘ Darauf sagte sie: ‚Allah gewähre dir Verzeihung!‘ Er betrachtete sie noch nach rechts und nach links und ging in seinen Laden. Sie aber eilte durch den unterirdischen Gang zu Kamar ez-Zamân, mit vier Beuteln in den Händen, und sprach zu ihm: ‚Rüste dich zu eiliger Abreise und halte dich bereit, alles Gut ohne Verzug aufzuladen, während ich die List ausführe, die ich im Sinne habe!‘ Da ging er fort, kaufte Maultiere und belud sie mit Lasten; auch rüstete er eine Sänfte und kaufte Mamluken und Eunuchen und führte alles zur Stadt hinaus, ohne daß ihm ein Hindernis in den Weg trat. Darauf kam er wieder zu ihr und sprach: ‚Ich habe meine Sachen erledigt.‘ Und sie erwiderte ihm: ‚Auch ich habe sein übriges Geld und alle seine Schätze zu dir hinübergeschafft; ich habe ihm weder wenig noch viel zum Leben übrig gelassen. All das geschieht aus Liebe zu dir, du Geliebter meines Herzens; ich würde dir tausendmal meinen Gatten opfern. Doch jetzt ist es nötig, daß du zu ihm gehst und von ihm Abschied nimmst, indem du zu ihm sprichst: ‚Ich will nach drei Tagen abreisen; deshalb komme ich, um dir Lebewohl zu sagen. Rechne du zusammen, was ich dir an Miete für das Haus schulde, damit ich es dir senden kann und du mein Gewissen von aller Schuld freisprichst!‘ Achte auf die Antwort, die er dir gibt, und kehre zu mir zurück, um sie mir zu berichten! Ich habe alles getan, was ich tun konnte, indem ich ihn betrog und zu erzürnen suchte, damit er sich von mir scheiden sollte; aber

482

ich sehe, daß er immer noch an mir hängt. So bleibt uns denn nichts Besseres übrig, als in dein Land zu ziehen!' Er rief: ,Wie herrlich! Wenn nur die Träume sich als wahr erweisen würden!' Dann eilte er zu dem Laden des Juweliers, setzte sich zu ihm und sprach zu ihm: ,Meister, ich will nach drei Tagen abreisen, und ich komme nur zu dir, um dir Lebewohl zu sagen. Doch ich möchte, daß du berechnest, was ich dir an Miete für das Haus schulde, damit ich es dir gebe und du mein Gewissen von aller Schuld freisprichst.' 'Obaid entgegnete ihm: ,Was für Reden sind das? Ich stehe doch in deiner Schuld. Bei Allah, ich will von dir nichts für die Miete des Hauses annehmen; denn der Segen ist bei uns eingekehrt. Aber du machst uns durch dein Fortgehen untröstlich, und wäre es mir nicht verboten, so träte ich dir entgegen und hielte dich von den Deinen und von deiner Heimat zurück.' Darauf nahm er Abschied von ihm, und die beiden weinten bitterlich, so daß ihr Schmerz keinem anderen glich; alsbald schloß der Juwelier seinen Laden, denn er sprach bei sich: ,Ich muß meinem Freunde das Geleit geben.' Immer wenn nun der Jüngling ausging, um etwas zu besorgen, ging der Juwelier mit ihm; und wenn dieser dann in das Haus von Kamar ez-Zamân kam, fand er seine Frau dort, die vor sie hintrat und ihnen aufwartete; kehrte er aber in sein Haus zurück, so sah er sie dort sitzen. So erging es ihm drei Tage lang: er sah sie in seinem Hause, wenn er dort eintrat, und er schaute sie im Hause von Kamar ez-Zamân, sobald er dorthin kam. Schließlich sprach sie zu ihrem Freunde: ,Jetzt habe ich alles, was er an Schätzen und Geldern und Hausgerät besitzt, zu dir hinübergeschafft, und ihm ist nichts geblieben als die Dienerin, die euch den Trunk zu bringen pflegte; aber ich kann mich nicht von ihr trennen, denn sie ist mir anverwandt und mir lieb und wert und hütet mein Geheimnis. Ich will sie schlagen und mich wider sie zornig stellen, und wenn mein Gatte nach Hause kommt, will ich zu ihm sagen: ‚Ich kann diese Sklavin nicht mehr ansehen, noch auch mit ihr in einem Hause bleiben; also nimm sie und verkaufe sie!‘ Dann wird er sie fortnehmen, um sie zu verkaufen; du aber kaufe sie, auf daß wir sie mit uns nehmen können!‘ ‚Das soll gern geschehen‘, erwiderte er; und sie schlug die Sklavin. Als ihr Gatte ins Haus kam, sah er, wie die Sklavin weinte. Da fragte er sie, warum sie weine; und sie antwortete: ‚Meine Herrin hat mich geschlagen.‘ Alsbald ging er zu seiner Gattin und fragte sie: ‚Was hat diese elende Sklavin getan, daß du sie schlagen mußtest?‘ ‚O Mann,‘ erwiderte sie ihm, ‚ich will dir nur ein einziges Wort sagen, ich kann diese Sklavin nicht mehr ansehen. Nimm sie und verkaufe sie; sonst scheide dich von mir!‘ Er sagte darauf: ‚Ich will sie verkaufen; ich tu ja alles, was du willst.‘ Als er sie dann mitnahm, kam er auf dem Wege zu seinem Laden bei Kamar ez-Zamân vorbei. Inzwischen war aber seine Gattin, sobald er mit der Sklavin hinausgegangen war, in aller Eile durch den unterirdischen Gang zu Kamar ez-Zamân gelaufen, und der hatte sie in die Sänfte gesetzt, ehe der alte Juwelier dorthin kam. Wie er aber dort ankam und Kamar ez-Zamân die Sklavin bei ihm sah, fragte dieser: ‚Was für ein Mädchen ist das?‘ Der Juwelier antwortete: ‚Meine Sklavin, die uns den Trunk zu bringen pflegte. Sie hat ihrer Herrin nicht gehorcht, und die ist wider sie ergrimmt und hat mir befohlen, sie zu verkaufen.‘ Der Jüngling fuhr fort: ‚Da ihre Herrin sie nicht mehr mag, kann sie nicht mehr bei ihr bleiben. Verkauf sie doch mir, damit ich noch deinen Geruch an ihr verspüren kann, und ich will sie meiner Sklavin Halîma zur Dienerin geben!‘ ‚Gern; nimm sie!‘ erwiderte ’Obaid; doch als der Jüngling fragte: ‚Um wieviel?‘ rief er:

‚Ich will von dir nichts nehmen; denn du bist gütig gegen uns gewesen.‘ Kamar ez-Zamân nahm sie von ihm an und sprach zu der jungen Herrin: ‚Küsse deinem Herrn die Hand!‘ Da kam sie aus der Sänfte hervor und küßte ihm die Hand; dann stieg sie wieder hinein, während er sie anschaute. Und nun sprach Kamar ez-Zamân zu ihm: ‚Ich befehle dich in Allahs Hut, Meister 'Obaid! Sprich du mein Gewissen frei von Schuld!‘ Jener gab ihm zur Antwort: ‚Allah spreche dein Gewissen frei und führe dich in Sicherheit zu den Deinen!‘ Dann nahm er Abschied von ihm und begab sich in seinen Laden; dabei standen ihm die Tränen in den Augen, denn es ward ihm schwer, sich von Kamar ez-Zamân zu trennen, da er sein Freund war und da die Freundschaft verpflichtet; dennoch freute er sich, daß nunmehr der Argwohn aufhörte, den er gegen seine Gattin gehegt hatte, da jetzt der Jüngling abgereist war und sein Verdacht gegen seine Frau sich nicht bestätigt hatte.

Wenden wir uns von ihm wieder zu Kamar ez-Zamân! Zu dem sprach die junge Herrin: ‚Wenn du sicher sein willst, so laß uns auf einem anderen Wege als dem gewohnten reisen!‘ – –«

Da bemerkte Schehrezâd, daß der Morgen begann, und sie hielt in der verstatteten Rede an. Doch als die *Neunhundertundsechsundsiebenzigste Nacht* anbrach, fuhr sie also fort: »Es ist mir berichtet worden, o glücklicher König, daß zu Kamar ez-Zamân, als er aufgebrochen war, die junge Herrin sprach: ‚Wenn du sicher sein willst, so laß uns auf einem anderen Wege als dem gewohnten reisen!‘ ‚Ich höre und gehorche!‘ erwiderte er ihr; und er schlug einen Weg ein, auf dem die Leute sonst nicht zu reisen pflegten. Immer weiter zog er von Land zu Land, bis er die Grenzen von Ägypten erreichte. Dann schrieb er einen Brief und schickte ihn an seinen Vater mit einem Eilboten. Sein Vater, der Kaufmann 'Abd er-Rahmân, saß gerade auf dem Basar in der Kaufleute Schar, während in seinem Herzen ob der Trennung von seinem Sohn noch immer ein brennendes Feuer war; denn seit dem Tage seines Aufbruches hatte er keine Nachricht mehr von ihm erhalten. Und während er nun so dasaß, kam plötzlich der Eilbote an und rief: ‚Ihr Herren, wer unter euch heißt der Kaufmann 'Abd er-Rahmân?' Sie fragten: ‚Was willst du von ihm?' Und er antwortete ihnen: ‚Ich habe einen Brief von seinem Sohne Kamar ez-Zamân, den ich bei el-'Arîsch[1] verlassen habe.' Darüber war 'Abd er-Rahmân hoch erfreut, und die Brust ward ihm weit; und auch die Kaufleute freuten sich mit ihm und wünschten ihm Glück zur sicheren Heimkehr seines Sohnes. Dann nahm er den Brief und las in ihm das Folgende: ‚Von Kamar ez-Zamân an den Kaufmann 'Abd er-Rahmân. Gruß zuvor an Dich und an alle Keufleute! Wenn Ihr nach uns fragt, so sei Allah Preis und Dank! Wir haben verkauft und gekauft und Gewinn gehabt. Und nun sind wir wohlbehalten und sicher und gesund heimgekehrt.' Da öffnete der Kaufmann der Freude die Tür und rüstete Gastmähler und lud zu den Festen viele Gäste ein; auch ließ er die Instrumente des Frohsinns bringen und verschönte die Freudenfeier mit allerlei wunderbaren Dingen. Als dann sein Sohn in es-Salihîja[2] eintraf, zog ihm sein Vater mit allen Kaufleuten entgegen. Und wie sie sich trafen, umarmte sein Vater ihn und drückte ihn an seine Brust und weinte, bis er in Ohnmacht fiel. Nachdem er wieder zu sich gekommen war, rief er: ‚Das ist ein gesegneter Tag, mein Sohn, da uns der allmächtige Schützer wieder mit dir vereinigt hat!' Und dann sprach er die Worte des Dichters:

1. Ein Ort am Mittelmeer, nahe der syrisch-ägyptischen Grenze. – 2. Nordöstlich von Kairo, erste Station des alten Karawanenwegs, westlich vom heutigen Suez-Kanal.

Die Nähe des Freunds ist die Krone der Freuden;
Da ist uns der Becher des Glückes geweiht.
Willkommen, willkommen, ein herzlich Willkommen,
Dem Vollmond der Monde, dem Licht unsrer Zeit!

Und von neuem begann er im Übermaß der Freude in einen
Tränenstrom auszubrechen, und er hub an, diese beiden Verse
zu sprechen:

Da jetzt der ‚Mond der Zeit‘[1], der Helligkeit uns leiht,
Von seiner Reise kam, sind Strahlen sein Geleit.
Der Haare dunkle Pracht gleicht seines Fernseins Nacht,
Indes der Sonne Schein aus seinem Antlitz lacht.[2]

Dann traten die Kaufleute an den Jüngling heran und begrüßten
ihn; und sie sahen bei ihm viele Lasten und Diener und auch
eine Tragsänfte, die mit einem breiten Gurt umgeben war.
Und nun nahmen sie ihn mit sich und führten ihn nach Hause;
als dort die junge Frau aus der Sänfte stieg, schien es seinem
Vater, daß sie alle Beschauer bezaubern mußte. Ihr ward ein
hohes Obergemach geöffnet, gleich einer Schatzkammer, von
der die Zaubersiegel abgenommen waren; und als seine Mutter
sie erblickte, war sie von ihr ganz berückt und hielt sie für eine
Prinzessin unter den Gemahlinnen der Könige. Sie freute sich
ihrer und befragte sie; Halîma antwortete ihr: ‚Ich bin die
Gattin deines Sohnes.‘ Und die Mutter sprach: ‚Da er mit dir
vermählt ist, geziemt es uns, daß wir dir eine prächtige Hochzeit rüsten, damit wir an dir und an meinem Sohne unsere
Freude haben.‘

Hören wir nun, was der Kaufmann 'Abd er-Rahmân tat!
Nachdem die Leute sich zerstreut hatten und ein jeder seiner
Wege gegangen war, blieb er mit seinem Sohne zusammen

1. Das ist: Kamar ez-Zamân.- 2. Wörtlich: doch das Aufgehen der Sonne (das ist: seines Antlitzes) ist aus seiner Halskrause.

und fragte ihn: ‚Mein Sohn, was ist das für eine Sklavin, die du bei dir hast? Und um wieviel hast du sie gekauft?‘ Jener antwortete ihm: ‚Mein Vater, sie ist keine Sklavin, sondern sie ist die, um derentwillen ich in die Fremde gezogen bin.‘ ‚Wie ist das?‘ fragte der Vater weiter; und der Sohn erwiderte: ‚Sie ist jene, die der Derwisch uns schilderte in der Nacht, die er bei uns verbrachte. Wisse, von jener Zeit ab hängten sich meine Hoffnungen an sie, und nur um ihretwillen verlangte es mich zu reisen. Ich bin sogar auf der Reise ausgeplündert worden, und die Beduinen raubten mein Gut, so daß ich ganz allein in Basra einzog; und dort ist es mir so und so ergangen‘; und er begann, seinem Vater alles zu erzählen von Anfang bis zu Ende. Nachdem er seine Geschichte beendet hatte, sprach der Vater zu ihm: ‚Mein Sohn, hast du dich denn nach all dem mit ihr vermählt?‘ ‚Nein,‘ gab jener zur Antwort, ‚aber ich habe ihr versprochen, mich mit ihr zu vermählen.‘ Der Vater fuhr fort: ‚Hast du also die Absicht, sie zur Frau zu nehmen?‘ Der Sohn antwortete: ‚Wenn du es mir befiehlst, will ich es tun; wo nicht, so werde ich mich nicht mit ihr vermählen.‘ Darauf sagte der Vater: ‚Wenn du sie zur Frau nimmst, so sage ich mich von dir los in dieser und in jener Welt, und ich werde dir grimmig zürnen. Wie kannst du dich denn mit ihr vermählen, nachdem sie so an ihrem Gatten gehandelt hat? Was sie um deinetwillen ihrem Gatten angetan hat, das wird sie dir ebenso antun um eines anderen willen; denn sie ist eine Verräterin, und einem Verräter darf man nicht trauen. Wenn du mir zuwiderhandelst, so werde ich immer zornig auf dich sein; aber wenn du auf meine Worte hörst, so will ich dir eine Jungfrau suchen, die noch schöner ist als sie, doch zugleich rein und fromm; und ich will dich mit ihr vermählen, müßte ich auch alle meine Habe für sie hingeben; und ich will ein Hochzeits-

488

fest für dich feiern, das nicht seinesgleichen hat, und will auf dich und auf sie stolz sein. Wenn dann die Leute sagen: ‚Derundder hat sich mit der Tochter Desunddes vermählt‘, so ist das besser, als wenn sie sagen: ‚Er hat eine Sklavin zur Frau, die ohne Abkunft und Adel ist.‘ So suchte er seinen Sohn zu überreden, von der Ehe mit ihr zu lassen, und er führte ihm für seinen Rat Beispiele und Geschichten an, dazu Gedichte Sprichwörter und Ermahnungen, bis Kamar ez-Zamân ausrief: ‚Lieber Vater, da es so steht, kann ich es nicht mehr verantworten, sie zur Frau zu nehmen.‘ Als er diese Worte gesprochen hatte, küßte sein Vater ihn auf die Stirn und sprach zu ihm: ‚Du bist mein echter Sohn! Bei deinem Leben, mein Sohn, ich werde dich gewißlich mit einer Maid vermählen, die nicht ihresgleichen hat.‘ Darauf brachte der Kaufmann ’Abd er-Rahmân die Frau des Juweliers ’Obaid und ihre Sklavin in ein hochgelegenes Gemach, und ehe er die Tür hinter ihnen schloß, gab er einer schwarzen Sklavin den Auftrag, den beiden ihr Essen und Trinken zu bringen, und sprach zu Halîma: ‚Du wirst mit deiner Sklavin in diesem Gemach gefangen bleiben, bis ich für euch jemanden finde, der euch kauft; dann will ich euch an ihn verkaufen. Wenn ihr Widerstand leistet, werde ich euch töten, dich und deine Sklavin; denn du bist eine Verräterin, und in dir ist nichts Gutes.‘ Sie antwortete ihm: ‚Tu, was du willst; ich verdiene alles, was du mit mir tun wirst!‘ So verschloß er denn die Tür hinter ihnen und gab seinem Harem den Auftrag: ‚Niemand soll zu den beiden hinaufgehen, noch mit ihnen sprechen, außer der schwarzen Sklavin, die ihnen ihr Essen und Trinken durch das Fenster des Gemachs reichen wird!‘ Da saß nun Halîma mit ihrer Sklavin weinend und voll Reue über das, was sie ihrem Gatten angetan hatte. So stand es um sie.

Sehen wir nun, was der Kaufmann 'Abd er-Rahmân des weiteren tat. Er schickte Brautwerberinnen aus, damit sie um eine Jungfrau von Adel und Abkunft für seinen Sohn würben. Die forschten nun unermüdlich umher, aber jedesmal, wenn sie eine Maid sahen, hörten sie von einer, die noch schöner war als sie, bis sie zum Hause des Scheich el-Islam kamen und seine Tochter sahen, die in Kairo nicht ihresgleichen hatte an Schönheit und Lieblichkeit und an des Wuchses Ebenmäßigkeit, ja, sie war noch tausendmal schöner als die Gattin des Juweliers 'Obaid. Von ihr berichteten sie dem Kaufmanne, und nun begab er sich mit den Vornehmen zu ihrem Vater, und sie warben um sie. Dann wurde der Ehevertrag geschrieben, und eine herrliche Hochzeitsfeier ward für die Braut gerüstet. 'Abd er-Rahmân veranstaltete die Hochzeitsmahle; und zwar lud er am ersten Tage die Schriftgelehrten ein, und die feierten ein würdiges Fest. Am zweiten Tage lud er die Kaufleute ein insgesamt; da wurden die Trommeln geschlagen und die Flöten geblasen, und Straße und Stadtviertel wurden mit Lampen erleuchtet. An jedem Abend kamen auch alle Spielleute und trieben mancherlei Kurzweil. So bereitete er an jedem Tage ein Gastmahl für einen besonderen Stand von Leuten, bis er auch die Hochweisen und die Emire und die Bannerträger und die Machthaber eingeladen hatte. Vierzig Tage lang dauerte die Hochzeitsfeier; jeden Tag saß der Kaufmann da und empfing die Leute, während sein Sohn ihm zur Seite saß und sich die Menschen anschaute, wie sie von den Tischen aßen, ja, es war eine Hochzeitsfeier, wie es noch nie eine gegeben hatte. Am letzten Tage lud er die Armen und Bedürftigen von nah und fern ein; und die kamen in Scharen, während der Kaufmann und sein Sohn neben ihm dasaßen. Und als die beiden so zuschauten, kam plötzlich der Scheich

'Obaid, der Gatte der jungen Frau, mit einer Schar von Armen herein; doch er war dürftig gekleidet und müde und trug die Spuren der Reise an sich. Kaum hatte Kamar ez-Zamân ihn gesehen, so erkannte er ihn, und er sprach zu seinem Vater: ‚Schau den armen Mann dort, Vater, der zur Tür hereinkommt!' Jener schaute ihn an und sah, daß er in Lumpen ging und ein altes Hemd trug, das zwei Dirhems wert war. Sein Gesicht war gelbgefleckt, und er war mit Staub bedeckt; er sah aus wie einer von den Pilgern, die am Wege niedersanken, und er stöhnte wie die elenden Kranken. Er ging mit schlotterndem Gang und schwankte beim Gehen bald nach rechts und bald nach links in einem fort; und an ihm bewahrheitete sich das Dichterwort:

> *Durch Armut muß des Mannes Glanz verblassen*
> *Gleichwie der Abendsonne gelber Schein.*
> *Verstohlen schleicht er sich am Volk vorüber;*
> *Es quillt sein Tränenstrom, ist er allein.*
> *Er wird gar bald vergessen, ist er ferne;*
> *Und ist er nahe, wird er nicht beglückt.*
> *Bei Gott, ein Fremdling unter eignem Volke*
> *Ist doch der Mann, wenn ihn die Armut drückt.*

Und das Wort eines anderen:

> *Der Arme geht einher; und alles ist ihm feindlich.*
> *Das ganze Land verschließt vor ihm die Tore dicht.*
> *Du siehst, er ist verhaßt, und hat doch nicht gesündigt;*
> *Er sieht die Feindschaft, doch er sieht die Ursach nicht.*
> *Sogar die Hunde, wenn sie einen Reichen sehen,*
> *So schmeicheln sie und wedeln mit dem Schwanze dann;*
> *Doch sehn sie einmal einen Armen und Bedrückten,*
> *So bellen sie ihn unter Zähnefletschen an.*

Und wie schön ist das Wort des Dichters:

> *Wenn Ruhm und Glück dem Manne zu Gefährten werden,*
> *So meiden ihn Gefahr und Widerwärtigkeit.*

Dann kommt zu ihm der Freund schmarotzend ungeladen,
Der Nebenbuhler ist zum Kuppeln gar bereit.
Die Menschen nennen seinen lauten Wind Gesang,
Und sagen, ist er leis: Ein Hauch voll Süßigkeit. – –«

Da bemerkte Schehrezâd, daß der Morgen begann, und sie hielt in der verstatteten Rede an. Doch als die *Neunhundertund-siebenundsiebenzigste Nacht* anbrach, fuhr sie also fort: »Es ist mir berichtet worden, o glücklicher König, daß der Kaufmann 'Abd er-Rahmân, als sein Sohn zu ihm sprach: ,Schau diesen armen Mann!' fragte: ,Mein Sohn, wer ist das?' Jener antwortete ihm: ,Das ist Meister 'Obaid, der Juwelier, der Gatte der Frau, die bei uns gefangen ist.' Weiter fragte der Kaufmann: ,Ist es der, von dem du mir erzähltest?' ,Jawohl,' erwiderte der Sohn, ,ich habe ihn ganz sicher erkannt.'

Der Grund seines Kommens aber war der folgende. Als Kamar ez-Zamân ihm Lebewohl gesagt hatte, begab der Juwelier sich in seinen Laden; dort ward ihm eine kleine Arbeit gebracht, und er machte sie im Verlauf des Tages fertig. Am Abend schloß er den Laden und ging nach Hause; er legte die Hand an die Tür, und sie tat sich auf. Als er aber eintrat, sah er weder seine Gattin noch die Sklavin; und er fand das ganze Haus in übelstem Stand, so daß dies Dichterwort auf ihn seine Anwendung fand:

Voller Bienen war die Stätte, als der Schwarm sich niederließ;
Als die Bienen sie verließen, war es nur ein leer Verlies. –
Heute ist's, als hätten Menschen nie sich dort ein Heim geschafft,
Oder auch, als hätt ein Unheil alles Volk hinweggerafft.

Als er das Haus verlassen fand, wandte er sich bald nach rechts, bald nach links, ja, er lief überall umher wie ein Irrer; aber er fand niemanden. Dann öffnete er die Tür seiner Schatzkammer; doch er fand in ihr nichts von seinem Geld noch von sei-

nen Schätzen. Da endlich kam er wieder zu sich aus seiner
Wirrnis und erwachte aus seiner Betäubung und erkannte,
daß seine eigene Frau es war, die sich mit Listen wider ihn gewandt und ihn betrogen hatte; und er weinte über das, was
geschehen war. Er hielt jedoch seine Sache geheim, damit
keiner seiner Feinde über ihn frohlockte und keiner seiner
Freunde sich betrübte; denn er wußte, daß er, wenn er sein
Geheimnis ruchbar werden ließe, bei den Menschen nur
Schimpf und Schande ernten würde. Deshalb sprach er zu sich
selber: ‚Mann, verbirg, was dir widerfahren ist an Leid und
Schändlichkeit! Vielmehr sei nach dem Dichterworte zu handeln bereit:

> *Ist eines Mannes Brust beengt durch ein Geheimnis, –*
> *Noch enger wird die Brust dem, der es weitergibt.*‘

Darauf verschloß er sein Haus und begab sich in seinen Laden;
dessen Obhut vertraute er einem seiner Gesellen an, indem er
zu ihm sprach: ‚Der junge Kaufmann, mein Freund, hat mich
eingeladen, ihn nach Kairo zu begleiten, damit ich es mir ansehe, und er hat geschworen, er wolle nicht aufbrechen, es sei
denn, daß er mich und meinen Harem mit sich nehme. Deshalb, mein Sohn, sei du mein Stellvertreter in meinem Laden;
und wenn der König euch nach mir fragt, so sprecht zu ihm:
‚Er hat sich mit seinem Harem auf die Pilgerreise zum heiligen
Hause Allahs begeben.‘ Dann verkaufte er einiges von seinen
Waren und kaufte sich Kamele, Maultiere und Mamluken;
auch kaufte er sich eine Sklavin und ließ sie in einer Sänfte sitzen; und nach zehn Tagen verließ er Basra. Seine Freunde nahmen Abschied von ihm, und er brach auf; und die Leute glaubten nicht anders, als daß er seine Gattin mit sich genommen
und sich auf die Pilgerfahrt begeben habe. Und alle Menschen
freuten sich, daß Allah sie davon befreit hatte, jeden Freitag

sich in die Moscheen und in die Häuser einsperren zu lassen. Da sagte einer von den Leuten: ‚Allah lasse ihn nie wieder nach Basra zurückkehren, damit wir nicht mehr an jedem Freitag in die Moscheen und in die Häuser eingesperrt werden!‘ Denn dieser launische Befehl hatte unter dem Volk von Basra viel Ärgernis erregt. Und dann sagte ein anderer: ‚Ich glaube, er wird nie von seiner Reise zurückkehren, da das Volk von Basra ihn so verwünscht.‘ Und ein dritter sprach: ‚Wenn er zurückkommt, soll er nur als gebrochener Mann wiederkehren!‘ So freuten sich denn die Bewohner von Basra gar sehr über sein Fortgehen, nachdem sie vorher so geplagt gewesen waren, und auch ihre Katzen und ihre Hunde hatten nun Ruhe. Als aber der Freitag kam, rief der Herold doch wieder wie gewöhnlich in der Stadt aus, das Volk solle zwei Stunden vor dem Freitagsgebet in die Moscheen gehen oder sich in den Häusern verborgen halten, desgleichen auch die Katzen und die Hunde. Da ward den Leuten die Brust wieder beklommen, und sie rotteten sich alle zusammen und begaben sich zum Staatssaal, traten vor den König und sprachen: ‚O größter König unserer Zeit, der Juwelier hat doch seine Frau genommen und ist auf die Pilgerfahrt zum heiligen Hause Allahs aufgebrochen; so hat auch der Grund, aus dem wir uns einsperren mußten, aufgehört zu bestehen. Weshalb sollen wir uns denn jetzt noch einschließen?‘ Der König rief: ‚Wie konnte dieser Verräter abreisen, ohne es mich wissen zu lassen? Wenn er von seiner Reise zurückkehrt, so wird schon alles in gute Ordnung kommen. Also geht in eure Läden und verkauft und kauft; diese Plage ist jetzt von euch genommen!‘ So stand es um den König und das Volk von Basra.

Sehen wir nun, wie es Meister 'Obaid, dem Juwelier, erging! Er reiste zehn Tagereisen lang dahin, und da widerfuhr ihm

494

dasselbe, was Kamar ez-Zamân widerfahren war, ehe er in Basra ankam; denn die Beduinen aus der Gegend von Baghdad fielen über ihn her, zogen ihn aus und nahmen ihm alles ab, was er bei sich hatte, und nur dadurch, daß er sich tot stellte, kam er mit dem Leben davon. Als aber die Beduinen fortgezogen waren, erhob er sich und ging, nackt wie er war, weiter, bis er in ein Dorf kam. Dort machte Allah ihm die Herzen gütiger Menschen geneigt, und sie bedeckten seine Blöße mit Stücken von alten Kleidern. Dann fragte er, bettelnd, seinen Weg weiter, von Ort zu Ort, bis er in Kairo, der Stadt, die Gott behüten möge, ankam, und da brennender Hunger ihn quälte, so zog er bettelnd in den Basaren umher. Ein Mann aus dem Volke von Kairo jedoch sprach zu ihm: ,Du Armer, geh doch in das Hochzeitshaus, iß und trink! Denn dort ist heute der Tisch für die Armen und Fremdlinge.' Da sagte er: ,Ich kenne den Weg zum Hochzeitshause nicht.' ,Folge mir, ich will ihn dir zeigen!' sagte der andere und ging ihm voran, bis er zu dem Hause kam. Dort sprach er zu 'Obaid: ,Dies ist das Hochzeitshaus; geh hinein und fürchte dich nicht, denn an der Tür zum Hause der Hochzeitsfreunde gibt es keine Torwächter!' Nachdem er eingetreten war, erblickte Kamar ez-Zamân ihn und erkannte ihn und sagte es seinem Vater. Der Kaufmann 'Abd er-Rahmân aber sprach zu seinem Sohne: ,Lieber Sohn, laß ihn jetzt allein; vielleicht ist er hungrig. Laß ihn essen, bis er gesättigt ist und sein Gemüt sich beruhigt hat; hernach wollen wir ihn rufen lassen!' Sie warteten also, bis jener sich satt gegessen und die Hände gewaschen und den Kaffee getrunken hatte sowie die Zuckerscherbette, die mit Moschus und Ambra vermischt waren, und nun wieder gehen wollte. Da sandte der Vater von Kamar ez-Zamân nach ihm, und der Bote sprach zu 'Obaid: ,Komm, Fremdling,

folge dem Rufe des Kaufmanns 'Abd er-Rahmân!' ,Was ist
das für ein Kaufmann?' fragte der Juwelier; und der Bote antwortete ihm: ‚Er ist der Festgeber.' So kehrte er denn um, und
er glaubte, jener wolle ihm ein Geschenk geben. Als er sich
aber dem Kaufmann näherte, erblickte er seinen Freund Kamar ez-Zamân, und er verlor fast die Besinnung aus Scham
vor ihm. Aber Kamar ez-Zamân sprang auf, schloß ihn in
seine Arme und begrüßte ihn; und beide weinten bitterlich.
Dann ließ er ihn an seiner Seite sitzen; doch sein Vater sprach
zu ihm: ‚O du Jüngling ohne Lebensart, auf solche Weise empfängt man die Freunde nicht! Schicke ihn zuerst in das Badehaus, dann sende ihm Gewänder, wie sie ihm gebühren, und
danach setz dich mit ihm nieder und plaudere mit ihm!' Da
rief er einige seiner Diener und befal ihnen, sie sollten ihn ins
Badehaus führen; auch sandte er ihm auserlesene Gewänder,
die tausend Dinare wert waren oder noch mehr. Und die Diener wuschen seinen Leib und kleideten ihn in die Gewänder,
so daß er nunmehr wie der Vorsteher der Kaufmannsgilde
aussah. Inzwischen aber, während 'Obaid im Badehause war,
fragten die Umstehenden Kamar ez-Zamân nach ihm, indem
sie sprachen: ‚Wer ist das? Und woher kennst du ihn?' Er gab
zur Antwort: ‚Das ist mein Freund, der mich in sein Haus aufgenommen hat und dem ich unzählige Wohltaten verdanke;
ja, er hat mir die höchsten Ehren erwiesen. Er ist ein Mann
von Pracht und Macht, und seines Berufes ist er ein Juwelier,
dem niemand gleichkommt. Der König von Basra ist ihm in
herzlicher Liebe zugetan; ja, er steht bei dem König in hohem
Ansehn, und seinem Befehl wird Gehorsam geleistet.' So
rühmte er ihn hoch vor ihnen; und er fuhr fort: ‚Er hat soundso an mir gehandelt, und ich schäme mich vor ihm, da ich
nicht weiß, wie ich ihm lohnen soll, um all die Ehrungen zu

vergelten, die er mir erwiesen hat.' So pries er ihn in einem
fort, bis sein Ansehen bei den Umstehenden sehr groß ward
und er in ihren Augen verehrungswürdig war. Darauf sprachen sie: ,Wir alle wollen das tun, was ihm gebührt, und wollen ihn um deinetwillen ehren. Jedoch möchten wir wissen,
aus welchem Grunde er nach Kairo gekommen ist, weshalb er
seine Heimat verlassen hat, und was Allah mit ihm getan hat,
daß er in solche Not geraten ist.' Darauf erwiderte er ihnen:
,Ihr Leute, wundert euch nicht! Ein Menschenkind ist dem
Schicksal und dem Verhängnis unterworfen, und solange es in
dieser Welt lebt, ist es nie vor Unheil gefeit. Der Dichter dieser Verse schilderte die Wirklichkeit:

> *Das Schicksal stürzt sich auf die Menschen; drum vermeide,*
> *Daß dich die Sucht nach Würden und nach Rang betört!*
> *Und hüte dich vor Fehltritt, halt dich fern dem Elend;*
> *Bedenke, daß zum Schicksal Mißgeschick gehört!*
> *Der Wechsel eines jeden Dings hat seine Ursach:*
> *Durch kleinstes Unglück ward schon manches Glück zerstört!*

Wisset, als ich damals in Basra einzog, war mein Zustand noch
schlimmer, als der seine es jetzt ist, und mein Elend noch größer als das seine; denn als dieser Mann nach Kairo kam, war
seine Blöße mit Lumpen bedeckt, aber ich zog in seine Stadt
mit unverhüllter Blöße, die eine Hand hinten, die andere vorn;
und niemand half mir als Allah und dieser hochherzige Mann.
Die Ursache davon war, daß die Beduinen mich ausplünder-
ten, mir meine Kamele und Maultiere und Lasten raubten und
meine Diener und Mannen töteten; ich legte mich zwischen
die Erschlagenen nieder, und die Räuber hielten mich für tot,
so daß sie mich liegen ließen, als sie fortzogen. Dann machte
ich mich auf und schritt nackend weiter, bis ich in Basra ankam; dort nahm dieser Mann mich auf, kleidete mich und gab

497

mir eine Herberge in seinem Hause; auch versah er mich mit
Geld, und alles, was ich mit mir gebracht habe, verdanke ich
nur Allah und seiner Güte. Als ich abreiste, gab er mir reiche
Geschenke, und ich kehrte fröhlichen Sinnes in meine Heimatstadt zurück. Damals, als ich mich von ihm trennte, lebte
er in Pracht und Macht; vielleicht mußte er seither einen
Schicksalsschlag erleiden, der ihn zwang, von seinem Volke
und seiner Heimat zu scheiden. Ihm mag unterwegs das gleiche
widerfahren sein, was mir widerfuhr; und darin liegt nichts
Wunderbares. Aber jetzt geziemt es mir, ihm zu vergelten für
seine hochherzige Tat, und nach dem Worte dessen zu handeln, der da gesprochen hat:

> O der du gut denkst von der Zeit,
> Bedenkst du, wie die Zeit verfährt?
> In Güte tue, was du tust;
> Wie einer lohnt, wird ihm gewährt!'

Während sie sich mit diesen und ähnlichen Worten unterhielten, trat Meister 'Obaid wieder zu ihnen ein, und er sah aus,
als wenn er der Vorsteher der Kaufmannsgilde wäre. Alle erhoben sich vor ihm und begrüßten ihn und ließen ihn auf dem
Ehrenplatze sitzen. Kamar ez-Zamân aber sprach zu ihm:
,Lieber Freund, dein Tag sei gesegnet und glücklich! Du
brauchst mir nicht zu erzählen, was mir selbst früher als dir
widerfahren ist; wenn die Beduinen dich ausgeplündert und
dir Hab und Gut geraubt haben, so bedenke, daß Hab und
Gut das Lösegeld für das Leben sind, und gräme dich nicht!
Siehe, ich bin nackt in deine Stadt gekommen, und du hast
mich gekleidet und freundlich aufgenommen; und ich verdanke dir viel Güte. Darum will ich dir vergelten.' – «

Da bemerkte Schehrezâd, daß der Morgen begann, und sie
hielt in der verstatteten Rede an. Doch als die *Neunhundertund-*

achtundsiebenzigste Nacht anbrach, fuhr sie also fort: »Es ist mir berichtet worden, o glücklicher König, daß Kamar ez-Zamân zu Meister 'Obaid dem Juwelier sprach: ‚Siehe, ich bin nackt in deine Stadt gekommen, und du hast mich gekleidet, und ich verdanke dir viel Güte. Darum will ich dir vergelten und an dir handeln, wie du an mir gehandelt hast, ja, ich will noch mehr tun als das. Also hab Zuversicht und quäl dich nicht!' In dieser Weise beruhigte er ihn und hinderte ihn am Reden, damit jener nicht von seiner Frau spräche und erzählte, was sie ihm angetan hatte; unermüdlich sprach er ihm zu mit Ermahnungen, Sprichwörtern und Gedichten, mit Anekdoten, Erzählungen und Geschichten, und er suchte ihn zu trösten, bis der Juwelier verstand, daß Kamar ez-Zamân ihm andeuten wollte, er solle Schweigen bewahren. So schwieg denn 'Obaid von dem, was ihm das Herz beschwerte; die Erzählungen und lustigen Geschichten, die er vernahm, trösteten seinen Sinn, und er sprach das Dichterwort vor sich hin:

> *Auf der Stirn des Schicksals stehet eine Schrift; wenn du die siehst,*
> *Wird ihr Sinn dich so betruben, daß dein Auge Blut vergießt:*
> *Niemals hat das Schicksal einem mit der Rechten Gluck geschenkt,*
> *Ohne daß ihn seine Linke mit dem Unheilsbecher tränkt.*

Darauf nahmen Kamar ez-Zamân und sein Vater, der Kaufmann 'Abd er-Rahmân, den Juwelier mit sich und führten ihn in den Saal des Frauenhauses; dort schlossen sie sich mit ihm ein, und der Kaufmann 'Abd er-Rahmân sprach zu ihm: ‚Wir haben dich nur deshalb am Sprechen gehindert, weil wir fürchteten, es könnte dich und uns ins Gerede bringen. Doch jetzt sind wir allein, und nun berichte uns, was zwischen dir und deiner Frau und meinem Sohne vorgegangen ist!' Da erzählte der Juwelier die Geschichte von Anfang bis zu Ende. Und als er seinen Bericht beendet hatte, fragte der Kaufmann ihn: ‚Lag

499

die Schuld an deiner Gattin oder an meinem Sohne?' ‚Bei Allah,' erwiderte jener, ‚deinen Sohn trifft keine Schuld; denn die Männer gelüstet es nach den Frauen, aber es ist die Pflicht der Frauen, daß sie sich von den Männern fernhalten. Nur meine Frau ist zu tadeln, sie, die mich verraten und mir all dies angetan hat.' Da erhob sich der Kaufmann und ging mit seinem Sohn beiseite und sprach zu ihm: ‚Mein Sohn, wir haben seine Frau geprüft und wissen, daß sie eine Verräterin ist; jetzt will ich ihn prüfen, um zu erfahren, ob er ein Mann von Ehre und Vornehmheit ist oder ein Lump.' ‚Wie willst du das tun?' fragte der Jüngling; und sein Vater antwortete: ‚Ich will ihm zureden, er solle sich mit seiner Frau aussöhnen, und wenn er in die Versöhnung einwilligt und ihr vergibt, so will ich ihn mit einem Schwerte totschlagen und dann auch die Frau und ihre Sklavin töten; denn am Leben eines Kupplers und einer Dirne ist nichts Gutes. Doch wenn er sich mit Grausen von ihr wendet, so will ich ihn deiner Schwester vermählen und ihm dazu noch mehr Geld geben, als jene ihm weggenommen hat.' Dann kehrte er zu 'Obaid zurück und sprach zu ihm: ‚Meister, der Umgang mit Frauen erfordert Langmut, und wer sie liebt, dessen Herz sei weit; denn sie sind böswillig gegen die Männer und tun ihnen weh, da sie ihnen überlegen sind an Schönheit und Anmut. Sie kommen sich selber herrlich vor und sehen auf die Männer herab, vor allem, wenn ihnen von ihren Gatten Liebe bezeigt wird; dann vergelten sie ihnen mit Hoffart, Dreistigkeit und Abscheulichkeit in jeglicher Weise. Wird nun ein Mann jedesmal zornig, wenn er an seiner Frau etwas bemerkt, was ihn verletzt, so kann es zwischen ihm und ihr keine Gemeinschaft geben; nur der vermag mit den Frauen auszukommen, der ein weites Herz sein eigen nennt und die Langmut der Seele kennt. Wenn ein Mann nicht mit seiner

Frau Geduld hat und ihre Bosheit in Milde verzeiht, so erblüht ihm aus dem Umgange mit ihr keine Zufriedenheit. Es heißt von ihm mit Recht: Wären sie auch im Himmel, so würden sich die Hälse der Männer nach ihnen wenden. Und wer die Macht hat und vergibt, dessen Lohn steht bei Allah. Diese Frau ist deine Gattin und deine Gefährtin; sie hat lange mit dir zusammengelebt; deshalb geziemt es sich, daß sie bei dir Vergebung findet, denn dies ist ein Zeichen, daß der Erfolg sich mit dem Zusammensein verbindet. Den Frauen mangelt es ja an Verstand und an Glauben. Wenn sie gesündigt hat, hat sie schon bereut; so Gott will, wird sie es nie wieder so treiben, wie sie es früher getrieben hat. Darum ist es mein Rat, daß du dich mit ihr versöhnst; und ich will dir an Hab und Gut mehr geben, als du besessen hast. Wenn du noch bei mir bleiben willst, so heiße ich dich und sie willkommen; euch soll nur das zuteil werden, was euch Freude macht. Willst du aber in deine Heimat zurückkehren, so will ich dir geben, was du zu deiner Zufriedenheit brauchst; da steht die Sänfte bereit, laß deine Gattin und ihre Sklavin einsteigen und zieh in dein Land! Der Dinge, die zwischen dem Manne und seiner Frau geschehen, sind viele; und es ist deine Pflicht, milde zu handeln und nicht auf dem Wege der Härte zu wandeln.' Da fragte der Juwelier: ,Hoher Herr, wo ist denn meine Gattin?' Der Kaufmann erwiderte ihm: ,Sie ist hier im oberen Gemach. Geh zu ihr hinauf, sei freundlich zu ihr um meinetwillen und betrübe sie nicht! Als mein Sohn sie brachte und sich mit ihr vermählen wolllte, habe ich ihn daran gehindert, und ich habe sie in dies Gemach geführt und die Tür hinter ihr verschlossen. Denn ich sagte mir: ,Vielleicht wird ihr Gatte kommen, und dann will ich sie ihm wohlbehalten übergeben; denn sie ist lieblich von Gestalt, und wenn eine Frau so schön ist wie sie, so ist es unmöglich, daß ihr Gatte sie verläßt! Das, was ich annahm, ist nun eingetroffen, und Preis sei Allah dem Erhabenen, daß du nun wieder mit deiner Gattin vereint bist! Was aber meinen Sohn betrifft, so habe ich um eine andere Frau für ihn geworben, und diese Feste und Gastmähler finden um seiner Hochzeit willen statt; heute nacht wird er zu seiner Gattin eingehen. Da ist der Schlüssel zu dem Obergemach, in dem deine Gattin weilt; nimm ihn, öffne die Tür und geh zu ihr und deiner Sklavin hinein! Sei guter Dinge mit ihr; Essen und Trinken soll euch gebracht werden, und du sollst nicht cher wieder herunterkommen, als bis du dein Genüge an ihr gehabt hast!' Nun sprach der Juwelier zu ihm: ,Allah belohne dich statt meiner mit allem Guten, lieber Herr!' Und er nahm den Schlüssel und ging fröhlich hinauf. Der Kaufmann glaubte, seine Worte hätten ihm gefallen, und er sei mit ihnen einverstanden; deshalb nahm er das Schwert und ging hinter ihm her, doch so, daß jener ihn nicht sehen konnte. Dann blieb er an einer Stelle stehen, von wo er sehen konnte, was zwischen 'Obaid und seiner Gattin vorgehen würde.

Wenden wir uns nun von dem Kaufmann 'Abd er-Rahmân zu dem Juwelier! Als der zu seiner Gattin eintreten wollte, hörte er sie bitterlich klagen, weil Kamar ez-Zamân sich mit einer anderen vermählt hatte. Und dann hörte er, wie die Sklavin zu ihr sprach: ,Wie oft habe ich dich gewarnt, meine Gebieterin, und dir gesagt: Von diesem Jüngling wird dir nichts Gutes widerfahren; drum laß ab von dem Umgang mit ihm! Aber du hast nicht auf meine Worte gehört und hast sogar deinem Gatten all sein Hab und Gut geraubt und es dem Jüngling gegeben! Dann hast du dein Heim verlassen und dich nur an die Liebe zu ihm gehalten und bist mit ihm in dies Land gekommen! Er aber hat dich aus seinem Herzen verstoßen und

502

sich mit einer anderen vermählt; und das Ende deiner Vernarrt-
heit in ihn ist das Gefängnis.' Da rief Halîma: ‚Schweig, du Verruchte! Wenn er auch mit einer anderen vermählt ist, so muß
ich doch ganz gewiß ihm eines Tages wieder in den Sinn kommen. Ich kann die Nacht des trauten Vereins mit ihm nie vergessen; und meines Trostes Hort ist auf jeden Fall das Dichterwort:

> *Mein Lieb, willst du denn seiner nicht gedenken,*
> *Dem du allein in seinem Sinne bist?*
> *Es sei dir ferne, daß du den vergessest,*
> *Der sich um deinetwillen selbst vergißt!*

Er wird ganz sicher einst wieder daran denken, wie wir in
Freundschaft verbunden waren, und dann wird er nach mir
fragen; darum will ich mich nicht von der Liebe zu ihm abwenden und will in meiner Neigung für ihn nicht wankend
werden, müßte ich auch im Kerker umkommen! Er ist es, der
mir im Herzen weilt und der meine Schmerzen heilt; und
meine Hoffnung ruht auf ihm, daß er zu mir zurückkehrt und
mir wieder Freude bringt.' Als ihr Gatte hörte, daß sie diese
Worte sprach, stürzte er zu ihr hinein und schrie sie an: ‚Du
Verräterin, wahrlich, deine Hoffnung auf ihn ist wie die Hoffnung des Teufels auf das Paradies. Alle diese Laster lebten in
dir, ohne daß ich es wußte. Hätte ich geahnt, daß auch nur
eins von diesen Lastern in dir hause, ich hätte dich nicht eine
Stunde lang bei mir behalten. Aber da ich jetzt sicher weiß,
daß solches in dir steckt, muß ich dich töten, wenn man mich
auch deinetwillen umbringt, du Verräterin!' Und mit beiden
Händen packte er sie im Nu und rief ihr diese beiden Verse zu:

> *Ihr Schönen, meine treue Lieb habt ihr durch Sünde*
> *Vertrieben und dem Rechte Achtung nicht bezeigt.*
> *Wie vielen unter euch galt meine Jugendneigung! –*
> *Durch dieses Leid ward ich dem Neigen abgeneigt.*

Dann drückte er ihr die Gurgel zu und brach ihr das Genick, und die Sklavin schrie: ‚Wehe, meine Herrin!‘ Doch er fuhr sie an: ‚O du Dirne, du trägst an allem die Schuld, da du wußtest, daß diese böse Neigung in ihr lebte, und mir nichts davon sagtest!‘ Dann packte er auch die Sklavin und erdrosselte sie. All das geschah, während der Kaufmann mit dem Schwert in der Hand hinter der Tür stand und mit seinen Ohren hörte und mit seinen Augen zuschaute. Als nun ’Obaid, der Juwelier, die beiden im Hause des Kaufmanns erdrosselt hatte, ward er von Angst ergriffen, und er fürchtete den Ausgang der Sache; denn er sagte sich: ‚Wenn der Kaufmann erfährt, daß ich die beiden in seinem Hause umgebracht habe, wird er mich ganz gewiß auch umbringen. Doch ich bitte Allah, daß er mich mein Leben aushauchen lasse, solange ich noch am rechten Glauben hänge.‘ Er war ratlos ob seiner Lage und wußte nicht, was er tun sollte. Während er so dastand, trat plötzlich der Kaufmann ’Abd er-Rahmân zu ihm herein und sprach zu ihm: ‚Dir soll kein Leid widerfahren! Du verdienst, daß es dir gut gehe. Sieh dies Schwert, das ich in meiner Hand halte: ich hatte die Absicht, dich zu töten, wenn du dich wieder mit ihr ausgesöhnt und vertragen hättest, und dann wollte ich auch das Weib töten. Da du aber diese Tat getan hast, so heiße ich dich willkommen, zwiefach willkommen. Und dein Lohn soll kein anderer sein, als daß ich dich mit meiner Tochter vermähle, mit der Schwester von Kamar ez-Zamân.‘ Dann nahm er ihn mit sich und führte ihn hinunter; darauf ließ er die Leichenwäscherin kommen, und es verbreitete sich die Kunde, daß die beiden Sklavinnen, die Kamar ez-Zamân, der Sohn des Kaufmanns ’Abd er-Rahmân, aus Basra mitgebracht habe, gestorben seien. Da kamen die Leute, um ihm ihre Teilnahme auszusprechen, und sagten zu ihm: ‚Dein Haupt möge leben,

504

und Allah möge dir Ersatz gewähren!' Nachdem die beiden gewaschen und in Totenlaken gehüllt waren, begrub man sie, und niemand erfuhr die Wahrheit über das, was geschehen war.

Hören wir nun, was der Kaufmann 'Abd er-Rahmân weiter tat! Er ließ den Scheich el-Islam und alle Vornehmen kommen und sprach: ‚O Scheich el-Islam, schreib den Ehevertrag zwischen meiner Tochter Kaukab es-Sabâh[1] und Meister 'Obaid, dem Juwelier, und füge hinzu, daß ich die Brautgabe bereits voll und ganz erhalten habe.' Jener schrieb also den Vertrag, und dann wurden die Gäste mit Scherbetten bewirtet. Nun rüstete man ein gemeinsames Hochzeitsfest; während des Hochzeitszuges saßen die Tochter des Scheich el-Islam, die Gattin von Kamar ez-Zamân, und seine Schwester Kaukab es-Sabâh, die Gattin des Meisters 'Obaid, des Juweliers, in derselben Sänfte am gleichen Abend; und an demselben Abend geleitete man im Hochzeitszuge Kamar ez-Zamân und den Meister 'Obaid gemeinsam und führte Kamar ez-Zamân zur Tochter des Scheich el-Islam und den Meister 'Obaid zur Tochter des Kaufmanns 'Abd er-Rahmân. Als dieser zu ihr einging, fand er, daß sie noch tausendmal schöner und lieblicher war als seine erste Gattin; und er nahm ihr das Mädchentum. Am nächsten Morgen aber ging er mit Kamar ez-Zamân in das Badehaus; dann blieb er noch eine Weile bei ihnen in aller Freude, aber schließlich kam die Sehnsucht nach seiner Heimat über ihn. So trat er denn zu dem Kaufmann 'Abd er-Rahmân ein und sprach zu ihm: ‚Lieber Oheim, ich habe Sehnsucht nach meiner Heimat, dort besitze ich noch allerlei Hab und Gut, über das ich einen meiner Gesellen als Verwalter an meiner Statt eingesetzt habe; ich gedenke deshalb heimzureisen, um meine Besitztümer zu verkaufen, und dann will

1. Vgl. oben Seite 432, Anmerkung 2.

ich zu dir zurückkehren. Willst du mir nun erlauben, daß ich mich zu diesem Zwecke in meine Heimat begebe?' Der Kaufmann erwiderte ihm: ,Mein Sohn, ich gebe dir die Erlaubnis; dich trifft kein Vorwurf, daß du so sprichst, denn die Liebe zur Heimat ist ein Teil des rechten Glaubens. Wer daheim nichts Gutes findet, der findet auch in den Ländern anderer Leute nichts Gutes. Aber es könnte sein, daß du, wenn du ohne deine Gattin reisest und dann in deine Heimat kommst, Gefallen daran findest, dort zu bleiben, und dann würdest du dir keinen Rat wissen, ob du zu deiner Gattin zurückkehren oder in deiner Heimat bleiben sollst. Mir scheint es das beste zu sein, daß du deine Gattin mit dir nimmst; wenn du dann zu uns zurückkehren willst, so kehre mit deiner Gattin zurück, und ihr beide sollt uns willkommen sein! Denn wir sind Leute, die keine Ehescheidung kennen; bei uns vermählt eine Frau sich nie zum zweiten Male, auch sagen wir uns nicht leichtsinnig von einem Manne los.' Doch 'Obaid entgegnete: ,Lieber Oheim, ich fürchte, deine Tochter wird nicht darin einwilligen, mit mir in meine Heimat zu reisen.' ,Mein Sohn,' sagte darauf der Kaufmann, ,bei uns gibt es keine Frauen, die ihren Gatten widersprechen, und wir kennen auch keine Frau, die ihrem Manne zürnt.' Da rief der Juwelier: ,Allah segne euch und eure Frauen!' und er ging alsbald zu seiner Gattin und sprach zu ihr: ,Ich will in meine Heimat reisen; was sagst du dazu?' Sie gab zur Antwort: ,Solange ich Jungfrau war, entschied mein Vater stets über mich; seit ich aber vermählt bin, steht alle Entscheidung bei meinem Gatten, und ich widerspreche ihm nicht.' Darauf sagte 'Obaid: ,Allah segne dich und deinen Vater! Allah erbarme sich des Schoßes, der dich getragen hat, und der Lenden, die dich gezeugt haben!' Dann traf er alle Vorbereitungen und rüstete sich für die Reise, und sein Schwiegervater beschenkte ihn reichlich. Nachdem sie einander Lebewohl gesagt hatten, nahm 'Obaid seine Gattin mit sich und brach auf; immer weiter zog er dahin, bis er in Basra eintraf, und dort kamen ihm seine Anverwandten und seine Freunde entgegen, alle in dem Glauben, er sei an den heiligen Stätten gewesen. Manche freuten sich über seine Rückkehr, andere aber waren betrübt darüber, daß er wieder in Basra war; und die Leute sprachen untereinander: ‚Jetzt wird er uns wie früher jeden Freitag belästigen, so daß wir in die Moscheen und Häuser eingesperrt werden, ja, auch unsere Katzen und Hunde wird man einsperren.‘ So redete man von ihm.

Hören wir aber, was der König von Basra tat! Als der vernahm, daß 'Obaid heimgekehrt war, ergrimmte er wider ihn und ließ ihn sofort vor sich bringen; und er schalt ihn und sprach zu ihm: ‚Wie konntest du fortziehen, ohne mir von deiner Reise Kunde zu geben? Hätte ich dir nicht etwas geben können, um dich auf deiner Pilgerfahrt zum heiligen Hause Allahs zu unterstützen?‘ Der Juwelier gab ihm zur Antwort: ‚Verzeihung, hoher Herr! Bei Allah, ich bin nicht auf die Pilgerfahrt gezogen; aber mir ist es soundso ergangen.‘ Und er berichtete ihm alles, was er mit seiner Gattin und mit dem Kaufmann 'Abd er-Rahmân in Kairo erlebt hatte, auch, wie dieser ihn mit seiner Tochter vermählt hatte, und er schloß mit den Worten: ‚Schau, ich habe sie auch mit nach Basra gebracht!‘ Da rief der König: ‚Bei Gott, fürchtete ich mich nicht vor Allah dem Erhabenen, so würde ich dich töten lassen und mich nach deinem Tode mit dieser edlen Frau vermählen, wenn ich auch Schätze Goldes für sie dahingeben müßte; denn sie gebührt nur Königen. Doch Allah hat sie dir zuteil werden lassen, und Er gesegne sie dir, und du sei immer gut zu ihr!‘ Dann gab er dem Juwelier ein Geschenk; und der verließ ihn.

Nachdem er fünf Jahre lang mit seiner Gattin gelebt hatte, ging er ein zur Barmherzigkeit Allahs des Erhabenen. Da warb der König um sie; doch sie willigte nicht ein, sondern sprach: ,O König, ich habe in meiner Sippe nie eine Frau gekannt, die sich nach dem Tode ihres Gatten wieder vermählt hätte. Drum will auch ich mich nach meines Gatten Hinscheiden nicht wieder vermählen; auch deine Gemahlin kann ich nicht werden, selbst wenn du mich töten wolltest.' Später sandte der König ihr einen Boten und ließ sie fragen: ,Möchtest du in deine Heimat ziehn?' Sie ließ ihm antworten: ,Wenn du Gutes tust, so wirst du dafür belohnt werden.' Dann ließ er für sie den ganzen Besitz des Juweliers zusammenbringen und fügte auch noch von seinem eigenen hinzu, nach dem Maße seines Standes. Und schließlich sandte er einen seiner Wesire mit ihr, einen Mann, der wegen seiner Güte und Frömmigkeit berühmt war, samt einem Gefolge von fünfhundert Reitern. So zog denn jener Wesir mit ihr, bis er sie zu ihrem Vater geleitet hatte. Dort lebte sie, ohne sich wieder zu vermählen, bis sie starb; und alle die anderen starben auch.

Wenn nun diese Frau nicht einwilligte, nach dem Tode ihres Gatten an seiner Statt sich mit einem Sultan zu vermählen, wie könnte sie da wohl verglichen werden mit einer, die ihrem Gatten noch zu seinen Lebzeiten einen Jüngling von unbekannter Herkunft und Sippe vorzog, zumal sie dabei verbotene Früchte genoß und keinen rechtmäßigen Ehebund schloß! Wer also glaubt, die Frauenart sei überall einerlei, der findet für seinen Wahnsinn keine Arznei. Preis sei dem Herrn der sichtbaren und unsichtbaren Welt, dem Lebendigen, der nie dem Tode verfällt!

Ferner wird erzählt, o glücklicher König,

DIE GESCHICHTE VON 'ABDALLÂH IBN FÂDIL
UND SEINEN BRÜDERN

Eines Tages musterte der Kalif Harûn er-Raschîd den Tribut
seines Reiches, und da fand er, daß die Tribute aller Länder
und Provinzen ins Schatzhaus eingeliefert waren, nur nicht
der Tribut von Basra; der war in jenem Jahre nicht gekommen, und deshalb berief der Herrscher eine Staatsversammlung. Dort befahl er: ‚Man führe den Wesir Dscha'far vor
mich!‘ Als der vor ihn getreten war, sprach der Kalif zu ihm:
‚Die Tribute aller Länder sind in das Schatzhaus eingeliefert
worden, nur nicht der von Basra; von dem ist nichts gekommen.‘ ‚O Beherrscher der Gläubigen,‘ erwiderte der Minister,
‚vielleicht ist dem Statthalter von Basra etwas widerfahren,
das ihn verhindert hat, den Tribut zu senden.‘ Darauf sagte
Harûn: ‚Der Tribut hätte schon vor zwanzig Tagen eintreffen
sollen; was für eine Entschuldigung kann der Statthalter haben, daß er ihn in dieser ganzen Zeit nicht geschickt hat,
noch auch jemanden gesandt hat, um sich zu entschuldigen?‘
Dscha'far fuhr fort: ‚O Beherrscher der Gläubigen, wenn es dir
beliebt, wollen wir einen Boten zu ihm schicken.‘ Alsbald befahl
der Kalif: ‚Schicke ihm Abu Ishâk el-Mausili, den Tischgenossen!‘ ‚Ich höre und gehorche Allah und dir, o Beherrscher der
Gläubigen!‘ sagte der Wesir Dscha'far, begab sich in sein Haus
und ließ den Tischgenossen Abu Ishâk el-Mausili kommen;
dem schrieb er einen Brief im Namen des Kalifen, und dann
sprach er zu ihm: ‚Geh zu 'Abdallâh ibn Fâdil, dem Statthalter
von Basra, und sieh nach, was ihn verhindert hat, den Tribut
zu schicken; dann laß dir von ihm den vollen Betrag des Tributs von Basra übergeben und bring ihn eiligst her! Denn der
Kalif hat die Tribute der Provinzen gemustert und gefunden,

daß alle angekommen sind, nur nicht der von Basra. Wenn du aber siehst, daß der Tribut nicht bereit ist, und wenn der Statthalter sich vor dir entschuldigt, so bringe ihn mit dir, damit er dem Kalifen seine Entschuldigung mit eigener Zunge vortragen kann!' ‚Ich höre und gehorche!' erwiderte Abu Ishâk, und indem er fünfhundert Reiter aus dem Heere des Wesirs mit sich nahm, machte er sich auf den Weg, bis er die Stadt Basra erreichte. 'Abdallâh ibn Fâdil aber erfuhr von seiner Ankunft, und so zog er mit seinem Heere ihm entgegen und hieß ihn willkommen. Dann ritt er mit ihm in Basra ein und führte ihn zu seinem Schlosse hinauf, während das Geleit draußen vor der Stadt in Zelten lagerte, nachdem der Statthalter ihnen alles angewiesen hatte, dessen sie bedurften. Als nun Abu Ishâk in den Staatssaal getreten war und sich auf den Thron gesetzt hatte, ließ er 'Abdallah ibn Fâdil an seiner Seite sitzen, und die Großen setzten sich rings um ihn, je nach Rang und Würden. Nach der feierlichen Begrüßung hub Ibn Fâdil an: ‚Mein Gebieter, hat dein Kommen zu uns einen Grund?' ‚Jawohl,' erwiderte Abu Ishâk, ‚ich bin gekommen, um den Tribut einzufordern; denn der Kalif hat nach ihm gefragt, und die Zeit seines Eintreffens ist verstrichen.' Da rief der Statthalter: ‚Mein Gebieter, hättest du dich doch nicht geplagt und die Mühsale der Reise nicht auf dich genommen! Der Tribut ist bereit, voll und ganz, und ich hatte beschlossen, ihn morgen abzusenden. Aber da du gekommen bist, will ich ihn dir überliefern, nachdem du drei Tage lang mein Gast gewesen bist. Am vierten Tage werde ich den Tribut vor dich bringen lassen. Jetzt aber geziemt es uns, dir ein Geschenk zu bieten, um für deine und des Kalifen Güte uns dankbar zu zeigen.' ‚Das mag gern geschehen', erwiderte Abu Ishâk; und der Statthalter löste die Staatsversammlung auf und führte seinen

Gast in ein Obergemach in seinem Palaste, das unvergleichlich schön war. Dann ließ er ihm und seinen Gefährten den Tisch der Speisen vorsetzen; und sie aßen und tranken, vergnügten sich und waren guter Dinge. Nachdem der Tisch fortgetragen war, wuschen sie sich die Hände, man brachte Kaffee und Scherbette, und alle saßen in trautem Verein, bis ein Drittel der Nacht verstrichen war. Da breitete man für den Gast ein Bett auf einem Lager aus Elfenbein, das eingelegt war mit Gold von gleißendem Schein. Auf das legte er sich nieder, während der Statthalter von Basra sich auf einem anderen Lager neben ihm zur Ruhe begab. Doch Abu Ishâk, der Gesandte des Beherrschers der Gläubigen, konnte keinen Schlaf finden, und er begann nachzusinnen über die Maße der Dichtkunst und Verskunst; denn er war einer von den auserlesensten unter den Tischgenossen des Kalifen, und besaß große Kenntnisse in Gedichten und heiteren Geschichten. So blieb er denn wach, indem er sich Gedichte aussann, bis es Mitternacht war. Während er so dalag, erhob sich plötzlich 'Abdallâh ibn Fâdil, gürtete sich und öffnete einen Wandschrank; daraus holte er eine Geißel hervor. Ferner nahm er eine brennende Kerze, und dann ging er zur Tür des Gemaches hinaus, in dem Glauben, Abu Ishâk schlafe. – –«

Da bemerkte Schehrezâd, daß der Morgen begann, und sie hielt in der verstatteten Rede an. Doch als die *Neunhundertundneunundsiebenzigste Nacht* anbrach, fuhr sie also fort: »Es ist mir berichtet worden, o glücklicher König, daß 'Abdallâh ibn Fâdil zur Tür des Gemaches hinausging, in dem Glauben, der Tischgenosse Abu Ishâk schlafe. Doch Abu Ishâk wunderte sich über sein Hinausgehen und sprach bei sich selber: ‚Wohin mag 'Abdallâh ibn Fâdil mit dieser Geißel gehen? Vielleicht will er jemanden züchtigen. Es bleibt mir nichts übrig, als daß ich ihm folge und sehe, was er in dieser Nacht tut.' So erhob sich denn auch Abu Ishâk und ging ganz leise hinter ihm her, so daß jener ihn nicht sehen konnte. Da beobachtete er, wie 'Abdallah eine Kammer öffnete und aus ihr einen Tisch mit vier Schüsseln voll Fleisch sowie Brot und einen Krug Wasser holte. Mit Tisch und Krug ging er weiter, während Abu Ishâk ihm heimlich folgte. Als der Statthalter in einen Saal trat, blieb Abu Ishâk hinter der Tür dieses Saales draußen stehen und spähte durch einen Spalt jener Tür. Er sah, daß es ein geräumiger Saal war, ausgestattet mit prächtigem Hausrat; und in der Mitte jenes Saales befand sich ein Lager aus Elfenbein, das ausgelegt war mit Gold von gleißendem Schein; und an jenem Lager waren zwei Hunde mit goldenen Ketten festgebunden. Weiter sah er, daß 'Abdallâh den Tisch beiseite in eine Ecke legte, sich die Ärmel über die Hände zurückstreifte und den ersten Hund losband. Der begann sich an dem Strick in seiner Hand zu winden und seine Schnauze auf den Boden zu legen, als wollte er den Boden vor ihm küssen, indem er dabei mit leiser Stimme kläglich winselte. 'Abdallâh aber band ihm die Füße zusammen, warf ihn auf den Boden, schwang die Geißel und ließ sie auf ihn niedersausen; er versetzte ihm heftige Schläge ohne Erbarmen, während der Hund sich wand, aber sich nicht losreißen konnte. So lange hieb er mit jener Geißel auf ihn ein, bis das Tier aufhörte zu heulen und bewußtlos dalag. Darauf nahm er ihn und band ihn wieder an derselben Stelle an. Als dies geschehen war, holte er den zweiten Hund und tat mit ihm dasselbe, was er mit dem ersten getan hatte. Schließlich zog er ein Tuch heraus und wischte den beiden die Tränen ab und begann sie zu trösten, indem er sprach: ,Zürnet mir nicht! Bei Allah, dies geschieht nicht nach meinem Willen, und es ist mir nicht leicht geworden. Möge Allah euch beiden aus dieser Not Befreiung und Erlösung gewähren!' Und er betete für sie. All dies geschah, während der Tischgenosse Abu Ishâk dort stand und mit eigenen Ohren zuhörte und mit eigenen Augen zuschaute, erstaunt über ein solches Gebaren. Darauf setzte 'Abdallâh den beiden Tieren den Tisch mit Speisen vor und reichte ihnen die Bissen mit eigener Hand, bis sie satt waren. Nachdem er ihnen noch die Schnauzen abgewischt hatte, holte er den Krug und gab ihnen zu trinken. Schließlich nahm er Tisch und Krug und Kerze und wandte sich zum Gehen; Abu Ishâk aber eilte ihm voraus, bis er wieder zu seinem Lager kam, und legte sich nieder, so daß der Statthalter ihn nicht sah und nicht erfuhr, daß er ihm gefolgt war und ihn beobachtet hatte. Dann brachte jener den Tisch und den Krug wieder in die Kammer, trat in das Gemach ein, öffnete den Wandschrank und legte die Geißel an ihren Ort; und nachdem er seine Kleider abgelegt hatte, begab er sich zur Ruhe.

Solches tat 'Abdallâh; Abu Ishâk seinerseits verbrachte den Rest jener Nacht damit, daß er über dies Geschehnis nachsann, und er konnte in seiner großen Verwunderung nicht einschlafen. Immer sprach er bei sich selber: ‚Was mag wohl der Grund von diesem Tun sein?' Und immer wunderte er sich, bis es schließlich Morgen ward. Da erhoben sie sich und verrichteten das Frühgebet. Dann ward ihnen der Morgenimbiß gebracht; sie aßen und tranken Kaffee und begaben sich zur Staatsversammlung. Abu Ishâks Gedanken weilten den ganzen Tag bei jenem Ereignis; doch er schwieg davon und befragte 'Abdallâh nicht darüber. In der nächsten Nacht tat der Statthalter ebenso mit den beiden Hunden; nachdem er sie geschlagen hatte, begütigte er sie und gab ihnen zu essen und zu trinken. Dabei folgte ihm Abu Ishâk und sah, daß er mit den beiden Tieren das gleiche tat wie in der Nacht zuvor; und ebenso geschah es in der dritten Nacht. Am vierten Tage aber brachte der Statthalter den Tribut dem Tischgenossen Abu Ishâk; und der nahm ihn und brach auf, ohne jenem etwas zu verraten. Dann zog er rasch dahin, bis er Baghdad erreichte; und dort übergab er dem Kalifen den Tribut. Da fragte der Herrscher ihn nach der Verzögerung des Tributs, und er sprach: ‚O Beherrscher der Gläubigen, ich sah, daß der Statthalter von Basra den Tribut bereit hatte und im Begriffe war, ihn abzusenden. Wäre ich einen Tag später gekommen, so wäre er mir auf dem Wege begegnet. Aber ich habe an ’Abdallâh ibn Fâdil ein wunderbares Gebaren bemerkt, desgleichen ich noch nie in meinem Leben gesehen habe, o Beherrscher der Gläubigen.‘ ‚Und was war das, o Abu Ishâk?‘ fragte der Kalif; und Abu Ishâk antwortete: ‚Ach, ich habe solche Dinge gesehen!‘ und erzählte ihm, was jener mit den Hunden getan hatte, indem er mit den Worten schloß: ‚Ich sah, wie er in drei Nächten nacheinander also tat, daß er die beiden Hunde schlug und sie dann begütigte und tröstete und ihnen zu essen und zu trinken gab, während ich ihm zuschaute, ohne daß er mich sehen konnte.‘ Da sprach der Kalif zu ihm: ‚Hast du ihn nach dem Grunde gefragt?‘ ‚Nein, bei deinem Haupte, o Beherrscher der Gläubigen!‘ erwiderte der Tischgenosse; und der Herrscher fuhr fort: ‚Abu Ishâk, ich befehle dir, daß du nach Basra zurückkehrst und mir ’Abdallâh ibn Fâdil und die beiden Hunde bringst.‘ ‚O Beherrscher der Gläubigen,‘ sagte jener, ‚erlaß mir dies! ’Abdallâh ibn Fâdil hat mir doch die größten Ehren erwiesen, und ich habe diese Dinge nur zufällig und ohne Absicht beobachtet und dir davon erzählt. Wie könnte ich zu ihm zurückkehren und ihn dir bringen? Wenn ich wieder zu ihm käme, so würde ich dazu nicht den Mut finden, aus Scham vor ihm. Es wäre daher besser, einen anderen als mich zu ihm zu schicken mit einem Handschreiben von dir; der mag ihn dann mit den beiden Hunden bringen.' Doch der Kalif entgegnete ihm: ‚Wenn ich einen andern als dich zu ihm schicke, so wird er womöglich diese Dinge ableugnen und sagen, er habe keine Hunde. Allein, wenn ich dich schicke, und du ihm sagst, du habest ihn mit eigenen Augen gesehen, so wird er es nicht ableugnen können. Drum geht es nicht anders an, als daß du dich zu ihm begibst und ihn mit den beiden Hunden bringst; sonst steht dir der sichere Tod bevor.' – –«

Da bemerkte Schehrezâd, daß der Morgen begann, und sie hielt in der verstatteten Rede an. Doch als die *Neunhundertundachtzigste Nacht* anbrach, fuhr sie also fort: »Es ist mir berichtet worden, o glücklicher König, daß der Kalif Harûn er-Raschîd zu Abu Ishâk sprach: ‚Es geht nicht anders an, als daß du dich zu ihm begibst und ihn mit den beiden Hunden bringst; sonst steht dir der sichere Tod bevor.' Abu Ishâk erwiderte ihm: ‚Ich höre und gehorche, o Beherrscher der Gläubigen! Allah ist unser Genüge und der trefflichste Sachwalter.[1] Der hat wahr gesprochen, der da sagte: Von der Zunge kommt, was dem Menschen nicht frommt. Ich habe wider mich selbst gesündigt, da ich dir dies erzählt habe. Doch gib mir ein Handschreiben, so werde ich zu ihm gehen und ihn dir bringen.' Da setzte der Kalif ein Handschreiben für ihn auf, und Abu Ishâk begab sich damit nach Basra. Als er dort zu dem Statthalter eintrat, rief jener ihm zu: ‚Allah behüte uns vor dem Unheil deiner Rückkehr, o Abu Ishâk! Wie kommt es, daß ich dich so bald zurückkehren sehe? Fehlt vielleicht etwas an dem Tribut, so daß der Kalif ihn nicht annehmen will?' ‚O Emir ’Abdallâh,' erwiderte Abu Ishâk, ‚meine Rückkehr hat nicht den Grund, daß an dem Tribut etwas mangelt; nein, der ist vollkommen,

1. Koran, Sure 3, Vers 167.

und der Kalif hat ihn angenommen. Doch ich flehe dich an,
zürne mir nicht, weil ich mich wider dich vergangen habe!
Dies, was ich mir habe zuschulden kommen lassen, war von
Allah, dem Erhabenen, vorherbestimmt.' Nun fragte der Statthalter ihn: ,Und was hast du dir zuschulden kommen lassen,
Abu Ishâk? Tu es mir kund; du bist mein Freund, und ich will
dir nicht zürnen!' Da gestand er ihm: ,Wisse, als ich bei dir
war, folgte ich dir drei Nächte nacheinander, als du jedesmal
um Mitternacht aufstandest und die Hunde züchtigtest und
dann wiederkamst. Darüber wunderte ich mich, aber ich
scheute mich, dich danach zu fragen. Später erzählte ich dem
Kalifen dies von dir, nur zufällig und ohne Absicht. Doch er
zwang mich, zu dir zurückzukehren; und hier ist sein Handschreiben. Hätte ich nur geahnt, daß die Sache dazu führen
würde, so hätte ich ihm nichts gesagt; aber das Schicksal hat es
so gewollt.' Und er fuhr fort, sich bei ihm zu entschuldigen;
darauf sprach 'Abdallâh zu ihm: ,Da du es ihm berichtet hast,
so will ich deinen Bericht vor ihm bestätigen, auf daß er dich
nicht der Lüge zeihe; denn du bist mein Freund. Hätte ein
andrer als du dies berichtet, so hätte ich es abgeleugnet und ihn
für einen Lügner erklärt. Ich will also mit dir gehen und die
beiden Hunde mit mir nehmen, auch wenn das dazu führt, daß
meine Seele entschwindet und meine Lebenszeit ihr Ende findet.' ,Möge Allah dich schützen, wie du meine Ehre vor dem
Kalifen geschützt hast!' rief Abu Ishâk; und 'Abdallâh holte
ein Geschenk, wie es sich für den Kalifen geziemte, und nahm
die beiden Hunde an goldene Ketten. Dann setzte er jeden
Hund auf ein Kamel und machte sich mit Abu Ishâk auf den
Weg, bis sie Baghdad erreichten. Dort trat er zum Kalifen ein
und küßte den Boden vor ihm. Der Kalif gab ihm die Erlaubnis, sich zu setzen; und jener setzte sich, nachdem er die beiden

Hunde vor den Herrscher geführt hatte. Nun fragte der Kalif: ‚Was für zwei Hunde sind das, Emir 'Abdallâh?' Da begannen die beiden Hunde, den Boden vor ihm zu küssen und mit den Schweifen zu wedeln und zu winseln, als ob sie sich bei ihm beklagten. Darüber erstaunt, sprach der Kalif zu 'Abdallâh: ‚Tu mir kund, was es mit diesen beiden Hunden auf sich hat, und weshalb du sie schlägst, aber nach dem Schlagen sie freundlich behandelst!' ‚O Stellvertreter Allahs,' erwiderte jener, ‚diese beiden sind keine Hunde; nein, sie sind zwei junge Männer von Schönheit und Lieblichkeit und des Wuchses Ebenmäßigkeit. Sie sind meine beiden Brüder, die Söhne meiner Mutter und meines Vaters.' Da fragte der Kalif: ‚Wie kommt es, daß sie, die in Wirklichkeit menschliche Wesen sind, jetzt zu Hunden geworden sind?' Der Statthalter gab zur Antwort: ‚Wenn du es mir erlaubst, o Beherrscher der Gläubigen, so will ich dir den wahren Sachverhalt kundtun.' Und Harûn er-Raschîd fuhr fort: ‚Tu ihn mir kund! Doch hüte dich vor der Lüge; denn die ist eine Eigenschaft der Heuchler! Befleißige dich der Wahrheit; denn sie ist das Rettungsboot und das Kennzeichen der Tugendhaften!' Darauf erwiderte 'Abdallâh: ‚O Stellvertreter Gottes, wenn ich dir nun die Geschichte der beiden berichte, so werden sie meine Zeugen sein: wenn ich lüge, werden sie mich Lügen strafen; und wenn ich die Wahrheit sage, werden sie es bestätigen.' Der Herrscher aber rief: ‚Die beiden gehören doch zu den Hunden; sie können durch Rede und Antwort nichts bekunden. Wie können sie für oder wider dich zeugen?' Da sprach 'Abdallâh zu ihnen: ‚Meine Brüder, wenn ich ein Wort der Lüge spreche, so hebt die Köpfe und blicket starr mit euren Augen; doch wenn ich die Wahrheit sage, so lasset die Köpfe hängen und senkt eure Augen zu Boden!' Und dann erzählte er:

,Wisse, o Stellvertreter Allahs, wir sind drei Brüder von derselben Mutter und von demselben Vater. Unser Vater hieß
Fâdil, und er war deshalb so genannt, weil die Mutter unseres[1]
Vaters Zwillinge zu gleicher Zeit zur Welt brachte, von denen
der eine zur selbigen Stunde starb, während der andere übrig
blieb; deswegen nannte sein Vater ihn Fâdil.[2] Sein Vater zog
ihn auf und gab ihm die beste Erziehung, bis er herangewachsen war; da vermählte er ihn mit unserer Mutter, und dann
starb er. Unsere Mutter gebar zuerst diesen meinen Bruder,
und mein Vater nannte ihn Mansûr; dann empfing sie ein
zweites Mal und brachte diesen meinen zweiten Bruder zur
Welt, dem mein Vater den Namen Nâsir gab; und nachdem
sie zum dritten Male empfangen hatte, schenkte sie mir das
Leben, und mein Vater hieß mich 'Abdallâh. Nachdem er uns
erzogen hatte, bis wir herangewachsen waren und das Mannesalter erreicht hatten, starb auch er. Da hinterließ er uns ein
Haus und einen Laden, voll von bunten Stoffen aller Art, indischen, griechischen, chorasanischen und noch anderen; auch
hinterließ er uns sechzigtausend Dinare. Nachdem unser Vater
gestorben war, wuschen wir ihn und bauten ihm ein prächtiges Grabgebäude; darin bestatteten wir ihn zur Barmherzigkeit seines Herrn. Wir ließen für sein Seelenheil beten und hielten Lesungen aus dem Koran und gaben Almosen für ihn, bis
die vierzig Tage verstrichen waren. Und als dies geschehen
war, versammelte ich die Kaufleute und die Vornehmen des
Volkes und bereitete ihnen ein großes Fest. Nachdem sie gegessen hatten, sprach ich zu ihnen: ,Ihr Kaufleute, seht, diese
Welt ist vergänglich, aber die nächste Welt ist beständig –
Preis sei Ihm, der ewig besteht, nachdem Seine Geschöpfe ver-

1. Im Arabischen, wohl versehentlich: ,seines'. – 2. Der Übrigblei-
bende.

518

gangen sind! Wisset ihr, weshalb ich euch an diesem gesegneten Tage bei mir versammelt habe?' Da sprachen sie: ,Preis sei Allah, der das Verborgene weiß!' Und ich fuhr fort: ,Mein Vater hat viel Geld hinterlassen, und ich fürchte, es könnte jemand an ihn noch einen Anspruch haben, wegen einer Schuld oder eines Pfandes oder dergleichen. Deshalb ist es mein Wunsch, die Verpflichtungen meines Vaters gegenüber den Menschen zu erfüllen; wer also einen Anspruch an ihn hat, der sage: ,Er schuldet mir dasunddas', und ich will es ihm zurückzahlen, um die Verpflichtungen meines Vaters zu tilgen.' Doch die Kaufleute sprachen zu mir: ,O 'Abdallâh, fürwahr, irdisch Gut wiegt nicht das Jenseits auf; und wir sind keine Betrüger. Ein jeder von uns weiß das Erlaubte vom Verbotenen zu unterscheiden, und wir leben in Furcht vor Allah dem Erhabenen; darum hüten wir uns, das Gut der Waisen zu verzehren. Wir wissen, daß dein Vater – Allah habe ihn selig! – immer sein Geld bei den Leuten stehen ließ und es vermied, daß jemand an ihn einen Anspruch behielt. Wir hörten ihn immer sagen: ,Ich achte voll Sorge das Eigentum der Menschen.' Auch pflegte er in seinen Gebeten zu sagen: ,Mein Gott, du bist meine Zuflucht und meine Hoffnung; laß mich nicht in Schulden sterben!' So war es denn seine Gewohnheit, wenn er jemandem etwas schuldete, es ihm ungemahnt zu zahlen. Doch wenn jemand ihm etwas schuldete, so drängte er ihn nicht, sondern sprach: ,Wie es dir genehm ist!' Und wenn der Mann arm war, so erließ er ihm die Schuld und sprach ihn von der Verpflichtung frei. War der Mann aber nicht arm und starb, so pflegte er zu sagen: ,Allah erlasse ihm, was er mir schuldet!' Wir alle bezeugen, daß er niemandem etwas schuldig ist.' Darauf sagte ich: ,Gott segne euch!' und wandte mich zu meinen beiden Brüdern, die hier sind, und sprach zu ihnen: ,Liebe

Brüder, unser Vater schuldete niemandem etwas, und er hat uns dies Geld und Gut, das Haus und den Laden hinterlassen. Wir sind drei Brüder, und einem jeden von uns gehört ein Drittel von allem. Wollen wir uns nun einigen, nicht zu teilen, so daß unser Besitz uns gemeinsam bleibt und wir zusammen essen und trinken, oder wollen wir die Stoffe und das Geld teilen, so daß jeder von uns sein Teil erhält?' Sie sprachen: ,Laßt uns teilen, damit ein jeder von uns sein Teil nehmen kann!' Da wandte 'Abdallâh sich zu den beiden Hunden und fragte sie: ,Ist das nicht so geschehen, meine Brüder?' Und beide ließen die Köpfe hängen und senkten ihre Augen zu Boden, als ob sie sagen wollten: ,Jawohl.' Dann fuhr der Statthalter fort: ,Ich ließ also einen Erbteiler von seiten des Kadis kommen, o Beherrscher der Gläubigen, und er teilte unter uns das Geld und die Stoffe und alles, was unser Vater uns hinterlassen hatte; Haus und Laden wurden mir zugesprochen als Ersatz für einen Teil des Geldes, auf den ich Anspruch hatte. Damit waren wir zufrieden; und so fielen das Haus und der Laden mir zu, während die beiden ihren ganzen Anteil in Geld und Stoffen erhielten. Darauf eröffnete ich den Laden wieder und tat die Stoffe hinein; auch kaufte ich für einen großen Teil des Geldes, das außer dem Haus und dem Laden mein Eigentum geworden war, neue Stoffe, bis der Laden gefüllt war, und ich betrieb dann Kauf und Verkauf. Meine beiden Brüder aber kauften auch Stoffe, mieteten ein Schiff und fuhren zur See in fremde Länder. Ich sagte: ,Allah helfe den beiden! Mein Lebensunterhalt wird mir schon zuteil werden, und die Ruhe ist unschätzbar.' Ein volles Jahr lang lebte ich in dieser Weise, und Allah öffnete mir das Tor des Glücks, so daß ich großen Gewinn hatte, bis ich allein so viel besaß, wie unser Vater uns hinterlassen hatte. Als ich nun eines Tages in dem Laden saß, angetan mit zwei Pelzen, einem aus Zobel und einem zweiten aus Feh, weil es damals Winter und die Zeit der größten Kälte war, da begab es sich, während ich so geborgen war, daß meine beiden Brüder zu mir traten, ein jeder von ihnen in ein zerfetztes Hemd und sonst nichts gekleidet; ihre Lippen waren weiß vor Kälte, und beide zitterten. Wie ich sie erblickte, war ich ganz ergriffen, und ich hatte tiefes Mitleid mit ihnen.' – –«

Da bemerkte Schehrezâd, daß der Morgen begann, und sie hielt in der verstatteten Rede an. Doch als die *Neunhundertundeinundachtzigste Nacht* anbrach, fuhr sie also fort: »Es ist mir berichtet worden, o glücklicher König, daß 'Abdallâh ibn Fâdil dem Kalifen des weiteren erzählte: ,Wie ich die beiden zittern sah, war ich ganz ergriffen, und ich hatte tiefes Mitleid mit ihnen, ja, es war mir, als ob mir die Sinne vergingen. Ich eilte auf sie zu und umarmte sie und weinte ob ihrer Not; und sogleich bekleidete ich den einen von ihnen mit dem Zobelpelz und den anderen mit dem Fehpelz. Dann führte ich sie ins Badehaus, und dorthin sandte ich für jeden von beiden eine Gewandung, wie sie sich für einen Kaufherrn ziemt, der tausend Säcke Goldes besitzt. Nachdem sie gebadet hatten, legte ein jeder seine Gewänder an, und ich führte sie in mein Haus; dort sah ich, daß sie fast verhungert waren, und so brachte ich ihnen einen Tisch voll Speisen. Sie aßen, und ich aß mit ihnen, indem ich ihnen freundlich zusprach und sie tröstete.' Wiederum wandte er sich an die beiden Hunde und sprach zu ihnen: ,Ist das nicht so geschehen, meine Brüder?' Und beide ließen die Köpfe hängen und senkten ihre Augen zu Boden. Dann fuhr der Statthalter fort: ,O Stellvertreter Allahs, darauf befragte ich sie, indem ich zu ihnen sprach: ,Wie ist euch dies widerfahren? Und wo sind eure Güter?' Sie gaben zur Antwort: ,Wir fuhren den Fluß hinauf und kamen dann in eine

Stadt, die Kufa heißt; dort verkauften wir das Stück Zeug, das uns einen halben Dinar gekostet hatte, um zehn Dinare, und das, was uns einen Dinar gekostet hatte, um zwanzig Dinare. So hatten wir großen Gewinn und kauften von persischen Stoffen das Stück Seide um zehn Dinare, während es in Basra vierzig Dinare gilt. Weiter kamen wir in eine Stadt, die el-Karch[1] heißt; und auch dort verkauften und kauften wir und erzielten viel Gewinn, so daß wir großen Reichtum unser eigen nannten.' In dieser Weise zählten sie mir die Orte und die Gewinne auf, bis ich zu ihnen sprach: ‚Da ihr all dies gute Glück erlebtet, wie kommt es denn, daß ich euch nackt heimkehren sehe?' Sie seufzten und sprachen: ‚Lieber Bruder, ein böses Auge muß uns getroffen haben, und auf das Reisen ist kein Verlaß. Nachdem wir all das Geld und Gut zusammengebracht hatten, beluden wir unser Schiff mit unserer Habe und fuhren auf See in der Absicht, nach der Stadt Basra heimzukehren. Wir waren schon drei Tage gefahren, da, am vierten Tage, sahen wir, wie das Meer sich senkte und bäumte, tobte und schäumte, raste und wild bewegt war und von tosenden Wogen erregt war, und wie aus den Wellen Funken sprühten, die gleich Feuer erglühten. Die Winde kehrten sich wider uns, und unser Schiff ward gegen ein Felsenriff geworfen; da zerbrach es, und wir gingen unter. Alles, was wir besaßen, versank im Meere; doch wir selbst rangen einen Tag und eine Nacht auf der Oberfläche des Wassers, bis Allah uns ein anderes Schiff sandte und wir von dessen Mannschaft aufgenommen wurden. Danach zogen wir bettelnd von Stadt zu Stadt, indem wir von dem lebten, was uns durch das Betteln zuteil ward, und wir erduldeten große Mühsal. Wir legten sogar unsere Kleider eins nach dem andern ab und verkauften sie, um uns zu ernähren, bis wir uns

1. Vgl. oben Seite 361, Anmerkung.

Basra näherten; aber wir kamen nicht eher wieder in dieser Stadt an, als bis wir tausend Leiden gekostet hatten. Wären wir mit allem, was wir besaßen, sicher heimgekehrt, so hätten wir Reichtümer mitgebracht, die den Schätzen des Königs gleich gewesen wären. Aber dies war uns von Allah vorherbestimmt.' Nun sprach ich zu ihnen: ‚Liebe Brüder, macht euch keine Sorgen! Hab und Gut sind das Lösegeld für das Leben; und Gesundheit ist Gewinn. Da Allah euch unter denen verzeichnet hat, die gerettet werden, so ist das der Wünsche Ziel; ach, Armut und Reichtum sind nur so viel wie ein Schattenspiel an der Wand; und wie trefflich war der Mann, der diese Worte fand:

Wenn eines Mannes Haupt vom Tod gerettet wird,
Dann ist doch Geld und Gut dem Span des Nagels gleich.'

Und ich fuhr fort: ‚Liebe Brüder, wir wollen annehmen, unser Vater sei erst heute gestorben und habe uns all dies Gut hinterlassen, das ich jetzt besitze; denn ich bin gern dazu bereit, daß wir es unter uns gleichmäßig verteilen.' So ließ ich denn zum zweiten Male einen Erbteiler von seiten des Kadis kommen und zeigte ihm meine ganze Habe; er teilte unter uns, und ein jeder von uns erhielt ein Drittel des Ganzen. Dann sprach ich zu den beiden: ‚Liebe Brüder, Allah segnet dem Menschen sein täglich Brot, wenn er im eigenen Lande bleibt. Drum möge jeder von euch beiden einen Laden auftun und darin bleiben, um Handel zu treiben; und wenn einem im geheimen Ratschluß etwas vorherbestimmt ist, so muß er es auch gewinnen.' Darauf half ich jedem der beiden, einen Laden zu eröffnen, und füllte ihn mit Waren, indem ich zu ihnen sprach: ‚Verkaufet und kaufet; doch behaltet euer Geld und gebt nichts davon aus; denn alles, was ihr an Speise und Trank und sonst noch nötig habt, soll euch von mir zuteil werden!' Und von da ab sorgte ich für ihre Bewirtung; beide pflegten den Tag über Handel zu treiben und am Abend zu kommen, um in meinem Hause zu übernachten, und ich duldete nicht, daß sie etwas von ihrem Gelde ausgaben. Aber sooft ich bei ihnen saß, um zu plaudern, priesen sie die Wanderschaft und schilderten ihre Freuden und beschrieben, welche Gewinne ihnen beiden durch sie zuteil geworden seien; denn sie wollten mich dazu reizen, daß ich mich mit ihnen entschlösse, in die Ferne zu fremden Völkern zu ziehen.' Dann sprach er zu den Hunden: ‚Ist es nicht so geschehen, meine Brüder?' Da ließen sie die Köpfe hängen und senkten ihre Augen zu Boden, um seine Worte zu bestätigen. Und weiter erzählte er: ‚O Stellvertreter Allahs, so fuhren sie fort, mich zu verlocken, mir all den gro-ßen Gewinn und Nutzen in der Fremde vorzuhalten und mich aufzufordern, mit ihnen zu reisen, bis ich schließlich zu ihnen sprach: ‚Es bleibt mir nichts anderes übrig, als daß ich mit euch reise, euch zu Gefallen.' Dann schloß ich mit ihnen Teilhaber-schaft, und wir brachten kostbare Stoffe von allen Arten zu-sammen, mieteten ein Schiff und beluden es mit den Kauf-mannsgütern; auch brachten wir auf jenes Schiff alles, dessen wir sonst bedurften. Darauf segelten wir von der Stadt Basra hinaus auf das tosende Meer mit den brandenden Wogen rings-umher, in dem jeder, der hineinfährt, verloren ist, und jeder, der hinausfährt, wie neugeboren ist. Ohne Aufenthalt fuhren wir dahin, bis wir zu einer Stadt kamen, in der wir verkaufen und kaufen konnten; und dort erwuchs uns großer Gewinn. Von dort fuhren wir zu einer anderen Stadt, und so segelten wir immer weiter von Land zu Land und von Stadt zu Stadt, indem wir Handel trieben und Gewinn erzielten, ja, unser Be-sitz ward groß, denn reicher Gewinn fiel uns in den Schoß. Schließlich kamen wir zu einem Berge, und dort warf der Kapitän die Anker aus und sprach zu uns: ‚Ihr Fahrgäste, geht an Land, auf daß euch dieser Tag[1] erspart bleibe; sucht dort, vielleicht werdet ihr Trinkwasser finden!' Da gingen alle, die auf dem Schiffe waren, an Land, und auch ich verließ mit ihnen das Schiff; und während wir nun nach dem Trinkwasser suchten, schlug ein jeder von uns eine andere Richtung ein. Ich selbst stieg auf den Gipfel des Berges, und als ich dort umherging, erblickte ich plötzlich eine weiße Schlange, die eilig flüchtete, und hinter ihr einen schwarzen Drachen, der ihr nacheilte; der war von häßlicher Gestalt und furchtbar anzuschauen. Der Drache holte sie bald ein und trieb sie in die Enge; dann packte er sie am Kopfe und wand seinen Schwanz um ihren Schwanz. Da schrie sie auf, und ich erkannte, daß er sie vergewaltigen wollte. Ich hatte Mitleid mit ihr, und so nahm ich einen Feuerstein auf, der fünf Pfund wog oder noch mehr, und schleuderte ihn auf den Drachen. Er traf seinen Kopf und zerschmetterte ihn. Doch ehe ich mich dessen versah, verwandelte sich jene Schlange und ward zu einer jungen Maid, strahlend von Schönheit und Lieblichkeit, Anmut und Vollkommenheit und des Wuchses Ebenmäßigkeit, als wäre sie der leuchtende Vollmond. Sie trat auf mich zu, küßte mir die Hand und sprach zu mir: ‚Allah schütze dich zwiefach; er schütze dich vor der Schande in dieser Welt und vor dem Feuerbrande in jener Welt am Tage der großen Auferstehung, dem Tage, an dem weder Gut noch Söhne helfen und nur der besteht, der reinen Herzens zu Allah kommt!'[2] Dann fuhr sie fort: ‚O Sterblicher, du hast meine Ehre geschützt, und ich bin in deiner Schuld für diese gute Tat; deshalb ist es auch meine Pflicht, dich einst zu belohnen.' Darauf machte sie mit der

1. Das heißt: ‚Tag des Trinkwassermangels an Bord'. – 2. Koran, Sure 26, Vers 88 und 89.

Hand ein Zeichen nach der Erde hin, der Boden spaltete sich, und sie stieg hinab; und die Erde schloß sich wieder über ihr. Da wußte ich, daß sie von der Geisterwelt war. In dem Drachen aber entzündete sich ein Feuer, und es verbrannte ihn, bis er zu einem Haufen Asche wurde. All das erstaunte mich sehr. Darauf kehrte ich zu meinen Gefährten zurück und berichtete ihnen, was ich erlebt hatte. Wir begaben uns dann zur Ruhe für die Nacht; und am nächsten Morgen holte der Kapitän die Anker herauf, breitete die Segel und rollte die Seile auf. Wir fuhren dahin, bis die Küste unseren Blicken entschwand, und segelten dann ununterbrochen zwanzig Tage lang, ohne daß wir ein Land oder einen Vogel sahen. Da ging uns wiederum das Trinkwasser aus, und der Kapitän sprach: ‚Ihr Leute, das Süßwasser ist zu Ende bei uns.‘ Wir sagten: ‚Laß uns an Land gehen; vielleicht finden wir Trinkwasser!‘ Doch er rief: ‚Bei Allah, ich habe den Weg verloren, und ich kenne keinen Weg mehr, der uns zum Lande führen könnte.‘ Nun kam große Sorge über uns, und wir weinten und flehten zu Allah dem Erhabenen, er möchte uns auf den rechten Weg leiten. So verbrachten wir jene Nacht in ärgster Not; doch wie vortrefflich ist der Mann, der uns diese Worte bot:

> *Wie manche der Nächte verbracht ich in Kummer,*
> *Der selbst einem Säugling die Haare wohl bleicht!*
> *Doch ehe der Schimmer des Morgens noch nahte,*
> *War Hilfe von Allah und Sieg schon erreicht!*

Als aber der Morgen sich erhob und die Welt mit seinen leuchtenden Strahlen durchwob, erblickten wir einen hohen Berg. Und wie wir jenen Berg sahen, waren wir hoch erfreut über unser Glück. Wir fuhren also an den Berg heran, und dann sprach der Kapitän: ‚Ihr Leute, geht an Land und laßt uns nach Trinkwasser suchen!‘ Nachdem wir alle an Land gegangen waren, suchten wir nach Wasser, aber wir fanden dort keins, so daß von neuem drückende Sorge uns befiel wegen des Wassermangels. Ich selbst aber stieg auf den Gipfel jenes Berges hinauf, und da gewahrte ich auf der anderen Seite ein weites rundes Tal, das etwa eine Stunde oder mehr entfernt war. Ich rief meine Gefährten, und sie kamen auf mich zu. Wie sie dann bei mir waren, sprach ich zu ihnen: ‚Schaut jenes runde Tal dort hinter dem Berge. Ich sehe in ihm eine Stadt, deren Bau sich in große Höhe streckt und die ihre Mauern bis in den Himmel reckt, von Wällen und Türmen umkränzt, von Hügeln und Wiesen umgrenzt; dort fehlt es sicher nicht an Wasser und guten Dingen. Drum auf, laßt uns in diese Stadt gehen und von dort Wasser holen; laßt uns auch alles kaufen, was wir an Wegzehrung, Fleisch und Früchten nötig haben, und dann zurückkehren!' Doch sie sprachen: ‚Wir fürchten, daß die Bewohner jener Stadt Ungläubige sind, die Allah Gefährten geben und in Feindschaft gegen den wahren Glauben leben; die könnten uns ergreifen, so daß wir Gefangene in ihrer Gewalt wären, oder uns gar umbringen, so daß wir unseren eigenen Tod verschulden würden; dann stürzen wir uns selbst in Gefahren und treiben ein schlimmes Gebaren. Preis für Verblendung ist eine Verschwendung, da sie sich immer in Gefahr durch Unheil wagt, wie ja auch ein Dichter darüber sagt:

Denn solang die Erde Erde und der Himmel Himmel ist,
Soll man nie Verblendung rühmen, wenn sie auch erfolgreich ist.

Wir wollen unser Leben nicht tollkühn aufs Spiel setzen.' Darauf sagte ich zu ihnen: ‚Ihr Leute, ich habe keine Gewalt über euch; aber ich will meine Brüder mitnehmen und mich in diese Stadt begeben.' Doch meine beiden Brüder sprachen zu mir: ‚Auch wir fürchten uns davor, und wir wollen nicht mit dir gehen. So rief ich denn: ‚Ich für mein Teil bin entschlossen, in diese Stadt zu gehen. Ich vertraue auf Allah und bin mit dem zufrieden, was Er mir vorherbestimmt hat. Drum wartet so lange, bis ich dorthin gegangen und wieder zu euch zurückgekehrt bin!' – –«

Da bemerkte Schehrezâd, daß der Morgen begann, und sie hielt in der verstatteten Rede an. Doch als die *Neunhundertund-zweiundachtzigste Nacht* anbrach, fuhr sie also fort: »Es ist mir berichtet worden, o glücklicher König, daß 'Abdallâh des weiteren erzählte: ,Ich rief: ,Drum wartet auf mich, bis ich dorthin gegangen und wieder zu euch zurückgekehrt bin!' Dann verließ ich sie und schritt vorwärts, bis ich bei dem Tore jener Stadt ankam, und ich sah, daß es eine Stadt von wunderbarem Bau und seltsamer Anlage war; sie hatte hohe Wälle und feste Türme und ragende Burgen, ihre Tore waren aus chinesischem Eisen und waren so kunstvoll verziert, daß sie die Sinne berückten. Als ich in das Tor eingetreten war, entdeckte ich eine steinerne Bank, und dort saß auf ihr ein Mann, der an seinem Unterarm eine Kette aus Messing trug. An dieser Kette hingen vierzehn Schlüssel, und so wußte ich, daß jener Mann der Torwächter der Stadt war und daß die Stadt vierzehn Tore hatte. Ich trat an ihn heran und sprach zu ihm: ,Friede sei mit euch!' Doch er gab mir den Gruß nicht zurück, und auch als ich ihn ein zweites und ein drittes Mal grüßte, gab er mir keine Antwort. Da legte ich ihm meine Hand auf die Schulter und sprach zu ihm: ,He, du, warum erwiderst du nicht den Gruß? Schläfst du, oder bist du taub, oder bist du kein Muslim, daß du den Friedensgruß nicht erwiderst?' Doch immer noch antwortete er mir nicht und rührte sich nicht. Nun schaute ich ihn genauer an und erkannte, daß er aus Stein war. Da rief ich: ,Dies ist ein wunderbar Ding! Der Stein da ist gebildet nach der Gestalt eines Menschenkindes, und ihm fehlt nichts als die Sprache!' Dann verließ ich ihn und ging weiter in die Stadt hinein; und als ich einen Mann auf der Straße stehen sah, trat ich zu ihm und schaute ihn an und erkannte, daß auch er aus Stein war. Immer weiter schritt ich durch die Straßen jener Stadt, und jedesmal, wenn ich einen Menschen sah, ging ich nahe an ihn heran und betrachtete ihn und fand, daß er aus Stein war. Ich traf auch eine alte Frau, und die trug auf ihrem Kopfe ein Bündel von Kleidern, das für die Wäsche bereit gemacht war; als ich mich ihr nahte und sie genauer anschaute, entdeckte ich, daß auch sie aus Stein war; ja, auch das Bündel Kleider, das sie auf dem Kopfe trug, war aus Stein. Dann trat ich in den Basar ein und sah einen Ölhändler mit gerichteter Waage, der allerlei Waren vor sich hatte, wie Käse und dergleichen; doch all das war aus Stein. Weiter sah ich all die Händler in den Läden sitzen, und ich sah auch das Volk, von dem die einen standen, die anderen saßen, Männer, Frauen und Kinder, und alle waren aus Stein. Darauf ging ich in den Basar der Kaufleute und schaute, wie ein jeder Kaufmann in seinem Laden saß und wie die Läden mit Waren jeglicher Art angefüllt waren – wiederum alles aus Stein; doch die Stoffe sahen aus wie Spinnengewebe. Ich betrachtete sie, aber jedesmal, wenn ich ein Stück von den Stoffen anfaßte, zerfiel es in meinen Händen zu feinem Staub. Ferner sah ich Truhen, und als ich eine von ihnen öffnete, fand ich darin Gold in Beuteln; da faßte ich die Beutel an, und sie zerfielen in meiner Hand, nur das Gold blieb, wie es gewesen war. Ich nahm davon mit, soviel ich tragen konnte, und ich sagte mir: ,Wenn meine Brüder bei mir wären, dann könnten sie sich von diesem Golde nehmen, soviel sie wollten, und könnten ihre Freude haben an diesen Schätzen, die herrenlos sind.' Danach trat ich in einen anderen Laden und entdeckte darin noch mehr, aber ich konnte nicht mehr tragen, als ich mir bereits aufgeladen hatte.

Von jenem Basar begab ich mich in einen anderen, und von dort wieder in einen anderen, und so ließ ich meine Blicke verweilen auf den verschiedenartigen Geschöpfen, die alle aus Stein waren; ja, auch die Hunde und die Katzen waren aus Stein. Schließlich kam ich in den Basar der Goldschmiede, und dort sah ich Männer in den Läden sitzen, die ihre Waren bei sich hatten, teils in ihren Händen, teils in Körben. Als ich das sah, o Beherrscher der Gläubigen, da warf ich alles Gold, das ich bei mir hatte, fort und nahm mir von den Geschmeiden, soviel ich tragen konnte. Aus dem Basar der Goldschmiede kam ich in den Basar der Edelsteine, und dort sah ich die Juweliere in ihren Läden sitzen; vor einem jeden von ihnen stand ein Körbchen, voll von allerlei edelen Steinen, Hyazinthen und Diamanten, Smaragden und Ballasrubinen und noch anderen von jeglicher Art; die Besitzer der Läden waren aus Stein. Nun warf ich auch die Geschmeide fort, die ich bei mir trug, und ich nahm von den Edelsteinen, soviel ich zu tragen vermochte, immer noch traurig darüber, daß meine Brüder nicht bei mir waren, um auch von diesen Edelsteinen zu nehmen, soviel sie wollten. Nachdem ich den Juwelierbasar verlassen hatte, kam ich zu einem großen Tor, das vergoldet und mit den schönsten Verzierungen geschmückt war. Innerhalb des Tores standen Bänke, und auf jenen Bänken saßen Eunuchen, Kriegsmänner und Leibwächter, Mannen und Hauptleute; sie waren mit den prächtigsten Gewändern bekleidet, und alle waren aus Stein. Ich rührte einen von ihnen an, und da zerfielen die Kleider auf seinem Leibe wie Spinnengewebe. Nachdem ich durch das Tor geschritten war, erblickte ich ein Schloß, unvergleichlich in seinem Bau und in seiner kunstvollen Ausführung. In jenem Schlosse sah ich einen Staatssaal, voll von Vornehmen und Wesiren, Großen und Emiren, die auf Thronen saßen, und alle waren sie aus Stein. Ferner sah ich einen Thron aus rotem Golde, der mit Perlen und Edelsteinen eingelegt war; auf ihm saß ein Mensch, angetan mit den prächtigsten Gewändern, und auf seinem Haupte befand sich eine Krone wie die der Perserkönige, besetzt mit kostbaren Edelsteinen, deren Glanz so hell leuchtete wie das Tageslicht. Als ich an ihn herantrat, sah ich, daß auch er aus Stein war. Dann schritt ich weiter von jenem Staatssaal zum Tore des Harems, und nachdem ich dort eingetreten war, sah ich einen Staatssaal für die Frauen. Und auch in jenem Staatssaal erblickte ich einen Thron von rotem Golde, der mit Perlen und Edelsteinen eingelegt war; auf ihm saß eine Frau, eine Königin, und auf ihrem Haupte ruhte eine Krone, die mit kostbaren Juwelen besetzt war. Rings um sie waren Frauen, schön wie Monde, die auf Thronen saßen, angetan mit den prächtigsten Kleidern von allen Farben. Auch standen dort Eunuchen, die Hände auf der Brust gekreuzt, als ob sie in ihrem Dienste dort ständen. Jener Staatssaal berückte die Sinne der Beschauer durch all seinen Goldschmuck, seine wunderbaren Malereien und seine prächtige Ausstattung. Dort hingen die strahlendsten Hängelampen aus klarem Kristall, und an jeder Kristallglocke befand sich ein Edelstein, einzig in seiner Art, dessen Preis kein Geld bezahlen konnte. Nun warf ich, o Beherrscher der Gläubigen, wiederum alles fort, was ich bei mir trug, und begann mir von jenen Juwelen zu nehmen; ich lud mir auf, soviel ich nur zu tragen vermochte, ratlos, was ich mitnehmen und was ich dortlassen sollte; denn mir schien es, als ob jener Raum eine Schatzkammer von ganzen Städten wäre. Darauf entdeckte ich eine kleine Tür, die offen stand, und hinter ihr eine Treppe; ich ging durch jene Tür und stieg vierzig Stufen hinauf. Dort hörte ich, wie ein Mensch mit sanfter Stimme den Koran vortrug; so

531

ging ich denn der Richtung des Schalles nach, bis ich zur Tür des Obergemaches kam. In ihr sah ich einen seidenen Vorhang, der mit goldenen Schnüren bestickt war und auf dem sich Perlen und Korallen, Rubinen und geschnittene Smaragde aneinanderreihten, lauter Edelsteine, die gleichwie Sterne glitzerten. Die Stimme nun klang hinter jenem Vorhang her; darum trat ich an den Vorhang heran und hob ihn, und dort zeigte sich vor meinem Blick eine vergoldete Zimmertür, deren Schönheit die Gedanken verwirrte. Ich trat durch jene Tür ein und erblickte ein Gemach, das einer Schatzkammer auf der Erdoberfläche glich; und darin befand sich eine Jungfrau, so schön wie der leuchtende Sonnenball mitten im klaren Weltenall. Sie war in die prächtigsten Gewänder gekleidet und mit dem kostbarsten Geschmeide geschmückt, das es nur geben konnte; dazu war sie herrlich an Schönheit und Lieblichkeit in des Wuchses Ebenmäßigkeit und an Anmut und Vollkommenheit. Ihr Leib war schlank und zart, schwer waren die Hüften gepaart; ihr Lippentau gab dem Kranken die Gesundheit wieder, müde träumten ihre Augenlider; und es war, als ob des Dichters Sang von ihr erklang:

> Mein Gruß soll der Gestalt dort im Gewande gelten,
> Den Rosen in der Wangen Gärten auch zumal.
> Von ihrer Stirne hängen gleichsam die Plejaden,
> Als Schnur auf ihrer Brust die andren Sterne all.
> Wenn sie ein Kleid aus lauter zarten Rosen trüge,
> Ein Rosenblatt von ihrem Leibe zoge Blut.
> Und fiel ihr Lippentau ins Meer hinein, so schmeckte
> Noch süßer als der Honig jene Salzesflut.
> Und gäb sie ihre Huld dem alten Mann am Stabe, –
> Der Greis zerrisse Löwen bald in seinem Mut.

O Beherrscher der Gläubigen, als ich jene Maid erblickte, ward ich von heißer Liebe zu ihr erfüllt; und ich näherte mich ihr und sah sie auf einem hohen Lager sitzen, wie sie das Buch

Allahs, des Allgewaltigen und Glorreichen, aus dem Gedächtnisse vortrug. Ihre Stimme war wie der Klang der Tore im Paradies, wenn Ridwân[1] sie öffnen hieß; die Worte fielen von ihren Lippen Juwelen gleich, und ihr Antlitz war wie leuchtende Blüten an Schönheit reich. Einer solchen Maid hat der Dichter die Worte geweiht:

> Die du der Menschen Herz erfreust durch Wort und Reize,
> Zu dir hin zieht mich stets der Sehnsucht Allgewalt.
> Zwei Dinge sind in dir, die jeden Mann der Liebe
> Erweichen: Davids Sang und Josephs Wohlgestalt!

Ihrer Stimme, die den erhabenen Koran vortrug, lauschte ich von fern; und mein Herz, getroffen von ihren tödlichen Blicken, sprach: ‚Friede, ein Wort von einem erbarmungsreichen Herrn!‘[2] Doch mein Mund brachte die Worte nur stammelnd heraus, und ich sprach den Friedensgruß nicht in schöner Weise aus, da Verwirrung mir in Geist und Auge drang, und ich war, wie einst der Dichter sang:

> Mein stammelnd Wort verrät die Sehnsucht, die mich schüttelt;
> Mein Blut zu lassen, tret ich in das Heiligtum.
> Und wenn ich je ein Wort von unsren Tadlern höre,
> Bekenne ich in Worten, meinem Lieb zum Ruhm.

Dann wappnete ich mich wider die Qualen der Sehnsucht und sprach zu der Maid: ‚Friede sei mit dir, wohlbehütete Herrin mein, du wohlverwahrter Edelstein, Allah gebe den Pfeilern deines Glücks eine lange Dauer von Tagen, und hoch lasse er die Säulen deines Ruhmes ragen!‘ Darauf erwiderte sie: ‚Auch von mir aus seien dir Frieden und Gruß und Ehrung beschieden, o 'Abdallâh, o Sohn des Fâdil! Sei mir willkommen, herzlich willkommen, mein Geliebter, du Trost meiner Augen!‘ Doch ich fuhr fort: ‚Meine Gebieterin, woher weißt du mei-

1. Der Wächterengel des Paradieses. – 2. Koran, Sure 36, Vers 58.

nen Namen? Wer bist du? Und was ist es mit dem Volke dieser Stadt, daß alle zu Stein geworden sind? Ich bitte dich, berichte mir, wie es sich in Wahrheit hiermit verhält; denn ich bin voll Staunen über diese Stadt und ihre Bewohner, und darüber, daß sich außer dir kein lebendes Wesen in ihr gefunden hat. Um Allahs willen, ich bitte dich, sage mir die volle Wahrheit darüber!' Und nun sprach sie: ,Setze dich, 'Abdallâh, und ich werde, so Gott der Erhabene will, dir erzählen und alles genau berichten, was es in Wahrheit mit mir und mit dieser Stadt und ihrem Volke auf sich hat. Es gibt keine Macht und es gibt keine Majestät außer bei Allah, dem Erhabenen und Allmächtigen!' Nachdem ich mich ihr zur Seite gesetzt hatte, fuhr sie fort: ,Wisse, 'Abdallâh – Gott erbarme sich deiner! – ich bin die Tochter des Königs dieser Stadt, und mein Vater ist der, den du im Staatssaal auf dem hohen Throne hast sitzen sehen; die Männer rings um ihn sind die Großen seines Reiches und die Vornehmen seines Landes. Mein Vater war ein Herrscher von gewaltiger Macht, und er gebot über tausendmal tausend und einhundertundzwanzigtausend Krieger; die Zahl der Emire seines Reiches betrug vierundzwanzigtausend, und alle waren Statthalter und Würdenträger. Ihm waren tausend Städte untertan, dazu auch Flecken und Weiler, Festungen, Burgen und Dörfer. Die Emire der Beduinen, die unter seiner Herrschaft standen, waren tausend an der Zahl; und ein jeder von ihnen gebot über zwanzigtausend Reiter. Und er besaß an Geld und Schätzen, Edelsteinen und Juwelen so viel, wie kein Auge je gesehen und kein Ohr je gehört hat.' – –«

Da bemerkte Schehrezâd, daß der Morgen begann, und sie hielt in der verstatteten Rede an. Doch als die *Neunhundertunddreiundachtzigste Nacht* anbrach, fuhr sie also fort: »Es ist mir berichtet worden, o glücklicher König, daß 'Abdallâh des wei-

534

teren erzählte: ‚Die Tochter des Königs der steinernen Stadt
sprach: ‚Sieh, ’Abdallâh, mein Vater besaß an Geld und Schätzen so viel, wie kein Auge je gesehen und kein Ohr je gehört
hat. Er bezwang die Könige und pflegte die Helden und Rekken im Kampf auf dem Blachgefild niederzustrecken, so daß
die Gewaltigen in Furcht vor ihm schwebten und selbst die
Perserkönige in Demut vor ihm lebten. Doch bei alledem war
er ein Ungläubiger, der den Dienst anderer Götter neben Allah
lehrte und statt seines wahren Herren Götzen verehrte; und
auch alle seine Heerscharen waren Ungläubige und dienten
den Götzen mit Fleiß, an Stelle des Königs, der alles weiß.
Eines Tages aber, als er auf dem Throne seines Reiches saß,
umgeben von den Großen des Landes, begab es sich, ehe er
sich dessen versah, daß die Gestalt eines Mannes eintrat, der
durch das Licht seines Antlitzes den ganzen Staatssaal erleuchtete. Mein Vater blickte ihn an und sah, daß er ein grünes Gewand trug; er war hochgewachsen, und seine Hände reichten
ihm bis unter die Kniee herunter; sein Antlitz flößte Ehrfurcht
und heilige Scheu ein, und das Licht erstrahlte aus seinem Antlitz. Der sprach zu meinem Vater: ‚O du verstockter Sünder,
wie lange noch willst du in verblendetem Trotz die Götzen
anbeten und die Verehrung des allwissenden Königs mit Füßen
treten? Sprich: ich bezeuge, daß es keinen Gott gibt außer
Allah, und ich bezeuge, daß Mohammed sein Knecht und Gesandter ist! Werde Muslim, du mit deinem Volke; und tu den
Götzendienst von dir ab; denn in ihm ist kein Nutzen und kein
Heil! Wahre Anbetung gebührt nur Allah, der ohne Säulen
die Himmel hoch oben weitete und aus Gnade gegen Seine
Diener die Länder ausbreitete!‘ Darauf erwiderte mein Vater:
‚Wer bist du, o Mann, daß du den Göttern die Anbetung ver-
sagst und solche Reden zu führen wagst? Fürchtest du dich

nicht vor der Götter Zorngericht?' Doch der Mann fuhr fort: ,Die Götter sind nur Steine, deren Zorn mir nicht schadet und deren Huld mir nicht nützt. Bring mir deinen Gott, den du verehrst, und befiehl, daß ein jeder in deinem Volke seinen Gott herbeibringe! Wenn alle eure Götter da sind, so betet zu ihnen, daß sie mir zürnen. Ich aber will zu meinem Herrn beten, daß Er ihnen zürne; und dann werdet ihr des Unterschiedes zwischen dem Zorn des Schöpfers und dem Zorn des Geschöpfes gewahr werden. Denn eure Götter habt ihr euch selbst gemacht, und die Teufel hausen in ihnen; ja, sie sind es, die aus dem Bauche der Götzenbilder sprechen. Eure Götter sind nur geschaffene Dinge, aber mein Gott ist ein Schöpfer, und Ihm ist kein Ding unmöglich. Wenn das Wahre sich euch offenbart, so folget ihm; und wenn das Falsche euch kund wird, so lasset von ihm.' Da riefen die Leute: ,Gib uns einen Beweis für deinen Herrn, daß wir ihn sehen!' Doch er sprach: ,Gebt ihr mir Beweise für eure Herren!' Nun befahl der König, ein jeder, der ein Götterbild als Herren anbete, solle es bringen; darauf brachten alle die Heerscharen ihre Götzen in den Staatssaal. Das geschah damals bei ihnen.

Ich aber saß derweilen hinter einem Vorhang verborgen, doch so, daß ich in den Staatssaal meines Vaters hinabschauen konnte; und ich hatte einen Götzen aus grünem Smaragd, der so groß war wie ein Mensch. Mein Vater verlangte nach ihm, und so sandte ich ihn zu ihm in den Staatssaal hinunter. Dort setzte man ihn neben den Götzen meines Vaters. Der Götze meines Vaters aber war aus Hyazinth, während der Götze des Wesirs aus Diamant war. Von den Götzen der Großen des Heeres und der Untertanen waren die einen aus Ballasrubin, die anderen aus Karneol, wieder andere aus Korallen oder Komoriner Aloeholz, noch andere aus Ebenholz oder aus Silber

536

oder aus Gold; denn ein jeder hatte einen Götzen, je nachdem sein Besitz es ihm gestattete. Das gemeine Volk unter den Kriegern und die Untertanen hatten Götzenbilder teils aus Feuerstein, teils aus Holz, teils aus Ton oder aus Lehm. Und alle die Bilder waren von verschiedenen Farben, gelb oder rot, grün, schwarz oder weiß. Da sprach jener Mann zu meinem Vater: ,Bete zu deinem Gott und zu diesen anderen Göttern, daß sie mir zürnen!' Und man reihte jene Götzen auf wie eine Staatsversammlung, indem man den Gott meines Vaters auf einen goldenen Thron an den Ehrenplatz setzte und meinen Gott daneben; all die anderen Götzen wurden nach dem Range ihrer Besitzer, die sie anbeteten, aufgestellt. Nun erhob sich mein Vater, warf sich vor seinem Gott nieder und sprach zu ihm: ,O mein Gott, du bist der gütige Herr, und unter den Göttern ist keiner größer als du. Du weißt, daß dieser Mann zu mir gekommen ist, um deine Gottheit zu beschimpfen und dich zu verspotten. Und er behauptet, er habe einen Gott, der stärker sei als du, und er gebietet uns, von deinem Dienst abzulassen und seinen Gott zu verehren. Darum ergrimme wider ihn, o mein Gott!' So flehte er zu dem Götzen, aber der Götze gab ihm keine Antwort, ja, er sprach kein Wort zu ihm. Dann fuhr mein Vater fort: ,Mein Gott, dies ist doch sonst nicht deine Art. Du pflegtest mir zu antworten, wenn ich zu dir sprach. Was ist mir, daß ich sehen muß, wie du schweigst und nicht redest? Bist du unachtsam, oder schläfst du? So wach doch auf und hilf mir und gib mir Antwort!' Darauf schüttelte er den Götzen mit seiner Hand; aber der sprach nicht und rührte sich nicht von seiner Stelle. Nun sagte jener Mann zu meinem Vater: ,Warum sehe ich, daß dein Gott nicht redet?' Und der König erwiderte: ,Mich deucht, er ist unachtsam oder schläft.' Doch der Fremde sprach zu ihm: ,O du Feind Allahs, wie kannst du einen Gott anbeten, der nicht spricht und der über nichts Macht hat? Warum verehrst du nicht meinen Gott, der stets in der Nähe weilt und gnädige Antwort erteilt, der allgegenwärtig ist und nie in die Ferne enteilt, der nie unachtsam ist und den kein Schlummer bezwingt, und zu dem empor keine Vorstellung dringt, der da sieht und nicht gesehen wird und über alle Dinge mächtig ist? Dein Gott ist machtlos, und er vermag keinen Schaden von sich abzuwehren; ein verfluchter Satan hat sich in ihn gekleidet, und der führt dich in die Irre und täuscht dich. Aber jetzt ist der Satan entwichen; drum verehre Allah und bezeuge, daß es keinen Gott gibt außer Ihm, daß keiner verehrt werden darf neben Ihm und daß niemand der Anbetung würdig ist außer Ihm, und daß es nichts Gutes gibt als das, was da kommt von Ihm! Aber was diesen deinen Gott betrifft, so kann er sich selbst vor keinem Übel schützen; wie könnte er denn dich davor schützen? Sieh jetzt mit deinen eigenen Augen seine Ohnmacht!' Und nun trat er heran und versetzte dem Götzen einen Schlag auf den Nacken, so daß er zu Boden fiel. Der König aber ergrimmte und rief den Umstehenden zu: ‚Dieser Frevler hat meinen Gott geschlagen; drum tötet ihn!' Da wollten sie sich erheben, um ihn zu erschlagen, aber keiner von ihnen vermochte sich von der Stelle zu rühren. Dann bot der Mann ihnen den Islam dar; doch als sie ihn nicht annahmen, sprach er: ‚Jetzt will ich euch den Zorn meines Herren zeigen.' ‚Zeige ihn uns nur!' riefen jene; und er breitete seine Hände aus und betete: ‚Mein Herr und mein Gott, du bist es, bei dem mein Vertrauen und meine Hoffnung steht, erhöre du mein Gebet wider dies sündige Volk, das von deinem Gute zehrt, aber andere als dich verehrt! Der du die Wahrheit bist, o Herr der Macht, du Schöpfer des Tages und der Nacht, ich bitte dich, verwandle diese Leute in Steine! Denn du bist allmächtig, nichts ist dir unmöglich, und du hast Gewalt über alle Dinge.' Da verwandelte Allah die Leute dieser Stadt in Steine. Ich aber ward, als ich seinen Beweis sah, Muslimin vor dem Angesichte Allahs, und so ward ich vor dem Unheil bewahrt, das sie traf. Darauf trat jener Mann an mich heran und sprach: ,Dir bestimmte Allah im voraus die Seligkeit, und darin hielt Er ein Ziel bereit.' Dann unterwies er mich, und ich leistete ihm Eid und Gelöbnis; damals war ich sieben Jahre alt, und jetzt habe ich das Alter von dreißig Jahren erreicht. Und damals sprach ich zu ihm: ,Mein Gebieter, alles, was in der Stadt ist, und alle ihre Einwohner sind durch dein frommes Gebet zu Stein geworden. Ich aber bin gerettet, weil ich durch dich den Islam angenommen habe; und da du nun mein Scheich geworden bist, so nenne mir deinen Namen und leih mir deine Hilfe und gewähre mir etwas, durch das ich mein Leben fristen kann!' Er gab mir zur Antwort: ,Mein Name ist Abu el-'Abbâs el-Chidr'; und er pflanzte mir einen Granatapfelbaum mit eigener Hand. Der wuchs und trieb Blätter und blühte und trug einen Granatapfel zur selbigen Stunde. Dann sprach er: ,Iß von dem, was Allah der Erhabene dir zur Nahrung beschert, und diene Ihm, wie es Ihm gebührt!' Und weiter lehrte er mich die Vorschriften des Islams und die Vorschriften des Gebets und den Weg der Anbetung; auch lehrte er mich, den Koran vorzutragen. Nun diene ich Allah an dieser Stätte seit dreiundzwanzig Jahren, und an jedem Tage trägt mir dieser Baum einen Granatapfel, und den esse ich, und durch ihn ernähre ich mich von einem Tag zum andern. An jedem Freitag kommt el-Chidr – Heil sei über ihm! – zu mir, und er ist es, der mich mit deinem Namen bekannt gemacht und mir die frohe Botschaft gebracht hat, daß du zu mir an diese Stätte kommen würdest. Dabei sprach er zu mir:

‚Wenn er zu dir kommt, so nimm ihn ehrenvoll auf; gehorche seinem Geheiß und handle ihm nicht zuwider; du sollst ihm eine Gattin sein, und er werde der Gatte dein; geh mit ihm, wohin er will!' Und als ich dich sah, erkannte ich dich; und dies ist die Geschichte dieser Stadt und ihrer Bewohner. Das ist alles!'

Darauf zeigte sie mir den Granatapfelbaum, an dem ein Granatapfel hing; sie aß eine Hälfte davon und gab mir die andere zu essen, und nie habe ich etwas gekostet, das so süß und zart und schmackhaft war wie jener Granatapfel. Dann sprach ich zu ihr: ‚Willigst du in das ein, was dein Scheich el-Chidr – Heil sei über ihm! – dir aufgetragen hat, nämlich darin, daß du mir zur Gattin werdest und daß ich dein Ehgemahl sei, und daß du mit mir in mein Land ziehest, damit ich mit dir in der Stadt Basra leben kann?' ‚Jawohl,' erwiderte sie, ‚so Allah der Erhabene will; ich höre auf dein Wort und gehorche deinem Geheiß ohne Widerspruch.' So nahm ich denn Eid und Gelöbnis von ihr hin, und sie führte mich in die Schatzkammer ihres Vaters; daraus entnahmen wir, soviel wir zu tragen vermochten. Dann verließen wir jene Stadt und schritten weiter, bis wir zu meinen Brüdern kamen, die ich nach mir suchen sah. Sie sprachen zu mir: ‚Wo bist du gewesen? Du bist lange von uns fortgeblieben, und unsere Herzen waren in Sorge um dich.' Der Kapitän des Schiffes aber sprach zu mir: ‚Kaufmann 'Abdallâh, der Wind ist uns schon lange günstig gewesen, und du hast uns an der Abfahrt gehindert.' Ich gab ihm zur Antwort: ‚Darin liegt kein Schaden; oft bringt der Aufschub Gewinn, und mein Ausbleiben trug nur Vorteil ein; dadurch ist mir das Ziel meiner Hoffnungen gelungen, und wie vortrefflich hat der Dichter gesungen:

> *Wenn ich nach einem Lande zieh und Gutes suche,*
> *So weiß ich niemals, was von beiden mir dort naht:*

Ob es das Gute ist, das ich im Sinne habe;
Ob es das Böse ist, das mich im Sinne hat.'

Dann sprach ich zu ihnen: ,Seht, was mir zuteil geworden ist, während ich jetzt abwesend war!' Und ich zeigte ihnen die Schätze, die ich bei mir trug, und erzählte ihnen, was ich in der steinernen Stadt erlebt hatte, indem ich mit den Worten schloß: ,Wenn ihr auf mich gehört hättet und mit mir gegangen wäret, so hättet ihr viel von diesen Dingen gewonnen.' – –«

Da bemerkte Schehrezâd, daß der Morgen begann, und sie hielt in der verstatteten Rede an. Doch als die *Neunhundertund-vierundachtzigste Nacht* anbrach, fuhr sie also fort: »Es ist mir berichtet worden, o glücklicher König, daß 'Abdallâh ibn Fâdil des weiteren erzählte: ,Ich sprach zu meinen Gefährten und zu meinen Brüdern: ,Wenn ihr mit mir gegangen wäret, so hättet ihr viel von diesen Dingen gewonnen.' Doch sie erwiderten mir: ,Bei Allah, wären wir mitgegangen, so hätten wir es doch nicht gewagt, zu dem König der Stadt einzutreten.' Und ich sagte zu meinen Brüdern: ,Macht euch keine Sorgen! Was ich bei mir habe, genügt für uns alle; dies war uns bestimmt.' Darauf teilte ich meinen Gewinn nach Maß-gabe unserer Zahl: ich gab meinen beiden Brüdern und dem Kapitän je einen Teil und behielt für mich so viel, wie je einer von ihnen empfangen hatte. Ein weniges gab ich auch den Dienern und den Seeleuten, und die freuten sich und segneten mich. Alle waren mit dem zufrieden, was ich ihnen gab, nur meine beiden Brüder nicht; denn sie sahen mit einem Male ganz verändert aus, und ihre Augen blickten unstet. Daraus er-sah ich, daß die Gier über sie Gewalt gewonnen hatte, und ich sprach zu ihnen: ,Meine Brüder, mich deucht, was ich euch gegeben habe, hat euch nicht befriedigt. Aber ich bin ja euer

Bruder, und ihr seid meine Brüder, und es ist kein Unterschied zwischen mir und euch. Mein Gut und euer Gut sind einunddasselbe; und wenn ich sterbe, soll mich kein anderer beerben als nur ihr beide.' So sprach ich ihnen in Güte zu. Dann führte ich auch die Maid an Bord der Galeone und geleitete sie in die Kabine; darauf sandte ich ihr etwas zu essen und setzte mich nieder, um mit meinen Brüdern zu plaudern. Sie fragten mich: ‚Bruder, was willst du mit dieser wunderschönen Jungfrau tun?' Und ich erwiderte ihnen: ‚Ich will mit ihr den Ehevertrag schließen, sobald ich wieder in Basra bin, und dann will ich eine große Hochzeit feiern und dort zu ihr eingehen.' Der eine von beiden rief: ‚Bruder, diese junge Herrin ist von wunderbarer Schönheit und Anmut, und mein Herz ist von Liebe zu ihr ergriffen; darum wünsche ich, du mögest sie mir geben, auf daß ich mich mit ihr vermähle.' Und der andere rief: ‚Auch mich verlangt nach ihr; gib sie mir, daß ich mich mit ihr vermählen kann!' ‚Liebe Brüder,' erwiderte ich ihnen, ‚sie hat mir Eid und Gelöbnis abgenommen, daß ich mich selber mit ihr vermähle; wenn ich sie also einem von euch beiden gebe, so verletze ich den Bund, der uns beide vereint, und vielleicht würde ihr dann das Herz brechen. Denn sie ist nur unter der Bedingung mit mir gekommen, daß sie meine Gemahlin wird. Wie kann ich sie da einem anderen vermählen? Wenn ihr sie liebt, so liebe ich sie noch mehr als ihr; denn sie ist ein Geschenk des Himmels für mich. Daß ich sie einem von euch geben sollte, ist etwas, das nie und nimmer geschehen kann; aber wenn wir wohlbehalten in der Stadt Basra eingetroffen sind, so will ich mich für euch nach zwei von den besten Töchtern Basras umsehen und will um sie für euch werben und die Brautgabe aus meinem eigenen Gelde bezahlen. Dann will ich ein einziges Hochzeitsfest rüsten, und wir wollen alle drei in derselben Nacht zu unseren Frauen eingehen. Also lasset ab von dieser Maid; denn sie ist mir vom Schicksal bestimmt!' Beide schwiegen, und ich glaubte, daß sie mit dem, was ich gesagt hatte, zufrieden wären. Wir setzten also unsere Fahrt nach dem Lande von Basra fort, während ich der Prinzessin immer Speise und Trank zusandte, so daß sie die Kabine des Schiffes nie verließ; ich schlief aber mit meinen Brüdern auf dem Deck der Galeone. So fuhren wir ohne Aufenthalt vierzig Tage dahin, bis uns die Stadt Basra in Sicht kam; wir waren erfreut, daß wir uns ihr näherten, und ich vertraute auch meinen Brüdern und fühlte mich ganz sicher im Gedanken an sie. Aber niemand kennt das Verborgene außer Allah dem Erhabenen! Ich legte mich also an jenem Abend zur Ruhe nieder; doch als ich in festen Schlaf versunken war, wurde ich plötzlich, ehe ich mich dessen versah, von den Händen dieser meiner beiden Brüder hochgehoben; der eine hatte mich an den Beinen gepackt und der andere an den Händen. Denn die beiden hatten sich verabredet, mich im Meere zu ertränken, damit sie jene Jungfrau gewönnen. Wie ich mich nun von ihren Händen hochgehoben sah, rief ich: ‚Meine Brüder, weshalb tut ihr mir dies an?' Sie erwiderten: ‚O du frecher Tor, wie kannst du um eines Mädchens willen unsere Freundschaft verscherzen? Dafür wollen wir dich ins Meer werfen.' Und dann warfen sie mich über Bord.' Nun wandte 'Abdallâh sich wieder zu den beiden Hunden und fragte sie: ‚Ist dies wahr, meine Brüder, oder nicht?' Sie senkten ihre Köpfe zu Boden und begannen zu winseln, als ob sie seine Worte bestätigen wollten; darüber staunte der Kalif. Doch der Statthalter fuhr fort: ‚O Beherrscher der Gläubigen, als sie mich so ins Meer geworfen hatten, sank ich bis auf den Grund hinab. Aber das Wasser trug mich wieder zur Oberfläche des Meeres empor, und ehe ich mich dessen versah, stieß ein mächtiger Vogel, so groß wie ein Mensch, auf mich nieder, ergriff mich und schwebte mit mir hoch in den Luftraum empor. Wie ich meine Augen auftat, fand ich mich in einem Schlosse, dessen Bau sich in große Höhe reckte und seine Mauern bis in den Himmel streckte, und das ein Schmuck von prächtigen Malereien und Gehängen mit Edelsteinen aller Arten und Farben bedeckte. Darin standen Mädchen, die ihre Hände auf der Brust gekreuzt hatten; und in ihrer Mitte saß eine Herrin auf einem goldenen Throne, der mit Perlen und Juwelen besetzt war. Sie trug Gewänder, vor denen kein Sterblicher die Augen öffnen konnte wegen des Strahlenglanzes der Juwelen; um ihre Hüften lag ein Juwelengürtel, dessen Wert kein Geld bezahlen konnte, und auf ihrem Haupte ruhte eine dreigliedrige Krone, die Sinn und Verstand berückte und Herz und Auge entzückte. Der Vogel aber, der mich entführt hatte, schüttelte sich und ward zu einer Jungfrau, die der strahlenden Sonne glich. Als ich die genauer anschaute, erkannte ich in ihr plötzlich jene, die auf dem Berge in Gestalt einer Schlange gewesen war, sie, mit der jener Drache gekämpft und um die er seinen Schwanz gewunden hatte und die ich befreit hatte, da ich den Drachen mit einem Steine tötete, als ich sah, daß er Macht und Gewalt über sie gewann. Nun sprach zu ihr die Herrin, die auf dem Throne saß: ‚Weshalb hast du diesen Sterblichen hierher gebracht?‘ Sie gab ihr zur Antwort: ‚Mutter, dies ist der Mann, dem ich es verdanke, daß meine Ehre unter den Töchtern der Geister geschützt wurde.‘ Dann fragte sie mich: ‚Weißt du, wer ich bin?‘ ‚Nein‘, erwiderte ich; und sie fuhr fort: ‚Ich bin jene, die auf dem und dem Berge war; damals kämpfte der schwarze Drache mit mir und wollte meine Ehre schänden, aber du tötetest ihn.‘ Darauf sagte ich: ‚Ich habe nur eine weiße Schlange bei dem

544

Drachen gesehen.' Und dann erzählte sie: ‚Ich war die weiße Schlange; aber ich bin die Tochter des Roten Königs, des Königs der Geister, und mein Name ist Sa'îda. Die dort sitzt, ist meine Mutter, und sie heißt Mubâraka, die Gemahlin des Roten Königs. Und der Drache, der mit mir kämpfte und meine Ehre schänden wollte, war der Wesir des Schwarzen Königs; er hieß Darfîl, und er war ein häßliches Geschöpf. Es begab sich einmal, daß er mich sah und von Liebe zu mir erfüllt wurde; dann warb er um mich bei meinem Vater, aber mein Vater ließ ihm sagen: ‚Was bist denn du, o Abschaum der Wesire, daß du dich mit Königstöchtern vermählen willst?' Darüber ward er zornig, und er schwor einen Eid, er wolle meine Ehre schänden; und dann lief er meiner Spur nach und verfolgte mich, wohin ich nur ging, in der Absicht, mir die Ehre zu rauben. Darauf entstanden zwischen ihm und meinem Vater heftiger Streit und viel bitteres Leid; aber mein Vater vermochte ihn nicht zu bezwingen, da er wild und voll Lug und Trug war, und sooft mein Vater ihn bedrängte und im Begriffe war, sich seiner zu bemächtigen, entschlüpfte er ihm, bis mein Vater schließlich ratlos war. Ich aber nahm von Tag zu Tage eine andere Gestalt und Farbe an; allein sooft ich mich in eine Gestalt verwandelte, nahm er die Gegengestalt an, und sooft ich in ein anderes Land floh, witterte er mich und folgte mir in jenes Land, so daß ich durch ihn große Qual erlitt. Schließlich nahm ich die Gestalt einer Schlange an und begab mich auf jenen Berg; er jedoch verwandelte sich in einen Drachen und verfolgte mich dorthin. Da kam ich in seine Gewalt, und wir rangen miteinander, bis er mich ermüdet hatte und schon auf mich stieg, um mit mir zu tun, wonach ihn gelüstete. Aber da kamst du und trafst ihn mit dem Steine und tötetest ihn. So verwandelte ich mich wieder in ein Mädchen und zeigte mich dir und sprach zu dir: ‚Ich schulde dir für deine Wohltat Dank, der nur bei Bastarden verloren geht.‘ Als ich nun sah, daß deine Brüder solche Tücke an dir begingen und dich ins Meer warfen, eilte ich zu dir und errettete dich vor dem Verderben; und nun gebührt dir Ehre auch von meiner Mutter und von meinem Vater.‘ Dann fuhr sie fort: ‚Liebe Mutter, ehre ihn zum Dank dafür, daß er meine Ehre geschützt hat.‘ Und die Königin sprach: ‚Willkommen, Sterblicher! Du hast eine gute Tat an uns vollbracht, für die dir Ehre gebührt.‘ Darauf befahl sie, mir eine Gewandung wie aus einem Schatzhause zu geben, die sehr viel Geld wert war; auch schenkte sie mir eine Menge von Juwelen und Edelsteinen. Dann sprach sie: ‚Nehmt ihn und führt ihn zum König hinein!‘ Da nahm man mich und führte mich zum König in den Staatssaal; ich sah den Herrscher, wie er auf einem Throne saß, umgeben von den Mârids und den Geisterwächtern. Als ich ihn anschaute, wurde mein Blick geblendet durch die Fülle der Juwelen, die er an sich trug. Doch wie er mich sah, erhob er sich, und alle seine Mannen erhoben sich mit ihm, aus Ehrfurcht vor ihm. Darauf begrüßte er mich und hieß mich willkommen und erwies mir die höchsten Ehren; auch gab er mir von den kostbaren Dingen, die er bei sich hatte. Zuletzt sprach er zu einigen aus seinem Gefolge: ‚Führt ihn zu meiner Tochter zurück, damit sie ihn wieder an die Stätte bringt, von der sie ihn geholt hat!‘ Da nahmen die Leute mich mit sich und geleiteten mich zu seiner Tochter Sa'îda; die hob mich hoch und flog mit mir und den Kleinodien, die ich erhalten hatte, auf und davon. So erging es mir damals mit Sa'îda.

Inzwischen war der Kapitän der Galeone durch das Geräusch des Falles aufgewacht, als meine Brüder mich ins Meer warfen. Da rief er: ‚Was ist dort ins Wasser gefallen?‘ Meine Brüder aber begannen zu weinen und sich auf die Brust zu schlagen und zu rufen: ‚Ach um den Verlust unseres Bruders! Er wollte über den Bordrand ein Bedürfnis verrichten und ist dabei ins Meer gefallen.' Dann legten sie Hand an mein Gut; doch wegen der Jungfrau erhob sich ein Streit zwischen ihnen, denn ein jeder von beiden sagte: ‚Keiner soll sie besitzen als ich!' Und nun fuhren sie fort, miteinander zu zanken; sie dachten nicht mehr an den Bruder, noch daran, daß er ertrunken war, und ihre Trauer um ihn war zu Ende. Aber während die beiden noch in dieser Weise miteinander stritten, ließ sich Sa'îda mit mir plötzlich mitten auf der Galeone nieder.'––«

Da bemerkte Schehrezâd, daß der Morgen begann, und sie hielt in der verstatteten Rede an. Doch als die *Neunhundertundfünfundachtzigste Nacht* anbrach, fuhr sie also fort: »Es ist mir berichtet worden, o glücklicher König, daß 'Abdallâh ibn Fâdil des weiteren erzählte: ‚Während die beiden noch in dieser Weise miteinander stritten, ließ sich Sa'îda mit mir plötzlich mitten auf der Galeone nieder. Als meine Brüder mich erblickten, umarmten sie mich und taten, als ob sie über mein Kommen erfreut wären, und sie sprachen: ‚Lieber Bruder, wie ist es dir in dem ergangen, was dir widerfahren ist? Unser Herz war in Sorge um dich!' Doch Sa'îda hub an: ‚Wenn euer Herz um ihn besorgt gewesen wäre und ihr ihn geliebt hättet, so hättet ihr ihn nicht ins Meer geworfen, während er schlief. Jetzt aber wählt euch die Todesart aus, auf die ihr sterben wollt!' Und sie ergriff die beiden und wollte sie töten; aber die beiden schrieen auf und riefen: ‚In deinen Schutz, o Bruder!' Darauf legte ich bei ihr Fürbitte ein, indem ich zu ihr sprach: ‚Ich bitte dich flehentlich, töte meine Brüder nicht!' Sie erwiderte: ‚Es ist nicht anders möglich, als daß sie sterben; denn sie sind Verräter.' Doch ich ließ nicht ab, ihr gut zuzureden und sie zu besänftigen, bis sie sagte: ‚Dir zuliebe will ich sie nicht töten; aber ich werde sie verzaubern.' Dann holte sie eine Schale hervor, füllte sie mit Meerwasser und murmelte unverständliche Worte darüber; und indem sie sprach: ‚Verlasset die menschliche Gestalt und nehmt die Gestalt von Hunden an!' sprengte sie das Wasser auf sie. Da wurden die beiden zu Hunden, wie du sie jetzt siehst, o Stellvertreter Allahs.' Wiederum wandte er sich zu den beiden und fragte: ‚Ist das wahr, was ich gesagt habe, meine Brüder?' Und sie senkten die Köpfe, als ob sie zu ihm sagen wollten: ‚Du hast die Wahrheit gesprochen.' Dann fuhr er fort: ‚O Beherrscher der Gläubigen, nachdem sie die beiden in Hunde verzaubert hatte, sprach sie zu den Leuten auf der Galeone: ‚Wisset, dieser 'Abdallâh ibn Fâdil ist mein Bruder geworden, und ich werde ihn jeden Tag einmal oder zweimal besuchen. Jedem von euch, der ihm widerspricht oder sich seinem Befehl widersetzt oder ihm mit Hand oder Zunge ein Leid zufügt, werde ich das gleiche antun, was ich diesen beiden Verrätern angetan habe; ich werde ihn in einen Hund verwandeln, so daß er in der Hundegestalt sein Leben beschließen und nie Befreiung finden wird.' Insgesamt sprachen sie zu ihr: ‚O unsere Herrin, wir alle sind seine Knechte und seine Diener, und wir werden ihm nicht widersprechen.' Ferner sagte sie zu mir: ‚Wenn du wieder in Basra bist, so prüfe deinen ganzen Besitz; und wenn etwas daran fehlt, so laß es mich wissen, und ich werde es dir bringen, bei wem und wo auch immer es sich befinden mag; und ich werde den, der es genommen hat, in einen Hund verwandeln. Wenn du dann deine Güter aufgespeichert hast, lege jedem dieser beiden Verräter ein eisernes Kettenhalsband um, binde sie an den Fuß eines Lagers und sperre sie für sich allein dort ein. In jeder Nacht geh du um Mitternacht zu ihnen und versetze einem

548

jeden von ihnen so viel Schläge, daß er ohnmächtig wird; wenn aber eine einzige Nacht verstreicht, ohne daß du sie schlägst, so werde ich zu dir kommen und dir dein Teil Schläge geben und danach den beiden das ihre.' ‚Ich höre und gehorche!' erwiderte ich; und sie fuhr fort: ‚Binde sie nun mit Stricken fest, bis du in Basra ankommst.' So legte ich denn einem jeden von beiden einen Strick um und band sie beide an den Mast; darauf ging sie ihrer Wege. Am nächsten Tage trafen wir in Basra ein; da kamen die Kaufleute mir entgegen und begrüßten mich, aber niemand fragte nach meinen Brüdern. Doch die Leute sahen auf die Hunde und fragten mich: ‚Du, was willst du mit diesen beiden Hunden tun, die du mitgebracht hast?' Ich antwortete ihnen: ‚Die beiden habe ich während dieser Reise aufgezogen, und nun habe ich sie mitgebracht.' Dann kümmerten sie sich nicht weiter um die beiden, und so erfuhren sie nicht, daß es meine Brüder waren. Ich aber brachte sie in ein Zimmer, und danach war ich jenen ganzen Abend damit beschäftigt, die Ballen unterzubringen, in denen sich die Stoffe und die Edelsteine befanden. Die Kaufleute aber blieben noch bei mir zur Begrüßungsfeier, und ich ward durch sie so abgelenkt, daß ich die beiden Hunde weder mit Ketten festband noch ihnen ein Leids tat. Dann legte ich mich nieder, um zu schlafen; doch ehe ich mich dessen versah, erschien Sa'îda, die Tochter des Roten Königs, vor mir und sprach zu mir: ‚Habe ich dir nicht gesagt, du sollest ihnen Ketten um den Hals legen und einem jeden sein Teil Schläge versetzen?' Und alsbald legte sie Hand an mich, zog eine Geißel hervor und schlug mich so lange, bis ich das Bewußtsein verlor; dann eilte sie in den Raum, in dem meine Brüder waren, und hieb auf einen jeden so lange mit der Geißel ein, bis er dem Tode nahe war. Zuletzt sprach sie: ‚Schlag beide in jeder Nacht, so wie ich sie geschlagen habe! Wenn eine einzige Nacht vergeht, ohne daß du sie schlägst, so werde ich dich geißeln.' Ich gab ihr zur Antwort: ‚Meine Gebieterin, morgen will ich ihnen die Ketten um den Hals legen, und in der nächsten Nacht will ich sie schlagen, und ich will sie hinfort in keiner Nacht mit der Geißelung verschonen.' Und sie schärfte es mir noch einmal ein, sie zu schlagen. Am nächsten Morgen aber ward es mir nicht leicht, ihnen die Ketten um den Hals zu legen, und so begab ich mich zu einem Goldschmied und befahl ihm, goldene Kettenhalsbänder für die beiden zu machen; nachdem ich das getan hatte, nahm ich sie mit und legte sie den Hunden um den Hals und band sie fest, wie Sa'îda mir befohlen hatte; und in der folgenden Nacht schlug ich sie wider meinen Willen. Diese Sache trug sich zu unter dem Kalifat von el-Mahdî, dem fünften Nachkommen von el-'Abbâs.[1] Ich wurde ihm dadurch vertraut, daß ich ihm Geschenke sandte, und er betraute mich mit der Regierung und machte mich zum Statthalter in Basra. So lebte ich eine ganze Weile dahin; dann sagte ich mir einmal: ‚Vielleicht ist ihr Zorn jetzt abgekühlt'; und so ließ ich die beiden in einer Nacht ungeschlagen. Doch da kam sie zu mir und versetzte mir Schläge, deren Brennen ich in meinem ganzen Leben nicht vergessen werde. Von jener Zeit an unterließ ich es nie, die beiden zu geißeln, solange el-Mahdî regierte. Als er dann gestorben war und du ihm in der Herrschaft folgtest[2], sandtest du zu mir, um mich als Statthalter der Stadt Basra zu bestätigen; und jetzt sind schon zwölf Jahre vergangen, in denen ich sie jede Nacht wider meinen Willen schlage. Aber wenn ich sie geschlagen habe, so be-

1. El-Mahdî gehörte der fünften Generation nach el-'Abbâs an; er regierte als dritter Abbasidenkalif von 775 bis 785. – 2. Zwischen el-Mahdî und Harûn er-Raschîd regierte el-Hâdi, 785 bis 786.

gütige ich sie und bitte sie um Entschuldigung, und ich gebe ihnen zu essen und zu trinken, während sie immer eingesperrt sind. Keins von den Geschöpfen Allahs des Erhabenen hat etwas von ihnen erfahren, bis du den Tischgenossen Abu Ishâk wegen des Tributs zu mir sandtest; der hat mein Geheimnis entdeckt und es dir kundgetan, als er zu dir zurückkehrte. Dann schicktest du ihn ein zweites Mal zu mir, um mich und die beiden zu holen; da erwiderte ich: ‚Ich höre und gehorche!‘ und ich brachte die beiden vor dich. Und weil du mich nach der Wahrheit hierüber gefragt hast, so habe ich dir den Bericht erstattet. Dies ist also meine Geschichte.‘

Staunend hörte der Kalif Harûn er-Raschîd, welche Bewandtnis es mit diesen beiden Hunden hatte; und er fragte: ‚Hast du jetzt deinen Brüdern vergeben, was sie wider dich gesündigt haben? Hast du ihnen Verzeihung gewährt oder noch nicht?‘ ‚Mein Gebieter,‘ gab 'Abdallâh zur Antwort, ‚Allah vergebe ihnen und spreche sie von ihrer Schuld frei in dieser und in jener Welt! Ich habe es nötig, daß sie mir vergeben, da schon zwölf Jahre vergangen sind, in denen ich sie jede Nacht geißele.‘ Dann fuhr der Kalif fort: ‚'Abdallâh, so Gott der Erhabene will, werde ich ihre Befreiung erwirken, so daß sie wieder zu Menschen werden, wie sie es früher gewesen sind, und ich will euch miteinander versöhnen, damit ihr hinfort euer Leben als liebende Brüder verbringt. Und wie du ihnen vergeben hast, so werden sie dir vergeben. Nimm sie also mit dir in die Wohnung und schlag sie heute nacht nicht; morgen wird alles gut sein!‘ Darauf erwiderte der Statthalter: ‚Mein Gebieter, bei deinem Haupte, wenn ich sie nur eine Nacht ungeschlagen lasse, so kommt Sa'îda zu mir und schlägt mich; und mein Leib verträgt die Schläge nicht mehr.‘ Doch der Kalif sagte: ‚Fürchte dich nicht; ich will dir ein Handschreiben von mir geben! Wenn Sa'îda zu dir kommt, so gib ihr das Blatt; und wenn sie es gelesen hat und dich verschont, so geschieht es durch ihre Huld. Wenn sie aber meinem Befehl keine Folge leistet, so befiehl du deine Sache Allah und laß dich von ihr schlagen, und nimm an, du hättest vergessen, sie in einer Nacht zu geißeln, und seiest deswegen von ihr geschlagen worden; doch geschieht es also, daß sie mir zuwider handelt, dann will ich, so wahr ich der Beherrscher der Gläubigen bin, mit ihr noch fertig werden.' Darauf schrieb der Kalif an sie auf einem Blatt, das zwei Finger breit war, und nachdem er geschrieben hatte, setzte er sein Siegel darunter. Und er sprach: ,'Abdallâh, wenn Sa'îda zu dir kommt, so sprich zu ihr: ,Der Kalif, der König der Menschenwelt, hat mir befohlen, sie nicht zu schlagen; und er hat für mich dies Blatt geschrieben, und er entbietet dir seinen Gruß.' Dann gib ihr das Schreiben und befürchte kein Leid!' So nahm er dem Statthalter Eid und Gelöbnis ab, daß er sie nicht schlagen wolle; und der nahm die beiden Hunde und ging mit ihnen in seine Wohnung, indem er bei sich sprach: ,Ich möchte wohl wissen, was der Kalif gegen die Tochter des Sultans der Geister ausrichten kann, wenn sie nicht auf ihn hört und mich in dieser Nacht doch schlägt! Aber ich will noch einmal die Schläge ertragen und meine Brüder heute nacht in Ruhe lassen, auch wenn mir um ihretwillen Leid widerfährt.' Dann dachte er weiter in seinem Sinne nach, und sein Verstand sagte ihm: ,Wenn der Kalif sich nicht auf eine starke Hilfe verlassen könnte, so würde er mir das Schlagen nicht verbieten.' Er trat also in seine Wohnung ein und nahm seinen Brüdern die Kettenbänder vom Hals und sprach: ,Ich vertraue auf Allah!' Darauf begann er sie zu trösten, indem er sprach: ,Euch soll kein Leid widerfahren! Denn der Kalif, der sechste Nachkomme von el-'Abbâs[1], hat sich für eure Lösung verbürgt, und ich habe euch verziehen. So Allah der Erhabene will, ist nun die Zeit gekommen, und ihr sollt noch in dieser gesegneten Nacht befreit werden; drum freut euch auf Glück und Fröhlichkeit!' Als die beiden diese Worte gehört hatten, begannen sie wie Hunde zu bellen. – –«

Da bemerkte Schehrezâd, daß der Morgen begann, und sie hielt in der verstatteten Rede an. Doch als die *Neunhundertundsechsundachtzigste Nacht* anbrach, fuhr sie also fort: »Es ist mir berichtet worden, o glücklicher König, daß 'Abdallâh ibn Fâdil zu seinen Brüdern sprach: ,Freut euch auf Glück und Fröhlichkeit!' Und als die beiden diese Worte gehört hatten, bellten sie wie Hunde und rieben ihre Backen an seinen Füßen, als ob sie Segen auf ihn herabflehten und sich vor ihm demütigten. Er aber war betrübt um sie und begann ihre Rücken zu streicheln, bis der Abend nahte. Und als man dann den Tisch aufgetragen hatte, sprach er zu den beiden: ,Setzt euch!' Sie setzten sich und aßen mit am Tische; doch seine Leibwächter waren starr vor Verwunderung, daß er mit den Hunden zusammen aß, und sie sprachen: ,Ist er irre, oder ist er schwachsinnig? Wie kann der Statthalter von Basra mit Hunden zusammen essen, er, der größer ist als ein Wesir? Weiß er denn nicht, daß der Hund unrein ist?' Dann sahen sie die Hunde an, wie sie mit ihm gesittet aßen; aber sie wußten nicht, daß die beiden seine Brüder waren. Ja, sie hörten nicht auf, 'Abdallâh und die beiden Hunde anzuschauen, bis sie die Mahlzeit beendet hatten. Danach wusch 'Abdallâh sich die Hände, und auch die Hunde streckten ihre Pfoten aus, um sie sich zu waschen, so daß alle, die dort zugegen waren, über sie zu lachen began-

1. Harûn er-Raschîd gehörte zur sechsten Generation nach el-'Abbâs, war aber der fünfte Abbasidenkalif; vgl. oben Seite 550 Anmerkung 2.

nen und erstaunt zueinander sprachen: ‚Wir haben doch nie in unserem Leben gesehen, daß die Hunde speisen und sich nach der Mahlzeit die Pfoten waschen!' Dann setzten sich die Hunde auf die Kissen neben 'Abdallâh ibn Fâdil, aber niemand wagte ihn danach zu fragen. So blieb es bis Mitternacht; nun entließ er die Diener, und man ging zur Ruhe, auch jeder von den beiden Hunden legte sich auf ein Ruhelager nieder. Da begannen die Diener untereinander zu sprechen: ‚Seht, dort schläft er, und die beiden Hunde schlafen bei ihm!' Einige sagten: ‚Sintemalen er mit den Hunden an demselben Tische gegessen hat, so macht es nichts aus, wenn sie auch bei ihm schlafen; aber dies ist nur die Art von Irren.' Die Diener aßen dann auch nichts von den Speisen, die auf dem Tische übrig geblieben waren, sondern sie sagten: ‚Wie können wir das essen, was die Hunde übrig lassen?' Dann nahmen sie den Tisch mitsamt dem, was darauf war, und warfen alles fort, indem sie sprachen: ‚Das ist unrein!' Soviel von ihnen.

Hören wir nun, was mit 'Abdallâh ibn Fâdil geschah! Ehe der sich dessen versah, klaffte der Boden vor ihm auseinander, und Sa'îda stieg zu ihm empor und sprach: ‚O 'Abdallâh warum hast du die beiden heute nacht nicht geschlagen, und warum hast du ihnen die Ketten vom Hals genommen? Hast du also getan, um mir zu trotzen und um meinen Befehl zu mißachten? Ha, jetzt werde ich dich schlagen und dich wie sie in einen Hund verwandeln!' Er aber sprach: ‚Hohe Herrin, ich beschwöre dich bei den Zeichen auf dem Siegelringe Salomos, des Sohnes Davids – über beiden sei Heil! –, bezwinge deinen Zorn wider mich, bis ich dir den Grund berichtet habe, und dann tu mit mir, was du willst!' ‚Berichte mir!' gebot sie ihm; und er fuhr fort: ‚Der Grund, weshalb ich sie nicht geschlagen habe, ist dieser: Der König der

Menschenwelt, der Beherrscher der Gläubigen, der Kalif Harûn er-Raschîd, hat mir befohlen, ich solle sie in dieser Nacht nicht schlagen; ja, er hat mir daraufhin Eid und Gelöbnis abgenommen. Er enbietet dir seinen Gruß und hat mir ein Schreiben von seiner eigenen Hand gegeben und mir befohlen, es dir zu überreichen. Ich mußte seinem Befehle willfahren und gehorchen; denn der Gehorsam gegen den Beherrscher der Gläubigen ist Pflicht. Da hast du das Schreiben; nimm es und lies es, und danach tu, was du willst!' ‚Gib es her!' erwiderte sie; und er reichte ihr das Schreiben. Sie öffnete es und las es und fand darin geschrieben: ‚Im Namen Allahs des allbarmherzigen Erbarmers! Von dem König der Menschenwelt, Harûn er-Raschîd, an Sa'îda, die Tochter des Roten Königs. Des ferneren: Sieh, dieser Mann hat seinen Brüdern vergeben und hat seinen Anspruch wider sie fallen lassen; so habe ich ihm denn geboten, sich mit ihnen auszusöhnen. Wo nun Versöhnung stattfindet, da wird die Strafe aufgehoben. Wenn ihr euch unseren Entscheidungen widersetzt, so werden wir uns eueren Entscheidungen widersetzen und eure Satzungen zerreißen. Wenn ihr aber unser Gebot befolgt und unsere Befehle ausführt, so werden auch wir eure Befehle ausführen. Nun gebiete ich dir, ihnen kein Leid anzutun. Wenn du an Allah und an seinen Gesandten glaubst, so geziemt dir Gehorsam gegen den, der mit der Obrigkeit betraut ist. Wenn du die beiden verschonst, so will ich es dir lohnen, wie mein Herr mich dazu befähigt. Und das Zeichen des Gehorsams ist, daß du den Zauber von diesen beiden Männern nimmst, damit sie morgen als Erlöste vor mir erscheinen können. Doch wenn du sie nicht befreist, so werde ich sie erlösen, dir zum Trotz, durch die Hilfe Allahs des Erhabenen.' Als sie jenen Brief gelesen hatte, sprach sie: ‚O 'Abdallâh, ich will nicht eher etwas tun, als bis ich zu meinem Vater gegangen bin und ihm das Schreiben des Königs der Menschenwelt gezeigt habe; mit seiner Antwort werde ich eilends zu dir zurückkehren.' Darauf machte sie mit ihrer Hand ein Zeichen nach dem Boden hin, und der spaltete sich, und sie stieg hinab. Als sie verschwunden war, flog das Herz 'Abdallâhs vor Freuden, und er rief: ,Allah stärke die Macht des Beherrschers der Gläubigen!' Sa'îda aber trat zu ihrem Vater ein, berichtete ihm, was geschehen war, und überreichte ihm das Schreiben des Beherrschers der Gläubigen. Der küßte es, legte es auf sein Haupt und las es dann; nachdem er seinen Inhalt verstanden hatte, sprach er: ,Liebe Tochter, der Befehl des Königs der Menschenwelt ist gültig für uns, und sein Gebot muß bei uns befolgt werden; wir können ihm nicht zuwiderhandeln. Drum geh zu den beiden Männern und befreie sie noch in dieser Stunde, indem du zu ihnen sprichst: ,Die Fürsprache des Königs der Menschenwelt tritt für euch ein.' Denn wenn er uns zürnt, so wird er uns alle bis zum letzten Mann vernichten; drum lad uns nichts auf, was über unsere Kraft geht!' ,Lieber Vater,' erwiderte sie ihm, ,was kann denn der König der Menschenwelt uns antun, wenn er uns zürnt?' Darauf sagte er zu ihr: ,Meine Tochter, er hat Macht über uns aus mehreren Gründen. Erstlich ist er ein Mensch und hat als solcher den Vorrang vor uns[1]; zweitens ist er der Stellvertreter Allahs; und drittens betet er beständig die zwei Rak'as der Morgendämmerung. Wenn alle Stämme der Geister aus den sieben Welten sich gegen ihn vereinen würden, so würden sie doch nicht vermögen, ihm ein Leid zu tun. Wenn er wider uns ergrimmt, so wird er die beiden Rak'as der Morgendämmerung beten und einen einzigen Schrei gegen uns ausstoßen; dann müßten wir uns alle ge-

1. Die Menschen haben nach islamischem Glauben den Vorrang vor den Geistern.

horsam vor ihm versammeln und wären wie die Schafe vor dem Schlächter. Wenn er will, so kann er uns befehlen, uns aus unseren Heimstätten in ein wüstes Land zu begeben, in dem wir nicht leben könnten. Oder auch, wenn er will, daß wir untergehen sollen, kann er uns befehlen, uns selbst zu vernichten, indem wir uns gegenseitig umbringen. Wir dürfen uns seinem Befehle nicht widersetzen; denn wenn wir seinem Gebot nicht gehorchen, so würde er uns mit Feuer verbrennen, und wir hätten keine Zuflucht vor ihm. So steht es mit jedem Knechte Gottes, der beharrlich die beiden Rak'as der Morgendämmerung betet; sein Gebot hat Macht über uns. Sei drum nicht um zweier Männer willen die Ursache unseres Verderbens, sondern geh hin und erlöse sie, ehe der Zorn des Beherrschers der Gläubigen uns trifft!' Da kehrte sie zu 'Abdallâh ibn Fâdil zurück und berichtete ihm, was ihr Vater gesagt hatte, indem sie hinzufügte: ,Küsse dem Beherrscher der Gläubigen für uns die Hände und flehe für uns um sein Wohlgefallen!' Darauf holte sie die Zauberschale hervor, füllte sie mit Wasser und sprach die Beschwörung darüber, indem sie unverständliche Worte murmelte; dann besprengte sie die beiden mit dem Wasser, indem sie sprach: ,Tretet aus der Hundegestalt heraus wieder in die Menschengestalt ein!' Da wurden sie wieder Menschen wie früher, und der Bann des Zaubers war von ihnen genommen; und ein jeder von beiden sprach: ,Ich bezeuge, daß es keinen Gott gibt außer Allah, und ich bezeuge, daß Mohammed der Gesandte Allahs ist.' Dann stürzten sie sich auf ihres Bruders Hand und Füße und küßten sie und baten ihn um Verzeihung. Doch er sprach zu ihnen:,Vergebt ihr mir!' Und nun bereuten sie aufrichtig und sagten: ,Der verfluchte Teufel hat uns verblendet, und die Habgier hat uns verführt. Aber unser Herr hat uns vergolten, wie wir es verdienten; und

Vergebung gehört zu den Kennzeichen der Edlen.' So gaben sie ihrem Bruder gute Worte, indem sie weinten und bereuten, was sie getan hatten. Dann fragte er sie: ‚Was habt ihr mit meiner Gemahlin getan, die ich aus der steinernen Stadt mitgebracht hatte?' Sie antworteten: ‚Als Satan uns verführte und wir dich ins Meer geworfen hatten, erhob sich ein Streit unter uns, und jeder von uns sagte: ‚Ich will sie zur Frau haben!' Und als sie unsere Worte hörte und unser Streiten sah und erfuhr, daß wir dich ins Meer geworfen hatten, kam sie aus der Kabine hervor und rief uns zu: ‚Streitet nicht um mich! Ich werde keinem von euch beiden gehören; mein Gemahl ist im Meere versunken, und ich werde ihm folgen.' Dann stürzte sie sich ins Meer und ertrank.' Da rief 'Abdallâh: ‚Wahrlich, sie ist als Märtyrerin gestorben. Es gibt keine Macht und es gibt keine Majestät außer bei Allah, dem Erhabenen und Allmächtigen!' Und er weinte bitterlich um sie; dann sprach er zu seinen Brüdern: ‚Das war nicht recht von euch, eine solche Tat zu begehen und mich meiner Gemahlin zu berauben!' Sie erwiderten: ‚Siehe, wir haben gesündigt, und unser Herr hat uns unser Tun vergolten; dies war etwas, das Allah uns vorherbestimmte, ehe Er uns noch erschaffen hatte.' Und er nahm ihre Entschuldigung an. Darauf sprach Sa'îda: ‚Kannst du ihnen denn vergeben, nachdem sie dir all dies angetan haben?' Er antwortete: ‚Liebe Schwester, wer die Macht hat und vergibt, dessen Lohn steht bei Allah.' Doch sie fuhr fort: ‚Sei auf deiner Hut vor ihnen; denn sie sind Verräter!' Dann nahm sie Abschied von ihm und verschwand. – –«

Da bemerkte Schehrezâd, daß der Morgen begann, und sie hielt in der verstätteten Rede an. Doch als die *Neunhundertundsiebenundachtzigste Nacht* anbrach, fuhr sie also fort: »Es ist mir berichtet worden, o glücklicher König, daß 'Abdallâh, nachdem Sa'îda ihn vor seinen Brüdern gewarnt und Abschied von ihm genommen hatte und ihrer Wege gegangen war, den Rest jener Nacht mit seinen Brüdern verbrachte, indem sie aßen und tranken und fröhlich und guter Dinge waren. Als es wieder Morgen ward, führte er sie ins Bad, und nachdem sie es verlassen hatten, kleidete er einen jeden von ihnen in eine Gewandung, die viel Geld wert war. Darauf ließ er den Speisetisch bringen, und man setzte ihn vor ihn hin, und er aß mit seinen Brüdern. Wie aber die Diener die beiden erblickten und in ihnen seine Brüder erkannten, sprachen sie den Gruß vor den beiden und sagten zu dem Emir 'Abdallâh: ,O unser Herr, Allah erfreue dich durch die Vereinigung mit den teuren Brüdern! Wo sind sie in all dieser Zeit gewesen?' Er gab ihnen zur Antwort: ,Sie waren es, die ihr in Gestalt von Hunden gesehen habt. Preis sei Allah, der sie aus der Gefangenschaft und von der schweren Qual befreit hat!' Dann nahm er sie mit sich und begab sich zum Staatssaal des Kalifen Harûn er-Raschîd; dort führte er sie hinein, und nachdem er den Boden vor dem Herrscher geküßt hatte, wünschte er ihm, seine Macht und sein Glück möchten ewig bestehen, doch alles Übel und Unheil solle vergehen. Darauf sagte der Kalif: ,Willkommen, o Emir 'Abdallâh! Berichte mir, was dir widerfahren ist!' Und der Statthalter berichtete: ,O Beherrscher der Gläubigen – Allah stärke deine Macht! –, wisse, nachdem ich meine Brüder mit mir genommen und sie in meine Wohnung geführt hatte, war ich über sie beruhigt, und zwar durch dich, da du dich für ihre Befreiung verbürgt hattest. Denn ich sagte mir: Den Königen ist nie etwas unmöglich, wenn sie sich darum bemühen, da ja die Vorsehung ihnen hilft. So nahm ich ihnen denn die Ketten vom Hals und vertraute auf Allah; und ich aß mit ihnen am selben Tisch. Als meine Diener sahen, daß ich mit den beiden aß, die noch in Gestalt von Hunden waren, hielten sie mich für schwachsinnig und sprachen untereinander: ‚Er ist wohl irre! Wie kann der Statthalter von Basra mit den Hunden essen, er, der größer ist als ein Wesir?' Dann warfen sie fort, was auf dem Tische zurückgeblieben war, indem sie sprachen: ‚Wir essen nicht, was die Hunde übrig gelassen haben.' So spotteten sie meines Verstandes, während ich ihre Reden hörte; doch ich sprach zu ihnen kein Wort darüber, da sie ja nicht wußten, daß die beiden Tiere meine Brüder waren. Als die Zeit der Ruhe kam, schickte ich sie fort und wollte schlafen, aber ehe ich mich dessen versah, klaffte der Boden auseinander, und Sa'îda, die Tochter des Roten Königs, stieg empor, ergrimmt wider mich und mit Augen gleich Feuer.' Dann berichtete er dem Kalifen alles, was sie und ihr Vater getan hatten, und wie sie die beiden aus der Hundegestalt wieder in die Menschengestalt verwandelt hatte. Und er fügte hinzu: ‚Hier stehen sie vor dir, o Beherrscher der Gläubigen!' Der Kalif schaute hin, und als er in ihnen zwei Jünglinge, schön wie Monde, erkannte, sprach er: ‚Allah lohne dir statt meiner mit Gutem, o 'Abdallâh, daß du mich mit einer Kraft bekannt gemacht hast, die ich früher nicht kannte! So Gott der Erhabene will, werde ich hinfort nie das Gebet dieser beiden Rak'as vor Anbruch der Morgendämmerung unterlassen, solange ich lebe.' Dann schalt er die beiden Brüder von 'Abdallâh ibn Fâdil wegen ihrer früheren Vergehungen wider ihn; und nachdem sie sich vor dem Kalifen entschuldigt hatten, sprach er zu ihnen allen: ‚Reichet euch die Hände und verzeihet einander; und Gott vergebe, was vergangen ist!' Darauf wandte er sich wieder zu 'Abdallâh und sprach: ‚O 'Abdallâh, mache deine Brüder zu deinen Helfern und laß sie dir angelegen sein!' Als er die beiden dann noch zum Gehorsam gegen ihren Bruder ermahnt hatte, erwies er ihnen seine Gnade; denn er befahl ihnen, nach der Stadt Basra aufzubrechen, nachdem er ihnen reichliche Gaben verliehen hatte. So verließen sie denn fröhlich den Staatssaal des Kalifen. Der Kalif aber freute sich über die Kraft, die er aus diesem Verlauf der Dinge sich erworben hatte, nämlich die des Beharrens im Gebete der zwei Rak'as vor dem Anbruch der Morgendämmerung; und er rief: ,Der hat recht, der da sagte: Das Unglück des einen ist des anderen Glück!'

Wenden wir uns nun von dem Kalifen wieder zu 'Abdallâh ibn Fâdil! Der reiste von der Stadt Baghdad ab mit seinen Brüdern, indem er sie auszeichnete und ehrte und ihr Ansehen mehrte, bis sie in der Stadt Basra ankamen. Dort zogen die Großen und Vornehmen ihnen entgegen, nachdem man die Stadt geschmückt hatte; und so geleitete man sie in einem unvergleichlich schönen Prunkzug hinein. Das Volk flehte den Segen des Himmels auf sein Haupt herab, während er Gold und Silber unter sie streute. Und als nun das ganze Volk ihm mit Segenswünschen zujubelte, achtete niemand auf seine Brüder. Da schlichen wieder die Eifersucht und der Neid in die Herzen der beiden, obwohl er sie doch hegte und pflegte, wie man ein krankes Auge pflegt; und je freundlicher er sie behandelte, desto mehr wuchs ihr Groll und ihr Neid gegen ihn. Darüber ist einmal gesagt worden:

> *Ich tat den Menschen Gutes; doch bei meinem Neider*
> *Gewann ich keine Gunst, und keine Müh gelang.*
> *Wie kann der Mensch dem Neider seines Glückes wohltun,*
> *Da den doch nichts befriedigt als sein Untergang?*

Er gab jedem von beiden eine Odaliske, die nicht ihresgleichen hatte; auch schenkte er ihnen Eunuchen und Diener, Sklavinnen, schwarze und weiße Sklaven, von jeder Art vierzig. Ferner gab er einem jeden von beiden fünfzig Prachtrosse von edelem Geblüt, nebst Wärtern und Gefolge; dazu verlieh er ihnen auch noch Einkünfte und bestimmte ihnen Gehälter, und er machte sie zu seinen Helfern, indem er zu ihnen sprach: ,Meine Brüder, wir sind gleich, ich und ihr, und es ist kein Unterschied zwischen mir und euch.' – –«

Da bemerkte Schehrezâd, daß der Morgen begann, und sie hielt in der verstatteten Rede an. Doch als die *Neunhundertund-achtundachtzigste Nacht* anbrach, fuhr sie also fort: »Es ist mir berichtet worden, o glücklicher König, daß 'Abdallâh seinen Brüdern Gehälter bestimmte und sie zu seinen Helfern machte, indem er sprach: ,Meine Brüder, wir sind gleich, ich und ihr, und es ist kein Unterschied zwischen mir und euch. Nächst Allah und dem Kalifen gehört die Macht mir und euch beiden; drum herrschet in Basra, wenn ich abwesend und wenn ich anwesend bin! Euer Befehl soll gelten; aber es ist eure Pflicht, die Furcht Allahs in den Entscheidungen walten zu lassen. Hütet euch vor der Ungerechtigkeit, die da, wenn sie anhält, vernichtet; und haltet euch an die Gerechtigkeit, die, wenn sie anhält, blühenden Wohlstand errichtet! Bedrücket die Diener Allahs nicht; sonst werden sie euch fluchen, und euer Tun wird dem Kalifen ruchbar werden, und das wäre eine Schmach für mich und für euch! Trachtet nicht danach, irgendeinem mit Gewalt etwas zu nehmen; wenn es euch nach etwas von der Habe der Menschen verlangt, so nehmt es von meiner Habe zu dem hinzu, dessen ihr bedürft! Was uns die Schrift über die Unterdrückung an unverbrüchlichen Versen überliefert, ist euch nicht unbekannt; und wie trefflich ist der Mann, der diese Verse erfand:

> *Es lauert in des Mannes Seele Unterdrückung,*
> *Die nur das Unvermögen im Verborgnen halt.*
> *Der weise Mann erhebt sich nie zu einem Werke,*

Bis er die rechte Zeit erkennt, die ihm gefällt.
Des klugen Mannes Zunge wohnt in seinem Herzen;
Allein das Herz des Toren wohnt in seinem Mund.
Und wer nicht größer ist als seine eignen Sinne,
Den richtet bald das kleinste Ding der Welt zugrund.
Des Mannes Ursprung mag verborgen bleiben; dennoch,
Was er verbirgt, das wird aus seinem Handeln klar.
Wer seine Herkunft nicht aus gutem Stamme leitet,
Aus dessen Munde wird nichts Gutes offenbar.
Wer sich dem Toren zugesellt in seinem Handeln,
Der macht sich selber ihm in seiner Torheit gleich.
Wenn einer allen Menschen sein Geheimnis preisgibt,
Erwachen ihm die Gegner aus des Feindes Reich.
Der Mensch begnüge sich mit dem, was ihm gebührt
Und lasse das, was ihn nicht angeht, unberührt!'

So ermahnte er seine Brüder, indem er ihnen Gerechtigkeit
gebot und Ungerechtigkeit verbot, bis er glaubte, sie hätten
ihn sehr lieb gewonnen wegen der guten Ratschläge, die er
ihnen so reichlich erteilt hatte. So verließ er sich denn auf sie
und erwies ihnen die höchsten Ehren; aber trotz all seiner
Großmut gegen sie wurden ihr Neid auf ihn und ihr Haß
gegen ihn nur noch heftiger. Eines Tages nun kamen seine
beiden Brüder Nâsir und Mansûr zusammen; da sagte Nâsir
zu Mansûr: ‚Ach, Bruder, wie lange noch sollen wir unserem
Bruder 'Abdallâh untertan sein, ihm, der solche Herrschaft und
Macht besitzt? Nachdem er ein Kaufmann gewesen war,
ward er ein Emir; erst war er klein, und dann ward er groß.
Aber wir sind nicht groß geworden; wir haben keine Macht
und kein Ansehen erlangt. Er hat sich über uns lustig gemacht,
als er uns zu seinen Helfern ernannte; was hat denn das zu bedeuten? Heißt das nicht, daß wir seine Diener und ihm untertan sind? So lange er am Leben ist, wird unser Rang nicht erhöht, und wir haben nichts zu bedeuten. Unsere Wünsche

werden sich nur erfüllen, wenn wir ihn umbringen und uns seinen Besitz aneignen; wir können ja diese Reichtümer nicht eher erlangen, als bis er beseitigt ist. Haben wir ihn aber getötet, so werden wir herrschen und alles gewinnen, was seine Schatzkammern bergen an Juwelen und Edelsteinen und anderen Kleinodien; das wollen wir dann unter uns teilen. Danach wollen wir dem Kalifen ein Geschenk herrichten und von ihm die Herrschaft über Kufa erbitten; so wirst du Statthalter von Basra werden, und ich werde Statthalter von Kufa. Oder auch du magst Statthalter von Kufa sein, während ich als solcher in Basra bleibe. So kommt ein jeder von uns wirklich zu Ansehen und Macht – aber das wird uns nie zuteil, wenn wir ihn nicht umbringen.' Darauf erwiderte Mansûr: ,Du hast recht mit dem, was du sagst; doch was wollen wir mit ihm machen, daß wir ihn zu Tode bringen?' Der andre fuhr fort: ,Wir wollen in dem Hause des einen von uns beiden ein Gastmahl feiern und ihn dazu einladen, und wir wollen ihm mit größter Ergebenheit aufwarten. Dann wollen wir ihn durch Plaudern unterhalten und wollen ihm Geschichten und Scherze und seltene Begebenheiten erzählen, bis sein Herz durch das lange Wachen zergeht. Darauf wollen wir ihm ein Lager breiten, auf daß er ruhe; aber sowie er eingeschlafen ist, wollen wir auf ihm niederknien, ihn im Schlafe erdrosseln und in den Fluß werfen. Am nächsten Morgen wollen wir sagen: ,Seine Schwester, die Dämonin, kam zu ihm, während er plaudernd bei uns saß, und rief: ,O du Abschaum der Menschheit, was bist du, daß du dich über uns bei dem Beherrscher der Gläubigen beklagen darfst? Glaubst du etwa, wir fürchten uns vor ihm? Wie er ein König ist, so sind auch wir Könige; und wenn er sich nicht gesittet gegen uns verhält, so lassen wir ihn des schmählichsten Todes sterben. Inzwischen aber will ich dich töten, damit wir sehen, was die Hand des Beherrschers der Gläubigen zu tun vermag!' Dann ergriff sie ihn, der Boden spaltete sich, und sie stieg mit ihm hinab. Als wir das sahen, sanken wir in Ohnmacht; und als wir wieder zu uns kamen, wußten wir nicht, was aus ihm geworden ist.' Danach wollen wir eine Botschaft an den Kalifen schicken und es ihm kundtun; der wird uns an seine Stelle setzen. Nach einer Weile aber wollen wir dem Kalifen ein kostbares Geschenk senden und ihn um die Herrschaft in Kufa bitten; dann kann einer von uns in Basra bleiben und der andere in Kufa sein. So soll das Land uns Freude bringen, wir wollen die Untertanen niederzwingen, und alle unsere Wünsche sollen uns gelingen!' ,Vortrefflich ist, was du rätst, mein Bruder', erwiderte Mansûr; und die beiden kamen überein, ihren Bruder zu ermorden. Nun rüstete Nâsir ein Gastmahl und sprach zu seinem Bruder 'Abdallâh: ,Lieber Bruder, bedenke, ich bin dein Bruder, und ich möchte, daß ihr beide, du und mein Bruder Mansûr, mein Herz erfreuet, indem ihr als meine Gäste in meinem Hause speiset, damit ich mich deiner rühmen kann und es heißt: ,Der Emir 'Abdallâh hat als Gast im Hause seines Bruders Nâsir gespeist.' So möge mein Herz daran seine Freude haben!' 'Abdallâh erwiderte ihm: ,Das mag gern geschehen, lieber Bruder. Es ist kein Unterschied zwischen mir und dir, noch zwischen meinem Hause und deinem Hause. Du hast mich eingeladen, und nur ein schlechter Kerl lehnt die Gastfreundschaft ab.' Dann wandte er sich an seinen Bruder Mansûr und sprach zu ihm: ,Willst du mit mir in das Haus deines Bruders Nâsir gehen, daß wir dort als seine Gäste speisen und sein Herz erfreuen?' Jener antwortete ihm: ,Lieber Bruder, bei deinem Haupte, ich will nur dann mit dir gehen, wenn du mir schwörst, daß du auch in mein Haus kommst, wenn du das Haus meines Bruders Nâsir verlassen hast, und dann als mein Gast speisest. Wenn Nâsir dein Bruder ist, bin ich nicht auch dein Bruder? Und solltest du nicht auch mein Herz erfreuen, wie du das seine erfreust?' 'Abdallâh erwiderte: ,Auch das mag gern geschehen, herzlich gern! Wenn ich das Haus deines Bruders verlasse, will ich in dein Haus kommen; denn du bist mein Bruder ebenso, wie er es ist.' Darauf küßte Nâsir die Hand seines Bruders 'Abdallâh, verließ den Staatssaal und rüstete das Gastmahl. Am nächsten Tage bestieg 'Abdallâh sein Roß und begab sich, indem er eine Schar von Kriegern und seinen Bruder Mansûr mit sich nahm, zum Hause seines Bruders Nâsir; er trat ein und setzte sich mit seinem Gefolge und seinem Bruder. Darauf ließ Nâsir ihnen die Tische vorsetzen und hieß sie willkommen; und sie aßen und tranken, waren vergnügt und guter Dinge. Dann wurde der Tisch mit den Schüsseln fortgenommen, und man konnte zum Waschen der Hände kommen; so verbrachten sie jenen Tag bei Speise und Trank und in der Freude Überschwang, bis es Abend ward. Nachdem sie dann noch die Abendmahlzeit eingenommen hatten, verrichteten sie die Gebete des Sonnenuntergangs und des Abends. Und wiederum setzten sie sich zur Unterhaltung nieder; da erzählte bald Mansûr eine Geschichte, bald erzählte Nâsir eine andere, während 'Abdallâh zuhörte. Sie waren allein in einem Gemach, während die Krieger sich in einem anderen Raum befanden, und sie erzählten unablässig Scherze und Geschichten, seltsame Begebenheiten und Ereignisse, bis das Herz ihres Bruders 'Abdallâh durch das lange Wachen zerging und der Schlaf ihn übermannte. – –«

Da bemerkte Schehrezâd, daß der Morgen begann, und sie hielt in der verstatteten Rede an. Doch als die *Neunhundertundneunundachtzigste Nacht* anbrach, fuhr sie also fort: »Es ist mir berichtet worden, o glücklicher König, daß 'Abdallâh des langen Wachens müde ward und zu schlafen wünschte; so breitete man ihm ein Lager, und nachdem er seine Obergewänder abgelegt hatte, ging er zur Ruhe. Die beiden Brüder legten sich neben ihm auf ein anderes Lager und warteten, bis er in tiefen Schlaf versunken war. Aber als sie wußten, daß der Schlaf ihn fest umfing, sprangen sie hoch und knieten auf ihn nieder; er wachte auf, und als er die beiden auf seiner Brust knieen sah, rief er: ‚Was ist das, meine Brüder?‘ Doch sie fuhren ihn an: ‚Wir sind nicht deine Brüder, und wir kennen dich nicht, du frecher Kerl. Jetzt ist es besser, daß du stirbst, als daß du am Leben bleibst!‘ Und sie packten ihn an der Kehle und würgten ihn, bis er die Besinnung verlor und sich nicht mehr regte, so daß sie ihn für tot hielten. Da nun jenes Gemach am Flusse lag, so warfen sie ihn dort hinein. Als er jedoch ins Wasser fiel, machte Allah ihm einen Delphin dienstbar, der unterhalb jenes Schlosses zu schwimmen pflegte, weil die Küche ein Fenster hatte, das auf den Fluß führte, und sooft man ein Tier schlachtete, warf man die Abfälle durch jenes Fenster in den Fluß, und jener Delphin kam und schnappte sie von der Oberfläche des Wassers fort; so hatte er sich an jenen Ort gewöhnt. Nun hatten die Leute an jenem Tage schon viel Abfall hinausgeworfen infolge des Gastmahls; und jener Delphin hatte mehr als sonst gefressen, so daß er große Kraft bekommen hatte. Als er das Aufschlagen des Leibes auf das Wasser hörte, eilte er rasch herbei und sah, daß es ein Mensch war; und der rechte Leiter leitete ihn, so daß er ihn auf seinen Rücken nahm und mit ihm quer durch den Fluß schwamm. Er hörte nicht eher auf zu schwimmen, als bis er das andere Ufer erreichte, und dort warf er ihn an Land. Jene Stätte aber, an der das Tier den Leib abwarf, lag an der Landstraße; und so kam dort bald eine Karawane vorbei. Als die Leute ihn am Ufer liegen sahen, sprachen sie: ,Da ist ein Ertrunkener, den der Fluß an Land geworfen hat'; und eine Schar von Reisenden aus jener Karawane scharte sich zusammen, um ihn zu betrachten. Der Scheich der Karawane war ein trefflicher Mann, der Kenntnisse in allen Wissenszweigen besaß, auch in der Heilkunde erfahren war und einen scharfen Verstand hatte; der sprach zu ihnen; ,Ihr Leute, was gibt es?' Man gab ihm zur Antwort: ,Da ist ein Ertrunkener!' Als er nun an den Leib herangetreten war und ihn genau betrachtet hatte, sagte er: ,Ihr Leute, in diesem jungen Manne ist noch Leben. Er gehört zu den Besten der Söhne vornehmer Leute und ist in Pracht und Wohlstand aufgewachsen; so Allah der Erhabene will, ist noch Hoffnung für ihn vorhanden!' Darauf nahm er ihn mit, legte ihm Gewänder an und wärmte ihn am Feuer; und er hegte und pflegte ihn drei Tagereisen lang, bis 'Abdallâh wieder zu sich kam. Doch er zitterte noch und war von Schwäche überkommen, und der Scheich der Karawane behandelte ihn dann mit Kräutern, die er kannte. Sie zogen immer weiter dahin, bis sie dreißig Tagereisen von Basra entfernt waren, und immer noch wurde 'Abdallâh von dem Scheich gepflegt. Dann kamen sie in eine Stadt im Perserlande, die Audsch hieß; dort stiegen sie in einem Chân ab und breiteten für 'Abdallâh ein Lager, auf dem er ruhte. Aber er stöhnte jene ganze Nacht hindurch und störte die Leute durch sein Stöhnen. Am nächsten Morgen kam der Pförtner des Châns zum Scheich der Karawane und sprach: ,Was ist es mit dem Kranken, der bei dir ist? Er raubt uns den Schlaf!' Der Scheich erwiderte: ,Den habe ich unterwegs am Flußufer gefunden; er war fast ertrunken, und ich habe ihn gepflegt, doch ohne Erfolg, denn er ist noch nicht genesen.' ,Bring ihn doch zur Scheichin Râdschiha!' sagte darauf der Pförtner; und der Karawanenführer fragte: ,Wer ist die Scheichin Râdschiha?' Der Pförtner fuhr fort: ,Bei uns ist eine heilige Jungfrau, unvermählt und schön, deren Name Scheichin Râdschiha ist. Jeden, der ein Leiden hat, bringt man zu ihr, und wenn er nur eine Nacht in ihrer Nähe verweilt, so ist er am anderen Morgen geheilt, als ob ihm nie etwas gefehlt hätte.' Da bat der Scheich der Karawane: ,Führe mich zu ihr!' Und der Pförtner erwiderte: ,Heb deinen Kranken auf!' So hob jener den Kranken auf und trug ihn, während der Pförtner des Châns vor ihm her ging, bis er zu der Klause kam. Dort sah er, wie die Menschen mit Weihgaben hineingingen und wie andere voller Freuden wieder herauskamen. Zuerst trat der Pförtner des Châns ein, und als er zu dem Vorhang kam, rief er: ,Mit Verlaub, o Scheichin Râdschiha, nimm diesen Kranken auf!' ,Bring ihn herein hinter diesen Vorhang!' rief die Scheichin zurück. Da sprach der Pförtner zu 'Abdallâh: ,Tritt ein!' Nun trat er ein und schaute die Heilige an und sah, daß sie seine Gemahlin war, die er aus der steinernen Stadt mitgebracht hatte. Er erkannte sie, und sie erkannte ihn; sie grüßte ihn, und er grüßte sie. Dann fragte er sie: ,Wer hat dich an diese Stätte geführt?' Und sie erzählte ihm: ,Als ich sah, daß deine Brüder dich ins Meer geworfen hatten und um mich stritten, stürzte ich mich selbst ins Wasser. Aber mein Scheich el-Chidr Abu el-'Abbâs nahm mich in seine Arme und brachte mich zu dieser Klause. Und er gab mir Erlaubnis, die Kranken zu heilen, und ließ in dieser Stadt ausrufen: ,Wer ein Leiden hat, der komme zur Scheichin Râdschiha!' Zu mir jedoch sprach er: ,Verweile an dieser Stätte, bis die Zeit erfüllet ist, daß dein Gatte zu dir in diese Klause kommt!' Dann pflegten alle Kranken zu mir zu kommen, und wenn ich meine Hände auf sie gelegt hatte, waren sie am andren Morgen wieder gesund; dadurch verbreitete sich mein Ruf unter dem Volke. Und die Leute kamen zu mir mit Weihgaben, so daß ich viel Gut bei mir habe; jetzt lebe ich hier in Ruhm und Ehren, und alles Volk dieses Landes bittet um mein Gebet.' Dann legte sie die Hände auf ihn, und er ward gesund durch die Macht Allahs des Erhabenen. Nun pflegte aber el-Chidr – Heil sei über ihm! – in jeder Freitagsnacht zu ihr zu kommen, und es traf sich, daß jener Abend, an dem 'Abdallâh mit ihr wieder vereinigt wurde, der Abend vor dem Freitag war. Als die Nacht dunkelte, setzte sie sich zu ihm nieder, nachdem beide von den kostbarsten Speisen zu Abend gegessen hatten; und dann blieben sie beieinander sitzen, um auf die Ankunft el-Chidrs zu warten. Während sie so dasaßen, erschien der Heilige plötzlich vor ihnen, trug sie aus der Klause empor und setzte sie dann im Schlosse des 'Abdallâh ibn Fâdil in Basra nieder; dort verließ er sie und ging seiner Wege. Als es Morgen ward, schaute 'Abdallâh sich in dem Schlosse um, und siehe da, er entdeckte, daß es sein eigenes war; doch er hörte ein Lärmen unter dem Volk. Da blickte er zum Fenster hinaus und sah, wie seine beiden Brüder am Kreuze hingen, ein jeder an seinem Pfahl. Dies hatte sich also zugetragen. Als die beiden ihren Bruder in den Fluß geworfen hatten, begannen sie am nächsten Morgen zu weinen und zu rufen: ,Unseren Bruder hat die Dämonin entführt!' Dann machten sie ein Geschenk bereit und schickten es an den Kalifen, indem sie ihm zugleich die Meldung bringen ließen und ihn um die Herrschaft in Basra baten. Doch er ließ sie vor sich kommen und befragte sie selbst; sie berichteten ihm, was wir schon erzählt haben, und da ergrimmte der Kalif gewaltig. Am Ende jener Nacht aber betete er nach seiner Gewohnheit zwei Rak'as vor dem Anbruch der Morgendämmerung und berief dann die

Stämme der Geister; und die erschienen gehorsam vor ihm. Er fragte sie nach 'Abdallâh, und sie schworen ihm, daß keiner von ihnen ihm ein Leids angetan habe, und fügten hinzu: ,Wir haben keine Kunde über ihn.' Dann kam Sa'îda, die Tochter des Roten Königs, und berichtete dem Kalifen die Wahrheit; darauf entließ er die Geister. Am andren Tage aber unterwarf er Nâsir und Mansûr der Folter durch Stockschläge, bis sie widereinander bekannten; da ergrimmte der Kalif über sie und rief: ,Schleppt sie nach Basra und kreuzigt sie vor dem Schlosse 'Abdallâhs!' So erging es den beiden.

Hören wir nun noch, was 'Abdallâh des weiteren tat! Nachdem er seine Brüder hatte begraben lassen, saß er auf und begab sich nach Baghdad; dort berichtete er dem Kalifen, was er erlebt und was seine Brüder ihm angetan hatten, von Anfang bis zu Ende. Darob erstaunte der Kalif, und er berief den Kadi und die Zeugen und ließ den Ehevertrag niederschreiben für 'Abdallâh und die Prinzessin, die er aus der steinernen Stadt mitgebracht hatte. So ging denn 'Abdallâh zu ihr ein und lebte mit ihr in Basra, bis Der zu ihnen kam, der die Freuden schweigen heißt und der die Freundesbande zerreißt. Gepriesen sei der Lebendige, der nie stirbt!

Ferner wird erzählt, o glücklicher König,

DIE GESCHICHTE

VON DEM SCHUHFLICKER MA'RÛF

Einst lebte in Kairo, der wohlverwahrten Stadt, ein Schuhflicker, der alte Schuhe ausbesserte; der hieß Ma'rûf. Er hatte auch eine Frau, die den Namen Fâtima trug und mit Beinamen das Scheusal genannt wurde; diesen Beinamen hatte man ihr nur deshalb gegeben, weil sie frech und boshaft war, arm an Scham, aber reich an Ränken. Sie herrschte über ihren Mann, und jeden Tag beschimpfte und verfluchte sie ihn wohl tausendmal. Er aber fürchtete sich vor ihrer Bosheit und ängstete sich vor ihrem argen Tun; denn er war ein Mann von milder Art, der auf seinen guten Ruf bedacht war, doch er war arm an Geld und Gut. Wenn er viel durch seine Arbeit verdiente, so mußte er es für sie ausgeben; hatte er aber wenig erarbeitet, so ließ sie ihre Wut noch in selbiger Nacht an seinem Leibe aus und raubte ihm die Gesundheit und machte die Nacht für ihn gleich ihrem Buche[1]; ja, sie war, wie der Dichter von ihr gesungen hat:

> *Wie manche Nacht verbrachte ich bei meiner Gattin!*
> *Doch was ich da erlebte, das war schauderhaft.*
> *Hätt ich doch in der Hochzeitsnacht zum Gift gegriffen*
> *Und sie dann mit dem Gifte aus der Welt geschafft!*

Zu dem, was dieser Mann von seiner Frau zu erdulden hatte, gehörte auch das folgende. Sie sprach einmal zu ihm: ‚Ma'rûf, ich verlange von dir, daß du mir heute abend süße Nudelspeise mit Bienenhonig bringst!‘ Er gab ihr zur Antwort: ‚Allah der Erhabene wird mich den Preis dafür verdienen lassen, und dann werde ich sie dir heute abend bringen. Bei Gott, ich habe jetzt kein Geld, aber vielleicht verhilft der Herr mir dazu.‘ Doch sie rief: ‚Um solche Reden kümmere ich mich nicht!‘ – –«

Da bemerkte Schehrezâd, daß der Morgen begann, und sie hielt in der verstatteten Rede an. Doch als die *Neunhundertundneunzigste Nacht* anbrach, fuhr sie also fort: »Es ist mir berichtet worden, o glücklicher König, daß Ma'rûf, der Schuhflicker, zu seiner Frau sprach: ‚Allah wird mir zu dem Preise dafür verhelfen, und dann werde ich sie dir heute abend bringen. Bei Gott, ich habe jetzt kein Geld; aber vielleicht verhilft der

1. Das heißt: so schwarz wie das ‚Buch ihrer Taten‘.

Herr mir dazu.' Doch sie rief: ,Um solche Reden kümmere ich mich nicht. Ob der dir hilft oder nicht hilft – komm du mir nicht heim ohne die süße Nudelspeise mit Bienenhonig! Wenn du ohne die kommst, dann mache ich dir die Nacht so schwarz, wie dein Glück es war, als du mich zur Frau nahmst und mir in die Hände fielst!' Er antwortete ihr nur: ,Allah ist gütig' und ging fort, der arme Teufel, dem man den Kummer ansah; und er verrichtete das Frühgebet und öffnete den Laden. Dabei sprach er: ,Ich flehe dich an, o Herr, verhilf mir zum Geld für diese Nudelspeise und behüte mich heute nacht vor der Schlechtigkeit dieses bösen Weibes!' Bis zum Mittag saß er in seinem Laden, aber keine Arbeit ward ihm zuteil; und so wuchs seine Angst vor seiner Frau. Dann erhob er sich und schloß den Laden, ratlos, was er wegen der Nudelspeise tun sollte, da er ja nicht einmal etwas besaß, um Brot zu kaufen. Als er bei dem Laden des Nudelbäckers vorbeikam, blieb er verstört stehen, und die Augen gingen ihm vor Tränen über. Der Bäcker sah ihn an und sprach: ,Meister Maʾrûf, was ist dir, daß du weinst? Sage mir, was dir widerfahren ist!' Da erzählte er ihm seine Geschichte, indem er zu ihm sprach: ,Sieh, meine Frau ist ein arg herzloses Weib; sie verlangt von mir süße Nudelspeise; aber ich habe in meinem Laden gesessen, bis es Mittag ward, ohne daß ich auch nur Geld für Brot verdient habe, und deshalb habe ich Angst vor ihr.' Der Nudelbäcker lächelte und sprach: ,Laß nur gut sein! Wieviel Pfund willst du haben?' ,Fünf Pfund', erwiderte Maʾrûf; und der Bäcker wägte ihm fünf Pfund ab und sprach zu ihm: ,Ich habe wohl geklärte Butter, aber ich habe keinen Bienenhonig; dagegen habe ich Zuckerhonig, und der ist besser als Bienenhonig. Und was kann es schaden, wenn die Speise mit Zuckerhonig bereitet ist?' Der Schuhflicker wagte ihm nicht zu widersprechen, weil jener ihm ja für die Bezahlung eine Frist gewähren mußte, und er sprach zu ihm: ‚So gib sie mir mit Zuckerhonig!' Da briet er ihm die Nudelspeise mit geklärter Butter und übergoß sie mit Zuckerhonig, so daß sie ein Geschenk für Könige wurde; dann fragte er ihn: ‚Brauchst du auch Brot und Käse?' ‚Jawohl', erwiderte Ma'rûf; und so gab der Bäcker ihm für vier Para Brot, für einen Para Käse und die Nudelspeise für zehn Para. Dann sprach er zu ihm: ‚Wisse, Ma'rûf, du schuldest mir nun fünfzehn Para. Geh zu deiner Frau und vergnüge dich; nimm auch diesen Para für das Bad! Du kannst einen Tag oder zwei oder auch drei Tage mit der Bezahlung warten, bis Allah dir Verdienst gibt. Mach auch deiner Frau keine Sorgen; denn ich habe Geduld mit dir, bis du mehr Geld verdient hast, als du täglich ausgeben mußt!' Da nahm Ma'rûf die Nudelspeise und das Brot und den Käse und wandte sich zum Gehen, indem er den Bäcker segnete; mit getröstetem Herzen schritt er dahin und sprach: ‚Preis sei dir, o Herr! Wie gütig bist du!' Als er zu seiner Frau eintrat, rief sie ihm entgegen: ‚Hast du die süße Nudelspeise mitgebracht?' ‚Jawohl', antwortete er und setzte ihr die Speise vor. Wie sie aber nachsah und entdeckte, daß sie mit Zuckerhonig bereitet war, rief sie: ‚Hab ich dir nicht gesagt, du solltest sie mit Bienenhonig bringen? Du willst wohl meinem Wunsche zuwiderhandeln, daß du sie mit Zuckerhonig bereiten läßt?' Er entschuldigte sich bei ihr, indem er sprach: ‚Ich konnte sie nur auf Borg kaufen.' Doch sie schrie ihn an: ‚Das ist eitles Geschwätz; ich will nur Nudelspeise mit Bienenhonig essen!' Und voller Wut warf sie ihm die Speise ins Gesicht und rief: ‚Mach dich auf, du Lump, und bring mir eine andere!' Dabei versetzte sie ihm einen Schlag auf die Wange und schlug ihm einen Zahn aus, so daß ihm das Blut auf die Brust herablief. In seinem großen Zorn gab er ihr einen einzigen leichten Schlag auf den Kopf; doch da packte sie ihn am Bart und fing an zu schreien: ‚O ihr Muslime!' Die Nachbarn kamen herein und befreiten seinen Bart von ihrer Hand; und sie schalten sie und tadelten sie, indem sie sprachen: ‚Wir alle sind zufrieden, wenn wir süße Nudelspeise mit Zuckerhonig zu essen bekommen! Wie kannst du so herzlos gegen diesen armen Mann sein? Schäm dich doch!' Und sie redeten ihr im guten zu, bis sie zwischen beiden Frieden gestiftet hatten. Doch als die Leute fortgegangen waren, schwor sie, daß sie von der Speise nicht essen wolle. Ma'rûf aber, der von brennendem Hunger gequält ward, sagte sich: ‚Wenn sie geschworen hat, nicht zu essen, dann will ich essen.' Und er begann zu essen; als sie ihn nun essen sah, rief sie: ‚So Gott will, möge die Speise zu Gift werden, das dir den Leib zerfrißt!' – möge der Fluch niemanden treffen! Da sprach er zu ihr: ‚Es wird schon nicht so sein, wie du sagst', und aß vergnügt weiter und fügte hinzu: ‚Du hast ja geschworen, hiervon nicht zu essen; doch Allah ist gütig. So Gott will, werde ich dir morgen abend eine Nudelspeise mit Bienenhonig bringen, und die sollst du dann allein essen.' Er mühte sich, sie zu begütigen, während sie auf ihn fluchte; ja, sie hörte bis zum Morgen nicht auf, ihn zu schmähen und zu beschimpfen. Und als es Morgen geworden war, schlug sie die Ärmel von ihrem Unterarm zurück, um wieder auf ihn loszuschlagen. Da rief er: ‚Laß mir doch Zeit; ich will dir ja eine andere bringen!' Dann eilte er hinaus zur Moschee, und nachdem er gebetet hatte, begab er sich zu seinem Laden, öffnete ihn und setzte sich nieder. Kaum aber saß er da, als auch schon zwei Boten von seiten des Kadis kamen und zu ihm sprachen: ‚Steh auf und folge dem Rufe des Kadis! Deine Frau hat dich bei ihm verklagt; sie sieht so-undso aus.' An dieser Beschreibung erkannte er sie, und mit den

Worten: ‚Allah der Erhabene strafe sie!‘ erhob er sich und folgte den beiden, bis er vor den Kadi trat. Dort sah er seine Frau stehen mit verbundenen Arm und blutbeflecktem Schleier, wie sie weinte und sich die Tränen abwischte. Der Kadi fuhr ihn an: ‚He, Mann, fürchtest du dich nicht vor Allah dem Erhabenen? Wie kannst du diese Frau prügeln, ihr den Arm zerbrechen und ihr die Zähne ausschlagen, wie kannst du ihr all das antun?‘ Ma’rûf erwiderte ihm: ‚Wenn ich sie geprügelt oder ihr die Zähne ausgeschlagen habe, so verurteile mich, wie es dir gut dünkt! Aber die Sache liegt soundso, und die Nachbarn haben schon Frieden zwischen mir und ihr gestiftet.‘ Und er erzählte ihm die Geschichte von Anfang bis zu Ende. Jener Kadi nun war ein guter Mensch, und so zog er einen Vierteldinar heraus und sprach zu Ma’rûf: ‚Mann, nimm dies und laß ihr dafür süße Nudelspeise mit Bienenhonig bereiten; und dann schließ Frieden mit ihr!‘ Doch der Schuhflicker erwiderte ihm: ‚Gib ihr das Geld!‘ Nachdem sie es genommen hatte, stiftete der Kadi Frieden zwischen den beiden und sprach: ‚Frau, gehorche deinem Manne; und du, Mann, sei freundlich zu ihr!‘ Nun gingen sie fort, versöhnt durch den Kadi; die Frau wandte sich nach der einen Seite und der Mann nach der anderen, indem er sich zu seinem Laden begab. Kaum hatte er sich dort niedergesetzt, so kamen auch schon die Boten zu ihm und sprachen: ‚Her mit dem Lohn für unsere Dienste!‘ Er entgegnete ihnen: ‚Der Kadi hat mir nichts abgenommen, sondern mir sogar einen Vierteldinar gegeben.‘ Doch sie fuhren fort: ‚Das geht uns nichts an, ob der Kadi dir etwas gegeben oder genommen hat. Wenn du uns nicht unseren Lohn gibst, so nehmen wir ihn dir mit Gewalt ab.‘ Dann schleppten sie ihn auf den Markt, und er mußte seine Werkzeuge verkaufen; nachdem er ihnen einen halben Dinar gegeben hatte, ließen sie von ihm ab. Er aber legte seine Hand an die Wange und setzte sich traurig nieder, weil er nun keine Werkzeuge mehr hatte, mit denen er arbeiten konnte. Und während er so dasaß, kamen plötzlich zwei Männer von häßlichem Aussehen auf ihn zu und sprachen zu ihm: ‚Steh auf, Mann, folge dem Rufe des Kadis! Deine Frau hat dich bei ihm verklagt.‘ ‚Der Kadi hat doch zwischen mir und ihr Frieden gestiftet‘, entgegnete er; allein sie fuhren fort: ‚Wir kommen von einem anderen Kadi, und deine Frau hat dich bei unserem Kadi verklagt.‘ Da ging er mit ihnen, indem er um Hilfe gegen die Frau bat mit den Worten: ‚Allah ist unser Genüge, und Er ist der treffliche Sachwalter!‘ Wie er sie erblickte, rief er ihr zu: ‚Haben wir denn nicht Frieden geschlossen, gute Frau?‘ Als sie jedoch sagte: ‚Es gibt keinen Frieden zwischen mir und dir‘, trat er vor den Kadi und erzählte ihm seine Geschichte, indem er mit den Worten schloß: ‚Der Kadi Soundso hat in dieser Stunde zwischen uns Frieden gestiftet.‘ Da sprach der Kadi zu ihr: ‚Du schamloses Weib, warum kommst du, um vor mir zu klagen, nachdem ihr schon Frieden geschlossen habt?‘ Sie antwortete: ‚Er hat mich nachher wieder geschlagen.‘ Darauf sprach der Kadi zu den beiden: ‚Versöhnt euch; schlag du sie nicht wieder, und sie wird dir nicht mehr ungehorsam sein!‘ So schlossen sie denn Frieden, und der Kadi sprach zu Maʾrûf: ‚Gib den Boten ihren Lohn für ihre Dienste!‘ Er gab ihnen den Lohn und kehrte zu seinem Laden zurück; den öffnete er wieder, und dann setzte er sich dort nieder, wie trunken von all dem Kummer, der ihn betroffen hatte. Während er so dasaß, kam plötzlich ein anderer Mann auf ihn zu und sprach zu ihm: ‚Maʾrûf, steh auf und verbirg dich! Deine Frau hat dich beim obersten Gerichtshof verklagt, und Abu Tabak[1]

1. ‚Vater Haltfest‘, das ist der Büttel.

ist hinter dir her.' Da sprang er auf, schloß den Laden und floh in der Richtung des Siegestors.[1] Von dem Erlös für die Leisten und die Werkzeuge waren ihm noch fünf Para übrig geblieben; und so kaufte er sich für vier Para Brot und für einen Para Käse, während er vor ihr flüchtete. Nun war es damals Winter und um die Zeit des Nachmittagsgebets; und als er zwischen den Schutthügeln vor dem Tore dahinlief, fiel der Regen auf ihn herab wie aus Wasserschläuchen, und seine ganzen Kleider wurden durchnäßt. So ging er denn in die 'Adilîja-Moschee[2]; dort entdeckte er einen verfallenen Bau und in ihm eine verlassene Zelle, die offen war und keine Tür hatte, und in die ging er hinein, um vor dem Regen Schutz zu suchen, da seine Kleider vom Wasser durchtränkt waren. Die Tränen flossen ihm von den Lidern, und bekümmert über seine Not sprach er: ,Wohin soll ich fliehen vor diesem bösen Weib? Ich bitte dich, o Herr, sende mir jemand, der mich in ein fernes Land bringt, wo sie den Weg zu mir nicht findet!' Während er nun weinend dort saß, spaltete sich plötzlich die Wand, und aus ihr trat eine große Gestalt hervor, bei deren Anblick die Haut erschauern konnte. Die sprach zu ihm: ,O Mann, warum hast du mich in dieser Nacht gestört? Seit zweihundert Jahren wohne ich an dieser Stätte; doch nie habe ich jemanden hier hereinkommen und so tun sehen, wie du getan hast. Sage mir, was du wünschest, und ich will dir deinen Wunsch erfüllen; denn mein Herz ist von Mitleid mit dir ergriffen!' ,Wer bist du? Und was bist du?' fragte Ma'rûf; und die Gestalt erwiderte: ,Ich bin der Bewohner dieser Stätte.' Nun erzählte Ma'rûf ihm alles, was er von seiner Frau erlitten hatte; und darauf sprach die Gestalt: ,Willst du, daß ich

1. Ein Stadttor von Kairo im Nordwesten.-2. Eine Moschee außerhalb der Stadt, vor dem Siegestor.

578

dich in ein Land bringe, wo deine Frau keinen Weg zu dir finden kann?' ‚Ja', antwortete Ma'rûf; und die Gestalt fuhr fort: ‚So steig denn auf meinen Rücken!' Ma'rûf stieg auf, und der Dämon hob ihn empor und flog mit ihm von der Zeit nach dem Abendgebet bis zum Anbruche der Morgendämmerung; und dann setzte er ihn auf einem hohen Berge nieder. – –«

Da bemerkte Schehrezâd, daß der Morgen begann, und sie hielt in der verstatteten Rede an. Doch als die *Neunhundertundeinundneunzigste Nacht* anbrach, fuhr sie also fort: »Es ist mir berichtet worden, o glücklicher König, daß der Mârid, nachdem er den Schuhflicker Ma'rûf emporgehoben hatte, mit ihm davonflog und ihn auf einem hohen Berg niedersetzte; dort sprach er zu ihm: ‚O Sterblicher, steig von der Höhe dieses Berges hinab, dann wirst du das Tor einer Stadt erblicken; in die geh hinein, dort weiß deine Frau nicht den Weg zu dir, dort kann sie nicht zu dir gelangen!' Dann verließ er ihn und flog fort; Ma'rûf aber blieb staunend und ratlos zurück, bis die Sonne aufging. Da sagte er sich: ‚Ich will mich aufmachen und von der Höhe dieses Berges zu der Stadt hinabsteigen; denn hier zu bleiben hat keinen Nutzen.' So stieg er denn zum Fuße des Berges hinab und erblickte dort eine Stadt mit hohen Mauern und ragenden Schlössern und vergoldeten Bauten, so daß sie für die Beschauer ein Entzücken war. Und er trat durch das Tor der Stadt ein und sah, daß sie das betrübte Herz aufheitern konnte; doch als er durch die Basare ging, begannen die Leute der Stadt ihn anzuschauen und anzustarren, und sie scharten sich um ihn zusammen und bestaunten seine Kleidung, da seine Tracht nicht der ihrigen glich. Nun hub einer von dem Stadtvolk an: ‚O Mann, bist du ein Fremdling?' ‚Jawohl', erwiderte er. ‚Aus welchem Lande?' ‚Aus Kairo, der glück-

lichen Stadt.' ,Es ist wohl schon lange her, daß du sie verlassen
hast?' ,Gestern um die Zeit des Nachmittagsgebets.' Da lachte
der Mann ihn aus und rief: ,Ihr Leute, kommt herbei und seht
euch diesen Mann an und hört, was er sagt!' ,Was sagt er
denn?' fragten die Leute; und jener Mann erwiderte: ,Er behauptet, er komme aus Kairo und habe es gestern um die Zeit
des Nachmittagsgebetes verlassen.' Da lachten sie alle, und
nun stand das ganze Volk um ihn herum und rief: ,Mann, du
bist ja irre, daß du so redest! Wie kannst du behaupten, du
hättest Kairo gestern zur Zeit des Nachmittagsgebetes verlassen und seiest heute früh hier angekommen? In Wirklichkeit
liegt doch zwischen unserer Stadt und Kairo eine Reise von
einem vollen Jahr!' Er aber entgegnete ihnen: ,Niemand ist
hier irre als ihr; was ich sage, ist die Wahrheit. Dies Brot aus
Kairo ist doch bei mir noch frisch geblieben!' Er zeigte es
ihnen, und als sie es anschauten, wunderten sie sich darüber;
denn es war anders als das Brot ihres Landes. Da kamen noch
mehr Leute bei ihm zusammen, und sie riefen einander zu:
,Da ist Brot aus Kairo! Seht es euch an!' So wurde er zum Gerede in jener Stadt; und die einen glaubten ihm, die anderen
aber straften ihn Lügen und verspotteten ihn. Während dies
sich abspielte, kam plötzlich ein Kaufmann des Wegs, der auf
einer Mauleselin ritt, gefolgt von zwei Sklaven. Er brach sich
Bahn durch die Menge und rief: ,Ihr Leute, schämt ihr euch
nicht, euch so um diesen Fremdling zu drängen und ihn zu
verspotten und auszulachen? Was geht er euch an?' Und er
schalt sie so lange, bis er sie von Ma'rûf hinweggetrieben hatte,
ohne daß einer ihm Widerworte zu geben wagte. Darauf
sprach er zu dem Fremdling: ,Komm, Bruder! Kümmere
dich nicht um diese Leute; die haben kein Schamgefühl!' Dann
nahm er ihn mit sich und zog mit ihm dahin, bis er ihn in ein
580

geräumiges und reichgeschmücktes Haus führte; dort hieß er ihn sich setzen in einem Saal, der für Könige paßte, und er gab den Sklaven einen Befehl. Da öffneten sie ihm eine Truhe und holten ihm die Gewandung eines Kaufmannes heraus, der tausend Säcke Goldes besitzt; das legte er Ma'rûf an, und da er ein stattlicher Mann war, sah er nunmehr aus wie der Vorsteher der Kaufmannsgilde. Alsbald ließ der Kaufmann das Mahl auftragen; und die Diener setzten einen Tisch vor die beiden hin, auf dem sich allerlei köstliche Speisen jeglicher Art befanden. Nachdem beide gegessen und getrunken hatten, sprach der Kaufmann zu seinem Gast: ‚Bruder, wie heißt du?' Der gab zur Antwort: ‚Mein Name ist Ma'rûf, und ich bin meines Zeichens ein Schuhflicker; ich bessere die alten Schuhe aus.' ‚Aus welchem Lande bist du?' ‚Aus Kairo.' ‚Aus welchem Stadtviertel?' ‚Kennst du Kairo?' ‚Ich bin einer von den Söhnen Kairos!' ‚Ich bin aus der Roten Straße.'[1] ‚Wen kennst du in der Roten Straße?' ‚Denundden und Denundden', erwiderte Ma'rûf und zählte eine große Zahl von Leuten auf. Dann fragte der Kaufmann weiter: ‚Kennst du Scheich Ahmed den Spezereienhändler?' ‚Er ist mein Nachbar, wir wohnen Wand an Wand.' ‚Geht es ihm gut?' ‚Jawohl.' ‚Wieviel Kinder hat er?' ‚Drei: Mustafa, Mohammed und 'Alî.' ‚Was hat Allah aus seinen Kindern werden lassen?' ‚Mustafa geht es gut; er ist ein Gelehrter, ein Hochschullehrer. Was Mohammed angeht, so ist er ein Spezereienhändler und hat einen Laden aufgetan neben dem Laden seines Vaters, nachdem er sich vermählt hat; und seine Frau hat ihm auch einen Sohn geschenkt, der heißt Hasan.' ‚Gott erfreue dich auch durch gute Nachricht!' rief der Kaufmann; und Ma'rûf fuhr fort: ‚Und was 'Alî betrifft, so war er mein Gefährte, als wir noch klein waren, und wir

1. Eine Straße im westlichen Teile von Kairo.

pflegten immer zusammen zu spielen. Wir pflegten uns als Christenkinder zu verkleiden und in die Kirche einzuschleichen; dort stahlen wir die Bücher der Christen, und dann verkauften wir sie und kauften uns für den Erlös etwas zu essen. Einmal aber begab es sich, daß die Christen uns sahen und uns mit einem Buch abfaßten; da führten sie Klage wider uns bei den Unsern und sprachen zu 'Alîs Vater: ‚Wenn du deinen Sohn nicht daran hinderst, uns zu schädigen, so werden wir dich vor dem König verklagen.' Der Vater beschwichtigte die Leute und gab seinem Sohn eine Tracht Prügel. Deshalb lief der Junge damals davon, und man erfuhr nie, wohin er gegangen ist; seit zwanzig Jahren ist er fort, und niemals hat jemand Kunde über ihn gebracht.' Da rief der Kaufmann: ‚Ich bin 'Alî, der Sohn des Scheichs Ahmed, des Spezereienhändlers, und du bist mein Jugendfreund, Ma'rûf!' Und nun begrüßten sie einander von neuem; und nach der Begrüßung fuhr der Kaufmann fort: ‚Ma'rûf, erzähle mir doch, weshalb du aus Kairo nach dieser Stadt gekommen bist!' Darauf erzählte ihm jener von seiner Gattin Fâtima, dem Scheusal, und von dem, was sie ihm angetan hatte; dann schloß er mit den Worten: ‚Als mir die Qual durch sie zu schlimm geworden war, lief ich fort von ihr nach dem Siegestor; als mich aber dort ein Regenschauer überfiel, ging ich in eine verfallene Nische in der 'Adilîja-Moschee und setzte mich weinend nieder. Doch plötzlich erschien vor mir der Bewohner jener Stätte, ein 'Ifrît aus der Geisterwelt, und befragte mich. Ich berichtete ihm meine Not; und er nahm mich auf seinen Rücken und flog mit mir die ganze Nacht zwischen Himmel und Erde dahin; schließlich setzte er mich auf den Berg nieder und erzählte mir von der Stadt. So stieg ich denn von dem Berg hinunter und kam in die Stadt; dort umdrängten mich die

Leute und fragten mich aus. Als ich ihnen sagte, ich hätte Kairo gestern verlassen, glaubten sie mir nicht; und dann kamst du und triebst die Leute von mir fort und führtest mich in dies Haus. Das ist der Grund, weshalb ich Kairo verlassen habe; doch aus welchem Grunde bist du hierher gekommen?' Der Kaufmann gab ihm zur Antwort: ,Der Leichtsinn kam über mich, als ich erst sieben Jahre alt war; und seit jener Zeit bin ich von Land zu Land und von Stadt zu Stadt gewandert, bis ich in diese Stadt kam, deren Name Ichtijân el-Chotan[1] ist. Da ich sah, daß die Einwohner hier gütige und freundliche Menschen sind, die dem Armen Vertrauen schenken, ihm auf Borg verkaufen und ihm alles glauben, was er sagt, so sprach ich zu ihnen: ,Ich bin ein Kaufmann, und ich bin dem Gepäck voraufgeeilt, nun suche ich einen Ort, an dem ich meine Waren unterbringen kann.' Die Leute glaubten mir und räumten mir die Stätte ein. Darauf sagte ich zu ihnen: ,Ist einer unter euch, der mir tausend Dinare leihen will, bis mein Gepäck kommt? Dann will ich ihm zurückgeben, was ich von ihm erhalten habe; ich brauche nämlich noch einige Sachen, ehe das Gepäck eintrifft.' Da gab man mir, was ich verlangte; ich aber ging in den Basar der Kaufleute, und nachdem ich mir einige Waren angesehen hatte, kaufte ich sie. Am nächsten Tage verkaufte ich sie wieder und gewann dabei fünfzig Dinare, so daß ich andere Waren kaufen konnte. Ich verkehrte immer freundlich und höflich mit den Leuten, und sie gewannen mich lieb; zugleich fuhr ich fort, zu verkaufen und zu kaufen, bis ich viel Geld hatte. Wisse, mein Bruder, das Sprichwort sagt: Die Welt ist Lug und Trug, und in dem Lande, in dem dich niemand kennt, tu, was du willst! Wenn du zum Beispiel allen, die dich fragen, sagst: ,Ich bin meines Zeichens ein

1. Vielleicht ist Chuttalân el-Chuttal (in Turkestan) gemeint.

Schuhflicker und arm, und ich bin vor meiner Frau davongelaufen und habe Kairo gestern verlassen', so werden sie dir nicht glauben, und du wirst bei ihnen zum Gespött werden, solange du in dieser Stadt weilst. Und wenn du sagst: ,Ein 'Ifrît hat mich gebracht', so werden sie dich meiden, und keiner wird dir nahe kommen, sondern sie werden sagen: ,Dieser Mann ist von einem 'Ifrît besessen, und jedem, der ihm naht, ergeht es schlecht.' Und dies Gerede wird dir und mir Unehre bringen; denn sie wissen, daß ich aus Kairo bin.' Nun fragte Ma'rûf: ,Was soll ich denn tun?' Darauf erwiderte der Kaufmann: ,Ich werde dich lehren, was du tun sollst, so Allah der Erhabene will. Morgen will ich dir tausend Dinare geben und eine Mauleselin zum Reiten, dazu auch einen Sklaven, der vor dir herlaufen und dich zum Tor des Basars der Kaufleute bringen soll; dort tritt ein. Ich werde auch unter den Kaufleuten sitzen, und sobald ich dich sehe, werde ich mich vor dir erheben, dich begrüßen, dir die Hand küssen und dich als einen hohen Herrn behandeln. Und sooft ich dich nach einer Art von Stoffen frage und zu dir spreche: ,Hast du etwas von der- und der Art mitgebracht?', so ruf du: ,Eine Menge!' Wenn die Leute mich dann nach dir fragen, will ich dich preisen und dich in ihren Augen zum großen Manne machen. Danach will ich zu ihnen sagen: ,Gebt ihm ein Vorratshaus und einen Laden!' Dabei will ich dich als einen Mann von großem Reichtum und großer Freigebigkeit hinstellen. Und sooft ein Bettler zu dir kommt, gib ihm, was du zur Hand hast; dann werden sie meinen Worten glauben, auf deine Größe und Freigebigkeit vertrauen und dich lieb gewinnen! Danach will ich dich einladen und auch alle Kaufleute dir zu Ehren; so will ich dich mit ihnen zusammenbringen, auf daß sie alle dich kennen lernen und du sie kennen lernst.' – –«

Da bemerkte Schehrezâd, daß der Morgen begann, und sie hielt in der verstatteten Rede an. Doch als die *Neunhundertundzweiundneunzigste Nacht* anbrach, fuhr sie also fort: »Es ist mir berichtet worden, o glücklicher König, daß der Kaufmann 'Alî zu Ma'rûf sprach: ‚Ich will dich einladen und auch alle Kaufleute dir zu Ehren; so will ich dich mit ihnen zusammenbringen, auf daß sie alle dich kennen lernen und du sie kennen lernst, damit du verkaufen und kaufen und mit ihnen Handel treiben kannst. Und dann wird es nicht lange dauern, bis du ein reicher Mann wirst.' Am nächsten Morgen also gab er ihm tausend Dinare, legte ihm Gewänder an, ließ ihn auf einer Mauleselin reiten und gab ihm dazu einen Sklaven; und er sprach zu ihm: ‚Möge Allah dich von der Verbindlichkeit für all dies freisprechen! Denn du bist mein Freund, und es ist meine Pflicht, dich ehrenvoll zu behandeln. Mach dir keine Sorgen, tu den Gedanken an das Treiben deiner Frau von dir und erwähne sie vor niemandem!' ‚Allah vergelte es dir mit Gutem!' erwiderte Ma'rûf und ritt auf der Mauleselin von dannen, während der Sklave vor ihm her lief, bis er ihn zum Tor des Basars der Kaufleute geführt hatte. Dort saßen alle die Kaufherren, und unter ihnen befand sich auch der Kaufmann 'Alî; als dieser ihn sah, erhob er sich und eilte auf ihn zu, indem er rief: ‚Ein gesegneter Tag, o Kaufmann Ma'rûf, o Mann der guten Werke und der Güte!'[1] Dann küßte er ihm die Hand vor allen Kaufleuten und sprach: ‚Ihr Brüder, der Kaufmann Ma'rûf hat euch durch sein Kommen beehrt. Begrüßet ihn!' Dabei gab er ihnen ein Zeichen, sie möchten ihn hoch ehren; und so war der Schuhflicker ein großer Mann in ihren Augen. Alsbald half 'Alî ihm, von der Mauleselin abzusitzen; und nachdem alle ihn begrüßt hatten, nahm er die Kaufleute einen

1. Ma'rûf bedeutet im Arabischen ‚Güte'.

nach dem anderen beiseite und rühmte Ma'rûf vor ihm. Dann fragten sie ihn: ‚Ist dieser Mann ein Kaufmann?‘ ‚Jawohl,‘ erwiderte 'Alî ihnen, ‚er ist sogar der größte unter den Kaufleuten, und es gibt keinen, der reicher wäre als er; denn sein Reichtum und die Reichtümer seines Vaters und seiner Vorfahren sind berühmt unter den Kaufleuten von Kairo. Er hat Teilhaber in Vorderindien und Hinterindien und im Jemen, und wegen seiner Großmut genießt er hohen Ruhm. Erkennet also seine Würde an, preiset seinen Rang hoch und dienet ihm! Wisset auch, daß er nicht um des Handels willen in diese Stadt gekommen ist; er hat nur die Absicht, die Länder der Menschen sich anzuschauen, denn er hat es nicht nötig, um des Gewinnes und des Verdienstes willen in die Fremde zu ziehen. Er hat ja Reichtümer, die das Feuer nicht verzehren kann; und ich bin einer seiner Diener.‘ Und so rühmte er ihn in einem fort, bis sie ihn weit über sich selber erhoben und einander von seinen Eigenschaften zu erzählen begannen. Dann drängten sie sich um ihn und boten ihm Gebäck und Scherbette an, bis auch der Vorsteher der Kaufmannsgilde kam und ihn begrüßte. Und nun sprach der Kaufmann 'Alî zu ihm in Gegenwart der Kaufleute: ‚Mein Herr, hast du vielleicht auch etwas von dem und dem Stoff mitgebracht?‘ ‚Eine Menge‘, erwiderte Ma'rûf; und an jenem Tage hatte 'Alî ihm verschiedene Arten von kostbarem Stoff gezeigt und ihn mit den Namen der teuren und der billigen Stoffe bekannt gemacht. Dann fragte ihn einer von den Kaufleuten: ‚Mein Herr, hast du auch gelbes Tuch bei dir?‘ ‚Eine Menge‘, erwiderte Ma'rûf. Dann sagte ein anderer: ‚Auch rot wie Gazellenblut?‘[1] ‚Eine Menge‘, antwortete der Schuhflicker auch darauf. Jedesmal, wenn einer ihn nach etwas fragte, sagte er zu ihm: ‚Eine Menge.‘ Da rief je-

1. Eine dunkelrote Farbe.

ner: ‚O Kaufmann 'Alî, wenn dein Landsmann tausend Lasten kostbarer Stoffe aufladen wollte, so könnte er es wohl tun!' Und 'Alî erwiderte ihm: ‚Die kann er aus einem einzigen seiner Vorratshäuser aufladen, und dann würde er doch nichts vermissen.' Während sie so dasaßen, kam ein Bettelmann und machte die Runde bei den Kaufleuten; der eine gab ihm einen Para, der andere einen Kupferling, aber die meisten gaben ihm nichts. Wie er jedoch zu Ma'rûf kam, zog der eine Handvoll Gold für ihn heraus und gab sie ihm; der Bettler segnete ihn und ging weiter. Darüber staunten die Kaufleute, und sie sprachen: ‚Das sind königliche Spenden! Er hat ja dem Bettler ungezählte Goldstücke gegeben. Wenn er nicht zu den ganz reichen Leuten gehörte und sehr viel Geld besäße, so hätte er dem Bettler nicht eine Handvoll Gold gegeben.' Nach einer Weile kam eine arme Frau; und wieder nahm er eine Handvoll und gab sie ihr. Auch sie ging fort, indem sie ihn segnete, und erzählte den armen Leuten davon; und die kamen bald einer nach dem anderen zu ihm. Für jeden, der zu ihm kam, zog er eine Handvoll heraus und gab sie ihm, bis er die tausend Dinare ausgegeben hatte. Darauf schlug er die Hände zusammen und sprach: ‚Allah ist unser Genüge, und Er ist der treffliche Sachwalter.' Da fragte ihn der Vorsteher der Kaufmannsgilde: ‚Was ist dir, o Kaufmann Ma'rûf?' Der gab zur Antwort: ‚Es scheint, die meisten Einwohner dieser Stadt sind arm und bedürftig. Hätte ich geahnt, daß es so um sie steht, so hätte ich in den Satteltaschen eine große Menge Geld mitgebracht und davon den Armen gespendet. Doch ich fürchte, ich muß lange in der Fremde bleiben, und es ist meine Art, nie einen Bettler abzuweisen. Jetzt habe ich kein Gold mehr bei mir, und wenn nun ein Bettler zu mir kommt, was soll ich dann zu ihm sagen?' Der Vorsteher sagte darauf:

‚Sprich zu ihm: Allah wird dir dein Brot geben!‘ Aber Ma'rûf
entgegnete: ‚Das ist nicht meine Art; und ich bin deshalb in
großer Sorge. Ich brauche jetzt tausend Dinare, um Almosen
zu geben, bis mein Gepäck eintrifft.‘ ‚Sei ohne Sorge!‘ antwortete der Vorsteher und entsandte einen seiner Diener; der
kam mit tausend Dinaren zurück, und sein Herr gab sie dem
Schuhflicker. Nun fuhr dieser fort, jedem Armen, der an ihm
vorbeikam, zu geben, bis der Ruf zum Mittagsgebet erscholl;
darauf gingen sie in die Moschee und verrichteten das Mittagsgebet; und was ihm von den tausend Dinaren übrig geblieben
war, das streute er über die Köpfe der Betenden aus. Dies
lenkte die Blicke aller auf ihn, und das Volk begann ihn zu
segnen, während die Kaufleute seine große Freigebigkeit und
Mildtätigkeit bewunderten. Dann wandte er sich an einen anderen Kaufmann und borgte von ihm weitere tausend Dinare;
und auch die verteilte er. Der Kaufmann 'Alî sah seinem Treiben zu; aber er wagte nichts zu sagen. Ma'rûf jedoch fuhr in
dieser Weise fort, bis der Ruf zum Nachmittagsgebet erscholl; da ging er in die Moschee, betete und verteilte wiederum den Rest des Geldes. Und noch ehe man das Tor des
Basars schloß, hatte er schon fünftausend Dinare geborgt und
wieder verteilt; zu jedem, von dem er etwas borgte, hatte er
gesagt: ‚Warte, bis mein Gepäck kommt! Wenn du dann
Gold haben willst, werde ich es dir geben; oder wenn du lieber Stoffe willst, kann ich sie dir auch geben, denn ich habe
eine Menge.‘ Am Abend lud der Kaufmann 'Alî ihn ein, und
mit ihm lud er alle die Kaufleute ein, und er ließ ihn auf dem
Ehrenplatze sitzen. Da sprach Ma'rûf denn nur von Stoffen
und Juwelen, und jedesmal, wenn sie ihm etwas nannten, sagte
er: ‚Davon habe ich eine Menge.‘ Am nächsten Tage begab er
sich wiederum auf den Basar, wandte sich an die Kaufleute

und borgte Geld von ihnen und verteilte es an die Armen. So trieb er es immer weiter, zwanzig Tage lang, bis er von den Leuten sechzigtausend Dinare erhalten hatte; aber immer noch kam kein Gepäck, noch auch eine verzehrende Pest.[1] Nun begannen die Leute wegen des Geldes zu lärmen und riefen: ,Das Gepäck des Kaufmanns Ma'rûf ist noch nicht gekommen! Wie lange will er denn den Leuten das Geld abnehmen und es den Armen geben?' Einer von ihnen sprach: ,Ich meine, wir sollten mit seinem Landsmann, dem Kaufmann 'Alî, reden.' So gingen sie denn zu ihm und sprachen zu ihm: ,O Kaufmann 'Alî, das Gepäck des Kaufmanns Ma'rûf ist noch nicht gekommen!' Er gab ihnen zur Antwort: ,Wartet nur; es muß ganz gewiß bald eintreffen!' Dann aber nahm er seinen Freund beiseite und sprach zu ihm: ,Ma'rûf, was soll dies Treiben bedeuten? Habe ich dir geraten, das Brot zu rösten oder es zu verbrennen? Jetzt lärmen die Kaufleute wegen ihres Geldes, und sie haben mir gesagt, daß du ihnen sechzigtausend Dinare schuldest, die du von ihnen geliehen und an die Armen verteilt hast. Wie willst du den Leuten deine Schulden bezahlen, wo du weder verkaufst noch kaufst?' Der Schuhflicker antwortete ihm: ,Was hat denn das zu bedeuten? Und was sind sechzigtausend Dinare? Wenn das Gepäck kommt, zahle ich ihnen; wenn sie wollen, in Stoffen oder, wenn sie es vorziehen, auch in Gold und Silber.' Da rief der Kaufmann 'Alî: ,Allah ist der Größte! Hast du denn überhaupt Gepäck?' ,Eine Menge!' sagte Ma'rûf; und der Kaufmann fuhr fort: ,Allah und die Heiligen über dich und deine Frechheit! Habe ich dich etwa diese Worte gelehrt, damit du sie auch zu mir sagst? Warte, ich werde den Leuten die Augen über dich öffnen!' Allein Ma'rûf erwiderte ihm: ,Geh doch und schwatze nicht so viel! Bin ich etwa ein

1. Das ist eine Seuche, die seine Gläubiger hinweggerafft hätte.

armer Mann? In meinem Gepäck sind viele Dinge; und wenn es kommt, sollen sie ihre Sachen wiederhaben, ja, zweimal so viel. Ich habe die Kerle nicht nötig.' Da ergrimmte der Kaufmann 'Alî, und er rief: ,Du frecher Bursche, ich will dir schon zeigen, was es heißt, mich so schamlos anzulügen!' Doch Ma'rûf sagte nur: ,Was in deiner Hand steht, das tu! Sie sollen warten, bis mein Gepäck kommt, und dann sollen sie haben, was ihnen zukommt, und noch mehr.' Da verließ ihn 'Alî und ging fort, indem er bei sich sprach: ,Ich habe ihn früher gerühmt, und wenn ich ihn jetzt tadle, so steh ich als Lügner da; und dann gilt von mir das Sprichwort: Wer erst preist und dann tadelt, der hat zweimal gelogen.' Und so war er ratlos, was er tun sollte. Dann kamen aber die Kaufleute wieder zu ihm und fragten ihn: ,Kaufmann 'Alî, hast du mit ihm gesprochen?' Er antwortete ihnen: ,Ihr Leute, ich scheue mich davor; denn er schuldet mir auch tausend Dinare, und ich mag nicht mit ihm darüber sprechen. Ihr habt mich nicht um Rat gefragt, als ihr ihm euer Geld gabt, und darum habt ihr mir nichts zu sagen, was ihn angeht. Mahnt ihn selbst; und wenn er es euch nicht gibt, so führt Klage wider ihn beim König der Stadt und sprecht zu ihm: ,Der Mann ist ein Betrüger, der uns betrogen hat!' Dann wird der König euch vor Schaden durch ihn bewahren.' So gingen sie denn zum König und berichteten ihm, was geschehen war, indem sie mit den Worten schlossen: ,O größter König unserer Zeit, wir sind ratlos, was wir mit diesem Kaufmanne, dessen Freigebigkeit übergroß ist, tun sollen. Er handelt soundso; und alles, was er borgt, verteilt er an die Armen mit vollen Händen. Wenn er wirklich nichts besäße, so würde sein Verstand es ihm doch nicht erlauben, das Gold mit vollen Händen zu nehmen und den Bettlern zu geben. Gehörte er aber zu den Wohlhabenden, so hätte uns durch die Ankunft seines Gepäcks seine Wahrhaftigkeit offenbar werden müssen. Aber wir sehen kein Gepäck von ihm, obwohl er behauptet, er habe eine Karawane, und er sei ihr voraufgeeilt. Jedesmal, wenn wir ihm irgendeine Art von Stoffen nennen, sagt er: ‚Davon habe ich eine Menge.‘ Nun ist schon eine ganze Weile verstrichen, doch von seiner Karawane ist noch keine Nachricht eingetroffen. Er schuldet uns jetzt sechzigtausend Dinare, und die hat er alle an die Armen verteilt.‘ Dabei priesen sie ihn immer und rühmten seine Freigebigkeit. Jener König aber war ein sehr habgieriger Mann, habgieriger als Asch'ab.[1] Und als er von der Freigebigkeit und Großmut Ma'rûfs hörte, überkam ihn die Gier, und er sprach zu seinem Wesir: ‚Wenn dieser Kaufmann nicht ungeheure Reichtümer besäße, so wäre nicht all diese Freigebigkeit von ihm ausgegangen. Es ist sicher, daß seine Karawane kommen wird; dann werden diese Kaufleute sich um ihn drängen, und er wird eine Menge Geld unter sie streuen. Ich aber habe mehr Anrecht auf dies Geld als sie; deswegen möchte ich mit ihm vertraut werden und Freundschaft mit ihm schließen, damit ich, wenn seine Karawane kommt, das erhalte, was sonst diese Kaufleute von ihm empfangen; ich will ihn auch mit meiner Tochter vermählen und so sein Gut zu meinem Gut hinzufügen.‘ Doch der Wesir entgegnete ihm: ‚O größter König unserer Zeit, ich glaube doch, er ist nur ein Betrüger; und der Betrüger vernichtet oft das Haus des Habgierigen.‘ – –«

Da bemerkte Schehrezâd, daß der Morgen begann, und sie hielt in der verstatteten Rede an. Doch als die *Neunhundertunddreiundneunzigste Nacht* anbrach, fuhr sie also fort: »Es ist mir berichtet worden, o glücklicher König, daß der Wesir zu dem

1. Ein Mann, der bei den Arabern wegen seiner Habgier sprichwörtlich geworden ist.

König sprach: ‚Ich glaube doch, er ist nur ein Betrüger; und der Betrüger vernichtet oft das Haus des Habgierigen.‘ Der König aber fuhr fort: ‚O Wesir, ich will ihn auf die Probe stellen und bald erkennen, ob er ein Betrüger ist oder ein ehrlicher Mann, und ob er im Überfluß groß geworden ist oder nicht.‘ ‚Wie willst du ihn denn auf die Probe stellen?‘ fragte der Wesir, und der König erwiderte: ‚Ich habe ein Juwel; und ich will zu ihm senden und ihn vor mich kommen lassen; wenn er sich dann gesetzt hat, will ich ihn ehrenvoll behandeln und ihm das Juwel in die Hand geben. Erkennt er es, und weiß er seinen Wert, so ist er ein Mann von Reichtum und Überfluß. Wenn er es aber nicht kennt, so ist er ein Betrüger, ein Hochstapler, und ich werde ihn den schmählichsten Tod sterben lassen.‘ Darauf schickte der König zu Ma'rûf und ließ ihn vor sich kommen. Nachdem der Schuhflicker zu ihm eingetreten war und den Gruß gesprochen hatte, erwiderte der König ihm den Gruß und ließ ihn an seiner Seite sitzen; dann sprach er zu ihm: ‚Bist du der Kaufmann Ma'rûf?‘ ‚Jawohl‘, erwiderte jener; und der König fuhr fort: ‚Die Kaufleute behaupten, daß du ihnen sechzigtausend Dinare schuldest; ist es wahr, was sie sagen?‘ ‚Jawohl‘, antwortete Ma'rûf; und der König fragte ihn nun: ‚Warum gibst du ihnen ihr Geld nicht zurück?‘ Darauf sagte der Schuhflicker: ‚Sie mögen warten, bis meine Karawane kommt; dann will ich ihnen das Doppelte geben. Wollen sie Gold, so gebe ich es ihnen; wollen sie Silber, so mögen sie das haben; ziehen sie Waren vor, kann ich ihnen auch die geben. Wem ich tausend schulde, dem will ich zweitausend geben zum Entgelt dafür, daß er meinen guten Ruf bei den Armen bewahrt hat; denn ich habe ja eine große Menge.‘ Darauf sprach der König zu ihm: ‚O Kaufmann, nimm dies hier und sieh, von welcher Art es ist, und wieviel

Wert es hat.' Und er gab ihm ein Juwel von der Größe einer
Haselnuß, das er für tausend Dinare gekauft hatte und sehr
hoch schätzte, da er kein gleiches besaß. Ma'rûf nahm es in die
Hand und drückte es zwischen Daumen und Zeigefinger, so
daß es zerbrach; denn das Juwel war empfindlich und konnte
den Druck nicht vertragen. Da rief der König: ‚Warum hast
du das Juwel zerbrochen?' Doch Ma'rûf lächelte und sprach:
‚O größter König unserer Zeit, das ist doch kein Juwel! Das
ist nur ein Stück Stein im Werte von tausend Dinaren; wie
kannst du von ihm sagen, es wäre ein Juwel? Ein wirkliches
Juwel ist doch siebenzigtausend Dinare wert; dies nennt man
nur ein Stück Stein. Ein Edelstein, der nicht mindestens die
Größe einer Walnuß hat, ist bei mir wertlos, und ich achte seiner nicht. Wie kannst du, der du ein König bist, dies hier ein
Juwel nennen, da es doch nur ein Stück Stein ist im Werte von
tausend Dinaren? Aber das kann man euch nicht zum Vorwurf machen, da ihr arme Leute seid und keine Schätze von
Wert besitzt.' ‚O Kaufmann,' fragte nun der König, ‚hast du
denn Juwelen von der Art, die du beschreibst?' ‚Eine Menge,'
erwiderte Ma'rûf. Da überwältigte den König die Habgier,
und er sprach zu dem Schuhflicker: ‚Willst du mir wirkliche
Juwelen geben!' Jener gab ihm zur Antwort: ‚Wenn die Karawane kommt, will ich dir eine Menge geben. Alles, was du nur
wünschest, habe ich in Hülle und Fülle, und ich will es dir ohne
Bezahlung geben.' Erfreut sprach der König zu den Kaufleuten:
‚Geht eurer Wege und habt Geduld mit ihm, bis die Karawane
eintrifft; dann kommt und holt euch euer Geld bei mir!' Und die
Kaufleute gingen fort. Soviel von ihnen und von Ma'rûf.

Sehen wir nun, was der König weiter tat! Er wandte sich an
den Wesir und sprach zu ihm: ‚Sei freundlich gegen den Kaufmann Ma'rûf und plaudere mit ihm von diesem und jenem!

Sprich mit ihm auch von meiner Tochter, damit er sie zur Gemahlin nimmt und wir diese Reichtümer gewinnen, die er besitzt!' Doch der Wesir entgegnete: ‚O größter König unserer Zeit, die Art dieses Mannes gefällt mir nicht. Ich glaube, er ist ein Betrüger und ein Belüger; laß ab von dieser Rede, damit dir deine Tochter nicht umsonst verloren geht!' Nun hatte der Wesir früher einmal den König gebeten, er möchte ihm seine Tochter zur Gemahlin geben; und der König hatte auch in die Vermählung eingewilligt; aber als ihr davon berichtet wurde, hatte sie sich geweigert. Deshalb sprach der König nun: ‚Du Verräter, du wünschest mir nichts Gutes, weil du früher um meine Tochter geworben hast und sie nicht eingewilligt hat, sich mit dir zu vermählen. Deshalb willst du jetzt ihr den Weg zur Vermählung abschneiden, und du möchtest, daß meine Tochter brachliegen soll, damit du sie erhältst. Doch höre dies Wort von mir: Du hast mit dieser Sache nichts zu tun! Wie kann er ein Betrüger und Belüger sein, da er doch den Preis des Juwels kannte, um den ich es gekauft hatte? Er hat es zerbrochen, weil es ihm nicht gefiel; er hat Juwelen in Hülle und Fülle, und wenn er zu meiner Tochter eingeht und sieht, wie lieblich sie ist, so wird sie seinen Verstand berücken, und er wird sie lieb gewinnen und ihr Juwelen und Schätze schenken. Du aber, du möchtest uns beide, mich und meine Tochter, daran verhindern, daß wir diese Güter erlangen.' Da schwieg der Wesir aus Furcht vor dem Zorn des Königs wider ihn, und er sprach bei sich selber: ‚Hetz nur die Hunde aufs Vieh!' Dann begab er sich zum Kaufmann Ma'rûf und sprach zu ihm: ‚Wisse, Seine Majestät der König hat dich lieb gewonnen; und er hat eine Tochter, die schön und anmutig ist. Mit ihr will er dich vermählen; was sagst du dazu?' Ma'rûf erwiderte: ‚Das soll gern geschehen; doch er möge warten, bis mein Gepäck

kommt; denn die Brautgabe für Prinzessinnen ist groß, und ihr
Stand verlangt es, daß für sie nur eine solche Brautgabe dargeboten wird, die ihrem Range entspricht. Augenblicklich
habe ich kein Geld bei mir; so möge er denn sich gedulden, bis
die Karawane eintrifft, denn ich habe Gut in Menge. Ich muß
doch gewißlich eine Brautgabe von fünftausend Beuteln für
sie zahlen, und ferner brauche ich tausend Beutel, um sie am
Hochzeitsabend an die Armen und Bedürftigen verteilen zu
lassen, und weitere tausend Beutel, um sie an die Leute zu verschenken, die im Hochzeitszuge mitgehen, und abermals tausend Beutel, um für die Truppen und die anderen Speisen zu
beschaffen. Auch brauche ich hundert Juwelen, um sie der
Prinzessin am Morgen nach der Hochzeit zu schenken, und
wiederum hundert Juwelen, um sie an die Sklavinnen und
Eunuchen zu verteilen; denn alle von ihnen müssen doch
von mir je ein Juwel erhalten, dem Range der Braut zu Ehren.
Auch muß ich tausend nackte Arme kleiden, und Almosen
müssen auch gegeben werden. All das kann erst geschehen,
wenn die Karawane eintrifft; denn ich habe eine Menge bei
mir. Ist das Gepäck erst da, so bedeuten alle diese Ausgaben
nichts für mich.' Der Wesir ging fort und berichtete dem
König, was Ma'rûf gesagt hatte. Der König sprach: ,Da dies
seine Absicht ist, wie kannst du ihn einen Betrüger und Belüger nennen?' ,Ich höre auch jetzt noch nicht auf, das zu
sagen', erwiderte der Wesir; doch der König drohte ihm und
schalt ihn und rief: ,Bei meinem Haupte, wenn du von solchem Geschwätz nicht ablässest, so lasse ich dich hinrichten!
Jetzt geh zu ihm zurück und hole ihn her zu mir; ich werde
selbst alles mit ihm ordnen!' So ging denn der Wesir zu Ma'rûf
und sprach zu ihm: ,Komm, folge dem Rufe des Königs!' ,Ich
höre und gehorche!' erwiderte Ma'rûf und begab sich zum

König; der sprach zu ihm: ‚Halt mich nicht mit solchen Entschuldigungen hin! Sieh, meine Schatzkammer ist voll; drum nimm die Schlüssel an dich und gib alles aus, was du brauchst! Verschenke, was du willst, kleide die Armen und tu, was dir beliebt! Mach dir keine Sorgen wegen meiner Tochter und der Sklavinnen; wenn deine Karawane gekommen ist, dann zeige dich so freigebig gegen deine Gemahlin, wie du nur willst! Wir wollen uns mit der Brautgabe von dir gedulden, bis dein Gepäck eintrifft; zwischen mir und dir ist gar kein Unterschied.‘ Dann befahl er dem Scheich el-Islam, die Eheurkunde aufzusetzen; und der schrieb den Ehevertrag zwischen der Tochter des Königs und dem Kaufmann Maʾrûf. Darauf gab der König ein Zeichen, daß die Hochzeitsfeier beginnen solle, und befahl, daß die Stadt ausgeschmückt werde. Die Trommeln wurden geschlagen, Speisen aller Art wurden aufgetragen, und die Gaukler kamen. Der Kaufmann Maʾrûf aber saß auf einem Thron in einem Saal, und die Gaukler und Taschenkünstler, die Tänzer und all die Leute, die seltsame Kunststücke machten und gefällige Spiele vollbrachten, traten vor ihn hin, und er befahl dem Schatzmeister, indem er sprach: ‚Bring Gold und Silber!‘ Der also holte Gold und Silber, und nun ging Maʾrûf unter den Zuschauern umher und gab jedem, der spielte, eine Handvoll; auch beschenkte er die Armen und Bedürftigen und kleidete die Nackten. Es war ein lärmendes Freudenfest, und der Schatzmeister konnte das Geld kaum rasch genug aus dem Schatzhause holen. Dem Wesir wollte das Herz bersten vor Wut; aber er wagte nichts zu sagen. Nur der Kaufmann ʾAlî, der über diese Verschwendung der Gelder entsetzt war, sprach zum Kaufmann Maʾrûf: ‚Allah und die Heiligen sollen über dein Haupt[1] kommen! Genügte es dir

1. Wörtlich ‚deine Schläfe‘.

596

nicht, das Geld der Kaufleute zu vergeuden, so daß du auch noch das Geld des Königs vergeuden mußt?' ,Das geht dich nichts an', antwortete ihm der Kaufmann Ma'rûf, ,wenn das Gepäck kommt, will ich es dem König vielfach vergelten.' Und er vergeudete immer mehr Geld; doch er sprach bei sich selber: ,Eine verzehrende Pest! Was geschehen soll, geschieht; und dem Verhängnis kann keiner entgehen.' Vierzig Tage lang hörten die Festlichkeiten nicht auf; und am einundvierzigsten Tage wurde der Hochzeitszug für die Braut bereitet, und da schritten all die Emire und die Krieger vor ihr her. Als sie zu Ma'rûf hineingeführt wurde, streute er das Gold über die Häupter der Leute; so war es ein prunkvoller Hochzeitszug für sie, und er gab um ihretwillen Geld aus in ungeheuren Mengen. Dann ward er zu der Prinzessin geleitet, und er setzte sich auf das hohe Lager. Nachdem aber die Vorhänge herabgelassen und die Türen geschlossen waren und das Volk sich fortbegeben und ihn bei der jungen Frau gelassen hatte, schlug er die Hände zusammen und saß eine Weile traurig da, indem er immer wieder Hand auf Hand schlug; dabei rief er: ,Es gibt keine Macht und es gibt keine Majestät außer bei Allah, dem Erhabenen und Allmächtigen!' Nun fragte ihn die Prinzessin: ,Mein Gebieter, Allah bewahre dich! Was ist dir, daß du so besorgt bist?' Er antwortete: ,Wie sollte ich nicht besorgt sein, da dein Vater mich in Verlegenheit gebracht und so an mir getan hat, wie wenn man grünes Korn verbrennt?' Da fuhr sie fort: ,Und was hat mein Vater an dir getan? Sage mir!' Und er gab zur Antwort: ,Er hat mich zu dir hineinführen lassen, ehe meine Karawane gekommen ist, und ich wollte doch zum mindesten hundert Juwelen an deine Sklavinnen verteilen, einer jeden ein Juwel, damit sie sich daran erfreute und spräche: ,Mein Herr hat mir ein Juwel geschenkt in der Nacht,

da er zu meiner Herrin einging.' Eine solche Tat wäre dann zu
Ehren deines hohen Ranges geschehen und hätte dein Ansehen
erhöht; denn ich brauche mit den Spenden von Juwelen nicht
zu sparen, da ich eine Menge von ihnen besitze.' Sie entgegnete ihm: ,Darum mach dir keine Sorgen! Aus diesem Grunde
brauchst du nicht bekümmert zu sein! Was mich angeht, so
gräme dich nicht um meinetwillen; denn ich werde gern Geduld mit dir haben, bis die Karawane kommt. Und was die
Sklavinnen betrifft, so sei auch um ihretwillen unbesorgt! Erhebe dich, leg deine Gewänder ab und gib dich der Freude hin!
Wenn die Karawane eintrifft, so werden wir an jenen Juwelen
und den anderen Dingen nicht zu kurz kommen.' Da erhob er
sich und legte die Gewänder ab, die er trug, und setzte sich auf
das Lager hin; nun hatte er das Liebesspiel im Sinn, und dies
war des Kosens Beginn. Er legte seine Hand auf ihre Kniee,
und sie setzte sich auf seinen Schoß und schob ihre Lippe in
seinen Mund. Das war eine Stunde, die einen Menschen seinen
Vater und seine Mutter vergessen läßt. Er umarmte sie und
zog sie an sich und preßte sie an seinen Busen und drückte sie
an seine Brust und sog an ihren Lippen, bis der Honigtau von
ihrem Munde troff. Und er legte seine Hand unter ihren linken Arm, bis sein Leib und ihr Leib sich nach der Vereinigung
sehnten. Nachdem er nun seine Hand zwischen ihre Brüste gelegt hatte und sie bis zu den Schenkeln hinab bewegt hatte,
umgürtete er sich mit ihren Beinen und erprobte, wie sich die
beiden Teile vereinen. Er rief: ,O Vater der beiden Kinnschleier!' und legte das Pulver auf die Pfanne und entzündete
die Lunte und zielte auf den Kompaß; dann gab er Feuer und
brach die Burg an allen vier Ecken. So geschah das Ereignis,
das unerforschlich ist, und sie tat den Schrei, der unausbleiblich ist. – –«

Da bemerkte Schehrezâd, daß der Morgen begann, und sie hielt in der verstatteten Rede an. Doch als die *Neunhundertundvierundneunzigste Nacht* anbrach, fuhr sie also fort: »Es ist mir berichtet worden, o glücklicher König, daß der Kaufmann Ma'rûf, als die Prinzessin den Schrei tat, der unausbleiblich ist, ihr das Mädchentum nahm. Und jene Nacht war nicht zu irdischem Leben zu zählen, da sie in der Vereinigung der Schönen so viel von Umarmung und Liebesspiel, von Küssen und anderen Genüssen in sich schloß, bis der Morgen sein Licht ergoß. Darauf begab er sich ins Bad und legte eine Gewandung von königlichen Kleidern an; und nachdem er das Bad verlassen hatte, trat er in den Staatssaal des Königs ein. Alle, die dort waren, erhoben sich vor ihm und empfingen ihn mit der höchsten Ehrerbietung; und sie wünschten ihm Glück und Segen. Er aber setzte sich zur Seite des Königs nieder und rief: ‚Wo ist der Schatzmeister?' Man gab zur Antwort: ‚Da steht er vor dir!' Dann fuhr er fort: ‚Bringe Ehrengewänder und bekleide damit alle die Wesire und Emire und Würdenträger!' Da brachte der Schatzmeister ihm alles, was er verlangt hatte; und er selber saß da und beschenkte alle, die zu ihm kamen, indem er einem jeden Manne nach Rang und Würden gab. So trieb er es immer weiter, zwanzig Tage lang; aber es kam keine Karawane für ihn an, noch auch sonst etwas. Darauf geriet der Schatzmeister um seinetwillen in die größte Besorgnis, und er trat zum König ein, als Ma'rûf abwesend war. Nur der König saß da, allein mit dem Wesir; nachdem der Schatzmeister den Boden vor ihm geküßt hatte, sprach er: ‚O größter König unserer Zeit, ich muß dir etwas mitteilen, weil du mich sonst vielleicht schelten würdest, wenn ich es dir nicht berichte. Wisse, das Schatzhaus ist fast leer; nur noch ein wenig ist darin verblieben, und nach zehn Tagen werden wir ein leeres Haus zuschließen.' Da hub der König an: ‚O Wesir, die Karawane meines Eidams bleibt wirklich lange aus, und wir erhalten auch gar keine Kunde von ihr.' Lachend erwiderte ihm der Wesir: ‚Allah sei dir gnädig, o größter König unserer Zeit! Du bist völlig achtlos auf das Treiben dieses Betrügers und Belügers! Bei deinem Haupte, es gibt keine Karawane, die ihm gehört, noch eine Pest, die uns von ihm befreit. Er hat dich immer nur betrogen, bis er schließlich all dein Geld vertan und deine Tochter umsonst zur Gemahlin erhalten hat. Wie lange noch willst du sorglos diesem Lügner zuschauen?' Der König erwiderte ihm: ‚O Wesir, was sollen wir tun, um die Wahrheit über ihn zu erfahren?' Darauf sagte der Minister: ‚O größter König unserer Zeit, niemand kann in das Geheimnis des Mannes eindringen, es sei denn seine Gattin. Sende nach deiner Tochter und laß sie hinter einen Vorhang treten, damit ich sie frage, wie es in Wahrheit um ihn steht; denn sie soll ihn ausforschen und uns wissen lassen, was es mit ihm auf sich hat!' ‚Das mag gerne geschehen,' sprach der König, ‚und bei meinem Haupte, wenn es feststeht, daß er ein Betrüger und Belüger ist, so will ich ihn wahrlich des schmählichsten Todes sterben lassen.' Darauf nahm er den Wesir mit sich und führte ihn in das Wohngemach; und nachdem er seine Tochter hatte kommen lassen, trat sie hinter den Vorhang. All das geschah, während ihr Gatte abwesend war. Und als sie dorthin gekommen war, fragte sie: ‚Mein Vater, was wünschest du?' Er sagte: ‚Sprich mit dem Wesir!' So fragte sie denn weiter: ‚O Wesir, was ist dein Begehr?' Und der gab zur Antwort: ‚Meine Herrin, wisse, dein Gatte hat das Geld deines Vaters verschwendet und hat sich mit dir ohne Brautgabe vermählt. Unaufhörlich macht er uns Versprechungen und bricht sie; von seinem Gepäck haben wir noch keine Kunde erhalten, kurz, wir wünschen, daß du uns über ihn Auskunft gibst.' Sie erwiderte: ‚Seiner Worte sind viel, und er kommt auch immer und verspricht mir Juwelen, Schätze und kostbare Stoffe, aber ich habe noch nichts gesehen.' ‚Meine Herrin,' fuhr der Wesir fort ‚kannst du nicht heute nacht mit ihm hin und her plaudern und dann zu ihm sagen: ‚Tu mir die Wahrheit kund und fürchte nichts; denn du bist mein Gatte geworden, und ich werde mich nicht an dir versündigen! Drum sage mir, wie alles in Wirklichkeit steht, und ich will für dich einen Plan ersinnen, wie du Ruhe haben sollst!' Darauf sprich noch weiter mit ihm darüber hin und her und zeige ihm deine Liebe und bringe ihn dazu, daß er gesteht! Wenn das geschehen ist, teile uns den wahren Sachverhalt mit!' Sie sagte nur: ‚Mein Vater, ich weiß, wie ich ihn erforschen will', und ging fort. Nach dem Nachtmahl kam ihr Gatte Ma'rûf wie immer zu ihr; da trat sie auf ihn zu und faßte ihn unter dem Arm und schmeichelte ihm in lieblichster Weise – o wie können die Frauen schmeicheln, wenn sie einen Wunsch haben, den sie bei den Männern durchsetzen wollen! – und hörte nicht auf, ihm zu schmeicheln und ihn unter Worten, süßer als Honig, zu liebkosen, bis sie ihm den Verstand berückt hatte. Als sie nun sah, daß er sich ihr ganz hingab, sprach sie zu ihm: ‚Mein Geliebter, du mein Augentrost und Frucht meines Herzens, Allah beraube mich deiner nie, und nie trenne das Geschick uns beide, dich und mich! Wahrlich, die Liebe zu dir wohnt nun in meinem Herzen, und mein Inneres wird verzehrt von der Sehnsucht brennenden Schmerzen, so daß ich mich nie und nimmer an dir versündigen könnte. Aber ich möchte, daß du mir die Wahrheit sagst; denn die Listen der Lüge frommen nicht, und sie finden auch nicht immer Glauben. Wie lange noch willst du meinen Vater belügen und betrügen? Ich fürchte, deine Lage wird ihm noch eher aufgedeckt werden, als wir einen Plan wider ihn ersinnen können; und dann wird er Hand an dich legen. Drum tu mir die Wahrheit kund, und dir soll nichts geschehen, als was dich erfreut! Wenn du mir berichtet hast, wie alles in Wirklichkeit steht, so brauchst du nicht zu fürchten, daß dir ein Leids widerfahre. Wie oft willst du noch behaupten, du seiest ein Kaufmann und ein Besitzer von Reichtümern und hättest eine Karawane? Seit langer Zeit schon sagst du immer: ‚Mein Gepäck, mein Gepäck!' Doch von deinem Gepäck ist uns noch keine Kunde gekommen, und auf deinem Antlitz ist deshalb die Sorge zu sehen. Wenn also deine Worte nicht der Wahrheit entsprechen, so tu es mir kund; und ich werde dir einen Plan ersinnen, durch den du dich retten sollst, so Gott will.' Da sprach er zu ihr: ‚Meine Gebieterin, ich will dir die Wahrheit sagen, und dann tu du, was du willst!' ‚So sprich denn,' erwiderte sie, ‚und bleib bei der Wahrheit; denn die Wahrheit ist ein Rettungsboot; hüte dich vor der Lüge, denn sie bringt dem Lügner Schande, und wie vortrefflich ist der Mann, der da sprach:

> Sei du ein Mann, der stets die Wahrheit nur bekennt,
> Wenn dich die Wahrheit auch durch Feuers Drohung brennt!
> Such Gottes Beifall; denn der größte Tor der Welt
> Ist, wer den Herrn erzürnet und dem Knecht gefällt!'

Nun bekannte er: ‚Vernimm denn, meine Herrin, ich bin kein Kaufmann, und ich habe keine Karawane, noch auch sonst irgend etwas. Ich war in meiner Heimat nur ein Schuhflicker, und ich hatte eine Frau, die heißt Fâtima das Scheusal; mit der ist es mir soundso ergangen.' Und so erzählte er ihr die Geschichte von Anfang bis zu Ende. Lächelnd sprach sie darauf: ‚Du bist wirklich erfahren in der Kunst des Lügens und Betrügens!' Er aber sagte: ‚Meine Gebieterin, Allah der Erhabene lasse dich lang am Leben bleiben, um Fehler zu verhüllen und Sorgen zu vertreiben!' Dann fuhr sie fort: ‚Bedenke, du hast meinen Vater betrogen und durch dein vieles Prahlen getäuscht, so daß er mich in seiner Habgier mit dir vermählte; ferner hast du sein Geld vergeudet, und deswegen hegt der Wesir Argwohn gegen dich. Wie oft hat er über dich mit meinem Vater geredet und gesagt: ‚Er ist ein Betrüger und Belüger!' Doch mein Vater wollte nicht auf seine Worte hören, weil er sich einmal um mich beworben hat und ich nicht damit einverstanden gewesen bin, daß er mein Gatte und ich seine Gemahlin werden sollte. Nun ist die Zeit aber zu lang geworden, und mein Vater ist besorgt und hat mir gesagt, ich solle dich zum Geständnis bringen. Ich habe dich zum Geständnis gebracht, und das Verborgene ist offenbar geworden. Mein Vater hat nun Schlimmes mit dir im Sinn; aber du bist mein Gatte, und ich will mich nicht an dir vergehen. Wenn ich meinem Vater berichte, was du mir gesagt hast, so hat er die Sicherheit, daß du ein Betrüger und Belüger bist, daß du Königstöchter betrügst und königliche Schätze vergeudest; und dann wird deine Schuld bei ihm keine Vergebung finden, sondern er wird dich hinrichten lassen, das ist gewiß. Dann wird es aber auch unter dem Volke ruchbar werden, daß ich mit einem Manne vermählt wurde, der ein Betrüger und Belüger ist, und das wäre eine Schande für mich. Wenn mein Vater dich hat töten lassen, so wird er mich vielleicht mit einem anderen vermählen wollen, und das wäre etwas, in das ich nie willigen würde, auch wenn ich sterben müßte. Doch jetzt mache dich auf, lege die Gewandung eines Mamluken an, nimm fünfzigtausend Dinare von meinem Gelde mit dir und besteig ein Roß; dann begib dich in ein Land, in das meines Vaters Herrschaft nicht reicht! Dort werde Kaufmann; und dann schreib mir einen Brief und sende ihn mit einem Boten, der insgeheim zu mir kommen soll, damit ich weiß, in welchem Lande du bist, und dir alles senden kann, was meine Hand erreicht! So wird dein Gut sich mehren; und wenn mein Vater stirbt, will ich zu dir schicken, und du sollst wiederkommen, geachtet und geehrt. Wenn aber einer von uns beiden, ich oder du, zur Barmherzigkeit Allahs des Erhabenen eingeht, so wird die Auferstehung uns vereinen. Dies ist der beste Plan; und solange wir beide am Leben bleiben, will ich nie ablassen, dir Botschaften und Gelder zu senden. Also mache dich auf, ehe der Tag sich über dir erhebt und Ratlosigkeit dich bedrängt und das Verderben sich auf dich niedersenkt!' ,Ach, meine Gebieterin,' rief er, ,ich flehe dich an, gewähre mir zum Abschied die Gunst deiner Umarmung!' Sie antwortete: ,Das mag gern geschehen.' Nachdem er bei ihr geruht und sich gewaschen hatte, legte er die Gewandung eines Mamluken an und befahl den Stallknechten, ihm einen edlen Renner zu satteln. Da sattelten sie ihm ein Roß, und er nahm Abschied von seiner Gattin und ritt gegen Ende der Nacht zur Stadt hinaus. Wie er so dahinzog, glaubte ein jeder, der ihn sah, er sei einer von den Mamluken des Sultans, der fortritt, um einen Auftrag auszuführen. Am nächsten Morgen begaben sich der König und der Wesir in das Wohngemach; der König sandte nach seiner Tochter, und sie kam wieder hinter den Vorhang. Dann fragte ihr Vater sie: ,Meine Tochter, was hast du zu sagen?' Und sie antwortete: ,Ich habe zu sagen: Allah schwärze das Antlitz deines Wesirs, denn der hat mein Antlitz vor meinem Gatten schwärzen wollen!' ,Wie denn das?' fragte er weiter; und sie fuhr fort: ,Er kam gestern abend zu mir, und ehe ich noch mit ihm über diese Sache sprechen konnte, trat plötzlich der Eunuch Faradsch zu mir herein, mit einem Brief in der

Hand, und sprach: ‚Siehe, es stehen zehn Mamluken unter dem Fenster des Schlosses; die haben mir diesen Brief gegeben und gesagt: ‚Küsse unserem Herrn, dem Kaufmann Ma'rûf, die Hand für uns und gib ihm diesen Brief; wir gehören zu den Mamluken, die bei der Karawane sind, und es ist uns berichtet worden, daß er sich mit der Tochter des Königs vermählt hat; und wir sind gekommen, um ihm zu melden, was uns unterwegs widerfahren ist.' Da nahm ich den Brief, und als ich ihn las, erkannte ich darin das Folgende: ‚Von den fünfhundert Mamluken an Seine Hoheit, unsern Herrn, den Kaufmann Ma'rûf. Des ferneren: Wir tun dir kund, daß nach deinem Fortgehen die Beduinen uns überfielen und angriffen. Es waren ihrer zweitausend Reiter, während wir doch nur fünfhundert Mamluken waren. Zwischen uns und den Beduinen entspann sich ein heftiger Kampf; sie verlegten uns den Weg, und wir mußten dreißig Tage lang wider sie streiten. Und dies ist der Grund unseres Ausbleibens.' – –«

Da bemerkte Schehrezâd, daß der Morgen begann, und sie hielt in der verstatteten Rede an. Doch als die *Neunhundertundfünfundneunzigste Nacht* anbrach, fuhr sie also fort: »Es ist mir berichtet worden, o glücklicher König, daß die Prinzessin zu ihrem Vater sprach: ‚Mein Gatte erhielt einen Brief von seinem Gefolge, der also schloß: ‚Die Araber verlegten uns den Weg; und dies ist der Grund unseres Ausbleibens. Sie haben uns zweihundert Lasten Stoffe von dem Gepäck geraubt und fünfzig Mamluken getötet.' Als diese Nachricht meinen Gatten erreichte, rief er: ‚Allah mache sie zuschanden! Wie konnten sie mit den Beduinen wegen zweihundert Warenlasten streiten? Was bedeuten denn zweihundert Lasten? Um deren willen hätten sie nicht so lange ausbleiben dürfen; denn der Wert von zweihundert Lasten ist doch nur siebentausend Dinare! Aber ich muß jetzt zu ihnen reiten und sie zur Eile antreiben. Was die Araber ihnen geraubt haben, das wird in dem Gepäck nicht vermißt werden, und das macht bei mir nichts aus; ich nehme an, ich hätte es ihnen als Almosen geschenkt.' Dann eilte er lächelnd fort von mir, ohne darum bekümmert zu sein, daß ihm das Gut verloren gegangen war und daß seine Mamluken getötet waren. Und als er hinabgeeilt war, schaute ich aus dem Fenster des Schlosses, und da erblickte ich die zehn Mamluken, die ihm den Brief gebracht hatten; sie waren schön wie Monde, und ein jeder von ihnen trug ein Gewand, das zweitausend Dinare wert war, ja, mein Vater hat keinen Mamluken, der einem von ihnen gliche. Darauf zog er mit den Mamluken fort, die ihm das Schreiben überbracht hatten, und er will sein Gepäck holen. Preis sei Allah, der mich davor bewahrt hat, ihm etwas von dem zu sagen, was du mir befohlen hast; denn sonst hätte er meiner und deiner gespottet! Vielleicht hätte er sogar mich mit dem Auge der Geringschätzung angesehen und eine Abneigung gegen mich gewonnen. Das ist alles die Schuld deines Wesirs, der wider meinen Gatten Worte redete, die sich nicht geziemen.' Da sagte der König: ,Liebe Tochter, der Reichtum deines Gatten ist unermeßlich, und er achtet seiner nicht; seit dem Tage, an dem er in unsere Stadt einzog, hat er immer nur Almosen an die Armen gegeben. So Gott will, wird er bald mit der Karawane kommen, und dann werden wir durch ihn viel Gut gewinnen. So tröstete er seine Tochter; den Wesir aber schalt er. Und so war die List an ihm gelungen.

Wenden wir uns von dem König wieder zu dem Kaufmann Ma'rûf! Der ritt auf dem Rosse dahin und zog durch die öde Wüste, ratlos und ohne zu wissen, in welches Land er sich begeben sollte. Dabei klagte er im Schmerz über die Trennung;

Sehnsucht und Liebespein bedrängten ihn schwer, und er sang
diese Verse vor sich her:

> *Ach, die Zeit zerriß und trennte unser traut Zusammensein;*
> *Und das Herz zerschmilzt und steht in Flammen ob der grausen Pein.*
> *Trennung von der Liebsten qualt mich, daß im Aug die Tränen stehn.*
> *Ja, dies ist die bittre Trennung! Ach, wann kommt das Wiedersehn?*
> *O du, deren Antlitz strahlet gleich dem Mond am Himmelspfad,*
> *Ich bin der, dem deine Liebe ganz das Herz zerrissen hat.*
> *Hatte ich doch keine Stunde jemals nur bei dir geweilt!*
> *Hatte doch nach trautem Nahsein mich das Elend nicht ereilt!*
> *Ewig sieht Ma'rûf in Dunja[1] seiner Sehnsucht höchstes Ziel;*
> *Moge sie noch leben, wenn er seiner Lieb zum Opfer fiel!*
> *O du, deren strahlend Leuchten nur die helle Sonne kennt,*
> *Nah dich einem Herzen, das nach Liebe und nach Güte brennt!*
> *Bringt uns wohl das Schicksal einstens wieder ein Zusammensein?*
> *Wird es uns in Zukunft doch noch Wiedersehn und Freude leihn?*
> *Wird der Liebsten Schloß in Freuden uns umschließen wie zuvor?*
> *Und umschließ ich mit den Armen jenes Reis, das ich verlor?[2]*
> *O du schönes Mondenantlitz, gleich der Sonne strahlend klar,*
> *Mögen dir im Antlitz deine Reize strahlen immerdar!*
> *Ach, ich bin ja schon zufrieden mit der Lieb und ihrer Qual;*
> *Denn das Glück der Liebe ist doch Ziel des Unglücks allzumal.*

Als er seine Verse beendet hatte, weinte er bitterlich; denn die
Wege waren vor ihm verschlossen, und er wollte lieber den
Tod erstreben als noch weiterleben. Dann zog er seines Weges
dahin, wie trunken vor dem Übermaß der Verstörung, und
immer weiter ritt er bis zur Mittagszeit; da kam er zu einem
kleinen Flecken, und dort in der Nähe sah er einen Landmann,
der mit zwei Stieren pflügte. Weil der Hunger ihn quälte, ritt
er auf den Pflüger zu und sprach zu ihm: ‚Friede sei mit Euch!‘
Der Mann erwiderte seinen Gruß und fügte hinzu: ‚Willkom-

---

1. Nur hier wird der Name der Prinzessin genannt. – 2. Wörtlich: ‚das
Reis der Hügel‘; das ist ‚das Reis, das den Hügel schmückt‘; gemeint ist
natürlich die Geliebte.

men, mein Herr! Bist du einer von den Mamluken des Sultans?' ‚Jawohl', erwiderte Ma'rûf; und jener fuhr fort: ‚So steig bei mir zur Mahlzeit ab!' Ma'rûf sah, daß jener ein freigebiger Mann war, doch er sprach zu ihm: ‚Bruder, ich sehe nichts bei dir, womit du mich speisen könntest. Wie kommt es, daß du mich einlädst?' Der Bauer antwortete: ‚Das Gute ist vorhanden; steig nur ab! Siehe, der Flecken ist nahe, und ich will eilen und ein Mittagsmahl für dich und Futter für das Pferd holen.' Nun sagte Ma'rûf: ‚Da der Flecken nahe ist, so kann ich doch ebenso rasch hineilen wie du und mir im Basar kaufen, was ich brauche, und essen.' Doch der Bauer erwiderte: ‚Mein Herr, der Flecken ist nur ein kleines Dorf, und dort gibt es keinen Basar; man kann weder kaufen noch verkaufen. Ich bitte dich um Allahs willen, steig hier bei mir ab und mache mir die Freude; ich will dorthin eilen und rasch zu dir zurückkehren!' So stieg er denn ab, während der Bauer ihn verließ und ins Dorf eilte, um ein Mittagsmahl für ihn zu holen. Nachdem Ma'rûf sich niedergesetzt hatte, um zu warten, sprach er bei sich: ‚Jetzt haben wir diesen armen Mann von seiner Arbeit abgehalten. Ich will doch hingehen und für ihn pflügen, bis er kommt, um es ihm zu vergelten, daß ich ihn von seiner Arbeit fernhalte.' Dann nahm er den Pflug in die Hand und trieb die Stiere an; kaum hatte er ein wenig gepflügt, da stieß die Pflugschar an etwas, und die Tiere blieben stehen. Er trieb sie wieder an, aber sie konnten sich nicht bewegen. Wie er nun nach der Pflugschar schaute, sah er, daß sie sich in einem goldenen Ring gefangen hatte. Rasch grub er die Erde davon beiseite, und da fand er, daß jener Ring sich mitten an einer Marmorplatte befand, die von der Größe eines unteren Mühlsteines war. Dann zog er an dem Steine, bis er ihn von seiner Stelle fortbewegt hatte, und da zeigte sich unter ihm eine Höhle mit Treppenstufen. Er stieg die Stufen hinab und entdeckte nun einen Raum, gleich der Halle eines Bades, mit vier Estraden. Die erste Estrade war vom Boden bis zur Decke mit Gold gefüllt; die zweite war angefüllt mit Smaragden und Perlen und Korallen, gleichfalls vom Boden bis zur Decke; die dritte war voll von Hyazinthen, Ballasrubinen und Türkisen, und die vierte voll von Diamanten und anderen wertvollen Edelsteinen jeglicher Art. Am oberen Ende dieses Raumes aber stand eine Truhe aus klarem Kristall, und die war voll von einzigartigen Juwelen, deren jedes so groß wie eine Walnuß war; und auf der Truhe lag ein kleines goldenes Kästchen von der Größe einer Zitrone. Als er das erblickte, staunte er und freute sich über die Maßen; und er rief: ‚Was mag wohl in diesem Kästchen sein?‘ Dann öffnete er es und fand darin einen goldenen Siegelring, auf dem Zaubernamen und Talismane eingegraben waren, die wie Ameisenspuren aussahen. Er rieb den Ring, und siehe, da sprach eine Stimme: ‚Zu Diensten, zu Diensten, mein Gebieter! Verlange, und es wird dir gegeben! Willst du einen Ort bevölkern oder eine Stadt zerstören? Willst du einen König töten oder einen Fluß graben lassen oder sonst etwas dergleichen? Was du nur verlangst, wird rasch zustande gebracht durch die Erlaubnis des Königs der Macht, des Schöpfers von Tag und Nacht.‘ Ma'rûf fragte ihn: ‚O Geschöpf des Herrn, wer bist du, und was bist du?‘ Jener antwortete: ‚Ich bin der Diener dieses Ringes, und ich stehe im Dienste dessen, der ihn besitzt. Welchen Wunsch er auch immer ausspricht, den erfülle ich ihm, und ich kann mich dem nicht entziehen, was er mir befiehlt. Ich bin Sultan über die Geisterwächter, und meine Heerschar besteht aus zweiundsiebenzig Stämmen, von denen ein jeder zweiundsiebenzigtausend Mann zählt. Je einer von den tausend herrscht über tausend Mârids, jeder Mârid gebietet über tausend Wächter; jeder Wächter ist Herr über tausend Satane; und jedem Satan sind tausend Dämonen untertan. Sie alle stehen unter meiner Herrschaft, und sie wagen es nicht, mir zuwiderzuhandeln. Ich aber bin durch einen Zauber an diesen Ring gebunden und darf dem nicht ungehorsam sein, der ihn besitzt. Siehe, jetzt besitzt du ihn, und ich bin dein Diener geworden. Verlange also, was du willst, ich höre auf dein Wort und gehorche deinem Befehl! Und wenn du mich zu irgendeiner Zeit nötig hast, zu Wasser oder zu Lande, so reibe den Ring, und du wirst mich bei dir finden. Doch hüte dich, ihn zweimal nacheinander zu reiben; denn sonst wirst du mich verbrennen durch die Feuergewalt der Zaubernamen und mich verlieren und hernach um mich trauern! Jetzt habe ich dich mit meinem Wesen bekannt gemacht. Und das ist alles.' – –«

Da bemerkte Schehrezâd, daß der Morgen begann, und sie hielt in der verstatteten Rede an. Doch als die *Neunhundertundsechsundneunzigste Nacht* anbrach, fuhr sie also fort: »Es ist mir berichtet worden, o glücklicher König, daß der Kaufmann Ma'rûf, nachdem der Diener jenes Ringes ihn mit seinem Wesen bekannt gemacht hatte, ihn fragte: ‚Wie heißest du?' Der Dämon erwiderte: ‚Mein Name ist Abu es-Sa'adât.'[1] Darauf sagte Ma'rûf zu ihm: ‚O Abu es-Sa'adât, was für eine Stätte ist dies? Und wer hat dich durch Zauber an dies Kästchen gebunden?' ‚Mein Gebieter,' gab jener zur Antwort, ‚diese Stätte ist ein Schatz, genannt der Schatz von Schaddâd ibn 'Âd, dem Manne, der Iram erbaute, die ragende Säulenstadt, die im Lande nicht ihresgleichen hat.[2] Ich war sein Diener zu seinen Lebzeiten, und dies ist sein Siegelring, den er in

1. Vater der Glückseligkeiten. – 2. Vgl. Koran, Sure 89, Vers 6 und 7.

seine Schatzhöhle legte; aber jetzt ist er dir zuteil geworden.'
Weiter fragte Ma'rûf ihn: ‚Kannst du das, was sich in diesem
Hort befindet, an die Oberfläche der Erde schaffen?' ‚Jawohl,
das ist so leicht wie nur möglich', erwiderte der Geist; und
Ma'rûf befahl: ‚So schaffe denn alles, was sich hier befindet,
hinaus, und laß nichts davon zurück!' Da machte der Geist
mit seiner Hand ein Zeichen nach der Erde hin, und die spaltete sich; dann stieg er hinab und blieb eine kleine Weile fort.
Doch alsbald kamen junge Knaben voller Anmut und schön
von Angesicht hervor; die trugen goldene Körbe, und jene
Körbe waren voll von Gold. Nachdem sie die ausgeleert hatten, gingen sie wieder fort und brachten andere; und so fuhren
sie fort, das Gold und die Juwelen heraufzuschaffen, und ehe
noch eine Stunde vergangen war, sprachen sie: ‚Es ist nichts
mehr im Schatz geblieben.' Dann kam auch Abu es-Sa'adât
wieder herauf zu Ma'rûf und sprach zu ihm: ‚Mein Gebieter,
du siehst, daß wir alles, was in dem Schatze war, heraufgebracht haben.' Nun fragte der Schuhflicker: ‚Wer sind diese
schönen Knaben?' Und der Geist antwortete: ‚Dies sind meine
Söhne. Denn diese Arbeit verdiente es nicht, daß ich die Geisterwächter für sie berief; deshalb haben meine Söhne deinen
Wunsch erfüllt, und die fühlen sich geehrt, daß sie dir dienen
konnten. Verlange, was du sonst noch begehrst!' Darauf sagte
Ma'rûf zu ihm: ‚Kannst du mir Maultiere und Truhen verschaffen, diese Schätze in die Truhen tun und die Truhen auf
die Maultiere laden?' ‚Das ist so leicht wie nur möglich', erwiderte der Geist und stieß einen lauten Schrei aus. Da traten
seine Söhne wieder vor ihn hin, achthundert an der Zahl, und
er sprach zu ihnen: ‚Die einen von euch sollen sich in die Gestalt von Maultieren verwandeln, andere in die Gestalt von
schönen Mamluken, und der Geringste unter ihnen soll so

sein, daß seinesgleichen nicht bei irgendeinem König zu finden ist! Andere von euch sollen die Gestalt von Maultiertreibern annehmen, und noch andere die Gestalt von Dienern!' Sie taten, wie er ihnen befohlen hatte; siebenhundert von ihnen verwandelten sich in Maultiere für die Lasten und die übrigen hundert in das Gefolge. Dann berief er die Geisterwächter, und nachdem sie vor ihm erschienen waren, befahl er ihnen, ein Teil von ihnen solle sich in die Gestalt von Pferden verwandeln, gesattelt mit goldenen und juwelenbesetzten Sätteln. Wie Ma'rûf das sah, fragte er: ,Wo sind die Truhen?' Man brachte sie vor ihn. Darauf sprach er: ,Tut das Gold und die Edelsteine hinein, jede Art für sich!' Da füllten sie die Truhen und luden sie auf die dreihundert Maultiere. Nun fragte Ma'rûf: ,O Abu es-Sa'adât, kannst du mir Lasten von kostbaren Stoffen bringen?' Doch jener entgegnete: ,Willst du ägyptische Stoffe oder syrische oder persische oder indische oder griechische?' Ma'rûf erwiderte: ,Bringe Stoffe aus allen Ländern, je hundert Lasten auf hundert Maultieren!' ,Mein Gebieter,' sagte darauf der Geisterfürst, ,gewähre mir eine Frist, damit ich meine Geisterwächter dafür bestelle, so daß auf meinen Befehl ein jeder Stamm in ein anderes Land gehen kann, um hundert Lasten Stoffe zu bringen; die Wächter sollen sich in Maultiere verwandeln und mit den Waren beladen hierher kommen.' ,Wie lange soll die Zeit der Frist dauern?' fragte Ma'rûf; und der Geist antwortete: ,Die Zeit des nächtlichen Dunkels; ehe der Tag graut, soll alles bei dir sein, was du wünschest.' ,Diese Frist gewähre ich dir', sagte Ma'rûf; und dann befahl er, man solle ihm ein Zelt aufschlagen. Nachdem das errichtet war, setzte er sich hinein, und man brachte ihm einen Tisch mit Speisen. Darauf sprach Abu es-Sa'adât zu ihm: ,Mein Gebieter, bleib in dem Zelte sitzen! Meine Söhne hier vor dir werden dich bewachen, und du brauchst nichts zu befürchten. Ich will inzwischen meine Wächter versammeln und sie entsenden, damit sie deinen Wunsch erfüllen.' So ging denn Abu es-Sa'adât seiner Wege, während Ma'rûf im Zelte sitzen blieb, vor sich den Tisch und bewacht von den Söhnen des Geisterfürsten, die als Mamluken, Eunuchen und Diener verkleidet waren. Und wie er so dasaß, kam plötzlich der Bauersmann, der eine große Schüssel voll Linsen und einen Futtersack voll Gerste trug. Als der das Zelt aufgeschlagen und die Mamluken dastehen sah, ihre Arme auf der Brust gekreuzt, dachte er, der Sultan sei gekommen und habe an jener Stätte halt gemacht, und er blieb erschrocken stehen, indem er bei sich selber sprach: ‚Hätte ich doch nur für den Sultan zwei junge Hühner geschlachtet und sie in Kuhbutter gebraten!' Schon wollte er umkehren, um die beiden Hühner zu schlachten und den Sultan damit zu bewirten, da erblickte Ma'rûf ihn und rief ihm zu; und sogleich befahl er den Mamluken: ‚Bringt ihn her!' Sie holten ihn samt der Schüssel voll Linsen und führten ihn vor Ma'rûf; der sprach zu ihm: ‚Was ist das?' Und der Bauer gab zur Antwort: ‚Das ist dein Mittagsmahl und Futter für dein Pferd. Sei mir nicht böse; ich wußte nicht, daß der Sultan hierher kommen würde! Hätte ich das gewußt, so hätte ich zwei junge Hühner für ihn geschlachtet und ihn mit einer guten Mahlzeit bewirtet.' Darauf sagte Ma'rûf: ‚Der Sultan ist nicht gekommen. Ich bin sein Eidam, und ich hatte mich mit ihm erzürnt. Aber jetzt hat er seine Mamluken zu mir gesandt, und sie haben mich mit ihm ausgesöhnt; darum will ich nun zur Hauptstadt zurückkehren. Doch da du diese Mahlzeit für mich hergerichtet hast, ohne mich zu kennen, will ich sie gern annehmen, auch wenn sie aus Linsen besteht, und ich will nur von deiner Speise essen.' So befahl er ihm denn,

613

die Schüssel mitten auf den Tisch zu setzen, und er aß davon, bis er gesättigt war, während der Bauer sich den Wanst mit jenen kostbaren Gerichten füllte. Darauf wusch Ma'rûf sich die Hände und gab den Mamluken Erlaubnis zu essen; die fielen denn auch über den Rest des Mahles her und aßen. Nachdem die Schüssel geleert war, füllte er sie dem Bauer mit Gold und sprach zu ihm: ‚Bring sie in deine Wohnung und komm zu mir in die Stadt; dort will ich dir Ehre erweisen!' Jener nahm die Schüssel voll Gold, trieb die Stiere an und begab sich ins Dorf, indem er sich selbst für den Eidam des Königs hielt. Ma'rûf aber verlebte jene Nacht herrlich und in Freuden; man brachte ihm Mädchen von den Bräuten des Schatzes[1], und die spielten Musikinstrumente und tanzten vor ihm, so daß er eine Nacht verbrachte, wie sie nicht zum Leben der Sterblichen zu rechnen ist. Als es wieder Morgen ward, da trat, ehe er sich dessen versah, eine Staubwolke hervor und wirbelte hoch in die Luft empor; dann erschienen unter ihr Maultiere, die Lasten trugen, und es waren siebenhundert Tiere, die mit Stoffen beladen und von Treibern, Packknechten und Fackelträgern umgeben waren. Abu es-Sa'adât aber ritt auf einer Maultierstute, als Karawanenführer verkleidet; und vor ihm her ward eine Sänfte getragen mit vier Eckzieraten aus glitzerndem, rotem Golde, die mit Edelsteinen besetzt waren. Als er vor dem Zelte ankam, stieg er vom Rücken des Maultiers ab, küßte den Boden und sprach: ‚Mein Gebieter, der Auftrag ist voll und ganz erfüllt, und in dieser Sänfte liegt eine kostbare Gewandung, derengleichen sich unter den Kleidern der Könige nicht findet. Leg sie an, steig in die Sänfte und befiehl uns, was du wünschest!' Ma'rûf erwiderte ihm: ‚O Abu es-Sa'adât, ich will dir einen Brief schreiben, den du in

1. Geisterjungfrauen, die verborgene Schätze hüten.

die Stadt Ichtijân[1] el-Chotan bringen sollst; geh dort zu meinem Schwiegervater, dem König, aber tritt vor ihn nicht anders als in der Gestalt eines sterblichen Boten.' ‚Ich höre und gehorche!' gab der Geist zur Antwort; und dann schrieb Ma'rûf einen Brief und versiegelte ihn. Abu es-Sa'adât nahm ihn und eilte mit ihm fort, bis er zum König eintrat; er fand ihn, wie er gerade sprach: ‚O Wesir, mein Herz ist um meinen Eidam besorgt, und ich fürchte, die Beduinen werden ihn töten. Ach, wüßte ich doch nur, wohin er geritten ist, damit ich ihm mit den Truppen folgen könnte! Hätte er es mir doch nur gesagt, ehe er fortritt!' Doch der Wesir entgegnete ihm: ‚Allah sei dir gnädig in dieser Sorglosigkeit, die dich umfängt! Bei deinem Haupte, der Mann hat gemerkt, daß wir Verdacht gegen ihn geschöpft hatten, und da er sich vor der Entlarvung fürchtete, ist er geflohen. Er ist nur ein Betrüger und Belüger!' In diesem Augenblick trat der Bote ein, küßte den Boden vor dem König und wünschte ihm langes Leben und Dauer des Ruhms und des Glücks. Der König fragte ihn: ‚Wer bist du? Und was ist dein Anliegen?' ‚Ich bin ein Bote,' erwiderte jener, ‚dein Eidam sendet mich zu dir; er kommt mit der Karawane und hat mich mit einem Schreiben an dich voraufgeschickt; hier ist es.' Da nahm der König den Brief und las ihn und fand darin das Folgende geschrieben: ‚Viele Grüße zuvor an unseren Schwiegervater, den glorreichen König! Siehe, ich komme mit der Karawane; drum mache dich auf und zieh mir mit den Truppen entgegen!' Nun rief der König: ‚Allah schwärze dein Gesicht, o Wesir! Wie oft willst du die Ehre meines Eidams angreifen und ihn zu einem Belüger und Betrüger machen? Jetzt ist er mit der Karawane gekommen, und du bist weiter nichts als ein Verräter.' Da ließ der Wesir den

1. Hier im Arabischen ‚Chitân'; vgl. oben Seite 583, Anmerkung.

Kopf zu Boden hängen, beschämt und betroffen, und er sprach: ‚O größter König unserer Zeit, ich habe dies nur gesagt, weil die Karawane so lange ausblieb, und weil ich fürchtete, all das Geld, das er ausgegeben hat, wäre verloren.‘ Doch der König rief von neuem: ‚Du Verräter, was ist mein Gut? Da die Karawane gekommen ist, wird er es mir in Hülle und Fülle ersetzen.‘ Darauf befahl der König, die Stadt zu schmücken, und begab sich zu seiner Tochter und sprach zu ihr: ‚Frohe Botschaft! Dein Gatte wird bald mit der Karawane kommen; er hat mir einen Brief des Inhalts geschickt, und jetzt will ich ihm entgegenziehn.‘ Die Prinzessin wunderte sich über diese Wendung der Dinge, und sie sprach bei sich: ‚Dies ist doch ein seltsam Ding! Wollte er meiner spotten und sich über mich lustig machen, oder wollte er mich auf die Probe stellen, als er mir sagte, er sei arm? Doch Preis sei Allah, daß ich meine Pflicht gegen ihn nicht versäumt habe!‘

Wenden wir uns nun von Maʿrûf einmal wieder zu dem Kaufmann ʿAlî aus Kairo! Als der sah, daß die Stadt geschmückt wurde, fragte er nach der Ursache; und man erwiderte ihm: ‚Die Karawane des Kaufmanns Maʿrûf, des Eidams des Königs, ist eingetroffen.‘ ‚Allah ist der Größte,‘ rief ʿAlî, ‚was ist das für ein Unheil! Er kam zu mir auf der Flucht vor seiner Frau und war arm! Woher hat er jetzt eine Karawane? Doch vielleicht hat die Tochter des Königs einen Plan für ihn ersonnen aus Furcht vor der Entlarvung; und Königen ist nichts unmöglich. Möge Allah der Erhabene ihn behüten und nicht in Schande geraten lassen!‘ – –«

Da bemerkte Schehrezâd, daß der Morgen begann, und sie hielt in der verstatteten Rede an. Doch als die *Neunhundertundsiebenundneunzigste Nacht* anbrach, fuhr sie also fort: »Es ist mir berichtet worden, o glücklicher König, daß der Kaufmann

'Alî, als er wegen der Ausschmückung der Stadt gefragt und den Grund erfahren hatte, für Ma'rûf betete, indem er sprach: ‚Allah behüte ihn und lasse ihn nicht in Schande geraten!' All die anderen Kaufleute aber waren froh und vergnügt, weil sie nun ihr Geld wiederbekommen sollten. Dann versammelte der König die Truppen und zog hinaus, während Abu es-Sa'adât zu Ma'rûf zurückkehrte und ihm berichtete, daß die Botschaft überbracht war. Da befahl Ma'rûf: ‚Ladet auf!' Und als sie aufgeladen hatten, legte er die kostbare Gewandung an und stieg in die Sänfte und war nun tausendmal prächtiger und majestätischer als der König. Nachdem er den halben Weg zurückgelegt hatte, siehe, da kam ihm der König mit den Truppen entgegen; als er ihn erreichte, sah er ihn in der Sänfte sitzen, mit jenem Gewand bekleidet, und er warf sich auf ihn und begrüßte ihn und wünschte ihm Glück zu seiner Heimkehr. Auch alle Großen des Reiches begrüßten ihn, und es ward kund, daß er die Wahrheit gesprochen hatte und daß kein Falsch an ihm war. Dann kam er in die Stadt in einem solchen Prunkzuge, daß selbst dem Löwen vor Neid die Gallenblase geplatzt wäre; und die Kaufleute eilten zu ihm und küßten den Boden vor ihm. Der Kaufmann 'Alî aber sprach zu ihm: ‚Du hast diesen Streich gespielt, und er ist dir geglückt, du Erzgauner! Aber du verdienst es; möge Allah der Erhabene dir seine Gunst noch mehren!' Da mußte Ma'rûf lachen. Als er dann in den Palast eingezogen war, setzte er sich auf den Thron und rief: ‚Bringt die Lasten Goldes in die Schatzkammer meines Schwiegervaters, des Königs! Die Lasten Tuch aber bringt hierher!' Die Diener brachten sie ihm und begannen, sie zu öffnen, eine Last nach der andern, und ihren Inhalt herauszunehmen, bis sie siebenhundert Lasten ausgepackt hatten. Dann suchte er die schönsten davon aus und befahl: ‚Bringt sie der

Prinzessin; sie möge sie an ihre Sklavinnen verteilen! Nehmt auch diese Truhe voll Juwelen und tragt sie zu ihr hinein; sie möge sie an die Sklavinnen und die Eunuchen verteilen!' Dann überreichte er den Kaufleuten, in deren Schuld er stand, Stoffe als Entgelt für ihre Darlehen, und zwar gab er jedem, der ihm tausend Dinare geliehen hatte, Stoffe im Werte von zweitausend oder mehr. Danach verteilte er Gaben an die Armen und Bedürftigen, während der König selbst zuschaute und ihn nicht zu hindern wagte; unaufhörlich spendete und gab er, bis er die siebenhundert Lasten verteilt hatte. Dann wandte er sich zu den Truppen und verteilte an sie Edelsteine, Smaragde und Hyazinthe, dazu Perlen und Korallen und noch anderen Schmuck, indem er die Juwelen mit vollen Händen hingab, ohne sie zu zählen. Da aber sprach der König zu ihm: ,Mein Sohn, laß es genug sein mit diesen Gaben; es ist ja von der ganzen Karawane nur noch wenig übrig geblieben!' Doch jener entgegnete ihm: ,Ich habe eine Menge.' So war seine Wahrhaftigkeit offenbar geworden, und niemand konnte ihn mehr der Lüge zeihen. Und er achtete nicht darauf, wieviel er verschenkte, da ihm der Diener des Ringes brachte, was er nur immer verlangte. Nun kam auch der Schatzmeister zum König und sprach zu ihm: ,O größter König unserer Zeit, die Schatzkammer ist voll und kann den Rest der Lasten nicht mehr fassen. Wohin sollen wir das tun, was von dem Gold und von den Edelsteinen noch übrig ist?' So wies er ihm denn einen anderen Raum an. Als aber Ma'rûfs Gattin sah, was sich dort begab, wuchs ihre Freude, und sie sprach verwundert bei sich selber: ,Wüßte ich nur, woher ihm all dies Gut zuteil geworden ist!' Ebenso freuten sich auch die Kaufleute über das, was er ihnen gegeben hatte, und sie segneten ihn. Der Kaufmann 'Alî jedoch sprach bei sich in seinem Staunen: ,Wie mag er wohl betrogen und gelogen haben, daß er all diese Schätze in seine Hand bekommen hat! Stammten sie von der Prinzessin, so hätte er sie nicht an die Armen verteilt. Doch wie schön ist das Wort dessen, der da sprach:

> *Wenn der höchste König schenkt,*
> *Sollst du nach dem Grund nicht fragen.*
> *Allah spendet, wem Er will;*
> *Ehrfurchtsvoll sei dein Betragen!*

So viel von ihm! Aber auch der König staunte über die Maßen ob dessen, was er Ma'rûf tun sah, wie er so freigebig und großmütig den Reichtum verschwendete. Schließlich trat Ma'rûf zu seiner Gattin ein, und die empfing ihn mit strahlendem Lächeln und voll Freuden, und nachdem sie ihm die Hand geküßt hatte, sprach sie: ,Wolltest du dich über mich lustig machen oder mich auf die Probe stellen, als du sagtest, du wärest arm und auf der Flucht vor deiner Frau? Doch Preis sei Allah, daß ich meine Pflicht gegen dich nicht versäumt habe! Du bist mein Liebling, und niemand ist mir teurer als du, ob du nun reich oder arm bist. Aber ich möchte doch gern, daß du mir sagst, was du mit jenen Worten im Sinne hattest.' Er gab zur Antwort: ,Ich wollte dich auf die Probe stellen, um zu sehen, ob deine Liebe aufrichtig wäre oder ob sie dem Reichtum gälte und der Gier nach irdischem Gut entsprungen wäre. Doch nun ist es mir offenbar geworden, daß deine Liebe rein ist; und da du wahrhafte Liebe hegst, so sei mir von Herzen willkommen; ich kenne jetzt deinen Wert!' Darauf schloß er sich allein in ein Gemach ein und rieb den Ring; Abu es-Sa'adât erschien vor ihm und sprach zu ihm: ,Zu Diensten! Verlange, was du willst!' Ma'rûf erwiderte: ,Ich wünsche von dir eine kostbare Gewandung für meine Gattin und kostbaren Schmuck, der auch ein Halsband enthält mit vierzig einzigartigen Juwelen.' ‚Ich höre und gehorche!' sprach der Geist und brachte ihm, was er verlangt hatte. Ma'rûf aber nahm die Gewandung und den Schmuck, nachdem er den Diener des Ringes entlassen hatte, und ging wieder zu seiner Gattin, legte beides vor sie hin und sprach zu ihr:‚ Nimm hin und kleide dich; dies sei ein Willkommensgruß für dich!' Als sie das sah, ward sie vor Freuden fast wie von Sinnen; und sie fand unter den Schmuckstücken zwei goldene Fußspangen, die mit Edelsteinen besetzt waren, ein Zauberwerk; ferner Armbänder, Ohrringe und einen Gürtel[1], deren Wert kein Geld bezahlen konnte. So legte sie denn die Gewandung und den Schmuck an und sprach: ‚Mein Gebieter, ich will dies für die Feiertage und die Feste zurücklegen.' Aber er sagte: ‚Trag es nur immer! Ich habe andere in Menge.' Als sie alles angelegt hatte und die Sklavinnen sie erblickten, freuten sie sich und küßten ihm die Hände. Doch er verließ sie wieder und schloß sich ein; dann rieb er den Ring, und als der dienende Geist vor ihm erschien, sprach er zu ihm: ‚Bring mir hundert Gewandungen mit ihrem Schmuck!' ‚Ich höre und gehorche!' erwiderte der Geist und brachte ihm die hundert Gewandungen, in die ihr Schmuck eingehüllt war. Ma'rûf nahm sie und rief die Sklavinnen; nachdem sie zu ihm gekommen waren, gab er einer jeden eine Gewandung. Da legten sie die Gewänder an und sahen nun aus wie die Paradiesesjungfrauen, während die Prinzessin unter ihnen wie der Mond unter den Sternen erstrahlte. Eine der Sklavinnen berichtete dem König davon; und der kam alsbald zu seiner Tochter herein. Doch als er sah, daß sie und ihre Sklavinnen jeden Beschauer blendeten, verwunderte er sich über die Maßen. Dann eilte er wieder hinaus, ließ den Wesir kommen und sprach zu ihm: ‚O Wesir, das-

1. Nach einer anderen Lesart, die nur einen Punkt mehr hat: Nasenring.

und das hat sich begeben; was sagst du zu dieser Sache?' ‚O größter König unserer Zeit,' antwortete er, ‚dies ist nicht die Art von Kaufleuten; ein Kaufmann behält die Linnenstücke jahrelang bei sich und verkauft sie nur mit Gewinn. Wie könnten Kaufleute zu einer Freigebigkeit kommen gleich der, die dieser da beweist? Wie wäre es möglich, daß sie solche Reichtümer besäßen, solche Juwelen, von denen sich sogar bei den Königen nur ein kleiner Teil findet? Wie können sich Lasten davon bei Kaufleuten finden? Dies alles muß einen besonderen Grund haben; und wenn du meinem Rate folgst, so will ich dir offenbar machen, wie es sich damit in Wahrheit verhält.' Der König sagte darauf: ‚Ich will deinem Rate folgen, o Wesir.' Und der Minister fuhr fort: ‚So suche ihn auf, sei freundlich zu ihm und plaudere mit ihm! Dann sprich: ‚Lieber Eidam, ich habe im Sinne, mit dir und dem Wesir, ohne jemand anders, in einen Blumengarten zu gehen, damit wir uns dort vergnügen.' Wenn wir aber in den Garten gekommen sind, wollen wir den Tisch des Weines auftragen lassen, und ich will auf ihn einwirken, daß ich ihm zu trinken gebe. Wenn er den Wein getrunken hat, so wird ihm der Verstand benommen werden, und er wird seiner Sinne nicht mehr Herr sein; dann wollen wir ihn fragen, wie es sich in Wahrheit mit ihm verhält, und er wird uns seine Geheimnisse mitteilen; denn der Wein ist ein Verräter, und vortrefflich war der Mann, der da sprach:

> *Als wir ihn getrunken hatten und er leis gekrochen war*
> *Zu der Heimlichkeiten Stätte, da gebot ich ihm: Halt ein!*
> *Denn mich bangte, seine Strahlen könnten mir verderblich sein*
> *Und den Zechgenossen würde mein Geheimnis offenbar.*

Wenn er uns dann berichtet hat, wie es in Wahrheit um ihn steht, so werden wir wissen, was es mit ihm auf sich hat, und werden mit ihm tun können, was wir wollen und wünschen;

denn ich fürchte für dich die Folgen dieses Treibens, das von ihm ausgeht. Vielleicht wird er gar nach der Herrschaft trachten und die Truppen durch Freigebigkeit und Verschwendung gewinnen, um dich abzusetzen und dir die Herrschaft zu rauben.' ‚Du hast recht', erwiderte ihm der König. – –«

Da bemerkte Schehrezâd, daß der Morgen begann, und sie hielt in der verstatteten Rede an. Doch als die *Neunhundertund-achtundneunzigste Nacht* anbrach, fuhr sie also fort: »Es ist mir berichtet worden, o glücklicher König, daß jener König, als der Wesir ihm seinen Plan ersonnen hatte, zu ihm sprach: ‚Du hast recht.' Und einig in diesem Beschluß verbrachten sie die Nacht. Als es wieder Morgen ward, begab sich der König in das Wohngemach und setzte sich nieder; doch da stürzten plötzlich die Diener und die Stallknechte ganz verstört zu ihm herein. ‚Was hat euch betroffen?' rief er ihnen zu; und sie antworteten: ‚O größter König unserer Zeit, die Stallknechte hatten die Pferde gestriegelt und ihnen und den Maultieren, die das Gepäck gebracht hatten, Futter gegeben; aber heute morgen entdeckten wir, daß die Mamluken die Pferde und die Maultiere gestohlen haben. Wir haben die Ställe durchsucht, doch weder Pferde noch Maultiere gefunden. Und als wir in den Raum der Mamluken eintraten, sahen wir niemanden dort, und wir wissen nicht, wie sie entflohen sind.' Darüber staunte der König; denn er glaubte ja, daß jene Geister wirkliche Pferde und Maultiere und Mamluken wären, und er ahnte nicht, daß sie die Geisterwächter des Dieners des Ringes waren. Darum fuhr er die Leute an: ‚Ihr Verfluchten, wie konnten tausend Tiere und fünfhundert Mamluken und dazu noch andere Diener entfliehen, ohne daß ihr etwas davon gemerkt habt?' Sie gaben nur zur Antwort: ‚Wir wissen nicht, was mit uns geschehen ist, daß sie fortlaufen konnten!' Darauf sagte der König: ‚Geht, und wenn euer Herr aus dem Harem kommt, so teilt es ihm mit!‘ So gingen sie denn fort von dem Angesichte des Königs und setzten sich ratlos nieder. Und wie sie so dasaßen, trat Ma'rûf aus dem Harem heraus und sah sie in ihrer Kümmernis. Da fragte er sie: ‚Was gibt es?‘ Und sie berichteten ihm, was geschehen war. Er aber rief: ‚Was sind sie wert, daß ihr über sie bekümmert seid? Geht eurer Wege!‘ Dann setzte er sich lächelnd, ohne über dies Geschehnis erzürnt oder bekümmert zu sein. Da schaute der König dem Wesir ins Angesicht und sprach: ‚Was ist das für ein Mensch, für den der Reichtum keinen Wert hat? Das muß doch sicher einen eigenen Grund haben!‘ Dann plauderten sie eine Weile mit ihm, und nun hub der König an: ‚Lieber Eidam, ich habe im Sinne, mit dir und dem Wesir in einen Blumengarten zu gehen, um uns dort zu vergnügen. Was sagst du dazu?‘ ‚Das mag gern sein‘, erwiderte Ma'rûf, und so gingen sie denn fort und begaben sich in einen Garten, in dem allerlei Fruchtbäume paarweise standen, wo die Bächlein sprangen und die Bäume sich hoch in die Lüfte schwangen und die Vögelein sangen. Sie traten dort in ein Gartenhaus, das die Herzen von allem Kummer befreite, und setzten sich zum Plaudern nieder. Der Wesir erzählte seltsame Geschichten und unterhielt sie mit lustigen Berichten und heiteren Gedichten, und Ma'rûf lauschte auf das Geplauder, bis die Zeit des Mittagsmahles kam. Da brachte man den Speisetisch herein und auch den Krug mit Wein. Nachdem sie gegessen und ihre Hände gewaschen hatten, füllte der Wesir den Becher und reichte ihn dem König, der trank ihn aus. Dann füllte der Wesir einen zweiten und sprach zu Ma'rûf: ‚Nimm den Becher, mit dem Tranke vollgeschenkt, vor dem der Verstand in Ehrfurcht den Nacken senkt!‘ ‚Was ist das, o Wesir?‘ fragte Ma'rûf; und jener gab zur Antwort: ‚Dies ist die Maid im grauen Haar, die lange als Jungfer behütet war, die dem Herzen die Freude bringt, wie denn der Dichter von ihr singt:

> Trutz'ger fremder Heiden Füße traten auf ihn rings umher;[1]
> An den Häuptern von Arabiens Söhnen rächte er sich schwer.
> Ihn kredenzt ein Sohn der Heiden, der ein Mond im Dunkel ist,
> Und in seinen Blicken lauert der Verführung starke List.[2]

Und wie vortrefflich war der Mann, der da sprach:

> Es ist, als sei der Wein und seines Bechers Träger,
> Wenn er den Zechgenossen naht und ihn kredenzt,
> Die Morgensonne, die da tanzt[3] und deren Antlitz
> Der Mond des Dunkels mit den Zwillingssternen kränzt.
> Er ist so fein und zart und seine Art so lind,
> Daß er gleichwie die Seele durch die Glieder rinnt.

Wie schön ist auch das Dichterwort:

> Der schöne Vollmond ruhte nachts in meinen Armen,
> Indes die Sonne mir am Becherhimmel schwand.
> Ich schaute immer, wie das Feuer, dem die Perser
> Sich beugen, mir sich beugte von des Kruges Rand.

Ein anderer sprach:

> Er fließet durch die Glieder hin,
> Wie Heilung durch die Krankheit fließt.

Und wieder ein anderer sang:

> Ich staune, wie der Reben Presser starben
> Und uns des Lebens Wasser hinterließen.

Und schöner als dies ist das Lied des Abu Nuwâs:[4]

> Nun tadle mich nicht mehr! Der Tadel reizt zum Zorne.
> Nein, heile mich mit dem, das auch die Krankheit bringt,

1. Die Trauben werden von Nichtmuslimen gekeltert. – 2. Der Mundschenk ist meist ein Sklave; und die Sklaven sind Kinder heidnischer Eltern. – 3. Die tanzende Morgensonne ist der Wein im Glase, über dem die Augen (das Gestirn der Zwillinge) des Schenken (der Mond des Dunkels) leuchten. – 4. Vgl. Band II, Seite 603, Anmerkung.

Mit ihm, dem goldnen Trank, vor dem die Sorgen weichen,
Von dem berührt, ein Stein sogar vor Freuden springt.
Wenn er in seinem Krug zu dunkler Nachtzeit nähet,
So strahlt von seinem Glanz im Haus ein heller Schein.
Dann kreist er bei den Mannen, die das Glück begünstigt;
Als ihrer Wünsche Ziel kehrt er bei ihnen ein,
Kredenzt von einer Maid in Kleidern eines Knaben,
Die Knabenfreund und Mädchenfreund mit Lieb erfüllt.
Und sprich zu dem, der sich der Wissenschaften rühmet:
Du kennst nur einen Teil; ein Teil ist dir verhüllt!

Doch am schönsten von allen sang Ibn el-Mu'tazz:[1]

Der Regen ströme reich auf das Zweistromland nieder
Und Dair 'Abdûn[2], das dort im Baumesschatten liegt!
Mich weckte dort zum Frühtrunk einst in alten Zeiten
Beim ersten Morgengrauen, eh der Vogel fliegt,
Der Sang der Klostermönche, die beim Gottesdienste
In schwarzen Kutten dort am frühen Morgen schrein.
Wie mancher Schöne unter ihnen schminkt die Augen
Und schließt verträumt das Weiße in die Lider ein!
Ein solcher kam zu mir, verhüllt vom Kleid des Dunkels,
Und eilte seinen Schritt voll Furcht und Ängstlichkeit.
Da legt ich meine Wange hin für ihn zum Teppich
In Demut und verbarg die Spur mit meinem Kleid.
Das Licht des Neumonds schien und hätt uns fast verraten;
Er glich dem Nagelspane, der vom Finger fiel.
Und was geschah, geschah; ich mag es nicht verkünden.
Doch denke Gutes nur, und frag danach nicht viel!

Vortrefflich war auch der Mann, der da sang:

Ich bin der reichste Mann der Welt
Und lebe froh in Saus und Braus.
Ich habe lauter flüssig Gold
Und messe es in Bechern aus.

1. Ein Dichterprinz aus dem Hause der Abbasiden, der von 861 bis 908 lebte. – 2. Ein Kloster in Mesopotamien.

Und wie schön ist das Dichterwort:

> Bei Gott, dies ist die einzige Chemie,
> Was sonst darin gelehrt wird, das sind Lügen:
> Ein Quentchen Wein auf einen Zentner Gram
> Verwandelt ihn aufs schnellste in Vergnügen.

So auch das Wort eines anderen:

> Wenn leer die Gläser kommen, sind sie schwer,
> Bis man mit ungemischtem Wein sie füllt.
> Dann sind sie leicht und fliegen fast empor,
> Gleichwie der Leib, wenn er den Geist umhullt.

Und noch das Wort eines anderen:

> Dem Becher und dem roten Wein sei hohe Ehre;
> Ihr Recht ist, daß man ihre Rechte nie beschränkt!
> Wenn ich gestorben bin, begrabt mich bei der Rebe,
> Auf daß ihr edler Saft mein tot Gebein noch tränkt!
> Begrabt mich aber nicht im trocknen Wüstensand;
> Mir graut es, den zu kosten, wenn mein Leben schwand.'

So reizte er ihn zum Trinken unverwandt, indem er ihm die
Tugenden des Weines rühmte, die er für schön befand; er trug
ihm vor, was darüber bekannt war an Gedichten und heiteren
Geschichten, bis Ma'rûf begann, am Rande des Bechers zu
saugen, und glaubte, ihm könne nichts anderes mehr taugen.
Immer wieder schenkte der Wesir ihm ein, während jener trank
und fröhlich und guter Dinge war, bis ihm die Besinnung
schwand und er den Unterschied zwischen Recht und Unrecht nicht mehr fand. Und als der Wesir bemerkte, daß die
Trunkenheit in ihm den höchsten Grad erreicht, ja die Grenzen überschritten hatte, da sprach er zu ihm: ‚O Kaufmann
Ma'rûf, bei Allah, ich wundere mich, woher du diese Juwelen
erhalten hast, derengleichen sich nicht einmal bei den Perserkönigen finden. In unserem ganzen Leben haben wir noch
keinen Kaufmann gesehen, der solche Reichtümer besäße wie
du, auch keinen, der freigebiger wäre als du; dein Tun ist das

Tun von Königen, nicht das Tun von Kaufleuten. Ich beschwöre dich bei Allah, tu es mir kund, auf daß ich deinen wahren Wert und Rang erkenne!' Und er fuhr fort in ihn zu dringen und ihm zu schmeicheln, bis Ma'rûf, der keine Gewalt mehr über sich hatte, zu ihm sprach: ,Ich bin weder ein Kaufmann, noch gehöre ich zu den Königen', und ihm seine Geschichte von Anfang bis zu Ende erzählte. Darauf bat der Wesir ihn: ,Um Allahs willen, mein Gebieter Ma'rûf, zeige uns diesen Ring, auf daß wir sehen, wie er gefertigt ist!' In seiner Trunkenheit zog er den Ring vom Finger und sprach: ,Nehmt ihn und schaut ihn euch an!' Sofort nahm der Wesir ihn und wendete ihn hin und her, indem er sprach: ,Wird mir der Diener erscheinen, wenn ich den Ring reibe?' ,Jawohl,' antwortete Ma'rûf, ,reib ihn nur, dann kommt der Geist zu dir, und du kannst ihn dir ansehen!' So rieb der Wesir den Ring, und plötzlich rief eine Stimme: ,Zu Diensten, mein Gebieter! Verlange, so wird dir gegeben! Willst du eine Stadt vernichten oder eine Stadt aufbauen oder einen König töten? Was du nur immer verlangst, werde ich für dich tun ohne Widerrede.' Der Wesir aber zeigte auf Ma'rûf und sprach zu dem Geist: ,Heb diesen Elenden hoch und wirf ihn in der ödesten der Wüsteneien nieder, dort, wo er weder zu essen noch zu trinken findet, so daß er vor Hunger umkommt und elendiglich stirbt, ohne daß jemand um ihn weiß!' Da ergriff der Geist ihn und flog mit ihm zwischen Himmel und Erde dahin; als Ma'rûf das sah, fühlte er sicher, daß er in schlimmer Gefahr und dem Untergange nahe war, und er rief unter Tränen: ,O Abu es-Sa'adât, wohin willst du mich bringen?' Der gab ihm zur Antwort: ,Ich will dich im Wüsten Viertel[1] nie-

1. Mit dem ,Wüsten Viertel' ist wohl das ,Leere Viertel', die große Wüste im inneren Südarabien, gemeint.

derwerfen, o du leichtsinniger Narr! Wer gibt wohl, wenn er einen solchen Talisman besitzt, ihn den Leuten, damit sie ihn sich ansehen? Du verdienst, was dir widerfahren ist; und fürchtete ich nicht Allah, so würfe ich dich aus einer Höhe von tausend Klaftern nieder; und ehe du die Erde erreichtest, würden dich die Winde in Stücke reißen!' Ma'rûf schwieg und sprach kein Wort mehr zu ihm, bis sie im Wüsten Viertel ankamen; dort warf der Geist ihn nieder und kehrte um, nachdem er ihn in der trostlosen Einöde zurückgelassen hatte. – –«

Da bemerkte Schehrezâd, daß der Morgen begann, und sie hielt in der verstatteten Rede an. Doch als die *Neunhundertundneunundneunzigste Nacht* anbrach, fuhr sie also fort: »Es ist mir berichtet worden, o glücklicher König, daß der dienende Geist Ma'rûf mit sich nahm, ihn im Wüsten Viertel niederwarf und dann umkehrte, nachdem er ihn dort zurückgelassen hatte.

Wenden wir uns nun von ihm wieder zum Wesir! Als der im Besitze des Ringes war, sprach er zum König: ,Was dünkt dich nun? Habe ich dir nicht gesagt, daß dieser Mann ein Belüger und Betrüger ist? Du aber wolltest mir nicht glauben.' ,Du hast recht, mein Wesir,' erwiderte ihm der König, ,Allah gewähre dir Wohlergehen! Gib mir jetzt den Ring, damit auch ich ihn mir ansehe!' Aber der Wesir blickte auf ihn voll Grimm und spie ihm ins Angesicht und rief: ,O du Dummkopf! Wie werde ich ihn dir geben und dein Diener bleiben, nachdem ich dein Herr geworden bin? Nein, ich will dich überhaupt nicht mehr am Leben lassen!' Dann rieb er den Ring, und als der Geist erschien, befahl er ihm: ,Heb diesen frechen Burschen auf und wirf ihn an derselben Stätte nieder, an die du seinen Eidam, den Betrüger, geworfen hast!' Jener hob ihn auf und flog mit ihm davon. Doch der König sprach zu ihm: ,O Geschöpf Gottes, was ist meine Schuld?' Der Diener des Ringes antwortete ihm: ‚Ich weiß es nicht; das hat mir nur mein Herr befohlen, und ich kann dem nicht zuwiderhandeln, der diesen Zauberring besitzt.' So flog er denn weiter mit ihm, bis er ihn an der Stätte niederwarf, an der Ma'rûf lag; dann kehrte er um und ließ ihn dort liegen. Der König hörte Ma'rûf weinen, und er trat zu ihm und berichtete ihm, was geschehen war. Da saßen nun die beiden und weinten über das Geschick, das sie betroffen hatte; und sie fanden weder Speise noch Trank.

Kehren wir jetzt zu dem Wesir zurück! Der machte sich auf, nachdem er Ma'rûf und den König beiseite geschafft hatte, und verließ den Garten; dann ließ er alle Krieger kommen, hielt eine Staatsversammlung ab und berichtete ihnen, was er mit Ma'rûf und mit dem König getan hatte; auch tat er ihnen kund, was es mit dem Ringe auf sich hatte, und sprach zu ihnen: ‚Wenn ihr mich nicht zu eurem Sultan macht, so befehle ich dem Diener des Ringes, daß er euch alle fortträgt und in das Wüste Viertel wirft, und dort mögt ihr dann vor Hunger und Durst umkommen.' Sie erwiderten ihm: ‚Tu uns kein Leid an! Wir sind es zufrieden, daß du Sultan über uns bist, und wir wollen deinem Befehl nicht ungehorsam sein.' So fügten sie sich wider ihren Willen darein, daß er ihr Sultan ward, und er verlieh ihnen Ehrengewänder; darauf begann er, von Abu es-Sa'adât alles zu verlangen, was er wollte, und der brachte es ihm auf der Stelle. Nachdem er sich dann auf den Thron gesetzt hatte und die Krieger ihm gehuldigt hatten, sandte er zu der Tochter des Königs und ließ ihr sagen: ‚Mache dich bereit; ich will noch heute nacht zu dir eingehen, denn ich trage Verlangen nach dir!' Da hub sie an zu weinen voll Trauer über ihren Vater und ihren Gatten, und sie ließ dem Wesir durch den Boten sagen: ‚Habe Geduld mit mir, bis die

Zeit der Witwenschaft[1] verstrichen ist; dann magst du den Ehevertrag mit mir schließen und in erlaubter Weise zu mir eingehen!' Doch er sandte wieder einen Boten zu ihr und ließ ihr sagen: ‚Ich kenne keine Witwenzeit noch irgendwelche Saumseligkeit; ich brauche auch keinen Ehevertrag, ich mache keinen Unterschied zwischen Erlaubt und Unerlaubt, ich will nichts anderes, als heute nacht zu dir eingehen.' Darauf ließ sie ihm durch den Boten sagen: ‚So sei mir willkommen! Es mag denn geschehen!' Aber das war nur eine List von ihr. Als nun die Antwort zum Wesir zurückkam, freute er sich, und die Brust ward ihm weit; denn er war von heißer Liebe zu der Prinzessin entbrannt. Darauf befahl er, allen Leuten Speisen vorzusetzen, und sprach: ‚Esset von diesen Speisen; dies ist ein Hochzeitsmahl, denn ich will heute nacht zu der Prinzessin eingehen!' Doch der Scheich el-Islam sprach: ‚Es ist dir nicht erlaubt, zu ihr einzugehen, ehe ihre Witwenzeit vollendet ist und du ihr den Ehevertrag hast niederschreiben lassen.' Jener rief: ‚Ich kenne keine Witwenzeit, noch irgendwelche Saumseligkeit; also mache mir nicht viele Worte!' Da schwieg der Scheich el-Islam, aus Furcht vor seiner Bosheit, doch er sprach zu den Kriegern: ‚Dies ist ein Ungläubiger, er hat weder Glauben noch Satzung!' Als es Abend war, ging der Wesir zu der Prinzessin hinein und fand sie mit ihren prächtigsten Gewändern angetan und mit dem schönsten Schmuck geschmückt. Sobald sie ihn erblickte, kam sie ihm lächelnd entgegen und sprach zu ihm: ‚Eine gesegnete Nacht! Wenn du meinen Vater und meinen Gatten getötet hättest, so wäre mir das noch lieber gewesen.' Er antwortete ihr: ‚Ich werde sie schon sicher zu Tode bringen.' Darauf ließ sie ihn sich setzen und begann mit ihm zu scherzen und ihm Liebe zu zeigen; und wie sie ihn so lieb-

1. Diese Zeit beträgt vier Monate und zehn Tage.

koste und ihm ins Angesicht lächelte, entfloh ihm der Verstand. Allein sie täuschte ihn durch ihre Liebkosungen nur deshalb, weil sie den Ring in ihre Gewalt bringen und seine Freude in Leid verwandeln wollte, das über sein Haupt[1] kommen sollte; und daß sie solches mit ihm tat, war nach der Weisung dessen, der da gesungen hat:

> *Ich hab durch meine List erreicht,*
> *Was man durch Schwerter nicht erringt,*
> *Und bin mit Beute heimgekehrt,*
> *Die manche süßen Früchte bringt.*

Als er ihre Liebkosungen und ihr Lächeln sah, entbrannte in ihm die Leidenschaft, und er verlangte, mit ihr in Liebe sich zu vereinen. Doch wie er sich ihr nahte, wich sie vor ihm zurück und weinte und sprach: ‚Mein Gebieter, siehst du nicht den Mann, der uns zuschaut? Um Allahs willen, verbirg mich vor seinem Auge! Wie kannst du dich in Liebe mit mir vereinen, wenn er uns zusieht?‘ Da rief er zornig: ‚Wo ist der Mann?‘ Und sie erwiderte: ‚Da ist er, im Stein des Siegelrings! Er steckt seinen Kopf heraus und schaut uns an.‘ So glaubte er denn, daß der Diener des Ringes ihnen beiden zusehe, doch er sprach lächelnd: ‚Fürchte dich nicht! Das ist der Diener des Ringes, und er ist mir untertan.‘ Darauf entgegnete sie: ‚Ich fürchte mich vor Geistern; tu den Ring ab und wirf ihn weit von mir weg!‘ So zog er den Ring vom Finger und legte ihn auf das Kissen. Als er aber sich ihr nahte, da versetzte sie ihm mit ihrem Fuße einen Tritt gegen seinen Leib, so daß er rücklings niederfiel und in Ohnmacht sank. Dann rief sie laut nach ihren Dienerinnen, und als die rasch zu ihr geeilt waren, befahl sie: ‚Ergreift ihn!‘ Nachdem vierzig Sklavinnen ihn gepackt hatten, nahm sie in aller Hast den Ring von dem Kissen und

1. Wörtlich: die Mutter seiner Stirnlocke.

rieb ihn. Sofort erschien Abu es-Sa'adât vor ihr und sprach: ‚Zu Diensten, meine Herrin!‘ Sie sagte: ‚Heb diesen Ungläubigen auf, wirf ihn in den Kerker und lege ihm schwere Fesseln an!‘ Der Geist nahm ihn, und nachdem er ihn in den Kerker des Zornes geworfen hatte, kehrte er zurück und meldete ihr: ‚Ich habe ihn ins Gefängnis gebracht.‘ Nun fragte sie ihn: ‚Wohin hast du meinen Vater und meinen Gatten geschafft?‘ Und er antwortete: ‚Ich habe sie im Wüsten Viertel niedergeworfen.‘ Da rief sie: ‚Ich befehle dir, sie augenblicklich zu mir zu bringen.‘ ‚Ich höre und gehorche!‘ erwiderte er und flog fort von ihr; und er schwebte rasch dahin, bis er im Wüsten Viertel ankam. Dort ließ er sich zu den beiden hinab und fand sie, wie sie weinend dasaßen und einander ihr Leid klagten; und er sprach zu ihnen: ‚Fürchtet euch nicht! Euch ist die Rettung genaht.‘ Dann berichtete er ihnen, was der Wesir getan hatte, und schloß mit den Worten: ‚So habe ich ihn denn auf ihren Befehl mit eigener Hand ins Gefängnis geworfen, und dann hat sie mir geboten, euch zurückzubringen.‘ Über diese Nachricht waren die beiden erfreut; er aber hob sie empor und flog mit ihnen dahin, und es dauerte nur eine kleine Weile, da trat er schon mit ihnen zur Prinzessin ein. Sie erhob sich und begrüßte ihren Vater und ihren Gatten; und nachdem sie die beiden gebeten hatte, sich zu setzen, und ihnen Speisen und Süßigkeiten hatte bringen lassen, verbrachten sie dort die Nacht. Am nächsten Morgen kleidete sie ihren Vater in ein prächtiges Gewand, desgleichen auch ihren Gatten, und dann hub sie an: ‚Lieber Vater, setze dich wieder auf deinen Thron als König, wie du es früher gewesen bist, und mache meinen Gatten zu deinem Wesir der rechten Hand; den Truppen aber sage, was geschehen ist! Dann laß den Wesir aus dem Kerker holen und hinrichten; darauf laß ihn verbrennen! Denn er ist ein Ungläubiger und wollte meine Liebe genießen, ohne die Ehe zu schließen, und so hat er wider dich selbst Zeugnis abgelegt, daß er ein Ungläubiger ist und keinen Glauben hat, dem er anhängt. Deinen Eidam aber, den du zu deinem Wesir der Rechten machst, laß dir angelegen sein!' ‚Ich höre und willfahre, liebe Tochter,' antwortete er ihr, ‚doch gib mir den Ring oder gib ihn deinem Gatten!' Aber sie entgegnete ihm: ‚Er ist nicht gut für dich, noch auch für ihn. Der Ring bleibe bei mir; vielleicht hüte ich ihn besser als ihr. Was ihr nur wünschet, das verlangt von mir, und ich will es für euch von dem Diener des Ringes verlangen! Fürchtet nichts Schlimmes, solange ich am Leben bleibe; nach meinem Tode tut mit dem Ringe, was euch beliebt!' Ihr Vater sprach zu ihr: ‚Dies ist der rechte Rat, liebe Tochter', und dann nahm er seinen Eidam mit sich und begab sich in den Staatssaal. Nun hatten die Truppen die Nacht verbracht in schwerem Kummer um die Prinzessin und wegen dessen, was der Wesir ihr antun wollte, um ihre Liebe zu genießen, ohne die Ehe zu schließen, und auch deshalb, weil er an dem König und seinem Eidam so übel gehandelt hatte; und sie befürchteten, das heilige Gesetz des Islams möchte zuschanden werden, da es sich gezeigt hatte, daß der Wesir ein Ungläubiger war. Deshalb hatten sie sich im Staatssaal versammelt und begannen, dem Scheich el-Islam Vorwürfe zu machen, indem sie zu ihm sprachen: ‚Warum hast du ihn nicht daran gehindert, daß er zu der Prinzessin in Unzucht einging?' Da erwiderte er ihnen: ‚Ihr Leute, der Mann ist ein Ungläubiger; doch er hat den Ring in seine Gewalt bekommen, und wir alle, ich und ihr, vermögen nichts wider ihn auszurichten. Allah der Erhabene wird ihm sein Tun vergelten; nun schweigt, damit er euch nicht umbringt!' Während die Truppen im Staatssaale versammelt und in diesem

Gespräch begriffen waren, trat plötzlich der König zu ihnen in den Saal ein, und mit ihm sein Eidam Ma'rûf. – –«

Da bemerkte Schehrezâd, daß der Morgen begann, und sie hielt in der verstatteten Rede an. Doch als die *Tausendste Nacht* anbrach, fuhr sie also fort: »Es ist mir berichtet worden, o glücklicher König, daß die Truppen sich im Übermaße ihres Zornes im Staatssaale versammelten und über den Wesir redeten und über das, was er dem König und seinem Eidam und seiner Tochter angetan hatte, und daß dann plötzlich der König zu ihnen in den Saal eintrat und mit ihm sein Eidam Ma'rûf. Als die Truppen ihn sahen, freuten sie sich über sein Kommen, und sie erhoben sich und küßten den Boden vor ihm. Dann setzte er sich auf den Thron, und wie er ihnen die Geschichte erzählte, wich von ihnen, was sie quälte. Darauf befahl er, die Stadt zu schmücken, und er ließ den Wesir aus dem Kerker holen; als der bei den Truppen vorbeigebracht wurde, verfluchten und schmähten und schalten sie ihn so lange, bis er vor dem König ankam. Als er nun vor dem König stand, befahl der, ihn in schmählichster Weise hinzurichten; und nachdem man ihn hingerichtet hatte, verbrannte man ihn, so daß er ins Höllenfeuer fuhr voll Schmach; und trefflich sagte von ihm, der da sprach:

> *Seine Beingruft finde keine Gnade beim Erbarmungsreichen,*
> *Und die beiden Todesengel mögen niemals von ihr weichen!*

Der König machte dann Ma'rûf zu seinem Wesir der Rechten, und nun geschah es, daß die Zeiten ihnen Freude machten und heitere Wonnen ihnen lachten und sie fünf Jahre in dieser Weise verbrachten. Im sechsten Jahre aber starb der König; da setzte die Prinzessin ihren Gatten zum Sultan ein an ihres Vaters Stelle; aber den Ring gab sie ihm nicht. Während dieser Zeit hatte sie von ihm empfangen und einen Knaben

634

zur Welt gebracht, ein Kindlein von wundersamer Lieblichkeit und von hoher Schönheit und Vollkommenheit, der bei den Pflegerinnen zärtliche Fürsorge fand, bis er im Alter von fünf Jahren stand. Doch da ward seine Mutter von einer tödlichen Krankheit befallen, und sie rief Ma'rûf und sprach zu ihm: ‚Ich bin krank.' ‚Gott schütze dich, Geliebte meines Herzens!' erwiderte er ihr; und sie fuhr fort: ‚Vielleicht werde ich sterben; es ist nicht nötig, daß ich deinen Sohn deiner Sorge empfehle, nur das möchte ich dir ans Herz legen, daß du den Ring hütest, da ich um dich und um den Knaben besorgt bin.' Darauf sagte er: ‚Wen Allah behütet, dem wird kein Leid widerfahren.' Doch sie zog den Ring vom Finger und gab ihn ihm. Am nächsten Tage ging sie ein zur Barmherzigkeit Allahs des Erhabenen; er aber widmete sich als König weiter den Geschäften des Herrschers. Da begab sich eines Tages das folgende Ereignis. Er hatte das Tuch der Entlassung geschüttelt, und die Truppen hatten sich aus seiner Gegenwart in ihre Wohnungen zurückgezogen; dann trat er in sein Wohngemach und setzte sich dort nieder, bis der Tag zur Rüste ging und die Nacht alles mit ihrem Dunkel umfing. Nun kamen seine Tischgenossen von den Vornehmen nach ihrer Gewohnheit zu ihm und blieben bis zur Mitternacht bei ihm, um mit ihm heiter und guter Dinge zu sein; und nachdem sie ihn um Erlaubnis gebeten hatten, sich zurückzuziehen, gab er ihnen Urlaub, und sie gingen fort von ihm in ihre Häuser. Darauf kam eine Sklavin zu ihm, deren Dienst es war, sein Lager zu bereiten, und sie breitete ihm die Kissen, nahm ihm seine Gewandung ab und legte ihm die Nachtgewänder an. Als er sich niedergelegt hatte, knetete sie ihm die Füße, bis ihn der Schlaf überkam; dann verließ sie ihn, begab sich in ihr Schlafgemach und legte sich zur Ruhe nieder. Also tat sie; aber sehen wir nun, was mit dem König Ma'rûf geschah! Während er schlief, fühlte er plötzlich ganz unvermutet etwas neben sich im Bett, und er fuhr erschrocken auf und rief: ‚Ich nehme meine Zuflucht zu Allah vor dem verfluchten Satan!' Als er jedoch die Augen öffnete, sah er neben sich eine Frau, die häßlich anzuschauen war, und er fragte sie: ‚Wer bist du?' Sie erwiderte: ‚Fürchte dich nicht, ich bin deine Gattin Fâtima das Scheusal.' Da schaute er ihr ins Antlitz und erkannte sie an ihrem scheußlichen Aussehen und ihren langen Eckzähnen. Er fragte weiter: ‚Wie kommst du zu mir? Wer hat dich in dies Land gebracht?' Sie entgegnete ihm: ‚In welchem Lande bist du denn jetzt?' ‚In der Stadt Ichtijân[1] el-Chotan. Und wann hast du Kairo verlassen?' ‚Eben jetzt.' ‚Wie kann das sein?' Da erzählte sie: ‚Wisse, als ich mich mit dir überworfen und dich bei den Machthabern verklagt hatte, weil der Satan mir einflüsterte, dir zu schaden, da suchte man dich, aber man fand dich nicht mehr; und die Kadis fragten nach dir, doch sie bekamen dich nicht zu sehen. Nachdem aber zwei Tage verstrichen waren, packte mich die Reue, und ich sah ein, daß die Schuld an mir lag; allein die Reue nützte mir nichts. So saß ich denn eine Reihe von Tagen da und weinte um deinen Verlust, bis alles, was ich noch hatte, zur Neige ging und ich gezwungen war zu betteln, um mein Leben zu fristen. Und ich begann bei allen zu betteln, bei Reichen, die voll Neid betrachtet werden, und bei Armen, die verachtet werden; seit du mich verlassen hast, aß ich durch schimpfliches Betteln mein Brot und war in der allerärgsten Not. Jede Nacht saß ich da und weinte um deinen Verlust und um alles, was ich seit deinem Fortgehen erdulden mußte an Schmach und Niedrigkeit, an Elend und Herzeleid.' So berichtete sie ihm, wie es ihr ergangen war, während er sie

1. Im Arabischen auch hier: Chitân; vgl. oben Seite 615, Anmerkung.

636

voll Entsetzen anstarrte, bis sie sprach: ‚Gestern irrte ich den ganzen Tag bettelnd umher, aber niemand gab mir etwas; jedesmal, wenn ich an jemanden herantrat, um ein Stück Brot von ihm zu erbetteln, schmähte er mich, ohne mir etwas zu geben. Und als die Nacht anbrach, blieb ich ohne Nachtmahl; da brannte der Hunger in mir, und alles, was ich erduldet hatte, drückte mich schwer. Während ich weinend dasaß, erschien plötzlich eine Gestalt vor mir und fragte mich: ‚Weib, warum weinst du?‘ Ich erwiderte: ‚Einst hatte ich einen Gatten, der für mich sorgte und meine Wünsche erfüllte; aber der ist jetzt für mich verloren, und ich weiß nicht, wohin er gegangen ist; und seit er mich verlassen hat, habe ich viel Not gelitten.‘ Die Gestalt fragte weiter: ‚Wie heißt dein Gatte?‘ ‚Sein Name ist Ma'rûf‘, antwortete ich; und jener sagte darauf: ‚Den kenne ich. Wisse, dein Gatte ist jetzt Sultan in einer Stadt, und wenn du wünschest, daß ich dich zu ihm bringe, will ich es gern tun.‘ Da bat ich ihn: ‚Erbarme dich meiner und bringe mich zu ihm!‘ Und alsbald hob er mich auf und schwebte mit mir zwischen Himmel und Erde dahin, bis er mich in dies Schloß brachte; da sprach er: ‚Tritt in dies Gemach ein, dort wirst du deinen Gatten schlafend auf dem Lager finden!‘ So trat ich denn ein und sah dich in all dieser Herrlichkeit. Ach, ich hätte nie gedacht, daß du mich verlassen würdest, da ich doch deine Gefährtin bin! Aber Preis sei Allah, der mich wieder mit dir vereinigt hat!‘ Doch Ma'rûf entgegnete ihr ‚Hab ich dich verlassen, oder warst du es, die mich verließ? Und du hast mich verklagt von Kadi zu Kadi, und schließlich hast du sogar beim obersten Gerichtshofe Klage wider mich geführt und mir den Abu Tabak aus der Burg nachgehetzt; da mußte ich wider meinen Willen fliehen.‘ Dann erzählte er ihr von dem, was er seitdem erlebt hatte, wie er Sultan geworden war und sich mit

637

der Prinzessin vermählt hatte; auch tat er ihr kund, daß seine Gemahlin gestorben war und ihm einen Sohn hinterlassen hatte, der sieben Jahre zählte. Darauf sagte sie: ‚Was geschehen ist, das war von Allah dem Erhabenen vorherbestimmt; schon längst habe ich es bereut, und du hab Erbarmen mit mir und verlaß mich nicht, sondern gestatte, daß ich bei dir mein Brot als Almosen esse!‘ Und sie demütigte sich vor ihm so lange, bis sein Herz Mitleid für sie empfand; da sprach er zu ihr: ‚Kehre dich reuig von der Bosheit ab und bleibe bei mir; dir soll nichts geschehen, als was dich erfreut! Wenn du aber irgend etwas Böses tust, so werde ich dich töten, ohne daß ich jemanden zu fürchten brauche. Glaube nicht, daß du mich beim obersten Gerichtshofe verklagen kannst oder daß Abu Tabak von der Burg über mich kommt; denn ich bin Sultan geworden, und das Volk fürchtet mich, während ich niemanden fürchte als Allah den Erhabenen. Ich habe einen Zauberring; wenn ich den reibe, so erscheint der Diener des Ringes, Abu es-Sa'adât geheißen, und bringt mir alles, was ich von ihm verlange. Willst du nun in deine Stadt zurückkehren, so werde ich dir so viel geben, daß es dir dein ganzes Leben lang genügt, und dich eilends in deine Heimat entsenden. Willst du jedoch lieber bei mir bleiben, so will ich dir ein Schloß einräumen und es für dich mit den erlesensten Seidenstoffen ausstatten; auch werde ich dir zwanzig Sklavinnen bestimmen, die dich bedienen sollen, und dir feine Speisen und prächtige Kleider senden lassen, so daß du einer Königin gleich wirst, und du sollst das herrlichste Leben führen, bis du stirbst oder ich sterbe. Was sagst du dazu?‘ ‚Ich möchte bei dir bleiben‘, erwiderte sie und küßte ihm die Hand, indem sie ihre Bosheit bereute. So wies er ihr denn ein Schloß an, ganz für sich allein, und beschenkte sie mit Sklavinnen und Eunuchen, und sie ward einer Königin gleich. Der junge Prinz pflegte sie zu besuchen, wie er seinen Vater besuchte; aber sie haßte ihn, weil er nicht ihr Sohn war, und als der Knabe an ihr das Auge des Zornes und der Abneigung sah, mied er sie und hatte Widerwillen gegen sie. Derweilen gab Ma'rûf sich der Liebe zu schönen Odalisken hin und dachte nicht mehr an seine Gattin Fâtima das Scheusal; denn sie war nun grau und alt und von abscheulicher Gestalt, ein kahlköpfiges Weib, häßlicher als die Schlange mit scheckigem Leib, und sie hatte ihn doch auch einst über alle Maßen schlecht behandelt. Und im Sprichwort heißt es: Durch schlechte Behandlung wird die Wurzel des Wünschens abgemäht und Haß auf das Land der Herzen gesät. Vortrefflich war der Mann, der da sprach:

> *Bemühe dich, den Herzen Leiden zu ersparen!*
> *Nach der Entfremdung wird die Umkehr ihnen schwer.*
> *Denn sind die Herzen erst der Liebe ganz entfremdet,*
> *Sind sie wie ein zersprungnes Glas – es heilt nicht mehr.*

Ma'rûf nahm sie auch nicht wegen einer löblichen Eigenschaft auf, die sie besessen hätte, sondern er behandelte sie ehrenvoll, da er das Wohlgefallen Allahs des Erhabenen zu gewinnen suchte.«

Hier unterbrach Dinazâd ihre Schwester Schehrezâd mit den Worten: »Wie sehr können diese Reden entzücken, die stärker als Zauberblicke die Herzen berücken! Wie schön sind diese seltsamen Geschichten mit ihren wunderbaren Berichten!« Schehrezâd erwiderte ihr: »Was ist all dies im Vergleich zu dem, was ich euch in der kommenden Nacht erzählen werde, wenn ich noch am Leben bin und der König mich verschont!« Als dann der Morgen sich erhob und die Welt mit seinen leuchtenden Strahlen durchwob, erwachte der König mit freier Brust und gespannt auf das Ende der Geschichte. Und er sprach bei sich selber: »Bei Allah, ich will sie nicht töten, bis

639

ich das Ende ihrer Geschichte gehört habe.« Darauf ging er in seinen Staatssaal, und der Wesir kam wie immer mit dem Totenlaken unter dem Arm. Nachdem der König unter dem Volke den ganzen Tag über seines Amtes gewaltet hatte, begab er sich in seinen Frauenpalast und ging hinein zu seiner Gemahlin Schehrezâd, der Tochter des Wesirs, wie er es gewohnt war.

Schehrezâd hatte ja bemerkt, daß der Morgen begann, und hielt damals in der verstatteten Rede an. Doch als die *Tausend-underste Nacht* anbrach, die *letzte Nacht* dieses Buches, und als der König in seinen Frauenpalast geschritten und zu seiner Gemahlin Schehrezâd, der Tochter des Wesirs, hineingegangen war, sprach ihre Schwester Dinazâd zu ihr: »Erzähle uns die Geschichte von Maʾrûf zu Ende!« Sie antwortete: »Herzlich gern, wenn der König mir erlaubt zu erzählen.« Da sagte der König zu ihr: »Ich erlaube dir zu erzählen; denn ich bin begierig, das Ende zu hören.« So fuhr sie denn fort: »Es ist mir berichtet worden, o glücklicher König, daß König Maʾrûf sich nicht mehr um die Ehe mit seiner Frau kümmerte, sondern sie ernährte, indem er auf den Lohn Allahs des Erhabenen hoffte. Doch als sie sah, daß er sich von ihrer Umarmung fernhielt und sich anderen zuwandte, begann sie ihn zu hassen, und die Eifersucht gewann Gewalt über sie, und der Teufel flüsterte ihr ein, sie solle ihm den Ring entwenden und ihn töten und sich selbst zur Königin an seiner Statt machen. Deshalb machte sie sich eines Nachts auf und verließ ihr Schloß, um sich in das Schloß zu begeben, in dem ihr Gatte, der König Maʾrûf, wohnte. Nun traf es sich nach dem Ratschluß, den die Vorsehung für gut befand, und dem Geschick, wie es geschrieben stand, daß Maʾrûf bei einer seiner Odalisken ruhte einer Maid von Schönheit und Lieblichkeit und des Wuchses Ebenmäßigkeit. Und er pflegte in seiner schönen Frömmig-

keit den Ring von seinem Finger zu ziehen, wenn er bei einer
Odaliske zu ruhen gedachte, aus Ehrfurcht vor den heiligen
Namen, die darauf geschrieben standen, und ihn erst nach der
Reinigung wieder anzulegen. Und seine Frau, Fâtima das
Scheusal, verließ damals ihre Wohnung erst, nachdem sie erfahren hatte, daß er vor dem Beilager den Ring vom Finger
zu ziehen und auf den Kissen liegen zu lassen pflegte bis zur
Reinigung. Ferner war es seine Gewohnheit, nach dem Beilager der Odaliske zu befehlen, sie solle ihn verlassen, da er um
den Ring besorgt war. Wenn er dann zum Bade ging, so verschloß er die Tür des Gemaches, bis er aus dem Bade zurückkehrte, den Ring nahm und wieder anlegte; darauf konnte
ein jeder ungehindert in das Zimmer eintreten. Von alledem
wußte Fâtima, und deshalb hatte sie sich bei Nacht fortge-
schlichen, um zu ihm in das Gemach einzudringen, während
er in tiefem Schlafe lag, und ihm den Ring zu stehlen, ohne
daß er sie sähe. Als sie sich fortschlich, war gerade zufällig der
Sohn des Königs ins geheime Kämmerlein gegangen, um im
Dunkeln ein Bedürfnis zu verrichten; und er hockte dort ohne
Licht über dem Loch in der Marmorplatte nieder, nachdem er
die Tür offen gelassen hatte. Wie nun Fâtima aus ihrem Schloß
fortgegangen war, sah er sie auf das Schloß seines Vaters zueilen, und er sprach bei sich: ‚Warum hat wohl diese Hexe ihr
Schloß im Schatten der Dunkelheit verlassen? Warum sehe
ich sie nach dem Schlosse meines Vaters schleichen? Das muß
sicher einen eigenen Grund haben.‘ Darauf ging er hinter ihr
her und folgte ihrer Spur, ohne daß sie ihn sah. Er trug aber
ein kurzes Damaszenerschwert, und er ging nie in den Staatssaal seines Vaters, ohne sich mit jenem Schwert umgürtet zu
haben, da es ihm so teuer war. Wenn sein Vater ihn damit sah,
so pflegte er wohl über ihn zu lächeln und zu rufen: ‚Wunder

Gottes! Dein Schwert ist ja prächtig, mein Sohn. Aber du bist mit ihm noch nicht in den Krieg gezogen und hast auch noch keinen Kopf mit ihm abgeschlagen.' Dann antwortete der Knabe ihm: ‚Ich werde sicherlich noch einmal mit ihm ein Haupt abschlagen, das die Köpfung verdient.' Über seine Worte pflegte der König zu lachen. Wie er nun der Frau seines Vaters nachging, zog er das Schwert aus der Scheide und folgte der Alten, bis sie in das Gemach des Königs hineinschlich. Er blieb an der Tür des Gemaches stehen und beobachtete sie; da sah er, wie sie umhersuchte, indem sie sprach: ‚Wohin hat er wohl den Ring gelegt?' So wußte er, daß sie nach dem Ringe suchte, und wartete ab, bis sie ihn gefunden hatte, und sagte: ‚Da ist er!' Sie nahm ihn an sich und wollte heimlich forteilen, während er hinter der Tür verborgen war. Nachdem sie aus der Tür herausgetreten war, schaute sie den Ring an und wandte ihn in der Hand hin und her, und gerade wollte sie ihn reiben, da erhob er den Arm mit dem Schwerte und traf sie auf den Nacken. Sie stieß einen einzigen Schrei aus und sank tot nieder. Ma'rûf erwachte und sah seine Frau am Boden liegen, von Blut überströmt, und seinen Sohn mit gezücktem Schwert in der Hand dastehen. ‚Was bedeutet dies, mein Sohn?' fragte er; und jener antwortete: ‚Mein Vater, wie oft hast du zu mir gesagt: ‚Dein Schwert ist ja prächtig; aber du bist mit ihm noch nicht in die Schlacht gezogen und hast noch keinen Kopf mit ihm abgeschlagen!' Und ich antwortete dir dann: ‚Ich werde sicherlich noch einmal mit ihm ein Haupt abschlagen, das die Köpfung verdient.' Siehe da, jetzt habe ich für dich ein Haupt abgeschlagen, das die Köpfung wahrlich verdiente!' Und er berichtete ihm, was sie getan hatte. Da suchte Ma'rûf nach dem Ringe, aber er konnte ihn nicht finden; erst nachdem er lange an ihren Gliedern gesucht hatte, sah er, daß ihre Hand über ihm geschlossen war. Dann nahm er den Ring aus ihrer Hand und sprach zu dem Prinzen: ,Du bist mein rechter Sohn, unstreitig und ohne Zweifel. Allah gebe dir Frieden in dieser und in jener Welt, wie du mir Frieden vor dieser Ruchlosen gebracht hast! Sie hat sich durch ihr eigenes Tun zugrunde gerichtet; und vortrefflich war der Mann, der da sprach:

> *Wenn Gottes Hilfe einem Mann zur Seite steht,*
> *So wird ihm der Erfolg in allen Dingen blühn.*
> *Doch wenn von Gott dem Menschen keine Hilfe wird,*
> *So schadet ihm zuerst sein eigenes Bemühn.*

Dann rief König Ma'rûf laut nach einigen seiner Diener; die kamen herbeigeeilt, und er berichtet ihnen, was seine Frau, Fâtima das Scheusal, getan hatte. Darauf befahl er ihnen, ihre Leiche zu nehmen und bis zum Morgen beiseite zu legen. Sie taten, wie er sie geheißen hatte. So beauftragte er denn einige Eunuchen mit ihrer Herrichtung, und die wuschen sie, hüllten sie in das Totenlaken, hielten ein Leichenbegängnis und begruben sie. So war ihr Kommen aus Kairo nur eine Fahrt zu ihrem Grabe. Vortrefflich war der Mann, der da sprach:

> *Wir gehen einen Pfad, der für uns vorgesehen;*
> *Und wem ein Pfad beschieden ist, der muß ihn gehen.*
> *Und droht an einer Stätte einem ein Verderben,*
> *So wird er nur gerad an dieser Stätte sterben.*

Und wie schön ist das Dichterwort:

> *Wenn ich nach einem Lande zieh und Gutes suche,*
> *So weiß ich niemals, was von beiden mir dort naht:*
> *Ob es das Gute ist, das ich im Sinne habe;*
> *Ob es das Böse ist, das mich im Sinne hat.*

Nun ließ König Ma'rûf den Ackersmann kommen, dessen Gast er auf seiner Flucht gewesen war; und als der vor ihm erschienen war, machte er ihn zum Wesir der Rechten und zu seinem Ratgeber. Als er dann erfuhr, daß jener eine Tochter hatte von herrlicher Schönheit und Lieblichkeit und von edler Sittsamkeit, von einem Wesen voll Vornehmheit und von hoher Würdigkeit, so vermählte er sich mit ihr; und nach einer Weile vermählte er auch seinen Sohn. Sie führten noch eine Weile das herrlichste Leben, indem die Zeiten ihnen Freude machten und alle Wonnen ihnen lachten, bis Der zu ihnen kam, der die Freuden schweigen heißt und die Freundesbande zerreißt, der da gebietet, daß blühende Städte in der Einöde verschwinden und daß Söhne und Töchter ihre Eltern nicht mehr finden. Preis aber sei Ihm, dem Lebendigen, der nie dem Tode verfällt und der die Schlüssel der sichtbaren und unsichtbaren Welt in den Händen hält!«

SCHLUSS

Nun hatte Schehrezâd in dieser Zeit dem König drei Knaben geboren, und als sie diese letzte Geschichte beendet hatte, erhob sie sich, küßte dann den Boden vor dem König und sprach zu ihm: »O größter König unserer Zeit, im ganzen Jahrhundert einzigartig weit und breit, siehe, ich bin deine Magd, und ich habe dich nun tausendundeine Nacht hindurch unterhalten mit Geschichten aus der Vergangenheit und lehrreichen Beispielen aus früherer Zeit. Darf ich jetzt an deine Majestät einen Wunsch richten und mir von dir eine Gnade erbitten?« Der König erwiderte ihr: »Bitte, es soll dir gewährt sein, o Schehrezâd!« Da rief sie die Ammen und die Eunuchen und sprach zu ihnen: »Bringet meine Kinder!« Jene brachten die Kinder in Eile; es waren drei Knaben, einer von ihnen ging, der andere kroch, und der dritte lag an der Brust. Und als sie nun bei ihr waren, nahm sie alle drei und brachte sie vor den König, küßte den Boden vor ihm und sprach: »O größter König unserer Zeit, dies sind deine Kinder, und ich flehe dich an, daß du mir den Tod erlässest um dieser unmündigen Knaben willen. Wenn du mich tötest, so sind diese Kleinen ohne Mutter, und sie werden unter den Frauen keine finden, die sie in rechter Weise erzieht.« Da weinte der König und drückte die Knaben an seine Brust. Und er sprach: »O Schehrezâd, bei Allah, ich hatte dich schon freigesprochen, ehe diese Kinder kamen; denn ich habe dich als keusch und rein, edel und fromm erfunden. Allah segne dich und deinen Vater und deine Mutter, deine Wurzel und deinen Zweig! Und ich rufe Allah zum Zeugen wider mich an, daß ich dich freigesprochen habe von allem, was dir schaden kann.« Nun küßte sie ihm die Füße und freute sich über die Maßen und sprach zu ihm: »Allah schenke dir ein langes Leben und mehre deine Majestät und deine Würde!« Alsbald verbreitete sich die Freude im Schlosse des Königs, und sie strömte auch durch die ganze Stadt. Jene Nacht zählte zum irdischen Leben nicht, und ihre Farbe war weißer als des Tages helles Angesicht. Am an-deren Morgen erhob sich der König, von Freude berückt und über die Maßen beglückt; dann ließ er alle Krieger kommen und verlieh dem Wesir, dem Vater Schehrezâds, ein prächti-ges, kostbares Ehrengewand, indem er zu ihm sprach: »Allah schütze dich dafür, daß du mir deine edle Tochter zur Gemahl-in gegeben hast, sie, die der Anlaß war, daß ich mich vom Töten der Töchter des Volkes abgewandt habe. Ich habe sie als edel und rein, keusch und tugendhaft erfunden; und Allah hat mir durch sie drei Söhne geschenkt. Preis sei Ihm für diese reiche Huld!« Darauf verlieh er Ehrengewänder an all die Wesire und Emire und Großen des Reiches und befahl, daß die Stadt dreißig Tage lang geschmückt werden sollte; und er gab

Weisung, daß keiner von den Bewohnern der Stadt etwas von seinem eigenen Gelde ausgeben solle, sondern alle Kosten und Ausgaben sollten aus dem Schatze des Königs bestritten werden. So schmückten sie denn die Stadt in herrlichster Weise wie nie zuvor; die Trommeln wurden geschlagen, und die Flöten wurden geblasen, und alle Spielleute trieben ihre Kurzweil, während der König reiche Gaben und Spenden an sie austeilte und den Armen und Bedürftigen Almosen gab, und alle seine Untertanen, alles Volk seines Reiches mit seiner Huld umfaßte. Und er lebte mit dem Volke seines Reiches in Glück und Seligkeit, in Freuden und Fröhlichkeit, bis Der zu ihnen kam, der die Freuden schweigen heißt und die Freundesbande zerreißt. Preis sei Ihm, über den der Kreislauf der Zeiten keine Macht der Vernichtung hat, dem nie etwas von allem Wandel naht; den nie ein Ding von einem andern Ding abwendet, der einzig ist, in sich vollendet! Und Segen und Heil ruhe auf dem Verkünder Seiner Herrlichkeit, dem Auserwählten unter Seinen Geschöpfen, unserem Herrn Mohammed, zum Herrn der Menschheit ausersehen, durch den wir zu Gott um ein seliges Ende flehen!

ANHANG:
ZUR ENTSTEHUNG UND GESCHICHTE
VON TAUSENDUNDEINER NACHT

DIE ÜBERTRAGUNG
AUS DEM ARABISCHEN

Im Jahre 1918 ward mir vom Insel-Verlag der Auftrag zuteil, die frühere Insel-Ausgabe von Tausendundeiner Nacht, die von Felix Paul Greve auf Grund der Burtonschen englischen Ausgabe besorgt war, mit der Calcuttaer Ausgabe vom Jahre 1839 zu vergleichen und nach ihr zu verbessern. Bei der Herstellung des ersten Bandes der vorliegenden Übersetzung suchte ich diesen Grundsatz durchzuführen, indem ich Übersetzungsfehler verbesserte, den Stil im allgemeinen dem arabischen Erzählungsstile näher anzupassen versuchte, ferner alle Stellen mit Reimprosa und alle Gedichte neu übersetzte. Vom zweiten Bande an jedoch habe ich eine vollständig neue Übersetzung niedergeschrieben, bei der ich öfters die Grevesche Übertragung mit Nutzen zu Rate gezogen habe. Meine Übersetzung wird auf dem Titel bezeichnet als »Vollständige deutsche Ausgabe in sechs Bänden. Zum ersten Mal nach dem arabischen Urtext der Calcuttaer Ausgabe vom Jahre 1839 übertragen«. Dieser Titel ist zu rechtfertigen. Es sind zwar schon früher deutsche Übersetzungen aus dem Arabischen veröffentlicht worden, von denen besonders die von Weil (Stuttgart und Pforzheim 1839 bis 1842) und die von Henning (in Reclams Universal-Bibliothek, Schlußwort vom 30. November 1897) hervorzuheben sind. Weil legte die erste Bulaker und die Breslauer Ausgabe[1] zugrunde sowie eine Gothaer Handschrift, Henning übersetzte nach einer späteren Bulaker Ausgabe und fügte die nicht darin enthaltenen Geschichten nach anderen Ausgaben hinzu, so viele ihrer damals bekannt waren. Beide Übersetzungen sind aber nicht in jeder Hinsicht vollständig;

1. Über die arabischen Ausgaben siehe unten Seite 657 f.

manche Stellen des Originals sind in ihnen ausgelassen oder geändert, und Henning hat die Hälfte der Gedichte nicht übersetzt, da, wie er selbst sagt, »eine prosaische Wiedergabe derselben sie nur zu einem wertlosen Ballast macht«. Die vorliegende Übertragung nun ist eine nach menschlichem Vermögen getreue Wiedergabe des gesamten Textes der zweiten Calcuttaer Ausgabe und ist die erste deutsche Wiedergabe dieser Art. Diese Ausgabe liegt also zugrunde; daneben ist eine der Kairoer Ausgaben, die im allgemeinen denselben Text bieten, durchgängig verglichen worden, besonders bei Fehlern und zweifelhaften Stellen, und zwar eine vierbändige Ausgabe vom Jahre 1325 der Hidschra (= 1907 n. Chr.). Wo die Calcuttaer und die Kairoer Ausgabe Fehler haben, ist auch die Breslauer Ausgabe zu Rate gezogen. Die Abweichungen von der Calcuttaer Ausgabe sind als solche gekennzeichnet. Einige größere Ergänzungen sind gemacht worden, wie in der ersten Insel-Übersetzung, weil ja mehrere der bekanntesten und beliebtesten Geschichten von Tausendundeiner Nacht nicht in den orientalischen Drucken enthalten sind. Dies sind die folgenden:

BAND II: Die Geschichte von 'Alâ ed-Dîn und der Wunderlampe; nach einer von Zotenberg herausgegebenen Pariser Handschrift. Die Geschichte von Ali Baba und den vierzig Räubern; nach einer von Macdonald herausgegebenen Oxforder Handschrift.

BAND III: Die Geschichte von dem Prinzen Ahmed und der Fee Perî Banû; nach Burton. Die Geschichte von Abu el-Hasan oder dem erwachten Schläfer; nach der Breslauer Ausgabe. Die Geschichte von der Weiberlist; nach der ersten Calcuttaer Ausgabe.

BAND IV: Der Schluß der sechsten Reise Sindbads und die siebente Reise Sindbads; nach der ersten Calcuttaer Ausgabe.

650

Ergänzungen in der Geschichte von der Messingstadt. Das Ende der Geschichte von Sindbad und den sieben Wesiren. Die Geschichte von el-Malik ez-Zâhir Rukn ed-Dîn Baibars el-Bundukdâri und den sechzehn Wachthauptleuten; nach der Breslauer Ausgabe.

BAND V: Die Geschichte von den beiden Schwestern, die ihre jüngste Schwester beneideten; nach Burton.

BAND VI: Die Geschichte von Zain el-Asnâm; nach einer von F. Groff herausgegebenen Pariser Handschrift. Die Geschichte von dem nächtlichen Abenteuer des Kalifen. Die Geschichte von Chudadâd und seinen Brüdern. Die Geschichte von 'Alî Chawâdscha und dem Kaufmann von Baghdad; nach Burton.

Was »Burton« in dieser Aufzählung bedeutet, ist aus Band III, Seite 7, Anmerkung 2 zu ersehen. Aus dieser Liste ergibt sich aber auch, daß von den Geschichten, die nicht in den orientalischen Ausgaben enthalten sind, nur eine Auswahl getroffen ist, und zwar nach Maßgabe der ersten Insel-Übersetzung.

Ich habe mich bemüht, eine wissenschaftlich zu rechtfertigende und zugleich lesbare deutsche Übersetzung herzustellen; papiernes Deutsch habe ich nach Möglichkeit vermieden. So ergab sich denn auch die Notwendigkeit, nicht buchstabenmäßig, sondern sinngemäß zu übertragen; dabei hat mir Luthers Sendbrief vom Dolmetschen vorgeschwebt. Wie Luther oft statt »Gott« im Deutschen »der liebe Gott« sagte, habe ich das arabische »o mein Herr« an vielen Stellen durch »lieber Herr« oder »hoher Herr« oder noch anders wiedergegeben, je nachdem der Sinn es erforderte. Das ewige arabische »er sagte« (oder »sie sagte«, »sie sagten«) habe ich abwechselnd durch verschiedene deutsche Ausdrücke übersetzt, wie z. B. »antwortete«, »erwiderte«, »entgegnete«, »gab zur Antwort« usw. Dabei habe ich manchmal der Deutlichkeit wegen die arabischen Pronomina durch deutsche Substantiva oder arabische Substantiva durch deutsche Pronomina ersetzt. Gelegentlich habe ich auch das arabische »sagte(n)« ganz weggelassen und einfach in Dialogform ohne Einführung des oder der Redenden erzählt. Ich habe mich in solchen Fällen nach den Erfordernissen des Deutschen gerichtet, nicht nach der stereotypen arabischen Art. Ferner habe ich im Deutschen kleinere ausbessernde Veränderungen vorgenommen, wenn im Urtext ein Personenwechsel nicht beachtet oder nachlässig durchgeführt ist, oder wenn bei Übergängen von einer Nacht zur anderen innerhalb der Erzählung jemand erzählt, dies aber im Arabischen nicht angedeutet ist. Wiederholungen, die zum behaglichen Erzählungsstil gehören, namentlich beim Reden, habe ich jedoch auch im Deutschen getreu wiedergegeben. Im Gegensatz zu Burton, der viele arabische Fremdwörter im Englischen gebrauchte, habe ich solche im Deutschen vermieden, soweit es irgend möglich war; ich habe auch ausgesprochen arabische Ausdrücke, wenn ich es wissenschaftlich verantworten konnte, ins Deutsche übersetzt, ebenso wie ich Fremdwörter aus anderen Sprachen vermieden habe, wenn sie nicht unumgänglich nötig waren. Daß ich »Allah« meist habe stehen lassen und nur dann durch »Gott« übersetzt habe, wenn das Wort mehrfach in kurzen Abständen gebraucht wurde, geschah auf Wunsch des Verlages. Wenn sich in einem Werke von fast fünftausend Seiten kleinere unausgeglichene Unebenheiten finden, so ist das wohl zu entschuldigen; ich hoffe, sie werden auch den aufmerksamen Leser nicht stören.

Besondere Erwähnung verdienen die Reimprosa und die Gedichte. Es liegt mir ganz fern, etwa im Deutschen die gereimte Prosa als Stilmittel einführen zu wollen; wir haben im Deutschen viel zu wenig Reime, während im Arabischen ein

Überfluß an ihnen herrscht, und den Germanen liegt der Stabreim viel näher. Ich habe jedoch in meiner Übersetzung die vielen Stellen arabischer Reimprosa durch deutsche Reime wiedergegeben, und zwar einerseits, damit der ästhetische Eindruck des Originals auch von den deutschen Lesern nachempfunden werden möge, und andererseits, damit solche Stellen sich im Deutschen von ihrer Umgebung abheben, wie sie es im Arabischen tun. Dabei hat die Wortwiedergabe gelegentlich gelitten; die Wiedergabe des Sinnes ist aber stets so getreu wie möglich gestaltet. Bei den Gedichten habe ich mir größere Freiheiten in bezug auf Metra und Reim gestattet. Daß ich die arabischen Gedichte durch deutsche Gedichte wiedergegeben habe, wird jedermann billigen; eine prosaische Übersetzung wirkt auf die Dauer unerträglich, und wenn auf die Worte »er sprach diese Verse« deutsche Prosa folgt, so ist das den meisten Lesern unverständlich. Ich habe auch in den Gedichten nach einer möglichst getreuen und sinngemäßen Übertragung gestrebt. Es ist unmöglich, im Deutschen die vielen, sehr komplizierten arabischen Versmaße und den durchgehenden Endreim nachzuahmen, wenn man zugleich getreu übersetzen will. Nur gelegentlich habe ich ein arabisches Versmaß im Deutschen beibehalten und dann natürlich die arabischen Längen durch betonte Silben ersetzt. Im übrigen habe ich die längeren arabischen Metra meist durch »sechsfüßige Iamben«, seltener – besonders bei epischen Heldenliedern – durch »achtfüßige Trochäen« wiedergegeben. Diese Metren sind aber nicht immer streng durchgeführt. Infolge der Fülle der Reime der arabischen Sprache ist es natürlich dort sehr leicht, die Gedichte mit durchgehenden Endreimen zu versehen. Rückert, der große Wortkünstler, hat bei seinen Übersetzungen aus dem Arabischen häufig auch im Deutschen den durchgehenden Reim angewandt; aber die Wiedergabe hat doch dadurch gelitten. Ich habe daher fast immer nur zwei aufeinanderfolgende Reime gebraucht. In meinen Übertragungen bedeutet eine Verszeile stets einen arabischen Halbvers. Ich habe, je nach den Umständen, entweder Halbvers auf Halbvers gereimt oder Ganzvers auf Ganzvers, wobei dann der erste Halbvers jeder arabischen Verszeile ohne Reim blieb. Die arabischen Strophengedichte mit Kehrvers oder Kehrreim habe ich in ihrer Form nachgeahmt; und dort wurde auch der durchgehende Kehrreim im Deutschen wiedergegeben.

*

Die vorliegende Neuausgabe meiner Übertragung der Erzählungen aus den Tausendundein Nächten ist im wesentlichen ein Abdruck der ersten Ausgabe. Nur an wenigen Stellen habe ich den Stil etwas gefeilt oder die Übersetzung nach dem arabischen Urtext verbessert. Zu dem Abschnitt über die Entstehung und Geschichte von Tausendundeiner Nacht mußten auf Grund neuerer Forschungen einige Nachträge gegeben werden. Die Verweise auf Seitenzahlen mußten nach der jetzigen Paginierung geändert werden.

*

Bei dem zweiten Neudruck (6. bis 10. Tausend der neuen Ausgabe: 1954) bin ich ähnlich verfahren wie bei dem ersten Neudruck. Ich habe wiederum an einigen wenigen Stellen gefeilt oder die Übersetzung nach dem arabischen Urtext verbessert. Die Nachträge der ersten Neuausgabe habe ich hier in den Text eingefügt.

ZUR ENTSTEHUNG UND GESCHICHTE
VON TAUSENDUNDEINER NACHT

Wer die Erzählungen aus den Tausendundein Nächten aufmerksam liest, der wundert sich bald über die mannigfaltige Verschiedenheit ihres Inhalts; sie gleichen einer Wiese im Morgenland, die mit Blumen von vielerlei Art und Farbe übersät ist und freilich auch einiges Unkraut trägt. Und ferner wird es dem nachdenklichen Leser bald auffallen, daß diese Erzählungen einen weiten Zeitraum umspannen; da sind einerseits Geschichten von König Salomo, von den alten Perserkönigen und den ersten Kalifen, andererseits solche, in denen Schießwaffen, Kaffee und Tabak vorkommen. Die Fragen, die sich aus diesen Beobachtungen ergeben, sollen hier nach dem augenblicklichen Stande der Wissenschaft beantwortet werden.

Zunächst muß kurz dargestellt werden, wann und wie das Buch von Tausendundeiner Nacht nach Europa gekommen ist; es ist ja eins der am meisten gelesenen Bücher, ist in fast alle europäischen Sprachen übersetzt und löst auch noch heute bei den Erwachsenen nicht nur die Freude am Studium fremder Kulturen und Literaturen aus, sondern auch die schönsten Erinnerungen an die Märchenwelt der Jugend. Schon früh kam die sogenannte Rahmenerzählung, die das ganze Werk umschließt, nach Italien. In einer Novelle des Giovanni Sercambi (1347 – 1424) und in der Geschichte von Astolfo und Giocondo, die im 28. Gesang von Ariosts Orlando Furioso (also Anfang des 16. Jahrhunderts) erzählt wird, sind deutliche Spuren von ihr zu erkennen; sie wird schon längere Zeit vorher durch Reisende, die sie im Orient gehört hatten, in Italien bekannt geworden sein. Aber das eigentliche Werk kam erst zu Anfang des 18. Jahrhunderts nach dem Abendland und trat von Frankreich aus seinen Siegeslauf durch die europäischen Literaturen an. Der französische Gelehrte und Reisende Jean Antoine Galland (1646 – 1715) veröffentlichte es zum ersten Male. Er hatte auf Reisen im vorderen Orient zunächst als Sekretär des französischen Gesandten, dann als Sammler von Museumsstücken im Auftrage von Liebhabern die Welt des Morgenlandes kennen gelernt, und dabei wurde seine Aufmerksamkeit auch auf die erstaunliche Menge von Geschichten und Fabeln der Morgenländer gelenkt. Als er dann nach Frankreich zurückgekehrt war, veröffentlichte er sein Werk »Les milles et une Nuits traduits en François« vom Jahre 1704 ab. Für dies standen ihm eine arabische Handschrift, die er aus Syrien erhalten hatte, sowie mündliche Erzählungen eines Maroniten Hanna, der bei ihm in Paris war, zur Verfügung. Er bemühte sich, seine Übertragung dem Geschmack seiner europäischen Leser anzupassen, indem er manches ausließ, anderes hinzufügte, den Wortlaut änderte und Dinge, die dem Abendländer fremd waren, im Texte selbst umschrieb. Dies tat er mit großer Kunst, und der ungewöhnliche Erfolg, den Tausendundeine Nacht in Europa hatte, ist somit auch ihm zu verdanken; eine wörtliche Übersetzung hätte damals nicht den gleichen Eindruck gemacht. Sein Werk erschien in zwölf Bändchen. In den ersten sechs Bändchen hat er die Einteilung der Nächte beibehalten, in den folgenden aber nicht mehr. Nur in den ersten beiden Bändchen findet sich die Überleitungsformel, in der Dinarzade zu Scheherazade spricht: »Liebe Schwester, wenn du nicht schläfst, so bitte ich dich, mir eine von diesen schönen Geschichten zu erzählen, die du kennst.« Das hatte nämlich einen besonderen Grund. Es wird erzählt, daß nach dem Erscheinen der ersten beiden Bände in einer sehr kalten Winternacht einige junge Leute – es werden wohl lustige Studenten gewesen sein – an die Haustür des Verfassers klopften. Als er im Hemd ans Fenster trat, sagten sie: »Ah, Monsieur Galland, wenn Sie nicht schlafen, so erzählen Sie uns doch eine von diesen schönen Geschichten, die Sie so gut kennen.« Galland sagt selber, er habe die Übergangsformel ausgelassen, »comme cette répétition a choqué plusieurs personnes d'esprit«.

Zunächst gingen natürlich alle Übersetzungen in fremde Sprachen auf Gallands Werk zurück; von ihm wurde sogar auch in orientalische Sprachen übersetzt. Erst als im 19. Jahrhundert die arabischen Urtexte gedruckt wurden, übersetzte man mehrfach nach ihnen. Aber schon vor Erscheinen dieser Texte begann die wissenschaftliche Forschung nach dem Ursprung von Tausendundeiner Nacht. Lange Zeit hatte das Werk nur zur Unterhaltung gedient. Erst seit Herders bahnbrechenden Forschungen erkannte man im Abendlande immer mehr, welche Schätze an Gütern des Verstandes, der Einbildungskraft und des Gemütes in der Volkskunde geborgen sind, und diese Erkenntnis hatte dann auch ihren guten Einfluß auf die Beschäftigung mit den orientalischen Erzählungen. Die hauptsächlichsten Ausgaben der arabischen Texte seien hier zuerst genannt.

1. Die erste CALCUTTAER Ausgabe: The Arabian Nights Entertainments; In the Original Arabic. Published under the Patronage of the College of Fort William; By Shuekh Uhmud bin Moohummud Shirwanee ul Yumunee. Calcutta, Band I 1814; Band II 1818. Sie enthält nur die ersten zweihundert Nächte, dazu die Geschichte von Sindbad dem Seefahrer.

2. Die erste BULAKER Ausgabe, eine vollständige arabische Ausgabe, gedruckt 1835 in der Staatsdruckerei zu Bulak bei Kairo, die von Mohammed Ali, dem Schöpfer des modernen Ägypten, eingerichtet war.

3. Die zweite CALCUTTAER Ausgabe: The Alif Laila or Book of the Thousand Nights and one Night, Commonly known as 'The Arabian Nights Entertainments', now, for the first time, published complete in the original Arabic, from an Egyptian manuscript brought to India by the late Major Turner, editor of the Shah-Nameh. Edited by W. H. Macnaghten, Esq. In four volumes. Calcutta 1839 – 1842.

4. Die BRESLAUER Ausgabe: Tausend und Eine Nacht Arabisch. Nach einer Handschrift aus Tunis herausgegeben von Dr. Maximilian Habicht, Professor an der Königlichen Universität zu Breslau usw., nach seinem Tode fortgesetzt von M. Heinrich Leberecht Fleischer, ordentlichem Prof. der morgenländischen Sprachen an der Universität Leipzig. Breslau 1825 – 1843.

5. Spätere BULAKER und KAIROER Ausgaben. In der zweiten Hälfte des 19. Jahrhunderts und zu Anfang des 20. Jahrhunderts wurde der vollständige Text der ersten Bulaker bzw. der zweiten Calcuttaer Ausgabe öfters wieder neu herausgegeben. In Beirut erschien eine Ausgabe in der Jesuiten-Druckerei; sie ist aber stark gekürzt worden.

Zu diesen Drucken kommen noch verschiedene Handschriften, die in Bibliotheken des Abendlandes und des Morgenlandes aufbewahrt werden, unter denen die von Galland benützte die wichtigste ist. Alle diese Ausgaben und Handschriften weichen zum Teil sehr stark voneinander ab. Denn es ist selbstverständlich, daß bei Werken, die nicht der höheren Literatur angehören und die weder durch einen Kanon noch durch einen berühmten Verfassernamen geschützt sind, große Schwankungen vorkommen. Die Erzähler und Schreiber halten sich für berechtigt, Änderungen, Auslassungen und Zusätze vorzunehmen, wie es ja auch die Sänger der sogenannten Volkslieder getan haben und noch tun. So enthält z. B. die Breslauer

Ausgabe vieles, was gar nicht zu Tausendundeiner Nacht gehört, und die »Handschrift aus Tunis« ist willkürlich von dem Herausgeber nach anderen Quellen ergänzt worden. Und in den orientalischen Drucken fehlen mehrere Erzählungen, die durch Galland bekannt und uns in der Jugend lieb geworden sind, wie »'Alâ ed-Dîn und die Wunderlampe« und »Ali Baba und die vierzig Räuber«. Wir stehen somit vor einer verwirrenden Fülle von Einzelheiten. Der amerikanische Orientalist D. B. Macdonald bereitete eine Ausgabe der Gallandschen Handschrift vor; er hat auch bereits Proben aus ihr veröffentlicht und hat den arabischen Text von Ali Baba in Oxford wiedergefunden und herausgegeben. Vor allem hat er sich um die Aufklärung des Verhältnisses der verschiedenen Textgestalten zueinander und um die Geschichte des ganzen Werkes große Verdienste erworben. Ebenso haben sich der Franzose Zotenberg, die deutschen Gelehrten Nöldeke und Horovitz sowie der Däne Oestrup durch ihre Untersuchungen zu Tausendundeiner Nacht sehr verdient gemacht.[1]

Aus der bisherigen Aufzählung ergibt sich, daß eine unvollständige ägyptische Handschrift von Tausendundeiner Nacht, die Gallandsche, vorhanden ist, die aus dem 15. Jahrhundert stammt, und daß vollständige Ausgaben, in denen manches fehlt, was sonst zu diesem Werke gerechnet wird, im 19. Jahrhundert erschienen sind; diese Ausgaben scheinen eine Textgestalt wiederzugeben, wie sie in Handschriften des 18. Jahrhunderts sich zeigte. Dazu kommt nun eine von H. Ritter in Stambul entdeckte Handschrift aus dem 13. oder 14. Jahrhundert, die zwar nicht als »Tausendundeine Nacht« bezeichnet wird, aber doch manche Geschichten aus ihr enthält; diese, die

1. Näheres über ihre Arbeiten findet sich in der Literaturangabe am Schlusse dieser Abhandlung, Seite 736 ff.

mir in einer Photographie vorlag, und ein Fragment aus dem 9. Jahrhundert, das von Nabia Abbott im Journal of Near Eastern Studies, Vol. VIII, S. 129 ff. herausgegeben und erklärt wurde, sind die ältesten Handschriften. Wir haben vorläufig dies Fragment, und wir wissen, welchen Text einzelne Geschichten hatten, die im 13. Jahrhundert bekannt waren, aber nicht zu Tausendundeiner Nacht gerechnet wurden, ferner, wie das Werk selbst etwa im 15., 18. und 19. Jahrhundert ausgesehen hat. Daß aber dies Werk nicht etwa erst in der Zeit vom 15. bis 18. Jahrhundert entstanden ist, dafür haben wir auch Zeugnisse aus der arabischen Literatur, die zu Anfang des 19. Jahrhunderts von europäischen Gelehrten entdeckt wurden; auf sie wird in allen neueren Untersuchungen hingewiesen, und sie müssen auch hier mitgeteilt werden. Ich gebe sie in wörtlicher Übersetzung nach den Originalen.

Der arabische Schriftsteller el-Mas'ûdi sagt in seinem 947 vollendeten und 957 neubearbeiteten Buch, das den Titel trägt »Die Goldfelder und Edelsteinminen«[1]: »Es ist mit ihnen (das heißt: mit gewissen erdichteten Erzählungen) wie mit den Büchern, die aus dem Persischen, Indischen und Griechischen zu uns gekommen und für uns übersetzt sind, und die so entstanden sind, wie wir schon gesagt haben, zum Beispiel dem Buche *Hezâr Efsâneh*, oder, aus dem Persischen ins Arabische übersetzt ,Tausend Abenteuer', denn ,Abenteuer' heißt auf persisch *Efsâneh*. Das Volk nennt dies Buch ,Tausend Nächte' (nach einer anderen, wohl späteren Lesart ,Tausendundeine Nacht'). Dies ist die Geschichte von dem König, dem Wesir sowie dessen Tochter und ihrer Dienerin, die Schirazâd und Dinazâd heißen (in anderen Handschriften heißt es ,und ihrer

1. Ausgabe und Übersetzung von Barbier de Meynard: »Maçoudi, Les Prairies d'Or«, Paris, 1861-1877, Band IV, Seiten 89/90.

Amme', in noch anderen ,sowie dessen beiden Töchtern').«
Neben den Tausend Nächten erwähnt el-Mas'ûdi hier auch
noch das Buch von Farza und Simâs und das Buch von es-
Sindibâd. Dies sind Geschichten, die jetzt Teile von Tausend-
undeiner Nacht bilden, und zwar die Geschichte des Königs
Dschali'âd und seines Sohnes Wird Chân (oben Band VI, S. 7 ff.)
und die Geschichten von der Tücke der Weiber oder von dem
König, seinem Sohne, seiner Odaliske und den sieben Wesiren
(Band IV, S. 259 ff.).

Ferner heißt es in dem Buche *el-Fihrist* (Der Katalog) von
Mohammed ibn Ishâk ibn Abi Ja'kûb en-Nadîm, das im Jahre
987 verfaßt wurde[1]: »Die ersten, die Abenteuer verfaßten,
Bücher aus ihnen machten und sie in den Schatzhäusern niederlegten, auch in einigen davon die Tiere reden ließen, waren
die alten Perser. Dann beschäftigten sich eifrig mit ihnen die
arsakidischen Könige; sie sind die dritte Dynastie der Perserkönige. Darauf vermehrte und erweiterte sich jene [Art von
Büchern] in den Tagen der sasanidischen Könige, und die
Araber übertrugen sie in die arabische Sprache. Und die Männer von Beredsamkeit und Sprachkenntnis übernahmen sie,
feilten an ihnen und schmückten sie aus und verfaßten, was
ihnen dem Sinne nach ähnlich war. Das erste Buch, das in diesem Sinne ausgearbeitet wurde, war das Buch *Hezâr Efsân*[2],
das heißt ,Die tausend Abenteuer'. Die Veranlassung dazu war
die folgende: Einer von ihren Königen pflegte, wenn er sich
mit einer Frau vermählt und mit ihr eine Nacht verbracht
hatte, sie am nächsten Morgen zu töten. Nun vermählte er
sich einmal mit einer Königstochter, die Verstand und Wissen
besaß und Schehrezâd genannt war. Als die bei ihm war, be-

1. Ausgabe von G. Flügel: »Kitâb al-Fihrist«, Leipzig, 1871-1872«, Band I,
Seite 304. – 2. *Efsân* und *Efsâneh* sind im Persischen gleichbedeutend.

gann sie ihm Abenteuer zu erzählen; dabei ließ sie die Geschichte am Ende der Nacht so weit gelangen, daß der König veranlaßt wurde, sie zu schonen und sie in der nächsten Nacht um Vollendung der Geschichte zu bitten, bis tausend Nächte darüber vergangen waren. Während dieser Zeit wohnte er ihr bei, und ihr ward durch ihn ein Kind geschenkt; das zeigte sie ihm, und dann teilte sie ihm die List mit, die sie wider ihn gebraucht hatte. Da bewunderte er ihre Klugheit, neigte sich ihr zu und ließ sie am Leben. Der König hatte auch eine Hausmeisterin, des Namens Dinarzâd, und die war ihre Helferin dabei. Es wird gesagt, dies Buch sei für Humâi (andere Lesart: Humâni), die Tochter des Bahman verfaßt worden; und man bringt darüber auch andere Angaben vor.

Mohammed ibn Ishâk [das ist der Verfasser] sagt: ‚Das Richtige ist – so Gott will –, daß der erste, dem bei Nacht Geschichten erzählt wurden, Alexander der Große war, und daß er Leute hatte, die ihn zum Lachen brachten und ihm Abenteuer erzählten, wobei er nicht das Vergnügen suchte, sondern nur wachsam und auf der Hut sein wollte. Nach ihm benutzten die Könige dazu das Buch Hezâr Efsân; es umfaßt tausend Nächte und weniger als zweihundert Erzählungen, da an einer Geschichte in mehreren Nächten erzählt wird. Ich habe es mehrere Male vollständig gesehen; es ist aber in Wirklichkeit ein wertloses Buch törichter Geschichten.‘

Mohammed ibn Ishâk sagt: ‚Abu ’Abdallâh ibn ’Abdûs el-Dschahschijâri, der Verfasser des ‚Buchs der Wesire‘, begann ein Buch zu schreiben, in dem er tausend Geschichten auswählte von den Geschichten der Araber, der Perser, der Griechen und noch anderer, und zwar so, daß jeder Teil für sich selbst bestand und nicht mit einem anderen verbunden war. Er ließ die Geschichtenerzähler kommen und nahm von ihnen das Beste, was sie wußten und gut verstanden, und er wählte aus den Büchern, die über Erzählungen und Abenteuer verfaßt waren, das aus, was nach seinem eigenen Geschmack war und was trefflich war. So brachte er daraus vierhundertundachtzig Nächte zusammen, von denen eine jede Nacht eine vollständige Geschichte enthielt, die ungefähr fünfzig Blätter umfaßte. Aber das Todesgeschick ereilte ihn, ehe er sein Vorhaben ausführen konnte, nämlich tausend Geschichten zu vollenden. Ich habe von jenem [Buch] eine Anzahl von Teilen gesehen in der Handschrift des Abu et-Taijib, des Bruders von esch-Schâfi'i'.«

Diese Angaben beziehen sich im wesentlichen auf die arabische Literatur von Baghdad im 10. Jahrhundert. Wir erfahren aus ihnen, daß man dort zu jener Zeit ein Buch der tausend Nächte kannte, das aus dem Persischen übersetzt war, und daß dies Buch eine Rahmenerzählung enthielt, die einem Teile der uns jetzt bekannten Rahmenerzählung entsprach. Ferner erfahren wir, daß ein Schriftsteller namens el-Dschahschijâri ein Buch der Tausend Nächte verfaßte, für dessen Titel ihm sicher jenes andere Buch ein Vorbild gewesen war; sein »Buch der Wesire« hat sich in Wien wiedergefunden und ist durch Prof. H. v. Mžik veröffentlicht worden (Leipzig, 1926), und so kann man vielleicht hoffen, daß auch sein Erzählungswerk noch einmal wieder zum Vorschein kommen möge. Was aber die Tausend Nächte der Hezâr Efsân und die von el-Dschahschijâri enthielten, davon wissen wir nichts außer der Rahmenerzählung. Es ist nicht anzunehmen, daß die Zahl 1000 ursprünglich wörtlich gemeint war, wenn auch el-Dschahschijâri sie bereits im buchstäblichen Sinne zu nehmen beabsichtigt haben mag. Für den einfachen Verstand ist schon 100 eine große Zahl, und vor »100 Jahren« bedeutet daher – auch bei orientalischen Geschichtsschreibern – oft soviel wie »vor langer Zeit«. Aber 1000 ist fast soviel wie »unzählbar«. Daß man später »Tausendundeine Nacht« sagte, beruht neben der Furcht vor der runden Zahl wohl auf türkischem Sprachgebrauch, was nicht zu verwundern wäre, da seit dem 11. Jahrhundert die Länder des islamischen vorderen Orients unter türkischen Einfluß gerieten. Im Türkischen sagt man *bin bir* (mit dem Stabreim *b*) »tausendundeins« für eine große Anzahl. In Kleinasien gibt es eine Ruinenstätte, die von den Türken »Tausendundeine Kirche« genannt wird, in Konstantinopel eine Stätte »Tausendundeine Säule«, wo sich jetzt Seilerwerkstätten befinden; aber in Wirklichkeit sind weder so viele Kirchen noch so viele Säulen an jenen Stätten. Von der Erzählerin Schehrezâd wird gesagt, sie habe »tausend Bücher« gesammelt; ein arabisches »Buch der 1001 Sklaven« und ein »Buch der 1001 Sklavinnen« ist aus dem 13. Jahrhundert bekannt. Später, als man die Zahl 1001 wörtlich nahm, mußten natürlich auch wirklich tausend Nächte und eine Nacht vorhanden sein.

Das nächste Zeugnis ist eine Stelle aus dem Werke eines ägyptischen Geschichtsschreibers des 12. Jahrhunderts. Dieser Mann wird al-Kurtubi genannt, hieß aber wohl, wie Macdonald vermutet hat, al-Kurti und schrieb eine Geschichte Ägyptens zwischen den Jahren 1160 und 1172. Eine Bemerkung von ihm hat der Schriftsteller Ibn Sa'îd übernommen, der 1274 oder 1286 starb, und aus einer seiner Schriften ging sie in die Geschichtswerke von el-Makrîzi (gest. 1442) und el-Makkari (gest. 1632) über. Dem Schriftsteller el-Ghuzûli, der um die Wende des 14. Jahrhunderts lebte, war die ägyptische Fassung von 1001 Nacht bekannt; vgl. Torrey im Journal of the American Oriental Society 1894, S. 45 ff. El-Kurti verglich die Geschichten von den Liebesabenteuern des Fatimidenkalifen

664

el-Âmir biahkâm Allâh mit Tausendundeiner Nacht, indem er sagte: »Das Volk erweiterte die Geschichte von der Beduinin [das ist: der Geliebten jenes Kalifen]…, bis bei ihm die Überlieferung davon gleich wurde den Geschichten von el-Battâl und von Tausendundeiner Nacht und dergleichen mehr.« Die Geschichten von el-Battâl beziehen sich auf den großen Ritterroman von el-Battâl, der früher nur in türkischer Überlieferung bekannt war, von dem aber der arabische Text in einer Berliner Handschrift und einem Kairoer Druck vorliegt. Wir erfahren also weiter, daß die Sammlung der Geschichten von Tausendundeiner Nacht um die Mitte des 12. Jahrhunderts in Ägypten wohlbekannt war. Was sie damals im einzelnen enthielt, wissen wir nicht; wir können aber mit ziemlicher Sicherheit annehmen, daß die meisten Geschichten östlichen Ursprungs, das heißt indische, persische und baghdadische, bereits in ihr enthalten waren. Mit dem Zeugnisse von el-Kurti kommen wir schon näher an die handschriftliche Überlieferung heran. Von jetzt ab entwickelt sich das Werk auf ägyptischem Boden weiter, bis es die Gestalt annimmt, in der wir es kennen. –

Wie sah es aber in seiner Urgestalt aus? Es enthielt von Anfang an eine Rahmengeschichte, die der gegenwärtigen ziemlich ähnlich gewesen sein muß. Jetzt wird in ihr folgendes erzählt. König Schahzamân von Samarkand wollte seinen Bruder König Schehrijâr von Indien besuchen. Er fand, als er bei der Abreise noch einmal in seinen Palast zurückkehrte, seine Gemahlin in den Armen eines Negers. Sofort erschlug er beide und ritt dann traurig zu seinem Bruder. Dort entdeckte er, daß die Gemahlin Schehrijârs es ebenso trieb, wie seine eigene Gemahlin es getrieben hatte. Nun ward er wieder froh. Sein Bruder wunderte sich über sein verändertes Aussehen und erfuhr auf sein dringendes Bitten hin die ganze Wahrheit von

Schahzamân. Darauf legten beide ihre königliche Würde ab und zogen als Pilger durch die Welt auf der Suche nach jemandem, dessen Leid noch größer wäre als das ihrige. Sie fanden einen solchen in einem Dämon, der von seiner Frau in unerhörter Weise betrogen wurde. So kehrten sie denn in die Hauptstadt zurück. Dort schlug Schehrijâr seiner Gemahlin sowie den Sklaven und Sklavinnen, die an ihrem Treiben teilgenommen hatten, den Kopf ab, und von da ab ließ er sich jeden Tag eine Jungfrau bringen, mit der er sich vermählte und die er am nächsten Tage enthauptete. Nachdem er das drei Jahre getan hatte, murrte das Volk, und alle Jungfrauen flohen aus der Stadt. Wieder befahl er seinem Wesir, ein Mädchen zu bringen; doch dieser konnte keines finden und ging betrübt nach Hause. Seine kluge Tochter Schehrezâd sprach ihm Mut zu und veranlaßte ihn, sie zum König zu führen. Als sie beim König war, bat sie ihn, ihre jüngere Schwester Dinazâd kommen zu lassen. Diese bat, als sie beim König war, Schehrezâd möchte eine Geschichte erzählen. Dann folgen im bunten Wechsel alle die Erzählungen, durch die Schehrijâr veranlaßt wird, die Hinrichtung immer von einem Tag auf den andern zu verschieben, da er stets die Geschichte zu Ende hören will. Nachdem Schehrezâd in der 1001. Nacht ihre letzte Geschichte beendet hat, führt sie dem König die drei Söhne vor, die sie ihm inzwischen geboren hatte. Der König bewundert ihre Klugheit, läßt ihr das Leben und gibt sein früheres Tun auf. Dann werden große Feste gefeiert, und alles endet in Herrlichkeit und Freuden, »bis Der zu ihnen kam, der die Freuden schweigen heißt und die Freundesbande zerreißt«.

Über die Herkunft dieser Rahmenerzählung ist viel geschrieben worden. In Wirklichkeit zerfällt sie, wie der französische Volkskundler Cosquin[1] nachgewiesen hat, in drei Teile, die alle aus Indien stammen. Diese drei Teile sind ursprünglich selbständige Erzählungen gewesen, die von Indien nach Osten und Westen und Norden gewandert sind.

1. Die Geschichte von einem Manne, der von seiner Frau betrogen wird, dann aber von seinem Schmerz darüber geheilt wird, als er sieht, daß es einer hohen Persönlichkeit ebenso ergeht wie ihm; sie kommt auch noch heute als selbständige Geschichte im Arabischen vor.

2. Die Geschichte von einem Dämon oder einem Riesen, den seine Frau oder seine Gefangene in kühner Weise mit anderen Männern hintergeht. Es ist dieselbe wie »die Geschichte von dem Prinzen und der Geliebten des Dämonen«, die noch einmal in Tausendundeiner Nacht erzählt wird, und zwar als Teil der Geschichte von der Tücke der Weiber (oder: dem weisen Sindbad), oben Band IV, S. 353 – 357. Zu den vielen Parallelen, die Cosquin angeführt hat, kommt jetzt noch ein neuaramäisches Märchen, in dem freilich aus dem Dämon ein Fellache geworden ist.[2]

3. Die Geschichte von der klugen Jungfrau, die durch ihre geschickte und unerschöpfliche Erzählerkunst ein Unglück abwendet, das ihr oder ihrem Vater oder den beiden droht.

Von diesen drei Teilen hat, nach dem alten Fragment[3], nach el-Mas'ûdi und dem Fihrist, nur der dritte zur ursprünglichen Rahmenerzählung gehört; und zwar hat dieser wohl nur den grausamen König, die kluge Wesirstochter und die treue alte Dienerin gekannt. Da keine persischen Handschriften der Tau-

---

1. Emmanuel Cosquin, Etudes Folkloriques, Paris 1922, Seite 265 (= Revue biblique 1909, Januar- und Aprilnummer). – 2. Bergsträßer, Neuaramäische Märchen aus Ma'lûla, Leipzig 1915, Übersetzung Seite 27 ff. – 3. Vgl. oben, Seite 660.

send Erzählungen und nur ein altes arabisches Fragment von Tausendundeiner Nacht erhalten sind, ist man auf Vermutungen angewiesen. Es ist wahrscheinlich, daß die Geschichte von der klugen Wesirstochter schon früh von Indien nach Persien kam, wo sie »nationalisiert« wurde, wie die echt persischen Namen beweisen; Schehrijâr ist altpersisch *Chschathradâra*, das ist: Reichshalter, Träger der Herrschaft, Schehrezâd ist persisch *Tschihrazâd*, das ist: edel von Art, und Dinazâd bedeutet im Persischen: edel von Religion. Darüber, ob Dinazâd die Schwester oder die Dienerin war, schwanken die Angaben; es ist aber wahrscheinlicher, daß die junge Königin ihre alte Dienerin mit in den Palast bringt oder daß sie eine Hausmeisterin des Königs bei sich hat, als daß sie ihre Schwester dorthin führt. Als dann nach der Einfügung der ersten beiden Teile in die Rahmenerzählung das Brüderpaar Schehrijâr und Schahzamân vorhanden war, stellte man ihm um der literarischen Symmetrie wegen ein Schwesternpaar entgegen. Der Name Schahzamân ist eine künstliche Bildung und kommt nicht als persischer Personenname vor; er soll nach Absicht des Erfinders »König der Zeit«, das ist »der größte König seiner Zeit« bedeuten. Ursprünglich mag Schehrijâr nur ein grausamer Ritter Blaubart gewesen sein; als man nach einem Grunde für seine Grausamkeit suchte, fügte man die beiden ersten Teile hinzu. Das mag erst geschehen sein, als das arabische Buch bereits vorhanden war; wenn bei el-Mas'ûdi Dinazâd nach einer anderen Lesart schon als Schwester bezeichnet wird, so kann diese Angabe von einem späteren Abschreiber stammen. Auch darauf ist noch hinzuweisen, daß im Fihrist Schehrezâd nur einen Sohn zum König bringt, während sie in unseren Texten am Schlusse mit drei Söhnen zu ihm kommt. Wenn in der ursprünglichen Gestalt des Textes 1000 oder 1001 nur eine große Anzahl von Nächten bezeichnete, so konnte man nicht gut mehr als einen Sohn geboren werden lassen. Doch als man die Zahl 1001 wörtlich nahm, verteilte man auf jedes der drei Jahre einen Sohn; und so wurden es »drei Knaben, einer von ihnen ging, der andere kroch, und der dritte lag an der Brust« (Band VI, Seite 644 unten).

Welche anderen Geschichten aber haben in der ursprünglichen Tausendundeinen Nacht gestanden innerhalb der Rahmenerzählung? Unter den jetzt vorhandenen kann für eine ganze Anzahl indischer oder persischer Ursprung nachgewiesen werden. Von manchen ist es sicher, daß sie erst später eingefügt wurden, bei anderen kann man im Zweifel sein. Wir begegnen im ganzen Laufe der Entwicklung immer wieder der Tatsache, daß Geschichten aus Tausendundeiner Nacht anderswo als selbständige Geschichten oder in anderen Sammlungen vorkommen. In moderner Zeit sind mir in Drucken aus Ägypten und Syrien unter anderem die folgenden bekannt:

1. Die Geschichte von der Sklavin Tawaddud.

2. Die Geschichte von 'Adschîb und Gharîb.

3. Die Geschichte von der listigen Dalîla und ihrer Tochter Zainab der Gaunerin.

4. Die Geschichte von dem Hauptmann 'Alî ez-Zaibak.

5. Die Geschichte des Juweliers Hasan von Basra. Dazu kommt noch

6. Die Geschichte des weisen Haikâr, die in einige Rezensionen von Tausendundeiner Nacht aufgenommen ist, aber in der vorliegenden Insel-Ausgabe fehlt.

Dergleichen Drucke wird es noch viele andere geben. Da sie aus neuester Zeit stammen, ist es kaum wahrscheinlich, daß sie alle auf eine eigene Überlieferung zurückgehen; sie werden zum großen Teil erst aus Tausendundeiner Nacht entnommen

sein. Aber das ist noch genauer zu untersuchen. Anders steht
es, wenn uns aus früherer Zeit Handschriften erhalten sind,
in denen sich solche selbständige Geschichten finden. Das ist
vor allem bei der oben, Seite 659 genannten Stambuler Handschrift der Fall. Sie hat aus zwei Bänden bestanden, aber nur
der erste ist uns vorläufig bekannt geworden; dieser wird von
Prof. Wehr herausgegeben und übersetzt unter Benutzung
der nicht veröffentlichten Ausgabe von A. von Bulmerincq.
Die ganze Handschrift enthielt 42 Geschichten, deren Titel in
der Einleitung angegeben werden. Der erste Band geht bis zur
19. Geschichte; da aber im Text die 15. Geschichte fehlt, so
sind es im ganzen nur 18 Geschichten. Von diesen 18 finden
sich 4 in unserer Tausendundeiner Nacht wieder, und zwar:

1. Die Geschichte der sechs Leute. Dies sind die Geschichten
der sechs Brüder des Barbiers von Baghdad; sie haben hier
aber nichts mit dem Barbier zu tun, sondern sie werden von
der Hausmeisterin eines Königs vor diesen gebracht und erzählen ihre Geschichten.

2. Die Geschichte von Dschullanâr der Meermaid. Sie ist der
oben, Band IV, S. 87 ff., übersetzten Geschichte sehr ähnlich und
weicht nur in kleinen Einzelheiten von ihr ab.

3. Die Geschichte von Budûr und 'Umair ibn Dschubair.
Sie ist ausführlicher erzählt als oben, Band III, S. 258 ff.

4. Die Geschichte von Abu Mohammed dem Faulpelz. Sie
ist am Anfang ausführlicher, am Schlusse kürzer als oben,
Band III, S. 172 ff.; auch die Gedichte sind zum Teil anders.
Der Anfang scheint hier dem Anfang der Geschichte von dem
falschen Kalifen (oben, Band III, S. 130 ff.) nachgebildet zu sein.

Dazu kommt noch die Geschichte von Sûl und Schumûl, die
in der Stambuler Handschrift als Nr. 10 erscheint, in einer
Tübinger Handschrift aber als ein Stück von 1001 Nacht aus-

gegeben wird. Sie hat sicher nie dazu gehört, da sie auf die Bekehrung eines Muslims zum Christentum hinausläuft, was dem Geiste von 1001 Nacht durchaus widerspricht; ein christlicher Schreiber hat den mißglückten Versuch gemacht, sie in das Werk einzuführen. Aus dem bisher noch nicht gefundenen zweiten Bande der Stambuler Handschrift gehört jetzt die Geschichte vom Ebenholzpferde zu 1001 Nacht (oben, Band III, S. 350 ff.). Mehr läßt sich aus den Überschriften nicht erkennen; vielleicht sind aber auch darin noch einige Geschichten unter anderem Namen vorhanden.

In Handschriften, die in europäischen Bibliotheken aufbewahrt werden, finden sich des öfteren Geschichten aus 1001 Nacht. Um deren Verhältnis zu unserem Werk aufzuklären, müßte man feststellen, ob sie als eigene Geschichten ausgegeben werden, aus welcher Zeit sie überliefert sind und welche Texte sie bieten im Vergleich mit unserer 1001 Nacht. Auf alle diese Einzelheiten kann hier nicht eingegangen werden. Es genügt die Tatsache, daß wir sehr viel aus dem Inhalte von 1001 Nacht anderswo in der arabischen Erzählungsliteratur nachweisen können. Zu diesen gehören vor allem auch die Liebesgeschichten, zu denen R. Paret in seinem Buche »Früharabische Liebesgeschichten« (Bern 1927), S. 73, Parallelen aus der arabischen Literatur nachgewiesen hat.

Da in den meisten uns bekannten Handschriften und Drucken die ersten Geschichten, bis zum Roman von 'Omar ibn en-Nu'mân, das heißt also die oben in Band I, S. 19–500 übersetzten Geschichten, ungefähr übereinstimmen und an der gleichen Stelle stehen, hat man früher wohl angenommen, daß sie wenigstens zum Urbestande des Werkes gehören. Aber Macdonald hat mit Recht betont, daß wir bei unserer Beurteilung viel zu sehr von der uns vorliegenden späteren ägyptischen

Redaktion ausgehen und daß wir in Wirklichkeit über die Geschichte der Sammlung erst etwa seit dem Jahre 1500 etwas Sicheres aussagen können. Dazu kommt, daß die Geschichte von Ghânim ibn Aijûb, die oben Band I, S. 460 - 500 vor dem 'Omar-Romane steht, in anderen Handschriften in diesen einbezogen wird; daß die Geschichten von den Brüdern des Barbiers (Band I, S. 363–402) in der Stambuler Handschrift in ganz anderem Zusammenhange stehen; daß die Geschichte des christlichen Maklers (Band I, S. 300–318) auf ägyptischen Ursprung hinweist und so nicht in einem alten Baghdader Werk gestanden haben kann; daß endlich die erste Geschichte in 1001 Nacht, die Geschichte von dem Kaufmann und dem Dämon (Band I, S. 32–48), obwohl sie deutliche indische Motive enthält, schon Parallelen in der altarabischen Literatur hat, wie Macdonald nachwies. Es ist also nicht sehr wahrscheinlich, daß alle jene ersten Geschichten zum Urbestande des Werks gehören. Prof. Macdonald nimmt fünf Entwicklungsstadien von 1001 Nacht an:

I. Die ursprünglichen persischen *Hezâr Efsân*.

II. Eine arabische Übersetzung der *Hezâr Efsân*.

III. Eine Form, in der die Rahmenerzählung aus den *Hezâr Efsân* übernommen wurde; die dann folgenden Geschichten waren arabischen Ursprungs und standen nun an Stelle der ursprünglichen persischen Geschichten. Diese arabischen Geschichten waren kurz und unbedeutend, und vermutlich gehört zu ihnen der Kaufmann- und Dämon-Zyklus, wie er von Galland überliefert wurde.

IV. Die Tausendundeine Nacht der späteren Fatimidenzeit (also etwa 1100 - 1170). Diese Form mag dieselbe gewesen sein wie III; sie war jedenfalls sehr beliebt in Ägypten.

V. Die Tausendundeine Nacht, für die das Gallandsche Manuskript das älteste handschriftliche Zeugnis ist. Dies war sicherlich, was die in ihr enthaltenen Geschichten betrifft, ein von IV stark verschiedenes Buch. Es ist nahe verwandt mit der von Zotenberg gekennzeichneten »ägyptischen Rezension« und ebenso mit all den anderen Handschriften, die uns erhalten sind. Nabia Abbott teilt die Entwicklungsgeschichte in folgende sechs Stadien: 1. Eine arabische Übersetzung der Hezâr Efsâneh aus dem 8. Jahrhundert; 2. Eine islamisierte Form dieser Übersetzung, auch aus dem 8. Jahrhundert mit dem Titel »Tausend Nächte«; 3. Eine Ausgabe der »Tausend Nächte« aus dem 9. Jahrhundert mit persischen und arabischen Geschichten; 4. Eine Ausgabe mit dem Titel »Tausend Nachtunterhaltungen« aus dem 10. Jahrhundert, deren Verhältnis zu den »Tausend Nächten« nicht klar ist; 5. Eine Sammlung aus dem 12. Jahrhundert mit dem Titel »Tausendundeine Nacht«, die durch Material aus Nr. 4 und durch ägyptisches Material vermehrt war; 6. Das Schlußstadium der Entwicklung, die bis in das 16. Jahrhundert dauerte; darin befanden sich islamische Heldenromane aus den Kämpfen mit den Christen und Erzählungen aus Persien und Iraq, die mit den Mongolen im 13. Jahrhundert dorthin gekommen waren.

Macdonalds Urteil, daß in Nr. III die Geschichten kurz und unbedeutend gewesen seien, ist wohl durch die Bemerkung im Fihrist (oben S. 662) veranlaßt. Ob dessen Verfasser recht gehabt hat, können wir nicht mehr feststellen. Es wäre aber weiter zu fragen, ob es überhaupt nötig ist, Nr. II anzunehmen, mit anderen Worten, ob es wirklich eine arabische Übersetzung der ganzen *Hezâr Efsân* gegeben hat. Es ist denkbar, daß für eine altarabische Geschichtensammlung »Tausend Nächte« nur die Rahmenerzählung aus den *Hezâr Efsân* genommen wurde und daß die in ihr gesammelten Erzählungen von Anfang an islamisch-arabischen Charakter hatten und in arabischer Sprache bekannt waren, mochten sie auch vielfach fremden Ursprungs sein. Dann wäre also das einzige, was »Tausendundeine Nacht« mit den »Tausend Erzählungen« der Perser im Anfang äußerlich gemeinsam hatte, die Rahmenerzählung und das Wort »Tausend«. Doch da weder die *Hezâr Efsân* noch ganze Handschriften der ältesten 1001 Nacht uns überliefert sind, kann darüber nichts Sicheres ausgesagt werden. Eines aber ist sicher, daß wir deutlich erkennbare 1. Baghdader und 2. ägyptische Bestandteile von 1001 Nacht haben. Die Baghdader umfassen natürlich auch all das indisch-persische Gut, das zur Abbasidenzeit nach Westen gewandert war, und die ägyptischen mögen, da Syrien und Ägypten während der Mamlukenzeit und unter der türkischen Herrschaft eng verbunden waren, einiges aus Syrien enthalten. Ferner können wir mehrfach erkennen, daß Baghdader Geschichten in Ägypten umgearbeitet und daß ägyptische Geschichten späteren Datums in die »herrliche Zeit« des Kalifen Harûn er-Raschîd zurückdatiert worden sind. Wir haben zwar kein Mittel, um festzustellen, zu welcher Zeit die »Baghdader Bestandteile«, das heißt die Märchen persischen Ursprungs, die Erzählungszyklen indischer Herkunft, all die Anekdoten aus dem Baghdader Hofleben, der Seefahrer-Roman von Sindbad usw., in 1001 Nacht aufgenommen wurden. Es ist mir aber doch wahrscheinlich, daß sie zum großen Teile schon in der »Baghdader Rezension« standen, ehe diese nach Ägypten kam, und dort erweitert und umgearbeitet wurden. Ob demnach Nr. IV der Liste Macdonalds gleich Nr. III war und auch nur »kurze und unbedeutende Geschichten« enthielt, ist mir sehr fraglich. –

Unsere Tausendundeine Nacht enthält Stoffe aus mancherlei Ländern, Indien, Persien, Mesopotamien, Syrien, Arabien,

Ägypten. Das einigende Band für alle ist der Islam und die arabische Sprache. Alle Geschichten sind von dem islamischen Firnis bedeckt. Ebenso verschieden wie die Herkunft der Stoffe ist auch die literarische und die sprachliche Form. Mehrfach treffen wir Geschichten, die mit großer Kunst erzählt sind; doch sie wechseln mit anderen, die nur bescheidenen literarischen Ansprüchen genügen. Viele Geschichten sind in einfacher Prosa erzählt, deren Sprache nicht mehr das klassische Arabisch ist, sondern sich stark der Sprache des täglichen Lebens nähert; in den Drucken – mit Ausnahme der Breslauer Ausgabe – herrscht das Streben vor, die Sprache einigermaßen literarisch zu gestalten, in den Handschriften tritt die arabische Umgangssprache stärker hervor. Auf viele Geschichten ist jedoch hohe sprachliche Kunst verwendet, die sich namentlich in der Reimprosa äußert. Die Reimprosa war die Sprache der Wahrsager im heidnischen Arabien gewesen, und sie wurde daher in den ersten Jahrhunderten des Islams nicht angewandt, zumal auch das Heilige Buch, der Koran, in ihr abgefaßt war. Aber sie kam später wieder in Aufnahme und feierte im 10. Jahrhundert wahre Triumphe. In den Geschichten, die mit größerer sprachlicher Kunst ausgearbeitet sind, kommt sie vor, wenn es sich um folgende Dinge handelt: 1. Beschreibungen von schönen Mädchen, von Palästen, Gärten, Landschaften, besonders auch von Schlachten oder von plötzlich eintretenden Ereignissen; 2. Briefe; 3. Dialoge, die manchmal an Opern oder Operetten erinnern; 4. Gebete; 5. Predigt; 6. Parodien von Reimprosa höheren Stils; 7. Sprichwörter. In dieser Reimprosa zeigt sich echt arabischer Geist. Etwa 1420 poetische Einlagen finden sich nach Horovitz in der zweiten Calcuttaer Ausgabe; wenn davon die 170 Wiederholungen ausscheiden, so bleiben etwa 1250 verschiedene Gedichte übrig, von denen

675

freilich bei weitem nicht alle vollständige, in sich abgeschlossene Gedichte sind, da manchmal nur wenige Verse angeführt werden. Prof. Horovitz hat festgestellt, daß diejenigen Liedereinlagen, von denen er den Verfasser nachweisen konnte, in ihrer Mehrzahl aus dem 12. bis 14. Jahrhundert n. Chr. stammen, also in die ägyptische Periode der Entwicklung von 1001 Nacht gehören. Die Verbindung von Poesie und Prosa ist auch ein echt arabischer Charakterzug. Freilich sind die dichterischen Einlagen in Tausendundeiner Nacht oft derart, daß sie fehlen könnten, ohne den Gang der Handlung zu stören; daraus erkennen wir, daß diese meist später hinzugefügt sind.

Mögen nun auch die Zeitpunkte für die Aufnahme der einzelnen Geschichten noch so unsicher sein, für ihre Herkunft haben wir doch mancherlei Anhaltspunkte. Daß die Rahmengeschichte aus *Indien* stammt, wurde schon oben S. 667 angeführt. Indisch sind aber auch manche Erzählungen von frommen Männern, die an buddhistische und dschinistische erbauliche Geschichten erinnern; ebenso werden manche Tierfabeln aus Indien stammen, wie ja solche Fabeln schon zur Ptolemäerzeit nach Ägypten gekommen sind und indische Stilelemente sich in der koptischen Kunst finden. Ferner sind die Zyklen von dem weisen Sindbad und von Dschali'âd und Schimâs indisch, und indische Motive finden sich fast durch das ganze Buch zerstreut; vor allem beruht die Geschichte von dem fliegenden Ebenholzpferd auf einem indischen Motiv. Alles ist aber durch das Persische hindurchgegangen, ehe es zu den Arabern kam.

Zu den indischen Motiven vgl. L. Alsdorf, »Zwei neue Beiträge zur ‚indischen Herkunft' von 1001 Nacht« in der Zeitschrift der Deutschen Morgenländischen Gesellschaft (ZDMG

1935, S. 275 ff.). Vielleicht gehört auch der Affe Hanuman hierher; vgl. unten S. 679

Aus *Persien* stammen vor allem die Märchen, in denen die guten Geister und Feen selbständig handelnd in das Leben der Menschen eingreifen; diese Geisterwelt ist durchaus verschieden von der unheimlichen Dämonenwelt der arabischen Wüste und von der ägyptischen Zauberwelt. Die Anekdoten von persischen Königen sind natürlich ursprünglich von Persern erzählt worden, mögen sie auch im Laufe der Zeit umgestaltet oder von einem Herrscher auf den anderen übertragen sein. Für ihre Aufnahme in Tausendundeine Nacht kommen wohl nur schriftliche Quellen in Betracht. Etwa fünfzig persische Namen kommen in den hier übersetzten Geschichten vor.

Baghdad liegt im Gebiete des alten Babyloniens; es ist daher von vornherein wahrscheinlich, daß sich dort altbabylonische Anschauungen durch die Zeiten der Griechen und Perser hindurch bis zu den Arabern erhalten haben und gelegentlich auch in 1001 Nacht noch durchschimmern. Sogar eine ganze Erzählung, die in einigen Handschriften zu dem Werke gerechnet wird, ist altmesopotamischen Ursprungs. Das ist die Geschichte vom weisen Haikâr, die etwa im 7. Jahrhundert v. Chr. in der assyrischen Hauptstadt Ninive entstanden ist und durch die jüdische und christliche Literatur hindurch ihren Weg in die arabische gefunden hat. Chidr, der Ewig-Junge, der uns in den Geschichten von Bulûkija, von der Messingstadt und von 'Abdallâh ibn Fâdil und seinen Brüdern begegnet, hat ein babylonisches Vorbild; in den Wanderungen Bulûkijas und in dem Lebenswasser, das Prinz Ahmed holt, mögen Reflexe des babylonischen Gilgamesch-Epos enthalten sein. Aber Chidr und das Lebenswasser sind den Arabern wohl erst durch den Alexander-Roman überliefert worden; und die

677

Wanderungen Bulûkijas sind aus der jüdischen Literatur zu ihnen gekommen. Vor allem stammen aus der Baghdader Zeit die meisten der Anekdoten, die sich um die Abbasiden und ihren Hof gruppieren; auch einige Anekdoten aus bürgerlichen Kreisen sind dort zu Hause. Der Roman von Sindbad dem Seefahrer wird dort entstanden sein; der Roman von 'Omar en-Nu'mân ist in Syrien und Baghdad zu Hause; der Roman von 'Adschîb und Gharîb weist nach Mesopotamien und Persien; die Geschichte von der klugen Sklavin Tawaddud ist in Baghdad entstanden und in Ägypten überarbeitet worden. Desgleichen sind die Geschichten von Bulûkija, von dem weisen Sindbad und von Dschali'âd und Wird Chân sicher in Baghdad bekannt gewesen. Das »Buch der Lieder«, aus dem einige Geschichten in Tausendundeine Nacht übergegangen sind, wurde zuerst in Baghdad bekannt. Doch wir haben für alle diese Erzählungen keinen sicheren Beweis, daß sie bereits in das Baghdader Werk von Tausendundeiner Nacht aufgenommen waren.

Für *Ägypten* sind in unserem Werke besonders charakteristisch die meist mit Humor und Geschick erzählten Streiche von Dieben und Schelmen sowie die Zaubermärchen, in denen die Geister den Menschen durch Talismane dienstbar gemacht werden. Auch einige Geschichten, die man als bürgerliche Novellen bezeichnen kann, sind dort geschaffen; einige von ihnen nehmen sich fast wie moderne Ehebruchsromane aus. Alle diese Geschichten stammen natürlich in ihrer jetzigen Form aus dem Ägypten der Mamlukensultane oder dem der türkischen Herrschaft. Es fragt sich nun, wieviel Altägyptisches in ihnen enthalten ist. Das Volk der ägyptischen Hauptstädte ist von alter Zeit bis zur Neuzeit sehr lebensfroh und leichtlebig gewesen; es hatte von jeher Freude am Erzählen, an

Wundern, die oft nicht grotesk genug sein können, an komischen Situationen und humorvollen Ausdrücken. So haben denn unsere arabischen Schelmengeschichten und Zaubermärchen ihre altägyptischen Vorgänger gehabt. Prof. Nöldeke wies bereits darauf hin, daß die Geschichte vom Schatz des Rhampsinit sich in der Geschichte von 'Alî ez-Zaibak wiederfindet. Ein Vorgänger dieses Räuberhauptmannes 'Alî ez-Zaibak und seines Genossen Ahmed ed-Danaf ist der kühne Kondottiere Amasis[1], der es bis zum Pharao brachte, wie ja auch 'Alî ez-Zaibak in einem neuaramäischen Märchen (Bergsträßer, Neuaramäische Märchen, S. 90) sogar Sultan wird. Dazu kommen noch einzelne altägyptische Züge, wie die Gestalt des schreibenden Affen in der Erzählung des zweiten Bettelmönches innerhalb der Geschichte des Lastträgers und der drei Damen von Baghdad. Diese erinnert, wie Prof. Spiegelberg mir mitteilte, an den altägyptischen Götterschreiber Thoth, der oft als Affe dargestellt wird. Andererseits kann man auch an den Affen Hanuman im indischen Epos »Ramajana« denken, dem ein Drama zugeschrieben wird und der dem Helden Rama hilfreich beisteht wie der Mârid Affe dem Abu Mohammed (Band III, S. 182-184). Die Geschichte von dem kleinen Löwen, der sich vor dem Menschen warnen läßt (Band II, S.225 ff.), wird von Prof. Lexa auf ein altägyptisches Vorbild zurückgeführt; vgl. Archiv Orientální (Prag), 1930, S. 441. Man hat auch vermutet, daß die Geschichte des ägyptischen Schiffbrüchigen mit Sindbads Reisen und die Geschichte der Einnahme von Jaffa durch ägyptische Krieger, die in Säcken verborgen waren, mit der Geschichte von Ali Baba

1. Vgl. über ihn Spiegelberg: »Die Glaubwürdigkeit von Herodots Bericht über Ägypten im Lichte der ägyptischen Denkmäler«, Heidelberg 1926, Seite 18 ff.

zusammenhängen. Aber das ist sehr unwahrscheinlich, wie ich in meinem Vortrag »Tausendundeine Nacht in der arabischen Literatur« (Tübingen 1923) S. 22 f. näher ausgeführt habe.

Die Anlage des ganzen Werkes als Rahmenerzählung mit den darin eingefügten Geschichten ist typisch indisch. Zwar findet sich diese Art auch im alten Ägypten und, innerhalb der einzelnen Geschichten, auch in den später entstandenen, ist sie oft nachgeahmt. Aber wo es innerhalb einer Erzählung heißt: »Es ergeht (erging) ihm (ihr, ihnen) so wie dem und dem« und dann gefragt wird: »Wie war denn das?« (oder ähnlich), können wir fast immer mit Sicherheit auf indischen Ursprung schließen; denn dies ist in den indischen Erzählungen die stehende Ausdrucksweise. Auch in altägyptischen Märchen werden Geschichten vor dem König erzählt, geradeso wie vor den indischen Königen und vor den Kalifen aus dem Hause von el-'Abbâs. Der Fihrist (oben S. 662) führt diese Sitte auf Alexander den Großen zurück, »so Gott will«. In Wirklichkeit ist sie in verschiedenen Ländern und zu verschiedenen Zeiten aufgekommen, und ein innerer Zusammenhang zwischen ihren einzelnen Erscheinungsformen braucht nicht zu bestehen. Im allgemeinen unterscheiden sich die aus fremden Literaturen stammenden Erzählungen, vor allem die indischen und persischen, von den in arabischer Zeit entstandenen oder niedergeschriebenen dadurch, daß in ihnen wenig Gedichte und wenig Reimprosa vorkommen. Aber es gibt auch Erzählungen solcher Art, die aus der Baghdader und der ägyptischen Zeit stammen; sie gehören mehr der Gruppe der mündlich erzählten Geschichten an. Für eine Anzahl von Geschichten jedoch ist ein einheitlicher Kunststil charakteristisch, der sich namentlich in stehenden Reimprosaformeln für Sonnenaufgang und Sonnenuntergang, für Schlachtenereignisse usw.

zeigt. Freilich ist die Sprache in den Handschriften sehr verschieden, und in den Drucken ist sie vielfach korrigiert. Das
alles wäre noch genauer zu untersuchen.

Es ist nicht leicht, die »Erzählungen aus den Tausendundein Nächten« nach ihren literarischen Gattungen in verschiedene Gruppen zusammenzufassen, da die Grenzen fließend sind, so daß man oft im Zweifel ist, welcher Gruppe man eine bestimmte Geschichte zuweisen soll. Dennoch ist im folgenden der Versuch gemacht unter der Voraussetzung, daß spätere Forschung manches anders erklären und vor allem die Herkunft der Geschichten genauer bestimmen wird. Als Hauptgruppen mögen gelten 1. Märchen; 2. Romane und Novellen; 3. Sagen und Legenden; 4. Lehrhafte Geschichten; 5. Humoresken; 6. Anekdoten. Bei der Besprechung der einzelnen Gruppen werden sich noch mehrere Unterabteilungen ergeben. Natürlich sind hier nur die in der vorliegenden Übersetzung vertretenen Erzählungen berücksichtigt; das sind also die Erzählungen, die in der zweiten Calcuttaer Ausgabe stehen, sowie die oben S. 650 f. aufgezählten Geschichten und abweichenden Fassungen.

1. MÄRCHEN

Oft hört man im Deutschen den Vergleich »wie ein Märchen aus Tausendundeiner Nacht«. Und in der Tat sind es die Märchen, die ihren eigenartigen Reiz und Zauber am meisten ausüben, nicht nur auf die Morgenländer, sondern auch auf uns Abendländer. Von ihnen gilt zwar, was der große englische Gelehrte Bacon sagte: »Die Dichtung gibt der Menschheit das, was die Geschichte ihr versagt, und sie befriedigt in gewisser Weise den Geist mit Schattenbildern, wenn er sich der Wesenheit nicht erfreuen kann. Und da die wirkliche Geschichte uns nicht den Erfolg der Dinge gemäß den Verdiensten von Laster und Tugend gibt, so verbessert die Dichtung dies und zeigt uns die Schicksale von Personen, die nach ihrem Verdienst belohnt und bestraft werden.« Aber damit ist das Wesen der orientalischen Märchen nicht erschöpft. Der Orientale flüchtet wohl gern aus der rauhen Wirklichkeit in die Zauberwelt des Märchens, aber die Frage von Verdienst und Schuld wird nicht immer aufgeworfen, Glück ohne Verdienst spielt eine ebenso große Rolle. Alles Geschehen wird jedoch dem Schicksal und dem Willen Allahs zugeschrieben. Und vor allem ist es die Freude an »wunderbaren und seltsamen Dingen«, die dem Orientalen das Märchen so wertvoll macht.

Schon die Rahmenerzählung ist ein Märchen für sich, das aus Indien stammt, wie oben S. 667 ausgeführt wurde. Dann folgt das Märchen von dem Kaufmann und dem Dämon, eine neue Rahmenerzählung mit den eingefügten Geschichten der drei Scheiche. Die Geschichten sind kurz und unheimlich; sie enthalten zwar indische Züge, sind aber auch schon in die altarabische Volksliteratur übergegangen. Sie werden sehr früh in das Baghdader Werk aufgenommen sein, und zwei von ihnen haben späteren ausführlicheren Märchen als Vorbild gedient. Die Geschichte des zweiten Scheichs (I, 41), dessen böse Brüder in Hunde verwandelt wurden, hat zunächst ihr weibliches Gegenstück in der Geschichte der ältesten von den drei Damen von Baghdad (I, 187); diese letztere Fassung ist ausführlicher und enthält bereits die wesentlichen Elemente der dritten Fassung, die am kunstvollsten ausgeführt ist, nämlich der Geschichte von 'Abdallâh ibn Fâdil (VI, 509). Diese Elemente sind der Schlangenkampf und die versteinerte Stadt. Aber die beiden ersten Fassungen enthalten nicht den versöhnenden Schluß der dritten. Die Geschichte des dritten Scheichs (I, 46), der von seiner Frau betrogen wurde und sie in eine Mauleselin verwandelte, nachdem sie ihn vorher zu einem

Hunde verzaubert hatte, ist das Vorbild der Geschichte von Sîdi Nu'mân (VI, 259). Wiederum ist die letztere Fassung ausführlicher und kunstvoller; sie ist bisher nur durch Galland überliefert, erweist sich aber durch diese Zusammenhänge als echt orientalisch. Die Märchenkunst von 1001 Nacht zeigt sich hier am Anfang nicht von der besten Seite, und wenn zur Zeit des Fihrist die Sammlung nur Geschichten dieser Art enthielt, so würde das dort ausgesprochene Urteil, wenn es auch hart ist, doch in gewisser Weise berechtigt sein. Aber zum Glück folgen bald schönere und erfreulichere Märchen.

Schon die Geschichte vom Fischer und Dämon (I, 48) wiederum eine Rahmenerzählung mit eingeschachtelten Erzählungen, bietet ein ganz anderes Bild. Eigentlich besteht sie aus zwei Teilen, die nur lose aneinandergefügt sind, und zwar 1. der Geschichte vom Fischer und dem Dämon bis zu seiner Befreiung aus der Flasche und 2. der Geschichte von dem See mit den verzauberten Fischen. Die Geschichte kann so, wie sie jetzt ist, nicht in den Hezâr Efsân gestanden haben; aber sie enthält doch allerlei indisch-persisches Gut, und die indische Überleitung zu einer eingeschachtelten Geschichte (Wie war denn das?) findet sich auch hier. Die in ihr enthaltene Geschichte von Junân und Dubân ist im wesentlichen indischen Ursprungs; sogar der Name Sindibâd hat sich in ihr erhalten. Am Schlusse wird erzählt, daß der zum Tode verurteilte Arzt an dem König Rache nimmt, indem er die Blätter eines Buches vergiftet, das er ihm hinterläßt; schon J. Gildemeister hat darauf hingewiesen, daß in Indien die Bücher auf Palmblätter geschrieben und zum Schutz gegen die Termiten mit einer ihnen gefährlichen Flüssigkeit eingerieben werden. Das Ganze ist aber mehrfach überarbeitet worden; man kann annehmen, daß die Geschichte zum ersten Male in Baghdad zusammengestellt wurde und später in Ägypten einzelne Veränderungen erfuhr; das Bild des Negers, der Zuckerrohr kaut, Mäuse ißt und Bier trinkt (I, 87), ist typisch afrikanisch. Der Glaube, daß die widerspenstigen Dämonen von Salomo in Flaschen gesperrt wurden, ist wohl schon in alter Zeit aus jüdischen Erzählungen bei den muslimischen Arabern bekannt geworden und ist noch heute bei ihnen bekannt. Parallelen zu dem Motiv, daß Dämonen oder Teufel eingefangen werden, finden sich bei vielen Völkern, auch bei den Indern. Gerade die Art, wie der Fischer hier den Geist übertölpelt, verleiht der Geschichte ihren Reiz.

Die nächsten eigentlichen Märchen sind in der Reihenfolge dieser Übersetzung die von 'Alâ ed-Dîn (II, 659), Ali Baba (II, 791) und Prinz Ahmed (III, 7); sie sollten eigentlich am Ende des ganzen Werkes stehen, da sie in der zweiten Calcuttaer Ausgabe nicht enthalten sind. Vorher steht aber ein Märchen, das mit einem »Familienroman« zusammengesetzt ist und eine eingeschachtelte Liebesnovelle enthält; dies ist die Geschichte von Kamar ez-Zamân und Budûr (II, 357ff.). Zugrunde liegt wohl ein persisches Zaubermärchen, das sich in der Handlungsweise des Geistes Dahnasch und der Dämonin Maimûna widerspiegelt. Aber schon diese Namen sind islamisch-arabisch, und die humorvolle, aber groteske Szene mit dem Eunuchen (II, 393 ff.) könnte fast ägyptisch sein; doch auch in Baghdad machte man sich in manchen Erzählungen über die Eunuchen lustig. Die Frage nach den islamischen Monatsnamen (II, 402) kann natürlich nicht in einem altpersischen Märchen gestanden haben, ebensowenig wie die Erwähnung eines venezianischen Hemdes (II, 379, 386). Der Glaube an Dämonen im Brunnen (II, 369) ist altarabisch; aber das Aufsuchen der Geliebten in weiter Ferne (China) erinnert an Hasan el-Basri, der sie in Japan sucht, und Hasan el-Basri seinerseits ist von Sindbad dem Seefahrer abhängig. An Persien erinnert noch der Name Marzuwân (II, 412 ff.). Wir haben es also wohl mit einer späteren Komposition zu tun. Der erste Teil, das Märchen, reicht bis zur Vereinigung der Geliebten. Dann folgt der »Familienroman«. Die beiden Frauen des Helden verlieben sich in ihre Stiefsöhne, und daraus entstehen allerlei Irrungen und Wirrungen. Die »bösen Magier« (II, 443, 501) weisen auf die Baghdader Zeit; und die Geschichte von Ni'ma und Nu'm (II, 530), die in die Omaijadenzeit verlegt wird, stammt spätestens aus der alten Abbasidenzeit. Nach S. 544 war es Sitte, daß die vornehmen Leute Persisch sprachen; da die Derwische bereits eine Rolle spielen und S. 541 der Rosenkranz genannt wird, wird die Erzählung in ihrer jetzigen Form kaum älter als das 9. oder 10. Jahrhundert sein.

Das Märchen von 'Alâ ed-Dîn und der Wunderlampe (II, 659) ist uns nur aus einer verhältnismäßig späten Zeit bekannt. Der arabische Urtext wurde erst Ende des 19. Jahrhunderts entdeckt. Er zeigt sehr starke europäische Einflüsse; manche Stellen sind ganz unarabisch gedacht und sind sehr wahrscheinlich Übersetzungen aus einer romanischen Sprache. Ob das Ganze eine Rückübersetzung ist, muß durch eine genauere Vergleichung endgültig festgestellt werden; das kann aber erst geschehen, wenn eine Gothaer Handschrift, die eine ähnliche Geschichte enthält, veröffentlicht ist. Das Märchen, das wie Ali Baba so große Berühmtheit erlangt hat, wird aus dem späteren Ägypten stammen; darauf weisen die Gestalt des Dämons, des »Dieners der Lampe« und die Erwähnung des Kaffees (II, 735).

Für Ali Baba (II, 791) haben wir einen besseren arabischen Text, der zu Anfang des 20. Jahrhunderts entdeckt wurde. In ihm findet sich die gleiche Sprache wie in den meisten Teilen von Tausendundeiner Nacht. Verschiedene sprachliche Ausdrücke sowie die Tatsache, daß eine ähnliche Geschichte in Syrien noch heute mündlich fortlebt, weisen auf Syrien als das Ursprungsland; der Name Ali Baba ist türkisch.

Das Märchen von Prinz Ahmed und der Fee Perî Banû (III, 7) ist ein hübsches persisches Märchen aus späterer Zeit. Wann es ins Arabische übersetzt wurde und ob noch eine Handschrift des arabischen oder persischen Textes vorhanden ist, wissen wir vorläufig nicht. Daß neben dem persischen Namen auch arabische gebraucht werden, ist nicht verwunderlich, da die muslimischen Perser so unendlich viele arabische Namen übernommen haben. Die genauere Kenntnis von Indien, von Brahmanen, Pagoden, Elefanten u. a. m. weist auch nach Persien, vor allem aber das Motiv des besten Pfeilschützen; ferner ist Firmân (S. 43) ein persisches Wort. Das Fernrohr (S. 20 ff.) führt in die Neuzeit. In der Sprache zeigt sich zuweilen europäischer Einfluß durch längere Perioden und Reflexionen, die dem arabischen Erzählungsstil fremd sind. Da III, 22 und 43 König Schehrijâr angeredet wird, gibt sich das Märchen als ein Teil von Tausendundeiner Nacht aus. Innere Beziehungen hat es mit der Geschichte der neidischen Schwestern (vgl. III, 72 ff. mit V, 178 ff.); aber auch für die letztere Geschichte fehlt der orientalische Urtext. Alle diese Fragen können erst näher beantwortet werden, wenn dieser Text gefunden ist.

Die Geschichte von 'Alî Schâr und Zumurrud (III, 207) spielt in Chorasân im östlichen Persien, aber ein Kurde von der Bande des Ahmed ed-Danaf (III, 232) wird genannt. Dieser Kurde heißt Dschawân (besser: Dschuwân »Jüngling«), trägt also einen persischen Namen. Auch der Name des Helden ist aus Persien bezogen; denn Schâr ist dasselbe wie persisch Schêr »Löwe«, und dies Wort wird öfters als Beiname gebraucht. Die Verkaufsszene am Anfang (III, 213 ff.) erinnert an die gleiche Szene in der Geschichte von Nûr ed-Dîn und Marjam (V, 658 ff.); letztere mag eine ausführliche Nachahmung der ersten sein. Wegen des Märchenmotivs, daß eine Sklavin in fremdem Lande zur Königin wird, ist diese Geschichte hierher gestellt; man würde sie sonst eher zu den Romanen und Novellen rechnen. Die humoristischen Szenen beim Festmahl der Königin deuten auf ägyptischen Ursprung.

Ein echtes Märchen wiederum ist die Geschichte vom Eben holzpferd (III, 350). Das Motiv des fliegenden Pferdes ist indisch; das gut erzählte Märchen stammt aus Persien, worauf zunächst der nur in der Breslauer Ausgabe genannte Königsname Sabûr hinweist. Der Name Hardscha (III, 379) könnte ein entstelltes persisches Hardschad oder Chodscha sein. S. 356 wird Indien genannt, S. 357, 358 ist die Rede vom Perserprinzen, S. 374 vom Lande der Griechen, S. 377 von Persien. S. 365 ff. taucht die Stadt San'â auf; die wird den Persern schon in vorislamischer Zeit bekannt gewesen sein, da Südarabien teilweise unter persischer Herrschaft stand. Somit könnte dies Märchen in den Hezâr Efsân gestanden haben; aber wir haben keinen Beweis dafür. In der Stambuler Handschrift (oben S. 671) gehört es jedoch nicht zu Tausendundeiner Nacht.

Die Geschichte von 'Alî aus Kairo (III, 593) ist ein späteres ägyptisches Märchen. Die ägyptische Geographie ist bekannt; S. 597 kommen die Insel er-Rôda und der Nilmesser vor, S. 600 und 612 Bulak und Damiette. Der Held zieht wie 'Alâ ed-Dîn Abu esch-Schamât von Kairo nach Baghdad und erhält dort eine hohe Stellung; er findet dort einen Schatz wie Zain el-Asnâm (VI, 216 ff.), und er sagt, seine Karawane werde kommen, wie der Schuhflicker Ma'rûf (VI, 571 ff.), worauf dann wirklich eine Geisterkarawane eintrifft. Sein Sohn wird König; seine Familie wird durch die Luft getragen, und der Schatz ist an Zauber gebunden.

Die Geschichte von der Schlangenkönigin und Hâsib Karîm ed-Dîn (III, 762) ist ein Märchen, aber ihr Hauptteil, die Geschichte von Bulûkija, ist eine Himmel- und Höllenfahrt, und in sie ist die Geschichte von Dschanschâh eingefügt, die wiederum am ehesten als Märchen zu bezeichnen ist, obwohl sich in ihr auch Motive aus den Seefahrergeschichten finden, wie die Bäume mit Menschenköpfen als Früchten (III, 789) und die Affenburg (III, 820). Der Name Dschanschâh ist persisch, und in seiner Erzählung finden sich auch sonst indisch-persische Züge; die Geschichte von Bulûkija ist jüdischen Ursprungs; das Märchen von der Schlangenkönigin ist allem Anscheine nach ägyptisch. Wir haben hier also ein Musterbeispiel für die Entstehung unserer heutigen Tausendundeinen Nacht; und in Bulûkijas Fahrten haben wir ein ganzes Kompendium der jüdisch-christlich-muslimischen Kosmologie und Eschatologie. Prof. Horovitz, der sich um die Erklärung dieser Geschichte große Verdienste erworben hat, weist mit Recht darauf hin, daß diese Himmel- und Höllenfahrten ihren Höhepunkt in Dantes Divina Commedia erreichten. In neuerer Zeit hat man auch versucht, in Dantes Werk Einflüsse der islamischen Eschatologie zu finden.[1] Prof. Horovitz hat auch nachgewiesen, daß Bulûkija dem biblischen Namen Hilkija entspricht und daß 'Affân der biblische Schafan ist, ferner daß

1. M. Asín Palacios »La escatologia Musulman en la Divina Comedia« (1919). – Zur Frage der islamischen Eschatologie bei Dante vgl. auch Cerulli, »Il ‚Libro della Scala‘ e la questione delle fonti arabo-espagnole della Divina Commedia«, Città del Vaticano, 1949.

unsere Bulûkija-Geschichte spätestens zwischen 850 und 900 den arabischen Muslimen bekannt gewesen sein muß.

Die Geschichte von Dschaudar und seinen Brüdern (IV, 371) ist wieder ein späteres ägyptisches Märchen. Der See Karûn bei Kairo wird genannt (IV, 377), das Siegestor in Kairo (IV, 400), Suez und das Meer von Suez (IV, 405, 408, 410); die Tochter des Königs heißt Âsija (IV, 427), wie nach den arabischen Auslegern des Korans die Frau des Pharao. Der Schatz kann nur durch Dschaudar gehoben werden, wie der Schatz von ʾAlâ ed-Dîn. Aber in einer Hinsicht steht die Geschichte Dschaudars in ihrer jetzigen Gestalt ziemlich allein in 1001 Nacht: das ist ihr tragischer Ausgang. Dschaudar wird wirklich von seinen bösen Brüdern ermordet, dann bringt der eine Bruder den andern ums Leben, schließlich tötet Dschaudars Witwe den überlebenden und zerbricht den Zauberring. Darauf sendet sie zum Scheich el-Islâm und läßt ihm sagen: »Wählt euch einen König, der Herrscher über euch sei!« Das klingt ganz anders als sonst, wenn es heißt »und sie lebten herrlich und in Freuden bis zu ihrem Tode«. – Der Name Dschaudar hat zu verschiedenen Erörterungen Anlaß gegeben. Man hat ihn mit dem altpersischen Gotarzes verglichen, aber den Vergleich doch wieder aufgegeben. Ich sehe darin das arabische Wort *dschaudhar* (teilweise auch anders vokalisiert) »das Junge der Wildkuh«, das allerdings aus dem persischen Worte *gaudar* entlehnt ist. Als Name ist mir dies Wort aus alter Zeit nicht bekannt, wohl aber aus neuerer Zeit, und zwar aus Algerien, wo *Djoudar* und *Djouder* umschrieben wird.

Die Geschichte von Dschullanâr, der Meermaid, und ihrem Sohne, dem König Badr Bâsim von Persien (V, 87) ist ein arabisch umgearbeitetes persisches Märchen; sie enthält Reimprosa und Verse nach allen Regeln der höheren arabischen Erzählungskunst. Die Namen Dschullanâr und Schahrimân sind persisch, ebenso auch Dschauhara und Samandal; aber die beiden letzteren Namen könnten persische Lehnwörter im Arabischen sein. Es ist auffällig, daß der Name des Helden Badr Bâsim nach persischer Weise ohne Artikel gebraucht wird; die Araber würden von sich aus el-Badr el-Bâsim sagen. Daraus könnte man schließen, daß die Geschichte erst in islamischer Zeit in Persien entstanden und dann ins Arabische übersetzt sei; der islamische Firnis ist hier auch ziemlich stark aufgetragen. Jedenfalls gehört dies Märchen noch in die Baghdader Zeit; es ist in der Stambuler Handschrift enthalten (oben S. 670), wo es nur in wenigen Einzelheiten abweicht. Der Name der Hexenkönigin Lâb, der (V, 136) als »Berechnung der Sonne« gedeutet wird, erhält in der Handschrift die Übersetzung *Schams el-Malika*, was nach arabischem Sprachgebrauch bedeuten müßte »Sonne der Königin«, aber doch wohl als »Königin Sonne« gemeint ist; die Nachstellung des Titels könnte persisch sein.

Ein weiteres persisches Märchen ist die Geschichte von den beiden Schwestern, die ihre jüngste Schwester beneideten (V, 154). Die Namen sind alle persisch: Chusrau, Bahman, Parwêz, Perizâde, Rustem, Asfandijâr. Der Tiger wird gejagt (V, 197), was freilich nur in Nordostpersien möglich ist. Da uns aber ein orientalischer Urtext noch fehlt, sind wir diesem Märchen gegenüber in derselben Lage wie dem von Prinz Ahmed und Perî Banû (oben S. 687). Beide Märchen gehören mit zu den schönsten in Tausendundeiner Nacht.

Zu den Märchen muß auch die Geschichte von Saif el-Mulûk (V, 228) gerechnet werden, obgleich ihr Inhalt zum großen Teil aus den Seefahrergeschichten entlehnt und nur

mit allerlei Geistermären vermischt ist. Sie ist in eine eigen-
artige Rahmengeschichte eingespannt, deren richtige Bedeutung Prof. Horovitz erkannt hat. In dem König Mohammed
ibn Sabâïk sieht er mit Recht den im ganzen Osten der islamischen Welt hochberühmten Fürsten Mahmûd ibn Sabuktegin
von Ghazna (998 – 1030)[1], der in der persischen Gestalt dieser Geschichte auch genannt wird, und so kommt er zu dem
Schlusse, daß unsere Geschichte, die als selbständiges Buch
noch arabisch, persisch und türkisch erhalten ist, ursprünglich
arabisch verfaßt wurde, hauptsächlich aus Erinnerungen an
Sindbad, dann nach Persien kam und dort mit einer Einleitung
versehen wurde und schließlich ins Arabische zurückwanderte.
Als Teil von 1001 Nacht zeigt sie jedoch einige ägyptische
Spuren. Daß Saif el-Mulûk der Sohn des Königs 'Âsim von
Ägypten ist, fällt kaum ins Gewicht, da die Namen erfunden
sind. Aber V, 243 wird der Elefantenplatz genannt, und das
weist darauf hin, daß der Schreiber Kairo kannte. Wenn jedoch der König der Geister in der Burg von el-Kulzum, dem
heutigen Suez, wohnt (V, 273), so braucht das nicht einem
ägyptischen Überarbeiter zugeschrieben zu werden. Das Meer
von el-Kulzum (Rotes Meer) war auch in Basra und Baghdad
bekannt; und ein Ägypter der späteren Zeit hätte eher Sues
geschrieben wie in dem Märchen von Dschaudar (oben S. 690).

Mit dem vorigen hat das lange Zaubermärchen von Hasan
von Basra (V, 315) eine gewisse Ähnlichkeit; aber es entfernt sich noch weiter von Sindbad und enthält noch mehr
Dinge aus der Geisterwelt. Mit Sindbad hat es nur die Geschichte von dem Diamantberg (hier der Berg mit dem Gold-
macherkraut) und die Reise nach Japan gemeinsam. Aus der
Geschichte von Dschanschâh (oben S. 689) scheint das Motiv

1. Dies hatte Prof. Oestrup schon vermutet.

der Vogeljungfrauen und die lange Fahrt nach der entflohenen Geisterbraut entlehnt zu sein; doch das müßte erst noch sicher festgestellt werden, da das indische Motiv der Vogeljungfrauen auch sonst in der arabischen Literatur vorkommt. Die Gestalt der alten Schawâhi Umm ed-Dawâhi (V, 422 f.) stammt aus dem Roman von 'Omar ibn en-Nu'mân. Der Gegensatz zwischen Muslimen und Magiern, wie er im Anfang der Geschichte in dem Verhältnis zwischen Hasan und dem persischen Zauberer zur Geltung kommt, weist auf die Baghdader Zeit. Dieser erste Teil mag ursprünglich selbständig gewesen und erst später mit der langen Reise Hasans nach Japan verbunden worden sein. Der Name Japans *Wâkwâk* (eigentlich chinesisch *wo-kuok* »Zwergenland«, wie mir Prof. J.-J. Hess mitteilte) wird (V, 425) eigenartig gedeutet: *wâk wâk* (richtig *wâḳ wâḳ* mit emphatischem *ḳ*) soll ein Ausruf der Bewunderung sein wie arabisches *wâh*. Es wäre denkbar, daß diese Deutung ein Zusatz aus späterer ägyptischer Zeit ist, als man *ḳ* wie ' sprach (*wâ' wâ'*); sie findet sich auch bei Ibn Ijâs, einem ägyptischen Schriftsteller um 1500. So wird umgekehrt, wie ich von Prof. Paret hörte, im Roman von Saif ibn Dhî Jazan der Ruf *'âh 'âh* als *ḳâḳ ḳâḳ* gedeutet. Die Geschichte Hasans ist als einheitliches Kunstwerk von ihrem Verfasser gedacht und von ihm mit viel Reimprosa und Poesie ausgeschmückt; dabei wird die Sentimentalität sehr übertrieben.

Die Geschichte von 'Abdallâh, dem Landbewohner, und 'Abdallâh, dem Meermann (VI, 186), ist eigentlich eine Wunderreise, die diesmal nicht übers Meer noch durch die Luft, sondern in das Meer hineinführt, oder eher noch eine »Geschichte von den Wundern des Meeres«; doch sie ist hier mit Märchenmotiven ausgestattet und zu einem Märchen verarbeitet; diese Motive hat sie teilweise mit den Märchen von

Dschaudar (oben S. 690) und von Dschullanâr (oben S. 690) gemeinsam. Der Anfang erinnert so stark an den von Dschaudar, daß der eine von dem andern entlehnt sein muß; beide Male erhält der Fischer, der ohne Fang heimkommt, von einem freundlichen Bäcker mehrere Tage hindurch Brot und Geld. Wie Badr Bâsim von dem Meeresbewohner Sâlih vor dem Untertauchen ins Meer mit einer zauberkräftigen Salbe bestrichen wird (V, 102), so erhält auch der Landbewohner von dem Meermann eine Salbe (VI, 203, 205); freilich kommt bei Badr Bâsim auch noch ein Zauberring hinzu. Die Menge der Juwelen im Meere wird in beiden Geschichten ähnlich geschildert. Aber ʾAbdallâh bekommt noch allerlei andere Meereswunder zu sehen, wie den großen Fisch Dandân (VI, 204, 206) und die Seeweiberstadt (VI, 207). Am Schlusse findet sich ein merkwürdiges Motiv (VI, 214): die Meeresbewohner freuen sich beim Tode eines der Ihren, da Allah nur »sein Pfand« zu sich zurücknimmt, und der Meermann will mit den Landbewohnern nichts mehr zu tun haben, weil die beim Tode eines Menschen trauern. So endet die Freundschaft der beiden ʾAbdallâhs mit einer gewissen Tragik wie die Geschichte Dschaudars (oben S. 690). Aber der Landbewohner selbst führt doch ein Leben voller Freude weiter bis an sein Ende. Das Märchen wird in seiner jetzigen Form aus Ägypten stammen, worauf auch der Gebrauch von Sultan = Herrscher (VI, 207 und öfter) hinweisen mag; es ist aber wohl die Bearbeitung einer Baghdader Erzählung.

Das Märchen von Zain el-Asnâm (VI, 216) fehlt in den orientalischen Drucken; in Sprache und Komposition weicht es auch ziemlich stark von ihnen ab. Stil und Ausdruck sind öfters ungeschickt, und die Erzählung hat nicht die epische Breite wie die anderen Märchen. Der Kaffee wird erwähnt

(VI, 235), mehrere späte Wörter kommen vor, wie *kawarib-dschi* »Fährmann« (VI, 226 = *Text* S. 18, Z. 6) und *ardu-hâl* »Beschwerdeschrift« (VI, 233 = Text S. 28, Z. 5 v. u.), und die Anrede an die Hörer (VI, 217 und 232) wird ganz wie in modernen arabischen Märchen gebraucht, aber sie paßt schlecht zu 1001 Nacht. Am Anfang wird eine Erinnerung an Dschali'âd und Wird Chân, dem indischen Parabelzyklus, vorliegen; denn beide, Zain wie Wird Chân, werden leichtsinnig nach dem Tode ihres Vaters, und das Volk will sich empören. Das Hinundherwandern zwischen Basra und Kairo wegen des Schatzes ist ähnlich geschildert wie III, 337f. und in der Geschichte von 'Alî aus Kairo (III, 593 ff.). Dies Märchen stammt also aus neuerer Zeit und kann irgendwo im vorderen Orient, am ehesten in Ägypten, entstanden sein.

Nach Persien führt uns wieder das Märchen von Chudadâd und seinen Brüdern (VI, 302). Die Namen Chudadâd »Gottesgabe«, Firûza »Türkis«, Darjabâr »Seestadt« sind persisch; allerdings werden auch die arabisch-mesopotamischen Ortsnamen Dijâr Bekr und Harrân sowie das palästinische Samarien genannt. Aber die geographischen Begriffe des Erzählers sind sehr unklar. In gewisser Weise haben wir hier ein Gegenstück zu dem Märchen von den neidischen Schwestern (oben S. 691), doch die Ähnlichkeit besteht nur in dem Geschwisterneid, während die Einzelheiten ganz verschieden sind. Das Schiffbruchmotiv kommt VI, 321 ähnlich vor wie bei Sindbad und Saif el-Mulûk; aber es braucht nicht daher entlehnt zu sein. Sehr auffällig ist die Meißelung eines Bildes, das im Mausoleum aufgestellt wird (VI, 334). Da jedoch der orientalische Urtext noch fehlt, kann über Zeit und Entstehungsort dieses Märchens ebensowenig etwas Sicheres ausgesagt werden wie oben S. 687 und S. 691.

Den Schluß der Märchen und des ganzen Buches bildet die vortrefflich erzählte Märchenhumoreske von dem Schuhflicker Maʿrûf (VI, 571). Die Idee des Märchens mag aus der Geschichte von ʾAlî aus Kairo stammen (oben S. 688); doch ein Erzähler von viel Geschmack und Humor hat etwas ganz Neues daraus geschaffen. Alle Anzeichen sprechen dafür, daß die Geschichte in Kairo entstanden ist, und zwar nicht vor dem 16. Jahrhundert.

2. ROMANE UND NOVELLEN

Während der Begriff »Märchen« noch einigermaßen einheitlich gefaßt werden konnte, müssen unter den »Romanen und Novellen« mancherlei verschiedene Dinge ihren Platz finden. Schon die Romane und Novellen können nicht immer klar voneinander geschieden werden; denn der Umfang kann nicht allein den Ausschlag geben, da längere Geschichten durchaus novellistisch dargestellt werden und Romane auch in kurzer Form erzählt werden können. Dazu kommt, daß die Romane von 1001 Nacht viele Märchenmotive enthalten, namentlich der Roman von ʾAdschîb und Gharîb. Ferner habe ich die Liebesgeschichten, Schelmengeschichten und Seefahrergeschichten hierher gestellt, da einige von ihnen, aber bei weitem nicht alle, als Romane oder als Novellen bezeichnet werden können. Über Zeit und Heimat der Märchen konnte meist ein einigermaßen wahrscheinliches Urteil abgegeben werden; das wird in den folgenden Gruppen immer schwieriger, da noch viele Vorarbeit geleistet werden muß. Manche Quellen, die hier noch nicht genannt sind, werden sich in der arabischen Literatur auffinden. Für die Ritter- und Volksromane hat Prof. Paret wichtige Vorarbeiten verfaßt in seinem Buche »Die legendäre Maghâzi-Literatur«, Tübingen 1930.

Der größte Roman in Tausendundeiner Nacht, zugleich auch die umfangreichste Erzählung des ganzen Werkes ist die Geschichte des Königs 'Omar ibn en-Nu'mân und seiner Söhne Scharkân und Dau el-Makân (I, 500 bis 766, II, 7 bis 224), der hier nicht weniger als 483 Seiten füllt und in anderen Textgestalten sogar noch länger ist. Ihm hat Prof. Paret eine eigene Schrift gewidmet: »Der Ritter-Roman von 'Umar an-Nu'mān und seine Stellung zur Sammlung von Tausendundeine Nacht« (Tübingen 1927). Er ist ein echter arabischer Ritterroman, in den allerdings Liebesgeschichten, Anekdoten und noch anderes eingefügt sind. Er spiegelt zunächst die Kämpfe der Muslime und Byzantiner im 8. Jahrhundert wider, dann auch die der Kreuzfahrerzeit. Neben den Griechen, das ist Romäern oder Byzantinern, werden die Franken genannt (I, 545 ff., II, 204), und I, 683 sieht die Aufzählung von Franzosen, Deutschen, Ragusanern, Zaranesen, Venezianern und Genuesen aus wie die Beschreibung eines Kreuzfahrerheeres; aber diese Aufzählung mag ein späterer Zusatz sein. Die eingeflochtene Liebesgeschichte wird weiter unten besprochen werden. Die Episoden in I, 600 ff., 653 ff. sehen aus wie ein indischer Fürstenspiegel und ein Kompendium islamischer Gelehrsamkeit gleich der Geschichte von Tawaddud; dabei spielen die Geschichten von Mystikern eine große Rolle. Eine kleine, wahrscheinlich ägyptische Humoreske findet sich II, 193 bis 195. Am Schlusse schimmert noch etwas Beduinenromantik durch; da werden alte Namen aus der Heidenzeit genannt (II, 160), und später folgen Beduinenkämpfe mit poetischen Herausforderungen (II, 216 ff.). Aber andererseits macht sich der Städter doch lustig über die Feigheit von Beduinen (II, 178, 184), und die Beduinen gelten als Räuber, nicht als Helden. In den Ritterroman spielen auch

Züge eines Familienromanes hinein bei der Geschichte von Scharkân, Dau el-Makân und Nuzhat ez-Zamân. Dagegen tritt das Übernatürliche, das in den späteren Volksromanen alles überwuchert, hier fast ganz zurück. Wenn I, 649 vom Sultan von Baghdad und vom Sultan von Damaskus die Rede ist, so erklärt sich das wohl aus der Seldschukenzeit des 12. Jahrhunderts. Beachtenswert ist der Zug, daß der byzantinische Kaiser Rumzân, in dem Prof. Paret vielleicht mit Recht den Kreuzfahrer Dschaufarân, das ist Gottfried von Bouillon, erkennt, hier zum Sohne des muslimischen Herrschers wird, wie einst Alexander im Roman bei den Persern zum Perser, bei den Ägyptern zum Ägypter wurde; der fremde Eroberer wurde nationalisiert, und die Tatsache seiner Eroberungen wurde dem Nationalgefühl leichter tragbar. Griechische, persische und arabische Namen, zum Teil von seltener Art, kommen in dem Roman vor; der feindliche König Afridûn hat einen altpersischen Namen erhalten, und der Name der Prinzessin Abrîza mag eine arabische Neubildung zum persischen Aparwêz (= Parwêz) sein. Für alle anderen Einzelheiten möge der Leser die Schrift von Prof. Paret vergleichen. Wenn das Werk auch aus vielen verschiedenen Elementen besteht und die Handschriften öfters voneinander abweichen, so ist es doch einmal von einem Verfasser einheitlich konzipiert; dieser Verfasser hat dann auch die Figur der alten schlauen Ränkespinnerin Schawâhi Dhât ed-Dawâhi eingeführt, die mit bewundernswerter Energie ihrem Volke zu nützen und dem Feinde zu schaden sucht. Das Werk ist in Mesopotamien oder Syrien entstanden und erst später nach Ägypten gekommen; natürlich war es zuerst ein selbständiges Buch, das in 1001 Nacht eingefügt wurde, als man die Nächte auffüllte. Ob das schon in Baghdad oder erst in Kairo geschah, kann vorläufig nicht entschieden werden. – Über die Geschichte des Königs 'Omar ibn en-Nu'mân und seiner Söhne als Quelle eines byzantinischen Epos haben H. Grégoire und R. Goossens gehandelt in dem Aufsatz »Byzantinisches Epos und arabischer Ritterroman« (Zeitschr. d. Deutschen Morgenländ. Ges. 1934, S. 213ff.). Dort werden auch die Namen Lûka, Schamlût, Scharkân, Rumzân erklärt, der letzte Name anders als oben S. 698, und zwar als der Name eines vorislamischen persischen Feldherrn; deutliche iranische Bestandteile des Romans werden hervorgehoben und als eine arabisierte persische Sage bezeichnet. Auch wird festgestellt, daß der Roman schon um das Jahr 1000 in Syrien bekannt gewesen sein muß.

Das Muster eines späten muslimischen Volksromanes ist die Geschichte von 'Adschîb und Gharîb (IV, 432). Er gibt sich als Ritter- oder Heldenroman aus, und am Anfang sind Motive aus dem Ritterroman von 'Antar entlehnt, allein er unterscheidet sich doch stark von den echten arabischen Ritterromanen, nicht nur darin, daß der geschichtliche Hintergrund ganz verzerrt wird, sondern vor allem auch durch das Hineinziehen des Überirdischen; das ist aber nicht etwa eine Götterwelt wie die griechische in der Ilias, sondern eine groteske und spukhafte Dämonenwelt. Ein Vergleich der Ilias mit diesem arabischen Epos, das in Prosa, Reimprosa und Versen abgefaßt ist, würde zu bemerkenswerten Ergebnissen führen. Die Schauplätze des Romans sind Arabien, Mesopotamien und Persien; seine Idee ist der Siegeszug des vorislamischen Islams, das heißt der Religion Abrahams, in diesen drei Ländern, und damit ist der Kampf gegen das Heidentum und das Magiertum verbunden. Aber die Kämpfe mit den Menschen genügen der Phantasie schon nicht mehr, die Menschen kämpfen auch gegen die Geister, die Geister kämpfen für die Menschen und untereinander. Eine Schlacht soll die andere womöglich immer noch überbieten. Der Hauptheld Gharîb ist zwar Araber, doch seine Frau Fachr Tâdsch ist eine Perserin, und beider Sohn Murâd Schâh wird König der »Perser, Türken und Dailamiten« (IV, 616). Darin scheint sich persisches Nationalbewußtsein zu dokumentieren, ein ähnlicher Zug wie der oben S. 698 angeführte. Nach Persien und Indien weisen auch andere Momente. So werden (IV, 536, 548, 572) die Elefanten im Kampfe verwendet, und die genauere Beschreibung S. 572 setzt Kenntnis Indiens voraus. Freilich hat ein hochgemuter Schreiber die Elefanten noch durch Giraffen übertrumpft (IV, 563, 573); er meinte wohl damit das indische Fabeltier çarabha. Das fliegende Pferd, das aus Indien stammt, erscheint hier (IV, 549). Die Episode mit der Königin Dschanschâh (IV, 604ff.) hat das gleiche Motiv wie die mit der Königin Lâb in der Geschichte von Dschullanâr, für die oben S. 690 f. persischer Ursprung vermutet wurde. Der Bruderkampf zwischen Gharîb und 'Adschîb zieht sich durch das ganze Werk hindurch, und IV, 613 kommt noch der Kampf zwischen Vater und Sohn hinzu. Dies sind zwar Motive, die in der Heldensage verschiedener Völker erscheinen, und ein Bruderkampf begegnet uns sogar auch bei den Tigrē-Stämmen in Nordabessinien; aber hier scheint die Sage doch durch die persische Heldensage beeinflußt zu sein. Daß unser Roman eine späte, muslimische, persisch-arabische Nachahmung von Firdausis »Königsbuch« wäre, ist kaum anzunehmen; der Unterschied ist zu groß, und beide haben nur das Ziel gemeinsam, ihre alte Geschichte zu verherrlichen. Die Namen sind teils arabisch, teils persisch; neben altarabischen Beduinennamen wie Mirdâs und Nabhân u. a. stehen persische Namen wie Sabûr, Dschuwamard, Dschanschâh (vielleicht = Dschehânschâh) und Tumân. Der Name

Mirdâs mag in Erinnerung an den Ahnherrn der Mirdasiden in Aleppo (1023 bis 1079) gewählt sein. Die Hauptstadt der Perser heißt Isbanîr el-Madâïn; damit ist das alte Ktesiphon-Seleucia gemeint, aber Isbanîr scheint nach Isbahan willkürlich neu gebildet zu sein. Es wäre denkbar, daß der ägyptische Arzt Ibn Danijâl, der aus Mosul stammte und zu Kairo in der zweiten Hälfte des 13. Jahrhunderts mehrere Schattenspiele verfaßte, den Titel eines seiner Stücke »'Adschîb und Gharîb« in Anlehnung an den Roman wählte; das könnte aber nur als Parodie gedacht sein, im übrigen haben Roman und Schattenspiel nichts miteinander zu tun. Dann müßte Ibn Danijâl im 13. Jahrhundert den Roman in seiner Heimat oder in Kairo kennen gelernt haben. Auf alle Fälle braucht die Erwähnung von Feuerwaffen (IV, 573), wenn diese wirklich, nicht Wurfgeschosse, gemeint sind, nicht im ursprünglichen Text gestanden zu haben, sondern kann später eingefügt sein. Der Roman ist ursprünglich ein selbständiges Werk gewesen, ist aber allem Anschein nach später entstanden als der von 'Omar ibn en-Nu'mân. Die genauere Erforschung der übrigen arabischen Romane wird auch über ihn neues Licht verbreiten. Es wäre nicht undenkbar, daß er eine neupersische Vorlage gehabt hätte.

Als bürgerlicher Roman ist die Geschichte von 'Alâ ed-Dîn Abu esch-Schamât (II, 569) zu bezeichnen; in ihn sind allerlei Zauberdinge verflochten, wie das im späteren Ägypten leicht möglich war. Wenn er auch zum Teil in Baghdad spielt, so ist er doch in Ägypten entstanden. Der Held ist ein Ägypter, der nach Baghdad kommt, dort allerlei Abenteuer erlebt, dann wieder nach Ägypten fliehen muß und schließlich ins Frankenland verschleppt wird, von wo er mit der Prinzessin Husn Marjam nach manchen Leiden in das Morgenland zurückkehrt. Der Verfasser hat nur eine oberflächliche Kenntnis von Baghdad gehabt; daß er Harûn als Derwisch verkleidet die Stadt besuchen läßt (II, 603), kann er aus anderen Geschichten entnommen haben; der heilige 'Abd el-Kâdir von Dschilân, den er II, 585 erwähnt, ist in Ägypten ebenso berühmt wie in Baghdad, und neben ihm wird auf derselben Seite die Kairiner Heilige Nafîsa genannt. Auf Ägypten weisen ferner die Ausdrücke Ardebb und Wêbe (II, 647) sowie der Zauberstein (II, 655), mit Hilfe dessen man durch die Luft fliegen kann, und die Räubergesellen Ahmed ed-Danaf und Hasan Schumân (II, 613), die freilich nach Baghdad versetzt werden. Da die Seekriege zwischen Muslimen und Franken erwähnt werden (II, 646f.), so könnte man annehmen, daß die Geschichte im 14. Jahrhundert etwa in Alexandrien entstanden sei, worauf auch die Hervorhebung von Genua (II, 646) deuten würde. Doch ist sie vielleicht noch später; denn wir finden hier die türkischen Wörter Effendi (II, 600) und Chatûn (619), den türkischen Namen Aslan (636), das persisch-türkische Wort Firmân (611, 628) und das europäische Wort Konsul (644).

Ein Märchenroman ist die Geschichte von 'Abdallâh ibn Fâdil und seinen Brüdern (VI, 509). Sie ist eine literarische Bearbeitung von Motiven, die wir aus Geschichten am Anfang von 1001 Nacht kennen, wie oben S. 683 ausgeführt ist, und ist im Stil der besten Geschichten von 1001 Nacht gehalten. Die geographischen und historischen Kenntnisse sind sehr ungenau; einen Emir 'Abdallâh ibn Fâdil scheint es in Basra nie gegeben zu haben, die Namen seiner Brüder Mansûr und Nâsir sind typisch erfunden. Dennoch würde man die Geschichte unbedenklich in die spätere Baghdader Zeit setzen, wenn nicht VI, 511 und 513 der Kaffee erwähnt würde; und S. 545 hat ein Drache den Namen Darfîl, der aller Wahrschein-

lichkeit nach aus einem europäischen Worte für Delphin entstanden ist. Wenn man nicht annehmen will, daß eine Baghdader Geschichte in Ägypten diese Zusätze erhalten hat, muß
man sie ganz für ägyptisch halten.

Die Geschichte des Lastträgers und der drei Damen
(I, 97) ist am ehesten eine lasziv-komische Novelle zu nennen,
die mit Märchenerzählungen und Anekdoten vermischt ist.
Gerade diese Geschichte bietet der Analyse und Zeitbestim-
mung große Schwierigkeiten. In der Geschichte des ersten
Bettelmönches findet sich das Aïda-Motiv; ein Jüngling und
ein Mädchen werden unter der Erde eingemauert. Die beiden
sind Bruder und Schwester, und man könnte darin einen An-
klang an die altägyptische Schwesternheirat sehen. Beim zweiten Mönche kommt der Affe als Schreiber vor, in dem oben
S. 679 der ägyptische Gott Thoth oder der indische Hanuman vermutet wurde; aber daneben finden sich das Eßgedicht
(I, 152), das vielleicht mit persischen Gedichten ähnlicher Art
zusammenhängt, und das indische Motiv des Verwandlungs-
kampfes der Zauberer oder Dämonen (I, 155). Ein Urteil
über Zeit und Entstehung des Ganzen ist daher schwer abzugeben. Da die Geschichte jedoch in der Gallandschen Handschrift steht, muß sie spätestens im 15. Jahrhundert in Tausendundeine Nacht aufgenommen sein.

Die Geschichte der Wesire Nûr ed-Dîn und Schems ed-
Dîn (I, 224), eine mit Märchenmotiven durchwobene Novelle, wird zwar von dem Barmekiden Dscha'far vor Harûn
er-Raschîd erzählt; aber sie stammt doch aus ägyptischer Zeit.
Professor Popper[1] hat nachgewiesen, daß der Name der I, 228
genannten Poststation es-Sa'dîje nur von 1264 bis zum Anfang
des 15. Jahrhunderts bestanden hat. Somit muß die Geschichte

1. Journal of the Royal Asiatic Society, January 1926.

innerhalb dieser Zeit in Ägypten entstanden sein. Auf Ägypten weist auch die Nennung verschiedener anderer ägyptischer Ortschaften (Gîze, I, 227, Kaljûb und Bilbais, S. 228) sowie die humoristische Schilderung des buckligen Knechtes auf dem Abort (S. 252) und Hasans bei der Wiedererkennungsszene (S. 283 ff.).

Die Geschichte von Nûr ed-Dîn und Enîs el-Dschelîs (I, 406) spielt in Basra und Baghdad zur Zeit Harûns; sie ist eine Art Familienroman aus den Hofkreisen. Nûr ed-Dîn verliebt sich in eine Sklavin, die für den König bestimmt ist, und erlebt mit ihr allerlei Abenteuer. Die Liebesverhältnisse zwischen Odalisken oder Sklavinnen des Palastes und fremden Männern kommen in manchen der Geschichten aus Baghdad vor; dergleichen Dinge mögen historisch sein, aber in unseren Erzählungen sind sie mehr Dichtung als Wahrheit.

Aus Ägypten stammt die Geschichte von Nûr ed-Dîn und Marjam der Gürtlerin (V, 624). Sie steht in engen Beziehungen zu dem Roman von 'Alâ ed-Dîn Abu esch-Schamât (oben S. 701), und die Geschichte seiner Fahrt in das Land der Franken ist eine Parallele zu der Fahrt 'Alâ ed-Dîns, mit der sie in vielen Punkten übereinstimmt, so daß die eine von der anderen abhängig sein muß. Die Verkaufsszene (V, 659) scheint der bei 'Alî Schâr und Zumurrud (oben S. 688) nachgebildet zu sein; die Szene mit der als Kapitän verkleideten Prinzessin (V, 710 ff.) kehrt ähnlich in der Geschichte von Ibrahîm und Dschamîla (VI, 402) wieder. Die Seekämpfe zwischen den Muslimen und den Franken ergeben die Zeit der Entstehung; von Korsaren ist V, 700 die Rede. Die Erwähnung des Kaffees (S. 636) mag ein späterer Einschub sein. Als Ort der Entstehung ist wegen der Beschreibung Alexandriens (S. 654 f.) wohl diese Stadt anzusehen. Am Schlusse (S. 744 ff.) kommen die fränkischen Namen Bartaut, Bartûs und Fasjân vor, und jeder erhält einen auf seinen Namen reimenden beleidigenden Beinamen. Bartaut ist leicht als Barthold zu erkennen; Bartûs wird eine Verkürzung von Bartholomäus sein; Fasjân kann, durch Weglassung eines Punktes, eine absichtliche Verschreibung für Kasjân sein, und das wäre dann der europäische Name Cassianus.

Eine bürgerliche Novelle mit Zügen, die an Humoresken und Schelmengeschichten erinnern, ist die Geschichte von Abu Kîr und Abu Sîr (VI, 114), die gleichfalls aus Ägypten stammt. Die Fresserei des Abu Kîr (S. 151 f.) ist ganz nach dem Geschmack des niederen Volkes in Ägypten, das an solchen Schilderungen große Freude hat; wird doch auch der ägyptische Nationalheilige Ahmed el-Bädawi als großer Esser in Volksliedern verherrlicht. Die Betrügereien von Abu Kîr am Anfange der Erzählung erinnern an Schelmenstücke. Da Tabak (S. 147) und Kaffee (S. 169) genannt werden und man kaum Anlaß hat, diese Stellen als spätere Einschübe anzusehen, stammt die Geschichte erst aus der Zeit nach der türkischen Eroberung; sie wird an ein Grab bei dem Orte Abukîr, östlich von Alexandrien, anknüpfen.

Liebesgeschichten

Der Liebesgeschichten, die in 1001 Nacht vorkommen, ist eine große Zahl. Aber sie sind ganz verschiedener Art; kurze Anekdoten, die man »Skizzen« nennen könnte, wechseln mit langen Liebesromanen; keusche, entsagungsvolle Liebe und echte, triumphierende Treue auf der einen Seite, bedenkliche Liebesabenteuer oder gar krasse Ehebruchsgeschichten auf der anderen Seite. Man kann hier drei Gruppen unterscheiden, von denen keine einzige etwas mit den Hezâr Efsân zu tun hat; wie viele von ihnen bereits in die Baghdader Fassung von 1001 Nacht aufgenommen wurden, entzieht sich vorläufig unserer Kenntnis. Die erste Gruppe ist die der altarabischen aus der Zeit vor dem Islam; sie sind meist kurz, in ihnen wird reine Liebe und Treue bis zum Tode geschildert, vom Liebestod wird oft erzählt, der Ort der Handlung ist die Wüste oder eine der Städte Arabiens; die schon stark einsetzende Sentimentalität nimmt sich bei Beduinen der Wüste etwas sonderbar aus. Die zweite Gruppe stammt aus Basra und Baghdad; städtische Kultur und Großstadtleben werden durchaus vorausgesetzt, das Liebesleben wird teils zu Liebesabenteuern, die liebenden Jünglinge oder Männer schleichen sich in die Häuser oder in den Palast ein, die Liebe zu schönen Sklavinnen tritt stark hervor, während es sich in der Wüste um freie Mädchen handelt, eine etwas dekadente Frivolität macht sich bereits bemerkbar. Die dritte Gruppe ist in Ägypten, hauptsächlich wohl in Kairo entstanden; in ihnen ist Laszivität und Frivolität nichts Ungewöhnliches mehr. So heißt es auch I, 341: »Sie hatte jedoch vom Volk von Kairo die Unzucht gelernt«; ferner nennt der Wachthauptmann von Kairo die dortigen »Häuser der Unzucht« (III, 313), und Zain el-Asnâm muß die Erfahrung machen, daß »es ihm nicht möglich war, in Kairo ein Mädchen zu finden, das vollkommen keusch und rein war« (VI, 232). Diese Urteile sind natürlich stark verallgemeinert, aber sie zeigen doch, in welchem Ansehen Kairo bei manchen Muslimen stand.

Liebesgeschichten müssen früh bei den Arabern und den arabisch sprechenden Muslimen sehr beliebt geworden sein. Bei den heidnischen Arabern gab es neben der Heldenpoesie schon eine entwickelte Liebespoesie; die Verbindung eines

Liebesliedes mit einem Heldenliede wurde sogar zum poetischen Stil. In diesen Liedern tritt bereits eine starke Sentimentalität hervor; von Schmerz und Trennung, von der Sehnsucht nach der Geliebten wird oft gesungen. »Jene Asra, welche sterben, wenn sie lieben« sind durch Heines Lied »Der Asra« allgemein bekannt geworden. Ein Liebestod ist sogar inschriftlich bezeugt; denn eine griechische Grabinschrift aus dem Haurân-Gebiet, das damals von Arabern besiedelt war, lautet: »Aurelius Wahbân, Sohn von Alexandros. Liebe brachte mir den Tod.«[1] Trotz der angenommenen griechisch-lateinischen Namen erkennen wir an dem Namen Wahbân, daß dies Opfer der Liebe ein echter Araber war. Aus vorislamischer Zeit werden folgende Liebesgeschichten in 1001 Nacht erzählt: Die Liebenden aus dem Stamme der 'Udhra (III, 433); El-Mutalammis und sein Weib Umaima (III,439); Die Liebenden vom Stamme Taiji (III, 558); Die Liebenden von Medina (IV 678); Die Geschichte von 'Utba und Raija (VI, 616), die zwar aus der frühislamischen Zeit datiert wird, aber echt altarabisch ist. Die Geschichte der Liebenden vom Stamme 'Udhra (IV, 650) und die Geschichte von dem Beduinen und seiner treuen Frau (IV, 660) sind hierher zu stellen, obgleich sie zur Zeit des ersten Omaijadenkalifen spielen; der Schluß der letzteren erinnert an das berühmte Gedicht der Kalifengattin Maisûn, die sich nach der Wüste zurücksehnt.[2] Diese Geschichte sowie die der Liebenden von 'Udhra und von Taiji kommen in der Sammlung

1. Syria. Publications of the Princeton University Archaeological Expeditions to Syria in 1904–05 and 1909. Division III, Section A, Seite 390. Zum Liebestod vgl. auch Band V, S. 440 und 612 – 2. Rückert, Hamâsa (Stuttgart 1846) I, Seite 246.

des Ibn es-Sarrâdsch vor; sie waren demnach in Baghdad im elften Jahrhundert bekannt.[1]

In die Gruppe der Baghdader Liebesgeschichten mögen hier die gestellt werden, die nicht mit Sicherheit als ägyptische zu erkennen sind; durch spätere Forschung mag hier noch manches genauer erkannt werden. Da ist zunächst die Geschichte von Ghânim ibn Aijûb, dem verstörten Sklaven der Liebe (I, 460); sie ist mit Eunuchenanekdoten untermischt und wird in einigen Handschriften als Teil des Romans von 'Omar ibn en-Nu'mân gerechnet (oben S. 697). Die berühmte Sklavin Harûns Kût el-Kulûb, die von der eifersüchtigen Kalifengemahlin Zubaida beiseite geschafft wird, erscheint hier wie in der Humoreske vom Fischer Chalîfa. Als Teil des Romans von 'Omar erscheint auch in den gedruckten Ausgaben die Geschichte von 'Azîz und 'Azîza (II, 25); sie ist in eine andere Liebesgeschichte eingefügt, die von Tâdsch el-Mulûk und der Prinzessin Dunja (II, 7), und letztere ist nur eine andere, aber ganz ähnliche Form der Geschichte von Ardaschîr und Hajât en-Nufûs (V, 7). Diese Geschichte stammt sicher aus der Baghdader Zeit; der Name Ardaschîr weist nach Persien, die Episode, in der die Prinzessin durch ein geschickt gemaltes Bild eines Vogelstellers, einer Taube und eines Täubers, von ihrer Abneigung gegen die Männer geheilt wird, stammt aus Indien. Man hat wohl mit Recht vermutet, daß der ganze 'Omar-Roman mit der Geschichte von Tâdsch el-Mulûk erst dann ein Teil von 1001 Nacht wurde, als die Parallelerzählung von Ardaschîr bereits aufgenommen war; so erklärt sich am ehesten das doppelte Vorkommen. Auf einer Baghdader Anekdote, die aber kaum auf historischen Tatsachen beruht, ist die

---

1. Paret: »Früharabische Liebesgeschichten«, Seite 74 f. Die Geschichte von den 'Udhra wird in 1001 Nacht in die Zeit Harûns verlegt.

Geschichte von 'Alî ibn Bakkâr und Schams en-Nahâr (II, 289) aufgebaut. Der Held verliebt sich in eine Sklavin Harûns und hat zuerst einen Freund in Abu el-Hasan; dieser rettet sich, als das Abenteuer gefährlich wird, durch die Flucht nach Basra, was ohne Mißbilligung erzählt wird; aber das wäre zur Zeit Harûns unmöglich gewesen, während es zwei- bis dreihundert Jahre später denkbar war. Das Ganze ist eine arabische sentimentale Dichtung. Zu der Geschichte von Dschubair ibn 'Umair und der Herrin Budûr (III, 258) bildet die Geschichte der Liebenden zu Basra (IV, 667) eine kurze Parallele; sie wird von Harûn erzählt. Sie scheint ein beliebtes Thema gewesen zu sein, da sie nicht nur in diesen beiden Fassungen, sondern auch in einer noch ausführlicheren in der Stambuler Handschrift vorkommt (oben S. 670). Die Geschichten von 'Abdallâh ibn Ma'mar und dem Manne aus Basra mit seiner Sklavin (III, 432), von dem irrsinnigen Liebhaber (III, 560) und von dem Liebhaber, der sich als Dieb ausgab (III, 164), sind schon durch Ibn es-Sarrâdsch aus dem 11. Jahrhundert für Baghdad bezeugt. Die Geschichte von Di'bil el-Chuzâ'i und der Dame und Muslim ibn el-Walîd (III, 547) ist eine typische Großstadtgeschichte; Di'bil lebte im neunten Jahrhundert in Baghdad. Zwei Varianten des gleichen Themas sind die Geschichten von Abu 'Îsa und Kurrat el-'Ain (III, 568) und von el-Amîn und Ibrahîm el-Mahdî (III, 577). Auch die Geschichte von dem jungen Manne aus Baghdad und seiner Sklavin (V, 764) gehört hierher; sie wird gleichfalls von Ibn es-Sarrâdsch überliefert (Paret, S. 74, zu Nr. 111). Die kurzen Anekdoten von dem Liebespaar in der Schule (III, 437), von den drei unglücklichen Liebenden (III, 556) und von dem Schulmeister, der sich auf Hörensagen ver-

liebte (III, 533), können sowohl in Baghdad wie in Kairo
entstanden sein; ebenso die Geschichte des Wesirs von
Jemen und seines jungen Bruders (III, 435), eine Geschichte von der Knabenliebe, die leider in Baghdad ebensosehr wie in Kairo geübt wurde. Die Geschichte von Mus-
'ab ibn ez-Zubair und 'Āïscha bint Talha (III, 444)
ist wohl eine Baghdader Anekdote, ebenso wie die Geschichte
von dem Streit über die Vorzüge der Geschlechter
(III, 579); letztere wird S. 579 aus dem 12. Jahrhundert datiert.
Die Geschichte von Uns el Wudschûd und el-Ward fil-
Akmâm (III, 385) ist wahrscheinlich ein ägyptisches Liebes-
märchen (vgl. III, 392, Anm. 2 und 3). Von Ehen zwischen
Dämonen und Menschen (III, 415) wird auch in Ägypten
erzählt.

Von den größeren Liebesromanen können die von Masrûr
und Zain el-Mawâsif (V, 557), von Abu el-Hasan aus Oman
(VI, 353), von Ibrahîm und Dschamîla (VI, 379) sowie von
Abu el-Hasan aus Chorasan (VI, 408) in Baghdad entstanden
sein, aber dann sind sie in Ägypten überarbeitet. Sicher aus
Ägypten ist der Roman von Kamar ez-Zamân und Halîma
(VI, 432); da letzterer nach Basra verlegt wird, ist es möglich,
daß ägyptische Autoren die anderen hier genannten Geschichten teilweise in Baghdad und Basra haben spielen lassen, um
ihre eigene Heimat davon zu entlasten. Die beiden Romane
von Masrûr und Kamar ez-Zamân ähneln sich stark in ihrem
unmoralischen Ehebruchsthema.

Für Masrûr und Zain el-Mawâsif (V, 557) werden Zeit
und Ort nicht angegeben; nur als das Paar in die Fremde zieht,
ist von Aden als einer fernen Stadt die Rede. Masrûr ist Christ
und vergeht sich mit der Jüdin Zain el-Mawâsif; aber als beide
den Islam annehmen, ist alles gut, während der betrogene Ehe-

mann in elender Weise umkommt. Die Geschichte scheint mehrfach überarbeitet zu sein, bis sie ihre jetzige operettenhafte Gestalt erhielt. Die Episode von dem Liebestode der Kadis (V, 612 f.) mag noch aus Baghdader Zeit stammen, kann aber auch von einem späteren Verfasser, der mit den Liebestodgeschichten vertraut war, gedichtet sein.

Abu el-Hasan aus Oman (VI, 353) kommt nach Basra und Baghdad und soll zur Zeit Harûns gelebt haben. Er kommt in ein Mädchenhaus und wird von dem Besitzer fortgejagt, als er kein Geld mehr hat. Durch einen Glückszufall erhält er wieder ein großes Vermögen, aber da er ein Amulett zu billig verkauft, verliert er aus Kummer darüber die Farbe. Er gewinnt seine Geliebte wieder, und als er von Harûn den Tribut von drei Provinzen erhält, kehrt auch die Farbe in sein Gesicht zurück. Da ein babylonischer Zauberer auftritt (VI, 373) und da der Verfasser Ortskenntnis von Baghdad hatte, wird diese Geschichte doch wohl in spätbaghdadischer Zeit entstanden und dem Harûnkreise eingefügt sein.

Die Geschichte von Abu el-Hasan aus Chorasân (VI, 408) spielt zur Zeit der Kalifen el-Muʾtadid (892 – 902) und el-Mutawakkil (847 – 861). Der Held erzählt, wie er in den Palast eindringt, um zu seiner Geliebten, der Sklavin Schadscharat ed-Durr, zu gelangen. Er wird entdeckt, aber der Kalif verzeiht den beiden und gibt die Sklavin frei; auch schenkt er den beiden viel Gut. Das alles wird kaum historisch sein. Die Bemerkung, daß der Kalif sechshundert Wesire gehabt habe (S. 408), kann später in Ägypten hinzugefügt sein; die Geschichte wird wohl aus spätbaghdadischer Zeit stammen wie die soeben besprochene.

Dagegen ist die Liebesgeschichte von Ibrahîm und Dschamîla (VI, 379) ägyptisch oder in Ägypten umgearbeitet. Der

Held ist ein Ägypter; und in Baghdad hätte man kaum einen ägyptischen Helden erfunden. Der Schauplatz ist hauptsächlich Baghdad und Basra. Die Szene (VI, 402), in der Dschamîla sich als Kapitän verkleidet, ist wohl der gleichen in der Geschichte von Marjam der Gürtlerin nachgebildet (oben S. 704); doch die letztere ist ausführlicher und auch besser motiviert. Überhaupt ist das Ganze nicht sonderlich gut erzählt.

Der lange Ehebruchsroman von Kamar ez-Zamân und seiner Geliebten (VI, 432) ist sicher erst im 16. oder 17. Jahrhundert in Ägypten entstanden; dabei werden mancherlei Motive aus früheren Geschichten benutzt. Das Kaffeehaus wird S. 443 f. genannt, das Kaffeetrinken S. 465, 468, 470, 477, der Schnupftabak S. 462 Hier liegt keinerlei Anlaß vor, diese Stellen als spätere Einschübe anzusehen. Daher werden auch die türkischen Wörter für Bannerträger (VI, 490) und für den Seesoldaten (VI, 471) im ursprünglichen Text gestanden haben. Aus früheren Geschichten finden sich hier die folgenden Szenen: der Beduinenüberfall (S. 447 und 495) wie bei 'Alâ ed-Dîn Abu esch-Schamât (II, 589); der schlafende Geliebte (VI, 464) wie bei 'Azîz und 'Azîza (II, 45); das Motiv, daß eine Dame beim Zug durch die Straßen nicht gesehen werden will (S. 444, 451) wie bei 'Alâ ed-Dîn (II, 698), aber dort ist es eine Königstochter, hier eine Goldschmiedsfrau, bei der dieser Befehl sehr unangebracht ist. Die päderastische Szene VI, 440 ff., wirkt abstoßend; die Szenen beim Betrug des Ehemanns würden bei uns in einem »Schundroman« stehen. Immerhin ist das Ganze nicht ungeschickt komponiert und mit Reimprosa und Gedichten ausgeschmückt. Der Schluß soll moralisch wirken und die unmoralische Geschichte gewissermaßen legitimieren. Die Ehebrecherin und ihre Sklavin werden getötet, aber der Ehebrecher selbst zieht sich ziemlich feige aus den Folgen seines Tuns heraus und wird sogar noch belohnt. Der Ehebrecherin aus Basra gegenüber werden die Kairiner Frauen als fromm und treu hingestellt. In den sich immer wiederholenden Szenen des Hinundhereilens zwischen dem Hause des Gatten und dem des Liebhabers zeigt sich ein ziemlich primitiver Geschmack; sie erinnern an Darstellungen im Schattentheater oder auf der Volksbühne, wo solche Wiederholungen sehr beliebt sind.

In den Liebesliedern und in Schilderungen des Liebeslebens finden sich sehr viele Ausdrücke, die aus der religiösen Sprache entnommen sind, wie ja andererseits bekanntlich die Sprache des Liebeslebens in der Mystik auf die religiöse Sprache stark eingewirkt hat. Es wäre eine lohnende Aufgabe, diese Frage genauer zu untersuchen. Nach einer arabischen Überlieferung soll der Liebestod dem Märtyrertod gleich geachtet werden. Ebenso wäre genauer zu untersuchen, ob und inwiefern die arabischen Liebesgeschichten mit den hellenistischen Liebesromanen zusammenhängen.

Schelmengeschichten

Die Schelmen- und Diebsgeschichten, die man, modern ausgedrückt, als Räuber- oder Kriminalromane bezeichnen kann, sind fast alle ägyptischen Ursprungs, wie schon oben S. 678 gesagt wurde. An solcher Literatur, die von den Spaniern *el genero picaresco* genannt wird, haben jung und alt in verschiedenen Ländern zu verschiedenen Zeiten ihre Freude gehabt und haben sie noch. So ist denn auch 'Alî ez-Zaibak, der Nachfolger des altägyptischen Amasis, nicht nur in Ägypten, sondern im ganzen vorderen Orient bekannt. Sein Name wird zwar IV, 724 als »Quecksilber-'Alî« gedeutet; aber er wird doch wohl mit dem Namen des türkischen Räuberstammes der Zeibek im westlichen Kleinasien zusammenhängen, obwohl der letztere ein anderes *k* am Schlusse hat. Er wird freilich wie so viele andere in die Zeit Harûns versetzt; das mag erst geschehen sein, als seine Abenteuer, die auch mehrfach als selbständiges Buch überliefert werden, in 1001 Nacht eingefügt wurden. Seine Kumpane sind Ahmed ed-Danaf und Hasan Schumân; der erstere mag seinen Beinamen von *danaf* »chronisches Übel«, der letztere von *schûm* »Unglück« erhalten haben. Ihre Gegenspielerinnen sind die listige Dalîla und deren Tochter, Zainab die Gaunerin. Die Abenteuer dieser Gesellschaft werden hier in Band IV, S. 685 – 776 erzählt. Die Ortskenntnis von Kairo und Umgebung (IV, 725, 731) weist u. a. auf den ägyptischen Ursprung hin. Neben diesen Geschichten finden sich noch die folgenden dieser Art: Von dem Schelm in Alexandrien und dem Wachthauptmann (III, 309); Von el-Malik en-Nâsir und den drei Wachthauptleuten (III, 312); Von dem Geldwechsler und dem Dieb (III, 317); Von dem Wachthauptmanne von Kûs und dem Gauner (III, 319); Von dem Dummkopf und dem Schelm (III, 450), die freilich eine allgemein verbreitete Anekdote ist, hier aber wohl erst in ägyptischer Zeit eingefügt wurde; Von dem Dieb und dem Kaufmann (III, 521); Von el-Malik ez-Zâhir Rukn ed-Dîn Baibars el-Bundukdâri und den sechzehn Wachthauptleuten (IV, 776), die aber nicht in den orientalischen Drucken enthalten ist. Vor den ägyptischen Herrschern el-Malik en-Nâsir und el-Malik ez-Zâhir wird erzählt wie in Baghdad vor Harûn er-Raschîd; es ist wahrscheinlich, daß erstere Einkleidung eine Nachahmung der letzteren ist, doch es ist daran zu erinnern, daß schon im alten Ägypten Geschichten vor den Königen erzählt werden. Einige Geschichten werden doppelt erzählt; die

Geschichte des Wachthauptmanns von Kûs (III, 319) ist die gleiche wie die des Wachthauptmanns von Bulak (III, 315); die Geschichte des Wachthauptmanns von Kairo (III, 312) die gleiche wie die des fünften Wachthauptmanns (IV, 795). Der Zyklus von den sechzehn Wachthauptleuten (IV, 778) ist eine Art von literarischer Komposition einer Reihe von Anekdoten, und er mag der Geschichte der drei Wachthauptleute (III, 312) nachgebildet sein.

Seefahrergeschichten

Die berühmte Geschichte von Sindbad dem Seefahrer (IV, 97), eins der bekanntesten und besten Stücke von Tausendundeiner Nacht, war ursprünglich ein selbständiges Buch. Wir sind auch in der glücklichen Lage, die Quelle für dieses Buch nachzuweisen. Ein persischer Kapitän namens Buzurg ibn Schahrijâr sammelte in der ersten Hälfte des 10. Jahrhunderts Seemannsgeschichten, die er auf seinen Reisen und im Heimathafen Basra gehört hatte, und stellte sie zusammen zu einem Buch, das er »die Wunder Indiens« nannte, da es sich ja hauptsächlich um indische Dinge handelte. Er gibt für jede einzelne Geschichte seinen Gewährsmann, bei vielen auch die Zeit an, zu der sie ihm erzählt wurde. Es sind Seemannsgeschichten, wie sie wohl zu allen Zeiten in allen Häfen der Welt erzählt werden, sailors' yarn, die mancherlei Wahrheit und noch mehr Dichtung enthalten; in ihnen finden sich aber doch zahlreiche Angaben, die von hohem Werte sind. Eine französische Übersetzung dieses Buchs, dessen Verfasser man damals noch nicht kannte, wurde 1878 in Paris von L. Marcel Devic veröffentlicht unter dem Titel »Les merveilles de l'Inde«. Den arabischen Text nebst einer verbesserten französischen Übersetzung gab van der Lith im Jahre 1886 heraus. Ein begabter Schriftsteller, der wahrscheinlich im 11. oder 12. Jahrhundert in Baghdad lebte, schuf aus den einzelnen Geschichten ein einheitliches Kunstwerk. Dabei hat dieser Verfasser andere Berichte von arabischen Kaufleuten und Reisenden, vielleicht auch den arabischen Alexander-Roman und eine Prosabearbeitung von Homers Odyssee benützt. Seinem Sindbad dem Seefahrer gab er ein Gegenbild in Sindbad dem Landbewohner, und so spannte er die einzelnen Reisen in einen hübschen Rahmen ein. Die bunte Menge der einzelnen Abenteuer und Motive muß noch mit den »Wundern Indiens« und anderen Werken der Zeit, soweit sie uns erhalten sind, verglichen werden.

Eine Art von Seefahrerroman ist die Geschichte von Abu Mohammed dem Faulpelz (III, 172); aber die Seereise bildet nur einen Teil dieser aus Märchenmotiven und Seemannsberichten zusammengewobenen Erzählung. Sie steht als selbständige Geschichte in der Stambuler Handschrift, wie oben S. 670 schon erwähnt wurde. Der Affe, der für Mohammed so wichtig ist, wird in der Handschrift als »ein König von den Königen der Geister« bezeichnet; vgl. oben S. 679. Daß die Geschichte aus der Baghdader Zeit stammt, ist mit Sicherheit anzunehmen. – Über das Verhältnis der Sindbadgeschichte zu den Märchen von Saif el-Mulûk und von Hasan aus Basra ist schon oben S. 691 f. gesprochen worden.

3. SAGEN UND LEGENDEN

Die Stammessagen der alten Araber sind in 1001 Nacht kaum noch vertreten. Am ehesten könnte man die Geschichte von Hâtim et-Tâï (III, 85) noch hierher rechnen, die ich in meinem Vortrag »Tausendundeine Nacht in der arabischen Literatur« näher besprochen habe; sie ist aus dem arabischen »Buch der Lieder« (oben S. 678) übernommen. Sie ist auch keine eigentliche Heldensage, sondern eine spukhafte Legende, die an das Grab des Helden anknüpft. Die Sage von der Säulenstadt I r a m (III, 108), dem irdischen Paradies, dessen Erbauer durch ein göttliches Strafgericht umkam – ähnlich wie die Erbauer des Turmes von Babel für ihren Übermut bestraft wurden –, mag teils auf altarabische Überlieferungen zurückgehen; diese Überlieferungen waren auch Mohammed bekannt, da er im Koran von ihnen spricht. Gerade wegen ihres Vorkommens im Heiligen Buche war die Sage bei den Muslimen sehr beliebt und wurde später ausgeschmückt. In 1001 Nacht wird erzählt, wie der Omaijadenkalif Mu'âwija I. durch Gewährsmänner Aufschluß über sie erhält. Aus der Zeit der arabischen Eroberungen stammt die Sage von der S t a d t L e b t a (III, 90), die freilich an das Anekdotenhafte streift. In ihr wird erzählt, wie eine Stadt der Romäer von den Muslimen erobert ward und welche Schätze dort gefunden wurden. Die Stadt soll eingenommen sein, nachdem ein Usurpator einen verschlossenen Turm geöffnet hatte, in dem sich Bildnisse reitender Araberscharen befanden nebst einer Inschrift, die besagte, die Stadt würde erobert werden, wenn der Turm geöffnet wäre. In Lebta sehe ich eine Verschreibung für Sebta, das ist Ceuta in Marokko; mit dem Usurpator wird Graf Julian gemeint sein, der aber seinerseits auch der Legende angehört. Die drei genannten Sagen sind in die Baghdader Zeit zu setzen.

Die große Sagenerzählung von der M e s s i n g s t a d t (IV, 208) ist durch viele Märchenmotive erweitert worden. Sie spielt nach unserem Texte zur Zeit des Omaijadenkalifen 'Abd el-Malik ibn Marwân, doch sie liegt uns in einer späteren ägyptischen Überarbeitung vor. Die Messingstadt soll im äußersten Westen liegen; eine Messingstadt (Madînat en-Nahâs) ist uns aus Südwestarabien bekannt, und diese hat ihren Namen davon erhalten, daß viele Bronzegegenstände dort gefunden wurden. Eine kurze Fassung der Sage von der Messingstadt findet sich in der Geschichte von Abu Mohammed dem Faulpelz wieder (III, 192); sie erinnert an die Sage von den versteinerten Städten, die in 1001 Nacht vorkommen (I, 190; VI, 528). In der selbständigen Erzählung, wie sie hier vorliegt, mögen auch Reisebeschreibungen nach Nordwestafrika verwandt sein.

Als Tierlegende verdient die Geschichte vom Vogel Ruch (III, 541) besonders erwähnt zu werden; er kommt auch sonst mehrfach in 1001 Nacht vor (I, 178; II, 786; IV, 118, 120ff.). Die Vorstellung von ihm wird auf den Aepyornis maximus zurückgehen.

Eine große Anzahl von Legenden aus dem Leben von Heiligen oder von frommen Leuten ist in 1001 Nacht aufgenommen; sie stehen im schärfsten Gegensatz zu den frivolen Liebesgeschichten und zu vielen erotischen Ausführungen in anderen Geschichten. Diese Legenden sind meist kurz, nur wenige sind etwas breiter ausgeführt. Einige von ihnen könnten als Anekdoten gelten, andere werden auch zu den Liebesgeschichten gerechnet, sofern sie tugendhafte Liebe schildern. Ihr Ursprung ist mannigfaltig; einige stammen aus Indien, andere aus der jüdischen und christlichen Literatur, in der sie teilweise auf hellenistische Vorbilder zurückgehen, noch andere mögen in islamischer Zeit neu erfunden sein. Als Mystik und Derwischtum im arabischen Islam in immer weitere Kreise drangen, wurden diese Legenden eine sehr beliebte Erbauungsliteratur. Die charakteristischeste von allen ist wohl die Geschichte von dem frommen Prinzen (III, 526), in der erzählt wird, daß ein Sohn Harûns zum Derwisch wurde; sie erinnert an indische Vorbilder und an die weitberühmte Alexioslegende. Das Derwischlied III, 533 ist sehr bezeichnend. Es würde viel zu weit führen, hier jede einzelne Geschichte gesondert zu betrachten und auf ihre Herkunft zu prüfen; so mag eine Aufzählung mit einigen Bemerkungen genügen. Der Einsiedler und die Tauben (II, 239); Der fromme Hirte (II, 240); Der fromme Israelit (III, 329); Der Wasserträger und die Frau des Goldschmieds (III, 492); Die fromme Israelitin und die beiden bösen Alten (III, 508; es ist die bekannte Erzählung von Susanna, die auch bei Ibn es-Sarrâdsch steht, Paret, S. 70 und 76); Der König und die tugendhafte Frau (III, 539; da diese Geschichte auch in dem Zyklus vom weisen Sindbad vorkommt (IV, 262), so wird sie von dorther übernommen sein); Der jüdische Richter und sein frommes Weib (III, 708); Das schiffbrüchige Weib (III, 712; hier wird S. 714 mit feiner Detailmalerei geschildert, wie ein kleines Knäblein auf dem Rücken eines Ungetüms im Meere schwimmt und am Daumen saugt); Der fromme Negersklave (III, 715); Der fromme Mann unter den Kindern Israel (III, 720; auch bei Ibn es-Sarrâdsch, Paret, S. 71 und 76); El-Haddschâdsch und der fromme Mann (III, 725); Der Schmied, der das Feuer anfassen konnte (III, 727); Der fromme Israelit und die Wolke (III, 731); Der Prophet und die göttliche Gerechtigkeit (III, 747); Der Nilferge und der Heilige (III, 749; auch hier ist ein sufisches Gedicht besonders bezeichnend); Der fromme Israelit, der Weib und Kinder wiederfand (III, 752); Abu el-Hasan ed-Darrâdsch und Abu Dscha'far der Aussätzige (III, 758, mit einem Derwischlied); Die Geschichte von der Frau, die dem Armen ein Almosen gab (III, 326).

Hierher gehören auch die Geschichten vom Engel des Todes vor dem reichen König und dem armen Manne (III,

697), vor dem reichen König (III, 699), vor dem König der Kinder Israel (III, 702) und ferner die Bekehrungsgeschichten. Von letzteren ist typisch die Geschichte von dem Prior, der Muslim wurde (III, 562); dazu kommen die Geschichten von dem muslimischen Helden und der Christin (III, 736) sowie von der christlichen Prinzessin und dem Muslim (III, 743). Auch sonst ist manchmal von Bekehrungen der Heiden, Juden und Christen zum Islam die Rede; so zum Beispiel II, 651 (Husn Marjam); IV, 769 (die Tochter des Juden Asra); V, 622 (der Christ Masrûr und die Jüdin Zain el-Mawâsif); V, 692 (Marjam die Gürtlerin); V, 763 (die fränkische Rittersfrau). Da solche Übertritte in Wirklichkeit oft genug vorgekommen sind, brauchen die hier erzählten Geschichten nicht alle legendarisch und zum größeren Ruhme des Islams erfunden zu sein. Wir kommen aber ins Reich der Sage und des Märchens, wenn wir lesen, daß Salomo die Dämonen zum Islam bekehrte (IV, 226) oder daß in der versteinerten Stadt ein einziger Prinz von einer alten Frau (I, 194) oder eine einzige Prinzessin von el-Chidr (VI, 539) den Islam annimmt. Wie Salomo, so bekehrt auch der Romanheld Gharîb die Dämonen; doch dieser verbreitet den Islam zugleich mit Feuer und Schwert unter den Menschen.

Es ist auffallend, daß fast alle die frommen Legenden oben im dritten Bande vereinigt sind. Das ließe auf einen Redaktor schließen, der besonderes Interesse für sie hatte. Da nun gerade unter ihnen sich manche Geschichten von frommen Juden befinden, hat man angenommen, daß hier ein zum Islam übergetretener Jude am Werke gewesen wäre. Die Annahme liegt insofern nahe, als hier die Juden als fromme und brave Leute erscheinen, während sie in anderen Teilen von 1001 Nacht manchmal verächtlich gemacht werden. Aber der Schluß ist nicht zwingend; denn einerseits waren die »israelitischen Geschichten« bei dem Völkergemisch in Baghdad und in Kairo den Muslimen bekannt, und andererseits finden sich auch sonst genug Gegensätze der Anschauungen in Tausendundeiner Nacht.

4. LEHRHAFTE GESCHICHTEN

Fabeln und Parabeln, namentlich auch Tiergeschichten, sind bei verschiedenen Völkern zu Hause. Sie waren den alten Ägyptern bekannt; aber schon in ptolemäischer Zeit kamen indische Fabeln nach Ägypten. Von griechischer und römischer Fabelliteratur mag hier ganz abgesehen werden. Die alten Araber haben ihre Tiergeschichten gehabt, und ähnliche Erzählungen finden sich bei vielen primitiven Völkern Afrikas. Da aber die beiden großen Fabelzyklen in 1001 Nacht, die vom weisen Sindbad und von Dschali'âd und Wird Chân, sicher indischen Ursprungs sind, so mögen auch die einzeln vorkommenden Erzählungen dieser Art aus Indien stammen. Die indische Geschichte vom Stier und Esel (I, 27) steht in der Rahmenerzählung; die von König Sindibâd (I, 62) hat sogar noch einen indischen Namen. In Band II ist eine Reihe von Fabeln nach indischer Art zu einer Art von Zyklus vereinigt. Das sind die Geschichten von den Tieren und dem Menschen (II, 225); Vom Wasservogel und von der Schildkröte (II, 244); Vom Wolf und vom Fuchs (II, 249); Vom Falken und vom Rebhuhn (II, 257); Von der Maus und dem Wiesel (II, 268); Vom Raben und von der Katze (II, 270); Vom Fuchs und vom Raben (II, 272); Vom Igel und von den Holztauben (II, 280); Vom Dieb mit dem Affen (II, 284); Vom Pfau und vom Sperling (II, 286). Diese Fabeln mögen auf schriftlichem oder mündlichem Wege, über Persien oder unmittelbar von Indien durch Seeleute oder Reisende zu den muslimischen Arabern gekommen sein; jedenfalls sind einige von ihnen im Arabischen stark umgearbeitet, wie vor allem die Geschichte vom Wolf und vom Fuchs, die mit ihren vielen Gedichteinlagen und ihren Dialogen zwischen den beiden Tieren wie eine komische Operette wirkt.

Indisch ist, wie längst bekannt, die »Geschichte von der Tücke der Weiber oder von dem König, seinem Sohne, seiner Odaliske und den sieben Wesiren« (IV, 259), die auch als »das Buch vom weisen Sindbad« oder als »das Buch von den sieben weisen Meistern« oder nach der griechischen Form des indischen Namens Sindbad als »Syntipas« bezeichnet wird. Der Königssohn, der vom weisen Sindbad erzogen ist, muß nach der Bestimmung des Schicksals sieben Tage lang stumm bleiben. Gerade, wie diese Zeit beginnt, will eine Odaliske seines Vaters ihn verführen, und als er standhaft bleibt, verleumdet sie ihn bei seinem Vater, wie einst Potiphars Weib den keuschen Joseph verleumdete. Da treten die sieben Wesire auf und erzählen einer nach dem andern Geschichten von der Tücke und Untreue der Weiber, einem in Indien von jeher sehr beliebten Thema; die Odaliske selber erzählt dazwischen immer eine Geschichte, in der die Männer als böse, die Frauen aber als gut hingestellt werden. Der König schwankt hin und her in seinem Urteil, bis am achten Tage der Sohn die Wahrheit verkündet und seine Weisheit durch einige Erzählungen bekundet. Darauf wird die Odaliske verbannt, und der Prinz lebt hinfort mit seinem Vater herrlich und in Freuden. Dies Buch, dessen indisches Original noch nicht aufgefunden ist, ist in eine ganze Anzahl von orientalischen und europäischen Sprachen übersetzt worden. Vermutlich wurde es im 6. Jahrhundert ins Mittelpersische und von dort im 8. Jahrhundert ins Arabische übertragen. Denn es wurde schon von einem 815 gestorbenen arabischen Dichter in Verse gebracht; und der muß eine arabische Prosavorlage gehabt haben. Ob diese unserem Texte genau entsprochen hat, kann noch nicht festgestellt werden. Jedenfalls haben wir in ihm eine Umarbeitung, die vom Islam stark beeinflußt ist. Der Prophet Mohammed wird genannt; die Kadis kommen vor (IV, 310, 320); auf Hiobs Qual und Jakobs Trauer wird hingewiesen (S. 343). Die Namen von Geistern sind arabisch: Bint et-Tamîma (S. 276), Dhu el-Dschanahain (S. 286), Râdschiz(S. 287) und et-Taijâch (S. 276). Auch der Gebrauch von Reimprosa beweist, daß eine freiere Bearbeitung vorliegt.

In der äußeren Anlage ist das Buch von König Dschali'âd und seinem Sohne Wird Chân (VI, 7) dem Buche vom weisen Sindbad ganz ähnlich. Beide waren ursprünglich eigene Werke, und als solche werden beide auch bei el-Mas'ûdi genannt; erst später wurden sie in den Kreis von 1001 Nacht einbezogen. Die Namen des Königs, seines Sohnes und seines Wesirs werden in den Handschriften und gedruckten Texten sehr verschieden überliefert; ihre indische Urform ist noch nicht bekannt. Das vorliegende arabische Werk berichtet, daß dem König in seinem Alter noch ein Sohn geboren wird. Bei dieser Gelegenheit erzählen seine Wesire allerlei lehrhafte Geschichten. Dann wird der Sohn von weisen Männern erzogen und übertrifft schon in seinem dreizehnten Lebensjahre alle Gelehrten und Weisen seiner Zeit. Darauf besteht er vor seinem Vater eine Prüfung in Rede und Gegenrede mit Schimâs. Aber nach dem Tode des Königs neigt er sich den Frauen zu und vernachlässigt seine Pflichten. Da sucht Schimâs ihn durch Parabeln zu warnen, aber seine Lieblingsodaliske erzählt ihm Geschichten, durch die er seinem treuen Ratgeber entfremdet wird, und veranlaßt ihn schließlich, diesen und die anderen Wesire zu töten. Darauf gerät er in Kriegsgefahr, aus der er durch den Sohn des Schimâs gerettet wird. Dann regiert er wieder weise und tugendhaft, während seine bösen Weiber elend zugrunde gehen. Man könnte das Buch einen indisch-persisch-christlich-muslimischen Fürstenspiegel mit praktischer Nutzanwendung nennen; denn außer den vielen muslimischen Spuren finden sich auch christliche in ihm, und es war bei den Christen des vorderen Orients sehr beliebt, wie uns denn auch christlich-arabische Handschriften, unter anderen eine in Tübingen, erhalten sind. Überall wird Monotheismus vorausgesetzt. Die theologischen Erörterungen über Adam und den Sündenfall (VI, 75 f.) können christlich-jüdisch oder islamisch (von den Christen oder Juden her übernommen) sein; die Ausführungen über den Logos (S. 67) erinnern aber stark an das Johannes-Evangelium. Die Geschichte vom Blinden und Krüppel (S. 52) wird auch jüdisch überliefert. Salomos Frauen (S. 81) waren bei Juden, Christen und Muslimen berühmt, aber schwerlich im alten Indien bekannt. Echt indisch sind jedoch die Elefantenkämpfer (S. 128); auch im Sprichwort kommt der Elefant vor (S. 77). Man kann persische Spuren in dem Buche finden. S. 77 wird nach vier Dingen gefragt, in denen sich alle Geschöpfe gleich sind; es werden aber fünf genannt: Speise und Trank, Süße des Schlafs, Begierde nach dem Weibe und Todeskampf. Im Persischen würde man dadurch, daß man das gleiche Wort für Essen und Trinken gebraucht, die Vierzahl genauer herstellen können. Und die Frage nach der Wahrheit, die häßlich ist, obwohl eine jede an sich schön ist (S. 78), kommt in den neupersischen Fragen des Wesirs Buzurgmihr an seinen Meister ebenso vor; zwischen beiden wird ein Zusammenhang bestehen, und es ist nur natürlich, anzunehmen, daß unser Werk durch das Persische hindurchging, ehe es zu den Christen und Muslimen des vorderen Orients kam. Mir scheint es, daß sprachliche Eigenheiten auf eine Übersetzung ins Syrische deuten, die dann ins Arabische übertragen wäre; doch ist dies vorläufig noch zu unbestimmt. Der Stil des ganzen Werkes läßt Übersetzungstätigkeit erkennen; Reimprosa kommt wenig vor, dagegen sind langatmige Sätze und Konstruktionen nicht selten, während diese in den übrigen Teilen von 1001 Nacht recht wenig gebraucht werden, da sie dem Erzählungsstil nicht angemessen sind. Ungeschickte Darstellungen, wie zum Beispiel am Schluß der 918. und Anfang der 919. Nacht, mögen dem Übersetzer zur Last fallen oder bei der Einteilung in Nächte entstanden sein. Auch darauf sei hingewiesen, daß hier nie wie sonst immer in 1001 Nacht gesagt wird »er küßte den Boden vor dem König«, sondern »er warf sich anbetend vor Gott nieder und küßte die Hand des Königs«.

An dieser Stelle mögen noch drei kleinere Geschichten von der Frauenlist angefügt werden, obgleich allein bei der ersten ein Satz am Schlusse lehrhaften Charakter hat, während die anderen beiden nur unterhaltende Anekdoten sein wollen. Das sind die Geschichten vom Müller und seinem Weibe (III, 448), von der List einer Frau wider ihren Gatten (III, 501), von der Weiberlist (III, 502). Die letztere ist nur in der ersten Calcuttaer Ausgabe ein Teil von 1001 Nacht; sie wird aber auch sonst mehrfach aus moderner Zeit überliefert, und mir wurde sie im Jahre 1900 in Jerusalem erzählt. Sie ist wohl in Syrien oder Ägypten zu Hause, obwohl sie in Baghdad spielt. Der Kaffee wird S. 505 erwähnt.

Ganz anderer Art aber ist die lange Erzählung von der klugen Sklavin Tawaddud (III, 626). Sie ist, wie Prof. Horovitz sagt, »weniger durch ihren Inhalt als durch ihre literarischen

Nachwirkungen bemerkenswert«. Kluge Sklavinnen kommen mehrfach in 1001 Nacht vor, aber Tawaddud übertrumpft sie alle bei weitem. Sie hat ihrem Herrn, der in Not gekommen ist, geraten, sie auf dem Sklavenmarkt zu verkaufen, und wird dann dem Kalifen zum Kauf angeboten. Vor ihm besteht sie ein gründliches Examen über Fragen der Theologie, Astronomie, Medizin und Philosophie; dabei gibt sie nicht nur Antworten auf die Fragen, die ihr gestellt werden, sondern sie richtet auch ihrerseits Fragen an die Examinatoren, worauf diese ihr die Antworten schuldig bleiben. Dann fordert der Kalif sie auf, sich eine Gnade zu erbitten, und gibt sie ihrem früheren Herrn zurück. Prof. Horovitz erkannte, daß diese Geschichte ihr Vorbild vielleicht in einer aus dem Griechischen übersetzten Schrift hat, deren Titel lautet »Das Buch von dem Philosophen, der durch die Sklavin Kitâr geprüft wurde, und der Bericht der Philosophen in ihrer Sache«, und daß sie eine Parallele in einem weitverbreiteten arabischen Buche hat, den Fragen des 'Abdallâh ibn Salâm, die in manche orientalische Sprachen übersetzt und deren lateinische Übersetzung vom 13. bis ins 17. Jahrhundert im christlichen Europa viel gelesen wurde. Vor allem betonte er die schon früher erkannten Beziehungen zu einem spanischen Volksbuche, der Historia de la doncella Teodor, die bis gegen Ende des 19. Jahrhunderts sehr beliebt war; der Name ist auch der gleiche, da Teodor aus der arabischen Nebenform Tudur entstanden ist. Die ältesten erhaltenen spanischen Versionen stammen spätestens aus dem 14., vielleicht schon aus dem 13. Jahrhundert. Das arabische Buch ist wahrscheinlich zu einer Zeit entstanden, in der man sich des Philosophen Ibrahîm ibn Saijâr en-Nazzâm (III, 632, 686) noch erinnerte; dieser starb im Jahre 845. Es stammt also aus der Baghdader Zeit, und die koptischen Monatsnamen (III,

678 ff.) sind erst später in Ägypten hinzugefügt. – Als Tauded ist Tawaddud noch bei den heutigen Nordabessiniern bekannt, worauf ich im Vortrage »Tausendundeine Nacht in der arabischen Literatur« S. 23 aufmerksam gemacht habe.

5. HUMORESKEN

Auf humorvolle Schilderungen in Geschichten verschiedener Art aus 1001 Nacht ist schon mehrfach hingewiesen. Sie kommen besonders in den Erzählungen aus Ägypten vor, wie ja heute noch die Kairiner im arabischen Orient als die besten Humoristen gelten; aber auch die Bewohner Arabiens, Syriens und Mesopotamiens waren und sind durchaus nicht ohne Humor, und die drei Geschichten aus 1001 Nacht, die am ehesten als Humoresken bezeichnet werden können, stammen wahrscheinlich noch aus der Baghdader Zeit. Die Geschichte von Abu el-Hasan oder dem erwachten Schläfer (III, 454) spielt zur Zeit Harûns. Gleich zu Anfang erzählt der Held schon dem Kalifen die lustige Anekdote von dem Strolch und dem Koch (S. 456). Dann veranlaßt der Kalif, daß Abu el-Hasan betäubt in den Palast gebracht wird und dort als Kalif erwacht. Darauf wird er wiederum betäubt und in sein Haus zurückgetragen, hält sich für den Kalifen und wird schließlich ins Irrenhaus gebracht. Das alles wird mit großer Komik erzählt. Er wird noch ein zweites Mal in den Palast gebracht, und nachdem er dort erwacht ist, macht ihn der Kalif zu seinem Tischgenossen. Dann spielt er mit seiner Frau dem Kalifen und seiner Gemahlin noch einen lustigen Streich, indem beide sich tot stellen. Diese Geschichte wird meist als ein Teil des großen 'Omar-Romans überliefert; sie wird daher auch in Baghdad entstanden sein.

Eine andere lustige Geschichte vom Kalifen und seinem »Doppelgänger« ist die von dem Fischer Chalîfa (V, 503).

Im Deutschen wirkt die Geschichte nicht mehr ganz so komisch, da der Titel Chalife von den neueren Orthographen zu Kalif gemacht ist. Im Arabischen lautet der Personenname Chalîfa aber genau so wie der Titel des Beherrschers der Gläubigen; auch bei uns gibt es viele einfache Leute, die Kaiser König, Prinz oder Fürst heißen. Der Kernpunkt der Geschichte ist denn auch, wie der Fischer Chalîfa mit dem wirklichen Kalifen zusammentrifft, ihn das Fischen lehrt, dann mit dem Kalifenmantel abzieht und schließlich in den Palast des Kalifen kommt. Vorher geht eine Einleitung, die mehrere komische Szenen enthält; der Fischer fängt nur Affen, die ja als Unglückstiere oder Teufelstiere gelten, kommt dann zu einem Juden, bei dem ein Mißverständnis zu einer Prügelei führt, und wird schließlich um seine hundert Dinare besorgt, was mit grotesker Komik geschildert wird. Zum Schlusse wird die Geschichte des Fischers Chalîfa mit der von der Sklavin Kût el-Kulûb verquickt, die wir aus der Geschichte von Ghânim ibn Aijûb kennen (oben S. 708).

Auch die Geschichte von Dscha'far dem Barmekiden und dem alten Beduinen (III, 510) spielt in der Nähe von Baghdad. Sie ist von so derber Komik, daß »Harûn er-Raschîd lachte, bis er auf den Rücken fiel«.

Eine echte Lügengeschichte, die zur Erheiterung dienen soll, ist die Geschichte von 'Alî dem Perser (III, 155) mit seinem Sack und dem Kurden. Sie wird baghdadisch sein. Lügengeschichten sind heute noch im Orient sehr beliebt, und Lügenmärchen sind auch im Abendlande nicht unbekannt. Die Geschichte von 'Alî dem Perser ist mit großer Sprachgewandtheit erzählt. – Über die Märchenhumoreske von Ma'rûf ist schon oben S. 696 gesprochen. Die Geschichte des Buckligen (I, 292) ist ein großer Zyklus von meist humoristischen Anekdoten.

6. ANEKDOTEN

Der Begriff der Anekdote muß hier etwas weit gefaßt werden; er umfaßt alle Geschichten, die in den vorhergehenden Gruppen keinen Platz gefunden haben. Da ist gleich die Geschichte von den drei Äpfeln (I, 214), eine Art Kriminalgeschichte, die als Rahmenerzählung zu der Novelle von den Wesiren Nûr ed-Dîn und Schems ed-Dîn (oben S. 703) dient; sie geht auf ein indisches Vorbild zurück. Die Geschichte des Buckligen (I, 292) mit der des Barbiers von Baghdad und seiner Brüder ist eine große Sammlung von Anekdoten und längeren Erzählungen, die durch Einschachtelung zu einer Komödie großen Stils miteinander verbunden sind. Wir sahen oben S. 670 bereits, daß die Geschichten der Brüder des Barbiers in der Stambuler Handschrift als selbständige Erzählung vorkommen. Die Rahmenerzählung wird nach China verlegt; in der Geschichte des christlichen Maklers finden sich so viele ägyptische Spuren, daß man sie nicht anders als in Ägypten entstanden denken kann (I, 300: Ardebb, Chân el-Dschawâli und Siegestor; 303 f.: Chân Masrûr und die Straße Bain el-Kasrain; 308: Tor der Zuwaila und andere Kairiner Bezeichnungen). So bietet denn die Geschichte dieses Anekdotenzyklus die ähnlichen Schwierigkeiten wie die von 1001 Nacht als ganzem Werk; wir können jedoch wie dort einen Baghdader Grundstock annehmen, der in Ägypten erweitert wurde.

Die übrigen Anekdoten lassen sich in drei Gruppen einteilen, und zwar haben wir zuerst solche von Herrschern und ihren Kreisen, zweitens solche von freigebigen Leuten, drittens solche aus dem allgemeinen menschlichen Leben. Die Herrscher-Anekdoten beginnen mit Alexander dem Großen und enden mit den Mamluken-Sultanen. Eine Anekdote von Alexander findet sich III, 704. Auf ihn folgen die Perserkönige: König Kisra Anuscharwân und die junge Bäuerin (III, 489); Der gerechte König Anuscharwân (III, 706); Chosrau und Schirîn und der Fischer (III, 494). Es wäre denkbar, daß diese persischen Anekdoten in den Hezâr Efsân gestanden haben und von dort ins Arabische übersetzt wurden; doch nötig ist diese Annahme nicht, da auch in anderen arabischen Büchern Erzählungen von Perserkönigen vorkamen, die als Quelle für Tausendundeine Nacht gedient haben mögen. Noch unter Perserkönigen lebten die Lachmiden, die arabischen Fürsten von el-Hîra; eine ihrer Prinzessinnen hieß Hind, und von ihrem Abenteuer mit 'Adî ibn Zaid handelt die Geschichte III, 543 - 547; sie beruht in dieser Form vielleicht auf einer Ortslegende des Klosters von el-Hîra. Im »Buch der Lieder« (oben S. 678) wird das Abenteuer sowohl von 'Adî wie von einem anderen Dichter erzählt; es ist wohl aus zwei Versen des Dichters 'Adî herausgesponnen. Von den vier ersten Kalifen ist nur 'Omar I. vertreten; von ihm und einem jungen Beduinen handelt die Geschichte III, 512 - 518, der das Motiv der Bürgschaft zugrunde liegt; ferner wird I, 609, die berühmte Geschichte von ihm und der armen Frau erzählt. In die Zeit der omaijadischen Kalifen werden folgende Anekdoten versetzt: Von dem Beduinen und seiner Frau (IV, 660); Von Hind, der Tochter en-Nu'mâns, und el-Haddschâdsch (IV, 623; hier wird anachronistisch einem Mädchen aus der Zeit von el-Haddschâdsch der Name einer Lachmidenprinzessin beigelegt); Von dem Schreiber Jûnus und Walîd ibn Sahl (IV, 633); Von Hischâm ibn 'Abd el-Malik und dem jungen Beduinen (III, 93). Auch sonst werden die Omaijaden öfters genannt; so spielt die Geschichte von Ni'ma und Nu'm (oben S. 686) an ihrem Hofe, und die

730

Geschichte von der Messingstadt ist von einer Rahmenerzählung umgeben, die uns nach Damaskus an ihren Hof versetzt. Solche »Einrahmungen« für Geschichten anderer Art sind häufig, in den meisten wird Harûn verwendet; aber die brauchen nicht besonders aufgezählt zu werden. Es ist auch bekannt, daß manche Anekdoten oder »Einrahmungen« von anderen Herrschern auf Harûn übertragen sind; dafür ließen sich viele Beispiele anführen. Harûn war für die späteren Geschlechter das Urbild eines großen und mächtigen Herrschers schlechthin, ebenso wie Salomo für die späteren Juden, und damit für Christen und Muslime. Beide waren keine wirklich bedeutenden Herrscher; aber da in ihrer Zeit Frieden herrschte, nach vorhergehenden Kämpfen und vor all den folgenden Unruhen, so prägte sie sich der Nachwelt besonders lebhaft ein, und die Herrschergestalten wurden gewissermaßen verklärt. Auf Harûn und seinen Kreis beziehen sich die folgenden Anekdoten: Harûn er-Raschîd und der falsche Kalif (III, 130; dies ist eigentlich ein kleiner Roman, in dem das Motiv des »Doppelgängers« aber ganz anders gewendet ist als oben S. 727); Harûn er-Raschîd, die Sklavin und der Kadi Abu Jûsuf (III, 160); Harûn er-Raschîd, die Sklavin und Abu Nuwâs (III,298); Abu Nuwâs mit den drei Knaben und dem Kalifen (III, 425; zu den Anekdoten über Abu Nuwâs vgl. den Aufsatz von A. Schaade über Herkunft und Urform zweier dieser Geschichten in Zeitschr. d. Deutsch. Morgenländ. Ges. 1934, S. 259 ff.); Der Kalif Harûn er-Raschîd und die Herrin Zubaida im Bade (III, 440); Harûn er-Raschîd und die drei Dichter (III, 442); Harûn er-Raschîd und die beiden Sklavinnen (III, 446); Harûn er-Raschîd und die drei Sklavinnen (III, 447; eine Erweiterung der vorigen); Masrûr und Ibn el-Kâribi (III, 523;

eine kleine Humoreske); Harûn er-Raschîd und die junge Beduinin (IV, 638); El-Asma'i und die drei Mädchen von Basra (IV, 641; ein Gegenstück zu der Geschichte von dem Lastträger und den drei Damen von Baghdad, aber aus einer ganz anderen Sphäre, auch bei Ibn es-Sarrâdsch, Paret S. 66 und 75); Ibrahîm el-Mausili und der Teufel (IV, 645); Ishâk von Mosul und der Teufel (IV, 674; eine andere Fassung der vorhergehenden Anekdote). In die Zeit von Harûns Nachfolger el-Amîn führen uns die beiden Anekdoten III, 497: Von Mohammed el-Amîn und Dscha'far ibn Mûsa und III, 577: Von el-Amîn und seinem Oheim Ibrahîm el-Mahdî, in die Zeit von dessen Bruder und Nachfolger el-Mamûn die folgenden: Ibrahîm el-Mahdî (III, 96; er hatte sich gegen el-Mamûn empört); Ibrahîm el-Mahdî und der Kaufmann (III, 321); Ishâk aus Mosul und der Kaufmann (III, 550; eine Variante der vorigen Anekdote); Ishâk el-Mausili (III, 115; die Geschichte der etwas romantischen Verlobung von el-Mamûn mit der Tochter von Hasan ibn Sahl, die auch sonst in der arabischen Literatur vorkommt; sie ist unhistorisch, worauf schon der muslimische Geschichtsschreiber Ibn Chaldûn aufmerksam macht); El-Mamûn und der fremde Gelehrte (III, 204); Der Mann aus Jemen und seine sechs Sklavinnen (III, 280); Abu Hassân ez-Zijâdi und der Mann aus Chorasân (III, 331); Der Kalif Mamûn und die Pyramiden (III, 518). Die späteren Abbasiden sind seltener vertreten; aber manche Anekdote, die zuerst von ihnen erzählt wurde, mag jetzt unter dem Namen Harûns stehen. Wir finden noch die Geschichte von dem Kalifen el-Mutawakkil und der Sklavin Mahbûba (III, 339) sowie die von ihm und el-Fath ibn Chakân (III, 578). Dieser selbe Kalif und sein Enkel el-Mu'tadid spielen eine wichtige Rolle in der Liebesgeschichte von Abu el-Hasan aus Chorasân (oben S. 711). Die Anekdoten von den Barmekiden sind weiter unten zusammengestellt; eine kurze Anekdote von einem der Tahiriden, die unter den Abbasiden mehrere Statthalterstellen bekleideten, findet sich III, 591. Von den fatimidischen Herrschern Ägyptens wird nur eine Anekdote erzählt, die von dem Kalifen el-Hâkim und dem Kaufmann (III, 488); dieser Kalif kommt auch in der Geschichte von der Frau mit dem Bären vor (III, 341f.). Welcher ägyptische Herrscher in der Geschichte von el-Malik-en-Nâsir und seinem Wesir (IV, 682) gemeint ist, läßt sich nicht sagen, da ja mehrere von ihnen diesen Beinamen trugen, und da auch sein Wesir nicht bestimmbar zu sein scheint. Vor einem Herrscher dieses Namens und vor el-Malik ez-Zâhir werden die Schelmengeschichten erzählt (oben S. 714f.).

Eine eigene Gruppe bilden die Anekdoten von freigebigen Männern. Freigebigkeit und Gastfreundschaft waren neben der Tapferkeit bei den alten Arabern die höchsten Mannestugenden, und von ihnen wurde auch schon im alten Arabien manche Geschichte erzählt. Der Typus des freigebigen Helden war Hâtim, von dem oben S. 716 eine Legende angeführt wurde. Sein Nachfolger in diesem Rufe war Ma'n ibn Zâïda, von dem hier III, 87 und III, 88 zwei Anekdoten wiedergegeben werden. In diese Gruppe gehört ferner die Geschichte von Chuzaima ibn Bischr und 'Ikrima el-Faijâd (IV, 626) aus der Omaijadenzeit. Die Freigebigkeit und Verschwendung der Abbasiden kennt in den meisten Erzählungen, namentlich in den Märchen, gar keine Grenzen mehr; diesen Zug teilen sie aber mit den meisten Königen und Herrschern in 1001 Nacht. Der Glanz Harûns wurde auch auf das berühmte Geschlecht der Barmekiden übertragen, das unter

Harûn ein so elendes Ende nahm und dessen Name heute in Ägypten die Landstreicher und anderes Gesindel bezeichnet. Der Wesir Dscha'far el-Barmeki ist der ständige Begleiter Harûns; ihm gilt eine besondere Anekdote (mit dem Bohnenverkäufer, III, 169). Von dem Edelmute seines Vaters erzählen die Anekdoten: Die Großmut des Barmekiden Jahja ibn Châlid gegen Mansûr (III, 195); Die Großmut Jahjas gegen den Brieffälscher (III, 199; eine ähnliche Geschichte wird von dem späteren Wesir 'Alî ibn el-Furât erzählt, und diese mag auf Jahja übertragen sein); Der Barmekide Jahja ibn Châlid und der arme Mann (III, 496). Dazu kommt noch die Geschichte von den Söhnen Jahjas ibn Châlid (das ist el-Fadl und Dscha'far) und Sa'îd ibn Sâlim el-Bâhili (III, 499).

Verschiedene Anekdoten aus dem Leben der Bürger finden sich neben denen von Herrschern und Ministern. Da ist zunächst die Geschichte von dem Schlachthausreiniger und der vornehmen Dame (III, 124). Das Thema »Reich und Arm« wird in drei Anekdoten variiert: Der Mann, der die goldene Schüssel stahl, aus der er mit dem Hunde gegessen hatte (III, 305); Der Arme und sein Freund in der Not (III, 335); Der reiche Mann, der verarmte und dann wieder reich wurde (III, 337). Von Jugend und Alter handeln zwei kleine Geschichten: Abu Suwaid und die schöne Greisin (III, 590); Die beiden Frauen und ihre Geliebten (III, 592); von Tyrannenmacht und den Leiden des Volkes erzählt die Geschichte von dem Pilgersmann und der alten Frau (III, 622); den Kauf einer Sklavin rechtfertigen die Verse des Abu el-Aswad (III, 446). Eine wahre Begebenheit aus der Zeit der Kreuzzüge mag in der Geschichte von dem Oberägypter und seinem fränkischen Weibe

(V, 758) geschildert sein; denn die Kreuzfahrer wurden öfters von ihren Frauen begleitet.

Ganz eigentümlich sind die Geschichten von Wardân dem Fleischer mit der Frau und dem Bären (III, 341) sowie von der Prinzessin und dem Affen (III, 347). Über sie ist in Band III, S. 344, Anm. 1, und S. 347, Anm. 1, das Nötige gesagt. Sie stammen sicher aus Ägypten. Besondere Typen, die im Orient für Anekdoten ein beliebtes Thema bildeten und bilden, sind die Eunuchen, Schulmeister und Richter; den Eunuchen wird Dummheit und Frechheit, den Schulmeistern Torheit, den Richtern Bestechlichkeit und Ungerechtigkeit vorgeworfen. Schon im Altertum gab es den Typus des törichten Schulmeisters. In 1001 Nacht erscheinen diese Typen aber nur einige Male: Eunuchen sind Buchait (I, 465) und Kafûr (I, 467); in Band III, S. 533 - 539 lesen wir hintereinander die Geschichten von dem Schulmeister, der sich auf Hörensagen verliebte; Von dem törichten Schulmeister; Von dem Schulmeister, der weder lesen noch schreiben konnte. Von ungerechten und tyrannischen Richtern und Beamten ist nur gelegentlich die Rede (IV, 320 und 379); in V, 660 wird ein Spottvers auf die hohen Beamten mitgeteilt. Dagegen wird die Klugheit des Richters in zwei Anekdoten gerühmt: in der von Harûn er-Raschîd, der Sklavin und dem Kadi Abu Jûsuf (III, 160) sowie in der von dem Kadi Abu Jûsuf und der Herrin Zubaida (III, 452), während in der Geschichte von 'Alî Chawâdscha und dem Kaufmanne von Baghdad (VI, 340) ein leichtsinniger Richter durch einen kleinen Knaben über sein Amt belehrt wird.

Zuletzt sei hier noch des nächtlichen Abenteuers des Kalifen (VI, 240) gedacht, das bisher nur durch Galland überliefert ist. In ihm finden sich drei ausführlich und breit erzählte

Anekdoten, die mit Märchenmotiven durchsetzt sind: Baba Abdullah verliert Besitz und Augenlicht wegen seiner Habgier; Sîdi Nu'mân hat eine Frau, die in Wirklichkeit eine Dämonin ist (oben S. 684); Chawâdscha Hasan el-Habbâl wird reich durch einen Diamanten, den seine Frau im Bauche eines Fisches findet. Diese Geschichten können der Baghdader Zeit angehören; das persische Wort *bacht*, »Glück« (VI, 266), kann schon damals in die arabische Umgangssprache aufgenommen sein. Die Erzählungen sind aber durch Galland überarbeitet worden, und auf ihn wird die europäische Ausdrucksweise zurückgehen, auf die oben S. 259, Anm. 1, und S. 262, Anm. 1, hingewiesen ist.

Im vorhergehenden ist versucht worden, von dem unendlich mannigfaltigen Inhalt von Tausendundeiner Nacht und seiner Geschichte ein Gesamtbild zu geben. Sehr viele Fragen mußten offen gelassen werden; namentlich in den Abschnitten über die Legenden und die Anekdoten ist noch ein reiches Feld für künftige Forschungen enthalten.

Wir haben gesehen, daß es außer Tausendundeiner Nacht noch eine ausgedehnte arabische Erzählungsliteratur gibt, aus der auch sehr vieles in unsere Sammlung übernommen wurde. Aber insofern ist das Buch von Tausendundeiner Nacht einzig in seiner Art, als es ein ungeschminktes Bild des muslimisch-arabischen Mittelalters in seiner ganzen Vielseitigkeit bietet. Und in ihm ziehen die Motive der Volkserzählungen aus vielen Ländern und vielen Zeiten an unseren Augen vorüber, da die islamische Kultur eine Fortsetzung und Zusammenfassung vieler anderer Kulturen ist.

BIBLIOGRAPHIE

Aus der reichhaltigen Literatur über Tausendundeine Nacht seien hier genannt: H. Zotenberg, Notice sur quelques manuscrits des Mille et une nuits et la traduction de Galland (Paris 1888). – V. Chauvin, Bibliographie arabe IV–VII (Lüttich 1900ff.). – V. Chauvin, La récension égyptienne des mille et une nuits (Brüssel 1899), in der Bibliothéque de la Faculté de Philosophie et Lettres de l'Université de Liège. – J. Oestrups »Studien über 1001 Nacht« aus dem Dänischen (nebst einigen Zusätzen) übersetzt von O. Rescher (Stuttgart 1925). Hier hat der Übersetzer im Vorwort eine Übersicht über die neuere Literatur zu Tausendundeiner Nacht gegeben, in der auch die Einzeluntersuchungen von Macdonald, Horovitz und Nöldeke aufgeführt werden. Von den dort nicht genannten Aufsätzen Nöldekes ist sein Artikel »Zu den ägyptischen Märchen« in der Zeitschrift der Deutschen Morgenländischen Gesellschaft, Band 42 (Leipzig 1888), S. 68–72, besonders wichtig. – J. Horovitz, Die Entstehung von Tausendundeine Nacht, in »The Review of Nations« Nr. 4, April 1927.

Aus meinem Vortrag »Tausendundeine Nacht in der arabischen Literatur« (Tübingen 1923) sind hier einige Ausführungen herübergenommen. Die Schriften von Prof. R. Paret sind oben im Text aufgeführt. Herrn Professor Nöldeke, durch den ich manche Anregungen erhalten habe, sei hier mein herzlichster Dank ausgesprochen.

Außer den in der »Abhandlung« erwähnten Büchern und Schriften, seien noch genannt Heller, »Das hebräische und arabische Märchen« in Bolte und Polivka, »Anmerkungen zu Grimms Märchen« IV (1930) S. 315ff.; G. E. von Grunebaum, »Medieval Islam« (Chicago 1946), S. 294 bis 319, »Greece in the ‚Arabian Nights'«.

Zu dem Abschnitt »Die einzelnen Erzählungen« (oben S. 682ff.) ist das wichtige Werk von Nikita Elisséeff »Thèmes et motifs des Mille et une Nuits« (Beyrouth 1949) zu vergleichen. Eine ausführliche Bibliographie zu 1001 Nacht findet sich in dem Buche von C. Brockelmann »Geschichte der arabischen Litteratur, Zweiter Supplementband«, S. 62 f. Dort und in der zweiten Auflage des Grundwerks »Geschichte der arabischen Litteratur« Band II, S. 73 sind auch die neueren Übersetzungen ins Dänische und Russische genannt. Eine Übersetzung ins Italienische von F. Gabrieli erschien 1949; zu ihr ist der Aufsatz von F. Gabrieli, »Le mille e una notte nella cultura europea« (in Storia e civiltà musulmana, 1947, S. 99–107) zu vergleichen.

Dies Verzeichnis enthält die Namen der Menschen, Dämonen, Götter, Wundertiere, Länder und Orte. Die Namen der Stadtteile und Straßen sind nicht aufgeführt. Dazu kommen folgende Ausnahmen: Unter den Menschen fehlt der Prophet Mohammed, unter den Ländern und Orten fehlen Ägypten, Arabien, Syrien, Persien, Kleinasien, Griechenland, Baghdad, Basra, Kairo. Hinter Namen, die in derselben Geschichte mehr als zweimal vorkommen, steht meist nur die erste Stelle mit ff. Die römischen Zahlen verweisen auf die Bände, die arabischen auf die Seiten. Der arabische Artikel *el-* (oder mit assimiliertem *l*) kommt für die alphabetische Reihenfolge nicht in Betracht.

Für die Übersetzung und die Schlußabhandlung wurde ein vereinfachtes System gewählt; betonte Längen wurden durch ^ bezeichnet, unbetonte Längen nicht, bei den emphatischen Buchstaben *h s d t z k* wurde der Punkt weggelassen, der Kehllaut ' wurde durch ' angedeutet. Im folgenden Verzeichnis sind die emphatischen Buchstaben kursiv gedruckt, über unbetonten Längen steht ein Strich, und der Kehllaut ' ist stets gesetzt, damit überall die arabischen Formen genau erkannt werden können. Die Buchstaben des arabischen Alphabets sind also hier folgendermaßen wiedergegeben (nach der arabischen Reihenfolge): ' (nur im Innern und am Schluß der Wörter bezeichnet) b t th dsch *h* ch d dh r z s sch *s d t z* ' gh f k *k* l m n h w j. Im allgemeinen sind die arabischen Vokale a i u gewählt; in einzelnen Fällen sind e und o gesetzt, auf Schwankungen ist durch Rückverweise hingewiesen. Die biblischen Namen sowie manche Namen von Städten und Ländern sind in der im Deutschen geläufigen Form gegeben. Für Nichtorientalisten sei noch besonders bemerkt, daß z immer das weiche (stimmhafte) s bezeichnet.

Aaron I 294; III 652

'Abbâd, Beduine II 219

'Abbâs, el-, Stammvater der Abbasiden I 186, 216; II 560; III 141, 690; V 380; VI 550, 553

'Abbâs, el-, Sohn des Kalifen el-Ma'mûn III 104, 106

'Abd el-A*h*ad, Zauberer IV 382

'Abd el-'Azîz, Omaijade I 604; IV 212

'Abd el-*K*âdir, König von 'Irâ*k* V 7 ff.

'Abd el-*K*âdir el-Dschîlânî, Heiliger II 585, 590

Châlid ibn 'Abdallâh, Statthalter III 164ff.

Châlid ibn Safwân, Überlieferer I 618f.

Châlidân, Inseln II 416, 443ff.

Chalîfa, Fischer V 503ff.

Chalît, Höllengeschöpf III 795f. – Vgl. Malît

Chânka, el-, Ort bei Kairo, IV 731

Chara' es-Sûs, Schimpfname für Bartûs V 746

Chârân = Tâdsch el-Mulûk II 17ff.

Châridscha, Kadi in Ägypten II 491

Chasîb, el-, Herr von Ägypten VI 379ff.

Chatûb = Chutûb

Châtûn, türk. Frauenname II 180f., 619ff.

Châtûn, Frau des Emirs Hasan IV 689, 691ff.

Châtûn, Frau des Wesirs Fâris V 239

Châtun, andere Lesart für Fâtin II 180ff.

Chidr, el-, Abû el-'Abbâs, Heiliger IV 78f., 256; VI 539f., 569f.

China I 19ff., 292ff., 402ff., 501; II 375ff., 659, 673ff., 741 ff.; III 160, 198ff., 415, 541; IV 253, 559; V 219, 222, 253f., 268. – Vgl. Madînat es-Sîn

Chirad Schâh (persisch wohl = Churrâd Schâh), König von Schiras IV 469f., 590ff.

Chitân VI 615, 636; andere Schreibung für Ichtijân

Chorāsân, Land I 433, 507, 586ff.; II 149ff., 791; III 159f., 207, 254, 331f., 811f.; IV 51, 236, 300; V 87, 219, 222, 512; VI 377, 408ff.

Chosrau, Perserkönig III 494f.

Chudâdâd, Prinz VI 302ff.

Chusrau (= Chosrau) Schâh, Perserkönig V 154ff.

Chutûb, Sklavin V 587

Chuzaima ibn Bischr, Statthalter IV 626ff.

Chwārizm, Land IV 51, 247

Dahhâk, ed-, Zeitgenosse Mohammeds III 659

Dâhisch ibn el-A'masch, Dämon IV 226

Dahnasch, Dämon II 371ff.

Dahnasch ibn Faktasch, Dämon V 413, 484

Dair 'Abdûn, Kloster in Mesopotamien VI 625

Dakianus, byzantin. Ritter I 713ff.

Dalîla, Gaunerin IV 685ff., 736ff.

Damaskus I 256ff., 331ff., 460ff., 568ff.; II 138ff., 205ff., 538f.; III 260, 600, 612, 736; IV 208, 257, 635, 660, 730; V 223, 751, 761, 768; VI 342

Damdam, Dämon I 145

Damiette, Stadt in Ägypten III 159, 600, 612; V 67

Dâmigh, ed-, König IV 477ff., 587, 616

Damra ibn el-Mughîra, Vornehmer in Basra IV 671f.

ALPHABETISCHES VERZEICHNIS
SÄMTLICHER GESCHICHTEN
DER SECHS BÄNDE

Die Zahlen hinter dem –: verweisen sämtlich auf den VI. Band, und zwar auf die Stellen, an denen die betreffenden Geschichten besprochen sind. Fehlt eine solche Zahl, so ist nur die Rahmengeschichte, in der sich die Einzelgeschichte befindet, besprochen.

VERZEICHNIS DER ABBILDUNGEN

INHALT